西洋古典学事典

松原國師

京都大学
学術出版会

目　次

凡　例

本　文 ……………………………………………………………………… 1

巻末付録 ……………………………………………………………… 1391

　A. 巻末系図

　B. 年　表

　C. 度量衡

　D. 地　図

索　引 ………………………………………………………………… 1571

あとがき

凡　例

1. 見出し語は、日本語表記に続いて、古代ギリシア語のラティナイズ表記、ギリシア・アルファベット表記、ラテン語形の順に掲載した。

    ラテン語が見出しの場合は適宜、古代ギリシア語形を入れた場合もある。

    見出し語に続いて、英語、フランス語、ドイツ語、イタリア語、スペイン語、ポルトガル語、ロシア語、その他の近代語形（ラテン語形ないし古代ギリシア語のラティナイズ形と同一のものを除く）を記載した。

2. 配列は50音順とし、濁音、半濁音、母音の長短は考慮せずに並べた。なお、同一名の項目の場合には、「神話関係、歴史上の人物名、地名」の順で掲載した。
3. 項目見出しのある人名、地名、官職名などは、アステリスク（星印）を右肩に付けて示した。
4. 同名異人、および同音だが異なる地名は、原則として❶❷❸……と記して区別した。なお、あまり著名でないものにはこの記号の付かないものがある。
5. 母音の長短に両説あるものはパーレン内に音引を入れて「（ー）」と示した。また異説のある固有名詞もパーレン内に「ッ」を入れるなどしてこれを表示した（例えば、「プレ（ー）イアデス」「パウ（ッ）ルス」「クィ（ー）ントゥス」）。

    ただし、本文や系図中では基本的に、より簡略な表記に留めおいた（「プレイアデス」「パウルス」「クィントゥス」など）。

6. 帯気音（ph, th, kh）は無声音（p, t, k）と同じく「パ、ピ、プ、ペ、ポ」「タ、ティ、トゥ、テ、ト」「カ、キ、ク、ケ、コ」で表記した。重子音は「ッ」で表した。
7. 地名、人名は慣用にしたがって表示した場合がある。例えば、「ギリシア」「エジプト」「ナイル河」。
8. 本文各項目の末尾に主要な出典箇所を列挙した（出典の省略記号等に関しては、凡例の後の「出典表記一覧」を参照）。ただし、近代以降の文献は割愛した。
9. 巻末資料として「A. 巻末系図、B. 年表、C. 度量衡、D. 地図」を掲載した。

［本文系図・巻末系図に関する凡例］

本書には本文系図（418点）、巻末系図（117点）、合計535点の系図を収録している。以下に系図の略記号を記す。

1. 人名末尾の「×」は、不慮の死（良死つまり通常の病死ではないこと）を示す記号で暗殺・処刑・自殺、餓死などを指す。
2. 人名末尾の「✕」は、戦死ないし陣没など戦場で死んだことを示す（戦闘に敗れて自害した場合も含む）。
3. 君主の在位期間の末尾の「ab.」は、退位ないし廃位を示す。
4. 「━━」は男女の婚姻関係を、「┈┈」は婚約関係を示す。

    ━━の上下に付された①②③……は男性側から見た結婚回数（①は初婚、②は再婚等）を示す。

    ━━の上下に付された(1)(2)(3)……は女性側から見た結婚回数（(1)は初婚、(2)は再婚等）を示す。

    ━━の上下に付された「前50」等の年数は「成婚年」を、「前50〜前45」等の年数は「婚姻の期間」を示す。
5. 「縦二縦線」は養子縁組関係を示す。さらに分かりやすくするため、「(養子)」等の説明を入れた。
6. 「縦の破線」は親子関係が疑わしいもの、あるいは単なる僭称でしかないものを指す。（ただし、何代か省略されていることを示す記号として用いた場合もある。）
7. 「縦の破線に矢印の付いた記号」は末裔・子孫を示す。
8. ローマ人名下部などに記されている略号

    「Co.」…………執政官（コーンスル）の就任年

    「Pr.」 …………法務官（プラエトル）の就任年

    「Dict.」 …………独裁官（ディクタートル）の就任年

    「Cen.」…………監察官（ケーンソル）の就任年

    「Aed.」 …………造営官（アエディーリス）の就任年

「Quaest.」 ………財務官（クァエストル）の就任年

「Trib. Pleb.」……護民官（トリブーヌス・プレービス）の就任年

「Trib. Mil.」 ……「軍団副官」、ないし「軍団司令官」

「Patricius」………「パトリキウス」

「Augustus」………「正帝」

「Augusta」………「アウグスタ（女皇）」

「Caesar」…………「副帝」

「位」………………国王、皇帝、僭主などの在位期間

他にも、「Augur（鳥卜官）」「Pont. Max.（大神祇官長）」「Vestalis（ウェスタの巫女）」「Magister Equitum（騎兵総監）」「Praefectus Praetorio（近衛軍司令官）」等の略号がある。

9. ローマ人男性個人名の略号

A.	アウルス（Aulus.）
Ap., App.	アッピウス（Appius）
C.	ガーイウス（Gaius）
Cn.	グナエウス（Gnaeus）
D.	デキムス（Decimus）
K.	カエソー（Kaeso, Caeso）
L.	ルーキウス（Lucius）
Mam.	マーメルクス（Mamercus）
M'.	マーニウス（Manius）
M.	マールクス（Marcus）
N.	ヌメリウス（Numerius）
P.	プーブリウス（Publius）
Q.,	クィ（ー）ントゥス（Quintus）
Sept.	セプティムス（Septimus）
Ser.	セルウィウス（Servius）
Sex.	セクストゥス（Sextus）
Sp.	スプリウス（Spurius）
T.	ティトゥス（Titus）
Ti., Tib.	ティベリウス（Tiberius）

凡例

出典表記一覧

●A

Achilles Tatius　アキッレウス・タティオス　G
Acta Fratrum Arvalium
Acta Pauli
Acta Petri
Ael.　アイリアーノス（Claudius Aelianus）　G
　　N. A.　　　　　De Natura Animalium, Περὶ Ζῴων Ἰδιότητος
　　V. H.　　　　　Varia Historia, Ποικίλη Ἱστορία
Aelianus Tactica　アイリアーノス（タクティコス）　G
　　Tactica, Τακτικά
Aeneas Gazaeus　アイネイアース（ガーザの）　G
　　Theophrastus
Aesch.　アイスキュロス（Aeschylus）　G
　　Ag.　　　　　Agamemnon, Ἀγαμέμνων
　　Cho.　　　　Choephoroe, Χοηφόροι
　　Eum.　　　　Eumenides, Εὐμενίδες
　　Pers.　　　　Persae, Πέρσαι
　　P. V.　　　　Prometheus Vinctus, Προμηθεὺς Δεσμώτης
　　Sept.　　　　Septem contra Thebas, Ἑπτὰ ἐπὶ Θήβας
　　Supp.　　　　Supplices, Ἱκέτιδες
　　Fr.　　　　　断片
Aeschin.　アイスキネース（Aeschines）　G
　　In Ctes.　　　In Ctesiphontem, Κατὰ Κτησιφῶντος
　　In Tim.　　　In Timarchum, Κατὰ Τιμάρχου
Aesopus　アイソーポス　G
Aët.　アエティオス（Aëtius）　G
Agathangelus　アガタンゲロス　G
　　Vita Sancti Gregorii
Agathias　アガティアース　G
Alciphron　アルキプローン　G
　　Ep.　　　　　書簡
Alcman　アルクマーン　G
　　Fr.　　　　　断片
Alexander Aphrodisiensis　アレクサンドロス（アプロディーシアスの）　G
　　De Anima
　　De Fato
Ambros.　アンブロシウス（メディオーラーヌムの）（Ambrosius Mediolanensis）　L
　　adv. Symmach.　Adversus Symmachum
　　Ep.　　　　　Epistulae
　　Fide　　　　De Fide
　　Off.　　　　De Officiis Ministorum
Amm. Marc.　アンミアーヌス・マルケッリーヌス（Ammianus Marcellinus）　L
　　Res Gestae

Ammonius　アンモーニオス　G
 In de Int.　　In de Interpretatione
Anacr.　アナクレオーン（Anacreon）　G
 Fr.　　　　断片
Anacreontea, Ἀνακρεόντεια
Anastasius
Andoc.　アンドキデース（Ancocides）　G
 De Myster.　　De Mysteriis, Περὶ τῶν μυστηρίων
 De Pace　　　Περὶ τῆς πρὸς Λακεδαιμονίους
 De Redit.　　De Reditu, Περὶ τῆς ἑαυτοῦ καθόδου
Anon.　Anonymus
 De Com.　　De Comoedia
Anth. Lat.　Anthologia Latina
 Epigr.　　　Epigrammata
Anth. Pal.　Anthologia Palatina
Anth. Plan.　Anthologia Planudea
Antinoopolis Papyri
Antip. Sid.　シードーンのアンティパトロス（Antipater Sidonius）　G
Ant. Lib.　アントーニーノス・リーベラーリス（Antoninus Liberalis）　G
 Met.　　　Metamorphoseon synagoge
Antonini Itinerarium
Ap. Rhod.　アポッローニオス・ロディオス（Apollonius Rhodius）　G
 Argon.　　　Argonautica, Ἀργοναυτικά
Apollod.　アポッロドーロス（Apollodorus）　G
 Bibliotheca, Βιβλιοθήκη
  Epit.　　Epitome
Apollonius　アポッローニオス（ペルゲーの）（Apollonius Pergaeus）　G
 Conica, Κωνικά
App.　アッピアーノス（Appianus Alexandrinus）　G
 Romaica, Ῥωμαικά
  B. Civ.　　Bella Civilia, Ἐμφύλιον
  Gall.　　Κελτική
  Hann.　　Ἀννιβαϊκή
  Hisp.　　Ἰβηρική
  Ill.　　Ἰλλυρική
  Mac.　　Μακεδονική
  Mith.　　Μιθριδάτειος
  Pun.　　Λιβυκή
  Sam.　　Σαμνιτική
  Syr.　　Συριακή
Apul.　アープレイユス（Lucius Apuleius (Appuleius) Madaurensis）　L
 Apol.　　　Apologia
 De deo Soc.　De deo Socratis
 De dog. Plat.　De dogmate Platonis
 Flor.　　　Florida
 Met.　　　Metamorphoses

凡　例

Ar.　アリストパネース（Aristophanes）　G
　　Ach.　　Acharnenses, Ἀχαρνῆς
　　Av.　　Aves, Ὄρνιθες
　　Eccl.　　Ecclesiazusae, Ἐκκλησιάζουσαι
　　Eq.　　Equites, Ἱππῆς
　　Lys.　　Lysistrata, Λυσιστράτη
　　Nub.　　Nubes, Νεφέλαι
　　Pax　　Εἰρήνη
　　Ran.　　Ranae, Βάτραχοι
　　Thesm.　Thesmophoriazusae, Θεσμοφοριάζουσαι
　　Vesp.　　Vespae, Σφῆκες
　　Fr.　　断片
Aratus　アラートス　G
　　Phaen.　Phaenomena, Φαινόμενα
Archilochus　アルキロコス　G
　　Fr.　　断片
Archimedes　アルキメーデース　G
Aretaeus　アレタイオス　G
　　De Causis et Signis Acutorum et Diuturnorum Morborum, Περὶ αἰτίων καὶ σημείων ὀξέων
Arist.　アリストテレース（Aristoteles）　G
　　Ath. Pol.　Respublica Atheniensium, Ἀθηναίων πολιτεία
　　Cael.　　De Caelo, Περὶ Οὐρανοῦ
　　De An.　De Anima, Περὶ Ψυχῆς
　　Eth. Eud.　Ethica Eudemia, Ἠθικὰ Εὐδήμεια
　　Eth. Nic.　Ethica Nicomachea, Ἠθικὰ Νικομάχεια
　　Gen. An.　De generatione animalium, Περὶ ζῴων γενέσεως
　　Gen. Corr.　De Generatione et Corruptione, Περὶ γενέσεως καὶ φθορᾶς
　　Hist. An.　Historia Animalium, Ἱστορία ζῴων
　　Mag. Mor.　Magna moraria, Ἠθικὰ Μεγάλα
　　Metaph.　Metaphysica, Τὰ μετὰ τὰ φυσικά
　　Mete.　　Meteorologica, Μετεωρολογικά
　　Mir. Ausc.　De Mirabilibus Auscultationibus, Περὶ θαυμασίων ἀκουσμάτων
　　Mund.　　De mundo, Περὶ κόσμου
　　Oec.　　Oeconomica, Οἰκονομικός
　　Ph.　　Physica, Φυσικὴ ἀκρόασις
　　Poet.　　Poetica, Περὶ ποιητικῆς
　　Pol.　　Politica, Πολιτικά
　　Pr.　　Problemata, Προβλήματα
　　Rh.　　Rhetorica, Ῥητορική
　　Fr.　　断片
Aristeas　アリステアース　G
Aristides　アリステイデース（Publius Aelius Aristides Theodorus）　G
　　Eis Rhomen
　　Orationes
　　Sermones Sacri
Aristid. Quint.　アリスティーデース・クィンティリアーヌス（Aristides Quintilianus）　G

  De Musica

Aristoxenus　アリストクセノス　G
  Fr.　断片

Arn.　アルノビウス（Arnobius）　L
  Adv. Nat.　Adversus Nationes

Arr.　アッリアーノス（Lucius（または Aulus）Flavius Arrianus）　G
  Anab.　　　　　　　Anabasis Alexandri, Ἀνάβασις Ἀλεξάνδρου
  Cynegeticus, Κυνηγητικός
  Epict. Diss.　　　　Epicteti Dissertationes, Διατριβαί
  Ind.　　　　　　　 Indica, Ἰνδική
  Peripl.　　　　　　Periplus Ponti Euxini, Περίπλους Πόντου Εὐξείνου
  Tact.　　　　　　　Tactica, Τέχνη Τακτική

Artem.　アルテミドーロス（Artemidorus Daldianus）　G

Asc.　アスコーニウス（Quintus Asconius Pedianus）　L
  Corn.　Pro Cornelio
  Mil.　Pro Milone
  Verr.　In Verrem

Ath.　アテーナイオス（Athenaeus）　G
  Deipnosophistae, Δειπνοσοφισταί

Athanasius　アタナシオス（Athanasius Magnus）　G
  Apologia contra Arianos
  Epistolae quatuor ad Serapionem
  Historia Arianorum
  Oratio contra Gentes
  Oratio de Incarnatione
  Vita Antonii

Augustin.　アウグスティーヌス（Aurelius Augustinus）　L
  Ad Rom.　　　　　Ad Romanos
  Conf.　　　　　　 Confessiones
  De civ. D.　　　　De Civitate Dei
  De musica
  De Trinitate
  Ep.　　　　　　　 Epistolae
  In Evang. Iohan.　Tractatus in Evangelium Iohannis
  Retract.　　　　　 Retractationes
  Serm.　　　　　　 Sermones

Aur. Vict.　アウレーリウス・ウィクトル（Sextus Aurelius Victor）　L
  Caes.　　De Caesaribus
   Epit.　摘要
  De Vir Ill.　De viris illustribus

Auson.　アウソニウス（Decimus Magnus Ausonius）　L
  Cent. Nupt.　　　　　Cento Nuptialis
  Epigrammata
  Epist.　　　　　　　　Epistulae
  Epitaph.　　　　　　 Epitaphia heroum qui bello Trico interfuerunt
  Grat. Act.　　　　　　Gratiarum Actio

凡　例

    Idyll.   Idyllia
     Technop.   Technopaegnion
    Mos.   Mosella
    Ordo Nob. Urb.   Ordo Nobilium Urbium
    Prof. Burd.   Commemoratio professorum Burdigalensium
Avianus　アウィアーヌス（Flavius Avianus (Avienus)）　L
Avienius　アウィエーニウス（Postumius Rufius Festus Avien(i)us）　L
  Ora Maritima

●B

Babrius　バブリオス（Valerius Babrius）　G
  Fab. Fabulae
Bacchyl.　バッキュリデース（Bacchylides）　G
Baeda　バエダ　L
  Hist. Ecc.　Historia ecclesiastica gentis Anglorum
Basilius　バシレイオス　G
  De Spiritu Sancto
  Adversus Eunomium
  Epist.   Epistulae
Berosus　ベーローソス　G
  Fr. 断片
Bion　ビオーン（スミュルナーの）　G

●C

Caes.　カエサル（Gaius Julius Caesar）　L
  B. Civ. Commentarii de Bello Civili
  B. Gall. Commentarii de Bello Gallico
Calcidius　カルキディウス　L
  Interpretatio Latina partis prioris Timaei Platonici
Callim.　カッリマコス（Callimachus）　G
  Aet.   Aetia
  Epigr. Epigrammata
  Hecale
  Hymn. Hymni
   Ap. In Apollinem
   Cer. In Cererem
   Del. In Delum
   Dian. In Dianam
   Jov. In Jovem
  Fr.   断片
Callistratus　カッリストラトス　G
Candidus　カンディドゥス　L
Cassian.　カッシアーヌス（Ioannes Cassianus）　L
  De Institutis Coenobiorum et Octo Principalium Vitiorum Remediis

    Collationes Patrum
    De Incarnatione Christi contra Nestorium
Cassiod. カッシオドールス（Flavius Magnus Aurelius Cassiodorus Senator） L
  Chron.   Chronicon
  Ep.   書簡
  Hist.   Historia Gothica
  Historia Tripartita
  Var.   Variae
Cato カトー（Marcus Porcius Cato） L
  Agr.   De Agri Cultura
  Orig.   Origines
  Fr.   断片
Catonis Disticha
Catull. カトゥッルス（Gaius Valerius Catullus） L
Cedrenus ケドレーノス G
Celsus ケルスス（Aulus Cornelius Celsus） L
  Med. De Medicina
Censorinus ケーンソーリーヌス L
Cic. キケロー、マールクス・トゥッリウス（Marcus Tullius Cicero） L
  Acad.   Academica
  Agr.   Orationes de Lege Agraria
  Amic.   De amicitia
  Arch.   Pro Archia poeta
  Att.   Epistulae ad Atticum
  Balb.   Pro L. Cornelio Balbo
  Brut.   Brutus
  Caecin.   Pro A. Caecina
  Cael.   Pro M. Caelio
  Cat.   In Catilinam
  Clu.   Pro A. Cluentio
  Deiot.   Pro rege Deiotaro
  De Or.   De Oratore
  Div.   De divinatione
  Div. Caec.   Divinatio in Caecilium
  Dom.   De domo sua
  Fam.   Epistulae ad familiares
  Fat.   De fato
  Fin.   De finibus bonorum et malorum
  Flac.   Pro Valerio Flacco
  Font.   Pro Fonteio
  Har. Resp.   De haruspicum responso
  Inv. Rhet.   De inventione rhetorica
  Lael.   Laelius, De amicitia
  Leg.   De legibus
  Leg. Agr.   De lege agraria
  Leg. Man.   Pro lege Manilia

凡　例

　　　　Luc.　　　　　　Lucullus
　　　　Marcell.　　　　Pro Marcello
　　　　Mil.　　　　　　Pro Milone
　　　　Mur.　　　　　　Pro Murena
　　　　Nat. D.　　　　 De natura deorum
　　　　Off.　　　　　　De officiis
　　　　Orat.　　　　　 Orator ad M. Brutum
　　　　Part. Or.　　　 Partitiones oratoriae
　　　　Phil.　　　　　 Philippicae
　　　　Pis.　　　　　　In L. Calpurnium Pisonem
　　　　Planc.　　　　　Pro Cn. Plancio
　　　　Prov. Cons　　　De provinciis consularibus
　　　　Q. Fr.　　　　　Epistulae ad Quintum fratrem
　　　　Q. Rosc.　　　　Pro Q. Roscio comoedo
　　　　Quinct.　　　　 Pro Quinctio
　　　　Rab. Perd.　　　Pro Rabirio perduellonis causa
　　　　Rab. Post.　　　Pro C. Rabirio Postumo
　　　　Red. Sen.　　　 Post reditum in senatu
　　　　Rep.　　　　　　De re publica
　　　　Rosc. Am.　　　 Pro S. Roscio Amerino
　　　　Scaur.　　　　　Pro M. Aemilio Scauro
　　　　Sen.　　　　　　De senectute
　　　　Sest.　　　　　 Pro Sestio
　　　　Sull.　　　　　 Pro Sulla
　　　　Top.　　　　　　Topica
　　　　Tusc.　　　　　 Tusculanae disputationes
　　　　Vatin.　　　　　In P. Vatinium
　　　　Verr.　　　　　 In Verrem
Cicero　キケロー、クィ（ー）ントゥス・トゥッリウス（Quintus Tullius Cicero）　L
　　　　Comment. Pet.　Commentariolum Petitionis
CIL　Corpus Inscriptionum Latinarum
Claud.　クラウディアーヌス（Claudius Claudianus）　G / L
　　　　B. Get.　　　　　De Bello Gethico
　　　　Cons. Hon.　　　 De consulatu Honorii
　　　　Cons. Stil.　　　De consulatu Stilichonis
　　　　Epithalamium Honorii
　　　　Eutr.　　　　　　In Eutropium
　　　　Laud. Stil.　　　De Laudibus Stilichonis
　　　　Rufinus　　　　　In Rufinum
Clem. Al.　アレクサンドレイアのクレーメーンス（Clemens Alexandrinus）　G
　　　　Protr.　Protrepticus ad Graecos, Προτρεπτικὸς πρὸς Ἕλληνας
　　　　Strom.　Stromata, Στρωματεῖς
I Clemens　Clemens Romanus
Cod. Just.　Codex Justinianus
Cod. Theod.　Codex Theodosianus
Columella　コルメッラ（Lucius Junius Moderatus Columella）　L

  Rust. De re rustica
Commodianus コンモディアーヌス L
Conon コノーン G
  Narr. Διήγησις
Consolatio ad Liviam
Corpus Hermeticum
Cratippus クラティッポス G
Ctesias クテーシアース G
  Indica, Ἰνδικά
  Pers.   Persica, Περσικά
Curtius クルティウス・ルーフス（Quintus Curtius Rufus） L
  Anab.   Anabasis
  De Rebus Gestis Alexandri Magni
Cyprianus キュプリアーヌス（Thascius Caecilius Cyprianus） L
  Ad Donatum
  De Catholicae Ecclesiae Unitate
  De Lapsis
  Epistolae
Cyril. キュリッロス（Cyrillus） G
  Adv. Iul.   Adversus Iulianum
  Contra Nestor. Contra Nestorium
  Epist.   書簡

●D

Damascus
De Bello Hispaniensi
Dem. デーモステネース（Demosthenes） G
  De Cor. De Corona, Περὶ τοῦ στεφανοῦ
  Lept. Adversus Leptinem, Κατὰ Λεπτίνους
  Philipp. Philippicae, Φιλιππικοὶ λόγοι
Demetr. デーメートリオス（パレーロンの）（Demetrius Phalereus） G
  Eloc. De Elocutione
Democr. デーモクリトス（Democritus） G
  Fr. 断片
Dicaearchus ディカイアルコス G
  Fr. 断片
Dictys Cret. ディクテュス（クレーターの）（Dictys Cretensis） G
  Bell. Tro. Ephemeris Belli Troiani
Dig. Digesta
Dio Cass. ディオーン・カッシオス（Lucius Cassius Dio Cosseianus） G
  Historiae Romanae, Ῥωμαικὴ ἱστορία
Dio Chrys. ディオーン・クリューソストモス（Dio Chrysostomus） G
  Or. Orationes
Diod. Sic. ディオドーロス（シケリアーの）（Diodorus Siculus） G
  Bibliotheca Historica, Βιβλιοθήκη ἱστορική

凡 例

Diog. Laert. ディオゲネース・ラーエルティオス（Diogenes Laërtius） G
  De clarorum philosophorum vitis (Vitae Philosophorum), Βίοι καὶ γνῶμαι τῶν ἐν φιλοσοφίᾳ εὐδοκιμησάντων
Dion. Hal. ハリカルナッソスのディオニューシオス（Dionysius Halicarnassensis） G
  Ant. Rom. Antiquitates Romaenae, Ῥωμαικὴ ἀρχαιολογία
  Comp. De Compositione Verborum, Περὶ συνθέσεως ὀνομάτων
  De Imit. De Imitatione, Περὶ μιμήσεως
  De Thuc. De Thucydide, Περὶ τοῦ Θουκυδίδου χαρακτῆρος
  Dinarchus De Dinarcho, Περὶ Δεινάρχου
  Isaeus De Isaeo
  Lys. De Lysia
  Pomp. Epistula ad Pompeium, Πρὸς Πομπήϊον
  Rhet. Ars rhetorica, Τέχνη ῥητορική
  Vet. Cens. De veterum censura
Diophantus ディオパントス G
  Arithmetica, Ἀριθμητικά
Diosc. ディオスクーリデース（Dioscurides） G
  Materia Medica
  De Venenis
  De Venenatis Animalibus
  Ex Herbis Femininis
Donat. ドナートゥス（Aelius Donatus） L
  Ars Grammatica
  Vita Vergiliana

● E ──────

Empedocles エンペドクレース G
  Fr. 断片
Ennius エンニウス（Quintus Ennius） L
  Ann. Annales
Epicurus エピクーロス G
  Ep. 書簡
  Fr. 断片
Epiph. エピパニオス（Epiphanius） G
  Adv. Haeres. Adversus Haereses
Epistolae Senecae ad Paulum et Pauli ad Senecam
Eratosth. エラトステネース（Eratosthenes） G
  Cat. Catasterismi, Καταστερισμοί
Etym. magn. Etymologicum magnum
Euc. エウクレイデース（Euclides） G
Eumenius エウメニウス L
  Panegyrici
Eunap. エウナピオス（Eunapius） G
  V. S. Vitae Sophistarum
    Porphyrius
    Vit. Aedes. Vita Aedesii

Euphorion. エウポリオーン　G
 Fr. 断片
Eur.　エウリーピデース（Euripides）　G
 Alc. Alcestis, Ἄλκηστις
 Andr. Andromache, Ἀνδρομάχη
 Bacch. Bacchae, Βάκχαι
 Cyc. Cyclops, Κύκλωψ
 El. Electra, Ἠλέκτρα
 Hec. Hecuba, Ἑκάβη
 Hel. Helena, Ἑλένη
 Heracl. Heraclidae, Ἡρακλεῖδαι
 H. F. Hercules Furens, Ἡρακλῆς
 Hipp. Hippolytus, Ἱππόλυτος
 Hyps. Hypsipyle, Ὑψιπύλη
 I. A. Iphigenia Aulidensis, Ἰφιγένεια ἡ ἐν Αὐλίδι
 Ion Ἴων
 I. T. Iphigenia Taurica, Ἰφιγένεια ἡ ἐν Ταύροις
 Med. Medea, Μήδεια
 Or. Orestes, Ὀρέστης
 Phoen. Phoenissae, Φοίνισσαι
 Rhes. Rhesus, Ῥῆσος
 Supp. Supplices, Ἱκέτιδες
 Tro. Troades, Τρῳάδες
Euseb.　エウセビオス（Eusebius）　G
 Arm. Chronicon (Arm.)
 Chron. Chronica
 Contra Marcellum, Κατὰ Μαρκέλλου
 De ecclesiastica theologia, Περὶ τῆς ἐκκλησιαστικῆς θεολογίας
 Hist. Eccl. Historia Ecclesiastica, Ἐκκλησιαστικὴ ἱστορία
 Praep. Evang. Praeparatio Evangelica, Εὐαγγελικὴ προπαρασκευή
 Vita Constantini, Εἰς τὸν βίον τοῦ μακαρίου Κωνσταντίνου βασιλέως
Eust.　エウスタティオス（Eustathius）　G
Eutocius　エウトキオス　G
 Comment. in Apollonii Conica Commentaria in Apollonii Conica
 In Arch. In Archimedis circuli dimensionem
Eutrop.　エウトロピウス（Flavius Eutropius）　L
 Breviarium ab urbe condita
Evagrius　エウアグリオス　G
 Hist. Eccl. Historia Ecclesiastica

● F ───────────

Fabulae Aesopicae
Festus　フェストゥス（Sextus Pompeius Festus）　L
Firm. Mat.　フィルミクス・マーテルヌス（Iulius Firmicus Maternus）　L
 Err. prof. rel. De errore profanarum religionum

凡　例

   Mathesis
 Flor.　フロールス（L. Annaeus（または、P. Annius）Florus）　L
   Epit.　Epitome Bellorum Omnium Annorum
 Fortunatus　フォルトゥーナートゥス（Venantius Fortunatus）　L
   Germ.　Vita Sancti Germani
 Fragmenta Orphicorum
 Frontin.　フロンティーヌス（Sextus Julius Frontinus）　L
   Aq.　De Aquae Ductu
   Str.　Strategemata
 Fronto　フロントー、マールクス・コルネーリウス（Marcus Cornelius Fronto）　L
   Ad amicos
   Ep.　　書簡

●G

 Gai.　ガーイウス（Gaius）　L
   Inst.　Institutionum Commentarii
 Galen.　ガレーノス（Claudius Galenus）　G
   Opera omnia
 Gell.　ゲッリウス、アウルス（Aulus Gellius）　L
   N. A.　Noctes Atticae
 Gor.　ゴルギアース（Gorgias）　G
   Fr.　　断片
 Greg. M.　グレーゴリウス1世（Gregorius Magnus）　L
   Dialogus de vita et miraculis patrum Italicorum et aeternitate animarum
   Ep.　　書簡
   Expositio in Librum Iob
   Liber Regulae Pastoralis
   Sermones
 Gregorius Nazianzenus　ナジアンゾスのグレーゴリオス　G
   De Vita Sua, Περὶ τὸν ἐμαυτοῦ βίον
   Epist.　　Epistulae, Ἐπιστολαί
   Orat.　　Orationes, Λόγοι
 Gregorius Nyssenus　ニュッサのグレーゴリウス　G
   Contra Eunomium, Πρὸς Εὐνόμιον λόγοι
   Oratio catechetica Magna, Λόγος κατηχητικὸς ὁ μέγας
 Gregorius Thaumaturgus　グレーゴリウス・タウマトゥールゴス　G
   Panegyricus ad Origenem
 Greg. Turon.　トゥールのグレーゴリウス（Gregorius Turonensis）　L
   Historia Francorum

●H

 Heliodorus　ヘーリオドーロス　G
   Aeth.　Aethiopica, Αἰθιοπικά
 Heraclid. Pont.　ポントスのヘーラクレイデース（Heraclides Ponticus）　G

  De Pol. De Politica
Heraclitus ヘーラクレイトス G
 Fr. 断片
Harp. ハルポクラティオーン（Valerius Harpocration） G
Herod. ヘーローダース（Herodas） G
Herodes Atticus ヘーローデース・アッティクス G
Herodian. ヘーローディアーノス（Herodianus） G
 Historiae, Ἱστορίης ἀπόδεξις
Herodot. ヘーロドトス（Herodotus） G
 Historiae, Ἱστορίαι
Heron ヘーローン（Hero Alexandrinus） G
 Pneum. Spiritalia, Πνευματικά
Hes. ヘーシオドス（Hesiodus） G
 Op. Opera et dies, Ἔργα καὶ ἡμέραι
 Sc. Scutum Herculis, Ἀσπὶς Ἡρακλέους
 Th. Theogonia, Θεογονία
 Fr. 断片
Hesych. ヘーシュキオス（Hesychius） G
Hieron. ヒエローニュムス（Sophronius Eusebius Hieronymus） L
 Adv. Iovinian. Adversus Iovinianum
 Chron. Chronica
 De Vir. Ill. De Viris Illustribus
 Ep. 書簡
 Vita Pauli
Hippoc. ヒッポクラテース（Hippocrates） G
 Opera Opera magni Hippocratis
Hippol. ヒッポリュトス（Hippolytus） G
Hirt. ヒルティウス、アウルス（Aulus Hirtius） L
 B. Alex. Bellum Alexandrinum
 B. Afric. Bellum Africum
 B. Hisp. Bellum Hispaniense
Historia Alexandri Magni
Hom. ホメーロス（Homerus） G
 Il. Ilias, Ἰλιάς
 Od. Odyssea, Ὀδύσσεια
Hor. ホラーティウス（Quintus Horatius Flaccus） L
 Ars P. Ars Poetica
 Carm. Carmina
 Carm. Saec. Carmen saeculare
 Epist. Epistulae
 Epod. Epodi
 Sat. Saturae
Hyg. ヒュギーヌス（Gaius Julius Hyginus） L
 Astr. De Astronomica
 Fab. Fabulae
Hymn. Hom. Homerici Hymni

凡　例

 Ap.   ad Apollinem
 Aesculapius ad Aesculapium
 Bacch. ad Bacchum
 Cer.   ad Cererem
 Dian.   ad Dianam
 Mart.   ad Martem
 Merc.   ad Mercurium
 Pan.   ad Panem
 Ven.   ad Venerem

● I

Iambl.　イアンブリコス（Iamblichus）　G
 Myst.   De mysteriis
 Protrepticus
 Vit. Pyth. De Vita Pythagorae
Ibycus　イービュコス　G
 Fr.   断片
Idatius　イダティウス　L
 Chronicon
Irenaeus　エイレーナイオス　G
 Adv. Haer. Adversus omnes haereses
 Epideixis
Isae.　イーサイオス（Isaeus）　G
Isid.　イシドールス（Isidorus）　L
 Chronica
 Orig.   Origines
Isoc.　イソクラテース（Isocrates）　G
 Antidosis Ἀντίδοσις
 Areopag. Areopagiticus, Ἀρεοπαγιστικός
 Bus.   Busiris, Βούσιρις
 Euagoras Εὐαγόρας
 Plataicus Πλαταικός
 Panath. Panathenaicus, Παναθηναικός
 Paneg. Panegyricus, Πανηγυρικός
 Philipp. Philippus, Φιλίππος
It. Ant.　Itinerarium Antonini Augusti

● J

Johannes Chrysostomus
Jordan.　ヨルダーネース（Jordanes）　L
 Getica De origine actibusque Getarum
 Romana De summa temporum vel origine actibusque gentis Romanum
Joseph.　イオーセーポス（Flavius Josephus）　G
 Ap.   Contra Apionem, Πρὸς Ἀπίωνα

  J. A. Antiquitates Judaicae, Ἰουδαϊκὴ Ἀρχαιολογία
  J. B. Bellum Judaicum, Περὶ τοῦ Ἰουδαϊκοῦ Πολέμου
  Vit. Vita, Βίος Ἰωσήπου

Julian. ユーリアーヌス（Flavius Claudius Julianus） L
  Apophth. Apophthegmata
  Ep. Epistulae
  Mis. Misopogon
  Or. Orationes

Just. ユースティーヌス（Marcus Junianus Justinus） L
  Epit. 摘要

Juv. ユウェナーリス（Decimus Junius Juvenalis） L

●L

Lact. ラクタンティウス・プラキドゥス（Lactantius Placidus） L
  Narr. Narrationes

Lactant. ラクタンティウス（Lucius Caecilius Firmianus Lactantius） L
  Div. Inst. Divinae Institutiones
  Mort. Pers. De Mortibus Persecutorum

Libanius リバニオス G
  Declamatio, Μελέται
  Epist. Epistulae, Ἐπιστολαί
  Or. Orationes, Λόγοι

Liv. リーウィウス（Titus Livius Patavinus） L
  Ab Urbe Condita
    Epit. 摘要
  Per. Periochae

Longinus ロンギーノス（Dionysius Cassius Longinus） G
  Subl. De sublimitate, Περὶ ὕψους

Longus ロンゴス G
  Daphnis et Chloe, Δάφνις καὶ Χλόη

Luc. ルーカーヌス（Marcus Annaeus Lucanus） L
  De Bello Civili

Lucian. ルーキアーノス（Lucianus Samosatensis） G
  Alex. Alexander, Ἀλέξανδρος ἢ Ψευδόμαντις
  Amor. Amores, Ἔρωτες
  Anach. Anacharsis, Ἀνάχαρσις ἢ Περὶ γυμνασίων
  Apophras, Ψευδολογιστὴς ἢ περὶ τῆς ἀποφράδος
  Catapl. Cataplus, Κατάπλους ἢ Τύραννος
  Charidemus, Χαρίδημος ἢ Περὶ Κάλλους
  Demon. Demonax, Δημώνακτος Βίος
  De mort. Peregr. De morte Peregrini, Περὶ τῆς Περεγρίνου τελευτῆς
  De Saltat. De saltatione, Περὶ Ὀρχήσεως
  Dial. D. Dialogi deorum, Θεῶν διάλογοι
  Dial. Meret. Dialogi meretricii, Ἑταιρικοὶ διάλογοι
  Dial. Mort. Dialogi mortuorum, Νεκρικοὶ διάλογοι

凡　例

　　　　　　　　Eikones Imagines, Εἰκόνες
　　　　Encom. Musc.　　Encomium muscae, Μυίας ἐγκώμιον
　　　　Eunuch. Eunuchus, Εὐνοῦχος
　　　　Gallus, Ὄνειρος ἢ Ἀλεκτρυών
　　　　Hermot. Hermotimus, Ἑρμότιμος ἢ Περὶ αἱρέσεων
　　　　Hist. conscr.　　Quomodo historia conscribenda sit, Πῶς δεῖ ἱστορίαν συγγράφειν
　　　　Icaromenippus, Ἰκαρομένιππος ἢ Ὑπερνέφελος
　　　　Ind.　　　　　　Adversus Indoctum, Πρὸς τὸν ἀπαίδευτον καὶ πολλὰ βιβλία ὠνούμενον
　　　　Iupp. Trag.　　Iuppiter Tragoedus, Ζεὺς Τραγῳδός
　　　　Macr.　　　　Macrobii, Μακρόβιοι
　　　　Menippus, Μένιππος ἢ Νεκυομαντεία
　　　　Nigr.　　　　Nigrinus, Νιγρῖνος
　　　　Phalaris, Φάλαρις
　　　　Philopseudes, Φιλοψευδής
　　　　Symp.　　　　Symposium, Συμπόσιον
　　　　Syr. D.　　　　De Syria dea, Περὶ τῆς Συρίης θεοῦ
　　　　Timon, Τίμων
　　　　Tox.　　　　Toxaris, Τόξαρις ἢ φιλία
　　　　Ver. Hist.　　Verae historiae, Ἀληθῆ διηγήματα
　　　　Vit. Auct.　　Vitarum auctio, Βίων πρᾶσις
Lucr.　ル（ー）クレーティウス（Titus Lucretius Carus）　L
　　　De Rerum Natura
Lycoph.　リュコプローン（Lycophron）　G
　　　Alex.　　　　Alexandra
Lycurg.　リュクールゴス（Lycurgus）　G
　　　Leoc.　　　　Oratio in Leocratem
Lydus　リュードス　G
　　　Mag.　　　　De magistratibus
　　　Mens.　　　　De mensibus
Lys.　リューシアース（Lysias）　G
　　　Andocides

●M

Macrob.　マクロ（ー）ビウス（Ambrosius (Aurelius) Theodosius Macrobius）　L
　　　Sat.　　　　Saturnalia
　　　Commentarii ex Cicerone in Somnium Scipionis
Maecianus　マエキアーヌス（Lucius Volusius Maecianus）　L
　　　Distributio
Malalas　マララース（Iohannes Malalas）　G
Malchus　マルコス　G
Manetho　マネトーン　G
Manilius　マーニーリウス（Marcus Manilius）　L
　　　Astronomica
Marcellin.　マルケッリーヌス（Ammianus Marcellinus）　L
　　　Chronicon

Thuc.　　　　　　Vita Thucydidis
Marcellinus Comes　マルケッリーヌス・コメス　L
　　Chronicon
Marcus Argentarius　マールクス・アルゲンターリウス　G
　　Epigram.　　　　　Epigrammata
Marcus Aurelius　マールクス・アウレーリウス（Marcus Aurelius Antoninus）　L
Marinus　マリーノス　G
　　Vita Procli
Marm. Par.　　　　　Marmor Parium
Mart.　マールティアーリス（Marcus Valerius Martialis）　L
Martianus Capella　マールティアーヌス・カペッラ　L
Martyrologium Hieronymianum
Max. Tyr.　マクシモス（テュロスの）（Cassius Maximus Tyrius）　G
　　Dissert.　　　　　Dissertationes
Mela　メラ（Pomponius Mela）　L
　　De Chorographia
Melissus　メリッソス（サモスの）　G
　　Fr.　　　　　　　断片
Merobaudes　メロバウデース（Flavius Merobaudes）　L
　　Carmina
　　De Christo
Mimnermus　ミムネルモス　G
　　Fr.　　　　　　　断片
Mon. Anc.　Monumentum Ancyranum
Moschus　モスコス　G
　　Epitaphius Bionis, Ἐπιτάφιος Βίωνος
Moses Chorenensis　G
Musaeus　ムーサイオス　G
　　Hero et Leander, Τὰ καθ' Ἡρὼ καὶ Λέανδρον

● N ─────────────

Nep.　ネポース（Cornelius Nepos）　L
　　De Viris Illustribus
　　　　Ages.　　　　Agesilaus
　　　　Alcibiades
　　　　Arist.　　　　Aristides
　　　　Att.　　　　　Atticus
　　　　Cat.　　　　　M. Porcius Cato
　　　　Chabr.　　　　Chabrias
　　　　Cim.　　　　　Cimon
　　　　Conon
　　　　Damates
　　　　Datis
　　　　Dion
　　　　Epam.　　　　Epaminondas

　　　　　　Eum.　　　　　　Eumenes
　　　　　　Hamilcar
　　　　　　Hannibal
　　　　　　Iphicrates
　　　　　　Lysander
　　　　　　Miltiades
　　　　　　Pausanias
　　　　　　Pelopidas
　　　　　　Phocion
　　　　　　Themistocles
　　　　　　Timol.　　　　　Timoleon
　　　　　　Timotheus
　　　　　　Thrasybulus
　　　Ep.　　　　　　　　書簡
Nic.　ニーカンドロス（Nicander）　G
　　Ther.　Theriaca, Θηριακά
Nic. Dam.　ニーコラーオス（ダマスコスの）（Nicolaus Damascenus）　G
　　De Vita Augusti
Nicephorus　ニーケーポロス（Nicephorus Callistus）　G
　　Hist. Eccl.　Historia Ecclesiastica
Nonnus　ノンノス　G
　　Dion.　Dionysiaca
Notitia Dignitatum
Nov. Test.　Novum Testamentum
　　　Act. /Apost.　　　　Actus Apostolorum
　　　Apoc.　　　　　　　Apocalypsis
　　　Johann.　　　　　　Evangelium secundum Johannem
　　　Luc.　　　　　　　 Evangelium secundum Lucam
　　　Marc.　　　　　　　Evangelium secundum Marcum
　　　Matth.　　　　　　 Evangelium secundum Matthaeum
　　　Paulus Ad Colossenses
　　　Philipp.　　　　　　Epistula ad Philippenses

●O

Olympiodorus　オリュンピオドーロス　G
　　Epistulae
Oppianus　オッピアーノス　G
　　Cynegetica, Κυνηγετικά
Oppius　オッピウス（Gaius Oppius）　L
Optatus　オプタートゥス　L
Origen.　オーリゲネース（Origenes Adamantius）　G
　　C. Cels.　　　　　Contra Celsum, Κατὰ Κέλσου
　　De Oratione, Περὶ εὐχῆς
　　De Principiis, Περὶ ἀρχῶν
　　Exhortatio ad Martyrium, Εἰς μαρτύριον προτρεπτικός

Oros. オロシウス（Paulus Orosius） L
 Historiarum adversus Paganos
 Liber Apologeticus contra Pelagianos
Orsisius　G
 Doctrina de Institutione Monachorum
Ov.　オウィディウス（Publius Ovidius Naso）　L
 Am. Amores
 Ars Am. Ars Amatoria
 Fast. Fasti
 Her. Heroides
 Ib. Ibis
 Met. Metamorphoses
 Pont. Ex Ponto
 Tr. Tristia

●P

Palladius
Panaetius　パナイティオス　G
 Fr. 断片
Panegyr. Lat. Vet.　Panegyrici Latini Veteres
Pappus　パッポス　G
 Comment. in Eucl. Commentaria in Euclidis Elementa
 Mathematicae Collectiones, Συναγωγή
Parmenides　パルメニデース　G
 Fr. 断片
Parth.　パルテニオス（Parthenius）　G
 Amat. Narr. Narrationum Amatoriarum
 Erot. Path. Erotika Pathemata
Paul. Diac.　パウルス・ディアーコヌス（Paulus Diaconus）　L
 De Gest. Longob. De Gesta Longobardorum
 Vita Gregorii
Paulinus　パウリーヌス（ノーラの）（Paulinus Nolanus）　L
 Carmina
 Epistulae
 Vita Ambrosii
Paulus　パウルス、ユーリウス（Iulius Paulus）　L
 Dig. Digestae
 Sent. Sententiae
Paus.　パウサニアース（Pausanias）　G
 Graeciae Descriptio, Περιήγησις τῆς Ἑλλάδος
Peripl. M. Rubr.　Periplus Maris Erythraei
Pers.　ペルシウス（Aulus Persius Flaccus）　L
Pervigilium Veneris
Petron.　ペトローニウス（・アルビテル）（Petronius Niger, Titus（または、Gaius））　L
 Sat. Satyricon / Satyrica

凡 例

Phaedrus　パエドルス（Gaius Julius Phaedrus）　L
 Aesopica　　　Fabulae Aesopiae
Philo.　ピローン（アレクサンドレイアの）（Philo Judaeus）　G
 In Flacc.　　In Flaccum, Εἰς Φλάκκον
 Leg.　　　　Legatio ad Gaium, Πρεσβεία πρὸς Γαῖον
Philogelos
Philostorgius　ピロストルギオス　G
 Hist. Eccl.　Historia Ecclesiastica
Philostr.　ピロストラトス（L. Flavius Philostratus）　G
 Epist.　　　Epistulae et dialexeis
 Gym.　　　Gymnasticus, Γυμναστικός
 V. A.　　　Vita Apollonii, Τὰ ἐς τὸν Τυανέα Ἀπολλώνιον
 V. S.　　　Vitae sophistarum, Βίοι σοφιστῶν
Philostr. Jun.　ピロストラトス（Philostratus Junior）　G
 Imag.　　　Imagines, Εἰκόνες
Phot.　ポーティオス（Photius）　G
 Cod.　　　Codices
 Bibl.　　　Bibliotheca
 Lexicon
 Proclus Chrestomatheia grammatike
Pind.　ピンダロス（Pindarus）　G
 Isthm.　　　Isthmia, Ἰσθμιονῖκαι
 Nem.　　　Nemea, Νεμεονῖκαι
 Ol.　　　　Olympia, Ὀλυμπιονῖκαι
 Pyth.　　　Pythia, Πυθιονῖκαι
 Fr.　　　　断片
Pl.　プラトーン（Plato）　G
 Alc.　　　　Alcibiades, Ἀλκιβιάδης
 Ap.　　　　Apologia, Ἀπολογία
 Chrm.　　　Charmides, Χαρμίδης
 Cra.　　　　Cratylus, Κράτυλος
 Cri.　　　　Crito, Κρίτων
 Criti.　　　Critias, Κριτίας
 Epin.　　　Epinomis, Ἐπινομίς
 Euthphr.　　Euthyphro, Εὐθύφρων
 Euthyd.　　Euthydemus, Εὐθύδημος
 Grg.　　　　Gorgias, Γοργίας
 Hipparch.　　Hipparchus, Ἵππαρχος
 Hipp. Mai.　Hippias maior, Ἱππίας μειζών
 Hipp. Min.　Hippias minor, Ἱππίας ἐλάττων
 Ion, Ἴων
 Lach.　　　Laches, Λάχης
 Leg.　　　　Leges, Νόμοι
 Lysis, Λῦσις
 Menex.　　Menexenus, Μενέξενος
 Meno　　　Meno, Μένων

Minos, Μίνως
    Phd.   Phaedo, Φαίδων
    Phdr.   Phaedrus, Φαῖδρος
    Plt.   Politicus, Πολιτικός
    Prm.   Parmenides, Παρμενίδης
    Prt.   Prtotagoras, Πρωταγόρας
    Resp.   Respublica, Πολιτεία
    Soph.   Sophista, Σοφιστής
    Symp.   Convivium, Συμπόσιον
    Tht.   Theaetetus, Θεαίτητος
    Ti.   Timaeus, Τίμαιος

Plato Com. プラトーン（コーミコス）(Plato (Comicus)) G
    Fr.   断片

Plaut. プラウトゥス (Titus Maccius Plautus) L
    Amph.   Amphitruo
    Asin.   Asinaria
    Bacch.   Bacchides
    Capt.   Captivi
    Cas.   Casina
    Cist.   Cistellaria
    Curc.   Curculio
    Merc.   Mercator
    Mil.   Miles gloriosus
    Pseud.   Pseudolus
    Trin.   Trinummus

Plin. プリーニウス L
    N. H.   Naturalis Historia (Gaius Plinius Secundus)
    Ep.   Epistulae (Gaius Plinius Caecilius Secundus)
    Pan.   Panegyricus (Gaius Plinius Caecilius Secundus)
    Tra.   Epistulae ad Traianum (Gaius Plinius Caecilius Secundus)

Plotinus プローティーノス G
    Enn.   Enneades, Ἐννεάδες

Plut. プルータルコス (Lucius Mestrius Plutarchus) G
    De Fluviis
    Mor.   Moralia, Ἠθικά
        De liberis educandis, Περὶ παίδων ἀγωγῆς (1A-)
        Quomodo adulator ab amico internoscatur, Πῶς δεῖ τὸν ποιημάτων ἀκούειν (17D-)
        De recta ratione audiendi, Περὶ τοῦ ἀκούειν (37B-)
        Quomodo adultator ab amico internoscatur, Πῶς ἄν τις διακρίνειε τὸν κόλακα τοῦ φίλου (48E-)
        Quomodo quis suos in virtute sentiat profectus, Πῶς ἄν τις αἴσθοιτο ἑαυτοῦ προκόπτοντος ἐπ' ἀρετῇ (75A-)
        De capienda ex inimicis utilitate, Πῶς ἄν τις ὑπ' ἐχθρῶν ὠφελοῖτο (86B-)
        De amicorum multitudine, Περὶ πολυφιλίας (93A-)
        De fortuna, Περὶ τύχης (97C-)
        De virtute et vitio, Περὶ ἀρετῆς καὶ κακίας (100B)
        Consolatio ad Apollonium, Παραμυθητικὸς πρὸς Ἀπολλώνιον (101F-)
        De tuenda sanitate praecepta, Ὑγιεινὰ παραγγέλματα (122B-)

凡　例

Coniugalia praecepta, Γαμικὰ παραγγέλματα（138A-）

Convivium septem sapientium, Τῶν ἑπτὰ σοφῶν συμπόσιον（146B-）

De superstitione, Περὶ δεισιδαιμονίας（164E-）

Regum et imperatorum apophthegmata, Ἀποφθέγματα βασιλέων καὶ στρατηγῶν（172A-）

Apophthegmata Laconica, Ἀποφθέγματα Λακωνικά（208A-）

Instituta Laconica, Τὰ παλαιὰ τῶν Λακεδαιμονίων ἐπιτηδεύματα（236F-）

Lacaenarum apophthegmata, Λακαινῶν ἀποφθέγματα（240C-）

Milierum virtutes, Γυναικῶν ἀρεταί（242E-）

Quaestiones Romanae, Αἴτια Ῥωμαϊκά（263D-）

Quaest. Graec.	Quaestiones Graecae, Αἴτια Ἑλληνικά（291D-）

Parallela Graeca et Romana, Συναγωγὴ ἱστοριῶν παραλλήλων Ἑλληνικῶν καὶ Ῥωμαικῶν（305A-）

De fort. Rom.	De fortuna Romanorum, Περὶ τῆς Ῥωμαίων τύχης（316B-）
De Alex. fort.	De Alexandri magni fortuna aut virtute, libri ii, Περὶ τῆς Ἀλεξάνδρου, τύχης ἢ ἀρετῆς, λόγοι βʹ（326D-）
De Glor. Ath.	De Gloria Atheniensium, Πότερον Ἀθηναῖοι κατὰ πόλεμον（345C-）
De. Is. et. Os.	De Iside et Osiride, Περὶ Ἴσιδος καὶ Ὀσίριδος（351C-）

De E apud Delphos, Περὶ τοῦ ΕΙ τοῦ ἐν Δελφοῖς（384C-）

De Pyth. or.	De Pythiae oraculis, Περὶ τοῦ μὴ χρᾶν ἔμμετρα νῦν τὴν Πυθίαν（394D-）
De def. or.	De defectu oraculorum, Περὶ τῶν ἐκλελοιπότων χρηστηρίων（409E-）

Anvirtus doceri possit, Εἰ διδακτὸν ἡ ἀρετή（439A）

De virtute morali, Περὶ τῆς ἠθικῆς ἀρετῆς（440D-）

De cohibenda ira, Περὶ ἀργησίας（452E-）

De tranq. anim.	De tranquillitate animi, Περὶ εὐθυμίας（464E-）
De frat. amor.	De fraterno amore, Περὶ φιλαδελφίας（478A-）

De amore prolis, Περὶ τῆς εἰς τὰ ἔκγονα φιλοστοργίας（493A-）

An vitiositas ad infelicitatem sufficiat, Εἰ αὐτάρκης ἡ κακία πρὸς κακοδαιμονίαν（498A-）

Animine an corporis affections sint peiores, Πότερον τὰ τῆς ψυχῆς ἢ τὰ τοῦ σώματος πάθη χείρονα（500B-）

De garrulitate, Περὶ ἀδολεσχίας（502B-）

De curiositate, Περὶ πολυπραγμοσύνης（515B-）

De cupiditate divitiarum, Περὶ φιλοπλουτίας（523C-）

De vitioso pudore, Περὶ δυσωπίας（528C-）

De invidia et odio, Περὶ φθόνου καὶ μίσους（536E-）

De se ipsum citra invidiam laudando, Περὶ τοῦ ἑαυτὸν ἐπαινεῖν ἀνεπιφθόνως（539A-）

De sera	De sera numinis vindicta, Περὶ τῶν ὑπὸ τοῦ θείου βραδέως τιμωρουμένων（548A-）

De fato, Περὶ εἱμαρμένης（568B-）

De genio Socratis, Περὶ τοῦ Σωκράτους δαιμονίου（575A-）

De exilio, Περὶ φυγῆς（599A-）

Consolatio ad uxorem, Παραμυθητικὸς πρὸς τὴν γυναῖκα（608A-）

Quaestiones convivales, Συμποσιακὰ προβλήματα（612C-）

Amatorius, Ἐρωτικός（748E-）

Amatoriae narrationes, Ἐρωτικαὶ διηγήσεις（771E-）

Maxime cum principibus philosopho esse disserendum, Περὶ τοῦ ὅτι μάλιστα τοῖς ἡγεμόσι δεῖ τὸν φιλόσοφον διαλέγεσθαι（776A-）

Ad principem ineruditum, Πρὸς ἡγεμόνα ἀπαίδευτον（779C-）

An seni.	An seni respublica gerenda sit, Εἰ πρεσβυτέρῳ πολιτευτέον (783A-)
De Rep. Ger.	Praecepta gerendae reipublicae, Πολιτικὰ παραγγέλματα (798A-)
	De unius in republica dominatione, populari statu, et paucorum imperio, Περὶ μοναρχίας καὶ δημοκρατίας καὶ ὀλιγαρχίας (826A-)
	De vitando aere alieno, Περὶ τοῦ μὴ δεῖν δανείζεσθαι (827D-)
X orat.	Vitae decem oratorum, Περὶ τῶν δέκα ῥητόρων (832B-)
	Comparationis Aristophanis et Menandri compendium, Συγκρίσεως Ἀριστοφάνους καὶ Μενάνδρου ἐπιτομή (853A-)
	De Herodoti malignitate, Περὶ τῆς Ἡροδότου κακοηθείας (854E-)
	De placitis philosophorum, Περὶ τῶν ἀρεσκόντων τοῖς φιλοσόφοις (874D-)
	Quaestiones naturales, Αἰτίαι φυσικαί (911C-)
	De facie quae in orbe lunae apparet, Περὶ τοῦ ἐμφαινομένου προσώπου τῷ κύκλῳ τῆς σελήνης (920A-)
	De primo frigido, Περὶ τοῦ πρώτως ψυχροῦ (945E-)
	Aquane an ignis sit utilior, Περὶ τοῦ πότερον ὕδωρ ἢ πῦρ χρησιμώτερον (955D-)
De soll. an.	De sollertia animalium, Πότερα τῶν ζῴων φρονιμώτερα τὰ χερσαῖα ἢ τὰ ἔνυδρα (959A-)
	Bruta animalia ratione uti, sive Gryllus, Περὶ τοῦ τὰ ἄλογα λόγῳ χρῆσθαι (985D-)
	De esu carnium orations, Περὶ σαρκοφαγίας (993A-)
	Platonicae quaestiones, Πλατωνικὰ ζητήματα (999C-)
	De animae procreatione in Timaeo, Περὶ τῆς ἐν Τιμαίῳ ψυχογονίας (1012A-)
	Compendium libri de animae procreatione in Timaeo, Ἐπιτομὴ τοῦ περὶ τῆς ἐν τῷ Τιμαίῳ ψυχογονίας (1030D-)
	De stoicorum repugnantiis, Περὶ Στωικῶν ἐναντιωμάτων (1033A-)
	Compendium argumenti Stoicos absurdiora poetis dicere, Σύνοψις τοῦ ὅτι παραδοξότερα οἱ Στωικοὶ τῶν ποιητῶν λέγουσι (1057C-)
	De communibus notitiis adversus Stoicos, Περὶ τῶν κοινῶν ἐννοιῶν πρὸς τοὺς Στωικούς (1058E)
	Non posse suavitur vivi secundum Epicurum, Ὅτι οὐδὲ ζῆν ἐστὶν ἡδέως κατ' Ἐπίκουρον (1086C-)
	Adversus Colotem, Πρὸς Κωλώτην ὑπὲρ τῶν ἄλλων φιλοσόφων (1107D-)
	An recte dictum sit latenter esse vivendum, Εἰ καλῶς εἴρηται τὸ λάθε βιώσας (1128A-)
De mus.	De musica, Περὶ μουσικῆς (1131A-)
Vit.	Vitae Parallelae, Βίοι
Aem.	Aemilius Paullus, Αἰμίλιος
Ages.	Agesilaus, Ἀγησίλαος
Agis, Ἆγις	
Alc.	Alcibiades, Ἀλκιβιάδης
Alex.	Alexander, Ἀλέξανδρος
Ant.	Antonius, Ἀντώνιος
Arat.	Aratus, Ἄρατος
Arist.	Aristides, Ἀριστείδης
Artax.	Artaxerxes, Ἀρταξέρξης
Brut.	Brutus, Βροῦτος
Caes.	Caesar, Καῖσαρ
Cam.	Camillus, Κάμιλλος
Cat. Mai.	Cato Maior, Μᾶρκος Κάτων
Cat. Min.	Cato Minor, Κάτων
C. Gracch.	Gaius Gracchus, Γάιος Γράκχοι
Cic.	Cicero, Κικέρων

凡　例

   Cim.   Cimon, Κίμων
   Cleom.   Cleomenes, Κλεομένης
   Coriol.   Coriolanus, Κοριόλανος
   Crass.   Crassus, Κράσσος
   Dem.   Demosthenes, Δημοσθένης
   Demetr.   Demetrius, Δημήτριος
   Dion, Δίων
   Eum.   Eumenes, Εὐμένης
   Fab.   Fabius Maximus, Φάβιος Μάξιμος
   Flam.   Titus Flamininus, Τίτος
   Galb.   Galba, Γάλβας
   Gracch.   Gracchus, Γράγχος
   Luc.   Lucullus, Λεύκολλος
   Lyc.   Lycurgus, Λυκοῦργος
   Lys.   Lysander, Λύσανδρος
   Mar.   Marius, Μάριος
   Marc.   Marcellus, Μάρκελλος
   Nic.   Nicias, Νικίας
   Num.   Numa, Νομᾶς
   Oth.   Otho, Ὄθων
   Pel.   Pelopidas, Πελοπίδας
   Per.   Pericles, Περικλῆς
   Phil.   Philopoemen, Φιλοποίμην
   Phoc.   Phocion, Φωκίων
   Pomp.   Pompeius, Πομπήϊος
   Public.   Publicola, Ποπλικόλας
   Pyrrh.   Pyrrhus, Πύρρος
   Rom.   Romulus, Ῥωμύλος
   Sert.   Sertorius, Σερτώριος
   Sol.   Solon, Σόλων
   Sull.   Sulla, Σύλλας
   Them.   Themistocles, Θεμιστοκλῆς
   Thes.   Theseus, Θησεύς
   Tib. Gracch.   Tiberius Gracchus, Τιβέριος Γράγχος
   Tim.   Timoleon, Τιμολέων
  Vita Homeri
  Fr.   断片

Pollux　ポリュデウケース（Julius Pollux）　G
Polyaenus　ポリュアイノス　G
  Strategemata
Polyb.　ポリュビオス（Polybius）　G
  Historiae, Ἱστορίαι
Pompon.　ポンポーニウス（Sextus Pomponius）　L
  Dig.　Digesta
Porph.　ポルピュリオス（Porphyrius）　G
  Abst.   De abstinentia, Περὶ ἀποχῆς ἐμψύχων

        ad Hor. Carm.   ad Horatii Carminam
        De Antr. Nymph.   De antro nympharum, Περὶ τοῦ ἐν ᾽Οδυσσείᾳ τῶν νυμφῶν ἄντρου
        Vit. Plot. Vita Plotini, Πυθαγόρου βίος

Posidippus　ポセイディッポス　G
    Fr.　　　断片

Possidius　ポッシディウス　L
    Vita Sancti Augustini

Priap.　プリアーペイア　Priapeia　L

Prisc.　プリスキアーヌス（Priscianus Caesariensis）　L
    Inst.　Institutiones Grammaticae

Priscus　プリスクス　L
    Fr.　　　断片

Proba　プロバ（Faltonia Proba）　L
    Cento Virgilianus

Procl.　プロクロス（Proclus）　G
    Comment. in Eucl.   Commentaria in Euclidis Elementa Geometrica, Εἰς τὸ πρῶτον τῶν Εὐκλείδου στοιχείων
    In Tim.   Commentarium in Platonis Timaeum, Εἰς τὸν Τίμαιον Πλάτωνος
    Theol. Plat.   Theologia Platonica, Περὶ τῆς κατὰ Πλάτωνος
    Vita Homeri

Procop.　プロコピオス（Procopius）　G
    Aed.　　De aedificiis
    Anecdota
    Goth.　　De bello Gothico
    Pers.　　De bello Persico
    Vand.　　De bello Vandalico

Prop.　プロペルティウス（Sextus (Aurelius) Propertius）　L
    Elegiae

Prosperus　プロスペルス　L
    Epitoma Chronicon

Protagoras　プロータゴラース　G
    Fr.　　　断片

Protoevangelium

Prudent.　プルーデンティウス（Marcus Aurelius Prudentius Clemens）　L
    Apoth.　　Apotheosis
    C. Symm.　Contra Symmachum
    Perist.　　Peristephanon

Ptol.　プトレマイオス、クラウディオス（Claudius Ptolemaeus）　G
    Alm.　　Almagest
    Geog.　　Geographia, Γεωγραφικὴ ὑφήγησις
    Harm.　　Harmonica

●Q

Quint.　クィンティリアーヌス（Marcus Fabius Quintilianus）　L
    Declamationes
    Inst.　　　Institutio Oratoria

凡　例

Quint. Smyrn.　コイントス（スミュルナーの）（Quintus Smyrnaeus）　G

●R

Res Gestae
Rhianus　リアーノス　G
    Fr.　　　　　　断片
Rufinus　ルーフィーヌス（Tyrannius Rufinus）　L
    Hist. Eccl.　　　　Historia Ecclesiastica

●S

Sall.　サッルスティウス（Gaius Sallustius Crispus）　L
    Cat.　　　　　　Bellum Catilinae
    Hist.　　　　　 Historiae
    Jug.　　　　　　Bellum Jugurthinum
Salvianus　サルウィアーヌス　L
    De Gubernatione Dei
Sappho　サッポー　G
    Fr.　　　　　　断片
Schol.　Scholia
    ad Aesch. Pers.　　ad Aeschyli Persas
    ad Aesch. P. V.　　ad Aeschyli Prometheum vinctum
    ad Aesch. Sept.　　ad Aeschyli Septem contra Thebas
    ad Ap. Rhod. Arg.　ad Apollonii Rhodii Argonautica
    ad Ar. Plut.　　　ad Aristophanis Plutum
    ad Ar. Thesm.　　 ad Aristophanis Thesmophoriazusas
    ad Ar. Vesp.　　　ad Aristophanis Vespas
    ad Dem.　　　　　ad Demosthenem
    ad Eur. Phoen.　　ad Euripidis Phoenissas
    ad Eur. Rhes.　　 ad Euripidis Rhesum
    ad Hesiod. Theog.　ad Hesiodi Theogoniam
    ad Hom. Il.　　　 ad Homeri Iliadem
    ad Hom. Od.　　　 ad Homeri Odysseam
    ad Juv.　　　　　 ad Juvenalem
    ad Pind. Nem.　　 ad Pindari Nemea
    ad Pind. Ol.　　　ad Pindari Olympia
    ad Pind. Pyth.　　ad Pindari Pythia
    ad Stat. Theb.　　ad Statii Thebaidem
    ad Theoc. Id.　　 ad Theocriti Idyllia
    ad Verg. Aen.　　 ad Vergilii Aeneidem
    ad Verg. Ecl.　　 ad Vergilii Eclogas
    ad Verg. G.　　　 ad Vergilii Georgica
Scylax　スキュラクス　G
Scymn.　スキュムノス（Scymnus）　G
Semonides　セーモーニデース　G

| | Fr. | 断片 |

Sen. セネカ（Lucius Annaeus Seneca (Maior)） L
- Con. Ex. — Controvesiarum excerpta
- Controv. — Controversiae
- Suas. — Suasoriae

Sen. セネカ（Lucius Annaeus Seneca "Philosophus"） L
- Apocol. — Apocolocyntosis
- Ben. — De Beneficiis
- Brev. Vit. — De Brevitate Vitae
- Clem. — De clementia
- Cons. ad Marc. — Consolatio ad Marciam
- Constant. — De constantia sapientis
- Dial. — Dialogi
- Ep. — Epistulae Morales
- Epigr. — Epigrammata super exilio
- Helv. — Ad Helviam
- Herc. fur. — Hercules furens
- Ira — De ira
- Medea
- Octavia
- Oedipus
- Phaedra
- Prov. — De providentia
- Q. Nat. — Questiones naturales
- Tranq. — De tranquilitate animi
- Troades
- Tyestes
- Vit. Beat. — De vita beata

Septuaginta

Serv. セルウィウス（Marius (Maurus) Servius Honoratus） L
- ad Verg. Aen. — ad Vergilii Aeneidos Libros
- ad Verg. Ecl. — ad Vergilii Bucolicon Librum
- ad Verg. G. — ad Vergilii Georgicon Libros

Sext. Emp. セクストス・エンペイリコス（Sextus Empiricus） G
- Pyr. — Pyrrhoniae Hypotyposes, Πυρρώνειοι Ὑποτυπώσεις
- Math. — Adversus Mathematicos, Πρὸς Μαθηματικούς

Sextus Rufus セクストゥス・ルーフス L

S. H. A. Scriptores Historiae Augustae
- Aelius
- Alex. Sev. — Alexander Severus
- Antoninus Pius
- Aurel. — Aurelianus
- Avid. Cass. — Avidius Cassius
- Caracall. — Caracalla
- Carinus
- Cl. — Claudius Gothicus

凡　例

   Clod. Alb.   Clodius Albinus
   Comm.   Commodus
   Diadumen.   Diadumenianus
   Did. Iul.   Didius Iulianus
   Dom.   Domitianus
   Firm.   Firmus
   Galba
   Gallien.   Gallienus
   Geta
   Gordian.   Gordianus
   Hadr.   Hadrianus
   Heliogab.   Heliogabalus
   M. Ant.   Marcus Aurerius Antoninus
   Marc.   Marcus
   Marcianus
   Macrin.   Macrinus
   Max.   Maximinus
   Max. et Balb.   Maximus et Balbinus
   Numerian.   Numerianus
   Pescennius Niger
   Pertinax
   Prob.   Probus
   Saturninus
   Sev.   Severus
   Tac.   Tacitus
   Tyr. Trig.   Tyranni triginta
   Valerianus
   Verus   Lucius Verus
Sid. Apoll.　シードニウス・アポッリナーリス（Gaius Sollius Modestus Apollinaris Sidonius）　L
   Carm.   Carminae
   Epist.   Epistulae
   Pan.   Panegyricus
    Avito
Sil.　シーリウス・イ（ー）タリクス（Tiberius Catius Asconius Silius Italicus）　L
   Pun.   Punica
Simon.　シモーニデース（Simonides）　G
   Fr.   断片
Simpl.　シンプリキオス（Simplicius）　G
   in Cael.   In Aristotelis quattuor libros de caelo commentaria
   in Phys.   In Aristotelis physicorum libros commentaria
Socrates　ソークラテース・スコラスティコス（Socrates Scholasticus）　G
   Hist. Eccl.   Historia Ecclesiastica, Ἐκκλησιαστικὴ ἱστορία
Solin.　ソーリーヌス（Gaius Julius Solinus）　L
   Collectanea Rerum Memorabilium
Soph.　ソポクレース（Sophocles）　G
   Aj.   Ajax, Αἴας

Ant.	Antigone, Ἀντιγόνη	
El.	Electra, Ἠλέκτρα	
O. C.	Oedipus Coloneus, Οἰδίπους ἐπὶ Κολωνῷ	
O. T.	Oedipus Tyrannus, Οἰδίπους Τύραννος	
Phil.	Philoctetes, Φιλοκτήτης	
Trach.	Trachiniai, Τραχίνιαι	

Soranus ソーラーノス G
    De Morbis Acutis et Chronicis
    Gynaecia, Γυναικεῖα
    Vita Hippocratis, Ἱπποκράτους γένος καὶ βίος

Sozom. ソーゾメノス（Salamanes Hermias Sozomenos） G
    Hist. Eccl.   Historia Ecclesiastica, Ἐκκλησιαστικὴ ἱστορία

Speusippus スペウシッポス G
    Fr.   断片

Stat. スターティウス（Publius Papinius Statius） L
    Achil.   Achilleis
    Silv.   Silvae
    Theb.   Thebais

Steph. Byz. ステパノス（ビューザンティオンの） G

Stesichorus ステーシコロス G
    Fr.   断片

Stob. ストバイオス（Johannes Stobaeus） G
    Ecl.   Eklogai, Ἐκλογαί
    Flor. / Serm.   Florilegium / Sermones, Ἀνθολόγιον

Strab. ストラボーン（Strabo） G
    Geographica, Γεωγραφικά

Suda, Σοῦδα

Suet. スエートーニウス（Gaius Suetonius Tranquillus） L
    Gram.   De grammaticis
    De Vita Caesarum
        Aug.   Augustus
        Calig.   Caligula
        Claud.   Claudius
        Dom.   Domitianus
        Galb.   Galba
        Iul.   Iulius
        Ner.   Nero
        Oth.   Otho
        Tib.   Tiberius
        Tit.   Titus
        Vesp.   Vespasianus
        Vit.   Vitellius
    Poet.   De poetis
        Hor.   Horatius
        Lucan.   Lacanus
        Pers.   Persius

凡　例

    Terent.   Terentius
    Verg.   Vergilius
   Rhet.   De rhetoribus
   Vita Passieni Crispi
   Vita Plinii Secundi
Sulpicius Severus　スルピキウス・セウェールス　L
   Vita Sancti Martini
Symmachus　シュンマクス（Quintus Aurelius Symmachus）　L
   Epist.   書簡
   Novem Orationum Fragmenta
   Relat.   Relationes
Synesius　シュネシオス　G
   De Insomniis
   De Regno
   Dion
   Epist.   書簡

●T

Tac.　タキトゥス（P.（または C.）Cornelius Tacitus）　L
   Agr. Agricola
   Ann. Annales
   Dial. Dialogus de oratoribus
   Germ. Germania
   Hist. Historiae
Tatianus　タティアーノス　G
   Ad Gr. Oratio ad Graecos, Λόγος πρὸς Ἕλληνας
Ter.　テレンティウス（Publius Terentius Afer）　L
   Ad.   Adelphoe
   An.   Andria
   Eun. Eunuchus
   Hecyra
   Phorm. Phormio
Terpander　テルパンドロス　G
   Fr.　断片
Tertullian.　テルトゥッリアーヌス（Quintus Septimius Florens Tertullianus）　L
   Ad Nat.   Ad nationes
   Apol.   Apologeticus
   De Anim.   De testimonio animae
   De. Cor.   De corona militis
   De praescr. haeret. De praescriptione haereticorum
   De Spect.   De spectaculis
Themistius　テミスティオス　G
   Orationes, Λόγοι
   Paraphrases
Theoc.　テオクリトス（Theocritus）　G

    Epigr.   Epigrammata
    Id.   Idyllia, Εἰδύλλια
    Syrinx, Σῦριγξ
Theodor.   テオドーレートス（Theodoretus）　G
    Hist. Eccl.   Historia Ecclesiastica
Theog.   テオグニス　G
Theon   テオーン　G
Theophan.   テオパネース（Theophanes）　G
    Chronog.   Chronographia
Theophr.   テオプラストス（Theophrastus）　G
    Caus. Pl.   De causis plantarum, Περὶ φυτικῶν αἰτιῶν
    Char.   Characteres, Χαρακτῆρες
    De Sensu, Περὶ αἰσθήσεων
    Hist. Pl.   Historia Plantarum, Περὶ φυτῶν ἱστορίας
Theopomp.   テオポンポス（Theopompus）　G
    Fr.   断片
Thuc.   トゥーキューディデース（Thucydides）　G
    Historiae, Ἱστορίαι
Tib.   ティブッルス（Albius Tibullus）　L
    Corpus Tibullianum
Timaeus   ティーマイオス　G
Timoth.   ティーモテオス（Timotheus）　G
    Pers.   Persae
Tzetz.   ツェツェース（Johannes Tzetzes）　G
    ad Lycoph.   ad Lycophronem
    Chil.   Historiarum variarum Chiliades

● U ────────────

Ulpian.   ウルピアーヌス（Domitius Ulpianus）　L
    Dig.   Digesta

● V ────────────

Val. Max.   ウァレリウス・マクシムス（(M. ?) Valerius Maximus）　L
    De Nomin. et Praenom.   Liber de Praenominibus
    Factorum ac Dictorum Memorabilia
Valerius Flaccus   ウァレリウス・フラックス（Gaius Valerius Flaccus Setinus Balbus）　L
    Arg.   Argonautica
Varro   ウァッロー（Reatinus Marcus Terentius Varro）　L
    Disciplinae
    Ling.   De Lingua Latina
    Rust.   De Re Rustica
    Sat. Men.   Saturae Menippeae
Vell. Pat.   ウェッレイユス・パテルクルス（Gaius Velleius Paterculus）　L
    Historiae Romanae

Verg. ウェルギリウス（Publius Vergilius Maro） L
    Aen. Aeneis
    Catal. Catalepton
    Ecl. Eclogae
    G. Georgica
Vet. Test. Vetus Testamentum
    Ezekiel
    Genesis
    Maccab. Machabaei
Victor Vitensis　L
Vit. Aesch. Vita Aeschyli
Vita Juvenalis
Vit. Aristoph. Vita Aristophanis
Vitr. ウィトルーウィウス（Marcus Vitruvius Pollio） L
    De Arch. De Architectura
Vit. Soph. Vita Sophoclis

● X

Xen. クセノポーン（Xenophon） G
    Ages. Agesilaus, Ἀγησίλαος
    Ap. Apologia, Ἀπολογία
    An. Anabasis, Ἀνάβασις
    Ath. Pol. Respublica Atheniensium, Ἀθηναίων πολιτεία
    Cyn. Cynegeticus, Κυνηγετικός
    Cyr. Cyropaedia, Κύρου παιδεία
    Hell. Hellenica, Ἑλληνικά
    Hieron, Ἱέρων
    Lac. De republica Lacedaemonium, Λακεδαιμονίων πολιτεία
    Mem. Memorabilia, Ἀπομνημονεύματα
    Oec. Oeconomicus, Οἰκονομικός
    Symp. Symposium, Συμπόσιον
    Vect. De vectigalibus, Πόροι
Xenophanes　クセノパネース　G
    Fr. 断片

● Z

Zonar. ゾーナラース（Johannes Zonaras） G
Zosimus ゾーシモス（Zosimus） G
    Historia Nova, Ἱστορία νέα

ア行

アイアイエー　Aiaie, Αἰαίη, (Aiaiā, Αἰαία), Aeaea, (仏) Æa, (伊)(西) Eea

ギリシア神話中、大洋オーケアノス*の流れのうちにある島。『オデュッセイア*』によれば、魔法に通じた妖女キルケー*の住む島で、オデュッセウス*はここに1年間滞在した。のちにイタリア半島中部ラティウム*西岸のキルケイイー*岬と同一視されるようになった。
Hom. Od.9-32, 10-135〜, 11-70, 12-3/ Apollod. 1-9/ Schol. ad Hes. Th. 1011/ Schol. ad Ap. Rhod. 3-309/ etc.

アイアキデース（または、アイアキダース）　Aiakides, Αἰακίδης, Aeacides, (Aiakidas, Αἰακίδας, Aeacidas), (「アイアコス*の子孫」の意)。

エーペイロス*王（在位・前330〜前313）。エーペイロス王アリュバース Arybas の子。アルケタース2世*の弟。従兄弟アレクサンドロス1世*が殺された後、王位につくが、従姉で叔母のオリュンピアス*（アレクサンドロス大王*の母）に加勢してカッサンドロス*（アレクサンドロス大王の遺将）と戦ううちに、エーペイロス人が謀反を起こして彼を放逐（前316）、2歳になる息子のピュッロス*は、乳母や家臣に護られて、かろうじてイッリュリアー*に逃れた。前313年、マケドニアー*人の支配を不快に思った国民は、アイアキデースを呼び戻したが、彼は同年、カッサンドロスの兄弟ピリッポス Philippos に敗死した（オイニアダイ Oiniadai の合戦）。王位は、激情にはしりやすいという理由で父王アリュバースから遠ざけられていた兄アルケタースのものとなった。
⇒エーペイロス王家の系図（巻末系図 028）
Paus. 1-11-1〜5/ Diod. 19-11, -36, -74/ Plut. Pyrrh. 1〜2/ Just. 14-5〜, 17-12/ etc.

アイアコス　Aiakos, Αἰακός, (ラ) アエアクス* Aeacus, (仏) Éaque, (独) Äakos, (伊)(西) Eaco, (葡) Éaco, (マジャル語) Aíakosz, (露) Эак

ギリシア神話中、大神ゼウス*とアイギーナ*（アーソーポス*河神の娘）の息子。ゼウスによってオイノーネー Oinone 島へ連れて来られたアイギーナは、鷲または焔の姿と化した大神と交わって1子アイアコスを出産、以来この島は彼女の名をとってアイギーナと呼ばれるようになった。アイアコスは敬虔かつ公正な人物として名高く、悪疫で島民が全滅してしまった時（あるいは元来島は無人だったので）、ゼウスは彼のために蟻（ミュルメークス myrmēks）を人間に変えて住民とし、彼らはミュルミドーン*人と称された。ギリシアを旱魃が襲った時 ── その原因は、ペロプス*がステュンパーロス*を謀殺したうえ、屍骸をばらばらにして撒き散らしたからとも、アテーナイ*人がクレーター*王子アンドロゲオース*を暗殺したからだともいう ──、「アイアコスの祈祷だけが災禍を止めることができるであろう」とのデルポイ*の神託が下り、これに応じて彼が山上でゼウスに犠牲を供したところ、たちまちその祈りは聞き届けられた。彼はまた、ポセイドーン*とアポッローン*を助けてトロイアー*の城壁を築いたが（⇒ラーオメドーン）、そのおり3匹の蛇が城壁を襲い、彼の建造した場所を狙った1匹のみが城内に突入。これを見たアポッローンは「アイアコスの子孫がいつかトロイアーを征服するであろう」と語り、この予言はテラモーン*や大アイアース*、アキッレウス*によって実現されることになった。アイアコスは妻エンデーイス Endeïs（スケイローン*の娘）との間にテラモーンとペーレウス*の2子を儲けたほか、ネーレーイデス*（海神ネーレウス*の娘たち）の1人プサマテー Psamathe と交わってポーコス*の父となり、死後はミーノース*とラダマンテュス*とともに冥界で亡者を裁く判官に任ぜられた。アイギーナ島では英雄神 heros (ヘーロース) および守護神として崇敬を受けていた。
Apollod. 3-12-6/ Diod. 4-61, -72/ Paus. 2-29/ Hyg. Fab. 52, 274/ Ov. Met. 7-614〜/ Strab. 8-375/ Hes. Th. 1003〜/ Pind. Nem. 5-12〜, Ol. 8-31〜/ Pl. Ap. 41a, Grg. 524a/ Isoc. 8-24, 9-14〜/ Ar. Ran. 464〜/ Ant. Lib. Met. 38/ Tzetz. ad Lycoph. 176/ etc.

アイアース　Aias, Αἴας, (ラ) アイアクス* Ajax, (伊) Aiace, (西) Ayax, (葡) Ájax, (カタルーニャ語) Àiax, (マジャル語) Aiasz, (露) Аякс

ギリシア神話中、トロイアー戦争*で活躍した2人の英

系図1　アイアコス

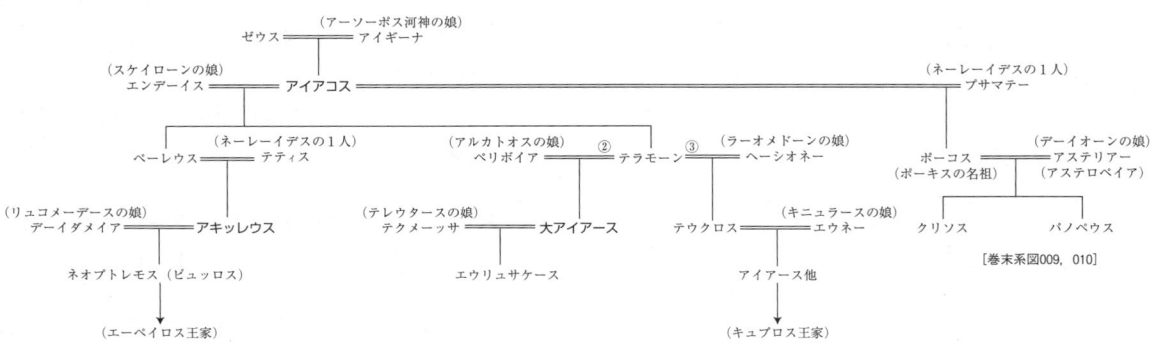

[巻末系図009, 010]

雄。

❶大アイアース。 サラミース❶*王テラモーン*の子。アイアコス*の孫（⇒巻末系図016）。誕生にあたって、父の親友ヘーラクレース*が強い子が生まれるよう大神ゼウス*に祈ったところ、大神の使者たる鷲（アイエトス）aietos が天空から舞い降りたので、アイアースと名づけられた。さらにヘーラクレースは赤児を獅子（ライオン）の皮にくるんで不死身にしてやったが、皮に触れなかった部分（腋下または頸、肩、尻、踵とも）だけには不死の力は及ばなかったという。

トロイアー戦争*が起こると、サラミース人を率いて出征し、異母弟のテウクロス❷*とともに力戦。『イーリアス*』において彼はギリシア軍中、アキッレウス*に次ぐ無双の武将で、その巨大な体躯と剛勇、立派な容姿により盛名を馳せた。長槍と8字型の大楯を自在に操り、巨石を投じるなどして、ヘクトール*を筆頭とするトロイアー*方の勇士を相手に闘い、アキッレウスが戦死した時には、その遺骸を肩に担いでギリシア陣営まで運び帰っている。しかるに、その後アキッレウスの武具の所有をめぐって智将オデュッセウス*と争った結果、女神アテーナー*の加護を得たオデュッセウスに敗れ、乱心した彼は牛羊の群れをギリシア人と錯覚して手当たり次第に殺し、やがて正気に返ると己れを恥じて自刃した（急所たる腋下をヘクトールの剣で貫いて死亡）。彼の流した血からアイリスの花が咲き出、その花弁には英雄の名の最初の2文字AIAI（「悲しいかな」の意がある）の形が現れたという（⇒ヒュアキントス）。

異説によると、彼はトロイアーの王子パリス*に矢で射られたが、不死身であるため敵軍に泥土を投げつけられて、その下に生き埋めにされたといわれている。遺骸は弟テウクロスの手でトローアス*の岬に葬られ、のちオデュッセウスが難破した際に、アキッレウスの武具は波に運ばれてアイアースの墓へ打ち上げられたという話も伝えられている。息子エウリュサケース Eurysakes が祖父テラモーンのサラミース王位を継ぎ、その子孫にはミルティアデース*、キモーン*、アルキビアデース*、トゥーキューディデース*ら著名なアテーナイ*貴族が輩出（⇒巻末系図023）。歴史時代にはアイアースはサラミースのみならず、アッティケー*、メガラ*、トロイアー近郊、ビューザンティオン*など各地で崇拝を受け、神殿が築かれ、競技祭まで催されていた。

悲劇詩人ソポクレース*に彼の非業の死を扱った作品『アイアース』（前445頃）があり、今日も伝存する。陶画などの美術作品にも、戦闘や自害の場面が好んで取り上げられている。アイアースはまた、トロイアー攻めのギリシア軍中、誰よりも背が高く、かつアキッレウスに次ぐ美男であったとされ（⇒ニーレウス）、死後はアキッレウスと一緒に白い島レウケー*に暮らしているという。

⇒テクメーッサ

Hom. Il. 2-557, 3-225〜, 7-183〜, 11-472〜, 13-46〜, 23-842, Od. 11-469, -543〜/ Soph. Aj./ Pl. Symp. 219e/ Apollod. 3-12-7, Epit. 5-4〜6/ Plut. Thes. 29/ Pind. Isthm. 5-48/ Hyg. Fab. 81, 97, 107, 112, 113, 242, 273/ Ov. Met. 13-284〜/ Paus. 1-35-2〜5/ Lycoph. 455〜/ Quint. Smyrn. 5/ etc.

❷小アイアース。 ロクリス*のオプース*王オイーレウス*の子。『イーリアス*』ではロクリス人（ロクロイ*）の将として40隻の船を率いてトロイアー戦争*に参加。背は低かったがギリシア軍中第一の槍投げの名手で、アキッレウス*に次ぐ駿足の持ち主であった。大アイアース*と並んで飽くことなく勇戦したものの、トロイアー*陥落の際に、女神アテーナー*の社殿に逃れた王女カッサンドラー*（トロイアー王プリアモス*の娘）を強姦し、神像を引き倒したために、アテーナーの憎しみを買った。よってギリシアへの帰途、彼の船はミュコノス Mykonos（現・ミコノス Míkonos）島付近またはエウボイア*島南端で難破し、小アイアースは海神ポセイドーン*に助けられていったん岩上に辿り着いたにもかかわらず、「神々の怒りにも打ち勝ったぞ」と高言したため、海神が三叉戟で岩を砕いて彼を溺死させた（あるいは、アテーナーがゼウス*から借りた雷霆で彼を撃ち殺した）。ほどなくロクリスの地に悪疫と飢饉が襲い、人々は神託に従い小アイアースの瀆神の罪の償いとして、毎年2人の処女をトロイアーのアテーナー神殿に仕えるべく派遣。この習慣はローマ時代に至る千年もの長きにわたって続けられたという。小アイアースは死後、他の英雄たちと同じくアキッレウスと一緒にレウケー*島に暮らしているとされ、ロクリスでは英雄神（ヘーロース）heros として尊崇を受け、戦闘の折には必ず彼のための場所が戦列中に空けられることになっていた。

悲劇詩人ソポクレース*の今は失われた作品に『ロクリスのアイアース』があった。またアルカイック期以来、アテーナー女神像からカッサンドラーを引き離して犯そうとする場面が陶画などに好んで描かれた。

Hom. Il. 13-46〜, 23-473〜, -754〜, Od. 4-499〜/ Paus. 10-31-1〜3/ Prop. 4-1/ Cic. De Or. 2-66/ Hyg. Fab. 81, 97, 116/ Quint. Smyrn. 4, 13/ Plin. N. H. 35-36/ Tzetz. ad Lycoph. 1141/ etc.

アーイウス・ロクーティウス（アーイウス・ロクェーンス） Aius Locutius (Loquens), （伊）Aio Locuzio, Aio Loquente

「言う者、語る者」の意。前390年ガッリア*人の来襲

系図2　アイアース❷

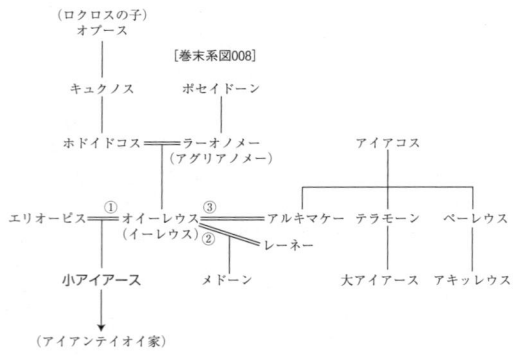

をローマ人に告げた神の声の擬人化。アーッリア*川辺の会戦の直前に護民官(トリブーヌス・プレービス*) M. カエディキウス Caedicius が、この神聖な声を聞いたが、誰もこの警告に耳をかさなかった。ガッリア人の撤退後、独裁官(ディクタートル*)カミッルス*は声が聞こえたというパラーティーヌス*丘北角に神祠を築いて、これを祀ったと伝えられる。

Liv. 5-32〜/ Cic. Div. 1-45, 2-32/ Gell. 16-17/ etc.

アイエーテース Aietes, Αἰήτης, Aeëtes（または、Aeëta），（仏）Aéètès, Éétès,（独）Äetes,（伊）Eete,（西）（葡）Eetes,（露）Ээт

ギリシア神話中のコルキス*王。太陽神ヘーリオス*とペルセーイス*(オーケアノス*の娘)の息子で、キルケー*やパーシパエー*の兄弟。メーデイア*、アプシュルトス*らの父。金羊毛の雄羊に乗って逃れてきたプリクソス*を歓待し、娘カルキオペー Khalkiope と結婚させて、女婿から金毛の羊皮を得たが、のちに彼を殺害したという。アルゴナウテース*たちが金毛羊皮を求めてコルキスへやってきた時、アイエーテースはイアーソーン*に難業を課し、王女メーデイアの援助で彼がそれらの試練を成し遂げたにもかかわらず、王は約束を破って羊皮を渡さず、あまつさえ乗船アルゴー*号を焼き払おうとさえした。イアーソーンが羊皮を奪取してメーデイアと駆け落ちした時、王は艦隊を率いて彼らを追跡したものの、息子アプシュルトスを八つ裂きにされ、その屍骸を集めているうちに、アルゴー号を見失ってしまった。後年彼は兄弟のペルセース*に王位を奪われたが、ギリシアから帰還したメーデイアとその子メードス*がペルセースを殺して、コルキスの王権を取り戻した。アイエーテースの治める黒海東端の地コルキスは、別名アイア Aia とも呼ばれていた。

⇒アルゴナウタイ、エウメーロス、エイデュイア

Hes. Th. 957, 960/ Hom. Od. 10-136〜/ Apollod. 1-9, Epit. 7/ Ap. Rhod. 3-242〜/ Diod.4-45〜48/ Hyg. Fab. 27/ Herodot. 1-2, 7-193/ Pind. Pyth. 4-212〜/ etc.

アイオリアー Aiolia, Αἰολία, Aeolia

⇒アイオリス（地方）
⇒アエオリアエ群島

アイオリス人 Aioleis, Αἰολεῖς, Aeoles, Aeolii,（英）Aeolians,（仏）Éoliens,（独）Äolier,（伊）Eoli,（露）Эолийцы

古代ギリシア人の一種族。イオーニアー人*、ドーリス人*とともに古典文化を形成した。東部ギリシア方言群に属するアイオリス*方言を話し、伝説ではヘッレーン*の子アイオロス❷*を祖とする。前2000年紀前半にギリシア本土へ侵入し、テッサリアー*を本拠にボイオーティアー*など各地に拡がり、前12世紀頃からは、おそらくドーリス人(西部ギリシア方言群)の南下につれて、エーゲ海北部の島々、さらには小アジア西岸北部へ植民・移住した(伝承によると前1124年)。言語の近似などからアイオリス人を、ミュケーナイ*文化の担い手たるアカーイアー人*と同一視する説もある。レスボス*島を経て彼らが移り住んだ小アジア北西岸一帯は、アイオリス地方の名で知られ、キューメー❶*、スミュルナー*、イーリオン*等々の植民市を形成した。アイオリス方言は、イオーニアー*方言とともにホメーロス*叙事詩の基調となったほか、レスボス島ではギリシア本土にさきがけてアルカイオス*やサッポー*に代表される貴族的な抒情詩人を輩出した(前600頃)。

テッサリアー地方に留まったアイオリス人は、第二波の侵入者(西部ギリシア方言群)によって隷農身分に落とされ、ペネスタイ Penestai と呼ばれた。ギリシア本土では古典期に、テーバイ❶*を中心とするボイオーティアー地方においてアイオリス方言が話されたが、テッサリアーと同じく侵入者の用いる西部ギリシア方言とかなり混淆したものであった。小アジアのアイオリス人も前6世紀以来、リューディアー*、アカイメネース朝*ペルシア*の支配下に入り、ペルシア戦争*(前492〜前479)後はアテーナイ*の強圧な覇権の下に苦しみ、しだいに衰えた。

なお建築用語でアイオリス様式と呼ばれる柱頭は、渦巻が2本反対方向に巻き、その下に水蓮の蕾状の装飾が凸形

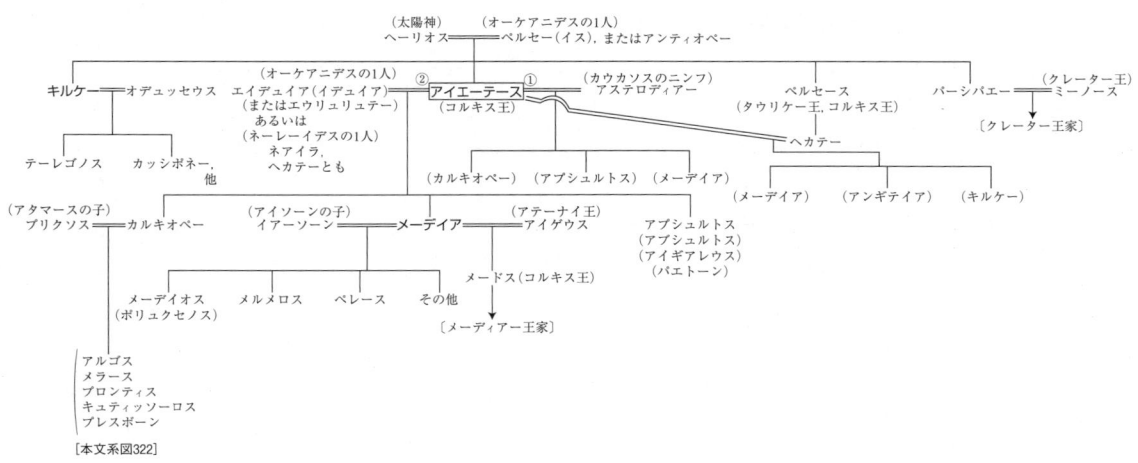

系図3　アイエーテース

[本文系図322]

リングになって2個付いているものをいう。
Herodot. 1-6, -26, -28, -141〜, 7-176/ Thuc. 7-57/ Xen. Cyr. 6-2-10/ Strab. 13-582〜/ Paus. 7-5-1/ Varro Ling. 5-25/ Apollod. 1-7-3/ Diod. 4-67/ etc.

アイオリス（地方） Aiolis, Αἰολίς, Aeolis（アイオリアー*Aiolia, Αἰολία, Aeolia），（仏）Éolie,（独）Äolien,（伊）（西）Eolia

小アジア西岸北部のエーゲ海に臨む地方。前2000年紀末にアイオリス系ギリシア人（⇒アイオリス人）がボイオーティアー*およびテッサリアー*地方から植民を始め、定住した地域。北はヘッレースポントス*から南はヘルモス Hermos（現・Gediz）河までの一帯を指し、レスボス*、テネドス*などの沿岸諸島も含んでいる。先住民のレレゲス人*との混血が進み、沃土に恵まれて繁栄したが、イオーニアー*地方ほど商業活動や海外植民は発展しなかった。大陸側では独立した12のポリス（ドーデカポリス Dodekapolis）が同盟を結成。それら12市とは、キューメー❶*、ラーリッサ Larissa、ネオンテイコス Neonteikhos、テームノス Temnos、キッラ Killa、ノティオン Notion、アイギロエッサ*Aigiroessa、ピタネー*（ピタナー*）、アイガイ❸*、ミュリーナー Myrina、グリューネイア Gryneia、およびスミュルナー*であるが、最後のスミュルナーは祭礼の最中にコロポーン*人に占領されて以来、南隣のイオーニアーに帰属することになった（前690頃）。その他、レスボス島のミュティレーネー*、メーテュムナー*などの都市も有力で、前7世紀頃にはレスボス島を中心とするアイオリス人*がトローアス*地方をも征服し版図に加えた。

アポッローン*神の崇拝が盛んで、レスボス、テネドス両島は美人コンテストの開催地として大いに知られ、早くに詩人アルカイオス*やサッポー、七賢人の一人ピッタコス*らを輩出、洗練されたアイオリス文化が栄えた（前7世紀後半〜前6世紀中頃）が、アカイメネース朝*ペルシア*帝国に臣従して以来、往年の活力を失った（前493頃）。抒情詩発祥の地であり、建築のアイオリス様式や音楽のアイオリス旋法なども派生、後世のローマ帝政期に入ってもなお、アルカイック期のアイオリス詩人の韻律を模倣して詩文を作る伝統が続いた。

なおアイオリス人の故地であるギリシア本土のテッサリアー地方、また時にアイトーリアー*のカリュドーン*の地も、アイオリスという古称で呼ばれることがある。
⇒イーリオン、ペルガモン、イーダー❶（山）
Herodot. 1-149〜, 5-122〜123, 7-176/ Strab. 13-582〜/ Xen. Cyr. 8-6-7/ Thuc. 3-102/ Nep. Conon 5/ Plin. N. H. 5-29/ Liv. 33-38, 37-8/ etc.

アイオロス Aiolos, Αἴολος,（ラ）アエオルス*Aeolus,（仏）Éole,（独）Äolus,（伊）（西）Eolo,（葡）Éolo,（露）Эол

ギリシア神話中の男性名。

❶風の支配者。ヒッポテース Hippotes あるいは海神ポセイドーン*の子。西海の浮島アイオリアー*Aiolia（アエオリアエ群島*）に住み、風を岩窟に閉じこめて意のままに吹かせる権能を大神ゼウス*から授けられていた。島の周囲に青銅の壁をめぐらし、その6人の息子と6人の娘は互いに結婚して父の宮殿に同居。ホメーロス*によれば、彼は帰国するオデュッセウス*に逆風を革袋に閉じこめて与えたが、故郷へ辿り着く寸前に部下の船員たちが袋の口を開けたため、一行はアイオロスの島に吹き戻されてしまったという。後代には風の神と見なされ、王笏を手に王座に坐り諸々の風を統御している姿で描写されるようになった。ウェルギリウス*の作品では、女神ヘーラー*（ユーノー*）は彼に頼んで暴風雨を起こさせ、海上のアイネイアース*（アエネーアース*）を苦しめている。

風が吹くとひとりでに鳴り出す弦楽器を「アイオロスの琴（ラ）Aeolia lyra,（英）Aeolian lyre (Aeolian harp)」と呼

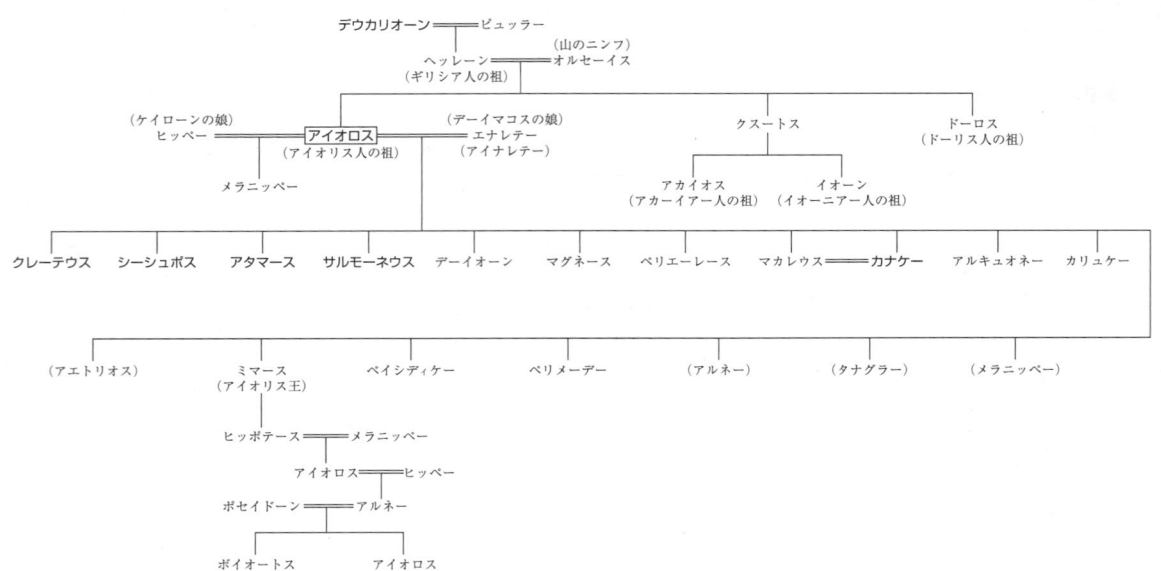

系図4 アイオロス❷

ぶのは、風の支配者たる彼の名にちなんだものである。
⇒ボレアース、ゼピュロス

Hom. Od. 10-1～/ Ap. Rhod. 4-764～/ Verg. Aen. 1-50～/ Ov. Met. 11-748, 14-223～/ Diod. 20-101/ etc.

❷アイオリス人*の始祖。ヘッレーン*（デウカリオーン*の長男）の子。テッサリアー*周辺を支配した古王。エナレテー Enarete を妻として、クレーテウス*、シーシュポス*、アタマース*、サルモーネウス*やアルキュオネー❶*ら大勢の子女を儲け、ギリシアの大族アイオリダイ Aiolidai の先祖となった。しばしば❶と同一視される。❸の外祖父に当たる。また息子のマカレウス Makareus と娘のカナケー*は近親姦を犯して子を儲けたため、彼に罰せられた。娘アルキュオネーは、風の王たるのアイオロスの娘とされることが多い。

Apollod. 1-7-3/ Strab. 8-383/ Conon Narr. 27/ Paus. 10-8-4, -38-4, 9-20-1, -40-5/ Diod. 4-67/ Hyg. Fab. 125, 238, 242/ Ov. Her. 11/ etc.

❸　❷の娘メラニッペー Melanippe（またはアルネー Arne）と海神ポセイドーン*の子。ボイオートス Boiotos（ボイオーティアー*の名祖）の双生兄弟。メラニッペーが2人を産んだ時、父王アイオロス❷*は怒って彼女を盲目にしたうえ、地下牢に投獄し、赤児らを山中に棄てさせた。双生兄弟は雌牛に乳を与えられて育ち、やがて南イタリアの王メタポントス Metapontos（メタポンティオン*市の祖。シーシュポス*の子）の養子に迎えられ、のち父神から真相を知らされて母を救出、祖父アイオロスを殺したという。一説では孫のアイオロスはアイオリアー*（アエオリアエ群島*）へ赴き、リパラー Lipara 市を創建したとされ、しばしば❶のアイオロスと同一視されている。エウリーピデース*の作品に今は失われた悲劇『アイオロス』があった。

　なお、メラニッペーの母ヒッペー Hippe は、神々によって馬に変身させられ、天上の星座＝こうま座、（ラ）Equuleus になったと伝えられる。
⇒テアーノー❷

Hyg. Fab. 157, 186, Astr. 2-18/ Diod. 4-67, 5-7/ Strab. 6-256/ Paus. 9-40-5/ Eratosth. Cat.18/ etc.

アイオロス諸島　Aioliā, Αἰολία, Aeolia
⇒アエオリアエ群島

アイオロスの島々　Aiolū Nēsoi, Αἰόλου Νῆσοι
風の支配者アイオロス❶*の住む島。
⇒アエオリアエ群島*

アイガイ　Aigai, Αἰγαί, Aegae, （仏）Aeges
ギリシア世界の都市名。

❶（別名・Aiga, Αἰγά, Aega）ペロポンネーソス*半島北岸、コリントス*湾に面していた港町。アカーイアー❶*地方の12市の1つ。クラーティス*河口近くに位置し、ポセイドーン*崇拝で古くから名高かったが、のち弱体化して放棄された。そのため、前280年に新たに結成されたアカーイアー同盟*の12市には含まれていない。無人の地と化してからは、近くの同じく12市の1つアイギオン Aigion の領するところとなった。伝承によると、後者アイギオンの地で雌山羊 aiks が幼いゼウス*神を養育したという。
⇒パトライ、アイゲイラ

Hom. Il. 8-203/ Herodot. 1-145/ Paus. 7-25/ Strab. 8-386～387/ etc.

❷エウボイア*島西岸、エウリーポス*海峡に面した市。古くから海神ポセイドーン*の神殿で知られ、ここから「アイガイオス Aigaios（アイガイの）ポセイドーン」なる呼称が生じた。一説にエーゲ（アイガイオン*）海の名は、この町に由来するという。
⇒アイゲウス

Hom. Il. 13-21, Od. 5-381/ Pind. Nem. 5-37/ Strab. 8-386, 9-405/ etc.

❸（別名・アイガイアイ Aigaiai, Αἰγαῖαι, Aegaeae）小アジア西岸のアイオリス*地方12市の1つ。エーゲ（アイガイオン*）海の名は、この町に由来するという。

小アジアには他にもキリキアー*地方の沿岸、イッソス*湾に同名の港町アイガイがあった。

Herodot. 1-149/ Xen. Hell. 4-8/ Tac. Ann. 2-47, 13-8/ Strab. 13-62/, 14-676/ Plin. N. H. 5-32/ etc.

❹マケドニアー*王国の古都（現・Vergina）。⇒エデッサ❷*

アイガイオン（エーゲ）（海）　Aigaion, Αἰγαῖον, Aegaeum, （仏）Égée, （独）Ägäis, （伊）（西）Egeo, （トルコ語）Ege. かつての多島海・（英）the Archipelago, （仏）l'Archipel, （独）Archipel (Inselmeer), （伊）Arcipelago

系図5　アイオロス❸

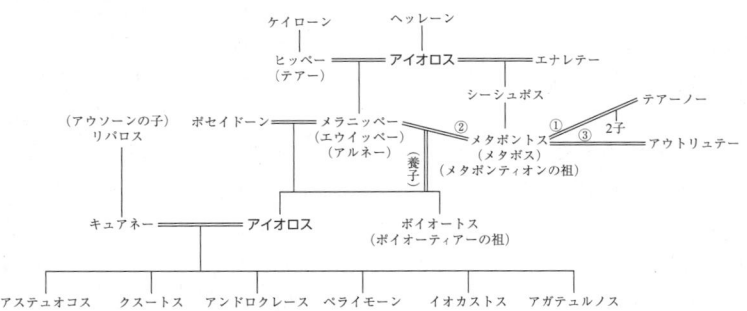

（現・Eyéon）地中海の東部、ギリシア半島と小アジアの間に広がる海域。南をクレーター島*で限られ、東北部はヘッレースポントス*海峡によってプロポンティス*（マルマラ海）および黒海に通じている。南北644km、東西322km。一名「多島海」と呼ばれ、キュクラデス*諸島、スポラデス*諸島など多数の島々が散在している。早くからエーゲ文明*が開花し、ギリシア文化の発祥地となったことであまりにも名高い。語源は不明だが、伝説によると、アテーナイ*王アイゲウス*（テーセウス*の父）がこの海に投身自殺したためとも、アマゾーン*の女王アイゲー Aige がここで溺死したためとも、百腕巨人（ヘカトンケイル*）のアイガイオーン Aigaion（ブリアレオース*の別名）がこの海域に蟠踞したからとも、キオス*島近くの海中から突如出現した岩が雌山羊（アイクス）aiks に似ていたからとも種々に言い伝えられる。おそらく島々を突然襲う激しい嵐をギリシア語でアイギス aigis と呼んだことに由来するのであろう。
⇒アイガイ❷、❸

Aesch. Ag. 659/ Herodot. 2-97, 4-85, 7-55/ Thuc. 1-98/ Plin. N. H. 4-11〜12/ Mela 1-3, 2-2/ Varro Rust. 2-1/ Hor. Carm. 2-16/ Verg. Aen. 12-365/ Eur. Alc. 593/ Aesch. Ag. 664/ Strab. 10-474/ Hyg. Fab. 43/ etc.

アイギアレー、または、**アイギアレイア** Aigiale, Αἰγιάλη, Aegiale, Aigialeia, Αἰγιάλεια, （ラ）Aegialea (Aegialia),（仏）Égialé, Ægialé (Aegialé),（伊）（西）Egialea,（露）Эгиалея

ギリシア伝説中、アルゴス*王アドラストス*の娘（四女）。甥のディオメーデース❷*と結婚するが、まもなく夫がテーバイ❶*攻めやトロイアー戦争*に出征したため、孤閨をかこつ彼女は、アルゴスの若い男たちと次々に通じるようになる。これは、愛の女神アプロディーテー*がトロイアー*でディオメーデースに傷を負わされたのを憤って、彼女の胸に情慾を吹き込んだからだとも、息子パラメーデース*を謀殺されたことを怨みに思ったナウプリオス❷*がディオメーデースの不実な行状を偽って告げたからだともいわれる。最後の情夫は留守居役を任（まか）せられていたコメーテース Kometes（ステネロス❸*の子）で、トロイアーから帰国したディオメーデースは、これら妻の愛人たちによって追い払われたという（異説あり）。

Hom. Il. 5-412/ Apollod. 1-8, -9, Epit. 6/ Stat. Silv. 3-5-48/ Ov. Ib. 349, Met. 14-476/ Eustath./ Dictys Cretens. 6-2/ Ant. Lib. Met. 37/ Schol. ad Hom. Il. 5-412/ Lycophr./ etc.

アイギアレウス Aigialeus, Αἰγιαλεύς, Aegialeus,（仏）Ægialée, Égialée,（伊）（西）Egialeo,（露）Эгиалей

ギリシア伝説中のエピゴノイ*（⇒）の1人。アルゴス*王アドラストス*の長男。テーバイ❶*に対するエピゴノイの遠征で、彼のみが戦死した。老父アドラストスは傷心のあまりメガラ*で世を去り、孫のキュアニッポス Kyanippos（アイギアレウスの子）がアルゴス王となったが、嗣子なくして死んだ。

このほか、イーナコス*の息子でシキュオーン*市の創建者アイギアレウスや、コルキス*王アイエーテース*の息子アプシュルトス*の異名としてのアイギアレウスが知られている。

Apollod. 3-7/ Paus. 1-43, 2-18, -20, 9-5, -19/ Hyg. Fab. 71/ Just. 42-3/ Cic. Nat. D. 3-48/ etc.

アイギス Aigis, Αἰγίς, Aegis,（仏）（葡）Égide,（独）Ägis Ägide,（伊）Ègida,（西）Égida,（露）Эгида

ギリシアの大神ゼウス*および女神アテーナー*（ときにアポッローン*も）の持物たる山羊皮の神楯。ホメーロス*によれば、ヘーパイストス*の造ったゼウスのアイギスは、嵐を起こして敵の心に恐怖の念を生じさせる房飾りの多い楯で、雷霆をもってしても撃ち破ることのできないものであった。アテーナーの持つアイギスは、周囲を「恐怖」が取り巻き、中には「闘争」と「武勇」と「追跡」があり、ゴルゴーン*＝メドゥーサの首 Gorgoneion が中央に嵌め込まれていた。ギガントマキアー*の折には、両神ともこの神楯を振りかざし、雷電を携えつつ、巨人族ギガンテス*と戦ったという。一説には、アイギスは幼いゼウスを哺育した雌山羊アマルテイア*の皮でできているとも、メドゥーサの屍体から剥いだ皮から造られたとも伝えられる。前6世紀中頃以来の美術では、アテーナーが肩にまとう蛇の房飾りのついた胸当て、あるいは左腕をおおう円楯として表現された。元来はゼウスの雷霆を取り囲む嵐雲を象徴したものであったと思われ、のちに大神から娘のアテーナーに授けられたという説も伝えられている。

後代、アイギスは比喩的に強力な「庇護」を意味する言葉として用いられるようになり、艦船などの名前に用いられるなどした。

Hom. Il. 2-447, 5-738, 15-229, -307〜, 17-593〜, 21-400, Od. 22-297/ Verg. Aen. 8-354, -435/ Aesch. Cho. 585/ Sil. 12-720/ etc.

アイギストス Aigisthos, Αἴγισθος, Aegisthus,（仏）Égisthe,（独）Ägisth,（伊）（西）（葡）Egisto,（露）Эгист

ギリシア神話中、テュエステース*と実の娘ペロピアー Pelopia との間に生まれた不倫の子（⇒巻末系図015）。母親に棄てられたが雌山羊の乳で育てられ、長じてのち伯父アトレウス*を殺して父の復讐を果たした。さらに従兄アガメムノーン*（アトレウスの子）の妻クリュタイムネーストラー*（クリュタイメーストラー*）と密通し、彼女と共謀して、トロイアー戦争*から凱旋したアガメムノーンを殺害。7年間王位にあったが、成人して帰国したアガメムノーンの遺子オレステース*によって、クリュタイムネーストラーともども殺された。悲劇詩人ソポクレース*に今は失われた作品『アイギストス』があった。アイギストスの名は、彼が「山羊 aiks（アイクス）」に育てられたことに由来する。

彼が殺害される場面は、アルカイック期以来、陶画などの主題として好んで描かれた。
⇒エーレクトラー❸
Hom. Od. 3-263〜, 4-517〜/ Aesch. Ag. 1583〜/ Hyg. Fab. 87〜88, 117, 252/ Ael. V. H. 12-42/ Dio Chrys. 66-6/ Apollod. Epit. 2-14, 6-25/ etc.

アイギーナ　Aigina, Αἴγινα, Aegina,（仏）Égine（独）Ägina,（伊）（西）Egina

（現・Éghina, Aíyina）ギリシアの地名。伝説上の名祖は、アーソーポス*河神の娘で、ゼウス*と交わってアイアコス*の母となったニュンペー*（ニンフ*）のアイギーナ。

❶サローニコス Salonikos 湾のほぼ中央にある島。アテーナイ*の外港ペイライエウス*から南西24マイルに位置する。面積約85 km²の山がちな小島で、アッティケー*半島の展望に優れる。伝承によると、旧名はオイノーネー Oinone といったが、ゼウス*がアイギーナをこの島へ拉しきて、ここで1子アイアコス*が生まれて以来、彼女に因んでアイギーナと改称されたという。

新石器時代後期から住民の住んでいた遺跡が残り、アルゴス*、クレーター*、テッサリアー*など各地のギリシア人が次々と移り住み、前1100年頃には、ヘーラクレース*の後裔デーイポンテース Deiphontes 率いるドーリス*人が侵入。さらに前10世紀にはエピダウロス*から新たにギリシア人の来住を見た（前950〜前900頃）。その後、寡頭政支配の下、強大な海軍力と海上交易から得た富によって繁栄し、ギリシア有数の国家に台頭。エジプトのナウクラティス*やクレーター島、イタリアのウンブリア*地方へも植民団を派遣した。前7世紀中頃アルゴス王ペイドーン*の領有時代に、リューディアー*に倣ってギリシアで初めて貨幣（海亀の刻印入り銀貨）を鋳造、その度量衡とともに広くギリシア世界に行なわれた（前660／650頃〜）。前6世紀から前5世紀初頭にかけてアルカイック芸術の一大中心地となり、アパイアー*神殿を造営（⇒アイギーナ❷*）、また東方の雄サモス*とは商業上の競争者として戦闘をしばしば繰り返した。前6世紀にアテーナイが海上に進出するに及んで、たびたびアイギーナとアテーナイとの間に軋轢が生じ、やがて両者の長期にわたる戦争（前506〜前481）が勃発。ペルシア戦争*の国難にあって一時中断され、アイギーナはサラミース❶*の海戦（前480）などで大いに貢献したが、前459年に再びアテーナイと対立し、海戦で敗れてデーロス同盟*への加入を強いられ、年間30タラントンの貢納金を義務付けられた（前456頃）。かくてアテーナイの服属国となったアイギーナは、「ペイライエウスの目脂」と呼ばれ、前431年ペロポンネーソス戦争*が起きるや、アテーナイ軍に占領され、住民は放逐された（7月）。ペロポンネーソスへ避難した多くの島民は、ニーキアース*麾下のアテーナイ軍に殺戮され（前424）、その後スパルター*のリューサンドロス*によってアイギーナが再興された（前405）ものの、昔日の勢力を恢復することは最早なかった。

同島のパン・ヘッレーニオス Pan-Hellenios 山（標高532 m）は、アイアコスが雨乞いの祈りをし、ゼウス神殿を建てたところと伝えられ、山頂近くにミュケーナイ*時代の遺跡や、ヘレニズム時代に修復を加えた城塞が見られる。アイアコス時代の伝説上の民ミュルミドネス*については、ミュルミドーン人*の項を参照。
⇒クレーロス
Herodot. 2-178, 3-59, 5-80〜, 8-46, -93/ Thuc. 1-14, 2-27, 4-56〜/ Paus. 2-29, 8-44/ Strab. 8-375〜376/ Arist. Rh. 3-10/ Ael. V. H. 12-10/ Xen. Hell. 2-2/ Plut. Per. 34/ Cic. Fam. 4-5/ Mela 2-7/ etc.

❷　❶の首府。島の西北岸に位置し、アプロディーテー*神殿の遺跡が残る。また市の東方12 kmの丘上には女神アパイアー*に捧げられたドーリス*式建築の神殿が良く保存されている。これはアルカイック時代後期の典型的な建築で、その破風を飾った群像彫刻が1811年に発掘され、現在ミュンヘンの古代彫刻陳列館 Glyptothek に収蔵されている。トロイアー*との戦争を主題とするこれらの彫刻（もと22体）は、前500年前後を代表する秀作としてつとに名高い —— 西破風が前510〜前500。東破風が前490頃 ——。
Herodot. 3-59/ Paus. 2-30/ etc.

アイギパーン　Aigipan, Αἰγίπαν, Aegipan

「山羊のパーン*」の意。パーンの項を参照。ギリシア神話中では、巨竜テューポーン*に奪われたゼウス*の手足の腱を盗み出して密かにゼウスに返した功績で知られる。

ローマ帝政期に入ってもなお、アーフリカ*の奥地やアトラース*山麓には、半人半獣のアイギパーン族やサテュロス*族が棲んでいると信じられていた。
Mela 1-4, -8/ Plin. N. H. 5-1, -8/ Apollod. 1-6/ Hyg. Fab. 155, Astr. 2-13/ etc.

アイギュプトス　Aigyptos, Αἴγυπτος, Aegyptus,（仏）Égypte, Égyptos,（独）Ägyptos,（伊）Egitto,（西）Egipto,（葡）Egito

エジプト*のギリシア名。神話中の名祖アイギュプトスは、ベーロス*の息子で、ダナオス*の双生兄弟（⇒巻末系図 004）。ベーロスはアイギュプトスにアラビアー*を、ダナオスにリビュエー*（リビュア*）を分与したが、アイギュプトスはエジプトの先住民メランポデス Melampodes を征服して、その地に自分の名を与えた。アイギュプトスは50人の息子を持ち、強大な勢力を誇ったので、威迫されたダナオスは50人の娘たちを連れてギリシアへ逃れた。アイギュプトスの息子たちはダナオスのあとを追って来て彼を包囲し、従姉妹たちとの結婚を強請、しかし新婚初夜の床でリュンケウス❶*を除く全員が花嫁に刺殺された。49人の首はレルネー*に埋められ、凶報に接したアイギュプトスは失意と恐怖のあまり遁走して死んだという。またマネトーン*の記述によると、この兄弟争いを行なったエジプト王は、アメノーピス Amenophis（アメン・ヘテプ）

の子ラメッセース Ramesses（〈エジプト名〉ラー・メッス Ramessu,〈ギ〉ラームセース Rhāmsēs ＝ラムセス〈ラメセス〉2 世）であったとされる（⇒セソーストリス）。

悲劇詩人アイスキュロス*に今は失われた作品『アイギュプトスの息子たち Aigyptioi』があった。
Apollod. 2-1-4〜5/ Hyg. Fab. 168, 170, 277/ Paus. 2-24-2, 7-21-13/ Joseph. Ap. 1-93〜/ Tzetz. ad Lycoph. 382, 1155/ etc.

アイギロエッサ　Aigiroessa, Αἰγιρόεσσα, Aegiroessa

小アジア西岸アイオリス*地方の12市の1つ。レスボス*島の都市アイゲイロス Aigeiros と同一視する説もある。
Herodot. 1-149/ etc.

アイゲイラ　Aigeira, Αἴγειρα, Aegira，または、Aegeira
（のちの Palaeo-Castro），（独）Egira

ペロポンネーソス*半島北部アカーイアー❶*地方の12市の1つ。アイガイ❶*市の東方およそ5マイル、コリントス*湾に臨む急峻な丘陵上に位置。古名をヒュペレーシアー Hyperesia といい、ホメーロス*の叙事詩にも登場する。かつてはイオーニアー*系ギリシア人が居住し、東隣のシキュオーン*軍に攻め込まれた折には、領内の山羊を全部集めて夜間その角に松明を縛りつけて点火し、シキュオーン勢を撃退。以来「山羊 aiks」に因んでアイゲイラと名を改めたという。ゼウス*やアルテミス*、アポッローン*の古い神殿があった。
Hom. Il. 2-573, Od. 15-24/ Herodot. 1-145/ Paus. 4-15, 7-26/ Strab. 8-386/ Polyb. 2-41, 4-57〜/ Plin. N. H. 4-5/ etc.

アイゲウス　Aigeus, Αἰγεύς, Aegeus,（仏）Égée, Ægée,（独）Ägeus,（伊）（西）Egeo,（葡）Egeu,（露）Эгей

ギリシア神話中のアテーナイ*王で、英雄テーセウス*の父として名高い（⇒巻末系図020）。テーセウスの実父は海の主神ポセイドーン*であるともいい、元来アイゲウスはエウボイア*のアイガイ市❷*に神殿のあったポセイドーン・アイガイオス Aigaios 神の分身であったと考えられる。伝承によれば、彼はパンディーオーン❷*の長男で、父の死後、弟たちとともにアッティケー*へ攻め入り、王位を簒奪していたメーティオーン Metion の息子たちを追放し、アテーナイの支配者となった。しかし、2度の結婚や多くの女たちとの交わりによっても子ができなかったので、デルポイ*の神託を伺ったところ、「アテーナイに帰り着くまで酒袋の口を解くなかれ」という曖昧な答えが返ってきた。彼はその真意を量りかね、帰途トロイゼーン*の賢王ピッテウス Pittheus（ペロプス*の子）の許を訪れて相談すると、王は神託の意味を正しく解し、アイゲウスを酔わせて娘アイトラー*と同衾させ、テーセウスを懐妊させた。アイゲウスはアテーナイへ帰国後、コリントス*から逃れてきたメーデイア*（コルキス*の王女）を娶り、1子メードス*（メーディアー人の祖）を儲けたが、のち彼女が継子テーセウスを毒殺しようとしたため、これを追い払った。クレーター*島へ牛人ミーノータウロス*退治に赴いたテーセウスが、「無事生還の折には船に白い帆を張る」という約束を忘れて、黒い帆のまま帰ってきたので、それを見たアイゲウスは絶望のあまり海中に身を投じて死んだ。以来この海は、彼に因んでアイガイオン*（エーゲ）海と呼ばれるようになったという。悲劇詩人ソポクレース*とエウリーピデース*に今は失われた作品『アイゲウス』があった。
⇒アンドロゲオース、パッラース❸
Apollod. 1-9, 3-15/ Plut. Thes. 3, 13/ Paus. 1-5, -22, -39/ Diod. 4-61/ Strab. 9-392/ Hyg. Fab. 26, 37, 43, 242/ Ov. Met. 7-402〜/ Aesch. Eum. 683/ Soph. O. C. 69/ Herodot. 1-173/ Tzetz. ad Lycoph. 494/ etc.

アイゲスタ　Aigesta
⇒エゲスタ

アイゲステース　Aigestes, Αἰγέστης, Aegestes, または、アイゲストス*Aigestos, Αἴγεστος,（ラ）アケステース*Acestes,（仏）Égeste, Ægestès, Aceste

シケリアー*（シキリア*。現・シチリア）島の伝説上の王。母のアイゲステー Aigeste（またはセゲステー Segeste）は、トロイアー*が疫病と怪物に襲われた時、父王ラーオメドーン*によってシケリアーへ送られ、この島で犬または熊の姿をした河神クリーミーソス Krimisos ── クリー

系図6　アイゲウス

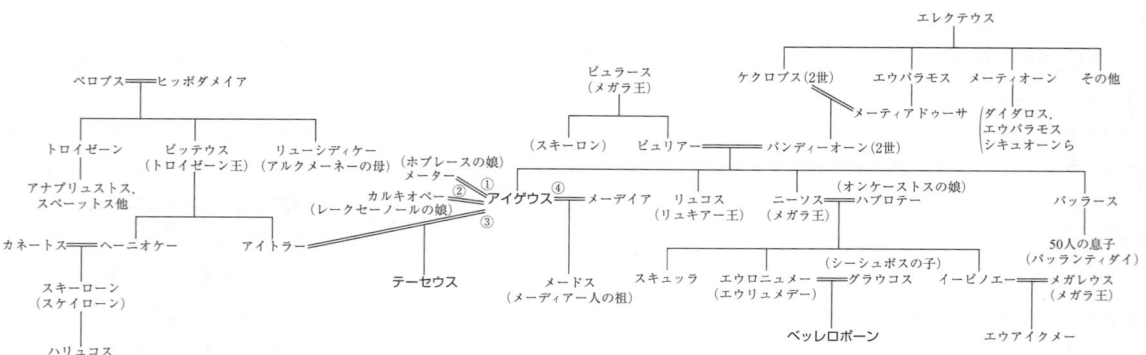

ムニーソス Krimnisos とも。ウェルギリウス*はクリーニースス Crinisus とする —— と交わり、アイゲステースを産んだという。しかし彼の出生に関しては諸説あって一定しない。長じてのちセゲスタ*（ウェルギリウスのアケスタ*）市を創建、トロイアー陥落後さすらうアイネイアース*（アエネーアース*）を2度まで歓待した。またトロイアー戦争*の折には、叔父プリアモス*王のためにギリシア軍と闘ったともいう。

Dion. Hal. Ant. Rom. 1-47, -52, -67/ Verg. Aen. 1-195, -550〜, 5-36〜, -711〜/ Serv. ad Verg. Aen. 1-550, 5-30/ Lycoph. Alex. 951〜/ Strab. 6-254/ etc.

アイゲストス Aigestos, Αἴγεϐτος, Aegestus
⇒アイゲステース

アイゴス・ポタモイ（アイゴスポタモイ） Aigos potamoi, Αἰγὸς ποταμοί, Aegos potami (Aegospotami), Aegos Flūmen,（仏）Ægos Potamos,（伊）Egospotami,（西）（葡）Egospótamos,（露）Эгоспотамос

（現・Indje-limen ないし Galata）トラーケー*（トラーキアー*）のケルソネーソス*半島の地名。セーストス*の北東でヘッレースポントス*（ダーダネルス海峡）に注ぐ小川、およびその河口に位置する港町の名。「山羊の川」の意。

前405年8月、ペロポンネーソス戦争*（前431〜前404）最後の決戦となったアイゴスポタモイの海戦が、この河口付近で行なわれたことで名高い。リューサンドロス*指揮下のスパルター*艦隊約200隻は、コノーン❶*らの率いるアテーナイ*艦隊180隻に奇襲をかけ、遁走した8隻を除く全敵船を鹵獲、捕虜3千人（4千人とも）を処刑する大勝利を収めた。これによりスパルターの勝利は確定し、翌前404年アテーナイが降服して、30年近くに及んだペロポンネーソス戦争に終止符が打たれた。

⇒アルギヌーサイ

Herodot. 9-119/ Xen. Hell. 2-1/ Mela 2-2/ Diod. 13-105/ Plut. Alc. 36/ Plin. N. H. 2-59/ Strab. 6-287/ etc.

アイサコス Aisakos, Αἴσακος, Aesacus,（仏）Ésaque,（西）Ésaco

ギリシア神話中、トロイアー*王プリアモス*とアリスベー Arisbe（予言者メロプス Merops の娘）の子。外祖父メロプスより夢占い術を学び、ヘカベー*がパリス*を産む前に見た凶夢を卜して、トロイアーの滅亡を予知し、赤児を山中に遺棄するように勧めた。アイサコスはニュンペー*（ニンフ*）のヘスペリエー Hesperie（ケブレーン Kebren 河神の娘）に恋して追いかけたが、逃げまどう彼女が毒蛇に咬まれて死んだため、傷心のあまり海に投身し、女神テーテュース*によって水鳥（阿比または鷉鷈）に変えられたという。

Apollod. 3-12/ Ov. Met. 11-763/ Serv. ad Verg. Aen. 4-254, 5-128/ Tzetz. ad Lycoph. 224/ etc.

アイシス Isis
⇒イーシス（の英語訛り）

アイスキネース Aiskhines, Αἰσχίνης, Aeschines,（英）Æschines,（仏）Eschine,（独）Äschines,（伊）Eschine,（西）Esquines,（葡）Ésquines

❶ （前390／389〜前314／322とも） アテーナイ*の弁論家・政治家。アッティケー*十大雄弁家*の1人。デーモステネース❷*の論敵。ペロポンネーソス戦争*（前431〜前404）で没落した家庭に生まれ —— 一説に父は奴隷、母は娼婦だったという ——、学校教師をして家計を助け、ついで悲劇役者となって美貌と美声で評判をとった。さらに書記官を務め、ポーキオーン*の下で軍務に服すなどして、次第に政治的勢力を獲得。前348／346年、デーモステネースらとともにマケドニアー*王ピリッポス2世*（アレクサンドロス大王*の父）への使節に選ばれるが、この折突如ピリッポスに対する意見を変えて親マケドニアー派に転向したため、王に買収されたとしてデーモステネースらから非難され、ここに両雄弁家の間に激烈な闘争が始まった（⇒ピロクラテース）。

前346／345年、デーモステネース派のティーマルコス*から告発された時には、逆に相手を同性に売春していたとして論駁し『ティーマルコス弾劾演説』前345）、2年後にデーモステネースの弾劾を受けた時には、『使節団の背任について』を発表して無罪を勝ちとる（前343）。前339年に彼がデルポイ*の隣保同盟会議で行なった激しい演説は、第4次神聖戦争*の導火線となり、その結果カイローネイア*の戦い（前338）でマケドニアーの覇権が確立されるに至る。

前336年初頭、クテーシポーン Ktesiphon が国家功労者としてデーモステネースに黄金の冠を贈る動議を発した際に、彼はその提案を違法としてクテーシポーンを告訴。審

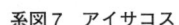

系図7　アイサコス

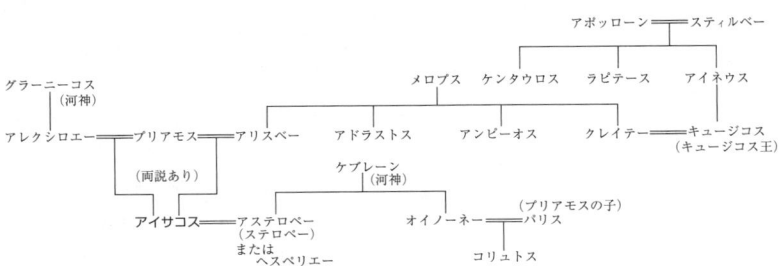

理は前330年になってようやく開かれ、この件をめぐりデーモステネースとの間に2大演説の応酬が行なわれた（アイスキネースの『クテーシポーン弾劾演説』と、デーモステネースの『冠について』）。敗れたアイスキネースはエペソス*に退き、ついでロドス*島で弁論術を教えたのち、流寓の裡にサモス*で世を去ったという。

彼が正規の弁論術教育を受けたか否かは定かでない。生得の能弁の士といわれるが、現存する演説は上記の3篇のみである――彼の名の下に伝わる書簡は偽作とされている――。古代ギリシア人の常としてアイスキネースも生涯男色を好み、かつ若者との情交を称揚していたにもかかわらず、競敵のデーモステネースやティーマルコスに対しては「男娼」「吸茎者」「受動的男色家」などを理由に激越な口吻で非難し、過度の淫行および売春行為を糾弾している。一説では、そのためにティーマルコスは縊死に追いやられたというが、デーモステネースはアイスキネースを「生来の陰間 kinaidos」呼ばわりして反撃を加えている。

Plut. Mor. 840a～841a, Dem. 4, 9, 15, 18, 22, 24/ Cic. De Or. 2-23, 3-56, Brut. 17, Tusc. 3-26 (63)/ Plin. N. H. 7-30/ Philostr. V. S. 1-18, 2-9/ Plin. Ep. 2-3/ Quint. 11-3/ Libanius/ etc.

❷ （前5世紀末～前4世紀）（ラ）Aeschines Socraticus アテーナイ*の哲学者。腸詰製造人の子。ソークラテース*の熱心な弟子で、師が獄中で毒死する最期までその傍から離れなかった（前399）。香料店を開くが破産し、困窮してシケリアー*（現・シチリア）へ渡り、ディオニューシオス2世*の宮廷に仕えたという。現存する3つの対話篇が誤って彼に帰せられており、すでに古代においても彼の作品は剽窃や盗作の疑いをかけられていた。

⇒カルキノス❷

Diog. Laert. 2-60～/ Ath. 11-507, 13-611/ Cic. Inv. Rhet. 1-31, De Or. 1-11/ Suda/ etc.

アイスキュロス　Aiskhylos, Αἰσχύλος, Aeschylus,（仏）Eschyle,（独）Äschylos, Aischylos,（伊）Èschilo,（西）Esquilo,（葡）Ésquilo,（シチリア語）Èschilu,（ルーマニア語）Eschil,（露）Эсхил

（前525／524～前456／455）ギリシアの悲劇詩人。アッティケー*三大悲劇詩人の最年長者。「悲劇の父」と称される。アテーナイ*近郊のエレウシース*出身。古い神官職を司る名門貴族エウパトリダイ*家のエウポリオーン Euphorion の子。若くして劇作に身を投じた（前499、所伝では、少年の頃に葡萄畑で眠っていて、ディオニューソス*神から悲劇の創作を命じられる霊夢を見て以来、創作をはじめたという）。ペルシア戦争*の国難にあっては兄弟のキュナイゲイロス*らとともに出征し、マラトーン*（前490）、サラミース❶*（前480）、プラタイアイ*（前479）の戦いに参加、とりわけマラトーンの会戦では勇敢に闘い、キュナイゲイロスが英雄的最期を遂げたため、のちに彼ら兄弟の絵がストアー・ポイキレー*に掲げられたという。

劇作の競演においては、ようやく前484年に最初の栄冠を勝ち得、以来30年間に少なくとも13回は優勝し、名声は全ギリシア世界を蔽った。前476年にはシュラークーサイ*の僭主ヒエローン1世*に招かれてシケリアー*（現・シチリア）島へ渡り、その宮廷に滞留。前472年に再度訪れてヒエローンの創設したアイトネー❷*（カタネー*）市を祝福する作品を上演した。前458年に「オレステイア Oresteia」3部作で優勝を飾ったのち、またもやシケリアーを訪問し、ゲラー*市において客死。伝承によると、「落下物に要心せよ」と予言されていた彼は、軒下や樹木の陰などを避け平野を歩くように気をつけていたが、ある日彼の禿頭を石と勘違いした鷲が、その上に亀を落としたため頭蓋を割られて死亡したことになっている。彼が自ら選んだ墓碑銘には、劇詩人としての自身の業績に全く言及しておらず、ただマラトーンの野でペルシア軍を相手に奮戦したことだけが誇らしく記されていたという。

生涯に90余（別伝では73）篇の悲劇およびサテュロス*劇を上演したといわれるが、そのうち完全な形で現存するのは次の7作品に過ぎない。

○『ペルシアの人々　Persai』（ラ）Persae（前472、ペルシア戦争に取材した唯一現存する史劇）

○『テーバイ攻めの七将　Hepta epi Thēbās』（ラ）Septem contra Thebas（前467、テーバイ❶*三部作中の1篇）

○『救いを求める女たち　Hiketides』（ラ）Supplices（前463頃）

○『縛られたプロメーテウス　Promētheus Desmōtēs』（ラ）Prometheus Vinctus（上演年代不明・偽作説あり）

○『アガメムノーン　Agamemnōn』（前458）

○『供養する女たち　Khoēphoroi』（ラ）Choephoroe（同上）

○『慈みの女神たち（エウメニデス）Eumenides』（同上）

わけても最後の3作品は、完全な姿で残った唯一の三部作 trilogia「オレステイア（オレステース*物語）」を構成し、アイスキュロスの最後にして最大の傑作と評されている。その他、トロイアー戦争*の英雄アキッレウス*とパトロクロス*の男色関係を描いた『ミュルミドーン人*　Myrmidones』など多くの作品断簡が伝存する。彼はそれまで1人であった俳優を2人に増して対話させ（時には第3俳優をも導入）、また背景や仮面、高い髪形に創意工夫を凝らし（⇒アガタルコス）、俳優に長衣や高底靴 kothornos をはかせて威厳を添えるなど、種々の大胆奇抜な演出方法を考案、これら斬新な改良によってギリシア悲劇は初めて演劇という芸術にまで高められるを得た。作品は宗教性と剛毅な心情に満ち、その文体は格調高く晦渋雄勁、壮大な

系図8　アイスキュロス

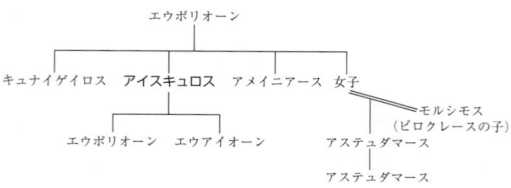

構想の下に、神々の正義の終局における実現と、運命の力に毅然と抗う主人公の英雄的な姿などが描出されている。アイスキュロスの劇は彼の死後も特別の例外としてディオニューシア祭*で再演することを許され、多くの人が上演したため、死後も彼は賞を取り続けることになった。

彼自身は大酒家で、いつも酩酊気味で劇を書いていたと伝えられ、また、ある年の作品中で女神デーメーテール*を祀るエレウシースの秘儀を暴いたために、瀆神罪であやうく石打ちの刑に処せられそうになったものの、弟のアメイニアース Ameinias が出頭して、サラミースの海戦で失った手先のない自らの片腕を示したところ、その武功に感じた陪審員たちはアイスキュロスを放免することに決したという。彼はまた劇中、合唱隊 khoros,(ラ) chorus(「コーラス」の語源)を復讐の女神エリーニュエス*に仕立てて舞台に出したが、これを目にした観衆は激しい恐怖に襲われて、多くの子供たちが人事不省に陥り、幾人かの妊婦が流産したので、以後このような演出は禁止されたとの話も残っている。なお後世、悲劇詩人を気取るシュラークーサイの僭主ディオニューシオス1世*はアイスキュロスの使った机や書板などを苦心して買い集めたと伝えられている。
⇒ソポクレース、テスピス、プリューニコス、アステュダマース、コイリロス❶
Herodot. 2-156/ Ar. Ran. 758～, Nub. 1365～, Ach. 10/ Arist. Poet. 1449a, Eth. Nic. 3-1/ Hor. Ars P. 278/Quint. 10-1/ Cic. Tusc. 2-10/ Ael. V. H. 7-16/ Plin. N. H. 10-3/ Val. Max. 9-12/ Paus. 1-14, -21, 2-13/ Vit. Aesch./ Longinus Subl. 15/ Ath. 8-347/ Philostr. V. A. 6-11/ Vitr. 7/ Marm. Par./ etc.

アイスクラーピウス Aesculapius
⇒アエスクラーピウス

アイソーポス Aisopos, Αἴσωπος, Aesopus,(英)Æsop, Aesop,(仏)Ésope,(独)Äsop,(伊)(西)(葡)Esopo,(露)Эзоп,(トルコ語)Ezop,(アラビア語)ʾIzūb, ʾAysūb,(ペルシア語)Ezōp,(和)イソップ(伊曽保)

(前620頃～前560頃) 古代ギリシアの半ば伝説的な寓話作家。ヘーロドトス*その他の伝えるところによれば、彼はトラーケー*(トラーキアー*)またはプリュギアー*の生まれで、サモス*島のイアドモーン Iadmon という人の奴隷であった(⇒ロドーピス)が、解放されてリューディアー*王クロイソス*の寵を享け、のち王命でデルポイ*神殿へ赴いた折、その地の住民たちに聖物窃盗の罪をきせられ、断崖から突き落とされて死んだという。また、短躯・色黒にして背は曲がり、腹は垂れ、金壺眼でしかも獅子鼻というこよなく醜悪な容貌の持ち主であったにもかかわらず、天賦の機智、諧謔、話術、奇行をもって名を成し、クロイソスの宮廷ではアテーナイ*の賢人ソローン*と会い、バビュローニアー*王にも仕えてエジプト王ネクタネボス*のかけた難題を頓才を発揮して解決した、等々といった話も伝えられている(ただし大半は後世の作り話)。

彼の名のもとに伝わる『寓話集 Aisōpeioi Mȳthoi,(ラ) Fabulae Aesopicae』(350篇以上)は、動物などの性格・行為に託して民衆の日常の道徳的教訓や卑近な処世術を説いたもので、古くオリエントやインドの民間伝承に由来する作品も多数混入している。ギリシアにおいても、アイソーポス以前に、ヘーシオドス*やアルキロコス*の著作中に動物寓話が見出され、前5世紀には寓話作者としてのアイソーポスの名は全ギリシアに知れわたり、哲学者ソークラテース*も獄中に刑死の時を待ちつつ散文のアイソーポス寓話集を詩形に改めたといわれる。前300年頃パレーロン*のデーメートリオス*がアイソーポス寓話集の収集・編纂を試みたが湮滅し、後世に流布する諸本はローマ帝政期に入ってから成ったパエドルス*のラテン語韻文訳(後30頃)やバブリオス*のギリシア語韻文訳(80頃)を通じたものであり、とりわけビザンティンの修道僧プラヌーデース Maksimos Planudes (1260頃～1310/1330頃)の編述した寓話集および『アイソーポス伝』(〈ラ〉では Vita Aesopi)の与えた影響は大きい。なお、イスラーム世界においてアイソーポスは、古代アラビアの伝説上の賢者ルクマーン Luqmān と同一視された。
⇒アウィアーヌス
Herodot. 2-134/ Pl. Phd. 61b/ Arist. Rh. 2-20 (1393b)/ Ar. Vesp. 1466/ Diog. Laert. 1-69, -72, 2-42, 5-80/ Plut. Sol. 6, 28, Mor. 150a～, 556f/ Julian. Or. 7/ Phaedrus 3/ Plin. N. H. 36-17/ Suda/ etc.

アイソーン Aison, Αἴσων, Aeson,(仏)Éson,(西)Esón,(露)Эсон

ギリシア神話中、イオールコス*の初代王クレーテウス*とテューロー*の子。英雄イアーソーン*の父親。異父兄ペリアース*にイオールコスの王位を奪われ、イアーソーンが金羊毛皮を取りに行っている間に自殺を強いられ、雄牛の血を飲んで死んだ。あるいは、息子の帰国まで生きながらえていて、メーデイア*の魔法によって若返ったともいう。
⇒巻末系図 011
Apollod. 1-9-11, -16, -27/ Hom. Od. 11-259/ Ap. Rhod. 1-641～/ Diod. 4-40/ Ov. Met. 7-163, -250～/ etc.

アイタリアー Aithalia, Αἰθαλία, Aethalia
イルウァ*島のギリシア名(現・エルバ島)。

アイタリデース Aithalides, Αἰθαλίδης, Aethalides,(伊)Etalide,(西)Etálides,(露)Эфалид,(現ギリシア語)Ethalídhis

ギリシア神話中、アルゴナウタイ*の冒険に伝令として参加したヘルメース*の息子。ある時父のヘルメース神から「不死以外のことなら何でも望みを叶えてやろう」と言われ、「生きている間も死んでからも、自分の身に起きる出来事を全て記憶していたい」と希望、ために彼はその後、輪廻転生を重ね、トロイアー*の将エウポルボス*や

哲学者ヘルモティーモス❶*、漁夫、売春婦などさまざまな人間となって生まれ変わり、最後に哲人ピュータゴラース*の肉体に宿って出生したが、前世のあらゆる記憶を保持していたという。
⇒エピメニデース
Ap. Rhod. 1-54, -640~/ Hyg. Fab. 14/ Diog. Laert. 8-4~/ Tzetz. Chil. 2-722/ etc.

アイティオピアー　Aithiopia, Αἰθιοπία, Aethiopia, (英) Ethiopia, (仏) Éthiopie, (独) Äthiopien, (伊) Etiòpia, (西) Etiopía, (葡) Etiópia, (露) Эфиопия, (アムハラ語) Ityop'iya, (古ヘブライ語) Kush, (古エジプト語) Kash, Pwenet (Punt), (和) エチオピア, エティオピア, (別称・アビシニア Abyssinia)

(現・ヌービア Nubia 周辺) アフリカ大陸東北部の王国。ギリシア語で「陽に焼けた顔の人々の住地」を意味し、アイティオピアー人 Aithiopes なる語は、黒色人種ないし広く茶褐色の肌をもつ諸民族の総称として用いられた。ホメーロス*では、世界の果てオーケアノス*のほとりに、太陽の昇る所（東）と沈む所（西）に別れて住む立派な人々と記され、以来しばしば彼らはインド人と混同された。ギリシア神話によると、アイティオピアー人は世界最古の人類で、かつ神々を初めて崇拝・饗応したため、敵軍に征服されることがなかったが、パエトーン*が太陽神の馬車を暴走させて大地を焦がして以来、彼らの皮膚は黒く灼けてしまったという。名祖はヘーパイストス*の子アイティオプス Aithiops。アンドロメダー*の父ケーペウス*やトロイアー戦争*の勇者メムノーン*の支配した国として知られる。

古典期ギリシアにおいてアイティオピアーは、エジプト南方の広い地域を漠然と指し、前 665 年以後ギリシア人も訪ねるようになったが、後代まで長命族 Makrobioi や無頭人ブレミュエス*族、穴居人トローグロデュタイ*、犬頭人キュノケパロイ*らの住む半ば伝説的な土地と考えられた。史家ヘーロドトス*は、アイティオピアー人はインド人と同じく、皮膚の色と同様の黒い精液を射出するとか、エジプト人、コルキス*人と並んで最古から割礼を行なう民族であるとか、若返りの泉に入浴して多くが 120 歳を超える寿命を保つ等々のことを記している。

歴史上アイティオピアーは古くからエジプトの影響を受け、前 8 世紀には攻め上って逆に全エジプトを占領して第 25 王朝（エティオピア王朝ないしヌービア／クシュ王朝。前 751 頃～前 663 頃）を開き、さらにはパレスティナ*への侵入を窺うまでに勢威を振るった。第 26 王朝プサンメーティコス 1 世*の時（前 663～前 609）に 24 万のエジプト守備兵がアイティオピアーへ脱走し、追手に翻意を促されても自らの性器を指さしつつ「これさえあれば妻子に不自由はせぬ」と言って祖国へ帰ろうとしなかった話は有名（前 630 頃）。アイティオピアーは黄金・象牙・黒檀・貴石に富み、住民は世界中で最も背が高くかつ最も美しい人種と見なされ、その中でもいちばん長身で容貌の美しい者が王に選ばれることになっていた。アカイメネース朝*ペルシア*の大王カンビューセース*率いる侵略軍をも撃退し、ヘレニズム時代にはギリシア・エジプト系の植民市が国内各地に設けられたものの、決してプトレマイオス朝*に併合されず、ナイル河左岸のメロエー*を首都とする王国が繁栄した。王は神格化されて崇拝され、宦官らに取り囲まれて宮殿内に閉じこもり、その死に際して側近たちは殉ずる習慣があった。エジプトと同様、割礼の風習が一般化しており、また死者の亡骸は乾燥させて石膏を塗ったうえ、腐敗せぬようにガラスの柩に納めて安置していたと伝えられる。前 24～前 23 年、ローマ帝国初期のエジプト領事（プラエフェクトゥス*）C. ペトローニウスはアイティオピアーを攻撃して王都ナパタ Napata を劫掠、捕虜を奴隷に売ったが、女王カンダケー*の使節がアウグストゥス*のもとへ赴くと、帝は過去の貢納金を返してやり、国境の防備を固めるにとどめた（前 21）。キリスト教伝説によると、カンダケーに仕える宦官がイエースース*（イエス・キリスト）の直弟子ピリッポス Philippos（伝道者ピリポ）から非ユダヤ人中では初めて洗礼を受けたとされ、4 世紀頃には国内にキリスト教が弘まり、国王をソロモーン Solomon の後裔とする伝承もつくられて、今日に至るまで単性説を奉ずる教会が続いている。女たちは唇にブロンズの環を嵌める慣いで、戦時には武装して闘ったといい、大プリーニウス*によれば、ある部族は犬を王にしてその犬の動作から命令を判断していたという。なおアイティオピアー王が「諸王の王 Negusä Nägäst（＝皇帝）」を号するのは後 3 世紀からのことで、以来 1974 年に廃位されたハイレ・セラシエ 1 世 Haile Selassie I に至るまで、歴代君主は皇帝を名乗り、ソロモーンとサバ Saba（シバ Sheba）の女王ビルキース Bilqis（Makeda,〈ギ〉Nikaule）の血統が連綿として伝わってきたと称している。

北部の中心都市アクスーミス Aksumis（現・アクスム Aksum）は、紅海に臨む外港アドゥーリス*を通じて東西貿易の中継地として大いに発展、とくに 1 世紀頃から 7 世紀にかけて広大な版図を誇る王国を形成した。今日もこの町のキリスト教会堂にはイェルーサーレーム*（エルサレム）からもたらされたという「モーセの十誡」を刻んだ石板を納める聖櫃が秘蔵されている。

ちなみに、現代のヌービアなる地名は、アイティオピアー人の 1 民族名ヌーバイ Nubai, (ラ) Nūbae（「黄金の民」の意）に由来しており、またエティオピアの異名アビシニア Abyssinia はアラビア語でこの地域を指すアル・ハバシャー al-Habašah（アムハラ語・Hābešā）が転訛した形である。
⇒ピュグマイオイ、イクテュオパゴイ
Hom. Il. 1-423, 23-206, Od. 1-22~, 4-84, 5-282~/ Herodot. 2-29~, -104, -146, 3-17~, -114, 7-69~/ Strab. 17-786~, -819~/ Plin. N. H. 5-10, 6-35/ Diod. 3-1~/ Dio Cass. 54-5/ Mela 1-10/ Ov. Met. 2-230~/ Ptol. Geog. 4-7/ Sen. Q. Nat. 4-2, 6-8/ Peripl. M. Rubr./ etc.

アイディーリス Aedilis
⇒アエデーリス

アイデシオス Aidesius, Αἰδέσιος, Aedesius,（仏）Ædesius,（伊）（西）Edesio

（後280／290頃～355頃）新プラトーン主義の哲学者。カッパドキアー*の出身。イアンブリコス*の高弟。師なき後、キリスト教に傾くコーンスタンティーヌス*朝の支配下にあって、圧迫を覚え、隠遁生活を志すが、弟子たちの懇望もだし難く、ペルガモン*に定住して哲学を教授した。エペソス*のマクシモス*やプリスコス Priskos（305頃～396頃）のほか、クリューサンティオス Khrysantios（リューディアー*の高級神官。エウナピオス*の師。80歳で没）、および皇帝ユーリアーヌス*が彼に師事した。

Eunap. V. S. 458～, 461～, 469, 473～, 481～/ etc.

ア（一）イデース Aides, Ἀΐδης,（ドーリス方言）アーイダース Aidas, Ἀΐδας
⇒ハーデース

アイテール Aither, Αἰθήρ, Aether,（英）Ether,（仏）Éther,（独）Äther,（伊）Etere,（西）（葡）Éter,（露）Эфир

「澄明」「上層の大気」の意、その擬人化神。ギリシア神話中、エレボス*（幽冥）とニュクス*（夜）の子で、ヘーメラー*（昼日）の兄弟。上天の光り輝く大気の擬人化——ギリシア人は空の上方の部分をアイテール、下方の部分をアーエール Aer「空気」と呼んだ——。一説では、姉妹ヘーメラーと交わって、ウーラノス*（天空）とガイア*（大地）をはじめ、ポントス*（海）、タルタロス*（奈落）、オーケアノス*（大洋）、その他多くの神格の父となったという。天空高く張る精気エーテル（〈英〉ether）として知られ、化学用語のエーテルは言うまでもなく、これに由来する。「天界の、天上的な、霊妙な」を意味する形容詞アイテリオス aitherios（〈英〉ethereal）もある。

Hes. Th. 124～/ Cic. Nat. D. 3-17 (44)/ Hyg. Fab. Praef./ etc.

アイトネー Aitne, Αἴτνη,（ラ）アエトナ Aetna,（伊）Etna

❶シケリアー*（シキリア*。現・シチリア）島北東部の火

系図9　アイデシオス

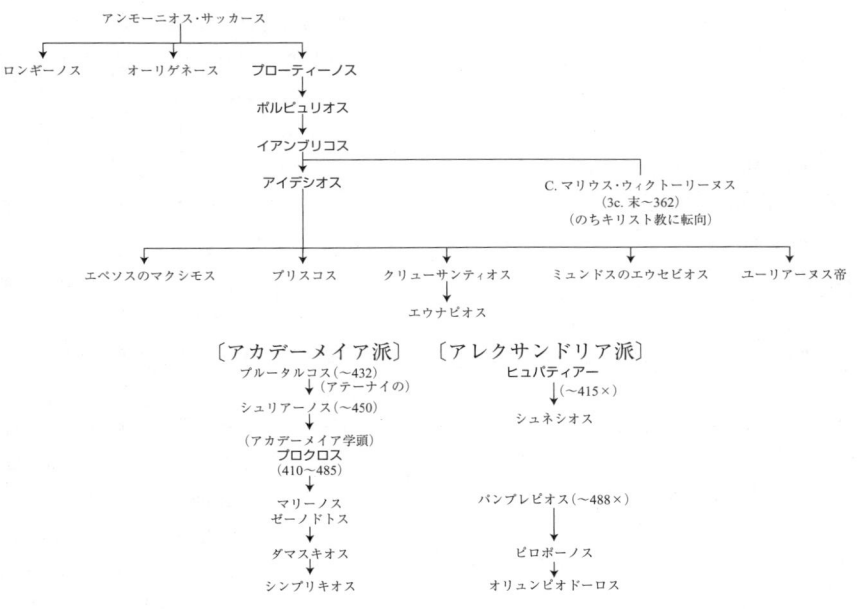

系図10　アイテール

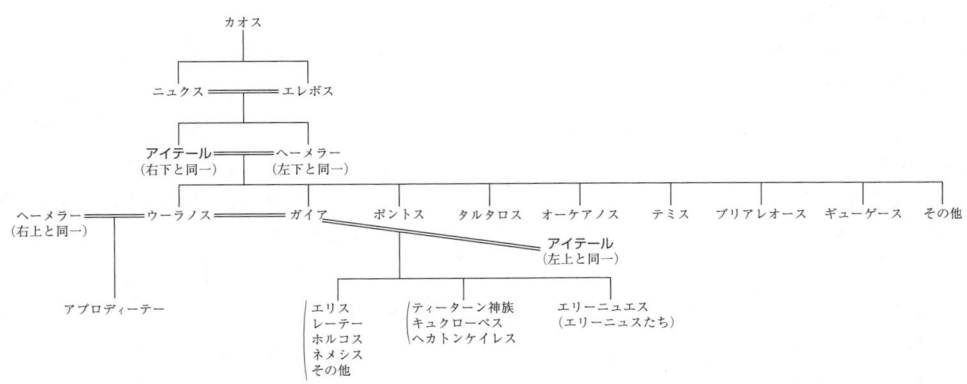

山（現・エトナ Etna。標高 3326 m。旧称・Mongibello,〈シチリア語〉Mongibeddu,〈独〉Ätna,〈露〉Этна)。タウロメニオン*（現・タオルミーナ）とカタネー*（現・カターニア）との間に位置し、古代から幾度も噴火を繰り返している。前 475 年の噴火はアイスキュロス*やピンダロス*が言及し、史家トゥーキューディデース❷*の主張するところでは、前 425 年のそれは、ギリシア人がシケリアー島に植民を開始してから 3 度目の噴火だという。他にも前 396 年と前 122 年の大噴火が有名で、アウグストゥス*時代の詩人ルーキウス・コルネーリウス・セウェールス L. Cornelius Severus は、この火山を主題にした詩を書き残している（散逸）。また無名氏のラテン詩『アエトナ』644 行（後 1 世紀）が伝存する。哲人エンペドクレース*が噴火口に投身して自己を神格化しようとした場所として知られ、ローマ時代にはカリグラ*帝やハドリアーヌス*帝を含む著名人らが観光に訪れた。山麓は沃土に恵まれ、葡萄酒の名産地。

伝説によると、大神ゼウス*が巨竜のテューポーン*またはエンケラドス Enkelados（ギガンテス*（巨人族）の 1 人）の上にこの山を投げつけて圧伏したが、今なお怪物が火焰を噴き出しているのだという。また、噴火口内には鍛冶の神ヘーパイストス*の仕事場もあり、手下の単眼巨人キュクロープス*たちがここでゼウスの雷霆などを作っているとされている。

なお、名祖たるニュンペー*（ニンフ*）のアイトネーは、ウーラノス*とガイア*の娘で、双生神パリーコイ*の母であるという。

Pind. Pyth. 1-20/ Thuc. 3-116/ Hes. Th. 857〜/ Verg. Aen. 3-570/ Strab. 6-268〜/ Diod. 5-6, 14-59/ Marm. Par./ It. Ant. / Sen. Ep./ Serv. ad Verg. Aen. 9-584/ etc.

❷カタネー*（⇒）市の別名。

アイドーネウス　Aidoneus, Ἀϊδωνεύς,（英）Aïdoneus,（仏）Aïdônée,（伊）（西）Edoneo

ギリシアの冥界神ハーデース*の別称。一説にエーペイロス*のモロッソイ*族の王で、娘ペルセポネー*を誘拐しようとしたテーセウス*とペイリトオス*を捕えた人物とする。

Hom. Il. 5-190, 20-61/ Plut. Thes. 31, 35/ Hes. Th. 913/ Euseb. Chron./ etc.

アイトラー　Aithra, Αἴθρα, Aethra,（仏）Éthra,（独）Äthra,（伊）（西）（葡）Etra,（露）Эфра

ギリシア神話中、トロイゼーン*王ピッテウス Pittheus の娘で、英雄テーセウス*の母。初めベッレロポーン*の婚約者だったが、のちアテーナイ*王アイゲウス*と交わって、あるいは同じ夜ポセイドーン*神に犯されて、一子テーセウスを産んだ。後年テーセウスが念友ペイリトオス*とともに冥界へ降っている留守中に、アピドナイ*へ攻め寄せたディオスクーロイ*（カストール*とポリュデウケース*）に捕らえられ、彼らの妹ヘレネー*の女奴隷としてスパルター*へ連れ去られた。ヘレネーがトロイアー*へ出奔した時、彼女も随行し、同市陥落後、孫のデーモポーン❶*とアカマース*によって無事アテーナイへ連れ戻された。一説にアイトラーは、息子テーセウスの死を嘆き悲しむあまり自殺したという。

⇒巻末系図 020

Hom. Il. 3-144/ Apollod. 3-10, -15/ Hyg. Fab. 14, 37, 92, 243/ Plut. Thes. 3, 6/ Paus. 2-31, 10-25/ etc.

アイトーリアー　Aitolia, Αἰτωλία, Aetolia,（仏）Étolie,（独）Ätolien,（伊）（西）Etolia,（葡）Etólia,（現ギリシア語）Etolía（露）Этолия

（現・Etolia）ギリシア中西部の地方名。コリントス*湾の北側、アケローオス*河の東方に位置し、北と東をそれぞれオイテー*およびパルナッソス*山系によって割されている。伝承上の名祖は、エンデュミオーン*の子アイトーロス*。山がちの地方で、カリュドーン*やプレウローン*など神話伝説に名高い町のあることで知られる。古典期にはアイトーリアー人は未開で戦闘的と見なされ、掠奪を事とし、人肉を食べる部族も含まれていたという。ペロポンネーソス戦争*中の前 426 年、アテーナイ*軍の侵略を却け、ヘレニズム時代にはアイトーリアー同盟*を結成して勢力を拡げた。前 279 年、ブレンヌス❷*麾下のケルト*軍に襲われた折には、幼児の肉を食われ、女は死ぬまで輪姦され、男たちは虐殺される憂き目を見たが、ほどなくアイトーリアー同盟軍がケルト（ガラティアー*）人を撃破し去った（前 278）。前 189 年、ローマの将 M. フルウィウス・ノービリオル*によって征服され、前 146 年、他のギリシア諸地方とともにローマの属州アカーイア*に併合された。

⇒アカルナーニアー、ナウパクトス、パトライ

Strab. 10-450〜/ Thuc. 1-5, 3-94〜/ Xen. Hell. 4-6/ Hom. Il. 2-638〜, 9-529〜/ Mela 2-4/ Liv. 26-24/ Paus. 5-1, 10-22/ Plin. N. H. 4-2/ Ant./ Steph. Byz./ etc.

アイトーリアー同盟　Koinon tōn Aitōlōn, Κοινόν τῶν Αἰτωλῶν（ラ）Aetolicum Foedus, Aetoliorum Foedus,（英）Aetolian League (Aetolian Confederacy),（仏）Ligue étolienne,（独）Ätolischer Bund,（西）Liga Etolia,（露）Этолийский союз

ヘレニズム時代に活躍したギリシアの都市同盟 koinon の 1 つ。アイトーリアー*地方に古くからあった部族組織を基礎に、前 4 世紀後半に結成された諸市の相互防衛同盟。しだいに勢力を増し、前 278 年には侵寇したケルト人*（ガラティアー*人）を撃退して、聖地デルポイ*を支配。中部ギリシアのみならず、ペロポンネーソス*半島やエーゲ海域にも広く影響を及ぼした。海陸に掠奪行為を働くことで知られ、アイトーリアー人古来の蛮風を恐れて、安全のために同盟に加入する都市国家 polis も少なくなかった。全盛期の前 3 世紀中頃には、アカーイアー同盟*とともにギリシアの政治を決定する大勢力となる。マケドニアー*と敵対し、ために前 220 年頃ギリシアで最も早くローマと

同盟関係を結び、キュノスケパライ*の戦い（前197）に貢献したが、ほどなくセレウコス朝*シュリアー*王アンティオコス3世*と連合してローマに対立（前192）、シュリアー側が敗北した結果、前188年アパメイア*の和議で同盟はアイトーリアー地方に限定され、政治的に無力化した。さらに前146年、アイトーリアーがローマの属州アカーイア*に併合されて以来、同盟の存在は全く名義上のものと化した。

アイトーリアー同盟には盟主も覇者もなく、制度は民主的で、同盟市民権をもつ者すべての参加できる総会が軍事・外交・立法の最高決定権を握り、1年任期の文武の高官を選出した。加盟諸市の市民は、自分の都市の市民（ポリス）でありつつ同時に「アイトーリアー人」として同盟市民権を与えられ、各都市は人口に比例して代議員を評議会（ブーレー*）に出し、また代議員数に応じて財政を負担した。

Strab. 9-441/ Liv. 26-24～/ Florus 2-9/ Plut. Flam. 5～/ Liv. 31-29, 45-31/ Paus. 10-20～/ Diod. 19-66, 20-99/ Polyb. 4-25, -37, 5-8, 13-1, 18-31, 22-13, -15, 28-4/ Just. 33-2/ etc.

アイトーロス　Aitolos, Αἰτωλός, Aetolus,（伊）Etolo

ギリシア神話中、アイトーリアー*人の名祖（なおや）。エーリス*王エンデュミオーン*の子。兄弟エペイオス Epeios が嗣子なくして没したのち、王位を継承したものの、ペロポンネーソス*王アーピス Apis（ポローネウス*の子）を戦車で轢き殺したため、追放されてアケローオス*河流域へ亡命。彼を歓迎してくれたドーロス*ら3兄弟を殺害し、この地を征服すると、自らの名をとってアイトーリアーと命名した。カリュドーン*、プレウローン*王家の父祖。

Apollod. 1-7-6～7/ Paus. 5-1-4～5, -8/ Hyg. Fab. 271/ Conon Narr. 14/ etc.

アイネイアース（または、アイネアース、アイネーアース）　Aineias, Αἰνείας (Aineas, Αἰνέας, Αἰνήας)（ラテン名・アエネーアース Aeneas），（仏）Énée,（独）Äneas,（伊）Enea,（西）Eneas,（葡）Enéas,（カタルーニャ語）Enees,（マジャル語）Aineiasz,（ポーランド語）Eneasz,（露）Эней

❶ギリシア・ローマの伝説上の英雄。トロイアー*の王族アンキーセース*と女神アプロディーテー*（ウェヌス*）の子（⇒巻末系図019）。プリアモス*王の娘クレウーサ❶*を娶り、トロイアー戦争*が起きると、ヘクトール*に次ぐトロイアー軍第二の勇将として、アプロディーテー、ポセイドーン*両神の庇護のもとに、大いにギリシア軍を悩ませた。トロイアー人の子孫を支配するべく運命づけられた敬虔な人物で、同市落城の際にも老父を背負い、パッラディオン*（パッラディウム*）などの神像を携え、息子アスカニオス*（ユールス*）の手を引いて、炎上する町から逃げのびたとされている —— 妻クレウーサは行方不明になる ——。その後の遍歴およびイタリアに到着してローマの遠祖となるまでの物語が数々くり出され、この主題を扱った作品中、とりわけウェルギリウス*の叙事詩『アエネーイス』Aeneis が名高い。

残存トロイアー人を率いてトラーケー*（トラーキアー*）、エーペイロス*、デーロス*、クレーテー*（クレーター*）など諸方を流浪し、シケリアー*（シキリア*）島のドレパノン❶*で父を亡くした（⇒エリュクス、アケスタ、アイゲステース）。ついで海上の嵐に流されてアーフリカ*北岸に漂着、カルターゴー*の女王ディードー*に歓待され、恋仲となったものの、神命に従ってその地を去り、イタリアへ上陸（⇒パリヌールス*、ミーセーノス*）。途中クーマエ（キューメー❷*）で、女予言者シビュッレー*（シビュッラ*）に導かれて冥界へ降り（⇒アウェルヌス）、亡父の霊より未来の運命を知らされる。

かくて7年間の放浪生活の後、ティベリス*（現・テヴェレ）河口に到着した彼は、ラティウム*の王ラティーヌス*に迎えられ、その一人娘ラーウィーニア*の婿となり、彼女の名に因んでラーウィーニウム*市を創建する。ラーウィーニアの許婚者だったルトゥリー*族の王トゥルヌス*は、憤慨して兵を進め、新来のトロイアー人と土着のイタリア人との間に戦いが勃発。アイネイアースは苦闘の末、一騎討ちでトゥルヌスを倒した（⇒エウアンドロス、メーゼンティウス、カミッラ、ニーソス❷、アマータ）。

『アエネーイス』はここで終わっているが、その後アイネイアースは4年間ラティウムを統治し、近隣部族との戦闘中に死んだとされている。しかし、死体が見つからなかったので、昇天して神列に加わったと信じられ、ユーピテル・インディゲス Juppiter Indiges（祖神ユーピテル）という名で尊崇された。息子アスカニオスがローマの母市となるアルバ・ロンガ*の町を建設し、その子孫のロームルス*がローマを創建したと言い伝えられている。なお、アイネイアースとアカーテース*（トロイアーの勇士）との親密な友愛は、

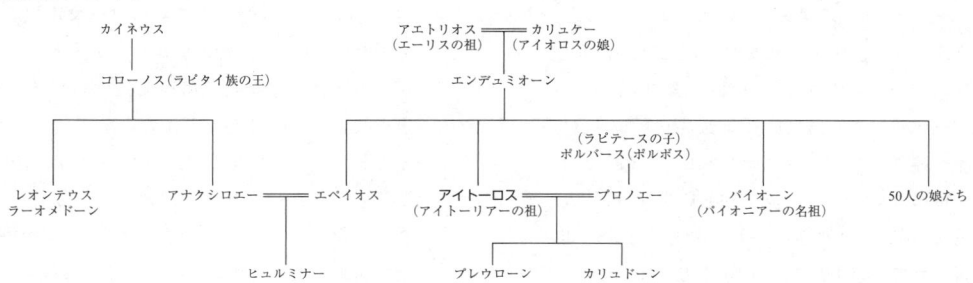

系図11　アイトーロス

オレステース*とピュラデース*との関係やアキッレウス*とパトロクロス*のそれにも比肩するものであったという。

　父アンキーセースを背負うアイネイアースの姿をはじめとする造形芸術がアルカイック期以来、ギリシアやイタリア各地に見られる。彼の冒険行は中世西ヨーロッパの『アエネーアース物語（仏）Roman d'Énéas』など文芸の世界に永きにわたって影響を及ぼしている。
⇒アイノス
Hom. Il. 2-819〜, 5-166〜, -297〜, -431〜, -512〜, -541〜, 12-98, 13-458〜, -540〜, 15-332〜, 16-608〜, 17-333〜, -491〜, -752, -761, 20-75〜, -293〜/ Hes. Th. 1008〜/ Liv. 1-1〜/ Verg. Aen./ Dion. Hal. 1-44〜64, -72/ Ov. Met. 13-623〜, Her. 7/ Arn. Adv. Nat. 2-71/ Hymn. Hom. Ven./ Hyg. Fab. 115, 251, 254, 260, 273/ Apollod. 3-12, Epit. 3-32, -34, 4-2, 5-21/ etc.

（❷❸は実在の人物）
❷（前4世紀）「戦術家(タクティコス)」Τακτικός,（ラ）タクティクス Tacticus の異名をもつギリシアの著述家。前367年にアルカディアー*同盟の将軍だったステュンパーロス*のアイネイアースと同一人物であろうとされる。一連の戦術書を記したが、そのうち前357年直後に書かれた『都市防衛論』Poliorkētika が現存する。彼の作品は、エーペイロス*王ピュッロス*のために、テッサリアー*人キーネアース*によって要約された（散逸）。伝存する最古期の軍略書として興味深い。
⇒ポリュアイノス、アイリアーノス（タクティコス）
Xen. Hell. 7-3/ Polyb. 10-44/ Suda/ etc.

❸（後5世紀後半）ガーザ*の人（ラ）Aeneas Gazaeus。哲学者、ソフィスト*。初め新プラトーン主義哲学を信奉していたが、のちキリスト教に転向し、霊魂の不滅と肉体の復活に関する対話篇『テオプラストス Theophrastos』を著わした。アレクサンドレイア❶*のヒエロクレース❹*の弟子。ヴァンダル*族の王フンネリークス Hunnericus（在位・477〜484）によって舌を切り取られたキリスト教徒たち（484）に関して言及していることから彼の活躍した年代が特定される。
Aeneas Gazaeus

アイネシデーモス Ainesidemos, Αἰνεσίδημος, Aenesidemus,（仏）Ænésidème (de Cnossos),（伊）（西）（葡）Enesidemo,（露）Энесидем
（前1世紀前半〜中頃）ギリシアの懐疑学派の哲学者。クレーター*（クレーテー*）島のクノッソス*出身。キケロー*と同時代の人。もとはアカデーメイア*派に属していたが、（アスカローン*の）アンティオコス*の折衷主義的傾向に反対して、アカデーメイアから離反、ピュッローン*の流れを汲む懐疑学派へ移り、のちアレクサンドレイア❶*で教えた（前80〜前60頃）。ストアー*派の独断論(しりぞ)を斥け、「人は事物の本性を知ることはできない」と主張、感覚や知識の確実性を否定して、「判断中止(エポケー)の10の方式(トロポス) Tropoi tēs epokhēs」（個人差・習慣・心身状態など我々の認識を異ならせる10の条件）を創唱したとされる。『ピュッローン主義者の議論（8巻）』その他の著述は、散佚して梗概しか伝わらないが、当時の代表的懐疑論者としてピュッローンの教義を復興・推進したため、「新懐疑学派」の創始者と評されている。なお彼の議論は、後2世紀のセクストス・エンペイリコス*の著作を通して、デカルトなどの近世思想に少なからぬ影響を及ぼした。

　また、アイネシデーモスの10の方式に加えて、新たに別の5つの方式を導入したアグリッパース Agrippas（〈ラ〉アグリッパ Agrippa、ローマ帝政初期のピュッローン派哲学者）の存在が伝えられている。
Diog. Laert. 9-62, -78〜, -87〜, -102, -106〜108, -116/ Sext. Emp. Pyr. 1〜2/ Phot./ etc.

アイノス Ainos, Αἶνος, Aenus,（伊）（西）Eno,（現・Enez, Énos）
トラーケー*（トラーキアー*）南岸のギリシア人植民市。ヘブロス Hebros（現・Évros）河口の東側に位置し、主要な交易都市として繁栄した。キューメー❶*などアイオリス地方*からの移住者によって建設され（前600〜前575頃）、ペルシア戦争*後はアテーナイ*を盟主とするデーロス同盟*に加わり（前477頃）、ペロポンネーソス戦争*（前431〜前404）中もアテーナイ側に与してシケリアー*（現・シチリア）遠征に参加した。マケドニアー*、エジプト、ペルガモン*の支配を経て、前185年ローマ人に「自由市」と認められた（前100年にローマ領）。前5世紀にはきわめて優れた銀貨を造っており、その表面には商業の神ヘルメース*の頭部が刻印されていた。後世の伝承では、トロイアー*の英雄アイネイアース*の創建した市(まち)とされるようになる。
⇒アブデーラ❶
Herodot. 4-90, 7-58/ Thuc. 4-28, 7-57/ Liv. 38-60/ Plin. N. H. 4-11/ Verg. Aen. 3-18/ Hom. Il. 4-519/ Procop. Aed. 4-11/ Strab. 7/ etc.

アイヤクス Ajax
⇒アイアース（のラテン語形）

アイリアーノス Klaudios Ailianos, Κλαύδιος Αἰλιανός, Claudius Aelianus,（英）Ælian,（仏）Élien,（独）Älian(us),（伊）（西）（葡）Eliano
（後175頃〜235頃）ローマ帝政期の著述家。プラエネステ*（現・パレストリーナ）生まれのローマ市民。セプティミウス・セウェールス*帝の后ユーリア・ドムナ*の寵遇を得、プラエネステの神官長の職を授けられる。ローマで修辞学を教え、その優美な文体のゆえに「蜜の舌 Meliglossos」と綽名された。思想上はストアー*学派に属し、終生妻を娶らず、またイタリアを離れたことがなく、船に乗ったこともなかったにもかかわらず、著述はすべてギリシア語で執筆した。動物の世界に人生への教訓を求めた『動物

誌（動物の特性ついて）Peri Zōōn Idiotētos』（ラ）De Natura Animalium（17巻）と、古今の有名人のエピソードを集めた『奇談集 Poikilē Historiā』（ラ）Varia Historia（14巻）が名高い。両作とも先人または同時代人の書物から抜粋した雑録でしかないが、古代末期からビザンティン時代に広く読まれ、今日では失われてしまった作家の文章が多く引用されている点で貴重。その他、『農夫の手紙』20篇（伝存）、『神慮について』『神意の顕現について』の小論2篇（断片のみ残存）、淫蕩なエラガバルス*帝を批判した『男おんな Gynnis 弾劾論』(ギュンニス)（散佚）などの著作があった。
⇒アテーナイオス
Ael. N. A., V. H./ Philostr. V. S. 2-31/ Suda/ etc.

アイリアーノス（・タクティコス） Ailianos
(Taktikos), Αἰλιανός (Τακτικός), Aelianus Tacticus, (仏) Èlien le tacticien, (独) Älianus der Taktiker, (伊) Eliano Tattico, (西) Eliano el Táctico

後1世紀後半〜2世紀前半の人。ローマ帝政期の軍事学者。トライヤーヌス*帝（在位・98〜117）の頃、ギリシア語でマケドニアー*の密集方陣（パランクス*）に関する書『用兵論 Taktike theoria』（ラ）Tactica を著わし、「戦術家」(タクティコス)と称される。本書はのちにラテン語に翻訳され、16世紀に至るまで用兵の手引き書として広く読まれた。
⇒ポリュアイノス、アイネイアース 2.
Aelianus Tactica.

アイリオス・ヘーローディアーノス Ailios
Herodianos
⇒ヘーローディアーノス、アイリオス

アイリス Iris
⇒イーリス（の英語訛り）

アウァーリクム Avaricum, (ケルト＝ガッリア語)
Avaricon, (伊)(西)(葡) Avarico

(現・ブールジュ Bourges) 外ガッリア*のビトゥリゲース*族の首邑。前52年、ウェルキンゲトリクス*の乱に加わったビトゥリゲース族は、20もの町々を焼き払い、この難攻不落の城砦都市に立て籠もったが、カエサル*はこれを攻囲し、敵の隙をついて総攻撃を加え陥落させた。ローマ軍によって町は略奪され、住民は女といわず子供といわず、約4万人が皆殺しに遭(あ)い、事前に逃亡していた800人だけがウェルキンゲトリクスの許(もと)へ辿り着いたという。なお、今日のブールジュという名は、ビトゥリゲース族に負っている。
⇒アレシア、ゲルゴウィア
Caes. B. Gall. 7-13〜18, -23, -29〜32, -47, -52/ etc.

アウィアーヌス（アウィエーヌス） Flavius Avianus
(Avienus), (独) Avian, (伊)(西)(葡) Aviano

（後4世紀後半〜後5世紀前半）ローマ帝政末期のラテン詩人。主にバブリオス*のアイソーポス*（イーソップ）風の寓話集から42話をラテン語に翻案し、エレギーア elegia 詩形に改め拡大したものが伝存する。後400年前後に成立したこの寓話選集はマクロビウス*に献呈されており、中世を通じて西ヨーロッパで非常な人気を博し、学校教科書として広く流布した。マクロビウスの『サートゥルナーリア』中に話者の1人として登場する。
⇒パエドルス
Macrob. Sat./ Avianus (Avienus)/ etc.

アウィエーヌス Avienus
⇒アウィアーヌス

アウィエーヌス（アウィエーニウス） Postumius
Rufius Festus Avien(i)us, (伊)(西)(葡) Avieno

（後4世紀中頃〜後期）ローマ帝政末期のラテン詩人。エトルーリア*のウォルシニイー*出身。裕福な旧家に生まれ、属州アーフリカ*とアカーイア*（ギリシア）の総督を務める（各366と372）。ソロイ❶*のアラートス*の天文に関する詩『パイノメナ』をラテン韻文に翻訳（Aratea Phaenomena, 1325行残存、後387以前）し、さらにディオニューシオス・ペリエーゲーテース*の地理詩のラテン訳『世界誌 Descriptio Orbis Terrae』（1394行）と、やはりギリシア語地理詩からのラテン訳『海岸地帯 Ora Maritima』（703行のみ残存）を試みたことで知られる。特に後者は、マッシリア*（現・マルセイユ）からガーデース*（現・カディス）に至る沿岸地域の描写が今日伝えられるに過ぎないが、前500年頃のカルターゴー*人やギリシア人の大西洋航海の史料として興味深い（⇒ヒミルコー❶）。
⇒マクロビウス、セルウィウス
Serv. ad Verg. Aen. 10-272, -388/ Hieron./ Cod. Theod./ etc.

アウィディウス・カッシウス Gaius Avidius Cassius,
(伊) Avidio Cassio, (西) Avidio Casio, (葡) Avídio Cássio

（後130頃〜後175年7月）ローマの帝位簒奪者（在位・後175年4月〜7月）。父はシュリア*出身のギリシア人修辞学者ヘーリオドールス C. Avidius Heliodorus（ハドリアーヌス*帝治下、137〜142のエジプト領事(プラエフェクトゥス)）。母方はカエサル*暗殺で名高いカッシウス*氏の出身という。自身はマールクス・アウレーリウス*帝の治世に補欠執政官(コーンスル*)（161頃）を経て、パルティアー*戦争（162〜166）では無能怠惰な L. ウェールス*の代わりに将軍として大活躍。メソポタミアー*を占領しセレウケイア❶*、クテーシポーン*両市を破壊した（165）。シュリア総督に任ぜられ、さらにはエジプトの反乱を平定して（173）、全オリエントの統治者となり、175年の春にはマールクス・アウレーリウス帝の死去という虚報を信じて、また密通していた皇后ファウスティーナ❷*に煽動されて、自ら「皇帝」を僭称。3ヵ月と6日間帝国の東方諸属州を支配したが、元老院の承認を得

られず、マールクス帝が征討準備をしているうちに、部下の百人隊長に暗殺されて首を斬り落とされた。マールクスは簒奪者の横死を喜ばず、届けられた首級を検分せずに埋葬させ、東方へ赴いて反逆に加わった地方を鎮撫、共謀者に対してもきわめて寛大な処置を施した。「第2のカティリーナ*」と呼ばれたアウィディウス・カッシウスは、厳格・残忍な性格で知られ、手柄を立てた将兵でも軍規に違反すれば容赦なく磔刑や刎首、両手切断などの酷刑に処し、罪人を10人ずつ鎖で縛り合わせて海中に投じたり、高さ60mの巨大な柱を建てて犯罪者たちを上から下まで縛りつけたのち、下から火をつけて焼き殺したこと等が伝えられている。彼の死後、一家の者は処罰を受けるどころか高位の官職に就くことさえ許されたが、マールクスを継いだコンモドゥス*帝の命令で全員生きたまま焼き殺されたという。
⇒アルサケース27世(ウォロゲーセース3世)、ブーコロイの乱、マエキアーヌス
S. H. A. Avidius Cassius, Marc., Verus, Comm., Firmus/ -3, -4, -17～,/ Dio Cass. 71-2, -3, -4, -17～, -21/ Fronto Ad amicos 1-6/ etc.

アウィートゥス Marcus Maecilius Flavius Eparchius Avitus, (伊)(西)(葡) Avito, (露) Авит
(後395頃～456末) 西ローマ皇帝(在位・後455年7月9日～後456年10月17日)。富裕なガッリア*貴族の出。アエティウス*の部将として活躍し、ガッリア道近衛軍司令官(439)やガッリア総司令官(454)など要職を歴任。455年ペトローニウス・マクシムス*帝の惨殺とヴァンダル*族のローマ劫略(⇒ゲイセリークス)の報に接し、西ゴート*王テオドリークス2世*の後援を得て皇帝となり、ローマ元老院からも承認される。しかるに奢侈淫楽に耽り、人妻を誘惑・凌辱したためイタリアで人望を失い、翌年ヴァンダル船団を撃滅した勇将リーキメル*に叛かれて退位を強要される。プラケンティア*(現・ピアチェンツァ)の司教職に就くことを許されたが、元老院から死刑を宣告されアルプス方面へ逃亡。故郷への帰途、病死ないしは殺害された。詩人シードニウス・アポッリナーリス*の岳父に当たり、ローマにおいて女婿から頌詩を献げられている(456年1月1日)。なお彼は、東ローマ帝国からは西ローマ皇帝として認められていない。
Idatius Chronicon/ Sid. Apoll. Carm. 6～/ Greg. Turon. 2-11/ Johann. Ant. Frag./ etc.

アウェルヌス湖 Lacus Avernus, Lacus Avernī, ギリシア名・アオルノス* Aornos limnē, Ἄορνος λίμνη, (英) Lake Avernus, (仏) Lac d' Averne, (西)(葡) Lago Averno, (露) Озеро Аверно
(現・Lago d' Averno) イタリア南部、カンパーニア*の湖。バーイアエ*の北2マイル、クーマエとプテオリー*の間にある死火山の火口湖で、往時は鬱蒼たる森に囲まれ、深い湖水から立ち昇る毒気が上を飛ぶ鳥を殺すというので、「鳥のいない a-ornis」というギリシア語からこの名称がつけられたとされる。近くの女神ヘカテー*の聖林に、冥界へ通じる洞窟があり、アエネーアース*(アイネイアース*)はシビュッラ*(シビュッレー*)の導きでここを通って黄泉へ降ったと伝えられている。冥府そのものがアウェルヌスと呼ばれることもあり、オデュッセウス*やヘーラクレース*が、そこから死者の国へ降ったという洞窟がある。この湖水は地獄の河ステュクス*の流れをひいていると信じられており、誰もあえてその水を飲もうとはしなかったと伝えられる。冥界への入口という点でギリシアのタイナロン*岬と比較し得る。前37年、アグリッパ*が運河を開鑿して、南のルクリーヌス湖*を通り海へとつながるようにした。現在残る、いわゆる「クーマエのシビュッラの洞窟」は、おそらくこの折に建設された軍港 Portus Iulius の工事跡の一部であろうと思われる。東岸にはハドリアーヌス*帝時代(後117～138)の宏大な浴場(テルマエ*)の遺構(通称「アポッロー*神殿」)が残っている。
Strab. 5-244～/ Verg. Aen. 3-442～, 6-237～/ Lucr. 6-738～/ Liv. 24-12/ Plin. N. H. 3-5/ Mela 2-6/ Sil. 12-121, 13-601/ Arist. Mirab. 102/ Stat. Theb. 11-588/ Diod. 4-22/ Cic. Tusc. 1-16/ Dio Cass. 48-50/ Suet. Aug. 16/ Vell. Pat. 2-79/ Florus 2-18/ etc.

アウェンティーヌス Aventinus, (英) Aventine, (仏)(独) Aventin, (伊)(西)(葡) Aventino, (露) Авентин
(現・Aventino) ローマの七丘*の1つ。名祖はヘーラクレース*(ヘルクレース*)とレア・シルウィア*の子アウェンティーヌスとも、この丘に埋葬された同名のアルバ*王アウェンティーヌスともいう。伝説では、ヘーラクレースに退治された3頭をもつ巨人カークス*が、ここの洞窟に棲んでいたことで知られる。共和政初期に2度にわたり平民(プレーベース*)たちが立て籠もった「聖山*」事件(前494と前449)の舞台としても名高い(特に2回目)。古くから平民の住む

系図12 アウィートゥス

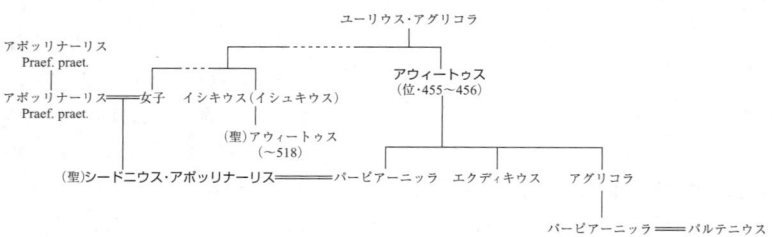

区域となり、セルウィウス・トゥッリウス*の城壁内に含まれていたにもかかわらず、宗教上の理由から —— ロームルス*の双生兄弟レムス*の墓所 Remuria が頂上にあったために縁起のよくない場所と見なされたという —— クラウディウス*帝の治世（後49）に至るまで、市域(ポーメーリウム) pomerium 外の地とされていた。女神ディアーナ*やルーナ*、ユーノー*、ケレース*、リーベル*他の諸神殿があり、詩人エンニウス*や M. ウァッロー*が居住、アシニウス・ポッリオー*によるローマ最初の公共図書館も、この丘に建立された。帝政期に入ると、富裕者層が居館を構える高級住宅地に変貌した。

Verg. Aen. 7-659, 8-194〜/ Liv. 1-3, 5-21, 24-16/ Varro Ling. 5-43/ Cic. Div. 1-48 (107), Rep. 2-18/ Sen. Brev. Vit. 14/ Gell. 13-4/ Ov. Fest. 4-816, 3-884, 6-82/ Prop. 5-1, -8/ Strab. 5-234/ Plut. Rom. 9〜/ Dion. Hal. 1-71/ Val. Max. 1-8, 7-3/ Tac. Ann. 6-45/ Suet. Vit. 16/ Dio Cass. 68-15/ Stat. 2-3/ Mart. 6-64/ Aur. Vict. Caes. 13/ Festus/ etc.

アウクシムム Auximum,（〈ギ〉Auksūmon, Αὔξουμον, Auksimon, Αὔξιμον）

（現・オージモ Osimo）イタリア半島東部、ピーケーヌム*地方の城塞都市。アドリア海から17kmの丘陵上、東北の海港アンコーン*（現・アンコーナ）へ通じる道を扼する要害の地に位置。周辺地域のローマ人を保護するために建設され（前174以前）、前128年頃ローマ植民市(コローニア*)となった。共和政末期のカエサル*対ポンペイユス*の内乱では、前者の陣営に与した（前49）。今日も前174年に遡る城壁を見ることができる。

Caes. B. Civ. 1-13, -15/ Vell. Pat. 1-15/ Liv. 41-27/ Plut. Pomp. 6/ Luc. 2-466/ Plin. N. H. 3-13/ Procop. Goth. 2-10〜, 3-11〜/ It. Ant./ etc.

アウグスタ Augusta,（ギ）Augūsta, Αὔγουστα,（ギリシア語意訳）セバステー Sebaste, Σεβαστή,（露）Августа

ローマ帝室の重要な女性に与えられた尊称。女皇。アウグストゥス*の正室リーウィア❶*（リーウィア・ドルーシッラ*）に授けられた（後14）のを嚆矢とし、以後皇后のみならず、皇帝の母、姉妹、娘などがこの称号を帯びた。特に名高いのは、クラウディウス*帝の継室でネロー*帝の生母として君臨した小アグリッピーナ*や、ネローの継室で夫帝に母后殺害を嗾そのかしたポッパエア*、ドミティアーヌス*帝の后で夫帝を暗殺したドミティア・ロンギーナ*らである。

Tac. Ann. 1-8, 4-16, 12-26, 15-23, Hist. 2-89/ Suet. Calig. 10, 15, 23, Claud. 3, Ner. 35, Dom. 3/ etc.

アウグスタ・エーメリタ Augusta Emerita
⇒エーメリタ・アウグスタ

アウグスタ（市） Augusta,（ギ）Augūsta, Αὔγουστα, Αὐγούστα,（露）Августа

ローマ帝国内に建設された都市のうち、アウグストゥス*の栄誉を称えて命名された多くの町。総数およそ70に上るという。とりわけ著名なものは以下の通りである。

○アウグスタ・タウリーノールム A. Taurinorum（現・トリーノ Torino,（英）（独）（仏）Turin）……もと内ガッリア*のタウリーニー Taurini 族の首邑。前218年ハンニバル❶*に占領され、アウグストゥス時代に植民市(コローニア*)として再興された（前25頃）。ローマ時代の都市計画や城門(プラン) Porta Palatina が残っている。

○アウグスタ・トレーウェロールム*（現・トリーア Trier）

○アウグスタ・エーメリタ*（現・メリダ Mérida）

○アウグスタ・ウィンデリコールム A. Vindelicorum, または、アウグスタ・ウィンデリクム A. Vindelicum（現・アウクスブルク Augsburg）……後6年に属州ラエティア*に建設され、交易の中心市として栄えた。ティベリウス*帝の時からラエティアの州都となる（⇒ウィンデリキー）。ハドリアーヌス*帝時代の城壁や、貨幣、陶器、彫刻類が発掘されている。

○アウグスタ・ラウリカ A. Raurica ないし、アウグスタ・ラウリコールム A. Rauricorum（現・アウクスト Augst）……前44年、レーヌス*（ライン）河辺のガッリア*系ラウリキー Raurici 族平定後に L. ムーナーティウス・プランクス*が建設した軍事植民市。交易によって繁栄。神殿や劇場（テアートルム*）、フォルム*、浴場（テルマエ*）、円形闘技場（アンピテアートルム*）などの遺跡が発掘されている。

○アウグスタ・プラエトーリア*（現・アオスタ Aosta）

○アウグスタ・スエッシオーヌム A. Suessionum（現・ソワソン Soissons）

○アウグスタ・ユーリア A. Julia（ガーデース*、現・カディス Cádiz）

○その他にも、アウグスタ・トライヤーナ A. Traiana（現・ブルガリアの Stara Zagora）や、Augusta Veromanduorum（現・サンカンタン Saint-Quentin）、Augusta Trinobantum（現・ロンドン、⇒ロンディニウム）、Augustobona Tricassium（現・トロワ Troyes）、Augustoritum Lemovicensium（現・リモージュ Limoges）、アウグストネメトゥム Augustonemetum（現・クレルモン=フェラン Clermont-Ferrand）、アウグストドゥーヌム*（現・オータン Autun）などがある。
⇒アウグストドゥーヌム、カエサレーア

Plin. N. H. 3-5, -17, 4-22/ Mela 3-2/ Caes. B. Gall. 2-12/ Tac. Hist. 2-66, 4-72, Germ. 41/ App. Hann. 5/ Ptol. Geog./ Polyb./ Liv./ Strab./ Amm. Marc./ It. Ant./ Steph. Byz./ etc.

アウグスタ・トレーウェロールム Augusta Treverorum,（英）Treves,（仏）Trèves,（伊）Treviri,（西）Tréveris,（露）Трир,（ルクセンブルク語）Tréier

（現・トリーア Trier）もとケルト*系トレーウェリー*族の首邑。アウグストゥス*がガッリア*訪問（前15〜前13）の際ここに滞在し、ローマの植民市(コローニア*)となる（後1世紀前半）。要害の地にあるため、国境警護軍の総司令部が置かれ、商業

都市としてもめざましく発展、ガッリア北東部の中心市に成長した。後3世紀半ば以降、ポストゥムス*、マクシミアーヌス*、コーンスタンティウス・クロールス*らによって皇帝の居都と定められ、コーンスタンティーヌス1世*（大帝）は壮大な宮殿をこの市に造営（306～331）、今日なお皇帝のバシリカ*（アウラ・パラティーナ Aula Palatina）や大浴場〔テルマエ〕、円形闘技場〔アンピテアートルム*〕、ポルタ・ニグラ Porta Nigra と呼ばれる城門など、数多のローマ時代の遺跡が残っている。アルペース*（アルプス）以北最大の都市を誇ったが、5世紀に入るとゲルマーニア*人の略奪を被り、ついに430年フランク*族（フランキー*）に占領されて衰退した。

大プリーニウス*によると、皇帝ネロー*はこの地で両性具有の馬ばかりを選び集めてローマへ運ばせ、自分の戦車を牽かせては悦に入ったという。またキリスト教時代になると、この町は女性を懐妊させる御利益のある使徒バルトロマイオス Bartholomaios の巨大な陽物を聖遺物として保存していることで評判となった。

Mela 3-2/ Amm. Marc. 15-11/ Plin. N. H. 11-109/ Tac. Hist. 4-62/ Strab. 4-194/ etc.

アウグスタ・プラエトーリア　Augusta Praetoria Salassorum,〈ギ〉Augūstā Praitōriā Αὐγούστα Πραιτωρία

（現・アオスタ Aosta,〈仏〉Aoste,〈アルピタン語〉Aoûta）イタリア北西端、アルペース*（アルプス）山脈にあったローマ帝国の軍事植民市〔コロニア*〕。パドゥス*（ポー）河上流の交通の要衝に位置し、商業の中心地として繁栄した。もと内ガッリア*のサラッシー Salassi 族の領土であったが、前25年ウァッロー・ムーレーナ❸*によって征服され、翌前24年アウグストゥス*の命で近衛軍 Praetoriani〔プラエトーリアーニー〕の退役兵3千人がムーレーナの陣営跡地に移住した。以来この町は、アルプス越えの要地として戦略上重視され、今日も20の塔を備えた市壁や城門、劇場、円形闘技場〔アンピテアートルム*〕、橋、直交する道路網および街区など計画的都市の遺跡がよく保存されている。
⇒エポレディア

Plin. N. H. 3-5, -17/ Strab. 4-206/ Dio Cass. 53-25/ Ptol. Geog. 3-1/ etc.

アウグスティーヌス　Aurelius Augustinus,〈ギ〉Augūstīnos, Αὐγουστῖνος,〈英〉Augustine,〈仏〉Augustin,〈伊〉Agostino,〈西〉Augustín,〈葡〉Agostinho,〈露〉Августин

（後354年11月13日～430年8月28日）古代末期のキリスト教思想家。西方ラテン教会の教父、哲学者。ヌミディア*（北アフリカ）のタガステー Tagaste (Thagaste. 現・Tagilt 遺跡近くの Souk Ahras) に生まれる。父パトリキウス Patricius はローマ帝国の官吏・小土地所有者で伝統的宗教を奉じ、母モニカ Monica（332頃～387）は熱狂的なキリスト教信者であった。2男1女の長子。タガステーで初等教育を受けた後、マダウロス*で文法学、カルターゴー*で修辞学を修めたが、青年の客気に駆られて放縦乱脈な生活になずんだ。16歳の頃から身分の低い女と同棲して庶子アーデオダトゥス Adeodatus（372～390頃）を儲け、またキケロー*の『ホルテーンシウス Hortensius』（散逸）を読んで哲学を志した（373）。故郷タガステーで文法を教えたものの、愛していた親友 Alysius の急死によって衝撃を受け（376）、以後カルターゴー、ローマ、メディオーラーヌム*（現・ミラーノ）と各地に移り住んで修辞学の教師を務めた。そのかたわら、善悪二元論を説くマーニー*教の信者となり（373～382）、次いでアカデーメイア*派の懐疑主義哲学に傾倒、ギリシア語を修得することができなかったにもかかわらず、終生プラトーン*を「半神」と呼んで尊崇した。

イタリアではシュンマクス*やアンブロシウス*らの知遇を得、新プラトーン主義の書物に触れて内的世界にも深く目を向けるようになった。また彼を追って来た母モニカの勧めで、15年間連れ添った内妻と別れ、身分と財産のある10歳の少女と婚約（385）、しかし2年後の結婚が待ち切れず、情慾の赴くがままに別の女と関係を結んだ。翌386年8月、メディオーラーヌムの庭で「取りて読め tolle, lege」なる子供の声を聞いて聖書占いを行なったところ、「好色と淫乱を捨ててキリストを着なさい」というパウロス*の言葉（『ローマの信徒への手紙』13）に視線が落ち心打たれて回心、胸部の疾患を口実に教職を辞し、翌春息子とともにアンブロシウスから洗礼を受けてキリスト教に転向した（387年4月）。

母の病死後、故郷タガステーへ帰り（388）、数人の友と一緒に貧しい修道僧的な独身生活を営んだが、請われてヒッポー・レーギウス*（現・アルジェリアのアンナバ 'Annaba, Bône）の司祭となり（391）、次いで396年には同地の司教（主教）に任ぜられた。以来死に至る34年の間、ヒッポーの司教として、アレイオス*（アリーウス*）、マーニー、ドナートゥス*、ペラギウス*らの諸宗派と論争を繰り返し、これらを異端・邪教と決めつけて強硬に弾劾、時には政治権力に訴えても反対勢力を排斥した。また精力的に執筆活動に従事し、生涯で100近い ── 一説に113、ないし93 ── 哲学的・宗教的著作を残したが、今日その大半が伝存する。政治面でもアーフリカ*総督ボニファーティウス*の反乱を阻止するなど活躍したものの、430年ヴァンダル*族（ウァンダリー*）にヒッポーの町を襲撃され、その攻囲中に死亡した（76歳）。

彼は背が低く痩せた男で、異常に寒気に弱く、胸の病いや痔疾などに悩まされていたうえ、神経過敏で極めて激しやすい性格であったという。思想的にはプローティーノス*やポルピュリオス*ら新プラトーン主義の影響を強く受けており、ギリシア哲学とキリスト教を綜合した独自の神学を確立し、以後の西ヨーロッパ中世の文化形成に計り知れない影響を及ぼした。そのため西方ラテン教会では聖人と見なされ、アンブロシウス、ヒエローニュムス*、グレーゴリウス1世*と並んで四大教会博士（四大教父）の1人に数えられている。主著は、幼年期からの半生にわたる心の遍歴を記した『告白 Confessiones』（13巻、397～400頃）と、西ゴート*族によるローマ劫略（410）は伝統的宗教を破壊

したキリスト教のせいではないと弁明した護教書『神の国 De Civitate Dei』（22巻、413～426）などで、その他、『三位一体論 De Trinitate』『再考録 Retractationes』、数多くの『説教集 Sermones』『書簡集 Epistolae』、また初期の哲学的対話篇や後年の「聖書」関係注解書の類がよく知られている。後世になって、彼が『三位一体論』を述作中、海岸で1幼児が砂に掘った穴の中に海水をすくって一杯にしようとするのを見て、その神秘性を解読することは不可能だと悟った話や、聖遺物による死者の蘇生・病気治癒など彼にまつわる荒唐無稽な奇跡物語がつくられ、広く一般に流布した。11世紀に彼の修道戒律に基づく「アウグスティーヌスの規則」が普及し、1256年には数個の修道隠修士令が結合して、その名を冠するアウグスティーヌス会を創設した。
⇒オロシウス
Possidius Vita Sancti Augustini/ Augustin. Ad. Rom., De civ. D., In Evang. Iohan., Ep., Retract., De musica, De Trinitate/ etc.

アウグストゥス　Augustus,（ギ）Augūstos, Αὔγουστος,（ギリシア語意訳・セバストス Sebastos, Σεβαστός）,（仏）Auguste,（英）（独）August(us),（伊）（西）（葡）Augusto,（露）Август（和）アウグスト（ゥス）

「尊厳なる者」の意。歴代ローマ皇帝が帯びた称号。正帝・副帝制を採ったディオクレーティアーヌス*帝以降は正帝の尊称とされ、劣格の副帝はカエサル*を称した（⇒アウグスタ）。

特にローマ帝政初代皇帝を指す場合が多い。初代皇帝アウグストゥス Imperator Caesar Divi Filius Augustus（在位・前27～後14）は前名ガーイウス・オクターウィウス*（前63年9月23日～後14年8月19日）。富裕な騎士身分（エクィテース*）の父ガーイウス・オクターウィウス C. Octavius（?～前58）と、カエサル*の姪アティア*との間に、ローマで生まれる（前63、⇒巻末系図081）。父の死後、母が再嫁したL.マルキウス・ピリップス*（前56、執政官（コーンスル*））の許で養育される。前46年、大叔父カエサルに従ってヒスパーニア*に出征。翌45年イッリュリアー*のアポッローニアー*へ送られ、ストアー*学派のアテーノドーロス❶*らにより教育を受けた（⇒アポッロドーロス❺、アレイオス・ディデュモス）。前44年3月、カエサル暗殺の急報に接するやローマへ帰還、大叔父の遺言にしたがって、その相続人となり、ガーイウス・ユーリウス・カエサル・オクターウィアーヌス* C. Julius Caesar Octavianus と名のる（自らは「オクターウィアーヌス」の名は用いなかったらしい）。一説に彼はカエサルに童貞を捧げて、その稚児となり、養嗣子にしてもらったという。

政敵マールクス・アントーニウス❸*を倒すべく元老院貴族と手をくみ、前43年度の執政官ヒルティウス*とパーンサ*とともに、ムティナ*（現・モデナ）の戦いでアントーニウスを敗走させる（前43年4月）。この戦いで両執政官が陣没した――2人ともアウグストゥスが暗殺したという――ので、軍隊の指揮権は彼の掌中に帰する。ところが、彼の勢力が強大になりすぎるのを危ぶんだ元老院が軍隊指揮権を奪おうとしたため、彼は兵を率いてローマに進軍、力ずくで執政官職に就任した（前43年8月19日、⇒クィントゥス・ペディウス）。次いでアントーニウスと一旦和解し、マールクス・アエミリウス・レピドゥス*をも加えて、ボノーニア*（現・ボローニャ）で会談（前43年11月27日）、いわゆる第2回三頭政治*を発足させる（前43～前33）。財源を確保するべく血腥い（なまぐさい）恐怖政治を行ない、三百人の元老院議員、二千人の騎士を公権剥奪者名簿 proscriptio（プロースクリープティオー）にのせ、彼らの財産を没収し処刑した――その中には、キケロー*はじめアウグストゥスら三頭政治家（トリウムウィリー*）自身の恩人や肉親の者も含まれていた――。ピリッポイ*の戦いではブルートゥス*とカッシウス*率いる共和派軍を破り（前42年10月）、カエサル暗殺者の残党をことごとく殺戮して、養父の復仇を果たした。

イタリアへ戻ると、ペルシア*（現・ペルージャ）の戦いでアントーニウスの弟ルーキウス・アントーニウス*を敗死させ（前40年3月）、敵対した三百人以上の騎士や元老院議員をカエサルの祭壇で生贄に捧げた。アントーニウスと再び和解し（前40年9月、ブルンディシウム*の協定）、属州を分割してアウグストゥスは西方、アントーニウスは東方、そしてレピドゥスはアーフリカ*を統治することに決定。アントーニウスはアウグストゥスの姉オクターウィア*（小）を娶った。

アウグストゥスはまた、ローマへの糧道を脅かしていたセクストゥス・ポンペイユス*（大ポンペイユス*の次男）と結ぶべく、その姻戚に当たるスクリーボーニア*を2度目の妻に迎えていた――最初の妻はアントーニウスの継娘クラウディア Claudia――が、マールクス・ウィプサーニウス・アグリッパ*の援（たす）けを得て、前36年海上の覇者セクストゥス・ポンペイユスを打破（9月、ナウロクス*の海戦）、次いでレピドゥスを失脚させ、その軍隊をとりあげた。残る強敵はアントーニウスのみとなる。

スクリーボーニアと離婚後、妊娠中の人妻リーウィア❶*（リーウィア・ドルーシッラ*）を奪い取って娶り（前38）、彼女やアグリッパやマエケーナース*の助力で実力者としての声望を高めた。アントーニウスとの対立は深まる一方で、アントーニウスがエジプト女王クレオパトラー7世*に耽溺し、女王と結婚するためオクターウィアを離縁するに及んで、クレオパトラーに対して宣戦を布告（前32）。前31年9月2日、アクティオン*の海戦で、アグリッパ率いる艦隊がアントーニウス軍を撃破。大勝を収めたアウグストゥスは、翌前30年8月3日エジプトの首都アレクサンドレイア❶*を占領、アントーニウスとクレオパトラーは相ついで自殺した。単独支配者となった彼は前29年ローマへ帰還し、凱旋式（トリウンプス*）を挙行。勝利者・平和の回復者として喝采を博した。

カエサルの覆轍（ふくてつ）に鑑（かんが）み、つとめて独裁的姿勢を避けて共和政の伝統を尊重したが、実質的権力は終生保持、前28年には元老院の第一人者 princeps（プリーンケプス）（prince の語源）として新しい政治体制「元首政（プリーンキパートゥス）」principatus を成立させた。前27

年1月16日、元老院から「アウグストゥス」の尊号を与えられて（⇒ムナーティウス・プランクス）、事実上の帝政を実現、その在世中から神的礼拝が捧げられ、ローマ暦（ユーリウス暦*）第6の月はアウグストゥス Augustus（8月＝August の語源）と呼ばれた。引き続き執政官に選出されることは辞退したものの、前23年には護民官職権 tribunica potestas、前19年には執政官格命令権を付与され、また前12年には大神祇官長（ポンティフェクス・マクシムス*）となり、さらに「国父」Pater Patriae（パテル・パトリエ）の尊称を受けて（前2）重要な職権を独占し、軍隊指揮権、財政管理権などを一身に集めて「ローマ帝政」の創始者となった。内治・外征に意を用い、「アウグストゥスの平和」を現出。平和の祭壇 Ara Pacis（アーラ・パーキス）を建立（前13～前9）、神殿、水道、広場（フォルム*）などを造営してローマ市の美化に努め、文芸を保護してラテン文学の黄金時代をもたらせた（⇒ウェルギリウス、ホラーティウス、リーウィウス、オウィディウス）。

アグリッパ他優れた将軍に恵まれ、ラエティア*、ノーリクム*、イッリュリクム*、モエシアなどを属州に加えて、東方ではパルティアー*と和し、エウプラーテース*（ユーフラテス）河を国境と定め、アルメニアー*王国の宗主権を認められたが、後9年将軍ウァールス*指揮下の3箇軍団がゲルマーニア*人アルミニウス*に殲滅され、属州ゲルマーニアをアルビス*（現・エルベ）河まで拡張する計画は達成されなかった（⇒大ドルーススス、M. ロッリウス）。

風紀の粛正に努め、ふしだらな俳優を厳しく罰し、姦通を取り締まり貞節を奨励した。しかし帝自身の家族は乱脈をきわめ、アウグストゥスは淫奔のゆえに一人娘・大ユーリア❺*と孫娘・小ユーリア❻*らを流刑に処し、粗暴のゆえに末孫アグリッパ・ポストゥムス*を追放した。娘や孫たちの不行跡に傷心のあまり、「余は結婚しなければよかった。しても子供を儲けずに死んでいればよかった」と嘆息するありさまであったという。

彼は蒲柳の質で暑さにも寒さにも、冬の陽光にさえ耐えられず、リューマチ・痛風・鼻カタル・膀胱結石・鼓腸・頑癬（たむし）などあまたの病気を患った。にもかかわらず、幾度かの陰謀事件や大病を乗り越えて長寿を保ち、ために後継者に擬した人々に次々と先立たれた（⇒M. マルケッルス❸、ガーイウス・カエサル、ルーキウス・カエサル）。後半生は家庭の悲劇に繰り返し見舞われ、断食して自ら生命を絶とうと考えることもあったほどだったが、その多くは妻リーウィアが自分の連れ子ティベリウス*を2代皇帝の座に即けんとするための奸策であったと伝えられる。

アウグストゥスは英邁な君主であった反面、とりわけ若い頃には、冷酷かつ好色の名も高く、猜疑心から無実の法務官（プラエトル）に拷問を加え自らの手で両目を抉りとったあと惨殺したり、友人や妻が調達する人妻や処女を手当たり次第に凌辱したり、また吸茎 fellatio（フェッラーティオー）を好む受動的男色家でもあったので、その柔弱さからオクターウィア Octavia（本名オクターウィウスの女性形）とかキナエドゥス Cinaedus（男娼・陰間）と呼ばれ、大金を受け取って元老院議員に自らの肉体を売っていた等、少なからぬ醜聞が伝えられている。

後14年8月19日、ノーラ*の別荘で大往生を遂げ、盛大な葬儀の後、遺骨は霊廟マウソーレーウム*に納められた。一説では彼の死は愛妻リーウィアによる毒殺であったという。最期の言葉は、「余は煉瓦の町として承け継いだローマを、大理石の都として残すのだ」であり、さらに「人生の喜劇を首尾よく演じおおせた。だから拍手喝采で余を舞台から送り出してくれぬか」と付け加えたとされている。

なおその出生については、母アティアが蛇に化身したアポッロー*神と交わってみごもった子だとか、生まれる数ヵ月前に「ローマの《王》誕生」の奇瑞が出現したため、「何人たりともこの年に生まれた子を養育してはならない」という元老院決議が出されたとか、初めて彼に会ったキケローが「まさしくこの子だ。私が昨晩、夢の中でユーピテル*大神から支配権を与えられると見たのは」と叫んだ等々という伝説めいた話も記録されている。

全13巻の『自叙伝』などアウグストゥス自身の著作はほとんど完全に散逸したが、彼の治績を自ら起草した『神皇アウグストゥスの業績録 Res Gestae Divi Augusti』碑文と若干の書簡が伝存する。「プリーマ・ポルタ Prima Porta のアウグストゥス像」（大理石製・高 203.2 cm、現・ヴァティカーノ博物館所蔵）をはじめとする無髯の青年姿の彫像や浮彫、貨幣に刻まれた夥（おびただ）しい数のアウグストゥス像が、ローマ帝国の各地から出土している。

なお「アウグストゥス」の名乗りは、中世以降の英・仏・独などヨーロッパ諸君主によって帯びられており（例：フランス王フィリップ2世オーギュスト etc.）、また文学の世界においては、とりわけ18世紀前半の古典ラテン文学を範と仰いだ「アウグストゥス時代（英）Augustan Age が名高い。
⇒メッサーッラ❷・コルウィーヌス、スタティリウス・タウルス、ウェーディウス・ポッリオー、テレンティア❷
Suet. Aug./ Mon. Anc./ App. B Civ./ Dio Cass. 45～56/ Tac. Ann. 1/ Cic. Phil., Epist./ Plut. Ant./ Vell. Pat. 2–59～124/ Florus/ Nic. Dam. De Vita Augusti/ Liv. Epit. 120/ Hor. Carm./ Plin. N. H. 7–45/ Ov. Met. 15–860～, Fast. 1～/ Verg. Aen. 6–792/ Strab. / Nov. Test. Luc. 2–1/ etc.

アウグストドゥーヌム Augustodunum（古代末期のフラーウィア・アエドゥオールム Flavia Aeduorum）（現・オータン Autun）外ガッリア*（ガッリア・ルグドゥーネーンシス*）のアエドゥイー*族の首都。ビブラクテ*がカエサル*に滅ぼされた後、アウグストゥス*時代に近くの平地に建設された（前12頃）。帝政期に学問の府となり、ガッリアでも最大規模の人口を誇った。今日もローマ時代の市壁・城門・劇場（テアートルム*）・水道（アクァエドゥクトゥス*）・円形闘技場（アンピテアートルム*）、ケルト*系の神殿などの遺跡が残る。

なお、この町では帝政末期になっても女神キュベレー*＝ベレキュンティアー Berekyntia の崇拝が盛んで、5世紀

に青年たちが女神にささげるべく自らの性器を切り取ったという記録が残っている。
⇒エウメニウス
Mela 3-2/ Tac. Ann. 3-43, -45/ It. Ant./ etc.

アウグル　Augur（〈複〉Augures），（仏）Augure，（独）Augur（〈複〉Auguren），（伊）Augure（〈複〉Auguri），（露）Авгур（〈複〉Авгуры）

鳥卜官。卜占官・鳥占官。ローマの神官職の1つ。鳥などに現われる神兆アウスピキウム auspicium に基づいて国家の大事が神意に叶うか否かを決める祭司。鳥占いは古来ギリシアでも行なわれ、ローマへは内臓占いと同じくエトルーリア*人を通して伝えられた。この神官職はロームルス*によって導入されたといい、定員は元来3人であったが、しだいに増員されて前300年以降は9人、スッラ*はこれを15人とし、カエサル*の時には16人になった。彼らは主として鳥の鳴き声と飛来する方角、餌や水の飲食の仕方を見て占いを立てるほか、雷鳴とか稲妻、落雷、山羊・狼などの動きを見て神意を解釈することもあった。第1次ポエニー戦争*中、クラウディウス・プルケル❶*が聖鳥がいっこうに餌を啄もうとしなかったのに業を煮やして、「食べたくないのなら水を飲ませてやれ」と言って鳥たちを海に投げこませた話は有名（前249）。
⇒ハルスペクス、フラーメン、ポンティフェクス
Cic. Div. 1～, Nat. D. 1～, Leg. 2, Fam., Phil. 2, Att./ Liv. 1～/ Dion. Hal./ Varro Rust./ Ov. Fast./ Plin. N. H. 28-4/ Plut. Rom. 9/ Tac. Ann. 12-22/ Suet. Tib. 2/ Hor. Carm. 3-27/ Val. Max./ Dio Cass. 42-51/ Festus/ etc.

アウゲー　Auge, Αὔγη, (Auga, アウゲイアー Augeia, Αὐγεία, Augea), （仏）Augé, （露）Авга

ギリシア神話中、アルカディアー*のテゲアー*王アレオス*の娘。女神アテーナー*の巫女であった彼女を英雄ヘーラクレース*が犯し、テーレポス*を孕ませた。アウゲーは密かに赤児を産み落とすが、神域を瀆したために飢饉が生じ、父王の知るところとなる。アウゲーは子供とともに箱に入れられて海へ流されたとも、子供は山中に棄てられ彼女はミューシアー*王テウトラース*に奴隷として売られた（⇒ナウプリオス❷）ともいう。やがて彼女はテウトラースの妻ないし養女となり、成人後ミューシアーを訪れたテーレポスと結婚するが、初夜の床で母子たることを認知したという。悲劇詩人エウリーピデース*の今は失われた作品に『アウゲー』があった。
Apollod. 2-7, 3-9/ Diod. 4-33/ Strab. 13-615/ Paus. 8-4, -47, -48, 10-28/ Hyg. Fab. 99～101, 162, 252/ Tzetz. ad Lycoph. 206/ Anth. Pal. 3-2/ etc.

アウゲイアース　Augeias, Αὐγείας, (Augeas, Αὐγέας)（ラ）アウゲーアース Augeas, アウギーアース Augias, アウゲーウス Augeus, （仏）Augias, （独）Augeias (Augias), （伊）Augia, （西）Augías, Áugeas, （葡）Aúgias, （露）Авгий

ギリシア伝説上のエーリス*王。アルゴナウタイ*の1人。父は太陽神ヘーリオス*とも海神ポセイドーン*とも様々に伝えられる。3千頭もの牛を所有し、その中にはヘーリオスに捧げられた12頭の純白の雄牛もいたが、厩舎は30年間も掃除されたことがなかった。ヘーラクレース*がアルペイオス*河とペーネイオス*河の流れを変えて、ただ1日で牛小屋を洗いきよめた（第五の功業）ところ、王はこれはエウリュステウス*の命令に従って行なった仕事だからと言って、家畜の10分の1を与えるという約束を果たさなかった。怒ったヘーラクレースは、のち軍勢を率いてエーリスに攻め寄せ、弟イーピクレース*を敵将モリオニダイ*に討たれるなど苦戦の末に、ようやくアウゲイアースを退位させてエーリスを占領、この地でオリュンピア競技祭*を創始したという（伝・前1222）。

「アウゲイアースの牛舎」（英）Augean stable なる語は、今日でも不潔きわまりない至難の業を、「アウゲイアースの牛舎を掃除する」と言えば、「腐敗を一掃する」ことを意味する言葉として用いられている。
⇒ネストール、テラモーン
Pind. Ol. 10-26～/ Hom. Il. 11-701/ Ap. Rhod. 1-172/ Apollod. 1-9, 2-5, -7/ Hyg. Fab. 14, 30, 157/ Paus. 5-1, -2, -3, -4/ Diod. 4-13, -33/ Theoc. Id. 25/ Tzetz. Chil. 2-278/ etc.

アウステル　Auster, （露）Остер

ローマの南風の擬人神。ギリシアのノトス*に相当。霧や雨をもたらす湿気を帯びた風で、健康を害なうという。後世イタリアのシロッコ sirocco（蒸し暑い南東風）と同一視された。
Verg. Ecl. 2-58, G. 1-462/ Ov. Met. 1-66/ Lucr. 5-745/ etc.

アウソナ　Ausona, または、アウルンカ*Aurunca

系図13　アウゲイアース

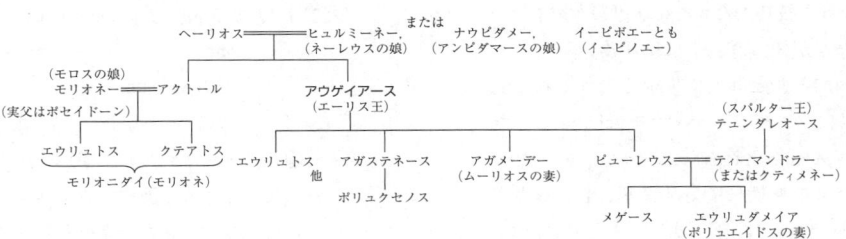

アウソニア

アウソーン Auson（⇒アウソニア）が創建したと伝えるイタリア中部ラティウム*地方の町。アウルンキー*族の首邑。のちのスエッサ・アウルンカ*。
Liv. 8-15, 9-25/ Juv. 1-20/ Festus/ etc.

アウソニア Ausonia（ギリシア名・アウソニアー Αὐσονία），（仏）Ausonie，（独）Ausonien

イタリア中・南部のアウソネース（〈ギ〉アウソネス）Ausones 族が、太古に居住した地域（⇒アウルンキー）。ギリシア人が好んで用いた呼び名で、全ラティウム*およびカンパーニア*を含んでいたが、のちアウグストゥス*時代には、イタリア全土の古称ないし詩的美称に転じた。名祖アウソーン Auson は、オデュッセウス*とキルケー*（またはカリュプソー*）の子で、伝説上のイタリア最初の王とされる。またアウソニア最古の住人はマレース Mares という半人半馬の男で 123 歳まで生き、3 度死んで 3 度生き返ったと伝えられている。
⇒イタリア，ダウヌス
Liv. 8-16, 9-25/ Sil. 9-187/ Ov. Fast. 2-94/ Verg. Aen. 3-171/ Lycoph. Alex. 44, 593/ Anth. Pal. 11-403/ Diod. 5-7/ Arist. Pol. 7-10/ Ael. V. H. 9-16/ etc.

アウソニウス Decimus Magnus Ausonius，（仏）Ausone，（伊）（西）（葡）Ausonio，（露）Авсоний

（後 310 頃～後 394 頃）ローマ帝政末期の詩人・修辞学者。ガッリア*のブルディガラ* Burdigala（現・ボルドー Bordeaux）出身。有名な医師の子として生まれ、30 年間にわたり郷里で文法と修辞学の教授をした後（334 頃～364 頃）、ウァレンティーニアーヌス 1 世*に招かれてアウグスタ・トレーウェロールム*（現・トリーア）の宮廷へ赴き、皇子グラーティアーヌス*の師傅となった（365 頃）。グラーティアーヌスの即位（375）後、ガッリアなど各地の属州総督、さらに執政官職（379）を歴任、シュンマクス*ら名門の元老院議員と交わったが、生涯ローマ市を見ることなく終わった。グラーティアーヌス帝の暗殺（383）後、故郷に帰り余生をその地で詩作に耽りつつ過ごす。裕福で広い地所を有し、そこから穫れる高級銘柄の葡萄酒は今日なお彼の名前にちなんで呼ばれている（Château Ausone）。古典文学に通じ、キリスト教の席捲する当時にあっても時流に呑まれず、専ら世俗的な詩をさまざまな韻律で綴った。多くの作品中、最も名高い『モセッラ Mosella』（371 頃）は、同名の河（現・モーゼル Moselle）の美しい風物をうたった一種の紀行詩で、その他ローマ帝国の主要都市を描写した目録（カタログ）風の詩歌、ウァレンティーニアーヌス帝の命を受けてわずか 1 昼夜で作った技巧的な『婚礼継ぎ接ぎ歌 Cento Nuptialis』（374 頃）などが知られ、中には淫蕩にわたる内容のものもある —— 口と膣と肛門で男根を受け入れて快を貪る女や、他の男にフェッラーティオー fellatio をしたり女にクンニリングス cunnilingus (cunnilinctus) をしたりとオーラル・セックスを無性に愛好する男、1 つの寝床（ベッド）で同時に男色行為（肛門性交）に身を委ねる 3 人の男たち、等々をうたった享楽的作品 ——。有能な弟子ノーラ*のパウリーヌス*がキリスト教に転向し、隠遁生活を志した時、これを慨嘆した書簡詩も伝わっている。
Auson. Mos., Cent. Nupt., Grat. Act., Epistulae, Epigrammata/ etc.

アウトクトネス Autokhthones, Αὐτόχθονες, Autochthones
⇒アボリーギネース

アウトノエー Autonoe, Αὐτονόη，（仏）Autonoé，（独）Autonoë，（西）Autónœ，（露）Автоноя

ギリシア神話中のテーバイ❶*王カドモス*とハルモニアー*との娘。アリスタイオス*と結婚して、アクタイオーン*とマクリス Makris（ディオニューソス*の乳母）を産んだ。姉妹アガウエー*、イーノー*とともにペンテウス*を八つ裂きにして殺した話は有名。息子のアクタイオーンの惨死後、夫と別れてメガラ*近郊に独居し、この地に葬られたという。ローマ帝政期に入ってからも、メガラの地に彼女の墓と称するものが残っていた。

なお、ギリシア神話伝説の世界には、海神ネーレウス*の娘など幾人もの同名人物が存在する。
Paus. 1-44, 10-17/ Apollod. 1-2, 2-1, -7, 3-4/ Hyg. Fab. 179, 184/ Ov. Met. 3-720/ Hes. Th. 258, 977/ Hom. Od. 18-182/ etc.

アウトメドーン Automedon, Αὐτομέδων，（仏）Automédon，（伊）（西）（葡）Automedonte，（露）Автомедонт

ギリシア神話中、英雄アキッレウス*の馭者。ディオーレース Diores の子で、スキューロス*島の軍船 10 隻を率いてトロイアー戦争*に参加、アキッレウスの死後はその遺児ネオプトレモス*の戦車を御した。そこから彼の名は優れた馭者の代名詞として用いられるようになった。
Hom. Il. 9-209, 16-145～, 17-429/ Verg. Aen. 2-476/ Hyg. Fab. 97/ Juv. 1-61/ etc.

アウトリクム Autricum,（別名・Civitas Carnutum），（ギ）Autorikon, Αὐτόρικον

（現・シャルトル Chartres）ガッリア*のカルヌーテース*族の首邑。後 275 年、ケーナブム*（現・オルレアン）に占領された。
Tabula Peutingeriana/ Ptol. Geog./ Caes. B. Gall. 6-13/ etc.

アウトリュコス Autolykos, Αὐτόλυκος, Autolycus,（仏）Autolycos,（伊）Autolico,（西）（葡）Autólico,（露）Автолик

ギリシア神話に登場する大盗賊。ヘルメース*とキオネー❶*（ダイダリオーン*の娘）の子。智将オデュッセウス*の外祖父。泥棒の守護神たる父ヘルメースから盗みの術を授けられ、謀計と詐術の大家として知られた。盗んだ家畜

の色や形を変えたり、自らの姿を隠したり変身したりする力があったため、ギリシア中の家畜や武器庫などをほしいままに荒らしていた。しかし、シーシュポス*の牛群を盗んだ時には、前もって牛の蹄に「アウトリュコスが盗んだ」と刻んであったので失敗に終わり、その狡智に感服した彼はシーシュポスと親友の誓いを交したばかりか、娘アンティクレイア*（ラーエルテース*の妻）を提供して、シーシュポスの胤オデュッセウスを彼女の胎に宿らせたという。アウトリュコスはパルナッソス*山麓に住み、少年時代のヘーラクレース*にレスリングを教え、アルゴナウタイ*の冒険にも参加している（⇒シノーペー）。悲劇詩人エウリーピデース*の著作にサテュロス*劇『アウトリュコス』があったが亡失した。

Hom. Il. 10-267, Od. 11-85, 19-394〜, 21-220, 24-232/ Apollod. 1-9, 2-4, -6/ Hyg. Fab. 200, 201, 243/ Ov. Met. 8-738, 11-313/ Serv. ad Verg. Aen. 2-79/ Paus. 8-4/ Strab. 9-439/ etc.

アウトリュコス　Autolykos, Αὐτόλυκος, Autolycus,（仏）Autolycos,（伊）Autolico,（西）（葡）Autólico,（露）Автолик

ギリシア人の男性名。

❶（？〜前404／403）アテーナイ*の美しい若者。その肉体美ゆえに富豪カッリアース❺*の愛人となる。クセノポーン*の著作『饗宴』は、前422年の夏、アウトリュコスがパンアテーナイア*競技祭のパンクラティオン*で優勝したことを祝うため、カッリアース邸で開かれた宴席が舞台となっており、彼はその美貌によって招かれて来た客人たち皆を茫然自失たらしめたという。悲劇詩人エウポリス*は、彼を主題にした作品『アウトリュコス』（前420）を書いたが伝存しない。後年アウトリュコスは、三十人僭主*の圧政期に処刑されている。
⇒プリュタネイス
Xen. Symp. 1-8〜/ Plut. Lys. 15/ Paus. 1-18/ Ath. 5-187〜/ etc.

❷（前4世紀後半）アイオリス*地方ピタネー*出身の天文学者。哲学者アルケシラーオス*の最初の師。球面幾何学を天文学に応用し、現存最古のギリシア数学に関する論文2篇『天体の運動について Peri kinūmenēs sphairas』『星辰の出没について Peri anatolōn kai dyseōn』を執筆。エウクレイデース*らに影響を与えた。

Diog. Laert. 4-29/ Simpl. in Cael. 504〜/ Euc./ etc.

アウトローニウス・パエトゥス　Autronius Paetus
⇒スッラ、ププリウス・コルネーリウス

アウフィディウス・バッスス　Aufidius Bassus,（伊）Aufidio Basso,（西）Aufidio Baso

（後1世紀前半〜中頃）ローマ帝政初期の歴史家。エピクーロス*派哲学を修める。病身であったため公職に就けず、優れた史家として名を残した。ティベリウス*のゲルマーニア*遠征（後4〜後16）を記した『ゲルマーニア戦記 Bellum Germanicum』、およびカエサル*の暗殺（前44）から後50年頃までを扱ったローマ史を執筆したが、わずかな断片を除いてことごとく失われた。特に後者は権威ある史書として高く評価され、大プリーニウス*によって書き継がれたことが知られている（これもやはり散逸した）。

ちなみに、同じアウフィディウス氏を名乗る人物に、生来の盲目だが有能で学識深く『ギリシア史 Graeca Historia』を書いた元老院議員のグナエウス・アウフィディウス Cn. Aufidius（前107年のプラエトル*法務官）や、キケロー*の年長の同時代人である法律家のティトゥス・アウフィディウス T. Aufidius（前1世紀前半）、アスクレーピアデース❶*の門弟で医師のティトゥス・アウフィディウス T. Aufidius（前1世紀後半）、マールクス・アウレーリウス*帝の友人でフロントー*の女婿にあたるローマ帝政期の政治家ガーイウス・アウフィディウス・ウィクトーリーヌス C. Aufidius Victorinus（？〜後184。155年と183年のコーンスル*執政官）らがいる。

Quint. 10-1/ Sen. Suas. 6-18/ Cic. Tusc. 5-38, Fin. 5-19, Flac. 19, Att. 1-1/ Tac. Dial. 23/ Sen. Ep. 30/ Dio Cass. 72-11, 73/ S. H. A. M. Marc. 3, 8/ Fronto Ep./ etc.

アウリス　Aulis, Αὐλίς,（伊）Aulide,（西）Áulide,（露）Авлида

（現・Avlída）（旧称・Megalo-Vathi）ギリシア中部ボイオーティアー*地方の港町。エウボイア*島と本土とを隔てるエウリーポス*海峡に臨み、カルキス*の南方約3マイルの地に位置する。ギリシア神話中、トロイアー戦争*へ向かうギリシア軍の艦隊千隻がここに集結し、また順風を得るためイーピゲネイア*が人身御供に捧げられた地として有名。さらに総大将たるアガメムノーン*は、ここで風待ちをしている間に、美しい若者アルゲンノス Argennos（また

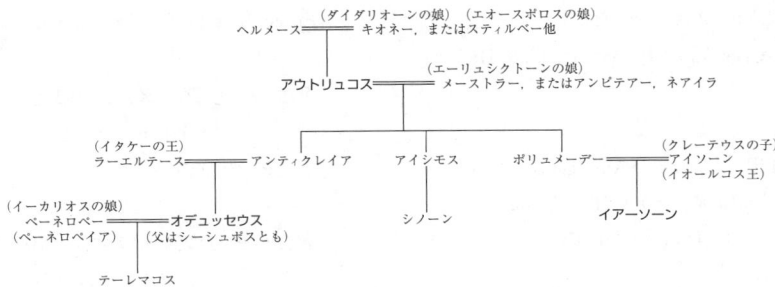

系図14　アウトリュコス

はアルギュンノス Argynnos）を見初めて追いかけ、逃れた若者はケーピッソス❷*河に投身して死んだと伝えられる。名祖はオーギュゴス*とテーベー*の娘アウリス。アルテミス*の神殿墟などの遺構が発掘されている。
⇒タナグラ
Hom. Il. 2-303/ Eur. I. A. 14/ Hes. Op. 651～/ Strab. 9-403/ Paus. 9-19/ Xen. Hell. 3-4/ Diod. 19-77/ Liv. 45-27/ Plin. N. H. 4-7/ Aesch. Ag. 191/ etc.

アウルス・ゲッリウス　Aulus Gellius
⇒ゲッリウス、アウルス

アウルンカ　Aurunca，または、アウソナ*Ausona
⇒スエッサ・アウルンカ

アウルンキー（族）　Aurunci，（ギ）Aurūnkoi，
　　　Αὔρουγκοι，（仏）Aurunces，（独）Aurunker，（露）
　　　Аврунки

イタリアに住んでいた古い部族。自らをアウソニア*人（アウソネース Ausones）と称し、ウォルスキー*族と深い関係があるとされる。歴史時代には、ラティウム*南部からカンパーニア*にかけての沿岸地帯に広く居住し、南進するローマ人と交戦を繰り返した（前340～前295）が、ついに征服され急速に同化された。主な都市として、アウルンカ*（アウソナ*）、ミントゥルナエ*、シヌエッサ*などが挙げられる。彼らは通常オスキー*と同一視されている。
Plin. N. H. 3-5/ Verg. Aen. 11-318, 3-171/ Liv. 2-16～, 7-28～/ Dion. Hal. 6-32/ Serv. ad Verg. Aen. 7-206, -727/ Festus/ etc.

アウレーリア　Aurelia，（ギ）Aurēliā, Αὐρηλία，（仏）
　　　Aurélie，（葡）Aurélia，（露）Аврелия

ローマのアウレーリウス氏*出身の婦人名。特に有名なのは、コッタ*家からユーリウス・カエサル家*へ嫁いで、かの独裁官カエサル*の生母となった女性（前120頃～前54）。彼女は賢夫人で子女の教育に意を用い、家庭の管理も怠りなく、息子カエサルの2度目の妻ポンペイヤ❶*が女神ボナ・デア*の祭儀の折に女装した情夫 P. クローディウス*を引き入れた時には、すぐさまあらゆる門扉を閉めさせ屋敷中を隈なく探しまわって、密男を戸外へ叩き出している（前62年12月）。息子もこの母を敬愛し、前63年に大神祇官長（大祭司）に立候補した際には、心配する彼女を抱擁しながら、「もし大祭司になれなかったならば、もう家には戻りません」と固い決意を告げたという。
Suet. Iul. 13, 26, 74/ Plut. Caes. 7, 9～10/ Tac. Dial. 28/ Dio Cass. 44-38/ etc.

アウレーリアーヌス　Lucius Domitius Aurelianus，（ギ）
　　　Aurēliānos, Αὐρηλιανός，（英）（独）Aurelian，
　　　（仏）Aurélien，（伊）（西）（葡）Aureliano，（露）
　　　Аврелиан

（後214／215年9月9日～後275年10月頃）　ローマ皇帝（在位270年9月頃～275年10月頃）。イッリュリアー*系の小作農 colonus の子に生まれる。1兵卒として軍に身を投じ、ガッリエーヌス*帝暗殺（268）に活躍、クラウディウス2世*により騎兵隊指揮官に任命され、対ゴート*戦（269～270）で武勲を立てた。クラウディウス帝の死後、軍隊に推挙されて即位し、帝国の再建に尽力（⇒クィンティッルス）。ドーナウ河を越えて侵入したゴート*族（ゴトーネース*）やヴァンダル*族（ウァンダリー*）を撃退し、ゲルマーニア*軍のイタリア進攻を阻止、異民族の急襲に備えてローマ市周辺に防壁（アウレーリアーヌスの城壁 Mura Aureliana）を築いた（271～276）。次いで東方へ遠征してパルミューラ*の女王ゼーノビア*を屈服させ（272）、翌年再び扱いたパルミューラを劫略・破壊し、ゼーノビアとその子をローマへ連行した。274年初頭にはカタラウヌム*（シャロン＝シュル＝マルヌ Châlon-sur-Marne，〈現〉Châlons-en-Champagne）の戦いでガッリア*の僭帝テトリクス*の軍を破り、ガッリア、ブリタンニア*、ヒスパーニア*を奪回、ローマに戻ると盛大な凱旋式を開き、15に及ぶ被征服民族の捕虜を行列に加え、さまざまな競技や見世物を催した。

こうして帝国の再統一をなし遂げた帝は、「世界の再建者 Restitutor Orbis」と称され、ローマの美化や通貨の改革、貧民への施与を行なう一方、正式に宝冠 diadema を戴いて自らを神格化し皇帝礼拝を要求、また「不敗の太陽神 Sol Invictus（⇒ソール）」を国家神に定めて宗教統一を図った（274）。275年初め、サーサーン朝*ペルシア遠征に出発するが、その途上ビューザンティウム*（ビューザンティオン*）の近く Caenophrurium（現・Çorlu）で、処刑を恐れた側近の陰謀により暗殺された（在位5年あまり）。死後神列に加えられ、弑逆の首謀者たる秘書官エロース Eros は野獣の餌食にされた。

帝は勇敢・強靱な軍人皇帝で、「剣をつかんだ手」と渾名され、戦闘では自らの手で800人以上の敵を討ちとったといわれる。また峻厳・無慈悲をもって知られ、名門の元老院議員はおろか実の甥すら容赦なく処刑、刑罰は苛酷をきわめ、人妻と姦通した兵士は撓められた2本の立木に縛りつけられた後、立木を元に返す反動で体を真二つに引き裂かれたという。なお彼の治下に、ドーナウ河以北の属州ダーキア*（現・ルーマニア）は放棄され、同河南岸に新しいダーキア属州が再編された。
⇒プロブス、タキトゥス（ローマ皇帝）、M. クラウディウス
S. H. A. Aurel./ Aur. Vict. Caes. 35, 39/ Zonar. 12-25～/ Amm. Marc. 31-5/ Zosimus 1-47～62/ Eutrop. 9-13～15/ Euseb. Hist. Eccl. 7-28～/ Lactant. Mort. Pers. 6-1～/ etc.

アウレーリアーヌス、カエリウス（コエリウス）
　　　Aurelianus, Caelius (Coelius)
⇒ソーラーノス

アウレーリウス・ウィクトル　Sextus Aurelius Victor
⇒ウィクトル、アウレーリウス

アウレーリウス街道（ウィア・アウレーリア）
Via Aurelia，（英）Aurelian Way，（仏）Voie Aurélienne，（独）Aurelische Straße

ローマの重要な公道。建設年代は不明だが、おそらく前241年、監察官(ケーンソル*)の C. アウレーリウス・コッタ Aurelius Cotta（⇒コッタ）によってローマ市から北西のエトルーリア*沿岸の港町アルシウム*までの旧アウレーリウス街道 Via Aurelia Vetus が築かれ、前109年までに海岸を北上しコサ*を経てウァダ・ウォラーテッラーナ Vada Volaterrana（西北エトルーリアの海港）へ延長 —— 新アウレーリウス街道 Via Aurelia Nova。全長175マイル ——。アエミリウス街道❷*と接続させることで、ピーサエ*（現・ピーサ）、ゲヌア*（現・ジェノヴァ）を通って、ガッリア*南部のアレラーテ*（現・アルル）にまで到達する幹線道路ができ上がった。
⇒ポストゥミウス街道（ウィア・ポストゥミア）
Cic. Phil. 1-8(20), 12-9, Cat. 2-4/ Strab. 5-217/ Aur. Vict. De Vir. Ill. 72-8/ etc.

アウレーリウス氏　Gens Aurelia〔← Aurelius〕，Aurelii

ローマのプレーベース*（平民）系の氏族名。前252年に一族の C. アウレーリウス・コッタ Aurelius Cotta（⇒コッタ）が執政官(コーンスル*)職に就いてから、カエサル*の生母アウレーリア*を出すなど、共和政末期に至るまで繁栄。帝政期にもなお存続し、五賢帝の1人アントーニーヌス・ピウス*（本名・T. Aurelius Fulvus）はこの末流から帝位にまで登っている。以後マールクス・アウレーリウス*やコンモドゥス*、そしてカラカッラ*、エラガバルス*を経てディオクレーティアーヌス*らに至るまで、幾人もの軍人皇帝がアウレーリウスの名を帯びている。シュンマクス*やアウグスティーヌス*、ボエーティウス*ら古代末期・中世初期のローマ系の人々もまた、アウレーリウスの氏族名を称した。アウレーリウス氏はサビーニー*起源で、太陽神ソール*を遠祖に仰ぎ、この神を篤く崇拝したという。
S. H. A. M. Ant. 1/ Zonar. 8-14, -16/ Suet. Iul./ Cic./ App. B. Civ./ Sall. Cat./ Liv./ Aur. Vict. Caes./ Festus/ etc.

アウレーリウス・セウェールス・アレクサンデル
M. Aurelius Severus Alexander
⇒セウェールス、アレクサンデル

アウレーリウス、マールクス　Aurelius, Marcus
⇒マールクス・アウレーリウス

アウレーリオス・マールコス　Markos Aurelios
⇒マールクス・アウレーリウス

アウローラ　Aurora，（仏）Aurore，（露）Аврора

ローマの曙の女神。ギリシア神話のエーオース*に当たる。後世の美術・文学では、美男のケパロス*を誘拐する物語や、4頭立ての戦車で天空を飛翔する場面が好んでとり上げられた。極光オーロラは彼女の名に由来する。
Verg. G. 1-446, Aen. 4-585, 7-26, 9-459/ Ov. Met. 7-703～, 13-576～, Fast. 1-461, 3-403, 6-473/ etc.

アエアクス　Aeacus
⇒アイアコス（のラテン語形）

アエエータ　Aeëta
⇒アイエーテース

アエエーテース（または、アエエータ）　Aeëtes (Aeëta)
⇒アイエーテース

アエオリアエ群島　Aeoliae Insulae, Aeolī Insulae,（ギ）アイオルー・ネーソイ Aiolū Nēsoi, Αἰόλου νῆσοι, Aiolides Nēsoi, Αἰολίδες νῆσοι,（または、Liparaiōn Nēsoi, Λιπαραίων νῆσοι））（英）Aeolian Islands,（仏）Îles Éoliennes,（独）Liparische Inseln,（伊）Isole Eolie,（シチリア語）Ìsuli Eolî,（西）Islas Eolias,（葡）Ilhas Eólias,（露）Липарские острова

(現・リパリ諸島, Isole Lipari)「アイオロスの島々*」の意。シケリアー*（シキリア*。現・シチリア）島の北東およそ40kmに浮かぶ7つの火山島。古来、ギリシア神話中の風の支配者アイオロス❶*の住地アイオリアー* Aiolia と同一視される。新石器時代以来の居住の跡が見つかっており、前6世紀初頭にはクニドス*およびロドス*からギリシア人が植民（前580～前576）。ペロポンネーソス戦争*（前431～前404）の間、諸島はシュラークーサイ*と盟約を結び、第1次ポエニー戦争*（前264～前241）ではカルターゴー*勢の海軍基地となったが、前252年にローマ軍に占領された。前1世紀後半にはセクストゥス・ポンペイユス*（大ポンペイユス*の次男）の艦隊の本拠地として用いられ、ローマ帝政期に入ると流謫の地とされるようになった。黒曜石・硫黄・明礬(みょうばん)・軽石といった鉱物資源に恵まれ、その他、珊瑚、および葡萄(ぶどう)などの果実も豊富に産する。

主島リパラー Lipara（現・リパリ Lipari）は、かつて海軍を率いてエトルーリア*人の度重なる侵攻を撃退。また、この島には夜中に不気味な音楽と喧騒・笑い声の聞こえる墓や、奇怪な現象の起こる魔の洞窟があった。主邑リパラー市はアイオロス❸*の創建によると伝えられ、古くから東西交通の拠点として注目されてきた。別の島ストロンギュレー Strongyle（現・ストロンボリ Stromboli）は、活火山の島で、住民は噴煙によって風占いを行ない、伝説では地下にヘーパイストス*の仕事場があるとされている。
Hom. Od. 10-1～/ Thuc. 3-88, -115/ Plin. N. H. 3-9/ Mela 2-7/ Verg. Aen. 1-52～/ Diod. 5-7/ Strab. 2-123, 6-275～/ Schol. ad Ap. Rhod. 3-41/ etc.

アエオリス　Aeolis
⇒アイオリス（のラテン語形）

アエオルス Aeolus
⇒アイオロス（のラテン語形）

アエガエ Aegae
⇒アイガイ

アエガーテース諸島 Aegates（または、アエガータエ Aegatae）Insulae,（ギ）Aigūssai, Αἴγουσσαι, Aigades, Αἰγάδες（英）Aegadian Islands,（仏）îles Egates,（独）Ägadische Inseln,（西）Islas Egadas,（葡）Ilhas Égadi,（露）Эгадские острова

（現・Isole Egadi）シケリアー*（シキリア*）島西岸沖合の小群島。「山羊の島々」の意。前241年3月10日、この付近でローマのC.ルターティウス・カトゥルス*がハンノーHanno率いるカルターゴー*艦隊を撃破、50隻を沈め70隻を拿捕して、第1次ポエニー戦争*（前264～前241）を終結させた。
Nep. Hamilcar 1-3/ Liv. 21-10, Epit. 19/ Sil. 1-61/ Polyb. 1-44, -60～61/ Diod. 24/ Ptol. Geog. 3-4/ Mela 2-7/ etc.

アエギュプトゥス Aegyptus
⇒エジプト、アイギュプトス

アエクィー（族） Aequi,（Aequiculi, Aequiculani）,（ギ）Aikoi, Αἴκοι, Aikūoi, Αἴκουοι,（英）Aequans,（仏）Èques,（独）Aequer, Äquer,（伊）Equi

イタリア中部、ラティウム*の北方、アニオー*川上流域の山岳地帯にいたサビーニー*系の部族。オスキー*族に近似し、前500年までにラティウム地方に拡大、ローマ人はじめラティーニー*諸部族としばしば交戦した。前388年ローマの名将カミルルス*に敗れ、前304年には領土をローマ軍に占領され、住民の大半は虐殺された。以来、アルバ・フーケーンス*などのラテン植民市が建設され、残存民も急速にローマ化されていった。
⇒ウォルスキー、ヘルニキー、マルシー、ファリスキー、スプラクェウム
Liv. 1-9, -32, 4-49, 6-12, 9-45, 10-1/ Cic. Rep. 2-20/ Plin. N. H. 3-12/ Verg. Aen. 7-747/ Strab. 5-228, -231/ Sil. 8-371/ Ov. Fast. 3-93/ Plut. Cam.2/ Diod. 11-40, 20-101/ etc.

アエクラーヌム Aec(u)lanum, のち Eclanum,（ギ）Aikūlanon, Αἰκούλανον

（現・Mirabella Eclano ないし Le Grotte）サムニウム*人のヒールピーニー*族の町。アッピウス街道*（ウィア・アッピア*）沿いの要地をなし、前268年以後ヒールピーニー族の首邑とされた。前89年、スッラ*に占領され、のちハドリアーヌス*帝によってローマの植民市（コロー二ア*）となる。市壁や水道（アクァエドゥクトゥス*）、浴場（テルマエ*）、円形闘技場（アンピテアートルム*）などの遺跡が残っている。
⇒アンプサンクトゥス

Plin. N. H. 3-11/ Cic. Att. 7-3, -16/ App. B. Civ. 1-51/ Ptol. Geog. 3-1/ It. Ant./etc.

アエゲスタ Aegesta
⇒エゲスタ、セゲスタ

アエシス Aesis,（Aesium）,（ギ）アイシス Aisis, Αἶσις（Aision, Αἴσιον）,（仏）Esis

（現・Iesi）イタリア中東部、ウンブリア*地方の町。同名のアエシス（現・Esino）川北岸に位置。アンコーン*（現・アンコーナ）の西南西31km。前250年頃から前82年頃まで、アドリア海*に注ぐこのアエシス川が本来のイタリアの北境を形成していたが、内ガッリア*のセノネース*族がローマに滅ぼされて以後は、ルビコーン*川がイタリアとガッリアの境界を劃することになった。チーズの産地として知られていた。
Plin. N. H. 3-14, 11-97/ Liv. 5-35/ Sil. 8-446/ Strab. 5-217, -227, -241/ Ptol. Geog. 3-1/ etc.

アエスキュルス Aeschylus
⇒アイスキュロス（のラテン語形）

アエスクラーピウス Aesculapius,（仏）Esculape,（独）Äskulap,（伊）（西）Esculapio,（葡）Esculápio,（蘭）Aesculaap
⇒アスクレーピオス*（のラテン語形）

アエスティイー（族） Aestii, Aesti,（または、アエストゥイー Aestui）

ゲルマーニア*の東北端、ウィーストゥラ Vistula（現・〈ポーランド語〉Wisla,〈独〉Weichsel,〈露〉Visla）河口のバルト海沿岸地域に住んでいた民族。タキトゥス*はゲルマーニア人の一部族として扱っているが、言語が異なっていたことも記している（バルト系か）。「神々の母」を崇拝し、護符として猪の像を身につけ、棍棒を武器に戦うなど、なかば未開な生活を送る一方、琥珀を採集してその交易に携わっていたことが知られる。後世のエストニア Éstoniya にその名を残している―― ただし今のエストニア人はフィン系 ――。
⇒スイオネース、フェンニー
Tac. Germ. 45/ Cassiod. Var./ etc.

アエセルニア Aesernia,（Esernia）,（ギ）アイセルニアー、Aisernia, Αἰσερνία

（現・Isernia）イタリアのサムニウム*人の町。ベネウェントゥム*の北西58マイル、ウルトゥルヌス Volturnus（現・Volturno）川の上流近くコルフィーニウム*への街道沿いに位置し、前263年、サムニウム戦争*後にローマの植民市（ラテン植民市）となる。同盟市戦争*（前91～前88）でコルフィーニウムの陥落後、イタリア同盟諸市の首府にされた（⇒ボウィアーヌム）が、前80年ローマの将スッラ*に

奪回され、以後「自治都市（ムーニキピウム*）」として繁栄した。
Liv. 10-31, 27-10, Epit. 72, 73/ Sil. 8-567/ Strab. 5-250/ Plin. N. H. 3-12/ App. B. Civ. 1-41, -51/ Diod. 37/ Vell. Pat. 1-14/ Ptol. Geog. 3-1/ It. Ant./ etc.

アエソープス Aesopus
⇒アイソーポス（のラテン語形）

アエソープス、クローディウス Clodius (Claudius) Aesopus, （伊）（西）Clodio Esopo
（前1世紀前半に活躍）ローマ共和政末期に名を馳せた悲劇俳優。解放奴隷であったが、喜劇のロスキウス*と並称されるほどの名優となり、莫大な財産を築いた。芸熱心なあまり、復讐を謀（はか）るアトレウス*の役を演じている最中、傍を走りぬけようした召使を物狂おしく杖で打ち殺したこともあったという。年少の友人のキケロー*に雄弁な演説の仕方を教え、キケローが追放された時には、その召還運動を起こすべく舞台で尽力した（前58〜前57）。ポンペイユス*劇場が奉献された折、老境にあった彼は再び舞台に立ったが（前55）、もはや声量が足りず、以来引退して贅沢な生活を送った。巨額の遺産を残された息子マールクス・クローディウス・アエソープス M. Clodius Aesopus は、奢侈と放蕩で知られ、戯れに情婦のカエキリア・メテッラ❸*の高価な真珠を酢につけて飲んだ話は有名。
Cic. Fam. 7-1, Att. 11-15, Sest. 56 (120)〜58 (123), Tusc. 4-55, Div. 1-37 (80)/ Plut. Cic. 5/ Plin. N. H. 9-57, 10-72/ Hor. Sat. 2-3, Epist. 2-1/ Val. Max. 8-10, 9-1/ etc.

アエソーン Aeson
⇒アイソーン（のラテン語形）

アエティウス Flavius, Aetius, （ギ）Aetios, Ἀέτιος, （英）（独）Aëtius, （仏）Aétius, （伊）Ezío, （西）Aecio, （葡）Aécio, （カタルーニャ語）Aeci, （露）Аэций
（後390／396頃〜454年9月21日）西ローマ帝国の将軍。「最後のローマ人」と呼ばれる実力者。モエシア*でスキュティアー系将校の子に生まれ、西ゴート*族やフン*族（フンニー*）の人質として成長、これら異民族 barbari（バルバリー）の勢力を背景にその地位を築き上げる。西ローマのヨーハンネース*帝（在位・423〜425）に高官として仕えていたが、東ローマの支援を受けたガッラ・プラキディア*（テオドシウス1世*の娘）がヨーハンネースを簒奪者として処刑（425）、幼いウァレンティニアーヌス3世*の母后（アウグスタ*）となって君臨するに及び、彼女と妥協しガッリア*の指揮権を獲得。競敵ボニファーティウス*を計略で陥れ（427）、彼にアーフリカ*で反乱を起こさせた結果、ヴァンダル*族（ウァンダリー*）のアーフリカ侵攻（429〜）を招く（⇒ゲイセリークス）。アエティウスの詐術に気付いた母后は、彼を更迭してボニファーティウスに軍司令官職を与える（432）が、フン族の助勢を得たアエティウスはボニファーティウスを倒して権力を奪取（432／433）。以来20年あまりにわたって軍総司令官の地位にあり（433〜454）、無能な皇帝に代わって西ローマ帝国を事実上支配した（432、437、446の執政官（コーンスル*）、433にはパトリキウス*に叙せられる）。

ガッリアを中心に西ゴート族（⇒テオドリークス❷）、ブルグント*族（ブルグンディー*）、フランク*族（フランキー*）等ゲルマーニア*諸族を破り（436〜439）、バガウダエ*の乱を鎮圧（437）。さらにフン族の大王アッティラ*が侵寇するや、西ゴートやフランク、ブルグントをも糾合して迎え撃ち、カタラウヌム*の野でフン族を退却させた（451年6月20日）。しかし翌452年のアッティラのイタリア進撃は阻止し得ず、またあまりにも強大な権勢のゆえに帝位窺覦（きゆ）者との疑惑をかけられ、454年ウァレンティニアーヌス3世との会談中、妬忌の念に逆上した帝自らの手で刺殺された。彼は息子ガウデンティウス Gaudentius (440〜) を皇帝の娘と婚約させており、有能な将軍の死を惜しんだ廷臣は、「陛下は自分の左手で自分の右手を切り落としてしまわれた」と語ったという。
⇒マイヨリアーヌス
Sid. Apoll. Carm. 5-305, 7-316〜, -359/ Procop. Vand. 1-3〜4/ Jordan. 34, 36, 38/ Greg. Turon. 2-7〜/ etc.

アエティオピア Aethiopia
⇒アイティオピアー（のラテン語形）

アエディーリス Aedilis, （英）Aedile, （仏）Édile, （独）Ädil, （伊）Edile, （西）（葡）Edil, （露）Эдил, （複）アエディーレース Aediles, （ギ）Agorānomos, Ἀγορανόμος, （複）Agorānomoi, Ἀγορανόμοι
造営官・按察官。ローマの政務官職（⇒マギストラートゥス）。公私の建物・道路・フォルム*・市場などの公共秩序の監督、ならびに祝祭日の公式競技の開催を司る役職。元来、護民官（トリブーヌス・プレービス*）の補佐役として平民（プレーベース*）から2名選ばれた（前494、平民造営官 Aediles plebeii）。その名は民衆の信仰の中心をなした女神ケレース*の神殿 aedes（アエデース）に由来する。前367年、貴族（パトリキイー*）からも2名（高等造営官 Aediles curules）選立され、定員は計4名となる。任期1年。警察行政権、度量衡・公文書の管理、穀物分配、神殿・水道・浴場・遊廓・牢獄などの監督を主たる職務とする。官位昇進順位としては、法務官（プラエトル*）に次ぐ高級政務官職で、財務官（クァエストル*）経験者から選ばれる（⇒クルスス・ホノールム）。国庫より支出される費用だけでなく、私財を投じて行事を華麗に演出し、有権者＝ローマ市民の機嫌をとって、より

系図15 アエティウス

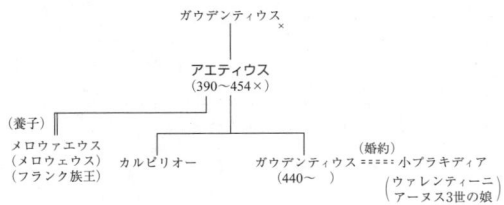

上の官職への踏み台としたため、多大の出費を要した。
　貴族出身の造営官が開催する主な行事としては、4月4日から7日間にわたる女神キュベレー*の祭典メガレーシア Megalesia —— ルーディー・メガレーンセース*、女神のローマ到着を祝う祭り —— と、9月に15日間行なわれるローマ大祭 —— ルーディー・マグニー*、カピトーリウム*のユーピテル*大神に捧げる競技大会 —— とがあった。前45年カエサル*は食糧の配給を職務とする2名の穀物係造営官 Aediles cereales を新設したが、アウグストゥス*は騎士身分（エクィテース*）の顕職として食管長（穀物配給長官）Praefectus annonae を任じ、これに食糧の管理・配給を管掌させたので、アエディーリスの権限は縮小した。ティベリウス*帝の治下に、風紀を取り締まるアエディーリスの摘発を受けた貴婦人らが、売春の自由を公然と宣言した話は有名（後19）。しかし彼女たちの主張もむなしく、以来、身分高い既婚女性および上流青年の売色行為や過度の放蕩は追放刑をもって罰せられることになった。
Cic. Verr. 2-1, Off. 2-16, Fam. 13-11/ Liv. 3-55, 6-42, 7-1/ Tac. Ann. 2-85, 12-64/ Varro L. L. 4-14/ Plut. Cic. 8/ Suet. Tib. 35/ Frontin. Ag. 2/ Dig./ etc.

アエドゥイー（族） Aedui（または、ハエドゥイー Haedui），（ギ）アイドゥーオイ Aiduoi, Αἰδοῦοι, （仏）Éduens, （独）Äduer, Häduer, （伊）Edui, （露）Эдуи

ガッリア*の有力なケルト*系部族。後世のブルゴーニュ Bourgogne 地方に住み、首邑は丘砦のビブラクテ*。同じく大族のアルウェルニー*と外ガッリアの覇権を争い、前123年、ローマの援助を求めて、これと同盟を締結（前121）。その後、アルウェルニーと結んだゲルマーニア*人の軍王アリオウィストゥス*に惨敗し、前61年には諸部族と連合して立ち上がるが、完膚なきまでに粉砕される（⇒セークァニー）。カエサル*のガッリア遠征（前58～）の折には、親ローマ派として勢力を挽回したものの、前52年に、カエサルに対するウェルキンゲトリクス*の反乱に加担、平定後すみやかにローマ化された。帝政期にはローマの盟邦（同盟国家）civitas foederata として、ガッリア諸部族の中で初めて元老院議員を出し、首都も平野に遷されて、アウグストドゥーヌム*（現・オータン Autun）と名づけられた（前12頃）。
⇒ドゥムノリクスとディーウィキアークス、アッロブロゲース、イーンスブレース
Caes. B. Gall. 1-10～, 2-5～15, 5-6～7, 6-4, -12, 7-5～, 8-45, -46/ Mela 3-2/ Plin. N. H. 4-18/ Tac. Ann. 3-43～46/ Strab. 4-186/ Liv. 5-34/ etc.

アーエトス Aetos, Ἀετός, Aetus, （英）Aëtus, （現ギリシア語）Aetós

（「鷲」の意）ギリシア神話中、主神ゼウス*に寵愛された美しい若者。嫉妬深い女神ヘーラー*によって鷲に姿を変えられ、以来ゼウスの雷霆の担い手として常に彼に随伴。大神が魅せられた美少年ガニュメーデース*を天上へと攫う役目も果たした。のち「鷲座（ラ）Aquila」になったという。
　古代ギリシア・ローマにおいて、鷲は力と勝利の象徴と見なされ、その姿は軍旗に用いられ、またローマ皇帝の「神格化 Apotheōsis」の儀式には昇天の証として1羽の鷲が放たれた。鷲の出現が栄光と支配権をもたらす瑞兆として喜ばれたことは言うまでもない。
Schol. ad Verg. Aen. 1-394/ Aratus Phaen. 522/ Plin. N. H. 10-3～/ Arist. Hist. An. 9-32/ Hom. Il. 8-247/ Liv. 1-35/ Suet./ Dio Cass./ etc.

アエトナ Aetna
⇒アイトネー

アエトーリア Aetolia
⇒アイトーリアー*（のラテン語形）

アエトールス Aetolus
⇒アイトーロス*（のラテン語形）

アエードーン Aedon, Ἀηδών, Aëdon, （仏）Édon, Aédon, （伊）Edona, Aedona, Aedone, （西）Aedón, （葡）Aédona, （露）Аэдона

ギリシア神話中のクレーテー*（クレーター*）王パンダレオース*の娘。テーバイ❶*王ゼートス*に嫁ぎ、イテュロス*を産むが、夫の双生兄弟アンピーオーン*の妻ニオベー*が沢山の子女に恵まれているのを羨んで、子供たち（ないしそのうちの長男）を殺そうとし、同室に眠っていた我が子イテュロスを誤って殺してしまう。これを悲しんで自害しようとしたところ、大神ゼウス*によって小夜鳴鳥（ギリシア語でアエードーン aēdōn）に変身させられたという。
　異説では、アエードーンはコロポーン*の工人ポリュテクノス Polytekhnos と結婚し、「自分たち夫婦の仲睦まじさはゼウスとヘーラー*のそれにも優る」と豪語したため、女神の怒りをかい、2人の間に不和（エリス*）が送りこま

系図16　アエードーン

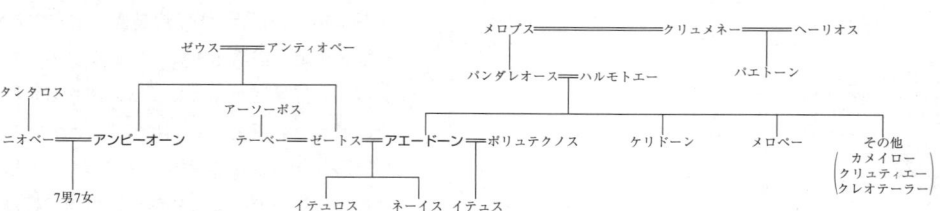

れる。そして夫は戦車造り、妻は機織りの腕を誇り、先に仕事を完成した方に婢女を与える技くらべをしたところ妻が勝利。負けた夫は口惜しさのあまり妻の妹ケリドーン Khelidon（「燕」の意）を強姦して髪を切り、女奴隷にする。これを知ると、アエードーンは復讐を決意し、ひとり息子イテュス Itys を殺して夫の食膳に供し、妹とともに実家へ舞い戻る。自分の息子を食べさせられたと覚ったポリュテクノスは、2人のあとを追うが、事情を聞いた岳父パンダレオースによって捕らわれ、全身に蜂蜜を塗られたうえ、野原にさらされる。無数の蠅にたかられて苦しむ夫を見て、アエードーンが憐れみをかけたところ、憤慨した父母兄弟は彼女をやにわに殺そうとする。ゼウスは一家の惨状を憐れんで、アエードーンを小夜鳴鳥（ナイティンゲール）に、ケリドーンを燕に、ポリュテクノスを啄木鳥（きつつき）に、パンダレオースを尾白鷲（おじろわし）に、ほかの一家の者もおのおの鳥に変えたと伝える。
⇒プロクネーとピロメーラー、テーレウス、クリュメノス❷

Hom. Od. 19-518〜/ Ant. Lib. Met. 11/ Schol. ad Hom. Od. 19-518/ etc.

アエナーリア（または、イーナリメー*） Aenaria,（ギ）Aināriā, Αἰναρία, ピテークーサイ*,（現・イスキア Ischia）

イタリア半島西南、カンパーニア*地方沿岸ミーセーヌム*岬沖合の島。カプレアエ*（現・カープリ）島の北西 62 マイル、ネアーポリス*（現・ナーポリ）湾入口北岸に位置する。ギリシア語でピテークーサイ*と呼ばれ、古くカルキス*とエレトリア*からギリシア人移民が入植したが、地震が頻発するので、間もなく放棄され、のちネーアポリス市の所有するところとなる。さらに前 326 年以降、ローマの版図に併含され、英雄アエネーアース*（アイネイアース*）が上陸したという伝承に因んでアエナーリア（〈ギ〉アイナーリアー Ainaria）と呼ばれた。火山島で温泉が多く、クーマエ*（キューメー❷*現・Cuma）やプテオリー*（現・ポッツォーリ）の陶器工場に豊富な陶土を提供した。
Plin. N. H. 3-6/ Cic. Att. 10-13/ Liv. 8-22/ Suet. Aug. 92/ Strab. 5-247〜/ Mela 2-7/ App. B. Civ. 5-69/ etc.

アエネーアース Aeneas
⇒アイネイアース*（のラテン語形）

アエーノバルブス（家） Aenobarbus
⇒アヘーノバルブス（家）

アエミリア Aemilia,（仏）Émilie,（独）Emilie (Emilia),（伊）（西）Emilia,（露）Эмилия

ローマの名門アエミリウス氏*に属する女性の名。
なかでも、第2次ポエニー戦争*中、カンナエ*の戦い（前216）で敗死した執政官（コンスル*）L. アエミリウス・パウッルス❶*の三女で、スキーピオー・大アーフリカーヌス*に嫁ぎ、コルネーリア❶*（グラックス兄弟*の母）を産んだアエミリア（前230頃〜前163／162）や、その姪で父親の L. アエミリウス・パウッルス❷*・マケドニクスが対マケドニアー*王ペルセウス*戦（第3次マケドニアー戦争）の将軍に選ばれて帰宅した時（前168）、「私の飼犬ペルセウスが死にましたが、これぞ勝利の吉兆でしょう」と泣いて喜んだというアエミリアが名高い。

その他、ウェスタ*の巫女（ウェスターリス*）として仕えていながら幾人もの情夫と私通し、同僚のリキニア❷*やマルキア Marcia にも恋人を回していたため、前114年、法務官（プラエトル*）の L. クラッスス*によって断罪されたアエミリアとか、ウェスタの聖火が消えてしまった折りに、自らの着衣を引き裂いて火台に投じ、冷えた灰から再び火焔を燃え上がらせる奇蹟を起こすことで、我が身の潔白を証明したウェスタの巫女長アエミリアらもよく知られている。
Val. Max. 1-1, 6-7/ Liv. 38-57, Epit. 63/ Polyb. 32-12/ Plut. Aem. 2, 10/ Cic. Div. 1-46, 2-40/ etc.

アエミリアーヌス Aemilianus,（英）（独）Aemilian,（仏）Émilien,（伊）（西）（葡）Emiliano,（露）Эмилиан

アエミリウス氏*出身のローマ人名。

❶（前185頃〜前129）通称・小スキーピオー*ないしスキーピオー・小アーフリカーヌス*。L. アエミリウス・パウッルス*（⇒パウッルス❷）の息子。スキーピオー・大アーフリカーヌス*（大スキーピオー*）の長男 P. コルネーリウス・スキーピオーの養嗣子となり、以来 P. コルネーリウス・スキーピオー・アエミリアーヌス・アーフリカーヌス*と称された。のちに小アーフリカーヌスとして名高くなる人物のことである。詳しくは同項を参照。
⇒巻末系図 053、本文系図 289

❷マールクス・アエミリウス・アエミリアーヌス Marcus Aemilius Aemilianus（206頃〜253年9月頃）ローマ皇帝（在位・253年7月頃〜9月頃）。マウレーターニア*の出身。ガッルス*帝（在位・251〜253）の治下に属州モエシア*の総督を務め（252〜253）、帝国内に侵攻したゴート*族（ゴトーネース*）を撃退（253）、兵士らに賜金を分配して人気を集め、軍隊により帝位に推戴される。イタリアへ攻め込んでガッルスとその子ウォルシアーヌス Volusianus を倒し、元老院の承認を得て即位するが、在位わずか3カ月、ウァレリアーヌス*が新たに帝に推されるや、部下の軍隊に裏切られて殺された。

なお、ガッリエーヌス*帝（在位・253〜268）の治下に各地に簇生した30僭帝*の中にも、アエミリアーヌス L. Mussius Aemilianus という人物がおり、これはほどなくガッリエーヌスの部将に捕らわれて、牢内で絞殺されている（261／262）。
Zosimus 1-28〜29/ Zonar. 12-21〜22/ Eutrop. 9-5/ Aur. Vict. Caes. 31/ S. H. A. Tyr. Trig. 22, Gallien. 4/ etc.

アエミリア・レピダ Aemilia Lepida,（伊）（西）Emilia Lepida

ローマの名門アエミリウス・レピドゥス*家出身の女性たち。その主な者は、以下の通り。

❶（後1世紀前半）三頭政治家レピドゥス*の孫娘。母コルネーリア Cornelia を通じて独裁官スッラ*や大ポンペイユス*の曽孫にも当たる（⇒下記系図17）。アウグストゥス*の孫ルーキウス・カエサル*と婚約していたが、相手が早世したので、裕福だが陰険な P. クィリーニウス Publius Sulpicius Quirinius（前12年の執政官）と結婚し、すぐに離婚、次に破廉恥な放蕩貴族 Mam. アエミリウス・スカウルス*と再婚する。姦通や毒殺で悪名高く、離別後20年を経た前夫から、「遺産目あてに私を殺害しようとした」と告発され、その他占星術師に帝室の運命を占わせて不軌を図ったこと等、さまざまな罪状が露顕、弟のマーニウス・アエミリウス・レピドゥス M'. Aemilius Lepidus（後11年の執政官）が弁護に立ったが、老いて子のないクィリーニウスの財産に目をつけたティベリウス*帝により、市民権剥奪・財産没収のうえイタリアから追放された（後20）。なおこのクィリーニウスは後6年、シュリア*総督として戸口調査を行なったと伝えられる人物である（『ルーカス*による福音書』2）。アエミリア・レピダはまた、子のない前夫クィリーニウスの財産を横領するべく、彼の嫡子を産んだという偽の届出を提出してもいた。
Tac. Ann. 3-22〜23/ Suet. Tib. 49/ etc.

❷（後1世紀前半）アウグストゥス*の曽孫（母・小ユーリア*がアウグストゥスの孫娘）。父は L. アエミリウス・パウッルス❹*。第4代ローマ皇帝となったクラウディウス*の最初の許嫁となるが、両親の不行跡のせいで婚約は破棄される。のち M. ユーニウス・シーラーヌス❸*（後19年の執政官）に嫁いで3男2女の母となるが、男系の子孫は、ネロー*帝の治世（54〜68）が終わるまでにことごとく根絶やしにされた。
Suet. Claud. 26/ Tac. Ann./ etc.

❸（？〜後36）ドルスス❷*（ゲルマーニクス*と大アグリッピーナ*の子）の妻。M. アエミリウス・レピドゥス❸*（後6年の執政官）の娘。邪悪な淫婦で、権臣セイヤーヌス*と情を交して、夫を激しく弾劾し陥れる（30）。父親の死後、奴隷との姦通の廉で告訴され、自殺する（36）。
Tac. Ann. 6-40/ Dio Cass. 58-3.

❹（後1世紀）ガルバ*帝の妻。マーニウス・アエミリウス・レピドゥス M'. Aemilius Lepidus（後11年の執政官）の娘と思われる。夫ガルバに先立つが、その後ガルバは終生独身を貫き、むしろ成熟した強健な男子との性交を好んだ（⇒イケルス）。
Suet. Galb. 5/ etc.

アエミリウス街道（ウィア・アエミリア*） Via Aemilia，（ギ）Aimiliā hodos, Αἰμιλία ὁδός，（英）Aemilian Way，（仏）Via Æmilia，（西）Via Emilia（現・Via Emilia）

ローマの公道。

❶前187年、執政官の M. アエミリウス・レピドゥス*（？〜前152）によって建設された道路。全長176マイル。フラーミニウス街道*の延長として、アリーミヌム*（現・リーミニ Rimini）からプラケンティア*（現・ピアチェンツァ Piacenza）の間を繋ぐ。内ガッリア*地方のローマ化を推し進め、その地域の主要都市を結んでいた。前2年、アウグストゥス*がアリーミヌムとトレビア*（現・Trebbia）川との間を再建し、のちトライヤーヌス*帝がさらに橋などを補強。よって後代までイタリア半島北部のこの一帯はエミーリア Æmilia（現・エミーリア・ロマーニャ Emilia Romagna）と呼ばれるようになった。
Liv. 39-2/ Strab. 5-217/ Mart. 3-4/ It. Ant./ etc.

❷ Via Aemilia Scauri　前109年、監察官の M. アエミリウス・スカウルス*によって建設された道路。アウレーリウス街道*を延長して、ポストゥミウス街道*と繋いだもので、ピーサエ*（現・ピーサ Pisa）、ゲヌア*（現・ジェノヴァ Génova）などを通っている。
Aur. Vict. De Vir. Ill. 72/ ect.

アエミリウス氏　Gens Aemilia〔← Aemilius〕, Aemilii

ローマの古いパトリキイー*（貴族）の名門。始祖は哲学者ピュータゴラース*、古王ヌマ*、アスカニオス*などさ

系図17　アエミリア・レピダ❶

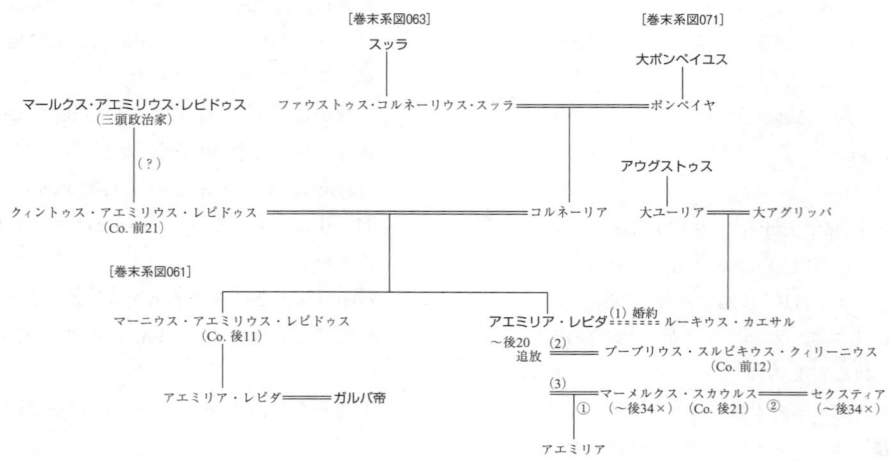

まざまに伝えられる。前5世紀初頭より執政官(コーンスル*)を輩出し、スカウルス*家、パウッルス*（パウルス*）家、レピドゥス*家等々、数多の諸家に分かれて繁栄した。なお家名のアエミリウスは、初代の人物が甘美で魅力的な話し方をしたこと（ギリシア語ハイミュリアー haimylia は、弁舌の魅力を意味する）に由来するという。
Plut. Aem. 2, Num. 8, 21/ Sil. 8-297/ Festus/ etc.

アエミリウス・パウ（ッ）ルス　Aemilius Paul(l)us
⇒パウ（ッ）ルス、アエミリウス

アエミリウス・パウルルス　L. Aemilius Paullus
⇒パウ（ッ）ルス、ルーキウス・アエミリウス

アエラーリウム　Aerarium,（ギ）Dēmosion, Δημόσιον
ローマの国庫。銅を意味するラテン語アエス aes より派生した言葉。共和政期には元老院の監督下、財務官(クァエストル*)が管理。カピトーリーヌス*丘の麓、フォルム*・ローマーヌムに面するサートゥルヌス*神殿内に保管されていた（Aerarium Saturni）。規則的な歳入による通常金庫と、戦利品や奴隷解放税（5％）による臨時出費のための予備金庫とに区別されていた。共和政末期の内乱勃発時にカエサル*が軍資金を獲るべく、阻もうとする護民官(トリブーヌス・プレービス*)を恫喝して神殿の扉を打ち破り、莫大な財貨を全て持ち去った話は有名（前49）。アウグストゥス*（オクターウィアーヌス*）は前28年に国庫の管理係として2名のプラエフェクトゥス❻* praefecti aerarii を任命したが、5年後には2名の法務官(プラエトル*) praetores aerarii に委託（前23）。また後6年には、退役兵に除隊金を支給するための軍人金庫（アエラーリウム・ミーリターレ Aerarium militare）を新たに設立した。帝政期にはフィスクス*（皇帝金庫）が著しく拡大し、諸属州からの税収入も管理するようになったため、国庫はついにローマ市のみの金庫と化した。
Tac. Ann. 1-78, 2-47, 3-51, 6-2, 13-28/ Caes. B. Civ. 1-14/ Suet. Iul. 28, Aug. 49, 94, 101, Tib. 48, Vesp. 16/ Plut. Caes. 35, Pomp. 62, Publ. 12, Mor. 275a/ etc.

アエリア・カピトーリーナ　Aelia Capitolina,（ギ）Ailiā Kapitōlīna, Αἰλία Καπιτωλῖνα
後135年、ハドリアーヌス*帝によって、もとイェルーサーレーム*（エルサレム）の地に建設されたローマ植民市(コロニーア*)。

アエリアーヌス　Claudius Aelianus
⇒アイリアーノス

アエリウス・アリスティーデース　Aelius Aristides
⇒アリステイデース、アイリオス

アエリウス・カエサル　L. Aelius Caesar
⇒アエリウス・カエサル、ルーキウス

アエリウス・カエサル、ルーキウス　Lucius Aelius Caesar,（伊）Lucio Elio Cesare,（西）Lucio Aelio César
（後101年1月13日頃～138年1月1日）本名・L. Ceionius Commodus。ローマ皇帝ハドリアーヌス*の養嗣子（136～138）。エトルーリア*系の先祖をもつ元老院貴族で、優雅な美男子だったため、ハドリアーヌスの寵愛を享けて執政官(コーンスル*)職（136、137）に進められ、帝位継承者に選ばれてカエサル*の称号を与えられる（136）。この養子縁組に異を唱えた90歳になる帝の義兄セルウィアーヌス L. Julius Servianus（90、102、134の執政官）は、18歳の孫フスクス Cn. Pedanius Fuscus Salinator ともども自殺に追いやられ、死の直前に「病床の皇帝が苦痛のあまり死を切望しても、決して容易に死ぬことがありませんように！」と神々に祈ったという。アエリウスは洗練された快楽主義者で、婢妾や美少年たちを侍らせ贅沢な料理を愛好、妻が彼の放蕩に不平をならすと、「誰と情事に耽ろうが放っておいてくれ。妻は体面のためにあるのであって、享楽の具ではないのだから」と答えたという。パンノニア*の総督を務めた（136～137）が、病弱だったために喀血を繰り返し、ローマ帰還（137末）後、一度に大量の薬を服用して急死した。ハドリアーヌス帝は彼の巨像を各地に建てさせ、神殿をも造営、新たに帝嗣に定めたアントーニーヌス・ピウス*にアエリウスの一人息子 L. ウェールス*を養子として迎えるよう強いた（⇒巻末系図102）。
　芸術愛好家だった彼は、マールティアーリス*を「私のウェルギリウス*」と呼んで高く評価、また薔薇(ばら)や百合など花々をこよなく愛し、養父ハドリアーヌスのために豚の乳房で作った特別料理を考案した等々さまざまな逸話が伝えられている。
⇒本文系図93
S. H. A. Aelius, Hadr. 23/ Dio Cass. 69/ etc.

アエリウス・ガッルス　Aelius Gallus
⇒ガッルス、アエリウス

アエリウス氏　Gens Aelia〔← Aelius〕, Aelii
ローマのプレーベース*（平民）系の氏族名。ガッルス*（「雄鶏」の意）、パエトゥス*（「流し目を使う」の意）、トゥベロー*（「瘤(こぶ)のある」の意）、スティロー*などの家門に分かれ、共和政期より繁栄した。同氏から最初に執政官(コーンスル*)職に就いたのは、前337年の P. アエリウス・パエトゥス Aelius Paetus。帝政期に入って、ティベリウス*帝の権臣セイヤーヌス*、さらに皇帝ハドリアーヌス*を出し、アントーニーヌス*朝の諸帝がこの氏族名を帯びるに及んで隆昌を極めるに至った。しかし、所伝では、アエリウス氏の先祖は非常に貧しく、一家16名が1軒の小屋に暮らしていたという。
⇒パエトゥス（セクストゥス・アエリウス）
Liv. 4-54/ Val. Max. 4-4/ Cic. Sest. 15 (33)/ Plut. Aem. 5/ etc.

アエリウス・スティロー、ルーキウス L. Aelius Stilo
　　　　Praeconinus
⇒スティロー・プラエコーニーヌス、ルーキウス・アエリウス

アエリウス・ヘーローディアーヌス Aelius
　　　　Herodianus
⇒ヘーローディアーノス、アイリオス

アーエロペー　　Aerope, Ἀερόπη, Aërope,（仏）Érope, Æropé,（西）Aérope,（露）Аэропа

ギリシア神話伝説中、クレーター*王カトレウス*の娘。アトレウス*もしくはプレイステネース*の妻。アガメムノーン*とメネラーオス*の母。奴隷と通じたために、父によってナウプリオス*に手渡され、海へ投げ込まれることになったが、ナウプリオスは指示に反して彼女をアルゴス*王プレイステネース（またはアトレウス）に売り渡した。やがて彼女は王の妻となり、アガメムノーン兄弟を産んだものの、夫の兄弟テュエステース*と不義を働き2人の庶子を出産、さらに夫を裏切って王権の象徴たる黄金の羊を情人テュエステースに与えてしまった。嚇怒(かくど)した王は、2人の庶子を含むテュエステースの息子たちを皆殺しにし、その肉を料理して実父のテュエステースに食わせたうえ、妻アーエロペーを海に投じて溺死させた。一説には、アトレウスはプレイステネースの子で、父の死後アーエロペーと結婚し、アガメムノーンら遺児を自分の子として養育したというが、別伝によると、逆にプレイステネースがアトレウスとアーエロペーの間に生まれた子とされており、異説が多い。

なお、彼女と同名のテゲアー*王ケーペウス❷*の娘アーエロペーもおり、後者はアレース*と交わって一子アーエロポス Aeropos を産んだが、出産中に死去し、赤児は父神のはからいで死んだ母の乳を飲んで命をつなぐことができたという。わが国の「子育て幽霊」譚との類似が興味深い。

Apollod. 3-2, Epit. 2-10〜11/ Soph. Aj. 1297/ Eur. Or. 16〜/ Serv. ad Verg. Aen. 1-458/ Hyg. Fab. 86/ Paus. 2-18, 8-44/ Dict. Cret. 1-1/ etc.

アーオニアー　　Aonia, Ἀονία,（仏）Aonie,（独）Aonien,（現ギリシア語）Aonía

ギリシア中部、ボイオーティアー*地方の一地域。ヘリコーン*山、キタイローン*山、アガニッペー*の泉など女神ムーサイ*に捧げられた一帯を指し、このことからムーサイは別名アーオニデス Aonides とも呼ばれた。アーオニアー人 Aones, Ἄονες はボイオーティアーの先住民で、カドモス*がフェニキア*からやって来た時にも、神に命乞いをして、フェニキア遠征隊と混住することを許されたという。アーオニアーはまた、ボイオーティアーの古称・詩称としても用いられる。

Callim. Del. 75/ Nonnus 4-337/ Paus. 9-5/ Serv. ad Verg. Ecl. 6-65/ Strab. 9-401/ Ant. Lib. Met. 25/ Lycoph. 1209/ Steph. Byz./ etc.

アオルノス　　Aornos, Ἄορνος,（ラ）Avernus（「鳥のいない」の意),（現ギリシア語）Áornos

カンパーニア*の湖アウェルヌス*のギリシア名。
前326年3月にアレクサンドロス大王*が攻略したバクトリアー*地方の高峻な岩砦も、その地形からアオルノス（「鳥も通わぬ地」）と呼ばれている（現・Tashkurgan, ないし、Bar-sar ib Pir-Sar)。

Arr. Anab. 4-28〜/ Diod. 17-85/ Curtius 8-11/ Strab. 15-688/

アカーイアー　　Akhaia, Ἀχαῖα,（イオーニアー*方言）アカーイエー Akhaie, Ἀχαίη,（ラ）アカーイア Achaia,（英）Achaea,（仏）Achaïe,（独）Achäa,（伊）(葡) Acaia,（西）Acaya

アカーイアー人*（アカイオイ*）の国土。かつてはギリシア本土の広域を占めていたが、歴史時代には以下の特定の地方を指すようになっていた。

❶ペロポンネーソス*半島北岸の地方。コリントス*湾に面し、西をエーリス*、東をシキュオーン*、南をアルカディアー*によって劃された地域で、旧称アイギアロス Aigialos もしくは、アイギアレイア Aigialeia（名祖(なおや)はアイギアレウス*）。住民は青銅器時代後期にアルゴリス*地方から移住して来た人々の後裔と見なされ、12の都市国家(ポリス) polis がヘリケー Helike のポセイドーン*神域を本部とする攻守同盟を結び、前3世紀にはこれがアカーイアー同盟*へと発展した（前280頃）。アカーイアーからはシュバリス*、クロトーン*、メタポンティオン*（メタポントゥム*）など南イタリアへ植民団が送られ（前8世紀）、ペルシア戦

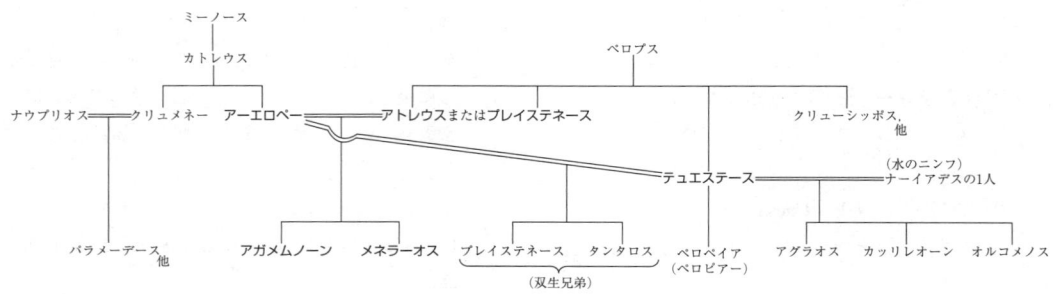

系図18　アーエロペー

争*をはじめとするギリシア人の戦いにはおおむね中立の立場を保持した。前373年の地震でヘリケー市が海中に埋没してからは、次第にアイギオン Aigion 市に同盟の中心が移った。前146年ローマの支配下に入り、前27年には属州アカーイア*の一部となった。
⇒パトライ、アイガイ❶、アイゲイラ
Herodot. 1-145〜/ Paus. 7-1〜, -6〜/ Thuc. 1-115, 4-21/ Xen. Hell. 6-2, 7-1/ Plin. N. H. 4-5/ Polyb. 2-41./ Strab. 8-335, -383〜/ Hom. Il. 2-575/ etc.

❷アカーイアー・プティーオーティス A. Phthiotis を指す。テッサリアー*南部の地方。ホメーロス*はこの地域をプティーアー*（プティーエー）と呼び、トロイアー戦争*の英雄アキッレウス*の故郷と見なしている。
Hom. Il. 1-155/ Herodot. 7-173/ Strab. 9-435/ etc.

❸ローマの属州アカーイア*。

アカーイア（州） Achaia,（英）Achaea,（仏）Achaïe,（独）Achäa,（伊）Acaia,（西）Acaya,（葡）Aqueia

ローマの属州アカーイア。前146年ムンミウス*によるコリントス*の破壊後、ギリシアはローマの統治下に入り、属州マケドニア*に編入された。前27年アウグストゥス*はエーピールス*（エーペイロス*）の一部を含むギリシア本土、およびキュクラデス*諸島を、属州アカーイアとして独立させ、州都は再興されたコリントスに置かれた。以後多少の異同はあるものの、ネロー*やハドリアーヌス*らギリシア愛好家の皇帝の恩顧を蒙りつつ、ローマ帝国の崩壊に至るまで、アテーナエ*（アテーナイ*）をはじめとする諸都市が繁栄し続けた。アカーイア州には駐屯軍は置かれず、各都市国家 polis は自治を許されて、文学・哲学などの諸学問が復興した。アカーイアなる用語はまた、ギリシア全体を指す言葉としても用いられている。
Mela 2-3/ Plin. N. H. 4-5〜/ Strab. 8-385〜/ Polyb. 40-8〜/ Paus. 7-16/ Cic. Pis. 40, Fam. 6-6/ Dio Cass. 53-12/ etc.

アカーイアー人 Akhaioi
⇒アカイオイ

アカーイアー同盟 Koinon ton Akhaion, Κοινὸν τῶν Ἀχαιῶν,（ラ）Achaiorum Foedus, Achaicum Foedus,（英）Achaean Confederacy（または、Achaean League）,（仏）Ligue achéenne,（独）Achaiischer Bund

（前280頃〜前146）ヘレニズム時代に活躍したギリシアの都市同盟の1つ。ペロポンネーソス*北部のアカーイアー❶*地方に古くからあった同盟を基礎に、ヘレニズム時代初期（前280頃）に結成され、アカーイアー以外の諸市も加えてギリシア本土の政局を左右する連邦組織になった。特に前3世紀の中頃からシキュオーン*のアラートス*の主導下に強力となり、アルカディアー*、アルゴリス*、コリントス*、アイギーナ*も引き入れて、ペロポンネーソス半島を中心に勢力を振るった。南進するマケドニアー*王国に対抗し、スパルター*ともギリシアの覇を競ったが、勇将ピロポイメーン*の指揮下、スパルターを破り、これを同盟に加入させた（前192）。ローマの東進に対してはマケドニアーと結んでこれに当たったが、ピュドナ*の敗北（前168）の結果、ポリュビオス*ら同盟の代表者千名が人質としてローマに送られた。次いで前147年ローマに対する反抗を企てて、イストモス*でムンミウス*に完敗を喫し、同盟の領袖となっていたコリントス市は徹底的に破壊され、敵対した者はことごとく虐殺された（前146）。アカーイアー同盟はローマの命令で解散させられ、ギリシア全土がここにローマの属領と化した（⇒アカーイア州、マケドニア州）。

同盟組織の頂点には最高職たる将軍（ストラテーゴス*）（初め2名。前255年以来1名）がいて、任期は1年で、2年連続の重任は禁じられていたので、有能な指導者は1年おきに在職した。その他10名の行政官デーミウールゴイ Demiurgoi が政務を管掌し、また30歳以上の男性市民は全員、評議会（ブーレー*）や民会（エックレーシアー*）に参加することができた。
⇒アイトーリアー同盟、クレオメネース3世、アンティゴノス3世
Polyb. 2-37〜/ Liv. 31〜45/ Paus. 7-6〜17/ Strab. 8-384〜/ Xen. Hell. 7-1/ Plut. Arat., Phil./ etc.

アカイオイ Akhaioi, Ἀχαιοί, Achaei（Achīvī）,（英）Achaeans,（仏）Achéens,（独）Achäer, Achaier,（伊）Achei,（露）Ахейцы

アカーイアー人*のこと。古代ギリシア民族の一派。伝承によれば、アカーイオス*（イオーン*の兄弟）を祖とする人々で、かつてギリシア本土に広く定住、ホメーロス*の叙事詩ではアガメムノーン*を総帥としてトロイアー*へ遠征したギリシア人全体、わけても英雄アキッレウス*麾下のテッサリアー*の軍勢を指す呼称にアカイオイなる語が用いられている。考古学上は、ヒッタイト文書に見えるアッヒヤウァ Ahhiyawa, Achiijava（前1400頃〜前1200頃）やエジプトの碑文などの「海の民 Ekwesh（エクウェシュ）」（前1225頃）に比定され、いわゆるミュケーナイ*文化を担った種族の自称と推測されている（異説あり）。古くは前2000年紀にギリシア本土へ侵入し、進んだエーゲ海文明*（クレーター*文化）に触れて独自の青銅器文化を築き（前1580頃）、やがて新たに南下したドーリス*ら西ギリシア方言群の人々によって滅ぼされた（前1200頃）と考えられていたが、近年では両群とも早くから一緒にギリシアへ入ってきており、ミュケーナイ文化は内部から崩壊したのだとする説が優勢になってきている。

アカイオイは早く地中海東部に進出して繁栄し、エーゲ海の島々や小アジア西岸へ移住。歴史時代にはペロポンネーソス*半島の北部（アカーイアー❶*）とテッサリアー地方の東南部（アカーイアー❷*）に住むギリシア人の一群がこの名で呼ばれていた。言語の類似からアイオリス人*の別称とする説もある。アカーイアー人はイタリア南部マグ

ナ・グラエキア*へ植民を送り出し、ヘレニズム時代に入るとアカーイアー同盟*を結んでギリシアの主要勢力となり（前280頃～前146）、ローマに編入されて以来、ギリシア本土は属州アカーイア*の名で呼ばれた。
⇒イオーニアー人
Hom. Il. 1-2～, Od. 1-90～/ Hes. Op. 649/ Herodot. 1-145～, 7-132, 8-73/ Paus. 7-1～/ Strab. 7-383～/ Dion. Hal. 1-17/ Polyb. 2-41/ etc.

アカイオス　Akhaios, Ἀχαιός, Achaeus, （仏）Achaeos, Achaïos, （独）Achaios, （伊）Acheo, （西）Aqueo

　ギリシア神話中、アカーイアー*人（アカイオイ*）の名祖。ゼウス*あるいはポセイドーン*の子など諸説あるが、通常クストース*とクレウーサ❸の子で、イオーン*（イオーニアー*人の祖）の兄弟とされる。父とともにペロポンネーソス*半島北岸へ移住し、アイギアロス Aigialos（歴史時代のアカーイアー❶地方）と呼ばれていたこの地にその名を与えた。殺人を犯してラケダイモーン*（スパルター*地方）へ亡命し、のちアテーナイ*の協力を得てテッサリアー*に帰国、父祖の領土を回復したという。息子たちは再びペロポンネーソスへ来て、アルゴス*とラケダイモーンを支配し、住民はアカーイアー人と呼ばれるようになった。
⇒ペラスゴス
Paus. 2-6, 7-1/ Strab. 8-383/ Apollod. 1-7/ Serv. ad Verg. Aen. 1-242/ Dion. Hal. Ant. Rom. 1-17/ etc.

アカイオス　Akhaios, Ἀχαιός, Achaeus, （伊）Acheo, （西）Aqueo

（？～前213）セレウコス朝*シュリアー*の王位僭称者（在位・前220～前213）。王族アンドロマコス Andromakhos の子で、セレウコス1世*の曽孫にあたる（⇒巻末系図040）。姉妹ラーオディケー Laodike はセレウコス2世*の妃。アカイオスは能将として知られ、セレウコス2世、同3世*、アンティオコス3世*に仕え、小アジアの大部分をペルガモン*王国から奪還（前223～前222）、独立を企ててプリュギアー*で反旗を翻し、王を称した（前220）。数年間小アジアをほしいままに支配したが、やがてアンティオコス3世およびアッタロス1世*（ペルガモン王。在位・前241～前197）の連合軍の討征にあい、首都サルデイス*に2年間立て籠った末、クレーター*人傭兵に裏切られてアンティオコスに捕らわれた。アンティオコスは彼の手足を切断したうえ、首を刎ねて驢馬の革袋に縫い込み、屍体を吊るして晒しものにした。

　なお、同名の人物のなかでは、前5世紀後半にアテーナイ*で活躍した悲劇詩人エレトリア*のアカイオス（前484／481～前405頃？）が名高い。その作品はすべて散佚したが、サテュロス*劇の作家としてはアイスキュロス*に次ぐ者と高く評価され、アイスキュロス、ソポクレース*、エウリーピデース*、キオス*のイオーン*と並んで5大悲劇詩人の1人に数えられる程であった。
Polyb. 4-2, -48, -51, 5-40, -42, -57, 7-15～18, 8-15～21/ Diog. Laert. 2-133/ Ath. 10-451c/ Suda./ etc.

アカイメニダイ　Akhaimenidai, Ἀχαιμενίδαι, Achaemenidae, （英）Achaemenids, （仏）Achéménides, （独）Achämeniden, （古ペルシア語）Hakhāmanishīya, Haxāmanišīya

（現ペルシア語・Hakhâmaneshiyân）ペルシア人の一氏族アカイメネース*家、特にその中の1人キュロス❶2世*によって開かれたアカイメネース朝ペルシア*王家（⇒巻末系図024）。アカイメネースを名祖とし、初めはメーディアー*王国の南方の一地域ペルシス*（現・ファールス Fars）を統治するに過ぎなかったが、前7世紀頃テイスペス Teispes がアンシャーン Anshan（アンザン）に都し、次いでキュロス Kyros 1世がパルスマシュ Parsumash の王を称した（在位・前645～前602頃）。前550年、大王キュロス2世がメーディアーを滅ぼしてからは、リューディアー*（前546）、バビュローニアー*（前539）、エジプト（前525）などを征服して、オリエント全土を支配する史上最初の大帝国に成長した。行政組織・交通機関を整え、長く繁栄したが、後宮の陰謀等の内訌から次第に弱体化し、ついにマケドニアー*のアレクサンドロス大王*に滅ぼされた（前330）。文献史料がギリシア側の著述に偏向しているせいか、アカイメネース朝の帝王はおおむね冷酷で倨傲、贅を極めた専制君主として（⇒カンビューセース、ピューティオス）、またその后妃や宦官たちはいずれ劣らず権謀たくましく、絶えず毒殺や残虐な肉刑を好んで行なう驕慢かつ暴戻な人物として伝えられている（⇒バゴーアース、パリュサティス、アマーストリス）。

　史家クセノポーン*によると、ペルシアの帝王は春をスーサ*、夏をエクバタナ*、冬をバビュローン*で過ごす習わしであったといい、即位式は古都パサルガダイ*で、また毎年の新年祭は聖都ペルセポリス*で行ない、大祭の間貢物を携えて参集した諸民族の代表を接見。拝謁を許された者は、高い玉座に腰掛けた王に対してひざまづき、右手を口に当てて「跪拝礼 proskynēsis」をするよう義務づけられていた。王が宮中で移動する時は、彼以外の何人も踏むことを許されない緋紫の絨毯の上に歩を進め、出御の折も車に乗り、決して地面を歩くことがなかった。晩餐には1万5千人の臣下が招かれ、王宮では毎日千頭の畜獣とさらに多くの鳥類が食事用に供され、会食者には豪華な引出

系図19　アカイオス（神話）

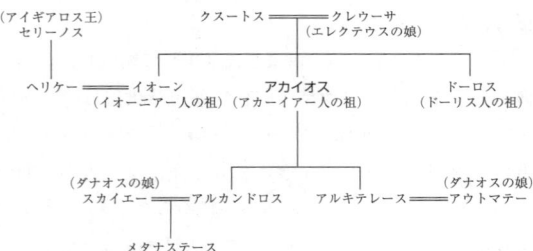

物が授けられたが、大広間には帷が垂れていて大王の側からのみ家臣群の姿を透かし見ることができるようになっていたという。

また大王の長子は、生まれると帝国全土の臣民に奉祝され、高位の宦官の手に委ねられて世話を受け、できるだけ美しい少年になるよう四肢を整形矯正された、と伝えられる。

⇒アルセース、アルタクセルクセース、クセルクセース、ダーレイオス、ペルシア戦争

Herodot. 1-125, -209, 3-2, -65, 4-43, 5-32, 7-62, -117/ Ctesias/ Xen./ Plut./ Ael./ Curtius/ Polyaenus 4-32/ Plin./ Arr./ Ath./ Strab./ etc.

アカイメネース　Akhaimenes, Ἀχαιμένης, Achaemenes,
　　　　　　　（仏）Achéménès,（独）Achämenes,（伊）
　　　　　　　Achemenes,（西）Aquemenes,（葡）
　　　　　　　Aqueménes

(古イーラーン名・ハカーマニシュ Hakhamanish, Haxāmaniš, 現ペルシア語・Hakhāmanesh) アカイメネース朝ペルシア*王家の祖（⇒アカイメニダイ）。前700年頃ペルシス*地方の首長となる。アカイメネース家は、ペルシア人3部族パサルガダイ Pasargadai、マラピオイ Maraphioi、マスピオイ Maspioi のうち最も有力なパサルガダイ族に属していた。伝承によると、アカイメネースは1羽の鷲に養育されたという。なおギリシア人の間では、ペルシア人の始祖は、英雄ペルセウス*とアンドロメダー*との間に生まれたペルセース Perses という人物に帰されている。

Herodot. 1-125, 7-11/ Ael. N. A. 12-21/ Hor. Carm. 3-1, 13-8/ Ov. Ars Am. 1-226, Met. 4-212/ Diod. 11-74/ Steph. Byz./ etc.

アカイメネース朝　Akhaimenidai
⇒アカイメネース朝ペルシア、アカイメニダイ

アカイメネース朝ペルシア　（英）Achaemenid Persia
　　　　　　　（Achaemenides),（仏）Achéménide Perse
　　　　　　　（Achéménides),（独）Achämenidenreich,（伊）
　　　　　　　Achemenidi,（西）Aqueménida Persa,（葡）
　　　　　　　Aquemênidas,（露）Ахемениды,（古イーラー
　　　　　　　ン名・Hakhāmanishīya）

(前550～前330) オリエント全土を統一し、エーゲ海、ギリシア北方まで征服した大帝国。アカイメニダイ*（アカイメネース*家）の当主は、もとメーディアー*王国内、イーラーン高原西南のペルシス*（現・ファールス Fars) 地方を領有する首長でしかなかったが、次第に支配権を拡大。大王キューロス2世*（在位・前559～前529) の時メーディアーを滅ぼし（前550)、リューディアー*をも征服して小アジア沿岸の多くのギリシア系植民市を獲得（前546)、次いで新バビュローニアー*王国を無血占領し（前539)、西アジアを統一して最古の世界帝国を建設した。その子カンビューセース2世*は、さらにエジプトをも征服した（前525)、が、遠征中にマゴイ*僧スメルディス*の乱が起こり、一時帝国は混乱状態に陥った（前522～前518頃)。この時ダーレイオス1世*（大王、在位・前522～前486) が出て、各地の反乱を次々に平定し、スキュティアー*人を駆逐、北西インドに侵入して領土を一層拡張し、ペルシア帝国*の最盛期を現出した。版図は北はカスピ海・カウカソス*（カフカース)・ドーナウ河、南はエティオピア・アラビア、東はインダス河・中央アジア、西は地中海・ギリシア北部・キューレーナイカ*（アフリカ北東部）に及び、非常に多くの異民族を支配したが、寛容主義に徹したので、人々は「ペルシアの平和」を謳歌し得た。全土を二十数州に分けてサトラペース Satrapes（太守）という長官に統治させ、首都スーサ*からサルデイス*との間に全長 2550 km の「王道」を建設するなど行政・交通機関を完備し、ペルセポリス*に豪奢な新都を造営、またギリシア本土への征伐を試みた（⇒ペルシア戦争)。息子クセルクセース1世*（在位・前486～前465) も大軍を率いてギリシアを親征し、結局は撃退されたものの、帝国の隆盛にはさして影響せず、その後は外交的手段でギリシア諸ポリスの政治に干渉した。とはいえ、時とともに帝国にも頽廃の翳りが兆しはじめ、後宮の皇妃や宦官らの陰謀、皇族間の内紛、エジプトなど地方の反乱が目立つようになり、次第に国勢は衰微の一途を辿った（⇒小キューロス)。そしてアレクサンドロス大王*がマケドニアー*軍を率いて侵略戦争を開始するに及び、君主ダーレイオス3世*は敗走し、国土は蹂躙され略奪の限りを尽くされて、さしもの栄華を誇ったペルシア帝国も滅亡を告げた（前330)。

アカイメネース朝の帝王は「諸王の王 Xšāyaθiya Xšāyaθiyānām」を号し、絶対的な専制君主として1万人の近衛軍「不死隊」に護衛されながら臣下に君臨。絢爛たる宮殿内で無数の妃妾や美しい宦官の群れ、廷臣たちに囲まれながら、天蓋も柱も黄金ずくめの玉座に坐り、贅沢この上ない宮廷生活を営んだ。一神教的な性格をもつゾロアスター*教を信奉したせいか、刑罰は厳格を極め、生きたままの火炙りや生皮剥ぎ、手足切断、去勢、串刺し、大石による頭の叩き潰し、自らの汚物に塗れ全身を蛆虫に喰われて徐々に死に至る「飼槽の刑」など、工夫を凝らした残忍な処刑法が次々に考え出された。一夫多妻や蓄妾制度が一般化しており、ゾロアスター教の教義によって兄弟姉妹・父娘・母子間の最近親婚が推奨され、また武勇を重んじる国柄のため男色も盛行していた。他のオリエント文明諸国に倣って、女と同じく男も化粧をして美々しく着飾り、香料や高価な軟膏をふんだんに用い、種々の宝石類や装飾品（アクセサリー）を愛好、冠 tiara（ティアーラー）を頭にのせ、後期には鬘（かつら）をかぶる者も珍しくなかった。文化面では、バビュローニアー、アッシュリアー*、エジプトなどの高度に発達した伝統に基づき、文字はビヒストゥーン Bihistun（ビーソトゥーン Bisotun,（ギ）Bagistanon）碑文に見られるように楔形文字を採用、美術は各国の様式を折衷しながら、独自の壮大な列柱建築や華麗な彫刻・工芸品を産み出した。王家はゾロアスター教に帰依したが、最高神アフラ・マズダー Ahura

Mazda のみならず、アーリア系の古い光明神ミトラース*（ミスラ Mithra）や水の女神アナイーティス*（アナーヒター Anahita）らをも信仰、葬制は屍骸を鳥や犬に喰わせるマゴイ風の鳥葬のほかに、死体を蝋で塗りこめてから土葬する方法も行なわれていた。
⇒アルサケース朝、サーサーン朝
Herodot. 1〜/ Ctesias. Persica/ Xen. Cyr., An./ Strab. 11〜17/ Plut. Artax., Mor./ Ath. 12-513f〜/ Diod./ Just./ Arr./ Curtius/ etc.

アガウエー　Agaue, Ἀγαύη, Agave,（仏）Agavé,（西）Ágave,（露）Агава

ギリシア神話中のテーバイ❶*王カドモス*とハルモニアー*との娘。イーノー*、アウトノエー*、セメレー*らの姉妹。戦士スパルトイ*の1人エキーオーン Ekhion と結婚して、テーバイ王となるペンテウス*を産んだ。セメレー（ディオニューソス*の母）の死後、その子ディオニューソスの神性を他の姉妹らとともに否定したため、のちにディオニューソスによって姉妹ともども狂乱させられ、わが子ペンテウスを八つ裂きにし、その首を獅子（ライオン）の首と思って踊り狂った。正気に返ってから、彼女は父カドモスと一緒にテーバイを逃れ、イッリュリアー*へ移住したという。この物語はエウリーピデース*の悲劇『バッカイ*（バッコス*の信女たち）』の主題とされている。

アガウエーはまた、イッリュリアーの王リュコテルセース Lykotherses の妻となったのち夫王を殺して、父カドモスに王座を与えた孝行娘であったともいう。
Hes. Th. 975〜/ Apollod. 3-4/ Diod. 4-2/ Pind. Ol. 2-22〜/ Eur. Bacch./ Ov. Met. 3-511〜/ Hyg. Fab. 179, 184, 239, 240, 254/ Serv. ad Verg. Aen. 4-469/ etc.

アカエア　Achaea
⇒アカーイア、アカーイアー（の英語形）

アガシアース　Agasias, Ἀγασίας,（伊）Agasia,（西）Agasio,（露）Агасий

ギリシア人の男性名。

❶（前100年頃活躍）エペソス*の彫刻家。ドーシテオス Dositheos の子。今日ルーヴル美術館所蔵の『ボルゲーゼの闘士』Gladiateur Borghèse（〈英〉Borghese Warrior, 高さ157cm）の原作者として有名。男性裸体の筋肉表現に優れ、解剖学的な精緻さで知られる。現存作品は、おそらく青銅製群像からの大理石模刻と思われる（後1611年、アンティウム*より出土）。また同じ頃、デーロス*で活動したエペソス出身の同名の彫刻家アガシアース（メーノピロス Menophilos の子）がおり、アテーナイ考古博物館蔵の『傷つける戦士』の作者とされている。

❷（前5世紀末の人）アルカディアー*のステュンパーロス*出身の軍人。クセノポーン*の「1万人の退却*」に隊長として行をともにした勇敢な人物。
Xen. An. 3-1, 4-1, -7, 5-2, 6-1, 7-8/ etc.

アカストス　Akastos, Ἄκαστος, Acastus,（仏）Acaste,（伊）（西）（葡）Acasto,（露）Акаст

ギリシア神話中、ペリアース*王の一人息子。母はアナクシビアー Anaksibia（ビアース*の娘）ともピューロマケー Phylomakhe（アンピーオーン*の娘）ともいう。父の意に叛（そむ）いてイアーソーン*率いるアルゴナウテース*たち（アウゴナウタイ*）の遠征に参加、カリュドーン*の猪狩（⇒メレアグロス）にも加わる。父が魔女メーデイア*に殺されたのち、イオールコス*の王位に即（つ）く。ペーレウス*（アキッレウス*の父）が殺人を犯して彼のもとへ逃れてきた時、その罪を浄めてやった。ところが、アカストスの妻アステュダメイア Astydameia（またはヒッポリュテー Hippolyte、クレーテーイス Kretheis とも）は、ペーレウスに邪まな恋をしかけ、拒絶されると、逆に彼の方から自分に言い寄ったと夫に讒訴した。そこでアカストスはペーレウスをペーリオン*山へ狩猟に連れていき、彼が眠っている間にその剣を奪って山中に遺棄、ケンタウロス*族に殺されるよう望んだ。が、ペーレウスは危いところをケイローン*に救われ、のちイオールコスを襲撃、アカストスの妻を八つ裂きにして四肢を町じゅうにばらまいて報復した。アカストスは、その折に殺害されたとも、「虱症（しらみしょう）」なる奇病に罹って全身を虱に喰われて落命したともいう。娘ラーオダメイア*の話については同項を参照。
Apollod. 1-9, 3-13/ Ap. Rhod. 1-224/ Hyg. Fab. 14, 24, 103, 273/ Ov. Met. 7-306, 11-409/ Plut. Sull. 36/ Paus. 1-18-1, 3-18-16, 5-17-10, 6-20-19/ Pind. Nem. 3-34/ etc.

アガタルキデース　Agatharkhides, Ἀγαθαρχίδης, Agatharchides,（伊）Agatharcide,（西）Agatárquidas,（露）Агатархид,（現ギリシア語）Agatharhídhis

（前215頃〜前145以降）ヘレニズム時代のギリシアの歴史家、地理学者。アガタルコス Agatharkhos と呼ばれることもある。クニドス*の出身。ペリパトス（逍遙）学派の哲学を学び、プトレマイオス6世*の治下にアレクサンドレイア❶*で活動。文献学者としても名があったが、主にアレクサンドロス大王*以後の世界史とインド洋（エリュトラー*海）に関する地理学書の作者として知られる。その浩瀚な著述 ――『ヨーロッパ誌 Europiaka』（49巻）、『アジア誌 Asiatika』（10巻）、『エリュトラー海 Erythra』（5巻）、等々 ―― は、アルテミドーロス❶*をはじめ、ポセイドーニオス*、ストラボーン*、シケリアー*のディオドーロス*、アテーナイオス*、イオーセーポス*（ヨーセープス*）ら多くの古代の学者・文人に引用された（ほとんど全て散佚）。『エリュトラー海について Peri tēs Erythrās Thalassēs』（5巻）のみビューザンティオン*のポーティオス Photios（後815頃〜891）による抄録の形で伝存し、「紅海」の名称の由来やナイル河の氾濫の原因、エティオピア*（アイティオピアー*）の金鉱や犀・麒麟などの珍獣、またトローグロデュタイ*（穴居族）・イクテュオパゴイ*（魚喰い族）の奇習、象喰い族の象狩りの模様ほか興味深い記述が満載されていた

ことがうかがい知れる。高齢に達してプトレマイオス8世*の学者弾圧（前145／144）に遭い、アレクサンドレイアを追われて、おそらくアテーナイ*へ逃れたと思われる。彼はまたヘーゲーシアース❶*らの「アシアー*風」散文体を酷評し、後年その品位ある明晰さを賞讃された「アッティケー*風」の文体で記したという。
⇒ピューテアース、メガステネース
Strab. 16-779/ Ath. 6-251f, 12-527b/ Diod. 1-41, 3-11～18/ Joseph. J. A. 12, Ap./ Phot. Bibl./ Suda/ etc.

アガタルコス　Agatharkhos, Ἀγάθαρχος, Agatharchus, （英）Agatharch (us), （仏）Agatharque, （伊）（西）Agatarco, （露）Агатарх, （現ギリシア語）Agátharhos

（前460頃～前410頃に活動）サモス*出身の画家。ペリクレース*時代のアテーナイ*で主に制作に従事したが、独学の人でポリュグノートス*派には属さなかった。ウィトルーウィウス*によれば、彼はアイスキュロス*の悲劇のために舞台背景の絵を描き、遠近画法的な表現を初めて考案、これに関する覚え書を著わし（散佚）、同書はアナクサゴラス*とデーモクリトス*が透視図法の法則を究明する因をなしたという。いわゆる舞台画 skēnographiā の祖である。かの傾国の美男アルキビアデース*は自分の邸内に彼を幽閉して壁画を描かせ、完成ののち褒美をはずんで去らせたという（前430頃）。アガタルコスが速くしかも容易に絵がかけることを自慢した時、これを聞いた画家のゼウクシス*は「私は長く時間をかける。長く残るためにね」と答えたという話も伝えられている。
⇒アポッロドーロス❶、キモーン（クレオーナイの）

Vitr. De Arch. 7/ Plut. Per. 13, Alc. 16/ Andoc. 4-17/etc.

アカーテース　Akhates, Ἀχάτης, Achates, （仏）Achate, （独）Achat, （伊）Acate, （西）Acates

アイネイアース*（ラテン語のアエネーアース*）の部下。無二の親友でもあり、その忠実さゆえに名高い。そこから隔てなき伴侶・信義に厚い友を意味する「誠実なるアカーテース（ラ）fidus Achates, （英）faithful Achates」なる成語が生じた。アイネイアースに従ってイタリアまで放浪の旅に同行。また、トロイアー戦争*の折、最初に上陸したギリシアの将プロテーシラーオス*を討ったのは彼だとの伝もある。
Verg. Aen. 1-120, -188/ Ov. Fast. 3-603/ Eust. Il. 2-701/ Tzetz./ etc.

アカデミー　Academy, Académie, Akademie
⇒アカデーメイア

アカデミ（ー）アー　Akademia, Ἀκαδημία, Academia
⇒アカデーメイア

アカデーミーア　Academia
⇒アカデーメイア（のラテン語形）

アカデーメイア　Akademeia, Ἀκαδήμεια, （ラ）アカデーミーア Academia, （英）Academy, （仏）Académie, （独）Akademie, （伊）Accadèmia, （西）（葡）Academia

アテーナイ*の西北1マイルほどの郊外にあった英雄ア

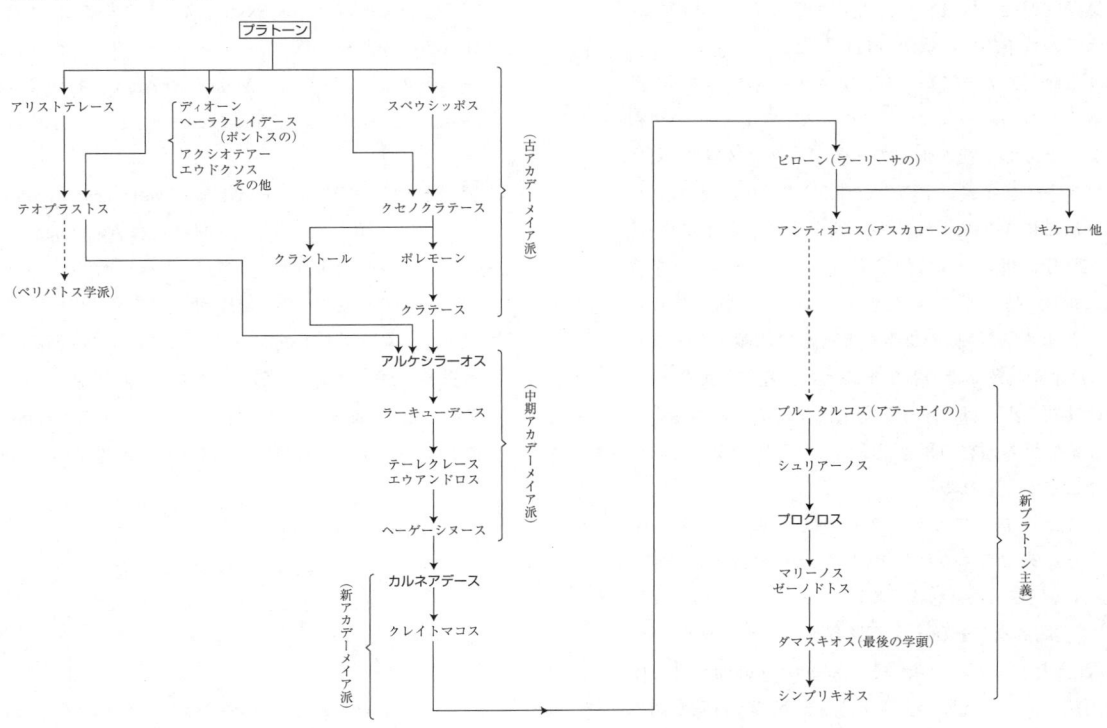

系図20　アカデーメイア

カデーモス*の聖地。ケーピーッソス❶*河畔のオリーヴの聖林で、女神アテーナー*やエロース*神の祭壇、ギュムナシオン*（体育場）などが設けられていた。ヒッパルコス❶*によって周壁が築かれ（前6世紀後期）、次いでキモーン*によって競走場や散歩道が整備されて（前460年代）、アテーナイ市民の遊楽の地となった。前387年頃、哲学者プラトーン*がこの地の庭園に学校を開き（⇒アンニケリス）、その後40年間にわたり教育と研究に専念。以来アカデーメイアはプラトーンの学園の名として世に知られるようになる。

当初は理想的な国政参加者を養成することを目指したが、むしろ哲学・数学・天文学などで大きな業績を上げ、アリストテレース*以下多数の逸材を輩出した。学頭と学生とは1つの生活共同体で結ばれ、授業料はなく、男装して学んだというアクシオテアー Aksiothea ら女性の入門も認められていた。園内で笑うことは許されず、また魂の浄化のために少時間の睡眠や肉食の禁断が要求されたともいう。プラトーンの死（前347）後、スペウシッポス*、次いでクセノクラテース*、ポレモーン❶*、クラテース❷*らが学頭となり、プラトーンの説を継承しつつ、ピュータゴラース*学派の数学的思弁と結んだ形而上学説を体系化した（古アカデーメイア派）。

前268年頃に学園を継いだアルケシラーオス*のもとでピュッローン*風の懐疑主義が導入され、以後の中期アカデーメイア派は懐疑的哲学を指導理論とするようになり、知識の確実性についてストアー*学派との間に論議をたたかわせた。前2世紀のカルネアデース*に始まる新アカデーメイア派（第3期アカデーメイア派）においても、懐疑論が展開され、ラーリーサ*のピローン*（第4期アカデーメイアの祖）にもその傾向は受け継がれたが、前1世紀初頭のアスカローン*のアンティオコス*（第5期アカデーメイア）に至って懐疑的態度は放棄され、古アカデーメイア式のプラトーン哲学の教条的な解釈が再興された。

ローマ帝政期に入ってからも、アカデーメイア学園の伝統は存続し、プラトーンおよびアリストテレースの注釈面で貢献、とりわけ後5世紀の学頭プロクロス❷*の頃には、新プラトーン主義哲学の中心地として注目された。しかるに、次第にキリスト教徒の圧迫を受けるようになり、ついに529年、東ローマ帝国皇帝ユースティーニアーヌス1世*（大帝）の勅令で、「異教思想」として活動を禁じられ、リュケイオン*等他の哲学校とともに閉鎖を余儀なくされ、九百余年に及ぶその歴史を終えた。なお、歴代学頭、とりわけ初期の人々は、単なる師弟関係にあったのみならず、ギリシア世界通有の相思相愛の恋愛関係によって結ばれていたことで知られる。

また、ラテン語のアカデーミーアは一般に「学園」「学芸の地」を意味するようになり、そこから後代の「学院」「学士院」「専門学校」を意味する近代語アカデミーや、「学究的な」「学問的な」を意味する形容詞アカデミック（英）academic, また「フランス学士院 Académie française」「英国王立美術院 Royal Academy」等々、さまざまな言葉が派生していった。

Ar. Nub. 1005/ Pl. Lysis 203a/ Cic. Div. 1-3, De Or. 3-18/ Plut. Cim. 13, Cic. 3〜4/ Diog. Laert. 1-14, 3〜/ Paus. 1-30-1〜4/ Ath. 13-561/ Sext. Emp. Pyr. 1-220/ Ael. V. H. 2-18, 3-35, 9-10, 14-26/ etc.

アカデーモス Akademos, Ἀκάδημος, Academus, （仏）Académos, （伊）（西）（葡）Academo, （露）Академ

アッティケー*（アッティカ*）の伝説上の英雄。アカデーメイア*の名祖。テーセウス*に奪われたスパルター*の王女ヘレネー*の居所を、彼女の兄弟カストール*とポリュデウケース*に教えたことで知られる（⇒アピドナイ）。しかし、時にこの役割はデケロス*（デケレイア*の名祖）に帰せられている。別名ヘカデーモス Hekademos。
Plut. Thes. 32/ Diog. Laert. 3-7〜8/ Steph. Byz./ etc.

アガテュルソイ Agathyrsoi, Ἀγάθυρσοι, (Agathyrsioi, Ἀγαθύρσιοι), Agathyrsi, （仏）Agathyrses, （伊）Agatirsi, （西）Agatirsos, （露）Агафирсы

スキュタイ*系の1部族。元来イストロス*（ドーナウ）河の北方、後代のトランシルヴァニア Transylvania 地方に居住していたが、やがてスキュティアー*北西辺境へ追いやられた。ヘーロドトス*によれば、ふんだんに黄金製の装飾品を身につける贅沢な民族で、妻を共有して互いに自由に交わったという。また、顔や体に入墨を施す習慣でも知られ、M. ウェッリウス・フラックス*がテュルサガタエ Thyrsagatae と名づけたことから、トラーケー*（トラーキアー*）風の嘈宴 orgia を伴う祭儀を行なっていたとも考えられている。伝説上の名祖はヘーラクレース*と蛇女エキドナ*との子アガテュルソス Agathyrsos —— スキュタイ王家の遠祖スキュテース Skythes は、その末弟とされる ——。
Herodot. 4-8〜, -48, -78, -100〜, -119, -125/ Verg. Aen. 4-146/ Plin. N. H. 4-12/ Mela 2-1/ Amm. Marc. 22-8/ Ptol. Geog. 3-5/ Steph. Byz./ Suda,/ etc.

アガトクレイア Agathokleia, Ἀγαθόκλεια, Agathoclea, （仏）Agathoclée, （伊）（西）Agatoclea, （露）Агафоклея

（前245頃？〜前203年10月）サモス*出身のヘタイラー*（遊女）。エジプト王プトレマイオス4世*の愛妾。兄は王の男妾アガトクレース❸*。妓楼の女将出身の母オイナンテー Oinanthe ら一族は、奸臣ソーシビオス Sosibios（？〜前204頃）と組んで、王の兄弟、叔父、母妃ベレニーケー

系図21　アガテュルソイ

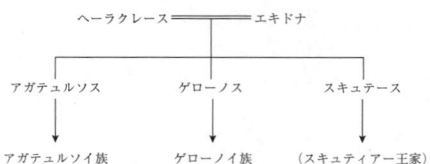

2世*、スパルター*のクレオメネース3世*らを次々に殺害、さらに王妃アルシノエー3世*をも毒殺して、政権を牛耳り国中を混乱させた。前204年、酒食に身をもち崩した王が急死すると、喪を秘して王室の財宝を私し、さらにアガトクレースを国王に推戴しようと策動。ついにアレクサンドレイア❶*市民が蜂起して、アガトクレースを刺殺し、神殿へ逃げ込んだオイナンテーやアガトクレイアおよびその2人の姉妹をひきずり出して全裸にし、眼球を抉り抜いたり肉を食い千切ったり短剣で突き刺したりしたあげく、四肢をバラバラにして殺してしまった。彼らの親族や党与の者たちも同様に惨殺されて果てたという。

⇒ターイス、ロドーピス

Polyb. 5-63, 14-11, 15-25～34/ Just. 30-1～2/ Ath. 6-251, 13-576/ Plut. Cleom. 33, Mor. 753d/ Strab. 17-795/ etc.

アガトクレース　Agathokles, Ἀγαθοκλῆς, Agathocles, （仏）Agathoclès, （伊）Agatocle, （西）Agatocles, （葡）Agátocles, （露）Агафокл, （現ギリシア語）Agathoklís

❶（前361／360～前289）シュラークーサイ*（現・シラクーザ）の僭主（在位・前317～前305）、シケリアー*（現・シチリア）王（在位・前305～前289）。ティーモレオーン*によってレーギオン*から招かれた新植民者カルキノス Karkinos の子。テルマイ（ヒーメライオーン）*（⇒ヒーメラー）に生まれ、この児がシケリアーに災厄をもたらすという凶夢を信じた父によって棄てられるが、密かに母親の手で養育され、7歳の時に家に連れ戻される。シュラークーサイで陶工として成長し、美貌と才幹のゆえに市民たちの男色の相手を務め、特に富福な貴族ダマース Damas に寵愛されて、ダマースの死後その寡婦と結婚（前333）。軍事に秀でアクラガース*市やブルッティー*族との戦いで名をあげ（前325頃）、民主派の指導者として台頭、寡頭政治を倒さんとして2度追放される。前317年、傭兵を率いて帰国し、反対派の市民4千人を殺し6千人を追放、支配権を握るや、下層民の支持のもとに僭主となる（前316年に全権将軍 Strategos Autokrator）。シケリアー東部に勢力圏を拡げ、さらにカルターゴー*の支配下にあった島の西半部にも侵入したため、カルターゴーの将軍ハミルカル Hamilcar（ハンノー❹*の孫）に撃破され、シュラークーサイ市を包囲される（前311）。苦境を打開するべく市を脱出する（前310年8月14日）と、アーフリカ*へ上陸しキューレーネー*の支配者オペッラース*と結んで直接敵の首都カルターゴー市を急襲（前310）、大胆不敵な戦略で敵軍にシュラークーサイの囲みを解かせた。やがて部下の反乱が起きたためシケリアーへ逃げ帰る（前307）が、カルターゴーと和約を結んで島の大半を確保（前306）。「シケリアー王」の称号を得（前305）、イタリア南部にも侵入、ついでケルキューラ*を占領（前300）して大帝国の建設を目指したものの遂に果たせなかった。有能で勇敢な君主だった反面、カルターゴー遠征の援助者オペッラースを「美男の計」を用いて謀殺したり（前309）、エゲスタ*やレオンティーノイ*、シュラークーサイの住民を虐殺する（前307／306）など残忍な性格も兼備していた。特にエゲスタでは、市民の財産を強奪するべく、人間の形をした青銅製寝台に縛りつけて下から火を焚いたり、裕福な女性の足首を砕いたり乳房を切断したり、妊婦の腹部を圧し潰して胎児をとび出させるなど種々の拷問を加えたという。禿頭を気にしてつねに花冠をかぶって頭部を隠していたとか、睾丸が3つあると言われるほど肉欲が強く、若い頃は下等な男娼 pornos（ポルノス）となり最も淫奔な男たちを客にとっていたとかという話も伝わっている。晩年は家庭の悲劇に悩まされ、王位を子孫に伝えず、祖国に自治権を返すことを遺言して72歳で没したが、自然死とも暗殺された ── 下記のごとく孫による毒殺 ── ともいわれる。

息子のアルカガトス Arkhagathos はアーフリカの傭兵の乱で殺され（前307）、さらにその同名の子アルカガトスは祖父の王位を獲得するべく、父の兄弟アガトクレース Agathokles を殺害。次いで病床の祖父王を爪楊枝に毒を仕込んで害し、生きたまま荼毘に付して暗殺させたという。しかし、そのアルカガトス自身も、ほどなく王毒殺の下手人マイノーン Mainon に殺されて果てている。祖父王は生前、子孫が根絶やしにされるのを懼（おそ）れて、妃テオクセネー Theoksene（プトレマイオス1世*の妃ベレニーケー1世*の娘）とその所生の2子を実家のエジプトへ送り返していた（⇒巻末系図 025, 045）。

⇒マーメルティーニー、ティーマイオス❷

Diod. 19～22/ Liv. 9～10/ Polyb. 9～23, 12-15, 15-35/ Just. 22-1～23-3/ Strab. 6-280/ Paus. 6-12/ Polyaenus 5-3, -15, -37, 6-41/ Cic. Verr. 2-4/ Val. Max. 7-4/ Ael. V. H. 11-4/ Lucian. Macr. 10/ etc.

❷（？～前284）トラーケー*王リューシマコス*（在位・前306～前281）と最初の妻ニーカイア Nikaia の子。有能でよく父を補佐し、王位継承者に定められていたが、父の3度目の妃アルシノエー2世*（プトレマイオス1世*とベレニーケー1世*の娘）が、彼に情交を迫られたと訴えたことから、父リューシマコスに憎まれて毒殺されかかり、辛うじて難を遁れたものの拘禁され、のちプトレマイオス・ケラウノス*（プトレマイオス1世とエウリュディケー❸*の子）により獄中で殺された。一説には、アルシノエーの方から継子に言い寄ったところ拒まれたので讒訴（ざんそ）に及んだとも、老いた夫王（アルシノエーより40歳以上も年上）亡きのち、自分の産んだ子供たちがアガトクレースに虐待されるのを惧（おそ）れて、継母が先手に打って出たのだともいう。アガトクレースの妻リューサンドラー*（プトレマイオス・ケラウノスの同母姉妹）は子供たちを伴ってシュリアー*のセレウコス1世*（在位・前312～前281）の許へ亡命、シュリアー王国の援助を得てリューシマコスを戦死させた（前281）。

⇒巻末系図 038

Paus. 1-10/ Just. 17-1/ Diod. 21-11/ Plut. Demetr. 31, 46/ Phot./ etc.

❸（前240頃～前203頃に活動）エジプト王プトレマイオス4世*の男妾。アガトクレイア*の兄。色っぽい美男で、

王の寵愛を享け、姦臣ソーシビオス Sosibios（？〜前204頃）と組んで実権を掌握。王の兄弟、叔父、母ベレニーケー2世*、スパルター*のクレオメネース3世*らを次々に殺し、王妃アルシノエー3世*をも宮廷から追放したのち暗殺したが、前203年10月、政敵に煽動された暴徒によって惨殺された。

Polyb. 15-25〜34/ Just. 30-2/ Plut. Cleom. 33〜/ Ath. 6-251/ etc.

❹（キュージコス*の）（前275／265頃〜前200／190頃）キュージコス*ないしバビュローン*出身の文献学者。ゼーノドトス*の弟子で、キュージコスの歴史などを執筆したが、わずかな引用断片しか伝存しない。

Ath. 1-30, 9-375, 12-515, 14-649/ Cic. Div. 1-24/ Ap. Rhod. 4-761/ Plin. N. H./ etc.

アガトダイモーン Agathodaimon, Ἀγαθοδαίμων, Agathodaemon,（アガトス・ダイモーン Agathos Daimon, Ἀγαθὸς δαίμων),（仏）Agathodémon,（独）Agathodämon,（伊）Agatodemone,（西）Agatodemón,（露）Агатодéмон, Агафодéмон

「善き神（霊）」「幸運」の意。本来はギリシアの地下霊で家の守護神であったと見なされている。葡萄酒と関連があり、食事のあとでギリシア人は水で割らない生酒の灌奠をこの神に注ぎ、またボイオーティアー*地方では新酒の壺開きにあたって必ず犠牲が供えられる習慣となっていた。蛇の姿で表わされることもあり、アルカディアー*地方には主神ゼウス*と同一視されたアガトダイモーンの神殿があった。幸運の女神テュケー*の夫。造形芸術の世界では、通常コルヌーコーピア*（豊饒の角）を片手に、もう一方の手に芥子や麦穂を持つ若い男性の姿で表現された。

⇒ダイモーン

Paus. 8-36, 9-39/ Plut. Mor. 655e/ Ar. Pax/ Euseb. Praep. Evang. 1-40/ Ptol. Geog. 8-1-2/ etc.

アガトーン Agathon, Ἀγάθων, Agatho(n),（仏）Agáthôn,（伊）Agatone,（西）Agatón,（葡）Agaton,（露）Агафон, Агатóн,（現ギリシア語）Agáthon

（前447頃〜前401）アテーナイ*の悲劇詩人。ソフィスト*のゴルギアース*やプロディコス*の影響を受け、神話伝説の筋書きに依拠しない独自の構成をもった悲劇を創作し、合唱隊 khoros を幕間の音楽に過ぎないものにしたことで知られる。前416年のレーナイア*祭で初優勝し、プラトーン*の対話篇『饗宴』はこの時アガトーンが自宅で開いた祝賀会を舞台にしている。前407年頃、エウリーピデース*らとともにアテーナイを去り、マケドニアー*王アルケラーオス*の宮廷に赴き、その地で客死した。

彼は類稀れな美貌で知られ、18歳頃からパウサニアース❶*の愛人となり、成人してからも2人の男色関係は続いて、マケドニアーの宮廷に移ったのちも痴話喧嘩を繰り返したという。70歳を過ぎたエウリーピデースもまた、40歳に達してひげの生えたアガトーンに恋を囁き、その意を迎えるため、『クリューシッポス*』という悲劇を作ったとされる。アガトーンの優美・典雅な容姿は評判で、20歳も年下のプラトーンから恋愛詩を捧げられ、アリストパネース*は喜劇の中で彼の男倡めいた柔弱さをからかっている。三大悲劇詩人に次ぐ大作家であったが、『テュエステース*』、『テーレポス*』、『アーエロペー*』、『アルクマイオーン*』など数篇の題名とわずか50行弱の断片を除いて作品はことごとく失われた。彼は、きわめて雄弁で華麗な詞藻を駆使し、衰えはじめたギリシア悲劇に新風を導入しようと、様々な創意工夫を凝らしたと評されている。

当時のアテーナイには、アガトーンのように女性用の衣裳やヘアーネットをつけ、香料や化粧道具を携帯する"軟弱な受動的男色家"が大勢いたらしく、現存するアリストパネースの作品で実名を挙げられている市民だけでも、「尻の穴の広がった」政治家クレイステネース*、髭の生えないストラトーン*、若い頃は陰間だった将軍アギュッリオス*、女っぽい仕草で有名なエピゴノス Epigonos やピロクセノス Philoksenos、メレーシアース Melesias、アミューニアース Amynias、アルキビアデース*、クレオーン*、カッリアース*、ニーキアース*等々、枚挙にいとまがないありさまである。

⇒イオーン（キオスの）、アカイオス、カルキノス（アクラガースの）

Pl. Symp. 172, 194〜198, 213, Prt. 315/ Xen. Symp. 8-32/ Arist. Poet. 9-7, 18-17, -22, Eth. Eud. 3-5/ Ar. Ran. 83〜85, Thesm. 29〜/ Ael. V. H. 2-21, 13-4, 14-13/ Ath. 5-217/ Plut. Mor. 632〜/ Philostr. V. S. 1-9/ Hesych./ etc.

アガニッペー Aganippe, Ἀγανίππη,（Aganippe Fons),（西）Aganipe,（露）Аганиппе,（現ギリシア語）Aganíppi

ボイオーティアー*のヘリコーン*山麓にある泉。詩神ムーサ*たち（ムーサイ*）に捧げられ、したがってムーサたちはアガニッピデス Aganippides とも呼ばれた。その水を飲むと詩興の湧き出る霊泉として名高い。神話では、ヘリコーン山を巡って流れるペルメーッソス Permessos（またはテルメーッソス Termessos）川神の娘アガニッペーが、この泉のニュンペー*（ニンフ*）とされる。

⇒ヒッポクレーネー

Paus. 9-29/ Callim. fr. 696/ Anth. Pal. 14-120/ Verg. Ecl. 10-12/ Ov. Met. 5-312, Fast. 5-7/ etc.

アカマース Akamas, Ἀκάμας, Acamas,（伊）（西）Acamante,（露）Акамант

ギリシア神話中、テーセウス*とパイドラー*の子。デーモポーン*の兄弟（⇒巻末系図020）。トロイアー戦争*に先立ってディオメーデース*とともにヘレネー*の返還を求める使者としてトロイアー*へ赴き、そこでプリアモス*王の娘ラーオディケー❶*に見初められて、彼女との間に1

子ムーニートス Munitos を儲ける。ムーニートスは曽祖母アイトラー*の手で養育され、トロイアー陥落後、父に連れられてアッティケー*へ帰る途中、テッサリアー*で毒蛇に咬まれ早世。アカマースとピュッリス*の物語については同項を参照。伝承ではトロイアーの木馬に入った戦士の1人にして、キュプロス*島のソロイ❷*市の創建者とされている。またアッティケー*の10部族の1つアカマンティス Akamantis の名祖（なおや）でもある。
Diod. 4-62/ Parth. Amat. Narr. 16/ Verg. Aen. 2-262/ Paus. 1-5/ Hyg. Fab. 108/ Apollod. Epit. 1, 5/ etc.

アガメーデース　Agamedes, Ἀγαμήδης, （仏）Agamède, （伊）Agamede, （露）Агамед, （現ギリシア語）Agamídhis

ギリシア伝説上のオルコメノス*王エルギーノス*の子（異説あり）。兄弟のトロポーニオス*とともに優れた建築家で、各地の神殿や宝庫などを造ったとされる。デルポイ*にアポッローン*の神殿を建てた時、その報酬として兄弟が人として最高のものを与えるよう神に求めたところ、「願いは7日目に叶えられるであろう」との返答を得、6日間楽しく過ごした後、2人は眠ったまま安楽に息をひきとったという。別伝によれば、ボイオーティアー*の王ヒュリエウス Hyrieus（またはエーリス*王アウゲイアース*）のために宝庫を建てた際、兄弟は建物の石を1箇外側から取り外しができるように作っておき、後で繰り返し忍び込んでは王の宝物を盗んでいた。これに気づいた王が名工ダイダロス*を呼んで罠を仕掛けておいたところ、アガメーデースが罠にかかって抜け出せなくなった。露顕を恐れたトロポーニオスは、すぐさまアガメーデースの首を切り取って逃げ出したが、レバデイア*の森まで来た時、大地に呑みこまれてしまったという（⇒ランプシニトス）。レバデイアの地には「アガメーデースの穴」と呼ばれる洞窟があり、古代にはここでトロポーニオスとアガメーデースの託宣が授けられていた。なお、アガメーデースの子ケルキュオーン Kerkyon も名高い大工で、アルクメーネー*（ヘーラクレース*の母）の新婚の部屋やアルカディアー*のポセイドーン*神殿なども、彼ら3人の築造にかかるとされている。
Paus. 8-4, -10, 9-11, -37, -39/ Strab. 9-421/ Hymn. Hom. Ap. 296/ Cic. Tusc. 1-47 (114) / Schol. ad Ar. Nub. 508/ etc.

アガメムノーン　Agamemnon, Ἀγαμέμνων, Agamemno(n), （伊）Agamènnone, Agamenóne （西）Agamenón, Agamemnón, （葡）Agamémnon, Agamêmnon, （露）Агамемнон, （現ギリシア語）Agamémnonas

ギリシア神話中のミュケーナイ*王で、トロイアー戦争*におけるギリシア軍の総大将。アトレウス*（またはアトレウスの子プレイステネース*）の息子。メネラーオス*の兄。父を殺した叔父テュエステース*とアイギストス*親子を追放し、タンタロス❷*（テュエステースの子）を殺害した後、その妻クリュタイムネーストラー*と強引に結婚、ミュ

系図22　アガメーデース

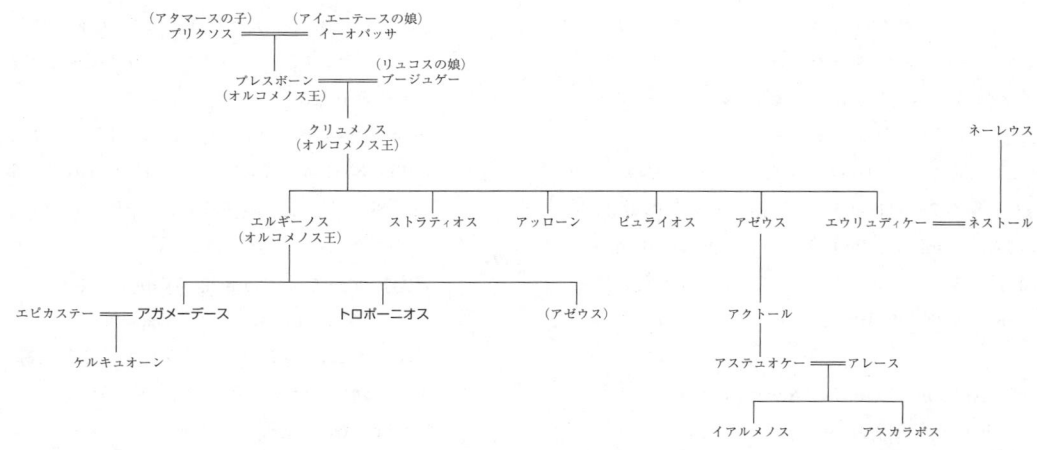

系図23　アガメムノーン

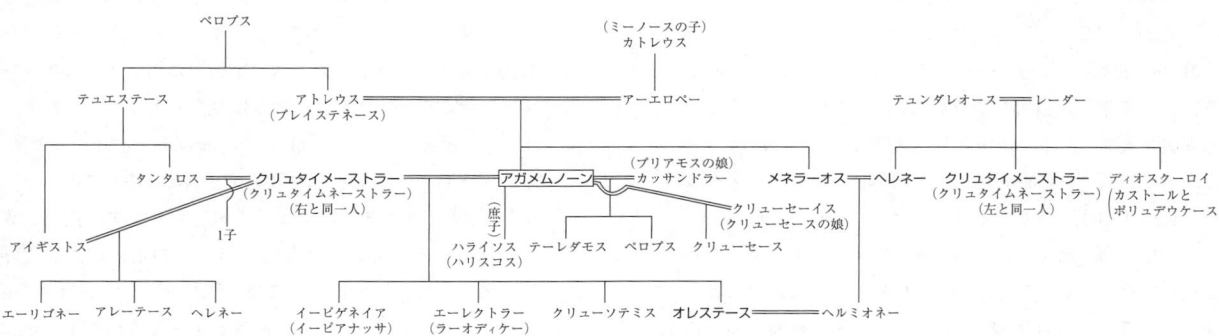

ケーナイの大王となり、領土を拡げて全ギリシアに勢力を振るった（⇒巻末系図015）。弟メネラーオスの妻ヘレネー*が誘拐されたためトロイアー*遠征軍を率いて出陣するが、その途次アウリス*で女神アルテミス*の怒りに触れ、順風を得るべく長女イーピゲネイア*を生贄に捧げることを余儀なくされた。10年に及ぶ攻囲戦の間、ギリシア連合軍の総司令官を務めたものの、その尊大かつ利己的な人柄のせいで、疫病や勇士アキッレウス*の離反を招いた（⇒『イーリアス』）。トロイアー陥落の後、王女カッサンドラー*（プリアモス*の娘）を愛妾として連れ帰ったが、彼の不在中にアイギストスと不義を働いていた妻により、カッサンドラーもろとも謀殺された。彼の暗殺方法には諸説あり、アイギストスが宴席を設けて誘殺したとも、クリュタイムネーストラーが浴室で衣を網のように投げかけて刺し殺したとも、同じく彼女が夫の供犠の最中を狙って斧で首を刎ねたともいう。クリュタイムネーストラーは実子のオレステース*をも殺そうとしたといわれ、後年この息子の手にかかって果てることになる。アガメムノーンは歴史時代に、スパルター*やオリュンピアー*、アミュークライ*、タラース*（タレントゥム*）、クラゾメナイ*、カイローネイア*などにおいて英雄神 heros,〈英〉hero「ヒーロー」の語源）として崇敬を受けており、またケーピーッソス*河に泳ぐ美青年アルギュンノス Argynnos（または、アルゲンノス Argennos）を見初めて追いかけたが、水泳中に若者を死なせてしまい、彼を記念して神殿を建立したという悲恋物語でも知られている。悲劇詩人アイスキュロス*に伝存する作品『アガメムノーン』（前458）が、ローマの哲学者セネカ❷*に同名のラテン語文悲劇（現存）がある。アガメムノーンの姿は前7世紀から絵画の題材としてとり上げられ、主としてトロイアー戦争中の諸場面に描かれている。
⇒アトレイデース、エーレクトラー❸、ブリーセーイス、クリューセーイス、テュンダレオース
Hom. Il. 1-24～、2-5～、3-166～、9-92～、19-56～、Od. 1-35～、3-143～、4-512～、11-405～、24-96～/ Pind. Pyth. 11-17～/ Aesch. Ag./ Soph. El., Phil./ Eur. I. A., Or./ Apollod. 3-2, -10, Epit. 2 ～ 6/ Ov. Met. 12-11～/ Paus. 2-18/ Ath. 13-603d/ Hyg. Fab. 88, 97, 98, 101, 102, 105～/ etc.

アカルナイ Akharnai, Ἀχαρναί, Acharnae,（仏）Acharnes,（独）Acharnai

（現 Aharné）アッティケー*地方の町・地区名。アテーナイ*の北方およそ12マイルに位置し、アッティケー最大のデーモス demos（区）を成す。ペロポンネーソス戦争*（前431～前404）初期にスパルター*王アルキダーモス2世*の侵攻によって著しい被害をこうむった（前431年夏）。そのため喜劇詩人アリストパネース*は、現存最古の喜劇作品『アカルナイの人々 Akharnes』（前425上演）において、スパルターに対する主戦論をとなえる合唱隊 khoros（ラ）chorus.コーラスの語源）として、この炭焼きで名高い町の老人たちを登場させている。アカルナイ人は勇敢で好戦的なことで知られ、この地には軍神アレース*の聖域と神殿があった

と伝えられる。また、住民はディオニューソス*の聖樹たる蔦（常春藤）が初めて生えたのはこの地であると主張し、毎年ディオニューシア祭❷*では、好色な男根歌 phallika（パッリカ）を歌いながら長大な陽物 phallos（パッロス）像を持ち運ぶ習慣であった。主要産物は、オリーヴ、葡萄、穀物など。
Thuc. 2-19～23/ Ar. Ach./ Pind. Nem. 2-16/ Paus. 1-31/ Diod. 14-32/ Lycurg. Leoc. 76/ etc.

アカルナーニアー Akarnania, Ἀκαρνανία, Acarnania,（仏）Acarnanie,（独）Akarnanien

（現・Akarnanía, 旧名・Kuretis）ギリシア本土の最西部にある地方。伝説上の名祖アカルナーン*（アルクマイオーン❶*とカッリッロエー❷*の子）によって植民された地といわれる。コリントス*湾の西北方に位置し、西はイーオニアー*海、北はアンブラキアー*湾に面し、東はアケローオス*河の流れでアイトーリアー*地方と劃されている。駿馬の産地として知られたが、住民は粗野で快楽に耽溺し、「アカルナーニアーの豚」という慣用句ができたくらいである。前7世紀にコリントス市がこの地にストラトス Stratos をはじめとするいくつかの植民市を建設、前5世紀にはアカルナーニアー諸市はストラトスにおいて同盟 koinon（コイノン）を結成した。ペロポンネーソス戦争*（前431～前404）ではアテーナイ*側に味方し、投石兵として勇敢に交戦したが、町々は破壊され、スパルター*王アゲーシラーオス*の支配下に入った（前390～前375、スパルター支配期）。次いでテーバイ❶*、さらにマケドニアー*の統治を受けたのち、前148年ローマの属州マケドニア*の一部に併合された。前30年頃までアカルナーニアー同盟の存続が認められたものの、まもなくアウグストゥス*の命令で住民の大半はニーコポリス*とパトライ*へ移住させられた。
⇒アクティオン、レウカス
Strab. 10-449～/ Thuc. 1-5, 2-68, -80, 3-105/ Xen. Hell. 4-6/ Plin. N. H. 4-1/ Mela 2-4/ Caes. B. Civ. 3-55/ Paus. 8-24/ Just. 28-1/ Liv. 33-16～, 36-11～, 45-31/ Polyb. 28-5/ etc.

アカルナーン Akarnan, Ἀκαρνάν, Acarnan,（伊）Acarnano,（露）Акарнан

ギリシア伝説中の人物。アルクマイオーン❶*とカッリッロエー❷*（アケローオス*河神の娘）との子。アンポテロス Amphoteros の兄弟。アカルナーニアー*の名祖。父親が殺された時には、まだほんの子供だったが、母カッリッロエーがゼウス*に祈願すると、不思議にも2兄弟はたちどころに成人し、ペーゲウス*とその妻および2人の息子を殺害して父の仇を討った。次いで彼らは祖父アンピアラーオス*や父アルクマイオーンの死の原因となったハルモニアー*の頸飾りと長衣 peplos（ラ）peplum ペプラムの語源）を、アケローオスの指示に従ってデルポイ*のアポッローン*に奉献。アカルナーンはその後、ギリシア北西部アカルナーニアー地方に植民地を開き、その地は彼の名で呼ばれるようになった。一説では、彼はオイノマーオス*王の娘ヒッポダメイア❶*との結婚を望んで戦車競走に挑戦

し、敗れて殺された大勢の求婚者の1人であるともいう。
Apollod. 3-7/ Paus. 8-24/ Thuc. 2-102/ Strab. 10-462/ Ov. Met. 5-414/ Schol. ad Pind. 01. 1-127/ etc.

アーギアダイ　Agiadai, Ἀγιάδαι, Agiadae, (英) Agiads, (仏) Agiades, (独) Agiaden (Agiden), (伊) Agìadi, (西) Agíadas, (葡) Ágidas, (露) Агиды

スパルター*2王家のうちの長子筋。始祖の名をとって、エウリュステネース*家とも呼ばれる。スパルターでは2王家が併立・共治したが、嫡流が弟系に当たるエウリュポーンティダイ*家に対して優先権を保持したのは儀式に関してだけで、国政上は何ら差異はなかった。アーギアダイ家出身の人物中、最も著名な者は、クレオメネース1世*、同3世*、レオーニダース1世*、同2世*、パウサニアース❶*らである。同王朝の支配は、アゲーシポリス3世*の廃位（前215）で絶える。
Herodot. 6-51〜, 7-204〜/ Thuc./ Plut./ Paus. 3-2〜/ Xen./ etc.

アーギス　Agis, Ἆγις, (伊) Agide, (葡) Ágis, (露) Агис

スパルター*諸王の名。
⇒スパルター王家の系図（巻末系図 021〜022）

❶1世　A. I（前10世紀頃）

エウリュステネース*の子にして後継者。在位31年、一説には1年のみだったと伝えられる。彼の名に因んで、その末裔はアーギアダイ*家と称される。
Herodot. 7-204/ Paus. 3-2/ Euseb. Chron. 1/ etc.

❷2世　A. II（在位・前427頃〜前400／399）

エウリュポーンティダイ*家の王。アルキダーモス2世*とその叔母にして先妃ランピトー Lampitho（ランピドー Lampido）との間に生まれる。軍事に秀で、前426年以降スパルター軍を率いてペロポンネーソス戦争*（前431〜前404）に活躍、祖国の勝利に尽くした。ニーキアース*の和平期間（前421〜前416）中、アルゴス*に進撃、前418年にはマンティネイア*の戦いで大勝を収め、ギリシアにおけるスパルターの威信を回復、その優位を確定した。前413年からアッティケー*のデケレイア*を占領して要塞を築き、絶えずアテーナイ*を脅かし続ける。そして前405年〜前404年には、驍将リューサンドロス*と協力してアテーナイを攻囲、兵糧攻めによってこれを降伏させた。次いでエーリス*へ侵攻し、戦利品を聖地デルポイ*に捧げたのち帰国して死んだ。彼は王子レオーテュキダース❸*を、妃ティーマイアー Timaia の密通から生まれた不義の子として否認したことがあり（⇒アルキビアデース）、死に臨んで前言を撤回したが及ばず、王位は異母弟アゲーシラーオス2世*が継承した。

アーギスはスパルター人らしく肉体鍛練を重んじ、ある人々が「エーリス人はオリュンピア競技祭*を立派に正しく行なっている」と言って称讃した時、すかさず「彼らが4年おきに1日だけ正義を行なったとて何の偉いことがあろう」と答えたという。
⇒パウサニアース（スパルター王）
Thuc. 3-89, 4-2, 5-57〜, 7-19, -27, 8-3〜/ Xen. Hell. 2-2, 3-2, -3/ Paus. 3-8/ Plut. Alc. 23, 34, Lys. 9, 14, 20, 22, Ages. 3/ etc.

❸3世　A. III（在位・前338〜前331／330）

エウリュポーンティダイ*家の王。アルキダーモス3世*の長子。アレクサンドロス大王*の東方遠征中、アカイメネース朝*ペルシア*から資金と艦隊の援助を受けて、対マケドニアー*反乱軍を組織する（前333）。しかし、彼のギリシア解放軍は広汎な支持を得られず、アテーナイ*やアルゴス*、メガロポリス*（メガレー・ポリス*）等は協力しなかった。そこで前331年にメガロポリスを攻囲したが、マケドニアーの摂政アンティパトロス*との激戦のうちに敗死（前331末または前330初）。以後ギリシア人のアレクサンドロスに対する反乱はなくなった。子供がなかったので、弟エウダーミダース Eudamidas 1世（在位・前330〜前305）が王位を継いだ。
Arr. Anab. 2-13/ Diod. 16-63, -68, 17-48, -62/ Curtius 4-1, 6-1/ Just. 12-1/ etc.

❹4世　A. IV（前262頃〜前241）（在位・前244〜241）

エウリュポーンティダイ*家の王。エウダーミダース Eudamidas 2世（在位・前275頃〜前244）の長子。富の少数者——特に権門女性——への集中や一般市民の貧困などによるスパルターの危機を打開するべく社会改革に着手。若く理想に燃える王は、大富豪の母アゲーシストラター Agesistrata や祖母アルキダーミアー Arkhidamia を説得し、エポロス*（監督官）のリューサンドロス Lysandros（同名の将軍の子孫）を通じて、債務の棒引きと土地の再分配を行ない、古いリュクールゴス❶*制度を復興する旨の改革案を提出、自ら率先して巨額の財産を供出した（前243頃）。そして反対派に担ぎ出された共治の王レオーニダース2世*をテゲアー*に放逐し、その女婿クレオンブロトス2世*に位を継がせた（前242頃）。アーギスの母方の叔父で強欲なアゲーシラーオス Agesilaos は、負債の帳消しは積極的に推進させたが、土地の再分配には反対し、不当な徴税で私腹を肥やした。ためにアーギスがアカーイアー同盟*（⇒アラートス）の要請でアイトーリアー同盟*と戦うべく出征中に、反対派はレオーニダース2世を復辟させ、クレオンブロトス2世を廃位・追放した（前241）。急ぎ帰還したアーギスは、陰謀を知って神殿へ逃げ込んだものの、水浴に出た時に捕らわれの身となり、獄中で絞殺された。刑吏の一人が泣いているのを見て、「嘆くのはよせ。こうして私が不法に殺されれば、私の方が殺した者よりも勝つのだから」と言いつつ、すすんで縄の結び輪に首を入れたという。王の逮捕を知って駆けつけた母も祖母も、牢内で同じ運命を辿った。彼の志はクレオメネース3世*によって受け継がれることになる。

アーギス4世の生涯は史家ピューラルコス*によってロマンティックな文体で書かれ（散佚）、本書はのちプルータ

ルコス*の『対比列伝』執筆の際の重要な資料として用いられた。
⇒エポロイ
Plut. Agis, Arat. 31/ Paus. 7-7, 8-10, -27/ etc.

アーキス（河）　Akis, Ἆκις, Acis,（露）Акид

シケリアー*（現・シチリア）島のアイトネー*（エトナ）山麓から流出し、イーオニアー*海に注いでいる河の名（現・Aci, Fiume di Jaci）。伝説によれば、この河の神は、パーン*（ファウヌス*）とニンフ*（ニュンペー*）・シュマイティス Symaithis の息子で、美貌の牧人だったが、ネーレーイデス*の1人ガラテイア❶*と恋仲になったため、かねて彼女に想いを寄せていたキュクロープス*（単眼巨人）のポリュペーモス*が投じた大岩に押し潰されて死亡、ガラテイアの願いで河川に変身したという。
Ov. Met. 13-750～, Fast. 4-468/ Serv. ad Verg. Ecl. 9-39/ Sil. 14-221～226/ Anth. Lat. 1-148/ Theoc. Id. 1-69/ Solin. 5-17/ etc.

アキッレウス・タティオス（または、**アキレウス・タティオス**）　Akhil(l)eus Tatios, Ἀχιλ(λ)εὺς Τάτιος, Achilles Tatius,（仏）Achille Tatius,（伊）Achille Tazio,（西）Aquiles Tacio

（後1～2世紀頃）ローマ帝政期のギリシアの小説家。アレクサンドレイア❶*の出身で、偉人や奇人の伝記、語源に関する書、各種論文など多方面にわたる著作をしたというが、今日現存するのは全8巻の『レウキッペーとクレイトポーンの物語 Ta kata Leukippēn kai Kleitophōnta』と題する小説のみである。この作品は、運命の悪戯で離れ離れになった恋人同士が、各地を放浪したのち、数々の冒険・思いがけない時局の転換・誤解などの障害を乗り越えて、ついに再会して結ばれるまでの顛末を描いた恋愛物語で、少年愛や男色女色の優劣論、各地の風物の記述、修辞を凝らした文体、死んだはずの主人公が生きて現われたりするスリルに富んだ筋立てなどに特徴がある。残酷さや性的描写の直截さの点で他の物語を遙かに凌ぎ、近代ヨーロッパ小説にも大きな影響を及ぼしている。作者がキリスト教に転向して主教となったという伝承は、後世のつくり話でしかない。
⇒カリトーン、ロンゴス、ヘーリオドーロス❷、エペソスのクセノポーン
Suda/ etc.

アキッレウスまたは、**アキレウス**　Akhilleus, Ἀχιλλεύς, Akhileus, Ἀχιλεύς,（ラ）アキッレース* Achillēs,（エトルーリア*語）Achle,（仏）（伊）Achille,（独）Achill,（西）（葡）Aquiles,（ルーマニア語）Achile,（マジャル語）Akhilleusz,（露）Ахилл

（現ギリシア語・Ahilléas, Αχιλλέας）トロイアー戦争*におけるギリシア軍第一の勇士。ホメーロス*の『イーリアス*』の主人公。ペーレウス*と女神テティス*との間の一人息子（⇒巻末系図016）。ホメーロスによると、彼は父ペーレウスの治めるプティーアー*で念友パトロクロス*とともに育てられた。ある所伝に従えば、母テティスは彼を不死身にしようと冥府の川ステュクス*に浸したものの、その折彼の踵を握っていたので、ここだけが流れに漬からず、唯一の急所になったという。ポイニクス❷*とケイローン*から武術や学問を教育されて成長、駿足の持主としても有名になる。トロイアー戦争に出征すれば生きて戻れないというアキッレウスの運命を予知した母親は、彼を女装させてスキューロス*島の王リュコメーデース*の娘たちと一緒に暮らさせる。しかし、「アキッレウスが参戦しない限りトロイアー*は陥落しない」との予言があったので、智将オデュッセウス*は商人に化けてリュコメーデースの許を来訪、王女たちに装身具類を並べて見せ、その中に武器も混ぜておいた。するとアキッレウスだけが武器を手にしたので、たちまちその正体は看破された。

かくてアキッレウスは50隻の船に部下のミュルミドーン*たちを率いて出陣（⇒イーピゲネイア、テーレポス）。9年間にわたってトロイアー周辺の12都市を攻略する（⇒キュクノス❷、メムノーン、ペンテシレイア）。ところが、手に入れた美女ブリーセイス*をギリシア軍の総大将アガメムノーン*に奪われたことから（⇒クリューセイス）、怒りを覚えた英雄は戦闘より身を引く。ためにギリシア勢は敗色が濃くなり、味方の頽勢を憂えたパトロクロスがアキッレウスの武具を借りて戦場に臨むが、敵将ヘクトール*に討ち取られる。愛する親友の死に嚇怒した彼は、新たにヘーパイストス*が作った甲冑に身を固め、ヘクトールを殺して復讐、その屍骸を裸にして戦車に結びつけ引きずり回して辱しめる。そしてついに自らもアポッローン*もしくはパリス*（ヘクトールの弟）の射た矢に踵を貫かれて死ぬ。彼の墓にはトロイアーの王女ポリュクセネー*が生贄に捧げられた。死後は黒海のレウケー*島もしくはエーリュシオン*の野で、パトロクロスや美女ヘレネー*とともに幸福に暮らしているという。彼は各地で英雄神 heros として崇拝されており、とりわけアキッレウスを理想の英雄と見なすアレクサンドロス大王*は、東征の途上その墓に詣で厳かな葬礼競技を催している（前334）。

アキッレウスは、ギリシア軍中で第一の美男子だったといい（⇒ニーレウス）、アイスキュロス*ら古典期の文学作品には、パトロクロスやトローイロス*、アンティロコス*（ネストール*の子）らとの男色関係が描かれている。さらに彼とヘレネーとの間に生まれた有翼の美青年エウポリオーン Euphorion にも、ゼウス*に求愛されたが逃れようとしたため、雷霆でメーロス*島へ撃ち落とされたといった話が伝わっている。また、アキッレウスの戦車を引いた神馬は、西風ゼピュロス*とハルピュイアイ*の1人の交わりから生まれたクサントス*とバリオス*の2頭である。

ローマの悲劇作家リーウィウス・アンドロニークス*やルーキウス・アッキウス*に『アキッレース』（いずれも亡

失）があり、また詩人スターティウス*の未完の叙事詩『アキッレーイス Achilleis』2巻（後95〜）が伝存する。アキッレウスの戦死後、彼の武具をめぐってオデュッセウスと大アイアース*の2将が争った話については、両者の項を参照。なお、踵骨腱を指すラテン語 tendo Achillis（アキレス腱）は、ここが彼の急所であった故事から生じた言葉である。アキッレウスの姿は古代以来、数多くの彫刻や陶画、フレスコ画などの美術作品の主題として好んで採用され、後代の文学や音楽にも、しばしば「アキッレウスの怒り」や「スキューロス島のアキッレウス」などのテーマが採り上げられた。
⇒ネオプトレモス（ピュッロス）
Hom. Il. 1〜/ Apollod. 3-13, Epit. 3〜5/ Plut. Alex. 15, Mor. 297d〜299e/ Ap. Rhod. 4-869〜/ Ov. Met. 13-162〜/ Paus. 1-22, 3-19, -24/ Eur. I. A./ Stat. Achil./ Hyg. Fab. 96, 101, 107, 110/ Prop. 2-1/ Verg. Aen. 6-57〜/ Pind. Ol. 2-81〜/ Quint. Smyrn./ Dict. Cret./ Diod. 2-46/ Nonnus Dion, 35-28/ etc.

アキッレース Achilles
⇒アキッレウス（のラテン語形）

アキッレース・タティウス Achilles Tatius
⇒アキッレウス・タティオス

アギュッラ Agylla, Ἄγυλλα
⇒カエレ*（の古いギリシア語名）

アギュッリオス Agyrrhios, Ἀγύρριος, Agyrrhius,（伊）Agirrio
（前405頃〜前373に活躍）アテーナイ*の政治家、軍人。若い頃は美少年で、陰間のように男たちの相手をしていたという。民会（エックレーシアー*）への出席手当を導入し（日当1オボロスobolos）、さらにそれを増額して（日当3オボロス）民衆の人気を集めた。また、一時廃止されていた観劇手当を復活させる反面、競演する3人の喜劇作家が国家から受ける祝儀（優勝者への賞金ではない）を削減したために彼らの怨みを買った。有能で国民のために尽くした人物と評され、最も重い官職たる将軍（ストラテーゴス*）に選ばれ（前390／389）、トラシュブーロス❶*の横死（前388）後は艦隊を指揮した。しかし、アテーナイの港湾税の請負に関係してアンドキデース❶*に攻撃され、委託金横領の廉（かど）で長年投獄された。カッリストラトス❷*は彼の甥に当たる。
Xen. Hell. 4-8/ Diod. 14-99/ Ar. Eccl. 102, 184, Plut. 176/ Dem. 24-134/ Suda/ Harp./ etc.

アキルレウス Achilleus
⇒アキッレウス

アキルレース Achilles
⇒アキッレース

アキレイヤ Aquileia
⇒アクィレイヤ

アキレウス Akhileus Ἀχιλεύς
⇒アキッレウス

アキレウス・タティオス Akhilleus Tatios
⇒アキッレウス・タティオス

アキレス Achilles
⇒アキッレウス

アクァエ・クティリアエ Aquae Cutiliae
⇒クティリア

アクァエ・スーリス（アクァエ・ソーリスとも） Aquae Sulis (Solis), または、アクァエ・カリダエ Aquae Calidae
（現・バース Bath）ブリタンニア*南部のローマ都市。後1世紀以来、温泉で名高く、今日なお浴場（テルマエ*）やゴルゴーン*の破風で名高い女神ミネルウァ*（ケルト*人の太陽女神スール Sul と同一視される）の神殿の遺構（後60〜75頃）を留めている。元来はベルガエ*人の町であった（⇒カッレウァ・アトレバートゥム）。
なお同じくアクァエ・カリダエの名で呼ばれる温泉町が、外ガッリア*の中部（現・ヴィシー Vichy）やアーフリカ*北岸のカルターゴー*湾（現・Hammam Korbous）、マウレーターニア*のカエサレーア*南郊（現・Hammam Righa）にもあった。その他、ゲルマーニア*のレーヌス*（現・ライン）河対岸のアクァエ・マッティアカエ A. Mattiacae（現・ヴィースバーデン Wiesbaden）やアクァエ・アウレーリアエ A. Aureliae（現・バーデン・バーデン Baden-Baden）アクァエ・グラーニー A. Grani（現・アーヘン Aachen、（仏）エクス・ラ・シャペル Aix-la-Chapelle）など、ローマ時代の遺跡が残る温泉地や湯治場が現在も各地に見出される。
Liv. 30-24/ Plin. N. H. 31-17/ Ptol. Geog. 2-3, 3-3, 4-2/ Mart. 14-27/ Strab. 5-217/ Amm. Marc. 29-4/ Sid. Apoll./ Augustin. Ep. 53-4/ It. Ant./ etc.

アクァエ・セクスティアエ Aquae Sextiae（現・エクス＝アン＝プロヴァンス，エクサンプロヴァンス Aix-en-Provence,〈オック語〉Ais de Provença, Ais de Prouvènço),（英）Aix-in-Province
「セクスティウスの温泉（アクァエ）」の意。前123年、南ガッリア*（ガッリア・トラーンサルピーナ*）に初めて置かれたローマの植民市（コローニア*）（当初は城塞）。創建者ガーイウス・セクスティウス・カルウィーヌス C. Sextius Calvinus（前124年の執政官（コーンスル*））の名にちなむ。マッシリア*（現・マルセイユ）の北方18マイルの地に位置し、付近に温泉や冷泉のあることで有名。前102年の夏には、町の近郊でマリウス*率いるローマ軍が、テウトネース*族（ゲルマーニア*系）およびアンブロー

ネース Ambrones 族（ケルト*系）の大軍を撃破、2 万人を殺戮、9 万人を捕虜にした。プルータルコス*によると、厖大な死者が出たおかげで、近くのマッシリアの人々は葡萄園のまわりに骨で塀を築くことができ、また無数の屍体が腐敗して大地をこのうえなく肥沃にしたので、次の収穫期には稀有の豊作をもたらしたという。アウグストゥス*の時に植民市 Colonia Julia Augusta Aquis Sextiis として再建され、後 381 年には第 2 ガッリア・ナルボーネーンシス Gallia Narbonensis Secunda 州の首府となった。5 本の水道設備（アクァエドゥクトゥス*）の跡や市門、浴場施設（テルマエ）、道路網などの遺構が見つかっている。
⇒サリュエース、アラウシオー
Plut. Mar. 21/ Plin. N. H. 3-4/ Liv. Epit. 61/ Vell. Pat. 1-15/ Florus 3-3/ Strab. 4-178, -180/ etc.

アクァエドゥクトゥス　Aquaeductus（〈ギ〉Hydragōgeion, Ὑδραγωγεῖον, Hydragōgiā, Ὑδραγωγία），（英）Aqueduct，（仏）Aqueduc，（独）Aquädukt，（伊）Acquedotto，（西）Acueducto，（葡）Aqueduto，（露）Акведук

ローマ時代に用いられた送水施設。

古くギリシアでは、伝説の時代にまで遡るコーパーイス*湖干拓のための排水路 16 本や、技師エウパリーノス*が僭主ポリュクラテース*の依頼で建設したサモス*島の導水渠（前 6 世紀）などが知られていたが、アテーナイ*でこれほど大規模な設備は、ハドリアーヌス*帝（在位・後 117～138）治下に行なわれた全長 24 km に及ぶ新しい水道の完成までは見られなかった。ヘレニズム時代には、ペルガモン*の例のように、高圧システムで都市の山頂まで水道管をひき、そこの貯水槽から町全体に給水する仕組み Koilia が発達した（前 2 世紀完成）。

一方ローマでは、App. クラウディウス・カエクス*の完成したアッピウス水道 Aqua Appia（前 312）以来、帝政初期までに計 14 本の上水設備が建築され、それらの導水管はトンネルを通り巨大なアーチを渡って市内に達するように工夫されていた。総延長 2080 km、1 日当たりの給水量は 4000 万ガロンに及び、個人の住宅や別荘 villa（ウィッラ）、宮殿、集合住宅 insula（インスラ）、庭園、公園、噴泉、巨大な公共浴場（テルマエ*）、模擬海戦場（ナウマキア*）に潤沢な水を供給していた。前 33 年にはアグリッパ*が初代長官を務めた水道管理委員 Curator Aquarum 職（⇒クーラートル）が創設され、家庭用の水道使用は前 11 年から無料となる。後 226 年までに皇帝たちによってさらに新しい水道橋が幾本も造営され、属州各地にもおびただしい上水設備が建設されていったが、大部分は中世のキリスト教時代に見捨てられて荒廃に帰した。イタリア以外に今日残る最も有名な例は、ヒスパーニア*（スペイン）のセゴウィア*の水道橋、ガッリア*南部ネマウッス*（現・ニーム）のポン・デュ・ガール Pont du Gard、コーンスタンティーノポリス*（現・イスタンブル）のウァレーンス*の送水路 Bozdoğan Kemeri など。
ローマ市内へ導かれた主な水道は次の通りである。

Appia（前 312），Anio Vetus（前 272），Marcia（前 144），Tepula（前 127），Julia（前 33），Virgo（前 19），Alsietina（前 2），Claudia（後 47），Anio Novus（後 52），Traiana（後 109），Alexandriana（後 226）。
⇒フーキヌス湖、クロアーカ・マクシマ
Frontin. Aq./ Herodot. 3-60/ Plin. N. H. 31-24～, -31, 36-24/ Vitr. 7-14, 8-6, -7/ Strab. 5-235, 9-407, 13-614/ Liv. 9-29, 40-51/ Diod. 20-36/ Aur. Vict. De Vir. Ill. 34, 43/ Dio Cass. 44-42, 54-11/ Mart./ Suet./ etc.

アクィーターニア　Aquitania,（〈ギ〉Akyitāniā, Ἀκυϊτανία），（仏）Aquitaine,（独）Aquitanien,（西）Aquitanìa（葡）Aquitânia,（カタルーニャ語）（ガスコーニュ語）Aquitània,（バスク語）Akitania,（露）Аквитания,（現ギリシア語）Akuitanía

（現・アキテーヌ Aquitaine,〈オック語〉Aquitània）外ガッリア*西南部、アクィーターニー Aquitani 人の居住していた地方。ピューレーネー*（ピレネー）山脈からガルムナ Garumna（現・ガロンヌ Garonne）河に至る地域を指す。アクィーターニー人はケルト*系ガッリア人とイベーリアー❶*人の混血であると思われ、他のガッリア人とは言語・習慣などが異なる。カエサル*のガッリア遠征中、その副官 P. クラッスス❸*によって征服され（前 56）、前 38 年には完全にローマ領に併呑された（⇒アグリッパ）。前 27 年アウグストゥス*は、リゲル Liger（現・ロワール Loire）河およびエラウェル Elaver（現・アリエー Allier）河にまでわたる広大な地域をも含めて、属州アクィーターニアを創設、州都をブルディガラ*（現・ボルドー）に定めた。後 3 世紀に同州は 3 分割されて、アクィーターニア・プリーマ A. Prima、アクィーターニア・セクンダ A. Secunda、アクィーターニア・テルティア A. Tertia の 3 州となり、うち最後の州のみがノウェンポプラーナ Novempopulana とも呼ばれて、アクィーターニー人の領土として自治を許された。なお、ブルディガラの町は 4 世紀に詩人アウソニウス*を出している。その他、アウグストリトゥム Augustoritum（現・リモージュ Limoges）、アウグストネメトゥム Augustonemetum（現・クレルモン＝フェラン Clermont-Ferrand）、ラプルドゥム Lapurdum（現・バイヨンヌ Bayonne）、イクリスマ Iculisma（現・アングーレーム Angoulême）、リモーヌム Limonum（現・ポワティエ Poitiers）、など今日も残る諸市がローマ時代に建設された。帝政末期に洗練されたガッリア・ローマ風文化が大地主層を中心に栄えたが、418 年に西ゴート*族の侵略を受けて以来、次第に衰退していった。
⇒ビトゥリゲース、ウクセッロドゥーヌム、ゲルゴウィア
Caes. B. Gall. 1-1, 3-11, -20～27, 4-12, 8-46/ Plin. N. H. 4-17, -19/ Strab. 4-177, -189～/ Tib. Aug. 21, 1-7/ Amm. Marc. 15-11/ App. B. Civ. 4-38/ etc.

アクィーッリウス、マーニウス Manius Aquillius,（伊）Manio Aquillio,（西）Manio Aquilio

（前2世紀後半～前1世紀初頭）ローマ共和政末期に父子2代にわたって属州を搾取したパトリキイー*（貴族）系の政治家。父のマーニウス・アクィーッリウス（前129年の執政官）は、ペルペルナ❶*を継いで小アジアのアリストニーコス❶*の反徒を完全に鎮圧し、旧ペルガモン*王国をローマの属州アシア*に編成、前126年に帰国して凱旋式を挙行、苛斂誅求の廉で告発され、明らかに有罪であったにもかかわらず無罪判決をかち得た。同名の息子マーニウス・アクィーッリウス（？～前88）は、マリウス*の盟友としてキンブリー*族と戦い、前101年マリウスと共に執政官となってシキリア*（現・シチリア）の奴隷戦争を平定（⇒アテーニオーン）、前99年ローマに凱旋後、属州シキリアを不当に収奪した廉で告訴され、父と同じく明白に有罪であったにもかかわらず、雄弁家M. アントーニウス❶*の弁護を得て放免された（前95頃）。前90年使節として小アジアへ赴くが、ビーテューニアー*王ニーコメーデース4世*をポントス*へ侵攻させたため、ミトリダテース*戦争を惹起せしめる（前88）。ほどなくミュティレーネー*で捕らわれ、ミトリダテース大王*（6世）の命により公衆の嘲罵を受けながら口の中に溶けた黄金を流し込まれて殺された。

App. B. Civ. 1-22, Mith. 7, 19, 21/ Cic. Nat. D. 2-5, Div. Caec. 21, Brut. 62, Off. 2-14, De Or. 2-28, -47, Flac. 39/ Vell. Pat. 2-4, -18/ Strab. 14-646/ Florus 2-20, 3-19/ Just. 36-4/ Ath. 5-213b/ etc.

アクィーヌム Aquinum,（ギ）Akūinon, Ἀκούινον,（仏）Aquin,（伊）（西）（葡）Aquino（現・アクィーノ Aquino）

イタリア中部、ラティウム*地方にあったウォルスキー*族の町。ローマの東南120 km、カシーヌム*の西方10 km、ウィア・ラティーナ*（⇒ラティーヌス街道）上にある。詩人ユウェナーリス*や僭帝ペスケンニウス・ニゲル*の生地。ローマ時代の神殿や円形闘技場などの遺跡が残る。中世スコラ哲学の完成者トーマース・アクィーナース Thomas Aquinas（1225頃～1274）は、この近郊の出身である。

Cic. Phil. 2-41, Clu. 68, Planc. 9, Att. 5-1, Fam. 9-24/ Plin. N. H. 3-5/ Juv. 3-319/ Hor. Epist. 1-10/ Strab. 5-237/ Ptol. Geog. 3-1/ Liv. 26-9/ etc.

アクィレーイヤ Aquileja
⇒アクィレイヤ

アクィレイヤ（アクィレーイア） Aquileia,（ギ）Akylēiā, Ἀκυληία, Akūilēiā, Ἀκουιληία,（仏）Aquilée,（独）Aquileja, Agley,（フリウーリ語）Aquilee, Acuilee,（スロヴェニア語）Oglej（現・Aquilèa, Aquileja）アドリア海*北端の都市。テルゲステ Tergeste（現・トリエステ Trieste）の西北35 km、海岸から10 kmの地に位置する。前181年ローマがガッリア*（ケルト*）人を追い払って、ラテン植民市として建設、北方異民族の侵入を防御するとともに、近くの金鉱開発を進めた。ウィア・ポピーリア*（ポピーリウス街道*）とウィア・ポストゥミア*（ポストゥミウス街道*）の終点であると同時に、イッリュリアー*やパンノニア*、ノーリクム*への起点でもある。交通網の中枢かつ軍事上の要衝として重視され、北方との琥珀交易など商業・工業上の一大中心地としても大いに発展。運河で結ばれた港湾にはローマ艦隊の一部が碇泊し、ハドリアーヌス*帝（在位・後117～138）の治世には一説に人口50万を数え、「第2のローマ」Roma secunda とまで呼ばれるに至る。帝政期にウェネティア Venetia（⇒ウェネティー❷）地方の首府となり、当時の世界宗教たるミトラース*教の主座も置かれた。フン*族（フンニー*）の王アッティラ*の侵入に抵抗したが破壊され（452）、住民は近くの潟湖の小島へ避難し、後のヴェネツィア Venezia の基礎を形成した —— ヴェネツィアの創建は、568年のランゴバルディー*侵寇時のことともいう ——。ローマ帝国有数の大都会だったアクィレイヤも、以後マラリアの蔓延などで急速に衰退していった。今日帝政期のフォルム*や円形闘技場、キルクス*、浴場施設などローマ時代の遺構が多く見出される。

⇒イストリア（ヒストリア）

Liv. 39-22, -54～55, 40-34, 43-17/ Strab. 4-207～, 5-214/ Caes. B. Gall. 1-10/ Auson. Ordo Nob. Urb. 65～/ Amm. Marc. 21-11～/ Procop. Vand. 1-330/ Sil. 8-605/ Mart. 4-25/ Mela 2-6/ Plin. N. H. 3-18/ Vell. Pat. 1-15/ Suet. Aug. 20, Tib. 7, Vesp. 6/ Tac. Hist. 2-46, -85, 3-6, -8/ Herodian. 7-2 ～5/ S. H. A. Max. 21～26/ Julian. Or./ Ptol. Geog. 3-1/etc.

アクィレーヤ Aquileia
⇒アクィレイヤ

アクィンクム Aquincum, Acincum,（ギ）Akūinkon, Ἀκούιγκον,（伊）Aquinco,（露）Аквинк,（現・ブダペシュト Budapest のブダ側の遺跡）

パンノニア*の町。イッリュリアー*・ケルト*系先住民エラウィスキー Eravisci の文化的中心市であったが、遅くともティベリウス*帝時代（後14～37）までにはローマ人に征服され、トライヤーヌス*帝の治世に下パンノニア Pannonia Inferior 州の州都と定められた（106頃）。ローマ帝国国境たるドーナウ河の右岸に位置するため、軍事上たいそう重視され、水陸両路の交差する要衝の地としてつねに軍隊が駐屯。しかし、帝政末期に他のパンノニア諸市と同様、異民族 barbari の侵寇ゆえに放棄された（400頃）。今日、軍団指揮官の居住地や円形闘技場、浴場、神殿、バシリカ*などを含むローマ時代の大規模な遺跡が発掘・復元されている。

⇒シルミウム、カルヌントゥム

Sid. Apoll. 5-107/ Amm. Marc. 30-5/ Dio. Cass. 55-24/ Ptol. Geog. 2-16/ It. Ant./etc.

アクーシラーオス　Akusilaos, Ἀκουσίλαος, Acusilaus
（または、**アクーシラース** Akusilas, Ἀκουσίλας, Acusilas）

（前6世紀後半）ギリシア最初期の散文著述家 logographos（ロゴグラポス）。アルゴス*の出身。父親が自宅から掘り出した青銅板の文章をもとに、『系図学 Geneēlogiai』（3巻）をイオーニアー*方言で著した（散佚）。これは世界と神々の創成からトロイアー戦争*の時期までの伝承をまとめた作品で、ヘーシオドス*の『神統記』（テオゴニアー）を散文化したものであったともいわれる。最古の歴史家と呼ばれ、時にギリシア七賢人*の1人に数えられることもある。

⇒ペレキューデース❶、ヘカタイオス❶、カドモス

Pl. Symp. 178b/ Joseph. Ap. 1–13/ Clem. Al. Strom. 6–629/ Suda/ etc.

アクタイオーン　Aktaion, Ἀκταίων, Actaeon, （仏）Actéon, （独）Aktäon, （伊）Atteone, （西）Acteón, （カタルーニャ語）Acteó, （マジャル語）Aktaión, （露）Актеон

ギリシア人の男性名。

❶ギリシア伝説中のボイオーティアー*地方の英雄。アリスタイオス*（アポッローン*の子）とアウトノエー*（カドモス*の娘）の息子。ケイローン*に育てられて優れた狩人となったが、ある日キタイローン*山で狩猟中、水浴している女神アルテミス*の裸身を垣間見たために、彼女の怒りに触れ、雄鹿に姿を変えられてしまい、自らの猟犬50頭に追われて全身を喰い裂かれて死んだ。異伝では、アルテミスよりも狩りの腕前が上だと自慢したため、あるいはアルテミスに求婚したため、また叔母のセメレー*をアルテミスから奪って妻にしようとしたために、このような罰を加えられたという。彼の猟犬のうちの1頭メランプース Melampus は、南天の星座（＝小犬座（ラ）Canis Minor）に化したとされ、またアクタイオーン自身は死後、怨霊と化して近隣を害したので、人々はデルポイ*の神託に従って彼の青銅像を鉄鎖で岩に縛りつけ、毎年英雄神 heros（ヘーロース）として供犠をささげるようになった、と伝えられる。

アルカイック期以来、彼が猟犬の群れに殺される場面は、しばしば陶画など美術作品の主題として描かれてきた。

Apollod. 3–4/ Hyg. Fab. 181/ Ov. Met. 3–131〜/ Paus. 1–44, 9–2, –38, 10–30/ Diod. 4–81/ Nonnus Dion. 5–287〜/ Eur. Bacch. 339〜/ etc.

❷（前8世紀頃）コリントス*へ亡命したアルゴス*人ハブローン Habron の子メリッソス Melissos の息子（⇒ペイドーン）。当代随一の美しい若者だったので、多数の男から恋されていた。特に求愛者の筆頭格たるコリントスの名門バッキアダイ*（ヘーラクレイダイ*）家のアルキアース❶*は、彼を口説いたが容易に靡かなかったので、ある祭礼の夜、取り巻きたちと共に力づくでさらって行こうとした。アクタイオーンの父や友人たちがそれに抵抗して争ううちに、若者は引き裂かれて死んでしまう。息子の死を怒った父メリッソスは、イストミア競技祭*のさなか、神々に復讐を祈願してから海中に身を投じて自殺、ために旱魃と疫病がコリントスを襲った。デルポイ*の神託にしたがって、アルキアースがシケリアー*（現・シチリア）へ移住すると災禍はやんだという。

⇒バッキアダイ

Plut. Mor. 772c〜773b/ Diod. 8–10/ Schol. ad Ap. Rhod. 4–1212/ Max. Tyr. 24/ etc.

ア（ー）クタ・セナートゥース　Acta Senatus（または、コンメンターリイー・セナートゥース Commentarii Senatus）

元老院議事録。ローマの元老院（セナートゥス*）の議事内容の記録。前59年、民衆派（ポプラーレース*）の執政官（コーンスル*）ユーリウス・カエサル*によって、その日その日に編集して公表することが義務づけられたが、アウグストゥス*は公開を禁止し、記録は帝室文庫と公共図書館に保管して、ローマ市長官 Praefectus urbi（プラエフェクトゥス❸*）の許可を得た者のみが閲覧できるようにした。ティベリウス*帝（在位・後14～37）以後、この抜粋がアクタ・ディウルナ*に載せられたらしい。

Tac. Ann. 5–4, 15–74/ Suet. Iul, 20, Aug. 36/ Cic. Sull. 14, 15/ S. H. A. Hadr. 3, Sev. 56/ etc.

ア（ー）クタ・ディウルナ　Acta Diurna, （英）Daily Acts

国民日報。ローマの元老院（セナートゥス*）および民会（コミティア*）における議事内容を記録し、フォルム*の壁に掲示した公報。前59年、執政官（コーンスル*）のユーリウス・カエサル*によって制定され、アクタ・プーブリカ A. Publica、もしくはアクタ・ポプリー A. Populi など、種々の名称で呼ばれ、今日の新聞と官報を兼ねた役割を果たした。主に元老院の行動を市民に批判させるために創始された制度で、コーンスタンティーノポリス*遷都（後330）まで続けられ、各種議事録や勅令の他、結婚・出産・死亡などの社会記事をも掲載。ディウルナの名は近代の日誌・新聞類を意味する journal の語源となった。なおカリグラ*帝が売春を含むあらゆる商取引に課税した時、国民の執拗な要請にこたえてその税法を文書で掲示したが、誰にも写し取れないように、きわめて小さい文字で、しかもはなはだ狭い場所に布告文を出した話は有名（後40）。

⇒アクタ・セナートゥース

Suet. Iul, 20, Tib. 5, Calig. 8, 41, Claud. 41/ Tac. Ann. 3–3, 13–31, 16–22/ Dio Cass. 59–28/ S. H. A. Marc.9, Alex. Sev. 33/ Cic. Fam. 8–1/ etc.

系図24　アクタイオーン❷

ハブローン
　｜
メリッソス
　｜
アクタイオーン

アクテー　Akte, Ἀκτή, Acte（現・Aktí）

ギリシアの地名。「岬、突端」の意。

❶マケドニアー*のカルキディケー*半島からエーゲ海に突出する3つの岬のうち最も東にある岬。その先端にアトース*山（標高2032m）が聳え、今日ではこの岬全体がアトース Áthos と呼ばれている。

前492年、ギリシア遠征へ向かうペルシア艦隊がこの沖合で暴風に遭い、大きな被害を出したため、アカイメネース朝*の大王クセルクセース1世*は前483年、アクテー岬付け根の地峡（幅約2.4km）に運河を開鑿、フェニキア*人の優れた技術で2隻の船が並航可能なように仕上がると、大遠征軍を親率してギリシアへ向かった（前480）。ペルシア戦争*当時の運河の跡を現在も見ることができる。

後年アレクサンドロス大王*に仕えた建築家デイノクラテース*は、アトース山全体を刻んで大王の像に造り変える計画を進言、しかし、この壮大な計画は大王の聴許するところはならなかった。また後9世紀以来、ギリシア正教の修道院が群立し、女人禁制の聖地となったが、この修道院に蔵されてきたギリシア古典の貴重な写本類は、事故やキリスト教徒の無知のせいで多く湮滅し去った。
Herodot. 6-44, 7-22/ Thuc. 4-109/ Plut. Alex. 72/ Plin. N. H. 4-10/ Luc. 2-672/ Vitr. 2/ etc.

❷アッティケー*（アッティカ*）の古名。伝説上の名祖は、古王ケクロプス*の岳父アクタイオス Aktaios。
⇒巻末系図020

アクテー　Claudia Acte, （ギ）Κλαυδία Ἀκτή, （ポーランド語）Klaudia Akte

（後1世紀）ローマ皇帝ネロー*（在位・後54〜68）に寵愛された女解放奴隷。属州アシア*の出身。後55年に彼女と恋仲になったネローは、皇后オクターウィア❷*と別れてアクテーと結婚しようと考え、友人らを買収して「アクテーはペルガモン*のアッタロス*王家の出身だ」と偽誓させようと試みたが失敗。以来彼女は皇帝の愛妾として巨富を蓄え、召使の一団や邸宅、別荘を各地に所有する身となる。セネカ❷*の差し金で、小アグリッピーナ*とネローの母子姦を阻止するべく諫めたこともあった（59）が、ポッパエア・サビーナ*の出現以来すっかり影の薄い存在となる。68年ネローが帝位を追われて自殺すると、彼女は帝の2人の乳母とともに遺骨をドミティウス氏*（ネローの父系氏族）の墓地に手あつく葬った。

ネローにはアクテー以外に、母アグリッピーナに瓜二つの売春婦を含む幾人かの嬖妾（へいしょう）があり、その他ウェスタ*の聖女（ウェスターリス*）や人妻、自由身分の少年たちなど大勢の情交相手がいた。
⇒ドリュポルス、ピュータゴラース❷、スポルス
Tac. Ann. 13-12, -46, 14-2/ Suet. Ner. 28, 50/ Dio Cass. 61-7/ etc.

アクティウス　Actius
⇒アッキウス

アクティウム　Actium
⇒アクティオン（のラテン語形）

アクティオン　Aktion, Ἄκτιον, Actium, （現・Áktion, Akra Nikolaos）

ギリシア西北部アカルナーニアー*の岬および町の名。アンブラキアー*湾の狭い入口の南岸に位置。アポッローン*崇拝で知られ、前7世紀後期から前3世紀にかけてコリントス*系植民市アナクトリオン Anaktorion の領土であった。次いでアカルナーニアーに属したが、古くからアポッローン神に捧げて開かれる4年ごとの競技祭は引き続き行なわれた。前31年9月2日、この岬の沖合でオクターウィアーヌス*（のちの初代ローマ皇帝アウグストゥス*）の部将アグリッパ*が、アントーニウス*とクレオパトラー*の連合軍を撃破した"アクティオンの海戦（ラ）Actiaca Pugna"はあまりにも有名。この勝利によってオクターウィアーヌスの覇権が確立し、百年にわたるローマ世界の内乱に終止符が打たれた。後日アウグストゥスは海戦を記念してアクティオンの対岸に新市ニーコポリス*（勝利の市（まち））を創建。アクティオンのアポッローン神域を拡張し、オリュンピア競技祭*に倣（なら）って裸体運動のみならず音楽や戦車競走をも含む大規模な競技祭アクティア Aktia（〈ラ〉Ludi Actiaci）を4年ごとに開催させた。祭典はスパルター*人が運営、のち他のギリシア諸都市でも同様のアクティア祭が執り行なわれるようになった。
Thuc. 1-29〜30/ Strab. 7-325, 10-450〜451/ Plut. Ant. 62〜/ Suet. Aug. 17/ Dio Cass. 50〜51/ Mela 2-4/ Polyb. 4-63/ Plin. N. H. 9-56/ Verg. Aen. 8-675〜/ etc.

アグディスティス　Agdistis, Ἄγδιστις
⇒キュベレー、アッティス

アクトリオーネ、または、アクトリダイ　Aktorione, Ἀκτορίωνε, Actorione, （独）Aktorionen, Aktoridai, Ἀκτορίδαι, Actoridae, （英）（仏）Actorides
⇒モリオネ（または、モリオニダイ）

アグノディケー（または、ハグノディケー*）　Agnodike, Ἀγνοδίκη, Agnodice, （カタルーニャ語）Agnòdice, （現ギリシア語）Agnodhíki

（前6世紀頃？）ギリシアで最初の女医。アテーナイ*の法律で、女と奴隷が医術を学ぶことを禁じられていた頃、彼女は髪を短く切り男装して、ヘーロピロス Herophilos のもとで医術を学んだのち市内で開業した。主に婦人科で成功したため、その繁昌ぶりを嫉んだ他の医者たちから「彼は患者を犯している」と誣告され、アレイオス・パゴス*丘で審問に付されることになる。そこで彼女は衣の裾をまくり上げて陰部を露出してみせ、裁判官らに自分の無実を証明。しかるに今度は国法を犯した廉（かど）で訴えられたが、有力な市民の妻女らがこぞって彼女を弁護してくれたので、

アグノディケーは無罪放免となり、以来、法律が改正されて自由身分の女性も医術を学べるようになったという。今日では、民話・伝説上の人物とされている。
Hyg. Fab. 274

アグラウロス　Aglauros, Ἄγλαυρος, Aglaurus または、Agraulos, Ἄγραυλος, Agraulus, （アグラウレー Agraule, Ἀγραυλή とも）, （仏）Aglaure, （伊）（西）Aglauro, Agraulo, （露）Аглавра, Агравла, （現ギリシア語）Ágravlos, Áglauros

ギリシア神話中の女性名。アテーナイ*王家の系図（巻末系図020）を参照。

❶アテーナイ*初代の王アクタイオス Aktaios の娘でケクロプス*（第2代目の王）の妻。1男3女を産む（⇒本文系図189）。
Apollod. 3-14/ Paus. 1 -2/ Eur. Ion 496/ etc.

❷ ❶の娘。他の姉妹とともに、アテーナー*女神から開けることを禁じられた箱を預かったが、好奇心にかられて中を覗き見たため、発狂してアクロポリス*から身を投じて死んだ（⇒エリクトニオス）とも、妹ヘルセー*がヘルメース*神に愛されていることを嫉妬して2人の仲を妨げようとしたため、神に罰せられて石に変じられたとも、あるいは神託に従ってアクロポリスから投身自殺をし、アテーナイ*に勝利をもたらしたともいう。また軍神アレース*と交わって1女アルキッペー Alkippe （⇒ハリッロティオス）を産んだとされ、アテーナイのアクロポリス丘上にはアグラウロスを祀る神殿が設けられ、祭礼アグラウリア Agraulia が営まれていた。なお、姉妹の1人パンドロソス Pandrosos は人類中、最初に糸を紡いだ女とされ、アグラウロスとは別箇にアクロポリス上で崇拝を受けていた。

ポルピュリオス*によれば、アグラウロスはキュプロス*においても崇拝されており、古代末期まで人身供犠が続けられていたという。
⇒プロクリス
Apollod. 3-14/ Hyg. Fab. 166/ Ov. Met. 2-560～, -710～/ Paus. 1-2, -18, -38/ Eur. Ion 20～, 260～/ Porph. Abst. 1-2/ Herodot. 8-53/ Plut. Alc. 15/ Hesych./ Steph. Byz./ Suda/ etc.

アクラガース　Akragas, Ἀκράγας, Acragas, （ラ）アグリゲントゥム* Agrigentum (Agragantum), （英）（伊）Agrigento, （仏）Agrigente, （独）Agrigent, Girgenti, （西）（葡）Agrigento, Girgenti, （露）Агридженто, （アラビア語）Kerkent, （現・〈伊〉アグリジェント Agrigento、1927年までは、Girgenti）, （旧称・カミーコス Kamikos）

（シチリア語・Girgenti）シケリアー*（シキリア*）島南海岸近くの都市。哲学者エンペドクレース*の生地として知られ、古代地中海世界において大いに繁栄したギリシア人植民市。史家トゥーキューディデース*によれば、前582年頃にゲラー*からのドーリス*系の植民市として創建され、東側を流れるアクラガース河に因んで命名されたという。ほどなく政敵を青銅の雄牛の中に入れて炙り殺したかの残忍な僭主パラリス*が権力を握り、近隣のシカノイ*人を征服して領域を拡大（前570～前550頃）。人口20万人を擁する大都市となり、とりわけ僭主テーローン*（在位・前488～前472）の治下に殷賑をきわめた。テーローンがシュラークーサイ*の僭主ゲローン*とともに、ヒーメラー*の海戦でカルターゴー*軍を破った事蹟は名高い（前480）。当時ピンダロス*はアクラガースを、「人類のつくった最も美しい都市」と歌った。テーローンの死後、息子のトラシュダイオス*を追放して、同市は民主政を採用（前472頃）、以来60年以上にわたり町は未曾有の繁栄を享受し、市民の富と豪奢な生活は後世までの語り草となった。ペロポンネーソス戦争*中のアテーナイ*軍のシケリアー遠征時（前415）には中立の立場を堅持し続けたが、前406年にカルターゴー軍による8ヵ月にわたる攻囲の末に降伏し、町は徹底的に略奪破壊された（前405春、⇒ヒミルコーン❷）。前338年ティーモレオーン*らが再建したものの、もはや往昔の栄光を取り戻すことは二度となかった。ポエニー戦争*時には、ローマ軍・カルターゴー軍に交互に荒され、ローマの「貢納都市」アグリゲントゥムとなってようやく復興した（前197）。ユーリウス・カエサル*の死（前44）後、他のシキリア諸都市とともに完全なローマ市民権を獲得、永く同島の主要都市の一つであり続けた。穀物・葡萄酒・オリーヴ油、競走馬などを産出。現在も前520年頃～前210年頃にわたるゼウス*、ヘーラクレース*、アスクレーピオス*ほかのドーリス式諸神殿や墓地、ローマ時代の住居、ギュムナシオン*（体育場）などの遺跡が残る。最盛期には人口が80万人に達したとされ、エンペドクレースは「市民たちはまるで明日にでも死ぬかのように贅沢な暮らしをしているが、住居の方はまるで永遠に生きるかのように立派な家を建てている」と述べたという。
⇒アクローン（医師）
Pind. Ol. 2, 3, Pyth. 6, 12, Isthm. 2/ Herodot. 7-165, -170/ Thuc. 6-4, 7-32～/ Polyb. 1-17～, 9-27/ Strab. 6-272/ Diod. 11-25, -53, -76, -91, 12-8, 13-80～, -114, 14-47, -88, 15-17, 16-9/ Plut. Tim. 35/ Liv. 24-35, 25-40, 26-40/ Diog. Laert. 8-63～/ Xen. Hell. 1-5/ etc.

アグリゲントゥム　Agrigentum
⇒アクラガース*（のラテン語形）

アグリコラ　Agricola
⇒アグリコラ、グナエウス・ユーリウス

アグリコラ、グナエウス・ユーリウス　Gnaeus Julius Agricola, （伊）Gneo Giulio Agrĭcola, （西）Cneo Julio Agrícola, （葡）Gneu Júlio Agrícola, （露）Гней Юлий Агрикола

（後40年7月13日～93年8月23日）　ローマの政治家、将

軍。元老院身分のL.ユーリウス・グラエキーヌス Julius Graecinus（40年にカリグラ*に殺される）とユーリア・プローキッラ Julia Procilla（69年にオトー*軍に殺される）との間に、フォルム・ユーリイー*（現・フレジュス Fréjus）に生まれ、マッシリア*（現・マルセイユ Marseille）で教育を受ける。ブリタンニア*総督スエートーニウス・パウリーヌス*の下で軍団副官を務めたのち（60〜61）、ローマにおいて名門の娘ドミティア・デキディアーナ Domitia Decidiana を娶り1男1女を儲ける（息子は夭逝）。政務官職を歴任し、パトリキイー*（貴族）に列せられ、アクィーターニア*総督（74〜76）を経てコーンスル*執政官（77）に至る。翌78年、娘を史家タキトゥス*に嫁がせてから、総督としてブリタンニアへ赴任（78〜85）、7回の遠征を行なってオルドウィーケース Ordovices 族（現・ウェールズ北部に住んでいたケルト*系種族）やモナ*（ウェールズのアングルシー Anglesey 島）を制圧、さらに北上してカレードニア*（現・スコットランド Scotland）高地を除く全土を征服した（⇒カルガクス）。住民をローマ風の都会生活に馴染ませるよう努め、また艦隊長にブリタンニアを周航させるなど、属州支配の実を上げたため、ドミティアーヌス*帝の嫉妬を買い、ローマへ召還される（85）。以来、皇帝の憎悪と嫌疑を避けるべく政界から引退し、不遇の裡に没したが、その死はドミティアーヌスの手先による毒殺だと噂された。女婿タキトゥスの伝記『アグリコラ』によると、端麗な容姿に穏和な人柄の持ち主だったという。

Tac. Agr./ Dio Cass. 66-20/ etc.

アクリシオス　Akrisios, Ἀκρίσιος, Acrisius,（仏）Acrise, Acrisios,（伊）（西）Acrisio,（露）Акрисий

ギリシア神話中のアルゴス*王。ダナエー*の父。ダナオス*の曾孫。リュンケウス❶*とヒュペルメーストラー*の孫。プロイトス*とは双生の兄弟で、母の胎内にある時以来争い続けた。父アバース Abas の死後、王座をめぐって戦い、一度はプロイトスを放逐したが、のち王国を2分し南部を支配した。「娘ダナエーから生まれる子に殺されるであろう」との神託が下ったため、ダナエーを青銅の塔（または地下室）に幽閉し、彼女が大神ゼウス*との間に1子ペルセウス*を産むと、母子ともに箱に閉じこめて海に流した。しかるに後年、テッサリアー*のラーリーサ*でとある葬礼競技を見物中、ペルセウスの投げた円盤に偶然当たって ── 頭ないし足を撃たれたという ── 落命し、ここに神託は成就した。

Apollod. 2-2, -4/ Paus. 2-16, -23, -25/ Hyg. Fab. 63/ Herodot. 6-53/ Strab. 9-420/ etc.

アグリッパ　Agrippa,（ギ）Agrippās, Ἀγρίππας

⇒アグリッパ、マールクス・ウィプサーニウス

アグリッパース、ヘーローデース　Herodes Agrippas

⇒アグリッパ、ヘーローデース

アグリッパ、ヘーローデース（〈ギ〉ヘーローデース・アグリッパース）　Herodes Agrippa(s), Ἡρώδης Ἀγρίππας,（英）Herod Agrippa,（仏）Hérode Agrippa,（伊）Erode Agrippa,（西）（萄）Herodes Agripa,（露）Ирод Агриппа,（和）ヘロデ・アグリッパ

ユダヤ人の王。アグリッパの名はローマの名将・大アグリッパ*（アウグストゥス*の腹心）がヘーローデース*王家のパトローヌス保護者 patronus になったことに由来する。

⇒巻末系図026

❶1世　H. A. I（前10頃〜後44）マールクス・ユーリウス・アグリッパ Marcus Julius Agrippa I（在位・後37〜44）。

ヘーローデース1世*（ヘロデ大王*）とマリアンメー1世*との孫。父はアリストブーロス❹*。アグリッパ大王とも称される。父が祖父王に処刑された（前7）のち、幼くしてローマへ送られ、小アントーニア*の庇護の下、ティベリウス*（第2代ローマ皇帝）の息子・小ドルースス*やクラウディウス*（のち第4代ローマ皇帝）とともに育てられる。飽くなき放蕩と浪費癖のため破産してローマを去り（後23）、姉ヘーローディアス*とその夫ヘーローデース・アンティパース*の援助を受けるが、間もなく仲違いし、イタリアへ戻って若きカリグラ*（のち第3代ローマ皇帝）の機嫌取りをする。36年、ティベリウスの死を望んだ廉で禁錮刑に処されたものの、半年後に登極したカリグラによって釈放され、叔父ヘーローデース・ピリッポス2世*やアンティパースの領土を得、王号を称する（37）。さらに41年にはクラウディウス帝から、かつてヘーローデース大王が統治していた王国全土を与えられ、穏健な支配者として臨んだ。

ギリシア・ローマ化に熱心で、カエサレーア❶*（カイサレイア*）、サマレイア*（セバステー Sebaste）、ヘーリオポリス❶*など諸都市の美化に尽力、特にベーリュートス*（現・ベイルート）に劇場や浴場を建てさまざまな見世物を開催した。また、カリグラがイェルーサーレーム*（エルサレム）神殿に自分の像を建てることに反対し、キリスト教徒を迫害 ── 使徒・大ヤコブ（イアコーボス❶*）を斬首し、ペトロス*（ペテロ）を投獄 ── する（44）等して、ユ

系図25　アクリシオス

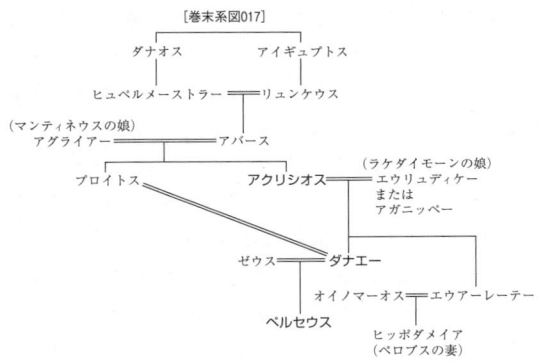

ダヤ人の信望を集めた。カエサレーアの円形闘技場(アンピテアートルム*)で祭典を主催し、佞人(ねいじん)たちから神のごとく崇められて悦に入っていた最中、全身を激痛に襲われて急死した(『使徒言行録』12参照)。長男のアグリッパ2世*(⇒❷)が若年だったため、王国はローマ帝国に併合された。

Joseph. J. A. 18〜19, J. B. 2/ Dio Cass. 60-8/ Philo Leg. 261〜, In Flacc. 25〜/ Euseb. Hist. Eccl. 2-10/ etc.

❷2世 H. A. II (後27／28〜94／100頃)

マールクス・ユーリウス・アグリッパ Marcus Julius Agrippa II(在位・48〜93頃)。

❶の長男。ローマで教育されたが、若年のため父の王国を継げず(44)、伯父ヘーローデース Herodes の死(48)後、遺領カルキス Khalkis(ダマスコス*北西の町)の支配者に任ぜられる(49／50)。のち領地を加増されてガリライアー* Galilaia(ガリラヤ)、イトゥーライアー*(イッリヤ)などの君主となり、王位を許されたものの、気紛れな大祭司更迭やベーリュートス*(現・ベイルート)市美化のための収奪などにより、人心を失った。ユダヤ人の反乱鎮圧に失敗し、66年ユダヤ戦争が勃発すると、ローマ軍に味方してウェスパシアーヌス*やティトス*とともにイェルーサーレーム*(エルサレム)攻囲に参加。同市陥落(70)後、実妹のベレニーケー❼*とローマへ移住し、彼女と同棲生活を送った。兄妹の間には性的関係があったと伝えられている。また2人は属州管理官(プロークーラートル) Procurator ポルキウス・フェストゥス*のユダヤ来任に際して、カエサレーア❶*(カイサレイア*)まで出向いて祝意を表し、そこに監禁されていた使徒パウロス*(パウロ)の審問に列したことで知られている(『使徒言行録』25〜26)。無嗣のまま没したので、遺領はローマ帝国の属州に併合された。ヘーローデース王家最後の王である。

Joseph. J. A. 18〜20, J. B. 2〜4, Vit. 54 Tac. Ann. 13-7, Hist. 2-81, 5-1/ Phot. Bibl. 33/ etc.

アグリッパ・ポストゥムス、マールクス・ウィ(ー)プサーニウス Marcus Vipsanius Agrippa Postumus,(伊)Marco Vipsanio Agrippa Postumo,(西)Marco Vipsanio Agripa Póstumo,(葡)Marco Vipsânio Agripa Póstumo,(露)Марк Випсаний Агриппа Постум

(前12〜後14年8月)Agrippa Iulius Caesar

ローマ初代皇帝アウグストゥス*の娘大ユーリア*(ユーリア❺*)の末子。父 M. アグリッパ*の遺腹の子——ポストゥムスは「父の死後に生まれた子」の意——。後4年、ティベリウス*(のち第2代ローマ皇帝)とともにアウグストゥスの養子に迎えられ、アグリッパ・ユーリウス・カエサル Agrippa Julius Caesar と名乗るが、野卑で粗暴な言動がわざわいして勘当され、初めスッレントゥム*(現・ソレント Sorrento)へ追放され、次いでプラーナーシア Planasia(現・Pianosa)島へ流されて幽閉の身となる(後7)。けれどもその暴状は募る一方で、彼を担ぎ出そうとする謀叛さえ計画されたので、アウグストゥスが死ぬと同時に後顧の憂いを断つべく監視人の手で抹殺された。彼の殺害はアウグストゥスの遺命であったとも、老帝が晩年に流刑地を訪れて彼と和解したことを伝え聞いた皇后リーウィア❶*(リーウィア・ドルーシッラ*)の策略であったとも、リーウィアと彼女の息子ティベリウスとの共謀であったとも、さまざまに取り沙汰されたが、いずれにせよ新帝ティベリウスはこの件を不問に付した(⇒サッルスティウス❷、ファビウス・マクシムス❹)。アグリッパ・ポストゥムスの奴隷クレーメンス Clemens は、彼の横死を知ると、自分が主人に瓜二つなのを利用してアグリッパ本人になりすまし、ティベリウスに対して反旗を翻した。が間もなく捕縛されてローマのパラーティウム*へ連行され、ティベリウスから「どのようにして、お前はアグリッパになりすませたか」と訊問された時には、「あなたが皇帝(カエサル*)になったようにして」と答えたという。この偽アグリッパは宮殿の一角で密殺されたが、ティベリウス帝の周辺にいた共謀者は摘発されなかった(後16)。

⇒小ユーリア(ユーリア❻)

Suet. Aug. 64〜65, Tib. 22, 25/ Tac. Ann. 1-3〜6, 2-39〜40/ Dio Cass. 54-29, 55-22, -32, 57-3, -16/ Vell. Pat. 2-104, -112/ etc.

アグリッパ、マールクス・ウィ(ー)プサーニウス

Marcus Vipsanius Agrippa,(ギ)Mārkos Agrippās, Μᾶρκος Οὐιψάνιος Ἀγρίππας,(伊)Marco Vipsanio Agrippa,(西)Marco Vipsanio Agripa,(葡)Marco Vipsânio Agripa,(露)Марк Випсáний Агрúппа,(カタルーニャ語)Marc Vipsani Agripa,(ポーランド語)Marek Agrypa

(前63頃〜前12年3月末) 大アグリッパ。ローマの政治家・将軍。無名の家系より身を起こし、アウグストゥス*(オクターウィアーヌス*)の信任を得て、政治・軍事にめざましい手腕を振るい、「元首政(プリンキパートゥス) principatus(事実上の帝政)」樹立に寄与した人物。カエサル*が暗殺された時(前44)、若きオクターウィアーヌスとともにアポッローニアー*で勉学中であった彼は、未来の皇帝に急ぎローマへ馳せ帰るよう勧めた。前40年のルーキウス・アントーニウス*(M. アントーニウス❸*の弟)に対するペルシア*(現・ペルージャ)の戦いでは、オクターウィアーヌスに代わって戦闘を指揮し、前38年にはガッリア*の属州総督 Propraetor としてアクィーターニア*征服やゲルマーニア*膺懲戦に勝利を収め、前37年に1度目の執政官(コーンスル*)職に就任。強力な艦隊を編成すると、翌前36年には、セクストゥス・ポンペイユス*(大ポンペイユス*の遺児)軍とミューラエ*およびナウロクス*で海戦を交えて、オクターウィアーヌスが眠っている間に敵を粉砕した。前33年には気前のよい造営官(アエディーリス*)として首都ローマの美化を図り、ユーリウス水道(アクァエドゥクトゥス*)その他の公共建築物を設立、前31年にアントーニウスとエジプト女王クレオパトラー7世*の連合軍と対

峙し、艦隊左翼を率いてアクティオン*の海戦に臨み、病身のオクターウィアーヌスにかわってその勝利に決定的な役割を果たした（9月2日）。2度目の執政官職（前28）を経て、3度目の執政官在任中（前27）に、今日パンテオン*として知られる神殿を建造、その後もローマおよび属州各地に大土木事業を興し（⇒ネマウスス*）、軍政面に優れた才幹を発揮した。前23年のアウグストゥス重病の折には、国璽を皇帝から委託されたが、帝位継承者と目されるM.マルケッルス❸*（アウグストゥスの女婿）との軋轢から東方統治を名として、一時ミュティレーネー*に隠栖したこともある（前23～前21）。不穏な動きを鎮めるべく帝国諸方を視察し（⇒ポレモーン1世）、彼の著わした地理書に基づいて、ローマ帝国の地図が作成され、ウィプサーニウス柱廊 Porticus Vipsaniae に刻まれ展示された。3度結婚しており、初め富裕な騎士ポンポーニウス・アッティクス*の娘ポンポーニア❷*を娶って（前36）1女ウィプサーニア・アグリッピーナ*（2代皇帝となるティベリウス*の最初の妻）を儲け、次にアウグストゥスの姪・大マルケッラ*と再婚した（前28）が、前21年アウグストゥスの命で彼女を離別して、帝の一人娘・大ユーリア*（ユーリア❺*）を娶り、数名の子女を生した —— ガーイウスおよびルーキウス・カエサル*、アグリッパ・ポストゥムス*の3男と、小ユーリア*、大アグリッピーナ*の2女。⇒巻末系図086。こうして皇帝の後継者に擬せられ、監察官権限や護民官職権などをアウグストゥスと共有したにもかかわらず、謙虚に身を持して3度の凱旋式を辞退、有能な輔弼としてアウグストゥス体制の確立に貢献。奔放な情事に耽る高慢な妻ユーリアをよそに、カンタブリー*人を平定する（前19／18）など帝国各地に活躍し、前12年初めに病を得、帝に先立って没した。盛大な葬儀が営まれ、亡骸はアウグストゥスの霊廟に葬られた。

アウグストゥスが彼を娘ユーリアの婿に迎える決心をしたのは、側近のマエケーナース*から「アグリッパにあまりにも強大な権力をお授けになった以上、今となっては彼を義子になさるか、亡き者にしてしまわれるか、そのどちらか以外にとるべき途はございません」と進言されたからだともいう。アグリッパの遺産の大半はアウグストゥスの所有に帰し、ユーリアとの間に生まれたその子女は、熾烈な権力争いのうちにことごとく非業の最期をとげることになる。
⇒リーウィア・ドルーシッラ、ヘーローデース・アグリッパ
Vell. Pat. 2-59, -69, -79, -81, -85, -90, -96/ Joseph. J. A. 12, 15～16/ Suet. Aug. 16, 25, 29, 35, 42, 63～64, 66, 94, 97, Tib. 7, 10/ App. B. Civ. 5/ Dio Cass. 45～55/ Tac. Ann. 1-3/ Verg. Aen. 8-684/ Liv. Epit. 117～136/ Plin. N. H. 16-3, 36-24/ Sen. Ep. 94/ Hor. Carm. 1-6/ Frontin. Aq. 9/ Strab. 5-235/ etc.

アグリッパ、マールクス・ユーリウス Marcus Iulius Agrippa
⇒アグリッパ、ヘーローデース

アグリッパ、メネーニウス Menenius Agrippa
⇒メネーニウス・アグリッパ

アグリッパ・メネーニウス Agrippa Menenius Lanatus
⇒メネーニウス・アグリッパ

アグリッピーナ Agrippina,（ギ）Agrippīna, Ἀγριππῖνα,（仏）Agrippine,（西）Agripína,（葡）Agripina,（露）Агриппи́на,（ポーランド語）Agrypina
ローマの婦人名。
❶大アグリッピーナ*。ウィ（ー）プサーニア・アグリッピーナ Julia Vipsania Agrippina（前14頃～後33年10月18日）M.ウィプサーニウス・アグリッパ*（大アグリッパ*）と大ユーリア❺*（アウグストゥス*のひとり娘）の間に生まれる。ゲルマーニクス*（大ドルースス*の息子）と結婚し（後5頃）、6男3女の母となった —— 成人したのはカリグラ*や小アグリッピーナ❷*を含む3男3女 ——。貞節で剛毅だが権力欲が強く、常に夫の征戦に同伴してゲルマーニア*（14～16）や東方（18～19）へ赴き、危難をともに分かち合った。シュリア*でゲルマーニクスが変死する（19）と、その遺骨を抱いてローマへ帰還、国民からは熱狂的に迎えられたものの、太后リーウィア❶*（リーウィア・ドルーシッラ*）とティベリウス*帝には冷淡にあしらわれ、再婚を禁じられる。さらに姦臣セイヤーヌス*の暗躍が功を奏して、アグリッピーナ一家は孤立し、彼女の取り巻きたちは次々に弾劾され取り除かれていく（小マルケッラ*の娘クラウディア・プルクラ Claudia Pulchra ほか）。気性の烈しい彼女は、ティベリウスをゲルマーニクス殺害の首謀者と疑って皇帝との対立を深め、晩餐の席では毒殺を惧れて何も口にしようとせず、またアウグストゥス像に生贄を供するティベリウスに向かって、「アウグストゥスの神霊は物言わぬ像にではなく、血胤たる私の中にこそ宿っているのです」と言い放つ。これに対して皇帝は「支配できないからといって、何もそう怒ることもあるまい」と呟いたという。そして、ついに29年、彼女はティベリウスによって長男のネロー*（カリグラの兄）とともに告発され、2人とも鎖で縛られて追放刑に処せられる —— 母はパンダーテーリア Pandateria（現・Ventotene）島（カンパーニア*沖の孤島）へ、子はポンティア Pontia（現・Ponza）島へ流罪 ——。わめきたてるアグリッピーナは眼球がとび出るほど激しく鞭打たれて片目を失い、ネローやドルースス❷*（彼女の次男）ら息子たちが獄死したのち、食を絶って自殺した（33）。ティベリウスは彼女の野心や姦通を非難し、処刑して屍をゲモーニアエ*にさらさなかったのは自分の慈悲心のお蔭だと自讃、彼女の誕生日は凶日に、命日は吉日に指定された。
⇒ユーリア❼（ユーリア・リーウィッラ）
Tac. Ann. 1-33, -40～42, -44, -46, 2-43, -54～, -71～, 3-1～, -18, 4-12, -17, -19, -39～, -52～, -67～, 5-1, -3～, 6-25～, 14-63/ Suet. Aug. 64, 86, Tib. 53, Calig. 7～8/ Dio

Cass. 57-5～6, 58-22/ etc.

❷**小アグリッピーナ**＊。ユーリア・アグリッピーナ Julia Agrippina（後15年11月6日～59年3月23日）❶とゲルマーニクス＊の長女。ゲルマーニア＊のウビイー＊族の首邑 Oppidum Ubiorum（のちのコローニア・アグリッピーナ＊、現・ケルン Köln）に生まれ、28年ティベリウス＊帝のはからいで Cn. ドミティウス・アヘーノバルブス❺＊と結婚、彼との間に1子（後のネロー＊帝）を産む（37）。出産後、占星学者が「この子はやがて帝位に即き、母を殺すでしょう」と予言したところ、彼女は「天下をとってくれるのなら、殺されてもかまわない」と答えたという（⇒トラシュッロス）。

彼女は美しく、また高い知能をそなえていたが、淫蕩で冷酷、かつ権謀たくましい野心家だったとされる。2人の妹と同様、兄カリグラ＊帝と近親相姦の関係にあったという（⇒ドルーシッラ❶）、非常な名誉を与えられていたにもかかわらず、39年、末妹ユーリア❼＊や情夫 M. レピドゥス❹＊らとともにガエトゥーリクス＊の陰謀に加担し、ためにポンティア Pontia（現・Ponza）島へ流される。41年、叔父クラウディウス＊帝より召還され、寡婦となっていたので、富裕な名門貴族ガルバ＊（のち皇帝）に接近を試みるが果たせず、同じく金満家の元老院議員パッシエーヌス・クリスプス＊と再婚（44頃）。その後都合よく夫が急死したため、彼女が財産めあてに毒殺したのだと噂された（48）。次いで宮廷の実力者パッラース＊と情交を結んでその支援を得、皇帝を籠絡して「叔父＝姪間の結婚」を合法化させ、首尾よくその皇后となる（49年1月、⇒L. シーラーヌス❻、ロッリア・パウリーナ）。たちまち絶大な権力を握り、意のままに夫クラウディウスを操縦、50年にはアウグスタ＊の尊号を受け、息子ネローを夫帝の養子に迎えさせることに成功。ネローの補佐役としてブッルス＊と哲学者セネカ❷＊を起用すると、さらに驕縦の振る舞いを募らせ、帝の実子ブリタンニクス＊を宮廷の片隅に追いやり、しきりに国事に容喙、略奪や処刑を行なって圧政をしいた（⇒ドミティア・レピダ）。そして彼女との結婚に後悔の色を見せはじめたクラウディウスを、54年10月晩餐の席上で毒殺し、ただちにネローの即位を実現させたという（⇒ロークスタ、ナルキッスス、M. シーラーヌス❹）。

ネローの治世になっても女帝的尊大さで政権を壟断しようとして、息子に対して高圧的な態度で臨んだが、まもなく自己主張を始めるネローとの間に軋轢が生じ、ブリタンニクスの怪死（55）後は急速に勢力を失い、陰謀の嫌疑さえかけられるようになる（⇒ルベッリウス・プラウトゥス）。妖姫ポッパエア＊がネローの寵愛を独占しようとしているのを知ると、あくまでも支配権に執着する彼女は、入念に化粧してネローに近づき、息子と不倫の交わりを結んだと伝えられている。ネローは繰り返し母を亡きものにする計画を練ったが、狡猾なアグリッピーナは解毒剤を服用して3度毒殺を免れ、釣天井の仕掛けは密計が洩れたため失敗。しかし、59年3月ついに保養地バーイアエ＊のミネルウァ＊祭に招待された彼女は、ネローの歓待を受けたのち、事故を装った船の難破を一旦逃れたものの、バウリー＊の別荘において息子の命令で暗殺された（⇒アニーケートゥス）。刺客が止めを刺そうとした時、アグリッピーナは下腹部を露出して、「ここを突いて、さあ、ここからネローが生まれたのだから！」と叫んだといい、裸の死体を検分した皇帝は「こんなに美しい母を持っていたとは知らなかった」と讃嘆、また「今日という日こそ余に統治権が与えられたのだ」と感慨深げに言ったとも伝えられる。彼女の死は公式に祝われ、これまで祝日だったその誕生日は凶日と改められた。以来ネローは母の亡霊に悩まされ、魔法使いに彼女の死霊を呼び出して宥(なだ)めさせようとしたこともあったという。彼女の遺した『自叙伝』（散佚）が、タキトゥス＊の史料として用いられたと考えられている。
⇒メッサーリーナ、アクテー
Tac. Ann. 4-53, -75, 11-12, 12-1～14-64, 15-50, 16-14, -21/ Dio Cass. 59-61/ Suet. Calig. 7, 24, Claud. 26, 29, 39, 43～44, Ner. 5～6, 28, 39, Galb. 5/ etc.

❸**アグリッピーナ・ウィ（ー）プサーニア** Vipsania Agrippina（アグリッパ＊の長女）。❶の異母姉。
⇒ウィ（ー）プサーニア・アグリッピーナ

アグリー・デクマーテース Agri Decumates
⇒デクマーテース・アグリー

アクロケラウニア Acroceraunia, （ギ）Akra Keraunia, Ἄκρα Κεραύνια（現・Himarë 近くの Glossa）, （伊）Capo della Linguetta

エーペイロス＊（エーピールス＊）地方のイーオニアー＊海に臨む岬。ケルキューラ＊（コルキューラ＊）島の北東方に突き出た岩山の岬で、航海の難所として知られる。ギリシア語で「雷岬」の意（akron + Keraunos）。別名「雷山」Keraunia orē, （ラ）Ceraunii Montes.
Hor. Carm. 1-3/ Plin. N. H. 3-11/ Dio Cass. 41-44/ Ov. Rem. Am. 739/ Ptol. Geog. 3-13/ etc.

アクロタトス Akrotatos, Ἀκρότατος, Acrotatus
スパルター＊のアーギアダイ＊家の王（在位・前265頃～前262）。アレウス1世＊の子。美しい若者に育ったので、大叔父クレオーニュモス＊の妻キーローニス Khilonis に言い寄られ、これと情を通じた。そのため父王の不在中、クレオーニュモスは王位を奪うべくエーペイロス＊王ピュッロス＊の大軍を国土へ引き入れたが、アクロタトスが勇敢に闘(たたか)ったので、かろうじて落城を免れた（前272）。父の戦死後、王位を継いだものの、治世わずかにしてメガロポリス＊（メガレー・ポリス＊）の戦いで敗死し、遺腹の子アレウス2世＊が後継者に立てられた。
⇒巻末系図 022
Plut. Pyrrh. 26～28, Agis 3/ Paus. 3-6, 8-27/ etc.

アクロポリス　Akropolis, Ἀκρόπολις, Acropolis, （仏）Acropole, （伊）Acropoli, （西）Acrópolis, （葡）Acrópole, （露）Акрополь, （現ギリシア語）Akrópoli

「高い（アクロス akros）都市（ポリス polis）」の意。ギリシア都市国家（ポリス）の中核をなす小高い丘。防御に適する堅固な高所が選ばれ、古くは城砦・王城の地として発展したが、のちにはポリスの守護神などの諸神殿が建てられて、都市国家の宗教・政治の中心となった。各ポリスには原則としてアクロポリスがあり、ミュケーナイ*、アルゴス*、アテーナイ*、コリントス*、テーバイ❶*、シケリアー*（現・シチリア）のアクラガース*（アグリゲントゥム*）、小アジアのペルガモン*などのものが有名。スパルター*はアクロポリスに防壁をもたぬことを誇りとしたが、やはりそこにも「都城擁護のアテーナー*」神殿や柱廊（ストアー*）・劇場（テアートロン*）といった公共建造物が築かれていた。コリントスのアクロポリスにあたる丘は、市の背後に聳える高い岩山（標高 575 m）で、アクロコリントス Akrokorinthos と呼ばれ、アプロディーテー*の小神殿があったものの、多数の神殿娼婦が奉仕するアプロディーテーの神域やアポッローン*の神殿は、古くから市内に設けられていた。またテーバイのアクロポリスは、同市の建祖カドモス*に因んでカドメイアー Kadmeia の名で知られていた。諸都市のアクロポリス中、格段に名高いのがアテーナイのもの（旧称・ケクロピアー Kekropia）で、後世単にアクロポリスと呼ぶ場合は、通常アテーナイのそれを指すようになった。アテーナイのアクロポリスは、市のほぼ中央にある東西約 300 m、南北 138 m、海抜 154 m の峨々たる岩山からなり、西側の登り口を除き周囲は急峻な断崖で、これにさらに城壁を巡らして防備が強化されている。すでにミュケーナイ時代に巨石を積み重ねて築かれたキュクロープス*式城壁（エレクテウス*の館）の遺跡があり、賢人ソローン*や僭主ペイシストラトス*一家の時代にはヘカトンペドン Hekatompedon（百歩殿）その他の建物が造営されたが、これらは前 480 年のペルシア軍の劫略によって破壊された。前 448 年以後、ペリクレース*時代に大復興工事が開始され、パルテノーン*神殿をはじめ、前門プロピュライア*、アテーナー・ニーケー*神殿、エレクテイオン*など古典期の粋を尽くした諸建造物の結構が次々と整い、丘は美化されてアテーナイの栄光の象徴となった。

⇒アゴラー

Hom. Od. 7-81, 8-494/ Herodot. 1-84, 8-41, -51～/ Thuc. 2-13/ Paus. 1-22～, 2-4～5, 3-17/ Strab. 8-371～, 9-396～/ Dem./ Diod./ etc.

ア（ー）クローン　Akron, Ἄκρων, Acron

ギリシア系の男性名。

❶（前 8 世紀中頃？）ローマ建国伝説中、イタリア中部カエニーナ Caenina（ローマ東北方のサビーニー*族の都市）の王。サビーニーの女たちが掠奪されたのち、ロームルス*に一騎討ちを挑んで殺された。

⇒スポリア・オピーマ

Plut. Rom. 16/ Prop. 4-10/ Liv. 1-10/ Dion. Hal. 2-32～34/ Val. Max. 3-2/ Serv. ad Verg. Aen. 6-859/ etc.

❷アイネイアース*（アエネーアース*）に味方して、メーゼンティウス*に討たれたギリシア人戦士。

Verg. Aen. 10-719～

❸（前 5 世紀）シケリアー*（現・シチリア）のアクラガース*（アグリゲントゥム*）出身の医師。アテーナイ*で開校し、疫病が猖獗を極めた時（前 430 夏）、豊富な臨床経験から患者の近くで火を燃やすよう忠告、一種の燻蒸消毒を行なった。エンペドクレース*の同時代人。ドーリス*方言で著述を残したが、すべて散佚。経験学派の祖に擬せられることもある。

⇒ヒッポクラテース

Plin. N. H. 29-4/ Plut. Mor. 383d/ Gal./ Suda/ etc.

アークローン、ヘレニウス　Helenius Acron (Acro), （伊）Elenio Acrone

（後 2 世紀末頃～3 世紀頃）ローマの文献学者。テレンティウス*やホラーティウス*の作品に関する注釈を残したが、全て散佚。彼の名に帰せられるホラーティウスの現存注釈書は、5 世紀以降のものと見なされている。

Schol. ad Pers. 2-56/ Pseudo-Acro/ Porph./ etc.

アケー　Ake

⇒プトレマーイス❶

アケーア　Achaea

⇒アカーイアー（ギ）、アカーイア（ラ）

アゲーサンドロス、またはハゲーサンドロス*　Agesandros, Ἀγήσανδρος (Hagesandros, Ἀγήσανδρος), Agesander, （伊）（西）（葡）Agesandro

（前 2 世紀～前 1 世紀前半）ギリシアの彫刻家。ペルガモン*派。ロドス*の人。息子のポリュドーロス❷*とアテーノドーロス❻*とともに、有名な「ラーオコオーン*群像」の制作に携わった。この大理石群像は、高さ 184cm、トロイアー*の神官ラーオコオーンと 2 人の息子が神の差し向けた大蛇に巻きつかれて苦悶する姿を表わしたもので、ヘレニズム時代末期の傑作の 1 つに数えられる。通説では、ラーオコオーン本体をアゲーサンドロスが、残余の部分を助手の 2 人が手がけたといわれる。ネロー*帝（在位・後 54～68）によってローマの黄金宮殿 Domus Aurea（ドムス・アウレア）に運ばれ、大プリーニウス*の頃にはティトゥス*帝（在位・79～81）の宮殿内に飾られていた。後 1506 年 1 月 14 日トライヤーヌス*帝の浴場遺跡近くから発見され、2 カ月後に教皇ユーリウス 2 世に買い上げられた。ルネサンス美術に大きな影響を与えたばかりでなく、ヴィンケルマン、レッシング、ゲーテら後世の芸術観にも感化を及ぼしている（現・ヴァティカーノ博物館所蔵。ただし原作ではなくローマ帝政初期の

模刻との説が強い)。

なお名高い「メーロス*のアプロディーテー*（ミロのヴィーナス）像」の作者は、アンティオケイア❶*のアゲーサンドロス（前1、2世紀頃）である。
⇒グリュコーン、アポッローニオス❻
Plin. N. H. 36-4/ etc.

アゲーシポリス Agesipolis, Ἀγησίπολις, (仏) Agésipolis, (伊) Agesipoli, (葡) Agesípolis, (露) Агесиполид, (現ギリシア語) Ayisípolis, (ポーランド語) Agezypolis

スパルター*のアーギアダイ*家の王たち。
⇒巻末系図 022

❶ 1世　A. I　(在位・前 395 頃〜前 380 夏)

スパルター*王パウサニアース❷*の子。幼くして即位し、コリントス*戦争（前 395〜前 386）ではアルゴス*を侵略（前 387）、地震や落雷などの凶兆が続いたため、不本意ながら兵を引き揚げた。前 385 年にはマンティネイア*を攻め、テーバイ❶*の援軍を得て水攻めでこの都市を降伏させている。次いで前 381 年、オリュントス*へ遠征したが、突如熱を発して死んだ（前 380 夏）。併立王アゲーシラーオス 2 世*が攻撃的であったのに対し、彼はより穏和だったと伝えられる。子がなかったので、王位は弟クレオンブロトス 1 世*が継承した。ギリシア人の常として少年愛に血道を上げたことで知られる。
Xen. Hell. 4-2, -3, -7, 5-2, -3/ Paus. 3-5, 8-8/ Diod. 15-5〜, -22/ Isocr. 4-67, 8/ etc.

❷ 2世　A. II　(在位・前 371〜前 370)

❶の甥。クレオンブロトス 1 世*の長子。在位 1 年で没し、子がなかったので、弟クレオメネース 2 世*が王位を継いだ。
Paus. 1-12, 3-5/ Diod. 15-60/ etc.

❸ 3世　A. III　(在位・前 219〜前 215)

クレオンブロトス 2 世*の孫。父はアゲーシポリス Agesipolis。クレオメネース 3 世*の死後、幼くして王位に推戴され、叔父クレオメネース Kleomenes が後見役となる。しかし、叔父亡きあと間もなく、共治の王リュクールゴス❷*によって退位させられた。その後前 195 年には、スパルターを放逐された人々を率いてフラーミニーヌス*麾下のローマ軍に投じ、僭主ナビス*を攻撃。次いで前 183 年にスパルターの追放者たちの使節としてローマへ向かうが、途中で海賊に襲われて殺された。
Polyb. 4-35, 24-11, Frag. 33-6/ Liv. 34-26/ etc.

アゲーシラーオス Agesilaos, Ἀγησίλαος, Agesilaus, (ドーリス*方言) アゲーシラース Agesilas, Ἀγησίλας, (仏) Agésilas, (伊) (西) Agesilao, (露) Агесилай

スパルター*の王名。
⇒巻末系図 021 〜 022

❶ 1世　A. I　(前 9 世紀頃)

アーギアダイ*家の王。彼の治世中に、リュクールゴス*が国制改革を行なったと伝えられる。
Paus. 3-2/ Herodot. 7-204/ etc.

❷ 2世　A. II　(前 444〜前 360 頃)

エウリュポーンティダイ*家の王（在位・前 401／399〜前 361 頃）。アルキダーモス 2 世*の子。痩身で背が低く跛者だったにもかかわらず、名将リューサンドロス*を恋人にもち、異母兄アーギス 2 世*が没した時、その子レオーテュキダース❸*をリューサンドロスの圧力で排して王位に即いた。前 396 年、小アジア沿岸のギリシア都市をペルシアから解放するべく遠征し、諸所に転戦（⇒ティッサペルネース）、知勇を兼ね備えた武将の名をとる。アテーナイ*やテーバイ❶*等の反スパルター諸市と祖国との間に戦争（コリントス*戦争・前 395〜前 386）が勃発したため、ギリシア本土へ呼び戻され、コローネイア*の激戦でかろうじて反スパルター同盟諸市軍を破った（前 394 年 8 月）。その後ペロポンネーソス*各地で勝利を収め、さらに 2 度ボイオーティアー*へ侵入し（前 378、前 377）、テーバイの雄将エパメイノーンダース*と戦って勝ち、スパルターの覇権の保持に努めた。しかし、前 371 年、平和会議の席上テーバイ側の要求を強硬に拒絶して宣戦を布告、結局レウクトラ*の決戦でスパルターはエパメイノーンダース軍に惨敗し（⇒クレオンブロトス 1 世）、ついにギリシア世界の覇者の地位から脱落した。度重なるテーバイ攻めの結果、敗北したので、アゲーシラーオスは将軍アンタルキダース*から「王様は、教えてくれと頼みもしないテーバイ人に戦術を教えてやり、結構な授業料をお受け取りになりましたね」と皮肉られた。次いで 2 度にわたるエパメイノーンダースのスパルター侵攻を防ぎ（369、362、⇒イーサダース）、前 361 年には祖国の軍資金不足を補おうと、傭兵隊長になってエジプトへ出征（⇒タコース、ネクタネボス 2 世）。大金を稼いで帰国の途中、冬のキューレーネー*で没した。84 歳。質実剛健にして優れた将器であったが、美青年たちへの愛に溺れやすく、ために死刑となるべき人物を無罪放免にしたり、併立王で同じく少年愛に熱中するアゲーシポリス 1 世*の恋が成就するよう力を貸したり、ペルシア人スピトリダテース Spithridates の美しい息子メガバテース Megabates に対する激しい情慾に煩悶したりした等々、幾多の逸話が伝えられている。また、傭兵隊長としてエジプトへ渡った時に、そのみすぼらしい外見から、「大山鳴動して鼠 1 匹とはこのことか」と呆れられた話や、掌に「勝利」と大書しておいて生贄の内臓を摑み、それに写った文字を示して、意気阻喪した兵士らに「勝利はわが方にあり」と激励した話も名高い。

クセノポーン*はその著『アゲーシラーオス』の中で、彼を勇気・知恵・自制・敬虔・公正などあらゆる徳をそなえた立派な王の理想像として描き出している。なお、アゲーシラーオスの妹キュニスカー Kyniska は、オリュンピア競技祭*の戦車競走で自分の持ち馬を出場させて優勝した最初の女性として知られている。
⇒パルナバゾス

Xen. Ages., Hell. 3-3～/ Plut. Ages., Mor. 190～, 208～/ Nep. Ages./ Paus. 3-8～10/ Diod. 14～15/ Just. 6-2/ Ath. 14-616d～e, 657b～c/ Ael. V.H. 4-16, 7-13, 10-20, 12-15, 14-2, -17/ Polyaenus 2-1/ Frontin. Str. 1-4, -8, -10/ etc.

アゲーシラース　Agesilas
⇒アゲーシラーオス

アケスタ（または、アケステー）　Acesta,（ギ）Akesta, Ἄκεστα,（Aceste,（ギ）Akeste, Ἀκέστη)
シキリア*（現・シチリア）島のセゲスタ*市のこと。ウェルギリウス*によれば、アエネーアース*（アイネイアース*）が創建し、名祖アケステース*（アイゲステース*）に託したという。
Verg. Aen. 5-718, -746～, 9-218/ Plin. N. H. 3-8/ Cic. Verr. 2-3/ etc.

アケステース　Akestes, Ἀκέστης, Acestes
⇒アイゲステース

アゲディンクム（または、アゲーディクム、アゲンディクム）　Agedincum（Agedicum, Agendicum, Agetincum, Agredicum)
（現・サンス Sens）ガッリア*の町。セノネース*族の首邑で、ローマの属州ガッリア・ルグドゥーネーンシス*に併合される。ルーテーティア*（現パリ）の東南119kmに位置し、今日なおケルト*系の部族名セノネースを市名サンスに留めている。
Caes. B. Gall. 6-44, 7-10, -57～/ Amm. Marc. 16-3/ etc.

アゲーノール　Agenor, Ἀγήνωρ,（仏）Agénor,（独）Agenoras,（伊）Agenore,（露）Агенор
ギリシア神話中、フェニキア*のテュロス*（またはシードーン*の）王。リビュエー*（エパポス*の娘）とポセイドーン*の子で、ベーロス*の双生兄弟。1女エウローペー*とカドモス*、ポイニクス❶*、キリクス*ら何人かの息子たちの父。雄牛に変身した大神ゼウス*がエウローペーを誘拐した時、アゲーノールは息子たちに命じて彼女の行方を捜索させ、見つけ出すまで帰国を厳禁した。諸方に赴いた子らは、結局発見できぬまま誰も戻らず、カドモスはテーバイ❶*の、ポイニクスはポイニーケー*（フェニキア）の、キリクスはキリキアー*の祖となった。なお、ウェルギリウス*がカルターゴー*を「アゲーノールの都」と呼んでいるのは、ディードー*（カルターゴーの女王）がその子孫であることに由来している。
アゲーノールという名の人物は、他にもトロイアー*の神官アンテーノール*の息子で攻め寄せたギリシア勢と勇戦した武将アゲーノールをはじめ、ギリシア神話伝説中に数多く見出される。
Apollod. 2-1, 3-1/ Ov. Met. 2-838, 3-51, -97, -257/ Herodot. 4-147, 6-46～/ Verg. Aen. 1-338/ Hom. Il. 21-570～/ Diod. 5-58, -78/ Hyg. Fab. 6, 64, 178, 179, 274, 275/ Paus. 3-15/ Schol. ad Eur. Phoen. 6/ etc.

アケー（または、アッケー*）　Ake（Akke), Ἄκη（Ἄκκη), Ace（Acce)
フェニキア*の海港プトレマーイス❶*の古名。アッコー*とも呼ばれた。

アケメネース　Achaemenes
⇒アカイメネース

アケメネス朝（ペルシア帝国）　Achaemenides
⇒アカイメネース朝ペルシア

アゲラ（ー）ダース　Ageladas, Ἀγελάδας（または、ハゲライダース Hagelaidas),（仏）（西）Agéladas,（伊）Agelada,（露）Агелад
（前6世紀後半～前5世紀中頃）アルゴス*の彫刻家。ギリシア古典盛期を代表する三巨匠ペイディアース*、ミュローン*、ポリュクレイトス*の師として名高い。青銅彫刻に優れ、オリュンピア競技祭*の優勝者像やゼウス*、ヘーラクレース*などの神像を造ったという。
⇒カラミス
Paus. 4-33, 6-8, -10, 7-24, 10-10/ Plin. N. H. 34-19/ Suda/ etc.

系図26　アゲーノール

```
ゼウス ══ イーオー
         （イーナコスの娘）
              │
         エパポス ══ メンピス（ネイロス河神の娘）
                   │
         ポセイドーン ══ リビュエー
                     │
テーレパッサ ══ アゲーノール           ベーロス
（または，アルギオペー・                │
テーレパエー）        ╲              アンティオペー
                     ╲            ／
　│　　　　│　　　│　　　　│　　　│　　　│　　　│　　　│　　　│　　　│
エウローペー ゼウス カドモス ハルモニアー ポイニクス アルベシボイア キリクス タソス ビーネウス アステュパライア ポセイドーン
（ヨーロッパの名祖）　　　　　　　　（フェニキアの名祖）　　　　（キリキアーの名祖）（タソス島の名祖）（サルミュデーッソス王）
　（クレーター王家）（テーバイ王家）　　（シードーン王家）
                                                                    エウリュピュロス アンカイオス
                                                                    （コース島の王）
```

アゲル・ガッリクス　Ager Gallicus

「ガッリア人の土地」の意。イタリア半島東北側アドリア海*沿岸の地名。前400年頃、アルペース*（アルプス）山脈を越えて南下したガッリア*（ケルト*）人セノネース*族の分派が定住した地域で、アリーミヌス Ariminus 川からアエシス*川にかけての一帯を指す。前283年にローマ人に征服されて以来、その植民地と化し、のちアウグストゥス*によって、ウンブリア*地方とともにイタリアの第6地区に編成された（⇒イタリア）。主な都市は、カエセーナ Caesena（現・チェゼーナ Cesena）、ラウェンナ*（現・ラヴェンナ Ravenna）、アリーミヌム*（現・リーミニ Rimini）など。
Liv. 23-14, 39-44/ Cic. Cat. 2/ Caes. B. Civ. 1-29/ etc.

アケローオス（河）　Akheloos, Ἀχελῷος, Achelous,（英）Acheloüs,（仏）Achéloos,（独）Acheloos,（伊）Acheloo,（西）Aqueloo,（露）Ахелой

（現・Aheloós, Aspropotamos）ギリシア最大の河。エーペイロス*中央部ピンドス* Pindos 山脈に発し、アイトーリアー*とアカルナーニアー*の境を流れて、コリントス*湾の入口、イーオニアー*海へ注ぐ（全長約220km）。また、その河神の名。

神話ではオーケアノス*とテーテュース*との間に生まれた最初の子とされ、あらゆる河川の長と考えられている。デーイアネイラ*（カリュドーン*の王女）の愛を求めてヘーラクレース*と争った話は有名。その折アケローオスはさまざまな姿に変身したが、雄牛になった時に角を折られて敗北。折れた角の代わりにヘーラクレースからアマルテイア*の豊饒の角（⇒コルヌーコーピア）を与えられた。一説には折られた角が河泉のニンフ*（ニュンペー*）のナーイアス*たちによって、豊饒の角に変えられたともいう。アケローオス河神は、アルクマイオーン❶*の妻となったカッリッロエー❷*やコリントスの名泉ペイレーネー*、デルポイ*のカスタリアー*、テーバイ❶*のディルケー*など大勢の泉のニンフら、およびセイレーン*たちの父と見なされる。河口にあるエキーナデス Ekhinades 諸島は、怒った彼により海へ押し流されたニンフたちが変身したものとされている。またこの河の下流はアカルナーニアーとアイトーリアの境界を劃していたが、堆積土のため境が始終かき消されたことから、両族の間に紛争が絶えなかったという。

アケローオスはアルペイオス*と並んでギリシアの代表的河川であり、他のいくつかの川にも同じ名が付けられたばかりか、一般的に清冽な流水を示す代名詞のように用いられるに至った。

Hes. Th. 340/ Herodot. 2-10, 7-126/ Ov. Met. 8-550〜, 9-97/ Hom. Il. 21-194/ Apollod. 1-3, -7, 3-7/ Ap. Rhod. 4-896/ Strab. 10-458/ Plin. N. H. 15-23/ Thuc, 2-102/ etc.

アケローン　Akheron, Ἀχέρων, Acheron,（仏）Achéron,（伊）Acherónte,（西）（葡）Aqueronte,（露）Ахерон

「悲痛の河」の意。冥界（ハーデース*）に通じるとされる南エーペイロス*の河。深い渓谷に発し数度地下に潜りつつ、コーキュートス*などの支流を合わせてイーオニアー*海に注ぐ。ヘーロドトス*によると、死者の霊を喚び出す妖術が、黒い水をたたえるこの河畔で行なわれていたという。

ホメーロス*以来、黄泉の国を流れる河川の1つとされ、のちには全ての亡者がカローン*の舟でこの流れを渡らねばならないと考えられた。大地ガイア*が夫なしに産んだ河神とされ、神々との戦に敗れた巨人族*（ないしティーターン*）に河の水を飲ませた科で地下に追われたともいう。同名の河は他にもエーリス*、イタリアなどにいくつかあるが、ビーテューニアー*のそれはヘーラクレース*がケルベロス*を冥界から連れ出したところと伝えられている。

⇒ステュクス、プレゲトーン

Hom. Od. 10-513/ Herodot. 5-92/ Eur. Alc. 439〜/ Ov. Met. 5-534〜/ Apollod. 1-5/ Paus. 1-17, 5-14, 10-28/ Thuc. 1-46/ Plin. N. H. 4-1/ Strab. 7-324/ etc.

アゴラー　Agora, Ἀγορά,（伊）Agorà,（西）（葡）Ágora,（露）Aropa,（カタルーニャ語）Àgora,（現ギ

系図28　アケローン

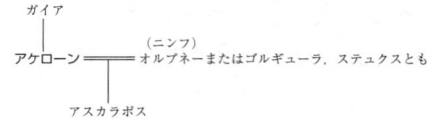

系図27　アケローオス（河）

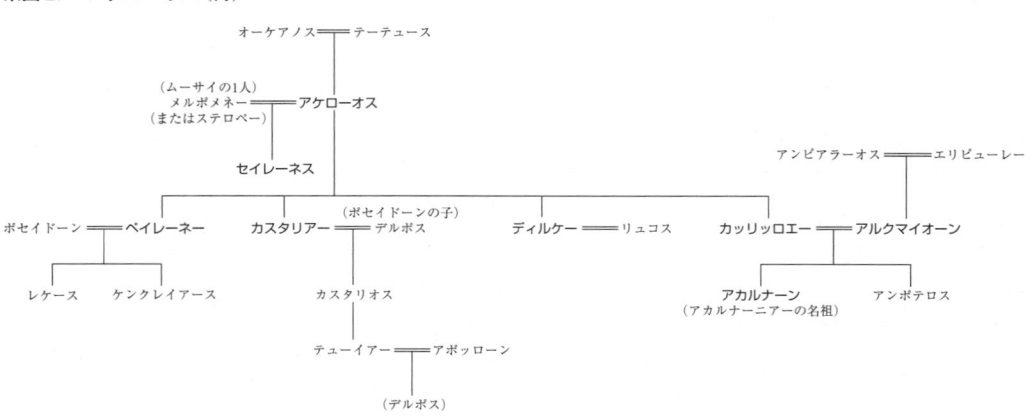

リシア語）Agorá

「集会」転じて「集会所」の意。ギリシア都市国家（ポリス polis）の中心広場。政治的な広場と市場を兼ねた独特のもので、役所や神殿、柱廊（ストアー*）などの公共建築物が多く建てられ、ストアーには種々の店舗が連らなっていた。たんに「市場」と訳されることもあるが、経済活動のみならず、市民の集会もここで開かれ、選挙・訴訟事件をはじめ、政治や学問も論ぜられて、ポリスにおける公共生活・日常生活の中心を成した。ローマのフォルム*に相当する。ふつうアクロポリス*の丘の麓にあるが、港湾都市では沿岸に位置していた。最も有名な例はアテーナイ*のアゴラーであるが、その他アッソス*、エペソス*、プリエーネー*などの諸都市に、その顕著な遺跡が認められる。なおアゴラーは、デルポイ*やテッサリアー*諸都市においては「民会」の呼称となっていた（⇒エックレーシアー）。
⇒ケラメイコス

Paus. 1-3, -15-1, 2-2〜3, 3-11, 6-24, 8-30, -48, 9-17/ Hom. Il. 7-382, 11-807, Od. 6-266/ Vitr. De Arch. 5-1/ Pl./ Xen./ Ar./ Dem./ Aeschin./ Lys./ Plut./ Lucian./ etc.

アゴラクリトス　Agorakritos, Ἀγοράκριτος, Agoracritus, （仏）Agoracrite, （伊）Agoracrito, （西）Agorácrito, （露）Агоракрит

（前5世紀中頃〜後半に活動）パロス*島出身のギリシアの彫刻家。巨匠ペイディアース*の愛人にして弟子。若々しくて美しい容貌のゆえに師のお気に入りとなり、ペイディアースは自作のいくつかを愛の贈り物として彼に捧げ、それらがアゴラクリトス作の名の下（もと）に伝えられることを許したという。彼の代表作はラムヌース*（アッティケー*東北岸の町）のネメシス*（報復の女神）像で、同地からはこの女神像の断片と思われるものが発掘されている（頭部は大英博物館蔵。もとは高さ4.4ｍの巨像）。伝承によれば、この大理石像は、相弟子のアルカメネース*と女神アプロディーテー*像制作の腕を競い合った時の作品で、アテーナイ*人が依怙贔屓からアルカメネースに勝たせたため、彼はこの像をネメシスと呼んでラムヌース市に売ったとされている。真の作者はペイディアースであるが、愛弟子に対する贈り物の1つとして、女神像にアゴラクリトスの署名が許されたのだという説もある。

Plin. N. H. 36-4/ Paus. 9-34, 1-33/ Strab. 9-396/ Tzetz. Chil. 7-154/ Suda/ Phot./ etc.

アゴラーノモス　Agoranomos, Ἀγορανόμος, Agoranomus
（〈複〉アゴラーノモイ Agoranomoi, Ἀγορανόμοι, Agoranomi），（仏）Agoranome, （伊）Agoranomo

ギリシアの市場監督官。アゴラー*における商取引の監督のほか、沿岸諸市では船舶の航行の監視や、港湾税の徴収などをも管掌した。120以上の都市国家 polis（ポリス）にこの官職が置かれており、古典期アテーナイ*では10名（うち5名は市内、5名は外港ペイライエウス*を担当）が籤（くじ）で選ばれていた。軽い違法行為には罰金を課す権限があり、市場の建物の維持・拡大をも管轄。ローマのアエディーリス*（造営官）の訳語としても用いられた。
⇒アステュノモス

Ar. Ach. 723, 824, 968, Lys. 665/ Pl. Resp. 4-425d, Leg. 6-764b, 8-849a, 9-881c, 11-913d, -917b〜e/ Arist. Pol. 7-12, Ath. Pol. 51/ etc.

アゴーン　Agon, Ἀγών, （複）アゴーネス Agones, Ἀγῶνες
⇒ギリシアの競技祭

アコンティオス　Akontios, Ἀκόντιος, Acontius, （伊）Aconzio, （西）Aconcio

ギリシア伝説中、ケオース*島の美青年。多くの男たちから言い寄られていたが、デーロス*島の祭礼でアテーナイ*貴族の娘キューディッペー❷*に一目惚れし、マルメロの実に「女神アルテミス*にかけて、私はアコンティオスと結婚することを誓う」と刻んで彼女の方へ転がした。これを拾った文盲の乳母に頼まれて、キューディッペーがその文字を読んでしまったため、女神に対する誓約が成立したことになり、以来彼女は許婚者と結婚しようとする都度、病を得て死に瀕する。心配した彼女の父がデルポイ*の神託を伺ったところ、3度の重病は彼女の誓約違反が原因であると判明。かくてアコンティオスは計略によってキューディッペーと結婚することができたという。この物語を記した詩人カッリマコス*のパピューロス断片が、エジプトのオクシュリュンコス*から発見されている。

同様の話が、アテーナイの若者ヘルモカレース*に関して伝えられており、それによると、彼は見初めたケオース*島の乙女クテーシュッラ Ktesylla に、誓いの文句を刻んだ林檎（りんご）を投げて、アルテミス神殿内でこれを声に出して読ませた。彼女の父は娘を別の男と結婚させようとするが、ヘルモカレースを見るや否やクテーシュッラ自身も恋に陥り、2人はアテーナイへ駆け落ちして結婚。しかし、ほどなく彼女は産褥死を遂げ、葬儀の折に鳩に変身して昇天し、以来女神として祀られたという。

Ov. Her. 20〜21, Met. 7-368〜370, Tr. 3-10, Ars Am. 1-457〜458/ Callim. Aet. Fr. 67〜75/ Ant. Lib. Met. 1/ etc.

アサモーナイオス（ハスモーナイオス）家

Asamonaios, Ἀσαμωναῖος, Asamonaeus; Hasmonaios, Ἀσμώναιος, Ἀσμωναῖος, Hasmonaeus, （複）Asamonaioi, Ἀσαμωναῖοι, Asamonaei; Hasmonaioi, Ἀσμωναῖοι, Hasmonaei, （ヘブライ語）Ḥašmōn, Hashmōn （〈複〉Ḥashmōnāīym），（ラビ・ヘブライ語）Ḥashmōnā'ī（〈複〉Ḥashmōnā'īm），（アラム語）Ḥashmōnā（〈複〉Ḥashmōnā'ē），（英）Hasmonaean(s), （仏）Hasmonéen(s), （独）Hasmonäer, （伊）Hasmoneo (Hasmonei), （西）

Asmoneo(s), (葡) Hasmoneus, (露) Хасмоней (Хасмонеи)

(ハスモーン*家)。ユダヤ*の独立戦争に蹶起したイウーダース・マッカバイオス*(ユーダース・マッカバエウス*)の一族。別名マッカバイオイ Makkabaioi, Μακκαβαῖοι, Maccabaeī 家。祭司アサモーナイオスの子孫で、前167年セレウコス朝*シュリアー*のギリシア化政策に対して反乱を起こし、マッカバイオス兄弟の闘争(前166〜前143)を経て、前142年シーモーン Simon が独立を獲得、その子イオーアンネース・ヒュルカノス1世*が支配権を継ぐに及んで、世襲の祭司王朝・ハスモーン朝が開かれた(前134)。彼らはヘレニズム化したユダヤ人を迫害し、パレスティナ*の大半を征服して住民たちに剣先を突きつけてはユダヤ教と割礼を強制した。この王朝下にサドカイ派(ギ) Saddūkaioi、パリサイ派(ギ) Pharisaioi、エッセネ派(ギ) Essēnoi などのユダヤ教諸派が分岐・活躍したが、女王アレクサンドラー❶*の死(前67)後、息子たちの間に王位継承争いが生じたため、前63年ユダヤはポンペイユス*に占領され、以後ローマの属領と化した(⇒巻末系図026)。
⇒アリストブーロス1世、2世、アレクサンドロス・イアンナイオス、イオーアンネース・ヒュルカノス2世、アンティゴノス(ユダヤの王)
Joseph. J. A. 12〜20, J. B. 1/ Dio Cass. 37-15〜/ Diod. 40/ Euseb. Hist. Eccl. 6-25/ Vet. Test. Maccab. I/ Joseph. Vit. 2/ etc.

アサンドロス Asandros, Ἄσανδρος, Asander, (伊) Asandro
(前108〜前15)ボスポロス*王(在位・前47〜前15)。パルナケース2世*の娘デュナミス Dynamis の夫(⇒巻末系図030)。岳父の摂政を務めていたが、これを裏切ってゼーラ*の戦い(前47)ののち殺害して王位を簒奪。しかし、カエサル*の擁立した新王ペルガモン*のミトリダテース Mithridates(ポントス*の大王ミトリダテース6世*の子)に放逐され、ほどなくアントーニウス*とアウグストゥス*の支持を得て復辟、93歳まで長生きした後、軍隊に見棄てられたことに絶望して自ら餓死を遂げた。次いでデュナミスの後夫たるポントス王ポレモーン1世*が、ローマの後援でボスポロス王位に即いた(前14)ものの、ポレモーンがピュートドーリス*と結婚したことから夫婦間に内紛が生じ、デュナミスはサルマタイ*の君主アスプールゴス Aspurgos と再婚すると、前8年ポレモーンを敗死させて彼女自身が女王の座に登った(〜後8頃まで在位)。
この他、アレクサンドロス大王*の重臣パルメニオーン*の兄弟のアサンドロス(前4世紀後半に活躍)ら幾人かの同名人物が知られている。
Dio Cass. 42-46〜48, 54-24/ App. Mith. 120/ Lucian. Macr. 17/ B. Alex. 78/ Strab. 7-311/ Arr. Anab. 1-17, 2-5, 4-7/ Curtius 7-10/ Diod. 18-3, 19-62, -68/ etc.

アジア Asia
⇒アシアー、小アジア、アシア

アシアー Asia, Ἀσία, (仏) Asie, (葡) Ásia, (露) Азия
ギリシア神話中、オーケアノス*とテーテュース*の娘。イーアペトス*との間にアトラース*、プロメーテウス*、エピメーテウス*ら4人の息子を産んだ。アジア大陸の名祖(なおや)とされ、リビュエー*(アフリカの名祖)、エウローペー*(ヨーロッパの名祖)の姉妹とする説もある。
⇒クリュメネー❶
Hes. Th. 359/ Apollod. 1-2/ Herodot. 4-45/ Schol. ad Lycoph. 1412/ Steph. Byz./ etc.

アシアー Asia, Ἀσία, (詩) Asis, Ἀσίς, (仏) Asie, (独) Asien, (葡) Ásia, (露) Азия, (アラビア語) Âsiya, (ペルシア語) Āsiā, (トルコ語) Ásya, (漢) 亞細亞
アッカド語=アッシュリアー*語の「日の出」を意味するアースー Āṣū に由来し、またヒッタイト語の Assuwa は、小アジア半島の西北部を指す言葉であったという。伝説上の名祖(なおや)として、オーケアノス*の娘アシアー*が創(つく)り出されている。

❶アジア大陸
「アシアー」は古くは、エーゲ海を挟んでヨーロッパ*(エウローペー*)に対峙する東方 Anatolē(アナトレー)(日の出、東)全体を指し、前500年頃まではリビュエー*(アフリカ大陸)をも含んでいた。前5世紀に入って、ヘーロドトス*らギリシア人著述家は、アジアとアフリカを区別するようになり、またヨーロッパとアジアとの境界線をタナイス*(現・ドン)河に引く慣例がほぼ定着した。アレクサンドロス大王*の東征以後、インドおよび中央アジアに関する知識が飛躍的に拡大し、ローマ帝政期には隊商貿易やエリュトラー*海の航路を通じて、支那との交流も行なわれるようになった(後2世紀)。
⇒インディアー、セーレ(一)ス、シーナイ
Hom. Il. 2-461/ Hes. Th. 359/ Herodot. 1-4〜, 4-42, -44〜/ Aesch. Pers. 763/ Strab. 2-129〜, 11〜16/ Dionys. Per./ Peripl. M. Rubr./ Plin. N. H./ Ptol. Geog./ etc.

❷(別名・〈ラ〉アナトリア Anatolia,〈仏〉Anatolie,〈独〉Anatolien,〈トルコ語〉Anadolu)単にギリシア語で、「アシアー」という場合は、小アジア* Asia Minor を指すことが多い。前2000年頃からヒッタイトをはじめとして、プリュギアー*、リューディアー*などの諸王国がこの地に興亡し、オリエントの先進文明をギリシア人に伝える役割を果たした。
Herodot./ Aesch./ Ar./ Dionys. Per./ Steph. Byz./ Suda/ Hesych./ etc.

❸⇒アシア(ローマの属州)

アシアーティクス、ウァレリウス Valerius Asiaticus
⇒ウァレリウス・アシアーティクス

アシア（ローマの属州） Asia,（ギ）Asiā, Ἀσία,（仏）Asie,（独）Asien,（葡）Ásia,（露）Азия

　ローマの属州アシアは、前133年ペルガモン*王国最後の王アッタロス3世*が死に臨んで国土をローマに遺贈したことに始まる。M.アクィーッリウス*によって組織されたその属州は、当初ミューシアー*、リューディアー*、カーリアー*、イオーニアー*、およびプリュギアー*の大半を含んでいた（前129）。前80年から前50年までの間、マイアンドロス河*上流とプリュギアーの大部分が便宜上、分離されて、属州キリキア*に併合されたが、前49年再び旧に復され、以来アシア州は北をビーテューニア*州、南をリュキア*州、東をガラティア*州（前25来）に割された地域を占めることになった（〜後297頃）。天然資源に富む豊かな属州であったため、ローマ人の苛酷な搾取を受け、ミトリダテス*戦争（前88〜前84）ではローマに叛旗を翻し、1日に8万人の在留イタリア人を虐殺。前84年ローマの将軍スッラ*の手で再び属州として編成された。前27年には属州総督 Proconsul（プローコーンスル）の統治する元老院属州と定められ、「ローマの平和」のもと総督府たるペルガモン市やエペソス*市、スミュルナー*市などの大都市が繁栄、帝国全土で最も富裕な州と呼ばれ、とりわけ後1、2世紀の隆盛期には各地の諸市に今日も遺跡が残る数々の壮麗な公共建造物が築かれた。皇帝崇拝はエペソスのアルテミス*信仰と結びついて、アウグストゥス*時代以来すみやかに広まり、毎年全都市の代表が1市に参集して宗教的な総会（ギ）koinon（コイノン）を開いた。ディオクレーティアーヌス*帝の治下、属州アシアは7つの管区（ディオエケーシス*）に細分化され、その中でエペソスを首府とする管区が「アシア」の名を保った。

Cic. Flac. 27, Q. Fr. 1-1, Fam. 2-15, 13-67/ Liv. 9-19, 37-45, 38-39, Per. 58/ Plin. N. H. 5-29〜/ Strab. 17-840/ Tac. Ann./ Dio Cass. 42-6, 53-12/ Plut. Sull. 25/ App. B. Civ. 5-4, Mith. 57/ etc.

ア（ー）シオス Asios, Ἄσιος, Asius,（伊）（西）Asio
（前7ないし前6世紀頃）　ギリシアの叙事詩人。サモス*島の出身。伝説上の英雄の系譜学的叙事詩や、サモス人の奢侈を諷刺した作品などを記した。わずかな断片のみ伝存する。

　なお、ギリシア神話伝説中に、プリュギアー*王デュマース Dymas の子でヘカベー*（プリアモス*王の妃）の兄弟のアシオス（トロイアー戦争*で大アイアース*に殺される）や、トロイアー*の同盟軍として参戦してクレーター*王イードメネウス*に討ち取られたアシオスなど何人かの同名人物が登場している。
⇒エウメーロス

Paus. 4-2, 7-4, 9-23/ Ath. 3-125/ Hom. Il. 2-835〜, 12-140, 13-389, 16-715, 17-582/ Verg. Aen. 10-123/ Steph. Byz./ etc.

アシーシウム Asisium,（ギ）Asision, Ἀσίσιον,（仏）Assise,（西）Asís,（葡）Assis
（現・アッシージ Assisi）イタリアのウンブリア*地方の町。ペルシア*（現・ペルージャ）の西南12マイル、アーペンニーヌス*（アペニン）山脈西麓の丘上に位置する。詩人プロペルティウス*の生地。ローマ時代の劇場（テアートルム*）跡や、キリスト教会に転用されたミネルウァ*神殿、浴場（テルマエ*）、水道（アクァエドゥクトゥス*）の遺構などが残る。

Prop. 4-1/ Plin. N. H. 3-14/ Ptol. Geog. 3-1/ Strab. 5-227/ Procop. Goth. 3-12, 7-12/ etc.

アシーニアム Athenaeum
⇒アテーナイオン（の英語訛り）

アシニウス・ガッルス C. Asinius Gallus
⇒ガッルス・サローニーヌス、ガーイウス・アシニウス

アシニウス・ポッリオー C. Asinius Pollio
⇒ポッリオー、ガーイウス・アシニウス

アスカニオス Askanios, Ἀσκάνιος, アスカニウス Ascanius,（仏）Ascagne,（伊）（西）Ascanio

　ユールス*とも呼ばれ、ローマのユーリウス*氏の伝説的始祖とされる。アイネイアース*（アエネーアース*）と最初の妻クレウーサ*との子（異伝では母は継室のラウィーニア*）。初名はイーロス Ilos。父に伴われてイタリアに来住し、トゥルヌス*との戦いにも参加。父の死後、ラティーニー*人の王となり、アルバ・ロンガ*市を創建し、ラウィーニウム*からここへ遷都した。死後、息子（または異母弟）のシルウィウス Silvius が跡を継ぎ、その子孫が420年以上の長きにわたってアルバ王位を継承した（⇒巻末系図 049, 050）。別伝に従えば、彼はトロイアー*陥落後、逃れてプロポンティス*王となり、ヘクトール*の子スカマンドリオス*（アステュアナクス*）とともにトロイアーを再建したという。

Verg. Aen. 2-666, 7-483〜/ Liv. 1-1〜/ Dion. Hal. 1-47, -53 〜/ Hyg. Fab. 254, 273/ Strab. 13-607/ Hom. Il. 2-862, 13-792/ Apollod. 3-12/ Paus. 10-26/ Serv. ad Verg. Aen. 1-271/ etc.

アスカラボス Askalabos, Ἀσκάλαβος, Ascalabus,（仏）（独）Ascalabos,（伊）（西）Ascalabo

　「まだら蜥蜴（とかげ）」の意。ギリシア神話中、アッティケー*の女ミスメー Misme の子。女神デーメーテール*が娘ペルセポネー*を捜し求めて各地をさすらっていた時、母親ミスメーは麦粥キュケオーン Kykeon を供して彼女を歓待したが、息子はその飲み方を見て嘲笑したため、女神の怒りに触れて、まだらの蜥蜴に変えられたという。類似の話がメ

タネイラ*の息子アパースに関して伝えられている。
Ant. Lib. Met. 24/ Ov. Met. 5-444～461/ Nic. Ther./ etc.

アスカラポス　Askalaphos, Ἀσκάλαφος, Ascalaphus, (仏) Ascalaphe, (伊) Ascalafo, (西) Ascálafo, (露) Аскалаф

ギリシア神話中、アケローン*河神とステュクス*(母については異説あり)の子。ペルセポネー*が冥界の王ハーデース*にさらわれた時、黄泉の国で何も食べなかったならば地上に帰ることができたのに、アスカラポスは彼女が柘榴の実を口にしたことを証言し、ためにデーメーテール*(ペルセポネーの母神)によって梟（ふくろう）に変えられた。一説にデーメーテールは彼を冥府の大石の下に敷いたが、のちにケルベロス*を捕獲に来た英雄ヘーラクレース*がその石を転がし除けてやったという(第十二の功業)。

なお同名の人物に、兄弟のイアルメノス Ialmenos とともにボイオーティアー*のオルコメノス*船団を率いてトロイアー戦争*に出陣した軍神アレース*の子アスカラポス(トロイアー*の王子デーイポボス*に討たれる)がいる。
Apollod. 1-5, 2-5/ Ov. Met. 5-533～550/ Hom. Il. 2-511～, 13-518～/ Hyg. Fab. 97, 159/ Serv. ad Verg. Aen. 4-462/ etc.

アスカローン　Askalon, Ἀσκάλων, Ascalon, Ascalo, (ヘブライ語) 'Ashkelôn, (アラビア語) Asqalûn, (アッカド語) Iš-qi-il-lu-nu, (露) Ашкелон

(現・Tel Ashqelon)地中海東岸パレスティナ*にあったペリシテ人(ギ) Philistînoi, (ラ) Philistīnī の港湾都市。前1810年頃から記録に見え、のちエーゲ海からやってきた「海の民」ペリシテ人に占領され(前1200頃)、その5大都市の1つとして栄えた。ガーザ*の北方19kmの豊沃な土地にあり、葡萄や玉葱がよく穫れることで有名。ペリシテ人は鉄器を使用して海岸沿いに強大な勢力を誇り、しばしばイスラーエール Israel 人と交戦、これを撃退した。アッシュリアー*、次いで新バビュローニアー*に臣従し、ギリシア古典期にはシュリアー*およびテュロス*系フェニキア*の商業都市として知られた。伝説上のバビュローン*の女王セミーラミス*の生地とされ、女神アプロディーテー*＝アスタルテー*の最古の神殿があることでも名高かった。前630年頃スキュティアー*人がオリエント各地を侵略した際、一部の者がこの聖域を荒したが、そのため彼らは神罰を被って「女性化病」に罹り、生殖不能者となって生涯女装し女の役割を果たして過ごすことになったという――スキュティアーの女装卜占者エナレース Enares の濫觴（らんしょう）――。アレクサンドロス大王*の征服(前332)により、この町には多くのギリシア人が住みつき、以来パレスティナにおけるヘレニズム文化の中心地となる。セレウコス朝*、プトレマイオス朝*に貢納したのち、ローマ領となり、自由市として、またギリシア諸学問の府として繁栄。この町に生まれたヘーローデース1世*(ヘロデ大王)の手で多くの立派な建造物が築かれ、今日も遺跡からローマ時代の彫刻が多数発掘されている。アスカローンはまた、ヘーローデースの妹サローメー❶*の住地でもあった。
Herodot. 1-105, 4-67/ Diod. 2-4/ Plin. N. H. 5-14, 19-32/ Strab. 16-759/ Mela 1-11/ Joseph. J. B. 1-12, 2-18, 3-2, 4-14, J. A. 12, 17/ Ptol. Geog. 5-16/ It. Ant./ Steph. Byz./ Suda/ etc.

アスクラー　Askra, Ἄσκρα, Ascra (または、アスクレー Askre, Ἄσκρη), (露) Аскра

ギリシア中部ボイオーティアー*のヘリコーン*山北西麓にあった小村。詩人ヘーシオドス*の生地として知られる。創建者は巨人（ギガース*）のオートス*とエピアルテース*兄弟だとも、ポセイドーン*とニュンペー*(ニンフ*)のアスクレーとの間の子オイオクロス Oioklos だともいう。前4世紀に近隣の町テスピアイ*によって滅ぼされ併合されたと伝えられる。
Hes. Op. 640/ Paus. 9-29/ Strab. 9-409～/ Verg. G. 2-176/ Ov. Pont. 4-14/ etc.

ア(ー)スクルム　Asculum, (ギ) Asklon, Ἄσκλον, Askūlon, Ἄσκουλον

イタリアの都市名。

❶ (現・Ascoli (di) Satriano) アウスクルム Ausculum Satrianum とも。アープーリア*(現・Puglia)西北部の町。カヌシウム*の南西27マイルの地に位置する。前279年、この付近でエーペイロス*王ピュッロス*とローマ軍が会戦したことで有名。日没まで勝敗が決まらず、象軍の攻撃でピュッロスに軍配が上がったものの、あまりに犠牲が大きかったので、王は「もう一度戦ってローマ軍に勝ったとしても、我々は全く潰滅するであろう」と長嘆息したという。以来、多大な犠牲を払って得た引き合わない勝利のことを、「ピュッロスの勝利」(英) Pyrrhic victory というようになった。石柱や彫像、碑文の断片などが発掘されている。
⇒ヘーラクレイア❶
Flor. 1-18/ Plut. Pyrrh. 21/ Dion. Hal. 20-1～3/ App. B. Civ. 1-52/ Zonar. 8-5/ etc.

❷ Asculum Picenum (現・Ascoli Piceno) ピーケーヌム*(現・Marche)の首都。アンコーン*(アンコーナ*)の南60マイル、ローマの東北120マイルの塩街道*(ウィア・サラーリア*)沿いに位置する。前268年ローマに征服され、くだって同盟市戦争*の折には反乱の中心地となり、ローマから来た高官をはじめ市内に居合わせた全てのローマ人を虐殺(前91)。2年間ローマ軍の攻囲を受けた後、ポンペイユス・ストラボー*(大ポンペイユス*の父)によって占領・破壊された(前89後半)。次いで自治都市（ムーニキピウム*）として再建され、前49年の内乱勃発時にはカエサル*の確保するところとなり(⇒レントゥルス・スピンテール)、帝政期に入ってからも植民市（コローニア*）として存続した。神殿、劇場(テアートルム*)、円形闘技場(アンピテアートルム*)、主要街路など多くの遺跡が残るが、特に2つのローマ橋(Ponte di Cecco と Ponte Solesta)は20世紀中頃まで使用されていた。

Strab. 5-241/ Florus 1-14, 3-19/ Plin. N. H. 3-13/ Caes. B. Civ. 1-15/ App. B. Civ. 1-38, -47〜48/ Vell. Pat. 2-21/ Liv. Epit. 72, 76/ Oros. 5-18/ Ptol. Geog./ It. Ant./ etc.

アスクレーピアデース　Asklepiades, Ἀσκληπιάδης, Asclepiades,（仏）Asclépiade,（伊）Asclepiade,（西）Asclepíades, Asclépiade,（葡）Asclepíades

ギリシアの男性名。

❶（ビーテューニアー*の）（ラ）Asclepiades Bithynicus（前124頃〜前56）　ローマで活躍した医師。ビーテューニアーのプルーサ Prusa（現・ブルサ Bursa）出身。アテーナイ*で弁論術と哲学を修め、前91年頃ローマへ赴き弁論家として身を立てようと志したが成功せず、急遽医者に転向、雄弁とわかりやすい治療法で大いに人気を博した。エピクーロス*哲学に基づいて原子論を信奉し、人間の健康は原子の質によって決定されると主張。ヒッポクラテース*流の体液病理説に異を唱えた（固体病理説）。「安全に、速やかに、快適に」を基本原則とし、飲酒・水浴・マッサージ・軽い運動・食餌療法など危険の少ない自然な治療法を用い、薬品にはほとんど頼らなかった。気管切開手術やマラリア療法に優れ、疾患を慢性と急性とに分類、ギリシア医学をローマに移植し、カエサル*、クラッスス*、アントーニウス*ら有力者の知遇も得て、新しい学派を創設した。火葬されようとしていた死者をも蘇らせたと伝えられ、またポントス*大王ミトリダテース6世*の招聘を拒否。「私は決して罹病しない」と宣言し、高齢で階段から墜落して死に、盛名をまっとうした。

門弟の中では、「方法学派」の祖ラーオディケイア*のテミソーン Themison（体質改善法の提唱者）と、アウグストゥス*帝の主治医アントーニウス・ムーサ*（冷罨法によって帝の肝臓病を癒し彫像を建てられる）の両名がよく知られている。さらに別の弟子ティトゥス・アウフィディウス T. Aufidius というシキリア*人がギリシア語で著わした医学書は、ローマの著述家 A. コルネーリウス・ケルスス*によってラテン語に翻案され（"De Medicina"）、その後近世に至るまで西ヨーロッパの言語で記された最も高度な医学教科書となった。アスクレーピアデースは糞尿など人間の排泄物を処方した医師としても知られ、現代まで続く尿療法の祖とされている。

他にもアスクレーピアデースという名の医師がローマ時代に幾人も活躍している。
⇒ソーラーノス、ディオスクーリデース❶、ガレーノス、ルーポス（エペソスの）
Cic. De Or. 1-14/ Celsus 3-4/ Apul. Flor. 19/ Plin. N. H. 7-37, 23-22, 26-7〜, 29-5/ Suet. Aug. 59, 81/ Dio Cass. 53-30/ Gal./ Caelius Aurelianus/ Steph. Byz./ etc.

❷（サモス*の）（前300〜前270頃活躍）　ヘレニズム時代のエピグラム詩人。サモス島の生まれ。テオクリトス*の友人または師。シケリデース Sikelides（シケリダース Sikelidas）という愛称で親しまれ、その新鮮かつ優婉な詩風のゆえに、後世ガダラ*のメレアグロス*から、風に咲いたアネモネの花の艶やかさに譬えられている。酒と女と美少年を好んで歌い、とりわけ官能的な恋愛詩に卓越した手腕を示した。「閉ざされた戸口の前における恋人の嘆き paraklausithyron」や「饗宴の席でほぐれ落ちてしまう恋する男たちの花冠」、「弓矢で心臓を射て人を恋に苦しませる意地悪な少年神エロース*」といった文学上の慣例的表現を確立、アレクサンドレイア❶*時代前期を代表する抒情詩人として、ポセイディッポス❷*、カッリマコス❶*らに大きな影響を与えた。『ギリシア詞華集*』などに収められて、約50篇が伝存する。その中には、男女の交わりを厭い同性愛を好む2人のサモス*女性を歌った作品も残っている。アルカイオス*やサッポー*の用いた韻律は、彼によって復興され、アスクレーピアデース調 Asklepiadeion という名称で知られた。以来、エピグラム詩は支配的な詩形式として世に盛行し、ローマ帝政期に至っている。
⇒ピリータース、レオーニダース（タラースの）、パーノクレース
Anth. Pal. 5-23, -64, -145, -163, -172, -189, 9-63, 12-50, -135, -161〜163/ Theoc. Id. 7-40/ Moschus 3-96/ Schol. ad Theoc. 7-21, -40/ etc.

❸（前4世紀後期〜前3世紀前半）　ギリシアの哲学者。アルゴリス*のプレイウース Phleius 市の出身。エレトリア*学派の祖メネデーモス❶*の念兄（男色の兄分）erastes。美男のメネデーモスと終始行動をともにし、初めスティルポーン*の弟子となり、のちパイドーン*のエーリス*学派に転向した。メネデーモスと同棲生活を送り、結婚してからも同じ家で暮らせるように、彼らはある母とその娘とを妻にし── アスクレーピアデースが娘の方と、メネデーモスが母の方と結婚──、アスクレーピアデースは自分の妻が死んだのち、メネデーモスの妻を娶ったという。資産家だったが質素な生活に甘んじ、高齢に達して盲目となり、エレトリアの地でメネデーモスに先立った。

なおローマ帝政後期、ユーリアーヌス*帝の頃にも、同名の哲学者アスクレーピアデース（後360頃）がおり、アンティオケイア❶*南郊ダプネー*の森にあった壮麗なアポッローン神殿の焼失（362年10月22日）は、キリスト教徒によって彼の責任だということにされた。
Diog. Laert. 2-105, -126, -137〜, 6-91/ Cic. Tusc. 5-39/ Amm. Marc. 22-13/ Tertullian. Ad Nat. 2-14/ etc.

❹（前4世紀）　トラーケー*（トラーキアー*）出身の文献学者。アテーナイ*の修辞学者イソクラテース*の弟子。ギリシア悲劇の主題となった神話伝説の研究書"Tragōdūmena" 6巻（散逸）を著わし、アポッロドーロス❸*ら後代の神話編纂者に資料を提供した。

その他、ビーテューニアー*の歴史やギリシア語の正しい綴字法に関する書物（いずれも散逸）を著わしたアスクレーピアデース（前1世紀）、エジプトの諸神讃歌やさまざまな宗教の共通点に関する本（いずれも散逸）を書いたメンデース*のアスクレーピアデース（後1世紀頃）、アレクサンドロス大王*の伝記を残したというアスクレーピアデー

ス（前1世紀頃?）、キュプロス*とフェニキア*の歴史を書いたアスクレーピアデース（すべて散逸、年代不詳）等々、同名の人物が大勢いる。

ちなみに、類似の名前の持ち主で、兵法家のアレクレーピオドトス Asklepiodotos（前1世紀）は、ポセイドーニオス*に師事し、ギリシアの密集方陣（パランクス*）など旧式の戦術に関する論文（伝存）を残している。

Plut. Mor. 837c/ Ath. 3-83, 10-456, 13-567/ Suet. Aug. 94/ Arr. Anab. 7-15/ Strab. 3-157〜/ Suda/ etc.

アスクレーピオス Asklepios, Ἀσκληπιός, Asclepius, （ドーリス方言・アイオリス方言）アスクラーピオス Asklapios, Ἀσκλαπιός, （ボイオーティアー方言）アイスクラービオス Aiskhlabios, Αἰσχλαβιός, または、アスクラーピオス Askhlapios, Ἀσχλαπιός, （ラ）アエスクラーピウス*, （仏）Asclépios, （独）Äskulap, （伊）（西）Asclepio, （露）Асклепий

ギリシアの医術の神。ホメーロス*ではまだ人間で「貴い医者」と呼ばれ、その子マカーオーン*とポダレイリオス*はトロイアー戦争*にテッサリアー*人を率いギリシア軍の外科医として出征している。ヘーシオドス*以来、アスクレーピオスはふつうアポッローン*とコローニス❶*の息子とされ、母の火葬中に胎内から救い出され、半人半馬ケンタウロス*族の賢者ケイローン*に養育されて医術を学んだことになっている。アスクレーピオス崇拝の一大中心地エピダウロス*の伝承によれば、アポッローンに犯されたコローニスはエピダウロスで男児を産み落とし密かに山中に遺棄したが、1頭の雌山羊が乳を与え1匹の犬が見張りをしているところを牧人が発見、子供を拾い上げたところ、その全身から後光が射しているので驚き畏れたという。また一説に、彼の生母はメッセーネー*王レウキッポス*の娘アルシノエー Arsinoe であったともされており、その出生に関しては異伝が多い。

名医となったアスクレーピオスは、女神アテーナー*から授かったゴルゴーン*＝メドゥーサ*の血（または蛇のもたらした霊草）によって死者を蘇生させる力を得、カパネウス*やリュクールゴス❷*、テュンダレオース*、グラウコス❸*らを生き返らせた。ために冥王ハーデース*の怒りを買い、アスクレーピオスがアルテミス*の乞いに応じてヒッポリュトス*（ないしオーリーオーン*）を蘇らせた時、自然の摂理を乱す者として大神ゼウス*の雷霆に撃ち滅ぼされた。息子を殺されたアポッローンは、雷霆を造ったキュクローペス*族を虐殺して鬱憤を晴らしたが、その罰として1年間オリュンポス*を追われ、ペライ*の王アドメートス*のもとに下僕として仕えねばならなかった。アスクレーピオスは神として昇天し「蛇遣い座 Ophiūkhos,（ラ）Ophiuchus（または Anguitenens）」となったとされる——一説にこの星座に化したのは、ロドス*島から蛇を追い払ったアポッローンの愛人ポルバース Phorbas（ラピタイ*族の祖ラピテース*の息子）であるとも伝えられる——。

医神アスクレーピオスはギリシア世界全域で崇拝され、各地に神殿アスクレーピエイオン Asklēpieion（〈ラ〉Asclepieum）や治療所が建てられたが、古典期以降その規模と名声で最も知られたのはエピダウロスで、病人たちはここの壮大な神域内に眠り、霊夢の指示に従って奇蹟的に癒されると、聖泉に金を投じ神殿に奉納額を掲げる習慣になっていた。コース*島、クニドス*島、またペルガモン*などでも彼の祭祀は盛んで、アスクレーピオスの末裔（アスクレーピアダイ Asklēpiadai）と称する世襲神官団が古くからの医学的知識を独占していた（⇒ヒッポクラテース❶）。前293年ローマに疫病が流行した時、アスクレーピオスは使節の懇願を容れて蛇身と化し、エピダウロスからイタリアまで海を渡り、ティベリス*河中の島 Tiberina に到着したといい、間もなくこの島にローマ最初の彼を祀る神殿が建てられた（前291年1月1日）。

美術では通例、ゼウスに似た有髯の壮年男性の姿で表わされ、蛇の巻きついた杖を持物とし、娘のヒュギエイア*（健康の女神）ら眷属を従えることもある。蛇や犬を聖獣とし、特に蛇は若返りと治癒力を象徴する動物として神域内に沢山飼われていた。供犠の折には雄鶏が彼の祭壇に捧げられた。ヘレニズム期以降、アスクレーピオス神の崇拝はますます盛んになり、諸市で讚歌や行列を伴なう祭礼アスクレーピエイア Asklepieia が開催され、その聖域は「神託夢判断（ラ）Incubatio」を受ける人々で賑わった。また、1匹の蛇が巻きついた杖は、治癒力を表わす象徴として、のちに医者の記章に用いられた。

⇒アラートス（シキュオーンの）、ソポクレース

Hymn. Hom. Aesculapius/ Pind. Pyth. 3/ Hom. Il. 2-729〜, 4-405, 11-518/ Apollod. 3-10/ Diod. 4-71, 5-74/ Ov. Met. 2-535〜, 15-620〜/ Hyg. Fab. 202, Poet. Astr. 2-40/ Paus. 2-10, -26〜27, 4-3, -31, 5-26, 8-25/ Strab. 8-374, 9-437/ Pl. Phdr. 270c, Resp. 3-405〜/ Herodot. 2-97/ Liv. 10-47, Epit. 11/ Cic. Div. 2-59/ Philostr. V. A. 1-7/ Ar. Plut. 662〜/ Gal./ etc.

アスコーニウス・ペディアーヌス Asconius Pedianus
⇒ペディアーヌス、クィントゥス・アスコーニウス

アスタコス Astakos, Ἀστακός, Astacus, （仏）Astaque, （独）Astacos, （伊）Astaco, （西）Ástaco

小アジア西北部ビーテューニアー*地方のギリシア植民市。プロポンティス*（マルマラ海）のアスタコス湾奥に位置する。前712年頃メガラ*の植民市として創建され、のちアテーナイ*からの移民を受け入れたが、ビーテューニアー王国とリューシマコス*との戦争によって破壊され、住民は新市ニーコメーデイア*（現・イズミト）に移住させられた（前264頃）。伝承上の名祖は、ポセイドーン*とオルビアー*の子アスタコスとされる。

なお、ギリシア本土アカルナーニアー*西岸の町アスタコス Astakos, Ἀστακός は全く別の都市である。

Strab. 12-563/ Mela 1-19/ Paus. 5-12/ Plin. N. H. 5-43/

Thuc. 2-30, -33, -102/ Phot. Bibl. 224/ Steph. Byz./ etc.

アスタルテー　Astarte, Ἀστάρτη,（仏）Astart(é),（西）Astarté,（伊）Astoret,（アシュタロテ Ashtaroth;〈古ヘブライ語〉'Aštarôt,〈古カナアン語〉'Aštar,〈ウガリット語〉'Athtart,〈フェニキア語〉'Ashtoreth,〈アッカド語〉As-tar-tu, Astartu,〈アラム語〉Attar,〈古エジプト語〉Āstirtit, 'θtirtit)

　ギリシアのアプロディーテー*と同一視されたオリエントの女神。元来、西方セム系民族（シュリアー*やフェニキア*）の動植物に生命を与える豊饒多産の女神。東方セム系民族（バビュローニアー*、アッシュリアー*）のイシュタル Ishtar に相当する。戦争や狩猟をも司る。その崇拝は小アジアやエジプトにも弘まり、さらにフェニキア人の植民活動を通じてキュプロス*島や北アフリカのカルターゴー*、シケリアー*（現・シチリア）島にも伝播した。愛欲の女神として、イシュタルがタンムーズ Tammūz を恋したごとく、若い男神アドーン Adon（⇒アドーニス）を熱愛した。その狂躁的な祭礼は、男女が互いに異性の仮面をつけて乱交し、男の信者が女神のために自らを去勢する儀式等を特徴としていた。これらの去勢僧はヒエラーポリス❶*の神殿だけでも300名おり、ローマ帝政後期に至るまでアスタルテーに奉仕し続けたという。彼女はキュベレー*やレアー*、イーシス*などアプロディーテー以外の女神とも混同されている。男女両性の神殿売春や初生児の犠牲などの儀式でも知られる。

⇒シュリア・デア

Cic. Nat. D. 3-23/ Lucian. Syr. D./ Tertullian. Apol. 24/ Plut. Mor. 357b/ Diod. 2-4/ Vet. Test. Reg. Ⅰ 11-5, Ⅱ 23-13/ etc.

アステュアゲース　Astyages, Ἀστυάγης,（仏）Astyage,（伊）Astiage,（西）Astiages,（露）Астиаг,（別形）Astyigas, Ἀστυϊγᾶς, Aspandas, Ἀσπάνδας,（アッカド語＝バビュローニアー*語）Ištumegu,（古代ペルシア語）Rshtivaiga,（ペルシア語）Ishtovigu,（メーディアー語）Ischtuwegu,（エラム語）Iristimanka,（アルメニア語）Azhdahak,（クルド語）Astiyag, Ejî Dehak, Azh Dahâk

　メーディアー*王（在位・前584頃～前550頃）。キュアクサレース*の子（⇒巻末系図024）。リューディアー*王国との和約の条件として、同国の王アリュアッテース*の娘アリュエーニス Aryenis と結婚する（前585）。父王の跡を継いで即位し広大な領土を支配したが、後年バビュローニアー*と開戦し、その残忍な性格で知られた。次いで属国ペルシア*がキューロス2世*（大王）を戴いて反乱を起こしたので、これを鎮圧に向かったところ、自軍の将ハルパゴス*の裏切りで敗北。キューロスの捕虜となり、ここにメーディアー王国は滅亡した（前550頃）。なお、このキューロスは王の外孫（娘マンダネー*とペルシア人カンビューセース Kambyses の子）に当たる。メーディアー滅亡の経緯については、ハルパゴスとマンダネーの項を参照。

　異説によれば、アステュアゲースの跡を息子キュアクサレース Kyaksares 2世が継ぎ、その死後空位となった王座にキューロス2世が即いたという。

　なお後代のペルシア伝説では、アステュアゲースは悪竜アジー・ダハーカ Aži Dahaka、ないし蛇王ザッハーク Zahhak と同一視されている。

⇒ティグラーネース

Herodot. 1-46, -73～75, -91, -107～112, -114～130, -162, 3-62, 7-8/ Xen. Cyr. 1-5/ Just. 1-4～/ Diod. 9-20～/ Ctesias./ Joseph. J. A. 10-11/ Phot./ etc.

アステュアナクス　Astyanaks, Ἀστυάναξ, Astyanax,（伊）Astianatte,（西）Astianax,（葡）Astíanax,（露）Астианакт,（現ギリシア語）Astiánaks

　ギリシア伝説中、トロイアー*の王子ヘクトール*とアンドロマケー*の息子。本名をスカマンドリオス*といったが、トロイアーの人々は父ヘクトールの栄誉を称えて、「都市の支配者」という意味のこの名で呼んだ。落城の際、ギリシア軍は幼い彼を城壁から投げ落として殺した —— オデュッセウス*および予言者カルカース*の主張により、ネオプトレモス*（アキッレウス*の息子）ないしメネラーオス*の手で胸壁から投げ落とされたことになっている ——。一説によると彼は生きのびて、後にトロイアーを再建したという。

⇒アスカニオス

Hom. Il. 6-400～, 24-734～/ Ov. Met. 13-415/ Hyg. Fab. 109/ Apollod. 2-7, Epit. 5-23/ Eur. Tro./ Paus. 10-25/ Quint. Smyrn. 13-251～/ Verg. Aen. 2-457/ Schol. ad Hom. Il. 24-735/ etc.

アステュダマース　Astydamas, Ἀστυδάμας,（伊）（西）（葡）Astidamante,（露）Астидамант

（前4世紀）　アテーナイ*の悲劇詩人。同名の父子がおり、父アステュダマースはアイスキュロス*の甥ピロクレース Philokles の孫でイソクラテース*の弟子。前398年以来、240篇の作品を発表し、15回入賞。特に『パルテノパイオス*』は大成功を収め、アテーナイ市民によって銅像を劇場に建立されたという。しかし、有頂天になったアステュダマースがあまりにも尊大な銘文を銅像に記したため、市民はそれを取り除いたうえ、彼に罰金を科したと伝えられる（60歳で死去）。息子のアステュダマースも8篇の悲劇を著わしたが、父子いずれの作品も伝存しない。

　諸説あるが、近年ではイソクラテースの弟子で、『パルテノパイオス』（前340）を含む240篇の悲劇を書き、アテーナイの劇場にその像を建てられたのは、息子のアステュダマースの方であると見なされている（像の台座の一部のみ現存する）。

Diog. Laert. 2-43/ Diod. 14-43/ Arist. Poet. 14/ Plut. Mor. 349e/ Anth. Pal./ Suda/ etc.

アステュノモス Astynomos, Ἀστυνόμος, Astynomus, (〈複〉アステュノモイ Astynomoi, Ἀστυνόμοι, Astynomi), (仏) Astynome, (伊) Astinomo

ギリシアの市域監察官。主にイオーニアー系*の諸ポリスに認められる行政官職で、警察、道路・公共建築物の維持・管理などを管掌。いくつかの都市では、港湾や市場の監督をも司った。アテーナイ*のものが最もよく知られており、アリストテレース*の頃には毎年籤抽きで10名が選ばれ、5名が外港ペイライエウス*を、残る5名がアテーナイ市域内を担当。その主な任務は、道路の維持・管理や塵芥除去の監視——路上に建築することや、道路に向けて捌け口のある樋を造ること、露台を路上に差し出すことなどを禁止し、市壁より10スタディオン*以内に汚物を棄てぬよう監督をする等々——であり、その他、笛吹き女・竪琴奏き女（キタラー）の賃貸しの取り締まりや、道路上の死亡者を国有奴隷に命じて埋葬させる役目も負っていた。ペルガモン*から出土したアステュノモス碑文は、資料として重要。
⇒アゴラーノモス
Arist. Ath. Pol. 50-2, Pol. 6(1321b)/ Pl. Leg. 6-779/ Dio Cass. 53-2/ etc.

アステリアー Asteria, Ἀστερία, (仏)(葡) Atséria, (露) Астерия

「星空・星の女神」の意。ギリシア神話中、ティーターン*神族のコイオス*とポイベー*の娘で、レートー*の姉妹。ペルセース*と交わって女神ヘカテー*の母となった。大神ゼウス*に犯されそうになり鶉（うずら）ortyks に変身して逃げようとしたが、ゼウスが鷲となって追い迫ったので、空から海に身を投じてアステリアー（星島）またはオルテュギアー❶*（鶉島）と呼ばれる島となった。これが後のデーロス*島で、レートーはここでアルテミス*とアポッローン*の2神を産んだとされる。

その他、プレイアデス*の1人でオイノマーオス*を産んだアステリアー（またはアステロペー*）や、自らの父アトラース*と交わってトラーケー*（トラーキアー*）の王ディオメーデース❶*の母となったアステリアー、アイアコス*の子ポーコス*に嫁いだアステリアー（またはアステロペイア Asteropeia）等々、幾人もの同名の女性が神話伝説に登場する。
Hes. Th. 414～/ Apollod. 1-2, -4/ Callim. Del. 37/ Hyg. Fab. 53, 250/ Ov. Met. 6-108/ Serv. ad Verg. Aen. 3-73/ Ath. 9-392/ Cic. Nat. D. 3-16/ etc.

アステール Aster, Ἀστήρ

ギリシア人の男性名。「星」の意。

❶（前400頃）哲学者プラトーン*が恋した美青年たちの中の1人。天文学の勉強をするこの若者に対してプラトーンが「星々を眺める私のアステールよ、大空となって無数の眼でお前を眺めていたい」と詠んだ恋愛詩は有名。
Diog. Laert. 3-29/ Anth. Pal. 7-669/ etc.

❷（前4世紀中頃）アンピポリス*出身の射手。マケドニアー*王ピリッポス2世*の右眼を射抜いたことで知られる。メトーネー*の項を参照。

アステロペー Asterope, Ἀστερόπη
⇒ステロペー

アステロペース Asteropes
⇒ステロペース

アストゥラ Astura, (ギ) Astyra, Ἄστυρα, (Storas, Στόρας, Stura)

ラティウム*を流れていた小さな川。アリーキア*の森近くに源を発し、テュッレーニアー*（ティレニア）海に注ぐ。アンティウム*に近いその河口（ウィッラ）に同名の町（現・Torre Astura）があり、裕福なローマ人の別荘 villa で賑わった。キケロー*は愛娘トゥッリア❷*の死（前45）後、ここの別荘に隠棲し、前43年にはアントーニウス*の刺客を怖れ（おそ）てこの地に避難している（⇒フォルミアエ）。またアウグストゥス*、ティベリウス*の両帝ともに、ここで死病に取り憑かれたことが、スエートーニウス*によって記録されている。

ヒスパーニア*北西部アストゥリア*地方にも同名の川アストゥラ（現・Ezla）が流れていた。
Cic. Fam. 6-19, Att. 12-40/ Suet. Aug. 97, Tib. 72/ Plut. Cic. 47/ Liv. 8-13/ Florus 4-12/ Serv. ad Verg. Aen. 7-801/ Strab. 5-232/ Festus/ Oros. 6-21/ etc.

アストゥリア Asturia, (ギ) Astūriā, Ἀστουρία, (仏) Asturié, (独) Asturien, (伊) Asturia, Asturie, (露) Астурия

（現・アストゥーリアス Asturias）ヒスパーニア*北西部の山岳地方。アストゥレース*族の住地。アウグストゥス*時代にローマ帝国に征服され、ヒスパーニア・タッラコーネーンシス*州の一部として併合された（前26～前19）。黄金・辰砂などの鉱物資源や良馬の産地として有名。ローマ帝政期に首邑アストゥリカ Asturica Augusta（現・アストルガ Astorga）や、軍団 legio の陣営駐屯地（レギオー）（現・レオン León）は、発展して都市となり、今日なお両市に当時の城壁が残っている。後8世紀に西ゴート*王国がイスラーム教徒に滅ぼされた時、王族らのキリスト教遺民がこの地に逃げ込んでアストゥリアス王国を建て（718～）、以後800年近くにわたる国土回復運動（レコンキスタ）を開始したことで知られる。
⇒カンタブリア、ガッラエキア、ルーシーターニア
Plin. N. H. 3-3, 4-20, 8-67, 33-21/ Sil. 3-334～337, 16-584/ Strab. 3-167/ Ptol. Geog. 2-6, 8-4/ Luc. 4-298/ Mart. 10-16, 14-199/ etc.

アストゥレース（族） Astures, (ギ) Astyres, Ἄστυρες または Astūroi, Ἀστουροί, (カタルーニャ語) Àsturs

アストゥリア*族。ヒスパーニア北西部アストゥリア

（現・アストゥーリアス Asturias）地方に住んでいたケルティベーリア*系の部族。粗野で略奪を事とし、ローマの征服に最後まで抵抗、アウグストゥス*の治世になってようやく平定された（前26～前19）。大プリーニウス*の記すところでは、彼らは22の部族に分かれ総数24万人に及んだという。馬の調教に秀で、彼らの間で飼育された馬は四肢の美しさで評判が高かった。

伝説によると、彼らはメムノーン*の息子アストゥル Astur の子孫であるという。

⇒ウァスコネース、カンタブリー

Plin. N. H. 3-3, 4-20/ Florus 4-12/ Sil. 1-252, 3-334～, 12-748/ Mart. 14-199/ Strab. 3-152～, -155/ Dio Cass. 53-25/ Ptol. Geog. 2-6/ etc.

アストライアー　Astraia, Ἀστραία, Astraea, （仏）Astrée, （伊）（西）Astrea

「星乙女」の意。正義の女神ディケー*と同一視される。

アストライオス　Astraios, Ἀστραῖος, Astraeus, （仏）Astréos, Astrée, （伊）（西）Astreo, （露）Астрей

「星空・星男」の意。ギリシア神話中、ティーターン*神族の1人。クレイオス*の子。曙の女神エーオース*との間に、諸々の星辰や風の神々を儲けた。

⇒ゼピュロス、ボレアース、ノトス、ヘオースポロス

Hes. Th. 376～/ Apollod. 1-2/ Ov. Met. 14-545/ etc.

アスパシアー　Aspasia, Ἀσπασία（仏）Aspasie, （葡）Aspásia, （露）Аспасия

ギリシアの女性名。

❶（前470頃～前428以降）アクシオコス Aksiokhos の娘。ミーレートス*に生まれ、才色兼備のヘタイラー*（高級遊女）として盛名を馳せる。前450年頃アテーナイ*に来り修辞学と哲学を教え、ペリクレース*やソークラテース*ら一流の市民と交際する。ペリクレースは名門出の正妻と離婚して、彼女を愛人として迎え入れ、朝夕必ず接吻を交して挨拶する仲睦まじさで生活した（前445頃～前429）。女性の地位が低かった当時のアテーナイにおいて、学芸に秀で政治感覚においても際立った彼女の存在は、喜劇作者や保守派がペリクレースを攻撃する際の好餌として槍玉に上げられ、種々の巷説が取り沙汰された。アスパシアーがアテーナイの婦人たちとペリクレースとの密会をとりもっているとか、アテーナイのサモス*島遠征（前441／440）やペロポンネーソス*戦争（前431～前404）突入の真因は、アスパシアーが我意を通してペリクレースを動かしたためである等々。そして前432年頃、ついに彼女はペリクレースの政敵により瀆神罪で訴えられる（⇒ヘルミッポス）が、声涙ともに下るペリクレースの弁護で、ようやく罪を免れた。ペリクレースとの間に1子小ペリクレース❷*が生まれたものの、先にペリクレース自身が制定した市民権法（前451／450）に従えば、アテーナイ市民を両親に持たぬ者は市民身分を認められず、国法上の地位は、彼女は妾、小ペリクレースは庶子でしかなかった。しかるにペリクレースは、疫病で2人の嫡子クサンティッポス❷*とパラロス Paralos を失ったのち、家系が絶えるのを惧れて、その法を敢えて枉げ、小ペリクレースを嫡子と認定させた。

ペリクレースが病死する（前429）と、彼女は羊商人のリューシクレース Lysikles の妾となり、これを教育して一流の弁論家に仕立て上げたという。リューシクレースとの間にも子を産み、夫亡き後も数々の男と同棲をしながらアテーナイで余生を送った。

彼女が恋愛学の師として、美青年アルキビアデース*に情熱を傾けるソークラテースに助言を与えたという話も残っている。一説には、ペリクレースの名高い国葬演説（前431末）も彼女が草稿を書いたとされ、ソークラテースの弟子アンティステネース*やアイスキネース*らは対話篇『アスパシアー』を著わしたという（いずれも散逸）。

⇒ディオティーマ

Plut. Per. 24～25, 30, 32, 37/ Ar. Ach. 515～539/ Ath. 5-220, 13-569～/ Xen. Oec. 3-14, Mem. 2-6/ Pl. Menex. 235, 249/ Dem. 59/ Aeschin./ Suda/ etc.

❷（前5世紀～前4世紀初頭）ポーカイア*生まれの美女。本名・ミルトー Milto。アカイメネース朝*ペルシア*の小キューロス❷*の愛妾となり、才色兼備を謳われた。前401年、キューロスが兄アルタクセルクセース2世*に反乱を起こして殺されると、捕えられてアルタクセルクセースの後宮に入り、特別の寵愛を得た。大王の熱愛する天下無双の美少年テーリダテース Teridates が夭折した時には、ただ彼女一人が少年の衣裳を纏って、悲嘆にくれる王を慰めることができたという。アルタクセルクセースは、嫡男のダーレイオス Dareios が彼女の美貌に恋着しているのを知って、一旦彼女を譲り渡したものの、すぐに取り返した。そのためダーレイオスは父王を寝室に襲って暗殺しようと企んだが、宦官の密告で発覚し、陰謀仲間や妻子ともども首を刎ねられたという。アスパシアーは少女の頃、醜貌で悩んでいたが、女神アプロディーテー*の霊夢を見てから絶世の佳人に変身したという所伝もある。

Plut. Per. 24, Artax. 26～29/ Xen. An. 1-10/ Ael. V. H. 12-1/ Just. 10-2/ Ath. 13-576d/ etc.

アスペンドス　Aspendos, Ἄσπενδος, Aspendus, （伊）（西）Aspendo

（現・Belkıs, Bilkiş 北郊の遺跡）小アジア南部パンピューリアー*地方の都市。エウリュメドーン*河口近くの西岸に位置する。旧く先ギリシア時代より発展し、のちアルゴス*から来たドーリス*系ギリシア人によって占領され、その植民市となった（前10世紀頃）。伝承に従えば、トロイアー戦争後、予言者モプソス*らによって創建されたという。アカイメネース朝*ペルシア*帝国の支配下、前5世紀にはすでに塩・オリーヴ油・羊毛などの交易で繁栄したが、前333年、東征途上のアレクサンドロス大王*軍に抵抗し

ため人質として有力市民らの提供や莫大な貢金の支払い等を科せられた。大王の死（前323）後、プトレマイオス朝*、セレウコス朝*（～前189）、ペルガモン*王国（～前133）の支配を経て、ローマの統治を受けるに至る。ローマ帝政期に2度目の隆盛を見、今日もアクロポリス*丘北側の水道橋（アクァエドゥクトゥス*）やアゴラー*、音楽堂（オーデイオン*）、競技場（スタディオン*）、体育場（ギュムナシオン*）、市門その他数多くのヘレニズム＝ローマ時代の遺跡が残る。特にマールクス・アウレーリウス*とルーキウス・ウェールス*両帝のために建造された大劇場（テアートロン*）（2万人収容）は、舞台や楽屋などの付属建物も残り、最も保存状態のよいものとして注目される（後161頃）。
⇒シーデー、ペルゲー
Thuc. 8-81, -87～, -99, -108/ Xen. An. 1-2, Hell. 4-8/ Plin. N. H. 5-26/ Liv. 37-23, 38-15/ Cic. Verr. 2-1-20/ Strab. 14-667/ Arr. Anab. 1-26～/ Polyb. 5-73, 21-35/ Mela 1-14/ Diod. 14-99/ etc.

アスモーナイオス　Asmonaios, Ἀσμώναιος, Asmonaeus
⇒アサモーナイオス

アセッリオー、センプローニウス　P. Sempronius Asellio,（仏）Sempronius Asellion,（伊）Sempronio Asellione,（西）Sempronio Aselio
（前2世紀後半～前1世紀前半）　ローマ共和政期の史家。小スキーピオー*のヌマンティア*攻囲戦（前134～前133）に従軍し、のちポエニー戦争*（前146年のカルターゴー*陥落）からグラックス*兄弟の時代（～前90頃）に至る歴史 "Res Gestae"（14巻以上）を書いた。引用断片が伝存する。彼はこの同時代史を記述するにあたり、ギリシア人史家ポリビオス*に倣って、単なる事件の羅列ではなく物事の起きた原因や動機を解明するように努めたという。
Gell. 2-13, 4-9, 5-18, 13-3/ Serv. ad Verg. Aen. 12-121/ Cic. Leg. 1-2/ etc.

アセリオー　Asellio
⇒アセッリオー

アセッリオー　Asellio
⇒アセッリオー

アセンズ　Athens
⇒アテーナイ（の英語形）

アーソーポス　Asopos, Ἀσωπός, Asopus,（伊）（西）（葡）Asopo
（現・Assopós）ギリシアの河川名。同名の川はいくつかあるが、そのうちシキュオーン*を流れてコリントス*湾に注ぐ川と、ボイオーティアー*を流れてエーゲ海に注ぐ川の2つが名高い。神話上、両河神ともにオーケアノス*とテーテュース*の息子とされる（異説あり）が、2人はしばしば混同されている。前者はラードーン*河神の娘メトーペ Metope との間に2人の息子と20人の娘を儲けたといわれ、娘の1人アイギーナ*（同名の島の名祖）は、鷲ないし炎の姿をしたゼウス*と交わってアイアコス*を産んだ。彼女がゼウスにさらわれた時、アーソーポスは娘を探し求めてギリシア中をさまよい、コリントス王シーシュポス*の教えによってゼウスを追ったが、雷霆を投げつけられて退いた。そのためアーソーポス川の河床から石炭が得られるようになったという（⇒ペイレーネー）。また、シキュオーンのアーソーポス川を流れる水は、もともとギリシアのものではなく、小アジアのマイアンドロス*河がいったん海に注いだのち、エーゲ海の底を通ってペロポンネーソス*に達し、再び湧き出てくる水であると伝えられる。
Herodot. 6-108, 9-15, -51/ Thuc. 2-5/ Apollod. 1-9, 3-12/ Diod. 4-72/ Pind. Nem. 9-9/ Eur. I. A. 697/ Ov. Am. 3-6/ Paus. 2-5, 9-3/ Hyg. Fab. 52/ Strab. 9-408/ Ant. Lib. Met. 38/ Schol. ad Hom. Il. 6-153/ etc.

アタウルプス（アタウルフス）　Ataulphus, Athaulphus, Adaulphus (Ataulfus, Athaulfus),（英）Ataulf, Atawulf,（仏）（独）At(h)aulf,（後世のAdolphus > Adolph, Adolf),（伊）Ataulfo,（西）（葡）Ataúlfo,（露）Атаульф
（後374頃～後415）西ゴート*族（⇒ゴトーネース）の首長・王（在位・後410～後415）。アラリークス*（アラリック）の

系図29　アーソーポス

妻の兄弟（⇒巻末系図105）。義兄アラリークスの後継者に選ばれると、当初ローマ帝国の覆滅を企図するが、不可能事とわかり、イタリアを北上してガッリア*へ侵入（412）。西ローマ皇帝ホノーリウス*と結んで僭帝ヨウィーヌス*を処刑し（413）、ナルボー*（現・ナルボンヌ）でホノーリウスの異母妹ガッラ・プラキディア*と盛大な結婚式を挙げた（414年1月）。ところが、ホノーリウスの約束した穀物が届かなかったため、ガッリア南部を占領し、傀儡帝アッタルス*を擁立（414）、将来は自らの息子にローマ皇帝の座を与えようと目論んだ。やがて西ローマの将軍コーンスタンティウス（3世）*に海上を封鎖されて食糧に窮し、各地を掠奪しつつヒスパーニア*へ進出。バルキノー Barcino（現・バルセロナ Barcelona）に首都を置いたものの、間もなく宮殿で暗殺された。王宮の厩舎で愛馬の世話をしている時、家来の手で刺し殺されたというが、背後には部族内の権力争いが絡んでおり、次いで西ゴート王に即位したのは、かつてアタウルプスによって兄弟サールス Sarus（？～413）を処刑されたシンゲリークス Singericus (Segericus)という将領であった。アタウルプスはガッラ・プラキディアを娶るに先立ってサルマティア*系の先妻を離別していたが、この先妻腹の6人の子供たちは新王の命令ですぐさま殺戮された（後妻ガッラ・プラキディアとの間に生まれた息子テオドシウス Theodosius は夭逝していた）。しかし、新王も在位7日間で暗殺され、次に立った王ウァッリア Vallia（在位・415～419頃）は、アタウルプスの遺言に順い、西ローマと条約を結びプラキディアを兄帝のもとへ送り届けた。アタウルプスは中位の背丈をした魅力的な容姿の持ち主で、プラキディアとは結婚前から情を通じていたと伝えられる。
⇒テオドリークス1世
Oros. 7-43/ Jordan. 32/ Philostorgius Hist. Eccl. 12-4/ Marcellin. Chronicon/ Olympiodorus/ Idatius Chronicon/ Phot./ etc.

アタナシウス Athanasius
⇒アタナシオス

アタナシオス Athanasios, Ἀθανάσιος, Athanasius Magnus（大アタナシウス）,（仏）Athanase,（伊）（西）Atanasio,（葡）Atanásio,（露）Афанасий
（後296頃～後373年5月2日（コプト教会では5月7日））
アレクサンドレイア❶*のキリスト教の主教・教会博士。三位一体説を唱えてアレイオス*（アリーウス*）派との闘争に挺身し、ニーカイア*信条の確立に尽力したアレクサンドレイア出身の教父。キリスト者の両親のもとに生まれた、または少年時代にキリスト教に改宗したという。エジプトの隠修士アントーニオス*を砂漠に訪ね修道僧的生活を体験、アレクサンドレイアの主教アレクサンドロス Aleksandros（250頃～328）の秘書となり、ニーカイア公会議に参加。当時まだ輔祭職ではあったが、舌鋒鋭くアレイオスを弾劾し、これを異端と決めつける（325）。次いでアレクサンドレイアの主教職に就任（328～373）したものの、徹底した不寛容さでアレイオス派を攻撃したため、前後5回・通算17年以上に及ぶ追放または逃亡生活を余儀なくされる。コーンスタンティーヌス1世*はじめ親アレイオス派のコーンスタンティウス2世*らの勅命にも反抗して自説を曲げず（⇒エウセビオス、カッパドキアーのゲオールギオス）、宗教に寛容なユーリアーヌス*帝に一時許されるが、またもや放逐といった転変常なき歳月を過ごす。その間両派の対立抗争は著しく、各地で流血の惨事が出来、特に342年から343年にかけての2年間には、かつて「異教」ローマの迫害で殉教した死者の総数よりも多くのキリスト教徒が、同じキリスト教徒の手にかかって殺害されたと見られている。368年アタナシオスは旧位に復し、アレクサンドレイアに没した。「アタナシオスは世界を敵とする（ラ）Athanasius contra mundum」と称される頑迷固陋なまでの不屈さで己が信念を貫き、後年その所説が正統教義として確定されたので、彼は「正統信仰の父」「教会の柱石」などと呼ばれ、カトリック「正統」派のキリスト教徒の間では聖人に列せられている。バシレイオス*、ナジアンゾスのグレーゴリオス❶*、イオーアンネース・クリューソストモス*とともに東方教会の四大教父の1人。彼はまた、エティオピア*にプルーメンティオス Phrumentios（300頃～380頃）を初代主教として送り出したことでも知られる。アタナシオスは小男で、その思想は独創性に乏しく、また概念の混同がしばしば見られることが指摘されている。なお「アタナシオス信条（ラ）Symbolum Athanasianum」は、彼の名が冠せられているが、後世の偽作である（430頃～589頃の間の）。
主著（原典はギリシア語）:
○『異教徒反駁論（ラ）Contra Gentes』（318頃）, Κατὰ Ἑλλήνων
○『言の受肉論（ラ）De Incarnatione』（318頃）, Περὶ τῆς ἐνανθρωπήσεως τοῦ λόγου
○『反アレイオス派弁論（ラ）Apologia ad Imperatorem Constantium』（357頃）, Ἀπολογία πρὸς τὸν βασιλέα Κωνστάντιον
○『アレイオス派史（ラ）Historia Arianorum』（358頃）, Τοῦ αὐτοῦ πρὸς ἁπανταχοῦ μοναχοὺς περὶ τῶν γεγενημένων παρὰ τῶν Ἀρειανῶν ἐπὶ Κωνσταντίου
○『アレイオス派論駁（ラ）Orationes contra Arianos』（356頃）, Κατὰ Ἀρειανῶν
○『アントーニオス伝（ラ）Vita Antonii』（357頃）, Βίος καὶ πολιτεία τοῦ ὁσίου πατρὸς ἡμῶν Ἀντωνίου
その他、『詩編』の注解や何通かの書簡が残っている。図像では、彼は手に聖書または三位一体擁護の象徴たる光り輝く三角形を持つ白髪の老主教の姿で表現されている。
⇒リーベリウス、ヒラリウス、マルケッロス（アンキューラの）、オーリゲネース
Athanasius Oratio contra Gentes, Oratio de Incarnatione, Apologia contra Arianos, Epistolae quatuor ad Serapium/ etc.

アタマース　Athamas, Ἀθάμας,（伊）（西）Atamante,（葡）Atamas, Atamante,（露）Атамант, Афамант

　ギリシア神話中のボイオーティアー*（ないしテッサリアー*）の王。アイオロス❷*の子。したがってシーシュポス*やサルモーネウス*らの兄弟。オルコメノス*（またはテーバイ❶*）を支配し、初めネペレー❶*を娶って息子プリクソス*と娘ヘッレー*を儲けたが、やがて妻と別れてカドモス*の娘イーノー*と再婚、彼女によって2子レアルコス*とメリケルテース*を得た。先妻の子供たちを憎むイーノーは、計略を用いて作物が稔（みの）らないようにしたうえで、デルポイ*の神託を矯めて「プリクソス（あるいはヘッレーもともに）をゼウス*の生贄に捧げれば不作はやむであろう」と報告させた。この兄妹がまさに屠られんとした時、神の送った金毛の羊が現われて、2人を背に乗せるとコルキス*の地を目ざして飛び去ったという（⇒アルゴナウタイ）。その後、アタマースとイーノーは、ディオニューソス*を養育したために、嫉妬深い女神ヘーラー*に憎まれ、狂気の発作に取り憑かれてしまう。妻子を動物と思い込んだアタマースは、レアルコスを射殺して切り刻み、メリケルテースを熱湯に投じて殺害。イーノーはメリケルテースを抱いて岩から海中に身を躍らせ溺死したが、母子ともに船乗りを嵐から護る海の神レウコテアー*とパライモーン*に変身した。国を追われたアタマースは、「野獣が饗応してくれる所に住むがよい」との神託を得て、各地を放浪するうちに、テッサリアーで一群の狼が羊を食っているところに行き逢い、狼たちが逃げ去ったので、その地に居を構えた。のちに彼は、ゼウスの神託により国土の穢れを払う犠牲として殺されそうになったが、コルキスから到着した孫のキュティッソーロス Kytissoros（プリクソスの子）に危いところを救われたという。そのほか、3番目の妻テミストー Themisto と彼女による継子謀殺計画の話も残っており、アタマースの物語はおおむね人身供犠と継子いじめ譚と関連して伝えられている。嗣子を失った彼の王位は2人の姪孫ハリアルトス Haliartos とコローノス Koronos（ともにシーシュポスの孫）が継いだ。悲劇詩人アイスキュロス*やソポクレース*の作品に『アタマース』があったが、いずれも散逸した（巻末系図 009〜010 参照）。

　歴史時代にエーペイロス*のピンドス山脈西麓に居住していたアタマーネス Athamanes 族は、アタマースの子孫とされていた。

Apollod. 1-9, 3-4/ Hyg. Fab. 1〜5, Poet. Astr. 2-20/ Ov. Met. 3-564, 4-481〜, 9-195〜, Fast. 2-628〜, 3-853〜/ Herodot. 7-197/ Paus. 1-24, -44, 6-21, 7-3, 9-23/ Tzetz. ad Lycoph. 22, 229/ Strab. 9-433〜/ Diod. 4-47/ Schol. ad Hom. Il. 7-86/ Serv. ad Verg. G. 1-219/ etc.

アタランタ　Atalanta
⇒アタランテー（のラテン名）

アタランテー　Atalante, Ἀταλάντη, Atalanta,（仏）Atalantè,（露）Аталанта

　ギリシア神話中の有名な女狩人。アルカディアー*のイーアソス Iasos（リュクールゴス❸*の子）とクリュメネー❸*（ミニュアース*の娘）との間の娘とも、ボイオーティアー*のスコイネウス Skhoineus（アタマース*の子）ないしマイナロス Mainalos（リュカーオーン*の子）の娘ともいわれる。男子の出生を望んでいた父親によって山中に棄てられるが、雌熊に乳を与えられ、猟師に拾われて育てられた。狩りの女神アルテミス*の神寵を蒙り、並ぶ者なき快足の女猟師に成長、女神と同じく処女を守り、彼女を犯そうとしたケンタウロス*たち（ロイコス Rhoikos とヒューライオス Hylaios）を射殺した。アルゴナウテース*たちの遠征に加

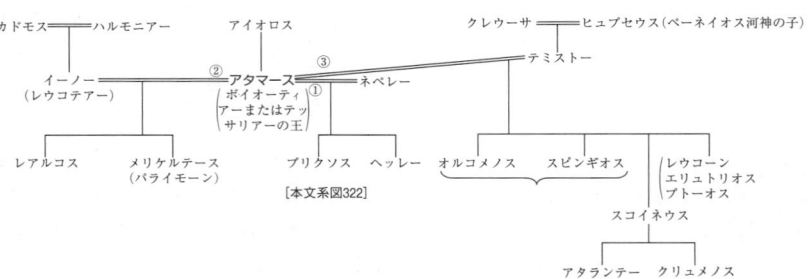

系図30　アタマース

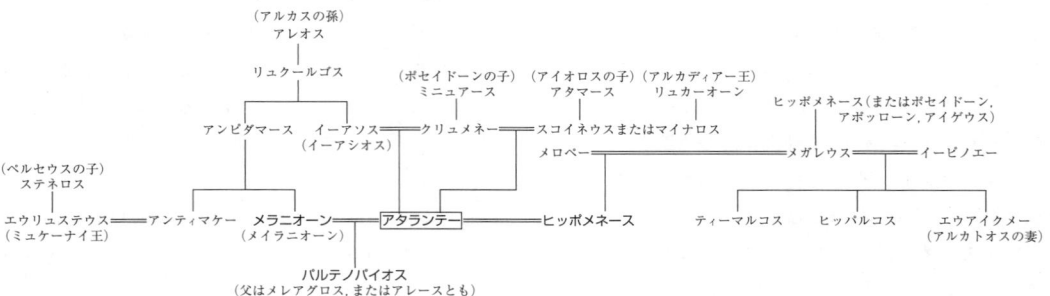

系図31　アタランテー

わることは拒まれたものの、カリュドーン*の猪狩りに参加して手柄を立て（⇒メレアグロス）、またペリアース*の葬礼競技ではレスリング部門でペーレウス*（アキッレウス*の父）を破って優勝した。のち両親と再会し、父親に結婚を勧められると、「徒競走で私を打ち負かした人の妻になりましょう。けれど私に追い越された人は生命を代償としなければなりません」と答え、多くの求婚者を破っては矢で射殺した —— あるいは、若者を先に走り出させておいて、槍を手にその後を追い、背中を刺し貫いては殺していたという ——。しかし、ついにアプロディーテー*から3個の黄金の林檎(りんご)を授かった青年メラニオーン*（またはヒッポメネース*）が競走に臨み、追いつかれそうになると次々に林檎を投じ、彼女がそれを欲して1個ずつ拾っていたので、かろうじて勝利を得、アタランテーの夫となった。ところが間もなく2人はアプロディーテーの怒りを買い、ゼウス*（またはキュベレー*）の神域で交わったため、神罰によって獅子(ライオン)に姿を変えられてしまったと伝えられている。

なお、アルカディアーの地には、彼女が求婚者と徒競走を行なった「アタランテーの走路」が、またエピダウロス*には彼女が槍で岩を撃って湧き出させた「アタランテーの泉」なる旧跡が残っていたという。

美術作品では、彼女は古来、短い狩衣か獣皮をまとった女猟師の姿で表現されることが多い（前580年の陶画以来）。
⇒パルテノパイオス

Apollod. 1-8, 3-9/ Callim. Dian. 215～/ Diod. 4-34, -65/ Xen. Cyn. 1-7/ Ap. Rhod. 1-769～/ Prop. 1-1/ Ov. Met. 8-316～, 10-560～, Ars. Am. 2-185～, Am. 3-2/ Ael. V. H. 13-1/ Hyg. Fab. 70, 99, 173～174, 185, 244, 270/ Paus. 3-24, 5-19, 8-35, -45/ etc.

アタルガティス　Atargatis, Ἀτάργατις
⇒シュリア・デア

アッカ・ラウレンティア　Acca Laurentia
⇒アッカ・ラーレンティア

アッカ・ラーレンティア（または、アッカ・ラウレンティア、アッカ・ラーレンティーナ）　Acca Larentia (Acca Laurentia, Acca Larentina)，(独) Acca Laréntia, (伊) Acca Larenzia, (西) Aca Larencia, Aca Larentia, (葡) Aca Larência

エトルリア*起源のイタリアの大地女神。祝祭は12月23日のラーレンターリア*。彼女にまつわる2つの異なる伝承がある。1つは、牧夫ファウストゥルス*の妻で、棄てられた双生児ロームルス*とレムス*を養育した婦人として知られる。この双生兄弟が牝狼(ルパ) lupa に哺乳されていたというので、アッカもルパ（「売春婦」の意もあり）と呼ばれる。彼女にはやはり「娼婦」を意味するファウラ Faula とかファブラ Fabula の別名もあり、またアルウァーレース*神官団の創始者たる12兄弟を産んだが、その1人が死んだので、代わりにロームルスとレムスを育てたという説もある。

もう1つの所伝によると、彼女はエウアンデル*（ギリシア語ではエウアンドロス*）時代、あるいはロームルスまたはアンクス・マルキウス*王時代のローマ随一の遊女で、ヘルクレース*（ギリシアのヘーラクレース*）神と情を交わし、彼より「私と別れてから最初に出会う男と結婚するがよい」と助言され、タルーティウス Tarutius (Tarrutius) という裕福なエトルーリア人と一緒になった。夫はその後まもなく没し、莫大な財産と地所を相続した彼女は、これらの大部分を死に臨んでローマ市民に遺贈したという。
⇒ラレース

Plut. Rom. 4～, Mor. 272f/ Macrob. Sat. 1-10/ Gell. 6-7/ Auson. Technop./ Cato fr. 16/ Varro Ling. 6-23/ Lactant. 1-20/ Ov. Fast. 3-55～/ Plin. N. H. 18-2/ etc.

アッキウス　Lucius Accius (Attius, Actius とも)，(伊) Lucio Accio, (西) Lucio Acio, (葡) Lúcio Ácio

（前170頃～前86頃）ローマ共和政後期の詩人。イタリア中部ウンブリア*地方のピサウルム Pisaurum（現・ペーザロ Pesaro）に、解放奴隷を父として生まれる。まず悲劇詩人として名を成し、若い頃タレントゥム*で老先輩パークウィウス*に会って、自作の『アトレウス* Atreus』（前140公演）を朗読し称讃されたという。この作品には「彼らが私を怖れる限り、憎ませてやろう」といったカリグラ*ら暴君が好んで口にした有名な文句が含まれている。『テーレウス* Tereus』、『クリューシッポス Chrysippus』、『クリュタエムネーストラ Clytaemnestra』、『アエギストゥス Aegisthus』など血腥(なまぐさ)い残虐な挿話を含んだギリシア伝説を好んで扱い、また小アジア西岸のペルガモン*へ旅して（前133頃）、ペルガモンの文献学の方法を修得。約50篇の悲劇のうち大部分が、エウリーピデース*らギリシア悲劇詩人を模倣した作品（断片およそ700行のみ現存）だが、その他ローマ人の歴史を主題とするプラエテクスタ劇 fabula praetexta（⇒ファーブラ❹）をも執筆している。多才な人で、ギリシア・ローマの『演劇史 Didascalica』（9巻）や、ローマの暦日を扱った『史詩 Annales』、男色を主とするソータデース*風の『好色詩集 Sotadica』など、さまざまな著作に筆を染めた（全て散佚）。有力な元老院議員デキムス・ブルートゥス❶*の庇護を受けて、詩神ムーサエ*（ムーサ*たち）神殿に彫像を建てられたばかりか、ローマの諸神殿や公共建造物に彼の詩が刻まれたことが知られている。長寿に恵まれた彼は、しかし横柄で攻撃的かつ我儘な性格の持ち主だったとされ、たいそう背が低かったにもかかわらず、たいそう長身の自己の像を神殿内に築かせたと伝えられる。彼はまた、ローマで最初の大文法家だったといい、その悲劇はキケロー*やホラーティウス*から高く評価されている。

Quint. 10-1/ Hor. Epist. 2-1/ Cic. Brut. 18, 64 (229), Leg. 2-21, Arch, 11, Planc. 24, Sest. 56～, De Or. 3-7/ Gell. 6-9, 13-2/ Macrob. Sat. 6/ Plin. N. H. 18-55, 34-10/ Plin. Ep. 5-3, -6/ Varro Ling. 10-70/ Suet. Calig. 30/ Ov. Am. 1-15/ Vell.

アッケー

Pat. 1-17/ etc.

アッケー Akke
⇒アケー（プトレマーイス❶）

アッコー Accho
⇒プトレマーイス❶

アッシュリアー Assyria, Ἀσσυρία,（仏）Assyrie,（独）Assyrien,（伊）Assiria,（西）Asiria,（葡）Assíria,（露）Ассирия,（ヘブライ語）Aššûr,（アラム語）Atûr,（アラビア語）Ashūr, Āshūr,（ペルシア語）Āshūr,（トルコ語）Aşur,（和）アッシリア

（「主神アッシュール Aššur の地」の意）ティグリス*河上流の洪積台地。古来、アルメニアー*方面からバビュローニアー*に至る通商の要路に位置していたため、諸民族の争奪の対象となった。前 3000 年紀中頃、セム系のアッシュリアー人が都市国家アッシュール Asshur（アッカド語 Aššūr。地名アッシュリアーはこの市に由来）を中心に王国を建て、以来メソポタミアー*文明を吸収しながら漸次強盛に向かい、前 8 世紀にはバビュローニアー、シュリアー*、メーディアー*を支配する未曾有の大帝国へと発展。さらにエジプトをも征服して（前 671～前 655）、オリエント全土の統一を成し遂げた。首都ニネヴェ Nineveh（〈古アッシリア語〉Ninua,〈ギ〉ニ（ー）ノス Ninos）は殷賑を極め、人口 30 万人以上、市を囲む城郭上を 3 両の戦車が並んで走ることができたという。しかし、苛酷に過ぎる強圧的な支配が反乱を発発させ、前 612 年メーディアーとカルダイアー*（新バビュローニアー）連合軍によりニネヴェは破壊され、前 609 年最後の拠点たるハッラン Harran（〈ギ〉カッライ*）も陥落し、帝国は崩壊した。

ギリシア人の間では、かつてのアッシュリアーの栄光は、ニノス*やセミーラミス*の伝説的物語としてわずかに知られるに過ぎず、シュリアー人とアッシュリアー人は混同され、本貫の地たるアッシュリアー地方もアディアベーネー*とかミュグドニアー Mygdonia と称された。この地域はアカイメネース朝*ペルシア*、セレウコス朝*シュリアーの支配を経てパルティアー*領となり、後 115 年トライヤーヌス*帝の親征によりローマ帝国の属州アッシュリアが編成されたが、ほどなくハドリアーヌス*帝によって放棄され（後 117）、以来サーサーン朝*ペルシア領 Asorestan となった。

史上アッシュリアー帝国は軍国主義的官僚国家として名高く、斬首や去勢、耳・鼻・舌・手足の切断、眼球抉り取り、生きたままの火炙り、皮剥ぎ、串刺し、住民皆殺し、等々の厳格な刑罰を好んで実施したことが知られている。ローマ時代に入ってからも、公衆の前における花嫁の競売や、病人を三叉路に出して通行人に治療法を問うといったアッシュリアー独自の風習が残っていたことが伝えられる。
⇒サルダナパーロス

Herodot. 1-95, -106, -178, -184～, 2-17, -141, -150, 4-39/ Xen. Cyr. 2-1-5/ Strab. 16-736～/ Plin. N. H. 6-16/ Mela 1-2/ Ptol. Geog. 1-12, 6-1/ Diod. 2-1～31/ Eutrop. 8-2/ Arr. Anab. 7-21/ Tac. Ann. 12-13/ Amm. Marc. 23-6/ Dio Cass. 68/ Just. 1-1/ Euseb. Chron./ Suda/ etc.

アッシリア Assyria
⇒アッシュリアー

アッソス Assos, Ἄσσος,（Assus）,（伊）Asso,（西）Aso
（現・Behramkale 近郊の遺跡）小アジア西北部ミューシアー*地方トローアス*沿岸のギリシア人植民市。前 10 世紀頃、対岸のレスボス*島メーテュムナー*の住民によって建設されたと伝えるが、元来は非ギリシア系のレレゲス*人の住む町であったらしい。アドラミュティオン Adramytion 湾に臨む海港都市として交易上、古くから重視された。前 6 世紀にはリューディアー*王国の支配下にあり、アカイメネース朝*ペルシア*帝国の統治を経たのち、ヘレニズム時代にはペルガモン*王国の領土（前 241～前 133）となり、次いでローマの属州アシア*に併合された。アリストテレース*がアタルネウス Atarneus（現・Kale Ağılı または Dikili 東北郊の Atarna）の僭主ヘルメイアース*に招かれて、しばらくの間この地に滞在し、研究活動を続けたことで名高い（前 347～前 344 頃）。ストアー*学派の哲学者クレアンテース*の出身地。保存状態のよい城壁や、アクロポリス*上のアテーナー*神殿（前 530 頃）、ギュムナシオン*（前 2 世紀）、劇場（テアートロン*）（前 3 世紀）などの遺跡が発掘されている。屍体をすぐに腐蝕してしまうサルコパゴス*石の産地でもある。なお、この町は前 2 世紀以来、ペルガモン王アッタロス 2 世*の母親の名にちなんでアポッローニアー*とも称されることがあった。

Strab. 13-610, 15-735/ Plin. N. H. 5-32, 36-27/ Nov. Test. Act. 20-13～14/ Steph. Byz./ etc.

アッタルス Priscus Attalus,（仏）Priscus Attale,（伊）Prisco Attalo,（西）Prisco Atalo
（後 5 世紀初頭）　西ローマ帝国の対立皇帝（在位・後 409～後 410 年 5 月／6 月、後 414～後 415）。イオーニアー*出身のアレイオス*（アリーウス*）派のキリスト教徒で、主要なローマ元老院議員だったが、首都長官の任にあった 409 年、西ゴート*軍を率いるアラリークス*（アラリック 1 世）によって皇帝に推戴され、ラウェンナ*へ逃げ込んだホノーリウス*帝と対立させられる。しかし、倨傲や愚行、アーフリカ*遠征の失敗のため、在位数ヵ月にしてアラリークスの命令で廃され、衆人監視の中で帝冠と紫衣を剥ぎ取られる（410）。その後も西ゴート軍に随行して、アタウルプス*（アラリークスの後継者）と皇妹ガッラ・プラキディア*の婚礼では合唱隊長を務め（414）、同年アタウルプスにより再び傀儡帝に擁立される（⇒ヨウィーヌス）。とはいえ、数ヵ月後にはまたもやアタウルプスに見放され、海路逃亡を試みたところをホノーリウスの部下に捕われ、416 年

ローマ市街を引き回されたうえ、親指と人差指を切断されたのち、リパラ Lipara（現・リパリ Lipari）諸島へ永久追放に処せられて生涯を終えた。
Zosimus 6-6～13/ Symmachus Epist. 7-15～25/ Sozom. Hist. Eccl. 9-8～9/ Philostorgius Hist. Eccl. 12-3～4/ etc.

アッタレイア Attaleia, Ἀττάλεια, アッタリアー Attalia, Ἀτταλία,（ラ）アッタリーア Attalia（アッタレーア Attalea とも),（仏）Attalie,（独）Attalien,（伊）Adalia, Antalia,（西）（葡）Antália,（露）Анталья,（和）アタリア

（現・アンタリヤ、アンタルア Antalya, かつての Adalia）小アジア南岸パンピューリアー*の海港都市。前150年頃ペルガモン*王アッタロス2世*によって建設され、王名をもとに命名されたヘレニズム都市で、交通の要衝として発展。後1世紀にはペルゲー*を圧してパンピューリアーの首府となった。丘陵の斜面に市街が発達した景勝の地として知られ、城壁およびハドリアーヌス*帝の市門（後135頃）、ローマ帝政初期のイタリア式墳墓が残っている。

なお、ミューシアー*やガラティアー*にも、アッタロスにちなんで名づけられた同名の町があった（各現・Dikili, Selçuklu）。

Strab. 14-667/ Plin. N. H. 5-33, -42/ Ptol. Geog. 5-5/ Nov. Test. Act. 14-25/ Steph. Byz./ Suda/ etc.

アッタロス Attalos, Ἄτταλος, Attalus,（仏）Attale,（伊）Attalo,（西）（葡）Átalo,（露）Аттал

ペルガモン*のアッタロス朝*の王名。アッタロス朝の系図（巻末系図037）を参照。

❶ **1世 A. I** ソーテール Soter Σωτήρ（前269～前197年春）（在位・前241～前197）エウメネース1世*の従兄弟アッタロス Attalos の子。養父エウメネース1世の後を継いだのち、同家ではじめて王号を称し（前238／230）、侵入したケルト*（ガラティアー*）人を撃退して「救済者」と呼ばれた（前230）。セレウコス朝*のアンティオコス・ヒエラクス*を敗北させて、タウロス（現・トロス）山脈以西の小アジアを奪い（前228～前223）、ローマと結んでマケドニアー*のピリッポス5世*に対抗した（第1次・第2次マケドニアー戦争、前215～前205・前200～前197）。学芸の保護者としても知られ、首都ペルガモン*を数々の彫刻――その中に「瀕死のガラティアー人」がある――で装飾し、繁栄させた。キュージコス*の富裕な市民アテーナイオス Athenaios の娘アポッローニス Apollonis を娶り、4人の息子を儲け、死後は夫婦揃って神として祀られた。外征中、テーバイ❶*で脳卒中の発作を起こし、帰国後死亡した。40余年にわたる彼の治世中に、ローマと同盟して、アンティゴノス朝*やセレウコス朝など近隣諸王国に対抗するというペルガモン王国の外交政策が定まった。
⇒ラーキューデース、カリュストスのアンティゴノス
Liv. 26～28, 29-10～, 31-14～, 32～33, 38-16/ Polyb. 4-48, 5-77～78, 16, 18-41, 22-20/ Plut. Flam. 6/ Diog. Laert. 4-60/ Ath. 15-697/ Plin. N. H. 34, 35/ Strab. 13-624/ Paus. 1-8, -25, 10-15/ Euseb. Chron./ etc.

❷ **2世 A. II** ピラデルポス Philadelphos, Φιλάδελφος（前220～前138）（在位・前159～前138）❶の次子。兄王エウメネース2世*の在世中から、ローマ軍を支援してケルト*（ガラティアー*）人やアンティゴノス朝*マケドニアー*王国と戦い、使節として数度ローマに派遣されて甚大な影響力をもったが、あくまでも兄に対して忠誠を尽くしたため、ピラデルポス（「愛兄者」の意）という副名を得た。とはいえ、兄王エウメネース2世がデルポイ*でマケドニアー*王ペルセウス*の刺客に殺されたとの誤報を信じて登位し、兄の妻ストラトニーケー Stratonike（カッパドキアー*王アリアラテース4世*の娘）を娶ったことがある。しかしながら、この時は兄王に事情を聴き容れられて、以後も兄に忠実に仕えたので、その幼い王子アッタロス（3世）*の後見人に任ぜられる。前161年には病身の兄王の共治者となり、その死後即位して「愛兄王（ピラデルポス）」と称される（61歳）。正式にストラトニーケーを妃とし、アッタロス3世を養嗣子に迎えて、伝統的な親ローマ政策を終始採り続けた。若い頃カッパドキアー*王アリアラテース5世*とともに哲学者カルネアデース*に師事し、学問芸術の保護にも熱心で、アテーナイ*にアッタロスのストアー*（列柱廊）を築いたのも彼である（現在アゴラー*東側に復元されている）。対アンドリスコス*戦（前148）や対コリントス*戦（前146）においてもローマに協力し、コリントスからの戦利品として優れた美術品の数々を獲得。義兄弟アリアラテース5世のカッパドキアー王位復辟を助け、ビーテューニアー*の王位にはニーコメーデース2世*を、セレウコス朝*シュリアー*の王位にはアレクサンドロス・バラース*を擁立した。アッタレイア*やピラデルペイア❷*などの諸市を建設し、また一説には王自身が新しい刺繍法を考案したとも伝えられる。82歳で甥のアッタロス3世に毒殺されたとも、生命あるうちに甥に譲位したともいう。
⇒クラテース❹
Strab. 13-624, 14-667/ Polyb. 31～33/ Lucian. Macr. 12/ Liv. 37-18, -43, 38-12, 45-19～/ Just. 35-1/ Ath. 8-346, 14-634/ Plin. N. H. 7, 35/ App. Mith. 3～/ Paus. 7-16/ Diod. 29, 31, 33/ etc.

❸ **3世 A. III** ピロメートール Philometor Euergetēs, Φιλομήτωρ Εὐεργέτης（前171頃～前133）（在位・前138～前133）エウメネース2世*の子。ペルガモン*王国最後の王。叔父アッタロス2世*の子供ら近親者を殺害して即位、その遊惰と残忍さとで名高い。動植物や薬物学に造詣が深く、冶金や彫刻を趣味とする。特に毒薬の研究に熱心で、自らさまざまな毒草を育てて暗殺に利用、囚人を実験台にしてその効果を調べていたが、ある日、庭園での長時間の作業中、日射病に倒れ、1週間後に息をひきとった。妃ベレニーケー Berenike との間に嗣子がなかったので、王国と財宝をローマに遺贈したといわれる（⇒アリストニーコス❶）。「愛母王（ピロメートール）」の称号は、母妃ストラトニーケー Stratonike との親密な関係にちなんでつけられたものである。

⇒アシア（ローマ属州）
Strab. 13-624/ Polyb. 33-18/ Just. 36-14/ Diod. 34-3/ Varro Rust. Praef./ Liv. Epit. 58/ Vell. Pat. 2-4/ Florus 2-20/ App. Mith. 62, B. Civ. 4/ Plin. N. H. 18/ Plut. Gracch. 14/ etc.

アッタロス　Attalos, Ἄτταλος, Attalus,（仏）Attale,（伊）Attalo,（西）（葡）Átalo,（露）Аттал

（前390頃～前336）マケドニアー*の貴族。将軍パルメニオーン*の女婿。姪のクレオパトラー❶*（エウリュディケー❹*）が、マケドニアー王ピリッポス2世*（アレクサンドロス大王*の父）の最後の妻となる（⇒巻末系図027）。前337年、この姪と国王との婚宴の席で、彼が「正嫡の世嗣ぎが一日も早く生まれますように」と祝盃を挙げたため、庶子扱いされたアレクサンドロス大王（3世*）とピリッポス2世との間に論争が生じ、抜剣した父王が酒と怒りのせいで床に転んだところ、アレクサンドロスは「ヨーロッパからアジアへ渡る準備をしている者が、1つの食卓から他の食卓へ倒れずに行くことすらできぬとは」と嘲笑して、母オリュンピアス*を伴いエーペイロス*へ出奔した。次いでアッタロスは、ピリッポス2世の男色相手の青年貴族パウサニアース❷*を饗宴に招いて、飲み仲間たちとともにこれを輪姦して屈辱を与え、この事件が一因となってピリッポスはパウサニアースに暗殺された（前336年初夏）。アシアー*に出征していたアッタロスは、祖国を裏切ってアテーナイ*のデーモステネース❷*と通じているとして、新王アレクサンドロスの命令ですぐさま殺害された。

　他にも、アレクサンドロス大王の東征に従った部将の中に、幾人かの同名の人アッタロスがおり、またインドの王ポーロス*との戦闘（前326年5月）で、アレクサンドロスに容貌が酷似していたため大王の影武者とされた将校もアッタロスという名前であったと伝えられている。
Just. 9-5～/ Plut. Alex. 9/ Diod. 17-2, 18-37, -44～45, 19-16, -35/ Curtius, 6-9, 7-1, 8-13/ Arr. Anab. 2-9, 3-12/ Arist. Pol. 5-10(1311b)/ Phot./ etc.

アッタロス朝　Attalidai, Ἀτταλίδαι, Attalidae,（英）Attalids,（Attalid dynasty）,（仏）Attalides,（独）Attaliden,（伊）Attalidi,（西）Atalidos,（Dinastía atálida）,（露）Атталиды

（前282～前133）小アジアのペルガモン*（現・ベルガマ）を中心に栄えたヘレニズム時代の王国。リューシマコス*に仕えていた去勢者ピレタイロス*が、セレウコス1世*に寝返って事実上この地で独立国を創始（前282）。養子エウメネース1世*を経て、アッタロス1世*（在位・前241～前197）の時から王号を称した（前238～）。次のエウメネース2世*の治世（前197～前159）が最盛期で、ローマの対シュリアー*戦争に協力して功績を立て、小アジアの西半分を支配。首都ペルガモンはヘレニズム文明の一大中心地として繁栄した（⇒系図巻末037）。前133年、最後の王アッタロス3世*が嗣子なくして没すると、ローマは王が遺言によって国土をローマに譲ったと主張して、領土に併合した。各アッタロス、エウメネース、およびアリストニーコス❶*の項を参照。
⇒セレウコス朝
Polyb./ Strab./ Liv./ Plut./ Just./ Paus./ Diod./ Dio Cass./ Plin. N. H./ Ath./ etc.

アッティウス　Attius
⇒アッキウス

アッティカ　Attica
⇒ポンポーニア❷

アッティカ（地方）　Attica
⇒アッティケー

アッティクス　Atticus,（ギ）Attikos, Ἀττικός,（伊）Attico,（西）（葡）Ático,（露）Аттик
⇒ポンポーニウス・アッティクス
⇒ヘーローデース・アッティクス

アッティケー　Attike, Ἀττική, Attica（アッティカ*）,（仏）Attique,（独）Attika,（西）（葡）Ática,（露）Аттика, 古くは、アクタイアー Aktaia, モプソピアー Mopsopia, アクテー Akte, アクティケー Aktike）

（現・Attikí）中部ギリシアの東南方に突出した半島部で、歴史時代に都市国家アテーナイ*の領域として繁栄した地方。北はキタイローン*山脈によってボイオーティアー*地方と境し、西はメガラ*地方（メガリス*）に連なり、他はエーゲ海に臨むほぼ三角状をなし、前6世紀以後はサラミース❶*諸島をも含む。総面積は約2550km²、古代ギリシアの都市国家 polis の領域としては、スパルター*のラコーニケー*（ラコーニアー*）と並ぶ例外的な広さである。総じて山がちで土地はやせているが、アテーナイ平野や西方のエレウシース*平野、東岸のマラトーン*平野は果樹栽培に適し、オリーヴ・無花果・葡萄の産地となる。また良質の陶土に恵まれていたため、古典期にはアテーナイの製陶産業はコリントス*を凌駕してギリシア第一の名声を博するに至った。東南部のラウレイオン*山地はエーゲ海最大の銀鉱脈を蔵し、優れた大理石を産出するペンテリコーン*山、ヒューメーットス*山とともにアテーナイの富強と文化の繁栄に大いに貢献した。河川ではケーピーッソス❶*川が知られ、港としては前5世紀初頭までパレーロン*、以後はペイライエウス*がアテーナイの外港の位置を占めた。

　アッティケーの伝説上の名祖（なおや）は、古王クラナオス Kranaos の早世した娘アッティス Atthis とされ（⇒巻末系図020）、初代王ケクロプス*の頃にはこの地にペラスゴイ*人の12都市があったという。その後イオーン*（ヘッレーン*の孫）が住民を4つの部族（ピューレー*）に分かち、テーセウス*がアッティケーの12市を合してアテーナイを

首都とする一国家を形成したと伝えるが、実際にはこの「集住 synoikismos」は前7世紀頃までの長期間にわたって徐々に進められたものである。考古学上も新石器時代から独立した集落跡が各地に認められ、ギリシア系民族の侵入後、ミューケーナイ*時代にはエレウシース、マラトーン、アテーナイほかの諸市が分立、巨石の城壁遺蹟や穹窿墓などを残している。古くからイオーニアー*系のギリシア人が定住し、前12世紀頃には新たに南下して来たドーリス*系ギリシア人の侵入を退け（⇒コドロス）、前11世紀以降、小アジアのイオーニアー地方へと植民団を送り出した。王政から次第に貴族エウパトリダイ*の寡頭支配に代わり、その後ドラコーン*の成文法制定（前621頃）、ソローン*の改革（前594）、ペイシストラトス*の僭主政（前561～）、クレイステネース*の改革（前508）を経て民主化が進展、クレイステネースは旧来の氏族制的な4部族を解体して、住民を政治的・軍事的な単位たる10部族に編成し直した。古典期以後のアッティケーの歴史は、そのままアテーナイの歴史である。アッティケー地方は侵入者の征服を免れたため、イオーニアー方言と近縁のアッティケー方言を保持し、アテーナイの隆盛とともにこの方言は事実上、全ギリシア世界の文学用語となり、またヘレニズム・ローマ時代のコイネー koine（共通ギリシア語）の母胎をなした。弁論術の分野では、装飾過剰で煽情的なアシアー*風文体に対して、簡潔明晰なアッティケー風文体が、ヘレニズム時代以来2大潮流を形成し、ローマ帝政期にはアッティケー方言の復興が著述家たちの間で盛行した。
⇒スーニオン、デケレイア、アピドナイ、ブラウローン、アカルナイ、オーローポス
Paus. 1-1～39/ Strab. 9-390～400/ Plin. N. H. 4-7/ Apollod. 3-14/ Herodot. 5-76/ Thuc. 1-2/ Mela 2-3/ Plut./ Diod./ Ar./ Dem./ Ath./ Ael./ Harp./ Suda/ Steph./ Byz./ etc.

アッティケー*（アッティカ*）十大雄弁家 Deka Rhētores, Δέκα Ῥήτορες, X Oratores,（英）The ten Attic Orators,（仏）Dix Orateurs attiques,（独）Zehn Attischen Redner

アンティポーン*、アンドキデース*、リューシアース*、イソクラテース*、イーサイオス*、アイスキネース*、リュクールゴス*、デーモステネース❷*、ヒュペレイデース*、デイナルコス*の10人。アウグストゥス*時代にカラクテー Calacte（現・シチリアの町 Caronia）のカエキリウス Caecilius の著『十大雄弁家の文体について』に挙げられ、偽プルータルコス*やクィンティリアーヌス*、ヘルモゲネース❷*等のちの文筆家によっても踏襲されたが、この10人のリストはもっと古くヘレニズム時代にペルガモン*の学者たちが選定したものと思われる。
⇒ハルポクラティオーン、（ペルガモンの）アポッロドーロス❺、（ビューザンティオンの）アリストパネース
Plut. Mor. 832～852/ Dion. Hal. Comp. De Imit. 5, Dem., Isoc., Lys./ Demetr. Eloc./ Quint. Inst. 10-1, 12-10/ Dio. Chrys. Or. 18-11/ Harp./ Canon Alexandrinus/ Suda/ etc.

アッティス Attis, Ἄττις, アッテース Attēs, Ἄττης, Attys, Ἄττυς,（西）Atis,（葡）Átis,（露）Аттис（または、アテュス*）

ギリシア神話中、小アジアの大地母神キュベレー*（＝アグディスティス*）に愛された美青年。元来は小アジアのプリュギアー*やリューディアー*で信仰された植物の生長を司る古い神格。種々の異説があるが、最もよく知られている伝承は次のごとくである。両性具有の神アグディスティスが、他の神々によって去勢され、女神キュベレーとなった時、切り取られた男性器から巴旦杏（アーモンド）の木が生え出し、やがて結実した。その実をサンガリオス*河神の娘ナナ Nana が摘んで懐中に入れると、妊娠してアッティスを出産、子供は山間に棄てられたが山羊に養育された。類稀れな美少年となったアッティスを、キュベレーは深く愛したため、彼がプリュギアー王ミダース*の娘（ビューレー）と結婚しようとした時に烈（はげ）しく嫉妬し、婚礼を阻止するべく彼を発狂させた。狂気の発作のうちにアッティスは自らを去勢し、同席していた花嫁の父たる王も同じく自身の性器を切断した。後悔したキュベレーが、若者の死体が決して腐敗せぬよう大神ゼウス*に願ったところ、アッティスは松の木に変身し、流れ出た血から菫（すみれ）の花が咲き出た。以来、キュベレーに仕える神官は、ことごとく去勢者に限られるようになったという。

別伝では、アッティスは生まれながらの閹人（去勢者）で、リューディアーにおいてキュベレーの密儀（ミュステーリア*）を弘め、女神から深く寵愛されたので、嫉妬したゼウスの差し向けた大猪の牙にかかって殺されたといい（⇒アドラストス❷）、あるいはまた美男だったためプリュギアー王に犯されそうになり、揉み合ううちに互いに相手を去勢して共倒れになったとも伝えられている。いずれにせよ、アッティスはアドーニス*と同様、植物の生滅を象徴する精霊であり、毎年春の初めにその死が悼まれ、次いで再生復活が盛大に祝われ、神としての呼び名は「主」あるいは「父」を意味するパパース Papas であった。彼の崇拝は大母神（⇒マグナ・マーテル）のそれとともにギリシア・ローマ世界に広く普及し、躁宴 orgia 風（オルギア）の祭儀のさなかにアッティスに倣って自らを去勢する信者も少なくなかった。クラウディウス*帝により公式にローマ帝国の宗教として公認されて以後、「最高の太陽神（⇒ソール）」と同一視されるに至り、信者に復活と永遠の生命を約束する救済論的教義をも発達させていった。美術作品においてアッティスは、プリュギアー帽を被った優美な牧者の姿で表わされる。
⇒クリーオボリオン、ペッシヌース
Theoc. 20-40/ Ov. Fast. 4-221～, Met. 10-104/ Paus. 1-4, 7-17, -20/ Diod. 3-58～/ Serv. ad Verg. Aen. 7-761, 9-116/ Arn. Adv. Nat. 5-5～7/ Lucian. Syr. D. 15/ Catull. 63/ Philostr. Epist. 39/ Tertullian. Ad Nat. 1/ Hesych./ etc.

アッティラ Attila,（ギ）Ἀττήλας または Ἀττίλας,（独）Etzel,（西）Atila,（葡）Átila,（露）Аттила,（ハンガリー語）Etele, Ethele,（ポーランド語）

Attyla, (ブルガリア語) Атила, (ウクライナ語) Аттіла, Етеле, (古ノルド語) Atle Ethele (後405／406〜後453) フン*族(フンニー*)の王(在位・434頃〜453)。伯父ルーアース Ruas (在位・425〜434頃) の死後、兄弟ブレーダ Bleda と共治を始めるが、後ブレーダを殺して単独王となる (445)。パンノニア*に本拠地を置き、相次ぐ征戦によって東はカスピ海から西はレーヌス* (ライン) 河、北はバルト海から南はアルペース* (アルプス) に及ぶ大領土を占有し、配下の諸部族を統率した。小柄でひげは薄く、大きな頭に低い鼻・浅黒い肌の持ち主だったが、傲然たる姿勢で歩き、目をむいて辺りを睥睨する様子は人々を恐怖におとしいれたという。文字が読めず、権力欲が強く、大勢の妻子を持ち、強烈な酒類を痛飲。また呪術師や占卜の類を信じ、発見した「軍神の剣」を祭壇に祀って動物や人間の生贄を毎年これに捧げた。東ローマ帝国に侵入しては略奪を繰り返し、その都度莫大な貢納金や領土を獲得していった (434、441〜445、447〜448、⇒テオドシウス2世)。451年4月には西ローマ帝国の半分を要求してガッリア*へ進撃した (⇒ホノーリア) が、カタラウヌム* (もしくは Campus Mauriacus) の戦い pugna Mauriacensis でローマの将軍アエティウス*率いるゲルマーニア*諸族連合軍に敗れた (6月20日)。翌452年イタリアへ侵寇し、アクィレイア*他の諸都市を劫略しながらローマへ迫ったものの、「教皇」レオ1世*を含む使節団との会見 (7月) の後、軍隊内の疫病流行と食糧不足のため撤退に転じた。パンノニアへ帰還して間もなく、何度目かの妻イルディコー Ildico (Hildico, Hilda, Mycolth とも) との婚礼の初夜に急死を遂げた —— 脳卒中、腹上死、新妻による刺殺ともいう ——。遺骸は金・銀・鉄の三重棺に納められ、夜間ひそかに埋葬され、墓の所在を隠すため墓穴を掘った捕虜たちは皆殺しに遭った。彼の死んだ晩、東ローマ帝マルキアーヌス*は、アッティラの弓が真二つに折れる夢を見たと伝えられる。キリスト教徒から「神の鞭」と恐れられた彼亡き後、その大王国は急速に分裂・崩壊し、弱体化したフン族は、やがてブルガール族、アヴァール族に吸収・混融し去った (6世紀中頃)。アッティラは中世ドイツの叙事詩『ニーベルンゲンの歌 Nibelungenlied』ではエッツェル Etzel、アイスランドのサガ Völsunga Saga ではアティル Atil という名で現われる。のちにブルガリアやハンガリーの王家は、アッティラの子孫を誇称した。

⇒オレステース

Priscus 33〜76/ Jord. 32〜50/ Isid./ Idatius/ Marcellinus/ Procop./ Greg.Turon./ Suda/ etc.

アッピア街道　Via Appia

⇒アッピウス街道

アッピアーノス　Appianos, Ἀππιανός, Ἀλεξανδρεύς, (ラ) アッピアーヌス Appianus Alexandrinus, (英) (独) Appian, (仏) Appien, (伊) Appiano, (西) (葡) Apiano, (露) Аппиан, (現ギリシア語) Apianós

(後90頃〜後165頃) ローマ帝政期のギリシア人歴史家。アレクサンドレイア❶*に生まれ、116年のユダヤ人反乱を体験する。アレクサンドレイアで役職に就いた後、市民権を得てローマへ移住、弁護官となり騎士身分(エクィテース*)に叙せられる。ついでフロントー*の斡旋を通じてアントーニーヌス・ピウス*帝により元首属吏(プロークーラートル) Procurator に任じられた (エジプトの属州管理官(プロークーラートル)であった可能性高し) 後年ローマの初期からトライヤーヌス*帝に至る『ローマ史 Rhōmaika, Ῥωμαϊκά』全24巻をギリシア語で執筆、ローマの世界征服の過程を民族ごとに順次記述した。ローマ支配の讃美者で、戦争史に偏重するきらいはあるものの、多くの地方誌や社会・経済の叙述を含む点で特異な価値がある。全24巻のうち、11巻分(第6〜9巻、第11〜17巻)と最初の5巻(第1〜5巻)の断片が残っている。誤謬が目立ち、文体も内容も傑出しているわけではないが、他の文献に欠けているグラックス*兄弟以降のローマ内乱時代を扱った諸巻(第13〜17巻、別名「内乱記 Emphylion」)は、当時の重要な資料となっている。

⇒ディオーン・カッシオス

App. B. Civ., Sam., Hisp., Hann., Pun., Mac., Ill., Syr., Mith./ etc.

アッピアン　Appian

⇒アッピアーノス

アッピウス街道（ウィア・アッピア*）　Via Appia, (ギ) ἡ Ἀππία ὁδός, (英) Appian Way, (仏) Voie Appienne, (独) Appische Straße, (西) Via Apia, (葡) Via Ápia, (露) Аппиева дорога

(現・Via Appia Antica) アッピア街道*とも。ローマ最古にして最も重要な軍道。全長約590 km。前312年、監察官(ケーンソル*)のアッピウス・クラウディウス・カエクス*により、カンパニア*とローマを結ぶ街道として着工。はじめはローマ市のカペーナ門(ポルタ・カペーナ Porta Capena)を起点として南へ向かいカプア*市まで至る212 kmの道路で、当時交戦中の強敵サムニウム*人を制圧する目的で建設された。ローマ南方のポンプティーヌム*沼沢地を横断し、タッラキーナ*付近で高さ35 mの岩を開鑿するのが最大の難工事であったという。のちにベネウェントゥム*、ウェヌシア*、タレントゥム*を経てブルンディシウム*まで376 kmにわたり延長され(前244)、イタリア半島の両海岸を結びつけてギリシアへ向かう幹線道路となったばかりか、他の道路と連絡してイタリアを一国家にまとめ上げる役割を果たした。当初は砂利道だったが、前295年以降、順次石で舗装され、グラックス兄弟*(前130年代〜前120年代に活躍)の時代には全行程の舗装が完成していた。後109年トライヤーヌス*帝によってウィア・トライヤーナ Via Traiana が造られて以来、ベネウェントゥム=ブルンディシウム間は後者がアッピウス街道にとってかわる主要道路となった。

現在もローマ近郊の沿道には、スキーピオー*家やカエキリア・メテッラ Caecilia Metella（M. リキニウス・クラッスス*の長男マールクスの妻）の墓や、使徒ペトロス*（ペトロ）がキリストの幻を視た場所に建てられたというドミネ・クォー・ウァーディス Domine Quo Vadis 教会、名高い殉教者が葬られたと伝える聖セバスティアーヌス Sebastianus 教会、その他数多くのカタコンベ*が残っている。
⇒アエミリウス街道、ラティーヌス街道
Strab. 5-233, 6-283/ Liv. 9-29, 10-23, -31, 36-21/ Plut. Gracch. 28, Caes. 5/ Cic. Mil. 6 (15), Phil. 7-1, 5-4〜/ Diod. 20-36/ Frontin. Aq. 5/ Stat Silv. 2-2/ Aur. Vict. De Vir. Ill. 34/ Hor. Sat. 1-5/ Dio Cass. 68-15/ Procop. Goth. 1-14/ It. Ant./ etc.

アップレイユス Appuleius
⇒アープレイユス

アッペンニーヌス（または、アーペンニーヌス）山脈 Appenninus (Apenninus) Mons,（ギ）Apenninos, Ἀπέννινος, Apenninou oros, Ἀπεννίνου ὄρος,（英）Apennines, Apennine Mountains,（仏）Apennins,（独）Apenninen, Apennin,（西）（葡）Apeninos, Montes Apeninos,（露）Апеннины, Апеннинские горы,（現ギリシア語）Apénina Ori,（和）アペニン山脈
（現・Appennino, Appennini）イタリア半島の脊梁をなす山脈。平均標高 1000〜2000 m（最高峰 2914 m）。リグリア*でアルプス山系（⇒アルペース）から分かれて南へ走り、半島を縦断。パドゥス*（現・ポー）河を除く大半のイタリアの河川の水源地となり、古代ローマ期には、松・樫・橅などの森林に蔽われ、野生の山羊や狼、熊が棲息、山賊の恰好の隠れ家となっていた。所伝によれば、シケリアー*（現・シチリア）島が大地震で半島から分離する以前は、山脈はシケリアーまで連なっていたという。
Polyb. 2-16, 3-110/ Strab. 2-128, 5-211/ Luc. 2-396〜438/ Varro Rust. 2-1/ Plin. N. H. 11-97, 16-76/ Ptol. Geog. 3-1/ Claud. Cons. Hon./ etc.

アッリア Arria,（ギ）Arrhia, Ἀρρία,（伊）（西）Ar(r)ia
（後1世紀）ローマ帝政期のストアー*派の烈女。母の大アッリア Arria Major（？〜後42）は、夫 A. カエキーナ・パエトゥス*（37年の執政官）がカミッルス❺*・スクリーボーニアーヌスの乱に連座してクラウディウス*帝から死罪を言い渡された時（42）、ためらう夫より先に剣をおのが胸に突き刺し、「パエトゥス、痛くありませんよ Paete, non dolet」と言いながらその剣を夫に渡したと伝えられる。
　2人の娘で同名の小アッリア Arria Minor も、夫のトラセア・パエトゥス*（56年の執政官）がネロー*帝に死を命じられた時（66）、運命をともにしたいと願ったが、「娘ファンニア Fannia（ヘルウィディウス・プリスクス*の妻）のために生きてくれ」と夫から自害を禁じられて果たせなかった。のちドミティアーヌス*帝により追放された（94／95）ものの、ネルウァ*の治世にローマへ帰還を果たし、トライヤーヌス*帝の治下（98〜117）に没した。ペルシウス*の親族、小プリーニウス*の友人でもある。
（⇒本文系図272）
Plin. Ep. 3-16, 7-19/ Dio Cass. 60-16/ Mart. 1-13/ Tac. Ann. 16-34/ Zonar. 11-9/ etc.

アーッリア（川）Allia,（ギ）アーリアース Alias, Ἀλίας, Alia,（葡）Ália,（現・Fosso della Bettina, または、Fosso Maestro）
ローマ北方18kmの地点でティベリス*河に合流する小さな川。前390（または前387）年7月18日、ローマ軍がブレンヌス❶*麾下のガッリア*人（⇒セノネース族）に惨敗した戦場として著名。ガッリア人はその翌日、斃れた敵兵の首を斬り落とすことに専念し、次いでローマに無血入城、フォルム*に端座する80名の元老院議員を殺戮してから、市中を略奪・破壊した。ローマが完敗を喫した7月18日は、奇しくも前477年のクレメラ*の戦いで、ファビウス氏*の一族306人が全滅したのと同月同日に当たっており、以来この日は「アーッリアの日 dies Alliensis」と呼ばれ、ローマ暦で最も不吉な日とみなされるようになった。
⇒アーイウス・ロクーティウス、カミッルス
Liv. 5-37〜/ Luc. 7-409/ Plut. Cam. 18〜/ Verg. Aen. 7-717/ Tac. Hist. 2-91/ Varro Ling. 6-32/ Dion. Hal. 2-49/ Cic. Att. 9-5/ Eutrop. 2-2/ etc.

アッリアーノス Arrhianos, Ἀρριανός,（ラ）Lucius（またはAulus）Flavius Arrianus,（英）（独）Arrian,（仏）Arrien,（伊）（西）（葡）Arriano
（後86／90頃〜後175頃）ローマ帝政期のギリシア系歴史家・哲学者・政治家。ビーテューニアー*のニーコメーデイア*（現・イズミト）出身。ストアー派の哲学者エピクテートス*の弟子となり、師の死後その『語録 Diatribai』（全8巻中、前半の4巻が伝存する）と『提要 Enkheiridion』をアテーナイで編纂・公刊した。ハドリアーヌス*帝の寵遇を蒙って、ローマの執政官となり（129／130頃）、次いでカッパドキア*の属州総督を務め（131〜137）、カウカソス*山脈を越えて来たアラーニー*人を撃退する（134／135）などの功績をあげた。その後はアテーナイに定住して同市の市民権を得、筆頭アルコーン*職に就く（145／146）かたわら、ギリシア語で文筆活動を行なった。クセノポーン*に範をとった主著『アレクサンドロス大王遠征記 Anabasis Aleksandrū』（7巻）は、伝奇的要素を排した慎重・公正な歴史記述であり、その付録たる『インド誌 Indikē, Indika』とともに、貴重な文献資料と見なされている（現存）。他にも、『黒海周航記 Periplūs Pontū Eukseinū』や、『パルティアー*史 Parthika』『ビーテューニアー史 Bīthȳnika』『アレクサンドロス後継者史 ta meta Aleksandron』、また戦術

や狩猟の教科書 ──『戦術論 Tekhnē Taktikē』、『狩猟論 Kynēgetikos』──、人物伝など数多くの著述を記したが大半は失われた。批判的な歴史家として評価され、その簡潔・明瞭な文体から"第2のクセノポーン"とも呼ばれる。
⇒クルティウス・ルーフス、クテーシアース、ネアルコス
Arr. Anab., Peripl., Tact., Cynegeticus/ Epict. Diss., Dio Cass. 69-15/ Gell. N. A. 1-2/ Phot. 17, 73/ Suda/ etc.

アッリウス・アペル Arrius Aper
⇒アペル、アッリウス

アッリダイオス Arrhidaios, Ἀρριδαῖος, Arrhidaeus, (仏) Arrhidée, (伊)(西) Arrideo, (露) Appидeй
⇒(マケドニアー王) ピリッポス3世アッリダイオス

アー(ッ)ルーンス A(r)runs, (ギ) Arrhūns, Ἀρροῦνς, Arrhōn, Ἄρρων, (エトルリア語) Arnth, (伊) Arunte

エトルリア*人の男性名。弟息子の通称（兄息子はラールス Lars と呼ばれた）。

❶ローマ伝説で、アエネーアース*に味方してトゥルヌス*軍と戦ったエトルリア*の勇士。女武者カミッラ*を討つが、カミッラが献身的に仕えていた女神ディアーナ*に射殺された。
Verg. Aen. 11-759～864/ etc.

❷(前6世紀) ローマ王タルクィニウス・プリスクス*の息子。タルクィニウス・スペルブス*の兄弟。悪辣な妻トゥッリア❶*に殺された。巻末系図050を参照。
Liv. 1-46/ Dion. Hal. 3-46/ etc.

❸(伝・？〜前509) ローマ最後の王タルクィニウス・スペルブス*の息子。父とともにローマを追放されたのち、初代執政官* の L. ユーニウス・ブルートゥス*に一騎討ちを挑み、互いの槍で刺し違えて共斃れとなる（前509）。
Liv. 1-56, 2-6/ Cic. Tusc. 4-22/ etc.

❹(前4世紀初頭) クルーシウム*のアールーンス。自分が後見役を務める美青年ルクモー Lucumo に妻を奪い取られたため、ガッリア*（ケルト）*人に葡萄酒を贈って誘惑し、イタリアへ呼び寄せた。その結果、エトルリア*やローマなどイタリア各地はガッリア人の席捲するところとなった（前390前後）。
⇒ブレンヌス❶
Liv. 5-33/ Plut. Cam. 15/ etc.

アッレーティウム Arretium、または、アーレーティウム Aretium, (ギ) Arrhētion, Ἀρρήτιον, (露) Ареццо

(現・アレッツォ Arezzo) エトルリア*東北部の大都市。フローレンティア*（現・フィレンツェ）の東南約80kmに位置し、エトルリア12市連合の1つ。当初エトルリアの有力都市クルーシウム*（現・キウージ）によって創建され、前500年頃に独立を果たしてから、優れた青銅製品の産地として、またイタリア北方のガッリア*人との交易地として発展し続けた。堅固な煉瓦の防壁や赤色陶器で知られ、第2次ポエニー戦争*時にはローマの主要な軍事基地となる（前205頃）。マリウス*対スッラ*の内乱に際しては、前者に味方したため、前81年、後者によって城塞を破壊されたと考えられる。ローマの国政顛覆を図ったカティリーナ*の蜂起に加担し（前62）、カエサル*の下、植民市（コローニア*）とされた。アウグストゥス*の側近で文人の保護者として名高いマエケーナース*の生地。神話上の怪獣キマイラ*像（前5世紀中頃。フィレンツェ考古学博物館蔵）をはじめとする秀逸な青銅製品が出土しており、また円形闘技場（アンピテアートルム*）などローマ時代の遺跡も見られる。
⇒ティベリス河
Plin. N. H. 3-5, 35-46/ Ital. 5-123/ Cic. Caecin. 33, Mur. 24, Att. 1-14/ Liv. 9-32, -37, 10-3, -37, 28-45, 39-2/ Strab. 5-226/ Dion. Hal. 3-51/ Diod. 20-35/ Polyb. 3-77/ Caes. B. Civ. 1-11/ Mart. 1-54, 14-98/ etc.

アッロブロゲース（族） Allobroges, (ギ) Allobryges, Ἀλλόβρυγες, Allobriges, Ἀλλόβριγες, Allobroges, Ἀλλόβρογες, (英) Allobrog(e)s, (独) Allobroger, (伊) Allobrogi, (西) Alóbroges, (露) Аллоброги

ガッリア*南部（ガッリア・ナルボーネーンシス*）にいた好戦的なケルト*系部族。ロダヌス*（現・ローヌ Rhône）河以東、今日のドーフィネ Dauphiné、サヴォワ Savoie 地方に居住し、ウィエンナ*（現・ヴィエンヌ Vienne）、ゲナーウァ*（現・ジュネーヴ Genève）、クラロー Culara（現・グルノーブル Grenoble）が主な都邑。前218年ハンニバル❶*のイタリア遠征に従い、のちローマの Cn. ドミティウス・アヘーノバルブス❶*（前122）および Q. ファビウス・マクシムス・アッロブロギクス Quintus Fabius Maximus Allobrogicus によって征服された（前121年8月8日）。その後もローマに対して反乱を起こした（前61）が、ついに前60年に平定された。他方、彼らはカティリーナ*の陰謀計画の誘いに応ぜず、キケロー*に密謀を通報（前63）、ガッリア全土を巻き込んだウェルキンゲトリクス*の蜂起にも呼応せず、中立を保った（前52）。
Polyb. 3-49〜51/ Liv. 21-31/ Pin. N. H. 3-4/ Cic. Div. 1-12 (21), Cat. 3-5/ Mela 2-7/ Caes. B. Gall. 1-6, -10〜, 7-64〜65/ Tac. Hist. 1-66/ Strab. 4-185/ Sall. Cat. 41/ etc.

アーテー Ate, Ἄτη, (仏)(葡) Até, (西) Atea, Até, (露) Ата

ギリシア神話中、不和の女神エリス*の娘で、大神ゼウス*の長女。愚行・迷妄の女神。神々と人間とを問わず、理性的判断を失わせ無責任な行動や過ちへと駆り立てる。ゼウスですら、ヘーラクレース*の誕生に際して、彼女の差し金で、「今度生まれるペルセウス*の血統の者こそ全ミュケーナイ*の王になるであろう」と誓言、ところが予

期に反して凡庸なエウリュステウス*が先に生まれてしまい、計画を挫かれる破目になった。憤慨したゼウスはアーテーを天界から投げ落とし、「2度とオリュンポス*に戻ってはならぬ」と命じたので、以来彼女は人間界を彷徨するようになったという。不実なアーテーの過ちを正すべく、ゼウスは斜視で跛行する皺だらけの娘たちリタイ Litai（「祈願」の女神）に追跡させ、後始末をさせるよう配慮したとホメーロス*は伝えている。なおアーテーは、悲劇など後世の物語においては、ネメシス*やディケー*、エリーニュス*らと同様、人間の不正・傲岸に報復する女神とされている。デュスノミアー Dysnomia（無法・無秩序）は彼女の妹と伝えられる。

Hom. Il, 9-503〜, 10-391, 19-85〜/ Hes. Th. 230, Op. 214〜/ Aesch. Ag. 1124, 1433, Cho. 383, 956〜/ Lycoph. Alex. 29/ Nonnus 11-113/ Tzetz./ Steph. Byz./ etc.

アティア Atia (Attia), （ギ）Atiā, Ἀτία, （カタルーニャ語）Àcia, （露）Атия

ローマのアティウス Atius 氏出身の女性名。最も著名なのが、アウグストゥス*の生母のアティア Atia Balba Caesonia（前85頃〜前43年8／9月）である。彼女はマールクス・アティウス・バルブス M. Atius Balbus（前62年の法務官［プラエトル*］）とユーリア❸*（カエサル*の姉妹）との間に生まれ、初めガーイウス・オクターウィウス*（前61年の法務官）の2度目の妻となって、オクターウィア❶*とオクターウィアーヌス*（後のアウグストゥス）の姉弟を産み、夫の急逝（前58初）後、ルーキウス・マルキウス・ピリッブス*（前56年の執政官［コーンスル*］）に再嫁し、子供たちの教育に専心した。所伝によれば、彼女はアポッロー*神殿で睡眠中、大蛇に化した神と交わってアウグストゥスを懐胎したという。アティアの祖先は、帝政期にはアエネーアース*の子孫でアルバ*の古王アテュス Atys に擬せられたが、アリーキア*の由緒ある家柄の出だとも、もとアーフリカ*の先住民で香油屋やパン屋を営んでいたとも説が分かれる。

Suet. Aug. 4, 8, 61, 94/ Vell. Pat. 2-59〜60/ Dio Cass. 45-1, 47-17/ Verg. Aen. 5-568/ Tac. Dial. 28-5/ App. B. Civ. 3-10/ Plut. Cic. 44/ etc.

アディアベーネー Adiabene, Ἀδιαβηνή, Adiabena (Adiabene), （仏）Adiabène, （アラム語）Ḥady'aḇ, Ḫday'aḇ

（現・Azerbaijan, （アラビア語）Halab, Botan イラーク北部アルビール Arbīl を中心とした地域。）アッシュリアー*北部の地方名。アッシュリアー人の故土にあたるといわれ、アレクサンドロス大王*の死（前323）後、セレウコス朝*シュリアー*王国に併合された。次いで、パルティアー*の藩属王国（首都はアルベーラ*）さらに属州（太守領）となった。以来、パルティアー対ローマの戦闘や、アルサケース*朝パルティアー王国の内訌に絶えず巻き込まれ、ローマ皇帝トライヤーヌス*の親征によって、後116年には、新しい属州アッシュリア Assyria の一部とされた。その後、セプティミウス・セウェールス*帝の征服（195〜196）や、その長男カラカッラ*帝の侵略を受けた（216）ものの、いづれも一時的な支配占領で終わった。パルティアーがサーサーン朝*ペルシア*に滅ぼされると、アディアベーネーもサーサーン朝*の領土となった。

なお、後1世紀中頃に、アディアベーネーの王は母妃ヘレネー Helene（位・後30頃〜56頃）と共にユダヤ教に入信したという。

Strab. 16-736, -739, -745/ Plut. Luc. 27/ Plin. N. H. 5-1/ Tac. Ann. 12-13〜, 15-1〜/ Amm. Marc. 23-6/S . H. A. Sev. 9, 18/ Joseph. J. A. 20-2, J. B. 2-19/ etc.

アティーリウス・カイヤーティーヌス A. Atilius Caiatinus
⇒カーラーティーヌス、アウルス・アティーリウス

アーテッラ Atella, (〈ギ〉Ἀτέλλα, Ἀτελλα), （オスキー語）Aderl

（現・Orta di Atella ないし Aversa 近くの遺跡）イタリア南部、カンパーニア*地方のオスキー*系の古い町。カプア*の南9マイル、ネアーポリス*（現・ナーポリ）との間に位置し、カプアに服属していた。第2次ポエニー戦争*でハンニバル❶*に味方した（前216）ため、前211年ローマ軍に占領され、主だった市民は殺され、他の住民も財産没収のうえ強制移住させられるなど厳しく処断された。その後、ヌーケリア* Nuceria Alfaterna（現・Noceria Superiore）からの移民が居住し、都市として目ざましく復興した。ローマ人の間で愛好された野卑な笑劇アーテッラーナ劇*は、この町で最初に上演されたといわれる。城壁や墓所、浴場（テルマエ*）などの遺跡が残っている。

Cic. Leg. Agr. 2-31, Fam. 13-7, Q. Fr. 2-14/ Suet. Tib. 75/ Sil. 11-14/ Liv. 7-2, 22-61, 26-16, -33〜, 27-3/ Plin. N. H. 3-5/ Strab. 5-249/ Ptol. Geog. 3-1/ Steph. Byz./ etc.

アーテッラーナ劇 Atellanae Fabulae, （単）Fabula Atellana, （英）Atellan Fables, Atellan Farces, （仏）atellanes, farces atellanes, (〈単〉〈英〉 Atellan Farce, 〈仏〉farce atellane, 〈伊〉Farsa Atellana, 〈西〉Farsa Atelana)

ローマで好評を博したオスキー*族起源の笑劇。前3世紀末頃、カンパーニア*のアーテッラ*からローマに移入されたので、この名がある。その用語は元来、猥雑な言葉に富むオスキー語であったが、やがて平俗なラテン語で演じられるようになった。前1世紀には L. ポンポーニウス*やノウィウス*らによって文学的作品が発表されたものの、前代からの作品に劣らず好色野卑な内容であったため、変わらずローマ人に愛好され続けた。売春や男色、近親姦、不義密通などを扱ったものが多く、主に日常生活を主題としていたが、のちには神話伝説を茶化した作品も現われた。ふつう悲劇上演後の終幕に、大食漢 Manducus、老爺 Pappus、道化者 Maccus、愚か者 Bucco、傴僂 Dossenus 等

お決まりの人物が舞台に登場し、滑稽な道化芝居を披露。女優は存在せず、仮面を着けて上演された。ティベリウス*帝（在位・後14～37）が貴婦人マッローニア Mallonia に口淫を強いた結果、彼女を自害に至らせた事件の直後、「老いぼれ雄山羊が雌鹿の陰門を舐めている」という台詞がアーテッラーナ劇で吐かれ、拍手喝采をもって迎えられて、たちまち流行語となった話は有名。帝政期には、この大衆的な喜劇は、しだいにミームス mimus（物真似劇）に人気を奪われて衰えていった。
⇒ファーブラ
Liv. 7-2/ Juv. 6-71/ Varro Ling. 7-95, -96/ Suet. Tib. 45, Calig. 27, Ner. 39, Galb. 13/ Gell. 12-10, 17-2/ Val. Max. 2-4/ Quint. 6-3/ Cic. Fam. 9-16, Div. 2-10/ Macrob. Sat. 1-10/ Tac. Ann. 4-14/ etc.

アテーナー　Athena, Ἀθηνᾶ（イオーニアー*方言・アテーネー Athene, Ἀθήνη），（ドーリス*方言・アターナー Athana, Ἀθανᾶ），（仏）Athèna, Athéné,（独）Athene,（伊）（葡）Atena,（西）Atenea, Atena,（露）Афина

ギリシアで最も重視される女神。ゼウス*の愛娘で、戦争およびさまざまな技芸を司る処女神。オリュンポス*十二神の1柱。パッラス*・アテーナーまたは単にパッラスとも呼ばれる。ローマではミネルウァ*と同一視される。元来ミュケーナイ*時代のアクロポリス*（城砦）の守護神で、ギリシア各地において敬われたが、とりわけアッティケー*のアテーナイ*市が崇拝の中心地となった。神話ではゼウスと最初の妻メーティス*（「思慮」の意）の娘。「メーティスから生まれる児が男子であれば、父ゼウスの玉座を奪うであろう」との予言を怖れたゼウスがメーティスを呑み込んだところ、やがて頭部が激しく痛み出し、ヘーパイストス*（またはプロメーテウス*）が斧でゼウスの頭蓋を割ると、そこからアテーナーが完全武装した成人の姿で躍り出て来たという。生誕地トリートーニス Tritonis 湖にちなんで、トリートゲネイア Tritogeneia と呼ばれることもある。アテーナイの領有をめぐって海神ポセイドーン*と争った時、海神が三叉戟でアクロポリス丘を打って塩水の井戸（ないし1頭の駿馬）を湧出させたのに対し、女神は橄欖樹（オリーヴ）を生い茂らせて勝利を得たといい、以来彼女はこの地最大の守護神となった。軍神としてはギガントマキアー*において巨人（ギガース*）パッラス❷*を殺し、ペルセウス*、ヘーラクレース*、オデュッセウス*、ベッレロポーン*、ディオメーデース❷*、アキッレウス*ら多くの英雄たちの冒険を支援。勝利の女神ニーケー*とも同一視され（アテーナー・ニーケー）、美術作品ではおおむねペルセウスの退治したゴルゴーン*＝メドゥーサの首を嵌め込んだ神楯（アイギス）*を持つ姿で表わされる。またアテーナーは、織物・陶芸・農耕・牧畜・造船・冶金など種々の技術の女神とされ（⇒アラクネー）、さらに音楽・医術その他、諸々の学問を統べる智恵の女神とも見なされるようになった。マルシュアース*の笛や喇叭、鋤、牛の軛、戦車などの発明も彼女に帰せられている。女神は純潔を守り通し、水浴中の裸身を覗き見たテイレシアース*を盲目にし、性交を迫ったヘーパイストスを峻拒、その折彼の漏らした精液が彼女の腿にかかると怒って羊毛で拭き取り大地に投げつけたといわれる（⇒エリクトニオス❶）。他方、ニュンペー*（ニンフ*）のカリクロー Khariklo（予言者テイレシアースの母）やパッラス（トリートーン*の娘）、ミュルメークス Myrmeks（のち蟻に変身する）らの乙女たちを寵愛したとされている。

アテーナーの最も有名な聖域はアテーナイのパルテノーン*神殿で、堂内には名匠ペイディアース*の手になる黄金・象牙製の巨像アテーナー・パルテノス Parthenos（処女神）が安置されていた。同じアクロポリス丘上には、やはりペイディアース作の青銅巨像アテーナー・プロマコス Promakhos（護戦者）や、アテーナー・ニーケー（勝利者）、レームノス*のパッラス像などが見られた。祭典としてはアテーナイのパンアテーナイア*祭が最大のもので、女神の誕生日たるヘカトンバイオーン Hekatombaion 月28日（8月13日頃）に開催された。

英知の象徴とされる梟（ふくろう）を霊鳥とし、文学作品ではしばしば「梟の眼をした glaukopis（グラウコーピス）」女神と形容され、アテーナイで鋳造される貨幣にはこの鳥が刻印されていた。ここから喜劇詩人アリストパネース*以来有名になった「アテーナイへ梟を（持って行く）Glauk' Athēnaze」（「無駄なことをする」の意）という俚諺が生じた。神木はオリーヴで、聖獣として蛇を伴うこともある。常に着衣をまとい、兜・槍・楯で武装した威厳のある処女の姿で絵画、彫刻、浮彫などの造形芸術に表現された。伝説上の神像パッラディオン*については、同項を参照。

またローマ皇帝ハドリアーヌス*は、アテーナイオン* Athenaion,（ラ）Athenaeum（「アテーナー神殿」の意）という文学・哲学・法学・弁論術など諸学問の研究機関をローマに設け、これが後世ヨーロッパの学術研究所や文芸協会、図書館などの名称（〈仏〉Athénée,〈独〉Athenäum,〈伊〉Ateneo, ……）に転用された ── ただし、ベルギーとスイスでは「中等教育機関」を意味する ──。
⇒ポリアス
Hes. Th. 886～/ Hom. Il. 1-194～, 5-733～, 10-278～, Od. 1-44～/ Pind. Ol. 7-35～, Pyth. 12-19～/ Eur. Ion 454 ～/ Apollod. 1-3, -6, 2-4, 3-12, -14/ Verg. Aen. 3-578～/ Herodot. 8-55/ Ov. Met.2-552～, 6-70～/ Paus. 1-18, -24, 3-17/ Ar. Av. 301/ Hyg. Fab. 164～166, Poet. Astr. 2-13/ Dion. Hal. 1-68～, 2-66/ Conon Narr. 34/ Schol. ad Hom. Il. 2-547/ etc.

アテーナイ　Athenai, Ἀθῆναι, Athenae,（英）Athens,（仏）Athènes,（独）Athen,（伊）Atene,（西）（葡）Atenas,（露）Афины,（ペルシア語）Āten,（漢）雅典,（和）アテネ

（現・Athína）ギリシアの代表的都市国家 polis（ポリス）。アッティケー*（アッティカ*）地方の首都。サローニコス Salonikos 湾から約8km離れたアテーナイ平野の一隅、ケーピーッ

ソス❶*川の近くに位置し、東北方に大理石の産地ペンテリコーン*山、東方に蜂蜜で名高いヒューメーットス*山を控える。中心となるアクロポリス*丘には、新石器時代に遡る居住の痕跡が認められ、ミュケーナイ*時代の巨石を積んだ城壁や王宮の遺構（前13世紀）も発見されている。伝承によれば、初代の王はケクロプス*で、彼の時代にこの地をめぐって女神アテーナー*と海神ポセイドーン*との間に領有権争いが生じ、勝者となった女神にちなんでアテーナイと名づけられたという。その後エリクトニオス*、エレクテウス*、パンディーオーン*ら諸王を経て、テーセウス*の治世にアッティケー全土の統合が達成されたと伝えられるが、実際にアテーナイ市への「集住 synoikismos（シュノイキスモス）」が完了したのは、前7世紀頃のことでしかない。第1次南下者たるイオーニアー*系ギリシア人が定住し、前12世紀の民族移動期に第2次南下者たるドーリス*系ギリシア人の侵入・征服を免れたため、アテーナイ人は自らを「大地から生まれた者 gegeneis（ゲーゲネイス）」あるいは「土地生えぬきの者（アウトクトネス*）」と誇称した（⇒コドロス）。前1050年以降、小アジアのイオーニアー地方への植民活動の母市となり、また王権の衰退につれて漸次エウパトリダイ*（貴族）の支配する連合政権に移行した（前8〜前7世紀）。次いでドラコーン*の立法（前621頃）、ソローン*の改革（前594）、ペイシストラトス*家の僭主政（前561〜前510）、ハルモディオス*とアリストゲイトーン*の独裁者打倒（前514）などを通して民主化への途が進展。前508年のクレイステネース*の改革によってアテーナイの民主政治は、ほぼ実現を見た。その間、黒海沿岸に進出するなど海上交易が発展し、陶器製造法や彫刻技術もめざましく向上して商工業・芸術文化は盛栄に向かった。前5世紀前期のペルシア戦争*では主導権を発揮し、スパルター*に比肩する強大なポリスへと台頭、戦後デーロス同盟*の盟主となり（前477）、ギリシア第一の海軍国としてエーゲ海諸島に君臨した。

ペリクレース*時代（前461〜前429）に入って民主政治は最高潮に達し、経済的にも文化的にも隆盛をきわめ、いわゆる黄金時代を現出、アテーナイはギリシアの学芸の中心地となり、諸国から学者・芸術家たちが集まった。この頃のアテーナイは、名匠ペイディアース*によるアクロポリスのパルテノーン*神殿や、アゴラー*に群立する公共建造物、外港ペイライエウス*を結ぶ長壁などが威容を誇り、総人口は推定ほぼ30万 ── 3〜4万の成人市民とその家族、2万の在留外国人（メトイコイ）とその家族、10万を超える奴隷 ──。政治は成人男性全員から構成される民会（エックレーシアー*）が中枢をなし、そこから選ばれた500人の評議会（ブーレー*）が一般行政を司り、10人の将軍（ストラテーゴス*）が最高官職であった（⇒アルコーン）。裁判はアレイオス・パゴス*で審理される殺人・放火などの重大犯罪を除いて、籤（くじ）で選出された大勢の陪審員が構成する民衆法廷において行なわれた（⇒オストラキスモス）。財政は港の関税やラウレイオン*銀山からの収入、デーロス同盟の貢納金で潤っていたため、直接税は課せられなかったが、間接税や富豪に割り当てられる公共奉仕（レイトゥールギアー*）があった。しかし、アテーナイが海上帝国としてエーゲ海域に覇権を及ぼすにつれて、デーロス同盟諸国の不満と、強国スパルターの嫉視が昂じ、前431年ペロポンネーソス戦争*が勃発、疫病の流行・内政の混乱・外征の失敗などが重なって、アテーナイはスパルターに敗北（前404）。三十人僭主*の恐怖政治ののち、元の民主政に復し、コリントス*戦争（前395〜前386）、アテーナイ第2海上同盟の結成（前377）、同盟市戦争（前357〜前355）を経て、再びギリシアの指導的地位を回復した。が間もなく南下するマケドニアー*と対立してカイローネイア*に大敗を喫し（前338）、自治は認められたものの独立国家としてのアテーナイの歴史は、ここに終焉を告げた。

ヘレニズム時代においても哲学・文芸の一大中心地であり続け、ローマ領に併呑された前146年以後も名目的ながら独立を保持。前86年には、しかし、ポントス*の大王ミトリダテース*6世側に加担したため、ローマの将スッラ*によって略奪され、おびただしい血が郊外にまで流出するという大殺戮を被った。その後はローマ人から学問都市として尊重され、ハドリアーヌス*帝（在位・後117〜138）による市域拡大やゼウス*大神殿 Olympieion（オリュンピエイオン）の完成、富裕な市民ヘーローデース・アッティクス*の音楽堂（オーデイオン*）他の諸建築物造営などのおかげで、大いに町の美観が高められた。ところがローマ帝国のキリスト教化とともに、これら"異教"の文化は弾圧を受けるようになり、無数の芸術作品が破壊され、学者たちは迫害されてペルシアへと亡命を余儀なくされた ── 529年にアカデーメイア*学園の閉鎖 ──。

古典期のアテーナイには、テミストクレース*、ミルティアデース*、アリステイデース*、キモーン*、ペリクレース、ニーキアース*、クレオーン*、アルキビアデース*らの武将・政治家が輩出し、哲学者ソークラテース*やプラトーン*をはじめソフィスト*と称される思想家たち、アイスキュロス*、ソポクレース*、エウリーピデース*の3大悲劇詩人ならびに喜劇詩人アリストパネース*、史家トゥーキューディデース❷*やクセノポーン*、またデーモステネース❷*らアッティケー十大雄弁家*といった学者・文人のほか、ペイディアース、ポリュグノートス*など芸術界の巨匠たちが活躍。郊外にはアカデーメイアやリュケイオン*等の著名な学園が開かれた。往時の栄華を偲ばせる遺跡は今日も、アクロポリス丘上のパルテノーン、エレクテイオン*、アテーナー・ニーケー*神殿、プロピュライア*（前門）、またアクロポリス南麓のデイオニューソス*劇場（⇒テアートロン）とオーデイオン、民会場になっていたプニュクス*の丘、さらにはヘーパイストス*神殿やストアー*（列柱廊）など各種の公共建造物で賑わっていた中央広場アゴラー、墓地で知られる陶工区ケラメイコス*、ハドリアーヌスの新市 Hadrianopolis, パンアテーナイア*祭の折に競技の行なわれたスタディオン*、等々、市街の随所に見ることができる。

スパルターなどドーリス系諸国家とは異なり、古典期の

アテーナイでは女性の社会的地位は極めて低く、家の奥の女部屋に隔離されて滅多に外出できず、寝室以外で夫と会うことは稀れで、寡婦となっても財産の相続権は一切なく、良きにつけ悪しきにつけ世間の噂にならぬことが求められていた。男たちは妻を子を産み育てるための存在とみなし、恋愛や性の快楽は美しい若者やヘタイラー*(遊女)に求めた。姦通の現場を見つけた場合、間夫を殺しても構わないことになっていたが、ふつうは男の陰毛を焼き毟り肛門に大きな赤蕪や魚を詰め込む私刑が好まれた。また裁判で死刑を宣告された市民は、ソークラテースやテーラメネース*、ポーキオーン*のように毒人参の杯を仰ぐ名誉を与えられたけれど、奴隷や外国人などは棍棒で撲殺されるか断崖から深い淵に投げ込まれた。結婚適齢期は女性の場合15歳くらいだが、男性は30歳以上で、それまではギリシア人通有の少年愛 paiderastia を好み、妻帯後も男色関係を続ける場合が珍しくなかった。ソローンの法律においても少年愛は立派な品位ある習慣として称揚されたが、ヒッタイトの法典とは異なり奴隷と自由身分の少年との性交は禁じられていた。男性市民らは青年(エペーボイ*)を中心に体育場(ギュムナシオン*)やパライストラー*で肉体を鍛練するかたわら、アゴラーのストアーなど公共の場所で議論や談笑を交し、夜は晩餐や酒宴を開いて歓楽を尽くし、商工業はメトイコイに、労働は奴隷におおむね任せておいた。また彼らアテーナイ市民は、贅沢な生活を好み、緋紫の外套をまとい、黄金の装飾品を身につけ、日用品にも贅を凝らしていたという。とはいえ最盛期のアテーナイ人は決して懶惰に陥ることなく、進取の気性に富み絶えず新しい計画を考えてはすみやかに実行し、無為閑暇を厭い、学芸を愛しても華美な虚飾に流れず、いわば「全ギリシアの師」として振る舞っていたと伝えられる。

なおアテーナイの直接民主政に関しては、エックレーシアー(民会)、ブーレー(評議会)、アルコーン(執政官)、ストラテーゴス(将軍)の項を、また祭礼については、パンアテーナイアの他、ディオニューシア*、テスモポリア*、タルゲーリア*、ピュアネプシア*などの項目を参照のこと。

Paus. 1/ Strab. 9-390〜/ Plut. Vit., Mor./ Hom. Il. 2-551〜, Od. 7-81/ Herodot. 1-60〜/ Thuc. 1〜/ Xen. Mem. 1〜, Hell./ Arist. Ath. Pol./ Aesch. Per./ Soph. Aj., El., O. C/ Eur./ Ar./ Pl./ Polyb. 2〜/ Liv. 31〜/ Isoc./ Aeschin./ Dem./ Apollod. 3-14/ Nep./ Val. Max./ Diod. 13〜/ Ael. V. H. 4-6, -22/ Ath./ Plin./ Vitr./ Philostr./ Anth. Pal./ Lucian./ Harp./ Phot./ Suda/ etc.

アテーナイオス Athenaios, Ἀθήναιος, Athenaeus, (仏) Athénée, (独) Athenäus, (伊)(西) Ateneo, (露) Атеней, Афиней

(後160頃〜230頃) 後200年前後に活躍したローマ帝政期のギリシア系著作家。エジプトのナウクラティス*出身。初めアレクサンドレイア❶*に暮らし、のちローマへ移住、文法家・修辞学者として知られた。アレクサンドレイア図書館で1500巻に及ぶ蔵書を読破し、該博な知識をもとに全30巻の大著『食卓の賢人たち(食通大全)ディプノソピスタイ Deipnosophistai』を執筆した(もと全30巻、うち約15巻が現存)。本書は、饗宴に参集した学者・通人たちが食事や宴席に関するあらゆる方面の話題を対話篇の形式で叙述したもので、豊富な文献の引用――特に中期喜劇と新喜劇からの抜粋――ゆえに、また古代の日常生活を知るうえで貴重な作品となっている。話題は文学・言語・哲学・法律・美術・科学など広範囲に及び、多くの客が数日間にわたって蘊蓄を披露。ギリシアの食通や酒豪たちの逸話をはじめ魚介・香料・動植物をめぐる奇談、史上その贅沢で名高い人物や国民たちの雑話、男色(少年愛)・遊女(ヘタイラー*)・蓄妾制度など性愛に関するさまざまな秘話、音楽・舞踊・遊戯にまつわる挿話、等々が収録されており、当時の風俗史料としても興味深い。シュリアー*王たちの歴史その他のアテーナイオスの著作は、すべて失われた。

このほか、攻城機械に関する書物 "Peri Mēkhanēmatōn, Περὶ Μηχανημάτων" (現存)を著わしたアテーナイオス(ラ) Athenaeus Mechanicus (前1世紀)や、小アジア南部パンピューリアー*出身の医学者のアテーナイオス(後1世紀中頃)、ペルガモン*王アッタロス1世の息子のアテーナイオス(前2世紀)など幾人もの同名の人物が知られている。⇒アイリアーノス、アピーキウス

Ath. Dipnosophistae/ Polyb. 23-1, 31-1/ Liv. 38-12〜13/ Diog. Laert. 2-104, 6-14, 7-30/ Thuc. 4-119, -122/ Plin. N. H./ Diod./ Suda/ etc.

アテーナイオン Athenaion, Ἀθήναιον, (ラ) アテーナエウム Athenaeum, (英) Atheneum, (仏) Athénée, (独) Athenäum, (伊)(西) Ateneo, (露) Атеней, Атенеум, Атенео

本義は女神アテーナー*の神殿・聖域。アテーナイ*市では、詩人や哲学者、弁論家たちが自作をアテーナイオンで朗読・発表していた。これに倣ってハドリアーヌス*帝は後133年、ローマにアテーナエウム(別名 Schola Romana)なる劇場風の建物を創設、文学・法学・修辞学・科学など諸学問の高等教育施設として帝政末期まで存続した。後世ヨーロッパの学術協会、文芸クラブ、図書室などを意味する言葉(英)アシーニアム、(独)アテネーウム等は、この語に由来する。

Plut. Cleom. 4/ Dio Cass. 73-17/ Aur. Vict. Caes. 14/ Herodot. 5-95/ S. H. A. Pertinax 11, Gord. 3, Alex. Sev. 35/ Cod. Theod./ etc.

アテーナエウス Athenaeus
⇒アテーナイオス(のラテン語形)

アテーニオーン Athenion, Ἀθηνίων, Athenio, (伊) Atenione, (西) Atenion

(?〜前101) シケリアー*(現・シチリア島)の第2次奴隷戦争(前104〜前99)を指導したキリキアー*人。財産と占

星学の知識に富み、サルウィウス*の死後、その反乱軍の王位を継ぐが、執政官(コーンスル*)のマーニウス・アクィーリウス*との一騎打ちで殺された。
　同名のギリシア系医学者や画家、詩人らの存在が知られている。
Diod. 36/ Florus 3-19/ Cic. Verr. 2-3-26, -54/ Ath. 8-343, 14-660/ Celsus Med. 5-25/ Plin. N. H. 35-40/ etc.

アテネ　Athenai
⇒アテーナイ

アテーネー　Athene
⇒アテーナー（女神）

アテーノドーロス　Athenodoros, Ἀθηνόδωρος, Athenodorus,（伊）（西）Atenodoro
ギリシアの男性名。
❶（前74頃～後7）渾名 Kananites, Καναυίτης,（ラ）Cananites。タルソス*出身のストアー*学派の哲学者。ロドス*でポセイドーニオス*に師事。のちアポッローニアー❶*で開校し、オクターウィアーヌス*（のちの初代ローマ皇帝アウグストゥス*）らの教師となる。キケロー*やストラボーン*の友人。前44年カエサル*が暗殺されると、オクターウィアーヌスとローマへ同行し、以後永きにわたって初代皇帝に影響を及ぼした。怒りを爆発させる前に必ずギリシア字母(アルファベット)24文字を数えるように忠告して、アウグストゥスの性格を和らげることに尽力。またある日、垂れ幕を下ろした婦人用の輿(こし)で皇帝の居室に入って来るや、いきなり剣片手にその面前に躍り出て、「もし、こんな風に刺客が訪れたなら、いかがなさいます」とアウグストゥスに注意したこともあったという。若きクラウディウス*（第4代皇帝）の教育にも当たったが、後年タルソスへ帰り、市民に惜しまれつつ82歳で死去。毎年この町では彼を記念して祭祀と供犠が行なわれたという。著作はすべて散逸した。
　なお、哲学者アテーノドーロスがアテーナイ*で鎖を手足につけた幽霊の出現する化物屋敷を借りて、夜中に現われた亡霊のあとをつけ、翌日その消えた場所から鎖に巻かれた遺骨を発見し手あつく葬ったところ、二度と幽霊が出なくなったという話も残っている。
⇒アレイオス・ディデュモス
Cic. Att. 16-11, -14, Fam. 3-7/ Dio Cass. 52-36, 56-43/ Suet. Claud. 4/ Plin. Ep. 7-27/ Strab. 14-674/ Lucian. Macr. 21/ etc.

❷（前65頃に活躍）渾名・コルデューリオーン Kordylion, Κορδυλίων,（ラ）Cordylion（「傴僂」の意）。❶と同じくタルソス*出身のストアー*学派の哲学者。ペルガモン*の図書館長を務めた後、老齢に達してから小カトー*の説得でローマへ移住し、カトーの家で死去した（前47以後）。彼はゼーノーン*の書物からストアー派に都合の悪い箇所を恣意的に削除したといわれる。
Strab. 14-674/ Diog. Laert. 7-34/ Plut. Cat. Min. 10/ Sen. Tranq. 3, Ep. 10-4/ etc.

❸（前4世紀後期）テオース*島出身の音楽家。前324年スーサ*で開かれたアレクサンドロス大王*とスタテイラ*の盛大な婚宴で、竪琴の演奏を競った。
Ath. 12-538 f

❹（後1世紀～後2世紀初頭）プルータルコス*とほぼ同時代の医師。著作『伝染病論 Epidēmika』（散逸）の一部分が、プルータルコスによって引用されている。
Plut. Mor. 634, 731

❺（前5世紀末頃）アルカディアー*出身の彫刻家。ポリュクレイトス*の弟子。代表作にゼウス*とアポッローン*の神像があり、これはスパルター*人がアイゴスポタモイ*の勝利（前405）を感謝して、デルポイ*に奉納したものである（現存せず）。
Paus. 10-9/ Plin. N. H. 34-19/ etc.

❻（前1世紀半頃）ロドス*の彫刻家（アターノドーロス Athanodoros とも）。父アゲーサンドロス*やポリュドーロス❷*とともに、「ラーオコオーン*群像」を制作した。
Plin. N. H. 36-4/ etc.

アテュス　Atys, Ἄτυς
⇒アッティス

アーテルラ　Atella
⇒アーテッラ

アーテルラーナ劇　Fabula Atellanae
⇒アーテッラーナ劇

アドゥーリス（または、アドゥーレー）　Adulis, Ἄδουλις, Adule, Ἀδούλη
（現・Zulla, ないし Tulla）エジプト南部、紅海（エリュトラー海*）に臨む交易都市。大プリーニウス*によれば、エジプトからの逃亡奴隷たちが創建した町といい、近くの穴居族（トローグロデュタイ*）やエティオピア*人の取引の中心地として繁栄。大量の象牙・犀角・亀甲・河馬(かば)の皮・猿・奴隷が売買されていた。プトレマイオス3世*（在位・前246～前221）の遠征を記録した碑文（ラ）Monumentum Adulitanum が出土している。
Plin. N. H. 6-34/ Ptol. Geog. 4-7, 8-16/ Joseph. J. A. 2-5/ Procop. Pers. 1-19/ etc.

アトース　Athos, Ἄθως,（仏）Athôs,（伊）Monte Santo, Monte Athos,（葡）Atos (Athos),（露）Афон
（現・Áthos, Ayion Oros）⇒アクテー❶

アトッサ　Atossa, Ἄτοσσα,（西）Atosa,（古代ペルシア語）(H)utauthā,（古代ヘブライ語）Vashti, Washti,（エラム語）Hutaossa,（ペルシア語）Hūtos
アカイメネース朝*ペルシア*の女性名（⇒巻末系図024）。
❶（前550頃～前475頃）キューロス❶*大王の娘。初

め兄弟のカンビューセース2世*の、次いでマゴス*僧スメルディス*の、最後にダーレイオス1世*（大王）の妻となった。ダーレイオスの治世（前522〜前486）にたいそう権勢をふるい、ギリシア遠征をそそのかしたとされている（⇒デーモケーデース）。ダーレイオスとの間にクセルクセース1世ら4人の男子を産むが、のち乱心した息子クセルクセースに殺され、食べられてしまったという。一説には、彼女は書簡の発明者だとも伝えられる。

Herodot. 3-68, -88, -133, -134, 7-2, -3, -64, -82/ Aesch. Pers./ Clem. Al. Strom. 1-307/ etc.

❷（前4世紀）　アルタクセルクセース2世*の娘。姉のアマーストリス❷*の代わりに廷臣ティーリバゾス*と婚約するが、父王から激しく恋慕されて実父と密かに通じていた。これを知った太后パリュサティス*は、王にアトッサを正式の妃として娶るよう勧める。そこで、アルタクセルクセースは娘と結婚、これを溺愛して、彼女が白癩にとりつかれても変わらずいつくしんだ。またアトッサは、兄弟のアルタクセルクセース3世*と交わり、彼と一緒に玉座に登らんものと、その即位に尽力した。

Plut. Artax. 23, 27/ etc.

アドーニス　Adonis, Ἄδωνις,（仏）（葡）Adônis,（伊）Adone,（西）Adón, Adonis,（露）Адонис

ギリシア神話に登場する絶世の美青年。シュリアー*王テイアース Theias またはキュプロス*王キニュラース*と、その実の娘ミュルラー*との不倫の交わりから生まれた。アドーニスに魅せられた女神アプロディーテー*は、この美しい子供を箱に入れて冥界の王妃ペルセポネー*に養育を託した。ところがペルセポネーもアドーニスの容貌に心を奪われて彼を返そうとしなかったので、両女神の間に悶着が生じ、ゼウス*の仲裁によって少年は1年の3分の1ずつをそれぞれの女神のもとに過ごし、残る3分の1を自分の好きな所で暮らすよう定められた——1年の半分ずつを各女神とともに分かち合ったともいう——。のち彼はアレース*（アプロディーテーの夫または愛人）ないしアルテミス*の怒りに触れて、狩猟中に野猪に腿の付け根を突かれて横死、その血から赤いアネモネの花が生じ、彼を悼むアプロディーテーの涙は紅薔薇に化したと伝えられる。あるいはまた、アプロディーテーの願いにより毎年4カ月間だけ地上に蘇えることをゼウスに許されたともいわれる。

この神話は植物の年ごとの死と再生を象徴するものであり、アドーニスの名はセム語のアドーン Adon（「主」の意）に由来し、元来彼はバビュローニアー*のタンムーズ Tammuz と同じく豊穣を恵む農業神であった（⇒アスタルテー）。彼の崇拝はフェニキア*からキュプロス島を経てギリシアへ伝わり、とりわけシュリアーのビュブロス*とキュプロスのアマトゥース*ではアプロディーテーと合祀され、その信仰の中心地として世に聞こえていた。アテーナイ*などギリシア世界各地やオリエント諸国では、毎年アドーニスの祭礼アドーニア Adonia が行なわれ、この青年神の死を嘆き、次いでその復活を祝う儀式が繰り広げられた。女たちはこの祭礼の期間中、壺か籠に穀物および各種の草花を植えて、これを「アドーニスの園」と呼び、ぬるま湯を注いで萌芽を早め、8日後にはアドーニス像とともに海中に投じたという。なお、酒神ディオニューソス*がアドーニスに惚れ込み、彼を攫っていったとか、アドーニスを愛していた親友メーロス Melos（メーロス*島の名祖）が彼のあとを追って縊死し、アプロディーテーによって林檎 melon（いわゆるメロンの語根）に変身させられたといった物語も残っている。時にアドーニスは、英雄ヘーラクレース*の愛した若者の1人にも数えられている。美術において、アドーニスは全裸の若者の姿で表わされ、今日に至るまでその名は美青年の代名詞として用いられる。「おめかしをする」、「色男ぶる」という動詞（英）adonize,（仏）adoniser や、「眉目秀麗な」、「美男の」を意味する形容詞（英）Adonic などの言葉が残る。アドーニス川については、ビュブロスの項を参照。

⇒ヒッポリュトス

Apollod. 3-14/ Hyg. Fab. 58, 248, 251, 271/ Ov. Met. 10-345〜/ Theoc. Id. 1-109, 3-46, 15-102, -136〜/ Lucian. Syr. D. 7〜8/ Paus. 6-24/ Ath. 2-69b 〜 d, 13-575a/ Ar. Lys. 708〜/ Strab. 16-755/ Prop. 3-5/ etc.

アドヘルバル　Adherbal,（ギ）アタルバース Atarbas, Ἀτάρβας

（？〜前112）ヌミディア*王（在位・前118〜前112）。ヌミディア王ミキプサ*の子。父王は死後、実子ヒエンプサル1世*とアドヘルバル、および養子ユグルタ*の3者に王国を遺したが、野望に燃えるユグルタは、まずヒエンプサルを殺し、いったんローマへ逃れたアドヘルバルをも都キルタ*に包囲し（前116）、欺いてこれを降伏させ、拷責を加えて殺害、町にいた成人男子を皆殺しにした。

なお他にも、第1次ポエニー戦争*（前264〜前241）中の前249年、ドレパノン*沖の海戦で、P. クラウディウス・プルケル*麾下のローマ軍に圧勝したカルターゴー*の提督アドヘルバル（アタルバース）をはじめ、幾人かの同名人物が知られている。

⇒巻末系図 035

Sall. Jug. 5, 13〜14, 24〜26/ Liv.28-30, Epit. 62〜63/ Polyb.1-46, -49〜53/ Diod. 24, 34/ etc.

アドメートス　Admetos, Ἄδμητος, Admetus,（仏）Admète,（伊）（西）Admeto,（露）Адмет

ギリシア神話中、テッサリアー*のペライ*の王。同市の創建者ペレース Pheres の息子。アルゴナウタイ*の遠征やカリュドーン*の猪狩りに加わり、若くして王位に即く。キュクロープス*を殺したアポッローン*が、ゼウス*から罰として1年間下僕となって人間に仕えるよう命じられた折、アドメートスはアポッローンを親切に迎え入れたため、王の牧人を務めた神は家畜を大いに繁殖させて、その厚遇に報いた。さらにアポッローンは若い王と恋仲になり、のちにアドメートスがイオールコス*王ペリアース*の美し

い娘アルケースティス*に求婚した時には、ペリアースが結婚の条件として出した「獅子(ライオン)と猪に戦車を牽(ひ)かせて花嫁を迎えにくること」という難題を、念者(エラステース) erastes たる立場から快く叶えてやり、彼女を愛人(エローメノス) eromenos アドメートスの妻にした。またアドメートスが婚宴の際アルテミス*に犠牲を捧げるのを忘れたため、新床を蛇でいっぱいにされたときにも、アポッローンは妹女神アルテミスの怒りを宥(なだ)めたばかりか、運命の女神モイラたち*(モイライ*)を酔わせて、「アドメートスの代わりに死ぬ者があれば、彼は夭逝を免れて長生きすることができる」という約束をとりつけてやった。やがて宿命の時が来て、まだ若い王に死の徴候が現われると、老いた両親でさえ身替わりを拒んだにもかかわらず、妻のアルケースティスは進んで夫の代わりに我が身を捧げた。そこへ第八の功業へ向かう途中の英雄ヘーラクレース*が、偶然立ち寄り、事の次第を知って死神タナトス*と闘い、力づくで彼女を奪い返して夫のもとへ生還させた。ヘーラクレースがアルケースティスを死の床から救ったのは、アポッローンと同じくこの英雄もまた王アドメートスを愛していたからだと伝えられる。

Apollod. 1-8, -9/ Hom. Il. 2-713〜/ Callim. Ap. 5/ Tib. 2-3/ Ov. Her. 5-151/ Plut. Num. 4, Mor. 761e/ Aesch. Eum. 723〜/ Eur. Alc./ Hyg. Fab. 14, 49〜51, 173/ etc.

アトラース Atlas, Ἄτλας, (伊)(西)(葡) Atlante, (露) Атлас, Атлант

ギリシア神話中、ティーターン*神族の1人。イーアペトス*とクリュメネー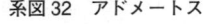*(またはアシアー*)との間に生まれた長男。プロメーテウス*、エピメーテウス*らの兄。ティーターノマキアー*でオリュンポス*神族に敗れ、ゼウス*から罰として極西の地において天空を支える役を科せられた。ホメーロス*では、まだ蒼穹の支柱の番人でしかないが、のちに彼自身が双肩で天球を担っているとする考えが一般化した。ゴルゴーン*退治から戻る途中のペルセウス*を歓待しなかったので、女怪メドゥーサ*の首を見せられて石に変えられ、今のアトラース山脈と化したという。またヘーラクレース*がヘスペリデス*の園へやって来た時には(第十一の功業)、アトラースは代わりに英雄に穹窿を担がせておいて黄金の林檎(りんご)を取りに行き、そのままこの苦役を逃れようとしたが、「頭に円座を当てがう間、天空をちょっと支えてくれ」というヘーラクレースの言葉に騙されて再び天球を背にしたため、永遠の責め苦から解放される好機を逸したとも伝えられる。

プレイアデス*、ヒュアデス*姉妹の他、ヘスペロス*やヘスペリデス、カリュプソー*らの父とされ、したがって彼はヘルメース*神の祖父、トロイアー*はじめ伝説上の諸王家の遠祖に擬せられている(⇒巻末系図014)。アトラース山脈の外側の海洋が「大西洋(〈ラ〉 Atlanticum Mare,〈英〉Atlantic Ocean)」と呼ばれるのも、その水中に没した大陸がアトランティス*と称されていたのも、彼の名にちなんだものである。また古代以来、建築に用いられる装飾的人像柱のうち、頭上に荷を負う男性をかたどったものはアトランテス Atlantes(アトラースの複数形)の名で親しまれている —— 女性柱はカリュアーティデス Karyatides(⇒カリュアイ、テラモーン)——。ちなみに地図帳を Atlas と称するのは、この種の書物の巻頭に天を担うアトラースの絵を掲げる習慣があったことに由来する。

Hes. Th. 507〜/ Hom. Od. 1-52〜, 7-245/ Aesch. P. V. 347〜, 425〜/ Pind. Pyth. 4-289/ Eur. Ion 1〜, H. F. 402/ Ov. Met. 2-296, 4-655〜, 6-174/ Apollod. 1-2, 2-5/ Paus. 9-20/ Diod. 3-60, 4-27/ Hyg. Fab. 150/ Herodot. 4-184〜/ Strab. 17-825/ Plin. N. H. 5-1/ Serv. ad Verg. Aen. 8-134/ etc.

アドラ(ー)ストス Adrastos, Ἄδραστος, Adrastus, (仏) Adraste, (伊)(西)(葡) Adrasto, (露) Адраст

ギリシア伝説中の男性名。

❶アルゴス*の王。テーバイ攻めの七将*の総帥。アルゴスの王子として生まれるが、父タラオス*(アルゴナウタイ*の勇士の1人)がアンピアラーオス*(メランプース*の曽孫)に殺された折、シキュオーン*王ポリュボス*の許へ逃れ、のちその王国を継承。アンピアラーオスとも和解して

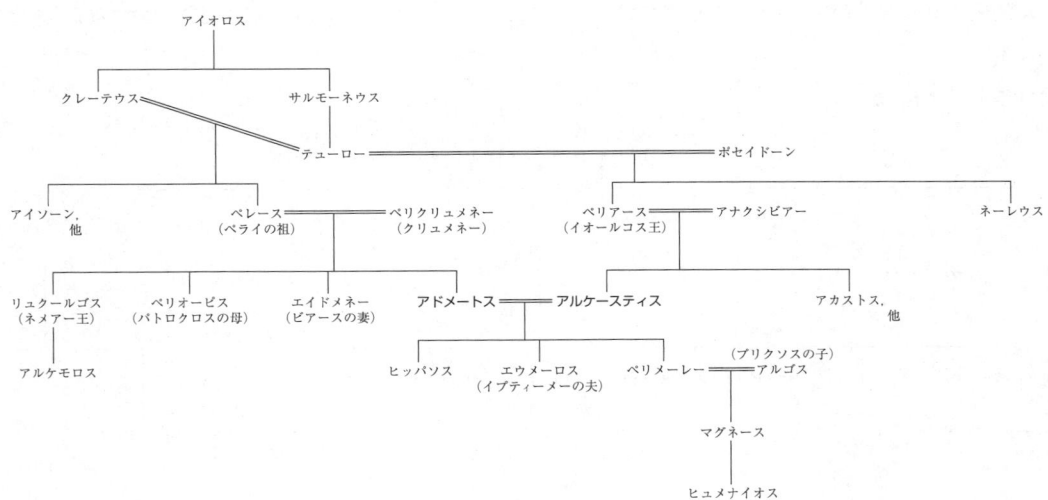

系図32 アドメートス

妹エリピューレー*を彼と結婚させた。ポリュネイケース*（テーバイ❶*王オイディプース*の子）とテューデウス*（カリュドーン*王オイネウス*の子）とが、ともに自国を追われてアルゴスに来たり、彼の宮殿前で闘(たたか)っているのを見て、「獅子(ライオン)と猪に娘を与えよ」というデルポイ*の神託を想い出し ── 両者の楯にこの紋章があったとも、それぞれ獅子と猪の皮を肩にかけていたともいう ── 、2人を引き分けて、娘アルゲイアー Argeia をポリュネイケースに、もう1人の娘デーイピュレー Deipyle をテューデウスに妻(めあ)わせた。さらに2人の女婿を祖国の王位に復することを約束し、まずはポリュネイケースのために、テーバイ遠征軍を起こした（⇒テーバイ攻めの七将）。途上ネメアー*を通過した際、幼児オペルテース*（アルケモロス*）の死を悼んでネメア競技祭*を創始したことについては、ヒュプシピュレー*の項を参照。テーバイの7つの城門を攻撃したが、結局アンピアラーオスの予見した通りに大敗し、七将のうちアドラストスだけが神馬アレイオーン*（馬形に変じたポセイドーン*とデーメーテール*の子）の駿足のおかげで逃げおおせた。10年後、彼は戦死した七将の息子たちを率いて再びテーバイを攻め（⇒エピゴノイ）、ついに同市を陥落させたものの、戦闘中に息子アイギアレウス*を討たれたため、悲嘆のあまり帰途メガラ*で世を去った。アルゴスの王位は外孫ディオメーデース❷*が継いだ。歴史時代にアドラストスが、シキュオーンとメガラ、およびアッティケー*において崇拝されていたことが知られている。

Hom. Il. 2-572, 23-346～/ Pind. Nem. 9-9～, Ol. 6-13～/ Herodot. 5-67/ Apollod. 3-6/ Paus. 1-43, 2-6, 9-9/ Hyg. Fab. 242/ Stat. Theb./ etc.

❷（前6世紀中頃？）
プリュギアー*王ゴルディアース*（ミダース*の子）の息子。過って兄弟を殺したため、追放されてサルデイス*に来り、リューディアー*王クロイソス*によって罪の穢れを祓われた。しかし、猪狩りの最中に彼の放った槍が的を外れてクロイソスの息子アテュス Atys を刺し殺してしまい、悲嘆に暮れたアドラストスは自害して果てた。かくして、クロイソスの見たアテュス横死の夢は実現したという。

なお、同名の歴史上の人物の中では、アリストテレス*の著作を分類したペリパトス（逍遙）学派の哲学者アプロディーシアス*のアドラストス（後2世紀）が名高い。
⇒アッティス（アテュス）
Herodot. 1-34～45/ Simpl. in Phys/ Porph. Plot. 147/ etc.

アドラーノン（または、アドラーノス） Adranon, Ἀδρανόν, Adranum, Hadranum, (Adranos, Ἀδρανός)

（現・Adrano）シケリアー*（現・シチリア）島東部の町。前400年頃、ディオニューシオス1世*によってアイトネー*（エトナ）山南西麓に創建され、シケリアー全島で篤く崇拝されていた神格アドラーノス ── ローマ人はウルカーヌス*と同一視する ── に因(ちな)んで名づけられた。この神の聖域は千頭の犬に守護されており、ティーモレオーン*に解放された時には神殿の扉がおのずと開き、神聖な槍が揺れ動き、神像が汗を流すなどの奇瑞が現われたという（前344頃）。第1次ポエニー戦争*初期の前263年、アドラーノンはこの島の諸市のうち最初にローマ人によって占領され、以来ローマの属州シキリア*に併合。今日も古代の城壁が残る。
Plut. Tim. 12, 16/ Ael. N. A. 11-20/ Sil. 14-250/ Diod. 14-37, 16-68, 23-4/ Steph. Byz./ etc.

アトランティス Atlantis, Ἀτλαντίς, (仏) Atlantide, (伊) Atlàntide, (西) Atlántida, (葡) Atlântida, (露) Атлантида

プラトーン*らギリシアの著述家によって伝えられた架空の大陸ないし大きな島。エジプトの神官がソローン*に語った話に従えば、「ヘーラクレース*の柱（ジブラルタル海峡）」の外側、大西洋上にあった一種の「理想郷」で、オレイカルコス Oreikhalkos（オリーハルコン Orichalcon）などの金属に富み、沃土に恵まれていたうえ、西南ヨーロッパと西北アフリカをも領有。高度な文明が栄え強大な勢力を誇っていたが、住民が神を敬わなかったので、遙か大昔に島全体が一昼夜にして海底に沈没し去ったという。アトランティスの名は、この地を支配していたポセイドーン*とクレイトー Kleito の子アトラース*王にちなむ。

アトランティスについては、伝説上の島に過ぎないと見なすのが通常であるが、実在を主張する者もあとを絶たず、

系図33　アドラ（ー）ストス❶

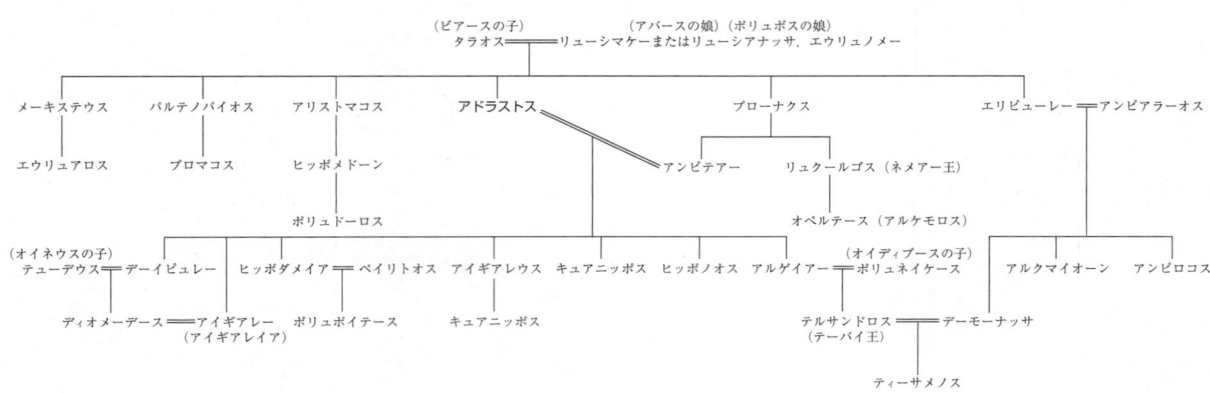

大西洋の「失われた大陸」説から、クレーター*島説、テーラー*島説、タルテーッソス*説、ガデイラ*（ガーデース*）説その他、さまざまな仮説が提唱されている。史家ヘーロドトス*によると、アトランティス人 Atlantioi (Atlantes) は、北アフリカ西端のアトラース山脈周辺に住んでおり、塩塊で家屋を建て、肉類は一切食べず、また夢を見ない民族とされている。
⇒マカローン・ネーソイ
Pl. Ti. 21a～, Criti. 108e～, Resp. 1-327/ Strab. 2-102/ Herodot. 4-184/ Diod. 3-53～, 5-19～/ Plin. N. H. 5-8, 6-36/ Ael. V. H. 3-18/ Procl. In Tim./ Mela 1-8/ etc.

ア（ー）トリア　Atria
⇒アドリア

アドリア（アードリア）、または、ハドリア（ハードリア）、アトリア（アートリア）　Adria, Hadria, Atria,（ギ）アドリアー（または、アトリアー）Adria, Ἀδρία (Atria, Ἀτρία)

イタリアのアドリア海*側の都市名。

❶（現・Atria または Adria）パドゥス*（現・ポー）河口の北方、ウェネティー❷*族の領内にある町。かつてはエトルーリア*人の港で、アドリア海*はこの町に因んで名づけられた。前6世紀以来、アイギーナ*系のギリシア人が多く居住し、12マイル離れた海まで運河が掘られて、重要な貿易港となる。伝説上の創建者はトロイアー戦争*で活躍した英雄ディオメーデース❷*とされている。一説にローマ人住居の玄関に続く天窓付き広間アートリウム atrium は、この市名に由来するという。
Liv. 5-33/ Just. 20-1/ Plin. N. H. 3-16/ Plut. Cam. 16/ Varro Ling. 5-161/ Strab. 5-214/ etc.

❷（現・Atri）ピーケーヌム*地方の町。海から6マイルの地にあり、ローマ五賢帝の1人ハドリアーヌス*（在位・後117～138）の本貫の地として知られる。前385年頃、シュラークーサイ*の僭主ディオニューシオス1世*によって建設されたギリシア人植民市であると伝えられるが、のちローマの植民市*となり（前282頃）、第2次ポエニー戦争*中はハンニバル❶*軍にその領土を荒らされたという（前217）。
Liv. 22-9, 24-10, 27-10, Epit. 11/ Polyb. 3-88/ Mela 2-4/ Plin. N. H. 3-13/ S. H. A. Hadr. 1/ It. Ant./ etc.

アドリア海　（ラ）Mare Adriaticum, Mare Hadriaticum（または、Mare Superum）,（ギ）アドリアース Adrias, ὁ Ἀδρίας (κόλπος), ἡ Ἀδριάνη, Ἀδριατικὴ θάλασσα, τὸ Ἀδριατικὸν Πέλαγος,〔←（イッリュリアー*語）adur「水」に由来か〕,（英）Adriatic Sea,（仏）Mer Adriatique,（独）Adriatisches Meer,（伊）Mare Adriatico,（西）（葡）Mar Adriático,（セルビア・クロアティア語）Jadransko more,（スロヴェニア語）Jadransko morje,（アルバニア語）Deti Adriatik

イタリア半島とバルカン半島との間の入り海。長さ約800km。幅は約100～125km。イーオニアー*海の北方にある地中海の支湾で、イタリアとその対岸のイッリュリアー*、ダルマティアー*、エーペイロス*諸地方とを分かっている。時にイーオニアー海と類義に用いられ、シケリアー*（シキリア*）島東方の海域までもが、アドリア海の名で呼ばれることがある。

青銅器時代からバルト海との琥珀貿易が行なわれており、前600年迄にはポーカイア*系ギリシア人がアドリア海北端に到着。次いでコリントス*やケルキューラ*などギリシア各地から渡海して来て、アポッローニアー*、エピダムノス*、アンコーン*他、多数の植民市が沿岸に建設された（前7世紀末～）。前6世紀後半からは、アドリア*やスピーナ Spina などパドゥス*（現・ポー）河口域の港町を通じて、ギリシア人とエトルーリア*人との間に活発な交易が行なわれるようなった。

イッリュリアーの海賊が跳梁跋扈して通商や植民活動を妨害したが、最終的にローマの名将・大ポンペイユス*によって掃討された（前67）。
Herodot. 1-163, 4-33, 5-9, 6-127, 7-20, 9-92/ Strab. 4-204, 7-317, 14-654/ Hor. Carm. 1-3, 3-3/ Catull. 36-15/ Polyb. 4-14, -16, 7-19/ Mela 2-2, -4/ Plin. N. H. 3-11/ Eur. Hippolyt. 736/ Steph. Byz./ etc.

ア（ー）トレイデース　Atreides, Ἀτρείδης, Atrides,（複）ア（ー）トレイダイ, Atreidai, Ἀτρείδαι, Atridae,（英）（仏）Atrides,（独）Atriden,（伊）Atridi

「アトレウス*の後裔」の意。ギリシア伝説中、アトレウスの息子たるアガメムノーン*およびメネラーオス*を指す。彼らは、叔父テュエステース*とその子アイギストス*がアトレウスを殺した時、スパルター*王テュンダレオース*の許へ逃れ、王の娘クリュタイムネーストラー*とヘレネー*を各々妻に迎えた。アガメムノーンの場合は、クリュタイムネーストラーの先夫タンタロス❷*を殺し、その幼い児も母親の懐から奪い取って殺害したのち、力ずくで彼女と結婚した。岳父テュンダレオースの助けを得てテュエステースとアイギストスを追放すると、アガメムノーンは故国ミュケーナイ*とアルゴス*の王となり、メネラーオスは岳父の譲りを受けてスパルターの王位に即いた。しかるに、アトレウス家にかかった呪いのゆえに、2兄弟の妻はいずれも姦通を働き、その結果トロイアー戦争*や血族間の陰惨な殺戮が繰り広げられることになる（⇒ミュルティロス）。各関連項目を参照。
Hom. Il. 1-7, -16, 3-347, 7-351～, Od. 1-35, 3-136, -257～/ Aesch. Ag./ Soph. El./ Eur. El., Or., I. A., I. T./ Apollod. Epit. 2～, 6/ Pind. Ol. 9-70, 13-58, Isthm. 5-38, 8-51/ Hor. Carm. 2-4/ Ov. Met. 12-623/ Prop. 4-6/ etc.

ア（ー）トレウス   Atreus, Ἀτρεύς,（仏）Atrée,（伊）（西）Atreo,（葡）Atreu,（露）Атрей

ギリシア神話中、ペロプス*とヒッポダメイア❶*の子。テュエステース*の兄。ミュケーナイ*王。母の差し金でテュエステースとともに異母兄弟クリューシッポス*を殺害し、義兄弟たるミュケーナイ王ステネロス❶*（またはその子エウリュステウス*）の許へ逃れた。エウリュステウスの戦死後、空位となった王座をめぐって2兄弟は争い、妻アーエロペー*を弟テュエステースに寝取られたアトレウスは、弟の子供たちを殺して八つ裂きにし、人肉料理にして弟の食卓に供した。テュエステースが食い飽きた時、頭部を出して彼が何を食ったかを示した後、弟を国外に放逐したが、太陽はその折あまりの非道な所業に軌道を外れて東へ沈んだという。テュエステースの呪いと神々の怒りのせいで国土が飢饉に見舞われたため、アトレウスは神託に従って弟テュエステースを連れ戻すべく探索に出かけ、エーペイロス*の王テスプロートス Thesprotos の宮殿でペロピアー*（テュエステースの娘）に出会い、彼女を王の娘と思い込んで結婚した。ペロピアーはすでに実父テュエステースに犯されて妊娠しており、生まれた息子アイギストス*は、アトレウスの養子として育てられた。その後アトレウスは捕えたテュエステースを投獄し、若きアイギストスに彼を殺すよう命じたが、この少年の手にした剣から実の父子関係が発覚したため、逆にアイギストスによって殺害された。アトレウスの伝承に関しては異説が多く、相互に矛盾する話が多い（⇒プレイステネース）。悲劇詩人ソポクレース*の失われた作品に『アトレウス』があった。
⇒アガメムノーン、メネラーオス、タンタロス❷、アトレイデース
Hom. Il, 2-105～/ Pind. Ol. 1-89/ Thuc. 1-9/ Paus. 2-16, -18, 3-1, -24, 5-3, 9-40, 10-26/ Apollod. 2-4, Epit. 2/ Aesch. Ag. 1590～/ Eur. El. 726～, 699～/ Sen. Thyestes/ Hyg. Fab. 85, 88/ Dio Chrys. Or. 66/ Tzetz. Chil. 1425～/ Ov. Tr. 2-391～, Ars Am. 1-327～/ Mart. 3-45/ Serv. ad Verg. Aen. 1-568, 11-262/ etc.

ア（ー）トレバテース（族）   Atrebates,（ギ）Atrebatoi, Ἀτρέβατοι, Atrebatioi, Ἀτρεβάτιοι, Atrebat(i)i,（仏）Atrébates,（独）Atrebaten,（伊）Atrebati,（西）Atrebatos

今日のフランス北部アルトワ Artois に住んでいたベルガエ*人の部族。前57年カエサル*によって征服され、その後コンミウス*の指揮下に反旗を翻した（前53）がローマ軍に平定された。中心都市アラース Arras（〈ラ〉Nemetacum）にその名を残す。アトレバテース族の一派は、前54年以前にブリタンニア*（ブリテン）島へ移住し、タメシス*（現・テムズ）河周辺を占領した。
⇒カッレウァ・アートレバートゥム
Caes. B. Gall. 2-4, -16, -23, 4-21, 5-46, 7-75, 8-7, -47/ Plin. N. H. 4-17/ Strab. 4-194/ Ptol. Geog. 2-3/ etc.

ア（ー）トロパテーネー   Atropatene, Ἀτροπατηνή,（Atropatena）,（仏）Atropatène,（露）Атропатена,（パルティアー語）（パフラヴィー語）Āturpātākān → Adarbaygan → Adarbayjan → Azerbaijan,（ビザンティン・ギリシア語）Ἀδραβίγνων,（旧称・Matiene）

メーディアー*西北部の地方名。「火の国」「火山の地」の意。カスピ海の西南岸、アルメニアー*の東南方に位置し、今日のアゼルバイジャン Azerbaijan にほぼ相当する。アレクサンドロス大王*の死（前323）後、メーディアー州の太守（サトラペース）アトロパテース Atropates（ペルディッカース*の岳父）の下に独立国を形成し、メーディアー・アトロパテーネー Media Atropatene と呼ばれた。山岳地帯だが地味豊かで、アトロパテースの子孫が累代支配し、夏の王宮は平地のガザカ Gazaka（現・Ganzak）に、冬の王宮は要害堅固な砦プラアスパ P(h)raaspa（ウェラ Vera,（現・Marāgha 近郊の遺跡））に置かれた。やがてパルティアー*、アルメニアー（のティグラーネース*大王）、次いでローマに臣従したが、セレウコス朝*シュリアー*やアルメニアー、パルティアー各王家と姻戚関係を結んで巧みに自治を保った。ヘレニズム・ローマ時代にメーディアー王という場合は、通常このアトロパテーネーの君主を指し、ローマの将アントーニウス*と和睦して娘イオータペー Iotape をプトレマイオス朝*エジプト最後の女王クレオパトラー*の息子アレクサンドロス・ヘーリオス Aleksandros Helios（父はアントーニウス）と結婚させたアルタウァスデース*も、メーディアー・アトロパテーネーの王である（⇒巻末系図046）。のちパルティアーに併呑されてその属州となり、次いでサーサーン朝*ペルシアのアルダシール1世*に征服された（後226）。

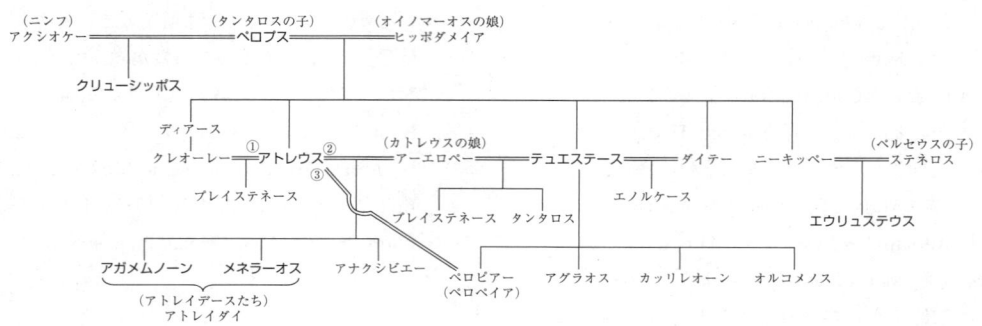

系図34　ア（ー）トレウス

⇒ヒュルカニアー

Strab. 11-506〜, -522〜/ Plin. N. H. 6-16/ Diod. 18-4/ Arr. 3-8, 4-18, 6-19, -29, 7-4, -13/ Plut. Ant. 38〜/ Dio Cass. 49-25, -31, -39/ Just. 13-4/ Ptol. Geog. 6-2/ Tac. Ann. 15-2, -31/ Amm. Marc. 23-6/ Steph. Byz./ etc.

アトロポス　Atropos, Ἄτροπος,（伊）Atropo,（西）Átropos,

（「撓(たわ)め得ない者」の意）ギリシア神話中、運命の3女神モイライ*（モイラたち）の1人。人間の運命（＝生命）の糸を鋏で断ち切る役目を果たした。

Hes. Th. 218, 905/ Apollod. 1-3/ Mart. 10-44/ etc.

アナイーティス　Anaitis, Ἀναῖτις (Ἀναίτις),（仏）Anaïtis,（古イーラーン語、アヴェスター語）アナーヒター Anahita,（古アルメニアー語）Anahit

（現ペルシア語・Nāhid）ペルシアの水と豊饒の女神。アカイメネース朝*の帝王アルタクセルクセース2世*（在位・前405〜前358）によって公式に帝国各地で崇拝が推奨され、主要都市に神像が建てられた。とりわけ小アジアからアルメニアー*一帯で盛んに崇拝され、リューディアー*ではアルテミス*やキュベレー*と同一視され、ギリシア人の間では時に戦さの女神アテーナー*あるいはアプロディーテー*とも混同された。ローマ帝政期に入ってからもなお、多数の神殿奴隷 hierodūloi(ヒエロドゥーロイ)が奉仕し、名士の娘たちも結婚前に神殿娼婦として客人を迎える習慣が続けられていたことで知られる（⇒ゼーラ）。サーサーン朝*ペルシアの始祖サーサーン*は、ペルセポリス*のアナイーティス女神に仕える祭官であったという。大プリーニウス*によれば、最初の純金製の神像はエウプラーテース*（ユーフラテス）河上流にあったアナイーティス神殿内の像であり、この女神に冒瀆を働こうとした者は、たちまち目がくらみ、身体が痺(しび)れて息絶えたとのことである。

⇒ミトラース

Strab. 11-512, -532〜, 15-733/ Plut. Artax. 3, 27, Luc. 24/ Paus. 3-16/ Plin. N. H. 33-24/ Clem. Al. Protr. 43/ etc.

アナカルシス　Anakharsis, Ἀνάχαρσις, Anacharsis,（伊）Anacarsi,（西）Anacarsis,（露）Анахарсис,（現ギリシア語）Anáharsis

（前6世紀）スキュティアー*の王族、哲学者。知者として名高く、ギリシア七賢人*の1人に数えられる。広く諸国を旅し、アテーナイ*ではソローン*と親交を結ぶ。ギリシア文化に心酔し、その祭儀をスキュティアーへ導入しようとしたため、祖国の伝統を破壊する者と見なされて、実の兄弟たる王サウリオス Saulios に矢で射殺されたという。機智に富んだ率直な話し方で知られ、あるアテーナイ人が彼を未開のスキュティアーの生まれだとして嘲った時、「確かに私の祖国は私にとって恥であるが、君の方は君の祖国にとって恥になっている」と言い返したとか、「どの船がいちばん安全か」と訊かれて、「陸に引き上げられた船だ」と返答した等々いくつもの挿話が伝えられている。彼はまた、錨と轆轤(ろくろ)を発明したともいわれる。なお、その広い見聞から「ある社会が神聖と考える風習を全部あつめ、他の社会が悪いと考える風習を全部すて去ると、あとには何も残るまい」といみじくも言ってのけたのも彼である。饒舌と欲情を統御するべく、常々右手で口、左手で股間を押さえつつ就寝したとされ、彼の彫像には「舌と胃袋と性器を抑制せよ」なる金言が記されていたという。

⇒ストラトニーコス

Herodot. 4-76〜77/ Diog. Laert. 1-101〜/ Plut. Sol. 5, Mor. 148c〜163d, 505a/ Lucian. Anach./ Cic. Tusc. 5-32 (90)/ Ael. V. H. 5-7/ Strab. 7-303/ Ath. 4-159c, 10-428e/ Diod. 9-6, -26/ etc.

アナクサゴラース　Anaksagoras, Ἀναξαγόρας, Anaxagoras,（仏）Anaxagore,（伊）Anassagora,（西）（葡）Anaxágoras,（露）Анаксагор

（前500頃〜前428頃）イオーニアー*出身の自然哲学者。クラゾメナイ*の富裕な名家に生まれ、アナクシメネース*に学んだが、財産を身内の者たちに譲り、前463年頃アテーナイ*へ移住、約30年間逗留した。イオーニアーの自然哲学（ミーレートス*学派）を初めてアテーナイに導入し、政治家ペリクレース*や悲劇詩人エウリーピデース*らの師となった。万物の構成要素として、それぞれ性質の違う無数の微小な種子 spermata(スペルマタ) を考え、原初にはそれらの種子は混沌と混じり合っていたが、ヌース nūs（知性・精神）の働きにより運動が生じ、各種のものが秩序づけられてこの世界をつくったと説いた。また前467年頃、隕石を見た彼は天体を研究し図解書『自然について Peri Physeōs』を執筆、日蝕や月蝕の原因を説明した最初の人となった。ところが、太陽を灼熱した石塊であると説いたため、ペリクレースの政敵によって瀆神罪の廉で告訴され、ペリクレースの弁護にもかかわらず有罪判決を下された（前433頃）。

系図35　アナカルシス

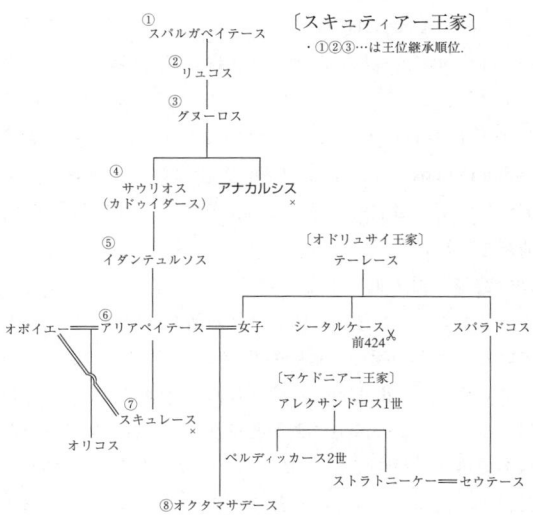

罰金を科せられたうえ国外追放処分になったとも、欠席裁判で死刑を宣告されたともいう。死刑判決の報せと同時に息子の訃報がもたらされたが、彼は少しも取り乱さず、自分の死刑については「自然はずっと以前にすでに彼ら裁判官にも私にも死刑を宣告していたのだ」と言い、子供の死については「息子が生まれた時から、いずれ死なねばならぬことは分かっていた」と言ったとのことである。その後、小アジア北西端のランプサコス*へ退き、その地で没し、厳かに埋葬された (72歳)。異境の地に果てることを友人が嘆くと、彼は平然として「黄泉路*(ハーデース)へ下るのは、どこから行こうと同じようなものだ」と答えたという。

彼が政治にたずさわらず、もっぱら学問研究に専念しているのを見て、ある人が「あなたは祖国のことを少しも気にかけないのか」と訊ねた際、「滅相もない、私は祖国のことが大いに気がかりなのだ」と答えて、天空を指さしたという逸話は有名。

またアテーナイに滞在中、多忙にかまけて友人ペリクレースがしばらく彼を等閑視したところ、アナクサゴラースは食を断って死んでしまおうとした。駆けつけたペリクレースの懸命の懇願で、ようやく自殺を思い止まった時、「灯をともそうとしたら油を注がなくてはいけないよ」と彼が言ったという話もよく知られている。

主著『自然について』は散佚して断片のみ存在。彼の弟子アルケラーオス❼*は、かのソークラテース*の師にして恋人(念者)(エラステース) erastesであるという。アナクサゴラースはまた、終生一度も笑ったことのない人物として後世にまで伝えられている。
⇒デーモクリトス、ディオゲネース❶、ディアゴラース❶、エンペドクレース
Xen. Mem. 4-7-6/ Diog. Laert. 2-6〜/ Plut. Per. 4, 16, 32, Nic. 23/ Ael. V. H. 8-13/ Pl. Phd. 97b〜/ Arist. Metaph. A-3〜4/ Simpl./ etc.

アナクサルコス Anaksarkhos, Ἀνάξαρχος, Anaxarchus, (英) Anaxarch(us), (仏) Anaxarque, (独) Anaxarch, (伊) Anassarco, (西)(葡) Anaxarco, (露) Анаксарх, (現ギリシア語) Anáksarhos

(前4世紀中頃〜後期) アブデーラ❶*の哲学者。デーモクリトス*派に属し、懐疑派ピュッローン*の師。「幸福」こそが最も善いことだと説いたので、エウダイモニコス Eudaimonikos (「幸福な人」の意) と呼ばれる。アレクサンドロス大王*と親しく、その遠征に随行。古代においては、朋輩を軽視し大王に追従した阿諛(あゆ)者と見られていたが、それは逍遙学派(ペリパトス)の偏見だともいう。実際、自己を神格化しようとする大王を彼が皮肉ったとの話が、幾つか伝えられている。大王の死後、難船のためキュプロス*の僭主ニーコクレオーン Nikokreon に捕われ、かつて加えられた侮辱を根にもつこの僭主により虐殺された。石臼に投ぜられ鉄槌で搗き砕かれても、「私の体を砕いても魂は砕けぬ!」と絶叫。僭主が「舌を切りとるぞ」と脅すと、彼は自ら舌を噛み切って暴君の顔に吐き出したと伝えられる。(⇒エレアーのゼーノーン)

懐疑的で快楽を肯定する彼は、宴席では若くて美しい酌婦を裸体で侍らせることを好み、またアレクサンドロス大王が負傷した時には、「これは血だ。神々の体内を流れる霊液(イーコール) Ikhor ではない」と、『イーリアス*』を引用しつつ指摘したという (別伝では、この台詞を口にしたのは大王自身であるとされる)。アナクサルコスから世界が無数にあることを聞かされたアレクサンドロス大王が、「余はそのうちの1つの世界さえまだ征服していないのか」とさめざめと泣き出したという話も残っている。
⇒メートロドーロス❶
Diog. Laert. 9-58〜/ Cic. Tusc. 2-22, Nat. D. 3-33/ Plut. Alex. 28, 52/ Plin. N. H. 7-23/ Ael. V. H. 9-30, -37/ Ath. 12-548b/ etc.

アナクサレテー Anaksarete, Ἀναξαρέτη, Anaxarete, (伊) Anassarete, (露) Анаксарета, (現ギリシア語) Anaksaréti

ギリシア伝説中、キュプロス*島の貴族の娘。サラミース❷*市の創建者テウクロス* (テラモーン*の子) の後裔。高慢な女性で、彼女に求愛した青年イーピス❶*を蔑(さげす)み嘲笑したため、青年は絶望して彼女の家の戸口で首を吊って死んだ。それでもアナクサレテーは何ら心を動かされず、イーピスの葬式の列が窓の下を通っていくのを物珍しげに見おろそうとした。その非情さに立腹した愛の女神アプロディーテー*は、窓から身を乗り出した姿のまま彼女を石に変えてしまった。これと全く同じ話が、キュプロスの青年アルケオポーン Arkeophon と美女アルシノエー Arsinoe との間に生じた出来事として伝えられている。ローマ帝政期になってもなお、キュプロスのサラミースにある「眺めるウェヌス* Venus Prospiciens」神殿内に、彼女の石像を見ることができたという。
Ov. Met. 14-698〜/ Ant. Lib. Met. 39/ Plut. Mor. 766d〜/ etc.

アナクサンドリデース Anaksandrides, Ἀναξανδρίδης, Anaxandrides, (ドーリス*方言) **アナクサンドリダース** Anaksandridas, Ἀναξανδρίδας, Anaxandridas, (仏) Anaxandride, (伊) Anassandrida, Anassandride, (葡) Anaxândrides, (露) Анаксандрид, (現ギリシア語) Anaksandrídhis, Anaksandrídhas

❶ A. Ⅱ アナクサンドリダース (2世)。スパルター*の王 (在位・前560頃〜前525/519頃)。彼と共治王アリストーン*の治下、「オレステース*の遺骨を持ち帰れば、スパルターは勝利を得るだろう」とのデルポイ*の神託に従って、テゲアー*から伝説上の英雄オレステースの遺骨が密かにもたらされ、以来スパルターはペロポンネーソス*の大部分を征服するに至ったという。彼は姪(姉妹の娘)を妻としていたが、子供が生まれなかったので、監督官(エポロス*)たちの指図

により、第二妃を迎えてクレオメーネース1世*を儲けた。ところが、まもなく第一妃が男児ドーリエウス*をみごもり、続いてレオーニダース*、クレオンブロトス*らの王子を出産した（⇒巻末系図021）。ドーリエウスは有能な人物に成長したにもかかわらず、アナクサンドリデースの死後、慣習法に従って長男のクレオメーネースが王位を継いだ。
⇒キーローン
Herodot. 1-67, 5-39～42, 7-204/ Paus. 3-3-5, -9～10/ etc.

❷（前400頃～前349以降）前4世紀前半に活躍したロドス*島出身の喜劇詩人（中期アッティケー*喜劇）。前376年に初めて優勝し、以来全65作中10編が受賞する。のちアテーナイ*政府を批判した廉で餓死させられたという（前349以降）。題名41と80余の引用断片が伝存。神話伝説を題材にした作品が多い。
⇒アンティパネース、アレクシス
Arist. Rh. 3-10～12, Eth. Nic. 6-10, 7-10/ Ath. 9-374a～b/ Marm. Par./ etc.

アナクシマンドロス　Anaksimandros, Ἀναξίμανδρος, Anaximander, （仏）Anaximandre, （伊）Anassimandro, （西）（葡）Anaximandro, （露）Анаксимандр, （現ギリシア語）Anaksímandhros
（前610頃～前546頃）ギリシアの自然哲学者。イオーニアー*のミーレートス*の人。賢人タレース*の友人にして後継者とされる。散文でギリシア最古の哲学書『自然について Peri Physeōs』を著わしたというが、散佚して僅かな断片のみ残存。万物の根源 arkhe を「無限なるもの to apeiron」と見なし、この永遠にして不滅な"神的"原質から冷・熱・乾・湿が分出し、それら対立する要素の抗争から万象が派生すると説いた。大地は円筒状で宇宙の中心に静止し、太陽・月・星辰がその周囲を回っていると主張。生物学説では「適者生存」による一種の進化論的説明を下し、人間は魚に似たものから変化したと唱えた。黒海西岸に建設された植民市アポッローニアー❷*へミーレートスの移民団を導き、バビュローニアー*人に倣って日時計 gnomon および天球儀を作製、ギリシアで最初の世界地図を真鍮板に描いたという（⇒ヘカタイオス）。またスパルター*に迫った大地震を予知し、その地の人々に警告を発したという話も伝えられている。一説に彼はクセノパネース*（エレアー*学派の祖）の師であるという。
⇒アナクシメネース❶
Xen. Symp. 3-6/ Arist. Ph. 3-4, Metaph. Λ-2/ Diog. Laert. 2-1～/ Strab. 1-1/ Cic. Nat. D. 1-10, Acad. 2-37/ Plin. N. H. 2-6, -81, 7-56/ Simpl. in Phys./ etc.

アナクシメネース　Anaksimenes, Ἀναξιμένης, Anaximenes, （仏）Anaximène, （伊）Anassìmene, （西）（葡）Anaxímenes, （露）Анаксимен, （現ギリシア語）Anaksiménis
ギリシア人の男性名。

❶（ミーレートス*の）（前586／584頃～前528／524頃）ギリシアの自然哲学者。イオーニアー*のミーレートスに生まれる。アナクシマンドロス*の弟子・後継者。万物の根源 arkhe を「空気 aer」（実は霧のごときもの）とみなし、その稀薄化によって火が、濃密化によって水、さらに土が生じ、他のすべてもこれらから生成すると説いた。このような希化と濃化を通じて生じた万物は、再び「空気」に解体すると主張。霊魂もまた空気であり、「世界全体に気息 pneuma すなわち空気が遍在している」と唱えた。大地は空気中に浮かぶ薄い平円板であり、太陽・月・星辰は大地から立ち昇る蒸気が希化した火によって形成され、空気に支えられているものである、と説明した。著作はわずかな断片を除いて湮滅したが、その学説はイオーニアー自然哲学（ミーレートス学派）の正統として、後の世代に大きな影響を及ぼした。古代ギリシア気象学の祖とも呼ばれる。
⇒アナクサゴラース、ディオゲネース❶
Arist. Mete. 1-3, 2-7, Metaph. A-3/ Diog. Laert. 2-3～/ Strab. 14-645/ Cic. Nat. D. 1-11/ Plin. N. H. 2-78/ Euseb. Praep. Evang. 1-8/ Plut. Mor. 947f/ etc.

❷（ランプサコス*の）（前380頃～前320頃）ギリシアの歴史家・弁論家。キュニコス（犬儒）派のディオゲネース*およびゾーイロス*の弟子で、アレクサンドロス大王*の

系図36　アナクシマンドロス、アナクシメネース❶

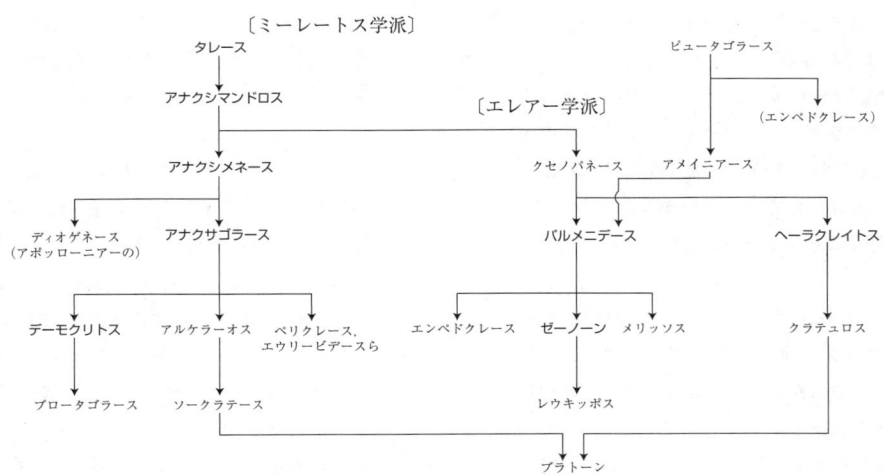

師の1人ともいう。マケドニアー*王ピリッポス2世*とアレクサンドロス大王の事蹟について、また太古から同時代までを扱った全12巻の『ギリシア史 Hellēnika』（断片のみ伝存）などを執筆したとされ、さらにアリストテレース*偽書『アレクサンドロスに贈る弁論術 Rhētorikē pros Aleksandron,（ラ）Rhetorica ad Alexandrum』の著者に擬せられたりもする。母国ランプサコスがペルシア側に加担した廉でアレクサンドロス大王によって劫掠されそうになった時、嘆願使節として派遣された彼は、大王が「必ずやお前の願いとは正反対の仕打ちをしてやるぞ」と神々に誓うのを聞いて、「ではこの町全体を根こそぎ破壊し、住民を奴隷として売り払って下さい」と懇願。かくして故郷を滅亡の淵から救ったと伝えられる。競敵たるキオス*のテオポンポス❷*に対しては、その文体をそっくり真似てアテーナイ*やスパルター*、テーバイ❶*等主要都市を攻撃する演説文を書き、それらをテオポンポス筆と称して広めることによって報復したという話も残っている。一説に歴史家と弁論家とは同名異人で、歴史家アナクシメネースは、アレクサンドロスの業績を書いた弁論家アナクシメネースの甥にあたる人物であるという。

Paus. 6-18-2〜6/ Diog. Laert. 2-3/ Diod. 15-76, -89/ Ath. 6-231c, 13-591e/ Quint. 3-4-9/ Plut. Mor. 182d, 327e, 803b, 846f/ Suda/ etc.

アナクシラーオス　Anaksilaos, Ἀναξίλαος, Anaxilaus
⇒アナクシラース

アナクシラース　Anaksilas, Ἀναξίλας, Anaxilas,（アナクシラーオス Anaksilaos, Ἀναξίλαος, Anaxilaus のドーリス*方言）,（仏）（独）Anaxila(o)s,（伊）Anassila,（西）Anaxilao,（カタルーニャ語）Anàxiles, Anaxilau

南イタリア西端のギリシア系都市レーギオン*の僭主（在位・前494〜前476）。父祖はペロポンネーソス*半島のメッセーネー*出身。前494年頃ペルシア帝国*に占領されたミーレートス*やサモス*島を逃れてきた人々を受け入れ、彼らを利用してシケリアー*（現・シチリア）島のザンクレー*市を占領（前490／488頃）、以来この町は彼の本貫地に因んでメッセーネー*（〈ラ〉メッサーナ*、現・メッシーナ）と呼ばれるようになる。

ヒーメラー*の僭主テーリッロス Terillos の娘を娶っていたので、岳父がアクラガース*（アグリゲントゥム*）の僭主テーローン*に国を追われた時（前482頃）には、わが子をカルターゴー*へ人質として送り、ハミルカル*の来援を乞うた。その結果、かのヒーメラーの合戦（前480）に至ったのである（⇒ゲローン）。

のちシュラークーサイ*の僭主ヒエローン1世*と和約を結び、娘をヒエローンに嫁がせた（⇒巻末系図025）。死後、幼い息子たちが残されたが、その後見役となった奴隷ミキュトス Mikytos の支配を嫌ってレーギオン市民は蜂起し、9年間の統治ののちミキュトスは追放された（前467）。

なお、同名の人物の中では、劇中で哲学者プラトーン*や著名な遊女（ヘタイラー*）たちを揶揄った中期喜劇詩人アナクシラース（前4世紀中頃の人）が、よく知られている。

Herodot. 6-23, 7-165, -170/ Thuc. 6-4/ Diod. 11-48, -66, -76, 15-66/ Paus. 4-23-6, -8〜9/ Diog. Laert. 3-28/ Ath. 4-171f〜, 6-254c/ Xen. Hell. 1-3/ etc.

アナ（ー）グニア　Anagnia, Ἀναγνία,（仏）Anagnie,（露）Ананьи

（現・アナーニ Anagni）ラティウム*の町。ヘルニキー*族の首邑（ムーニキピウム*）。前306年ローマに服属して自治都市となり、のち完全な市民権を得た（前2世紀）。エーペイロス*王ピュッロス*やカルターゴー*の名将ハンニバル❶*らの劫掠するところとなる。雄弁家キケロー*の地所が近くにあったことや、ウィテッリウス*帝の将軍ファビウス・ウァレーンス*およびコンモドゥス*帝の愛妾マルキア*の出身地であったことで知られる。保存状態のよい城壁が残っている。⇒アレトリウム

Verg. Aen. 7-684/ Liv. 9-42〜, 26-9, 27-4/ App. Sam. 10/ Cic. Att. 16-8/ Ital. 8-392/ Plin. N. H. 3-5/ Tac. Hist. 3-62/ Diod. 20-80/ Fronto Ep. 4-4/ etc.

アナクレオーン　Anakreon, Ἀνακρέων, Anacreon,（仏）Anacréon,（伊）（西）（葡）Anacreonte,（露）Анакреон,（カタルーニャ語）（ポーランド語）（クロアティア語）Anacreont,（チェコ語）（マジャル語）Anakreón,（セルビア＝クロアティア語）Anakreont,（ワロン語）Anakreyon,（現ギリシア語）Anakréon

（前570頃〜前485頃）イオーニアー*のテオース*出身の抒情詩人。アカイメネース朝*ペルシア*軍の侵攻に遭ってトラーケー*（トラーキアー*）のアブデーラ*へ移住し（前545頃）、次いでサモス*の僭主ポリュクラテース*に招聘されて、その宮廷で過ごした（前538〜前522）。ポリュクラテースがペルシアの太守（サトラペース）Satrapes に惨殺されると、五十櫂船でアテーナイ*の僭主ヒッピアース*の弟ヒッパルコス❶*に迎えられ、クサンティッポス❶*（ペリクレース*の父）ら名門人士や抒情詩人シモーニデース*らと交わり、アクロポリス*に肖像を建てられる等の栄誉を受けた。こうして各地の王侯貴族のもとで優雅な生活を送ったのち、葡萄の種子を喉につまらせて85歳で没した。美酒や美少年・乙女を主題にしたイオーニアー方言の軽快な詩5巻を残したが、今は断片百数十篇が伝わるのみである。その洗練された詩風は広く愛好されて、後世にも大きな影響を与え、多数の模倣者を出した。『アナクレオンテイア Anakreonteia, Ἀνακρεόντεια,（ラ）Anacreontea（アナクレオーン風歌謡集）』と称する短詩集六十余篇は、大部分は後2世紀の模作である —— 古くは前2世紀頃から、ハドリアーヌス*帝時代を経て、後5〜6世紀にまでわたる ——。

アナクレオーンはスメルディエース Smerdies やクレオブーロス❷*、バテュッロス❶*、メギステース Megistes、

ピュートマンドロス Pythomandros、クリティアース Kritias（アテーナイの寡頭政治家クリティアース*の同名の祖父）ら何人もの美少年に恋愛詩を献じたが、その多くはポリュクラテースの愛童であり、三角関係の嫉妬に狂った僭主が少年の髪を刈り落としたという話も伝えられている。「愛の詩人」として彼はまた、古代においてサッポー*と並び称せられることもあった。ある人から「どうして貴方は、神々ではなく美童たちばかりを歌うのですか」ときかれた時、アナクレオーンは「なぜなら美童こそ私たちの神だからです」と答えたという。なお断片の中には、年老いてからある少女に恋の戯れを仕掛けたところ、その娘はレスボス*女性だったため、白髪の詩人など相手にもせず、ひたすら他の女に見惚れていた、といった内容の歌もある。アルクマーン*、アルカイオス*、イービュコス*らとともにギリシアを代表する9大抒情詩人の1人。

ルネサンス以降、彼の軽快で機智に富んだ作風は、16世紀フランスのプレイヤド派や18世紀ドイツのアナクレオーン派 Anakreontiker などに代表される大勢のヨーロッパ詩人たちを魅了し続けた。イスラーム圏では14世紀シーラーズの抒情詩人ハーフェズ Hāfez（ハーフィズ Hāfiz）が、時に「ペルシアのアナクレオーン」と呼ばれている。

Herodot. 3-121/ Strab. 14-638, -644/ Val. Max. 9-12/ Plin. N. H. 7-7/ Ael. V. H. 8-2, 9-4, 12-25/ Ath. 12-540e, 13-564d, -598c/ Gell. N. A. 19-9/ Anth. Pal. 11-47～48/ Paus. 1-2-3, -25-1/ Cic. Tusc. 4-33/ Pl. Hipparch. 228, Chrm. 157/ Lucian. Macr. 26/ Suda/ etc.

アナスタシウス1世　Anastasius Ⅰ, Imperator Caesar Flavius Anastasius Augustus,（ギ）Anastasios, Φλάβιος Ἀναστάσιος,（仏）Anastase,（伊）（西）Anastasio,（葡）Anastácio,（露）Анастасий

（後430頃～518年7月9日）異名・シレンティアーリウス Silentiarius（「宮廷式部官」の意）。東ローマ皇帝（在位・491年4月11日～518年7月9日）。左右の瞳の色が異なるところからディコロス Dikoros,（ラ）Dicorus と渾名される。デューッラキオン*に生まれ、長く独身のまま宮廷に仕え、ゼーノーン*（ゼーノー*）帝の死後、その后アリアドネー Aelia Ariadne（？～515）と謀ってロンギーヌス Longinus（ゼーノーンの兄弟）を排し、彼女を娶って即位した（60歳あまり）。先帝の治下に勢力を振るったイサウリア*人をタウロス（現・トロス Toros）山中に殲滅し（491～498）、マルモラ海（プロポンティス*）から黒海に至る40マイルの長城を築いてブルガール Bulgar 人ら異民族の侵入に対抗（502～507）。サーサーン朝*ペルシアとの戦争（502～506）には、しばしば惨敗したのち、多額の賠償金とひきかえに7年間の休戦条約を締結した（506）。破局に瀕した税制を改革するなど財政再建に努めたものの、キリスト単性論派（⇒エウテュケース）を積極的に支持したため、ウィーターリアーヌス Vitalianus（？～520年暗殺）の謀叛（513～515）をはじめとする数々の反乱や暴動が頻発、一時は宮殿を包囲されて側近たちを殺され、退位を覚悟せねばならない破目に陥った。反対派からは貪欲で不誠実な迷信家と酷評されるが、優れた行政手腕を発揮し、国庫に32万ポンドー pondō（または pondus）の金を貯えて88歳で没した（在位17年、嗣子なし）。一般にビザンティン帝国の確立者、いわば最初のビザンティン皇帝と見なされている。

死の直後、宮廷の実力者たる宦官アマンティウス Amantius（？～518）は、帝の3人の甥を排除して、傀儡帝テオダトゥス Theodatus（？～518暗殺）を立てようと企てたが、豚飼い出身のユースティーヌス1世*に出し抜かれ、ほどなく陰謀ならびに異端の廉で斬首された。
⇒プリスキアーヌス、コバーデース❶
Evagrius 3-29～/ Cedrenus/ Theophanes/ Procop./ Greg. Turon./ etc.

アニオー（川）　Anio,（ギ）Aniōn, Ἀνίων, Aniēn, Ἀνιήν, Anienos, Ἀνιηνός,（露）Анио, Тевероне

（現・Aniene、かつての Teverone）ティベリス*（現・テーヴェレ）河の支流の1つ。ラティウム*地方の東方、サビーニー*族の地に源を発し、西南に110km流れたのち、ローマの北方でティベリス河に注ぎ込んでいる（⇒アンテムナエ）。アニオー川は新旧2本の水道（アクアエドゥクトゥス*）、アニオー・ウェトゥス Anio Vetus（前272）とアニオー・ノウス Anio Novus（後52）を通じてローマに潤沢な水を供給しており、また風光明媚な別荘地ティーブル*（現・ティーヴォリ）では美しい段状の滝となって流れ落ち、心地よい景観を呈していた。伝説によれば、アニオーの名は、この川で溺死したエトルーリア*王アニウス Anius に負っているという。
Dion. Hal. 5-37/ Strab. 5-238/ Verg. Aen. 7-683/ Plin. N. H. 3-5/ Hor. Carm. 1-7/ Plin. Ep. 8-17/ Frontin. Ag. 93/ Prop. 3-16/ Stat. Silv. 1-3/ etc.

アニオス　Anios, Ἄνιος, Anius,（伊）（西）Anio,（葡）Ânio,（露）Аний

ギリシア神話中、アポッローン*の子でデーロス*島の王。母ロイオー Rhoio（「柘榴（ざくろ）」の意）は、ディオニューソス*の子スタピュロス Staphylos（「葡萄の房」の意）の娘。母が妊娠した時、怒った外祖父が彼女を箱に入れて海へ流したところ、デーロス島に漂着、ここでアニオスが生まれた。アポッローンはアニオスに予言の能力を与え、デーロスの王兼神官とした。アニオスの息子タソス Thasos が犬に食い殺されたため、以来この島に犬を連れ込むことが厳禁された。別の息子アンドロス*（またはアンドローン Andron）は同名の島アンドロスの支配者となった。アニオスの娘たちについては、オイノトロポイ*の項、本文系図37を参照。
Apollod. Epit. 3-10/ Verg. Aen. 3-80/ Ov. Met. 13-632～/ Diod. 5-62/ Conon Narr. 41/ Tzetz. ad Lycoph. 570～/ Dion. Hal. 1-59/ etc.

アニキウス氏　Gens Anicia〔← Anicius〕, Anicii

前2世紀前半より台頭したローマのプレーベース*（平民）系氏族。プラエネステ*（現・パレストリーナ）出身。共

和政後期に活躍。とりわけ前168年に法務官（プラエトル*）としてイッリュリアー*に遠征しわずか1カ月足らずで敵王ゲンティオス Gentios（マケドニアー*王ペルセウス*の同盟者）を降伏させた L. アニキウス・ガッルス Anicius Gallus が有名（彼が執政官（コーンスル*）を務めた前160年は上質の葡萄酒 Anicianum vinum のとれた年として知られる）。帝政期にも存続し執政官を輩出し、のちコーンスタンティーヌス1世*に倣ってキリスト教に転向、アンニウス氏 Gens Annia、ペトローニウス*氏、オリュブリウス*氏などと通婚・相続した結果、4世紀後半から5世紀初頭にはローマ筆頭の名門となる。テオドシウス*朝とも姻戚関係をもち、また西ローマ皇帝となったペトローニウス・マクシムス*やオリュブリウスも同族の出身である。さらにベネディクトゥス Benedictus ら幾人かのローマ教皇、および神聖ローマ皇帝位を世襲することになるハープスブルク Habsburg 家もがこの家系の苗裔を主張している。

⇒プロバ、クラウディアーヌス、ボエーティウス、ユースティーヌス1世、ノーラのパウリーヌス、巻末系図106
Liv. 44〜45/ Polyb. 30-22, 32-5, 33-7/ App. Ill. 9/ Cic. Brut. 83 (287), Fam. 12-21/ Dio Cass. 59-25, 78-22/ Tac. Ann. 15-74, 16-17/ Claud./ Symmachus/ Cod. Theod./ etc.

アニーケートゥス Anicetus,（ギ）アニーケートス Aniketos, Ἀνίκητος,（仏）Anicet,（伊）（西）（葡）Aniceto,（露）Аникет,（現ギリシア語）Aníkitos

（後1世紀中葉）ローマ皇帝ネロー*（在位・54〜68）の悪業の手先をつとめた解放奴隷。幼少時のネローに家庭教師の1人として仕え、帝の眷顧を蒙ってミーセーヌム*艦隊の司令官に抜擢される。ネローが母后・小アグリッピーナ*の暗殺を企んでいた時、彼女に怨恨を抱くアニーケートゥスは、機械装置で沈没するよう仕掛けられた船を考案し、これで事故死に見せかけるよう進言。帝は和解をよそおって母后をバウリー*の別荘に招き、歓待して彼女の猜疑心をかき消したのち、この船に乗せて溺死させんと試みた。ところが彼女が負傷しただけで自分の別荘へ泳ぎ帰ったことを知ると、即刻アニーケートゥスを派遣して母を刺殺させた（59年3月）。ついで62年、離婚したうえ追放刑に処した元皇后のオクターウィア❷*を亡き者にせんと欲した帝は、アニーケートゥスに命じて彼女との不義を自白させ、この偽証に報いて彼をサルディニア*島へ流し、天寿を全うするまで何不自由のない生活を保証してやった。

ほぼ同じ頃にポントス*王ポレモーン2世*の解放奴隷で、ネロー帝の横死（68）後、海賊となって新帝ウェスパシアーヌス*に叛旗を翻し（69）、ほどなく処刑された同名人物アニーケートゥスがいる。

⇒ティゲッリーヌス
Tac. Ann. 14-3, -7, -8, -62/ Dio Cass. 61-13/ Suet. Ner. 35/ etc.

アニュートス Anytos, Ἄνυτος, Anytus,（伊）（西）Anito,（葡）Ânito,（現ギリシア語）Ánitos

（前5世紀中頃〜前4世紀前半）アテーナイ*の民主派の政治家。美男子アルキビアデース*の大勢の愛慕者の1人。ある日、宴会にアルキビアデースを招いたが、若者はこれを断っておきながら、友人と酒を飲んでアニュートスの宴席に乱入し、食卓から金銀の食器を半分奪い去ってしまった。客たちがアルキビアデースの傲慢無礼に立腹したところ、アニュートスは「とんでもない、思いやりのある青年だよ。全部持っていってもいいのに、これだけ置いていってくれたのだからね」と目を細めていたと伝えられる。

ペロポンネーソス戦争*中、将軍として出征したものの、ピュロス*をスパルター*軍に奪回され（前409）、裁判にかけられるが買収によってかろうじて処罰を免れた。前403年には、トラシュブーロス❶*とともに三十人僭主*を打倒し、民主政を復興させ（⇒クリティアース）、以来大きな影響力をもつようになる。ところがソークラテース*に預けておいた息子が大酒飲みになっていたので、息子が堕落したのはソークラテースのせいだと恨んで、前399年メレートス Meletos, Μέλητος（前5世紀後半〜前4世紀初）らと一緒にこの哲人を告発し、ついに彼を死刑に至らしめた。間もなく後悔したアテーナイ市民によって石打ちの刑に処せられて死んだとも、絶望にさいなまれ縊死したとも、国外追放になりポントス*のヘーラクレイア❹*で死んだともさまざまに言い伝えられている（メレートスは石打ちの刑にて殺さる）。一説に、彼がソークラテースを訴えたのは、アルキビアデースに求愛したのに、相手がソークラテースを慕って彼の好意を拒んだという恋のもつれが原因である

系図37　アニオス

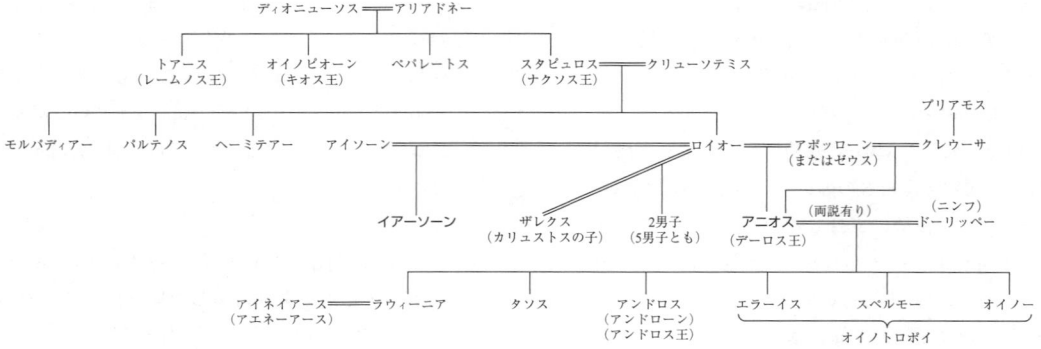

ともいう。
⇒アンティステネース
Pl. Ap. 18, 21~23, Men. 90~/ Xen. Ap. 29, Hell. 2-3/ Plut. Alc. 4, Mor. 762c/ Ath. 12-534/ Arist. Ath. Pol. 27/ Andoc.1/ Diog. Laert. 2-38~43/ Ael. V. H. 2-13/ Hor. Sat. 2-4/ etc.

アヌービス　Anubis, Ἄνουβις,（古代エジプト語）Anpu, Anupu, Anepu ないし Inpw, Inpu, Ienpw,（伊）Anubi,（葡）Anúbis,（露）Анубис,（現ギリシア語）Ánuvis

エジプトの冥界の神。古くはジャッカルの姿、のちには犬の頭をした人間の姿で表現された。オシーリス*神の前で死者の心臓を秤にかけて審判に付し、墓所（ネクロポリス Nekropolis）の最高守護者、遺体の防腐処置の監視者と見なされた。霊魂を導く者として、ギリシア人によりヘルメース*神と同一視され、ヘルマヌービス Hermanubis の名のもとに習合。ローマでも共和政末期以来ひろく知られるようになり、メルクリウス*と同一視された。女神イーシス*が夫オシーリスの屍骸を捜すのを手伝ったところから、オシーリス・イーシス信仰にアヌービスの存在は欠かせぬものとされた。所伝では、彼はオシーリスが妹ネプテュス Nephthys（テューポーン*の妻）をイーシスと間違えて犯した不義の交わりから生まれた子という。

なお、ローマではティベリウス*帝の治下に、パウリーナ Paulina なる身分ある既婚婦人を、アヌービス神になりすました騎士身分の男ムーンドゥス D. Mundus が犯すという事件が起こっている（後 19）。
⇒ブーバスティス
Plut. Mor. 356~375/ Ov. Met. 9-690, Am. 2-13/ Prop. 3-9/ Verg. Aen. 8-698/ Juv. 6-534/ Lucian. Iupp. Trag. 8, Tox. 28/ Strab. 17-805~/ Diod. 1-18, -87/ Apul. Met. 11-262/ S.H.A. Comm. 9, 16/ Joseph. J.A. 18/ App. B. Civ.4-47/ etc.

アネモイ　Anemoi, Ἄνεμοι,（ラ）ウェンティー Venti,（仏）Vents,（西）Vientos,（葡）Ventos

ギリシア神話中、風を擬人化した神々。北風ボレアース*、西風ゼピュロス*、南風ノトス*の項を参照。
⇒アイオロス❶

アバイ　Abai, Ἄβαι, Abae,（仏）Abes,（西）（葡）Abas（現・Eksarhós 近くの遺跡 Ábe）ギリシア中部ポーキス*地方の小都市。同地方の東北部、ボイオーティアー*地方との国境近くに位置し、市壁外北西にあるアポッローン*の神殿と託宣所で名高かった。建祖は伝説上のアルゴス*の古王アバース Abas（アクリシオス*とプロイトス*の父）。デルポイ*、ドードーナー*、ディデュマ*などの大聖所と並ぶ託宣所で、リューディアー*王クロイソス*はここへも神託使を派遣している（前 6 世紀中頃）。多数の宝庫や豪華な神殿が建っていたが、前 480 年アカイメネース朝*ペルシア*軍は市を聖所もろとも焼き払い、幾人もの婦女子らを大勢で輪姦して死に至らしめた。神殿はあえて再建されず焼けたままの姿で残され、第 3 次神聖戦争*（前 356~前 346）では神域にポーキス勢が逃げ込んだため、テーバイ❶*軍によって再び聖所もろとも火をかけられた。しかしアバイ市民はこの戦争に参加しなかったので、町はポーキス敗北後の破壊を免れた（前 346）。ローマ時代には自治権を与えられ、ハドリアーヌス*帝奉納の神殿も造営された。城壁や聖域などの遺構が発掘されている。
Herodot. 1-46, 8-27, -33, -134/ Paus. 10-3-2, -35-1~4/ Strab. 9-423/ Diod. 16-18-4, -58-4/ etc.

アパイアー　Aphaia, Ἀφαία, Aphaea,（仏）Aphéa,（独）Aphäa,（伊）（西）Afaia,（西）Afea, Afaya,（露）Афайя,（現ギリシア語）Aféa

（「姿の見えない者」の意）ギリシアのアイギーナ*島で崇拝されていた女神。ブリトマルティス*＝アルテミス*と同一視され、アルカイック時代後期（前 6 世紀末~前 5 世紀初頭）に建てられたその神殿がアイギーナ島東部の丘上に現存している。伝承によれば、ミーノース*の手を逃れた乙女ブリトマルティスはこの地に来て、アルテミスの聖林の中で姿を消したので、のちに人々からアパイアーの名のもとに崇拝されたという。時にアテーナー*とも同一視される。
⇒アイギーナ❷
Paus. 2-30/ Ant. Lib. Met. 40/ Schol. ad Eur. Hipp. 1200/ Verg. Ciris 303/ etc.

アパメーア　Apamea
⇒アパメイア*（のラテン語形）

アパメイア　Apameia, Ἀπάμεια, Apamea (Apamia),（仏）Apamée,（露）Апамея,（現ギリシア語）Apámia,（バビュローニアー*語）Apammu,（アラビア語）Afamia, Afamiya,（ヘブライ語）Apamia,（トルコ語）Apameia

セレウコス朝*によって各地に建設されたヘレニズム都市。セレウコス 1 世*はペルシア人の妃アパメー Apame（アンティオコス 1 世*とアカイオス*の母）のために 6 つの都市を築いたというが、そのうち重要なものは、以下のとおりである。

❶（現・ハマー Ḥamāh 北西 55km の遺跡。Qal'at al-Mudik, Kŭlat el-Mudîk,（アラビア語）Afāmyā, Famieh, Fāmiyā, Famit, Afamiah）（ラ）Apamea ad Orontes シュリアー*のオロンテース*河渓谷の都市。前 300 年頃セレウコス 1 世*によって創建されたマケドニアー*人の軍事植民市で、天然の要害の地を占め豊沃な土地に恵まれていたため、アンティオコス 1 世*以下歴代セレウコス朝*君主の下で大いに発展した。セレウコス諸王の宝庫が置かれ、広い牧草地帯は王家の象群の飼育地や馬匹の種畜場として用いられた。セレウコス朝シュリアーのディオドトス・トリュポーン*は、この地を基盤に王位を保った。整然とした計画都市や城壁の遺構が残る。ストアー*派の哲学者ポセイドーニオス*の生地。ローマ時代に再建され、とりわけ哲学の中心地と

して繁栄した。今日も市門や劇場（テアートロン*）、列柱廊付きの大街路などローマ帝政期の遺跡が残っている。別名・パルナケー Pharnake、ペッラ Pella、ケッロネーソス Kherronesos、等。
⇒ベロイア
Strab. 16-752～/ Plin. N.H. 5-19/ Liv. 38-13/ Cic. Fam. 12-12/ Ptol. Geog. 5-15/ Dio Cass. 47-26～/ Joseph. J. A. 14-3, J. B. 2-18/ Sozom./ Steph. Byz./ etc.

❷（現・Dinar）hē Kibōtos, ἡ Κιβωτός,（ラ）Apamea Cibotus 小アジアのプリュギアー*の都市。ケライナイ*の傍にアンティオコス１世*（在位・前281～前261）が建設し、母アパメーを記念してアパメイアと命名した。マイアンドロス*、マルシュアース*両河川の源流近くに位置し、軍事上・交易上の要地として繁栄。前188年にセレウコス朝*シュリアー*の王アンティオコス３世*がタウロス（現・トロス）山脈以西の小アジアを放棄した和約（アパメイアの和約）を結んだことで名高い（⇒ウルソー）。ペルガモン*王国の領有するところとなったが、アッタロス３世*の遺言によって前133年、ローマの手に委ねられた。

この他、ビーテューニアー*のプロポンティス*（マルマラ海）沿岸や、メソポタミアー*のティグリス*河畔、エウプラーテース*（ユーフラテス）左岸などにも、同名の都市があった。
Strab. 12-569, -576～/ Cic. Att. 5-16, Fam. 2-17, 13-67/ Plin. N. H. 5-29/ Tac. Ann. 12-58/ Ath. 8-332/ Amm. Marc. 23-6, 24-5/ Joseph. J. A. 12-3/ Steph. Byz./ etc.

アハーラ、ガーイウス・セルウィーリウス Gaius Servilius (Structus) Ahala,（伊）Gaio Servilio Strutto Ahala,（西）Cayo Servilio Ahala
（前５世紀）共和政ローマのパトリキイー*（貴族）出身の政治家。前439年、独裁官キンキンナートゥス*の副官たる騎兵総監 Magister Equitum に選任され、スプリウス・マエリウス*を殺害する。よって審問に付されるが、自ら国外に退去することにより、かろうじて断罪を逃れた。彼のマエリウス暗殺は、後世「暴君殺戮」として――特に彼の末裔を称する M. ユーニウス・ブルートゥス❷*により――称揚され美化されたが、事実は不法な殺人行為に過ぎない。なお、アハーラの家名 cognomen はエトルーリア*系で、「腋下」を意味する言葉とされ、マエリウス刺殺の折に彼が腋下に短剣を忍ばせていたことに由来すると伝えられるが、彼以前にもこの家名を帯びた人物が確認できることから、この説は後世の附会でしかない。
Liv. 4-13～14/ Zonar. 7-20/ Val. Max. 5-3/ Cic. Rep. 1-3, Dom. 32/ Diod. 12-78/ Dion. Hal. 12-2, -4/ etc.

アバリス Abaris, Ἄβαρις, Ἀβάρις,（葡）Ábaris
（前８～前７世紀、一説に前６世紀中頃）なかば伝説上の極北民族ヒュペルボレオイ*の詩人、予言者。アポッローン*信仰の伝道者（⇒アリステアース❶）。疫病を逃れてギリシアに来、アポッローンの象徴たる黄金の矢を携え、神託を授けながら各地を巡ったという。一説では、この矢に乗って空中を飛翔し、いっさい食物を摂らずに生きた。魔法で病人を癒し、伝染病から人々を救ったとも伝えられる。後代の所伝によると、英雄ペロプス*の肩の骨からトロイアー*のパッラディオン*神像を造り、また黄金の矢を哲人ピュータゴラース*に授けて去ったという。ヒュペルボレオイ人の国を訪れたアポッローンやスキュティアー*の託宣についてなど、いくつかの著作も残したとされる（すべて散佚）。今日ではスキュタイ*のシャーマン的存在であったと考えられている。
⇒アナカルシス
Herodot. 4-36/ Strab. 7-301/ Paus. 3-13/ Pl. Chrm. 158/ Suda/ etc.

アバンテス（族） Abantes, Ἄβαντες,《ラ》アバンテース, Abantēs,（英）Abantians,（独）Abanten
アッティケー*（アッティカ*）の北東にあるエウボイア*島を領有していた人々。本来はトラーケー*（トラーキアー*）地方の古い住民であったが、のちにペロポンネーソス*方面に南下し、エウボイア島に定着、一部はエーゲ海を渡ってキオス*島へも移り住んだ。勇猛果敢な戦闘的部族で、トロイアー戦争*にも首領エレペーノール Elephenor（名祖アバース Abas の孫）に率いられてギリシア軍に加わり、名だたる槍の使い手として知られた。彼らは敵に前髪を摑まれないように、これを剃り落とし、後ろ髪だけ長くのばしていたといい、アテーナイ*の英雄テーセウス*もこの髪型を模倣している。エウボイア島は彼らに因んでアバンティス Abantis 島とも呼ばれていた。なお、エーペイロス*地方の町アバンティアー Abantia は、トロイアー戦争の帰途、この地に辿り着いたアバンテス族が建てたものであるという。
Hom. Il. 2-536～/ Herodot. 1-146/ Plut. Thes. 5/ Paus. 5-22-4/ Strab. 10-445/ etc.

アピオーン Apion, Ἀπίων,（仏）（独）Apion,（伊）Apione,（西）Apión,（葡）Ápion,（露）Апион,（カタルーニャ語）Apió,（現ギリシア語）Apíon
（前20年代～後45頃） ローマ帝政期のギリシア系文法学者、ホメーロス*の注解者。リビュエー*（リビュア*）のアンモーニオン Ammonion に生まれ、アレクサンドレイア❶*でディデュモス*に師事し、テオーン Theon の後を継いで学頭となる。のちローマほかの諸市においても修辞学などを教え、その自己宣伝の盛んなことから「世界のシンバル」とか「名声を広めるドラム」と渾名された。38年カリグラ*帝の治世に皇帝礼拝をめぐってアレクサンドレイアでユダヤ人問題が起こった時、彼は反ユダヤ人使節を率いてローマへ赴き、ユダヤ使節団の論客ピローン*と対決、烈しくユダヤ人を攻撃したことで知られる（40）。アンドロクレース*と獅子の物語の原話を含む『エジプト誌 Aigyptiaka』などの著作があったが、わずかな断片を除い

てすべて失われた。クラウディウス*帝（在位・41～54）の治下に没。彼はまた博学なホメーロス学者で、カリグラ在位中に行なった全ギリシア遍歴の旅では、「ホメーロスの再来」と騒がれたという。

　なお、キリスト教批判者アピオーン（2世紀末～3世紀初）は同名異人。
⇒イオーセーポス、アポッローニオス❺、アリスタルコス❷
Joseph. Ap., J. A. 18-10/ Gell. 5-14, 6-8/ Sen. Ep. 88/ Plin. N. H. Praef., 30-6/ Philo Legatio ad Gaium/ Euseb. Praep. Evang. 10-10/ Ath. 7-294, 15-680/ Suda/ etc.

アピーキウス　Marcus Gavius Apicius, （ギ）Apikios, Ἀπίκιος, （伊）（西）Marco Gavio Apicio, （葡）Marco Gávio Apício, （露）Марк Габий Апиций（前25頃～後37頃）ローマの美食で知られる快楽主義者。アピーキウスという名の裕福な放蕩家が3人伝えられているが、最も著名なのはティベリウス*帝（在位・後14～37）の時代に贅沢な暮らしをしたマールクス・ガーウィウス・アピーキウスである。彼は帝の寵臣セイヤーヌス*（31没）ら若者たちを男色の相手とし、皇子の小ドルーセス*とも親しく交わって料理法を指南、1億セーステルティウスもの金を食道楽のために浪費し、毎回の宴会に王侯も及ばぬくらいの額をつぎ込んで奢侈をきわめた。こうした享楽生活のあげく財産が一千万セーステルティウスしか残っていないことを知ると、もうこの先、美食三昧の暮らしはできないと考え、自ら毒を仰いで命を断ったという。孔雀や紅鶴（フラミンゴ）・夜啼鶯（ナイチンゲール）の舌、駱駝（らくだ）の踵、干し無花果（いちじく）を食べさせて肥らせた雌豚の肝臓、生きている鳥の鶏冠を切って作らせた特製シチュー・ソース、最高級のガルム garum（魚醤）等々、数多くの珍味佳肴の調理法や菓子類の製造法が彼に帰せられている。美味の獲得にはいかなる努力も惜しまず、ミントゥルナエ*に滞在中、「リビュア*（北アフリカ）の海岸で途方もなく大きな海老がとれる」と聞くや、早速船を仕立てて嵐をものとせず航海に出、目的地に着いて漁師たちから地元で最上の海老を見せられると、一瞥しただけでイタリアで入手できる高価な海老とたいして違いのないことをさとり、上陸もせずにカンパーニア*の別荘へ引き返していったという話が残っている。

　最初に料理法を集大成した人物といわれるが、今日彼の名のもとに伝わる『料理書 De Re Coquinaria』は、3世紀頃のアピーキウス・カエリウス Caelius の作と考えられている――一説に4、5世紀ともいう――。もう1人別のアピーキウスに関しては、パルティアー*遠征（115～116）中のトライヤーヌス*帝に特別の方法で保存した牡蠣（かき）を贈り物として届けさせたという話や、オーラル・セックスを好んで相手の性器を舐め回していたという風聞の類いが伝わっている。なおローマ帝政期の食道楽の代表例については、ウィテッリウス*とエラガバルス*の項を参照。食通としてのアピーキウスの名は伝説的なまでに高められ、さまざまな調理法が「アピーキウス風」と呼ばれて世上に流布した。
⇒アテーナイオス、マティウス
Ath. 1-7a～f, 4-168d～e, 7-294f, 12-543b/ Tac. Ann. 4-1/ Dio Cass. 57-19/ Sen. Helv. 10-8～9, Ep. 95, Vit. Beat. 11-3/ Plin. N. H. 9-30, 10-68/ Juv. 4-23, 11-2/ Mart. 2-69, -89, 3-22, 10-73/ Sid. Apoll. Epist. 4-7/ Tertullian Apologeticus 3-6/ Suda/ etc.

アーピス　Apis, Ἆπις, ないし Hapis Ἇπις,（〈古代エジプト名〉Hāpi, Ḥʿpy または Hāp, Hēp），（伊）Api,（葡）Ápis,（露）Апис, Хапис,（コプト語）Hape, Hapi,（アラム語）Ḥpy,（現ギリシア語）Ápis

　エジプトの古都メンピス*で崇拝された聖なる雄牛。古王国第4王朝（前2650頃～前2500頃）の頃から、ローマ帝政後期ユーリアーヌス*帝（在位・後361～363）の時代まで、その祭祀が続いていたことが知られる。月光によって孕んだ雌牛から生まれ、主神オシーリス*の顕現であると信じられた。一定の年齢に達すると溺死させられ、遺骸は木乃伊（ミイラ）にされて手あつく葬られ、神聖な特徴をもった後継の仔牛が新たに選定されることになっていた。アカイメネース朝*ペルシア*の帝王カンビューセース*（在位・前529～前522）が、アーピスを殺害したために発狂し、非業の最期を遂げた話は有名。

　ギリシア人はアーピスを神話中の英雄エパポス*（ゼウス*とイーオー*の子）の名で呼び、また死後に神格化された伝説上のペロポンネーソス*王アーピスとも同一視した。ヘレニズム時代には、オシーリス＝アーピスはセラーピス*（サラーピス*）という名のもとにプトレマイオス朝*の守護神・国家神の地位にまで高められた。

　アーピス牛は未来の吉凶を予言したといわれ、ローマ帝室のゲルマーニクス*が食物を差し出した時にはそっぽを向いて受けず、迫り来る不幸を知らせたが、果たせるかなゲルマーニクスは程なくアンティオケイア❶*で毒殺されて不帰の客となったという（後19）。
⇒プター
Herodot. 2-38～, -153, 3-27～33, -64/ Strab. 17-803, -805, -807/ Plin. N. H. 8-71/ Apollod. 2-1/ Diod. 1-21, -85/ Plut. Mor. 368b～c/ Ael. N. A. 11-10/ Mela 1-9/ Paus. 1-18, 7-22/ Macrob. Sat. 1-21/ Amm. Marc. 22-14/ Lucian. Syr. D. 6, Sacrif. 15/ Manetho/ Suda/ etc.

アビドス　Abydos
⇒アビュードス

アピドナイ（または、**アピドナ**）　Aphidnai, Ἀφίδναι, Aphidnae,（Aphidna, Ἄφιδνα），（イオニアー*方言）アピドネー Aphidne, Ἀφίδνη,（伊）Afidne,（西）Afidna

（現・Afidnés）アッティケー*のデーモス demos（地区）の1つ。アテーナイ*の東北方、デケレイア*の近くにあった。

伝承によれば，英雄テーセウス*は美少女ヘレネー*を誘拐すると、彼女の兄弟ディオスクーロイ*（カストール*とポリュデウケース*）に見つからぬようこの地に送り、母のアイトラー*に世話をさせたという。一説にテーセウスは、この間まだ幼いヘレネーと交わって、イーピゲネイア*を身ごもらせたと伝えられる。
⇒アカデーモス、デケロス
Herodot. 9-73/ Plut. Thes. 32/ Paus. 1-17/ Diod. 4-63/ Strab. 9-397/ Dem. 18 / Isoc./ etc.

アビュードゥス　Abydus
⇒アビュードス（のラテン語形）

アビュードス　Abydos, Ἄβυδος, Abydus,（伊）Abido,（西）（葡）Abidos,（現ギリシア語）Ávidhos

❶（現・Ávidho, Nağara 岬）小アジア西北部ミューシアー*沿岸の港湾都市。ヘッレースポントス*海峡（ダーダネルス海峡）が最も狭まった地点に、ヨーロッパ側のセーストス*市に向かい合って建っていた。前7世紀前半リューディアー*王ギューゲース*の許可を得て、ミーレートス*が創建した植民市（前675以前）で、ヘーロー*とレアンドロス*の悲恋の舞台として名高い。前514年以来アカイメネース朝*ペルシア*帝国に服属したが、スキュティアー*遠征帰途のダーレイオス1世*の命で他の諸市もろとも焼き払われる（前512）。次いでクセルクセース1世*は前480年初め、ここに架けられた船橋を渡ってギリシアへ親征を試みている。ペルシア戦争*後アビュードスはアテーナイ*を盟主とするデーロス同盟*に加わった（前477～前412）ものの、ペロポンネーソス戦争*中の前411年に離反してスパルター*側に海軍基地を提供。ところが同年9月、スパルター艦隊はこの沖合いでアテーナイ軍に敗北を喫する（アビュードスの海戦）。ヘレニズム時代には自由市であったが、前200年マケドニアー*王ピリッポス5世*の猛攻を受けて陥落、多数の市民が降伏するよりも家族ともども自害する方を選んだという。

牡蠣の産地、およびアプロディーテー*・ポルネー A. Porne（娼婦のアプロディーテー）神域の所在地として知られる。また近くに金鉱があり、伝説中のトロイアー*王プリアモス*の富は、この金山から得られたものと言われている。

かつて市壁や諸建造物などの遺跡が残っていたが、今日ではほとんどそれらの痕跡を見出すことは出来ない。
Hom. Il. 2-836/ Herodot. 5-117, 7-33～/ Thuc. 8-61～/ Polyb. 16-29～/ Xen. Hell. 4-8/ Strab. 13-590～/ Mela 1-9/ Plin. N. H. 5-40/ Verg. G. 1-207/ Ath. 12-524～525/ Musaeus/ etc.

❷（現・'Arábat al-Madfunah 近くの遺跡）エジプトのナイル河中流域の西岸にあった都市。（古代エジプト語）Abdju, Abdw。古くからオシーリス*（ギリシアのディオニューソス*と同一視される）神崇拝の中心地として名高く、初期王国時代より歴代ファラオはこの地に葬られた（第18王朝のアメンホテプ1世 Amenhotep I よりファラオの墓所はテーバイ❷*西岸の「王家の谷」にとってかわられる）。ギリシア人にとっては、トロイアー*伝説に登場するメムノーン*の宮殿・メムノニオン Memnonion の所在地として知られ、その壮麗な石造建築物や、オシーリス神殿・オシーレイオン Osireion のありさまが旅行者によって報告されている。かつてテーバイに次ぐ第2の都市として栄えたアビュードスも、今は葬祭殿や空墓、神殿の遺跡を留める廃墟と化している。
⇒プトレマーイス❷
Strab. 17-813～/ Plut. Mor. 359a/ Plin. N. H. 5-11/ Ptol. Geog. 4-5/ etc.

アビュラ（山）　Abyla (Mons)
⇒アビュレー

アビュレー　Abyle, Ἀβύλη, Abyla
（現・Jebel Mūsa, 別名 Jebel Sidi）アフリカ大陸の北西端、ジブラルタル海峡に面した高さ840mの山。対岸のヒスパーニア*南端にあるカルペー*山とともに「ヘーラクレースの柱*」を形成している。
Mela 1-5/ Strab. 3-170/ Plin. Nov. Hest. 3-1/ etc.

アビラ　Ablia, Ἄβιλα
⇒アビレーネー

アビレーネー（または、アビラ*）　Abilene, Ἀβιληνή,（仏）Abilène
シュリアー*（シリア）の地方名。元来はイトゥーライアー*（イトヤ）系の独立王国を成し、ダマスコス*から北のヘーリオポリス*（現・バアルベク*）に通ずる隊商路の中継市アビラ Abila（現・Nebi Abel）を首府としていた。ローマ時代には、カリグラ*帝によってアグリッパ1世*（ヘーローデース大王*の孫）に与えられ（後37）、次いでクラウディウス*帝の治下にアグリッパ2世*（同1世の子）の領土と認められた（52）。その名は古ヘブライ語のアベル abel（牧草地）に由来する。
Joseph. J. A. 14, 18, 19, 20, J. B. 1, 4/ Nov. Test. Luc, 3-1/ Ptol. Geog. 5-15/ Plin. Nov. Hest. 5-17/ etc.

アファイアー　Aphaia
⇒アパイアー

アーフェル、グナエウス・ドミティウス　Gnaeus Domitius Afer,（ギ）Gnaios Domitios, Γναῖος Δομίτιος,（伊）Gneo Domizio Afer,（西）Cneo Domicio Afer
（？～後59末）ローマ帝政初期の法廷弁論家。ガッリア*のネマウッス*（現・ニーム Nîmes）の出身。弟子のクィンティリアーヌス*によれば、当代随一の演説家とされ、『証言』2巻その他いくつかの著書があったという。後25年

に法務官となり、ティベリウス*帝の愛顧を得るべく告発者として暗躍、皇帝の意に叶わぬ上流貴族を弾劾して悪名を馳せた。とりわけ大アグリッピーナ*に味方するクラウディア・プルクラ Claudia Pulchra（将軍ウァールス*の妻。大アグリッピーナの再従姉妹）とその一家を訴えて破滅に追いやった事件はよく知られている（26～27）（⇒小マルケッラ）。ためにティベリウスの跡を襲ったカリグラ*帝（大アグリッピーナの子）に殺されそうになるが、巧みに帝の虚栄心をくすぐり、地に平伏してその雄弁ぶりを絶讃。彼の阿諛追従を真に受けた皇帝によって助命されたばかりか、現職の執政官に代わって新執政官に任命された（39年9月）。ネロー*帝治下に水道管理委員 Curator Aquarum を務めたものの、晩年には雄弁家としての名声も凋落し、暴飲暴食の不節制が祟って死んだ。

なお、五賢帝の1人マールクス・アウレーリウス*は、養子縁組を通じて彼の後裔に当たると推定される（⇒巻末系図102）。

⇒ Q. レンミウス・パラエモーン

Tac. Ann. 4-52, -66, 14-19/ Dio Cass. 59-19～20, 60-33/ Quint. 5-7, 6-3, 8-5, 9-2～4, 10-1, 12-11/ Plin. Ep. 8-18/ etc.

アプシュルトス（または、アブシュルトス）

Apsyrtos, Ἄψυρτος, Apsyrtus（Absyrtos, Ἄβσυρτος, Absyrtus）,（仏）Apsyrte,（独）Apsyrt(os),（伊）Assirto, Apsirto, Absirto,（西）（葡）Apsirto, Absirto,（露）Апсирт, Абсирт

ギリシア神話中、コルキス*王アイエーテース*の息子。メーデイア*の弟（あるいは庶兄ともいう）。本名・アイギアレウス*。姉メーデイアは金羊毛皮を奪ったイアーソーン*らアルゴナウタイ*とともに祖国を逃れ出た時、弟のアプシュルトスを一緒に連れていったが、追っ手のアイエーテースの艦隊が見えてくると、弟を殺してバラバラに切り刻み一片ずつ海に投げ込んだ。父王は撒き散らされた息子の死体をかき集めている間に、アルゴー*号の追跡に遅れてしまったので、近くの港に寄って子供の四肢を葬り、その地をトモイ*（「切断されたもの」の意）と名づけた。別伝では、アプシュルトスは父王に追跡を命じられ、イストロス*（ドーナウ）河口でアルゴー号を包囲するも、姉メーデイアの奸策で誘き出され、待ち伏せていたイアーソーンに斬殺されたうえ、手足を切り取られたという。

Ap. Rhod. 3-241, 4-225, -306～481/ Apollod. 1-9/ Hyg. Fab. 13, 23/ Eur. Med./ Sen. Medea/ Ov. Tr. 3-9/ Cic. Nat. D. 3-19/ Just. 42-3/ Diod. 4-45/ etc.

アブデーラ　Abdera, Ἄβδηρα,（仏）Abdère,（露）Абдеры, Абдера, Авдира

❶（現・Ávdhira 近くの遺跡）ギリシア北東部トラーケー*（トラーキアー*）南岸の町。伝承によれば、英雄ヘーラクレース*が愛する美少年アブデーロス*の死を悼んで、その墓の傍に創建したとも、ディオメーデース❶*の姉妹アブデーラが建設したともいう。歴史上は前7世紀（伝・前656）にクラゾメナイ*の植民市として始まり、前544年になってアカイメネース朝*ペルシア*帝国の支配を逃れたテオース*市民がこぞって移住してきて以来、繁栄するようになった（テオースからの植民者の中には、かの抒情詩人アナクレオーン*も含まれていた）。ペルシア戦争*（前492～前479）後はデーロス同盟*に参加、マケドニアー*支配（前346頃～）ののち、ローマ政権下では自治を認められる（前196～）。この町は哲学者デーモクリトス*やアナクサルコス*、ソフィスト*のプロータゴラース*らを輩出したにもかかわらず、古来アブデーラの住民は「愚者」の代名詞のごとくに見なされてきた。所伝によれば、前3世紀初頭に市を奇妙な熱病が襲い、一週間ほどで熱がひくと、住民たちは誰も彼も悲劇狂いとなり、町中のいたるところで劇中の台詞を大声で演じる痩せ衰えた人々の姿が冬の到来まで見られたという。なおアブデーラ市には、毎年町を公式に浄めるべく、1人の市民を贖罪山羊（スケープゴート）として石で打ち殺す風習があった（⇒パルマコス）。現在の村アヴディラの南東7kmの地から、1950年、古代遺跡が発掘された。

⇒アイノス

Herodot. 1-168, 7-120/ Diod. 13-72/ Cic. Att. 4-17, 7-7/ Plin. N. H. 4-11/ Lucian. Hist. conscr./ etc.

❷（現・Adra）ヒスパーニア・バエティカ*（⇒ヒスパーニア）の地中海に面した港町。カルターゴー*の人々によって創建され、ティベリウス*帝（在位・後14～37）の治下ローマ帝国の植民市となった。

Plin. N. H. 3-1/ Ptol. Geog. 3-11/ Strab. 3-157～8/ Steph. Byz./ etc.

アブデーロス　Abderos, Ἄβδηρος, Abderus,（仏）Abdère,（伊）（西）（葡）Abdero,（露）Абдер

ギリシア伝説中、アブデーラ❶*市の名祖（なおや）。ふつうヘルメース*神の息子とされるが異説あり（パトロクロス*の兄弟とも）。英雄ヘーラクレース*の愛した少年の1人。トラーケー*王ディオメーデース❶*の雌馬を奪ったのち、ヘーラクレースは追ってきたビストネス Bistones 人と闘（たたか）うべく、アブデーロスに馬を託した。ところが、少年は人肉を餌とする怪馬たちに八つ裂きにされ、喰い殺されてしまう。英雄はディオメーデースを殺しビストネス人を敗走させてから、少年の墓の傍にアブデーラの町を創建。この地では後世に至るまでアブデーロスを記念する各種運動競技 agon（アゴーン*）（ただし馬に関する種目のみ除外）が行なわれていたという。一説には、アブデーロスはディオメーデースの従僕で、王や4頭の人喰い馬と一緒に、ヘーラクレースに殺されたと伝えられる（第八の功業）。

⇒オプース

Apollod. 2-5-8/ Strab. 7-, Frag. 44～47/ Hyg. Fab. 30/ Philostr. Imag. 2-25/ Pind. Frag. 52b/ etc.

アーフラーニウス・ブッルス、セクストゥス　Sextus Afranius Burrus
⇒ブッルス

アーフラーニウス、ルーキウス　Lucius Afranius,（伊）（西）Lucio Afranio,（葡）Lúcio Afrânio

ローマ人の男性名。

❶（前2世紀後半）ローマの喜劇作家。前150年頃に生まれ、ファーブラ❺*・トガータ fabula togata と呼ばれるローマの国民劇で好評を博し、その作品は帝政期に入ってからも上演されつづけた。メナンドロス*やテレンティウス*らの影響を受けてはいるが、ギリシア喜劇の模倣を脱しイタリアの中流市民の生活状態を活写している ── これに反し、プラウトゥス*やテレンティウスら現存するローマ喜劇作品は、全てギリシア風のファーブラ❸*・パッリアータ fabula palliata である ── 。ネロー*帝の青年祭（後59）で彼の戯曲『火災 Incendium』が上演された時には、俳優たちは燃え上がる家屋の中から運び出した家具を、そのまま自分のものとすることを認められたという。40あまりの題名と400行ほどの断片以外、彼の作品は残されていない。クィンティリアーヌス*やアウソニウス*らの言にしたがえば、アーフラーニウスは自作の芝居に「自由身分の少年を相手にした男色」を主題としてとり入れ、舞台に「吸茎 fellatio」などの性行為の場面を導入したとされている。

アーフラーニウスのほか、ファーブラ・トガータの作者としてはティティニウス Titinius、アッタ T. Quintius Atta らの名が知られるが、しだいに茶番狂言に堕し時代の好尚から遠ざかって衰頽した。

⇒ファーブラ

Hor. Ep. 2-1-57/ Cic. Brut. 45(167), Fin. 1-3/ Suet. Ner. 11/ Vell. Pat. 1-17, 2-19/ Gell. 13-8/ Quint. 10-1/ Auson. 19-79/ Macrob. Sat. 6-1/ etc.

❷（?～前46）共和政末期のローマの将軍。ピーケーヌム*出身の「新人 novus homo」。無名の匹夫より身を起こし、ポンペイユス*派の武将としてセルトーリウス*征討（前77～前72）や対ミトリダテース*戦争（前66～前61）に活躍。ポンペイユスの尽力で前60年度の執政官に就き（同僚は Q. メテッルス❾*・ケレル）、翌前59年には内ガッリア*州総督となり、凱旋式さえ認められる。前53年来、ポンペイユスの総督代理として内ヒスパーニア*州を統治し（⇒M. ペトレイユス）、内乱が勃発すると3箇軍団を率いてカエサル*と対峙、ペトレイユスとともにイレルダ*で敗北（前49年8月）後、もはやどちらの味方にもならぬを誓い、カエサルに釈放される。しかし、たちまち誓いを破ってギリシアのポンペイユスに合流し、パルサーロス*で再度敗れて（前48）、アーフリカ*のポンペイユス派のもとへ遁走。タプソス*でも敗れ（前46）、マウレーターニア*に逃亡をはかるが、ファウストゥス・スッラ*とともに捕われ、激昂するカエサル軍の兵士らに殺される ── 異説ではカエサルの命で処刑 ── 。史家ディオーン・カッシオス*は彼を、「政治よりも舞踊の方がずっとうまい男」と評しており、またキケロー*は彼がフェッラートル fellator（「吸茎 fellatio」をする男）だったことを書簡の中で仄めかしている。

⇒ウァスコネース

Dio Cass. 37-5, -49, 41-20～23, -52, 42-10, 43-12/ Suet. Iul. 34, 75/ Plut. Sert. 19, Pomp. 34, 36, 39, 65～66, Caes. 36, 53/ App. B. Civ. 2-42～43, -65, -76/ Cic. Att. 1-16, -18, Pis. 24(58)/ Caes. B. Civ. 1-37～, 2-17～18/ Hirt. B. Afr. 95/ Vell. Pat. 2-48, -52/ Florus 2-13/ etc.

アープーリア　Apulia,（ギ）Āpūliā, Ἀπουλία,（仏）Apulie, Pouilles, Pouille,（タラント語方言）Pugghie,（プーリア方言）Púglje,（サレント方言）Pulia,（フランコプロヴァンス語〈アルピタン語〉）Poulye,（独）Apulien,（葡）Apúlia,（露）Апулия,（ナポリ・カラブリア語）Pùglia,（シチリア語）Pugglia, Puja, Púia

（現・プーリア Puglia）イタリア東南部の地方。半島東側に位置し、サムニウム*の南方、カラブリア*の西北方、ルーカーニア*の北東方に当る地域。羊毛の産地として名高く、かつては100万頭の羊を擁したといわれる。前4世紀後半 ── 前326～前317の間 ── にローマに服属し、ピュッロス*戦争（前281～前275）の際にもローマ側に留まったが、ハンニバル❶*戦争（第2次ポエニー戦争*）や同盟市戦争*では少なからぬアープーリア人 Āpūlī が反抗したため、衰滅するに至った。前2世紀を通じて牧夫たちの騒擾が頻発し、前185年には7000人が死刑に処されたという。アウグストゥス*により、カラブリアと併合してイタリアの第2地区を形成した。主要都市は、ウェヌシア*、ルーケリア*、カヌシウム*、アルピー*など。

⇒ディオメーデース群島、イアーピュギアー、ダウヌス

Liv. 8-25, -37, 9-12～16, -20, 10-15, 24-47, 26-38/ Zonar. 8-5/ Cic. Div. 1-97/ Varro Rust. 1-6, 2-1/ Strab. 6-277, -283 ～/ Plin. N. H. 3-11/ Ptol. Geog. 3-1/ Mela 2-4/ Dion. Hal. 20/ App. B. Civ. 1-39, -42, -52/ etc.

アプリエース　Apries, Ἀπρίης,（または、アプリアース Aprias, Ἀπρίας),（古代エジプト語）Wahibra, Wahibre, 即位名・Haaibrā, Haaibrē, Ḥaa-ab-rā, Ḥ"-yb-r',（古代ヘブライ語）Ḥopha‛,（ギリシア語音訳）Οὐαφρῆς,（仏）Apriès,（葡）Apriés,（露）Априй

（前6世紀前半）エジプト第26（サイス Sais）王朝4代目の王（在位・前589年2月～前570）。プサンメーティコス2世*の子にして後継者。テュロス*やシードーン*を攻め、キュプロス*にエジプト艦隊の根拠地を建設、一時フェニキア*を支配下に置いた。のち新バビュローニアー*軍に撃破され、イェルーサーレーム*（エルサレム）は陥落（前586）、シュリアー*を奪われた。前570年キューレーネー*の反乱（⇒バットス2世）鎮圧に将軍アマシス*を差し向けたと

ころ、叛徒によって王に推戴されたアマシスが逆にエジプトに攻め寄せて来たので、これを迎え撃って敗れ王位を失う。しばらく捕虜として王宮に留められたのち、絞殺されたという（前569頃）。娘ネイテーティス Neitetis だけが彼の一族で唯1人生き残ったが、のちアマシスの娘の身代わりにされて、アカイメネース朝*ペルシア*のカンビューセース*2世へ献上された。所伝によると、このネイテーティスが父王の敵討ちを懇望したことから、カンビューセースがエジプトへ侵攻したという（前525、巻末系図024）。
Herodot. 2-161～169, 4-159/ Diod. 1-68/ Ath. 13-560d～/ Joseph. J. A. 10-9/ Euseb./ Manetho/ etc.

アフリカ　Africa
⇒リビュエー、アーフリカ

アーフリカ　Africa,（ギ）Aphrike, Ἀφρική,（仏）Afrique,（独）Afrika,（西）（葡）África,（露）Африка,（シチリア語）Àfrica,（アラビア語）Ifrīqīya,（ペルシア語）Efrīqā,（漢）亞弗利加, 阿非利加, 非洲,（和）アフリカ（阿州）,（現ギリシア語）Afrikí

「アーフリー Afri 人の国土」の意（元来、カルターゴー*を中心とする北アフリカ地方）。

❶アフリカ大陸のうち、ローマ人に知られていた全地域（ただしエジプト*とエティオピア*を除く）。ギリシア語のリビュエー*に相当。したがって東はキューレーナイカ*から、西はヌミディア*、マウレーターニア*に至るアフリカ北部一帯（〈アラビア語〉Maghrib）を指す。先進オリエントのフェニキア*人は、ギリシア人が最初の居留地をキューレーネー*に創設する（前631／630頃）よりも遙か昔から、アフリカ北岸に多数の植民市を建設していた。古代ギリシア・ローマ人は交易を通じてサーハラ砂漠以南の地域と文化交流があったにもかかわらず、アフリカ大陸内奥部に関する知識は、半ば伝説的な人種や動物の棲む神秘的な世界という程度のものに終始していた。
⇒ピュグマイオイ、ブレミュエス、ナサモーネス
Mela 1-4/ Plin. N. H. 5-8/ Varro Rust. 2-1/ Diod. 3, 4/ Herodot. 2-17, -26, -32～, 4-41～/ Ptol. Geog. 4/ etc.

❷ローマの属州アーフリカ。第3次ポエニー戦争*（前149～前146）でカルターゴー*を滅ぼしたローマは、前146年テュニジア北部の最も豊沃な地方を属州アーフリカ Africa Vetus（旧アーフリカ）として編入（州都はウティカ*）。次いで前46年タプソス*の戦勝後、カエサル*はヌミディア*王ユバ1世*の遺領を新アーフリカ Africa Nova 州とし、さらにアウグストゥス*は新旧両アーフリカ州を合体させて帝国の元老院属州アーフリカ Africa Proconsularis を組織した（前25。州都は再興されたカルターゴー市）。ローマから赴任する執政官格の総督が統治に当たり、元老院領としては例外的に約1万の軍隊（補助軍を含む）が置かれて、帝国南辺を防備した。

東はキューレーナイカ*、西はマウレーターニア*（マウリーターニア*）に境する長大な属州で、ローマの穀倉として重視され、またオリーヴ油・馬・石材・見世物用の野獣などを供給。都市化が進められ、数多くのローマ植民市が建設された。アープレイユス*やフロントー*らの文人・学者をはじめ、法律家、元老院議員、そして皇帝セプティミウス・セウェールス*を輩出。富裕な属州として知られたが、ほどなくキリスト教が伝播し、ドナートゥス*派の分裂・抗争で人心が荒廃、加えてヴァンダル*族の侵略を受け（後429）、キリスト教諸派が角逐・騒擾を繰り返すうちに、イスラーム教徒に征服された（697、カルターゴー陥落）。

なお、大プリーニウス*によれば、アーフリカでは大土地所有制度（ラーティフンディア*）が早くに広がり、1世紀の中頃には州全土の半分を6人の地主が所有しており、ネロー*帝はその6人を殺して広大な土地を全部手に入れたという。同じく大プリーニウスの伝えるところでは、1世紀の中頃アーフリカで、結婚式の当日、花嫁が男に性転換するという変事が起こり、著者プリーニウス自身、その人物に出会ったとのことである。
⇒トリポリス❶、タムガディー、ヒッポー・レーギウス、レプティス・パルウァ、ハドルーメートゥム、ガエトゥーリア、マウリー
Plin. N. H. 5-2～, 7-4, 18-7/ Mela 1-7/ Strab. 17-824～/ Sall. Jug. 18～, 89-7/ App. B. Civ. 4～5/ Liv. 29-3/ App. Pun/ Dio Cass./ Tac./ etc.

アーフリカーヌス　Africanus
⇒大スキーピオー、小スキーピオー

アーフリカーヌス、ユーリウス　Sextus Julius Africanus,（ギ）Āphrikānos, Ἀφρικανός,（伊）Sesto Giulio Africano,（西）Sexto Julio Africano,（露）Секст Юлий Африкан

（後160／170年～240頃）イェルーサーレーム*（エルサレム）出身と思われる歴史家。220年頃ローマへ赴き、アレクサンデル・セウェールス*帝（在位・222～235）の命でパンテオン*内に公開図書館を設立した。最初のキリスト教年代史家として知られ、天地創造（前5499）から後221年に至る主著『年代誌 Khronographiai』5巻（ギリシア語）は、聖書と聖書以外の出来事を並列して比較記述しており、後500年に世界は終焉を迎えると説いている（引用断片のみ伝存）。この書はカイサレイア*のエウセビオス*の『年代記』の基本資料となった。その他、「福音書」に見られるイエースース*（イエス・キリスト）の2種類の系図間の不一致を解釈した書簡や、『ダニエル書』のスザンナ物語を全くの捏造だと看破したオーリゲネース*宛ての書簡、魔術はじめ医学や戦術、農業など種々の分野に関して記した『ケストイ Kestoi』（24巻）の筆者であったことが知られている。
Euseb. Hist. Eccl. 1-6, -7, 6-23, -31, Chron./ Hieron. De Vir. Ill. 63/ Socrates Hist. Eccl. 2-35/ Phot./ Suda/etc.

アプレイウス　Apuleius
⇒アープレイユス

アープレイユス　Lucius Apuleius（Appuleius）
Madaurensis,（ギ）Lūkios Apŭlĕios, Λούκιος Ἀπουλήιος, Ἀπουλέιος,（仏）Apulée de Madaure,（独）Apuleius von Madaura,（伊）Apuleio da Madaura,（西）Apuleyo de Madaura,（葡）Apuleio de Madaura,（露）Лу́ций Апуле́й,（伊）（葡）Apuleio,（西）Apuleyo,（露）Апулей

（後124頃～後170以降）ローマ帝政期のラテン修辞家・小説家・哲学者。アーフリカ*北岸の市マダウロス*（現・M'daourouch）の裕福な家に生まれる。先住ヌミディア*人とガエトゥーリア*人との混血だが、完全にローマ文明化していた。カルターゴー*やアテーナイ*で教育を受け、一時ローマに滞在、秘教(ミュステーリア)*や魔法に関心を持って各地を旅し財産を浪費した。30歳頃エジプト旅行を試みたところ、途中で病床に臥して友人ポンティアーヌス Sicinius Pontianus の世話になり、これが機縁でその母親で富裕な寡婦プデンティッラ Aemilia Pudentilla と結婚した。ところが妻の親族から「財産めあてに魔術を用いて彼女をたぶらかした」と告訴され、ために彼はサーブラタ*の法廷で身の潔白をあかすべく自己弁護を陳述、この時に書かれたのが現存する『弁明 Apologia (De Magia)』で、当時の魔術に関する重要な資料となっている（155頃）。無罪をかちとったのち、カルターゴーに居を構え（161頃）、法律・医学・文学・修辞学を業とし博学で名声を馳せた。

詩人・哲学者・有力な市民として尊敬を受け、カルターゴーとマダウロス両市に頌徳の像を建てられたばかりか、魔術師としても後々まで知られ、その奇蹟を行なう力はクリストス*（キリスト）を凌ぐとさえ称されたという。多方面にわたり夥(おびただ)しい著述をものしたが、現存するうち最も有名なものは全11巻から成るラテン語小説の傑作『変身物語 Metamorphoses』別名『黄金の驢馬(ろば) Asinus Aureus』である。これはギリシアの物語を基に、興味深い奇談・挿話をふんだんに盛り込んだ諷刺小説で、ルーキウス Lucius なるギリシア人が魔法で驢馬に身を変えられ、さまざまな苦難の冒険を経たのち、最後に女神イーシス*の加護によって再び人間に戻されるといった内容の作品である。本書には名高い「クピードー*（アモル*）とプシューケー*」（愛と魂）のような美しい民間説話をはじめ、間男を隠して夫を騙そうとする狡猾な姦婦たちの話や、驢馬に欲情してこれと交わる貴婦人の話、継子に言い寄って拒まれた腹いせに彼を讒訴する淫婦の話、自らの夫や娘など一家を毒殺しようと企てる妖婦の話、その他男女両色入り乱れての性愛譚、奴隷の全身に蜂蜜を塗りつけて蟻群の餌食にする残忍な私刑法や両眼をヘアピンで抉り取る復讐譚、犠牲者を生きたまま切り裂いて心臓をひきずり出すテッサリアー*の魔女たち、逞しい若者を連れ込んでは裸にし立派な逸物を「吸茎(フェッラーティオー) fellatio」するキュベレー*女神の去勢僧たちなど数々の淫靡・不可思議な話柄が含まれており、民話や説話文学の研究上、また当代の世態風俗や宗教・迷信を知る上で貴重。機智と諧謔に富んだ本作は、チョーサー、ボッカッチョ、シェイクスピアなど後世の西ヨーロッパ文学者にも少なからぬ影響を与えた。他に多くの演説から抜粋した『名句集 Florida』や、『プラトーン*とその教義について De Platone et ejus dogmate』、『ソークラテース*の神について De deo Socratis』など哲学関係の著作もある。
⇒ペトローニウス、ミーレートスのアリステイデース、シーセンナ

Augustin. De civ. D. 8-14, Ep. 136, 138/ Lactant. Div. Inst. 5-3/ Marcellin. Ep./ Phot. Bibl./ etc.

アプレーユス　Apulejus
⇒アープレイユス

アプロディーシアス　Aphrodisias, Ἀφροδισιάς,（伊）Afrodisia,（西）（葡）Afrodisias

（現・Geyre 近くの Afrodisias）小アジア西南部カーリアー*地方の都市。ヒエラーポリス❷*（現・パムッカレ Pamukkale）の西南方に位置する女神アプロディーテー*の聖地。先史時代以来の居住跡が残り、やがて大母神崇拝の中心地として栄え、ヘレニズム時代には重要な都市に成長した。別名・偉大な都市(メガレー・ポリス) Megale Polis, Μεγάλη Πόλις。ミトリダテース*戦争中の前88年、ローマに味方してミトリダテース6世*（大王）に抵抗し、それを多としたローマの将スッラ*はデルポイ*の神託に従って金の冠と斧をアプロディーテー神殿に奉納した（前82）。カエサル*の遠祖たる女神ウェヌス*とアプロディーテーとが同一視された結果、ローマ帝政期には特権を享受し、彫刻や哲学・医学などの諸学問が繁栄。小説家カリトーン*、ペリパトス（逍遥）学派の哲学者アドラストス Adrastos（後2世紀）、アレクサンドロス*（後150頃～215頃）らの著名人を輩出した。のち属州カーリア Caria の州都となり、キリスト教の主教館が営まれてスタウロポリス Stauropolis（「十字架の町」の意）と改名された。

今日もイオーニアー*式のアプロディーテー神殿をはじめ、3万人の観客を収容できるスタディオン*（競技場）、アクロポリス*丘東斜面の野外劇場（テアートロン*）、オーデイオン*（音楽堂）、ハドリアーヌス*の浴場（2世紀前半）、哲学学校、アゴラー*市壁などローマ時代の遺跡がよく保存されている。

なお同じアプロディーシアスという地名は、小アジア西北部のアイオリス*地方や、小アジア南部キリキアー*地方の町、ガーデース*（現・カディス）近くの島、ペルシア湾の島などにもつけられていた。

Plin. N. H. 4-11, -22, 5-29, -32, 6-28/ Liv. 33-20, 37-21/ Strab. 12-576, 13-630/ App. / Suda/, etc.

アプロディーテー　Aphrodite, Ἀφροδίτη,（アイオリス*方言）Aphrodita, Ἀφροδίτα,（伊）（葡）Afrodite,（西）Afrodita,（露）Афродита,（ポーランド語）Afrodyta,（トルコ語）Afrodit,（現ギリシア語）

Afrodhíti

ギリシアの愛・美・豊饒の女神。オリュンポス*十二神中の1柱。ローマのウェヌス*と同一視される。元来オリエント＝セム系起源の多産豊饒の女神——メソポタミアー*のイシュタル Ishtar、およびフェニキア*のアスタルテー*——で、その崇拝はフェニキアの植民地キュプロス*島を経てギリシア本土に渡来し、アリアドネー*など先住民族の祭祀をも吸収、さらにシケリアー*（現・シチリア）島や南イタリアへもひろく伝播した。男女両色の性愛や売春を司った他、航海や戦争の女神とも見なされ、スパルター*などにおいては武装した姿で祀られていた。全ギリシア世界で信仰されたが、とりわけキュプロスのパポス*やアマトゥース*、またクニドス*島、キュテーラ*島、コリントス*市、シケリアーのエリュクス*が崇拝の中心地として名高かった。

ホメーロス*の叙事詩によると、ゼウス*とディオーネー*の娘で鍛冶神ヘーパイストス*の妻とされている。ヘーシオドス*の伝えるところでは、クロノス*が切断した父神ウーラノス*の男根が海に落ち、そこから流出した精液の泡 aphros の中より生まれ出たことになっている（女神の名を説明する通俗語源解釈ではあるが、後世この説が詩人たちに採用され一般に流布した）。水泡から生まれ立つと、西風ゼピュロス*に送られて初めキュテーラ、ついでキュプロスへ漂着、季節の女神ホーラー*たちに迎えられ天上へ運ばれたという。アプロディーテーの別名アナデュオメネー Anadyomene（海から現われる女神）、キュプリス Kypris（キュプロスの女神）、キュテレイア Kythereia（キュテーラの女神）などは、ここから生じたものである。異説によれば、女神はクロノスとエウオニュメー Euonyme、あるいはウーラノスとヘーメラー*との間の娘であるとも伝えられる。

神話中、彼女は恋多き女神として描かれ、醜い夫ヘーパイストスに飽き足らず、軍神アレース*と情を通じたところ、密会の床で夫の仕掛けた魔法の網に捕われ、参集した神々の哄笑の的となった話は有名。アレースとの情事から愛の神エロース*やアンテロース*、ハルモニアー*（カドモス*の妻）らの子女が生まれたとされる。また彼女は、水浴中にサンダルを盗んだヘルメース*と交わって、両性具有のヘルマプロディートス*を儲けたほか、酒神ディオニューソス*との間に陽物神プリアーポス*を、海神ポセイドーン*との間にエリュクス（同名の市の名祖）やロドス（ロドス*島の名祖）らを産んだ。さらに美男のアンキーセース*と交わってローマ人の遠祖アイネイアース*（アエネーアース*）の母となり、パエトーン*（ケパロス*とエーオース*の子）をシュリアー*へ拉致し去ってアドニス*を出産したという。最もよく知られている伝承では、絶世の美少年アドニスの恋人とされており、この若者の横死を嘆く女神の涙から（または瀕死のアドニスに駆け寄ろうとした時に負傷して流れた血汐から）紅薔薇が生じたと伝えられている。

その美において彼女はあらゆる女神に優り、かのパリス*の審判では勝利をおさめ黄金の林檎（りんご）を獲得、パリスのヘレネー*誘拐を助け、トロイアー戦争*中はトロイアー*勢に味方した。アプロディーテーは、アテーナー*、アルテミス*、ヘスティアー*の3処女神を除く全ての神々に恋心を抱かせる力を持っており（⇒エーオース）、また彼女の所有する帯紐 Kestos（ケストス）は、それを身につける者に誰も抗えぬくらいの魅力を与えることができたとされる。

アテーナイ*ではアプロディーテー・ウーラニアー Urania（天上の）とアプロディーテー・パンデーモス Pandemos（大衆の）の2種の呼称で知られていたが、少年愛を重んずる哲学者プラトーン*やクセノポーン*以来、これらは「清らかな友愛」と「肉慾的な俗愛」という風に対比的に解釈されるようになった。またアプロディーテー・ポルネー Porne（遊女の）の名のもとに娼婦の保護神と目され、ギリシアやシケリアー、キュプロス島など諸処にあった女神の聖域では、オリエント伝来の習慣に従って、神殿売春はもとより数々の性的な宗教儀式が執り行なわれた。テッサリアー*のアプロディーテー Aph. Anosia の祭礼は、女性たちの加虐被虐愛（サド・マゾヒズム）的なレスビアニズムの祝典であったという。

女神の聖なる植物は薔薇・銀梅花（ミュルトゥス）・罌粟（けし）・林檎。霊鳥は鳩・雀・白鳥・燕。神獣は雄羊・雄山羊・兎・亀などである。美術作品においては女性美の理想像として描かれ、古くは必ず衣をまとい、時に鵝鳥（がちょう）に跨って飛行し、あるいは雀か鳩の曳く車に乗った姿で表わされていた。アレクサンドロス大王*の宮廷画家アペッレース*の筆になる『海から現われるアプロディーテー』は、古代にはたいそう評判が高かったと伝えられる。彫刻において女神は、プラークシテレース*の傑作『クニドスのアプロディーテー』以来裸体で表現されることが多くなり、ヘレニズム時代にはメーロス*島の有名な立像（俗称ミロのヴィーナス（仏）Vénus de Milo）はじめ数々の優美な作品が制作された。水浴するアプロディーテーや「美しい尻の Kallipygos（カッリピュゴス）」アプロディーテーなど、豊艶かつ官能的な幾多の裸像が、今日も各地に残っている——例；ルドヴィージの王座 Triptychon Ludovisi の「アプロディーテーの誕生」、ルーヴル美術館の「蹲るアプロディーテー」、ロドス博物館の「ロドスのアプロディーテー」——。

なお、アプローディーテー＝ウェヌスは、天文学上「金星」の呼称とされており、また「性交・性行為（〈英〉Aphrodisia,〈仏〉aphrodisie）」や「媚薬・催淫剤（〈英〉Aphrodisiac,〈仏〉aphrodisiaque）」などの語がアプロディーテーの名前から派生、春の4月（〈ラ〉アプリーリス Aprilis,〈英〉April）がこの女神に捧げられた月であることもよく知られている。

⇒カリテス、ピュグマリオーン、ネーリーテース

Hom. Od. 8-266〜, Il. 2-819〜, 3-15〜, 4-10〜, 5-1〜, -311〜, -370〜417, 20-105, 21-416〜, 23-185/ Hes. Th. 188〜206, 934, 986〜, Op. 65〜/ Herodot. 1-105, -131, -199/ Hymn. Hom. Ven./ Apollod. 1-4, -9, 3-4, -12, -14, Epit. 4/ Pind. Nem. 8-1〜, Pyth. 4-88/ Ant. Lib. Met. 34/ Pl. Symp.

180d〜/ Xen. Symp. 8/ Paus. 1-14, -27, 2-2, -32, -34, 3-15, -23, 8-6/ Strab. 8-378〜/ Cic. Nat. D. 3-23/ Diod. 4-6/ Ap. Rhod. 2-25〜155/ etc.

アベッラ Abella, （ギ）Abella, Ἀβέλλα
（現・Avella Vecchia）イタリア半島カンパニア*地方の都市。もとクーマエ*（キューメー❷*）のギリシア（カルキス*）系植民市で、ノーラ*に近く、林檎（りんご）や堅果類（アンピテアートルム）を豊富に産す。今日、市壁と円形闘技場の遺跡が残っている。
Verg. Aen. 7-740/ Just. 20-1/ Sil. 8-545/ Plin. N. H. 15-24/ Strab. 5-249/ Ptol. Geog. 3-1/ etc.

アペッライ Apellai, Ἀπελλαί, Apellae, （Apella, Ἀπέλλα）, （葡）Apela, （現ギリシア語）Apélla
スパルター*の民会。毎月満月の日に開かれ、30歳以上の男性市民のみ出席が認められた。古くは王により、のちエポロイ*（監督官）によって召集・主宰された。最高決議機関であったが、ゲルーシアー*（長老会）やエポロイの準備した議案の賛否を、投票ではなく叫び声によって決めるだけで、討論したり修正することはできなかった。
　より正確には、アペッライはドーリス*系の諸ポリスで催されたアポッローン*神の祭礼の呼称で、特にスパルターにおいては、この日に民会（エックレーシアー*）が開かれたため、やがて名称が混同されるようになったと考えられる。
Plut. Lyc. 6, 26, Agis 8〜11/ Thuc. 1-67〜, -79〜87/ Xen. Hell. 3-3/ Arist. Pol. 1273a/ Diod. 11-50/ Paus. 3-12/ etc.

アペッリコーン Apellikon, Ἀπελλικῶν, Apellicon, （伊）Apellicone, （西）Apelicón, （葡）Apelicão, （現ギリシア語）Apellikón
（？〜前87／86頃）ギリシアの哲学者。テオース*島の出身。ペリパトス（逍遙）学派に属し、熱狂的な愛書家として知られる。裕福で厖大な書物を購入したが、金銭で買い取れぬ場合は盗みを働くことすら憚らず、ギリシア諸市の公文書庫を荒らしたあげく、アテーナイ*では窃盗が発覚したため、あやうく殺されるところを逃げおおせたという。後に同じペリパトス学派のアリスティオーン Aristion（〜前86服毒死）が僭主となった時期にアテーナイへ舞い戻り、市民権を獲得。さらにデーロス*遠征軍の指揮を委ねられたものの、不注意からローマ軍の急襲に遭い、全軍を失いつつも身一つで遁走したと伝えられる。
　彼の蔵書は、その死後まもなくアテーナイを占領した将軍スッラ*の所有に帰し（前86）、ローマへ運び去られた（前83／82）。その中には、彼が高額で買い入れたアリストテレース*やテオプラストス❶*の自筆原稿も含まれていて、のちにローマで編集・公刊されて大きな反響を呼ぶことになる（⇒テュランニオーン、ロドスのアンドロニーコス）。というのは、アリストテレースとテオプラストスの著書の大半は、後者から弟子のネーレウス Neleus に譲られ、小アジアのトローアス*地方へ運ばれて代々相続されたが、ペルガモン*に図書館を設けたアッタロス*家の王たちに持ち去られるのを惧（おそ）れて地下の穴に隠されたため、長年同学派の哲学者に知られないままでいたからである。入手したアペッリオーンが、湿気や虫喰いで汚損した箇所を転写・復元させたところ、補完作業が杜撰だったせいで、間違いだらけの書物が当時世に出回ったとされている。
Strab. 13-609/ Plut. Sull. 26/ Ath. 5-214〜215/ etc.

アペッレース Apelles, Ἀπελλῆς, （仏）Apelle, Apèles, （伊）Apelle, （西）（葡）Apeles, （露）Апеллес, （現ギリシア語）Apellís
（前340頃〜前300頃に活躍）古代ギリシアで最も高名にして最大の画家。小アジアのコロポーン*ないしコース*の出身。シキュオーン*派の大家パンピロス Pamphilos（エウポンポス*の弟子）らに師事し、エペソス*、ロドス*、サモス*、スミュルナー*など各地で活動し、またマケドニアー*の宮廷画家となってピリッポス2世*やアレクサンドロス大王*のために働いた。とりわけアレクサンドロス大王は彼を寵遇し、自分の肖像画を彼以外のいかなる画家にも描かせなかったという（⇒リューシッポス）。作品は全て失われたが、独特の優美で調和のとれた画風は古今に冠絶していたと評され、その後のヘレニズム・ローマ時代の美術に大きな影響を与えた。彼は特殊な秘密の手法によって画面全体に光沢を与え（一種のワニスか）、また絵画に関する論文をも執筆（散逸）、代表作『雷霆を持つアレクサンドロス大王』は手が画中より飛び出してくるかと思わせるほど迫真性に富んだものであったといわれる。その他、ヘタイラー*（高級遊女）のプリューネー*をモデルにしたという『海から現われるアプロディーテー* Aphrodite Anadyomenē』や寓意画『中傷 Diabolē』、隻眼王アンティゴノス1世*の肖像画などが名高かった。
　騎馬姿のアレクサンドロス大王の肖像画が完成した時、大王は馬の描き方に満足せず、細かい注文をつけようとしたが、そば近くに連れて来られた馬が画中の馬を見て本物と思い、これに嘶（いなな）きかけたので、アペッレースはすかさずこう言った。「大王、馬の方がよほど絵がわかるようでございますな」と。またアレクサンドロスの愛妾パンカステー Pankaste のヌードを描くように命じられた折には、制作中に彼女に対して恋情をいだくようになり、大王はそれに気付くと気前よく女を彼に下賜したという。
　アペッレースの絵を見ていた靴職人が「サンダルの環が1つ足りない」と批評するのを聞いて、彼はすぐにその部分を描き改めたものの、翌日さらに靴職人が「足の描き方も変だな」とけなすと、アペッレースは「靴屋は靴以外のことに口出しするな」と言ったと伝えられる —— この言葉は諺にまでなって巷間に流布した ——。彼はまた大王の死後、嵐に遭ってかねて不仲であったプトレマイオス1世*の都アレクサンドレイア❶*へ押し流されてしまい、競敵アンティピロス❶*の陰謀で危く落命しかけたところ、壁に犯人の似顔絵を描いてみせることで赦免を得たばかりか、王から大金と告発者の身柄を与えられたという（寓意

画『中傷』はこの事件に想を得たもの)。

アペッレースは最期まで描き続け、コース島でもう一度アプロディーテーの絵を制作中に死去、未完の女神はその後どんな画家によっても継続され得ず、仕上がった作品よりも一層大きな賞讃を浴びた。同時代の名画家プロートゲネース*との技競べについては、プロートゲネースの項を参照。

⇒アリステイデース❸(テーバイの)、パウシアース

Plin. N. H. 7-37, 35-32, -36, -37, -40/ Ael. V. H. 2-3, 12-34, -41/ Plut. Alex. 4, Mor. 472a/ Quint. 12-10/ Ov. Ars Am. 3-401, Pont. 4-1/ Prop. 3-7/ Hor. Epist. 2-1/ Cic. Fam. 1-9, 5-12, Orat. 22, Brut. 18, Off. 3-2/ Lucian. Cal. 59/ Strab. 14-642/ Val. Max. 8-11/ Suda/ etc.

アヘーノバルブス、ドミティウス Domitius Ahenobarbus, (ギ) Domitions Aēnobarbos, Δομίτιος Ἀηνοβάρβος, (伊) Domizio Enobarbo, (西) Domicio Ahenobarbo, (葡) Domício Ahenobarbo, (露) Домиций Агенобарб, (カタルーニャ語) Domici Aenobarb, (ポーランド語) Domicjusz Ahenobarbus

ローマの政治家・軍人。巻末系図 098 参照。

❶グナエウス・ドミティウス・アヘーノバルブス Gnaeus Domitius Ahenobarbus (?〜前 104 頃)。前 122 年の執政官(コーンスル*)として南ガッリア*へ進軍し、アッロブロゲース*族やアルウェルニー*族をロダヌス*(現・ローヌ)渓谷に破り、石造の戦勝記念碑(トロパエウム) trophaeum (トロフィー〈英〉trophy の語源) を建立、軍隊を率い象にまたがってガッリア属州を行進して回った(前 121)。ヒスパーニア*へ通じるドミティウス街道 Via Domitia を敷設し、属州ガッリア・ナルボーネーンシス*の基盤を確立、謀略によって捕らえたアルウェルニー族の首長ビトゥイートゥス Bituitus をローマに連れ帰り、凱旋式(トリウンプス*)に引き回した(前 120)。前 115 年に監察官(ケーンソル*)となり、22 名の元老院議員を除名するなど、その厳格さで名を馳せた。

同名の祖父 Cn. ドミティウス・アヘーノバルブスは、前 192 年の執政官の時に、ボイイー*族を攻めて、これを服従させた功績で知られている。

Liv. 33〜34, Epit. 61〜62/ Florus 3-2/ Strab. 4-191/ Vell. Pat. 2-10, -39/ Suet. Ner. 2/ Cic. Font. 8, 16, Brut. 26/ Oros. 5-13/ etc.

❷グナエウス・ドミティウス・アヘーノバルブス Gnaeus Domitius Ahenobarbus (?〜前 91 頃)。❶の長男。植民市ナルボー*(現・ナルボンヌ)の建設(前 118)に関与する。護民官(トリブーヌス・プレービス*)に在職中(前 104)、神官団が父の後任に自分ではなく、他の者を選んだことを憤って、ドミティウス法 Lex Domitia を提案、神官団から同職の欠員を補充する権限を奪い、それを民会*の手に移した。のちに民会によって大神祇官長(ポンティフェクス・マクシムス*)に選ばれ、前 96 年に執政官、前 92 年に監察官(ケーンソル*)となる。監察官の同役 L. クラッスス*とは、唯一「ラテン語の修辞教育を禁止する」という件でのみ合意したものの、それ以外の点ではことごとく齟齬をきたし角逐を繰り返した。クラッススが奢侈を好む洗練された文化人であったのに対して、ドミティウスは簡素な生活を改めぬ粗野な性格の持ち主であり、前者は後者を「彼が青銅の髯をもっているのは驚くに当たらない。顔は鉄で、心は鉛でできているのだから」と評したという。また飼っていた鱓(murena ムーレーナ)が死んだと言って泣いているクラッススを彼が嘲ったところ、クラッススから「だが君は 3 人の奥方の葬式を出しながら、一度も涙を流したことがないね」と応酬された話も伝わっている。

弟のルーキウス Lucius Domitius Ahenobarbus (前 94 の執政官)は、残忍な人柄で知られ、属州総督 Propraetor (プロープラエトル) としてシキリア*(現・シチリア)に赴任した折には、大きな猪を槍で仕留めた牧人奴隷を、その褒美として —— 奴隷が武器を持つことは禁じられているからという理由で —— 磔刑に処しており、のちにマリウス*派とスッラ派の内乱時に後者に与したため、小マリウス*の命で殺されて果てている(前 82)。

Liv. Epit. 67/ Val. Max. 6-3, -5, 9-1/ Plin. N. H. 17-1/ Suet. Ner. 2/ Gell. 15-11/ Ael. N. A. 8-4/ App. B. Civ. 1-88/ Cic. Verr. 2-2-47, -5-3, Deiot. 11, Div. Caec. 20, De Or. 3-24, Brut. 44/ Dio Cass. 27-92/ Macrob. Sat. 2-11/ etc.

❸ルーキウス・ドミティウス・アヘーノバルブス Lucius Domitius Ahenobarbus (?〜前 48 年 8 月)。❷の子。小カトー*の妹ポルキア*の夫。義兄とともに元老院閥族派(オプティマーテース*)の領袖として、終始カエサル*および第 1 回三頭政治*に反対し続ける。前 58 年度の法務官(プラエトル*)となり(同僚に C. メンミウス❷*)、執政官職を終えようとするカエサルを元老院に召喚し、法律や鳥占いの掟を破った科で審問を受けさせた(⇒ビブルス)。父祖伝来の勢力圏である外ガッリア*の地を、カエサルが自分の属州として手放さずにいることに業を煮やした彼は、執政官職に立候補すると、「法務官の時に果たせなかったことを、執政官として果たしてやる」と言明(前 57)、そのためルーカ*(現・ルッカ)における三頭政治の更新をもたらし、前 54 年まで執政官になることを妨害される。執政官在任中(前 54)は、カエサルからガッリアの軍隊指揮権を剥奪しようと画策、閥族派によってカエサル後任のガッリア総督に任命されるが、内乱が勃発するやたちまち、コルフィーニウム*でカエサルに捕らわれの身となる(前 49 年 2 月)。恕されて自由になると、自費で艦隊を建造、マッシリア*(現・マルセイユ)へ赴き、カエサル軍に包囲されていた同市の長老たちを励まし加勢する。しかるに、形勢不利と見るや突然彼らを見捨てて、マッシリアを脱け出してしまい、翌前 48 年パルサーロス*の戦いでポンペイユス*軍の左翼を指揮中に斃れた —— 敗れて山へ逃走中、騎兵隊に殺されたとも、M. アントーニウス❸*の手で殺されたともいう ——。気性が烈しく残忍かつ傲岸だが思慮浅く決断力に欠ける人物だったとされ、史家サッルスティウス*によって、「二枚舌で両手は血まみれ、両足は逃げ足はやく、悪徳と犯罪に染まらぬ肢体は 1 つもない」と酷評されている。

コルフィーニウムでカエサルに包囲された折には、絶望のあまり服毒自殺を図ったものの、カエサルが捕虜を驚くほど寛大に処遇すると聞いて、にわかに自らの短慮を後悔。その時、主人の性質をよく弁えていた侍医から、あれは実は毒ではなく睡眠薬だった、と知らされて大喜び、すぐさまカエサルのもとへ出向いて挨拶を交し、機転のきいた侍医を奴隷身分から解放したという。また、内乱に際してポンペイユスが、「中立を守ってどちら側にもつかなかった人々を、どう扱ったらよいであろうか」と質問した時、ただドミティウス1人が「そんな者どもは、すべて敵と見なすべきだ」と主張したという話も伝わっている。
⇒レントゥルス・スピンテール
Suet. Ner. 2, Iul. 23, 24/ Dio Cass. 37-46, 39〜41/ Caes. B. Civ. 1-6, -15〜3-99/ Plut. Caes. 34〜35, 42, Pomp. 52, 67, 69/ Plin. N. H. 7-53, 8-54/ Cic. Att. 1-1, Verr. 2-1-53/ etc.

❹グナエウス・ドミティウス・アヘーノバルブス
Gnaeus Domitius Ahenobarbus（？〜前31）。❸のひとり息子。父とともにコルフィーニウム*でカエサル*に投降して恕され（前49）、ついでポンペイユス*に合流、パルサーロス*の戦い（前48）にも臨む──ただし参戦せず──が、のち再びカエサルの宥免を得てイタリアへ帰還（前46）。前44年カエサルが暗殺されると、親戚のM. ブルートゥス❷*に随ってマケドニア*へ渡ったため、カエサル殺害者の一味としてペディウス*法で死刑を宣告される（前43）。アドリア海*で艦隊を指揮して第2回三頭政治*に抵抗した後、自ら進んでM. アントーニウス❸*の軍門に下り、彼に従ってビーテューニア*を統治（前40〜前35）、パルティアー*遠征にも随行した（前36）。ペディウス法で断罪された者の中で唯一人、復権して執政官に昇った（前32）が、同年、アントーニウスとオクターウィアーヌス*（のちの初代皇帝アウグストゥス*）との間に内乱が勃発すると、相役の執政官C. ソシウス*や400人の元老院議員とともにエペソス*のアントーニウスのもとへ走る。クレオパトラー7世*に対して不満をもつアントーニウス派の将兵から最高指揮権を与えられたものの、アクティオン*の海戦直前にオクターウィアーヌス側へ寝返り、数日後に熱病で亡くなった。彼が突然翻身したのは、相手方に情婦セルウィーリア・ナーイスServilia Naisがいたからだとされ、その離反を知ったアントーニウスは彼の荷物や随員・召使などを全て敵陣へ送り届けてやったという。
Cic. Phil. 2-11, 10-6, Brut. 25, Fam. 6-22/ App. B. Civ. 5-55, -63, -65/ Plut. Ant. 40, 51, 63/ Dio Cass. 47〜50/ Suet. Ner. 3/ Tac. Ann. 4-44/ Vell. Pat. 2-76, -84/ etc.

❺グナエウス・ドミティウス・アヘーノバルブス
Gnaeus Domitius Ahenobarbus（？〜後40年12月11日）。ネロー*帝の実父。❹の孫。❼と大アントーニア*（将軍M. アントーニウス❸*の娘）の子。残忍冷酷かつ淫蕩な人物で、ガーイウス・カエサル*（アウグストゥス*の長孫）の幕僚として東方へ随行中、自分の解放奴隷を、命じただけの分量の酒を飲み干さなかったという理由で斬殺し、側近の一団から除かれる。それでも暴虐な振る舞いは一向に控えず、アッピウス街道*でわざと少年を轢き殺したり、フォルム*の真中でローマ騎士の眼球を抉り取ったり、戦車競走の優勝者への賞金を詐取したりする等々の無法行為を重ねた。さらに、叛逆罪や姦通罪、実妹ドミティア・レピダ*との近親相姦の廉で告発されたが、ティベリウス*帝の死によって断罪を免れている（後37）。ゲルマーニクス*の娘小アグリッピーナ*（アグリッピーナ❷*）と結婚し（28年末）、執政官（32）を経てシキリア*の属州総督Proconsulとなった後、エトルーリア*の町ピュルギー*において水腫症のために死んだ。息子ルーキウス（⇒❽のちの皇帝ネロー）が生まれた時、彼は「私とアグリッピーナとの間からは、忌まわしい世の害毒とならないような者が生まれてくるはずはあるまい」と明言したという。また彼は当時、大勢の情夫をもっていることで悪名高かった貴婦人アルブーキッラAlbucillaとも不義密通を重ねており、彼女が失脚した不敬事件の際には、共犯者としてまきぞえを食っている。
⇒マクロー
Suet. Ner. 5〜6/ Tac. Ann. 4-75, 6-1, -45, -47〜48, 12-3, -44, -64, 13-10/ Dio Cass. 58-17, -20, -27, 61-2/ Vell. Pat. 2-72/ etc.

❻グナエウス・ドミティウス・アヘーノバルブス
Gnaeus Domitius Ahenobarbus（？〜前81）❷の子。キンナ❶*の娘コルネーリアCorneliaと結婚し、カエサル*の相婿となる（⇒コルネーリア❷）。マリウス*派に与したため、政敵のスッラ*がローマを征覇すると（前82）処罰者名簿proscriptioに載せられ、アーフリカ*へ逃走。その地で兵力を募り、スッラ派のポンペイユス*軍と戦ったが敗死した、あるいは、戦闘後ポンペイユスの命で殺された。
Liv. Epit. 89/ Plut. Pomp. 10〜12/ Val. Max. 6-2/ Zonar. 10-2/ Oros. 5-21/ etc.

❼ルーキウス・ドミティウス・アヘーノバルブス
Lucius Domitius Ahenobarbus（？〜後25）❹の子。傲慢不遜で粗暴な浪費家として知られ、まだ造営官だった頃（前22）、監察官という顕職にあったL. プランクス*に対して、自分が通るのに邪魔だから道を開けるようにと命令。法務官と執政官（前16）に在任中には、騎士身分の人々や貴婦人連を舞台に立たせて、笑劇を演じさせている。また野獣狩りや剣闘士試合などの見世物をローマ市内各地で公開したところ、それらがあまりにも血腥さかったので、アウグストゥス*から譴責を受けたほどであった。若い頃から戦車を駆する技に秀で、のちアーフリカの属州総督Proconsul（前12）を経てイッリュリクム*の総督Legatusとなり、ダーヌビウス*（ドーナウ）河を越えてゲルマーニア*へ侵攻、アルビス*（エルベ）河を渡り前人未踏の奥地にまで進撃して、凱旋将軍顕章を授与された。大アントーニア*（将軍M. アントーニウス❸*の娘）と結婚して、息子グナエウス*（⇒❺）とドミティア*およびドミティア・レピダ*の2女を儲けた。ネロー*帝の祖父にして、淫蕩な皇后メッサーリーナ❶*の外祖父に当たる。
Suet. Ner. 4/ Tac. Ann. 4-44/ Dio Cass. 48-54, 54-59/ Vell. Pat. 2-72/ etc.

❽**ルーキウス・ドミティウス・アヘーノバルブス** Lucius Domitius Ahenobarbus

のちの皇帝ネロー*。同項を参照。

アヘーノバルブス（または、アエーノバルブス）

（家）Ahenobarbus または、Aenobarbus, （ギ）Aēnobarbos, Ἀηνοβάρβος, （伊）Enobarbo, （西）（葡）Ahenobarbo, （露）Агенобарб, （カタルーニャ語）Aenobarb

「青銅の髯」の意。ローマの名門ドミティウス氏*に属する家名 cognomen。伝承によれば、前496年、初祖ルーキウス・ドミティウス Lucius Domitius は、双生兄弟神ディオスクーリー*（カストル*とポルクス*）からレーギッルス湖*畔における戦勝をローマの人々に告げ知らせるよう命じられ、兄弟神は自らの神性の証しとして彼の黒髯に触れて、青銅色がかった赤髯に色を変えたという。この特徴は代々その子孫に伝わり、「赤髯」家の名を帯びるようになった。とりわけ共和政後期から帝政初期に著名人を輩出し、7回の執政官職、2回の監察官職を占め、凱旋式を1度挙行したのち、パトリキイー*（貴族）身分に列せられた。ローマ帝室の姻戚となり、ついに最後の当主は5代皇帝ネロー*として即位する。同家の男子は歴代、ルーキウスとグナエウスをほぼ交互に名乗ったことで知られている。

家系が明らかになるのは、前192年度の執政官で、シュリアー*王アンティオコス3世*に対するマグネーシアー❶*の戦い（前190年12月）で、事実上ローマ軍を指揮したグナエウス・ドミティウス・アヘーノバルブス Cn. Domitius Ahenobarbus（ドミティウス・アヘーノバルブス❶*の祖父）以降のことである（⇒巻末系図098）。

Suet. Ner. 1/ Plut. Aem. 25, Coriol. 3/ Dion. Hal. Ant. Rom. 6-13/ Tertullian. Apol. 22/ etc.

アペル、アッリウス Arrius Aper, （伊）Arrio Apro, （西）Arrio Aper, （露）Апра

（?～後284年11月）ローマ皇帝ヌメリアーヌス*の近衛軍司令官にして岳父。早くから帝位を狙っていたとされ（⇒カールス）、ペルシア遠征からの帰途、女婿ヌメリアーヌスを謀殺し、その死を隠して帝の名であらゆる命令を発していたが、ついに露顕してカルケードーン*で新帝ディオクレーティアーヌス*の手により刺殺された。しかし弑逆の決定的証拠はなく、むしろディオクレーティアーヌスが自身への疑惑をはらすべく、即位の場で有無を言わさずアペルを屠り去ったように思われる。なおディオクレーティアーヌスは、ドルイデース*の巫女から「猪（ラテン語で aper）を殺した時、皇帝となるであろう」と予言されて以来、野望を抱いて猪狩りを繰り返していたが、一向に登極は実現せず、アペルを殺害した際に、「ようやく運命の猪を殺したぞ」と叫んだと伝えられている。

S. H. A.Carinus 12～, Numerian./ Aur. Vict. Caes. 38～39/ Eutrop. 9-12～13/ etc.

アペルレース Apelles
⇒アペッレース

アペレース Apelles
⇒アペッレース

アポッリナーリス・シードニウス Apollinaris Sidonius
⇒シードニウス・アポッリナーリス

アポッロー Apollo, （古形）Apello, （エトルーリア*語）Apulu, （独）Apoll, （伊）Apollo, （西）（葡）Apolo, （露）Аполлон

アポッローン*のラテン名。その崇拝は早くからイタリアに導入され、ローマへはエトルーリア*やクーマエ*などマグナ・グラエキア*諸市を通じて伝わった。共和政時代には予言と治癒の神として重んじられ、前433年の疫病流行の結果、ローマ市城門外に彼の神殿が建立された。第2次ポエニー戦争*の国難の折には、アポッローの祭礼ルーディー・アポッリナーレース*が創設されている（前212）。この神の落胤と噂されるアウグストゥス*は、アクティオン*海戦の勝利（前31）を記念してパラーティーヌス*丘上に図書館の付属した壮麗な神殿を造営（前28奉献）、以来アポッロー・パラーティーヌスは、ローマ神界において主神ユーピテル*・カピトーリーヌスに匹敵する存在となった。美術作品においては優雅で逞しい理想的な美青年の姿で表わされ、ヴァティカーノ博物館所蔵のアポッロー・ベルヴェデーレ A. Belvedere 像（レオーカレース*原作か）は特に名高い。

Liv. 3-63, 4-25, 25-12/ Suet. Aug. 29, 31, 52, 94/ Macrob. Sat. 1-17/ Cic. Nat. D. 3-23/ Verg. Aen. 3-75～, G. 3-2/ Ov. Met. 1-439, 10-162～219/ Tib. 2-3/ Plin. N. H. 36-4/ etc.

アポッロドーロス Apollodoros, Ἀπολλόδωρος, Apollodorus, （仏）Apollodore, （独）Apollodor, （伊）Apollodoro, （西）（葡）Apolódoro, （露）Аполлодор, （現ギリシア語）Apollódhoros

ギリシア人の男性名。「アポッローン*の賜物」の意。

❶（前5世紀末頃）アテーナイ*の画家。光と影を絵に取り入れ、現実に目に見える通りに対象を描き出した最初の人。「陰影画家 skiagraphos」と呼ばれ、従来の線描画的な絵画を変革し、明暗法 apokhrosis を発明。彼の新画法は弟子のゼウクシス*によってさらにめざましい進展をみることになる。『祈祷する神官』『雷霆に撃たれる小アイアース*』などの作品名が伝わるが、すべて失われた。

なお同名の芸術家として、約1世紀後に活動した彫刻家のアポッロドーロス（前4世紀末頃）がおり、彼は作品が完成するや次々と打ち砕いてばかりいたので「狂人」と綽名されたが、それを知って今度は自分の彫像を造り『狂人』と名づけたという（⇒シーラーニオーン）。

⇒アガタルコス、キモーン（クレオーナイの）、

アポッロドーロス

Plin. N. H. 35-36, 34-19/ Schol. ad Ar. Plut. 385/ Plut. Mor. 346a/ etc.

❷ (カリュストス Karystos (現・káristos) の) 前3世紀前半に活躍したギリシアの後期喜劇 (新喜劇) 詩人。エウボイア*島南部のカリュストス市の出身。アテーナイ*に移り、メナンドロス*亡き後の喜劇界で成功し、同市の市民権を獲得。47篇の作品を上演し、5回勝利を収めたが、断片しか伝存しない。ローマの喜劇詩人テレンティウス*によって少なくとも2篇の戯曲がラテン語に翻案されており (Hecyra と Phormio)、これらを通して原作の趣きを窺うことができる。なお、シケリアー*(現・シチリア) 島のゲラー*市から来た同名の喜劇詩人アポッロドーロス (メナンドロスの同時代人) としばしば混同されるけれど、2人は明らかに別人である。彼ら新喜劇詩人の作品は、アレクサンドレイア❶*などギリシア世界の各地で上演され、続くローマ文学、さらに降っては近世ヨーロッパの演劇にまで影響を及ぼしている。
⇒ピレーモーン、ディーピロス
Ath. 3-125a, 11-472c, 14-664/ Suda/ etc.

❸ (前180頃～前110頃?) ho Athēnaios, ὁ Ἀθηναῖος, (ラ) Apollodorus grammaticus アテーナイ*出身の文献学者・史家。サモトラーケー*のアリスタルコス❷*やパナイティオス*、セレウケイア❶*のディオゲネース❸*に師事し、アレクサンドレイア❶*、ペルガモン*などで活動した。多作家で、文献学、歴史、地理、神話学などに関する数多くの書物を執筆したが、すべて散逸した。代表作『年代記 Khronika』はトロイアー戦争*(前1184) から同時代の前143年に至るまでの史書で、ペルガモン王アッタロス2世*に献呈された —— さらに前119年ないし前110／109年までの歴史が書き継がれている ——。今日アポッロドーロスの名のもとにギリシア神話の要覧『ビブリオテーケー Bibliotheke』(3巻) が残るが、これは彼の著作ではなく、後1～2世紀頃の別人の手による編纂である (Pseudo-Apollodoros)。

なお彼と同時代にエピクーロス*派の学頭を務め、「庭園の独裁者」と綽名されたアポッロドーロス (前2世紀後半) も多作の人で400巻を越す書物を記したという。
⇒ディオドーロス (シケリアー*の)、アスクレーピアデース❹
Ath. 13-567, -583, 586, -591, 14-636/ Diog. Laert. 10-13, -25/ Strab. 14-661/ Schol. ad Ar. Vesp. 483/ Porph. Plot. 4/ Steph. Byz/ Phot./ etc.

❹ (ダマスコス*の) (後2世紀初頭に活動) ダマスコス出身のギリシア人建築家。後100年頃ローマ皇帝トライヤーヌス*の委嘱を受けて多数の建造物を築いた。長さ1km以上に及ぶダーヌビウス*(ドーナウ) 河の石橋 Pontes Trajani (102～104) やアンコーン*のトライヤーヌス凱旋門をはじめ、首都ローマに壮大なトライヤーヌス広場 Forum Trajanum およびトライヤーヌス神殿、大会堂バシリカ・ウルピア Basilica Ulpia など建築学の粋を集めた大規模な公共施設を造営 (107～113)、そこに建立されたトライヤーヌス記念柱 (高さ29.55m) は今日もなお見ることができる。しかし、彼は次のハドリアーヌス*帝が設計したウェヌス*とローマ神殿に批判的な意見を述べたため、帝の不興をかって追放された (129) のち処刑された。一説によると、建築に関してトライヤーヌスと談話中に、横合から口をさしはさんだハドリアーヌスに対して「素人はあちらで瓢箪の絵でも描いていなさい」と冷笑的なあしらいをしたことがあり、それを遺恨に覚えたハドリアーヌスが登極後に報復したのであるという。著作『戦争兵器論 Poliorketikos』が伝えられる。
Dio Cass. 69-4/ S. H. A. Hadr. 19/ Procop. Aed. 4-6/ etc.

❺ (ペルガモン*の) (前104頃～前22) ペルガモン*出身の修辞学者。若きオクターウィアーヌス*(のちのアウグストゥス*帝) の弁論術の師として名高い。「あらゆる弁論は厳格な順序に従って構成されなければならない」と主張、自ら一学派を打ち立て、ガダラ*のテオドーロス❹*率いるテオドーロス学派と烈しく対立した。著作は少なかったが、アウグストゥスの教師および知人としてローマへ赴き卓越した地位を獲得、その論説は弟子の C. ウァルギウス Valgius Rufus やディオニューシオス・アッティコス Dionysios Attikos の手で集成された。82歳の高齢で没したという。
⇒アレイオス・ディデュモス、ヘルモゲネース❷
Quint. 2-11, -15, 3-1, 4-1/ Suet. Aug. 89/ Tac. Dial. 19/ Strab. 13-625/ etc.

❻ (前394頃～前343以後) アテーナイ*の弁論家。金融業を営んで成功した奴隷上がりの父パーシオーン Pasion (前430頃～前370／369) のおかげで、アテーナイ市民権を獲得。訴訟に狂奔し、特に継父ポルミオーン Phormion (パーシオーンの元奴隷で、その寡婦アルキッペー Arkhippe の後夫) とは終始、金銭をめぐって争い、前349年頃にはこれを告発したが成功しなかった。幾人もの将軍 (ストラテーゴス*) や、政敵ステパノス Stephanos の妻でヘタイラー*(高級遊女) のネアイラ Neaira らを次々と弾劾したものの、最後は自らが違法告発の廉で訴えられ、有罪判決を下された。彼の演説7篇が誤ってデーモステネース*の弁論集成に収められている。

この他、アレクサンドロス大王*の部将を務めたアンピポリス*のアポッロドーロス (前4世紀後期) や、アレクサンドレイア❶*の医師・動物学者のアポッロドーロス (前3世紀初)、パルティアー*史を執筆したというアルテミタ Artemita のアポッロドーロス (前1世紀初)、ストアー*学派の学頭バビュローニアー*のディオゲネース❸*の弟子でキュニコス (犬儒) 派思想との隔和を試みた哲学者セレウケイア*のアポッロドーロス (前2世紀中葉)、女王クレオパトラー*を旅行用の寝具袋にくるんで秘かにカエサル*のもとへ運び届けたシケリアー*(現・シチリア) のアポッロドーロス (前1世紀後半) 等々、大勢の同名異人がいる。
Diod. 16-46/ Plut. Dem. 15, Caes. 49/ Dem. 36, 45, 46, 50/ Curtius 5-1/ Aeschin./ Stobaeus 1-105/ Ath. 15-682/ Strab. 2-118, 11-509/ Diod. 17-64/ Diog. Laert. 7-39～, 10-2/

Suda/ etc.

アポッローニアー　Apollonia, Ἀπολλωνία, (仏) Apollonie, (西) Apolonia, (葡) Apollonia (Apolónia), (露) Аполлония, (アルバニア語) Apolonia, (現ギリシア語) Apolonía

ギリシアの都市名。

❶ (現・Pojan, Pojani 近郊) Ἀπολλωνία πρὸς Ἐπιδάμνῳ, Ἀπωλλωνία κατ' Ἐπίδαμνον アドリア海東岸、イッリュリアー*にあったギリシア人植民市。前 588 年頃、コリントス*およびケルキューラ*（コルキューラ*）両ポリス polis によって創建され、その後港湾都市として急速に発展した。海を隔ててブルンディシウム*の対岸に位置し、ギリシアとイタリアを結ぶ交通の要地であったため――もっぱら奴隷貿易によって――めざましく繁栄。前 229 年にはローマ領となり、対マケドニアー*戦争の際にローマ軍の主要基地とされた。前 48 年ポンペイユス*を追って渡海したカエサル*が、後詰めの軍勢を連れて来ようと単身この町から小舟に乗り込みイタリアへ戻ろうと試みて、暴風に阻まれた話は有名。前 1 世紀後半、アポッローニアーは学問の府として名を高め、オクターウィアーヌス*（アウグストゥス*）が養父カエサル暗殺の報らせに接したのは、この町で勉学中のことであった（前 44）。アクロポリス*上の神殿やギュムナシオン*（体育場）、小劇場（オーデイオン*）、浴場施設などの遺構、およびスコパース*原作のメレアグロス*像その他の彫刻が発掘されている。
⇒デューッラキオン
Herodot. 9-92～/ Arist./ Polyb. 2-9/ Thuc. 1-26/ Plut. Caes. 37～/ Suet. Aug. 8, 10, 94～/ Strab. 7-316/ Paus. 5-22/ Caes. B. Civ. 3-12～/ Vell. Pat. 2-59/ etc.

❷ (現・ソゾポル Sozopol, 〈ブルガリア語〉Созопол, 〈現ギリシア語〉Sozópoli, 〈トルコ語〉Süzebolu) (ラ) アポッローニア・ポンティカ Apollonia Pontica, Apollonia Magna, 旧称・アンテイア Antheia

トラーケー*（トラーキアー*）の黒海西岸にあったミーレートス*の植民市。イオーニアー*（ミーレートス）学派の哲学者アナクシマンドロス*（前 610 頃～前 546 頃）が植民団を率いて移住したという。アポッローン*神殿で知られ、カラミス*の手になる巨大なアポッローン神像（高さ約 14 m）が建っていたが、これは前 72 年ルークッルス*によってローマへ運び去られた。
Herodot. 4-90/ Mela 2-2/ Plin. N. H. 34-18/ Strab. 7-319, 12-541/ Arr. Peripl. M. Eux. 24/ Ael. V. H. 3-17/ etc.

❸ (現・Marsa Susa, 旧称・Sozusa)。北アフリカ、キューレーナイカ*北岸の港湾都市。テーラー*島からの移住者により前 600 年頃に建設されたという。キューレーネー*（現・Shahat）市の東北 20km に位置し、その外港の役割を果たしていた。プトレマイオス朝*時代に繁栄し、エラトステネース*の生地として知られる。ペンタポリス*の 1 つ。今日、町の大半が海中に没しているが、市壁外のヘレニズム期に属する神殿や劇場などが発掘されている。

他にもマケドニアー*やカルキディケー*、小アジアのミューシアー*、ビーテューニアー*、パレスティナ*、シケリアー*（現シチリア）、クレーター*島などにも、同名の町アポッローニアーがあった。
Plin. N. H. 5-5/ Mela 1-8/ Xen. Hell. 5-2, -12/ Liv. 45-28/ Strab. 17-837/ Diod. 18-19/ Ptol. Geog. 18-19/ Steph. Byz./ Polyb. 27-16/ Nov. Test. Act. 17/ Cic. Verr./ etc.

アポッローニオス　Apollonios, Ἀπολλώνιος, Apollonius, (伊) Apollonio, (西) Apolonio, (葡) Apolónio, Apolônio, (露) Аполлоний

ギリシアの男性名。

❶ (後 2 世紀) アレクサンドレイア❶*の文法学者。アポッローニオス・デュスコロス*。

❷ (前 1 世紀) ロドス*島で教えた弁論学者。アポッローニオス・モローン*。

❸ (ペルゲー*の) Ἀπολλώνιος ὁ Περγαῖος, (ラ) Apollonius Pergaeus, (英) Apollonius of Perge, (仏) Apollonios de Pergé, (独) Apollonios von Perge, (伊) Apollonio di Perga, (西) Apolonio de Perge (Perga), (葡) Apolônio de Perga, (露) Аполлоний Пергский

(前 265／262 頃～前 200／190 頃) ヘレニズム時代の数学者。パンピューリアー*のペルゲー*出身。エウクレイデース❷*、アルキメーデース*と並ぶギリシア三大数学者の 1 人に数えられる。アレクサンドレイア❶*でエウクレイデースの後継者たちに学び、前 3 世紀後半にペルガモン*やエペソス*で教え、主著『円錐曲線論 Kōnika』（全 8 巻）を執筆した（前 240～前 200 頃）。本書は前半の 4 巻のみがギリシア語で、続く 3 巻はアラビア語訳で現存するが、第 8 巻は伝本がなく、パッポス*の記した補説から内容が推察されるに過ぎない。彼は先人が直円錐の切断による円錐曲線しか取り扱っていなかったのに比して、斜円錐の切断によって生ずる曲線の属性を詳細に研究。円錐截面上に作られる 3 種の曲線に「抛物線」「楕円」「双曲線」という今日なお用いられている名称を与えた。387 の命題において円錐曲線の諸原理を組織的に解明し、その発見によって高度な機械学・航海学・天文学を可能ならしめ、近代科学に大きな影響を与えた。他にも幾何学上の著作を少なからずものし、円周率に関してはアルキメーデースよりも精密な数値を算出、世人から「偉大な幾何学者」と尊称された。光学や天文学についての論文も書き、惑星運動の不規則性を説明するため、離心円説および周転円説を主張した。「アポッローニオスの円」や「アポッローニオス問題」、また月のアポッローニウス・クレーター Apollonius crater に名前を留めている。
⇒エウドクソス❶、ヒッパルコス❷、プトレマイオス・クラウディオス
Apollonius Conica/ Pappus Comment. in Eucl./ Eutocius Comment. in Apollonii Conica/ Ptol. Almagest 12-1/ etc.

❹ (ロドス*の) アポッローニオス・ロディオス* A. Rhodios, Ῥόδιος, Rhodius, (英) Apollonius of Rhodes,

アポッローニオス

（仏）Apollonios de Rhodes, （独）Apollonios von Rhodos (伊) Apollonio Rodio, Apollonio di Rodi, （西）Apolonio de Rodas, （葡）Apolónio de Rodes, （露）Аполлоний Родосский（前300／295頃〜前215頃）ヘレニズム時代の代表的叙事詩人、文献学者。アレクサンドレイア❶*（もしくはナウクラティス*）に生まれる。ロドス*島に長く滞在したので、ロドスのアポッローニオスと呼ばれる。学匠詩人カッリマコス*の弟子であったが、文学上の見解をめぐって師と対立、自作『アルゴナウティカ Argonautika, Ἀργοναυτικά, （ラ）Argonautica』を酷評されて、ロドスへ赴き修辞学を教えた。その地で『アルゴナウティカ』に彫琢を加えて公けにし、今度は大変な好評を博して、ロドスの市民権を贈られ、以後ロディオス（ロドス人）と名乗る。世を去るまでロドスに留まったとも、のちにアレクサンドレイアに戻り、死後カッリマコスの墓の傍に埋葬されたとも伝えられる。プトレマイオス2世*の命で、ゼーノドトス*の後任のアレクサンドレイア図書館長となり（前265／260〜）、王子の教育に当たったことが知られている（⇒エラトステネース*）。

ギリシア古典文学の研究にも従事し、ヘーシオドス*の注釈やホメーロス*、アルキロコス*などに関する論文を執筆、その他アレクサンドレイア、ナウクラティス、ロドス等々の諸都市の建設を歌った叙事詩や、諸都市の歴史を扱った学問的著作もあった（散逸）。が、その名声を後代に残したのは、今日伝わる唯一のアレクサンドレイア時代の長編詩『アルゴナウティカ』（4巻）である。これは、アルゴー*号に乗ってコルキス*の地へと黄金の羊毛皮を手に入れるべく出かけたイアーソーン*とその仲間の英雄たちアルゴナウタイ*の冒険を主題とする叙事詩で、神話や地誌の考証的学識に満ちた作品であるが、とりわけイアーソーンに対する恋に陥ったメーデイア*の心理描写（第3巻）にすぐれており、発表後たちまち世に広く愛読され、アルゴナウタイ物語の決定版として流布した。ウェルギリウス*やオウィディウス*らローマの詩人たちに与えた影響も大きく、本作品に拠った同名の叙事詩もいくつか書かれた（⇒ウァレリウス・フラックス）。またホメーロス風の言語を用いた技巧的な名文と該博な好古趣味的知識の宝庫とのゆえに、古くから注釈を施され、学者たちの研究対象となった。彼がかつての師カッリマコスを「汚れた屑、笑いもの、木偶の坊、……」と嘲罵したエピグラム詩が『ギリシア詩華集』に収められて残っている。

⇒リアーノス、パーノクレース

Quint. 10-1/ Ath. 7-283, 10-451/ Ael. N. A. 15-23/ Strab. 14-655/ Anth. Pal. 11-275/ Ant. Lib. Met. 23/ Steph. Byz./ Suda/ etc.

❺（後1世紀末）（ラ）Apollonius Sophista, （英）Apollonius the Sophist, （仏）Apollonios le Sophiste, （葡）Apolônio, o Sofista ソフィスト*（ソピステース*）と綽名されたアレクサンドレイア❶*の文法学者。ディデュモス*の弟子ともいわれ、ホメーロス*の語彙集 Lekseis Homērikai （（ラ）Lexicon Homericum）を編纂した（縮小版のみ伝存）。なおローマ皇帝カリグラ*（在位・後37〜41）の死をあやまたず予言したエジプトの占い師アポッローニオスは別人と思われる。

⇒アピオーン、アリスタルコス❷

Dio Cass. 59-29/ Ath. 5-191/ etc.

❻（前2〜前1世紀）（英）Apollonius of Tralles 小アジア南西部カーリアー*の町トラッレイス*出身の彫刻家。兄弟のタウリスコス Tauriskos とともに、『ディルケー*を雄牛に縛りつけるアンピーオーン*とゼートス*兄弟』群像（通称・ファルネーゼの雄牛〈伊〉Toro Farnese）を造った。この群像はすべて1つの大理石塊から彫り出されたもので、アシニウス・ポッリオー*によって他の数多くの名作とともにロドス*よりローマへと運ばれた（現・ナーポリ考古学博物館蔵）。なお、ミケランジェロの鍾愛した『ベルヴェデーレのトルソ〈伊〉Torso di Belvedere』（ヴァティカーノ博物館）や『拳闘士〈伊〉Pugilatore in riposo』青銅坐像（ローマ国立博物館）の作者は、別人たるアテーナイ*のアポッロドーロス（前1世紀中頃）とされている。

⇒アゲーサンドロス

Plin. N. H. 36-4/ etc.

❼（前7頃〜後98頃）（テュアナ*の）アポッローニオス・テュアナイオス*（ギ）Apollonios ho Tyaneus (Tyanaios), ὁ Τυανεύς (Τυαναῖος), （ラ）Apollonius Tyan(a)eus, Apollonius Tyanensis, （英）Apollonius of Tyana, （仏）Apollonios de Tyane, （独）Apollonios von Tyana, （伊）Apollonio di Tiana, （西）Apolonio de Tiana, （葡）Apolônio de Tiana, （露）Аполлоний Тианский

カッパドキアー*の町テュアナ*出身の哲学者。新ピュータゴラース*派に属す。肉食・飲酒・女色を断ち、髪やひげを伸ばし放題にし全財産を放棄すると、小アジアをはじめペルシア、インド、エジプト、ギリシア、イタリアなど世界各地を広く旅行し、マゴイ*僧やギュムノソピスタイ*ら聖賢の知識を残りなく吸収した。禁欲的宗教思想家として王侯の信頼を集め、行く先々で数々の不思議な業を行ない、民衆からは「奇跡を起こす人」として崇敬された。すなわち、女怪エンプーサ*などの悪鬼を払い、難病を癒やし、死者を蘇生させたほか、閉ざされた扉を歩いて通り抜けたり、あらゆる言葉を理解したり、突然姿を消したかと思うと次の瞬間には遠く離れた場所に現われたりしたという。特に有名なのは、美貌の愛弟子メニッポス Menippos がコリントス*で女吸血鬼ラミアー*に魅入られ、あわや彼女と結婚しようとした時、花嫁の正体を見破って、食い殺される運命の若者を救った話である（⇒プレゴーン）。彼はまた、ドミティアーヌス*帝により、暴動教唆と魔術を使った廉で投獄されたが、やすやすとローマから脱出し、晩年はエペソス*において弟子たちを教育。ドミティアーヌス暗殺の時には、千里眼の能力で遙かローマの殺害現場を目のあたりに透視し、「よし今だ、暴君を打ち倒せ！」と叫んだと伝えられる（後96）。死後アポッローニオスは弟子たちの前に姿を現わし、肉体ごと天に昇っていったといい、彼のためにカラカッラ*帝によって神殿が建立され、アレクサンデル・セウェールス*帝の礼拝堂にはその像が祀られた。誕生にあたっては神プローテウス*から生母に

受胎告知が行なわれ、神の転生としてこの世に降誕し、それを祝して白鳥たちが歌ったなど、幾多の伝説が形成された。その生涯は主にピロストラトス*の著わした伝記によって知られている。「人類の改革者」と呼ばれた彼の著作のうち、わずかな断片と真贋の定かでない書簡 Epistolai が残っている。
⇒イエースース・クリストス、アレクサンドロス（パープラゴニアーの）、ニギディウス・フィグルス
Philostr. V. A., V. S. 1-7, -21, 2-5/ Dio Cass. 67-18, 77-18/ Euseb. Praep. Evang. 4-13/ Suda/ etc.

❽（テュロス*王の）（英）Apollonius of Tyre 中世ヨーロッパからルネサンス期にかけて人気を博した物語『テュロス王アポッローニオス譚（ラ）Historia Apollonii Regis Tyrii』の主人公。原話は後2、3世紀頃小アジア方面で作られたと考えられ、5世紀頃からラテン語に訳されて広く流布した。王アポッローニオスが妃や王女と離れ離れになりながら、波瀾に富む遍歴の末、ついに女神アルテミス*の導きで家族と再び結ばれるという梗概の物語で、後世シェイクスピアらによって翻案された（Shakespeare's "Pericles"）。父娘姦や求婚者に対する謎かけ、難船と海賊による誘拐、売春窟からの救出などのモティーフが盛りこまれていて興味深い。

なお単にテュロスのアポッローニオス（ラ）Apollonius Tyrius といえば、前1世紀エジプト王プトレマイオス12世*の頃に活動したストアー*派の哲学者を指す（前60頃）。
Strab. 16-757/ Diog. Laert. 7-1, -24, -28/ Fortunatus Carm. 6-8/ Gesta Romanorum 153/ Phot./ etc.

❾（前2世紀頃）不思議な物語を集めた『驚異譚集成 Historiai Thaumasiai』の編者（⇒プレゴーン）。

他にも、メガラ*派の哲学者で即座に謎々が解けなかったため「クロノス*（老いぼれ）」と渾名されたアポッローニオス（前300年頃の人）や、アレクサンドレイア❶*において活躍したキティオン*出身の医師アポッローニオス（前90頃〜前15頃）、アレクサンドレイアのヘーロピロス*学派の医師アポッローニオス・ミュース A. Mys（前1世紀後半）、ソータデース*の息子で父の好色詩に関する書物を著わしたアポッローニオス（前3世紀）、ハドリアーヌス*帝の登極に関する予言を著作に引用したプラトーン主義の哲学者シュリアー*のアポッローニオス等々、同名の人物が大勢いる。
Strab. 14-658/ S. H. A. Hadr. 2/ Ath. 14-620/ Philostr. V. S. 2-19〜20/ Sen. Q. Nat. 7-3, -17/ Celsus Med./ Gal./ Diog. Laert. 2-111/ etc.

アポッローニオス・テュアナイオス　Apollonios Tyanaios, Ἀπολλώνιος Τυαναῖος, Apollonius Tyanaeus （または、アポッローニオス・ホ・テュアネウス Apollonios ho Tyaneus, Ἀπολλώνιος ὁ Τυανεύς, Apollonius Tyaneus）
⇒アポッローニオス❼

アポッローニオス・デュスコロス　Apollonios Dyskolos, Ἀπολλώνιος Δύσκολος, Apollonius Dyscolus, （仏）Apollonios Dyscole, （伊）Apollonio Discolo, （西）Apolonio Díscolo

（後2世紀前半〜中頃）ローマ帝政期のギリシア語文法学者。アレクサンドレイア❶*に生まれる。貝殻に書きものをしなくてはならないほど貧乏だったため不機嫌な性格となり、またその文体の晦渋さも相俟って、デュスコロス（「気難し屋」の意）という渾名で呼ばれた。一時ローマへ赴き、アントーニーヌス・ピウス*帝（在位・138〜161）の注目するところとなるが、生涯の大半をアレクサンドレイアで過ごし、その地に葬られた。

主として構文論に関する29の著作のうち、『統語法論（語結合論）Peri Syntakseōs』『代名詞論 Peri Antōnymiās』『接続詞論 Peri Syndesmōn』『副詞論 Peri Epirrhēmatōn』の4篇のみ現存。批判的・組織的な研究方法の導入により、科学的な文法学を創始した人物として高く評価される。またディオニューシオス・トラークス*以来の文法学史についても、彼の著述のおかげで多くのことを知り得る。息子のアイリオス・ヘーローディアーノス*とともに、この時代で最も傑出した文法学者である。
⇒プリスキアーヌス
Prisc. Inst./ Phlegon Mir. 11, 13, 17/ Suda/ etc.

アポッローニオス・モローン　Apollonios Molon, Ἀπολλώνιος Μόλων, Apollonius Molo (Molon), （伊）Apollonio Molone, （西）Apolonio Molo (Molón)

（前1世紀前半）正しくはモローンの息子アポッローニオス。小アジア南西部カーリアー*の町アラバンダ Alabanda（現・Doğanyurt, Araphisar）出身の弁論家・ソフィスト*。メネクレース Menekles に師事し、ロドス*島で弁論術を教えた。前87年と前81年にロドス人の使節としてローマを訪れ、その講筵にはキケロー*も列なった。のちキケローはロドスへ赴いて彼に学び、あまりにも巧みに演説を行なったので、アポッローニオスは悲し気に「私はギリシアの運命を憐れまざるを得ない。我々に残された唯一の名誉というべき教養と弁論さえも、君はローマ人のものとしてしまったのだから」と呟いたという（前78）。カエサル*も若い頃、ロドスへ渡ってアポッローニオスの講義を聴いており（前75）、当時この島は弁論術の一大中心地として盛況を呈した。同じくアラバンダ出身の弁論家で、ほぼ同じ頃ロドスにおいて開校したアポッローニオス・マラコス Malakos（「柔弱な」の意）とは別人である。後者はその添え名とは裏腹に直截な人物で、生徒に雄弁の才がないと見て

系図38　アポッローニオス・デュスコロス

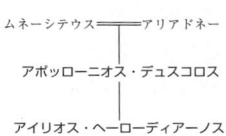

とるや「自分にふさわしい道を探しなさい」と遠慮なく退学させたという。
Cic. Att. 2-1, Brut. 70, 89～91, De Or. 1-28, Inv. Rhet. 1-56/ Strab. 14-655/ Suet. Iul. 4/ Plut. Caes. 3, Cic. 4/ Diog. Laert. 3-34/ Quint. 3-1, 12-6/ Joseph. Ap. 2-36/ etc.

アポッローニオス・ロディオス（または、ロドス*のアポッローニオス） Apollonios Rhodios, Ἀπολλώνιος Ῥόδιος, Apollonius Rhodius, （英）Apollonius of Rhodes, （仏）Apollonios de Rhodes, （独）Apollonios von Rhodos

⇒アポッローニオス❹

アポッローン Apollon, Ἀπόλλων, （ドーリス*方言形）Apellon, Ἀπέλλων, （ラ）アポッロー* Apollo, （独）Apoll, （伊）Apollo, （西）（葡）Apolo, （露）Аполлон, （現ギリシア語）Apóllon

ギリシアの主要な男神。ゼウス*の寵児で、オリュンポス*十二神の1柱。音楽・弓術・予言・医療・牧畜・文芸、等々を司る。また光明神としてポイボス*（光り輝く者）の称号を得、前5世紀以後は太陽神とも見なされ、ヘーリオス*と同一視されて、その権能を吸収した。古代ギリシア人の最高の知性と文化を象徴する清朗な神であり、若々しく逞しい理想的な美青年の姿で表わされた。とはいえ、その起源は非ギリシア系で、オリエントに栄えたヒッタイト人の門の神アプルナス Apulnas や、小アジアのリュキアー*地方の植物神、ギリシア人が民族移動の過程で北方からもたらした牧畜神など種々の神格が重層して、アポッローンの多様な性格を形成したものと考えられる。代表的な持物は弓・箙（えびら）・竪琴・牧羊杖。神木は月桂樹・棕櫚（しゅろ）。霊鳥は白鳥・鷹・鴉・雄鶏。聖獣は海豚（いるか）・狼・蛇などである。ローマのアポッロー*。

神話においては、ゼウスとレートー*の子で、アルテミス*の双生兄弟。デーロス*島に生まれるや、女神テミス*に託され神酒（ネクタル*）と神饌（アンブロシアー*）で養われて、またたくうちに成長した、あるいは生後まもなく白鳥の曳く車に運ばれて極北の民ヒュペルボレオイ*人のもとへ赴いたという。やがてデルポイ*に来た彼は大蛇ピュートーンないし雌蛇デルピュネー❶*を退治し、これを記念してピューティア競技祭*を創始、またその地の神託所を我がものとする一方、テンペー*渓谷で巨蛇殺害の汚れを浄めた（⇒テルプーサ）。次いでアルテミスとともに巨人ティテュオス*やアローアダイ*、またニオベー❶*の子供たちを射殺し、音楽の技を挑んだマルシュアース*を殺戮、トロイアー戦争*ではギリシア軍に疫病を流布させ、パリス*を導いてアキッレウス*を討たせるなど常にトロイアー*側に味方した（⇒クリューセイス）。贖罪と治癒の神であると同時に悪疫を送って人間を罰する神でもあり、一般に人（とくに男性）の急死はこの神の仕業によるものと考えられていた。

アポッローンは男女両色の恋愛で名高く、コローニス❶*との間に医神アスクレーピオス*を、キューレーネー*との間にアリスタイオス*を儲けるという風に多くの子供たちを得た（⇒ミーレートス、キュクノス❹、イオーン、リノス、イアモス、トローイロス、アニオス）。が一方、ダプネー*やカスタリアー*、マルペーッサ*、シビュッレー*、カッサンドラー*等、いくつかの恋は失意の裡に終わった。美青年ヒュアキントス*やキュパリッソス*との交情もまた悲劇的な結末を告げている。ある時はポセイドーン*と共謀して、大神ゼウスを縛り上げ天空から吊り下げようと企てたが、事破れてトロイアー王ラーオメドーン*に1年間仕え、城壁を建造するよう大神に命ぜられた（一説では城壁を築いたのはポセイドーンで、その間彼はイーデー❶*山中で王の家畜番をしていたという）。王が約束の報酬を支払わないばかりか、2神の耳を削ぎ落として奴隷に売りとばすと脅しさえしたので、怒ったアポッローンは神の姿を現わし、国中に疫病を伝染させた。子のアスクレーピオスが雷霆に撃たれて死んだ折には、彼は報復として雷霆の製造者たるキュクロープス*たちを殺害、よって再び1年間テッサリアー*の領主アドメートス*に下僕として奉仕することを余儀なくされた —— ただし今回は若き王アドメートスの念者 erastes（エラステース）となって、これを寵愛したという ——。また実母を殺したオレステース*の罪を潔めた話や、デルポイの神託所を荒らした英雄ヘーラクレース*と争い合ったところ、両者の父ゼウスが2人の間に雷を落として引き分けさせたという物語も残っている。

その他アポッローンは、門や道路、都市、航海、植民市建設、法典制定などを司り、また体育の守護神としてヘルメース*やヘーラクレースとともにその像が、青年たちの運動するギュムナシオン*（体育場）やパライストラー*に建てられた。多くの職能のゆえに実にたくさんの別称・形容語をもち、わけても「銀の弓を持てる Argyrotoksos」「遠矢を射る Hekēbolos」「ムーサ*たちを導く Mūsāgetēs」「海豚の神 Delphīnos」「害悪を追い払う神 Aleksikakos」「狼の神 Lykeios」「鼠の神 Smintheus」「癒やす者 Paiēōn（⇒パイエーオーン）」は名高い。全ギリシア世界であまねく崇拝されたが、特にデーロス島とデルポイがその2大中心地となり、それ以外にも小アジア西岸のディデュマ*、クラロス*の神託所が盛名を馳せていた。またアポッローンの祭礼は、デーロス島のデーリア*祭、アテーナイ*のタルゲーリア*祭、スパルター*のカルネイア*祭など各地諸方でさまざまに行なわれ、祝典歌パイアーン*が歌われ、盛大な犠牲ヘカトンベー*が捧げられることもあった。イタリアへも早く伝わり、ローマ帝政期にアポッローは大神ユーピテル*に次ぐ重要な神格となった。

美術作品において彼は、男性の肉体美の理想を具現した若者として表現され、ひげのない理知的な顔の上に秀でた額が続き、頭髪は巻毛をなして垂れていることが多い。ふつう裸体だが、竪琴奏者像の場合には長い寛衣をまとっている作例が多い。

哲学者ピュータゴラース*やプラトーン*、セレウコス1世*、アウグストゥス*らの父親に擬せられることもある。アルカイック期以来、陶画や彫刻、浮彫などの造形芸術に

頻繁に登場し、近代思想において「アポッローン的」という表現は、「調和のとれた、理性的な」といった意味合いで、「ディオニューソス*的」の対概念として用いられるようになった。
⇒ブランコス、ミダース、ガレオス
Hymn. Hom. Ap./ Callim. Ap., Del./ Hom. Il. 7-452～, 21-441～/ Hes. Theog. 14, 94, 347, 918/ Pind. Pyth. 3-8～/ Aesch. Supp. 260～/ Eur. I. T. 1250, Alc. 1～/ Ap. Rhod. 2-707～, 4-616～/ Strab. 9-417～/ Paus. 1-3, 3-13/ Apollod. 1-4, -7, -9, 2-5, 3-1, -10, -12/ Plut. Mor. 293b～/ Hyg. Fab. 32, 53, 89, 93, 140, 161, 165, 202, 242/ Ant. Lib. Met. 20, 30/ Lucian. Sacrif. 4/ Ael. V. H. 3-1/ Herodot. 4-33～/ Diod. 2-47/ etc.

アボリーギネース Aborigines, (ギ) Aborigīnĕs, Ἀβοριγῖνες, (仏) Aborigènes, (〈ギ〉アウトクトネス*Autokhthones, Αὐτόχθονες, 〈英〉Autochthons, 〈仏〉Autochthones)
「原住民・先住民」の意。特にイタリア中部の先住民で、漂着したアイネイアース*（アエネーアース*）を迎え、ラティーニー*人の祖となった人々を指す。
今日、オーストラリアなどで先住民族をアボリジニズ aborigines と呼ぶのは、アボリーギネースというラテン語の英語風訛音である。
⇒ルトゥリー
Dion. Hal. 1-9～, -72, 2-48～/ Strab. 5-228/ Varro Ling. 5-53/ Liv. 1-1/ Serv. ad Verg. Aen. 1-6, 8-328/ etc.

アポリナーリス・シードニウス Apollinaris Sidonius
⇒シードニウス・アポッリナーリス

アポルリナーリス・シードニウス Apollinaris Sidonius
⇒シードニウス・アポッリナーリス

アポルロー Apollo
⇒アポッロー

アポルロドーロス Apollodoros
⇒アポッロドーロス

アポルローニアー Apollonia
⇒アポッローニアー

アポルローン Apollon
⇒アポッローン

アポロドーロス Apollodoros
⇒アポッロドーロス

アポローニアー Apollonia
⇒アポッローニアー

アポローニウス Apollonius
⇒アポッローニオス

アポロ（ン） Apollo(n)
⇒アポッローン、アポッロー

アマシーア Amasia
⇒アマセイア（のラテン語形）

アマシス（2世） Amasis, Ἄμασις, (古代エジプト名) Yʻḥmś (Aaḥ-mes), Ahmose, 即位名・Khnem-ib-ra, (英)(独) Ahmes, (仏)(葡) Ahmès, (伊)(西) Amosis, (葡) Amásis, (露) Амасис
エジプト第26（サイス Sais）王朝5代目の王（在位・前570～前526）。一介の無頼漢であったが、登用されて、前570年、王アプリエース*によりキューレーネー*の叛乱軍討伐の将として派遣される。ところが逆に叛徒から王に推戴され、アプリエースを廃して王位簒奪に成功。リューディアー*王クロイソス*やサモス*の僭主ポリュクラテース*らと親交を結び、キュプロス*島を征服、ギリシア諸都市の主要な神殿に寄進をし、デルタ地帯のナウクラティス*をギリシア人植民市にして商人を集住させるなど巧みな政策でエジプトに繁栄をもたらした。前525年アカイメネース朝*ペルシア*のカンビューセース*（2世）が侵入した時には、すでに死亡していたが、遺骸を引きずり出されて鞭打ちその他あらゆる辱しめを加えられた末に焼き捨てられた（⇒プサンメーティコス3世）。
アマシス王には型破りの振る舞いが多く、午前中は熱心に政務を執るものの、その後は酒を飲んでふざけ過ごしたとか、平民上がりのゆえに尊敬を得られなかったので、宮廷の黄金製の便器を神像に造り変えて国民に崇拝させ、「同様にもとは低い身分であっても今は王となった余を畏れ敬え」と命じた等の話が伝わっている。
⇒巻末系図024
Herodot. 1-30, -77, 2-162～182, 3-1～16/ Diod. 1-68, -95/ Plut. Sol. 26/ Polyaenus 7-4, 8-29/ Diog. Laert. 8-3/ etc.

アマーストリス（または、アメーストリス） Amastris, Ἄμαστρις, Amestris, Ἄμηστρις, (伊) Amastri, Amestri
アカイメネース朝*ペルシア*帝国の貴婦人の名（⇒巻末系図024）
❶（前5世紀前半）クセルクセース1世*の正妻。ペルシア貴族オタネース Otanes（一説にはオノパース Onophas）の娘。驕慢かつ残忍な婦人で、夫王の弟マシステース*の妻を捕らえて、その乳房や鼻・耳・唇・舌を切り落として犬に投げ与えたり、名門貴族の若者14人を生き埋めにし地下の神へ捧げたりしたと伝えられる。アルタクセルクセー

ス1世*ら幾人かの子を産み、夫クセルクセースの暗殺（前465）後も、生きながらえた。
⇒パリュサティス
Herodot. 7-61, -114, 9-108～113/ Ctesias Pers. 20/ Pl. I -Alc. 123c/ etc.

❷（前4世紀）アルタクセルクセース2世*の娘。父王によって廷臣ティーリバゾス*（テーリバゾスとも）の妻になるよう定められていたが、アルタクセルクセースは心変わりして彼女を自ら娶り、代わりにいちばん下の娘アトッサ❷*をティーリバゾスと婚約させた。

なお先王ダーレイオス2世*（アルタクセルクセース2世の父）にも同名の娘アマーストリス（アメーストリス）がいた。
Plut. Artax. 27/ Ctesias Pers./ etc.

❸（前4世紀後期～前288頃）アマーストリネー Amastrine ともいう。オクシュアトレース Oksyatres（ダーレイオス3世*の弟）の娘。アレクサンドロス大王*によってクラテロス*にめあわせられるが（前324）、クラテロスがアンティパトロス❶*の聡明な娘ピラー*に恋してしまったので、ヘーラクレイア❹*の僭主ディオニューシオス*と再婚する（前322）。夫の死後、リューシマコス*と三婚する（前302）が、間もなくリューシマコスは彼女を捨てて、プトレマイオス1世*の娘アルシノエー2世*と結婚。そこでアマーストリスはヘーラクレイアへ戻り、自ら同地を支配し、パーブラゴニアー*の黒海沿岸にアマーストリス市（現・Amasra）を建設（前300頃）。のち2人の息子（ディオニューシオスとの間の）に溺死させられた。
⇒巻末系図 031, 038
Arr. Anab. 7-4/ Diod. 20-109/ Strab. 12-544/ Polyaenus 6-12/ Steph. Byz./ etc.

アマセイア　Amaseia, Ἀμάσεια, Amasia, Amasea,（現・アマスヤ Amasya）,（露）Амасья,（現ギリシア語）Amásia

小アジア北部、ポントス*地方の都市。イーリス Iris 河（現・Yeşil Irmak）中流域の天険に位する城砦都市で、ポントス王国の首都であった（前301頃～前183頃）。ヘルメース*神の創建になると伝えられ、大王ミトリダテース6世*や地理学者ストラボーン*の生地。前64年頃ポンペイユス*によって自由市と認められ、藩属王による統治が許されていたが、アウグストゥス*の治世にローマ帝国の属州ガラティア*に併呑された（前2）。次いでトライヤーヌス*帝の治下に属州カッパドキア*に再編成された（後112頃）ものの、軍事上の要路を扼するために重視され、ポントス地方第1の都市としての座を保った。

現在もヘレニズム時代以来の城塞やポントス王国諸王の岩窟墳墓などの遺跡を見ることができる。
⇒シノーペー、アミーソス
Strab. 12-561/ Plin. N. H. 6-3, -4/ Procop. Aed. 3-7/ Ptol. Geog. 5-6, 8-6/ etc.

アマゾネス（族）　Amazones, Ἀμαζόνες,（ラ）アマーゾネース Amazones, アマーゾニデース Amazonides,（英）Amazons,（仏）Amazones,（独）Amazonen,（伊）Amazzoni,（西）（葡）Amazonas,（露）Амазонки

⇒アマゾーン（女族）

アマゾーン（女族）　Amazon, Ἀμαζών,（ラ）アマーゾーン Amazon,（仏）（独）Amazone,（伊）Amazzone,（西）（葡）Amazona,（アマゾニス Amazonis, Ἀμαζονίς とも）,（〈複〉アマゾネス*、または、アマゾニダイ Amazonidai, Ἀμαζονίδαι）

ギリシア伝説上の好戦的な女人族。軍神アレース*とナーイアス*（水のニュンペー*）ハルモニアー Harmonia の子孫。北東辺境の地カウカソス*、スキュティアー*、小アジアの黒海沿岸、もしくはトラーケー*（トラーキアー*）北方、一説ではリビュエー*に女だけの王国を築いていた。常に馬に跨って狩猟と戦争を事とし、弓をひくのに邪魔にならないよう右の乳房を切り取っていたので、「乳なし」（アマゾーン）（否定辞 a + mazos「乳」）と呼ばれたという ── 語源的には、「武者・戦士」を意味する古イーラーン語・hamazan に由来する ──。年に1度、近隣部族の男たちと交わって子を産んだが、女児のみを育て、男児は殺すか盲目ないし跛足にして使役した。彼女ら女戦士たちは、半月形の楯や両刃の斧、弓矢、槍を携えて各地に攻め込み、一時は小アジアからシュリアー*に至る広大な地域を征服し、エペソス*、スミュルナー*、シノーペー*、キューメー❶*などの諸市を建設したと伝えられる。アレースとアルテミス*をとりわけ崇拝し、各地に神殿を築き、一説にはエペソスのアルテミス大神殿を創建したのもアマゾーンたちであるという（⇒アミーソス）。

ホメーロス*以来、文学作品にしばしば登場し、英雄ヘーラクレース*はエウリュステウス*の命に従ってアマゾーンの女王ヒッポリュテー*の帯を取りにいき（第九の功業）、テーセウス*もまた、この女人国へ遠征してアンティオペー❶*（ヒッポリュテーの姉妹）を掠奪、ために怒ったアマゾーン族はアッティケー*へ来襲し、アレイオス・パゴス*の丘に陣取りアテーナイ*市に侵入したが、激戦の末に敗れ去った。『パロス島年代記』によれば、アマゾーンのアッティケー侵攻は前1256年とされ、アテーナイではその後永く戦端の開かれたボエードロミオーン Boedromion 月（現在の9～10月）の第7日に勝利を祝う競技祭ボエードロミア Boedromia が開催されていた。その他、ベッレロポーン*もリュキアー*王イオバテース*の命令でアマゾーン女族を征服している。トロイアー戦争*の折には、彼女らは女王ペンテシレイア*に率いられてトロイアー*方に来援したが、女王はアキッレウス*に討ちとられ屍骸を犯された。ヘレニズム期には酒神ディオニューソス*のアマゾーン征討伝説や、ヒュルカニアー*におけるアレクサンドロス大王*とアマゾーンの女王との同衾の物語（ロマンス）が広く流布し

た。

彫刻や陶画などの美術作品では馬上の女武者の姿で表わされ、特にギリシア人と彼女らの戦闘アマゾノマキアー Amazonomakhia の場面が好んで取り上げられた（代表例・大英博物館所蔵のスコパース*作マウソーレイオン*の浮彫）。前5世紀には、ペイディアース*をはじめとする巨匠たちによってアマゾーン像の競作が行なわれたが、投票の結果ポリュクレイトス*の彫刻が優勝したという（ローマ時代の模刻『傷つけるアマゾーン』がカピトリーノ美術館などに収蔵）。

後世、アマゾーンは一般に「女丈夫」「女戦士」を意味する言葉となり、そこから「男まさりの」女性を形容する（英）Amazonian,（伊）Amazzonio, ……の語が派生した。

南米の大河アマゾンが、16世紀のスペイン人探検家により、アマゾーン女族に因んで名づけられたことは周知の通りである。

⇒サルマタイ、タナイス

Hom. Il. 3-189, 6-186/ Herodot. 4-110～, 9-27/ Apollod. 2-3-2, -5-9, Epit. 1-16/ Ap. Rhod. 2-96～/ Plut. Thes. 27, Alex. 46/ Diod. 2-45, 3-52, 4-28/ Plin. N. H. 34-19/ Strab. 11-503～, 12-573/ Paus. 1-2-1, -15-2, -17-2, -25-2, -41-7, 2-31-4, -32-9, 3-25-3, 4-31-8, 5-10-9, -11-4, -7, -25-11, 7-2-7～8/ Just. 2-4/ Quint. Smyrn./ etc.

アマータ Amata,（仏）Amate,（西）Amada,（露）Амáта

ローマ伝説中、ラティーヌス*王の妃にして、1女ラーウィーニア*の母。娘をトゥルヌス*と婚約させていたため、ラーウィーニアとアエネーアース*（アイネイアース*）との結婚に反対し、トゥルヌス戦死の報らせに接して自ら縊死した。

Verg. Aen. 7-343～, 12-54～, -595～/ Gell. N. A. 1-12/ Dion. Hal. 1-64/ etc.

アマトゥース Amathus, Ἀμαθοῦς,（仏）Amathonte, Amathunte,（伊）Amatunte, Amato,（西）Amatunte,（露）Амафунта, Аматус,（現ギリシア語）Amathúnta

（現・Limassol の東方10kmの古代遺跡）キュプロス*島南岸の湾港都市。愛の女神アプロディーテー*崇拝の中心地として名高い（⇒パポス）。フェニキア*人の創建にかかり（前11世紀）、前1000年頃に遡る遺跡が残されている。オリエントの大女神アスタルテー*信仰を継承して、アプロディーテーとアドーニス*を合祀し、神殿売春などの宗教儀式が盛んに行なわれた。また、両性具有的な有髭のアプロディートス Aphroditos 神の尊崇や、毎年8月後半の祭礼において青年が妊婦の真似をする"男子産褥"の習俗（⇒アリアドネー）などでも知られていた。伝説によると、アプロディーテーの神性を否定したため女神の送った間断なき情慾に狂って最初の娼婦となり、ついに石と化したプロポイティデス Propoitides は、この町の王女たちであったという。

アマトゥースは銅の産地および穀倉地帯としても有名で、2つの港（現・古 Limassol と Ayios Tykhonas）を擁していた。女神アプロディーテーの聖域や墓地の遺構が発掘されている。

⇒サラミース❷

Ov. Met. 10-220～, Am. 3-15/ Strab. 14-683/ Herodot. 5-104～/ Plut. Thes. 20/ Paus. 9-41-2～3/ Tac. Ann. 3-62/ Steph. Byz./ etc.

アマルテイア Amaltheia, Ἀμάλθεια, Amalthea,（仏）Amalthée,（伊）（西）Amaltea,（葡）Amaltéia,（露）Амалфея,（現ギリシア語）Amálthia, Ἀμάρθεια

ギリシア神話中、クレーター*島で赤児のゼウス*に乳を与えた雌山羊ないしニンフ*（ニュンペー*）の名。ゼウスを貪り食おうとする父神クロノス*から守るべく、彼女は天・地・海のどこを探しても見つからぬように、黄金の揺籃を木の枝から吊し、クーレーテス*（コリュバンテス*）なる若者たちに躍り騒がせて嬰児の泣き声をかき消させながら雌山羊の角から流れ出る神酒ネクタル*と神饌アンブロシアー*とで幼神を養い育てた。異伝によれば、ゼウスの乳母となったのは、クレーターの王メリッセウス Melisseus の娘たちアマルテイアとメリッサ Melissa の2人で、イーダー❷*山（あるいはディクテー*山）の洞窟において山羊の乳と蜜蜂の甘美な蜜を与えて哺育したという。また一説では、この雌山羊は太陽神ヘーリオス*を父として生まれた動物だったが、恐ろしく乱暴だったために、大地の女神ガイア*の計らいでクレーターの岩屋に隠され、のちにゼウスに授乳することになったとも伝えられている。ある日、戯れていてゼウスは山羊の片方の角を折ってしまい、持主が欲するままにあらゆる果物が無尽蔵に溢れ出て来る力をこの角に授けて乳母のアマルテイアに贈った（⇒コルヌーコーピア）。のちゼウスは雌山羊を天空に星座として掲げ（小山羊座 Eriphos あるいは駁者座の α 星カペッラ Capella, もしくは山羊座〈ラ〉Capricornus）、ティーターン*神族との戦争（ティーターノマキアー*）の折には、その皮で神楯アイギス*を作って闘ったという。

なお、木星の第5衛星にはアマルテーア Amalthea の名が付けられている。

古代末期までローマに保管されていた予言集を残したキューメー❷*（クーマエ*）のシビュッレー*の名も、時にアマルテイアとされている。

⇒クーレースたち、ケレオス2

Hyg. Fab. 139, 182, Poet. Astr. 2-13/ Ov. Fast. 5-115～/ Callim. Hymn. 1-46～Apollod. 1-1, 2-7, Strab. 8-387/ Diod. 5-70/ Paus. 7-26/ Ant. Lib. Met. 36/ Nonnus Dion. 23-280, 27-290, 28-312/

アミーソス Amisos, Ἀμισός, Amisus,（伊）（西）（葡）Amiso,（露）Амисус, Амисос,（現・サムスン Samsun 西北郊の Kara Samsun）

黒海南岸、テルモドーン Thermodon（現・Termeh

Tchai) 河口付近の港湾都市。前6世紀中頃にミーレートス*あるいはポーカイア*によって建設されたイオーニアー*系ギリシア人の植民都市。小アジア北岸、ハリュス*河とイーリス Iris (現・Yeşil Irmak) 河の中間の黒海に臨む地に位置する。前5世紀中頃にはアテーナイ*から移民団が送られ（⇒クレーロス）、次いでアレクサンドロス大王*によってペルシア帝国*の桎梏から解放されたものの、前250年までにはポントス*王国の支配下に入る。大王ミトリダテース6世*の治下に拡張され、諸神域が造営された。ルークッルス*麾下のローマ軍による劫掠（前71）後も再興され、「自由市」として交易によって永く繁栄した。文法学者（大）テュランニオーン*の生地。市の領するテミスキューラ Themiskyra（現・Terme）の沃野は、伝説上のアマゾーン*女族の居住地として名高い。オリーヴおよびオリーヴ油の特産地。市壁や聖域、保存状態の良いモザイク画などが発掘されている。

⇒シノーペー、トラペズース

Strab. 12-547～/ Plin. N. H. 6-2/ Plut. Luc. 14～, 19/ App. Mith. 78/ Dio Cass. 42-46/ Plin. Ep. 10-93/ etc.

アミテルヌム Amiternum, (ギ) Amiternon, Ἀμίτερνον, Amiterna, Ἀμίτερνα, (伊) Amiterno, (現・San Vittorino)

イタリア中部のサビーニー*族の町。アテルヌス Aternus（現・Pescara）河上流にあり、町の名はこの河に由来する。起源は古く、先住民アボリーゲネース*の創建によるという。史家サッルスティウス*の生地（前86）。ローマ帝政期には、交通の要衝に位置することと肥沃な土地に恵まれていたこととが相俟って大いに繁栄した。

⇒サベッリー

Verg. Aen. 7-710/ Plin. N. H. 3-5/ Liv. 10-39, 28-45/ Varro Ling. 5-28, 6-5/ Strab. 5-228/ Dion. Hal. 2-49/ etc.

アミュークライ Amyklai, Ἀμύκλαι, Amyclae, (仏) Amyclées, Amycles, (伊) Amicle, (西)(葡) Amiclas, (露) Амиклы, (現・Amíkles, または、Agios Kyriaki)

ペロポンネーソス*半島南部、ラコーニカー*（ラコーニアー*）地方の町。スパルター*の南方およそ3マイル、エウロータース* Eurotas（現・Evrótas、または、Basilipotamo）河右岸近くに位置する。建祖はアポッローン*神に愛された美青年ヒュアキントス*の父アミュークラース Amyklas。元来アカーイアー人*の町で、『イーリアス*』にも登場し、ドーリス人*の侵入（前1100頃）後も長く独立を保ったが、前750年頃までにはドーリス*系のスパルター人によって破壊された。伝承によると、敵軍襲来の虚報に繰り返し悩まされたアミュークライ市民は「向後何人（なんぴと）たりとも敵軍接近を口にしてはならぬ」との法律を制定し、そのためスパルター王テーレクロス*が攻め寄せた時にも誰一人その事実を口外できぬまま、たやすく滅ぼされてしまったという ── 異説では、この故事はアミュークライがイタリアのカンパーニア*沿岸に建設した同名の植民市アミュークライのことであるとされる ── 。

アミュークライ市は毎年7月にこの地のアポッローン神殿で行なわれていたヒュアキンティア Hyakinthia 祭で名高く、その期間中はスパルター市内から人気（ひとけ）が失せたといわれるほど盛大に祝われる習いであった。アポッローン神の古い巨像（約13.5 m）があり、その台座の中に英雄神 heros ヒュアキントスが葬られていたという。アミュークライは肥沃な景勝の地で、双生神ディオスクーロイ*（カストール*とポリュデウケース*）の生まれた所として知られる。前8世紀以来の神域の遺構やアポッローンの玉座が発掘されている。

また近くの丘ヴァフィオ Vafió にある穹窿墓から、前16～前15世紀のエーゲ海文明*（ミュケーナイ*文化）を代表する黄金の酒盃一対が出土している（現・アテネ考古学博物館）。

Hom. Il. 2-584/ Paus. 3-2-6, -18-6～19-6/ Pind. Pyth. 1-65/ Verg. G. 3-345/ Ov. Met. 8-314/ Polyb. 5-19/ Liv. 34-28/ Strab. 8-364/ Serv. ad Verg. Aen. 10-564/ etc.

アミュコス Amykos, Ἄμυκος, Amycus, (仏) Amycos, (伊)(葡) Amico, (西) Ámico, (露) Амик, (現ギリシア語) Ámikos

ギリシア神話中、ポセイドーン*の子で、ビーテューニアー*のベブリュケス❶*人の王。膂力にすぐれた巨漢で、自国を訪れる者すべてに拳闘の試合を挑んでは旅人たちを打ち殺していた。しかし、アルゴナウテース*たち（アルゴナウタイ*）がやってきた時に、一行の中のポリュデウケース*（ディオスクーロイ*の1人）によって敗れ、打ち殺された、あるいは以後異邦人を歓待するよう誓わされたという。また彼は、鉄の産地の領有をめぐって隣国マリアンデューノイ Mariandynoi 人の王リュコス*と絶えず争っていたとされる。

Ap. Rhod. 1-119, 2-1～/ Apollod. 1-9-20/ Hyg. Fab. 17/ Theoc. 22-27～/ Valerius Flaccus 4-99～/ etc.

アミューモーネー Amymone, Ἀμυμώνη, (仏) Amymoné, Amymôné, (伊)(西)(葡) Amimone, (西) Amimona, (露) Амимона, (現ギリシア語) Amimóni

系図39　アミュコス

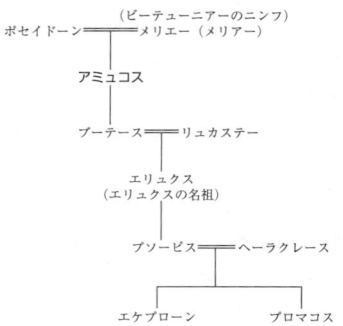

ペロポンネーソス*半島のアルゴリス*地方の泉。神話によると、アミューモーネーはダナオス*の50人の娘の1人（⇒ダナイデス）で、父とともにアルゴス*の地へ逃れてきたが、ポセイドーン*の怒りのせいでアルゴリスの河川はすべて枯れ果てていた —— イーナコス*をはじめとするこの地の河神たちが、ポセイドーンではなくヘーラー*にアルゴリスを捧げた罰だという —— ので、彼女は他の姉妹と一緒に父の命で水を捜しに出かけた。その途中、アミューモーネーは眠っているサテュロス*を驚かせてしまい、あやうくそのサテュロスに犯されそうになったところを、ポセイドーンに救われ、海神と交わって航海術の創始者ナウプリオス*の母となった。ポセイドーンは三叉戟（さんさげき）で岩を突いてアミューモーネーの泉を湧き出させたとも、レルネー*の泉を教えたともいわれる。

Apollod. 2-1-4～5, -5-2/ Ov. Am. 1-13, Met. 2-240/ Paus. 2-15-5, -37-4, 4-35-2/ Hyg. Fab. 169/ Eur. Phoen. 187/ Prop. 3-22/ etc.

アミュルタイオス　Amyrtaios, Ἀμυρταῖος, Amyrtaeus, （仏）Amyrtée, （伊）（西）Amirteo, （葡）Amirteu, （露）Амиртей, （現ギリシア語）Amirtéos

（古代エジプト名・Imn ir di-sw, Amun-ir-di-su, Aomahorte, Amenirdisu, Amonirdisu）エジプト第28王朝の国王（在位・前404～前399）。別名・プサンメーティコス*5世。第26王朝＝サイス Sais 朝（前664～前525）の子孫と思われる。同名の祖父アミュルタイオス（サイスの君侯）が前460年、リビュエー*（リビュア*）のイナロース*とともに、アテーナイ*艦隊の支援を受けてペルシア帝国*に叛旗を翻し、イナロースが降伏した後も、デルタ地帯のエルボー Elbo 島に拠って王号を称し続けた。王位を継承した父パウシリス Pausilis の跡を継いで、アミュルタイオスはエジプトの独立を達成し、第28王朝を開く（前404）が、短い統治ののち、この王朝は彼一代で絶えた。第29王朝の創建者ネペリテース1世 Nepherites I（位・前399～前393）に敗れて捕らわれ、メンピス*で処刑されたという（前399年10月没）。

⇒プサンメーティコス、ネクタネボス

Herodot. 2-140, 3-15/ Thuc. 1-110/ Diod. 11-74～75/ Ctesias/ Euseb. Chron./ etc.

アミュンタース　Amyntas, Ἀμύντας, （伊）Aminta, （西）（葡）Amintas, （露）（マケドニア語）Аминта, （現ギリシア語）Amíntas

マケドニアー*王の名。
⇒巻末系図027

❶1世　A. I（在位・前540頃～前498頃）

父アルケタース Alketas（在位・前579頃～540頃）のあと即位。彼の治下にマケドニアーはアカイメネース朝*ペルシア*の朝貢国となった（⇒ダーレイオス1世）。息子アレクサンドロス1世*が、非礼なペルシア使節の一行を、女装した青年たちに刺殺させた時、捜索に来たペルシア人隊長に娘を嫁がせて、ことなきを得たという（前512頃）。アテーナイ*のペイシストラティダイ*（ペイシストラトス家）と同盟を結び、追放された僭主ヒッピアース*（ペイシストラトス*の子）を迎え入れようとした。

Herodot. 5-17～20, -94, 7-173, 8-136, -139～140, 9-44/ Thuc. 2-100/ Just. 7-1, 33-2/ Paus. 9-40-7/ etc.

❷3世　A. III（在位・前393頃～前370／369）

アレクサンドロス1世*の庶系。一説には摂政アーエロポス Aeropos 2世（？～前394）の奴隷出身であったといわれるが、アルケラーオス*王没後の混乱状態を収拾、対立王パウサニアース Pausanias（在位・前394～前393頃）を謀殺して即位した。一時アルガイオス Argaios 2世（パウサニアースの子）により王座を追われたものの、復位してのちは、イッリュリアー*人の侵入（前385）を撃退するなど国力の伸張に努め、スパルター*、アテーナイ*、さらにはペライ*の僭主イアーソーン*といったギリシアの有力国家と次々に友好関係を結んだ。ギリシア文化に傾倒し、権謀術数に長けて天寿を全うした（暗殺説あり）。が、在位中には、妻エウリュディケー❶*の謀叛の企てや、親族で王の男色相手デルダース Derdas の反逆事件などが起こった。ピリッポス2世*（アレクサンドロス大王*の父）は彼の息子である。

なお、アルケラーオスの息子にも小王アミュンタース（2世）という人物がおり、アリストテレース*によれば、この小アミュンタースは若いデルダースの肉体を弄んだことを公然と自慢したため、憤慨したこの青年に弑殺されたという（前392頃）。

⇒アレクサンドロス2世、ペルディッカース3世

Thuc. 2-95, -100/ Arist. Pol. 5-10/ Diod. 14-89, -92, 15-19～23, -60, -71/ Just. 7-4～/ Ael. V. H. 12-43/ Isoc. 6-46/ Xen. Hell. 5-2-12～13, -38/ etc.

❸4世　A. IV（在位・前359）

ペルディッカース3世*（在位・前368～前359）の子。父王戦死の時にはまだ幼かったので、叔父ピリッポス2世*が摂政となり、のち王位を簒奪し、娘の1人をこれに嫁がせた。ピリッポスが暗殺される（前336）や、跡を継いだアレクサンドロス大王*は、陰謀の廉（かど）で彼を処刑させた（前

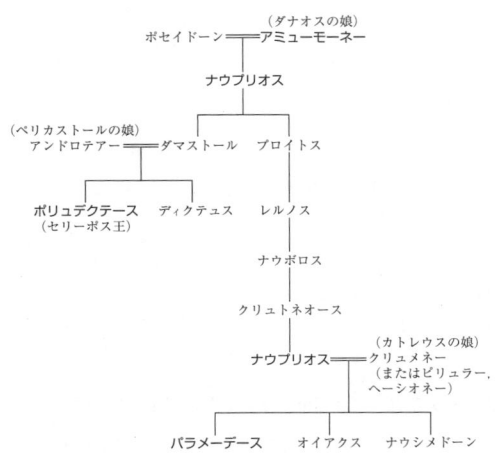

系図40　アミューモーネー

336)。娘のエウリュディケー❷*は，のちにピリッポス3世*アッリダイオス（アレクサンドロス大王の異母兄）と結婚している。

なお，マケドニアー*の軍人貴族に何人かのアミュンタースがいる他、ローマ共和政末期にデーイオタロス*の死後（前39頃）、将軍アントーニウス*から領土を与えられてガラティアー*王を名乗ったアミュンタース（？〜前25）も名高い。このアミュンタースはアクティオン*の海戦（前31）直前にオクターウィアーヌス*（のちアウグストゥス*）側に寝返って小アジア大半の藩属王になったにもかかわらず、ほどなく自らが殺した僭主の妻に騙し討ちにされて果てている。
Just. 7-5, 12-6/ Diod. 16-2, 17-45/ Arr. Anab./ Curtius 6-9, -10, 8-2/ Strab. 12-567〜/ Plut. Alex./ Ath./ Ael./ Plin. N. H./ etc.

アミルカース　Amilkas
⇒ハミルカル

アミルカース・バルカース　Amilkas Barkas
⇒ハミルカル・バルカ

アムバルウァーリア　Ambarvalia
⇒アンバルウァーリア

アムビ〜　Ambi-
⇒アンビ〜

アムピ〜　Amphi
⇒アンピ〜

アムビアーニー　Ambiani
⇒アンビアーニー

アムビオリクス　Ambiorix
⇒アンビオリクス

アムピトリーテー　Amphitrite
⇒アンピトリーテー

アムピトルオー　Amphitruo
⇒アンピトリュオーン

アムブ〜　Amb-
⇒アンブ〜

アムフィ〜　Amphi-
⇒アンピ〜

アムフィアラーオス　Amphiaraos
⇒アンピアラーオス

アムフィッサ　Amphissa
⇒アンピッサ

アムフィテアートルム　Amphitheatrum
⇒アンピテアートルム

アムフィトリオーン　Amphitryon
⇒アンピトリュオーン

アムフィトリーテー　Amphitrite
⇒アンピトリーテー

アムフィトリュオーン　Amphitryon
⇒アンピトリュオーン

アムフィトルオー　Amphitruo
⇒アンピトリュオーン（のラテン語形）

アムフィポリス　Amphipolis
⇒アンピポリス

アムフォラ　Amphora
⇒アンポレウス

アムブラキアー　Ambrakia
⇒アンブラキアー

アムブロシアー　Ambrosia
⇒アンブロシアー

アムブロシウス　Ambrosius
⇒アンブロシウス

アムミ〜　Ammi-
⇒アンミ〜

アムミアーヌス・マルケルリーヌス　Ammianus Marcellinus
⇒アンミアーヌス・マルケッリーヌス

アムモ〜　Ammo-
⇒アンモ〜

アムモーニオス　Ammonios
⇒アンモーニオス

アムモーン　Ammon
⇒アンモーン

アムーリウス　Amulius,（ギ）Amūlios, Ἀμούλιος（Amollios, Ἀμόλλιος），（伊）（西）Amulio,

（葡）Amúlio,（露）Амулий,（現ギリシア語）
Amúlios

ローマの伝説上の人物。アルバ・ロンガ*の古王（⇒巻末系図050）。アエネーアース*（アイネイアース*）の子孫。兄ヌミトル*からアルバ・ロンガの王位を奪い取ったが、ヌミトルの孫ロームルス*とレムス*によって殺された。
⇒レア・シルウィア
Liv. 1-3～4/ Plut. Rom. 3～8/ Ov. Fast. 3-67, Met. 14-772～/ Dion. Hal. 1-71/ App./ etc.

アメイプシアース Ameipsias, Ἀμειψίας,（〈ラ別〉Amipsias),（伊）Amipsia,（現ギリシア語）Amipsías

（前5世紀末頃）アテーナイ*の喜劇詩人。アリストパネース*の同時代に活躍。前423年と前414年の2回、喜劇の競演でアリストパネースを破ったことが知られるが、7篇の題名とわずかな断片しか伝わらない。排便や放屁など尾籠な台詞を登場人物に語らせたとして、アリストパネースの劇中でからかわれている。
⇒クラティーノス、プリューニコス
Ar. Ran. 14/ Diog. Laert. 2-28/ Ath. 5-218c/ etc.

アメーストリス Amestris
⇒アマーストリス

アメリア Ameria,（ギ）アメリアー Ameria, Ἀμερία
（現・アメーリア Amelia),（露）Америя

イタリア中部、ウンブリア*地方の古い町。ローマの北方65マイルの高原にあり、トロイアー戦争*（伝・前1184）以前に創建されたと伝えられる。父親殺害の罪で訴えられたセクストゥス・ロースキウス*は、この市の名士。城壁やローマ時代の貯水池などの遺跡が見られる。
⇒ウァディモー湖
Plin. N. H. 3-14/ Cic. Rosc. Am. 6 (15), 7 (18, 19), 9 (24)/ Cato Agr. 1-15/ Verg. G. 1-265/ Ptol. Geog. 3-1/ etc.

アモル Amor,（仏）Amour,（伊）Amore,（露）Амýр

（「愛」の意）ローマの愛の神。エロース*のラテン名。クピードー*と同一。複数アモーレース Amores として表わされることもある。文学・芸術の領域では活躍するが、ローマの国家宗教においては重視されない。
Cic. Tusc. 4-32/ Verg. Ecl. 10-69/ Ov. Met. 10-516/ etc.

アモルゴス（島） Amorgos, Ἀμοργός,（〈ギ別〉Ἄμοργος),
Amorgus,（伊）Amorgo,（露）Аморгос,（トルコ語）Yamurgi,（現・Amorgós）（または、Amorgo, Morgo)

エーゲ海のキュクラデス*諸島の島名。124㎢。ナクソス*島の東南に位置し、前7世紀末に抒情詩人セーモーニデース*がサモス*の植民団を率いて移住してきた地として知られる。初期青銅器時代から栄え、前900年頃にはイオーニアー*系のギリシア人が植民して、3つの都市国家（ポリス）を建設していた。ラミアー*戦争中の前322年春、島の近くの海戦でアテーナイ*艦隊がマケドニアー*艦隊に敗北（アモルゴスの海戦）。ローマ帝政期になるとアモルゴスは重罪人の流刑地とされた。時にスポラデス*諸島に含められることもある。
Strab. 10-487/ Plut. Demetr. 11/ Tac. Ann. 4-13, -30/ Scylax/ Plin. N. H. 4-23/ Suda/ etc.

アヤークス Ajax
⇒アイアース*（のラテン語形）

アライサ Alaisa, Ἄλαισα, Alaesa
⇒ハライサ

アラウシオー Arausio,（〈ギ〉Arausiōn, Ἀραυσίων),（プロヴァンス語）Auranjo,（オック語）Aurenja, Aurenjo,（蘭）Oranje,（露）Араузион

（現・オランジュ Orange）ガッリア・トラーンサルピーナ*（ガッリア・ナルボーネーンシス*）の町。アレラーテ*（現・アルル）の北方、ロダヌス*（現・ローヌ）河東岸に位置する。前105年10月6日、この近郊で Q. セルウィーリウス・カエピオー*（前106年の執政官（コーンスル*））らの率いるローマ軍が、キンブリー*族に完敗を喫し、8万の兵士と4万の軍属を殺され、以来この日はローマの暦中の凶日に定められた。この惨禍の結果、マリウス*によるローマの軍制改革が断行され、アクァエ・セクスティアエ*における大勝利（前102）をもたらすに至った。アウグストゥス*治下に退役兵の植民市（コローニア*）となり（前33頃）、今日も帝政期の劇場（テアートルム*）や神殿、凱旋門（アルクス）（仏）Arc de triomphe d'Orange（後25頃）などの記念建造物を見ることができる。
Plin. N. H. 3-4/ Mela 2-5/ Florus 3-3/ Liv. Epit. 67/ Strab. 4-185/ etc.

アラクセース（河） Arakses, Ἀράξης, Araxes,（英）（独）Aras, Arax, Araks,（仏）Araxe,（露）Аракс,（トルコ語）（ペルシア語）Aras,（アゼルバイジャン語）Araz,（クルド語）Erez, Araz, Aras,（アルメニア語）Araš

（現・Aras, Ras, Yerash）アルメニアー*を東流し、カスピ海*に注ぐ河（約914 km）。急流が多く、アレクサンドロス大王*が架けた橋は、洪水によって間もなく流されている。ギリシア・ローマ時代に小アジアへ通じる交易路として用いられた。

この他、エウプラーテース*（ユーフラテス）河に流れ込むペルシア*の河アラクセース（現・Bendamir あるいは、Kum Firuz) や、テッサリアー*のペーネイオス*河の別名としてのアラクセース河などが知られる。
⇒オークソス
Herodot. 1-201～/ Xen. An. 1-4, 4-6/ Verg. Aen. 8-728/ Plin. N. H. 6-25/ Curtius 4-5/ Strab. 11-531/ etc.

アラクネー Arakhne, Ἀράχνη, Arachne, (仏) Arachné, (伊)(西)(葡) Aracne, (露) Арахна

(「蜘蛛」の意) ギリシア神話中、アテーナー*女神によって蜘蛛に変えられたリューディアー*の若い娘。コロポーン*の染物の名人イドモーン Idmon の娘。機織りがうまいため慢心してアテーナーに挑戦し、両者は織物の術を競い合った。神々の恋愛を主題とするアラクネーの作品は非の打ちどころがなかったが、怒った女神は彼女を梭で打ち、織物を引き裂いた。アラクネーが堪え切れずに首をくくると、女神は彼女を蜘蛛に変身させた。以来この虫は糸を紡ぎ続けているのだという。

Ov. Met. 6-5～145/ Verg. G. 4-246/ Lucian. Trag. 318/ etc.

アラートス Aratos, Ἄρατος, Aratus, (英) Aratus of Sicyon, (仏) Aratos (Arate) de Sicyone, (独) Aratos von Sikyon, (伊) Arato di Sicione, (西) Arato de Sición, (葡) Arato de Sicião, (露) Арат Сикионский, Арат из Сикиона

(前271～前213) ヘレニズム期ギリシアの代表的政治家・武将。アカーイアー同盟*の盟主。シキュオーン*の有力市民クレイニアース Kleinias の子。伝説では母アリストデーメー Aristodeme が、巨蛇と化した医神アスクレーピオス*と交わって産んだ子といわれる。

7歳の時に父を、シキュオーンの独裁者たらんとするアバンティダース Abantidas に殺され (前264)、逃れてアルゴス*で育てられる。僭主となったアバンティダースが暗殺されると、その父親パセアース Paseas が支配者の地位を得、次いでニーコクレース Nikokles がパセアースを騙し討ちにして独裁者となり、そのニーコクレースを前251年、アラートスは夜襲によって追い出し、祖国を僭主の暴政から解放する。

マケドニアー*王国の圧力に対抗するべく、シキュオーンをアカーイアー*同盟に加入させ、前245年以降、同盟の指導者 (隔年に将軍職(ストラテーゴス*)に就任) として反マケドニアー政策を推進、コリントス*やエジプトのプトレマイオス2世*と結んで、事実上ペロポンネーソス*全土とアテーナイ*をアンティゴノス朝*の支配から解放した。しかしながらギリシア諸国の覇権を望むスパルター*王クレオメネース3世*と対立、これに敗北するに及んで、一転してマケドニアーのアンティゴノス3世*ドーソーンと協力し (前224)、スパルターの北郊セッラシアー Sellasia の戦い (前222年夏) でクレオメネースを撃破した (⇒ケルキダース)。前220年アイトーリアー同盟*が侵入すると、新しいマケドニアー王ピリッポス5世* (在位・前221～前179) の来援を求めたが、王は残酷かつ横暴に振る舞い、アラートスの息子の妻を手籠めにするなどの挙に出たので、憤慨したアラートスは王と絶縁した。すると王はアラートスに少しずつ毒を盛って衰弱死させ、その息子をも毒飼いして狂死させた。死が迫ったアラートスは、喀血するところを見て驚いた友人に、「これが王の友情の褒美なのだ」と答えたという。彼の遺体は法律に反して特別にシキュオーン市内に葬られ、英雄神廟(ヘーローイオン) heroon アラーテイオン Arateion が建立されて、毎年犠牲式や祝祭が執り行なわれた。アラートスの『追想録 Hypomnēmatismoi』 (30巻以上、散逸) は、ポリュビオス*やプルータルコス*の史料として用いられた。

⇒ペンタートロン

Plut. Arat, Agis 15, Phil. 8, Cleom. 3～, 14～, 19～/ Paus. 2-7～9/ Polyb. 2, 4, 7, 8/ Liv. 27-31, 33-21/ Strab. 8-382/ etc.

アーラドス Arados, Ἄραδος, Aradus, (フェニキア語) Aynook, Arvad, (仏) Arouad, (現ギリシア語) Áradho, (ヘブライ語) Arvad, (アラビア語) Ar-Ruad, Arwad

(現・'Arwād, Ruad) フェニキア*北部の主要都市。シードーン*市の亡命者により陸から3.7km離れた岩島に建てられたと伝えられ、その王は前5世紀にアカイメネース朝*ペルシア*を宗主としながら広大な領域を支配していた。ヘレニズム時代にはセレウコス朝*の王アンティオコス1世* (位・前281～前261) によってアンティオケイア* Antiokheia tēs Pīeriās (ラ) Antiochia in Pieria と改称される。のちトリポリス❷*を形成した。

Strab. 16-753～/ Plin. N. H. 5-17/ Arr. Anab. 2-13/ Curtius 4-1/ Diod. 16-41/ Polyb. 5-68/ etc.

アラートス (ソロイ❶*の) Aratos, Ἄρατος ὁ Σολεύς, Aratus Solensis, (英) Aratus of Soli, (仏) Aratos (Aratus) de Soles, (独) Aratos von Soloi, (伊) Arato di Soli, (西) Arato de Solos, (露) Арат из Сол, (現ギリシア語) Áratos o Soleus 〔アーラートスとする説もあり〕

(前315／310頃～前240頃) ヘレニズム時代のギリシアの詩人。キリキアー*のソロイ❶*市出身。アテーナイ*へ赴いてゼーノーン*のストアー*哲学を学び、年少の詩人カッリマコス❶*と知り合う。前276年頃マケドニアー*王アンティゴノス2世*ゴナタースの都ペッラ*に迎えられ、王のケルト人*に対する勝利 (前277) や王とシュリアー*王セレウコス1世*の娘ピラー*との結婚を祝賀する頌詩を作った。この地において彼の詩名を高からしめた代表作『パイノメナ Phainomena (星辰譜)』(1154行) を執筆 (前276／274)。エウドクソス❶*の天文学書に基づいたこの教訓叙事詩は、「アラートスの星座詩」とも呼ばれ、星辰への変身物語など神話伝説を巧妙に配しながら47の星座を組織的に記述、洗練された表現と機知に富んだ感性のゆえに、発表当初から絶讃を博した。伝承によれば、アンティゴノス2世の要請に応じて、医学の知識はあるが天文学には門外漢のアラートスがこの『パイノメナ』を書き、片や天文学に造詣が深くても医学には全くの素人だったコロポーン*のニーカンドロス*が薬学・医術の詩を書いて、出来映えを競ったという。次いでアラートスは、前274年頃からシュリアー王アンティオコス1世*の宮廷に身を寄せて『オデュッセイア*』の校訂本を完成し、ホメーロス*研究の分野に業績を上げたが、『イーリアス*』の校訂をも望

んだ王の期待には応えず、再びマケドニアーのアンティゴノス2世のもとへ戻り、王都ペッラで没した。

現存する唯一の作品『パイノメナ』は、古代末期に至るまで広く愛読され、その天文学上の誤りを批判したヒッパルコス❷*を含めて多くの注釈者（名前の確認される者だけで27名）が現われた。ストアー派の汎神論的世界観を示す本書は、ローマ人にも大層好まれ、キケロー*やゲルマーニクス*らの著名人士により相次いでラテン語アラテーア Aratea に翻訳されている。なお『パイノメナ』の後半部は、『ディオセーメイアイ Diosemeiai（天象）』という別の表題を冠せられることもある。

⇒ヒュギーヌス、（アイトーリアーの）アレクサンドロス、アウィエーヌス

Cic. De Or. 1-16 (69), Nat. D. 2-41, Div. 2-5, Acad. 2-20/ Diog. Laert. 2-133, 7-167, 9-113/ Quint. 10-1/ Paus. 1-2/ Strab. 14-671/ etc.

アラトリウム　Alatrium
⇒アレトリウム

アラーニー（または、アラン人）　Alani,（ギ）Alanoi Ἀλανοί,（英）Alans,（仏）Alains,（独）Alanen,（西）（葡）Alanos,（露）Аланы

中央アジア北部から西南ロシアの草原地帯（ステップ）にいたイーラーン系の遊牧民族。古代支那（前2～後3世紀の漢・魏）の史書にみえる奄蔡・阿蘭。ギリシア・ローマの文献では、黒海以北のサルマティアー*に住むスキュティアー*系の好戦的騎馬民族とされ、何度かカウカソス*（カフカース）山脈を越えてローマ帝国領に侵入をはかろうとしたことが記録される ── 人種的帰属、起源には諸説あり ──。4世紀後半にフン*族（フンニー*）の西方移動に圧されて、一部がヨーロッパへ流れ込み、406年12月31日にはレーヌス*（ライン）河を越えてガッリア*に、次いでヒスパーニア*(409)へと進んだが、やがてヒスパーニアでヴァンダル*族（ウァンダリー*）に吸収された（5世紀）。史家アンミアーヌス・マルケッリーヌス*によれば、彼らはマッサゲタイ*の子孫で、広大なスキュティアー荒原を占拠し、遠征時には通過途上のあらゆるものを破壊。また、敵兵の皮を剥いで身にまとう部族や食人の習慣のある部族、全身に刺青をほどこす部族などがいたという。

⇒サルマタイ、アルサケース23世（ウォロゲーセース1世）、アルメニアーのティーリダテース❶、アルサケース26世（ウォロゲーセース2世）

Plin. N. H. 4-12/ Luc. 8-223, 10-454/ Joseph. J. A. 18-4/ Dio Cass. 69-15/ S. H. A. Hadr. 4/ Oros. 1-2/ Amm. Marc. 31-2～/ Jordan. 24/ Procop. Pers. 2-29, Goth. 4-4/ Arr. Tac. 4/ Ptol. Geog. 6-14/ etc.

アラビアー（アラビア）　Arabia, Ἀραβία,（〈イオーニアー*方言〉Arabiē, Ἀραβίη),（仏）Arabie,（独）Arabien,（アラビア語）'Arabīya,（ヘブライ語）Arab (Ereb),（ペルシア語）（トルコ語）Arabistan,（露）Аравия,（漢）亜剌比亜

（「荒野・砂漠」の意）アラビア半島からシュリアー*、メソポタミアー*南部、エジプトの東北部を含むセム系アラブ諸民族の居住地。セム語族揺籃の地とされ、エジプトやアッシュリアー*、アカイメネース朝*ペルシア*などオリエント諸国の侵略を受けたが、全土を征服されることはなかった。クセルクセース1世*のギリシア遠征には、アラビアー人 Arabioi 部隊はいわば友軍として駱駝に乗って参加（前480）。インドから帰還したアレクサンドロス大王*は、次にアラビアーの征服を企て、この地を彼の帝国の中心地にしようと考えたという。大部分の住民は遊牧民ベドウィン Bedouin であるが、南アラビアーは古い文化をもち、そこにサバイ Sabai（シバ Sheba）などの諸王国が繁栄。乳香・没薬・黄金を豊かに産し、ヘレニズム時代以降、北アラビアーにペトラー*を首都とするナバタイオイ*（ナバテア人）の王国が成立し中継貿易で殷賑を極めた。前25年ローマ初代皇帝アウグストゥス*は、アエリウス・ガッルス*指揮する1万人のアラビアー遠征軍を派遣するも、案内役のナバタイオイ人に裏切られて失敗（前24）。トライヤーヌス*帝の治世に至って、ようやく北部のシーナイ Sinai（シーナ Sina）半島周辺がローマ帝国の属州として編入された（後106）。アラビアー人は太陽・月・蛇・岩石の崇拝や割礼の習慣で知られ、結婚は母子・兄弟姉妹などの近親間で行なわれ、多数の兄弟が同一女性を妻とする一妻多夫制が広がっていたと伝えられる。

ローマ時代にアラビアーは次の3つの地域に区分されていた。

❶アラビア・ペトラエア Arabia Petraea (〈ギ〉Arabiā Petraiā, Ἀραβία Πετραία)

ペトラーを母市とするシーナイ半島とその北方周辺。もとナバタイアー*王国の領土。後106年にローマの属州となる（州都ボストラ*）。

❷アラビア・デーセルタ Arabia Deserta (〈ギ〉Arabiā Erēmos, Ἀραβία Ἔρημος)「荒涼たるアラビア」の意。

アラビア半島の北方、シュリア*砂漠の広がる荒野一帯。ペルシアの領域に属した（⇒スケーニータイ）。

❸アラビア・フェーリークス Arabia Felix (〈ギ〉Arabiā Eudaimōn, Ἀραβία Εὐδαίμων)「幸福な（豊饒な）アラビア」の意。

上記以外のアラビア半島全土。紅海沿岸の奢侈品の交易で栄えた地域に因んでこの名前が生じた。半島西部の隕石を祀った町マコラーバ Mokoraba が、のちにイスラーム教の聖地として名高くなるメッカ Mecca（アラビア語）マッカー Mákka^h である。

イスラーム教成立後、アラビアー人は3大陸にまたがる未曾有の大帝国を建設し、ギリシア・ペルシア・インドの諸学問を摂取して高度の文化圏を築き上げた。支那など東方世界からは「大食」（ペルシア語）Tāzī の名で呼ばれる。なお、セム系の伝承によると、北アラブ族の始祖はイシュマーエール Ishmael,（アラビア語）イスマーイール 'Ismā'īl

（族長アブラーハーム＝イブラーヒームの子）で、南アラブ族の祖はヨクターン Joktan（ヘブライ人の名祖エベル Eber の子）と同一視されるカハターン Qaḥtān であるという。
⇒ピリップス・アラブス、エリュトゥラー海

Herodot. 1-131, -198, 2-8, -11〜, -102, 3-88, -97, -107〜, 7-69, -86〜/ Aesch. Pers. 318, Pr. V. 420/ Xen. An. 1-5/ Arr. Anab. 7-19, Ind. 32/ Theophr. Hist. Pl. 9-4/ Strab. 16-765〜/ Diod. 2-1, -48〜50, 3-45〜/ Plin. N. H. 5-12, 6-32, 12-30〜, -41〜/ Curtius 5-1/ Peripl. M. Rubr./ Ptol. Geog. 5-17, 6-7/ Mela 3-8/ Dionys. Per./ Amm. Marc./ Procop. Pers./ Dio Chrys./ etc.

アラビア・ペトラエア　Arabia Petraea
⇒アラビアー

アラブ　Arab
⇒アラビアー

アラマン族　Alamanni
⇒アラマンニー

アラマンニー（アレマンニー、または、アラマン族）Alamanni または、アレマンニー Alemanni (Allemanni),（英・仏）Alamans,（独）Alamannen (Alemannen),（西）Alamanes,（葡）Alamanos,（露）Алеманны

「あらゆる人々（〈英〉All men,〈古高ドイツ語〉Aleman)」の意。ゲルマーニア*人の部族名。後200年頃にスエービー*（スエーウィー*）系のセムノーネース*族を中核として形成された西ゲルマーニア系の混成部族。レーヌス*（ライン）河ならびにダーヌビウス*（ドーナウ）河上流一帯に居住。214年カラカッラ*帝は、彼らを征服したと称して「アレマンニクス Alemannicus」を誇号したが、実際はこの頃からアラマンニーのローマ領侵入が著しくなった。263年頃、国境に築かれた塁壁（リーメス・ゲルマーニクス*）を突破した彼らは、デクマーテース・アグリー*と呼ばれる地方を占拠、さらに長駆イタリアにまで進出した。357年8月アルゲントラートゥス Argentoratus（現・ストラスブール Strasburg）の戦いでユーリアーヌス*帝に敗れ、その後もウァレンティーニアーヌス*帝やグラーティアーヌス*帝に撃退されたものの、5世紀には今日のアルザス、スイス地方に定住し、この地域をゲルマン語圏に変貌させた。496年（506年説あり）にはクローウィス*（1世）に敗れて首長は戦死。以後、フランク王国に従属した。アレマンニーの名はテウトネース*と同様、ゲルマーニア人の総称としても用いられ、そこから後世の Allemagne（仏）や Alemania（西）など（いずれも「ドイツ」の意）の語が生じた。
⇒コーンスタンティウス1世

Dio Cass. 77-13〜15/ Claud. Cons. Stil. 8-449/ S. H. A. Caracalla 10/ Aur. Vict. Caes. 21/ Amm. Marc. 14-10, 16-12/ Sid. Apoll. Carm. 5-375/ etc.

アラリアー　Alalia, Ἀλαλία, Alalia（〈イオーニアー*方言〉アラリエー Alalie, Ἀλαλίη）または、アレリアー* Aleria, Ἀλερία,（仏）Alalié, Aléria

（現・Aleria）コルシカ*（キュルノス*）島最古のギリシア人植民市。前560年頃、ポーカイア*人によって島の東岸に創建され、20年後アカイメネース朝*ペルシア*帝国の攻囲を逃れた多くのポーカイア市民がここに移住した。以来、近隣海域で海賊行為を働いたため、前535年カルターゴー*と結んだエトルーリア*艦隊に撃破され（アラリアーの海戦）、ギリシア勢はレーギオン*へ退去。かわってカルターゴー人が統治していたが、のちローマの L. スキーピオー（前259年の執政官）がハンノーン*軍を破って占領。降って前1世紀初頭、独裁官スッラ*が同じ場所にローマ人植民市アレリア Aleria を再建した。
⇒カエレ

Herodot. 1-165〜/ Plin. N. H. 3-6/ Florus 1-2/ Zonar. 8-11/ Mela 2-7/ Ptol. Geog. 3-2/ Diod. 5-13/ It. Ant./ etc.

アラリークス　Alaricus,（英）（仏）Alaric,（独）Alarich,（伊）（西）（葡）Alarico,（露）Аларих,（古ゲルマーニア語）Al-ric

（後370頃〜410末）西ゴート*族（⇒ゴトーネース）の首長・王（アラリークス1世；在位・後395頃〜後410末）。ドーナウ河口に一首領の息子として生まれ、民族大移動の時にローマ帝国領内に入る（376）。アレイオス*（アリーウス*）派のキリスト教徒。はじめローマ皇帝テオドシウス1世*（大帝）の麾下で戦い、僭帝エウゲニウス*打倒に協力した（394）が、大帝の死によりローマ帝国が東西に分裂すると（395）、処遇を不満として反乱を起こし、西ゴート族を率いてトラーキア*・マケドニア*・ギリシアに侵寇。各地で男子を皆殺しにし、女子は家畜や戦利品とともに拉し去って国土を荒廃させた（〜397）。東西ローマ宮廷の不和に乗じて、398年にはアルカディウス*（東ローマ帝）からイッリュリクム*総司令官に任命され、両帝国の中間に当たるこの地を占有。大量の兵器を調達したのち、今度はイタリアへ侵入（401秋）、略奪をほしいままにして西ローマ帝ホノーリウス*を蒙塵させた。しかし、ポッレンティア Pollentia（現・Pollenzo）で復活祭 pascha の祈祷の最中、西ローマの事実上の支配者・名将スティリコー*に襲撃されて惨敗し（402年4月6日）、次いでウェーローナ*（現・ヴェローナ）の戦いにも敗北を喫してイタリアから撤退を余儀なくされる（403）。408年8月スティリコーが陰謀の犠牲となって処刑されると、再びイタリアへ進撃、3度にわたってローマ市を包囲し（408秋、409末、410夏）、巨額の賠償を得たうえ、一時は首都長官アッタルス*を西ローマ帝国の対立皇帝として推戴（409〜410）、ついに410年には「永遠の都」ローマを陥落させ（8月24日）、3日間にわたり放火・略奪・殺戮・凌辱の限りを尽くした——攻囲を受けて人肉相食む惨状を呈するようになったローマから特使が訪れた時、彼は都内の金・銀その他、貴重品のすべてを要求し、「では我々には何が残されるのか」と尋ねる特

使に向かって「霊魂だよ」と侮蔑的に答えたという話は有名──。

800年間占領されたことのなかった"都市の女王"劫掠の報は、帝国全土を震撼させ、財産を失った貴族たちは難民と化して属州各地に亡命した。その後、皇妹ガッラ・プラキディア*（テオドシウス1世の娘）を含む大勢の人質を連れて、穀倉地帯アーフリカ*の征服をめざしたが、イタリア南端で暴風雨に妨げられて果たせず、熱病に罹りコーンセンティア*で急死した。将兵は近くの河を堰き止めて、露わになった川床に広大な墓を造営、遺骸をおびただしい戦利品とともに埋葬したのち、河流を元に戻し、さらに工事に関係した捕虜を皆殺しにして墓所のある地点を秘匿したという。
⇒アタウルプス、テオドリークス1世
Zosimus. 5〜6/ Jordan. 29〜30/ Claud. B. Get./ Oros. 7/ Augustin. De civ. D. 1-1〜10/ Hieron. Ep./ Sozom. Hist. Eccl. 9/ Socrates Hist. Eccl. 7-10/ Procop. Vand. 1-2/ etc.

アラン人 Alani
⇒アラーニー

アリア Arria
⇒アッリア

アーリア Allia
⇒アーッリア

アリアドネー Ariadne, Ἀριάδνη, Ariadna,（仏）Ariane,（伊）Arianna,（西）Ariadna, Ariana,（葡）Ariane, Ariadna, Ariana,（露）Ариадна,（現ギリシア語）Ariádni

ギリシア神話中、クレーター*王ミーノース*とパーシパエー*の娘。英雄テーセウス*がクレーター島へやってきた時、一目で恋におちた彼女は、結婚の約束を交わしたうえで、迷宮ラビュリントス*の道しるべとなる糸玉を彼に与え、牛人ミーノータウロス*退治を助けた（⇒ダイダロス）。怪人を斃したテーセウスは糸玉をたぐって迷宮から出、貢ぎ物として送られていたアテーナイ*の若者たちを救出、アリアドネーを連れてクレーターを逃れたが、ナクソス*（旧ディーアー Dia）島に寄港した際、眠っている彼女1人を岸辺に置き去りにして出航した。そこを通りかかった酒神ディオニューソス*が、アリアドネーに恋して自らの妻に迎えとり、結婚の贈り物としてヘーパイストス*の作った宝冠を彼女に授与、のちにこの冠は酒神によって天空へ上げられ「冠座（ラ）Corona Borealis」になったという。

ホメーロス*の語るところでは、アリアドネーはナクソスでアルテミス*に射殺されたことになっており、そのほか、テーセウスに見棄てられて縊死したとか、ナクソス島のディオニューソスの神官と一緒になったとか、テーセウスが島を去る前に酒神に見初められてレームノス*へ攫っていかれたなど、さまざまに伝えられている。一説には、船が嵐でキュプロス*島に吹き寄せられた折、彼女はテーセウスの子を身ごもっていたが、難産のために死んでこの地に葬られたとされ、彼女の墓のあるアマトゥース*市では毎年、アリアドネー＝アプロディーテー*の記念祭において1人の若者が陣痛に苦しむ妊婦の仕草を真似る儀礼が行なわれていたという。

アリアドネーは「いとも聖い者」を意味するその名前や、崇拝を受けていた記録などから、かつては女神──おそらく先史時代のクレーターの神格──であったと考えられている。眠れるアリアドネーや、ディオニューソスとの結婚は、アルカイック期以来、美術や文学作品の主題として愛好された。また、「アリアドネーの糸（仏）fil d'Ariane」は難問解決の手がかりを指す言葉として今日も用いられている。

Apollod. 3-1, Epit. 1/ Plut. Thes. 20/ Paus. 1-20, 2-23, 10-29/ Hom. Il. 19-581, Od. 11-321〜/ Hyg. Fab. 43, Poet. Astr. 2-5/ Ov. Met. 8-174〜, Her. 10/ Catull. 64/ Hes. Th. 947〜/ Prop. 1-3/ Eratosth. Cat.5/ etc.

アリアーヌ Ariane
⇒アリアドネー（のフランス語形）

アリアーヌス Arrianus
⇒アッリアーノス

系図41 アリアドネー

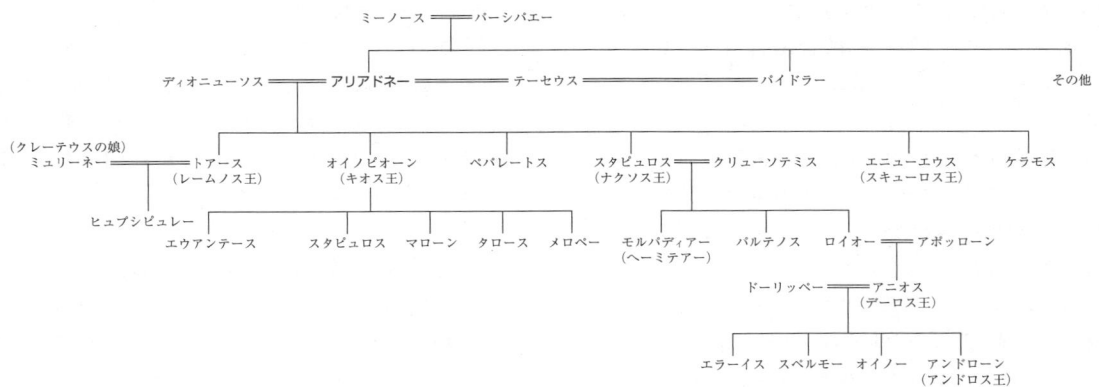

アリアーノス Arrhianos
⇒アッリアーノス

アリアビグネース Ariabignes, Ἀριαβίγνης,（アルトバザネース Artobazanes または、アリアメネース Ariamenes, アルテメネース Artemenes とも），（仏）Ariabignès,（伊）Ariabigne,（現ギリシア語）Ariavígnis,（露）Ариабигн

（？～前480年9月）アカイメネース朝*ペルシア*の王子。ダーレイオス1世*（大王）の長男。王位継承をめぐる争いで、兄弟中最年長ではあったが、全権は継母アトッサ❶*が握っていたため、彼女の息子クセルクセース（1世*）に敗れる。のちペルシア艦隊を指揮して、クセルクセースのギリシア親征に従い、サラミース❶*の海戦で敗死した。
⇒巻末系図 024
Herodot. 7-2, -97, 8-89/ Plut. Them. 14, Mor. 448/ Just. 2-10/ etc.

アリアラテース Ariarathes, Ἀριαράθης,（仏）Ariarathe, Ariarathès,（独）Ariarat(h)es,（伊）Ariarate,（西）Ariarates,（露）Ариарат,（現ギリシア語）Ariaráthis

カッパドキアー*の王名。巻末系図 032 を参照。

❶**1世 A. I** Philadelphos, Φιλάδελφος（前404頃～前322頃），（在位・前350頃～前322頃）

アカイメネース朝*ペルシア帝国*の建祖キューロス❶*（大王）の血統を称するカッパドキアー*の太守 Satrapes（サトラペース）。アリアラムネース（またはアリアムネース）1世 Aria(ra)mnes I（在位・前400頃～前350頃）の息子。アカイメネース朝ペルシア*に臣属し、のちアレクサンドロス大王*に従うことを拒んだため、大王の遺将ペルディッカース*と戦って敗れ、一族の者とともに磔刑に処された。一説には戦死という。82歳。カッパドキアーはエウメネース*（カルディアー*の）の掌中に帰した。
Diod. 18-16, 31-19/ App. Mith. 8/ Plut. Eum. 3/ Just. 13-6/ Lucian, Macr. 13/ Phot./ etc.

❷**2世 A. II**（在位・前301頃～前280頃）

❶の甥、養子。ホロペルネース Holophernes の長子。❶の没後、虐殺を逃れ、エウメネース*（カルディアー*の）の死（前316）後、アルメニアー*王の支援でカッパドキアー*を回復するが、名目上セレウコス朝*に臣属した。3人の息子のうち、長男アリアラムネース2世 Aria(ra)mnes II（在位・前280頃～前230頃）が跡を継いだ。
Diod. 31-19/ etc.

❸**3世 A. III**（在位・前255頃～前220頃）

❷の孫。父アリアラムネース2世 Aria(ra)mnes II（在位・前280頃～前230頃）の頃、独立王国となり（前250以前）、父王と共同統治する。セレウコス朝*シュリアー*の王アンティオコス2世*テオスの娘ストラトニーケー Stratonike と結婚したが、義兄弟たるセレウコス2世*とアンティオコス・ヒエラクス*の戦いでは、後者を支援した。Diod. 31-19/ Strab. 12-534/ etc.

❹**4世 A. IV** Eusebēs, Εὐσεβής（在位・前220頃～前163頃）

❸の子。幼くして即位し、セレウコス朝*シュリアー*のアンティオコス3世*（大王）の娘アンティオキス Antiokhis と結婚（前193）、岳父に合力してローマやペルガモン*と戦うが、マグネーシアー*で敗北（前190年12月）。前188年の和約で、娘ストラトニーケー Stratonike をペルガモン王エウメネース2世*に嫁がせて、賠償金の減額に成功する。以来カッパドキアー*はローマの同盟国となり、第3次マケドニアー*戦争（前170～前167）では王は援軍をローマ側に送って忠誠を示す。また女婿エウメネース2世とともにポントス*王パルナケース1世*を攻めて、これを撃退（前183頃～前179）、巧みに身を持して57年もの長期間にわたり王座を保った。

妃アンティオキスは子宝に恵まれなかったので、2人の偽子アリアラテース Ariarathes とホロペルネース Holophernes を仕立て上げたが、のちに1男2女を出産。贋者の2人を遠ざけ、実子ミトリダテース Mithridates をアリアラテース5世*として即位させた。
Liv. 37-31, 38-38～39/ Polyb. 25-2, 31-12～13/ App. Syr. 5, 32, 42/ Just. 29-1/ Diod. 31-19/ etc.

❺**5世 A. V** Eusebēs Philopatōr, Εὐσεβής, Φιλοπάτωρ（在位・前163頃～前130頃）

❹の子。実名ミトリダテース Mithridates。若い頃アテーナイ*に遊学し、ペルガモン*のアッタロス2世*とともに哲学者カルネアデース*に師事、生涯ギリシア文化への心酔は変わらなかった。偽の兄ホロペルネース Holophernes（在位・前158～前156）と王位を争い、一時追われてローマへ亡命した（前158）が、アッタロス2世の援助もあって間もなく共同統治、やがてホロペルネースを放逐して単独支配者となった。ペルガモン王家の断絶後に起こったアリストニーコス❶*の乱を、ローマを助けて鎮圧中に戦死した。妃ラーオディケー❹*（セレウコス4世*の娘。別名ニューサ Nysa）との間には6人の息子があったが、権力欲の強いラーオディケーは末子を除いて全員を次々と毒殺。ついに彼女自身が処刑されて、幼い王子が登位したと伝えられる。
Liv. 42-19/ App. Syr. 47/ Polyb. 3-5, 32-10～12, 33-12/ Just. 35-1, 37-1/ Diod. 31-19, -21～22, -28, -32/ etc.

❻**6世 A. VI** Epiphanēs Philopatōr, Ἐπιφάνης, Φιλοπάτωρ（在位・前130頃～前116頃）

❺の末子。親戚の保護下にあったため母妃ラーオディケー❹*の毒牙を免れ幼くして即位、ポントス*のミトリダテース6世*（大王）の妹ラーオディケー❺*を娶ったものの、ミトリダテースの差金でカッパドキアー*貴族ゴルディオス Gordios に暗殺された。
Just. 37-1, 38-1/ Phot./ etc.

❼**7世 A. VII** Philomētōr, Φιλομήτωρ（在位・前116頃～前101頃）

❻の長子。母妃で摂政のラーオディケー❺*が、侵入してきたビーテューニアー*王ニーコメーデース3世*と再

婚してしまったので、幼王を護るためという名分で伯父ミトリダテース大王＊（ポントス＊王）が来寇、ところが狡猾な大王は7世を会見に誘い出すと、軍隊の前で手ずから殺害し、代わって8歳になる自分の息子をカッパドキアー＊の王座につけた（⇒アリアラテース9世）。
Just. 38-1/ etc.

❽ 8世 A. Ⅷ　Epiphanēs, Ἐπιφανής（在位・前101頃～前98頃）
❻の次子。❼の弟。ポントス＊のミトリダテース大王＊に反対するカッパドキアー＊貴族らに推戴されるも、すぐさま大王に放逐され、間もなく憤死した。ここに王統は断絶したが、贋者を擁立せんとする母妃ラーオディケー❺＊らの暗躍が続いた。
Just. 38-1~2/ etc.

❾ 9世 A. Ⅸ　Eusebēs Philopatōr, Εὐσεβής, Φιλοπάτωρ（在位・前101頃～前86頃）
ポントス＊の大王ミトリダテース6世＊の子。8歳でカッパドキアー＊王に立てられ、後見役にゴルディオス Gordios（アリアラテース6世＊の暗殺者）が据えられるが、幾度も王座を追われたり復位したりを繰り返し、政権は安定をみなかった。ローマが王政の廃止を提案したところ、国民はあくまでも君主を望み、貴族アリオバルザネース（1世）＊を選立した（前95頃）。アリアラテース9世はその後、父王の武力介入で重祚するもローマ人により再び追放され（前89）、第1次ミトリダテース戦争中の前86年頃テッサリアー＊で戦死した。
⇒ティグラーネース大王（アルメニアーの）
App. Mith. 10/ Strab. 12-540/ etc.

❿ 10世 A. Ⅹ　Eusebēs Philadelphos, Εὐσεβής, Φιλάδελφος（在位・前42頃～前36）
兄アリオバルザネース3世＊が殺されたのち、臣列から王位に登ったが、パルティアー＊側に心を寄せたため、ローマの将軍 M. アントーニウス❸＊により廃位され処刑された。アントーニウスは代わりに愛人グラピュラー＊の息子アルケラオス❺＊を王座に即けた。
App. B. Civ. 5-7/ Dio Cass. 49-32/ Val. Max. 9-15/ etc.

アリアン　Arrian
⇒アッリアーノス

アリアンナ　Arianna
⇒アリアドネー（のイタリア語形）

アリーウス　Arius
⇒アレイオス

アリーウス・ディデュムス　Arius Didymus
⇒アレイオス・ディデュモス

アリオウィストゥス　Ariovistus,（ギ）Arioūistos, Ἀριόουιστος,（仏）Arioviste,（独）Ariovist,（伊）（西）Ariovisto,（露）Ариовист
（?～前54頃）ゲルマーニア＊人のスエービー＊（スエーウィー＊）族の王。前71年頃、ケルト＊系のアルウェルニー＊族およびセークァニー＊族の要請を受けて、レーヌス＊（現・ライン）河を渡りガッリア＊に侵入、有力なアエドゥイー＊族を大破し、ゲルマーニア人として初めてガッリアの地に王国を建設した。さらに前61年頃、ガッリア連合軍を撃破して、自らの同族をゲルマーニアから招き寄せ、その地に勢力を伸ばした。ローマ元老院もこれを承認し、王に「ローマの盟友」という称号を与えた（前59）。が、翌年ガッリアへ赴いたカエサル＊は、圧迫された先住民を援助するとの名目でアリオウィストゥスに干渉し、これが峻拒されるやウェソンティオー Vesontio（現・ブザンソン Besançon）近くの戦闘で、アリオウィストゥス軍をほぼ全滅させた――一説に8万人敗死――。アリオウィストゥス自身はかろうじて小舟でレーヌス河を越えて逃れたが、彼の2人の妻は死亡、娘の1人は殺され、もう1人は捕われた（前58年9月14日）。この勝利は、ゲルマーニア人巫女の卜占によって「新月の前に戦いを交えるならば、ゲルマーニア軍は打ち負かされるであろう」と予言されていたため、アリオウィストゥスが開戦を延引していることを知ったカエサルが、先手に出て攻撃をかけた結果得られたものという。
なお、アリオウィストゥスの名は、主君や王侯、領主などを意味するドイツ語 Herr および Fürst の合成された古ゲルマン語の音写であろうと推測されている（異説あり）。
⇒トリボキー（トリボケース）、ネメーテース、ウァンギオネース
Caes. B. Gall. 1-31~53, 5-29/ Dio Cass. 38-34~/ Plut. Caes. 19/ Liv. Epit. 104/ Cic. Att. 1-19/ etc.

アリオバルザネース　Ariobarzanes, Ἀριοβαρζάνης,（仏）（伊）Ariobarzane,（露）Ариобарзан
Ⅰ　ポントス＊王国の君主。巻末系図030を参照。
❶ 1世 A. Ⅰ　ポントス＊王（在位・前363頃～前337頃）。父のミトリダテース Mithridates（父アリオバルザネースを殺して襲位した太守（サトラペース））の後継者。アカイメネース朝＊ペルシア＊のアルタクセルクセース2世＊に反し、独立王国ポントスを建設。デーモステネース❷＊によれば、王とその3人の息子にアテーナイ＊の市民権が贈られたという。嗣子はミトリダテース1世＊。
⇒ダタメース、パルナバゾス
Diod. 16-90/ Nep. Datames/ Xen. Hell. 7-1, Cyr. 8-8/ Dem. 15, 23/ etc.

❷ 2世 A. Ⅱ　ポントス王（在位・前266～前250頃）。ミトリダテース2世＊の子。ミトリダテース3世＊の父。❶の曽孫。
Memnon/ Steph. Byz./ etc.

Ⅱ　カッパドキアー＊王国の君主。系図巻末032を参照。
❶ 1世 A. Ⅰ　Philorōmaios, Φιλορώμαιος（在位・前95

頃～前63／62）
　カッパドキアー*の貴族だったが、王家が断絶の危機に瀕した際に混乱を収拾するべく、スッラ*によって王位に立てられた（⇒アリアラテース9世）。しかし治世は安定せず、ポントス*のミトリダテース6世*（大王）側による追放・廃位と、ローマ側による復位・重祚を幾度も繰り返した。最終的にポンペイユス*が彼のために王座を確定し、領土も拡張してやったが、ほどなくアリオバルザネースは息子・2世に譲位した。
⇒ディグラーネース大王（アルメニアーの）
Just. 38-2～3/ Strab. 12-540/ App. Mith./ Liv. Epit. 70/ Plut. Sull. 22, 24/ Cic. Leg, Man. 2/ etc.

❷ 2世 A. II　Philopatōr, Φιλοπάτωρ（在位・前63／62～前52頃）
　❶の子。父の譲りを受けて登位し、ミトリダテース6世*（大王）の娘アテーナーイス Athenais と結婚した。王位は安定せず、反対派（おそらく親パルティアー*派）に暗殺された。
Cic. Fam. 15-2, Prov. Cons. 4/ etc.

❸ 3世 A. III　Eusebēs Philorōmaios, Εὐσεβής, Φιλορώμαιος（在位・前52頃～前42）
　❷の子。ローマ元老院に王位を認められ、カエサル*対ポンペイユス*の内乱時には、後者に加勢する。パルサーロス*戦の敗北（前48）後、カエサルに宥されたばかりか、小アルメニアー*をもその領土に加えられる（⇒デーイオタロス）。母妃アテーナーイス Athenais を含む政敵たちに絶えず取り囲まれており、前42年、C. カッシウス❶*に陰謀を企てたとして、カッシウスの命令で殺害された。
⇒アリアラテース10世、アルケラーオス❺
Cic. Fam. 15-2, -4, -5, Att. 5-20/ Plut. Cic. 36/ Caes. B. Civ. 3-4/ Dio Cass. 41-63, 42-48, 47-33/ App. B. Civ. 4-63/ etc.

　III　アルメニアー*の王（在位・後2～後4）。巻末系図112を参照。
　メーディアー*王アルタウァスデース*の子。際立って美しい肉体の持ち主だったため、アウグストゥス*の孫ガーイウス・カエサル*によって、アルメニアーの王位に据えられた。しかし、政情おさまらず、彼の死後、息子のアルタウァスデース3世 Artavasdes III が擁立されたものの、ほどなく暗殺された（後6）。
Tac. Ann. 2-4/ Dio Cass. 55-10/ etc.

アリーオーン　Arion, Ἀρίων, （伊）Arione, （西）Arión, （葡）Árion, （露）Арион, （現ギリシア語）Aríon
（前7世紀後半）ギリシアの半ば伝説的な抒情詩人・音楽家。レスボス*島のメーテュムナー*出身。アルクマーン*の弟子。傑出した竪琴(キタラー)奏者で酒神讃歌ディーテュランボス dithyrambos 詩の発明者とされる。コリントス*の僭主ペリアンドロス*（在位・前627頃～前585頃）の宮廷で活躍し、さらに南イタリアやシケリアー*（現・シチリア）で音楽の競技に参加。巨額の賞金を得たが、コリントスの船で帰る途中、欲心に目のくらんだ水夫らによって殺されそうになったという。伝承によると、死ぬ前に1曲歌うことを許されたアリーオーンが演奏のあと自ら海中に身を投げたところ、音楽に魅せられて集まってきた海豚(いるか)に救われ、その中の1頭の背に運ばれてペロポンネーソス*南端のタイナロン*岬に無事到着。陸路コリントスに帰った彼から事の次第を聞いたペリアンドロスは、ほどなく帰港した船員たちの罪状を糾弾し、彼らを磔刑に処したといわれる。
　一説にアリーオーンは、ポセイドーン*とニュンペー*（ニンフ*）の間の息子だとされ、のちにアポッローン*によって竪琴とともに星々の間に置かれたという話も伝えられる（琴座〈ラ〉Lyra、および彼を救った海豚(いるか)座〈ラ〉Delphinus）。彼が創始したというディーテュランボス詩は、元来酒神ディオニューソス*を讃える合唱歌であったが、のちにディオニューソスとは無関係にテーマが選ばれ、規模も拡大、やがて演劇＝悲劇へと発展していった。なお、タイナロン岬にはアリーオーンが奉納したという、海豚に跨った人物を表わす青銅像があったと伝えられる。彼の作品はことごとく湮滅して、1行も現存しない。アリーオーンの名が冠せられている『ポセイドーン賛歌』は、ヘレニズム時代の詩人アルゴス*のロボーン Lobon（前3世紀頃）の筆になる偽作である。
⇒ステーシコロス、イービュコス、オルペウス
Herodot. 1-23～24/ Paus. 3-25/ Gell. 16-19/ Ael. N. A. 12-45/ Hyg. Fab. 194, Poet. Astr. 2-17/ Plin. N. H. 9-8/ Plut. Mor. 161～/ Ov. Fast. 2-79～/ Serv. ad Verg. Ecl. 8-55/ Schol. ad Aratus Phaen.165/ etc.

アリーキア　Aricia, （ギ）Arikiā, Ἀρικία (Arikeia, Ἀρίκεια), （仏）Aricie
（現・アリッチャ Ariccia）イタリア中部、ラティウム*地方の古い町。ローマの東南25km、ウィア・アッピア*（アッピウス街道*）沿い、アルバーヌス*山麓に位置する。伝説では、テーセウス*の子ヒッポリュトス*によって創建されたという。かつてはラティウム同盟*の主導権を持ち、タルクィニウス・スペルブス*（ローマ最後の王）の復位を狙って共和政ローマと戦った（前500前後、⇒レーギッルス湖）。ラティウム戦争（前340～前338）に加わり、ローマの執政官(コーンスル*) C. マエニウス*に征服された（前338）が、ローマ市民権（おそらく不完全な）を認められ、その後も自治都市(ムーニキピウム*)として繁栄し続けた。葡萄酒や蔬菜の産地、アウグストゥス*の生母アティア*や P. クローディウス*・プルケルの故郷としても知られる。わけても有名なのは近郊のネモレーンシス湖*畔にある女神ディアーナ*の聖所の存在である。今日もアリーキア市の城塞やディアーナ神殿の遺構が残っている。
⇒アルデア
Strab. 5-239/ Verg. Aen. 7-761～/ Liv. 1-50～, 2-14, -26, 3-71～, 8-13～, Epit. 80/ Cic. Phil. 3-6/ Dion. Hal. 5-36, -51, 61～, 11-52/ Hor. Sat. 1-5/ Steph. Byz./ etc.

アリスタイオス　Aristaios, Ἀρισταῖος, Aristaeus,（仏）Aristée,（独）Aristäos,（伊）（西）Aristeo,（葡）Aristeu,（露）Аристей

ギリシア神話中、農牧の守護神・養蜂の祖。アポッローン*とニュンペー*（ニンフ*）のキューレーネー*の子。ペリオーン*山中で獅子（ライオン）と素手で格闘しているキューレーネーを見初めたアポッローンは、彼女をリビュエー*（リビュアー*）へさらっていき、狼の姿でこれと交わって、アリスタイオスを儲けたという。生まれて間もないアリスタイオスは、曾祖母ガイア*に託され、その後ケンタウロス*の賢者ケイローン*やムーサイ*やニュンペーたちに育てられて、医術・弓術・占術の他、酪農・養蜂・オリーヴ栽培などを教わった。ムーサたち*（ムーサイ）の仲介によってカドモス*の娘アウトノエー*を娶り、狩猟の名手アクタイオーン*の父となる。ある日、楽人オルペウス*の新妻エウリュディケー*に恋して、そのあとを追い、逃げる彼女は毒蛇に足を咬まれ、それがもとで死んだ。ために神々の怒りでアリスタイオスの蜜蜂は全滅してしまい、落胆した彼は母キューレーネーの勧めにより、予言力をもつ海神プローテウス*を捕え、その忠告に従ってエウリュディケーの死霊を鎮めることにした。海神の助言通りに4つの祭壇を築き4頭の雄牛と4頭の雌牛を生贄に捧げたのち、9日目の朝に戻ってみると、牛の死骸に蜜蜂が群がっていたという。アリスタイオスはアルカディアー*、キュクラデス*諸島、リビュエー、サルディニアー*、シケリアー*（現・シチリア）など各地を旅し、行く先々で人々に養蜂やオリーヴの栽培、狩猟の方法などを指導したのち、トラーケー*（トラーキアー*）のハイモス* Haimos（現・Stara Planina）山で姿を消し、神として崇拝されるようになった。一説によると、彼は曾祖母ガイアと女神ホーライ*のもとで神酒ネクタル*や神饌アンブロシアー*で養われたので、不死の身であったという。

Paus. 8-2, 10-17, -30/ Nonnus Dion. 5-229～, 13-300～/ Ap. Rhod. 2-500～/ Verg. G. 4-317～/ Cic. Div. 1-27 (57) / Ov. Pont. 4-2/ Hes. Th. 977/ Pind. Pyth. 9-59～/ Diod. 4-81～/ Just. 13-7/ etc.

アリスタゴラース　Aristagoras, Ἀρισταγόρας,（伊）Aristagora,（西）（葡）Aristágoras,（露）Аристагор

（？～前496頃）ミーレートス*の僭主ヒスティアイオス*の従兄弟にして女婿。ミーレートスの代理僭主（前505頃～前496頃）。ペルシア戦争*の導火線となったイオーニアー*の反乱（前500～前493）の煽動者。ヒスティアイオスがスーサ*のダーレイオス1世*（大王）の宮廷に留め置かれて不在の間、代わってミーレートスを統治していた（前505頃～）。が、ナクソス*攻撃に失敗してペルシア側の心証を害し（前500）、そのうえヒスティアイオスから反乱を促す秘密の指令も届いたので、イオーニアー人の不満を利用して大王に対する謀叛に踏み切らせる。ペルシア帝国*を後ろ楯とするイオーニアー各市の僭主政を廃したのち、自らギリシア本土へ赴いてスパルター*やアテーナイ*に武力援助を乞うてまわった（前499～前498）。世界地図を示しつつペルシア遠征を力説したものの、スパルター王クレオメネース1世*は、スーサまでの行程に3ヵ月を要すると聞いて拒絶（⇒ゴルゴー）。ようやくアテーナイおよびエレトリア*の加勢を得て、イオーニアー軍をペルシア人太守（サトラペース）Satrapes の居る州都サルデイス*に向かわせ、この町を焼き打ちさせた（前498）。しかるに、味方が劣勢になるや、学者ヘカタイオス*の反対意見を斥（しりぞ）けて、トラーケー*（トラーキアー*）へ逃亡、ほどなくその地で先住民エードーノイ Edonoi 族の裏切りと不意討ちにあって敗死した。

なお、同じくダーレイオス1世の統治下にあって、大王のスキュティアー*遠征に協力した2人の僭主キュージコス*のアリスタゴラースとキューメー❶*のアリスタゴラースがおり、その他、エジプトに関する著述を記した（散逸）アリスタゴラース（前4世紀）や、年代不詳の喜劇詩人アリスタゴラース（前4世紀？）ら幾人かの同名人物の存在が知られている。さらに女性では、アテーナイの弁論家ヒュペレイデース*の情婦だったヘタイラー*（遊女）のアリスタゴラー Aristagora（前4世紀後半）や、パレーロン*のデーメートリオス*の孫デーメートリオス Demetrios の愛妾となったコリントス*のヘタイラー・アリスタゴラー（前3世紀）らが名高い。

Herodot. 5-30～38, -49～55, -97～126/ Thuc. 4-102/ Plin. N. H. 36-17/ Ath. 4-167, 13-590/ Ael. N. A. 11-10/ Steph. Byz./ etc.

系図42　アリスタイオス

```
ガイア（大地）＝＝＝オーケアノス＝＝＝テーテュース
                    │
            クレウーサ＝＝＝ペーネイオス（河神）
                    │
 ┌──────┬──────┬──────┬──────┬──────┬──────┬──────┬──────┐
アポッローン＝スティルベー ヒュプセウス アンドレウス ダプネー アレース＝キューレーネー＝アポッローン イービス＝アイオロス メニッペー＝ペラスゴス
 ┌──────┬──────┐                                              │
ケンタウロス ラピテース アイネウス              カドモス＝ハルモニアー ディオメーデース
（ケンタウロイの祖）（ラピタイの祖）（キュージコスの父）
                        アウトノエー＝＝＝アリスタイオス　ノミオスその他の男子たち　イドモーン（予言者）　サルモーネウス
                                │
                        アクタイオーン　マクリス（ディオニューソスの乳母）
```

アリスタルコス Aristarkhos, Ἀρίσταρχος, Aristarchus, (仏) Aristarque, (独) Aristarchos, (伊)(西)(葡) Aristarco, (露) Аристарх

ギリシアの学者名。

❶（サモス*の）（前310頃～前230頃）ヘレニズム時代にアレクサンドレイア❶*で活躍した天文学者・数学者。地動説の先駆者として有名。ペリパトス（逍遙）学派のストラトーン❶*に学び、科学の諸分野に通暁、とりわけ天体観測に取り組んで、「太陽と恒星は動かず、地球が自転しながら太陽の周囲を円を描いて回転する」という太陽中心説を唱えた（⇒ピロラーオス❶）。この宇宙体系は、ヒッパルコス❷*やプトレマイオス*・クラウディオスによって否認され、古代の天文学者の中ではセレウケイア❶*のセレウコス Seleukos（前2世紀前半）が支持したに過ぎないが、遙か後世になってコペルニクスの手で復活させられた（16世紀）。ストアー*派の学頭クレアンテース*がアリスタルコスをその地動説のゆえに「瀆神罪で告発すべきである」と主張したくらい、彼の仮説が当時のギリシア世界に与えた衝撃は大きいものであった。光・色彩・視学に関する著述なども書いたといわれるが、現存するのは、地球から太陽と月までの距離の比などを計算した論文『太陽や月の大きさと距離について』だけである。また、半球形の日時計を発明し、1年の長さを測って、カリッポス*の $365\frac{1}{4}$ 日に、さらに $\frac{1}{1623}$ 日を加えた等の業績も伝えられている。
Vitr. 1-1, 9-8/ Plut. Mor. 402, 923/ Ptol. Alm. 3-1/ Archimedes/ Pappus/ etc.

❷（サモトラーケー*の）（前217／215～前145／143）ヘレニズム時代の著名な文献学者。サモトラーケー島の船乗りだったが、アレクサンドレイア❶*で図書館長ビューザンティオン*のアリストパネス*に師事し、のち自ら同市に文法および文学批評の学校を開設、この学校は長く隆盛を誇り、後年はローマに移されて繁栄し続けた。プトレマイオス6世*の宮廷で王子たちの教育に携わるかたわら、第6代アレクサンドレイア図書館長に就任（前175ないし前153頃）。優れた学殖で令名高く、ディオニューシオス・トラークス*やアテーナイ*のアポッロドーロス❸*、モスコス*、アンモーニオス*ら大勢の門弟を擁した。しかし前145年、かつての教え子だったプトレマイオス8世*から迫害を受けてキュプロス*島へ逃れ、ほどなくこの地で客死――不治の水腫症に罹り自ら食を断って餓死――した（72歳）。2人の息子アリスタゴラース Aristagoras とアリスタルコスがいたが、どちらも出来が悪く愚昧さゆえに評判となったものの、後者が奴隷として売られた時には、父親の名声のおかげでアテーナイ市民により自由の身にされたという。

彼は文法・語源学・綴字法などの言語研究や文献批判、原典校合、文学史といった広範な分野にわたって活動を展開。ホメーロス*をはじめヘーシオドス*、アルカイオス*、アナクレオーン*、ピンダロス*ら多くの作品を校訂し、韻文・散文の別なくギリシア古典文学の800巻に及ぶ注釈書を執筆した（ヘーロドトス*に関する注釈のパピューロス断片が現存）。とりわけ「ホメーロス学者 Homērikos」として世に聞こえ、『イーリアス*』と『オデュッセイア*』両書を各24巻ずつに分け（⇒ゼーノドトス）、彼の編纂した校訂本が後世のホメーロス本の原本となった。文献の科学的研究法の確立者として重視され、その綿密かつ厳正な原典批判のために、以来鋭い文芸批評は「アリスタルコス風」と呼ばれるようになった。文学・言語の類推的解釈の立場からマッロスのクラテース❹*と対立し、また先見の明ある正鵠を射た批評ゆえに「予言者 Mantis」（マンティス）との異名をとった。

他にも、百歳の長寿をまっとうしたという悲劇詩人テゲアー*のアリスタルコス（前5世紀中頃に活躍）や、セレウコス朝*の王アンティオコス2世*の妻ラーオディケー❷*付きの医師アリスタルコス（前3世紀中頃の人）など大勢の同名人物が知られている。
⇒ディデュモス、カッリストラトス❸、アピオーン、アポッローニオス❺
Hor. Ars P. 450/ Cic. Att. 1-14, Fam. 3-11/ Ath. 14-634d, 15-671f/ Ov. Pont. 9-24/ Quint. 10-1/ Thuc. 8-90/ Xen. An. 7, Mem. 2-7, Hell. 1-7/ Polyaenus. 8-50/ Stob./ Gal./ Suda/ etc.

アリステアース Aristeas, Ἀριστέας, (仏) Aristée, (伊) Aristea

ギリシア系の男性名。

❶（前7世紀初頭）プロコンネーソス Prokonnesos（現・Marmara, Marmora 島）の詩人、哲学者、予言者。アリマスポイ*人に関する3巻の叙事詩の著者。霊魂を自在に肉体から遊離させることができ、鳥の姿でアポッローン*神に随行して、極北の地に棲むヒュペルボレオイ人*や1つ眼のアリマスポイ人の許（もと）を訪れ、7年後に帰還して詩『アリマスポイ物語』Arimaspeia を綴ったといわれる。また、同時に遙か遠方の地に姿を現わす超能力をもち、故郷で急死した時には、亡骸が消え失せ、同じ日に旅行者たちはずっと離れた国で彼と会って話したという。作品を完成してから再び失踪し（前680頃）、その240年後に南イタリアのメタポンティオン*（メタポントゥム*）に出現、人々に彼自身とアポッローンの祭壇を設けるように告げるや、たちまち姿を消したと伝えられる（前440頃）。
⇒アバリス、ヘルモティーモス❶、エピメニデース
Herodot. 4-13～16/ Plut. Rom. 28/ Plin. N. H. 7-52/ Strab. 14-639/ Longinus Subl. 10-4/ Gell. 9-4/ Dion. Hal. Thuc. 23/ Poll./ Suda/ etc.

❷（前2世紀後半頃）ヘブライ語聖典（俗称「旧約聖書」）のギリシア語訳（ラ）『セプトゥアーギンター』Septuaginta の由来を説明する文献『アリステアースの手紙』の著者に擬せられる人物。この作品は、エジプト王プトレマイオス2世*（在位・前285～前246）の治世に、アリステアースなる人物が、兄弟のピロクラテース Philokrates に宛てて送った書簡の体裁をとっているが、実際の著者は前145年以降のアレクサンドレイア❶*在住のユダヤ人である（原文ギリシア語）。プトレマイオス2世により招かれた72名のユ

ダヤ人学者が律法 Tōrāʰ をギリシア語に訳した（いわゆる「七十人訳 LXX」）話を主題とするものの、内容は史実性に乏しい。ユダヤ教文献の偽典 Pseudepigrapha に含まれる。⇒アリストブーロス❷、ピローン

Septuaginta/ Aristeas/ Joseph. J. A. 12-2/ Euseb. Praep. Evang. 8-1/ Irenaeus Adr. Haer. 3-25/ Clem. Al. Strom. 1-250/ Tertullian. Apol. 18/ Augustin. De civ. D. 18-42〜/ Philo/ Hieron./ etc.

アリスティッポス　Aristippos, Ἀρίστιππος, Aristippus, （仏）Aristippe,（伊）Aristippo,（西）（葡）Aristipo,（露）Аристипп

（前435頃〜前350頃）ギリシアの哲学者。快楽主義を標榜するキューレーネー*学派 Kȳrēnaioi の創始者とされる。北アフリカ沿岸のキューレーネー市に生まれる。ギリシア本土に渡ってオリュンピア競技祭*に出場したが優勝を逸し、ソークラテース*の令名を慕ってアテーナイ*へ赴き、その門下に入る。師の「幸福が最高の善である」という教えを受け継ぎ、享楽の道徳的正当性を主張。各地で哲学・修辞学を講じて教授料を取り、かなり贅沢な生活を送ったと伝えられる。ソークラテースの弟子たちの中では、ソフィスト*のように金を取って教えたのは彼が最初であったらしく、そのことを非難されると、「何も自分で使うために金を取るのではない。何のために金を使うべきかを教えてやるためだ」と返答。また、息子の教育に高額の授業料を請求されて「それだけ出せば、奴隷が1人買えますよ」と言った相手には、「ではそうなさい。するとあなたは2人の奴隷をもつことになるでしょう（購入した奴隷と奴隷に等しい息子との）」と応じたという。ソークラテースから「お前はどこからそんなに多くの金を得たのか」と訊かれた時には、「あなたがわずかしか手に入れられなかったところからです」と言い放ち、人々から奢侈を批判されても、「それが悪いことなら、神々の祭礼を贅沢にするわけがないはずだ」とうそぶくありさま。巧みな弁舌でシュラークーサイ*の僭主ディオニューシオス1世*・2世*の宮廷にも仕え、「何のために余のもとに来たのか」とディオニューシオスに問われると、「私のもっているもの（知恵）を差し上げ、私のもっていないもの（金）を頂くためです」と答え、「富者は哲学者の門を叩かぬに、哲学者は何故に富者の門をくぐるのか」と尋ねられた時には、「哲学者は自分に必要なものを存じておりますが、富者はそれを知らないからです」と返答。さらに、「哲学者たちをよく金持ちの邸で見かけるね」と皮肉った人に対しては、「そして医者は病人の家でね、でもだからといって誰も医者より病人になりたいと望みはしないだろう」と応酬したという。

彼がディオニューシオスの脚下に平伏して願いを聴き容れてもらった折に、その卑屈な態度を嘲笑した者に向かっては、「恥ずかしく思わねばならぬのは、足に耳のある王の方だ」と言い返し、また、王からプラトーン*は本をもらったのに、彼は金をもらったことを咎めた人に対しては、「私にはお金が不足しているが、プラトーンには本が足りないからだ」と強弁。あるいは、王から哲学上の問題について話すよう無理じいされた時には、「何を語るべきかを私に学ばれんとする陛下が、いつ語るべきかを私に教えようとされるのはおかしいでしょう」と放言。そこで立腹したディオニューシオスが彼をいちばん末席につかせると、今度は「陛下はこの席をより栄誉あるものになさりたかったのですね」と言ったという。

「哲学によって誰とでも臆することなく接する術を学んだ」と語る彼は、どんな場所・時・境遇にも順応し、ひたすら官能的快楽を追求、遊女ラーイス*との仲をなじられた折には、「彼女は私のものだが、私は彼女のものではない。最も善いのは、快楽を控えることではなく、快楽を支配して負かされぬことだ」といみじくも答えたという。遊女との同棲を難詰されると、「他人が前に住んだ家に住むことや、他人が前に乗った船で航海することには何の反対もないだろう」と答える一方、ある娼婦から「あなたの胤を宿しました」と言われると、「わかるものかね、藺草の茂みを通り抜けた後で、この棘に刺されましたと言うようなものだ」と逃げたという話も残っている。

才気煥発な性質の持ち主で、ある船旅中、嵐に遭遇して周章狼狽した不様さを「哲学者らしからぬ」と相客からけなされた時には、「私とあなたとでは魂の大切さが違いますからね」と平然と言ってのけ、潜水上手なことを自慢した男には「海豚のやることを得意気にして恥ずかしくはないのか」と言い、いくら深酒をしても酔っ払わないことを鼻にかけた男には、「そんなことくらい、騾馬にもできるよ」と言い返したとか、またディオニューシオス王の高慢な家令シーモス Simos が自分の豪華な邸宅を案内して見せた際には、その顔に痰を吐きかけて、「あまりにも立派なお屋敷なので、他に適当な場所がなかったのです」と憤慨するシーモスに答えたなど、虚実とりまぜた数多くの逸話が伝えられている。美青年や美少年との性愛をも好み、一説に奴隷のエウテュキデース Eutykhides は彼の男色相手であったという。

のち故国に帰って学校を開き、キューレーネー学派の開祖となったとする従来の説には、異論も唱えられている。著作は残存しないが、現世の快楽を唯一絶対の善と見なすその教義は、同名の孫（娘アレーテー Arete の子）小アリスティッポス（前4世紀）によって体系化され、ヘーゲーシアース❷*やアンニケリス*、「無神論者」テオドーロス*らに継承されていった。ヘレニズム時代のエピクーロス*学派に与えた影響も少なくはないが、彼らはエピクーロスのように快楽を「苦痛のない心の平安な状態」とは考えず、現世の肉体的快感のみを快楽だと見なした。同学派は前3世紀中頃には消滅したらしい。

⇒本文系図 252

Xen. Mem. 2-1/ Pl. Phd. 59c/ Arist. Metaph. B-2, Rh. 2-23/ Diog. Laert. 2-65〜/ Strab. 17-837/ Diod. 15-76/ Cic. Tusc. 3-13, Acad. 2-7/ Ael. V. H. 7-3, 9-20, 15-6, N. A. 3-40/ Hor. Sat. 2-3/ Ath. 13-588/ Sext. Emp. Math. 7-11/ etc.

アリスティーデース Aristides
⇒アリステイデース（のラテン語形）

アリステイデース Aristeides, Ἀριστείδης, Aristides, （仏）（伊）Aristide, （西）Arístides, （露）Аристид

ギリシア人の男性名。

❶（前520以前～前468頃）アテーナイ*の政治家・将軍。リューシマコス Lysimakhos の子。廉直をもって聞こえ、「正義の人」と渾名される。前490年、マラトーン*の戦いに10人の将軍（ストラテーゴス*）の1人として派遣され、有能なミルティアデース*に全指揮権を委ねるよう提案・実行し、その作戦下に大勝を得た。翌前489年にアルコーン*となったが、ケオース*の美少年ステーシラーオス Stesilaos をめぐる恋の鞘当てからテミストクレース*と対立を始め、彼らの間の不和は終生修まらなかった。アリステイデースは裁判においても公正を守り、その徳性ゆえに賞讃を受けたものの、テミストクレースの煽動で陶片追放の憂き目に遭う（前483）。その折、1人の無筆の市民が彼とは知らずに、「アリステイデースと書いてくれ」と陶片を渡し、その理由を訊かれて、「ただどこへ行っても『正しい人』という評判なので嫌になっただけだ」と答えたが、アリステイデースは黙って自分の名を書いてやったという。また町を去るに当たって、彼は「民衆が再び私の名を思い出さなければならなくなるような大事がアテーナイを襲うことのないように」と天に向かって祈ったとも伝えられる。前480年、ペルシア軍の脅威が迫ると、大赦令により帰国を許され、サラミース❶*の海戦に参加、プシュッタレイア Psyttaleia 島上陸を敢行し、この島に配されていた敵兵を殲滅。その際、生捕りになったペルシア大王の甥3人は、ディオニューソス*神のために生贄として屠られたといわれる。続くプラタイアイ*の戦い（前479）では、アテーナイ軍の総司令官に任命され大いに活躍。翌前478年には海軍を率いて小アジア沿岸やエーゲ海の諸都市の反スパルター*感情を利用しつつ、ギリシア連合艦隊の指揮権をスパルターからアテーナイの手に帰せしめた（⇒パウサニアース❶、キモーン）。前477年デーロス同盟*が成立すると、参加諸市の貢納金の査定を一任され、私腹を肥やすには絶好の権限を握りながら厳正無私の態度を崩さず、「貧乏人として出かけていき、一層貧乏になって帰ってきた」と称えられた。個人としては私心のない無欲正義の士であったが、国益に資する事柄では不正にも目をつぶり、デーロス同盟の金庫を規約に反してデーロス*からアテーナイへ移そうという提案が出された時には、「正しくはないが、アテーナイにとっては有利だ」と述べたといわれている。清廉を保って貧困のうちに世を去った（収賄の廉で告訴され、罰金が支払えなかったため獄中で死んだなど諸説あり）。よって葬式の費用もなく、遺された2人の娘たちも結婚資金に不足して長い間嫁ぐことができなかったと —— 遺産がほとんどないことがわかったため破談になったとも —— いい、結局彼の墓も娘たちの持参金も公費から支払われることになった。また孫娘のミュルトー Myrto は貧窮のあまり日々の暮らしにも事欠くありさまだったので、哲学者のソークラテース*が第2の妻として迎え入れたと伝えられる。ちなみに、アテーナイ随一の金持ちカッリアース❸*は、アリステイデースの従兄弟に当たる（⇒巻末系図 023）。

Plut. Aristid., Them. 3～, Mor. 790/ Nep. Arist./ Herodot. 8-79～81, -95, 9-28～/ Thuc. 1-91, 5-18/ Marm. Par. 50/ Pl. Grg. 526/ Arist. Ath. Pol. 22-7/ Aeschin. 1/ Dem. 3/ etc.

❷（ミーレートス*の）（前150頃～前100頃の人）

好色な物語集『ミーレートス物語 Milesiaka』6巻（散逸）の著者。本書は大いに愛読され、ほどなくシーセンナ*によってラテン語に訳され広く流布をみた。以来、男色や女色を扱った猥雑な短編物語は「ミーレートス風の話（ラ）Milesiae Fabulae」と総称されて、ギリシアの好色文学のみならずペトローニウス*やアープレイウス*らのラテン小説にも深甚な影響を与えた。軍隊においても人気が高く、前53年カッラエ*の戦闘で敗北したクラッスス*軍の荷物から、この本が発見され、パルティアー*人の嘲弄の的となった話は有名。

Ov. Tr. 2-413～414, -443～444/ Plut. Crass. 32/ Lucian. Amor. 1/ Apul. Met. 1/ Harp./ etc.

❸（テーバイ❶*の）（前4世紀に活動）

ギリシア古典後期の画家。人間の情緒・感情を最初に描出し得た名匠と称され、その作品は非常な高値で売買された。前146年コリントス*がローマの手に陥ちた折、戦利品売却に際してペルガモン*王アッタロス2世*が、アリステイデース筆の絵『ディオニューソス*』を60万デーナーリウスで購入しようとしたところ、初めて美術品の価値に気付いたローマの将軍ムンミウス*は売却を拒んで、この絵をローマに持ち帰り女神ケレース*の神殿に展示した。しばしば同名の孫で、やはり優れた画家アリステイデース（アペッレース*と同時代の人）と混同される。他に『瀕死の母と乳呑み児』などの作品があったが、すべて失われた。娼婦 Porne を描いて「娼婦画家 Pornographos」と渾名されたのは、おそらく孫の方であろう。本文系図43参照。

Plin. N. H. 7-38, 35-8, -35/ Ath. 13-567b/ Strab. 8-381/ Paus. 6-20/ etc.

❹（アテーナイ*の）（後2世紀前半に活動）

キリスト教初期の護教家。哲学者からキリスト教徒に転向し、ハドリアーヌス*帝（ないしアントーニーヌス・ピウス*帝）に護教論を献じた（123～126頃）。バルバロイ barbaroi

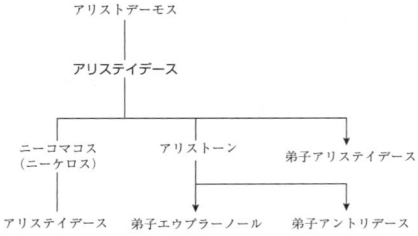

系図43　アリステイデース❸

（非ギリシア・ローマ人）・ギリシア人・ユダヤ人・キリスト者の4つの民に分類する特異な説で知られる。19世紀にアルメニア語版の断簡とシュリア語版の全体（後4世紀）が発見されている。
⇒イウースティーノス、アレクサンドレイアのクレーメンス❷
Euseb. Hist. Eccl. 4-3/ Hieron. De Vir. Ill. 20, Ep./ etc.

❺（ラ）アリスティーデース・クィンティリアーヌス Aristides Quintilianus,（ギ）アリステイデース・コインティリアーノス Aristeides Kointilianos, Ἀριστείδης Κοϊντιλιανός（後3／4世紀頃）現存するギリシア語の『音楽論 Peri Mūsikēs』3巻の著者。本書は古く前5世紀の音楽理論家ダモーン*や前4世紀のアリストクセノス*に遡る内容を含んでおり、古代ギリシア音楽に関する貴重な資料となっている。
Aristid. Quint. De Musica

アリステイデース、アイリオス （ラ）Publius Aelius Aristides Theodorus,（ギ）Ailios Aristeides, Αἴλιος Ἀριστείδης,（仏）Elius Aristide,（伊）Elio Aristide,（西）Elio Aristides,（露）Элий Аристид
（後118年1月27日（117年11月26日）〜後181年以降）ローマ帝政期のギリシアのソフィスト*・修辞学者。ミューシアー*の富裕な地主の家柄に生まれる。幼い頃より病弱だったが、ペルガモン*やアテーナイ*で、ポレモーン❹、ヘーローデース・アッティクス*らに学び、ギリシアをはじめ小アジア・エジプト・イタリアを旅して各地で講演をし、その才を称賛された。26歳の時に初めてローマを訪れ（後144）、ここで名高い『ローマへの頌辞 Eis Rhōmēn』を公表したが、心身ともにそこなって政治家の道を断念、スミュルナー*へ隠退し、著作や講義を行なうかたわら、鬱病の治療のためにペルガモンのアスクレーピオス*神殿に参籠した。177年の大地震でスミュルナーが壊滅的被害を受けた時には、哀悼詩を通してマールクス・アウレーリウス*帝を熱心に説得し、都市再建を速やかに実現したので、彼の肖像が市民の手でうち建てられた。他にも数々の栄誉がスミュルナー市民から提供されたものの、アスクレーピオスの神官職を除く全てを辞退し、終生その職に留まったという。

　ヘーローデース・アッティクスとともに新（または第2）ソフィスト時代の双璧と称され、その美しい文章は弁論術のあらゆる技巧を用いて余すところがない。現存する57篇の作品は、都市や君主の栄光を讃える修辞的演説や散文による諸神讃歌、プラトーン*の『ゴルギアース*』に対する反論など、さまざまな内容にわたり、古来きわめて高く評価され、ビザンティン時代にも学校の教材として用いられた。特に6巻から成る『聖なる教え Hieroi Logoi』（第6巻は未完）は、医神アスクレーピオスから夢の中で受けた膨大な啓示を叙述したもので、彼個人の宗教的経験の記録として、また当時の神殿内における治療の実態を伝える史料として重視される。

　即席弁論が不得手で公然と即興演説家を非難していたが、実は自ら小部屋に閉じこもって密かにその練習に励んでいたとか、筋肉がひどく痙攣する症状に苦しんでいたせいか気難しく、大衆には一切迎合せず、自らの講義を賞讃しない聴衆に対しては怒りを発した、などと伝えられている。
Philostr. V. S. 2-9/ Aristides Sermones Sacri, Orationes/ Libanius Epist./ Suda/ etc.

アリスティーデース、アエリウス Aristides, Aelius
⇒アリステイデース、アイリオス

アリスティド Aristide
⇒アリステイデース

アリストギートーン Aristogiton
⇒アリストゲイトーン（のラテン語形）

アリストクセノス Aristoksenos, Ἀριστόξενος, Aristoxenus,（仏）Aristoxène,（独）Aristoxenos,（伊）Aristosseno,（西）Aristoxeno,（露）Аристоксен
（前375／354〜前300頃）　ギリシアのペリパトス（逍遙）学派の哲学者、音楽理論家。南イタリアのタラース*（タレントゥム*）の生まれ。ギリシア本土へ赴き、アテーナイ*でピュータゴラース*派の学者クセノピロス Ksenophilos に師事した後、アリストテレース*の弟子となる。リュケイオン*学園において名声を高め、自らも学頭の地位を目ざしたが、テオプラストス❶*に敗れたため（前322）、以来アリストテレースを非難攻撃するようになったという。ソークラテース*やプラトーン*に対しても悪意に満ちた批判をしており、伝記や歴史、法律など諸分野にわたる453の著作を執筆。ピュータゴラース派に対抗してアリストクセノス派と呼ばれる音楽学校を設立した。伝存するのは、『和声学原論 Harmonika Stoikheia』のうちの3巻と『韻律学原論 Rhythmika Stoikheia』の一部など、音楽理論に関する作品ばかりである。彼はピュータゴラース派の神秘的・数学的な思弁を離れ、聴覚に基づいた論理的な音楽論を展開した点で画期的な人物である。笑うことを極度に嫌った哲学者としても知られている。
⇒アリステイデース❺
Aristoxenus Elementa Harmonica, Elementa Rhythmica, Fr./ Ael. V. H. 8-13, N. A. 2-11/ Cic. De Or. 3-33, Att. 8-4, Tusc. 1-18/ Gell. 4-11/ Ath. 12-545, 14-632/ Porph./ Suda/ etc.

アリストゲイトーン Aristogeiton, Ἀριστογείτων, Aristogiton,（伊）Aristogitone,（西）Aristogitón,（葡）Aristogíton,（露）Аристогитон
（前550頃〜前514）　アテーナイ*市民。美青年ハルモディオス*の恋人。2人はアテーナイ*の僭主殺害者として永く

称賛された。(⇒ハルモディオスとアリストゲイトーン)。

なお、彼らと同じく男色関係のもつれから君主を暗殺、ないし殺害しようとした人物としては、アクラガース*の僭主パラリス*を倒そうと試みたカリトーン*とメラニッポス*、メタポンティオン*の僭主を殺したアンティレオーン Antileon と美青年ヒッパーリーノス Hipparinos、マケドニアー*王アルケラーオス*を弑逆したクラタイアース Krataias（またはクラテロス*）とヘッラノクラテース Hellanokrates、同じくマケドニアー王アミュンタース3世*に反逆した美青年デルダース Derdas、マケドニアー王ピリッポス2世*を暗殺した貴族パウサニアース❷*、ペライ*の僭主アレクサンドロス*を殺害したペイトラーオス Peitholaos、アンブラキアー*の僭主ペリアンドロス❷*を弑殺した小姓、などの例が知られる。

Herodot. 5-55, 6-109, -123/ Thuc. 1-20, 6-54〜/ Arist. Ath. Pol. 18, Pol. 5-10 (1311) / Plut. Mor. 760b, 770b, Pel. 28, 35/ Ath. 13-602/ Polyaenus 1-22/ Diod. 9-1, 10-17/ Paus. 1-8, -23/ etc.

アリストデーモス　Aristodemos, Ἀριστόδημος, Aristodemus, (ドーリス*方言)アリストダーモス Aristodamos, Ἀριστόδαμος, (仏) Aristodème, (伊)(西) Aristodemo, (露) Аристодем

ギリシアの男性名。

❶（前8世紀後半）メッセーニアー*（メッセーネー*）の王（在位・前735頃〜前715頃）。20年に及んだ第1次メッセーニアー戦争（前743頃〜前724頃）の最中、「王家の血筋をひく乙女を人身御供に捧げれば、敵のスパルター*軍に対して勝利を得るであろう」というデルポイ*の神託が下った。その時アリストデーモスは自分の娘を進んで差し出したが、彼女の婚約者が「私はすでに彼女と交わり、また身ごもらせてもいる」と主張したので、激昂した彼は娘を殺して腹を割き妊娠していないことを公然と示した。8年後王に選ばれ、遊撃戦(ゲリラ)で巧みに敵を破ったものの、神託の条件が十分に満たされていなかったので、次々と重なる凶兆に絶望したあげく、娘の墓前で自害して果てた。その後間もなくイトーメー*の城塞は陥落し、第1次メッセーニアー戦争はスパルター軍の勝利に終わった。

なお、ほぼ同時代にコリントス*を支配したヘーラクレース*の子孫（ヘーラクレイダイ*）でバッキアダイ*家に属する同名の王アリストデーモス（在位35年間）がいたと伝えられている。

⇒テーレクロス、アリストメネース

Paus. 4-6, -9〜13/ Diod. 7-9/ Euseb. Praep. Evang. 5-27/ etc.

❷（前11世紀頃）スパルター*王家の祖。英雄ヘーラクレース*の玄孫（⇒ヘーラクレイダイ）。父はアリストマコス Aristomakhos（ヒュッロス*の孫）。兄弟とともにペロポンネーソス*に侵入するべくナウパクトス*で軍を整えている間に、雷（あるいはアポッローン*の矢）に撃たれて死んだ、もしくは、ピュラデース*とエーレクトラー*の子供たちに殺されたという。スパルターの伝承では、兄弟と一緒にペロポンネーソスを征服し、ラコーニアー*（スパルター周辺）を領有、妻アルゲイアー Argeia との間に双生児エウリュステネース*とプロクレース*を儲け、スパルター両王室の祖となったとされる（巻末系図021を参照）。

⇒クレスポンテース、テーメノス

Herodot. 6-52, 7-204, 8-131/ Apollod. 2-8/ Paus. 2-18, 3-1/ Xen. Ages. 8-7/ etc.

❸キューメー❷*（クーマエ*）の僭主（在位・前504頃〜前492）。（ラ）Aristodemus Malacus　少年の頃は女性的で"女のような経験"をしたために、「柔弱王 Malakos(マラコス)」と渾名された。前524年、異民族がクーマエに攻め寄せたとき、彼はまだ若年だったにもかかわらず、敵を撃破して評判を高めた。次いで民衆を煽動し、多数の貴族を処刑・追放したのち自ら僭主となるが、その支配は残忍で、前例のないほど男女の市民に対して悪逆を重ねたという。また風俗に関する新奇な法律を定めて、男子には髪を長く伸ばして金の髪飾りで装うことを、女子には髪を短く切りつめ、短い衣服を着用することを強制した。外交面では、かつてローマ人を援けてエトルーリア*軍と勇敢に戦ったも

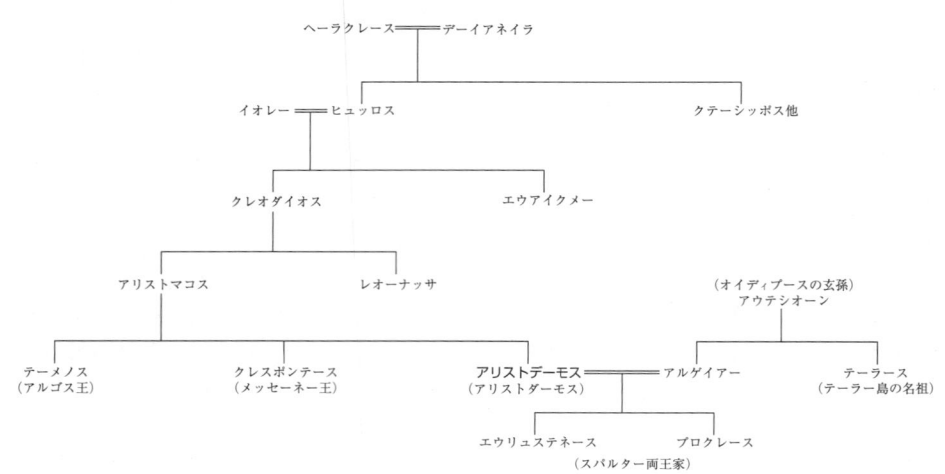

系図44　アリストデーモス❷

のの、後年ローマを放逐されて亡命して来た傲慢王タルクィニウス❷*・スペルブスを受け容れ、傲慢王は彼の宮廷で長逝した。やがてアリストデーモスは、力ずくで我がものとした愛妾クセノクリテー Ksenokrite の裏切りに遭い、彼女の手引きで邸内に侵入した市民らによって惨殺された。
Dion. Hal. Ant. Rom. 7-2〜/ Plut. Mor. 261〜262/ Liv. 2-21/ Diod. 7-10〜/ Suda/ etc.

❹（前6世紀末）アテーナイ*が熱病に襲われた時、神々の怒りをなだめるために身命を賭した若者クラティーノス❷*の念友 erastes（エラステース）。
Ath. 13-602c〜f/ etc.

❺アリストダーモス Aristodamos ho tresas, Ἀριστόδαμος ὁ τρέσας, Aristodamus

（？〜前479）ペルシア戦争*で討ち死にしたスパルター*市民。テルモピュライ*の闘い（前480）の際、重い眼病を患っていたので、唯ひとり戦闘に加わらずに帰国した。そのため「臆病者 tresas（トレサース）」と呼ばれて、誰からも言葉をかけられたり火を貸して貰えないという恥辱を加えられる憂き目をみる。汚名を雪ぐべく翌年のプラタイアイ*の決戦では、戦列からとび出して行って大功を樹てつつ討ち死にを遂げた。にもかかわらず、この戦いで戦死したスパルター兵の中で彼だけは名誉の顕彰を受けなかったという。

なお、以上の他にも、ソークラテース*の弟子で、師を真似て一生涯素足で歩き、占いや祈りや神々への供犠を蔑視していた「小男 Mikros（ミクロス）」という渾名のアリストデーモス（前5世紀後期〜前4世紀）や、メガレー・ポリス*（メガロポリス*）の僭主で、侵攻したスパルター王クレオメネース2世*を撃破し、「高潔王 Khrestos（クレーストス）」と称えられたが、のち刺客に殺されたアリストデーモス（前4〜3世紀）。さらに、史家や文献学者、著述家、画家、彫刻家などにも大勢の同名人物がいる。
Herodot. 7-229〜231, 9-71/, Xen. Mem. 1-4/. Paus. 8-27/ Plut. Phil. 1/ Strab. 14-650/ Plin. N. H. 34〜35/ etc.

アリストテレース　Aristoteles, Ἀριστοτέλης,（英）Aristotle,（仏）Aristote,（伊）Aristotele,（西）（葡）Aristóteles,（露）Аристотель,（アラビア語）Aristūṭālīs, Aristū,（漢）阿里士多德

（前384〜前322年3月7日）ギリシアの哲学者、科学者。「万学の父」と称えられる百科全書的な大学者。ギリシアの北方カルキディケー*のスタギーロス*（スタギーラ*、スタゲイラ*、ないしスタゲイロス*）の出身。父ニーコマコス Nikomakhos はマケドニアー*王アミュンタース3世*の侍医で、医神アスクレーピオス*の末裔を称する。早くに両親を失い、17歳の頃アテーナイ*へ赴きプラトーン*のアカデーメイア*学園に入門、プラトーンの死まで約20年間そこに留まった（前367〜前347）。一説には、相続財産を蕩尽して軍隊に入ったが不首尾に終わり、薬屋になったのち、アポッローン*の神託に従い、アカデーメイアに潜り込んで聴講していたと伝える。睡眠を惜しんで学業に励み、プラトーンから「クセノクラテース*には拍車が必要だが、アリストテレースには手綱が必要だ」と評され、また彼の住居は「読書家の家」と呼ばれたという。頭角を現わして講義も担当するようになり、「学校の精神」という綽名さえ得ていたが、師の死（前347）後、スペウシッポス*が学頭となるや、クセノクラテースらとともにアテーナイを離れ、恋人（念者 erastes（エラステース））の「宦官王」ヘルメイアース*の宮廷があるアッソス*へ移住（前347〜前344）、この地で研究活動を続けるかたわら、ヘルメイアースの姪（養女）ピューティアス Pythias と結婚した。

次いでレスボス*島のミュティレーネー*に移り、弟子テオプラストス❶*と一緒に海洋生物学を中心とする主に自然科学を研究（前344〜前342）、さらにマケドニアー王ピリッポス2世*（アミュンタース3世の子）の招聘を受けて王国の首都ペッラ*の宮廷へ赴き、13歳の王子アレクサンドロス3世*（後の大王）の師傅を務めた（前342〜前339）。文学をはじめとする諸学問の教育に当たる間、アレクサンドロスのために『イーリアス*』を校訂。また王子に願って、

系図45　アリストテレース

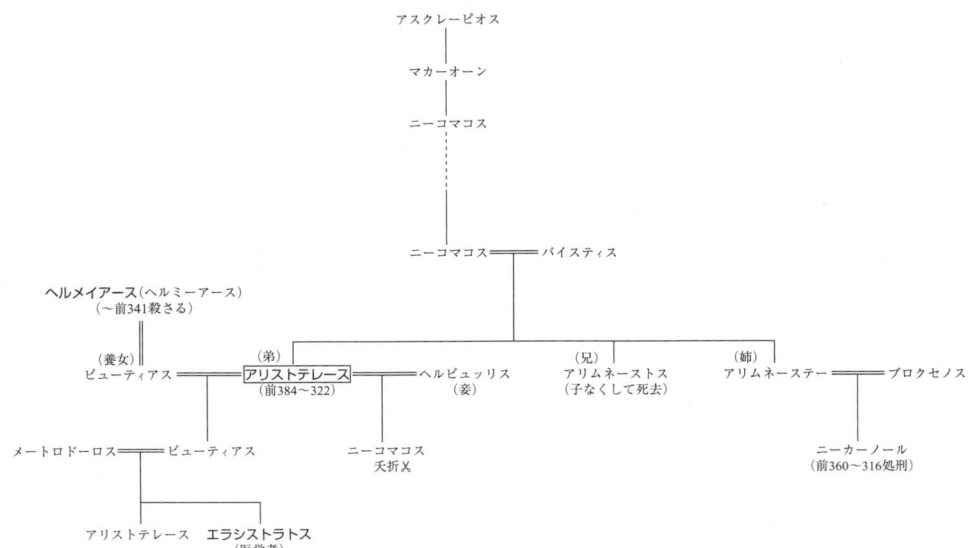

— 135 —

マケドニアー軍に破壊された故郷スタギーロス市を再建してもらい（前340）、その市民のために法律を制定した。アレクサンドロスから深く敬愛され、多額の財政的援助を受けたが、次第に両者の間に疎隔が生じ、ついに彼は大王暗殺計画に関与し、毒薬の調合をしたとさえ伝えられる（⇒カッリステネース）。

前335年には再びアテーナイに戻り、市の東北部のアポッローン神域に自らの学園リュケイオン*を開設。遊歩場peripatos（ペリパトス）（列柱を備えた屋根つきの回廊）を散策しながら教えたので、彼の学派はペリパトス学派Peripatētikoi（逍遙学派）と呼ばれるようになった。大王の協力も得て、彼はこの学園に手写本や各種標本の類を蒐集、後のアレクサンドレイア❶*のムーセイオン*のモデルともいえる博物館、学術図書館を設け、大勢の弟子とともに研究と教授の日を送った。妻ピューティアスの死後は、奴隷出身のヘルピュッリスHerpyllisと同棲し、彼女によって息子ニーコマコスを儲けたが、他方テオデクテース*やパライパトス*ら美男の弟子たちをも愛したという。前323年アレクサンドロス大王が没するや、アテーナイに反マケドニアー熱が高まり、瀆神罪で告発された彼は、学頭の地位をテオプラストスに譲り、母方の郷里エウボイア*島のカルキス*市に隠退、翌年の夏、その地で痼疾の胃病が悪化したため客死し、遺骨は生地スタギーロスへ運ばれた（62歳）。異伝によれば、自らトリカブトの毒を仰いで果てたとも、エウリーポス*海峡の不思議な潮流の説明がつけられず、困惑のあまりそこに身を投げて死んだともいう。

彼は小柄で痩せており、下肢は貧弱で眼が小さかったといい、ρ（r）が発音できず口ごもる癖があり、また人目につきやすい派手な履物や衣服を身に着け、指輪をいくつもはめ、髪を短く刈り込んでいたと伝えられる。いつも温かいオリーヴ油の風呂に入るほど贅沢だったが、それに使った油を人に売るほど吝嗇であったともいわれ、さらに大変な美食家で豪奢な料理を好み、その死後300枚もの銀の皿が発見された等といった話も残っている。傲慢不遜なところもあって、師プラトーンの存命中から「私はプラトーンを愛する。しかし、それ以上に真理を愛する」と称して師のイデアー論を批判攻撃し、プラトーンを逼塞させるに至ったとする所伝もある。確かに彼の研究は観察と経験とを重んずる実証主義的傾向が強く、プラトーン学派の教説と対立する面を持ってはいるが、その思想の根底に最後までプラトーン哲学の決定的影響があることは否めない。学風は総合的で、形而上学・論理学・倫理学・政治学・心理学・美学・修辞学・自然科学、等々あらゆる領域にわたっており、それぞれに綿密な調査、分類、批判の上に自己の理論を展開し、膨大な研究を体系化している。

彼の著作は3種類に分けられる。

（1）アカデーメイア滞在中、アリストテレース自身によって公刊された初期の著作――『エウデーモス*Eudemos』『哲学の勧めProtreptikos』『饗宴Symposion』『グリューーロスGrylos』、他。プラトーン風の「対話篇」、またはこれに準ずる一般向けの作品群で、いずれも散逸して断片のみ伝存する。

（2）リュケイオン開設後にアリストテレースが門弟たちと共同で調査研究した浩瀚な資料集成（大半が湮滅）――158のギリシア諸ポリスの体制を取り扱った『国制誌Politeiai』（そのうち『アテーナイ人の国制（ラ）Respublica Atheniensium』のみが1890年にエジプトから出土）、異民族の風習を集めた『風俗習慣集Nomima』、ピューティア競技祭*の優勝者の記録『ピューティア競技勝利者名簿Pythionikai』、アテーナイにおける演劇の上演目録を網羅した『上演作品目録Didaskaliai（ディダスカリアイ）』、オリュンピア競技祭*の優勝者の記録『オリュンピア競技勝利者名簿Olympionikai』、ホメーロス*問題を集成した『ホメーロスに関する諸問題Aporemata Homerika』、自然研究にかかわる『問題集Problemata（プロブレーマタ）』、他。

（3）「アリストテレース全典（全集）（ラ）Corpus Aristotelicum」として伝存する著作集。元来は講義ノートの類で、公刊を予定されていなかったが、前1世紀にロドス*のアンドロニーコス*によって編集され（前40頃）、今日の形式を持つに至った原稿集。そのうち主著として重視されるものは次の通り――以下の書名には各々ギリシア語ではなくラテン語訳表記を付載した――。

Ⅰ．論理学 ……「オルガノンOrganon」と総称される6篇・『範疇論Categoriae』『命題論（解釈論）De Interpretatione』『分析論前書Analytica Priora』『分析論後書Analytica Posteriora』『トピカTopica』『詭弁論De Sophisticis Elenchis』。三段論法・帰納法・演繹法の論説はとりわけ有名（形式論理学の確立）。

Ⅱ．自然学 ……『自然学Physica』（質料hyle（ヒューレー）・形相eidos（エイドス）などの四因論と目的論的自然観で有名）『天界論De Caelo』『生成消滅論De Generatione et Corruptione』『気象論Meteorologica』『動物誌Historia Animalium』『霊魂論De Anima』『自然学小論集Parva Naturalia』、他。

Ⅲ．形而上学 ……『形而上学Metaphysica』。存在の根本原理を研究する第一哲学。神は他のものによって動かされることがなく、他のものを動かす第一の原因「不動の第一動者」であり、全宇宙の最高目的であるとする。中世ヨーロッパのスコラ哲学に決定的な影響を及ぼすことになる。

Ⅳ．倫理学・政治学 ……『ニーコマコス倫理学Ethica Nicomachea』『エウデーモス*倫理学Ethica Eudemia』『政治学Politica』。最高善を「幸福eudaimonia（エウダイモニアー）」とし、両極端に走らず中庸を保つ「徳arete（アレテー）」を重要視、「人間は社会的政治的動物」であり、倫理的課題は国家的生活においてのみ実現されると見なした。

Ⅴ．美学 ……『修辞学Rhetorica』『詩学Poetica』。創作の本質を「模倣的再現mimesis（ミーメーシス）」であると規定した後者は、「浄化katharsis（カタルシス）」をはじめ幾つかの主要概念を導入、文芸学上最大の古典として後世に甚大な影響を及ぼした（前半の2巻のみ現存）。

彼の思想は、ローマ帝政期に入ってからも盛んに研究され、後5世紀以降は主に新プラトーン主義者らの手によってオリエントに伝達され、イスラーム哲学の本流を形成（7

世紀～）。著書も大部分アラビア語に翻訳されて、のちにはキリスト教神学者らの学ぶところとなり、ルネサンス・近世を経て現代に至るまで西洋哲学史全体を貫く一大潮流をなしている。

「教育の根は辛いが、その実は甘い」とか「教養は順境にあっては飾りであり、逆境にあっては避難所である」、「美貌はどんな手紙にもまさる推薦状だ」、「友人とは2つの体に宿る1つの魂である」、「たくさんの友人を持っている人には1人の友人もいない」、「子供を教育した者の方が、子供を産んだだけの親よりも尊敬されるべきだ。後者は単なる生命を与えたに過ぎないが、前者は良い生命を与えたのだから」等は彼の言葉とされている。「すぐに古びてしまうものは何か」と問われた時には、「感謝だ」と答え、また「希望とは何か」と訊かれると、「目をさましている者の見る夢だ」と返答。「なぜ我々は美しい人となら長時間つき合おうとするのでしょうか」と尋ねた男に対しては「それは盲人の質問だよ」と応じ、「嘘をつく人たちはどんな得をするのか」と問われた時には、「真実を語った場合でも信用されないことだ」と言ったという。また、あるおしゃべりな男が彼にさんざん饒舌を浴びせかけた後で、「ご迷惑ではなかったでしょうか」と訊いたところ、「いや、いっこうに。私は少しも聞いてはいませんでしたから」と答えたという話も伝えられている。なお、アレクサンドロス大王に女色を戒める彼が、美妓カンパスペー Kampaspe（パンカステー Pankaste またはピュッリス Phyllis とも）の手練手管にかかり、四つん這いになって彼女を背に跨らせて歩いたという寓話が後世になってつくり出され、中世末期からルネサンス期の西ヨーロッパで美術の主題として好んで描かれた。

⇒エウデーモス、アリストクセノス、ディカイアルコス、アペッリコーン、テュランニオーン、カッリッポス

Diog. Laert. 5-1～35/ Cic. Acad. 1-4 (17), 2-38, De Or. 3-35, Fin. 5-4/ Quint. 1-1, 2-15, 5-10/ Plut. Alex. 7～, Mor./ Augustin. De civ. D. 8-12/ Gell. 13-5, 20-5/ Ath. 8-354b～, 13-566e/ Val. Max. 5-6/ Strab. 13-610/ Ael. V. H. 3-19, -36, 4-9, 5-9, -19, 9-23, 12-54, 14-1/ Val. Max. 5-6, 7-2, 8-14/ Ammon. Ad Arist. Categ., Vita Aristotelis/ Dion. Hal./ Simpl. in Cael., in Phys./ Ptolemaeus Vita Aristotelis/ Porph./ Hesych./ Suda / etc.

アリストートル（アリスタートル）　Aristotle
⇒アリストテレース*（の英語形）

アリストニーコス　Aristonikos, Ἀριστόνικος,
Aristonicus,（仏）Aristonicos,（伊）（西）Aristonico

❶（？～前128）エウメネース3世*。ペルガモン*王エウメネース2世*の庶子。母はエペソス*の楽人の娘。異母兄アッタロス3世*がその王国をローマに遺贈した（前133）のち、ローマの統治に反対し王位を要求、奴隷や非ギリシア人ら下層民を糾合して理想国家「太陽の都 Heliopolis」建設をめざす闘争を起こした（前132～前130）。前131年ローマの執政官 P. リキニウス・クラッスス❶*を敗死させたが、翌年後任の執政官 M. ペルペルナ❶*に敗れて捕われ、ローマの獄中で処刑された。以後ペルガモンはローマの属州アシア*となり、王家の財宝はローマへ運び去られた。

奴隷や隷農など社会の最下層民を中心とする反乱軍に解放と自由を約束し、幸福な将来の建設を保証したアリストニーコスは、反ローマ独立闘争の指導者として高く評価されることがある。

⇒M'. アクィーリウス、イアンブーロス

Just. 36-4/ Strab. 14-646/ Liv. Epit. 59/ Vell. Pat. 2-4/ Val. Max. 3-4/ Florus 2-20/ Sall. H. 4/ App. Mith. 12, 62, B. Civ. 1-17/ Cic. Leg. Agr. 2-33/ etc.

❷（？～前332）レスボス*の町メーテュムナー*の独裁者。キオス*がすでにアレクサンドロス大王*の軍門に降ったのを知らずに入港して捕われ、大王によりメーテュムナーへ送還され、市民の手で拷問にかけられたうえ惨殺された。

Arr. Anab. 3-2/ Curtius 4-5, -8/ etc.

❸（前1世紀後半）（アレクサンドレイア❶*の）アウグストゥス*時代の文献学者。アリスタルコス*（サモトラーケー*の）の学統を引き、ホメーロス*やヘーロドトス*、ピンダロス*らの注釈を書いた。わずかな断片しか伝存しない。

Strab. 1-38/ Suda/ Ath. 1-20/ etc.

❹（前3世紀末～前2世紀前半）プトレマイオス5世*エピパネースと一緒に育てられた有能な宦官。寛大な人柄で、政治・軍事に長じ、前185年に反乱が起きたときには、ギリシアへ赴いて傭兵軍を組織したという。

他にも、ギリシア神話に関する作品（散逸）を著わしたタラース*（タレントゥム*）のアリストニーコスらの同名人物がいる。

Polyb. 27-9/ Serv. ad Verg. Aen. 3-335/ Hyg. Poet. Astr. 2-34/ Phot./ etc.

アリストパネース　Aristophanes, Ἀριστοφάνης,（仏）Aristophane,（伊）Aristofane,（西）（葡）Aristófanes,（露）Аристофан

（前450／445頃～前385／380頃）アテーナイ*の喜劇詩人。ギリシア古喜劇を代表する作者。20歳頃にはすでに劇作を試み、前427年に処女作『宴の人々 Daitalēs』（亡失）を発表、以来競演に優勝すること4回、主としてペロポンネー

系図46　アリストパネース

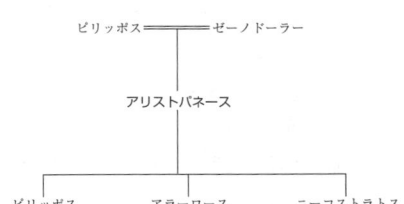

ソス戦争*（前431～前404）時代に活躍したが、その生涯の詳細は不明。父のピリッポスPhilipposがアイギーナ*島に地所を持っていた関係から、政敵のクレオーン*により市民権詐称の廉で告訴されたものの、結局は無罪を勝ち得たという（前426頃）。

彼はその保守的傾向から時流にことごとく反対し、ソフィスト*の新式教育や弁論術、ソークラテース*の哲学、エウリーピデース*の悲劇などあらゆる新しい思想を槍玉にあげ、またクレオーンやヒュペルボロス*ら好戦的な煽動政治家（デーマゴーゴス）を痛烈に非難嘲笑し、終始ペロポンネーソス戦争の早期終結と平和の回復を望み続けた。古喜劇作家の常として遠慮会釈なく実名で個人攻撃を行ない、例えば香料を帯にしみこませた柔弱な受動的男色者アガトーン*や、女陰を舐め回って髭を淫水で汚して娯しむアリプラデースAriphrades等々、大勢の著名市民を揶揄して憚らなかった。

題名の伝わる44篇のうち、以下の11篇及び多くの断片が現存している。

○『アカルナイの人々 Akharnēs,（ラ）Acharnenses』（初演・前425）
○『騎士 Hippēs,（ラ）Equites』（前424）
○『雲 Nephelai,（ラ）Nubes』（前423、ただし現存テクストは前418頃の改訂版）
○『蜂 Sphēkes,（ラ）Vespae』（前422）
○『平和 Eirēnē,（ラ）Pax』（前421）
○『鳥 Ornithes,（ラ）Aves』（前414）
○『女の平和　Lȳsistratē,（ラ）Lysistrata』（前411）
○『女だけの祭り（テスモポリア*祭を祝う女たち）Thesmophoriazūsai,（ラ）Thesmophoriazusae』（初演・前411／410）
○『蛙 Batrakhoi,（ラ）Ranae』（前405）
○『女の議会 Ekklēsiazūsai,（ラ）Ecclesiazusae』（前393／392頃）
○『福の神 Plūtos,（ラ）Plutus』（前388）

作品は機智と諧謔に富み、奔放奇抜な想像力と甘美繊細な抒情性、悲劇の巧妙な戯化などを縦横に駆使しており、生前に哲学者プラトーン*らの高い評価を得たほか、降ってイオーアンネース・クリューソストモス*は常々彼の喜劇を枕頭に置いておくほどその文体に深く傾倒したという。また作品の随所に、尻・乳房・性器・放屁・脱糞・交接・陰間（キナイドス）・鶏姦・自慰・吸茎（フェッラーティオー）・啜陰（クンニリングス）・張形（オリスボス）・性交拒否（セックス・ストライキ）など好色猥雑な語句が溢れ、ディオニューシア*祭における男根行列の表現ともども当時の陽気で性に対して開放的な社会風俗を知るうえで重要な史料となっている。ペロポンネーソス戦争におけるアテーナイの敗北（前404）以後、晩年の作品には古喜劇の特徴たる仮借なき時事諷刺や鋭い個人攻撃は影をひそめ、より穏やかで一般的・類型的な滑稽味を盛った中期喜劇へと、その作風は移行している。彼は20歳頃からすでに禿頭になっていたといい、その初期の作品は若過ぎるため他人名義で上演され、また『福の神』以降の晩年に著わした2作は息子アラーロス Ararosの手で公演される運びになったという。なお、アリストパネースはプラトーンの対話篇『饗宴』に登場し、独創的なアンドロギュノス*説を主張、「少年期に年上の男性との愛を経験した者のみが、最も優秀な男性市民たり得る」と論じたことでよく知られている。

ギリシア最大の喜劇詩人たる彼の後に、アンティパネース*、アレクシス*といった中期アッティケー*（アッティカ*）喜劇の作者たちが活動したが、それらの作品はもはや豪快闊達な無礼講的哄笑を喪失した平俗で微温的な風俗喜劇へと変貌したものであった。

⇒クラティーノス、エウポリス、プリューニコス❷、アメイプシアース

Vit. Aristoph./ Pl. Symp. 189a～, Ap. 18b～/ Ael. V. H. 2-13/ Hor. Sat. 1-4/ Quint. 10-1/ Vell. Pat. 1-16/ Plut. Comp. Ar. et Men./ Schol. ad Ar./ Val. Max. 7-2/ Ath. 5-188, -192, 10-429/ Suda/ etc.

アリストパネース（ビューザンティオン*の）

Aristophanes, Ἀριστοφάνης,（ラ）Aristophanes Byzantius, Byzantinus,（英）Aristophanes of Byzantium,（仏）Aristophane de Byzance,（独）Aristophanes von Byzanz

（前257頃～前180頃）ヘレニズム時代のギリシアの文献学者。ビューザンティオン*の出身。アレクサンドレイア❶*でゼーノドトス*やカッリマコス❶*に学び、のちエラトステネース*の後を継いでアレクサンドレイア図書館長となる（前204～）。蔵書をあまねく読破し、引用ないし剽窃された詩句はすべて出典箇所を明示することができたという。博学の点で師を凌駕し、ホメーロス*の校訂本を公刊――『オデュッセイア*』を第23巻296行で終わるものとした――、ヘーシオドス*や抒情詩、悲劇、およびアリストパネース*の喜劇などを根本的に編修・改訂し、カッリマコスの『文献総目録（ピナケス）』を増補、文学のあらゆる分野を網羅する大辞典『レクセイス Lekseis』を編んだ。また、ギリシア古典作家の「真作」や、各部門における著述家の地位の確定に努め、注解に際しては欄外記号を使用、句読点法を組織的に導入し、アクセント法を発明した功績によっても注目される。喜劇詩人メナンドロス*を高く評価し、「メナンドロスと人生よ、汝らのうちどちらがどちらを模倣したのか」という問いを発した話は有名である。彼において文献学は長足の進歩を遂げ、その厳正な原典批判の方法は、高弟サモトラーケー*のアリスタルコス❷*へと受け継がれた。アッティケー*（アッティカ*）の遊女たち135人に関する何巻かの著作があったことが、アテーナイオス*によって伝えられている。

⇒ヘーローディアーヌス（アエリウス）、カッリストラトス❸

Ath. 9-408, 13-567, -583/ Ael. N. A. 7-39, -47/ Diog. Laert. 3-61/ Schol. ad Hesiod. Theog. 68/ Schol. ad Theoc. 7-103/ Plut Mor. 972d/ Suda/ etc.

アリストブーロス Aristobulos, Ἀριστόβουλος, Aristobulus, (仏) Aristobule, (伊) Aristobulo, (西)(葡) Aristóbulo, (露) Аристобул

ギリシア系の男性名。

❶ (前 375 頃〜前 285 頃) (カッサンドレイア Kassandreia の) アレクサンドロス大王*の東征に従軍した歴史家。大王に技術顧問として仕え、パサルガダイ*ではキューロス*の墳墓を再建。のち大王遠征史を著わした (前 295 頃完成) が、軍事よりも地誌に詳しく、アッリアーノス*やストラボーン*に重要な史料を提供した (散逸)。90 歳にて没。大王の偉業を誇張する追従的な傾向があったらしく、アレクサンドロス大王は生前、インドの王ポーロス*との一騎討ちの件(くだり)を読んだ時、過度の迎合に立腹して書物を水中に投げ込んだという。

Ath. 2-43, 6-251, 10-434, 12-513, -530/ Strab. 11-509, -518, 14-672, 15-691〜, 16-741, -766, 17-824/ Plut. Alex. 15〜/ Lucian. Macr. 22, Hist. conscr. 12/ etc.

❷ (前 2 世紀頃) アレクサンドレイア❶*のユダヤ人哲学者。ペリパトス (逍遙) 学派に属す。ヘブライ語聖典 (俗称「旧約聖書」) のモーセ五書 Pentateukhos の注釈書を著わし、ユダヤ教とギリシア哲学との調和を初めて主張。ホメーロス*やヘーシオドス*、ピュータゴラース*、プラトーン*、アリストテレース*らがユダヤ教典を彼らの思想の基礎としたことを証明しようと試みた。プトレマイオス 6 世* (在位・前 180〜前 145) の教師とも伝えられ、その譬喩的な聖典解釈は後のピローン*に影響を及ぼした。引用断片が伝存する。

Vet. Test. Maccab. Ⅱ 1-10/ Clem. Al. Strom. 1-305, -342, 5-595/ Euseb. Praep. Evang. 7-13, -32, 8-9〜, 9-6, 13-12/ etc.

アリストブーロス Aristobulos, Ἀριστόβουλος, Aristobulus, (仏) Aristobule, (伊) Aristobulo, (西)(葡) Aristóbulo, (露) Аристобул

ユダヤ王家の男性名。巻末系図 026 を参照。

❶ 1 世　A. Ⅰ (在位・前 104〜前 103)　イウーダース・アリストブーロス　Iudas A. Philellēn, Ἰούδας A. Φιλέλλην。ヒュルカノス 1 世* (イオーアンネース・ヒュル＋カノス 1 世) の長子。アサモーナイオス* (ハスモーン*) 朝で正式に王号を称した最初の人物。父の死後、実母と支配権を争い、彼女を投獄・餓死させて即位した。次弟アンティゴノス Antigonos 以外のすべての弟たちも捕えて投獄し、あまつさえこのアンティゴノスをも、猜疑心から地下道で暗殺させた (前 103)。その後間もなく病死したという。彼はギリシア文化を愛好したので、「ギリシアかぶれ Philellēn」という副名で呼ばれ、他方その治下にイトゥーライアー*の地を併合してユダヤ教の戒律を住民に強制したと伝えられている。

Joseph. J. A. 13-10〜11, J. B. 1-2〜3/ etc.

❷ 2 世　A. Ⅱ (在位・前 67〜前 63)

❶の甥。アレクサンドロス・イアンナイオス* (在位・前 103〜前 76) とアレクサンドラー❶* (サロメー*) の次子。活動的な野心家で、女王たる母の在世 (前 76〜前 67) 中に反乱を起こし、母の死後に即位した無能な兄ヒュルカノス 2 世* (イオーアンネース・ヒュルカノス 2 世) を玉座から追って、自らが王となる (前 67)。その後も兄弟は王位をめぐって争い続けたが、結局ヒュルカノスを支援する大ポンペイユス*によってイェルーサーレーム* (エルサレム) は包囲陥落し、ユダヤはローマの属州シュリア*に併合されるに至る (前 63, ⇒ M. スカウルス❷)。アリストブーロスは鎖をかけられ、家族とともにローマへ連行されるも、脱走して帰国するやローマに対する反乱を企てて敗れ、再びローマへ送られて鎖に繋がれた。前 49 年カエサル*によって釈放され、シュリア*へ派遣されたが、ポンペイユス派により毒殺された。息子たちのうち、アレクサンドロス Aleksandros はポンペイユスの岳父メテッルス❺に刎首され父と相前後して果て (前 49/48)、アンティゴノス*はパルティアー*人と結んでイェルーサーレーム奪取に成功し、ハスモーン朝最後の王となった (前 40)。

Joseph. J. A. 13〜14, J. B. 1-5〜9/ Plut. Pomp. 39, 45/ Strab. 16-762/ Dio Cass. 37-15〜16, 39-56, 41-18/ etc.

❸ 3 世　A. Ⅲ (前 53〜前 35)　Jonathes。

❷の孫。❷の子アレクサンドロス Aleksandros (?〜前 49/48) とアレクサンドラー❷*の子。ヘーローデース 1 世* (ヘロデ大王) の嫡妃マリアンメー 1 世*の弟。非常な美青年で、その肖像画を見たアントーニウス*将軍を魅了したという。前 36 年頃、ヘーローデースにより大祭司の位に就けられるが、その高貴な血統と端麗な容姿で国民の人気を集めたためヘーローデースの嫉妬心をかい、水泳場で溺死させられ、ここにアサモーナイオス* (ハスモーン*) 家の男系は途絶した。

Joseph. J. A. 15-2〜, J. B. 1-22/ etc.

❹ (前 31 頃〜前 7)　❸の甥。ヘーローデース 1 世* (ヘロデ大王) とマリアンメー 1 世*との間に生まれる。同母兄弟アレクサンドロス*と一緒にローマへ送られ、アウグストゥス*の膝下で成人する。帰国して従姉妹ベレニーケー❻*と結婚するが、岳母にして叔母のサローメー❶*の中傷や、異母兄アンティパトロス❷*の奸策が功を奏して、アレクサンドロスとともに繰り返し父王から謀反の容疑で告発を受ける。ついに前 7 年、アリストブーロスとアレクサンドロス兄弟は、父に対する陰謀を企てたとして逮捕され、父王の命令で扼殺された。

なお、彼の孫で同名のアリストブーロス (父はカルキス Khalkis のヘーローデース*) は、後 55 年初頭にネロー*帝によって小アルメニアー*の王位を授けられ、ウェスパシアーヌス*帝の治世には、シュリア*の属州総督の対コンマーゲーネー*王アンティオコス 4 世*戦に参加し (後 72/73)、また名高いサローメー❷*を妻として 3 人の息子を儲けている。

Joseph. J. A. 15〜17, 18, 20, J. B. 1, 2, 7/ Tac. Ann. 5-9, 13-7, 14-26/ Strab. 16-766/ etc.

アリストポーン　Aristophon, Ἀριστόφων, （伊）Aristofone, （西）Aristófon

ギリシア人の男性名。

❶（前435頃～前335頃）アテーナイ*の政治家。雄弁で名高く、ペロポンネーソス戦争*後の政界で活躍、数多くの法律を提案し、生涯に75回も違法告発で訴えられるが、いずれも無罪の判決を勝ちとった。前355年には2人の有力者イーピクラテース*とティーモテオス❷*を収賄の廉で告訴し、後者に巨額の罰金を科すことに成功している。デーモステネース❷*からも能弁を称えられ、ほぼ100歳の長寿を保った。
Thuc. 8-86/ Dem. 20-146～, 18-70/ Arist. Rh. 2-23/ Plut. 844d/ Aeschin. 3/ etc.

❷ Ἀριστοφῶν（前5世紀）

タソス*生まれの画家で、ポリュグノートス*の兄弟。アルキビアデース*の絵や、アレース*とアプロディーテー*の絵などを描いたという（すべて亡失）。

なお、アレクサンドロス大王*と同時代の喜劇詩人にも、同名のアリストポーンなる人物がいた。
Plut. Alc. 16/ Plin. N. H. 35-40/ Ath. 6-238, 11-472, 12-552, 13-559, -563/ Diog. Laert. 8-38/ Stob. Flor. 96/ Poll./ etc.

アリストメネース　Aristomenes, Ἀριστομένης, （仏）Aristomène, （伊）Aristomene

（前7世紀中頃）メッセーニアー*の英雄。第2次メッセーニアー戦争（前685頃～前666頃〈異説あり〉）でスパルター*に対する反乱を指導した将軍。王家の血をひくニーコメーデース Nikomedes の子。伝承によると、母ニーコテレイア Nikoteleia が、巨蛇と化したピュッロス*（ネオプトレモス*）の神霊（ダイモーン*）と交わって産んだ子といわれる。アリストデーモス❶*と同様、その生涯はなかば伝説の霧におおわれている。戦争勃発時、武勇に抜きん出ていたので王に選ばれたが、辞退して絶対権をもつ将軍に任ぜられた。古代ギリシア人の常として男色を重んじ、また捕虜となった敵の娘たちを犯そうとした部下を敢然と処刑、娘たちを処女のまま解放してやるなど公正な人柄で知られた。当初は大いに勝ち進んだものの、同盟者たるアルカディアー*王アリストクラテース Aristokrates の裏切りで敗北を喫し、以後はエイラ Eira（ヘイラ Heira）山中に籠城して11年間にわたり遊撃戦（ゲリラ）でスパルターを悩ませた —— アリストクラテースはのち裏切りが露顕し、自国民によって投石刑に処され、屍体は投げ棄てられた ——。アリストメネースは急襲を重ねて3度「百人殺しの供犠（敵兵100人を倒した戦士の行なう儀式）」を捧げ、また2回捕われの身となったが、両度とも奇跡的に生還した —— 1回目は処刑坑に投げ込まれ、他の捕虜は全員死んだにもかかわらず、彼のみ鷲の翼に支えられて傷一つ負わずに底へ下り、屍肉を貪る1匹の狐の導きで脱出。2回目は霊夢を見た農家の娘によって縛めを解かれ、敵兵を刺殺して遁走、後日この娘を息子ゴルゴス Gorgos にめあわせたという ——。

デルポイ*の神託は「雄山羊（トラゴス） tragos がネダー Neda 川の水を飲む時、メッセーニアーは亡びる」と予言していたが、ある日1本の無花果樹（いちじく）（トラゴス）の葉先がこの川面に触れているのを見た彼は、落城の兆しと悟り、国家の再興を約束する秘宝をイトーメー*山頂に埋めた。ついにある姦通事件が原因でエイラの城砦が陥落する（前668／666）と、彼は息子ゴルゴスらをシケリアー*（現・シチリア）島のザンクレー*（後のメッセーネー*、すなわちメッサーナ*）へ植民のために送り出し、自らは女婿たるロドス*島イアーリューソス*市の王ダーマゲートス Damagetos の許（もと）へ亡命、さらにメーディアー*王国を志したが、病を得てこの島で客死した。

立派な墓がロドス人によって築かれ、後年デルポイの神託に従って遺骨はメッセーニアーへ持ち帰られ、英雄神（ヘーロース）heros として広く崇敬を受けた。一説にアリストメネースは、3度目に捕虜となった時に、スパルター人の手で生きながら解剖されて死んだといい、その心臓には毛が密生していたと伝えられる。前371年のレウクトラ*の会戦にはテーバイ❶*勢を援（たす）けてスパルター軍を撃破する彼の姿が見られたといい、間もなくエパメイノーンダース*の手でイトーメー山中から秘宝が掘り出されてメッセーニアーは独立を回復するに至った。

なお、同名の人物に、前440年頃から前389年頃にアテーナイ*で活躍した喜劇詩人アリストメネースがいる。後者については、前415年に、秘教（ミュステーリア*）を冒瀆した廉で告発されたことが知られている。

系図47　アリストメネース

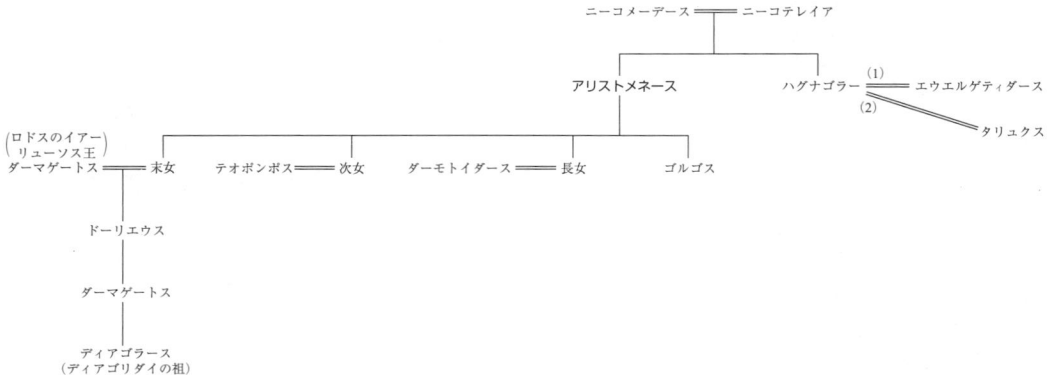

⇒テュルタイオス
Paus. 4-14〜24, -26〜, -32/ Diod. 15-66/ Polyb. 4-33/ Plin. N. H. 11-70/ Plut. Rom. 25, Agis 21/ Polyaenus 2-32/ Ath. 1-11/ Poll. 7-167/ Suda/ etc.

アリストーン　Ariston, Ἀρίστων, Aristo(n), (伊) Aristone

ギリシア人の男性名。

❶スパルター*王（在位・前560頃〜前510頃）。エウリュポーンティダイ*王家14代目の王位に即き、アナクサンドリダース*と共同統治した（スパルターは2王制）。

2人の妻を娶ったが子供が生まれず、友人アゲートス Agetos の妻を騙し取り、彼女によってデーマラートス*（ダーマラートス*）を儲けた。しかし、この誕生が彼の3度目の結婚から7ヵ月後だったので、デーマラートスの出生をめぐって疑惑が生じ、その実父はアゲートスか、母親の姦通相手の驢馬飼いか、あるいはアリストーンの姿に変身した神霊かと諸説こもごも取り沙汰された。そのため後年デーマラートスは、政敵の陰謀で王位を剥奪されることになる。

⇒クレオメネース1世
Herodot. 1-67, 6-61〜66/ Paus. 3-7-7/ Plut. Mor. 218a〜/ etc.

❷（前5世紀末）前403年、北アフリカのキューレーネー*に起きた反乱の指導者。キューレーネー市を占領すると、すべての貴族を処刑、ないし国外へ追放した。

他にも同名の人物に、アテーナイ*のシケリアー*（現・シチリア）遠征（前415〜前413）で、シュラークーサイ*艦隊を率い奇策によりアテーナイ軍を撃破し、続く決定的海戦で勝利を収めながら戦死したコリントス*のアリストーン（？〜前413）や、前250年頃プトレマイオス2世*の命でアラビアー*西岸を探検したアリストーンらがいる。
Diod. 3-42, 14-34/ Thuc. 7-39/ Plut. Nic. 20, 25/ Polyaenus 5-13/ Polyb. 28-6, -16, 29-25/ Liv. 34-61〜/ etc.

アリストーン　Ariston, Ἀρίστων, Aristo(n), (伊) Aristone

ギリシア人の哲学者名。

❶（キオス*の）（前3世紀中頃）ストアー*学派に属し、キティオン*のゼーノーン*の弟子だったが、のちアテーナイ*郊外キュノサルゲス*の体育場（ギュムナシオン*）で講義し、新しい分派を創始した（前260頃）。禿頭で説得力ある弁舌の持ち主だったので、「薬缶頭 Phalantos（パラントス）」とか「セイレーン*（声で魅了する魔女）」と綽名されたという。哲学の中で倫理学だけが有意義だと唱え、論理学や自然哲学の価値を否定、「問答法的な議論などは技巧を誇示するだけで何の役にも立たぬ蜘蛛の巣みたいなものだ」と語った。「徳と悪徳以外の一切のものに対して無関心な態度で生きるのが人生の目的である」と説き、「徳とは霊魂の健全さ以外の何物でもない」と主張したが、晩年には官能的快楽に耽ったと伝えられる。頭が禿げていたので、太陽熱に焼かれて日射病で死去したとされる。著述は残さなかった。

⇒ヘーリッロス、ディオニューシオス（「転向者」）、エラトステネース
Diog. Laert. 7-160〜164/ Cic. Acad. 2-42, Fin. 2-13, Nat. D. 1-14/ Sen. Ep. 89/ Ath. 7-281/ etc.

❷（ケオース*の）A. Keios, Κεῖος（前3世紀後期）ペリパトス*（逍遥）学派に属し、リュコーン*の弟子。師の後継者としてリュケイオン*学園の学頭になる（前225頃）。アリストテレース*以来の歴代学頭の遺言状を収集し、同学派初期の哲学者の逸話を中心とする伝記や『性格論 Kharaktēres』などを執筆（わずかな断片のみ現存）。キケロー*によれば、優雅で洗練された趣味の持ち主ではあるが、重厚な風格や精力に欠けていたという。

他にも、同じくペリパトス学派の哲学者でナイル河に関する論述を著わしたアレクサンドレイア❶*のアリストーン（前1世紀）や、ハドリアーヌス*帝の治世に起きたユダヤ人の反乱（第2次ユダヤ戦争、後132〜135）に関する記述などをものしたペッラ*（パレスティナ*の）出身のアリストーン（？〜後140頃）、さらに修辞学者や弁論家、医学者、画家、彫刻家にも数多くの同名人物がいる。
Diog. Laert. 5-64, -70, -74, 7-163, -164/ Cic. Fin. 5-5/ Ath. 10-419, 13-563, 15-674/ Strab. 14-658, 17-790/ Euseb. Hist. Eccl. 4-6/ Sext. Emp. Math. 2-61/ Steph. Byz./ etc.

アリダイオス　Aridaios
⇒ピリッポス3世（マケドニアー王）

アリマスポイ　Arimaspoi, Ἀριμασποί, (ラ) アリマスピー Arimaspi, (英) Arimaspians, (仏) Arimaspes, Arimaspiens, (伊) Arimaspi, (独) Arimaspen, (西)(葡) Arimaspos, (露) Аримаспы

スキュティアー*の東北方、イッセードネス*人とヒュペルボレオイ*人との間にいたとされる伝説上の民族。史家ヘーロドトス*によれば、彼らは1つしか眼を持たず、黄金を守る怪鳥グリュプス*の群れと絶えず闘っているというが、この話はおそらくウラル山脈の金鉱をめぐる抗争に由来するものと推測される。哲学者アリステアース❶*は、アリマスポイ人に関する叙事詩『アリマスペイア Arimaspeia』3巻を著している（亡失）。

⇒アントローポパゴイ
Herodot. 3-116, 4-13〜14, -27/ Plin. N. H. 4-12, 7-2/ Aesch. P. V. 803〜/ Gell. N. A. 9-4/ Luc. 7-756/ etc.

アリーミヌム　Ariminum, (ギ) Arīminon, Ἀρίμινον, (伊)(西) Rímini, (露) Римини

（現・リーミニ Rimini,〈エミリア・ロマーニャ方言〉Rèmin, Remne）イタリア東北部、ウンブリア*地方のアドリア海*沿岸の都市。ボノーニア*（現・ボローニャ）の東南110km、アリーミヌス Ariminus（現・マレッキア Marecchia）河口に位置し、もとウンブリア人、ついでガッリア*人の町であったが、のちローマによってラテン植民市とされた（前

268)。港湾都市として、また交通・戦略の要衝として重視され、第 2 次ポエニー戦争*（前218〜前201）の折にもローマ側に留まってハンニバル❶*に抵抗し、のちローマ市民権を賦与された（前89頃）。前49年ルビコーン*を渡河したカエサル*が、すぐさまこの町を占拠し、軍隊に向けて演説を行なったことはよく知られている。22年後、アウグストゥス*はアリーミヌムを7つの街区 Vicus に分割し、ローマの街区と同じ名称をつけ、またウィア・フラーミニア*（フラーミニウス街道*）のローマ＝アリーミヌム間を補修した。市の正面にはアウグストゥスを記念した立派な凱旋門があり、主要街路を通り抜けたその反対側には 5 つの穹窿をもつ橋がアウグストゥスおよびティベリウス*の治世に建造された。度重なる略奪や外敵の侵入を経た後も、ビザンティン帝国のラウェンナ*総督管区内の都市として留まったが、港湾は堆積土によって塞がれた。上記の建造物のほか、帝政期の円形闘技場や立派な家屋跡が発掘されている。

Vell. Pat. 1-14/ Plin. N. H. 3-15/ Liv. 21-51, 24-44, 27-10, 31-10, -21/ Strab. 5-217/ Caes. B. Civ. 1-8/ App. B. Civ. 1-67, -87, -91/ Tac. Hist. 3-41/ Procop. 2-10/ Polyb. 2-23, 3-61/ Plut. Caes. 32/ Luc. 1-231/ Sil. 1-455/ Vell. Pat. 1-14/ Cic. Fam. 16-12/ Procop. Goth. 2-10/ etc.

アリメントゥス、ルーキウス・キンキウス　Lucius Cincius Alimentus,（伊）（西）Lucio Cincio Alimento,（カタルーニャ語）Luci Cinci Aliment

（前 3 世紀末頃）ローマの元老院議員、歴史家。前 210／209 年、シキリア*（現・シチリア）で法務官を務める。ギリシア語でローマ建国から第 2 次ポエニー戦争*（ハンニバル❶*戦争）までを扱った史書を著わした（断片のみ伝存）。前 1 世紀末頃に法律に関までする書物を記した同名の人物とは別人である。

⇒ファビウス・ピクトル

Liv. 21-38, 27-7/ Gell. 16-4/ Dion. Hal. 1-74/ Festus/ etc.

アリュアッテース（2 世）　Alyattes, Ἀλυάττης,（仏）Alyatte,（伊）Aliatte,（西）（葡）Aliates

リューディアー*のメルムナダイ Mermnadai 朝第 4 代の王（在位・前610頃〜前560頃）。ギューゲース*の子孫にして、クロイソス*の父（⇒巻末系図024）。父王サデュアッテース Sadyattes の跡を継いで即位し、父の始めた対ミーレートス*戦を続行、5年後に病気に罹り、ようやく和議を結んだ（前604）（⇒トラシュブーロス❸）。王はまた、長年にわたって侵入していたキンメリオイ*人を小アジアから駆逐し、スミュルナー*をはじめとするイオーニアー*のギリシア植民市を占領、プリュギアー*をも併合して東はハリュス*河（現・Kızıl Irmak）まで領土を広げた。さらに前590年には、攻め寄せたメーディアー*王キュアクサレース*とも戦ったが、5年後に突如、皆既日蝕が起こったので、双方ともこれを神威と恐れをなし、互いの血を啜り合って和約を締結した。この日蝕はギリシア人哲学者タレース*が予言したもので、前585年5月28日に生じたとされている。なおこの戦争は、アリュアッテースのもとへ逃れてきたスキュティアー*人の引き渡しをめぐって惹起されたもので、これらスキュティアー人は預かっていたメーディアーの少年を殺して料理したうえ、キュアクサレースに食べさせてから、リューディアーへ亡命してきた者たちであったという。キュアクサレースが彼らの身柄を渡すように要求したのに、アリュアッテースが応じなかったので、両国は戦争に突入したのであったが、最終的にはバビューローニアー*王ネブカドネツァル Nabūkhodonosor 2 世（在位・前605〜前562）の仲裁で、ハリュス河を国境とする講和が結ばれ、アリュアッテースの娘はキュアクサレースの息子アステュアゲース*に入輿するに至った。

アリュアッテースは、デルポイ*のアポッローン*神殿に寄進し、ギリシアの芸術家を招聘、ミーレートス近くに女神アテーナー*の神殿2宇を建て、イオーニアーの女性を娶るなど、ギリシアに好意を寄せていたといわれる。

彼の巨大な陵墓は、サルデイス*の北方ギューゲース湖の畔（現・Bin Tepe）に築かれ、現在も遺跡が残っている。またコリントス*の僭主ペリアンドロス*からは、宦官として用いるようにとケルキューラ*の貴族の若者300人を贈られている（途中で若者たちは逃亡したが）。

⇒ビアース（プリエーネーの）

Herodot. 1-16〜, -73〜74, -92〜93, 3-48/ Diog. Laert. 1-95/ Strab. 13-627/ Polyaenus 6-47, 7-2/ Frontin. Str. 3-15/ etc.

アルウァーレース神官団　Fratres Arvales,（英）Arval Brothers, Arval Brethren,（仏）Frères arvales,（独）Arvalbrüder,（伊）Fratelli Arvali,（西）Hermanos Arvales,（葡）Irmãos Arvales,（露）Арвальские братья

古代ローマの12人からなる神官団。農業の神々に豊饒を祈って犠牲を捧げるアンバルウァーリア祭*を行なう。共和政末期にはほぼ消滅していたが、前21年アウグストゥス*によって再興され、以来常に時の皇帝自らがこの神官団の一員となった。毎年5月に穀物の女神デア・ディーア*その他の神々を祀って、3日間にわたる祭礼を開催。初日と3日目にはローマ市内で儀式が行なわれ、2日目には市壁から8km離れたカンパーニア*街道 Via Campania（現・La Magliana）沿いのデア・ディーアに捧げられた聖林で、賛歌を伴った舞踊が行なわれた。その賛歌 Carmen Arvale はきわめて古い時期に属するラテン韻文（前5世紀頃）で、ギリシアの影響を受けているともいわれるが、アウグストゥスの時代にはもはや理解できないくらいになっていたと伝えられる。その断片が現存し、農業神としての性格をもつラレース*やマールス*に耕地を守護するよう祈願する内容が読みとれる。この神官団の礼拝する神々の列に、死後に神格化されたアウグストゥス帝が加えられて以来、ローマ帝室の安寧を祈るという新たな意味合いが、その祭

祀に添えられた。成員は最も著名な元老院議員の家庭から選ばれた男子で —— アッカ・ラーレンティア*の 11 人の息子たちが彼らの祖であるという ——、デア・ディーアの聖林から発見されたこの神官団の後 14 年から 241 年に至る 96 に上る記録は、帝政史研究上の重要な資料とされている。
Varro Ling. 5-85/ Gell. N. A. 7-7/ Plin. N. H. 18-2/ Acta Fratrum Arvalium/ Strab. 5-230/ etc.

アルウェルニー（族） Arverni, （ギ）Arbernoi, Ἀρβερνοί, Arūernoi, Ἀρουερνοί, Ἀρουέρνοι, （仏）Arvernes, （独）Arverner, （西）（葡）Arvernos, （露）Арверны

ガッリア*に住んでいた強力な部族。かつては、ピューレーネー*（ピレネー）山脈から大西洋、ロダヌス*（ローヌ）河に達する広大な版図とけた外れの富とを誇ったが、前 121 年 Cn. ドミティウス・アヘーノバルブス❶*と Q. ファビウス・マクシムス Fabius Maximus Allobrogicus 率いるローマ軍に敗北し、大幅に領土を削減された。それでもなお、前 1 世紀の中頃まで、アエドゥイー*族とガッリアを二分するほどの大勢力を維持。前 52 年、王族のウェルキンゲトリクス*に率いられて、カエサル*に対する反乱を起こし、首邑ゲルゴウィア*は守り抜いたものの、アレシア*で惨敗し、その後急速にローマ化されていった。アウグストゥス*の治下に首邑はアウグストネメトゥム Augustonemetum（現・クレルモン＝フェラン Clermont-Ferrand）に遷され、近郊に主神メルクリウス* Mercurius Dumias の大神殿が営まれ、高さ 40 m に及ぶ巨大な神像（コロッソス*）が建てられた（ピュイ＝ド＝ドーム Puy-de-Dôme の山頂）。後 3 世紀にアラマンニー*の劫略を受け、475 年には西ゴート*族の軍門に降った。彼らはローマ人と同じくトロイアー*人の子孫を自称し、その居住地は今日も彼らにちなんでオーヴェルニュ Auvergne と呼ばれている。メルクリウス神殿などの遺跡が発掘されており、考古学上かなり多くの先ケルト系住民が含まれていたことが明らかにされている。
⇒シードニウス・アポッリナーリス，ユーリウス・ネポース
Caes. B. Gall. 1-31, -45, 7-3〜90/ Liv. 5-34, 27-39/ Strab. 4-191/ Plin. N. H. 4-19, 34-18/ Dio Cass. 43-19/ Florus 3-2/ etc.

アルカイオス Alkaios, Ἀλκαῖος,（アイオリス*方言；Alkaos, Ἄλκαος）, Alcaeus,（仏）Alcée,（独）Alkäus,（伊）（西）Alceo,（葡）Alceu,（マジャル語）Alkaiosz

❶（前 625 ／ 620 頃〜前 580 年以降）レスボス*島のミュティレーネー*市に生まれた名門貴族。アイオリス*方言で歌った最初の大抒情詩人。閨秀詩人サッポー*とほぼ同時代に活躍。兄アンティメニダース Antimenidas らが僭主メランクロス Melankhros（在位・前 612 頃〜前 609 頃）を打倒した時には、まだ少年だった（前 609 頃）。次いで僭主の座についたミュルシロス Myrsilos（〜前 590 頃殺さる）やピッタコス*との間に政争を繰り広げ、永い間エジプトやトラーケー*（トラーキアー*）など各地に亡命。傭兵として諸所の君主に仕えた。のちピッタコスに許されて帰国した（前 580 頃）が、その後の生涯は不明。シーゲイオン*の領有をめぐる戦闘では、敵アテーナイ*軍を前に楯を棄てて逃走した（前 606 頃）。沢山の政治詩 stasiotika（スタシオーティカ）や愛酒詩の作者として知られる。

作品はアレクサンドレイア❶*時代には 10 巻に編集されていたらしいが、その後キリスト教徒の手で公式に焼却され、わずかな引用断片及びエジプト（オクシュリンコス*とヘルモポリス*）出土のパピューロス断片以外に伝わらない。情熱的で酒と闘争を好む彼の詩は、政治紛争や戦闘にまつわるものが多く —— とりわけ、自分を裏切った政敵ピッタコスを痛烈に攻撃した作品は有名 ——、その他メノーン Menon やメラニッポス Melanippos、ビュッキス Bykkhis ら大勢の美少年への想いを述べた恋愛詩（特に黒髪に黒い瞳の若者リュコス Lykos に寄せた歌）やアポッローン*、ヘルメース*ら神々への讃歌、酒席の歌、神話的題材を扱った作品などもある。簡潔・直截な表現を特徴とし、後年ホラーティウス*が「アルカイオス調（ラ）Alcaicus」の韻律で見事な作品をものしたため、彼は古典世界に大きな足跡を留めるに至った。サッポーをめぐって詩人アナクレオーン*と恋の鞘当てを演じたという話は、後世の仮託でしかない。アルクマーン*、サッポー、アナクレオーンらとともに、ギリシアを代表する 9 人の抒情詩人に数えられる。
⇒アルキロコス
Herodot. 5-95/ Diog. Laert. 1-74〜81/ Theoc. 29〜30/ Ar. Thesm. 162/ Hor. Carm. 1-32, 2-13, 4-9, Ep. 1-19, 2-2/ Strab. 1-37, 13-600, -617/ Ath. 11-481a, 13-598b/ Cic. Tusc. 4-33, Nat. D. 1-28/ etc.

❷（前 4 世紀初頭）アテーナイ*で活躍した喜劇作家。10 篇の作品を残したとされ、前 388 年に『パーシパエー*』で 5 度目（最後）の優勝を果たした。「古喜劇」と「中喜劇」の過渡期に位置するが、作品はすべて散佚し、わずかな断片のみ伝存。『ガニュメーデース*』、『カッリストー*』など主に神話に取材した作品を書いた。❶と同じくミュティレーネー*の出身とされる。
⇒アンティパネース、エウブーロス
Suda/ Pollux 10-1/ etc.

❸（前 200 年頃活躍）メッセーニアー*のエピグラム epigramma 詩人。熱烈な愛国者で、キュノスケパライ*の戦い（前 197）で敗走したマケドニアー*王ピリッポス 5 世*を揶揄した政治的作品もある —— この詩があまりに流布したため、ピリッポス 5 世はアルカイオスを嘲る詩をもって応酬したという ——。作品のうち美少年を歌った詩など 22 篇がメレアグロス*撰の『ギリシア詞華集*』（花冠 Stephanos（ステパノス））に収められ、後世のエピグラム詩の手本となった。
Plut. Flam. 9/ Anth. Pal. 9-588, 12-64/ etc.

アルカス

アルカス Arkas, Ἀρκάς, Arcas, (伊) Arcade, (西) Árcade, (露) Аркад, Аркас, (現ギリシア語) Arkás, Arkádhas

ギリシア神話中、アルカディアー*人の始祖。大神ゼウス*とカッリストー*の息子。母が雌熊に変身した（またはアルテミス*に射殺された）ので、ヘルメース*の母マイア*のもとで養育された。外祖父のリュカーオーン*がゼウスの全知を試すべく、アルカスを切り刻んでその肉を食膳に供した時、大神は怒ってリュカーオーンを狼に変え、彼の息子たちを雷霆で撃殺したのち、アルカスを蘇生させた。ニュクティーモス Nyktimos（リュカーオーンの子）の跡を継いでアルカディアー王となったアルカスは、トリプトレモス*から学んだ穀物栽培法や毛織物の技術を人々に教えた。ある日彼は雌熊の姿になった母を知らずして追い、ともにゼウスの禁断の聖域に入ったため、死すべきところを、憐れんだ大神によって天上へ迎えられ、母は大熊座（⇒アルクトス）に、子は牛飼座 Boötes ないし、大角星 Arkturos,（ラ）Arcuturus（牛飼座のα星）に変えられたという。異説では、禁域に入りこんで実母と知らずしてカッリストーと結婚し、母子ともに生贄にささげられようとした折しも、ゼウスによって星に変身させられたと伝えられる。

Apollod. 3-8, -9/ Hyg. Fab. 224, Astr. 2-4/ Ov. Met. 2-496〜 Fast. 2-183〜/ Paus. 8-4, -9, -36, 10-9/ Nonnus Dion. 13-295〜/ Eratosth. Cat. 8/ etc.

アルカディアー Arkadia, Ἀρκαδία, Arcadia, (英) Arcady, Arcadia, (仏) Arcadie, (独) Arkadien, (葡) Arcádia, (露) Аркадия, (現ギリシア語) Arkadhía (旧称・Pelasgiā, Lykāōniā 他)

(現・Arkadhía) ペロポンネーソス*半島中央部の山岳地域。アルゴリス*、メッセーニアー*、エーリス*、アカーイアー*諸地方に囲まれた内陸地で、特に北部はキュッレーネー Kyllene、エリュマントス*、などの高い山々が聳える（平均標高 1500 m）。ラードーン*河、アルペイオス*河が流れ、盆地にはオルコメノス❷*、テゲアー*、マンティネイア*などの町が散在。住民は牧畜や狩猟を営みとりわけ良質の種馬の飼育で知られていた。歴史はきわめて古く、アルカディアー人自身は月が創造される以前からこの地に住んでいると主張、最初の人間ペラスゴス*やその子リュカーオーン*が支配した国土と伝える。名祖は大神ゼウス*とカッリストーの子アルカス*。神話伝説で名高く、牧羊神パーン*のほか、ヘルメース*やゼウスもこの山国に生まれたとされる。女狩人アタランテー*や性転換の勇士カイネウス*の物語の舞台としても馴染み深い。また北部の山間にはステュンパーロス*湖や、猛毒を含むというステュクス*の流れがあった。歴史的にも、ドーリス*人の侵入の折（前 1100 頃）、半島内の先住民がここに逃避定住し、キュプロス*島の方言に相似したその方言は、ミュケーナイ*時代の古層ギリシア語を伝えるものと見なされている（アルカディアー・キュプロス方言）。信仰も古い形式を長く留め、ゼウス・リュカイオス Lykaios の祭礼ではローマ帝政期に入ってもなお、人身供犠と人肉嗜食の儀式が行なわれ、狼に変身したと信じる者たちが森林を彷徨していたという。

アルカディアーは英雄 heros エウアンドロス*（エウアンデル*）のイタリア移住によってローマの起源と関連があり、トロイアー戦争*に参加したアルカディアー王アガペーノール Agapenor の植民活動を介してキュプロス島とも深い繋がりをもっている。政治的には前 6 世紀の中頃以来スパルター*の主導権に服したが、レウクトラ*の戦い（前 371）ののち、テーバイ❶*の名将エパメイノーンダース*の支援のもとスパルターに対抗するアルカディアー同盟を結成、西南の盆地に中心市メガレー・ポリス*（メガロポリス*）を創建した（前 368 頃）。しかし実際には、この新都への集住 synoikismos は遅々として進まず、前 146 年にローマの属州アカーイア*に併呑されるまで、諸市は各地に割拠しつづけた。南部の町バシリス Basilis は、古くから美人コンテストが開催されていたことで知られる。アルカディアーは後世の詩人らによって「牧歌的理想郷」の代名詞のごとくに描かれた。

⇒ピガレイア、バーッサイ、クレイトール

Hom. Il. 2-511〜, 7-134/ Herodot. 1-66〜, -146, 2-171, 8-73/ Pind. Ol. 3-27/ Paus. 8/ Strab. 8-388〜/ Ath. 13-609/ Varro Rust. 2-1/ Plin. N. H. 4-6, 8-68/ Thuc. 1-2, 7-57/ Xen. Hell. 7-1/ Polyb. 4-20/ etc.

アルカディウス Flavius Arcadius, (ギ) Arkadios, Ἀρκάδιος, (伊)(西) Arcadio, (葡) Arcádio

(後 377〜後 408 年 5 月 1 日) 東ローマ帝国最初の皇帝（在位・後 395 年 1 月 17 日〜後 408 年 5 月 1 日）。テオドシウス 1 世*（大帝）の長男。ヒスパーニア*生まれ。幼くして父帝より正帝（アウグストゥス*）の称号を与えられ（383 年 1 月）、哲学者テミスティオス*を師傅（しふ）とした。父の死（395 年 1 月）後、弟ホノーリウス*とローマ帝国を分治、自らは首都コーンスタンティーノポリス*にあってより重要な東方を支配し、弟には西方を委ねた（ローマ帝国の東西分立）。以来、東西両政府は互いに嫉視・対立を深め、ともに弱体化ないし衰滅への道を進むことになる —— 東ローマはいわゆるビザンティン帝国として 1453 年まで存続 ——。無能・暗愚にして「羊」にたとえられるほど従順な君主で、常に国政上の実権を近衛司令官ルーフィーヌス*や宦官エウトロピウス*、フランク*族出自の皇后エウドクシア*らに牛耳られ、権力争いが繰り返され、内政・外交面で失敗を重ねた。治世当初にゴート*族（ゴトーネース*）の侵入を被った時にも（395〜397）、トラーキア*とギリシア各地を劫略されるがままに委ね、西ローマの将軍スティリコー*の来援を得て（396〜397）、敵の西ゴート王アラリークス*に事実上イッリュリクム*を割譲することで収拾をはからねばならなかった（398）。また 400 年にはゴート族出身の将軍ガイナース Gainas（400 年 12 月 23 日戦死）によって、首都コーンスタンティーノポリスを 6 ヵ月間占領される事態も生じた（民

衆の蜂起でゴート族 7 千人が虐殺され、ガイナースは逃走中敗死して首を刎ねられている)。

意志薄弱で神経質な帝は豪奢な宮殿で安逸を貪り、その絵姿に魅せられて迎えた美しい妻エウドクシアに命じられるがままに、総主教イオーアンネース・クリューソストモス*(金口ヨハネ)を迫害・追放のうえ (403, 404〜) 死亡させた (407)。血色が悪く短軀かつ虚弱な体質だったせいか、息子テオドシウス 2 世*も実父は帝ではなくエウドクシアの情夫であったと伝えられる。彼女の死 (404) 後は、近衛軍司令官アンテミウス Anthemius (?〜414、同名の西ローマ皇帝の祖父) に政権を掌握され、408 年 31 歳の若さで没した (在位 13 年 3 ヵ月と 15 日間)。一説に、死に臨んで帝権をサーサーン朝*ペルシアの大王ヤズダギルド 1 世*に託したという。

⇒巻末系図 105

Cedrenus 1/ Socrates Hist. Eccl. 5-10, 6/ Sozom. 8/ Theodoretus 5-32〜/ Zosimus 4-57, 5-8〜/ Claud./ Joh. Chrys. Ep./ Theophanes/ Themistius Or. 16/ Zonar. 13-19/ Eunap. Fr./ Cod. Theod./ Synesius Ep./ etc.

アルカトオス (アルカトゥース) Alkathoos, Ἀλκάθοος, (Alkathus, Ἀλκάθους), Alcathous, (伊) Alcatoo, (西) Alcátoo, (葡) Alcatos, (現ギリシア語) Alkáthus, (露) Алкафой, (カタルーニャ語) Alcàtou

ギリシア神話中、ペロプス*とヒッポダメイア❶*の子。したがってアトレウス*やテュエステース*、クリューシッポス*らの兄弟 (⇒アトレイデス)。兄弟のクリューシッポス殺害に加担したため国外追放となるが、キタイローン*山の獅子(ライオン)を退治した功により、メガラ*王メガレウス Megareus の娘を与えられ、さらにメガラ王位を継承した。クレーター*王ミーノース*に破壊されていた城壁 (⇒ニーソス❶) を、友なるアポッローン*神の助けを得て再建、その折アポッローンが堅琴を置いた石は、遙か後世になっても叩くと堅琴の如き妙なる音色を発したという。

長男イスケポリス Iskhepolis がカリュドーン*の猪狩りで死んだ時、その凶報を次男カッリポリス Kallipolis が父のもとへ知らせにきて、服喪のしるしに祭壇から薪を投げ捨てたが、アルカトオスは、これを瀆神行為と早合点して、燃える薪でカッリポリスを打ち殺した。かくて男系が絶えたため、王国は外孫の大アイアース*に譲られた。ヘーラクレース*の愛した馭者イオラーオス*も、彼の外孫に当たっている。

なおアルカトオスがキタイローンの獅子を退治した時、その舌を切り取っておき、偽の王権主張者に対抗する証拠としたという話も伝えられる。

Paus. 1-41-3〜6, -42-1〜2, -4, -6, -43-2, -4〜5/ Ov. Met. 8-14〜, Tr. 1-10/ Pind. Isthm. 8-67/ Apollod. 2-4-11, 3-12-7/ etc.

アルカメネース Alkamenes, Ἀλκαμένης, Alcamenes, (伊) Alcamene, (仏) Alcamène, (葡) Alcâmenes

(前 5 世紀後半の人) アテーナイ*ないしレームノス*出身の彫刻家。名匠ペイディアース*の愛弟子にして好敵手。前 440 年頃〜前 400 年頃に活動した。神像彫刻に優れ、女神アプロディーテー*像の競作では、相弟子のアゴラクリトス*を負かしたという。崇高さと厳正さを兼ね備えた作風で知られ、前 5 世紀後半を代表する彫刻家の 1 人と称される。代表作たるアテーナイ城外の「庭園のアプロディー

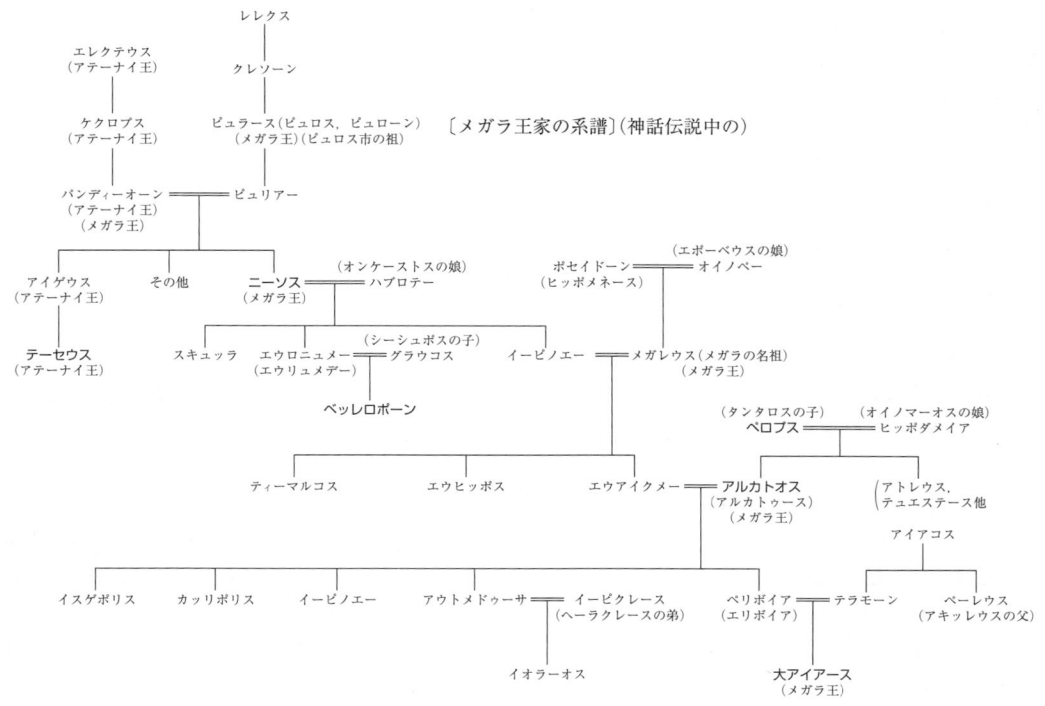

系図 48　アルカトオス (アルカトゥース)

テー」像は伝存しないが、ローマ時代の模刻「布を纏（まと）ったウェヌス*像」（ルーヴル美術館蔵）がその複製であろうといわれている。「プロクネー*とイテュス*母子像」（前420頃奉納）の大理石模刻（アクロポリス博物館）が発見されているが、これを彼自身の手になる原作とする説もある。その作風の類似からアルカメネースはエレクテイオン*のカリュアーティデス Karyatides 群像の作者であったとも考えられている。他にも黄金象牙製 khryselephantine（クリューセレバンティネー）のディオニューソス*神像やアクロポリス*入口に立っていたヘルメース*柱像（ヘルマイ*）、オリュンピアー*のゼウス*神殿の西破風彫刻などの作品があった。

⇒パイオーニオス

Paus. 1-19-2, -20-3, -22-8, -24-3, 5-10-8/ Lucian. Eikones 4, 6/ Plin. N. H. 34-19, 36-4/ etc.

アルキアース　Arkhias, Ἀρχίας, Archias,（伊）Archia,（西）Arquías,（葡）Árquias,（現ギリシア語）Arhías

ギリシア人の男性名。

❶（前8世紀）シュラークーサイ*の創建者。英雄ヘーラクレース*の末裔で、コリントス*の王族バッキアダイ*の1人。アルゴス*から亡命して来たメリッソス Melissos の美しい息子アクタイオーン❷*に恋着し、彼をさらおうとしたところ、美青年の友人たちとの間に争いが起こり、乱闘のうちにアクタイオーンがずたずたに引き裂かれて死んでしまった。息子の死を憤ったメリッソスが、呪いをかけて自殺したことから、飢饉と疫病がコリントスを襲い、デルポイ*の神託の命ずるがままにアルキアースは故国を離れてシケリアー*（現・シチリア）島へ渡った（前734）。その折ピューティアー*（デルポイの女祭司）が、「健康か富のいずれを選ぶか」と問うたところ、彼は富を選び、同時に神託を伺ったミュスケッロス Myskellos（クロトーン*の創建者）は健康を選んだという。シュラークーサイ市を建設した（前733頃）のちアルキアースは愛人の若者テーレポス Telephos によって謀殺された。なお、彼の兄弟ケルシクラテース Khersikrates はギリシア西岸の島ケルキューラ*（コルキューラ*）を占領したと伝えられる。

⇒ピロラーオス❷

Thuc. 6-3/ Diod. 8-10/ Paus. 5-7/ Strab. 6-262, -269, 8-380/ Plut. Mor. 772～773/ Schol. ad Ap. Rhod. 4-1212/ Steph. Byz./ etc.

❷（?～前379／378）テーバイ❶*の僭主。前382年スパルター*の軍隊をひき入れて町を占領し、反対派を追放ないし殺害してレオンティダース Leontidas らとともにテーバイを支配した。しかし、その残忍さのゆえに市民に憎悪され、宴会で泥酔したところをペロピダース*ら民主派によって暗殺された。その折、殺害計画を密告する書簡が届き、至急読むよう勧められたにもかかわらず、酩酊していた彼は、「急ぎの用件は明日でよかろう」と言って枕の下に手紙を入れてしまった。そのため、宴席に侍る女たちに変装した刺客の手にかかって敢えなく果てたという。レオンティダースら他の寡頭派も同じ夜のうちに殺され、駐留していたスパルター軍も追い出されて、テーバイに再び民主政がもたらされた。

ほかにも、前525年サモス*で勇敢に戦って討ち死にしたスパルター人アルキアースら幾人かの同名人物が知られている。

Plut. Pel. 5～13, Dem. 28～29, Mor. 594c～, 619d, 849, 1099a/ Diod. 15-20/ Nep. Pelopidas 3-2/ Herodot. 3-55/ Polyb. 33-3/ Thuc. 4-25/ Suda/ etc.

アルキアース、アウルス・リキニウス　Aulus Licinius Archias,（伊）Aulo Licinio Archia,（西）Aulo Licinio Arquías,（葡）Aulo Licínio Árquias

（前120頃～前45以後）シュリアー*のアンティオケイア❶*出身のギリシア系詩人・文献学者。前102年ローマへ渡ってルークッルス*家に歓迎され、以来ルークッルス家の氏族名リキニウスを名乗るようになる。前93年ルーカーニア*のヘーラクレイア❶*の市民となり、ヘーラクレイアがローマの同盟市であったため、前89年にはプラウティウス・パピーリウス法 Lex Plautia Papiria に従ってローマ市民権を得る（⇒メテッルス❹）。しかるに前62年、彼は不法にローマ市民権を獲得していると訴えられ、雄弁家キケロー*により法廷で弁護されて無罪をかちえた。この時キケローが開陳した『詩人アルキアース弁護論 Pro Archia Poeta』は、文人を尚ぶギリシアの美風を称えて詩人の市民権を擁護、あわせて文学尊重論を述べている点で名高い（現存）。キケローは見返りにアルキアースから頌詩を贈られることを期待したが、これは実現しなかった。

Cic. Arch., Att. 1-16, Div. 1-36 (79)/ Quint. 10-7/ Anth. Pal. 9-91/ etc.

アルキダマース　Alkidamas, Ἀλκιδάμας, Alcidamas,（伊）（西）Alcidamante

（前5世紀後半～前4世紀初頭）小アジア西岸アイオリス*地方の町エライアー Elaia 出身の修辞学者、ソフィスト*。ゴルギアース*に師事したのち、アテーナイ*に逗留して雄弁術を教えた。該博な知識に基づく即興を重んじ、光彩陸離たる華麗な言辞で聴衆の耳を喜ばせることを説き、イソクラテース*と対立。その著『ソフィストたちについて Peri Sophistōn』が伝存するほか、多くの逸話を含む弁論教本『ムーセイオン Museion』のパピュロス断片などが見つかっている。

Arist. Rh. 1-13, 3-3/ Plut. Dem. 5/ Cic. Tusc. 1-48/ Quint. 3-1/ Tzetz. Chil. 11-672/ etc.

アルキダーモス　Arkhidamos, Ἀρχίδαμος, Archidamus,（仏）（独）Archidamos,（伊）Archidamo,（西）（葡）Arquídamo,（露）Архидам,（現ギリシア語）Arhídhamos

スパルター*のエウリュポーンティダイ*家出身の諸王（⇒巻末系図 021～022）。

❶ 1世 A. I（在位・前7世紀中葉）テオポンポス*王の玄孫。第2次メッセーニアー*戦争（前685頃～前666頃）ののち、父王アナクシダーモス Anaksidamos の位を継承する。時にテオポンポスの嗣子で、父に先立って死んだアルキダーモスを1世とする説もあるが、即位していないのでここでは採らない。
Paus. 3-7/ Herodot. 8-131/ etc.

❷ 2世 A. II（在位・前476頃～前427）レオーテュキダース2世*の孫。ゼウクシダーモス Zeuksidamos の子。祖父が追放された後を襲って即位し、前464年、スパルター*の大地震の際に起きたメッセーニアー*のヘイロータイ*（隷農）の反乱を速やかに鎮圧して功名を立てた（⇒キモーン）。ペロポンネーソス戦争*（前431～前404）開始までは、ペリクレース*との交誼関係もあって、アテーナイ*との戦争に反対したが容れられず、ついに開戦と決定した時、「この日よりギリシア人たちの大禍が始まるのだ」と慨嘆したという。前431年、1万の兵を率いてアッティケー*へ侵入、その戦闘後にアテーナイ側の死者を弔うため、ペリクレースが行なった追悼演説は名高い（Thuc. 2-34～）。続いて前430年、前428年とアルキダーモスはアッティケーを侵略し、前429年にはプラタイアイ*を攻撃。彼の名にちなんで、前421年のニーキアース*の和約に至るまでの戦争は、「アルキダーモス戦争」（前431～前421）と呼ばれる。

初め彼は、叔母のランピドー Lampido（父の異母妹）を娶ってアーギス2世*を儲け、次いでエウポーリアー Eupolia と結婚してアゲーシラーオス2世*の父となった。エウポーリアーがたいそう小柄だったため、彼女を妻とした時に王は罰金を科せられた（⇒エポロイ）。「国王ではなく 小王（バシレイディオン）が生まれると困る」というのがその理由だが、案の定生まれたアゲーシラーオスは短軀で身体に障害があった。なお王の娘キュニスカー Kyniska は、女性として初めてオリュンピア競技祭*の戦車競走で勝利の栄冠を得ている（前396と前392）が、実際は優勝馬の所有者であったにすぎない。
⇒アーギス2世
Thuc. 1～3/ Diod. 11-63～64, 12-42/ Paus. 3-7, -15/ Plut. Cim. 16, Ages. 1～2, 20/ Herodot. 6-71/ Xen. Hell. 5-3/ etc.

❸ 3世 A. III（在位・前360頃～前338年8月）❷の孫。アゲーシラーオス2世*の子。王子時代、愛する美少年クレオーニュモス Kleonymos の父親スポドリアース Sphodrias が死刑に処されようとするのを、父王に懇願して無罪放免とさせたが、前371年レウクトラ*の戦いで寵童クレオーニュモスを失う（⇒クレオンブロトス1世）。この敗北ののち、スパルター*の頽勢を挽回するべく、病身の老父に代わりアルカディアー*を攻撃（前368、前365）、勝利を得て異数の大歓迎を受ける。前362年テーバイ❶*の名将エパメイノーンダース*がスパルターに進撃した時には、首都防衛に力戦し深傷を負いつつも輝かしい武勲をたてた。デルポイ*をめぐる第3次神聖戦争（前356～前346）では、妻ともども買収されてポーキス*に助勢、テーバイと対立したが、やがてポーキスの将軍パライコス Phalaikos の二枚舌に嫌気がさして手を引いた（前346）。のち勇猛な戦士として名を馳せクレーター*島へも遠征、スパルターの植民市タラース*（タレントゥム*）がルーカーニア*人に脅かされたため（前342頃）、軍を率いて南イタリアへ渡り、この地で戦死した。遺骸は放置されたままで、スパルター諸王のうち唯一人埋葬されなかった人物だという。所伝によると、彼が敗死したのは、奇しくもカイローネイア*の合戦でテーバイ＝アテーナイ*連合軍がマケドニアー*のピリッポス2世*に敗れたのと同じ日の出来事であったとされる（前338年8月2日）。

彼に好意を抱いていたアテーナイ*の弁論家イソクラテース*はその名を冠した仮想演説『アルキダーモス』を記し、また未完の『第9書簡（アルキダーモス3世宛て）』では、ギリシアに平和を築いて異民族 barbaroi（バルバロイ）に対抗するよう彼に奨めている。
Xen. Hell. 5-4, 6-4, 7-1, -4～5/ Paus. 3-10, 6-4/ Plut. Ages. 19, 25, 28, 33～34, 40/ Isoc. 6, Ep. 9/ Strab. 6-280/ Diod. 15～16/ Ath. 12-536c～d/ Just. 6-5/ etc.

❹ 4世 A. IV（在位・前305頃～前275）❸の孫。父はエウダーミダース Eudamidas 1世（在位・前330～前305）。前296年、デーメートリオス1世*・ポリオルケーテースに敗北した。
Plut. Agis 3, Demetr. 35

❺ 5世 A. V（在位・前228～前227）❹の孫。父はエウダーミダース Eudamidas 2世（在位・前275～前244）。前241年、兄王アーギス4世*（在位・前244～前241）が処刑されると、国外へ亡命した（前240）が、のちにアラートス*により即位させられる。しかるに、祖国へ戻って王座に即くやいなや、兄を殺した人々が報復を恐れて彼を亡き者にしてしまったという。併立王クレオメネース3世*（在位・前235～前222）も、この件に関与していたとされている。彼には息子たちがいたにもかかわらず、その後（前220）王位は血縁関係のないリュクールゴス❷*に奪われ、ここにエウリュポーンティダイ*の王統は絶えた。
Plut. Cleom. 1, 5/ Polyb. 4-35/ etc.

アルギヌーサイ（または、アルギヌーッサイ）

Arginusai, Ἀργινοῦσαι, Arginusae,（Arginussai, Ἀργινοῦσσαι, Arginussae）,（仏）Arginuses, Arginusses,（独）Arginusen,（伊）Arginuse,（西）（葡）Arginusas（現・Garipadasi および Kalemadasi）

アイオリス*地方の沿岸、レスボス*島のミュティレーネー*との間に位置する3つの小島。ペロポンネーソス戦争*末期の前406年夏、この付近でカッリクラティダース*麾下のスパルター*海軍がコノーン❶*率いるアテーナイ*艦隊に撃破された。この海戦でスパルター側は75隻を失いカッリクラティダースも戦死したのに対して、アテーナイ側は25隻を失ったに過ぎなかった。しかし、北から暴風（しけ）が襲ってきたので、アテーナイ軍は沈没しつつある味

方の12隻を見捨てて避難し、ために4千名もの乗組員が犠牲になった。これに逆上したアテーナイ市民は、生還した将軍6名を逮捕し、カッリクセノス Kalliksenos の提案で一括処刑に付した（⇒小ペリクレース、ソークラテース）。ところが数日後、興奮から醒めた民衆は将軍たちを殺したことを後悔し、今度は死刑の動議を出した者たちを死刑に処して溜飲を下げた。この海戦後スパルターから和議の申し出があったにもかかわらず、アテーナイはそれを拒絶したため、有利な立場で戦争を終結させる最後の好機を失った。
⇒アイゴスポタモイ、クレオポーン、テーラメネース
Strab. 13-615, -617/ Xen. Hell. 1-6〜/ Thuc. 8-101/ Plut. Per. 37, Lys. 7/ Diod. 13-97〜100/ Cic. Off. 1-24/ etc.

アルキノオス（または、アルキヌース） Alkinoos, Ἀλκίνοος, Alcinous (Alkinus, Ἀλκίνους, Alcinus),（仏）Alcinoos,（伊）Alcinoo,（西）（葡）Alcínoo,（露）Алкиной,（カタルーニャ語）Alcínou

ギリシア神話中、パイアーケス*人の王。姪アーレーテー Arete を娶り、1女ナウシカアー*と5男を儲けた。スケリアー Skheria 島（のちケルキューラ*島と同一視される）の華麗な宮殿に住み、島に漂着したオデュッセウス*を手厚くもてなし、またコルキス*から逃れる途中のアルゴナウテースたち*（アルゴナウタイ*）を匿った。そして、コルキス王アイエーテース*の放った追手がメーデイア*の引き渡しを要求した時には、妃アーレーテーの機転でイアーソーン*とメーデイアを密かに洞窟で交わらせ、結婚の成立を口実にその要求を拒絶した。オデュッセウスの帰国に際しては、高価な贈り物を与え、目的地に速やかに到着する魔法の船に乗せて1夜でイタケー*島へ送り届けた。歴史時代にアルキノオスは、ケルキューラ島で聖域内に祀られていたという。
Hom. Od. 6〜8, 11〜13/ Ap. Rhod. 4-982〜/ Apollod. 1-9-25/ Thuc. 3-70/ Hyg. 125〜126/ etc.

アルキビアデース Alkibiades, Ἀλκιβιάδης, Alcibiades,（仏）Alcibiade,（伊）Alcibìade,（西）（葡）Alcibíades,（露）Алкивиад,（現ギリシア語）Alkiviádhis

（前451／450〜前404／403）　アテーナイ*の政治家・軍人。父は大アイアース*の末裔クレイニアース*、母はアルクマイオーン家*のデイノマケー Deinomakhe（クレイステネース*の孫娘）という名門の血統に生まれる（⇒巻末系図023）。早くに父を失い（前447年のコローネイア*の敗戦）、親戚のペリクレース*の後見下に育てられる。秀逸な肉体美の所有者で、大勢の身分ある男たちに言い寄られ、また才智と富に恵まれていたので、これら愛慕者らに対して我儘かつ傍若無人に振る舞ったといわれる（⇒アニュートス）。哲人ソークラテース*にも愛されて親交を結び、その薫陶を受けたが、とかく奔放な官能生活にはしりがちであった。ある時、彼の驕慢な言動をペリクレースがたしなめて、「わしも若い頃には才気ばしった口をきいたものだが」と言うと、アルキビアデースはすかさず、「あなたが頭脳明晰だった頃を存じ上げぬのは、まことに残念」とやり返したという。

ポテイダイア*の攻略（前432〜前431）では、師ソークラテースと同じテントに寝泊りし、負傷したところを師に救われたうえ、その推輓で武勲賞（冠と武具一式）まで贈られる。のちペロポンネーソス戦争*（前431〜前404）中のデーリオン*の敗戦（前424冬）では、お返しに退却するソークラテースの身辺を守り抜いた。資産家ヒッポニーコス❹*の娘ヒッパレテー Hipparete を10タラントンという前代未聞の高額の嫁資付きで娶り、その後さらに10タラントンを追加請求し贅を尽くした生活をした。若くして政界に入り、クレオーン*なき後の主戦派の領袖として、ニーキアース❶*と対立（⇒ヒュペルボロス）。アルゴス*ほかスパルター*と敵対関係にある諸都市国家 polis とアテーナイとの同盟を成立させて、休戦状態を破らせた（前420）。これを知った人間嫌いのティーモーン*は、「私がアルキビアデースを愛しているのは、いつか彼が人々にとって大きな禍の原因になるに違いないからだよ」と狂喜したという。また前416年アルキビアデースは、降伏したメーロス*島の成年男子をことごとく死刑にし女子供は奴隷としたが、捕虜となった女のうちの1人と交わって庶子を産ませている。さらに放蕩仲間と2人で1人の女を共有し、彼女から生まれた娘が成長すると、彼らはその娘とも交互に交わったと伝えられる。

前415年にはシケリアー*（現・シチリア）遠征を実現させ、ニーキアースやラーマコス*とともに指揮官に選ばれて出航。しかるにヘルマイ*像破壊とエレウシース*の秘儀冒瀆の嫌疑をかけられ、シケリアーに到着後まもなくアテーナイへ召喚される（⇒アンドキデース❶）。身の危険を感じた彼は護送中トゥーリオイ*で脱走し、昨日までの宿敵スパルターに亡命。この国でもたちまち評判を高め、アッティケー*の要衝の地デケレイア*を占領するよう進言してアテーナイの弱体化を図った。スパルター滞在中には、王アーギス2世*の妃ティーマイアー Timaia と密通して、レオーテュキデース*を身籠もらせたという。

前412年、イオーニアー*へ渡り、アテーナイの同盟市

系図49　アルキノオス（または、アルキヌース）

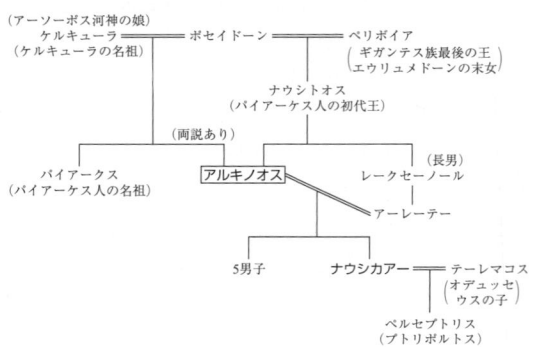

を離反させたが、不義を知ったアーギス王が彼を殺さんとしたので、アカイメネース朝*ペルシア*帝国の太守(サトラペース) Satrapes ティッサペルネース*の許へ逃亡した。またたくうちに太守の寵をかち得た彼は、今度は母国への帰還を計り、ペルシアの後ろ楯で寡頭派のペイサンドロス❷*と交渉したが不首尾に終わり、転じて民主派のトラシュブーロス❶*と結んでアテーナイ艦隊に復した(前411)。つづく3年間、アビュードス❶*、キュージコス*(前410)などの海戦でスパルターを破り、カルケードーン、ビューザンティオン*を奪還して武勲を輝かせた。前408年アテーナイに凱旋した彼は、熱狂的な歓迎を受けて海陸両軍の統帥権を委ねられた。しかるに前406年、部下のアンティオコス Antiokhos がスパルターの将軍リューサンドロス*に敗死すると(ノティオン Notion の海戦)、アルキビアデースも弾劾されてトラーケー*のケルソネーソス*へ亡命、アテーナイの降伏(前404)後、プリュギアー*の太守パルナバゾス*のもとに身を寄せたが、アルタクセルクセース2世*の宮廷へ赴く途中、刺客に襲われて殺された。愛妾ティーマンドラー Timandra (ラーイス*の母)と寝ている最中、家の周りを取り囲まれて火を放たれ、裸のままとび出したところを槍や矢で射抜かれたという。

彼の美男子ぶりはギリシア人の間では伝説的となり、哲学者ビオーン❷*は「アルキビアデースは若い頃には女たちから夫を奪い去り、成人してからは男たちから妻を奪い去った」と評している。また伝記作家ネポース*は「アルキビアデースは青年時代に多くの男たちからギリシア流の愛を受け、もっと成長してからも、やはり大勢の男を愛した」と記し、キュニコス(犬儒)派の祖アンティステネース*は「アルキビアデースはペルシア人さながらに、自分の母親とも娘とも妹とも交わっていた」と述べている。

哲学者プラトーン*の著とされる対話篇に『アルキビアデース』と題する作品が2篇伝存している。

同名の息子アルキビアデース(前417／416〜?)も有名な放蕩者で、少年時代から様々な男相手に身を委ね──父の死(前404)後、恋人(念者)の1人アルケビアデース Arkhebiades に身請けされたという──、あらゆる乱交に耽ったのみならず、実の妹(ヒッポニーコス*の妻)を犯した廉で裁判沙汰になったことがある(前395頃)。
⇒エウポリス、四百人寡頭政、三十人僭主
Plut. Alc., Nic./ Nep. Alcibiades/ Thuc. 5〜8/ Xen. Hell. 1〜2/ Diod. 12/ Ath. 5-219b〜, 12- 534b〜535e/ Pl. Symp., Alc./ Diog. Laert. 4-49/ Lys. 14〜15/ Isoc. 16/ Plin. N. H. 36-4/ Andoc. 4/ Diod. 12-78〜, 13-2〜/ etc.

アルキプローン Alkiphron, Ἀλκίφρων, Alciphron, (伊) Alcifrone, (西)(葡) Alcifrón, (カタルーニャ語) Alcifró

(後2世紀末)ローマ帝政期のギリシアの著述家、ソフィスト*。アテーナイ*の人。書簡体文学の作者として名高い。当時の修辞学の好尚に応えて、架空の場合を想定した『書簡集 Epistolai』(124篇現存)をのこした。これは通常、漁師・農民・食客(寄食者)parasitos(パラシートス)・遊女(ヘタイラー)*の4巻に分けられており、前4世紀に舞台を借り、多くはメナンドロス*らの新喜劇に取材しつつ、日常生活を面白おかしく描写したもので、風俗史料として貴重。擬古的なアッティケー*方言はルーキアーノス*を模したものらしく、とりわけ「遊女の手紙」19篇は豊かな構想と生き生きとした描写で高く評価されている。
⇒ロンゴス
Alciphron Ep.

アルキメーデース Arkhimedes, Ἀρχιμήδης, Archimedes, (仏) Archimède, (伊) Archimede, (西) Arquímedes, (葡) Arquimedes, (露) Архимед, (シチリア語) Archimedi, (現ギリシア語) Arhimídhis

(前287頃〜前212)ギリシアの数学者、物理学者、天文学者、工学者。シケリアー*(現・シチリア)島のシュラークーサイ*市に生まれる。父は天文学者ペイディアース Pheidias で、シュラークーサイの王ヒエローン2世*の親族ないし友人だったという。幼い頃から科学に熱心し、一時アレクサンドレイア❶*へ遊学して、エラトステネース*やコノーン❷*らエウクレイデース❷*の後継者のもとで研究生活を送った。青年時代より数多くの機械を発明し、シュラークーサイに帰って著述に専念したのちも、ヒエローン2世のために力学を応用したさまざまな兵器を製作した。天体のあらゆる運動を正確に再現する一種のプラネタリウムというべき水力で回転する天球儀や、「アルキメーデースの螺旋(らせん)」と呼ばれる灌漑用の揚水機などの発明が名高い──後者は古くからエジプトで用いられていた仕掛けを誤って彼に帰したものとされている──。

ヒエローン2世から新しくつくらせた黄金の冠に銀が混入されていないかどうか鑑定を依頼された折には、公衆浴場で入浴中、不意に浮力に関する「アルキメーデースの原理」(液体中に静止する物体は、それと同体積の液体の重さだけ軽くなる)を発見し、「見つけた、見つけた heureka(ヘウレーカ)! heureka(ヘウレーカ)!」と叫びながら裸で家へ駆け戻り、比重の差違によって彫金工の不正を見事に看破した──アメリカ合衆国カリフォルニア州の標語「ユリーカ Eureka」は、1848年同州で金が発見されたため、アルキメーデースの歓喜の言葉にちなんで用いられるようになったものである──。また、梃子(てこ)の原理を定式化し、「支点さえ与えてくれれば、地球をも動かして見せましょう」と豪語、ヒエローンから「ではあの軍艦を引き揚げてみよ」と命じられると、複滑車と梃子を使って、乗組員や貨物を満載した軍艦を、難なく1人で海から陸地へと引き揚げたという。

第2次ポエニー戦争*中、シュラークーサイがローマ軍に攻囲された時には(前214〜前212)、祖国防衛のために才能を発揮し、50kgもある石塊を遠距離まで投げることのできる投石器や、敵艦を釣り上げては海に落とす大起重機など種々の戦争機械を考案、一説には巨大な凹面鏡で太陽光線を反射させてローマ艦隊を炎上させたと伝えられ

る。しかし、ついにシュラークーサイが陥落し、略奪が繰り広げられた際、砂に図形を描いて幾何学の問題に没頭しているアルキメーデースを、彼とは知らずに1ローマ兵が殺害した。最期の言葉は、「私の円を乱さないでくれ」というものであったといわれる (75歳)。敵将 M. マルケッルス❶* は彼の死を惜しんで丁重に葬り、その墓には記念碑として円柱に内接する球の図形を彫り込ませた。これは故人の希望に従ったもので、「球の体積および表面積は外接する円柱（円筒）の3分の2に当たる」という自らの発見を、アルキメーデース本人が高く評価していたからである。その後彼の墓標は長いあいだ忘れ去られ、繁みの中に埋もれていたが、前75年シキリア*（シケリアーのラテン名）属州のクァエストル財務官として着任したローマの雄弁家キケロー* によって、市の一城門にほど近い茨の蔭から見出された。

　古代最大の科学者と称されるアルキメーデースの著述は、ギリシア語やアラビア語訳で10作あまり現存しており、それらは彼において頂点に達したギリシア数学の成果の程を示している。

主著：『球と円柱（円筒）について』2巻（球の表面積や体積ほか）
『円周の測定』（$3\frac{10}{70} > \pi > 3\frac{10}{71}$ と算定）
『円錐体と回転楕円体論』（回転体の求積法）
『螺旋論（渦巻曲線について）』（螺旋曲線に囲まれた面積、他）
『平面均衡論（平面の釣合と重心について）』2巻（さまざまな形状の物体の重心の研究）
『抛物線（放物線）の求積法（抛物線の求積について）』（微積分の形式で楕円の面積と、弦によって抛物線から切り取られた面積を求める）
『砂の計算（砂粒計算者）』（宇宙の測定にも間に合うような大数の記数法）
『浮体について（浮遊する物体論）』2巻（流体静力学の確立）
⇒ （ペルゲーの）アポッローニオス❸
Polyb. 8-3〜7/ Cic. Tusc. 1-25, 5-23, Nat. D. 2-35, Rep. 1-14, Fin. 5-19/ Liv. 24-34, 25-31/ Plut. Marc. 14〜19/ Vitr. 9/ Val. Max. 8-7/ Diod. 5-37/ Lucian. Hippias 2/ Gal./ Tzetz. Chil. 2-103〜156/ Claud. Epigr. 21/ Sext. Emp. Math. 9-115/ Lactant. Div. Inst. 2-5/ Procl./ Pappus/ etc.

アルキュオネー（または、ハルキュオネー） Alkyone, Ἀλκυόνη, Alcyone (Halkyone, Ἁλκυόνη, Halcyone), (仏) Alcyoné, (伊) Alcione, (西)(葡) Alcíone, (露) Алкио́на, (現ギリシア語) Alkióni

ギリシア神話中の女性名。

❶風の支配者アイオロス* の娘。ケーユクス❷*（暁の明星ヘオースポロス* の子）の妻。クラロス* の神託を求めに船出した夫が嵐に遭って溺死し、夢告でそれを知った彼女は海辺へ向かい、打ち寄せられた夫の死骸を発見して痛哭。その悲嘆を憐れんだ神々は、2人を翡翠 alkyon に変えてやったという。その後、大神ゼウス* またはアイオロスは、水上に営まれる翡翠の巣が波にさらわれないよう、産卵と孵化の期間は風を静まらせることにし、以来「アルキュオネーの日々 alkyonides hēmerai」と呼ばれる冬至前後の2週間は海が凪いで穏やかになったと伝えられる。翡翠を指す (英) halcyon、(仏) alcyon、(伊) alcione などの語はもとより、平穏・長閑な状態を意味する (独) alkyonisch、(仏) alcyonien、(英) halcyon……の形容詞も、アルキュオネーの故事に由来している。彼女たち夫婦が傲慢不敬のゆえに水鳥に転身させられた話に関しては、ケーユクスの項を参照。
⇒ モルペウス
Apollod. 1-7-3〜4/ Hyg. Fab. 65/ Ov. Met. 11-410〜/ etc.

❷プレイアデス* の1人。アトラース* とプレーイオネー Pleïone の娘。海神ポセイドーン* に愛されて子女を儲けた。息子のうちヒュリエウス Hyrieus に関しては、ゼウス*、ポセイドーン、ヘルメース* の3神を歓待した時、女と交わらずに子を得ることを願い出たところ、3神が牛の皮に放尿（または射精）し、そこからオーリーオーン* が生まれたという風変わりな話が伝わっている。牡牛座の昴＝プレイアデス星団のうち最も光り輝く星に彼女の名前がつけられている。
Apollod. 3-10-1/ Paus. 2-30-8, 3-18-10/ Ov. Fast. 5-495〜/ Parth. Amat. Narr. 20/ Hyg. Fab. Praef./ etc.

アルキュータース Arkhytas, Ἀρχύτας (ὁ Ταραντῖνος), Archytas, (伊) Archita, (西)(葡) Arquitas, (露)

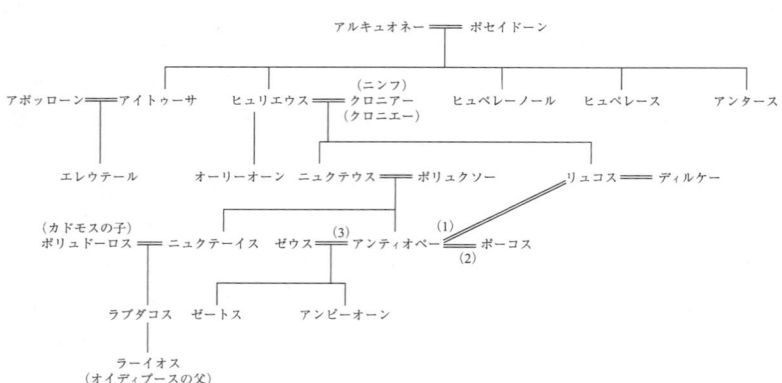

系図50　アルキュオネー（または、ハルキュオネー）❷

Архит, (現ギリシア語) Arhítas
(前428頃〜前347) ギリシアの哲学者、政治家、数学者。南イタリアのタラース*(タレントゥム*)の人。ピュータゴラース*学派に属し、プラトーン*の友人。7度タラースの統治者に選ばれ、7度の戦役に出征、常勝将軍として知られ、国威を大いに宣揚した。木製の空飛ぶ鳩(「鳩」と名づけた自動飛行装置だという)をつくり、幼児のがらがら玩具や複滑車などさまざまな機械を発明。立方体の倍積問題を解き、また初めて算術級数、幾何級数、調和級数を区別した。その他、天文・物理・音楽などの諸分野で、すぐれた理論的研究を行ない、古代ギリシア・ローマではきわめて高く評価されていたが、著述はわずかな断片しか伝存しない。危地に陥ったプラトーンを、シュラークーサイ*の僭主ディオニューシオス2世*の手から救出したこともある。のちアドリア海*を航行中、難船で溺死したといわれる。⇒ピロラーオス、エウドクソス❶
Diog. Laert. 8-79〜83/ Arist. Pol. 8-6/ Hor. Carm. 1-28/ Ael. V. H. 10-12, 12-15, 14-19/ Gell. 10-12/ Cic. Tusc. 4-36, Sen. 12/ Vitr. 7, 9/ Val. Max. 4-1/ Ath. 4-184e, 13-600f/ Plut. Marc. 14, Mor. 718e/ Iambl. Vita Pyth. 23, 29/ etc.

アルギュリ(ッ)パ Argyrip(p)a
⇒アルピー(アープーリア*の町)

アルギーレートゥム Argiletum, (仏) Argilète, (伊)(西) Argileto
ローマ市内、フォルム・ローマーヌム*(現・フォロ・ロマーノ)の北東にある地域。伝説では、エウアンデル*(エウアンドロス*)の客として滞在していたアルゴス*(ダナエー*の子)が、この地で殺されたため、「アルゴス終焉の場所 Argi-letum」と呼ばれるようになったという。共和政期以来、書籍商が軒を並べ、その他靴屋などの職人たちも店舗を構えるローマ第一の繁華街となった。
Varro Ling. 5-157/ Cic. Att. 12-32/ Verg. Aen. 8-345/ Mart. 1-3, 2-17/ etc.

アルキロコス Arkhilokhos, Ἀρχίλοχος, Archilochus, (仏) Archiloque, (独) Archilochos, (伊) Archiloco, (西)(葡) Arquíloco, (露) Архилох, (現ギリシア語) Arhílohos

❶(前714頃〜前676頃、前680頃〜前640頃ほか異説あり) ギリシア最古期の抒情詩人。イオーニアー*人の島パロス*の出身。貴族の父テレシクレース Telesikles と奴隷の母エニペー Enipe (または、エニポー Enipo)との間に生まれた庶子。貧窮に追われて故郷を離れ、傭兵として各地を放浪。北方のトラーケー*(トラーキアー*)に面したタソス*島への植民活動(前708頃〜)にも加わるが、フェニキア*系先住民との戦闘中に楯を捨てて逃げ帰り、その逃亡を茶化した諷刺詩を作った。好色・放縦な乱暴者で敵味方を問わず悪口雑言を投げかけたため、タソスを追われて失意のうちにパロスへ帰還。美しい娘ネオブーレー Neobule と婚約したものの、彼女の父親リュカンベース Lykambes から一方的に破談を通告された。怒った彼はリュカンベースとネオブーレーおよび彼女の妹に向けて痛罵を極めた詩を作り、それがあまりに激しい内容だったので、ついにネオブーレー一家は首を縊って死んでしまったという (⇒ヒッポーナクス)。その後も「槍1本でパンと酒を稼ぐ」と称しつつ不羈奔放な生活を送り、最後にナクソス*との戦闘で殺された — 一説には、リュカンベースの友人たちに迫害されて自殺に追いやられたとも — と伝えられる。

「抒情詩の父」と呼ばれ、古代にはホメーロス*と並称される高い評価を受けていたが、作品はいくつかの断片が残存するに過ぎない。戦闘・酒・情愛・性行為などを主題に、折にふれての個人的な喜怒哀楽の情感をさまざまな詩型に託し、また狐や猿、鷲を主人公とする動物寓話をも創作。とりわけ、諷刺嘲罵に適したイアンボス iambos 詩型の完成者としての名声は高い。ピンダロス*に従えば、彼は毒舌家の詩人であるのみならず、オリュンピア競技祭*の優勝歌の作者だともいう。若い頃、牛を売りに行く途(みち)すがら文芸の女神ムーサ*たち(ムーサイ*)に出会い、牛の代価として女神たちから竪琴を与えられ、不滅の名声を約束されたという伝説もある。ビューザンティオン*のアリストパネース*は、アルキロコスの詩の中でどれがいちばん好きかと訊かれて、「最も長いもの」と答えたという。ローマの詩人ホラーティウス*は、アルキロコスの駆使した多様な詩型・技法を好んで模倣している。後世アルキロコス風といえば、辛辣かつ強烈極まりない諷刺詩の代名詞となった。なおアルキロコスの年代に関しては、彼の歌った日蝕(『断片122』)を、前711年3月14日の出来事とするか、前648年4月6日のこととするかによって、大きな隔たりが生じるため、未だ確定をみない。

なお、デルポイ*のアポッローン*の神託がアルキロコスの殺害者をあばき出したという伝承が大プリーニウス*らによって記されており、またアルキロコスのわずかに残る断片からも、古典期ギリシア人独特の男色(少年愛)を示唆する語句が見出されている点は興味深い。グラウコス Glaukos やカリラーオス Kharilaos ら何人かの若者を愛したと伝えられる。
⇒セーモーニデース、カッリーノス、ミムネルモス、テルパンドロス、タレータース、テュルタイオス
Archilochus Fr./ Herodot. 1-12/ Pind. Ol. 9-1, Pyth. 2-54〜/ Plut. Mor. 560e, 604c/ Hor. Epist. 1-19, Epod. 6-13, Ars Poet. 73〜/ Cic. Att. 2-21, Tusc. 1-3/ Ael. V. H. 4-14, 10-13/ Val. Max. 6-3/ Ath. 3-76b, 12-523d/ Strab. 14-647/ Quint. 10-1/ etc.

❷(前5世紀後半) ギリシアの建築家。アテーナイ*でアクロポリス*のエレクテイオン*神殿(前405完成)の建設に従事した。

アルグス　Argus
⇒アルゴス（のラテン語形）

アルクティーノス　Arktinos, Ἀρκτῖνος Μιλήσιος, Arctinus,（仏）（独）Arctinos,（伊）（西）（葡）Arctino,（葡）Арктин,（現ギリシア語）Arktínos

（前650頃活躍）ミーレートス*出身の叙事詩人。伝承によれば、前775年～前741年頃の人物とされている。トロイアー*の予言者ナウテース Nautes の末裔を称す。トロイアー戦争*を扱った2つの叙事詩『アイティオピス Aithiopis,（ラ）Aethiopis』『イーリオン*の陥落 Iliū Persis』の作者とされる。時に『ティーターン*神族との戦い（ティーターノマキアー*）Tītānomakhiā』も彼に帰せられているが、いずれも散逸。
⇒叙事詩圏

Dion. Hal. Ant. Rom. 1-68/ Ath. 1-22, 7-277/ Euseb. Chron. 1-2/ Clem. Al. Strom. 1-131/ Tzetz. Chil. 13-641/ Phot./ Suda/ etc.

アルクトス　Arktos, Ἄρκτος, Arctus,（伊）Arcto,（現ギリシア語）Árktos

「熊」の意。熊星座。大熊座（〈ラ〉Ursa Major,〈ギ〉Megalē Arktos, Μεγάλη Ἄρκτος,〈伊〉Orsa Maggiore,〈西〉Osa Mayor,〈現ギリシア語〉Megáli Árktos)。ギリシア神話では、大神ゼウス*と交わってアルカス*を産んだニュンペー（ニンフ）カッリストー*が熊に変身したのち、天空に上げられた姿だとされ、嫉妬深いヘーラー*が養父母の大洋神オーケアノス*とテーテュース*に依頼した結果、絶えず天の北極の周りを回り続けて、他の星のように海に沈んで休息をとることが永遠にできなくされてしまったのだという。ローマでは北斗七星は「7頭の農耕牛 Septem Trio, Septentriōnēs（セプテム・トリオーン）」と呼ばれ、ギリシアと同様「北方」を指す言葉として用いられた（〈英〉〈仏〉〈西〉Septentrional,〈伊〉Settentrionale,〈葡〉Setentrional の語源）。またホメーロス*以来、その形から「（荷）車 hamaksa（ハマクサ）」とも呼ばれ、アルカスの変じたアルクトゥーロス Arkturos（〈ラ〉アルクトゥールス Arcturus「牛の番人」の意）を主星とする牛飼座 Boōtēs（ボオーテース）（別名・アルクトピュラクス Arktophylaks「熊の守護者」）を、その車（犂）で耕す人に見立てている。後代に誤ってアルカスは小熊座（〈ラ〉Ursa Minor）に転身したという俗説が流布したが、古代においては大小の熊座はゼウスの2人の乳母ヘリケー Helike（カッリストーと同一視されることがある）とキュノスーラ Kynosura が変じた姿だと見なされることが多かった。

「北極の」を意味する形容詞（英）arctic、およびその派生語 Arctic Ocean 北極海、Arctic Pole 北極（点）、反対語 antarctic 南極の、Antarctica 南極大陸などは全て、このアルクトスにもとづいて造られた言葉である。

Hom. Il. 18-487～, Od. 5-272～/ Apollod. 3-8/ Ov. Met. 2-500～, Fast. 2-155～/ Hyg. Astr. 2-1～2, -13/ Aratus Phaen. 27～/ Schol. ad Hom. Il. 18-489, Od. 5-272/ etc.

アルクマイオーニダイ　Alkmaionidai, Ἀλκμαιωνίδαι, Alcmaeonidae
⇒アルクマイオーン家

アルクマイオーン家（アルクマイオーニダイ*、アルクメオーニダイ*）　Alkmaionidai, Ἀλκμαιωνίδαι, Alcmaeonidae,（ギ別）Alkmeonidai, Alkmanidai,（英）Alcmaeonids（Alcmaeonid Family),（仏）Alcméonides,（独）Alkmäoniden,（伊）Alcmeonidi,（西）（葡）Alcmeónidas,（蘭）Alcmaeoniden,（露）Алкмеониды,（カタルーニャ語）Alcmeònides,（現ギリシア語）Alkmeonídhes

ネストール*の曾孫アルクマイオーン❷*の子孫と称するアテーナイ*の名門貴族。前7世紀から前5世紀にかけて、アテーナイ政界の指導的役割を果たした。

前632年にキュローン*が政変を試みた際、筆頭アルコーン*（執政官）だった同家の家長メガクレース*が、神域に逃れたキュローン一派の者たちを欺いて殺害。ためにアルクマイオーン家の人々は瀆神罪に問われて、全員アテーナイを追われた。一門は追放中、前548年に焼失したデルポイ*のアポッローン*神殿を、300タラントンの巨費を投じて当初の設計より遙かに見事な規模で再建。祖国に復帰するためデルポイの巫女を買収し、神託を通じてスパルター*の協力を得るや、ペイシストラトス*一族を放逐してアテーナイに返り咲いた（前510）。一族は「血の呪い」を利用した政敵により前後3回にわたって追放の憂き目を見、死者の遺骨まで投棄されたが、その勢力には抜きがたいものがあり、第1次神聖戦争*ではアテーナイ軍を指揮（前590頃）、民主政の確立にも大いに寄与している。

同家で著名な人物としては、クレイステネース❷*とメガクレース❸*父子、母系を通じてペリクレース*やアルキビアデース*らがいる（⇒巻末系図023）。

前500年頃を境に同家は、ペルシア贔屓のゆえに陶片追放（オストラキスモス*）に処せられる人物を出すなどして凋落していった。
⇒エウパトリダイ、クレイステネース❶、ソローン

Herodot. 1-61,-64, 5-55～72, 6-115, -121～131/ Thuc. 1-126～, 6-59/ Plut. Sol. 11～, 30/ Paus. 2-18-9/ Pind. Pyth. 7/ etc.

アルクマイオーン（ないし、アルクメオーン*）　Alkmaion, Ἀλκμαίων, Alcmaeon,（仏）Alcméon,（独）Alkmäon,（伊）Alcmeone,（西）Alcmeon,（葡）Alcmeão,（カタルーニャ語）Alcmeó

（前500頃活躍）クロトーン*の医師、科学者。ピュータゴラース*の弟子。自然科学に関する書物を著わし、ピュータゴラースの思想を人体に適用して、肉体は相反する諸要素の調和により健康を保ち、その調和が破れると疾病を生ずると説いた。動物解剖を通じて人体構造の研究に役立て、

またギリシア人として初めて眼の手術を行ない、脳は感覚器官と通じており、知覚や思考を司る中枢であるとした。ヒッポクラテース❶*と並んでギリシア医学の父と称される。

⇒ヒッパソス、ピリスティオーン

Diog. Laert. 8-83/ Clem. Al. Strom. 1-308/ Isid. Orig. 1-39/ Cic. Nat. D. 1-11/ Arist. De An. 1-2/ etc.

アルクマイオーン（または、アルクメオーン*）

Alkmaion, Ἀλκμαίων, Alcmaeon, （ラ別形）Alcmaeo, Alcmaeus, （Alkmeon, Ἀλκμέων, Alcmeon）, （仏）Alcméon, （独）Alkmäon, （伊）Alcmeone, （西）Alcmeón, （葡）Alcmeão, （露）Алкмеон, （カタルーニャ語）Alcmeó

ギリシア伝説上の男性名。

❶アルゴス*の英雄アンピアラーオス*とエリピューレー*の子。アンピロコス*の兄弟。父の遺命に従い、エピゴノイ*を指揮してテーバイ❶*攻略に出陣し、成功裡に帰国後、2度も宝物で買収された母エリピューレーを殺害した。そのため復讐の女神エリーニュエス*に取り憑かれて発狂し、アルゴスを去って諸国を放浪、アルカディアー*のプソーピス Psophis 王ペーゲウス*により罪を浄められ、その娘アルペシボイア Alphesiboia（またはアルシノエー Arsinoe）を娶り、ハルモニアー*の頸飾りと長衣 peplos を彼女に贈った。しかし、母親殺しの穢れのゆえに飢饉がこの地を襲ったので、再び流亡を余儀なくされ、「母を殺した時にまだこの世になかった土地を見出せ」というデルポイ*の神託のままに、アケローオス*河口に新たに出来上がった中洲に到り、ここに身を落ち着けた。アケローオス河神は彼の罪を浄めたうえで娘カッリッロエー❷*を妻として与え、2人の間にアカルナーン*とアンポテロス Amphoteros の2人の息子が生まれた。ところが、カッリッロエーが前妻アルペシボイアの持つ頸飾りと長衣を欲してやまないので、アルクマイオーンはプソーピスに戻り、「デルポイのアポッローン*に奉納せねばならないから」と偽って贈り物を奪還。しかし、従者の口から真相が洩れたため、怒ったペーゲウスは2人の息子に命じて、アルクマイオーンを待ち伏せて殺させた。エウリーピデース*に今は失われた悲劇『アルクマイオーン』があり、この作品は女予言者マントー*とアルクマイオーンとの間に生まれた1男1女が、数奇な運命を経て実父と巡り合うまでの物語を扱っていたらしい。アルクマイオーンの名は、オレステース*と並んで「母親殺し」のゆえに広く知られている。

Paus. 8-24-7～8, -10, 10-10-4/ Apollod. 3-6, -7/ Hyg. Fab. 73/ Pind. Pyth. 8-38～/ Thuc. 2-102/ Hom. Od. 15-247～248/ etc.

❷アテーナイ*の名門アルクマイオーン家*（アルクマイオーニダイ*）の先祖。伝説上のピュロス*王ネストール*の曾孫に当たる。ヘーラクレース*の末裔（ヘーラクレイダイ*）がペロポンネーソス*に侵入した時、メッセーニアー*から追放されてアッティケー*（アッティカ*）へ逃れたという。

系図51　アルクマイオーン（または、アルクメオーン）❶

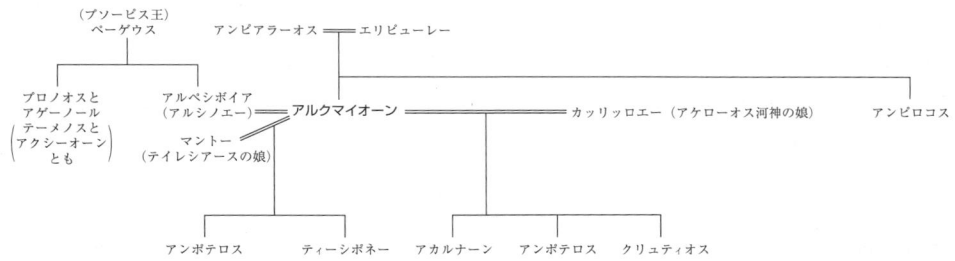

系図52　アルクマイオーン（または、アルクメオーン）❷

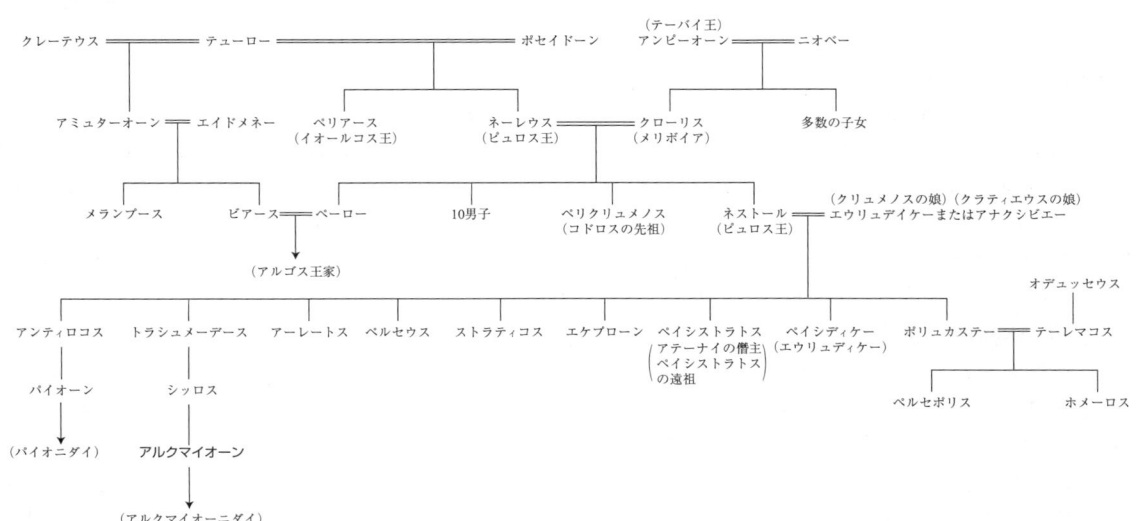

Paus. 2-18-8/ Herodot. 6-125/ etc.

アルクマーン　Alkman, Ἀλκμάν, Alcman, （伊）Alcmane, （西）Alcmán, （葡）Álcman, （露）Алкман, （現ギリシア語）Alkmán

（前7世紀後半）ギリシアの抒情詩人。現存する最古の合唱抒情詩の作者。文運盛んなりし頃のスパルター*で活躍したが、生まれはリューディアー*のサルデイス*で、奴隷としてスパルターへ連れてこられたのち、その才能を認めた主人によって解放されたという——ラコーニアー*（スパルター）出身説あり——。祝祭の折に少年や少女たちの合唱隊により歌われた諸神への讃歌で知られる。「恋愛詩の創始者」ともいわれ、古代においてその作品は種々の形式の詩からなる6巻の抒情詩に収められていた。現存する断片のうち最も長い「乙女歌 Partheneion（パルテネイオン）」は、女神アルテミス*の祭礼の時に乙女らが隊列をなしつつ歌い踊ったもので、1855年に砂中からその100行を記したパピュロスが発見された（女同士の同性愛的感情の表出で有名）。他にも鳥や動物など自然を素朴に歌った詩の一部や戦捷歌（せんしょう）、魔術に関して言及した作品などの断簡が伝存。用語はドーリス*方言とアイオリス*方言双方の要素を有する文語体である。なお彼は無類の大食漢だったといい、のちに「虱症（しらみ）」と称される全身を虱に喰い潰される奇病に罹って死亡、スパルターのヘレネー*神域の近くに墓が営まれたと伝えられる。ギリシアを代表する9名の抒情詩人（アルクマーン、アルカイオス*、サッポー*、ステーシコロス*、イービュコス*、アナクレオーン*、シモーニデース*、ピンダロス*、バッキュリデース*）の筆頭に置かれている。

⇒アリーオーン、テュルタイオス、タレータース

Alcman Fr./ Paus. 1-41-1, -4, 3-15-2〜3, -26-2/ Arist. Hist. An. 5-31/ Ael. V. H. 1-27, 12-50/ Plut. Sull. 36, Lyc. 28/ Plin. N. H. 11-39/ Ar. Lys. 1247〜/ Ath. 14-638e, 15-678c/ Suda/ etc.

アルクメオーニダイ　Alkmeonidai, Ἀλκμεωνίδαι, Alcmeonidae

⇒アルクマイオーン家（アルクマイオーニダイ）

アルクメオーン　Alkmeon, Ἀλκμέων, Alcmeon, （仏）Alcméon, （独）Alkmäon, （伊）Alcmeone, （西）Alcmeón

⇒アルクマイオーン

アルクメーネー　Alkmene, Ἀλκμήνη, （ラ）Alcmene または Alc(u)mena, （仏）Alcmène, （伊）（西）（葡）Alcmena, （露）Алкмена, （現ギリシア語）Alkmíni

ギリシア神話中、英雄ヘーラクレース*の母。ミュケーナイ*王エーレクトリュオーン*（ペルセウス*の子）の娘。叔父にして従兄のアンピトリュオーン*の妻。彼女の要請によって夫がプテレラーオス*討伐に出陣し、勝利を収めて帰還する直前に、大神ゼウス*が夫の姿に身を変じて彼女を訪れ、遠征の物語をし契りを交した。こうして彼女はゼウスに愛された最後の人間の女となり、また大神はその夜を普通の3倍の長さに引き延ばして交わり続けたという。翌日戻ってきた本物の夫は、彼女の態度に不審を覚え、予言者テイレシアース*から真相を聞き出し、以来妻と床を共にしなかったとも、彼女を姦婦として焼き殺そうとしたが雷雨によって阻まれ、ゼウスのとりなしで妻を許したともいう。月満ちて分娩が近づいた時、ゼウスが神々に「今日ペルセウス一門に生まれる子はアルゴリス*全土の支配者になるであろう」と誓言したので、嫉妬深い女神ヘーラー*（ゼウスの正妃）は出産の女神エイレイテュイア*に命じて、アルクメーネーの陣痛を長引かせて苦しめ、他方、同じペルセウス王家に属するエウリュステウス*（ステネロス❶*の子）を先に生まれさせた。その後ようやくアルクメーネーは、ゼウスの子ヘーラクレースと、夫アンピトリュオーンの子イーピクレース*を出産。ためにヘーラクレースはエウリュステウスに仕えて多くの難業を果たさなくてはならなくなった。ヘーラクレースの死後、アルクメーネーは孫たちとともにエウリュステウスに迫害されて各地をさまよい、アッティケー*のマラトーン*へ避難、ついにエウリュステウスが敗北し捕らわれの身となると、彼女は強引に彼を処刑させ、その首がもたらされるや、織機の筬（おさ）でその両眼を抉り抜いたという。その後ラダマンテュス*と再婚し、テーバイ❶*で長逝したとも、高齢で没した時、屍体は消え失せ（あるいは石と化し）、その身は「幸福の島*（マカローン・ネーソイ）」に運ばれて、冥官ラダマンテュスの妻になったとも伝えられる。テーバイにおいて彼女は神格化されて崇拝を受け、またアテーナイ*のヘーラクレース神殿にも彼女の祭壇があったといわれる。

悲劇詩人エウリーピデース*に今は失われた作品『アルクメーネー』があった。

⇒ヘーラクレイダイ

Hom. Il. 14-323, 19-99〜, Od. 2-120, 11-266/ Hes. Th. 943, Scut. 1〜/ Apollod. 2-4-5〜, -8-1/ Pind. Nem. 10-11, Isthm. 7-6, Pyth. 9-85/ Hyg. Fab. 29/ Paus. 1-16, -19-3, -41-1, 5-18-3, 9-16-7/ Plut. Rom. 28, Mor. 577e/ Diod. 4-9/ Ov. Met. 9-273〜, Am. 1-13/ etc.

アルケシラーオス　Arkesilaos, Ἀρκεσίλαος, Arcesilaus, (Arkesilas, Ἀρκεσίλας, Arcesilas とも), （英）Arcesilaus of Pitane, （仏）Arcésilas de Pitane, （独）Arkesilaos von Pitane, （伊）Arcesilao di Pitane, （西）Arcesilao de Pitana, （露）Аркесилай

（前316／315頃〜前242／241頃）ギリシアの哲学者。小アジア西岸アイオリス*地方の町ピタネー*の出身。中期アカデーメイア*派の創始者。数学と音楽を学んだのち、アテーナイ*で哲学を志し、はじめテオプラストス*に師事していたが、アカデーメイア学園のクラントール❷*に求愛されて以来、その弟子および愛人となって同棲生活に

入った。彼を失ったテオプラストスは、「何という天分豊かな将来性のある若者が私のもとから去ってしまったことか」と嘆いたという。アルケシラーオスはまた、アカデーメイアの第5代学頭クラテース❷*とも一緒に暮らし、その死後、学園を継承（前268／265頃〜、第6代学頭）。門弟たちを辛辣に叱責したにもかかわらず、その鷹揚で寛闊な人柄を慕って大勢の弟子が集まった。ピュッローン*の影響を受けて、あらゆる事柄に関して判断を保留する懐疑論を提唱、「我々は何も知らない、自己の無知についても」とか「真理は発見されず、探究されるだけである」と語り、教条主義に陥らぬよう著作は一切残さなかった――全く書かなかったとも、焼却してしまったともいう――。以来アカデーメイア派は懐疑的哲学を指導理論とするようになり（中期アカデーメイア派）、当時流行の一定の教説 dogma を唱えるストアー*派やエピクーロス*派と対立した。

アルケシラーオスが「何一つとして確実なことはない。ほかならぬそのことでさえも」と言った時、ある人が「それでは人生は不可能になってしまう」と批判したところ、彼は「人生はずっと以前から蓋然性でもって何とかやっていくことを学んでいるよ」と答えたという話が残っている。また、別の人が「他の学派からエピクーロス派へ移る人はいるのに、エピクーロス派からよそに移る人がいないのは何故でしょうか」と訊ねたところ、彼は「男から宦官（去勢者）にはなれるが、宦官（去勢者）は男になれないのと同じさ」と答えたという。ペルガモン*王エウメネース1世*の支援を受けて贅沢な生活をし、とりわけ幾人もの美青年を熱愛したことで知られる。さらには女色にも染まって公然とヘタイラー*（高級遊女）たちと同居。しかるに、類例をみないほどの尊敬をアテーナイ人から払われつつ、生涯妻帯せず子供もつくらずに過ごし、75歳で生の葡萄酒を大量に飲んで急死した。（⇒ラーキューデース）。

なお同名のギリシア人にアッティケー*古喜劇の詩人アルケシラーオスや、幾人かの彫刻家・画家のアルケシラーオスがおり、そのうち最も著名な人物は前1世紀中頃にローマで活躍し、ウァッロー*に高く評価された彫刻家のアルケシラーオス（女神ウェヌス*・ゲネトリークス Venus Genetrix 像の作者）である。

⇒ディオドーロス・クロノス、カルネアデース、クリューシッポス、エラトステネース、アウトリュコス❷

Diog. Laert. 4-28〜45/ Cic. Acad. 1-12, 2-24, De Or. 3-18,/ Sext. Emp. Pyr. 1-232〜234, Math. 7-150〜158/ Plin. N. H. 35-45, 36-4/ Plut. Mor. 328a/ Euseb. Praep. Evang. 14-5〜6/ Strab. 1-15/ Paus. 1-1/ etc.

アルケシラーオス　Arkesilaos, Ἀρκεσίλαος, Arcesilaus

（Arkesilās, Ἀρκεσίλας, Arcesilās）

キューレーネー*のバットス朝の4人の王たち（⇒バッティアダイ）

アルケースティス　Alkestis, Ἄλκηστις, Alcestis, ときに、アルケステー Alkeste, Ἀλκέστη, Alceste（仏）（西）（葡）Alceste,（伊）Alcesti,（西）（葡）Alcestes,（露）Алкестида, Алкеста,（現ギリシア語）Álkistis

ギリシア神話中、イオールコス*王ペリアース*の娘（通常、長女とされる）。ペライ*の王アドメートス*の貞烈な妻。夫に死期が近づいた時、自ら進んで身代わりに死ぬことを申し出たが、あわや彼女が黄泉路を降りかけたところへ、折よく英雄ヘーラクレース*が訪れて（第八の功業の途中で）、死神タナトス*と格闘を行なった末、彼女を「死」の手から救い出し夫のもとへ奪い返してやった。現存する悲劇詩人エウリーピデース*の作品中、最も古い『アルケースティス』（前438）は、彼女の献身的な自己犠牲の物語を題材にしている。別伝では、冥界の王妃ペルセポネー*がアルケースティスの勇気に感じて、彼女を現世に送り返してやったのだという。またアルケースティスは、ペリアースの5人（あるいは3人）の娘たちのうちで唯一人メーデイア*の言葉に従わず、彼女らの父親殺害に加わらなかったとされている。悲劇詩人プリューニコス*にも『アルケースティス』と題した作品があったが散佚した。陶画や副葬品などに夫と別れる美しい人妻の姿で描かれており、チョーサー以下ヨーロッパ近世の文学や美術、音楽の主題にも、しばしば採り上げられている。

Eur. Alc./ Pl. Symp. 179b〜d/ Apollod. 1-9-10, -15/ Hyg. Fab. 51/ Diod. 4-52/ Hom. Il. 2-714/ Ael. V. H. 14-45, N. A. 1-15/ etc.

アルケタース　Alketas, Ἀλκέτας, Alcetas,（伊）Alceta,（露）Алкет,（カタルーニャ語）Alcetes

エーペイロス*の（モロッソイ人*の）王。アキッレウス*の子ネオプトレモス*（ピュッロス*）の末裔を称す（アイアキダイ Aiakidai 朝）。エーペイロス王家の系図を参照（⇒巻末系図 028）

❶1世　A. I（前4世紀前半）タッリュパース Tharrhypas（タリュプス Tharyps）の息子。王国から一時追放されるが、シュラークーサイ*のディオニューシオス1世*の助力で復位する。彼の死後、国土は2人の息子ネオプトレモス1世*とアリュバース Arybas とに分割される。

Paus. 1-11-1, -3/ Diod. 15-13, -36/ etc.

❷2世　A. II（在位・前313〜307）アリュバース Arybas の息子。感情の抑制に欠けるため、父により追放され、王位は弟のアイアキデース*が継承。前313年、アイアキデースがカッサンドロス*との戦いに斃れると、臣民はその兄たるアルケタースを呼び戻して即位させた。ところが王の暴戻甚しく、人々は夜陰に乗じて王とその2子を殺害、新たにピュッロス*（アイアキデースの子）を王座に迎立した（前307）。

この他、マケドニアー*王のアルケタース1世（前6世紀）、同2世（前5世紀）や、アレクサンドロス大王*の遺将（ディアドコイ*）でペルディッカース*の弟にあたるアルケター

ス (〜前319 自殺) ら幾人もの同名人物が知られている。
Paus. 1-11-5/ Diod. 19-88〜89/ Plut. Pyrrh. 3/ Xen. Hell./ Polyb./ Arr. Anab./ Just./ etc.

アルケモロス　Arkhemoros, Ἀρχέμορος, Archemorus, （仏）Archémore, Archémoros, （独）Archemoros, （伊）Archemoro, （西）Arquemoro, （露）Архемор, （現ギリシア語）Arhémoros

（前名・オペルテース*）ギリシア神話中のネメアー*王リュクールゴス❷*の息子。「歩けるようになるまでは決して地上に寝かせてはならない」という神託があったにもかかわらず、彼の子守役をしていたヒュプシピュレー*は、ちょうど通りかかったテーバイ❶*攻めの七将*の所望に応じ、彼らを泉のあるところへ案内するあいだ、幼児を野ゼリの繁みに寝かせておいた。その留守に大蛇が現われて子供を喰い殺してしまい、戻ってきてそれを知った七将たちは、大蛇を殺して仇を討ち、一行の1人で予言者のアンピアラーオス*の言に従って、幼児をアルケモロス（「運命を始める者」の意）と改称して手あつく埋葬、さらに競技を催してこの子の霊を慰めた。これが後代に名高いネメア競技祭*の創設であるが、別伝によれば同競技祭の起源は、リュクールゴス王の父プローナクス Pronaks（従兄弟のアンピアラーオスに殺される）の葬礼競技に発するともいう。
Apollod. 1-9, 3-6/ Paus. 8-48/ Stat. Theb. 6/ Hyg. Fab. 74, 273/ etc.

アルケラーウス　Archelaüs
⇒アルケラーオス*（のラテン語形）

アルケラーオス　Arkhelaos, Ἀρχέλαος, Archelaus, （仏）Archélaos (Archélaüs), （独）Archelaos, （伊）Archelao, （西）Arquelao, （葡）Arquelau, （露）Архелай, （現ギリシア語）Arhélaos

ギリシア系の男性名。

❶ A. Ⅱマケドニアー*王。（在位・前413〜前399）先王ペルディッカース2世*の庶子（母は伯父アルケタース Alketas の女奴隷シミケー Simikhe）。伯父や従兄弟、7歳になる嫡弟（母はクレオパトラー Kleopatra）を殺害して即位し、父の妃クレオパトラーと結婚。有能な君主で首都をペッラ*に遷し、要塞や幹線道路の建設、軍制改革の着手など王国の勢力拡充に努め、ギリシア文化に心酔して宮廷に多くの文化人 —— エウリーピデース*、アガトーン*、ティーモテオス❶*、等々 —— を招聘（ソークラテース*も招かれたが応じなかった）、古都アイガイ*の南ディーオン Dion（現・Malathria）の町にオリュンピア競技祭*を創始し、ゼウクシス*の壁画で自らの王宮を彩らせた。好色で幾人もの美青年を愛し、ついに男色関係のもつれから狩猟中、寵愛する若者たちクラテロス Krateros（クラタイアース krataias, クラテウアース Krateuas）とヘッラーノクラテース Hellanokrates らに暗殺される。クラテロスも数日間、僭主の地位にあったのち殺害され、次いでアルケラーオスの嫡子オレステース Orestes（母はクレオパトラー）が即位するが、ほどなく後見人アーエロポス2世 Aëropos（摂政・前399〜前394）に殺され、アーエロポスもまた小王アミュンタース2世（アルケラーオスの庶子、もしくは先妻との子）に殺され、このアミュンタース2世もパウサニアース Pausanias（アーエロポスの子）に殺され、パウサニアースもまた片従兄アミュンタース3世*に殺される —— という風に、短期間にめまぐるしく王位の交替が見られた。⇒マケドニアー王家系図（巻末系図027）
⇒コイリロス❷

Thuc. 2-100/ Diod. 13-49, 14-37, 17-16/ Pl. Leg. 11-930d, Grg. 470d, 525b〜d/ Arist. Pol. 5-10, Rh. 2-23/ Arr. Anab. 1-11/ Ath. 5-217d, 11-506e/ Ael. V. H. 2-21, 8-9, 12-43, 13-4, 14-17/ Plut. Mor. 177, 768/ etc.

❷（前1世紀前期の人）
ポントス*の大王ミトリダテース6世*の有能な部将。カッパドキアー*出身のギリシア人で、英雄ヘーラクレース*の玄孫テーメノス*（マケドニアー*王家の祖）の子アルケラーオス Arkhelaos の後裔を称する。第一次ミトリダテース戦争（前88〜前85）でビーテューニアー*、および中部ギリシアの大半を征服したが、ローマの将軍スッラ*と戦い、ボイオーティアー*地方のカイローネイア*とオルコメノス*において敗北（前86）。大王に異心をいだいていると疑われ、生命の危険を覚えたため、ローマ側に寝返った（前83）。

App. Mith. 17〜64/ Plut. Sull. 11〜24/ Liv. Epit. 81, 82/ Vell. Pat. 2-25/ Florus 3-5/ Paus. 1-20/ etc.

❸（？〜前55）
❷の子。前63年ポンペイユス*により小アジアのコマーナ❷*の大祭司に任ぜられる。前56年エジプト王プトレマイオス12世*アウレーテースの追放中に、大王ミトリダテース6世*の落胤を称して王女ベレニーケー❺*4世と結婚し、エジプトの支配者となる。在位6カ月でローマの将アウルス・ガビーニウス*に敗死し、王位は再びアウレーテースのものとなった。アルケラーオスの娘もこの折に殺されている。
⇒巻末系図032, 046

Dio Cass. 39-57〜58/ Strab. 12-558, 17-796/ Hirt. B. Alex. 66/ Liv. Epit. 105/ App. Mith. 114/ Cic. Rab. Post. 8/ etc.

❹（前1世紀中頃）❸の子にしてコマーナ❷*の大祭司職の後継者。カッパドキアー*に争乱を起こして王アリオバルザネース2世*を威迫した（前52）。のちカエサル*によってその職を解かれている（前47）。
⇒巻末系図032

Cic. Fam. 15-4/ App. Mith. 121/ Hirt. B. Alex. 66/ Strab. 12-558/ etc.

❺（？〜後17）ピロパトール Philopator 愛父王。❹の子。カッパドキアー*王国最後の王（在位・前36〜後17）。母は美貌のヘタイラー*（高級遊女）グラピュラー❶*で、彼女の魅力ゆえに、ローマの将 M. アントーニウス❸*は、ア

リアラテース10世*を廃してアルケラーオスをカッパドキアーの王座につけた（前36）。新王はアントーニウスに味方してアウグストゥス*と戦ったが、アクティオン*の敗戦（前31）後も、王位を安堵されたばかりか、小アルメニアー*やキリキアー*をも加領された。しかるに後年、私怨を含むティベリウス*帝からローマへ召還され、叛逆罪の廉で告発を受け、老衰と痛風に悩まされつつも輿に乗って元老院に出頭。放っておいても長くは生きられぬありさまだったので、かろうじて死罪を免れた。果たしてその後すぐに王は絶命した（自殺説もあり）。在位54年。死後王国はローマの属州カッパドキア*となった（後17）。王はヘレニズム文化のよき継承者で、自らギリシア語でアレクサンドロス大王*の征服した諸国に関する地誌を執筆した（散逸）。カッパドキアー王家の系図（巻末系図032）を参照。
⇒グラピュラー❷、ピュートドーリス、ゲルマーニクス
Dio Cass. 49-32, 51-3, 54-9, 57-17/ App. B. Civ. 5-7/ Strab. 12-534, 17-796/ Plut. Ant. 61/ Suet. Tib. 8, 37, Calig. 1/ Tac. Ann. 2-42/ Val. Max. 9-15/ Diog. Laert. 2-17/ Plin. N. H. 37-11, -25/ etc.

❻（前23頃～後18頃）ヘーローデース・アルケラーオス Herodes Arkhelaos．（英）Herod Archelaus，（仏）Hérode Archélaos，（独）Herodes Archelaos，（和）アルケラオないしアケラオ。ユダヤの支配者（在位・前4～後6）。ヘーローデース1世*（ヘロデ大王）とサマレイア*婦人マルタケー Malthake との間に生まれる。ヘーローデース・アンティパース*（ヘロデ・アンテパス）の実兄。他の兄弟とともにローマで教育を受け、父王の死後、軍隊から王に推戴されるが、叔母サロメー❶や弟アンティパースの反対に遭い、皇帝アウグストゥス*の裁定によって、ユダヤ・サマレイア*・イドゥーマイアー*の統治を認められる（ただし王号は許されず、国守 Ethnarkhes（エトナルケース）として）。長兄アレクサンドロス*の寡婦グラピュラー❷*（アルケラーオス❺の娘）と結婚して問題を起こし、悪政と残忍さゆえに再び告訴される。アウグストゥスの命で廃位されて（後6）、ガッリア*のウィエンナ（現・ヴィエンヌ Vienne）へ流罪となり、その地で没した。なお彼は、異母兄アンティパトロス❺*の中傷のせいで父王と不仲であったため、父の亡くなった当夜にさえどんちゃん騒ぎの酒宴を開き服喪もないがしろにしていたという。
⇒巻末系図026
Dio Cass. 55-27/ Joseph. J. A. 17～18, J. B. 1～2/ Euseb. Hist. Eccl. 1-9/ Strab. 16-765/ etc.

❼（前5世紀中頃の人）イオーニアー*学派のギリシアの哲学者。ミーレートス*もしくはアテーナイ*の生まれ。アナクサゴラース*の弟子。自然哲学をイオーニアーからアテーナイへもたらす。生物は土から生まれるとか、善悪は本来的なものではなく、法律習慣によって左右されると説く。ソークラテース*の師であり、またその恋人（念者（エラステース）erastes）でもあったという。

なお、同名異人として、エピグラム詩や奇異な物語を書いたエジプト出身の詩人アルケラーオス（前3世紀前半）、およびプリエーネー*生まれの彫刻家で現存する大理石浮彫『ホメーロス*の神格化』の作者アルケラーオス（前130頃）らが知られている。
Diog. Laert. 2-16～17, -19/ Ath. 9-409, 12-554/ Stob. Ecl., Flor./ Artem./ Plut. Mor./ Hieron./ Phot. Bibl./ Suda/ etc.

アルゴー（号） Argo, Ἀργώ，（露）Apró，（現ギリシア語）Argó

「速やかな、疾（はや）い」の意。ギリシア伝説中、金羊毛皮を得るべくアルゴナウタイ*（アルゴナウテース*たち）をコルキス*まで運んだ船。イアーソーン*の依頼に従い船大工アルゴス❷*によって造られた50挺の櫂を持つ大船で、木材はペーリオン*山から伐り出され、船首は女神アテーナー*の手でドードーナー*の聖林からもたらされた人語を発する樫（オーク）の木からできていた。のち天上に引き上げられて南天の星座──アルゴー座（ラ）Argo（18世紀中頃に4つの星座に分割されて今日に至る）──となった。
Hom. Od. 12-70/ Ap. Rhod. 1-4～/ Apollod. 1-9/ Diod. 4-41～/ Pind. Pyth. 4-24, -184/ Eratosth. Cat. 35/ Hyg. Poet. Astr. 2-37, 3-36/ etc.

アルゴス Argos, Ἄργος，（Argus），（伊）Argo，（露）Aproc，（現ギリシア語）Árghos

（現・Árgos）（「平原」の意）ペロポンネーソス*半島北東部アルゴリス*地方の首都。時にアルゴリス地方全体をも指す。アルゴス平野の南部に位置し、先史時代から人々が居住したギリシア最古の都市の1つ。神話伝説では、アルゴス王家はイーナコス*に始まり、のちダナオス*の家系に移り、次いでペロプス*の子孫たちの手に帰した。ホメーロス*の叙事詩によると、トロイアー戦争*当時、アルゴスはミュケーナイ*の大王アガメムノーン*の宗主権下、ディオメーデース❷*に支配されていたという。ギリシア人（アカイオイ*）の同意語として「アルゴス人 Argeioi，（ラ）Argivi」なる言葉が、『イーリアス*』以来用いられている。ヘーラクレイダイ*（ヘーラクレース*の後裔）の帰還（ドーリス人*の占領）後、アルゴスは征服者テーメノス*とその子孫の領するところとなり、前8～7世紀には僭主ペイドーン*のもとペロポンネーソス全地方を支配するギリシア第一の強国となる。しかるに、西隣のスパルター*が台頭するにつれて次第に弱体化し（⇒テレシッラ）、ペルシア戦争*の折には、スパルターに対する敵意のゆえに中立を保ってギリシア連合軍には加わらなかった（前480～前479）。ペロポンネーソス戦争*では、ニーキアース*の和約ののち、反スパルターの立場からアテーナイ*と同盟を結び（前420）、ためにマンティネイア*の戦いに敗れてスパルター王アーギス2世*に制圧された（前418）。前4世紀を通じてスパルターの敵対者を支持し続けたが、エーペイロス*王ピュッロス*の来襲に際しては、スパルターと手を組み、市内に攻め込んだ王をアルゴスの一老女が瓦を投げつけて斃（たお）している（前272）。その後マケドニアー*王国に服属し、次いでアカーイアー同盟*に参加（前229）、前146年に至っ

てローマの属州アカーイア*に併合された。

同市は古典期にアゲラーダース*、ポリュクレイトス*に代表される優れた彫刻家を輩出して、アルゴス派を形成したことで名高い。また市の東北方7kmのところには女神ヘーラー*崇拝の中心地ヘーライオン Heraion,（ラ）Heraeum（ヘーラー神殿）があり、その創建は前1750年頃にまで遡るきわめて古いもので、ここに仕える歴代女祭司の名が各国で年代記録の基準として用いられた。前423年の夏、旧神殿は女祭司の居眠り中に燃え上がった火焔によって灰燼に帰し、再建された荘厳な神殿にはポリュクレイトス作の「すべての神像の中で最高に美しい」と評される黄金象牙製のヘーラー座像が安置された（前410頃。神殿の設計はアルゴスの建築家エウポレモス Eupolemos）。今日ヘーライオンは発掘されて、周壁や礎石の跡を見ることができる。アルゴス市内には、2万人収容の大劇場（テアートロン）（前4世紀末）やオーデイオン*（音楽堂）、諸神殿、アゴラー*、ローマ時代の浴場（テルマエ*）などの遺構が残っている。市の南郊には、英雄ヘーラクレースが怪蛇ヒュドラー*退治をしたというレルネー*の沼沢や、アミューモーネー*の泉がある。アルゴス人は前548年にスパルターに敗れて以来、男子は長髪の習慣をやめて短髪にし、女子は黄金の装身具を一切用いないようになったと伝えられる。また古典期には、彼らは酒色に耽溺することで名高く、「アルゴス人として過ごす」という言葉は、受動的男色者の生活を送ることを意味していた。大プリーニウス*によれば、後1世紀中頃にアルゴスの人妻に突然ひげが生え出して男に性転換したので、今度は女性をめとって夫になるという風変わりな事件が起こったとのことである。

⇒ミュケーナイ、ティーリュンス、ミデアー、クレオビスとビトーン

Hom. Il. 2-352, -559, Od. 1-344/ Herodot. 1-31, -82, 6-75～, 7-148～/ Thuc. 4-133/ Paus. 2-15～/ Strab. 8-368～/ Arist. Pol. 5-3/ Plut. Pyrrh. 30～34, Mor. 245/ Plin. N. H. 4-5, 7-4/ Apollod. 2-1, -2/ Xen. Hell. 7-5/ Polyb. 2-44/ Liv. 32-18/ Diod. 15-58/ etc.

アルゴス　Argos, Ἄργος, アルグス Argus,（伊）Argo,（露）Арг, Аргус, Арос,（現ギリシア語）Árghos

ギリシア神話中の男性名。

❶多くの眼を持つ巨人。眼の数については諸説あるが、ふつう全身に百の眼を有するとされ、パノプテース Panoptes, Πανόπτης（すべてを見る者）と呼ばれていた。アルゴス*王イーナコス*の子、またはアレーストール Arestor の子、ポローネウス*の5代の孫、などさまざまに伝えら

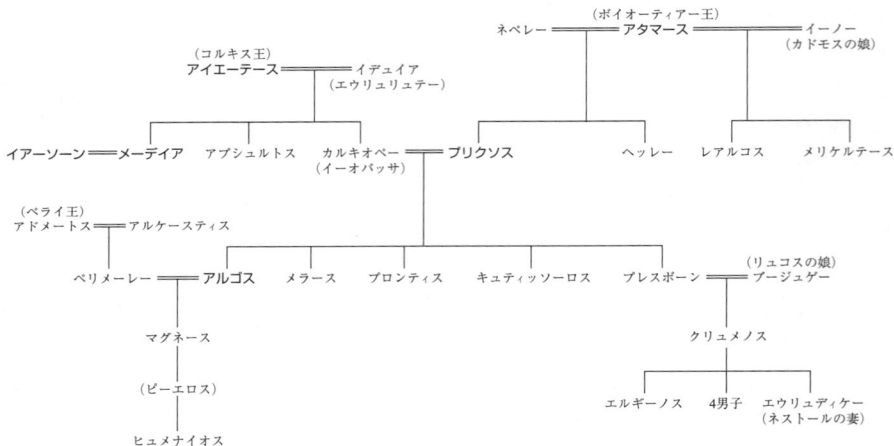

系図53　アルゴス❷

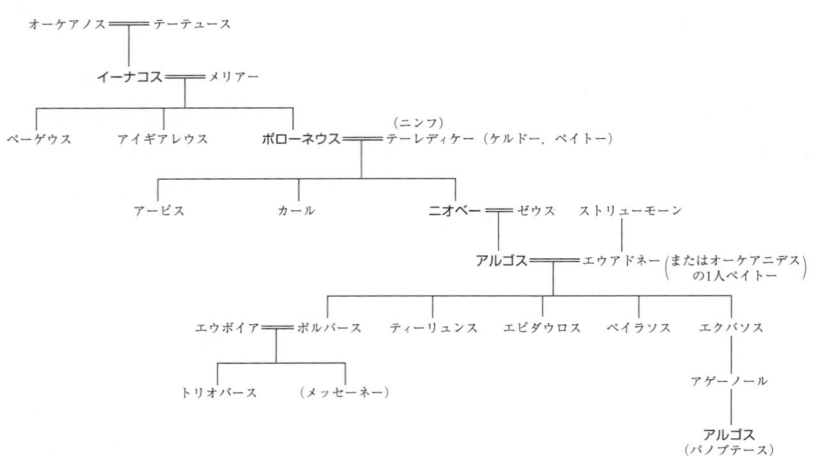

系図54　アルゴス❹❶

れる。アルカディアー*を荒らしていた雄牛やサテュロス*を退治し、さらに半人半蛇の女怪エキドナ*らを殺した。大神ゼウス*が愛人イーオー*を雌牛に変えた時、嫉妬深いヘーラー*の命令でこの雌牛の見張りをしたが、ゼウスの命を受けたヘルメース*によって殺された――巨石を投げつけられてとも、牧笛の音で眠りこんだところを斬首されたともいい、爾来ヘルメースは「アルゴスを殺した者 Argeiphontes」と渾名される――。ヘーラーは彼の無数の眼を自分の聖鳥たる孔雀の尾羽根にはめこんだとも、アルゴスを孔雀に変身させたともいう。ヘルメースに殺害される場面が陶画などに描かれている。また、アルゴスの名は現在でも「注意深い見張り番」や「彗眼の士」といった意味で用いられる。

Apollod. 2-9/ Hyg. Fab. 145/ Ov. Met. 1-583〜/ Aesch. Supp. 303〜, P. V. 566〜/ Eur. Phoen. 1113〜/ Plin. N. H. 16-89/ Moschus 2-58/ Macrob. Sat. 1-19/ etc.

❷アルゴー*号の建造者。アルゴナウタイ*の1人に数えられる。プリクソス*とカルキオペー Khalkiope (コルキス*王アイエーテース*の娘) の子で、兄弟たちとともに、祖父アタマース*の王国継承権を求めてギリシアへ向かう途中で難船し、アルゴナウタイに救われたという同名のアルゴスと同一視されることがある。またアレーストール Arestor の子と呼ばれて、❶と混同される例もみられ、系譜は判然としない。
⇒本文系図53
Ap. Rhod. 1-324〜, 2-1122〜/ Apollod. 1-8/ Hyg. Fab. 14/ Diod. 4-41/ Schol. ad Ap. Rhod. 1-4/ etc.

❸オデュッセウス*の愛犬。20年の歳月を経て主人が乞食の扮装をして帰館した時、このアルゴスのみが彼を認め、喜びののち息を引きとった。その名は忠犬の代名詞の如くに用いられる。
Hom. Od. 17-291〜/ etc.

❹アルゴス*の地に名を与えた人物。ゼウス*とニオベー❷*(ポローネウス*の娘)の子。ペロポンネーソス*の支配権を与えられ、これをアルゴスと呼んだ。農耕と麦の栽培をギリシアに導入したとされる。❶の曾祖父に当たる。
⇒本文系図54
Apollod. 2-1/ Hyg. Fab. 123, 145, 155/ Paus. 2-16, -22, -34, 3-4/ Schol. ad Hom. Il. 1-115/ etc.

アルゴナウタイ (アルゴナウテース*たち)

Argonautai, Ἀργοναῦται, Argonautae (アルゴナウテースの複数形), (英) Argonauts, (仏) Argonautes, (独) Argonauten, (伊) Argonauti, (西)(葡) Argonautas, (露) Аргонавты, (現ギリシア語) Argonávtes

「アルゴー*号の乗組員たち」の意。

ギリシア神話中、イアーソーン*とともに巨船アルゴー号に乗り、金羊毛皮を求めてコルキス*の地へ赴いた50人の勇士たちの称。すでに『オデュッセイア*』においてこの冒険譚は周知の物語のごとくに扱われ、次いでヘーシオドス*やピンダロス*にも歌われ、種々の伝承が古典期には流布していたが、前3世紀の詩人アポッローニオス❹*・ロディオスの叙事詩『アルゴナウティカ』が決定版となり、後世に大きな影響を及ぼした。オデュッセウス*の航海談と重複する部分が多く、乗組員の名簿にも、楽人オルペウス*をはじめ、北風の2子ゼーテース*とカライス*、ディオスクーロイ*(カストール*とポリュデウケース*)、ヘーラクレース、ペーレウス*、テラモーン*、メレアグロス*、アカストス*、イーダース*とリュンケウス❷*、造船者のアルゴス❷、アドメートス*、アンピアラーオス*、予言者イドモーン*およびモプソス❶*、等々トロイアー戦争*より1世代前の英雄たちの大半が含まれている(⇒ミニュアイ人)。

船はまずレームノス*島に寄航し、女護島と化していたこの地に1年間滞在、イアーソーンは女王ヒュプシピュレー*と交わって2子を得た。次いでキュージコス*に立ち寄り、その王キュージコスに歓待されたが、出航後、逆風に遭って同地に吹き戻され、夜間住民と闘ううちにイアーソーンは知らずに王を殺してしまい、葬礼競技を営んだ。小アジアのミューシアー*では、ヘーラクレースの愛する美少年ヒュラース*が水を汲みに出かけたまま消息を絶ったため、半狂乱になったヘーラクレースは捜索を続けるべく遠征から脱落した。次に船が着いたベブリュケス❶*人の地では、王アミュコス*から拳闘の挑戦を受け、ポリュデウケースがこれを打倒。ヘッレースポントス*の西岸、トラーキアー*のサルミュデーッソス Salmydessos では、予言力を持つ盲目の王ピーネウス❶*を苦しめていた怪鳥ハルピュイアイ*を、有翼の勇士ゼーテースとカライスが退治した。ピーネウスの助言に従って、一行はボスポロス*海峡の難所シュンプレーガデス*の岩を通り抜け、黒海沿岸を航行したのち、コルキスに到着。王アイエーテース*の課す難題を、イアーソーンは、彼に恋した王の娘メーデイア*の助けで果たし、不寝番の竜の守る金羊毛皮を手に入れるや、夜陰に紛れて船出した。アイエーテースの追跡が迫ると、メーデイアは人質として連れてきた弟アプシュルトス*を殺し、死体を切り刻んで海に投じて父王から逃れた。

彼らの帰路についても諸説区々(まちまち)で一致せず、大洋オーケアノス*をめぐってから地中海へ戻ったとも、紅海からリビュエー*(北アフリカ)に上陸し砂漠を船を運んで進んだともいうが(⇒トリートーン)、通説ではエーリダノス*河を経てテュッレーニアー*海へ出、イタリア、シケリアー*(現・シチリア)周辺を漂泊したことになっている。途中キルケー*(アイエーテースの姉妹)によってアプシュルトス殺しの罪を浄められ、セイレーネス*の誘惑やスキュッラ*とカリュブディス*など海の難所を通り抜け、パイアーケス*人の王アルキノオス*のもとに身を寄せたのち、クレーター*島に仮泊、青銅巨人タロース*を退治するなど多くの艱難を経て、ようやくギリシアへ帰り着いたという。

航海中のさまざまな場面がアルカイック期以来、陶画や浮彫など美術の主題に取り上げられ(⇒ドゥーリス)、ロー

マ帝政期に入ってからも、ラテン詩人ウァレリウス・フラックス*（後1世紀）や偽オルペウス*（4世紀頃）らの新しい『アルゴナウティカ』が詩作された。
Hom. Od. 12-70～71/ Pind. Pyth. 4-68～/ Apollod. 1-9/ Ap. Rhod. Argon./ Valerius Flaccus Arg./ Orph. Argonautica/ Diod. 4-40～/ Hyg. Fab. 12, 14～23/ Ov. Met. 7-1～/ Tzetz. ad Lycoph. 175/ Plin. N. H. 34-19, 35-40/ etc.

アルゴナウテース（たち） Argonautes, Ἀργοναύτης, Argonauta,（英）（独）Argonaut,（仏）Argonaute,（伊）（西）（葡）Argonauta,（現ギリシア語）Argonávtis

⇒アルゴナウタイ

アルゴリス Argolis, Ἀργολίς,（英）Argolid,（仏）（伊）Argolide,（西）Argólida, Argólide,（葡）Argólida, Argolidos,（露）Арголида, Арголис,（現ギリシア語）Argolídha,（または、アルゲイアー Argeia、アルゴス*、アルゴリケー Argolike）（旧称・Romania）

（現・Argolídha）ペロポンネーソス*半島の東端を占める地方。首都はアルゴス*。古くはアルゴリス湾 Argolikos kolpos,（ラ）Argolicus sinus に面した平野部のみを指したが、降ってローマ時代になると、エーゲ海とアルカディアー*地方に挟まれた地域全体をいうようになった。ミュケーナイ*文化の中心地で、ミュケーナイ、ティーリュンス*などの古代都市遺跡が残る。ネメアー*やレルネー*、トロイゼーン*、イーナコス*川、アミューモーネー*の泉、など神話伝説で知られた名所が多い。またアスクレーピオス*崇拝の中心地エピダウロス*市や、アルゴスの外港ナウプリアー Nauplia（現・Náfplio）も含まれる。時に「アルゴス」とだけ呼ばれることもある。
Herodot. 1-82/ Aesch. Supp. 236/ Paus. 2-15～/ Strab. 8-368～/ Mela 2-3/ Thuc. 5-75/ Plin. N. H. 4-5/ Hom. Il. 1-30/ etc.

アルコーン Arkhon, Ἄρχων, Archon,（仏）Archonte,（伊）（西）（葡）Arconte,（露）Архонт,（複）アルコンテス Arkhontes, Ἄρχοντες, Archontes,（独）Archonten,（伊）Arconti,（西）（葡）Arcontes,（露）Архонты

「支配者、第1人者、首長」の意。ギリシア諸ポリス polis（都市国家）の最高官職。ローマのコーンスル*と同じく「執政官」と訳す。アテーナイ*の例が最も著名で、貴族政の成立とともに生まれ（⇒コドロス）、民主政期にも受け継がれた。当初アテーナイでは王族などの3名で終身、前752年頃に10年任期、前683年以降は1年任期となり、9名に増員されて、貴族（のち富裕者層）が就任した（⇒エウパトリダイ）。毎年その名で年次が表わされた筆頭アルコーン Arkhon Epōnymos（紀年のアルコーン）、王の祭司としての役を引き継いだアルコーン・バシレウス A. Basileus（王のアルコーン）、軍事・外国人管理を掌ったアルコーン・ポレマルコス A. Polemarkhos（軍事アルコーン）の他に、法律の記録・保管などを扱う6人のテスモテタイ Thesmothetai（司法担当官）の計9名から成る。立法・裁判・祭儀・軍事・行政に幅広い権限を持ち、アルコーン経験者はアレイオス・パゴス*評議会に入る資格を得た。アルコーン職は民主政の進展とともに次第に一般市民に開放され、前487年以来、志願者から抽籤で選ばれるようになり、重要性を喪失。かわって実権は10名の将軍（ストラテーゴス*）たちに移った。なおアルコーン職に就く者は、全身いかなる場所にも障害があってはならず、任期中に収賄された事実が発覚した場合は、自らの体重と同じ目方の黄金像を神殿に奉納しなければならず、また筆頭アルコーンが飲酒で酩酊した際には死刑に処せられる定めであったという。

⇒エポロイ（エポロスたち）

Arist. Ath. Pol. 3, 4, 8, 9, 13, 55～59, 63～66/ Herodot. 6-106, -109/ Thuc. 1-126/ Plut. Sol. 14, 19, Arist. 21/ Aesch./ Dem./ Harp./ Poll./ etc.

アルサケース Arsakes, Ἀρσάκης, Arsaces,（仏）Arsace, Arsacès,（伊）Arsace,（葡）Ársaces,（露）Аршак（古イーラーン語・Arshāk, Arschāq, 「英雄」の意),（近世ペルシア語・Arashk, または Ashk),（漢）安息

パルティアー*の帝王名。約37人がアルサケースを名乗ったが、ここでは古くから正系と見なされてきた30人を列挙する。巻末系図108～110を参照（在位年に関しては諸説あり）。

❶**1世 A.Ⅰ**

（在位・前250頃～前248頃）アルサケース朝*パルティアー*王国の創始者。カスピ海東方のイーラーン系半遊牧民パルノイ Parnoi 族の首長。前250年頃、バクトリアー*のセレウコス朝*支配からの独立に刺戟されて、パルティアー地方に侵入、この地のセレウコス朝太守 Satrapes（サトラペース）を殺して独立した（⇒ディオドトス1世、アンティオコス2世）。ヒュルカニアー*をも征服したが、在位2年にしてバクトリアー人との戦いで生命を失った（異説あり）。弟ティーリダテース1世*が王位を継ぎ、以後歴代パルティアー王は「アルサケース」を称号として名乗ることになった。アルサケース1世兄弟が反乱を起こしたのは、マケドニアー*人知事アガトクレース Agathokles が、美男のティーリダテース（のち1世）を犯そうとしたため、兄弟で協力してこれを殺した事件が契機であったという。今日ではアルサケース1世は、たんなる伝承的な存在だと見なす説も行なわれている。
Strab. 11-515/ Just. 41-4～5/ Herodian. 6-2/ App. Syr. 65/ Phot./ Syncellus/ etc.

❷**2世 A.Ⅱ** ティーリダテース1世*

（在位・前248頃～前211頃）1世の弟。マケドニアー*人知事アガトクレース Agathokles に暴行を受けたため、兄とともにこれを殺し、パルティアー*地方を占領した（前

250頃)。兄の戦死後、即位してバクトリアー*のディオドトス2世*と結び、セレウコス朝*シュリアー*軍と交戦、前247年4月14日セレウコス2世*を破り、以来この日はパルティアー紀元の開始日として永く記念された。一説には再び東征したセレウコス2世を捕虜とし、長期間にわたり人質として留め置いたという。のち首都をヘカトンピュロス Hekatompylos(「百門の町」の意。現・Shahr-e-Qummis)へ遷し、在位37年にして没した。

Just. 41-4〜5/ Ath. 4-153a/ Amm. Marc. 23-6/ Phot./ Syncellus/ etc.

❸ 3世 A. III　アルタバーノス1世*

(在位・前211頃〜前191頃)　❶ないし❷の子。セレウコス朝*の大王アンティオコス3世*にエクバタナ*を占領され、女神アナイーティス*(アナーヒター Anahita)の神殿を略奪される。さらに首都ヘカトンピュロス Hekatompylos をも抜かれ、井戸と水路を破壊しつつ退却を試みたが、会戦に敗れてアンティオコス大王と和約を結び、セレウコス朝の宗主権を認めた(前208)。

Polyb. 10-27〜31/ Just. 41-5/ etc.

❹ 4世 A. IV　プリアーパティオス Priapatios, Priapitios (ギ)ピロパトール Philopator, Φιλοπάτωρ「愛父王」のイーラーン語訳

(在位・前191頃〜前176頃)　❸の子。在位15年にして没し、王位は長男プラアーテース1世*(アルサケース5世*)が継いだ。

Just. 41-5, 42-2/ etc.

❺ 5世 A. V　プラアーテース1世*

(在位・前176頃〜前171頃)　❹の長男。短い治世の間にカスピ海南岸など各地を征服し、その死に当たって「王位は家名の尊厳よりも臣下の繁栄のためにあるものだ」と言って、多くの息子がいたにもかかわらず、弟のミトリダテース1世*に王座を譲った。

Just. 41-5

❻ 6世 A. VI　Euergetēs Dikaios Philellēn, Ἐυεργέτης Δίκαιος Φιλέλλην, ミトリダテース1世*(大王)

(在位・前171〜前138／137)　❹の子で❺の弟。精力的に四隣へ侵攻し、西はエウプラーテース*(ユーフラテス)河から東はインダス河に及ぶ広大な地域を征服、パルティアー*を大帝国に仕立て上げ、アカイメネース朝*ら大王に倣って自ら「諸王の王」と称した。バクトリアー*を制したのち、エリュマーイス Elymaïs(エラム Elam)、メーディアー*(前155)を版図に収め、エクバタナ*を陥落させた(前148／147)。前141年6月8日にはセレウケイア❶*に入城、反撃するシュリアー*王デーメートリオス2世*を捕えると、諸都市の街路を引き回してからヒュルカニアーへ送り(前139)、身分に相応しい待遇を与え、自らの娘ロドグネー Rhodogune とめあわせた。彼はまた、征服した諸国の法律を吟味して、パルティアー人のために最上と思われる法典を制定したという。彼の下でパルティアーは第1回目の隆盛期を迎えた。

⇒クテーシポーン、アンティオコス7世(セレウコス朝シュリアー王)

Just. 41-6/ Oros. 5-4/ Strab. 11-516, -517, -524/ Joseph. J. A. 13-9/ App. Syr. 67/ etc.

❼ 7世 A. VII　プラアーテース2世*

(在位・前138頃〜前128頃)　❻の子。幼くして即位し、当初は母后が摂政を務めた。父と同様、デーメートリオス2世*を丁重に扱ったが、彼が再三にわたり逃亡を企てたので、望郷の念をそらすべく黄金の賽子一対を贈って慰めたという。のちセレウコス朝*のアンティオコス7世*が、兄デーメートリオスの奪還を目ざして攻め寄せ、3度パルティアー*勢を破ったものの、ついに死者30万を出す大敗に遭い自らも戦死を遂げた(前129)。しかし、間もなくプラアーテース2世も、戦いが済んでから到着したスキュティアー*人傭兵隊に支払いを拒否したため、逆上した彼らの暴動を鎮圧すべく出陣中、ギリシア人部隊の裏切りにあって殺された。また彼がバビュローニアー*の太守 Satrapes に任じた美男の寵臣ヒーメロス Himeros は、大勢の住民を奴隷としてメーディアー*へ売るなどの悪政を布いたので、反乱が相つぐ事態を招いた。

Just. 38-9〜10, 42-1/ etc.

❽ 8世 A. VIII　アルタバーノス2世*

(在位・前128頃〜前124/123)　❹の末子。したがって❺❻の末弟。甥❼の横死後、即位するや、バクトリアー*方面に侵入する遊牧民トカロイ Tokharoi (〈サンスクリット語〉Tukhāra, 〈漢〉吐火羅)と交戦を続けたが、前腕に受けた毒刃の傷によってあえなく死亡した。彼の治下、メソポタミアー*の大部分が失われ、パルティアー*の国土は縮小した。

Just. 42-2/ etc.

❾ 9世 A. IX　ミトリダテース2世*(大王)

(在位・前123頃〜前88／87)　❽の子。即位に当たって数人の競争者と戦い、彼らを打倒して領土を回復、さらにアルメニアー*と北方インドを征服して、最大の版図を達成した。特にアルメニアーへの侵略では、国王の長子ティグラーネース2世*(のちの大王)を人質にとり、のちにこれを同盟者として故国へ送り込んだ(前94)。以来パルティアー*はアルメニアーの宗主国となり、ついにアルサケース朝*の君主はアルメニアー王位をも兼摂するに至る。彼の治世に漢の武帝(在位・前141〜前87)の派遣した使節がパルティアーの首都に到着し、また西方ではローマの将軍スッラ*との間に交渉が行なわれた(前92)。スキュティアー*人をも撃破し、「諸王の王」を号した彼の治下、パルティアーは極盛期を謳歌したとされる。晩年はセレウコス朝*のデーメートリオス3世*を捕虜とし、これを厚く遇した(前88)が、他方バビュローニアー*ではゴタルゼース1世 Gotarzes I (在位・前91頃〜前81／80)が独立を宣言するなどの混乱した事態が生じていた。

⇒デーメートリオス3世

Just. 42-2, -4/ Plut. Sull. 5/ etc.

❿ 10世 A. X　ムナスキレース Mnaskires

(在位・前87／86〜前85／77)　❾の没後、ゴタルゼース1世 Gotarzes I、オローデース1世* Orodes I らの僭帝

が現われ、政情の安定せぬ空位時代が、しばらくの間続いた。ムナスキレースに関しては、96歳で没したということが伝えられているに過ぎない。
Lucian. Macr. 16/ etc.

⓫11世 A. XI　シナトルーケース Sinatrukes (Sanatrukes)
（前150頃〜前69頃）（在位・前76頃〜前69頃）　❻の子。❼の弟。スキュティアー*系の遊牧民のもとに流されていたが、彼らにより80歳（または76歳）でパルティアー*帝王の位に推戴された。伝統に従って実の姉妹と結婚しており、またその治下にポントス*の大王ミトリダテース6世*から対ローマ戦のための援助を求められたが、不調に終わった（前72／71）。
Lucian. Macr. 15/ App. Mith. 104/ Phot./ etc.

⓬12世 A. XII　プラアーテース3世*・テオス Theos, Θεός
（在位・前69頃〜前57頃）　⓫の子。アルメニアー*とローマとの間に生じていた紛争を利用して、先にアルメニアーのティグラーネース2世*（大王）によって侵略されたメソポタミアー*地方を奪回、ローマ軍を率いて東進するポンペイユス*に使節を送って、エウプラーテース*（ユーフラテス）河をパルティアーとローマの国境として認めるよう要求した（前65）。さらにアルメニアーへ進撃したが、ほどなく2人の息子ミトリダテース3世*（アルサケース13世*）とオローデース2世*（アルサケース14世*）に暗殺された ── 毒殺という ── 。
Dio Cass. 35-1〜, 36-28, -34〜36, 37-6〜, 39-56/ App. Mith. 87, Syr. 104〜105/ Plut. Luc. 30, Pomp. 33, 38〜39/ etc.

⓭13世 A. XIII　ミトリダテース3世*
（在位・前57頃〜前55頃）　⓬の子。父を殺して即位したが、支配権をめぐって兄弟のオローデース2世*（アルサケース14世*）と激しく争った。残虐さゆえに在位わずか2年にして貴族たちに廃され、ローマ領へ亡命、ほどなくセレウケイア❶*を占領しバビュローニアー*を制したものの、兄弟の王オローデースの軍を率いた名将スーレーナース*に攻囲されて降伏した。オローデースはすぐさま彼を殺すよう命じたという（前54）。
Just. 42-4/ Dio Cass. 39-56/ App. Syr. 51/ Joseph. J. B. 1-8/ etc.

⓮14世 A. XIV　オローデース2世*
（在位・前57頃〜前37／36）　⓬の子。⓭の兄弟。父を殺し兄弟を処刑して王位を安泰にしたのち、若き名将スーレーナース*を派遣してカッライ*にローマの大軍を潰滅させ（前53年6月9日）、届けられた敵将クラッスス*の首に溶けた金を注ぎ込んで「飽く無き汝の強欲も、これで満たされたであろう」と嘲笑した。次いで、名声を博したスーレーナースの台頭を危惧し、猜疑心からこれを処刑させると、兵馬の権を息子パコロス*に与えてシュリア*へ攻め込ませ、ローマの内乱に乗じて小アジア南部からパレスティナ*各地を席捲させた（前40）。しかし前38年パコロスがローマ軍に敗死すると、失意のあまり食を絶ち、言葉を発することもできない状態に陥り、妾腹の第2子プラアーテース4世*（アルサケース15世*）に譲位することを決めて間もなく、当のプラアーテースの手にかかって果てた。所伝では、水腫症に罹った彼を毒殺しようとプラアーテースがトリカブトを盛ったところ、病気が毒薬を吸収して一緒に体外に排出したため快方に向かってしまい、苛立った息子は父を手っ取り早く扼殺したのだという。このオローデースの治下に、クテーシポーン*がパルティアー*の首都として選定され、以来サーサーン朝*を経てアラブ人の征服までの500年間、帝国の政治的中心となった。
⇒アルタウァスデース1世
Dio Cass. 39-56, 40-28〜, 41-55, 48-24〜41, 49-19, -23/ Liv. Epit. 127/ Florus 4-9/ Plut. Crass. 18〜, Ant. 33〜/ App. B. Civ. 5-65/ Just. 42-4/ Vell. Pat. 2-78/ etc.

⓯15世 A. XV　プラアーテース4世*
（在位・前38頃〜前2頃）　⓮の次男。父を弑して即位すると、玉座を不動のものとするべく自らの兄弟30人を殺戮し、すでに成長していた実の息子をも殺害、あまつさえその所業を非難したコンマーゲーネー*王アンティオコス1世*（⓮の岳父）をも亡き者とした。さらに、高位の貴族を大勢処刑するなど暴虐をほしいままにしたため、多数の有力者・上流人士が、ローマほか各地へ逃げ去った（前37）。翌前36年彼は、10万の大軍を率いて攻め込んできたM. アントーニウス*を撃退するが、やがて勃発したティーリダテース2世*の反乱（前32〜前25頃）に敗れ、後宮の妻妾を皆殺しにして遁走。その後スキュティアー*人の助勢で帝権を取り戻した（前25頃）ものの、末子をローマへ拉致されてしまい、その身柄と引き換えに、かつてパルティアー*がクラッスス*やアントーニウスから奪ったローマ軍旗と捕虜とをアウグストゥス*に返還した（前20年5月12日）。その後プラアーテースは、ローマから贈られたイタリアの女奴隷ムーサ Musa を寵愛し、1子プラアータケース（⇒⓰）が生まれると、彼女を正后に冊立しテアー・ムーサ Theā Ūraniā Mūsa（女神ムーサ）と改名させた。次いで彼女のそそのかしに乗って、嫡出の皇子4人とその妻子を人質としてローマへ送り、支配権を脅かす者をことごとく排除した（前10頃）が、結局息子と共謀した妻ムーサによって毒殺された。
⇒プラアーテース6世
Dio Cass. 49-23〜, 51-18, 53-33, 54-8, 55-11/ Plut. Crass. 32, Ant. 37〜/ Joseph. J. A. 18-2/ Strab. 11-523〜, 16-749/ Vell. Pat. 2-94/ Tac. Ann. 2-1〜2/ Just. 42-4〜5/ etc.

⓰16世 A. XVI　プラアーテース5世*（プラアータケース Phraatakes）
（在位・前2〜後4頃）　⓯の子。父を殺して即位し、以前から性的関係のあった実母ムーサ Musa と正式に結婚する（後2）が、ほどなく生じた貴族らの内乱で位を追われ、オローデース3世*に殺されたとも、シュリア*へ放逐されてアウグストゥス*に援助を求めたともいう。その後アルタバーノス3世*（アルサケース19世*）の登極まで、政権

は安定しなかった。
⇒ウォノーネース1世(アルサケース18世)
Joseph. J. A. 18-2/ Vell. Pat. 2-101/ Res Gestae Aug. 32/ etc.

❶17世 A. XVII　オローデース3世*
(在位・後4〜後6／7頃)　アルサケース朝*一門の出身(⓮の庶子か)。パルティアー*貴族に擁立され、プラアータケース(⇒⓰)を殺して即位したが、残忍かつ兇暴な性質のゆえに悪評高く、短い治世の後、酒宴の最中に、または狩猟に誘い出されて弑された。
Joseph. J. A. 18-2/ Tac. Ann. 2-1〜/ etc.

❽18世 A. XVIII　ウォノーネース1世* (?〜後18／19)
(在位・後7／8〜後11／12)　⓯の子。人質としてローマへ送られた4皇子のうち最年長で、⓱の死後、空位になった玉座をうめるため、パルティアー*貴族の要請で帰国、即位した。しかし、長年にわたって身についたローマ風の生活習慣や作法が、パルティアー人の忌避するところとなり、間もなくアルタバーノス3世*(⇒⓳)に位を追われた。アルメニアー*へ逃れた彼は、この国が無政府状態にあったのに乗じて、まんまと王位にありつく(在位・後12〜後16)が、やがてアルタバーノスに退位を強要され、ローマの支援も得られないまま、やむなくシュリア*へ落ちのび、のちに彼の財宝に目をつけたティベリウス*帝に暗殺されて果てている。
⇒ティグラーネース3世、アルタクシアース3世
Joseph. J. A. 18-2/ Tac. Ann. 2-1〜4, -56〜58, -68/ Suet. Tib. 49/ etc.

❾19世 A. XIX　アルタバーノス3世*
(在位・後12頃〜後38頃)　母系を通じてアルサケース朝*の血統に連なる。メーディアー*王であったが、パルティアー*の反ローマ派に推戴されて、ウォノーネース1世*(⇒⓲)を打ち破り、アルサケース王家の大半を殺して即位する。息子のオローデース Orodes やアルサケースをアルメニアー*王に擁立したため、ローマとの間に軋轢が生じ、これに対抗するべくティベリウス*帝は、アルメニアーおよびパルティアーの王座に親ローマ派の人物を次々と送りこんだ(⇒アルタクシアース3世、プラアーテース6世、ティーリダテース3世)。アルタバーノスは宮廷内の陰謀にも絶えず悩まされ、何度か位を追われたが、その都度復辟に成功し、弑逆を企てた宦官長アブドス Abdos を毒殺(35)、簒奪者ティーリダテース3世*を撃退して、ローマと和約を結ぶに至った(36末、⇒L. ウィテッリウス)。晩年にも謀叛で放逐されたが、やはり王位に返り咲き、間もなく過労のあまり死亡した。
Tac. Ann. 2-3〜, -58, 6-31〜37, -41〜44/ Dio Cass. 58-26, 59-27/ Joseph. J. A. 18-2, 20-2〜3/ Suet. Tib. 66, Calig. 14, Vit. 2/ etc.

❿20世 A. XX　ゴタルゼース2世 Gotarzes (コタルデース Kotardes) II
(在位・後38〜後39、後47〜後51)　⓳の子(異説あり)。即位するや、自らの兄弟アルタバーノス Artabanos を妻子もろとも殺害し、親族縁者を根絶やしにして暴虐をきわめた。そのため登極1年にして弟ウァルダネース(⇒㉑)に位を奪われヒュルカニアー*へ逼塞(39)。ウァルダネースの暗殺後、復位し再び残虐と放蕩の限りを尽くした。49年、ローマに居住していたメヘルダテース Meherdates (⓲の子)が反対派によって擁立されると、王は奸策を弄してこれを捕え、その両耳を切り落として不具の身とし、玉座に坐る資格を奪った。ゴタルゼースは、その後ほどなく病を得て、ないしは陰謀の犠牲となって死亡した。
Tac. Ann. 11-8〜, 12-10〜/ Joseph. J. A. 20-3/ etc.

⓫21世 A. XXI　ウァルダネース1世 Vardanes (バルダネース Bardanes, パルタダネース Partadanes) I
(在位・後39頃〜後47／48)　⓴の兄弟。宮廷の貴族に推戴されて即位し、兄ゴタルゼースを玉座から放逐、セレウケイア❶*を降した(42)が、専制的に振る舞ったため、狩猟中に暗殺された。後世の人からクテーシポーン*の建設者と見なされている。
Tac. Ann. 11-8〜, 12-10〜14/ Joseph. J. A. 20-3/ etc.

⓬22世 A. XXII　ウォノーネース2世*
(在位・後51)　⓴の死後、アルサケース朝*の近親がほぼ皆殺し状態であったため、当時メーディアー*王であった彼が即位したが、在位わずか数ヵ月で死去し、その子または弟といわれる㉓が跡を嗣いだ。
Tac. Ann. 12-4.

⓭23世 A. XXIII　ウォロゲーセース1世* (Bologeses, Vologases
(在位・後51／52〜後79／80)　㉒の子。母はギリシア人の側室。兄弟のパコロス Pakoros とティーリダテース(1世*)を、それぞれメーディアー*とアルメニアー*の王位に封ずるが、それが原因でローマ帝国の干渉を招き、勇将コルブロー*がオリエントへ派遣された(54〜63年のアルメニアー戦役)。双方勝敗あったのち、ティーリダテースがアルメニアー王と定まり、66年ローマにおいてネロー*帝の手で戴冠された。ウォロゲーセースはアルサケース朝*中興の英主とされ、東はインダス河から西はシュリア*に至る広大な領土を回復、またゾロアスター*教を保護し経典『アヴェスター Avestā』を編纂、文物の充実に努めた。72年にはコンマーゲーネー*王アンティオコス❹*と結んでローマと対抗したが、のち親和し、東部国境にアラーニー*族が侵入した時には、ウェスパシアーヌス*帝に援助を求めている(75)。彼はまた、セレウケイア❶*の近くにウォロゲーセースケルタ Vologesescerta, Vologesocerta (現・Balashkert)を建設し、これを新しい首都にしようとしたものの、その試みは成功しなかった。
Tac. Ann. 12-14, -44, -50, 13-7〜, -34〜, 14-25, 15-1〜, Hist. 4-51/ Dio Cass. 62-19〜23, 63-1〜7, 66-11, -15/ Joseph. J. A. 20-3, J. B. 7-5, -7/ Suet. Ner. 57, Dom. 2/ Plin. N. H. 6-30/ etc.

⓮24世 A. XXIV　パコロス2世*
(在位・後78〜後115／116)　㉓の子(異説あり)。アルタバーノス4世*らの競争相手を倒し、ダーキア*の首長デ

アルサケース朝

ケバルス*と親交を結んで、クテーシポーン*を強固に要塞化、アルメニアー*にも息子たちを送りこんで干渉したため、ローマ帝国との間に緊張がみなぎった。101年に後漢へ獅子(ライオン)と駝鳥を贈った「満屈復」というパルティアー*王は、このパコロスのことと推定される。
Mart. 9-35/ Plin. Ep. 10-74/ Amm. Marc. 23-6/ etc.

㉕25世 A. XXV　オスロエース（コスロエース）Osroes ’Οσρόης (Khosroes, Oroes)
（在位・後109／110頃〜後128／129）㉓の子。即位するや、親ローマ派のアルメニアー*王ティーリダテースを廃し、甥（パコロス*2世の子）を王位に据えたので、トライヤーヌス*帝のオリエント遠征 (113〜117) を招き、115年には首都クテーシポーン*を陥(おと)され、王女と黄金の玉座を奪い取られた。アルメニアーとメソポタミアー*は一時的にローマの属州となり、パルティアー*の玉座にもオスロエースの子パルタマスパテース Parthamaspates が、傀儡王として擁立された (116末)。しかし117年、トライヤーヌスが死んでハドリアーヌス*が皇帝になるに及び、和議が成立してローマ軍は撤退。オスロエースが復辟し、追われたパルタマスパテースにはオスロエーネー*の地がハドリアーヌスから与えられた。オスロエースの治世には、ウォロゲーセース2世*（⇒㉖）やミトリダテース4世*などの諸王も併立しており、王位をめぐる争いが絶えなかった。
Dio Cass. 68-17〜33/ Aur. Vict. Caes. 13/ Paus. 5-12/ S. H. A. Hadr. 5, 13, 21/ etc.

㉖26世 A. XXVI　ウォロゲーセース2世*
（在位・後105／106〜後147頃）㉕の子ないし姪孫。㉕の共治者ないし対立者として長期間その位にあった。ローマとはおおむね友好関係を保ったが、136年に中央アジアの遊牧民アラーニー*と交戦状態に入り、アルメニアー*、カッパドキアー*方面に至るまで広く国土を劫掠された。
⇒ミトリダテース4世
Dio Cass. 69-15/ S. H. A. M. Ant. 9/ etc.

㉗27世 A. XXVII　ウォロゲーセース3世*
（在位・後148頃〜後192頃）㉖の後継者。アントーニーヌス・ピウス*帝とは親交を保ったが、同帝の死 (161) 後ローマに宣戦し、アルメニアー*およびシュリア*へ侵攻。ためにウェールス*帝のオリエント遠征 (162〜166) を惹起し、その部将アウィディウス・カッシウス*によってメソポタミアー*奥深くまで征服され、セレウケイア❶*、クテーシポーン*両都を襲撃・破壊された (165末)。しかし、疫病（天然痘）が軍隊に蔓延し多数の犠牲者を出したので、166年春ローマ軍はメソポタミアーから撤退、おかげでウォロゲーセース3世は死ぬまで王座を保持し得たが、パルティアー*はその治下にヒュルカニアー*やバクトリアー*が独立するなど、ひとしお衰退の度を深めた。
Dio Cass. 70-2, 71-2/ S. H. A. M. Ant. 9, Marc. 8〜9, Verus 6〜/ Lucian. Alex. 27/ Eutrop. 8-10/ etc.

㉘28世 A. XXVIII　ウォロゲーセース4世*
（在位・後191頃〜後207／208）㉗の子（異説あり）。ローマの新皇帝セプティミウス・セウェールス*に敵対したため、その侵攻を受け (195〜196、197〜199)、セレウケイア❶*、バビュローン*、クテーシポーン*をも占領・略奪され、住民を虐殺された (197／198)。ウォロゲーセース4世にはローマ軍を撃退するだけの力がなく、敵による国土の蹂躙は既に衰えていたパルティアー*の滅亡をさらに早めることになった。
Dio Cass. 75-9/ Herodian. 3-1, -9〜10/ S. H. A. Sev. 15〜16/ etc.

㉙29世 A. XXIX　ウォロゲーセース5世*
（在位・後207／208〜後223頃）㉘の子。弟のアルタバーノス5世*（⇒㉚）と帝位をめぐって争いを繰り返したため、ローマ皇帝カラカッラ*の侵略を被る (215〜217)。宮廷内の陰謀で退位させられたのち、サーサーン朝*の反乱軍と闘って戦死したらしい。
Dio Cass. 77-19/ etc.

㉚30世 A. XXX　アルタバーノス5世*
（在位・後213頃〜後226）アルサケース朝*最後の帝王。㉙の弟。213年頃より玉座をめぐって兄と相争い、ローマ皇帝カラカッラ*の求めに応じて、自らの娘をカラカッラの婚約者とするが、その祝宴の最中にローマ軍の襲撃を受け多数のパルティアー*貴族を殺戮された (216)。彼はかろうじて脱出したものの、カラカッラにメーディアー*の大半を劫略され、父祖の陵墓をあばかれた。軍勢を集めてローマ領内に進撃し、その後カラカッラの次にローマ帝となったマクリーヌス*を破り、莫大な償金を受け取って和約を締結、かつての境界線を回復した (217)。224年までに兄を廃して単独支配者となっていたが、すでにサーサーン朝*ペルシアの反乱が各地に蜂起しており、3度の会戦に敗れて捕われの身となったのちに殺された (227頃)。山中に逃れた息子アルタウァスデース Artavasdes が、残存兵とともに数年間抗戦したものの、ついに捕えられてクテーシポーン*で処刑された (229頃)。
⇒アルダシール1世
Dio Cass. 78-1, -3, -26〜27, 80-3/ Herodian. 4-9, -11, -14〜15, 6-2/ S. H. A. Macrinus 8, 12/ Agathias/ Syncellus/ etc.

アルサケース朝　Arsakidai, ’Αρσακίδαι, Arsacidae, （英）Arsacid Dynasty, Arsacids,（仏）Dynastie arsacide, Arsacides,（独）Arsakiden (‐Dynastie),（伊）Arsacidi, Dinastia arsacide,（西）Arsacidos, Dinastía arsacida,（葡）Dinastia arsácida,（露）Арсакиды,（ペルシア語・Ashkāniān）

イーラーン系の半遊牧民パルノイ Parnoi, Πάρνοι 族の首長アルサケース❶*によって前250年頃に創始されたパルティアー*の王朝。イーランおよびメソポタミアー*を支配し、歴代君主が「アルサケース*」を称号として名乗った。やがてアルメニアー*にも王を送り込むようになり、この地ではパルティアー本国が後226年にサーサーン朝*ペルシアによって滅ぼされてからも、長期間にわたり王統が維持された (428年まで)。

⇒巻末系図 108～110, 112～114
Plut. Crass., Ant./ Joseph. J. A., J. B./ Tac. Ann. 13～15/ Dio Cass./ S. H. A./ Herodian./ Procop./ Entrop./ Just./ Euseb./ Agathias/ etc.

アルシウム Alsium, (ギ) Alsion, Ἄλσιον, (伊) Ladispoli, (現・Palo)

エトルーリア*の西岸の港町。カエレ*（現・チェルヴェーテリ Cerveteri）の南西、ティベリス*河口の西北方に位置。前247年ローマからの植民が行なわれ、22マイルのアウレーリウス街道*（ウィア・アウレーリア*）で結ばれた。ローマ貴顕の保養地となり、大ポンペイユス*やカエサル*、またマールクス・アウレーリウス*帝らの別荘 villa が造営された。エトルスキー*の墓地や、共和政末期から帝政期にかけての別荘などローマ時代の遺跡が少なからず残っている。
⇒ピュルギー
Plin. N. H. 3-5/ Cic. Att. 13-50, Fam. 9-6/ Liv. 27-38/ Dion. Hal. 1-20/ Vell. Pat. 1-14/ Ptol. Geog. 3-1/ etc.

アルシノエー Arsinoe, Ἀρσινόη, Arsinoë, (仏) Arsinoé, (西)(葡) Arsínoe

プトレマイオス朝*王家の女性たち。巻末系図 044 ～を参照。

❶（前4世紀後半）プトレマイオス1世*ソーテールの母。もとマケドニアー*王ピリッポス2世*の側妾で、懐妊中にラーゴス*に下賜され、その後プトレマイオスを出産したと伝えられる。よってマケドニアーの人々はプトレマイオス1世をピリッポス2世の落胤と見なしていた。
Paus. 1-6/ Curtius 9-8/ Theocr. 17-26/ Suda/ etc.

❷ 1世 A. I （前300頃～前274年）エジプト王妃
（在位・前285～前279頃）トラーケー*（トラーキアー*）王リューシマコス*と最初の妻ニーカイア Nikaia（アンティパトロス*の娘）との間の娘。エジプトとの同盟関係を強化するべくプトレマイオス2世*ピラデルポスの最初の妃となり（前289頃）、プトレマイオス3世*エウエルゲテースやベレニーケー❸*・シュラー（アンティオコス2世*の妻）ら3人の子供を産むが、のちエジプト宮廷へ戻っていた夫王の姉アルシノエー2世*（⇒❸）の策略で王に対して陰謀を企てた廉により廃され、上エジプトへ追放されて、その地で空しく果てた（前279～前274）。彼女の後釜として王妃の座についたのは、プトレマイオス2世の実姉アルシノエー2世であった。
Paus. 1-7/ Polyb. 15-25/ Schol. ad Theoc. Id. 17-128/ Phot./ etc.

❸ 2世 A. II （前316頃～前270）ピラデルポス Philadelphos, Φιλάδελφος「愛弟妃」エジプト王妃
（在位・前278頃～前270）プトレマイオス1世*とベレニーケー1世*の娘。15歳の時、40歳以上も年長のトラーケー*（トラーキアー*）王リューシマコス*と結婚—ために先妃アマーストリス❸*は離別される—して、3人の息子を産み、ヘーラクレイア*、アマーストリス*など幾つかの都市を贈られる。しかるに野心的な彼女は、自らの子供を王位に即けたくて「継子アガトクレース*が情交を追った」と夫に中傷し、アガトクレースを処刑させる（前284）。その結果生じた弔い合戦で、リューシマコスはセレウコス1世*に敗死し、間もなくセレウコスも殺されて、プトレマイオス・ケラウノス*（アルシノエーの異母兄）がマケドニアー*の支配者となる（前281）。孤立無援になったアルシノエーは、やむなくそれまで敵対していたケラウノスと結婚する（前280頃）が、夫は彼女の目前でその2子を殺害してしまう。エジプトへ舞い戻った彼女は、8歳年少の実弟プトレマイオス2世*ピラデルポスに溺愛されて、その妃となり——策謀により先妃アルシノエー1世*を放逐したうえで——、2人の間に子供は生まれなかったものの、姉弟の共同統治はプトレマイオス朝の黄金時代を招来する。強大な権力を掌握した彼女は、数々の栄誉を与えられ、外交的にも並はずれた手腕を発揮、また詩人カッリマコス*ら当代の著名人士が彼女の周囲に集まった。既存の都市は彼女を記念してアルシノエー*と改称され、その死後アルシノエー2世は、「弟を愛する女神 Thea Philadelphos（テアー・ピラデルポス）」として神格化されて、君主崇拝への道を開くことになった。アレクサンドレイア❶*の彼女の神殿は、天井が磁石でできており、鉄製の女神像が空中に浮揚するよう設計されていたと伝えられる（⇒デイノクラテース）。

知性・胆力を兼備した女性で、時に戦争の指揮をも委ねられ、生前から弟王とともに「神々なる姉弟 Theoi Adelphoi（テオイ・アデルポイ）」として祀られて国家祭儀を受け（前272）、終生支配の座に君臨した。またファラオ時代から永く続いた兄弟姉妹婚の習慣に従って2人が結婚したことは、以来プトレマイオス朝*の伝統となり、その後代々引き継がれていった。
Paus. 1-7, -10/ Just. 17-2, 24-2～3/ Plin. N. H. 34-42/ Plut. Demetr. 31/ Polyaenus 8-57/ Theoc. Id. 15-128～/ Ath. 7-318c, 11-497d～e, 14-621a/ Steph. Byz./ etc.

❹ 3世 A. III （前235頃～前204）ピロパトール Philopator, Φιλοπάτωρ「愛父者」エジプト王妃
（在位・前221～前204）プトレマイオス3世*とベレニーケー2世*の娘。実兄プトレマイオス4世*と結婚し（前217）、プトレマイオス5世*の母となる。エラトステネース*によれば、洗練された教養ある王妃で、夫王の放蕩生活を嫌悪したため、奸臣らの策動で宮廷から遠ざけられ、のち寵妾アガトクレイア*の謀略で、王命により処刑されたという。殺されたのは王の臨終前後に当たり、たちまち彼女の侍女たちは石や棍棒を手に犯人ピランモーン Philammon の家へ押し寄せ、妻子とも惨殺して報復を遂げた。アルシノエーは1子プトレマイオス5世を産んでいたので、王妃の座を奪われたのち前204年に王が急死した際に、彼女が幼い息子の摂政として返り咲くのではないかと危惧したアガトクレイア一派の手で毒殺されたと考えられている。

異説によると、彼女の名はエウリュディケー Eurydike

アルシノエー

ともクレオパトラー Kleopatra とも呼ばれる。
⇒アガトクレース❸
Polyb. 5-83〜4, -87, 15-25, -33/ Just. 30-1/ Liv. 27-4/ etc.

❺（？〜前41）エジプト女王
（在位・前48末〜前47年3月）プトレマイオス12世*の末女。女王クレオパトラー7世*の妹。エジプトに来たカエサル*が、クレオパトラー＝プトレマイオス13世*姉弟の上に勢力をふるい、アレクサンドレイア❶*戦争（前48〜前47）を起こした時、傅育係の宦官ガニュメーデース Ganymedes とともに王宮を脱出、アレクサンドレイア市民によって女王に推戴される（前48末）。ほどなく敗れてローマへ拉致され、カエサルの凱旋式(トリウンプス*)で見世物となる（前46）。のち釈放されて故国へ生還するが、ライヴァルの存在をゆるさぬ姉クレオパトラーの厳命で、ミーレートス*のアルテミス*神殿内に逃げこんだにもかかわらず、処刑された。
⇒ベレニーケ4世
Dio Cass. 42-35, -39〜 43-19/ Caes. B. Civ. 3-112/ B. Alex. 4, 33/ App. B. Civ. 5-9/ etc.

アルシノエー　Arsinoe, Ἀρσινόη, Arsinoë (Arsinoa)
ギリシア系都市の名。

❶（ギ）Krokodeilōn polis, Κροκοδείλων πόλις,（ラ）Crocodilopolis「鰐(わに)の都市」の意。（古代エジプト名）Shedet, Shedyet（現・メディネト・エル＝ファイユーム Medinet el-Faiyūm）エジプトのナイル（ネイロス*）河西岸、モイリス Moiris（現・Qārūn）湖近くの町。プトレマイオス2世*が妃で姉のアルシノエー2世*の名をとって改称し、アルシノエー州 Arsinoïtes の州都として再興・発展させた。古くから鰐神セベク Sebek 崇拝の中心地で、鰐を聖獣として神殿内の池に養い、死ぬと木乃伊(ミイラ)にしてラビュリントス*（迷宮）の地下室に埋葬する習慣で知られていた。

のち、プトレマイオス8世*エウエルゲテース（在位・前170〜前116）にちなんで一時的にプトレマーイス・エウエルゲティス Ptolemais Euergetis と呼ばれたこともある。パピューロスの産地として名高く、またファイユーム Faiyum からは、ローマ時代のエンカウスティコス enkaustikos（蝋画(ろうが)）技法で描かれた死者たちの肖像画が数多く出土している。1915年この北郊でローマ＝ビザンティン時代のパピューロス文書が発見された。遺跡は今日のファイユーム地方の中央に位置する町メディネト・エル＝ファイユームの下に埋もれている。
⇒オクシュリンコス
Strab. 17-811〜/ Herodot. 2-48/ Diod. 1-89/ Ael. N. A. 10-24/ Plin. N. H. 5-11, 36-16/ Martianus Capella 6-4/ etc.

❷（ギ）Kleopatris, Κλεοπατρίς（ラ）Cleopatris,（古名）Pi-hahiroth
（現・Ardscherûd）エジプト北東部、今日のスエズ Suez（(ア ラビア語) As-Suways）近くの港湾都市。プトレマイオス2世*によって建設され、その姉で妻でもあった亡きエジプト王妃アルシノエー2世*の栄誉を称えて名づけられた。エリュトラー海*貿易の拠点として繁栄。ナイル河とスエズ湾（ラ）Sinus Heroopoliticus とを結ぶこの地の運河は、古くファラオ朝時代、セソーストリス*やプサンメーティコス*の頃から切り開かれ、アカイメネース朝*ペルシア*のダーレイオス1世*を経て、プトレマイオス朝*下に完成されたという。同王朝最後の女王クレオパトラー7世*の治世（前51〜前30）に、クレオパトリスと改名されたことがある。

なお、ユダヤ・キリスト教の伝承では、モーシェー（モーセ）に率いられて来たイスラーエールの民は、この近くから紅海を渡り、無事にファラオの軍隊より逃れて出エジプトを果たしたとされている。
Strab. 16-780, 17-804/ Plin. N. H. 5-9, -12/ Vet. Test. Exodus14/ Steph. Byz./ etc.

❸（古名・タウケイラ Taukheira, Ταύχειρα, Tauchira, またはテウケイラ Teukheira, Τεύχειρα, Teuchira）
（現代名・Al-Aquriyah, Tawqrah, Tokra）

北アフリカ沿岸、キューレーナイカ*地方の都市。ベレニーケ❶*（現・ベンガジ Benghazi）とプトレマーイス❸*（現・Tolmeita）との間に位置し、ペンタポリス*の1市としてビザンティン時代に至るまで繁栄した。元来は先住民リビュエー*人の町であったが、前720年頃からギリシア人の居留がはじまり、長くタウケイラの名で知られた。ヘレニズム時代にエジプト王プトレマイオス2世*（在位・前285〜前246）に征服されて以来、王の妃にして実姉のアルシノエー2世*の名をとってアルシノエーと改称された。❷と同じくプトレマイオス朝*末期には女王クレオパトラー7世*に因んでクレオパトリス Kleopatris と改名されたことがある。

ヘレニズム時代の墓域(ネクロポリス)やギュムナシオン*、美少年に宛てた男色恋愛碑、ローマ時代の浴場施設（テルマエ*）、ビザンティン期の城壁や要塞などの遺跡が残っている。

他にも同名の市が、キリキアー*、アイトーリアー*、クレーター*、エジプト、キュプロス*（Famagusta）など各地にあった。
Plin. N. H. 5-5/ Strab. 17-836/ Herodot. 4-171/ Diod. 18-20/ Mela 1-8/ Ptol. Geog. 4-5-14, 5-14-4/ Steph. Byz./ etc.

アルセース　Arses, Ἄρσης,（仏）Arsès,（西）Arsés,（露）Арис, Арсес
⇒アルタクセルクセース4世

アルタイアー　Althaia, Ἀλθαία, Althaea,（仏）Althée,（独）Althäa,（伊）（西）Altea,（露）Алфея
ギリシア神話中、アイトーリアー*の王テスティオス Thestios の娘で、レーダー*の姉妹。カリュドーン*王オイネウス*と結婚し、英雄メレアグロス*やデーイアネイラ*（ヘーラクレース*の妻）らを産んだ。カリュドーンの猪狩りで彼女の兄弟がメレアグロスに殺され、これを怒ったアルタイアーは己が息子を呪い殺したが、ほどなく後悔して自ら縊れ死んだという。

一説に、メレアグロスは彼女と軍神アレース*との、デイアネイラは酒神ディオニューソス*との交わりから生まれた子供であるとされ、酒神は妻を貸してくれた返礼に、夫王オイネウスに葡萄(ぶどう)の栽培法を伝授したという。
Apollod. 1-8-1〜4/ Bacchyl. 5-93〜/ Diod. 4-34/ Ov. Met. 8-270〜/ Paus. 10-31-3〜4/ Hyg. Fab. 14, 129, 173/ etc.

アルタウァスデース Artavasdes,（ギ）Artauásdēs, Ἀρταουάσδης, Artabasdēs, Ἀρταβάσδης（または、アルタバゾス Artabazos, Ἀρτάβαζος, Artabazus）,（アルメニアー語）Artawazt,（英）Artavazd,（仏）Artavazde, Artavasde, Artabasde,（伊）Artavasde,（露）Артавазд

Ⅰ．アルメニアー*の王名。アルメニアー王家の系図巻末112〜を参照。

❶1世 A.Ⅰ（より正しくは、2世）
（在位・前55〜前34）ティグラーネース❶*大王の子。父の王位を継ぎ、ローマと同盟関係にあったが、前53年クラッスス*の遠征時には、これを裏切ってパルティアー*側につく。斬り落とされたクラッススの首がもたらされたのは、ちょうどアルタウァスデースの妹とパルティアー王オローデース2世*の子パコロス*との婚宴が催されている最中のことであった。前36年のM.アントーニウス*のパルティアー遠征時にも、メーディアー*攻撃をけしかけておきながら、途中で寝返ったため、前34年アルメニアー*に侵入したアントーニウスに捕われて、妻子とともにアレクサンドレイア❶*へ連行され、凱旋式(トリウンプス*)に見世物として引き回された。王はギリシア文学に詳しく、自ら悲劇や演説、歴史をギリシア語で執筆する教養人であったが、アクティオン*の海戦（前31）の前夜、女王クレオパトラー*の命令で殺され、その首級は旧敵メーディアー王アルタウァスデース*の許へ送られた。
⇒アルタクシアース2世、カッライ
Dio Cass. 49-25〜, 50-1, 51-5/ Plut. Crass. 19〜, Ant. 39, 50/ Liv. Epit. 131/ Vell. Pat. 2-82/ Strab. 11-524, -532/ Joseph. J. A. 15-4, J. B. 1-18/ etc.

❷2世 A.Ⅱ（より正しくは、3世）
（在位・前3〜後1）❶の孫。ローマ皇帝アウグストゥス*の命によりアルメニアー*の王位に据えられるが、政情安定せず、やがて臣下に追放された。この後、アルメニアーの王座には、ガーイウス・カエサル*（アウグストゥスの孫）の指示で、美男のメーディアー*王子アリオバルザネース*が擁立された（後2）。
⇒ティグラーネース3世
Tac. Ann. 2-3〜4/ Dio Cass. 55-10/ etc.

Ⅱ．メーディアー*・アトロパテーネー*王
（前1世紀．?〜前20以前に没）
アルメニアー*王アルタウァスデース❶*の仇敵。前36年M.アントーニウス*の侵攻を受け、首都プラアスパ Phraaspa（現・Takht-i-Sulaimān）を占領されるが、のちこれと和し、アルメニアーの一部を贈られた（前34）。王の幼い娘イオータペー Iotape は、アントーニウスとクレオパトラー*の子アレクサンドロス・ヘーリオス Aleksandros Helios（前40年生まれ）と結婚した（⇒巻末系図046）。王はいったんアルメニアー王アルタクシアース2世*に捕えられるが、やがて釈放され、前30年パルティアー*王プラアーテース4世*に脅かされた折には、オクターウィアーヌス*（アウグストゥス*）の許へ逃れている。小アルメニア* Armenia Minor の保持のみを認められた彼は、前20年になる少し前にローマで死を迎えた。
⇒アリオバルザネース（アルメニアー王）
Plut. Ant. 38, 52, 61/ Dio Cass. 49-25, -33, -40〜41, 50-1, 51-16, 54-9/ etc.

アルタクサタ Artaksata, Ἀρτάξατα, Artaxata（仏）Artaxate,（伊）Artassata

（現・Artashat, または Ardaschad）アルメニアー*王国（大アルメニア* Armenia Major）の首都。アララト Ararat 山の近く、アラクセース* Arakses（現・Aras）河左岸に位置する。アルメニアーに亡命していた名将ハンニバル❶*の立てた計画に従って、国王アルタクシアース1世*により創建され（前188）、王の名にちなんでアルタクサタと呼ばれた。その後ローマ軍に何度か占領され、将軍コルブロー*はアルメニア戦役（後55〜60）中、この都市が何ら抵抗せずに降伏したにもかかわらず、城壁を破壊したうえで徹底的に焼き尽くした（58〜59）。間もなくネロー*帝に王冠を授けられた新王ティーリダテース1世*が再建に着手し（66）、皇帝の栄誉を記念して市名をネローネイア Neroneia（〈ラ〉ネローニーア Neronia）と改称したが、やがて元の名アルタクサタで呼ばれるようになった。

後163年にまたもやローマ軍に占領され、近くに新しい都市カエノポリス Caenopolis（のちの Valarshapat）が建てられたものの、アルタクサタは4、5世紀に入ってもなおアルメニアーの主要都市であり続けた。114年に入城したローマ皇帝トライヤーヌス*の軍団に関する碑文などが発掘されている。
⇒ティグラーノケルタ
Strab. 11-528〜/ Plut. Luc. 31/ Tac. Ann. 13-41/ Dio Cass. 63-7/ Plin. N. H. 6-10/ Juv. 2-170/ etc.

アルタクシアース Artaksias, Ἀρταξίας, Artaxias（または、アルタクセース Artakses, Ἀρτάξης, Artaxes）,（アルメニアー語）Artashes,（仏）Ardachès,（露）Арташес, Артаксий

アルメニアー*の諸王。巻末系図112を参照。

❶1世 A.Ⅰ
（在位・前188頃〜前161頃）アルメニアー*王国の建祖。セレウコス朝*シュリアー*のアンティオコス3世*（大王）の将軍だったが、大王がローマ軍に敗北するや、反乱を起こして独立国家アルメニアーの王を称した（前188）。ハンニバル❶*を迎え入れ、その助言で首都アルタクサタ*を建設、領土を拡げ大アルメニア* Armenia Major を支配した。

しかるに、のちシュリアー王アンティオコス4世*エピネースと戦って敗れ、捕われの身となった（前165頃）。彼の開いたアルタクシアース朝は、その後ティグラーネース2世*（大王）の治下に最盛期を迎えることになる。
Strab. 11-528, -531, -532/ App. Syr. 45, 66/ Plut. Luc. 31/ Polyb. 25-2/ Diod, 31-17, -27/ etc.

❷2世 A. II

（在位・前33頃～前20）アルタウァスデース1世*の子。父王がアントーニウス*の捕虜としてアレクサンドレイア❶*へ連行された後、王位に即き、パルティアー*の援助の下、王国を防衛した。敵対するメーディアー*王アルタウァスデース*を破り、アルメニアー*領内に残った全ローマ人を殺戮、ためにローマ皇帝アウグストゥス*は、新王としてティグラーネース3世*をアルメニアーへ送り込んだ。アルタクシアース2世はローマ軍の到着する前に、肉親の奸策によって殺された。
Dio Cass. 49-39～, 51-16, 54-9/ Tac. Ann. 2-3/ Vell. Pat. 2-94/ Joseph. J. A. 15-4/ Suet. Tib. 9/ etc.

❸3世 A. III

（在位・後18～後34頃）ゼーノーン Zenon
ポントス*王ポレーモーン1世*の子（ないし孫。⇒巻末系図030）。ウォノーネース1世*が放逐された後、ローマ皇帝ティベリウス*によって王位に推戴される。幼時からアルメニアー*風の習慣や作法を身につけていた彼は、国民に迎えられ、首都アルタクサタ*でローマの将軍ゲルマーニクス*の手から戴冠した。彼が死ぬと、パルティアー*王アルタバーノス3世*（アルサケース19世*）は、自分の長男アルサケース Arsakes をアルメニアー王に据え、これが毒殺されると、もう1人の息子オローデース Orodes を送ってアルメニアーの奪回を図った。これに対しローマ側はイベーリアー❷*の王族をアルメニアーの王位に立てて争わせたため、しばらく混乱と血腥い支配が続いたが、51年パルティアー王ウォロゲーセース1世*によって制圧され、アルメニアー王にはティーリダテース1世*が擁立された。
Tac. Ann. 2-56, 6-31, 12-44～/ Dio Cass. 58-26/ etc.

アルタクセルクセース　Artakserkses, Ἀρταξέρξης, Artaxerxes, (Artokserkses, Ἀρτοξέρξης, Artoxerxes), (仏) Artaxerxès, (伊) Artaserse, (西) Artajerjes, (露) Артаксеркс, (ヘブライ語) ʾArtaḥšastᵉ, (古代イーラーン語) R̥taxšaça, Artaxšaçrā, Artakhshath(r)ā, (近世ペルシア語) Ardašir, Ardashir, Ardeshir

I．アカイメネース朝*ペルシア*の帝王。⇒巻末系図024。

❶1世 A. I

（在位・前465～前424）右手が左手より長かったので、ギリシア語でマクロケイル Makrokheir, Μακρόχειρ, Macrocheir、ラテン語でロンギマヌス Longimanus（いずれも「長い手」の意）という異名をつけられる。クセルクセース1世*とアマーストリス❶*との子。父王および長兄ダーレイオス Dareios の暗殺後、登極すると、父の弑逆者アルタバーノス❷*とその一党を処刑。次いで反旗を翻した弟ヒュスタスペース Hystaspes（バクトリアー*の太守 Satrapes）を征討し（前462）、兄弟全員を殺害して王座を安泰にした。武勇に長じた偉丈夫として名高く、リビュエー*（リビア*）の首長イナロース*やエジプト王を称するアミュルタイオス*（第28王朝）の叛乱を鎮め（前454）、さらにシュリアー*に起きたメガビュゾス Megabyzos（ペルシア名・Bagabukhsha）の乱をも平定した。しかるに前449年、キュプロス*島のサラミース❷*沖でアテーナイ*のキモーン*に大敗し和約を締結（前448、「カッリアース*の和約」）。エーゲ海域における勢力を失ったものの、アテーナイ海軍をエジプトから撤退させることに成功した。武功に秀でていたのみならず、穏和な君主の面もあって、旧敵テミストクレース*を厚遇したり、第2回のユダヤ人解放（ネヘミヤ Nehemiah のイェルーサーレーム*帰還、前445）を行なったことで知られる。と同時に、絶えず尊大かつ残忍な母后アマーストリスの支配下にあったことも否めない。前441年には、360日から成る太陽暦のゾロアスター*教暦を導入している。彼の崩御と同日に、后ダマスピオー Damaspio も息をひきとったと伝えられる。18人の息子がいたが、正嫡の王子はクセルクセース（2世）*1人であった。なお、王の治世を境にペルシア帝国*はゆるやかな衰亡への途を辿ることになる。アルタクセルクセース1世の墓はペルセポリス*の北西6kmのナグシェ・ロスタム Naghsh-e Rostam に残っている。
⇒アルタバーノス❸
Plut. Artax. 1/ Thuc. 1-104, -109, 4-50/ Diod. 11-69, -71, -74, -77, 12-4, -64/ Just. 3-1/ Phot./ etc.

❷2世 A. II

（前436頃～前358）（在位・前405／404～前359／358）ダーレイオス2世*とパリュサティス❶*との間の長子。本名アルセース Arses, アルサケース Arsakes またはアルシカース Arsikas（ペルシア名・Arsu）。記憶力が抜群だったので、ムネーモーン Mnemon, Μνήμων「記憶力の優れた」の意。古代イーラーン語・Abiyatāka）と渾名される。

父王の跡を継いで即位し、暗殺を企んだ弟（小）キューロス❷*を捕えて処刑しようとするが、母后パリュサティスの哀願に折れて放免する。前401年、ギリシア人と結託したキューロスが再び謀叛を起こし、小アジアから攻め上ってきたので、クーナクサ*において戦いを交え、討ちかかる弟に傷を負わせられたものの遂にこれを斃し、反乱軍を鎮圧した（⇒クセノポーン、クテーシアース、ティッサペルネース）。

その後、イオーニアー*地方の支配をめぐってスパルター*と争った（前399～前394）が、莫大な財力に物を言わせてギリシア諸市を買収すると、スパルターに対し戦端を開かせて後方を攪乱。一方、クニドス*の海戦（前394）に勝ってスパルターの制海権をも奪った（⇒アゲーシラーオス2世、コノーン❶、パルナバゾス）。次いで前386年には、アンタルキダース*の和約（一名「大王の和約」）を諸ポリス

に強制して、小アジア沿岸諸島やキュプロス*の領有を認めさせた。しかし、エジプト再征の試みは失敗に終わり（前385〜前383、前374）、各地の太守 Satrapes が反乱を起こしたため、シュリアー*、カッパドキアー*、アルメニアー*、キリキアー*、キュプロスなど、帝国西方のほぼ全域が動乱の渦に巻き込まれた（前365頃〜、⇒エウアーゴラース1世、イーピクラテース、ネクタネボス1世、タコース）。

アルタクセルクセースは温和だが惰弱で優柔不断な性格だったとされ、野心的な母后や正后スタテイラ❸*の意のままに動かされた。したがって宮中には暗殺・陰謀が絶えず、スタテイラは母后に毒殺され、母后は宮廷を追放された。また好色な王は、絶世の美少年テーリダテース Teridates を熱愛したほか、実の娘アトッサ❷*やアマーストリス❷*らを娶り、360人の側室から115人（ないし150人）を下らぬ王子を儲けた。正妻から生まれた3人の息子のうち、長男ダーレイオス Dareios を太子に立てたが、愛妾アスパシアー❷*をめぐる恋の鞘当てから父王を弑逆しようとした廉で、これを手ずから斬首し、陰謀に加担した大勢の者たちを処刑した。権力の座をめぐる争いはその後も絶えず、策謀家の三男オーコス Okhos（のちアルタクセルクセース3世*）が、人気のある次男アリアスペース Ariaspes や王の鍾愛する妾腹の子アルサメース Arsames を亡き者にしたと知って、衝撃と絶望のあまり悶死した。享年94歳ともいう。アカイメネース朝*歴代帝王のうちで最も長い間玉座にあった彼の墓は、ペルセポリス*のラフマト Rahmat 山の岩壁に残っている。またその治世に、共通語としてのアラム語が広く普及し、ミトラース*（ミスラ Mithra）やアナイーティス*（アナーヒター Anahita）の神像および神殿が各地に建立された。なお、ユダヤ人学者エズラ Ezra（〈ギ〉Esdrās）がバビュローン*から律法の書を携えて、イェルーサーレーム*（エルサレム）に帰還したのは、前397年のことと伝えられている（一説に前458年とも）。
⇒アルタバゾス、ティーリバゾス、ダタメース、クテーシアース
Plut. Artax./ Xen. An. 1〜2, Hell. 5-1/ Just. 10-1〜/ Diod. 13-104, -108, 15-9〜10, -90〜/ Phot. Bibl. 42〜44/ etc.

❸3世　A. Ⅲ

（在位・前359／358〜前338／337）オーコス Okhos, Ὧχος, Ochus（「駄者」の意、古代イーラーン語・Vahuka、バビローニアー*文献では Umakuš）と渾名される。❷の子。残忍冷酷をもって聞こえ、姉妹で父の妃にも当たるアトッサ❷*と通じ、王位獲得の障碍となる長兄ダーレイオス Dareios や次兄アリアスペース Ariaspes を姦策を弄して葬り去り、父の秘蔵子アルサメース Arsames をも殺害、父王をショック死させた。そして父の喪を秘して、近親者80名以上をことごとく殺したうえで即位、後日の患いを絶って王権を安泰ならしめた。臆病で放埓な暴君だったが、ギリシアの傭兵や司令官を用いてアルタバゾス❷*の乱を鎮定、エジプトと結んで叛いたフェニキア*の町シードーン*を徹底的に破壊しシュリアー*を劫略、さらにはエジプトや小アジアの奪回に成功した。エジプトの再征服は、当初失敗に終わった（前351）ものの、メントール❸*の援助を得た2度目の遠征（前343）に大勝を収め、第30王朝最後の王ネクタネボス2世*をエティオピア*へ放逐して、60年ぶりにペルシア領に併呑した（エジプト第31王朝＝第2ペルシア王朝）。その後、寵愛する宦官バゴーアース❶*に政務を委ね、自らは後宮で遊楽に耽溺、ときおり血腥い命令を発するに過ぎなくなり、人心は離反し、ついにバゴーアースに毒殺された。屍体は切り刻まれて猫に投げ与えられ、王家の霊廟には別の男が埋葬された。エジプト人は彼を「オーコス」と呼ばず、その暗愚さを揶揄して「オノス Onos（驢馬）」と呼んだという。彼の墓は父王アルタクセルクセース2世*と同じく、ペルセポリス*のラフマト Rahmat 山の岩壁に残されている。
⇒エウアーゴラース❷
Diod. 16-40〜52, 17-5/ Plut. Artax. 26〜, Mor. 355/ Just. 10-3/ Ael. V. H. 2-17, 4-8, 6-8, 9-42, N. A. 10-28/ etc.

❹4世　A. Ⅳ

（在位・前338／337〜前336）Artaxšastr 本名・アルセース Arses、またはナルセース Narses、オアルセース Oarses とも。❸の末子。父王を毒殺した宦官バゴーアース❶*によって擁立され、その傀儡となる。兄たちはバゴーアースが皆殺しにしてくれたが、それに感謝することなく復仇の志を懐いたというので、ほどなく幼い子供たちもろとも、この権臣の手で殺害されて果てた。
Diod. 17-5/ Strab. 15-736/ Arr. Anab. 2-14/ Plut. Artax. 1/ etc.

❺5世　A. Ⅴ

⇒ベーッソス

Ⅱ．サーサーン朝*ペルシアの帝王。
⇒アルダシール

アルダシール　Ardashir（アルデシール Ardeshir, Artakshahr, Artashatr）（ギ）アルタクセルクセース Artakserkses, Ἀρταξέρξης, Artaxerxes, Artaxares,（パルティアー*語）Artaxšaθra,（中期ペルシア語）Arđaxšēr, Ardaxšīr,（パフラヴィー語）'rthštr,（近世ペルシア語）（アラビア語）Ardashīr, Ardašīr,（トルコ語）Ardeşir,（仏）Ardachîr, Ardéchir, Ardachêr, Ardachès,（独）Ardaschir,（伊）Artaserse（Ardashir）,（西）（葡）Ardacher,（露）Арташир

サーサーン朝*ペルシアの帝王名。巻末系図111を参照。

❶1世　A. Ⅰ（在位・後226頃〜後241）（近世ペルシア語）Ardashīr-i-Bābakān,（中期ペルシア語）Ardaxšīr Pāpagān

サーサーン朝*ペルシア帝国の建設者。アカイメネース朝*のアルタクセルクセース3世*の後裔を称するサーサーン Sasan の孫。ペルシス*地方を治める王族の出身。しかし一説には、一兵士と皮鞣し工の妻との姦通による子ともいう。父パーパク Papak（Pāpaǧ, 在位・208〜216頃）が没すると、兄シャープール Shapur と王位をめぐって争い、兄

アルタバゾス

の怪死（倒壊した壁の下敷きになり死亡）後ペルシス王となり（222／224頃）、次第に領土を広げる。パルティアー*最後の帝王アルタバーノス5世*（アルサケース30世*）に仕えるが、勲功を立てたにもかかわらず追放刑に処せられたため、叛旗を翻してアルタバーノスを倒し（224年4月28日）、パルティアー帝国を滅亡させた。首都クテーシポーン*で戴冠した彼は、「諸王の王 Shahan-Shah（シャーハーン・シャー）」を号し、アカイメネース朝の伝統を復興（226／227）、ゾロアスター*教を国教に定めるとともに、強力な中央集権的国家の建設に努めた。ローマ皇帝アレクサンデル・セウェールス*に対しては、「ペルシア人にアカイメネース時代からの領土を返却し、ローマはヨーロッパで満足せよ」という趣旨の要求を突きつけ、両国は交戦状態に入った（230～）。アレクサンデル・セウェールスの暗殺（235）後、和約が結ばれ、境界線は従前の通りエウプラーテース*（ユーフラテス）河に復した。治世の晩年には息子シャープール1世*を国政に参与させ、ギリシア人・ローマ人を海に追い込むよう命じてから息をひきとったという。
Herodian. 6-2, -5/ Dio Cass. 80-3/ S.H.A. Alex. Sev. 55～56/ etc.

❷2世　A. Ⅱ　（在位・後379～後383）
サーサーン朝*第10代ペルシア大王。シャープール2世*の後を継いで70歳で即位するが、冷酷残忍さゆえに4年間の在位ののちに廃される。
⇒シャープール3世

❸3世　A. Ⅲ　（在位・後628～630年4月27日）
サーサーン朝*正系最後の大王。父コバーデース2世*の急逝により、幼くして登極するが、まもなく将軍シャフル・バラーズ Shahrbaraz（？～630年6月9日殺さる）に殺された（7歳）。在位18ヵ月。
⇒ホルミスダース5世

アルタバゾス　Artabazos, Ἀρτάβαζος, Artabazus, （仏）Artabaze, （伊）（西）Artabazo

アカイメネース朝*ペルシア*の貴族・将軍。

❶（前5世紀前期）大王クセルクセース1世*のギリシア遠征に従った部将。サラミース❶*における敗戦（前480）の後、大王をヘッレースポントス*まで見送り、再びギリシアへとって返して、マルドニオス*がプラタイアイ*の戦に敗死するや、ペルシア軍を率いてアジアへ引き揚げた（前479）。叛乱を起こしたポテイダイア*市を攻めた折、浅瀬を伝って町の背後を衝こうとしたが、急に高潮が押し寄せてきて、麾下の部隊が波に呑まれてしまった話は有名。他にも、同様にプリュギアー*の太守 Satrapes 職についたアルタバゾスという高官の名が史書に散見される。
⇒オリュントス
Herodot. 7-66, 8-126～129, 9-41～/ Diod. 11-31～33, 12-4/ Thuc. 1-129/ Nep. Pausanias 2, 4/ Xen. Cyr. 1-4, 4-1, 5-1, 6-1, 7-5, 8-3/ etc.

❷（前387頃～前325頃）　パルナバゾス*の子。アルタクセルクセース2世*の外孫。小アジア西部地方の太守（サトラペース） Satrapes に任じられるが、他の太守らと語らって、アルタクセルクセース3世*（同2世の子）に対し叛旗を翻した（前356）。敗れてマケドニアー*のピリッポス2世*の許へ逃れ（前352、⇒メムノーン）、のちメントール❸*の仲立ちで赦されて帰国した（前345）。ダーレイオス3世*に忠勤をはげみ、アレクサンドロス大王*の東征に際しては、逃避行をともにし、ダーレイオスの死後、アレクサンドロスによってバクトリアー*の太守に任命された（前328年引退）。娘たちのうち、バルシネー❶*はアレクサンドロス大王の側妃となって1子ヘーラクレース Herakles（前327～前309）を産み、アパメー Apame はプトレマイオス1世*の、アルタカメー Artakame（バルシネーとも）はカルディアー*のエウメネース*の妻となった（⇒巻末系図024）。
⇒カレース❶
Diod. 15-91, 16-22, -34, -52/ Arr. Anab. 3-23, -29, 7-4/ Curtius 3-13, 5-9, -12, 6-5, 7-3, -5, 8-1/ Strab. 12-578/ Dem. 23/ etc.

❸⇒アルタウァスデース

アルタバゾス（アルメニアー*の）　Artabazos
⇒アルタウァスデース

アルタバ（ー）ノス　Artabanos, Ἀρτάβανος, Artabanus, （仏）Artaban, （伊）（西）（葡）Artabano, （露）Артабан（時に、アルタパネース Artapanes, Ἀρταπάνης, アルタパーノス Artapanos, Ἀρτάπανος, Artapanus）（古代イーラーン語名 Artapana）

Ⅰ．アカイメネース朝*ペルシア*の王侯貴族名。巻末系図024を参照。

❶（前6世紀末～前5世紀初頭）　ダーレイオス1世*（大王）の弟。スキュティアー*遠征に赴こうとする兄王を諫め（前514）、のち甥のクセルクセース1世*がギリシア親征に進発するに当たっても、その無謀を説いて思いとどまらせようとした。しかし夢占いによって諫止を断念、クセルクセースの外征中はスーサ*にあって摂政した。
Herod. 4-83, 7-10～, -46～53/ etc.

❷（？～前464頃）　クセルクセース1世*の親衛隊長。ヒュルカニアー*出身。クセルクセースの長男ダーレイオス Dareios を絞殺し、それを糾弾されるのを恐れて、宦官長アスパミトレース Aspamitres（またはミトリダテース Mithridates）と組んで、王の寝所に忍び込み、これを弑殺（しいさつ）した（前465）。あるいは、クセルクセースを暗殺しておきながら、王子アルタクセルクセース（1世*）に犯人はダーレイオスだと信じこませて、この兄を殺させた。7ヵ月間全権を牛耳り、王族を謀殺したのち、王位を簒奪するため、アルタクセルクセースの殺害をも計画、剣で彼に斬りつけたが乱闘となり、逆に討ち取られた。一説に彼の陰謀を知ったアルタクセルクセースは、欺いて胸甲を脱がせ、裸になったアルタバーノスを刀剣で刺し殺したという。クセルクセース暗殺に加わった彼の7人の息子やアスパミトレー

スら一味は絞首刑に処せられて果てた（前464頃）。また一説にクセルクセースを弑逆したのは、大王の寵愛する美少年であったとも伝えられる。
Diod. 11-69/ Just. 3-1/ Arist. Pol. 5-10/ Ctesias 29/ etc.

❸（前5世紀中頃）　バクトリアー*の太守 Satrapes。アルタクセルクセース1世*に叛旗を翻すが、2度の戦闘で打ち破られた。

Ⅱ．パルティアー*の諸王。

❶1世　A. Ⅰ
⇒アルサケース❸

❷2世　A. Ⅱ
⇒アルサケース❽

❸3世　A. Ⅲ
⇒アルサケース❿

❹4世　A. Ⅳ
（在位・後80〜後81頃）　パコロス2世*（⇒アルサケース㉔）時代の僣帝。

❺5世　A. V　アルダワーン Ardawan
⇒アルサケース㉚

アルタプレネース　Artaphrenes
⇒アルタペルネース（の異綴）

アルタペルネース（または、アルタプレネース）
Artaphernes, Ἀρταφέρνης (Artaphrenes, Ἀρταφρένης),（古代イーラーン語）Vi(n)dafarnah,（古代エラム語）Irdapirna,（伊）Artaferne,（西）Artaferns

ペルシア人の男性名。巻末系図024を参照。

❶（前5世紀初頭に活躍）　ダーレイオス1世*（大王）の実弟 —— 一説に異母弟 ——。サルデイス*の太守 Satrapes に任ぜられ、イオーニアー*の反乱（前500〜前493）の鎮圧に当たった。ミーレートス*の僣主ヒスティアイオス*とアリスタゴラース*が反乱の元兇であることを見抜き、騒擾を平定に来たと称するヒスティアイオスに「今度の事態はそなたが縫い上げた靴をアリスタゴラースが履いたのだ」と言って、万事が露顕したと思った彼を逃亡に追い込み、後日これを捕えて処刑した（前494／493）。次いでイオーニアー沿岸の島々を占領すると、住民を皆殺しにして掃蕩。諸都市を焼き尽くし、美貌の少年は手当たり次第に去勢し、美しい娘とともに大王の宮廷へ送り込んだ。こうしてペルシア戦争*の序章たるイオーニアーの乱は制圧された。
⇒ヘカタイオス❶
Herodot. 5-25, -30〜35, -73, -96, -100, -123, 6-1, -4, -30, -42/ etc.

❷（前5世紀前半）　❶の子。前490年、マルドニオス*に代わって、ペルシア軍の司令官に任命され（⇒ダーティス）、マラトーン*の野でギリシア軍に撃退された（⇒ミルティアデース❶）。次いでクセルクセース1世*のギリシア親征の折には、リューディアー*とミューシアー*の軍隊を指揮した（前480）。

他にもペロポンネーソス戦争*中にペルシア大王の使節になった同名の人物がいる（前425頃）。
Herodot. 6-94, -116, 7-8, -10, -74/ Aesch. Pers. 21/ Thuc. 4-50/ etc.

アルデア　Ardea,（ギ）Ardeā, Ἀρδέα（現・アルデーア Ardea),（仏）Ardée,（露）Ардея

イタリア中部、ラティウム*地方の町。ローマの南方37kmのアルデア街道 Via Ardeatina 沿い、海から4.5kmの地に位置する。古くルトゥリー*族の首邑であった。伝説中の王トゥルヌス*の都とされ、アエネーアース*（アイネイアース*）に敗れて陥落し、その灰燼の中から1羽の蒼鷺（ラテン語でアルデア）が翔び立ったという。再建されたのち富裕な町となり、ラティウム同盟*の一員としてラーウィーニウム*（現・Pratica di Mare）にあるウェヌス*神殿を管理。前442年にはラテン植民市となり、勇将カミッルス*がガッリア*人放逐のために出陣したのは、この町からであったという（前390頃）。次いでサムニウム*人（サムニーテース*）の劫略を受けた（前315頃）が、その後近くに数多くの別荘 villa が林立。降って帝政期には、郊外の林野に帝室所有の象群が飼育されていたという。しかし古代末期になると、疫病の発生しやすい土地柄が災いして、急速に衰退を余儀なくされる。城壁や市の守護女神ユーノー*の神殿、双生神ディオスクーロイ*の聖域、バシリカ*などの遺跡が残されている。市の建祖をギリシア神話中のオデュッセウス*とダナエー*（ないしキルケー*）との間に生まれた息子に求める伝承もある。
⇒アリーキア
Verg. Aen. 7〜12/ Dion. Hal. 1-72, 4-64, 5-61/ Liv. 4-7, -9, 5-43, 8-12/ Ov. Met. 14/ Plin. N. H. 3-5/ Mela 2-4/ Strab. 5-232/ Ptol. Georg. 3-1/ Steph. Byz./ Serv. ad Verg. Aen. 7-1/ etc.

アルティーヌム　Altinum,（ギ）Altinon, Ἄλτινον,（現・Altino,〈ヴェネツィア方言〉Altin）

イタリア半島東北端、ウェネティア*地方の港町。前5世紀からウェネティー❷*族の主邑で、パタウィウム*（現・パドヴァ）の東方32マイルの地に位置する。アクィレイヤ*の西南、アドリア海*沿岸に臨む。もとは漁村であったが、ポストゥミウス街道*（ウィア・ポストゥミア*）とポピリウス街道*（ウィア・ポピリア*）などの接続地として重要性を増し、さらにクラウディウス*帝の時以来、ドーナウ方面の諸属州へ向かう新しい道路（全長350マイル）の基点となったため、ローマ富裕層の別荘 villa が建ち並び大いに繁栄。バーイアエ*と比肩し得るほど洒落た保養地に変貌した。羊毛・魚介類の産地として知られる。後3世紀以来衰えを兆し、452年にはアッティラ*に劫掠されて、住民は近くの潟中島へ逃れた。墓域などの発掘が進んでいる。
Plin. N. H. 3-16, -18/ Mart. 4-25, 14-155/ Tac. Hist. 3-6/

Mela 2-6/ Vitr. 1-4/ Vell. Pat. 2-76/ Strab. 5-214/ Ptol. Geog. 3-1/ etc.

アルデシール　Ardeshir
⇒アルダシール

アルテミシアー　Artemisia, Ἀρτεμισία, （仏）Artémise, （葡）Artemísia, （露）Артемизия

ハリカルナッソス*の女僭主（女王）。

❶ 1世　A. I

（前6世紀後半～前5世紀前半）僭主リュグダミス Lygdamis の娘。夫の死後、成人した息子があったのに、自ら独裁権を握り、コース*島はじめカーリアー*周辺を支配した。クセルクセース1世*のギリシア遠征に参加し、サラミース❶*の海戦で敵船を撃沈、その勇気と思慮深さでペルシア大王から「わが軍の男はみな女となり、女が男になったのじゃな」と称賛される（前480年）。のちアビュードス❶*の若者ダルダノス Dardanos に恋したが報いられず、若者の睡眠中に彼の両眼を抉りとった。そのため神の怒りに触れ、託宣の命ずるがままレウカス*へ赴き、断崖から海中に身を投げて自らの生命を断ったという。

なお、彼女の息子ないし甥のリュグダミス（在位・前465頃～前450頃）の時に、カーリアーの僭主政は打倒され、リュグダミスは国を追われた（前450頃）。

⇒パニュアシス、ヘーロドトス

Herodot. 7-99, 8-68～69, -87～88, -93, -101～107/ Paus. 3-11/ Polyaenus 8-53/ etc.

❷ 2世　A. II　カーリアー*の女王

（在位・前353／352～前350）マウソーロス*王の姉妹にして妻。夫を深く愛していたので、その死後王位を継いだものの、夫の遺灰を毎日飲み続け、悲しみのあまり短い在位期間で世を去った。その間、イソクラテース*やテオデクテース*らギリシア中の雄弁家を首都ハリカルナッソス*に招いて亡夫を哀悼する頌辞を競作させたり ── テオポンポス❷*が優勝 ──、当代一流の建築家・彫刻家を集めて壮麗なマウソーレイオン*（マウソーロス霊廟）を造営するなどして時を過ごした。また前350年、ロドス*の民主勢力がアテーナイ*の後楯を得て、「女が支配するのは僭越である」と言いつつ攻撃をしかけた時には、秘密の港湾施設を用いて巧みに敵の艦隊を乗っ取ったばかりか、ロドスを占領して主だった市民を皆殺しにしたうえ、ロドスに烙印を押している姿の自己の肖像をロドス市中に建てて勝利を祝ったという。

彼女の死後、次弟ヒドリエウス Hidrieus が（在位・前350～前344）、次いでその妻で姉妹のアダー Ada がカーリアーの支配権を継承した（⇒本文系図376）。が前340年、姉の死を待ち切れなくなった末弟ピクソーダロス Piksodaros がアダーを放逐して王位を簒奪、その死（前335）後もピクソーダロスの女婿のペルシア太守 Satrapes オロントバテース Orontobates が継いだため、アダーはアジア侵略途上のアレクサンドロス大王*に哀訴してハリカルナッソスを陥落させ、再び女王の座に返り咲いた（前334）。

Diod. 16-36, -45/ Cic. Tusc. 3-31/ Strab. 14-656/ Gell. 10-18/ Plin. N. H. 25-36, 36-4/ Vitr. 2-8/ Plut. Alex. 10, 22/ Dem. 15/ Harp./ Suda./ etc.

アルテミーシオン　Artemision, Ἀρτεμίσιον, Artemisium, （伊）Artemisio, （露）Артемисий

（現・Artemísio）エウボイア*北岸の岬。女神アルテミス*の神殿がある。前480年8月11日、この附近の海上で、アテーナイ*を主力とするギリシア艦隊が、来寇したアカイメネース朝*ペルシア*軍を迎え撃ち、双方にかなりの損害を出しつつ引き分けとなった。ヘーロドトス*が伝えるように、この海戦はテルモピュライ*の陸上戦と並行して3日間にわたって繰り返され、その後テルモピュライ陥落の報に接したギリシア海軍は、夜陰に紛れて撤退した。

1920年代後半にアルテミーシオン沖の海底から発見された青銅（ブロンズ）製の「三叉戟を構える（かま）ポセイドーン*像 ── または、雷霆を投げるゼウス*像 ── 」は、初期クラシック期の厳格様式を代表する作例として有名（前460頃。高さ209cm。アテネ国立考古学博物館蔵）。

⇒アイガイ❷

Herodot. 7-175～8-23/ Plut. Them. 7～/ Diod. 11-12/ etc.

アルテミス　Artemis, Ἄρτεμις, （仏）Artémis, （伊）Artemide, （西）Artemisa, （葡）Ártemis, （露）Артемида（Артемис）

ギリシアの月と狩りの女神。オリュンポス*十二神の1柱。ローマではディアーナ*と同一視される。ゼウス*とレートー*の娘で、アポッローン*の双生姉妹。元来は非ギリシア系で、クレーター*、小アジアなどギリシア先住民族の豊饒を司る大地母神だったと考えられる。野獣に満ちた森や山野を支配し、また誕生や多産、幼児・幼獣を守護する神としてギリシア各地、とりわけアルカディアー*やデーロス*島で崇拝された。アポッローン（ポイボス*）が太陽を象徴し黄金の矢を放つように、彼女はポイベー*（光り輝く女）の異名を得て月の女神セレーネー*やヘカテー*と混淆、白銀の弓矢を巧みに操る女猟師と見なされた。さらにロケイアー Lokheia の名の下に産褥の女神とされ、エイレイテュイア*（出産の女神）とも同一視されるようになった。

神話ではアポッローンよりも1日早くオルテュギアー*で生まれ、翌日には母のアポッローン出産を手伝ったという。男を遠ざけて永遠に処女を守り、ブリトマルティス*、キューレーネー*、プロクリス*、アタランテー*、アンティクレイア*などの娘たちを寵愛、一群のニュンペー*（ニンフ*）や猟犬を引き連れて狩りをすることを好んだ。お気に入りのニュンペーたちにも男と交わることを厳禁し、ゼウスに犯されたカッリストー*（アルカス*の母）を雌熊に変身させる等、純潔を破った者は容赦なく処罰した ── ただしこのカッリストーの名は、先ギリシア民族が崇拝した熊の姿をしたアルカディアーの女神アルテミス・カッリステー Kalliste「最も美しい」に由来するらしい ──。狩人

オーリーオーン*は女神を犯そうとして射殺され、アクタイオーン*は彼女の水浴を目にしたために、鹿に変えられ己が猟犬に喰い殺された。

またアポッローンが男たちに突然死をもたらすように、アルテミスは女たちに急死をもたらすと考えられ、ニオベー❶*の娘たちやコローニス❶*は彼女の矢によって死んだ。女神の怒りに触れて、カリュドーン*は大猪の害に見舞われ（⇒メレアグロス）、アガメムノーン*は自らの娘イーピゲネイア*を人身御供に捧げることを余儀なくされ、ブロテアース Broteas（タンタロス*の子）は発狂して自焚に駆り立てられた等々、彼女にまつわる恐ろしい話は少なくない。イーピゲネイアがアッティケー*のブラウローン*にもたらしたアルテミス像は、人身供犠を要求したと伝えられ、のちアテーナイ*のアクロポリス*山上の神域に移され、アルテミス・ブラウローニアー Brauronia の名で崇められるようになってからも、サフラン色の衣を着た少女たちが雌熊を真似て踊るなど生贄の風習の名残が見られた。スパルター*ではアルテミス・オルティアー*と呼ばれて信仰され、古くは人身御供が捧げられていたが、リュクールゴス*の改革以降は毎年幾人かの若者たちが、神像に縛り付けられて激しく鞭打たれる儀式に変じたものの、死に至る場合も珍しくなかった。パトライ*その他の地域でも古くは女神に人間の生贄が捧げられていたという伝承が残っている。

小アジアのエペソス*で崇拝されていたアルテミスは、数多くの乳房を持つ豊産の地母神で、数多くの去勢僧や神殿奴隷が奉仕していた（⇒マグナ・マーテル）。その他、彼女には生地デーロスにちなむ呼び名デーリア Delia やキュンティアー Kynthia（デーロス島の山キュントス Kynthos にちなむ）など沢山の異称・形容辞がある。古典期以降の美術作品においては、通常、弓矢を携えて狩衣をまとい、猟犬か鹿を従えた見目麗しい処女の姿で表現される。

⇒ヒッポリュトス、アパイアー、ディクテュンナ

Hom. Il. 5-51～, 21-470～, Od. 5-121～, 11-171～,/ Hes Th. 918/ Hymn. Hom. Dian./ Apollod. 1-4, -6, -7, 3-4, -8/ Paus. 7-18, 8-27/ Eur. I. T, I. A./ Callim. Dian./ Herodot. 1-26/ Plut. Mor. 658f/ Aesch. Supp. 675～/ Diod. 5-72/ Strab. 15-639～/ etc.

アルテミドーロス　Artemidoros, Ἀρτεμίδωρος, Artemidorus,（仏）Artémidore,（独）Artemidor,（伊）（西）Artemidoro

ギリシアの男性名。

❶（前104年～前101年頃に活躍）エペソス*出身の地理学者。使節としてローマへ派遣され、また自ら地中海および大西洋沿岸を航海し、さらに紅海、エティオピアを歴訪、のちアレクサンドレイア❶*にあって人間の全居住世界に関する地理書（全11巻）を著わした。イベーリアー*（ヒスパーニア*）やガッリア*など自身が調査した西方諸国についてはエラトステネース*を訂正し、東方の研究に関しては主にクニドス*のアガタルキデース*に依拠。距離の測定や各地の民俗・風習を丹念に収録したこの著作は、ストラボーン*や大プリーニウス*ら古代の学者によって大いに利用されたが惜しくも失われた。数多くの引用断片の他、ヘーラクレイア❹*のマルキアーノス Markianos（後5世紀初頭）の手になる抜粋・要約『周航記ペリプルース』Periplūs が残存する。

⇒メガステネース

Ath. 3-111/ Strab. 3-138, 14-642/ Plin. N. H. 2-112/ etc.

❷（ラ）Artemidorus Daldianus（ダルディス Daldis の）（後2世紀後半）　ローマ帝政期の占術研究家。エペソス*の出身だが、母親の祖国リューディアー*のダルディスに住んだこともあったらしく、自らをダルディアーノス Daldianos（ダルディス人）と称した。『鳥占い Oiōnoskopika』『手相占い Kheiroskopika』などさまざまな占術に関する書物を著わしたが、現存するのは夢占いを扱った全5巻からなる『夢判断の書 Oneirokritika』のみである。これは友人の弁論家マクシモス*（おそらくテュロス*の）に献げられており ── ただし第4～5巻は、自身の同名の息子アルテミドーロスに宛てて書かれている ──、自らギリシア・イタリア・アシアー*各地を旅して採集した3千にのぼる豊富な夢の実例を基に、諸々の夢解釈の方法を総合したもので、当時の風俗・習慣・迷信などを知る民俗学上の貴重な資料となっている。医療神アスクレーピオス*やセラーピス*らの夢告による治癒が信じられていた時代にあって、夢占いは非常な盛行を見たが、その解釈法はおおむね象徴と比喩の体系を用いた伝統的なものであった（たとえば、自分が橋になると夢見た女や若者は、娼婦や男娼となって大勢の男を我が身の上に乗せることになる、といったように）。本書は中世アラブ・イスラーム世界にも、ビザンティン帝国の学者たちにも、おくれてルネサンス以降の西ヨーロッパ世界においても高く評価され、予言・占術の分野に大きな影響力を及ぼした。

Artem./ Plin. Ep. 3-11/ Lucian./ etc.

❸（前1世紀）　クニドス*出身の修辞学者。父テオポンポス Theopompos の代からユーリウス・カエサル*と親交を結ぶ。ローマへ赴いてギリシア哲学・文学などを教える。前44年3月、かつての教え子マールクス・ブルートゥス*らのカエサル暗殺計画を察知し、陰謀決行の当日、その大要を記した密告状を持ってカエサル邸へ駆けつけたが、群衆に阻まれてついに果たせなかった。一説では、カエサルは密告状を受け取りはしたものの、多忙のあまり披見する暇もなく、その手紙を持ったまま元老院へ出向き、そこで殺害されたという。

他にも、ヘレニズム時代の文献学者で牧歌を編纂したアルテミドーロス（前2世紀頃）や、ハドリアーヌス*帝治下のローマでヒッポクラテース*の作品を編んだ医学者アルテミドーロス（後2世紀前半）など、大勢の同名人物が知られている。

⇒スプーリンナ❶

Strab. 14-656, -675/ Plut. Caes. 65/ Ath. 4-182, 9-387, 14-662～663/ Anth. Pal. 9-205/ Diog. Laert. 9-53/ Gal./ Suda/

etc.

アルテモーン　Artemon, Ἀρτέμων, Artemo,（伊）Artemone

（前5世紀）クラゾメナイ*出身の技師。アテーナイ*のペリクレース*に起用され、サモス*島遠征の際に斬新な攻城具を発明した（前440）。跛者だったので作業現場を輿で担ぎ回されながら指揮をしたといい、このため「運びまわされる者 Periphorētos」と呼ばれたと伝える。一説では、この渾名をつけられたのは、アナクレオーン*の詩に歌われたもっと古い時代の人物で、柔弱な生活を送った臆病者のアルテモーンのことだとされる。後者は家にひきこもっていても、上から物が落ちて来ぬかと不安でならず、いつも2人の下僕に青銅の楯で頭上を護らせ、どうしても外出しなければならない時には、ペルシアの貴人のように釣籠に乗せられて、地面すれすれに運ばれていったといわれる。

　その他、書誌学に関する文献を残したというカッサンドレイアのアルテモーン（前2〜前1世紀）や、ローマ皇帝ネロー*の治下に夢判断についての書物22巻を著わしたというミーレートス*のアルテモーン（後1世紀中頃）、著名な女性の婦徳に関する本を書いたというマグネーシアー*のアルテモーン（年代不明）、少年愛を主題にしたエピグラム詩などを作った抒情詩人のアルテモーン（前400頃？）、セレウコス朝*シュリアー*王アンティオコス2世*に酷似していたので、王妃ラーオディケー❷*が夫王を暗殺した時にその替え玉として利用したというアルテモーン（前246）ら、多くの同名の人物がいる ── 上記の著作はいずれも散逸 ── 。

Plut. Per. 27/ Ael. N. A. 12-38/ Ath. 12-515, 15-694/ Diod. 12-28/ Anth. Pal. 12-124/ Ar. Ach. 850/ Plin. N. H. 7-53/ Val. Max. 9-14/ etc.

アルノビウス　Arnobius,（仏）Arnobe,（伊）（西）Arnobio,（葡）Arnóbio

（後255頃〜後330頃）ローマ帝政後期の修辞家。北アフリカのヌミディア*に生まれ、修辞学の教師として成功し、弟子の中にはラクタンティウス*もいたという。295年頃、夢を見て突如キリスト教に転向。護教書『異教徒駁論 Adversus Nationes』（7巻、伝存）を著して、伝統的ギリシア・ローマの宗教を痛烈に非難・攻撃したが、彼自身ユダヤ教やキリスト教の教義、聖書に関する知識はほとんど持ちあわせていなかったらしい。本書はむしろ「異教」思想や古代宗教の研究者に豊富な資料を提供している。

　なお、一般に小アルノビウスと呼ばれている人物（？〜後460年頃）も、北アフリカの出身で、ヴァンダル*族のアーフリカ*侵入を逃れてローマへ移住（432）、ペラギウス*主義に同調し、アウグスティーヌス*を批判した。

Arn. Adv. Nat./ Hieron. De Vir. Ill. 79〜/ Ep. 70-5/ Chron./ etc.

アルバ　Alba,（仏）Albe
⇒アルバ・ロンガ

アルバ山　Albanus Mons
⇒アルバーヌス山

アルバーニアー　Albania, Ἀλβανία,（仏）Albanie,（独）Albanien,（露）Албания

カウカソス*（カフカース）山脈東部、カスピ海に面した地方。アルメニアー*の北、イベーリアー❷*の東に位置する（今日のアゼルバイジャン Azerbaidzhan およびダゲスタン Dagestan にほぼ相当）。土地は肥沃だが、住民は牧畜を営み、狩猟を好んで野獣の皮を纏い、数も100以上は知らず、物々交換を行なっていたという。太陽や月を崇拝し、特に月神信仰が盛んで、祭儀においては人間を他の犠牲獣とともに屠って女神セレーネー*に捧げた。また高齢者を並み外れて大切にし、全財産とともに葬ったが、既に死んでしまった人に関しては、言葉に出すことはおろか、考えることすら神の掟に背く禁忌とされていた。

　26の方言が話され、前1世紀には、全土は1人の王の下、12人の地方領主によって支配されていた。ミトリダテース*戦争中、ローマの将・大ポンペイユス*が進撃してきた時には、8万あまりの大軍を結集してローマ軍を襲ったものの、白兵戦の末に平定され（前66〜前65）、以来ローマに臣従した。なお、この戦闘には、伝説で名高い女人族アマゾーン*たち（アマゾネス*）も来援して、ローマ軍と干戈を交えたと伝えられている。

　一説にアルバーニアー人は、ギリシア神話の英雄イアーソーン*の末裔といわれ、碧眼で白に近い金髪の持ち主だったため、「白い人々（ラ）Albani」と名づけられたという。別伝では、ヘーラクレース*がゲーリュオーン*の牛を取りに行った（第十の功業）帰途、イタリアのアルバーヌス山*から随き従ってきた人々の後裔であるとされている。彼らは山脈以北に住むアラン人*（アラーニー*）と混同されることが、しばしばあった。

Strab. 11-491〜, -501〜/ Plin. N. H. 6-15/ Plut. Pomp. 34〜, Luc. 26/ Solin. 25/ Ptol. Geog. 5-12/ Tac. Ann. 6-34/ Just. 42-3/ etc.

アルバーヌス湖　Albanus Lacus（現・Lago (di) Albano）,（英）Alban Lake,（仏）Lac albain

ローマの東南約19km、アルバーヌス山*西斜面にある火口湖。前396年頃、ウェイイー*攻略中のローマは、「この湖の水がラティウム*の地を潤す時が来れば、ウェイイーの町を征服できるであろう」との託宣にしたがって、湖水の流出路 emissarium を開鑿、工事の完了とともにウェイイー占領を果たしたという（⇒カミッルス）。この流水路は高さ6フィート、幅4フィートで1800mの長さがあり、現在も使用されている。また湖畔には、ドミティアーヌス*帝をはじめとする帝政期ローマ貴族の別荘 villa が建ち並んでいた。南西岸に円形闘技場*などの遺跡が残る。

Liv. 5-15〜19/ Cic. Div. 1-44, 2-32/ Plut. Cam. 3/ Strab. 5-240/ Dion. Hal. 12-11〜16/ etc.

アルバーヌス山　Albanus Mons,（ギ）Albanon oros, Ἀλβανὸν ὄρος,（現・Monte Cavo),（英）Alban Mount

ローマの東南21km、アルバーヌス湖*に東隣する休火山。標高950m。山頂にユーピテル*・ラティアーリス Latiaris (Latialis) の神殿が建ち、毎年ラティウム同盟*の例祭フェーリアエ・ラティーナエ Feriae Latinae がここで執り行なわれた。またローマで正式の凱旋式(トリウンプス*)を拒まれた将軍たちの何人かは、この地において小凱旋式(オウァーティオー*)を挙行した（例えば、前211年のM.クラウディウス・マルケッルス❶*）。周囲は葡萄酒および建築用石材の産地として知られる。

⇒アルバ・ロンガ

Dion. Hal. 4-49/ Liv. 26-21/ Strab. 5-240/ Cic. Mil. 31/ Luc. 1-198/ etc.

アルバーノ山　Albanus Mons

⇒アルバーヌス山

アルバ・フーケーンス（または、アルバ・フーケンティア）　Alba Fucens, Alba Fucentia, Alba Fucensis, Alba Fucentis,（ギ）Alba Phūkentis, Ἄλβα Φούκεντις,（現・Colle di Alba, Albe)

イタリア中部、フーキヌス湖*のすぐ北西にあった町。もとアエクィー*族の領地であったが、前304年以来ラテン植民市となり、ローマ共和政期には国事犯や廃位された異邦の君主の拘留地として知られた（元ヌミディア*王シュパークス*、元マケドニアー*王ペルセウス*ら）。ハンニバル❶*戦争（第2次ポエニー戦争*）や同盟市戦争*（前91〜前88）などのおりにもローマ政府を支持し、帝政初期には著名人としてマクロー*を出した。農業・漁業で栄えたが、後3世紀以降しだいに衰頽していった。前300年頃に遡る城壁をはじめ、フォルム*、バシリカ*、神殿、劇場(テアートルム*)、円形闘技場(アンピテアートルム*)、円形市場、浴場(テルマエ*)などの遺跡が発掘されている。

⇒カルセオリー

Liv. 10-1, 27-9, 29-15, 30-17, 45-42/ App. Hann. 39, B. Civ. 3-45, -47/ Caes. B. Civ. 1-15/ Cic. Phil. 3-3 (6), Att. 9-6/ Strab. 5-240/ Ptol. Geog. 3-1/ etc.

アルバ・ポンペイヤ　Alba Pompeia,（ギ）Alba Pompeïa, Ἄλβα Πομπηΐα,（現・Alba または、Albi)

リグリア*の町。ペルティナークス*帝の生地。前89年に執政官(コーンスル*)のポンペイユス・ストラボー*（大ポンペイユス*の父）によって建設されたと考えられる。

Plin. 3-5/ Ptol. Geog. 3-1/ S. H. A. Pertinax 1/ Dio Cass. 73-3/ etc.

アルバ・ロンガ　Alba Longa,（ギ）Alba, Ἄλβα,（仏）Albe la Longue,（露）Альба-Лонга,（現・Castel Gandolfo 近くの遺跡）

ローマの東南約20kmの地にあったイタリア中部の古代都市。前1152年にアエネーアース*（アイネイアース*）の子アスカニウス*（ユールス*）によって創建されたと伝えられるラティウム*の古都。アルバーヌス湖*畔のアルバーヌス山*西斜面に築かれ、山の背に長く延びていたので、ロンガ（「長い」の意）と称された。歴代のアルバ王が統治（巻末系図050参照）するこの町は、ラティウム同盟*の盟主となり、ローマ市の母市ともなった（⇒ロームルス）が、前7世紀にローマ王トゥッルス・ホスティーリウス*によって征服され、ウェスタ*の神殿を除いてことごとく破壊の憂き目を見た（前665頃）。住民はローマに移り、ユーリウス氏*、トゥッリウス氏、クィン(ク)ティウス氏*などを興したが、アルバの町は二度と再建されることはなかった。帝政期になって、ローマ貴族や皇帝の豪奢な別荘(ウィッラ villa)が営まれ、（アルバーヌム Albanum と呼ばれるドミティアーヌス*帝の別業がその代表格）、セプティミウス・セウェールス*帝の治下には軍団の駐屯地となり、陣営や浴場(テルマエ*)、円形闘技場(アンピテアートルム*)などが設けられ、現在もその遺跡を見ることができる。

⇒ボウィッラエ

Verg. Aen. 1-272, 3-390〜, 6-773/ Liv. 1-3〜, -27〜/ Tib. 2/ Strab. 5-229〜/ Dion. Hal. Ant. Rom. 1-66, 3-31, -34/ Ov. Met. 14, Fast. 4/ Plin. N. H. 3-5/ Tac. Ann. 11-24/ Diod. 7-5/ Just. 43-1/ Florus 1-1/ etc.

アルピー　Arpi,（ギ）Arpoi, Ἄρποι（または、アルギュリッペー Argyrippe, Ἀργυρίππη, アルギュリッパ Argyrippa, Ἀργυρίππα, Argyripa)

（現・Arpa）イタリア南東部、アープーリア*の都市。アドリア海*から約20マイル奥地に位置する。伝承では、カヌシウム*やベネウェントゥム*と同様、トロイアー戦争*後、アルゴス*王ディオメーデース❷*によって創建されたといい、かつてはダウニア Daunia（アープーリア北部）地方で最大の町であった。長い間ローマと同盟関係にあったが、第2次ポエニー戦争*のカンナエ*の大戦（前216）後、ハンニバル❶*側についたため、3年後にローマの将Q.ファビウス・マクシムス❷*に占領され、以来かつての繁栄を取り戻すことはなかった。市の周壁の規模からストラボーン*は、この町が往昔はイタリア半島の諸市の中でいちばん大きかったと推測している。13kmにわたるヘレニズム時代の防壁の遺跡が発掘されている。

Plin. N. H. 3-11/ Liv. 9-13, 22-9, 24-45〜/ Strab. 6-283/ Verg. Aen. 11-246/ App. Hann. 31/ Just. 20-1/ Dion. Hal. 20/ Polyb. 3-88/ Ptol. Geog. 3-1/ Steph. Byz./ etc.

アルビオーン　Albion, Ἀλβίων, Albio（または、アルーイオーン Aluion, Ἀλουίων,（伊）Albione,（西）Albión,（露）Альбион

（現・Great Britain）ブリタンニア*（ブリテン）島の最も古い

呼称。前525年頃、マッサリアー*（マッシリア*）の著者不明の『航海記 Periplus』に初見。約200年後のピューテアース*の著書にも記載される。ケルト*系の語源 Albio かと考えられるが、ローマ人はこの名を、ドーヴァーの白亜層の断崖から、ラテン語の「白い albus」に由来するものと見なした。名祖アルビオーン（アレビオーン Alebion）は、神話では海神ポセイドーン*とアンピトリーテー*の息子とされ、ゲーリュオーン*の牛を率いて帰る途中のヘーラクレース*（第十の功業）を、兄弟のリギュス Ligys（⇒リグリア）とともに阻んだために殺された巨人であるという。
Plin. N. H. 4-16/ Mela 2-6/ Apollod. 2-5-10/ Avienius 90～/ Hyg. Astr. 2-6/ Dion. Hal. 1-41/ Baeda 1-1/ etc.

アルビス（河）　Albis,（ギ）Albi(o)s, Ἄλβι(o)ς,（現・エルベ Elbe),（伊）（西）（葡）Elba,（チェコ語）Labe,（露）Эльба

ゲルマーニア*を流れ北海に注ぐ河川（長・1165 km）。前9年、ローマの将軍・大ドルースス*はアルビス河に至るまでのゲルマーニアを平定し、継父アウグストゥス*帝はこの河川をもってローマ帝国東北辺の国境にしようと考えたが、テウトブルギウム*の森におけるウァールス*の大敗により計画の断念を余儀なくされた（後9）。名称はケルト語源で、「流れ」または「白い（河）」の意と解釈される —— 印欧祖語の語根 albho-「白い」「輝いている」に由来 ——。
⇒レーヌス
Tac. Germ. 41, Ann. 4-44/ Mela 3-3/ Strab. 7-290～/ Res Gestae/ Dio Cass. 55-1/ Ptol. Geog. 2-11/ etc.

アルビーヌス、デキムス・クローディウス　Decimus Clodius Albinus（後150年頃11月25日～後197年2月19日）正式名称・Decimus Clodius Ceionius Septimius Albinus,（ギ）Albīnos, Ἀλβῖνος,（伊）（西）Clodio Albino,（露）Клодий Альбин,

ローマ僭帝（在位・後194～後197）。アーフリカ*のハドルーメートゥム*（現・Sousse）出身。元老院身分のパトリキイー*という名門に生まれ、軍隊で頭角を現わして、コンモドゥス*帝治下に執政官職（187～188頃）を経てブリタンニア*総督に任命される（191～192頃）。ペルティナークス*帝の暗殺（193年3月）に関与していたともいわれ、その後生じた混乱の中でブリタンニアの軍団兵に支持され、元老院における人気も高かったので、新帝セプティミウス・セウェールス*から「副帝」の称号を贈られ、帝位継承者に擬せられる（193年夏）。翌194年にはセウェールス帝とともに執政官に就任するが、自軍からは「正帝」と宣言され、セウェールスが東方でペスケンニウス・ニゲル*と交戦している隙に、ガッリア*の支配権をも獲得（195～）、帝権奪取を狙って進撃を始めた（196）。しかるに、自分の息子以外に帝位を譲るつもりのないセウェールスは、ルグドゥーヌム*（現・リヨン）近郊でアルビーヌスと大規模な決戦を交え、血腥い闘いの末ついにこれを打ち破った（197年2月19日）。アルビーヌスは近くの建物に逃げ込んだが、周囲を敵に包囲されたのを知って自刃、ないし奴隷に刺殺させた —— 異説ではまだ息のある間に捕われて斬首された —— という。セウェールスは彼の首級を槍先に梟して引き廻したのちローマへ送り、胴体は長い間放置して犬に喰い散らさせ、また自ら馬に乗って踏み潰した末、ロダヌス*（現・ローヌ）河に投げ棄てたと伝えられる。アルビーヌスの妻や息子たちも殺されて河中に投ぜられ、彼に味方した元老院議員たちの屍骸は四肢を切断され、ルグドゥーヌム市は劫掠され焼き尽くされた。

アルビーヌスは生来驚くばかりに白い肌をしていたので、その異名「白皙の」を得たと伝えられ、長身で容姿端麗だったが、「去勢者のごとき」女性的な声をしており、柔弱な快楽を好んで容易に感情にかられたという。
Dio Cass. 70-4～7/ Herodian 2-15, 3-5～7/ S. H. A. Clod. Alb./ etc.

アルピーヌム　Arpinum,（ギ）Arpina, Ἄρπινα

（現・Arpino）イタリア中部、ラティウム*地方の町。リーリス Liris（現・Liri）川渓谷の丘陵上に位置。古くはウォルスキー*族の、のちサムニーテース*族の町となるが、前305年ローマに占領された。マリウス*およびキケロー*（マリウスの縁戚に当たる）の生地。城壁やキケローの別荘 villa の遺跡と伝えられるものが現存する。
Cic. Att. 2-8, Planc. 8～, Leg. 2-2/ Liv. 9-44, 10-1, 38-36/ Juv. 8-237～/ Diod. 20-90/ Sil. 8-401/ Sall. Jug. 67/ Val. Max. 2-2, 6-9/ etc.

アルビノウァーヌス・ペドー　C. Albinovanus Pedo

（前1世紀後半～後1世紀前期）ローマ帝政初期の詩人。アウグストゥス*、ティベリウス*両帝の治下に活動。オウィディウス*の詩友。英雄テーセウス*の冒険を扱った叙事詩『テーセーイス』Theseïs や、エピグラム詩、エレギーア詩などの作品があり、その文体は極めて優雅であったと評される（散佚）。ゲルマーニクス*の北方遠征（後16）を歌った叙事詩の一部が、大セネカ*の著述に引用されてわずかに伝存する。また頽廃したローマ貴族の生活を諷刺した機智と諧謔に富む寸鉄詩や、好色な恋愛詩も書いたらしく、マールティアーリス*は彼をカトゥッルス*やガエトゥーリクス*、ドミティウス・マルスス Domitius Marsus（陽物神プリアーポス*に因むエロティックな詩の作者）らの名とともに並記している。

小セネカ*によれば、彼は洒落た語り手で、近隣の蕩児セクストゥス・パピーニウス Sex. Papinius が夜通し奴隷を鞭打ったり、馬車を乗り回したり、入浴や食事などで昼夜顚倒した生活を送っていることを話して「彼は夜鷹だよ」と評したという。
⇒ C. コルネーリウス・ガッルス
Sen. Suas. 1-15, Controv. 2-2/ Sen. Ep. 122/ Ov. Pont. 4-10/ Mart. 2-77, 5-5, 10-19/ Tac. Ann. 1-60/ Quint. 6-3, 10-1/ etc.

アルペェイオス Alpheios
⇒アルペイオス

アルプス Alps
⇒アルペース

アルペイオス（河） Alpheios, Ἀλφειός, Alpheus,（仏）Alphée,（伊）（西）Alfeo,（葡）Alfeu,（露）Алфей（現・Rufia, または、Alfiós）

ペロポンネーソス*半島では最大の河川。アルカディアー*東南部に源を発し、ラードーン*川やエリュマントス*川などの流れを集め、西北に進んでエーリス*地方を経、オリュンピアー*の傍を通ってイーオニアー海*に注いでいる。古代においては、流れの途中で何度も姿を消してはまた現われる不思議な河として知られており、最後はいったん海に注いで海底を通り遙かシケリアー*（現・シチリア）の地に湧き出している、と信じられていた。ギリシア神話中、この河神アルペイオスが美しいニュンペー*（ニンフ*）、アレトゥーサ*に恋してそのあとを追い、彼女がシケリアーのシュラークーサイ*近くの泉に変身した時、自分の流れをその泉の水に注ぎ込んで交わったからであるという。彼はまた女神アルテミス*をも恋したが、夜祭りの最中に近寄っていったところ、女神とニュンペーたちが揃って顔に泥を塗ったので、見分けがつかなくなってしまったという話も残っている。英雄ヘーラクレース*がアウゲイアース*の家畜小屋を1日で掃除するのに、この河の流れを利用した〈第五の功業〉物語でも名高い。
⇒アケローオス
Hom. Il. 5-545〜, 11-727〜/ Hes. Th. 338/ Hyg. Fab. 244〜/ Paus. 5-7-1〜5, -14-1, -3, 6-22-6, 8-54-1〜3/ Ov. Met. 5-572〜/ Pind. Nem. 1-1/ Strab. 6-275, 8-343/ etc.

アルペース（山脈） Alpes（ギ）Alpeis, Ἄλπεις,（英）Alps,（仏）（西）（葡）Alpes,（独）Alpen,（伊）Alpi,（スロベニア語）Alpe,（アルピタン語〈フランコプロヴァンス語〉）Arpes,（ロンバルド語）Alp,（ロマンシュ語）（フリウーリ語）Alps,（オック語）Aups,（エミリア・ロマーニャ語）Èlp,（露）Альпы,（和）アルプス
（ケルト*系の「高山」を意味する語Alb-, Alp-に由来）イタリアの北辺を画する大山系。長さ約1300 km、最大幅200 km。平均高度2500 m。先史時代から山脈を越えてイタリアへ南進する民族の流れがあったが、古代世界においては伝説上の英雄ヘーラクレース*を除いて何人も越えることのできぬ通行の難所と見なされていた。第2次ポエニー戦争*中の前218年、ハンニバル❶*が岩を酸で溶き砕いて進軍し、イタリアへ攻め込んだ話は有名。以来ローマ人のアルプス山脈に関する知識も深まり、前1世紀のカエサル*のガッリア*遠征（前58〜前51）を経て、アウグストゥス*の治世には剽悍な山岳民族もことごとく平定され、戦勝記念柱が山中に建てられた（前17）。その後、北イタリアと外ガッリアを繋ぐリグリア*沿岸西側に新しい属州アルペース・マリティマエ A. Maritimae が編成され（前14）、北方の山岳地帯は藩属王コッティウス*の領土とされた。ネロー*帝（在位・後54〜68）の時、コッティウスの王国はローマ帝国に併呑され、アルペース・コッティアエ A. Cottiae 州を形成。後2世紀には第3の属州 Alpes Atrectianae et Poeninae（ディオクレーティアーヌス*帝の時、Alpes Graiae et Poeninae と改称）がつくり出された。また、この頃までには5つの舗装道路が築かれて、イタリアとラエティア*、ノーリクム*、パンノニア*、ウィンデリキア*、さらにゲルマーニア*などの諸属州が結ばれるようになっていた。
⇒ヘルウェティーイ、アウグスタ・プラエトーリア
Strab. 4-201〜/ Polyb. 3-50〜/ Liv. 21-32〜/ Plin. N. H. 3-19〜/ Herodot. 4-49/ Suet. Iul. 25, Ner. 18/ Nep. Hannibal 3/ Tac. Hist. 2-12, 3-53/ Caes. B. Gall. 1-10/ Mela 2-4/ Amm. Marc. 15-10/ It. Ant./ etc.

アルベーラ Arbela, Ἄρβηλα,（シュメル語）Orbelum, Urbelum, Arbilum, Urbilum,（アッカド語）Arba-llu,（アッシリア語）Arbil,（クルド語）Hewlêr,（アラム語）Arbela,（シリア語）Arbel,（アラビア語）Arbīl, Erbīl,（トルコ語）Erbil,（仏）Arbelès, Arbelles,（露）Арбела
（現・Arbīl または Irbīl, Erbīl）アッシュリアー*東方部、アディアベーネー*地方の都市。前3000年以来の歴史をも

系図55　アルペイオス（河）

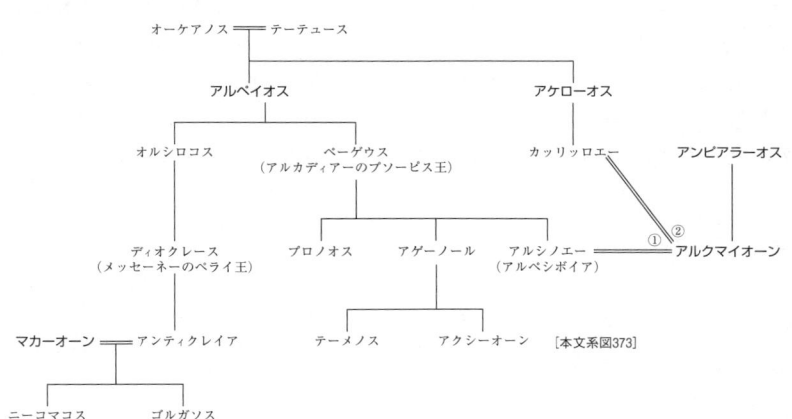

つ古い町で、ティグリス*河中流の農業地帯の中心をなす。前331年の10月1日、マケドニアー*のアレクサンドロス大王*は、この町の西北西48kmのガウガメーラ*で、アカイメネース朝*ペルシア*の帝王ダーレイオス3世*を破った。
Curtius. 4-9, 5-1/ Amm. Marc. 23-6/ Strab. 16-737/ Diod. 17-53/ Arr. Anab. 3-8,-15/ etc.

アルボガステース Flavius Arbogastes, （英）（仏）（独）Arbogast, （仏）（伊）Arbogaste, （露）Албогаст
（?～後394年9月6日）後期ローマ帝国の将軍。フランク*族（フランキー*）の出身。グラーティアーヌス*帝に仕えた軍総司令官リコメーレース Flavius Richomeres（?～393年没、384年の執政官〈コーンスル*〉）の甥に当たる。テオドシウス1世*（大帝）に派遣されて西方の対立帝マグヌス・マクシムス*を破り（388）、テオドシウスの義弟ウァレンティーニアーヌス2世*の総司令官として帝国西方の実権を掌握。のち不和となったウァレンティーニアーヌス2世を殺して、エウゲニウス*を傀儡帝に擁立し（392）、「異教」信仰の復興を試みたが、394年テオドシウス1世に敗れて自刃した。その後輩出することになるローマ皇帝廃立の権をふるうゲルマーニア*人実力者の濫觴（らんしょう）として知られる。
⇒メロバウデース、アラリークス、リーキメル
Oros. 7-35/ Claud. Cons. Hon/ Cassiod. Hist. 9-45/ Zosimus 4-33, -58/ Sozom, 7-22～/ etc.

アルミニウス Arminius, （ギ）Armenios, Ἀρμένιος, （独）Hermann der Cherusker, （伊）（西）Arminio, （葡）Armínio, （露）Арминий, （ドイツ語・ヘルマン Hermann〈古ゲルマン語・Irmin〉のラテン語化した形）
（前18／16頃～後21頃）
ゲルマーニア*のケルスキー*族の首長。若い頃、ゲルマーニアに駐屯するローマ軍団に勤務してラテン語を学び、ローマ市民権と騎士（エクィテース*）の身分を与えられる。しかるに、西ゲルマーニア諸部族を糾合して対ローマ反乱軍を組織し、後9年ローマの軍司令官 P. クィンティーリウス・ウァールス*とその率いる3箇軍団をテウトブルギウム*の森で殲滅、ローマ帝国の境界線をレーヌス*（ライン）河まで大きく後退させた。その後、ケルスキーの有力者セゲステース Segestes の娘トゥスネルダ Thusnelda を奪って妻としたことから、同族内で訌争が生じ、セゲステースがローマ軍に降（くだ）るに及んで妻子を失う破目になる（15）。翌年ゲルマーニクス*麾下のローマ軍に敗れ、深傷を負うが、騎馬でからくも逃走（16）、嫉妬深いティベリウス*帝がゲルマーニクスを召還してくれたおかげで、北ゲルマーニアはかろうじてローマの支配を免れた（17）。次いでアルミニウスは、マルコマンニー*族の王マロボドゥウス*と支配権をめぐって対立し、激戦ののち敵王を追放。今度は自分が王になろうとしたため、近親に裏切られて謀殺——毒殺という——された。37歳。在位12年間。彼は奇襲に長じ智略縦横な戦術家で、ローマの史家タキトゥス*からも「ゲルマーニアの解放者」「ローマの全盛期に戦いを挑み、常に互角の勢力を保ちつつ、1度も敗れたためしがない」と評されている。民族の英雄として、その武勇伝は永くゲルマーニア人の間で詩歌に唄い継がれた。

なお、彼の甥でローマに生まれ育ったイタリクス Italicus は、47年、内訌のためケルスキーの王族が絶えた時、唯一の王家の後裔として祖国に迎えられたが、やはり内乱は治まらなかったという。
Tac. Ann. 1-55～, 2-9～, 11-16～17, 13-55/ Dio Cass. 56-19～22/ Vell. Pat. 2-117～/ Strab. 7-291～292/ Florus 4/ Suet. Aug. 23/ etc.

アルメニアー Armenia, Ἀρμενία, （ラ）アルメニア Armenia, （仏）Arménie, （独）Armenien, （伊）Armènia, （葡）Arménia, （露）Армения, Armeniya, （古ヘブライ語）Minni, （古ペルシア語）Armina, （近世ペルシア語）Armanestān, （トルコ語）Ermenistan
（現・Hajastan, Hayq）小アジアとカスピ海の間にある地方ないし国の名。版図は時代により異なるが、大略、メーディアー*の西方、イベーリアー❷*の南方、メソポタミアー*の北方の山岳地域を指す。古くはフッリ Hurri 人系のウラルトゥ Urartu（ヘブライ語でアララト Ararat）王国がこの地に栄え（前1270?～前585）、アッシュリアー*の北辺を脅かすほどの勢力を誇った（最盛期は前9世紀末～前8世紀前半）。前8世紀末にサルゴン2世の侵略を受け（前714頃）、アッシュリアー帝国の滅亡（前612）後は、メーディアーの支配を経て、アカイメネース朝*ペルシア*帝国の有力な太守領となる（前546～前334）。アレクサンドロス大王*の遠征ののち、セレウコス朝*シュリアー*の統治下に入るが、前2世紀の初頭に独立し、アルメニアー王国を形成した（⇒アルタクシアース1世）。前1世紀初めにティグラーネース❶*大王（在位・前96頃～前56頃）が出て、急速に勢力を拡大、メーディアー、アッシュリアー、キリキアー*、シュリアー*、フェニキア*など四隣の各地方を支配下に収めて強盛を振るったものの、間もなくローマと対立する

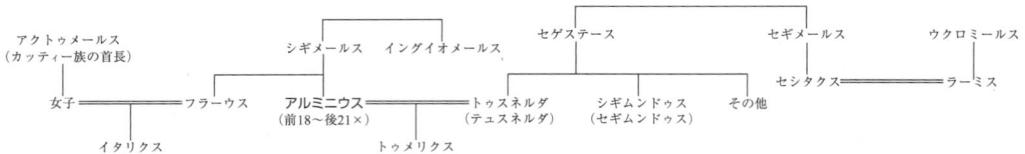

系図56 アルミニウス

に至り、大ポンペイユス*に敗れてからは、ローマの保護国と化した（前65）。

ローマ人はエウプラーテース*（ユーフラテス）河をはさんで東側を大アルメニア Armenia Major、西側を小アルメニア Armenia Minor と呼び、後者を帝国の属領に組み込んだ――後1世紀後半に属州カッパドキア*に併合――。大アルメニアはアルタクシアース*（ないしアルサケース*）朝の君主が統治し、ローマとパルティアー*の緩衝国としての役割を果たしたが、東西の両大国はその宗主権をめぐって絶えず争闘を繰り返した。トライヤーヌス*帝の東征により一時ローマの属州とされ（114～117）、パルティアーの滅亡（226）後は、サーサーン朝*ペルシアとローマがこの地の支配をめぐって侵略と干渉を重ねた。

住民はインド・ヨーロッパ語族系のアルメニアー人であるが、5世紀初頭にアルメニアー文字が発明される（404／406）までは、ペルシア語あるいはギリシア語が公用の書き言葉として用いられた。文化的にもギリシア風とイーラーン風が混淆していた（⇒アルタウァスデース1世）。とはいえ、宗教や風俗は万事にイーラーン的な傾向が顕著であった。女神アナイーティス*（アナーヒター）の神殿では多数の男女の奴隷が"聖なる売春"を行ない、名門の娘さえもが娼婦として仕える習慣があったという。また、ギリシア・ローマの影響を受けて男色も盛行していたと伝えられる。しかしながら、4世紀初頭に最古のキリスト教国となり（302頃）、アルメニアー教会が発足（⇒ティーリダテース3世）、ゾロアスター*教の巻き返しもみられたものの、今日に至るまで独自のキリスト教会を維持している。その後、国土はサーサーン朝ペルシアと東ローマ帝国とによって分割され（387年、主要部4分の3はペルシア領に）、653年頃にはアラブ人の征服するところとなった（⇒巻末系図112～114）。

なお、アルメニアーの神話上の名祖は、アルゴナウタイ*の1人アルメニオス Armenios とされるが、キリスト教徒はノアの子ヤペテ Japheth の子孫で、セミーラミス*と同時代の王アラム Aram に求めている――アルメニア人の伝承では、前2492年頃の族長ハイク Haik が建祖――。⇒アルタクサタ、ティグラーノケルタ、アルタクシアース、アルタウァスデース（アルタバゾス）、ティグラーネース、ティーリダテース

Herodot. 1-180, -194, 5-49, -52, 7-73/ Xen. An. 4-3, -4～/ Strab. 11-526～/ Tac. Ann. 12～15/ Dio Cass. 68/ Just. 42-2/ Diod. 2-11, 14-27, 17-64, 18-5, 19-37, 40-4/ Ptol. Geog. 5-7/ Plin. N. H. 6-9～10/ Joseph. J. B. 7, J. A. 1～/ Plut. Pomp., Luc./ Euseb. Hist. Eccl./ Amm. Marc./ Steph. Byz./ etc.

アルモリカ（または、アレーモリカ*） Armorica,
    または、アレーモリカ Aremorica,（仏）
    Armorique,（西）（葡）Armórica
（ケルト語「海沿いの〈地〉」の意）外ガッリア*西北部、今日のブルターニュ半島周辺およびノルマンディーの一部を含む地方名。この地域に住んでいた種族は、アルモリキー Armorici またはアレーモリカエ Aremoricae 族と総称され、好戦的なウェネティー❶*族がその主力をなしていたが、前56年カエサル*によってほぼ根絶やしにされてしまった。この地方はのちにローマの属州ガッリア・ルグドゥーネーンシス*に併合された（⇒ガッリア）。
Caes. B. Gall. 3-7～16, 5-53, 7-75, 8-31/ Plin. N. H. 4-17～18/ Strab. 4-194/ Jordan. 36-191/ etc.

アルリア Arria
⇒アッリア

アールリア Allia
⇒アーッリア

アルリアーヌス Arrianus
⇒アッリアーノス

アルリアーノス Arrianos
⇒アッリアーノス

アルリウス・アペル Arrius Aper
⇒アペル、アッリウス

アルリダイオス Arrhidaios
⇒ピリッポス3世（マケドニアー王）

アルロブロゲース Allobroges
⇒アッロブロゲース

アレイオス Areios, Ἄρειος,（ギ別）Ἀρεῖος, Ἄριος,（ラ）
    アリーウス Arius（Arrius）,（伊）Ario,（西）
    Arrio,（葡）Ário,（露）Арий,（現ギリシア語）
    Ários,（和）アリウス
（後250/260頃～後336）アレクサンドレイア❶*のキリスト教神学者。アレイオス（アリーウス）派（ラ）Arianismus の祖。リビュエー*出身。アンティオケイア❶*の神学者ルーキアーノス*の弟子。その学識の深さと、清浄な禁欲生活とで知られる。キリストは神によって造られたもので神と同一ではないと主張し、三位一体説を奉じるアレクサンドレイアの主教アレクサンドロス Aleksandros（在任・313～328）と対立（319頃）、後者により破門される（321頃）。彼の説はエジプト、シュリアー*、小アジアなど広く東方に信奉者を得、両派の抗争から各地で騒乱が生じたため、コーンスタンティーヌス1世*（大帝）は調停に乗り出し、325年ニーカイア❷*に史上初の公会議を召集、この教義を討論させた。席上アレクサンドロスが伴った好戦的な輔祭アタナシオス*（アタナシウス*）の雄弁が大勢を制し、アレイオス側が父なる神とキリストとの「同質（ホモウーシオン homoūsion）」を「類質（ホモイウーシオン homoiūsion）」とするなら合意すると譲歩したにもかかわらず、にべも無く拒否され、ついにアレイオスは異端を宣せられノーリクム*

へ追放される。一時アレクサンドレイアに帰還を図るがアタナシオスに阻まれて頓挫。328年、皇妹コーンスタンティア❶*の庇護のもと許されて呼び戻され、大帝自身も彼の所説に何ら"異端"を見出さなかったものの、これを拒むアタナシオスとの間に論争が再燃、両派の争いは全東方諸国に広がって紛糾をきわめた。336年、大帝は彼がコーンスタンティーノポリス*大聖堂で聖体拝領に加えられるよう命を下したが、その前日アレイオスは急死。突如内臓が破裂して肛門から糞便とともにはみ出すという奇怪な死に様から、反対派による毒殺だともいわれる。

　彼は長身痩躯で質素な身なりに厳粛な雰囲気をただよわせていたとされ、物言いは穏やかだがその弁論には説得力があったと伝えられる。アレイオスの教説はその後も東ローマ帝国時代まで各地で根強い支持を受け、ゴート*、ヴァンダル*、ブルグンド*、ランゴバルド*、アラマン*などゲルマーニア*諸族にも信奉され、長きにわたり教会内で大論争を生んだ。

⇒（カッパドキアーの）ゲオールギオス、コーンスタンティウス2世、ウァレーンス

Socrates Hist. Eccl. 1/ Epiph. Adv. Haeres. 68, 69/ Theodoretus Historia Ecclesiastica 1/ Athanasius Historia Arianorum/ Sozom. Hist. Eccl. 1-15/ Euseb. Vit. Const. 2-64 〜/ Rufinus Hist. Eccl./ Phot./ etc.

アレイオス・ディデュモス　Areios Didymos, Ἄρειος Δίδυμος, Arius Didymus, （仏）Arius Didyme, （伊）Ario (Areo) Didimo, （西）Ario Dídimo

（前1世紀）アレクサンドレイア❶*のギリシア人哲学者・修辞学者。オクターウィアーヌス*（アウグストゥス*）の哲学の師。ストアー*派ないしピュータゴラース*派に属するとされるが、アスカローン*のアンティオコス*の影響を受けて、折衷主義者であったと思われる。アウグストゥスは彼を深く尊敬し、前30年のアレクサンドレイア占領の際には、彼のために同市を略奪と破壊から救っている。著作は若干の断片のみ伝存。なお彼は、同時代のアレクサンドレイアで活躍した文献学者ディデュモス*とは別人である。

⇒ペルガモンのアポッロドーロス❺

Suet. Aug. 89/ Plut. Ant. 80, Mor. 207b/ Dio Cass. 51-16, 52-36/ Quint. 2-15, 3-1/ Sen. Ep. 88/ Ath. 4-139/ Suda/ etc.

アレイオス・パゴス　Areios Pagos, Ἄρειος Πάγος, Areopagus, Areiopagus, （仏）Aréopage, （独）Areopag, （伊）Areòpago, （西）（葡）Areópago, （露）Ареопаг, （現ギリシア語）Ários Pághos

「アレース*の丘」の意。アテーナイ*のアクロポリス*西方の小丘（高さ111m）。軍神アレースの神殿があったとされ、東南側にいくつかの祭壇が並んでいた。伝承によれば、アレースがポセイドーン*の子ハリッロティオス*を殺した時、ここでオリュンポス*の神々に裁かれた故事にちなんで、この名がついたという。母殺しのオレステース*や、一説では妻殺しのケパロス*、甥殺しのダイダロス*もまた、ここで裁きを受けたと伝えられる。古くは王の諮問機関たる長老会の議場となり、貴族政期にはアレイオス・パゴス評議会がこの丘に開かれて、国政の監視や官職者の監督に当たるなど市の実権を左右した（前7世紀頃）。同評議会の成員 Areiopagitēs は、アルコーン*経験者のうち身分審査を通った名門市民に限られ、しかも終身任期であったため、司法・行政にわたって広範な権限をもっていた。しかし、古典期に民主化が進むにつれて、保守派の牙城たるこの会議も次第に勢力を失い、前462年エピアルテース❷*の改革によってついにほとんどすべての政治的権能を剥奪されるに至った。その後は故意の殺人・放火・毒殺といった重大犯罪、および瀆神など宗教上の事件を審理する裁判所として権威を保った。アレイオス・パゴスの丘は、アテーナイの最高法廷の所在地としてのみならず、哲学者らの集う議論の場ともなり、ローマ帝政期にはここで原始キリスト教の使徒パウロス*（パウロ）が、人々にこの新興宗教に転向するよう説いている。『使徒言行録』17章）。

⇒ブーレー（評議会）

Herodot. 8-52/ Paus. 1-24, -28, -29/ Aesch. Eum. 566〜753/ Eur. I. T. 961〜, El. 1252〜/ Arist. Pol. 2-12, Ath. Pol. 3-6, 8-4, 27-1, 35-2, 57/ Cic. Off. 1-22/ Ael. V. H. 5-15, -18/ Poll./ etc.

アレイオパゴス　Areiopagos

⇒アレイオス・パゴス

アレイオーン（または、アリーオーン）　Areion, Ἀρείων, (Arion, Ἀρίων), Arion, （仏）Aréion, （伊）Arione, （西）Arión, （葡）Árion, （露）Арион, （現ギリシア語）Aríon

ギリシア神話中、ポセイドーン*とデーメーテール*との間に生まれた神馬。女神デーメーテールが娘ペルセポネー*の行方を探して各地を彷徨している最中、ポセイドーンの求愛を逃れるべく雌馬に変身してアルカディアー*の馬群の中に隠れたが、雄馬に変じたポセイドーンに犯されて、アレイオーンと恐るべき女神デスポイナ Despoina（「女主人」の意）を産んだ。アレイオーンはポセイドーンの手から諸王の所有を経て、最後にヘーラクレース*によってアドラストス❶*に贈られた。テーバイ攻めの七将*のうち、アドラストスのみが敗死せずに遁走できたのは、アレイオーンの快速のおかげである。異伝では、大地ゲー*（ガイア*）がアレイオーンとカイロス Kairos という2頭の雄馬を産んだという。その他、西風ゼピュロス*とハルピュイア*との交わりからアレイオーンが生れたなど、諸説が行なわれている。

Hom. Il. 23-346〜/ Paus. 8-25, -42/ Serv. ad Verg. G. 1-12/ Quint. Smyr. 4-570/ Hes. Sc. 120/ Apollod. 3-6/ Prop./ Stat. Theb. 6-301/ etc.

アレウアース（家） Aleuas
⇒アレウアダイ

アレウアダイ（アレウアース Aleuas, Ἀλεύας 家）
Aleuadai, Ἀλευάδαι, Aleuadae,（仏）Aleuades,（独）Aleuaden,（伊）Aleuadi,（西）Aleuadas

ギリシア北部、テッサリアー*の権門。ヘーラクレース*の子テッサロス Thessalos（テッサリアーの名祖）の子孫アレウアース王を祖と仰ぎ、ラーリーサ❶*周辺を支配。テッサリアー同盟の最高司令官職ターゴス Tagos を務め、前6世紀には大きな勢力を誇った。ペルシア戦争*の際にギリシアを裏切って大王クセルクセース1世*の親征軍に加担し、そのギリシア進攻を促したばかりか、ペルシア側に種々便宜をはかり大いに貢献した（前480）。そのためペルシア軍の敗北後（前479）、スパルター*王レオーテュキダース（レオーテュキデース）2世*の攻撃を受けたが、多額の賄賂を王に贈って征服を免れたという。アレウアダイ一族は、その後も前369年に至るまでターゴスを輩出し、ペライ*の僭主一家と抗争を続け、マケドニアー*の援助を求めた結果、かえってマケドニアー王ピリッポス2世*（アレクサンドロス大王*の父）に服属する破目に陥った。
⇒ピンダロス、（ペライの）イアーソーン、シモーニデース
Herodot. 7-6, -130, -172, 9-58/ Pl. Meno. 70b/ Pind. Pyth. 10-8/ Paus. 3-7-9, 7-10-2/ Diod. 16-14/ Suda/ etc.

アレウス　Areus, Ἀρεύς,（Ἄρειος, Ἀρήιος）,（伊）（西）Areo,（葡）Areu,（現ギリシア語）Aréfs,（露）Арей

スパルター*のアーギアダイ*家の王。スパルター王家の系図（巻末系図022）を参照。

❶1世 A. I （在位・前309頃～前265）

クレオメネース2世*の孫。父アクロタトス Akrotatos が早世したので、祖父の跡を継いで即位する。前280年マケドニアー*のアンティゴノス2世*・ゴナタースに対するギリシア人の蜂起を指導し、ペロポンネーソス*軍を率いてアイトーリアー*へ進攻、諸市を荒らしたものの撃退された。次いで、王位をめぐって対立する叔父クレオーニュモス*が、エーペイロス*王ピュッロス*の支援でスパルターに攻め寄せたが、王子アクロタトス*が善戦し、アレウスも急遽遠征先のクレーター*（クレーテー*）島から帰還したので、包囲は解かれた（前272）。各地に転戦して名声を高め、スパルターを盟主とするペロポンネーソス同盟を再編、自己を顕彰する碑銘や貨幣を造るなど、ヘレニズム的君主として振る舞った最初のスパルター王となる。40年以上在位したのち、コリントス*市外でマケドニアーの将軍・小クラテロス（⇒クラテロス）と交戦中に斃れた。
⇒クレモーニデース
Paus. 3-6/ Diod. 20-29/ Just. 24-1, 26-2/ Plut. Pyrrh. 26～, Agis 3/ etc.

❷2世 A. II （在位・前262頃～前254）

❶の孫。父アクロタトス*が戦死した時（前262）、母の胎内にあり、生まれるや王位につけられたが8歳で夭逝。後見人ですでに高齢だったレオーニダース2世*が跡を襲って即位した。
Plut. Agis 3/ Paus. 3-6/ etc.

アレオス　Aleos, Ἀλεός, Aleus,（仏）Aléos,（伊）Aleo,（西）Áleo,（露）Алей

ギリシア神話中、アルカディアー*のテゲアー*王。親族のネアイラ Neaira と結婚し、ケーペウス❷*、リュクール

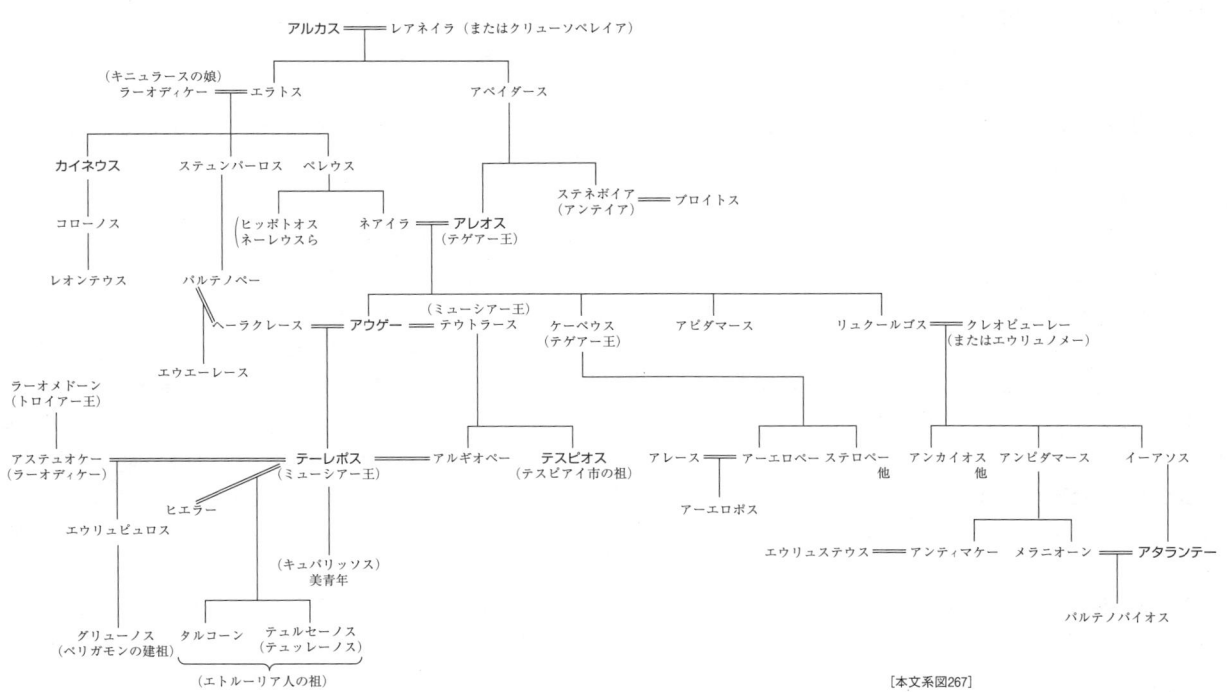

系図57　アレオス

[本文系図267]

ゴス❸*、アウゲー*らの父となる。「ネアイラの兄弟2人がアウゲーの息子の手にかかって死ぬであろう」との神託があったので、娘を処女のまま女神アテーナー*に仕える巫女にしたが、彼女はヘーラクレース*に犯されて1子テーレポス*を出産、のちに予言は成就することになる。
Apollod. 3-9-1/ Paus, 8-23-1, -3/ etc.

アレーオパグス　Areopagus
⇒アレイオス・パゴス

アレキサンダー大王　Alexander the Great
アレクサンドロス3世*（マケドニアー*王）の英語表記。

アレキサンドリア　Alexandria
⇒アレクサンドレイア

アレクサンデル　Alexander,（仏）（葡）Alexandre,（伊）Alessandro,（西）Alejandro,（露）Александр,（ブルガリア語）Александър,（マジャル語）Sándor,（ポーランド語）（ノルウェー語）Aleksander,（フィンランド語）Aleksanteri,（マケドニア語）（セルビア語）Александар,（アルメニア語）Aleksandr,（アラビア語）Iskandar,（ペルシア語）Eskandar,（アムハラ語）Eskender,（トルコ語）İskender,（古エジプト語）Alksndrs,（漢）亞歷山大
アレクサンドロス*のラテン形。

アレクサンデル・アエトールス　Alexander Aetolus,（英）Alexander of Aetolia
⇒アレクサンドロス*（アイトーリアー*の）

アレクサンデル・セウェールス　Alexander Severus
⇒セウェールス・アレクサンデル

アレクサンデル・ポリュヒストル　Alexander Polyhistor
⇒アレクサンドロス・ポリュイストール

アレクサンデル・マグヌス　Alexander Magnus
⇒アレクサンドロス大王*のラテン語形

アレクサンデル・ヤンナエウス　Alexander Jannaeus
⇒アレクサンドロス・イアンナイオス

アレクサンドラー　Aleksandra, Ἀλεξάνδρα, Alexandra,（伊）Alessandra,（西）Alejandra,（露）Александра
ギリシア神話中、トロイアー*の王女カッサンドラー*の別名。

アレクサンドラー　Aleksandra, Ἀλεξάνδρα, Alexandra,（伊）Alessandra,（西）Alejandra,（露）Александра
ハスモーン*（アサモーナイオス*）朝ユダヤ王室の女性名。巻末系図026参照。

❶（前140頃～前67）別名・サローメー Salome, Σαλώμη。ユダヤ名・シャーローム・シオーン（ないしツィオーン）Šālôm Ṣiyyōn。夫王アリストブーロス1世*の死（前103）後、夫の弟アレクサンドロス・イアンナイオス*（在位・前103～前76）を王に指名し、これと再婚する。権力欲の熾烈な彼女は、イアンナイオスの没後、自ら女王として君臨し（在位・前76～前67）、パリサイ派 Pharisaioi を保護し、その台頭を許した。穏和で無能な長男ヒュルカノス2世*を後継王に定めたが、これを潔しとせぬ次男アリストブーロス2世*が反乱を起こし各地を占領・支配した。その騒動の最中、彼女は病を得て73年の生涯を閉じ、以後2人の息子たちの間で王位継承争いが繰り広げられた。
Joseph. J. A. 13-12,-16/ J. B. 1-5/ etc.

❷（？～前29頃）
ヒュルカノス2世*の娘。❶の孫。叔父アリストブーロス2世*の子アレクサンドロス Aleksandros と結婚し、アリストブーロス3世*とマリアンメー1世*の1男1女を産む。子供たちはいずれも美貌で評判をとり、娘はヘーローデース1世*（ヘロデ大王）に嫁ぎ、息子はヘーローデースによって大祭司職を授けられた。しかし野心家のアレクサンドラーは、たえずヘーローデースの政権を転覆させるべく策動し、エジプトの女王クレオパトラー7世*の許へ身を寄せようとして発覚（棺の中に入り、死人のふりをして亡命を図る）。不安を覚えたヘーローデースに息子アリストブーロスを殺され（前35）、さらに父ヒュルカノス（前30）や娘マリアンメー（前29）をも処刑される。彼女自身も投獄されていたが、繰り返しヘーローデースに陰謀を企てたあげく、ついに処刑されて果てた。
Joseph. J. A. 15-2, -6/ etc.

アレクサンドラー・サローメー　Alexandra Salome
⇒アレクサンドラー❶

アレクサンドリーア　Alexandria
⇒アレクサンドレイア

アレクサンドレイア　Aleksandreia, Ἀλεξάνδρεια,（ラ）アレクサンドリーア* Alexandria（または、アレクサンドレーア Alexandrea）,（仏）Alexandrie,（独）Alexandrien,（伊）Alessandria,（西）Alejandría,（露）Александрия,（現ギリシア語）Aleksándria,（和）アレキサンドリア，アレクサンドリア
アレクサンドロス大王*とその後継者により広大な帝国内の要地に多数建設されたギリシア系都市。元来は大王自身が、征服した中央アジア・インドにまで至る東方各地に

創建し、自らの名を冠した諸市で、その数 70 (史料では 30 余が確認されるというが、諸説あり)。またのちになって大王に因んで命名された例もある。

それらの中で最も重要な都市は以下のものである。

❶ (現・(アラビア語) 'Al-'Iskandarīya, (エジプト方言・El-Iskendireyya), (トルコ語) İskenderiye) (ラ) Alexandria ad Aegyptum (エジプトのアレクサンドリーア), Alexandria Magna。(旧称・Rhakôtis, Rhakōtes)。エジプト北岸、ナイル*河デルタの西端に位置する海港都市。前 332 年エジプトを征服したアレクサンドロス大王*の命により建築家デイノクラテース*の設計で創建された。(定礎は前 331 年 4 月 7 日)。伝承では、大王の夢中に現われたホメーロス*の指示で場所が選定され、人々が麦粉で地面に都市プランを描いていた時、にわかに幾種類もの鳥の大群が飛来して麦粉を残らず食べてしまい、大王が不吉な予感にとらわれていたところ、予言者たちは「この町が将来豊かに栄えて諸々の国の人々を養うことになる吉兆です」と巧みに解釈して励ましたという。その後アレクサンドレイアは、プトレマイオス朝*の首都として急速に発展を遂げ、王宮や神殿、ムーセイオン*、パロス*の大灯台など数多くの壮麗な建築物が造営され、各地からおびただしい学者や芸術家が参集、ヘレニズム時代の文化・経済の世界的中心地となった。

市街は規則正しい格子型道路網におおわれ、直交する柱廊をそなえた大通りは幅 30 m。パロス島と本土はヘプタスタディオン Heptastadion と呼ばれるほぼ 1.5 km の突堤で結ばれ、その東西に大・小両港を擁し国際貿易都市としても繁栄。インド・アラビア・アフリカ方面からの高価な産物や小麦・パピューロス・ガラス器などの国内産物を地中海各地へ輸出した。中核をなす王宮区には豪華な宮殿やポセイドーン*神殿をはじめ、劇場、裁判所、ギュムナシオン*(体育場)、パライストラー*、果樹園、王室専用の港、全市街を睥睨するパーン*神殿、アレクサンドロス大王の霊廟(マウソーレイオン*)を取り巻く歴代諸王の墓所 Sema(セーマ)、商品取引所 Emporion(エンポリオン)、などが偉観を競い、特に学問研究所ムーセイオン*と蔵書 70 万巻を誇る世界一の大図書館はプトレマイオス王家の保護政策の下、一流の詩人や文献学者らで永く賑わい、その名を天下に轟かせた。(文学史上の「アレクサンドレイア時代」)。さらに天文台や動物園、解剖学研究所なども設けられ、医学・数学・天文学ほかの自然科学の研究は頂点を極めるに至った。市の西南部には国家神セラーピス*の大神殿 Serāpeion が聳え、市内東部は地中海世界最大のユダヤ*人居留区を形成。城門の外にはスタディオン*や戦車競走場(ヒッポドロモス)(⇒キルクス)、海辺の遊歩道に添った別荘と庭園、そしてネクロポリス Nekropolis (「死者の町」)として知られる広大な墓地が拡がっていた。住民はマケドニアー*人、ギリシア人、エジプト人、ユダヤ人、シュリアー*人、アラビアー*人、フェニキア*人、等々と変化に富み、自由市民だけで 30 万人、奴隷を含めた総人口は優に 60 万人を超え、ヘレニズム世界で最大に達した —— プトレマイオス朝末期には 100 万人を数えたという ——。男女ともに享楽的で放縦な気風で知られ、山海の珍味を好む富裕層の贅沢な暮らしは、この地を訪れたローマ使節を驚嘆させたほどで、裸体競技や各種見世物、美青年や美しい遊女たち(ヘタイラー*)、宝石や貴金属、絶妙な美酒などといった人々を魅了する快楽は余すところなく揃っていたという。

前 48 年ローマの将カエサル*に占領され、前 30 年女王クレオパトラー 7 世*の自殺によるプトレマイオス王国の滅亡後は、ローマ帝国領に編入され、属州エジプトの州都となったが、アレクサンドレイア市民権の保持などの諸特権を認められ、東西貿易の中心として栄え続けた。郊外の歓楽街カノーボス*(カノープス*)を控え、帝都ローマに次ぐ第 2 の都市、しかし洗練度では遙かにローマを凌駕する大都会との評判高く、カリグラ*やネロー*ら洒落者の皇帝はここに遷都することを計画したと伝えられる。とはいえ、ユダヤ人らの暴動が度重なり、215 年カラカッラ*帝は見せしめのため多数の青年たちを虐殺。パルミューラ*の女王ゼーノビア*およびローマ皇帝アウレーリアーヌス*軍の占領 (272)、ディオクレーティアーヌス*帝の市民殺戮と錬金術関係書の焼却 (297～298) を経て疲弊。3 世紀には新プラトーン派哲学の中心地となり、学問の府としての位置を保ったものの、キリスト教皇帝テオドシウス 1 世*の「異教禁止令」(391) により、総大主教テオピロ

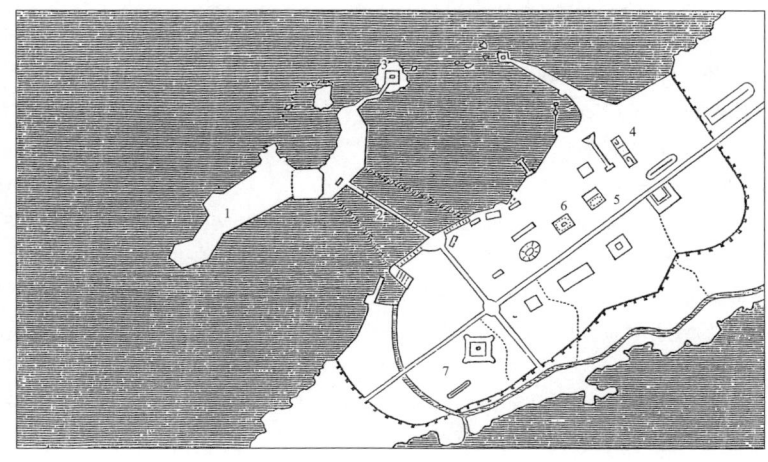

1 パロス島
2 ヘプタスタディオン
3 パロスの燈台
4 王宮,劇場,
　アレクサンドロス大王・
　プトレマイオス朝の墓所
5 ムーセイオン,図書館
6 セーマ(ソーマ)
7 セラーペイオン
　(セラーピス神殿)

アレクサンドレイア市街図

ス*率いる狂信徒の手でセラーピス神殿らキリスト教以外の諸神殿は徹底的に破壊され、図書館の蔵書も大部分が失われた。その後はキリスト教徒による「異教徒」大迫害が始まり（⇒ヒュパティアー）、異端と正統をめぐるキリスト教徒間の分裂と抗争ののち、642年イスラーム教徒のアラビアー人の軍門に降った。今日セラーピス神殿の遺構に全長30mのディオクレーティアーヌスの記念柱（297頃・通称「ポンペイユス*の円柱」）が建ち、またパロス島の海底から石像・石柱などが発見されている程度で、ヘレニズム・ローマ都市の発掘はさほど進んでいない。なおクレオパトラーが築いたカエサル神殿 Caesarium にあった2本のオベリスク（もとヘーリオポリス*にトゥートメース3世が建てたもの）は、19世紀後半にロンドンのテムズ河畔とニューヨークのセントラル・パークに運び去られ、ともに「クレオパトラの針 Cleopatra's Needle」なる俗称で知られている。

⇒クレオメネース❶（ナウクラティスの）、マレオーティス湖、カノーボス

Strab. 17-791〜/ Plin. N. H. 5-11/ Polyb. 5-35, 39-7/ Caes. B. Civ. 3-106〜/ Plut. Alex. 26/ Diod. 17-52/ Curtius 4-8/ Arr. Anab. 3-1〜/ Ptol. Geog. 4-5, 7-5/ Mela 1-9/ Paus. 5-21-9/ Suet. Calig. 49/ Dio Cass. 42-38, 63-27, 77-22/ Quint. 1-2/ Stat. Silv. 5-66/ Philo./ Just./ Liv./ Vitr./ Cic./ Hirtius/ Val. Max./ Joseph./ Tac./ Ath./ S. H. A./ Amm. Marc./ Solin./ etc.

❷（現・イスケンデルン İskenderun）イッソス*のアレクサンドレイア Ἀλεξάνδρεια κατ' Ἴσσον,（ラ）Alexandria ad Issum,（英）Alexandria near Issus,（後のアレクサンドレッタ Aleksandretta, Ἀλεξανδρέττα, Alexandretta,（仏）（独）Alexandrette（伊）Alessandretta,（西）Alejandreta（露）Александретта, Искендерун),（アラビア語）Al-Iskandarūn

シュリアー*北部の港湾都市。アレクサンドロス大王*ないし遺将セレウコス1世*がイッソス戦の勝利（前333）を記念して戦場の南およそ23マイルの地に建設した ── おそらくフェニキア*の港町ミュリアンドロス Myriandros 市の再興として ── 。地中海最東端のイッソス湾に臨み、「キリキアー*のアレクサンドレイア」とも呼ばれ、東西貿易の要衝として永く栄えた。その名は今日、近くのアレクサンドレッタ（イスケンデルン）市に伝えられている。

⇒アンティオケイア❶、セレウケイア❷

Plin. N. H. 5-22/ Herodot. 4-38/ Xen. An. 1-4-6/ Strab. 14-676/ Ptol. Geog. 5-14/ Steph. Byz./ etc.

❸（現・Eski Stambul）トローアス*のアレクサンドレイア（ラ）Alexandria Troas,（英）Alexandria of the Troad（仏）Alexandrie de Troade,（伊）Alessandria di Troade,（西）Alejandría de Tróade 小アジア北西部トローアス地方の港湾都市。テネドス*島の対岸に位置し、前310年頃アレクサンドロス大王*の遺将アンティゴノス1世*によって建設（伝承では、前334年5月アレクサンドロス大王により創建）。当初はアンティゴネイア❷* Antigoneia と呼ばれたが、ほどなくリューシマコス*により大王を記念して「アレクサンドレイア」と改名された。初代ローマ皇帝アウグストゥス*の時代にはローマ植民市（コローニアア*）となり、ハドリアーヌス*帝治下にはアテーナイ*の大富豪ヘーローデース・アッティクス*の資金援助で立派な水道（アクァエドゥクトゥス*）が造営されて繁栄した。新興キリスト教の布教者パウロス*（パウロ）は、この港から初めてのヨーロッパ伝道の途についたとされる。ローマ時代の市壁や巨大な浴場施設（テルマエ*）など建造物の遺跡が遺る。異説では、トローアスのアレクサンドレイアは、イーダー❶*山中で最も美しい女神の審判をした伝説上のトロイアー*王子パリス*（別名アレクサンドロス*）に因んで名づけられたという。

⇒イーリオン（イーリウム）

Strab. 13-593, -604/ Plin. N. H. 5-33/ Paus. 10-12-4〜5, -14-4/ Liv. 35-42/ Suet. Iul. 79/ Hor. Carm. 3-3/ Ptol. Geog. 5-2/ etc.

❹以上のほか、アレクサンドロス大王*が征服したアジア各地に同名の都市がいくつも建設された。その代表的なものは以下のとおりである。

a. アレイアー（アリ（ー）アー）Areia (Aria) のアレクサンドレイア（ラ）Alexandria Ariorum,（英）Alexandria of the Arians（現・ヘラート Herat）

前330年9月アレクサンドロス大王により創建される。インドへ通じる要衝の地に位置する。

b. アラコーシアー Arakhosia のアレクサンドレイア（ラ）Alexandria Arachosiorum,（英）Alexandria of the Arachosians（現・カンダハール Kandahār, Qandahār）

前329年初頭アレクサンドロス大王によりペルシア帝国*のアラコーシアー州の戦略的基地として建設される。別名・アレクサンドロポリス Alexandropolis。

c. マルギアネー* Margiane のアレクサンドレイア（ラ）Alexandria Margiana（英）Alexandria in Margiana,（現・メルヴ Merv, Marw, Mary（漢）木鹿）

前328年アレクサンドロス大王によって創建され、のちアンティオコス1世*が再興してアンティオケイア*と改名した。

d. 最果ての Eskhate, Ἐσχάτη アレクサンドレイア（ラ）Alexandria Eschata, Alexandria Ultima,（英）Alexandria the Furthest (Farthest),（現・フジャンド khujand, Khudzand, Khodzhend）イアクサルテース*河（シル・ダリヤ）南岸。前327年頃、アレクサンドロス大王によって建設された中央アジアの都市。のちアンティオコス1世が再興してアンティオケイア*と改名した。

Plin. N. H. 6-21, -25/ Arr. Anab. 3-28, 4-1, -22/ Curtius 7-6/ Strab. 15〜16/ App. Syr./ Diod. 17-83, -102/ Ptol. Geog./ Steph. Byz./ etc.

アレクサンドロス Aleksandros, Ἀλέξανδρος,（ラ）アレクサンデル* Alexander,（仏）（葡）Alexandre,（伊）Alessandro,（西）Alejandro,（ヒッタイト語）Alaksandu,（現ギリシア語）Aléksandros

ギリシア神話中のトロイアー*王子パリス*の別名。

アレクサンドロス　Aleksandros, Ἀλέξανδρος, Alexander, (仏)(葡) Alexandre, (伊) Alessandro, (西) Alejandro, (露) Александр

マケドニアー*王国の諸王。巻末系図 027 を参照。

❶1世　A. I　Philellen, Φιλέλλην（在位・前 498 頃〜前 454／450）

アミュンタース 1 世*の息子にして後継者。王子時代に、父王の宮廷で狼藉を働いたアカイメネース朝*ペルシア*の使節団を殺害（前 512 頃）。即位してのち、余儀なくペルシアに服し（前 492）、大王クセルクセース❶*のギリシア遠征に従軍（前 480）、プラタイアイ*の会戦の前夜、ペルシア軍の作戦をギリシア側に密告した（前 479）。これを徳としたギリシア人により、オリュンピア競技祭*の参加を認められ徒競走で優勝（前 476？）。自らのギリシア人たる血統を強調し、詩人ピンダロス*らを招いて宮廷のギリシア化に努めた。領土を拡張し、鉱山を経営して毎日 1 タラントンの銀を獲、マケドニアー最初の貨幣を鋳造した。異名・ピレッレーン Philellen（ギリシア贔屓）。息子ペルディッカース*2 世が跡を嗣いだ。
Herodot. 5-17〜, 7-173, -175, 8-34, -121, -136〜, 9-44〜46／Just. 7-2〜4／Plut. Cim. 14／Thuc. 2-99／etc.

❷2世　A. II　（在位・前 370／369〜前 368）

アミュンタース 3 世*の長男にして後継者。在位 1 年ほどで、母エウリュディケー❶*とその恋人プトレマイオス Ptolemaios Alorites（？〜前 365）との謀略により戦いの踊りの最中に暗殺される。その短い治世の間にアレウアダイ*の要請に応じてテッサリアー*に干渉した（前 369）が失敗し、ペロピダース*に阻止されて、かえってテーバイ❶*と同盟を結ぶことを余儀なくされている。
⇒ペルディッカース 3 世、ピリッポス 2 世
Diod. 15-60〜61, -71／Plut. Pel. 26〜27／Ath. 14-629d／etc.

❸3世　A. III 大王　Aleksandros ho Megās, Ἀλέξανδρος ὁ Μέγας, (ラ) アレクサンデル・マグヌス* Alexander Magnus. 各国語表記はアレクサンドロス大王*の項を参照。（前 356 年 7 月 20 日頃〜前 323 年 6 月 10 日夕刻）（在位・前 336〜前 323）

ピリッポス 2 世*とオリュンピアス❶*の子。マケドニアー*王国の首都ペッラ*に生まれたが、その誕生については、母親が腹に落雷する夢を見て身ごもったとか、彼女が蛇に変身したゼウス*・アンモーン*神と交わって胤を宿したといった種々の伝説が古くから語り伝えられている（⇒ヘーロストラトス、ネクタネボス 2 世）。前 342 年以来、師傅として招かれたアリストテレース*の教導を受け、その校訂になる『イーリアス*』は終生彼の枕頭の書として愛読・携行された。少年時代から優れた資質を示し、荒馬ブーケパラース*を乗りこなしたり、父王不在中にアカイメネース朝*ペルシア*の使節を賢明に応対したなどの逸話が残る。

早くも前 340 年には 16 歳で父王の摂政として国事に係わり、ついでカイローネイア*の戦いで武勲を顕わす（前 338）。父の横死（前 336 年 7 月頃）後、競争者たちを倒して王位を継承（20 歳）、ドーナウ（イストロス*）河を越えてトラーケー*（トラーキアー*）北辺やイッリュリアー*を征圧中、デーモステネース❷*の策動でテーバイ❶*が反乱を起こしたため、急ぎ南下してこれを平定し、テーバイ人を虐殺・奴隷化したうえ徹底的に町を破壊した ―― ピンダロス*の家と神殿のみ残される ――（前 335）。

前 334 年の 5 月初頭、ヘッラス*連盟（コリントス*同盟）の盟主として、3 万 5 千の兵を率いてペルシア遠征に出発。ヘッレースポントス*海峡を渡り、グラーニーコス*河の戦いでペルシア軍に大勝（⇒メムノーン）、翌前 333 年ゴルディオン*で有名なゴルディアース*の結び目を断ち切る。小アジアを抑えると、シュリアー*へ進み、イッソス*の戦い（11 月初）で敵王ダーレイオス 3 世*の大軍を撃破、置き去りにされたダーレイオスの母后、皇后、子女を捕虜とする（⇒シシュガンビス）。

続いてペルシア海軍の拠点たるフェニキア*諸市を陥れ、7 ヵ月の攻囲ののち執拗に抵抗したテュロス*市民の生き残り 2 千人を架刑に処する（前 332 年 8 月）。穀倉地エジプトは戦わずして降伏、むしろ彼をペルシアからの解放者として歓迎した。前 331 年の春、ナイル河口にアレクサンドレイア❶*市を創建、シーワ Siwa のオアシスまで足を延ばしアンモーン神殿 Ammonion で「神の子」という神託を受ける ―― 出迎えた予言者が「おお我が子よ（パイディオン）」と言おうとして、「おおゼウスの子よ（パイディオス）」と誤って発音したのを利用したもの ―― 。次いでメソポタミアー*に侵入、アルベーラ* Arbela（現・Erbil）近くのガウガメーラ*にペルシア軍の全精鋭を潰滅させ、ダーレイオスを敗走させた（前 331 年 10 月 1 日）。アジアの支配者となったアレクサンドロスは、ペルシアの主要都市バビュローン*、スーサ*を経て、ペルセポリス*に入城し（前 330 年 1 月）、比類ない財宝を手に入れると同時にペルシア戦争*の報復と称して壮麗なその宮殿を焼き払った（⇒タイス）。エクバタナ*を降すと東征終了を宣言、ヘッラス連盟軍を解散し、希望者のみ率いてダーレイオスを追跡する。

ダーレイオスがバクトラ*（バクトリアー*）の太守ベーッソス*に裏切られ暗殺されたことを知ると、パロパミソス Paropamisos（ヒンドゥークシュ）山脈を越えてバクトラ（バクトリアー）、ソグディアネー*（現・ウズベキスターン）に入り、ベーッソスを捕らえて処刑する（前 328）。その後 2 年の間に、イーラーン高原を平定し、スキュティアー*人を制圧。多数（70 ともいう）のアレクサンドレイア*市を各地に建設し、また跪拝礼 proskynēsis（プロスキュネーシス）などペルシアの制度・儀礼を採用したり、イーラーン人を重用するなどして、マケドニアー人に不平・反撥を生じさせた。そのため軍隊内に陰謀事件が相次ぎ、宿将パルメニオーン*とピロータース*父子の処刑（前 330 秋）や、命の恩人クレイトス*の殺害（前 328 夏）、近習ヘルモラーオス*の謀反（前 327 晩春）とそれに連座したカッリステネース*（アリストテレースの姪孫）の絞首刑などが起きた。

前 326 年 3 月にはインドス*（インダス）河を渡ってイン

ド*に侵攻、ヒュダスペース*河にポーロス*王を破り（5月）、その折死んだ愛馬ブーケパラースを偲んでブーケパレー*なる町を築いた。さらにヒュパシス Hyphasis（現・ビーアス Bias, Beas）河まで到着、なお進んでガンゲース*（ガンジス）河を越えようとしたが、将兵らに拒絶されて東進を断念（7月下旬）、平定したインドス一帯を帝国に編入して帰途につく。インド洋までインドス河を下り（前326年11月初～前325年8月）、そこから二手に分かれ、ネアルコス*には艦隊を指揮させて海路ペルシア湾の探検周航を命じ、自らは陸路ゲドローシアー*の砂漠を行軍して多大の被害を出しつつ、前324年2月末スーサに帰還（総勢の4分の1のみ生還）。5年間の不在中に紊乱した綱紀を高宮らの粛清によってひきしめてから（⇒ハルパロス）、大祝祭を開催し、東西和合を期して将兵1万人以上にアジア女性を娶らせ集団結婚式を挙行、自身もダーレイオスの長女バルシネー❷*（スタテイラ*）を迎えた（4月）。またオリエントの青年3万人を選んで近衛兵はじめ新しい帝国軍を編成したり、宦官バゴーアース❷*を寵愛してペルシア風の暮らし方をしたり、さらに自らを神として崇拝するよう要請し女神アルテミス*やアンモーン神、ヘーラクレース*等に扮したりしたので、同年夏、除隊を命じられたマケドニアー兵士の騒擾がオーピス Opis（⇒セレウケイア❶）で起きたが、間もなく鎮圧されて「和解の饗宴」が開かれる。同年秋エクバタナ滞在中に念友ヘーパイスティオーン*が病死、気も狂わんばかりに嘆いた彼は、壮麗な墓廟を建てて愛する友を英雄神 heros として祀ろうとする。前323年初めバビュローンへ戻り、ここを帝国の首都として計画、次にアラビアー*制覇そして西地中海遠征に赴くべく準備中、熱病に罹り急死した。32歳。最期の言葉は、帝国を誰に譲るつもりかと訊ねられた時に答えた「最も強い者に」であったという。死の直前に印璽を将軍ペルディッカース*に託したが、たちまち彼の帝国は瓦解・分裂してしまう。一説によると、彼の死はマケドニアーに残った摂政アンティパトロス❶*父子やアリストテレースの共謀した毒殺であったという（⇒イオラース）。

遺骸はプトレマイオス1世*によってエジプトへ運ばれ、永くアレクサンドレイアの霊廟に蜜漬けのミイラとして保存された。また没後、妃ロークサネー*から男児アレクサンドロス4世*が誕生、それよりも早くバルシネー❶*（アルタバゾス❷*の娘）からも一子ヘーラクレース Herakles が生まれていたが、いずれも王室の内紛の裡に殺害された。

アレクサンドロス大王の容姿は美しく、全身から芳香を発し、潤んだ瞳で首を左へ傾けながら物を見る癖があったといわれる。彼はリューシッポス*だけに肖像彫刻を造らせ、アペッレース*だけに肖像画を描くことを許し、またピュルゴテレース Pyrgoteles だけに宝石に似姿を彫る権利を与えた。なお酒を愛して長夜の宴をしばしば開き、男色を女色よりも好み大勢の寵童を抱えていたので、しばしば美少年を周旋されたが、肉欲に耽溺することはなかった。アリストテレースの薫陶により文学や自然科学に親しみ、ホメーロス*を愛読、東征には学者たちを同伴した。彼の偉業は後世に至るまで、洋の東西で伝説化されて永く語りつがれた（イスラーム圏のイスカンダル物語など）。

一説に、唐の玄宗に反旗を翻した安禄山（後705～757）の本名・軋犖山も、アレクサンドロスの音訳とされている。
⇒（シノーペー*の）ディオゲネース❷、アナクサルコス、クラテース❸、ギュムノソピスタイ、オネーシクリトス
Arr. Anab./ Plut. Alex., De Alex. fort. (326～345)/ Curtius/ Diod. 17～18/ Just. 11～13/ Val. Max./ Strab. 1, 15-721～/ Plin. N. H. 7-37/ Ael./ Ath./ Polyb./ etc.

❹ 4世　A. Ⅳ アイゴス Aigos, Αἰγός
（前323～前311）（在位・前323～前311）

アレクサンドロス大王*の遺腹の子。母はロークサネー*。生まれるや、ピリッポス3世*アッリダイオス（大王の異母兄）とともに、将軍ペルディッカース*の摂政の下、名目上のマケドニアー*王に擁立され、ペルディッカースの死後、その後継者アンティパトロス❶*により、母とともにマケドニアーへ送り込まれる（前320）。翌年アンティパトロスが没すると、今度はポリュスペルコーン*が摂政となるが、母子は野心家のエウリュディケー❷*（アッリダイオスの妻）に逐われて、エーペイロス*の祖母オリュンピアス*の許へ難を避ける。前317年マケドニアーに復帰し、アッリダイオスとエウリュディケーが殺されたのちオリュンピアスが実権を握ったものの、翌前316年、王位を狙うカッサンドロス*によって、オリュンピアスは処刑され、幼王とその母ロークサネーも幽閉される。そして、前311年ついにカッサンドロスの命で獄内に密殺され、ここに正統なアルゲアダイ Argeadai (Ἀργεάδαι) 朝の血筋は絶えた。
Diod. 18-36, -39, 19-11, -51～52, -61, -105/ Just. 14-5, 15-2/ Paus. 9-7-2/ Plut. Mor. 530/ etc.

❺ 5世　A. Ⅴ　（在位・前295頃～前294）

カッサンドロス*とテッサロニーケー*（アレクサンドロス大王*の異母妹）の三男。長兄ピリッポス4世*亡き後、王位をめぐって次兄アンティパトロス❷*と争い、救援をエーペイロス*王ピュッロス*とデーメートリオス1世*・ポリオルケーテースの両者に要請。ためにピュッロスには助勢の報酬としてマケドニアー*の大部分を割譲させられ、デーメートリオスからは暗殺をもって報いられた。というのも、アレクサンドロスが先にデーメートリオスの威勢を恐れて、これを宴会に招いて殺そうとしたところ、密告者のせいで果たせず、逆に彼の方がデーメートリオスの饗宴に誘殺されたというわけである。なお、彼の妃はプトレマイオス1世*の娘リューサンドラー*である。
⇒プトレマイオス・ケラウノス
Plut. Pyrrh. 6～7, Demetr. 36～37/ Paus. 9-7-3/ Just. 16-1/ etc.

アレクサンドロス　Aleksandros, Ἀλέξανδρος, Alexander, (仏)(葡) Alexandre, (伊) Alessandro, (西) Alejandro

エーペイロス*の王。巻末系図028（モロッソイ*人の王）を参照。

❶1世　A. I（在位・前342～前330頃）

ネオプトレモス1世*の息子。オリュンピアス*（アレクサンドロス大王*の母）の弟。若い頃、マケドニアー*の宮廷へ送られ、義兄ピリッポス2世*の愛人となる。ピリッポスは情愛の返礼として、アリュバース Arybas（ネオプトレモス1世の兄弟）を駆逐し、彼をエーペイロス*の王位につける（前342）。前333年頃アレクサンドロスは、タラース*（タレントゥム）*市民の要請で出征し、南イタリアの大部分を征服、ローマ*と同盟を結んだが、アケローン*河を渡っている最中に暗殺される（⇒コーンセンティア）。前336年初夏、彼は7歳違いの姪クレオパトラー❷*（オリュンピアスとピリッポス2世の娘）を娶り ── その婚礼の席で、ピリッポス2世が暗殺された ──、1男ネオプトレモス2世*と1女カドメイアー Kadmeia を儲けている。

Just. 8-6, 9-6～7, 12-2, 17-3, 18-1, 23-1/ Liv. 8-3, -17, -24/ Diod. 16-72/ Arr. Anab. 3-6/ etc.

❷2世　A. II（在位・前272～前240頃）

王ピュッロス*とラーナッサ Lanassa（シュラークーサイ*の独裁者アガトクレース*の娘）の子。母は夫王が非ギリシア系の妃妾らを寵愛すると憤慨してエーペイロス*を退去しデーメートリオス1世*・ポリオルケーテースと再婚する（前291頃）。

ピュッロスの横死（前272）後、王位を継いだアレクサンドロスは、父王以来の対マケドニアー*戦に従事、アンティゴノス2世*の追放に成功したものの、デーメートリオス2世*（アンティゴノス2世の子）にエーペイロスから放逐される（前261頃）。前259年頃、アカルナーニアー*人の援助で王国を回復し得たにもかかわらず、アイトーリアー*人と結んでアカルナーニアーを分割占領した（前243頃）。彼は自らの姉妹オリュンピアス❷*を娶って、2男ピュッロス Pyrrhos とプトレマイオス Ptolemaios および1女プティーアー Phthia を儲けている。

Just. 18-1～, 23-1～, 26-2/ Polyb. 2-45, 9-34/ Plut. Pyrrh. 9/ etc.

アレクサンドロス（アイトーリアー*の）　Aleksandros ho Aitōlos (Aitoleus), Ἀλέξανδρος ὁ Αἰτωλός, (Αἰτωλεύς),（ラ）Alexander Aetolus,（英）Alexander the Aetolian, Alexander of Aetolia (Alexander of Pleuron),（仏）Alexandre d' Étolie,（独）Alexandros von Ätolien,（伊）Alessandro Etolo,（西）Alejandro el Etolio

（前315頃～前250頃）ギリシアの詩人、文献学者。アイトーリアー地方のプレウローン*出身。プトレマイオス2世*の命により、ゼーノドトス*の指揮下、アレクサンドレイア❶*図書館で、悲劇とサテュロス*劇の整理・校訂を行なった（前285～前283）。悲劇作品の注釈のみならず自ら詩作に従事し、アレクサンドレイアのプレイアデス*詩人たちの1人に数えられたが、現存するのは悲劇の題名『漁夫 Halieus』一つとわずかな断片とでしかない。のちアラートス*（ソロイ❶*の）と同時期にマケドニアー*王アンティゴノス2世*の宮廷に滞在。ソータデース*と同じく「男倡 kinaidos」（キナイドス）たちを扱ったエロティックな詩や、不幸な結末に至る恋愛物語を集めたエレゲイア詩『アポッローン*』『ムーサイ*』などを書いた。

⇒リュコプローン、ティーモーン❷（プリーウースの）

Paus. 2-22-7/ Ath. 7-283a, -296e, 14-620e/ Strab. 14-648/ Gell. N. A. 15-20/ Suda/ etc.

アレクサンドロス（アプロディーシアス*の）

Aleksandros Aphrodisieus, Ἀλέξανδρος Ἀφροδισιεύς, Alexander Aphrodisiensis,（英）Alexander of Aphrodisias,（仏）Alexandre d'Aphrodisie,（独）Alexander von Aphrodisias,（伊）Alessandro d' Afrodisia,（西）Alejandro de Afrodisias,（葡）Alexandre de Afrodisias,（露）Алекса́ндр Афродиси́йский

（後2世紀末～3世紀初頭に活躍）ギリシアのペリパトス（逍遙）学派に属する哲学者。古代で最も有名有能なアリストテレス*の注釈家。カーリアー*の町アプロディーシアス出身。ソーシゲネース*らに学び、198年頃からアテーナイ*で講義を開始、ロドス*のアンドロニーコス*と同じく私意をはさまずアリストテレスの諸作品に注解を施し、後代の研究家を大いに益した点で高く評価される。『形而上学』『トピカ』『気象論』などアリストテレスの5作品の注釈の他、『霊魂論 Peri Psykhes』『運命論 Peri Heimarmenes』といった独自の著作もいくつか現存する。魂の不滅性やプラトーン*のイデアー idea 論を否定し、個物のみが存在するとする唯命論的主張を行なった。リュケイオン*の学頭職にあったと思われ、その教説がプローティノス*に及ぼした影響が指摘されているが、自身は同時代の神秘主義的傾向に左右されることはなかった。エクセーゲテース Eksegetes（「注釈者」の意。（ラ）Exegetes）という副名で呼ばれることもある。

⇒テミスティオス

Alexander Aphrodisiensis De Anima, De Fato/ etc.

アレクサンドロス・イアンナイオス　Aleksandros Iannaios, Ἀλέξανδρος Ἰανναῖος, Alexander Jannaeus,（仏）Alexandre Jannée,（独）Alexander Jannäus,（伊）Alessandro Ianneo,（西）Alejandro Janeo,（葡）Alexandre Janeu,（ヘブライ（アラム）語）'Alksndrwn Yan'ay (Yannay, Yannai, Iannai < Y°hônāṭān)

（前126頃～前76）ハスモーン（アサモーナイオス）朝*ユダヤの王（在位・前103～前76）。ヒュルカノス1世*（イオーアンネース・ヒュルカノス❶*）の子。兄アリストブーロス1世*の死後、その寡婦アレクサンドラー❶*（サローメー*）と結婚して即位、王位を窺った兄弟を処刑した。その治世は戦闘に明け暮れ、エジプト王プトレマイオス9世*ラテュロスやシュリアー*王デーメートリオス3世*、アンティオコス12世*、ナバタイオイ*王アレタース Arethas 3世ら

と干戈を交え、各地に出征して領土拡大に努めた。プトレマイオス9世に敗北を喫した時には、多数のユダヤ人婦女子を切り刻まれて喰われたが、実子のプトレマイオス9世と敵対するエジプト女王クレオパトラー3世*と結んで、プトレマイオスを撃退した。またパリサイ派 Pharisaioi と激しく対立し、反抗の色を立てたユダヤ人5万人以上を虐殺。そのため国民の憎悪を買い、彼が「汝らは余に何を望むのか」と問いかけた折に、民衆はいっせいに「死だ！」と答えたという。反乱の首謀者800名を捕らえて磔刑に処し、その眼前で彼らの妻子を殺してみせ、自らは愛妾たちと祝宴を張りながら見物して娯しんだと伝えられている（前88）。深酒で健康を害し、3年間も四日熱に苦しみつつ、イオルダネース Iordanes（ヨルダン）川東部地域へ遠征中に陣没。妃アレクサンドラーに王位を遺贈し、攻囲中の要塞占領に成功するまでは自分の死を秘匿するよう言い遺しつつ息をひきとったという。その残酷な所行のゆえに「トラーキダース Thrakidas（トラーケー*人）」と渾名された。
Joseph. J. A. 13～14, J. B. 1-4/ etc.

アレクサンドロス・ゼビナース（または、ザビナース）

Aleksandros Zebinas (Zabinas), Ἀλέξανδρος Ζεβίνας, Ζαβίνας, Ζεβινᾶς, Alexander Zebina(s) (Zabina(s))，（仏）Alexandre Zabinas, Alexandre Zébina，（伊）Alessandro Zabina, Alessandro Zebina，（西）Alejandro Zabinas，（露）Александр Забина，（現ギリシア語）Aléksandros Zavínas

（？～前122）セレウコス朝*シュリアー*の王位簒奪者（在位・前128～前125）。プロタルコス Protarkhos という商人と女奴隷の子であったが、エジプト王プトレマイオス8世*によってセレウコス一族の王に仕立て上げられ（アンティオコス7世*の養子と称して）、悪評高いデーメートリオス2世*に代わってシュリアーに迎えられる。デーメートリオスを敗死させた同じ年（前125）、デーメートリオスの子アンティオコス8世*に追われ、軍資金を得るためゼウス*神殿を略奪しようとして民衆にも放逐され、盗賊に捕らえられたのち、アンティオコスに引き渡されて殺された。（もしくは自殺させられた）。柔弱で怯懦な傀儡の存在でしかなく、ゼビナース（買われた者）という綽名は、彼がプトレマイオス王の奴隷として購入されたことを揶揄して付けられたものである。アレクサンドロス・ザビナイオス Aleksandros Zabinaios とも称される。
Just. 39-1～2/ Joseph. J. A. 13-9～10/ etc.

アレクサンドロス大王

Aleksandros ho Megās, Ἀλέξανδρος ὁ Μέγας（または, Megās Aleksandros, ὁ Μέγας Ἀλέξανδρος, Aleksandros ho Makedōn, Ἀλέξανδρος ὁ Μακεδών,（ラ）Alexander Magnus,（英）Alexander the Great,（仏）Alexandre le Grand,（独）Alexander der Große,（伊）Alessandro il Grande, Alessandro Magno, Alessandro il Macedone,（西）Alejandro Magno, Alejandro el grande, Alejandro de Macedonia,（葡）Alexandre, o Grande, Alexandre Magno, Alexandre da Macedônia,（蘭）Alexander de Grote,（マジャル語）Nagy Sándor,（フィンランド語）Aleksanteri Suuri,（カタルーニャ語）Alexandre el Gran,（シチリア語）Alissandru Magnu (Lissandru lu Granni),（コルシカ語）Lisandru Magnu,（オック語）Alexandre lo Grand,（マルタ語）Alessandru Manju,（ルーマニア語）Alexandru cel Mare, Alexandru Macedon,（露）Алекса́ндр Македо́нский (Великий),（マケドニア語）Александар Македонски (Велики),（アラビア語）Al-Iskandar dhū'l-Qarnayn (Dhū al-Qarnayn), Al-Iskandar al-Kabeer,（ペルシア語）Eskandar-e Magdūnī,（トルコ語）Büyük İskender,（ウルドゥー語）（ヒンディー語）Sikandar-e-azam,（パシュトー語）Skandar,（ヘブライ語）Alexander Mokdon,（アラム語）Tre-Qarnayia,（クルド語）Îskenderê Mezin,（現ギリシア語）Aléksandros o Mégas,（漢）亜歴山大王,（和）アレキサンダー大王

⇒（マケドニアー*王）アレクサンドロス❸*3世（大王）

アレクサンドロス（パープラゴニアー*の）

Aleksandros (Paphlagonia の), Ἀλέξανδρος, Alexander,（英）Alexander the Paphlagonian,（仏）Alexandre d'Abonuteichos,（独）Alexander von Abonuteichos,（伊）Alessandro di Abonutico,（西）Alejandro el Paflagonio, Alejandro de Abonutico

（後105頃～175頃）（後150～後170頃に活躍）小アジア北岸パープラゴニアー*地方のアボーヌーテイコス Abonutheikos（現・İnebolu, 旧称 İneboli）出身の宗教家。テュアナ*のアポッローニオス❼*の孫弟子。神医ポダレイリオス*（アスクレーピオス*神の子）の落胤を称し、飼い馴らした人面の大蛇グリュコーン Glykon を使ってアスクレーピオスの神託所を開設。さまざまな予言をなし、病者を治癒し、死者を蘇生させて、ローマ帝国各地に多数の信者を得たという。若い頃は大層な美少年で、大勢の男たちに売色し、遊客中のいかさま医師の恋人かつ弟子となり、薬物の調合法を修得。長じてのち神がかりの予言者をよそおって、母国でアスクレーピオスの神託を述べ伝え、エレウシース*風の秘教（ミュステーリア*）を創始、70歳で死ぬまでに莫大な財富をたくわえ、ローマ皇帝マールクス・アウレーリウス*の宮廷や貴顕の間にも少なからぬ勢力を及ぼすに至った。小アジア諸市から選り抜きの美男子を集めて自らの男色相手として弄び、手当たり次第に信徒の妻女を犯しては妊娠させ、また自分の娘を月の女神セレーネー*との間に儲けた子だと称してローマ高官と結婚させるなど

した。多くの助手、召使、情報蒐集係を擁して巧みに神託を下し、秘蹟や祭儀、神官の位階を組織し、エピクーロス*派の徒およびキリスト教徒らを「無神論者」として排斥、「余は150歳まで生きたのち雷霆に撃たれて死ぬであろう」と予言していたが、その半分に達せぬ齢で下半身が腐って蛆虫の湧く病気に罹り、惨めな最期を遂げたと伝えられる。ルーキアーノス*によれば、ローマ帝政期に数多く登場した「神の顕現」を自称する偽予言者の1人（⇒イエースース・クリストス）。

なお彼とほぼ同じ頃に活躍した同名人物に、小アジア南岸キリキアー*のセレウケイア❸*出身の美男ソフィスト*で「粘土のプラトーン*」と渾名され、マールクス・アウレーリウス帝の秘書官となったアレクサンドロス Aleksandros Pēloplatōn（後2世紀後半）がいる。
⇒ペレグリーノス、ニギディウス・フィグルス、イアンブリコス
Lucian. Alex./ Philostr. V. S. 2-5/ Marcus Aurelius 1-12/ etc.

アレクサンドロス・バラース　Aleksandros Balas, Ἀλέξανδρος Βάλας, Alexander Balas,（仏）Alexandre Balas,（伊）Alessandro Bala,（西）Alejandro Balas,（葡）Alexandre Balas,（露）Александр Валас,（現ギリシア語）Aléksandros Válas

（？〜前145）セレウコス朝*シュリアー*の王位僭称者（在位・前150頃〜前145）。アンティオコス4世*エピパネースの子、もしくは容貌の酷似から4世の落胤を称した人物。セレウコス朝のデーメートリオス1世*を敗死させて王位に即き、ローマ元老院にも認められるが、実質上エジプトやペルガモン*の傀儡であった。プトレマイオス6世*の娘クレオパトラー❹*・テアーと結婚した後、秘かに岳父の暗殺を謀り、それが発覚したため、プトレマイオスは急遽娘テアーをバラースの対立王デーメートリオス2世*（同1世の子）に嫁がせ、後者と同盟、アンティオケイア❶*を占領し、バラースを敗走させた。アラビアー*へ逃げこんだバラースは、部下の裏切りで斬殺され、首はプトレマイオスの許へ送られた。彼はまた娼婦たちと戯れつつ王宮で無為に過ごし、寵臣アンモーニオス Ammonios に政治を一任、ために先妃ラーオディケー*や王族など多くの友人をこれに殺害されている。一説に彼はスミュルナー*の最下層身分の若者だったが、アンティオコス4世に瓜ふたつだったことから、ペルガモン王アッタロス2世*により、セレウコス朝の即位資格者に擁立されたともいう。
Polyb. 33-15, -18/ Liv. Epit. 50, 53/ Just. 35/ Joseph. J. A. 13-2, -4/ App. Syr. 67-1/ etc.

アレクサンドロス（プレウローン*の）　Aleksandros,（英）Alexander of Pleuron
⇒アレクサンドロス（アイトーリアー*の）

アレクサンドロス（ペライ*の）　Aleksandros（Pheraiの）, Ἀλέξανδρος,（ラ）Alexander Phereaus,（英）Alexander of Pherae,（仏）Alexandre de Phères,（独）Alexander von Pherä,（伊）Alessandro di Fere,（西）Alejandro de Feres,（葡）Alexandre de Feras

テッサリアー*東南部の都市ペライ*の僭主（在位・前369〜前358）。残忍な性質で知られ、戯れに人間を生き埋めにしたり、猪や熊の毛皮をかぶせて猛犬に食い殺させたり、槍で刺し殺したりしたという。休戦中にスコトゥーサ Skotusa 市を急襲して男性住民を若い順に皆殺しにし、女子供を奴隷に売った話も伝えられている。父ポリュドーロス Polydoros を毒殺した叔父のポリュプローン Polyphron を殺して即位（前369）、ターゴス Tagos（テッサリアー連邦の司令官）となってテッサリアー諸市を征服しようとしたが、前364年キュノスケパライ*の戦いでテーバイ❶*の将軍ペロピダース*に敗れる。彼は伯父イアーソーン*の娘テーベー Thebe を妻に、妻の弟ペイトラーオス Peitholaos を男色相手にしていたが、のち妻とその兄弟たちの手で寝室において暗殺され、死体は市民により凌辱された（前358）。

その後ペライを、テーベーと彼女の2人の兄弟リュコプローン Lykophron とペイトラーオスが傭兵の力で苛酷に支配したものの、まもなくマケドニアー*王ピリッポス2世*に敗れて降服し、僭主一族はテッサリアーの地を離れた（前352）。
⇒本文系図71
Plut. Pel. 26〜35/ Diod. 15-60〜, 16-14/ Ael, V. H. 14-40/ Paus. 6-5-2/ Xen. Hell. 6-4-35〜37, 7-5-4/ Arist. Eth. Eud./ Cic. Off. 2-7（25）/ Val. Max. 9-13/ Polyaenus 6-2/ etc.

アレクサンドロス・ポリュイストール　Aleksandros ho Polyistor, Ἀλέξανδρος ὁ Πολυΐστωρ, Lūkios Kornēlios Aleksandros, Λούκιος Κορνήλιος Ἀλέξανδρος, Lucius Cornelius Alexander Polyhistor,（仏）Alexandre Polyhistor,（伊）Alessandro Poliistore,（西）Alejandro Polímata,（カタルーニャ語）Alexandre Polihistor,（現ギリシア語）Aléksandros o Poliístor

（前105頃〜前40年代）ミーレートス*出身のギリシア人学者。ストアー*学派のクラテース❹*に私淑。捕虜となってローマへ連行されたのち、スッラ*により解放され（前80頃）、以来 L. コルネーリウス・アレクサンデル Cornelius Alexander と名乗った。該博な学殖のゆえに、「博学者(ポリュイストール)」と称され、文学・哲学・歴史・地理など広汎な分野にわたる彪大な著作をギリシア語で執筆。ほぼ全古代世界をおおう史書と地誌を兼ねた大著（全42巻）の他、不可思議な怪異談集や文芸批評書などもあったが、断片を除いて散佚。のちラウレントゥム*の自邸の火災で焼死し、悲報に接した妻はすぐさま縊死してあとを追ったと伝えられる。

アレクサンドロス（ユダヤの王子）

その他、同名の人物アレクサンドロスが大勢いるが、わけてもヘーロピロス*派の医学者で「ピラレーテース Philalethes（真理を愛する者）」と渾名されたアレクサンドロス（前1世紀）や、新ピューターゴラース*派の哲学者ヌーメーニオス Numenios（後2世紀）の息子のアレクサンドロス（2世紀後半）、古代末期のローマで活躍し先学諸士の著書から治療法に関する抜粋書（12巻）などを書いた医師トラッレイス*のアレクサンドロス（525～605）らが名高い。
Plut. De mus. 5 (1132f)/ Serv. ad Verg. Aen. 8-330, 10-388/ Clem. Al. Strom. 1-131/ Ath. / Ael. Suda/ Steph. Byz./ etc.

アレクサンドロス（ユダヤ*の王子） Aleksandros, Ἀλέξανδρος, Alexander,（仏）（葡）Alexandre,（伊）Alessandro,（西）Alejandro

（？～前7）ヘーローデース1世*（ヘロデ大王）とマリアンメー1世*の子。同母兄弟アリストブーロス❹*とともにローマで教育を受け、帰国後カッパドキアー*王女グラピュラー❷*と結婚するが、異母兄アンティパトロス❷*の策謀で父王との仲を離間される。そのためアレクサンドロスとアリストブーロスの2人は、父の生命を狙ったとして何度か父王から告発され──特にアレクサンドロスは、ヘーローデースの寵愛している宦官たちと密通していた──、ついに前7年反逆の廉で父の命令によりサマレイア*（セバステー Sebaste）で扼殺された。ヘーローデースの死後、アレクサンドロスに酷似したユダヤ人青年が、自分はアレクサンドロスだと名のりを上げてローマへ乗り込んだが、アウグストゥス*に偽者たるを看破されたという。巻末系図026参照。
Joseph. J. A. 15～17, J. B. 1～2/ etc.

アレクシス Aleksis, Ἄλεξις, Alexis（伊）Alessio,（西）Alejo,（葡）Alexio, Alexo

（前375頃～前275頃）ギリシアの中期喜劇詩人。南イタリアのトゥーリオイ*市の出身。子供の頃アテーナイ*へ連れていかれ、市民権を得て、生涯の大半をこの地で送った。喜劇作家メナンドロス*の師またはおじと伝えられる。非常な多作家で、245篇以上の劇を執筆し、作風は優雅で機知に富み、特に人物の性格描写にすぐれていたという。たいそう長命な人で、プルータルコス*によれば、106歳の時に競演で勝利を得、舞台の上で栄冠を受けている最中に息をひきとったとのこと（⇒ピレーモーン）。およそ130篇の題名と1000行あまりの断片が残っている。若きティーマルコス*を男妾として囲っていたミスゴラース Misgolas や、弁論家デーモステネース❷*を諷刺した作品などのあったことが知られている。

なお彼と同名の著作家や史家、彫刻家がいたほか、ローマの詩人ウェルギリウス*に愛され、『牧歌』の中でその美貌をうたわれた若者アレクシス（もと A. ポッリオー*の奴隷アレクサンデル Alexander）の名が文学史上よく知られている。
⇒アンティパネース、アナクサンドリデース❷

Gell. N. A. 2-23/ Plut. Mor. 420d, 785b/ Ath. 8-344c, 10-417e/ Verg. Ecl. 2/ Paus. 6-3-6/ Plin. N. H. 34/ Aeschin. 1/ Steph. Byz./ Suda/ etc.

アーレークトー（または、アッレークトー） Alekto, Ἀληκτώ, Alecto (Allekto, Ἀλληκτώ, Allecto),（仏）Alectô,（伊）Aletto,（露）Алекто

女神エリーニュエス*（⇒）の1人。

アレシア Alesia（または、アレクシア Alexia,（ギ）アレシアー Alesia, Ἀλεσία, アレクシアー Aleksia, Ἀλεξία),（仏）（葡）Alésia,（露）Алезия

（現・アリーズ＝サント＝レーヌ Alise-Sainte-Reine）外ガッリア*のマンドゥービイー Mandubii 族（今日のブルゴーニュ地方に占住したガッリア人の1部族）の城塞都市。ケルト系の女神エポナ*の祭祀で有名。伝説上の創建者は英雄ヘーラクレース*。前52年、ガッリア反乱軍の総大将ウェルキンゲトリクス*とカエサル*との決戦が行なわれた場所。総勢8万人の籠城ガッリア軍は、ローマ軍に包囲・封鎖されて食糧が尽き、かつてゲルマーニア*人から兵糧攻めにあった際に実行したように非戦闘員の肉を喰うことすら考慮するに至る。飢餓を軽減するため、地元のマンドゥービイー族が妻子ともども城外へ追い出されるが、ローマ側が彼らを奴隷として捕らえなかったので、次々と餓死して果てる。駆けつけたガッリア諸族の援軍25万人も激戦の末潰え、万策尽きたウェルキンゲトリクスはカエサルに投降、ここにガッリア全土を捲き込んだ大乱は終熄した（前52年9月末）。その後、ローマ支配下に同じ丘上に町が再建され、銀や鉄などの高度な金属細工で4世紀頃まで栄えた。近代の発掘により、城砦とローマ軍の堡塁の跡が明らかにされている（オーソワ山 Mont Auxois 周辺の遺構）。
⇒ゲルゴウィア、アウァーリクム、ビブラクテ
Caes. B. Gall. 7-68～84, B. Civ. 3-47/ Vell. Pat. 2-47/ Florus 1-45/ Dio Cass. 40-39～/ Diod. 4-19/ Strab. 4-191/ etc.

アレース（アーレース） Ares, Ἄρης,（アイオリス*方言）アレウス Areus, Ἄρευς,（仏）Arès,（露）Арес, Арей,（現ギリシア語）Áris

ギリシアの戦争の神。ゼウス*とヘーラー*の息子。オリュンポス*十二神の1柱。もとトラーケー*（トラーキアー*）起源の神で、ギリシア全土、とりわけ尚武の国テーバイ❶*やスパルター*で崇拝された。ローマ人は彼をマールス*と同一視した。アレースは凶暴・無思慮な闘争精神を象徴する軍神で、同じく戦を司りながら知性を代表する女神アテーナー*と対立、その流血を好む攻撃的性格のゆえに父ゼウスからも嫌悪されていたという。一説に彼

系図58　アレース（アーレース）

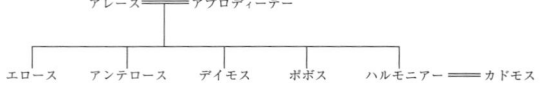

は、ヘーラーが夫と交わらずにガイア＊から贈られた植物によって身ごもった子で、陽物神プリアーポス＊に養育されたという。トロイアー戦争＊では主にトロイアー＊方に付き、自らも戦闘に加わるが、アテーナーやディオメーデース❷＊の手で負傷させられている。双生巨人アローアダイ＊がオリュンポスへ攻め上がった時には、青銅の大瓶の中に13カ月間も閉じこめられ、ようやくヘルメース＊に救出されたという。息子のキュクノス❸＊が英雄 heros ヘーラクレース＊に殺された時にも、英雄と闘って左腿を傷つけられて天上へ逃げ帰っている。

たくましい巨躯をもつ美男子と見なされ、ヘーパイストス＊の妻アプロディーテー＊と密通した話は、『オデュッセイア＊』以来名高い。この女神と夫婦とする説もあり、2人の間にエロース＊やハルモニアー＊（テーバイの建祖カドモス＊の妻）らの子女が生まれたという。また彼にはアグラウロス❷＊（アテーナイ＊王ケクロプス＊の娘）との間にアルキッペー Alkippe という娘があったが、彼女がポセイドーン＊の子ハリッロティオスに犯された時、激怒したアレースはハリッロティオスを殺害。そのためポセイドーンにより殺人の廉(かど)で告訴され、オリュンポスの神々から成る法廷で裁かれた結果、無罪放免 ── あるいは1年間の奴隷生活 ── の宣告を受けた。この事件を記念して神々の法廷が開かれた丘はアレイオス・パゴス＊（アレースの丘）と名づけられ、その後もアテーナイの重罪犯はここで審判されるようになったと伝えられる。

アレースにはそのほか、プレギュアース＊やオイノマオス＊、トラーキア王ディオメーデース❶＊、テーレウス＊など大勢の息子がいたが、総じて武勇に秀でた猛々しい性質の人物が多い。いくつかの所伝によると、英雄メレアグロス＊も彼の胤であるという。ホメーロス＊ではアレースは武具に身をよろい、戦車に乗り、姉妹のエリス＊（争い）や2人の息子デイモス Deimos（恐怖）とポボス Phobos（潰走）、娘ないし姉妹（あるいは母）のエニューオー Enyo らを従えて、血腥(なまぐさ)い戦場を疾駆する姿に描かれている。美術作品では、古くは髯をたくわえ武装した戦士の相貌で表わされていたが、後代になると兜ないし槍の他は何も纏(まと)わぬ美しい裸体の青年となり（例：アレース・ボルゲーゼ A. Borghese、アレース・ルドヴィージ A. Ludovisi）、アプロディーテーやエロースとともに群像として表現されることもある。スパルターでは祭儀において若い犬や狼、時には人身御供が捧げられたといわれる。アレースはまた、エニューアリオス Enyalios（「好戦的な」の意）や、テーリタス Theritas（乳母のテーロー Thero に由来す）などさまざまな別称で呼ばれている。

ちなみに、アレース＝マールスは、天文上「火星」を意味する用語となり、『蠍座』の α(アルファ) 星はこれに匹敵する赤い光を発することからアンタレース Antares（火星に対抗するもの）と呼ばれている。なおまた、近代になって発見された火星の2衛星（PhobosとDeimos）は、もちろんこの神の2子にその名を負っている。

⇒アマゾーン

Hom. Il 2-511〜, -311〜, -590〜, 4-439〜, 5-30〜, 13-298〜, 15-110〜, 20-32〜, 21-391〜, Od. 8-266〜/ Hes. Th. 921〜, Sc. 109, 191〜, 424〜/ Hymn. Hom. Mart./ Herodot. 5〜7/ Aesch. Sept. 105/ Paus. 1-21, -28, 3-19, 5-7, -18, 8-44, -48,/ Cic. Nat. D. 3-23 (60)/ Apollod. 1-3, -4, -7/ etc.

アレタイオス　Aretaios, Ἀρεταῖος, Aretaeus, （仏）Arétée, （伊）（西）Areteo

（後2世紀頃）ローマ帝政期の医学者。カッパドキアー＊の出身。ガレーノス＊とほぼ同時代の人。臨床医としてはヒッポクラテース＊に次ぐ名医と評された。初めて糖尿病に関する明確な所見を述べている。不完全ながら幾巻かの医学書が伝存する。

Aretaeus De Causis et Signis Acutorum et Diuturnorum Morborum, De Curatione Acutorum et Diuturnorum Morborum/ etc.

アレタース　Aretas (ハレタース＊ Haretas), Ἀρέτας (Ἀρέθας), 元来は Arethas, Ἀρέθας, （仏）Arétas, （伊）Areta, （アラビア語）Harthah, Hārithā, Hārithāth, （アラム語）Ḥrtt, Ḥāriṭat (の音写), （和）アレタ

（「有徳の人」の意）アラビアー＊のナバタイオイ＊人の王名（⇒ナバタイア―）。p. 867 の王統図を参照。

❶**1世** A. I Tyrannos（在位・前169頃〜前144頃）

イウーダース・マッカバイオス＊（ユダ・マカバイ）やセレウコス朝＊のアンティオコス4世＊と同時代の人。

V. T. 2 Maccab. 5

❷**2世** A. II Herotymos（在位・前120／110頃〜前96）

前96年ユダヤ＊王アレクサンドロス・イアンナイオス＊に包囲攻撃されているガーザ＊市を救援しようと試みた。後継者はオボダース1世 Obodas I（在位・前96〜前87）。

❸**3世** A. III Philellēn（在位・前87頃〜前62）

ユダヤ＊王アレクサンドロス・イアンナイオス＊を破り、ダマスコス＊を占領（前85頃）、コイレー・シュリアー＊まで版図を広げたが、アルメニアー＊の大王ティグラーネース＊の前に撤退（前70以前）。次いでユダヤから追放されたイオーアンネース・ヒュルカノス2世＊を復位させるべくイェルーサーレーム＊（エルサレム）を攻囲した（前66）ものの、ローマの将ポンペイユス＊の命令でまたもや撤退を余儀なくされる。さらに首都ペトラー＊に M. スカウルス❷＊（ポンペイユスの部将）が攻め寄せると、彼は300タラントンもの大金を贈ってナバタイアー＊王位をかろうじて安堵された（前62）。ギリシア文化を愛好したため、「ギリシア愛好王（(ラ) ピルヘッレーン Philhellen)」と渾名されている。

❹**4世** A. IV Philodēmos Philopatris（在位・前9〜後39頃）本名・アイネイアース Aineias

オボダース3世 Obodas III（在位・前30〜前9）の死後、宰相シュッライオス Syllaios との後継者争いに勝ってアウグストゥス＊帝から王位を認められた。ユダヤ＊のヘー

ローデース・アンティパース*の岳父。アンティパースが妻 Phasaelis を追い出して（後 27 頃）、自身の義妹ヘーローディアス*を娶ったため、王は怒ってアンティパースを攻め、その軍隊を壊滅させた（後 36 頃）。王はローマ皇帝の承認のもと、ダマスコス*の統治を委ねられていた。彼の支配下にナバタイアー*王国は香辛料の交易などで繁栄を極め、その全盛期を迎えた。
Joseph. J. B. 1, 2, J. A. 13～18/ Dio Cass. 37-15/ App. Mith. 106, Syr. 50/ Plut. Pomp. 39, 41/ Strab. 16-780～/ V. T. Maccab. Ⅱ 5-8/ Nov. Test. Act. 9-19～25/ etc.

アーレーティウム Aretium
⇒アッレーティウム

アレトゥーサ Arethusa, Ἀρέθουσα,（仏）Aréthuse,（伊）（西）（葡）Aretusa,（露）Арефуса, Аретуса, Аретуза,（現ギリシア語）Aréthusa
（現・Aretusa）シュラークーサイ*市近くのオルテュギアー❷島にある泉の名。ギリシア神話では、もとナーイアデス*（水のニュンペー*）の 1 人で、アルテミス*女神の随伴者。女主人と同じく男女の情事を避けていたが、ある日ペロポンネーソス*のアルペイオス*河で水浴していると、この河の神が彼女に恋して言い寄ってきた。逃れるアレトゥーサをアルテミスが願いに応じて泉に変えたところ、なおも河神があきらめなかったので、女神は海底を通ってオルテュギアー島まで流れを導き、この地に泉として再び湧き出させた。するとアルペイオスもそのあとを追い、自らの河水をアレトゥーサの泉の水に混ぜてこのニュンペー（ニンフ*）と交わったという。以上はシケリアー*（現・シチリア）とエーリス*にある同名の泉の由来を説明するために創られた物語であるが、古代においてはエーリスのアルペイオス河に投じた物はすべて、時を経てシュラークーサイ近くのアレトゥーサの泉に浮かび出るものと信じられていた。現在もシラクーザ Siracusa の旧市街オルティジア Ortigia 島にアレトゥーザの泉 Fonte Aretusa を見ることができる。
⇒カスタリアー
Pind. Pyth. 3-69/ Cic. Verr. 2-4-53/ Ov. Met. 5-576～/ Paus. 5-7/ Verg. Ecl. 10-4, Aen. 3-694 G. 4-344/ Schol. ad Pind. Nem. 1-3/ Stat. Silv. 1-2, Theb. 1-271/ Hyg. Fab. Praef/ etc.

アレトリウム（または、アラトリウム） Aletrium (Alatrium),（ギ）Aletrion, Ἀλέτριον,（現・Alatri）
ラティウム*東部の町。ヘルニキー*族の首邑。ローマの東南 70 km に位置し、前 358 年以降ローマに忠実に服属、前 1 世紀から帝政期を通して自治都市として繁栄した。ムーニキピウム*水道（前 100 頃）と城壁のほぼ完全な遺稿が今日も見られる。
⇒アナグニア
Liv. 9-42～43/ Cic. Clu. 16 (46)/ Plaut. Capt. 883/ Plin. N. H. 3-5/ Strab. 5-237/ etc.

アレマン族 Alemanni
⇒アラマンニー

アレマンニー Alemanni
⇒アラマンニー

アレーモリカ Aremorica
⇒アルモリカ

アレラーテ Arelate, または、**アレラース** Arelas, **アレラートゥム** Arelatum,（ギ）Arelātai, Ἀρελάται, Ἀρέλαται,（西）Arlés,（露）Арль（現・アルル Arles-sur-Rhône,〈オック語・プロヴァンス方言〉Arle）
ガッリア・ナルボーネーンシス*の河港都市。ロダヌス*（現・ローヌ）河左岸の河口近くに位置し、古くはフェニキア*人の（～前 535）、次いでギリシア人の、のちにローマ人の植民市。マリウス*がロダヌス河口に新しい運河コローニア*Fossae Marianae を開鑿（前 104～前 102）してから重視されるようになり、カエサル*のマッシリア*（現・マルセイユ）攻撃の際には、その海軍基地として用いられた（前 49）。前 46 年、退役軍人の植民市とされ、次いでアウグストゥス*が市域を大幅に拡張、造船や海運の中継地点として繁栄した。帝政後期にはコーンスタンティーヌス 1 世*（大帝）ら皇帝の行宮が営まれ、後 4 世紀に市壁が縮小されたのちも尚しばらく栄え続けたが、476 年西ゴート*によって占領された。今日も、2 万 6 千人の観衆を収容できる前 1 世紀のアンピテアートルム*円形闘技場（136 m × 107 m）やキルクス*、テアートルム*劇場（その内部から「アルルのヴィーナス像（仏）Vénus d'Arles」が発見される）、コーンスタンティーヌスの宮殿、テルマエ*大浴場、フォルム*、アクァエドゥクトゥス*導水渠、市門、城壁、郊外の墓地などの遺跡を見ることができる。半陰陽の学者ファウォーリーヌス*の生地。
Plin. N. H. 3-4/ Mela 2-5/ Caes. B. Civ. 1-36, 2-5/ Strab. 4-181/ Auson. 19-73～80/ Suet. Tib. 4/ etc.

アレリアー Aleria
⇒アラリアー

アローアダイ（または、アローエイダイ） Aloadai, Ἀλωάδαι, Aloadae (Aloeidai, Ἀλωεῖδαι, Aloidae, アローイアダイ Aloiadai, Ἀλωϊάδαι, Aloiadae),（仏）Aloades, Aloïdes,（独）Aloaden, Aloiden,（伊）Aloadi, Aloidi,（西）Alóadas,（葡）Aloídas,（露）Алоады,（現ギリシア語）Aloádhes
ギリシア神話中、天に攻め登ろうとして敗れた 2 人の巨人。アローエウス Aloeus（カナケー*の子）の妻イーピメデイア*が海神ポセイドーン*と交わって産んだオートス*とエピアルテース❶*の兄弟を指し、養父に因んでアローア

ダイ（「アローエウスの息子たち」の意）と呼ばれる。海神に恋したイーピメデイアがいつも波を掬って体に注いでいたところ、この 2 人をみごもったといい、兄弟は毎年背丈が 1 尋ずつ、身幅が 1 キュービット（約 1 尺 5 寸）ずつという驚異的な勢いで成長、9 歳の時に神々と戦いを交えるべくオッサ*山の上にペーリオン*山を積み重ねて天界によじ登ろうとした。そして軍神アレース*を捕らえると鎖で縛り上げ 13 カ月間青銅の大瓶の中に幽閉、海を山で埋めて陸とし、陸を海に変じようとした。さらに、それぞれ女神アルテミス*とヘーラー*に恋して犯そうとしたところ、ついにアポッローン*ないしゼウス*に討ち果たされたとも、アルテミスが鹿に変身して彼らの間を駆け抜けた時、2 人はこれを射とめんとして投槍を投じ、互いの槍に刺し貫かれて死んだとも伝えられる。彼らはタルタロス*（奈落）に落とされ、背中あわせに大蛇で柱に縛りつけられて、梟に責め苛まれているといわれるが、他方ナクソス*島やボイオーティアー*など一部の地域では英雄神 heros として尊崇されており、アスクラー*市を創建したとか、ヘリコーン*山のムーサイ*信仰を創始したなどという伝承もある。
⇒ギガンテス
Hom. Il. 5-385〜, Od. 11-305〜/ Apollod. 1-7-4/ Hyg. Fab. 28/ Pind. Pyth. 4-88/ Diod. 5-50〜/ Philostr. V. S. 2-1/ Paus. 9-22-6, -29-1〜2/ Serv. ad Verg. Aen. 6-582/ etc.

アロブロゲース Allobroges
⇒アッロブロゲース

アンカイオス Ankaios, Ἀγκαῖος, Ancaeus, （仏）Ancée, （伊）（西）Anceo, （葡）Anceu, （露）Анкей
ギリシア神話中の男性名。
❶ アルカディアー*の王リュクールゴス❸*の子（ないし孫）。父の命に従いアルゴナウタイ*の冒険に加わり、ヘーラクレース*に次ぐ勇者であったが、女神アルテミス*より狩猟がうまいと豪語したため、カリュドーン*の猪狩りで斃れた。テゲアー*のアテーナー*神殿に名匠スコパース*によるアンカイオスの死の場面を表現した破風浮彫があった（本文系図 409）。
Apollod. 1-8-2, -9-16, 3-9-2, -10-8/ Hyg. Fab. 173/ Hom. Il. 2-609/ Ap. Rhod. 1-164, 2-118/ Ov. Met. 8-315, -391〜/ Paus. 8-4-10, -45-2, -7/ etc.
❷ ポセイドーン*の子（母はポイニクス❶*の娘）。サモス*島のレレゲス*人の王。アルゴナウタイ*の冒険に加わり、舵手ティーピュス Tiphys の病死後、代わってアルゴー*船を操った。かつて葡萄樹を植えた時、召使の 1 人が「あなたはその木から採れる酒を飲まずに死ぬでしょう」と予言。無事帰航した彼が葡萄を搾って飲もうとしたところ、召使は再び「杯と唇の間は遠い」と言い、その刹那アンカイオスが酒を飲まないうちに突進してきた野猪に突き殺された。この故事から「杯と唇の間は遠い」という格言が生じたという（⇒アンティノオス、カルカース）。しばしば❶と混同される。
Ap. Rhod. 1-187〜, 2-894/ Apollod. 1-9-23/ Hyg. Fab. 14/ Schol. ad Ap. Rhod. 1-188/ Paus. 7-4-1/ etc.

アンキーセース Ankhises, Ἀγχίσης, Anchises, （仏）（伊）Anchise, （西）（葡）Anquises, （露）Анхис, （現ギリシア語）Anhísis
ギリシア伝説上のトロイアー*王家の一員。ダルダノス*の末裔で、トロース*王の曾孫。美男だったので、女神アプロディーテー*に見初められ、イーデー❶*山中で交わって、息子アイネイアース*を儲けた。しかし、酒宴の席で女神との秘事を口外したため、大神ゼウス*の雷霆に撃たれて跛者（ないし盲目）になったという。トロイアー落城の際、彼は息子アイネイアースに背負われて炎上する町を脱出（80 歳）、諸方を漂泊の末、シケリアー*（現・シチリア）のドレパノン❶*で死去し、エリュクス*山に葬られた（墓

系図 60 アンカイオス❷

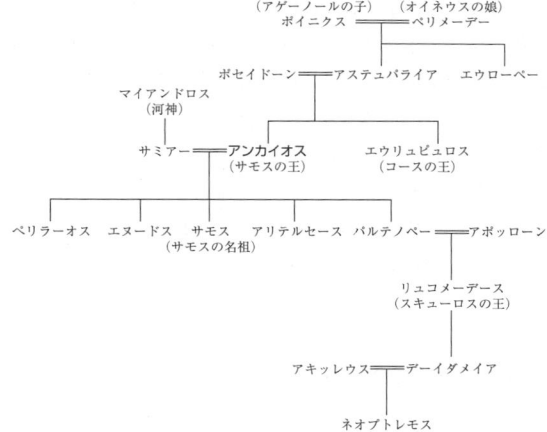

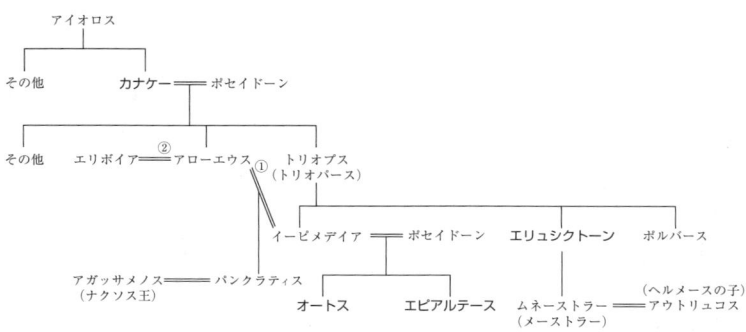

系図 59 アローアダイ（または、アローエイダイ）

所については、小アジアのイーデー山やアルカディアー*など諸説あり)。死後エーリュシオン*の野にあって、黄泉の国を訪れたアイネイアースに未来の出来事を語り明かしたという(巻末系図019)。
Hymn. Hom. Ven./ Hom. Il. 2-819～, 5-260～, 22-215～/ Apollod. 3-12-2, Epit. 5-21/ Hes. Th. 5-1008～/ Diod. 4-75/ Paus. 8-12-8～9/ Hyg. Fab. 94, 270/ Verg. Aen. 1-617, 2-687, 3-707～6-670～/ Serv. ad Verg. Aen. 4-427/ Ov. Met. 13-623～, 14-82～/ etc.

アンキューラ Ankyra, Ἄγκυρα, Ancyra, (英)(仏)(独)(伊)(西) Angora, Ankara, (仏) Ancyre, (伊)(西)(葡) Ancira, (葡) Ancara, (露) Анкара́, (ビザンティン～オスマン朝時代の Angora), (現ギリシア語) Ánkira
(現・アンカラ Ankara)(ギリシア語で「錨」の意)小アジアのアナトリア高原中央部の古い都市。前2000年紀にヒッタイト Hittite 人が建設したものだが、ギリシア人の伝承ではプリュギアー*の古王ミダース*の創建になるという(プリュギアー人による征服は前2000年紀末頃)。アカイメネース朝*ペルシア*帝国、アレクサンドロス大王*(前333)、セレウコス朝*の支配を経て、前3世紀にはケルト*系ガラティアー*人に占領され(前278～)、その3部族の1つテクトサゲス Tektosages の首邑となる。次いでローマに臣従する地元の藩属王に支配された(前64～前25)後、アウグストゥス*の時にローマ帝国の属州ガラティア*の州都に定まった。アナトリア半島の交通路の中心を占めるため、要塞都市として重視され、後3世紀のゴート*族侵入の際にも被害は比較的少なくて済んだ。現在もカラカッラ*帝による大浴場(テルマエ*)(3世紀初頭)やユーリアーヌス*帝の柱(362)の他、ローマとアウグストゥスの神殿(前2世紀のキュベレー*神殿を帝政初期に改築)の遺跡が残っており、特にローマとアウグストゥス神殿は『アンキューラ碑文*』が発見されたことで有名。
⇒ゴルディオン
Plin. N. H. 5-42/ Liv. 38-24/ Curtius 3-1/ Strab. 4-187, 12-567/ Polyb. 21-39/ Paus. 1-4-5/ Arr. Anab. 2-4/ Steph. Byz./ etc.

アンキューラ碑文 Monumentum Ancyranum, (トルコ語) Ankara Anıtı
　小アジアのアンキューラ*(現・アンカラ Ankara)で後1555年に発見された『アウグストゥス*の業績録 Res Gestae』の大理石碑文。「ローマとアウグストゥスの神殿」の壁面に、ラテン語本文とギリシア語訳文が刻まれており、ローマのアウグストゥス霊廟(マウソーレーウム*) Mausoleum Augusti の正面にあった原文(湮滅)を復原するに当たって貴重な史料となった。アウグストゥスは死の直前に自らの業績の要約を巻子本に記させ(後14)、それは青銅板に刻銘されてマウソーレーウム前に建てられ、この「ローマ碑文 Monumentum Romanum」をもとに、その写しが属州の各地に配られた。アンキューラの他2ヵ所から断片が見つかっており、今日ではほぼ完全に全文が復原されている。
Suet. Aug. 101/ Dio Cass. 56-33/ Res Gestae Divi Augusti/ etc.

アンキーレ Ancile (Ancŭle), (ギ) Ankylion, Ἀγκύλιον, (複)・アンキーリア Ancilia, (仏) Anciles, Boucliers sacrés, (伊) Scudi sacri, (西) Escudos sagrados, (露) Анкил
　天からローマに降ってきたと伝えられる聖なる楯。ヌマ*王の治世に疫病がイタリアを襲った時、ローマを救うために天から授けられた8字形の楯で、「国家の運命はこの楯の安全に基づいている」との女神エーゲリア*の予言に従い、ヌマによってこれとそっくりの11個の楯(アンキーリア)が作られ、区別できないよう一緒にマールス*神殿に保管された。これらの楯の番をするため、サリイー*なる神官団が設置され、毎年3月に彼らは楯を手に荘厳な行列のうちに市中を練り歩いた。
Plut. Num. 13/ Liv. 1-20/ Varro Ling. 7-43/ Ov. Fast. 3-365～392/ Dion. Hal. 2-70～71/ Tac. Hist. 1-89/ Serv. ad Verg. Aen. 7-188/ etc.

アンクス・マ(ー)ルキウス Ancus Marcius (または、アンクス・マールティウス Ancus Martius), (伊) Anco Marzio, (西) Anco Marcio, (葡) Anco Márcio, (露) Анк Марций
　ローマ4代目の王(伝・在位・前640頃～前617頃)。第2代ヌマ*王の外孫。近隣のラティウム*諸部族を征服し、彼らをアウェンティーヌス*丘に住まわせ、ローマの平民*(プレーベース) plebes 層の基礎とした。ティベリス*河対岸のヤーニクルム*丘に防塞を設け、初めて木造の橋ポーンス・スブリキウス*(スブリキウス橋)をティベリス河に架け、またティベリス河口の港オースティア*を植民地として占領したと伝えられる。さらに宣戦布告の際、渉外官が敵の国境に赴き、呪文を唱えて敵の領土に槍を投げ入れる儀式など、いくつかの宗教的儀礼の整備も、王の業績に帰せられている。しかし一説に、彼はヌマの孫であることを自負して、人民の歓心を買うことに努め、これによって3代目の王トゥッルス・ホスティーリウス*を放逐し、王位の簒奪に成功したきわめて傲慢な王であったともされている。この王の子孫からカエサル*の祖母の生家たるマルキウス・レークス Marcius Rex 家が出たという(⇒マルキウス氏)。なお彼の父方の祖父マルキウス*・サビーヌス Marcius Sabinus は、ロームルス*亡き後ヌマに王位を継ぐよう勧め、ヌマの死後トゥッルス・ホスティーリウスと王座をめぐって争い、それに敗れたので自ら食を断って死んだと伝えられる。
⇒タルクィニウス・プリスクス、巻末系図050
Liv. 1-32～35/ Dion. Hal. 3-36～45/ Cic. Rep. 2-18/ Plut. Num. 21/ Verg. Aen. 6-815～/ Hor. Carm. 4-7/ Ov. Fast. 6-803/ etc.

アンクスル Anxur
⇒タッラキーナ（のウォルスキー*名）

アングリー（族） Angli, または, アングリイー Anglii, （ギ）Angeiloi, Ἄγγειλοι, Angiloi, Ἄγγιλοι, （英）（仏）Angles, （独）Angeln, （西）（葡）Anglos, （露）Англы, （デンマーク語）Angler, （和）アングル族

ゲルマーニア*人の1部族。後1世紀にはユートラント（ユーラン）半島南部に住んでおり、地母神ネルトゥス Nerthus を尊崇する種族に属していた。ネルトゥス女神はバルト海中の島に祀られ、その祭典の間にのみ平和がもたらされ、祭りの最後に女神に奉仕した奴隷たちが湖に沈められる習わしだったという。

449年頃からアングリー族は、サクソネース*（サクソン）族らとともに、ブリタンニア*（大ブリテン）島へ渡って侵略をはじめ、ケルト*系の先住民族と戦いつつ、ローマ軍撤退（410）後の同島を席捲し、アングロ＝サクソン Anglo-Saxon 系の諸王国を建設した。のちに「大教皇」と呼ばれたグレーゴリウス1世*（在職・590〜604）が、ローマで売りに出されていたアングリー族の若者たちを見て、その美貌に心を惹かれ、「いかにも天使たち Angelli のようだ」と感嘆した話は有名。英国 England はその名をアングリーに負っている。
⇒ドゥロウェルヌム
Tac. Germ. 40/ Ptol. Geog. 2-11/ Greg. M. Ep. 11-65/ Baeda Eccl. Ang. 2-1/ etc.

アンコーナ Ancona
⇒アンコーン

アンコーン Ankon, Ἀγκών, Ancon (Ancona), （仏）Ancône, （露）Анкона, （現ギリシア語）Ankóna

（現・アンコーナ Ancona）イタリア半島東岸、アドリア海*に臨むピーケーヌム*地方（現・マルケ Marche）の港湾都市。前387年、僭主ディオニューシオス1世*の圧政を逃れてきたシュラークーサイ*人によってドーリス*系ギリシア人植民市が建設され、岬が「肘 ankon」のように彎曲していたところから、アンコーンと命名された。中部イタリア東岸唯一の良港として知られ、地中海貿易で繁栄し、前268年にはローマの占領するところとなった。葡萄酒と小麦の名産地として名高く、ローマの植民市となってからも、長い間基本的にはギリシア人都市であり続けた。対イッリュリアー*戦争（前178）などの折には艦隊の基地となり、ローマ帝政期にも要港として重視され、トライヤーヌス*帝は私費を投じて港湾を拡張・整備した（後105）。同皇帝を記念して建てられた白大理石の凱旋門 arcus（後115）や円形闘技場、市の守護女神ウェヌス*の神殿跡などを、今日なお見ることができる（⇒アポッロドーロス❹）。
⇒アウクシムム

Plin. N. H. 3-13/ Mela 2-4/ Strab. 5-241/ Sil. 8-438/ Luc. 2-402/ Juv. 4-40/ Cic. Att. 7-11, Fam. 16-12, Phil. 12-9/ Caes. B. Civ. 1-11/ Tac. Ann. 3-9/ App. B. Civ. 5-23/ Steph. Byz./ etc.

アンソロジー Anthology
⇒『ギリシア詞華集』、『ラテン詞華集』

アンタイオス Antaios, Ἀνταῖος, Antaeus, （仏）Antée, （独）Antäus, （伊）（西）Anteo, （葡）Anteu, （露）Антей, （ベルベル語）Änti, （現ギリシア語）Antéos

ギリシア神話中、英雄ヘーラクレース*に退治されたリビア*（リビュエー*）の巨人。ポセイドーン*と大地の女神ガイア*の子。行きかう旅人にレスリングを挑み、相手をうち負かしては殺し、その髑髏で父神ポセイドーンの神殿を飾っていた。英雄ヘーラクレースがヘスペリデス*の園の林檎を取りにきた時（第十一の功業）、アンタイオスは英雄に格闘を挑んで敗れ、しめ殺された —— 後世に流布した伝承では、投げられた巨人が母なる大地に触れる度に前にもまして力を回復することを知ったヘーラクレースは、相手を高々と持ち上げて地面に触れないようにして扼殺した —— という。アンタイオスの墓は北アフリカのティンギス* Tingis（現・タンジール Tangier, （アラビア語）Tanjah）にあり、前1世紀にローマの将軍セルトーリウス*が遺骸を発掘したところ、それは長さ27mもあったと伝えられる。またヌミディア*＝マウレーターニア*王家の遠祖は、アンタイオスの妻ティンゲー Tinge とヘーラクレースとの交わりから生まれたソパクス Sophaks であるとされている。

前5世紀のエウプロニオス*の壺絵など古代以来、アンタイオスはヘーラクレースと組みうつ裸体の巨人の姿で表わされるのが常である。
⇒ピュグマイオイ、ブーシーリス、キュクノス❸
Pind. Isth. 4-56〜/ Diod. 4-17/ Paus. 9-11-6/ Ov. Ib. 393〜/ Apollod. 2-5-11/ Luc. 4-590〜/ Hyg. Fab. 31/ Plut. Sert. 9/ Plin. N. H. 5-1/ Strab. 17-829/ etc.

アンタルキダース Antalkidas, Ἀνταλκίδας, Antalcidas（より正しくは、アンティアルキダース Antialkidas, Ἀντιαλκίδας）, （仏）Antalcide, （伊）Antalcida, （西）（葡）Antálcidas, （露）Анталкид, （現ギリシア語）Antalkidhas

系図61　アンタイオス

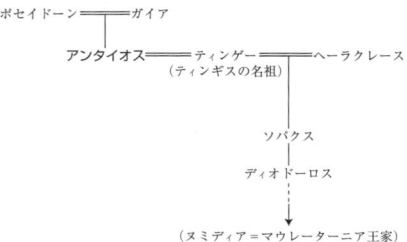

（？〜前367）スパルター*の将軍、政治家。前392年、ついで前388年にアカイメネース朝*ペルシア*帝国への使節として赴き、大王アルタクセルクセース2世*を説得して、その好意をアテーナイ*からスパルターへ転じさせることに成功。ペルシアの支援でヘッレースポントス*を封鎖し（前387）、翌前386年、アテーナイとその同盟国に講和を受諾させた。これはキュプロス*、クラゾメナイ*を含めて小アジアはことごとくペルシアに服属させ、その他のギリシア諸市（ただしアテーナイ領のレームノス*、インブロス*、スキューロス*を除く）は全て自治独立を保つことを取り決めたもので、「アンタルキダースの和約」もしくは「大王の和約」と呼ばれる。これによりコリントス*戦争（前395〜前386）は終結したが、ペルシア大王の命令で全ギリシアに強制されたこの条約は、スパルターの利益のために小アジアの諸ポリスをペルシアに引き渡した、いわば売国的・屈辱的なものであった。

　アンタルキダースは前372年にもペルシアに滞在して、交渉を成功させ、翌前370／369年度のエポロス*に選ばれた。しかるにレウクトラ*での敗北（前371）の後、スパルターの国運が傾いたので、アンタルキダースが使節としてペルシアへ派遣されてもアルタクセルクセースに冷遇され、最後にペルシアへ使いした折には、外交上の失敗に悲観し自ら食を断って死んだという。
⇒アゲーシラーオス❷、ペロピダース、ティーリバゾス
Xen. Hell. 4-8-12〜16, 5-1-6, -25〜28, -36, 6-3-12/ Polyaen. 2-4/ Paus. 9-1/ Plut. Artax. 21〜22, Ages. 23, 32/ Diod. 14-110, 15-70/ Isoc. 4-175〜/ etc.

アンテイア　Anteia, Ἄντεια, Antea, （露）Антия, Антейя, （現ギリシア語）Ántia

プロイトス*の妻ステネボイア*（⇒）のホメーロス*における呼び名。
Hom. Il. 6-160〜/ Apollod. 2-2-1/ etc.

アンティウム　Antium, （ギ）Antion, Ἄντιον, のちにAnthion, Ἄνθιον, （旧称）Porto d'Anzio ないし Capo d'Anzio, （西）（葡）Ancio, （葡）Âncio, （露）Анцио

（現・アンツィオ Anzio）ラティウム*の港湾都市。ローマの南南東67km。伝説では、アスカニオス*ないしアンティアース Antias（オデュッセウス*とキルケー*との子）が創建したという。遅くとも前8世紀以来、ラティーニー*系の人々が居住、前6世紀頃にはウォルスキー*族に占領され、その首邑として有名になった。勢力を拡大するローマに抵抗し続け、前338年執政官*のC. マエニウス*によって攻略を受け6隻の軍艦を拿捕され、その船嘴（ロストラ*）は戦勝記念としてローマへ運ばれて、フォルム*の演説台を飾った — 以来、この演壇はロストラ rostra と呼ばれる — 。

　前1世紀の初頭に、マリウス*が海賊を掃滅してのち、アンティウムはローマ貴顕お気に入りの保養地となり、現在も別荘 villa の遺跡を見ることができる。皇帝カリグラ*（後12生まれ）やネロー*（37生まれ）の生地として知られ、ネロー帝はここに退役兵のための植民市や新しい港湾を築いた。「ネローの別荘」と呼ばれる遺構から、かの名作ベルヴェデーレのアポッロー* Apollo Belvedere 神像（ヴァティカーノ博物館蔵）が出土し、また他の建物の壁面からは、ユーリウス暦*以前の旧暦図 Fasti Antiates が見つかっている。なおこの町は、女神フォルトゥーナ*の神殿で名高く、祭司たちは神像を担いで群衆の間を練り歩き、像のうなずく所作によって未来を占っていた。別荘地帯として賑わったアンティウムも、中世初期の異民族 barbari の侵入時代（後5〜6世紀）に見捨てられ、以来永く荒廃に帰した。ローマ時代の港や水道（アクァエドゥクトゥス*）、劇場（テアートルム*）などの遺跡も発掘されている。
Dion. Hal. Ant. Rom. 1-72, 4〜10/ Polyb. 3-22/ Liv. 2〜9/ App. B. Civ. 1-69, 5-26/ Hor. Carm. 1-35/ Suet. Calig. 8, 57, Ner. 6/ Strab. 5-232/ Plin. N. H. 3-5, 34-11/ Cic. Att. 2-1〜/ Procop. Goth. 1-26/ Tac. Ann. 3-71/ Val. Max. 1-8/ Solin./ Steph. Byz./ etc.

アンティオキーア　Antiochia
⇒アンティオケイア（のラテン語形）

アンティオクス　Antiochus
⇒アンティオコス（のラテン語形）

アンティオケイア　Antiokheia, Ἀντιόχεια, アンティオキーア Antiochia（アンティオケーア Antiochea）, （英）Antioch, （仏）Antioche, （独）Antiochien, Antiochia, （西）Antioquía, （葡）Antioquia, （露）Антиохия, （現ギリシア語）Antióhia

ヘレニズム時代の都市名。セレウコス*家によって各地（16カ所）に建設されたが、そのうち特に有名なものは以下のとおりである。

❶（現・アンタキヤ Antakya, Antakiyah. 別名・Hatay）（オロンテース*河畔の）A. hē epi Orontū, ἡ ἐπὶ Ὀρόντου, A. hē epi Daphnē, ἡ ἐπὶ Δάφνη, A. hē Megalē, ἡ Μεγάλη, （ラ）Antiochia Syriae, Antiochia ad Orontem, Antiochia ad Daphnem, （英）Antioch on the Orontes, Antioch by Daphne, Syrian Antioch, （仏）Antioche sur l'Oronte, （独）Antiochia am Orontes, （伊）Antiochia di Siria, （西）Antioquía del Orontes, （漢）安都　シュリアー*のオロンテース*河畔の沃地にあった都市。前300年セレウコス1世*により創建され、彼の父アンティオコス Antiokhos にちなんで命名された（⇒アンティゴネイア❶）。セレウコス朝*シュリアーの首都となり、地中海諸国と東方世界とを結ぶ通商上の要地として大いに栄えた。市の敷地の選択はアレクサンドロス大王*自身に帰され、ゼウス*の神意に従い、整然たる都市計画に基づいて建設されたという。その後市域は、歴代セレウコス朝諸王の手で拡張され、劇場（テアートロン*）

や図書館など豪華な建造物が加えられていった。詩人アラートス*やエウポリオーン*ら学者・芸術家の交流も盛んで、文化的にもヘレニズム世界の一大中心市として重視され、またアンティオケイアの守護女神テュケー*像（前3世紀初頭、エウテュキデース*作）はオリエント諸都市の「幸運」の象徴と見なされた。住民はマケドニアー*人、ギリシア人、シュリアー人、ユダヤ人を含み、郊外には風光明媚なアポッローン*の神域ダプネー*があって、そこでは4年毎に壮麗な競技祭が営まれていた。

アルメニアー*王ティグラーネース*の占領（前83～前66）を経て、前64年にはポンペイユス*によってローマに併合され、「自由市」の資格を認められた。以来ローマの属州シュリア*の州都となり、カエサル*やアントーニウス*、クレオパトラー*らも滞在、幾度か大地震に見舞われたものの、アウグストゥス*をはじめとするローマ皇帝の援助を得て繁栄を謳歌した。市の中心を長さ3.2kmにわたって列柱廊付きの大通りが貫き、夜は街灯が舗装された道路を照らし、盛時には人口75万人に達したといわれる。市民たちはギリシア風の饗宴や裸体競技に興じ、遊女や美少年を相手にあらゆる快楽に耽って倦まず、その遊蕩と贅沢な点で評判となった。

アンティオケイアはまた、東方のパルティアー*、サーサーン朝*ペルシア*に対する軍事基地として利用され、ゲルマーニクス*や、トライヤーヌス*、ユーリアーヌス*らが訪問、捕われたパルミューラ*の女王ゼーノビア*は駱駝の背に乗せられてこの町をひき回された（後272）。

キリスト教徒の伝承によれば、パウロス*（パウロ）やペトロス*（ペテロ）らの使徒が活動し、この地において彼ら新興宗教の信者は初めて「キリスト教徒 Khristianoi」と呼ばれるようになったという。帝政後期になってもなお、アンティオケイアは「オリエントの麗しい冠」と称され、学者リバニオス*や史家アンミアーヌス・マルケッリーヌス*らを輩出、古典文化が開花し続けた。また4世紀のキリスト教化された市民たちの間でも、旧来の伝統である衆道（男色）の習慣が極めて盛行しており、これに異を唱え

る者は変人扱いされて悪評を被るのが関の山という状態であったと伝えられている。しかし、ペルシア軍の度重なる占領・却略（253、540、573、611～628）や火災・地震の頻発（458、525～526、528）のせいで6世紀以降は衰退し、ついに637（または641）年、イスラーム教徒のアラブ軍に降伏し、その支配下に入った。

今日、城壁や浴場（テルマエ*）、円形闘技場、20万人を収容できる古代でも最大級のキルクス*ほかの遺跡が発掘されており、とりわけローマ帝政期のモザイク画の出土は美術史上注目に価する。
⇒セレウケイア❷

Strab. 16-749～/ Plin. N. H. 5-18/ Just. 15-4/ Cic. Arch. 3 (4)/ Libanius Antiochicos/ Diod. 20-47/ Ath. 1-20/ Plut. Luc. 21/ Amm. Marc. 22-9/ Polyb. 5-59/ Paus, 8-29/ Ptol. Geog. 5-14/ Mela 1-12/ Joseph. J. A. 12-31, J. B. 1-21/ Tac. Hist. 2-80/ Procop. Pers. 2-8/ Liv. 41-20/ etc.

❷（ピシディアー*近くの）A. pros Pisidiān, A. tēs Pisidiās, （ラ）Antiochia Pisidiae, Antiochia ad Pisidiam, Antiochia Caesar(e)ia,（英）Antioch near Pisidia, Pisidian Antioch, Antioch in Pisidia,（仏）Antioche de Pisidie,（独）Antiochia in Pisidien（現・Yalvaç 近郊の遺跡）

前282年頃セレウコス1世*によって小アジアのプリュギアー*地方に建設された都市。マイアンドロス*河畔のマグネーシアー❶（1）*から植民者が送られ、前188年ローマによって自由市と認められた。月神メーン Mên の大神殿があったことで名高く、聖域には多数の神殿奴隷が仕えていた。アウグストゥス*の時に属州ガラティア*の一部としてローマ帝国に併呑され（前25）、カエサレーア・アンティオキーア Caesarea Antiochia と改称されて、古参兵から成るローマ植民団が送り込まれた（前19）。帝政期には小アジアで最も重要なローマ植民市として繁栄。今日もヘレニズム時代のメーン神域の址や、ローマ時代の水道（アクァエドゥクトゥス*）、浴場（テルマエ*）、市門、劇場（テアートロン*）などの遺跡が残っている。

Strab. 12-557, -569, -577/ Plin. N. H. 5-24/ Paulus Dig. 50/

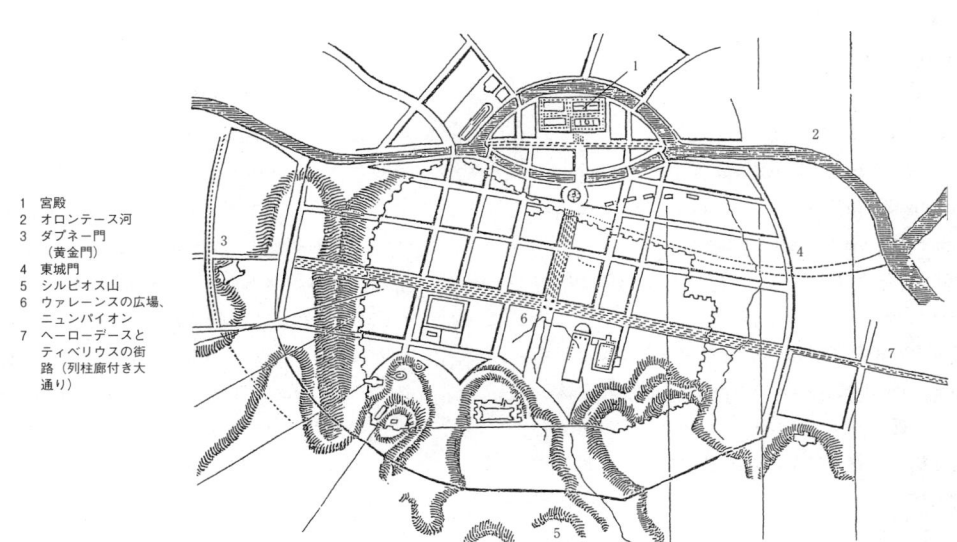

1 宮殿
2 オロンテース河
3 ダプネー門
　（黄金門）
4 東城門
5 シルピオス山
6 ウァレーンスの広場、ニュンパイオン
7 ヘーローデースとティベリウスの街路（列柱廊付き大通り）

アンティオケイア

アンティオコス

Ptol. Geog. 5-4/ Nov. Test. Act. 14-21/ etc.

❸ A. ē epi Kallirrhoē ⇒エデッサ❶

❹ A. tēs Mygdoniās, （ラ）Antiochia Mygdonica ⇒ニシビス

❺マルギアネー*のアンティオケイア A. en tē Margianē, （ラ）アンティオキーア・マルギアーナ Antiochia Margiana, （英）Antioch Margiana, （仏）Antioche de Margiane, （独）Antiochia in Parthien, （漢）木鹿、麻里兀、馬魯（現・メルヴ Merv, マルヴ Marw, マルイ Mary 東郊の遺跡）

アカイメネース朝*ペルシア*時代以来の東西交通の要衝で、アレクサンドロス大王*がこの地に建設したヘレニズム都市アレクサンドレイア❹ c.*を、アンティオコス1世*が再建し、アンティオケイアと改名したもの。古くから灌漑農業が行なわれ、地味豊沃で巨大な葡萄樹に恵まれ、またセレウコス朝*時代以降、パルティアー*、サーサーン朝*ペルシア、イスラーム教アラブ帝国の支配を経て、13世紀にモンゴル軍に破壊される（1221年2月15日）まで、シルクロードの中継地として長期間にわたり繁栄した。アンティオコス1世が築いたという周囲270kmに及ぶ城壁の一部が発掘されている。

なお、ペルシア湾にセレウコス1世*が建てた植民市ペルシス*のアンティオケイア A. Persis（現・ブシェール Bushehr）も、アンティオコス1世によりマイアンドロス*河畔のマグネーシアー❶ (1)*から植民団が送りこまれ、全くギリシア的な都市となったことで知られる——一説に、この町はブシェールの東北32km、アカイメネース朝の Taoke, 現・Borazjan に比定される——。

上記のほか小アジアのカーリアー*地方、マイアンドロス河沿いのアンティオケイア A. epi Maiandrō, （ラ）A. ad Maeandrum や、キリキアー*地方沿岸のアンティオケイア A. epi Kragō, （ラ）A. ad Cragum などの諸都市が名高い。Strab. 11-516, 13-630/ Plin. N. H. 5-29, 6-18/ Liv. 38-13/ Ptol. Geog 5-2, -8, 6-10/ Plut. Crass 31/ Steph. Byz./ etc.

アンティオコス Antiokhos, Ἀντίοχος, Antiochus, （仏）（独）Antiochos, （伊）Antioco, （西）（葡）Antíoco, （露）Антиох

Ⅰ．セレウコス朝*シュリアー*の諸王（セレウコス朝の系図（巻末系図 039～）を参照）。

❶1世 A. I ソーテール Soter, Σωτήρ, （ラ）Antiochus Soter, （英）Antiochus the Saviour, （仏）Antiochos le Sauveur, （伊）Antioco Sotere, （西）（葡）Antíoco Sóter

（前324頃～前261）セレウコス朝*シュリアー*王国第2代の王（在位・前281／280～前261）

セレウコス1世*の長男。母はバクトリアー*貴族スピタメネース Spitamenes の娘アパメー Apame。うら若き継母ストラトニーケー❶*（父セレウコス1世の後妻）への恋情に焦がれて煩悶し病床に就くに至るが、事情を知った父王から彼女との結婚を許され、東方領土の副王に任ぜられて父と共治する（前293／292～、⇒エラシストラトス）。前281年、父王が忘恩のプトレマイオス・ケラウノス*（エジプト王プトレマイオス1世*の息子）に暗殺されると、正式に王位を継承（前281／280）、父の西方進出政策を断念し、マケドニアー*をアンティゴノス2世*ゴナタースに譲って両国友好の基礎を築く（前278）。小アジアに侵入したケルト*（ガラティアー*）人を象軍によって撃退し（「象の勝利」）、北プリュギアー*に分割・定住させて、「救世主」の称号を得る（前275頃）。パレスティナ*領有をめぐりエジプトのプトレマイオス2世*と争って敗北を喫し（第1次シュリアー戦争・前274～前271）、またエウメネース1世*によってペルガモン*が独立する（前262）などあって、小アジア沿岸地域とフェニキア*ならびにコイレー・シュリアー*を失った。さらに副王として東方統治に当たっていた長子セレウコス Seleukos を謀反の疑いで殺害（前267）、のち出陣してエウメネース1世やケルト人と戦うが敗死した。その折、王の愛馬を手に入れた敵将がそれに騎乗したところ、馬は憤激して断崖から身をおどらせ乗り手もろとも相果てたという。アンティオコスは多数の都市を領土全域に建設し、王国にヘレニズム的君主崇拝の制度を採り入れたことでも知られている。
⇒（ソロイの）アラートス、ピラー、アンティオケイア❺
App. Syr. 59～65/ Just. 17-2/ Strab. 11-516, 13-624/ Paus. 1-7/ Plin. N. H. 6-18, 8-64/ Plut. Demetr. 38～39/ Diod. 21-20/ Ath. 1-19d, 6-224f, -255a, 8-340f/ Lucian. Syr. D. 17, Zeuxis 8/ Ael. V. H. 6-44/ Polyaenus 6-7/ Julian. Mis./ etc.

❷2世 A. Ⅱ テオス Theos, Θεός, （英）Antiochus the God, （仏）Antiochos le Dieu

（前286頃～前246年）セレウコス朝*シュリアー*王国第3代の王（在位・前261～前246）

アンティオコス1世*とストラトニーケー❶*の次男。長兄セレウコス Seleukos が父に殺された（前267）ため、王位を継承する。マケドニアー*王アンティゴノス2世*ゴナタースと結んでエジプト王プトレマイオス2世*ピラデルポスと戦い（第2次シュリアー戦争・前260～前253）、小アジアの失地回復に努め、僭主ティーマルコス Timarkhos を殺してミーレートス*市を解放し、「神」という尊号を奉られた。彼の治世にバクトリアー*（前250頃、⇒ディオドトス）とパルティアー*（前248頃、⇒アルサケース）とが独立し、広大な王国が崩壊を始めた。

酒浸りの王は国政を男色相手のアリストス Aristos とテミソーン Themison に委ね、その支配は有名無実であった。そのうえ、エジプトとの和平の条件として、プトレマイオス2世*の娘ベレニーケー❸*・シュラーと結婚し、先妃で従姉妹のラーオディケー❷*をエペソス*に追い出した（前252）ため、宮廷内に紛争が生じ、プトレマイオス2世が死ぬ（前246）と、再びラーオディケーと縒りを戻したものの、先の屈辱を憤った彼女に毒殺された——ラーオディケーの産んだ息子セレウコス2世*を後継者に指名する遺言を残してから息をひきとったという——。ラーオディケーは夫王に瓜二つのアルテモーン Artemon という男を替玉に仕立てておいて、後妃ベレニーケーとその息子を避難所から引きずり出して殺害、自らの実子セレウコス2世

を登位させた。ベレニーケー母子の復讐と称して、プトレマイオス3世*がエジプトからなだれ込み、ここに第3次シュリアー戦争（前246〜前241）が勃発した。
⇒エウメネース1世

App. Syr. 65/ Ath. 2-45, 10-438/ Diod. 31-19/ Just. 27-1/ Polyaenus 4-16, 8-50/ Val. Max. 9-14/ Ael. V. H. 2-41/ Joseph. J. A. 12/ Hieron. ad Daniel/ etc.

❸ 3世 A. Ⅲ 大王 Megas, Μέγας, 勝利者 Nikator, Νικάτωρ,（英）Antiochus the Great,（仏）Antiochos le Grand,（独）Antiochos der Große,（伊）Antioco il Grande,（西）Antíoco el Grande

（前242頃〜前187）セレウコス朝*シュリアー*王国第6代の王（在位・前223〜前187）

❷の孫。セレウコス2世*の次子。兄セレウコス3世*の暗殺後、若くして王位に即き、王国の頽勢を挽回せんと各地に転戦、メーディアー*太守モローン Molon（？〜前220自害）の反乱（前222〜前220）を平定し、エジプトのプトレマイオス4世*との戦い（第4次シュリアー戦争・前219〜前217）ではパレスティナ*のラピアー Raphia で敗れた（前217）ものの、小アジアで独立した王族アカイオス*（セレウコス1世*の曾孫）を捕えて処刑し（前213）、出征してアルメニアー*を領有（前212）、パルティアー*、バクトリアー*両王国をも服属させ（⇒エウテュデーモス1世）、アラビアー*やインドにまで侵入して「大王」と呼ばれる（前212〜前205）。前204年エジプトに幼王プトレマイオス5世*が立つと、マケドニアー*王ピリッポス5世*と密約を結んで、エジプト海外領の分割を企図、フェニキア*、南シュリアー、パレスティナを奪取した ―― 第5次シュリアー戦争（前202〜前195）。これらの領土は、娘のクレオパトラー1世*とプトレマイオス5世の結婚の際彼女の婚資として与えられた ――。さらに前196年、小アジアからトラーケー*（トラーキアー*）へ侵攻したところで、東進するローマと衝突。カルターゴー*の名将ハンニバル❶*を迎え入れた（前195）彼は、即時イタリアを攻撃するべしというその策を容れず、ギリシアに進出してローマと開戦（前192）、テルモピュライ*（前191、⇒グラブリオー❶）およびマグネーシアー*（前190年12月、⇒スキーピオー・大アーフリカーヌス）に連敗し、前188年アパメイア❷*の講和で小アジア領をローマに奪われ、1万5千タラントンもの巨額の賠償金を科せられた。これを支払うため再び東方に軍を起こしたが、イーラーンのエリュマーイス Elymais（シュメル語エラム Elam）にあるベール Bel（ゼウス*）神殿を略奪しようとして住民に殺された。

王は学術の保護者として知られ、アンティオケイア❶*に図書館を建立（⇒エウポリオーン）。弑逆を謀った悪宰相ヘルメイアース Hermeias を暗殺によって斥け（前220頃）、ポントス*王ミトリダテース3世*の娘ラーオディケー Laodike を娶り（前221）数子を儲けたのち、50歳でカルキス*の美少女エウボイア Euboia と再婚、精力的で有能な中興の君主と評される反面、酒色に溺れやすく貪欲で猜疑心の強い野心家であったとも伝えられる。

なお同名の王子アンティオコス（？〜前195）も、愛欲に流されがちで、男色相手のティーマルコス Timarkhos をバビュローン*の太守 Satrapes という要職に任命したため民衆はその苛政に苦しみ、やがてティーマルコスはデーメートリオス1世*（セレウコス4世*の子）によって処刑されて果てている。
⇒アルタクシアース1世、アルサケース3世、エウメネース2世、アイトーリアー同盟、アンティオコス4世

Polyb. 5〜21/ Liv. 30〜38/ App. Syr./ Just. 29〜32, 38-6, 41-5/ Zonar. 9-18/ Joseph. J. A. 12-3/ Ael. V. H. 2-41/ Liv. 31-38/ Strab. 16-744/ Diod. 28-3, -12〜31-19/ Polyaenus 4-15, -21/ Ath. 4-155b, 10-439e〜f/ etc.

❹ 4世 A. Ⅳ エピパネース Epiphanes, Ἐπιφανής, Theos, Θεός,（英）Antiochus the Glorious, the Illustrious,（仏）Antiochos Épiphane, I'llustre,（伊）Antioco Epifane,（西）Antíoco Epífanes（前215頃〜前164頃）セレウコス朝*シュリアー*王国第8代の王（在位・前175〜前164頃）

❸の第3子。初名・ミトラダテース Mithradates。前189年、父王がローマに大敗したため、14年間ローマに人質となる。兄セレウコス4世*が息子デーメートリオス（1世）*を代わりにローマに送り、次いで奸臣ヘーリオドーロス Heliodoros に毒殺されたので、彼はペルガモン*王エウメネース2世*の助けでシュリアーへ帰り、ヘーリオドーロスを追放して王位を継いだ。姉クレオパトラー1世*（プトレマイオス5世*の妻）亡き後のエジプトに侵攻し、その大部分を攻略（第6次シュリアー戦争・前170〜前168/167）、甥プトレマイオス6世*を捕えてアレクサンドレイア❶*に迫ったが、ローマの介入により撤退を余儀なくされた。その折、ローマの使節ラエナース❶*は、王の周りに円を描き、その線をまたぐ前に返答するよう居丈高に命じたという。

王はギリシア文化に傾倒してヘレニズム化政策を採り、いくつものギリシア風都市を建設する一方、ユダヤ教を圧迫、イェルーサレーム*（エルサレム）神殿を略奪しては、多くのユダヤ人を虐殺したため、彼らを民族主義に駆り立てマッカバイオス*戦争（前167〜前142）が勃発、ユダヤのアサモーナイオス*（ハスモーン*）王朝成立という結果を見ることになった。

彼は奢侈と酒色を好む放蕩家で、晩餐会において芸人たちと裸で踊り、微服変装して市井を徘徊し、気まぐれに高価な贈り物を与えたり、高官たちに悪ふざけをして娯しんだ。時に残忍また寛大になり、自己をゼウス*と同一視し神として崇拝するよう要求した。絢爛豪華な祝典を催し、ローマから血腥い剣闘士試合を輸入、愛人に3つの都市の支配権を与え、子供のように夢中になって通りの群衆に金を投げたり、旅人や無頼漢など下層民とともに飲み、かつ騒いだといった話も伝わっている。また王の男色相手キュプロス*のテミソーン Themison は自らをヘーラクレース*と誇称し、獅子皮をまとい棍棒を持って祭典に臨席、人々から神のごとく供犠をうけていたという ―― 一

説にこのテミソーンはアンティオコス2世*の愛人のテミソーンのことであるとされている——。

前165年パルティアー*東征に出発し、アルメニアー*を服属させたのち、エリュマーイス Elymais（エラム Elam）のアルテミス*（ナナーイア Nanaia）神殿を略奪しようとして敗退、失意のあまりその帰途、癲癇と狂気と悪疾のうちに死んだという。世人、特にユダヤ人はこれを神罰と見なし、王の尊号「現神王」をもじって「発狂王 Epimanes」と呼んだ。
⇒イウーダース・マッカバイオス

Just. 34-2〜/ Liv. 41〜45/ Polyb. 26〜31/ App. Syr. 39, 45, 66/ Diod, 29-32, 30-2, 31-1〜2, -16〜18/ Joseph. J. A. 12-5, Ap. 1, 2/ Maccab. 1, 2/ Ath. 7-289f〜/ Ael. V. H. 2-41/ Zonar. 9-25/ Baeda/ etc.

❺ 5世　A. Ⅴ　エウパトール　Eupator, Εὐπάτωρ
（前173頃〜前162）セレウコス朝*シュリアー*王国第9代の王（在位・前164頃〜前162）

❹の子にして後継者。父の死後、9歳で即位し、将軍リューシアース Lysias（？〜前162刑死）に補佐されたが、在位2年足らずで、ローマから帰国した従兄デーメートリオス1世*に廃され、アンティオケイア❶*で処刑された。父王が勇敢だったために、「立派な父をもつ者」と称される。

Polyb. 31-12, -19/ App. Syr. 46, 66/ Joseph. J. A. 12-10/ Just. 34-3/ Maccab. 1, 2/ Cic. Phil. 9-2/ etc.

❻ 6世　A. Ⅵ　エピパネース・ディオニューソス　Epiphanes Dionysos, ᾽Επιφανὴς Διόνυσος, テオス Theos, Θεός,（英）Antiochus the Glorious,（伊）Antioco Epifane Dioniso,（西）Antíoco Epífanes Dioniso,（前148頃〜前138）セレウコス朝*シュリアー*王国第13代の王（在位・前144〜前142）

アレクサンドロス・バラース*とクレオパトラー❹*・テアーの子。父の殺害後、アラビアー*で養育される。アンティオケイア❶*でデーメートリオス2世*に対する反乱が起こった時、将軍ディオドトス・トリュポーン*に擁立されて即位するが、まもなく王位を覗うトリュポーンにより廃され、のち暗殺される（10歳くらい）。トリュポーンは医師たちを買収して王が胆石で苦しんでいると公表し、手術を装って殺害したという。

Joseph. J. A. 13-6, -7/ Just. 36-1/ Liv. Epit. 55/ Diod. 33-4/ Strab. 16-752/ Maccab. 1-11〜/ etc.

❼ 7世　A. Ⅶ　エウエルゲテース・シーデーテース　Euergetes Sidetes, Εὐεργέτης Σιδήτης, Sōtēr, Eusebēs,（英）Antiochus of Side,（仏）Antiochos Évergète Sidêtês,（伊）Antioco Evergete Sidete
（前159頃〜前129）セレウコス朝*シュリアー*王国第14代の王（在位・前138頃〜前129）

デーメートリオス1世*の次男。パンピューリアー*の町シーデー*で育ったので「シーデー人」と呼ばれる。兄デーメートリオス2世*がパルティアー*の捕虜となると（前139）、シュリアーへ戻り兄嫁クレオパトラー❹*・テアーと結婚して王号を称した。幼主アンティオコス6世*を擁していたディオドトス・トリュポーン*を殺して王座を確保し（前137）、セレウコス朝の復興に着手、前135年イェルーサーレーム*（エルサレム）を陥落させ、アサモーナイオス*（ハスモーン*）家を抑えてユダヤを再び征服した（前131頃、⇒ヒュルカノス1世）。さらに東方に転じてパルティアー*軍を撃破し、バビュローニアー*、メーディアー*を回復した（前130）が、ついにパルティアー王ミトリダテース1世*（アルサケース6世*）——一説にプラアーテース2世*（アルサケース7世*）——に敗れ、戦死または自殺した（前129年春）。その屍体は丁重に銀の棺に納めて本国へ送られたという。ここにシュリアー王国はエウプラーテース*（ユーフラテス）河より東方の領土を永久に失い、パレスティナ*も独立したため、シュリアー北部・キリキアー*南部のみを領する一小国に転落した。なお彼は他のセレウコス諸王に倣って贅沢な快楽や美酒美食に耽って倦まず、遠征軍の構成員も武装兵より料理人の方が多いありさまで、「戦争にではなく、宴会に出かけるかのよう」であったと伝えられている。

Joseph. J. A. 13-7〜8/ Just. 36-1, 38-10/ Strab. 14-668/ Diod. 34-1, -15〜/ Ael. V. H. 2-41/ Ath, 10-439, 11-540/ Maccab. 1-15〜/ etc.

❽ 8世　A. Ⅷ　グリューポス Grypos,（ラ）Grȳpus, Epiphanēs, Γρυπός, ᾽Επιφανής, Philomētōr, Kallinīkos, Aspendios
（前141頃〜前96）セレウコス朝*シュリアー*王国第16代の王（在位・前125〜前96）

デーメートリオス2世*とクレオパトラー❹*・テアー（プトレマイオス6世*の娘）の次男。大きな鉤鼻の持ち主だったので「鷲鼻」と綽名される。長兄セレウコス5世*が母に殺されたのち、遊学中のアテーナイ*から呼び戻されて即位したが、実権は母妃が掌握し続けた。岳父プトレマイオス8世*の支援で、当時王国の大半を支配していた簒奪者アレクサンドロス・ゼビナース*を倒し、次いで彼の権力増大を嫉んで毒飼いを謀った母クレオパトラー・テアーを先手に出て毒殺——前121年、母が彼に飲ませようと用意した毒杯を逆に彼女に飲ませたという——、単独支配者となる。しかし、異父弟アンティオコス9世*（父はアンティオコス7世*）が王位を要求したことから内戦に突入（前114頃）、いったん協定が成立して、9世が南シュリアーとフェニキア*、8世が残余の地域を分割統治することに決まったものの、両者間には戦争が絶えなかった（⇒クレオパトラー❺・❻）。8世は大半の時を宴会や詩作に費し、のち奸臣ヘーラクレオーン Herakleon に暗殺された。以降セレウコス王家は、アンティオコス8世と9世の子孫たちによる間断なき王位争いによって、ますます衰頽の度を深めていった。

Just. 39-1〜3/ Liv. Epit. 60/ App. Syr. 69/ Diod. 34-2, 40-1/ Joseph. J. A. 13-9〜13/ Ath. 12-540/ Gal./ etc.

❾ 9世　A. Ⅸ　キュージケーノス　Kyzikenos, Κυζικηνός, Cȳzicēnus, Philopatōr, Φιλοπάτωρ, Eusebēs,

Εὐσεβής

(前135頃～前95年) セレウコス朝*シュリアー*王国第17代の王 (在位・前114／113～前95)

❼とクレオパトラー❹*・テアーの子。キュージコス*で育ったので、「キュージコス人（キュージケーノス）」と呼ばれる。異父兄アンティオコス8世*と王位を争い、その死（前96）後独支配者となったものの、翌年（前95）甥のセレウコス6世*（アンティオコス8世*の長子）に敗北し殺された、あるいは捕虜になるのを厭い自害した（⇒クレオパトラー❺・❻）。

王は飲酒や芝居が好きで、狩猟に耽る一方、芸人の真似事に熱中して金・銀で鍍金された機械仕掛けの動物や人形を操ってみせたが、軍事に役立つ装置を工夫する才能は全く持ちあわせていなかったという。また彼がアンティオコス8世と王位を争ったのは8世から毒殺されようとしたからだといい、即位前は王者にふさわしい人物と見なされていたのに、登極するや放埒な暗君に変貌したとも伝えられている。

Just. 39-2～3/ Joseph. J. A. 13-10～13/ Diod. 34-34/ App. Syr. 68～/ etc.

❿ 10世　A. X　エウセベース・ピロパトール Eusebes Philopator, Εὐσεβής, Φιλοπάτωρ, (英) Antiochus the Pious, (仏) Antiochos le Pieux,

(前115頃～前92頃) セレウコス朝*シュリアー*王国第19代の王 (在位・前95～前92頃)

❾の子。父の死後、王冠を戴き、父の殺害者セレウコス6世*の姦計を遁れ、軍を起こしてこれを討伐しキリキアー*へ放逐した。次にセレウコスの弟たち、アンティオコス11世*とピリッポス1世*の軍を撃破し、11世を溺死させた（前93）。さらにピリッポス1世とその兄弟デーメートリオス3世*らと交戦したが、のちパルティアー*人との戦闘で斃れたとも、あるいはアルメニアー*のティグラーネース*大王によってシュリアーを追放されたともいう。

なお彼の称号「敬虔王（エウセベース）」は、父9世や伯父8世の妻だったクレオパトラー❻*・セレーネーを娶ったことを皮肉って付けられたもの。

Joseph. J. A. 13-13/ Just. 40-2/ App. Syr. 48, 69/ etc.

⓫ 11世　A. XI　エピパネース・ピラデルポス Epiphanes Philadelphos, Ἐπιφανής Φιλάδελφος

(在位・前94～前93)

❽の子。兄セレウコス6世*がアンティオコス10世*に追われたのち即位するが、ほどなくオロンテース*河の戦いで、アンティオコス10世に撃破され、敗走中に溺死した。

Joseph. J. A. 13-13/ Just. 40-2/ etc.

⓬ 12世　A. XII　ディオニューソス Dionysos, Διόνυσος, Epiphanes Philopator Kallinīkos (在位・前87～前84)

❽の末子。兄デーメートリオス3世*がパルティアー*軍に捕われたのち、ダマスコス*を占領して王号を称したが、アラビアー*人征伐に出ている間に町を別の兄ピリッポス1世*に奪取され、自身も対アラビアー戦でナバタイオイ*族の王アレタース3世*に敗死した。

Joseph. J. A. 13-15, J. B. 1/ etc.

⓭ 13世　A. XIII　アシアーティコス Asiatikos, Ἀσιατικός, Dionȳsos Philopatōr Kallinīkos, (英) Antiochus the Asiatic

(在位・前69～前64)

❿の子。母はクレオパトラー❻*・セレーネー。アルメニアー*のティグラーネース*大王がシュリアー*を追われたのち、母の策動が効を奏してローマの将ルークッルス*から王位を認められる。アラビアー*の首長サンプシケラモス Sampsikeramos (Shemashgeram) の傀儡となり、対立王ピリッポス2世*と抗争する。前64年ポンペイユス*によって廃位されセレウコス朝は断絶、シュリアー*はローマの属州に編入された（前63）。最期はサンプシケラモスに捕われて殺されたという。

App. Syr. 49, 70/ Just. 40-2/ Cic. Verr. 2-4-27～/ Diod. 40-1/ etc.

⓮ アンティオコス・ヒエラクス　Antiokhos Hieraks, Ἀντίοχος Ἱέραξ, Antiochus Hierax, (英) Antiochus the Hawk, (仏) Antiochos l'Épervier

(前263頃～前226) セレウコス朝*シュリアー*王国の対立王 (在位・前242～前227)

アンティオコス2世*とラーオディケー❷*の次男（⇒巻末系図039・040）。その野心と貪欲のゆえに「猛禽（ヒエラクス）（鷹・隼の類）」と呼ばれる。兄セレウコス2世*がエジプトとの戦争に追われているのに乗じて共同統治者の地位を得、さらに母の後押しで小アジアで独立を宣言、兄に反旗を翻し兄弟戦争（前239頃～前236）を始めた。義兄弟たるポントス*王ミトリダテース3世*やカッパドキアー*王アリアラテース3世*と盟し、ビーテューニアー*王女と結婚。ケルト*（ガラティアー*）人とも結んで、兄王をアンキューラ*（現・アンカラ）に撃破し（前235頃）、タウロス Tauros (現・トロス) 山脈以東の領土を獲得する。しかし、ペルガモン*のアッタロス1世*に繰り返し惨敗して小アジアを放逐され、メソポタミアー*へ侵入を図るが兄の軍に敗北、各地を彷徨った果てにトラーケー*（トラーキアー*）で盗賊に殺された。

⇒ストラトニーケー❷

Just. 27-2～3/ Polyaenus. 4-17/ Plut. Mor. 489a/ Euseb. Chron./ etc.

Ⅱ．コンマーゲーネー*王国の諸王。アカイメネース朝*ペルシア*の大王ダーレイオス1世*の末裔を称す。
⇒巻末系図033

❶ 1世　A. I　Theos Dikaios Epiphanēs Philorhōmaios kai Philellēn, ὁ θεός Δίκαιος Ἐπιφανής Φιλορωμαῖος Φιλέλλην

(在位・前69頃・伝7月7日～前36頃)

コンマーゲーネー*の王ミトリダテース1世 Mithridates I (在位・前96頃～前70頃) とラーオディケー Laodike (セレウコス朝*シュリアー*の王アンティオコス8世*の娘) との間に生まれる。前69年アルメニアー*のティグラーネース*大王がローマに敗れたのち、ローマと同盟を結び、ポンペイユス*によって領土を拡張される（前64）。前49年カエ

サル*とポンペイユスとの間に内戦が勃発すると、後者に味方して援軍を派遣（前48）。のちローマの敵国パルティアー側に寝返ったためM. アントーニウス*の攻撃を受け（前38）、息子（一説に弟）ミトリダテース2世 Mithridates IIに譲位した（前36頃）。現・東トルコのネムルト・ダーウ Nemurt Daği（標高2150 m）に残る彼の巨大な神殿墳墓の遺跡は、君主崇拝とギリシア系・ペルシア系宗教の混淆を示す好例としてよく知られている。彼はパルティアー王プラアーテース4世*（アルサケース15世*）に殺害されたという（前31頃）。
⇒サモサタ

Dio Cass. 36-2, 48-41, 49-20～23/ App. Mith. 106, 114, B. Civ. 2-49/ Caes. B. Civ. 3-4/ Cic. Fam. 15-1/ Plut. Ant. 34/ Joseph. J. A. 14/ etc.

❷ 2世　A. II　（在位・？～前29）

❶の子。兄ミトリダテース2世 Mithridates II（在位・前36頃～前20頃）の共治王として即位するが、兄王がローマへ派遣した使節を奸計にかけて殺害したため、アウグストゥス*によって処刑された（前29）。

Dio Cass. 52-43, 54-9/ etc.

❸ 3世　A. III　Philokaisar, Φιλόκαισαρ（在位・前12～後17）

ミトリダテース3世 Mithridates III（父親が殺されたので、前20年に幼年で即位した）を継いで王位につく。後17年彼が死ぬと、民衆の富裕層に対する蜂起が生じたため、王国はローマの属領に併呑されることとなった。
⇒ゲルマーニクス

Tac. Ann. 2-42, -56/ Joseph. J. A. 18, 19/ etc.

❹ 4世　A. IV　Epiphanēs, ὁ Ἐπιφανής　（在位・後38～72）

❸の子。若い頃、ローマで亡命生活を送り、同じく残忍な性質のカリグラ*（のちの第3代ローマ皇帝）と親交を結ぶ。やがて登極したカリグラ帝から王国を返還され、キリキアー*の一部をも与えられて即位（38）、皇帝にオリエント風の専制や放蕩を伝授するが、ほどなくカリグラの気まぐれの犠牲となって王位を剥奪される（40）。次に立ったクラウディウス*帝により復辟し（41）、続いてネロー*帝の時代に、対パルティアー戦争（54, 58）での功績を認められて、アルメニアー*の一部も追加され（60）、「最も内福な藩属王国」と称される。ところがウェスパシアーヌス*帝治下の72年、パルティアーと組んでローマに叛逆を企てたと訴えられて再度王国を失い、2人の息子とローマで安楽な余生を送った。

同年、コンマーゲーネーは、ローマ帝国のシュリア*属州に編入された。なお王の孫ピロパッポス Philopappos の記念碑（マウソーレーウム*）（高さ14 m）が、アテーナイ*のムーセイオン Museion 丘上に現在も残っている（114～116建立）。
⇒アルサケース23世（ウォロゲーセース1世）

Dio Cass. 59-8, -24, 60-8/ Tac. Ann. 12-55, 13-7, -37, 14-26, Hist. 2-81, 5-1/ Joseph. J. A. 19-5, -8, -9, J. B. 5-11, 7-7/ Suet. Calig. 16/ Plut. Mor. 628～629/ etc.

アンティオコス（アスカローン*の）
Antiokhos, Ἀντίοχος ὁ Ἀσκαλώνιος, Antiochus Ascalonius, （英）Antiochus of Ascalon, （仏）Antiochos d'Ascalon, （独）Antiochos von Askalon, （伊）Antioco di Ascalona, （西）Antíoco de Ascalón, （現ギリシア語）Antíohos o Askalonítis　（前130頃～前68頃）

ギリシアの哲学者。パレスティナ*のアスカローン*出身。アテーナイ*でアカデーメイア*派の哲学者ピローン*（ラーリーサ*の）の弟子となり、前88年ミトリダテース*戦争勃発とともに師に随ってローマへ赴きL. ルークッルス*らローマの名士と交わって声望を高めた。のちアテーナイのアカデーメイア学頭となる（前79／78）が、師の懐疑論を捨てて、プラトーン*哲学を教条的（ドグマ）に解釈する古アカデーメイアに復帰、ストアー*学派やペリパトス（逍遥）学派の教説をも採用した折衷的な「第5期アカデーメイア」を樹立した。これによりアカデーメイア内に分裂が生じ、事実上古代ギリシアのアカデーメイア学派の系統は断絶する。アンティオコスの流麗にして甘美な弁舌はキケロー*をも魅了し、その説はしばしば後者の著述中に引用されている。ルークッルスの対ミトリダテース戦にも加わり（前73）、書物も残したが散逸して伝わらない。
⇒アイネシデーモス、アレイオス・ディデュモス、M. テレンティウス・ウァッロー

Cic. Acad. 2-14, -23, -35, 4-4, Fam. 9-8, Brut. 91, Fin. 5-25, Tusc. 5-8/ Plut. Cic. 4, Luc. 28, 42/ Strab. 14-759/ Sext. Emp. Pyr. 1-235/ etc.

アンティオコス（キリキアー*の）
Antiokhos, Ἀντίοχος, Antiochus, （英）Antiochus of Cilicia, Antiochus of Aegae, （仏）Antiochos de Cilicie, （独）Antiochos von Kilikien, Antiochos von Aigai

（後200頃に活躍）キリキアー*のアイガイ Aigai 出身のソフィスト*・弁論家。富裕な名門に生まれたが、政治に関与せず、キュニコス（犬儒）派の哲学者を気取り、またアスクレーピオス*神殿で眠っては医神と夢の中で対話することを好んだ。殺人罪の裁判では、自分を去勢した僭主を殺して恨みをはらした宦官を弁護し、「被告は男でも女でもないのだから法律のどこにも処罰の対象として記されていない」と主張して、無罪判決を勝ち取ってやった話が名高い。70歳で死去した。

Philostr. V. S. 2-4/ Dio Cass. 77-19/ Suda/ etc.

アンティオコス（シュラークーサイ*の）
Antiokhos, Ἀντίοχος, Antiochus, （英）Antiochus of Syracuse, （仏）Antiochos de Syracuse, （独）Antiochos von Syrakus, （伊）Antioco di Siracusa, （西）Antíoco de Siracusa

（前5世紀後半）ギリシア人の歴史家。トゥーキューディデース❷*と同じ頃の人。その著『シケリアー*史』（9巻）は、

神話時代の王コーカロス*から前424年までを扱った作品で、後世の歴史家に引用されている。またギリシア人のイタリア植民活動を主題とする『イタリア史』(1巻) も、しばしばストラボーン*によって言及されている。両作とも断片のみ伝存。

　他にも彫刻家や医師、法学者、占星学者らアンティオコスという名の人々が大勢いたことが知られている。
Dion. Hal. Ant. Rom. 1-12, -73/ Diod. 12-71, 13-71/ Paus. 10-11/ Strab. 5-242, 6-252〜/ Xen. Hell. 1-5/ Plut. Alc. 35/ Diog. Laert./ Gal./ etc.

アンティオコス・ヒエラクス　Antiokhos ho Hieraks, Ἀντίοχος ὁ Ἱέραξ, Antiochus Hierax, (仏) Antiochos Hiérax, (独) Antiochos Hierax, (伊) Antioco Ierace, (西)(葡) Antíoco Hierax, (露) Антюх Гиеракс, (現ギリシア語) Antíohos Ieraks

⇒ (セレウコス朝シュリアー王の) アンティオコス ❶

アンティオペー　Antiope, Ἀντιόπη, Antiopa (Antiope), (西)(葡) Antíope, (露) Антиопа, (現ギリシア語) Antiópi

ギリシア神話中の女性名。

❶アマゾーン*の女王ヒッポリュテー*の姉妹。テーセウス*の妻となって、息子ヒッポリュトス*を産んだ。軍神アレース*の娘で神託に従ってテーセウスに殺されたとも、ヒッポリュテーの娘ないし別名とも様々に伝えられるが、ふつう彼女がテーセウスによってアテーナイ*へ連れ去られたため、アマゾーン軍のアッティケー*侵攻を招いたという。墓はアテーナイから外港パレーロン*へ向かう道沿いにあった。攻め寄せたアマゾーン女族 (アマゾネス*) とアテーナイ軍との戦闘 Amazonomakhia の情景は、陶画や浮彫、彫刻の主題として好んで採り上げられた。
Paus. 1-2, -41/ Diod. 4-16,-28/ Plut. Thes. 26〜27/ Hyg. Fab. 241/ Just. 2-4/ Ov. Her. 4-117〜/ etc.

❷テーバイ❶*王 (ないし摂政) ニュクテウス*の娘 (一説にはアーソーポス*河神の娘)。美女だったので大神ゼウス*に見初められ、サテュロス*に変身した神と交わって懐妊した。父の怒りを怖れてシキュオーン*へ逃がれ、王エポーペウス*の庇護を受け、その妻となった —— 別伝ではエポーペウスに拐かされて妊娠したといわれる ——。父ニュクテウスの死後、その遺命によってリュコス* (ニュクテウスの弟) がシキュオーンを攻略し、エポーペウスを殺害、アンティオペーを捕えてテーバイに連れ戻した。帰途、キタイローン*山麓で彼女は双生児アンピーオーン*とゼートス*を産んだが、子供たちは山奥に遺棄され羊飼いの手で養育された。その後長い間、アンティオペーはリュコスの妻ディルケー*から虐待され、土牢に閉じこめられるなどの苛責を受けた。が、ある夜、鎖が自然に解けたので脱出して羊飼いの小舎へ逃げこみ、子供たちと再会。経緯を知ったアンピーオーンとゼートスは、リュコスとディルケーを殺して母の仇を報じた。特にディルケーは髪の毛を荒牛の角に縛りつけられて岩場を引きずり回されて死んだという。次いでアンティオペーは、信者だったディルケーの惨死を怒った酒神ディオニューソス*に罰せられ、狂気に取り憑かれギリシア中を放浪した後、ポーコス Phokos (シーシュポス*の孫。ポーキス*の名祖) により病いを癒され、その妻となって死後合葬された。彼女をリュコスの妻で、リュコスに扮したエポーペウスによって犯されたとする等、異伝が多く、エウリーピデース*も悲劇『アンティオペー』でこの物語を扱っているが伝存しない。

　美女アンティオペーが好色な半獣神サテュロスに化けたゼウスによって犯される場面は、しばしば美術の主題に採り上げられてきた。
⇒ポリュクソー
Apollod. 3-5/ Hom. Od. 11-260〜/ Paus. 2-6, 9-17, 10-32/ Hyg. Fab. 7〜9/ Ov. Met. 6-110〜111/ Ap. Rhod. 1-735/ etc.

アンティキュラ　Antikyra, Ἀντίκυρα, (Ἀντίκυρρα, Ἀντίκιρρα) Anticyra, (仏) Anticyre, (伊)(西) Anticira, (露) Антикира

ギリシアの都市名

❶ (現・Aspra Spítia 近くの Palatia) ポーキス*地方南岸、コリントス*湾に臨む港湾都市。古名キュパリッソス。ポーキスの交易港として栄えたが、前346年マケドニアー*王ピリッポス2世*によって他の諸市とともに破壊され、のちローマに服属した (前198)。背後の岩山に自生するヘッレボロス helleboros 草は、古来狂気を癒やす薬用植物の名が高く、一説には癩癇や癲病などの難病にも効果があったという。伝説中の予言者メランプース*はヘッレボロス草でプロイトス*の娘たちの狂疾を治したとされ、市の名祖アンティキュレウス Antikyreus は同じ植物を用いて精神錯乱に陥っていたヘーラクレース*を救ったといわれる。また精神病に冒されたクラテロス* (アレクサンドロス大王*の副司令官) ほか、宿痾の癲癇に悩むリーウィウス・ドルスス❷*等々、多くのギリシア・ローマの人士がこの薬草の治療を受け、あるいはアンティキュラへ赴いて療養生活を送っている。ギリシア時代以来、乱心した者はアンティキュラへ送られたもので、ここから「奴はアンティキュラ送りだ (ラ) Naviget Anticyram」という俚諺が生じた。アルテミス*の磨崖聖所や市の決議碑文、住居跡などが今日も残っている。
Paus. 7-7-9, 10-1-2, -3-1, -36-5〜/ Strab. 9-418〜/ Plin. N. H. 22-64, 25-21〜/ Theophr. Hist. Pl. 9-9/ Diosc. 4-150〜/ Hor. Sat. 2-3/ Plut. Alex. 41/ Suet. Calig. 29/ Hom. Il. 2-519/ Gell. 17-13/ Liv. 32-18/ Juv. 13-97/ etc.

❷テッサリアー*南部、オイテー*山麓の町。スペルケイオス Sperkheios (現・Sperhiós, かっての Alamana) 河下流右岸に位置。❶と同じく薬草ヘッレボロス helleboros を産するが、知名度において劣る。
Herodot. 7-198/ Strab. 9-434/ Hor. Sat. 2-3/ Gell. 17-15/ Ant. Lib. Met. 22/ etc.

❸西ロクリス*地方のコリントス*湾中の島にある町。ナウパクトス*の東方に位置。ヘッレボロス helleboros 草を産し、❶や❷としばしば混同された。
Strab. 9-418/ Hor. Ars P. 300/ Liv. 26-26/ etc.

アンティクレイア　Antikleia, Ἀντίκλεια, Anticlea,（仏）Anticlée,（葡）Anticleia,（露）Антиклея,（現ギリシア語）Antíklia

ギリシア神話中、大盗アウトリュコス*の娘。ラーエルテース*に嫁ぎ、智将オデュッセウス*の母となった。一説に父アウトリュコスが親友シーシュポス*のごとき慧敏な子が欲しいと願って、彼女をシーシュポスに提供し、この交わりからオデュッセウスが生まれたという。彼女はオデュッセウスのあまりに長い不在に耐えかねて息を引き取ったとも、息子の偽りの訃報に接して自殺したとも伝えられ、冥界を訪れたオデュッセウスと再会し語り合っている。また彼女が、機転を利かせて嫁ペーネロペー*（オデュッセウスの妻）の貞操を守った（⇒ナウプリオス❷）とか、若い頃は女神アルテミス*のお気に入りの娘であったという話も残っている。
Hom. Od. 11-84〜, -152〜, 15-353〜/ Hyg. Fab. 201, 243/ Ov. Met. 13-31〜/ Paus. 10-29-8/ Apollod. Epit. 3-12, 7-17/ Serv. ad Verg. Aen. 6-529/ etc.

アンティゴネー　Antigone, Ἀντιγόνη,（西）（葡）Antígona,（露）Антигона,（現ギリシア語）Antigóni

ギリシア神話中の女性名。

❶テーバイ❶*王オイディプース*の娘。母はふつうオイディプースの妻にして母のイオカステー*とされる。自らの素姓を知って両眼を潰した父王に付き添って各地を流浪し、コローノス*でその最期を看取ったのち、テーバイへ戻った。兄弟のエテオクレース*とポリュネイケース*が王位をめぐって相争い、一騎討ちで共倒れになった時、摂政のクレオーン❷*はポリュネイケースを逆賊と宣告して、その埋葬を禁じたが、彼女は敢然と禁を犯して葬礼を行ない、ために死刑の宣告を受け、生きながら地下墓に閉じ込められる。アンティゴネーはそこで自ら縊れて死んだとも、許婚者ハイモーン*（クレオーンの子）によって匿（かくま）われて一命をとりとめたとも、姉妹のイスメーネー*とともに新王ラーオダマース Laodamas（エテオクレースの子）に焼き殺されたともさまざまに伝えられる。ソポクレース*の悲劇『アンティゴネー』（前442頃）の主人公として名高い。

彼女の姿は前5世紀のアンポレウス*などの陶器に描かれて以来、美術の主題として好んで採り上げられた他、現代に至るまで文学や音楽作品、政治的・哲学的著述の中で、「成文法と不文法の対立」や「権力への抵抗」「非順応主義的自由」「献身と自己犠牲の精神」を象徴するものとして繰り返し解釈と検討を加えられて来ている。

⇒本文系図006

Soph. Ant., Phoen. O. C./ Apollod. 3-5-8〜9, -7-1/ Eur. Phoen. 1670〜/ Hyg. Fab. 72/ Paus. 9-25-2/ Aesch. Sept. 862/ etc.

❷トロイアー*王ラーオメドーン*の娘。プリアモス*の姉妹。自らの容姿を誇るあまり「ヘーラー*よりも美しい」と公言したため、女神の怒りをかって、髪の毛を蛇に変えられた。のち神々が憐れんで、彼女を蛇を食う鳥「こうのとり」に変身させたという。
Ov. Met. 6-93/ Serv. ad Verg. G. 2-320/ etc.

アンティゴネイア（アンティゴニアー）　Antigoneia, Ἀντιγόνεια,（Antigonia, Ἀντιγονία）,（ラ）アンティゴネーア Antigonea,（仏）Antigonie

ヘレニズム時代の都市。同名の町がいくつかあるが、そのうち著名なものは以下のとおり。

❶（現・Antakya の北東およそ7km）シュリアー*のオロンテース*河北方にアンティゴノス1世*が建設した都市（前307頃）。同王がイプソス*の戦い（前301）で敗死したのち、勝利者セレウコス1世*は町を破却し、その市民を自らが創設した新しい王都アンティオケイア❶*へ移住させた。
Strab. 16-750/ Diod. 20-47/ Dio Cass. 40-29/ Libanius/ etc.

❷（トローアス*の）⇒アレクサンドレイア❸

❸そのほか、エーペイロス*、マケドニアー*、アルカディアー*（旧マンティネイア*市）、ビーテューニアー*（のちニーカイア❷市）、カルキディケー*にも同名の町があった。
Plin. N. H. 4-1, -10/ Liv. 32-5, 43-23, 44-10/ Paus. 8-8-11/ Ptol. Geog. 3-13, -14/ Polyb. 2-5/ etc.

アンティゴノス　Antigonos, Ἀντίγονος, Antigonus,（仏）Antigone,（伊）Antigono,（西）（葡）Antígono,（露）Антигон

マケドニアー*の諸王。巻末系図047〜048を参照。

❶1世 A. Ⅰ　独眼王 Monophthalmos, Μονόφθαλμος（前382頃〜前301年8月）

アンティゴノス朝*マケドニアー*王国の創設者。隻眼ゆえに「一つ目（モノプタルモス）」とか「キュクロープス*」と渾名される。マケドニアー貴族ピリッポス Philippos の子で、アレクサンドロス大王*の部将・後継者（ディアドコイ*）の1人。東征に従軍して小アジアを征服、前333年プリュギアー*の太守 Satrapes に任ぜられる。大王死後（前323）の帝国再編成に際しては、プリュギアーに加えてリュキアー*、パンピューリアー*をも領し、アンティパトロス❶*やプトレマイオス1世*と組んで、摂政ペルディッカース*やエウメネース*（カルディアー*の）と戦う。ペルディッカースが殺されると、エウメネースと3年間にわたる抗争の末、これを降し殺害する（前316）。東方を平定して俄然勢力を増すや、アレクサンドロスの帝国再現を企図、各地に割拠するカッサンドロス*やセレウコス1世*、リューシマコス*、プトレマイオス1世等と対立し、これら4者連合と統一支配をめざす彼との間に長期の交戦が続いた（前315〜前312, 307〜前301）。前306年初めには東地

中海の覇権を得ようと、有能な軍人たる息子デーメートリオス1世*・ポリオルケーテースを、プトレマイオスにさし向け、キュプロス*島サラミース❷*沖の海戦で勝利したのち、父子揃って王号を称した（前306）。これに倣って、プトレマイオスやセレウコス、リューシマコスらの諸将も公式に王号を帯びるようになる（前305）。

アンティゴノスは強情かつ高慢な性格で、言動も粗暴なところがあり、連合軍の結成に対しても「石ころ一つで鳥の群のように散らしてくれるわ」と大言壮語していたが、ついに前301年8月プリュギアーのイプソス*において、リューシマコスとセレウコスの軍勢に敗れ、多数の投槍を身に受けて壮烈な最期をとげた。80歳とも81歳ともいう。いまわの際まで、「我が子デーメートリオスが救出に来てくれよう」と口にしていたと伝えられる。さしもの強盛を誇った彼の領土も勝利を得た諸王に分割され、息子デーメートリオスは逃れて、のちにマケドニアー王位に登った。以降、帝国再統一の動きは見られなくなり、諸王国の分立割拠体制が形成された。なお、彼の家系はヘレニズム王朝にあっては珍しく家族関係が良好で、ピリッポス5世*の息子殺しに至るまで、近親殺害はほとんど見られなかった点で特筆に値する。

またアンティゴノス1世は、ギリシア人に対しては自由と自治を保障し、息子デーメートリオス1世を送ってアテーナイ*を占領させ（前307）、その地で息子とともに「救世主 Soter」として崇拝され、ヘレニズム時代の君主崇拝の先蹤をなした。後継者戦争の中心人物。
⇒アンティゴネイア

Strab. 13-593, 14-646, -672,/ Diod. 17～20/ Paus. 1-6/ Just. 13～15/ Nep. Eum./ Plut. Demetr., Eum., Arat./ Lucian. Macr. 11/ Polyb. 5-67/ Arr. Anab. 1-29/ Polyaenus 4-6/ Ath. 3-73c, -101f, 4-128b, 13-578a/ etc.

❷ 2世 A. II Gonatas, Γονατᾶς（前320頃～前239）

ゴナタース Gonatas（一説に「内鰐足」の意）と呼ばれる。マケドニアー*王（在位・前283～前239）。

❶の孫。デーメートリオス1世*とピラー*の子。父王がエーペイロス*のピュッロス*によりマケドニアー王位を追われた（前288）のちもギリシアに留まり、父が幽閉先で客死したと知ってから王号を称した（前283）。その間マケドニアーは、ピュッロスを逐ったリューシマコス*、それを斃したセレウコス1世*、それを暗殺したプトレマイオス・ケラウノス*の掌中にあったが、ケラウノスが南下したケルト*人に敗死（前279）して以来3年間は、何人もの競争者の争奪するところとなっていた。アンティゴノスはシュリアー*のアンティオコス1世*（セレウコス1世の子）と姻縁関係を結んで盟約し——妃となったピラーは自身の姪に当たる——、ケルソネーソス❶*半島のリューシマケイア Lysimakheia（現・Ortaköy 近郊の遺跡）で2万のケルト人を撃破（前277）、翌前276年ようやく対立者を排してマケドニアー王位を確保した。そののち、イタリア遠征から戻ったピュッロスのため形勢は不利となるが、前272年これをアルゴス*に敗死させ、以来彼の王統がマケドニアーを支配し続ける——一時ピュッロスの子アレクサンドロス2世*に追われるも、息子デーメートリオス2世*が回復し、さらにエーペイロスまで侵略する——。

彼はギリシアにも勢力を伸ばし、アテーナイ*・スパルター*（アレウス1世*）・エジプト（プトレマイオス2世）連合軍と戦って勝ち——前267～前261。宣戦したアテーナイのアルコーン*の名をとって「クレモーニデース*戦争」と呼ぶ——、セレウコス朝*に与してプトレマイオス朝*の勢力を斥けほぼ全ギリシア世界を制圧した（第2次・第3次シュリアー戦争、前260～前253、前246～前241）。ストアー*学派の祖ゼーノーン*に学び、王権を国民に対する「光栄ある奉仕」だと称し、家臣を横柄に扱ったわが子を叱正。また宮廷に詩人・哲学者・歴史家などを大勢集めて、学問の保護者としても知られた。晩年は甥コリントス*のアレクサンドロス（⇒クラテロス）が反乱を起こしたが、これを毒殺（前245）、アカーイアー同盟*に圧されたものの、80歳の長命を完うした。王位は息子で共治者となっていたデーメートリオス2世*が継承した。

アンティゴノス2世は哲学者ゼーノーンと終生変わらぬ友愛関係を結んでおり、酩酊してゼーノーンを抱擁し彼に接吻を浴びせながら少年のように甘えてみせたとか、ゼーノーンの死後、「何という素晴らしい観客を余は失ったことか」と嘆いたといった話が伝わっている。竪琴奏者のアリストクレース Aristokles らとの男色関係もよく知られている。
⇒ビオーン❷、メネデーモス❶、（ソロイの）アラートス、アイトーリアーのアレクサンドロス

Plut. Demetr. 51, Pyrrh. 26, Arat. 4/ Just. 24-1, 25-1～3, 26-2/ Polyb. 2-43/ Ael. V. H. 2-20, 9-26/ Diog. Laert. 7-6～/ Ath. 5-209e, 8-334a～b, 13-603e/ Lucian. Macr. 11/ Paus. 3-6/ Polyaenus 4-6/ etc.

❸ 3世 A. III Doson, Δώσων（前263頃～前221）

マケドニアー*の摂政・王（在位・前229～前221）。❷の甥。つねに「与えよう」と約束しながら決して与えなかったので、ドーソーン Doson（与えようとする人）の別名を付けられる。キューレーネー*の美男公デーメートリオス*の息子。前229年、従兄デーメートリオス2世*が戦死した時、その息子ピリッポス5世*がまだ8歳だったので、彼の後見役として摂政し、その母妃プティーアー Phthia（デーメートリオス2世の寡婦）と結婚、前227年には軍会によって正式に王とされた。ドーソーンの異名をとったのは、彼がピリッポス5世が成人の暁には、すぐに王座を譲ると約束しながら終生王位を渡さなかったからだ、ともいう。ダルダノイ Dardanoi 人を撃退し、マケドニアーの勢威を回復、ギリシア本土に力を及ぼして、かつて敵対したアラートス*及びアカーイアー同盟*と提携、コリントス*を占領し諸地方を糾合してヘッラス*連盟を設立（前224）。さらに、スパルター*王クレオメネース3世*をセッラシアー Sellasia（スパルター北方の町）で破って、彼をエジプトに亡命させた（前222）。しかし、その後間もなくマケドニアーに侵入したイッリュリアー*人との戦闘中に血管が

破裂して死亡。王は悪性の肺病を患っており、勝利を目のあたりにして、「おお、いい日だ」と叫んだのち、喀血して絶命したという（前221年夏）。なお彼の時代に、ローマ軍が初めてバルカン半島に侵入した（前229〜前228、第1次イッリュリアー戦争）。

同名の甥アンティゴノスは、王位を簒奪しようとして、ピリッポス5世に王子ペルセウス*を誣告したため、前179年ペルセウスが即位するや処刑されて果てている。
Just. 28-3〜4/ Plut. Cleom., Arat., Aem. 8/ Polyb. 2-45, -65〜, -70, 20-5/ Ath. 6-251d/ Liv. 40-54〜58/ etc.

アンティゴノス　Antigonos Mattathias, Ἀντίγονος, Antigonus,（仏）Antigone,（伊）Antigono,（西）（葡）Antígono,（露）Антигон

ユダヤ*の王（在位・前40〜前37）

ハスモーン*（アサモーナイオス*）朝の王アリストブーロス2世*の子。前49年頃、父や兄のアレクサンドロス Aleksandros がポンペイユス*派に殺害されたのち、宰相アンティパトロス❷*らによってユダヤから放逐される。前40年パルティアー*と結んでイェルーサーレーム*（エルサレム）を占領し、伯父ヒュルカノス2世*とアンティパトロスの子パサエーロス Phasaelos を捕えたが、パサエーロスの弟ヘーローデース1世*（いわゆる「ヘロデ大王」）は取り逃がした。ヒュルカノスの両耳を断って大祭司無資格者とし、自殺をはかったパサエーロスを医師の手を通じて毒殺、パルティアーの支援で即位した。ほどなくローマから「ユダヤ王」と認められたヘーローデースの攻撃を受け、長い闘争ののち降伏。ローマへ送られる途中、ヘーローデースから莫大な賄賂を受け取ったアントーニウス*により、アンティオケイア❶*で斬首された。彼の死とともにアサモーナイオス朝は終焉を告げることになる（ユダヤ王家の系図巻末系図026を参照）。

なお、同王朝には、このアンティゴノスのほかに、彼の大伯父で、前103年に兄王アリストブーロス1世*に殺害された悲劇の王子アンティゴノスがいる。
⇒パコロス
Joseph. J. A. 14-13〜16-4, J. B. 1-13〜18/ Dio Cass. 49-22/ etc.

アンティゴノス　Antigonos, Ἀντίγονος ὁ Καρύστρος, Antigonus Carystius（カリュストス Karystos の）,（英）Antigonus of Carystus,（仏）Antigone de Caryste,（独）Antigonos von Karystos,（伊）Antigono di Caristo,（西）Antígono de Caristo

（前3世紀中頃から後半に活躍）エウボイア*島南岸の市カリュストス（現・Káristos）出身の著述家・ブロンズ彫像作者。アテーナイ*に住んでいた時、アカデーメイア*学派と交渉をもったが、後にペルガモン*のアッタロス1世*（位・前241〜前197）のもとで活躍。同王の対ガラティアー*人戦勝記念彫刻群の制作に携わったほか、不可思議な怪奇譚を集めた『奇異物語集成 Historiōn paradoksōn synagōgē』（ラ）Historiae Mirabiles（伝存）や、わずかな引用断片のみ残る『哲学者伝』『語法論』『絵画・彫刻論』などを執筆した。
Ath. 3-82b, -88a, 7-297e, 13-565d/ Diog. Laert. 2-15, 4-17/ Anth. Pal. 9-406/ Plin. N. H. 34-19, 35-36/ Suda/ etc.

アンティゴノス朝　Antigonidai, Ἀντιγονίδαι, Antigonidae,（英）Antigonids, Antigonid dynasty,（仏）Antigonides, Dynastie antigonide,（独）Antigoniden,（伊）Dinastia antigonide,（西）Dinastía Antigónida,（葡）Dinastia dos Antígonas

（前323〜前146）ヘレニズム時代のマケドニアー*の王朝。前323年、アレクサンドロス大王*の遺将アンティゴノス1世*隻眼王（モノプタルモス）によって創始され（前306年に王号を称す）、息子デーメートリオス1世*攻城王（ポリオルケーテース）を経て、孫のアンティゴノス2世*の手で再興された（前276）。マケドニアーを本拠に小アジアをも領有、さらにギリシアに支配権を及ぼしたが、3次に及ぶローマとのマケドニアー戦争（前215〜前205、前200〜前197、前171〜前168）の末、ピュドナ*の戦いに敗れ（前168）、王国は4分割され、やがてローマの属州マケドニア*として併合された（前146）。アンティゴノス王家の系図（巻末系図047〜048）を参照。
⇒アンティゴノス、デーメートリオス、ピリッポス5世、ペルセウス、アンドリスコス
Just. 13〜/ Polyb./ Plut./ Liv./ Paus./ Strab./ Diod./ etc.

アンティステネース　Antisthenes, Ἀντισθένης,（仏）Antisthène,（伊）Antistene,（西）（葡）Antístenes,（露）Антисфен,（現ギリシア語）Antisthénis

（前455／444頃〜前365／360頃）ギリシアの哲学者。アテーナイ*の生まれ（ただし母親はトラーケー*またはプリュギアー*出身の女奴隷）。キュニコス Kynikos（犬儒）派の祖と目される。初めゴルギアース*に学び、教師をしていたが、のちソークラテース*の熱心な弟子になる。ソークラテースにめぐり会うや教室を閉じ、「諸君、それぞれの師を捜すがよい、私は今その人を見つけたのだ」と門弟たちに告げたという。ソークラテースの禁欲的で質実剛健な実践面を継承し、師の刑死（前399）後、アテーナイ郊外のキュノサルゲス*のギュムナシオン*（体育場）で教えた。「幸福は徳に、徳は知識に基づくが故に、徳は教え得る」と説き、富や名誉や快楽を蔑視、無欲にして自ら足れることを志した。「所有されないために、私は所有しない」を標榜し、「快楽よりはむしろ狂気を望む」「思慮は最も堅固な防壁」「徳は奪い去られることのない武器である」と言って、議論よりも実践を重んじ、財産を所有せず質素な衣服をまとい杖と頭陀袋（キュニコーン）を携えて歩いた。その「犬のごとき」生活のため、「まぎれなき犬（ハプロキュオーン）」の異名をとり、いつもあまりに粗末な身なりをしていたので、生前のソークラテースから、「外套の破れ目を通してお前の虚栄心が透けて見えるよ」と指摘

されることもあったという。

伝統的宗教や国家制度を否定し、オルペウス教*の祭司が「私たちの宗派に帰依する者は、あの世で数々の至福に与かるだろう」と明言した時には、「ではどうしてあなたは早く死のうとしないのですか」と訊ねたという。また彼は相弟子のプラトーン*と烈しく対立し、「おおプラトーン君、私は『この馬』を見はするが、『馬なるもの』を見はしないね」とそのイデアー論を批判 —— これに対してプラトーンは、「それは君にそれを見る目が欠けているからだ」と応じたという ——。さらに、プラトーンが病気だと聞くと、わざわざ見舞いに行き、盥(たらい)に嘔吐しているのを眺めつつ、「いつも自惚れを吐いている君が、今日に限って胆汁を吐いているね」と言ったとも伝えられる。他方アニュートス*らソークラテースを告発した者たちを、ソークラテースの令名を慕って海外からやって来た青年たちをけしかけることによって、国外追放ないし死刑に追いやったのも彼であるという。

「鉄が錆に侵されるように、嫉妬深い者は自らの感情によって蝕まれる」、「敵に対する注意を怠ってはならぬ。彼らはこちらの落度に真っ先に気付くから」「追従者 kolaks(コラクス) につきまとわれるくらいなら鴉(からす) koraks(コラクス) に襲われる方がよい。鴉は死体を食うが、追従者は生きている人間を食いものにするのだから」と語り、「哲学によって何を得たか」という質問には、「自分自身と交際する能力だ」と返答。「どんな女と結婚したらよいでしょうか」と問われた時には、「美人と結婚すると彼女は君一人の妻ではないし、醜女と結婚すれば浮気をしなくてはならず金がかかるよ」と答えた。「悪い連中と交わっている」と非難された折には、「医者だって病人たちと一緒にいるが、だからといって自分が熱を出すわけではない」と応じ、「あなたの悪口を言っている人がいますよ」と言った人に対しては、「立派なことをして悪く言われるのは王者にふさわしい」と答え、「あなたのことを大勢の人が褒めていますよ」と言った人には、「私が何か悪いことでもしたのかね」と答えたと伝えられる。また彼の母親は異邦人だと悪口を言われた際には、「神々の母キュベレー*もプリュギアー人だ」と言い返し、「自分たちは土から生まれ出た者だ」と生え抜きのアテーナイ人であることを誇る者たちに向かっては、「蛇や蛆虫並みのことを自慢したいのかね」と応酬。彼がペロポンネーソス戦争*中に勇名を馳せた時（前426、タナグラ*の戦い）には、ソークラテースをして「もし彼の両親がアテーナイ人だったなら、彼はこれほど勇敢ではなかったろうに」と言わしめたという。

およそ80歳（または90歳）で病死するまでに夥(おびただ)しい量の書物を著わし、ためにティーモーン❷*から「あることないこと何でもひねり出すおしゃべり男」と呼ばれたが、著作はすべて散逸。シノーペー*のディオゲネース*やストアー*派に影響を与えたとされる。

なお同名人物では、ペリパトス（逍遙）派の哲学者で、『ロドス史』や『哲学者たちの系譜』（いずれも散逸）を著わし、ローマの滅亡を早くも予言したロドス*出身のアンティステネース（前2世紀初頭に活躍）が著名。

Pl. Phd. 59b, Resp. 6-505/ Xen. Symp. 4-41, Mem. 3-11/ Arist. Eth. Nic. 10-1, Metaph. Δ-29 (1024)/ Diog. Laert. 6-1〜, -103〜105/ Plut. Lyc. 30/ Diod. 15-76/ Ath. 5-220c〜d, 11-508d/ Cic. Att. 12-38, Nat. D. 1-13/ Arr. Epict. Diss. 3-22, 4-8, -11/ Ael. V. H. 9-35, 10-16/ Phlegon Mir. 3/ Polyb. 16-14/ etc.

アンティノウス Antinous,（ギ）アンティノオス Antinoos, Ἀντίνοος（アンティヌース Antinus, Ἀντίνους),（仏）(蘭) Antinoüs,（伊）(西) Antino,（西）(葡) Antínoo,（露) Антиной

（後110頃11月27日〜後130年10月30日頃）ビーテューニアー*のクラウディオポリス Claudiopolis（現・Bolu, Eski Hisar）出身の美青年。124年ローマ皇帝ハドリアーヌス*に見出されて以来、寵愛を一身に集め、伴侶として片時も去らず君側にあった。130年エジプト旅行中にナイル河で水死するが、その原因は誤って川に落ちたとも、犠牲として捧げられたとも、あるいは帝の寿命を延ばすため自ら身代わりとして自殺したのだともいう。皇帝は愛人の死をいたく嘆き悲しみ、彼を手厚く葬り、その溺死した場所の近くにアンティノオポリス*市を建設、帝国中の各都市にアンティノウスの彫像や胸像、画像を安置し、また彼を神として祀るよう命じてビーテューニアーやアルカディアー*、アテーナイ*など各地に神殿や祭壇を建立、密儀や競技祭アンティノエイア Antinoeia を開催させ、神託を下さしめた。さらに、鷲(わし)座の一部にアンティノウス座という星座を新設して、その名を不滅のものとした (132)。

現在もギリシア、イタリアその他世界各地の博物館に所蔵されるアンティノウス像は、帝政期におけるギリシア古典美術復興運動の典型例として高く評価されている。かつてローマ帝国の版図であった地中海世界の随所から、ディオニューソス*やアポッローン*、ヘルメース*、シルウァーヌス*、ウェルトゥムヌス*、ザグレウス*、アッティス*、さらにエジプトの神オシーリス*、ケルト人の神ベレヌス Belenus の姿で表現されたアンティノウスの肖像や浮彫、貨幣などが大量に出土している。

なお他にもハドリアーヌス帝の寵愛を蒙った人物の中では、解放奴隷のディオティームス Diotimus や、マールクス・アウレーリウス*帝の教師となった弁論学者ケレル Caninius Celer、そして人柄よりもその美貌のゆえに周囲全員の反対を押し切って帝位継承者に迎立された名門貴族アエリウス・カエサル*らが名高い。

Dio Cass. 69-11/ S. H. A. Hadr. 14/ Paus. 8-9/ Aur. Vict. Caes. 14/ Marcus Aurelius 8-25/ Just. Apol. 29-4/ Origen. c. Cels. 3-36〜/ etc.

アンティノオスまたは、アンティヌース　Antinoos, Ἀντίνοος, Antinus, Ἀντίνους, （ラ）アンティノウス Antinous, （伊）Antinoo, （西）（葡）Antínoo, （露）Антиной

ギリシア伝説中、オデュッセウス*の妻ペーネロペー*に求婚したイタケー*島の若者。テーレマコス*（オデュッセウスの息子）暗殺を謀り、乞食に身をやつしたオデュッセウスを侮辱するなど暴悪傲慢な振る舞いのゆえに、多くの求婚者のうち真っ先にオデュッセウスに殺された。酒盃を手にしている時に射殺され、ここから「盃と唇との間は遠い」という諺が生じたという。

⇒カルカース、アンカイオス❷

Hom. Od. 1-383, 2-113～, 4-630, -660～, 16～24/ Gell. 13-17/ Zenobius 5-71/ etc.

アンティノオポリス　Antinoöpolis（Antinopolis）（ギ）アンティノウー・ポリス Antinoū-polis, Ἀντινόου πόλις, 別称・アンティノエイア Antinoeia, Ἀντινόεια, アンティノエー Antinoe（コプト語）Ansena, （仏）Antinoupolis, Antinoé, （独）Antinoupolis, （伊）Antinoopolis, （西）Antinoópolis

（現・Sheik Abāda, Sheikh Abadeh または、El-Sheikh 'Ibada）（「アンティノウスの都市」の意）エジプト中部、ナイル河東岸の都市。後130年10月30日、ローマ皇帝ハドリアーヌス*の命で、夭逝した帝の寵童アンティノウス*を記念して建設された。ヘルモポリス*（ヘルムーポリス*）の対岸に位置し、ハドリアーヌス街道 Via Hadriana を通じて紅海と結ばれていた。ナウクラティス*を範とするギリシア式法律が定められ、当初の住民は主にギリシア人であったが、やがてローマ人、エジプト人の混在する、この地方の中心市となった（ディオクレーティアーヌス*帝の時には州都）。毎年、神格化されたアンティノウスに献げる戦車競走などの競技祭が開催されていた。ヒッポドロモス*（競馬場）や劇場（テアートロン*）といった公共建築物をはじめとする少なからぬ遺跡がのこっている。

Dio Cass. 69-11/ Paus. 8-9/ Amm. Marc. 19-12, 22-16/ Aur. Vict. Caes. 14/ S. H. A. Hadr. 14/ Hieron. Chron. 129, Adv. Iovinian. 2-7/ Antinoopolis Papyri/ Ptol. Geog. 4-5/ It. Ant./ Steph. Byz./ etc.

アンティパース　Antipas, Herodes
⇒ヘーローデース・アンティパース

アンティパテース　Antiphates, Ἀντιφάτης, （伊）Antifate, （西）（葡）Antifates, （露）Антифат, Антипатей, （現ギリシア語）Antifátis

ギリシア伝説中、人喰い巨人族ライストリューゴネス*の王。オデュッセウス*がトロイアー*からの帰途、この地に漂着した時、王はその部下を殺して食べたという。

Hom. Od. 10-80～132/ Ov. Met. 14-232～/ Verg. Aen. 15-242/ Apollod. Epit. 7-12/ etc.

アンティパテル　Antipater
⇒アンティパトロス*（のラテン語形）

アンティパテル、ルーキウス・カエリウス（または、コエリウス）　Lucius Caelius（Coelius）Antipater, （伊）Lucio Celio Antipatro, （西）Lucio Celio Antípatro, （露）Целий Антипатр

（前2世紀後半）ローマ共和政期の史家・法律学者。グラックス*兄弟と同時代の人で、弁論家 L. クラッスス*の師。第2次ポエニー戦争*（前218～前201）の歴史7巻をギリシア史家の作品を真似たラテン語散文で書いた（散逸）。

Cic. Att. 13-8, Brut. 26, Leg. 1-2, Div. 1-24, De Or. 2-12/ Gell. 10-24/ Macrob. Sat. 1-4/ etc.

アンティパトロス　Antipatros, Ἀντίπατρος, Antipater, （伊）Antipatro, （西）（葡）Antípatro, （露）Антипатр, （現ギリシア語）Antípatros

ギリシア系の男性名。

Ⅰ．マケドニアー*の摂政・王
⇒系図マケドニアーの王族（巻末系図027）

❶（前399／397頃～前319年秋）

マケドニアー*の将軍。ピリッポス2世*およびアレクサンドロス大王*に仕え、大王の東征に当たっては摂政としてマケドニアーに残される（前334）。大王不在の間、メムノーン*（バルシネー❶*の先夫）の乱を鎮圧したり、反旗を翻したスパルター*王アーギス3世*を敗死させる（前331末または前330年初）といった軍功をあげた。しかし驕慢な大王の母妃オリュンピアス*とは全く折り合わず、絶えず彼女から横槍を入れられ、誹謗中傷するような書簡を大王に送られるなど確執を深めた。アレクサンドロスも彼の勢力に不安を覚えたのか、腹心クラテロス*を新たに摂政に任命し、アンティパトロスにはバビュローン*まで出向くよう指図した（前324/323）。一説に、身の危険を感じたアンティパトロスは、息子たちを通じて大王を毒殺したと伝えられる（⇒イオラース）。

大王の死後もマケドニアーに留まり、アテーナイ*を中心とするギリシア人の独立闘争・ラミアー*戦争（前323～前322）を平定した（⇒ヒュペレイデース、デーモステネース❷）。前322年、敵対するオリュンピアスが、ペルディッカース*を抱き込んで、アンティパトロスを討とうと企むと、彼はクラテロスやリューシマコス*らの諸将と結んでペルディッカースを打倒（前321）、トリパラデイソス Triparadeisos の軍会で帝国宰相 Khiliarkhos（キーリアルコス）に選ばれ、傀儡王ピリッポス3世*アッリダイオスとアレクサンドロス4世*をマケドニアーへ伴う（前320）。前319年初秋、死に臨んで彼は、帝国宰相の役職を、息子カッサンドロス*にではなく、軍人のポリュペルコーン*に譲った。野心家のオリュンピアスに悩まされ続けたせいか、最期の言葉は「女には決して王国を支配させてはならぬ」というもので

あった。80歳。
Diod. 17〜18/ Just. 9-4, 12-1, 12-12, 13-5〜6/ Ael. V. H. 3-47, 12-16, 14-1/ Paus. 1-25, 7-10, 8-18/ Plut. Alex., Phoc., Eum., Dem./ Arr. Anab./ Curtius/ Polyaenus/ Ath./ etc.

❷（前4世紀末〜前294）
マケドニアー*王（在位・前297／296）。❶の孫。カッサンドロス*とテッサロニーケー*（アレクサンドロス大王*の異母妹）の次男。兄ピリッポス4世*が病死したのち、まだ十代だった彼は、マケドニアー王位の継承をめぐって弟アレクサンドロス5世*と争い、母妃テッサロニーケーを弟に加担するものと見なして殺害、弟を逐って即位するが、在位4カ月で弟の招き寄せたデーメートリオス（1世*）・ポリオルケーテースに追い出される。岳父トラーケー*（トラーキアー*）王リューシマコス*の許へ逃れたものの、岳父の裏切りで殺された（前294）。
Paus. 9-7/ Plut. Pyrrh. 6〜7, Demetr. 36/ Just. 16-1〜2/ Diod. 21-7/ etc.

❸（?〜前279年）Etēsiās, 'Ετησίας
マケドニアー*王（在位・前279年7月〜8月）。エテーシアース Etesias。摂政アンティパトロス❶*の孫で、ピリッポス Philippos の息子。カッサンドロス*の甥。プトレマイオス・ケラウノス*の死後、45日間だけ王位についた。在位したのがちょうど夏の季節風etesiaiの吹く期間に当たっていたので、エテーシアース（夏風の王）と渾名される。ほどなく、アンティゴノス2世*により放逐・殺害された。
なお、プトレマイオス・ケラウノスの死後、3年の間に、僅か数日間在位したメレアグロス Meleagros（ケラウノスの弟）を含めて7人ものマケドニアー王が廃立されたという。
Diod. 22-4/ Euseb./ Porph./ etc.

Ⅱ．ユダヤ*の王族
⇒巻末系図026
❶（前100頃〜前43）（英）Antipater the Idumean,（仏）Antipater l'Iduméen,（独）Antipater der Idumäer ヘーローデース1世*（ヘロデ大王*）の父。初名アンティパース Antipas。イドゥーマイアー*（エドム 'Ědôm）の富裕な貴族アンティパトロス（?〜前70）の子。一説には、父親はアスカローン*の神殿奴隷で、子アンティパトロスは少年の時、その神殿を荒らしたイドゥーマイアー人にさらわれ、彼らの間で養育されたという。長じてのちアサモーナイオス*（ハスモーン*）朝の宰相となり、ヒュルカノス2世*、アリストブーロス2世*兄弟の抗争においては、前者の味方をした（前67〜）。
ポンペイユス*に取り入ってローマを味方につけ、次いでユーリウス・カエサル*を支援したため、前47年カエサルからユダヤの行政長官 Procurator に任命された。事実上の支配者として巧みに権力拡大に努めたが、ヒュルカノスの宮廷における祝宴で政敵に毒殺された（前43）。
⇒ガビーニウス、アレタース3世
Joseph. J. A. 14〜15, J. B. 1-6, -8, -10, -11/ Euseb. Hist. Eccl. 1/ Phot. Bibl./ etc.

❷（前46頃〜前4）ヘーローデース1世*（ヘロデ大王*）の長子。第1位の王位継承者に指名される（前12頃）が、悪辣な人物で、異母弟アリストブーロス❹*とアレクサンドロス*らを陥れて葬り去り（前7）、さらに父王毒殺の陰謀をも企てたため、投獄されたのち、ヘーローデースの死の5日前に牢内で処刑された。ヘーローデースの度重なる実子殺しに呆れたローマ皇帝アウグストゥス*は、「余はヘーローデースの息子 hyios であるよりは、ヘーローデースの豚 hys でありたい」 ── ユダヤ人は豚を食べなかったので ── と言ったと伝えられる。
Joseph. J. A. 16〜17, J. B. 1-22〜/ Macrob. Sat. 2-4/ Euseb. Hist. Eccl. 1-8/ etc.

アンティパトロス（シードーン*の） Antipatros ho Sidonios, 'Αντίπατρος ὁ Σιδώνιος, Antipater Sidonius,（英）Antipater of Sidon,（仏）Antipater de Sidon,（独）Antipatros von Sidon,（伊）Antipatro di Sidone（西）Antípatro de Sidón,（葡）Antípatro de Sídon

（前2世紀後半に活躍）ヘレニズム時代のエピグラム詩人。シードーン*出身のフェニキア*人。『ギリシア詞華集*』に75篇を収めるほか、オクシュリュンコス*出土のパピューロスからも作品が発見されている。どんな主題でもこなす即興詩人として名高く、Q. カトゥルス❶*やクラッスス*（前106年マケドニア*のクァエストル*）らローマの有力者とも親しく交わり、その多才を謳われた。サッポー*を文芸の女神ムーサイ*になぞらえた碑銘詩など修辞に富む技巧的作風で知られる。またローマ軍によるコリントス*市破壊（前146）を悼む感動的な秀作2篇もある。毎年1回、自分の誕生日にだけ高熱の発作に見舞われるという奇病の持ち主で、最期はその熱病のせいで死んだと伝えられる ── 異説では泥酔死とも ──。時に古代世界の七不思議の選定者とされることもある（⇒ビューザンティオンのピローン）。

なお、しばしば彼と混同されるテッサロニーケー*のアンティパトロスは、前1世紀末に活躍したエピグラム詩人で、やはり80篇ほどの作品が『ギリシア詞華集』に収められている。
⇒レオーニダース（タラースの）、メレアグロス（ガダラの）
Anth. Pal. 7-6, -14, -493, 9-151/ Cic. De Or. 3-50, Fat. 3/ Plin. N. H. 7-51/ Val. Max. 1-8/ etc.

アンティパトロス（タルソス*の） Antipatros, 'Αντίπατρος, Antipater,（英）Antipater of Tarsus,（仏）Antipater de Tarse,（独）Antipatros von Tarsos,（伊）Antipatro di Tarso,（西）Antípatro de Tarso

（?〜前129頃）ギリシアのストアー*派の哲学者。小アジアの南岸タルソス*市の人。アテーナイ*でセレウケイア❶*のディオゲネース❸*に学び、師の後継者としてストアー派の学頭となった（前152）。アカデーメイア*学派と

対立し、好敵手カルネアデース*の批判に対しては、多数の著述で論駁。鋭才をもって世に重んぜられ、高齢に達したのち自殺して果てた。ソークラテース*の予言などを集めた『占いについて Peri Mantikes』ほかの著作は、全て散逸した。パナイティオス*の師としても知られる。

なおテュロス*出身の同名のストアー派哲学者アンティパトロス（？〜前45頃）や、68歳で自ら食を断って死んだセウェールス朝*のソフィスト*・ヒエラーポリス*のアンティパトロス（後3世紀初）、アリスティッポス*の弟子で盲目の哲学者キューレーネー*のアンティパトロス（前4世紀後半）とは別人である。
Cic. Div. 1-3, -20, -39, -54, Off. 5-37/ Stob. Ecl. 2-76/ Strab. 16-757/ Diog. Laert. 2-86, 4-64〜, 7-54〜, -139〜/ Plut. Cat. Min. 4/ Philostr. V. S. 2-24/ etc.

アンティパネース　Antiphanes, Ἀντιφάνης,（仏）Antiphane,（伊）Antifane,（西）（葡）Antífanes,（露）Антифан,（現ギリシア語）Antifánis

（前408／400頃〜前334／330頃）ギリシアの喜劇詩人。アレクシス*やアナクサンドリデース❷*と並ぶ中期アッティケー*喜劇の代表的作者。ロドス*またはスミュルナー*の出身（異説あり）。アテーナイ*に来住し、市民権を得て同地に没した（74歳）。驚くべき多作家で、書いた劇の数は365篇（少なくとも260篇以上）、優勝すること13回というが、そのうち残っているのは『ガニュメーデース*』など134篇の題名と多くの断片だけでしかない。題材は神話伝説を戯化したものや、藪医者を諷刺したもの、少年愛を主題としたもの等々、多岐にわたっている。なお、同名の喜劇作家や詩人が何人かいるほか、トラーキアー*（トラーケー*）のベルゲー Berge 出身の文筆家で、信じ難い驚異譚やヘタイラー*（高級遊女）の物語を著わした小アンティパネースの存在が知られている。
⇒エウブーロス、アルカイオス❷
Ath. 4-142, -156, 7-300, -303, 10-459, 13-567, -586/ Strab. 1-47, 2-102, -104/ Suda/ etc.

アンティピロス　Antiphilos, Ἀντίφιλος, Antiphilus,（伊）Antifilo,（西）（葡）（現ギリシア語）Antífilos,（露）Антифил

ギリシア系の男性名。

❶（前4世紀後半）エジプトのナウクラティス*出身の画家。アペッレース*の好敵手で、アレクサンドロス大王*の頃に活躍。『火を吹く少年』『紡ぐ婦人たち』などの日常的題材を光や陰影の効果よろしく描いたという。のちプトレマイオス1世*の宮廷で過ごし、アレクサンドレイア❶*へ流れ着いたアペッレースを誣告した話が伝わっている。作品は湮滅して残らない。
Plin. N. H. 35-37, -40/ Quint. 12-10/ Varro R. R. 3-2/ Lucian./ etc.

❷（ビューザンティオン*の）（前1世紀末〜後1世紀中頃）ローマ帝政初期のエピグラム詩人。『ギリシア詞華集*』中に約50篇の真偽とりまぜた作品が収録されている。若きネロー*帝に阿諛する内容の作品で知られる。
Anth. Pal. 9-86, -178, -546, 10-17, 11-66/ etc.

アンティパテース　Antiphates
⇒アンティパテース

アンティパァネース　Antiphanes
⇒アンティパネース

アンティピロス　Antiphilos
⇒アンティピロス

アンティフォーン　Antiphon
⇒アンティポーン

アンティポーン　Antiphon, Ἀντιφῶν,（伊）Antifone,（西）Antifonte, Antifón,（葡）Antifonte, Antífon,（露）Антифонт,（現ギリシア語）Antifón

ギリシア人の男性名。

❶（前480頃〜前411）（仏）Antiphon de Rhamnonte,（独）Antiphon von Rhamnus,（伊）Antifonte di Ramnunte,（西）Antifonte de Atenas　アテーナイ*の弁論家。アッティケー*のラムヌース* Rhamnus 地区出身の名士。「アッティケー十大雄弁家*」のうち最も早く現われた。弁論代作者 logographos の祖と称され、もっぱら他人の依頼で代筆した演説によって名声を得た。極端寡頭派に属し、前411年にはペイサンドロス❷*らとともに「四百人会 Tetrakosioi」と呼ばれる寡頭政府の樹立に尽力し、その主導者となったが、数カ月を経ずしてテーラメネース*ら穏和寡頭派に敗れ（⇒プリューニコス❹）、反逆罪に問われて秀逸な自己弁明演説を開陳したにもかかわらず死刑に処された。遺骸は埋葬なしに遺棄され、財産は没収、家屋は破却されたという。

現存する15の作品は、法廷演説や練習用弁論などから成り、3篇を除いては全て教材用の仮想演説である。詩語をまじえたアッティケー方言による雄勁・荘重な文体で記されており、弁論の模範と高く評された。彼はその慎重さと雄弁のゆえに、ネストール*（トロイアー戦争*時の穏和で説得力あるギリシア軍老将）と綽名されていた。一説に史家トゥーキューディデース❷*の師と伝えられる。トゥーキューディデースは、死罪の求刑を受けた時の彼の自己弁明は「知り得る限り最も鮮やかなものであった」と記している。計60篇を著わしたとされるが、その大半が毒殺など殺人事件に関する演説草稿であった——現存断片中には、リンドス*やサモトラーケー*といった「アテーナイ海上帝国」の属国の依頼により書かれたものもある——。

彼が他人のための演説文作成を職業としたのは、知謀・能弁ともに当時最も傑出した人物に数えられていたので、一般市民の嫉視・疑惑を避けるのが目的であったという。また彼は「弁論術の発明者」とも「弁論術を発展させた人」

とも呼ばれていた反面、喜劇の中では「多額の金銭と引き換えに、裁判で不利な立場にある依頼人のために、正義に悖る弁護演説文を売り渡す抜け目のない職業弁論家」として槍玉にあげられてもいる。
⇒アンドキデース❶
Antiphon Tetralogia, Fr./ Thuc. 8-68, -90/ Plut. X orat. (832b〜834b)/ Philostr. V. S. 1/ Arist. Eth. Eud. 1232b/ Ar. Vesp. 1220, 1301/ Ath. 9-397/ Harp./ etc.

❷（前430頃活躍）アテーナイ*のソフィスト*。❶と同時代の人なので、両者はしばしば混同される —— 同一人物説もあり ——。夢占いを得意とし、夢判断の書を執筆（亡失）。クセノポーン*によれば、彼は哲人ソークラテース*に向かって「このうえなく粗末な飲食物を摂り、夏も冬も同じ服を着とおし、履物なし下着なしで過ごして、奴隷でさえ我慢できない惨めな暮らしをしていながら、弟子から礼金も受け取らない愚か者だ」と批判し、逆にソークラテースから「立派な人物であれば"美貌"と"知恵"とは人に与えることはあっても売ることはない。これらを金に変えるのは売春行為に等しい。賢者にとって幸福とは、贅沢の奴隷になるのではなく、欲すること最も少なく、自分も友人もより善い人間となるよう互いに禅益し合うことである」と論駁されたという。
⇒グラウコス❷、四百人寡頭政
Xen. Mem. 1-6/ Cic. Div. 1-20, -51, 2-70/ Diog. Laert. 2-46/ Plut. Mor. 832b〜834b/ etc.

❸（前5世紀末〜前4世紀前半の人）アテーナイ*出身の悲劇詩人。シュラークーサイ*の僭主ディオニューシオス1世*（在位・前405〜前367）の作った悲劇をあからさまにこきおろしたため、怒った僭主に殺された。あるいは、酒宴の席でディオニューシオスから「最高の銅像は何か？」と問われて、「僭主殺しのハルモディオス*とアリストゲイトーン*の像です」と答えたため、磔刑に処せられたともいう（⇒ピロクセノス❶）。一緒に死刑にされようとしている人々が城門を出て行く際に顔を覆うのを見て、「何ゆえに顔を隠すのか。ここに居る誰かが明日君たちと顔を合わせるのではないか、とでも案じているのかね」と問うたという話も伝えられている。

なお、この他にも、プラトーン*の異父弟で対話篇『パルメニデース*』の登場人物のアンティポーンや、円の求積について積尽法を創案したアンティポーン（❷と同一人物か？）、祖国アテーナイを裏切ってマケドニアー*王ピリッポス2世*のためにペイライエウス*港の兵器庫に放火しようとした廉で死刑に処されたアンティポーン（？〜前342）など、同名の人物が少なからずいる。
Arist. Rh. 2-6 (1385a), Ph. 1-2, 2-1/ Soph. El. 1-10/ Plut. Mov. 68a, 833b〜c/ Dem. 18-132/ Diog. Laert. 8-3/ Philostr. V. S. 1-15/ etc.

アンティマコス Antimakhos, Ἀντίμαχος, Antimachus, （仏）Antimaque, （独）Antimachos, （伊）Antimaco, （西）Antímaco

バクトリアー*（バクトリアネー*）の王。
❶1世 A. I　テオス Theos（在位・前190〜前180頃）
エウテュデーモス1世*の子という（異説あり）。エウテュデーモス2世*を斃して王位を奪い、さらにデーメートリオス1世*亡きあと、バクトリアー*全体の王となったと思われる（南バクトリアーは、デーメートリオス1世の息子たちが支配したともいう）。
❷2世 A. II　Nikephoros（在位・前130〜前125頃）
メナンドロス*王（ミリンダ王）の弟（ないし従弟）。兄の死後、独立を宣言し、各地に分立する諸王と勢力を競った。❶の子とする説もある。
⇒バクトリアー王家の系図（巻末系図036）

アンティマコス（クラロス*の） Antimakhos, Ἀντίμαχος, Antimachus, （仏）Antimaque, （独）Antimachos, （伊）Antimaco, （西）Antímaco

（前444頃〜前348／347頃）ギリシアの詩人、学者。イオーニアー*のコロポーン*市近郊のクラロス*出身。パニュアシス*（？〜前454頃）の弟子とする説もあるが、実際はもう少し後代の人で、ペロポンネーソス戦争*末期に活躍。代表作に「テーバイ❶*攻めの七将*」伝説に取材した長編叙事詩『テーバイス*』（テーバイ物語*）（24巻）、および愛人の死を悼んで作った神話的なエレゲイオン詩『リューデー Lyde』などがある（わずかな断片以外は湮滅）。サモス*島で詩の競演に出場したが敗れ、聴衆の中にいた若き哲学者プラトーン*に慰められたとか、大衆に向かって自作を披露したところ、プラトーンを除く全員が退屈して立ち去ってしまい、「それでも私はプラトーン唯一人のために歌い続けよう。彼は何千何万の聴き手に優るのだから」と言ったなどという話が伝わっている。深い学殖を示す彼の詩は、一般の愛好を得なかったものの、プラトーンから高く評価され、彼の死後プラトーンは弟子の1人ポントス*のヘーラクレイデース❷*をコロポーンまで派遣して、その詩篇を収集させたという。またアンティマコスは、ホメーロス*を校訂・刊行するなどヘレニズム時代の学匠詩人の先駆を成したことでも有名。カッリマコス*からは冗漫のそしりを受けたが、ローマ皇帝ハドリアーヌス*は彼の詩をホメーロスよりも好んだといわれる。
⇒ミムネルモス、ヘルメーシアナクス、コイリロス❷
Plut. Lys. 18, Mor. 106b Cic. Brut. 51/ Paus. 8-25, 9-35/ Ov. Tr. 1-6/ Diod. 13-108/ Ath. 13-598/ Quint. 10-1/ Dio Cass. 69-4/ S. H. A. Hadr. 4/ Phot. Bibl./ etc.

アンティリバノス Antilibanos, Ἀντιλίβανος, Antilibanus, （英）Anti-Lebanon, （仏）Anti-Liban, （独）Anti-Libanon, （伊）Anti-Libano, （西）（葡）Antilíbano

（現・Al-Jabal ash Sharqī, Jebel esh Sharqī）フェニキア*の山脈。アンティ・レバノン山脈。
⇒リバノス*
Strab. 16-754/ Ptol. Geog. 5-15/ Plin. N. H. 5-18/ Cic. Att. 2-

16/ etc.

アンティロコス　Antilokhos, Ἀντίλοχος, Antilochus, (仏) Antiloque, (独) Antilochos, (伊) Antiloco, (西) Antíloco, (露) Антилох, (現ギリシア語) Antílohos

ギリシア伝説中、ピュロス*王ネストール*の長子。生まれるや母の手でイーデー*山中に棄てられたが、雌犬によって養育されたという。トロイアー戦争*に出征したギリシア軍の勇士中で、最も若くて美しかったため、英雄アキッレウス*（アキレウス*）に愛された。父ネストールの危機を救おうとして、トロイアー*軍の客将メムノーン*に倒されたが、これを知って怒り狂ったアキッレウスは翌日メムノーンを殺して愛人の仇を討った。死後アンティロコスは、アキッレウスの墓に合葬され、レウケー*島でアキッレウスやパトロクロス*（アキッレウスの念友）と幸福に暮らしていると伝えられる。イーリオン*市民は、ローマ帝政期になっても、シーゲイオン*にあるアキッレウス、パトロクロス、アンティロコスの合葬墓に詣で、彼らに英雄神 heros としての供犠を行なっていたという。
⇒ニーレウス、トローイロス
Apollod. 1-9, 3-10/ Hyg. Fab. 81, 97, 112, 113, 252/ Hom. Il. 5-569〜, 15-568〜, 18-425〜, Od. 3-111〜, 4-187〜/ Strab. 13-596/ Pind. Pyth. 6-28〜/ Quint. Smyrn. 2/ etc.

アンテステーリア祭　Anthesteria, Ἀνθεστήρια, (仏) Anthestéries, (伊) Antesterie, (西) Antesterias, (葡) Antestérias
⇒ディオニューシア祭

アンテーノール　Antenor, Ἀντήνωρ, (仏) Anténor, (伊) Antenore, (露) Антенор, (現ギリシア語) Antínoras

ギリシア伝説中、トロイアー*の賢老。キッセウス*の娘テアーノー❶*の夫。したがってプリアモス*王の妃ヘカベー*の義理の兄弟に当たる。ギリシアへ奪い去られたヘーシオネー*（プリアモスの姉）の返還を求める使者となったが、交渉は不調に終わった。しかるに、王子パリス*がギリシアから美女ヘレネー*を連れてきた際には、彼女を夫メネラーオス*の許へ送り返すよう主張。メネラーオスとオデュッセウス*がヘレネーの身柄要求の使者としてやってくると、自分の館に迎え入れ、プリアモスの王子たちから彼らを守った。トロイアー戦争*中も終始、平和的解決を提唱し続け、同市陥落の折には妻子とともにギリシア軍に危害を加えられずに済んだ。後代の伝承によると、彼はトロイアーの守護神像パッラディオン*を敵に渡し、城門を開いて味方を裏切ったため、豹皮を門扉にかけた彼の家だけはギリシア兵の劫掠を免れたことになっている。その後アンテーノールは、メネラーオスの船でキューレーネー*へ渡ったとも、陸路イタリア半島北東部パドゥス*（現・ポー）河口に移住し、パタウィウム*（現・パドヴァ）市を創建、その地のウェネティー❷*人の祖になったともいう。悲劇詩人ソポクレース*に彼の一族を扱った作品『アンテーノリダイ Antenoridai』（散佚）があった。なおアンテーノールの息子アンテウス Antheus は、プリアモスの2人の王子パリスとデーイポボス*から求愛されるほどの美少年だったが、競技中にパリスの手で誤って殺されたと伝えられる。
⇒パントオス
Hom. Il. 3-148〜, -203〜, -262〜, 6-297〜, 7-347〜/ Paus. 10-26-7〜8, -27-3〜4/ Liv. 1-1/ Strab. 13-608/ Pind. Pyth. 5-80〜/ Apollod. Epit. 3-28〜/ Verg. Aen. 1-242〜/ Dectys Phryg./ etc.

アンテーノール（アテーナイ*の）　Antenor, Ἀντήνωρ, (仏) Anténor, (伊) Antenore, (露) Антенор

（前530〜前500頃活躍）アテーナイ*の彫刻家。僭主殺しの英雄ハルモディオス*とアリストゲイトーン*の青銅像（前509）の作者として知られる。この群像は、しかし、前480年アカイメネース朝*ペルシア*軍がアテーナイを占領した時に、大王クセルクセース1世*によってスーサ*へ持ち去られたため、戦勝後クリティオス Kritios とネーシオーテース Nesiotes という2人の彫刻家の手で造りなおされた（前477）。ペルシア帝国*がアレクサンドロス大王*に征服されたのち、アンテーノールの原作がアテーナイに返還され（前323頃）、新旧2つの群像がアゴラー*に立ち並ぶことになった。両作とも失われているが、新群像のローマ時代の大理石模刻（後2世紀前半）は今もナーポリ考古学博物館で見ることができる。
⇒カッリストラトス❶
Paus. 1-8-5/ Plin. N. H. 34-9, -19/ Arr. Anab. 1-8, 3-16, 7-19/ etc.

アンテミウス　Procopius Anthemius, (ギ) Anthemios Ἀνθέμιος, (仏) Anthémius, (伊)(西) Antemio, (葡) Antémio, (露) Антемий

（後420年頃〜472年7月11日）西ローマ皇帝（在位・467年4月12日〜472年7月11日）。プロコピウス*帝の子孫。母方の祖父は東ローマ帝テオドシウス2世*の事実上の摂政だったアンテミウス（？〜414）。コーンスタンティーノポリス*に生まれる。東ローマ帝マルキアーヌス*の女婿となり、数々の栄誉を授けられた後、新帝レオー1世*により西ローマ皇帝として送り込まれる（⇒セウェールス3世）。娘アリュピア Alypia を西ローマの実力者リーキメル*に嫁がせ（467）、「異教」の哲学者を登用するなど宗教的寛容策をとった ── 帝自身、ギリシア人哲学者でもあった ──（巻末系図105）が、東ローマと共同で行なったヴァンダル*王国攻撃に失敗し（467／468）、西ゴート*王国にも敗れて（469頃）ガッリア*大半を蹂躙・征服され、イタリアでの人気を失う。元来不仲だった女婿リーキメルとの関係も一層悪化し、472年には内戦に発展。新帝オリュブリウス*を推戴するリーキメル軍にローマを3カ月間包囲され

たのち撃破され、乞食に身をやつして隠れていた教会から引きずり出されて斬首された。彼を「つまらぬギリシア人 Graeculus」と呼んで蔑んでいた勝者リーキメルも、その40日後に死んだ（8月20日）。

Sid. Apoll. Carm. 2/ Jordan. 45/ Marcellin./ Paul. Diacon./ Theophanes/ Gregor. Turon./ etc.

アンテムナエ　Antemnae ((ギ) アンテムナイ Antemnai, Ἄντεμναι), (伊) Antemne

ラティウム*のサビーニー*族の町。ローマの北方2マイル、アニオー*川がティベリス*河に注ぐ場所に位置する。伝説では、サビーニーの婦女掠奪事件の後ロームルス*によって占領されたといい、また追放されたローマ最後の王タルクィニウス・スペルブス*（伝・位前534〜前510）の復位を支持したとされる。前1世紀末には寒村と化し、今は城壁の遺構をとどめるのみである。

Varro Ling. 5-28/ Serv. ad Verg. Aen. 7-631/ Sil. 8-367/ Strab. 5-230/ Dion. Hal. 1-16/ Plut. Rom. 17/ Liv. 1-9/ etc.

アンテロース　Anteros, Ἀντέρως, (仏) Antéros, (露) Антерот, Антэрот, Антерос, (カタルーニャ語) Ànteros, (現ギリシア語) Antéros, Antérotas

「報いる愛」の意。ギリシア神話の「恋に対する恋」の神（この恋とは、ギリシア人の称揚した男同士の恋愛のことである）。アプロディーテー*とアレース*の子で、愛の神エロース*の兄弟。運動競技者の友愛を鼓舞するため、オリュンピアー*近くにあるギュムナシオン*（体育場）に、エロースとアンテロースの祭壇が設けられており、隣接するパライストラー*（格闘訓練場）には、勝利の棕櫚（しゅろ）を奪い合う兄弟2神の姿が浮彫りにされていた（同性の恋人たちが思いの深さを競い合う相互愛の寓意的表現）。アテーナイ*においても、僭主政打倒の英雄として名高いハルモディオス*とアリストゲイトーン*の愛情を記念して、エロースとアンテロースの祭壇が築かれていたという。またアンテロースは、愛に対して愛で応えぬ者を罰する神であり、祭祀の縁起譚たる美青年をめぐるアクロポリス*投身伝説に関しては、メレース*の項を参照。詩人テオクリトス*は、念者（エラステース）erastes を死に追いやった若者の頭上にエロース像が落下して彼を打ち殺し、その心の冷たさを罰したという話を物語っている。

⇒ヒーメロス

Paus. 1-30-1, 6-23-5/ Pl. Phdr. 255e/ Cic. Nat. D. 3-23/ Theoc. Id. 23/ etc.

アンドキデース　Andokides, Ἀνδοκίδης, Andocides, (仏) (伊) Andocide, (西)(葡) Andócides, (露) Андокид, (現ギリシア語) Andokídhis

❶（前440頃〜前390頃）アテーナイ*の弁論家。「アッティケー*（アッティカ*）十大雄弁家*」の1人。ヘルメース*神の末裔、オデュッセウス*の血統を称する富裕な名家に生まれる。前415年、ヘルマイ*像破壊事件（⇒アルキビアデース）に連座して投獄されるが、他の共犯者たちを密告したため死刑を免れ、外地へ亡命して商人となり貿易業に従事した。何度か帰国を企てて失敗し（前411、前410）、入獄と亡命を繰り返したのち、前403年、民主政の復活時に出された大赦令でアテーナイに戻り、公生活に復帰する（前402頃）。しかるに、前392年、コリントス*戦争停戦交渉の使節の一員としてスパルター*へ派遣され帰還するや、和平を拒むカッリストラトス❷*によって、またもや告発されて有罪を宣告され（前391頃）、4度目の国外追放となるが、まもなく没したらしい。子がなく、また莫大な財産も晩年には乏しくなっていたという。

彼の演説は、市民権剥奪の解除を願った『帰国について Peri tēs heautū kathodū』（ラ）De Reditu（前410/406）、瀆神罪に問われて自己を弁護した『秘儀について Peri tōn Mystēriōn』（ラ）De Mysteriis（前400/399）、スパルターと

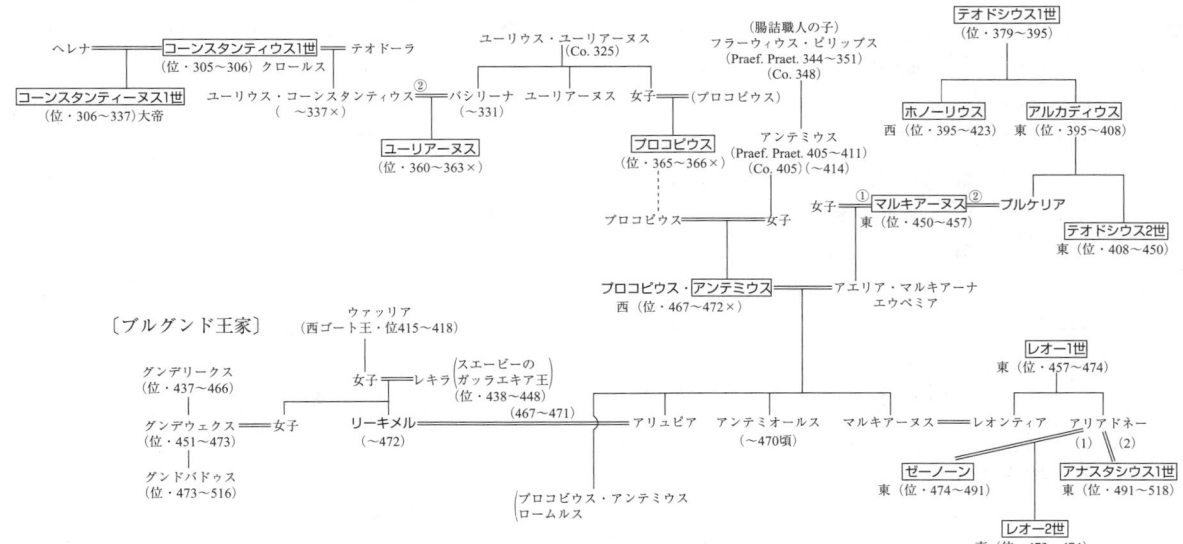

系図62　アンテミウス

の和議を説いた『和平について Peri tēs pros Lakedaimoniūs eirēnēs』(ラ) De Pace (前390) などの作品が現存するが、専門の弁論作家ではなかったため、文章は洗練に欠けるとして後世あまり高く評価されなかった。とはいえ、親戚の家付き娘をめぐって富豪カッリアース❺*と争った際の弁論『秘儀について』では、カッリアースが二番目の妻を離縁してその母親(岳母)を三番目の妻に迎えたことを難詰したり、告発者の1人エピカレース Epikhares を、わずかな金のために誰彼かまわず客にとり男色売春して生きてきた者として非難するなど、当時のアテーナイ社会の諸相を知る上での貴重な史料を提供している。彼の名のもとに伝存する『アルキビアデース*弾劾演説』は前4世紀初頭の偽作である。

なお最初に逮捕された時、彼は無実の人たちをも共犯者として密告したが、その中には自らの父レオーゴラース Leogoras も含まれていた。しかし鎖に繋がれた父親を見て、「この人はまだ国家 polis に役立つだろう」と言葉巧みに弁護して救い出したこともあったという。また彼が亡命中に厚遇を受けたキュプロス*王のために自分の姪を誘拐して贈り物としたが、それが問題になると再び彼女をキュプロスから盗み出して王に捕られ投獄の憂き目をみたといった話も伝えられている。

⇒リューシアース、アギュッリオス、アンティポーン

Thuc. 1-51/ Andoc. 1, 2, 3/ Plut. X orat. (834b〜835b), Them. 32, Alc. 21/ Lys. 6/ Schol. ad Ar. Vesp. 1262/ etc.

❷(前6世紀後半)アテーナイ*で活躍した陶工、陶器画家。彼のつくった陶器に、「アンドキデースの画家」や「メノーン Menon の画家」が、黒絵式や赤絵式の絵を描いたことで知られる。エクセーキアース*の弟子で、赤絵式(赤像式)技法の考案者と推定されている。

⇒ブリュゴス、エウプロニオス

アントーニア Antonia, (ギ) Antōniā, Ἀντωνία, (露) Антония

ローマのアントーニウス氏*出身の女性名。巻末系図079を参照。

❶大アントーニア Antonia Major, (英) Antonia the Elder, (仏) Antonia L'Aînée, (独) Antonia die Ältere, (伊) Antonia Maggiore, (西) Antonia Mayor, (葡) Antónia, a Velha, (露) Антония Старшая (前39年9月〜後25年) 三頭政治家マールクス・アントーニウス❸*とオクターウィア❶*(アウグストゥス*の姉)との間に生まれた娘。❷の姉。L. ドミティウス・アヘーノバルブス❼*(前16年の執政官*)と結婚し、息子 Cn. ドミティウス・アヘーノバルブス❺*(ネロー*帝の父)と2人の娘ドミティア*とドミティア・レピダ*(クラウディウス*の后メッサーリーナ*の母)を産んだ。ローマ帝室につらなる人物としてはまれなことに自然死を遂げたらしい。

Tac. Ann. 4-44, 12-64/ Suet. Ner. 5/ Plut. Ant. 87/ Dio Cass. 51-15/ etc.

❷小アントーニア Antonia Minor, (英) Antonia the Younger, (仏) Antonia La Jeune, (独) Antonia die Jüngere, (伊) Antonia Minore, (西) Antoniav la Menor, (葡) Antónia, a jovem, (露) Антония Младшая (前36年1月31日〜後37年5月1日) 三頭政治家マールクス・アントーニウス❸*とオクターウィア❶*の娘。❶の妹。大ドルースス*(ティベリウス*帝の弟)に嫁いで、ゲルマーニクス*(カリグラ*帝の父)やリーウィア・ユーリア*(小ドルースス*の妻)、クラウディウス*(第4代ローマ皇帝)の母となる。美貌と貞淑の誉れ高く、早くに夫を亡くした(前9)が、アウグストゥス*のすすめる再婚の話にも耳をかさず、堅実に寡婦の身を守り通した。リーウィア❶*の死(後29)後、孫のカリグラたちの教育に当たり、後31年にはティベリウス帝に奸臣セイヤーヌス*の謀計を通報した(⇒パッラース)。孫のカリグラが即位する(37)と、アウグスタ*(女皇)の尊称をはじめ数々の栄典を贈られたが、やがて彼に疎んぜられるようになり、屈辱的なあしらいを受けて自害に追いやられた。一説にはカリグラに毒を盛られたといい、彼女が没してもカリグラは何一つ哀悼の意を表わさず、ただ食堂から茶毘の火を眺めていただけであったと伝えられる。彼女はカリグラが実の妹ドルーシッラ❶*と交わる現場を目撃しており、彼に諫言を試みたところ、「とくと肝に銘じておかれよ。余は何人に対してであれ、まったく意のままに振る舞ってよいのだということを」と恫喝されたという。彼女はまた、生涯決して唾を吐かなかったという行儀のよさや、別荘に愛蔵する鱓(ムーレーナ murena)を耳環で飾るという風変わりな趣味でも知られている。

Plut. Ant. 87/ Dio Cass. 58-11, 59-3, 60-5, 66-14/ Suet. Calig. 1, 10, 15, 23, 24, 29, Claud. 1, 3, 11/ Tac. Ann. 3-3, -18, 11-3/ Plin. N. H. 7-19, 9-81/ Joseph. J. A. 18/ Val. Max. 4-3/ etc.

❸(後27頃〜後66) Claudia Antonia, (ギ) Klaudiā Antōniā, Κλαυδία Ἀγτωνία, (露) Клавдия Антония クラウディウス*帝の長女。母のアエリア・パエティーナ Aelia Paetina は、クラウディウスの2度目の妻で(トゥーベロー*家の出)名門の出身だったが、ささいな過失のために離婚された。アントーニアは先ず Cn. ポンペイユス・マグヌス❸*に嫁がされ(後41)、彼がクラウディウスの命で殺された(47)のち、ファウストゥス・コルネーリウス・スッラ❷*に再嫁、クラウディウスの初孫を産んだ(48)。後夫スッラもまたネロー*帝に殺され(63)、次いで后ポッパエア・サビーナ*を死なせたネローから求婚されたが、彼女がこれを拒んだため叛逆罪に問われて処刑された。クラウディウス帝の実子の中では最も長命を保っている。

Suet. Claud. 27, Ner. 35/ Tac. Ann. 12-2, 13-23, 15-53/ Dio Cass. 60-5, -30/ etc.

❹(前54／47間〜前30以前)三頭政治家マールクス・アントーニウス❸*の長女。同名の母アントーニア Antonia は、貪欲な貴族 C. アントーニウス❶・ヒュブリダ(前63年の執政官*、前42年の監察官*)の娘で、従兄 M. アントーニウスの2番目の妻となり、1女アントーニアを産んだが、ドラーベッラ*との姦通を疑われて離縁された(前47)。娘

のアントーニアは、三頭政治家マールクス・レピドゥス❶*の嫡男 M. レピドゥス❷*と婚約した（前44）が、レピドゥス❶が没落した（前36）ためトラッレイス* Tralleis（小アジアの都市）の富豪ピュートドーロス Pythodoros に嫁いで（前34頃）、ポントス*女王ピュートドーリス*の母となった。
⇒巻末系図 030, 057, 061, 075。
Dio Cass. 44–53/ App. B. Civ. 5–93/ Vell. Pat. 2–88/ Plut. Ant. 9/ Cic. Phil. 2–38/ etc.

アントーニウス　Antonius, （ギ）Antōnios, Ἀντώνιος, （英）Antony, （仏）Antoine, （伊）（西）Antonio, （葡）António, Antão, （露）Антоний
⇒マールクス・アントーニウス❸（三頭政治家）

アントーニウス、ガーイウス　Gaius Antonius, （ギ）Gāios Antōnios, Γάϊος Ἀντώνιος, （伊）Gaio Antonio, （西）Cayo Antonio, （葡）Caio António, （露）Гай Антоний

ローマの政治家・軍人。系図巻末 057, 075 を参照。

❶（前106以前〜前42以後）異名・ヒュブリダ Hybrida.（「混血児」の意）。雄弁家マールクス・アントーニウス❶*の次男。三頭政治家マールクス・アントーニウス❸*の叔父。粗暴な性格で、スッラ*に随ってミトリダテース*戦争に従軍した折にはギリシア各地を略奪してまわり、帰国後ユーリウス・カエサル*に告発され（前76）、さらに監察官によって元老院から追放処分にされたこともある（前70）。法務官職（前66）執政官職（前63）ともにキケロー*の相役を務め、旧友カティリーナ*の陰謀に加担していたにもかかわらず、統治の属州マケドニア*をキケローから譲られるやたちまち豹変してカティリーナを見捨てた。前62年カティリーナ討伐軍の指揮を委ねられるが、戦闘は副官マールクス・ペトレイユス*に一任して自らはマケドニアへ赴任し、この地を悪辣に収奪（前62〜前60）、ためにローマへ召喚されて叛逆罪と属州強奪の廉で弾劾を受け（⇒M. カエリウス・ルーフス）、キケローの弁護も空しく有罪となりケパッレーニアー*島へ退いた（前59）。後年カエサルによって追放を解かれ、前44年の初頭にはローマに帰国し、前42年には監察官となっている。
Cic. Cael. 31, Vatin. 11, Cat. 3–6, Phil. 2–38/ Sall. Cat. 24, 59/ Strab. 10–455/ Plin. N.H. 8–79/ etc.

❷（？〜前42年初頭）❶の甥。マールクス・アントーニウス❷*・クレーティクスの次男。三頭政治家マールクス・アントーニウス❸*の弟。前49年カエサル*の副官として、アドリア海*でポンペイユス*派の艦隊に包囲され降伏、15箇大隊を奪われ捕虜となる。カエサル暗殺の年（前44）には法務官となり ── 同じ年に、兄マールクスは執政官、弟ルーキウス*は護民官 ──、翌年マケドニア*総督として任地へ向かうが、アポッローニアー*付近でマールクス・キケロー❷*（雄弁家キケロー*の不肖の息子）に敗れ、カエサル殺害者 M. ユーニウス・ブルートゥス❷*の捕虜となる（前43年3月）。ブルートゥスから寛大な処遇を受けたにもかかわらず、ひそかに軍隊を煽動して叛乱を起こさせようと工作したため軍艦内に監禁され、やがて兄マールクス・アントーニウスが雄弁家キケローを殺したとの報せが入ると、ブルートゥスの命令で殺害された。
⇒ホルテーンシウス❷
Caes. B. Civ. 3–4, –10, –67/ Suet. Iul. 36/ Plut. Ant. 15, 22, Brut. 25〜/ Cic. Phil. 3–11, 8–9, 10–3〜/ etc.

アントーニウス氏　Gens Antonia（または Antonia gens）〔← Antonius〕, Antonii

ローマの氏族名。パトリキイー*（貴族）系・プレーベース*（平民）系の両族があるが、第2回三頭政治家*マールクス・アントーニウス❸*を出した後者が名高い。この家柄は、神話中の英雄ヘーラクレース*（ヘルクレース*）の子アントーン Anton の末裔を称していた。以下に記すアントーニウス一門はすべて平民系のアントーニウス氏の出身である。
アントーニウス氏の系図（巻末系図 057, 075）を参照。
Plut. Ant. 4, 36, 60/ Plin. N.H. 8–21/ Cic. Att. 10–13/ Liv./ Val. Max./ etc.

アントーニウス、マールクス　Marcus Antonius, （ギ）Mārkos Antōnios, Μᾶρκος Ἀντώνιος, （仏）Marc Antoine, （伊）（西）Marco Antonio, （葡）Marco António, （露）Марк Антоний, （現ギリシア語）Márkos Antónios

ローマの政治家、将軍。

❶（前143〜前87）雄弁家 orator として著名。法務官*の時に執政官格の指揮官に任命されて小アジア南岸の海賊討伐に赴き（前102）、たいした功績をあげなかったにもかかわらず、属州キリキア*を設けて凱旋式を挙げた（前100）。執政官（前99）を経て監察官（前97〜前96、⇒L. フラックス❶）となり閥族派*（オプティマーテース*）に与してサートゥルニーヌス*の改革に反対し、内戦期にはスッラ*の党派に加わった。そのため前87年旧友のマリウス*とキンナ*がローマ入城を果たした時に殺され、フォルム*の演壇に首を梟された。L. リキニウス・クラッスス*と並ぶ当代の弁論家の双璧と謳われ、キケロー*はその著『ブルートゥス Brutus』や『弁論家論 De Oratore』において彼を絶賛している。その演説は簡潔にして雄勁とされ、収賄の廉で告訴された折の自己弁護や、ウェスタ*の巫女（ウェスターリス*）リキニア❷*と密通した嫌疑をかけられた時の自己弁護など何例かの法廷弁論が知られるが、いずれも伝存しない。
Plut. Mar. 44, Pomp. 24/ Val. Max. 3–7, 6–8, 9–2/ Liv. Epit. 63, 70/ Quint. 3–6/ Cic. Brut. 36, 43, 62, Rab. Perd. 9, Off. 2–14, De Or. 1–21, –24, 2–11, 3–8/ Vell. Pat. 2–22/ App. B. Civ. 1–72/ etc.

❷（前115頃〜前72頃）❶の長子。3. の父。副名・クレーティクス Creticus（クレーテーンシス Cretensis とも）。

後妻のユーリア❷*に支配された恐妻家で、怯懦かつ貪婪な人柄で知られる。前74年、法務官〔プラエトル*〕として地中海沿岸の海賊を掃蕩するべく至上権〔インペリウム〕を与えられるが失敗を重ね、シキリア*（現・シチリア）その他の属州をあくどく搾取したのち、クレータ*沖の海戦で惨敗を喫して屈辱的な和約を締結、まもなくその島で死んだため、世人から「クレータ征服者」〔クレーティクス〕という皮肉な渾名で呼ばれた。
Plut. Ant. 1/ Cic. Div. Caec. 17, Verr. 2-2-3, 2-3-91, Phil. 3-6/ Vell. Pat. 2-31/ Diod. 40-1/ Tac. Ann. 12-62/ etc.

❸大アントーニウス（英）Mark Antony,（仏）Marc Antoine,（独）Mark Anton,（伊）（西）Marco Antonio,（葡）Marco António, Antônio,（露）Марк Антоний,（カタルーニャ語）Marc Antoni,（ルーマニア語）Marc Antoniu,（現ギリシア語）Márkos Antónios
（前83年頃1月14日〜前30年8月1日）
三頭政治家〔トリウムウィル*〕Triumvir（前43〜前38、前37〜前33）。

❷とユーリア❷*の長子。早くに父を喪い、2人の弟ガーイウス・アントーニウス❷*とルーキウス・アントーニウス*とともに、母の後夫P. コルネーリウス・レントゥッルス・スーラ*の邸で育てられる。のちカティリーナ*の陰謀に加わった継父がキケロー*の命により処刑され（前63年12月）、これが原因で以来彼はキケローを激しく憎悪するようになったという。若い頃から放埒な享楽生活を好み、とりわけ同性の恋人・小クーリオー*（クーリオー❷*）と親交を結んでからは、一層酒色におぼれ多額の債務を負うに至った。煽動政治家P. クローディウス*・プルケルの国政攪乱運動に参加したのち、ギリシアで肉体の鍛練と演説の練習に励み、男性的な風貌と寛闊な人柄で知られるようになる。彼自身も威厳のある容姿を意識して、先祖ヘーラクレース*のごとき衣裳をまとい、後には獅子に戦車を牽かせたり、酒神バッコス*の扮装をしたり、大きな宝石を鏤（ちりば）めた緋紫の衣服を愛用して、華美な見せびらかしを好んだ。

前57年からシュリア*総督アウルス・ガビーニウス*の騎兵隊長として東方に従軍。ユダヤ王アリストブーロス2世*を攻めて捕虜とし、プトレマイオス12世*をエジプト王に復辟させる戦闘に活躍し武名をあげた（〜前54）。ついでガッリア*でカエサル*の幕僚となり、その支持を得て財務官〔クエストル*〕（前51）、ついで前49年度の護民官〔トリブーヌス・プレービス*〕に選出され、拒否権を行使してカエサルのために尽力、内乱勃発の直前に元老院から除名され、奴隷の着物をまとってカエサルのもとへ逃れた。パルサーロス*の戦い（前48）では左翼を指揮し、カエサル東征中は騎兵総監〔マギステル・エクィトゥム〕Magister Equitum としてイタリアに留まり（〜前47）、内乱終結後カエサルと並んで前44年の執政官〔コーンスル*〕に就任、ルペルカーリア*祭においてはカエサルに王冠を戴かせようと試みた（前44年2月15日）。

カエサル暗殺後は、その強大な権力を継承するべく追悼演説によって民心を攬（あつ）め、ブルートゥス*ら暗殺者たちに国外退去を余儀なくさせて、カエサルの文書類と資産を手に入れる。しかるに、カエサルの養嗣子オクターウィアーヌス*（のちの初代ローマ皇帝アウグストゥス*）やキケローとの対立から、ムティナ*（現・モデナ）の戦いに敗れ（前43年4月。⇒D. ブルートゥス3.・アルビーヌス）、いったんは公敵宣言を受けてアルプスの北へ逃亡。ほどなく外ガッリア総督のM. レピドゥス❶*らと合流するや、大軍を率いてイタリアへ攻め入り、オクターウィアーヌスとボノーニア*（現・ボローニャ）で会見、和解し（前43年11月）、レピドゥスを加えて第2回三頭政治*を発足。各人の親族・知己を裏切って公権剝奪者名簿〔プロースクリープティオー〕proscriptio にのせ、多くの市民を追放・殺害し、その財産を没収するという恐怖政治を布いた。アントーニウスは母方の叔父ルーキウス・カエサル❷*をオクターウィアーヌスに委ねる一方、元老院の大立者キケローをはじめとする大勢の政敵を処刑し、その首をフォルム*の演壇〔ロース卜ラ〕に梟した —— この粛清で300人の元老院議員と2000人の騎士が抹殺されたという ——。翌前42年10月、ピリッポイ*の戦いでブルートゥスやカッシウス*らを敗死させて、弟ガーイウスの仇を討ち（⇒ホルテーンシウス❷）、事実上ローマ共和政に終止符を打った。

勇名を轟かせた彼は、自己の版図たる東方諸属州へ赴き強硬に税金を徴収（10年分の税を1年間に納入させる）。キリキアー*のタルソス*でエジプトの女王クレオパトラー7世*と会見し（前41）、才智溢れる彼女に魅了されて、その冬をプトレマイオス朝*の首都アレクサンドレイア❶*で過ごした。野心的な妻フルウィア❷*と弟ルーキウスがオクターウィアーヌスに対する戦争、いわゆるペルシア*（現・ペルージャ）の戦いに敗れたため、彼は急遽イタリアへ帰還、ブルンディシウム*でオクターウィアーヌスらと会談し（前40）、各々の支配領域について協定を結び、都合よく死んでくれたフルウィアに替わってオクターウィア❶*（オクターウィアーヌスの姉）を娶った（前40年10月）。翌前39年セクストゥス・ポンペイユス*（大ポンペイユス*の遺児）とミーセーヌム*岬で会合したのち、東方経略の任に戻り（⇒ウェンティディウス、ソーシウス、Q. ラビエーヌス）、前37年オクターウィアの仲介で三頭政治を更新（タレントゥム*の協定）。しかるに懐妊中のオクターウィアをローマへ送り返し、自らはクレオパトラーと結婚、神ディオニューソス*＝オシーリスとして —— 女王は女神アプロディーテー*＝イーシス*として —— 東方の民から崇拝され、豪奢かつ甘美な快楽の日々を過ごす。前36年10万の軍勢を率いてパルティアー*遠征を試みるが失敗し、多大の兵力を失って退却。前34年のアルメニアー*征服には成功した（⇒アルタウァスデース❶）ものの、凱旋式〔トリウンプス*〕をローマではなくアレクサンドレイアで挙げ、クレオパトラーおよび彼女との間に儲けた子供たちに東方のほとんどすべての属州を贈与、祖国の人々に衝撃を与えた。

今やオリエントの君主のごとき生活をするようになったアントーニウスは、すっかり女王の魅力に惑溺し、ついにオクターウィアを正式に離婚（前32）、オクターウィアーヌスとの関係は決裂した。クレオパトラーや東方諸王の連合軍を率いてギリシアに布陣したが、女王の容喙はアントーニウスの友人・追随者をも離反させ（⇒プランクス、アヘーノバルブス❹）、前31年9月2日アクティオン*の海戦で、

アグリッパ*麾下のオクターウィアーヌス艦隊に完敗。遁走するクレオパトラーの後を追ってエジプトへ逃れたものの、再起の望みなく部下にも見棄てられ、迫り来るオクターウィアーヌス軍を目前に「クレオパトラー自害す」との虚報を信じて自刃、女王の腕の中でこと切れアレクサンドレイアに葬られた（前30）。勇敢有能な武将だが政治家としては凡庸で、虚飾と放縦に流されやすい遊惰な人物だったと評される。美食や男女両色に耽り、法外な値段で美少年奴隷を購入した話や、役者・娼婦・女優を寵愛し、贅沢な饗宴を毎日のように開いた話、青年時代には小クーリオーの「妻」として夫婦気取りで暮らし、莫大な借金を「夫」の父・大クーリオー*（クーリオー❶*）に肩代わりしてもらった話などが伝わっている。
⇒アントーニア❶、・❷、クレオパトラー・セレーネー、プトレマイオス・ピラデルポス、グラピュラー❶、ヘーローデース1世（ユダヤ王）
Plut. Ant./ Caes. B. Gall. 7-81, 8-2, -24, -38, -46〜50, B. Civ. 1〜2/ Vell. Pat. 2/ Joseph. J.A. 14〜15, J.B. 1/ Suet. Iul. 52, 79, 82〜84, Aug. 8〜17, 86/ App. B. Civ. 2〜5/ Dio Cass. 41〜51/ Cic. Phil./ Plin. N. H./ Tac. Ann./ etc.

❹ （前45頃〜前30）異名・アンテュッルス Antyllus,（ギ）アンテュッロス Antyllos, Ἄντυλλος,（伊）Antillo,（西）（葡）Antilo,（露）Антилл,（現ギリシア語）Antílos

❸とフルウィア❷*の長子。ユッルス・アントーニウス*の兄。まだほんの子供の頃、タレントゥム*においてオクターウィアーヌス*（アウグストゥス*）の1人娘（大）ユーリア❺*と婚約させられた（前37年1月）が、アクティオン*の敗戦（前31年9月）後もつねに父親と同行し、カエサリオーン*（プトレマイオス15世*）とともにアレクサンドレイア❶*で成年式を挙行（31）、ために翌年アレクサンドレイア陥落の折にオクターウィアーヌスによって処刑された（前30年8月）。彼はこの時、オクターウィアーヌスに何度も助命を嘆願したが許されず、カエサル*神殿に避難したにもかかわらず、教師テオドーロス Theodoros の密告で無理矢理ひきずり出されて首を刎ねられた。また彼の高価な頸飾りを盗んだ裏切者のテオドーロスは磔刑に処されて果てたという。
Dio Cass. 48-54, 51-6, -8, -15/ Suet. Aug. 17, 63/ Plut. Ant. 28, 71, 81, 87/ etc.

アントーニウス、ユッルス　Iullus Antonius（ときには、ユールス Julus, ユーリウス Julius とも）,（ギ）Ἰοῦλος Ἀντώνιος,（伊）Iullo Antonio,（西）Julo Antonio,（露）Юлий Антоний,（現ギリシア語）Iúlos Antónios

（前43頃〜前2）三頭政治家マールクス・アントーニウス❸*とフルウィア❷*の子。アンテュッルス*（マールクス・アントーニウス❹*）の弟。父の敗死（前30）後もオクターウィアーヌス*（アウグストゥス*）に殺されることなく、継母オクターウィア❶*（アウグストゥスの姉）の手でローマにおいて養育され、オクターウィアの長女・大マルケッラ*と結婚（前21）。アウグストゥスからもプラエトル*法務官職（前13）、コーンスル*執政官職（前10）、さらに属州アシア*の総督職（前7／6頃）まで授けられるなど格別の殊遇を蒙っていた。にもかかわらず、アウグストゥスの娘・大ユーリア*（ユーリア❺*）と密通したうえ、帝国簒奪の陰謀を企みさえしたため、断罪され自害して果てた（前2）。マルケッラとの間に生まれた息子ルーキウス Lucius は、この時まだほんの少年だったが、マッシリア*（現・マルセイユ）へ追放され、27年後に配所で客死した（後25）。ユッルスは詩人として、トロイアー戦争*の英雄ディオメーデース*を主人公とする叙事詩『ディオメーデイア Diomedeia』12巻を作ったと伝えられる（散逸）。
⇒巻末系図 057, 075
Plut. Ant. 87/ Dio Cass. 51-15, 54-26, -36, 55-10/ Vell. Pat. 2-100/ Sen. Brev. Vit. 4/ Tac. Ann. 3-18, 4-44/ Suet. Claud. 2/ Hor. Carm. 4-2/ Joseph. J.A. 16/ etc.

アントーニウス、ルーキウス　Lucius Antonius,（ギ）Lūkios Antōnios, Λούκιος Ἀντώνιος,（仏）Lucius Antoine,（伊）（西）Lucio Antonio,（葡）Lúcio António, Antônio,（露）Луций Антоний

（？〜前39年）三頭政治家マールクス・アントーニウス❸*の末弟。M. アントーニウス❷*・クレーティクスの第3子（⇒巻末系図 057）。前44年、トリブーヌス・プレービス*護民官の時カエサル*に政務官任命の特権を与える法案を通過させ、カエサル暗殺後は長兄マールクスの副官としてムティナ*（現・モデナ）の戦いに参加、元老院およびオクターウィアーヌス*（アウグストゥス*）軍に敗れて兄とともにガッリア*へ逃れた（前43）。前41年度のコーンスル*執政官に任ぜられ、アルプス諸部族に勝利をおさめて凱旋。同じ年、オクターウィアーヌスとの間に古参兵への土地分配をめぐって諍いが生じ、兄マールクスの野心的な妻フルウィア❷*に唆されるがままに戦闘に突入した（ペルシア*〈現・ペルージャ Perugia〉の戦い）。彼はこの戦争を「兄の利益のために」遂行したというので、世人から「ピエタース Pietas（忠悌なる者）」という異名で呼ばれた。ところが、たちまちオクターウィアーヌス軍にペルシア（ペルージャ）の町を包囲され、兵糧攻めにあって降伏（前40年3月）。オクターウィアーヌスから助命されたものの、その後まもなく赴任先のヒスパーニア*で死んだ。粗暴な人柄で、キケロー*は彼をグラディアートル*「剣闘士奴隷」とか「盗賊」と呼んでおり、史家ウェッレイユス・パテルクルス*は「兄と共通の悪徳はもっているが、兄のもつ美徳は何一つ備えていない男」と評している。
Dio Cass. 48-5〜15/ App. B. Civ. 5-14〜, -19〜48/ Vell. Pat. 2-74/ Suet. Aug. 9, 14〜15, 68, Tib. 4/ Plut. Ant. 17, 30/ Cic. Phil. 3-12, 5-7, -11, 6-5〜, 12-8, -11, 13-2/ etc.

アントーニオス　Antonios, Ἀβᾶς Ἀντώνιος, Antonius Eremitus, Antoninus Abbas, Antonius Aegyptius,（英）Antony of Egypt, Antony the Abbot,（仏）Antoine d'Égypte, Antoine

l'Eremite，（独）Antonius von Ägypten, Antonius der Große，（伊）Antonio d'Egitto, Antonio abate，（西）Antonio (Antón) de Egipto, Antón Abad，（葡）Antão do Egipto, Antão, o Eremita，（露）Антоний Великий，（現ギリシア語）Antónios o Mégas

（後251頃～後356頃）キリスト教の初期の隠修士。エジプトのメンピス*近郊 Koma で生まれる。18歳で両親に死別すると、家財を棄ててナイル河東方の砂漠に退き、約20年間洞窟に独居し数々の奇跡を行なったという。特に禁欲生活にあって、怪獣の姿をとった悪魔たちに攻撃されたり、性的な幻影に悩まされたりした話は有名（アントニオスの誘惑）。大勢の弟子が集まったので、彼らのために隠修士の規則を制定（305頃）、パコーミオス*らを通じて後の修道院制に大きな影響を与えた。90歳の時、ケンタウロス*やサテュロス*の案内で、当時113歳になる先輩の隠者パウロス Paulos（226～342頃）を訪れ、その死（116歳）を見届けたという伝承も残っている。彼はまた、コンスタンティーヌス1世*（大帝）の招きを辞退したが、主教アタナシオス*の要請には応じてアレクサンドレイア❶*へ赴き、アレイオス*（アリーウス*）派を非難する説教を行なったとされる。105年の長寿を保ち、西方ラテン教会でも疫病や火災除けの聖人に祀り上げられている（祝日1月17日。東方正教会・1月30日）。

⇒シュメオーン（柱頭行者）

Athanasius Vita Antonii/ Socrates Hist. Eccl. 1-21, 4-23, -25/ Sozom. Hist. Eccl. 1-3, 2-31, -34/ etc.

アントーニーヌス勅令　Constitutio Antoniniana，（英）Edict of Caracalla，（仏）Édit de Caracalla，（独）Edikt von Caracallas，（伊）Editto di Caracalla，（西）Edicto de Caracalla，（葡）Édito de Caracala

⇒カラカッラ

アントーニーヌス帝の公式道路表　Itinerarium Provinciarum Antonini Augusti，または、Itinerarium Antoninum, Antonini Itinerarium，（英）Antonine Itinerary，（仏）Itinéraire d'Antonin，（伊）Itinerario antonino，（西）Itinerario de Antonino (Augusto Caracalla)，（葡）Itinerário (de) Antonino

ローマ皇帝カラカッラ*（在位・211～217）の治世に編まれた帝国諸街道の駅と首都ローマからの距離を誌した記録表。各駅間の距離や海路も記されていたが、今日現存するものはディオクレーティアーヌス*帝（在位・284～305）以降の断片でしかない。キリスト教時代になると、"聖地"イェルーサーレーム*（エルサレム）に至る巡礼路を示した道程表 Itinerarium Hierosolymitanum（333年）が作られた。It. Ant./ It. Alex./ etc.

アントーニーヌスの城壁　Vallum Antonini，（英）Antonine Wall，（仏）Mur d'Antonin，（独）Antoninuswall，（伊）Vallo (di) Antonino，（西）Muro (de) Antonino, Muralla de Antonino，（葡）Muralha de Antonino，（露）Вал Антонина, Стена Антонина

（現・Graham's Dyke）アントーニーヌス・ピウス*（在位・後138～161）帝の治下、ブリタンニア*属州の辺境防衛線として築かれた長城（142～144頃）。今日のフォース Forth 湾からクライド Clyde 湾まで東西に島を横断する全長37マイルに及ぶ防壁で、先帝ハドリアーヌス*の造った防備施設（⇒ハドリアーヌスの城壁）より更に北方に位置していたが、3世紀初頭には放棄を余儀なくされた。スコットランドの中央部に遺構を留めている。

⇒カレードニア

アントーニーヌス・ピウス　Antoninus Pius（ギ）Antōnīnos ho Eusebēs, Ἀντωνῖνος ὁ Εὐσεβής，本名・Titus Aurelius Fulvus Boionius Arrius Antoninus, 正式称号・T. Aelius Hadrianus Antoninus Augustus Pius，（仏）Antonin le Pieux，（伊）（葡）Antonino Pio，（西）Antonino Pío，（露）Антонин Пий，（現ギリシア語）Antonínos Píos

（後86年9月19日～後161年3月7日）ローマ皇帝（在位・後138年7月10日～後161年3月7日）。五賢帝の1人。先祖はガッリア*のネマウスス*（現・ニーム）出身で、両親とも元老院身分の富裕な名家に属している（⇒巻末系図102）。ローマ近郊のラーヌウィウム*に生まれた彼は、祖父によりエトルーリア*南部のロリウム Lorium（ないしラウリウム Laurium）で養育され、聡明で穏和な人柄のゆえに親族全員に愛され多大の遺産を贈られて大金持ちになる。長身で容姿端麗、健康にして快活なうえ、比類なく有能で人格高潔であったといい、彼の後継帝マールクス・アウレーリウス*から「美徳の権化」「人間とは思えぬくらい欠点のない怪物」と評されている。執政官コーンスル*（120）を経てアシア*の属州総督プローコーンスル Proconsul 職にあった時（135～136）、スミュルナー*でソフィスト*のポレモーン❹邸に宿泊中、夜半に帰宅した気紛れなポレモーンに家を追い出されたという逸話が伝わっている――彼の登極後にポレモーンがローマを訪れると、アントーニーヌスは夜中に出て行く心配はないからと冗談を言いつつ、このソフィストを宮殿に泊めてやったという――。

廉直と才幹によって名声を高めた彼は、138年ハドリアーヌス*帝の養嗣子カエサル*に迎立される（2月25日、T. Aelius Hadrianus Antoninus Caesar と改称）が、同時に自らの後継者としてマールクス・アウレーリウスとルーキウス・ウェールス*を押しつけられる。数カ月後ハドリアーヌスの死とともに即位し、元老院を説得して亡帝に神格化の栄誉を贈り、死刑を宣告されていた人々を赦免、公正寛大な統治を布いてピウス（敬虔者・孝謹者）なる添え名と「最良の元首

Optimus Princeps」という敬称を元老院から捧げられた。

　税を軽減し法学者を用いて人権重視の法律改革を行ない、大規模な救貧施設を設立、元老院と協調しつつ官僚制の拡充・学者の優遇・財政の整備に努めた。各種建造物の完成や属州都市の再建に私財を投入、自らは質素な生活に甘んじて不要な経費を省き、死後27億セーステルティウスもの大金を国庫に残した。ブリタンニア*では国境を北進させて長城を築いた（⇒アントーニーヌスの城壁）が、「敵を1000人倒すよりも同胞市民1人を救う」というスキピオー*の言葉を口にして戦争を好まず、マウレーターニア*（145〜152）やダーキア*（157〜158）などの反乱はあったものの、彼の穏健な治下、帝国は平安と繁栄を謳歌した。終生イタリアを離れず、有能な人物を通して属州発展の実を上げ、アリステイデース❹*、プルータルコス*、アッピアーノス*ら属州出身の史家は揃って「ローマの平和 Pax Romana」を称賛、そのため外国からローマ帝国への併合を請う使節が帝のもとを訪れるほどであったという。

　不貞な后ファウスティーナ❶*が死ぬ（141）と、彼女を祀る神殿を建立し、貧しい子女の養育基金を亡妻の名において創設。ローマ建国900年祭（147）をはじめ祝祭・競技を頻繁に開催し、公共浴場の無料公開や食糧品の無料分配など市民の娯楽・安寧にも意を用いた。友人たちとは一私人のごとく狩猟や釣りを楽しみ、機智に富んだ会話を交したという。146年に養子マールクス・アウレーリウスを共治帝とし、年老いて腰が曲がって来ると副木をあて背中をのばして歩行。「ヌマ*王の再来（第2のヌマ）」とさえ呼ばれた彼も齢にはかてず、チーズを食べ過ぎて体調を崩しロリウムで眠るように息をひきとった（75歳）。異議なく神格化され、帝国全体が喪に服し、カンプス・マールティウス*には彼を顕彰する記念柱が建立された。また帝には皇后の他に解放奴隷のリューシストラータ Lysistrata なる側室がおり、近衛軍司令官の任命権を左右するほど彼女が宮廷内に威権を張っていたことが知られている。彼に続く諸帝は、その君徳にあやかるべく、爾来永く「アントーニーヌス」の名を帯びることが慣例となった。

S. H. A. Antoninus Pius/ Dio Cass. 69/ Aelius Aristides Eis Romen/ Marcus Aurelius 1-16, 8-25/ Fronto Ep./ Philostr. V. S./ Aur. Vict. Caes./ etc.

アントーニーノス・リーベラーリス　Antoninos Liberalis, Ἀντωνῖνος Λιβεράλις,（ラ）アントーニーヌス・リーベラーリス Antoninus Liberalis Mythographus,（伊）Antonino Liberale,（西）（葡）Antonino Liberal

（後2世紀中葉〜後期頃に活躍）ローマ帝政期のギリシア人神話作家。おそらくアントーニーヌス・ピウス*帝（在位・138〜161）の時代に解放されたギリシア系奴隷。ニーカンドロス*やボイオス Boios（前3世紀）らヘレニズム期の作品に取材して『変身物語集 Metamorphōseōn synagōgē』（現存41話）を編纂した。他の伝存文献には見られない神話が含まれていて興味深い。

ギリシア・ローマ神話の採録は、ほぼ同時代の地誌学者パウサニアース*や神話作家ヒュギーヌス*らの手を経て、古代末期のフルゲンティウス Fabius Planciades Fulgentius（後5世紀後期）――神話を寓意的に解釈した『神話集 Mythologiae』3巻などが伝存。北アフリカはルスペ Ruspe の司教フルゲンティウス Fabius Claudius Fulgentius（467頃〜532頃）と混同された――まで続いた。それに並行してアレクサンドレイア❶*期以来の文献学者が写本の余白に記した古注 skholia,（ラ）scholia の類いが、厖大な量の神話伝承を後代に伝えており、こうした考証学的研究はギリシア世界では12世紀のツェツェース Tzetzes 兄弟などビザンティン時代にも継承されていった。

⇒パライパトス、アポッロドーロス3、（スミュルナーの）コイントス

Ant. Li Met./ Paus. Hyg. Fab. Astr./ Schol./ Tzetz./ etc.

アントニー、マーク　Mark Antony
⇒マールクス・アントーニウス❸（の英語形）

アンドライモーン　Andraimon, Ἀνδραίμων, Andraemon,（仏）Andrémon,（独）Andrämon,（伊）Andremone,（西）Andremón,（露）Андремон,（現ギリシア語）Andrémonas

ギリシア神話中の男性名。

❶カリュドーン*王オイネウス*の娘ゴルゲー Gorge の夫。のち岳父の譲りを受けてカリュドーンの王となり、トアース❶*を儲けた。

Apollod. 1-8-1, -6/ Hom. Il. 2-638/ Paus. 5-3-7/ etc.

❷❶の曾孫オクシュロス Oksylos の息子。ドリュオペー*の夫。

Ov. Met. 9-363/ Ant. Lib. Met. 32/ etc.

アンドリスコス　Andriskos, Ἀνδρίσκος, Andriscus,（仏）Andrisque,（伊）（西）（葡）Andrisco,（露）（マケドニア語）Андриск

（前185頃〜前148）マケドニアー*最後の王ペルセウス*の息子ピリッポス Philippos を名乗った僭称者。実は小アジア北西部トローアス*のアドラミュティオン Adramytion（現・Edremit）の縮絨工だったという。マケドニアー王家の正統な後継者であると主張し、前153年、支援を求めた

系図63　アンドライモーン❶❷

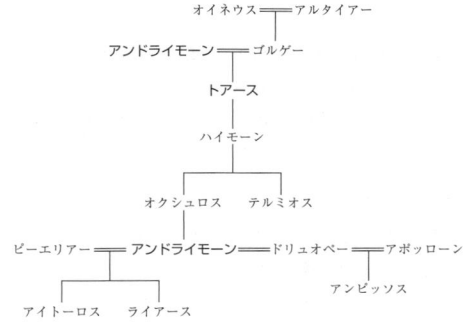

相手のシュリアー*王デーメートリオス1世*に捕らわれ、ローマへ護送されるが脱走に成功。小アジアへ戻ったのちトラーケー*（トラーキアー*）の豪族の助勢を得て軍を起こし、マケドニアー王に即位（前149）。残忍なその治世は1年と続かず、ローマ軍を悩ませテッサリアー*を圧迫、カルターゴー*と同盟を結んだりしたものの、結局ローマの将Q. カエキリウス・メテッルス❷*に敗北し、鎖に繋がれて凱旋式（トリウンブス*）の見世物となったあげくに処刑された（第4次マケドニアー戦争、前149～前148）。ここにマケドニアーはローマの属州として編入されるに至った（前146）。
Liv. Epit. 48-50, 52/ Polyb. 36-10/ Paus. 7-13-1/ Diod. 31-40, 32-15/ Zonar. 9-28/ Florus 2-14/ Vell. Pat. 1-11/ etc.

アンドロギュノス　Androgynos, Ἀνδρόγυνος,
Androgynus,（英）（仏）Androgyne,（独）
Androgyn,（伊）Andrògino,（西）（葡）
Andrógino,（露）Андрогин

「男女両性を具えた人」の意。プラトーン*の恋愛に関する対話篇『饗宴』中、喜劇詩人アリストパネース*の語るエロース*論に登場する。それによれば、人間は元来、「男・男」「男・女」「女・女」の3種類の組み合わせを持った2重体の存在であったが、強勢のあまり神々に反抗したので、大神ゼウス*によってそれぞれ半分に切断され、今日の男と女の2種類だけとなった。以来、人間どもは各自失った己が半身を焦れ求めて一緒になろうとし、もとアンドロギュノス（男・女）だった者は異性愛者と化し、「男・男」「女・女」だった者は同性愛者になったという。ただし、それらの中で最も優秀にして有能な者は、男同士で愛し合うもと「男・男」の組み合わせだった者である、と話者は古代ギリシア人らしい見解を付け加えている。ちなみに男同士で交わるものは、神話上の巨人ゲーリュオーン*に譬えられることがある。

また、アリストテレース*や大プリーニウス*の伝えるところでは、北アフリカに住むナサモーネス* Nasamones人は、右半身が女、左半身が男の両性具有者であって、交互にいずれかの性の機能を果たす、とされている。のちにアンドロギュノスなる語は、両性具有者（半陰陽（ふたなり））一般を指す言葉として広く用いられるようになった。
⇒ヘルマプロディートス、アグディスティス
Pl. Symp. 189e～/ Aeschin. 2-127/ Lucr. 5-839/ Liv. 27-11/ Plin. N. H. 7-2/ Cic. Div. 1-43/ Plut. Mor. 219e/ Artem. 160/ Anth. Pal. 6-254, 9-783/ Sen. Epig. 36/ etc.

アンドロクルス　Androclus,（独）Androklus,（伊）（西）
Androclo,（露）Андрокл

（後1世紀前半）（アンドロクレース* Androcles は訛伝）ティベリウス*帝時代のダーキア*出身の奴隷。ローマの執政官（コーンスル*）級の人物の奴隷となって、主人の任地アーフリカ*へ連れていかれたが、主人の虐待に耐えられず密かに逃亡、原野の洞窟に身を隠した。そこへ傷つき弱りきった1頭の獅子（ライオン）が入ってきて、助けを求めるように呻吟したので、彼は足の裏に刺さっていた大きな棘を抜いて傷の手当てをしてやった。以来3年間、彼は獅子と生活を共にしたが、のち兵士に捕らえられローマの主人の許へ送還されて、剣闘士（グラディアートル*）にさせられた。大競技祭で野獣と戦うべくキルクス*に送られたところ、相対した獅子がかつて傷を治してやった獅子であったため、彼に襲いかかるどころか尻尾を振りつつその手足を懐かしげに舐めはじめた。驚いた皇帝は事情を知ると彼の罪を赦したうえで、この獅子を贈り物として彼に与えたという。アンドロクルスと獅子の美談は、これを実際に目撃したアピオーン*の『エジプト誌』（散佚）に記録されたものを、のちゲッリウス*が随筆集『アッティカの夜』に再述し、後世に長く伝えられた。同様の動物報恩譚は、インドや支那など世界各地に広く伝播している。
⇒ヒエローニュムス
Gell. 5-14/ Ael. N. A. 7-48/ Sen. Ben. 2-19/ Plin. N. H. 8-21/ etc.

アンドロクレース　Androkles, Ἀνδροκλῆς, Androcles
⇒アンドロクルス

アンドロクロス　Androklos, Ἀνδροκλος, Androclus,（独）
Androklus,（伊）（西）Androclo,（露）Андрокл

伝説上のエペソス*市の創建者。アテーナイ*王コドロス*の子。イオーニアー*人を率いて小アジア西岸に植民し、先住民を追ってエペソスを建設、サモス*ほか近隣の島々をも占領したが、のちカーリアー*人との闘争中に戦死した。エペソス市の創建に当たっては、「魚と猪が設立の場所を示すであろう」との神託があり、ある日、食事の仕度の最中、魚が跳ね上がって火の粉があたりの灌木に燃え広がり、藪の中から猪が飛び出した。これを仕留めたアンドロクロスは、神託に従ってこの地にエペソスを建設し、彼の子孫に王位（のちには事実上の神官位）が継承されたという。
⇒ヘーラクレイトス
Paus. 7-2-8～9, -4-2/ Ath. 8-361d～e/ Strab. 14-632, -640/ etc.

アンドロゲオース　Androgeos, Ἀνδρόγεως,
（Androgeus）,（英）Androgeüs,（仏）
Androgée,（伊）（西）Androgeo,（葡）
Androgeu,（露）Андрогей,（現ギリシア語）
Andrógeos

ギリシア伝説中、クレーター*王ミーノース*とパーシパエー*の息子。運動競技に秀で、アテーナイ*王アイゲウス*がパンアテーナイア*祭を開いた時、その競技に参加し、あらゆる相手を破って優勝した。しかし、これを妬んだアイゲウスは、彼をテーバイ❶*へ向かう道中で暗殺させたとも、マラトーン*の雄牛退治にやり、雄牛に殺されるように仕向けたともいう（この雄牛はのちにテーセウス*に殺された）。激怒したミーノースは艦隊を率いてアテーナイを攻め、「毎年7人の若者と7人の乙女を怪人ミーノ

タウロス*の餌食として送る」という条件で和議を認めた。アンドロゲオースはアッティケー*において英雄神 heros として尊崇され、パレーロン*には祭壇が築かれ、アテーナイのケラメイコス*では毎年彼のために葬礼競技が営まれていた。なお彼の2人の息子は、アマゾーン*遠征途上のヘーラクレース*（第九の功業）がパロス*島でミーノースの王子たちを打ち負かした折に、人質として連れ去られたといわれる。

⇒ニーソス❶、アイアコス

Apollod. 3-15-7/ Hyg. Fab. 41/ Catull. 64-77〜/ Ov. Met. 7-458/ Paus. 1-1-2, -4, -27-10/ Diod. 4-60/ Prop.2-1/ etc.

アンドロス　Andros, Ἄνδρος,（Andrus）,（伊）Andro,（露）Андрос

（現・Ándros）キュクラデス*諸島中、最北の島（面積・381 km²）。エウボイア*の東南に位置し、その西岸に古代の主市だったパライオポリス Palaiopolis の遺跡がある。神話上の名祖アンドロスは、デーロス*王アニオス*（アポッローン*の息子）の子で、祖父アポッローンより予言の能力を授かり、トロイアー戦争*の頃この島を治めていたという。古来、葡萄酒の産地およびディオニューソス*（バッコス*）崇拝の一中心地として有名（⇒ナクソス）。前900年頃以来、イオーニアー*系ギリシア人の居住地で、前8世紀にはエレトリア*の勢力圏下にあったが、次の前7世紀になると自らスタゲイラ*など幾つかの植民市をカルキディケー*、マケドニアー*地方に建設した。前490年にはアカイメネース朝*ペルシア*に臣従し、サラミース❶の海戦においても大王クセルクセース1世*に水軍を提供した（前480）。ペルシア戦争*後アテーナイ*を盟主とするデーロス同盟*の一員となったが、反意を示したためアテーナイに降され、ペリクレース*の指示でアテーナイ人植民団（⇒クレーロス）が送り込まれた（前449）。カイローネイア*の戦い（前338）以来マケドニアーに服属し、ペルガモン*王国の支配（前220〜前133）を経て、アッタロス3世*の遺言に基づきローマの属州アシア*に併合された。伝承では酒神ディオニューソスは毎年1月の中葉にこの島を訪れ、その折には決まって酒神に捧げられた泉の水が葡萄酒に変じたという。島には今にもヘレニズム時代の円形の塔などの遺跡が残っている。

⇒ケオース

Herodot. 4-33, 5-31, 8-66, -108〜/ Thuc. 2-55, 4-42, -84, -88, -103, -109, 5-6, 6-96, 7-57, 8-69/ Ov. Met. 13-649/ Diod. 5-79/ Paus. 6-26-2, 10-13-4/ Conon Narr. 44/ Liv. 31-45/ Steph. Byz./ etc.

アンドロティオーン　Androtion, Ἀνδροτίων,（伊）Androtione

（前410年頃〜前340年頃）アテーナイ*の政治家、歴史家。四百人寡頭政*の一員で裕福な市民アンドローン Andron（前440頃生〜）の息子。イソクラテース*に学んだのち、前385年頃から政界に入り、同盟市戦争*（前357〜前355）中、カーリアー*のマウソーロス*王のもとへ使節として派遣され、また将軍職（ストラテーゴス*）に就いて対アカイメネース朝*ペルシア戦争準備委員をも務めた（前355/354）。他の市民を男色売春の廉で訴えていた時、違法提案の動議を行ったとして政敵デーモステネース❷*から告発されたが、無罪判決をかち取る（前354/353）。その後、おそらくアテーナイを訪れたペルシア帝国*の使節を侮辱したためにメガラ*へ亡命を余儀なくされ（前343頃）、この地で全8巻のアッティケー*史書『アッティス Atthis』を執筆、公刊した（前340頃）。本書は68ほどの断片を除いて亡失したものの、学問的に正確な著述だったので、アリストテレース*の『アテーナイ人の国制』やピロコロス Philokhoros（前340頃〜前260頃）の『アッティケー史 Atthis』（散逸）執筆に際しての重要な典拠となった。

⇒ティーマルコス、

Dem. 22/ Arist. Rh. 3-4/ Paus. 6-7, 10-8/ Plut. Dem. 15, Sol. 15/ Gell. 15-28/ Papyr. Oxyr.

アンドロニークス、リーウィウス　Andronicus, Livius

⇒リーウィウス・アンドロニークス

アンドロニーコス（ロドス*の）　Andronikos, Ἀνδρόνικος, Andronicus Rhodius,（仏）（独）Andronicos,（伊）Andronico（西）（葡）Andrónico,（露）Андроник,（現ギリシア語）Andrónikos

（前1世紀）ギリシアの哲学者。ロドス島の人。逍遙学派（ペリパトス）に属し、アリストテレース*から数えて10代目の学頭（前68頃〜）。前83年頃に将軍スッラ*がローマにもたらしたアリストテレースおよびテオプラストス*の写本をのちに入手し、注釈を施して整理・公刊した（前40頃）功績で知られる（⇒テュランニオーン）。またアリストテレースの著作を内容別に分類し、全集の目録を作成、長い間忘却されてきたテクストへの関心を同学派内に喚起させた（前40〜前20頃）。彼の定めた論理的な配列法は、今日に至るまで採用されているが、アリストテレースの生涯や哲学体系、文献配列などについて論じたアンドロニーコス自身の著述（5巻以上）は、すべて失われた。彼の名の下に伝えられる『感情論 Peri Pathōn』は、おそらく遙か後世のテッサロニーケー*のアンドロニーコス・カッリストス Andronikos Kallistos（後15世紀）の作であろう。後継者はクラティッポス❷*。

⇒アペッリコーン、アプロディーシアスのアレクサンドロス

Strab. 14-655/ Plut. Sull. 26/ Porph. Plot. 24/ Boethius/ Ammonius In de Int. 5-24/ etc.

アントローポパゴイ　Anthropophagoi, Ἀνθρωποφάγοι, Anthropophagi,（仏）Anthropophages,（独）Anthropophagen,（伊）Antropofagi,（西）Antropofagos,（現ギリシア語）Anthropofági

「食人族」の意。ホメーロス*の叙事詩にも、キュクローペス*やライストリューゴネス*など人間を食用にする種族が登場するが、歴史時代に入ってもなお世界各地に食人の習慣を保持する民族がいたことが、ギリシア・ローマの諸文献に散見される。特に有名なのがカスピ海北方に住んでいたアンドロパゴイ Androphagoi（人喰い族）で、ヘーロドトス*もこの粗野な遊牧民について言及。その他、スキュティアー*、エティオピア*、インド*、アーフリカ*、ゲルマーニア*、ヒベルニア*（現・アイルランド）、カレードニア*（現・スコットランド）など辺境地域の住民が多く人肉を嗜食していたとされている。マッサゲタイ*、イッセードネス*に代表される幾つかの種族は、老親の肉を食べてその魂を子孫の身裡に継承しようと配慮。またギリシアのアルカディアー*では、古代末期に至るまで少年をゼウス*に捧げてその内臓を食べる宗教儀式が続けられていたという。美食や残酷な見世物に倦んだローマ帝政期には、ネロー*（在位・後54〜68）のようにエジプトの怪人ポリュパゴス Polyphagos を召し抱えて、生きたまま人間が引き裂かれて食べられる様子を見物しようとする皇帝や、ペトローニウス*の『サテュリコーン』に登場する詩人エウモルプス Eumolpus のように、「財産の相続人は全員、私の屍体を切り刻み、衆人環視の中で食べ尽くすように」と遺言する人物も現われるようになっていた。
⇒トローグロデュタイ、イクテュオパゴイ
Herodot. 1-216, 4-18〜, -26, -106, 3-38, -99/ Plin. N. H. 4-12, 6-20, -35, 7-2, 8-34/ Strab. 4-201, 7-298, -302, 11-513, 15-710/ Mela 3-7/ Suet. Ner. 37/ Paus. 8-2-3〜4, 10-22-3/ Tertullian. Apologet. 7/ etc.

アンドロマケー　Andromakhe, Ἀνδρομάχη,
Andromache, （仏）Andromaque, （伊）Andromaca, （西）（葡）Andrómaca, （露）Андромаха, （現ギリシア語）Andromáhi

ギリシア神話中、トロイアー*の王子ヘクトール*の貞淑な妻。1子アステュアナクス*（スカマンドリオス*）の母。トロイアー戦争*中に父王エーエティオーン*と7人の兄弟をアキッレウス*に殺され、トロイアー陥落の折には、幼い息子アステュアナクスをも失い、自身はネオプトレモス*（アキッレウスの息子）の奴隷となって、エーペイロス*へ連行され、3子モロッソス Molossos、ピエロス Pielos、ペルガモス Pergamos を産まされた。ネオプトレモスの不妊の妻ヘルミオネー*に憎まれて虐待されるが、ネオプトレモスの殺害後、エーペイロス王となったヘレノス*（ヘクトールの弟）と再婚。さらに夫のなきあとは王位をモロッソスに継がせ、彼女はペルガモスとともにミューシアー*へ赴きペルガモン*市を創建した。悲劇詩人エウリーピデース*の作に、彼女の捕虜生活を扱った『アンドロマケー』（前430頃、伝存）がある。

なおローマ時代には、彼女は並外れて背の高い女とされ、その長身ゆえにヘクトールと性交する時には決して夫の上に馬乗りにならなかったとも、あるいは逆に女性上位の態位を好んでヘクトールに乗りかかる習いであったともまちまちに記されている。

トロイアー戦争時のアンドロマケーの姿は、古代から陶器や壁画などに描かれており、文学作品では、近世フランスの古典悲劇ラシーヌの『アンドロマク』（1667）の女主人公として、きわめて名高い存在になっている。
Hom. Il. 6-394〜, 22-437〜, 24-723〜/ Eur. Tro., Andr./ Hyg. Fab. 123/ Verg. Aen. 3-297〜/ Paus. 1-11-1〜2, 10-25-9〜10/ Mart. 11-104/ Sen. Troades/ etc.

アンドロメダー（または、アンドロメデー）
Andromeda, Ἀνδρομέδα, （ラ）アンドロメダ Andromeda, （Andromedē, Ἀνδρομέδη）, （仏）Andromède, （伊）Andromeda, （西）（葡）Andrómeda, （葡）Andrômeda, （露）Андромеда, （現ギリシア語）Andromédha

ギリシア神話中、エティオピア*王ケーペウス❶*とカッシオペイア*の娘。母妃が海の女神ネーレーイデス*（ネーレーイス*たち）よりも美しいと誇ったため、彼女たちの訴えで海神ポセイドーン*は洪水を起こし海の怪物 Ketos を遣わして王国を荒廃させた。ケーペウスはリビュエー*（リビュア*）のアンモーン*の神託に従ってアンドロメダーを人身御供に捧げることを余儀なくされ、彼女を海岸の岩に鎖で縛りつけた。ゴルゴーン*退治の帰途にあった英雄ペルセウス*がこの光景を見て、姫との結婚を条件に怪物を斃して難儀を救った——鎌で斬殺したとも、ゴルゴーンの首で怪物を石にしたともいう——。婚礼の祝宴中、もとの婚約者であったピーネウス❷*（ケーペウスの弟）が襲撃をかけてきたが、ペルセウスはゴルゴーン＝メドゥーサ*の首を見せて、彼とその部下どもを石に変えた。1年ほど逗留したのちペルセウスは、アンドロメダーとの間に生まれた長子ペルセース❷*（ペルシア*王家の祖）をケーペウスの後嗣として残し、妻を伴ってギリシアへ帰還、アルゴリス*の支配者となった。2人の間には数名の子供が生まれ、曾孫に英雄ヘーラクレース*が登場、その末裔は後世スパルター*、メッセーネー*、アルゴス*、マケドニアー*などに多くの王朝を樹立した。

アンドロメダーは死後、女神アテーナー*によって天空に掲げられ（アンドロメダ座）、両親や夫、さらには海の怪物（鯨座（ラ）ケートゥス Cetus）ともども星座になった。悲

系図64　アンドロマケー

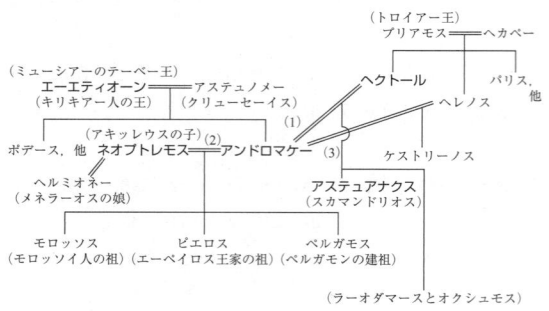

劇詩人ソポクレース*およびエウリーピデース*に彼女を扱った同名の作品『アンドロメダー』があったが、いずれも亡失した。彼女がペルセウスによって救出される場面は、アルカイック期（前6世紀後半）から絵画の主題として好んで描かれている。
⇒イオペー（ヨッパ）
Apollod. 2-4-3～5/ Ov. Met. 4-663～/ Hyg. Fab. 64, Astr. 2-11/ Conon Narr. 40/ Aratus Phaen. 198/ Eratosth. Cat. 17/ Tzetz. ad Lycoph. 836/ etc.

アンナ Anna,（ハンナ）Hanna, Ἄννα, Ἄννα,（ヘブライ語）Ḥannāh,（英）Ann(e),（仏）Anne,（独）（伊）（蘭）（アルメニア語）Anna,（西）（葡）Ana,（露）Анна

セム系の女性名。

❶カルターゴー*女王ディードー*の姉妹。アンナ・ペレンナ*。
Verg. Aen. 4-9/ Ov. Her. 7-191/ etc.

❷（前1世紀後半頃）キリスト教伝説中、「聖母マリアー*」の母。すなわち、イエースース・クリストス*（イエス・キリスト）の外祖母。夫ヨアキム Joachim と性交せずして娘マリアーをみごもったといった話が作り出された。
Protoevangelium/ Epiph./ Gregorius Nyssenus/ etc.

アンナ・ペレンナ Anna Perenna,（仏）Anne Perenne (Perenna),（西）（葡）Ana Perena,（露）Анна Перенна

ローマの年のめぐりを司る女神。祭礼は3月15日（3月1日を歳首とする旧ローマ暦で1年の最初の満月の日）に、フラーミニウス街道*を1マイル市外へ出た森の中で、陽気な無礼講のうちに行なわれ、つつがなく1年が循環するようにと女神に犠牲が捧げられた。伝承によると、彼女はカルターゴー*の女王ディードー*の姉妹で、女王の死後ラティウム*のアエネーアース*（アイネイアース*）のもとへ逃れたが、アエネーアース*の妻ラーウィーニア*に嫉まれて、夜、宮殿を遁れ出たところをヌミーキウス Numicius（現・Rio Torto）河神に犯され、水の妖精と化したという。年老いてから、マールス*神に女神ミネルウァ*との仲を取り持ってくれるよう依頼されたところ、女神が承諾したと偽ってアンナ自ら花嫁姿に化け、マールスをまんまとかついで笑い種にしたとの話も伝えられている。また前494年の聖山*事件の折に、食糧不足に悩む平民（プレーベース*）にパン菓子を作って配った老婆も、アンナ・ペレンナだといわれる。
Ov. Fast. 3-523～696～/ Mart. 4-64/ Sil. 8-50～/ Macrob. Sat. 1-12/ Verg. Aen. 4/ etc.

アンニケリス Annikeris, Ἀννίκερις, Anniceris,（仏）Annicéris,（伊）Anniceride, Anniceri,（露）Анникерис

（前4世紀前半）キューレーネー*学派の哲学者（⇒アリスティッポス）。友愛や祖国愛、両親への敬愛などにも歓びを見出した点で、他の快楽主義者とは異なる。アイギーナ*島で奴隷として売られた哲学者プラトーン*を買い取って自由の身にしてやった話はよく知られている。プラトーンの友人たちが同額の金をアンニケリスに返そうとしたところ、彼は「私にもプラトーンの心配をする資格がある」と言って受け取らず、その金でプラトーンのためにアカデーメイア*庭園を買い贈ったという。また、戦車を御する術を得意気に披露してみせて、プラトーンから「そんな無用の些事に全神経を振り向けていると、真に重要な事柄に等閑になるのも無理はない」と批判された馬術の名人アンニケリスとも同一人物だとされている。
⇒ヘーゲーシアース❷、テオドーロス（無神論者）
Diog. Laert. 2-85～, 3-20/ Cic. Off. 3-33/ Ael. V. H. 2-27/ Strab. 17-837/ Clem. Al. Strom. 2-21/ Suda/ etc.

アンバルウァーリア Ambarvalia, Ambarvale sacrum, Lustratio agri,（ギ）Ambarūia, Ἀμβαρουία,（仏）Ambarvales, Ambarvalies,（伊）Ambarvali,（現ギリシア語）Amparvália

ローマで毎年5月（ふつう27、29、30日）に執り行なわれた祭り。農作物をあらゆる災厄から守るため畑を清める儀式。神官たちがケレース*（古くはマールス*）に祈りつつ、清めようとする耕地のまわりを、生贄として捧げられる豚 sus・羊 ovis・雄牛 taurus を先頭に立ててめぐり歩き、お祓いをしたもので、これら3種の犠牲はスオウェタウーリア suovetaurilia と総称される。これはアルウァーレース神官団*によって行なわれるデア・ディーア*への祭祀と同一物と考えられていたが、それに異を唱える説もある。ローマの国土が拡大してからのちは、農民たちが彼らの耕地を巡回しながら、類似の除祓を行なった。
Cato Agr. 141/ Verg. G. 1-338～, Ecl. 3-77, 5-75/ Strab. 5-230/ S. H. A. Aurel. 20/ Tib. 2-1/ Festus/ etc.

アンビアーニー（族） Ambiani,（仏）Ambiens, Ambianes,（独）Ambianer,（西）Ambianos

今日のフランス北部の都市アミアン Amiens にその名を残すベルガエ*人の部族。カエサル*の頃には、サマラ Samara（現・ソンム Somme）川流域地方に居住していた。主邑はサマロブリーウァ Samarobriva（現・アミアン）。前57年カエサルに服属したが、のちウェルキンゲトリクス*の蜂起に際しては、ローマ軍に包囲された反乱軍を救援するべく5千の兵員をガッリア*諸族軍に提供した（前52）。
⇒ネルウィーイ
Caes. B. Gall. 2-4, -15, 7-75/ Plin. N. H. 4-17/ etc.

アンピアラーオス Amphiaraos, Ἀμφιάραος Amphiaraus,（伊）（西）Anfiarao,（葡）Anfiarus,（露）Амфиарай（または、アンピアレオース Amphiareos, Ἀμφιάρεως）,（現ギリシア語）Amfiáraos

ギリシア伝説中、アルゴリス*の英雄で予言者。メランプース*の曾孫で、父系を通じて予言力を受け継いでいた。アルゴナウタイ*の勇士の1人。カリュドーン*の猪狩りに参加し、片目を失う。敵対していたアドラストス*と和睦し、その妹エリピューレー*を娶った際、将来アドラストスとの間に紛争が生じた場合には、エリピューレーの裁決に従うことを誓約した。アドラストスがテーバイ❶*攻めの軍を起こすに当たって、アンピアラーオスは遠征が失敗しアドラストス以外の全員が死亡することを予見して、これに強く反対した（⇒テーバイ攻めの七将）。しかし、ポリュネイケース*がハルモニアー*の頸飾りをエリピューレーに贈って彼女を買収したため、その裁決によって出陣を余儀なくさせられる。アンピアラーオスは2人の息子アルクマイオーン*とアンピロコス*に、成人の暁には母を殺して報復し、テーバイを攻略するよう命じてから出征した。途中、蛇に殺された幼児オペルテース*（アルケモロス*）を記念してネメア競技祭*を開設し（⇒ヒュプシピュレー）、テーバイ戦にあっては出征を強引に推進したテューデウス*に復讐を果たしたが、ついに敗走してイスメーノス Ismenos（現・Ismenó）河へ逃げる最中、ゼウス*の投じた雷霆によって大地が裂け、戦車ごと地中に姿を消した。ゼウスがアンピアラーオスを不死とし、これよりオーローポス*の地に夢占いで名高い彼の託宣所アンピアラーイオン Amphiaraion（現・Amfiaréon）が開かれるようになったという。この託宣所はリューディアー*王クロイソス*をはじめ多数の人々の信仰するところとなり、ローマ時代に入っても羊皮上に眠っている相談者にアンピアラーオスが夢告を与えるインクバーティオー incubatio（睡眠占い）の霊場として広く人気を集めた。アンピアラーオスを記念する競技祭が開かれて、スタディオン*や劇場（テアートロン*）、大祭壇なども建造されるようになり、今日も宿泊施設ほか様々な建築物の遺構を見ることができる。

一説にアンピアラーオスはアポッローン*の落胤とも伝えられ、その娘アレクシダー Aleksida からアルゴス*の癲癇を癒やす一族エラシオイ Elasioi が生まれた、とプルータルコス*は語っている。
⇒トロポーニオス

Apollod. 1-8-2, 3-6-2〜6, -8/ Verg. Aen. 7-670, 11-640/ Hor. Carm. 1-18, 2-6/ Hom. Il. 15-245〜, Od. 15-245/ Pind. Nem. 9/ Aesch. Sept. 568〜/ Paus. 1-34-1〜5, 5-17-7〜9/ Herodot. 1-46, -52, 8-134/ Strab. 9-404/ Plut. Quaest. Graec. 23 (296f)/ Plin. N. H. 7-203/ etc.

アンビオリクスとカトゥウォルクス　Ambiorix et Catuvolcus, （ギ）Ambioriks, Ἀμβιόριξ, Ambiorigos, Ἀμβιόριγος, （伊）Ambiorige, （西）Ambíorix, （露）Амбиорикс; Cativolcus, （仏）Catuvolcos, （伊）（西）Catuvolco, （露）Катуволк

（前1世紀）ガッリア・ベルギカ*のエブローネース*族の共治王。前54年カエサル*に背き、モサ Mosa（現・マース Maas, ムーズ Meuse）河畔の要塞アトゥアトゥカ Atuatuca（または、アドゥアトゥカ Aduatuca, 現・Casterat）に駐屯していたローマ軍団を襲撃して15箇大隊をほぼ全滅させ、さらに Q. キケロー*に迫ったが（⇒スガンブリー）、急遽駆けつけたカエサルに敗北（前53年カトゥウォルクスは服毒死）。アンビオリクスはその後も反抗を続け（前53〜前51）、エブローネースの領土は殺戮や略奪で荒廃に帰したものの、彼自身は捕らえられることなく無事にレーヌス*（ライン）河の彼岸へ逃げおおせた。

なお今日、フランドル地方の古い町トンゲレン Tongeren（〈仏〉トングル Tongres）に、アンビオリクスを記念して建てられた彼の像（1866年）を見ることができる。
⇒ウェルキンゲトリクス

Caes. B. Gall. 5-24〜51, 6-5, -29〜43, 8-24/ Dio Cass. 40-5〜10, -31/ Liv. Epit. 106/ Florus 3-10/ etc.

系図65　アンピアラーオス

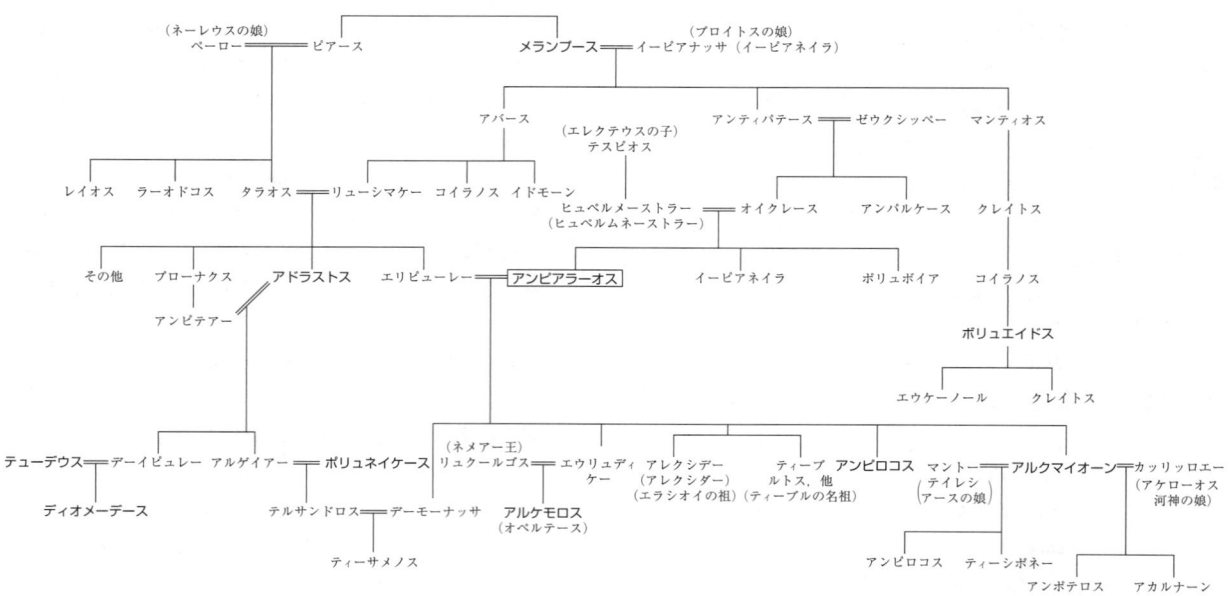

アンピーオーンとゼートス Amphion, Ἀμφίων, (伊) Anfione, (西) Anfión, (葡) Anfião, (露) Амфион, (現ギリシア語) Amfíonas; Zethos, Ζῆθος, Zethus, (仏) Zéthos, Zéthus, (伊)(西)(葡) Zeto, (西) Zetos, (露) Зеф, (現ギリシア語) Zíthos

　ギリシア神話中の双生兄弟。サテュロス*に身を変じた大神ゼウス*と美女アンティオペー❷*との子。生まれるや否やテーバイ❶*王リュコス*（母アンティオペーの叔父）の命令でキタイローン*山中に棄てられ、羊飼いたちに拾われて成長した。やがて2人は母と再会し、彼女を虐待していたリュコスとその妻ディルケー*に報復、リュコスを殺し（または王位より追い）、ディルケーを雄牛に縛りつけて曳きずり回したのち、その引き裂かれた屍体を焼いて泉の中に投じたという。テーバイの王権を手に入れると兄弟は市の城壁を築いたが、音楽に秀でたアンピーオーンが堅琴を奏でるだけで、石はそれに応じてひとりでに動き出し、彼の後に従って城壁を形成したと伝えられる。ヘルメース*の祭壇を最初に建てたアンピーオーンは、この神から堅琴を授かり、優れた楽人となって野獣や山川草木をも感動させたといい、ニオベー❶*（リューディアー*王タンタロス*の娘）と結婚すると、リューディアー風の音楽を修得、また堅琴の弦の数を3本追加して7本に改め、その数に合わせてテーバイに7つの城門を設けたとされる。武勇や農牧の技に長じたゼートスは、アーソーポス*河神の娘テーベー Thebe を娶り、妻の名に因んで町をテーバイと改称した（旧・カドメイアー Kadmeia）という（⇒アエードーン）。

　アンピーオーンは7男7女の子供を儲けたが、妻ニオベーの傲岸不遜な言動が因で、多くの子女と一緒にアポッローン*の矢に射られて、またはデルポイ*のアポッローン神殿を破壊しようとしてこの神に射られて、あるいは子供たちを失った落胆のあまり自刃して、この世を去り、奈落に堕ちたと伝えられている。なお、ホメーロス*は彼をイーアソス Iasos の子でオルコメノス*王とする異説を語っている。ゼートスもまた一人息子の死を悼んだ末に落命したとも、妻に誤まって殺されたともいう。死後、兄弟は同じ墓に埋葬され、空位となった王座には、ペロプス*の宮廷へ逃がれていたラーイオス*が呼び戻されて即いた。

　兄弟の姿は彫刻や浮彫りなどの美術作品に、しばしば表現されている（例えば、ローマのスパーダ宮蔵にあるローマ時代の浮彫り）。

⇒エウトレーシス

Hom. Od. 11-260～/ Ap. Rhod. 1-735～/ Apollod. 3-5-5～6/ Paus. 2-6-4, -21-9～10, 5-16-4, 6-20-18, 9-5-6～9, -8-4, -16-7, -17-2, -4～5, -7, -36-8, 10-32-11/ Ov. Met. 6-271～/ Hyg. Fab. 7～11/ Hor. Epist. 1-18/ Gell. N. A. 20-7/ etc.

アンピクティオニアー Amphiktionia, Ἀμφικτιονία, Amphictionia

⇒隣保同盟

アンピッサ Amphissa, Ἄμφισσα, (伊) Amfissa, (西)(葡) Anfisa, (露) Амфиса（現・Sálona、または、Ámfissa）

　ギリシア中部にある西ロクリス*地方（ロクリス・オゾリス*）を代表する都市。同地方の東部、ポーキス*地方との国境近くに位置する。デルポイ*の西北約22 km。伝説上の名祖はアンピッソス*ともアンピッサ（カナケー*とその実兄マカレウス Makareus との間に生まれた娘）ともいう。交通の要衝を占め、伝統的に東隣のポーキスと対立し、さらに東方のテーバイ❶*と結ぶ政策をとった。前358年デルポイの神領であったクリーッサ*の野を占拠して耕作を行ない、ために第3次神聖戦争*をひき起こす（前356）が、ポーキスの将軍オノマルコス Onomarkhos（？～前352年戦死）に征服された（前353）。すぐに独立したものの、デルポイの隣保同盟*（アンピクティオニアー）から宣戦を布告され、第4次神聖戦争の結果、マケドニアー*王ピリッポス2世*によって破壊された（前338）。再建後はアイトーリアー同盟*に加わり（～前167）、ローマ時代、特にアクティオン*（アクティウム*）の海戦（前31）以降は、アイトーリアー*からの亡命者が多く流入し、ロクリスというよりもアイトーリアーの都市となった。古代には市中にアンピッサの墓やアンドライモーン❶*とゴルゲー Gorge 夫妻の墓、またカリュドーン*王トアース❶*がトロイアー*から持ち帰ったアテーナー*女神像などがあったと伝えられる。

Paus. 10-38-4～7/ Strab. 9-419～, -426/ Herodot. 7-200, 8-32/ Dion. Hal. 4-25/ Liv. 37-5～/ Aeschin. 3/ Suda/ etc.

アンピッソス Amphissos, Ἄμφισσος, Amphissus, (伊) Amfisso, (西)(葡) Anfiso, (露) Амфисс

　ギリシア神話中、アポッローン*とドリュオペー*の子。アンピッサ*市の建祖。母が木に変身したため、養父アンドライモーン❷*に育てられた。長じてのち実父アポッローンのために神殿を捧げたと伝えられる。

Ov. Met. 9-356/ Ant. Lib. Met. 32/ etc.

アンピテアートルム Amphitheatrum（円形闘技場、または、円戯場）(ギ) アンピテアートロン Amphitheatron, Ἀμφιθέατρον, (英) Amphitheatre, Amphitheater (仏) Amphithéâtre, (独) Amphitheater, (伊)(西)(葡) Anfiteatro, (露) Амфитеатр, (トルコ語) Amfitiyatro, (現ギリシア語) Amfithéatro

（「周囲に座席をめぐらせた劇場」の意）元来、ローマのフォルム*に剣闘士試合（⇒グラディアートル）のために仮設された楕円形の桟敷。共和政期には仮設の木造建築であったが、カエサル*の部将小クーリオー*が前53年に建てた背中合わせの2つの劇場（テアートルム*）のように、機械仕掛けで回転して1つの円形闘技場（アンピテアートルム）に早変わりする奇抜な装置のものもあった。スッラ*の時代に石造の円形闘技場 Spectācula がポンペイー*（現・ポンペイ）に建てられ（前80頃）、次いでローマでも前29年 T. スタティリウス・タウルス*によって剣闘

士試合を行なう恒常的施設として石造アンピテアートルムがカンプス・マールティウス*に造営。帝政期には最大規模を誇るフラーウィウス円形闘技場、俗称コロッセーウム*が完成した（後80竣工）。そのほか、ウェーローナ*（現・ヴェローナ）やネマウスス*（現・ニーム）、アレラーテ*（現・アルル）などローマ帝国諸都市に立派なアンピテアートルムが設けられ、今日も各地にその遺跡が保存されている。闘技場の中央の砂場arena（アレーナ）は短時間で水を張ってナウマキア*（模擬海戦）の舞台に変ずることもあり、床の下に設けられた幾つもの部屋には、野獣狩り（ウェーナーティオー*）で闘わせられる猛獣の群れや、せり上がりなどの機械装置、残忍な見世物に出場する闘士・囚人らが収容されていた。
⇒キルクス、テアートロン（劇場）

Plin. N. H. 19-6, 36-24/ Tac. Ann. 4-62～63, 13-31, Hist. 2-21, -67/ Suet. Aug. 29, Tib. 40, Calig. 18, Ner. 12, Vesp. 9, Tit.7, Dom. 4/ Dio Cass. 43-22, 51-23, 62-18, 66-25/ Strab. 6-236/ etc.

アンピトリーテー Amphitrite, Ἀμφιτρίτη,（ラ）アンピ（ー）トリーテー Amphitrite,（伊）（葡）Anfitrite,（西）Anfitrite,（露）Амфитрита,（現ギリシア語）Amfitríti

ギリシア神話中、ポセイドーン*の妃。ネーレーイデス*（時にオーケアニデス*）の１人。ナクソス*島で姉妹たちと輪舞しているところをポセイドーンに見初められたが、彼女は求婚を拒んでアトラース*のもとへ遁れた。この時に行方をつきとめた海豚（いるか）が彼女を巧みに説得したので、ついにアンピトリーテーは海神と結婚し、これを深く徳としたポセイドーンは海豚を天の星々の列に置いた（イルカ座（ラ）Delphinus）。夫神が美しいスキュッラ❶*を愛した時には、彼女は嫉妬に狂って魔法の草をスキュッラの沐浴する泉に投じ、これを見るもおぞましい怪物に変えてしまったという。また、テーセウス*は彼女から贈られた光輝を発する冠のおかげで、クレーター*の迷宮（ラビュリントス*）内を迷わずに歩けたと伝えられる。美術作品においてアンピトリーテーは、トリートーン*たちが法螺貝を吹き鳴らしつつ波間を引いていく戦車に、夫と並んで乗っている姿で表わされる。
⇒サラーキア

Hom. Od. 3-91, 12-60/ Hes. Th. 243, 930～/ Apollod. 1-2-2, -4-6, 3-15-4/ Hymn. Hom. Ap. 94/ Hyg. Astr. 2-17/ Ov. Met. 1-14/ Catull. 64/ Eur. Cyc. 702/ Tzetz. ad Lycoph. 45, 649/ etc.

アンピトリュオーン Amphitryon, Ἀμφιτρύων, Amphitryo(n), Amphitruo(n),（英）Amphitryon, Amphitrion,（伊）Anfitrione,（西）Anfitrión,（葡）Anfitrião,（露）Амфитрион,（現ギリシア語）Amfitríonas

ギリシア伝説中、ティーリュンス*王アルカイオスAlkaiosの子（母については諸説あり）。英雄ペルセウス*の孫に当たる。姪にして従妹のアルクメーネー*と結婚するが、誤って岳父エーレクトリュオーン*を殺してしまい、これを口実にした叔父ステネロス❶*（ペルセウスの子）によって追放され、妻を伴ってテーバイ❶*へ亡命、その地の王クレオーン❷*（母方の伯父に当たる）の手で罪を浄（きよ）められた。アルクメーネーが彼女の８人兄弟を殺したプテラーオス*を討つまでは性交を許さないと主張したので、彼は友人ケパロス*から名犬ライラプス*を借りてテーバイの怪狐を追い払い、かくてテーバイ王クレオーンの援軍を得て出征。その留守中にアルクメーネーを恋した大神ゼウス*は、凱旋するアンピトリュオーンの姿に変じて彼女と床を共にし、この交わりから英雄ヘーラクレース*が生まれることになる。翌日、勝利を収めて帰還したアンピトリュオーンも彼女と契って、イーピクレース*（ヘーラクレースの異父双生兄弟）の父となった。彼はヘーラクレースを養育し、戦車の駆し方などを指南、テーバイに住み続けたが、のちオルコメノス*のミニュアイ*人との戦闘中に討たれた（⇒エルギーノス）。テーバイには彼の墳墓や宮殿の廃墟と称するものが残されていたという。ローマの喜劇作家プラウトゥス*の『アンピトルオー』は、彼とアルクメーネーの床入りを扱ったラテン語作品で（現存）、モリエールやカモンイスら近世ヨーロッパの文学者にも影響

系図66　アンピトリーテー

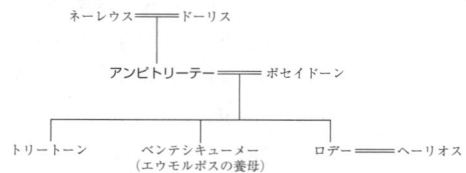

系図67　アンピトリュオーン

を与えた。悲劇詩人ソポクレース*の作品『アンピトリュオーン』は散逸して、わずかな断片しか伝わらない。
Apollod. 2-4-5/ Hes. Th. 11～, 79～/ Eur. H. F. 16～/ Ov. Met. 6-762～/ Hyg. Fab. 29, 244/ Theoc. 24/ Plaut. Amph./ Paus. 1-37-6, -41-1, 8-14-2, -15-6, 9-17-3, -19-3/ Herodot. 5-59/ Diod. 4-9/ etc.

アンピポリス Amphipolis, Ἀμφίπολις,（伊）Anfipoli,（西）（葡）Anfipolis,（トルコ語）Amfipolis, Emboli,（露）Амфиполь

（現・Amfipoli）マケドニアー*東部の都市。ストリューモーン Strymon（現・〈ブルガリア語〉Struma,〈トルコ語〉Karasu,〈近代ギリシア語〉Strimónas）河の東岸、河口より約5kmの交通の要衝に位置。元来はトラーケー*（トラーキアー*）人の町で、エンネア・ホドイ Ennea Hodoi（「九つの道」の意）と呼ばれていたが、その軍事上・通商上に有利な点からギリシア人に狙われ、前437年アテーナイ*の将軍ハグノーン Hagnon（テーラメネース*の父）麾下のギリシア連合軍に攻略された。以来ギリシア人植民市となり、ストリューモーン河が町の三方を取り囲んでいるところから、アンピポリス（「取り巻かれた都市」の意）と称されるようになった。アテーナイ系の重要な植民市であったが、ペロポンネーソス戦争*中の前424年には闘わずしてスパルター*の将ブラーシダース*に投降（⇒トゥーキューディデース❷）。2年後市を奪い返しにきたアテーナイの将軍クレオーン*がブラーシダースと干戈を交え、両将とも戦死を遂げる結果となった（前422）。ニーキアース*の和約（前421）で市はアテーナイ側に復したものの、前357年にマケドニアー王ピリッポス2世*に占領されるまでは事実上の独立状態を保った。ピリッポス2世の片目を射抜いたアステール* Aster という弓術の名手は、アンピポリスの出身である（⇒メトーネー）。前311年にはアレクサンドロス大王*の遺将カッサンドロス*の命で、この市に幽閉されていた大王の妃ロークサネー*とその子アレクサンドロス4世*が殺されている。近くのパンガイオン*山から採掘される金・銀、また船舶用木材の集積地として大いに繁栄し、ピュドナ*の戦い（前168）以降はローマの属州マケドニア*の首邑となり、「自由市」の資格を認められて発展した。ヘーロドトス*によれば、クセルクセース❶.*大王の率いるペルシア軍がここを通りかかった時（前480）、「九つの道」なる市名に因んで、土地の若い男女各9人ずつを生きたまま土中に埋めて神々に捧げたという。

テッサロニーケー*からエグナーティウス街道*（ウィア・エグナーティア*）を東北東へ100km行った所で、堅固な城壁や公共建造物、ヘレニズム時代のギュムナシオン*（体育場）、獅子像（ライオン）（前360頃）が発掘されている。
⇒ポテイダイア
Herodot. 7-114/ Thuc. 1-100, 4-102～108, 5-6～11/ Xen. Hell. 4-3-1/ Plin. N. H. 4-10/ Just. 14/ Strab. 7/ Diod. 16-3, 18-4/ Liv. 45-29/ Phot./ Suda/ etc.

アンピロコス Amphilokhos, Ἀμφίλοχος, Amphilochus,（仏）Amphiloque,（独）Amphilochos,（伊）Anfiloco,（西）（葡）Anfiloco,（露）Амфилох,（現ギリシア語）Amfilohos

ギリシア神話伝説中、エピゴノイ*の1人、アンピアラーオス*とエリピューレー*の子で、アルクマイオーン*の弟。父より予言の力を受け継いでいた。テーバイ❶*遠征から帰国後、父の遺命に従い、兄アルクマイオーンを助けて母エリピューレーを殺した。トロイアー戦争*にも加わり、勝利の後、同じく予言者のカルカース*と行動をともにし、小アジア沿岸各地に都市や神託所を設立、また2人はパンピューリアー*人の祖となったという。一説に彼はキリキアー*のソロイ❶*でアポッローン*神に殺されたと伝えられる。彼の甥にやはり予言能力をもつ同名のアンピロコスがおり、両者はしばしば混同される。後者はアルクマイオーンと女予言者マントー*（テイレシアース*の娘）との間に生まれ、トロイアー戦争に出陣、その後、異父兄弟モプソス❷*とともにキリキアーのマッロス Mallos（現・トルコ東南部の Karataş 近郊）市を創建し、夢判断による託宣所を始めたが、のちモプソスと争って一騎打ちとなり、相討ちとなって果てたという。
Apollod. 3-6～7, -10/ Strab. 14-668, -675～/ Paus. 1-34-3, 2-18-4～5, -20-5, 3-15-8, 5-17-7, 10-10-4/ Herodot. 3-91, 7-91/ Thuc. 2-68/ etc.

アンフィ～ Amphi-
⇒アンピ～

アンフィ～ Amphi-
⇒アンピ～

アンフィアラーオス Amphiaraos
⇒アンピアラーオス

系図68 アンピロコス

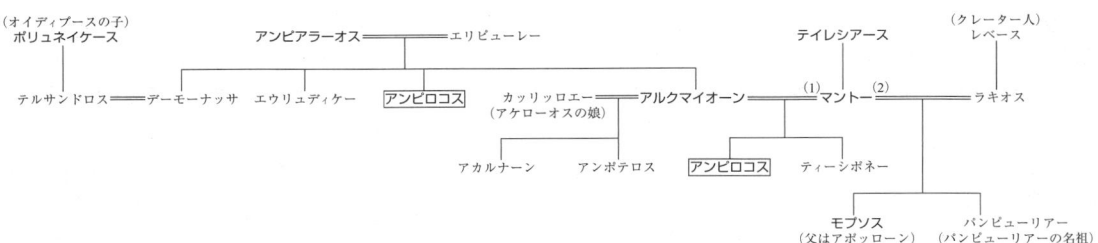

アンフィッサ Amphissa
⇒アンピッサ

アンフィテアートルム Amphitheatrum
⇒アンピテアートルム

アンフィトリーテー Amphitrite
⇒アンピトリーテー

アンフィトルオー Amphitruo
⇒アンピトリュオーン

アンフィポリス Amphipolis
⇒アンピポリス

アンフォラ Amphora
⇒アンポレウス

アンプサンクトゥス、または、アムサンクトゥス
Ampsanctus, Amsanctus, (伊)(西)(葡)
Ampsancto, Amsancto, (現・Le Mofete, Sorgente Mefita)

イタリアのヒールピーニー*族の領土にある小さな池。アエクラーヌム*の東南10マイル。近くに毒気を払う女神メピーティス Mephitis の神殿があり、それに隣接する洞窟から有害な蒸気が立ち昇っており、地獄への入口だと見なされていた。
⇒アウェルヌス、タイナロン
Verg. Aen. 7-563～/ Cic. Div. 1-36/ Plin. N. H. 2-95/ etc.

アンブーストゥス Ambustus
ローマの名門ファビウス氏*の家名cognomen。
⇒ファビウス・アンブーストゥス

アンブラキアー（または、アンプラキアー）
Ambrakia, Ἀμβρακία, Ambracia (Amprakia, Ἄμπρακία, Ampracia) (仏) Ambracie, (葡) Ambrácia, (カタルーニャ語)Ambràcia, (露) Амвракия, (現・Árta または Amvrakía)

エーペイロス*南部の町。アラクトス Arakhthos 河の下流、アンブラキアー湾（ラ）Ambracius sinus から約7マイル遡った左岸に位置する。前625年頃コリントス*の植民市として建設され（建祖はコリントスの僭主キュプセロス❶*の子ゴルゴス Gorgos）、ほどなく君主制を廃して強力な民主制ポリスへ移行。アクティオン*（〈ラ〉アクティウム*）岬一帯の支配権をめぐり、アカルナーニアー*人ら近隣諸民族と争うに至った。ペロポンネーソス戦争*ではスパルター*側に与し、ために前426年デーモステネース❶*率いるアテーナイ*軍にオルパイ Olpai (Olpe) およびイードメネー Idomene で壊滅的な敗北をこうむった。マケドニアー*の勃興に対しては、アテーナイと結んで抗したが、前338年カイローネイア*の決戦に勝ったマケドニアー王ピリッポス2世*に征服される。前294年にはエーペイロス王ピュッロス*の首都となり、市の景観は大いに整えられ拡張された。エーペイロス王国の崩壊後、市はマケドニアーとアイトーリアー同盟*の争奪の的となったが、前210年頃アイトーリアー同盟に服属。次いで M. フルウィウス・ノービリオル*率いるローマ軍に攻囲・占領され（前189）、以来しだいに衰えていった。初代ローマ皇帝アウグストゥス*の治世に住民は、アクティオンの戦勝（前31）を記念して近くに建設されたニーコポリス*市へ移住させられたものの、アンブラキアー市は帝政中期まで存続した。アクロポリス*を中心に神殿、城壁の一部など若干の遺跡が残っている。中期喜劇詩人エピクラテース Epikrates（前376頃～前348頃に活躍）の出身地。
⇒ペリアンドロス❷
Herodot. 8-45, -47, 9-28, -31/ Thuc. 1-26～, 2-80, 3-105～/ Xen. Hell. 6-2-3, An. 1-7-18/ Strab. 7-325/ Plut. Pyrrh. 6/ Polyb. 4-63, 21-26～30/ Mela 2-4/ Liv. 38-3～9/ Ath. 2-59c, 13-570b/ etc.

アンブロシアー Ambrosia, Ἀμβροσία, (仏) Ambroisie, (西) Ambrosía, (葡) Ambrósia, (露) Амбро́зия, Амбросия, (現ギリシア語) Amvrosía

（「不死の」の意）ギリシア神話に登場する、神々の食物。毎日オーケアノス*の西涯から鳩によってゼウス*のもとへ運ばれる芳香高い神饌で、蜜の9倍も甘く、食べる者を不老不死にするという。傷口に塗ればたちまち快癒し、香油として屍体に塗れば腐らなくなる。神酒ネクタル*も同様に飲む者を不死にする力を有し、そのため神々の体内には血の代わりにイーコール Ikhor と呼ばれる霊液が流れている。アンブロシアーはまた、神々の馬の飼料や、女神の化粧用香料としても用いられ、これのおかげでトロイアー*の王子ティートーノス*は不死の身になることができたという。

インドの乳海攪拌神話に登場する不老不死の霊薬アムリタ Amṛta（甘露）に相当する。
Hom. Il. 5-341～, -368～, -777, 14-170, 19-38～, -353, Od. 4-445～, 5-93, 12-63, 18-192～/ Pind. Ol. 1-60～/ Ath. 2-39a～/ Cic. Tusc. 1-26/ etc.

アンブロシウス（メディオーラーヌム*の）
Ambrosius Mediolanensis, Aurelius Ambrosius, (ギ) Ambrosios, Ἀμβρόσιος, (英) Ambrose, (仏) Ambroise, (独) Ambros(ius), (伊) Ambrogio, (西) Ambrosio, (葡) Ambrósio, (露) Амвросий, (現ギリシア語) Amvrósios

（後333／340頃～397年4月4日）メディオーラーヌム*（現・ミラーノ）の司教（主教）（在任・374～397）。元老院貴族の子として、アウグスタ・トレーウェロールム*（現・トリアー）に生まれる。早くに父を失い、母とローマに帰って教育を

受けたのち、帝国西方の首都メディオーラーヌムで執政官^{コーンスル*}職に就く（370）。374年メディオーラーヌムのアレイオス*（アリーウス*）派司教アウクセンティウス Auxentius（？～374）の死後に生じた後継者争いに介入し、アレイオス、アタナシオス*（アタナシウス*）両派の調停に努めたところ、受洗さえしていない彼自身が民衆の歓呼により同市の司教職に選ばれる（374年11月30日受洗、同年12月7日に就任）。統治者としての才幹に優れ、高圧的な態度で宮廷政治にも容喙。アレイオス派を奉じる皇太后ユースティーナ*（ウァレンティーニアーヌス1世*の継室）と激しく対立して彼女を痛罵し、大衆の騒擾を利用して母后を屈服させたのみならず、皇帝の追放命令を無視するなど専横を極めた（385～386）。また、若きグラーティアーヌス*帝に「異教」弾圧をそそのかし、ローマ元老院議堂から「勝利の女神」像と祭壇を撤去させ（382）、少年帝ウァレンティーニアーヌス2世*を威迫して祭壇再建の計画を覆させたりした（384,⇒シュンマクス）。さらにテオドシウス1世*に対しても、不本意な帝にユダヤ教迫害を是認するよう強要した（388）うえ、391年には一切の異教を禁止する勅令を出させるなど、帝権に対する教権の優位を主張して譲らなかった。テッサロニーケー*市民虐殺事件に際して帝に懺悔を課し、テオドシウスが帝位の標章をかなぐり棄て公衆の前で罪の赦しを乞うまで門前払いをくわせた話は名高い（390）。

　異教・異端の撲滅に奮闘したばかりでなく、卓越した説教家としても精力的に活躍し、その雄弁は蜜蜂が彼の口に蜜を運んだという伝説がのちにつくられたほどのもので、アウグスティーヌス*の改宗（386／387）にも大きな影響を与えている。神学上の独自性には欠けるが、オーリゲネース*や（アレクサンドレイア❶*の）ピローン*らの思想を取り入れ――「キリスト教のピローン」の異名をとる――ギリシア神学の西欧への導入に貢献するとともに、西方ラテン教会の聖歌（アンブロシウス聖歌）・典礼（アンブロシウス式典礼）を発達させる等の功績を残した。「聖母」の処女性の問題については、マリアー❶*（（ラ）・マリーア）には腹門なるものがあって、イエースース*を膣ではなく腹門から出産したと論述。また夢告に従って地中から2名の殉教者の死骸を発見した（386）と称し、これを聖遺物として熱狂的に尊崇するなどといった迷信深い一面もあった。代表作『聖職者の義務について De Officiis Ministrorum』（3巻）のほかに、『信仰論 De Fide』（5巻）、『聖霊論 De Spiritu Sancto』（3巻）、『秘蹟論 De Sacramentis』（3巻）など教義上の論文22篇、91通の『書簡 Epistolae』、7篇の『讃美歌 Hymni』（ただし有名な聖歌『神なる汝を Te Deum』は別人の作）等々、数多くの作品を残した。西方教会の確立に寄与するところ大なる教父だったため、ローマ・カトリックの4大教会博士（他はヒエローニュムス*、アウグスティーヌス、グレーゴリウス1世*）の1人に数えられ、列聖されている（祝日は12月7日）。遺骸は彼自身がメディオーラーヌムに創建した（387）バシリカ*（現・サンタンブロージョ教会 Basilica di Sant'Ambrogio）に葬られている。

⇒マールティーヌス（トゥールの）、プルーデンティウス、ノーラ*のパウリーヌス

Ambros. Ep., Off., Fide/ Paulinus Vita Ambrosii/ Augustin. De civ. D. 22-8, Conf. 9-7/ etc.

アンポラ　Amphora
⇒アンポレウス（のラテン語形）

アンポレウス　Amphoreus, Ἀμφορεύς,（ラ）アンポラ* Amphora,（古くは、Amphiphoreus, Ἀμφιφορεύς）（仏）（独）Amphore,（伊）Anfora,（西）Ánfora,（葡）Ânfora,（露）Амфора,（現ギリシア語）Amforéas

　ギリシアの把手が2つある大ぶりの壺。葡萄酒や油、水、蜂蜜などを貯蔵しておく甕で、卵形にふくらんだ胴部をもち、その上に一対の把手がついていた。元来、底部は尖っており、壁に立てかけたり、床の穴に据えたり、他の陶器の上に重ねて置かれたりした。アテーナイ*のパンアテーナイア*競技祭の優勝者に与えられたアンポレウスには、黒絵式（黒像式）の陶画が描かれていた。アンポレウス（アンポラ*）は液状物の容量の単位としても用いられたが、各都市国家^{ポリス}によって異なっていて、アッティケー*（アテーナイ）では約36ℓ、ローマでは約26ℓであったという。

⇒レーキュトス

Herodot. 1-51, 4-163/ Thuc. 4-115/ Xen. An. 5-4-28/ Plin. N. H. 37-10/ Hom. Il. 23-107, Od. 10-164/ Hor. Carm. 1-20, Ars P. 21/ etc.

アンミアーヌス・マルケッリーヌス　Ammianus Marcellinus,（仏）Ammien Marcellin,（伊）Ammiano Marcellino,（西）（葡）Amiano Marcelino,（露）Аммиан Марцеллин

（後330頃～後395／400頃）ローマ帝政後期の軍人・歴史家。アンティオケイア❶*の名門の出。コーンスタンティウス2世*、ユーリアーヌス*、ウァレンス*ら諸帝のもと、ガッリア*、イタリア*、および東方で軍務につく。363年頃退役し、各地を旅行したのちローマに定住（380頃）、タキトゥス*の史書をひき継ぐ目的で、ネルウァ*の登極からウァレンスの敗死に至る283年（後96～後378）間の『ローマ史 Rēs Gestae』31巻を執筆する。うち1巻～13巻は散佚し、353年から378年までを扱った14巻以降が伝存。異民族との戦争や帝国内の反乱、皇位の簒奪、宮廷の陰謀が繰り返される世界を描出した。ラテン語が彼の母国語でないせいか、ギリシア風表現や方言も混じるが、史的洞察力に秀で博学・公平な筆致を保った第一級の史書といえる。とりわけ身をもって体験した対サーサーン朝*ペルシア戦――彼はトルコ南東部のアミダ Amida（現・Diyarbakır）でペルシア軍の包囲を受けた（359）――や、ガッリアにおける僭帝シルウァーヌス*の暗殺（355）などの記述は生彩に富む。彼自身ユーリアーヌスの宗教的寛容策に傾倒した「異教徒（非キリスト教徒）」で、キリスト教対異教の、またキリスト教同士の血で血を洗う醜い乱闘がく

りひろげられた世紀に生きながら、偏見や熱狂を離れた冷静な眼で時代を眺めている。「古代ローマ最後の歴史の大家」と評価され、その伝存作品は後期ローマ帝国時代の史書の最高傑作の1つである。
⇒エウナピオス、アウレーリウス・ウィクトル、エウトロピウス
Amm. Marc./ Libanius Epist./ etc.

アンモーニオス（アレクサンドレイア❶*の）
Ammonios, Ἀμμώνιος, Ammonius,（仏）Ammonios d'Alexandre,（独）Ammonios von Alexandria,（伊）Ammonio di Alessandria,（西）Amonio de Alejandria,（葡）Amônio de Alexandria,（露）Аммоний Александрийский
（前2世紀中頃～後半）アレクサンドレイア❶*の文献学者。アリスタルコス❷*の弟子でその後継者。ホメーロス*はじめ、ピンダロス*、アリストパネース*らの注解書を記したが、著作は残っていない。
Schol. Hom. Il. 10-397/ Schol. Pind. Ol. 1-22/ Suda/ etc.

アンモーニオス・サッカース
Ammonios Sakkas, Ἀμμώνιος Σακκᾶς, Ammonius Saccas,（仏）Ammonios Saccas,（伊）Ammonio Sacca,（西）Amonio Sacas,（葡）Amônio Sacas,（露）Аммóний Саккас
（後160／175頃～後242頃）3世紀前半に活躍したアレクサンドレイア❶*の哲学者。キリスト教徒の家庭に生まれたが、のち棄教してプラトーン*主義の哲学者となる。プローティーノス*やロンギーノス*、オーリゲネース*らの師として名高く、とりわけ232年から243年までの十余年間その弟子だったプローティーノスに深い影響を与えた。自己の教説を秘教的なものとして、著述は全く記さなかったため、彼の思想の詳細は知り得ないが、「新プラトーン派のソークラテース*」と呼ばれ、同学派の創設者の1人に数えられている。出自は低く、かつて穀物袋の運搬人をしていたので、「粉袋担ぎ」(Σακκᾶς = Σακκοφόρος,（ラ）Saccārius)の添名をつけられたという（異説あり）。

　なお、3世紀に活動したキリスト教聖書の注釈家アレクサンドレイアのアンモーニオス（前項とは別人）や、古代末期にアレクサンドレイアで活躍した新プラトーン主義の哲学者アンモーニオス Ammonios Hermeiū（後5世紀後半～後6世紀前半）ら類似名の人物とは区別しなくてはならない。
⇒ヒエロクレース❹
Euseb. Hist. Eccl. 6-19/ Hieron. De Vir. Ill. 55/ Amm. Marc. 22/ Porph. Vit. Plot. 3-24/ etc.

アンモーン
Ammon, Ἄμμων（または、ハンモーン Hammon, Ἅμμων, アモーン Amon, Ἄμων, アムーン Amun, Ἄμουν),（英）Amen, Amun,（仏）Amon, Amoun,（独）Amun, Amon, Amen,（伊）Ammone,（西）Amón, Ammón,（葡）Ámon,（露）Амон, Аммон,（ヘブライ語）'Amûn,（現ギリシア語）Ámon
（古代エジプト名・イメン・Imn, アメン・Amen, アムン・Amun, アモン・Amon「隠れたもの」の意）ギリシアの大神ゼウス*と同一視されたエジプトの主神。元来は上エジプトの地方神で、テーバイ❷*市の守護神であったが、新王国時代（前1570頃～前1070頃）に最高神となり、国家の勢力伸展とともにシュリアー*（シリア）、パレスティナ*など各地にその神殿が建設された。雄羊を聖獣とし、羊頭の人物像ないし巨大な角をもつ雄羊の形で崇拝された。リビュエー*（リビア）のアンモーニオン Ammonion,（ラ）Ammonium（現・シーワ Siwa）にある神託所は、古くからギリシア人に知られ、ペルセウス*やヘーラクレース*など伝説上の英雄も、この地を訪ねたとされている。古都メンピス*から12日行程の砂漠のオアシスにあるこの聖地は、やがてドードーナー*やデルポイ*と並ぶ神託の名所となり、アテーナイ*のキモーン*やスパルター*のリューサンドロス*らの著名人士もこれを信仰。とりわけ前331年アレクサンドロス大王*が「神の子」という託宣を得て以来、ヘレニズム・ローマ時代には神託霊場としての評判を大いに高めた。また、このオアシスの泉は夜温かく、昼冷たいとされ、「太陽の泉」と呼ばれていたという。アンモーンはスパルターやテーバイ❶*、アテーナイなどギリシア本土でも崇拝され、ローマ人の間ではユーピテル*と同一視された。

　彫刻では通常、渦巻状の雄羊の角をつけたゼウス＝ユーピテルの姿で表わされ、特にヘレニズム時代の貨幣中、羊角を持つアレクサンドロス大王の頭部を刻印したものが名高い。アンモナイト Ammonite の名は、円形に巻いたアンモーンの角に因んで命名された。なお、神託所のあったシーワ・オアシスは、成人男子と少年との同性結婚の制度が現代に至るまで合法的かつ華やかに続けられてきた地としてよく知られている。
Herodot. 2-42, -54～, 4-181/ Pl. Plt. 257b/ Ar. Av. 619, 716/ Paus. 3-18-3, 4-23-10, 9-16-1, 10-13-5/ Diod. 1-15, -97, 17-50/ Strab. 17-813/ Luc. 9-511～/ Plut. Alex. 27, Lys. 20, De Is. et Os. 9 (354c)/ Cato Agr. 7-5～/ Curtius 4-7/ Hyg. Fab. 133, 275/ etc.

イアクサルテース（河）
Iaksartes, Ἰαξάρτης, Jaxartes,（伊）Giaxarte, Giassarte,（古代イーラーン語）Yakhsha-Arta,（アラビア語）Sayḥūn,（近世ペルシア語）Khushrat, Sīr-Daryā,（露）Сырдарья,（漢）薬殺水, 真珠河
（現・シル・ダリヤ Sўr Dar'yā）アカイメネース朝*ペルシア*帝国の北東ソグディアネー*（ソグディアーナ*）地方を流れる河。オークソス湖（ラ）Oxianus Lacus（現・アラル海）に注ぐ。2204 km（源流から3078 km）。前529年、ペルシアの大王キューロス*は、この河の対岸へ攻め込んで、マッサゲタイ*族の女王トミュリスの軍に敗死した。アレクサンドロス大王*は、河の南岸にアレクサンドレイア*・エス

カテー Eskhate（最果てのアレクサンドレイア）市（現・フジャンド Khdzhand）を建設（前327頃）、長らくここが帝国の境界とされてきたが、のちセレウコス朝*の将軍によって渡河が試みられた（前3世紀初頭）。

Strab. 11-507～/ Plin. N. H. 6-15, -18/ Mela 3-5/ Curtius 6, 7/ Arr. Anab. 3-30, 4-15, 7-16/ Plut. Alex. 45/ Ptol. Geog. 6-12～14/ Dionys. Per./ etc.

イアコーボス（ヤコブ）　Iakobos, Ἰάκωβος,（Iakūbos, Ἰακούβος）, Jacobus,（英）James,（仏）Jacques,（独）Jakob,（伊）Giacomo, Giacobbe, Jacopo,（西）Iago, Yago（Diego, Jacobo, Jaime）,（葡）Iago,（Tiago, Diogo, Jacó, Jaime）,（露）Яков, Иаков,（カタルーニャ語）Jaume, Jacob,（蘭）Jakob(us), Jacob(us),（Jaak, Jaap）,（マジャル語）Jakab, Jákob,（チェコ語）（ポーランド語）Jakub,（アルメニア語）Hakob, Hagop, Jakob,（アムハラ語）Ya'iqob,（トルコ語）Yakup,（漢）雅各伯,（和）ヤコブ（ヤコボ）

ヘブライ語ヤアコーブ Ya'qōḇ のギリシア語音写（アラビア語のヤアクーブ Ya'qūb）。

ユダヤ人の男性名。主なものは、以下の通り。

❶ 大ヤコブ（ラ）J. Apostolus Major,（西）Santiago,（葡）São Tiago（？～後44頃）。クリストス*の12使徒*の1人。イオーアンネース❷*（ヨハネ）の兄。兄弟揃ってイエースース*（イエス）の側近となり、ペトロス*（ペトロ）とともに重視されたが、のちヘーローデース・アグリッパ1世*に首を刎ねられ、使徒中最初の殉教者となった。後世ヒスパーニア*に宣教したという伝説がつくられ、彼の遺骨なるものがガッラエキア*（現・ガリシア Galicia）地方で発見され（813年7月25日）、寺院サンティアゴ・デ・コンポステーラ Santiago de Compostela が建設されて（899年献堂）、中世の三大巡礼地の1つとなった（ただし頭部はイェルーサーレーム*のアルメニア教会が所有を主張）。他にも魔術師ヘルモゲネース Hermogenes と争って、これを改宗させたといった物語がキリスト教徒によって創作された。

初代イェルーサーレーム*（エルサレム）主教に擬される「主の兄弟」イアコーボスとは別人。

Nov. Test. Evang. Matth. 4-21～, 10-2, 17-1, Marc. 1-19～, 3-17, 10-35, 14-33, Luc. 5-10, 6-14, 8-51, 9-28, Act. 12-2/ Euseb. Hist. Eccl. 2-1, -23/ etc.

❷ 小ヤコブ（ラ）J. Apostolus Minor（？～後62頃）。クリストス*の12使徒*の1人。イエースース*（イエス）の兄弟イアコーボス（義人ヤコブ）と混同され、したがって初代イェルーサーレーム*（エルサレム）教会の主教で、神殿の塁壁の上から突き落とされ石や縮絨棒で滅多打ちにされて殉教した人物と同一視される。ローマ軍によるイェルーサーレームの破壊（70）は、彼を殺害した祟りであるといわれる。『ヤコブの手紙』（ラ）Iacobi Epistola（90～100年頃成立）の筆者に擬せられるが、もちろん偽作である。彼の頭骨はイタリアのアンコーナ*に祀られている。

なお、伝承によれば、ペルシアで同時に殉教した12使徒・イウーダース（ユダ＝タダイ）Iudas Thaddaios（タッダイーオス）と熱心党 Zerotes（ゼーローテース）のシーモーン Simon の2兄弟（？～70頃）もまた、イエースースおよび小ヤコブの兄弟に当たるという。

Nov. Test. Matth. 10-3, 13-55, 27-56, Marc. 3-18, 6-3, 15-40, Luc. 6-15, 24-10, Act. 1-13, 12-17, 15-13/ Euseb. Hist. Eccl. 1-12, 2-1, -23, 3-5, -25/ etc.

イーアシオーン　Iasion, Ἰασίων,（またはイーアシオス Iasios, Ἰάσιος, Iasius）,（伊）Iasione, Giasione,（西）Yasión（Yasio）,（露）Иасион, Ясион

ギリシア神話中、女神デーメーテール*の恋人。ゼウス*とエーレクトラー❷*（プレイアデス*の1人）の子。ダルダノス*やハルモニアー*の兄弟。カドモス*とハルモニアーの婚礼で女神デーメーテールに会い、クレーター*（クレーテー）島の3度鋤き返した畝（あぜ）の中で交わり、富の神プルートス*および牛飼座 Boötes に変身したピロメーロス Philomelos（⇒イーカリオス❶）の父となった。デーメーテールとの仲を嫉妬したゼウスの放った雷霆に撃ち殺されたとも、女神を力ずくで犯そうとして雷電に撃たれたともいう。異説では、父ゼウスから秘教（ミュステーリア*）を授かり、サモトラーケー*島に居住、女神キュベレー*の夫となり、コリュバース*（コリュバンテス*の祖）を儲けたと伝えられる。

Hom. Od. 5-125～/ Hes. Th. 969～/ Apollod. Bibl. 3-12-1/ Ov. Met. 9-422, Am. 3-10/ Diod. 5-48～/ Schol. ad Ap. Rhod. 1-916/ Hyg. Fab. 250, 270, Poet. Astr. 2-22/ Dion. Hal. 1-61/ Tzetz. ad Lycoph. 29, 219/ etc.

イアージュゲス（族）　Iazyges, Ἰάζυγες,（ラ）イアージュゲース Iazyges（Jazyges）,（独）Jazygen,（伊）Iazigi,（露）Языги

サルマティアー*（サウロマタイ*）系の部族。マイオーティス*湖（ギ）Maiotis limne, Μαιῶτις λίμνη,（ラ）Maeotis palūs（現・アゾフ Azov 海）周辺からイストロス*（ドーナウ）河下流域にかけて居住。同系のロークソラーノイ*族とともに馬車生活を送る遊牧民として知られる。ポントス*の大王ミトリダテース6世*と同盟を結んでローマに抗したのち、後1世紀前半に西方へ移動、ダーキア*を席捲してパンノニア*東方の平野（ハンガリー盆地）を占拠した。ドミティアーヌス*帝の攻撃を受け（89）、トライヤーヌス*

系図69　イーアシオーン

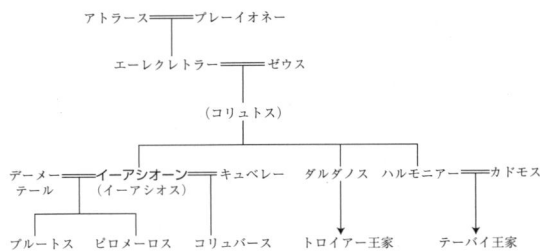

帝の治世にローマの同盟部族となったが、マールクス・アウレーリウス*帝の時には、ゲルマーニア*系のマルコマンニー*やクァディー*族と一緒にローマ領へ侵入、北イタリアへ進撃し（第1次マルコマンニー戦争・166〜175）、さらに3世紀以降もたびたびローマ帝国へ攻め入った（283、284、358）。

⇒サルマタイ

Plin. N. H. 4-12/ Tac. Ann. 12-29, Hist. 3-5/ Ov. Tr. 2-191, Pont. 1-2, 4-7/ Strab. 7-294/ Ptol. Geog. 3-5/ Arr. Anab. 1-3/ App. Mith. 69/ Dio Cass. 62〜71/ Plin. N. H. 4-12/ Jordan. Get./ etc.

イアーソーン　Iason, Ἰάσων, （ラ）Iason (Jason), （エトルーリア*語）Easun, （英）（仏）（独）Jason, （伊）Giasone, （西）Jasón, （葡）Jasão, （露）Ясон, Язон, Иасон

ギリシア神話中、アルゴー*遠征隊の首領（リーダー）として名高いテッサリアー*の英雄。イオールコス*王アイソーン*の息子。アイソーンが異父兄弟ペリアース*に王位を奪われたため、幼いイアーソーンは、ペーリオン*山に住むケンタウロス（半人半馬）族*の賢者ケイローン*に託され、その手もとでひそかに育てられた。成人して父の王国の返還を求めるべくイオールコスへ向かったが、その途上、老女に変身した女神ヘーラー*を背負って渡河したため、片方のサンダルを流れの中で失ってしまった。これはヘーラー崇拝を蔑（なみ）するペリアースを処罰せんとする女神の計画によるものであった。「片足のサンダルの男に警戒せよ」との神託を受けていたペリアースは、イアーソーンの姿を見、その要求を聞くと彼を亡き者にしようと企て、「コルキス*の金羊毛皮を持って来たならば」という条件のもと、王権の譲渡を約束した。イアーソーンは船大工アルゴス❷*に依頼して50橈の巨船アルゴー号を造らせ、ギリシア各地から冒険に参加する勇者を募集、ここにアルゴナウテース*たち（アルゴナウタイ*）の遠征が始まった。航海の次第については、アルゴナウタイの項を参照。

さまざまな冒険の末、黒海の東岸コルキスに到着したイアーソーンがアイエーテース*王に金羊毛皮を求めると、王は「ヘーパイストス*から贈られた、青銅の蹄をもち、鼻から火を吹く2頭の雄牛を軛に繋いで大地を耕すこと。そして、かつてカドモス*がテーバイ❶*で播いた竜の牙の残り半分を地に播き、そこから生まれ出る武装した男たちを征伐すること」という難題を課し、これを羊毛皮引き渡しの条件とした。アイエーテースの娘で魔術に通じた王女メーデイア*は、イアーソーンに一目惚れし、妻にして貰う約束で彼を援助し、火によっても剣によっても害されることのない霊薬「プロメーテウス*の草」を与えた。イアーソーンはこれを全身に塗って無事に雄牛を繋ぎとめ、牙から生え出た武者たちに対しては、物陰から石を投げて彼らを互いに殺し合わせたのち、残った者を討ち果たした。さらにメーデイアの案内で金羊毛皮を手に入れると、夜陰に紛れて出帆し、帰途パイアーケス*人の島で彼女と結婚（⇒アルキノオス）、イオールコスへ戻った。しかるに彼の不在中、父アイソーンはすでにペリアースから自殺を強いられていたので、メーデイアの魔法の力でペリアースを欺いて惨殺し復讐を遂げた。コリントス*へ逃れた2人は10年間幸福に暮らしたが、イアーソーンがメーデイアを離縁してコリントス王クレオーン❶*の娘グラウケー❸*（またはクレウーサ❷*）を妻にしようとしたため、嫉妬に狂ったメーデイアは毒に浸した衣裳を贈って王と王女を殺したうえ、イアーソーンとの間に生まれた2人の子供たちをも刺殺して有翼竜の牽く車で飛び去った。その後イアーソーンは、ペーレウス*とともにイオールコス市を襲い、アカストス*（ペリアースの子）を殺して、この地の王となったとも、神々の不興を被って諸所を放浪した末、朽ち果てたアルゴー船の下で休んでいるうちに落下してきた船首に打たれて死んだともいう（自殺説もあり）。イアーソーンは美男だったため、英雄ヘーラクレース*の愛人であったといわれ、またカリュドーン*の猪狩りに加わった勇士の1人にも数えられている。なお歴史時代にカスピ海*付近に居住していたアルバーニアー*人は、イアーソーンの末裔を称していたという。イアーソーンの金羊毛皮を求めての冒険行は、古代ギリシア以来しばしば陶画などの美術作品の主題に取り上げられている。

⇒プリクソス

Hes. Th. 992〜/ Pind. Pyth. 4/ Ap. Rhod. Arg. 1〜/ Diod. 4-40〜/ Hyg. Fab. 12〜/ Apollod. Bibl. 1-8-2, -9-16〜, 3-13-7/ Paus. 2-3, 5-17/ Ov. Met. 7-1〜, Her. 6, 12/ Val. Flacc. Arg./ Eur. Med./ Hom. Od. 12-72/ Lycoph. Alex. 1309〜/ Serv. ad. Verg. Ecl. 4-34/ etc.

イアーソーン（ペライ*の）　Iason, Ἰάσων, Iason (Jason), （伊）Giasone, （西）Jasón, （葡）Jasão

テッサリアー*のペライの僭主（在位・前385頃〜前370年晩夏）。有能な傭兵軍を擁してパルサーロス*を服属させ

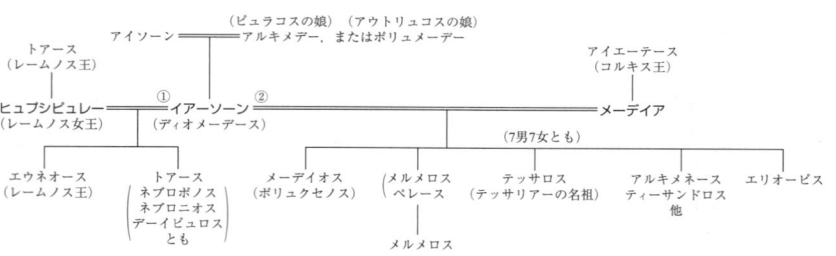

系図70　イアーソーン

(前385)、最高官職ターゴス Tagos となり、テッサリアー全域に支配権を確立(前374)、さらにデルポイ*へ進出をはかりギリシア全土を制覇しようとしたが、弟ポリュドーロス Polydoros らテッサリアーの青年の一団に暗殺される(前370年晩夏)。即位したポリュドーロスも間もなく弟のポリュプローン Polyphron に毒殺され(夜間、睡眠中に急死したとも)、ポリュプローンは残虐な僣主となり、有力な市民を殺害・追放したが、翌前369年、甥のアレクサンドロス*(ポリュドーロスの子)に槍で刺殺された。

イアーソーンが前370年にデルポイへ進軍してピューティア競技祭*を主宰しようと計画したのは、アポッローン*神域内の宝物を略奪するのが目的であったという。他方、彼はマケドニアー*王アミュンタース3世*らと同盟を結び、ギリシア連合軍を糾合してアカイメネース朝*ペルシア*帝国へ侵略を試みんとする野心家でもあった。またイアーソーンは、立派な体格をした勝れた軍人であると同時に、したたかな政治家・外交家でもあり、自身の裕福な母親や兄弟を、あの手この手の術策を弄して欺し、巧みに金銀財宝を捲き上げた話などが伝えられている。
⇒ゴルギアース、イソクラテース
Xen. Hell. 2-3, 6-1, -4/ Diod. 15-30, -54, -57, -60/ Paus. 6-17/ Polyaenus 3-9, 6-1/ Val. Max. 1-8, 9-10/ Arist. Rh. 1-12/ Cic. Nat. D. 3-28, Off. 1-30/ Ael. V. H. 11-9/ Plut. Mor./ Dem./ Isoc./ etc.

イアッコス Iakkhos, Ἴακχος, Iacchus, (仏) Iacchos, (独) Iakchos, (伊) Iacco, (西) Yaco, (露) Иакх

エレウシース*の秘教(ミュステーリア*)において、両女神デーメーテール*、ペルセポネー*とともに三神一座的に祀られていた少年神。大ミュステーリア祭の折に、アテーナイ*とエレウシース間に繰り広げられた行列を先導した神。実際は、この行列の時の掛声「イアッケ Iakkhe」から転じて神格化されたものであるらしい。デーメーテールの息子とされ、母と一緒にペルセポネー捜索の旅に出、バウボー Baubo (トリプトレモス*の母)が自らの女陰を露わした時には、大いに笑って母神の心をなごませた。また彼は、ディオニューソス*(バッコス*)と同一視され、オルペウス教*ではバッコスの前身たるザグレウス*(ゼウス*とペルセポネーの子)にほかならないと考えられていた。後世になるとイアッコスは、ディオニューソスおよびリーベル*の詩的呼称となった。なお、ペルシア戦争*中のサラミース❶*海戦(前480年9月)の直前に、エレウシースの方から巨大な砂煙が押し寄せてきて、イアッコスの名がその中より響きわたるという異象が発生。これは神がギリシア側に味方してペルシア軍を潰走させる予兆と解釈された。
Diod. 3-64/ Herodot. 8-65/ Paus. 1-37, 8-37/ Nonnus Dion. 48-870〜, 31-66〜/ Strab. 10-468/ Ov. Met. 4-15/ Verg. G. 1-166/ Ar. Ran. 316〜, 399〜/ Soph. Ant. 1121/ Eur. Bacch. 725, Cyc. 69/ Arr. Anab. 2-16/ Arn. Adv. Nat. 3-10, 5-25/ etc.

イアーピュギアー Iapygia, Ἰαπυγία, (仏) Iapygie, (独) Japygien (Iapygien), (伊)(西) Iapigia

イタリア東南端、カラブリア*地方のギリシア名。住民はイアーピュゲス Iapyges 族と呼ばれる。
⇒メッサーピイー、ダウヌス
Herodot. 3-138, 4-99, 7-170/ Polyb. 3-88/ Arist. Pol. 5-3, 7-10/ Strab. 6-281〜/ Verg. Aen. 11-247/ Ov. Met. 15-703/ Plin. N. H. 3-11/ Ant. Lib. Met. 31/ etc.

イアーピュディアー Iapydia, Ἰαπυδία, (仏) Iapydie, (独) Japydien

(後の Carniola) アドリア海の東岸、イッリュリアー*北部の地方。住民イアーピュデス Iapydes (Iapodes) は、ケルト*人とイッリュリアー人の混合種族で、戦闘を好み、入墨の習慣で知られていた。山岳地帯の諸方に分かれて住み、ローマに対して絶えず反抗し、「戦争狂いの集団」と称されたが、ついに前34年オクターウィアーヌス*(のちのアウグストゥス*)の軍により完全に平定された(⇒トゥディターヌス❷、ホスティウス)。
⇒リブルニア、ダルマティアー、イストリア
Strab. 7-314〜/ Plin. N. H. 3-18, -21/ Liv. 43-5, Epit. 59/ Tib. 4-1/ Verg. G. 3-475/ App. B. Civ. 1-19, Ill. 10/ Ptol. Geog. 2-16/ etc.

系図72 イーアペトス

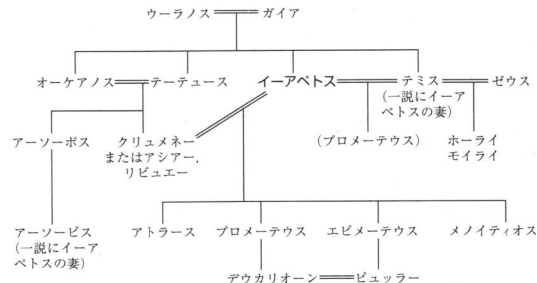

系図71 イアーソーン(ペライの)

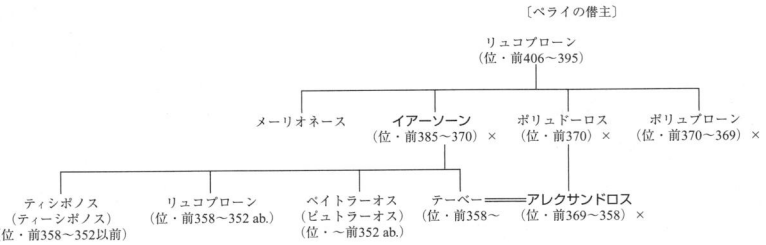

イーアペトス　Iapetos, Ἰαπετός, Iapetus, (仏) Japet, (伊) Giapeto, (西) Japeto, (葡) Jápeto, Iápeto, (露) Иапет, Япет

ギリシア神話中、ティーターン*神族の1人。ウーラノス*（天空）とガイア*（大地）の子。オーケアノス*の娘クリュメネー❶*ないしアシアー*を娶り、アトラース*、プロメーテウス*、エピメーテウス*、メノイティオス Menoitios の父となった。ティーターノマキアー*でオリュンポス*神族に敗れ、他のティーターンらとともにタルタロス*に幽閉された（息子メノイティオスはゼウス*の雷霆によって撃ち倒された）。彼の名はギリシアでは旧弊な老人の代名詞として用いられ、語源上ヘブライ語聖典『創世記（ギ）（ラ）Genesis』に現われるノアの息子ヤフェト（ヤペテ）Japhet と類縁関係にあるものと考えられている。

Hom. Il. 8-479/ Hes. Th. 18, 134, 507〜/ Apollod. Bibl. 1-2-3/ Sil. 12-148〜/ Pind. Ol. 9-59/ Ov. Met. 4-631/ Tzetz. ad Lycoph. 1277/ Paus. 8-27/ Hyg. Fab. 142/ etc.

イアミダイ　Iamidai, Ἰαμίδαι, Iamidae, (仏) Iamides, (独) Iamiden, (伊) Iamidi, (西) Yámidas, (露) Иамиды（または、**イアモス** Iamos, Ἴαμος, Iamus 家）

オリュンピアー*の神官職の家柄。始祖イアモス*は、アポッローン*とエウアドネー❷*（ポセイドーン*とピタネー Pitane の娘）との子で、菫（イア, Ia）の野に捨てられたが、2匹の蛇に育てられ、のちアポッローンの神託に従ってオリュンピアーに住んだという。この予言者の子孫は、代々この地の予言者兼神官を務め、後3世紀まで連綿と続いた。

Paus. 6-2/ Pind. Ol. 6-28〜/ Cic. Div. 1-41/ Schol. ad Pind. Ol. 6/ etc.

イアムブリコス　Iamblikhos
⇒イアンブリコス

イアムブーロス　Iambulos
⇒イアンブーロス

イアモス　Iamos, Ἴαμος, Iamus, (伊) Iamo, (西) Yamo, (露) Иам
⇒イアミダイ

イアーリューソス　Ialysos, Ἰάλυσος, Ἰάλυσσος, Ἰαλυσός, (イオーニアー方言) Ἰήλυσ(σ)ος, Ἰηλυσός, (ラ) Ialysus, (伊)(西) Ialiso, または Uxilica, Trianta

（現・Iálisos）ロドス*島北岸にあった町。ロドス市の西方13 km、クレマスティ Kremastí 付近の古代都市址。伝承上の建祖イアーリューソス Ialysos は、太陽神ヘーリオス*の子孫という。エーゲ文明*時代以来の遺跡が発掘されており、ヘレニズム期のドーリス*式アテーナー*神殿（前3〜前2世紀頃）の礎石などを見ることができる。前4世紀末に巨匠プロートゲネース*が7年の歳月をかけて名祖イアーリューソスの物語絵を描いた話は有名。神霊テルキーネス*の生地とされる。ドーリス人*のヘクサポリス*の1つ。オリュンピア競技祭*の優勝者を輩出したディアゴラース*一族の出身地としても知られる。

⇒リンドス、カメイロス

Hom. Il. 2-656/ Herodot. 1-144/ Thuc. 8-35〜/ Pind. Ol. 7-136/ Plut. Demetr. 22/ Ael. V. H. 12-41/ Ptol. Geog. 5-2/ Mela 2-7/ Ov. Met. 7-365/ Diod. 5-57/ Strab. 14-655/ Plin. N. H. 5-36/ Steph. Byz/ etc.

イアンナイオス、アレクサンドロス
⇒アレクサンドロス・イアンナイオス

イアンブリコス　Iamblikhos, Ἰάμβλιχος, (ラ) ヤンブリクス Jamblichus, (仏) Jamblique, (独) Jamblichos, Iamblichos, (伊) Giamblico, (西) Jámblico, Yámblico, (葡) Jâmblico, (露) Ямвлих

（後245頃〜325／330頃）ローマ帝政後期の著名な新プラトーン主義哲学者。コエレー・シュリア*のカルキス Khalkis（現・Mejdel Anjar）出身。ローマでポルピュリオス*に師事し、のちシュリアー*に帰ってアパメイア❶*に新プラトーン主義哲学の一派を開いた。プラトーン*とアリストテレース*の注釈書や、ピュタゴラース*派の数神秘主義教説の解説書など多数の著述を記したが、そのうち『ピュータゴラース伝 Peri tu Pythagoriku biu, Περὶ τοῦ Πυθαγορικοῦ βίου』、『哲学への勧め Logos protreptikos eis philosophian, Λόγος προτρεπτικὸς εἰς φιλοσορίαν』など数巻が現存するに過ぎない。師に比して迷信的・魔術的傾向が強く、オリエント＝エジプト的神秘主義の要素を色濃く深め、降神術 theurgia, θεουργία を霊魂救済・神との合一に不可欠の技術と見なした。主著『魂について Peri psykhes, Περὶ ψυχῆς』や『神々について Peri theon, Περὶ θεῶν』は散逸。新プラトーン主義哲学を伝統的多神教の哲学的な基礎づけとして用いたが、プローティーノス*の思想を秘教的呪術の導入によって硬直化させたともいえる。なお彼の名の下に伝えられる『エジプト人の密儀について Peri mysterion, Περὶ μυστηρίων』その他の魔術書・錬金術関係の文献は、今日では門弟らの手になるものと考えられている。「神の如き人」と尊敬されつつ大勢の弟子に囲まれて生涯を送り、その教説はユーリアーヌス*帝の「異教」復興に大きな影響を及ぼした（⇒アイデシオス）。また神々への祈祷中にイアンブリコスの体が空中浮揚し金色に光り輝いたとか、シュリアーの温泉地で呪文を唱えてエロース*とアンテロース*の2柱の少年神を湯の中から招き出してみせたといった奇跡譚が伝えられている。

ちなみに、同名のシュリアー人でギリシア恋愛小説『バビューローン*物語 Babyloniaka』（断片のみ伝存）の作者イアンブリコス（160年〜180年頃活躍）は、彼の先祖に当たる

のではないかと推測されている。この小説家はバビュローンで教育を受け、トライヤーヌス*帝の頃に捕虜となり奴隷に売られたが、のち解放されてギリシア語を完璧に修得し、修辞学者として名を成した人物である。『バビューローン物語』はエジプトの王女（のち女王）ベレニーケー Berenike と美女メソポタミアー Mesopotamia との女同士の性愛と結婚、およびこの美女メソポタミアーをめぐって起きた他国との戦争の次第を記した小説で、女性間の同性愛結婚を描いた珍しい例として注目に価する。

またユーリアーヌス帝やリバニオス*と同時代の新プラトーン派哲学者イアンブリコス（？～371）も別人で、後者は鶏占いを行なった嫌疑でウァレーンス*帝の迫害を受け、自ら毒を飲んで死んだといわれる。
⇒テュアナのアポッローニオス❼、ニギディウス・フィグルス
Iambl. Myst., Vita Pythagorae, Protrepticus/ Eunap. Iamblichus/ Julian. Ep. 34, 40, Or. 4/ Stob. Flor. 25/ Phot. Bibl. 94/ Libanius Ep./ Dio Cass. 50-13, 51-2/ Strab. 16-753/ Cic. Fam. 15-1/ Suda/ etc.

イアンブーロス Iambulos, Ἰάμβουλος, Iambulus (Jambulus), (伊) Giambulo, (西) Jambulo
（前3～前2世紀頃）ギリシア系の旅行記作家。東方に関する空想的なユートピア物語を書いたが散逸、シケリアー*（現・シチリア）のディオドーロス*によって、その梗概だけが伝わる。ヘレニズム・ローマ時代のギリシア小説や諷刺文学に影響を与えた。
⇒エウエーメロス、クテーシアース
Diod. 2-55～60/ Lucian. Ver. Hist./ Tzetz, Chil. 7-144/ etc.

イウェルナ Iverna
⇒イエルネー（＝ヒベルニア）

イウースティーノス Iustinos, Ἰουστῖνος, (ラ) ユースティーヌス* Justinus, (英)(仏)(独) Justin, (伊) Giustino, (西)(葡) Justino, (露) Юстин
添名「殉教者」（〈ギ〉Martyros, Μάρτυρος, Martys, Μάρτυς, 〈ラ〉Martyr, Martys）（後100／105頃～165／166頃）最初の重要なキリスト教護教論者。サマレイア*（サマリヤ）のフラーウィア・ネアーポリス Flavia Neapolis（現・ナーブルス Nāblus）に生まれ、ギリシア哲学諸派を学んだ後、エペソス*の一老人に出会ってキリスト教に転じた（130頃）。その後も在俗の"哲学者"としてキリスト教学校を開き、エペソスやローマで教えたが、キュニコス（犬儒）派の哲学者クレースケンス Crescens と論争して憎しみを買い、告発されて棄教を拒んだため、6人の弟子とともに処刑された（鞭打ちののち刎首）。ギリシア思想とキリスト教教義の一致をめざし、理性と信仰の調和を図った主知主義的な思想家で、エイレーナイオス*（イーレーナエウス*）らその後の教父に影響を及ぼした。ローマ皇帝に宛てた2篇の『弁明 Apologia』（155頃と161頃）および『ユダヤ人トリュポーンとの対話 Pros Tryphōna iūdaion dialogos,（ラ）Dialogus cum Judaeo Tryphon』（135頃）のみ伝存する。

なお、グノーシス*系の1分派を立てたというシュリア*出身のタティアーノス Tatianos（2世紀後半）は、彼の弟子である。また、2世紀前半頃には、生殖力を宇宙創成の原理と主張するグノーシス主義者イウースティーノスも活躍していたことが知られている。
⇒（アテーナイの）アリステイデース❹
Euseb. Hist. Eccl. 2-13, 4-8～13, -16～18/ Irenaeus Haeres. 1-28, 4-6/ Epiph. Adv. Haeres. 46-1/ Hieron. De Vir. Ill. 23/ Phot. Bibl./ Acta Sanctorum/ etc.

イウーダイアー Iudaia, Ἰουδαία, Judaea（ユーダエア*）
⇒ユダヤ（のギリシア語形）

イウーダース・マッカバイオス Iudas Makkabaios, Ἰούδας Μακκαβαῖος,（ラ）ユーダース・マッカバエウス Judas Maccabaeus,（英）Judas Maccabeus, Judah Maccabee,（仏）Judas Macchabée,（独）Judas Makkabäus,（伊）Giuda Maccabèo,（西）Judas Macabeo,（葡）Judas Macabeu, Judas o Macabeu,（露）Иуда Маккавей,（ヘブライ語）Yᵉhûdāh Ha-Maqqabhī (Maqqaebaet),（和）ユダ・マカバイ、または、マカベヤのユダ
（？～前160）セレウコス朝*シュリアー*王国に対するユダヤ*独立運動の指導者。アンティオコス4世*のギリシア化政策に抗して反乱軍を組織した父マッタティアース Mattathias（？～前166、ハスモーン家*の祖）の跡を継ぎ、兄弟たちとともにマッカバイオス戦争（前167～前142）を続行、たびたびシュリアー軍を破り、イェルーサーレーム*（エルサレム*）神殿を修築し（前164年12月）、ローマと同盟を結んだが、ついに戦場に斃れる（前160年4月13日または5月11日）。渾名マッカバイオスは「槌」の意のヘブライ語 maqqábh から派生したとされるが、それはシュリアー軍に鉄槌を加えたからとも、彼が才槌頭の持ち主だったことに由来するとも説かれている。その事跡は『マカベア第一書』などに詳しい。彼の死後、弟のイオーナータース（ヨーナータース）Ionathas, Ionathes（ヨーナーターン Ionathan、？～前143）が後継者となり、セレウコス朝の内訌に乗じて勢力を広げたが、シュリアーの自称王ディオドトス・トリュポーン*の裏切りにより捕われ、のち殺された。その跡を継いだのが、5人兄弟の最後の生存者で、ハスモーン朝*初代の君主とされるシーモーン Simon（在位・前143～前134）である。セレコウス軍を放逐した（前142）シーモーンはシュリアー君主デーメートリオス2世*に事実上ユダヤの独立を承認させたものの、自ら王号を称さず、シュリアーを宗主国として仰いでいた。前134年初めに、彼が宴席で女婿プトレマイオス Ptolemaios に謀殺されると、息子のイオーアンネース・ヒュルカノス1世*が位を継ぎ、ここに世襲ハスモーン王朝が開かれるに至った（⇒

巻末系図 026)。
⇒アサモーナイオス*家
Joseph. J. A. 12〜13, J. B. 1-1/ Vet. Test. 1. Maccab. 3〜9, 2. Maccab. 8〜15/ etc.

イウーニア　Iunia
⇒ユーニア

イウーニウス　Iunius
⇒ユーニウス

イエス・キリスト　Jesus Christ
⇒クリストス、イエースース

イエースース　（ナザレト Nazaret, Ναζαρέτ, Nazareth, Ναζαρέθ の）Iesus, Ἰησοῦς, Jesus (Nazarenos, Ναζαρηνός, Nazarenus)
⇒クリストス

イエ(ズ)ス・キリスト　Jesus Christus
⇒クリストス、イエースース

イエースース・クリストス　Iesus Christos
⇒クリストス、イエースース

イエースース（ナザレトの）　Iesus
⇒クリストス、イエースース

イェズディギルド　Yezdigird
⇒ヤズダギルド

イェスディゲルド　Jesdigerd
⇒ヤズダギルド

イエリコー　Ierikho, Ἰεριχώ, Jericho (Hiericho),（または、**ヒエリクース**, Hierikus, Ἰερικοῦς, Hiericus),（仏）Jéricho,（伊）Gerico,（西）（葡）Jericó,（和）エリコ,（ヘブライ語）Yᵉrikhō
（「月の町」または「香料の町」の意）（別称・Arīḥā, Eriha〈アラビア語〉）（現・El Rīhā）パレスティナ*にあった世界最古の都市の1つ。新石器時代の前 7800 年頃から要塞化された町が築かれ、前3千年紀には堅固な城壁が建造されて都市の形態を整えた。その後しばしば破壊と復興を繰り返し、ヘブライ人 Hebraioi の伝承では、市内の遊女の裏切りとイスラーエール Israel の神の起こした奇跡によって陥落し、ヨシュア Joshua,（ラ）Josue 軍は町中の人間のみならず生きとし生けるものをことごとく殺し尽くしたという（前13 世紀）。死海の北 11 km、イェルーサーレーム*（エルサレム*）の東北方 22 km の地に遺跡が発掘されている（Tel Es Sultan）。前 6 世紀頃にいったん放棄されたが、ヘレニズム時代に南西約 3 km の地に再建され、ハスモーン朝*やヘーローデース 1 世*（ヘロデ大王）が宮殿を造営。ギリシア・ローマ風の競技場・浴場・巨大な水泳プール、庭園跡などの遺構を今日も見ることができる（Tulūl Abū Alâiq）。ローマ時代には棗椰子と香料の産地として知られた。
Plin. N. H. 5-15, 13–9/ Strab. 16-763/ Joseph. J. A. 4-8, 13〜20, J. B. 1-6〜/ Vet. Test. Josh. 2, 6, 18, Nov. Test. Matth. 20-29, Marc. 10-46, Luc. 10-30/ Euseb. Onom./ Hieron./ etc.

イェルーサーレーム　Ierusalem, Ἱερουσαλήμ, Jerusalem （イェルサレム、エルサレム）
⇒ヒエロソリュマ

イエルネー　Ierne, Ἰέρνη, Iverna
ヒベルニア*（現・アイルランド）のギリシア名。
Arist. Mund. 3(393b)/ Diod. 5-32/ Strab. 2-107/ etc.

イーオー　Io, Ἰώ,（西）Ío,（露）Ио
ギリシア神話中、アルゴス*の河神（ないし初代の王）イーナコス*（あるいはイーアソス Iasos）の娘。女神ヘーラー*に仕える巫女であったが、夢告に従ってレルネー*池畔で大神ゼウス*と交わったため、ヘーラーの烈しい嫉妬を買った。ゼウスが彼女を美しい雌牛に変身させたところ、ヘーラーはその雌牛を貰いうけて、百眼巨人アルゴス❶*に監視させた。ゼウスの命によりヘルメース*がアルゴスを退治すると、今度はヘーラーは凶悪な虻を送って絶え間なくイーオーを苛ませた。雌牛のイーオーは虻に刺されて狂乱し、世界の諸方を放浪、途中アドリア海を渡ったので、以来その海域はイーオニアー海*（イオニア海）と呼ばれ、またアジアへ向かって彼女が通った海峡は、以後ボスポロス*（雌牛の渡し）海峡と名づけられるようになった。やがてエジプトに辿り着いたイーオーは、ゼウスによって人身にもどされ、ネイロス*（ナイル）河の畔で1子エパポス*を産んだ。イーオーはエジプトの女神イーシス*と同一視され、息子エパポスは雄牛の神アーピス*と混同されて崇拝されたという。エパポスを通じて彼女は、エジプトやシュリアー*、フェニキア*などのオリエント諸国のみならず、ギリシア諸王家の遠祖となっている（⇒巻末系図 004）。また行方不明になったイーオーを捜索中に彼女の兄弟たちがシュリアーに建てた町 Iopolis は、後年の大都市アンティオケイア❶*の前身であると伝えられる。古代ギリシア美術の世界において、彼女は全身が眼におおわれた怪人アルゴスに見張られる雌牛の姿で表現されることが多い。

　木星の4大衛星のうち、最初に発見された星は彼女の名（ラ）Io で呼ばれている。
Apollod. Bibl. 2-1-3/ Paus. 1-25, 2-16, 3-18/ Ov. Met. 1-583〜/ Hyg. Fab. 145, 149, 155/ Aesch. P. V. 589〜, 640〜, Supp. 41〜, 291〜, 556〜/ Herodot. 1-1/ Plin. N. H. 16-89, 35-40/ Strab. 10-445, 14-673/ Diod. 1-13, -25, 3-74, 5-60/ Parth. Amat. Narr. 1/ Suda/ etc.

イオーアンネース・クリューソストモス　Ioannes ho Khrysostomos, Ἰωάννης ὁ Χρυσόστομος,（ラ）ヨーハンネース・クリューソストムス Johannes Chrysostomus,（英）John Chrysostom,（仏）Jean Chrysostome,（独）Johannes Chrysostom(os),（伊）Giovanni Crisostomo,（西）Juan Crisóstomo,（葡）João Crisóstomo,（露）Иоанн Златоуст,（和）金口ヨハネ、金口イオアン

（後344／347頃～407年9月14日）コーンスタンティーノポリス*総主教（在任・398年2月26日～404年6月）。アンティオケイア❶*に生まれ、幼くして父を喪い母の手で養育される。修辞学者リバニオス*に師事し、その後継者とも目されていたが、キリスト教に転向（369頃）、砂漠の隠修士となった（373～381）。病弱のためアンティオケイアへ戻り、助祭を経て司祭となり（386）、雄弁な説教で評判をとった（「黄金の口」なる異名はこれに由来）。東ローマ帝アルカディウス*の要請で首都の主教職になかば強制的に就けられる（398）と、激しい気性に任せて堕落した聖職者を罷免、教会の道徳的刷新を強引に進めたばかりか、語気鋭く上流階層の奢侈放埓を非難した。かくて政治的手腕に乏しい彼は、皇后エウドクシア*をはじめアレクサンドレイア❶*総主教テオピロス*、アシア*の主教たちなど大勢の敵をつくった。403年カルケードーン*教会会議で弾劾されて追放処分となる（7月）が、群衆が暴動を起こしたので間もなく呼び戻される。ところが再び宮廷の乱脈・腐敗ぶりを攻撃してエウドクシアと対立、皇后の肖像建立を批判したため、404年に逮捕されてタウロス山地へ流され、3年後より僻遠の配所へ移される途中、ポントス*のコマーナ❷*で衰弱死した（流刑の宣告を受けた時には、彼を支持する修道僧がハギアー・ソピアー（現・アヤ・ソフィヤ Aya Sofya）寺院を占拠し、これに怒った市民や軍隊との間に流血の惨事を起こしている）。多数の説教集や聖書釈義（使徒パウロス*の書簡に関するものだけでも250以上）、236通の書簡、対話形式の『主教職論』6巻等々おびただしい著作があるが、彼の名を冠した典礼は本人とは無関係。また彼はギリシア哲学の素養を身につけていたにもかかわらず、プラトーン*を低く評価し、エペソス*のアルテミス*神殿を略奪するなど古代神殿の破壊や"異教"の撲滅を熱心に督励し、ユダヤ*人を激しく攻撃。そのうえ気難しくて非社交的な性格の持ち主で、生涯酒類を口にせず、胃弱のため食物制限をし、来客を嫌っていつも1人で食事を摂っていたという。

なお、他にもエジプトの隠修士イオーアンネース（300頃～394）や、神話時代から574年にまで至る歴史書 Khronographia（18巻）を著述した歴史家イオーアンネース・マララース I. Malalas（491頃～577頃）などローマ帝政期には数多のイオーアンネースを名乗る人物が知られている。

⇒モプスーエスティアーのテオドーロス❺

Palladius/ Socrates Hist. Eccl. 6/ Sozom. Hist. Eccl. 8/ Theodoretus 5-27/ Zosimus 5-18/ Procop./ Evagrius H. E./ Theophanes/ Hieron./ Suda/ Malas/ Isidor. Pelus. Epist./ Phot. Bibl./ etc.

イオーアンネース・ヒュルカノス　Ioannes Hyrkanos
⇒ヒュルカノス、イオーアンネース

イオーアンネース（ヨハネ）　Ioannes, Ἰωάννης, Jo(h)annes,（英）John,（仏）Jean,（独）Johann,（伊）Giovanni,（西）Juan,（葡）João,（蘭）（チェコ語）（ポーランド語）（デンマーク語）

系図73　イーオー

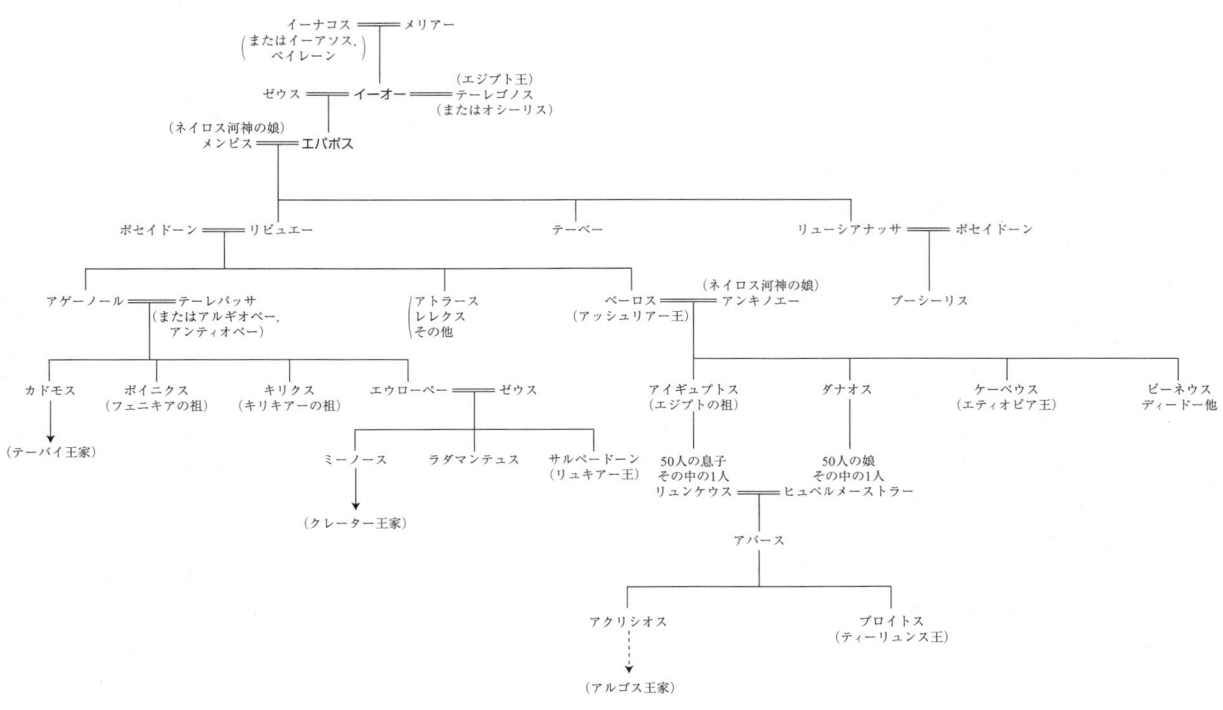

Jan, (露) Йон, Иван, Иоанн, (ハンガリー語) János, (スコットランド語) Ian, Iain, (アイルランド語) Sean, Shane, (ウェールズ語) Evan, Ifan, Sion, (セルビア・クロアチア語) Jovan, (漢) 約翰, 若望, (和) ヨハネ

ヘブライ語ヨーハーナーン Yôḥānān、アラム語ヨーハンナーン Yôḥannān（「主(ヤハウェ)は恵み深い」の意）のギリシア語形（アラビア語のヤフヤー Yaḥyā）。

ユダヤ*の人名。主なものは、以下の通り。

❶洗(礼)者 Baptistes, Βαπτιστής, (ラ) Io(h)annes Baptista（前8（前2）年頃・伝6月24日（7月7日）～後29／30頃・伝8月29日（9月11日））。(英) John the Baptist, (仏) Jean le Baptiste, (独) Johannes der Täufer, (伊) Giovanni il Battista, (西) Juan el Bautista, (葡) João Ba(p)tista, (露) Иоанн Креститель

ユダヤの宗教家。祭司職の家に生まれ、エッセネ派(ギ) Essēnoi, (ラ) Esseni の影響を受けて荒野で禁欲生活を送り、後26年頃にヨルダン(ギ) Iordanes 河畔で伝道を始め、人々に「洗礼 baptisma(バプティスマ)」を授けたため「洗(礼)者」と呼ばれた。伝承によれば、親族のイエースース・クリストス*（イエス・キリスト）にも洗礼を施した（28頃）とされる。アンドレアース Andreas（ペトロス*の兄弟）やイオーアンネース❷*らイエースースの弟子たちの一部はもとは彼に従っていたという。領主ヘーローデース❸*・アンティパース*とヘーローディアス*の近親婚を非難して斬首された（⇒サローメー❷）。なお、彼の頭骨や右腕と称する「聖遺物」が今日もヨーロッパ各地や地中海東岸地方の宗教施設に祀られている。なかでもダマスコス*のウマイヤ・モスク（もとユーピテル* Jupiter-Hadad 神殿）に収められている首は、452年8月29日にエメサ*（現・ホムス）で奇跡的に発見されたものであるという。

⇒サマレイア

Joseph. J. A. 18-5/ Euseb. Hist. Eccl. 1-11/ Nov. Test. Matth. 3-1～, 11-2～, 14-1～, Marc. 1-4～, 6-14～, Luc. 1-5～, 3-1～, 7-18～, Johan. 1-19～, Act. 18-25/ etc.

❷福音書記者* Euangelistes, Εὐαγγελιστής（後6／10頃～100／104頃・伝12月27日、10月9日、9月26日）(英) John the Evangelist, John the Apostle, (仏) Jean l'Évangéliste, Jean l'Apôtre, (独) Johannes der Evangelist, Johannes der Apostel, (伊) Giovanni Evangelista, Giovanni Apostolo, (西) Juan el Evangelista, Juan el Apóstol, (葡) João Evangelista, João Apóstolo, (露) Иоанн Евангелист, Иоанн Апостол　キリスト教の第4福音書や『黙示録 Apokalypsis Ἀποκάλυψις, (ラ) Apocalypsis』、3通の書簡の筆者に擬せられる人物。12使徒*の1人で、イエースース*最愛の弟子。もとガリライアー*（ガリラヤ）の漁民で、イアコーボス❶*（大ヤコブ）の弟。母サローメー Salome は、クリストス*の母マリアー❶*の姉妹とされる。兄弟揃って気性が激しく「雷の子ら Boanerges(ボアネールゲス)」と綽名され、ペトロス*（ペテロ）とともにイエースースの側近となり（いわゆる3大弟子）、師の死後もイェルーサーレーム*（エルサレム）教会の指導者として活躍した。伝承によれば、小アジアで伝道し、ドミティアーヌス*帝の迫害時にパトモス*島へ流されたが、のちエペソス*（現・エフェス）へ戻り、使徒の中でただ1人殉教せずに90歳くらいで童貞の生涯を終えたという。彼の名が冠せられる福音書（90～125頃成立）は、クリストスの霊性を強調しているため、天高く飛翔する鷲が福音書記者*イオーアンネースの象徴として表わされる。後世のキリスト教伝説では、彼は油の煮えたぎる釜に入れられても、強いて毒杯を仰がされても死なず、逆に死者を蘇生させるなど幾多の奇跡を行なったとされ、靴跡までが「聖遺物」として祀られるようになった。

現在もエペソスに、彼の墓の上に建てられたという「聖(バシリカ)ヨハネ教会」や、彼が聖母マリアーと暮らしたという住居 Meryemana などの遺跡が残っている。

⇒イグナティオス、ポリュカルポス、本文系図381, 382

Nov. Test. Johann, Marc. 1-19, 3-17, 5-37, 9-2, 14-33, Luc. 9-54, Act. 1-13, 3-11～, 4-1～, 8-14～, Ep. Gal. 2-9, Ep. Johan., Apoc. Johan./ Euseb. Hist. Eccl. 2-1, -18, -20, -23～, 3-18, -23, 5-8/ Tertullian. De praescr. haeret. 36-3/ Irenaeus Haer. 3-1, -3/ etc.

イオカステー　Iokaste, Ἰοκάστη, Iocasta, (英) Jocasta, Jocaste, (仏) Jocaste, (独) Jokaste, Iocaste, (伊) Giocasta, (西) Yocasta, (葡) Jocasta, (露) Иокаста

ギリシア神話のテーバイ❶*王オイディプース*の母にして妻。クレオーン❷*の姉妹（⇒巻末系図006）。ホメロス*ではエピカステー*と呼ばれている。はじめテーバイ王ラーイオス*に嫁いでオイディプースを産み、後年わが子と知らずしてオイディプースと再婚し、エテオクレース*、ポリュネイケース*、アンティゴネー❶*、イスメーネー*の2男2女の母となった。のち真相が明らかとなるや、衝撃のあまり自ら縊れて死んだという。エウリーピデース*によれば、彼女は生き永らえて2子エテオクレースとポリュネイケースの王位をめぐる争いを取りなそうとするが果たせず、彼らが刺し違えて死んだのを知るや自ら死を選んだことになっている。

Apollod. Bibl. 3-5-7～/ Soph. O. T./ Eur. Phoen./ Paus. 9-5/ Hyg. Fab. 66～67, 70, 242, 243, 253/ Sen. Oedipus/ Diod. 4-64/ etc.

イオーセーフォス　Iosephos
⇒イオーセーポス

イオーセーポス　Phlabios Iosepos (Iosephos), Φλάβιος Ἰώσηπος (Ἰώσηφος), Flavius Josephus, (英) (独) Joseph(us), (仏) Josèphe, (伊) Flavio Giuseppe, (西) Flavio Josefo, Flavio José, (葡) Flávio Josefo, Flávio José, (露) Иосиф Флавий, (和) ヨセフス

（本名・Yôsēph ben Mat(h)ityahū「マッタティアの子ヨーセーフ」）（後37／38～101頃）

ローマ帝政期のユダヤ*人歴史家。イェルーサレーム*（エルサレム*）の高僧の家柄に生まれる。ユダヤ教の3大流派パリサイ、サドカイ、エッセネを学び、砂漠の行者バンノス Bannos に師事したのち、19歳で町に帰りパリサイ派を選び取った（56頃）。次いで彼は26歳の時、ユダヤの属州管理官 Procurator（プロークーラートル）フェーリークス*に逮捕されてローマへ送られていた同僚の祭司たちを救うべく、自らローマへ旅行し、皇帝ネロー*の后ポッパエア*のとりなしで彼らの特赦をかち得た（64頃）。帰国後、ユダヤ人の好戦派に反対し、ローマ帝国に無謀な叛乱を起こさぬよう説得に努めたが、66年第1次ユダヤ戦争（66〜70）が勃発するや、ガリライアー*（ガリラヤ）方面の指揮を委ねられる。翌67年ローマ軍の包囲攻撃に46日間耐えた末、部下を裏切り籤（くじ）引きで互いに集団自決させてから、自らはまんまと生き残ってローマ軍に投降。捕虜として将軍ウェスパシアーヌス*の前に引き出された時、「あなたは程なくローマ皇帝となるでしょう」と予言した（7月）。2年後の69年7月、その予見が成就してウェスパシアーヌスが皇帝に擁立されるに及び、彼は解放されたうえ、帝室の氏族名フラーウィウス*を与えられて新帝とその長子ティトゥス*から好遇を受けた。イェルーサレーム陥落（70）ののち、ローマへ移り、市民権と立派な住居を与えられ、フラーウィウス帝室の恩顧を得て著述に専念、その作品は公共図書館に収められ、彼の銅像がローマに建立されたという。イオーセーポスはまた3度も離婚を繰り返したあげく、最後にはキュプロス*の名門出身の女性と一緒になっている。

以下のギリシア語の著書が現存する。

(1)『ユダヤ戦記 Peri tū Iūdaikū Polemū, περὶ τοῦ Ἰουδαϊκοῦ πολέμου,（ラ）Bellum Judaicum』7巻（75〜81頃）。

第1次ユダヤ戦争を中心とした、アンティオコス4世*（前175）から後66年にわたるユダヤ史。資料的価値が高い。

(2)『ユダヤ古代誌 Iūdaikē Arkhaiologiā, Ἰουδαϊκὴ ἀρχαιολογία,（ラ）Antiquitates Judaicae』20巻（93〜94頃）。

天地創造から後66年までのユダヤ全史。賢王ソロモーンが神から授かった悪霊祓いの呪法で大勢の人々を治癒したといったヘブライ語聖典（俗称『旧約聖書』）にはない伝承を取り入れている反面、たとえヘブライ語聖典に載っていても、性的スキャンダルなどユダヤ人にとって不利となるような資料は省いている。

(3)『自伝 Bios Iōsepū, Ἰωσήπου βίος,（ラ）Vita』1巻（96以前）。自身に対する非難に応えるべく記した弁明的著作。

(4)『アピオーン*への反論 Pros Apiōna, Πρὸς Ἀπίωνα,（ラ）Contra Apionem』2巻（100頃）。反ユダヤ主義者の偏見・攻撃に応えた弁証・護教の書。

⇒ピローン（アレクサンドレイアの）、ニーコラーオス❶（ダマスコスの）

Euseb. Hist. Eccl. 1-11, 3-9, -17〜/ Zonar./ Hieron./ Origen./ Phot. Bibl./ Suda/ Joseph. J. B., J. A., Vit., Ap/ etc.

イオッペー Ioppe, Ἰόππη

⇒イオペー

イオーニアー Ionia, Ἰωνία,（ラ）Ionia,（仏）Ionie,（独）Ionien,（西）Jonia,（葡）Jônia,（露）Иония,（ヘブライ語）Yāvān, Yāwān,（アラビア語）Yūnān,（ペルシア語）Yauna（Yōna）

小アジア西岸のエーゲ海に臨む地方。南をマイアンドロス*河、北をヘルモス Hermos（現・Gediz）河、東はリューディアー*地方で劃された南北に狭い地域で、キオス*、サモス*などの沿岸諸島も含んでいる。エーゲ海文明圏に含まれ、古くからカーリアー*人、レレゲス*人が居住していたが、前11世紀頃以来ギリシア人が次々と本土より植民し、先住民族を追い払って占領・定住した。前800年頃までには各地にイオーニアー人*（イオーネス）を主体とする都市国家 polis（ポリス）がいくつも形成され、交通の要衝として繁栄。とりわけオリエント先進文明の影響を強く受け、天文学・哲学・文学・歴史・芸術がギリシア本土に先立って栄えた。大詩人ホメーロス*の叙事詩や、タレース*以下の自然哲学（イオーニアー学派,（英）Ionian School）が生まれ、後の古典期ギリシア文明形成に甚大な影響を与えた。独立した12のポリス Dōdekapolis, Δωδεκάπολις がイオーニアー同盟を結成し、ミュカレー*山麓のポセイドーン*神に捧げられた聖域に会して、毎年パンイオーニア* Panionia 祭（全イオーニア祭）を開催した。12市とは、南からミーレートス*、ミュウース Myus、プリエーネー*、エペソス*、コロポーン*、レベドス Lebedos、テオース*、エリュトライ*、クラゾメナイ*、ポーカイア*、およびサモス、キオス両島の主市を指し、アイオリス*系のスミュルナー*はイオーニアー人に奪取されてから同盟への参加を認められた。

イオーニアー地方は、前7世紀中頃からリューディアー王国の版図に入り、次いでアカイメネース朝*ペルシア*帝国の征服を受けて、しばらくこれに臣従した（前545頃〜）。のちミーレートスを中心とする諸市は反乱を企てた（イオーニアーの反乱。前500〜前493）が、ラデー Lade の海戦に大敗して（前494）、ミーレートスは破壊され、各市も焼き払われて潰滅、美しい若者たちは去勢されてペルシア宮廷へと送られた（⇒アリスタゴラース、ヒスティアイオス）、この反乱が原因となってペルシア戦争*が起こり、戦後イオーニアーはアテーナイ*を盟主とするデーロス同盟*に加わったものの、今度はアテーナイの強圧的な支配に苦しみ、同盟から離反する都市が相次いだ。ペロポンネーソス戦争*（前431〜前404）後は、アンタルキダース*の和約（大王の和約、前386）によって再びペルシア帝国*に服属。アレクサンドロス大王*の東征（前334）以来、マケドニアー*、ペルガモン*の統治を経てローマの支配下に移り（前133）、属州アシア*に編入された。イオーニアーはヘーロドトス*の言を借りれば、「世界中で最も気候風土に恵まれたところ」であり、東西交易の中心地として永く隆盛を保ち、詩人・学者ら多数の著名人を輩出した。現在もエペソスはじめ、ミーレートス、ディデュマ*、スミュルナーなど随所に古代の史跡遺構を見ることができる。

⇒アイオリス、ドーリス

イーオニアー（イーオニオス）海

Herodot. 1-6, -141～, 3-127, 6-1～/Aesch. Pers. 771/ Strab. 14-632～/ Paus. 7-2～/ Mela 1-17, 2-7/ Plin. N. H. 5-31/ Ptol. Geog. 5-2-6/ Ael. V. H. 8-5/ Dionys. Per./ Ov. Fast. 6-175/ Nep. Alc. 5, 6/ Thuc. 1-2, 8-11/ Steph. Byz./ etc.

イーオニアー（イーオニオス）海　Ionia (Ionios),
Ἰονία (Ἰόνιος, Ἰώνιος), Ionion Pelagos, Ἰόνιον Πέλαγος, または、Ionios Kolpos, Ἰόνιος Κόλπος, （ラ）Mare Ionium, （英）Ionian Sea, （仏）Mer Ionienne, （独）Ionisches Meer, （伊）Mare Ionio, Mar Jonio, （西）（葡）Mar Jónico, （葡）Mar Jônico, （露）Ионическое море, （アルバニア語）Deti Jon(Ion), （現ギリシア語）Iónio Pélagos, （和）イオニア海

ギリシアとイタリア、シケリアー*（現・シチリア）島との間に広がる海。ギリシア神話中、雌牛に変身したイーオー*がここを渡ったという伝承に基づいて名づけられた。元来はアドリア海*の入口部分を、時にはアドリア海全体を指すこともあった。ケルキューラ*（コルキューラ*）、レウカス*（レウカディアー*）、イタケー*（イタカ*）、ケパッレーニアー*、ザキュントス*などの島々・イーオニアー諸島 Īonioi Nēsoi, Ἰόνιοι Νῆσοι, (Heptanēsos, （ラ）Insulae Ioniae, 現・Ióniá Nisiá, （英）Ionian Islands) が、ギリシア側に沿ってつらなっている。

小アジア西岸のイオーニアー*地方とはまったく異なる地名なので、両者は注意して区別する必要がある。
⇒ストロパデス

Herodot. 6-127, 7-20/ Thuc. 6-30/ Plin. N. H. 4-1/ Aesch. P. V. 840/ Thuc. 1-24/ Strab. 2-123, 7-316～/ Apollod. Bibl. 2-1-3/ Pind. Pyth. 3-68/ Verg. Aen. 3-211/ Mela 1-3-3/ Ptol. Geog. 3-1-12～14/ etc.

イオーニアー人（イオーネス）　Iones, Ἴωνες, （ラ）イオーネース Iones, （英）Ionians, （仏）Ioniens, （独）Ionier, （伊）Ioni, （西）Jónicos, Jonios, （葡）Jônicos, Iônios, （露）Ионийцы

古代ギリシア民族の一派。アイオリス人*、ドーリス人*と並称される。東部ギリシア方言群に属するイオーニアー*方言を語り、伝説ではヘッレーン*の孫イオーン*を祖とする。起源は不明だが、前1980年頃、ギリシア民族中ではおそらく最初にバルカン半島を南下してギリシアの地へ侵入した種族であり、のちにアカーイアー*人、アイオリス人らによって追われて（前1580～前1450頃）、アッティケー*（アッティカ*）、エウボイア*、エーゲ海諸島、さらには小アジア西岸のイオーニアー地方へ移住したものと考えられる（ただし諸説あり）。デーロス*島のアポッローン*神域を宗教上の中心地とし、のちこの島に本部を置く海上同盟（デーロス同盟*）が結成されたことは有名。ソローン*の頃からアテーナイ*がイオーニアー諸国の母市を主張しており、前1000年前後にアテーナイを首邑とするアッティケー地方から多数の植民者が送られたことは確実視されている（古伝では前1044年。⇒コドロス）。が、イオーニアー地方への植民団はミニュアイ*、ペラスゴイ*なども加えた混合種であったと伝承にも語られている。ホメロス*の『イーリアス*』にはまだ非ギリシア人としてイオーニアー人の名が言及されており、小アジア西岸のこの地方に、ギリシア民族が諸都市国家 polis を建設してから、いわゆる後世知られる「イオーニアー人」なる名称が生まれたと推測されている。エペソス*、ミーレートス*、サモス*などこれらイオーニアー植民市は、海外貿易や小アジア内地との交易によって早くからオリエント先進文明に接触し、ために前7世紀頃から経済的にも文化的にもギリシア本土の諸国を凌いで繁栄した。わけても建築3様式のうち、渦巻形柱頭をもち柱礎のある優雅な「イオーニアー式」建築は、ドーリス式、コリントス*式と並んで名高い。またイオーニアー方言は、ホメーロス叙事詩の言語としてよく知られている。歴史時代、ことに古典期にはアテーナイが最も活躍し、ドーリス系のスパルター*に匹敵する強国となり、文学・芸術などの諸学問が開花して、永く後代に影響を及ぼした。ヘレニズム・ローマ時代に全ギリシア人の共通語として広く普及したコイネー koine, κοινή は、アテーナイを中心とするアッティケー方言を基底としており、古代末期に至るまでローマ帝国全体に通用し、ユースティーニアーヌス1世*の頃にはラテン語に代わって東ローマ帝国の事実上の公用語となった ── 正式に東ローマ帝国の公用語がギリシア語と定まったのはヘーラクレイオス Herakleios（在位・610～641）の治世、629年頃のことではあるが ──。また後世のキリスト教育楽には、アイオリス旋法と並んでイオーニアー旋法がとり入れられている。イオーニアー人の名は、東方ではギリシア人全体を指す言葉として普及した（古代ペルシア語・Yauna,（アッシュリアー語）Yamanni, 古ヘブライ語・Yāvānī, Yāwānī,（アラビア語）Yūnānīyy, Yūnānī,（トルコ語）Yunanlar, Yunanlı, サンスクリット語・Yavana, パーリ語・Yona,（アルメニア語）Huyn, ……）。

Hom. Il. 13-685/ Hymn. Hom. Ap./ Herodot. 1-56, -143～/ Thuc. 1-12～, 2-9/ Arist. Ath. Pol. 5/ Strab. 14-632～/ Mela 1-17/ Philostr. V. S. 1-21-5/ Liv./ Plut./ etc.

イオバテース　Iobates, Ἰοβάτης,(Jobates),（伊）Iobate,（西）Yóbates,（葡）Ióbates,（露）Иобат

ギリシア伝説中、小アジアのリュキアー*王。娘アンテイア*（ステネボイア*）をプロイトス*に与え、軍隊をもこの女婿に提供して、その祖国アルゴリス*への復帰を援けた。またプロイトスの要請により、英雄ベッレロポーン*を亡き者とするべく、怪獣キマイラ*退治などの難題を命じたが、のちベッレロポーンの実力を認めて娘を彼に妻合わせ、王国の後継者とした。悲劇詩人ソポクレース*に今は失われた作品『イオバテース』があった（⇒本文系図74）。

Apollod. Bibl. 2-2-1, 2-3-1～2/ Hom. Il. 6-169/ Diod. 6-7/ Hyg. Fab. 57, 243/ etc.

イオペー（または、**イオッペー***）　Iope, Ἰόπη, (Ioppe), Jope (Joppe), （英）Joppa, （仏）Jopé (Joppé), （伊）Giaffa, Jaffa, Joppa, （西）（葡）Jaf(f)a, Jafo, Jope, （露）Яффа, Яффо, （ヘブライ語）Yāphō, （アラビア語）Yâf(f)ā, （和）ヤッファ, ヤッフォ, （アマルナ文書）Yapu

（現・Yafo, Jaffa）「美しい町」の意）パレスティナ*地方の地中海に臨む港湾都市。古くからの海港で、前15世紀にエジプト王トゥートメース Thutmes3世に征服された記録が残っている。のちイスラーエール Israel 人に占領され、ソロモーン（シェローモー）Solomon 王の時代にはフェニキア*との通商の中心地となる（前10世紀）。ギリシア神話では、デウカリオーン*の大洪水以前から存在する古い町で、ケーペウス❶*王の広大な王国の都とされ、その娘アンドロメダー*が海の怪物の犠牲に供されたのを、英雄ペルセウス*が救出した舞台ということになっている。この時岩に変えられた怪物 ketos の亡骸なるものを、後年ローマの M. アエミリウス・スカウルス❷*（ポンペイユス*の部将）が発見し、首都ローマへ運び去って展示したという（前58）。イオペーはキリスト教の使徒ペトロス*（ペテロ）の伝道の地としても知られ、今日も彼が宿泊した皮鞣しシーモーン Simon の家と称する住居が残り、また海辺にはアンドロメダーが鎖に繋がれていたという岩を見ることができる。イオペーの町はユダヤ戦争（後66～70）の間にローマの将ウェスパシアーヌス*（のち皇帝）によって破壊された（後68）が、やがて再建された。現在はテル・アビブ Tel Aviv 市に併合されている。
⇒アスカローン、ガーザ、カイサレイア❶（カエサレーア・パラエスティーナエ）、プトレマイス
Plin. N. H. 5-14, 9-4/ Strab. 16-759/ Mela 1-11-3/ Ptol. Geog. 5-15-2/ Solin. 34/ Joseph. J. A. 9-10-2, 14-4-4, -10-6, 15-7-3, 17-11-4, J. B. 2-18-10, 3-3-5, -9-2～/ Nov. Test. Act. 9-36～/Vet. Test. 2 Chron. 2-16, Esdras 3-7, Jona 1-3, 2 Macc. 10-74～, 12-3～/ etc.

イオポーン　Iophon, Ἰοφῶν, （仏）Iophôn, Jophon, （伊）Iofone, （露）Иофон

（前5世紀後半）アテーナイ*の悲劇詩人。前428年～前405年頃に活動。ソポクレース*の息子。父の存命中に作品を発表し、エウリーピデース*らと競演して入賞することもあったが、世間では父親の援助およびその遺作で成功しているに過ぎないと取り沙汰された。50の悲劇とサテュロス*劇を記したものの、数作の題名とわずかな断片しか伝存しない。彼が老いた父を禁治産者として告訴した話については、ソポクレースの項を参照。
Val. Max. 8-7/ Ar. Ran. 73～/ Cic. Sen. 7-22/ Plut. Mor. 785b/ Clem. Al. Strom. 1-280/ Vit. Soph. 11, 13, 19/ Schol. ad Ar. Ran. 73, 75, 78/ Suda/ etc.

イオラーオス　Iolaos, Ἰόλαος, Iolaüs, （伊）Iolao, （西）Yolao, Iolao, （葡）Jolau, （露）Иолай

ギリシア伝説中、英雄ヘーラクレース*の甥にして愛人。父はヘーラクレースの双生兄弟イーピクレース*。伯父ヘーラクレースの戦車の駆者として、レルネー*のヒュドラー*退治をはじめとする数々の功業や遠征につねに随伴して彼を助けた。アルゴナウテース*たち（アルゴナウタイ*）の冒険やカリュドーン*の猪狩りにも参加し、ヘーラクレースの創始したオリュンピア競技祭*の第1回戦車競走などに優勝。伯父からいたく愛されて、その最初の妻メガラー*を譲られた。ヘーラクレースがオイテー*山上で自焚する今はの際まで付き添い、その昇天したことを知って最初に彼を神格化して崇敬した。その後もヘーラクレースの子供たち（⇒ヘーラクレイダイ）を守って、彼らを迫害するエウリュステウス*と戦い、ゼウス*とヘーベー*に祈って年老いた身を1日だけ若返らせて貰って（あるいはすでに死んでいたのを一時生き返ることを許されて）、敵軍を撃破しエウリュステウスを捕虜とした。

テーバイ❶*において彼はヘーラクレースとともに英雄神 heros として崇拝され、イオラーオス英雄神廟 Heroon が建立された上、体育場にも彼の名が冠せられた。また人々は、イオラーオスを「愛（＝男色）」の神として崇め奉仕して、男同士のカップルがテーバイにある彼の墓に詣でて不変の愛を誓い合う習慣は、ギリシア・ローマ時代を通じて永く続いた。美術作品でも、彼は英雄の側に終始寄り添う若者の姿で表現されている。

イオラーオスが、ヘーラクレースとテスピオス*の娘たちとの間に生まれた大勢の子供たちを率いてサルディニア*島へ移住し、いくつもの都市を創建したのち、この地で没したという話も残っている。
Apollod. Bibl. 2-4-11, 2-5-2, 2-6-1/ Plut. Pel. 18, Mor. 761d/ Paus. 1-19, -29, -44, 5-8, -17, 7-2, 8-14, -45, 9-23, -40, 10-17/ Hes. Sc. 74～, Th. 317/ Diod. 4-24, -29～31,

系図74　イオバテース

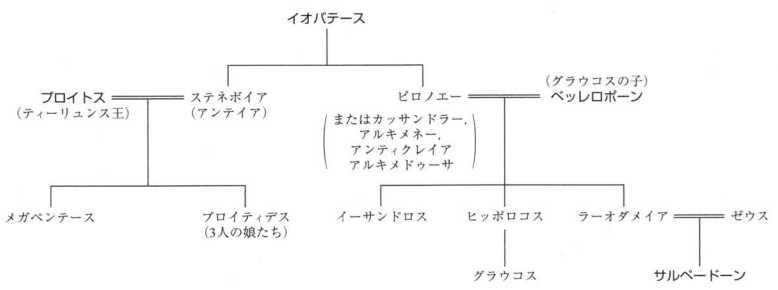

−33, −38, 5-15/ Pind. Ol. 9-98, Pyth. 11-60, Nem. 3-36, Isth. 1-16/ Eur. Heracl. 843〜/ Hyg. Fab. 14, 103, 273/ Strab. 5-225/ Ov. Met. 9-394〜417/ etc.

イオラース　Iolas, Ἰόλας または、イオッラース Iollas, Ἰόλλας, イオラーオス Iolaos, Ἰόλαος, Iolaus,（伊）Iolla

（前4世紀後半）マケドニアー*の摂政アンティパトロス❶*の末子で、カッサンドロス*の弟。アレクサンドロス大王*の酌童長。前323年彼の男の恋人メーディオス Medios が開いた宴席で、大王の酒盃に毒を盛って暗殺したという。この毒薬は、アリストテレース*が（カッリステネース*の事件以来アレクサンドロスを恐れて）、アンティパトロスのために調合したもので、ステュクス*の流れを汲み、鉄をも溶かすという猛毒であった。ただ騾馬の蹄のみよくこれを保つというので、カッサンドロスが騾馬の蹄に容れて運び、弟イオラースに手交したとされている（前323年6月）。6年後、大王の母オリュンピアス*は、密告によってこの弑逆の顛末を知り、イオラースの墓をあばいて屍骸を辱しめた（前317）。
⇒ヘルモラオス、ピロータース
Arr. Anab. 7-27/ Curtius 10-10/ Plut. Alex. 75〜77, Mor. 849f/ Just. 12-14/ Diod. 17-118, 19-11/ Vitr. De Arch. 8-3/ Callisth. 3-31/ Phot. Bibl./ etc.

イォルイョス　Georgios, Γεώργιος, Georgius
⇒ゲオールギオス（の現ギリシア語形）

イオールコス　Iolkos, Ἰωλκός, Iolcus,（ドーリス*方言；Ialkos, Ἰαλκός),（別形）Iaōlkos, Ἰαωλκός, Iaolkos, Ἰαολκός,（仏）Iolcos,（伊）Iolco,（西）Yolco, Yolcos,（露）Иолк

（現・Volos）テッサリアー*東部、マグネーシアー❷*地方の町。ペーリオン*山の南西、パガサイ Pagasai 湾北岸に位置。ギリシア神話中、ペリアース*やイアーソーン*の祖国として、またアルゴー*号の出航した港町としてあまりにも名高い（⇒アルゴナウタイ）。伝承上の建祖はアイオロス❷*の子クレーテウス*。考古学上の発掘によってミュケーナイ*文化時代の宮殿や墳墓などの遺跡が見つかっている。前12世紀前半に破壊され、その後再建されたものの、かつての繁栄は取り戻せなかった。この町はその後、パガサイ、次いでデーメートリアス Demetrias と改名されていった。
Hom. Il. 2-712, Od. 11-256/ Hes. Th. 997/ Pind. Pyth. 4-76, −188, Isth. 8-40, Nem. 3-34, 4-54/ Eur. Alc. 249/ Paus. 4-2/ Mela 2-3/ Apollod. Bibl. 1-9-11, −9-16, −9-26〜27, 3-13-2/ Herodot. 5-94/ Strab. 9-414, 438/ Liv. 44-12, −13/ etc.

イオレー　Iole, Ἰόλη,（仏）Iolé,（西）（葡）Iola,（露）Иола

ギリシア伝説中、メッセーネー*のオイカリアー Oikhalia 王エウリュトス Eurytos（ヘーラクレース*の弓術の師）の娘。英雄ヘーラクレース最後の女の愛人。弓の競技会で勝ったヘーラクレースに与えられることになったが、自らの娘に恋していた父王は言を左右して彼女を手放そうとしなかった（異説あり）。のちオイカリアーを攻略したヘーラクレースの捕虜となり、彼に愛されるが、これを嫉妬した英雄の妻デーイアネイラ*がネッソス*の血を媚薬として用いた結果、ヘーラクレースは非業の死を遂げる。彼の遺命でその長男ヒュッロス*に嫁ぎ、スパルター*、メッセーネー、アルゴス*などドーリス*系諸王家の遠祖となった（⇒巻末系図017）。
⇒イーピトス、クレオピューロス、本文系図76
Apollod. Bibl. 2-6-1, −7-7, −8-2/ Hyg. Fab. 31, 35〜36/ Soph. Trach. 351〜632/ Diod. 4-31/ Ath. 13-560c/ Ov. Met. 9-140〜, −325〜/ etc.

イオーン　Ion, Ἴων,（伊）Ione,（西）Ión, Jon,（葡）Íon（露）Ион

ギリシア神話中、イオーニアー*人の名祖。クストース*（ヘッレーン*の子）とクレウーサ❸*（アテーナイ*王エレクテウス*の娘）の子。現存するエウリーピデース*の悲劇『イオーン』によれば、彼はアポッローン*とクレウーサとの子で、生まれるや母の手で洞穴に棄てられたが、デルポイ*

系図75　イオラーオス

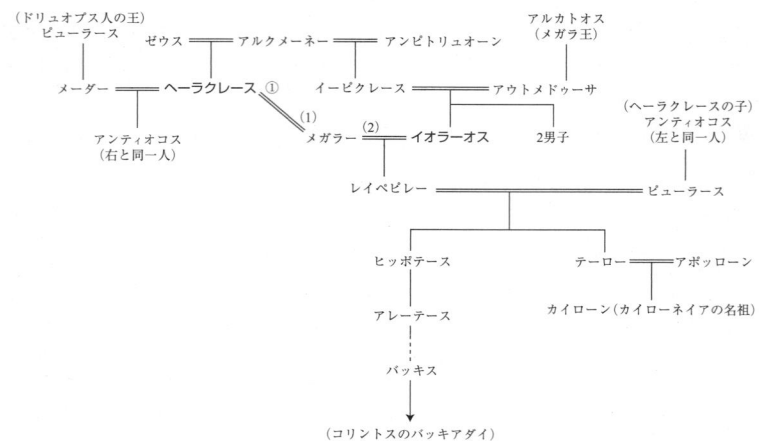

に運ばれて巫女に育てられ，のち子供に恵まれないクストスとクレウーサが神託を求めてやってきた折に親子の再会を果たしたということになっている。

なお，アテーナイなどイオーニアー人に共通の4部族は，各々イオーンの4人の息子の子孫であると称している（⇒ピューレー）。

Herodot. 7-94/ Apollod. Bibl. 1-7-3/ Strab. 8-383, 9-397/ Paus. 1-31, 2-14, -26, 7-1, -4, -25/ Eur. Ion/ Conon Narr. 27/ Schol. ad Ar. Nub. 1468, Av. 1527/ etc.

イオーン（キオス*の） Ion, Ἴων,（伊）Ione,（西）Ión, Jon,（葡）Íon,（露）Ион

（前490／480頃～前422）キオス*島出身の詩人，著述家。主にアテーナイ*で活躍し，アイスキュロス*，ソポクレース*，エウリーピデース*およびエレトリア*のアカイオス Akhaios（前484／481～?）と並んで5大悲劇詩人と称された。裕福にして温厚な人柄の持主で，キモーン*，ソークラテース*らアテーナイの著名人と親交を結び，その著『面談録 Epidēmiai, Ἐπιδημίαι』は彼らをめぐる逸話 ——とりわけ美少年好きのソポクレースが，宴席で酌人の接吻をかち得た話は有名—— の源泉となった。多くの作品があったが，いずれもわずかな断片しか伝存しない。色事好きのうえ，酒を生のままで飲むことを好み，悲劇の競演で優勝した時には，全アテーナイ市民にキオス産の銘酒1壺ずつをふるまったという。

⇒アガトーン

Ar. Pac. 830/ Strab. 14-645/ Ath. 1-3f, 10-426e, -447d～f, -451d～e, 11-463b～c, 13-603e～f/ 13-603e/ Plut. Cim. 5, 9, 16, Per. 5, 28/ Ael. V. H. 2-41/ Suda/ etc.

イーカリオス Ikarios, Ἰκάριος,（Ἴκαρος, Ikaros, Ἰκαρίων, Ikarion）, Icarius,（仏）Icare (Icarios),（伊）（西）Icario,（露）Икарий

ギリシア神話中の男性名。

❶アッティケー*（アッティカ*）の農民。エーリゴネー❶*の父。酒神ディオニューソス*を歓待した返礼に，葡萄の木を授かり，酒の醸造法を教わった。が，隣人たちに酒をふるまったところ，酔った彼らは毒を盛られたものと勘違いして彼を殺して埋めた。飼犬のマイラ Maira に導かれて父の亡骸を発見したエーリゴネーは，悲しんで首をくくって死に，マイラもまた近くの泉に身を投じた。イーカリオスの殺害者たちが逃れたケオース*島では疫病が発生し，

系図76 イオレー

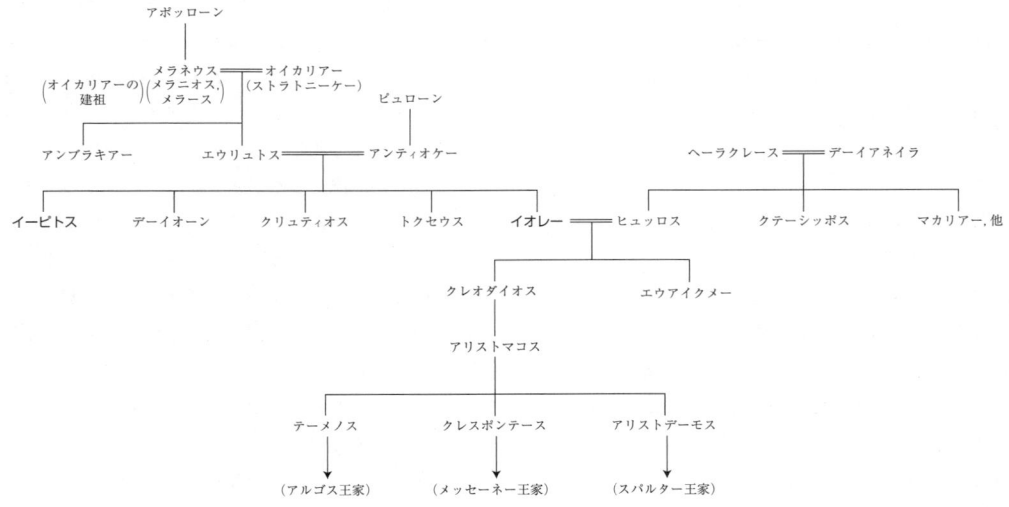

系図77 イオーン（神話の）

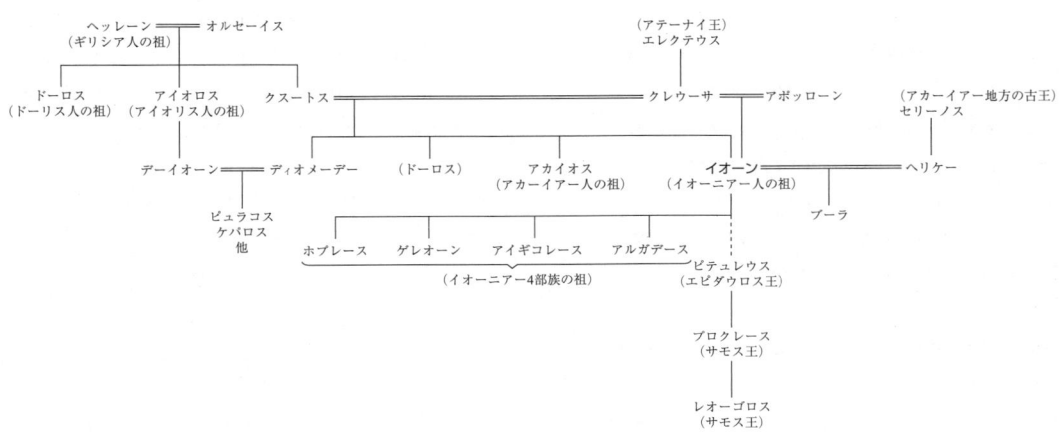

アリスタイオス*がデルポイ*の神託によって彼の霊を鎮めたところ、季節風が起こって悪疫はやんだ。またアッティケーでは旱魃や女たちの狂乱が広がったため、やはり神託の指示に従って、件の殺害者らを処刑、イーカリオス父娘をねんごろに祀り、犠牲を捧げて、毎年の祭礼（いわゆる葡萄の収穫祭）を始めた。ディオニューソスにより、イーカリオスは「牛飼座（ラ）Boötes」に、エーリゴネーは「乙女座（ラ）Virgo」に、マイラは「犬座（ラ）Canis」（の星）シーリウス Sirius ないしプロキュオーン Procyon）にされたという。
Ath. 14-618e/ Ael. N. A. 7-28/ Hyg. Fab. 130, 243, 254, Poet. Astr. 2-4/ Apollod. Bibl. 3-14-7/ Paus. 1-5/ Ov. Met. 6-126, 10-451/ Lucian. Salt. 40/ Nonnus Dion. 47-34～/ Schol. ad Il. 22-29/ Serv. ad. Verg. G. 1-67/ etc.

❷オデュッセウス*の妻ペーネロペー*の父。テュンダレオース*（美女ヘレネー*の父）の兄弟。オデュッセウスは、テュンダレオースが娘ヘレネーの婿選びに困惑していた時、適切な助言を与えた返礼として、テュンダレオースの口ききでペーネロペーと結婚することができたという。娘を手放したくないイーカリオスは、オデュッセウスに結婚後も自分の許に留まるよう説得したが、彼は応ぜず、ペーネロペーも顔をヴェールで隠して夫とともにイタケー*へ赴く意志を示したので、ついに彼もあきらめたという話が伝わっている。
Hom. Od. 1-329, 2-52, 15-15/ Apollod. Bibl. 1-9-5, 3-10-3～5, -10-9, Epit. 7-38/ Paus. 3-1, -12, -20, 8-34/ Strab. 10-452, -461/ Ath. 13-597f/ Tzetz. ad Lycoph. 511/ Schol. ad Hom. Od. 15-16/ Eust. Il./ etc.

イーカルス　Icarus
⇒イーカロス（のラテン語形）

イーカロス　Ikaros, Ἴκαρος, Icarus, (仏) Icare, (独) Ikarus, (伊) Icaro, (西)(葡) Ícaro, (露) Икар

ギリシア伝説中、名工ダイダロス*の息子（⇒巻末系図020）。クレーター*（クレーテー*）王ミーノース*によって父親とともに迷宮ラビュリントス*の奥に閉じ込められたが、そこから脱出するべく父の発明した翼をつけて大空へ飛びたった。しかるに、父の注意に従わず、有頂天になって天高く舞い上がり過ぎたため、太陽の熱で翼を留めてあった蠟が溶けてエーゲ海に墜落、溺死した。以来、彼が落ちたとされる小アジア西側イオーニアー*地方近海は、イーカリオン Ikarion 海（イーカリオス Ikarios 海）と呼ばれるようになったという。現在のイカリア Ikaría（古代のイーカリアー Ἰκαρία, Ikaria）島の近海がその墜落した場所だとされている。

イーカロスの物語は古代以来、絵画や浮彫りなど美術・文学の題材にとりあげられることが多い。
⇒ペルディクス
Hom. Il. 2-145/ Apollod. Bibl. 2-6-3, Epit. 1-12～13/ Ov. Met. 8-183～, 10-450, Fast. 4-284, -567/ Hyg. Fab. 40/ Strab. 14-639/ Lucian. Gallus 23/ Arr. Anab. 7-20,/ Xen. Mem. 4-2/ Diod. 4-77/ Paus. 9-11/ Plin. N. H. 7-56/ Aesch. Pers. 890/ etc.

イーグウィウム　Iguvium, (ギ) Iguion, Ἰγούϊον, Ἰγούϊον, (伊)(西) Iguvio, (露) Игувиум, (ウンブリア*語) Ikuvium

(中世の Eugubium、現・グッビオ Gubbio) イタリアのウンブリア*地方西部の町。アーペンニーヌス*山脈の西南麓、フラーミニウス街道*（ウィア・フラーミニア*）沿いの丘上に位置。前11～前10世紀頃エトルーリア*人によって創建され、のちローマの自治都市となった（前89）。後1444年にユーピテル*神殿の遺跡から、ウンブリア語を刻んだ9枚（現在は7枚のみ）の青銅板碑文「イーグウィウム板表」Tabulae Iguvinae（前200頃～前80頃）が発見されたことで著名。ローマ時代の劇場（テアートルム*）その他の遺構が残っている。
Cic. Att. 7-13, Balb. 20/ Caes. B. Civ. 1-12/ Liv. 45-43/ Sil. 8-461/ Plin. N. H. 3-14/ Ptol. Geog. 3-1/ Claud. Cons. Hon./ Tab. Peut./ etc.

イクシーオーン　Iksion, Ἰξίων, Ixion, (伊) Issione, (西) Ixión, (露) Иксион, (現ギリシア語) Iksíon

ギリシア神話中、テッサリアー*のラピタイ*族の王。プレギュアース*の子（アレース*、アンティオーン Antion など父親については諸説あり）。デーイオネウス Deïoneus（あるいはエーイオネウス Eïoneus）の娘ディーア Dia を妻とし、息子ペイリトオス*を儲けた。結納金を支払うと見せて岳父を誘い寄せ、燃えさかる炭火の穴へ落として殺し、最初の親族殺害者となる。諸人に排斥され、誰一人その罪を浄めてくれなかったが、大神ゼウス*のみ彼を憐れみ、オリュンポス*へ連れて行って罪を浄めてやった。ところが彼は恩を忘れて、ゼウスの妻ヘーラー*に懸想し、女神を犯そうとしたので、ゼウスは雲（ネペレー❷*）をヘーラーの似姿に造って彼に与えた。イクシーオーンはこの雲をヘーラーと思って交わり、ケンタウロス*族の父となった。不敬を怒ったゼウスは彼をタルタロス*（奈落）に堕とし、絶えず回転している火焔車に手足を縛りつけ、永劫の責苦を受けさせた。ローマ皇帝エラガバルス*はこの刑罰を模して、取り巻きの男たちを水車に結びつけ、その回転で水に沈めたり浮かび上がらせたりして娯しみ、彼らを「いとしのイクシーオーン」と呼んだという。
Apollod. Bibl. 1-8-2, Epit. 1-20/ Pind. Pyth. 2-21～/ Aesch. Eum. 441, 718/ Soph. Phil. 679～/ Hom. Il. 14-317～/ Ap. Rhod. 3-62/ Diod. 4-69/ Verg. Aen. 6-601～/ Ov. Met. 4-

系図78　イクシーオーン

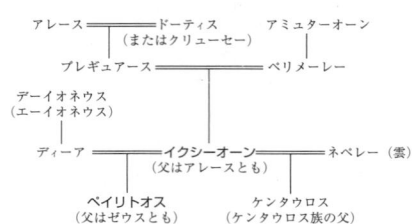

465, 10-42/ Hyg. Fab. 14, 33, 34, 62/ Strab. 9-439/ Hyg. Fab. 14, 33, 34, 62/ Lucian. Dial. D. 6/ S. H. A. Heliogab. 24/ etc.

イクティーノス　Iktinos, Ἰκτῖνος, Ictinus,（仏）（葡）Ictinos,（伊）Ittino,（伊）（西）（葡）Ictino,（露）Иктин

（前450頃～前420頃に活躍）ギリシア古典期の代表的建築家。ペリクレース*時代にアテーナイ*を中心に活動した。特にパルテノーン*神殿（前447～前438）の建築家として著名（⇒カッリクラテース）。エレウシース*のテレステーリオン Telesterion（密儀を行なう大会堂）の再建や、バッサイ*のアポッローン*神殿（前430～、ドーリス*式周柱堂）の設計にも携わり、またカルピオーン Karpion とともに神殿建築に関する論文を書いたともいう（亡失）。
⇒ペイディアース、ムネーシクレース
Paus. 8-41-7～/ Plut. Per. 13/ Strab. 9-395/ Vitr. De Arch. 7 praef./ etc.

イクテュオケンタウロス　Ikhthyokentauros, Ἰχθυοκένταυρος, Ichthyocentaurus,（英）Ichthyocentaur,（独）Ichthyokentauros,（伊）Ittiocentauro,（西）Ictiocentauro

（「魚のケンタウロス*」の意）頭から腰までが人間で下半身が魚ないし海豚の形をした空想上の怪物。馬か獅子の前足をもっていることが多い。ヘレニズム・ローマ時代の美術作品に、ヒッポカンポス*らとともに、海の神々に従って泳ぐ姿でよく表現されている。ケンタウロス・トリートーン*とも呼ばれる。
⇒ヒッポケンタウロス
Tzetz. ad Lycoph. Alex. 34, 886, 892/ Claud. Epithalaminium Honorii 144～/ etc.

イクテュオパゴイ　Ikhthyophagoi, Ἰχθυοφάγοι, Ichthyophagi,（英）Ichthyophagians,（英）（仏）Ichthyophages,（独）Ichthyophagen,（伊）Ittiofagi,（西）Ictiofagos

（「魚を食う者」の意）魚を常食とする民族。エティオピア、紅海、ペルシア湾、インド、アフリカ西岸など各地の沿岸に居住する種族が、同じこの名称で呼ばれていた。魚の骨で住居を築く習慣などが伝えられている。
⇒トローグロデュタイ、ロートパゴイ
Herodot. 3-19～/ Plin. N. H. 6-25/ Strab. 16-769, -772～/ Diod. 3-15～/ Paus. 1-33/ Ptol. Geog. 4-5, -8, 6-7, 7-3/ Peripl. M. Rubr. 2, 4, 20, 27, 33/ Agatharcides 31～/ etc.

イグナティオス　Ignatios, Ἰγνάτιος, Ignatius Antiochenus,（仏）Ignace,（独）Ignaz,（伊）Ignazio,（西）Ignacio,（葡）Inácio,（露）Игнатий

（アンティオケイア❶*の）（異名・Theophoros θεοφόρος）（後35頃～107／110頃）キリスト教の使徒時代の教父。伝承によれば、使徒ヨハネ（イオーアンネース❷*）の弟子で、アンティオケイアの第2代主教となる（在任・68～104頃）が、トライヤーヌス*帝の治下にローマへ送られ、数々の拷責（肉を釘で引き裂く、傷口を粗石でこする、燃えた石炭の上を裸足で歩かせる、背中を錐で突き刺したあと塩をすりこむ、等々）を加えられたのち、野獣の餌食となって殉教したという。護送される途上、彼がポリュカルポス*らに宛てて書いたとされる7通の書簡は、キリスト教徒の間で尊重されたものの、その真正性について長い間疑問がもたれ論争の的となっている。

　また、獅子（ライオン）に食い残された彼の骨はアンティオケイアへ運ばれ、以後貴重な宝物「聖遺物（ラ）Reliquiae」として大切に保存された。
Euseb. Hist. Eccl. 3-22, -36, -46, Chron./ Hieron. De Vir. Ill. 16/ Johannes Chrysostomus/ Evag. H. E. 1-16/ Irenaeus/ Origen./ Polycarp./ etc.

イケーニー（族）　Iceni (Eceni),（ギ）Simenoi, Σιμενοί, Simeni (Ikenoi, Ἰκενοί),（英）Icenians,（仏）Icéniens,（独）Icener,（伊）Iceni,（露）Ицены

ブリタンニア*東南部に住んでいたベルガエ*人系の部族。今日のノーフォーク Norfolk, およびサフォーク Suffolk 地方に居住し、後47年クラウディウス*帝と同盟を結んだが、50年に武装解除命令に抗して反乱を起こした（⇒オストーリウス・スカプラ）。さらに61年にも女王ボウディッカ*の下でローマの圧政に対して叛旗を翻したけれど、いずれも惨敗、その国土はローマの属州ブリタンニアに併合された（⇒スエートーニウス・パウリーヌス）。首邑はウェンタ・イケーノールム Venta Icenorum（現・Caistor-by-Norwich）。
Tac. Ann. 12-31～32, 14-31～/ Dio Cass. 62/ Ptol. Geog. 2-3/ Caes. B. Gall. 5-21/ It. Ant./ etc.

イケルス　Icelus, Marcianus,（ギ）Ikelos, Ἴκελος,（伊）（西）（葡）Icelo

（？～後69年1月）ローマ皇帝ガルバ*の寵愛した解放奴隷。ネロー*帝に対してガルバが叛旗を翻した時、いったん投獄されるが、ネローが失墜するに及んで釈放され、ヒスパーニア*に居るガルバの許（もと）へ急行、ネローの死を知らせる（68）。ガルバの恋人の1人でもあった彼は、その場で熱烈な抱擁を受け、すぐさま別室で交わったという。新帝ガルバの側近として騎士身分（エクィテース*）に叙せられ、マルキアーヌス Marcianus なる家名も与えられる。ウィーニウス*やラコー Laco（？～69殺害される）と並んで君寵をほしいままにし、飽くなき貪婪さ・残忍さで悪名を馳せた。しかし、ガルバ帝の養嗣子にオトー*を迎えることに反対したため、オトーが即位するとすぐさま処刑された。
Tac. Hist. 1-13, -33, -37, -46, 2-95/ Suet. Ner. 49, Galb. 14, 22/ Plut. Galb. 7, 22/ etc.

イーコニウム

イーコニウム Iconium, (ギ)イーコニオン*(時にエイコニオン Eikonion, Εἰκόνιον), (伊)(西) Iconio, (葡) Icônio, (露) Икония, Икониум, (現ギリシア語) Ikónio

(現・コニヤ Konya または Konia、Konieh) 小アジア内陸部、リュカーオニアー*の都市。アンキューラ*(現・アンカラ)の南およそ230km、タウロス山脈の北側に広がる高原地帯の南西端に位置する(標高1100m)。クセノポーン*によればプリュギアー*東端の町と記されているが、のちリュカーオニアーの首都となる。ローマ帝国に併合された前25年から後295年頃までの間、属州ガラティア*の町とされ、次いでピシディア*の町とされた。通商の要路に当たっていたため、多くのローマ人(主に商人)が居住しており、後130年頃ハドリアーヌス*帝はイーコニウムをローマ植民市(コローニア*)とした。原始キリスト教の使徒パウロス*(パウロ)が伝道旅行の際に訪れた(後47、50、53)ことでも知られる。
Xen. Anab. 1-2-19/ Plin. N. H. 5-25/ Cic. Fam. 3-7, 15-3, Att. 5-20/ Strab. 12-568/ Ptol. Geog. 5-6/ Amm. Marc. 14-2/ N. T. Act. 13, 14, 16/ Steph. Byz./ etc.

イーコニオン Ikonion, Ἰκόνιον, Iconium
⇒イーコニウム

イーサイオス(またはイサイオス) Isaios, Ἰσαῖος, (ラ)イーサエウス Isaeus, (仏) Isée, (独) Isäos, Isaios, (現ギリシア語) Iséos

(前420頃～前340頃) アッティケー*(アッティカ*)十大雄弁家*の1人。エウボイア*島カルキス*の出身。イソクラテース*とリューシアース*に弁論術を学び、法廷演説代作者としてアテーナイ*で活躍した。彼の全作品64のうち現存するのは11篇で、すべて遺産相続に関する民事訴訟の弁論である。師リューシアースよりもなおいっそう装飾を棄てた率直・鋭利な文体の完成者で、驚嘆すべき説得者として畏怖されたという。彼はデーモステネース❷*の師として知られ、20歳になった弟子が自らの後見人を相手どって訴訟を起こした時にも力を貸している。

他に帝政期のローマで活動したシュリアー*出身の弁論家イーサイオス(後100頃)がいる。
Plut. Mor. 844b～c, Dem. 5/ Quint. Inst. 12-10/ Dion. Hal. Isaeus/ Plin. Ep. 2-3/ Vit. Isaei/ Philostr. V. S. 1-20-513～/ Harp./ Phot. Bibl./ Suda/ etc.

イサウリアー Isauria, Ἰσαυρία, (ラ) Isauria, (仏) Isaurie

小アジアのタウロス(現・トロス)山脈周辺の地方。時代によって境界は異なるが、通例ピシディアー*とキリキアー*に挟まれた地域を指す。住民は剽悍・粗野で、長く独立を保ち、盗賊行為を生業(なりわい)としていた。前1世紀に入ってローマの将軍セルウィーリウス・ウァティア*の攻撃を受け(前78～前75)、ついに屈服させられてローマの属領となった(セルウィーリウスの異名イサウリクス Isauricus はこの征服に由来)。属州キリキア*、ガラティア*などその帰属は変わったが、住民の好戦的な性質に変わりはなく、絶えず反乱を起こして、ローマ軍との戦闘を招いた。東ローマ帝国時代には、イサウリアー人は皇帝レオー(レオーン)1世*に起用され、その首長ゼーノー*(ゼーノーン)は無能なバシリスクス*を廃して帝位にまで登っている。
⇒パンピューリアー、リュカーオニアー
Diod. 18-22/ Plut. Caes. 37/ Plin. N. H. 5-23/ Mela 1-2/ Strab. 12-568/ Cic. Att. 5-21/ Liv. Epit. 93/ Dio Cass. 45-16/ Ptol. Geog. 5-4/ Zosimus 5-25/ Eutrop. 6-3/ Amm. Marc. 14-2, 25-9/ Oros. 5-23/ Suda/ etc.

イーサダース Isadas, Ἰσάδας, (または、**イーシダース** Isidas, Ἰσίδας)

(前4世紀) スパルター*の美青年。容貌も肉体も衆に抜きん出て秀でており、前362年テーバイ❶*の武将エパメイノーンダース*がスパルターに攻め入った時には、青春の花盛りの年頃であったが、敵軍襲来と聞くや、体育場から全身に油を塗った真裸のまま飛び出して行き、目覚ましい若武者ぶりを発揮した。しかも一つとして手傷を負わなかったので、人々に絶讃され栄冠を授けられたものの、武具を着けずに敵中に躍り込んでいったとして1千ドラクメーの罰金を科せられたという(異伝あり)。
Plut. Ages. 34/ Ael. V. H. 6-3/ Polyaenus 2-9/ etc.

イーシス Isis, Ἶσις, (Eisis, Εἶσις), (伊) Iside, Isi, (葡) Ísis, (露) Исида, Изида, (現ギリシア語) Ísis
(古代エジプト語・Aśet または Iśet)

エジプトの女神。オシーリス*の妃で、ホーロス*の母。殺されてばらばらに切断された夫の死体を、捜し集めて復原し、儀式を行なって永遠の生命を吹き込んだ話で有名。ヘーロドトス*によって大地の女神デーメーテール*と同一視され、また雌牛を化身とするところからイーオー*と、さらにアテーナー*やアプロディーテー*などギリシアの主要な女神とも同化・統合された。ヘレニズム時代に彼女の崇拝は地中海周辺に伝播、闇の力にうち勝った者として、また神々の母・万物の支配者・密儀宗教(ミュステーリア*)の主神として、ローマ帝国においても全土に幅広い信者を得た。オシーリス、ホーロスと三柱一座の神をなし、サラーピス*(セラーピス*)やアヌービス*らエジプトの諸神と関係づけられていたが、その祭祀や神像はすっかりギリシア・ローマ風に変化していた。女神はシーストルム sistrum(ギリシア語・セイストロン seistron, σεῖστρον 振鈴)と呼ばれる楽器を右手に持ち、ネイロス*(ナイル)河の豊饒を象徴する水瓶を左手にした貴婦人の姿で表現され、神官たちは剃髪し白亜麻の長衣(リンネル)を纏って彼女に奉仕した。スッラ*の頃にローマへ導入された(前80頃)というその秘儀は、淫靡な乱行を伴うものとして何度も迫害を受け、帝政期に入ってからも醜聞事件を起こした。とはいえ、カリグラ*によってカンプス・マールティウス*に壮大な神殿(ラ) Iseum, Isaeum を設けられて以来、オトー*やドミティアーヌス*ら諸帝の帰

依を蒙って、4世紀末まで衰えを見せなかった。各地に神殿が建てられたが、ポンペイイー*（ポンペイ）のものが最もよく保存されている。イーシス崇拝はキリスト教が国教となったのちも、聖母マリアー❶*崇拝の裡に永くその残像を留めた。かつては遙かエティオピア*の都メロエー*にまでイーシス信仰が及んだものの、東ローマ帝ユースティーニアーヌス1世*の命で上エジプト、ピライ Philai,（ラ）Philae,（和）フィラエのイーシス神殿が閉鎖されて（後537）、女神の崇拝は事実上、終焉を告げた。
Plut. Mor. 351c, 384c/ Herodot. 2-41〜42, -59, -156/ Apul. Met. 11/ Diod. 1-13〜27, 5-69/ Dio Cass. 40-47, 42-26, 47-15, 53-2/ Tac. Ann. 2-85/ Suet. Oth. 12, Dom. 1/ Joseph. J. A. 18/ Juv. 6-329/ Val. Max. 1-3/ Paus. 2-4, 10-32/ Cic. Nat. D. 3-19/ Ov. Met. 9-772〜, Am 2-13/ Tertullian. Ad Nat. 1-10/ etc.

イージス　Ægis
⇒アイギス*（の英語訛り）

イスカ　Isca
ブリタンニア*（大ブリテン島）の川および町の名。

❶ Isca Silurum, Isca Augusta（現・Caerleon-on-Usk）ブリタンニア*南西部（ウェールズ）の要塞都市。後75年頃、総督フロンティーヌス*によって建設され、3世紀末まで軍団駐屯地および交通の要衝として発展。円形闘技場やテルマエ*浴場、城砦などの遺跡が残る。ディオクレーティアーヌス*帝治下の迫害で、アアローン Aaron やユーリウス Julius らのキリスト教徒が殉教した地と伝えられる（304頃）。
Baeda Hist. Ecc. 1-7/ Ptol. Geog. 2-3/ Gildas 10/ Tac. Hist. 3-44/ etc.

❷ Isca Dumnoniorum（現・Exeter-on-the Exe）ブリタンニア*南西端（デヴォン）の町。クラウディウス*帝の治下（後55頃）に建てられた先住民の主要都市。
Ptol. Geog. 2-3/ etc.

イスキア　Ischia
⇒ピテークーサイ

イースキラス　Aeschylus
⇒アイスキュロス*（の英語訛り）

イスディゲルデース　Isdigerdes
⇒ヤズダギルド

イストミア競技祭　Isthmia, Ἴσθμια,（英）Isthmian Games,（仏）Jeux Ithmiques,（独）Isthmische Spiele,（伊）Giochi istmici,（西）Juegos Ístmicos
ギリシアのコリントス*地峡 isthmos で海神ポセイドーン*のために開かれた祭典競技。伝承によると、コリントス王シーシュポス*が甥のメリケルテース*（パライモーン*）を葬った折に、その追悼競技として創始したとも、テーセウス*がこの地峡に住む松曲げ男シニス*を退治した時に、父たるポセイドーンを称えて始めたともいう。前582／581年以来、ギリシアの全民族的祭典となり（4大競技祭の1つ）、2年ごとつまり各オリュンピア期*の第2・4年末（四月〜五月頃）催された。競走・乗馬・レスリング・ボクシング・パンクラティオン*等々、男子のみが参加できる各種裸体競技のほか、音楽の競演も行なわれ、優勝者には松葉もしくは野生のセロリ（野ゼリ）で編んだ冠が授けられた。ペロポンネーソス戦争*中の前412年に、アテーナイ*人がキオス*島叛乱の報に接したのも、マケドニアー*軍敗北後の前196年に、ローマの将軍 T. フラーミニーヌス*がギリシア諸市の自由を宣言したのも、イストミア競技祭の開催席上でのことであった。また前146年にコリントス市がローマ軍によって徹底的に破壊された際にも、競技祭のみは中断されず、シキュオーン*市民の手で運営管理され続けた。
⇒オリュンピア競技祭、ネメア競技祭、ピューティア競技祭
Pind. Isthm./ Paus. 1-44, 2-1〜, 5-2, 6-20, 7-27/ Thuc. 8-9〜10/ Plut. Thes. 25, Flam. 10, Tim. 26, Sol. 23, Symp. 5-3/ Apollod. Bibl. 3-4-3/ Polyb. 2-12, 18-44〜/ Strab. 8-380/ etc.

イストモス　Isthmos, Ἰσθμός, Isthmus,（仏）Isthme,（伊）（西）Istmo,（現ギリシア語）Isthmós
（「地峡」の意）特にギリシア中央部とペロポンネーソス*半島とを結ぶコリントス*地峡 Isthmos Korinthū を指す。長さ32km、幅6.5〜13km。古くから交通の要衝として重視される。西側にコリントス市があり、東側のポセイドーン*神域ではイストミア*競技祭が開催された。この地峡に運河を開鑿する計画は、コリントスの僭主ペリアンドロス*以来、デメートリオス1世・ポリオルケーテース*、ローマのカエサル*、カリグラ*帝、ネロー*帝、ヘーローデース・アッティクス*らによって立てられたが、実際に着手したのはネロー帝だけだった（後67年9月頃）。ネローはユダヤ人捕虜6千名を含む囚人を投入して作業にとりかからせたが、鍬入れ式で最初の一撃が加えられるや、「大地から血が噴き出し、地獄さながらの咆哮が聞こえ、沢山の亡霊が出現」するといった不吉な出来事が起きたので、翌68年ネローの横死（6月）とともに工事は放棄された。現在の運河は1881年着工、1893年の開業。古代に陸路、船舶を運搬した軌道設備 Diolkos（ディオルコス）の敷石基盤が残っている。
Paus. 2-1/ Thuc. 3-15, 8-7, -8/ Ar. Thesm. 647〜/ Strab. 8-380/ Suet. Iul. 44, Calig. 21, Ner. 19/ Dio Cass. 63-16/ Philostr. V. S. 2-1/ Mela 2-3/ Vell. Pat. 1-3/ Diod. 11-16/ Plin. N. H. 4-4/ Scylax/ etc.

イストリア Istria, (またはヒストリア Histria), (ギ) Istriā, Ἰστρία, (仏) Istrie, (独) Istrien, (伊) Ìstria, (露) Истрия

(現・Istra) アドリア海の北東端にある半島。剽悍なイッリュリアー*人が居住し、海賊として略奪行為を働き続けていたが、前 177 年 P. クラウディウス・プルケル*率いるローマ軍に征服された。以来ローマの属州イッリュリクム*の一部となり、ポラ*やテルゲステ Tergeste (現・トリエステ Trieste) などに植民団が送り込まれた。アウグストゥス*の時代に、西隣の地ウェネティア* (ウェネティー*族の居住地。現・ヴェネツィア Venezia 周辺) とともにイタリアに併合され、近くの町アクィレイヤ*はアドリア海最大の港湾都市として重視された。

なお黒海沿岸、イストロス* (ドーナウ) 河口に前 770 年頃、ミーレートス*市が建てた植民市イストリアー ((ラ) イストリア、イストロポリス Istropolis, 現・Istere) は、まったく別の町である。

⇒リブルニア、イアーピュディアー、ノーリクム
Liv. 10-2, 39-55, 40-18, 41-1〜5, -8〜13, 43-1/ Caes B. Gall. 8-24/ Mela 2-3/ Plin. N. H. 3-18〜19/ Strab. 1-57, 5-215, 7-314/ Herodot. 2-33, 4-78/ App. Ill. 8/ Eutrop. 3-7/ Oros. 4-13/ Zonar. 8-20/ Ptol. Geog. 2-13, -14, -16, 3-1/ etc.

イストロス (河) Istros, Ἴστρος, (ラ) イステル Ister
⇒ダーヌビウス (ドーナウ) 河

イスマロス Ismaros, Ἴσμαρος, Ismarus, Ismara, (伊) (西) Ismaro

トラーケー* (トラーキアー*) 南岸近くの山名、およびその麓の市名。マローネイア Maroneia (現・Marónia) の西方に位置。古来、葡萄酒の名産地として有名。ギリシア伝説上は、キコーン族 (キコネス) Kikones の住地で、楽人オルペウス*はここの女たちの手で八つ裂きにされたといい、またトロイアー戦争*ではキコーン族はトロイアー*方に味方してギリシア軍と対立、ためにオデュッセウス*は帰国の途中、イスマロスの町を略奪したと伝えられる。
Hom. Od. 9-40, -198〜/ Herodot. 7-109/ Ath. 1-30/ Ov. Met. 9-641/ Verg. Aen. 10-351, Ecl. 6-30, G. 2-37/ Lucr. 5-31/ Prop. 2-13, 3-12/ etc.

イスメーネー Ismene, Ἰσμήνη, (仏) Ismène, (露) Исмена, (現ギリシア語) Ismíni

ギリシア伝説中、テーバイ❶*王オイディプース*とイオカステー* (オイディプースの母) との間に生まれた娘。エテオクレース*やポリュネイケース*、アンティゴネー*の姉妹。異伝では、彼ら 4 人兄妹の母はイオカステーではなく、エウリュガネイア Euryganeia なる別の女であるという。イスメーネーは、アンティゴネーが禁令を破ってポリュネイケースを埋葬しようとした時に、協力を拒んだが、のちには進んでアンティゴネーと死の運命をともにしたとされている。一説によると、あるテーバイ人の青年と密会の最中、市を攻囲していた七将の 1 人テューデウス*によって殺されたとも伝えられる。
⇒クレオーン❷
Aesch. Sept. 862〜/ Soph. Ant. 1〜, 526〜, O. C. 320〜/ Apollod. Bibl. 3-5-8/ Stat. Theb. 8-623/ Paus. 9-5/ etc.

イ (一) ソクラテース Isokrates, Ἰσοκράτης, Isocrates, (仏) Isocrate, (伊) Isòcrate, (西) (葡) Isócrates, (露) Исократ, (現ギリシア語) Isokrátis

(前 436〜前 338) アテーナイ*の修辞学者・政治評論家。アッティケー* (アッティカ*) の十大雄弁家*の 1 人。優れた弁論術教師で、デーモステネース❷*と並ぶアッティケー弁論家の巨匠。富裕な笛製造業者テオドーロス Theodoros の息子。ゴルギアース*やプロディコス*らソフィスト*に学んだのち、ペロポンネーソス戦争* (前 434〜前 404) で財産を失ったため、職業的な法廷弁論代作者 logographos (ロゴグラポス) となり、前 392 年頃、アテーナイに修辞学の学校を設立。100 人を下らぬ門弟を有料で教育し、たちまちにして名声と富を得た。博い (ひろい) 教養をもって弁論術を教え、プラトーン*ら哲学者の学園に対抗、イーサイオス*やリュクールゴス*、ヒュペレイデース*、アイスキネース*等々優れた子弟を半世紀余りにわたって送り出した。自身は病弱で声が小さく内気な性質だったので、読むための演説を研究・執筆し、ギリシア散文の文体を完成させた。政治評論家としては、終生ギリシアの統一とペルシア*遠征とを主張して、その実現をマケドニアー*王ピリッポス 2 世*に期待、国粋派のデーモステネースと対立したが、皮肉にも祖国がピリッポスによってカイローネイア*で敗れ、ギリシアの独立が失われる様を目撃し (前 338)、4 日間飲食を断って憤死したという。98 歳。穏和で寛容な人柄だったが、女色に弱いという欠点の持ち主でもあり、一人の遊女 (ヘタイラー*) と同棲して娘を儲けたとの古伝が残っている。

彼の著作は、『祭典演説 Panēgyrikos』 (前 380)、『パンアテーナイア祭演説 Panathēnaikos』 (前 339 完成) の 2 大作をはじめとする全 21 篇の演説、および 9 通の書簡が伝存し、

系図 79　イスメーネー

おそらく公表された全作品が残ったものと思われる（異説あり）。その文体は、変化に乏しいものの、大河のごとく豊かに悠々と流れ、以後の散文の模範とされ、後世へ及ぼした影響は甚大。ローマの雄弁家キケロー*も、イソクラテースの教養主義的教育論から少なからぬ感化を蒙っている。また彼は1科目の授業料として千ドラクメーを要求し、1回の演説文を20タラントンもの高額で売ったと伝えられる。しかしまた、辛辣なティーマイオス❷*からは、「イソクラテースがペルシア人に対する宣戦を主張した演説を書き上げるより短い時間で、アレクサンドロス大王*はアジア全土を手に入れたではないか」と評されてもいる。さらに彼が文体の典雅さゆえに優れた子弟たちを集めて華やいでいるのを見て、アリストテレース*が「イソクラテースに語らせておいて己れは沈黙するのは恥だ」と言って俄然、教育法を変えたという話も有名。
⇒スペウシッポス、テオデクテース、ディオスクーリデース❸、テオポンポス❷、エポロス、（将軍）ティーモテオス、アルキダマース、アステュダマース、カッリストラトス❹、アンドロティオーン
Pl. Phdr. 278e/ Plut. Mor. 836e～839d/ Cic. De Or. 2-3, -13, -22, 3-7, -9, -16, -34～, Inv. Rhet. 2/ Plin. N. H. 7-30/ Quint. Inst. 3-1, 10-4/ Philostr. V. S. 1-17/ Ael. V. H. 12-52/ Ath. 13-592/ Vita Isocratis/ Dion. Hal./ Zosimus/ Phot. Bibl./ Suda/ etc.

イーソップ Aesop
⇒アイソーポス

イタカ Ithaca
⇒イタケー

イタケー Ithake, Ἰθάκη, （ラ）**イタカ** Ithaca, （仏）Ithaque, （独）Ithaka, （伊）Itaca, （西）（葡）Ítaca, （露）Итака, （現ギリシア語）Itháki
（現・Itháki, 前名 Thiaki）ギリシア西方、イーオニアー海*上に浮かぶ小島。96 km²。伝説上の英雄オデュッセウス*の領土として古来名高い。主島のケパッレーニアー*島とは幅2～4 kmの水道で分離され、かつてはイタリア方面との交易の中継地として栄えた。ミュケーナイ*文化時代に遡る甕や鼎（三脚台）その他の遺物が発掘されているが、『オデュッセイア*』中のイタケーはむしろレウカス*島の方がふさわしいとする説などがあり、その比定に関しては盛んに論争が繰り返された。
⇒ザキュントス島
Hom. Il. 2-184, Od. 1-18～, 9-21～, 13-97～/ Verg. Aen. 3-272, -613/ Ov. Met. 13-98/ Plin. N. H. 4-12/ Strab. 1-34, 10-454～/ Plut. Quaest. Graec. 43/ Steph. Byz./ etc.

イーダース Idas, Ἴδας, （伊）Ida, （露）Идас
ギリシア神話中、メッセーネー*王アパレウス Aphareus とその異父妹アレーネー Arene の子。リュンケウス❷*の双生兄だが、イーダースの実父はポセイドーン*であるともいわれる。人間の中で最強の男と称され、カリュドーン*の猪狩りや、アルゴナウテース*たち（アルゴナウタイ*）の遠征など数々の冒険に活躍、ポセイドーンから授かった有翼の戦車でエウエーノス Euenos の娘マルペーッサ*を奪い去り、彼女を横取りしようとしたアポッローン*神に対しても弓を引いたという。仲裁に入った大神ゼウス*がマルペーッサ本人に選択を任せると、彼女は神よりも自分と同じように年老いていく人間のイーダースの方を夫に選んだ。

イーダースとリュンケウスはのち、従兄弟に当たるもう1組の双生兄弟ディオスクーロイ*（カストール*とポリュデウケース*）と、レウキッポス❶*の娘たち Leukippides をめぐって争い ── あるいは、アルカディアー*から略奪してきた牛群の分配に関して乱闘を起こし ── 、ついに命を落とした。イーダースはカストールを殺し、さらにポリュデウケースをも大石を投げて気絶させたが、ゼウスの放った雷霆に撃たれて果てたという（異説あり）。妻のマルペーッサも自害して夫に殉じ、継嗣のなくなったメッセーネー王国はピュロス*のネストール*（またはその父ネーレウス*）に譲られたと伝えられる。
Hom. Il. 9-553～/ Apollod. Bibl. 1-7-8～, 1-8-2, -9-16, 3-10-3, -11-2/ Ap. Rhod. 1-151～, 2-817～/ Hyg. Fab. 14, 80, 100/ Bacchyl. 20/ Ov. Met. 8-305, Fast. 5-699～/ Theoc. 22-137～/ Paus. 4-2/ Pind. Nem. 10-60～/ Clem. Al. Protr. 9-32/ etc.

系図80　イーダース

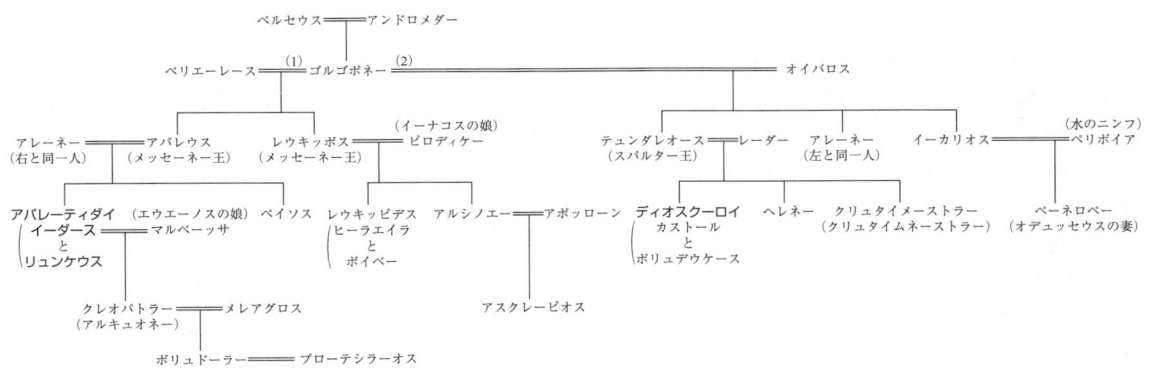

イーダー（山） Ida, Ἴδα, ῎Ιδα, (Idaeus Mons), (英) (Mount) Ida, (仏) (Mont) Ida, (伊)(西)(葡) (Monte) Ida, (露) Ида

（アッティケー*方言、イオーニアー*方言）イーデー*、（ドーリス*方言、アイオリス*方言）イーダー、イーダ。ギリシア世界の山の名前。伝説上の名祖（なおや）は、クレーター*島で赤子のゼウス*を育てたのち、プリュギアー*へ移り住んだニュンペー*（ニンフ*）のイーデー Ide（クレーター王メリッセウス Melisseus の娘）とされる。

❶小アジア西方プリュギアー*（のちミューシアー*）の山脈（現・Kaz Dağı。標高 1767 m）。ギリシア神話中、美少年ガニュメーデース*が誘拐され、あるいはパリス*の審判が行なわれた地として名高い。またアプロディーテーは山麓でアンキーセース*と交わって、アイネイアース*（アエネーアース*）を産んでいる。トローアス*地方の眺望にすぐれ、ホメーロス*によると、トロイアー戦争*中、神々はこの山頂から観戦したという。緑におおわれ、スカマンドロス*、グラーニーコス*など多くの河川の源流となっていたので、「噴泉の豊かな」と形容された。この山はまた大地母神キュベレー*崇拝の聖地として知られ、女神の従者ダクテュロス*たちは、「イーデー山の指 Daktyloi Idaioi」と呼ばれた。造船用の木材の産地として知られていた。
Hom. Il. 2-821～, 3-276, 8-47, -170, 11-105, -196, 14-283～/ Strab. 13-583～/ Hes. Th. 1010/ Ptol. Geog. 5-2/ Plin. N. H. 5-32/ Thuc. 4-52/ Apollod. Bibl. 3-12-5～6, Epit. 3-2, 5-9, 5-14/ Steph. Byz./ etc.

❷クレーター*（クレーテー*）島中央部に聳える同島の最高峰（現・Ídhi, Psiloritis。標高 2456 m）。ギリシア神話では、この山中の洞窟で嬰児ゼウス*が生まれ、クーレーテス*（コリュバンテス*、ダクテュロイ*とも）の警護の下、アマルテイア*やニュンペー*（ニンフ*）のイーデー Ide 姉妹によって養育されたことになっている。

フェニキア*文明の影響下に聖所に捧げられる青銅の楯や手太鼓（タンバリン）が造られており、また、近年、青銅器時代の供物が山中の洞窟から発見されている。
⇒ミーノース、ディクテー（山）、ケレオス❷
Strab. 10-475/ Apollod. Bibl. 1-1/ Eur. Hipp. 1253/ Ar. Ran. 1356/ Ov. Fast. 4-145/ Verg. Aen. 3-105/ Ptol. Geog. 3-15/ Plin. N. H. 4-12/ Mela 2-7/ Paus. 5-7-6/ Diod. 5-70/ Theophr. Hist. Pl./ Dionys. Per./ etc.

イ（ー）タリア Italia, (ギ) Italiā, Ἰταλία, (英) Italy, (仏) Italie, (独) Italien, (露) Италия, (漢) 伊太利亞, 意大理亞

この名は元来、イタリア半島南西部のオイノートリアー*地方を指すギリシア語で、「子牛 vitulus の国」を意味する Vitelia から派生した言葉であると考えられている。伝説上の名祖（なおや）はブルッティー人*の古王イ（ー）タロス*。前5世紀末までにはブルッティウム*とルーカーニア*を含む地域を指すようになり、カンパーニア*およびラティウム*地方はアウソニア*と、カラブリア*地方はイアーピュギアー*と呼ばれた。その後、ローマ人がタレントゥム*（タラース*）を征服するに及んで（前272）、「イタリア」なる名称はローマに服属する半島全土に適用され、北限はアルヌス Arnus（現・アルノ Arno）、ルビコーン*両河川を結ぶ線に達した。それより北側のアルペース*（アルプス）山脈に至る地域は、ガッリア・キサルピーナ*と呼ばれて共和政末期まで属州の地位に留まったが、前2世紀のギリシア人史家ポリュビオス*以来、非公式にイタリアの一部と見なされていた。

アウグストゥス*はガッリア・キサルピーナをも正式にイタリアに含め、アルペース以南の全半島を次の 11 の行政区 regiones に分割した。
(1)ラティウムとカンパーニア；ウォルスキー*、ヘルニキー*、アウルンキー*、およびピーケーヌム*地方を含む。
(2)アープーリア*とカラブリア；ヒールピーニー*地方を含む。
(3)ルーカーニアとブルッティウム
(4)サムニウム*；サムニーテース*（ヒールピーニーを除く）とサビーニー*地方。
(5)ピーケーヌム*
(6)ウンブリア*
(7)エトルーリア*
(8)ガッリア・キスパダーナ*
(9)リグリア*
(10)ウェネティア*；イストリア*を含む。
(11)ガッリア・トラーンスパダーナ*；パドゥス*（現・ポー）河以北の地。

この行政区分は帝政期を通じて、ほとんど変化することなく用いられ続けた。

伝承では、イタリアには大地から生まれたアボリーゲネース*が土着民として先住し、次いでギリシアよりペラスゴイ*人やアルカディアー*人が移住、さらにトロイアー*陥落後、アイネイアース*（アエネーアース*）一行がやって来てラティウム地方に定着し、その子孫がローマを建国したということになっている。考古学上、旧石器時代以来の居住跡が各地で発見されており、前8世紀にギリシア人、フェニキア*人が植民活動を展開する頃には、半島はリグリア*人、シケロイ*人などさまざまな民族が定住し、中央部にはエトルーリア人（エトルスキー*）が高度な文化を開花させていた。またギリシア人が植民市を建設した南部沿岸地方は、マグナ・グラエキア*と呼ばれて奢侈と逸楽の風で知られ、ギリシア文化の一大中心地として殷賑を極めた。北方では前5世紀末から前4世紀はじめにかけ、ケルト*系のガッリア*人がアーペンニーヌス*（アッペンニーノ）山脈を越えて中部イタリアまで南侵したが、ラティーニー*系のローマがこれを撃退（前390頃）。やがてローマは周辺の諸種族と合体または同盟をつくりつつイタリア全土を制圧していった。共和政末期の前1世紀以来、イタリアはローマ市民共同体の母地として免税その他さまざまな特権を享受、東方からの贅沢品が大量に流入し、数

多くの都市が繁栄を謳歌した。その後、属州経済が発展するにつれて、イタリアは帝国の支配者的地位から転落し、人口の減少、土地の荒廃、異邦人 barbarī の侵入などによって次第に衰退の度を深めていった。
⇒オスキー、ファリスキー、メーッサーピイー、イアーピュゲス

Herodot. 1-24/ Thuc. 6-2〜, 7-33/ Theophr. Hist. Pl. 5-8/ Strab. 5-209〜6-265/ Polyb. 1-6, 2-14, 3-39/ Plin. N. H. 3-5/ Ptol. Geog. 3-1/ Dion. Hal. 1-36〜/ Mela 1-3, 2-4/ Arist. Pol. 7-10/ Verg. Aen. 1-530〜/ Gell. 11-1/ Varro R. R. 2-1/ Sall. H. 11/ Quint. Inst. 1-5-18/ Caes./ Cic./ Liv./ Dio Cass./ etc.

イータリオーテース、（複）イータリオータイ Italiotes (Italiotai), Ἰταλιώτης (Ἰταλιῶται),（伊）Italioti,（西）（葡）Italiotas

イタリア南部、マグナ・グラエキア*に住んでいたギリシア人の総称。
Herodot. 4-15/ Thuc. 6-44, -90, 7-87/ etc.

イ（ー）タリカ Italica,（ギ）Italika, Ἰτάλικα (Italikē, Ἰταλική),（西）Itálica

ラテン語の市名。

❶（現・Santiponce）ヒスパーニア*南西部のローマ人都市。第2次ポエニー戦争*中の前206年、バエティス Baetis（現・グアダルキビル Guadalquivir）河西岸に、P. スキーピオー・大アーフリカーヌス*によって建設され、退役軍人が植民した。ヒスパーニア・ウルテリオル*（外ヒスパーニア*）州に属したが、アウグストゥス*の治下、ヒスパーニア・バエティカ*州に編入された。トライヤーヌス*、ハドリアーヌス*、そしてテオドシウス1世*の3帝を出し、ハドリアーヌスの時代にヘレニズム風に再建され、大都市アエリア・アウグスタ Aelia Augusta に変容、その後数世紀にわたってこの地方の中心地となる。2万5千人の観客を収容できる大円形闘技場*の遺跡をはじめ、野外劇場*やフォルム*、モザイク画、彫刻類などが出土している。叙事詩人シーリウス・イタリクス*の生地でもある。
⇒ヒスパリス

Caes. B. Civ. 2-20/ Plin. N. H. 3-3/ Gell. 16-13/ Strab. 3-141/ Ptol. Geog. 2-4/ App. Hisp. 38/ Caes. B. Civ. 2-20/ Hirt. B. Alex. 53/ Oros. 5-23/ It. Ant./ Steph. Byz./ etc.

❷⇒コルフィーニウム

イタリクス、シーリウス Tiberius Catius Asconius Silius Italicus
⇒シーリウス・イタリクス

イ（ー）タロス Italos, Ἰταλός, Italus,（伊）Italo,（露）Итал,（現ギリシア語）Italós

イタリアの伝説上の名祖。ペーネロペー*とテーレゴノス*の息子。イタリア南部ブルッティウム*の王とも、シケロイ*人の王とも諸説行なわれ、その善政ゆえに従来アウソニア*と呼ばれていた半島に「イタリア」の名がつけられたという。

Dion. Hal. Ant. Rom. 1-12, -35, -73/ Strab. 6-1/ Thuc. 6-2/ Hyg. Fab. 125, 127/ Plut. Rom. 2/ etc.

一万人の退却 （英）The March (Expedition) of The Ten Thousands,（仏）La Retraite des dix mille,（独）Rückzug der Zehntausend,（西）Expedición de los Diez Mil

（前401〜前399）アテーナイ*の若き指揮官クセノポーン*に率いられて、メソポタミアー*から黒海沿岸、そしてトラーケー*（トラーキアー*）へと転進・帰還した約1万人のギリシア人傭兵の脱出行。その経緯はクセノポーンの著『アナバシス Anabasis』に詳しい。

前401年、アカイメネース朝*ペルシア*の王弟・小キューロス❷*が、兄アルタクセルクセース2世*に反乱を起こした時、ギリシア人傭兵1万3千ほどが参加（⇒クレアルコス、メノーン）。バビュローン*目指して攻めのぼったものの、クーナクサ*の戦いでキューロスが戦死し、ギリシア人指揮官たちはペルシア側に謀殺されてしまう（⇒ティッサペルネース）。そこでクセノポーンを全ギリシア人の将軍に選んで、寒気の迫るアルメニアー*の奥地を、数多の危険や苦難を克服しつつ故国へと退却して行った。前400年の初頭、ようやく黒海沿岸のトラペズース*に到着。海が見えた時、彼らが異口同音に「海だ、海だ！」と叫んで駆け出した話は名高い。次いでトラーケーの王に仕えた後、前399年クセノポーンは残存兵を率いてスパルター*軍に投じた。

ギリシア人部隊がペルシア帝国*の大軍を撃破し、その後も敵中を見事に突破して故国に帰還したこの事件は、ギリシア人に多大の自信を与えると同時にペルシアの実状を認識させ、のちにペルシア遠征を断行したアレクサンドロス大王*にも少なからぬ影響を及ぼすことになる。
⇒ケイリソポス、エピステネース、セウテース

Xen. An., Hell. 3-1/ Plut. Mor. 345e/ Diod. 14-19〜/ etc.

一角獣 Monoceros
⇒モノケロース

イッサ Issa, Ἴσσα,（伊）Lissa (Isola del Lissa),（露）Исса,（現ギリシア語）Íssa

（現・Vis）ダルマティアー*沿いにあるアドリア海上の島。面積90.26 km²。島内に同名の町イッサがあり、元来はレスボス*の植民市であったとされる。伝説上の名祖イッサ（イッセー Isse）はレスボス王マカレウス Makareus（ヘーリオス*とロドス*の子）の娘で、牧人に変身したアポッローン*（またはヘルメース*）と交わって、トロイアー*陥落の「木馬の計」を教えた予言者プリュリス Prylis の母になったという。前4世紀前半には、シュラークーサイ*王ディオニューシオス1世*の命に従って、パロス*からの移

民を受けいれ、以来、ここの住民は優れた船乗りとして知られた。第1次ポエニー戦争*（前264〜前241）中の前260年にはローマの執政官ドゥイーリウス*を助けてミューライ*沖の海戦に参加。さらに第1次マケドニアー*戦争でも再びローマ軍の味方をして戦っている（前215）。
Plin. N. H. 3-26/ Caes. B. Civ. 3-9/ Liv. 31-45, 37-16, 42-18, 43-9, 45-8, -26/ Ptol. Geog. 2-16/ Mela 2-7/ Strab. 7-315/ Diod. 15-13/ Polyb. 2-8/ App. Ill. 7/ Ov. Met. 6-124/ Scylax/ It. Ant./ Steph. Byz./ etc.

イッセードネス　Issedones, Ἰσσηδόνες,（または、エッセードネス Essedones, Ἐσσηδόνες),（英）Issedonians,（仏）Issedoniens,（独）Issedonen,（露）Исседоны

スキュティアー*の遙か東方、マッサゲタイ*族と相対して住むといわれた人種。老親を殺しその肉を料理して食べ、頭蓋骨に鍍金を施して酒盃として用い、毎年これに生贄を捧げて祀る風習で名高い。また男女は同等の権利を有していたとされ、彼らの居住地の彼方には伝説の怪獣グリュプス*や単眼のアリマスポイ*人が棲んでいたという。一説に彼らは、中央アジア・タリム盆地にいたティベット人のことだとも考えられている。
⇒アントローポパゴイ
Herodot. 1-201, 4-13, -25〜27/ Mela 2-1/ Plin. N. H. 4-12, 6-7, -19/ Ptol. Geog. 6-16/ Steph. Byz./ etc.

イッソス　Issos, Ἰσσός, Issus,（伊）Isso,（露）Исс,（現キリシア語）Isós,（別形・Issoi, Ἰσσοί）

小アジア東南部、キリキアー*の町（現・İskenderun の北方 Hatay 内の Jüsler）。前333年11月（5日）、この町の南郊で、アレクサンドロス大王*が、アカイメネース朝*ペルシア*のダーレイオス3世*の大軍に勝利を収めた。アレクサンドロスの猛烈な突撃にペルシア軍は圧倒され総崩れとなり、ダーレイオスは戦車を捨てて馬に乗り逃走、その家族や豪華な調度・幕舎はマケドニアー*軍の手に残された。一説ではダーレイオスはアレクサンドロスその人から傷を負わされて遁走したといい、この戦闘の情景はギリシア人画家によって描かれ、またモザイク画の主題としても取り上げられた。ほどなく戦場の近くにギリシア・マケドニアー人植民市アレクサンドレイア*が建設され、今日もその遺構がいくらか残っている。

なおイッソスの地はローマ帝政期、セプティミウス・セウェールス*がペスケンニウス・ニゲル*を破った戦場ともなっている（後194）。
Plut. Alex. 20〜24/ Arr. Anab. 2-8〜/ Curtius 3-7〜12/ Diod. 17-32〜/ Just. 11-9/ Strab. 14-676/ Xen. An. 1-2-24, -4-1/ Polyb. 12-17/ Ptol. Geog. 1-12, 5-7, -14/ Herodian. 3-12/ etc.

イッリュリアー　Illyria, Ἰλλυρία,（ラ）イッリュリア（またはイッリュリス Illyris, Ἰλλυρίς),（仏）Illyrie,（独）Illyrien,（伊）Illiria,（西）Iliria,（葡）Ilíria,（露）Иллирия

ギリシアの北西、アドリア海に面した地方。近代のほぼユーゴスラビア Jugoslavija およびアルバニア Albania 北部に相当する。イッリュリアー人 Illyrioi はインド・ヨーロッパ語族に属し、前3千年紀以来、エーペイロス*やマケドニアー*の北方、アルペース*（アルプス）山脈東部からドーナウ河にわたる広大な地域を占住。戦闘的で酒好きなことで知られた。多数の部族に分かれて絶えず周辺地域を侵し、一部はケルキューラ*（コルキューラ*）やレウカス*島へも移住、海賊行為も働きつつ地中海域にまで進出した。前7世紀末以来、アドリア海東岸沿いにエピダムノス*（デューッラキオン*）やアポッローニアー❶*などのギリシア人植民市が設けられたが、イッリュリアー人は独自の慣習を守り続け、ギリシア化されることはなかったらしい。年に1度年頃の娘をせり市にかけて稼がせる部族や、洞穴に住んで生涯入浴しない部族のことが、ヘーロドトス*をはじめとするギリシア人史家の著書に誌されている。前383年頃イッリュリアー王国が形成され、南のマケドニアー王国や西のローマと戦闘を繰り返しながら、前167年まで存続した。女王テウタ*はイタリア商人やローマ使節を殺害し（前230）、ケルキューラを占領、デューッラキオンなどの諸市を攻囲したため、ローマとの間に戦い（第1次イッリュリア戦争。前229〜前228）が起こり、敗北の憂き目を見た（⇒パロスのデーメートリオス）。続く第2次イッリュリア戦争（前219）の結果、アドリア海沿岸地方はローマの支配下に置かれた。イッリュリアー最後の王ゲンティ

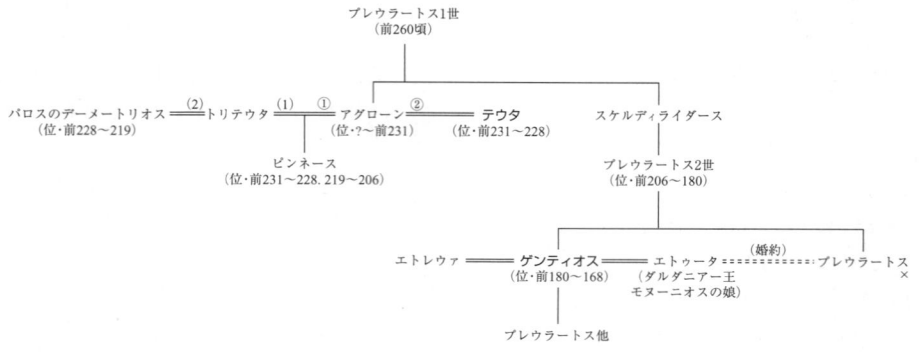

系図81　イッリュリアー王家の系譜

オス Gentios（在位・前180〜前168）は、酒色に溺れ、兄弟を殺してその許嫁(いいなずけ)を奪う暴君だったが、マケドニアー王ペルセウス*に味方してローマ使節を投獄したため、L. アニキウス*麾下のローマ軍に王国を滅ぼされ、妻子とともにローマへ連行されて凱旋式(トリウンプス)*に引き回された（前167）。しかし、その後もイッリュリアーでは反乱や騒擾が絶えず、最終的に全土が平定されてローマ帝国の属州イッリュリクム*が確立したのは、アウグストゥス*治下の前11年頃のことであった。なおギリシア神話中、メーデイア*が弟アプシュルトス*を八つ裂きにして惨殺したのは、イッリュリアー沿岸の島においてであったと伝えられる。
⇒ダルマティアー、リブルニア、イアーピュディアー、サローナエ、イストリア、ノーリクム
Herodot. 1-196, 4-49, 8-137, 9-43/ Thuc. 4-124〜128/ Strab. 2-123, -129, 7-313〜/ Polyb. 2-2〜12, -65〜, 3-16〜19/ App. Ill., Hisp. 32/ Liv. 26-24, 43-19, 44-30〜32/ Plin. N. H. 25-34, 34-11/ Ael. V. H. 2-41, 3-15/ Ptol. Geog. 2-14, -15, -16, 8-7/ Herodian. 6-7/ Apollod. Bibl. 1-9-25, 2-1-3/ Steph. Byz./ etc.

イッリュリクス・リーメス Illyricus Limes
⇒イッリュリクム

イッリュリクム Illyricum,（ギ）Illyrikon, Ἰλλυρικόν,（伊）Illirico,（西）（葡）Ilírico,（露）Иллирик
　アドリア海の東北岸、イッリュリアー*地方につくられたローマの属州。前167年 L. アニキウス*率いるローマ軍がイッリュリアー王国を滅ぼしたのちも、この地には反乱や騒擾が絶えず、アウグストゥス*帝の治世に平定されて皇帝属州となり（前11頃）、次いで再度の反乱 Bellum Batonianum（後6〜9）とその鎮圧の結果、後9年に上・下イッリュリクムに2分割。1世紀後半には、それぞれダルマティア*州、パンノニア*州の名で呼ばれるようになった。イッリュリクム（ダルマティア）は州都サローナエ*（現・ソリン Solin）を中心にローマ化が進み、東西交通の要地として軍事上、通商上、大いに重視された。優秀な軍人の出身地としても知られ、ディオクレーティアーヌス*ら一兵卒から帝位に登る者を幾人か輩出。ディオクレーティアーヌス帝の属州再編により、ダルマティアはパンノニアやノーリクム*とともにパンノニア管区(ディオエケーシス)*に区分された（ただしイッリュリクムの南部 Praevalitana は、モエシア*管区に所属）。なお、マルコマンニー*族らがドーナウ河を南渡してローマ帝国内へ侵攻した2世紀には、ノーリクム、パンノニア、モエシア、ダーキア*、トラーキア*を含むドーナウ周辺の広大な地域が、イッリュリクス・リーメス*（イッリュリクムの境界）と称されるようになった。
　宏大な別業 villae rusticae の遺跡が今日も残っている（Tasovčići Ljušina など）。
⇒リブルニア、イアーピュディアー、イストリア（ヒストリア）
Cic. Att. 10-6/ Plin. N. H. 3-26/ Mela 2-3/ Strab. 7-313〜/ Dio Cass. 54-34/ Varr. Rust. 2-10/ Caes. B. Gall. 2-35, 3-7/ Liv. 44-30〜/ Ov. Tr. 1-3/ Tac. Ann. 1-5, -46, 2-44, -53, Hist. 1-2, -9, -76/ Florus 1-18, 4-2/ Just. 7-2/ Suet. Tib. 16/ Vell. Pat. 2-109/ Procop. Goth. 1-15/ etc.

イーデー（山）Ide, Ἴδη, Ida
⇒イーダー（のアッティケー*、イオーニアー*方言形）

イデュイア Idyia, Ἰδυῖα
⇒エイデュイア

イテュス Itys, Ἴτυς,（伊）Iti,（西）Itis
　ギリシア神話中、テーレウス*の息子。母親に殺されて料理され、その肉を父親の食卓に供せられた。テーレウスの項を参照。⇒イテュロス

イテュロス Itylos, Ἴτυλος, Itylus
　ギリシア神話中、ゼートス*とアエードーン*の子。⇒イテュス

イードゥース Idus,（別形・Eidūs）,（英）（仏）Ides,（独）Iden,（伊）Idi,（露）Иды
　ローマの暦で、各月の中日。元来は太陰暦の満月の日。大の月（3、5、7、10月）では、その第15日、小の月（1、2、4、6、8、9、11、12月）では、その第13日目に当たる。また各月の最初の日はカレンダエ Kalendae、上弦の日（大の月では第7日、小の月では第5日）はノーナエ Nonae と呼ばれ、イードゥースとともに日付けの計算の起点として用いられた（たとえば、4月12日は「4月のイードゥースの前日」という風に）。
　なお前年44年3月15日、かねてから腸卜師(ハルスペクス)*に「3月のイードゥースに気を付けよ」と予言されていたカエサル*が、当日この警告を無視して元老院集会に赴き、暗殺団の凶刃に斃れたことは、よく知られている（⇒スプーリンナ❶）。また「暦」を意味するカレンダー calendar なる語は、上記のカレンダエ(朔日)(ついたち)に由来している。
Cic. Fam. 1-1, 10-12, Att. 10-5, 15-17/ Ov. Fast./ Suet. Iul. 81/ Varro Ling. 6-28/ Liv. 4-37/ Mart. 12-67/ Hor. Sat. 1-6-75/ Liv. Macrob./ etc.

イドゥーマイアー Idumaia, Ἰδουμαία, Idumaea,（英）（伊）（西）Idumea,（仏）Idumée,（独）Idumäa,（露）Идумея,（アッシュリアー*語）Udumi, Udumu,（和）イドマヤ、イドゥメヤ、エドム
　パレスティナ*南部の地方名。ユダヤ*の南方、死海*から紅海沿岸（アカバ湾）に至る地域を指す。古ヘブライ語で「赤い（土地）」を意味するエドーム 'Edôm に由来。伝承ではイスラーエール Israel（＝ヤーコーブ）の兄に当たるエーサウ Esau の子孫たるエドム人が居住。銅や鉄を産し、エジプトや地中海へ向かう隊商路に位置していたため、利権をめぐって古くからユダヤ人との間に対立抗争が繰り返さ

れた。前4世紀イドゥーマイアー人はナバタイオイ*(ナバテア人)に圧されて西方へ移住、次いでユダヤ王イオーアンネース・ヒュルカノス1世*に征服され(前129)、強制的にユダヤ教に改宗させられ、男はことごとく割礼を施すことを余儀なくされた。前63年ローマの将ポンペイユス*によってユダヤの桎梏から解放され(⇒アンティパトロス❹)、イドゥーマイアー出身のヘーローデース1世*(ヘロデ大王)の手でユダヤ、サマレイア*とともに一王国に統合された(前40)。後6年にはローマ帝国に併呑され、ピーラートゥス*ら属州管理官プラエフェクトゥス、のち元首属吏プロークーラートル Procurator の治下に入った。アラビア*・ペトラエア(⇒アラビア―)州の北に位置する。

⇒ペトラー、エレウテロポリス

Plin. N. H. 5-14/ Joseph. J. A. 12-8, 13-9, J. B. 4-4, -9, Ap. 2-9/ Verg. G. 3-12/ Sil. 3-600/ Mart. 2-2/ Juv. 8-160/ Luc. 3-216/ Strab. 16-760/ Ptol. Geog. 5-15/ N. T. Marc. 3-8/ Euseb./ Hieron./ etc.

イトゥーライアー　Ituraia, Ἰτουραία, Ituraea, (英)(伊)(西) Iturea, (仏) Iturée, (独) Ituräa, (和)イトラヤ、イツリヤ

(現・El-Djedûr, El-Jeidoor) パレスティナ*北東部、コイレー・シュリアー*の地方名。セム系のイトゥーライアー人 Itūraioi が居住したレバノン山脈とアンティ・レバノン山脈にわたる山岳地域。住民は弓術に長け、しばしばユダヤ*人と交戦、ハスモーン朝*のアリストブーロス1世*に敗れた時に男性はすべて割礼を受けることを強制された(前103頃)。カルキス Khalkis を首都とし、ヘーリオポリス❶*を聖都とする土着の王朝が続いたが、前64年ポンペイユス*に服して以来、ローマの属領となった。アウグストゥス*時代にはヘーローデース1世*(ヘロデ大王)の統治下にあり、イエースース*が処刑された頃は大王の子ヘーローデース・ピリッポス1世*(ヘーローデース・アンティパース*の異母兄)がこの地方の領主であった(前4～後34)。またカルキスに樹立された藩属王国の初代王には、ヘーローデース・アグリッパ1世*の兄弟ヘーローデース Hērōdēs (在位・後41～48) が据えられた(⇒巻末系図026)。なおヘブライ伝承におけるイトゥーライアーの名祖なおやは、イシュマーエール Ishmael (アブラーハーム Abraham の庶長子) の息子イェトゥル Jeṭur とされている(『創世記』25-15、『歴代誌上』1-31)。

⇒アビレーネー

Verg. G. 2-448/ Plin. N. H. 5-19/ Luc. 7-230, -514/ Cic. Phil. 2-8, -44/ Strab. 16-755～/ Joseph. J. A. 13-11, 15-10/ Tac. Ann. 12-23/ Dio Cass. 59-12/ App. Mith. 106/ Nov. Test. Luc. 3-1/ Euseb. Praep. Evang. 9-30/ etc.

イトーメー　Ithome, Ἰθώμη, (仏) Ithômé, (伊)(西) Itome, (現ギリシア語) Ithómi

(現・Ithómi) ギリシアのメッセーニアー*地方の山(標高1151 m)、および城塞都市。大神ゼウス*の聖域で知られ、大神はこの山中でイトーメーとネダー Neda という2人のニュンペー*(ニンフ*)に養育されたと伝えられる。要害の地で、第1次メッセーニアー戦争(前743頃～前724頃)の折には、人々は20年間にわたりこの城砦に拠ってスパルター*軍と交戦(⇒アリストデーモス❶)、イトーメーの陥落によってその自由を失った(前724／720頃)。前464年スパルターに大地震が発生したのを契機に隷属民ヘイロータイ*の乱が勃発、大部分がメッセーニアー人から成る叛徒は、イトーメーに籠城して激しく抵抗を続けた(前464～前458、第3次メッセーニアー戦争)。前369年エパメイノーンダース*の助力の下にスパルターから独立し、山の西麓もとにメッセーネー*市が建設されると、イトーメーはそのアクロポリス*となった。

⇒アリストメネース

Herodot. 9-35/ Thuc. 1-101～103/ Paus. 4-9～13, -31～33/ Diod. 11-64, 15-66/ Strab. 8-358, -361/ Polyb. 7-12/ Plut. Cim. 17/ Ptol. Geog. 3-14/ etc.

イードメネウス　Idomeneus, Ἰδομενεύς, (仏) Idoménée, (伊)(西) Idomeneo, (葡) Idomeneu, (露) Идоменей

ギリシア神話中のクレーター*(クレーテー*)王。ミーノース*の子デウカリオーン Deukalion の息子(⇒巻末系図005)。ホメーロス*に従えば、80隻の船団を率いてトロイアー戦争*に出陣、ギリシア軍の武将の間では最年長であったにもかかわらず、甥で愛人のメーリオネース Meriones を馭者として勇戦したのち、無事クレーターへ帰国したことになっている。後代の伝承によると、トロイアー*からの帰途、大嵐に遭遇し、「無事クレーターに戻れるなら、最初に出会った人間を犠牲に捧げる」とポセイドーン*神に誓約。ところが島に上陸後、彼が初めて会った者は、父王を出迎えに来ていた息子(一説に娘)であった。イードメネウスが誓いを守って子供を生贄にしたところ、疫病が発生したため、王は追放されてイタリア南端のカラブリア*、次いで小アジア西岸のコロポーン*へ移住し、この地に没して埋葬された。しかし、クレーター島のクノッソス*にもイードメネウスの墓があり、この地において彼は英雄神 heros として崇敬されていたという。イードメネウスは美男の誉れが高かったが、妻のメーダー Meda は、夫の出征中、ナウプリオス❷*にそそのかされて野心家のレウコス Leukos (タロース*の子) と通じ、のち娘とともに神殿に避難したものの、2人とも神殿内でレウコスに殺害された。クレーターの支配権を簒奪したレウコスは、帰国したイードメネウスを追い払ったとも、王座を回復したイードメネウスによって盲目にされたとも伝えられる。イードメネウスはまた、テティス*とメーデイア*が美を競い合った時にその審判役となり、テティスの方が美しいと判定したため、怒ったメーデイアから「すべてのクレーター人は嘘つきである」と呪いの言葉を浴びせられ、以来この有名な台詞は諺として流布したという。

　イードメネウスは近世の西ヨーロッパで、クレビヨンの

フランス悲劇『イドメネ Idoménée』(1705) や、モーツァルトのオペラ『イードメネオ Idomeneo』(1781) に代表される何作かの歌劇・戯曲の主題とされている。
⇒ディクテュス（クレーターの）
Hom. Il. 2-645～, 3-230～, 4-263～, 7-161～, 13-307～, -445～, -500～, 16-345, 17-605～, 23-450～, Od. 3-191, 13-259～/ Apollod. Bibl. 3-3-1, Epit. 3-13, 6-10/ Verg. Aen. 3-121～, -400～, 11-264～/ Hyg. Fab. 81, 97, 270/ Paus. 5-25/ Diod. 5-79/ Lycoph. Alex. 431/ Quint. Smyrn./ Philostr. Her./ Dict. Cret./ etc.

イドモーン Idmon, Ἴδμων, （伊）Idmone, （西）Idmón, （露）Идмон

（「知っている人」の意）ギリシア伝説中、アルゴー*号の冒険（⇒アルゴナウタイ）に参加した予言者。アポッローン*とキューレーネー*の子（ただし人間としての父は、メランプース*の子アバース Abas）。自らの死を知りつつアルゴナウタイの遠征に加わり、黒海沿岸マリアンデューノイ Mariandynoi 人の国で野猪に突かれて死んだ。ヘーラクレイア*（ヘーラクレーア❹*・ポンティカ）市が建設される時、デルポイ*の神託に従って、彼の墓上に立つオリーヴの木を中心に町が築かれたという。イドモーンの子テストール Thestor は、トロイアー戦争*におけるギリシア軍中最大の予言者カルカース*の父に当たる。

系図 82 イドモーン

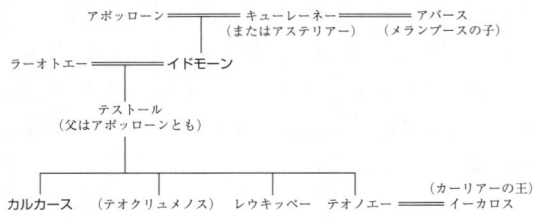

⇒モプソス❶
Ap. Rhod. 1-142～, 2-815～, -844～/ Hyg. Fab. 14, 18, 248/ Apollod. Bibl. 1-9-23/ Ov. Ib. 506/ Schol. ad Ap. Rhod. 1-139/ Val. Flacc. Arg. 5-2～/ etc.

イーナコス Inakhos, Ἴναχος, Inachus, （仏）Inaque, （独）Inachos, （伊）Inaco, （西）Ínaco, （露）Инах

ギリシアのアルゴリス*を流れる川（現・Ínahos）。神話では、初代アルゴス*王の名で、ヘーラー*神殿（ヘーライオン Heraion）の創建者。デウカリオーン*の洪水の後、人々をこの地に集めて住まわせたという。ゼウス*の愛人イーオー*の父。ヘーラーとポセイドーン*がアルゴリス地方の領有をめぐって争った時、ケーピーソス Kephisos とアステリオーン Asterion 両河神とともに審判者に任ぜられ、ヘーラーに軍配をあげたため、怒った海神ポセイドーンはこれらの河川を雨季以外は枯渇させたと伝える。異説では、娘イーオーを誘拐したゼウスを追いかけたところ、雷霆で撃たれ、以来河床が干上がってしまったという。
⇒巻末系図 003, 004
Apollod. Bibl. 2-1-1, -1-3, -1-4/ Paus. 2-15/ Ov. Met. 1-583/ Hyg. Fab. 124, 143, 145, 155, 225, 274/ Aesch. P. V. 590, 636, 663, 705/ Herodot. 1-1/ Strab. 6-271/ etc.

イーナリメー Inarime
カンパーニア*沖合の島アエナーリア*の美称。

イナロース、ないしイーナロス Inaros, Ἰνάρως, Ἴναρος Inarus, 〔←（古エジプト語）Ienheru〕, （伊）（西）（葡）Inaro, （露）Инарос

（前5世紀前半）リビュア*（リビュエー*）の首長。前460年アミュルタイオス*とともに、アテーナイ*の援助を得て、エジプトでアカイメネース朝*ペルシア*帝国に対する反

系図 83 イーナコス

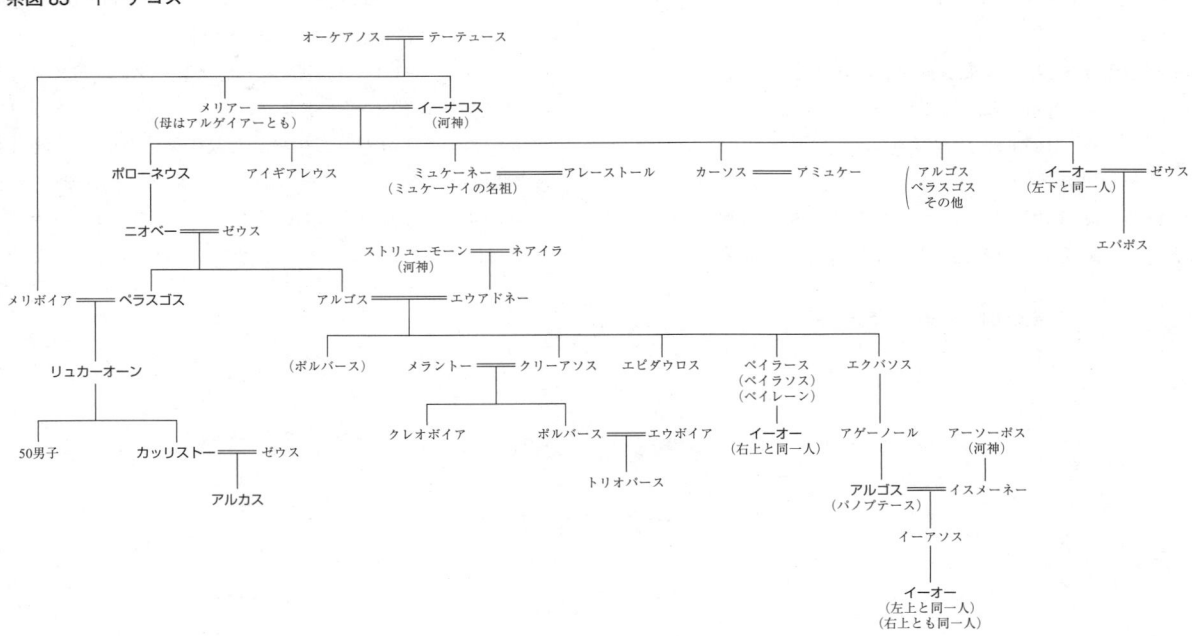

乱を起こす。エジプトの太守 Satrapes でクセルクセース1世*の弟に当たるアカイメネース Akhaimenes を手ずから屠り、気勢をあげたが、ペルシアの将軍メガビュゾス Megabyzos に撃退され、一命を助けるという条件下に降伏した（前455年）。しかるに、アルタクセルクセース1世*は、母后の使嗾に従い、彼を磔刑に処し生きながら全身の皮を剥いで殺した（前454頃）。ために憤慨したメガビュゾスは、シュリアー*で大王に反旗を翻すに至った。
Herodot. 3-12, -15, 7-7/ Thuc. 1-104, -110/ Ctesias 32〜/ Diod. 11-71, -74, -77/ etc.

イーニ（ー）アス　Aeneas
⇒アイネイアース*（アエネーアース*の英語訛り）

イーノー　Ino, Ἰνώ, (露) Ино
ギリシア神話中のテーバイ❶*王カドモス*とハルモニアー*との娘。セメレー*、アガウエー*、アウトノエー*らの姉妹（⇒巻末系図006, 011〜012）。アタマース*の2度目の妻。夫の先妻ネペレー❶*の子供たちプリクソス*とヘッレー*を虐待した。甥のディオニューソス*（ゼウス*とセメレーの子）を託され、女神ヘーラー*の嫉妬から守るため少年を女装させて養育した。が、やがて、これに気付いたヘーラーにより発狂させられ、わが子メリケルテース*を釜茹でにしたのち、子供の死骸を抱いて海に身を投げた。死後、彼女はレウコテアー*、息子はパライモーン*と呼ばれる海の神になったという。
⇒ペンテウス
Hom. Od. 5-333/ Hes. Th. 976/ Apollod. Bibl. 1-9-1〜2, 3-4-2〜3/ Hyg. Fab. 1〜5, 184, 224, 239, 243/ Paus. 1-42/ Plut. Mor. 267/ Ov. Met. 4-505, -520〜/ Pind. Ol. 2-29, Pyth. 11-2/ etc.

イーノバーバス　Ænobarbus
⇒アヘーノバルブス（の英語訛り）

イーピクラテース　Iphikrates, Ἰφικράτης, Iphicrates, (仏) Iphicrate, (伊) Ificrate, (西) Ificrates, (葡) Ificrates, (露) Ификрат, (現ギリシア語) Ifikrátis
（前415頃〜前353頃）アテーナイ*の将軍。靴作り職人の息子という微賤から身を起こし、海戦で敵に温情を示して名声を得、のちには国家最高の顕職にまで昇る。軽装歩兵（ペルタステース*）の武器や装備を改革し、軽い胴衣をつけた長槍と小円楯 pelte を携えたこれら傭兵隊を率いて、精強をもって鳴るスパルター*の重装歩兵軍（ホプリーテース*）をコリントス*に壊滅させ（前390）、ギリシアの戦術に一時代を画する。以来35年以上にわたりアテーナイの将軍（ストラテーゴス*）として、また傭兵隊長として各地に活躍、シュリアー*ではペルシア帝国*に叛いたエジプト反乱軍と交戦し（⇒アルタクセルクセース2世）、トラーケー*（トラーキアー*）ではコテュス*王の娘（または姉妹）を娶り、息子メネステウス Menestheus を儲けた。軍律の厳しさで知られていたが、前369年にはエパメイノーンダース*のペロポンネーソス*侵入を阻止し得ず、アンピポリス*奪回に失敗して（前367〜前364）、将軍職を罷免され、のちトラーケーに去った（前355）。

ある日その出自の低さを嘲笑された時、彼はこう答えたという。「そうとも、だから私は我が家系を始めることになるが、それにひきかえ貴方の家系は貴方でおしまいになってしまうだろうね」

彼は逞しい肉体と立派な風采、そして信義に厚い気高い精神の持ち主とされ、当時「イーピクラテースの兵士」と呼ばれることは、ギリシアで最高の名誉を表わす言葉と見なされた。同盟市戦争*（前357〜前355）中に死刑の告発を受けたが無罪判決をかちとり、人々から惜しまれながら天寿を全うした。
⇒エウリュディケー❶、ティーモテオス❷、カレース❶、ポーキオーン、カブリアース
Xen. Hell. 4〜6/ Nep. Iphicrates/ Diod. 14〜16/ Polyaenus. 2-24, 3-9/ Plut. Mor. 186f〜187b/ Arist. Rh. 1-7, 2-23/ Just. 6-5/ Dem. 2-6/ Pl. Menex. 245/ Andoc./ Strab. 8-389/ Oros. 3-1/ Isae./ Isoc./ Suda/ etc.

イーピクレース　Iphikles, Ἰφικλῆς, Iphicles, (Iphiklos, Ἴφικλος), (仏) Iphiclès, (伊) Ificle, Ificlo, (西) Ificles, Ificlo, (露) Ификл
ギリシア神話中、英雄ヘーラクレース*の異父弟。アンピトリュオーン*とアルクメーネー*の子で、ヘーラクレースより1日遅れて生まれた双生兄弟という（⇒巻末系図017）。生後8カ月（または10カ月）の頃、ヘーラー*が彼らの揺籃に2匹の蛇を這い込ませたところ、イーピクレースは泣いて逃げたが、ヘーラクレースは立ち上がって両手

系図84　イーピクラテース

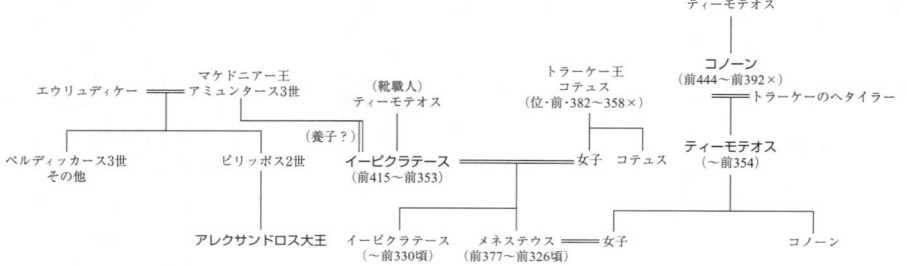

で蛇を絞め殺してしまった。一説では、アンピトリュオーンが2人のうちどちらが自分の胤かを確かめたく思って、蛇を投げ入れたのだという。メガラ*王アルカトオス*の娘アウトメドゥーサ Automedusa を娶って、イオラーオス*の父となったが、他の2男子は、狂気の発作に駆られたヘーラクレースに殺された。のちオルコメノス*王エルギーノス*討伐に活躍し、テーバイ❶*王クレオーン❷*の末娘を妻として与えられた（ヘーラクレースは長女メガラー*を娶った）。カリュドーン*の猪狩りに参加したほか、ヘーラクレースの数々の遠征に行をともにしたが、モリオニダイ*との戦闘（⇒アウゲイアース）で負傷し倒れた（異説あり）。客死した地アルカディアー*に墓があり、その後長きにわたり英雄神 heros として崇められていた。

Apollod. Bibl. 1-8-2～3, 2-4-8, -4-11～12, -7-3/ Hes. Sc. 48～, 87～/ Theoc. 24/ Diod. 4-33～/ Paus. 8-14/ Schol. ad Hom. Od. 11-266/ etc.

イーピクロス Iphiklos, Ἴφικλος, Iphiclus, （伊）Ificlo, （西）（葡）Ificlos, （露）Ификл

ギリシア神話中、テッサリアー*のピュラケー Phylake 王ピュラコス Phylakos の息子。幼児期に父が雄羊を去勢しているのを見て自分も去勢されるのではないかと恐れ、以来性的に不能となり子供ができなかった。のち彼の父の牛を盗もうとして捕えられていた予言者メランプース*が、禿鷹の会話から陰萎の原因と治療法を知り、その指示に従って羊の去勢に父王が使った小刀の錆を10日間続けて服用した結果、不能は治って息子が生まれた。イーピクロスは駿足の持ち主として名高く、麦畑の上を穂を折らずに走ったといい、ペリアース*の葬礼競技では徒競走で優勝、またはアルゴナウテース*たち（アルゴナウタイ*）の冒険にも参加したと伝えられる。

⇒プローテシラーオス

Apollod. Bibl. 1-9-12, 3-10-8, Epit. 3-14/ Hom. Il. 2-705, 13-698, Od. 11-287～/ Ap. Rhod. 1-45～/ Hyg. Fab. 14, 103, 251/ Paus. 4-36, 5-17, 10-31/ etc.

イーピゲネイア Iphigeneia, Ἰφιγένεια, Iphigenia, （仏）Iphigénie, （独）Iphigenie, （伊）Ifigenìa, （西）Ifigenía, （葡）Ifigénia, Ifigênia, （露）Ифигения

ギリシア神話中、ミュケーナイ*王アガメムノーン*とクリュタイムネーストラー*の長女。ホメーロス*のイーピアナッサ Iphianassa と混同される。一説にはテーセウス*と美少女ヘレネー*の娘で、伯母のクリュタイムネーストラーに育てられたという。

父王アガメムノーンを総帥とするギリシア連合軍がアウリス*に集結した時、逆風のせいでトロイアー*へ向けて出航できず長い間立ち往生した。予言者カルカース*が占った結果、アガメムノーンが女神アルテミス*の聖鹿を射殺したうえ、自分の弓矢の腕前は女神に勝ると豪語したため（理由に関しては異説あり）、神罰が下ったことが判り、「順風を得るにはイーピゲネイアを人身御供に捧げなければならない」との答えが出た。アガメムノーンはギリシア軍随一の英雄アキッレウス*との結婚を口実に娘を呼び寄せ、アルテミスの犠牲に供した。ところが最後の瞬間に、女神は雌鹿を身代わりに残してイーピゲネイアをさらっていき、黒海北岸のタウリケー*にある自分の神殿の巫女にした。以来イーピゲネイアは、タウロイ*人の国に漂着するすべての異邦人を女神への生贄として屠る役目を果たしていた。後年、実の弟オレステース*とその親友ピュラデース*が、アルテミス神像を奪いにやってきた時、捕えられた彼ら2人をあやうく人身御供にせんとしてその素姓に気づき、計略を用いてともに海路ギリシアへ脱出（⇒トアース❸）。神像をアッティケー*（アッティカ*）のブラウローン*にもたらし、生涯その女神官を務めた。この地では歴史時代になっても、人の喉を軽く切るという人身供犠の痕跡が残っていたとされる。別伝では神像はスパルター*に運ばれて、アルテミス・オルティアー* Orthia の名で崇拝され、古くは人身御供が、リュクールゴス*以降は若者を鞭打つ流血儀式が行なわれたという。一説にイーピゲネイアは、アルテミスによって不死とされ、レウケー*島でアキッレウスと結婚したといわれ、元来はアルテミスの分身たる処女神であったと考えられている。悲劇詩人アイスキュロス*に今は失われた作品『イーピゲネイア』があったほか、エウリーピデース*に現存する2篇『アウリスのイーピゲネイア』（前405年初演）と、『タウリケーのイーピゲネイア』（前414頃）がある。イーピゲネイアが生贄にされようとする場面や、弟オレステースとの邂逅の情景は、古代ギリシア以来しばしば文芸作品の主題として取り上げられて来た。ルネサンス以降では、ラシーヌの悲劇（1674）やグルックのオペラ（1774, 1779）が名高い。

⇒コマーナ❶、巻末系図015

系図85　イーピクロス

```
                    アイオロス      クストス
                         |
                    デーイオーン ══ ディオメーデー
                    (デーイオネウス)
         ┌───────────┼───────────┐
      ケパロス      ピュラコス ══ クリュメネー
                    (ピュラケーの祖)  (ミニュアースの娘)
    ┌────────────┼────────────┐                          
 アステュオケー ══ イーピクロス            ポイアース ══ メートーネー    アルキメデー ══ アイソーン
                                      (父はタウマコスとも) (またはデーモーナッサ)      (クレーテウスの子)
    ┌────────┴────────┐                         |                      |
 ポダルケース(弟)  プローテシラーオス ══ ラーオダメイア、または        ピロクテーテース         イアーソーン
              (本名イオラーオス)(兄)  (アカストスの娘)
                                    (メレアグロスの娘)ポリュドーラー
```

Apollod. Epit. 2-15, 3-22/ Eur. I. A., I. T./ Herodot. 4-103/ Hyg. Fab. 98, 120～122, 238, 261/ Ov. Met. 12-24～/ Paus. 1-33, -43, 2-22, -35, 3-16, 7-26, 9-19/ Diod. 4-44/ Ant. Lib. Met. 27/ Lucr. 1-85～/ Cic. Off. 3-24/ Tzetz. ad Lycoph. 183/ Suda/ etc.

イーピス　Iphis, Ἶφις, （露）Ифис, （現ギリシア語）Ífis
（「力強き者」の意）ギリシア伝説中の男性ないし女性の名。
❶ 貴族の娘アナクサレテー*に恋して報われず、自殺したキュプロス*島の青年。
Ov. Met. 14-698～
❷ 女から男へ性転換したクレーター*（クレーテー*）島の人物。リグドス Ligdos とテーレトゥーサ Telethusa との間に娘として生まれる。父親が女児ならば棄てるよう命じていたので、母親は男子と偽ってイーピスと名づけ、彼女を男装させて養育した。13歳になった時、イーピスは少女イアンテー Ianthe と婚約させられたが、2人は互いの美貌に惹かれて深く愛し合うようになる。婚礼の日が迫って困り果てたイーピス母娘が女神イーシス*に助けを求めると、祈願叶ってイーピスは男子に変身し、無事に結婚できたという。類話が同じくクレーターの住人ランプロス Lampros とガラテイア Galateia との娘に関して伝わっており、ここでは男子レウキッポス*として育てられた娘は、女神レートー*によって男性に変えられたことになっている。
その他、ギリシア神話には、テイレシアース*やカイネウス*、シートーン*、シプロイテース Siproites（アルテミス*の水浴を見たため女に変えられた）等々、性転換を扱った物語が少なからず見出せる。
Ov. Met. 9-666～, 3-322～, 8-738～, 12-189～209/ Ant. Lib. Met. 17/ Apollod. Bibl. 3-6-7/ Schol. ad Hom. Od. 10-494/ Parth. Amat. Narr. 6/ Conon Narr. 10/ etc.

イーピトス　Iphitos, Ἴφιτος, Iphitus, （伊）Ifito, （露）Ифит, （現ギリシア語）Ífitos
ギリシア伝説中、オイカリアー Oikhalia 王エウリュトス Eurytos の長男。父がアポッローン*神から授かった弓を譲り受け、のち友情の証としてオデュッセウス*と武器を交換した際、剣および槍と引き換えにこの弓を与えた。オデュッセウスが妻ペーネロペー*に求婚していた男たちを殺戮したのは、この弓によってであるという。父王エウリュトスが「弓術競技で自分および4人の息子たちを破った者に娘イオレー*を与える」と約したところ、英雄ヘーラクレース*が来て彼らを打ち負かした。しかし、実の娘を恋していた王は、ヘーラクレースが妻メガラー*とその子供たちを殺した事件を口実にイオレーを英雄に手渡さなかった。ために後年ヘーラクレースの攻撃を受け、市は略奪され、王はイーピトスを除く息子たちとともに殺された。イーピトス1人助けられたのは、ヘーラクレースが彼を愛していたからだとも、彼だけが父王に反対してイオレーを英雄に与えるよう主張したからだともいう。ところが間もなくイーピトスは、狂気の発作に駆られたヘーラクレースによってティーリュンス*の城壁から投げ落とされて殺されてしまう。この罪を償うべくヘーラクレースは、デルポイ*の神託に従って、3年間の奴隷奉公を行なうこととなり、ヘルメース*に導かれてリューディアー*女王オンパレー*に売り渡された。
他にもアルゴナウタイ*の冒険に参加したイーピトスや、オリュンピア競技祭*を再興したイーピトスら同名の人物がいる。
⇒ネーレウス（ピュロス王）
Apollod. Bibl. 2-6-1～2, Epit. 7-33/ Hom. Il. 2-518, 17-306, Od. 21-11～/ Ap. Rhod. 1-86, -207～/ Paus. 3-15, 5-4, 10-4, -36/ Hyg. Fab. 14, 97/ Diod. 4-31/ Soph. Trach. 266～/ etc.

イーピメデイア　Iphimedeia, Ἰφιμέδεια, Iphimedia, または、**イーピメデー** Iphimede, Ἰφιμέδη, （仏）Iphimédie, （現ギリシア語）Ifimédhia
ギリシア神話中、トリオプス Triops（またはトリオパース Triopas）の娘で、エリュシクトーン*の姉妹。父の兄弟アローエウス Aloeus の妻となるが、海神ポセイドーン*と交わって双子の巨人アローアダイ*を産んだ。
⇒本文系図59、巻末系図012
Hom. Od. 11-305～/ Pind. Pyth. 4-88～/ Hyg. Fab. 28/ Diod. 5-50～/ Apollod. Bibl. 1-7-4/ Parth. Amat. Narr. 19/ Paus. 9-22, 10-28/ etc.

イービュコス　Ibykos, Ἴβυκος, Ibycus, （仏）Ibycos, （伊）Ibico, （西）（葡）Íbico, （露）Ивик
（前6世紀中頃～後半に活躍）ギリシアの抒情詩人。南イタリアのレーギオン*出身。シケリアー*（現・シチリア）各地を歴訪したのち、レーギオンの僭主となるのを拒んで、サモス*島のポリュクラテース*（在位・前540頃～前522）の宮廷へ赴き、多くの合唱抒情詩や恋愛詩を作った。アレクサンドレイア❶*時代には、彼の作品は7巻にまとめられていたが、現存するものは —— 近代になってエジプトのオクシュリンコス*から出土したパピューロス資料を含めても —— わずかな断片でしかない。トロイアー*の陥落やカリュドーン*の猪狩りなど神話を主題にしたステーシコロス*風の物語詩のほか、さまざまな韻律を駆使した情感豊かな恋愛詩を書いたことが知られている。伝承によると、コリントス*付近を旅行中に盗賊たちに襲われて殺され、死ぬ間際に頭上を飛び行く鶴の群れを示して、「あの鳥たちが仇討ちをしてくれるだろう」と絶叫。その後、盗賊たちがコリントスの劇場で芝居を見物中に、空を行く鶴の群れを見て「イービュコスの仇討ちが来たぞ」と口走ったことから犯行が露顕し、彼らは処刑されて果てたという。ここから「口は災いのもと」、あるいは「天網恢々疎にして漏らさず」といった意味合いの「イービュコスの鶴 αἱ Ἰβύκου γέρανοι」という諺が生じた。一説では、鶴ではなくてイービス Ibis という鴇の一種だったとされており、こちらの方

はイービュコスの名前の説明譚となっている。亡骸は生地レーギオンに葬られた。同時代のアナクレオーン*と同じく、高齢に至るまでエウリュアロス Euryalos や、ゴルギアース Gorgias といった美青年たちを熱愛し、詩にうたったことで名高い。のちにローマの弁論家キケロー*から「誰にもまして若者たちへの愛に燃えていた詩人だった」と評されている。アナクレオーン、ステーシコロスらと並ぶギリシアを代表する9大抒情詩人の1人。
⇒アリーオーン
Ibycus Fr./ Plut. Mor. 509/ Ar. Thesm. 161/ Ath. 4-172d〜e, -175e, 13-601b/ Ael. N. A. 6-51/ Anth. Pal. 7-714,-745, 9-184/ Antip. Sid. ap. Anth. Pal. 7-745/ Cic. Tusc. 4-33/ Stat. Silv. 5-3/ Schol. ad Pind. Isth. 2-1/ Euseb./ Suda/ etc.

イーピクラテース　Iphikrates
⇒イーピクラテース

イーピクレース　Iphikles
⇒イーピクレース

イーピクロス　Iphiklos
⇒イーピクロス

イーフィゲニーア　Iphigenia
⇒イーピゲネイア

イーピゲネイア　Iphigeneia
⇒イーピゲネイア

イーピス　Iphis
⇒イーピス

イーピトス　Iphitos
⇒イーピトス

イーピメデイア　Iphimedeia
⇒イーピメデイア

イフィジェニー　Iphigénie
⇒イーピゲネイア

イプソス　Ipsos, Ἴψος (Ipsūs, Ἴψους), Ipsus, (伊)(葡) Ipso, (露)Ипс, (現ギリシア語) Ípsos
(現・Akşehir の西北方) 小アジア中部、プリュギアー*の地名。前301年8月、アレクサンドロス大王*の遺将 (ディアドコイ*) リューシマコス*とセレウコス1世*の連合軍 (歩兵64,000、騎兵10,500、戦象480頭) が、アンティゴノス1世*、デーメートリオス1世*父子の軍 (歩兵70,000、騎兵10,000、戦象75頭) を撃破し、アンティゴノスを敗死させた戦場として名高い (イプソスの戦い)。この勝利にはセレウコス麾下の480頭の象軍が決定的役割を果たしたといわれ、プルータルコス*の伝えるところでは、合戦前夜デーメートリオスは夢中にアレクサンドロス大王と問答し、大王が連合軍側に去る姿を見たという。アンティゴノスの戦死によって、大王の遺領はもはや再統一され得ず、ヘレニズム諸王国の割拠体制へと移行する趨勢が決定的となった。
Plut. Pyrrh. 4, Demetr. 28〜/ Just. 15-4/ App. Syr. 55/ Arr. Anab. 7-18/ etc.

イベーリアー　Iberia, Ἰβηρία, (ラ) イベーリア Iberia (ヒベーリアー* Hiberia, Ἰβηρία とも), (仏) Ibérie, (独) Iberien, (西)(葡) Ibéria, (露) Иберия, (和) イベリア

❶ ヒスパーニア* (スペイン・ポルトガルを含むイベリア半島全域) のギリシア名。古くギリシア人航海者は、スペイン東岸からロダヌス* (現・ローヌ) 河にかけてのフランス南岸一帯を、イベーリアーと呼んでいた。その名はヒスパーニア東北部を流れるイベール Iber, Ἴβηρ (〈ラ〉イベールス*、現・エブロ Ebro) 河に由来する。前3000年代に北アフリカからハム語派 (アフロ・アジア語族) 系のイベーリアー人が来往し、次いでヨーロッパ中部からやってきたインド・ヨーロッパ語族系のケルト*人と混血し、ケルティベーリアー* (ケルト＝イベリア) 人を形成した (前5〜前4世紀頃)。前1世紀末頃、イベーリアーなる言葉は、イベリア半島全体を指すようになっていた。ヒスパーニアの項を参照。イベーリアー人は地母神崇拝を行なう農耕人種で、南フランスではリグリア*人とも接触、今日のバスク Basque 人はその末裔とも考えられている (⇒ウァスコネース)。
⇒キュネーシオイ
Herodot. 1-163, 7-165/ Thuc. 6-2/ Strab. 3-136〜/ Ptol. Geog. 2-3〜6, 4-1/ Polyb. 3-37/ App. Hisp./ Hor. Carm. 4-5/ Plin. N. H. 3-3/ Just. 44-1/ Scylax/ Avlenus/ Steph. Byz./ etc.

❷ (現・〈グルジア語〉Iveria) カウカソス* (コーカサス、現・カフカース) 山脈の南側、カスピ海と黒海との間に位置する地域。南をアルメニアー*、西をコルキス*、東をアルバニアー*に劃され、現在のグルジア Gruziya (Sakartvelo) 地方にほぼ一致する。住民は北隣のスキュタイ*、サルマタイ*両族に倣って戦闘的で、王族・祭司・兵士 (農民)・奴隷の4つの身分に分かれており、財産は支族ごとにその内部では共有とされ、最長老の者が管理に当たっていた。前1世紀にはポントス*の大王ミトリダテース6世*に臣従し、ために前65年ローマの将ポンペイユス*の攻撃を受け、多数を殺戮されて降伏した。以来ローマに服属し、時にはローマの後ろ楯を得てアルメニアー王国に干渉することもあった。後3〜4世紀を通じてサーサーン朝*ペルシアとローマ帝国との間で宗主権争いが繰り展げられたが、4世紀末からはペルシアに臣従するに至った。
Strab. 11-491〜, -497, -499〜, -528/ Ptol. Geog. 5-8, -9, -10, -11, 8-18, -19/ Plut. Pomp. 34〜, Luc. 26/ Tac. Ann. 6-33/ Mela 3-5/ Plin. N. H. 6-12/ Amm. Marc. 27-12/ Socrates 1-20/ Sozom. 2-7/ Eutrop. 8-3/ Procop. Pers. 1-10/ Steph. Byz./ etc.

イベールス Iberus（または、ヒベールス Hiberus）（河），（ギ）イベール Iber, Ἴβηρ（仏）Èbre, （伊）（葡）Ebro, （現ギリシア語）Évros, （露）Эбро, （アラビア語）Ibruh, （現・〈西〉エブロ Ebro, 〈カタルーニャ語〉Ebre）

ヒスパーニア*（現・イベリア半島）第2の河川。全長およそ910 km。流域面積 87,000 km²。ヒスパーニア北東部を流れ、バルキノー Barcino（現・バルセローナ Barcelona）の西南約 130 kmで地中海に注ぐ。前226年、ヒスパーニアを開拓していたカルターゴー*の将軍ハスドルバル❶*（ハンニバル❶*の義兄）は、ローマとの間に条約を結び、イベールス河を両国の勢力の境界線とし、軍勢を率いてこの河を越えないことを定めた。前218年5月、ハンニバル軍はイベールス河を渡るとローマ目指して進撃、この第2次ポエニー戦争*（前218～前201）中の前217年には、Cn. コルネーリウス・スキーピオー*がハスドルバル❷*（ハンニバルの弟）をイベールス河口沖の海戦で打ち破っている。
Plin. N. H. 3-3/ Caes. B. Civ. 1-60/ Strab. 3-161/ etc.

イベルニア Ibernia
⇒ヒベルニア

イポリト（イポリット） Hippolyte
⇒ヒッポリュトス（のフランス語形）

イマーゴー Imago, （複）イマーギネース Imagines, （露）Имаго, Имагинес

（「肖像」の意）ローマの名家では、蝋でできた先祖の肖像 imagines majorum を家の壁龕に納めて置き、葬礼の時に親族の者たち、もしくは雇われた役者たちが、これら先祖の蝋づくりの仮面を被って棺架の前を歩く習いであった。こうした先祖の肖像をもつことができたのは、高級政務官*（マギストラートゥス*）を輩出して元老院*（セナートゥス*）入りを許された権門貴族*（ノービレース*）nobiles の家に限られていた。倹約家だったウェスパシアーヌス*帝の葬儀の折、帝の仮面をつけたある笑劇俳優 pantomimus（パントミームス）が、「この葬儀にいくらかかったのか？」と故人の声色をつかって尋ね、「1千万セーステルティウスです」という答えを聞くや否や、「そのうち10万を余によこせ。何なら余をティベリス*（現・テーヴェレ）河へ投げ込んでもよいぞ！」と叫んだ話は有名（後79）。

近代語（英）（仏）image の語源となっている。
Polyb. 6-53/ Plin. N. H. 35-2/ Plut. Caes. 5/ Suet. Vesp. 19/ Cic. Fam. 5-12, Mur. 41/ Hor. Sat. 1-6, Epod. 8-11/ Porph. ad Hor. Carm. 1-12/ Festus/ etc.

イムブロス Imbros
⇒インブロス

イムペラートル Imperator
⇒インペラートル

イユールカイ Iyrkai, Ἰύρκαι, (Ἴυρκαι, Ἰύρκαι), Iyrcae, Jurcae, （仏）Iurkes, （露）Иирки

サルマタイ*（サルマティアー*人）の東北辺境に住んでいたスキュティアー*系民族。ウラル山脈の近くに住み、狩猟によって生活。彼らより遠隔の地には、禿頭族アルギッパイオイ Argippaioi や山羊脚の人間、1年のうち6カ月間を眠って過ごす人種、イッセードネス*、アリマスポイ*など半ば伝説上の民族が棲息するという。イユールカイは通例マジャル Magyar 人（現ハンガリー民族）の先祖と考えられている。また彼らの原住地近くの湖水地帯では海狸（ビーバー）が獲れ、その睾丸は子宮病の良薬として珍重されたため、漁師に追い詰められた海狸は自らの生殖器を嚙みちぎって難を逃れるようになったと伝えられ、後世ヨーロッパではこの俗信から海狸を自宮ないし自己犠牲を象徴する動物と見なすに至った。
Herodot. 4-22～, -109/ Plin. N. H. 6-7-19, 8-47-109, 32-13-26/ Mela 1-4-116/ etc.

イユンクス Iynks, Ἴυγξ, Iynx, （独）Jynx, （露）Йинкс, （現ギリシア語）Ínx

ギリシア神話中、パーン*とエーコー*（または説得の女神ペイトー Peitho）との間に生まれたニュンペー*（ニンフ*）。魔術を使ってゼウス*にイーオー*（あるいはイユンクス自身）を愛させたため、嫉妬深いヘーラー*によって石像に、もしくはイユンクスなる鳥（キツツキ科の蟻吸（ありすい））に変えられた。この鳥は古代ギリシアでは恋の禁厭（まじない）に用いられ、糸繰り車に張り付けて回しつつ呪文を唱えると、意中の人を魅き寄せることができると信じられていた。一説にこの呪法は、イアーソーン*がメーデイア*の愛を得るようにと女神アプロディーテー*から伝授されたといい、蝋人形や媚薬ヒッポマネス*（交尾期の雌馬の粘液）、蜥蜴 Skingos の粉末、恋の妙薬ともなる毒草マンドラゴラース Mandragoras などとともに主に魔女の間で愛用された。異伝では、イユンクスとその姉妹は、ムーサ*たち（ムーサイ*）に音楽試合を挑んだ罰としてこの鳥に変身させられたともいう。

その名は今日も縁起の悪いものを指す「ジンクス jinx」という言葉に余波を留めている。
Pind. Pyth. 4-214～/ Xen. Mem. 3-11/ Theoc. Id. 2/ Ant. Lib. Met. 9/ Arist. Hist. An. 2-12/ Ael. N. A. 6-19/ Schol. ad Theoc. 2-17/ Schol. ad Pind. Nem. 4-56/ Tzetz. ad Lycoph. 310/ etc.

イーリア Ilia, （ギ）イーリアー Ilia, Ἰλία
⇒レア・シルウィア

イーリアス Ilias, Ἰλιάς, （英）Iliad, （仏）（独）（伊）Iliade, （西）（葡）Ilíada, （露）Илиада, （現ギリシア語）Iliádha

ホメーロス*の作と伝えられる古代ギリシア最古・最大の叙事詩（24巻、1万5693行）。題名はトロイアー*（トロイエー*）の別名イーリオン*に由来する。10年にわたる

トロイアー戦争*の最後の年の約50日間に起こった事件を、ギリシア軍の英雄アキッレウス*（アキレウス*）の「怒り」という主題によって統一しつつ、完成された技法で劇的に謳い上げている。概要は —— ギリシア軍の総大将アガメムノーン*から侮辱されたアキッレウスは、激怒のあまり戦線を離脱、そのためギリシア軍は敗北を重ねる。味方の惨状を見かねたアキッレウスの親友パトロクロス*が彼の身代わりとなって出陣するが、トロイアーの勇将ヘクトール*に討たれる。友の死を聞いたアキッレウスは復讐を誓って出撃し、ヘクトールを倒してその屍骸を辱しめる。ヘクトールの父プリアモス*王は夜陰にまぎれてアキッレウスの陣営を訪れ、わが子の死体を申し受けて帰り、一族の悲嘆の中、壮麗な葬儀を営む —— といったものである。『オデュッセイア*』と並ぶギリシアの代表的叙事詩として広く愛好され、ラテン語にも翻訳されてローマ文学、さらには後世のヨーロッパ文学にも甚大な影響を及ぼした。ローマ帝政初期の摘要詩『ラテン語イーリアス Ilias Latina (Homerus Latinus)』1070行も伝存する（⇒シーリウス・イタリクス）。
⇒叙事詩圏

イーリウム　Ilium
⇒イーリオン、トロイアー

イーリオン　Ilion, Ἴλιον,（ラ）イーリウム* Ilium (またはイーリオス Ilios, Ἴλιος),〔←（ヒッタイト語）Wilusa, Truwisa〕,（露）Илион
（現・ヒサルルク Hisarlık）トロイアー*の別名・詩称。名祖は伝説上の建祖イーロス*。

前7世紀初め頃、アイオリス人*によってトロイアーの跡地に新しいイーリオン市が建設される。アテーナー*神殿で名高く、クセルクセース1世*（前480頃）やアレクサンドロス大王*（前334）もここを訪れている。ヘレニズム時代にはトローアス*地方の宗教連合 synedrion の中心市として、祭典や競技会が開催された。降ってローマと良好な関係をもつようになり、とりわけユーリウス・カエサル*以降は、ローマ人の遠祖アエネーアース*（アイネイアース*）の故郷であるという理由から、皇帝たちの庇護を蒙った。
Hom. Il. 1-71, 4-46, Od. 17-290/ Herodot. 1-5, -117～, 5-94, -122, 7-42～/ Liv. 35-43, 37-9/ Strab. 13-596～/ Plin. N. H. 5-33/ Xen. Hell. 1-1-4/ Arr. Anab. 1-11/ App. Mith. 53/ etc.

イーリス　Iris, Ἶρις,（伊）Iride,（露）Ирис,（現ギリシア語）Íris
（「虹」の意）ギリシア神話中の虹の女神。タウマース*とオーケアノス*の娘エーレクトラー❶*との間に生まれる。ハルピュイア*たち（ハルピュイアイ*）の姉妹。天と地を結ぶ神々の使者。『イーリアス*』ですでに大神ゼウス*の伝令として登場するが、『オデュッセイア*』においては男神ヘルメース*がその役割を担っている。エウリーピデース*以後は、主にヘーラー*に仕えるものとされ、いつでも飛びたてるよう靴を履いたまま女神の玉座の下で休み、その命を受けてレートー*がゼウスの子を出産するのをアレース*とともに妨げたり、アイネイアース*（アエネーアース*）の艦隊に火を放ったりした。アルカイオス*によれば、ゼピュロス*と交わってエロース*の母になったとされるが、これは西風（ゼピュロス）の吹く春に恋愛（エロース）が芽生えるさまを擬人化したもので、通常は処女神と見なされることが多い。女神として崇拝された形跡はなく（一説にデーロス*島において供物を捧げられていたと）、美術では虹色の衣をまとい伝令杖を携えた有翼の姿で表現される。アヤメ属の花アイリス iris の名は彼女にちなむ。
⇒巻系系図 001
Hom. Il. 3-121～, 8-397～, 15-143～, 18-166, 24-77～/ Hes. Th. 266, 780, 784/ Hymn. Hom. Ap. 102/ Verg. Aen. 4-694～, 9-5～/ Eur. H. F. 822～/ Callim. Del. 232/ Theoc. 17-134/ Apollod. Bibl. 1-2-6/ Ap. Rhod. 2-288, -432/ Ath. 14-645b/ etc.

イーリーテュイア　Ilithyia
⇒エイレイテュイア（のラテン語形）

イリニ　Eirene, Εἰρήνη
⇒エイレーネー

イリパ　Ilipa,（ギ）Il(l)ipa, Ἴλιπα (Ἰλλίπα),（露）Илипа
（現・Peñaflor 近くの遺跡 Alcalá del Río）ヒスパーニア南部*のカルターゴー*系の都市。バエティス Baetis（現・グアダルキビル Guadalquivir）河の右岸、ヒスパリス*（現・セビーリャ）の10マイル上流に位置、農業・漁業に加えて豊かな銀の鉱床で栄えた。第2次ポエニー戦争*（前218～前201）中の前206年、ローマの将スキーピオー・大アーフリカーヌス*は、イリパの戦いでハスドルバル❸*（ギスコー❷*の子）を破り、ヒスパーニアからカルターゴー軍を駆逐した。
Plin. N. H. 3-1/ Liv. 35-1/ Strab. 3-141, -174～175/ Ptol. Geog. 2-4/ It. Ant./ etc.

イリュリア　Illyria
⇒イッリュリアー、イッリュリクム

イリュリクム　Illyricum
⇒イッリュリクム

イルウァ　Ilva, Ἰλούα,（ギ）アイタリアー* Aithalia, Αἰθαλία, Aethalia,（英）（仏）Elbe,（独）（伊）（西）（葡）Elba,（露）Эльба
（現・エルバ Elba）イタリア半島北西岸とコルシカ*（キュルノス*）島との間に浮かぶ小島（面積224 km²）。鉄鉱石の産地として知られ、ギリシア名アイタリアー（「煤で煙った島」の意）はその溶鉱炉から出る黒煙に由来する。ギリシア神

イルリュリア

話では、イアーソーン*とメーデイア*がキルケー*に会うために寄港した地と伝えられる。
　ローマ時代の別荘 villa（ウィラ）が幾軒も発掘されている。
⇒ポプローニア
Plin. N. H. 3-6/ Liv. 30-39/ Strab. 5-223～/ Diod. 5-13, 11-88/ Mela 2-7/ Ap. Rhod. 4-654/ Verg. Aen. 10-174/ etc.

イルリュリア　Illyria
⇒イッリュリアー

イルリュリクム　Illyricum
⇒イッリュリクム

イーレーナエウス　Irenaeus
⇒エイレーナイオス（のラテン語形）

イーレーネー　Irene
⇒エイレーネー（のラテン語形）

イレルダ　Ilerda, Hilerda,（ギ）Ilerda, Ἰλέρδα,（仏）Ilerde,（露）Илерда（Лерида）
（現・レリダ Lérida または〈カタルーニャ語〉リェイダ Lleida）ヒスパーニア・キテリオル*（内ヒスパーニア*）東北部のシコリス Sicoris（現・セグレ Segre）川に臨む町。イベーリアー*系の住民イレルゲテース Ilergetes 族の町として栄え、独自の貨幣も造っていたが、第 2 次ポエニー戦争*（前 218～前 201）でカルターゴー*側に与したため、前 205 年ローマ軍によって征服された。アウグストゥス*の時に自治都市（ムーニキピウム*）となり、ヒスパーニア・タッラコーネーンシス*州に属した（⇒ヒスパーニア）。前 49 年夏、この近くでカエサル*がポンペイユス*の部将アーフラーニウス❷*とペトレイユス*を降伏させた。カエサル軍 6 箇軍団とポンペイユス軍 5 箇軍団は、おのおの援軍を加えて対陣し、一時は補給路を断たれたカエサル側が苦境に陥ることもあったが、巧妙な戦術が奏功してついにカエサルが勝利を収め、ポンペイユス軍の精鋭部隊は崩壊した（6 月 26 日～8 月 2 日。ユーリウス暦*では 5 月 5 日～6 月 10 日）。なお両軍が休戦条約を検討中に、双方の兵卒が互いに往き来し始めたところ、にわかに心変わりしたアーフラーニウスとペトレイユスの両将が、自分たちの陣営を訪れていたカエサル側の将兵を皆殺しにするよう命ずるという事件が起き、これが軍隊の向背に与えた影響も大きい。
　ローマ帝政末期に至るまで、タッラコー*（現・タラゴーナ）へ通じる要衝に位置するため、地方経済・宗教の中心都市として繁栄。詩人アウソニウス*にもうたわれたが、西ゴート*族に占領された（後 5 世紀初頭）のち、ムーア人に征服された（714）。キリスト教会に転用され、イスラーム教寺院に改築された古代ローマ時代の神殿（現・San Lorenzo 教会）が残っている。
⇒ムンダ、タプソス
Caes. B. Civ. 1-38～55, -59～87, 2-17/ Suet. Iul. 34, 75/ Hor. Ep. 1-20/ Luc. 4-144, -261/ Auson. Epist. 25-59/ Florus 4-12/ App. B. Civ. 2-42/ Vell. Pat. 2-42/ Strab. 3-161/ Plin. N. H. 3-3/ Cod. Theod./ It. Ant./ etc.

イーロス　Ilos, Ἶλος, Ilus,（伊）（西）Ilo,（露）Ил
　ギリシア神話中、イーリオン*（＝トロイアー*）の名祖（なおや）（⇒巻末系図 019）。
❶トロイアー*王家の祖ダルダノス*の息子。子なくして死んだため、弟のエリクトニオス❷*が王位を継いだ。❷としばしば混同される。
Apollod. Bibl. 3-12-2/ etc.
❷トロース*（トロイアー*の名祖（なおや））とカッリッロエー❸*（スカマンドロス*河神の娘）の子。美少年ガニュメーデース*の兄弟。❶の姪孫。ラーオメドーン*の父。プリュギアー*でレスリング競技に優勝して 50 人の若者と 50 人の乙女を獲得。神託に順って（したが）斑の雌牛のあとを尾いて行き、その牛が臥した所に新市イーリオン*（トロイアー）を創建した。建都に当たってゼウス*に神意の徴を求めたところ、天から神像パッラディオン*が降ってきたという。また彼は、ガニュメーデースをめぐってタンタロス*やペロプス*と争い、彼らを国外へ追い払ったとも伝えられる。
Apollod. Bibl. 3-12-2～3/ Hom. Il. 10-415, 11-166, -372, 20-215～, -232～/ Diod. 4-74～/ Paus. 2-22/ Theocr. 16-75/ Hyg. Fab. 250/ Steph. Byz./ etc.

インクブス　Incubus（または**インクボー** Incubo），（仏）Incube，（独）Inkubus，（伊）Incubo，（西）（葡）Íncubo，（露）Инкуб，《複》インクビー Incubi）
　ローマ民間伝承中の精霊。夜間、睡眠中の人の胸に乗って悪夢を見させ、時に眠っている女と性交すると想像された。また彼らの被る円錐形の帽子を手に入れた者は、その秘匿する埋宝の在所（ありか）を発見できると考えられていた。なお、男性の夢魔インクブスに対して、眠っている男と交わる女性夢魔スックバ Succuba（スックブス Succubus,〈仏〉〈伊〉Succube）が、後代に考え出された。インクブスはファウヌス*と同一視されることもある。
⇒ユースティーニアーヌス 1 世
Hor. Epod. 5-95～/ Tertullian. De Anim. 44/ Petron. Sat. 38/ Augustin. De civ. D. 15-23/ Apul. De deo Soc./ Isid. Orig. 8-11/ Serv. ad Verg. Aen. 6-775/ Plin. N. H./ Macrob./ etc.

イーンスブレース（族）　Insubres,（ギ）Isombroi, Ἴσομβροι,（英）Insubrians, Insubreans,（仏）Insubriens,（独）Insubrer,（伊）Insubri,（西）Insubros,（露）Инсубры
　ガッリア・キサルピーナ*（ガッリア・トラーンスパダーナ*）にいたケルト*系の種族。アルペース*（アルプス）山脈を越えて南下し、前 400 年頃この地の先住民を征服してティーキーヌス*川周辺に定住、メディオーラーヌム*（現・ミラーノ）市を建設し、同地方で最も強大な勢力を確立する。前 232 年以来ローマとしばしば交戦し（⇒マール

クス・クラウディウス・マルケッルス❶*）、第2次ポエニー戦争*（前218～前201）中はカルターゴー*の名将ハンニバル❶*に協力するが、前194年ついにL. ワァレリウス・フラックス❷*に撃滅されて、ローマの軍門に降った。彼らのいたイーンスブリア Insubria 地方にローマ市民権が与えられたのは、前49年のことである。
⇒カエキリウス・スターティウス
Strab. 5-212～213/ Liv. 5-34, 30-18/ Polyb. 2-17, -22～35/ Plin. N. H. 3-17-124～/ Tac. Ann. 11-23/ Cic. Balb. 14/ etc.

インディアー India
⇒インド

インテラムナ Interamna, Ἰντέραμνα, Ἰντεράμνιον,（仏）Intéramne,（露）Интерамна
（「河流の間の町」の意）イタリアの市名。

❶（現・Terni）Interamna Nahartium,（Interamna Nahars）
ウンブリア*地方南部、ナール Nar（現・Nera）川に囲まれた町。碑文によれば伝承上の創建は前673／672年。フラーミニウス街道*（ウィア・フラーミニア*）沿いの自治都市(ムーニキピウム*)として繁栄。史家タキトゥス*およびローマ皇帝タキトゥス*、フローリアーヌス*の生地。ティベリウス*帝時代に建設された円形闘技場(アンピテアートルム*)その他の遺跡が残る。

❷（現・Pignataro）Interamna Lirenas
ラティウム*地方南部の町。アクィーヌム*（現・Aquino）の東南ほぼ5マイル、リーリス Liris（現・Liri, Garigliano）川北岸に位置。前312年ローマ人によりラテン植民市として建設され、サムニウム戦争*の軍事基地となった。

❸（現・Teramo）ピーケーヌム*地方南部の、やはり河川の合流地点にある町。
Cic. Mil. 46, Phil. 2-105, Att. 4-15/ Tac. Hist. 3-63, Ann. 1-79/ Liv. 9-28, 10-36, 26-9/ Varro L. L. 4-5/ Florus 3-21/ Diod. 19-105/ Vell. Pat. 1-14/ Strab. 5-227, -237/ Plin. N. H. 3-14/ Ptol. Geog. 3-1/ It. Ant./ etc.

インド（ギ）インディアー India, Ἰνδία,（Indikē, Ἰνδική）,（ラ）インディア India,（仏）Inde,（独）Indien,（葡）Índia,（露）Индия,（サンスクリット語）Indu, Bhārata,（アラビア語）Al-Hind,（ペルシア語）Hend, Hindustan,（トルコ語）Hindistan,（ヒンディー語）（ウルドゥー語）Bhārat,（漢）印度・印土・身毒

アジア大陸で最も富裕とされた国、地域。ギリシア・ラテン語の名称はインドス*（インダス）河に由来する。古くホメーロス*時代から小アジア方面との交流があり、ヘカタイオス*やヘーロドトス*、クテーシアース*らギリシア史家に言及されていたにもかかわらず、インドは長く地中海世界の人々にとって未知と神秘の国であった。伝承によれば、酒神ディオニューソス*（バッコス*）が征服し、女王セミーラミス*も遠征を試みた世界の東の果ての大国で、砂金が無尽蔵に採れ、多くの民族と5千の都市が栄えていたという。歴史上はアカイメネース朝*ペルシア*のダーレイオス1世*がインドス河流域を征服してペルシア帝国*領に併呑し、次いでアレクサンドロス大王*がヒュパシス Hyphasis（現・Beas）河まで東征軍を進めて、ここを自領の東境と確定、以来インドとギリシア世界の直接交流が始まった（前327～前326）。大王の死後、セレウコス1世*はさらに奥地へ侵略を試みた（前305）が、結局マウリヤ Maurya 朝の王サンドロコットス*（チャンドラグプタ）と和睦し、メガステネース*を初代大使として王都へ派遣した（前302）。ヘレニズム時代はインドス河周辺に築かれた植民市を中心にギリシア文化が東漸し、ガンゲース*（ガンジス）河やタープロバネー*（セイロン）島に関する知識が西方に伝わり、東西間の通商貿易のみならず、輪廻思想など宗教・文化面での交流も盛んに行なわれた（⇒ギュムノソピスタイ）。前3世紀中頃ギリシア系のバクトリアー*王国が興ってインドス河流域を支配、またエウドクソス❷*やヒッパロス*が季節風を利用して東アフリカからインドへ渡航を行ない、エリュトラー海*（インド洋）貿易による利権をプトレマイオス朝*にもたらした。前1世紀にはインドを仲介して支那の絹が地中海沿岸にもたらされ（⇒セーレス）、ローマ初代皇帝アウグストゥス*の許へはインドから王の使節が珍獣を携えて来訪している（前26～前25、前20）。以降、後3世紀にアラビアー*人とサーサーン朝*ペルシアの興起によって途絶するまで、毎年120隻のギリシア商船がインドへ出帆し交易に従事、中にはマレイ半島クリューセー Khrȳsē を越えて支那本土（シーナイ*）へ到達する者も現われた。インドからローマへは、胡椒に代表される香辛料、宝石、真珠、象牙、各種の香料、支那の絹、等々の奢侈品が舶載され、これら高価な輸入品のためにローマは年間少なくとも5千万セーステルティウスを下らぬ巨満の富を費消。これが帝国を疲弊に導いたとの説もあり、実際に後世インドや東南アジア、支那など各地から金銀のローマ貨幣が数多く発見されている。

古来、ギリシア・ローマ人の間には、インド人とエティオピア*人とを混同する傾向があり、さらに両者の国土は陸続きであるという俗信も根強かった（⇒テッラ・インコグニタ）。またヘーロドトス以来、インド人は動物のように白昼公然と性交し、男子の射出する精液の色はエティオピア人と同様に黒いと一般に信じられてもいた。種姓 varṇa (ヴェルナ)制度や一夫多妻制、妻の殉死 satī (サティー)の風習も知られていたが、他方、近親を殺して肉を喰う喰人族、130歳以上生きる長命族、身長75㎝ほどの矮人族、巨大な足を傘にするスキアーポデス*（蔭足族）、犬の頭をもつキュノケパロイ*（犬頭族）、半獣半人のサテュロイ*、自分の巨大な耳にくるまって寝るエノートコイテス Enotokoites 族、など奇怪な伝説的種族が居住するという話も、ヘレニズム・ローマ時代に広く流布した。インドはまた、一角獣モノケロース*や数十mに達する大蛇、1箇中隊の騎兵が木陰に待避できる巨樹、無数の毒蛇と多種の毒草、そして黄金を掘り出す狐より大きな蟻たちなど、珍奇な動植物の存在することでも名高かった。

なおキリスト教伝説に従えば、12使徒*の1人トーマース Thomas は大工の棟梁としての腕をかわれてインドの王ゴンドパレース Gondophares（実名・Guduvhara, Gudnaphar, ペルシア名・Vindafarna, 在位・後19〜51頃）のもとへ赴き、のち南部インドで槍に貫かれて刑死したという。
⇒スキュラクス、オネーシクリトス、ネアルコス、ポーロス、タクシレース
Herodot. 3-94〜, 4-40, -44/ Plin. N. H. 6-21〜, 7-2, 8-31, 12-41/ Diod. 2-16〜, -35〜/ Ptol. Geog. 7-1〜/ Mela 3-7/ Solin. 55/ Suet. Aug. 21/ Dio Cass. 54-9/ Polyaenus 4-3/ Arr. Anab. 5〜6, Ind. / Strab. 15-685〜/ Ctesias/ Scylax/ Peripl. M. Rubr./ Plut./ Lucian./ Oros./ Steph. Byz./ etc.

インドス（インダス）河 Indos, Ἰνδός, Indus,（伊）（西）（葡）Indo,（露）Инд,（ペルシア語）Hendhu, Hindhu, Hindu,（ヒンディー語）Sindhu,（ウルドゥー語）Sindh,（シンディー語）Sindhu,（パシュトー語）Abasin,（漢）信度、身毒、（サンスクリット語の「海・河」を意味するシンドゥ Sindhu に由来する）

（現・Sind）南アジア最大の河川（全長約3180 km）。ヒマーラヤ山脈に源を発し、5大支流を合わせてインド北西部を縦断、大デルタ（三角州）を形成してインド洋（アラビア海）に注ぐ。インダス文明発祥の地として名高く、インディアー*（インド）なる名もこの河に負うている。ペルシア帝国*のダーレイオス1世*はスキュラクス*を派遣して、この河川流域の探検を行なわせた（前6世紀末）。アレクサンドロス大王*の東征以来、インドス河に関する知見も深まり、周辺住民の風俗（妻の殉死など）や動植物の生態について虚実とり混ぜた数多くの報告が、西方世界にもたらされた。後世のギリシア神話では、インドス河神はガイア*（大地）の子で、ガンゲース*（ガンジス）河神の父とされる（子のガンゲースは酔って実母を犯したため、河に投身したという）。
⇒ヒュダスペース
Herodot. 4-44/ Strab. 15-690〜/ Arist. Mete. 1-350a/ Nonnus Dion. 18-272/ Plut. De fluviis 4, 25/ Mela 3-7/ Plin. N. H. 6-23/ Curtius 8-9/ Arr. Anab. 5-4, Ind./ etc.

インブロス Imbros, Ἴμβρος,（Imbrus）,（伊）Imbro,（露）Имброс,（現ギリシア語）Ímvros,（トルコ語）Gökçeada

（現・イムロズ İmroz）エーゲ海東北部、トラーケー*（トラーキアー*）のケルソネーソス*半島西方の島（面積285 km²）。サモトラーケー*島とともにカベイロイ*崇拝の中心地。古くはペラスゴイ*人の住む独立国であったが、アカイメネース朝*ペルシア*、アテーナイ*、マケドニアー*、ペルガモン*の支配を経てローマの属州に併呑された。
ミルティアデース*（前550頃〜前489）の征服以来、長くアテーナイの統治下にあったため、ペロポンネーソス戦争*（前431〜前404）の折にも、アテーナイ側に加担。西北岸の港町から劇場、墓地、水道管、城砦など主にアッティケー*（アッティカ*）風の遺構が発掘されている。
⇒レームノス、テネドス
Hom. Il. 13-33, 14-281, 21-43, 24-78, -751〜753/ Herodot. 5-26, 6-41, -104/ Thuc. 8-102〜/ Mela 2-7/ Plin. N. H. 4-12-72/ Xen. Hell. 4-8-15, 5-1-31/ Liv. 33-30/ Ov. Tr. 1-10/ Hymn. Hom. Ap. 36/ Steph. Byz./ etc.

インペラートル Imperator,（古ラテン）Induperator,（〈ギ〉アウトクラトール Autokratōr, Αὐτοκράτωρ),（伊）Imperatore,（西）Emperador,（葡）Imperador,（露）Император

最高司令官。ローマ共和政時代、戦いに勝った将軍に付与された栄誉称号。帝政期には元首＝皇帝の尊称となり、後世に至る。元来は軍隊の最高司令官を意味し、前2世紀以来、戦争で勝利を収めた将軍が、麾下の将兵からこの称号で歓呼されるようになる。ただし、それは執政官、法務官、属州総督などの高官が、自らの「命令権 imperium（文武の大権）」に基づいて軍隊を指揮し、戦場で凱歌をあげた場合に限られた。しかも、この称号の使用は、軍隊の歓呼を受けてから、ローマで凱旋式を挙げるまでの間にのみ許されたに過ぎない。共和政末期には、マリウス*、スッラ*、ポンペイユス*など、この称号を帯びた人は多数いた（Pompeius Imperator のごとくに）。ところがカエサル*の場合は、元老院から世襲の個人名 praenomen（いわゆる第1名前）としてインペラートルを冠することを特別に認められ（前45）、以後終生この特権を用い続けた形跡がある。続いてオクターウィアーヌス*（アウグストゥス*）が、自らこの称号を個人名として採用（前40、Imperator Caesar Augustus）。彼の時代からは皇帝（元首 princeps）のみに限られることになった（正確にはティベリウス*治下の後22年のアーフリカ*総督ブラエスス Junius Blaesus を最後として）。また同じ頃、戦争でどの将軍が勝利を得ようと、その栄誉はすべて皇帝一身に帰せられる、との原則も定められた。ティベリウス*やクラウディウス*など帝政初期の皇帝たちのうちの幾人かは、インペラートルの個人名を帯びなかったが、カエサル家と血縁のないウェスパシアーヌス*（在位・後69〜79）が帝位に即くに及んで、この称号は皇帝の公式の個人名（praenomen imperatoris）とされ、家名 cognomen の後に、戦勝軍から歓呼を受けた回数とともに添えられるようになる。なお彼の長男で統治の協力者であったティトゥス*（在位・79〜81）は、インペラートルを家名として用いている。ティトゥスの弟でその跡を継いだ暴君ドミティアーヌス*の場合、インペラートルを個人名として使用したから、正式称号は Imperator Caesar Domitianus Augustus となる。以後この原則が踏襲され、2世紀初頭のトライヤーヌス*帝は、Imperator Caesar Marcus Ulpius Traianus Augustus と称し、これに続けて、Dacius, Optimus, Parthicus 等々の征服を讚える名誉称号を重ねた。宮廷儀礼の煩雑化する4世紀には、皇帝称号もおそろしく長大なものとなり、たとえばコーンスタンティウス2世*の場合は、Imperator Caesar Flavius Iulius Constantius, pius felix, Augustus なる名称の

後に、victor maximus, triumphator aeternus, divi Constantini optimi maximique principius filius, divorum Maximiani et Constanti nepos, divi Claudii pronepos, pontifex maximus, Germanicus, Alamannicus maximus Germanicus maximus Gothicus maximus Adiabenicus maximus, tribuniciae potestalis XXXII, imperatorXXX, consul VII, pater patriae, consul といういとも華麗な名誉称号がつらなるのである。しかし、どの皇帝もインペラートルを個人名（プラエノーメン）として冒頭に置いていることに変わりはない。またネロー*帝以降、インペラートルは「アウグストゥス」とともにローマ皇帝の正式尊号として定着。この語は後世、（英）emperor、（仏）empereur、（伊）imperatore、（西）emperador、（葡）imperador など西ヨーロッパ諸語の皇帝を意味する普通名詞に変化した。

Suet. Iul. 76, Tib. 26, Claud. 12, 26, Oth. 2, Vesp. 24, Dom. 10/ Tac. Ann. 1-4, 3-74/ Plut. Pomp. 8, Crass. 6/ Plin. Ep. 3-5/ Dio Cass. 43-44/ Caes. B. Civ. 2-26, 3-31/ Liv. 27-19/ Ennius Ann./ etc.

ヴァージニア　Virginia
⇒ウィルギーニア（の英語形）

ヴァージル　Virgil
⇒ウェルギリウス（の英語形）

ウァスコネース（族）　Vascones,（ギ）Ūaskŏnes, Οὐάσκωνες, Οὐάσκονες,（仏）Vascons,（伊）Vasconi,（露）Васконы

ヒスパーニア*東北部、ピレネー山脈南斜面の地域ウァスコニア Vasconia（現・ナバーラ Navarra 周辺）に住んでいた先住民。イベーリアー*系に属し、叛将セルトーリウス*の死（前72）後、彼らの首邑カラグッリス*はアーフラーニウス*率いるローマ軍に攻囲され、住民は飢餓に苦しんだあまり人肉を食べるに至ったという。ローマ帝国の属州ヒスパーニア・タッラコーネーンシス*に併合されたが、独自の言語・習慣を保持し、後代のバスク Basque 人の祖となった。ローマ時代の主要な町はポンペーロ（ナ）Pompelo(na)（現・パンプローナ Pamplona）。
⇒アストゥレース、カンタブリー

Plin. N. H. 3-3/ Juv. 15-93/ Strab. 3-155/ Quint. Declamationes 12/ Auson. 2-100/ Ptol. Geog. 2-8/ Mela 3-3/ Sil. 3-358/ S. H. A. Alex. Sev. 27/ etc.

ウァッロー・アタキーヌス、プーブリウス・テレンティウス　Publius Terentius Varro Atacinus （伊）Publio Terenzio Varrone Atacino

（前82～前37頃）ガッリア・ナルボーネーンシス*出身のラテン詩人。副名アタキーヌスは故郷のアタクス Atax（現・オード Aude）川に由来する。カエサル*時代に活躍し、ガッリア*におけるカエサルの（前58の）武勲を謳った叙事詩『セークァニー*戦役』Bellum Sequanicum や、ロドス*のアポッローニオス*作『アルゴナウティカ』の自由訳『アルゴナウティカ』Argonautica などで知られるが、若干の断片が残るに過ぎない。
⇒ウァレリウス・フラックス

Quint. 10-1/ Hor. Sat. 1-10/ Ov. Am. 1-15, A. A. 3-335, Tr. 2-439/ Prop. 2-25, -34, -85/ Gell. 10-7/ Stat. Silv. 2-7/ Serv. Verg. Ecl. 1-66/ Prisc./ etc.

ウァッロー、ガーイウス・テレンティウス　Gaius Terentius Varro,（ギ）Gāios Terentios Ūarrhōn, Γάιος Τερέντιος Οὐάρρων,（伊）Gaio Terenzio Varrone,（西）Cayo Terencio Varrón,（葡）Caio Terêncio Varrão,（露）Гай Теренций Варрон

（前3世紀）ローマの民衆派*（ポプラーレース*）の政治家・将軍。肉屋の息子に生まれ、極端な民主主義者ないし大衆煽動家として頭角を現わす（⇒ C. フラーミニウス）。第2次ポエニー戦争*中の前216年、執政官（コーンスル*）に選ばれ、元老院の反対にもかかわらず（と史家リーウィウス*は記している。⇒ファビウス・マクシムス❷）、断固としてハンニバル❶*と対戦することを主張、執政官相役の貴族 L. アエミリウス・パウルス❶*とともにカンナエ*で大敗を喫し、負傷しつつもかろうじて落ちのびる。しかるに、敗戦にも挫けず、国民を勇気づけて、対カルターゴー*戦を続行させ、マケドニアー*のピリッポス5世*（前203）やヌミディア*のウェルミナ Vermina（シュパークス*の子）のもとへ使いした（前200）。

Liv. 22-25～, 23-32, 25-6, 27-35/ Polyb. 3-106～116/ Plut. Fab. 14～18/ App. Hann. 17～26/ Val. Max. 3-4/ Zonar. 9-1/ Cic. Brut. 19/ Oros. 4-16/ Eutrop. 3-10/ etc.

ウァッロー、マールクス・テレンティウス　Marcus Terentius Varro Reatinus,（ギ）Mārkos Terentios Ūarrhōn, Μᾶρκος Τερέντιος Οὐάρρων,（仏）Varron,（伊）Marco Terenzio Varrone,（西）Marco Terencio Varrón,（葡）Marco Terêncio Varrão,（露）Марк Теренций Варрон

（前116～前27）共和政末期ローマの学者・著述家。サビーニー*の町レアーテ*（現・リエーティ Rieti）に生まれ、ローマとアテーナイ*でスティロー*やアンティオコス*（アスカローン*の）から哲学その他の諸学問を教わる。大ポンペイユス*の幕下にあって、海賊掃討戦、対ミトリダテース*戦に艦隊を指揮し、前49年内乱が勃発するとヒスパーニア*でポンペイユス軍を率いてカエサル*に抵抗を試みたが降伏（9月。ユーリウス暦*では7月）。その後ギリシアのポンペイユスのもとへはしり、パルサーロス*で重ねて敗北した（前48）。しかし、カエサルに赦されてローマに帰り、その殊遇を蒙って開設予定の公共図書館長に任ぜられ、書籍蒐集、執筆活動を続けた。カエサルの横死（前44）により大図書館は完成せず、続く第2回三頭政治*の圧政下にウァッローの名も処罰者名簿 proscriptio（プロースクリープティオー）に載せられ（前43）、厖大な蔵書もアントーニウス*に荒らされたが、オク

ターウィアーヌス*（のちのアウグストゥス*）の庇護を得て以来、政争の外にあって余生を研究と著作に捧げた。「最も博識な人」と称せられ、78歳までに490巻もの書物を刊行（生涯に75作品、617巻といわれる）、文学・言語学・歴史・考古学・地理・医学・数学・音楽・哲学・修辞学・法学等々、ほぼあらゆる分野に盛名を馳せ、90歳近い長命を保った──満88歳でペンを手にしたまま死んだという──。百科全書的な大学者だったが、その性格は気難しく怒りやすかったといわれる。浩瀚な彼の著作はほとんど散佚し、わずかに『農業論 De Re Rustica』全3巻（前37）と『ラテン語論 De Lingua Latina』全25巻中の6巻足らず（前43）が現存するに過ぎない。前者は当時の田園生活・農事の実態を誌した文献として貴重であり、その中で彼が奴隷を「物言う道具 instrumentum vocale」と規定していることはよく知られている。友人キケロー*に献じた後者は、まとまって残存する最古のラテン文法書で、語源や統語論、語形変化論などを説き、初期ローマ人の言語を知る上で好個の手引きとなる。その他、メニッポス*式の諷刺詩 Saturae Menippeae 150巻（600行ほどの断片のみ伝存す。前81～前67頃）や肖像画入りのギリシア・ローマ著名人物伝『肖像集』Imagines (Hebdomadĕs) 15巻（前39）、ローマ人の生活および宗教を扱った『人間と神々に関する故事』Antiquitates Rerum Humanarum et Divinarum 41巻（前47）、『ローマ民族について De Gente Populi Romani』、『ローマ人の社会生活 De Vita Populi Romani』などの古代学関係論考（いずれも散逸）、マルティアーヌス・カペッラ*の自由学芸分類の基礎となった『教育論 Disciplinae』9巻、『人物評伝 Logistorici』76巻（前44頃）等の作品があり、ウェルギリウス*、オウィディウス*、ペトローニウス*からアウグスティーヌス*、ボエーティウス*らに至る多大の文筆家に影響を与えた。大半が引用断片として伝わり、とりわけプラウトゥス*ら初期のラテン作家に関して書かれた文学史は貴重。

⇒コルネーリウス・ネポース、フェネステッラ、ニギディウス・フィグルス

Caes. B. Civ. 1-38, 2-17～20/ Suet. Iul. 34, 44/ App. Mith. 95, B. Civ. 4-47/ Plin. N. H. 3-11, 7-30, 29-18/ Cic. Acad. 1-2, -3, Fam. 9-1～8, -13, Brut. 56, Div. 1-32/ Gell. 3-10/ Quint. 10-1/ Augustin. De civ. D. 4-1, 6-2/ Symmachus. Ep. 1-2/ Euseb. Chron./ etc.

ウァッロー・ムーレーナ、アウルス・テレンティウス　Aulus Terentius Varro Murena

⇒ムーレーナ❸

ウァッロー・ルークッルス、マールクス・テレンティウス　Marcus Terentius Varro Lucullus, （ギ）Mārkos Terentios Ūarrhōn Leukollos, Μάρκος Τερέντιος Οὐάρρων Λεύκολλος, （伊）Marco Terenzio Varrone Lucullo

（前116頃～前55年頃）ローマの将軍・政治家。富豪 L. ルークッルス*の弟。本名マールクス・リキニウス・ルークッルス M. Licinius Lucullus。ウァッロー家の養子に入るが、兄と一緒に政界で活躍し、スッラ*の東方遠征に従軍。前73年の執政官、次いで属州マケドニア*の総督となり、血腥い征服を行なってローマの版図をダーヌビウス*（ドーナウ）河・黒海に至るまで拡大、帰国して凱旋式を挙げた（前71）。閥族派（オプティマーテース*）の主導的人物で、キケロー*の友人でもあった。兄の死（前56）後、間もなく没したと思われる。

⇒巻末系図 052, 072

Plut. Luc. 1, 37, 43/ Cic. Verr. 2-1-23, -3-70, -5-21, Acad. 2-1, Att. 12-21, 13-6, Pis. 19, 31, Prov. Cons. 9/ etc.

ウァティア、セルウィーリウス　Servilius Vatía

⇒セルウィーリウス・ウァティア・イサウリクス

ウァーティ（ー）カーヌス　Vaticanus, （英）（仏）Vatican, （独）Vatikan, （伊）（西）（葡）Vaticano, （露）Ватикан, （和）ヴァティカン、バチカン

（現・ヴァティカーノ, Vaticano）ローマのティベリス*（現・テーヴェレ）河西岸の丘。帝政前期にカリグラ*とネロー*のキルクス* Circus Gaii et Neronis が建設され（現・Piazza San Pietro 周辺）、キリスト教伝説では、ここで使徒ペトロス*（ペトロ）が逆さ磔にによって処刑され、また他の信者たちもローマ市の放火犯として生きたまま焼き殺されたり、猛犬に食い殺されたという（後64）。河岸近くのウァーティカーヌスの野 Campus Vaticanus には、アグリッピーナ*の庭園 Horti Agrippinae やハドリアーヌス*の霊廟（マウソーレーウム*）（現・Castel S. Angelo）、またエラガバルス*帝が築いたシュリアー*の神々の社殿などがあった。コーンスタンティーヌス1世*（大帝）は、ペトロスの墓と伝えられる場所にバシリカ*を造営（326、献堂）、その後ゲルマーニア*人の劫掠（5～6世紀）やイスラーム教徒の略奪（846）に遭ったものの、修復を重ねて、近世のペトロス大聖堂 Basilica di San Pietro（サン・ピエトロ寺院）の前身となった。

Hor. Carm. 1-20/ Suet. Claud. 21/ Mart. 6-92/ Juv. 6-344/ Tac. Ann. 14-14, 15-39, -44, Hist. 2-93/ etc.

ヴァティカン　Vatican

⇒ヴァーティカーヌス

ウァティーニウス、プーブリウス　Publius Vatinius, （伊）（西）Publio Vatinio, （葡）Públio Vatínio

（前1世紀中頃）ローマ共和政末期の政治家。前59年の護民官（トリブーヌス・プレービス*）となり、第1回三頭政治*の手先として暗躍。元老院の反対を押し切って、カエサル*に内ガッリア*（ガッリア・キサルピーナ*）とイッリュリクム*両属州の5年間にわたる統治権を与え、またポンペイユス*の東方処理を追認批准する法案を通過させた。前56年にはキケロー*の『ウァティーニウス弾劾 In Vatinium』演説で手厳しく攻撃されるが、ポンペイユスの圧力で翌前55年の

法務官職^{プラエトル*}に選ばれる。次いで法務官選挙の際に贈賄した廉で告訴されたものの、今度は三頭政治家たちの意を受けたキケローに弁護されて無罪となる（前54）。ガッリアでカエサルに仕えた後、前47年アドリア海で勝利を収めて、短期間だが執政官職^{コーンスル*}にありつく（同年12月末）。イッリュリクムの属州総督を務め（前45）、前43年ブルートゥス*に投降したにもかかわらず、ローマで凱旋式^{トリウンプス*}の挙行を認められた（前42年7月31日）。彼は両脚が弱く、頸から上は瘰癧^{るいれき}で腫れ上がっていたという。

なお同名の祖父プーブリウス・ウァティーニウスは、前168年ピュドナ*の戦いにおけるローマ軍の勝利を、双生兄弟神ディオスクーリー*（ディオスクーロイ*）から誰よりも先に報らされたと伝えられる人物である。

Cic. In Vatinium, Sest. 53, 64, 65, Att. 2-6, -7, Fam. 5-9〜11, Nat. D. 2-2, 3-5/ Caes. B. Gall. 8-46, B. Civ. 3-19, -100/ App. B. Civ. 4-75, Ill. 13/ Dio Cass. 42-55, 47-21/ Plut. Cic. 9, 26, Pomp. 52, Cat. Min. 42/ Liv. Epit. 118/ Vell. Pat. 2-69/ Catull. 14, 52/ etc.

ウァディモー湖　Vadimonis Lacus,（ギ）Ūadimōn limnē, Οὐαδίμων λίμνη,（英）Lake Vadimo,（仏）Lac Vadimon,（独）Vadimonischen See,（伊）Lago Vadimone

（現・Laghetto di Bassano）エトルーリア*東南部の小さな湖。アメリア*に近く、硫黄分を含む水と浮島とで知られた。この近くでローマは2度エトルーリア*人と戦って撃破している（前310と前283）。

Liv. 9-39/ Sen. Q. Nat. 3-25/ Plin. N. H. 2-96/ Polyb. 2-20/ Florus 1-8/ Plin. Ep. 8-20/ Eutrop. 2-10/ etc.

ウァラネース　Varanes
⇒ウァラフラーン

ウァラフラーンまたは、バハラーム　Varahran, Baharam, Vahram（ヴァフラーム）, Bahram（バフラーム）,（古形）ウルスラグナ Vərəθragna,（パフラヴィー語）Waḥrān,（中世ペルシア語）Varahrān,（ギ）バラメース Baramēs, Βαράμης, Ūaranēs, Οὐαράνης（Ūaranēs, Οὑραράνης）,（ラ）ウァラネース Varanes（Vararanes）,（アラビア語）Bahrām

サーサーン朝*ペルシアの帝王名（⇒巻末系図111）。

❶1世　V. I（在位・後273頃〜後277頃）
シャープール1世*の子。兄ホルミスダース1世*の死後、即位したが、ゾロアスター*教を奉じてマーニー*（マーニー教の開祖）を迫害・処刑した。

❷2世　V. II（在位・後277頃〜293）
❶の子・後継者。ローマ皇帝カールス*の侵略を被り、北部メソポタミアー*とアルメニアー*とを割譲（283）。また弟ホルミスダース Hormisdas の反乱が起こり、これと戦って倒した（284）。

❸3世　V. III（在位・後293）
❷の子・後継者。在位4ヵ月で大叔父ナルセース*に篡奪された。

❹4世　V. IV（在位・後388〜後399）
シャープール3世*の弟。ローマ皇帝テオドシウス1世*との交渉により、アルメニアー*の国土を分割して両国に帰属させることを取り決めた（387）。臣下の叛乱で暗殺された（矢で射殺されたという）。
⇒ヤズダギルド1世

❺5世　V. V Gūr グール（「野生驢馬」の意）（在位・後420／421〜後438／439）ヤズダギルド1世*の長子。父の死後、貴族らは傍系の王子ホスロー Khosroes を擁立したが、ウァラフラーンはアラビアー*の首長の支援を得て玉座を篡奪。熱心なゾロアスター*教徒としてキリスト教徒を迫害したため、東ローマ軍の攻撃を受け、敗れて平和条約を締結（422）、以来宗教の自由が認められた。彼は武勇伝で名高く、東方に侵入したエフタル族 Ephtalitai を討伐し（429〜）、最期は底無し沼に馬もろとも呑み込まれて行方不明になったという。
⇒ヤズダギルド2世

Socrates Hist. Eccl./ Agathias/ etc.

ウァリウス・ルーフス、ルーキウス　Lucius Varius Rufus,（伊）Lucio Vario Rufo

（前74頃〜前14頃）ローマのアウグストゥス*時代に活躍したエピクーロス*派の叙事詩人・悲劇詩人。ウェルギリウス*とホラーティウス*の年長の友人。ギリシアの伝説を扱った悲劇『テュエステース*』は、アクティオン*戦勝記念競技会（前29）で上演され、アウグストゥスは彼に百万セーステルティウスもの大金を贈与。この作品はのちにクィンティリアーヌス*からギリシア悲劇に比肩し得る傑作として高く評価された。叙事詩にはカエサル*の死を主題とした『死について De Morte』（前43頃）やアウグストゥスおよびアグリッパ*への頌辞^{パネーギュリクス} panegyricus があったが、作品はすべて散佚した。ウェルギリウスは死の床で彼に『アエネーイス』の草稿を焼却してくれと託したが、アウグストゥスの命令で彼とプロ―ティウス・トゥッカ Plotius Tucca の両名によって、この大叙事詩が公刊された話は有名。将軍アグリッパが自分の遠征を称える詩を作るようホラーティウスに求めた時、「私よりウァリウスの方が適任です」と推奨したという話も残っている。
⇒マエケーナース

Verg. Ecl. 6-10, 9-26 -35, Catal. 7/ Hor. Sat. 1-5, -6, -9, -10, Carm. 1-6, Ars P. 53〜, Epist. 2-1/ Mart. 8-18, 12-4/ Quint. 10-1/ Macrob. Sat. 6-1, -2/ Tac. Dial. 12-6/ etc.

ヴァルカン　Vulcan
⇒ウルカーヌス*（の英語形）

ウァールス、プーブリウス・クィ（ー）ンティーリウス（クィーンクティーリウス） Publius Quin(c)tilius Varus,（ギ）Pūplios Ūāros, Πούπλιος Ούαρος,（伊）（西）Publio Quintilio Varo,（葡）Públio Quintílio Varo,（露）Публий Квинтилий Вар

（前46頃～後9年秋）ローマの将軍。旧いパトリキイー*（貴族）の出身。カエサル*暗殺者の1人でピリッポイ*の戦い（前42）に敗死したセクストゥス・ウァールス Sex. Quintilius Varus（前49年の財務官*）の息子。しかし、彼自身は、初代皇帝アウグストゥス*と姻戚関係を結び（⇒小マルケッラ。巻末系図077参照）、その縁故で昇進、前13年にはティベリウス*（のち第2代皇帝）と並んで執政官職に就任し、その後アーフリカ*総督（前7～前6頃）、シュリア*総督（前6～前4）を歴任、莫大な財産を築きあげた。尊大かつ臆病、さらに貪欲のゆえに悪評高く、その徹底した収奪ぶりは史家をして、「彼は貧乏人として富裕な国へ赴き、富裕な者として貧乏国を立ち去った」と言わしめたほどであった。前4年ヘーローデース1世*（ヘロデ大王）の死後ユダヤに起きた蜂起を鎮圧、ローマに帰還すると今度はゲルマーニア*の統治を委ねられ、同属州の初代総督としてレーヌス*（現・ライン）河を渡る（後7頃）。ところが生来怠惰で将器に乏しかったため、粗野で好戦的なゲルマーニア人*をローマの国風に馴致させることはできず、かえってケルスキー*族のアルミニウス*を首領とする反乱軍を組織させてしまう。そして、後9年、欺かれて夏期陣営から行軍中、テウトブルギウム*の森でゲルマーニア諸族連合軍の奇襲を受けて完敗、3日にわたる殺戮の末ウァールス率いる3箇軍団は全滅した（秋）。ウァールスは自刃し、多くの者がこれに倣ったが、捕虜となった将兵は神々への生贄として屠殺された。ウァールスの屍体は辱しめられ、斬り落とされたその首はローマのアウグストゥスのもとへ送り届けられた。悲報に接した老帝は、心痛のあまり数ヵ月間ひげも剃らず髪も伸ばし放題で、よく扉に頭を打ちつけながら「ウァールスよ、余の軍団を返せ」と叫んでいたという。

⇒ゲルマーニクス

Dio Cass. 54-25, 56-18～25/ Suet. Aug. 23, Tib. 17/ Vell. Pat. 2-71, -117～120/ Tac. Ann. 1-3, -10, -60～62, -65, -71/ Florus 2-30/ Joseph. J. B. 2-39～/ Plin. N. H. 7-45/ etc.

ウァルロー Varro

⇒ウァッロー、マールクス・テレンティウス

ウァレリア、ガレーリア Galeria Valeria,（ギ）Galeriā Ūaleriā, Γαλερία, Ούαλερία（仏）Valérie,（独）Valerie, Valeria

（？～後315頃）ローマ帝国後期の皇后（293～311）、アウグスタ*（350～）。ローマ皇帝ディオクレーティアーヌス*の娘（⇒巻末系図104）。293年、父帝によって創始された四帝分割統治体制 Tetrarchia を強固ならしめるため、東方副帝ガレーリウス*の後室として入輿。しかし実子が生まれなかったので、夫の庶子カンディディアーヌス Candidianus（？～313）を養子に迎える。夫帝の死（311）後、後継帝マクシミーヌス2世・ダイヤ*に言い寄られ拒んだため、財産没収のうえ母プリースカ Prisca（？～315頃）とともにシュリアー*砂漠へ追放される。マクシミーヌス2世が敗死する（313）と、流謫地を脱出して勝者リキニウス*帝の許もとへ身を寄せるが、同帝がカンディディアーヌスら前帝血縁者を容赦なく処刑するのを見て、再び変装して各地を流浪。15ヵ月後テッサロニーケー*で捕らわれ、終始行動を共にしていた母ともども、リキニウスの命で刎首され、2人の遺骸は海へ投げ棄てられた。この間、故郷に引退していたディオクレーティアーヌスの懇願も空しく斥けられ、彼女らの死が老帝の死を早める結果になったという。

Caecilius De Mortibus persecutorum 12, 15, 35, 39, 40, 41, 42, 50, 51/ etc.

ウァレリアーヌス Publius Licinius Valerianus,（ギ）Ūalerianos, Ούαλεριανός,（英）（独）Valerian,（仏）Valérien,（伊）（西）（葡）Valeriano,（露）Валериан

（後193／196頃～260以後）。ローマ皇帝（在位253年8月頃～260年6月頃）。旧い名門貴族の家柄に生まれ執政官*（237以前）を経て、251年には復活した監察官職にデキウス*帝から任命されたと伝えられる（10月27日）。253年ガッルス*帝が暗殺されると、麾下のラエティア*駐屯軍によって皇帝に推戴され、アエミリアーヌス*帝を倒してローマへ帰還、国民の幅広い支持を得て即位した（ほぼ70歳。60歳とも）。長男のガッリエーヌス*を共治の正帝*に指名して西方を統治させ、自身は主に東方の秩序回復に努めた。両帝

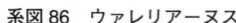

系図86　ウァレリアーヌス

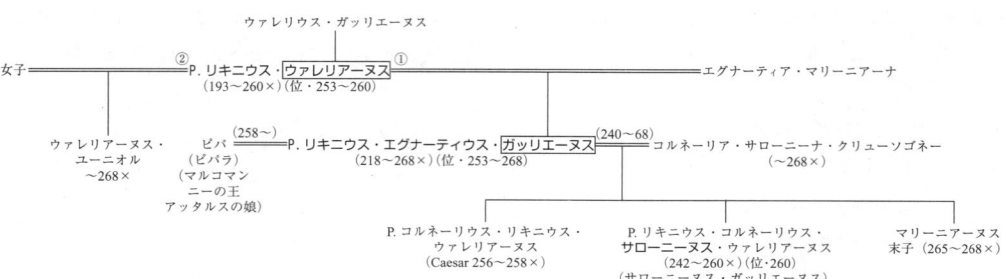

の治世は、フランク*、アレマンニー*、ゴート*、ペルシアなど異民族の侵寇が相次ぎ、帝国内部もまた僭帝を称する野心家たちの反乱・内訌の頻発で混迷を極めた。危機的状況の中でデキウス*に倣ってキリスト教を迫害、全帝国民に神々への供犠を要求する勅令を発布した（257と258、⇒キュプリアーヌス）。256年にはサーサーン朝*ペルシアのシャープール1世*がシュリア*を攻撃し、ドゥーラ・エウローポス*やアンティオケイア❶*などの主要都市を陥落させたので、ウァレリアーヌス自ら東征するが、エデッサ❶*の戦いに敗れ、ローマ皇帝として初めて敵軍の捕虜として拉致され（260年夏）、以来消息を絶つ。帝を憎むキリスト教著作家らによると、シャープールは彼を馬にのる時の踏み台に使うなど数々の侮辱を加えたのち、生皮を剥いで殺し、その皮を赤く染めて神殿にはりつけたという。実際は失意のうちに客死したものと思われる。なお、同名の息子・小ウァレリアーヌス Valerianus Junior は、美貌と優れた人柄で知られていたものの、異母兄ガッリエーヌスの死後すぐさま惨殺された（268）。

Aur. Vict. Caes. 32/ Eutrop. 9-6〜/ Amm. Marc. 23-5/ Zosimus 1-27, -32, -36/ Zonar. 12-22〜/ Oros. 7-22/ Lactant. Mort. Pers. 5/ etc.

ウァレリア・メッサーリーナ Valeria Messalina
⇒メッサーリーナ❶

ヴァレリアン Valerian
⇒ウァレリアーヌス

ウァレリウス・アシアーティクス D.（または、P.）Valerius Asiaticus,（ギ）Ūalerios Asiātikos, Οὐαλέριος Ἀσιατικός,（伊）Valerio Asiatico（前5頃〜後47）ガッリア・ナルボーネーンシス*の町ウィエンナ*（現・ヴィエンヌ）出身の大富豪。同属州からは初めての執政官（コーンスル*）（35と46）となる。カリグラ*帝（在位・37〜41）と親交があったが、妻を同帝に寝取られ、しかも宴会の場で交接中の様子を公言される等の侮辱を加えられたため、カリグラが暗殺された時には、「私がやりたかったくらいだ」と一喝して、犯人を求めて騒ぐ群衆を鎮めた（41、⇒カエレア、ウィーニキアーヌス）。皇帝殺害の立役者として知られていたにもかかわらず、次のクラウディウス*帝（在位・41〜54）に重用され、ブリタンニア*遠征にも随行（43）。しかるに彼の所有する莫大な富と華麗なルークッルス*庭園を狙う皇后メッサーリーナ❶*の策動により、反逆と姦通の廉で告発され、自ら血管を切り開いて命を絶った。彼は当時の上流ローマ人の常として、ギリシア式の運動競技を愛好し、男色・女色の快楽に耽る放蕩家であったと伝えられる。

なお、ネロー*帝の死（68）後、ウィテッリウス*帝に与してその娘を娶り、ウィテッリウスが失脚する（69末）や、新帝ウェスパシアーヌス*に寝返った元老院議員D. ウァレリウス・アシアーティクス（70年の執政官）は、彼の息子かと思われる。

⇒ポッパエア・サビーナ、本文系図88

Dio Cass. 59-30, 60-27, -29, -31/ Tac. Ann. 11-1〜3, 13-43, Hist. 1-59, 2-4/ Jeseph. J. A. 19/ Sen. Constant. 18/ Suet. Vesp. 14/ etc.

ウァレリウス街道（ウィア・ウァレリア*） Via Valeria,（ギ）Ūaleriā hodos, Οὐαλερία ὁδός,（仏）Voie Valérienne,（西）Vía Valeria
ローマの公道。イタリアの中央部、ローマ市からアドリア海へと横断する街道で、前307年の監察官（ケーンソル*）M. ウァレリウス・マクシムスによってカルセオリー*、アルバ・フーケーンス*方面へ向けて建設された。次いで前154年の監察官 M. ウァレリウス・メッサーラがコルフィーニウム*まで延長、最後にクラウディウス*帝が完成し、アドリア海岸の町アーテルヌム Aternum (Ostia Aterni. 現・ペスカーラ Pescara) に到達した（Via Claudia Valeria、全長136マイル）。
Liv. 9-43, 10-1/ Diod. 20-90/ Strab. 5-238/ It. Ant. / etc.

ウァレリウス・カトー P. Valerius Cato
⇒カトー、プーブリウス・ウァレリウス

ウァレリウス・コルウス Valerius Corvus
⇒コルウス、M. ウァレリウス

ウァレリウス氏 Gens Valeria〔← Valerius〕,（ギ）Ūalerios, Οὐαλέριος, Ūallerios, Οὐαλλέριος, Valerii
古代ローマの著名なパトリキイー*（貴族）の家系。サビーニー*系で、始祖のウォレスス Volesus もしくはウォルスス Volusus が王ティトゥス・タティウス*とともにローマへ移住し、以来その一門からプーブリコラ*をはじめ有能な人物を大勢輩出、数々の特権を与えられ、コルウス*（またはコルウィーヌス*）家、フラックス*家、マクシムス*家、メッサーラ*家等々の諸家に分かれて繁栄した。帝政後期に至ってもなお、マクシミーヌス*、マクシミアーヌス*、マクセンティウス*、ディオクレーティアーヌス*、コーンスタンティウス*、コーンスタンティーヌス*ら諸帝が、ウァレリウスの氏族名を称している。

なお、古くウァレリウス氏がカンプス・マールティウス*の一隅タレントゥム*の丘で行っていた下界の神々に供物を捧げる儀式タレントゥム祭 Lūdī Tarentīnī が、のちのローマ世紀祭（ルーディー・サエクラーレース*）の淵源をなしていると考えられる。
⇒ウァレリウス街道（ウィア・ウァレリア）
Plut. Num. 5, Publ. 1, 20, 23/ Dion. Hal. 2-46, 5-39/ Liv. 2-18, -24, -31/ Cic. Flac. 1, Scaur. 13, Verr. Att./ Val. Max./ Varro/ etc.

ウァレリウス・フラックス、ガーイウス Gaius Valerius Flaccus Setinus Balbus,（伊）Gaio

Valerio Flacco, （西）Cayo Valerio Flaco, （露）Гай Валерий Флакк

（後45頃～90／93年頃）ローマ帝政期の叙事詩人。セーティア*（カンパーニア*のセーティアか、ヒスパニア*のセーティアか不明）の出身で、ウェスパシアーヌス*帝とそれに続くフラーウィウス朝（69～96）治下に活躍した。作品『アルゴナウティカ Argonautica（アルゴー*船遠征記）』は、ギリシア神話のアルゴナウタイ*（アルゴナウテース*たち）の冒険譚を扱った叙事詩で、ロドス*のアポッローニオス❹*に拠る所が多く、ウァッロー・アタキーヌス*の同じ主題の作品や、『オデュッセイア*』、ウェルギリウス*の『アエネーイス』などの影響も認められる。彼独自の創作もあり、特に人物の心理分析などに技量を発揮しているが、なお単調さを免れず、アポッローニオスの先行作には及ばない。死の15年以上前から執筆に取りかかったにもかかわらず、早世のため未完に終わり、現在第7巻までと未完成の第8巻が伝存している —— 全5592行。完成したが第8巻の後半が失われたという説もあり ——。中世西ヨーロッパでは忘れ去られていたが、1416年にフィレンツェのポッジョ Poggio Bracciolini に発見されて以来、再び世に知られるようになった。共和政末期に同名の政治家 C. ウァレリウス・フラックス（前93年の執政官コーンスル*）がいる。

⇒シーリウス・イタリクス

Quint. Inst. 10-1/ Mart. 1-62, -77/ etc.

ウァレリウス・マクシムス　（M.?）Valerius Maximus, （ギ）Ūalerios Maksimos, Οὐαλέριος Μάξιμος, （仏）Valère Maxíme, （伊）Valerio Massimo, （西）Valerio Máximo, （露）Валерий Максим

（後1世紀前半）ティベリウス*帝（在位・14～37）時代のローマの歴史家。修辞家の便に供するべく『著名言行録 Factorum ac Dictorum Memorabilia』全9巻（10巻説もあり）を著わし、ティベリウス帝に献呈した。本書はローマおよびギリシアの有名な逸話や物語をおびただしく蒐集し、勇気・慈愛・節度・残忍・悪行・前兆・好運など様々な主題の下に配列した道徳的範例集である。主にリーウィウス*やキケロー*を史料にしており、「ラテン文学の白銀時代」への過渡期を示すその文体は修辞的技巧に溢れるものの、おおむね無味乾燥で文飾に流れがちである。内容も無批判かつ不正確な通俗史書に過ぎないが、弁論家の間では重宝がられて幾種かの摘要が作られ、また中世西ヨーロッパにおいても評判が高かった。ローマの社会史上の資料的価値の他、本書以外には伝わらない話柄を多く含んでいる点で興味深い。皇帝への阿諛便佞の辞やセイヤーヌス*への非難文が認められるところから、作品の献呈は31年10月のセイヤーヌス失脚以後のことと考えられる（31～37年の間に公刊）。

⇒ウェッレイユス・パテルクルス

Plin. N. H. 1/ Plut. Marc./ Gell. 12-7/ etc.

ウァレーンス　Flavius Julius Valens, （ギ）Ūalēs, Οὐάλης, （伊）Flavio Giulio Valente, （葡）Flávio Júlio Valente, （露）Флавий Юлий Валент

（後328頃～後378年8月9日）ローマ皇帝（在位・364年3月28日～378年8月9日）。ウァレンティーニアーヌス1世*の実弟（⇒巻末系図104～105）。パンノニア*出身。兄帝により帝国東半の統治を委ねられる（364年3月28日）が、才幹乏しく小心凡庸、意志薄弱にして冷酷粗暴だったと酷評される。僭帝プロコピウス*の乱（365～366）が起きるや、臆病風に吹かれて退位を表明、側近らの手腕でかろうじてこれを平定し、帝位を保ち得たという。アレイオス*（アリーウス*）派キリスト教を奉じてアタナシオス*派（いわゆる「正統派」）ら他派を迫害し密告を奨励、呪詛・妖術の類を酷刑をもって禁圧し、また366年には税を一気に4分の1に軽減して人心収攬を計るなど総じてその政策は無定見であった。サーサーン朝*ペルシア、ゴート*などの外敵と干戈を交えるが、カウカソス*（現・カフカース）地方のアルバーニアー*およびイベーリアー*をペルシアに奪われ、376年には（民族大移動の開始でフン*族に圧迫された）西ゴート族が帝国内に移住するのを許可したものの彼らを冷遇虐待 —— 腐敗した官僚や軍隊が彼らを略奪したり奴隷化するなど —— したため、フリティゲルン Fritigernus（？～380頃）率いる西ゴートは大挙してトラーキア*（トラーケー*）に南下。ウァレーンス自らこれを迎え討ったがハドリアーノポリス*（《英》アドリアノーブル、現・エディルネ）近くの戦いで敗死して、その遺骸も見つからなかった（50歳）。重傷を負った帝が運びこまれた小屋ごと、敵軍が焼き払ってしまったからだという。勝った西ゴート軍は帝都コーンスタンティーノポリス*を目指したが、皇后アルビア・ドミニカ Albia Dominica の編成した防衛軍に撃退された。ともあれ、このハドリアーノポリスにおける大敗を境に、ローマ帝国の衰亡は決定的なものとなった。生前ウァレーンスはテオドールス Theodorus という有能な人物を死刑にしていた。というのも、高官たちがアルファベット占いで次に帝位に即く者の名を知ろうとしたところ、Th-e-o-d. という解答を得たので、テオドールスが次期皇帝だと見なされたからである。一説では帝はこの5文字で始まる名前の持ち主を虱潰しに殺戮し、占いに関与した人々全員を処刑したという。ところが帝の戦死後、東方帝に選立されたのはテオドシウス1世*であった。

　なお、30僭帝*の中にもウァレーンス（在位・261）や、その同名の大叔父ウァレーンス（在位・250）がいる。

⇒エペソスのマクシモス、本文系図87

Amm. Marc. 26～31/ Oros. 7-33/ Libanius Or. 1, 14/ Sozom. Hist. Eccl. 6-49, 6-6～/ Socrates 4-1, -19, -38/ Zosimus 4-1, -3, -10～, -13～/ Themistius Or. 7/ Theodoret. 4-12～, -33/ Basil. Epist. 74, 84～/ Cod. Theod./ S. H. A. Tyr. Trig. 19～20, 31/ Aur. Vict. Caes. 29, Epit. 29, 32/ etc.

ウァレーンス、ファビウス　Fabius Valens, （伊）（西）Fabio Valente, （葡）Fábio Valente

(?～後69年末）ローマ皇帝ウィテッリウス*派の将軍。ラティウム*の町アナーグニア*の騎士身分（エクィテース*）に生まれる。性放埒にして世故に長け、道楽三昧の生活を送り、ネロー*帝の催した見世物では物真似劇mimusで玄人はだしの演技を披露。下ゲルマーニア*属州の軍団長だった後68年末、ガルバが帝位に擁立されると、それに応じて自らの上官たる総督フォンテイウス・カピトーFonteius Capito（67年の執政官）を殺害。しかし、すぐに裏切ってウィテッリウスを皇帝に推戴し（69年1月）、ガルバに対して進軍するよう説得した。同年4月ベートリアクム*でオトー*軍を破り、ウィテッリウス帝と共にローマへ入城し、執政官職に任じられた（9月1日）。強奪によって富んだが、新たにウェスパシアーヌス*が東方で皇帝と宣言されるや、病気と無気力のせいで去勢奴隷らを連れてローマを退去。ガッリア・ナルボーネーンシス*へ向かったものの、ウェスパシアーヌス派に捕われてウルビーヌム Urbinum（現・ウルビーノ）で処刑され、その生首はウィテッリウス失脚の象徴として梟された。ウァーレンスは貪欲と残忍な性質で悪名高く、ディーウォドゥールム Divodurum（現・メッツ）で住民4千人を虐殺したり、進軍先の諸市で掠奪と婦女子凌辱を働くことも、しばしばあったという。

⇒カエキーナ・アリエーヌス

Tac. Hist 1-7, -52, -57, -61, -66, 2-24, -27～30, -56, -59, -71, -92, -95, -99, 3-15, -36, -40, -43, -62/ Plut. Otho 6/ Dio. Cass. 64-16/

ウァレンティア Valentia,（ギ）Ūalentíā, Οὐαλεντία,（仏）Valence,（伊）Valenza, Valenzia,（葡）València,（露）Валенсия,（オック語）Valéncia,（現ギリシア語）Βαλένθια,（アラビア語）Balansiya

（現・バレンシア Valencia（カタルーニャ語・バレンシア方言）València）内ヒスパーニア*東南岸の地中海に臨む都市。もとギリシア人の交易拠点だったが、のちカルターゴー*の支配下に入り、ウィリアートゥス*の乱（前150～前139）を経て、ローマ軍の町 Valentia Edetanorum となる（前138）。次いで住民はセルトーリウス*の反乱（前82～前72）を支持したものの、前75年ポンペイウス*軍の占領を受けて、ラテン植民市とされた（前60頃）。カルターゴー・ノウァ*（現・カルタヘーナ）とタッラコー*（現・タラゴーナ）を結ぶ沿岸道路の要衝に位置していたため、アウグストゥス*からローマ植民市（コローニア*）の地位を認められて、帝政期にめざましく繁栄した。後413年に西ゴート*領となり、714年にはアラブ系イスラーム軍に征服された。古代の建造物は後世のキリスト教会に組み込まれて部分的に残存する以外は、現在の市街地下に埋没している。

なお、この他、ガッリア・ナルボーネーンシス*のロダヌス*（現・ローヌ）河左岸の都市ウァレンティア（現・ヴァランス Valence）や、イタリア南部ブルッティウム*の都市ウァレンティア Vibo Valentia（現・Monteleone）なども、よく知られている。

⇒カストゥロー

Plin. N. H. 3-4/ Mela 2-4, -6/ Cic. Verr. 2-5/ Sall. H. 2-18/ Liv. Epit. 55/ Ptol. Geog. 2-6/ Plut. Pomp. 18/ It. Ant./ Strab. 6-256/ etc.

ウァレンティーニアーヌス1世 Flavius Valentinianus I,（ギ）Ūalentinianos, Οὐαλεντινιανός,（英）（独）Valentinian,（仏）Valentinien,（伊）（西）（葡）Valentiniano,（露）Валентиниан

（後321～後375年11月17日）ローマ皇帝（在位・364年2月26日～375年11月17日）

パンノニア*出身。農夫上がりの将軍グラーティアーヌス Gratianus の息子。ヨウィアーヌス*帝の死後、10日間の空位期間を経て（⇒サルーティウス）、急遽ニーカイア*で軍隊から皇帝に擁立される（364年2月26日）。30日後、弟ウァーレンス*を共治帝として指名、帝国の東半をこれに委ね、自らは西方を統治——宮廷はメディオーラーヌム*（現・ミラーノ）、アウグスタ・トレーウェロールム*

系図87　ウァレンティーニアーヌス1世

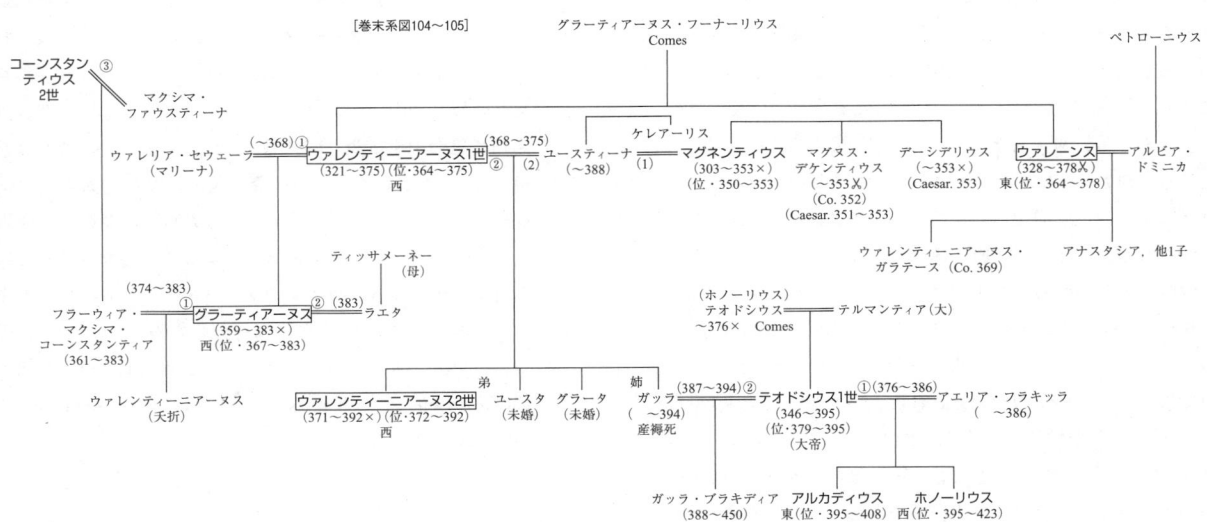

（現・トリーア）と移動する──。出征を繰り返して国境防備に努め、ゲルマーニア*人をレーヌス（現・ライン）河畔に破る（368、⇒アラマンニー）。その軍事的業績から「最後の偉大なローマ皇帝」とも呼ばれる。自らはアタナシオス*（アタナシウス*）派のキリスト教を奉じた（⇒リーベリウス）が、「異教」にも寛容で信教の完全自由を公認。ただし魔法・呪術や性犯罪の類は厳しく弾圧した。医療・教育にも意を注ぎ社会組織の確立に尽力。その反面、すこぶる短気で残忍、貪欲だったとされ、微罪にも死刑を濫用。寵愛する2頭の雌熊に罪人が食い殺される様子を見て娯しんだという。ついに癲癇が災いして、パンノニアでゲルマーニア人クァディー*族の使者を引見中、激怒のあまり血管が切れ苦悶の発作の末死亡した（54歳）。先妻セウェーラ Valeria Severa（368年に離婚される）との間に長子グラーティアーヌス*（367年以来、父の共治帝）を、後妻ユスティーナ*（368年結婚）との間に次子ウァレンティーニアーヌス2世*を儲ける。一説に、彼はセウェーラが浴場で見たユスティーナの裸体美を絶賛したので、彼女らを2人とも正妻として迎え、全帝国民にも重婚を認める勅令を発したといわれる。

⇒巻末系図104～105

Amm. Marc. 26～30/ Oros. 7-32/ Ambros. Epist. 31-3/ Rufinus 11-22/ Sozom. Hist. Eccl. 6-6/ Philostorgius 8-7/ Socrates 4-1, -3/ Zosimus 4-2, -9, -12/ Cod. Theod. 5-13, 9-16, 14-9, 16-2/ Cod. Iust. 8-51/ etc.

ウァレンティーニアーヌス2世　Flavius Valentinianus Ⅱ，（ギ）Ūalentinianos, Οὐαλεντινιανός

（後371年7月2日～後392年5月15日）ローマ皇帝（在位・375年11月22日～392年5月15日）。

　ウァレンティーニアーヌス1世*の次男。父帝の急死後、アクィンクム*（現・ブダペスト）においてわずか4歳で皇帝に擁立され（⇒メロバウデース）、異母兄のグラーティアーヌス*とともに西方を分割統治。母ユスティーナ*（⇒巻末系図104～105）の後見でイタリア、アーフリカ*、イッリュリクム*を支配したが、実権は母后や重臣に掌握されて生涯傀儡のままにとどまった。383年には"対立帝"マグヌス・マクシムス*に兄帝を殺され、兄の遺骸引渡しを願って拒まれたばかりか、その後南進するマクシムス軍によって首都メディオーラーヌム*（現・ミラーノ）を追われ、母とともに東方帝テオドシウス1世*のもとへ逃亡を余儀なくされる（387）。翌年マクシムスを倒したテオドシウスにより帝位を回復され、西方全土の領有権も認められるが、今度はフランク*族の軍司令官アルボガステース*に政権を牛耳られる。アルボガステースの専横に堪えかねた帝は、392年これを罷免しようとしたため、数日後ウィエンナ*（現・ヴィエンヌ）で変死を遂げた──満20歳。自室で絞殺されているのを発見されたというが、自殺説もある──。従順な性質の若者だったとされ、臣下からキルクス*での競技に熱中し過ぎていると諫言されるや、この種の催しは全廃し、見世物用に準備されていた野獣を皆殺しにしてしまったと伝えられる。

⇒エウゲニウス、本文系図87

Amm. Marc. 30-10/ Marcellinus Comes Chronicon/ Socrates Hist. Eccl. 4-31/ Sozom. Hist. Eccl. 7-13/ Rufinus 11-15～/ Philostorgius 9-16, 11-1/ Ambros. Epist. 17～, 24/ Symmachus Relat. 3/ Zosimus 4-47/ Cod. Theod. 16-1/ etc.

ウァレンティーニアーヌス3世　Flavius Placidius Valentinianus Ⅲ，（ギ）Ūalentinianos, Οὐαλεντινιανός

（後419年7月2日～後455年3月16日）西ローマ皇帝（在位・425年10月23日～455年3月16日）。コーンスタンティウス3世*とガッラ・プラキディア*（ウァレンティーニアーヌス1世*の孫娘）の子。東ローマ帝国の支援で対立帝ヨーハンネース*を倒し、幼くしてローマで即位（6歳）。無気力で政務に関心を示さず、433年頃までは母后プラキディアが、その後は将軍アエティウス*が実質上の支配者として君臨した。その間、各地に反乱（⇒バガウダエ）やゲルマーニア*諸部族の侵寇が相次ぎ、帝の惰弱・無能や将軍同士の対立拮抗もあって（⇒ボニファーティウス）、イタリアとガッリア*の一部を除く全領土を異民族バルバリー barbari に奪われ、いよいよ帝国は衰滅の色を濃くした。439年トローサ*（現・トゥールーズ）で西ゴート*に敗れ、正式にこれを独立国家として承認（⇒テオドリークス1世）。他方アーフリカ*ではキリスト教徒間の宗派争いに乗じたヴァンダル*族（ウァンダリー*）の侵入を招き（429～）、ヒッポー*（431）、カルターゴー*（439）など全土を劫略され、地中海を完全に制覇された（⇒ゲイセリークス）。さらに淫奔な姉ホノーリア*の裏切りでフン*族（フンニー*）が領内に侵攻（451、⇒カタラウヌム）、452年アッティラ*がイタリアへ来襲した折には、首都ラウェンナ*（現・ラヴェンナ）を棄てて蒼惶とローマ市内に逃げ込んだ（⇒レオー1世）。帝は放縦・陰険・無節操かつ妬み深い性質と評され、「正統」派カトリックキリスト教徒の身でありながら魔術や卜占に傾倒、治績としても属州教会に対するローマ司教の優位性を認める勅令を出す（444）等ほとんど見るべきものがない。娘を功臣アエティウスの息子と婚約させていたにもかかわらず、寵愛する宦官ヘーラークリーウス Heraclius（?～455）に唆されてアエティウスを手ずから刺殺（454年9月21日）。翌年自身も競技見物中、アエティウスの2人の部下に胸を突き刺されて絶命（満35歳）、ここにテオドシウス朝の男系は断絶した（⇒巻末系図105）。皇帝暗殺には富裕な大貴族ペトローニウス・マクシムス*が関与しており、妻を帝に凌辱されたペトローニウスは、弑逆によって復讐を遂げると自ら新帝の座につき、ウァレンティーニアーヌスの皇后リキニア・エウドクシア*を強引に自分のものにした。

Cassiodorus/ Marcellin. Chronicon/ Evagrius 1-2/ Procop. Vand./ Priscus Fr./ Johannes Antioch. Fr./ Chron. Min. 1-303, -483, -492, 2-27, -86/ etc.

ヴァレンティニアン Valentinian
⇒ヴァレンティーニアーヌス

ヴァロー Varro
⇒ヴァッロー、マールクス・テレンティウス

ウァンギオネース Vangiones
⇒トリボキー

ウァンダリ（イ）ーまたは、ウァンディリ（イ）ー族（ヴァンダル族） Vandali(i), Vandili(i), Vindili, Vanduli, （ギ）Ūandaloi, Οὐανδαλοί, Bandēloi, Βανδῆλοι, Bandiloi, Βανδίλοι, （英）Vandals, （仏）Vandales, （独）Wandalen, Vandalen, （西）Vandalos, （単）ウァンダルス Vandalus, （英）Vandal, （仏）Vandale, （独）Wandale, （伊）（西）Vandalo

ゲルマニア*人のルギイー*族を中心とする混成部族。スカンディナヴィア南部を故地とし、前1世紀末にはバルト海南岸、オーデル Oder（〈ラ〉Viadrus）河上流地方に居住していた東ゲルマニア人の一派。後2世紀には2派に分かれて南下を開始、ドーナウ（イストロス*）河中・下流域に移りローマ領ダーキア*を侵略（2世紀後半）、アウレーリアーヌス*帝の治世（270〜275）にローマ軍に傭われたこともあるが、たびたび帝国辺境を脅かした。4世紀に入るとローマの主権下、ドーナウを越えてパンノニア*へ定住。民族大移動期の5世紀初めには、フン*族（フンニー*）の圧迫を受けて、アラン*族（アラーニー*）やスエービー*族と合流してガッリア*へ侵入（406年12月31日）し、3年間にわたり各地を荒らし回った。409年10月にヒスパーニア*へ進撃、この地を占領・定住するかに見えたが、ローマの使嗾で新たに侵寇した西ゴート*に追われて、429年8万人がアーフリカ*へ渡った（⇒ゲイセリークス）。西ローマ帝ウァレンティーニアーヌス3世*と協約を結び、正式にヌミディア*およびマウレーターニア*の割譲を受け（435）、439年にはカルターゴー*を陥落させ、この町を首都とする王国を建設。アーフリカにおける全ローマ領を征服したのみならず、地中海にも進出して制海権を握り、ローマ市を略奪する（455年6月2日〜16日）など猛威をふるった（〜534年、東ローマ帝国により滅亡。⇒ユースティーニアーヌス1世）。

ウァンダリーの名は、彼らが占拠したスペイン南部のアンダルシーア Andalucía（〈アラビア語〉Al-'Andalus）に残されている。ちなみに芸術破壊行為を意味するヴァンダリスム（仏）vandalisme,（独）Wandalismus,（英）Vandalism,（伊）vandalismo, etc. なる言葉は、18世紀以降用いられるようになったものである。

なお、彼らがローマ市を占領するに当たっては、前もって3百人の青年をローマ貴族の男色奴隷として送り込み、定められた日に各自の主人を殺害させて、市の陥落を容易ならしめたという話が伝わっている。

⇒バエティカ
Tac. Germ. 2/ Plin. N. H. 4-14/ Sid. Apoll. Carm. 2-348/ Procop. Vand. Goth. 1-3, / Dio Cass/ 55-1/ S.H.A. Marc. 17, Probus 38/ Eutrop. 8-13. / Jord./ etc.

ヴァンダル族 Vandali
⇒ウァンダリー

ウィア・アウレーリア Via Aurelia,（ギ）Aurēliā hodos, Αὐρηλία ὁδός
⇒アウレーリウス街道

ウィア・アエミリア Via Aemilia,（ギ）Aimiliā hodos, Αἰμιλία ὁδός
⇒アエミリウス街道

ウィア・アッピア Via Appia,（ギ）Appiā hodos, Ἀππία ὁδός
⇒アッピウス街道

ウィア・ウァレリア Via Valeria,（ギ）Ūaleriā hodos, Οὐαλερία ὁδός
⇒ウァレリウス街道

ウィア・エグナーティア Via Egnatia,（ギ）Egnātiā hodos, Ἐγνατία ὁδός
⇒エグナーティウス街道

ウィア・カエキリア Via Caecilia
⇒カエキリウス街道

ウィア・カッシア Via Cassia,（ギ）Kassiā hodos, Κασσία ὁδός
⇒カッシウス街道

ウィア・サクラ Via Sacra,（ギ）Hierā hodos, Ἱερὰ ὁδός,（英）Sacred Road
⇒サクラ・ウィア

ウィア・サラーリア Via Salaria,（ギ）Salāriā hodos, Σαλαρία ὁδός
⇒サラーリウス街道

ウィア・トライヤーナ Via Traiana
⇒トライヤーヌス街道

ウィア・フラーミニア Via Flaminia,（ギ）Phlāminiā hodos, Φλαμινία ὁδός
⇒フラーミニウス街道

ウィア・ポストゥミア Via Postumia, （ギ）Postūmiā hodos, Ποστουμία ὁδός
⇒ポストゥミウス街道

ウィア・ポピリア Via Popilia, （ギ）Popiliā hodos, Ποπιλία ὁδός
⇒ポピリウス街道

ウィア・ラティーナ Via Latina, （ギ）Latīnē hodos, Λατινή ὁδός
⇒ラティーヌス街道

ウィエンナ Vienna, （ギ）Ūienna, Οὐίεννα, Ūienā, Οὐιένα, （仏）Vienne, （葡）Viena, （露）Вена
（現・ヴィエンヌ Vienne）ガッリア・ナルボーネーンシス*の都市。ロダヌス*（現・ローヌ）河左岸、ルグドゥーヌム*（現・リヨン）の下流にあり、ケルト*系のアッロブロゲース*族の首都。のちラテン植民市となり（前43）、次いで正式のローマ植民市（コローニア*）Colonia Iulia Augusta Florentina Vienna に昇格（後1世紀前半）。交通の要衝として発展した。ネロー*帝に対するウィンデクス*の乱が勃発した折りには、叛乱軍の基地となり（後68）、その翌年には将軍ファビウス・ウァレーンス*による破壊をからくも逃れた。のち近くのライヴァル都市ルグドゥーヌムと同様、初期キリスト教の共同体が設立された。代表的な遺跡は、アウグストゥス*帝の生前に奉献されたアウグストゥスとリーウィア❶*夫妻の神殿（現・Temple d'Auguste et de Livie）や1万3千人の観客を収容できる劇場（現・Théâtre Romain）、キルクス*、城壁、送水路（アクァエドゥクトゥス*）などである。
⇒ウィンドボナ、アレラーテ
Plin. N. H. 3–4/ Caes. B. Gall. 7–9/ Mela 3–5/ Cic. Fam. 10–9/ Ptol. Geog. 2–10/ Strab. 4–185/ Tac. Hist. 1–65〜66/ Gell. 7–9/ Mart. 7–87/ Suet. Vit. 9/ Amm. Marc. 20–10, 21–1/ Dio Cass. 46–50/ It. Ant./ Steph. Byz/ etc.

ウィクトーリア Victoria, （英）Victory, （仏）Victoire, （独）Viktoria, （伊）Vittoria, （西）Victoria, （葡）Vitória, （露）Виктория
ローマの「勝利」の女神。ギリシアのニーケー*と同一視される。前294年にパラーティーヌス*丘に神殿が設けられ——伝説ではエウアンデル*が女神ミネルウァ*の命に従い建立したことになっているが——、とりわけ軍隊の崇敬を受けた。帝政期には毎年7月17日と8月1日に祭祀が営まれた。また有名なところでは、前29年にアウグストゥス*が元老院議堂に安置したウィクトーリアの祭壇があり、後357年にコーンスタンティウス2世*が最初に撤去させるまで、永きにわたってローマ帝国の勝利を象徴する記念碑となっていた。その後も、非キリスト教徒による祭壇の再興やグラーティアーヌス*帝をはじめとするキリスト教徒支配者による撤廃（後382、他）が繰り返され、シュンマクス*とアンブロシス*の論争を惹き起こした（⇒エウゲニウス）。ウィクトーリアは勝利の栄冠ないし枝、ときに楯を手にした有翼の女性像として表現されている。
Dion. Hal. Ant. Rom. 1–15, –33/ Liv. 10–33, 22–37, 29–14, 35–9/ Claud. 28/ Ov. Met. 8–13/ Cic. Nat. D. 2–23, Div, 1–43/ Varro Ling. 5–62/ Festus/ Ambros. Epist. 18–32/ Symmachus Relat. 3–3/ etc.

ウィクトーリーヌス Marcus Piav(v)onius Victorinus
（?〜後270年）ローマの簒奪帝。ポストゥムス*の項を参照。

ウィクトーリーヌス、マリウス C. Marius Victorinus
⇒マリウス・ウィクトーリーヌス

ウィクトル、アウレーリウス Sextus Aurelius Victor, （ギ）Aurēlios Ūiktōr, Αὐρήλιος Οὐίκτωρ, （伊）Aurelio Vittore, （西）Aurelio Víctor, （露）Аврелий Виктор
（後320頃〜390頃）（後4世紀中頃〜後半に活動）ローマ帝政後期のラテン語史家。アーフリカ*の低い身分の出身。学問上の業績によって出世し、後361年に下パンノニア*の属州総督、389年にはローマ市首都長官 Praefectus Urbī にまで累進する。初代皇帝アウグストゥス*からコーンスタンティウス2世*までの治世を扱った『皇帝伝 De Caesaribus』（現存）の著者として知られる。本書はスエートニウス*の作品に基づきながら、サッルスティウス*やタキトゥス*の筆致に倣った簡潔かつ教訓的な諸帝略伝で、42章から成っている。公表後ほどなく、彼と同じく非キリスト教徒のユリアーヌス*帝から称賛され、公共の場にその像を建てるという栄誉が授けられた（360年以後）。しばしば彼の名に帰せられる王政・共和政期の著名人物の列伝『名士伝 De Viris Illustribus』や、ローマ初期の記録『ローマ人の起源 Origo Gentis Romanae』『皇帝伝摘要 Epitome de Caesaribus』などは、いずれも別人の作である。
⇒エウトロピウス❶、アンミアーヌス・マルケッリーヌス、ヒストリア・アウグスタ
Amm. Marc, 21–10/ Aur. Vict. Caes., De Vir. Ill/ etc.

ウィテッリウス Aulus Vitellius Germanicus, （ギ）Ūitellios, Οὐιτέλλιος, Bitelios, Βιτέλιος, （伊）Vitellio
（後15年9月7日（あるいは24日）〜後69年12月20日）ローマ皇帝（在位・69年1月2日（元老院の公認は4月19日）〜12月20日）。L. ウィテッリウス*の息子。若い頃、カプレアエ*（現・カープリ）島でティベリウス*帝の男娼たちと一緒に暮らし、自らも肉体を提供して父親を出世させたので、終生「放蕩者（陰間）Spintria」という異名から逃れられなくなる。その後も破廉恥きわまりない行為で、カリグラ*、クラウディウス*、ネロー*ら歴代皇帝のお気に入りとなり、宮廷内に不動の地位を保持、執政官(48)・アーフリ

カ*の属州総督 Proconsul（60）他の官職・聖職を歴任した。芸術家気取りのネローに対しては、「どうか神々しい御声を臣下一同にお聴かせ下さい」と熱心に演奏を懇望して帝の機嫌をとり結んだ。食道楽や賭博に浪費して莫大な負債を抱え、また何の軍事的才幹もなかったにもかかわらず、ガルバ*帝から「食い物のことしか考えておらぬ者は怖れるに及ばぬ」とてゲルマーニア*駐留軍の指揮を委ねられる（68）。ところが、着任するや否やコローニア・アグリッピーナ*（現・ケルン）で軍団兵によって皇帝に推戴され（69年1月）、イタリアへ向けて進軍（4〜7月）、部将ファビウス・ウァレーンス*（69年の補欠執政官。同年末殺される）やカエキーナ・アリエーヌス*の活躍で新帝オトー*の軍勢を破り（⇒ベートリアクム）、7月中旬ローマへ入城する── 正式称号 Aulus Vitellius Germanicus Imperator Augustus ──。

即位後も残忍冷酷・淫蕩放縦な生活を続け、役者や宦官の一群に取り巻かれネローの後継者たることを標榜、自らの母親や息子をはじめ大勢の人々を殺して財産を没収したり、死体の間を歩き回って満悦の唸り声をあげたり、男色相手の解放奴隷アシアーティクス Asiaticus（〜69磔刑）を騎士（エクィテース*）に叙して権勢をほしいままにさせたり、たえず嘔吐を繰り返しながら途方もなく贅沢な饗宴をのべつまくなしに開き、艦隊を派遣しては世界中いたる所から山海の珍味を渉猟させてやまなかった。

その間アレクサンドレイア❶*で対立皇帝ウェスパシアーヌス*が擁立され、その部将アントーニウス・プリームス*がカエキーナ軍を破って進撃して来たので、1億セーステルティウスの退職金と引き換えに譲位の約束をするが、民衆の声援を真に受けてたちまち翻意し、血腥い市街戦を展開、ウェスパシアーヌスの兄フラーウィウス・サビーヌス*の立て籠もるカピトーリウム*神殿に火を放った（12月19日）。豪華な酒宴を張りながら戦闘と火災を眺めていた帝は、しかし翌日ローマがプリームス軍に占領されるや、宮殿内の潜伏場所からひきずり出され、群衆に汚物や罵声を浴びせられながら、半裸の姿で首に縄をかけられ市内を引き回された末、ゲモーニアエ*の石段で少しずつ切り刻まれて嬲り殺しにされた。嘲弄する相手に「だが余はお前らの皇帝だったのだ」と言い返したのが、その最期の言葉だったという（54歳。在位8ヵ月）。斬り落とされた首は街中を運び回され、屍骸はティベリス*（現・テヴェレ）河に放り込まれた。帝と同じくらい悪辣な弟のルーキウス L. Vitellius（48年の執政官）も間もなく殺され、唖者に等しい言語障害をもつ幼い息子は翌70年ムーキアーヌス*に処刑された。

ウィテッリウスの鯨飲馬食は後世の語り草となったほど名高く、食卓には紅鶴（フラミンゴ）の舌、ベラの肝臓、雉と孔雀の脳味噌、虎鱧（ムーレーナ）murena の白子など一皿百万セーステルティウスもする高価な料理が競って供せられ、帝位にあった数ヵ月間に晩餐だけで9億セーステルティウスが費消されたという。史家イオーセーポス*（ヨーセープス*）は、「もしウィテッリウスがもう少し長く支配していたならば、全帝国のあらゆる富も食い尽くされてしまったであろう」と評している。また帝が自分の母親を亡きものにした──毒殺または餓死させた──のは、一説に或る女占い師が「親より長生きするならば、末永く統治権を維持できるであろう」と予言したからだ、とも伝えられている。彼は異常に背が高く、いつも飲み過ぎて赧ら顔をし、巨大な太鼓腹で、跛をひいていた。ウィテッリウス帝についてはまた、唯1日だけの執政官を任命したり（69年10月31日）、ユーニウス・ブラエスス Junius Blaesus（？〜69）なる富裕な名門貴族をユーリウス・クラウディウス朝帝室の姻戚に当たる血統のゆえに嫉妬心から毒殺し、その亡骸を検分して「死んだ敵を見るのは目の保養になるのう」と放言したりする（69年11月頃）など、その気紛れかつ非情な人柄を伝える話が少なからず残っている。

⇒ P. ペトローニウス、アピーキウス、本文系図88
Suet. Vit./ Tac. Ann. 11–23, 14–49, Hist. 2〜3/ Dio Cass. 65/ Plut. Galb. 19, 22〜, 27, Otho 4〜/ etc.

ウィテッリウス氏　Gens Vitellia〔← Vitellius〕，（ギ）Ūitellios Οὐϊτέλλιος, Vitelli

ローマ皇帝ウィテッリウス*（在位・後69）を出した氏族。伝説上のラティウム*王ファウヌス*と女神ウィテッリア Vitellia の子孫を称し、古くからその名が見えるが、異説によれば皇帝の家系は解放奴隷と遊女の血をひく卑賤の出身だという。

系図88　ウィテッリウス氏

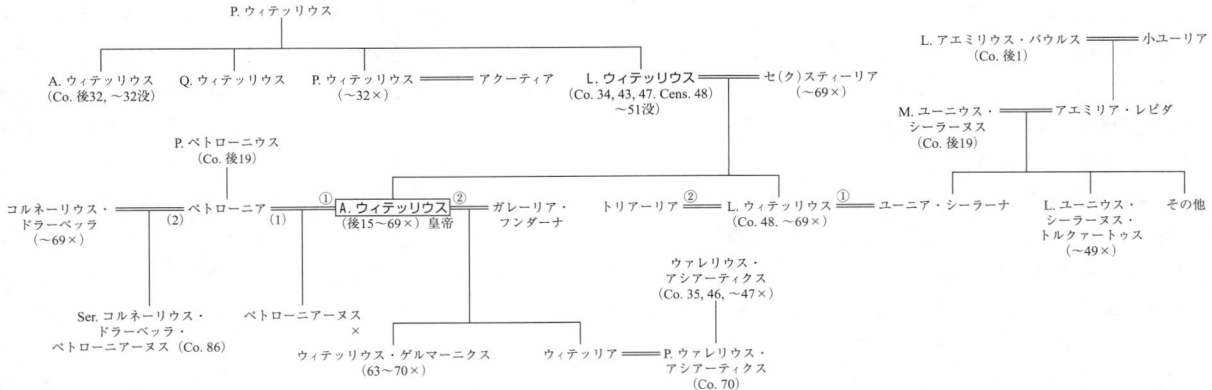

Suet. Vit. 1〜/ Liv. 2-4, -39, 5-29/ Tac. Ann. 1-70, 2-6, -48/ etc.

ウィテッリウス、ルーキウス　Lucius Vitellius,
（ギ）Lūkios Ūitellios, Λούκιος Ούιτέλλιος（Βιτέλιος）,（伊）Lucio Vitellio,（西）Lucio Vitelio

（?〜後51）ローマ帝政期の政治家。アウグストゥス*の財産を管理した元首属吏 Procurator、P. ウィテッリウスの四男（⇒本文系図88）。後の皇帝ウィテッリウス*（在位・69）の父。長兄アウルス（32年の補欠執政官*。同32年没）は豪奢や饗宴で名高い洗練された快楽主義者。次兄クィ（ー）ントゥスはティベリウス*帝によって元老院を除籍された(17) 破廉恥な放蕩者。三兄プーブリウスは Cn. ピーソー*をゲルマーニクス*毒殺者として告発・断罪した(20)が、のちセイヤーヌス*の共犯者として捕らえられ(31)、監禁中にペン・ナイフで自殺をはかった人物（先妻アクーティア Acutia も37年、反逆罪で断罪される）。

　末弟ルーキウスは34年の執政官を務めたのち、シュリア*属州の総督となり(35〜37)、パルティアー*王アルタバーノス3世*（アルサケース⓳*）との間に有利な和約を結び、サマレイア*（サマリヤ）人虐殺の廉でポンティウス・ピーラートゥス*（ピラト）を罷免する(36)など精力的に活躍した（⇒ティーリダテース3世）。しかるに、嫉妬深いカリグラ*帝にローマへ召還され、あやうく殺されそうになって以来、この上なく卑屈な皇帝崇拝者に転じ、後世、恥ずべき阿諛追従の典型と見なされるほど時の権力者に媚び諂う便佞の徒となり果てる(40)。ある日カリグラから「月の女神ディアーナ*が空から舞い降りて余と夜をともにしている。そなたにも彼女の姿が見えるであろうな」とたずねられた時には、「いいえ、陛下のごとき神々のみが互いに見ることができるのでしょう。人間の私には、とうてい無理でございます」と答えて難を免れている。次のクラウディウス*帝にも巧みに諂い、2度の執政官職(43, 47)と監察官職(48／49)に皇帝とともに就任。帝室の解放奴隷ナルキッスス*とパッラース*の黄金像を神棚に祀り、皇后メッサーリーナ❶*の靴を己が手で脱がせるという特権を得ると、その履物をいつも懐中に抱いて回り、時には接吻すらして見せる有り様。クラウディウスが世紀祭*（百年祭*）を催した際には、「今後も幾度も開催なさいますように（つまり、百年に1度の祭を何回も開くほど幾久しくお健やかでありますように）」と述べて、帝の長寿を言祝いだという。メッサーリーナの死(48)後は小アグリッピーナ*（ネロー*帝の母）に近づいて、元老院で彼女とクラウディウスとの結婚を率先して主張し、またネローと皇女オクターウィア❷*の婚約を実現させるために、自分の息子の嫁ユーニア❷*・シーラーナを実の兄弟 L. シーラーヌス❻*（オクターウィアの許婚者）との近親相姦の廉で告発・断罪した(48〜49)。51年に反逆罪で訴えられるが、逆に原告側を処罰させ、その後すぐに脳卒中の発作で、2人の息子を残して急死、国葬の栄誉が贈られた。彼がある女解放奴隷を熱愛して、彼女の唾液を蜂蜜に混ぜて薬と称し、毎日人前でそれを喉に塗りつけて世間の顰蹙をかったという話も伝えられている。

Tac. Ann. 2-48, 3-10, -13, -19, 5-8, 6-28, -32, -36〜37, -41, -47, 11-1〜3, -24, -33〜35, 12-4〜6, -9, -42/ Dio Cass. 58-24, 59-27, 60-21/ Suet. Vit. 2〜3/ Plin. N. H. 11-71, 15-21/ Joseph. J. A. 18/ etc.

ウィテリウス　Vitellius
⇒ウィテッリウス

ウィテルリウス　Vitellius
⇒ウィテッリウス

ウィトルーウィウス　Marcus Vitruvius Pollio,（仏）Vitruve,（独）Vitruv(ius),（伊）（西）Vitruvio,（葡）Vitrúvio,（露）Витрувий,（現ギリシア語）Vitrúvios

（前1世紀後半に活躍）ローマの建築家、建築理論家。ユーリウス・カエサル*のアーフリカ*戦役（前46）に軍事技術者として従軍し、次いでアウグストゥス*によって建築長官に任ぜられ、土木軍用機械の設計に携わった。出生地・生没年・家系・経歴は不詳。生来背が低く、また高齢に達して力衰え容貌も醜くなったので引退し、過去の経験と知識をもとに『建築書 De Architectura』（10巻）を執筆、アウグストゥス帝に献呈した（前25頃）。これは現存する最古の建築理論書で、単に建築学の一般的諸原理のみならず、土木・機械・軍事諸技術や各種建造物の材質・構造・様式、さらには都市計画や建築史などをも扱った包括的な技術全書である。給水設備や公共衛生設備、水時計・速度計（走程記録計）・水力オルガン・床下暖房 hypocaustum（中央暖房設置）などについても記述しており、原本に当初付けられていた図版は失われたものの、古代技術史研究の貴重な資料として後世、とりわけルネサンス期の建築家に深い影響を与えた。ドーリス*式・イオーニアー*式・コリントス*式・トゥスキア Tuscia 式など彼の用いた神殿分類法は、現在もなお基本的に踏襲されている。ただ彼は主にヘレニズム時代の文献 —— 前200年頃のイオーニアーの建築家ヘルモゲネース Hermogenes など —— に負うところが多かったため、ギリシア文化の最盛期たるペリクレース*時代の建造物や、自らの同時代たるアウグストゥス期のローマ建築物に関しては、ほとんど全くといってよいほど言及していない。科学者アルキメーデース*が、シュラークーサイ*王ヒエローン2世*から「工匠に造らせた黄金の冠に雑ぜ物が含まれていないかどうか知りたい」と下問された折に、入浴中その解決法を発見して裸のまま「ヘウレーカ、ヘウレーカ（見付けた、見付けた）」と叫びながら家へ走り戻ったなどといった興味深い逸話は本書に記されている。なお、カエサルの部下で男色相手でもあったマームッラ*をウィトルーウィウスと同一人物だとする説もある。理想的な人体図に関する彼の記述をもとにレオナル

ド・ダ・ヴィンチが1487年頃に描いた「ウィトルーウィウス的人体図」(伊) Uomo vitruviano の挿画の存在も名高い。
⇒フロンティーヌス
Vitr. De Arch./ Frontin. Aq. 25/ Catull. 29, 57/ etc.

ヴィーナス　Venus
⇒女神ウェヌス*(の英語訛り)

ウィーニウス、ティトゥス　Titus Vinius,（ギ）Ūinios, Οὐίνιος,（伊）(西) Tito Vinio

(後12頃〜後69年1月)ガルバ*帝の治下に権勢をふるった側近。69年元旦、帝と並んで執政官職に就任。若い頃、上官の妻と密通した廉でカリグラ*帝に投獄され(39)、クラウディウス*帝の宴席では黄金の盃を盗み帰ったため、翌日彼の前には陶製の食器しか出されないということもあった。ガルバの友人となり、ネロー*帝に対する反乱を使嗾(68)。その登極とともに第一の権臣として、ラコー Laco、イケルス*と並んで政権を壟断し、万事金次第というこの上ない強欲さを発揮(⇒ティゲッリーヌス)。自分の娘とオトー*との結婚を条件に、ガルバにオトーを養嗣子として迎えるよう奨めるが、これが実現しなかったので、今度はオトーのガルバに対する陰謀計画に加担。しかるにガルバ暗殺後、オトーの兵士によって斬殺される。彼の首は大金をもって娘クリスピーナ Crispina が買い戻したという。
Tac. Hist. 1-1, -6, -11〜13, -32, -34, -37, -42, -48/ Suet. Galb. 14, Vit. 7/ Plut. Galb. 12, 27〜28/ etc.

ウィーニキアーヌス　L. Annius Vinicianus,（ギ）Annios Ūinikiānos (Binikiānos), Ἄννιος Οὐινικιανός (Βινικιανός),（伊）(西) Viniciano

(?〜後42)ローマ帝政期の陰謀家。ティベリウス*の治世に父C. アンニウス・ポッリオー Annius Pollio やマーメルクス・スカウルス*(⇒スカウルス❸)、アッピウス・シーラーヌス❿*ら有力貴族とともに反逆罪で告発されるが、あやういところで断罪を免れた(後32)。次に親密な関係にあった友人M. レピドゥス❹*をカリグラ*帝に殺された(39)ので、同帝の暗殺に加担(⇒カエレア)、M. ウィーニキウス*(30年と45年の執政官)やウァレリウス・アシアーティクス*とカリグラ亡き後の帝位を争った(41)。新帝としてクラウディウス*が立ったため、カミッルス❺*・スクリーボーニアーヌス(?〜42)に反乱を使嗾、事破れるや自決した(42)。彼の同名の息子L. ウィーニキアーヌス Annius Vinicianus(〜66)は、将軍コルブロー*の女婿となり、ネロー*を殺して岳父を帝位に即けようと企てたが発覚(66年8月)。別の息子アンニウス・ポッリオーは、C. カルプルニウス・ピーソー*(?〜65)の陰謀に連坐して追放刑に処せられ(65)、その妻セルウィーリア Servilia と岳父バレア・ソーラーヌス*(52年の執政官)もまた、ネロー帝に対する反逆の廉で死罪となるが、自殺を許された(66)。
Tac. Ann. 6-9, 15-28, -56, -71, 16-21, -23, -30〜33, Hist. 4-10, -40/ Suet. Ner. 36/ Dio Cass. 60-14〜15, 62-23/ Joseph. J. A. 19/ etc.

ウィーニキウス氏　Gens Vinicia [← Vinicius (Vinucius)],（ギ）Ūinikios, Οὐινίκιος, Vinicii

ローマの氏族名。なかでも有名なのは、カンパーニア*のカレース*出身で、アウグストゥス*時代の将軍として栄達したマールクス・ウィーニキウス M. Vinicius (前19年の補欠執政官)に始まる一族。彼はパンノニア*およびゲルマーニア*遠征などで2度凱旋式顕章の栄誉に与り、息子

系図89　ウィーニキアーヌス

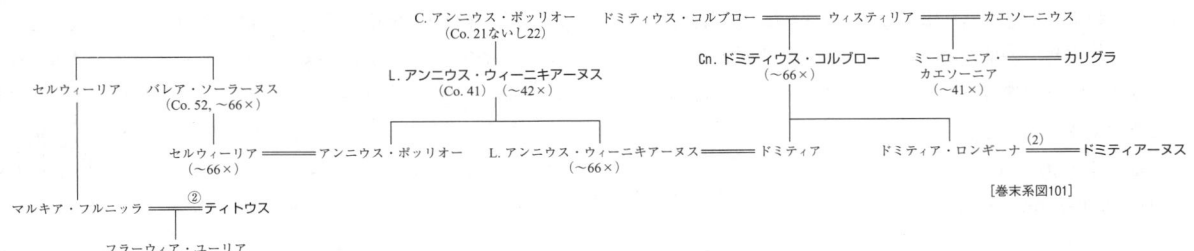

系図90　ウィーニキウス氏

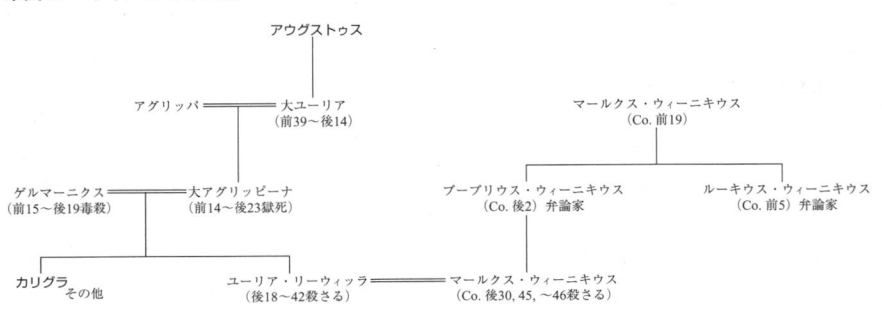

リーウィッラおよびマールクス・ウィーニキウス夫妻は、ともに4代皇帝クラウディウスの皇后メッサーリーナによって葬り去られている.

たちプーブリウス（後2年の執政官）とルーキウス（アウグストゥスの娘・大ユーリア❺*の友人）はともに弁論家として知られ、孫のマールクス（30年と45年の執政官。(生年を)前5頃〜46）に至ってローマ帝室と姻戚関係を結ぶようになる。ティベリウス*帝の仲立ちでカリグラ*の末妹ユーリア❼*・リーウィッラと結婚した（33）このマールクス・ウィーニキウスは、史家ウェッレイユス・パテルクルス*の庇護者として名を馳せるが、妻ユーリアをクラウディウス*の后メッサーリーナ❶*によって殺され（42）、間もなく彼自身もメッサーリーナの誘惑を拒んだため彼女によって毒殺された（46）。
⇒ウィーニキアーヌス、本文系図90, 91
Dio Cass. 53-27, 60-25, -27/ Tac. Ann. 3-11, 6-15, -45/ Suet. Aug. 64/ Vell. Pat. 2-103〜104/ Sen. Controv. 2〜4, 7, 10, 20〜/ Sen. Ep. 40/ Cic. Fam. 8-8/ etc.

ウィ（一）プサーニア・アグリッピーナ　Vipsania Agrippina（ギ）Ūipsania Agrippīna, Οὐιψανία Ἀγριππῖνα

（前33頃〜後20）アウグストゥス*の部将アグリッパ*と最初の妻ポンポーニア❷*の娘（⇒巻末系図086）。前15年ティベリウス*（後の第2代皇帝）と結婚し、息子・小ドルースス*を出産（前13頃）、夫婦仲も睦まじかったが、2人目の子を懐胎中にアウグストゥスの命令で離婚を強いられた（前12）。ティベリウスはアウグストゥスの淫蕩な娘・大ユーリア❺*と結婚させられ（前11、ユーリアは前夫アグリッパと同居していた時からティベリウスに言い寄っていたという）、ウィプサーニアは元老院議員 C. ガッルス・サローニーヌス*に再嫁して、少なくとも5人の息子を産んだ。離婚後もウィプサーニアとの情交が忘れられなかったティベリウスは、路上で彼女を見かけた時、涙を浮かべながら後ろ姿を追っていたといい、以来二度と自分の面前に彼女が現われないよう配慮したと伝えられている。なお彼女は、アグリッパの大勢の子供の中で唯一人非業の死を免れており、この時代の上流階層の人間として自然死を遂げたことは、稀なる僥倖といってよい。
⇒巻末系図 077, 078, 068, 094
Suet. Tib. 7/ Tac. Ann. 1-12, 3-19/ Dio Cass. 54-31, 57-5/ etc.

ウィーミナーリス　Viminalis,（英）（仏）（西）Viminal,（露）Виминал

（現・Viminale）ローマ七丘*の1つ。「柳の木 vimen」がたくさん生えていたことから名づけられたといい、七丘のうち最も東北に位置する。ユーピテル*神殿や、セルウィウス・トゥッリウス*の城壁北東の門ポルタ・ウィーミナーリス Porta Viminalis があり、帝政後期にはディオクレーティアーヌス*の大浴場（現・Terme di Diocreziano）が造営された（後298〜305 / 306）。富裕層の住宅が多かったという。
⇒エースクィリーヌス、クィリーナーリス
Liv. 1-44/ Varro Ling. 5-51/ Frontin. Aq. 1-19/ Mart. 7-73/ Plin. N. H. 17-1/ Festus/ etc.

ウィリアートゥス　Viriathus, Viriatus,（ギ）Ūiriāthos, Οὐιρίαθος, Οὐιρίατθος, Hyriatthos, Ὑρίατθος,（伊）（西）（葡）Viriato,（露）Вириат

（前180頃〜前138）ヒスパーニア*における反ローマ抵抗運動の指導者。ルーシーターニア*（現・ポルトガル地方）の牧人。前151年、ローマ総督セルウィウス・ガルバ*（前144年の執政官、皇帝ガルバ*の祖先。⇒ガルバ家）が卑劣な手段で3万人のルーシーターニア人を虐殺し、その財物を着服したため、ヒスパーニア諸種族はローマ支配に対する反乱を起こし、ウィリアートゥスを首領に選んだ。前147年頃から前140年までの間、彼は各地でローマ軍を撃破し、ようやく Q. ファビウス・マクシムス・セルウィーリアーヌス Fabius Maximus Servilianus（⇒ファビウス・マクシムス❸）との間に和平を結び、ローマにルーシーターニアの独立を認めさせた（前140）。しかしながら、セルウィーリアーヌスの兄弟 Q. セルウィーリウス・カエピオー Servilius Caepio（同名のカエピオー*の父）は、和約を破って戦争を再開し、ウィリアートゥスの側近3人を買収して、彼の寝首をかかせた。ルーシーターニアの人々は数多くの生贄を捧げて壮大な葬儀を営み、200組の戦士たちが決闘を演じて彼の死を悼んだ。間もなくルーシーターニアはローマに降伏したが、ウィリアートゥスは永く国民的英雄として讃えられ、ローマの詩人ルーキーリウス*からも、「蛮族のハンニバル❶*」と称されている。10年にわたるこのルーシーターニア戦争は、別名ウィリアートゥス戦争（前147〜前138）とも呼ばれる。
⇒ D. ユーニウス・ブルートゥス❶
App. Hisp. 60〜75/ Liv. Epit. 54/ Vell. Pat. 2-1/ Florus 2-

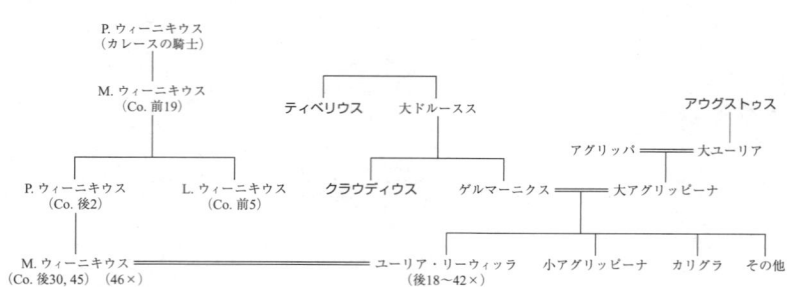

系図91　ウィーニキウス氏

17/ Frontin. Str. 2-5, -13, 3-10~11, 4-5/ Diod. 33-1~/ Val. Max. 9-6/ Aur. Vict. De Vir. Ill. 71/ Cic. Off. 2-11/ Dio Cass. Fr. 22-73, 77~/ Eutrop. 4-16/ Oros. 5-4/ Phot. Bibl. / etc.

ウィルギーニア Virginia, ウェルギーニア Verginia とも、（ギ）Ūergīniā, Οὐεργινία,（仏）Virginie,（露）Виргиния

（前5世紀中頃）ローマの半ば伝説上の人物。百人隊長 L. ウィルギーニウス Virginius の娘。12表法*を撰定した十人委員*（デケムウィリー）の1人アッピウス・クラウディウス*が、権力をかさに不正な裁判を起こし、彼女をわがものにせんとした時、父親の手で刺殺されて凌辱を免れた。彼女の死が2度目の平民（プレベース）分離運動（⇒聖山事件）をもたらし、その結果、十人委員会は廃止され、クラウディウスとその共犯者は死罪もしくは追放刑となった（前449）。
⇒ルクレーティア

Liv. 3-44~58/ Val. Max. 6-1/ Dion. Hal. Ant. Rom. 11-28~46/ Cic. Fin. 2-20, Rep. 2-37/ Zonar. 7-18/ etc.

ウィルギリウス Virgilius
⇒ウェルギリウス

ヴィルギール Virgil
⇒ウェルギリウス（のドイツ語形）

ヴィルジリオ Virgilio
⇒ウェルギリウス（のイタリア語形）

ヴィルジル Virgile
⇒ウェルギリウス（のフランス語形）

ウィルトゥース Virtus,（英）Virtue,（仏）Vertu,（伊）Virtù,（西）Virtud,（葡）Virtude,（現ギリシア語）Vírtus,（ギリシア語・アレテー Arete, Ἀρετή に相当する）

ローマの「勇武」を擬人化した女神。兜をかぶり、右手に剣、左手に槍を持ち、右乳房を露わにした若い女人の姿で表わされた。戦場での勇気と、その結果手に入る名誉とを示すべく、ローマでは「栄誉」の神ホノース*と一緒に崇拝されていた。

後世のキリスト教徒の間では、この語は倫理的・宗教的な「徳」「美徳」の意で用いられるようになった（枢要徳 Virtus cardinalis, 対神徳 Virtus theologica, etc.）。

Liv. 27-25, 29-11/ Val. Max. 1-1/ Cic. Nat. D. 2-23/ Plut. Marc. 28/ Dio Cass. 54-18/ Zosimus 5-21/ etc.

ウィルビウス Virbius,（葡）Virbio,（露）Вирбий

ローマ近郊のアリーキア*で、女神ディアーナ*とともに崇拝されていた神。伝説上のアリーキアの王、もしくは、テーセウス*の息子ヒッポリュトス*が、アスクレーピオス*の力で蘇生したのち、アルテミス*＝ディアーナによってこの地に連れて来られて、ウィルビウス（「再び生きた人」の意）と呼ばれるようになったと伝える。

Ov. Met. 15-544~, Fast. 3-266~, 6-756/ Aen. Verg. 7-765~/ Serv. ad Verg. Aen. 7-761/ Hyg. Fab. 251/ etc.

ウィロコニウム Viroconium（Uriconium, Urioconium, Viriconium）,（ギ）Ūirokonion, Οὐιροκόνιον

（現・ロクセター Wroxeter）ブリタンニア*西部にあったローマ都市。後48年頃、ローマ帝国軍団の駐屯する要塞として建設され、のちハドリアーヌス*帝が訪問し（122）、同帝のためにフォルム*（120～130）が奉献された。165年頃、町の中心部が火災で焼亡したが、すぐに再建された。フォルムやバシリカ*、浴場施設（テルマエ*）などが発掘されている。

Ptol. Geog. 2-3/ Tac. Ann. 12/ Dio Cass. 60/ It. Ant. / etc.

ウィンデクス Gaius Julius Vindex,（ギ）Ūindiks（Bindiks）, Γάιος Ἰούλιος Οὐίνδιξ（Βίνδιξ）,（伊）Gaio Giulio Vindice,（西）Cayo Julio Vindex,（露）Гай Юлий Виндекс

（後25頃～後68）ローマ帝政期の政治家。アクィーターニア*の王族出身。元老院議員の子に生まれ、属州ガッリア・ルグドゥーネーンシス*の総督となるが、後68年早春、時の皇帝ネロー*に対して叛旗を翻し、ガッリア*諸部族から10万の味方を糾合。属州ヒスパーニア・タッラコーネーンシス*の総督ガルバ*に帝位に即くようすすめた。しかし、高地ゲルマーニア*州の総督 L. ウェルギニウス・ルーフス*の軍勢にウェソンティオー Vesontio（現・ブザンソン Besançon）で敗れ、2万人が殺されたのを見て自刃した。彼の反乱そのものは挫折したが、ローマではこの蜂起を機にネローへの反感が急激に高まり、ほどなく皇帝は失脚し自殺を余儀なくされるのである（68年6月）。

なお、ウィンデクスは裕福だったので、遺産を狙う者たちを欺くため、薬草を服して臨終間際の人間のような蒼白の顔色をつくり、かろうじて難を逃れていたという。
⇒キーウィーリス

Dio Cass. 63-22~26/ Suet. Ner. 40~41, 45, Galb. 9, 11/ Tac. Ann. 15-74, Hist. 1-6, -8, -51, 4-17, -57/ Plut. Galb. 4~6/ Plin. N. H. 20-57/ Juv. 8-222~/ etc.

ウィンデリキア Vindelicia,（ギ）Ūindelkiā, Οὐινδελκία, Bindelkiā, Βινδελκία,（仏）Vindélicie,（独）Vindelikien,（伊）Vindelici,（露）Винделики

ウィンデリキー*族の住んでいた地方。ドーナウ（ダーヌビウス*）、ライン（レーヌス*）両河の上流一帯で、ゲルマーニア*南部、今日のシュヴァーベンおよびバイエルンの一部に相当。前15年ティベリウス*（のち第2代ローマ皇帝）と大ドルースス*兄弟の率いるローマ軍に征服され、後1世紀末頃、属州ラエティア*に併合された。ディオクレーティアーヌス*帝（在位・後284～後305）がラエティアを南

北に分割にした時、ウィンデリキアは北のラエティア・セクンダ R. Secunda 州を形成した。
Plin. N. H. 3-20/ Tac. Ann. 2-17/ Hor. Carm. 4-4, -14/ Ptol. Geog. 2-12, -13, 8-7/ Dio Cass. 54-22/ Solin. 21/ Isid. Orig. 1-4/ Strab. 4-207/ etc.

ウィンデリキー（族） Vindelici, (Vindolici, Vindalici とも), （ギ）Ūindolikoi, Ουίνδολικοί, （英）Vindelicians, （仏）Vindéliciens

南部ゲルマーニアの現バイエルン地方にいた種族。主にケルト*系だが、イッリュリアー*人その他の諸部族も混入していた。ダーヌビウス*（ドーナウ）河上流からアルペース*（アルプス）山脈までの地域（⇒ウィンデリキア）を占住。前15年ローマ軍に征服されて、その属州に編入された。州都はアウグスタ・ウィンデリコールム Augusta Vindelicorum（現・アウクスブルク Augsburg）。
⇒ラエティア
Hor. Carm. 4-4/ Tac. Ann. 2-17/ Plin. N. H. 3-20/ Suet. Aug. 21/ Mart. 9-84/ Strab. 4-206, 7-292/ Vell. Pat. 2-39/ Ptol. Geog. 2-12/ etc.

ウィンドボナ Vindobona, (Vendobona, Vindobna), （ギ）Ūindobūna, Ουινδόβουνα, Ūindobona, Ουινδόβονα, （英）（伊）Vienna, （仏）Vienne, （独）Wien, （西）（葡）Viena, （露）Вена, （漢）維納

（現・ウィーン（ヴィーン）Wien）パンノニア*のダーヌビウス*（ドーナウ）河沿いにローマ人が建設した要塞都市（後1世紀）。もとケルト*系のボイイー*族の居住地だったが、トライヤーヌス*帝のダーキア*遠征以来、ローマ軍団の駐屯地となり、艦隊の碇泊地にも定められた。皇帝マールクス・アウレーリウス*は、マルコマンニー*戦役に従軍中、この地で陣没したという（180）。395年に要塞の一部が焼亡し、その後この町はローマ人に放棄された（406頃）。6世紀にはランゴバルディー族*の、次いでアヴァール人の征服するところとなった。
⇒ウィエンナ
Aur. Vict. Caes. 16-12, Epit. 18/ It. Ant, 233, 248, 261, 266/ Ptol. Geog. 2-15/ Jordan. 50/ etc.

ウゥルカーヌス Vulcanus
⇒ウルカーヌス

ウェイー Veii, Veji
⇒ウェイイー

ウェイイー（ときに、ウェーイイー） Veii, （ギ）Ūēioi, Ουήιοι, Ūioi, Ουιοί, （仏）Véies, （伊）Veio, （西）Veyes, （露）Вейи

（現・Veio または Isola Farnese）エトルーリア*最南部にあった古代都市。ローマの北西12マイル、クレメラ*（ティベリス*河の支流）川沿いの丘陵に位置し、エトルーリア同盟12都市の1つ。前2千年紀後半からの居住跡が残り、前8世紀には幾つかの集落が合体して都市を形成（前750頃～前700頃）。ギリシア人との交易やティベリス河口の塩田経営によって繁栄を極めた。永年の間、十数回にわたりローマと敵対して戦ったが、前396年、10年間に及ぶ包囲（前405～前396）を受けた末、ついに地下道から侵入した独裁官カミッルス*（ディクタートル*）によって占領・破壊された（前396 ⇒ アルバーヌス湖）。長期の攻囲戦ゆえに、この戦争は一名「イタリアのトロイアー戦争*」とも呼ばれている。要害の地にあったこの町は、それまで王政を維持し（⇒トルムヌス）、ローマよりはるかに広大かつ壮麗であった。そのため、ローマの人々はガッリア*人の劫掠（後390頃）後、ウェイイーへの移住を真剣に討論したくらいであったという。ウェイイーは古くからカピトーリウム*神殿のユーピテル*像を造ったウルカ Vulca（前6世紀後半）らの芸術家の出身地として名高く、近年の発掘によっても、テラコッタ製のアポッロー*（エトルーリア名・Apulu）像（高175.3cm、前510頃）はじめエトルーリアの優れた文化遺産が出土している（ローマ、ヴィラ・ジュリア博物館蔵）。アクロポリス*丘（現・Piazza d'Armi）上の女神ミネルウァ*（エトルーリア名・Menrva）の神殿（前520頃～前500頃）をはじめとする諸神殿や、城壁・家屋・墳墓などの遺構が発掘されている。
⇒フィーデーナエ、塩街道（ウィア・サラーリア）
Liv. 5-1～22/ Plut. Rom. 25, Cam. 2～6/ Cic. Div. 1-44/ Ov. Fast. 2-195/ Plin. N. H. 3-5, 35-45/ Prop. 4-10/ Dion. Hal. 2-54/ Strab. 5-226/ Eutrop. 1-4/ Luc. 5-28, 7-392/ Suet. Ner. 39/ etc.

ウェゲティウス Publius Flavius Vegetius Renatus, （仏）Végèce, （伊）Publio Flavio Vegezio Renato, （西）Publio Flavio Vegecio Renato, （葡）Públio Flávio Vegécio Renato, （露）Публий Флávий Вегеций Ренат

（後四世紀末）ローマ帝政末期の軍事書の著者。テオドシウス1世*（在位・379～395）の治世に書かれた『戦術書摘要 Epitoma Rei Militaris』（4巻、383～392頃）が現存する。これは軍団の編成や兵の訓練法などについて、さまざまな時代に記された資料を用いて編纂した作品で、古典期ローマの軍団制度に復するよう主張したもの。「平和を欲するなら戦争に備えよ」といった著名な格言も収録。
Vegetius De Re Militari

ヴェスヴィアス Vesuvius
⇒ウェスウィウス（の英語形）

ウェスウィウス（山） Vesuvius, ウェセーウス Veseus, ウェスウィウス Vesvius, （ギ）Ūesūios, Ουεσούϊος, Ūesūbios, Ουεσούβιος, Besbios, Βέσβιος, （仏）Vésuve, （独）Vesuv, （西）Vesubio, （葡）Vesúvio, （露）Везувий

（現・ヴェズーヴィオ Vesuvio）カンパーニア*の火山。ネアーポリス*（現・ナーポリ）の東南 23 kmに位置する。高さ 1277m。山麓は主として葡萄園に利用され、スパルタクス*の乱軍が火口を根城にしたこともある（前 73）。最初の噴火記録は後 63 年 2 月 5 日のものであるが、ティトゥス*帝治下の 79 年 8 月 24 日の大爆発は、近隣の諸市ポンペイー*（現・ポンペイ）、ヘルクラーネウム*（現・エルコラーノ）、スタビアエ*などを埋没させたことであまりにも有名。その折、ミーセーヌム*のローマ艦隊の司令官だった博物学者・大プリーニウス*が、住民救助と状況観察のため、急行し窒息死した（⇒カエシウス・バッスス）。その後も、172 年、202 年、379 年、472 年、512 年としばしば噴火を繰り返している。
Strab. 1-26, 5-247/ Diod. 4-21/ Plin. N. H. 14-4/ Plin. Ep. 6-16/ Liv. 8-8/ Verg. G. 2-224/ Dio Cass. 66-21〜23/ Stat. Silv. 4-4/ Florus 3-20/ Vell. Pat. 2-30/ Tac. Ann. 4-67/ Sil.17-594/ Procop. Goth. 2-4, 4-35/ etc.

ウェスタ Vesta,（ギ）ヘスティアー*,（露）Веста
　ローマの竈・炉の火を司る女神。ペナーテース*（家の守り神）と深く関係づけられ、ギリシアのヘスティアー*と同一視される。各家庭で崇拝されると同時に、国家の聖火を守護する神として、フォルム・ローマーヌム*に神殿をもち、そこで女祭司（ウェスターリス*）たちに奉仕されつつ、火が絶やされることなく保たれていた。伝承によるとその聖火は、アエネーアース*（アイネイアース*）がトロイアー*からペナーテースとともにイタリアのラーウィーニウム*へ招来したもので、ローマへは第 2 代の王ヌマ*によってもたらされたという。フォルム*のウェスタ神殿もヌマの創建になると伝え、先史時代のラティウム*人の家屋に倣って円形の建物であり、中の聖火は毎年、歳首たる 3 月 1 日に新たにともしかえられることになっていた。女神の祭礼ウェスターリア Vestalia は 6 月 9 日に行なわれ、6 月の 7 日〜15 日の間、公事は休みとなり、聖獣たる驢馬は菫で飾られて休息を与えられ、神殿は聖泉の水で清掃された。とくに神体はない。
　天文学上、小惑星の 1 つにヴェスタ Vesta の名がつけられている。
⇒エーゲリア、カメーナエ
Verg. Aen. 2-296〜, 5-744, 9-259/ Serv. ad Verg. Aen. 1-734, 8-190, 9-257/ Augustin. De civ. D. 4-11, 7-16/ Cic. Nat. D. 2-27(67), Leg. 2-8/ Ov. Fast. 6-249〜, -304〜/ Dion. Hal. Ant. Rom. 2-65/ Plut. Rom. 22, Num. 11/ Cato Agr. 143/ Lactant. Div. Inst. 1-21/ Macrob. Sat. 3-4/ etc.

ウェスターリスたち Vestalis,（英）Vestal,（仏）（伊）Vestale,（独）Vestalin,（複）ウェスターレス Vestales,（英）Vestals,（仏）Vestales,（独）Vestalinnen,（伊）Vestali
　ローマの竈の女神ウェスタ*に仕える女神官（女祭司）たち。ウェスタの巫女（処女・祭尼・尼僧・斎女・聖女）Virgo Vestalis たち等と訳される。ローマのフォルム*にあるウェスタ神殿の聖火を守る役目を担い、定員は最初 2 人、次に 4 人、最後には 6 人となった。名門貴族（パトリキイー*）の家柄の娘 20 人の中から籤で選ばれ（古くは王の娘たち）、大神祇官長の任命を受けて、少女時代より 30 年間、処女のまま奉仕することになっていた —— 最初の 10 年は職能の習得、次の 10 年はその実施、最後の 10 年は後輩の教育にあたる ——。市民から非常な敬意を払われ、外出時には高官用の車駕ないし輿に乗り、彼女たちの前ではいかなる高級政務官といえども、束桿（ファスケース*）を下ろし、道を譲らなければならなかった。彼女たちは、パッラディウム*（パッラディオン*）やファスキヌス*（陽物）像、その他の聖物や市民たちの遺言状を保管し、また偶然行き遭った犯罪人を特赦する権利をもっていた。が、もし不貞行為が発覚すると、地下の穴蔵に閉じ込められ、餓死させられた —— しかし、ヌマ*王の時代から千年あまりの期間に、この罪で処罰された者はわずか 18 人を数えるに過ぎない（⇒リキニア❷、ミヌキア） ——。聖火をあやまって消してしまったウェスターリスは、鞭打ちの刑に処せられた。彼女たちはウェスタ神殿の傍にある共同の住居アートリウム・ウェスタエ Atrium Vestae で暮らし、30 年間仕えたのち、退任して結婚することもできたが、この権利を用いる者は少なかった。ウェスターレースの制は、ローマ創建以前にすでにアルバ・ロンガ*の地で行なわれていたものを、ヌマが導入したという（⇒レア・シルウィア）。なお、キリスト教がローマの国教となった（後 381）のちの 394 年にこの制度は廃止され、ウェスタ神殿は皇帝の、次いでローマ教皇の宮廷となり、12 世紀以降は廃墟と化した。
　かたくなに純潔を貫く女性や汚れを知らぬ処女、また主義・信条の熱心な擁護者を比喩的に「ウェスタの巫女（複）Virgines Vestales,（英）Vestal Virgins」と呼ぶことがある。
⇒クラウディア・クィーンタ、トゥッキア、アエミリア
Plut. Num. 9〜10/ Liv. 1-3, -20/ Val. Max. 1-1/ Dion. Hal. Ant. Rom. 1-76, 2-66/ Cic. Leg. 2-8(20), Nat. D. 3-30/ Gell. 1-12/ Plin. Ep. 4-11/ Florus 1/ Serv. ad Verg. Ecl. 8-82/ etc.

ウェスターレース Vestales
⇒ウェスターリスたち

ウェスパシアーヌス Titus Flavius (Sabinus) Vespasianus,（ギ）Ūespasiānos, Οὐεσπασιανός,（英）（独）Vespasian,（仏）Vespasien,（伊）（西）（葡）Vespasiano,（露）Веспасиан
（後 9 年 11 月 17 日〜後 79 年 6 月 23 日）ローマ皇帝（在位・69 年 7 月 1 日／元老院の公認は同年 12 月 22 日〜79 年 6 月 23 日）。フラーウィウス朝（69〜96）の創始者（⇒巻末系図 101）。サビーニー*地方のレアーテ*出身。父親 T. フラーウィウス・サビーヌス Flavius Sabinus は属州の収税吏・金貸業者。ウェスパシアーヌスは優秀な兄フラーウィウス・サビーヌス*（後 8〜69）に比べて出世が遅れ、母親から「あ

なたは兄さんのお付きなのね」とからかわれて発奮。カリグラ*帝に臆面なく追従して造営官アエディーリス*(38)、法務官プラエトル*(40)と累進した。次いでクラウディウス*帝の解放奴隷ナルキッスス*にとり入って、兄とともにA.プラウティウス*将軍麾下のブリタンニア*遠征軍に加わり(43)、ウェクティスVectis(現・ワイトWight)島を占領するなど頭角を現わし(43～44)、凱旋式顕章や補欠執政官コンスル*職(51)他の栄誉を授かる。ナルキッススの横死(54)後は反対派の小アグリピーナ*(ネロー*帝の母)の憎悪を憚って雌伏、その後アーフリカ*の属州総督プロコーンスルProconsulとなる(63頃)が、搾取せず公正に統治したため借金を負い、家畜売買に手を染め「騾馬追い」と渾名されるほど身を落とさねばならなかった。66年ネロー帝の随員としてギリシアを旅行中、ネローが歌っている最中に居眠りをして不興を招き、宮廷から追い出されて寒村に逼塞。しかし、間もなく勃発したユダヤの反乱(ユダヤ戦争、66～70)を鎮圧するべく将軍に抜擢され(67年2月)、総勢6万の兵力を結集して戦果を上げ、声望を加えた(⇒イオーセーポス)。ネローの死(68)後に生じた内乱では、アレクサンドレイア❶*で皇帝に推戴され(69年7月1日)、すぐに東方の諸軍団からも支持を得たので登位に踏み切る(⇒ムーキアーヌス)。自派の部将アントーニウス・プリームス*が皇帝ウィテッリウス*軍を破ってローマを占拠する(69年12月)と、ユダヤの後事を長男ティトゥス*(のち皇帝)に託して、自身はローマに向かい(70年10月入城)元老院セナートゥス*の承認を受ける(正式称号・Imperator Caesar Vespasianus Augustus)が、その間盲人や不具者を治癒するなどの奇蹟を行なったと伝えられる。ユダヤを平定して帰国したティトゥスと一緒に凱旋式トリウンプス*を祝い(71年6月)、連年のごとく執政官職に就任(70～72、74～77、79)、監察官ケーンソル*にもなって(73、相役はティトゥス)帝国の再建に取り組み、綱紀を粛正、財政を立て直した。

気取らない人柄で出自の低さを隠さず、系図学者たちが「皇帝の御先祖はレアーテの町の創始者、ならびに英雄ヘーラクレース*の眷属につながる高貴な血脈です」と言上した時には、笑いとばして相手にしなかった。虚飾や怠惰を軽蔑し、隊長に任命した若者が香油を匂わして拝謁に現われると、「大蒜にんにくの匂いの方がまだましだ」と叱責し、すぐさま辞令を撤回してしまったという。即位時にすでに60歳に達しており、額は広く禿げ上っていたが、農夫のように質素な規則正しい生活によって健康を保った。平和の女神を祀る華麗なパークス*神殿を建立(75)、内乱で炎上したカピトーリウム*の再建やフラーウィウス円形闘技場(コロッセーウム*)の造営など様々な土木事業に着手したものの、一種の起重機のような装置を考案した技師に対しては、「余は貧しい労働者たちに職を与えねばならないのでな」と言って、その発明を採用しなかった。広く人材を登用して統治機構を整備、学芸に庇護を加えてギリシア・ラテンの修辞学教師に国費で給料を支給したが、哲学者は嫌って追放刑に処した(71頃、⇒キュニコス派のデーメートリオス、ヘルウィディウス・プリースクス)。軍制を再編して反乱を防ぎ(⇒ユーリウス・キーウィーリス、ユーリウス・サビーヌス)、国境の拡大と強化に尽力(⇒アグリコラ)、属州に多くの都市を建設してローマ化を進めるなど、帝国に秩序と繁栄を回復させた。

他方、財政再建に必要な400億セーステルティウスもの巨額の資金を捻出するため、あらゆる物品に税金を課し、属州民を容赦なく搾取。愛妾カエニスCaenisと協力して金儲けに奔走出精し、官職のみならず法廷の判決まで高値で売りつけたので、生涯、強欲貧婪のそしりを免れなかった。公衆便所にも屎尿税を新設した折、ティトゥスが苦情を述べたところ、帝は徴集した税金から金貨をとり出して息子の鼻さきに突きつけ、「臭いかね」と訊ねたという(74)。属州管理官(元首属吏)プロクーラートル*Procuratorには一等胴欲な連中を択んで任命し、飽くなき収奪で彼らが充分肥え太った時を狙って不法誅求の廉で断罪し、その財産を没収するのが帝の手なれたやり口であった。召使いの1人が兄弟だと偽ってある人のために会計係の職を願い出たところ、帝は「待て」と制して当の志願者を直に接見し、「余の召使いにいくら口利き料を払ったのか」と訊ね、それと同額の金を自分にも支払わせたうえで、即座に会計係の職を与えた。ほどなく例の召使いが異議を唱えると、帝は「別の兄弟を捜すんだな。お前が自分の兄弟と思っていた人は、わしの兄弟だったよ」と答えた。金を使う時にはいつも「これは余自らの財布から払ってやるのだぞ」と口にしたので世人の笑い種となり、エジプトでは帝を蔑んで「細切れ塩魚行商人キュビオサクテースcybiosactes」(⇒セレウコス❼)と呼んでいたという。吝嗇の汚名は死後も消えず、帝の葬列に加わった役者は、慣例通り故人の仮面をつけ生前の言動を真似て見せながら、「この葬儀には一体いくらかかったのかね?」と問いかけ、「1千万セーステルティウスだ」と聞いたとたん、「その金をわしによこせ。なんならわしをティベリス*河にほうり込んでも構わんぞ」と叫んで亡帝の守銭奴ぶりをからかった。

10年の治世の後、79年夏、帝は下剤の効能があるというクティリア*湖の水をしたたか飲んで、ひどい下痢を起こし病床に就いた。天に凶兆たる彗星が現われると、「どうやら余も神になるらしいぞ」と言い、「皇帝たる者は立ったまま死ぬべきだ」と一生懸命起き上りながら、左右の者に支えられて死んだ(69歳7ヶ月と7日)。こうして彼は自然死を遂げることのできた最初のローマ皇帝となり、またティトゥスが次に即位したので実子に後を継がせた最初のローマ皇帝という稀なる僥倖にも恵まれた。死後間もなく神格化され、神殿が築かれた。

イタリアやフランスの街頭にある男性用公衆便所(伊)vespasiano,(仏)vespasienneは、屎尿税をはじめた彼の名に由来しており、また「金に匂いなし(ラ)Non olet pecunia,(仏)L'argent n'a pas d'odeur」という諺もこの故事から生じたものである。
⇒フラーウィア・ドミティッラ
Suet. Vesp., Claud. 45, Galb. 23, Vit. 15, 17, Dom. 1～2, 15/ Tac. Hist. 1～5, Agr. 7, 9, 13, 17, Germ. 8/ Dio. Cass. 65～66/ Joseph. J. B. 3～7/ Aur. Vict. Caes./ Euseb. 3-3./ Paus. 7–

17/ etc.

ウェスペル（または、ウェスペルーゴー）　Vesper, (Vesperugo), （伊）Vespero

「宵の明星」の意。
⇒ヘスペロス（のラテン語名）

　転じて「夕暮れ時」、さらにはラテン系キリスト教会の「晩祷」の意に用いられるようになり、後1282年3月末に起きた「シチリアの晩鐘」虐殺事件は、イタリア語で"I Vespri Siciliani"と呼ばれている。
Hor. Carm. 2-9, 3-19/ Verg. G. 1-251/ Plin. N. H. 2-8/ etc.

ウェッリウス・フラックス　Marcus Verrius Flaccus

⇒フラックス、マールクス・ウェッリウス

ウェッレイユス・パテルクルス　Gaius (Marcus) Velleius Paterculus, （伊）Valleio Patercolo, （西）Veleyo Patérculo, （葡）Veleio Patérculo, （露）Веллей Патеркул

（前20／前19頃〜後31以後）ローマ帝政初期の歴史家。カンパーニア*の古い名門の出身。先祖は第2次ポエニー戦争*（ハンニバル❶*戦争）や同盟市戦争（前90）などで活躍し、祖父ガーイウス C. Velleius はティベリウス・クラウディウス・ネロー*（ティベリウス*帝の実父）の逃避行に随伴中、体力の衰えを覚えて自殺（前41）。彼自身も若い頃から武官・文官としてアウグストゥス*およびティベリウス両帝に仕え、オリエント（後1〜4）やゲルマーニア*、パンノニア*、ダルマティア*など各地で軍務に服し（後4〜12）、財務官(7)、法務官(15)を歴任、元老院身分に昇った。その著『ローマ史 Historia Romana』2巻（第1巻の冒頭以外はほぼ現存）は、トロイアー*陥落から同時代の後29年までを扱った簡潔な要約史書で、翌30年の執政官 M. ウィーニキウス*に献呈された。その文体は「ラテン文学の白銀時代」の開幕を告げる修辞を凝らしたもので、カエサル*、ポンペイユス*、マエケーナース*らの人物描写に優れてはいるが、党派的偏向や時の皇帝への阿諛追従を欠点とする。特にティベリウスの統治に対する礼賛的態度は卑屈に近く、のちの史家タキトゥス*やスエートーニウス*の攻撃的批判とは対照的である。ラテン文学の発達変遷を記した箇所では、アウグストゥス時代にラテン文学が完成の域に達した結果、その後は衰亡の途を辿るようになったと説明。また本書でしか伝わらない史話の類も少なくない。彼は一説によると、権臣セイヤーヌス*の失脚事件（31）に連座して処刑されたという。
⇒ウァレリウス・マクシムス、ネポース、フロールス
Tac. Ann. 3-39/ Prisc./ Vell. Pat./ etc.

ウェッレース、ガーイウス　Gaius (Cornelius, Licinius) Verres, （ギ）Ūerrhēs, Οὐέρρης, （仏）Verrès, （伊）Verre, （露）Веррес

（前115頃〜前43頃）ローマの政治家。属州搾取で悪名高い。前84年、マリウス*派の Cn. パピーリウス・カルボー*の財務官(クァエストル*)を務めたが、急遽スッラ*側へ寝返りを打つ。キリキア*の総督 Proconsul(プロコーンスル) グナエウス・コルネーリウス・ドラーベッラ Cn. Cornelius Dolabella の補佐官(レーガートゥス*)として随行し、ともに属州キリキアやアシア*各地をほしいままに略奪（前80〜前79）、帰国後ドラーベッラが不当搾取の廉で告発されると、今度は彼の断罪に協力した。法務官(74)(プラエトル*)となり首都ローマに悪政を布いた後、シキリア*（現・シチリア）の総督（前73〜前71）として赴任、甚しい苛斂誅求を行ない、属州民を塗炭の苦しみに陥れた。暴虐の限りを尽くしたウェッレースがローマへ帰還するや、シキリア島民の懇請に応じた新進気鋭の政治家キケロー*によって訴追され、雄弁家ホルテーンシウス❷*に弁護を依頼したものの、キケローの精力的な証拠集めと厳しい弾劾を受けて敗訴（前70、⇒グラブリオー❷）。有罪宣告が下るに先立って逃亡し、財産も差し押さえられる前に隠匿、収奪した巨額の金品を返さずにマッシリア*（現・マルセイユ）に隠栖した。しかし、後年、第2回三頭政治*の恐怖政治下に、その莫大な財産に目をつけられ、M. アントーニウス*によって殺された。現存するキケローの告訴演説のせいで、悪徳総督の典型として知られているが、当時のローマの属州官吏は概ね似たような圧政を布いていたものである。

　なお裁判中、ウェッレースがキケローを柔弱だと罵ったところ、相手から「その非難は家の中で自分の息子たちに言うべきだね」と応酬されたという話が伝わっている。ウェッレースの息子はまだほんの少年の頃から、美貌を利用して男性客に売春をしていたともっぱらの評判だったからである。のみならずキケローは、ウェッレース自身が若い頃から男女両色に溺れる無軌道な放蕩生活を送り、兵役に就いていた時には賭博で大損をしたので、自分の肉体を男たちに売って返済に充(あ)てたり、シキリア総督在任中の3年間にわたって、男色相手のアルバ・アエミリウス Alba Aemilius らと共に自由身分の男女多数を凌辱するなど、様々な破廉恥行為に耽っていたことを、容赦なく素破(すっぱ)抜いている。
⇒メテッルス❼、❽
Cic. Verr., Corn./ Plin. N. H. 34-3/ Lactant. Div. Inst. 2-4/ Plut. Cic. 7〜8/ Asc. Verr./ Varro Rust. 2-1/ Quint. 10-1/ Sen. Suas. 43/ etc.

ウェトゥローニア（または、ウェトローニウム）　Vetulonia, Vetulonium, （ギ）Ūetūlōnion, Οὐετουλώνιον, （〈エトルーリア語〉）Vetluna または、Vatluna）

（現・Magliano 近くの遺跡 Colonnata. Colonna di Buriano）エトルーリア*12市連合の1都市。西エトルーリアの肥沃な平野の丘陵上に位置し、オリエントやギリシア、サルディニア*など各地との交易で繁栄した。ローマ人はタルクィニウス・プリスクス*王の時代に、ウェトゥローニアからエトルーリアの王者の権標たる「束桿（ファスケース*）」や「象牙製高官椅子（セッラ・クルーリス*）」などを、採り

入れたという。町の遺跡は海から9マイルの地に位置し、発掘された墳墓には、前8世紀に遡るものもある。城壁 Mura dell' Arce や街路の跡も見つかっており、また前600年頃の墓石には、円楯を手に両刃の斧を振りかざす武装姿の人物が刻まれている。
⇒ポプローニア、ルセッラエ
Sil. 8-484～488/ Plin. N. H. 2-106, 3-5/ Ptol. Geog. 3-1/ Dion. Hal. Ant. Rom. 3-51, -61/ Strab. 5-220/ Macrob. Sat. 1-6/ Florus 1-5/ etc.

ウェーナーティオー　Venatio (〈複〉Venationes), Ludus Bestiarius, Bestiarium

ローマ時代にキルクス*や円形闘技場などで開催された公共の見世物としての野獣狩り。猛獣同士が互いに戦わせられたり、人間と格闘したり、矢や槍で追い詰められて殺されたりして、観衆の目を楽しませた。獣と戦うのは死刑囚か捕虜、あるいはそのために雇われた専門の剣闘士*(グラディアートル*)ベースティアーリイー bestiarii であった。このゲームがローマで行なわれた最初の記録は前186年 M. フルウィウス・ノービリオル*主催のもので、その後、共和政末期には公けのルーディー*(祝祭日の競技会)の一部として、しばしば催されるようになる。ふつう剣闘士試合 munera(ムーネラ) に先立って午前中に開かれ、残忍な娯楽を好むローマの人々は、朝から人間や動物の流血と殺戮の場面に魅せられたのである。獅子(ライオン)狩りの見世物が初めて演じられたのは、前104年、当時造営官(アエディーリス*)であった Q. ムーキウス・スカエウォラ❷*の主催によってであった。その後、前93年には当時法務官(プラエトル*)だったスッラ*が、100頭もの鬣(たてがみ)のある獅子(ライオン)の闘争を公開し、次いで大ポンペイユス*が鬣(たてがみ)のある315頭を含む600頭の獅子(ライオン)を戦わせ、カエサル*は独裁官(ディクタートル*)在職中に400頭の闘争を披露、他の娯楽・競技と同様、年々その規模は拡大していく傾向にあった。象が初めてローマの見世物で戦ったのは前99年のこと、続いて前79年には象と雄牛が最初の対戦をさせられている。ポンペイユスは前55年に20頭の象と武装したガエトゥーリー*人との闘争を見せたが、このおり怒り狂った象の群れが鉄柵を突き破って脱走をはかり、観衆の間に大騒動を起こした話は有名。豹(ひょう)は長い間イタリアへの輸入を禁止されていたものの、前114年、護民官(トリブーヌス・プレービス*)の Cn. アウフィディウス Aufidius が競技場の見世物として輸入を認める決議を通過させて以来、しばしばローマのゲームに登場。M. アエミリウス・スカウルス*は前58年に150頭の雌豹を、次いでポンペイユスは410頭の、アウグストゥス*は420頭の群れをパレードさせたという。その他、象と闘うための犀(さい)やエティオピア猟師と闘う(たたか)熊、それに虎や大山猫、狼、猪、野牛、河馬、豪猪(やまあらし)、鰐(わに)などの動物たちが闘技場に御目見得した。また死刑囚は、時に野獣の毛皮を着せられるなどして、わざわざ飢えさせておいた猛獣の中に投げ込まれ、引き裂かれて死んでいった。彼らの屍体は医師たちの人体解剖研究のよい材料となり、医術の進歩になにがしか貢献した。囚人を食べた動物たちも、そのあと殺されて食卓に供せられ、人々の胃袋に貢献した。「牛に引き裂かれるディルケー*」とか「熊に喰い殺されるオルペウス*」、「雄牛と性交するパーシパエー*」、「肝臓を啄まれるプロメーテウス*」など神話伝説にもとづく凝った見世物も採り入れられた。帝政時代の観客は、以前より一層残酷で血を好むようになり、それに応えて、たとえばアウグストゥス帝はその治世に約3500頭の野獣を殺させており、下ってティトゥス*帝はコロッセーウム*落成の時に唯1日のうちに5千頭の野獣と4千頭の飼育された動物を屠殺(後80)、ダーキア*遠征から凱旋したトライヤーヌス*帝は1万1千頭の猛獣を殺戮している(107)。また、その頃になると、男たちばかりでなく、女たちも武具に身を固めて野獣狩り競技に出場、世は挙げて血腥(なまぐさ)いゲームに狂奔していったのである —— 廃止されるのは500年頃、東ローマ帝アナスタシウス1世*によってだが、ローマ市における最後のウェーナーティオーは523年と伝えられる —— 。
⇒ナウマキア、アンドロクレース
Liv. 39-22, 44-18/ Suet. Iul. 10, 39, Aug. 43, Calig. 18, 27, Claud. 21, Tit. 7/ Plin. N. H. 8-7, -20～, -25, -28～/ Dio Cass. 43-22, 51-22～, 55-10, 56-27, 61-9, 66-25, 68-15/ Plut. Pomp. 52/ Cic. Fam. 7-1/ S. H. A. Hadr. 19, Probus 19/ Sen. Brev. Vit. 13/ etc.

ウェヌシア　Venusia, (ギ) Ūenūsiā, Οὐενουσία, (仏) Venouse

(現・Venosa)イタリア南部アープーリア*地方の内陸部の町。詩人ホラーティウス*の生地として知られる(前65)。英雄ディオメーデース*の創建と伝え、第3次サムニウム*戦争末期の前292年ローマに占領され、翌年ラテン植民市となる(前291)。以来、アッピウス街道*(ウィア・アッピア*)上の要衝の地として重視され、人口の多い都市に成長した。前216年、カンナエ*の戦いでハンニバル❶*に惨敗したローマ軍将兵らの避難所となる(⇒カヌシウム)。同盟市戦争*でローマに背き(前90～前88)、その後自治都市(ムーニキピウム*)の地位に留まったが、後1世紀には植民市(コローニア*)に昇格した。

ハドリアーヌス*帝時代(後117～138)の浴場施設(テルマエ*)や円形闘技場(アンピテアートルム*)などの遺構が発掘されている。
Hor. Sat. 2-1/ Liv. 22-54, 31-49/ Dion. Hal. Ant. Rom. 17～18/ Strab. 5-250/ Polyb. 3-116～/ App. B. Civ. 4-3/ Plin. N. H. 3-11/ Ptol. Geog. 3-1/ Vell. Pat. 1-14/ etc.

ウェヌス　Venus, (仏) Vénus, (伊) Venere, (葡) Vénus, (和) ヴィーナス

(「魅力・愛欲」の意)古代イタリア=ローマの女神。元来、春と繁殖を象徴する菜園の女神であったが、ギリシアのアプロディーテー*と同一視されるに及んで、その神話や様々な属性をも与えられた。ローマでは、前295年に初めて彼女の神殿が奉献され、以後、第2次ポエニー戦争*の初期にシキリア*(現・シチリア)からウェヌス・エリュキーナ

V. Erycina (⇒エリュクス) が遷座され (前217)、前114年には、女子風俗の紊乱 ── わけてもウェスターリス*(ウェスタ*の巫女)たちの姦通 (⇒リキニア❷) ── を正すべく、ウェヌス・ウェルティコルディア V. Verticordia (「心を入れかえるウェヌス」) の神殿が建立された。またサムニウム*戦争の終結後は、ファビウス・グルゲス Fabius Gurges (ファビウス・マクシムス❶*の子) が、ウェヌス・オプセクーエンス V. Obsequens (「望みを叶えるウェヌス」) およびウェヌス・ポストウォルタ V. Postvorta (「出産を司るウェヌス」) の崇拝を確立 (前295)。次いでスキーピオー・小アーフリカーヌス*は、ウェヌス・ゲネトリクス V. Genetrix (「生みの親ウェヌス」) の信仰を創始し、これは女神の末裔を称するカエサル*によって盛んに称揚され、ユーリウス氏*の祖神たる彼女の壮麗な神殿が造営された (前46)。さらに勝利の女神ウィクトーリア*と同化したウェヌス・ウィクトリクス V. Victrix も加わって、共和政末期にはウェヌス崇拝は国家的規模にまで昂められた。帝政期に入ると、ローマ帝室の守護母神的存在として重視され、ハドリアーヌス*帝による豪壮華麗な大神殿がフォルム・ローマーヌム*の東方に建造された (後135。ウェヌスとローマの神殿。現・Tempio di Venere e Roma)。その他、風変わりなところでは、ウェヌス・カルウァ V. Calva (「禿頭のウェヌス」) 神殿というのがあって、古王アンクス・マルキウス*が妃の禿頭を案じて建立したものとも、ガッリア*人のローマ襲来時 (前390) に婦人たちが毛髪を提供して防衛戦に協力したことを記念して築かれたものとも伝えられている。なお1年のうち、春の開花期たる4月 Aprilis がウェヌスのために捧げられている。

美術作品、特に彫刻の分野においてウェヌスは、ヘレニズム時代のアプロディーテー神像の伝統を受けて、成熟した豊艶な美女として表現され、「うずくまるウェヌス」や「恥じらいのウェヌス Venus Pudica」等々、数多くの官能的な姿態の全裸像が制作された ── ただし大半はギリシアの名作の模刻 ──。

ちなみに、金星は占星術上、美と愛を恵むとされることから、ギリシア語でアプロディーテー、ラテン語でウェヌスと呼ばれている。また、金曜日は女神ウェヌスの日 Veneris dies (〈仏〉vendredi、〈伊〉venerdì、〈西〉viernes) とされ、催淫効果を有すると見なされた「魚」を食べる習慣があり、後世のキリスト教徒の間でも永く毎週金曜日の魚食の風習が続いた。ウェヌスが性愛を司ることに関連して、女性の恥丘、陰阜は「ウェヌスの丘 mons veneris」と、梅毒など性病、性行為感染症一般は「ウェヌスの病気 (ラ) morbus venereus, (英) veneral disease, V. D., (仏) maladie venerienne」と呼ばれるようになった。

Strab. 5-232/ Solin. 2-14/ Macrob. Sat. 1-12/ Varro Ling. 6-20. -33/ Festus 265, 322, 366/ Plin. N. H. 19-19/ Val. Max. 8-15/ Lucr. 1-1〜/ Ov. Fast. 4-160/ Serv. ad Verg. Aen. 1-724/ Liv. 10-31./ Macrob. Sat. 1-12/ etc.

『ウェヌスの宵宮』 Pervigilium Veneris, (英) the Vigil of Venus, (仏) la Veillée de Venus, (独) Nachtfeier der Venus, (伊) La Veglia di Venere, (西) La Vigilia de Venus, (葡) La Vigília de Vénus

『ラテン詩華集*』に収められているローマ帝政期のトロカイオス trokhaios 調詩篇 (93行)。シキリア*(現・シチリア)島のアエトナ*(エトナ)山麓で繰り広げられる恋の女神ウェヌス*の祭りを舞台とし、ギリシア・ローマの古典詩からの引喩を鏤めつつ、春の到来と愛の力を称える祝歌である。作者不詳で、後2世紀の文人フロールス*に帰せられることもあったが、今日では4世紀頃の詩人ティベリアーヌス Tiberianus の手になると考える説の方が有力である。中世ラテン世界のみならず、近・現代に至るまで少なからぬ文学者・芸術家に影響を及ぼしている。

ウェネティア Venetia, (ギ) Ūenetiā, Ούενετία, (仏) Vénétie, (葡) Venécia

(現・ヴェネツィア Venezia 地方、ヴェネト Veneto) ウェネティー❷*人の住地。イタリア東北端、アドリア海最奥部の沿岸地帯。
⇒アクィレイヤ、アルティーヌム、コンコルディア、パタウィウム
Plin. N. H. 3-18/ Liv. 39-22/ Ptol. Geog. 3-1/ It. Ant./ etc.

ウェネティーまたは、エネティー、ヘネティー
Veneti, Heneti, Eneti, (〈ギ〉ヘネトイ Henetoi, Ένετοί, エネトイ Enetoi, Ἐνετοί, Ūenetoi, Ούένετοι), (仏) Vénètes, (独) Veneter, (西) Vénetos

ガッリア*(=ケルト*) 系の民族名。

❶ガッリア*北西部、ブルターニュ半島の南側 (現・フランスのモルビアン Morbihan 県) に居住していた種族。大西洋沿岸の海上貿易 ── とりわけブリタンニア*との交易 ── と農業とで富強を誇り、侵略者カエサル*にも抵抗を試みたが、海戦でカエサルの部将 D. ユーニウス・ブルートゥス❸*に敗北し、長老たちは全員処刑され、残余の者は大半が奴隷として売られた (前56)。ローマ帝政下に彼らの商業は不振に陥り、後5世紀には渡来したブリタンニア人の征服するところとなる。カエサルの伝えるところによると、ウェネティー族の船は舳先と船尾が異常に高く聳え立った平底船で、ローマの軍艦の甲板上に塔を建てても、なお彼らの船の艫に届かなかったという。後世の市名ヴァンヌ Vannes, (ラ) Veneti Darioritum (Dariorigum) にその名を留めている。
⇒アルモリカ
Caes. B. Gall. 2-34, 3-8〜16/ Florus 3-10/ Plin. N. H. 4-18/ Strab. 4-195/ Dio Cass. 39-40〜43/ etc.

❷イタリア半島の付け根の東北部、内ガッリア*(ガッリア・キサルピーナ*)地方のアドリア海沿岸にいた種族。伝説では、トロイアー*陥落後、アンテーノール*に率いら

れて渡来したパープラゴニアー*人の子孫だという。考古学上は前950年頃にイッリュリアー*地方から移住した人々の末裔と推定され、高度の文明をもち、戦争よりも通商を好む平和な民族で、早くからバルト海との琥珀貿易や良馬の育成で富を蓄積した。ローマ人とは常に友交関係を保ち、ラテン語に近いイタリック系方言を使用、ガッリア*（ケルト*）人（前390）やハンニバル❶*の侵略に対しても、ローマとともに戦った。のちローマに服属し、共和政末期には市民権を与えられてすっかりローマ化され（前49）、アウグストゥス*の治下、彼らの領土ウェネティア*は、イタリアの第10地区に編入された（⇒イタリア）。後2世紀末まで繁栄したが、やがてアレマンニー*族（286）やゴート*人（400頃）、フン*族（452）ら異民族の攻撃を受け、潟湖の小島に難を避けた（のちのヴェネツィア Venezia。伝承上の建設は421年3月25日金曜日）。

⇒アクィレイヤ、イストリア

Strab. 5-212/ Polyb. 2-17～/ Liv. 1-1, 5-33, 10-2/ Mela 2-4/ Plin. N. H. 3-18～19, 6-2, 37-11/ Herodot. 1-196/ Serv. ad Verg. Aen. 1-242/ Just. 20-1/ Ptol. Geog. 3-1/ Hom. Il. 2-852/ etc.

ウェリア　Velia

⇒エレアー

ウェルギーニア　Verginia

⇒ウィルギーニア

ウェルギニウス・ルーフス　Lucius Verginius Rufus, (伊)(西) Lucio Verginio Rufo, (葡) Lúcio Vergínio Rufo, (露) Луций Вергиний Руф

（後14年～97年）ローマの政治家、将軍。メディオーラーヌム*（現・ミラーノ）出身。ネロー*帝治下の後63年に執政官職に就き、67年には上ゲルマーニア*（高地ゲルマニア*）の属州総督に任命される。翌68年、ウィンデクス*の反乱軍をウェソンティオー Vesontio（現・ブザンソン Besançon）で破り、配下の軍隊から皇帝に推戴されるが辞退する。新たに皇帝となったガルバ*の猜疑心を買って解任されたものの、翌69年新帝オトー*と共に再び執政官を務め、同年4月オトーが自害するや、再び帝位を提供されて謝絶、以来30年近くの間、ほとんど隠退生活を送ったおかげで、殺されることなく無事に生き延びた。小プリーニウス*の後見人となり、97年には老帝ネルウァ*の相役として3度目の執政官職に就くが好事魔多く、皇帝への感謝演説の準備中に転んで腰の骨を折り、それが因で死亡。国葬が営まれ、タキトゥス*によって追悼演説が披露された。その墓には本人の定めた通り、「己れのためではなく祖国のために支配権の自由を救いしルーフスここに眠る」という碑銘が刻まれた。

Dio. Cass. 63-24～25, -27, 64-4, 68-2/ Plut. Galb. 4, 6, 10/ Plin. Ep. 2-1, 5-3, 9-19/ Tac. Hist. 1-8, -9, -77, 2-49, -51, -68/ etc.

ウェルギリウス　Publius Vergilius Maro, (Virgilius), (ギ) Bergilios, Βεργίλιος, Ūergilios, Οὐεργίλιος, (英) Virgil, (仏) Virgile, (独) Vergil, Virgil, (伊) (西) Virgilio, (露) Вергилий

（前70年10月15日～前19年9月21日）ローマ第一の詩人。北イタリアのマントゥア*（現・マントヴァ）市に近いアンデース Andes（現・Virgilio）に生まれる。ケルト*系の血統で、父は下級官吏の使用人ないし陶器師上がりの中流地主だったという。クレモーナ*、メディオーラーヌム*（現・ミラーノ）で教育を受けたのち、ローマに移り（前52頃）修辞学、哲学などを学び、一説にはオクターウィアーヌス*（のちの皇帝アウグストゥス*）と席を並べて弁論学者エピディウス Epidius の講義に列していたと伝えられる。はじめ法律家を志したが、生来の内気な性格のため法廷弁護に失敗し、以後次第に詩作に専念、C. アシニウス・ポッリオー*や C. コルネーリウス・ガッルス*らの文人と交わった。次いでネアーポリス*（現・ナーポリ）において、エピクーロス*派の哲学者シーローン Siron（または Syron）や文法学者パルテニオス❶*のもとで修学（前45頃～）、その後生涯の大部分をこの地で過ごした。彼は長身で色浅黒く、田夫の趣ある素朴な風貌をしていたが、見かけによらず身体は弱く、たえず胃や喉の痛み、頭痛などに悩まされ、しばしば血を吐いたという。また男色を好んで終生娶らず、特にアレクシス*とケベース Cebes なる2少年を手許に置いて寵愛し、友人のウァリウス*からすすめられても、婦女との交際はあくまでも拒み通した。詩人として有名になってからも極端に内気な性格は変わらず、「あれがウェルギリウスだ！」と指さす人々を避けて手当たり次第近くの家に逃げ込んだと伝えられ、生涯童貞を守った事実と相俟って「パルテニアース Parthenias（「処女」「お嬢さん」の意）」という渾名で知れ渡ることになった。

共和政末期の内乱の渦中にあって、マントゥアの土地を没収される憂き目を見た（前41）が、友人たちの尽力でその土地を返して貰うことができ、この事件を契機に文芸の保護者として名高い大富豪マエケーナース*やアウグストゥスらの知遇を得た。その頃、彼の『牧歌』の抜粋が舞

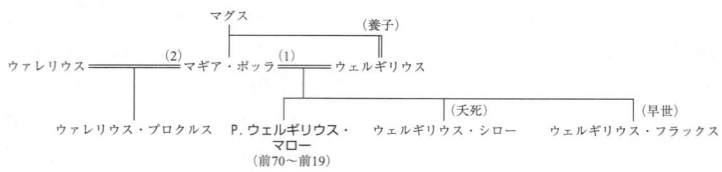

系図92　ウェルギリウス

台にかけられ、女優が朗唱したとたん劇場も割れんばかりの拍手が起こり、一夜にしてウェルギリウスは一流の詩人として認められた。マエケーナースのお気に入りとなって、カンパーニア*の町ノーラ*の近くに土地を、ローマのエースクィリーヌス*丘にも家を贈られた。マエケーナースの勧告に従って『農耕詩』を執筆し、また詩人ホラーティウス*をこの文芸の庇護者に紹介した。7年後に『農耕詩』が完成すると、マエケーナースに連れられて、エジプトの女王クレオパトラー*を敗北させて凱旋して来たばかりのアウグストゥスの許(もと)へ赴き、その前で4日間にわたって朗読、声が出なくなるとマエケーナースが交替して読み上げたという(前29夏)。続く10年余りの期間は彼の名を不朽のものとした畢生の大作『アエネーイス』に没頭、「何か『イーリアス*』よりも偉大な作品が生まれつつある」と詩人プロペルティウス*からも期待された。前19年ウェルギリウスはギリシアへ渡り、アテーナイ*でアウグストゥスに逢ったのち、メガラ*で日射病に罹って帰国の途につき、イタリアの港町ブルンディシウム*まで戻ったところで息を引きとった(満50歳)。旅立ちに際して友人に『アエネーイス』の原稿を預け、「もし私に万一のことがあった場合には焼き捨ててほしい」と頼んでおいたにもかかわらず、アウグストゥスの命令でその遺言は実行に移されず、没後2年を経て公刊された(⇒ウァリウス・ルーフス)。墓は本人の遺志にしたがってネアーポリスの郊外に築かれたが、中世の混乱期に失われ、今日ナーポリに残る、いわゆる「ヴィルジリオ*の墓 Tomba di Virgilio」は後代の仮託でしかない。

彼は節度ある穏和な人となりで、公の場に現われることを厭い、もっぱら田舎に隠栖して自然に親しみつつ、質素で観照的な生活を送ることを好んだ。しかるに、皇帝をはじめとする保護者らの気前のよい贈物のおかげで莫大な財産を獲得、なかでも『アエネーイス』の1部を帝室の人々の前で朗読した時、アウグストゥスの姉オクターウィア❶*が感きわまって失神し、詩人に1行につき1万セーステルティウスもの大金を贈った話は有名。また極めて遅筆の人で、「朝に書いた詩行を午後には推敲を重ねてすっかり削りとってしまう」と言われ、真作として伝えられるのは次の3つだけである。

(1)『牧歌(田園詩) Bucolica』または『選詩集 Eclogae』10篇(前42頃~前37頃)。

ギリシアの田園詩人テオクリトス*に倣って作られた六脚律(ラ) hexameter の技巧を凝らした詩集。牧夫コリュドーン Corydon が美少年アレクシスを思って歌う恋の唄や、伝説上の美しい羊飼いダプニス*の死を悼む歌などが有名。ルネサンス以降の理想郷アルカディアー*を描く田園詩の範となり、後代の文学史上に著しい影響を与えた。

(2)『農耕詩 Georgica』4巻(前36頃~前29年夏)。ヘーシオドス*の『仕事と日々』他の農事に関する著作に倣い、ルクレーティウス*の自然観の感化を受けて作られた六脚韻(ラ) hexameter の教訓詩。深い愛情をこめたイタリア讃美や、オルペウス*と養蜂家アリスタイオス*の神話物語の小叙事詩で知られる。農耕の崇高さを歌ったこの作品は、アウグストゥスの政治理念に一致しており、識者からも傑作と称讃された。

(3)『アエネーイス Aeneis』(〈英〉Aeneid,〈仏〉Enéide,〈独〉Äneide,〈伊〉Eneide,〈西〉〈葡〉Eneida,〈露〉Энеида)12巻(前30頃~前19年9月)。ローマ建国の英雄アエネーアース*(アイネイアース*)が、トロイアー*の陥落後、7年の海上流浪の末にラティウム*に辿り着き、そこに王国を築くまでの波瀾万丈の物語を歌った英雄叙事詩。ホメーロス*の『イーリアス』と『オデュッセイア*』を手本として、流麗な筆致と雄大な構想の下に六脚律(ラ) hexameter で記された質量ともにローマ文学最高の傑作(約1万行)。とりわけトロイアー炎上の情景(第2巻)、アエネーアースとカルターゴー*の女王ディードー*の悲恋譚(第4巻)、クーマエ*の巫女シビュッラ*に導かれてアエネーアースが冥界へ降下する場面(第6巻)は、よく知られている。一部分未完成ではあるが、発表以来、ローマの国民的叙事詩としてもてはやされ、ウェルギリウスはその敬虔さ、愛国心、豊かな教養、完璧な技巧のゆえに「詩聖」扱いされるに至った。

この他、若い頃の作と称せられる『蚋(ぶよ) Culex』『白鷺 Ciris』『抜萃(小品集) Catalepton』『ディーラエ* Dirae(復讐の女神)』、『プリアーペイア Priapeia(田園の神プリアーポス*の歌)』などの一連の詩(30余篇)があり、「ウェルギリウス補遺集 Appendix Vergiliana」と総称するが、そのほとんどが偽作とされている。

ウェルギリウスはホメーロスと並んで教科書に好んで用いられたほか、『牧歌』第4巻で黄金時代をもたらす男児の誕生を歌ったことがキリスト教徒によってクリストス*(イエス・キリスト)到来の予言と曲解されたため、中世に入ってからも重んじられ続け、ダンテも『神曲』で彼を地獄・煉獄の案内者に選んでいる。また彼を一種の聖者ないし魔術師と見なす風潮も広まり、その作品を開き最初に目に触れた詩句を頼りに事を運ぶ「ウェルギリウス占い Sortes Vergilianae」の慣習もルネサンス時代までたることなく続いた。さらに彼を女色家の魔法使いに仕立て上げ、皇帝の娘に言い寄って籠で中吊りにされ笑いものにされた腹いせに、妖術を用いて町中の火をことごとく奪って暗黒に陥れたといった荒唐無稽な話も、キリスト教徒の間で創り出されて流布した。すでに古代においてもその神秘化は早くから始まり、母親が夢に、一枝の月桂樹を産み、それがたちまち成長してたわわに果実や花をつけると見た翌日彼が生まれたとか、誕生した場所に不思議なポプラ樹が生え出し、「ウェルギリウスの木 Arbor Vergilii」として崇拝されたとか、また、愛玩していた蠅(はえ)の葬儀に80万セーステルティウスもの大金を費やし、マエケーナースら貴顕の人々もこれに列席した等、奇異な物語が残されている。

⇒セルウィウス

Suet. Vita Vergili/ Donat. Vita Vergiliana/ Hor. Carm. 1-3, -24, 4-12, Sat. 1-5/ Prop. 2-34/ Quint. 10-21/ Vell. Pat. 2-36/ Ov. Am. 1-15, Ars Am. 3-337/ Macrob. Sat. 1-24, 5-2, -17/ Gell. 17-10/ S. H. A. Hadr. 2/ etc.

ウェルキンゲトリ（ー）クス　Vercingetorix、（ギ）
Ūerkingetoriks, Οὐερκιγγετόριξ、（仏）Vercingétorix、（伊）Vercingetorice、（西）Vercingétorix、（露）Верцингеториг

（前82／72頃〜前46）外ガリア*のケルト*系大部族アルウェルニー*族の名将・反ローマ戦争の指導者。前52年、カエサル*に対しガリアの43部族を統合して独立戦争に立ち上がり、30万人近い勢力を糾合、焦土作戦・橋梁破壊戦術を採り、執拗なゲリラ戦や騎馬による不意討ちで、しばしばローマ軍を苦しめた（⇒ケーナブム、アウァーリクム）。命令に従わぬ者には耳削ぎ、眼球刳り抜き、火焙りなどの厳刑をもって臨み軍紀を粛正、ガリア連合軍の総司令官に任命され（⇒ビブラクテ）、ゲルゴウィア*の戦いではカエサルを撃退したが、アレシア*に包囲されて糧道を絶たれ、総攻撃にも敗れて、やむなくカエサルの軍門に降った（前52年9月）。反乱兵は全員奴隷としてローマ軍兵士に支給され、ウェルキンゲトリクスは鉄鎖に繋がれてローマへ送られ、6年間悪臭に満ちた地下牢に幽閉されたのち、カエサルの凱旋式（トリウンプス*）に引き回されてから処刑された（前46年8月）。

所伝によると、有力貴族の出身たるウェルキンゲトリクスは、長身の偉丈夫だったが、投降に際しては最も美々しい武具に身を飾り、馬上ゆたかにカエサルの周囲をまわってから武具一切を脱ぎすて、「さあ取るがよい。私は勇敢だが、それ以上に貴方は勇敢で私に打ち勝ったのだから」と言ったという。後世になってガリア（フランス）解放の英雄と目された。

Caes. B. Gall. 7/ Dio Cass. 40-33〜, -39〜, 43-19/ Plut. Caes. 27/ Florus 3-10/ Polyaenus 8-23/ etc.

ウェールス、ルーキウス　Lucius Aurelius Verus、（ギ）
Ūēros (Bēros), Λούκιος Οὐῆρος (Βῆρος)、（伊）（西）Lucio Vero、（葡）Lúcio Vero、（露）Луций Вер

（後130年12月15日〜後169年1月）初名・L. Ceionius Commodus。マールクス・アウレーリウス*と共同統治したローマ皇帝（在位・161年3月7日〜169年1月）。ハドリアーヌス*帝の寵愛を享けた貴族 L. アエリウス・カエサル*の子。138年に父が死ぬと、ハドリアーヌスの命令で10歳年長のマールクス・アウレーリウスとともに次期皇帝アントーニーヌス・ピウス*の養子に迎えられる（2月25日。L. Ceionius Aelius Aurelius Commodus Antoninus と改名）。その折に取り決められたファウスティーナ❷*（アントーニーヌス・ピウスの娘）との婚約は、ハドリアーヌスの没後、彼の幼なさゆえに解消され（139）、執政官（コーンスル*）（154）を経て161年3月にマールクス・アウレーリウスとともに正帝（アウグストゥス*）として即位（正式称号・Imperator Caesar Lucius Aurelius Verus Augustus。ローマ帝国最初の共治帝）し、2度目の執政官職に就く。次いで、19歳も年少のマールクス帝の次女ルーキッラ*と結婚する（164）。彼は長身で眉目秀麗、風格がそなわっていたが、政務をよそに享楽にうつつを抜かし、対パルティアー*戦争（162〜166）の最高司令官として東方へ遠征した時（163〜166）にも、戦闘はすべてアウィディウス・カッシウス*ら部将たちに任せ切りで、自らはアンティオケイア❶*に留まり遊女や美青年らと放蕩に耽っていた。将軍たちの武功のおかげで勝利を

系図93　ウェールス、ルーキウス

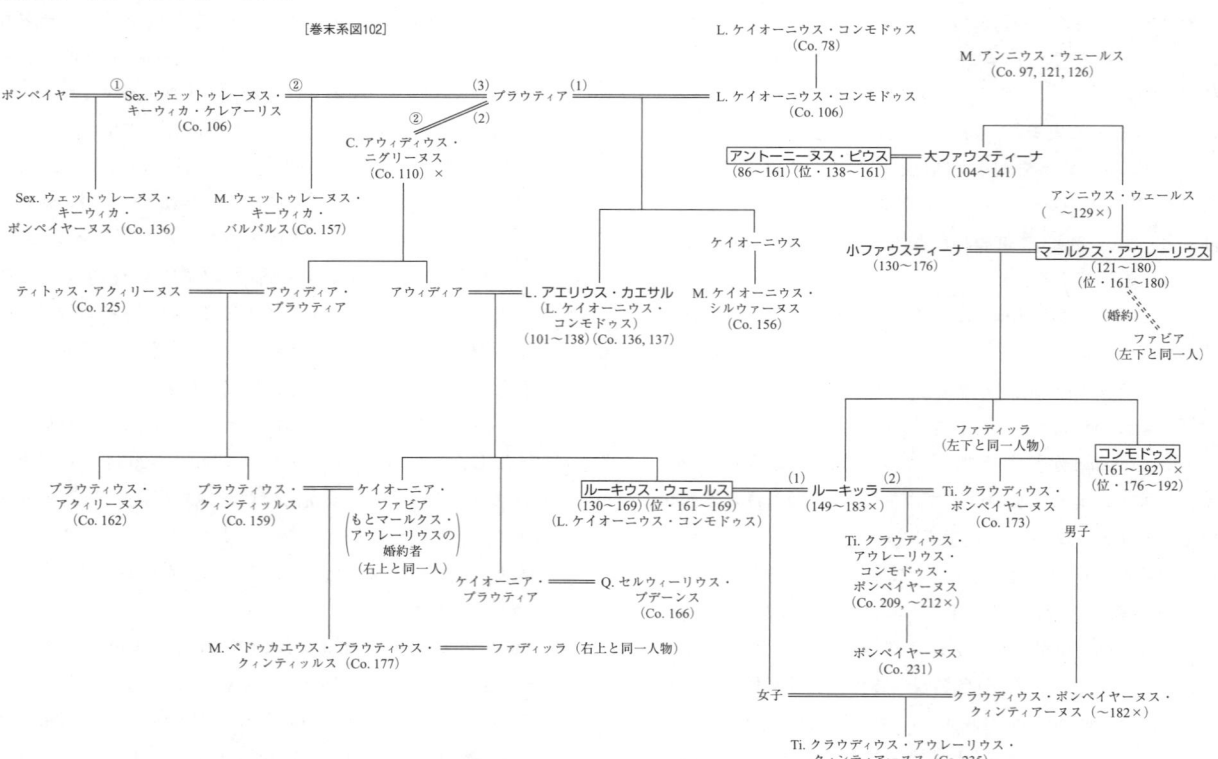

収めローマに凱旋（166年10月12日）、戦利品と一緒に恐るべき疫病の流行をイタリアへ持ち帰った（166〜167、天然痘の蔓延）。168年には不本意ながらマールクス帝とともにマルコマンニー*戦争に出征したものの、やはり狩猟や饗宴に興じてばかりいたという。翌年初頭ローマへの帰途、脳卒中の発作を起こし急逝（満38歳）。異説では、姦通相手の岳母ファウスティーナ❷が嫉妬心から牡蠣に毒を盛って謀殺したとも、彼が実姉ファビア Ceionia Fabia と親密すぎるのに憤慨した后ルーキッラが手を下したのだとも、マールクス帝が片側に毒を塗ったナイフで雌豚の子宮料理を切り分けて彼に与え葬り去ったのだとも伝えられる。ウェールス自身もマールクス帝の従兄弟リボー M. Annius Libo（161年の執政官）を毒殺したといわれ（⇒巻末系図102）、また夜間微行して売春窟などに通い、俳優や楽師・歌手を寵愛、一晩中酒宴や賭博を続け、愛馬のために黄金像と墓廟を建てる等々、数々の放縦ゆえに「ネロー*の再来」とさえ呼ばれた。湯水のごとく浪費し、宴客の引出物として給士役の美少年をはじめ金銀・宝石の器や酒盃その他贅沢極まりない品々を贈り、1度の饗宴に600万セステルティウスも使ったという。戦車競走や剣闘士試合も愛好、自らの金髪を得意に思い一層輝いて見えるようにいつも金粉をふりかけていたという話も知られている。
⇒ヘーパイスティオーン❷、ハルポクラティオーン
S. H. A. Verus, Hadr. 24, M. Ant. 4, Aelius 6, Avid. Cass. 1, Marc. 5〜/ Dio Cass. 69-17, -20, -21, 71〜72/ Marcus Aurelius 1-17, 8-37/ etc.

ウェルトゥムヌス Vertumnus, （仏）Vertumne, （伊）（西）Vertumno, （露）Вертумн, （エトルーリア語）Voltumna, Veltha

（古くはウォルトゥムヌス Vortumnus）古代イタリアの、おそらくエトルーリア*起源の神。ローマ人はウェルトゥムヌスを verto（「転ずる」）という動詞に関連させて、季節の推移や植物の生育など様々な変化 ── 主として花が転じて果実になる過程 ── を司る神と解した。神話においてウェルトゥムヌスは、果物の女神ポーモーナ*に恋して、老婆など次々と様々な姿に変身して求愛し、最後に輝かしい美青年となって思いを遂げたとされている。その祭礼ウォルトゥムナーリア Vortumnalia は、盛夏が過ぎて果物の熟す季節へと向かう8月13日に祝われ、園丁たちは初生りの果実をこの神に供える習慣であった。神殿はアウェンティーヌス*丘にあり、前264年にウォルシニイー*族を征服した M. フルウィウス・フラックス*の絵が展示されていたという。
Varro Ling. 5-46, 74, 6-21/ Prop. 4-2/ Ov. Met. 14-642〜, Fast. 6-410/ Hor. Epist. 1-20/ etc.

ウェルラーミウム Verulamium, または、ウェロラーミウム Verolamium（古くは、Verlamio(n)）、（ギ）Ūrolāmion, Οὐρολάμιον

（現・セント・オールバンズ Saint Albans）ブリタンニア*東南部の町。ロンディニウム*（現・ロンドン）の北西21マイル。前1世紀末にベルガエ*人の居留地ウェルラミオー Verlamio が築かれ、クラウディウス*帝の治下にローマの征服を受けて渓谷に新しい町が建設され（後43／44）、自治都市（ムーニキピウム*）として発展。ボウディッカ*の乱（後61）ではイケーニー*族に略奪され、市民の大半が虐殺されたが、79年までに再建され、アグリコラ*（史家タキトゥス*の岳父）によってガッリア*風フォルム*やバシリカ*が奉献された。155年頃の大火の後、劇場（テアートルム*）など石造の公共建造物や市壁、城門などが設けられ、市域は拡大していった。下水設備や送水路はじめ都市計画の基本はローマ式であったが、あちこちにケルト*風の神殿が建つなど、ローマ＝ガッリア両様式の特徴が折衷した町であった。3世紀に衰退し防壁は縮小され、290年頃一時的な復興が計られたものの、頽勢は蔽（おお）いがたく、5世紀末ついに放棄された。なお3世紀にこの地で処刑されたというアルバーヌス Albanus,（英）Alban（？〜209頃）は、ブリタンニア最初のキリスト教殉教者といわれ、後世の市名は彼の名に由来している。
Tac. Ann. 14-33/ Baeda Hist. Ecc. 1-7/ Ptol. Geog. 2-3/ Gildas/ Passio Albani/ etc.

ウェルリウス・フラックス M. Verrius Flaccus
⇒フラックス、マールクス・ウェッリウス

ウェルレーイウス・パテルクルス Velleius Paterculus
⇒ウェッレイユス・パテルクルス

ウェルレース Verres
⇒ウェッレース

ウェレイウス・パテルクルス Velleius Paterculus
⇒ウェッレイユス・パテルクルス

ウェーローナ Verona, （ギ）Ūerōna, Οὐήρωνα, のち Berōna, Βερώνα, （仏）Vérone, （露）Верона

（現・ヴェローナ Verona）ガッリア・キサルピーナ*（ガッリア・トラーンスパダーナ*）地方のアテシス Athesis（現・アディジェ Adige）河沿いの都市。一説にはガッリア*（ケルト*）の首長ブレンヌス❶*の創建と伝えられ、ケノマーニー*族の主要都市。肥沃な葡萄酒の産地として知られる。詩人カトゥッルス*の生地。前3世紀以来ローマとの同盟関係に入り、ハンニバル❶*戦争ではローマ側に与して戦った（前216）。前89年にローマ植民市（コローニア*）、前49年に自治都市（ムーニキピウム*）となる。ローマ時代にポストゥミウス街道*（ウィア・ポストゥミア*）沿いの交易都市として大いに繁栄し、後1世紀創建の大規模な円形闘技場（アンビテアートルム*）（現・Arena、2万2千人収容）や同じく後1世紀の野外劇場（テアートルム*）（現・Teatro Romano）、ガッリエーヌス*帝時代の市壁（3世紀）と2つの城門（現・Porta dei Leoni と Porta dei Borsari）などの遺跡が今なお残っている。

帝政後期にウェネティア*地方に編入されてからも重要

な都市であり続けたが、コーンスタンティーヌス1世*の占領（312）、フン*族の大王アッティラ*の侵略（452）をはじめとする異民族 barbari（バルバリー）の相継ぐ征服を経て、中世には次第に衰頽していった。

Plin. N. H. 3-19/ Liv. 5-35/ Verg. G. 2-94/ Strab. 4-206, 5-213/ Tac. Hist. 3-8/ Catull. 35, 67/ Ov. Am. 3-15/ Mart. 14-195./ Ptol. Geog. 3-1/ Procop. Goth. 2-29, 3-3～, 4-33/ Sil. 8-595/ It. Ant./ Vell. Pat. 2-12/ Florus 3-3/ etc.

ウェンタ・ベルガールム　Venta Belgarum,（ギ）Ūenta, Οὐέντα

（現・ウィンチェスター Winchester）ブリタンニア*南部の交通の要衝にあった町。もとベルガエ*人の城塞（～後43／48）。ローマ時代の遺跡が出土している。また同島のウェールズ南部には、シルレース*族の主邑ウェンタ・シルルム Venta Silurum（現・カーヴェント Caerwent）が、同島東部にはイケーニー*族の主邑ウェンタ・イケーノールム Venta Icenorum（現・カイスター Caistor-by-Norwich）があった。
⇒カッレウァ、イスカ

Notitia Dignitatum/ Tac. Ann. 12-31～/ Plin. N. H./ Ptol. Georg. 2-3/ It. Ant./ etc.

ウェンティディウス、プーブリウス　Publius Ventidius Bassus,（ギ）Pūplios Ūentidios, Πούπλιος Οὐεντίδιος,（伊）Publio Ventidio Basso,（露）Публий Вентидий Басс

（前1世紀）ローマの将軍。イタリアのピーケーヌム*出身。幼時その地方のアスクルム❷*が陥落した際に捕らえられ、ポンペイユス・ストラボー*の凱旋式（トリウンプス）で母親とともにローマ市街を引きまわされた（前89）。驟馬追い（らば）など苦しい生活をしていたが、カエサル*に登用されて以来とんとん拍子に出世し、元老院入りを果たす（前47）。前43年、法務官（プラエトル）となり、ムティナ*（現・モデナ）の戦いに敗れた M. アントーニウス❸*を救援した功績により、同年末には補欠執政官（コーンスル）に任ぜられた。次いでアントーニウスの命で属州アシア*およびシュリア*へ派遣され、侵入したパルティアー*軍を3度の戦いで撃退（前39～前38）、ローマで初めてパルティアーに対する勝利者として凱旋式を挙げ（前38年11月）、その後間もなく没して国葬に付された。微賤より立身し栄達を遂げた典型的な例として知られる。
⇒Q. ラビエーヌス、パコロス❶

Dio Cass. 43-51, 47-15, 48-10, 49-19～/ Gell. 15-4/ Vell. Pat. 2-65/ Plut. Ant. 33～/ Val. Max. 6-9/ Plin. N. H. 7-43/ Cic. Fam. 10-18, -33, -34, -11, -10/ etc.

ウォノーネース（または、ボノーネース）　Vonones, Bonones, Βονώνης, Onones Ὀνώνης,（仏）Vononès,（伊）Vonone,（西）Vonones,（露）Вонон

パルティアー*の帝王名。

❶ 1世　V. I

⇒アルサケース 18 世

❷ 2世　V. II

⇒アルサケース 22 世

ウォラーテッラエ（または、ウォラテッラエ）　Volaterrae,（エトルーリア*語・Velathri）,（ギ）Ūolaterrhai, Οὐολατέρραι,（仏）Volaterres

（現・ヴォルテッラ Volterra）エトルーリア*12市同盟の1都市。かつて強盛を誇り、東はアッレーティウム*（現・アレッツォ）、西は地中海、北は外港ルーナ*、南はその植民市ポプローニア*にまで勢力を拡大した。鉱物資源に恵まれて早くから栄えたが、前298年ラテン人（ラティーニー*）に味方してローマに敗れて以来、しだいに衰退の兆しを見せるようになった。前4世紀の市壁および城門（現・Arco Etrusco）や墳墓の遺跡が残り、数多くの美しい浮彫りを施されたアラバスターの納骨容器や赤絵式（赤像式）陶器、彫刻された墓石などが出土している。ローマの内戦では、マリウス*側に与したため、2年間にわたりスッラ*の軍隊に攻囲され（前82～前80）、その退役軍人の植民市（コローニア）となる。詩人ペルシウス*の生地。町の北側の城壁外には、市の名門カエキーナ*家が造営した劇場（テアートルム）（現・Teatro Romano）跡が見られる（前1世紀頃）。

Liv. 10-12, 28-45/ Plin. N. H. 3-5/ Cic. Rosc. Am. 7, Caecin. 7, Dom. 30, Att. 1-19, Quinct. 6, Fam. 13-4/ Strab. 5-223/ Dion. Hal. 3-51/ Ptol. Geog. 3-1/ etc.

ウォルカーヌス　Volcanus

⇒ウルカーヌス

ウォルシニイー　Volsinii,（または、Vulsinii）,（エトルーリア*語・ウェルシーナ Velsina, Velsuna, Velzna, Velsu）,（ギ）Ūolsinioi, Οὐολσίνιοι, Ūolsinion, Οὐολσίνιον,

（現・ボルセーナ Bolsena、旧市はオルヴィエート Orvieto）エトルーリア*12市連合の1都市。ウォルシニイー湖 Lacus Volsiniensis（現・ボルセーナ湖 Lago di Bolsena）の東北にある小高い丘陵上に位置し、ここのウォルトゥムナ Voltumna 女神の聖域が12市連合の祭祀の中心地とされていた（⇒ウェルトゥムヌス）。クルーシウム*（現・キウージ）市が衰えはじめる前500年頃から殷賑を極め、トゥスキア Tuscia 式の神殿（現・Belvedere）や整然と並ぶ墳墓群（前8～前3世紀）が今なお残っている。前4世紀からローマと交戦し、敗北を重ねた（前294、前280）後、ついに前264年に占領・破壊され、生き残った住民は6マイル南の平地へ強制移住させられた。この新ウォルシニイー Volsinii Novi（現・ボルセーナ Bolsena）は、ティベリウス*帝時代の権臣セイヤーヌス*や帝政末期の詩人アウィエーヌス*の生地として知られる。新ウォルシニイー市はカッシウス街道*（ウィア・カッシア*）沿いに位置しており、フォルム*や円形闘技場（アンピテアートルム）、劇場（テアートルム）、浴場（テルマエ）などローマ時代の遺跡が発掘されている。旧ウォルシニイー Volsinii Veteres は、ラテン

語で「古い町 Urbs Vetus」と呼ばれ、これが転訛して、後世の市名オルヴィエートになった。

　ウォルシニイーはかってエトルーリアで最も裕福な町だったとされ、市民たちは奢侈淫逸の風に流れたという。また、住民は運命の女神ノルティア Nortia の神殿に打たれた釘の数で年を数える習慣であったといい、また博物学者大プリーニウス*によると、この町は古王ポルセンナ*（前6世紀末）の祈りに応じて雷火で全焼したと伝えられている。なおエトルーリア12市連合の加盟国については、エトルスキー*の項を参照。

Plin. N. H. 2-53～54, 34-16/ Liv. 4-23, -60 5-31～, 7-3, 9-5, -41, 10-37/ Juv. 3-191/ Val. Max. 9-1/ Florus 1-16/ Aur. Vict. De Vir. Ill. 36/ Oros. 4-5/ Zonar. 8-7/ Strab. 5-226/ Ptol. Geog. 3-1/ It. Ant./ etc.

ウォルスキー（族）　Volsci,（ギ）Ūolskoi, Οὐόλσκοι, Ūoluskoi, Οὐολοῦσκοι,（英）Volscians,（仏）Volsques,（独）Volsker,（西）（葡）Volscos,（露）Вольски

　ラティウム*地方の東・南部に古くから居住していたイタリック系種族。サビーニー*やオスキー*族、ウンブリア*人と同系と見なされ、ローマの南からカンパーニア*に至る各所に分布、前3世紀に遡る青銅碑文 Tabula Veliterna などの文字史料を残す。ローマ建国伝説に登場するカミッラ*はこの部族の王女とされる。前5～前4世紀にかけて、共和政期ローマの強敵となり、しばしばアエクィー*族と同盟を結んで攻め寄せた（⇒コリオラーヌス）。が、前338年ついにローマに征服され、前304年までには全土が服属、その後急速にローマ化していった。主要都市は、アンティウム*のほか、キルケイイー*、アンクスル*（タッラキーナ*）、アルピーヌム*、コラなど。

⇒ヘルニキー、ラティーニー、ルティリー

Liv. 1-53, 2-4, 8-14, -23, 9-44, 10-1/ Verg. G. 2-168, Aen. 7-803, 9-505, 11-546/ Cic. Brut. 10(41), Balb. 13, Rep. 3-4/ Plin. N. H. 3-5/ Polyb. 3-22/ Dion. Hal. 4-50, 6-95/ Strab. 5-228, -231/ Ptol. Geog. 3-1/ Juv. 8-245/ etc.

ウォルトゥムヌス　Vortumnus
⇒ウェルトゥムヌス

ウォルービリス　Volubilis（またはウォルービレ Volubile）
（現・Ksar Pharaoun, Qsar Fir'awn, Oubili）（旧称・（仏）Oualili）（アラビア語）Walili, Walīlā,（ベルベル語の Alili「夾竹桃」の意）に由来）,（露）Волюбилис

　アフリカ北西部、マウレーターニア*の古代都市。前4～3世紀頃にはマウリー*人の町だったが、程なくポエニー*人との接触によってカルターゴー*の文化や国制が採り入れられた。マウレーターニア王ユバ2世*（在位・前25～後23）の頃には、王国西部の首都として繁栄。その息子たる王プトレマイオス❶*がローマ皇帝カリグラ*に殺された（40）後、国内に反乱が起きた際にローマ側を支持し通したことから、新帝クラウディウス*による手厚い保護を受け、以来急速に発展して行った。ローマ風のフォルム*やカピトーリウム*神殿、公共浴場（テルマエ*）、バシリカ*、カラカッラ*帝の記念門（アルクス）などが建造され、セウェールス朝*時代（193～235）に最盛期を迎えた。やがて内陸のベルベル系先住民の圧迫により衰退し、ディオクレティアーヌス*帝の治下にローマ人は町から撤退した（285頃）。

　今日モロッコに現存する最大のローマ都市遺跡として、メクネス Meknès の北方13マイルの地に、上記の公共建築物や数々の邸宅、水道、市壁跡が残っており、美しいモザイク画や立派な青銅像、硬貨、等々が発掘されている。

Plin. N. H. 5-1/ Ptol. Geog. 4-1/ etc.

ウォルムニア　Volumnia,（ギ）Ūolūmniā, Οὐολουμνία
（前5世紀初頭）ローマのなかば伝説上の将軍コリオラーヌス*の母（または妻）。

Plut. Coriolanus 4, 33～36/ Liv. 2-40/ Dion. Hal. 8-40/ Val. Max. 5-2/ Dio Cass. Fr. 5-18/ etc.

ウォロゲーセース（または、ウォロガエセース、ウォロガーセース）　Vologeses,（Vologaeses, Vologases, Vologesus）,（ギ）Ūologaisos, Οὐολόγαισος,（Bologaisos, Βολόγαισος, Bologaesus）,（ラ）Vologaesus,（仏）Vologèse,（伊）Vologase

　パルティアー*の諸王の名。

❶1世　V. I
⇒アルサケース23世

❷2世　V. II
⇒アルサケース26世

❸3世　V. III
⇒アルサケース27世

❹4世　V. IV
⇒アルサケース28世

❺5世　V. V
⇒アルサケース29世

ウクセッロドゥーヌム　Uxellodunum
（現・Capdenac-le-Haut、または Puy d'Issolu、Vayrac、その他諸説あり）アクィーターニア*の町。ケルト*系ガッリア*人カドゥルキー Cadurci 族の領土内にあった要塞都市で、前51年、カエサル*に反するガッリア軍がここに籠城し最後の抵抗を試みたが、水路を断たれて降伏のやむなきに至った。町を占領するとカエサルは、見せしめのため叛徒全員の両腕を切断、ここにガッリア解放の闘争は終熄した。

Caes. (Hirt.) B. Gall. 8-32～44/ Frontin. Str. 4-7/ etc.

ウーシ（ー）ペテース（族）　Usipetes, Usipi,（ギ）Ūsipetai, Οὐσίπεται, Ūsipai, Οὐσίπαι
⇒テンクテーリー族とウーシペテース族

内ガッリア　Gallia Citerior
⇒ガッリアⅠ.

内ヒスパーニア（ヒスパーニア・キテリオル）
Hispania Citerior，（英）Hither Spain
ローマがヒスパーニア*東海岸、イベールス*（現・エブロ Ebro）河口周辺に設けた属州。のちヒスパーニア・タッラコーネーンシス*として整備される。ヒスパーニアの項を参照。

ウティカ　Utica，（ギ）イテュケー Ityke, Ἰτύκη, ウーティケー Ūtikē, Οὐτίκη,（仏）Utique,（西）Útica,（露）Утика,（フェニキア語）Atig
（現・Utique, Bordj Bou Chateur）アーフリカ*（北アフリカ）沿岸の古い港湾都市。カルターゴー*の西北40kmに位置する。伝承では前1101年、北アフリカ最古のフェニキア*人植民市として創建され、交易によって発展をきわめ、増大するカルターゴーの権力に拮抗していた。第2次ポエニー戦争*中の前204年、ローマの将大スキーピオー*の攻囲を受け、前149年にはカルターゴーを向こうに廻してヌミディア*王マシニッサ*を支持。ローマはその褒賞に、滅亡したカルターゴーの領地を授けて、ウティカを属州アーフリカの州都とした（前146）。ローマ共和政末期の内乱にあってはポンペイユス*派に与し、ために前46年タプソス*の戦いののち、カエサル*に占領され重い罰金を科せられたうえ、「自由市」の資格を剥奪された。この時ウティカを守っていた小カトー*は、町が陥落する前に従容として命を絶ち、由来"ウティカのカトー Cato Uticensis"の名で広く知られるようになった。また古くラテン詩人ナエウィウス*は、ローマ人貴族を鋭く攻撃して追放され、ウティカの地で客死している（前201頃）。ハドリアーヌス*帝（在位・後117〜138）によって植民市（コローニア*）に昇格され、現在も帝政期の大浴場（テルマエ*）や劇場（テアートルム*）、キルクス*、列柱付き大通り、カピトーリウム*、アポッロー*神殿などの遺跡が発掘されている。
⇒ヒッポー

Mela 1-7/ Plin. N. H. 5-3/ Plut. Caes. 54, Cat. Min. 58〜/ Liv. 25-31, 28-4, 30-10/ Caes. B. Civ. 1-31, 2-36/ Vell. Pat. 1-2/ Sil. 3-241/ Polyb. 3-24, 7-9/ Dio Cass. 43-10〜/ Strab. 17-832/ Diod. 20-54/ App. B. Civ. 2-44, Pun. 75/ Ptol. Geog. 4-3/ etc.

ウティカのカトー　Cato Uticensis（小カトー*）
⇒ M. ポルキウス・カトー❷

ウビイー（族）　Ubii,（ギ）Ūbioi, Οὔβιοι,（英）Ubians,（仏）Ubiens,（伊）Ubi,（西）Ubios,（露）Убии
ゲルマーニア*人の一部族。カエサル*のガッリア*遠征の頃には、レーヌス*（現・ライン）河の東岸に住んでいた。大族だったが、スエービー*（スエーウィー*）族との戦争に疲弊したため、前55年カエサルに援助を求め、彼の2度にわたるゲルマーニア遠征に協力した（前55、前53）。のち再びスエービー族の圧迫を受けた時、ローマの将軍アグリッパ*は彼らをレーヌス河西岸に遷し、もとエブローネース*族のいた土地に居住させた（前38）。この地に建設されたウビイーの町 Oppidum Ubiorum は、後にクラウディウス*帝の妻となる小アグリッピーナ*の生地となり（後15）、50年には彼女の強要で植民市コローニア・アグリッピネーンシス*（現・ケルン）に昇格されている。

Caes. B. Gall. 4-3〜19, 6-9〜/ Tac. Germ. 28, Ann. 1-31〜, 12-27, Hist. 4-28/ Strab. 4-194/ etc.

ウムブリア　Umbria
⇒ウンブリア

ウーラニアー　Urania, Οὐρανία,（仏）Uranie,（露）Урания
ギリシア神話中、ムーサイ*（ムーサ*たち）の1人で天文学を司る。伶人リノス*およびヒュメナイオス*の母といわれる。

また、ウーラニアーはアプロディーテー*の呼称の1つとしても用いられ、プラトーン*哲学においては、「卑俗な官能的愛」パンデーモス Aphrodite Pandemos とは対照的な「清らかな天上の愛」Aphrodite Urania の意を与えられ、男同士の恋愛を賞讃する際に使われている。ルネサンス期以来、「俗愛」に対する「聖愛」の寓意画に描かれるようになり、19世紀には男子同性愛を指す語として Uranismus なる言葉が造られた。

Hes. Th. 78/ Apollod. 1-3/ Pl. Symp. 180〜/ Xen. Symp. 8/ Ov. Fast. 5-55/ Hyg. Fab. 161/ Catull. 61/ etc.

ウーラノス　Uranos, Οὐρανός, Uranus,（仏）Ouranos,（伊）（西）（葡）Urano,（露）Уран
「天空」の意。ギリシア神話中、天を擬人化した神格。ガイア*（大地）の息子かつ夫。母と交わり、ヘカトンケイル*（百腕巨人）たち、キュクロープス*（単眼巨人）たち、そして巨神ティーターン*神族の父となる（⇒巻末系図001〜002）。彼は最初に宇宙を支配したが、自分の子供たちであるヘカトンケイルやキュクロープスらを次々に大地の奥底に押し込めたため、ガイアの怒りを買い、彼女と交わろうとした時に、末息子のクロノス*により生殖器を切り取られ、支配権を奪われた。海に投ぜられた彼の性器から女神アプロディーテー*が、大地に滴り落ちた血から復讐の女神エリーニュエス*（エリーニュス*たち）や巨人族ギガンテス*（ギガース*たち）が生まれたという。彼の去勢はペロポンネーソス*半島のドレパノン❸*（「鎌」の意）岬で行なわれたとも、ケルキューラ*島で行なわれ流血からパイアーケス*人が生じたとも、シケリアー*（現・シチリア）島で起きたため、以来この島は肥沃な土壌に恵まれるようになったとも伝えられる。ウーラノスはアイテール*（澄明）ないしニュクス*（夜）の子といわれることもあ

り、また大西洋のアトランティス*を統治した最初の王とする異説もある。崇拝を受けた痕跡はない。ローマのカエルス Caelus またはコエルス Coelus に相当（いずれも「天空」を意味するラテン語）。太陽系の七番目の惑星、天王星（ラ）Uranus は彼にちなんで命名された。さらに天体誌（英）Uranology や天文学（英）Uranography、さらにウラニウム Uranium やウラニスムス Uranismus（＝男子同性愛）、金属元素ウラニウム Uranium などの用語も、このウーラノスに基づいている。

　なお、上記の去勢モティーフを含む神々の世代間の闘争譚は、オリエントのフッリ Hurri (Khurri) 人のクマルビ Kumarbi 神話にも見出され、しばしば両者の類縁性と伝播関係が論じられている。

Hes. Th. 126〜, 463〜, 886〜, 924〜/ Apollod. 1-1/ Cic. Nat. D. 3-17, -22〜/ Diod. 3-57〜/ Pl. Ti. 40e/ Macrob. Sat. 1-8/ Serv. ad Verg. Aen. 5-801/ etc.

ウリクセースまたは、ウリッセース　Ulixes (Ulisses),
ウリュッセウス Ulysseus,（英）（独）Ulysses,（仏）Ulysse,（伊）Ulisse,（西）Ulises,（葡）Ulisses

　ギリシア神話の英雄オデュッセウス*のラテン名。ウェルギリウス*によれば、トロイアー戦争*の際、「木馬の計」を案出したのは彼であるという。

　後世ラテン語圏では、ウリクセースの名で智将として広く知られることになる。また日本の百合若伝説は室町時代後期に南蛮人が語り伝えた物語であるとする説も根強い。

Verg. Aen. 2〜3/ Ov. Met. 13〜14/ Hor. Carm. 1-6, Epod. 16-60, Epist. 1-7/ Sen. Ep. 20-123./ Hyg. Fab. 125〜/ etc.

ウルカーヌス（または、ウォルカーヌス）　Vulcanus (Volcanus),（英）Vulcan,（仏）Vulcain,（独）Vulkan,（伊）（西）（葡）Vulcano,（露）Вулкан,（現ギリシア語）Vúlkan

　古代イタリアの火の神。ムルキベル Mulciber（「火を除ける者」）とも呼ばれる。ローマへはサビーニー*人の王ティトゥス・タティウス*が、その崇拝をもたらしたとされる。が、最初の神殿はロームルス*によって奉献されたという伝承もある。いずれにせよ、ローマ最古の神の1人で、独自の神官を有し、その神域ウルカーナル Vulcanal はフォルム*の北側、カピトーリーヌス*丘麓にあった。かまど(炉) fornax の神としての彼を祝うフォルナーカーリア Fornacalia（移動祝日）が、一等旧くからある彼の祭典として知られるが、より重要な主祭とされるのは、8月23日のウルカーナーリア（または、ウォルカーナーリア）Vulcanalia (Volcanalia) で、かつては人身御供が行なわれたと伝えられる ── 歴史時代には人々の命を象徴する生きた魚が火中に投ぜられた ──。ウルカーヌスは、巨人カークス*やローマ王セルウィウス・トゥッリウス*（⇒オクリーシア）、プラエネステ*（現・パレストリーナ）の創建者カエクルス Caeculus らの父とされ、のちギリシアのヘーパイストス*神と同一視された。その結果、ヘーパイストスが女神テティス*の求めに応じてアキッレウス*の武具を造ったように、彼は女神ウェヌス*の願いに答えてアエネーアース*の甲冑を製作したことになっている。なお、ウルカーヌスなる語から「火山」を意味する近代ヨーロッパ諸語（伊）（英）volcano,（仏）volcan,（独）Vulkan,（西）volcán,（葡）vulcão が派生している。

Varro Ling. 5-74, -83〜, 6-20/ Macrob. Sat. 1-12/ Plin. N. H. 16-86, 36-70/ Plut. Rom. 24/ Verg. Aen. 7-679, 8-190〜/ Strab. 5-246/ Gell. 13-23/ Vitr. 1-7/ etc.

ウルグラーニッラ、プラウティア　Plautia Urgulanilla,（伊）Plauzia Urgulanilla,（西）Plaucia Urgulanila,（露）Плавтия Ургуланилла

（後1世紀前半）ローマ第4代皇帝クラウディウス*の最初の妻（後9頃〜24年の間）。M. プラウティウス・シルウァーヌス*（前2年の執政官*）の娘。クラウディウスは先に2人の貴婦人と婚約していたが、いずれも破談（⇒アエミリア・レピダ❷）ないし婚礼当日の花嫁の急死によって、結婚は成就しなかった。ようやく娶ったウルグラーニッラからは1男ドルースス❸*と1女クラウディア Claudia を儲けるが、妻が不貞や殺人を犯していることを知って離婚。5ヵ月前に生まれたクラウディアは解放奴隷との不義の児だと発覚

系図94　ウルグラーニッラ

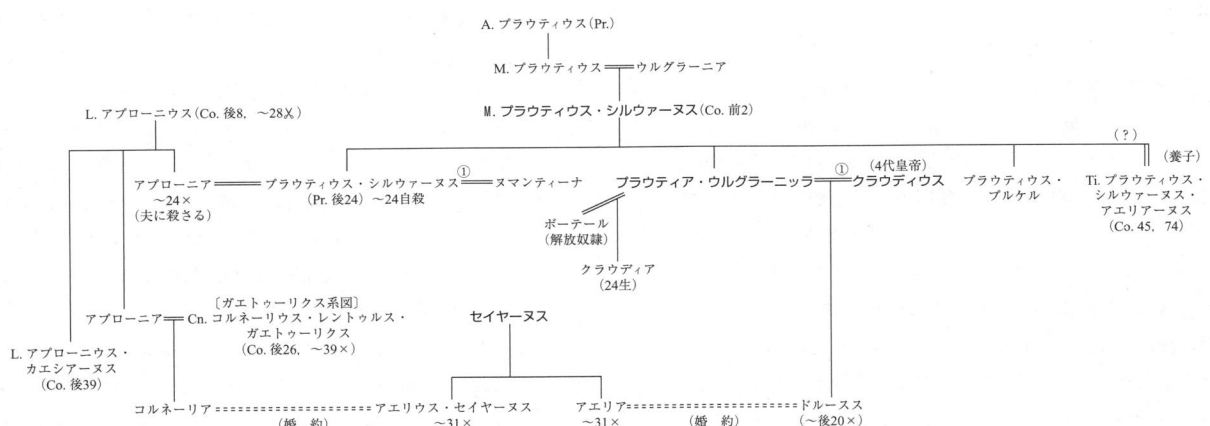

したので、ウルグラーニッラの実家の玄関前に裸のまま棄てられた（後24）。

なお、彼女の祖母ウルグラーニア Urgulania は、アウグストゥス*の后リーウィア❶*・ドルーシッラ*と親しかったので、ティベリウス*帝（リーウィアの子）の治世（14〜37）には大変な権勢をふるい、法律や元老院を無視する驕慢な振舞いに及んでいる。
⇒巻末系図 096.
Suet. Claud. 26, 27/ Tac. Ann. 2-34, 4-21〜22/ etc.

ウルソー、グナエウス・マ（ー）ンリウス　Gnaeus Manlius Vulso,（伊）Gneo Manlio Vulsone,（西）Cneo Manlio Vulso,（葡）Cneu Mânlio Vulso

（前2世紀初頭に活躍）ローマの将軍。古くから執政官ら高級政務官を少なからず輩出したパトリキイー*（貴族）の名門に生まれる。前189年、執政官となり（相役は M. フルウィウス・ノービリオル*）、小アジアでの命令権（インペリウム）をスキーピオー・アシアーゲネース*（スキーピオー・アシアーティクス*）より引き継ぐと、ローマ政府の承認なしにエペソス*からアンキューラ* Ankyra（現・アンカラ Ankara）まで各地を掠奪しつつ進撃し、ガラティアー*人を制圧した。前188年、元老院から派遣された10名の委員の助けで、アンティオコス3世*とアパメイア*において和約を締結。しかるに帰途、トラーケー*人の襲撃に遭い、多数の部下と収奪した身代金や戦利品の大半を失った（それでも第2次ポエニー戦争*中に国庫が徴収した税をすべて返済するほどの額を持ち帰ったという）。帰国後、L. アエミリウス・パウッルス❷*らに「正当な戦争ではなく、私的な強奪だ」と強硬に反対されたにも関らず、結局は凱旋式（トリウンプス）の挙行を認められた（前187）。彼は将兵にあらゆる放縦を許可していたため、東方の豪奢な快楽がその軍隊によってローマにもたらされたと非難された。

第1次ポエニー戦争*で海軍を率いて活躍した L. マンリウス・ウルソー・ロングス Manlius Vulso Longus（前256, 前250年の執政官）や、前474年度の執政官 A.（または C.）マンリウス・ウルソー Manlius Vulso らの子孫にあたると考えられている。
Liv. 33〜35, 38-12〜, -37〜, -44〜, 39-6〜/ Polyb. 22-16〜, -24〜27/ App. Syr. 39, 42〜/ Zonar. 9-20/ Florus 1-27/ etc.

ウルピアーヌス　Cn. Domitius Annius Ulpianus,（ギ）Ūlpiānos, Οὐλπιανός,（英）（独）Ulpian,（仏）Ulpien,（伊）（西）（葡）Ulpiano,（露）Ульпиан

（後170頃〜後228）ローマ帝政期の高名な法律家。テュロス*の旧家に生まれ、セプティミウス・セウェールス*帝（在位・193〜211）の治下、パウルス*とともに師パーピニアーヌス*の補佐役を務め、皇帝の顧問団の一員となる。その後、パウルスと同様、一旦エラガバルス*帝によって放逐されるが、222年には新帝アレクサンデル・セウェールス*に召喚され、近衛軍司令官に就任。母后ユーリア・マンマエア*の信任も受け、帝の後見人・顧問団の長として、執政に等しい権勢をふるった。しかし、軍紀を粛正しようと試みたため近衛軍内に暴動が起こり、宮殿へ逃げ込んだものの、皇帝と母后の面前で追手の兵に惨殺された（異説では、223、229ともいう）。

博学で文献に通じ、法律の注釈・集成に努めて280作に近い著述を執筆し、その体系的作品は、古代後期に編纂されたローマ法の基礎をなした。ユースティーニアーヌス*帝の『学説彙集 Digesta』（ディーゲスタ）のおよそ3分の1は、実に彼の著作からの引用で占められている。

ウルピアーヌスは奴隷を本来自由な存在と考え、男女同権を主張、「自然法の下ではすべての人間は平等である」という画期的な宣言をした。ある史家は「アレクサンデル・セウェールスが優れた皇帝だったのは、主としてウルピアーヌスの助言に従って統治したからである」と評しているが、ウルピアーヌスもただの高徳の士ではなく、権力の座に登るためには幾人かの対立者を殺し去った事実は否めない。

〔主著〕
　Ad Edictum 83（81）巻
　Ad Sabinum 51 巻

Dio Cass. 80-1〜/ S. H. A. Alex. Sev., Heliogab. 16, Pescennius Niger 7/ Eutrop. 8-23/ Zosimus 1-11/ Dig. 1-1/ Cod. Iust./ etc.

ウンブリア　Umbria,（ギ）Ombrike, Ὀμβρική,（仏）Ombrie,（西）Umbría,（葡）Úmbria,（露）Умбрия

イタリア半島中部の地名。ガッリア・キサルピーナ*の南方、ティベリス*（現・テーヴェレ）河の東方、サビーニー*族居住地の北方、アーペンニーヌス*山脈からアドリア海に面した地方。ウンブリア人*（ウンブリー Umbri、〈ギ〉Ombrikoi, Ombroi）は、大洪水を生き延びた最古のイタリア民族であると伝えられ、はじめエトルーリア*地方に住んでいたが、のちに侵入したエトルスキー*（エトルーリア人）に追われて、この地に逼塞を余儀なくされたという。言語上はオスキー*人との近縁関係が認められる（オスク・ウンブリア語群）。エトルーリアやサムニウム*（サムニーテス*）と結んでローマに対立したが、前295年以降ローマと同盟を結び、やがて服属した（前220頃）。アウグストゥス*によって、ウンブリアはイタリアの第6地区として編成された（⇒イタリア）。主要都市は、アリーミヌム*（現・リーミニ）、ファーヌム・フォルトゥーナエ*、メーウァーニア*、センティーヌム*、ナルニア*、アメリア*、アエシス*、イーグウィウム* Iguvium（現・グッビオ Gubbio）、スポーレートゥム Spoletum（現・スポレート Spoleto）など。オリーヴ、葡萄、スペルト小麦や野猪の産地。今日も各地にローマ時代の遺跡が見られる。

Herodot. 1-94/ Plin. N. H. 3-14/ Varro Rust. 1-50/ Cic. Div. 1-41（92）, Mur. 20/ Liv. 5-35, 9-37/ Dion. Hal. 1-16〜, 2-49/ Florus 1-14/ Solin. 2-11/ Serv. ad Verg. Aen. 12-753/ etc.

ウンブリア人（ウンブリー）Umbri,（ギ）Ombrikoi, Ὀμβρικοί, Ombroi, Ὄμβροι,（英）Umbrians,（仏）Ombriens,（葡）Úmbrios

ウンブリア*の住民

エイデュイア Eidyia, Εἰδυῖα（または、イデュイア, Idyia, Ἰδυῖα）,（伊）Idia, Idua,（西）（葡）Idía,（葡）Eidia,（露）Идия

ギリシア神話中、大洋神オーケアノス*とテーテュース*の末娘（⇒オーケアニデス）。コルキス*王アイエーテース*の妻となり、メーデイア*らを産んだ。

Hes. Th. 352, 959/ Apollod. Bibl. 1–9–23/ Ap. Rhod. 3–242/ Hyg. Fab. 25/ Cic. Nat. D. 3–19/ Tzetz. ad Lycoph. 174, 798, 1024/ etc.

エイレイテュイア Eileithyia, Εἰλείθυια,（クレーター*方言）Eleuthia, Ἐλεύθια,（ラ）イーリーテュイア Ilithyia,（仏）Ilithyie,（伊）Ilizia,（西）Ilitía,（葡）Ilítia,（露）Илифия

ギリシアの出産の女神。ゼウス*とヘーラー*の娘で、産褥分娩を司り、ホメーロス*ではエイレイテュイアイ Eileithyiai と複数形で呼ばれることもある。ミーノース*時代に遡るクレーター*（クレーテー*）起源の古い神格で、しばしばヘーラーやアルテミス*と同一視され、デーロス*島、クレーター、またテゲアー*、アルゴス*ほかペロポンネーソス*各地で崇拝されていた。神話においては、嫉妬深い母ヘーラーの命令で、レートー*のアポッローン*出産やアルクメーネー*のヘーラクレース*出産を遅らせたことで知られる。前者の場合は他の女神たちから高価な贈り物で買収された結果、ついにアルテミスとアポッローンの誕生に立ち会うことに同意し、後者の場合は戸口に坐り込み腕と脚をかたく組んで7日間出産を阻止していたが、アルクメーネーの侍女ガリンティアス Galinthias の「無事にご出産おめでとうございます！」という言葉に騙されて思わず立ち上がったため、呪いが消えてヘーラクレースが生まれた──ガリンティアスは女神を欺いた罰としてイタチに変えられ、以来イタチは口から子を産むようになった──という。エイレイテュイアはヴェールをまとい、光明の象徴たる松明を持ち、もう片方の手で励ます身振りをしている姿で表わされる。ローマではユーノー・ルーキーナ*と同一神格と見なされている（⇒ユーノー）。

Hom. Il. 11–271, 19–103～119/ Hes. Th. 921～923/ Hymn. Hom. Ap. 98～/ Pind. Nem. 7–2/ Apollod. 1–3/ Diod. 5–72/ Ov. Met. 9–285～/ Ant. Lib. Met. 29/ Paus. 1–18, 2–22, 6–20, 8–21, 9–27/ etc.

エイレーナイオス Eirenaios, Εἰρηναῖος,（ラ）イーレーナエウス Irenaeus（または、イーレーネーウス Ireneus）,（仏）Irénée,（独）Irenäus,（伊）（西）Ireneo,（葡）Ireneu,（露）Ириней,（現ギリシア語）Irinéos

（後130頃～202／208頃）キリスト教会の教父。小アジアの出身。スミュルナー*の主教ポリュカルポス*に師事。ガッリア*へ赴きルグドゥーヌム*（現・リヨン）の司教（主教）となる（178～）。『全異端駁論（ラ）Adversus omnes haereses』5巻（ギリシア語原典は亡失しラテン語訳のみ伝存す）などを記し、グノーシス*主義ほか20種類もの異端諸派を攻撃、いわゆる「正統派」教義の確立に貢献した。セプティミウス・セウェールス*帝の治下に殉教したと伝えられる。

なお同名異人として、ネストリオス*の弟子として知られるテュロス*の主教エイレーナイオス Eirenaios（～450頃没。435年および448年に追放さる）や、アウグストゥス*時代のアレクサンドレイア❶*の文法学者エイレーナイオス Eirenaios（ラテン名・Minucius Pacatus）らがいる。

Irenaeus Adversus omnes haereses, Epideixis/ Euseb. Hist. Eccl. 5 –20, –24, –26/ Hieron. De Vir Ill. 33/ Suda/ etc.

エイレーネー Eirene, Εἰρήνη,（ラ）イーレーネー* Irene,（仏）Irène,（伊）Irene,（露）Эйрена, Ирена,（現ギリシア語）イリニ Iríni

ギリシアの「平和」を擬人化した女神。ローマのパークス*に相当。ヘーシオドス*によれば、ゼウス*とテミス*の娘で、ホーライ*の1人。アテーナイ*のアクロポリス*に、幼神プルートス*（富）を抱くエイレーネーの神像が立っており、前4世紀以降、毎年シュノイキア Synoikia 祭の折に彼女に犠牲が捧げられていたという。

「平和」を意味するエイレーネー（イーレーネー）は、女性の名前として好んでつけられ今日に至っているが、そのうち史上最も有名な人物は、実の息子コーンスタンティーノス6世の両眼を抉り取って投獄し、東ローマ帝国最初の女帝となったイーレーネー（在位・後797～802）であろう。彼女はギリシア正教会の聖人に祀り上げられている（祭日8月9日）。

Hes. Th. 901/ Apollod. 1–3/ Paus. 1–8, –18, 6–9/ Nep. Timoth. 2/ Plut. Cim. 13/ Clem. Al. Strom. 4/ etc.

エウアーゴラース Euagoras, Εὐαγόρας, Evagoras,（仏）Évagoras,（伊）Evagora,（西）Euagoras (Evagoras),（露）Эвагор

ギリシアの男性名。

系図95　エウアーゴラース

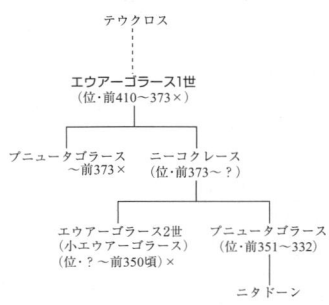

キュプロス*島のサラミース❷*王。

❶**1世**（前435頃〜前374／373）（在位・前411／410〜前374／373）大アイアース*の異母弟テウクロス❷*の子孫を称する旧い王家テウクリダイ Teukridai の出身。若くして亡命先キリキアー*のソロイ❶*から数十名の手勢を率いて帰国すると、フェニキア*人の支配者を殺して先祖伝来のサラミース❷*の統治権を取り戻し（前411）、島の大部分を征服してキュプロスのギリシア化を推し進めた。アテーナイ*側について反スパルター*的態度を示し、前405年にはアイゴスポタモイ*の海戦に敗れたアテーナイの将軍コノーン❶*をかくまい、彼をアカイメネース朝*ペルシア*帝国に推挙。のちコノーンの指揮下、クニドス*沖の戦闘でスパルター海軍を撃破した（前394、⇒パルナバゾス）。次いで強力な艦隊を率いてキリキアーやフェニキアを攻略・占領し、宗主国のペルシアに対して反乱を企てたため、大王アルタクセルクセース2世*の派遣した軍隊と10年にわたって干戈を交えた（前390〜前381）。キティオン*の戦いで惨敗を喫したものの、ペルシア軍内の不和から、かろうじてサラミース市の領有だけは認められた（⇒ティーリバゾス）。のち自らの宮廷に仕える宦官のトラシュダイオス Thrasydaios におびき出されて長男のプニュータゴラース Pnytagoras とともに暗殺され、王位は別の息子ニーコクレース Nikokles によって継承された。殺害の理由は、プニュータゴラースが宦官トラシュダイオスの妻を奪い去ったためであるという。イソクラテース*は頌辞enkomion（エンコーミオン）『エウアーゴラース』において彼を理想的君主であるかのごとくに賞賛している。

⇒カブリアース

Isoc. 9/ Xen. Hell. 2-1, 4-8, 5-1/ Paus. 1-3, 2-29/ Diod. 13-106, 14-39, -98, -110, 15-1〜/ Arist. Pol. 5-10 (1311b)/ Phot./ etc.

❷**2世**（小エウアーゴラース）（前4世紀中頃）❶の子ないし孫。奢侈と放蕩の果てに暴卒したニーコクレース Nikokles（❶の子）を継いでサラミース❷*を支配する。兄弟ないし親族のプニュータゴラース Pnytagoras と王位をめぐって争うが、結局敗れてサラミースを去り、ペルシアのアルタクセルクセース3世*のもとへ亡命（前350頃）。アジアで属領の統治を任せられたものの、圧政のゆえにやがて大王の命で処刑されたという。ペルシア帝国*に臣従してサラミース王位を保持したプニュータゴラースは、のちアレクサンドロス大王*に服属し、そのテュロス*攻略に協力した（前332）。

Diod. 16-42, -46/ Arr. Anab. 2-20, -22/ Curtius 4-3/ etc.

エウアドネー Euadne, Εὐάδνη, Evadne（Euadna），（英）Euadne, Evadne,（仏）Évadné,（露）Эвадна

ギリシア神話中の女性名。

❶テーバイ❶*攻めの七将*の1人カパネウス*の妻。夫の火葬壇に飛び込んで、その後を追った。

⇒巻末系図006

Apollod. 3-7/ Hyg. Fab. 243, 256/ Stat. Theb. 12/ Eur. Supp. 980〜/ Ov. Ars Am. 3-21〜/ etc.

❷海神ポセイドーン*とピタネー Pitane（スパルター*を流れるエウロータース*河神の娘）の間に生まれる。アポッローン*と交わって、オリュンピアー*のイアミダイ*家の祖となるイアモス*を産んだ。

Pind. Ol. 6-30〜/ Hyg. Fab. 157/ etc.

エウアンデル Euander

⇒エウアンドロス

エウアンドロス Euandros, Εὔανδρος,（ラ）エウアンデル Euander,（英）Evander,（仏）Évandre,（伊）（西）（葡）Evandro,（露）Эвандр

ギリシア・ローマ伝説上の人物。アルカディアー*のパッランティオン Pallantion で尊崇されていた英雄神（ヘーロース）heros。パーン*と同一視されることもある。ヘルメース*とテミス*ないしテルプーサ*（ラードーン*河神の娘）――ローマ伝説では女神カルメンタ*――の子（その他、両親については諸説あり）で、トロイアー戦争*の60年前に、飢饉ないし親殺しの故にアルカディアーを去ってイタリアへ移住、ラティウム*の王ファウヌス*に迎えられ、ティベリス*（現・テーヴェレ）河畔のパラーティーヌス*丘にパッランテイオン Pallanteion, Παλλάντειον,（ラ）パッランテーウム Pallanteum 市を創建した。彼は文字や音楽などを住民に伝え、デーメーテール*やポセイドーン*らギリシアの神々

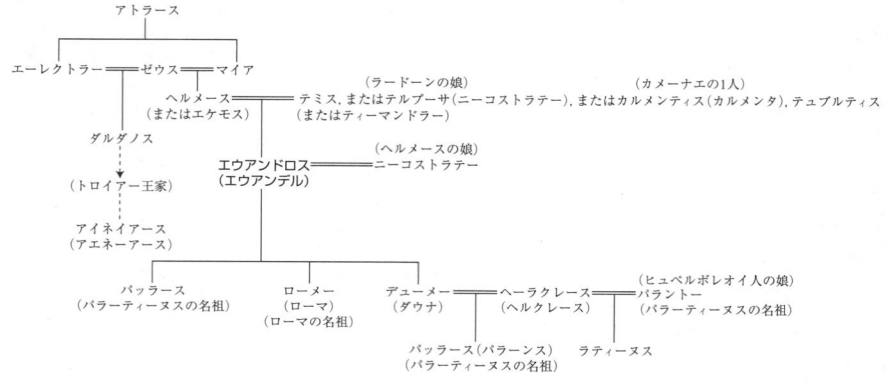

系図96　エウアンドロス

の崇拝を導入、またルペルカーリア*祭を創始した。この地を訪れたヘーラクレース*（ヘルクレース*）を歓待し、アウェンティーヌス*丘の洞穴に棲む怪物カークス*を退治してもらったという。のちにアイネイアース*（アエネーアース*）の要請に応えて、息子パッラース❹*の指揮下に援軍を派遣したが、パッラースは敵将トゥルヌス*に討ち取られた。

Dion. Hal. Ant. Rom. 1-31〜/ Liv. 1-5, -7/ Varro Ling. 5-21/ Paus. 8-43, -44/ Ov. Fast. 1-471〜/ Verg. Aen. 8-51〜/ Just. 43-1/ Tac. Ann. 11-14/ Plut. Mor. 272〜285/ Hyg. Fab. 277/ Serv. ad Verg. Aen. 8-130/ etc.

エウエーメロス Euemeros, Εὐήμερος, （ラ）**エウヘーメルス** Euhemerus, （英）Evemerus, （仏）Évémère, （独）Euhemeros, （伊）Evemero, （西）Evémero, （葡）Evêmero, （露）Эвгемер

（前340頃〜前260頃）ギリシアの神話学者。シケリアー*（現・シチリア）島のメッセーネー*（メッサーナ*）ないしペロポンネーソス*半島西部のメッセーネー*の出身。マケドニアー*王カッサンドロス*に仕え、その命令でインド洋を航海中、アラビアー*の彼方に未知の島々を発見し、肥沃な主島パンカイア Pankhaia のゼウス*神殿にあったという黄金の柱に刻まれていた銘文をもとに『神聖な記録 Hiera Anagraphe』（散逸）を書いた。それによれば、神々はもと人類に大きな恩恵を施したがゆえに、死後に崇拝を受けた英雄 heros たちであり、ゼウスやその父クロノス*や祖父ウーラノス*もまた太古に統治した偉大な王でしかないという。同様に風の支配者アイオロス*は大昔の航海者で、アトラース*は上古の天文学者、キュクローペス*はシケリアー島にいた野蛮な先住民族、スキュッラ❶*やペーガソス*は船脚の速い海賊であったということになる。この"神人同形同性論（英）anthropomorphism"は、カッリマコス*その他の人々から無神論として非難されたが、エンニウス*のラテン語訳を通じてローマにも広まり、のちラクタンティウス*らキリスト教の護教学者たちから大いに支持された。後世に与えた影響とは裏腹に、著者自身は、ヘレニズム時代の君主崇拝を正当化しようとする政治的動機もあったにせよ、プラトーン*のアトランティス*物語と相似た空想的なユートピア小説を書くことを意図していたと思われる。今日でもこのように神話を歴史に還元しようと試みる合理的な解釈法は、彼にちなんでユーヘメリズム Euhemerism（英）と呼ばれている。

⇒イアンブーロス

Plut. Mor. 360/ Callim. Jov. 5-8/ Cic. Nat. D. 1-42/ Varro Rust. 1-48/ Ath. 15-658/ Euseb. Praep. Evang. 2/ Ael. V. H. 2-31/ Diod. 5-41〜46, 6-1/ Lactant. 1-11/ Sext. Emp. Math. 9-17/ Arn. 4-15/ etc.

エウクセノス海 Euksenos, Εὔξενος, （イオーニアー*方言）**エウクセイノス** Eukseinos, Εὔξεινος, （ラ）**エウクシーヌス** Euxinus, （伊）Eussino, （西）Euxino

「黒海」のこと（⇒ポントス・エウクセイノス）。

エウクラティデース Eukratides, Εὐκρατίδης, Eucratides, （仏）（伊）Eucratide, （露）Эвкратид

バクトリアー*（バクトリアネー*）の王。巻末系図036を参照。

❶**1世** E. I （在位・前171頃〜前155／145頃）

デーメートリオス1世*（エウテュデーモス1世*の子）に叛旗を翻し、隣国パルティアー*王ミトリダテース1世*（アルサケース6世*）の助勢で勝利を収め、バクトリアーの王位に即く（前185、前175、前171年など諸説あり）。新たにエウクラティデイア Eukratideia 市を創建し、現存する古代最大の金貨を発行。インドへ東征して大いに国威を発揚し、「大王 Megas, Μέγας」を称したが、遠征から帰還する途上、息子ヘーリオクレース Heliokles の裏切りで殺害された。ヘーリオクレースは父の遺骸の上に戦車を走らせ、その埋葬を禁じたという。その後、王位をめぐってヘーリオクレースとプラトーン Platon 兄弟の相続争いが生じ、バクトリアーは次第に衰亡へ向かった。一説に父殺しはプラトーンの方で、兄のヘーリオクレースが父王の復仇を果たしたともいう。

⇒エウテュデーモス2世

Just. 41-6/ Strab. 11-515, -517, 15-686/ etc.

❷**2世** E. II （在位・前145頃〜前140頃）

❶の孫または子。ヘーリオクレース Heliokles の跡を継ぐが、北方から押し寄せる遊牧民に圧迫されて、かろうじてオークソス Oksos（現・アム・ダリヤ Amu Darya）河以南を維持したと思われる。

エウクレイダース Eukleidas, Εὐκλείδας, Euclides (Euclidas)

スパルター*のアーギアダイ*家出身の王（在位・前227〜前222）。レオーニダース2世*の子。兄クレオメネース3世*によって共治の王に立てられるが、セッラシアー Sellasia の戦いで敗死する。兄王は「お前は逝く、わが愛しき弟よ。スパルターの男子らに恋い慕われ、スパルターの女たちの歌声にその名をとどめつつ」と嘆いたという。

⇒巻末系図022

Polyb. 2-65〜68/ Plut. Cleom. 32, 49/ Phil. 6/ Paus. 2-9/ etc.

エウクレイデース Eukleides, Εὐκλείδης, Euclides, （英）Euclid, （独）Euklid, （仏）（伊）Euclide, （露）Евклид, Эвклид, （アラビア語）Iqlīdis

ギリシア人の学者名。

❶（メガラ*の）（前450頃〜前380頃）アテーナイ*西方のメガラ市出身の哲学者。ソークラテース*の弟子で、メガラ学派の創設者。前432年、祖国とアテーナイとが国交断絶になり、アテーナイ人がメガラ人の入国を死をもって禁じた折には、女に変装してソークラテースのもとへ忍び通ったという。師の獄死（前399）に立ち会ったのち、アテー

ナイを逃れたプラトーン*ら哲学者仲間をメガラに迎え入れた。彼はエレアー*学派のパルメニデース*にも私淑し、ソークラテースの倫理説とパルメニデースの一元論を結合させて自己の学派を形成した。「善は、思慮・神・理性その他多くの名で呼ばれているけれど、実は1つであり、善に対立するものはすべて存在しない」と主張、また比喩（類比）による議論を批判して、「比喩となるものが当のものと同様のものならば、当のものについて語るべきだし、同様のものでなければ比喩を導入する意味がない」と説いた。

論理学、とりわけ論理的逆説に関心を抱き、故郷メガラに「議論の嵐」をかき立てたため、「論争屋」と渾名された。ソークラテースを中心人物とする6篇の「対話篇」を書いたというが伝存しない。エウブーリデース*ら彼の後継者たちは、問答や詭弁などの議論の術を発展させ、「争論派 Eristikoi, Ἐριστικοί」とか「問答競技派 Dialektikoi, Διαλεκτικοί」と称され、また次の世紀におけるピュッローン*とカルネアデース*の懐疑主義の先蹤をなした。なお、ソークラテースは生前にすでに、「あまりに些細な事柄にあれこれ屁理屈をこねるのは無益なことだ」とエウクレイデースを窘めていたと伝えられる。

⇒スティルポーン、ディオドーロス・クロノス
Diog. Laert. 2-30, -106〜112/ Pl. Euthyd. 303c〜/ Cic. Acad. 2-42/ Gell. 6-10/ Plut. Mor. 489d/ etc.

❷（アレクサンドレイア❶*の）（前365／330頃〜前295／275頃）前300年頃にアレクサンドレイア*で活躍したギリシアの数学者。幾何学の大成者。一般にユークリッド*の名で知られる。プラトーン*のアカデーメイア*学園に学び、のちパレーロン*のデーメートリオス*とともにプトレマイオス1世*の招きを受けてエジプト*へ赴き、首都アレクサンドレイアで学校を開いたと伝えられる。プトレマイオス1世に講義した時、その内容の厖大かつ難解なことに閉口した王から「幾何学をもっと手っとり早く学ぶ方法はないのか」と尋ねられて、「幾何学に王道なし」と答えた話は有名であるが、一説にこのやりとりは、円錐曲線の幾何学を確立したメナイクモス Menaikhmos（前340年頃の人）とアレクサンドロス大王*との間で交されたものだという。また彼は金銭には無関心で、一生徒から「幾何学を修得してどれだけ儲けがあるのでしょうか」と質問された時には、「君が学んだことをもとにどうしても金儲けしたいのならば」と言って奴隷に命じ、生徒に1オボロス銅貨を与えたという話も残っている。

プトレマイオス1世に献げられた主著『幾何学原論 Stoikheia, Στοιχεῖα,（ラ）Elementa』13巻は、従来の成果に自己の発見を加えて集大成し、緻密な論証によってギリシア幾何学を体系化したもので、5つの公理・5つの公準・25の定義・464の命題から成り、科学史上、不滅の業績を誇っている。本書はアラビア語・ラテン語その他諸言語に訳され、近代に至るまで世界各国における幾何学の標準的教科書として永く尊重され続けた（19世紀中頃に非エウクレイデース幾何学が誕生するまでの二千年以上にわたって）。そのほか解析幾何学の入門書たる『デドメナ Dedomena, Δεδομένα,（ラ）Data』や、天文学綱要『パイノメナ Phainomena, Φαινόμενα』『光学 Optika, Ὀπτικά』、『音楽原論 Kata Musiken Stoikheioseis, Κατὰ Μουσικὴν Στοιχειώσεις』等々、優れた科学的著書を残し、中にはアラビア語訳でのみ伝存する作品もある。

今日もなお、数学の定理、問題の証明の結尾に「証明終り」の意味で添えられるラテン語の頭文字Q. E. D.の由来は、遠くエウクレイデースに遡ることができると見なされている。

⇒エウドクソス、テアイテートス、アウトリュコス❷、ペルゲーのアポッローニオス❸、アルキメーデース、パッポス

Procl. Comment. in Eucl./ Sen. Ep. 91/ Val. Max. 8-12/ Cic. De Or. 3-33（132）/ Gell. 6-10/ Pappus 7/ Theon/ etc.

エウゲニウス　Flavius Eugenius,（仏）Eugène,（伊）（西）Flavio Eugenio,（葡）Flávio Eugênio,（露）Флавий Евгений

（後345頃〜後394年9月6日）西方ローマの対立帝（在位・392年8月22日〜394年9月6日）。ローマで修辞学の教師をしていたが、知人シュンマクス*の紹介でフランク*族の武将アルボガステース*の支援を得、顕職に昇進。少年皇帝ウァレンティーニアーヌス2世*の変死（392）後、帝位に担ぎ上げられた。穏和で御しやすい人柄のため、事実上、アルボガステースの傀儡でしかなく、東方正帝テオドシウス1世*（大帝）もメディオーラーヌム*（現・ミラーノ）司教アンブロシウス*も彼の即位を承認しなかった。彼自身はキリスト教徒だったものの、異教寛容令を出して（392年8月）、元老院議場から撤去されていた女神ウィクトーリア*の祭壇を旧に復した。2年後（394）、イタリアに攻め寄せたテオドシウス1世軍にアクィレイヤ*付近の戦闘で敗れ、部下の手で引き渡されて斬首され、ここに伝統宗教再興の試みはついえ去った。

⇒アラリークス

Socrates Hist. Eccl. 5-25/ Aur. Vict. Caes./ Zosimus 4-54〜/ Sozom. Hist. Eccl./ Oros. 7-35/ Ambrosius/ etc.

エウセビア　Flavia Aurelia Eusebia（ギ）Eusebiā, Εὐσεβία,（露）Евсевия

（後4世紀）コーンスタンティウス2世*の皇后（2度目の妻。後352頃〜360）。テッサロニーケー*の貴族エウセビウス Eusebius（347年の執政官）の娘。兄弟のエウセビウスとヒュパティウス Hypatius は359年の執政官。才色兼備のうえ心優しい女性だったとされ、猜疑心の強い夫帝にユーリアーヌス*の赦免をとりなし、副帝にまで登用、これに帝妹ヘレナ❷*をめあわせた（355年11月）。しかし他方、彼女は不妊で嫉妬深く、ヘレナが妊娠せぬよう堕胎薬を服用させ、一度男児が産まれた時には産婆を買収して母子ともに殺させた（360）といい、また彼女とユーリアーヌスとの間には不倫の関係があり、ヘレナの死を企てたのは、夫ユー

リアーヌスであったとする説すらある。
⇒巻末系図 104
Amm. Marc. 15-2, -8, 16-10, 18-3/ Julian. Or. 3/ Philostorgius 4-7/ Socrates 2-2/ Athanasius/ etc.

エウセビウス Eusebius, （ギ）エウセビオス Eusebios Εὐσέβιος, （仏）Eusèbe, （伊）（西）Eusebio
（?〜後361末）ローマ皇帝コーンスタンティウス2世*に寵愛された宦官。卑賤の身からコーンスタンティウスの信任を得て成り上がり、帝の即位とともに侍従長の要職に就く（在任・337〜361）。傲岸不遜かつ残忍冷酷のゆえに宦官群の中でも最も悪評高かったが、常に君側にあって実質上、皇帝とその宮廷を支配、副帝（カエサル*）ガッルス*らを陥れ処刑させるなど権勢をほしいままにした。アレイオス*（アリーウス*）派のキリスト教徒でアタナシオス*（アタナシウス*）に敵対したことでも知られる。361年のコーンスタンティウス2世の臨終にも立ち会い、新帝を擁立してユーリアーヌス*の登極を阻まんと試みるが失敗、カルケードーン*の法廷で死刑の宣告を受け屈辱的な最期を遂げた。
⇒エウテリウス、エウトロピオス
Amm. Marc. 14-11, 15-3, 18-4, 20-2, 21-15, 22-3/ Julian. Ep./ Sozom. Hist. Eccl. 4-16/ etc.

エウセビオス Eusebios, Εὐσέβιος, （ラ）エウセビウス Eusebius, （仏）Eusèbe, （独）Euseb, （伊）（西）Eusebio, （葡）Eusébio, （露）Евсевий
ギリシア系のキリスト教聖職者。

❶パレスティナ*のカイサレイア*（カエサレーア・パラエスティーナエ*）の（後260頃〜339／340年5月30日）最初の教会史家。オーリゲネース*派の学者パンピロス Pamphilos（240頃〜309／310）に師事し、カイサレイアの図書館で古典の研究に専念した。大迫害時に師が殉教したにもかかわらず、彼は逃亡先のエジプト*で一時投獄されただけで難を免れ、そのためのち棄教したとの非難を浴びた。カイサレイアの主教となり（313／314）、皇帝コーンスタンティーヌス1世*（大帝）の知遇を得、帝を地上における神の模像として称賛、後世ビザンティン帝国の皇帝理念に大きな影響を与えた。アレイオス*（アリーウス*）とアタナシオス*（アタナシウス*）の神学論争では、前者に同調して三位一体説を否定した。当時最も博識な聖職者であった彼は、キリスト教会の始原から324年までの『教会史 Ekklēsiastikē Historiā』10巻を執筆し、「教会史の父」と呼ばれた。多くの殉教談を含む本書は、今は散逸した原資料からのおびただしい引用のゆえに、初期キリスト教時代の貴重な文献とされる。そのほか、アブラーハーム ’Abrāhām から325年までの世界史概説たる『年代記 Khronika』2巻、『聖書地誌 Onomastikon』、また迫害の実態を伝える『パレスティナ殉教者伝 Peri tōn en Palaistinē Martyrēsantōn』『福音の準備 Euangeliskēs Apodeikseōs Proparaskeuē』『コーンスタンティーヌス大帝伝 Eis ton Bion tū Makariū Kōnstantīnū Basileōs』など数多くの著作がある。
⇒ピロストルギオス、ソークラテース・スコラスティコス、テオドーレートス、ソーゾメノス
Euseb. Hist. Eccl., Chron., Praep. Evang., Vita Constantini, Onomasticon/ etc.

❷ニーコメーデイア*の（?〜後341／342）アレイオス*（アリーウス*）派の教会政治家。ニーコメーデイアの主教を務めていたが、アレイオスを支持したため、ニーカイア*の宗教会議（325）で敗れ、のちガッリア*へ追放された。召還されてからも宮廷への影響力を利用してアタナシオス*（アタナシウス*）ら反対派を排撃し続け、337年には死の床にあるコーンスタンティーヌス1世*（大帝）に授洗、新帝コーンスタンティウス2世*に対しても多大の影響力をもち、339年コーンスタンティーノポリス*総主教に就任。ゴート*族へ向けてウールピラース Ulphilas（ウルフィラ、311頃〜383）を宣教主教として派遣し（341頃）、その結果ゲルマーニア*人諸族の大半はアレイオス派を受け入れたという。
Theodoret. Hist. Eccl. 1-20〜/ Socrates Hist. Eccl. 1-18/ Sozom. 2-18/ etc.

❸サモサタ* Samosata（シュリアー*の）の（?〜後380年6月22日）アタナシオス*（アタナシウス*）派の神学者。サモサタの主教（361〜380）。バシレイオス*やナジアンゾスのグレーゴリオス*とともにアレイオス*（アリーウス*）派を烈しく攻撃したため、ウァレーンス*帝の命でトラーキアー*（トラーケー*）へ追放された（374）。グラーティアーヌス*帝によって復職を許される（378）が、ほどなくアレイオス派の一婦人の投げた煉瓦に当たって死に、聖人に祀り上げられた。祝日は西方ラテン教会では6月21日、東方教会では6月22日。

その他、エメサ*の主教となったエウセビオス（295頃〜359）や小アジアのドリュライオン Dorylaion の主教となったエウセビオス（?〜452頃）ら大勢の同名人物が知られている。
Basil. Epist./ Gregorius Epist./ Libanius Epist./ Sozom. Hist. Eccl. 3-5/ Hieron./ Evagrius/ Socrates/ etc.

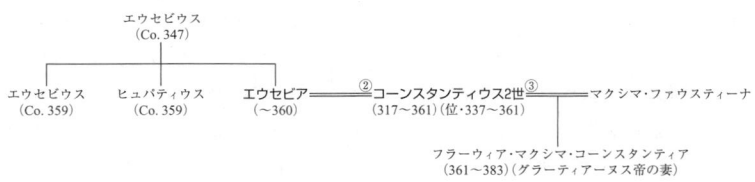

系図 97　エウセビア

エウデーモス Eudemos, Εὔδημος, Eudemus, （仏） Eudème, （伊）（西）Eudemo, （露）Эвдем

（前370頃～前300頃）ギリシアの哲学者。ロドス*島の出身。アリストテレース*の高弟。ペリパトス（逍遙）学派（リュケイオン*）の学頭の地位をめぐって、テオプラストス*と競い合ったが、結局師の死後はテオプラストスが学園を継承することになった（前322）。アリストテレースの『自然学』『形而上学』などを編纂、また自らも論理学や修辞学、天文学、動物学に関する著述を書いた。のちロドスに帰って学校を開いたが、テオプラストスとは親密な仲を保ち続けた。アリストテレースの『エウデーモス倫理学』（アッソス*滞在時代の講義ノート）は、19世紀には彼の著作だと考えられていた。数学・天文学などの歴史書の断片が伝存する。

⇒アリストクセノス

Gell. 13-5/ Simpl. Phys. 923～924/ Diog. Laert. 1-9/ Arist. Eth. Eud./ etc.

エウテュキデース Eutykhides, Εὐτυχίδης, Eutychides, （仏）Eutychidès, （伊）Eutichide, （西）Eutiquides

（前300年頃に活動）ギリシアの彫刻家。シキュオーン*の人。名匠リューシッポス*に学び、その作風を継承。アンティオケイア❶*市のために造った運命の女神テュケー*像は、模刻や貨幣に刻まれた似姿の形でいくつもの博物館に所蔵されている。また彼の「エウロータース*河」像は、本当の川の水よりも澄明であると評される程であったが失われて伝わらない。

なお、リューシッポスの弟子の中では、彼以外に、「ロドス*の巨像」を建てたカレース❷*や、銀細工に巧みなカルケードーン*のボエートス Boethos らの名が知られている。

Plin. N. H. 34-19, 36-4/ Paus. 6-2/ etc.

エウテュデーモス Euthydemos, Εὐθύδημος, Euthydemus, （仏）Euthydème, （伊）（西）Eutidemo, （露）Евтидем

ギリシア人の男性名。

❶（前5世紀）キオス*島出身のソフィスト*、哲学者。兄弟のディオニューソドーロス Dionysodoros とともに南イタリアのトゥーリオイ*市へ移住するが、追放されてアテーナイ*に来り、兄弟揃ってソフィストとして活動した。その名を冠したプラトーン*の対話篇『エウテュデーモス』において嘲笑の対象となっている。哲人ソークラテース*よりやや年長。

Pl. Euthyd., Cra. 386d/ Arist. Rh. 2-24, Soph. El. 20(177b)/ Ath. 11-506b/ Sext. Emp. Math. 7-13/ etc.

❷（前5世紀後半）哲学者ソークラテース*の愛弟子。美青年に目のないソークラテースが彼を体育場（ギュムナシオン*）から家へ連れ帰った時、妻のクサンティッペー*が癇癪を起こしてテーブルを引っくり返したので、エウテュデーモスが立ち去ろうとしたところ、ソークラテースは「君の家でこのあいだ鶏が同じことをしたけれど、我々は怒らなかったじゃないか」と言って引き留めたという話が伝えられている。美男の誉れ高く、三十人僭主*の指導者クリティアース*に熱愛されたことで有名。

その他、ペロポンネーソス戦争*（前431～前404）中、ニーキアース*の同僚の将軍に選ばれたエウテュデーモス（前5世紀後半）や、ティーモクレイダース Timokleidas と同時にシキュオーン*の僭主を名乗ったが、ほどなくアラートス*の父クレイニアース Kleinias によって追放されたエウテュデーモス（前3世紀初頭頃）ら大勢の同名人物の存在が知られている。

Pl. Symp. 222b/ Xen. Mem. 1-2, 4-2/ Ath. 5-187d/ Plut. Mor. 461d, Nic. 20/ Thuc. 5-19, -24, 7-16, -69/ Paus. 2-8/ Diod. 13-13/ etc.

エウテュデーモス Euthydemos, Εὐθύδημος, Euthydemus, （仏）Euthydème, （伊）（西）Eutidemo, （露）Евтидем

バクトリアー*（バクトリアネー*）の王。巻末系図036を参照。

❶ 1世 E. I （在位・前235／226頃～前200／186頃）

マグネーシアー*出身のイオーニアー*系ギリシア人。ディオドトス2世*の有力な太守 Satrapes（サトラペース）だったが、王を弑逆してその位を簒奪し、エウテュデーモス朝バクトリアー王国を創設した。セレウコス朝*シュリアー*の王アンティオコス3世*（大王）の東征を迎え撃ち、前208年から3年近くにわたって首都バクトラ*（現・バルフ）を攻囲されたのち、前206年、和議を締結。アンティオコスの宗主権を認めるとともに、その王女を息子デーメートリオス1世*の妃に迎え、自らは王号と領土を保持した。彼の発行した多くの貨幣が残っている。

Polyb. 10-49, 11-34/ Strab. 11-515/ etc.

❷ 2世 E. II （在位・前200／170頃～前190／160頃）

❶の子。デーメートリオス1世*の弟。父の死後、兄弟で共同統治し、史上最初のニッケル貨幣を発行したことで知られる。兄とともにバクトリアー王国の領土を拡張したが、ソグディアネー*（〈ラ〉ソグディアーナ Sogdiana）の副王アンティマコス1世*によって殺され、王位を簒奪された。近年では、彼は❶の孫にしてデーメートリオス1世*の息子にあたり、親族のアガトクレース Agathokles やパンタレオーン Pantaleon らとともにニッケル貨幣を発行していたが、のち叛旗を翻したエウクラティデース1世*により敗死したと推測されている。

Polyb. 29/ etc.

エウテューモス Euthymos, Εὔθυμος, Euthymus, （伊）（西）Eutimo, （露）Эвтим

（前5世紀前半）ギリシア人の運動選手。イタリア南部ロクリス*（ロクロイ・エピゼピュリオイ*）の人。驚くべき怪力の持ち主で、優れた拳闘家（ボクサー）となり、オリュンピア競技祭*

のボクシング部門で優勝を重ねた（前484、前476、前472）が、前480年のみタソス*のテアーゲネース❸*に栄冠を奪われた。ブルッティウム*のテメセー Temese 市にとりついていた怨霊（ダイモーン*）を退治して、地元民が行なっていた人身供犠の風習を廃止させたといい、生前から肖像を建てられて神の如くに崇敬された。カイキーノス Kaikinos 河神の落胤とも伝えられ、長寿を保ったのち、ロクリスの近くを流れるこの河の中に姿を消したとされている。
⇒ミローン、ディアゴラース❷、オルシッポス
Strab. 6-255/ Paus. 6-6/ Ael. V. H. 8-18/ Plin. N. H. 7-47/ Callim. Aet./ Eust. Il./ etc.

エウテリウス Eutherius,（ギ）エウテリオス Eutherios, Εὐθέριος,（伊）（西）Euterio
（後4世紀中頃〜末期）ローマ帝政時代末期のアルメニアー*人宦官。自由身分に生まれたが、少年の頃、敵対する部族に捕われて去勢され、ローマ人商人に売られる。コーンスタンティーヌス1世*（大帝）の宮廷に育ち、明敏な頭脳と忠誠心のゆえに重用され、コーンスターンス*帝、コーンスタンティウス2世*帝の宮廷に仕える。356年ガッリア*にあった副帝ユーリアーヌス*の宮廷の侍従長（カエサル*）に任命され（在任・356〜360）、その信寵を得て使節として活躍、コーンスタンティウス2世のユーリアーヌスに対する猜疑心を解くべく折衝に当たった（356、361）。温厚かつ高潔な異教徒（非キリスト教徒）で、のちローマに引退してからも、万民に愛されつつ長寿をまっとうしたという。
⇒エウセビウス、エウトロピオス❷
Amm. Marc. 16-7〜, 20-8/ Julian. Ep. 29/ Zosimus 3-9/ etc.

エウテルペー Euterpe, Εὐτέρπη,（仏）Euterpè,（露）Эвтерпа, Евтерпа
ギリシア神話中、ムーサ*たち（ムーサイ*）の1人で抒情詩を司る女神。一説にストリューモーン Strymon 河神と交わってレーソス*を産んだという。
後世になると、二重笛を持物とした音楽、とくに吹笛を担当するムーサとして表現されるようになった。
Hes. Th. 77/ Apollod. 1-3/ Hor. Carm. 1-1/ etc.

エウドキア Eudocia,（ギ）Eudokia, Εὐδοκία,（仏）Eudocie (Eudoxie),（露）Евдокия
ローマ帝政末期の皇后・皇女。巻末系図105を参照。
❶ Aelia Eudocia（後393／401頃〜460年10月20日）、実名・アテーナーイス Athenais, Ἀθηναΐς 東ローマ皇帝テオドシウス2世*の妻、皇后（421〜441／442）。アテーナイ*の哲学者レオンティオス Leontios の娘。ギリシア古典の教養を身につけた才色兼備の女性で、テオドシウス2世の姉で摂政のプルケリア*に気に入られ、その養女に迎えられる。キリスト教に入信しエウドキアと改名して、テオドシウス2世と結婚（421年6月7日）、娘リキニア・エウドクシア*を産んだのち、ようやくアウグスタ*の尊号を贈られる（423年1月）。次第に宮廷に勢力を張り、ネストリオス*やエウテュケース*を支持して帝姉プルケリアと対立、有力宦官クリューサピウス Chrysaphius（？〜450）と結んで一時プルケリアを首都から追放した。438年にはイェルーサーレーム*（エルサレム）へ「巡礼」旅行をし、翌年コーンスタンティーノポリス*に、最初の殉教者*ステパノスの右腕、ペトロス*の鉄鎖、ルーカース*が描いたと称する「聖母画像」などの"聖遺物"を持ち帰った。しかるに、間もなく廷臣との不義密通の嫌疑をかけられて宮殿を退去し（441年初頭）、イェルーサーレームに隠栖。皇后としての栄誉を剥奪され、20年近い追放生活を味わったのち、身の潔白を訴えつつこの地で死去（460）。自らが建立した聖ステパノス教会堂（バシリカ*）に埋葬された（67歳）。
エウドキアが姦通をしたという相手は美貌の行政長官パウリーヌス Paulinus（？〜444）で、ある時テオドシウス2世が献上品の中から一際見事な林檎（りんご）を妻に贈ったところ、彼女はすぐさまそれをパウリーヌスに与えてしまい、その事実が夫帝の猜疑心を刺激。パウリーヌスはその後カッパドキア*へ流され（443）、翌444年に処刑された。さらに嫉妬深い帝は、「聖地」に引退したエウドキアが寵愛する2人の聖職者をも殺させており、これに対して廃后は、すぐさま殺害者たる督軍 comes（コーメース）サートゥルニーヌス Saturninus を暗殺して寵臣の讐を討ったという。一説には、パウリーヌスとの間に不倫の子アルカディウス Arcadius を産んだが、帝はこれを自分の子と認知するのを拒んだとも伝えられる。学識と詩才に恵まれた彼女は、ホメーロス*を改作してキリストの生涯や奇跡に当てはめた作品や、キュプリアーヌス*伝、「旧約聖書」の韻文化など幾編かの著述を残した（不完全ながら伝存）。
Socrates 7-21/ Evagrius Hist. Eccl. 1-20〜22/ Nicephorus Historia Ecclesiastica 14-23, -47, -49〜50/ Zonar. 3/ Malalas/ etc.

❷（後435／438頃〜472頃）❶の外孫。西ローマ皇帝ウァレンティーニアーヌス3世*とリキニア・エウドクシア*の娘。父帝を暗殺して帝位を簒奪したペトローニウス・マクシムス*により、その息子パッラディウス Palladius と結婚させられる（455年6月）が、間もなくヴァンダル*族（ヴァンダリー*）のローマ劫略が生じ、母や妹とともにカルターゴー*へ拉致される。ヴァンダル王ゲイセリークス*（ガイセリック）の命令で、王の長男フンネリークス Hunnericus（のちヴァンダル王、在位・477〜484）に心ならずも嫁ぎ（456）、息子ヒルデリークス Hildericus（のちヴァンダル王、在位・523〜530、廃位され533年に死亡）を出産。しかし、「正統」派（カトリック）キリスト教を奉ずるエウドキアは、アレイオス*（アリーウス*）派のヴァンダル王家と折り合いが悪く、16年後ひそかに夫のもとを去り（472）、イェルーサーレーム*（エルサレム）へ赴いてからほどなくして没した。
Evagrius Hist. Eccl. 2-7/ Marcellin. Chronicon/ Procop. Vand. 1-5/ Nicephorus Historia Ecclesiastica 5-11〜/ Victor Vitensis 3-4/ Hydatius/ Theophanes/ etc.

エウドクシア Aelia Eudoxia, （ギ）Eudoksia, Εὐδοξία, （仏）Eudoxie, （伊）Eudossia, （露）Евдоксия
ローマ帝政末期の皇后。巻末系図 105 を参照。

❶（後 380 頃～後 404 年 10 月 6 日）東ローマ皇帝アルカディウス*の妻、皇后（在位・395～404）。フランク*族出身の将軍バウトー Bauto（385 年の執政官コーンスル*）の娘。宦官エウトロピウス❷*のはからいでアルカディウス帝と結婚し（395 年 4 月 27 日）、美貌と才気でたちまち夫を尻に敷き政治に容喙、恩人エウトロピウスを失脚・処刑させる（399）。400 年 1 月 9 日にアウグスタ*の尊号を獲得。気性激しく傲慢不遜かつ貪欲・淫蕩な女性で、息子テオドシウス 2 世*の実父は彼女の情夫・督軍コーメース comes のヨーハンネース Johannes だったといわれる。熱狂的なキリスト教徒でもあり、ガーザ*の地で異教撲滅を推進。しかし、イオーアンネース・クリューソストモス*（金口ヨハネきんこう）に妖婦「イゼベル Izebel」（北王国イスラーエールの王アハブの邪悪な妃）呼ばわりをされ、放埓で豪奢な生活を非難されて以来、彼を憎むこと甚しく、アレクサンドレイア❶*総主教テオピロス*と謀って、これを罷免・追放させた（404）。1 男 4 女を産み、皇子の即位を期待していたが、それ以前に流産のせいで死亡した。
Socrates Hist. Eccl. 6-8, -10, -16～/ Cassiod. Historia Tripartita 10-20/ Zosimus 5-24/ Johannes Chrysostomus/ etc.

❷エウドクシア、リキニア Licinia Eudoxia
⇒リキニア・エウドクシア（❶の孫娘）

エウドクシア、リキニア Licinia Eudoxia
⇒リキニア・エウドクシア

エウドクソス Eudoxos, Εὔδοξος, Eudoxus, （仏）Eudoxe, （独）Eudoxos, （伊）Eudosso, （西）（葡）Eudoxo, （露）Евдокс
ギリシア人の男性名。

❶（前 408 頃～前 355 頃〈前 391 頃～前 338 頃など異説あり〉）クニドス*出身の数学者・天文学者・哲学者。科学的天文学の創始者。ピュータゴラス*派のアルキュータース*やプラトーン*、ピリスティオーンに学ぶ。たいそう貧しかったので、医者のテオメドーン Theomedon の愛人となって生活の面倒をみてもらい、その供をしながらアテーナイ*へ渡ったという（23 歳）。次いで友人たちの援助でエジプト*へ旅し、ネクタネボス 1 世*の宮廷に滞在、同地の神官たちから天文学や暦法の知識を修得した（前 381～前 380）。その後、カーリアー*のマウソーロス*王の宮廷をはじめ小アジア各地で活躍、キュージコス*で数学の講義をし、40 歳の頃に生徒とともにアテーナイへ移って科学と哲学の学校を開いた。

天体観測を行ない占星術を否定、地球中心の同心天球説を唱えて、未解決だった留や逆行など惑星運動の不規則性を説明し、また球面幾何学を創始した。数学では、球やピラミッド、円錐体の体積を「積尽法」で測定し、さらに比の概念を明らかにして、一般比例論をつくり上げるなど、エウクレイデース*（ユークリッド*）の『幾何学原論』第 5 巻にある定理のほとんどを発見した。

晩年には故郷クニドスに帰って天文台を建て、同胞市民に新しい法律を制定したのち、53 歳で没した。エジプトに滞在中、聖牛アーピス*が彼の衣服を舐めるのを見た神官たちから、「あなたは著名な人物になるだろうが、しかし長寿を保つことはできないだろう」と予言されていたという。哲学の分野では、「快楽が善である」と主張したといわれ、医学や地理学にも通じていたが著作は散逸した。

ちなみに、同時代のピュータゴラース派の哲学者エクパントス Ekphantos（前 4 世紀初頭）は地球の自転を説き、またプラトーンの弟子ポントス*のヘーラクレイデース❷*は地球中心説に反対し、水星と金星が太陽の周りを公転していると論じている。
⇒カッリッポス、アリスタルコス、ヒッパルコス❷、ソロイのアラートス
Diog. Laert. 8-86～91/ Cic. Div. 2-42/ Euc. 5/ Ath. 7-276f/ Strab. 2-119, 17-806/ Sen. Q. Nat. 7-3/ Arist. Metaph. Λ-8 (1073b)/ Vitr. De Arch. 9-9/ Diod. 1-96, -98/ etc.

❷（前 2 世紀後半）キュージコス*出身の航海者。アフリカ大陸周航を試みた探検家。前 146 年頃、使節として訪れたエジプト*の宮廷でインドからの漂着者と会い、王プトレマイオス 8 世*の命令でアラビア海を渡りインドへ渡航、しかるに、帰還するや王によって香料・宝石などの船荷を一切没収された。王の死（前 116）後、妃クレオパトラー 3 世*の後援下に再度船出したところ、風に流されて東アフリカ沿岸に漂着。この地で大西洋を南下して来たガデイラ*（ガーデース*）の難破船を見つけ、南回りでアフリカ大陸を周航できると確信した。その後、医師や技能者、処女の楽隊を載せた船でインド航路を発見するべくアフリカ西岸を南下。一度は座礁してマウレーターニア*へ引き返し、王ボックス 1 世*に援助を訴えたが容れられず、イベーリアー*（ヒスパーニア*）へ渡って自ら船を整え、再び同じ航路で冒険に出発、西アフリカ沿岸を南下したまま消息を絶った。季節風を利用した初期のギリシア人探検家として注目される。
⇒ハンノー❶、ヒミルコー❶、ヒッパロス
Strab. 2-98～102/ Plin. N. H. 2-67/ etc.

エウトレーシス Eutresis, Εὔτρησις, （仏）Eutrèsis
ボイオーティアー*地方の古い町。テスピアイ*とプラタイアイ*との間に位置し、アポッローン*の聖域と神託で知られていた。『イーリアス*』にすでに見え、伝説上の双生兄弟アンピーオーン*とゼートス*はテーバイ❶*へ帰るまでこの地に住んでいたという。1924～1925 年に、青銅器時代（ミュケーナイ*文化期）の宮殿の遺構が発掘された。
Hom. Il. 2-502/ Strab. 9-411/ Steph. Byz./ etc.

エウトロピア Eutropia, (ギ) Eutropiā, Εὐτροπία, (仏) Eutropie, (露) Евтропия, Эвтропия

後期ローマ帝室の女性名。巻末系図 104 を参照。

❶ (後 3 世紀末頃) コーンスタンティウス 1 世*・クロールスの妻テオドラ Flavia Maximiana Theodora の母となったシュリア*女性（先夫ハンニバリアーヌス Afranius Hannibalianus との間に）。のちにマクシミアーヌス*帝と結婚し、マクセンティウス*帝とファウスタ（コーンスタンティーヌス 1 世*の後妻）兄妹を産む。

Aur. Vict. Caes. Epit. 40-12/ Euseb. Hist. Eccl. 3-52, Vita Constantini 3-52/ etc.

❷ (?～後 350) ❶の孫娘。コーンスタンティウス 1 世*・クロールスとテオドラ Flavia Maximiana Theodora の娘。僭帝ネポーティアーヌス*の母。息子の破滅と同時に処刑された（350 年 6 月 30 日）。彼女はまた、コーンスタンティーヌス 1 世*（大帝）の異母妹にあたる。

Aur. Vict. Caes. Epit. 42/ Zosimus 2-43/ Athanasius Apolog./ etc.

エウトロピウス Eutropius, (ギ) エウトロピオス Eutropios, Εὐτρόπιος, (仏) Eutrope, (伊)(西) Eutropio, (葡) Eutrópio, (露) Евтропий

❶ Flavius Eutropius (?～後 390 頃) ローマ帝政後期の歴史家。ガッリア*出身。ユーリアーヌス*帝のペルシア遠征に従軍し (363)、ウァレーンス*帝の宮廷で文書長官を務めている間に『ローマ史要録 Breviarium ab urbe condita』10 巻を著わした。建国の祖ロームルス*から同時代 (364) までのローマ史をまとめた本書は、リーウィウス*やスエートーニウス*らの先行史書に取材し、文学的雅致には欠けるものの概して公正・穏当な叙述と評され、簡潔で均衡のとれた文体ゆえに、後世ラテン語入門テキストとして用いられた（ギリシア語訳はヒエローニュムス*やオロシウス*等々多くの作者に引用された）。属州アシア*の総督 (371 / 372)、イッリュリア*の近衛軍司令官 (380～381)、執政官(コーンスル*) (387) などの要職を歴任したが、異教徒（非キリスト教徒）だったために、フェストゥス Festus (?～380) ら悪辣なキリスト教徒に迫害されることもあった。

⇒アウレーリウス・ウィクトル

Symmachus Epist. 3-46, -53/ Amm. Marc. 29-1/ Libanius Epist. 4-191/ Julian./ Cod. Theod. /Suda/ etc.

❷ (?～後 399) 東ローマ皇帝アルカディウス*の侍従長（在任・395～399）。ローマ史上執政官となった (399) 唯一の宦官。もとはアルメニアー*系の去勢奴隷で、主人の男色相手や女の斡旋役を務め、転々と売買された果てにテオドシウス 1 世*（アルカディウスの父帝）の侍従となる。テオドシウス 1 世の死（395 年 1 月）後、まだ埋葬も済まないうちに、新帝アルカディウスの后にエウドクシア*を迎立して、まんまと奸臣ルーフィーヌス*を出し抜く（395 年 4 月）。同年 11 月にルーフィーヌスが惨殺されると、その莫大な財産を没収し、優柔不断なアルカディウスを意のままに操縦。数年間にわたって国政を壟断した。各地に肖像を建てられ、「貴族 Patricius(パトリキウス)」の称号など数多くの栄誉を与えられた彼は、売官や強奪で巨富をなし、悪辣老獪な術策を弄して次々に政敵を陥れていった。しかし、勢力が絶頂を極めた 399 年、小アジアの反乱を契機に失脚、全財産没収のうえキュプロス*島へ流刑に処せられたのち、彼を憎む皇后エウドクシアによって呼び戻され、斬首刑に処せられて果てた。彼がかつて将軍となった時、ゴート*族（ゴトーネース*）らは「ローマ軍がいつもこのような将軍に率いられていればよいのに」と言いはやしたという話が伝えられている。

Claud. In Eutropium/ Zosimus 5-8～/ Philostorgius 11-6/ Eunap./ Cod. Theod./ etc.

エウナピオス Eunapios, Εὐνάπιος, Eunapius, (仏) Eunape, (伊)(西) Eunapio, (葡) Eunápio, (露) Евнапий

(後 345 頃～420 頃) 後期ローマ帝政時代のギリシア系哲学者・ソフィスト*・歴史家。サルデイス*の出身。新プラトーン主義（⇒アイデシオス）を奉じて降神術 Theūrgiā(テウールギアー) や医学を修め、また修辞学教師として活躍した。熱心な異教徒（非キリスト教徒）でユーリアーヌス*帝を尊敬し、キリスト教を嫌悪・批判、古来の伝統的宗教の擁護に努めた。その著『ソフィスト列伝、(ラ) Vitae Sophistarum, Βίοι φιλοσόφων καί σοφιστῶν』(396、現存) は、ピロストラトス*の同種の作品を模して書かれた哲学者伝で、プローティーノス*やポルピュリオス*ら新プラトーン主義者を称賛している。友人オレイバシオス*（オリーバシウス*）の勧めで記したデクシッポス*の年代記の続篇『歴史 Μετὰ Δέξιππον Χρονικὴ ἱστορία』14 巻は、270 年から 404 年までを扱った基本的史書としてアンミアーヌス・マルケッリーヌス*はじめ多くの史家に利用されたが、今日では断片しか伝存しない。

⇒オリュンピオドーロス、ゾーシモス

Eunap. V. S./ Phot. Bibl. 77/ Suda/ etc.

エウヌース Eunus, Εὔνους, (仏) Eunous, Eunus, (伊)(西) Euno

(?～前 132) シキリア*（現・シチリア）における第 1 次奴隷戦争（前 139～前 132）の指導者。シュリアー*のアパメイア❶*出身。シキリア島のエンナ*で富者の奴隷となっていたが、口から焔を吐く妖術を行ない、夢占いなど予言の力に恵まれていたため、400 人の奴隷を率いて蜂起し (前 136)、エンナの町を襲って占領、自由民を皆殺しにした。奴隷たちの会議で王に選ばれると、自らアンティオコス Antiokhos と号し、多数の親衛兵をもって身を守り、王にふさわしい衣冠を着け、連れ合いの女を王妃と呼ばせた。南部のアグリゲントゥム*を席捲したクレオーン Kleon 率いる奴隷軍をも傘下におさめ、反乱者の数は 7 万人に増大。ローマの法務官(プラエトル*)の軍勢を撃ち破り、全島を制圧した。しかるに前 133 年執政官(コーンスル*)の L. ピーソー・フルーギー*に敗れ、翌前 132 年やはり執政官の P. ルピリウス*に兵糧攻めにされて潰滅、洞窟に隠れているところを捕われ、地下牢で飢

えに苛まれ、全身を虱に喰い尽くされて絶命した。また敗れた奴隷たち約5万人が剣で惨殺されるか磔刑に処せられて果てた。
⇒サルウィウス（トリューポーン）、アテーニオーン
Diod. 34-2/ Liv. Epit. 56/ Florus 2-7, 3-20/ Plut. Sull. 36/ Strab. 6-272/ Oros. 5-6/ etc.

エウパトリダイ（家） Eupatridai, Εὐπατρίδαι, Eupatridae,（〈単〉エウパトリデース Eupatrides, Εὐπατρίδης),（仏）Eupatrides,（独）Eupatriden,（伊）Eupatridi,（西）Eupátridas,（露）Эвпатриды

アッティケー*（アッティカ*）地方の古い名門貴族の家柄。前8世紀後半には、アテーナイ*王家に代わって国政を監督し、裁判権も掌握したが（⇒アルコーン）、やがてドラコーン*の立法（前621頃）やソローン*の改革（前594）によって実権を喪失。しかしその後も家系は存続し、神官職を受け継いで大きな影響力を保ち続けた。一般に伝説上の英雄 heros に遡る血統で、寡頭政時代のギリシアにおいて、国家を支配した富裕な土地所有者層を指す言葉として用いられ、また降ってローマ時代にはパトリキイー*の訳語ともなった。
⇒コドロス、アルクマイオーン家、アイスキュロス
Arist. Ath. Pol. 13-2/ Isoc. 16-25/ Xen. Symp. 8-40/ Plut. Thes. 25/ Soph. El. 859/ etc.

エウパリーノス Eupalinos, Εὐπαλῖνος, Eupalinus,（伊）（西）Eupalino

（前6世紀頃）メガラ*出身の建築家。サモス*島の僭主ポリュクラテース*の依頼で、島の首都に送水するためのトンネル（全長1.3 km、高さ幅ともに2.4 m）を山腹に貫通させた優れた土木技師。この隧道はまた、緊急脱出の際には秘密の抜け道となったと考えられる（⇒アクァエドゥクトゥス）。
⇒ロイコス、テオドーロス❶
Herodot. 3-60, -146/ etc.

エウフェーモス Euphemos
⇒エウペーモス

エウフォリオーン Euphorion
⇒エウポリオーン

エウフォルボス Euphorbos
⇒エウポルボス

エウプラーテース Euphrates, Εὐφράτης,（仏）Euphrate,（伊）Eufrate

（？～後119）ローマ帝政期のストアー*派哲学者。テュロス*（あるいは、ビューザンティオン、エジプト*とも）の出身。小プリーニウス*と親交を保ち、「繊細で洗練された博愛精神 humanitas の持ち主」と称えられる。弁論に優れていたが、テュアナ*のアポッローニオス*からは強欲な阿諛便佞の徒として非難される。病気と老齢に倦んでハドリアーヌス*帝に自殺の許可を求め、聴許されるや毒人参をあおって死んだという。
Dio Cass. 69-8/ Plin. Epist. 1-10/ Philostr. V. S. 1-7, V. A. 1-13/ etc.

エウプラーテース（河） Euphrates, Εὐφράτης,（仏）Euphrate,（独）Euphrat,（伊）Eufrate,（西）Éufrates,（葡）Eufrates,（露）Евфрат,（現・〈アラビア語〉Al-Furāt,〈トルコ語〉Fırat Nehri,〈ペルシア語〉Ferat, Forat,〈ヘブライ語〉Pᵉrâth,〈アラム語〉Prâth, Froth,〈クルド語〉Firhat, Ferhat, Firad',〈アルメニア語〉Yefrat),（和）ユーフラテス、〈古称・〈シュメル語〉Puranun, Buranun,〈アッカド語〉Purattu,〈古代ペルシア語〉Ufurat, Ufrat)

西アジア最長の河川（全長約2850 km）。アルメニアー*山中に水源を発し、数条の支流を集めつつシュリアー*北部から東南へ流れ、東のティグリス*河と並走、メソポタミアー*平原を潤したのち、ペルシア*湾に注いでいる。語源はシュメル語の「大河」プラヌンに遡るとされる。ティグリス河とともにメソポタミアーの水運と農業とを支え、オリエント文明の生みの親となった。河岸にはバビュローニアー*王国の首都バビュローン*に代表される多数の都市が栄え、ヘレニズム時代初期にはギリシア系植民市ドゥーラ・エウローポス*なども建設された（⇒サモサタ）。アカイメーネース朝*ペルシアのキューロス*大王が運河によってこの河の流れを変え、祭礼の狂宴で大騒ぎの最中のバビューローンに夜襲をかけて、この大都会を陥落させた話は有名（前539）。のちパルティアー*はエウプラーテースを越えてローマ領シュリア*に侵攻し（前53）、後66年にはアルメニアー王国に対する宗主権を確保した。それ以来ローマ帝国はこの河の右岸に境界堤 limes と要塞を建造し、トライヤーヌス*帝のメソポタミアー遠征時（115～117）を除いて、500年以上にわたりパルティアー、サーサーン朝*ペルシアとの間の国境線として保持し続けた。
Herodot. 1-180～, -191/ Plin. N. H. 5-20～, -29, 6-30/ Ptol. Geog. 1-12, 5-6, -12/ Strab. 11-521, -527, 16-736～/ Mela 1-2, 3-8/ Joseph. J. A. 1-1/ Xen. An. 1-3, -4/ etc.

エウプラーノール Euphranor, Εὐφράνωρ,（伊）Eufranore,（西）（葡）Eufranor,（葡）Euphránor

（前370頃～前330頃に活躍）ギリシアの彫刻家・画家。コリントス*の出身。主にアテーナイ*で仕事をし、無類の勤勉家だったため、絵画・彫刻・浮彫などいずれの分野でも高く評価された。プラークシテレース*と同時代でありながら、筋骨逞しい作風を好み、数々の神像・巨像・群像彫刻を制作。特に代表作『パリス*像』は、美の審判者・ヘレネー*の愛人・アキッレウス*の殺害者というこのト

ロイアー*王子の3つの性格をすべて結びつけて巧みに表現されていたという。絵画では、アゴラー*の「バシレウスの列柱廊 Stoa Basileios」を飾った『テーセウス*』に関して、「パッラシオス*のテーセウスは薔薇を食べて育ったかのようだが、私のテーセウスは本物の肉で育った姿だ」と自讃している。色彩と比例に関する書を執筆し、また淫蕩な題材をも描いたとされるが、現存する彼の真作は、アテーナイのアゴラー出土の甚だしく破損した1体の大理石製アポッローン*像だけでしかない。
⇒ニーキアース、パウシアース
Plin. N. H. 34-19, 35-36, -40/ Quint. Inst. 12-10/ Paus. 1-3/ etc.

エウブーリデース Eubulides, Εὐβουλίδης,（仏）（伊）
　　　　　　　　 Eublide,（露）Евбулид
（前4世紀）ギリシアのメガラ*学派の哲学者。ミーレートス*の出身。メガラのエウクレイデース❶*の弟子、後継者。有名な「嘘つきのパラドックス」他の問答形式による数多くの詭弁をつくり出し、ソフィスト*的な論駁を得意とした。アリストテレース*とも口論して、彼をさんざんに誹謗したので、師と同じく「喧嘩好きの論争屋」と呼ばれた。アテーナイ*で講義し、弟子の1人デーモステネース❷*は彼の教授のおかげで、ρ(r)の音が正しく発音できるようになり、雄弁家として大成する途を辿りはじめたという。

　別の弟子アレクシーノス Aleksinos（前3世紀初頭）は、極めて負けん気が強かったので「反駁屋 Elenksinos, Ἐλεγξῖνος」と綽名され、ストアー*派の祖ゼーノーン*や史家エポロス*らを容赦なく攻撃、新しい学派を創設する野心に駆られてオリュンピアー*へ移住したが、弟子がみな去ってしまい、孤独のうちに余生を送った ── 最期は河を泳いでいる最中に葦が足に突き刺さったために死んだ ── と伝えられる。

　なおヘレニズム時代にアテーナイで活躍した彫刻家の家系にも、同名のエウブーリデース ── 大エウブーリデース（前2世紀初頭）と孫の小エウブーリデース（前140頃～前120頃）── がいたことが知られている。
⇒スティルポーン、ディオドーロス・クロノス
Diog. Laert. 2-108～110/ Ath. 7-354/ Plut. Mor. 845/ Cic. Acad. 2-24/ Paus. 1-2, 8-14/ Plin. N. H. 34-19/ Apul. Apol./ etc.

エウブーロス Eubulos, Εὔβουλος, Eubulus,（伊）（西）
　　　　　　　 Eubulo,（露）Эвбул
（前380年頃～前335年頃に活躍）アテーナイ*の中期喜劇詩人。レーナイア*祭の競演で6回優勝しており、104篇の作品を書いたといわれる。『ガニュメーデース*』や『セメレー*』など神話伝説を主題とした喜劇が多く、『アンティオペー*』や『イオーン*』といったエウリーピデース*の悲劇を戯画化したパロディー作品も公表。『ディオニューシオス*』ではシュラークーサイ*の僭主ディオニューシオス1世*の文学者気取りを容赦なく揶揄している。著作は全て散逸した（57篇の題名が伝存する）。

　なお、彼の同時代人に、大衆煽動家（デーマゴーゴス）として政界に現われ破綻に瀕していたアテーナイ財政を改善し、マケドニアー*王ピリッポス2世*との和平（⇒ピロクラテース）を重んじて雄弁家デーモステネース❷*と対立した政治家のエウブーロス（前405頃～前335頃）がいる。
⇒アンティパネース、アルカイオス❷
Ath. 8-340d/ Schol. ad Ar. Thesm. 136/ Dem./ Suda/ etc.

エウプロニオス Euphronios, Εὐφρόνιος, Euphronius,
　　　　　　　　 （伊）Eufronio
（前6世紀末～前5世紀初）アテーナイ*の陶工・陶画家。赤絵（赤像）式の熟達した技法を駆使して、肉体の自由な動きを表現、ヘーラクレース*を題材とする神話画や、遊女（ヘタイラー*）たち、裸体競技を行なう青年たちなどの風俗画を、大胆かつ巧みに描いた（前510～前500頃）。ふつう赤絵式の確立者といわれる。
⇒ドゥーリス、ブリュゴス、アンドキデース❷、エクセーキアース

エウヘーメルス Euhemerus
⇒エウエーメロス（のラテン語形）

エウペーモス Euphemos, Εὔφημος, Euphemus,（仏）
　　　　　　　 Euphémos,（伊）（西）Eufemo,（露）Эвфем, Евфем
　ギリシア神話中、海神ポセイドーン*とティテュオス*の娘エウローペー Europe との息子。父神から水上を歩む力を与えられており、ペロポンネーソス*半島の南端、タイナロン*岬に居住。アルゴナウテース*たち（アルゴナウタイ*）の冒険に参加し、船がリビュエー*（リビュア*）に漂着した時、トリートーン*より土塊を与えられ、「タイ

系図98　エウペーモス

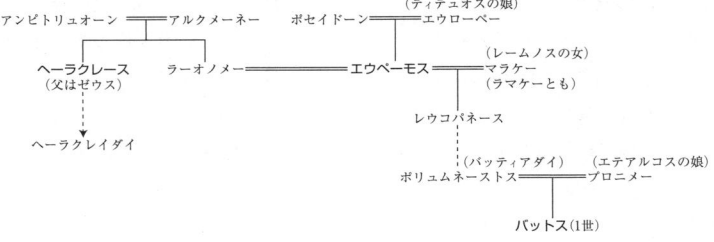

ナロン近くの海にこれを投ずれば、4代目の子孫がリビュエーを支配するであろう」と予言された。しかし土塊はクレーター*（クレーテー*）島北方の海に落ちてテーラー*島と化し、ためにエウペーモスの子孫は17代目のバットス*の代になって、ようやくリビュエーに植民市キューレーネー*を建てることができたという（⇒バッティアダイ）。エウペーモスはまた、ヘーラクレース*に愛された若者の一人としても知られている。
⇒巻末系図029
Pind. Pyth. 4-1〜/ Ap. Rhod. 1-179〜, 2-536〜, 4-1464〜/ Hyg. Fab. 14, 173/ Paus. 5-17/ etc.

エウボイア Euboia, Εὔβοια, Euboea,（イオーニアー*方言）エウボイエー Euboie, Εὐβοίη,（英）Evvoia (Euboea),（仏）Eubée,（独）Euböa,（伊）（西）Eubea,（葡）Eubéia,（露）Эвбея,（別称・〈英〉Negropont,〈伊〉Negroponte）

（現・エヴィア Évia）ギリシア中部の東岸に隣接する島。エーゲ海ではクレーター*（クレーテー*）に次いで大きく、面積およそ3654km²。ギリシア本土のアッティケー*、ボイオーティアー*、テッサリアー*地方に沿って東南から北西方向へと長く延びており、狭いエウリーポス*海峡によって本土と隔てられている。山がちで地形上テッサリアーのオッサ*、ペーリオン*山系の延長にあたり、古くは本土と陸続きであったと推測されている。青銅器時代にはキュクラデス*文化圏に含まれ、ホメーロス*の叙事詩では、後頭部だけ髪を長く伸ばしたアバンテス*族の領有する島となっている。伝承上の名祖はアーソーポス*河神の娘エウボイア。主要産物は穀物・家畜・鉄・銅・薬草、そしてローマ時代に建材として好まれた緑と白の縞大理石など。

歴史時代には、イオーニアー*系ギリシア人が主に居住し、数多くの都市国家 polis があったが、西岸のカルキス*とエレトリア*の2市が最も有力。両市はギリシア最初の商工業国家として早くからエーゲ海に乗り出し、前800年以前にシュリアー*沿岸に交易所 Al-Mīnā' を建設。さらにマケドニアー*のカルキディケー*やイタリア、シケリアー*（現・シチリア）島にまで数多くの植民市を築いた（⇒クーマエ）。武器・陶器・金工品などの輸出や海上通商活動によって大いに繁栄し、エウボイア単位の度量衡はアテーナイ*やイオーニアー諸市のみならず、広く地中海東部においても用いられたという。しかしカルキス市とエレトリア市は前8世紀に、両者の間にある肥沃なレーラントス Lelantos 平原をめぐって争奪戦を繰り広げ（⇒クレオマコス❷）、前7世紀後半には他の商工業国から圧迫され、ペルシア戦争*では敵将ダーティス*の攻撃を受けるに至った（前490）。前506年以来アテーナイの勢力下に置かれていたが、前446年ボイオーティアーの策動で全島が反乱を起こした結果、ペリクレース*に征服されアテーナイの植民が行なわれた（⇒クレーロス）。次いでペロポンネーソス戦争*中の前411年、再び離反してカルキスとエレトリアを中心にエウボイア同盟を結成。弱体ながら前338年にマケドニアー*王国に制圧されるまで独立を保った。前196年ローマの将 T. フラーミニーヌス*によって同盟 koinon の復活が認められたが、ローマに敵対するアカーイアー同盟*を支援したため前146年に解散。以後島はローマの属州マケドニアに編入され、次第に衰退していった。

緑色雲母大理石の産地として名高かったカリュストス Karystos（現・Kálistos）の石切場の跡や、エレトリア近郊の暗黒時代（前11世紀〜前8世紀）の殉死習俗を示す貴重な古代都市レフカンディ Lefkandi（古代名は不詳）の遺跡などが現今も残っている。
⇒アイガイ❷、アルテミーシオン、キューメー
Hom. Il. 2-535〜, Od. 7-321/ Herodot. 1-146, 3-89, -95, 5-77, 7-176〜, 8-4〜/ Strab. 10-444〜/ Thuc. 1-23, -87, 2-14, 3-87, -89, -92〜93, 4-92, 6-3〜4, -76, -84, 7-57, 8-1〜, -60, -74, -86, -91〜92, -95〜96, -106〜107/ Plin. N. H. 4-12/ Dio Chrys. Or. 7/ Hes. Op. 651/ Plut. Mor. 657e/ Ath. 7-296b/ Diod. 18-11/ Polyb. 18-11/ Liv. 32-17/ etc.

エウボエア Euboea
⇒エウボイア（のラテン語形）

エウポリオーン Euphorion, Εὐφορίων, Euphorio(n),（伊）Euforione,（西）Euforión,（葡）Euforion
（前275頃〜前220頃）ヘレニズム時代のギリシアの詩人、文法学者。エウボイア*島のカルキス*出身。アテーナイ*で哲学者ラーキュデース*らに学ぶ。肥満体で鰐足のうえ、どす黯い血色をしていたにもかかわらず、なぜかコリントス*王アレクサンドロス（クラテロス*の孫）の寡婦ニーカイア Nikaia の寵愛を受け、彼女との情事を通じて莫大な財産を築いた。前221年シュリアー*王アンティオコス3世*に招かれて、アンティオケイア❶*へ渡り、王立図書館の創設に協力、以来終生そこの図書館司書を務めた。神話伝説や歴史関係に博識を傾注して晦渋な小叙事詩 epyllion を著わした（代表作 "Hesiodos" "Mopsopia" "Khiliades" "Dionysos" など）が、なかには「呪詛の詩」なる特異な作品も含まれており、エジプトのパピューロス文書から数多くの断片が発見されている。共和政末期から帝政初期にかけてローマ人の間で大いにもてはやされた（⇒リアーノス）。とはいうものの、過度の装飾的かつ衒学的な文体が禍いして、意味不明に陥りやすいとの非難も受けている。ニーカイア❷*のパルテニオス*も、エウポリオーン風の小叙事詩を得意としたという。また彼は寡婦ニーカイアとの恋愛関係で財を成したため、後世「エウポリオーンのように、相手が金持ちなら婆さんとでも結婚したい」とプルータルコス*の文中でからかわれている。

なお、同名人物の中では、悲劇詩人アイスキュロス*の息子で、父の遺作を上演して4度優勝し、また自らも前431年にソポクレース*とエウリーピデース*に敗れるまで悲劇作品を公表したアテーナイの詩人エウポリオーン（前5世紀）が名高い。
⇒カッリマコス

Euphorion Fr./ Cic. Tusc. 3-19(45)/ Ath. 3-82a/ Anth. Pal. 6-279, 7-651, 11-218/ Lucian. Hist. conscr. 57/ Diog. Laert. 9-56/ Plut. Mor. 472d/ Suda/ etc.

エウポリス　Eupolis, Εὔπολις, (伊) Eupoli, (露) Евполид

（前446／445〜前411頃）アテーナイ*の喜劇詩人。アリストパネース*やクラティーノス*と並称される古喜劇の代表的作家の1人。早くから詩才を発揮し、17歳で初めて喜劇を上演して以来、短い生涯のうちに19篇の劇を作ったに過ぎない。にもかかわらず、7回も競演で優勝。自己の主張をあくまでも堅持し、当時の主要な政治家カッリアース*、ヒュペルボロス、アルキビアデース*らを容赦なく攻撃した。女神コテュットー*の淫蕩な儀式を描いた作品『バプタイ Baptai, Βάπται』（前416頃）でアルキビアデースを痛烈に罵ったため、怒ったアルキビアデースはシケリアー*（現・シチリア）遠征へ向かうに当たり、彼を海中に投じて溺死させた（前415）と伝えられる。とはいえ、ふつうエウポリスはペロポンネーソス戦争*中、海軍に加わりヘッレースポントス*海上において戦死したということになっている。『追従者 Kolakes, Κόλακες』（前421）『マリカース Marikas, Μαρικᾶς』（前421）『デーモイ Demoi, Δῆμοι』（前418／406）『諸国 Poleis, Πόλεις』（前422／420頃）などの題名が知られるが、作品は断片しか残っていない。彼はまた、ギリシア人の常として男色を好み、男同士の性愛を扱った作品を書いたり、運動場などを歩き回っては、自己の名声を利用して若者たちを誘惑していたという。
⇒アウトリュコス❶
Hor. Sat. 1-4/ Anon. De Com. 10/ Cic. Att. 6-1/ Ael. N. A. 10-41/ Paus. 2-7/ Quint. Inst. 10-1/ Schol. ad Ar. Vesp. 1020/ Tzetz. Chil. 4-245/ Suda/ etc.

エウポルボス　Euphorbos, Εὔφορβος, Euphorbus, (仏) Euphorbe, (伊)(西) Euforbo

ギリシア伝説中、トロイアー*の武将。アポッローン*の神官パントオス*の息子。トロイアー戦争*でパトロクロス*（アキッレウス*の念友）を最初に負傷させたが、その武具を剥ぎ取ろうとして、メネラーオス*に槍で喉を刺し貫かれて死んだ。哲学者ピュタゴラース*は、彼の生まれ変わりであると称し、その霊魂が自分の肉体に宿っていると主張していた。
⇒アイタリデース、ヘルモティーモス❶
Hom. Il. 16-808, 17-1〜/ Paus. 2-17/ Diog. Laert. 8-4/ Hor. Carm. 1-28/ Schol. ad Hom. Il. 17-29〜30/ etc.

エウポルボス　Euphorbos, Εὔφορβος, Euphorbus, (仏) Euphorbe, (伊)(西) Euforbo

（前1世紀末）マウレータニア*王ユバ2世*の侍医。アウグストゥス*の宮廷医アントーニウス・ムーサ*の兄弟。ユバはアトラース*山脈で発見した蛇咬に効く薬草を、彼にちなんでエウポルベーア Euphorbea（タカトウダイ、高燈台）と名づけたという。
Plin. N. H. 25-38/ Meleager/ etc.

エウポンポス　Eupompos, Εὔπομπος, Eupompus, (伊)(西) Eupompo

（前4世紀）ギリシアの画家。シキュオーン*の人。ゼウクシス*の競争相手。「体育競技の勝利者」などを描いたが作品はすべて失われた。絵画の新しい流派・シキュオーン派を創始し、その影響力は甚大であったという。ある日、若き彫刻家リューシッポス*から「先人たちのうち誰を亀鑑としたか」と問われた時、エウポンポスは人々の群れを指して、「我々が手本とするべきものは自然それ自体であって芸術家ではない」と答えたという。

なお弟子のパンピロス Pamphilos は、高度の教育を受けた最初の画家で、1タラントン以下の謝礼金では弟子をとらず、絵画を自由人にふさわしい学問の地位にまで高めたことで知られる。またパンピロスは焼付蝋画 enkaustike, ἐγκαυστική の技法を発明ないし確立し、これをシキュオーンの画家パウシアース Pausias に教えたとされている。
⇒アペッレース
Plin. N. H. 34-19, 35-36, -40/ etc.

エウマイオス　Eumaios, Εὔμαιος, Eumaeus, (仏) Eumée, (伊)(西) Eumeo, (葡) Eumeu, (露) Эвмей

ギリシア伝説中、オデュッセウス*の忠実な豚飼い。もとはシュリアー*ないしシュリエー*島の王子であったが、幼時に乳母の手でフェニキア*の海賊に売られ、ラーエルテース*（オデュッセウスの父）に買いとられた。オデュッセウスの長期にわたる不在中、彼は主人の豚をペーネロペー*の強欲な求婚者たちの手から守り、20年ぶりに乞食の姿で帰国したオデュッセウスを最初に粗末な小屋へ迎え入れた。この小屋でオデュッセウスは息子テーレマコス*に正体を明かし、ペーネロペーの求婚者たちの殺戮計画を練り、エウマイオスは絶えず主人を助けて事を成就させた。
Hom. Od. 14-55〜, 15-301〜, 16-11〜, 17-182〜, -507〜, 21-188〜, 22-157〜/ Varro Ling. 2-4/ Hyg. Fab. 126/ etc.

エウメニウス　Eumenius, (ギ) Ἐυμένιος, (伊)(西)(葡) Eumenio

（後264頃〜311以後）ローマ帝政末期のラテン語弁論家。ガッリア*のアウグストドゥーヌム*（現・オータン）出身のギリシア系知識人。コーンスタンティウス1世・クロールス*の秘書を務め、再建された故郷の学校 Scholae Maenianae の長となり、修辞学を教えた（296〜）。当時の最も優れた弁論家で、現在ラテン語で記された5つの皇帝への頌辞 panēgyricus が伝存。アウグストドゥーヌムの学校再興を感謝したもの（297）をはじめ、アウグスタ・トレーウェロールム*（現・トリーア）でコーンスタンティウス・クロールスのブリタンニア*戦勝を祝した文（297）、コーンスタンティーヌス1世*とファウスタ*との婚姻を慶

賀した文（307）などが知られる。
Eumenius Panegyrici

エウメニデス　Eumenides, Εὐμενίδες,（仏）Euménides,（独）Eumeniden,（伊）Eumènidi,（西）Euménides, Euménidas,（葡）Eumênides,（露）Евмениды, Эвмениды,（〈単〉エウメニス Eumenis, Εὐμενίς,〈仏〉Euménide,〈独〉〈伊〉Eumenide）

（「好意ある女神たち」の意）ギリシア神話中、復讐の女神エリーニュエス*（エリーニュス*たち）の婉曲的呼称。アテーナイ*のアレイオス・パゴス*の麓やコローノス*、またアッティケー*以外の地方でも祀られていた。ガイア*（大地）と相似た崇拝を受け、元来は先ギリシア人の豊饒を司る古い神格であったと思われるが、やがて正義と秩序の守り手たるエリーニュエスと同一視されるようになった。アイスキュロス*の悲劇「オレステイア」3部作中の『エウメニデス』で有名。

⇒セムナイ、フリアエ

Aesch. Eum./ Soph. O. C. 486/ Eur. Or. 38/ Cic. Nat. D. 3-18 (46)/ Stat. Theb. 12-423/ Suda/ etc.

エウメネース　Eumenes, Εὐμένης,（または、Εὐμενής),（仏）Eumène,（伊）Eumene,（葡）Eumênio,（露）Евмен

ペルガモン*のアッタロス*王朝の支配者。巻末系図037を参照。

❶1世　E. I（？〜前241）（在位・前263〜前241）
ピレタイロス*の甥にして養嗣子。その跡を継いでペルガモン*の支配者となるが、王号は名乗らなかった。エジプト*のプトレマイオス2世*の援助を得て、アンティオコス1世*をサルデイス*に破り、セレウコス朝*から独立（前262）、領土を拡大した。侵攻したケルト*（ガラティアー*）人に対しては、貢金を贈って懐柔し、また哲学者アルケシラーオス*ら学者たちを後援し、ペルガモン市の美化に意を注いでアクロポリス*の壮麗な建造物造営に着手した。大酒家で過度の飲酒がもとで死亡したと伝えられる。親族のアッタロス1世*が彼の跡を継いだ（前241）。
Strab. 13-624/ Ath. 10-445d/ Diog. Laert. 4-38, 5-67/ Liv. 38-16/ Paus. 1-8/ Just. 27-3/ etc.

❷2世　E. II（前221頃〜前159頃）ソーテール Soter（「救い主」の意）。ペルガモン*王国の王（在位・前197〜前159頃）
アッタロス1世*の長子。父を継いで即位し、その親ローマ政策を継承、反シュリアー*・反マケドニアー*の態度を保持した。ローマとセレウコス朝*のアンティオコス3世*とが戦ったマグネーシアー*の決戦（前190年末）においても、ローマ側について参戦、おかげでトラーケー*（トラーキアー*）のケルソネーソス*およびシュリアー領小アジアの大半を獲得した（前188年、アパメイア*の和約）。さらにマケドニアー王ペルセウス*の刺客に襲われたことを口実に、ローマの援助を要請し、第3次マケドニアー戦争（前171〜前168）を惹起、ついに宿敵マケドニアーの滅亡を成就させた。

学問・芸術を保護・奨励し、首都ペルガモン*に大図書館を建設（前196）、前184年のケルト*（ガラティアー*）人に対する勝利を記念してゼウス*の大祭壇（『ヨハネの黙示録』2-13の「悪魔(サタン)の座」。現・ベルリンのペルガモン博物館蔵）を造営し、この町をヘレニズム文化の一大中心地に仕立て上げた（前180〜前159）。またプトレマイオス6世*がパピューロスの輸出を禁止すると、羊皮紙を大量生産して対抗した。長期にわたって王位にあり、岳父カッパドキアー*王アリアラテース4世*と結んでポントス*王パルナケース1世*を撃破する（前179など）外交面でも活躍したが、晩年はローマ元老院から疑いの目で見られるようになっていた。

蒲柳の質で、死病に罹ると（前160頃）、国事を弟アッタロス2世*に委ね、翌年逝去した。

⇒クラテース❹、フラーミニーヌス、プルーシアース1世

Just. 31〜32/ Liv. 33〜44/ App. Syr. 22, 25, 31, 33, 38, 43〜44, Mac. 11, 18/ Polyb. 22〜32/ Diod. 29〜31/ Val. Max. 2-2/ Strab. 13-624/ Vitr. De Arch. 5-9/ etc.

❸3世　E. III
⇒アリストニーコス❶

エウメネース（カルディアー*の）　Eumenes, Εὐμένης,（英）Eumenes of Cardia,（仏）Eumène de Cardia,（独）Eumenes von Kardia,（伊）Eumene di Cardia,（西）Eumenes de Cardia,（葡）Eumênio de Cardia,（露）Евмен (из Кардии)

（前362頃〜前316初頭）アレクサンドロス大王*の部将で、後継者(ディアドコイ)*の1人。トラーキアー*（トラーケー*）のカルディアー* Kardia（現・Bulair近郊）に馭者（笛吹きとも）の子として生まれ、20歳の時からマケドニアー*王ピリッポス2世*およびアレクサンドロス大王に書記官長・将軍として仕える。ギリシア人だったにもかかわらず、巧みに大王の信任を得、東征に随行して公式日録を管掌、実際の政務を執る。大王の死（前323）後は、小アジアのカッパドキアー*とパープラゴニアー*を領し、ペルディッカース*と連合して、アンティパトロス❶*、クラテロス*、アンティゴノス1世*らの諸将と対峙、前321年、侵入したクラテロスを敗死させた（この戦闘で彼はアルメニアー*の太守(サトラペース) Satrapes ネオプトレモス❸*を一騎討ちで斃した）。しかし、その2日前にペルディッカースがエジプトで暗殺されていたので、今度はアンティゴノス1世を指揮者とする対エウメネース追討軍が組織され（後320）、エウメネースはポリュペルコーン*と結んで健闘したが、ついに部下のマケドニアー兵の裏切りでアンティゴノスに引き渡され（前316）、食を絶たれたのち、喉をかき切られて殺された。堂々とした風貌の持ち主で勇将として知られ、捕虜となった時にも、アンティゴノスは彼を「最も獰猛な獅子(ライオン)のように、最も狂暴な象のように監視しろ」と部下に命じたという。

⇒ヒエローニュモス❶

Diod. 18〜19/ Plut. Eum./ Just. 13-4〜, 14-1〜/ Nep. Eum./ Arr. Anab. 5-24, 7-4, Ind.10-7,18-7/ Curtius 9-1, 10-4, -10/ Strab. 14-672/ Ael. V. H. 3-23, 12-43/ Polyaenus 4-8/ etc.

エウメーロス Eumelos, Εὔμηλος, Eumelus, （伊）（西）（葡）Eumelo

（前730年頃に活躍）ギリシアの叙事詩人。コリントス*を支配するバッキアダイ*家の出身。神話伝説時代のコリントス史を主題とした『コリンティアカ Korinthiaka, Κορινθιακά』や、『ティーターン*族との戦い Titanomakhia, Τιτανομαχία』（アルクティーノス Arktinos 作ともいう）、『帰国譚 Nostoi, Νόστοι』ほかの叙事詩を作ったが、わずかな断片しか伝わらない。

なお、彼の『コリンティアカ』断片によると、コリントスの支配権は最初に太陽神ヘーリオス*から子のアイエーテース*王に、さらに王の娘メーデイア*とその夫イアーソン*へと継承されたことになっている。

⇒叙事詩圏、アーシオス

Paus. 2-1, 4-4, -33, 5-19/ Ath. 7-277/ Schol. ad Ap. Rhod. 1-148/ Euseb. Chron./ etc.

エウモルピダイ Eumolpidai, Εὐμολπίδαι, Eumolpidae, （英）（仏）Eumolpides, （独）Eumolpiden, （伊）Eumolpidi, （西）Eumólpidas, （葡）Eumolpidas

エレウシース*の秘教を司る神官職の家柄。ギリシア神話のトラーケー*（トラーキアー*）王エウモルポス*の子孫を称する。アテーナイ*とエレウシースが交戦した時、後者の味方となって参戦したエウモルポスは、アテーナイ王エレクテウス*に討ちとられて果て、ついでエレクテウスも殺された。そこで双方は、「エレウシース住民は密儀の執行を独占するが、政治的にはアテーナイに服属する」という条件で和平を締結、以来デーメーテール*とペルセポネー*の祭祀は、エウモルポスの子ケーリュクス Keryks（「布告使」の意）一族が世襲することとなった。古代末期（後4世紀末）に至るまで、彼らは瀆神・不敬など宗教上の犯罪の審理に当たり、その判定はしばしば厳しくはあったものの、一般には公正なものと見なされていた。また高位の聖職ヒエロパンテース Hierophantes に任命された者は、まず自らの本名を海中に捨て去る儀式を行なってから、その職に就き、以後、終生女犯を避けることを義務づけられた。一説にはケーリュクス家 Kerykes はヘルメース*神の末裔とされ、エウモルピダイ家と並んで、累代秘教を管掌していたという。

⇒ミュステーリア、クレイニアース❶

Paus. 1-38, 2-14/ Thuc. 8-53/ Soph. O. C. 1053/ Nep. Alcibiades 4/ Diod. 1-29, 13-69/ etc.

エウモルポス Eumolpos, Εὔμολπος, Eumolpus, （仏）Eumolpe, （伊）（西）Eumolpo, （露）Евмолп

（「よき歌人」の意）ギリシア神話中のトラーケー*（トラーキアー*）王。エレウシース*の秘教の創始者。神官職の家柄エウモルピダイ*家の祖。ポセイドーン*とキオネー❷*（北風ボレアース*とオーレイテュイア Oreithyia の娘）との間に生まれ、母親によって海中へ投げ込まれたが、ポセイドーンに救われ、エティオピア*で異母姉ベンテシキューメー Benthesikyme（ポセイドーンとアンピトリーテー*の娘）の手で育てられた。長じてのちベンテシキューメーの娘を娶ったものの、妻の姉妹を犯そうとして追放され、トラーケー王テギュリオス Tegyrios のもとに身を寄せた。しかし、ここでもテギュリオスに対する陰謀を企てて露顕し、逃れてエレウシース人のところへ亡命、この地で女神デーメーテール*とペルセポネー*を崇拝する秘儀を始めた。のちにテギュリオスと和解してその王国を継承し、最後はアッティケー*の戦いでエレクテウス*の率いるアテーナイ*軍に殺されたという。別伝によれば、彼はエレウシース王トリプトレモス*の外孫で、デーメーテールとディオニューソス*を祀る最初の神官となり、葡萄や果樹の栽培を始めた人物ともされる。さらには、詩人ムーサイオス❶*の父あるいは息子、ないし弟子であったとするなど諸説が行なわれている。彼はまた、ヘーラクレース*に歌と竪琴を教え（⇒リノス）、のちこの英雄を秘教に加入させたといわれる。古代にはエウモルポスの名の下にディオニューソス讚歌が伝えられていた。

⇒ケレオス、ピランモーン

Hymn. Hom. Cer. 154, 475/ Hyg. Fab. 157, 273/ Apollod. 2-5, 3-14/ Paus. 1-38, 2-14/ Diod. 1-11/ Steph. Byz./ Phot./ etc.

エウリディーチェ Euridice

⇒エウリュディケー（のイタリア語形）

エウリーピデース Euripides, Εὐριπίδης, （仏）（伊）Euripide, （西）（葡）Eurípides, （露）Еврипид, Эврипид, （現ギリシア語）Evripídhis

系図99　エウモルポス

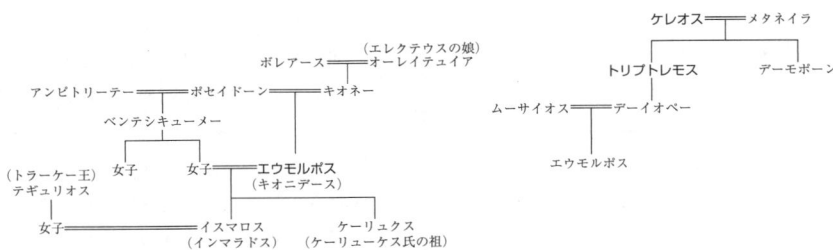

エウリーピデース

（前485／480頃〜前406頃）ギリシアの悲劇詩人。アッティケー*（アッティッカ*）三大悲劇詩人の最年少者。アテーナイ*ないしサラミース❶*島の生まれ。父はムネーサルコス Mnesarkhos（またはムネーサルキデース Mnesarkhides）、母はクレイトー Kleito。かなり裕福な名門の出身だったが、古来流布された伝承によると、父親は貧しい行商人で母親も野菜売りをしていたといい、またエウリーピデースはサラミースの戦勝の当日に生まれたということになっている（前480年9月）。若い頃は神託に従って格闘技の選手を目指し、アテーナイとエレウシース*で勝利を得たとされるが、異伝では画家としてまず世に出たという。優れた教育を受け、アナクサゴラース*やソフィスト*のプロタゴラース*、プロディコス*、ソークラテース*らに師事あるいは親炙し、彼らの新しい思想から甚大な影響を蒙った。ところが、師アナクサゴラースがその学説ゆえに政治的迫害を受けたのを見て、悲劇作家に転向。前455年『ペリアース*の娘たち Peliades』（散逸）で初入選し、次いで442年に初めて優勝の栄冠を手に入れて以来、生涯にディオニューシア*祭で競演すること22回、総計92本の作品を著わした。好敵手(ライヴァル)のソポクレース*とは異なり、厭人癖の持ち主で公職に就かず、その性陰鬱にして孤高狷介、笑顔を見せることなく、もっぱらサラミース島の洞窟に引き籠もって読書と執筆の日々を送った。2度結婚したが、2度とも妻の不貞によって破綻をきたし、ために彼はますます女嫌いになったと伝えられる。伝統宗教に批判的な態度をとったとして、クレオーン*らから瀆神の廉で告発されたが無罪を勝ちとり（前410頃）、やがてマケドニアー*王アルケラーオス*の招請に応じてその都ペッラ*に滞在（前408頃、七十余歳）、1年半後に同地で客死した。その最期に関しては、宮廷内の陰謀にはめられ、王の猟犬に襲われて手足を喰い千切られて果てたとも、王の寵愛する美少年クラテロス Krateros との密会中、女の一隊の攻撃を受け八つ裂きにされて横死したとも、さまざまに伝えられている。亡骸はマケドニアーに葬られたが、アテーナイには記念碑が建てられ、史家トゥーキューディデース❷*（ないし詩人ティーモテオス❶*）の手になる墓碑銘が刻まれたという。

エウリーピデースの名の下に次の19篇の作品が現存する（括弧内は初演年度）。

○『アルケースティス* Alkestis,（ラ）Alcestis』（前438）
○『メーデイア* Medeia,（ラ）Medea』（前431）
○『ヘーラクレース*の後裔たち（ヘーラクレイダイ*）Herakleidai,（ラ）Heraclidae』（前430〜前428頃）
○『ヒッポリュトス* Hippolytos,（ラ）Hippolytus』（前428、優勝作）
○『アンドロマケー* Andromakhe,（ラ）Andromache』（前430〜前425頃）
○『ヘカベー* Hekabe,（ラ）Hecuba』（前425／424頃）
○『救いを求める女たち Hiketides,（ラ）Supplices』（前423／422頃）
○『（狂える）ヘーラクレース Herakles,（ラ）Hercules Furens』（前417〜前415頃）
○『イオーン* Ion』（前414／413頃？）
○『トロイアー*の女たち Troiades,（ラ）Troades』（前415）
○『エーレクトラー* Elektra,（ラ）Electra』（前417〜前413頃）
○『タウリケー*のイーピゲネイア* Iphigeneia he en Taurois,（ラ）Iphigenia Taurica』（前414／413頃）
○『ヘレネー* Helene,（ラ）Helena』（前412）
○『フェニキアの女たち Phoinissai,（ラ）Phoenissae』（前411〜前408頃）
○『オレステース* Orestes』（前408）
○『バッコス*の信女たち Bakkhai,（ラ）Bacchae』（前405、死後上演、優勝）
○『アウリス*のイーピゲネイア Iphigeneia he en Aulis,（ラ）Iphigenia Aulidensis』（前405、死後上演、優勝）

および、伝存する唯一のサテュロス*劇たる
○『キュクロープス* Kyklops,（ラ）Cyclops』（前408頃）と、一般に偽作と考えられている
○『レーソス* Rhesos,（ラ）Rhesus』（前4世紀の作か）

以上のほか、莫大な数の断片が残っており、とりわけ19世紀から20世紀にかけてエジプトの砂中から掘り出されたパピューロス資料中、『アンティオペー* Antiope』と『ヒュプシピュレー* Hypsipyle』の2作（両者とも最晩年に属する）は、ある程度原作を復原することが可能なくらいである。

エウリーピデースは、新時代の合理主義と人間中心の立場から旧来の神話伝説を自由大胆に改変し、神々や英雄(ヘーロース) heros をも現実の人間のように写実的に描出。弁論術を巧みに駆使し、特に情念や愛欲にとらわれた女性の心理を鋭く分析したことで知られる。作劇法でも次々と新機軸を打ち出し、独自の前口上(プロロゴス) prologos および「機械仕掛けの神(デウス・エクス・マーキナー)（ラ）Deus ex machina」（劇の結末に神を出現させて解決をはかる手法）を多用、また合唱隊(コロス) khoros,（ラ）chorus の歌を単なる場面転換のための幕間音楽へと変貌させた。ところがその新傾向ゆえに保守派の反撥を招き、卓越した才能を認められながらも存命中はわずか4回しか優勝を認められず、アリストパネース*ら喜劇作家から痛烈に攻撃されたばかりか、多くの批評家に「悲劇の破壊者」「ギリシア悲劇の正統を破り堕落せしめた者」などと非難されさえた。しかしながら死後、彼の人気は圧倒的に高まり、ヘレニズム・ローマ時代を通して最も有名な悲劇詩人となった。その作品は全ギリシア文明世界において繰り返し上演され、教科書にまで採用されて読み継がれ、後世ヨーロッパ文学にも少なからぬ影響を及ぼした。すでに生前のペ

系図100　エウリーピデース

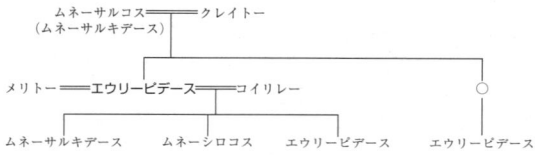

ロポンネーソス戦争*中、シケリアー*（現・シチリア）遠征（前415）に惨敗し捕虜となったアテーナイ将兵のうち、エウリーピデースの台詞をいくつか諳んじていた者は釈放されたと伝えられている。彼は遅筆であったといい、ある意地の悪い詩人が「私は3日で100行書けるのに、エウリーピデースは3日で3行しか書けない」と冷笑したところ、エウリーピデースは「その通りだ。しかし君の作品は3日で消え去るが、私のは永しえに残るという違いがあるのだ」と応酬。また彼はギリシア人の常として男女両色を好み、人妻と密通していたのみならず、終生美男のアガトーン*を愛し続け、アルケラーオス王の面前でも40歳のこの美男子を抱擁・愛撫してはばからず、王から「今なおアガトーンに恋しているのか」と問われると、「もちろんですとも。美しいものは春に限らず秋もまた限りなく美しいのですよ」と答えたという（当時72歳）。エウリーピデースの容貌については、濃い顎鬚をたくわえ雀斑があり、その表情は常に重々しく沈鬱であったという。晩年は不快な口臭が強く、それをからかったマケドニアー貴族は王アルケラーオスによって鞭打たれ、このことが原因となって国王の暗殺事件に発展したとの話も残っている。なお悲劇はエウリーピデース以後、急速に凋落の一途を辿り、むしろメナンドロス*らの新喜劇が彼の傾向の後継者となった。後世シュラークーサイ*の僭主ディオニューシオス1世*は、エウリーピデースにあやかろうとして、その愛用した堅琴などを買い集め、悲劇詩人を気どったという。

Vit. Eurip./ Ar. Ach. 401～478, Thesm. 375～, Ran. 67～, 776～/ Gell. N. A. 15-20/ Arist. Pol. 5-10(1311b), Rh. 2-6, 3-15/ Plut. Alc. 11, Nic. 17, 29, Dem. 1, Lyc. 31, Mor. 177a～b, 531d～e/ Diog. Laert. 9-54/ Ael. V. H. 2-21, 13-4/ Diod. 1-7, 13-103/ Ath. 13-582, -604/ Suda/ etc.

エウリーポス Euripos, Εὔριπος, Euripus,（仏）（伊）Euripe,（伊）（西）Euripo,（露）Еврипос, Эврипос,（トルコ語）Ağrıboz, Eğriboz

（現・エヴリポス Évripos ないしエグリポス Égripos）（「海峡」の意）ギリシア中東部、エウボイア*島と本土ボイオーティアー*地方との間の海峡。長さ8 km、幅40 m～1.6 km。潮流が激しく、めまぐるしく変化することで名高い。哲学者アリストテレース*はその不可思議な潮流の説明がつけられなかったため、「エウリーポスよ、私を飲み下せ。私はお前を理解することができないから」と言って身を投じたと伝えられる。前411年に初めてこの海峡に橋が架けられた。

⇒カルキス、アウリス

Hymn. Hom. Ap. 222/ Sen. Ep. 83, 90/ Luc. 5-235/ Plin. N. H. 4-21/ Strab. 9-403/ Diod. 13-47/ Pl. Phd. 90c/ etc.

エウリュクレイア Eurykleia, Εὐρύκλεια, Euryclea,（仏）Euryclée,（伊）E(u)riclea,（西）Euriclea,（露）Эвриклея, Евриклея

ギリシア伝説中、智将オデュッセウス*の忠実な乳母。『オデュッセイア*』において、彼女は、主人がトロイアー戦争*出征から20年を経たのち乞食に身をやつして帰館した時に、その足の傷跡から彼を認めた。オデュッセウスが妻ペネローペー*に求婚していた狼藉者たちを皆殺しにした時、彼女は主人にこれら求婚者どもと関係のあった12人の婢女の名を告げ、その結果12人の婢女はすべて絞殺された。

陶画などでは、彼女がオデュッセウスの足を洗っていて、傷跡から主人を認める場面が好んで描かれている。

なお、テーバイ❶*王ラーイオス*の先妻で、オイディプース*を産んだ妃の名をエウリュクレイアとする所伝もある（この場合、ラーイオスの後妻エピカステー*＝イオカステー*がオイディプースと結婚したことになっている）。

Hom. Od. 1-429～, 19-357～, 21-380～, 22-407～/ Hyg. Fab. 125/ Schol. ad Eur. Phoen. 13/ etc.

エウリュステウス Eurystheus, Εὐρυσθεύς,（仏）Eurysthée,（伊）（西）Euristeo,（露）Еврисфей

ギリシア神話中、ペルセウス*の子ステネロス❶*の息子。女神ヘーラー*の計略でいまだ7ヵ月でありながら誕生し、ミュケーナイ*、ティーリュンス*を含む全アルゴリス*の王となる。ヘーラクレース*はデルポイ*の神託に従って奴隷として彼に仕え、いわゆる「ヘーラクレースの十二功業」*を成し遂げたが、一説に英雄はこの王と恋愛関係にあり、彼を悦ばせるために数々の難業を果たしたのだという。しかし一般に王は残酷かつ臆病な人物に描かれ、ヘーラクレースを恐れて青銅の大甕 pithos の中に隠れ、彼に城内への立ち入りを禁止、英雄の死後もその一族を弾圧して追い回している（⇒ケーユクス❶）。ついにアッティ

系図101　エウリュステウス

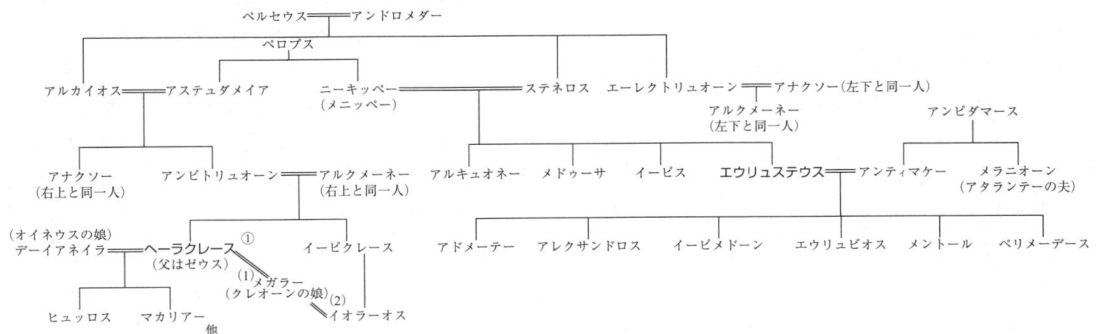

ケー*の地で敗退し、ヘーラクレースの息子ヒュッロス*に討ち取られたとも、イオラーオス*に捕えられたがヘーラクレースの母アルクメーネー*の強引な要望で処刑されたとも伝えられる —— 彼女は王の首から機織の杼でその両眼を抉り出したという —— 。

エリュマントス*の猪を生捕りにして帰ったヘーラクレースと地中に埋めた大甕に逃げ込むエウリュステウスの姿は、とくに陶画の題材としてアルカイック期以来、好んで描かれた。
⇒ヘーラクレイダイ
Hom. Il. 15-639〜, 19-95〜, Od. 11-621〜/ Apollod. 2-4, -5, -8, 3-9/ Hes. Sc. 89〜/ Diod. 4-9〜/ Ath. 4-157f, 13-603d/ Paus. 1-32, 4-34/ Eur. Heracl. 859〜/ Pind. Pyth. 9-79〜/ Ant. Lib. Met. 33/ etc.

エウリュステネース Eurysthenes, Εὐρυσθένης, (仏) Eurysthénès, (伊) Euristene, (西)(葡) Euristenes, (露) Еврисфен

スパルター*のアーギアダイ*王家の始祖。巻末系図 021 を参照。ヘーラクレース*の子孫アリストデーモス❷*の子。プロクレース*の双生兄弟。誕生後間もなく父に死なれ、兄弟のうち長子の方が後継者に立てられることになったが、2 人とも王位に即けたく思った母アルゲイアー Argeia は、「長幼の別は自分にもわかりかねる」と偽った。ところが、彼女の挙動から常にエウリュステネースの方が弟よりも優先的に扱われている事実を知ったスパルターの人々は、彼を嗣子と認め国費で養育することにした。デルポイ*の神託が「2 人とも王にし、年長の方をより重んぜよ」と命じたので、兄弟は並んで王位に即いたものの、生涯仲が悪く、その不和は 2 人の子孫にまで末永く続いたという。
Herodot. 4-147, 6-51〜52, 7-204/ Paus. 3-1/ Cic. Div. 2-43 (90)/ Apollod. 2-8/ Strab. 8-364/ etc.

エウリュディケー Eurydike, Εὐρυδίκη, Eurydice, (伊) Euridice, (西)(葡) Eurídice, (露) Эвридика, Евридика

(「広く裁く女」の意) ギリシア神話中の楽人オルペウス*の妻。ふつう木の精のニュンペー*(ニンフ*)(⇒ドリュアス)の 1 人とされる。トラーケー*(トラーキアー*)の野をナーイアデス*(水の精のニュンペーたち)と歩いている時に —— 一説には、彼女を犯そうとした牧者アリスタイオス*に追われて、逃げ回る間に —— 、あやまって毒蛇を踏み、足を咬まれて死んでしまった。妻を恋い慕うオルペウスが、冥界へ降って音楽の力で神々の心を動かし、彼女を地上へ連れ帰ろうとした物語については、オルペウスの項を参照。

古く叙事詩圏*の作品中では、トロイアー*の英雄アイネイアース*の妻はクレウーサ*ではなく、エウリュディケーと呼ばれていた。また異説によると、オルペウスの妻の名はアグリオペー Agriope とされている。

オルペウス、エウリュディケーとヘルメース*神を表現した前 420 年頃の浮彫彫刻のローマ時代の模刻が伝存する (パリ、ルーヴル美術館)。
Eur. Alc. 357〜/ Pl. Symp. 179d/ Verg. G. 4-454〜/ Ov. Met. 10-1〜/ Apollod. 1-3/ Moschus 3-124/ Diod. 4-25/ Conon Narr. 45/ Paus. 9-30/ Hyg. Fab. 273/ Cypria Fr./ Isoc. 11-8/ etc.

エウリュディケー Eurydike, Εὐρυδίκη, Eurydice, (伊) Euridice, (西)(葡) Eurídice, (露) Эвридика, Евридика

マケドニアー*王室の女性名。巻末系図 027 を参照。

❶ (前 4 世紀前半) イッリュリアー*の王女。マケドニアー*王アミュンタース 3 世*の妃。娘エウリュオネー Euryone の夫プトレマイオス・アローリテース Ptolemaios Alorites (在位・前 368〜前 365) を恋人とし、彼を王座に即けるべく、夫王の殺害を画策、エウリュオネーの密告により発覚するが赦される。夫の死後、即位した長男アレクサンドロス 2 世*を、情夫プトレマイオスに政権を与えるために暗殺し (前 368 頃)、さらに続いて王に立った次男のペルディッカース 3 世*をも同様の手口で謀殺した (前 359 頃) という。末子ピリッポス 2 世*の登位をも妨害するが、逆に国を追い出されてアテーナイ*の将軍イーピクラテース*のもとへ逃れた。アレクサンドロス大王*の祖母にあたる。
Diod. 15-71, -77, 16-2/ Just. 7-4〜5/ Nep. Iphicrates 3/ Paus. 5-17/ Aeschin. 2-26〜/ Suda/ etc.

❷ (前 337 頃〜前 317) 本名アデアー Adea (Adeia)。マケドニアー*王アミュンタース 4 世*とキュナネー Kynane (またはキュンナ Kynna。ピリッポス 2 世*の娘) との間に産まれ、母から武芸を教わる。大王の死 (前 323) 後、将軍ペルディッカース*によって母を殺されるが、彼女自身はピリッポス 3 世*アッリダイオス (アレクサンドロス大王の異母兄) の妃となり (前 322)、愚昧な夫王を尻に敷き専権を振るう。カッサンドロス*と結んで、大王の幼い遺児アレクサンドロス 4 世*や大王の生母オリュンピアス*を追い払ったものの、やがて軍隊に見捨てられ、夫とともに牢獄に捕われの身となる。勝ち誇ったオリュンピアスは、まずこの 2 人を狭い場所に閉じ込め、小さな穴から最小限の食物を与えたのち、アッリダイオスを槍で刺殺。エウリュディケーには毒人参と紐と剣を送り届け、死に方を択ばせたところ、彼女は紐を択び縊死して果てた。享年 20。
Diod. 18-39, 9-11, -52/ Just. 14-5/ Ael. V. H. 13-36/ Ath. 4-155, 13-560/ Polyaenus 8-60/ Phot./ etc.

❸ (前 4 世紀末〜前 3 世紀初頭) アンティパトロス*の娘。プトレマイオス 1 世*の妻となり、3 男 2 女の母となる。長男プトレマイオス・ケラウノス*と次男メレアグロス Meleagros は相次いでマケドニアー*王となり、三男 (名前不詳) は異母弟のプトレマイオス 2 世*に殺される。娘のうちプトレマーイス Ptolemaïs はデーメートリオス 1 世*・ポリオルケーテースと結婚し、リューサンドラー*はリューシマコス*の子アガトクレース*の妻となる。の

ちエウリュディケーは、夫王プトレマイオスの寵愛を侍女のベレニーケー1世*に奪われて、エジプトの宮廷を退去し、ミーレートス*に住んだ。
⇒巻末系図045
Paus. 1-7, -9/ Plut. Demetr. 32, 46, Pyrrh. 4/ etc.
❹マケドニアー*王ピリッポス2世*の継室（⇒クレオパトラー❶）。
❺その他、トラーケー*（トラーキアー*）王リューシマコス*の娘で、マケドニアー*王カッサンドロス*の息子アンティパトロス❷*（マケドニアー王、在位・前297／296）に嫁ぐが、のち父リューシマコスに夫を殺され（前294）、自らも父王の命で永久に幽閉されたエウリュディケー（巻末系図038参照）や、アテーナイ*の名将ミルティアデース*の末裔で、前夫キューレーネー*の君主オペッラース*の死（前309頃）後、アンティゴノス朝*マケドニアーの王デーメートリオス❶*・ポリオルケーテースの妻となったエウリュディケー（巻末系図048参照）ら多くの同名人物が知られている。
Just. 16-2, 30-1/ Plut. Demetr. 14, 53/ Diod. 20-40/ Euseb./ Arm./ etc.

エウリュノメー Eurynome, Εὐρυνόμη,（仏）Euynomé,（伊）Eurinome,（西）（葡）Euríname,（露）Эвринома, Евринома
ギリシア神話中、オーケアノス*とテーテュース*の娘。大神ゼウス*と交わって優美の女神たちカリテス*（カリス*たち）、およびアーソーポス*河神の母となった。オリュンポス*から墜落してきたヘーパイストス*を、テティス*と一緒に助けたのは彼女である。先住民ペラスゴイ*人の創世神話と推測される古伝によると、エウリュノメーは万物の女神で、宇宙という卵を産み落とし、大蛇オピーオーン Ophion（または、オピオーネウス Ophioneus）とともに、クロノス*の治世以前に世界を支配していたが、のちクロノスとレアー*に支配権を奪われて海洋(オーケアノス)中に突き落とされたという。アルカディアー*のピガレイア*にある彼女の古い神殿では、上半身が女、下半身が魚の姿で表わされていた。
Hes. Th. 358, 907〜/ Apollod. 3-12/ Hom. Il. 18-394〜/ Ap. Rhod. 1-503〜/ Paus. 8-41/ Origen. C. Cels. 1-6/ Tzetz. ad Lycoph. 1191/ etc.

エウリュバトス Eurybatos, Εὐρύβατος, Eurybatus,（伊）Euribato,（西）Euríbato,（露）Эврибат
（前6世紀中頃）リューディアー*王クロイソス*に信任されたエペソス*市民。アカイメネース朝*ペルシア*のキューロス*大王に対する戦争準備中、傭兵軍を募るべく王から巨額の金を託されてペロポンネーソス*へ送り出された。ところが彼は、にわかに寝返りをうってキューロス側に走り、以来ギリシア人の間でその名は「裏切者」の代名詞のごとくに使われるようになった。
Aeschin. 3-137/ Pl. Prt. 327/ Diod. 9-32/ Ulpian./ etc.

エウリュビアデース Eurybiades, Εὐρυβιάδης,（仏）Eurybiade, Eurybiadès,（伊）Euribiade,（西）Euribíades,（露）Эврибиад,（現ギリシア語）Evribiádhis
（前5世紀初頭に活躍）ペルシア戦争*中のスパルター*の提督（在職・前480）。ギリシア連合艦隊の総帥に選ばれ、アルテミーシオン*、サラミース❶*の両海戦を指揮した（前480）。彼は当初、サラミース湾でアカイメネース朝*ペルシア*の大艦隊を迎え撃つことに反対していたが、アテーナイ*の名将テミストクレース*の膝詰め談判の結果、説き伏せられて同意したという。危機に際しては無気力な人と評され、サラミースの海戦の栄誉はテミストクレースに帰されている。
Herodot. 8-2, -4〜5, -42, -49, -57〜64, -74, -79, -108, -124/ Plut. Them. 7, 11/ etc.

エウリュポーンティダイ Eurypontidai, Εὐρυπωντίδαι, Eurypontidae,（英）Euryp(h)ontids,（仏）Eurypontides,（独）Eurypontiden,（伊）Euripontidi,（西）Euripóntidas,（葡）Euripôntidas,（露）Эврипонтиды
スパルター*2王家のうちの弟系。始祖の名を取って、プロクレース*家とも呼ばれる。同家出身の諸王中、アゲーシラーオス2世*、アーギス2世*、同4世*、アルキダーモス2世*、レオーテュキダース（レオーテュキデース）2世*らが名高い。この王朝の支配は、アルキダーモス5世*の殺害（前227）で絶えるが、嫡系の王クレオメーネース3世*が独裁者のそしりを避けるべく弟のエウクレイダース Eukleidas（在位・前227〜前222）を共治の王に立てたので、なお数年間2王制は保たれた。前207年に王位を簒奪したナビス*は、エウリュポーンティダイ王家の血統を引くと考えられている。巻末系図021〜022を参照。
⇒アーギアダイ
Strab. 8-366/ Paus. 3-7/ Herodot. 8-131/ Plut. Lyc. 1/ Diod. 7-8/ etc.

エウリュメドーン Eurymedon, Εὐρυμέδων,（伊）（西）（葡）Eurimedonte,（露）Эвримедонт
（現・Köprü Çayi、またはPazar Çayi）小アジア南部パンピューリアー*地方を流れる主要な河。ピシディアー*山地に源を発し、南下してリュキアー*海に注ぐ。河口から8マイル溯航した西岸にアスペンドス*市があった。前467年頃この河口近くでアテーナイ*の将軍キモーン*は、アカイメネース朝*ペルシア*帝国の艦隊を破り、また地上戦でも勝利を収めた。
⇒ペルシア戦争
Thuc. 1-100/ Xen. Hell. 4-3, -8/ Plut. Cim. 12〜/ Strab. 12-571, 14-667/ Liv. 33-41, 37-23/ Arr. Anab. 1-27/ Ptol. Geog. 5-5/ Diod. 11-61〜/ etc.

エウロス Euros, Εὖρος, Eurus,（伊）（西）Euro

ギリシアの東南風の擬人神。曙の女神エーオース＊とアストライオス＊の子（父はテューポーン＊ともいわれる）。ボレアース＊（北風）、ゼピュロス＊（西風）らの兄弟。元来、エウロスは東風を指していたが、のちに東北風をカイキアース Kaikias、東風をアペーリオーテース Apeliotes と呼ぶようになってからは、東南風を意味する語に変化した。神話は特にない。
⇒巻末系図 002
Hom. Il. 2-145, 16-765, Od. 5-332, 19-206/ Verg. Aen. 1-131〜/ Ov. Met. 1-61/ etc.

エウロータース（河） Eurotas, Εὐρώτας,（伊）Eurota,（露）Евротa

（現・エヴロタス Evrótas, Basilipotamo）ペロポンネーソス＊半島のラコーニアー＊（ラコーニカー＊）地方を流れる河。同地方をほぼ北から南へ貫流して、ラコーニアー湾に注ぐ。スパルター＊、テラプナイ＊（テラプネー＊）、アミュークライ＊などの諸市は、この河の岸辺にある。別名をヒーメロス Himeros 河といい、伝承によると同名の若者ヒーメロス（ラケダイモーン＊の子）が、実の姉妹を犯したことを後悔して河に身を投げて以来、この名がついたという。さらに、スパルター王家の祖エウロータースが、アテーナイ＊人との戦闘に敗れたことに絶望して投身して以来、主にエウロータースの名で呼ばれるようになったとも伝えられる。
Pind. Ol. 6-28/ Xen. Hell. 6-5/ Apollod. 3-10/ Paus. 3-1, -13, -18, -19, -21, 8-44, -54/ Ptol. Geog. 3-14/ etc.

エウローパ Europa
⇒エウローペー、ヨーロッパ

エウローペー Europe, Εὐρώπη, Europa,（露）Европа,（現ギリシア語）Evrópi

ギリシア神話中、ヨーロッパ＊（ギリシア語でエウローペー）にその名を与えたフェニキア＊の王女。テュロス＊王アゲーノール＊（またはポイニクス＊）の美しい娘で、カドモス＊らの姉妹。彼女に恋した大神ゼウス＊は、白い雄牛に変身して、海浜で侍女たちと戯れるエウローペーに近づき（あるいは美しい雄牛を送り込み）、その背に彼女を乗せるとクレーター＊（クレーテー＊）島へ泳ぎ去り、ゴルテューン＊のプラタナス（篠懸）の木蔭で交わって、ミーノース＊とラダマンテュス＊（および後世の伝ではサルペードーン＊も）らの息子たちを儲けた —— 以来、篠懸の木は常緑樹になったという —— 。のちエウローペーは、クレーター王アステリオス Asterios（ないしアステリオーン Asterion）の妻となり、王は彼女の息子たちを養子に迎え、ミーノースを後継者とした。ゼウスはエウローペーに、島を守護する青銅巨人タロース＊、必ず獲物を捕える猟犬ライラプス＊、決して的を外すことのない投槍を与えたが、これらの贈物は後にミーノースに譲られ、猟犬と投槍はミーノースから愛人プロクリス＊、さらにその夫ケパロス＊へと伝えられた。エウローペーはクレーター島では女神として崇拝され、ヘッローティア Hellotia なる祭礼が捧げられ、彼女の遺骨を捧持する行列などが繰り広げられていた。また彼女を誘拐した雄牛は、黄道 12 星座中の雄牛座（ラ）Taurus となった

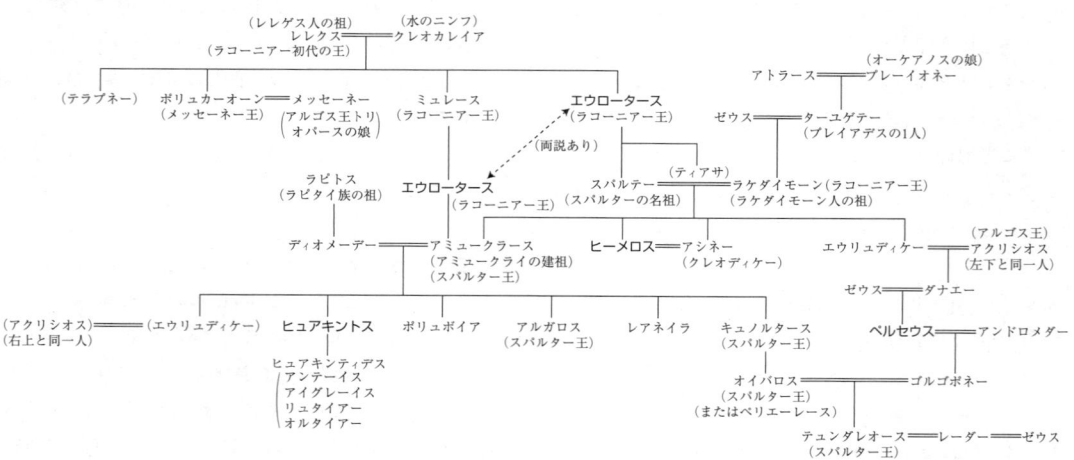

系図 102　エウロータース（河）

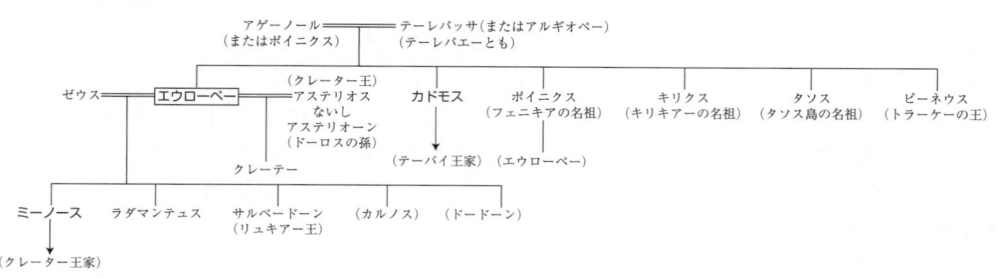

系図 103　エウローペー

という。

前6世紀以来、雄牛にまたがるエウローペーの姿は、彫刻や絵画の主題として好んでとり上げられ、詩歌にもしばしば詠まれている。

Hom. Il. 14-321～/ Apollod. 2-5, 3-1, -4/ Herodot. 1-2, 4-45/ Conon Narr. 32, 37/ Ov. Met. 2-836～, Fast. 5-603～/ Plin. N. H. 12-5/ Eratosth. 14, 33/ Diod. 4-60, 5-78/ Hyg. Fab. 178/ Moschus 2/ Theophr. Hist. Pl. 1-15/ etc.

エウローポス　Europos
⇒ドゥーラ・エウローポス

エーエティオーン　Eëtion, ’Ηετίων, Eetion, (仏) Eétion, (伊) Eetione, (露) Ээтион

ギリシア伝説中、ミューシアー*のテーベー Thebe の王。アンドロマケー*（ヘクトール*の妻）の父。トロイアー*の同盟者であったため、アキッレウス*の攻撃を受け、1日のうちに7人の息子たちとともに殺された。

Hom. Il. 6-395～/ Apollod. 3-12/ Strab. 13-585/ etc.

エーオース　Eos, ’Ηώς（または〈アッティケー*方言〉ヘオース Heos, ῎Εως), (仏) Éôs, (露) Эос, (現ギリシア語) Ιός

ギリシアの曙の女神。ローマのアウローラ*に相当。ティーターン*神族のヒュペリーオーン*とテイアー*の娘。ヘーリオス*（太陽）とセレーネー*（月）の姉妹。アストライオス*との間に風神ボレアース*、ゼピュロス*、ノトス*や星々を産んだ。彼女は世界の東涯にある宮殿に住み、毎朝2頭の駿馬ランポス Lampos（光）とパエトーン Phaeton（輝き）に曳かせた黄金の戦車に乗ると、天空の門戸を開いて兄弟たる日輪（ヘーリオス）の先駆けをしながら、東から西へと大空を渡っていく。そして、夕方にはオーケアノス*の西方の果てに没し、夜の間に東天へと回帰しているものと信じられていた。ホメーロス*に「薔薇色の指もてる」とか「サフラン色の衣を纏（まと）える」女神と歌われ、また美術作品などでは冠を被り松明を掲げて飛翔する有翼の女性として描写され、時には天馬ペーガソス*に騎（の）っている姿で表わされることもある。彼女は軍神アレース*と通じたために、アプロディーテー*（アレースの恋人）の憎しみを買い、たえず美しい人間の若者に想いを焦がすようになったが、いずれも不幸な結末に終わった（⇒オーリーオーン、ケパロス、ティートーノス）。また、エーオースはメランプース*の孫クレイトス Kleitos を恋して、オリュンポス*へさらっていき、神々の仲間入りをさせたほか、一説には美少年ガニュメーデース*をも天上へ奪い去ったという。トロイアー戦争*で息子のメムノーン*（父はティートーノス*）がアキッレウス*に討たれた時に、彼女の流した涙が朝露になったと伝えられる。

Apollod. 1-2, -4, -9, 3-12, -14/ Hes. Th. 371～, 378～, 986～/ Hom. Il. 11-1, Od. 5-1～, 23-246/ Hymn. Hom. Ven. 218～/ Hyg. Fab. 160, 189, 270/ Pind. Ol. 2-83, Nem. 6-50～/ Paus. 1-3/ Quint. Smyrn. 1-48～/ Ov. Fast. 3-877, 4-389, Met. 7-690～/ Diod. 4-75/ etc.

エオースポロス　Eosphoros
⇒ヘオースポロス

エキドナ　Ekhidna, ῎Εχιδνα, Echidna, (仏) Échidné, Échidna, (西) Equidna, (葡) Equídna, (露) Ехидна

（「毒蛇」の意）上半身は女、下半身は蛇の怪物。ポルキュス*（ポントス*とガイア*の子）の娘とも、クリューサーオル Khrysaor（⇒巻末系図 001）とカッリッロエー*（オーケアニデス*の1人）との娘とも、タルタロス*もしくはステュクス*の娘ともさまざまに伝えられる。巨竜テューポーン*と交わって、地獄の番犬ケルベロス*、レルネー*の水蛇ヒュドラー*、キマイラ*、そして怪犬オルトロス*などを出産。さらに子のオルトロスと交わって、スピンクス*、ネメアー*の雌獅子（⇒ヘーラクレース*の十二功業）、クロンミュオーン*の雌猪等を産んだ。そのほかヘスペリデス*の園の竜ラードーン*やコルキス*の金毛羊皮を番した竜（⇒アルゴナウテースたち）、プロメーテウス*の肝臓を食う巨鷲、スキュッラ*など大勢の神話中の怪物たちの母とされている。最後にエキドナは眠っているところを、百眼巨

系図104　エーオース

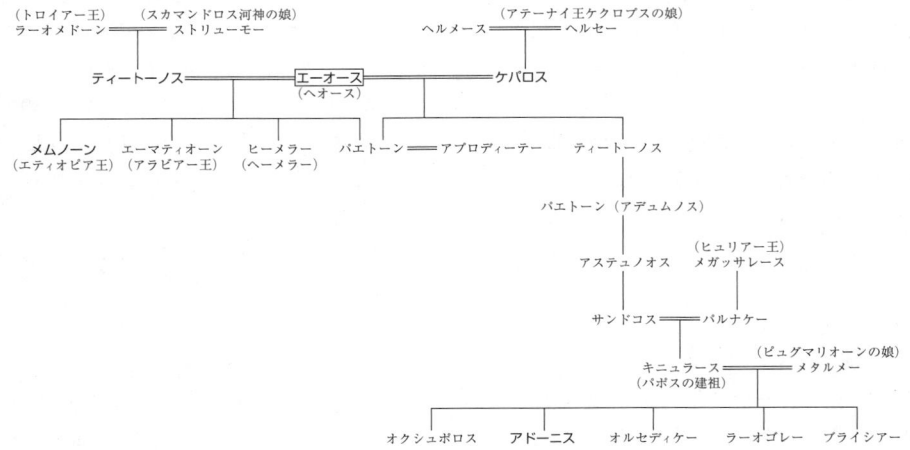

人アルゴス❶*に退治されたという。

　近代ヨーロッパ諸語では、単孔目に属するハリモグラがエキドナの名で呼ばれている（〈英〉echidna,〈仏〉échidné,〈露〉ехидна）。

⇒デルピュネー

Hes. Th. 295～/ Paus. 8-18/ Apollod. 2-1, -3, -5, 4-9/ Herodot. 4-9～/ Diod. 2-43/ Steph. Byz./ etc.

エクィテース　Equites（〈単〉エクェス Eques），（英）Equestrians，（仏）Chevaliers，（伊）Cavalieri，（西）Caballeros，（露）Эквиты

　ローマの「騎士」身分。元老院議員(セナートル*)に次いで重要なローマ市民第2の身分。元来彼らは軍の騎馬兵を構成する者たちであったが、第2次ポエニー戦争*（前218～前201）後、軍事的機能を失い、エクィテースなる名称は、次第に元老院身分以外の富裕者層のことを指すようになっていった。地主階級としては元老院身分と共通の利害関係を有したが、他方前218年来、元老院議員には禁じられた商業・貿易や金融業・国家の請負事業に従事することができ、非常な財力を得たので、両身分の間には反目が生ずるに至った。C. グラックス*が40万セーステルティウス以上の財産資格を有する者を騎士身分として確定し、黄金の指環を嵌める権利を認め、またこの身分から元老院議員と同数（300人）の陪審員を選んで、それまで元老院(セナートゥス*)に独占されていた裁判にも当たらせた（前122）。以降エクィテースは、ローマの拡大とともに目ざましく活躍し、共和政末期には政治的にも重要な役割を果たし（⇒キケロー）、特に収税請負人(プーブリカーニー*)として属州を容赦なく搾取したことで悪名高い。帝政期に入ると、諸皇帝は元老院との対抗上、近衛軍司令官やエジプト領事などの要職に騎士身分の者を登用、かくて富と高位を独占した元老院議員と騎士は「両身分 uterque ordo」と呼ばれて一般市民とは別扱いされ、公侯伯子男の5等爵に相当する一種の爵位を与えられて諸特権を享受した。後3世紀後半には騎士が軍事指揮権や属州総督職を元老院議員から奪うまでに台頭したが、帝国の衰退とともに次第に政治的な力を失っていった。

　ローマ騎士の起源は、ロームルス*の親衛隊を務めた300人の騎馬兵 Celeres であると伝えられ、もともと元老院身分と同じ社会層に属し、古王セルウィウス・トゥッリウス*の民会(コミティア*)改革では、ともに最富裕の等級「騎士」に属し、18の百人隊(ケントゥリア) centuria を構成していたという。

⇒元老院議員(セナートル)

Plin. N. H. 33-7～9/ Plut. Gracch. 16, 26/ Cic. Clu. 55 (152), Sest. 40 (87)/ Liv. 1-15, 30-43/ Suet. Iul. 41, Aug. 34, 38～39/ Tac. Ann. 1-7, 15-48/ Plin. Ep. 1-19/ Dion. Hal. Ant. Rom. 6-13/ Diod. 20-36/ etc.

エクセーキアース　Eksekias, Ἐξηκίας, Execias,（仏）Exékias,（独）Exekias

（前550頃～前525頃に活動）アテーナイ*で活躍した陶器画家、陶工。アッティケー*（アッティカ*）の黒絵式壺絵の完成者。神話伝説を題材にした作品が多く、『アキッレウス*とアイアース*の将棋図』（前530頃、ヴァティカーノ博物館蔵）や『大アイアース*の自殺』（前530頃、ブーローニュ美術館蔵）、『海を渡るディオニューソス*』（前535頃、ミュンヘン国立古代美術館蔵）、さらに『メムノーン*』『アキッレウスとペンテシレイア*』（前540頃～前530頃、ともに大英博物館蔵）が有名。人間精神の劇的瞬間を巧みに表現し、また陶器の曲面を利用した構成の妙は天才的と評される。

⇒アンドキデース❷、エウプロニオス、ブリュゴス

エグナーティウス（エグナーティア）街道（ウィア・エグナーティア*）　Via Egnatia (Via Gnatia),（ギ）Egnātiā Hodos, Ἐγνατία（または、Ἰγνατία）Ὁδός,（伊）Via Egnazia,（西）Via Egnacia

　ローマ帝国の重要な公道。イタリアのアッピウス街道*（ウィア・アッピア*）を延長した軍用道路で、建設者のマケドニア*総督 Cn. エグナーティウス Egnatius（前2世紀後半）にちなんで、異説によるとアープーリア*地方東岸の町エグナーティアにちなんで名づけられ、ローマと東方を繋ぐ主たる街道となった。前130年頃、デューッラキオン*とアポッローニアー*からバルカン半島を越えてトラーキアー*（トラーケー*）沿岸を走り、ビューザンティオン*に達する、イタリア半島外初のローマ幹線道路として建設。テッサロニーケー*、アンピポリス*、ヘーラクレイア❷*、アイガイ*、ペッラ*などの主要諸市を点綴しており、古くからの交易路に沿って走っていた。

Plin. N. H. 2-111, 3-11/ Hor. Sat. 1-5/ Strab. 6-282/ Mela 2-4/ It. Ant./ etc.

エクノムス　Ecnomus

⇒エクノモス

エクノモス　Eknomos, Ἔκνομος,（Eknomon, Ἔκνομον），Ecnomus,（伊）Economo

（現・Poggio di Sant' Angelo または Monte Cufino）シケリアー*（現・シチリア）島南岸の岬。アクラガース*（アグリゲントゥム*）の東南に位置し、前256年春この沖合でローマ艦隊がカルターゴー*海軍を打ち破ったことで知られる（⇒レーグルス）。また前311年、この岬の北方でシュラークーサイ*の僭主アガトクレース*が、カルターゴーの将ハミルカル Hamilcar（ギスコー❶*の子。ハンノー❹*の孫）に敗れている。岬の丘麓には、アクラガースの支配者ピンティアース Phintias によって同名の町ピンティアース（現・Licata）が建設されていた（前282／280）。

Polyb. 1-25/ Diod. 19-107～110/ Plut. Dion 26/ etc.

エクバタナ　Ekbatana, Ἐκβάτανα,（Agbatana, Ἀγβάτανα），Ecbatana,（仏）Ecbatane,（伊）Ecbàtana,（葡）Ecbátana,（露）Экбатана,（古イーラーン語）Haṅgmatāna,（古ヘブライ

語）A(k)hmetha, （アッカド語）Agamatanu, （アッシュリアー語）Amadana, （エラム語）Agmadana, （アラム語）Hagmatana

（現・ハマダーン Hamadan, Hamedan）古代メーディアー*王国の首都。史家ヘーロドトス*によれば、メーディアー王家初代のデーイオケース*が壮大強固なる城郭都市として創建（前700頃）。同心円を描く7重の城壁の中央に宮殿があり、各壁面は金・銀・赤・青などの彩色が施されていたという。国都として、また通商上、軍事上の要衝として繁栄したが、前550年キューロス*大王の軍門に降ってからは、アカイメネース朝*ペルシア*の夏宮の所在地とされ、次いで前330年、アレクサンドロス大王*の占領するところとなった。同年秋この地においてマケドニアー*の老将パルメニオーン*は、アレクサンドロスの密命により暗殺され、その6年後には大王の念友ヘーパイスティオーン*が同地で没し、衆目を驚かす豪華な葬儀が営まれた（前324）。セレウコス朝*シュリアー*も、アルサケース朝パルティアー*も、サーサーン朝*ペルシアも、ここを夏の王都とした（⇒クテーシポーン）が、ついに後645年アラブ人に征服され、以来イスラーム時代には地方都市に過ぎなくなった。ヘレニズム時代にはエピパニア Epiphania という名で呼ばれていた。

エクバタナの王宮には、かつてアカイメネース朝ペルシアの財宝が集められており、それは計18万タラントンという途方もなく莫大な金額に達していたと記録されている。また前324年の初秋、アレクサンドロス大王が東征の完結を記念して、この町で各種運動競技や演劇・音楽の競演、若者たちの美男コンテスト等々を含む極めて盛大な奉納祝祭典を開催したことは名高い。

Herodot. 1-98/ Strab. 13-522～524, 15-731/ Polyb. 10-27～28/ Xen. An. 2-4, 3-5/ Ar. Ach. 64, 613, Eq. 1089, Vesp. 1143/ Curtius 4-5, 5-8, -13, 7-98/ Diod. 2-13/ Arr. Anab. 7-14/ Tac. Ann. 15-31/ Ptol. Geog. 1-12, 6-2, 8-21/ etc.

エーゲ海 （ギ）Aigaion Pelagos, τὸ Αἰγαῖον πέλαγος, Aigaios Pontos, ὁ Αἰγαῖος πόντος, （現ギリシア語・Eγéo Pélagos）, （ラ）Aegaeum Mare, （英）Aegean Sea, （仏）Mer Égée, （独）Ägäisches Meer, （伊）Mare Egeo, （西）Mar Egeo, （葡）Mar Egeu, （露）Эгейское море, （トルコ語）Ege Denizi

⇒アイガイオン（海）

エゲスタ Egesta, Ἔγεστα（または、アイゲスタ Aigesta, Αἴγεστα, Aegesta）,（ラ）セゲスタ Segesta, （仏）Ségeste

（現・セジェスタ Segesta,〈シチリア語〉Seggesta）シケリアー*（現・シチリア）島北西部にエリュモイ*人の建てた都市。伝承ではトロイアー*王家の血をひくアイゲステース*もしくはアイネイアース*（アエネーアース*）が創設したとされ、ウェルギリウス*はこの町をアケスタ*と呼んでいる。

前6世紀初頭以来、南西岸の都市セリーヌース*（現・セリヌンテ）と絶えず抗争を繰り返し、その結果、ペロポンネーソス戦争*中の前415年にはエゲスタの要請により盟邦アテーナイ*軍のシケリアー遠征が行なわれた。前413年アテーナイ軍がシュラークーサイ*に潰滅させられると、次にエゲスタはカルターゴー*を頼り（前410）、シケリアー西半を支配する同国の勢力下に入る（前409、⇒ハンニバル❷）。以来、短期間アガトクレース*に占領された時（前307、ディカイオポリス Dikaiopolis 市と改称される）、およびエーペイロス*王ピュッロス*に侵略された時（前276）を除いて、終始カルターゴーの版図に留まったが、第1次ポエニー戦争*（前264～前241）が始まると、いち早くローマ軍に降伏し、以降ローマ領内に含まれた。

第2次奴隷戦争（前104～前99）後、漸次衰退し、後2世紀末までに市民は5km東北の温泉地アクアェ・セゲスターナエ Aquae Segestanae（現・Terme Segestane）へ移住した。

今日もドーリス*式の未完だが保存状態のよい神殿（前5世紀）をはじめ、2重の市壁の一部や劇場（テアートロン*）（前170頃）、アルカイック期の聖域（前6世紀）、アゴラー*などの遺跡を見ることができる。

⇒エリュクス

Thuc. 6-2, -6～8, -46, 7-57/ Lycoph. 968/ Cic. Verr. 2-4-33 (72)/ Diod. 5-9, 13-7, -43～/ Strab. 13-608/ Dion. Hal. Ant. Rom. 1-52/ Ptol. Geog. 3-4, 8-9/ etc.

エーゲ文明 （英）Aegean civilization, （仏）Civilisation égéenne, （独）Ägäische Kultur, （伊）Civiltà egea, （西）Civilización egea, （葡）Civilização egéia, （露）Эгейская культура

前3000年頃から前1200年頃にかけてエーゲ（アイガイオン*）海域を中心に栄えた青銅器文明。高度なオリエント文明の影響を受けて発達し、オリーヴ、葡萄などの果樹栽培と海上貿易を基礎に、独創性の強い「史上最初の海洋文明」を築き上げた。地域別にクレーター*、トロイアー*、キュクラデス*、そしてギリシア本土のヘラディック Helladic（その後期がミュケーナイ*文化）の諸文化に分けられるが、相互に密接な関係があり、共通性が強い。前2000年頃からクレーター島のミーノース*文化（ミノア文明。（英）Minoan Civilization）が優勢になりエーゲ文明前期を代表したが、前1600年頃からアカーイアー*人（アカイオイ*）が急に台頭してクレーター文化に学びつつ独自のミュケーナイ文化（ミケーネ文明、（英）Mycenaean (Mycenian) Civilization）を形成、エーゲ文明を統一し、その遺産を後世のギリシア人に伝えた。3体の文字（絵文字と線文字A・B）が知られ、そのうち線文字Bは英国のヴェントリス Michael Ventris (1922～56)らによって解読され、古いギリシア語であることが明らかにされている（1952）。

⇒ミーノース、ミーノータウロス

エーゲリア　Egeria, Aegeria, (ギ) Ēgeriā, 'Ηγερία, (仏) Égérie, (露) Эгерия

アリーキア*のディアーナ*女神の聖林の泉のニンフ*。ローマではカペーナ*門 Porta Capena 外のカメーナエ*の森にあった泉の精とされ、ウェスタ*の巫女（ウェスターリス*）は祭式用の水をその泉から汲む習慣であった。彼女はローマ第2代の王ヌマ*の愛人もしくは妻であり、王に政治や宗教上の助言を与えたと伝えられる。ヌマが死んだ時、彼女は悲嘆のあまり、アリーキアへ退去し、そこでディアーナによって泉に変身させられたという。このようにエーゲリアは、ディアーナやカメーナエと関連して尊崇され、予言力を有すると見なされ、また出産の女神として妊婦から崇敬を受けた。

Ov. Met. 15-482～, Fast. 3-273～/ Strab. 5-240/ Plut. Num. 13/ Liv. 1-21/ Juv. 3-11～/ Dion. Hal. Ant. Rom. 2-60～/ Verg. Aen. 7-762～/ etc.

エーコー　Ekho, 'Ηχώ, Echo, (仏) Écho, (伊) Èco, (西) (葡) Eco, (露) Эхо

（「音響、木魂」の意）ギリシア神話中、木魂に化した山のニュンペー*（ニンフ*）（⇒オレイアス）。ローマの詩人オウィディウス*によると、エーコーはゼウス*がニュンペーたちと浮気をする都度、その妃ヘーラー*を多弁で引き留めていたため、女神の怒りを買って、ただ他人の言葉の末尾を繰り返すことしかできないようにされた。そこで美青年ナルキッソス*に恋しても、うまく言い寄れず、ついぞ相手にされなかったので、失意のあまり憔悴し果てた彼女は姿を消してしまい、ただ声だけの存在（＝山彦）になったという。また、ロンゴス*の伝えるところでは、パーン*の求愛を拒んだために、パーンによって発狂させられた羊飼いたちの手で八つ裂きにされ、その遺骸はガイア*（大地）におおわれたものの、声だけが残って木魂になったとされている。一説に彼女とパーンとの間にイユンクス*という娘が生まれたが、この娘は媚薬を用いてゼウスの愛を得たせいで、ヘーラーによって蟻吸（ギリシア語でイユンクス）なる鳥に変身させられた —— 古代ギリシアでイユンクスは恋の魔法に用いられる —— との話も残っている。

Ov. Met. 3-356～/ Longus 3-23/ Anth. Pal. 9-27/ Paus. 2-35, 5-21/ Columella 9-5/ Auson. Epigr. 11-7/ Nonnus Dion. 4-327/ etc.

エジプト　(英) Egypt, (仏) Égypte, (独) Ägypten, (伊) Egitto, (西)(葡) Egipto, (露) Египет, (ギ) アイギュプトス*, (ラ) アエギュプトゥス, (アラビア語) Miṣr (Maṣr), (ヘブライ語) Miṣraīm (Mitzráyīm), (ペルシア語) Mesr, (トルコ語) Mısır, (クルド語) Misir, (現ギリシア語) Égiptos, (漢) 埃及

（古エジプト名・「黒い土地」Kemet）ナイル（ネイロス*）河流域の世界最古の文明の発祥地。北を地中海、東を紅海、西をリビア*（リビュエー*）砂漠、南をエティオピア*（アイティオピアー*）に囲まれた豊沃な穀倉地帯で、古くからナイル河下流のデルタ（三角州）を成す下エジプトと、上流の渓谷地方たる上エジプトに区別されていた。前6千年紀頃ナイルの定期的氾濫を利用した農耕文化が起こり、前3100年頃には上下両エジプトを併せた最初の統一王国が成立。以来3千年にわたって"ハム語族（アフロ・アジア語族）"を中心とする歴代王朝のもと、独自の高度な文明が開花した。プトレマイオス朝*の歴史家マネトーン*に従って、初代の王メーネース Menes（またはミーン Min）から前332年のアレクサンドロス大王*による征服までの間を、通常31の王朝に分ける。その盛時は、巨大なピラミッド（複）Pyramides の造られた古王国（第3～6王朝）、ギリシア人が迷宮（ラビュリントス*）と呼んだ葬祭殿の営まれた中王国（第11～12王朝）、異民族ヒュクソース Hyksos を放逐してパレスティナ*、シュリアー*、エティオピアをも併せる広大な版図を築き上げた新王国（第18～20王朝）の3期で、その間に地方政権の分立する第1・第2中間期が挿入される。神なる国王ファラオ Pharaō たちに支配されたこの時代に、メンピス*やヘーリオポリス❷*、アビュードス❷*、ヘルモポリス*などの諸都市が繁栄、特に中・新王国の首都となったテーバイ❷*の町は豪壮な大神殿、王宮が建ち並び、オリエント世界第1の都市として殷賑を極め、ホメーロス*の叙事詩においても「百門の町」と謳われた。東方諸国や南海地方のみならず、ミーノース*文明のクレーター*、ミュケーナイ*文明のギリシア本土とも交易があり、ギリシア人はエジプトからさまざまな学問・思想・芸術様式を教わっている。

ギリシア神話中、アイギュプトス*が名祖の英雄とされるが、この言葉は古都メンピスのエジプト名「プター*の家 Ḥaka-ptaḥ」に由来すると考えられる。伝承によれば、ヘーパイストス*、ヘーリオス*をはじめオシーリス*とイーシス*、テューポーン*、ヘーラクレース*、アンモーン*らの神々や半神たちの統治の後、人間の王たちがエジプトを支配、なかでも美女ヘレネー*を匿ったプロートゥス*や、その子ランプシニトス*、アジアの征服と運河開鑿を行なったセソーストリス*、女王ニトークリス❷*らの名がギリシア人の間ではよく知られている。

エジプト人は世界最古の人類を称し、数学・天文学・医学など諸科学に通じて太陽暦を創始。壮大な石造建築物を多く造営し、彫刻や浮彫・絵画の技法を完成させた。また象形文字を発展させた種々の書体で文学作品や哲学文書を執筆し、無数の世俗的・宗教的パピューロス Papyros 文献を残す一方、霊魂の不滅と永遠の生命を信じて遺骸をミイラにして保存、ただし屍姦を恐れて亡骸は死後数日を経てからミイラ職人に手渡されたという。男女とも美容法や化粧術に気遣い、香料やおびただしい装飾品、宝石、鬘をつけ、全身を剃毛して主に亜麻の衣を着用。健康を保つべく浣腸や吐剤、避妊薬などさまざまな薬品を用い、男子には割礼を施した（時には女子割礼も）。近親間の結婚を重視し、兄弟姉妹や父娘の間で通婚を行ない、性道徳はきわめて自由で洗練されており、女色と並んで男色も一般的であった。

人類最初の一神教が登場する（前14世紀の太陽神 Aten, Aton 信仰）かと思えば、牛・犬・猫・羊・鳥・猿・鰐（わに）・蛇等々の動物神を崇拝し、祭礼の折には巨大な男根像を担いでまわったり、聖なる動物と人間の女との交接が公然と披露されたりした。

さしもの富と栄華を誇ったエジプトも前12世紀中頃から頽唐期に入り漸次衰退、第25王朝（エティオピア朝）時代にアッシュリアー*の侵略を受け（前671、前666、前664）、プサンメーティコス1世*に始まる第26王朝（前663～前525）下ではギリシア人傭兵が重用され、ナウクラティス*、ペールーシオン*などの都市に多量のギリシア人が流入。前525年アカイメネース朝*ペルシア*の大王カンビューセース*に征服されて、エジプトはペルシアの一太守（サトラペース）Satrapes 領となった（第27王朝）。ペルシア帝国*の支配に対してイナロース*とアミュルタイオス*が反乱を起こし（前460）、後者の同名の孫アミュルタイオスは第28王朝を開くが5年間1代限りで終わり（前404～前399）、その後ギリシア人傭兵の活躍もむなしく独立王朝（第29・30王朝）は短期間でついえ去った（⇒ネクタネボス、タコス、アゲーシラーオス2世、カブリアース、イーピクラテース）。エジプトがペルシア帝国（第31王朝、前341～前332）の桎梏から解放されたのは、結局アレクサンドロス大王*の遠征（前332）によってであり、住民は大王を救世主として歓迎し、彼にエジプト王の称号を与えた。それまでの間も、ソローン*、タレース*をはじめとしてピュータゴラース*、エウドクソス*、ヘーロドトス*、プラトーン*ら著名なギリシア人は、エジプトを訪問して神官たちから歴史・宗教など諸学芸を修得し、自国にもち帰っている。アレクサンドロス大王の死（前323）後、エジプトはその遺将プトレマイオス1世*の掌中に帰し、ヘレニズム時代を通じてプトレマイオス朝*が君臨（前305～前30）。首都アレクサンドレイア❶*には豪華な宮殿や国家神セラーピス*（サラーピス*）の神殿、学術研究機関ムーセイオン*、図書館、パロス*の大灯台などが建てられ、国際都市として、まだ学芸の中心地として大いに繁栄した。歴代国王はファラオ時代からの長い伝統に従って存命中より神として崇拝され、兄弟姉妹間で通婚する近親婚の制度を採用。行政組織も旧来の地域区分ノモス Nomos を踏襲し、その長官にギリシア人を任命したに過ぎなかった。宮廷内で宦官が高位に登り、時に政治を牛耳る事態も昔ながらのことであった。

アクティオン*の海戦（前31）に勝利を収めたオクターウィアーヌス*（アウグストゥス*）は、前30年エジプトをローマの属領に併合すると、軍事的・財政的重要性のゆえにここを元首（皇帝）の直轄地とし、騎士身分のエジプト領事（エクィテース*）Praefectus Aegypti を派遣して統治にあたらせた（元老院議員*は立入禁止とされる）。初代領事 C. コルネーリウス・ガッルス*は上エジプトの失地領を回復し、2代領事アエリウス・ガッルス*はインド洋貿易を独占するべくアラビアー*遠征を試みて失敗、3代領事 C. ペトローニウスはエティオピア女王の侵略軍を撃退してヌービアー Nubia 方面へ進撃した。ローマ人はプトレマイオス朝の行財政法をそのまま踏襲し、エジプトをローマ市民の穀物給供源と見なして最大限に搾取、後2世紀には大規模なユダヤ人の暴動など反乱が続発した。アレクサンドレイアは引き続き学問・芸術の一大中心地であり、またハドリアーヌス*帝が寵愛する美青年アンティノウス*の死を悼んで新市アンティノオポリス* Antinoöpolis が建設されるなどヘレニズム文化の扶植が進められたが、先住エジプト人は従来のエジプト語を保持し続けて、南部地方を拠点に民族主義的抵抗を繰り返した。後3世紀には一時パルミューラ*の女王ゼーノビア*に占領され、セプティミウス・セウェールス*、デキウス*、ディオクレーティアーヌス*、およびガレーリウス*諸帝によるキリスト教弾圧が行なわれたものの、帝政末期にエジプト特有の民族的なキリスト教会が誕生（451～。キリスト単性説を奉ずるコプト教会として分立）。極端なまでの禁欲主義（⇒アントーニオス）や瑣末な教義論争（⇒アレイオス）、ギリシア・ローマ文化の見さかいのない破壊（⇒ヒュパティアー）に走る傾向が認められた。ディオクレーティアーヌス治下に3州に細分され（295年頃。いずれもオリエーンス Oriens 管区内）、東ローマ帝国時代には単性説の信奉者たちは政府から異端の烙印を捺（お）されて迫害されたため、信教の自由を認めるイスラーム教アラブ軍を喜んで迎え入れた（642）。

⇒プトレマーイス❷、オクシュリュンコス、ペールーシオン、カノーボス（カノープス）、メンデース

Hom. Il. 9-382, Od. 3-300, 4-83, -127, -229, -351～, 14-246～, 17-426～/ Herodot. 2-1～, 3-1～, 4-42～, 6-53～, 7-1～/ Strab. 17-785～/ Manetho/ Just. 1/ Diod. 1/ Plin. N. H. 5-9～11/ Caes. B. Civ. 3-106/ Hirt. B. Alexandri./ Polyb. 15/ Mela 1-9/ Joseph. J. A., J. B./ Suet./ S. H. A./ App./ Amm. Marc. 22-16/ Ptol. Geog. 2-1, 4-5/ etc.

エシール Eschyle
⇒アイスキュロス（の仏語形）

エ（ー）スクィリーヌス（丘） Esquilinus, または
エ（ー）スクィリアエ Esquiliae 丘，（英）
Esquiline，（仏）（独）Esquilin，（伊）（西）（葡）
Esquilino，（露）Эсквилин

（現・Monte di Santa Maria Maggiore）ローマ七丘*の1つ。群生していた「槲（オーク）・櫟（かしわ）・橅（ぶな）esculus」に基づいて名づけられたといい、市内の東部を占める。七丘中でいちばん広く、南のオッピウス Oppius と北のキスピウス Cispius の2つの峰に分かれる。古くから共同墓地が設けられ、共和政期には処刑された者の屍骸が棄てられており、猛禽類が腐肉を啄（ついば）みに来たり、魔女たちが死霊占いや人骨を集める目的で出没したという。帝政期に入るとマエケーナース*の庭園が造られるなど邸宅街に変じ、ネロー*帝の黄金宮殿（ドムス・アウレア）Domus Aurea やトライヤーヌス*帝の大浴場（テルマエ*）もこの丘にかけて造営された。セルウィウス・トゥッリウス*の城壁の東側に、エ（ー）スクィリーヌス門 Porta Esquilina があった。また丘上のユーノー*・ルーキーナ*神殿は後年、第36代

ローマ司教リーベリウス*によってキリスト教会堂に改築され（後4世紀中頃）、さらにアウェンティーヌス*丘の神殿から盗用した大理石の列柱を加えて、バシリカ*様式のサンタ・マリーア・マッジョーレ Santa Maria Maggiore 大聖堂の結構を成した（430年代）。
⇒マートローナーリア
Varro Ling. 5-49～/ Hor. Sat. 1-8, 2-6, Epod. 5, 17/ Juv. 11-51/ Liv. 1-48/ Frontin. Aq. 21/ Suet. Tib. 15/ App. B. Civ. 1-50, -58/ Ov. Fast. 3-246, 6-601/ Tac. Ann. 15-40/ etc.

エスクーラーピアス　Aesculapius
⇒アエスクラーピウス（〈ギ〉アスクレーピオスの英語訛り）

エチオピア　Ethiopia
⇒アイティオピアー

エックレーシアー　Ekklesia, Ἐκκλησία, Ecclesia,（仏）Ecclésia

ギリシア諸都市国家 polis における市民集会。「民会」と訳し、ローマのコミティア*に相当する。全成年市民男子から成り、いくつかのポリスではアペッライ*、アゴラー*、ハーリアー Halia、エーリアイアー Eliaia など異なった名称で呼ばれた。ホメーロス*の叙事詩にも見え、王政・貴族政・寡頭政・民主政の時代を通じ、ギリシア史の全期間に存在。しかし、王政・寡頭政下においては、血統や財産による出席者の制限も行なわれ、単なる協賛機関に過ぎない場合もあった。民主政の都市国家（ポリス）では国事の最終・最高決定機関として、評議会（ブーレー*）とともに国政の中心をなした。アテーナイ*民主政期においては、通例1年に40回（他に臨時のものもあり）開催され、20歳以上の完全な市民権をもつ男性は総（すべ）て出席できることになっていた。法案の承認から、重要官職の選挙、外交政策、和戦の決定、その他、行政・立法・司法・財政などほとんどあらゆる国事を処理。採択は多数決で、ふつうの場合は挙手だが、ときには壺の中に投票石を入れる秘密投票も行なわれた（⇒オストラキスモス）。議場には、初め広場（アゴラー*）、次いでプニュクス*の丘が用いられ、のちにはディオニューソス*劇場に移された（ここは前5世紀から徐々に使用され、前3世紀には会場に定まる）。早朝から開会されたため、定足数（おそらく6千）に満たない場合も多く、前5世紀末以来、出席者には日当が支給され、当初1オボロスだったものが漸次増額されていった（遅刻すると無支給）。年長者から順に発言が許され、銀梅花（ミュルトゥス）の冠をかぶって演壇 bema に立ち、水時計 klepsydra の示す一定時間中は自由に意見を述べ得たが、反対者の野次や罵声・怒号は容赦なくとんできた。また雷雨や地震、日月蝕などの凶兆が生じた時には、議事は中断されるのが常であった。

なお、エックレーシアーなる語は、ローマ帝政期には、キリスト教など外来の新興宗教の集会にも用いられるようになり、さらに後世「教会」の意に転用された（〈仏〉église,〈伊〉chieza,〈西〉iglesia,〈葡〉igreja ほか）。

⇒レイトゥールギアー、ペリクレース、アギュッリオス
Arist. Ath. Pol. 4, 7, 25, 41～, Pol. 3-14/ Herodot. 5-29, -79, 7-142/ Thuc. 1-87, 2-22, -59～, 8-97/ Xen. Hell. 1-6～7/ Dem./ Pl. Euthphr. 3, Ap. 25, Leg. 850/ Ar. Ach. 20, Thesm. 376, Eccl. 85/ Hom. Il. 2-211～, Od. 3-125/ Poll./ etc.

エッセードネ（ー）ス　Essedones
⇒イッセードネス

エティオピア　Ethiopia
⇒アイティオピアー

エテオクレース　Eteokles, Ἐτεοκλῆς, Eteocles,（仏）Étéocle,（伊）Eteocle,（西）（葡）Etéocles,（露）Этеокл

（「真の栄誉ある男」の意）ギリシア伝説中のテーバイ❶*王。オイディプース*とイオカステー*（オイディプースの母）の子。ポリュネイケース*の兄（⇒巻末系図006）。父王オイディプースは、実父を殺し実母を娶っていたことを知って、自らの両眼を潰したが、その後2人の息子たちに虐待ないし追放されたため、「彼らが互いの手にかかって死ぬように」と呪いをかけた。エテオクレースとポリュネイケースは、交互に1年ずつ統治する約束を取り決めたものの、期限が来ても兄は弟に王位を譲らず、あまつさえ弟をテーバイから追放した。アルゴス*へ逃れたポリュネイケースは、やがて岳父アドラストス*らの支援を受けて、王権を奪取するべく祖国へ進撃（⇒テーバイ攻めの七将）、ところが兄に一騎討ちを挑んだ結果、両者は相討ちとなって斃（たお）れ、ここにオイディプースの呪詛は成就した。エテオクレースの子ラーオダマース Laodamas は、長じてテーバイ王となるが、ほどなく攻め寄せたエピゴノイ*軍に敗れ、王座はテルサンドロス*（ポリュネイケースの子）のものとなった。

なお、テーバイ攻めの七将*の1人に数えられるアルゴスの英雄エテオクロス Eteoklos と、このエテオクレースとは別人である。
⇒クレオーン❷、イスメーネー
Apollod. 3-5, -6/ Hyg. Fab. 68/ Paus. 9-5, -25/ Aesch. Sept./ Eur. Phoen. 63～/ Soph. O. C. 1295/ Stat. Theb./ etc.

エデッサ　Edessa, Ἔδεσσα,（仏）Édesse, Édessa,（西）Edesa,（露）Эдесса

ギリシア・マケドニアー*系の地名。

❶（〈トルコ語〉現・ウルファ Urfa, Şanlıurfa、もと・Urhāi, Ūrhāy、別称・オルファ Orfa、〈アラム語〉Orhai、〈アラビア語〉Al-Rūhā）メソポタミアー*北西部の古代都市。小アジアとメソポタミアー南部を結ぶ重要な位置を占め、前3千年紀から交易で繁栄、ヘブライの族長アブラーハーム 'Abrāhām（〈アラビア語〉イブラーヒーム Ibrahim）が生まれたと伝える洞窟が現在も残っている。前17世紀以降フッリー Khurri 人、ミタンニ王国、アッシュリアー*の支配を経て、

アカイメネース朝*ペルシア*帝国に併吞された。アレクサンドロス大王*の死（前323）後は、セレウコス朝*シュリアー*の一部になり、マケドニアー*王国の古都エデッサ❷*にちなんで、エデッサと命名された。のちアンティオコス4世*によって再建されたため、アンティオケイア❸*とも呼ばれ、またオッロエーネー Orroene（〈ラ〉Orrhei）の異名でも知られた。前132年頃にはセレウコス朝から独立した王国オスロエーネー*の首都となり、アブガロス Abgaros 王の宮殿が造営された。後年エデッサは、パルティアー*側についたため、ローマ皇帝トライヤーヌス*の遠征時に占領され（後116）、次いでハドリアーヌス*帝の治下にローマ帝国の属領となった。カラカッラ*帝はエデッサをローマ植民市（コローニア*）とし（216）、翌年この町の近くで排便中に凶刃に斃れた。242年ゴルディアーヌス3世*によってオスロエーネー王国が再興されるが、2年後には再びローマ帝国領に併合された（244）。260年にウァレリアーヌス*帝は、この町の近くでサーサーン朝*ペルシアのシャープール1世*と戦って敗れ、捕虜として連行され、以後この地方はペルシア領となった（638年のイスラーム教アラブ軍の征服まで）。

　シュリアーの女神アタルガティス*の祭祀で知られ（⇒ヒエラーポリス❶）、またキリスト教伝説によると王アブガロス5世（前4～後50）はレプラーを癒やされたため、この新興宗教に改宗したという（伝32年）。エデッサはアラム（シュリア）語文献を中心とする学問の府として長く栄え、占星学的宿命論を唱える思想家バルデーサネース Bardesanes（154～222）を出し、グノーシス*派のキリスト教の伝道基地ともなった。ヒッタイト以来の城砦跡やモザイク画を含む洞穴墳墓が残る。インドやパルティアーに伝道したというキリスト教の使徒トーマース Thomas Didymos の墓、および「聖遺物」も、この地に祀られていた。⇒カッライ、サモサタ、ニシビス、ヒエラーポリス❶
Strab. 16-748/ Dio Cass. 74-30, 77-12/ Plut. Ant. 37, Pyrrh. 26/ Tac. Ann. 12-12/ Euseb. Hist. Eccl. 1-13/ App. Syr. 57/ Ptol. Geog. 5-17, 8-20/ Procop./ etc.

❷（現・エデッサ Édhessa）マケドニアー*王国の古都。旧称アイガイ❹*。テッサロニーケー*の西方88km。東西交通の要衝を占め、前640年頃よりマケドニアー王国の首都として重視された。前5世紀末にアルケラーオス*王がペッラ*に遷都してからも、なお宮廷文化が栄え、王室の墓所が営まれた。前336年ピリッポス2世*（アレクサンドロス大王*の父）が、ここの劇場（テアートロン*）で男色のもつれにより暗殺されたことは有名。のちエーペイロス*王ピュッロス*率いるケルト*（ガッリア*）人傭兵が、マケドニアー王家の墓地を盗掘・略奪した。ローマ時代もこの地は、イタリアと東方を結ぶ軍用道路エグナーティウス街道*（ウィア・エグナーティア*）の要所としての地位を保った。近年の発掘の結果、やや南方のヴェルギナ（ヴェルイナ）Vergina から20以上のマケドニアー墳墓が見出され、現在では古都アイガイは従来のヴォデナ Vodena（現・エデッサ）ではなく、むしろヴェルギナに比定される傾向が強くなっている。

伝承では、マケドニアーの古王カラーノス*が山羊（〈複〉アイゲス aiges）が雨宿りするこの地に初めて都を築き、山羊にちなんでアイガイと命名。「マケドニアーの王たちがここに葬られるかぎり、王家は続くだろう」との神託が下ったが、アレクサンドロス大王が他所に埋葬されたため、王統は絶えてしまったという。
Liv. 45-29/ Just. 7-1/ Strab. 7-323, 10-449/ Plut. Pyrrh. 10, 12/ Polyb. 5-97, 34-12/ Ptol. Geog. 3-12, 8-12/ Diod. 31-8/ etc.

エトナ Etna, Aetna
⇒アイトネー

エトル（ー）スキー Etrusci,（ギ）Etrūskoi, Ἐτροῦσκοι, Tūskoi, Τοῦσκοι,（英）Etruscans, Etrurians,（仏）Étrusques,（独）Etrusker,（伊）Etruschi,（西）（葡）Etruscos,（露）Этруски

　エトルーリア*人。（ギ）**テュッレーノイ** Tyrrhenoi, Τυρρηνοί, Tyrrheni, ないし、**テュルセーノイ** Tyrsenoi, Τυρσηνοί,（エトルーリア名）ラセンナ Rasenna または、ラセーナ Rasena。トゥースキー Tusci とも呼ばれ、後代その国土はトゥースカーナ Tuscana（現・トスカーナ Toscana）の名で知られるようになった。前8世紀から前5世紀にかけて高度な文明を築き、ほぼ全イタリアに勢力を拡大した。豊かな鉱物資源と肥沃な耕作地によって地中海全域で最も富み栄えた民族となり、ギリシア文化を理解・愛好することはなはだしく、陶工や画家などギリシア人美術職人を盛んに招聘した。詳しくはエトルーリアの項を参照。宗教的同盟で結ばれたエトルスキー十二市連合の加盟国は、カエレ*（現・チェルヴェテリ）、ウェイイー*（現・ヴェイオ）、タルクィニイー*（現・タルクィニア）、ウォルシニイー*（現・オルヴィエート）、ルセッラエ*（現・Roselle）、ウェトゥローニア*（現・Vetlunia, Vatlunia）、ウォラーテッラエ*（現・ヴォルテッラ）、アッレーティウム*（現・アレッツォ）、コルトーナ*（現・コルトーナ）、ペルシア*（現・ペルージャ）、クルーシウム*（現・キウジ）、ファエスラエ*（現・フィエーゾレ）である（異説あり）。エトルスキーは初期ローマの政治・文化に甚大な影響を与え、特に占ト・供犠など宗教儀式の分野では後世に至るまでエトルーリア風が踏襲された。ローマ古王のタルクィニウス❶*、❷*らはエトルスキー系の君主で、粗野なローマの町に高度な洗練されたエトルーリア文明をもたらしている。
⇒ファレリイー、カプア、アウグル、ハルスペクス
Liv. 1-34, 2-7, 5-33/ Cic. Div. 1-42/ Plin. N. H. 3-5/ Herodot. 1-57, -94/ Thuc. 4-109/ Strab. 5-218～/ Ptol. Geog. 3-1/ Serv. ad Verg. Aen. 11-567/ Dion. Hal. Ant. Rom. 1-25～30/ Polyb. 2-17/ Diod. 5-40/ Cato Orig./ etc.

エ（ー）トルーリア Etruria, ときに、ヘトルーリア Hetruria,（別名）トゥースキア, Tuscia,（ギ）Tūskiā, Τουσκία,（ギ）**テュッレーニアー***

Tyrrhenia, Τυρρηνία, (ラ) テュッレーニア
Tyrrhenia, (仏) Étrurie, (独) Etrurien, (露) Этрурия

(現・トスカーナ Toscana に相当) イタリア北・中部の地名。かつてはアルプス以南、ティベリス*(現・テーヴェレ)河までのほぼ全域を覆ったが、前5世紀末頃から縮小し、前100年頃までには、アルヌス Arnus (現・アルノ Arno) 河、アーペンニーヌス*山脈、ティベリス河に囲まれた地方に限定され、アウグストゥス*はこれをイタリアの第7地区とした (⇒イタリア)。エトルーリア人(エトルスキー*)は、伝承によると、名祖テュッレーノス*に率いられて小アジアのリューディアー*から移住してきたといわれ、前9世紀頃にイタリア西海岸に上陸し、漸次勢力を拡大していったものと考えられる(先住民説もあり)。高度の文明を築いた有力な民族で、ローマを100年以上にわたって支配し(⇒タルクィニウス)、初期ローマの宗教・政治・文化に多大の影響を及ぼしたことが知られている。たとえば、凱旋式や剣闘士試合、政務官の権標、市民服トガ*、鳥卜官*などの役職や宗教儀礼、楽器・音楽、彫刻や神殿建築・アーチ・舗装道路・下水道などの技術を、ローマ人はエトルーリア人から学んでいる。

早くから都市国家に分かれ、初め王政、次いで貴族政に移り、前7世紀末頃には12の都市が宗教的なゆるい連合を形成していた (⇒ウォルシニイー)。ウンブリア*やラティウム*を征服したのち、前550年頃までには南イタリアのカンパーニア*に勢力を伸長 (⇒カプア)、カルターゴー*人と結んでギリシア人の西地中海での植民活動を阻み、サルディニア*やコルシカ*、イルウァ*(現・エルバ)の島々を領有して鉱山を開発、アドリア海にも進出し、前500年頃その極盛期に達した。ところが、前474年シュラークーサイ*のヒエローン1世*にクーマエ*(キューメー❷)沖の海戦に敗れて以来、次第にギリシア人やローマ人に駆逐され(⇒ウェイイー)、北方からのガッリア*人の侵攻(前4世紀初頭)もあって、エトルーリア地方のみに逼塞を余儀なくさせられ、長い闘争の末ついにローマに制圧されるに至る(前283)。前91年にローマ市民権を賦与され、その後スッラ*やアウグストゥス*の軍事植民市が建設されるなどして、エトルーリア固有の民族性は全く喪われた。

文字は未解読だが非インド・ヨーロッパ語族とされ、各地から豪華な墳墓や墓室内の装飾壁画、テラコッタの棺、陶器や青銅製の精巧な芸術品が多く発見されている。建築と土木工事に傑出した手腕を発揮し、イタリア最古の貨幣を鋳造、海洋貿易と鉱工業で大いに繁栄した。風俗は華美で享楽的、男女とも美容に気づかい装飾品を好み、奔放な饗宴や裸体競技に参加した。また、婦人を共有し合うほど女色に耽溺したが、それよりなお盛んだったのは男色で、公然と美しい少年や若者と交わる習慣があったと伝えられる。他方、宗教儀式を重んじることはなはだしく、鳥占いや肝臓占い、稲妻占いなどの予言術が高度に発達 (⇒タゲース) し、戦争捕虜を生贄に捧げることもよく行なわれた (⇒グラディアートル)。

エトルーリア十二市連合の加盟国に関しては、エトルスキーの項を参照。なお文芸の保護者として名高いマエケーナース*は、古いエトルーリア名門貴族の出身である。ローマ皇帝クラウディウス*の手で『エトルーリア史 Tyrrhenica』全20巻が著わされたが、亡失し去った。またティレニア海(ラ) Tyrrhenum Mare の呼称は、エトルーリアのギリシア名テュッレーニアー*に由来している。現代の地名トスカーナ Toscana は、エトルーリアから派生したラテン語トゥスカーニア Tuscania ないしトゥースカーナ Tuscana の訛音である。
⇒アッレーティウム、カエレ、クルーシウム、ペルシア(ペルージア)、ポプローニア、コルトーナ、タルクィニイー、ウェトゥローニア、ウォラーテッラエ、フローレンティア、ピーサエ、ボノーニア

Plin. N. H. 3-5/ Mela 2-4/ Herodot. 1-94/ Dion. Hal. Ant. Rom. 1-30/ Ath. 1-28, 12-517〜8, 15-700/ Cic. Div. 1-18〜, -41〜, Cat. 2-3, Fam. 6-6/ Hor. Carm. 1-2/ Varro Ling. 5-32/ Liv. 1-34〜, 7-15/ Verg. Aen. 8-494, 12-232/ Suet. Claud. 42/ Strab. 5-218〜/ Scylax/ Ptol. Geog. 3-1/ Amm. Marc. 27-3/ It. Ant./ etc.

エネー　Énée
⇒アエネーアース (のフランス語形)

エネアス　Äneas
⇒アエネーアース (のドイツ語形)

エパプロディートゥス　Claudius Tiberius Epaphroditus, (ギ) Epaphroditos, Ἐπαφρόδιτος, (仏) Epaphrodite, (伊)(西)(葡) Epafrodito, (露) Епафродит, Эпафродит, (和) エパフロディト

(後11頃〜後95) ローマ皇帝ネロー*に仕えた解放奴隷。君寵を蒙って請願書担当秘書官 a libellis という要職に就き、C. ピーソー*の陰謀摘発にも一役買う(65)。ネローのギリシア巡遊旅行に随伴し、失脚した主人の逃避行にもスポルス*ら少数の側近とともに同行(68)、しかしネローの自刃に手を貸したがために、27年後ドミティアーヌス*帝から「皇帝の死を手伝った」として断罪され、追放ののち殺害された。ドミティアーヌスはこの処刑を自分の解放奴隷を畏怖させるために行なったのだが、結果は裏目に出て、側近の召使たちは皇后ドミティア・ロンギーナ*と結託して皇帝を弑逆した(96)。エパプロディートゥスは史家イオーセーポス*(ヨーセープス)の友人、または哲学者エピクテートス*の主人として知られ、奴隷だったエピクテートスを虐待して跛者にしてしまったという話が伝わっている。

なお、キリスト教の使徒パウロス*(パウス)を獄中に訪ねた同名の信者エパプロディートスとは別人だが、時に混同されることもある。

Tac. Ann. 15-55/ Suet. Ner. 49, Dom. 14/ Dio Cass. 63-27, -29, 67-14/ Arr. Epict. Diss. 1-26/ Nov. Test. Philipp. 2-25〜, 4-18/ Suda/ etc.

エパポス Epaphos, Ἔπαφος, Epaphus, (仏) Épaphos, (伊) Epafo, (西)(葡) Épafo, (露) Эпаф

ギリシア神話中、大神ゼウス*とイーオー*の子。ゼウスが軽く手を"触れた ephaptein"だけで生まれたというので、この名がある。エジプト*で生まれたが、間もなく嫉妬深い女神ヘーラー*に奪い去られ、子供を探し求める母イーオーは、シュリアー*のビュブロス*の王妃のもとで彼を見つけたという。長じてのちエパポスはエジプト王となり、自分の生まれたネイロス*（ナイル）河畔の地に町を創建し、妻メンピス（河神ネイロスの娘）の名を取ってメンピス*市と命名した。母親のイーオーが牛形の女神ハトホル Hathor ＝イーシス*と同一視されるように、彼は雄牛の神アーピス*と同一視されている。娘のリビュエー*はアフリカ大陸（ギリシア語でリビュエー）の名祖（なおや）となり、その子孫からはオリエント・ギリシアの多くの王家が輩出した。

Apollod. 2-1/ Hyg. Fab. 145, 149, 275/ Aesch. Supp. 41〜, 580〜, P. V. 865〜/ Herodot. 2-153, 3-27/ Ov. Met. 1-748〜/ Tzetz. ad Lycoph. Alex. 894/ etc.

エパミーノーンダース Epaminondas
⇒エパメイノーンダース

エパメイノーンダース Epameinondas, Ἐπαμεινώνδας, Epaminondas, Ἐπαμινώνδας, (ラ) エパミーノーンダース Epaminondas, (仏) Épaminondas, (伊) Epaminonda, (露) Эпаминонд, (漢) 威波能

（前418頃〜前362年7月4日頃）テーバイ❶*の名将、政治家。名門だが貧家に育ち、ピュータゴラース*派の哲学者リューシス❷*に学ぶ。ペロピダース*と親交を結び、協力してテーバイの覇権を打ち立てる。ギリシアの戦術に大変革をもたらした斜形陣方式を案出したことで名高い（⇒パランクス）。

前385年マンティネイア*における戦闘中、負傷したペロピダースを救い、以来無二の親友となり、ともにテーバイの民主政再興に活躍した（前379／378）。前371年にはテーバイ代表としてスパルター*と会談し、「ボイオーティアー*の支配権を放棄せよ」というスパルター王アゲーシラーオス*の要求に対し、「ではスパルターはラコーニケー*（スパルター周辺の地方）の支配権を放棄するのか」と応酬して決裂。同年、レウクトラ*にスパルター王クレオンブロトス❷*の軍勢と干戈を交え、斜形陣法でこれを撃破。スパルターの覇権を打倒して大いに名声を高めた。翌年ペロポンネーソス*半島に侵入して、アルカディアー*やメッセーニアー*を解放（⇒メガロポリス、メッセーネー）。その後も繰り返しペロポンネーソスに遠征し、テッサリアー*へ北上してはペライ*に捕われたペロピダースを救出。またアテーナイ*の海上勢力を打破するべく艦隊を編成しビューザンティオン*まで出動するなどして、テーバイを全ギリシアの覇者とした。前362年ペロポンネーソスに侵攻して、スパルター同盟軍とマンティネイアで交戦し、勝利を収めながらも、胸に致命傷を負って陣没（⇒グリュッロス）。彼に愛されていた美青年カーピソドーロス Kaphisodoros もともに討ち死にして合葬された（⇒神聖部隊）。敵の投げた槍に体を射貫かれたエパメイノーンダースは、味方の捷報に接すると、「満足のいく人生だった。敗北を1度も知らずに死ぬのだから」と言い残し、槍の穂先を引き抜くやいなやこと切れたという。

エパメイノーンダースは人格高潔で清貧に甘んじ、さらに哲学・弁論・音楽に通じた教養人でもあった。擦り切れた外套を1着しかもたず、それを洗濯に出した時には、着替えがないので家に閉じこもっていなければならないほどだった。しかし、金銭には目もくれず、アカイメネース朝*ペルシア*のアルタクセルクセース2世*が大枚の金貨を贈ってきた時には、「大王がテーバイの利益を図るならば金子など貰わなくとも味方になるし、不利益を企むのなら敵となりましょう」と答えて受け取らなかったと伝えられている。また彼の死後、家には鉄銭が1枚しか見つからぬほど貧困を極めていたので、テーバイ市民は国費をもって葬ったという。

生涯男色を好んで妻帯しなかったため、ペロピダースから「子孫を残さぬことにより国家に損害を与えている」と批判されたところ、「レウクトラの勝利こそ私がこの世に残す永遠の子孫だ。それよりも君の方こそ大きな損害を与えぬよう注意したまえ」と答えて、悪名高い息子をもつペロピダースを窘（たしな）めたという話も残っている。彼に愛された若者たちの中で、アーソーピコス Asopikhos はのちに当代随一の戦士として名を馳せたことで知られる。

エパメイノーンダースの死とともにテーバイの覇権は崩れ去り、以後ギリシアは慢性的戦争状態のうちに、次第に衰頽の色を濃くしていった。
⇒パンメネース、イーサダース

Nep. Epam./ Plut. Pel., Ages. 27〜35, Mor. 193〜194, 761, 774/ Paus. 4-26〜, 8-11, 9-13〜/ Xen. Hell. 5-2, -4, 6-3〜, 7-1, -4〜/ Ael. V. H. 4-8, 5-5, 11-9, 12-3, 13-42/ Polyaenus 2-3/ Frontin. Str. 1-11, 2-2, -5/ Diod. 10-11, 15-38〜, 16-2/

系図105　エパポス

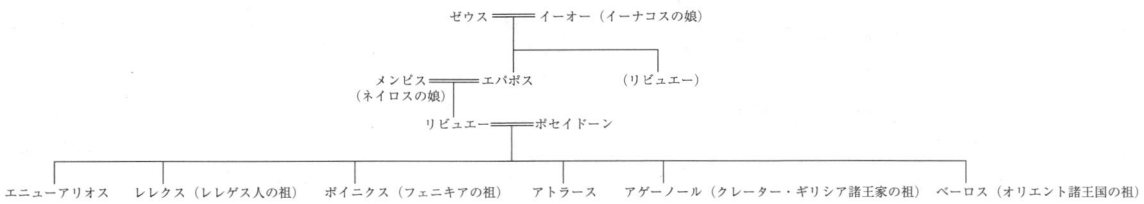

エピアルテース　Ep(h)ialtes, 'Εφιάλτης, 'Επιάλτης, （仏）Éphialtès, Éphiale, （伊）Efialte, Fialte, （西）Efialtes, Efialto, （葡）Efialtes, （露）Эфиальт

ギリシア神話中の巨人の名。

❶ アローアダイ*（⇒）の1人

❷ ギガンテス*（ギガース*たち）の1人。ギガントマキアー*（オリュンポス*の神々と巨人族との戦い）で、左目をアポッローン*に、右目をヘーラクレース*に射抜かれて殺された。

Apollod. 1-6, -7/ Hom. Il. 5-385, Od. 11-308/ Hyg. Fab. 28/ etc.

エピアルテース　Ephialtes, 'Εφιάλτης, （仏）Éphialtès, Éphiale, （伊）Efialte, Fialte, （西）Efialtes, Efialto, （葡）Efialtes, （露）Эфиальт

ギリシア人の男性名。

❶ トラーキース*の（前5世紀前半）。エピアルテース Epialtes とも。前480年、クセルクセース1世*の大軍がギリシアに侵攻した折に、アカイメネース朝*ペルシア*側に内通してテルモピュライ*の間道を教えたマーリス Malis 地方の男。この裏切りのため、テルモピュライを守るスパルター*王レオーニダース❶*以下のギリシア軍精鋭は全員戦死した。エピアルテースは大王から莫大な恩賞を手に入れたが、のちアテーナデース Athenades なる男によって殺された。

Herodot. 7-213〜215, -218, -223, -225/ Paus. 1-4/ Strab. 1-20/ etc.

❷ （?〜前461）アテーナイ*の政治家。貧家に生まれ、テミストクレース*失脚後、民主派の指導者として寡頭派のキモーン*と対立。前462／461年キモーンがスパルター*へ出征中、ペリクレース*と協力して、保守派の牙城たるアレイオス・パゴス*会議から行政・司法上の特権を剥奪、アテーナイの民主政を確立させたが、政敵の刺客によって暗殺された。一説には、その名声に対する羨望と嫉妬に駆られたペリクレースの手で謀殺されたとも伝えられる。

Plut. Per. 7, 9〜10, 16, Cim. 10, 15〜16/ Ael. V. H. 2-43, 3-17/ Arist. Pol. 2-12/ etc.

エピカステー　Epikaste, 'Επικάστη, Epicaste, （仏）Épicaste, （伊）Epigaste, （西）（葡）Epicasta, （露）Эпикаста

ホメーロス*におけるイオカステー*の呼び名。伝説上のテーバイ❶*の王妃で、自らの息子オイディプース*の妻となった。地誌作家パウサニアース*は母子結婚によって子供は生まれなかったと主張しており、その他、実は近親相姦は行なわれなかったとするなど諸説が行なわれている。

ギリシア神話中には、他にも同名の女性エピカステーが何人か登場する。

Hom. Od. 11-271〜/ Paus. 9-5/ Apollod. 1-7-7, 2-7-8, 3-5-7/ Parth. Amat. Narr. 13/ etc.

エピカルモス　Epikharmos, 'Επίχαρμος, Epicharmus, （仏）Épicharme, （独）Epicharm(os), （伊）（西）Epicarmo

（前560／530頃〜前460／440頃）ギリシア最古の喜劇詩人。コース*島の生まれで、生後3ヵ月にしてシケリアー*（現・シチリア）島のメガラ・ヒュブライア*へ連れていかれ、同地で成長した。僭主ゲローン*によってメガラ・ヒュブライアが破壊された（前484／483）のち、シュラークーサイ*へ移り住み、ヒエローン1世*の宮廷で活躍した。ドーリス*方言で52篇にのぼる喜劇を書いたとされ、そのうち35篇の題名が知られているものの、現存するのはいくつかの断片に過ぎない。彼の喜劇には合唱隊 khoros がなく、大食漢ヘーラクレース*や狡猾なオデュッセウス*を主人公とする神話伝説をもじった作品や、後世の新喜劇および擬曲 mimos の系統につながる日常の卑近な生活を扱ったものも含まれる。また彼はピュータゴラース*派の哲学者兼医師としても知られ、90歳もしくは97歳の長命を保ったという。ある喜劇で彼は、ヘーラクレイトス*の万物流転説を種に借金取りを追い返そうとする男の話を書いている。「金を借りた私は今の私ではない。『万物は流転す』だ」と男が拒んだところ、貸した方は怒って男を殴りつけ、暴力沙汰で訴えられると、「殴った私と訴えられた私とは別物だ。『万物は流転す』だからね」と応酬した、というのがその粗筋である。

⇒スーサリオーン、アリストパネース、プリューニコス、クラティーノス、プラトーン❷、ソープローン

Xen. Mem. 2-1-20/ Pl. Tht. 152e/ Theoc. Epigr. 17-1/ Diog. Laert. 8-78/ Cic. Att. 1-19, Tusc. 1-8/ Hor. Epist. 2-1/ Suda/

系図106　エピカステー

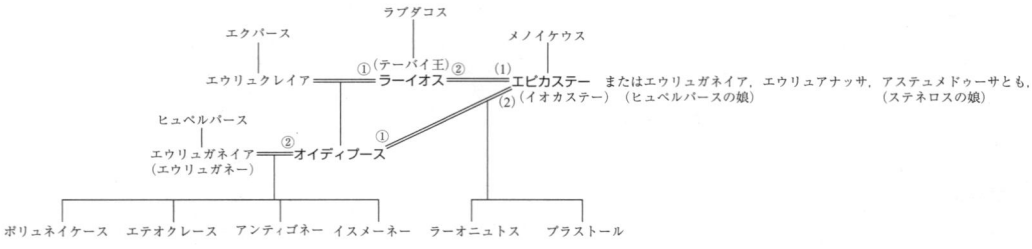

etc.

エピクテートス　Epiktetos, Ἐπίκτητος, Epictetus, (仏) Épictète, (独) Epiktet, (伊) Epitteto, (西) Epicteto, (葡) Epiteto, (露) Эпиктет

(後55頃～136頃) ローマ帝政期のギリシア系哲学者。後期ストアー*学派の代表的人物。プリュギアー*のヒエラーポリス❷*に女奴隷の子として生まれる。自身もまた奴隷として売られ、ネロー*帝の解放奴隷エパプロディートス*の所有に帰する。ストアー派の哲学者ムーソーニウス・ルーフス*(20頃～101、ディオーン・クリューソストモス*の師)に学び、解放されたのち、ローマで哲学を教えた。93年頃、ドミティアーヌス*帝の命令で他の哲学者らとともに追放されて、エーペイロス*のニーコポリス*へ移り、終生この地で講義を続けた。

「忍耐せよ、そして断念せよ」を標語とし、「よき人生」を追究する哲学の実践面を重視、禁欲的訓練による道徳教育を繰り広げた。「自分が欲しないことは人にもするな」とか「悪には善をもって報いよ」と説き、奴隷制度を非難、極刑を否定し、罪人が病人として扱われることを望んだ。現世の苦痛など外的なものから解放され、世界の秩序(＝宇宙精神)に自己を合一させるところに真の幸福がある、という倫理学説を唱えた。著作は残さなかったが、大勢の弟子たちの1人アッリアーノス*が編集した『語録 Diatribai』(全8巻中4巻が現存)と、それを教科書風にまとめた『提要 Enkheiridion』が伝わり、マールクス・アウレーリウス*帝やキリスト教の教父たちほか、後世に至るまで大きな影響を及ぼした。

エピクテートスは無一物に近い質素な生活を送り、住いに錠もささず、家具といえば藁の寝床と筵だけというありさま。祭壇には鉄のランプがあったが、これが盗まれてからは土製のランプで代用したといい、後年この土製ランプは彼の名声にあやかろうとした人によって大金で買い求められたと伝えられる。またエピクテートスは跛者だったが、その原因は主人から加えられた拷問のせいだとも、リューマチを患った結果だともいわれる。彼自身はキリスト教徒を侮蔑し、同時代のキュニコス(犬儒)派の人々をも「放屁以外に何ら能のない連中」と軽視。男色も女色も慎んで、生涯独身を通した。一説によると、晩年になって、生活苦のため棄てられようとしていた友人の子供を引き取ったことから、養育の必要に迫られて老婦人と結婚したという。

⇒デーモーナクス

Arr. Epict. Diss./ Gell. N. A. 2-18, 7-19/ S. H. A. Hadr. 16/ Lucian. Demon. 55, Ind./ Origen. c. Cels. 7/ etc.

エピクーロス　Epikuros, Ἐπίκουρος, Epicurus, (仏) Épicure, (独) Epikur, (伊)(西)(葡) Epicuro, (露) Эпикур

(前341年1月末～前270年初頭) ギリシアの哲学者。エピクーロス学派の祖。サモス*島に入植したアテーナイ*人を両親として生まれる。12歳の時に学校で教師に「原初のカオス*は誰がつくったのですか？」と質問して捗捗しい解答を得られず、以来哲学に志すようになったという。18歳でアテーナイへ赴き(前323)、アカデーメイア*学派やデーモクリトス*の原子論、アリスティッポス*の快楽主義、ピュッローン*の流れを汲む懐疑主義など哲学各派の諸思想に接したが、本人は独学で修得したと主張、のちに他の哲学者たちをあしざまに批判している。コロポーン*やミュティレーネー*、ランプサコス*で哲学を講じたのち、アテーナイに戻り(前307／306)、庭園 kepos, κῆπος を買って独自の学校を創設、終生ここで弟子たちを教えながら暮らした。その学園は「エピクーロスの園 Kēpoi Epikūrū」と呼ばれ、売春婦を含む女性や奴隷にも門戸が開かれており、大勢の弟子たちが参集、エピクーロスを中心に友愛あふれる共同生活が営まれた。

彼は人生における最高善を「快楽 hedone, ἡδονή」と見なしたが、それは肉欲の快感を意味するのではなく、身体の無苦痛と煩悩から解放された平静不動の精神状態＝魂の平安 ataraksia, ἀταραξία を保つことであると主張。外的環境から全く独立した心の自由を得るべく、公生活の雑踏を避け「隠れて生きよ」と勧めた。自然学ではデーモクリトスの唯物論的原子論に従い、死とは肉体を構成する原子の分解に過ぎず、「我々が生きている限り死は存在せず、死が到来した時には自己が存在しないのだから、死は我々にとって無に等しい」と語り、また「神々は非常に遠い宇宙で静かな浄福の生を楽しんでおり、人間のごとき瑣末な存在には関心を抱いていない」として、神を恐れ死を憂う愚を指摘、当時の迷信的恐怖の打破に努めた。幸福の追求を人生の目的と見なし、それに資する限りにおいて肉体の快楽をも認めたが、自らは「ただ水と一片のパンがあれば十分だ」と言うほど簡素な生活を送り、あらゆる人々に対する博愛のゆえに、門弟からは神のように崇敬された。弟子を養成するかたわら、主著『自然について Peri Physeos, Περὶ Φυσέως』37巻をはじめ300巻にのぼるおびただしい書物を執筆したが、そのほとんどは散逸し、数通の書簡と格言集などわずかな断片が伝わるに過ぎない。ストアー*学派のクリューシッポス*は彼と多作を競い、エピクーロスが1書を著わすたびに、それに負けじと同じ分量の本を記したが、エピクーロスの著述が全く独創的であったのに比して、クリューシッポスの作品は「その中から他人のものを取り除いたならば白紙だけになってしまう」と批評されるほど引用文に満ちていたという。

エピクーロスは尿道を結石で塞がれ、14日間病んだのち、温い湯に入って生のままの葡萄酒を飲み干したうえで、友人たちに自分の教えをよく憶えておくように言い残し、最後の息をひきとったという(72歳)。彼の思想はストアー学派と並んでヘレニズム時代の個人主義哲学として大いに世に迎えられ、歴代の学頭が学園を継承しつつ、およそ600年間にわたって存続。「庭園」では毎年エピクーロスの誕生日の祝いや、彼とその愛弟子メートロドーロス❷*の毎月の記念式が開催される習わしであった。他方エピクーロスに関しては、自ら「快適な生活とは、美少年や美

女との淫楽や美酒美食に耽ることではない」と主張しながら、1日に2度食べ物を吐き出すほど贅沢な暮らしをしていたとか、青春の盛りにあった美男の弟子ピュートクレース Pythokles を愛し、また遊女のレオンティオン Leontion と同棲しては、彼女を愛弟子メートロドーロス❷と共有したとか、自分の兄弟に売春の取り持ちをした等々、沢山の放蕩話も伝えられている。

エピクーロスの言葉として有名なものは、「快楽は至福な生の始めにして終わりである」「『足るを知ること』こそ最大の富」「人は誰もたった今生まれたばかりのように、この生から去っていく」「大きな苦痛は短時間で消え去るし、長時間続く苦痛は大きくないものだ」「人間の悩みを癒やさぬような哲学者の言葉は虚しい」などである。彼の教説はその後も大きな変更を加えられることなく永く維持され、前1世紀のローマの哲学詩人ルクレーティウス*において見事な結実を見るに至った。しかし同学派は、古代にあってもすでに後世のエピキュリアン Epicurean を意味するような、口腹の欲に惑溺する享楽主義者や食道楽の集団として攻撃されており、青年たちに善からぬ快楽をそそのかした廉でローマから追放されることもあった（前173、または前155）。エーペイロス*王ピュッロス*の使節からエピクーロスの教えを聞いたローマの将軍ファブリキウス・ルスキヌス*が、「どうか敵国の連中が皆この学説を守ってくれるように」と大声で祈ったという話もよく知られている。

⇒タルソスのディオゲネース❹、ポリュストラトス

Epicurus Ep., Fr./ Diog. Laert. 10-1～/ Cic. Nat. D. 1-24～25, Tusc. 3-20(49), Fin. 2-22/ Sen. Vit. Beat. 13/ Ael. V. H. 4-13, 9-12/ Ath. 12-547a/ Plut. Demetr. 34, Pyrrh. 20/ Sext. Emp. Math. 10-18～19/ etc.

エピゴノイ Epigonoi, Ἐπίγονοι, Epigoni, (〈単〉エピゴノス Epigonos, Ἐπίγονος, Epigonus), (仏) Épigones, (独) Epigonen, (伊) Epïgoni, (西) Epígonos, (露) Эпигоны

(「後裔、後継者たち」の意) ギリシア伝説中、テーバイ攻めの七将*の息子たちを指す。先の遠征が失敗し、総帥アドラストス*を除く全員が戦死してから10年後、七将の子供たちは、デルポイ*の神託に従って、アルクマイオーン❶*（アンピアラーオス*の子）の指揮下にテーバイ❶*へ進攻、これを陥落させて父親たちの仇を討ち、テルサンドロス*（ポリュネイケース*の子）を王位に即けた。

エピゴノイの名は所伝によって一致しないが、通常はアンピアラーオスの2子アルクマイオーンとアンピロコス*兄弟、アドラストスの子アイギアレウス*、テューデウス*の子ディオメーデース❷*（トロイアー戦争*の勇士）、カパネウス*の子ステネロス❸*、パルテノパイオス*の子プロマコス❶*、メーキステウス*の子エウリュアロス Euryalos、およびポリュネイケースの子テルサンドロスとされる。時にヒッポメドーン*の子ポリュドーロス❸*や、ポリュエイドス*の2子エウケーノール Eukhenor とクレイトス Kleitos が加わることもある（⇒本文系図256、巻末系図006）。彼らのうちアイギアレウスのみが戦死し、同行していた父王アドラストスは悲しみのあまり絶命した。敗北したテーバイ人は、予言者テイレシアース*の助言により、宵闇に乗じて市から落ちのび、入城したアルゴス勢（エピゴノイ）は、城壁を破壊し、戦利品をかき集めて、その一部と捕虜になったマントー*（テイレシアースの娘）を、デルポイのアポッローン*に捧げた。このテーバイの陥落と荒廃にまつわる伝承は、歴史的事実を反映していると考えられている。

ホメーロス*作と伝える『エピゴノイ』と題する叙事詩や、悲劇作品（アイスキュロス*とソポクレース*作）などがあったが、いずれも散逸した。

なお歴史用語としてのエピゴノイは、アレクサンドロス大王*の後継者をもって任ずる1代目ディアドコイ*に対して、それに続く第2世代（前3世紀）を指す——当時すでにマケドニアー*のアンティゴノス朝、エジプトのプトレマイオス朝*、シュリアー*・メソポタミアー*のセレウコス朝*のヘレニズム期3王国が鼎立していた——。

エピゴノイという語は近代ヨーロッパ諸語に入って、芸術・文学などにおける独創性を欠いた模倣者、亜流を意味する言葉エピゴーネンに変じて、今なお用いられている。

⇒エリピューレー、『テーバイ物語』

Apollod. 3-7/ Diod. 4-66/ Paus. 7-3, 2-20, 9-5, -8, -9, -19, 10-10/ Hyg. Fab. 70/ Herodot. 4-32, 5-61/ Pind. Pyth. 8-39～/ Hom. Il. 4-405～/ Schol. ad Pind. Pyth. 8-68/ etc.

エピステネース Episthenes, Ἐπισθένης, (仏) Épisthéne, (伊) Epistene, (西) Epistenes

(前400前後) オリュントス*出身の軍人。クセノポーン*とともに「1万人の退却*」に参加。えりすぐりの男前ばかりの部隊を組織し、彼らを率いて勇敢な戦士ぶりを示した。捕虜となったトラーケー*（トラーキアー*）の若者が殺されんとした時、その肉体美を見て心動かされ、「この若者の身代わりに死んでもいい」と王セウテース*に申し出て、美青年を手に入れることに成功した話は名高い。同じ退却軍にいたアンピポリス*出身の有能な軍人エピステネースないしプレイステネース Pleisthenes とアルメニアー*の美少年との美談については、ケイリソポス*の項を参照。

⇒メノーン

Xen. An. 7-4, 4-6/ etc.

エピダウロス Epidauros, Ἐπίδαυρος, Epidaurus, (仏) Épidaure, (伊)(西)(葡) Epidauro, (露) Эпидавър

(現・エピダヴロス Epídhavros) ペロポンネーソス*半島東北部アルゴリス*地方の港湾都市。サローニコス湾に臨み、医神アスクレーピオス*崇拝の中心地として有名。先住民カーリアー*人の領土であったが、イオーニアー*系ギリシア人、さらにはドーリス*系ギリシア人の支配するところとなった。伝承上の名祖エピダウロスはアポッローン*

の子とも、アルゴス*（ゼウス*の子）の子とも、ペロプス*の子ともいう。ヘーラクレイダイ*（ヘーラクレース*の後裔）の帰還によって、アルゴス*王テーメノス*の占領下に入ったが、彼の死後その女婿デーイポンテース Deïphontes のもとにアルゴスから独立したと伝えられる。アイギーナ*をはじめとする近隣の島々、さらには小アジア方面へ植民団を送り出し、政体は王政から寡頭政、僭主政、再び寡頭政（前5世紀）へと変遷した。元来アポッローン崇拝の地だったが、アルカイック期（前6世紀）に医療の神アスクレーピオスの信仰が高まり、約4kmあまり山間に入った所に聖域 hieron が設けられた。伝説ではプレギュアース*の娘コローニス❶*がこの地でアスクレーピオスを出産し、赤児を山に棄てたところ雌山羊が赤児に乳を与え、番犬がそれを守ったとされている。聖域内では死亡と出産が禁じられており、アスクレーピオスの神獣という特別種の蛇が多く棲息していた。前460年頃に遡るドーリス式のアスクレーピオス神殿 Asklepieion には、パロス*のトラシュメーデース Thrasymedes の手になる黄金象牙造りのアスクレーピオス神座像が安置され、ティーモテオス❸*の彫刻で飾られていた。前4世紀がその最盛期で、堂々たる社殿や、医療施設、宿泊所が軒を連ね、地中海世界の各地から健康を求めて大勢の信者や保養者が陸続と詰めかけた。人々は仮眠所 Abaton に参籠し、夢の中で神から治療法を教わったといい、回復後には病名と治癒の経緯を記した小銘板を神域に奉納する習いであった。浴場や列柱廊、ギュムナシオン*、パライストラー*、スタディオン*、さらには劇場や音楽堂も建設され、演劇・運動競技も開かれて汎ギリシア的な聖地となった。ローマ帝政期に第二の盛期を迎え、現在も諸神殿、祭壇、円堂 Tholos、ローマ時代の公共浴場、バシリカ*、その他の遺跡が残っている。とりわけ聖域外にある小ポリュクレイトス*設計の劇場（約1万4千人収容）は、現存するギリシア劇場で最も保存状態がよく、音響効果も優れている（前4世紀末頃）。アスクレーピオス信仰はエピダウロスから、アテーナイ*やローマなど他の都市に広まっていった。

Hom. Il. 2-561/ Herodot. 3-50～, 5-82～/ Thuc. 5-53/ Paus. 2-26～/ Strab. 8-374/ Liv. 45-28/ Polyb. 2-52/ Steph. Byz./ etc.

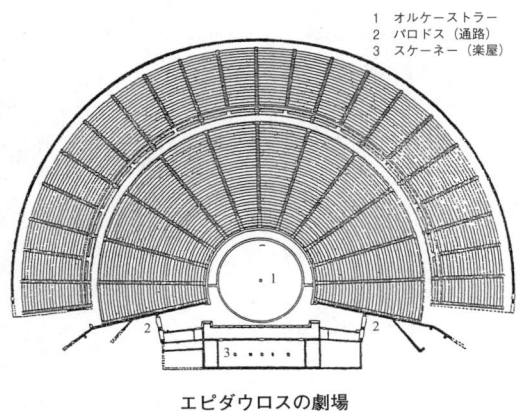

1 オルケーストラー
2 パロドス（通路）
3 スケーネー（楽屋）

エピダウロスの劇場

エピダムノス Epidamnos, 'Επιδάμνος, Epidamnus, （仏）Epidamne, （伊）Epidamno

⇒デューッラキオン

エピタラミオン Epithalamion, 'Επιθαλάμιον, （ラ）エピタラミウム Epithalamium, （仏）Épithalame, （伊）（西）Epitalamio, （葡）Epitalâmio

祝婚歌。ギリシアでは結婚式の最後に花聟と花嫁が新床の間へ送り込まれる時に、部屋の外で青年男女によって歌われた（ローマでは乙女たちのみが歌う）。いわば初夜の契りが営まれる間の「新床の歌」であり、客人たちは戸口でわいわい騒ぎながら、花聟が性交を完了したという報告をしてくるまで、帰宅せずに待っていた。このエピタラミオンは、花聟が花嫁を車に乗せて自分の家へ連れていく間に歌われる新婚行列の歌ヒュメナイオス*（またはヒュメーン*）とは別のものである。詩人サッポー*、アナクレオーン*、ステーシコロス*、ピンダロス*、テオクリトス*、そしてラテン語ではカトゥッルス*らの作者が有名。

アテーナイ*では男は30歳から37歳ぐらい、女は15から17、8歳までが結婚適齢期とされており、親同士の契約で縁組みが決められ、花聟は新婚の夜まで花嫁の顔を1度も見たことがないというのが普通であった。男はいつでも理由なしに離婚することができたが、にもかかわらず結婚を避ける傾向が強く、ペリクレース*以後の時代になると独身男子が増えるばかりで、それが社会問題の1つに数えられるありさまになった。

Dion. Hal. Rhet. 4-1/ Theoc. 18/ Lucian. Symp. 40/ Quint. Inst. 9-3/ Catull. 61, 62, 64/ Stat. Silv. 1-2/ Claud./ Eust./ Schol. ad Theoc./ etc.

エピパネース Epiphanes, 'Επιφανής, （仏）Épiphane, （伊）Epifane(o), （西）Epifanes, （葡）Epifânio, （露）Эпифан

（「傑出した、現われたる」の意）ヘレニズム時代の諸王、特にセレウコス朝*のアンティオコス4世*と同11世*、エジプトのプトレマイオス5世*、コンマーゲーネー*王アンティオコス4世らの称号として用いられた。顕現王と訳される。

なお、キリスト教で東方の3人のマゴイ*が幼児イエースース・クリストス*を訪れたという伝説を記念する祝日・公現祭ないし顕現祭（ギ）Epiphaneia, （ラ）Epiphania, （英）Epiphany も、同じ言葉から派生したものである。

Polyb. 26/ Tac. Hist. 2-25/ Joseph. J. A./ Nov. Test./ etc.

エピファネース Epiphanes

⇒エピパネース

エピメーテウス Epimetheus, 'Επιμηθεύς, （仏）Épiméthée, （伊）（西）Epimeteo, （葡）Epimeteu, （露）Эпиметей

（「後で考える者」の意）ギリシア神話中、ティーターン*神族

のイーアペトス*の息子で、プロメーテウス*の弟。「神々からの贈り物は決して受け取ってはならぬ」と兄プロメーテウスから警告されていたにもかかわらず、パンドーラー*を妻として迎え入れたため、人類にあらゆる災禍をもたらすことになった。

Hes. Th. 511～, Op. 83～/ Apollod. 1-2, -7/ Pind. Pyth. 5-27/ Hyg. Fab. 142/ etc.

エピメニデース Epimenides, 'Επιμενίδης, （仏）Épiménide, （伊）Epimenide, （西）Epiménides, （葡）Epimênides, （露）Эпименид

（前7世紀～前6世紀初頭）クレーター*（クレーテー*）の予言者・詩人、哲学者。ギリシアの七賢人*の1人に数えられる。

子供の頃、父親の言いつけで羊を探しにいき、洞穴の中で57年（40年、47年とも）間眠り続けた。自分ではほんのわずかの間眠ったつもりだったのに、家へ帰ってみると何もかもがすっかり変貌しており、すでに老人になっていた弟から真相を知らされたという。

神々に愛され、秘教（ミュステーリア*）はじめ神事に通暁、さまざまな宗教儀式を定め、多くの予言や書物を残した。彼の霊魂は何度も転生したとされ、「新しいクーレース*」として崇敬を受けていた。「クレーター人はいつも嘘つきだ」（「新約聖書」『ティトスへの手紙』1-12、エピメニデースのパラドックス）と言ったのも彼であるとされる。伝承に従えば、157歳（154歳、299歳とも）の長寿をまっとうしたという。

なかば伝説上の人物だが、前6世紀初頭にアテーナイ*へ招かれて、疫病に悩まされるこの町を祓い清めたこと（⇒キュローン）は史実と見なされる（前596頃）。このおり彼は友人ソローン*に立法に関する助言を与え、全市を浄めるにあたっては2人の若者を生贄に捧げた。若者のうちの1人クラティーノス❷が祖国のために自ら犠牲になったところ、その念者たるアリストデーモス Aristodemos も愛人の後を追って自害したという。かくて災厄から救われたアテーナイ市はエピメニデースに大金と名誉を与えんとしたが、彼はオリーヴの枝1本を求めたに過ぎなかったと伝えられている。

一説に、エピメニデースはスパルター*との戦争で捕虜となりながら、スパルターに対して不吉な予言をしたために殺されてしまったという。

⇒アリステアース❶、ヘルモティーモス❶、アバリス

Pl. Leg. 1-642d/ Arist. Ath. Pol. 1/ Plut. Sol. 12, Mor. 157d/ Diog. Laert. 1-109～/ Plin. N. H. 7-48, -52/ Paus. 1-14, 2-21, 3-11/ Ath. 13-602c～/ etc.

エーピールス Epirus
⇒エーペイロス（のラテン語形）

エピィアルテース Ephialtes
⇒エピアルテース

エペソス Ephesos
⇒エペソス

エフェーボス Ephebos
⇒エペーボイ

エフォロイ Ephoroi
⇒エポロイ

エフォロス Ephoros
⇒エポロス、エポロスたち

エフォロス Ephoros
⇒エポロス

エブラークム Eburacum（または、エボラークム Eboracum），（ギ）エボラーコン Eborākon, 'Εβόρακον, （露）Эборакум

（現・ヨーク York）ブリタンニア*（ブリテン）のローマ人都市。総督ペティーリウス・ケリアーリス Q. Petilius Cerialis の遠征（後71～74）時に城塞が築かれ、78年頃アグリコラ*によって再建、1箇軍団が駐屯したが、ブリガンテース*族の反乱によって壊滅させられた（120頃）。122年に新たなローマ軍団が常駐するようになり、自治都市（ムーニキピウム*）のちに植民市（コローニア*）（160頃）として発展。ブリタンニア北部における軍事基地として重視され、不穏なカレドニア*人を撃退した皇帝セプティミウス・セウェールス*（211）、およびコンスタンティウス1世*・クロルス（306）はこの地で没した。4世紀初頭にはキリスト教の司教座が置かれていた（314以前）。城門や市壁、浴場などの遺跡（テルマエ*）が発掘されている。

S. H. A. Sev. 19/ Cod. Iust. 3-32/ Ptol. Geog. 2-3, 8-3/ Aur. Vict. Caes. 20/ Eutrop. 8-19, 10-1/ etc.

エブ（ー）ローネース族 Eburones, （ギ）エブーローネス, Ebūrōnes, 'Εβούρωνες, （仏）Éburons, （独）Eburonen, （伊）Eburoni

ガッリア・ベルギカ*に居住していたゲルマーニア*系の部族。カエサル*の頃には、レーヌス*（ライン）河とモ

系図107　エピメーテウス

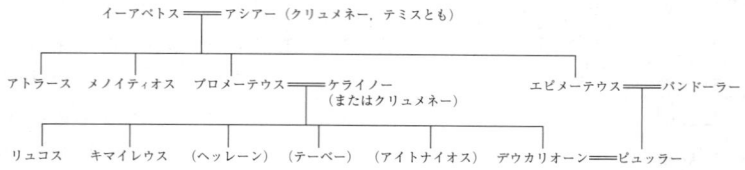

サ Mosa（ムーズ Meuse）河との間（現・リエージュ Liège 地方）に暮らしていた。前 54 年にローマ軍に対して叛旗を翻したが、翌年にはカエサルに鎮圧された。
⇒ベルガエ、アンビオリクスとカトゥウォルクス
Caes. B. Gall. 2-4, 4-6, 5-24〜, 6-31/ Strab. 4-194/ etc.

エーペイロス Epeiros, Ἤπειρος,〈〈ドーリス*方言〉〉 Apeiros, Ἄπειρος), Epirus,（仏）Épire,（伊）（西）Epiro,（葡）Épiro,（露）Эпир
（のちの Larta）（現・イピロス Ípiros,〈アルバニア語〉Epir, Epiri)（「本土」の意）ギリシア西北方の地域。西はイーオニアー*海に臨み、北はイッリュリアー*、東はテッサリアー*、南はアカルナーニアー*に接する。山地が多く、牛馬などの牧畜で知られ、また古く『イーリアス*』の時代からドードーナー*（ドードーネー*）の神託所でギリシア世界に名高かった。さらにアケローン*河畔には死者の霊による託宣所のあったことも伝えられている。エーペイロス人は 14 の独立した部族から成り、なかんずくモロッソイ*族、カーオネス Khaones 族、テスプロートイ Thesprotoi 族らが有力。主要な町はのちにピュッロス*王（在位・前 307〜前 303、前 297〜前 272）の都となったアンブラキアー*市など。ディオニューソス*の狂躁的な信仰が盛んで、ギリシア人からは「半未開人」と見なされるほど文化程度は低かった。

英雄アキッレウス*の子ネオプトレモス*（ピュッロス*）の後裔を称するモロッソイ族の王家が次第に勢力を増し、エーペイロスの大半に領土を拡大（⇒巻末系図 028）。前 4 世紀中頃、王アレクサンドロス 1 世*（ネオプトレモス 1 世*の子）の時にマケドニアー*王ピリッポス 2 世*の支援で国内統一が達成された（アレクサンドロス 1 世は若い頃、ピリッポス 2 世の愛人となり、またその姉オリュンピアス*はピリッポス 2 世に嫁いでアレクサンドロス大王*を産んでいた）。アレクサンドロス 1 世の暗殺（前 330）後、しばらく王位をめぐる内訌が続くが（⇒ネオプトレモス 2 世）、「第 2 のアレクサンドロス大王」たらんと志すピュッロス王の下、国力が振るい、一時マケドニアーを領し、ギリシア南部に進撃したうえ、イタリアへも遠征してローマ軍を破った（ピュッロス戦争）。

とはいえピュッロスの横死（前 272）後、エーペイロスの王権はにわかに衰え、前 232 年頃に王朝は終焉。かわってエーペイロス同盟が結成され、毎年選出される政務官によって統治されることとなった。間もなくマケドニアー対ローマの戦争に巻き込まれ、前 168 年にマケドニアー王ペルセウス*側についたため、国土をローマ軍に劫略され、15 万人が捕虜として拉致された（前 167）。以来エーペイロスは復興することなく、前 146 年にはローマの属州マケドニアに併合された。なお、南部のアオルノス Aornos 湖は、鳥類に有害な蒸気を発散しており、神話中の伶人オルペウス*はここから冥界へ降りていったといわれている。
⇒ニーコポリス、ケルキューラ（コルキューラ）
Hom. Il. 2-635, Od. 23-378/ Herodot. 5-92/ Strab. 7-321〜/ Paus. 1-11〜, 9-30/ Plut. Pyrrh./ Xen. Hell. 6-1, -2/ Mela 2-3/ Plin. N. H. 4-1/ Diod. 4-25, 15-13, 16-72, -91, 18-49, -57〜58, 19-36, -74, -88〜89, 21-4, 22-6, 28-11/ Ptol. Geog. 3-12/ etc.

エペソス Ephesos, Ἔφεσος, Ephesus,（仏）Éphèse,（伊）Efeso,（西）（葡）Éfeso,（露）Эфес,（和）エフェソ, エフェソス
（現・Efes、Selçuk 近くの遺跡、旧名・Apaša）小アジア西岸にあったイオーニアー*系ギリシア人の植民市。リューディアー*を流れるカユストロス Kaystros 河口の沃野にあり、近郊のアルテミス*神殿で名高い。また交通の要衝に位置するため国際貿易と商工業によって殷賑を極めた。名祖（なおや）は河神カユストロス（アキッレウス*とペンテシレイア*の子）の息子エペソス。創建者はスミュルナー*市と同じアマゾーン*女族の 1 人とされる。古くはカーリアー*、レレゲス*両族が住んでいたが、のちアテーナイ*王コドロス*の子アンドロクロス*が入植してギリシア人都市 polis（ポリス）を建設し、イオーニアー十二市の 1 つとなる。前 7〜前 6 世紀に繁栄し、ミーレートス*に劣らぬ富強を誇ったものの、前 6 世紀の中頃リューディアー王クロイソス*の支配に屈し、次いでアカイメネース朝*ペルシアに征服された（前 547 頃）。ペルシア戦争*後（正しくは前 468 年のエウリュメドーン*河口の戦い後）、デーロス同盟*に加わり（前 466）、アテーナイに貢納金を支払ったが、ペロポンネーソス戦争*中に離反して（前 412 頃）スパルター*側につき、アゲーシラーオス 2 世*や提督リューサンドロス*の司令部が置かれた。アンタルキダース*の和約（前 386）で再びペルシア帝国*に服属。前 356 年 9 月末マケドニアー*のアレクサンドロス大王*が誕生した夜、アルテミス神殿は売名を欲するヘーロストラトス*によって放火され炎上した。前 334 年に東征途上のアレクサンドロス大王が訪れ、その死後この地を支配したリューシマコス*は新エペソス市を造営（前 294 頃）、旧市を水浸しにして無理やり市民を移住させた（⇒コロポーン）。新しい町は港も整備され、貿易・商工業が活発に興って旧に倍する大都市としてアレクサンドレイア❶*に匹敵するほど栄えた（人口およそ 20 万人）。セレウコス朝*からペルガモン*王国の統治を経てローマ領となり（前 133）、属州アシア*の事実上の州都として総督府が置かれ、帝政期にも発展を続けた。

エペソスは哲学者ヘーラクレイトス*や詩人カッリーノス*、ヒッポーナクス*、画家パッラシオス*、アペッレース*、学者ゼーノドトス*、ソーラーノス*、アルテミドーロス❶*、❷*ら大勢の著名人を歴代にわたって輩出。また古来、有数の国際都市としてエジプト*やユダヤ*、ペルシアなど東方起源の諸文化・宗教が流入、新興キリスト教の伝道者パウロス*（パウロ）もここを訪問、さらに伝説によるとイエースース*の母マリアー❶*や愛弟子イオーアンネース❷*（ヨハネ）はエペソスで没したという。ネストリオス*を異端と断ずるエペソス公会議（後 431）やキリスト単性説を公認した「エペソス強盗会議」（449）の場と

なる一方、ゴート*族の劫略でアルテミス大神殿は焼失し（262）、古代末期には沈泥の埋積で港が2つとも使用不可能となって往年の栄華を失った。

大半がローマ時代に属する壮麗な遺跡群が発掘されており、今日も諸神殿や2万4千人を収容できる大劇場（テアートロン*）、浴場（テルマエ*）、ケルスス Celsus の図書館、ギュムナシオン*、パライストラー*、スタディオン*、音楽堂（オーデイオン*）、アゴラー*、売春宿、城壁、街灯つきの大通り等々、数多くの建造物の跡を見ることができる。

ビューザンティオン*のピローン*により古代世界七不思議の1つに数えられたアルテミス神殿 Artemision は、キリスト教徒に破壊され尽くして、現在ではイオーニアー式の石柱がただ1本廃墟に残されているに過ぎない（⇒イオーアンネース・クリューソストモス）。女神生誕の聖地に築かれたこの有名な神殿は、キンメリオイ*人の侵寇（前675頃）などたび重なる災禍を被り、その都度再建が繰り返された。特に豪奢を極めたのは、前6世紀の中葉からクレーター*の建築家ケルシプローン Khersiphron の設計で着工され、完成までに120年の歳月を要したという大神殿で（前425頃献堂）、その重さ26トンに及ぶ玄関の天井石は、アルテミス自身の手で載せられたものと伝えられる巨大な石塊であった。クロイソス王の寄進やサモス*の名匠テオドーロス❶*の協力を得て成ったこのギリシア世界最古のイオーニアー式2重周柱神殿は、幅55m×奥行115mの威容を誇る結構で、高さ19mの円柱127本があたかも森のごとく林立していたという。ヘーロストラトスの放火によってこれが焼け落ちた（前356）後、デイノクラテース*の設計で、前回とほぼ同規模の神殿が再建され、スコパース*が彫刻を施し、プラークシテレース*が正面入口の大祭壇を担当した。その華麗さに心奪われたアレクサンドロス大王が、「余の名を施主として銘記してくれるのならば、造営にかかる全費用を受けもとう」と言い出した時、エペソス市民は「神が他の神の住居を奉献するのは適当ではない」と答えて彼の申し出を謝辞したという。神殿に奉納するアマゾーン像をめぐって当時最高の彫刻家たちの間で行なわれた競作については、ポリュクレイトス*の項を参照。

エペソスにおいてアルテミスは、キュベレー*、アスタルテー*ほかオリエントの古い地母神と同一視され、塔状の冠を戴き、豊饒の象徴たる卵形の乳房（または女神に捧げられた睾丸）をおびただしくつけた姿で表わされた。女神に仕える神官たちメガビュゾイ Megabyzoi は去勢されており、顕貴の人物として世人からいたく尊敬された。神殿は預貯金や融資を管掌する一種の銀行として機能し、かのクセノポーン*も1万人の退却*の後、略奪品や戦利品から得た利益をここに預けている（前394頃）。聖域はまた避難所 ἄσυλον, （ラ）asylum と認められ、逃げ込んだ人の身柄の安全を保証し、その境界線を次第に拡大していったので、犯罪者を跋扈させる結果を招き、ローマ帝政初期には皇帝の呼びかけで不可侵権の害に関する審議が開かれている（後22）。

⇒スミュルナー、テオース、サモス

Herodot. 1-26, -92, -142, -147, 2-10, -148, 5-100, 8-105/ Strab. 14-640〜/ Paus. 1-9, 7-2/ Plin. N. H. 36-21/ Vitr. De Arch. 10-2/ Tac. Ann. 3-61, 16-23/ Mela 1-17/ Thuc. 1-137/ App./ Liv./ etc.

エペーベイオン Ephebeion, Ἐφηβεῖον, （複）エペーベイア Ephebeia, （ラ）エペーベーウム Ephebeum, （伊）（西）Efebeo

ギリシア式体育場パライストラー*にあった青年男子（エペーボイ*）用の部屋。練習のほか、休息や談論、聴講などに充てられていた。

Strab. 5-246/ Vitr. De Arch. 5-11/ etc.

エペーボイ Epheboi, Ἔφηβοι, Ephebi, （仏）Éphèbes, （独）Epheben, （〈単〉**エペーボス** Ephebos, Ἔφηβος, Ephebus, 〈英〉Ephebe, 〈仏〉Éphèbe, 〈独〉Ephebe, 〈伊〉〈西〉Efebo, 〈露〉Эфеб）

ギリシアの青年男子。アテーナイ*では18歳になった若者を指し、カイローネイア*の敗戦（前338）後、彼らは2年間の兵役に就くよう義務づけられ（前335頃）、軍事訓練や要塞守備、市内巡視その他の任務に従った。前305年以降、強制的な軍役はなくなり、次いで期間も1年に短縮されて、エペーベイオン*は知的活動の場、哲学や文学などを教える学校に変貌していった。エペーボイの年齢は都市国家 polis （ポリス）によって異なるが、通常成年に達したとされる15歳から20歳までの間をいい、体育競技で鍛えられた彼らの肉体は、彫刻の題材（モデル）として非常に愛好された（⇒クーロス）。スパルター*では、毎年エペーボイをアルテミス*の祭壇に縛りつけて激しく笞打つ儀礼が行なわれ、青年男子は10日ごとに必ず衆人環視の中で全裸になって監督官（エポロイ*）の検査を受けねばならず、肥満の徴候が認められれば処罰された。また、この年頃の若者は、ギリシアに一般的な習慣であった「衆道（パイデラスティアー paiderastia）」の対象として大いにもてはやされていた。今日でもイタリアなどでは、男色の受け手となる青年に対して、この言葉を用いることがある。

⇒ギュムナシオン、パライストラー

Arist. Ath. Pol. 42/ Xen. Cyr. 1-2/ Lycurg. 76/ Plut. Lyc. 18/ Ael. V. H. 14-7/ Suet. Aug. 98, Ner. 12/ Ter. Eun. 5-1, An. 1-1/ Ath. 12-550/ Ar. Vesp. 533/ Aeschin. 3/ Cic. Nat. D. 1-28/ Dem./ Harp./ etc.

エポナ Epona, （仏）Épona, （露）Эпона

ケルト*系の馬の女神。ガッリア*を中心にゲルマーニア*、ダーヌビウス*（ドーナウ）河周辺など各地で崇拝された。馬・驢馬（ろば）・騾馬（らば）の保護神で、騎行姿あるいは雌馬や仔馬ときには犬を伴った姿で表わされた。ローマには帝政期に入って伝わり、冠を戴き豊饒の角コルヌーコーピア*を携えたアウグスタ*（女皇）の身なりで表現され、帝室を守護する女神とも見なされた。その信仰はヒスパーニア*、

ブリタンニア*からイタリア、バルカン半島にまで広がり、特にガッリアのアレシア*で盛んであった。

ローマの家畜を庇護する女神ブーボーナ Bubona と同一視されることもある。

Juv. 8-157/ Tertullian. Ad Nat. 1-11, Apol. 16/ Prudent. Apotheosis 197/ Augustin. De civ. D. 4-34/ Apul. Met. 3-27/ Paus. 8-25/ Min. Fel. Oct. 28-7/ etc.

エポニーナ Eponina（または、エッポニーナ Epponina）,〈仏〉Éponine

（？～後79）ガッリア*人の叛将ユーリウス・サビーヌス*の妻。夫が敗れると、一緒に地下の穴倉に隠れひそむ。9年間にわたる潜伏生活中に双生の男児を出産。夫がウェスパシアーヌス*帝の前に引き出されて処刑された時、彼女は皇帝に向かって、「私は夫とともに、たとえ地下の暗闇の中であろうと、最高権力の座にあるあなたよりも、はるかに幸福に生きてきました」と言って、夫と運命をともにした。

Tac. Hist. 4-67/ Dio Cass. 65-16/ Plut. Mor. 770/ etc.

エポーペウス Epopeus, Ἐπωπεύς,〈仏〉Épopée,〈伊〉〈西〉Epopeo

ギリシア神話中のシキュオーン*王。ポセイドーン*とカナケー*（アイオロス*の娘）との子。シキュオーンとコリントス*の両国を統治したが、アンティオペー❷*を匿った（ないし誘拐した）ため、テーバイ❶*のニュクテウス*（アンティオペーの父）とリュコス*兄弟に攻撃され、敗死した（⇒マラトーン）。

このほか、自分の娘ニュクティメネー*（フクロウに変身す）と交わった伝説上のレスボス*王もエポーペウスと呼ばれている（⇒ニュクテウス）。

Paus. 2-1, -6, -11/ Apollod. 1-7, 3-5/ Hyg. Fab. 8, 204, 253/ Ov. Met. 2-589～/ etc.

エボラ Ebora（または、エブラ Ebura）,〈ギ〉Ebūra, Ἔβουρα,〈露〉Эвора

（現・エヴォラ Évora）外ヒスパーニア*（ヒスパーニア・ウルテリオル*）南西部の町。のちルーシーターニア*地方における自治都市(ムーニキピウム*)となる。ローマの叛将セルトーリウス*の司令部とされ（前80～前72）、次いでユーリウス・カエサル*から特権を与えられて、リーベラーリタース・ユーリア Liberalitas Julia（ユーリウスの寛大）なる市名で知られた。今日もローマ時代の水道(アクァエドゥクトゥス*)、ディアーナ*の神殿 Templo de Diana などの遺跡が残っている。

⇒エーメリタ・アウグスタ

Plin. N. H. 4-22/ Mela 3-1/ Ptol. Geog. 2-4/ It. Ant./ etc.

エボラークム Eboracum

⇒エブラークム

エポレディア Eporedia,〈ギ〉Eporediā, Ἐπορεδία,〈仏〉Ivrée

（現・Ivrea）アルペース*（アルプス）山脈南西麓、サラッシー Salassi 族の町。内ガッリア*（ガッリア・トラーンスパダーナ*）の西北端、アウグスタ*・タウリーノールム（現・トリーノ）の東北約30マイルに位置する。近くに金鉱があったため、前143年ローマ軍に占領され、前100年にはローマ植民市(コローニア*)に昇格。ウェルケッラエからアウグスタ・プラエトーリア*へ通じるアルプス越山路の要衝として重視された。

Plin. N. H. 3-17/ Tac. Hist. 1-70/ Vell. Pat. 1-15/ Strab. 4-205/ etc.

エポロイ Ephoroi

⇒エポロスたち

エポロス Ephoros, Ἔφορος, Ephorus,〈仏〉Éphore,〈伊〉Eforo,〈西〉〈葡〉Éforo,〈露〉Эфор

（前405頃～前330頃）ギリシアの歴史家。小アジアのキューメー❶*出身。テオポンポス❷*と同じくイソクラテース*に学び、師から法廷弁論家には不向きなので史家となることを勧められたといわれる。主著はヘーラクレイダイ*（ヘーラクレース*の後裔）の帰還（ドーリス人*のペロポンネーソス*侵入）から前340年のマケドニアー*王ピリッポス2世*によるペリントス*攻撃までの約750年間を扱った『世界史 Historiai, Ἱστορίαι』30巻だが、引用断片を除いて散逸した。本書は息子デーモピロス Demophilos の手で完成・編纂され、以後ギリシア史の定本となり、アレクサンドレイア❶*時代にも何人かの史家によって書き継がれていった。クレーター*（クレーテー*）の少年愛など各国の風習、地誌、神話、文化史、民族学を含んだ総合的な史書で、ポリュビオス*から高く評価され、時に批判を受けたものの、シケリアー*のディオドーロス*やダマスコス*のニーコラーオス❶*、ストラボーン*ら後世の歴史家に大いに利用された。

若い頃エポロスは怠け者だったようで、師のイソクラテースから「テオポンポスには手綱が必要だが、エポロスには鞭が必要だ」と批評されたとか、何も修得せずに退学したため父親から二度目の学費を添えてイソクラテースのもとへ送り返されたといった話が伝えられている。

⇒ドゥーリス❶

Polyb. 5-33/ Diod. 4-1, 5-1/ Strab. 10-482/ Quint. Inst. 10-1/ Ath. 6-232/ Suda/ etc.

エポロスたち Ephoros, Ἔφορος, Ephorus,〈英〉〈独〉Ephor,〈仏〉Éphore,〈伊〉Eforo,〈西〉〈葡〉Éforo,〈露〉Эфор,（または、**エポロイ**〈複〉Ephoroi, Ἔφοροι, Ephori,〈英〉Ephors,〈仏〉Éphores,〈独〉Ephoren,〈伊〉Efori,〈西〉〈葡〉Éforos,〈露〉Эфоры）

（「監督者・指揮者」の意）ドーリス*系ギリシア諸ポリス

polisで毎年選ばれた行政官。「監督官」と訳す。スパルター*の例が最も有名で、前700年頃、王テオポンポス❶*によって導入され、定員5名、任期1年。民会（アペッライ*）から選出され、長老会（ゲルーシアー*）に列席、毎年就任に当たってはヘイロータイ*（隷農たち）に宣戦を布告した。前6世紀以来にわかに重みを増し、行政・司法・教育上の権限を掌握、次第に2人の王をも含む官職者を監督するようになった。前5世紀半ば頃には民会の制約から離れて、内政・外交に無制限の権力をもつに至り、軍隊の召集や派遣、長老会と民会の主宰、国民の私生活における違法行為の検察などを行ない、ペリオイコイ*（周辺民）に対しては、裁判なしに殺しても差し支えなかった。王を処罰することさえでき、アルキダーモス2世*が矮軀（こび）の妻を娶った時には罰金を科し、またアーギス4世*の場合は捕えて投獄したうえで死刑に処している。このように絶大な権限で国政を壟断した結果、やがて一般の不平を招いたため、前227年頃クレオメネース3世*によって廃止されたが、5年後には復活（前222）、以降少なくとも後200年頃までは権限を縮小しつつも存続した。彼らは教育的立場から男同士の恋愛関係にまで干渉し、美青年が、貧しいけれども立派な男をさしおいて富者を恋人に選んだ場合も、有徳の人士が天性すぐれた青年を1人も愛さず、優秀な市民を育てようとしなかった場合も、ともに罰を科したという。また青年たち（エペーボイ*）が肉体の鍛錬をたゆまず続けているか否かを調べるため、10日目ごとに彼らを全裸で立たせて検査し、色白や肥満などいささかでも軟弱な徴候が見られた者には鞭打ちなどの罰を加え、彫刻のように見事に鍛えられた体軀の持ち主を表彰するのも、彼らの職務であった。なお、年長の筆頭エポロス E. Epōnymos は、アテーナイ*のアルコーン*と同様、紀年の政務官として、その就任した年は彼の名を冠して呼ばれる習いであった。
⇒キーローン
Herodot. 1-65/ Pl. Leg. 3-692a/ Arist. Pol. 2-6, 5-6/ Plut. Lyc. 7, Agis, Cleom./ Paus. 3-3, -5, -6, -7, -8, -11, 4-5, -12, -24/ Ael. V. H. 3-10/ Ath. 4-168, 12-550/ Cic. Leg. 3-7, Rep. 2-33/ Xen. Lac./ etc.

エムプーサ Empusa
⇒エンプーサ

エムペドクレース Empedocles
⇒エンペドクレース

エメサ Emesa（または、エミサ、エメソスなど Emisa, Emisos, Emissa), Ἔμεσα (Ἔμισσα), (仏) Émesse, Émèse, (露) Эмеса, Хомс, (トルコ語) Humus
（現・ホムス Ḥomṣ、別称・ヒムシュ Ḥimṣ）シュリアー*のオロンテース* Orontes 河右岸に臨む古い都市。ダマスコス*の北140km、肥沃な平野に取り巻かれた交通の要衝に位置する。郊外には前13世紀初め、エジプト第19王朝のラー・メス（ラームセース）2世がヒッタイト軍と会戦したカデシュ Kadesh の古戦場がある（前1286）。太陽神バアル Ba‘al（フェニキア*名・エーラーガバール ’Ēlāgabāl,〈アラム語〉El-Gabal）の崇拝で名高く、聖域には天から降ってきた陽物形の黒石が神体として祀られていた。長い間祭祀王国として栄え、フラーウィウス*朝時代にローマ帝国領となるが、後3世紀前半のセウェールス朝*期にユーリア・ドムナ*、ユーリア・マンマエア*らの后妃、エラガバルス*、アレクサンデル・セウェールス*の両帝を輩出。カラカッラ*帝（コローニア）によってローマ植民市の資格が与えられ、エラガバルス帝は神殿を再建し、去勢や人身供犠の儀式を伴う太陽神信仰をローマへもたらした。入念に化粧・女装したエラガバルス帝が、6頭の白馬に曳かれた黒石を導きつつ、後ろ向きになってローマへ入城した絢爛たる行列の様子は有名。後272年、アウレーリアーヌス*帝がパルミューラ*の女王ゼーノビア*の軍隊を破ったのも、エメサの地においてであった。キリスト教伝承によると、452年8月29日、この町で洗礼者ヨハネ*（イオーアンネース❶*）の首が発見されたという。しばらくの間キリスト教東ローマ帝国の都市として賑わったが、636年イスラーム教徒のアラビアー*軍に征服された。
Herodian. 5-3〜/ S. H. A. Heliogab., Aurel. 25/ Dio Cass. 79-30〜/ Strab. 16-753/ Plin. N. H. 5-19/ Amm. Marc. 14-8/ Dig./ etc.

エーメリタ・アウグスタ Emerita Augusta,（ギ）Augusta Emerita, Αὐγούστα Ἡμερίτα,（現ギリシア語）Mérinta
（現・メリダ Mérida）ローマ帝国の属州ルーシーターニア*の州都。ヒスパーニア*の西南部、アナース Anas（現・グアディアナ Guadiana）河上流の右岸に位置。ヒスパリス*（現・セビーリャ）の北方約241km。前25年、アウグストゥス*の命により退役兵の植民市（コローニア）として建設され、急速に発展を遂げ、ローマ帝国有数の大都市となる。アグリッパ*の贈呈した約6千人を収容するイベーリアー*半島最大規模の劇場（テアートルム）や、1万5千人の観客席をもつ円形闘技場（アンピテアートルム）、3万人を擁する円形競走場（キルクス*）、マールス*、コンコルディア*、セラーピス*、ミトラース*などの諸神殿、延長11kmに及ぶ3層アーチ式の水道橋（アクァエドゥクトゥス*）、格子状の都市計画に沿った排水溝、立派な私邸、凱旋門、城壁、トライヤーヌス*帝の架けた81のアーチを有する長さ790mの橋 Puente Romano 等々ローマ帝政期の栄華を示すおびただしい遺跡が残っている。のち西ゴート*族（後5世紀）、次いでイスラーム教徒のムーア人（8世紀）の支配下に入り、キリスト教伝説では処女エウラーリア Eulalia（?〜304?）殉教の地として著名。
Plin. N. H. 4-22, 9-65/ Tac. Hist. 1-78/ Mela 2-6/ Prudent. Perist. 3/ Dio Cass. 53-26/ Strab. 3-151, -166/ Plin. N. H. 9-65/ Tac. Hist. 1-78/ etc.

エラガバルス　Elagabalus, (〈ギ〉Elagabalos, Ἐλαγάβαλος, Heleogabalos, Ἑλεογάβαλος)（または、ヘーリオガバルス Heliogabalus,〈ギ〉Hēliogabalos, Ἡλιογάβαλος),（仏）Élagabal(e), Héliogabale,（伊）Eliogabalo,（西）（葡）Heliogábalo,（露）Гелиогабал

本名・ウァリウス・アウィートゥス・バッシアーヌス Varius Avitus Bassianus.（後204年3月～222年3月11日）。ローマ皇帝・帝名マールクス・アウレーリウス・アントーニーヌス Marcus Aurelius Antoninus（在位・218年5月16日～222年3月11日）。シュリア*のエメサ*出身。母はユーリア・ソアエミアス*（ユーリア・ドムナ*の姪。ユーリア・マエサ*の娘⇒巻末系図103）。若くしてシュリア・フェニキア系の太陽神エーラーガバール 'Ēlāgabāl, Elah-Gabal,（アラム語）El-Gabal（山の神）の大祭司となり、通常この神名にちなんでエラガバルスと呼ばれる。天性の美貌と祖母マエサらの流した「彼はカラカッラ*帝の実子である」という風説のおかげで、シュリア駐留軍団の熱烈な支持を得、マクリーヌス*帝に対立して皇帝に推戴される（14歳）。アンティオケイア❶*近郊の戦闘（218年6月8日）でマクリーヌスを撃破した翌年、エメサから神体たる円錐形の黒石、すなわち陽物像を擁してローマに入城（219年7月）、絢爛たる衣裳をまといつつ華麗この上ない祭儀を熱狂的に主宰、去勢や人身供犠を伴うその宗教の伝播に努めた。多数の有力者を処刑し、母の情夫の1人である功臣ガンニュス Gannys を手ずから殺した（218）のち、わずかの間にめまぐるしく結婚と離婚を繰り返し（219～221）、ウェスタ*の巫女（ウェスターリス*）とも交わってこれを祭司同士の「聖婚」だと強弁、さらに丹念に化粧・女装して寵愛する男奴隷と結婚、自分を「女帝」、相手をその「夫」と呼ばせた（⇒ヒエロクレース、ゾーティクス）。巨根の男たちを帝国中から捜し出しては、彼らと情交を重ね、騾馬ひきや料理人、御者など身分賤しい者たちを、性器の大きさに順って高位顕職に抜擢。政治は祖母と奴隷に任せ、自らは娼婦の身なりをして春をひさいだり、女神ウェヌス*に扮して舞台で裸体を披露したり、豪奢きわまりない饗宴を開いたりして放蕩の限りを尽くす。人気の高まりつつあった従弟アレクサンデル・セウェールス*を嫉視し、何度かこれを暗殺しようと試みて失敗。アレクサンデルの母ユーリア・マンマエア*に買収された近衛軍の反乱により、厠に逃げこんだところを惨殺され、屍骸は切り刻まれたのちティベリス*河に投ぜられた（18歳）。母や寵臣たちも運命をともにし、新帝に立ったアレクサンデルは黒石をシュリアへ送り返した。

エラガバルスの常軌を逸した放埒な生活に関する話は数多く伝えられている。例えば、美食に耽るあまり——駱駝(らくだ)の踵(とさか)や生きた雄鶏から切り取った鶏冠、孔雀や夜鶯(ナイティンゲール)の舌、紅鶴(フラミンゴ)や鸚鵡・駝鳥の脳味噌、豚の子宮と乳房、等々の珍味にも倦んで、不死鳥(ポイニクス*)を食うことを夢想したという（⇒アピーキウス）——、1度の晩餐に300万セーステルティウスもかけるようになり、豆に金の粒、米に真珠、レンズ豆に縞瑪瑙、空(そら)豆に琥珀を混ぜさせ、土産として宦官たちや車馬の類を吝しみもなく下賜。宴会場の天井からは菫などの花々をおびただしく撒き散らせたせいで、幾人かの食客が埋もれて窒息死したこともあるといわれる。葡萄酒を満たした運河で海戦を実演させたかと思うと、象4頭立ての戦車を乗り回して墓地を滅茶滅茶に破壊し、気紛れに側近たちを水車の車輪に縛りつけて回転させ彼らを「愛しのイクシーオーン*」と呼んでもてあそんだ。薔薇やサフランの香料入りのプールでなければ水浴せず、衣服は冠から靴までことごとく黄金や宝石を鏤め、便器には金製や貴石のものを使用、毎日着物を取り替え、2度と同じ履物、指環を身に着けなかった。しばしば男神や女神の出で立ちで獅子・虎などの牽く戦車に乗って公けの場に現われ、また占い師から「横死」を予言されると、自分にふさわしい自殺の具として緋紫の絹紐や黄金の剣、毒薬を封入したサファイヤとエメラルドの容器を用意し、あまつさえ宝石で飾られた投身用の高い塔まで建設させた。旅行には念者や男倡・娼婦の群れを運ぶのに600台の車輛を要し、彼らとともに奢侈・淫逸をほしいままにして国庫を空費。自らの「不滅の太陽神(ソール)」Deus Sol Invictus Elagabalus のために壮大な神殿 Elagabalium をローマに建てて最高神として祀り、生贄にするべくイタリア全土から美少年を狩り集めては自らの手で殺戮、切り落とされた陽物は神殿内に飼っている動物たちに投げ与えていた。全身を脱毛させて「肉体のあらゆる穴を通じて得られる快楽を享受した」だけでは飽き足りず、下腹部に女陰を穿つ手術を受けて両性具有者になろうと熱望さえしたともいわれる。
⇒ソール
Dio Cass. 77~80/ Herodian. 5-3~8/ S. H. A. Heliogab./ Aur. Vict. Caes. 23/ Eutrop. 8-22/ Zonan/ etc.

エラシストラトス　Erasistratos, Ἐρασίστρατος, Erasistratus,（仏）Érasistrate,（伊）Erasistrato,（西）（葡）Erasístrato

（前315頃～前250／240頃）ギリシアの医師・解剖学者・生理学者。ケオース*島の出身（異伝あり）。生理学の祖。一説に哲学者アリストテレース*の外孫という。アテーナイ*で哲学を修めたのち、コース*やクニドス*で医学を研究し、前294年頃にはアンティオケイア❶*のセレウコス1世*の宮廷に仕えた。アンティオケイアに滞在中、王子アンティオコス1世*が父王セレウコスの若妻ストラトニーケー❶*を恋慕するあまり病に陥るという出来事が起こり、それを恋患いと看破した彼が、寝所に年頃の若者や女人が入って来るたびに王子の肉体的な反応を観察して、病気の原因が継母に対する愛慾であることを覚り、見事に問題を解決するとともに疾病を治療した話は名高い。のちアレクサンドレイア❶*へ移り（前258頃）、屍体解剖や生体解剖を通してヘーロピロス*の研究を発展させ、運動神経と交感神経とを明確に区別し、喉頭蓋や腸間膜の乳糜(にゅうび)管を観察、脳の作用や心臓の弁膜の働き等について説明した。「全器官は、他の組織と3手段すなわち動脈・静脈・神経

によってつながっている」と主張、ヒッポクラテース*流の体液説を退け、デーモクリトス*の原子論とストラトーン❶*の真空論に基づいた独自の見解を述べた。「自然は一つとして無益なことをしない」と信じた彼は、全生理現象を自然の原因によって説明しようとし、薬物・下剤・瀉血の多用に反対して食事・入浴・運動などの養生法を勧めた。カテーテルを発明し、サモス*に医学校を設立したとも伝えられ、その学派は後2世紀のガレーノス*の頃まで栄えた。著書は4世紀にも、なお読まれていたが、引用断片以外は散逸した。
⇒ピリスティオーン
Plut. Demetr. 38/ App. Syr. 59～61/ Plin. N. H. 29-3/ Gell. 16-3, 17-11/ Val. Max. 5-7/ Celsus Med. 1/ Strab. 10-486/ Gal./ Suda/ etc.

エラトー Erato, Ἐρατώ, (仏) Érato, (露) Эрато
ギリシア神話中、ムーサイ*(ムーサ*たち)の1人で恋愛詩を司る。一説に伶人タミュリス*の母といわれる。
Hes. Th. 78/ Apollod. 1-3/ Ov. Fast. 4-195, -349, Ars Am. 2-16, -425/ Strab. 8-347/ etc.

エラトステネース Eratosthenes, Ἐρατοσθένης, (仏) Ératosthène, (伊) Eratostene, (西)(葡) Eratóstenes, (露) Эратосфен
(前275頃～前194頃) ヘレニズム時代の博学多才な学者。キューレーネー*に生まれ、アレクサンドレイア❶*で詩人カッリマコス❶*らに学び、次いで数年間アテーナイ*に滞在して哲学者アリストーン❶*やアルケシラーオス*に師事、該博な知識の持ち主として評判を高め、プトレマイオス3世*に招聘されて王子の師傅となり、ロドス*のアポッローニオス❹*の後を継いでアレクサンドレイア図書館長に就任した (前245頃、前235頃とも)。自らをピロロゴス Philologos (学問愛好者・文献学者) と称した最初の人物で、地理・天文・数学・哲学・文学等々、あらゆる分野の学問に通暁していたため、「五種競技優勝者 Pentathlos」の異名で呼ばれたが、各分野において最上の学者にだけは一籌を輸していたところから、「第二の人 Beta」という渾名をもつけられた。高齢に達して失明し、また人生に倦んだため、自ら食を断って死んだと伝えられる (80歳)。
彼の最も有名な業績は、地球の全周を初めて科学的に測定したことで、異なる2地点における日時計 gnomon の影の比較によって得られた252,000スタディオン (46,250 km) という数値は、かなり正確なものであり、その方法は現在も天文測地学で用いられる基本的な方法となっている (測地学の祖)。また、渾天儀を発明し、驚くべき精密度で黄道の傾斜角度を計算、さらに太陽と月の大きさおよび地球からの距離などの算定も試みた。数学では、素数を求める方法を発見し (エラトステネースの篩〈ギ〉Koskinon Eratosthenūs, Κόσκινον Ἐρατοσθένους, 〈ラ〉Cribrum Eratosthenis)、プラトーン*哲学に基づく数学書を執筆、比例中項を論じるなどして、友人アルキメーデース*の賞讃を受けた。
最初の体系的地理学者としての功績も大きく、主著『ゲオーグラピカ Geographika, Γεωγραφικά』3巻では、人間をギリシア人と非ギリシア人とに区分する考えに反対し、人々は民族的にではなく個人的に分けられるべきであると主張、またギリシア人で初めて支那について言及、「大西洋の広がりが妨げなければ、我々は海路スペインからインドへ容易に行くことができる」と述べており、本書はのちにストラボーン*によって大いに利用された。
歴史家としては、『年代記 Khronographiai, Χρονογραφίαι』やオリュンピア競技祭*優勝者リストの作成において、ギリシア史の科学的年代決定を初めて確立しようと努め、哲学史の書物も著わした。文学関係の分野では、古い喜劇に関する少なくとも12巻から成る詳細な考証を執筆したほか、3大悲劇詩人の作品をアレクサンドレイア図書館に収蔵。また、星座にまつわる神話を扱った『エーリゴネー* Erigone』などの詩も作った。広範囲にわたる彼の著述も、今日では断片しか残存しない。
⇒ヒッパルコス❷、テオクリトス、アガタルキデース、ディオニューシオス・ペリエーゲーテース、アルテミドーロス❶
Cic. Att. 2-6/ Varro Rust. 1-2/ Plin. N. H. 2-112/ Plut. Lyc. 1/ Strab. 1-15～, 2-67, 15-688～/ Quint. Inst. 1-1/ Caes. B. Gall. 6-24/ Longinus Subl. 33/ etc.

エリクトニオス Erikhthonios, Ἐριχθόνιος, Erichthonius, (仏) Érichthonios, (伊) Erittonio, (西) Erictonio, (葡) Erictónio, Erictônio, (露) Эрихтоний, Эрихфоний
ギリシア神話中の男性名。
❶アテーナイ*の古王。女神アテーナー*に欲情した鍛冶神ヘーパイストス*が、彼女を犯さんとして抱きついた時に精液を漏らし、それが大地に滴り落ちてエリクトニオスが誕生したという。大地の女神ガイア*から赤児を養育するべく手渡されたアテーナーは、彼を箱に入れてケクロプス*の娘たちに預け、蓋を開くことを堅く禁じておいた。が、彼女たちは禁を破って箱を開け、中の子供が蛇の形をしている (下半身が蛇とも、大蛇に巻きつかれていたともいう) のを見て、恐怖のあまり発狂しアクロポリス*より投身して果てた。彼はアテーナーによってアクロポリス丘上で育てられ、のちアテーナイ王となり、パンアテーナイア*祭を創設、4頭立ての戦車を発明し、死後「馭者座 (ラ) Auriga, (ギ) Heniokhos, Ἡνίοχος」として天上の星になった。ケクロプスと同じく半身半蛇であったといい、またエレクテウス*としばしば混同される (⇒巻末系図020)。
⇒アグラウロス❷、パンディーオーン
Apollod. 3-14/ Paus. 1-2, -14, -18, -24/ Eur. Ion 20～, 266～, 1001/ Ov. Met. 2-552～/ Hyg. Fab. 48, 166/ etc.

❷ダルダノス*の子。トロース* (トロイアー*の名祖) の父。兄イーロス*の死後、トロイアーの王家を継承し、こ

の世で最も富裕な人と謳われた（⇒巻末系図019）。
⇒ボレアース
Hom. Il. 20–220/ Apollod. 3-12/ etc.

エリコ Iericho
⇒イエリコー

エーリゴネー Erigone, 'Hριγόνη, （仏）Érigoné, （伊）（西）Erigona

ギリシア神話中の女性名。

❶アッティケー*の農民イーカリオス❶*の娘。ディオニューソス*に愛され、葡萄の房に身を変えて近づいた酒神と交わり、1子スタピュロス Staphylos（葡萄の房の意）を産んだという。殺された父イーカリオスの屍骸を発見した時、悲しみのあまり近くの木で首を吊って死んだ。酒神の怒りによってアッティケーの娘たちは乱心し、同じように自ら縊れて死んだため、人々は神託に従ってエーリゴネー父子を祀り、その霊を鎮めた。娘たち（のち人形や面に替えられる）を木から吊るす祭式アイオーラー Aiora の、これが起源とされる。死後エーリゴネーは天上で「乙女座（ラ）Virgo」になったと伝えられる。
Hyg. Fab. 130, Poet. Astr. 2-4/ Apollod. 3-14/ Ov. Met. 6-125/ Ael. V. H. 7-28/ etc.

❷アイギストス*とクリュタイムネーストラー*の娘。異父兄オレステース*が、彼女の両親および兄弟アレーテース Aletes を殺した時、あやうく彼女も殺されそうになるが、女神アルテミス*に救われてアッティケー*へ連れ去られ、その地で女神の神殿に仕える巫女となった。のちオレステースを殺人罪でアレイオス・パゴス*の法廷に訴え、彼が無罪となるや落胆して縊死したとも、オレステースと交わって庶子ペンティロス Penthilos を産んだとも伝えられる。
Paus. 2-18/ Hyg. Fab. 122/ Apollod. Epit. 6/ Dict. Cret. 6-4/ etc.

エリス Eris, ῎Ερις, 《ラ》ディスコルディア Discordia, （仏）（葡）Éris, （伊）Eris, （西）Éride, （露）Эрида

ギリシアの「不和・争い」の擬人化された女神。ローマのディスコルディア Discordia に相当。ホメーロス*では軍神アレース*の姉妹として彼に付き従い、自分が原因で生じたトロイアー戦争*の血腥い光景を楽しんでいる。というのも、ペーレウス*とテティス*の結婚式に、神々のうちで唯1人招かれなかったエリスは、ヘスペリデス*の園から取ってきた黄金の林檎に「最も美しい女神へ」と記して宴席に投じた。ためにヘーラー*、アテーナー*、アプロディーテー*の3女神の間に争いが生じ、ゼウス*がその審判をトロイアー*の王子パリス*に委ねたことから、この戦争が勃発するに至ったからである。ヘーシオドス*によれば、エリスは夜の女神ニュクス*の娘で、「破滅 Ate」「労苦 Ponos」「戦争 Makhe たち」など諸々の人間悪の母とされている（⇒本文系図282, 巻末系図001）。エリーニュス*に似た有翼の女の姿で表現される。
⇒アーテー、レーテー、ケール、モーモス
Hom. Il. 4-440〜1, 11-70〜75/ Hes. Th. 225〜, Op. 11〜/ Apollod. Epit. 3/ Hyg. Fab. 92/ Serv. ad Verg. Aen. 1-27/ Apul. Met. 10/ Quint. Smyrn. 5-23〜27, 10-59〜/ Nonnus Dion. 20-20〜40/ etc.

エーリス Elis, ῏Ηλις, （ドーリス*方言）アーリス Alis, ῎Αλις, （または、エーレイアー* Eleia, 'Ηλεία), （仏）（西）Élide, （伊）Elide, （露）Элида

（現・イリア Ilía）ペロポンネーソス*半島西部の地方。アカーイアー*の南、アルカディアー*の西、メッセーニアー*の北に位置し、西はイーオニアー*海に臨む。北から南へ低地エーリス、ピーサーティス Pisatis、トリピューリアー Triphyria の3地域に分かれる。低地エーリスは、馬の飼育・細糸亜麻・牧畜で名高く、ペーネイオス*河やラードーン*河が貫流、主要都市はエーリス（前471年建設。現・イリダ Ílidha）、ピュロス*、キュッレーネー Kyllene など。ピーサーティスは低地エーリスとアルペイオス*河に挟まれた一帯で、聖地オリュンピアー*およびピーサ*を中心とする。トリピューリアーはアルペイオス河以南、メッセーニアーに至る間の地域を指し、先住民エペイオス Epeios 族とミニュアイ*族、エーリス族の3つの部族が共住するところからこの名がある。

エーリス地方はミュケーナイ*時代より居住が始まり、エペイオス族（名祖はエンデュミオーン*の子でエーリスの古王エペイオス）はトロイアー戦争*にも参加したという。伝承によれば、ヘーラクレイダイ*（ヘーラクレース*の後裔）の帰還の折に、彼らを案内したアイトーリアー*人オクシュロス Oksylos（エンデュミオーンの子孫。ヒュッロス*の従兄弟）がエーリス地方を領有することになったといい、以来北方から渡ってきたアイトーリアー人と先住民エペイオス族が混住し王国を築いたとされる（前1000頃〜）。その後エーリス人はオリュンピア競技祭*の主催権をめぐって、本来の主催者たるピーサ人と争いを繰り返し、前572年にはピーサを破壊し去るに至った。エーリスはスパルター*と同盟関係にあったが、ペロポンネーソス戦争*中に離反してアテーナイ*に寝返り（前420）、ために敗戦後オリュンピア競技祭の主催権とトリピューリアー地方を失った（前399）。スパルターがレウクトラ*の戦い（前371）で敗北したのち、エーリス人は失地奪還を試みるものの、

系図108　エーリゴネー❷

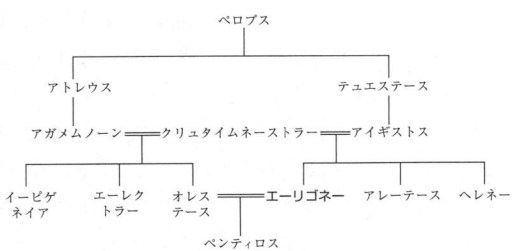

アルカディアー同盟に阻止され、トリピューリアー地方はアルカディアーに併合される（前369）。よってエーリスは、前366年に対アルカディアー戦争を始め、旧敵スパルターと結んで同盟軍を退却させると、再びエーリス全土とオリュンピア競技祭の主催権を回復。カイローネイア*の決戦（前338）後は勝者たるマケドニアー*王国と和し、アレクサンドロス大王*が没する（前323）や、アイトーリアー同盟*に加わった。その後アルカディアーとしばしば戦ったが、結局両者ともローマの属州アカーイア*に編入された。

エーリス（エーレイアー）地方は、ペロプス*やアウゲイアース*の神話伝説で馴染み深く、名祖は古王エーレイオス Eleios（エンデュミオーン*の外孫で、アウゲイアースの父）とされている。エーリスはまた、ギリシアでもとりわけ男色を重んじて、全裸男性美コンテストを開催していた地として名高く、テーバイ❶*やクレーター*と同様に恋人同士が並んで戦う軍隊制度を確立していた。この地出身の哲学者で、もと男倡のパイドーン*は、その稀なる美貌を見そめられてソークラテース*の弟子となり、のちに倫理学の一派エーリス学派を創始している。集住 synoikismos によってペーネイオス河畔に建てられたエーリス市（前471）には、オリュンピア競技開始までの30日間、運動選手が訓練を積んだギュムナシオン*やパライストラー*などの体育施設が林立し、現在も劇場を含む古代遺跡が発掘されている。

Hom. Il. 2-615〜, 11-671〜, Od. 4-635/ Herodot. 8-73/ Arist. Pol. 5-6(1306a)/ Paus. 5〜6/ Strab. 8-336〜358/ Xen. Symp. 8-32, Hell. 3-2/ Ath. 8-350a, 13-609f/ Diog. Laert. 2-51, -105/ Polyb. 4-73/ Ptol. Geog. 3-14/ Diod. 3-66, 4-33, -69, 11-54/ Plin. N. H. 4-5/ etc.

エーリダノス　Eridanos, Ἠριδανός, （ラ）エーリダヌス Eridanus, （仏）Éridan, （伊）Erìdano, （西）（葡）Erídano, （露）Эридан

ギリシア神話伝説上の大河。他の諸々の河川と同じくオーケアノス*とテーテュース*の子とされ、ヨーロッパの極北ないし極西を通って北洋に流入し、その河口にはエーレクトリデス Elektrides, Ἠλεκτρίδες（琥珀）群島があると考えられていた。パエトーン*が墜死した河として名高く、南天の同名の星座（（ラ）Eridanus）はこの河を記念して設けられたとされる。ペレキューデース*以来、北イタリアのパドゥス*（現・ポー）河と同一視されるようになったが、琥珀を産する河川という古くからの伝承は、バルト海・ユトラント方面と地中海沿岸地方とを結ぶ、河川を介した琥珀貿易の遠い記憶を伝えるものといえよう。

なお、アテーナイ*市内のアゴラー*北方を流れる小川も、エーリダノスの名で呼ばれていた。

Hes. Th. 338/ Herodot. 3-115/ Ap. Rhod. Argon. 4-627/ Strab. 5-215, 9-397/ Paus. 1-19/ Verg. G. 1-481/ Ov. Met. 2-324/ Hyg. Fab. 154/ etc.

エリッサ　Elissa, （仏）Élyssa, （独）Elyssa, （西）Elisa

⇒ディードー

エリーニュエス（エリーニュス*たち）　Erinyes, Ἐρινύες, （または、Erinnyes), （仏）Érinyes, （独）Erinyen, （伊）Erinni, （西）Erinias, （葡）Erínias, （露）Эринии

ギリシアの復讐の女神たち。ヘーシオドス*によると、クロノス*が父ウーラノス*の男根を切り取った時、血の滴りが大地ガイア*の上に落ちて、そこから生まれたという。とはいえ、異伝ではニュクス*（夜）の娘たち、あるいはスコトス Skotos（暗闇）の娘たちなどと呼ばれることもある。その数も不定であったが、エウリーピデース*以来3人となり、名前もアーレークトー* Al(l)ekto（休まぬ女）、メガイラ* Megaira（嫉む女）、ティーシポネー* Tisiphone（殺人行為の報復をする女）に定まった。通常は翼を持ち、頭髪は蛇となって乱れ、黒衣をまとい、手には松明または鞭を持って、罪人を追い回し狂乱させる恐るべき女神たちと想像された。古代社会において最も重視された血族に対する罪の復讐者で、母殺しのオレステース*やアルクマイオーン*、父殺しのオイディプース*らを、事情のいかんにかかわらず、容赦なく呵責する。普段は冥界タルタロス*に住むと見なされ、大地との関係からエウメニデス*（好意ある女神たち）ないしセムナイ*（厳かなる女神）と呼ばれて崇拝され、黒い羊と蜜・乳などの混合水が犠牲に捧げられた。ローマではフリアエ*またはディーラエ Dirae の名で呼ばれていた。

⇒ネメシス、ケール

Hes. Th. 154〜/ Apollod. 1-1/ Hom. Il. 9-571, 19-87, -259, Od. 2-135/ Aesch. Eum./ Eur. Or./ Verg. Aen. 6-571, 7-324, 12-846/ Paus. 1-28, 2-11/ Nonnus Dion. 10-97/ Ov. Met. 4-482〜/ Prop. 2-20/ Diod. 13-102/ etc.

エリーニュス　Erinys, Ἐρινύς, （線文字B）Erinu

⇒エリーニュエス（の単数形）

エリピューレー　Eriphyle, Ἐριφύλη, Eriphyla, （仏）Ériphyle, （伊）Erifile, （西）Erífile

ギリシア伝説中、アルゴス*王アドラストス*の妹。予言者アンピアラーオス*の妻となり、アルクマイオーン*やアンピロコス*らの子供を産んだ。物欲と虚栄心の強い女性で、ポリュネイケース*からハルモニアー*の頸飾りを贈られて、夫を死地に追いやり（⇒テーバイ攻めの七将）、さらに10年後にはテルサンドロス*（ポリュネイケースの子）から同じくハルモニアーの長衣 peplos を贈られて、息子アルクマイオーンらをテーバイ❶再征に駆り立てた（⇒エピゴノイ）。勝利を得たのちアルクマイオーン（とアンピロコス）は、父の遺命およびデルポイ*の神託に従って母を殺害したが、死に瀕してエリピューレーは息子に呪いをかけ、ためにアルクマイオーンは発狂して諸国をさまよったという。ソポクレース*に今は散逸した悲劇『エリピュー

レー』があった。

Apollod. 1-19, 3-6, -7/ Hom. Od. 15-248, 11-326～327/ Paus. 5-17, 9-41/ Hyg. Fab. 73/ Diod. 4-65/ Soph. El. 836/ etc.

エリピューレー　Eriphyle
⇒エリピューレー

エリュクス　Eryks, Ἔρυξ, Eryx, (仏)Éryx, (伊)Erice, (西)(葡)Érix, (露)Эрикс, Ерикс

シケリアー*(現・シチリア*)島北西部の山(現・Monte San Giuliano)。高さ751 m。頂上に有名なアプロディーテー*(ウェヌス*)の神殿があり、ウェルギリウス*に従えば、これはアイネイアース*(アエネーアース*)が建立したものというが、実際はこの地に植民したフェニキア*人の手になるものと考えられる。フェニキア人が伝えた豊穣多産の女神アスタルテー*を、ギリシア・ローマ人はアプロディーテー＝ウェヌスと同一視したのである。ここの女神アプロディーテー・エリュキーネー A. Erykine信仰は、神殿売春や日ごと生じる祭壇の奇跡で知られており、第1次ポエニー戦争*(前264～前241)の初め頃にローマへ導入されてカピトーリーヌス*丘にウェヌス・エリュキーナ Venus Erycinaの神殿が建立された。伝承によると、アイネイアースの父アンキーセース*はこのエリュクス山に埋葬されたという(⇒ドレパノン)。山麓に先住民エリュモイ*人の創建した同名の植民市エリュクス(現・エリーチェ Erice,〈シチリア語〉Èrici, U Munti)があり、その名祖エリュクスは女神アプロディーテーとポセイドーン*の息子で、ヘーラクレース*に格闘技を挑んで殺されたエリュモイ人の王だと伝えられる(⇒セイレーン)。この地域は前5世紀にはエゲスタ*(セゲスタ*)に属していたが、のちカルターゴー*領となり、ハミルカル・バルカ*の活躍もむなしく第1次ポエニー戦争後はローマに譲渡された(前241)。

Herodot. 5-43～/ Thuc. 6-2, -46/ Liv. 22-9～10/ Verg. Aen. 5-757～/ Plin. N. H. 3-8-90～91/ Polyb. 1-55/ Diod. 4-23, -83, 13-80, 14-48, 24-1/ Suet. Claud. 25/ Paus. 3-16, 4-36, 8-24/ Apollod. 2-5-10/ Mela 2-7/ Solin. 5-9/ Strab. 5-272/ Cic. Verr. 2-2-8/ Tac. Ann. 4-43/ etc.

エーリュシオン　Elysion, Ἠλύσιον, Elysium, (仏)Élysée, (伊)Elisio, Eliseo, (西)Elíseo

ギリシア神話中、神々に祝福された人々が来世に住む野。

系図109　エリュクス

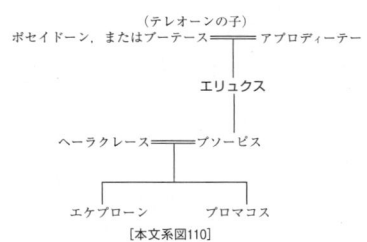

[本文系図110]

元来はギリシアの先住民族が想像した理想郷で、ギリシア人はこれを「幸福の島」マカローン・ネーソイ*と同一視した。ホメーロス*においては、ハーデース*の領域たる地下の冥界とはまったく別に、大洋オーケアノス*の西涯に位する地で、賢王ラダマンテュス*に統治されていたことになっている。雪も大嵐もなく、心地よい西風ゼピュロスだけが爽やかに吹き、神々に愛された英雄のみが「死」を知らずに運ばれてくるという。一方ヘーシオドス*は、5世代の人類のうち第4の「英雄時代」の半神ヘーロースheroたちが死後に暮らす場所として、「幸福の島」を想定しており、黄金時代の王クロノス*がその地を支配している。ピンダロス*以後の詩人たちの伝えるところによると、そこはクロノスとラダマンテュスの治める「極楽」で、カドモス*、ペーレウス*、メネラーオス*、アキッレウス*ら伝説上の英雄たちばかりでなく、アテーナイ*の僭主政打倒者ハルモディオス*とアリストゲイトーン*や哲人ピュタゴラス*、アレクサンドロス大王*など高潔だった史上の人物もまた、この島で快適な生活を送っているとされる。しかし、ウェルギリウス*らローマの詩人では、エーリュシオンの野は下界たるハーデース*の一部と想定されている。さらに、黒海のイストロス*(ドーナウ)河口に近い島レウケー*(白い島)に、死後のアキッレウスが美女ヘレネー*や念友パトロクロス*らと一緒に暮らしているという所伝も残っている。有名なパリのシャンゼリゼー Champs-Élyséesは、「エーリュシオンの野」の意である(〈英〉Elysian Fields,〈伊〉Campi Elisi)。なお、一般の死者の魂は沈鬱な花アスポデロス Asphodelosの咲き乱れる野を幽鬼のごとき姿で彷徨うと考えられていた。

⇒マカローン・ネーソイ

Hom. Od. 4-561～, 24-1～/ Hes. Op. 167～/ Pind. Ol. 2-68～, Nem. 4-49/ Paus. 3-19, 8-53/ Verg. Aen. 6-637～, G. 1-38/ Ov. Met. 14-111, Ib. 175/ Diod. 1-96/ etc.

エリュシクトーン　Erysikhthon, Ἐρυσίχθων, Erysichthon, (仏)Érysíchthon, (伊)Erisittone, (西)Eresictón, Erisictón, (露)Эрисихтон

ギリシア神話中、テッサリアー*のトリオプス Triops(またはトリオパース Triopas)王の子。イーピメデイア*(アローアダイ*の母)の兄弟。デーメーテール*の聖なる樫の森を、女神自ら禁じたにもかかわらず、勝手に伐り倒したため、罰として飽くことのない飢餓にとりつかれ、全財産を食い尽くした。娘のムネーストラー Mnestra(またはメーストラーMestra)は愛人のポセイドーン*から自在に変身する術を授けられていたので、身売りしては姿を変えて舞い戻り、また身を売って父に食物を調達していたが、エリュシクトーンの飢えはますます募るばかりで、ついに彼は自分自身の肉を啖って死んでしまったという。

Ov. Met. 8-738～/ Ath. 10-416～/ Callim. Hymn. 6-24～/ Ant. Lib. Met. 17/ Suda/ etc.

エリュ(ー)トライ　Erythrai, Ἐρυθραί, Erythrae, (仏)Érythrées, (伊)(西)Eritrea

（現・ウルドゥル Ildırı、近世の Ritri、Litri）小アジア西岸イオーニアー*地方の都市。スミュルナー*の西方エリュトライ半島に位置し、キオス*島の対岸に面している。イオーニアー十二市の１つ。伝説上の名祖エリュトロス Erythros はラダマンテュス*の息子で、クレーター*島からやってきて、町を創建したという。のちアテーナイ*王コドロス*の子クノーポス Knopos が移住してイオーニアー系の植民市に変じ、当初から繁栄を呈し、近郊から獲れる良質の葡萄酒で知られた。神託を告げる巫女シビュッレー*（シビュッラ*）の生地の１つ。他のイオーニアー諸市と同様、リューディアー*、アカイメネース朝*ペルシア*の支配を経て、前５世紀にアテーナイを盟主とするデーロス同盟*に参加した。ペロポンネーソス戦争*の末期にアテーナイから離反したが、前394年のクニドス*沖海戦ではアテーナイの提督コノーン*を歓迎している。古代には、盲目の漁師の視力を取り戻させたというフェニキア*渡来のヘーラクレース* Ipoktonós,（ラ）Ipoctonus 神殿や、身体に発毛させる効験のある河川の存在で知られていた。今日、３km以上に及ぶ城壁やヘレニズム時代の劇場（テアートロン*）などの遺跡を見ることができる。

Herodot. 1-142, 6-8/ Thuc. 8-24/ Arist. Pol. 5-6/ Paus. 7-3, -5, 9-27, 10-12/ Strab. 14-645/ Plin. N. H. 31-10/ Ptol. Geog. 5-2/ Polyaenus 8-43/ Ath. 6-259/ Polyb. 21-46/ Liv. 38-39/ Diod. 5-79, 14-84/ Steph. Byz./ etc.

エリュトラー海　Erythra thalatta, ’Ερυθρὰ θάλαττα,（ラ）Erythraeum Mare, Mare Rubrum,（英）Red Sea,（仏）Mer Rouge,（独）Rotes Meer,（伊）Mar Rosso,（西）Mar Rojo,（葡）Mar Vermelho,（アラビア語）Al-Bahr al-Ahmar,（ヘブライ語）Yam Suf,（ティグリニャ語）QeyH bāHrī,（露）Красное Море

（「赤い海」の意）今日の「紅海」のみならず、アラビア湾、ペルシア湾をも含むインド洋（ギ）Indikos Ōkeanos, ’Ινδικὸς ’Ωκεανός,（ラ）Indicus Ōceanus 全域を指す。たんに「南の海」と呼ばれることもある。名祖として伝説上の王エリュトラース Erythras（ペルセウス*とアンドロメダー*の子）を立てるが、海藻や微生物のため海水が紅色を呈することからこの名が生じたと考えられる。後１世紀の無名のギリシア商人の手になる『エリュトラー海案内記 Periplus tes Erythras Thalasses, Περίπλους τῆς ’Ερυθρᾶς Θαλάσσης,（ラ）Periplus Maris Erythraei』全66章（後60〜70頃）が伝存し、ローマ帝政前期の南海貿易の実状を伝える史料として重視されている。本書は香料・真珠・絹など東方の奢侈品に対する需要が高まった当時の商業的案内書で、季節風を利用してエジプトからインド、東南アジア、またアフリカ東岸に至る航路や各地の物産などを解説している。

⇒ヒッパロス、オネーシクリトス、ネアルコス、タープロバネー（セイロン）、テッラ・インコグニタ

Herodot. 1-1, -180, -189, 2-158〜, 3-93, 4-37, -41〜/ Arr. Ind. 6/ Plin. N. H. 6-28/ Strab. 1-33, 16-779/ Mela 3-8/ Curtius 8-9/ Peripl. M. Rubr./ Ptol. Geog. 4-7, 6-7, 8-16, -22/ Steph. Byz./ etc.

エリュマントス　Erymanthos, ’Ερύμανθος, Erymanthus,（仏）Érymanthe,（伊）（西）（葡）Erimanto,（露）Эримант, Эриманф

（現・エリマントス Erímanthos、またはオロノス Olonos）ギリシアのアルカディアー*北境の山名。アルカディアー、アカーイアー*、エーリス*の境界をなす高山で（標高2224m）、ここに源を発する同名の川エリュマントスはアルペイオス*河に支流となって注ぎ込んでいる。ギリシア神話では、この山中に棲み近隣を荒らしていた大猪を、英雄ヘーラクレース*が生け捕りにしたことで有名（第四の功業）。彼は大声で叫びつつ猪を繁みから追い出すと、深い雪溜まりの中で罠にかけて捕らえ、肩に担いで持ち帰ったという。山麓にあった同名の町は、アルカス*の子エリュマントスを名祖としていたが、ペーゲウス*王の時にペーギアー Phegia (Phegeia) と、さらにのち、ヘーラクレースの愛人の名にちなんでプソーピス Psophis と改称された（プソーピスはエリュマントスの孫娘）。なお、アポッローン*の息子にもエリュマントスという者がおり、所伝によると彼は、美青年アドーニス*と交わるために沐浴中の女神アプロディーテー*の裸身を見たために盲目にされてしまい、これを怒ったアポッローンが猪に変身して、アドーニスを突き殺したという。

Paus. 8-24〜/ Apollod. 2-5/ Ael. V. H. 2-33/ Ov. Met. 2-499, Her. 9/ Hom. Od. 6-103〜/ Paus. 5-7, 8-24/ Plin. N. H. 4-6/ Diod. 4-12/ Ap. Rhod. 1-122〜/ Strab. 8-343/ etc.

エリュモイ（人）　Elymoi, ’Έλυμοι, Elymi,（英）Elymians,（仏）Élymes,（独）Elymer,（伊）Elimi,（西）Élimos

シーカノイ*人とともにシケリアー*（現・シチリア）島に最も早く移住した民族。すでにギリシアの影響を受けていた小アジアから移り住んだと思われる。史家トゥーキューディデース*は、トロイアー戦争*後にギリシア軍の手を逃れたトロイアー*人の末裔だと記している。彼らの建設した主要な都市としては、セゲスタ*とエリュクス*が挙げられる。名祖のエリュモス Elymos は、アンキーセース*

系図110　エリュマントス

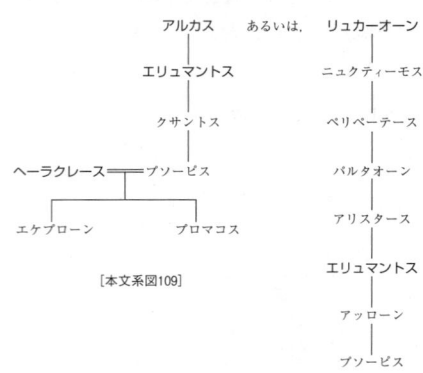

[本文系図109]

の庶子で、エリュクスの兄弟と伝えられる。
Thuc. 6-2/ Lycoph. 953, 964/ Dion. Hal. Ant. Rom. 1-52〜/ Strab. 13-608/ Paus. 10-11/ Scylax/ etc.

エーリンナ Erinna, Ἤριννα, (西)(葡) Erina
（前4世紀後半〜前3世紀初頭）ギリシアの女流詩人。伝承によれば、サッポー*の女友達で、わずか19歳で夭折したというが、実際はもっと後世ヘレニズム時代初期の人物らしい。ロドス*に近い島テーロス Telos の生まれと思われ、ドーリス*方言で詩を作った。結婚後まもなく死んだ若い女友達バウキス Baukis を偲んだヘクサメトロス詩『糸くり竿 Ēlakatē, Ἠλακάτη』(300行)が名高く、そのほか、同じ友に寄せた墓碑銘など3篇のエピグラム詩が『ギリシア詞華集*』に収録されている。技巧的で繊細な詩風で知られ、アルカディアー*のアニュテー Anyte、南イタリアのロクロイ*のノッシス* Nossis、ビューザンティオン*のモイロー Moiro ら同時代に活躍した一群の女流詩人の代表者とされる。
⇒コリンナ
Anth. Pal. 6-352, 7-710, -712/ Plin. N. H. 34-19/ Ath. 7-283d/ Stob. Flor. 68-4/ Euseb./ Chron./ Tatianus Ad Gr. 52/ Suda/ etc.

エルギーノス Erginos, Ἐργῖνος, Erginus, (伊)(西) Ergino
ギリシア伝説中、オルコメノス*のミニュアイ人*の王。父王クリュメノス❸*（アタマース*の子プリクソス*の孫）がテーバイ❶*人に石で打ち殺されたため、その遺命に従ってテーバイを攻撃し、大勢のテーバイ人を殺したうえ、王クレオーン❷*に20年間にわたり毎年100頭の牛を貢物として贈る約束をさせた。ヘーラクレース*は18歳の時、キタイローン山*の獅子（ライオン）退治の帰途、エルギーノスの使者たちに出会い、彼らの耳・鼻・手を切り取って紐で繋いで頸（くび）に吊るし、「これを貢物として持って帰れ」と命じた。ここにオルコメノス対テーバイの戦いが再開し、ヘーラクレースは女神アテーナー*から武器を得てテーバイ軍を率いて戦い、エルギーノスを殺し、オルコメノスを占領、ミニュアイ人に2倍の貢物を課した。かくしてアタマース家のオルコメノス支配は終わったが、他方、この戦いでヘーラクレースは養父アンピトリュオーン*を討たれたという。一説にエルギーノスは戦死せず、年老いてから妻帯して名匠アガメーデース*とトロポーニオス*を儲けたと伝えられる。
⇒本文系図 322
Apollod. 2-4/ Pind. Ol. 14-2〜/ Paus. 9-17, -37, -38/ Diod. 4-10/ Eur. H. F. 49〜/ Schol. ad Ap. Rhod. 1-185/ Hyg. Fab. 14/ Strab. 9-414/ etc.

エルサレム Jerusalem
⇒ヒエロソリュマ

エル・ジェム El Djem
⇒ハドルメートゥム

エルペーノール Elpenor, Ἐλπήνωρ, (仏)(西) Elpénor, (伊) Elpenore
ギリシア伝説中、オデュッセウス*の最年少の部下。アイアイエー*島でキルケー*によって仲間とともに豚に変えられ、のち人間の姿に戻された。出航前夜、葡萄酒を飲み過ぎてキルケーの館の屋根で眠りこけたため、出発時にあわてて屋上から落ち、頸の骨を折って死んだ。後日オデュッセウスが冥界ハーデース*へ降りていった時、真っ先に彼の霊が現われて、しかるべき葬礼を与え櫂を墓標として立てるよう要求。それに応えてオデュッセウスは屍体を埋葬したが、後世彼の墓と称するものがラティウム*地方に見られたという。
Hom. Od. 10-552〜, 11-51〜, 12-10/ Ov. Ibis 487, Met. 14-252/ Juv. 15-22/ Theophr. Hist. Pl. 5-8/ Apollod. Epit. 7-12/ etc.

エレアー Elea, Ἐλέα, (仏) Élée, (〈ラ〉ウェリア Velia)
（古名・ヒュエレー Hyele, Ὑέλη）（現・カステッラマーレ・デッラ・ブルカ Castellammare della Bruca）イタリア南部ルーカニア*のギリシア系都市。テュッレーニアー*海（ティレニア海）沿岸、ポセイドーニアー*（パエストゥム*）市の36km南方に位置する（ネアーポリス*の東南160km）。アカイメネース朝*ペルシア*帝国の小アジア征服（前545）後、ペルシアに隷属することを嫌って祖国を脱出したポーカイア*市民により、前540年頃に創建された。この植民市建設には哲学者クセノパネース*も参与したと伝えられ、彼の弟子パルメニデース*はエレアー学派 Eleatikon ethnos, Ἐλεατικὸν ἔθνος, (英) Eleatic School と呼ばれるギリシア哲学の一派を確立。厳密な論理主義と合理主義的な批判精神を特徴とする同学派は同じくエレアー出身のゼーノーン*やサモス*のメリッソス*らに継承されていった。エレアー市はルーカニア人（ルーカーニー*）を撃退し、ローマと同盟を結んで（前290）以来、かなりの繁栄を謳歌した。前89年、自治都市（ムーニキピウム*）となり、ローマ上流層の保養地として別荘（ウィッラ）villa が建ち並び、とりわけ薬効のある水と医学派の活躍で知られた（⇒アントーニウス・ムーサ）。発掘の結果、市壁や城門、アクロポリス*の聖域、神殿、アゴラー*などの遺構が明らかにされている。
Herodot. 1-167/ Pl. Soph. 216a/ Cic. Acad. 2-42, Tusc. 2-21, -22, Nat. D. 3-33/ Strab. 6-252/ Plut. Aem. 39, Brut. 23/ Diog. Laert. 9-20, -21, -25, -30/ Liv. 26-39/ Hor. Epod. 1-15/ Scylax/ etc.

エーレイアー Eleia, Ἠλεία
ペロポンネーソス*半島のエーリス*地方。同項を参照。
Thuc. 2-25/ Xen. Hell. 3-2/ Polyb. 5-102/ etc.

エレウシース Eleusis, 'Ελευσίς,（または、Eleusin, 'Ελευσίν),（仏）Éleusis,（伊）Eleusi,（露）Элевсин,（現ギリシア語）Elefsína

のちのレプシーナ Lepsina。アッティケー*（アッティカ*）の都市。アテーナイ*から18km北西の海岸に位置し、エレウシース湾を隔てて南にサラミース❶*島を臨む。名祖はこの地の初代王エレウシース、ないしエレウシーノス Eleusinos（大地から生まれたとも、ヘルメース*の子ともいう）。女神デーメーテール*崇拝の最大の中心地で、彼女と娘 Kore ペルセポネー*を祀る壮麗な神殿があり、ここで行なわれた密儀宗教「エレウシースの秘儀 Eleusinia Mysteria」によってあまりにも名高い（⇒ミュステーリア）。この秘教の起源はきわめて古く、ミュケーナイ*文化時代（前1600頃～前1200頃）以前に遡ると推定され、元来は王家の私的な祭儀に過ぎなかったようだが、前675年頃にエレウシースがアテーナイ*の支配下に置かれて以来、アテーナイの祝典エレウシース祭 Eleusinia, 'Ελευσίνια として国家宗教に組み込まれ、その後アテーナイの国力伸長とともに著しく発展を遂げた（このエレウシース祭は、4年ごとにエレウシースで開催された競技祭エレウシーニア Eleusinia とは別物である）。入信者には死後の安寧が約束されたため、老若男女、自由人・外国人・奴隷の別なくギリシア文化圏全土から人々が参集し、いわば世界宗教として広く浸透したが、儀式の内容を口外することは死罪をもって厳禁されていたので、詳細は不明である（⇒アルキビアデース）。

ソローン*、ペイシストラトス*、ペリクレース*らによって、エレウシース市のアクロポリス* Akris にある神域やテレステーリオン Telesterion（入信式の広間）などが再建・拡張され（⇒イクティーノス）、アテーナイからエレウシース神域に至る道は「聖なる道 hiera hodos」と呼ばれて、毎年秋の大祭には祭礼行列で賑わった。ヘレニズム・ローマ時代に至っても信仰は盛んで、アウグストゥス*以下ハドリアーヌス*やマールクス・アウレーリウス*などのローマ皇帝や元老院議員らも多く入信、建造物の大半が修築・整備され続けた。古代末期にはキリスト教徒から弾圧・迫害を加えられて衰え、一時ユーリアーヌス*帝の手で復興が試みられたものの、ついに後396年アレイオス*（アリーウス*）派キリスト教徒のアラリークス1世*率いる西ゴート*軍によって市は破壊され、2千年にわたって繁栄したギリシア最大の聖地としての歴史を終えた。町の西郊に、デーメーテールから穀物栽培の技法を教わった王子トリプトレモス*が最初に農耕を行なったという「ラーロス Rharos の野」が広がっている。現在、エレウシースの聖域は、ほぼ正方形のテレステーリオン（52m×54m）や大小のプロピュライア Propylaia（前門）等々が発掘されており、遺跡の全容を見ることができる。ハーデース*（プルートーン*）神殿 Plutonion の背後には、ペルセポネーが冥界へ往来する際の出入口と見なされた岩の割れ目が今なお残っている。

⇒エウモルピダイ、ケレオス❶、イアッコス

Hymn. Hom. Cer. 97, 490/ Paus. 1-36〜39/ Ov. Fast. 4-507/ Hyg. Fab. 147, 275/ Apollod. 1-5/ Suet. Aug. 93/ Plut. Per. 13, Alc. 19〜/ Strab. 9-395/ Thuc. 2-15, 6-28/ Cic. Nat. D. 1-42, Att. 6-6/ Ov. Fast. 4-507/ Plin. N. H. 4-7/ Diod. 1-29, 5-4/ etc.

エレウテロポリス Eleutheropolis, 'Ελευθερόπολις,（伊）Eleuteropoli,（西）Eleuteropolis,（露）Елевферополь,（または、Baitogabra, Βαιτογαβρά,（ラ）Bethogabris, Bethagabra),（タルムード・ヘブライ語）Bet Gubrin, Bet Guwrin,（アラビア語）Bayt Jibrîn, Beit Jebrîn（現・Beit-Djebrīn）パレスティナ*にあった古い都市。イェルーサーレーム*（エルサレム）の西南25マイル、ガーザ*へ向かう街道上に位置。ヘブライ語聖典（俗称「旧約聖書」）では、南ユダ王国の要塞都市マレシャ Maresha として現われ、ヘレニズム時代にはイドゥーマイアー*（エドム）人の町（ギ）Marisa となり、イウーダース・マッカバイオ

系図111　エレウシース〔伝説上のエレウシース王家〕

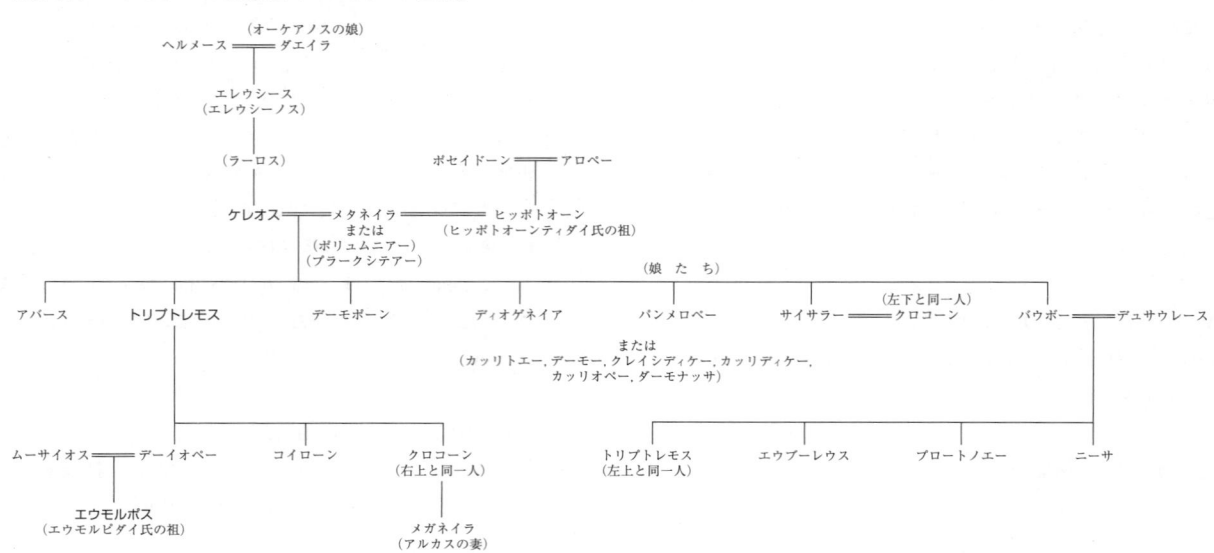

ス*に劫略されたり（前163）、イオーアンネース・ヒュルカノス*に占領されたりした（前110）のち、ローマの将ポンペイユス*の手でユダヤ*から独立（前63）。しかし前40年パルティアー*軍によって破壊され、滅亡した。ほどなくローマ人がその近くに城砦バイトガブラー Baitogabra を再建し、のちセプティミウス・セウェールス*帝はこれを優遇してエレウテロポリス（「自由な都市」の意）と改称した（後200）。近郊からはローマ時代の壁画が描かれた岩窟や、優れたモザイク装飾のあるローマ帝政期の別荘 villa（後2世紀）が見つかっている。

Amm. Marc. 14-8/ Hieron. Ep. 82-8/ Joseph. J. A. 12, 13, 14, J. B. 4-8/ Ptol. Geog. 5-15/ Sozom. Hist. Eccl. 7-29/ Euseb./ Hieron./ etc.

エレクテイオン　Erekhtheion, Ἐρέχθειον, Erechtheum, (仏) Érechthéion, (伊) Eretteo, (西) Erecteión, (葡) Erectéion, (露) Эрехтейон

アテーナイ*のアクロポリス*丘上にあるイオーニアー*式の神殿。パルテノーン*大神殿の北側に位置する複雑な構成の建造物で、前6世紀の古神殿はペルシア戦争*中にアカイメネース朝*ペルシア*軍の手にかかって焼亡（前480）。現存する建物は前421年に起工され、前407年頃に竣工したが、火災に遭ったために再び工事を施して前395年に完成した。ホメーロス*が語っているアテーナイの古王エレクテウス*の館（ミュケーナイ*時代の宮殿）跡に建てられており、アッティケー*の所有権をめぐってポセイドーン*とアテーナー*の2神が争った時、海神が泉を湧き出させた三叉戟の跡や女神が生え出させたオリーヴ樹が残っていたという。敷地に高低の差があるうえ、ポセイドーン・エレクテウス、アテーナー、ゼウス*などの諸神が合祀されているため、他に類例のない複合神殿となっている。南面に突き出た6体の女像柱カリュアーティデス* Karyatides の立つコレー* Kore の壇が有名。ギリシア本土におけるイオーニアー式神殿の代表的遺跡の1つとされる。

⇒ケクロプス

Paus. 1-26〜27/ Hom. Il. 2-546〜, Od. 7-80〜/ Apollod. 3-14/ Herodot. 8-55/ Xen. Hell. 1-6/ Hesych./ etc.

エレクテウス　Erekhtheus, Ἐρεχθεύς, Erechtheus, (仏) Érechthée, Érechtée, Érecthée, (伊) Eretteo, (西) Erecteo, (葡) Erecteu, (露) Эрехтей, Эрехфей

ギリシア神話中のアテーナイ*王。ホメーロス*では、エリクトニオス*と同じく大地から生まれ女神アテーナー*に養育されたことになっているが、のちにパンディーオーン❶*の息子でエリクトニオスの孫としてアテーナイ古王の系図に組み込まれた（⇒巻末系図020）。祖父エリクトニオスとしばしば混同され、また元来は同一人物であったと思われる。エレクテウスの治世に、西隣のエレウシース*人がエウモルポス*に率いられてアテーナイへ攻め込み、「アテーナイが勝利を得るには王の娘の1人を生贄に捧げなければならない」との神託が下った時、王は末娘クトニアー Khthonia を人身御供にした。エレクテウスはエウモルポスを殺して戦争に勝ち、エレウシースはアテーナイ領に併合されたが、王の他の娘たちもまた — 姉妹はかねて運命を同じくすることを誓い合っていたので — 自殺した（⇒ヒュアデス）。王自身も、エウモルポスの父ポセイドーン*神の三叉戟で打たれて大地に呑まれ去った、あるいはポセイドーンの依頼によりゼウス*の雷霆に撃ち殺されたという。彼の死後、アテーナイの王位には長男のケクロプス*2世がクスートス*（エレクテウスの娘クレウーサ❸*の夫）に選ばれて即いた。エレクテウスはアクロポリス*丘上に宮殿を構え、女神アテーナーのためにエレクテイオン*神殿を創建したと伝えられ、事実現存するエレクテイオン付近からはミュケーナイ*時代の館の跡が発見されている。悲劇詩人エウリーピデース*に今は失われた作品『エレクテウス』があった（引用断片のみ伝存）。

Hom. Il. 2-547〜, Od. 7-80〜/ Apollod. 1-7, -9, 3-14, -15/ Hyg. Fab. 46, 48, 238/ Herodot. 7-189, 8-55/ Paus. 1-5, -27, -38, 7-1/ Diod. 1-29, 4-29/ Nonnus Dion. 13-171, 22-296〜/ etc.

エーレクトラー　Elektra, Ἠλέκτρα, (ドーリス*方言・Alektra, Ἀλέκτρα), Electra, (仏) Électre, (伊) Elettra, (露) Электра

（「琥珀」「光り輝く女」の意）ギリシア神話伝説中の女性名。

❶大洋神オーケアノス*とテーテュース*の娘。海神タウマース*（ポントス*とガイア*の子）と結婚して、虹の女神イーリス*とハルピュイアイ*を産んだ。

⇒巻末系図001

Hes. Th. 266/ Hymn. Hom. Cer. 418/ Apollod. 1-2/ Paus. 4-33/ etc.

❷アトラース*とプレーイオネー Pleïone（オーケアノス*の娘）の娘。プレイアデス*の1人。ゼウス*と交わってダルダノス（トロイアー*王家の祖）とイーアシオーン*らの母となった。神像パッラディオン*をトロイアー市の守護神としてもたらしたが、トロイアー戦争*の結果、同市が滅

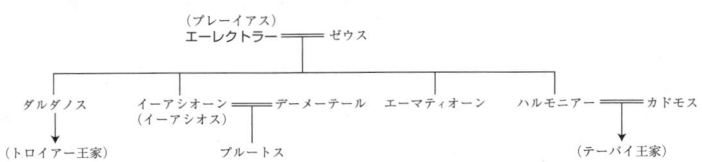

系図112　エーレクトラー❷

エーレクトリュオーン

んでしまったため、星と化したのちも彼女の姿は朧ろにかすんで見えるといわれる（⇒メロペー）。雄牛座（ラ）Taurusの「昴」中の星（ラ）Electra がそれである。
（本文系図112参照）
⇒パッラディオン
Apollod. 3-10, -12/ Verg. Aen. 3-163～, 8-135/ Hyg. Fab. 192, 250/ Diod. 3-48～/ Conon Narr. 21/ Eur. Phoen. 1136/ Ov. Fast. 4-31～/ etc.

❸ミュケーナイ*王アガメムノーン*とクリュタイムネーストラー*の娘。イーピゲネイア*やオレステース*らの姉妹。ホメーロス*の叙事詩に見えるラーオディケー❷*と同一人物と考えられる。父を殺した母とその愛人アイギストス*の2人を、弟オレステースと力を合わせて討ち、父の報復を遂げた話で名高い。アイスキュロス*、ソポクレース*、エウリーピデース*らによって採り上げられ、ギリシア悲劇中の重要人物となっている。父が殺された晩、彼女はまだ幼年のオレステースを密かに国外へ落ちのびさせ、自らは母親によって城内に監禁される（または、奴隷のごとき境涯におとしいれられる、僻陬の貧しい農民と結婚させられる）などの虐待を受けるが、後年（7年ないし20年後）成人して帰国した弟と、父の墓前で再会し、彼を励ましてアイギストスと母を殺害させた（細部は作者や伝承によって異なる）。その後、従兄弟のピュラデース*（オレステースの親友）と結婚し、2人の息子を産んだと伝えられる。

美術では、アイギストス殺害や、父アガメムノーンの墓における弟オレステースとの再会の場面に登場しており、彫刻作品としては弟オレステースと並んだ前1世紀頃の大理石立像（ナーポリ国立考古学博物館所蔵）が名高い。

なお、女性が無意識のうちに母親を憎み、父親を思慕する心理学用語エレクトラ・コンプレックス Electra complex は、彼女の名に由来する。
（下記系図113参照）
Aesch. Ag., Cho./ Soph. El./ Eur. El./ Hyg. Fab. 109, 117, 122/ Ael. V. H. 4-26/ Paus. 2-16/ Apollod. Epit. 2-15, 6-24, -28/ Prop. 2-14/ Hor. Sat. 2-3/ etc.

エーレクトリュオーン　Elektryon, Ἠλεκτρύων, Electryon,（仏）Électryon,（伊）Elettrione,（西）Electrión,（葡）Electrião,（露）Электрион

ギリシア伝説中、英雄ペルセウス*とアンドロメダー*の子。父の跡を継いでミュケーナイ*王となるが、領地を要求する親族プテレラーオス*と争い、牛群を奪われたうえに大勢の息子たちまで殺された。復讐のために軍を起こしたエーレクトリュオーンは、王国と娘アルクメーネー*（ヘーラクレース*の母）とを甥のアンピトリュオーン*に委ね、自分が帰国するまで娘と性交しないことを誓わせた。ところが、アンピトリュオーンが買い戻した牛群をエーレクトリュオーンに引き渡そうとしている時に、飛び出した1頭の雌牛を抑えようとして棒を投げたところ、それが牛の角に当たってはね返り、偶然エーレクトリュオーンの頭を撃って、彼を殺してしまった。ティーリュンス*の城主ステネロス❶*（ペルセウスの子）は、これを言いがかりにして、アンピトリュオーンを追放し、ミュケーナイとティーリュンスの統治権をわがものとした。
Apollod. 2-4/ Diod. 4-67/ Schol. ad Hom. Il. 2-494, 19-116/ Schol. ad Ap. Rhod. 1-747/ Hyg. Fab. 14, 244/ etc.

エレトリア　Eretria, Ἐρέτρια,（仏）Érétrie,（伊）（西）Eretria,（露）Эретрия

（現・エレトリア Erétria, またはネア・プサラ Néa Psará）エウ

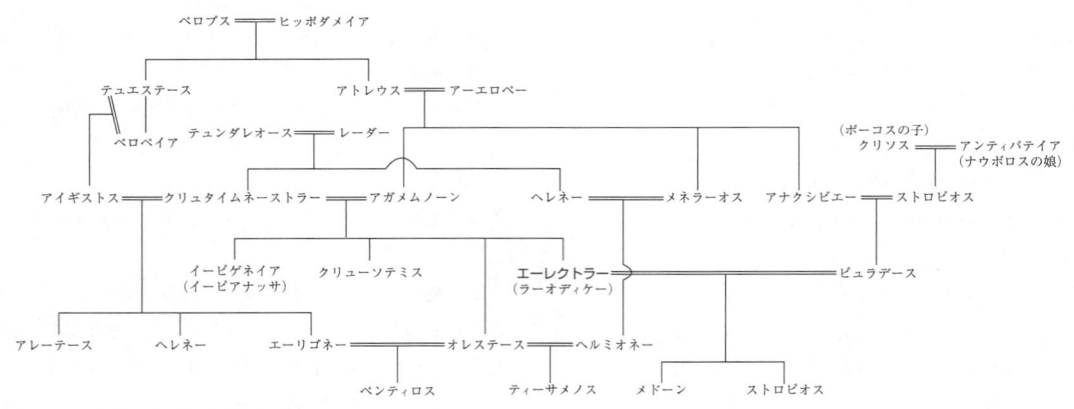

系図113　エーレクトラー❸

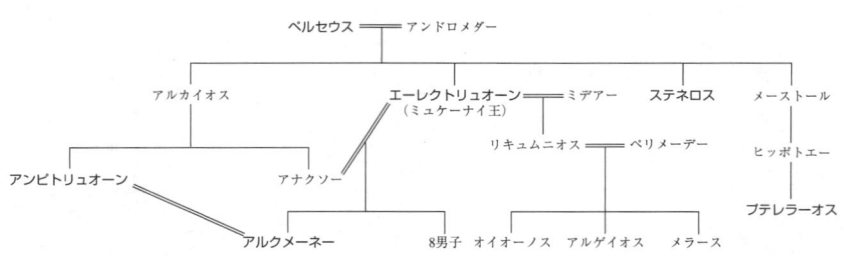

系図114　エーレクトリュオーン

ボイア*島西南の沿岸都市。カルキス*市の東南およそ 24 kmに位置し、ギリシア本土とエウボイア島とを隔てるエウリーポス*海峡に臨む。カルキスとともに早くからシュリアー*などと広範囲に交易を行ない、イタリア、シケリアー*（現・シチリア）、エーゲ海北方に植民市を建設した。キュクラデス*諸島をも支配し、カルキスに次ぐ同島第2の都市として繁栄、前8世紀末に両市はレーラントス Lelantos 平原をめぐる争奪戦を繰り広げた（前734～前680）。エレトリアは、この戦争を援助してくれたミーレートス*市への恩義から、アリスタゴラース*（ミーレートスの有力者）の主導するイオーニアー*の反乱（前500～前493）に加勢し、ために前490年、アカイメネース朝*ペルシア*帝国軍による劫略を受け、その勢力圏にあった住民は「曳き網式」と呼ばれる人間狩り戦法で掃蕩された（マラトーン*の戦い直前のこと）。前445年頃アテーナイ*はこの地に植民市を建設し、デーロス同盟*の一員としたが、のち市は他のエウボイア諸市とともに離反し、エウボイア同盟が成立した（前411）。アテーナイ第2次海上同盟に加わった（前378／377）ものの、再び離反し（前349）、以来エレトリアは、アテーナイとマケドニアー*の策略の犠牲となって衰退。第2次マケドニアー戦争（前200～前197）では、ローマの名将 T. クィンクティウス・フラーミニーヌス*に略奪された。それでもアウグストゥス*帝の治下には、なおエウボイア第2位の都市と見なされており、今日も市壁や劇場（前3世紀）、アポッローン*神殿およびディオニューソス*神殿の遺跡などが発掘されている —— 古伝によると、アポッローン神殿は、アポッローン神に愛され1年間この神から奉仕を受けたというアドメートス*王の造営したものとされる ——。なお、エレトリアはヘレニズム時代初期に、メネデーモス*がエーリス*学派の流れを受け継ぐ哲学の1学派（エレトリア学派）を打ち立てた地として有名。
⇒アンドロス、メンデー
Herodot. 1-61～62, 5-99, 6-31, -100～102/ Thuc. 8-95/ Strab. 10 -446～448/ Paus. 7-8/ Mela 2-7/ Plin. N. H. 4-12/ Cic. Acad. 2-42/ Liv. 32-16, 35-38/ Diod. 7-11, 10-27, 13-36, 16-74, 19-78/ Ptol. Geog. 3-14/ etc.

エレボス Erebos, Ἔρεβος, Erebus,（仏）Érèbe,（伊）Èrebo,（西）Érebo,（葡）Érebo(s),（露）Эреб
（「暗黒」の意）「幽冥」。ギリシア神話中、太初の暗闇・地下の幽冥界の擬人化。カオス*の子で、姉妹ニュクス*（夜）と交わってアイテール*（澄明）とヘーメラー*（昼日）を儲けた。ヒュプノス*（眠り）や、冥府の河の渡し守カローン*をもエレボスの子とする説もある。

系図115　エレボス

Hes. Th. 123, 125/ Hyg. Fab. praef./ Cic. Nat. D. 3-17/ Verg. Aen. 4-510/ etc.

エロース Eros, Ἔρως,（仏）Éros,（独）Erôs,（露）Эрот, Эрос
ギリシアの「愛」を擬人化した神。ローマではクピードー*ないしアモル*と呼ばれる。ホメーロス*においてエロースはいまだ人格化されず、神々や人々の心身を激しく襲う愛欲の力とされていたが、ヘーシオドス*の『神統記』では、世界創成の初めにカオス*から生まれ出た最も美しい神で、あらゆる者の理性を失わせ四肢をとろかす神と謳われている。あるいは夜（ニュクス*）の産んだ原初の宇宙卵から生じた両性具有神とする所伝もあり、哲学者や神話学者、詩人たちによってさまざまな異説が唱えられている（⇒ディオティーマー）。後には女神アプロディーテー*とアレース*、ゼウス*またはヘルメース*との間に生まれた子とされ（イーリス*とゼピュロス*の子ともいうが）、神々のうちでいちばん若い者ということになった。古くは男根石の形で崇拝されていたと考えられ、前5世紀の初頭までは斧または鞭を手にした恐るべき青年神と見なされていたが、古典期には翼をもつ美しい若者の姿で表わされるようになり、ギリシア人が称揚した男色の守護神として重要視された。とりわけ軍隊や体育訓練場（ギュムナシオン*）では、男同士の友愛の絆を深めるべくエロースの神像や祭壇が築かれ、スパルター*やクレーター*においては戦闘前にこの神に犠牲を供する習慣があった。サモス*やアテーナイ*では祖国を解放した英雄たちの相互愛を記念してエロースが祀られ（⇒アンテロース）、愛人同士のカップルから構成されていたテーバイ❶*の精鋭「神聖部隊*」も、この神に捧げられたものであった。最も古くからエロースを信仰していたことで名高いテスピアイ*市では、ローマ帝政期に至ってもなお、4年ごとに祭典エローティア Erotia, Ἐρώτια (Erotidia, Ἐρωτίδια) が営まれ、各種の運動競技会や音楽の競演が開催されていた。前5世紀末頃からエロースは弓矢や松明を携えるようになり、恋に遊戯的要素が加わるにつれて次第に年若く少年化し、ヘレニズム時代には母アプロディーテーに付き随う童形の神となった。ローマ時代に入ると、ポンペイイー*（ポンペイ）の壁画などに見られるごとく、しばしば複数形エローテス Erotes, Ἔρωτες で表現され、小さな翼を肩につけ、薔薇の花を摘んだり、蜜蜂と戯れたり、気紛れに恋の矢を放ったりする幼児神の姿態が定着した。

エロースからはエロティック erotic、エロティシズム eroticism、エロトマニア erotomania、……の語が派生した。
⇒プシューケー、ヒーメロス
Hes. Th. 120～/ Hom. Il. 3-442, 14-294, Od. 18-212/ Pl. Symp. 201d～/ Ar. Av. 695～/ Paus. 1-30, 8-21, 9-27/ Nonnus Dion. 7-1～/ Aesch. Supp. 1039～/ Soph. Trach. 354, 441, Ant. 781～/ Eur. Hipp. 1269～, I. A. 548～/ Ap. Rhod. 3-111～/ Ath. 13-561～/ etc.

円形闘技場
⇒アンピテアートルム

エンデュミオーン　Endymion, Ἐνδυμίων, (伊) Endimione, (西) Endimión, (露) Эндимион

ギリシア神話中、老いることなく永遠の眠りに就いているという美男子。エーリス*あるいはカーリアー*の王子で、山中で狩猟ないし羊飼いをしている時に月の女神セレーネー*（アルテミス*）に裸体を見初められ、夜な夜な彼女に愛されるようになった。自ら不滅の若さを保つことを願い、大神ゼウス*（一説には月の女神）によってラトモス*山中の洞窟で永久の眠りを与えられたという。異説では眠りの神ヒュプノス*が彼の美貌に恋着し、目を開けたままで永遠の眠りに陥らせたとも、オリュンポス*入りを許されたエンデュミオーンが女神ヘーラー*に懸想したため、ゼウスから罰として覚めることのない眠りを下されたともいう。セレーネーは夜ごと彼を愛撫して50人の娘を産んだとされ、エンデュミオーンの墓所と称するものがオリュンピアー*とカーリアー（⇒ヘーラクレイア❺）の双方に伝えられていた。月光を浴びて眠るその姿は、遙か後代に至るまで、彫刻・絵画や詩文の好題材として幾度となく取り上げられている。なお系譜上はゼウスの子または孫とされ、テッサリアー*からアイオリス*人を率いてエーリス地方に来住し、クレーター*人クリュメノス Klymenos（オリュンピア競技*の創始者）を追い払って、この地域全体を支配。のち息子たちに徒競走をさせて優勝したエペイオス Epeios に王位を譲ったと伝えられる（⇒アイトーロス）。後世、彼を月を初めて観測した天文学者だとか、一睡もせ

系図116　エンデュミオーン (1)

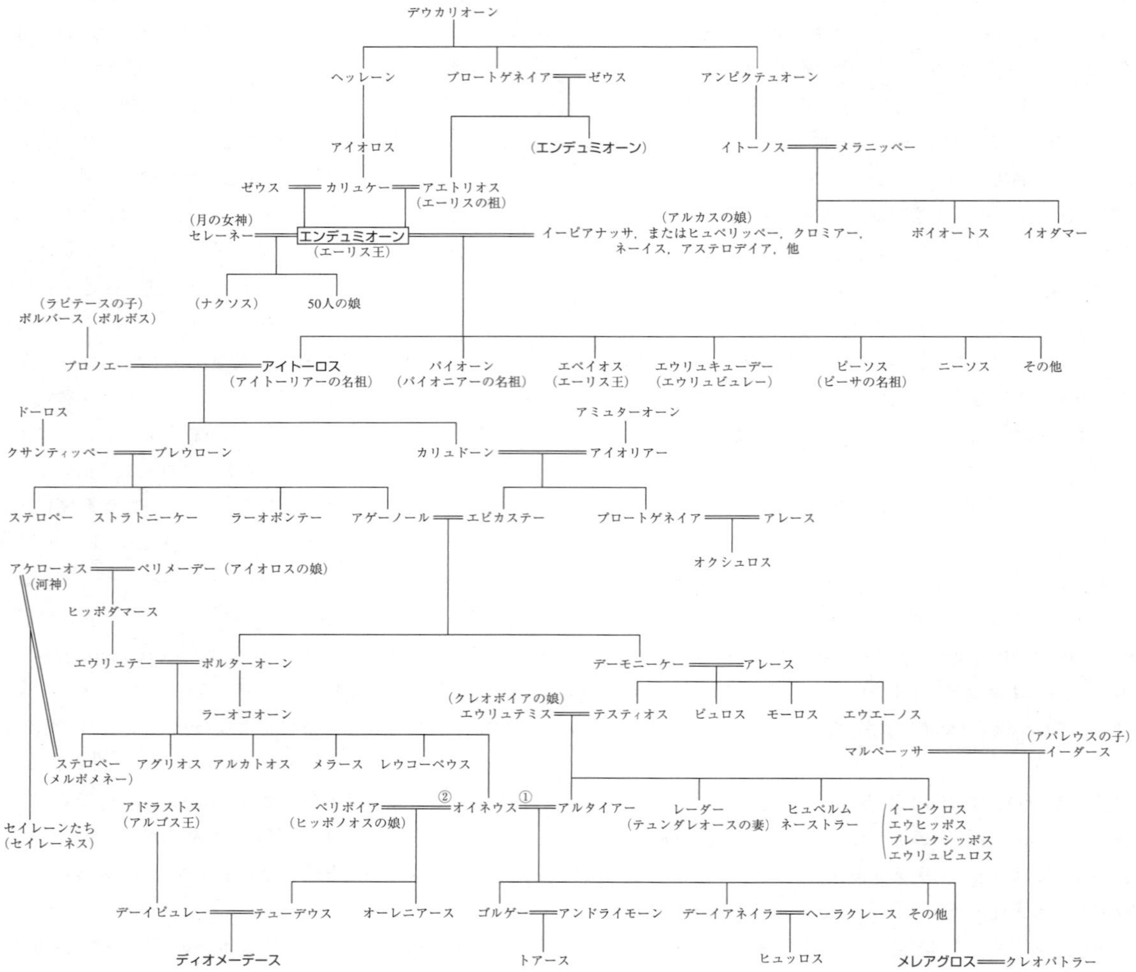

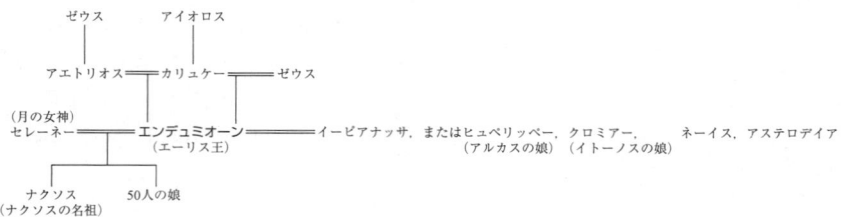

系図117　エンデュミオーン (2)

ずに仕事に没頭した占星術師だとする合理的解釈が行なわれた。

Apollod. 1-7/ Ap. Rhod. 4-57/ Hyg. Fab. 271/ Paus. 5-1〜/ Pl. Phd. 72b〜c/ Cic. Fin. 5-20, Tusc. 1-38/ Prop. 2-15/ Theoc. 3/ Plin. N. H. 2-6/ Lucian. Dial. D./ Ov. Ars Am. 3-83/ Strab. 14-636/ etc.

エンナ　Enna, Ἔννα
⇒ヘンナ

エンニウス　Quintus Ennius,（ギ）Kointos Ennios, Κόϊντος Ἔννιος,（仏）Ennius de Rudies,（伊）（西）Ennio,（露）Энний

(前239〜前169頃) ローマ共和政期のラテン詩人。イタリア南部カラブリア*地方のルディアエ Rudiae の出身。ギリシア人ないしギリシア人とイタリア人の混血児といわれる。自身ギリシア人、ローマ人、オスキー*人の「3つの心をもつ者」と称して、これら3つの言語を話し、かつ書くことができた。タレントゥム*（タラース*）で教育を受け、第2次ポエニー戦争*（前218〜前201）では百人隊長としてローマ軍に加わりサルディニア*で活躍、当時のサルディニア総督・大カトー*に認められてローマに移住した（前204）。ギリシア語を教えるかたわら、上流社会に出入りし、スキーピオー*やフラーミニウス*ら多くの貴族と交流、前189年には M. フルウィウス・ノービリオル*のアイトーリアー*遠征に随行して功績を上げ、よってローマ市民権を授けられた（前184）。その後アウェンティーヌス*丘に居を構え、さまざまな分野にわたって詩作に励み、ローマ人にギリシア文化を教える努力を払い続けて、「ラテン文学の父」と呼ばれるに至った。代表作は、アエネーアース*（アイネイアース*）から同時代までの全ローマ史を扱った叙事詩『年代記 Annales』18巻で、自らをホメーロス*の生まれ変わりと称し、ギリシア叙事詩の六脚律（ヘクサメトロス）を初めてラテン詩に導入、その力強い荘重な文体はルクレーティウス*やウェルギリウス*ら後代の詩人に大きな影響を及ぼした（600余行の断片のみ伝存）。なかでも「ローマは古い倫理と偉大な人物によって立つ」という一節は、保守主義者によって好んで引用された点で名高い。またエウリーピデース*を翻案した悲劇や、喜劇、プラエテクスタ劇*を制作、その他、『サトゥラエ Saturae』4巻においてローマ諷刺詩の基礎を確立するなど多くの業績を残したが、いずれも題名あるいはわずかな断片が伝わるに過ぎない（⇒エウエーメロス）。飲酒癖がたたって痛風のため70歳で死去、自作の墓碑銘には、「私が死んだことを悲しんでくれるな。私は人々に口ずさまれて生きているのだから」という文句が刻まれていたという。

知人の P. スキーピオー*・ナーシーカがエンニウスを訪れた時、居留守を使って「不在です」と召使いの女に告げさせたが、後日エンニウスがナーシーカを訪ねたところ、ナーシーカ自らが「不在である」と返答したので、「声でわかるではないか」と言うと、「私は君の召使いの女を信じたのに、君はこの私を信じないのか」とナーシーカから応酬されたという逸話が残っている。また彼を愛するスキーピオーは死の床で「私をエンニウスの傍に埋葬してくれ」と言い残したと伝えられる。詩人パークウィウス*はエンニウスの姉妹の息子に当たる。
⇒リーウィウス・アンドロニークス、ナエウィウス、プラウトゥス、C. ルーキーリウス

Ennius Fr., Ann./ Gell. 11-4, 12-4, 15-24, 17-17/ Ov. Tr. 5-424/ Cic. Brut. 18, De Or. 2-68(276)/ Hor. Carm. 7-20, Sat. 10-54, Epist. 2-1/ Quint. Inst. 10-1/ Macrob. Sat. 6-1, -2/ Ter. An./ Suda/ etc.

エンプーサ　Empusa, Ἔμπουσα,（仏）Empuse, Empousa,（露）Эмпуса

ギリシア神話中、女神ヘカテー*に従う女の怪物。1本は青銅の、もう片方は驢馬（ろば）の脚を持ち、姿を自在に変えることができた。冥界に棲み、夜間に好んで旅人や婦女子を脅かし、人肉を貪り食うとされた。美女に化けて人間の男を誘惑し、これと交わって精気を吸いとり、最後には相手を殺してしまうとも考えられた。複数で表わされ、ヘカテーの娘たちと見なされることもある。
⇒ラミアー、テュアナのアポッローニオス❼

Ar. Ran. 294, Eccl. 1094/ Philostr. V. A. 2-4, 4-25/ Theoc./ Suda/ etc.

エンペドクレース　Empedokles, Ἐμπεδοκλῆς, Empedocles,（仏）Empédocle,（伊）Empedocle,（西）（葡）Empédocles,（シチリア語）Empedocli,（露）Эмпедокл

(前495／490頃〜前435／430頃) ギリシアの哲学者、詩人、政治家、神秘的宗教家。シケリアー*（現・シチリア）島のアクラガース*（アグリゲントゥム*）市に生まれる。名門の出身だったが父親と同様、僭主政の打倒と民主政の維持のために闘い（⇒トラシュダイオス）、王位を捧げられても拒絶、酒宴の席で独裁的に振る舞ったというだけの理由である役人たちを告発し死刑に処したこともある。風を鎮めたり、河の流れを変えたり、疫病を追い払ったり、息絶えた女を蘇生させたりといった奇蹟を演じてみせたため、魔術師・予言者ないし医師としても名を馳せる。イタリアの医学派の創設者とも見なされている。哲学はピュータゴラース*またはパルメニデース*に学んだとされ、輪廻転生説を唱えて肉食と生殖と豆を絶つように警告、「私は昔、若者であり乙女であり灌木であり鳥であり、物言わ

系図118　エンペドクレース

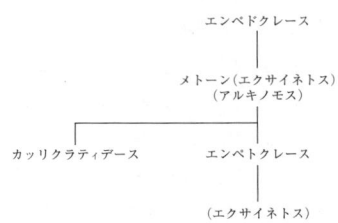

ぬ海の魚であった」と述べた。また万物は地・水・火・風の4元素の混合からなり、「愛」と「憎」の2力により結合と分離が起こると説明。叙事詩の韻律たるヘクサメトロス調で『自然について Peri Physeos, Περὶ Φνσέως』と『浄化 Katharmoi, Καθαρμοί』を執筆したが、今日ではそれらの断片のみが伝存するに過ぎない。優れた雄弁家でもあり、ソフィスト*のゴルギアース*も彼に師事したといい、アリストテレス*からは「弁論術 Rhetorike, Ῥητορική の発明者」と呼ばれている。その反面、高慢で自惚れが強く、常に緋紫の衣裳に黄金のベルトを締め、月桂冠を被り、厳かな顔つきをして「不死なる神」として振る舞っていたと伝えられる。彼の弟子にして愛人 eromenos であったパウサニアース Pausanias によれば、エンペドクレースは魔法の犠牲式を行なっている最中に、空の光とともに地上から姿を消し、昇天して神となったのだという。しかし、異説では、政敵の策動によりアクラガースから追放されてペロポンネーソス*に赴き、その地で客死したとも、馬車から落ちて腿の骨を折り、それがもとで病死したとも、高齢のために海へはまり込んで溺死したとも、自ら首を吊って果てたともさまざまに伝えている。最も有名な伝承に従えば、エンペドクレースは自分は神だという世評をより確実なものにするべく、アイトネー*（現・エトナ）山の噴火口へ投身自殺して姿をくらましたが、のちに彼の履いていた青銅製のサンダルが焰で噴き上げられたため、事の真相が露呈してしまったとのことである（60歳、77歳、また109歳など諸説あり）。

⇒ピリスティオーン

Empedocles Fr./ Pl. Tht. 152e/ Arist. Gen. Corr. 2-6(334a), Metaph. 985a, Cael. 3-2(301a)/ Diog. Laert. 8-51〜77/ Cic. De Or. 1-50, Nat. D. 1-12/ Hor. Epist. 1-12, Ars. P./ Strab. 6-274/ Lucr. 1-716〜/ Quint. Inst. 1-4/ etc.

オイディプース Oidipus, Οἰδίπους, Oedipus, （叙事詩形）Oidipodes, Οἰδιπόδης, （仏）Œdipe, （独）Ödipus, （伊）（西）Edipo, （葡）Édipo, （露）Эдип

ギリシア神話中のテーバイ❶*王。ラーイオス*とイオカステー*（またはエピカステー*）の子。「我が子の手にかかって死ぬであろう」との神託を恐れた父王の命で、生後間もなく両足を針で刺し貫かれたうえ、キタイローン*山中に棄て去られた（異伝では箱に入れて海へ流されたという）。牧人に拾われてコリントス*王ポリュボス*のもとへ連れて行かれ、子のない国王夫妻の養子となり、両足が腫れていたのでオイディプース（「腫れた足」の意）と名づけられる。体力の優れた若者に成長するが、神託を伺いにデルポイ*へ赴いたところ、「故郷に帰るなかれ。父を殺し母と交わるであろうから」との答えを得、ポリュボス夫妻を実の両親と信じていた彼は、コリントスへは決して戻るまいと決心して旅に出る。山中の隘路で戦車に乗ったラーイオスと邂逅し、互いに道を譲らぬまま口論の末に闘争となり、父と知らずに相手を従者もろとも打ち殺した。次いでテー

バイへ行くと、当時この地を女怪スピンクス*が襲って人々を苦しめており、摂政のクレオーン❷*はこれを退治した者に王位と妻としてイオカステーを与えることを約束していた。オイディプースはスピンクスの謎を解いてこの怪物を殺し、よって実母とは知らずしてイオカステーを娶りテーバイ王となった。この結婚からエテオクレース*とポリュネイケース*という2人の息子とアンティゴネー*とイスメーネー*の2人の娘が生まれた（異説あり）。やがてテーバイに悪疫が流行し、アポッローン*の神託が「先王ラーイオスの殺害者を追放しなければならない」と告げたため、彼は犯人を探索するうちに、予言者テイレシアース*や牧人の証言から他ならぬ自分がその当人であると知るに至る。一切が暴露されるや、イオカステーは自殺し、オイディプースは自ら両眼を刺し潰して（あるいはラーイオスの従者らに眼を焼き潰されて）盲目となった。ホメーロス*によれば、彼はその後も王位に留まり、最期は戦争で斃れて、壮大な葬礼競技が営まれたということになっている。しかし、ソポクレース*の悲劇など後世に親しまれた伝承では、オイディプースはテーバイを追放され、娘アンティゴネーに導かれつつ諸国を放浪の果てに、アテーナイ*近郊のコローノス*に到来、テーセウス*王に受け入れられたのち、間もなくエウメニデス*（エリーニュエス*）の聖域で死んだという。彼の物語はホメーロス、ヘーシオドス*以来、英雄叙事詩『オイディプース譚 Oidipodeia, Οἰδιπόδεια』（⇒叙事詩圏）や悲劇など文学作品に数多くうたわれ（代表例にソポクレースの『オイディプース王』、セネカ❷*の『オエディプース』等）、美術作品の主題としても大いに愛好され続けた ── とりわけスピンクスとの問答の場面 ──。また彼の故事に基づいて精神病理学者 S. フロイトがエディプス・コンプレクス Ödipuskomplex なる心理学用語を造り出したことは、あまりにも有名である（⇒エーレクトラー❸）。

⇒巻末系図 006

Hom. Il. 23-679〜, Od. 11-271〜/ Hes. Op. 162〜163/ Herodot. 5-59/ Aesch. Sept. 745〜/ Soph. O. T., O. C./ Eur. Phoen./ Pind. Ol. 2/ Stat. Theb./ Paus. 1-28, -30, 2-20, -36, 4-3/ Hyg. Fab. 66〜70/ Ath. 10-456b/ Strab. 8-380/ Diod. 4-64〜/ Apollod. 3-5/ etc.

オイテー（山） Oite, Οἴτη, （ラ）オエタ Oeta, （独）Öta, （伊）（西）Eta

（現・Íti）ギリシアのテッサリアー*南部からアイトーリアー*にわたる山脈（標高 2152 m）。伝説によると、ヘーラクレース*はこの山上に火葬壇を築き、焚死したという。

Apollod. 2-7/ Ov. Met. 9-165/ Soph. Phil. 490/ Paus. 10-22/ Strab. 9-428/ Herodot. 7-176/ Diod. 4-38/ etc.

オイネウス Oineus, Οἰνεύς, Oeneus, （仏）Œnée, （独）Öneus, （伊）（西）Eneo

（「葡萄酒男」の意）ギリシア神話中、カリュドーン*とプレウローン*の王（⇒巻末系図 013）。最初の妻アルタイアー*との間にメレアグロス*やデーイアネイラ*（ヘーラクレー

ス*の2度目の妻）らの子女を儲けたが、メレアグロスの実父は軍神アレース*であり、またデーイアネイラの実父は酒神ディオニューソス*であったという。王は妃アルタイアーとディオニューソスとの情交を黙認したため、酒神より返礼として最初の葡萄の木を与えられ、その栽培法や酒造法を教わった。その結果でき上がった飲物を自分の名にちなんでオイノス oinos, οἶνος（葡萄酒*）と呼んだが、元来はオイネウス自身がディオニューソスと同じく酒の神であったと考えられている。ある年彼は、神々に収穫の初穂を捧げる祭儀において、女神アルテミス*のみを失念してしまい、そのため怒った女神は巨大な野猪を送って報復、ここに名高い「カリュドーンの猪狩り」が行なわれることになった。

　アルタイアーの自殺後、彼はオーレノス Olenos, Ὤλενος 市を攻略して王ヒッポノオス Hipponoos, Ἱππόνοος の娘ペリボイア Periboia, Περίβοια を捕え、これを犯して（または後妻に迎えて）テューデウス*の父となった。しかし別の説では、テューデウスは、オイネウスと実の娘ゴルゲー Gorge, Γόργη との不倫の交わりによって生まれたとされている。後年オイネウスが弟メラース Melas, Μέλας の陰謀にかかった時、メラースとその息子たちを殺したのは、このテューデウスであったし、さらに高齢に達したオイネウスが、もう1人の弟アグリオス Agrios, Ἄγριος に王座を奪われて投獄された時、カリュドーンを占拠して彼を救出したのは、テューデウスの息子ディオメーデース❷*であった。とはいえオイネウスはもはや支配するには年をとり過ぎていたので、女婿アンドライモーン❶*（ゴルゲーの夫）に王位を譲り、自らはディオメーデースに伴われてアルゴス*へ退去。その道中、待ち伏せしていたアグリオスの息子2人──アグリオスの他の子供たちはディオメーデースにより皆殺しに遭っていた──の手で殺害された。悲劇詩人カイレーモーン*の作品『オイネウス』の断簡が伝存する。

⇒テルシーテース

Hom. Il. 2-641, 6-215～, 9-529～/ Apollod. 1-8-2/ Ov. Met. 8-281～, Her. 4-153/ Hyg. Fab. 129, 172/ Paus. 2-13, -23, -25, 4-2, -35/ Ant. Lib. Met. 2/ Diod. 4-34～/ Ath. 2-35, 9-410～/ Ap. Rhod. Argon. 1-192/ etc.

オイノートリアー Oinotria, Οἰνωτρία, Oenotria,（仏）Œnotrie,（独）Önotrien,（伊）（西）Enotria

　イタリア南端地方（ルーカーニア*、ブルッティウム*）の古名。のち全イタリアの詩的名称として用いられた。

Herodot. 1-167/ Strab. 6-254/ Arist. Pol. 7-10/ Dion. Hal. Ant. Rom. 1-12-35/ Verg. Aen. 1-533/ etc.

オイノトロポイ Oinotropoi, Οἰνότροποι, Oenotropae（Oinotrophoi, Οἰνοτρόφοι, オイノトロパイ Oinotropai とも）,（伊）Enotrope,（西）Enotropeas

（「葡萄酒をつくる者たち」の意）ギリシア神話中、デーロス*島の王アニオス*の3人の娘たち。オイノー Oino, Οἰνώ（葡萄）、スペルモー Spermo, Σπερμώ（麦）、エライース Elaïs, Ἐλαῖς（オリーヴの実）の3姉妹で、ディオニューソス*からおのおの葡萄、麦、オリーヴを自在に産み出させる力を与えられていた。トロイアー戦争*の時、ギリシア軍の総帥アガメムノーン*に捕らわれて、食糧を供給するよう命じられたが、彼女らは兄アンドロス*のもとへ逃れ、ギリシア勢に引き渡されそうになると、ディオニューソスに祈って白鳩に変身した。由来、デーロス島では鳩の殺生が禁じられたという。

Apollod. Epit. 3-10/ Ov. Met. 13-623～/ Serv. ad Verg. Aen. 3-80/ etc.

オイノピオーン Oinopion, Οἰνοπίων, Oenopion,（仏）Œnopion,（独）Önopion,（伊）Enopione,（西）Enopión

（「葡萄酒飲み」の意）ギリシア神話中、酒神ディオニューソス*とアリアドネー*の子（異説あり）。父から葡萄の栽培法を学んだのち、キオス*島に来往し、ラダマンテュス*よりこの島の支配権を譲られ、人々に初めて赤葡萄酒の造り方を教えた。自らの娘メロペー❹*に恋していたといい、美男子オーリーオーン*が彼女に求婚した際、「島中の野獣をすべて退治したならば娘を与えよう」と約束。ところが、オーリーオーンがこの難題をやり遂げると、彼を泥酔させて眠らせたうえで、その両眼を抉り出してから海辺に棄てた。やがて視力を回復したオーリーオーンが復讐するべくキオスへやって来た時、王はヘーパイストス*の構築してくれた青銅の地下室に身を隠して事無きを得た。

Paus. 7-4, -5/ Hyg. Poet. Astr. 2-34/ Diod. 5-79, -84/ Apollod. 1-4-3, Epit. 1-9/ Parth. Amat. Narr. 20/ Plut. Thes. 20/ Ath. 1-26b/ etc.

オイノピデース Oinopides, Οἰνοπίδης, Oenopides,（仏）Œnopidès,（独）Önopides,（伊）Enopide

（前500年頃～前420年頃）（前5世紀中頃～後半に活躍）ギリ

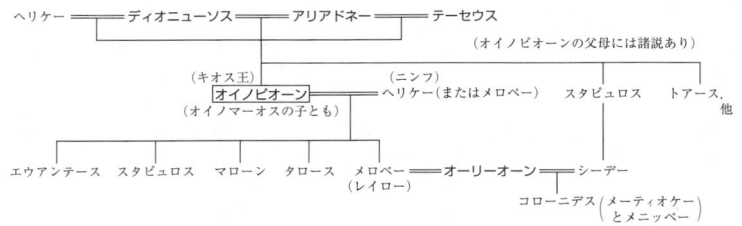

系図119　オイノピオーン

シアの数学者、天文学者。キオス*島の人。ピュータゴラース*派の哲学者でもあり、エジプトで神官天文学者から黄道傾斜や暦法を学び、ギリシアにその知識をもたらした。太陽年を365日と9時間弱（$\frac{22}{59}$日）と定め、また太陽暦と太陰暦の合致する周期（＝大年）を59年とした（異説ではこの周期は同じくピュータゴラース派の哲学者ピロラーオス❶*の「発見」だという）。さらに彼は、かつて太陽は銀河を軌道としていたが、テュエステース*が自らの子供の肉を食うのを見て、恐怖のあまり現在の黄道の位置に外れたのだと説いたとも伝えられる。
⇒ヒッポクラテース❸、メトーン
Ael. V. H. 10-7/ Diog. Laert. 9-37, -41/ Sext. Emp. Pyr. 3-30/ Diod. 1-41, -96, -98/ Plut./ etc.

オイノマーオス　Oinomaos, Οἰνόμαος, Oenomaüs,（仏）Œnomaus,（独）Önomaos,（伊）（西）Enomao,（現ギリシア語）Inómaos

ギリシア神話中、エーリス*地方ピーサ*の王。アレース*神とハルピンナ Harpinna, Ἅρπιννα（アーソーポス*河神の娘）の子とされるが、父母に関しては諸説ある（⇒ステロペー❶）。ヒッポダメイア❶*の父親として知られる。実の娘に恋していたからとも、娘の結婚相手に殺されるとの神託を恐れていたからともいうが、彼女を嫁がせることを極度に嫌がり、求婚者にはヒッポダメイアを戦車に乗せて疾駆させ、父王の追跡を逃れおおせたなら婿となることを許す、との条件を出し、追いついた場合、相手の男を容赦なく殺害。かくして父神アレースから授かった駿馬をもっていたオイノマーオスは多くの求婚者（12人とも13人とも）を殺し、その首を自分の館に釘づけにして晒していた。御者ミュルティロス*の裏切りにあって、ペロプス*に敗れた経緯については、それらの項を参照。またペロプスとオイノマーオスの戦車競争の場面は、オリュンピアー*のゼウス*神殿の破風彫刻や、前5～前4世紀の陶画など、しばしば美術作品の主題にとりあげられている。
⇒マルペーッサ
Paus. 5-10, -14, -17, 6-20～21, 8-14, -20/ Apollod. Epit. 2-4/ Pind. Ol. 1/ Diod. 4-73/ Hyg. Fab. 84, 245, 250, 253/ etc.

オイーレウス　Oïleus, Ὀϊλεύς, Oileus,（仏）Oilée,（伊）（西）Oileo

ギリシア神話中、ロクリス*地方のオプース*の王。小アイアース❷*の父。アルゴナウタイ*の遠征に参加し、怪鳥ステュンパーリデス*の羽根で肩に傷を負ったという。

Hom. Il. 2-527～, -727～/ Hyg. Fab. 14/ Strab. 9-425/ Ap. Rhod. Argon. 1-74～, 2-1030～/ Apollod. 3-10, Epit. 3/ etc.

オウァーティオー　Ovatio,（英）（仏）Ovation,（伊）Ovazione,（西）Ovación

小凱旋式。ローマの将軍が外征によって勝利を収めたものの、その戦功が正式のトリウンプス*に及ばぬ場合に行なわれた略式の凱旋式。祝勝式とも訳される。本来の凱旋式と同じく元老院の許可を得て公費で挙行されたが、将軍は戦車ではなく徒歩（のちには騎馬）で行進し、月桂樹の冠の代わりに銀梅花 myrtus の冠を戴き、高級政務官の制服トガ*・プラエテクスタ toga praetexta を着用、また行列の先頭に元老院議員が並び歩くこともなかった。行進の道筋はトリウンプスと同じだったらしく、将軍は最後にカピトーリウム*に登ってユーピテル*神に生贄を奉献、ただしこの時も犠牲獣は牛ではなく羊であり、羊を意味するラテン語 ovis からオウァーティオーの名が生じた。最初に小凱旋式を挙げたのは、前503年サビーニー*人を血を流さずして屈服させた P. ポストゥミウス・トゥーベルトゥス Posthumius Tubertus で、以来斃した敵が5000人未満の場合や、計略ないし説得で勝利を得た場合に、オウァーティオーが認められた。正式の凱旋式は大層な名誉と見なされたため、ローマ共和政期の将軍たちの外征は、いきおい夥しい流血を伴う残忍な様相を呈した。
Dion. Hal. Ant. Rom. 5-47/ Plin. N. H. 15-38/ Plut. Marc. 22/ Florus 3-19/ Gell. N. A. 5-6/ Suet. Claud. 24/ Liv. 3-10, 26-21/ Dio Cass. 48-31, 49-15, 54-8, -33, 55-2/ Serv. ad Verg. Aen. 4-543/ etc.

オヴィッド　（英）Ovid,（仏）Ovide
⇒オウィディウス*（の英・仏語形）

オウィディウス　Publius Ovidius Naso,（英）（独）Ovid,（仏）Ovide,（伊）（西）Ovidio,（葡）Ovídio

（前43年3月20日～後17／18）ローマ帝政初期の代表的詩人。イタリア中部、アーペンニーヌス*（アペニン）山脈中の町スルモー*の生まれ。古い騎士身分（エクィテース*）の家に属し、ローマで修辞学と法律を学んだのち、ギリシアへ渡りアテーナイ*に遊学、その帰途、友人の若い詩人アエミリウス・マケル*とともにアシア*からシキリア*（現・シチリア）島にかけて長途の旅を試みた。ローマへ帰国後、父親の希望に従って官職に就いたものの、もともと病身なのと、閑雅を愛する文人気質から、間もなくこれを辞し、詩の道へと転じた。生来の文学好きで、早くより詩

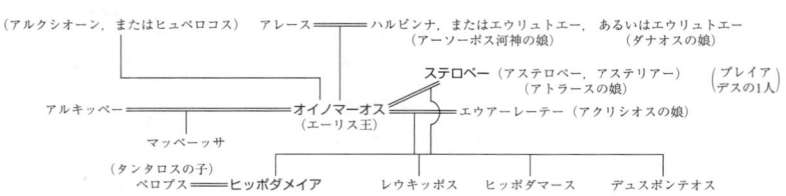

系図120　オイノマーオス

作に天分を顕わし、父親から「かのホメーロス*ですら貧窮の裡に死んだのだ」と諫められても、ひとりでに韻律にのって詩歌が口をついて出てしまう有様。ある時など父に叱責され、謝ったその言葉が韻をふんで、「ゆるせ父よ、二度と作らじ、詩のたぐい」とおのずから詩の調子になってしまったという。メッサーラ❷*を中心とする文芸サークルに加わり、ティブッルス*やプロペルティウス*、ホラーティウス*らの詩人たちと交際し、やがて官能的な恋愛詩人として華やかな社交界にも仲間入りするようになった。流麗な筆致で恋の哀歓を謳い上げたその作品は、享楽的な当時のローマ社会に歓迎され、また彼自身、快活で才智に富み洗練されていたので、たちまち時代の寵児となった。ローマ人の常として彼も男女両色をたしなんだが、少年愛よりも異性愛に傾くきらいがあり、3度結婚し2度離別したほか、数多くの恋人たちと情事を重ねた。雅趣に富む技巧的な作風で名声を馳せ、『恋の手管』などの恋愛詩以外にもギリシア・ローマの神話伝説から取材した畢生の大作『変身物語』や『祭暦』を執筆。ところが後8年11月、突如アウグストゥス*帝の命により黒海西岸のトミス*(現・コンスタンツァ)へ追放の身となり、以来10年に及びこの寒い不毛の地から哀訴嘆願を繰り返したが遂に聴き容れられなかった。皇帝の逆鱗に触れた理由として、不道徳で好色な詩を書いて風紀を紊したことと、小ユーリア*(アウグストゥスの孫娘)と不倫の関係を結んだことが挙げられるが、あるいは后リーウィア❶*の入浴姿を覗き見たからだとも、ポストゥムス・アグリッパ*(帝の孫)の陰謀に加担したためだとも、さまざまに取り沙汰されている。浮華な安逸に浸っていた詩人にとって、荒涼たる僻陬の地における流謫の日々は悲惨で耐え難く、卑屈なまでの阿諛懇願を続けたけれど、次代のティベリウス*帝からも帰国を許されぬまま、失意のうちに流刑地に客死した(約60歳、⇒リーウィウス)。ラテン文学黄金時代の最後を飾る彼の作品は、大部分が保存され今日まで伝わっている(『変身物語』以外はエレギーア詩形)。主だった作品を年代順に列記すると以下の通り。

(1)『恋の歌 Amores』3巻(もと5巻を改訂)。オウィディウスの情婦の1人コリンナ Corinna(一説にアウグストゥスの娘・大ユーリア*その人であるという)を中心とする遊戯的な恋愛詩集。同時に2人の女を愛した作者が腹上死を願う詩や、コリンナの時には1夜に9回交われたのに別の美女と寝ようとすると不能になってしまったことを嘆く歌なども含まれる。

(2)『名婦の書簡 Heroides』全21篇。ペーネロペー*、ディードー*、メーデイア*、アリアドネー*ら、神話伝説中に名高い女たちが恋人や夫に送った仮想の恋愛書簡集。修辞を凝らして女性心理を巧みに解剖して見せた独創的な作品。

(3)『恋の手管(恋の技法)Ars Amatoria(または Ars Amandi)』全3巻。男女に誘惑の手練手管などさまざまな性愛のテクニックを甘美濃艶な語り口で教示した色道の指南書。放縦な都会の性風俗を軽妙に描き出しており、彼の恋愛詩の代表作と評される。しかし、本書がアウグストゥスらの顰蹙を買ったため(この詩が流刑の一因をなしたという)、著者はその続篇として恋愛から抜け出す諸々の方法を伝授した『恋の治療 Remedia Amoris』1巻を発表。さらに一連の恋愛教訓詩のしめくくりとして化粧法の手引書『美顔法 Medicamina Faciei』(断片のみ伝存)を刊行している。

(4)『変身物語 Metamorphoses』全15巻。世界の創成からカエサル*の昇天に至る250あまりに及ぶギリシア・ローマの神話伝説集成。叙事詩形の六脚律(ヘクサメトロス)を用いたオウィディウス円熟期の大作。絶妙な当世風の話法で、神々や人間たちが星・岩石・動植物などに転身する大小の物語を、博識と豊かな想像力で謳い上げた本書は、近代まで文学芸術にあまたの主題を提供する無限の宝庫として永く愛読された。西ヨーロッパにおいて古典神話は、ほとんどこの作品を通じて知られてきたといっても過言ではない。

(5)『祭暦 Fasti』6巻。ローマの1年間の宗教行事を、故事来歴の解説を中心に編纂した縁起物語。各月1巻、1年で全12巻になる予定であったが、6ヵ月分を執筆したところで、著者が追放されてしまったらしく未完成である。

(6)『悲しみの歌 Tristia』全5巻。追放中の前期(後8～12頃)の作品。妻や友人、皇帝に宛てた書簡体の詩集。追放令の実行が急だったあまり荷造りする時間さえなかったローマ最後の夜のことや、護送中の船内での、また流刑地での落寞たる心情が縷々綴られている。

(7)『黒海よりの手紙 Epistulae ex Ponto』全4巻。追放中の後期(12～16頃)の作品。(6)と同じく故国の知己・権門者に宛てた書簡体の詩集。辺地での辛苦をかこち、赦免への切願を重ねつつも、次第に異郷の住民ゲタイ*人と親しくなり、彼らの言語を習得していった様子も伝えられる。ローマにいる敵に対する呪いの歌『イービス Ibis』(11頃)もまた、流刑地において作られた諷刺詩である。

その他、若い頃に書いた悲劇『メーデーア*』も秀作と評されたが散逸。彼の詩は涸れることなき泉のように流暢自在で、生き生きとした機知に溢れ、苦吟の跡を留めぬ美しい技巧的表現に満ちている。オウィディウスは何よりも読者を楽しませることを目的としており、その作品は当時から広くもてはやされ、のち学校の教材に用いられ、中世の騎士物語を経てルネサンスのボッカッチョ、タッソ、またチョーサー、シェイクスピア等々、後代の文学にも多大の影響を与えた。ウェルギリウス*、ホラーティウスとともに、しばしば3大ラテン詩人と称されるゆえんである。⇒ヒュギーヌス、グラーッティウス

Quint. Inst. 4-1, 8-5-6, 10-1/ Sen. Ep. 79-5, Q. Nat. 3-27/ Sen. Suas. 3-7, Controv. 2-2, 3-7-2, 9-5/ Vell. Pat. 2-36/ Sidon. Apoll./ etc.

オーギュゴス、または、オーギュゲース

オーギュゴス、または、オーギュゲース Ogygos, Ὤγυγος, Ogygus, Ogyges, Ὠγύγης, (伊) Ogigo, Ogige, (西) Ogiges

ギリシア神話中、ボイオーティアー*(テーバイ❶*周辺の地方)の古王。ポセイドーン*の子ともガイア*(大地)の子ともいわれ、デウカリオーン*の洪水以前に地上最初の住民を支配した。彼の治世にボイオーティアーおよびアッティケー*地方を洪水が襲い、この第1回の大洪水は彼にちなんで「オーギュゴスの洪水」と呼ばれている。一説にはエジプトないしフェニキアの王で、テーバイの建祖カドモス*の父ともいう。ボイオーティアーの古名オーギュギアー Ogygia Ὠγυγία は彼に由来する。

Paus. 1-38, 9-5, -19, -33/ Ap. Rhod. Argon. 3-1177/ Serv. ad Verg. Ecl. 6-41/ Tzetz. ad Lycoph. 1206～/ Eust. 1391/ Phot. Bibl./ etc.

オクシュリュンコス Oksyrhynkhos, Ὀξύρυγχος, Oxyrhynchus, (Oxyrrhynkhū Polis, Ὀξυρρύγχου Πόλις), (古代エジプト語) Pr-Medjed, (コプト語) Pemdje, (仏) Oxyrhynque, (独) Oxyrhynchos, (伊) Ossirinco, (西) Oxirrinco

(現・Al‒Bahnasā、または、El-Behnesa) エジプトの現ファイユーム Faiyūm 南方にあった古代都市。メンピス*よりやや上流のナイル河西岸に位置し、19世紀末から20世紀初頭にかけて、ここから大量の古代パピュールス Papyroi tēs Oksyrrhynkhū Πάπυροι τῆς Ὀξυρρύγχου (ラ) Oxyrhynchus Papyri が発見されて有名になった。その大半がローマ・ビザンティン時代の文書で、プトレマイオス朝*時代のものは比較的少ない。キリスト教聖書の断片のほか、ホメーロス*、アルカイオス*、サッポー*、バッキュリデース*、ピンダロス*、アリストテレース*、ソポクレース*、エウリーピデース*、メナンドロス*、カッリマコス❶*、などギリシア文学関係の写本が多く、長い間失われていた著作の断片も少なからず含まれている。いわゆる「オクシュリュンコスの歴史家」については、クラティッポス❶*を参照。

なお、オクシュリュンコスなる語は「尖り鼻の魚」を意味し、この魚はエジプト神話で、オシーリス*神の切断されて水中に投げられた男性器を食べてしまったため、神聖な魚として崇拝されたとも、逆に不浄の魚として食用に供されなかったとも伝えられる。オクシュリュンコスの市名は、この魚を祀る祠堂があったことに基づいてギリシア人がつけたもので、市内にはギュムナシオン*や劇場、公共浴場、セラーピス*(サラービス*)神殿などのあったことが知られている。

⇒ヘルモポリス(ヘルムーポリス)

Plut. Mor. 353c. 358b/ Strab. 17-812/ Ael. N. A. 10-46/ Ath. 7-312b/ Ptol. Geog. 4-5/ Amm. Marc. 22-16/ Steph. Byz./ It. Ant./ etc.

オークソス Ōksos, Ὦξος, Oxos (Oxus), (ソグド語) Wakhšw, (アラビア語) Jayḥūn, Jīḥūn, (トルコ語) Ceyhun, (英) Oxus, (伊)(西)(葡) Oxo, (ペルシア語) Āmūdaryā, (ウズベク語) Amudaryo, (トルクメン語) Amyderýa, (タジク語) Омударё, (露) Амударья, (漢) 嬀水

(現・アム・ダリヤ Amu Dar'ya) 中央アジア、ヒンドゥー・クシュ山脈に源を発し、バクトリアネー*(バクトリア*)、ソグディアネー*(ソグディアーナ*)を通ってオークソス湖(ギ)Ōkseianē Limnē, Ὠξειανὴ Λίμνη, (ラ) Oxianus Lacus (アラル海)に注ぐ河。全長2,540km。古代の著述家によって、しばしばアラクセース*(現・アラス)河と混同されている。

バクトリアー*王国のギリシア都市アレクサンドレイア*(ラ) Alexandria Oxiana (現・Ai-Ḫānum, Ai-khanoum)は、その支流に建設された(前300頃？)。

Strab. 11-514～518/ Arist. Mir. Ausc. 46/ Polyb. 10-48/ Plin. N. H. 6-18-48/ Ptol. Geog. 6-11～12/ Plut. Alex. 57/ Arr. Anab. 3-29-2/ Mela 3-5/ etc.

オクターウィア Octavia, (ギ) Oktāūiā, Ὀκταουία, Oktābiā, Ὀκταβία, (仏) Octavie, (伊) Ottavia

ローマのオクターウィウス*氏出身の女性。その主要な人物は以下の通りである。巻末系図076を参照。

❶**小オクターウィア** Octavia Minor (前69年頃～前11年) 初代ローマ皇帝アウグストゥス*(オクターウィアーヌス*)の実姉。C.オクターウィウス*(前61年の法務官*)とアティア*(カエサル*の姪)の娘。はじめC.クラウディウス・マルケッルス❶*(前50年の執政官*)に嫁ぎ(前54以前)、息子M.クラウディウス・マルケッルス❸*と2女(大マルケッラ*と小マルケッラ*)を産み、夫の死(前41)後M.アントーニウス❸*(大アントーニウス)の4度目の妻となる(前40年10月)。この政略結婚からは2人の娘(大アントーニア*と小アントーニア*)が生まれ、夫と一緒にアテーナイ*へ旅したり、険悪になった夫と弟の仲を取りもったり

系図121 オーギュゴス、または、オーギュゲース

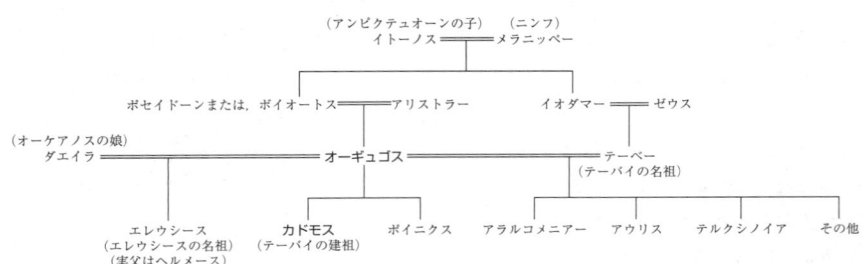

した（前37年春、タレントゥム*協定の成立）が、ほどなくエジプトの女王クレオパトラー7世*の登場により夫から見棄てられ、ローマへ送り返される（前37）。アントーニウスがクレオパトラーと結婚したのちも、ローマ市内にあるアントーニウス邸に留まり続け、前32年夫から正式に離婚されてようやく子供を連れて夫の家を立ち去った。前30年にアントーニウスが死んでからも、夫の先妻フルウィア❷*やクレオパトラーの産んだ継子女を引きとって養育、その美貌と淑徳のゆえに称賛された。建築家ウィトルーウィウス*や哲学者アテーノドーロス❶*らと交流し、文芸の保護やローマの美化に貢献した。前23年、アウグストゥスの後継者と目されていた息子M.クラウディウス・マルケッルスが若くして急死し、以来彼女は終生喪服を脱がず、悲しみの裡に日々を過ごしたという。息子の死の場面を作詩・朗読した詩人ウェルギリウス*に、1行につき1万セーステルティウスもの金を贈った話は有名。ローマに建造された列柱廊は彼女の名を冠してオクターウィアの柱廊 Porticus Octaviae と称された（前23）。またアウグストゥスの治世前半に死去したため、自らの血をひく帝室一族が互いに謀略や奸計で葬り合う惨劇をほとんど目のあたりにしないで済んだ。

彼女を小オクターウィアと呼ぶのは、異母姉でセクストゥス・アップレイユス Sex. Appuleius に嫁いだ同名のオクターウィア（大オクターウィア Octavia Major）と区別するためである。

⇒巻末系図 081〜082，084，077〜078
App. B. Civ. 5-64, -67, -93, -95, -138/ Dio Cass. 47-7, 48-31, -54, 49-33, -38, 50-3, -26, 51-15, 54-35/ Plut. Ant. 31, 33, 35, 54, 57, 59, 87/ Suet. Iul. 27, Aug. 4, 29, 61, 63, Tib. 6/ Serv. ad Verg. Aen. 6-861/ Tac. Ann. 4-44/ Vell. Pat. 1-11, 2-1/ etc.

❷クラウディア・オクターウィア Claudia Octavia（後40年3月頃〜62年6月9日）（❶の曾孫。母系では玄孫に当たる）ローマの皇后（在位・54〜62）。

クラウディウス*帝とメッサーリーナ❶*の娘。幼くして名門のL.シーラーヌス❻*（？〜後49年初頭に自害）と婚約するが、やがて小アグリッピーナ*の策謀で縁組は解消され（48）、クラウディウスの養子となったネロー*（のち皇帝。小アグリッピーナの息子）と結婚させられる（53）。しかるに、帝位に即いたネローは彼女を冷遇して、アクテー*をはじめとする愛妾や美童と睦み、何度も后を絞め殺そうとして果たせず、ついに不妊を口実に離縁、その12日後に美女ポッパエア*と再婚した（62年4月）。オクターウィアはカンパーニア*へ追放されて厳重な監視下に置かれ、この境遇に同情した民衆が騒動を起こしたため、ネローはポッパエアに唆されて、姦通および謀反の廉で彼女を不毛の孤島パンダテーリア Pandataria（現・Ventotene）へ流したうえ処刑した（⇒アニーケートゥス）。自殺の命令を拒否したオクターウィアは、綱で縛り上げられ四肢の血管をすべて切り開かれたのち、浴室で窒息死させられたという。斬り取られた首はローマに運ばれてポッパエアの検分に供せられ、元老院は彼女の死を祝って神々に感謝の供物を捧げることを決議した。

ネローの死（68年）後間もなく、哲学者セネカ❷*の友人もしくは弟子によって、悲劇『オクターウィア Octavia』（現存する唯一のファーブラ*・プラエテクスタ）が記され、今日まで伝存している。

⇒ティゲッリーヌス、巻末系図 079，080，096
Tac. Ann. 11-32, 12-2〜9, -58, 13-12, 14-60〜64/ Suet. Claud. 27, Ner. 7, 35/ Dio Cass. 60-31, -33, 61-7, 62-13/ Sen. Octavia/ etc.

オクターウィアーヌス、ガーイウス・ユーリウス・カエサル　Gaius Julius Caesar Octavianus,（ギ）Oktāūiānos, Ὀκταουιανός,（英）Octavian,（仏）Octavien,（独）Oktavian,（伊）Ottaviano,（西）Octaviano

初代ローマ皇帝アウグストゥス*、前名ガーイウス・オクターウィウス*が、前44年、大叔父カエサル*の遺言で養子に迎えられてから称した名。アウグストゥスの項を参照。

オクターウィウス、ガーイウス　Gaius Octavius,（ギ）Gāios Oktāūios, Γάϊος Ὀκτάουιος,（伊）Gaio Ottavio,（西）Cayo Octavio

初代ローマ皇帝アウグストゥス*（オクターウィアーヌス*）の前名。同名の父とアティア*（カエサル*の姪）との子（⇒巻末系図 081〜082，077）。

父のガーイウス・オクターウィウス（前101頃〜前58初頭）は、平民（プレーベース*）出身の「新人 novus homo」（ノウス・ホモー）でありながら、政界で頭角を現わし、前61年度の法務官（プラエトル*）を務める。解放奴隷の子孫だとか、綱作り職人、また両替屋だったとする説もあるが、実際は裕福な騎士身分（エクィテース*）の出身であったと思われる。最初の妻アンカリア Ancharia との間に1女オクターウィア（大）Octavia (Major) を、2度目の妻アティアとの間にオクターウィア❶*（小）とアウグストゥスを儲けた。スパルタクス*やカティリーナ*の残党を一掃し、属州マケドニア*の総督 Propraetor（プロープラエトル）として公正に統治した（前60〜前59）のち、ローマへの帰国途上イタリアのノーラ*で急死した（前58初め）。

Suet. Aug. 3〜4, 100/ Vell. Pat. 2-59/ Cic. Att. 2-1, Q. Fr. 1-1(21), -2(7), Phil. 3-6/ Tac. Ann. 1-9/ etc.

オクターウィウス、グナエウス　Gnaeus Octavius,（ギ）Gnaios Oktāūios, Γναῖος Ὀκτάουιος,（伊）Gneo Ottavio,（西）Cneo Octavio

（？〜前162）オクターウィウス氏*嫡系出身の政治家。ハンニバル❶*戦争（第2次ポエニー戦争*）に活躍した同名の父（前205年の法務官）の息子。前168年に法務官としてローマ艦隊を指揮し、サモトラーケー*島に逃れていたマケドニアー*王ペルセウス*を捕え、翌前167年帰国して凱旋式（トリウンプス*）を挙行（12月1日）、戦利品から得た富でオクター

ウィウス柱廊 Porticus Octavia を建て、豪勢な生活をした。前 165 年にはオクターウィウス氏最初の執政官(コーンスル*)となり、シュリアー*王アンティオコス 4 世*の死 (前 163) 後、弱体化したセレウコス朝*を武装解除してローマ側につかせるべくシュリアーへ派遣される (前 163) が、王国の船舶を焼却し戦象を殺したためにシュリアー国民の反感を買い、ラーオディケイア*の体育場(ギュムナシオン*)で愛国者の手にかかって殺された。

なお、同名の人物で、前 87 年に L. キンナ❶*の相役の執政官となり、激烈な政争の果てに殺害され、フォルム*に首を梟された Cn. オクターウィウスは、彼の孫に当たる。
⇒巻末系図 082
Cic. Phil. 9-2, Brut. 47, Fin. 1-7/ Liv. 43-17, 44-17〜18, -21, -35, 45-5〜6, -33/ Polyb. 28-3, -5, 31-2, -8, -11〜12/ Vell. Pat. 1-9, 2-1/ App. Syr. 46/ etc.

オクターウィウス氏　Gens Octavia〔← Octavius〕, Octavii

ローマの初代皇帝アウグストゥス*を出した氏族。ラティウム*南部にあったウォルスキー*人の町ウェリートラエ Velitrae (現・Velletri) を故地とし、ガーイウス・オクターウィウス・ルーフス Rufus (ルーフスとは「赤毛」の意。前 230 年の財務官(クエストル*)) 以来ローマ政界に進出。その 2 子グナエウスとガーイウスから 2 つの家系が生じた。兄グナエウス (前 205 年の法務官(プラエトル*)) の子孫が代々高級政務官 (マギストラートゥス*) を務めたのに対して、弟脈は永く騎士身分(エクイテース*)に留まる (⇒巻末系図 082)。第 2 次ポエニー戦争* (前 218〜前 201) 中、グナエウスはサルディニア*総督 (前 204〜前 203) となってカルターゴー*軍と交戦し、スキーピオー・大アーフリカーヌス* (大スキーピオー*) とともにザマ*の会戦 (前 202) に参加。彼の同名の息子 (前 165 年の執政官(コーンスル*)) は第 3 次マケドニア*戦争後、敵王ペルセウス*をその隠れ家から捕虜として連れ帰り凱旋 (前 167)、前 162 年シュリアー*でセレウコス朝*の少年王アンティオコス 5 世*の侍臣に暗殺された (⇒ Cn. オクターウィウス)。さらにその子マールクスは護民官同僚(トリブーヌス・プレービス*)ティベリウス・グラックス❸*の改革に反対した (前 133) 人物として知られ、次の代のグナエウス (前 87 年の執政官) は閥族派(オプティマーテース*)を率いて民衆派(ポプラーレース*)と烈しく対立、フォルム*では 1 日に 1 万人が殺されるほどの血腥(なまぐさ)い激戦が展開されるも (⇒ L. キンナ❶)、占星術師の予言を信じてローマに留まったため、アーフリカから帰還したマリウス*に殺され、演壇(ロストラ*)に首を釘づけされた最初の執政官となる (前 87)。その姪孫マールクス (前 50 年の造営官(アエディーリス*)) は、カエサル*対ポンペイユス*の内乱で後者の側に立って戦い、のちアクティオン*の海戦 (前 31) ではアントーニウス*軍に投じて艦隊の中央部分を指揮した。

他方、弟脈のガーイウス (前 205 年の軍団副官 Tribunus militum(トリブーヌス・ミーリトゥム)) は第 2 次ポエニー戦争でカンナエ*の戦い (前 216) に従軍、ローマ軍がハンニバル❶*によって壊滅的敗北を喫したのち、かろうじてカヌシウム*へ逃れ得た。その孫に当たるのがアウグストゥスの父ガーイウス (⇒ C. オクターウィウス。前 61 年の法務官) だが、一説によれば、アウグストゥスの曾祖父は解放奴隷出身の綱作り職人で、その子も両替商を営む低い身分であったという。帝政期には皇帝に対する追従から、「オクターウィウス氏はローマの古王によって元老院に抜擢され、パトリキイー* (貴族) に列せられたが、のち自らプレーベース* (平民) に戻った由緒ある家柄である」との説が行なわれた。が、実際に同氏がパトリキイーになったのは、はるか後世のオクターウィアーヌス* (アウグストゥス) が 18 歳の時、大叔父カエサルの手によってである (前 45)。
Suet. Aug. 1〜, 94/ Vell. Pat. 1-9, 2-1, 2-59/ Dio Cass. 41-40, 45-1/ Liv. 28〜45/ Polyb. 28-3, -5, 31-2, -8, -11〜12/ Plut. Aem. 26, Gracch. 10〜25, Mar. 41〜42 Ant. 65/ App. B. Civ. 1-64〜71/ Cic. Fam. 3-4, 8-2, Att. 5-21, Orat. 1-36, Fin. 1-7, Brut. 25 (95)/ Festus/ etc.

オクノス　Oknos, Ὄκνος, Ocnus,（伊）Ocno, Aucno,（西）Ocno

ギリシア神話中、タルタロス* (奈落) の住人。ティベリス*河神とマントー*の子という。勤勉な男だったが、非常な浪費家の妻をもったがため、稼ぎ出したものをすべて使い尽くされてしまった。よって死後も彼は冥界で縄を(ろ)なっていくそばから、後ろにいる雌驢馬にその縄を食われ続けるという果てしない労役に従事しており、ここから「シーシュポス*の岩」や「ダナイデス*の容器」と同様に「切りの無い労働、無駄骨折り」を意味する「オクノスの縄 Oknū thōminks, Ὄκνου θῶμιγξ」なる言葉が生じた。
Plut. Mor. 473c/ Paus. 10-29/ Prop. 4-3/ Diod. 1-97/ Plin. N. H. 35-40/ Ar. Ran. 186/ Serv. ad Verg. Aen. 10-198/ etc.

オクリーシア (または、オクレーシア)　Ocrisia, Ocresia,（ギ）Okrēsiā, Ὀκρησία, Okrīsiā, Ὀκρισία

ローマ伝説中の人物。ローマ第 6 代の王セルウィウス・トゥッリウス*の母。ラティウム*の古都コルニクルム Corniculum の王妃ないし王女といわれる。コルニクルムが陥落したのち、ローマ第 5 代の王タルクィニウス・プリスクス*の妃タナクィル*の侍女となり、火の神ウルカーヌス*と交わってセルウィウス・トゥッリウスを産んだ。最もよく知られている伝承によると、炉の火中に男根が突如現われた折に、タナクィルの命令で花嫁衣装を纏(まと)ってこれに近づいたところ、神の子種を孕んでセルウィウス・トゥッリウスを出産したとされる。異伝では、奴隷としてローマへ連れて来られた時、王妃だった彼女はすでに妊娠中であったとも、また神ではなくタルクィニウス王の食客と密通して身ごもったのだともいう。
⇒巻末系図 050
Dion. Hal. Ant. Rom. 4-2/ Ov. Fast. 6-627〜/ Plin. N. H. 36-70./ Ael. V. H. 14-36/ Liv. 1-39/ Cic. Rep. 2-37/ Plut. Mor. 323a〜b/ Cic. Rep. 2-21 (37)/ Zonar. 7-9/ etc.

オーケアニス　Okeanis, 'Ωκεανίς, Oceanis, （英）Oceanid, （仏）Océanide, （独）Okeanide, （伊）Oceanina, （西）Oceánide, Oceánida, （葡）Oceânide, Oceânida, （露）Океанида

⇒オーケアニデス（の単数形）

オーケアニデス　Okeanides, 'Ωκεανίδες, Oceanides, （英）Oceanids, （仏）Océanides, （独）Okeaniden, Ozeaniden, （伊）Oceanine, Oceanidi, （西）Oceánides, Oceánidas, （葡）Oceânides, Oceânidas, （露）Океаниды

（オーケアニス*たち）

ギリシア神話中、大洋神オーケアノス*とテーテュース*の間に生まれた3千人の娘たち。すべての河神 Potamoi, Ποταμοί の姉妹。外洋のニュンペー*（ニンフ*）たちで、海のニュンペーたるネーレーイデス*と混同されがちである。ヘーシオドス*によれば、冥界を流れるステュクス*を長女とし、テュケー*、アシアー、メーティス*、カリュプソー*、ディオーネー*、クリュメネー❶、エーレクトラー❶、クリュティエー*、ペルセーイス*、イデュイア*（エイデュイア*）、カッリッロエー*、ドーリス Doris, Δωρίς（海神ネーレウス*の妻）、プレーイオネー Pleïone, Πληϊόνη（アトラース*の妻）らの名が挙げられ、またアレトゥーサ*やネメシス*、アンピトリーテー*、テティス*などもその中に数えられることがある。彼女らは予言の力や思いのままに姿を変える力をもつのみならず、アポッローン*を助けて若者を成人に育て上げる役割を担っていた。

Hom. Il. 18-398, Od. 10-139/ Hes. Th. 349～, 507, 959/ Apollod. 1-2/ Hymn. Hom. Cer. 418～/ Hyg. Fab. praef., 182/ etc.

オーケアノス　Okeanos, 'Ωκεανός, Oceanus, （仏）Océan, （独）Okeanos, Ozean, （伊）（葡）Oceano, （西）Océano, （蘭）Oceaan, （露）Океан, （トルコ語）Okyanus

ギリシア神話中、ウーラノス*（天空）とガイア*（大地）の息子で、ティーターン*神族の長兄。世界の周囲を取り巻いて流れる大洋の神格化。ホメーロス*から「神々の親」「万物の祖」と呼ばれ、妹のテーテュース*を娶ってネイロス*（ナイル）以下すべての河川の神々およそ3千柱とオーケアニデス*（オーケアニスたち*）と呼ばれる3千人の娘たちを儲けた。穏和な性質とされ、兄弟のうちで唯1人、父ウーラノスを襲撃せず、またティーターン神族とゼウス*らオリュンポス*神族との戦争（ティーターノマキアー*）の折にもティーターン側に加担することなく、妻テーテュースとともに女神ヘーラー*の養育に当たった。あらゆる河川・湖泉は地下を通してオーケアノスに源をもち、大洋の流れはエーリュシオン*の野や黄泉の国ハーデース*、ヘスペリデス*の園など、この世の最果ての地に接するものと考えられていた。太陽ヘーリオス*は毎夕オーケアノスの西涯に沈み、黄金の大盃に乗って夜の間に東へ流れ移り、翌朝この河の東涯から昇ると想像されており、英雄ヘーラクレース*が太陽の盃を借りて外海を渡ろうとした時に、オーケアノスが荒浪を立てて彼を試したところ、英雄は弓を引きしぼって威嚇し風波を鎮めたという話も伝えられて

系図122　オーケアニデス

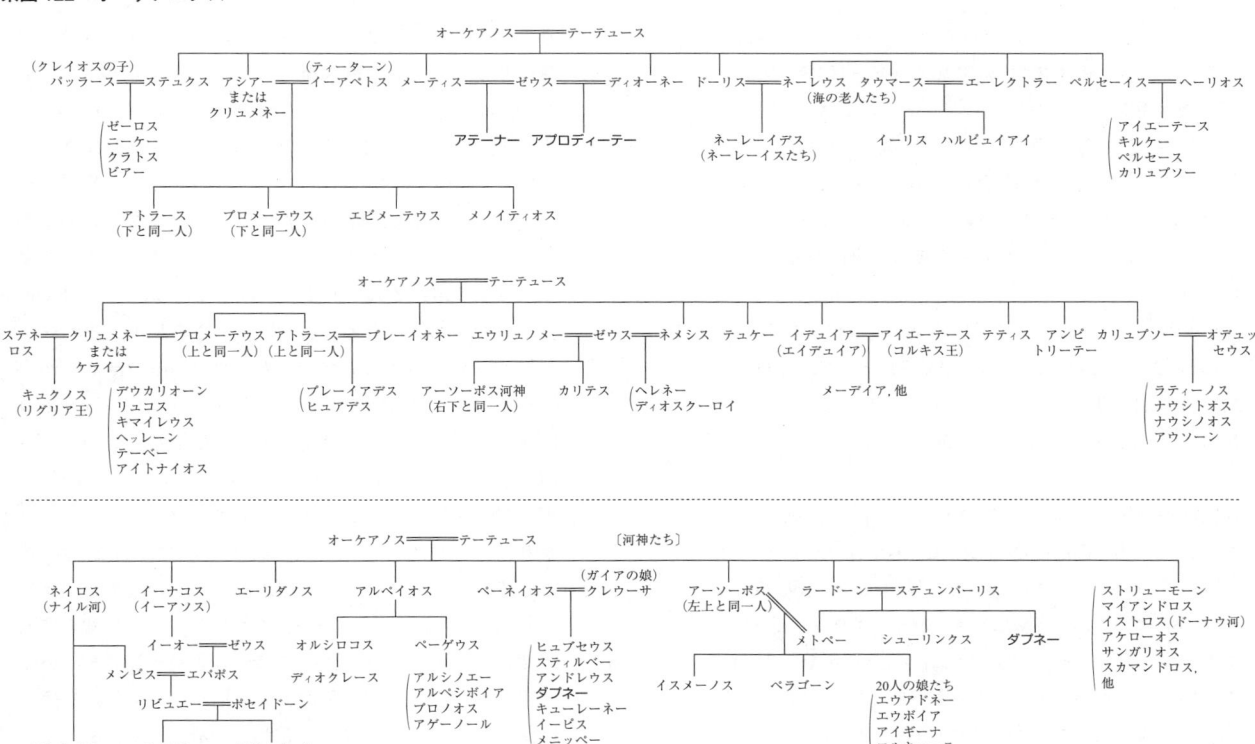

いる（第10の功業中）。オルペウス教*の伝承によれば、ポルキュス*、クロノス*、レアー*は、オーケアノスとテーテュースの最も古い子供たちであるという。ヘカタイオス*、ヘーロドトス*以来、ギリシア人の地理的知識が広がるにつれて、オーケアノスは地中海や黒海などの内海に対して単なる外洋（特に大西洋）を意味する地理上の概念に変化していった。美術作品では古くより長髯をたくわえて横臥する老人の姿で表わされ、ペルガモン*大祭壇の浮彫りやローマ時代の石棺彫刻、テュロス*やアレクサンドレイア❶*の貨幣にも描出さている。外海・大洋の意の（英）ocean や大洋州 Oceania などの語はオーケアノスに由来する。

⇒巻末系図 002

Hom. Il. 14-201, -246, -302, 23-205, Od. 11-13, -639, 12-1/ Hes. Th. 133〜, 337〜/ Apollod. 1-1, -2/ Diod. 5-66/ Verg. G. 4-382/ Herodot. 2-21〜, 4-8/ Hyg. Fab. Praef./ etc.

オシーリス　Osiris, Ὄσιρις,（伊）Oside,（葡）Osíris,（古代エジプト語）Ośir または Uśir, Ås-år, Wsir, I̊w.s-ir.s

　エジプトの主要な神。冥界の王で死者の審判者。豊饒神として死と再生（復活）を司る。姉妹のイーシス*を娶りエジプト全土に善政を布いたが、それを嫉んだ兄弟のテューポーン*（セート Seth, Śtḫ, Śtš, Śwtḫ）に謀殺され、死体を細切れに刻まれてしまう。イーシスは丹念に夫の遺骸の断片を集めて蘇生させようと試みたものの、男根だけはナイル河の魚に食べられていたので、模造品で代用したという（⇒オクシュリュンコス）。息子のホーロス*はテューポーンを破って父の仇を討ち、オシーリスは死の国の支配者として幽界に君臨した。ヘーロドトス*らギリシア人はオシーリスをディオニューソス*と同一視し、ヘレニズム時代になるとプトレマイオス朝*の国家神セラーピス*（サラーピス*）とも融合、ローマ時代にはイーシス、ホーロスとともに3柱1座の神々を成し、密儀宗教（ミュステーリア*）として帝国中に弘く伝播した。オシーリスは、エジプト内ではアビュードス*をはじめ各地で崇拝され、通常、王権の象徴である穀竿と笏を持ち冠を被った男性の姿で表わされていた。

⇒ハルポクラテース、アヌービス

Herodot. 2-42, -144, -156/ Plut. Mor. 351c〜384c/ Heliodorus Aeth. 9-424/ Tib. 1-7/ Diod. 1-11〜, -85, -87〜, -96, 2-3, 4-1, -5/ Apul. Met. 11-11, -27〜30/ etc.

オスキー（族）　Osci,（ギ）**オピコイ** Opikoi, Ὀπικοί,（ラ）Opici, Obsci,（英）Oscans, Oscians,（仏）Osques,（独）Osker,（伊）Oschi,（西）Oscos

　「女神オプス*を崇拝する人々」の意。イタリア最古の種族の1つ。カンパーニア*などに住み、トゥルヌス*王に味方してアエネーアース*（アイネイアース*）と戦ったという。歴史的には、アウソンキー*（アウソニア*人）と同一であろうとされる。オスキー語はサムニウム*人（サムニーテース*）やカンパーニア人、ルーカーニア*人、ブルッティウム*人、マーメルティーニー*らによって用いられ（⇒サビーニー）、ウォルスキー*語やウンブリア*語とともに古代イタリア語の1グループたるオスク・ウンブリア語群を形成した（もう1つのグループ、ラテン・ファリスク語群は、ラテン語とファリスキー*語から成り、ともにインド・ヨーロッパ語族のイタリック語派に属する）。オスキー起源の笑劇は、アーテッラーナエ*劇としてローマに伝わり、下品な文句や卑猥な表現が多いので名高く、ここから「オスキー風」を意味するラテン語「猥褻な obscenus（〈英〉obscene）」という言葉が生じた。オスキー語は前1世紀頃まで、主に南イタリアで公用語として教育を受けた人々の間で使用され、前300年から前90年頃にわたる碑文資料が数多く残っている。

⇒サベッリー

〔イタリキー Italici（イタリック語派）〕
①オスク・ウンブリア語群 ── サムニウム人、サベッリー人、ルーカーニア人、マーメルティーニー人
②ラテン・ファリスク語群 ── ラテン人（ラティーニー）、ファリスキー人

Verg. Aen. 7-730/ Tac. Ann. 4-14/ Strab. 5-233/ Thuc. 6-2/ Cic. Fam. 7-1/ Varro Ling. 7-29/ Hor. Epist. 5-54/ Sil. 8-528/ Liv. 7-2/ Dion. Hal. Ant. Rom. 1-89/ Festus/ etc.

オースティア　Ostia,（ギ）**オースティアー** Ostia, Ὠστία, Ὄστια,（仏）Ostie,（葡）Óstia

（現・Ostia Antica）ティベリス*（現・テーヴェレ）河口左岸にあったローマの外港。ローマから南西16マイルの距離に位置し、伝承では古王アンクス・マルキウス*（在位・伝前642〜前617）によって最初の植民市として建設されたというが、考古学的には、前4世紀中頃に築かれた沿岸警備隊の基地にまでしか遡れない。第2次ポエニー戦争*（前218〜前201）の際、ローマの重要な軍港となり艦隊が駐屯。カルターゴー*の滅亡（前146）後はもっぱら商業によって発展し、ローマの海外進出とともに貿易港として繁栄の一途を辿った。帝政初期には増大する首都の需要に対処できなくなったため、クラウディウス*帝の治世に、北西2マイルほどの地に広大な人工港（Portus Claudii、または Portus Augusti Ostensis）が造営され（後42）、さらにトライヤーヌス*帝の治下、新たな六角形の人工港（Portus Traiani）が造られた（103）。ハドリアーヌス*帝の頃に、オースティアの隆盛は頂点に達し、高層家屋 insula や大規模な公共建築物、娯楽施設、倉庫・商館などが櫛比、人口は10万人を超えた。外来宗教も多様に流入し、250年頃キリスト教司教座が置かれ、アウグスティーヌス*の母モニカ Monica 終焉の地として知られる（387）。4世紀以降、河口の堆積やマラリアの蔓延、西ゴート*（408）やヴァンダル*など外敵の侵入のせいで衰微し、9世紀のイスラーム教徒の略奪後は廃墟と化した。1907年来、組織的な発掘が続けられ、整然と計画された道路網や劇場、浴場、神殿、広場、街区などの遺跡をつぶさに見ることができる。

Liv. 1-33, 9-19, 22-11, -37, -57, 23-38, 25-20, 27-23/ Cic. Rep. 2-3, Fam. 9-6, Leg. Man. 12, Q. Fr. 3-2, Att. 12-23, Mur. 8(18)/ Mela 2-4/ Florus 1-4, 3-21/ Suet. Claud. 20/ Plin. N. H. 36-14/ Strab. 3-145, 5-232/ Dion. Hal. Ant. Rom. 3-44/ Dio Cass. 36-5/ App. B. Civ. 1-67/ Ptol. Geog. 3-1-5/ Steph. Byz./ etc.

オストラキスモス　Ostrakismos, Ὀστρακισμός, Ostracismus,（英）Ostracism,（仏）Ostracisme,（独）Ostrazismus,（伊）（西）（葡）Ostracismo

陶片追放。ギリシアの秘密投票による追放制度。一人支配樹立のおそれがある政治的有力者の名前を、陶片 ostrakon, ὄστρακον に記して投票し、一定数に達した者を国外に追放したもの。アルゴス*、メガラ*、ミーレートス*などにもこの制度があり、シュラークーサイ*では名前をオリーヴの葉 petalon に書くペタリスモス Petalismos, Πεταλισμός（葉片追放）が行なわれた。最も著名な例はアテーナイ*の陶片追放で、前507年頃クレイステネース❷*により僭主再来防止を目的に創設されたといわれ、一説には発案者のクレイステネース自身が最初にこの制度の対象として放逐されたと伝えられる（⇒メガクレース❸）。異説では最初の実施は20年もたった前487年頃の出来事で、このおり僭主ペイシストラトス*の遠縁に当たるヒッパルコス*が追放され、その後アリステイデース*（前482）、テミストクレース*（前471）、キモーン*（前461）らの有力者が追放され、やがてオストラキスモスは僭主政とは無関係に政争の具として利用されるようになった。そして前417年、二流政治家ヒュペルボロス*の追放を最後に実行されなくなったが、その後も制度としては残った。毎年1回、投票を行なう必要の有無が民会（エックレーシアー*）に問われ、挙手採決の結果、施行が決まると、一定の日に公共広場アゴラー*に特別の囲いが組まれて投票を実施。規定数6000を超えた最多得票者1人が10年間、アッティケー*地方から退去を強制された。ただし、財産は没収されず、国外での移動の自由をもち、市民権も剥奪されなかったうえ、途中で本国に召還されることも少なくなかった。「貝殻追放」と訳すのは正確ではない。
⇒レイトゥールギアー

Arist. Ath. Pol. 22, 27, 43, Pol. 5-3(1302b)/ Plut. Arist. 7, Alc. 13, Cim. 17, Nic. 11/ Ael. V. H. 13-24/ Diod. 11-55/ Lys, 14-39/ Ar. Eq. 855/ etc.

オスロエーネー　Osr(h)oene, Ὀσροηνή,（ラ）Osroëne, Osroëna (Osdroene, Ὀσδρηνή, Orrhoene, Ὀρροηνή), Osrohene, Osrhoena,（仏）Osroène,（シリア語）Malkuṯā d-Bēt ʿOsrā ʾInē

メソポタミアー*北部の国名。シュリアー*やアルメニアー*に近く、エデッサ❶*を首都とする。前132年、名祖オスロエース Osroes, Ὀσρόης（古イーラーン名・Orhai、アルメニア名・Osroe）の主導下セレウコス朝*から独立したが、次第にパルティアー*の宗主権下に入り、ローマを裏切るようになった。そのためローマ皇帝トライヤーヌス*の親征を被ったが、王アブガロス7世 Abgaros, Ἄβγαρος Ⅶ（在位・後106～117）は若く美しい息子アルバンデース Arbandes, Ἀρβάνδης を派遣して男色好みの皇帝を懐柔した（116）。次のアブガロス8世（在位・後177～後214）はキリスト教に改宗し、残虐の限りを尽くしたので、カラカッラ*帝に捕られて投獄され、オスロエーネー王国はローマの属州メソポタミアに併呑された（216）。今日のトルコ東南部およびシリア北東部に相当する。638年にアラブ人に征服されて以来、イスラーム圏内に属している。

Dio Cass. 40-20～, 68-17～, 77-12/ Herodian. 3-9, 4-7, 7-1/ Amm. Marc. 14-3, 24-1/ Procop. Pers. 1-17/ Euseb./ Sozom./ Malalas 11-/ etc.

オ（ー）ダエナートゥス（または、オ（ー）デーナートゥス）　Publius (Lucius) Septimius Odaenathus (Odenathus, Odenatus),（ギ）Odenathos, Ὠδέναθος, Hodainathos, Ὀδαίναθος,（アラム語）Odaynath, Udaynath,（アラビア語）Odaynah, Udaynah, Othayna,（「小さい耳」の意）,（英）Odaenath, Odenath, Odainath,（仏）Odénat,（独）Odenat,（伊）（西）Odenato

（後220頃～266／267）パルミューラ*の王（在位・260～266／267）。260年、ローマ皇帝ウァレリアーヌス*がサーサーン朝*ペルシアの帝王シャープール1世*に捕らわれた時、王位に即いたオダエナートゥスは、兵を催して退却途上にあったペルシア軍に痛撃を加え、さらにローマ帝国の僭帝クィエートゥス Quietus（在位・260年秋～261年11月、僭

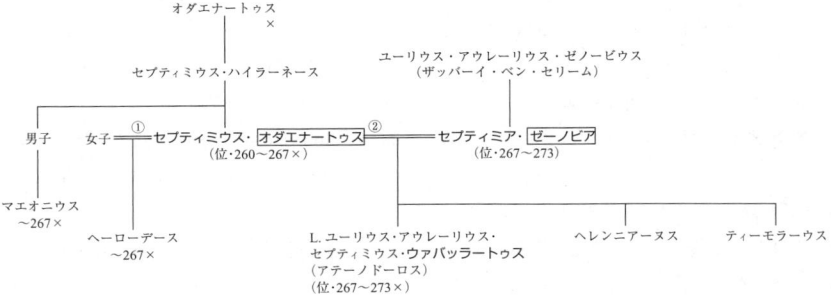

系図123　オ（一）ダエナートゥス（または、オ（一）デーナートゥス）

帝マクリアーヌス Macrianus の弟）を倒して、ガッリエーヌス*帝から「全オリエントの支配者 Dux et Corrector Totius Orientis」の称号を与えられる（262、一説にローマ正帝（アウグストゥス*）の位をも授与されたという）。以来ローマおよびパルミューラの軍隊を率いてシャープールを撃退し、属州メソポタミア*を回復、ペルシアの国都クテーシポーン*の占領は実現しなかったものの、大王の後宮（側妾たち）や財宝を奪い取った。次いで小アジアのゴート*族をも討伐して、名義上はローマの宗主権を認めていたとはいえ、実質的にはシュリア*、キリキア*、アラビア*、カッパドキア*、アルメニア*など広範囲にわたる領土の君主となる。有能な軍人だったが、267年頃（266とも）狩猟中の諍いから甥（従弟とも）のマエオニウス Maeonius に刺殺された。暗殺には妻のゼーノビア*が関与しており、彼女は夫と一緒に夫の先妻腹の子ヘーローデース Herodes をも殺させ、しかる後にマエオニウスを処刑して自身が政権を掌握した。一説にオダエナートゥス暗殺は、パルミューラの強大化を危惧したガッリエーヌス帝による陰謀だったともいう。
⇒三十僭帝
S. H. A. Tyranni Trig. 15～, Gallien. 10/ Zonar. 12-23～24/ Zosimus 1-39/ Eutrop. 9-10/ Oros. 7-22/ etc.

オッサ Ossa, Ὄσσα, （西）Osa
ギリシア神話中、「噂」の擬人化された女神。ホメーロス*によると、ゼウス*の使者で、野火のごとく風説を広めるという。
⇒ペーメー
Hom. Il. 2-93, Od. 1-282, 2-216, 24-413/ Hes. Op. 709～/ Soph. O. T. 158/ etc.

オッサ Ossa, Ὄσσα, （西）Osa,（近代ギリシアの Kíssavos）
（現・Ósa）ギリシア北東部、テッサリアー*地方の高山。ラーリサ*の東北20km、エーゲ海に臨む円形の山で、テンペー*峡谷を隔てて西北のオリュンポス*山に対する（標高1,978m）。神話では、双生巨人アローアダイ*（オートス*とエピアルテース*）が天上へ攻め登ろうとした時、この山をオリュンポス山の上に積み上げ、さらにその上にペーリオン*山を置いて、神々に対抗した。そこから後世の著名な格言「ペーリオン山にオッサ山を載せる（ラ）Imponere Pelio Ossam（困難に困難を重ねる）」が生じた。
Hom. Od. 11-315/ Verg. G. 1-281/ Mela 2-3/ Ov. Met. 1-155/ Herodot. 7-129/ Strab. 7-329, 9-430, -442/ Polyb. 34-10/ Apollod. 1-7-4/ Ptol. Geog. 3-12-16/ Ael. V. H. 3-1/ etc.

オッピアーノス Oppianos, Ὀππιανός, Oppianus,（英）Oppian,（仏）Oppien,（伊）Oppiano,（西）Opiano
（後2世紀後半～3世紀初頭）ローマ帝政期のギリシア詩人。オッピアーノスの名の下に2作の六脚律詩（ヘクサメトロス）『狩りの書 Kynēgetika, Κυνηγετικά』5巻と『漁業の書 Halieutika, Ἁλιευτικά』4巻が伝存する。前者はシュリアー*のアパメイア❶*出身のオッピアーノスの手になる狩猟術に関する詩篇（212～217の間に公刊）で、カラカッラ*帝はこれを大いに称賛し、1行につき金貨1枚を作者に贈与、そのため本書は「オッピアーノスの黄金詩」と呼ばれたという。詩人が30歳で疫病に罹って死ぬと、郷里アパメイア市の人々は彼を記念して肖像を建て、墓碑に「神々は人生の盛りにある若者を、人の世には過ぎたものとして急いで取り戻された」と刻んだと伝えられる。後者の釣魚術についての詩は、キリキアー*出身のオッピアーノ（2世紀後半）の作品と考えられている。
⇒コイントス（スミュルナーの）
Oppian./ Sozom. Hist. Eccles. praef./ Ath. 1-13b/ Euseb. Chron./ etc.

オッピウス、ガーイウス Gaius Oppius,（ギ）Oppios, Ὄππιος,（伊）Gaio Oppio,（西）Cayo Opio
ローマのプレーベース*（平民）系の政治家。
❶（前3世紀末）ハンニバル❶*戦争（第2次ポエニー戦争*）最中の前215年に護民官（トリブーヌス・プレービス*）となり、婦人に金の装身具や多彩色の衣服、車駕の使用を禁じたオッピウス法 Lex Oppia を提案し、成立させた。しかし、ローマの戦勝後の前195年、この法は執政官（コーンスル*）・大カトー*の猛反対があったにもかかわらず、女性たちの強硬な要求で撤回されるに至った。
Liv. 34-1～8/ Val. Max. 9-1-3/ Tac. Ann. 3-34/ etc.
❷（前1世紀）ヒルティウス*やバルブス*、マティウス*らと並ぶカエサル*腹心の部下の1人。騎士（エクィテース*）身分。前54年以来、バルブスとともにカエサルの最も信任厚い補佐官として登場。ガッリア*遠征に随伴中、急病で倒れた折には、カエサルは見つかったただ1軒の番小屋をオッピウスに譲って自分は戸外に寝るほど彼をいたわったという。前49年に勃発した内乱期において、オッピウスはカエサルのアーフリカ*戦役に従軍（前46）、続くヒスパーニア*戦役の際には、バルブスらとともに、カエサル不在中の首都ローマの統治を委ねられた（前46～前45）。カエサル暗殺（前44）の後は、オクターウィアーヌス*（アウグストゥス*）側に与した。古代では現存する3作品『アレクサンドリーア戦記 Bellum Alexandrinum』『アーフリカ戦記 Bellum Africum』『ヒスパーニア戦記 Bellum Hispaniense』の著者に擬せられることもあり、その他、スキーピオー・大アーフリカーヌス*（大スキーピオー*）やポンペイユス*ら著名なローマ人の伝記を残したことでも知られていた。また、オクターウィアーヌスのために、「カエサリオーン*はカエサルの実子ではない」と証明するパンフレットも書いている（前32頃、散逸）。
Plut. Caes. 17/ Suet. Iul. 52, 56, 72/ Cic. Att. 9-7, 11-17～18, 16-15, 22-19, Fam. 6-8, -19/ Gell. N. A. 7-1/ etc.

オーデイオン Odeion, Ὠδεῖον,（ラ）Odeum,（仏）Odéon,（英）（独）Odeon,

Odeum, （伊）Odèon, （西）Odeón

音楽堂。音楽演奏のために建てられた劇場風の建造物。音響効果を高めるべく屋根が葺かれていた点で、他の劇場*とは異なる。奏楽以外に裁判や民会、哲学討論の場としても用いられた。

アテーナイ*最古のオーデイオンは、僭主家ペイシストラティダイ*の頃に、イーリーソス Ilisos 川辺エンネアクルーノス Enneakrunos（9口の泉）の近くに建てられたものであった。次いでペリクレース*がパンアテーナイア*祭の音楽競演のために、クセルクセース❶*大王の天幕を模した尖頭形のオーデイオンを造営（前445）、アクロポリス*の東南斜面にあったこの建物は、ミトリダテース*戦争時に焼かれた（前87）が、ほどなくカッパドキアー*王アリオバルザネース2世*の手で元通りに再建された。最も壮麗かつ大規模なオーデイオンは、富豪ヘーローデース・アッティクス*が亡妻アッピア・レーギッラ Appia Regilla を記念して築いた大音楽堂（後160／161）で、収容観客数8千人、天井は糸杉材で張られ、美しい色彩が施されていたという。267年侵入したヘルリー*族に破壊されたものの、今日なおアクロポリス西南麓に、比較的良い保存状態で残っている。ローマではドミティアーヌス*帝が最初のオーデーウムを、次いでトライヤーヌス*帝が第2のものを建てた。アグリッパ*がアテーナイのアゴラー*に奉献した音楽堂 Agrippeion（前15頃）も名高く、その遺構が発見されている（〈英〉Odeion of Agrippa）。他にもコリントス*、スミュルナー*、アルゴス*、パトライ*など諸都市にオーデイオンのあったことが知られている。

パリのオデオン座 l'Odéon をはじめ、現代でも一般に演劇・音楽・舞踊などを催すホール、奏楽堂の類が、この名称（〈英〉Odeum, etc.）で呼ばれている。

Vitr. De Arch. 5-9/ Paus. 1-8, -14, -20, 2-3, 7-20/ Plut. Per. 13/ Philostr. V. S. 2-1, -5, -8/ App. Mith. 38/ Suet. Dom. 5/ Amm. Marc. 16-10/ Ar. Vesp. 1104/ Hesych./ Suda/ etc.

オ（ー）デーナートゥス Odenathus
⇒オダエナートゥス

オデュッセイア Odysseia, 'Οδύσσεια, （ラ）Odyssea, Odyssia, （英）Odyssey, （仏）Odyssée, （独）Odüßee, Odyssee, （伊）Odissea, （西）Odisea, （葡）Odisseia, （露）Одиссея, （現ギリシア語）Odhíssia

ホメーロス*の作と伝えられる古代ギリシアの大叙事詩（24巻、12,110行）。「オデュッセウス*物語」の意。トロイエー*（トロイアー*）攻略後、ギリシアの知謀に富む英雄オデュッセウスが、故郷イタケー*へ帰国するまでの10年にわたる海上漂泊の冒険譚と、彼の帰還を待つ妻ペーネロペイア*や息子テーレマコス*の苦難、夫婦や親子の再会の物語を、巧妙に錯綜させながら41日間という短期間の出来事にまとめ上げた作品である。『イーリアス*』よりやや遅れて成立したと考えられ、これら両詩篇はギリシアを代表する民族的叙事詩として広くもてはやされ、その後のヨーロッパ文学に大きな影響を与えた。これら2大叙事詩はアレクサンドレイア❶*時代（前3世紀）に、24のギリシア字母（アルファベット）の名を冠した24巻におのおの分けられ、写本として整理されて今日に伝えられている（『イーリアス』には大文字、『オデュッセイア』には小文字の巻数が冠せられている）。

⇒叙事詩圏

オデュッセウス Odysseus, 'Οδυσσεύς, （ラ）ウリクセース* Ulixes（ウリッセース Ulises), （エトルーリア語）Uthuce, （仏）Odyssée, （伊）Odissèo, （西）Odiseo, （葡）Odisseu, （露）Одиссей, （現ギリシア語）Odhisséas

ホメーロス*の叙事詩『オデュッセイア*』の主人公。トロイアー戦争*におけるギリシア軍随一の智将。イタケー*島の王ラーエルテース*とアンティクレイア*（アウトリュコス*の娘）の子。実父は奸智にたけたシーシュポス*ともいわれる。イーカリオス❷*の娘ペーネロペー*（ペーネロペイア*）を妻とし、息子テーレマコス*を儲ける。間もなくトロイアー戦争が勃発し、従軍を嫌がる彼は狂気を装ったものの、パラメーデース*にそれを看破られ、やむなく12隻の船を率いて出陣。ギリシア軍の大将の1人として、その勇気と知謀、能弁により重きをなした。10年にわたる包囲戦では、戦死したアキッレウス*の武具をめぐって大アイアース*と争った結果、これを賞として得たことと、トロイアー*の守護女神像パッラディオン*を城内に潜入して盗み出したことなどの活躍で知られる（⇒ドローン、レーソス）。次いで彼は巨大な木馬の建造を思いつき、その腹

系図124　オデュッセウス

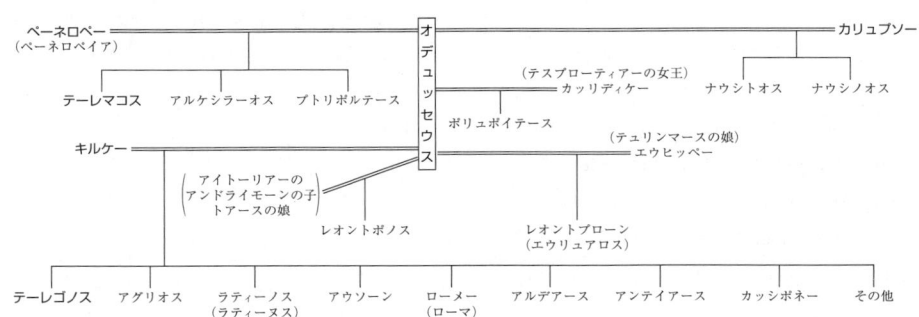

中に50人の勇者を忍ばせ、この計によってトロイアーを陥落させた（⇒シノーン）。しかし、故郷のイタケーに帰り着くまでに、なお10年間海上を漂泊し、数々の冒険を重ねなければならず、その間の物語が『オデュッセイア』にうたわれて世に広く伝えられている。

まずトラーキアー*のキコネス Kikones 族を襲った（⇒イスマロス）のち、ペロポンネーソス*半島南端のマレアー Malea 岬沖で嵐に遭い、ロートパゴイ*人の国へ漂着、次にキュクローペス*（単眼巨人族）の島を訪れてポリュペーモス*に捕えられ、6人の部下を食い殺されたが、焼けた棒杭で巨人の目を潰し、羊の腹の下にしがみついて脱出。以後、風の支配者アイオロス❶*の島、人喰い巨人ライストリューゴネス*族の地、魔女キルケー*の島を経て、キルケーの勧めで冥界を訪れテイレシアース*の霊から予言を聞き出した。さらに女怪セイレーン*たち（セイレーネス*）、およびスキュッラ❶*とカリュブディス*の難を逃れ、太陽神ヘーリオス*の島トリーナキエー*に辿り着くが、食物に窮した部下たちが神牛を殺して食ったため、出帆後ゼウス*の雷霆に撃たれて船は沈没し、オデュッセウス唯1人が帆柱（マスト）にすがって生き残った。女神カリュプソー*の島に漂着した彼は、7年間（異説あり）彼女と一緒に暮らすが、望郷の念絶ち難く、神々の命も下ってようやく出帆、しかるにポセイドーン*の送った嵐で再び難破し、海の女神イーノー*＝レウコテアー*の助けによりパイアーケス*人の島へ裸で打ち寄せられる。島の王女ナウシカアー*に発見され、その父王アルキノオス*に歓待されたオデュッセウスは、宴席で盲目詩人デーモドコス Demodokos の吟唱するトロイアー陥落の歌を聞いて落涙し、問われて自らの素姓を明かす。アルキノオスの魔法の船で20年ぶりにようやく故郷イタケーへ送り届けられ、忠実な豚飼いエウマイオス*の小屋で息子テーレマコスと再会、乞食に身をやつして帰館すると（⇒アルゴス❸、エウリュクレイア）、妻を悩ましていた大勢の求婚者たちをことごとく強弓で殺戮して王位を取り戻した。次いで老父ラーエルテースと再会中、求婚者たちの親族が報復すべく攻め寄せたが、女神アテーナー*の仲介で和平が成立した。

ホメーロス以後、彼の晩年に関する多くの物語が付け加えられ、息子テーレゴノス*（母はキルケー）に誤まって殺されたとも、イタケーを追放されてイタリアへ移りエトルーリア*諸市を建設したとも、種々に伝えられている。美術作品においては、通常ひげを生やし、ギリシア人船員の被る卵形の帽子ピーロス pilos を頭に頂いた姿で表わされている。

⇒アンティノオス、メントール❶、アンテーノール、イーピトス

Hom. Od., Il./ Apollod. Epit. 3〜7/ Soph. Phil., Aj./ Eur. Hec. Cyc./ Hyg. Fab. 81, 95〜96, 125, 126, 200〜/ Ov. Met. 13, Her. 1/ Paus. 3-12, -20, 10-8/ Ath. 4-158d/ Hes. Th. 1111〜/ Xen. Cyn. 1-2/ Schol. ad Ap. Rhod./ Libanius/ Eust. Il./ Part. Amat. Narr. 2, 3/ Pl. Resp. 2〜3/ Arist. Poet. 8/ etc.

オドアケル

オドアケル Odoacer,（ラ）Odovacarius, Odoacer,（ギ）Odoakros, 'Οδόακρος,（英）Odovacar,（仏）Odovacar, Odoacre,（独）Odowakar, Odoaker,（伊）Odoacre,（西）（葡）Odoacro,（古ゲルマーニア語）Audawakrs

（後433頃〜493年3月15日）イタリアを支配した最初のゲルマーニア*人の王（在位・476年8月23日〜493年3月15日）。スキューッリー Scyrri (Scirii) 族の首長エデコー Edeco の子。父が東ゴート*軍に敗死した（463頃）のち、西ローマ帝国の親衛軍に入り（470頃）、名将リーキメル*のもと頭角を現わす。476年ゲルマーニア系諸部族から成る軍隊の不満に乗じて謀反を起こし、皇帝の父オレステース*を攻め滅ぼし、彼の立て籠もったティーキーヌム*（現・パヴィーア）を掠奪、ラウェンナ*で帝位にあった少年皇帝ロームルス・アウグストゥルス*を廃して、西ローマ帝国を滅亡させた（9月4日）。皇帝の標章をコーンスタンティーノポリス*へ送って東ローマ帝ゼーノーン*（ゼーノー*）の宗主権を認め、パトリキウス Patricius の称号を請願。自らは「王 rex（レークス）」としてイタリアとその周辺地域を統治した。アレイオス*（アリーウス*）派のキリスト教徒であったがカトリック信者 catholicī にも公正に振る舞い、イタリア全土の3分の1を征服者たるゲルマーニア傭兵軍に分配しただけで、従来のローマの諸制度を変えずに執政官職（コーンスル*）を復活（483）。元老院の支持も得て穏健・寛大な政治を行なった。のちゼーノーン帝の意を受けた東ゴート王テオドリークス*（テオデリヒ大王）に攻め込まれ、3度にわたって敗北を重ねた（487／489〜）すえ、首都ラウェンナに3年間包囲される（490〜493）。和約を結んで開城した（493年3月5日）が、その後すぐにテオドリークスに招かれた宴席で騙し討ちにあって殺された（60歳）。自らの剣で彼の胴を貫いたテオドリークスは、「何だ、骨もないではないか」と嘲ったといい、次いでその妻を投獄して餓死させ、さらに一門のみならずゲルマーニア系のオドアケル支持者を家族もろとも皆殺しにしたと伝えられる。オドアケルは長身で聡明かつ精力的な支配者だったとされ、かつてノーリクム*を放浪中、セウェーリーヌス Severinus（？〜482、「オーストリアの聖者」と称さる）の庵に立ち寄った時に、将来国王になることを予言されたことがあったという。

Procop. Goth. 1-1, 2-6/ Jordan./ Paulus Diaconus De Gest. Longob. 1-19/ Gregorius Turonensis 2-18/ Isid. Chronica/ Marcellin./ Cassiodor./ Joh. Antioch./ etc.

オートス Otos, Ὦτος, Otus,（伊）（西）Oto

ギリシア神話中の巨人。アローアダイ*の1人。

系図125　オドアケル

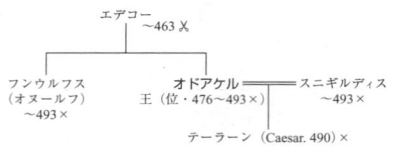

オトー、マールクス・サルウィウス　Marcus Salvius
Otho, （ギ）Othōn, ᾽Όθων, （仏）Othon, （伊）Otone, （西）Otón, （葡）Otão, （露）Отон

（後32年4月28日～69年4月16日）ローマ皇帝（在位・後69年1月15日～4月16日）。エトルーリア*の王族の末裔。父ルーキウス・サルウィウス・オトー L. Salvius Otho（33年の執政官）は、ティベリウス*帝の私生児と噂された人物で、クラウディウス*帝に対する暗殺計画を摘発した功績でパトリキイー*（貴族）に列せられている（48、⇒巻末系図100）。その次男に生まれたマールクスは、若い頃から夜遊びに耽る放蕩者で、男色関係を通してネロー*帝のお気に入りとなり、皇帝の母后・小アグリッピーナ*殺害（59）に協力するなど宮廷に勢力を伸ばした。58年、妻ポッパエア・サビーナをネローに譲って、属州ルーシーターニア*へ赴任し、10年間この地を統治する。68年ガルバ*が反乱を起こすと、「いずれオトーも帝位に即くであろう」という占星術師の予言を信じて、すぐさまこの蜂起を支持したが、新帝となったガルバがオトーをさしおいてピーソー・リキニアーヌス*を養嗣子に迎立した（69年1月10日）ため、近衛軍と組んで謀叛を企て5日後にガルバを殺害、皇帝に推戴される。贅沢三昧の生活を続けていた結果、巨額の借金を負っていて、政変を起こして皇帝となる以外に解決策がなかったのだといわれる。ネローの後継者として振る舞い、スポルス*（ネローの去勢「妻」）やスタティリア・メッサーリーナ❷*（亡きネロー最後の「女性」妻）を手許に引き取り、黄金宮殿 Domus Aurea の完成を急がせた。しかし、ゲルマニア*属州の駐留軍がウィテッリウス*を帝位に擁立し、ローマ目指して南下して来たので、オトーは凶兆を無視して北イタリアへ軍を進めた。ベートリアクム*の戦いで計略にかかり敗北を喫する（69年4月14日）や、まだ味方の軍隊が大勢残っていたにもかかわらず、「内乱でこれ以上同志討ちを繰り返してはいけない」と観念して、書信文書を焼き現金をすべて召使らに分け与えたのち、剣の上に身を投じて自殺した（37歳、在位3ヵ月）。彼を慕っていた多くの兵士が遺体の手足や傷口に接吻して嘆き、また火葬壇の側で自刃してそのあとを追った。

オトーは非常な洒落者で、全身を脱毛し精巧な鬘をかぶり、足の裏にまで香料を染み込ませる習慣を流行させた。のみならず、どこへでも鏡を携えていって身づくろいをし、ベートリアクムの決戦中も美容のため顔面パックに余念がなかったという。こうした柔弱かつ放縦な日常からは想像もつかぬくらい立派な最期を遂げたので、「最も破廉恥な生を生き、最も高貴な死を死んだ」と史家ディオーン・カッシオス*から評されている。彼の敗北の一因をなした兄ティティアーヌス L. Salvius Otho Titianus（52年と69年の執政官）は、懦弱さゆえに新帝ウィテッリウスから助命されるが、その息子サルウィウス・コッケイヤーヌス Salvius Cocceianus は後年、皇帝だった叔父の誕生日を祝ったためにドミティアーヌス*帝（在位・81～96）に殺されている。

Suet. Oth. Galb. 6, 17, 19～20/ Plut. Otho, Galb. 19～/ Tac. Ann. 13-12, -45～46, Hist. 1～2/ Dio Cass. 61-11, 64-5/ Mart. 6-32/ Juv. 2-107/ Plin. N. H. 13-4/ Oros. 7-8/ etc.

オドリュサイ（族）　Odrysai, ᾽Οδρύσαι, Odrysae, Odrysi, （英）Odrysians, （仏）Odryses, Odrysiens, （独）Odrysen, （伊）Odrisi, （西）Odrisios

トラーキアー*（トラーケー*）に住んでいた強大な種族。前5世紀に王シータルケース*（～前424）のもと、ドーナウ（イストロス*）河口からエーゲ海北岸アブデーラ*に至る広大な版図を擁し、アテーナイ*と同盟を締結、前429年には大軍をもってマケドニアー*に進撃し各地を劫掠した。この侵攻はペロポンネーソス戦争*（前431～前404）中の反アテーナイ諸市を動揺させたが、マケドニアー王ペルディッカース2世*が妹ストラトニーケー Stratonike をシータルケースの甥で継嗣のセウテース*に嫁がせる約束をしたため、トラーキアー勢は出征後30日で引き揚げた（⇒巻末系図027）。シータルケースの戦死後、即位したセウテースは、オドリュサイの最盛期を築き上げ、服属するギリシア諸都市やさまざまな民族から莫大な貢納金を取り立てた。前382年に王となったコテュス❶*（在位・前382～前358）は、女婿イーピクラテース*の支援を得てアテーナイ人と交戦（前365）。しかし、コテュスの死（前358）後、王位継承をめぐって内訌が生じ、やがてマケドニアー王ピリッポス2世*に征服された（前342／341）。なおオドリュサイ族は、"ポトラッチ" potlatch（過度の贈答）式の過剰な贈答の習慣があったことで知られる。

系図126　オトー、マールクス・サルウィウス

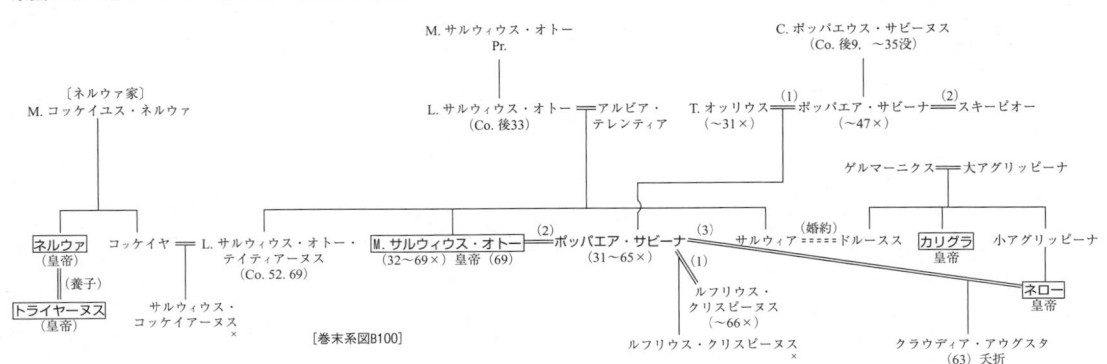

⇒ゲタイ
Herodot. 4-92/ Thuc. 2-95〜101, 4-101/ Xen. An. 7-2/ Diod. 14-94/ Nep. Iphicrates 3/ Liv. 39-53/ Plin. N. H. 4-11-40/ Paus. 4-33-4/ Amm. Marc. 27-4/ Phot. Bibl./ etc.

オトー、ルーキウス・ロ（一）スキウス　Lucius Roscius Otho, （ギ）Lūkios Rhōskios Othōn, Λούκιος Ῥώσκιος Ὄθων, （伊）Lucio Roscio Otone, （西）Lucio Roscio Otón

（前1世紀）ローマ共和政末期の政治家。前67年の護民官（トリブーヌス・プレービス*）となり、騎士身分（エクィテース*）のために劇場の元老院身分用の貴賓席orchestra（オルケーストラ）のすぐ後ろ14列を専用席として確保する法律を提議・通過させた。この法律ロスキウス法 Lex Roscia は、それまで騎士たちと混じって自由に見物していた民衆の強い反撥を買い、キケロー*が執政官（コンスル*）だった前63年には、暴動にまで発展したほどであった。
Dio Cass. 36-25/ Vell. Pat. 2-32/ Cic. Att. 2-1, Mur. 19/ Tac. Ann. 15-32/ Plut. Pomp. 25/ Liv. Epit. 99/ Hor. Epod. 4-15, Epist. 1-1/ Juv. 3-159, 14-324/ etc.

オネイロス　Oneiros, Ὄνειρος, （伊）（西）Oniro, たち（〈複〉オネイロイ Oneiroi, Ὄνειροι, 〈伊〉Oniri, 〈西〉Oniros), （ラ）Somnium, （伊）Sogno, （西）Ensueño（〈複〉Somnia）

「夢」の擬人神。夜の女神ニュクス*の子供たち。オーケアノス*の西の果て、常闇の国にあるヒュプノス*（眠り）の洞穴に住み、大きな翼で音なく飛翔し、角の門からは正夢が、象牙の門からは逆夢が出ていくとされていた。夢の神には、人の姿を真似るモルペウス*（「造形者」）や、鳥獣の形をとるイケロス Ikelos, Ἴκελος（またはポベートール Phobetor, Φοβήτωρ「威嚇者」）、種々の物体に変ずるパンタソス Phantasos, Φάντασος（「仮像者」）などがいた。ギリシア・ローマ世界では、夢の解釈を行なう「夢占い（夢解き）Oneiromanteia, Ὀνειρομαντεία」が盛んで、専門書も公刊されていた（⇒アルテミドーロス❷）。

今日でも夢学・夢解釈学を（英）Oneirology、夢占いを（英）Oneiromancy、夢占い師を（英）oneiromancer、oneirocritic などと呼んでいる。
Hom. Il. 2-26〜, Od. 19-562〜, 24-12/ Paus. 2-10/ Ov. Met. 11-592〜/ Hes. Th. 212/ Hyg. praef./ Cic. Nat. D. 3-17/ Stat. Theb. 10-112/ etc.

オネーシクリトス　Onesikritos, Ὀνησίκριτος, Onesicritus, （仏）Onésicrite, （伊）Onesicrito, （西）Onesícrito

（前360頃〜前290頃）キュニコス（犬儒）派の哲学者。シノーペー*のディオゲネース*の弟子。アレクサンドロス大王*の東征に随行し、インドではギュムノソピスタイ*（裸の哲学者）のもとへ派遣され、遠征の帰路は提督ネアルコス*の麾下、艦船の舵手長としてインド洋を航行した（前326〜前325）。大王の伝記を著わしたが、それには全長65メートルに及ぶインドの大蛇や女人族アマゾネス*と大王との出会いなど、想像力豊かな記事が含まれており、後世のアレクサンドロス・ロマンスに寄与したと考えられる。
⇒クテーシアース、カッリステネース
Plut. Alex. 8, 46, 65〜66/ Curtius 9-10/ Arr. An. 6-2, Ind. 18/ Diog. Laert. 6-75, -84/ Ael. N. A. Strab. 15-691/ etc.

オノマクリトス　Onomakritos, Ὀνομάκριτος, Onomacritus, （仏）Onomacrite, （伊）Onomacrito, （西）Onomácrito

（前530頃〜前480頃）アテーナイ*の占者、宗教詩人。僭主ペイシストラトス*家（ペイシストラティダイ*）に仕え、ムーサイオス*の託宣集を編纂したが、その中に偽りの神託を窜入した事実を詩人ラーソス*から摘発され、ためにヒッパルコス❶*により追放される。ペルシア領へ渡った彼は、のちに同じくアテーナイから亡命してきたペイシストラトス一門と和解し、力を合わせて大王クセルクセース1世*にギリシア遠征を進言、ペルシア側に有利な予言のみを語って大王を説得しおおせたという。彼はまた、ペイ

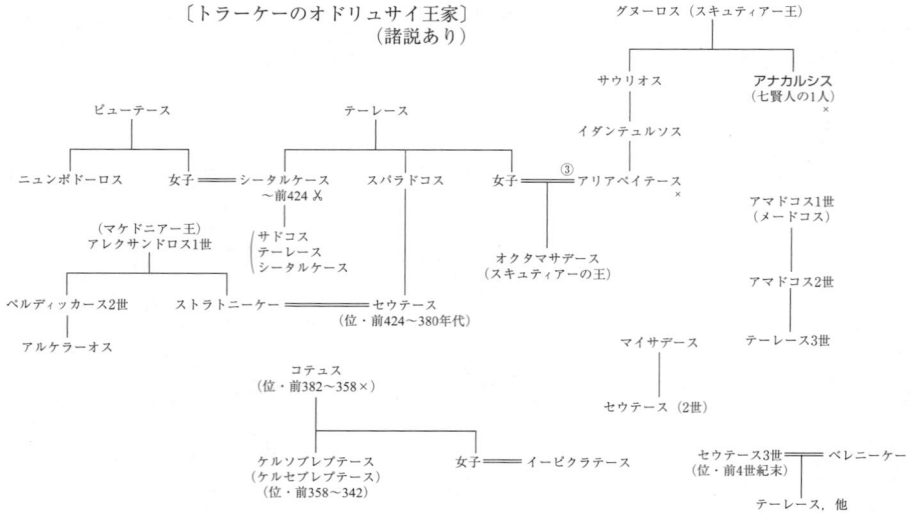

系図127　オドリュサイ（族）
〔トラーケーのオドリュサイ王家〕
（諸説あり）

シストラトスが結集させたホメーロス*の本文に、アテーナイの利益となる詩行を故意に挿入したり、オルペウス*の名のもとに詩や託宣集を創作・捏造したとも伝えられる（⇒オルペウス教）。
Herodot. 7-6/ Paus. 1-22, 8-31, -37, 9-35/ Schol. ad Hom. Od. 11-604/ Suda./ etc.

オノマルコス　Onomarkhos, 'Ονόμαρχος, Onomarchus, （仏）Onomarque, （伊）（西）Onomarco
（？～前352）第3次神聖戦争（前356～前346）時のポーキス*の将軍。兄ピロメーロス*の敗死（前354）後、その跡を継いで全権将軍 Strategos autokrator, Στρατηγὸς αυτοκράτωρ となる。マケドニアー*王ピリッポス2世*を2度にわたり撃破する（前353）など、祖国を強勢に導くかに見えたが、前352年テッサリアー*においてピリッポスに敗北。海辺まで落ち延びたところ、自軍の兵たちに殺され、その屍体はデルポイ*の神殿宝物を盗んだ廉でピリッポスの命により磔刑に処せられた。

ギリシア人の常として彼は男色を極めて好み、シキュオーン*のピュートドーロス Pythodoros, Πυθόδωρος の息子が美青年だったので、これと性交したあと、デルポイの神殿に奉納されていた黄金製の運動用器具などを若者に贈呈。同様にして美男子のピュスキダース Physkidas やダミッポス Damippos らにも豪華な奉納物を贈ったという。
⇒パユッロス❷
Diod. 16-31～33, -35, -56, -61/ Paus. 10-2/ Just. 8-1～2/ Ath. 13-605/ Polyaenus 2-38/ Oros. 3-12/ etc.

オピーミウス、ルーキウス　Lucius, Opimius, （ギ）Opīmios, 'Οπίμιος, （伊）（西）Lucio Opimio
（前2世紀末葉に活躍）ローマの政治家。閥族派（オプティマーテース）の領袖。前121年の執政官（コーンスル）となり、民衆派（ポプラーレース）の護民官（トリブーヌス・プレービス）ガーイウス・グラックス*（グラックス兄弟*の弟の方）に強硬に反対し、その改革法案の多くを廃棄せんとしたため、両派は激しく衝突、武力闘争に発展し、グラックスや M. フルウィウス・フラックス*はじめ民衆派の党類3千人が殺されるに至った。翌前120年、彼は裁判なしにこれらの市民を処刑した廉で告発されるが、時の執政官 C. パピーリウス・カルボー❶*の弁護で無罪となる。しかしながら、ヌミディア*王国へ使節として派遣された時（前117）にユグルタ*から賄賂を受け取ったため、前110年に収賄罪に問われて失脚、デューッラキオン*へ追放され、この地で貧困のうちに死んだ。

なお彼が執政官に在職した前121年は、最良の葡萄酒がとれた年として名高く、以来「オピーミウスのワイン」vinum Opimianum という表現は「極上のヴィンテージ」の同義語となった。
Liv. Epit. 60～61/ Plut. Gracch. 32～39/ Sall. Jug. 16, 40/ Vell. Pat. 2-6～7/ Plin. N. H. 14-6, -16, 33-14/ Cic. Brut. 34 (128)/ Val. Max. 2-8/ etc.

オペルテース　Opheltes
⇒オペルテース

オペルラース　Ophellas
⇒オペッラース

オプス　Ops, Opis, （伊）Opi
ローマの豊饒多産の女神。サートゥルヌス*の妻とされ、したがってギリシアのレアー*と同一視される。収穫の神コーンスス*とも関係づけられ、彼女の祭礼はコーンススの場合と同じく8月と12月の年に2度行なわれた（8月25日のオピコーンシーウァ Opiconsiva, Opiconsivia またはオペコーンシーウァ Opeconsiva と、12月19日のオパーリア Opalia）。また大地母神として、キュベレー*やマグナ・マーテル*、ボナ・デア*、ケレース*などの諸神格とも同一と見なされることがある。カピトーリウム*丘上に彼女の神殿が、フォルム*に祭壇があった。
⇒オスキー
Liv. 39-22/ Dion. Hal. Ant. Rom. 2-50-3/ Macrob. Sat. 1-10/ Augustin. De civ. D. 4-23/ Varro Ling. 5-21, -64, -74, 6-21～22/ Liv. 39-22/ Festus 185～186, 202/ Dio Cass. 55-31/ Festus/ etc.

オプース　Opus, 'Οποῦς, （仏）Oponte, （伊）（西）Opunte
（現・Opús, Kipárissi, Kardhenitza）ギリシア本土、東ロクリス*の首邑。エウボイア*島対岸の、海から2.7km奥に入った所に位置。神話ではデウカリオーン*の創建とされ、名祖オプースはロクロス Lokros, Λοκρός（ロクロイ*人の祖）とプロートゲネイア Protogeneia, Πρωτογένεια（デウカリオーンの娘）との子と伝えられる（⇒巻末系図008）。ヘーラクレース*の愛した美少年アブデーロス*の生地、およびアキッレウス*の愛した念友パトロクロス*の出身市として知られる。オプース市は前700年頃、南部イタリアに最初のギリシア植民都市ロクロイ*（⇒ロクリー）を建設、その母市となったが、ペルシア戦争*後はあまり奮わず、やがて地震によって破壊された。
⇒ロクロイ・エピゼピュリオイ、ピリッポス❷
Thuc. 1-108, 2-32/ Arist. Hist. An. 9-37/ Pind. Ol. 9/ Strab. 9-425/ Hom. Il. 2-531, 18-326/ Mela 2-3/ Liv. 28-6/ Plin. N. H. 2-7/ Herodot. 7-203, 8-1/ etc.

オプティマーテース　Optimates, （〈単〉Optimas）, （独）Optimaten, （伊）Ottimati
閥族派。「最良の人々」の意。ローマ共和政末期（前2世紀末～前1世紀中頃）の元老院（セナートゥス）内の保守派。「門閥派」とも

系図128　オノマルコス

訳され、元老院の権威を重んじ、重要官職を独占しつつ、改革の企てに強硬に反対する一派。他方、民会（コミティア*）を地盤に政策を進めていこうとする一派がポプラーレース*（民衆派）で、両派は大勢のクリエンテース clientes（庇護民）を動員しながら互いに血で血を洗う対立抗争を繰り返した。オプティマーテースは、カエサル*対ポンペイユス*の内乱（前49～前45）の結果崩壊し去り、アウグストゥス*による事実上の帝政創始に至った（前27）。
⇒スッラ、ノービレース
Cic. Sest. 45, Fam. 7-6, Rep. 1-42, -43, Inv. Rhet. 2-17/ Liv. 3-39/ Cic. Comment. Pet. 5/ Tac. Ann. 4-32/ Sallust. Cat. 29/ etc.

オペッラース　Ophellas, ’Οφέλλας, (伊) Ofela, (西) Ofelas

（前355頃～前309頃）キューレーネー*の君主（在位・前322～前309）。

　マケドニアー*の軍人。アレクサンドロス大王*の東征に従い、大王亡きあと、プトレマイオス1世*の命によりキューレーネー*平定に赴き（前322）、この地の支配者となり、エジプトから事実上独立する。前310年、シケリアー*（現・シチリア）のアガトクレース*がカルターゴー*を攻撃した時には、その要請に応えて1万の兵を率い加勢に駆けつけたが、ほどなくアガトクレースに謀殺され、軍隊も奪われてしまう。これはオペッラースが美少年に目がないことを知ったアガトクレースが、自らの美しい息子ヘーラクレイデース Herakleides, ’Ηρακλείδης を人質として差し出し、オペッラースがたちまち彼に惚れ込んでしまい、その機嫌を取ることだけに夢中になっている隙を狙って急襲をかけた成果だという（いわゆる「美男の計」）。

　なお彼の妻エウリュディケー Eurydike, Εὐρυδίκη は、アテーナイ*の名門ピライダイ Philaidai, Φιλαΐδαι 家の出で、ミルティアデース* Miltiades, Μιλτιάδης の娘である。オペッラースの死後、キューレーネーはプトレマイオス1世の継子マガース*（⇒巻末系図043～045）の統治するところとなった。
⇒ティブローン❷
Diod. 18-21, 19-79, 20-40～42/ Paus. 1-6/ Just. 22-7/ Polyaenus. 5-3/ Plut. Demetr. 14/ Oros. 7-4/ Suda/ etc.

オペルテース　Opheltes, ’Οφέλτης, (仏) Opheltès, (伊) Ofelte, (西) Ofeltes
⇒アルケモロス

オムファレー　Omphale
⇒オンパレー

オライオン　Orion
⇒オーリーオーン（の英語訛り）

オラース　Horace
⇒ホラーティウス（の仏語形）

オーリーオーン　Orion, ’Ωρίων, (またはオーアリーオーン Oarion, ’Ωαρίων), (伊) Orione, (西) Orión, (葡) Órion, Orionte

　ギリシア神話中、ボイオーティアー*の巨人で名狩人。この世で最高の美男子だったという。ふつうポセイドーン*の子とされるが、父をアルキュオネー❷*の息子ヒュリエウス Hyrieus ‘Υριεύς とする説、母を大地女神ガイア*とする説もある。シーデー Side, Σίδη（「柘榴」の意）と結婚したが、妻は女神ヘーラー*と美を競ったので、地獄に堕とされたと伝えられる。オーリーオーンはポセイドーンから海上を歩く力を与えられており、キオス*島に赴いて王オイノピオーン*の娘メロペー❹*に求婚、酔って彼女を犯したため、オイノピオーンにより両眼を潰されて海岸に抛り出された。神託に従ってレームノス*島に着いた彼は、ヘーパイストス*の師匠たる小男ケダリオーン Kedalion, Κηδαλίων を捉えて肩に乗せ、日の昇る方へと案内させ、東方の涯で太陽の光線によって視力を回復した。次いで、その美貌を曙の女神エーオース*に見初められ、デーロス*島へさらわれて行ったが、2人の恋を嫉んだ狩猟の女神アルテミス*が矢で彼を射殺したという。しかし、オーリーオーンの死に様に関しては異説が多く、あるいはクレーター*島でアルテミスと一緒に狩りをしていて、オーリーオーンが「地上のあらゆる野獣を皆退治してみせる」と豪語したため、あるいはアルテミスに円盤投げの競技を挑んだため、あるいはアルテミス自身を犯そうとしたため、あるいはプレイアデス*姉妹を口説いて追い回したため、立腹したアルテミスないし大地ガイアの送った巨大な蠍に刺されて死んだと伝えられる。一説には、他ならぬアルテミスが彼に惚れ込み、これに嫉妬を覚えたアポッローン*神が彼女に沖合い彼方の物体を示して、「あれを射抜くことはできまい」と断言、それに応じて女神が矢を放ったところ、矢は見事に標的に命中したものの、実はオーリーオーンの頭を貫いていたともされている。死後彼が天に昇って星座になったことはすでにホメーロス*に言及されており、星と化したのちもオーリーオーンは猟犬セイリオス Seirios, Σείριος (〈ラ〉シーリウス Sirius) を伴いつつ、プレイアデス星団を追い回し、また同じく星座になった巨蠍（サソリ座〈ラ〉Scorpio）から逃れようとしているのであるとい

系図129　オーリーオーン

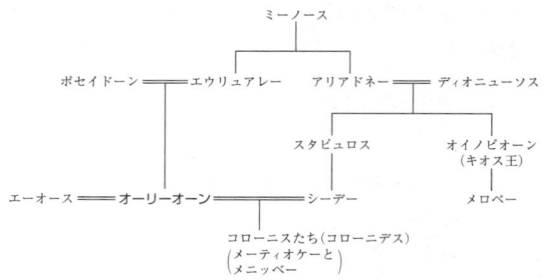

う。異伝によれば、彼はゼウス*、ポセイドーン、ヘルメース*の3神が揃って漏らした精液ないし小水から生まれたともいわれている。古代にはタナグラ*の地にオーリーオーンの墓と称するものがあった。
Hom. Il. 18-486〜, Od. 5-121〜, 11-572〜/ Hor. Carm. 3-4/ Hyg. Fab. 195, Poet. Astr. 2-34/ Apollod. 1-4-3〜-4-5/ Diod. 4-85/ Verg. Aen. 10-763〜/ Parth. Amat. Narr. 20/ Ov. Fast. 5-493〜/ Eratosth. Cat. 7-32/ Paus. 9-20/ Plin. N. H. 7-16/ Schol. ad Hom. Od. 5-121/ etc.

オーリゲネース　Origenes, Ὠριγένης, Origenes Adamantius,（英）Origen,（仏）Origène,（伊）Origene,（西）Orígenes,（露）Ориген
（後185頃〜254頃）初期キリスト教会のギリシア教父。アレクサンドレイア❶*学派の代表的神学者。エジプトに生まれ、アレクサンドレイアのクレーメーンス❷*の学校に学び、早くから俊秀ぶりを発揮。師が迫害時に逃走したのち、18歳の若さで教理学校の校長となる（203）。またアンモーニオス・サッカース*に師事して新プラトーン主義哲学をも修得（異説あり）、学問と教育に精励し、多方面にわたる博識多読のゆえに盛名こぶる高かった。厳格な禁欲主義を奉じ、性的誘惑を避けるべく自らを去勢して称賛を博したが、そのため、のちアレクサンドレイア主教デーメートリオス Demetrios, Δημήτριος（在任・189〜231／232）の猜疑を招き、資格を剥奪されたうえ、追放に処された（231頃）。パレスティナのカイサレイア*に新しく学校を設立し、ギリシア哲学を援用しつつキリスト教神学の体系化に努め、またローマ、アラビア、ギリシアなど各地を旅して説教を行ない、帝母ユーリア・ママエア*の招聘をも受けた。老齢に至ってデキウス*帝の迫害（250〜251）に遭い、投獄され何日間も拷責を加えられたが耐え抜き、釈放後テュロス*またはカイサレイアで没した。

たいへんな多作家で、その数6千に及ぶ著書を残し、アウグスティーヌス*と並ぶ古代最大の神学者として後代に甚大な影響を与えた。しかるに、彼のグノーシス*主義的傾向と大胆な比喩的聖書解釈などの教説は、やがて煩瑣な神学論争（オーリゲネース論争）を惹き起こし、400年には「異端」の烙印を捺され、552年にはついに「破門」宣言を下されるに至った（⇒ヒエローニュムス）。そのせいで著書も大半が散逸し、現存するものは断片ないし一部のラテン語訳に過ぎない。主著はキリスト教最初の教義論『諸原理について Peri Arkhōn, Περὶ Ἀρχῶν（ラ）De Principiis』、キリスト教批判に応じた護教書『ケルソス*駁論（ラ）Contra Celsum』、旧約の批判的研究書『六欄対訳聖書（ラ）Hexapla』などで、その他、厖大な聖書注釈と講話が知られている。迫害の折に逮捕された彼が、異教（非キリスト教）の神々を崇拝するか、エティオピア人の大男に肛門を犯されるか、どちらかを選ぶよう強いられて、前者を選んだという話も伝えられる。なお彼と同じくアンモーニオス・サッカースの弟子に、同名の新プラトーン主義哲学者オーリゲネース（3世紀）がいる。

またオーリゲネースの門弟ウァレシウス Valesius は、師に倣って自ら去勢したのみならず、弟子たちをもことごとく去勢させ、拒む者を縛り付けて手ずからその性器を切断、ウァレシウス派と称する去勢者宗団を創設した（250頃）。その他アンティオケイア❶*のレオンティオス Leontios（？〜257）や、リモーヌム Limonum（現・ポワティエ）のヒラリウス Hilarius（315頃〜367）、エジプトのマカリオス Makarios（300頃〜390頃）など、女犯の疑惑をそらせるべく自宮（自己去勢）を実践または推奨するキリスト教徒が後を絶たず、その伝統は近代ロシアの去勢者宗団スコプツィ Skoptsy, Скопцы 派にまで至っている。東ローマ帝国で総主教以下多くの聖職者・修道士が進んで自らを去勢したことも、周知の通りである。
Origenes De Principiis, De Oratione, Exhortatio ad Martyrium/ Euseb. Hist. Eccl. 6〜/ Hieron. De Vir. Ill. 54/ Nicephorus Callistus Hist. Eccl. 5-32/ Porph. Plot. 3-24〜/ Procl. Theol. Plat. 2-4/ Epiphanius Haer. 64-63/ etc.

オリーバシオス（オリーバシウス）　Oribasios
⇒オレイバシオス

オリュ（ー）ブリウス　Flavius Anicius Olybrius,（ギ）Olybrios, Ὀλύβριος,（伊）（西）Olibrio
（後430頃〜472年10月23日ないし11月2日）西ローマ皇帝（在位・472年4月12日（3月23日または7月11日とも）〜472年10月23日ないし11月2日）。名門アニキウス氏*出の元老院議員（セナートル*）。ヴァンダル*族がローマを劫掠した455年、コーンスタンティーノポリス*へ亡命し、のちウァレンティーニアーヌス3世*の2番目の娘・小プラキディア Placidia（母は皇后リキニア・エウドクシア*）を娶り（462）、464年には執政官（コーンスル*）に任ぜられる。この結婚を通じてテオドシウス朝とも、ヴァンダル王ゲイセリークス*とも姻戚関係をもつことになる。472年、東ローマ帝ゼーノーン*（ゼーノー*）によりイタリアへ送りこまれ、実力者リーキメル*の策謀で西ローマ皇帝に担ぎ上げられる（4月）。ローマ市の陥落と略奪、先帝アンテミウス*の惨殺（7月11日）ののち、ほどなくリーキメルにも先立たれる（8月）が、ゲイセリークスの支持もあって短いながら平穏な治世を完うした（単独在位3ヵ月13日。水腫症で死亡）。東ローマ帝国からは公式に帝位を承認されていない。
⇒巻末系図105
Procop. Vand. 1-57/ Sidon. Apoll. Ep./ Evagrius 2-16/ Zonaras 1-40/ Cassiod./ Jordan. Get./ Victor Chronica/ Marcellin./ etc.

オリュムピアス　Olympias
⇒オリュンピアス

オリュムピオドーロス　Olympiodoros
⇒オリュンピオドーロス

オリュムポス Olympos
⇒オリュンポス

オリュントス Olynthos, Ὄλυνθος, Olynthus, (仏) Olynthe, (独) Olynth, (伊)(西) Olinto
(のちの Hagia Maria, または, Aio–Mamas, 現. Néos Ólinthos 近くの遺跡) マケドニアー*東南部, カルキディケー*のパッレーネー Pallene, Παλλήνη 半島の付け根に位置する都市。ポテイダイア*の北方およそ 9 km の地にあり, 交通の要衝を扼する。伝承上の名祖オリュントスは, ヘーラクレース*(ないしストリューモーン Strymon, Στρυμών 河神) の子という。元来トラーキアー*(トラーケー*) 人の町で, ダーレイオス 1 世*(大王) の頃からアカイメネース朝*ペルシア*に臣従(前 512 頃) していたが, ペルシア戦争*末期の前 479 年, 離反を疑った将軍アルタバゾス❶*によって攻略され, 住民は湖に連行されて虐殺された。戦後, 近隣のカルキディケー地方のギリシア人が占住したため, ギリシア系植民市となり, アテーナイ*を盟主とするデーロス同盟*に参加した(のち離反)。前 433 年には整然たる都市計画のもと規則的な格子型道路網をもつ新市に再建され, さらなる集住 synoikismos も進んで町はめざましく拡大, 翌前 432 年に結成されたカルキディケー同盟の首府に選ばれた。やがてその勢力を警戒したスパルター*が 2 年間の包囲攻撃ののちオリュントスを占領(前 382～前 380), カルキディケー同盟を解散させた(前 379)。スパルターが衰退すると同盟は再結成され, 加盟都市は 32 に達した。その後オリュントスは, アンピポリス*市を援けてアテーナイに抵抗したり, マケドニアー王ピリッポス 2 世*と結んでポテイダイア市からアテーナイ人を放逐したり(前 357～前 356) したが, 間もなくマケドニアーに脅威を覚えるや一転してアテーナイと共謀しピリッポスに背いた。マケドニアー軍に包囲されると, アテーナイに助けを求め, 雄弁家デーモステネース❷*による力強い支持を得た(前 349～前 348) ものの, ついに前 348 年ピリッポス軍の計略で陥落し, 町は根こそぎ破壊され, 住民は奴隷に売られた。1928 年以来の発掘の結果, ヒッポダモス*式の町並みが明らかにされ, 古典期ポリス polis の遺構の貴重な例として重視されている。
Herodot. 7-122, 8-127/ Thuc. 1-58～/ Xen. Hell. 5-2-11～, -3/ Diod. 16-8/ Dem. 19/ Mela 2-2/ Cic. Verr. 2-3-21/ Plin. N. H./ etc.

オリュンピアー Olympia, Ὀλυμπία, (仏) Olympie, (伊) (西) Olimpia, (露) Олимпия
(現・Olimbía) ギリシアの聖地。ペロポンネーソス*半島の北西部エーリス*地方にあって, アルペイオス*(現・Alfiós) 河の右岸, クロノス*の丘(現・Krónion. 標高 125 m) の麓に位置する。大神ゼウス*の崇拝と, 4 年ごとに開かれるオリュンピア競技祭*とによって高名な汎ギリシア的宗教上の中心地。ミュケーナイ*時代からの居住の跡が確認されるが, ついに都市を成さず, アルティス Altis と呼ばれる神苑とその周囲に大規模な建造物が立ち並ぶ聖域にとどまった。デルポイ*と同じく古くは大地の女神ガイア*の神託所だったと伝えられる。古典期にはギリシア随一のゼウスの神域として知られ, 全土から届く奉納品や参詣人によって大いに賑わった。聖地と祭典の管理権をめぐり, エーリス人とピーサ*人との間で抗争が続いたが, 前 5 世紀の中頃までには完全にエーリスの管理下に置かれた。ゼウスの主神殿は, ピーサとの戦いで得た戦利品を資金に, エーリスの建築家リボーン Libon, Λίβων の設計で造営されたドーリス*式の神殿(前 470～前 456) で, 内陣には世界七不思議の 1 つに数えられた巨匠ペイディアース*の最高傑作「ゼウス大神座像」(高さ約 14 m。黄金象牙製) が安置されていた。さらに, 最古期の石造ギリシア神殿たるヘーラー*神殿(前 7 世紀初頭) や, 競技祭の創始者ペロプス*の墓廟(ポリス), 諸都市国家 polis が献納した宝物庫の列, 声を 7 度も反響させる列柱廊, 4 万人収容できる競走場(スタディオン), 体育場(ギュムナシオン), 格闘技場(パライストラー*), 古代最大の宿泊施設レオーニダイオン Leonidaion, Λεωνίδαιον などの諸建築の他, 優勝者たちのおびただしい裸体彫刻, 祭壇・記念碑の類が群立していた。しかしながら, ローマ帝政末期に狂信的なキリスト教徒によってことごとく破壊・略奪されて見る影もない廃墟と化した。
　19 世紀以来の発掘調査の結果, 各建造物の遺構が明らかにされ, プラークシテレース*作と伝えられるヘルメース*像やパイオーニオス*作の勝利の女神ニーケー*像, ゼウス神殿の破風とメトペー metope(メトープ), テラコッタ製の「ガニュメーデース*をさらうゼウス像」(前 480～前 470 頃) などの貴重な遺品も出土した(オリュンピアー博物館収蔵)。
⇒アルカメネース
Pind. Ol./ Paus. 5-4～6-21/ Strab. 8-353～/ Herodot. 2-160, 5-22/ Soph. O. T. 900/ Thuc. 1-121, 3-8/ Xen. Hell. 7-4/ Ptol. 3-16/ Dio. Chrys./ etc.

オリュンピア競技祭 Olympia, Ὀλύμπια, Olympiakoi Agōnes, Ὀλυμπιακοὶ Ἀγῶνες, (英) Olympic Games, Olympian Games, (仏) Jeux Olympiques, (独) Olympiade, Olympische Spiele, (伊) Giochi Olimpici, (西) Juegos Olímpicos
(オリンピック・ゲーム) 古代ギリシアを代表する全民族的祭典。競技はオリュンピアー*の神域で開催され, 主神ゼウス*に捧げられた。起源は, ペロプス*がオイノマーオス*王を戦車競走で破ったことを記念して創始したとも, 英雄ヘーラクレース*がエーリス*王アウゲイアース*を征服した時にペロプスの墓の傍で催したとも, クレーター*島から来たイーデー*山のダクテュロス*兄弟がゼウスを称えて始めたとも, 伝承によって区々(まちまち)である。前 776 年に, 一時中断されていた競技を, エーリス王イーピトス Iphitos, Ἴφιτος(前 8 世紀前半の人) が再開し, 以来 4 年ごとのゼウスの祭典時に規則的に催されるようになる(⇒オリュンピ

アス暦年)。後217年までの各回の優勝者名の記録が伝えられている。最初のうちは徒競走の勝利者名のみが記録されたが、やがて戦車競走、長距離走、レスリング、拳闘、パンクラティオン*、五種競技 pentathlon, Πένταθλον (走り幅跳び・円盤投げ・槍投げ・短距離走・レスリング) などが認められ、さらに少年の部も設けられた。エーリス周辺のみならず、メッセーニアー*、スパルター*など次第にギリシア各地からの参加者が増え、小アジアやシケリアー*(現・シチリア)といった遠方の植民市からも多くの競技者が積極的に集い、前6世紀には真の意味で全ギリシア人の民族的祭典となった。期間は新年に当たる夏季(農閑期)の5日間と定まり、その前後1ヵ月間は「神の休戦 ekekheiria, ἐκεχειρία」が公示され、あらゆる戦争(ペルシア戦争*やペロポンネーソス戦争*でさえも)が休止された。

参加資格者は自由身分のギリシア人男性のみで、競技はすべて全裸で行なわれた(⇒オルシッポス)。女人禁制が厳しく守られて、会場に近づく女は断崖から突き落とされたという。体育教師に変装した婦人が、息子の優勝に欣喜雀躍したあまり、柵をまたごうとして女陰を露出して発覚するという事件が生じて以来、付添いの教師たちも裸体で出場することを義務づけられた(⇒ディアゴラース❷)。なお練習時を含めてあらゆる運動種目を全裸で行なう風習は、クレーターやスパルターなどドーリス*系種族から起こってギリシア世界全域に広まり、ヘレニズム時代にはユダヤをはじめとするギリシア文明の影響を蒙ったオリエント・地中海世界に広く普及した。

オリュンピア競技はヘッラーノディカイ Hellanodikai, Ἑλλανοδίκαι と呼ばれる審判員によって判定された(審判員は前580年までは1名、前480年から9名、前472年以降は10名になった)。勝利者は神域内の野生オリーヴの枝で編んだ冠を授かるにとどまるが、英雄視されて詩人らに賞讃され、肖像彫刻を立てる栄誉を受けたばかりか、帰国すると凱旋将軍さながらに歓迎され終生にわたって優待された。迅足の持ち主だったアレクサンドロス大王*が「オリュンピア競技で徒競走に出てみませんか」と友人たちからすすめられた折に、「相手がみんな王ならばね」と答えて出場しなかった話は名高い。オリュンピア祭にはゼウスの祭壇に大供儀ヘカトンベー*が捧げられ、各地から大勢の人々が参集したので、この機会を利用して文人・哲学者たちが自己の思想や作品の公表を行ない、また演説や詩、絵画が披露される場ともなった。ヘレニズム・ローマ時代にはマケドニアー*ほか地中海周辺の諸所で各種競技をともなう「オリュンピア祭」なるものが開かれた。ネロー*帝などのローマ人もギリシアの大祭に参加するようになったが、キリスト教皇帝テオドシウス1世*の禁圧によって後393年(第293回)を最後に廃止された。ギリシアの4大競技祭とは、オリュンピアを筆頭にピューティア競技祭*、イストミア競技祭*、ネメア*競技祭をいう。
⇒ミローン、テアーゲネース❸、クレオメーデース、ペイドーン

Paus. 5-4~6-21/ Pind. Ol./ Thuc. 1-6, 5-47~/ Strab. 8-353~/ Herodot. 7-206, 8-26/ Ar. Plut. 583/ Plut. Thes. Lyc. Alex. 4/ Ael. V. H. 10-1/ Diod. 5-64/ Euseb. Chron./ etc.

オリュンピアス　Olympias, Ὀλυμπιάς,(伊)Olimpiade,(西)Olimpia

エーペイロス*王家の王女たち(⇒巻末系図028)。

❶(前375頃~前316年春)アレクサンドロス大王*の母。(別名・ポリュクセネー Polyksene, Πολυξένη、ミュルタレー Myrtale, Μυρτάλη、ストラトニーケー Stratonike, Στρατονίκη)エーペイロス*王ネオプトレモス1世*の娘。同王アレクサンドロス1世*の姉。マケドニアー*王ピリッポス2世*に4番目の妻として嫁ぎ(前357)、翌年アレクサンドロス大王*を産む。巷説では、オリュンピアスは蛇に変身した神ゼウス*=アンモーン*と交わって、大王を孕ったと伝えられる(⇒ネクタネボス2世)。

権高な女性で、唯一の正妃であるかのごとく振る舞い、前337年、夫王ピリッポスが若きクレオパトラー❶*(将軍アッタロス*の姪。ピリッポス2世の7番目の妻)と結婚すると、憤った彼女はマケドニアーから退去、異伝では姦通のゆえに離縁されたという。翌前336年のピリッポス暗殺事件には彼女が関与していた、と一般に信じられている(⇒パウサニアース❷)。夫が死ぬと、オリュンピアスはクレオパトラーとその子をひきずり出し、青銅の容器の上で焼き殺して溜飲を下げた。別説によると、幼児を膝にはさんで殺してから、クレオパトラーに縊死を強いたという。

息子アレクサンドロス大王の東征(前334~)中、野心家の彼女は摂政アンティパトロス❶*と終始対立、これを陥れようとさまざまに画策した。また、息子の念友(愛人)ヘーパイスティオーン*を妬んで厳しく非難する強迫まがいの手紙を送りつけたり、女色に無関心なアレクサンドロスに美しいヘタイラー*(遊女)をあてがって同衾させようと企てたりしたが、いずれも不首尾に終わった。次いで大王の死(前323)後に生じた王室の内紛では、大王の異母兄ピリッポス3世*・アッリダイオス(⇒巻末系図027)とその妻エウリュディケー*を捕えて殺害、さらに百人以上のマケドニアー貴族を血祭にあげ、孫のアレクサンドロス4世*を傀儡王として権力を握る(前317)。やがて、王位を狙うカッサンドロス*(在位・前316~前297)に攻撃されてピュドナ*へ逃れるが、町が降状するに及んで、逃亡に失敗する。オリュンピアスは彼女に怨恨を抱く人々の手に委ねられ、石打ちの刑に処されて果てた。

オリュンピアスは狂宴乱舞をともなうディオニューソス*の祭儀の熱狂的な信者であり、ピリッポス2世とともにサモトラーケー*島の秘教にも入信。また嫉妬深くて残忍な激しい性格の持ち主で、継子のピリッポス3世に緩慢な毒を飲ませて精神薄弱者にしたり、政敵を殺戮した後でそれを祝う饗宴を開催したり、捕えたピリッポス3世とエウリュディケー夫妻を狭所に閉じこめ極く小さい穴から最小限の食物だけを与えてゆっくり苦しめてから殺したことなどが伝えられている。

⇒クレオパトラー❷、ロークサネー、テッサロニーケー

Plut. Alex. 2～3, 9～10, 39, 68, 77/ Paus. 1-11, 4-14, 8-7, 9-7/ Arr. Anab. 3-6-5/ Curtius 5-2-29/ Diod. 19-11/ Just. 7-6, 9-5～, 11-11, 12-16, 13-6～, 14-5～/ Ath. 10-434～435, 13-560, 14-639/ etc.

❷（前3世紀）エーペイロス*王ピュッロス*の娘。実の兄弟アレクサンドロス2世*（在位・前272～前240頃）の妃となり、2男1女の母となる。夫王の死（前240頃）後、息子たちの摂政として権力をふるい、王国の安泰のため、娘プティーアー Phthia, Φθία（クリューセーイス Khryseis, Χρυσηῗς とも呼ばれる）をすでに妻帯しているマケドニアー*王デーメートリオス2世*に敢えて嫁がせる。ところが、相次いで王位に登った長男・小ピュッロス Pyrrhos, Πύρρος と次男プトレマイオス Ptolemaios, Πτολεμαῖος が、いずれも夭逝したので悲嘆に暮れ、精神を病んで絶命したという。別伝では、彼女は息子小ピュッロスの恋人ティグリス Tigris, Τίγρις なる娘を毒殺したため、報復として息子により毒殺されたとされている。

なお孫娘（一説には曾孫）のデーイダメイア Deidameia, Δηϊδάμεια に子がなく、王制廃止を望む人々によって彼女が処刑されたので、アイアキダイ Aiakidai, Αἰακίδαι（アイアコス*の末裔）朝の血統は断絶した（前232頃）。
Just. 28-1, -3/ Ath. 13-589f/ Paus. 4-35/ Phot. Bibl./ etc.

オリュンピアス暦年 Olympias, Ὀλυμπιάς,（英）
　　　　　　　　　Olympiad,（仏）（独）Olympiade,（伊）
　　　　　　　　　Olimpiade,（西）Olimpíada

（オリンピア紀）ギリシアの暦数の単位で、1つのオリュンピア競技祭*から次の競技祭までの4年の期間を指す。エーリス*のコロイボス Koroibos がスタディオン*（短距離走）に優勝した前776年から起算する。この紀年法は、シケリアー*（現・シチリア）の史家ティーマイオス❷*によって初めて用いられ（前264）、以来ポリュビオス*やシケリアーのディオドーロス*、ハリカルナッソス*のディオニューシオス*らにも採用されたが、ギリシア人の日常生活において使われることはなかった。古代ギリシアでは各ポリス polis が固有の暦法（太陰太陽暦）をもっており、アテーナイ*の新年は夏至の頃に始まり、各年は筆頭アルコーン* Arkhon Eponymos, Ἄρχων Ἐπώνυμος の名で呼ばれていた。またオリュンピアス暦年の他に、ピューティア競技祭*やネメア競技祭*、イストミア競技祭*の各開催年を基準とする紀年法も行なわれた。
⇒メトーン
Paus. 5-8, 8-26/ Timaeus 21/ Polyb./ etc.

オリュンピオドーロス Olympiodoros, Ὀλυμπιόδωρος,
　　　　　　　　　Olympiodorus,（仏）Olympiodore,（伊）（西）
　　　　　　　　　Olimpiodoro

（後4世紀後期～5世紀前半）古代末期のギリシア系歴史家、詩人。エジプトのテーバイ❷*出身。コーンスタンティーノポリス*の宮廷に仕え、使節としてフン*族（フンニー*）のもとへ派遣されたり（412頃）、ウァレンティーニアーヌス3世*の即位に西ローマ帝国へ赴いたり（425）、広く各地を旅行。ホノーリウス*帝の治世を中心とする407年から425年の西ローマ帝国史『歴史 Historikoi Logoi, Ἱστορικοὶ Λόγοι』（22巻）を著わし、東ローマ帝テオドシウス2世*に献呈した。伝統的宗教（非キリスト教）を奉ずるオリュンピオドーロスは、きわめて有能かつ独創的な歴史家で、記述は正確にして偏向がなく、ピロストルギオス*、ソーゾメノス*、ゾーシモス*らの史家によって引用された。原作は散逸したが、9世紀のポーティオス Photios による摘要が残っている。

その他、同名の人物に、ヘレニズム期アテーナイ*の指導者で、アルコーン*やストラテーゴス*（将軍）職にたびたび就き、カッサンドロス*およびアンティゴノス朝*マケドニアー*軍を幾度も撃退したオリュンピオドーロス（前307頃～前280頃に活躍）とか、アカデーメイア*学派の懐疑主義的な学頭カルネアデース*の弟子たるガーザ*のオリュンピオドーロス（前2世紀後半）、古代末期のペリパトス（逍遥）学派の哲学者オリュンピオドーロス（後410頃～485頃）、新プラトーン主義哲学者のオリュンピオドーロス（後495頃～570頃。アレクサンドレイア❶*学派最後の長）らが知られている。
Paus. 1-25, -29 10-18, -34/ Olympiodorus Epistulae 2-256/ Plut. Arist./ Herodes Atticus 9-21/ Herodot. 9-21/ Marinus Vit. Procl. 9/ Phot. Bibl. 80/ etc.

オリュンポス Olympos, Ὄλυμπος, Olympus,（伊）（西）
　　　　　　　Olimpo

（前8世紀頃）ギリシアのなかば伝説的な音楽家。小アジアのプリュギアー*人。竪笛 aulos, αὐλός 音楽をギリシア人に伝えた抒情詩人で「ギリシア音楽の祖」と称される。時にマルシュアース*の弟子にしてその愛人（男色相手）でもあった竪笛の名手オリュンポス（トロイアー戦争*以前にいたというミューシアー*の若者。マルシュアースの父あるいは子とされることもある）と混同される。歴史上の音楽家オリュンポスは、タレータース*（前7世紀頃）より昔、ミダース*王の時代（前736頃～前696頃在位）に活躍したと想定されている。
⇒クロナース
Plut. Mor. 1132f, 1133d～f, 1134e～f, 1135b, f, 1136c, 1137a～b, d/ Hyg. Fab. 165, 273/ Apollod. 1-4-2, 2-7-8/ Ov. Met. 6-393/ Paus. 10-30-9/ Nonnus Dion. 10-233/ Suda/ etc.

オリュンポス Olympos, Ὄλυμπος, Olympus,（仏）
　　　　　　　Olympe,（独）Olymp,（伊）（西）Olimpo,（和）
　　　　　　　オリンポス*

（現・Ólimbos）古代ギリシア人が神々の住居があると見なした山の名。民族移動の影響で、ミューシアー*、アルカディアー*、エーリス*、キュプロス*など各地に同名の山があったが、その中で最も名高いのがテッサリアー*とマケドニアー*の国境地帯に聳え立つギリシア第1の高山オリュンポス（現・Ólimbos、または Lacha、Elymbo、Elympo、標高

2917m）である。ホメーロス*以来、その最高峰に主神ゼウス*の宮殿があり、オリュンポスの神々が饗宴の日々を送っているものと想像されている。オリュンポス神族は、ゼウスとその兄弟姉妹・子供たちから成る一族で、通常オリュンポスの12神といえば、ゼウス、ヘーラー*、ポセイドーン*、アポッローン*、アテーナー*、アプロディーテー*、アルテミス*、ヘルメース*、アレース*、ヘーパイストス*、デーメーテール*、ヘスティアー*（またはディオニューソス*）の12柱を指す。これらは侵入したギリシア人の最高神ゼウスの周囲に、先住民族や東方起源の神々が集められたもので、ギリシア人固有の神はむしろ少ないといえる。やがて天上に神々が暮らすと考えられるようになると、オリュンポスは天界の宮居を意味する言葉にも用いられるようになった。

　風格ある神々しい人物や卓越した技量をもつ人を示す近代ヨーロッパ諸語（英）Olympian,（仏）Olympien,（独）Olympier などは、オリュンポスから派生した言葉である。
⇒オッサ、テンペー、リュカイオン、パルナーソス
Hom. Il. 5-360, -749～, Od. 6-42～/ Schol. ad Ap. Rhod. 1-598/ Aesch. PV 149/ Soph. O. T. 867, O. C. 1655/ Herodot. 1-56, 7-128/ Thuc. 4-78/ Ptol. Geog. 3-13/ Strab. 7-329, 9-430/ Hes. Th. 118/ etc.

オリンパス　Olympus
⇒オリュンポス（の英語訛り）

オリンピア　Olympia
⇒オリュンピアー

オリンピアス　Olympias
⇒オリュンピアス

オリンピアード（オリンピア紀）（英）Olympiad
⇒オリュンピアス暦年

オリンピック・ゲーム（英）Olympic Games, Olympian Games,（仏）Jeux Olympiques,（独）Olympiade, Olympische Spiele,（伊）Giochi Olimpici,（西）Juegos Olímpicos
⇒オリュンピア競技祭

オリンポス　Olympos
⇒オリュンポス

オルカデース（諸島）　Ocrades,（ギ）オルカデス Orkades, Ὀρκάδες（現・オークニー Orkney およびシェトランド Shetland 諸島）,（仏）Orcades,（独）Orkaden,（伊）Orcadi,（西）Órcadas
　ブリタンニア*の北方にある島々。前325年頃ギリシア人航海者ピューテアース*によって発見されたといい、後 80年頃ブリタンニアを巡航したローマの総督アグリコラ*麾下の艦隊に征服されたことが知られている。
⇒トゥーレー
Mela 3-54/ Tac. Agr. 10/ Ptol. Geog. 2-3/ Plin. N. H. 4-16/ Mela 3-6/ Oros. 1-2/ Jordan. Get. 1/ etc.

オルクス　Orcus,（独）Orkus,（伊）（西）（葡）Orco
　ローマの死の神。エトルーリア*起源の神格で、死者を冥界へ拉し去り、地獄に幽閉する恐るべき存在とみなされた。エトルーリア人の墳墓内の壁画には、鬚を生やした巨人の姿で描かれており（Tomba dell' Orco）、のちにギリシアのハーデース*やプルートーン*、またローマのディース・パテル*らと同一視されるようになった。冥府そのものも、オルクスの名で表現され、後世の民間伝承の世界では、人喰い鬼オグル Ogre に変化した。なお、女性形オルカ Orca は、海の怪獣、鯱（シャチ）,（英）orca,（仏）orque を指す言葉となっている。
Lucr. 1-115, 6-763～/ Augustin. De civ. D. 7-16/ Serv. ad Verg. G. 1-277/ Prop. 3-19, -27/ Petron. Sat. 34, 45/ etc.

オルコメノス　Orkhomenos, Ὀρχομενός,（Erkhomenos, Ἐρχομενός）, Orchomenus,（仏）Orchomène,（独）Orchomenos,（伊）Orcomeno,（西）Orcómeno
（現・Orhomenós）ギリシアの都市名。

❶（現・Skripu）Ὀρχομενὸς Μινύειος ボイオーティアー*地方コーパーイス*湖の西方岸にあった町。ケーピッソス❷*河近くに位置し、旧（ふる）く新石器時代より繁栄した古都。伝説でもミニュアース*王が支配した地として名高い。ミュケーナイ*時代には、コーパーイス湖を干拓して広大な耕地を擁し、交通の要路を扼して海上貿易に活躍、富強をもって鳴った。優雅の3女神カリテス*の崇拝で知られ、また酒神ディオニューソス*の祭礼においては、ミニュアースの娘たちの伝承に従って、ローマ帝政期に入ってからも人身供犠が行なわれていたという。中部ギリシア最大の勢力を誇ったオルコメノスも、歴史時代になるとテーバイ❶*に圧迫され、干拓地は再び沼沢と化し、ために漸次衰えて、ついに前364年ボイオーティアー同盟により破壊された。マケドニアー*王ピリッポス2世*の手で再建されるが、その後ふるわず、わずかに前85年ローマの将スッラ*がポントス*の大王ミトリダテース6世*軍を破った古戦場として知られるに過ぎない。シュリーマン以来の発掘（1880, 1886～）の結果、「ミニュアースの宝庫」と称されるミュケーナイ時代の大穹窿墓や王宮跡、さらには前4世紀頃の城塞跡なども明らかにされている。ローマ時代の旅行家パウサニアース*によれば、市内のアゴラー*には、かつて、悪疫が流行した際に、デルポイ*の神託に従って、ナウパクトス*地方の岩の割れ目から発見された詩人ヘーシオドス*の遺骨が祀ってあったという。なお小アジア西岸の都市テオース*は、オルコメノスのミニュアース人*（ミニュアイ*）が建設したとされる植民市である。

⇒アガメーデースとトロポーニオス、アクタイオーン、カイローネイア

Hom. Il. 2-511, 9-381, Od. 11-283, -458/ Paus. 9-34~/ Herodot. 1-146, 8-34, 9-16/ Xen. Hell. 3-5, 5-1/ Strab. 9-407~/ Thuc. 3-87, 4-76/ Plin. N. H. 4-8/ Plut. Sull. 20/ Diod. 4-10-3~/ Isoc. 14-10/ Steph. Byz./ etc.

❷（現・Kalpaki 近くの遺跡）Ὀρχομενός ὁ Ἀρκαδικός アルカディアー*地方東部の都市。マンティネイア*の北西に位置し、その街道沿いにペネローペー*やアンキーセース*の墓があったと伝える。ミュケーナイ*時代からの古い町で、トロイアー戦争*にも参加。アルカイック期（ことに前7世紀）には、アルカディアー全土の中心都市として勢力をふるった。しかし、その威権もやがてはマンティネイア市の、さらにはメガロポリス*（メガレー・ポリス*）市の掌中へと移っていった。前3世紀には、アイトーリアー同盟*、スパルター*、アカーイアー同盟*に次々とめまぐるしく服属し、ついにはローマの属州アカーイア*に併呑された（前146）。アルテミス*の崇拝で名高く、この女神に仕える男女の祭司は生涯、童貞と処女を守り通さなければならないと定められていた。

なお同名の都市オルコメノスは、アカーイアー・プティーオーティス*やエウボイア*島などにもあった。
⇒テゲアー

Hom. Il. 2-605/ Paus. 8-12~13/ Strab. 8-388, 9-416/ Xen. Hell. 6-5/ Plin. N. H. 4-6/ Thuc. 5-61/ Herodot. 8-102, 9-28/ Diod. 15-62/ Polyb. 2-46, -54, 4-6/ Plut. Arat. 5/ Liv. 32-5/ etc.

オルシッポス　Orsippos, Ὄρσιππος (Orrhippos, Ὄρριππος), Orsippus,（伊）Orsippo,（西）Orsipo

（前8世紀後半）オリュンピア競技祭*の優勝者。メガラ*の出身で、全裸で運動競技を行なうギリシア人の慣習を創始したとされる人物。前720年のオリュンピア競技祭で短距離走に出場した折に、裸体の方が走りやすいと思って、わざと下帯がずり落ちるようにしておき、これによって目出度く勝利の栄冠に輝いた。以来ギリシア人はオルシッポスに倣って真裸で体育を行なう風習を採り入れたという。彼が下帯を棄てるのを見て、後から走っている者たちも皆、それを真似て脱いだという滑稽な話も伝わっている。オルシッポスはのちに将軍となって西隣コリントス*との国境紛争に活躍し、少なからぬ土地を奪い取って名を成した。

異説によると、オリュンピア競技祭において素裸で走った最初の人はスパルター*のアカントス Akanthos, Ἄκανθος なる者（前720年の長距離走）であったという。スパルターではクレーター*（クレーテー*）島に倣って、体育をする時に公然と全裸になり、体中に油を塗る慣行が普及し、その慣習がギリシア世界全域に拡まって行ったのだとも説かれている。
⇒ラーダース

Paus. 1-44, 5-8/ Dion. Hal. Ant. Rom. 7-72/ Thuc. 1-6/ etc.

オルティアー（または、**オルテイアー**）　Orthia, Ὀρθία, Ortheia, Ὀρθεία,（伊）（西）Ortia

ギリシアの女神アルテミス*のスパルター*およびアルカディアー*における異称。スパルターのオルティアー祭壇では、毎年裸の少年たちを徹底的に鞭打って血を流させる儀式ディアマスティゴーシス Diamastigōsis, Διαμαστίγωσις が行なわれていた。これは通常、アルテミスに捧げる人身御供のなごりだと考えられている。

Xen. Lacedaemon. 2-9/ Plut. Mor. 239c, Thes., Lyc. 18, Arist./ Paus. 3-16/ etc.

オルテュギアー　Ortygia, Ὀρτυγία, Ortygiē, Ὀρτυγίη,（仏）Ortygie,（伊）（西）Ortigia

ギリシア系の地名。

❶デーロス*島の古名。「鶉（オルテュクス ortyks）の島」の意。女神アステリアー*がゼウス*の求愛から逃れるべく鶉に変身して海に身を投じ、この島と化したと伝えられる。彼女の姉妹レートー*が、のちにこの地でアルテミス*とアポッローン*を出産したという。あるいは、嫉妬深いヘーラー*の追及をかわすためゼウスによって鶉に転身せられたレートーがこの島に逃れて2神を分娩したことから、この名がついたとも伝えられる。よってオルテュギアーは、アルテミス女神の異称の1つともなっている。
⇒巻末系図 002

Hom. Od. 5-123/ Hymn. Hom. Ap. 16/ Ov. Met. 1-651, Fast. 5-692/ Verg. Aen, 3-124/ Callim. Ap. 59/ Ap. Rhod. Argon. 1-537/ etc.

❷シュラークーサイ*（現・シラクーザ）にある小島の名（現・オルティージャ Ortigia,〈シチリア語〉Ortiggia）。ギリシア人はここに居住していた先住民を放逐して植民を開始（前734）。当初は周囲2マイルのこの島に限られていたシュラークーサイ市も、人口の膨張につれて本土にも拡大していき、島は道路で本土と結ばれて難攻不落の要塞と化した。またこの島は、かのアレトゥーサ*の泉（伊）Fonte Aretusa があることで名高い。

その他、女神アルテミス*生誕の地とされるエペソス*近郊の森をはじめとする数ヵ所に同名の地があった。
Pind. Pyth. Ol. 6-92, Pyth. 2-7, Nem. 1-2/ Strab. 1-23, 6-270~/ Tac. Ann. 3-61/ Diod. 5-3/ etc.

オルトロス（または、**オルトス**）　Orthros, Ὄρθρος, Orthrus, Orthos, Ὄρθος, Orthus,（伊）（西）Orto,（西）（葡）Ortos

ギリシア神話中、怪人ゲーリュオーン*の牛群の番犬。双頭蛇尾を有するという。巨龍テューポーン*とエキドナ*との間に生まれ、のち母エキドナと交わってスピンクス*やネメアー*の獅子を儲けた（⇒巻末系図 001）。ゲーリュオーンの牛を盗みにきたヘーラクレース*に襲いかかったが、逆に棍棒で撃ち殺された（第10の功業）。地獄の猛犬ケルベロス*やキマイラ*など一連の怪物群の長兄に当たる。もとはアトラース*の犬だったともいい、双頭ではな

く7つの蛇頭をもっていたとか、胴体は蛇の形をしていたとかさまざまに伝えられる。
⇒ヘーラクレースの12功業
Hes. Th. 293, 309/ Apollod. 2-5/ Schol. ad Ap. Rhod. Argon. 4-1399/ Quint. Smyrn. 6-249, -260/ etc.

オルビアー　Olbia, ’Ολβία

（現・〈ウクライナ語〉Олвія,〈ロシア語〉Олвия, Ólvia）黒海北岸、ボリュステネース*（現・ドニエプル Dnepr）河とヒュパニス Hypanis Ὕπανις（現・ブグ Bug）河の合流する河口付近の都市。前645年頃、ミーレートス*の植民市として建設され、以来、穀物輸送の重要な交易港となり、前6世紀から前4世紀中頃にかけて大いに繁栄した。別名ボリュステネース Borysthenes、あるいは、ミーレートポリス Miletopolis, Μιλητόπολις、オルビオポリス Olbiopolis, ’Ολβιόπολις。哲学者ビオーン❷*の生地。前60年頃、ダーキア*王に劫掠され、その後再建されたものの、かつての隆盛は見られず、後3世紀にゴート*人（ゴトーネース*）およびアラン*人（アラーニー*）によって破壊された。ゼウス*神殿やアポッローン*神殿のある聖域、および公共広場アゴラー*を中心とする古代都市の遺跡が発掘されている（現・ウクライナ共和国領）。

他にもギリシア世界には、ビーテューニアー*やパンピューリアー*など各地に同名の市があったが、なかでもサルディニア*島の東北部に建てられた海港都市（後世の Terranova Pausania。現・オルビア Olbia）はとりわけ有名。
Strab. 4-100, 7-306/ Plin. N. H. 4-12/ Cic. Q. Fr. 2-3/ Herodot. 4-18/ Scymn. 804〜812/ Ptol. Geog. 3-5/ Mela 2-1/ Eutrop. 6-10/ Jordan. Get. 5/ etc.

オルビリウス　Lucius Orbilius Pupillus,（伊）Lucio Orbilio Pupillo,（西）Lucio Orbilio Pupilo

（前113〜前14頃）ローマ共和政末期の文法学者。ホラーティウス*の教師。ベネウェントゥム*の生まれ。故郷で教えていたが、50歳の時にローマへ移り開校（前63）。厳格な人柄で知られ、何かといえば生徒を鞭や杖で打ったので、ホラーティウスから「鞭打ち屋」Plāgōsus という渾名をつけられた。早くに両親を政敵の姦策で殺され、若い頃から貧困と下積みの苦労を重ねたせいか、片意地な毒舌家となり、満座の法廷において反対側の弁護人ムーレーナ❸*の佝僂を嘲弄したこともある。百歳近い長寿を保ったとはいえ、死ぬかなり前から記憶力を喪っていたという。
Suet. Gram. 9/ Hor. Epist. 2-1/ Macrob. Sat. 2-6/ etc.

オルフィク教　Orphism, Orphicism
⇒オルペウス教

オルフィ（ッ）ク　（英）Orphic,（仏）Orphique
⇒オルペウス教徒（オルピコス）

オルフェ　Orphée
⇒オルペウス*（の仏語形）

オルプェウス　Orpheus
⇒オルペウス

オルプェウス教　Orphism
⇒オルペウス教

オルプェウス教徒　Orphikos
⇒オルペウス教徒

オルペウス　Orpheus, ’Ορφεύς,（Orphēs, ’Ορφής,〈ドーリス*方言〉Orphās, ’Ορφάς）,（仏）Orphée,（伊）（西）Orfeo,（葡）Orfeu,（露）Орфей

ギリシア伝説中、最大の詩人・音楽家。オルペウス教*の創始者に擬せられる。河神オイアグロス Oiagros, Οἴαγρος またはアポッローン*を父とし、ムーサイ*の1人カッリオペー*を母として、トラーケー*（トラーキアー*）に生まれる。竪琴の名手で、アポッローンからこの楽器を贈られ、ムーサイに演奏法を教わったとも、自ら竪琴を発明ないし改良したともいい、その歌には鳥獣はおろか山川草木まで聞き惚れたと伝える。アルゴナウタイ*の冒険に加わり、すぐれた伶人として活躍、音楽の力で見張り番の竜を眠らせて金羊毛皮の奪取に協力し、セイレーン*たちの魔の歌声をかき消して無事にアルゴー*船の勇士らを帰還させた。妻のエウリュディケー*が毒蛇に咬まれて死んだ時（⇒アリスタイオス）、彼女を取り戻すべく冥界へ降り行き、楽の音でハーデース*とペルセポネー*を魅了、「地上に辿り着くまで決して後ろを振り返らないならば」との条件の下に、妻を連れ帰ることを許される。ところが、最後の瞬間になって禁を破り、振り向いてエウリュディケーの姿を見たため、彼女はたちまち黄泉の国に引き戻されてしまい、2度と再会は認められなかった。以来彼は女を近寄せず男色のみを好んだ（⇒カライス）ので —— または彼の創設した秘教（ミュステーリア*）に女を入れなかったために ——、トラーケーの女たちの憎しみを買い、ディオニューソス*祭の狂乱の渦中、彼女らに八つ裂きにされてヘブロス Hebros, Ἕβρος（現・Maritza）河に投げ込まれた（⇒イスマロス）。バラバラになった遺骸の断片はムーサ*たちの手でピーエリアー*に葬られ、首と竪琴は河を下って海に流れ出、レスボス*島に漂着、島民によってその地に埋葬された（以後レスボスから傑出した抒情詩人が輩出するようになったという）。オルペウスの魂は白鳥と化し、竪琴は天上に配されて星座（＝琴座〈ラ〉Lyra）になったとされる。また彼自身はエーリュシオン*の野に移されて、白衣をまとい歌を唄い続けているという。

オルペウス伝承には異説が多く、エウリュディケーを冥府から連れ戻すことに成功したとも、入信者に神々の秘密を洩らしたためゼウス*の雷霆で撃ち殺されたとも、死後もその首は洞窟内に安置されて予言を述べ続けたともさま

ざまに伝えられ、彼の墓と称する地がギリシアの随所にあった。オルペウスの名のもとに『神統記(テオゴニアー)』や『アルゴナウティカ』、『諸神讃歌』など数多くの詩篇がギリシア古典期以降流布したが、それらはすべて後代に作られた偽書に過ぎない（⇒オノマクリトス）。オルペウスはまたムーサイオス❶*、リノス*、エウモルポス*らの師とされ、ホメーロス*やヘーシオドス*の先祖に仮冒されることもあった。その姿はギリシア・ローマ美術の好題材として彫刻や浮彫、陶画、モザイク画などに描かれ、特に古代末期のキリスト教美術に模倣されて、4世紀には竪琴を奏でるオルペウスの恰好でキリストが表現される作例もあった。

音楽堂を意味するドイツ語 Orpheum や、男声合唱団ないし吹奏楽団を意味するフランス語 Orphéon などは、オルペウスの名から派生した言葉である。

Pind. Pyth. 4-177/ Aesch. Ag. 1630/ Eur. Bacch. 562〜, I. A. 1211〜, Alc. 357〜/ Diod. 1-96, 3-65, 4-25, 5-77/ Hyg. Fab. 14, 164, Poet. Astr. 2/ Apollod. 1-3, -9, 2-4/ Verg. G. 4-453〜/ Ov. Met. 10-8〜, 11-1〜/ Conon Narr. 45/ Ap. Rhod. Argon. 1-23〜/ etc.

オルペウス教 Orphismos, Ὀρφισμός, Orphismus, （英）Orphism, （仏）Orphisme, （伊）（西）（葡）Orfismo

伝説上の詩人オルペウス*が創設したというギリシアの密儀宗教。教祖と成文化した教義（聖典）とを有するギリシア最初の唱導宗教として知られる。他のあらゆる秘教(ミュステーリア*)と同じく、起源は先ギリシア時代の儀礼に遡ると考えられ、前7〜6世紀頃にアッティケー*（アッティカ*）および南イタリアを中心にギリシア各地に普及した。ホメーロス*以来の伝統的な神話とはまったく異なる独自の宇宙生成論(コスモゴニアー) kosmogonia と来世思想をもつが、流布された伝承がどの程度まで古いオルペウス聖歌の内容を伝えているのかは、途中で文章が改竄された形跡もあって（⇒オノマクリトス）疑問視されている。中核を成すのはディオニューソス*＝ザグレウス*の神話で、人間はこの神を食い殺したティーターン*らの屍灰から生じたため、邪悪なティーターンの性を享け、一方ではザグレウスの肉のゆえに神性にも与っているとされる。人の霊魂は、あたかも牢獄に閉じ込められたかのように肉体に閉じ込められており、死後は肉体を離れて冥界で裁きを受け、その善悪に応じて輪廻転生を繰り返す。この無限の循環を脱し永遠の至福に入るには、ディオニューソス＝ザグレウスの祭儀に加わり、戒律に従った禁欲生活を送ることによって霊魂を浄化しなければならない、というものである。オルペウス教徒*の行なった神秘的な祭儀の中には、神の象徴たる雄牛を八つ裂きにして、その生肉を食うという一種の聖餐式も含まれていたと伝えられる。霊肉の二元論、個人の罪と罰の観念、神の受難（死）と再生、魂の不滅とその救済、地獄と極楽の思想、および贖罪と赦免の教義、禁欲主義的な生活習慣などの特徴は、すぐれて東方的なものであり、ピュータゴラース*学派やプラトーン*らに与えた影響は甚(はなは)だ大きい。古典期ギリシアでは犠牲や呪文を専らとする迷信に堕していったが、ローマ帝政期になって復興し、後2〜3世紀頃にはキリスト教の最も容易ならざる競争相手となっていた。

なお、オルペウス教の宇宙生成論に関しては、カオス*、ニュクス*、エロース*などの項を参照。

Herodot. 2-81/ Ar. Av. 685〜/ Pl. Leg. 6-782c, Resp. 2-363〜365/ Pind. Pyth. 4/ Eur. Hipp. 952〜/ Paus. 5-37, 9-30/ Diod. 3-62, -65/ Fragmenta Orphicorum/ etc.

オルペウス教徒 Orphikos, Ὀρφικός, Orphicus, （英）Orphic, （仏）Orphique, （独）Orphiker, （伊）Orfico, （西）Órfico, （複）Orphikoi, Ὀρφικοί, Orphici

⇒オルペウス教

オレイアスたち Oreias, Ὀρειάς, （ラ）オレーアス Orēas, （英）Oread, Orestiad, （仏）Oréade, Orestiade, （独）Oreade, （伊）Oreade, （西）Oréade, （複）**オレイアデス** Oreiades, Ὀρειάδες, （または、オレアデス Oreades, Ὀρεάδες）, Oreades, （英）Oreads, Orestiads, （仏）Oréades, Orestiades, （独）Oreaden, （伊）Oreadi, Orestiadi, （西）Oréades

ギリシア神話中、山のニュンペー*（ニンフ*）たち。ゼウス*の娘とも、ポローネウス*とヘカテー*の間に生まれた娘たちともいう。女神アルテミス*の従者として狩猟に加わる。

⇒エーコー

Ar. Aves 1088, Thesm. 324, 970/ Hymn. Hom. Ven. 256/ Strab. 10-3-9/ Nonnus Dion. 6-257, 14-203/ Verg. Aen. 1-504/ Ov. Met. 8-787/ Bion 1-19/ etc.

オレイバシオス（オリーバシオス） Oreibasios, Ὀρειβάσιος, (Oribasios, Ὀριβάσιος), （ラ）オリーバシウス Oribasius, （仏）Oribase, （伊）（西）Oribasio

（後320／325頃〜403頃）後期ローマ帝政時代のギリシア系医学教師。ペルガモン*（またはサルデイス*）出身の異教徒（非キリスト教徒）。ユーリアーヌス*帝の友人かつ侍医となり、ガッリア*へ随行し（355）、ルーテーティア*（現・パリ）におけるユーリアーヌスの正帝(アウグストゥス*)即位に協力（360）。ペルシア遠征中の同帝の死にも立ち会った（363）。続くウァレーンス*帝の治下に財産没収のうえゴート*族のもとへ追放されたが、流刑地にあっても優れた医術のゆえに神のごとく尊敬されたという。間もなく帰国を許され（369頃）、財産も返還されて、良家の婦人と結婚、4人の子供を儲けた。主著はユーリアーヌスの要請に応えて編纂した厖大なギリシア・ローマ医学書からの抜粋集成『医学要覧 Iatrikai Synagogai, Ἰατρικαὶ συναγωγαί, （ラ）Collectiones medicae』全70（72とも）巻（25巻のみ現存）で、彼独自の知

見は加えられていないが、ビザンティン時代にもよく読まれ、ラテン語のみならずシリア語・アラビア語にも訳されて、イスラーム世界にギリシア医学を伝える役割を果たした。
⇒エウナピオス、ガレーノス
Eunap. V. S./ Philostorgius Historia Ecclesiastica 7-15/ Julian. Ep. 17/ Phot. Bibl./ etc.

オレスティッラ Orestilla,（ギ）Orestillā, Ὀρεστίλλα
ローマの女性名。

❶アウレーリア・オレスティッラ Aurelia Orestilla（前1世紀）カティリーナ*の後妻。美貌以外に何の取り柄もない女とされ、カティリーナは彼女と再婚するため先妻との間に儲けた実の息子を殺して、その歓心を買ったという。
Sall. Cat. 15, 35/ App. B. Civ. 2-2/ Cic. Cat. 1-6(14)/ etc.

❷リーウィア・オレスティッラ Livia Orestilla（コルネーリア・オレスティッラ Cornelia Orestilla とも）（後1世紀）カリグラ*の2番目の后。後37年、C. カルプルニウス・ピーソー*に嫁いだが、結婚式に招かれていたカリグラにより宴席から拉致され、帝の妻になるよう命じられた。しかるにカリグラは数日間で離婚し、2ヵ月（一説に2年）後には彼女が前夫ピーソーに関係を求めたと勘繰って、2人とも追放刑に処してしまった。
⇒巻末系図095
Suet. Cal. 25/ Dio. Cass. 59-8./ etc.

オレステース Orestes, Ὀρέστης,（仏）（伊）Oreste
ギリシア伝説中、ミュケーナイ*王アガメムノーン*とクリュタイムネーストラー*（クリュタイメーストラー*）の息子。父王が暗殺された時、姉エーレクトラー❸*の計らいで、ポーキス*の領主ストロピオス*（アガメムノーンの姉妹アナクシビエー Anaksibie の夫）のもとへ避難し、そこで従弟のピュラデース*（ストロピオスの息子）とともに育てられる。ピュラデースと親密この上ない友となり、以来2人は終始行動を共にする。8年後、成人したオレステースは、デルポイ*の神託により、ピュラデースと一緒にミュケーナイへ赴き、再会したエーレクトラーの協力のもと、母クリュタイムネーストラーとその情夫アイギストス*を殺して父の讐を報じた（委細については諸説あり）。ホメロス*など古い時代においては、父親殺しの復讐を遂げたオレステースの行為は称賛されていたが、時代が降ってギリシア悲劇の世界になると、実母殺害の罪ゆえに彼がエリーニュエス*（復讐の女神たち）によって発狂させられ、ギリシア全土を追い回された物語に展開している。流浪の末にデルポイに来てアポッローン*神の手で罪を浄められたとも、アポッローンの勧めでアテーナイ*へ行き、女神アテーナー*の主宰するアレイオス・パゴス*丘の法廷で裁きを受けた結果、有罪無罪の票が同数だったので規定に従い釈放された（⇒エウメニデス）とも、あるいはまた同じくアポッローンの託宣を受けて黒海北岸タウリケー*のケルソネーソス*まで赴き、あわや女神アルテミス*の生贄に供せられんとしたところ、奇しくも女神の巫女となっていた実姉イーピゲネイア*と邂逅し、姉弟とピュラデースは国王トアース❸*を欺いて船で脱出、無事ギリシアへ帰り着き、タウリケーから掠めてきたアルテミス神像をブラウローン*に安置したともいう。いずれにせよ正気に復してペロポンネーソス*へ帰還したオレステースは、ネオプトレモス*（アキッレウス*の子）を殺して、その妻ヘルミオネー*と結婚、ミュケーナイとアルゴス*のみならずスパルター*の王座をも継承し、70年間在位したのち、90歳で長逝した。一伝ではアルカディアー*で蛇に咬まれて死んだとされており、テゲアー*の地に葬られたが、後世その遺骨は神託に基づいてスパルターへ移されたという。スキュティアー*においてオレステースとピュラデースの2人は、友愛の守護者として一緒に祀られ、深く崇敬されていた。悲劇詩人アイスキュロス*に「オレステイア Oresteia」3部作（前458）が、エウリーピデース*に『オレステース』（前408）などの作品がある（いずれも伝存）。また、父王の墓で姉エーレクトラーと出会う場面や、アイギストスを殺害する情景が陶画の題材として好んで描かれて

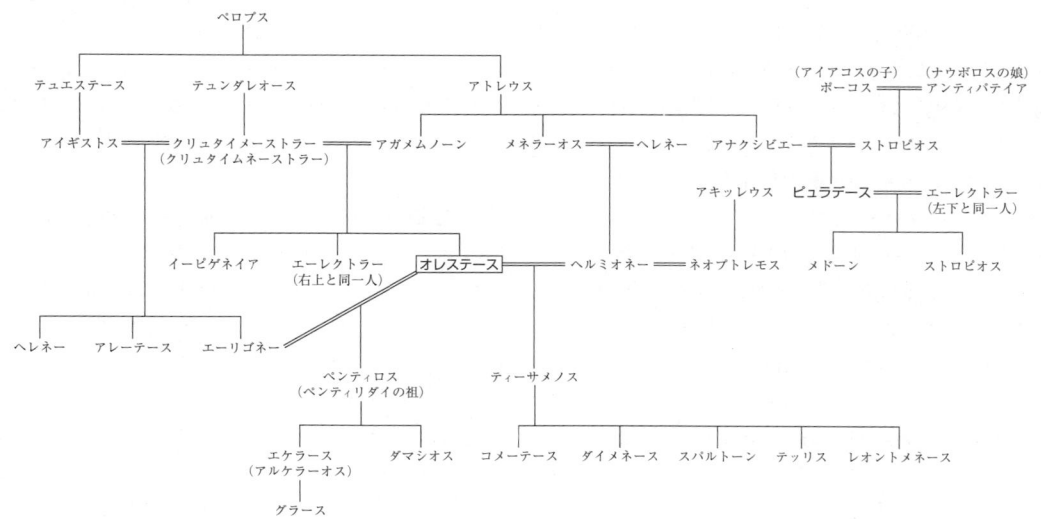

系図130　オレステース

いる。
⇒ティーサメノス❶

Hom. Il. 9-142, Od. 1-40～, 3-193～, -306～, 4-546～/ Aesch. Ag., Cho., Eum./ Soph. El./ Eur. Or., El., I. T./ Pind. Pyth. 11-34～/ Herodot. 1-67～, 4-103/ Apollod. Epit. 1, 2/ Hyg. Fab. 101, 117, 119～120, 129/ Ov. Pont. 3-2, Her. 8/ Paus. 1-22, -28, -33, -41, 2-16/ Dracontius/ etc.

オレステース Flavius Orestes, Φλάβιος Ὀρέστης, （仏）Flavius Oreste, （伊）Flavio Oreste, （西）Flavio Orestes

(？～後476年8月28日) 最後の西ローマ皇帝ロームルス・アウグストゥルス*の父。パンノニア*の出身。若い頃、フン*族の王アッティラ*の秘書を務め、しばしば使節としてコーンスタンティーノポリス*へ赴いた。アッティラの暴卒(453)後、西ローマ諸帝にイタリアで仕え軍職を累進。475年にはユーリウス・ネポース*帝からパトリキウス Patricius の称号と軍総司令官の地位を授けられる。しかし同年8月、軍を率いてガッリア*へ向かう筈のところ、急遽方向を転じてラウェンナ*を襲いネポースを放逐(8月28日)、自らは帝位に即かず息子のロームルス・アウグストゥルスを西ローマ皇帝とした(10月31日)。ほどなく財政的窮乏からゲルマーニア*人傭兵隊長オドアケル*の反乱を招き――イタリア全土の3分の1の割譲という軍隊の要求を、オレステースが拒絶したのが原因とされる――、ティーキーヌム* Ticinum (現・パヴィーア Pavia) で捕われ、プラケンティア*へ送られて斬首された(476年8月28日)。兄弟のパウルス Paulus もラウェンナで殺された(476年9月4日)が、廃帝となった息子は多額の年金を受け取りながらネアーポリス*(現・ナーポリ)近郊で生きながらえることを許された。

Evagrius 2-16/ Cassiod. Chronicon/ Procop. Goth. 1-1～8/ Jordan. 241～/ Prisc. Frag./ etc.

オロシウス Paulus Orosius, （仏）Paul Orose, （伊）Paolo Orosio, （西）Pablo Orosio, （葡）Paulo Orósio

(後375頃～418頃) 古代末期のキリスト教史家。ヒスパニア*出身の司祭で、アウグスティーヌス*の友。414年にアーフリカ*へ移り、アウグスティーヌスを訪ね、次いでパレスティナのヒエローニュムス*のもとで学ぶ。ペラギウス*派に反対するが、自身も異端の嫌疑をかけられ、弁明書を著した。416年アウグスティーヌスのもとへ戻り、その懇請に応じて、417年までの世界史『異教反駁史 Historiarum adversus Paganos』7巻を執筆、この世の惨禍はキリスト教到来のせいで生じたのではないと論じた。本書は先行史料の引用を多く含み、中世西ヨーロッパにおいて歴史の教本とされた。

Orosius Historiarum adversus Paganos, Liber Apologeticus contra Pelagianos/ etc.

オローデース Orodes, Ὀρώδης, (Hyrodes, Ὑρώδης,）（仏）Orodès, （伊）Orode, （露）Ород

パルティアー*の帝王名。巻末系図108～110を参照。

❶ 1世 O. I (在位・前80年頃～前77／76年)
アルサケース9世*(ミトリダテース2世*)没後の混乱期に、しばらくの間バビュローニアー*を中心に支配した。

❷ 2世 O. II
⇒アルサケース14世

❸ 3世 O. III
⇒アルサケース17世

オーローポス Oropos, Ὠρωπός, Oropus, （伊）Oropo

(現・Oropós または、Skala Oropu) アッティケー*(アッティカ*)とボイオーティアー*の境界に位置する港町。ギリシア本土とエウボイア*島とを隔てるエウリーポス*海峡に面する。東南郊にアンピアラーオス*の神殿 Amphiaraion, Ἀμφιάραιον があり、夢告を通じて託宣を下し、病者を治癒する聖所として名高かった。この地は元来ボイオーティアーの領域だったが、交通の要衝に当たるため、前5世紀初頭以来アテーナイ*(アッティケーの首邑)との間に、その領有をめぐって争いが繰り返された。前338年、テーバイ❶*(ボイオーティアーの首邑)を占領したマケドニアー*王ピリッポス2世*によってアテーナイに割譲されたものの、その後も争奪戦は続き、前156年にはアテーナイがこの町を襲って略奪をほしいままにし、市民を追い払うという事件が起きた。オーローポス市民から援助を求められたローマは、シキュオーン*市に裁決を委ね、その結果、アテーナイ人に500タラントンの罰金が科せられることになった。これを不服としたアテーナイは、罰金の免除を請願するべく3人の雄弁な哲学者カルネアデース*、ディオゲネース❸*、クリトラーオス*を代表使節としてローマへ派遣。彼らの弁説のお陰で罰金は5分の1にまで減額されたが、他方ローマの若者たちの間に哲学熱が流行したため、市民が軟弱化するのを危惧した大カトー*の画策で、使節は早々にギリシアへ退去させられた (前155)。現在オーローポスには、ドーリス*式神殿 (前4世紀) や柱廊ストアー*、三千人収容の劇場テアートロン* (後3世紀) などの遺跡が残っている。

⇒カッリストラトス❷

Paus. 1-34, 7-11/ Herodot. 6-101/ Thuc. 2-23, 3-91, 7-28/ Xen. Hell. 7-4-1/ Plut. Dem. 5, Cat. Mai. 22/ Diod. 14-17, 18-56, 19-17/ Liv. 45-27/ Plin. N. H. 4-7/ etc.

オロンテース (河) Orontes, Ὀρόντης, (Orontas, Ὀρόντας,）（仏）（伊）Oronte, (現・〈トルコ語〉Asi Nehri, 〈アラビア語〉Nahr Al-ʿĀṣī, (現ギリシア語) Oróntis, (古代アッシュリアー語) A-ra-an-tu

シュリアー*(シュリア*)を流れる主要な河 (全長571 km)。別名・アクシオス Aksios, Ἄξιος、ドラコーン Drakon, Δράκων。レバノン山脈に源を発し、コイレー・シュリエー*(コエレー・シュリア*)を激しく蛇行しながら下り、アパメ

イア❶*、アンティオケイア❶*両市を通ったのち、セレウケイア❷*の近くで地中海に注ぐ。古称はテューポーン*とされ、ギリシア神話中の怪竜テューポーンが雷霆に撃たれた時、大地に潜り込んで河の源泉を噴出させ河床を造ったため、この名があるという。伝説上の名祖オロンテース*はインドの巨人で、ローマ帝政期に流路を変えた時、乾いた河床から5mを超えるオロンテースの遺骸が発見されたと伝えられる。現在は航行不可能。オロンテースの人（ラ）Orontēus なる言葉は、しばしばシュリアー人の同義語として用いられる。
⇒ヘーリオポリス（現・バアルベク）、エメサ
Strab. 16-750～751/ Paus. 8-20, -29/ Ov. Met. 2-248/ Plin. N. H. 5-18-79～/ Mela 1-12/ Juv. 3/ Prop. 1-2, 2-23/ Ptol. Geog. 5-14/ etc.

音楽堂 Odeion
⇒オーデイオン

オンパレー Omphale, 'Ομφάλη,（伊）Onfale,（西）Onfalia, Ónfale

ギリシア神話中のリューディアー*の女王。英雄ヘーラクレース*が奴隷として売られた時（⇒イーピトス）、彼を買い取って1年ないし3年間、彼女の宮廷で放縦・柔弱な生活習慣に浸らせた。女王はヘーラクレースの獅子皮を身にまとって棍棒をふるい、他方ギリシア第1の英雄はその傍らで女装して糸紡ぎなど女の仕事にいそしんだという。オンパレーに恋した牧神パーン*が誤って女装のヘーラクレースの寝台に忍び込み、たちまち英雄に蹴り出されたという話も残っている。しかしヘーラクレースはこの間も、猿人ケルコープス*たちを捕え、女王の敵や盗賊どもを退治、巨大な蛇を殺すなどの功をたてている。彼女は英雄と交わって子供を産み、その子孫はカンダウレース*に至るまでリューディアー王国を支配し続けた。

オンパレーの父王イアルダノス Iardanos, 'Ιάρδανος は魔法使いとして名高く、リューディアーの領主カンブレース Kambles, Κάμβλης を際限のない飢えに取り憑かせ、その妻を食い殺させたという。一説にオンパレーは、リューディアー王トモーロス*の娘ないし妻で、その死後王位を継承したことになっている。
Apollod. 2-6, -7/ Diod. 4-31/ Ov. Her. 9-53～, Fast. 2-303～/ Soph. Trach. 247～/ Hyg. Fab. 32/ Lucian. Dial. D. 13-2/ Plut. Mor. 301f～302a/ etc.

オンファレー Omphale
⇒オンパレー

オンブリアン Ombriens
⇒ウンブリア人（ウンブリー）のフランス語形

系図131　オンパレー

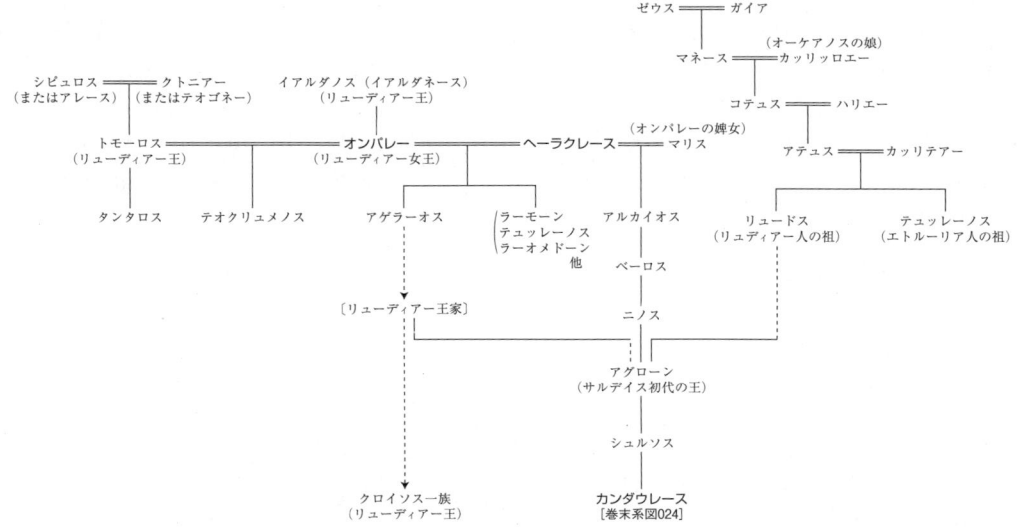

力行

ガイア Gaia, Γαῖα, Gaea（または、ゲー Ge, Γῆ）,（ラ）テッラ Terra,（仏）Géa, Gé, Gaïa, Gaya,（独）Gäa,（伊）（西）Gea,（西）Gaya,（葡）Géia, Gê,（露）Гея

（「大地」の意）ギリシア神話中、「大地」を擬人化した女神。ローマのテッルース*に相当。原初のカオス*（空虚）から生まれた最初の存在で、万物の母。神々や人類の住処たる「広い胸をもつ女神」。性交せずして独力で、ウーラノス*（天空）やポントス*（海）、山々ウーレア urea を産み、次いで息子ウーラノスおよびポントスと交わって多くの神格の母となった。しかるに、ウーラノスが彼女との間に生まれた子供たちを、タルタロス*（奈落）の底に閉じ込めてしまったため、これを恨んだ彼女は金剛の大鎌ハルペー harpe を作って末子クロノス*に与え、彼をそそのかしてその大鎌で父神ウーラノスを去勢させた。この時、切り取られた生殖器から迸り出た血汐を浴びて、大地ガイアは再び懐妊し、復讐の女神エリーニュス*たち（エリーニュエス*）、巨人たち（ギガース*ギガンテス*）、梣のニュンペー*（ニンフ*）、メリアス*たち（メリアデス*）を産んだ。ところが、父に代わって世界の支配者となったクロノスが、自らの兄弟であるキュクロペース*（単眼巨人族）とヘカトンケイレス*（百手巨人族）を再びタルタロスに幽閉したので、ガイアはウーラノスとともに「クロノスもまた自身の子によって王座を奪われるであろう」と呪詛。さらにクロノスの末子ゼウス*の誕生と養育を助け、彼が成長してクロノスと交戦した折には、「キュクロペースとヘカトンケイレスを解放して味方につければ勝利を得られる」と忠告して、ゼウスに勝利をもたらした（⇒ティーターノマキアー）。次いでガイアの産んだ巨人ギガースたちがゼウスたちオリュンポス*神族に戦いを挑んで撃滅されると、彼女は怒ってタルタロスと交わり末子テューポーン*を産んだが、この怪物もまたゼウスによって退治されて果てた（⇒巻末系図 001～002）。

ガイアは誓言の神として重んじられて、ギリシア各地で崇拝を受け、またドードーナー*、テゲアー*、スパルター*その他に祭壇をもっていた。予言の神との名声も高く、デルポイ*の神託所は元来、彼女の聖域だったが、のちテミス*に譲られ、さらにポイベー*を経てアポッローン*に引き継がれたと伝えられる。彼女はまた、デーメーテール*、キュベレー*、ケレース*などといった他の大地母神としばしば混同されている。

なお、大地を意味するラテン語テッラ Terra は、天文学の世界では「地球」を指す用語として用いられている。

〔ガイアの主要な子供たち〕

ウーラノス（天空）との間に：ティーターン*（神族）……男神たち・ティーターネス Titanes（オーケアノス*、コイオス*、クレイオス*、ヒュペリーオーン*、イーアペトス*、クロノス）と、女神たち・ティーターニデス Titanides（テイアー*、レアー*、テミス、テーテュース*、ムネーモシュネー*、ポイベー、ディオーネー*）、およびキュクロペース（アルゲース、ステロペース、ブロンテース）とヘカトンケイレス（コットス、ギュゲース、ブリアレオース*またはアイガイオーン）

ウーラノスの血との間に：エリーニュエス（アーレクトー*、ティーシポネー*、メガイラ*）、ギガンテス（巨人ギガースたち）、メリアデス（梣の女精トネリコメリアスたちニュンペー）

ポントス（海）との間に：ネーレウス*、タウマース*、ポルキュス*、ケートー*、エウリュビアー

タルタロス（奈落）との間に：テューポーン（テュポーエウス*）、エキドナ*、およびギガンテス

ポセイドーン*との間に：アンタイオス*、カリュブディス*

オーケアノスとの間に：トリプトレモス*

ヘーパイストス*との間に：エリクトニオス*

その他、ティテュオス*、ピュートーン*、ハルピュイアイ*、金羊毛皮を守るコルキス*の竜、オーリーオーン*を刺殺した蠍さそり（スコルピオーン Skorpion）、ファーマ*（噂）、等々。

⇒ギガントマキアー

Hes. Th. 116～/ Hom. Il. 2-548, 3-104, -278, 15-36, 19-256, Od. 5-124, 7-324, 11-576/ Apollod. 1-1～, -5, 2-1/ Pl. Resp. 2-377e～/ Paus. 1-22, 5-14, 10-5/ Verg. G. 2-325～/ Hyg. Fab. praef. 55, 140, 203/ Cic. Nat. D. 2-23, 3-20/ Lucr. 1-250～, 2-991～/ Aesch. Eum. 2/ Ov. Met. 7-196/ Philostr. V. A. 6-39/ Thuc. 2-15/ Serv. ad Verg. Aen. 10-252/ etc.

ガーイウス Gaius (Caius),（ギ）Γάϊος,（仏）Gaïus (Caius),（伊）Gaio, Caio,（西）Gayo, Cayo,（葡）Caio,（露）Гай

（後110頃～180頃）ローマ帝政期の法学者。氏族名・家名ともに不明。その生涯について知られるところはほとんどなく、ただ帝国東方ギリシア語圏出身のローマ市民で、アントーニーヌス・ピウス*帝、マールクス・アウレー

系図132　ガイア

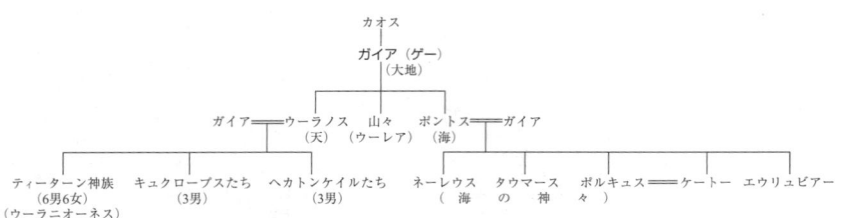

リウス*帝の治下に活躍、ローマに来住して法律を教えたが、いかなる公職にも就かなかったことがわかっている。サビーヌス*学派に属し、その最も重要な著作『法学提要 Institutionum Commentarii (Instituones)』4巻（161〜162頃）は、基本的な法知識の概略を説き、ローマ法学の入門書として傑出している。その中で彼は「奴隷は人格をもたず、主人の権力に服する」と規定、また「分別盛りの年齢に達した女性でさえも、その精神の軽薄さゆえに監督を要する」とローマ古来の考えを述べている。4世紀以降、その権威はパウルス*、ウルピアーヌス*、パーピニアーヌス*らと同等に高められ、ユースティーニアーヌス*帝の『法学提要』にも多大の影響を及ぼしている。

〔著作〕『日用便覧集 Aurea (Libri rerum cotidianarum)』（散逸）、『属州布令 Edictum Provinciale』（散逸）、その他。

ガーイウス・カエサル Gaius Julius Caesar，（仏）Caius Jules César，（独）Gaius Julius Cäsar，（伊）Caio (Gaio) Giulio Cesare，（西）Cayo Julio César，（露）Гай Юлий Цезарь

（前20年9月23日〜後4年2月21日）アグリッパ*と大ユーリア*（ユーリア❺*。アウグストゥス*の娘）の長男（⇒巻末系図077）。前17年、誕生したばかりの弟ルーキウス・カエサル*とともにアウグストゥスの養子に迎えられ、カエサル*の称号はじめ数々の顕著な栄誉を授けられて、帝位の継承者に擬せられる。少年時代から阿諛迎合されたせいで、継父（母の後夫）ティベリウス*（のち第2代皇帝）にも傲岸な態度を示し、ために前6年、ティベリウスをしてロドス*島へ隠栖させたといわれる。15歳で成年式を挙げた折には（前5）、アウグストゥス自ら執政官に就任して彼をフォルム*で紹介し、5年先の執政官職が彼に約束された。前1年アルメニアー*に動乱が生じたので、絶大な権限と妻リーウィア・ユーリア*（大ドルースス*の娘リーウィッラ*）とを与えられて、東方へ派遣される。翌年（後1）シュリア*で執政官職に就くが、アルメニアー問題の解決に手こずり、美貌のメーディアー*王子アリオバルザネース*をアルメニアー王位に据えたことから反乱が勃発、騙し討ちにあって深手を負い、肉体ばかりか精神まで冒される。任務に耐えられなくなってイタリアへ戻る途中、リュキアー*の地で死亡（負傷から18ヵ月後）。遺骸はローマへ運ばれ、先に急逝した弟ルーキウスと同じく、父アグリッパの眠るアウグストゥスの霊廟（マウソーレーウム*）に葬られた。彼ら兄弟の早世によって、ティベリウスがアウグストゥスの後継者に定められたため、兄弟は2人とも、ティベリウスの母リーウィア❶*（リーウィア・ドルーシッラ*。アウグストゥスの后）の陥穽にかかって、青春の花盛りで散っていったと言われている。

⇒ M. ロッリウス、Cn. ドミティウス・アヘーノバルブス❺

Suet. Aug. 26, 29, 64〜65, 67, 93, Tib. 11〜13, 15, 23/ Dio Cass. 54-8, -18, -26, 55-6, -9〜12/ Tac. Ann. 1-3, 2-4/ Flor. 4-12/ Zonar. 10/ etc.

ガーイウス・カエサル Gaius Julius Caesar
⇒カエサル、ガーイウス・ユーリウス（大カエサル）

ガーイウス帝（カリグラ*） Gaius Julius Caesar Germanicus
⇒カリグラ

ガーイウス・ユーリウス・カエサル C. Julius Caesar
⇒カエサル、ガーイウス・ユーリウス

カーイエータ Caieta (Caietae Portus)，（ギ）カイエーテー Kaiete, Καιήτη, Caiete，（仏）Gaète，（西）（葡）Gaeta

（現・ガエータ Gaeta）イタリア中南部、ラティウム*地方の港町。フォルミアエ*の西南5マイルのカーイエータ湾 Sinus Caietanus（現・Golfo di Gaeta）北奥に位置する。伝承上の名祖はアイネイアース*（アエネーアース*）の乳母のカイエーテー（カーイエータ）で、船の火事をこの地で消し止めたのち、ここの岬に埋葬されたからとも、別説ではコルキス*王アイエーテース*が名祖で、王が娘のメーデイア*を追ってこの地までやって来たため、当初はアイエーテースと呼ばれていた（カーイエータはその転訛）ともいう。ローマ上流層お気に入りの避暑地として賑わい、岬の近くにはムーナーティウス・プランクス*（ルグドゥーヌム*市の建設者）の墓があった。劇場や円形闘技場（アンピテアートルム*）などの遺跡が残っている。

Cic. De Or. 2-6 (22), Att. 1-3/ Val. Max. 1-4, 8-8/ Verg. Aen. 7-1〜/ Ov. Met. 14-441〜/ Strab. 5-233/ Diod. 4-56/ Dion. Hal. 1-53/ Stat. Silv. 1-3, 8-531/ Mart. 5-1, 10-30/ Lycoph, Alex. 1274/ etc.

カイキリオス（カレー・アクテーの） カイキリオス・カラクティーノス Kaikilios Kalaktinos, Καικίλιος Καλακτῖνος，（ラ）カエキリウス・カラクティーヌス Caecilius Calactinus，またはカラクテーのカエキリウス，（英）Caecilius of Calacte

（本名アルカガトス Arkhagathos）（前1世紀後期に活躍）ローマで活動したギリシア系弁論学者・批評家。シケリアー*（現・シチリア）島北岸の町カレー・アクテー Kale Akte, Καλὴ Ἀκτή，（ラ）カラクテー Calacte 出身のユダヤ人解放奴隷で、アウグストゥス*時代にローマで修辞学を教えていた。博学でアッティケー*風の文体を好み、弁論術や文法、さらには歴史学、評論文にまで及ぶ多数の書物を著わし、帝政期には知友ハリカルナッソス*のディオニューシオス*と並称されるほど高く評価されたが、引用断片しか残っていない。彼の『崇高について Peri hypsūs』に対する同名の反駁の書が、ロンギーノス*の名のもとに伝存する（偽ロンギーノス）。

Quint. 3-1/ Plut. Dem. 3, X orat. 832〜/ Dion. Hal. Pomp. 3-20/ Longinus Subl. 1, 32/ Ath. 6-272, 11-466/ Phot. Bibl./

カイサリオーン（カエサリオー）

Suda/ etc.

カイサリオーン（カエサリオー＊） Kaisarion, Καισαρίων, Caesario(n)
⇒プトレマイオス15世

カイサル Kaisar, Caesar
⇒カエサル

カイサレイア Kaisareia, Καισάρεια（カイサリアー Kaisariā, Καισαρία）, Caesarea (Caesaria)
⇒カエサレーア（カエサリーア）

ガイセリック Gaiseric
⇒ゲイセリークス（の英語形）

ガイゼリッヒ Geiserich
⇒ゲイセリークス（のドイツ語形）

凱旋式（ローマの） Triumphus, Ovatio
⇒トリウンプス、オウァーティオー

ガイトゥーリアー Gaitulia, Γαιτουλία, Gaetulia
⇒ガエトゥーリア

ガイトゥーロイ Gaituloi, Γαιτοῦλοι, Gaetuli
⇒ガエトゥーリー（人）

カイネウス Kaineus, Καινεύς, Caeneus,（仏）Cénée,（伊）Ceneo,（西）Céneo,（露）Кеней

ギリシア神話中、ラピタイ＊族の性転換で有名な人物。もとカイニス Kainis といって大変な美女だったが、誰とも結婚しようとせず、ポセイドーン＊神に犯された時、不死身の男になることを願って叶えられた。ペイリトオス＊（テーセウス＊の念友）の婚礼で、ケンタウロス＊たちとラピタイ族が闘った折には、武勇を発揮して何人もの敵を殺戮、ケンタウロスたちは彼を武器で倒すことはできないので、その頭上に岩や木を沢山投げつけて地中に埋めてしまった。彼はアルゴナウテースたち＊（アルゴナウタイ＊）の遠征やカリュドーン＊の猪狩にも参加。倒れたのち、紅鶴（フラミンゴ）に変身して翔び立ったとも、再び女に戻ったともいう。その子コロノス Koronos、および孫のレオンテウス Leonteus も、アルゴナウテースの遠征、トロイアー戦争＊に参加する勇士となった。カイネウスがケンタウロスたちと闘う場面は、古代ギリシア・ローマの美術作品の主題として、しばしばとりあげられた。

なお、ギリシア神話中、性転換をした人物としては、カイネウスのほかテイレシアース＊、イーピス❷＊、シートーン＊、男子として育てられた少女レウキッポス Leukippos、エリュシクトーン＊の娘メーストラー Mestra、水浴中のアルテミス＊の裸身を見たために女性に変えられたシプロイテース Siproites、アプロディーテー＊によって男から女に転性させられたパポス＊（キュプロス＊島のパポス市の名祖）、等々が列挙される。
⇒クリュメノス❷

Hom. Il. 2-746/ Apollod. Epit. 1-22/ Ap. Rhod. Argon. 1-57〜/ Ov. Met. 12-459〜/ Ant. Liv. Met. 17/ Verg. Aen. 6-448〜/ Hyg. Fab. 14, 242/ Palaephatus/ Tzetz. ad Lycoph. 1393/ etc.

カイレポーン Khairephon, Χαιρεφῶν, Chaerephon,（独）Chairephon,（伊）Cerefone,（西）（葡）Querefon, Querefonte,（露）Херефон

（前5世紀後半）アテーナイ＊の哲学者。若い頃からソークラテース＊の熱心な弟子かつ友人。民主派に属し、三十人僭主＊（⇒クリティアース）により追放され、前403年トラシュブーロス＊とともに帰国したが、ソークラテースの刑死（399）以前に没す――一説には三十人僭主打倒の折に戦死とも――。蒼白な死人のような顔色をし、今にも餓死せんばかりに痩せこけていたので、蝙蝠（こうもり）とか夜の子と渾名されていた。彼がデルポイ＊の神託を伺った折に、「ソークラテースこそ最も賢明なる人間」との返答が得られたという話は名高い。

Pl. Ap. 21, Chrm. 153, Grg. 447〜/ Ar. Vesp. 1413, 1555〜1564, Nub. 105, 144〜156, 503, 1505/ Diog. Laert. 2-37/ Xen. Mem. 1-2, 2-3, Ap. 14/ Ath. 5-218e/ etc.

系図133　カイネウス

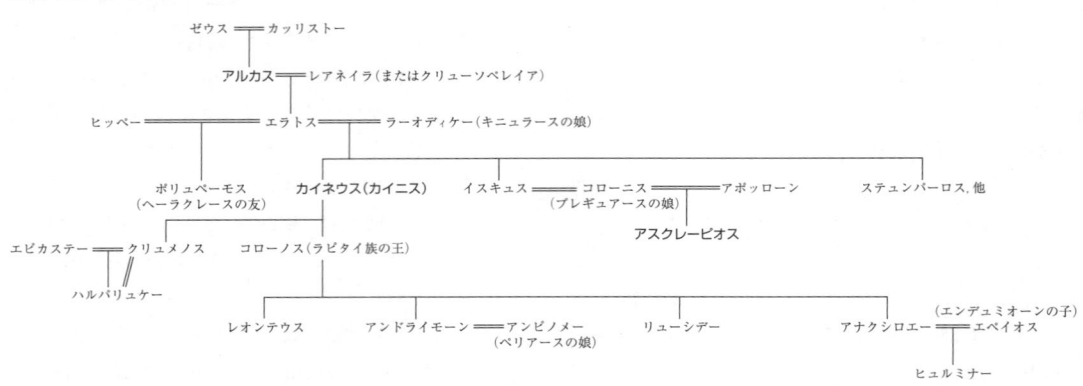

カイレーモーン　Khairemon, Χαιρήμων, Chaeremon, (独) Chairemon, (伊) Cheremone, (西)(葡) Querémon, (露) Херемон

(前4世紀中頃に活躍) アテーナイ*の悲劇詩人。アリストテレース*から「上演するよりも読むのに適した作品だ」と評され、その悲劇『ケンタウロス*』はあらゆる韻律 metron を駆使したものであったという。折句を用いた華麗な文体の断片や、眠れる娘たちのエロティックな描写で名高い『オイネウス*』中の一文が伝存。アテーナイオス*によれば、カイレーモーンは花々を愛でる人物だったとされている。

なお、同名のカイレーモーン(後1世紀前半)は、アレクサンドレイア❶*の文献学者で、ネロー*帝の教師の1人。エジプトの歴史や宗教、風習、天文学、神聖文字 Hieroglyphika などを扱ったさまざまな著述があったが、散逸した。ある書物の中で、彼は不死鳥フェニックス(ポイニクス*)は700年生きると主張したという。

Arist. Rh. 2-23, -24, 3-12, Poet. 1-9, 24-6/ Ath. 2-43c, 11-482b, 13-608d〜f/ Joseph. Ap. 32, 33/ Strab. 17-806/ Euseb. Hist. Eccl. 6-19, Praep. Evang. 5-10/ Mart. 11-56/ Origen. c. Celsus 1-59/ Tzetz. Chil./ Suda/ etc.

カイロス　Kairos, Καιρός, Caerus, (西) Kayrós, (露) Кайрос, (現ギリシア語) Kerós

ギリシア神話中、「時機」の擬人神。大神ゼウス*の末子とされ、オリュンピアー*にその祭壇が設けられていた。彼にまつわる神話は特にないが、美術の分野ではリューシッポス*作のブロンズ彫刻を筆頭に、ヘレニズム時代以降好んでとりあげられた。額に長い頭髪が垂れているが、後頭部は禿げた男の姿で表される。後代これは「機会を逃がさず捕える (英) seize an occasion by the forelock」という意味合いで、「好機(ラ) オッカーシオー Occasio」の寓意図像として、しばしば描かれることになった(但し、オッカーシオーというラテン語が女性名詞であるため、前髪を垂らし球体に足をのせた女性像に変化した)。

⇒テュケー

Paus. 5-14-9/ Anth. Pal. 16-275/ Arist./ Phaedrus 5-8/ Hes. Op. 694/ Isoc. 12/ Auson Epigr. 12-3/ Tzetz./ Callistratus/ Aratus Phaen. 227, 309/ Tibull. 1-5-70/ Catonis Disticha 2-26 Descript/ etc.

カイローネイア　Khaironeia, Χαιρώνεια, Chaeronea (Chaeronia), (仏) Chéronée, (独) Chaironeia, Chäronea, (伊) Cheronea, (西) Queronea, (葡) Queroneia, (露) Херонея

(旧称・Kaprania または Kápurna)(現・Herónia) ギリシア中部ボイオーティアー*地方の小都市 polis。同地方の西北端、ケーピーッソス❷*河沿岸に位置する。オルコメノス*の西方7マイルの地にあり、前5世紀初頭にはオルコメノスの勢力下に置かれていた。アテーナイ*の侵略を受けた(前447)のち政治的に独立してボイオーティアー同盟に加入。ギリシアの南北交通の要路を扼するため、この地で幾度か決戦が繰り広げられた。そのうち最も著名なものは、前338年8月2日(ないし22日)マケドニアー*王ピリッポス2世*がテーバイ❶*およびアテーナイのギリシア連合軍を破った戦いで、この敗北によってポリス市民社会の自由と独立が失われ、マケドニアーがギリシアの覇権を掌握した。玉砕したテーバイの「神聖部隊*」を葬った獅子像(ライオン)の上置(高さ5.5m)のある合葬墓 Polyandreion が残る(盗掘ののち復原)。

降って前86年、ローマの将軍スッラ*はこの地でポントス*の大王ミトリダテース6世*の部将アルケラーオス Arkhelaos に大勝を収め、戦勝記念碑を築いた(⇒ダーモーン)。カイローネイアはローマ時代の著述家プルータルコス*の生地としても名高い。旧家に生まれたプルータルコスは、ローマへ講義に招かれても、人口が1人減ると言ってこの故郷を捨てず、ボイオーティアー同盟の長官ボイオータルケース Boiōtarkhēs やデルポイ*の神官職を務めて生涯を終えた。今日アクロポリス*の城壁や、その麓の斜面を利用して造られた劇場(テアートロン)などの遺跡を見ることができる。古代のカイローネイアにおいては、ヘーパイストス*神の手になりアガメムノーン*に伝えられたという王笏が神聖視されて祀られていたといわれる。一説にカイローネイアは叙事詩『イーリアス*』にその名の見えるボイオーティアーの町アルネー Arne と同一市だという。

⇒レバデイア、コローネイア、レウクトラ、ハリアルトス

Thuc. 1-113, 4-76/ Paus. 9-40〜/ Strab. 9-414/ Plin. N. H. 4-12/ Plut. Pel., Cim. 1〜, Alex. 9, 12, Sull. 15〜19, Dem. 19〜, Cam. 19, Thes. 27, Lys. 29, Mor. 267d, 515c/ Hom. Il. 2-507/ Diod. 12-6, 16-33, -38〜, -85〜/ Polyaenus 4-2/ Procop. Goth. 4-25/ etc.

カウカソス(山脈)　Kaukasos, Καύκασος, Caucasus, (Kaukasia, Καυκάσια, Καυκασία, Caucasia), (仏) Caucase, (独) Kaukasus, (Kaukasien), (伊) Caucaso, (西)(葡) Cáucaso, (露) Кавказ, (現ギリシア語) Káfkasos, (トルコ語) Kafkásya, (アゼルバイジャン語) Qafqas, (漢) 高迦索

(現・カフカース Kavkaz) 黒海*(ポントス・エウクセイノス*)からカスピ海*にかけて、北西から東南に走る山脈。(ギ) Kaukasia orē, τὰ Καυκάσια ὄρη, (ラ) Caucasii Montes。長さ1500 km・幅180 km。ギリシア人には古い時代から世界の果てに聳える最大最高の山脈として知られ、プロメーテウス*が縛られている岩山、女人族アマゾネス*の居住地(いまし)、アルゴナウタイ*の遠征の目的地たるコルキス*に隣接する高山、というように神話伝説の舞台とされていた。前7世紀にミーレートス*を母市とする植民諸市が黒海沿岸地域に設立されて以来、カウカソス山脈に関する知識は次第に深まり、史家ヘーロドトス*は、山中には多様な人種が多数棲息しているが、その大部分は野生の木の実などを食料とする未開の生活を送っており、動物と同じく公然と性

交していたと伝えている。しかし、アレクサンドロス大王*の東征時にも、ヒンドゥー・クシュ Hindu Kush（パロパミーソス Paropamisos）山脈をカウカソスの一部と見なすなどの混乱が見られ、より精確な情報が地中海世界にもたらされるようになったのは、ローマの将軍ポンペイユス*によるイベーリアー❷*征服（前65）以後のことである。
⇒アルメニアー、アルバーニアー、ヒュルカニアー
Herodot. 1-203～, 3-97/ Strab. 11-499～506/ Ptol. Geog. 5-8～/ Plin. N. H. 6-12～/ Verg. Aen. 4-366/ Aesch. P. V. 422, 719/ Hyg. Fab. 54/ Ap. Rhod. 2-1246～/ Arr. Peripl. M. Eux./ Dionys. Per./ Steph. Byz./ etc.

ガウガメーラ　Gaugamela, Γαυγάμηλα,（仏）Gaugamèles,（露）Гаугамела

（「駱駝の家」の意）メソポタミアー*北部、アッシュリアー*の町（現・Gōmal または Tel Gomel）。前512年、アカイメネース朝*ペルシア*の大王ダーレイオス1世*がスキュティアー*遠征の帰途、この地に彼の荷を運んできた駱駝を留め置いたことからその名が生じた。

前331年10月1日、この近郊でアレクサンドロス大王*率いる4万7千の軍勢が、ダーレイオス3世*の大軍を打ち破り、これを敗走させた。戦闘前にパルメニオーン*が夜襲を勧めたのに対して、アレクサンドロスは「私は勝利を盗まない」と答えたといい、翌日の決戦の結果、事実上アカイメネース朝ペルシア帝国*の歴史は終焉を告げることになった。

時にこの戦闘がアルベーラ*の戦いと呼ばれるのは、ここから東南50kmほどのアルベーラの町（現・Arbīl）に、ダーレイオスが本営を営んでいたからである。
Plut. Alex. 31～/ Arr. Anab. 3-8～/ Curtius. 4-12～/ Diod. 17-53, -56～61/ Ptol. Geog. 6-1/ Strab. 16-737/ Plin. N. H. 6-30/ Just. 11-12～/ Steph. Byz/ etc.

カウキー（族）　Chauci,（または、Cauchi, Cauci）,（ギ）Kaukhoi, Καῦχοι, Kaukoi, Καῦκοι,（仏）Chauques,（独）Chauken,（伊）Cauci,（西）（葡）Caucos,（露）Хауки

ゲルマーニア*人の1部族。ドイツ北西部、アルビス*（エルベ）河からアミーシア Amisia（エムス Ems）河にかけて、北海に臨んで居住。大・小2つのカウキーに分かれ、フリーシイー*族に東隣する。前15年、大ドルースス*に征服されるが、ティベリウス*帝（大ドルーススの兄）の時に謀叛を起こし（後28）、のちユーリウス・キーウィーリス*の反乱（69～70）にも参加、41年にはガッリア*北岸で海賊行為を働き、コルブロー*に撃退されている。タキトゥス*は「ゲルマーニア諸族中で最も高貴な部族」と称えるが、大プリーニウス*は「農耕も牧畜も知らず、ただ干潮時に逃げ遅れた魚を捕食するに過ぎない」彼らの貧しい生活ぶりを詳しく描いている。3世紀にガッリアを侵寇したのち、カウキーは史上から姿を消す。
⇒サクソネース、ランゴバルディー

Tac. Germ. 35, Ann. 2-24, 11-18～, 13-55/ Hist. 4-79, 5-19/ Plin. N. H. 4-15, 16-1/ Ptol. Geog. 2-11/ Vell. Pat. 2-106/ Suet. Claud. 24/ Dio Cass. 54-62, 60-30, 63-30/ Claud. Cons. Stil. 1/ etc.

ガウダ　Gauda,（ギ）ガウデース Gaudes, Γαύδης,（露）Гавда

（在位・前105頃～前88頃）ヌミディア*王。ヌミディア王マスタナバル*の子。マシニッサ*の孫。ユグルタ*の異母兄弟。病身で知的障害があり、ユグルタ戦争でローマ軍に加わったが、たやすくマリウス*に操られた（前108）。ヒエンプサル2世*の父親ともいう。巻末系図035を参照。
Sall. Jug. 65/ Plut. Mar. 7～8/ Dio Cass./ etc.

カウディウム　Caudium（ギ）Kaudion, Καύδιον

（現・Montesarchio）サムニウム*の町。ネアーポリス*（現・ナーポリ）の北東、カプア*からベネウェントゥム*へ向かう街道沿いに位置する。この近くのカウディウム峠の隘路フルクラエ・カウディーナエ furculae Caudinae（現・Forchia d'Arpaia, Casale di Forchia,（英）Caudine Forks）で、第2次サムニウム戦争中の前321年、ガーウィウス・ポンティウス*・ヘレンニウス指揮するサムニウム軍は、両執政官*麾下のローマ軍を包囲、降伏させ、全員に軛の下をくぐる屈辱を加えた。敵の捕虜を裸にして、槍で作った軛の下を歩かせて敗北の恥辱を味わわせる刑は、古代ローマ史上に散見されるところであるが、カウディウム戦の時は、さらに人質600名を渡してようやく成立した和議であり、屈辱的な大敗として永く記憶された。
Liv. 9-2～7, -16, -27, 23-41/ Luc. 2-137～138/ Cic. Off. 3-30/ Hor. Sat. 1-5/ Flor. 1-16, 2-18/ Sil. 8-566/ Strab. 5-249/ Plin. N. H. 3-12/ Ptol. Geog. 3-1/ App. Sam./ It. Ant./ etc.

カウノス　Kaunos, Καῦνος, Caunus,（仏）Caunos,（伊）（西）（葡）Cauno,（露）Кавн,（語源・〈リュキアー*語〉Khbide）

ギリシア伝説中、ミーレートス*（同市の名祖）の子。ビュブリス*の双生兄弟。カーリアー*地方南岸にあった同名の古い都市カウノス（現・Kaunos、かつてのダルヤン Dalyan）、およびカウノス人 Kaunioi の名祖とされる。彼にまつわる物語は、歴史時代にカーリアー地方で一般に見られた兄弟姉妹婚の習慣を反映したものであろう。

なおヘーロドトス*によると、カウノス人は、男女子供の区別なく、同年輩の者同士、親しい者同士が集まって飲酒に耽ることを至上の幸福と考えていたという。また、この町の空気が汚染されていたので、市民は異常に顔色が悪く、ある音楽家は「この町は病んでいるどころか、死人すらもうろついている」と評言している。

カウノス市はヘレニズム時代に200タラントンでプトレマイオス朝*からロドス*市に買い取られた（前191頃。市名を「ロドス人のペライアー Peraia」と改称される）が、前167

年にはローマ人によって解放され、無花果や良質の材木を産する肥沃な土壌のおかげでローマ帝政期に入ってからも繁栄した。画家プロートゲネース*の出身地。今日も保存状態の良いギリシア式の野外劇場(テアートロン*)やアクロポリス*上の城砦、浴場施設(テルマエ*)、前4世紀頃のリュキアー*風の岩窟墓などの遺跡を見ることができる。

Herodot. 1-171～, 5-103/ Parth. Amat Narr. 11/ Arist. Rh. 2-25(1402b)/ Strab. 14-651～/ Thuc. 1-116, 8-39～/ Ov. Met. 9-447～665/ Ant. Lib. Met. 30/ Hyg. Fab. 243/ Conon Narr. 2/ Mela 1-16/ Ptol. Geog. 5-2/ Diod. 20-27/ Polyb. 30-5, 31-5/ Phot. Bibl./ Steph. Byz./ etc.

ガウルス山　Mons Gaurus, （英）Mount Gaurus, （独）Berg Gaurus, （伊）Monte Gauro

（現・Monte Barbaro）イタリアのカンパニア*地方の火山。クーマエ*（キューメー❷*）とネアーポリス*（現・ナーポリ）との中間に位置し、良質の葡萄酒の産地。前343年、ローマの執政官(コーンスル*)、M. ワレリウス・コルウス*がサムニウム*軍を破った戦場として知られる。

Plin. N. H. 3-5, 14-8/ Cic. Agr. 2-14/ Luc. 2-667/ Sil. 12-160/ Ath. 1-26/ Flor. 1-16/ Stat. Silv. 4-64/ Liv. 7-32～33/ Sil. 12-160/ etc.

カウローニアー　Kaulonia, Καυλωνία, （ラ）カウローン Caulon ないしカウローニア Caulonia

（現・Castel Vetere）イタリア最南端、ブルッティウム*東岸の都市。アカーイアー*系ギリシア人の植民市。前7世紀には母市のクロトーン*やシュバリス*と同盟関係を結んでおり、次の前6世紀に繁栄、ペロポンネーソス戦争*時にはアテーナイ*側に与した。前389年シュラークーサイ*の僭主ディオニューシオス1世*に劫略され、住民はシケリアー*（現・シチリア）へ送られた（前387）。ほどなく復興されるが、エーペイロス*王ピュッロス*が南イタリアに侵攻した際に、ローマ側のカンパニア*傭兵軍の占領によって破壊され（前277）、第2次ポエニー戦争*中のハンニバル❶*軍の攻撃も重なって、前1世紀には町は完全な廃墟と化した。Punta di Stilo の近郊から古い要塞（前7～前6世紀）や家屋、神殿などの遺跡が発掘されている。

Mela 2-4/ Liv. 27-12～16/ Verg. Aen. 3-553/ Plin. N. H. 3-10/ Paus. 6-3/ Polyb. 2-39, 10-1/ Diod. 14-103～/ Strab. 6-261/ Schol. ad Lycoph 996, 1002/ Scylax/ Suda/ etc.

カエキーナ　Caecina, （ギ）Kaikina, Καικίνα, （伊）（西）Cecina, （エトルーリア語）Ceicna

エトルーリア*の古市ウォラーテッラエ*（現・ヴォルテッラ Volterra）出身のローマ人家名。リキニウス氏*に属する。

❶アウルス・カエキーナ Aulus（前1世紀前半）前69年、土地相続に関する問題で、雄弁家キケロー*によって弁護された人物。その時の『カエキーナ弁護論 Pro Caecina』が伝存する。

❷アウルス・カエキーナ Aulus（前1世紀中頃）❶の息子。カエサル*に対する罵詈讒謗をきわめた中傷文書を記したためパルサーロス*の戦いののちに追放される（前48）。ほどなく、父の代から親交のあるキケロー*のとりなしでカエサルから赦免を得る。前46年にはアーフリカ*へ渡り、ポンペイユス*派に加わったもののタプソス*で敗北（前46）、カエサルに降伏して再度赦され、生命の保証を得た。キケローの著『卜占論 De Divinatione』は、このカエキーナが父親から教わったエトルーリア*の卜占術の知識を参考にして書かれたものと考えられている。

Suet. Iul. 75/ Cic. Fam. 6-5～9, 13-66/ Hirt. B. Afr. 89/ Sen. Q. Nat. 2-39,-56/ etc.

カエキーナ・アリエーヌス、アウルス　Aulus Licinius Caecina Alienus, （ギ）Aliēnos, Ἀλιηνός, （伊）（西）Aulo Cecina Alieno

（?～後79）ローマ帝政期の政治家・武将。ネロー*帝失脚当時（68）、属州ヒスパーニア・バエティカ*の財務官(クァエストル*)の任にあった長身で野心的な美青年。自身、異民族風のズボン(バルバリー)と長袖の上衣を着、妻には紫衣を纏わせ馬に乗せて戦場に同伴するという派手な振る舞いで知られる。いち早く新帝ガルバ*に味方して、上ゲルマーニア*の軍隊指揮権を委ねられるが、公金横領が発覚して処罰されそうになったため、ウィテッリウス*にのりかえ、イタリアへ向かって進撃。ファビウス・ウァレーンス*（?～69）とともにベートリアクム*でオトー*軍を破ってローマ入りを果たし、2人揃って執政官(コーンスル*)職に就く（69年9月1日）。ウィテッリウス帝から富と名誉を与えられたのち、にわかに裏切って対立皇帝ウェスパシアーヌス*側に投じ内乱期を生き延びる（⇒アントーニウス・プリームス）。しかるに、ウェスパシアーヌス帝の末年、陰謀を企てた廉で、ティトゥス*（ウェスパシアーヌスの長男）に晩餐会に招かれ、宴席で刺殺された。ティトゥスの愛人ベレニーケー❼*との関係を疑われて殺されたのだともいわれる。

Tac. Hist. 1-52～, -61, -67～70, 2-20～25, -41～44, 3-13～/ Dio Cass. 65-10, -14, 66-16/ Suet. Tit. 6/ Plut. Otho 7/ Joseph. J. B. 4/ Zonar. 11-17/ etc.

カエキーナ・セウェールス、アウルス　Aulus Caecina Severus, （ギ）Kaikina Seuēros, Καικίνα Σεουῆρος, （伊）（西）Aulo Cecina Severo

（前1世紀後半～後1世紀前期）ローマ帝政初期の武将。ウォラーテッラエ*（現・ヴォルテッラ Volterra）の出身。前1年の補欠執政官(コーンスル*)。属州モエシア*の総督在任中、イッリュリクム*（ダルマティア*）とパンノニア*で先住民の反乱が勃発する（後6）と——両属州の反乱指導者は2人ともたまたまバトー Bato という同名の首長であった——、迅速に行軍してシルミウム*市を救出、翌7年反乱軍を撃破した（その結果、パンノニアのバトーはもう1人のバトーに殺され、後8）、後者はローマに降伏しラウェンナ*へ抑留された（後9））。下ゲルマーニア*総督在職中の14年、アウグストゥス*

帝が死ぬや、軍団の暴動が起きたが、首謀者を急襲して
鏖殺。翌15年将軍ゲルマーニクス*とともにゲルマーニ
ア*へ進攻して、敵将アルミニウス*に大勝し（戦闘前の夢
に、アルミニウスに殺されたローマの将軍ウァールス*の亡霊が
出現したという）、凱旋将軍顕章 Ornamenta Triumphalia を
授与された（16）。のち元老院で、自らの40年間にわたる
軍務経験から「属州に女を同伴するのは百害あって一利な
し」と主張、女性の貪欲や傲慢、性悪な根性が軍隊を腐敗・
堕落させている実情を訴えたが、なんら功を奏さなかった
（21）。
Dio Cass. 55-29, -30, -32/ Vell. Pat. 2-112/ Tac. Ann. 1-31
〜, -56, -60〜, -63〜, -72, 3-18, -33〜/ etc.

カエキリア　Caecilia,（ギ）Kaikiliā, Καικιλία（英）
（伊）（西）Cecilia,（仏）Cécile,（独）Cäcilia,
Zäzilie,（葡）Cecília,（露）Цецилия

ローマのカエキリウス氏*出身の女性名。名門メテッル
ス家*に属するカエキリア・メテッラ*のほか、ローマ古
王タルクィニウス・プリスクス*の妻タナクィル*の本名
ガーイア・カエキリア Gaia Caecilia、T. ポンポーニウス・
アッティクス*の娘ポンポーニア*の別名カエキリア・アッ
ティカ Caecilia Attica などがよく知られる。キリスト教伝
説では、音楽の守護聖女とされるカエキリア（2〜3世紀）
が有名。
Cic. Att. 6-2, -4, Div. 1-44, 2-40, Dom. 47（123）/ Plin. N.
H. 8-74/ Dio Cass./ Tac./ Plut. Sull. 6-10/ etc.

カエキリア・アッティカ　Caecilia Attica
⇒ポンポーニア❷

カエキリア・メテッラ　Caecilia Metella,（伊）Cecilia
Metella,（西）Cecilia Metela,（葡）Cecília
Metela,（露）Цецилия Метелла

ローマのメテッルス家*出身の女性たち（⇒巻末系図
051）。

❶ Caecilia Metella Calva（前2世紀末〜前1世紀）ルーキ
ウス・カエキリウス・メテッルス・カルウス L. Caecilius
Metellus Calvus（メテッルス❷*の弟。前142年の執政官）の
娘。Q. メテッルス❸*・ヌミディクスの姉妹。ルーキウス・
ルークッルス L. Licinius Lucullus（前103年の法務官）の妻
となり、かの富豪ルークッルス*の母となるが、身持ちの
悪さで評判となった。
Plut. Luc. 1/ Cic. Verr. 2-4（66）/ Aur. Vict. De Vir. Ill. 62/
etc.

❷ Caecilia Metella Dalmatica（？〜前80頃）ルーキウス・
カエキリウス・メテッルス・ダルマティクス（デルマティ
クス）L. Caecilius Metellus Dalmaticus（Delmaticus, 前119年
の執政官。メテッルス❸*・ヌミディクスの兄。）の娘。はじめ
M. スカウルス❶*（前115年の執政官）に嫁ぎ、M. スカウ
ルス❷*やアエミリア Aemilia（大ポンペイユス*の2番目の
妻）ら3子の母となる。次いでスッラ*が3番目の妻クロ
エリア Cloelia を追い出して彼女を娶り、双生兄妹ファウ
ストゥス・スッラ*やファウスタ*らを産ませたが、前81
年、彼女が不治の病に罹ると、これを離縁して別邸に移し、
続いて5番目の妻として若き未亡人ウァレリア Valeria（雄
弁家ホルテーンシウス*の姉妹）を迎えた（⇒巻末系図063）。
カエキリア・メテッラはまた、後夫スッラが没収した政敵
たちの財産のうち、多数の地所などを廉価で買い取ってい
たことで知られる。
Plut. Sull. 6, 13, 22, 33, 35, Pomp. 9/ Plin. N. H. 36-24/ Cic.
Scaur. 2-45〜/ etc.

❸（前1世紀）P. レントゥルス・スピンテール*（前57年
の執政官）の同名の息子の妻。Q. カエキリウス・メテッル
ス❾*・ケレル（前60年の執政官）とクローディア*の娘。
淫蕩な婦人で、ドラーベッラ*（キケロー*の女婿）や俳優の
子アエソープス*らと密通し、前45年に離縁された。
Cic. Att. 11-23, 12-52, 13-7/ Hor. Sat. 2-3/ etc.

❹（前1世紀）Q. カエキリウス・メテッルス❻*・クレー
ティクス（前69年の執政官）の娘。三頭政治家クラッスス*
の長男マールクス・クラッスス❷*に嫁ぎ、その墓（伊）
Tomba di Cecilia Metella（長径20 mの円筒形の墳墓）が今も
ローマ南郊アッピウス街道*（ウィア・アッピア*）に残る。

以上の他にも、Q. カエキリウス・メテッルス❷*・マ
ケドニクス（前143年の執政官）の2人の娘や、Q. カエキ
リウス・メテッルス・バレアーリクス Caecilius Metellus
Balearicus（Baliaricus, メテッルス❷*・マケドニクスの子。前
123年の執政官）の娘カエキリア・メテッラ Caecilia Metella
Balearica（？〜前89）など同名の人物が少なからずいる。
Cic. Dom. 47, Div. 1-2, 2-40, Rosc. Am. 10, 50, Att. 4-3,
Fam. 5-3, Cael. 24, Brut. 58/ etc.

カエキリア・メテッラ　Caecilia Metella
⇒カエキリア・メテッラ

カエキリウス　Caecilius,（独）Cäcilius,（伊）（西）
Cecilio
⇒メテッルス

カエキリウス街道（ウィア・カエキリア*）　Via
Caecilia,（英）Caecilian Way,（仏）Voie
Cécilienne

ローマの公道。前117年、執政官のL. カエキリウス・
メテッルス・ディアデーマートゥス Caecilius Metellus
Diadematus によって建設された。ローマ市の北郊35マ
イル、サラーリウス街道*（ウィア・サラーリア*）から分か
れてアミテルヌム*を通り、カストルム・ノウム Castrum
Novum（現・Giulia Nova）でアドリア海に達する。全長148
マイル。
Cic. Red. Sen. 15/ Plin. 3-13/ Eutrop. 4-23/ Vell. Pat. 1-14/
Plut. Coriol. 11/ Strab. 5-241/ Mela/ etc.

カエキリウス（カラクテーの） Caecilius Calactinus

⇒カイキリオス（カレー・アクテーの）

カエキリウス、クィ（ー）ントゥス Quintus Caecilius, （仏）Quinte Caecilius, （伊）（西）Quinto Cecilio, （葡）Quinto Cecílio

ローマの騎士(エクィテース*)の男性名。

❶（前1世紀初頭）カティリーナ*の姉妹の夫。スッラ*の時代にカティリーナによって殺害された。

❷（？～前57）T. ポンポーニウス・アッティクス*の母親の兄弟。L. ルークッルス*の友人。高利貸しで莫大な財産を築き上げたが、甥のポンポーニウス・アッティクス以外は誰も我慢できないほど気難しい旋毛曲がりの老人であったという。死に臨んで彼は、この甥を養嗣子に迎え、1千万セーステルティウスもの財産を遺贈している。したがって、将軍アグリッパ*に嫁いだポンポーニア❷*（アッティクスの娘）は、カエキリアとも呼ばれている。

他にも共和政末期の内乱においてポンペイユス*側に与してカエサル*軍と戦った騎士身分のQ. カエキリウス・バッスス Bassus（前1世紀）らが名高い。

Nep. Att. 5/ Cic. Att. 1-1, -12, 2-9, -19, -20, 3-20, 14-9, 15-3/ App. B. Civ. 3-77～78, 4-58～59/ etc.

カエキリウス氏 Gens Caecilia〔← Caecilius〕, Caecilii

ローマのプレーベース*（平民）系の名門氏族。共和政初期よりその名を知られ、前3世紀前半以来、執政官(コーンスル*)に昇る者も登場、デンテル Denter、バッスス Bassus、ニゲル Niger、ルーフス Rufus などいくつかの家門に分かれたが、そのうちメテッルス家*が最も隆盛をきわめた。ウルカーヌス*神の子でプラエネステ*の創建者カエクルス Caeculus、もしくはアエネーアース*（アイネイアース*）の随身カエカース Caecas を伝承上の鼻祖に仰いでいる。

Liv. 4-16, Epit. 12/ Cic. Div. 1-2/ Caes. B. Civ. 1-46/ Vell. Pat. 2-11/ Festus/ etc.

カエキリウス・スターティウス（または、スターティウス・カエキリウス） (C.) Caecilius Statius (Statius Caecilius), （伊）Cecilio Stazio, （西）Cecilio Stacio

（前230頃～前168頃）ローマ共和政期の喜劇詩人。内ガッリア*のケルト*系イーンスブレース*族の生まれで、メディオーラーヌム*（現・ミラノ）出身。前223年頃に捕われ、奴隷としてローマへ連れて来られたが、のち解放されて、喜劇作家として名声を馳せた。プラウトゥス*の友人。主にメナンドロス*らギリシアの新喜劇を模倣・翻案し、当初は観衆の野次で劇が進行できなくなるほどの不評を買ったものの、やがてプラウトゥスやテレンティウス*と並称されるほど高く評価されるようになった。今日では300行ほどの断片と42篇の題名が残るに過ぎない。

Gell. N. A. 2-23, 4-20, 15-24/ Suet. Terentius/ Varro Sat. Men. 399/ Hor. Epist. 2-1/ Ter. Hecyra 9～27/ Quint. 10-1/ Hieron. Chron./ Vell. Pat. 2-17/ Cic. Fin. 1-2 (4), Att. 7-3/ etc.

カエクブム Caecubum, Caecubus Ager (〈ギ〉カイクーボン Kaikubon, Καίκουβον), （伊）Cecubo

南ラティウム*の地方名。フンディー*近郊の沼沢の多い地方で、詩人ホラーティウス*の時代には名酒の産地として知られていた。

⇒ファレルヌス

Hor. Sat. 2-8, Carm. 1-20, -37, 2-14/ Plin. N. H. 3-5, 14-8/ Columella 3-8/ Mart.12-17, 13-115/ Strab. 5-231, -234/ etc.

カエサラウグスタ Caesaraugusta

⇒カエサル・アウグスタ

カエサリオー（カエサリオーン） Caesario(n), （ギ）Kaisariōn, Καισαρίων （英）（独）（葡）Caesarion, （仏）Césarion, （伊）Cesarione, （西）Cesarión, （露）Цезарион

カイサリオーン*のラテン語形。小カエサルの意。（⇒プトレマイオス15世）

カエサル Caesar, （仏）（西）（葡）César, （独）Cäsar, （伊）Cesare, （露）Цезарь, （漢）該撒

⇒ガーイウス・ユーリウス・カエサル（ローマの政治家）

カエサル Caesar, のちカイサル, ケーサル, （ギ）Kaisar, Καῖσαρ, （仏）（西）（葡）César, （独）Cäsar, （伊）Cesare, （露）Цезарь, （アラビア語）Qayṣar, （ヘブライ語）Keisár, （トルコ語）Kaiseri

ローマのパトリキイー*（貴族）系の名門ユーリウス氏*に属する家名(コグノーメン) cognomen。共和政末期に独裁官(ディクタートル*) C. ユーリウス・カエサル*（大カエサル）を出し、その養嗣子アウグストゥス*が事実上のローマ帝政を樹立したため、以後歴代ローマ皇帝は家名ないし称号としてこの名を帯びた。

カエサルという家名の由来については諸説あり、初めてカエサルを名のった人物が母親の「子宮を切って(カエソー・ウテロー) caeso utero」出生したことに起因するとする帝王切開手術説、初代カエサルが第1次ポエニー戦争*（前264～前241）で敵カルターゴー*軍の象を打ち倒したため、その功績を称えて、「象」を意味するカルターゴーの言葉 caesai にちなんだ異名を捧げられたとする説、先祖の一人が生まれつきおそろしく濃い頭髪(カエサリエース) caesaries をしていたため、あるいは人間のものとは思えぬほど輝かしい灰青色の眼(オクリー・カエシイー) oculi caesii の持ち主だったため、この添え名で呼ばれるようになったとする説などが伝えられている。同家は前3世紀以来、幾人もの高級政務官(マギストラートゥス*)を輩出したが、共和政末期の内乱時には、閥族派(オプティマーテース*)と民衆派(ポプラーレース*)という相対立する2派に分属して、熾烈な政争を闘うに至った（⇒L.ユーリウス・カエサル❶～❸、カエサル・ストラボー・ウォピースクス）。

なお「カエサル」の名は、ネロー*帝の横死（後68）をもってユーリウス=クラウディウス朝が断絶してからも、血縁関係のないガルバ*帝以降の各元首により皇帝の権威を示す称号として使用された。例えば、ドミティアーヌス*帝の場合には、インペラートル・カエサル・ドミティアーヌス・アウグストゥス Imperator Caesar Domitianus Augustus、トライヤーヌス*帝の場合には、インペラートル・カエサル・マールクス・ウルピウス・トライヤーヌス・アウグストゥス Imperator Caesar Marcus Ulpius Traianus Augustus というふうに。そののち、ハドリアーヌス*帝がルーキウス・アエリウス*を養子にした時（136）、彼に「カエサル」の称号を認め、以来この名は副帝もしくは皇位継承者の冠するものとなった（正帝の方は「アウグストゥス」の尊号を帯び続ける）。さらに下って705年、東ローマ皇帝ユースティーニアーヌス2世の復位に協力したブルガール・ハーンのテルヴェル Terver（在位・700～721）が、帝国領土外の君主として初めてカエサルの位を授与されている。後世、「カエサル」の呼称がヨーロッパ諸邦に伝わって、国家の長を意味するドイツ語のカイゼル Kaiser やロシア語のツァーリ Царь を生じたが、インドでも「カエサル」の転訛した「カイサラ Kaisara」という称号が、古くクシャーナ朝時代に帝王の肩書の1つとして用いられていたことが知られている。

Plin. N. H. 7-9/ S. H. A. Aelius 2/ Serv. ad Verg. Aen. 1-286～/ Solin. 1-62/ Zonar. 10-11/ Festus 57/ Isid. Orig. 9-3/ Liv./ Dio Cass./ etc.

カエサル・アウグスタ（カエサラウグスタ）　Caesar Augusta（Caesaraugusta）,（ギ）Kaisareia Augūstā, Καισάρεια Αυγούστα,（ラ）カエサレーア・アウグスタ Caesarea Augusta,（ギ）Kaisaraugūstā, Καισαραυγούστα,（仏）Césaraugusta,（アラビア語）Saraqusta, Saraqosta

（現・〈西〉サラゴーサ Zaragoza,〈英〉〈独〉Saragossa,〈仏〉Sar(r)agosse,〈伊〉Saragozza,〈葡〉Saragoça）ヒスパーニア*東北部、イベールス* Iberus（現・エブロ Ebro）河中流右岸の都市。もとケルティベーリアー*人の町サルドゥバ Salduba であったが、前25年アウグストゥス*帝によってローマ植民市とされ、周囲2.9kmの城壁がめぐらされた。通商・軍事上の要地であり、またローマ帝国の属州ヒスパーニア・キテリオル*（のちヒスパーニア・タラッコーネーンシス*）の行政の中心として重きをなした。ローマ帝政末期の詩人プルーデンティウス*の生地。ローマ軍団が駐屯し経済的にも繁栄を極めていたが、後472年に西ゴート*族の支配下に入り、714年にはイスラーム教徒のムーア軍に占領された。

フォルム*や劇場、浴場、床モザイク、ローマ時代後期の防壁（3世紀）などの遺跡が発掘されている。

⇒セゴウィア、イレルダ

Plin. N. H. 3-1, -3/ Strab. 3-151, -161～/ Mela 2-6/ Ptol. Geog. 2-6, 8-4/ Auson. Epist. 24-84/ It. Ant./ Isid. Orig. 15-1/ etc.

カエサル、ガーイウス　Gaius Julius Caesar
（アウグストゥス*の外孫）⇒ガーイウス・カエサル

カエサル、ガーイウス　Gaius Julius Caesar Germanicus
（ローマ第3代皇帝）
⇒カリグラ

カエサル、ガーイウス・ユーリウス　Gaius Julius (Iulius) Caesar,（ギ）Γάιος Ιούλιος Καῖσαρ,（仏）Caius Jules César,（独）Gaius Julius Cäsar,（伊）Gaio Giulio Cesare,（西）Cayo Julio César,（葡）Caio Júlio César,（露）Гай Юлий Цезарь

（前100年7月13日～前44年3月15日）ローマの政治家・将軍。独裁官（前49～前44）。同名の父ガーイウス C. Julius Caesar（前92年の法務官）とコッタ*家出身の母アウレーリア*との間に生まれる（⇒巻末系図055）。若くして父を亡くし（前85年化粧中に急死）、大金持ちの騎士身分の娘コッスティア Cossutia との婚約を解消して、民衆派の有力者キンナ❶*の娘コルネーリア❷*と結婚する（前83）。古いパトリキイー*（貴族）の家柄の出であったが、父の姉妹ユーリア❶*が民衆派の領袖マリウス*に嫁いでいた関係もあって、前82年、敵対する閥族派の頭目スッラ*から迫害を受け小アジアへ亡命。ビーテューニアー*の国王ニーコメーデース4世*の宮廷に滞在し、王と男色関係を結んでその愛人になったという。スッラが死ぬ（前78）や、急遽ローマへ帰国し、スッラ派の有力者 Cn. ドラーベッラ Cornelius Dolabella（前81年度執政官）や C. アントーニウス❶*・ヒュブリダらを略奪や苛斂誅求の廉で告発（前77、前76）、弁論家として一躍名を馳せたが、腐敗した法廷のせいで敗訴し、報復を避けるべくロドス島*の修辞学者アポッローニオス❷*・モローンの許へ留学。航海の途中、海賊に捕われて要求された巨額の身代金を自ら2.5倍につり上げ、自由の身になるや否や彼らを追跡・捕縛して、かつて約束した通り全員を磔刑に処した逸話はよく知られている（前75）。

2年後ローマ政界に復帰し（前73）、属州外ヒスパーニア*の財務官（前69）、造営官（前65）、大神祇官長（大祭司）（前63）、法務官（前62）と官職を歴任。その間大がかりな見世物や祭礼、饗宴などを主催して着々と民心を収攬し、選挙費用もかさんで莫大な借財を負う身となる。何度か政権顛覆の陰謀を企て、カティリーナ*の謀叛（前63）にも加担したと疑われるが、巧みに難を避け逆に告訴した人々を投獄した（前62）。外ヒスパーニアへ赴任した折には、アレクサンドロス大王*の像を見て、「彼は私の年齢ですでに世界を征服していたというのに、私はまだ何ら記憶に価することをしていない」と言って落涙したと伝えられる。コルネーリアの死（前69／68）後、スッラの孫娘ポンペイヤ

❶*と再婚した (前 67) が、P. クローディウス*・プルケルとの密通事件 (前 62 年末) が公けになったため、彼女を離縁、「私の妻たるものは、いささかでも嫌疑を受ける女であってはならない」という有名な台詞を吐いた (前 61 年初頭)。同年、総督 Propraetor として外ヒスパーニア州へ向かう途上、アルプスの一寒村を通り過ぎた時、側近の者が「こんな僻地にも支配権をめぐる競争などというものがあるのでしょうか」と戯れ言を口にすると、カエサルは真顔になって、「私はローマ人の間で第 2 位に甘んじるよりは、ここの人たちの間で第 1 位を占めたい」と答えたという。

任地でルーシーターニー*族を征服して秩序を回復した彼は「最高司令官 Imperator」の称号で呼ばれ、翌前 60 年ローマに戻ると、政界の大立者クラッスス* (マールクス・リキニウス・クラッスス*) およびポンペイユス* (グナエウス・ポンペイユス・マグヌス❶*) とひそかに盟約を締結、いわゆる「第 1 回三頭政治*」を発足させ、これを背景に前 59 年度の執政官に就任。相役のビブルス* (マールクス・ビブルス*) を無視して思うがままに敏腕を揮い、国有地分配法をはじめとする 3 巨頭に好都合な諸法案を通過させた。また同年、ピーソー・カエソーニーヌス❷*の娘カルプルニア*を娶るとともに、自らの一人娘ユーリア❹*をポンペイユスに嫁がせて、政権の地盤をより鞏固なものとした。

前 58 年、希望通りガッリア*ならびにイッリュリクム*の属州総督 Proconsul となり、以後前 50 年に至るまで外ガッリアの遠征を遂行。巧みな戦術でケルト人* (ケルタエ*) 諸部族を平定したのみならず、ローマ人として初めてレーヌス* (ライン) 河を越えてゲルマーニア*に進撃 (前 55 年、前 53 年の両度)、また海峡を渡ってブリタンニア*へも侵攻し (前 55、前 54)、大いにローマの威を示した。前 52 年、ウェルキンゲトリクス*率いるガッリア人の大反乱を鎮圧、翌年ガッリア全土の征服を完了し、西ヨーロッパのローマ文明化の基礎を据える大業を果たしたが、同時にこの侵略戦争の過程で三百万の敵を破り、約百万の住民を殺戮、同じく百万に及ぶ住民を奴隷としたという (⇒ヘルウェーティイー、アリオウィストゥス、ベルガエ、アンビオリクス、アクィーターニー、テンクテーリーとウーシペテース)。

その間ルーカ* (現・ルッカ) の町においてクラッスス、ポンペイユスと会談して三頭同盟を更新 (前 56 年 4 月)、ガッリアの支配権を 5 年間延長したものの、娘ユーリアの産褥死 (前 54)、東方遠征中のクラッススの戦死 (前 53) などによって、ポンペイユスとの間に疎隔が生じ、元老院の保守派に担がれた後者との対立が尖鋭化した。そしてついに政敵の策動でカエサルの武装解除とローマへの召還が決議されると、彼は「賽は投げられた!」の言葉とともにルビコーン*川を渡ってイタリア本国へ進撃、ポンペイユス派との間の内乱に突入した (前 49 年 1 月) (⇒ガーイウス・マルケッルス、マールクス・マルケッルス❷、クーリオ❷)。ガッリアで養成した精強な軍団を伴って、またたくうちにイタリア半島を席捲し、首都ローマを占領、ポンペイユスおよびその党類が東方へ逃れたので、まずイレルダ*の戦いでヒスパーニアを平定した後、独裁官となり次いで執政官 (前 48、前 46~前 44) に就任。デューッラキオン*の攻防戦 (前 48 年 4~7 月) には成功しなかったけれど、パルサーロス*の決戦 (前 48 年 8 月) で敵の大軍を撃破した。逃走したポンペイユスはエジプトへ亡命を試みて謀殺され (⇒プトレマイオス 13 世)、これを追跡して来たカエサルはプトレマイオス王家の内訌に干渉し、アレクサンドレイア❶*戦役 (前 48 年 10 月~前 47 年 3 月) を敢行した結果、愛人のクレオパトラー 7 世*をエジプト王位に据え、彼女によって 1 子カエサリオーン* (プトレマイオス 15 世*) を儲けた。続いて小アジアへ急行して、ミトリダテース*大王の子パルナケース 2 世*をゼーラ*に破り (前 47 年 8 月)、その戦勝の迅速さを誇って「来た、見た、勝った Veni, vidi, vici」とローマの友人へ書き送った。転じて北アフリカに集結した元老院=ポンペイユス派をタプソス*の戦いで敗北させ (前 46 年 4 月。アーフリカ*戦役・前 47 年 12 月~)、ポンペイユスの 2 子 Cn. ポンペイユス・マグヌス❷*と Sex. ポンペイユス・マグヌス*に率いられた残党をもヒスパーニアのムンダ*に破って (前 45 年 3 月。ヒスパーニア戦役・前 46 年 11 月~) 内乱を終熄させ、盛大な凱旋式を挙げて天下統一を記念した (⇒小カトー、メテッルス❺、ユバ 1 世、ラビエーヌス)。

ローマの単独支配者となったカエサルは、任期 10 年の独裁官 (前 46)、次いで終身の独裁官 (前 44) に就任し、秩序の回復や経済の再建に着手、貧民・退役兵への土地分配やローマの美化、暦法の改正 (前 46、ユーリウス暦*。⇒ソーシゲネース) 等々さまざまな改革事業を推し進め、法律の集大成や公共図書館の建設をも計画した。他方、彼の誕生した 7 月はユーリウス (〈英〉July) と改名され、彼のために神殿や神官団が設けられるなど過度の栄誉が贈られ、また自身意のままに元老院議員や高級政務官を任免するなど特権を行使。前 44 年 2 月のルペルカーリア*祭ではアントーニウス* (マールクス・アントーニウス❸*) から王冠を捧げられ、それを拒否したにもかかわらず、王位をうかがうものと危惧された。同年 3 月、東方遠征に先立ち「パルティアー*は『王』によってのみ征服され得る」とのシビュッラ*予言書が発見される (⇒L. アウレーリウス・コッタ) に及んで、ブルートゥス* (マールクス・ユーニウス・ブルートゥス❷*)、カッシウス* (ガーイウス・カッシウス・ロンギーヌス❶*) 以下 60 名あまりが暗殺計画を企て、カエサルに王の称号が授けられる当日、元老院議場で彼を刺殺した (前 44 年 3 月 15 日)。カエサルは妻の不吉な夢見や種々の凶兆、警告があったのも意に介さず、陰謀団の 1 人デキムス・ブルートゥス❷*に誘い出されるがまま元老院に乗り込み、23 の手傷を負ってポンペイユス像の前で息絶えたのであった (⇒スプーリンナ❶、アルテミドーロス❸、ヘルウィウス・キンナ)。盛大な葬儀が営まれ、その頃出現した大彗星を天上に迎えられたカエサルの魂だと見なして、彼の神格化が公認された (前 42)。彼の死後ローマは再び内乱状態に陥るが、「軍事独裁政権による世界帝国の統合」というその理念は、養嗣子アウグストゥス* (オクターウィアーヌス*) の帝政樹立において成就することとなる。

カエサルは偉大な政治家・軍人であったのみならず、雄弁家・文筆家としても傑出しており、現存する『ガリア戦記 Commentarii de Bello Gallico』や『内乱記 Commentarii de Bello Civili』は簡潔明快な文体でラテン文学史上においても高く評価される。うち前者は彼のガッリア遠征の記録で全8巻（はじめの7巻はカエサル自身が前52～前51年頃公刊、最後の1巻は彼の死後部下のA.ヒルティウス*が執筆）、飾り気のない直截な軍記として政敵キケロー*からも称賛された。後者はルビコーン渡河からパルサーロスの戦勝に至るポンペイユスとの内乱を誌した覚書で現3巻（本来は2巻本）。そのほか『類推論 De Analogia』や『反カトー論 Anticatones』、『星論 De Astris』などの著作があったが散逸した。伝えるところでは、カエサルは多才多智、同時に読み、書き、聞き、かつ口述筆記させることができたという。また他方大変な洒落者かつ放蕩家で、全身脱毛させてつねに人目を惹く衣裳を纏（まと）い、男女両色を弄んで大勢の名門婦女子や異国の王・王妃らと艶聞を流したので、「あらゆる女たちの夫にしてあらゆる男たちの妻だ」と呼ばれるほどであった（⇒マームッラ）。暗殺者M.ブルートゥスは彼と人妻のセルウィーリア*との姦通による子だと噂されており、ブルートゥスが短剣を振りかざすのを見て、カエサルが「わが子よ。お前もか！」と叫んだという話は人口に膾炙している。晩年は健康も衰えて癲癇（てんかん）の発作に悩まされ、また丹念に手入れしていた頭髪も禿げてきたので月桂冠をかぶってそれを隠していたと伝えられている。カエサルは死後に造られた胸像が幾点か現存する他、ルネサンス期以降の画家によってその生涯の情景が描かれており、またシェイクスピアら大勢のヨーロッパの文学者たちをも魅了して、史劇などの諸作品に主要人物としてとりあげられている。
⇒バルブス、オッピウス❷、マティウス
Suet. Iul./ Plut. Caes./ Caes. B. Gall., B. Civ./ Dio Cass. 37～45/ Sall. Cat. 2～6/ Vell. Pat. 2/ App. B. Civ. 2/ Cic. Brut., Fam, Phil. 2/ Plin. N. H. 7/ Quint. 1-7, 10-1/ Gell. 1-10, 19-8/ Macrob. Sat. 1-16/ Tac. Ann. 13-3, Dial. 21/ Val. Max./ Joseph. J. A., J. B./ etc.

カエサル、ゲルマーニクス　Germanicus Julius Caesar
⇒ゲルマーニクス

カエサル・ストラボー・ウォピースクス、ガーイウス・ユーリウス　Gaius Julius Caesar Strabo Vopiscus,（伊）Caio Giulio Cesare Strabone Vopisco,（西）Cayo César Strabo Vopisco

（前130頃～前87）ルーキウス・ユーリウス・カエサル❶*の弟。ローマの政治家、弁論家。初めマリウス*を支持し、兄ルーキウスが執政官（コーンスル*）職にある前90年に高等造営官（アエディーリス*・クルーリス）を務め、前88年には法務官（プラエトル*）職を経ずして、いきなり執政官に立候補（オプティマーテース*）、閥族派から大いに後援されたが、民衆派（ポプラーレース*）の強硬な反対に遭い、この選挙をめぐって両派の対立は白熱化した。前87年、閥族派の領袖スッラ*がミトリダテース*戦争に出征中、ローマの政権を奪回した民衆派のマリウスとキンナ*によって兄ルーキウスとともに処刑され、2人の首級はフォルム*の演壇（ロストラ*）に梟（さら）された。彼は当代一流の機智溢れる雄弁家、詩人として知られ、キケロー*の『弁論家について De Oratore』にも登場する。
⇒巻末系図 055
App. B. Civ. 1-72/ Val. Max. 3-7, 5-3, 9-2/ Vell. Pat. 2-9/ Suet. Iul. 55, Calig. 60/ Cic. De Or., Phil. 11-5, Tusc. 5-19, Brut./ Gell. N. A. 4-6/ Varro Rust. 1-7/ etc.

カエサル、セクストゥス・ユーリウス　Sextus Julius Caesar,（ギ）Sextos Iūlios Kaisar, Σέξτος Ἰούλιος Καίσαρ,（伊）Sesto Giulio Cesare,（西）Sexto Julio César,（葡）Sexto Júlio César

（前78頃～前46）独裁官（ディクタートル*）C.ユーリウス・カエサル*（大カエサル）の親族（⇒巻末系図055）。同名の祖父セクストゥス（前130頃～前90）は前91年の執政官で、独裁官の父ガーイウス（前135頃～前85）の弟に当たる。その孫のセクストゥスは若くして独裁官カエサルに仕え、内乱ではヒスパーニア*戦役に従軍（前49）、属州シュリア*の統治を委ねられる（前47）が、翌年造反した自軍の兵に殺された。
Caes. B. Civ. 2-20/ Hirt. B. Alex. 66/ Dio Cass. 47-26/ App. B. Civ. 3-77/ Plin. N. H. 2-85, 33-17/ Flor. 3-18/ Eutrop. 5-3/ Oros. 5-18/ etc.

カエサル・ネロー、ティベリウス　Tiberius Julius Caesar Nero "Gemellus"
⇒ティベリウス・ゲメッルス

カエサル、ネロー・ユーリウス　Nero Julius Caesar
⇒ネロー・カエサル（ゲルマーニクス*の長男）

カエサル、ルーキウス　Lucius Julius Caesar
（アウグストゥス*の外孫）⇒ルーキウス・カエサル

カエサル、ルーキウス・ユーリウス　Lucius Julius Caesar,（ギ）Lūkios Iūlios Kaisar, Λούκιος Ἰούλιος Καίσαρ,（伊）Lucio Giulio Cesare,（西）Lucio Julio César,（葡）Lucio Júlio César

カエサル*家出身のローマの政治家。巻末系図 055 を参照。

❶（前135頃～前87）属州マケドニア*の総督（プロープラエトル*）Propraetor（前94頃）、前90年の執政官（コーンスル*）。同盟市戦争*（前91～前88）では軍を率いて健闘したが、相役執政官のルティーリウス・ルプス P. Rutilius Lupus が敗死し、味方に利あらず、やむなくローマに忠誠を誓うすべてのイタリア自由人と解放奴隷にローマ市民権を与える法律 Lex Julia de Civitate を通過させる（前90）。翌前89年の監察官（ケーンソル*）を務め（相役は P. リキニウス・クラッスス❷*）、弟のカエサル・ストラボー・ウォピースクス*とともに閥族派（オプティマーテース*）に属して、かつて支持した民衆派（ポプラーレース*）の領袖マリウス*と対立したた

め、前87年アーフリカ*から帰国したマリウスによって殺害され、兄弟の首はフォルム*の演壇(ロストラ)に曝された。Q. ルターティウス・カトゥルス❶*の異父弟に当たる。また娘ユーリア❷*は強欲な政治家アントーニウス・クレーティクス*（M. アントーニウス❷*）の継室となり、かの三頭政治家の1人 M. アントーニウス❸*をはじめとする3兄弟を産み、夫の死後、P. レントゥルス・スーラ*に再嫁している。

App. B. Civ. 1-40〜42, -45/ Vell. Pat. 2-15/ Liv. Epit. 73/ Plin. N. H. 2-29/ Cic. Div. 1-2, Balb. 8 (21), De Or. 3-3, Tusc. 5-19/ Val. Max. 9-2/ Flor. 3-18, -21/ etc.

❷（前1世紀）❶の息子。前64年の執政官(コーンスル)。前61年の監察官(ケーンソル)（相役は大クーリオー*）。父同様、閥族派(オプティマーテース)に属していたが、のち転向してカエサル*のガッリア*遠征の補佐官(レーガートゥス) Legatus となり（前52〜前49）、続く内乱時にもイタリアにあってカエサルに仕えた。カエサル暗殺（前44）後、甥の M. アントーニウス❸*に敵対したため、三頭政治家の処罰者名簿(プロースクリープティオー) proscriptio に載せられ、妹のユーリア❷*（アントーニウスの母）の許へ逃れ、彼女の懇願によってかろうじて甥から赦免を得た。

Sall. Cat. 17/ Dio Cass. 37-6, -10, 42-30, 47-6, -8/ Caes. B. Gall. 7-65, B. Civ. 1-8/ App. B. Civ. 4-12, -37/ Plut. Ant. 19, Cic. 46/ Liv. Epit. 120/ Vell. Pat. 2-57/ Flor. 4-6/ etc.

❸（? 〜前46）❷の息子。前49年の内乱勃発時に、ポンペイユス*側に属し、和平交渉のためカエサル*の許へ派遣されるが成功しなかった。同年8月、シキリア*（現・シチリア）からアーフリカ*へ渡ろうとする小クーリオー*を阻止せんと試みたが、敵の艦隊を目にするや、怖じ気づいて一目散に遁走した。タプソス*の敗戦（前46）後、小カトー*に後事を託され、カエサルの宥恕を求めて投降した。しかるに、かつて彼がカエサルの奴隷や解放奴隷たちを残忍な方法で虐殺したことがあったため、怒り狂ったカエサル軍によって殺害された。尊大だが怯懦かつ無能な若者だったらしく、その人となりを知るキケロー*は、彼を「ボサボサに解けた綟みたいな男だ」と評している。

Caes. B. Civ. 1-8〜10, 2-23/ Dio Cass. 41-5, -41, 43-12/ Cic. Att. 7-13〜, Fam. 9-7/ Suet. Iul. 75/ Plut. Cat. Min. 66/ Hirt. B. Afr. 88〜89/ etc.

カエサレーア（カエサリーア） Caesarea (Caesaria),
（ギ）カイサレイア* Kaisareia, Καισάρεια,
（仏）Césarée,（独）Cäsarea,（伊）Cesarea,
（西）Cesárea,（葡）Cesareia,（露）Кесария,
Цезариа, Кейсария

ローマ時代に皇帝カエサル*＝アウグストゥス*を記念して建設ないし命名された都市。帝国各地にあったが、そのうち最も著名なものは以下の通りである。

❶カエサレーア・パラエスティーナエ*（パレスティナ*のカイサレイア）
❷カエサレーア・ピリッピー*
❸カエサレーア・マザカ*

カエサレーア・パラエスティーナエ（パレスティナのカエサレーア）
❹カエサレーア・マウレーターニアエ*（マウレーターニア*のカエサレーア）

その他、アレクサンデル・セウェールス*帝の生地たるフェニキア*のカエサレーア Arca Caesarea や、ビーテューニアー*のカエサレーア（(ギ) Smyrdaleia, 現・Kesri）が知られる。またピシディアー*のアンティオケイア❷*（現・Yalvaç）や、小アジア西岸アイオリス*地方のキューメー*、リューディアー*の町トラッレイス* Tralleis（(ラ) トラッレース Tralles）、キリキアー*の都市アナザルボス Anazarbos（現・Anavarza）などいくつかのギリシア・ヘレニズム都市が、ローマ帝政期にカエサレーア（カイサレイア）と改称されている。
⇒カエサル・アウグスタ、カエサロドゥーヌム
Plin. N. H./ Mela/ Strab./ Ptol. Geog./ Amm. Marc./ Zonar./ Steph. Byz./ Suda/ etc.

カエサレーア・パラエスティーナエ（パレスティナ*のカエサレーア） Caesarea Palaestinae, Caesarea Palestina, 別称・カエサレーア・マリティマ Caesarea Maritima（「海沿いのカエサレーア」の意）,（ギ）Kaisareia hē paralios, Καισάρεια ἡ παράλιος, Kaisareia epi tē thalassē, Καισάρεια ἐπὶ τῇ θαλάσσῃ,（英）Caesarea in Palestine,（ヘブライ語）Qaisariyyah,（アラビア語）Kaysaria(h),（和）カイザリヤ

（現・Kaisarieh, Keisarya, Qesarya）地中海沿岸に面したパレスティナ*の港湾都市。イオペー*（ヨッパ Joppa、現・ヤッファ Jaffa）の北約50 km、イェルーサーレーム*（エルサレム）の北西102 kmにあり、古くはシードーン*王ストラトーン Straton の塔 Stratōnos Pyrgos,（ラ）Stratonis Turris と呼ばれるフェニキア*人の町であった（前3世紀〜）。ハスモーン朝*の王アレクサンドロス・イアンナイオスに占領された（前103）のち、前63年ローマの将ポンペイユス*によって属州シュリア*に編入された。次いで前30年アウグストゥス*帝からこの町を与えられたヘーローデース1世*（ヘロデ大王）は、12年間を費してここに豪華な都市を建設（前22頃〜前10頃）、皇帝(カエサル*)を記念してカエサレーア*と名づけた。以来ユダヤ王国の主要海港として繁栄し、後7年からはユダヤの首府が置かれ、ローマの属州管理官(プロークーラートル)（元首属吏） Procurator が居住したほか、ヘーローデース・アグリッパ*ら王家の人々も滞在した。後66年ここでユダヤ人の反乱（第1次ユダヤ戦争）が勃発し、鎮圧に派遣されたウェスパシアーヌス*は69年、この町において皇帝に推戴される。後に学問の府となり、オーリゲネース*、エウセビオス❶*らがこの地で活躍した。史家プロコピオス*、エウセビオスの生地。ビザンティン時代にも栄え続け、640年アラブ＝イスラーム軍に征服され、フランク人（(アラビア語) Faranji、いわゆる「十字軍」）の侵略（1218〜1265）を経てようやく衰退した。今日もローマ時代の劇場(テアートルム*)や港湾施設、水道橋(アクアエドゥクトゥス*)、円形闘技場(アンピテアートルム*)、市壁、アウグストゥス神殿址、ミトラース*教寺院 Mithraeum、ヒッポドロモス*等々、

多くの遺跡が見られる。
⇒プトレマーイス、アスカローン
Joseph. J. A. 13-11, 14-5, 15-8, -9, 16-2, -5, -11, 17-9, 18-3, 19-8, 20-8, J. B. 1-21/ Plin. N. H. 5-14/ Strab. 16-758/ Tac. Hist. 2-78/ Euseb. Hist. Eccl. 8/ Nov. Test. Act. 8-40, 9-30, 10-1〜, 18-22, 21-8, 23-23〜/ etc.

カエサレーア・ピリッピー　Caesarea Philippi,（ギ）カイサレイア・ピリップー Kaisareia hē Philippū, Καισάρεια ἡ Φιλίππου,（別名）Kaisareia Paneas (Panias), Καισάρεια Πανεάς (Πανιάς), Caesarea Paneas (Panias),（伊）Cesarea di Filippo,（西）Cesarea de Filipo

（ピリッポスのカイサレイア、〈和〉ピリポ・カイザリア、古くは〈ギ〉パーニオン Panion, Πάνιον, Panium、または Panias, Πανιάς, Paneas, Πανεάς,〈現アラビア語〉Baniyâs,〈ヘブライ語〉Banias）シュリアー*南部、ヘルモーン Hermon（〈ギ〉・Panion）山の南西麓にあった町。ダマスコス*の南西 65km、ガリラヤ Galilaia 湖の北 40km に位置し、ヨルダン Iordanes 河の源といわれる伝説的な泉があって、パーン*神が祀られていた —— ギリシア名パーニオンは、この神に由来 —— 。前 20 年アウグストゥス*帝からこの地を与えられたヘーローデース 1 世*（ヘロデ大王）は、皇帝を記念して大理石のパーン神殿を造営。次いで息子のヘーローデース・ピリッポス 2 世*が市を美化拡張し、当時の皇帝ティベリウス*を称えてカエサレーア*と命名、パレスティナ*沿岸のカエサレーア❶*（カエサレーア・パラエスティーナエ*）と区別するべく自らの名ピリッポスを冠した。70 年のイェルーサレーム*（エルサレム）陥落後、ローマの将ティトゥス*（のち皇帝）は剣闘士試合をこの町で開催。宿場町として有名だったが、現在は「パーンとニュンペー*（ニンフ*）に捧げた神殿」というギリシア語の岩窟碑文だけが残るに過ぎない。キリスト教伝説によると、使徒ペトロス*（ペトロ）は、この地でイエースース*をクリストス*であると認知し、それに応えてイエースースがペトロスに天国の鍵を授けた場所であるという。
Plin. N. H. 5-15/ Joseph. J. A. 18-2, 20-9, J. B. 1-21, 2-9, 3-9, -10, 7-2/ Nov. Test. Matth. 16-13, Marc. 8-27/ Ptol. Geog. 5-15/ Euseb. Hist. Eccl. 7-17〜/ Sozom. 5-21/ Philostorgius 7-2/ Phot./ etc.

カエサレーア・マウレータニアエ　Caesarea Mauretaniae（マウレータニア*のカエサレーア）、別名・イオール・カイサレイア Iōl Kaisareia, ’Ιώλ Καισάρεια,（仏）Césarée de Mauritanie,（伊）Cesarea in Mauritania

（古くは Iōl, ’Ιώλ、現・Sharshāl または Cherchel, Shershell）北アフリカ、マウレータニア*地方の地中海沿岸に前 6 世紀頃フェニキア*＝カルターゴー*人が建設した古代都市。イーコシオン Ikosion（現・アルジェ Alger）の西 96km に位置する。カエサル*の時代にはボックス 2 世*（〜前 33）の王都だったが、前 25 年以降マウレーターニア王ユバ 2 世*の首都となる。ユバは自分に王位を授けてくれた皇帝アウグストゥス*を称えて、市名をカエサレーア*と改称、ギリシア文化の中心地となる。ユバ 2 世の後継王プトレマイオス❸*がカリグラ*帝に殺されて（後 40）からは、ローマ帝国の属州マウレータニア Mauretania Caesariensis の州都。のちクラウディウス*帝によってローマ植民市（コローニア*）の権利が与えられ、アーフリカ*の主要な港湾都市として繁栄。地中海・大西洋地域と交易を行ない、またローマ帝国の艦隊の基地となった。マクリーヌス*帝、および文法学者プリスキアーヌス*の生地。キリスト教の伝承では、聖マルキアーナ Marciana が剣闘士らに輪姦されたうえ、この地の円形闘技場（アンピテアートルム*）で野牛や豹に殺されたことになっている。429 年にヴァンダル*族（ウァンダリー*）に占領・略奪されたのち、534 年に東ローマ帝国軍によって奪回された。
送水路（アクアエドゥクトゥス*）やマルキアーナが殉教したという闘技場の遺構の他、モザイク舗床や彫刻類が発掘されている。
Plin. N. H. 5-1/ Mela 1-6/ Eutrop. 7-10/ Strab. 17-831/ Ptol. Geog. 2-4/ Dio Cass. 60-9/ Amm. Marc. 29-5/ Procop. Vand. 2-5/ Solin. 25-16/ etc.

カエサレーア・マザカ（カッパドキアー*の）　Caesarea Mazaca,（仏）Césarée de Cappadoce,（ギ）Καισάρεια Μάζακα（伊）（西）Cesarea Mazaca

（古くは（ギ）マザカ Mazaka, Μάζακα、次いでエウセベイア Eusebeia, Εὐσέβεια）（現・カイセリ Kayseri,〈ザザキ語〉Qeyseriye,〈アラビア語〉Kaisariyah）カッパドキアー*王国の首都。交通の要衝に位置するため、アリアラテース*朝の王都となり（前 301 頃）、アリアラテース 5 世*（在位・前 163〜前 130）の時にギリシア化が進められた。前 77 年、アルメニアー*のティグラーネース*大王に劫略され、住民はひとり残らずメソポタミアー*へ連行されてからティグラーノケルタ*に入植させられたが、8 年後にローマの将ルークッルス*によって解放された（前 69）。のちカッパドキアー王アルケラーオス*により、ローマ皇帝を称えてカエサレーア*と改名され（前 12／前 9 頃）、後 17 年にはローマの属州カッパドキア*の州都に定められた。古代末期にはキリスト教の教父バシレイオス*の生地となっている。帝政期の大浴場（テルマエ*）跡とユースティーニアーヌス*1 世が築いた城壁、近郊のローマ時代の墓地がわずかに残るばかりで、ほかはおおむねサルジューク朝（俗称・セルジューク朝）の建造物で占められている。
Strab. 12-537〜539/ Plin. N. H. 6-3/ App. Mith. 67/ Eutrop. 7-11/ Procop. Aed. 5-4/ Zonar. 12/ Steph. Byz./ Suda/ etc.

カエサロドゥーヌム　Caesarodunum,（ギ）Kaisarodūnon, Καισαρόδουνον, Augusta Turonum

（現・トゥール Tours）外ガッリア*の中部、リゲル Liger（現・ロワール Loire）河中流沿岸の都市。ガッリア系のトゥロニー

Turoni（〈仏〉Turones）族の町であったが、前1世紀中頃カエサル*に征服されてのち改称された。近代名のトゥールはトゥロニー族の都市 Civitas Turonum (Turoni) に由来する。後4世紀末期にマルティーヌス*（トゥールのマルタン）が、そしてメロヴィング朝フランク王国時代には史家グレーゴリウス Gregorius Turonensis（トゥールのグレゴワール、後538～594）が司教として活躍した。2世紀に遡るアンピテアートルム*円形闘技場や3世紀の城壁の一部などが残っている。

なお他に外ガッリアには北部のガッリア・ベルギカ*地方に同じくカエサルの名にちなんだ都市カエサロマグス Caesaromagus（のち Bellovacum, 現・ボーヴェー Beauvais）があった（⇒ベッロウァキー）。

Caes. B. Gall. 2-35, 7-4, -75, 8-46/ Tac. Ann. 3-41/ Amm. Marc. 15-11/ Ptol. Geog. 2-8/ Plin. N. H. 4-18/ etc.

カエソーニア、ミーローニア　Milonia Caesonia,（ギ）Milōniā Kaisōniā, Μιλωνία Καισωνία,（仏）Césonie,（独）Cäsonia,（伊）（西）Cesonia,（葡）Cesónia（露）Милония Цезония

（後6年6月頃～41年1月24日）ローマ第3代皇帝ガーイウス・カリグラ*の最後の妻。若くもなければ美しくもなく、すでに別の男との間に儲けた3人の娘の母親でもあり、そのうえ贅沢と放縦とで頽廃していた淫婦だった。にもかかわらずカリグラに熱愛され、1女ドルーシッラ❹*を出産。ロッリア・パウリーナ*を追い出して、帝の正妻の座におさまる（39）。カリグラの愛情を繋ぎとめておくため、彼に媚薬ヒッポマネス*を飲ませ、それが原因で皇帝は発狂したという。カリグラが暗殺された直後、彼女は娘と一緒に宮殿内で処刑されて果てた ── カエソーニアは斬首、幼い娘のドルーシッラは頭を壁に激しく叩きつけられて殺される ──。生前カリグラは、彼女の武装姿や裸身を兵士や友人らに誇示し、また彼女の項（うなじ）に接吻しながら、「この綺麗な首も、余の命令一つで、いつでもたたき落とされるのだ」と囁いたり、「なぜ余がかくもカエソーニアに夢中になるのか、その訳を彼女を拷問にかけて聞き出したい」などと放言していたという。なお彼女は、6度も結婚を繰り返した母ウィスティリア Vistilia を通じて、名将コルブロー*の異父妹に当たる（⇒巻末系図095）。

Suet. Cal. 25, 33, 38, 50, 59/ Dio Cass. 59-3, -23, -25, -28, -29/ Joseph. J. A. 19-2/ Tac. Ann. 2-85/ etc.

ガエトゥーリア　Gaetulia,（ギ）Gaitulia ガイトゥーリアー*,（仏）Gétulie,（独）Gätulien,（伊）（西）Getulia,（葡）Getúlia

北アフリカのアトラース*山脈から大西洋にかけての地方。ヌミディア*とマウレーターニア*の南側に当たり、サーハラ砂漠北部のオアシス地帯を含む。ベルベル系の民族ガエトゥーリー*人の住地。彼らは馬の飼育に長じ、緋紫染料をも生産、好戦的な民族で皮革を身にまとい、乳と肉だけを飲食物とし、また一夫多妻の風習で知られていた。伝承によると、フェニキア*から亡命してきたディードー*に土地を与えたイアルバース Iarbas もガエトゥーリー人の王であったという。第2次ポエニー戦争*（前218頃～前201）の頃、ヌミディア王マシニッサ*に征服され、のちローマ帝国の属州*アーフリカ*に侵入したが、コルネーリウス・レントゥルス・ガエトゥーリクス*に撃退された（後6）。⇒ガラマンテス、ユグルタ

Plin. N. H. 5-1, -4/ Verg. Aen. 4-40, -326, 5-51, -192/ Sall. Jug. 18, 19, 80, 88, 97～/ Mela. 1-4/ Varro Rust. 2-11/ Strab. 17-829, -838/ B. Afr. 25, 32, 35, 55, 56, 61, 93/ Dio Cass. 55-28/ Flor. 4-12/ Ptol. Geog. 4-2, -3, -6, 8-13, -14/ Ov. Fast. 2-319/ etc.

ガエトゥーリクス、グナエウス・コルネーリウス・レントゥルス　Cn. Cornelius Lentulus Gaetulicus,（ギ）Gnaios Kornēlios Lentūlos Gaitūlikos, Γνάϊος Κορνήλιος Λέντουλος Γαιτούλικος,（伊）Gneo Cornelio Lentulo Getulico,（西）Cneo Cornelio Léntulo Getulico

（？～後39年秋）ローマの名門貴族レントゥルス*家出身の政治家。後26年の執政官職（コーンスル*）を経て、10年間にわたり上ゲルマーニア*属州の総督を務める（30～39）。軍紀を緩（ゆる）め処罰を寛大にして将兵の好意を得、軍部に勢力を扶植しておいたおかげで、権臣セイヤーヌス*が失脚した際にも（31）、その縁者・友人の中で唯1人破滅を免れた（34）。しかるに5年後、カリグラ*帝暗殺を企てた廉（かど）で告発されると、武力抵抗を試みることなく自裁した（39）。この陰謀計画の立役者 M. レピドゥス❹*は殺され、共犯の皇妹たち・小アグリッピーナ*とユーリア❼*は流刑に処された。また彼は史家・好色詩人として知られ、『ギリシア詞華集*』に幾篇か作品が収められている（⇒アルビノウァーヌス）。

父コッスス Cossus Cornelius Lentulus（前1年の執政官）は、アーフリカ*に侵入したガエトゥーリー*族を打ち

系図134　ガエトゥーリクス、グナエウス・コルネーリウス・レントゥルス

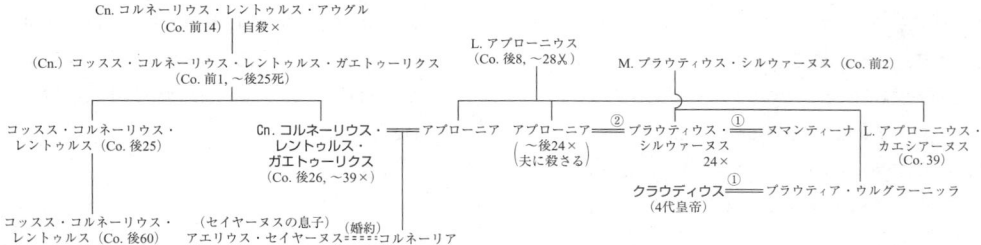

破って、凱旋式顕章と副名 agnomen ガエトゥーリクスを得た（後6）のち、ティベリウス*帝の治下に告発を免れつつ高齢で没した（25）老練の人物。祖父のグナエウス Cn. Lentulus Augur（前14年の執政官。鳥卜官）は、愚昧で訥弁、かつて貧窮していたところ、アウグストゥス*からパトリキイー*（貴族）にふさわしい財産を付与され、後には巨富を築いたものの、貪欲なティベリウスによって自殺に追い込まれ、死に臨んで皇帝を唯一の相続人に指名することを余儀なくされている。
Tac. Ann. 4-42, -44, -46, 6-30/ Dio Cass. 54-12, 55-28, 57-24, 59-22/ Suet. Tib. 49, Calig. 8, Claud. 9, Galb. 6/ Sen. Ben. 2-27/ Juv. 8-26/ Flor. 4-12/ Vell. Pat. 2-116/ Mart. praef./ Plin. Ep. 5-3/ etc.

ガエトゥーリー（人） Gaetuli,（ギ）ガイトゥーロイ*,（英）Gaetulians,（仏）Gétules,（独）Gaetuler, Gätulier,（伊）Getuli,（西）Getulos
⇒ガエトゥーリア

カエピオー、クィ（ー）ントゥス・セルウィーリウス Quintus Servilius Caepio,（ギ）Kointos Seruilios Kaipiōn, Κόιντος Σερουίλιος Καιπίων,（伊）（西）Quinto Servilio Cepio,（葡）Quinto Servílio Cepião
（前2世紀末に活躍）ローマの保守的な閥族派の政治家・将軍。前109年に法務官として外ヒスパーニア*へ赴任し、前107年に帰国して凱旋式を挙げた。前106年度の執政官。翌前105年、ガッリア・ナルボーネーンシス*へ出征してキンブリー*族を迎え撃ったが、彼と執政官のマクシムス Cn. Manlius Maximus の率いるローマ軍はアラウシオー*（現・オランジュ）で完敗、8万の軍団兵と4万の軍属が戦場に屍をさらした。カエピオー自身は死を免れたものの、帰国後命令権 imperium を剥奪され、前103年には護民官のガーイウス・ノルバーヌス*から戦利品横領罪の廉で告発を受け、戦闘指揮を誤ったとして投獄されたうえ財産没収の憂き目に遭った。獄死して遺骸をゲモーニアエ*の階段にうち棄てられたとも、脱獄してスミュルナー*に客死したとも伝えられる。彼の悲運は、執政官在職中にトロ一サ*（現・トゥールーズ Toulouse）の神殿を略奪した報いであるとされ、ここから「トロ一サの富を獲る」という成句が生じたという。強奪したのは銀11万ポンドー、金150万ポンドーで、この財宝はかつてケルト*人がデルポイ*を占領した時（前279）に奪い去ったものであると伝えられている。

なお彼の同名の父 Q. セルウィーリウス・カエピオーは前140年の執政官で、その兄弟 Cn. セルウィーリウス・カエピオー（前141年の執政官）とファビウス・マクシムス・セルウィーリアーヌス Fabius Maximus Servilianus（前142年の執政官）は、ともにウィリアートゥス*戦争で活躍した。また彼の同名の息子 Q. セルウィーリウス・カエピオーは、護民官 M. リーウィウス・ドルースス❷*の姉妹リーウィア❷*（後夫との間に小カトー*を産む）を娶ったが、のち義兄弟ドルーススと激しく対立し、前91年これを暗殺したと伝えられ、前90年同盟市戦争*で自らも仆れた（⇒巻末系図056）。カエピオー家は貴族（パトリキイー*）のセルウィーリウス氏*に属する名門で、女系を通じて、カエサル*暗殺で名高い M. ブルートゥス❷*や C. カッシウス・ロンギーヌス*、大富豪 L. ルークッルス*、三頭政治家レピドゥス*、さらにはローマ帝室とも縁続きとなっている。
⇒セルウィーリア
Liv. Epit. 67/ Sall. Jug. 114/ Cic. Brut. 44, Balb. 11/ Val. Max. 4-7, 6-9/ Strab. 4-188/ Gell. 3-9/ Just. 32-3/ Flor. 3-3/ Vell. Pat. 2-12/ Plut. Mar. 19, Sert. 3, Luc. 27/ Eutrop. 4-27/ Dio Cass./ etc.

カエリウス丘 Mons Caelius, Collis Caelius, Mons Caelianus,（英）Caelian Hill, Coelian Hill,（仏）Colline Cælius,（独）Hügel Caelius,（西）（葡）Monte Celio,（露）Целий Холм
（現・（伊）チェリオ丘 Monte Célio, ラテラーノ丘 Monte Laterano）ローマの七丘*の1つ。古王セルウィウス・トゥッリウス*の城壁内の東南部にあり、たくさんの樫が生い茂っていたので、「樫の森 Querquetulanus」と呼ばれていた。伝承では初代王ロームルス*の頃、エトルーリア*の首長カエリウス・ウィベンナ Caelius Vibenna（（エトルーリア語）Kaile Fipne）が、軍隊を率いてローマに来援し、その後この丘に定住、以来彼の名にちなんでカエリウス丘と呼ばれるようになったという（異伝あり）。この丘からフォルム*にかけての一帯は大勢のエトルスキー*（エトルーリア人）が住み、特にトゥースクス Tuscus 街はローマで最も賑やかな町で、贅沢な着物・香料の店が並び、体を売る男女も少なからずいたことで知られる。後27年の火災で灰燼に帰して以来、カエリウス丘は富裕層の邸宅・庭園で占められるようになり、クラウディウス*帝を祀る神殿も建立された（54年末～）。

とりわけラテラーヌス*家の立派な屋敷が名高かったが、65年、当主のプラウティウス・ラテラーヌス Plantius Lateranus（もとメッサーリーナ*后の情夫の1人）がピーソー*の陰謀事件に連座して処刑されたため、邸宅もネロー*帝に没収され、ローマ帝政後期になってコーンスタンティーヌス1世*（大帝）がこれをローマ司教（主教）に下賜（311）、以来ここはローマ司教いわゆる「教皇」の居館になったと伝えられる――1309年のアヴィニョン捕囚まで。ただし原形は留めておらず、下賜の事実を証明する記録もない――。
Cic. Rep. 2-18, Off. 3-16/ Tac. Ann. 4-64～, 15-38, -60/ Liv. 1-30/ Varro Ling. 5-46/ Juv. 10-17/ Dion. Hal. 2-36/ Val. Max. 8-21/ Suet. Tib. 48/ S. H. A. Marc. 1, Comm. 16/ etc.

カエリウス・ルーフス、マールクス　Marcus Caelius Rufus, （ギ）Markos Kailios, Μάρκος Καίλιος, （伊）（西）Marco Celio Rufo, （葡）Marco Célio Rufo

（前87年頃5月28日～前48）ローマ共和政末期の政治家・弁論家。騎士身分（エクィテース*）の出身。キケロー*の弟子で友人。若くして頭角を現わし、前59年にはC. アントーニウス❶*・ヒュブリダを属州収奪の廉で告発して勝訴、その後も法廷で告訴したりされたりしつつ生涯の大半を送った。放縦な生活で名高く、詩人カトゥッルス*を押しのけて淫婦クローディア*の愛人となるが、後に彼女を捨てたため、復讐心に燃えるクローディアの企てで、エジプトの使節団長毒殺ならびにクローディア毒殺未遂の罪で訴えられる（前56）。キケローの弁護で無罪判決をかちとり、その後、護民官（トリブヌス・プレービス*）（前52）、造営官（アエディーリス*）（前50）と昇進。内乱勃発時（前49）にはカエサル*側に味方して、前48年度の法務官（プラエトル*）職を与えられる。しかし、巨額の負債に困って借金の帳消しを提案、ミロー*とともに南イタリアでカエサルに反乱を起こしたが、ほどなく鎮圧されて処刑された。キケローとの間に交された往復書簡や、美青年を恋するカエリウスを歌ったカトゥッルスの詩などで知られる。また、前50年の監察官（ケーンソル*）App. クラウディウス・プルケル❸*から自由身分の少年を犯した廉で告発されそうになったけれど、逆にクラウディウス・プルケルを同じ罪で訴えて上首尾の結果を得たこともある。
⇒ベスティア、L. カルプルニウス

Cic. Cael., Att. 1-16, 5-8, Fam. 3-10/ Quint. 4-2, 9-3/ Caes. B. Civ. 1-2, 3-20～22/ Dio Cass. 41-2～3, 42-22～25/ App. B. Civ. 2-22/ Plin. N. H. 27-2/ Catull. 77/ etc.

カエレ　Caere, （エトルーリア語）Cisra, Cisara ないし Chaisr(i)e, （ギ）カイレ Kaire, Καῖρε

（古くは（ギ）アギュッラ*、現・チェルヴェテリ Cerveteri ＜ Caere vetus,「旧カエレ」の意味）エトルーリア*南部の都市。十二市連合の1つで、ローマの西北25マイル、海から5マイルの台地に位置し、ピュルギー*（現・Santa Severa）など少なくとも5つの外港をもつ。伝説では、エトルスキー*（エトルーリア人）の来住以前に、テッサリアー*から来たペラスゴイ*人によって創建されたといい、エトルーリア諸市のうちカエレのみがデルポイ*に奉納庫（宝物庫）を構えていた。海上貿易でめざましく発展を遂げ、エトルーリア人諸都市の中でも最も有力な商業都市として殷賑を極めた。前7～前5世紀に最盛期を迎え、郊外の「死者の町 Necropolis（ネクロポリス）」には立派な墳丘墓 tumulus（トゥムルス）（代表例 Tomba Regolini-Galassi）がいくつも残り、往時の栄華を偲ばせる貴金属製品や陶器など多くの副葬品が発掘されている。前390年にガッリア*人がイタリアに侵入した時、カエレはローマからウェスタ*の女神官（ウェスターリス*）らを迎え入れて庇護し、ローマと同盟を結んだが、のちタルクィニイー*に協力してローマに背いた（前353）ため、沿岸地帯を剥奪され、事実上その属領と化した（前351）。

カエレはかつてギリシア人からアギュッラと呼ばれる都市であったが、小アジアのリューディアー*より来住したエトルーリアの人々が城壁に近づいて市名を尋ねたところ、出てきた住民が返事をする代わりに「カイレ Khaire（ご機嫌よう）」と挨拶したので、以後この町はカエレと呼ばれるようになった、と伝えられている。前535年アラリアー*の海戦で勝利したアギュッラは、あまりにも大勢のギリシア人捕虜を得たので処置に困り、彼らを石打ちの刑で殺害、以来その怨霊に祟られて悩んだという。

ローマの領土となってからも、カエレ市にはエトルーリア文化を学ぶためにローマの青年貴族が派遣されていた。やがて、次第に衰亡し、ストラボーン*の頃には湯治場と化していた。墳墓からの出土品の大半はローマのヴィラ・ジュリア博物館やヴァティカンのグレーゴリウス美術館に収蔵されている。

なお古代ローマには、投票権をもたない、ないしは剥奪された市民をカエレ人 Caerites と呼びならわす習慣があった。
⇒メーゼンティウス

Plin. N. H. 3-5/ Liv. 1-2, -60, 6-5, 7-19～/ Verg. Aen. 8-479/ Gell. 16-13/ Hor. Epist. 1-6/ Serv. ad Verg. Aen. 8-597, 10-183/ Strab. 5-220/ Herodot. 1-167/ Dion. Hal. 1-20, 3-58/ Diod. 15-14/ Mart. 13-124/ Columella Rust. 3-3/ Steph. Byz./ etc.

カエレア、ガーイウス・カッシウス　Gaius Cassius Chaerea, （ギ）Khaireas, Χαιρέας, （伊）Gaio Cassio Cherea, （西）Cayo Casio Querea, （露）Гай Кассий Херея

（前12頃～後41）ローマの軍人。カリグラ*帝暗殺の首謀者。ゲルマーニクス*指揮のもと百人隊長としてレーヌス*（ライン）河畔に出征し、アウグストゥス*死去の折に生じたゲルマーニア*駐屯軍の暴動（後14）鎮圧に当たって勇猛さを発揮した。やがて近衛隊副官に昇進するが、カリグラ帝から絶えずその"女々しさ"を侮辱されたため、ついに同僚のコルネーリウス・サビーヌス C. Cornelius Sabinus や解放奴隷カッリストゥス*らとかたらって暴君殺害を決行。41年1月24日劇場を出てパラーティウム*へ戻る皇帝を拱廊通路内で刺殺した。カエレアが最初の一撃を加え、サビーヌスが胸を貫いたのち、暗殺仲間が30箇所も斬り寄んで —— 陰部（さいな）を刺す者や肉を切り取って食べた者もあったという —— カリグラの息の根を止めた。后カエソーニア*や皇女ドルーシッラ❹*をも処刑し、共和政の再興を主張、暴君打倒のゆえに世人からは感謝されたものの、新たに擁立されたクラウディウス*帝の命令で断罪され、カエレアは従容として死につき、サビーヌスは自害した。
⇒L. カッシウス・ロンギーヌス❷、ウィーニキアーヌス、ウァレリウス・アシアーティクス

Tac. Ann. 1-32/ Joseph. J. A. 19-1～/ Suet. Calig. 56～59, Claud. 11/ Dio Cass. 59-29～60-3/ Sen. Constant. 18/ Aur. Vict. Caes. 3/ etc.

カエローネーア（カエローニーア） Chaeronea
　　　　（Chaeronia）
⇒カイローネイア（のラテン語形）

カオス Khaos, Χάος, Chaos (Chaus), （伊）（西）（葡）
　　　Caos, （露）Χαος

　ギリシアの創世神話における宇宙生成以前の空虚な状態。後代には「混沌」の意に解されるようになったが、ヘーシオドス*によると、原初に存在した「口を開いた空隙」で、そこからガイア*（大地）、タルタロス*（奈落）、エロース*（愛）、およびエレボス*（幽冥）とニュクス*（夜）が生じたという。

　また、オルペウス教*の説くところでは、万物の始源は「時 Khronos, （ラ）Chronos (Chronus)」であり、アイテール*とカオスとエレボスは「時」から生まれたとされている。「混淆たる」状態を形容する後代の言葉（英）chaotic, （仏）chaotique……は、このカオスから派生した語である。
Hes. Th. 116〜/ Pl. Symp. 178b/ Verg. G. 4-347, Aen. 6-265/ Ov. Met. 1-7/ Hyg. Fab. praef./ Ar. Av. 693〜/ Pind. Ol. 2-19/ Orph. Fr./ Euseb. Praep. Evang. 1-10/ etc.

カークス Cacus, （ギ）カーコス Kakos, Κᾶκος, （仏）
　　　Cacos, （伊）（西）（葡）Caco, （露）Κακυς

　ローマの伝説上の巨人。火神ウルカーヌス*とメドゥーサ*の子。アウェンティーヌス*丘ないしパラーティーヌス*丘の洞穴に住み、3つの頭をもち、口から火を吐く怪物で、人肉を常食していたという。英雄ヘーラクレース*（ヘルクレース*）がゲーリュオーン*の牛群を奪ってギリシアへ帰る途中、この地を通りかかった時（第十の功業）、カークスは英雄がティベリス*河畔で眠っている隙に、その牛たちのうちの何頭かを盗むと、尻尾を摑んで後ずさりさせながら引いて行き、自分の洞穴に隠した。目覚めたヘーラクレースが探してもおいそれと見つからなかったが、彼に恋したカークスの妹カーカ Caca が兄を裏切って牛の隠し場所を教えたため、あるいは牛群が洞穴の前を通過した時、隠されていた牛が仲間に気付いて鳴いたため、ヘーラクレースは岩をもぎ取って洞窟に押し入り、格闘の末カークスを扼殺ないし棍棒で打ち殺した。英雄はその場所にゼウス*（ユーピテル*）に捧げる大祭壇 Ara Maxima を築き、勝利を記念して1頭の牛を犠牲に供した。住民はヘーラクレースに感謝し、エウアンドロス*（エウアンデル*）王は彼に神格化の栄誉を与えた。またカーカも報われて女神として祀られ、その神殿ではウェスタ*の聖火と同じように不滅の火が守られることになった。元来カークスとカーカは一対の火の神であったらしく、パラーティーヌス丘には「カークスの階段 Scalae Caci」と称するものが残っていた。その他カークスを、アポッローン*神から予言能力を与えられた美男の吟唱詩人であるとか、プリュギアー*王マルシュアース*とともにイタリアに攻め入りエトルーリア*王タルコーン*と戦ったが、エトルーリアの味方をしたヘーラクレースに敗死させられた怪力の持ち主とする等、さまざまな異説が伝えられている。

　なお、妹のカーカは大便排泄を司る女神であったとも考えられ（ラテン語カコー cacō, cacāre は「大便をする」の意）、ウェスタの巫女（ウェスターリス*）はカーカの神殿に犠牲を捧げるならいであった。
Verg. Aen. 8-190〜/ Liv. 1-7, 5-13/ Dion. Hal. Ant. Rom. 1-39〜/ Ov. Fast. 1-543〜, 5-673〜, 6-79〜/ Prop. 4-9/ Diod. 4-21/ Lactant. Div. inst. 1-20/ Serv. ad Verg. Aen. 7-678, 8-190/Juv. 5-125/ etc.

ガーザ（ガーザー、ガザー） Gaza, Γάζα, （カデュティス Kadytis, Κάδυτις）, （独）Gasa, （露）Газа, （アラビア語）Ġazza, Ghazzah, Ghazze, （ヘブライ語）Gazzah, ʻAzza

　地中海東岸パレスティナ*地方南端の古代都市。アスカローン*の南約19km、海岸から4kmの丘の上にあり、交通の要路に位置するため隊商貿易の中継地として大いに発展した。古くよりエジプトに支配されていたが、前1200年頃ペリシテ人（ギ）Philistīnoi, Φιλιστῖνοι, （ラ）Philistini の手に渡り、その5大都市中最強のものとなった。下半身が魚の姿をした神ダーゴーン Dagon の崇拝で知られ、その祭祀では神殿の敷居を跳び越える儀式が行なわれていた。ヘブライ（ユダヤ）伝説によると、イスラーエール Israel の士師サムソーン（ギ）Sampson は、女色に迷って

系図136　カークス

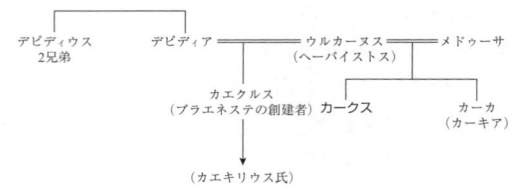

系図135　カオス

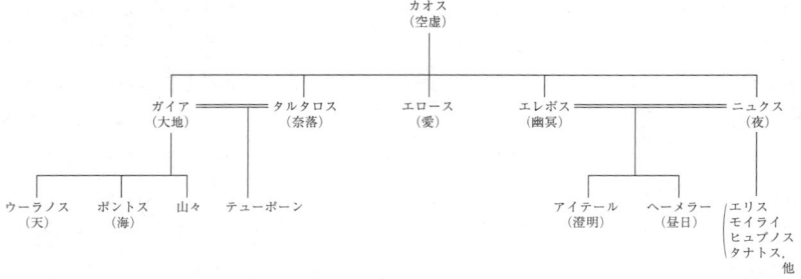

ペリシテ人に捕われ、両眼を抉り取られたうえ、この町へ連行されてダーゴーン神殿の下敷きになって死んだという。ガーザはアカイメネース朝*ペルシア*に臣従し、レバノン*の乳香とアラビアー*の没薬の取引で繁栄、アレクサンドロス大王*がやってきた時には、堅固な城壁を恃んで頑強に抵抗したが、2ヵ月後に陥落（前332年10月）。1万人近い男性市民は皆殺しに、女子供はすべて奴隷に売られた。さらにアレクサンドロスは、瀕死の重傷を負っていた守将の黒人宦官バティス Batis を全裸にして戦車に革紐で結えつけ、町の周囲をひきずり回してズタズタに引き裂いたと伝えられる。ヘレニズム時代には交互にプトレマイオス朝*とセレウコス朝*の支配下にあったが、前96年ユダヤ王アレクサンドロス・イアンナイオス*によって徹底的に破壊された。前57年新しい場所に再建され、ローマの宗主権下、ヘーローデース1世*（ヘロデ大王）に統治が委ねられ（前30）、彼の死後ローマ帝国の属州*シュリア*に編入された。弁論学・新プラトーン主義哲学などギリシア文化を長く保持し、後4世紀末の「異教弾圧令」まで伝統的なギリシア・ローマの宗教を守り続けた。

ちなみに「ガーゼ」は中世アラビア文化圏に入ってから主にこの町で作られたため、その地名から、（独）Gaze、（仏）gaze、（英）gauze に転訛したものである。

Polyb. 5-68, 16-22/ Diod. 17-48〜, 19-84/ Plin. N. H. 5-14/ Strab. 16-759/ Plut. Alex. 25/ Curtius 4-5〜/ Arr. An. 2-25〜/ Herodot. 2-159, 3-5/ Joseph. J. A. 13-13, J. B. 1-20, 2-6/ Ptol. Geog. 5-15/ Vet. Test. Judic. 16-1〜/ etc.

カシオペヤ Cassiopeia
⇒カッシオペイア

カシーヌム Casinum, （ギ）Kasinon, Κάσινον
（現・カッシーノ Cassino、旧称サン・ジェルマーノ San Germano 付近の遺跡）ラティウム*の東南部のウォルスキー*人の町。カプア*の東北40マイル、ラティーヌス街道*（ウィア・ラティーナ*）沿いにあり、ローマ時代の円形闘技場*やフォルム*、神殿、劇場（テアートルム*）などの遺跡が残っている。サムニウム*人（サムニーテース*）の支配を経て前4世紀末からローマの領有するところとなる（前312年に植民団が送り込まれる）。ローマの統治下、自治都市（ムーニキピウム*）として繁栄し、共和政末期にはこの地のウァッロー*の別荘 villa でアントーニウス*が酒宴（オルギア）に興じた逸話が伝えられる。大プリーニウス*によれば、前171年にこの町の1人の娘が男子に性転換し、腸卜官たちの命で無人島に移されるという出来事が起きたとのことである。後529年、ヌルシア Nursia（現・ノルチャ Norcia）のベネディクトゥス Benedictus（480頃〜547頃）が近郊の山上アポッロー*神殿址に修道院（モンテ・カッシーノ Monte Cassino 修道院）を創建したことは、あまりにも有名。古いウォルスキー人の町カシーヌムの遺跡は、この修道院の下にある。

Varro Ling. 2-8, 3-5, 7-29, Rust. 2-3/ Cic. Phil. 2-40(103), Planc. 9, Leg. Agr. 2-25, 3-4/ Plin. N. H. 3-5, 7-4/ Strab. 5-237/ Sil. 4-227, 12-527/ Liv. 9-28/ etc.

カシリーヌム Casilinum, （ギ）カシリ（ー）ノン Kasilinon, Κασιλῖνον, Κασιλίνον, （西）（葡）Casilino
（現・カープア Capua または Casilino）カンパーニア*の町。カプア*の西北3マイル、アッピウス街道*（ウィア・アッピア*）とラティーヌス街道*（ウィア・ラティーナ*）という2本の主街道が出会う交通の要衝に位置する。第2次ポエニー戦争*では、ハンニバル❶*軍の包囲（前216〜前215）に抵抗を続け、飢餓のため半数が死亡――食用として鼠1匹が非常な高値で売られたという――、ついに降伏を余儀なくされたが、翌前214年ローマ軍に奪回され、カルターゴー*勢の本営カプアに対する攻囲戦の基地となる。降って後9世紀中頃、イスラーム教徒（サラセン人（ラ）サラケーニー Saraceni）に滅ぼされたカプアの遺民が移住してきた（後840／841）ため、856年以来この町はカプアの名で呼ばれるようになり、今日に至っている。

なお、ハンニバル軍の兵糧攻めに遭った時に、鼠1匹を200デーナーリウスもの金額で買った市民は何とか生き延びたが、売った方は折角の大金を手にしながら餓死して果てたという。

Val. Max. 7-6/ Liv. 22-15, 23-17, -19, 24-19/ Strab. 5-237, -249/ Plin. N. H. 3-5/ Cic. Att. 16-8, Phil. 2-40/ Caes. B. Civ. 3-21/ Sil. 12-426/ App. B. Civ. 3-40/ etc.

カスタリアー Kastalia, Κασταλία, Castalia, （英）Castaly, （仏）Castalie, （葡）Castália, （露）Касталия
デルポイ*の近く、パルナッソス*山麓の洞窟に湧き出る泉。アポッローン*とムーサたち*（ムーサイ*）に捧げられ、後期ギリシアおよびローマの詩人たちから詩的霊感を与える神泉と見なされた（〈ラ〉Fons Castalius, 〈英〉Castalian Spring）。デルポイに参詣する巡礼者や神託を伝える前の巫女ピューティアー*が、この泉の水を用いて身を浄めたという。伝承によると、カスタリアーはもと同名のニュンペー*（ニンフ*）で、アポッローンに追いかけられて、この泉に身を投じたとも、アケローオス*河神の娘で、デルポス*（デルポイの名祖）王の妻となり、息子カスタリオス Kastalios を産んだともいわれる。詩神ムーサイはこの泉にちなんでカスタリデス Kastalides（単数・カスタリス Kastalis）とも呼ばれる。また泉の水源はケーピーソス❷*河に遡り、この河に投ぜられた供物は、やがてカスタリアーの泉に浮かび出るものと信じられていた。
⇒ヒッポクレーネー

Paus. 10-8/ Pind. Pyth. 1-75, 4-163/ Herodot. 8-39/ Soph. Ant. 1130/ Eur. Ion 94〜, 146〜, Phoen. 222〜/ Stat. Theb. 1-565, -698/ Theoc. 7-148/ Verg. G. 3-293/ Hor. Carm. 3-4/ Ov. Met. 1-371/ etc.

カストゥロー Castulo, (ギ) Kastūlōn, Καστούλων あるいは、Kastalōn, Καστάλων, Kastolōn, Καστολῶν, Kastlōn, Κάστλων, (西) Cástulo (現・Cazlona) ヒスパーニア・タッラコーネーンシス*の都市。バエティス Baetis（現・グアダルキビル Guadalquivir）河上流域、バエティカ*地方との境界近くに位置。コルドゥバ*（現・コルドバ）からウァレンティア*（現・バレンシア）へ向かう古くからの街道上に当たり、近くで銀・鉛などが採れることで有名。カルターゴー*の名将ハンニバル❶*は、この町から妻ヒミルケー Himilce を娶っている。第2次ポエニー戦争*（前218〜前201）中、カストゥローは要塞都市として、ローマ側・カルターゴー側双方の争奪の的となり、3度その主を変えた。
⇒カルターゴー・ノウァ
Liv. 24-41, 28-19/ Sil. 3-99, -391/ Plin. N. H, 3-2/ Plut. Sert. 3/ Polyb. 10-38, 11-20/ Ptol. Geog. 2-6/ App. Hisp. 16/ Sil. 3-97/ etc.

カストール Kastor, Κάστωρ, (ラ) カストル Castor, (伊) Castore, (西) Cástor, (露) Кастор
双生兄弟神ディオスクーロイ*（カストールとポリュデウケース*）の1人。同項を参照。
なお前484年、ローマで最初にギリシアの神を祀る神殿として建設されたカストルとポッルクス*の神殿（今日もフォルム・ローマーヌム*に3本のコリントス*式円柱が残る）は、ローマ市民の間では単に「カストル神殿 Aedes Castoris」の名で呼ばれていた。また航海中に船の檣頭や帆柱に現われる電光はカストル（とポッルクス）の星と名づけられており、船乗りの守護神のように崇められていた（後代の「聖エルモ Elmo の火」に相当する）。なお星座神話にもとづいて、双子座（ラ）Gemini のα星はカストルと、β星はポッルクスと称されている。
歴史上の人物としては、ロドス*の学者でガラティアー*王デーイオタロス*の孫のカストール（？〜前44）や、ローマ皇帝セプティミウス・セウェールス*の侍衛で、次のカラカッラ*帝に謀殺されたカストール（？〜後211）らが、よく知られている。
Suet. Iul. 10/ Dio Cass. 76-14, 77-1/ Dion. Hal. Ant. Rom. 6-13/ Plin. N. H. 2-37/ Varro L. L. 5-58/ Cic. Nat. D. 2-2/ App. Mith. 108, 114/ etc.

カスピ海 Kaspion pelagos, Κάσπιον πέλαγος, または、Kaspia thalassa, Κασπία θάλασσα, (ラ) Caspium mare, (英) Caspian Sea, (仏) Mer Caspienne, (独) Kaspisches Meer, (伊)(西) Mar Caspio, (葡) Mar Cáspio, (露) Каспийское море, (ペルシア語) Bahr-e Khazar, (アラビア語) Bahr-Qazwīn, (トルクメン語) Hazar deñizi, (トルコ語) Hazar denizi, (漢) 裏海
ヨーロッパ大陸とアジア大陸の境界をなす世界最大の湖。面積37.1万km²余り。西をカウカソス*（現・カフカース）山脈、東をマッサゲタイ*族の住む平原に挟まれる。古代ギリシア・ローマ世界では、この広大な塩水湖は、黒海*とパーシス Phasis（現・Rioni）河によって結ばれているとか、北の海洋オーケアノス*とつながっているなどとあやまって信じられていた。水中には巨蛇や大魚（蝶鮫のことか）が棲むとされ、また東南海岸のヒュルカニアー*地方にちなんで「ヒュルカニオン Hyrkanion 海（ラ）Hyrcan(i)um Mare」とも呼ばれていた。なお、カウカソス山脈の隘路を「カスピ海の門 Kaspioi pylai,（ラ）Caspiae pylae」と記している文献もあるが、これは正しくは「カウカソスの門（ラ）Caucasiae portae」というべきである。
ちなみに、カスピ海近辺に住むカスピオイ Kaspioi 族は、殺老の風習で知られ、70歳を超えた者は親でさえ閉じ込めて餓死させていたと伝えられる。
⇒オークソス
Herodot. 1-202〜4-40, 7-67/ Xen. An. 7-8/ Plin. N. H. 6-15/ Strab. 1-64〜, 2-71, -91, 11-497〜/ Ptol. Geog. 5-9, 6-2, 7-5/ Mela 3-5/ Arr. Anab. 3-19/ Curtius 4-12, 6-14/ Amm. Marc. 23-6/ Polyb. 5-44/ Diod. 17-75, 18-5/ etc.

カーセッジ Carthage
⇒カルターゴー（の英語形）

カタコンベ（カタコーム） (ラ) カタクンバ Catacumba (複) Catacumbae, (英) Catacomb, (仏)(伊) Catacombe, (独) Katakombe, (西) Catacumba
ローマの地下墓所。市壁外に設けられた地下墳墓でアッピウス街道*沿いにあった聖セバスティアーヌス教会 Sanctus Sebastianus ad Catacumbas (Basilica di San Sebastiano fuori le mura) の埋葬場所が名高い。
⇒コルンバーリウム

カタナ Catana
⇒カタネー

カタネー Katane, Κατάνη, Catane, ラテン名・**カティナ** Catina, もしくは**カタナ** Catana, (葡) Catânia, (カタルーニャ語) Catània, (露) Катания
（現・カターニア Catania）シケリアー*（現・シチリア）島東部のギリシア系港湾都市。メッセーネー*（現・メッシーナ Messina）の南西97km、アイトネー*（現・エトナ）山南麓の肥沃な平野の河口に位置する。前729年、ナクソス❷*からの植民市として建設される。前6世紀に立法家カローンダース*を出したことで知られる。前476年、シュラークーサイ*のヒエローン1世*は、市民をレオンティーノイ*へ追い、1万人のシュラークーサイ人とペロポンネーソス*からのドーリス*系傭兵を移住させ、町の名をアイトネー❷*と改称したが、前461年には元の住民が市を奪回し、旧名のカタネーに復した。アテーナイ*のシケリアー遠征（前415〜前413）時には、その同盟市として基地を提供。

前403年、ディオニューシオス1世*に劫略され、市民は奴隷として売られ、新たにカンパーニア*の傭兵が移住してきた。その後は、カルターゴー*による占領（前396）など一時的な例外を除いて、ほぼシュラークーサイの版図に留まる。第1次ポエニー戦争*（前264～前241）が勃発して間もなくローマに占領され（前263）、以来その支配を受けながらも、繁栄を続けた。第1次奴隷蜂起（前135頃）や前122年のアイトネー山の噴火、貪欲なローマの総督ウェッレース*の略奪（前73～前71）などで町は荒廃、アウグストゥス*の治下にローマの植民市(コローニア)とされ（前21）、再び目ざましい復興を遂げた。キリスト教伝説では、後251年頃、この市の守護聖女となるアガタ Agatha が両の乳房を切り取られるなどの拷責を受けて殉教したことになっている。その後の相つぐ震災により、古代の遺構はなかば溶岩の下に埋まり、わずかに劇場(テアートロン)*や浴場(テルマエ)*、円形闘技場(アンピテアートルム)*などの跡が見出されるにすぎない。

Mela 2-7/ Ptol. Geog. 3-4/ Plin. N. H. 3-8, 7-60/ Thuc. 6-3, -50～, 7-14/ Strab. 6-268～/ Arist. Pol. 2-12/ Liv. 27-8/ Cic. Verr. 2-3-43, -4-23/ Diod. 11-49, -76, 13-4～, 14-14～, -59～, 16-69, 19-110, 22-8/ Pind. Pyth. 1/ Plut. Nic. 15～, Dion 58, Tim. 30～/ Paus. 10-28/ Dio Cass. 54-7/ Procop. B. G. 1-5/ Scylax/ Steph. Byz./ etc.

ガダラ　Gadara, Γάδαρα,（仏）Gadares,（露）Гадара (Умм Кайс),（ヘブライ語）Gad'a-ra

（現・Umm Qais, または Umm Qays, Umm Qēs, Umm Keis, Mukes とも）セム系言語で「要塞」の意。コイレー・シュリアー*、ないしパレスティナの*都市。ガリライアー*（ガリラヤ）湖の東南約6マイルに位置。エピクーロス*系の哲学者ピロデーモス*や詩人メレアグロス*、メニッポス*、修辞学者テオドーロス❹*の生地。ヘレニズム時代には、当初エジプトのプトレマイオス朝*領だったが、前3世紀末にセレウコス朝*のアンティオコス3世*に奪取され（前218頃）、それから約100年後にはユダヤ王アレクサンドロス1世*・イアンナイオスに占領された（前100頃）。前64年ユダヤを征服したローマの将ポンペイユス*は、市を再興してデカポリス*の一員とした。アウグストゥス*によって再びユダヤ王ヘーローデース1世*（ヘロデ大王）に与えられるが、ユダヤ戦争（後66～70）の折にウェスパシアーヌス*軍に占領され、城壁を破却された。2世紀のアントーニーヌス*朝下に繁栄を回復し、3つの劇場(テアートロン)*をはじめ今日まで遺跡として残る多くの建造物を築き上げた。ローマ帝政期を通じて交易により隆盛を極めたが、ビザンティン時代には地震で多数の建物が崩壊したこともあり、以降しだいに衰退していった。市の北方3マイルの地にあった温泉地は、ローマ時代に湯治場・保養地として大いに愛好された。キリスト教伝説では、ガダラの墓場に住む狂人をイエースース*が悪霊祓いの術を用いて癒やしたとされている。

⇒ゲラサ

Strab. 16-759, -764/ Plin. N. H. 5-16/ Polyb. 5-71, 16-39/ Nov. Test. Matth. 8-28/ Joseph. J. B. 1-20, 2-18, 3-3, 4-7, J. A. 14-4, -5, 17-13, Vit. 65/ Hieron./ It. Ant./ etc.

カタラウヌム　Catalaunum,（伊）（西）Catalauno

（古くはドゥーロカタラウヌム Durocatalaunum、現・シャロン＝アン＝シャンパーニュ Châlons-en-Champagne、かつてのシャロン＝シュル＝マルヌ Châlons-sur-Marne）ガッリア*北東部の地名。カンピー・カタラウニー Campi Catalaunii,（仏）Champs Catalauniques（現・シャンパーニュ平原）に位置し、後451年、西ローマの将軍アエティウス*、西ゴート*王テオドーリクス1世*の率いるゲルマーニー*諸族の混成軍が、ガッリアに侵入したフン*族の大王アッティラ*の大軍と戦って、これを撃退した地（6月20日）として有名。戦死者16万2千と伝えるが、実数は5万以下と推定されている ── カタラウヌム平原の戦闘 pugna Mauriacensis ──。

ガッリア・ベルギカ*のカタラウニー Catalauni 族の町があったことから、この地名が生じた。なお、今日のシャロン＝シュル＝ソーヌ Chalon-sur-Saône のほうは、かつてのカビッローヌム Cabillonum であり、前52年アエドゥイー*族がカエサル*に叛旗を翻し、この地でローマ人を襲って虐殺するという事件が生じた経緯が『ガッリア戦記』に誌されている。

⇒アウレーリアーヌス、テトリクス

Cassiodorus Get. 36～/ Amm. Marc. 15-11, 27-2/ S. H. A. Aurel. 32/ Eutrop. 9-13/ Caes. B. Gall. 7-42/ Sid. Apoll. Carm. 9-329～/ Jordan./ Hieron. Chron./ Agathias/ Procop./ Greg. Turon./ etc.

カッサンデル　Cassander

⇒カッサンドロスのラテン語形

カッサンドラー（または、カーサンドラー）

　　　　　Kassandra, Κασσάνδρα,（Kasandra, Κασάνδρα）, Cassandra,（仏）Cassandre,（西）Casandra,（葡）Cas(s)andra,（露）Кассандра,（エトルーリア語）Cassantra

ギリシア神話中、トロイアー*王プリアモス*と妃ヘカベー*との間に生まれた娘（⇒巻末系図019）。別名アレクサンドラー Aleksandra Ἀλεξάνδρα,（ラ）Alexandra。ヘレノス*の双生の姉妹。王の娘たちの中で最も美しかったといわれ、彼女に恋したアポッローン*が同衾の約束のもと、予言の術を彼女に授けたが、この力を得るや彼女は神との性交を拒絶。そこでアポッローンは彼女の予言能力は留めたまま、誰もその言葉を信じないようにした。別伝では、幼時ヘレノスとカッサンドラーがアポッローン神域で眠っていた時、彼らの耳を蛇が舐めたため、2人は未来を知る力を得たという。カッサンドラーはパリス*によるトロイアーの滅亡を予知し、ヘレネー*の誘拐や木馬の城内引き入れに反対したが、いずれの場合も、常に真実を語りながら人々に耳をかされず、狂女のごとく見なされて、その言はことごとく無視された（⇒ラーオコオーン）。トロイアー落

城の折には、アテーナー*神殿に逃れて女神の聖像にすがりついたものの、小アイアース*によって引き離され、その場で強姦された。戦利品分配に際して、彼女はギリシア軍の総大将アガメムノーン*の所有に帰し、その愛妾としてミュケーナイ*へ連れていかれたところ、王宮においてクリュタイムネーストラー*(アガメムノーンの妻)の手でアガメムノーンもろとも惨殺された。この時も彼女は自分たちを待ち受けている運命を予言したが、誰からも信用されず非業の最期を遂げたという。彼女はアレクサンドラーの名で神格化され、アポッローンとともにギリシア本土で崇拝を受けていたと伝えられる。詩人リュコプローン*に彼女の狂乱めいた予言の内容を歌った作『アレクサンドラー』がある(前280頃。伝存する)。

アテーナー女神像に救いを求めるカッサンドラーが小アイアースに犯される場面は、アルカイック期から古典期にかけて、美術の主題として愛好された。世に容れられない予言者や、悲観的な予測をする人物のことを、今日でも比喩的に「カッサンドラー」と呼ぶことがある。

Hom. Il. 6-252, 13-363〜, 24-699〜, Od. 11-421〜/ Paus. 5-19, 10-26/ Verg. Aen. 2-245, -343, 3-183/ Pind. Pyth. 11-19〜/ Apollod. 3-12, Epit. 5, 6/ Aesch. Ag. 1035〜/ Eur. Tr., Hec., Andr. 297/ Lycoph. Alex./ Hyg. Fab. 90, 91, 93, 108, 116, 117, 128,/ Ov. Her. 16/ Quint. Smyrn. 12/ Serv. ad Verg. Aen. 3-187, 5-636/ Tzetz. ad Lycoph. Alex./ etc.

カッサンドロス Kassandros, Κάσσανδρος, Cassander, (仏) Cassandre, (独) Kassander, (伊) Cassandro, (西) Casandro, (葡) Cas(s)andro, (露) Кассандр, (現マケドニア語) Касандар
(前358頃〜前297年5月頃)マケドニアー*王(在位・前305〜前297)マケドニアーの摂政アンティパトロス❶*の長子。巻末系図027を参照。ディアドコイ*の1人。父や弟らとともにアレクサンドロス大王*を毒殺したと伝えられる(前323年6月、⇒イオラース)。父が死の床でポリュペルコーン*を後任の宰相(総監)に指名した(前319秋)ことを不服として、プトレマイオス1世*やアンティゴノス1世*と同盟を結んでポリュペルコーンを逐い、さらに大王の母オリュンピアス*をピュドナ*に降して、石打ちの刑に処させた(前316年春)。また少年王アレクサンドロス4世*(アレクサンドロス大王の遺児)とその生母ロークサネー*を幽閉し、大王の異母妹テッサロニーケー*と結婚して、マケドニアーとギリシアの摂政として君臨、カッサンドレイア Kassandreia (旧・ポテイダイア*)とテッサロニーケー*(現・テッサロニキ)の2大都市を建設し、破壊されていたテーバイ❶*市を再建した(前316頃)。続いてアレクサンドロス4世とその母を暗殺(前311頃)、バルシネー❶*とその子ヘーラクレース Herakles (大王の庶子)をも葬り去って(前309)大王の遺族を滅ぼし、ついに自ら王号「マケドニアー人たちの王」を称するに至った(前305)。帝国の統一支配を望むアンティゴノス1世、デーメートリオス1世*・ポリオルケーテース父子に対しては、リューシマコス*、セレウコス1世*、プトレマイオス1世らと結束して当たり、前301年イプソス*の戦いでアンティゴノスを敗死させる。その後、マケドニアーの首都ペッラ*で、水腫に罹り全身におびただしい蛆虫が発生し、生きながら食い荒らされて果てたという。彼の死後、マケドニアー王国は息子たちの王位をめぐる争いのため、数年ならずしてアンティゴノス朝*の掌中に帰した(前294)。

カッサンドロスがアリストテレース*派の哲学者らと親交を保ち、わけてもパレーロン*のデーメートリオス*をアテーナイ*の支配者に任じた(前318/317)ことはよく知られている。彼がアレクサンドロス大王に敵意を抱くようになったのは、前324年、父アンティパトロスを大王の母オリュンピアスの告発から守るべく、バビュローン*へ赴いた折、大王から「そちの弁明はアリストテレース式の両刀論法の詭弁でしかない」と論断され、またペルシア風の跪拝礼 proskynesis を見て笑い出した彼の髪を、怒った大王が両手でつかんでその頭を壁に激しく打ちつけて以来のことである、とプルータルコス*は記している。

⇒エウエーメロス、デーマーデース

Diod. 17〜21/ Just. 12〜15/ Paus. 1-25〜26, 4-27, 9-7, 10-34/ Plut. Phoc., Pyrrh., Demetr., Alex. 74/ Ath. 1-18, 14-620/ Polyb. 5-67/ App. Syr. 122/ Arr. Anab. 7-27/ Val. Max. 1-7/ Polyaenus 4-11/ Strab. 7-330/ Diog. Laert. 5-47/ etc.

カッシアーヌス、ヨーアンネース Ioannes Cassianus, (別名・マッシリア*のヨーアンネース Joannes Massiliensis. 隠修士ヨーアンネース Joannes Eremita), (英) John Cassian, (仏) Jean Cassien, (独) Johannes Cassianus, (伊) Giovanni Cassiano, (西) Juan Casiano, (葡) Joãn Cassiano, (露) Иоанн Кассиан
(後360頃〜435頃)古代末期のキリスト教の修道士・教会著作家。出身地は黒海西岸のスキュティア*州(現・ルーマニアのドブルジア Dobruja)と伝えられるが、ガッリア*南部(現・プロヴァンス Provence)説もある。東方の修道生活の西方への移植者、半ペラギウス派 Semi-Pelagianismus の祖として名高い。友人のゲルマーヌス Germanus とパレスティナ、エジプトで修道士・隠修士として暮らしたのち、399年頃、追放されてコーンスタンティーノポリス*へ逃れ、イオーアンネース・クリューソストモス*(ヨーハンネース・クリューソストムス*)に迎えられる。次いでローマへ赴いてイオーアンネース・クリューソストモスの主張を擁護し(404/405)、415年頃マッシリア*(現・マルセイユ)に男子および女子の修道院をおのおの創設、ラテン語で記した修道院の生活や制度に関する著作は西方教会に大きな影響を与えた。マッシリアで没(伝7月23日)。大柄な人物で、その遺骸は中世盛期には4本柱に支えられた大理石の棺に納められており、さらに頭部はアヴィニョン教皇ウルバーヌス5世 Urbanus V (在任・1362〜1370)の指示で銀製の匣に入れて荘厳された。なお、アウグスティーヌス*の聖寵論とペラギウス*説とを調停するために唱えた

彼の半ペラギウス主義は、529 年に異端として排斥された。東方教会でのみ列聖されている（ギリシア正教会の祝日は 2 月 29 日。ラテン公教会の記念日は 7 月 23 日）。
Cassian. De Institutis Coenobiorum et De Octo Principalium Vitiorum Remediis, Collationes Patrum, De Incarnatione Christi contra Nestorium

カッシウェッラウヌス　Cassivellaunus,（英）Cassibela-(u)nus,（ウェールズ語）Caswallawn, Caswallon, Kaswallawn,（仏）Cassivellaune,（伊）（葡）Cassivellauno,（西）Casivela(u)no,（露）Кассивелаун

（前 1 世紀中葉）ブリタンニア*人の首長。タメシス Tamesis（現・テムズ Thames）河北岸地域を支配しており、前 54 年カエサル*の第 2 次ブリタンニア遠征の際に、原住民連合軍の総帥に選ばれてローマ軍と戦ったが敗れ、城塞も占領されて降服、コンミウス*の仲介により、人質と年貢の提供を約束して和を結んだ。クノベリーヌス*は彼の曾孫であろうと推測されている。

　後世のブリタンニアにおいてカッシウェッラウヌスの生涯は伝説化されて語りつがれることになる。
Caes. B. Gall. 5-11, -18～23/ Dio Cass. 40-2～3/ Polyaenus 8-23/ Oros. 6-9/ Baeda 1-2/ Galfridus Monemutensis H. R. B. 3-20, 4-1/ etc.

カッシウス　Cassius,（ギ）Kassios, Κάσσιος,（伊）Cassio,（西）Casio,（露）Касий
⇒C. カッシウス・ロンギーヌス❶（カエサル*暗殺者）

カッシウス、アウィディウス　C. Avidius Cassius
⇒アウィディウス・カッシウス

カッシウス街道（ウィア・カッシア）　Via Cassia,（英）Cassian Way,（仏）Voie Cassienne,（独）Cassische Straβe,（葡）Via Cássia

　ローマの公道。イタリア中部を走る主軸道路の 1 つで、前 2 世紀前半にフラーミニウス街道*（ウィア・フラーミニア*）の岐道として建設された（前 187、または前 154）。ローマからエトルーリア*のアッレーティウム*まで（のちにはフローレンティア*まで）を結び、小フラーミニウス街道 Via Flaminia Minor とも呼ばれた。
Cic. Phil. 12-9/ Liv. 39-2/ It. Ant./ etc.

カッシウス・カエレア　Cassius Chaerea
⇒カエレア、C. カッシウス（カリグラ*暗殺者）

カッシウス氏　Gens Cassia〔← Cassius〕,（西）Gens Casia,（独）Cassier,（露）Генс Касия

　ローマの名門氏族。もとパトリキイー*（貴族）に属した（⇒スプリウス・カッシウス）が、のちプレーベース*（平民）身分となり、ロンギーヌス*家やパルメーンシス*家はじめ多くの家系に分かれて栄えた。とりわけロンギーヌス家は、カエサル*暗殺で名高いガーイウス・カッシウス❶*が出たことで知られる。
Liv. 2-17～/ Tac. Ann. 6-15, 12-12/ App./ Cic./ Plut./ Dio Cass./ Val. Max./ Gell./ etc.

カッシウス、スプリウス　Spurius Cassius Vecellinus（Viscellius とも）,（伊）Spurio Cassio Vecellino

（？～前 485）ローマの将軍・政治家。3 度執政官*となる（前 502、前 493、前 486）。戦争で得た土地を貧困者に分配する旨の農地法案を提出したため、貴族の憎悪を買い、「王になろうとする人気取り政策」であるとして死刑の宣告を受け、自らの父親によって処刑され、財産は没収、その家は破却された。

　彼に関しては、前 493 年にラテン人（ラティーニー*）と条約 foedus Cassianum を結び、女神ケレース*の神殿をアウェンティーヌス*丘に奉献した事蹟が伝えられるが、時代錯誤的な要素が多く、グラックス*兄弟の頃につくられた挿話が混じっていると考えられている。
⇒スプリウス・マエリウス、マールクス・マンリウス
Liv. 2-17～41/ Dion. Hal. 5-49, -75, 6-20, -49, -94～95, 8-68～80/ Val. Max. 6-3/ Cic. Balb. 23(53), Rep. 2-27, -33, -35/ Diod. 11-1, -37/ Plin. N. H. 34-14/ etc.

カッシウス・ディオー　Cassius Dio
⇒ディオーン・カッシオス（ローマ時代の歴史家）

カッシウス・パルメーンシス、ガーイウス　Gaius Cassius Severus Parmensis,（ギ）Kassios, Κάσσιος（伊）Gaio Cassio Severo Parmense,（西）Cayo Casio Severo Parmense

（？～前 30）パルマ*出身の詩人で、ホラーティウス*にも評価された人物。前 44 年カエサル*の暗殺に加わり、その後、首謀者の M. ブルートゥス*らとともに、第 2 回三頭政治*家アントーニウス*＝オクターウィアーヌス*（アウグストゥス*）連合軍と戦う。ピリッポイ*で味方が敗北する（前 42）と、艦隊を率いてセクストゥス・ポンペイユス*の海賊軍団に合流、ポンペイユスが殺されると（前 35）今度はアントーニウスに身を投じ、そのアントーニウスもアクティオン*の海戦でうち破られると（前 31）アテーナイ*へ逃走を試みたが、その地でアウグストゥス軍に捕われて、ついに処刑された。カエサルの殺害者たちの中では一番最後まで生き延びた奇しき運命の持ち主で、終始アウグストゥスとは敵対関係にあり、アウグストゥスを「薄汚い両替屋と卑しい粉屋の娘との孫め」などと嘲罵したという。なお、彼とエトルーリア*人のカッシウス Cassius Etruscus（洪水のように作品を書きまくり、最後に自分の書いた本とそれを入れる本箱を燃やして火葬されたという詩人）や、アウグストゥス帝時代の毒舌と機知に富む弁論家のカッシウス・セウェールス Cassius Severus（著名な紳士淑女の体面を傷つけ見境なく弾劾したので、財産没収のうえ

流罪に処され、後 34 年頃セリーポス*島で老死す）とは別人である。
Hor. Sat. 1-10, Epist. 1-4/ App. B. Civ. 5-2/ Val. Max. 1-7/ Suet. Aug. 4/ Tac. Ann. 1-72, 4-21, Dial. 19, 26/ Sen. Controv. 3/ Vell. Pat. 2-88/ Quint. 5-2/ etc.

カッシウス・ロンギーヌス　Cassius Longinus
⇒ロンギーノス、カッシオス（ギリシア系の著述家・哲学者）

カッシウス・ロンギーヌス、ガーイウス　Gaius Cassius Longinus,（ギ）Kassios Longinos, Κάσσιος Λογγῖνος,（伊）Gaio Cassio Longino,（西）Cayo Casio Longino,（葡）Caio Cassio Longino,（露）Гай Касий Лонгин

ローマの政治家。

❶（前 90 年頃 10 月 3 日〜前 42 年 10 月 3 日）Percussor Caesaris（カエサル*殺害者）。共和政末期のローマの武将にしてカエサル暗殺の首謀者。前 53 年、クラッスス*の財務官（クァエストル*）としてパルティアー*に遠征、カッライ*の敗北ののち散り散りになった残軍を収め、2 度にわたってパルティアー軍のシュリア*侵攻を阻止して（前 52、前 51）、軍事的名声を確立した（⇒パコロス❶）。護民官（トリブーヌス・プレービス*）（前 49）の時に内乱が始まると、ポンペイユス*に与してともにギリシアへ渡り、シュリア艦隊の指揮を委ねられる。パルサーロス*の敗戦（前 48）ののち、カエサルの宥恕を得たばかりか、義兄弟のマールクス・ブルートゥス❷*（妻ユーニア・テルティア Junia Tertia の異父兄）とともに法務官（プラエトル*）に任ぜられ（前 44）、その翌年度のシュリア総督および前 41 年度の執政官（コーンスル*）の地位まで約束される。しかしながら、大いなる野望と私怨から（といわれているが）カエサルの暗殺を計画、共謀者を集め、不仲だったブルートゥスをも共和政を擁護する名分を説いて承服させ、仲間に引き入れる。カエサル暗殺（前 44 年 3 月）ののち不人気のゆえにイタリアから退去を余儀なくされ（同年 4 月）、元老院（セナートゥス*）が属州シュリアをドラーベッラ*に割り当て、彼にはキューレーナイカ*を定めていたにもかかわらず、シュリアへ赴いてドラーベッラをうち破り自害させた（前 43 年 7 月）。次いでシュリアおよび小アジアを劫略して資金と軍隊を集めると、マケドニア*のブルートゥスと合流し、第 2 回三頭政治*家のアントーニウス*＝オクターウィアーヌス*（アウグストゥス*）連合軍とピリッポイ*において会戦した（前 42 年 10 月）。カッシウスの率いる右翼はアントーニウスに撃破され、左翼のブルートゥスがオクターウィアーヌス軍に勝っているのも知らず、絶望した彼は天幕に入り、介錯専用に養っておいた解放奴隷ピンダロス Pindaros に首を刎ねさせた。カッシウスが自決に用いたのはカエサルを刺したまさにその剣であったとされ、またこの日はちょうど彼自身の誕生日であったともいう。ブルートゥスは彼を「最後のローマ人」と呼んで悼み、遺骸をタソス*へ送って手あつく葬った。

カッシウスは天性、独裁者というものを烈しく憎悪していたとされ、まだ学校へ通っていた頃、スッラ*の息子ファウストゥス*が父親の強大な支配権を自慢したところ、たちまちこれに跳びかかって殴りつけたという。またカエサル暗殺の翌日、アントーニウスの邸で饗応を受けた時に、アントーニウスから「今も懐に剣をしのばせておられるのか」と訊かれて、「はい。もし貴方が独裁者たらんと望まれるなら、すぐにでも使えるように」と答えたと伝えられる。「冷笑的で怒りやすく、とかく利得に走る人」とも評され、水以外は何も飲まず、痩せて蒼白の顔色をしていたため、ある日カエサルが「アントーニウスとドラーベッラが陰謀を企てている」と忠告された時、「私が恐れているのは、むしろ青白い痩せたあの 2 人だ」と言って、カッシウスとブルートゥスのことを仄めかしたという。妻のユーニア・テルティアは夫の死後 60 年以上生き延び、ティベリウス*帝の治世に莫大な財産を遺して没している（後 22）。

時に彼の兄弟とされることのある胴欲なクィントゥス・カッシウス・ロンギーヌス Q. Cassius Longinus（前 49 年の護民官。属州ヒスパーニア*で苛斂誅求の限りを尽くし、前 47 年帰国途上船が遭難して強奪した財宝もろとも海に沈んだ人物）

系図 137　カッシウス・ロンギーヌス、ガーイウス

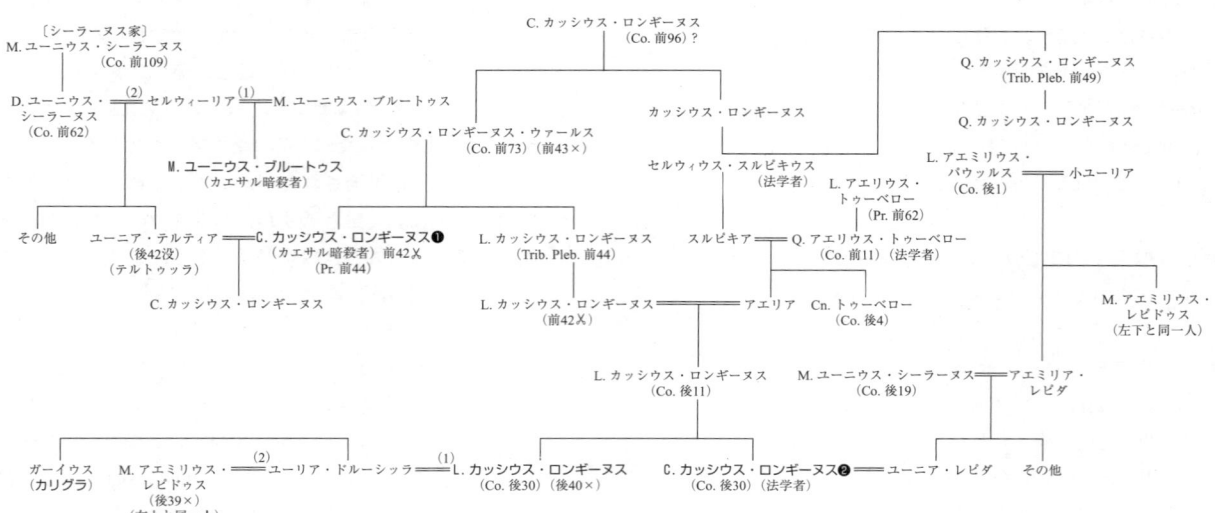

は、おそらく父方の従兄弟であろうと推測されている。巻末系図056、本文系図137を参照。
Caes. B. Civ. 3-5, -101/ Vell. Pat. 2-46〜73/ Joseph. J. A. 14-7, -11〜12, J. B. 1-8, -11〜12/ Plut. Crass. 18〜27, Brut. 39〜44, Caes. 57〜69, Ant. 11〜22/ App. B. Civ. 2〜4/ Dio Cass. 40〜47/ Cic. Phil., Fam., Att./ Tac. Ann. 3-76/ Liv. Per. 108/ Hirt. B. Alex. 48〜64/ etc.

❷（後1世紀）帝政初期の法学者。❶の姪孫（曾孫とも）。後30年の補欠執政官コーンスル*。属州アシア*総督 Proconsul（40〜41）、シュリア*総督（45〜49）となり、ローマに人質となっていたメヘルダーテース*をパルティアー*の王位に即けるべく護送する。ローマ政界で重きをなしたが、先祖の像の中にカエサル*暗殺者（C. カッシウス・ロンギーヌス❶*）の彫像を保存していたため、65年ネロー*帝の忌諱にふれてサルディニア*（現・サルデーニャ）島へ流罪となる（⇒ L. ユーニウス・シーラーヌス❼・トルクァートゥス）。島流しの時にはすでに盲目になっていたという。後年ウェスパシアーヌス*帝に喚び戻され、帰国後ほどなく没した。L. カッシウス・ロンギーヌス❷*の兄弟。妻ユーニア・レピダ Junia Lepida（⇒ユーニア❷・シーラーナ・カルウィーナ）がシーラーヌス*家の出であるため、帝室と姻戚関係にあり、それが原因でネローにより追放されたものと思われる。

法学者マスリウス・サビーヌス*の弟子で、師亡きあと学統を継ぎ、よってサビーヌス派*はカッシウス派 Cassiani とも呼ばれる。当代の法学の大家と見なされ、主著『市民法 Libri juris civilis』（10巻、散逸）は、後の法律学者に大きな影響を与え、『ユースティーニアーヌス*法典・学説彙集 Digesta』にも引用されている。厳格な人となりで知られ、ネロー帝治下に、男色のもつれから高官ペダーニウス・セクンドゥス*が恋仇の奴隷に殺される事件が起きた時にも硬論を吐いて、ペダーニウスの400人にのぼる奴隷を残らず連座・処刑させた話は名高い（61）。
⇒ C. アテイユス・カピトー、プルクルス
Tac. Ann. 12-11〜12, 13-41, -48, 14-42〜, 15-52, 16-7, -9, -22/ Suet. Ner. 37/ Plin. Ep. 7-24/ Pompon./ Joseph. J. A. 15-11, 20-1/ Dig./ etc.

カッシウス・ロンギーヌス、ルーキウス Lucius Cassius Longinus,（ギ）Kassios Longinos, Κάσσιος Λογγῖνος,（伊）（葡）Lucio Cassio Longino,（西）Lucio Casio Longino,（露）Луций Касий Лонгин

ローマの政治家

❶（前2世紀後半）灰色の眼をしていたことから、ラーウィッラ Ravilla と渾名される。前137年の護民官トリブーヌス・プレービス*となり、民会裁判を投票板による秘密投票とする法律カッシウス法 Lex Cassia を提議・通過させた。執政官コーンスル*（前127）、監察官ケーンソル*（前125）を歴任し、裁判にあたっては罪が「誰を益するために cui bono」犯されたかをまず問いかけ、厳格なる法の執行者として名を馳せた。特にウェスターリス*（女神ウェスタ*に仕える巫女・女神官）たちの密通事件（前113）では、リキニア❷ら3人の女神官のみならず数人の関係者をも容赦なく断罪したことで、その評判を高めた。
Cic. Leg. 3-16, Brut. 25, Sest. 48, Verr. 1-55, Mil. 12, Rosc. Am. 30/ Liv. Epit. 63/ Plut. Quaest. Rom. Mor. 284b/ Val. Max. 3-7/ Dio Cass./ etc.

❷（？〜後40）法学者 C. カッシウス・ロンギーヌス❷*の兄弟（⇒本文系図137）。後30年の執政官コーンスル*となり、ティベリウス*帝の親任あつい権臣セイヤーヌス*に命ぜられるがまま、カリグラ*の兄ドルースス❸*を告発。「厳しい躾けを受けたが、実直というより変わり身の早い人」と史家タキトゥス*から評される。33年、ティベリウスの媒酌でカリグラの妹ドルーシッラ❶*と結婚したものの、4年後には帝位に即いたカリグラに妻を奪い去られる（37）。さらに40年、「カッシウスに注意せよ」という神託を信じた皇帝の命で、当時アシア*の属州総督 Proconsul だった彼は、鎖に繋がれてローマへ押送され、殺害された。カリグラは、カエサル*暗殺者の血をひく名門貴族の彼を予言中のカッシウスだと思いこんだのだが、翌41年1月、実際に皇帝を殺害したのは近衛軍将校カッシウス・カエレア*であった。
Tac. Ann. 6-2, -15, -45/ Suet. Calig. 24, 57/ Dio Cass. 58-3, 59-29/ etc.

カッシオドールス Flavius Magnus Aurelius Cassiodorus Senator,（ギ）Kassiodoros, Κασσιόδωρος,（仏）Cassiodore,（独）Kassiodor,（伊）Cassiodoro,（西）Casiodoro,（葡）Cas(s)iodoro,（露）Кассиодор

（後487／490頃〜583頃）ボエーティウス*と並称される6世紀最大のラテン著述家。南イタリアのローマ系貴族の出身。東ゴート*王国のテオドリークス*大王およびその後継者に仕え、執政官コーンスル*（514）など顕職を歴任、少年王アタラリークス Athalaricus（在位・526〜534、酒色に溺れ18歳で死去）のもとでは事実上の宰相であった。ゴート戦争（535〜555）が勃発すると政界を退き（537）、一時コーンスタンティーノポリス*へ人質として送られた（540）が、やがてイタリアへ帰還し、カラブリア*にある所領スキュラキウム Scylacium（現・スクィラーチェ Squillace）のウィーウァーリウム Vivarium に2つの修道院を創設（555頃）、九十数

系図138　カッシウス・ロンギーヌス、ルーキウス

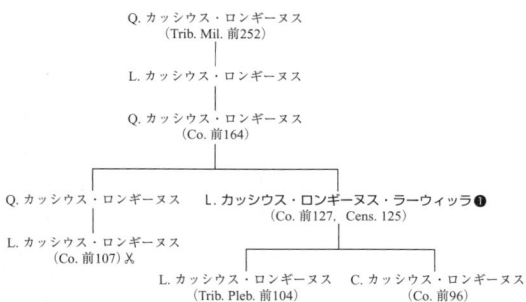

— 397 —

歳で死ぬまで著作や書籍の蒐集に専念した。
主著：Variae『雑録』12巻……公職在任中に編纂したラテン語の公文書・勅令・法令・書翰集。
○ Chronica『年代記』……人祖アーダーム 'Ādām から、後519年までの史書。
○ Institutiones divinarum et saecularium litterarum『神学・世俗文学綱要』2巻……聖俗両学問の併用を説いた百科全書的な教本。ギリシア・ローマ伝来の自由学芸の必要性を強調。
○ Historia Gothica (Historia Gothorum)『ゴート史』12巻……ヨルダーネース* Jordanes (Jornandes・6世紀後半) 編の抜萃のみ残存。526年〜533年を扱う。
○ Historia Ecclesiastica Tripartita『教会史三部作』……ギリシア系教会史家ソークラテース*、ソーゾメノス*、テオドーレートス*らの作品を資料とした306年から439に至るラテン語教会史。
○ De Orthographia『正書法』……写本の正しい綴字・句読法を示した転写法教本。93歳の時の著作。
日時計や砂時計の製作でも知られ、彼の教育方針は後にベネディクトゥス Benedictus 派修道会に受け継がれ、中世西ヨーロッパの学術の基礎となった。

カッシオペイア Kassiopeia, Κασσιόπεια, (ラ) Cassiopeia, Cassiopea, または**カッシオペー** Kassiope, Κασσιόπη, Cassiope, **カッシエペイア** Kassiepeia, Κασσιέπεια, (仏) Cassiopée, (西) Casiopea, (葡) Cas(s)iopéia, (露) Кассиопея

ギリシア神話中、エティオピア*王ケーペウス❶*の妃。アンドロメダー*の母。自分および娘の容色を誇り、ネーレーイデス*よりも、さらには女神ヘーラー*よりも美しいと高言したため、ポセイドーン*の送った海の怪物 Ketos に国土を荒らされた（⇒ペルセウス）。死後、彼女は北天の有名な星座と化したが、高慢の罰として椅子にくくりつけられたまま北極星の周囲を毎日回り続けているという。彼女はアラビアー*の名祖アラボス Arabos（あるいはアラビオス Arabios とも。ヘルメース*の子）の娘で、一説にエパポス*の妻ともされている。また、ミーノース*とサルペードーン*が兄弟で争奪戦を繰り広げた美少年アテュムニオス Atymnios も、彼女の子と伝えられる（父はゼウス*）。

ちなみに、キリスト教圏では、カッシオペイア（カシオペヤ(ラ)Cassiopeia）座とケーペウス（ケフェウス(ラ)Cepheus）座を、それぞれヘブライ神話伝説上の人類の始祖エワ Ḥawwā とアーダーム 'Ādām の2人に見立て、同様に海の怪物が化した鯨座(ラ)Cetus を、巨竜のレヴィヤタン Leviathan あるいは預言者ヨナ Jonas を呑み込んだ怪魚と見なした時期もある。
⇒イオペー（ヨッパ）
Apollod. 2-4, 3-1/ Hyg. Fab. 64, 149, Poet. Astr. 2-10/ Ov. Met. 4-738/ Strab. 1-42〜/ Ant. Lib. Met. 40/ Schol. ad Ap. Rhod. 2-178/ Eratosth. Cat. 16/ etc.

カッシテリデス（諸島） Kassiterides, Κασσιτερίδες (νῆσοι), (ラ) カッシテリデース Cassiterides, (伊) Cassiteridi, (西) Casiteridas

（「錫諸島」の意）錫を産したという島々。ヘーロドトス*以来、古代ギリシア・ローマの文献に散見するヨーロッパ西涯の群島で、一説にはブリタンニア*島周辺——とくに西南部のコーンウォール Cornwall とシリー Scilly 諸島——を指すともいうが、実在したか否かも不明。おそらく錫の輸入ルートを独占しようとしたフェニキア*＝カルターゴー*人の作為になる架空の島々であろう。
⇒マカローン・ネーソイ
Herodot. 3-115/ Strab. 2-120, 3-175〜6/ Plin. N. H. 4-22, 7-56/ Mela 3-6/ Diod. 5-38/ Dionys. Per./ etc.

カッティー（族） Chatti, (または、Catti), (ギ) Khattoi, Χάττοι, Khattai, Χάτται, (仏) Chattes, (独) Chatten, (伊) Catti, (西)(葡) Catos, (露) Хатты

ゲルマーニア*人の有力な部族。ドイツのヘッセン山地に居住。剛健で逞しい体躯と威嚇的な外貌、勝れた胆力と組織的な軍隊とで、頑強にローマ軍に抵抗した。前12年に大ドルースス*（ティベリウス*の弟）に征服されてからも、後9年のテウトブルギウム*の戦いでアルミニウス*の謀叛に加担してローマ軍団を粉砕し、38年以後にはレーヌス*（ライン）河西岸のウビイー*族の地にも侵攻。次いで支族バターウィー*の貴族ユーリウス・キーウィーリス*

系図139　カッシオペイア

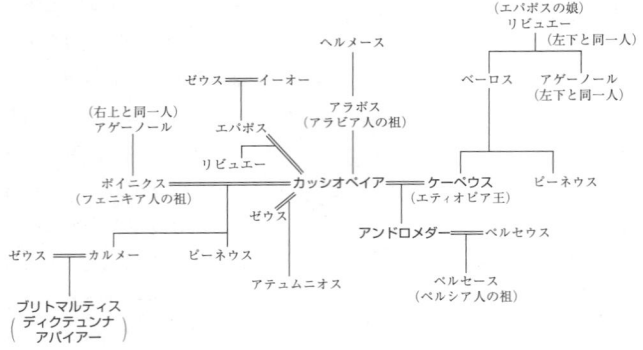

の乱 (69〜70) に加わって敗れるが、その後も容易に屈せずドミティアーヌス*帝の親征を招いた (83〜84, 89)。男子は成人するや髪・髯を生えるにまかせ、敵を殺して初めて蓬髪をやめて整え、また不名誉な鉄の指環を外すことを許されたという。カッティーの名は、後世ヘッセン Hessen の形に転訛して伝えられた。
⇒ケルスキー、フランキー
Tac. Germ. 29〜31/ Tac. Ann. 1-55〜, 2-7, 12-27〜, Hist. 4-12, -37/ Suet. Dom. 6/ Juv. 4-147/ Ptol. Geog. 2-11/ Dio Cass. 54-33, -36, 55-1, 67-4〜/ Liv. Epit. 140/ Flor. 4-12/ etc.

カッパドキア Cappadocia
⇒カッパドキアー

カッパドキアー Kappadokia, Καππαδοκία, (ラ)カッパドキア Cappadocia, (仏) Cappadoce, (独) Kappadozien (Kappadokien), (西) Capadocia (葡) Capadócia, (露) Каппадокия, (ペルシア語) Katpatuka

(現・Kappadokya, かつての Karaman) 小アジアの東半分の内陸部を占める地方。時代によって境界は異なるが、古くはタウロス (現・Toros) 山脈の北、ハリュス* (現・Kızılırmak) 河の東、黒海の南のエウプラーテース* (ユーフラテス) 河上流にまでわたる広い地域を指した。前 2 千年紀以来、群小王国が分立し、ヒッタイト王国の支配 (〜前 1200 頃)、アッシュリアー*の征服などを経て、メーディアー*王国 (前 585〜)、アカイメネース朝*ペルシア*帝国 (前 555〜前 333) に臣従した。ペルシアの統治下、領土は黒海沿岸のポントス*と内陸高原のカッパドキアーに分割され、アレクサンドロス大王*の遠征後、両地方にそれぞれ王国が建設された。カッパドキアーにはアリアラテース*朝が樹立され、やがてセレウコス朝*シュリアー*から独立して (前 255 頃)、ローマ時代に至る。王統が断絶すると新たにアリオバルザネース*朝が成立し、ミトリダテース*戦争後はポンペイユス*の支援で復興 (前 65 頃)。次いでアントーニウス*によって王権はアルケラーオス❺*の手に委ねられた (前 34)。ティベリウス*帝の治下、王政が廃止されてローマの属州カッパドキアに編成され (後 17)、ウェスパシアーヌス*帝の時ガラティア*と合併 (72)、トライヤーヌス*帝の時にはポントゥス*と統合された (113)。

カッパドキアーは奴隷貿易の一大中心地である他、石英・塩・銀、および優れた赤色顔料たる「シノーペー*赤土」を産出、牧畜も盛んで、ローマ帝政期には皇帝の競技用馬匹飼育場があった。主としてレウコ・シュロイ* (レウコシュリー) 人が居住し、厳しい気候風土もあずかってヘレニズム化は徐々にしか進まず、多数の神殿奴隷を所有する祭司王家が各地に長く残存した。主要都市は、属州カッパドキアの州都となったマザカ (カエサレーア・マザカ*)、アルテミス*崇拝で名高いコマーナ*、テュアナ*、それに王アルケラーオスが建てたアルケラーイス Arkhelaïs などである。またカッパドキアー東部の町メリテーネー Melitene (現・Eski Malatya) は、かつてヒッタイトの主要都市であったが、ティトゥス*帝の治世にローマ帝国第 12 軍団 Legio XII Fulminata の基地が置かれ (後 70)、トライヤーヌス帝により自治都市(ムーニキピウム*)とされ、やがて小アルメニア* Armenia Minor の首府となった。

カッパドキアー人はギリシア・ローマ人の眼には邪悪かつ無能な民族に映ったらしく、「毒蛇がカッパドキアー人を咬んだら、その血を吸った蛇の方が死んでしまった」とか、「カッパドキアーとクレーター*とキリキアー*、この K で始まる三大悪」、「空飛ぶ亀や白い鴉がいたとしてもカッパドキアーの雄弁家なんて見つかりはしない」などといった俚諺が広く流布していた。しかしながら、ローマ帝政期にはテュアナのアポッローニオス❼*やナジアンゾスのグレーゴリオス❶*、バシレイオス*、ニュッサのグレーゴリオス❷*らの逸材を輩出している。

カッパドキアーは後 3 世紀の中頃、アルメニアー*、シュリアーもろとも、サーサーン朝*ペルシアのシャープール 1 世*に劫略され (251〜252)、その後数年間はローマ対ペルシアの戦場と化した。なおカッパドキアーの名は、この地方を流れるカッパドクス Kappadoks 川に負っているというが、アッシュリアー語で「良馬のとれる地」を意味する言葉が語源となっているらしい。今日では、4 世紀頃からキリスト教の修道士たちが洞窟を掘って住みはじめたギョレメ Göreme を中心とする奇岩地帯が景勝地として最も名高い。
⇒コンマーゲーネー、ガラティアー、プリュギアー、リュカーオニアー、ピシディアー、パープラゴニアー
Herodot. 1-71〜, 5-49, -52, 7-72/ Xen. An. 1-2, -9, Cyr./ Strab. 2-73, 12-533〜540/ Plin. N. H. 6-3/ Mela. 1-2/ App. Syr. 55, B. Civ. 4-63/ Ptol. Geog. 5-7, 6-1/ Diod. 18-5, 31-19/ Cic. Att. 5-18, 6-1, Fam. 15-2/ Curtius 3-1/ Nep. Eum. 2/ Hor. Epist. 1-6/ Mart. 5-78, 10-76/ Dio Cass. 57-17/ Tac. Ann. 2-42, 12-49/ Procop. Aed. 3-4, Pers. 1-7/ Euseb. Hist. Eccl. 5-5/ Polyb./ Plut. Sull. 5, 11/ etc.

カッライ (カッラエ) Karrhai, Κάρραι, Carrhae, Carrae, (ギ) Karrhai, Κάρραι, Karai, Κάραι, Karaia, Καραία, Karrhan, Καρράν, Kharran, Χαρράν, Kharrhan, Χαρράν, (仏) Carres, Carrhes, (独) Karr(h)ai, (伊)(西) Carre, (葡) Harä, (露) Карры, Харран, (古ヘブライ語) ハーラーン Ḥārān, (アッカド語) Ḥarrânu

(現・アラビア語・ハッラーン Ḥarrān, トルコ語・Haran, Altıbaşak) メソポタミアー*北西部の重要な町。エデッサ❶* (現・ウルファ Urfa) の南南東 44 km、メソポタミアー北端、肥沃な三日月地帯の頂点に位置する。月神シーン Sîn の崇拝で知られ、バビュローニアー*と地中海を結ぶ主要な交易都市として古くから発展した。アッシュリアー*帝国に長く支配され、ヘレニズム時代にはセレウコス朝*の治下、マケドニアー*軍の植民が行なわれた。前 53 年 6 月

この近郊でクラッスス*（M.リキニウス・クラッスス❶*）率いる3万9千のローマ軍が、スーレーナース*麾下のパルティアー*騎馬弓兵隊に潰滅させられたことで名高い。この時、斬り取られたクラッススの首は、パルティアー王オローデース2世*（アルサケース⓮*）の宴席に届けられ、折しもエウリーピデース*の悲劇『バッカイ*』を演じていた俳優はその首級をつかんで乱舞し、やんやの喝采を博したという。カッラエにおける惨敗は、ローマ軍事史上の一大転機となり、クラッススの財務官(クァエストル*) C.カッシウス・ロンギーヌス❶*はシュリア*へ撤退して、勝利に乗じローマ領へ攻撃を加えるパルティアー軍の阻止に努めなければならなかった（前52, 前51）。クラッススから奪われた軍旗は、前19年アウグストゥス*の時代になって、外交交渉を通じようやく返還された（⇒アルサケース⓯）。

　カッラエはその後、トライヤーヌス*帝の親征（後114～117）により、ローマの属州メソポタミア*に一時的に編入され、マールクス・アウレーリウス*治下の東方遠征（162～165）の結果ローマ帝国領となり、セプティミウス・セウェールス*帝によって植民市(コローニア*) Lucia Aurelia に昇格、カラカッラ*帝はこの市の月神殿へ参詣する途中で暗殺された（217）。639年アラブ人に征服されるまで、城砦都市としてサーサーン朝*ペルシアと東ローマ帝国の争奪戦の的となり、今日も1260年のモンゴル軍の侵入で破壊されてはいるものの、城門や防壁、バシリカ*などの遺構をとどめている。

　ヘブライ伝説では、族長アブラーハームʼAḇrāhām（アラビア名・イブラーヒーム Ibrāhīm）一家が、カルダイアー*（カルデヤ）のウル Ur からカナアン Kanaan の地へ移住する間、しばらく寄留した町として名高い。アブラーハームの兄弟で、ソドム滅亡物語の主人公ロート Lôṭ（アラビア名・ルート Lūṭ）の父親に当たる人物は、その名をハーラーン Hārān と呼ばれている。なおまたこの地は、イスラーム化されたのちも永く古代メソポタミアー・アラビアー*以来の宗教とヘレニズム期の学問・思想の伝統を継承する星辰崇拝の民サービア Ṣābi'a 教徒（アラビア語）Ṣābe'ān の本拠地として知られ、日・月・5惑星を祀った7つの神殿跡を現在も近郊の地に見ることが出来る。

Plut. Crass. 19～/ Plin, N. H. 5-21, 12-40/ Dio Cass. 37-5, 40-12～/, Joseph. J. A. 1-16/ Strab. 16-747/ Ptol. Geog. 5-17/ Val. Max. 1-6/ Herodian. 4-13/ Luc. 1-105/ S. H. A. Carac. 6/ Flor. 3-11/ Amm. Marc. 23-3/ Eutrop. 6-15/ Vet. Test. Gen. 11-31, 27-43, Reg. Ⅱ 19-12, Ezekiel 27-23/ Nov. Test. Aet. 7-2/ etc.

ガッラエキア　Gallaecia,（ギ）カッライキアー Kallaikia, Καλλαικία, Callaecia,（仏）Galice,（独）Galicien,（伊）Galizia,（西）Galicia,（葡）Galécia, Galiza, Galícia, Galicia,（カタルーニャ語）Galícia,（ガリーシア語）Galiza, Galicia,（アラゴン語）Galizia,（露）Галисия

（現・ガリーシア Galicia）ヒスパーニア*北西隅の地方。ルーシーターニア*（現・ポルトガル）の北方、ガッラエキー Gallaeci（〈ギ〉カッライコイ Kallaikoi）族の住地。ウィリアートゥス*の死後、D.ユーニウス・ブルートゥス❶*（前138年の執政官(コーンスル*)）率いるローマ軍の攻撃を受け、大虐殺のすえ征服された（前137）。女たちも戦闘に加わり、ローマ勢に撃破されると彼女たちは自らの子供を殺してから自決して果てたという。ローマ帝政後期、ディオクレーティアーヌス*の属州*再編で、ガッラエキアはヒスパーニア・タッラコーネーンシス*から分割されて、独立した1州となった。後5～6世紀にスエービー*王国が形成された（411～）が、584年に西ゴート*族に滅ぼされ、次いでイスラーム教徒に支配された（8世紀初頭）。
⇒アストゥリア、カンタブリア

Plin. N. H. 3-3, 4-20/ Flor. 2-17/ Vell. Pat. 2-5/ Strab. 3-157, -167/ Dio Cass. 37-53/ App. Hisp. 27/ Sil. 3-344～353/ Oros. 6-21/ Zosimus 4-24/ Ptol. Geog. 2-6/ It. Ant./ etc.

ガッラ・プラキディア　Galla Placidia,（西）Gala Placidia,（葡）Gala Placídia,（露）Галла Плацидия

（後389年頃～450年11月27日）ローマ皇帝テオドシウス1世*の娘（⇒巻末系図105）。女皇アウグスタ*（421～450）。アルカディウス*、ホノーリウス*両帝の異母妹。410年8月、アラリークス*（アラリック1世）率いる西ゴート*族のローマ市劫略に際し、人質として拉致され、アラリークスの死後、その後継者アタウルプス*（アタウルフ）の妻となる（414年1月、⇒アッタルス）。翌415年アタウルプスが暗殺されると、彼女も凌辱を受けるが、ほどなく西ローマと西ゴートの間に協定が成立するに及んで、身柄はホノーリウス帝のもとへ返還される（416）。417年ホノーリウスの総司令官にして後の皇帝（共治帝）コーンスタンティウス3世*と不本意ながら結婚させられ（1月1日）、1女ホノーリア*と1男ウァレンティーニアーヌス3世*を出産。夫帝の死（421）後はホノーリウスとの間に兄妹姦の噂を立てられる。やがて権力をめぐって兄帝との間に対立・紛争が生じ、2子を連れて東ローマの首都コーンスタンティーノポリス*へ出奔、甥のテオドシウス2世*を頼る（423）。簒奪帝ヨーハンネース*を倒した東ローマ軍により、彼女は再び権力を回復し、息子ウァレンティーニアーヌス3世帝の事実上の摂政として西ローマ帝国を支配した。しかし、偏狭な信仰心から宗教論争に介入し、「異端」や「異教」なるものを厳しく弾圧したため、アーフリカ*軍司令官ボニファーティウス*の反乱を招き（429）、ヴァンダル*族（ウァンダリー*）の北アフリカ席捲を許すこととなる（⇒ゲイセリークス）。またガッリア*各地に西ゴート、アラン（アラーニー*）諸族の跋扈著しく、わずかにイタリアのみを保持。しかも433年以降は実権を軍総司令官アエティウス*に牛耳られ、フン*族（フンニー*）の脅威が迫る中、娘ホノーリアの愚行に悩まされつつ、ローマにて没した。遺志により亡骸は防腐処置を施されて、今日もラウェンナ*（現・ラヴェンナ）に残る墓廟(マウソレーウム*) Mausoleo di Galla Placidia に埋葬

された（屍体は 1557 年の火災により焼失）。
Zosimus 6-12/ Socrates Hist. Eccl. 7-23～24/ Philostorgius Hist. Eccl. 12-4, -12～14/ Procop. Vand. 1-3/ Jordan./ Phot. Bib./ etc.

ガッリー Galli, (単) ガッルス Gallus
❶ ガッリア*人（⇒ケルト人）。
❷ (ギ) ガッロイ Galloi, Γάλλοι, Galli, (仏) Galles, (西) Gallos
女神キュベレー*に仕える去勢神官たち。

ガッリア Gallia, Γαλλία, (英) Gaul, (仏) Gaule, Gaules, (独) Gallien, (西) Galia, (葡) Gália, (露) Галлия, (カタルーニャ語) Gàl-lia, (和) ガリア

ローマ人によって「ガッリア人 Galli」と呼ばれたケルト*系の人々（ケルタエ*）が住んでいた地域（⇒ガラティアー）。今日の北イタリア、フランス、ベルギー、およびオランダの南部地方、ドイツのライン河以西地方、スイスの大部分に相当する。内ガッリアと外ガッリアの 2 つに大別される。

Ⅰ．**内ガッリア** ── ガッリア・キテリオル*ないし、ガッリア・キサルピーナ*（「アルペース*（アルプス）山脈のこちら側のガッリア」の意）

前 400 年頃、アルペースを越えて南下したケルト人によって占領されたイタリア北部一帯。アーペンニーヌス*山脈以北、アルペースまでの地域を指し、さらにパドゥス*（現・ポー）河より南側をガッリア・キスパダーナ*、北側をガッリア・トラーンスパダーナ*と称した。前 222 年までにローマに制圧されたが、第 2 次ポエニー戦争*後、再び蜂起が生じ、前 191 年のボイイー*族征服をまって初めてローマの属州（プローウィンキア*）となる。その後ローマ化が進み、独裁官（ディクタートル*）スッラ*の時代に正式に 1 属州として編成され（前 80 頃）、前 42 年にはイタリア*の一部に併合された。住民がローマの市民服トガ*を着ていたので、ガッリア・トガータ Gallia Togata とも呼ばれ、前 1 世紀にはこの地方からカトゥッルス*、ウェルギリウス*、リーウィウス*などの逸材が輩出した。
⇒イーンスブレース、セノネース、ボイイー、ルビコーン

Ⅱ．**外ガッリア** ── ガッリア・ウルテリオル*ないし、ガッリア・トラーンサルピーナ*（「アルペース（アルプス）山脈の向こう側のガッリア」の意）

レーヌス*（ライン）河、アルペース、地中海、ピューレーネー*（ピレネー）山脈、大西洋に囲まれ、前 6 世紀以来ケルト人が住んでいた地域。前 600 年頃、小アジアのポーカイア*からの入植者がマッサリアー*（現・マルセイユ）に来住して以降、地中海沿岸にギリシア人植民市が広がっていたが、ローマ人がこの地の征服に乗り出したのは前 125 年になってからのことで、その 4 年後には南フランス一帯を属州*ガッリア・ナルボーネーンシス*に編成し（前 121）、港町ナルボー*（現・ナルボヌ）を自治都市（ムーニキピウム*）と制定、同州はロダヌス*（現・ローヌ）河を遡上してその版図を次第に拡大していった。次いで、ガッリア戦役（前 58～前 51）に勝利を収めたカエサル*によって、大西洋岸からレーヌス河までの残るガッリア全土が平定され、ガッリア・コマータ*（「長髪のガッリア」の意）として属州に編入された。

アウグストゥス*は外ガッリアを以下の 4 つの属州に行政区分した。

(1) ガッリア・ナルボーネーンシス*

地中海沿岸からピューレーネー、アルペース、ケベンナ Cebenna（現・セヴェンヌ Cévennes）山脈に囲まれ、ロダヌス河を遡ってウィエンナ*（現・ヴィエンヌ）、ウィンドボナ*（現・ウィーン）に達する地域。住民が穿いていたブラーカ braca と称するズボンにちなんで、ガッリア・ブラーカータ Gallia Bracata（ズボンを穿いたガッリア）とも呼ばれたが、後 70 年までにはすっかりローマ化していた。州都ナルボー（現・ナルボンヌ）。

(2) アクィーターニア*（現・アキテーヌ Aquitaine）

ピューレーネー山脈からリゲル Liger（現・ロワール Loire）河に至る今日のフランス南西部一帯。州都ブルディガラ*（現・ボルドー Bordeaux）。アクィーターニアの項を参照。

(3) ガッリア・ルグドゥーネーンシス*

州都ルグドゥーヌム*（現・リヨン Lyons）に基づいて命名された。別称ガッリア・ケルティカ*。リゲル河からセークァナ Sequana（現・セーヌ Seine）河にかけての今日のブルターニュ、中央フランス一帯、および南東へ延びてルグドゥーヌムに達する地域（⇒アルモリカ）。

(4) ガッリア・ベルギカ*

残るフランス東北部からベルギーにかけて、ベルガエ*人の居住していた地域。州都ドゥーロコルトルム Durocortorum（現・ランス Reims）。

以上 4 州のうち、ナルボーネーンシスのみ元老院属州で、残る 3 州は元首（皇帝）属州。帝政初期には時々反乱が起こった（⇒キーウィーリス、ウィンデクス）が、漸次ローマ化が進み、農業、葡萄酒醸造業、金属加工業、製陶業などの発展が著しく、経済的にも大いに繁栄、とりわけローマ人の住みついた南フランスには数々の優れた都市文明の遺跡を見ることができる（⇒アラウシオー、ネマウスス、ウィエンナ、アレラーテ）。

なお、ガッリア・ベルギカのうちレーヌス河沿いの国境地帯は、後 1 世紀初頭に 2 つの軍事地区（エクセルキトゥス） exercitus に画定され、80～90 年の間にゲルマーニア・スペリオル*（ゲルマーニア・プリーマ Germania. Prima とも）とゲルマーニア・イーンフェリオル*（ゲルマーニア・セクンダ Germania. Secunda とも）の 2 属州に編成された。州都はおのおの、モーゴンティアクム*（現・マインツ）とコローニア・アグリッピーナ*（現・ケルン）。また、ゲルマーニア・スペリオルの領域は、レーヌス河を越えて、国境防衛の長城リーメス*・ゲルマーニクス Limes Germanicus にまで広がっていた。やがて 2 世紀後半のマールクス・アウレーリウス*帝の時代からゲルマーニア*人の侵入を被りはじめ、ディオ

クレーティアーヌス*帝が属州を再編成した時、アウグスタ・トレーウェロールム*（現・トリーア）が西方の帝都に選立されたが、4～5世紀の民族大移動の結果、5世紀末には全ガッリアがゲルマーニア人の占領するところとなった。

なお、3世紀後半の軍人皇帝が乱立した混乱期（⇒三十人僭帝）に、この地で独立した政権、いわゆる「ガッリア帝国*（260～274）」を支配した僭帝たちについては、ポストゥムス*の項を参照されたい。

ちなみに今日も英国のウェールズ Wales 地方をロマンス系諸語で「ガッリア人の国」（仏）Pays de Galles、（伊）Galles、（西）Paío de Gales と呼ぶのは、この地でガッリア人が固有の言語・文化を長く守り続けていたことに由来している（島のケルト）。外ガッリアを指す近代語のゴール（英）Gaul、（仏）Gaule や、ウェールズ人を意味する言葉（仏）Gallois、（伊）Gallese、ガッリアがローマの支配下にあった時期（前121～後5世紀）を謂うガロ・ロマン時代（仏）gallo-romaine、古代末期から中世にかけてガッリアの地で話されていたラテン語の転訛したガロ・ロマン語（英）Gallo-Romance、（仏）gallo-roman、東ブルターニュの方言ガロ語（仏）gallo、またフランス語特有の語法ガリシスム（仏）gallicisme、フランスのカトリック教徒の中にあった民族教会的なガリア主義（仏）gallicanisme、フランス心酔やフランスかぶれを指すガロマニア（英）Gallomania、（仏）gallomanie、等々の用語は、すべて古代のガッリアから派生した言葉である。

Caes. B. Gall./ Plin. N. H. 3-15～19, 4-17～19/ Mela 1-3, 2-5, 3-1/ Strab. 4～5/ Ptol. Geog. 2-7/ Tac. Ann. 1-31, 13-53/ Liv. 5-34～/ Cic. Prov. Cons., Sen. 4/ Polyb. 2-17, 3-77/ Diod. 5-24～, 36-1/ etc.

ガッリア・アクィーターニカ　Gallia Aquitanica,（英）Aquitaine Gaul,（仏）Gaule Aquitaine
⇒アクィーターニア

ガッリア・ウルテリオル（外ガッリア）　Gallia Ulterior,（英）Further Gaul
⇒ガッリア

ガッリア・キサルピーナ　Gallia Cisalpina,（英）Cisalpine Gaul,（仏）Gaule Cisalpine
（「アルペース*（アルプス）山脈のこちら側のガッリア」の意）現代イタリアのロンバルディーア Lombardia 地方とピエモンテ Piemonte 地方にほぼ相当する。
⇒ガッリア

ガッリア・キスパダーナ　Gallia Cispadana,（英）Cispadane Gaul
（「パドゥス*（現・ポー）河のこちら側のガッリア」の意）
⇒ガッリア

ガッリア・キテリオル（内ガッリア）　Gallia Citerior,（英）Hither Gaul
⇒ガッリア

ガッリア・ケルティカ　Gallia Celtica,（英）Celtic Gaul,（仏）Gaule Celtique
（「ケルト*人のガッリア」の意）。ガッリア・ルグドゥーネーンシス*の別称。
⇒ガッリア

ガッリア・コマータ　Gallia Comata,（英）Long haired Gaul
（「長髪のガッリア」の意）髪を長くのばす習慣をもつケルト*人（ガッリー❶*）の住んでいた外ガッリア*地方。ガッリア*の項を参照。

ガッリア人　Galli,（英）Gauls,（仏）Gaulois,（独）Gallier,（西）Galos,（葡）Gauleses,（露）Галлы
⇒ケルト人

カッリアース　Kallias, Καλλίας, Callias,（伊）Callia,（西）Calias,（葡）Cálias,（露）Каллий
ギリシア人の男性名。アテーナイ*の名家出身の富者については次項（⇒カッリアースとヒッポニーコス）を参照。

❶（前5世紀中頃）アテーナイ*の喜劇詩人。前446年のディオニューシア*祭で初めて優勝し、前420年代頃まで活躍。同じく古喜劇の作家だったクラティーノス❶*の好敵手であったともいわれる。8篇の題名と40の引用断片しか伝存しない。父リューシマコス Lysimakhos が綱作りを生業としていたので、スコイニオン Skhoinion（「小綱」の意）と呼ばれた。
Diog. Laert. 2-18/ Ath. 2-57, 7-276, 8-344, 10-448, -453～/ Schol. ad Ar. Eq. 526, Av. 31/ Poll./ Suda/ etc.

❷（前6世紀末期）オリュンピアー*の世襲神官職家イーアミダイ Iamidai 一門の予言者。アポッローン*神の末裔を称す。シュバリス*対クロトーン*の戦争（前510）の際、占いを行なったところ、「シュバリスの破滅」と出たため、滞在中のシュバリスを脱出し、クロトーン側に走った。戦後、クロトーンに領地を与えられ、彼の子孫が代々所有した。
Herodot. 5-44～45/ Pind. Ol. 6-5～/ Paus. 6-2/ etc.

❸（？～前432）アテーナイ*の政治家。カッリアデース Kalliades の子。デーロス同盟*を離脱したポテイダイア*を討伐する膺懲軍の司令官として出征するが、勝利を収めながら戦死した。彼はまた、哲学者エレアー*のゼーノーン*の弟子であったといわれる。
Thuc. 1-61～63/ Diod. 12-37/ Pl. Alc. 1-119/ etc.

❹（前4世紀後半～前3世紀前半）シュラークーサイ*の歴史家。シケリアー*（現・シチリア）王アガトクレース*（在位・前317～前289）の宮廷で暮らし、全22巻の『アガトク

レース伝 Peri Agathoklea Historiai』を執筆（わずかな引用断片を除いて散逸）。アガトクレースに対してあまりにも好意的な筆致で記したので、彼から贈賄されていたのだろうと、シケリアーのディオドーロス*に疑われている。
Ath. 12-542/ Diod. 21-16, -17/ Ael. N. A. 16-28/ Joseph. Ap 1-3/ Dion. Hal. 1-42/ etc.

❺（前4世紀）エウボイア*島のカルキス*の僭主、父ムネーサルコス Mnesarkhos の死後、兄弟のタウロステネース Taurosthenes とともに僭主位を継承。カルキスを中心にエウボイア全島を統一しようと企てて、エレトリア*の僭主プルータルコス Plutarkhos と対立した。初めはマケドニアー*王ピリッポス2世*と同盟を結んだが、前350年プルータルコスに味方したアテーナイ*の将ポーキオーン*に敗れマケドニアー宮廷へ亡命。やがてピリッポス2世と不和になり、テーバイ❶へ逃れる。次いで雄弁家デーモステネース❷*の仲介でアテーナイと結び、今度はポーキオーンのマケドニアー勢撃破のおかげで、エウボイア島の支配権を与えられた（前341）。

このほか、プトレイマイオス朝*の軍司令官として祖国アテーナイのために働いたスペーットス Sphettos のカッリアース（前295頃～前265頃活躍）や、レスボス*島の詩人サッポー*とアルカイオス*の作品に関する注解書を著したミュティレーネーの文法学者のカッリアース（前1世紀以前の人）など、同名の人物が多数知られる。
Aeschin. 3-85～89/ Dem. 2-19, 12-5, 18-115～116, -135, 19-273/ Strab. 13-618/ Ath. 3-85, 4-140, 7-285, 10-453～/ Plut. Dem. 17, Phoc. 12/ Diod. 10-31, 11-81, 16-56/ Apollod. 2-8/ Polyb. 28-19～/ Liv. 42-43～/ Suda/ etc.

カッリアースとヒッポニーコス　Kallias, Καλλίας, Callias と Hipponikos, Ἱππόνικος, Hipponicus, （仏）Hipponique, （伊）Ipponico, （西）Hipónico, （葡）Hiponico, （露）Гиппоник

前5～前4世紀のアテーナイ*で富裕で知られた名門の家柄。前6世紀初めのヒッポニーコス（本項の❶カッリアースの叔父）以来、歴代の当主がこれら2つの名を交互に称した。同家はトリプトレモス*の末裔を称し、エレウシース*の密儀において、代々炬火持ちの役職を世襲したことで知られている。巻末系図023を参照。

❶カッリアース（前6世紀）　パイニッポス Phainippos の子。僭主ペイシストラトス*（在位・前560頃～前527）の政敵で、アテーナイ*からペイシストラトスが亡命する都度、公売に付されたその財産を、誰一人手を出しかねていたのに、彼ひとりが敢然として買い取った。また、3人の娘に莫大な嫁資をつけてやり、各自が全アテーナイ市民の中から意のままに夫を選ぶことを許した。前564年のオリュンピア競技祭*の競馬種目で優勝、四頭立戦車競走で第2位を得たことも記録されている。
Herodot. 6-121～122/ Schol. ad Ar. Av. 283/ Paus. 1-26/ etc.

❷ヒッポニーコス（前5世紀前半）　❶の子。渾名はアンモーン Ammon. ペルシア帝国*のある将軍の財産を、奇妙な僥倖によって入手して裕福になったと伝えられる。しかし実際にこの家が産を成したのはソローン*の改革（前594）当時、同名の先祖ヒッポニーコスが全ての負債が帳消しになることを前もって知るや、巨額の金を富者から借り広大な地所を買い集めた術策のおかげだとされている。
Ath. 12-536～537/ Plut. Sol 15/ Herodot. 6-121/ etc.

❸カッリアース（前5世紀前半～中葉に活躍）　❷の子。「義人」アリステイデース*の従兄弟。マラトーン*の戦い（前490）に参加し、助命を嘆願する敵の1人から穴蔵に隠した黄金の山を奪い取りながら、非道にもその男を殺して口封じをしたという。おかげでアテーナイ*随一の富豪となった彼は、ミルティアデース*の娘エルピニーケー Elpinike（キモーン*の姉で妻）に求婚し、彼女の父親が支払えずに遺した負債50タラントンを国庫に支払って、これを娶った（のちに離婚する）。オリュンピアー*の戦車競走で3度優勝したといわれ、また従兄弟のアリステイデースの名声をさんざん利用しておきながら、この貧しい従兄弟が妻子を抱えて困苦しているのを見過ごしにしたと非難され、世人から「カッリアースのような富者であるよりもアリステイデースのような貧者である方がよい」と取り沙汰されたという。ラッコプルートス Lakkoplutos（「穴蔵長者」の意）という彼の渾名は、この話に基づいている。

前449年アテーナイ使節団の長としてスーサ*へ赴き、アカイメネース朝*ペルシア*帝国との間に和約 ── いわゆる「カッリアースの和約」── を締結。両国の勢力範囲の境界線を画定し、不可侵を約した（前448）。古代からこの条約の真実性を疑問視する史家がいるが、これ以降両国間に戦闘が行なわれなくなったことは事実である（⇒アルタクセルクセース1世）。

帰国後、収賄罪に問われ、全財産の4分の1に当たる50タラントンの罰金を科せられた。なお彼は、スパルタ*との30年の和約締結（前446）にも関与していたと考えられる。
Herodot. 7-151/ Plut. Arist. 5, 25, Cim. 4, 13/ Xen. Hell. 6-3/ Paus. 1-8/ Diod. 12-4/ Nep. Cimon 1/ Dem. 19/ Lys.19/ Schol. ad Ar. Nub. 65/ Hesych./ Suda/ etc.

❹ヒッポニーコス（？～前424）　❸の子。ペロポンネーソス戦争*中の前426年、エウリュメドーン Eurymedon とともに将軍としてアテーナイ*軍を率い、ボイオーティアー*に侵入、タナグラ*の戦いに勝利を収めたが、のちデーリオン*の戦いで斃れた（前424）。彼が離婚した妻は古代ギリシア最大の政治家ペリクレース❶*に再嫁しており、また彼の娘のうちヒッパレテー Hipparete は絶世の美男アルキビアデース*に嫁ぎ、もう1人はテオドーロス Theodoros と結婚して修辞家イソクラテース*の母となった。なお、哲学者ソークラテース*の弟子となったヘルモゲネース Hermogenes は、ヒッポニーコスの庶子であったと思われる。
Thuc. 3-91/ Diod. 12-65/ Plut. Per. 24, Alc. 8/ Ael. V. H. 14-16/ Xen. Mem. 1-2, 2-10, 4-8/ Pl. Cra. 384, 391/ Andoc.1/ Lys. 19/ etc.

❺**カッリアース**（前455頃～前366以降）　❹の子。格闘競技（パンクラティオン*）に優勝した美しい若者アウトリュコス❶*（前404／403頃刑死）を熱愛したことで名高い。自身も立派な体軀の持ち主だったという。非常な浪費と遊蕩でにわかに産を傾け、ヘーラクレース*の後裔を自称して獅子皮を身にまとったり、人妻と姦通して多額の賠償金を支払わされるなどの奇行があったため、喜劇作家アリストパネース*に諷刺されている。前400年、弁論家アンドキデース❶*を瀆聖罪で訴えて相手から逆襲されたことや、コリントス*戦争（前395～前386）中に将軍職（ストラテーゴス*）に選ばれ（前391）、名将イーピクラテース*とともに重装歩兵隊（ホプリーテース*）を率いてコリントスに戦い、スパルター*軍に圧勝した（前390）ことなどが知られる。当代一流のソフィスト*たちプロータゴラース*やプロディコス*、ヒッピアース❷ら著名人との交遊で名高く、また前371年夏にはアテーナイの使節となってスパルターへ赴き和平交渉に成功している。なおプラトーン*の『プロータゴラース』やクセノポーン*の『饗宴』は、彼の邸を舞台に描かれている（後者はペイライエウス*にあった別邸での会合）。晩年は落魄して極貧のあまり乞食同然となり窮死したとも、財産を蕩尽してしまい毒人参の盃を仰いで自殺したとも伝えられている。アンドキデースによると、カッリアースの嫡男ヒッポニーコスは父親に輪をかけた放蕩者であったという。

Xen. Hell. 4-5, 5-4, 6-3, Mem., Symp/ Ar. Av. 283～4, Eccl. 810, Ran. 429/ Pl. Prt. 335～336, Ap. 20, Tht. 165, Cra. 391/ Ael. V. H. 4-16/ Ath. 4-169, 5-218, 12-537/ Plut. Per. 24/ Andoc. 1/ Arist. Rh. 3-2/ Lys. 19/ etc.

ガッリア帝国　Gallicum Imperium, Imperium Galliarum,
（英）Gallic Empire, （仏）Empire gauloise,
Empire des Gaules, （独）Gallische Reich,
（伊）Impero delle Gallie, （西）Imperio Galo
(-romano), （葡）Império das Gálias, （露）
Галльская Империя

後3世紀の後半にガッリア*の3州 Tres Galliae（ガッリア・ルグドゥーネーンシス*、アクィーターニア*、ガッリア・ナルボーネーンシス*）および上・下ゲルマーニア*2州を中核として、ほぼ15年間（260～274）にわたりローマ帝国内に存続した分離国家。
⇒ポストゥムス、テトリクス

ガッリア・トラーンサルピーナ　Gallia Transalpina,
（英）Transalpine Gaul, （仏）Gaule transalpine
（「アルペース*（アルプス）山脈の向こう側のガッリア」の意）本来のガッリア*（英）Gallia Proper
⇒ガッリア*、ガッリア・ナルボーネーンシス*

ガッリア・トラーンスパダーナ　Gallia Transpadana,
（英）Transpadane Gaul
（「パドゥス*（現・ポー）河の向こう側のガッリア」の意）
⇒ガッリア

ガッリア・ナルボーネーンシス　Gallia Narbonensis,
（仏）Gaule Narbonnaise
（現・プロヴァンス Provence 周辺の地方）ガッリア*南部（現・フランス南部）、ナルボー*（現・ナルボンヌ）を州都とするローマの属州*。古くはガッリア・トラーンサルピーナ*と呼ばれた地域で、イタリアとヒスパーニア*とを結ぶ重要な場所を占め、外ガッリア*のうち最も早くローマ領に併合された（前121）。属州総督 Proconsul（プロコーンスル）として赴任したカエサル*は、ここから全ガッリア遠征に出発（前58）、アウグストゥス*はガッリア4州のうちローマ化のいちばんよく進んだこの地方だけを元老院属州とし、他は皇帝（元首）属州とした。良質の葡萄酒、オリーヴ、陶器などを産出。「ローマの平和 Pax Romana」と都市生活を享受し、ドミティウス・アーフェル*やブッルス*、皇帝アントーニーヌス・ピウス*らの逸材を輩出した。マッシリア*（現・マルセイユ）、アレラーテ*（現・アルル）、ネマウスス*（現・ニーム）、アラウシオー*（現・オランジュ）の他、アクァエ・セクスティアエ*（現・エクサン・プロヴァンス）、ウィエンナ*（現・ヴィエンヌ）、ゲナーウァ*（現・ジュネーヴ）、フォルム・ユーリイー*（現・フレジュス）、アウェンニオー Avennio（現・アヴィニョン Avignon）、カルカソー Carcaso（現・カルカソンヌ Carcassonne）、トローサ* Tolosa（現・トゥールーズ Toulouse）などの諸市が栄えた。415年、西ゴート*王アタウルプス*に劫略されて以来、この地方は衰退を早め、ブルグンディー*や東ゴート、フランク*などゲルマーニア*人諸族に蹂躙・分断された末、8世紀前半には一部をイスラーム軍に征服された。
⇒アッロブロゲース、リグリア、ロダヌス河

Mela 2-5/ Plin. N. H. 3-4, 4-17, 14-4/ Strab. 4-178～/ Cic. Brut. 43, Font. 6(14)/ Plut. Galb./ Tac./ Suet./ etc.

ガッリア・ベルギカ　Gallia Belgica, （英）Belgic Gaul,
（仏）Gaule belgique
（現・ベルギー Belgium およびフランス France 北東部周辺）ガッリア*東北地方に設けられたローマの属州*（皇帝属州）。セークァナ Sequana（現・セーヌ Seine）河からレーヌス*（ライン）河にかけての北方辺境地帯で、軍事上大いに重視された。主要都市はアウグスタ・トレーウェロールム*（現・トリーア Trier）、ドゥーロコルトルム Durocortorum（現・ランス Reims）、アンビアーニー* Ambiani 族の首邑サマロブリーウァ Samarobriva（現・アミアン Amiens）など。ドミティアーヌス*帝の治世（後81～96）にレーヌス河左岸一帯は、正式な属州ゲルマーニア・イーンフェリオル*（下ゲルマーニア）。（州都コローニア・アグリッピーナ*（現・ケルン））として独立した。
⇒ベルガエ

Plin. N. H. 4-17, 7-16/ Tac. Hist. 1-12, -58/ Ptol. Geog. 2-7, -8/ etc.

ガッリア・ルグドゥーネーンシス　Gallia Lugdunensis,
（仏）Gaule lyonnaise

ガッリア*のルグドゥーヌム*(現・リヨン Lyons)を州都とするローマの属州*(皇帝属州)。ガッリア・ケルティカ*とも呼ばれる。アラル Arar(現・ソーヌ Saône)、リゲル Liger(現・ロワール Loire)、セークァナ Sequana(現・セーヌ Seine)の3河川流域を中心に、アウグストドゥーヌム Augustodunum(現・オータン Autun)、ルーテーティア*(現・パリ Paris)、アレシア*(現・アリーズ=サント=レーヌ Alise-Sainte Reine)、ケーナブム*(現・オルレアン Orléans)、他の諸市が発達した。
⇒ビブラクテ
Plin. N. H. 4-17〜18/ Tac. Hist. 1-59, 2-59/ Strab. 4-177, -191〜/ Suet./ etc.

ガッリエーヌス Publius Licinius Egnatius Gallienus, (ギ) Pūplios Likinios Egnatios Galliēnos, Πούπλιος Λικίνιος Ἐγνάτιος Γαλλιῆνος, (仏) Gallien, (伊) Publio Licinio Egnazio Gallieno, (西) Publio Licinio Ignatio Galieno, (葡) Públio Licínio Ignatio Galiano (Galieno), (露) Публий Лициний Эгнатий Галлиен

(後218頃〜268年9月頃)ローマ皇帝(在位・253年10月〜268年9月)。ウァレリアーヌス*帝の長男。父の登位後、共治の正帝として帝国西部を支配(253〜260)、ゲルマーニア*諸族の侵入を防ぎ(⇒アラマンニー)、懐柔のためマルコマンニー*の王女を第2夫人に娶ったりした(258)。父がサーサーン朝*ペルシアのシャープール1世*に捕らえられてのち(260年6月)単独帝となり、軍制改革に着手、元老院議員を軍隊の指揮官から除き、皇帝直率の独立騎兵隊を創設して国境防衛に当たらせた。しかし彼の治世は、内憂外患こもごも至る最も危機的な時代で、帝国各地に反乱が続発し、ポストゥムス*をはじめとする三十人僭帝*が輩出・割拠したため、ガッリエーヌスの支配圏はわずかにイタリアとバルカン地域のみに限定された。またゲルマーニア諸族が帝国領をしきりに侵し、とりわけゴート*族(ゴトーネース*)とヘルリー*族は小アジアからギリシアにかけて多数の都市を略奪・破壊(⇒エペソス)。さらに疫病が全土に蔓延し(250〜270)、海賊や匪賊も跳梁跋扈をきわめ、帝国は崩壊寸前のありさまだった。ところが放縦・懶惰なガッリエーヌスは、かかる国難に遭っても贅沢な快楽と安逸に耽ってやまず、諸属州*離反の悲報に接した時にもまったく無関心な様子で、ただそれぞれの地の特産物の喪失を嘆いてみせただけであった。皇后サローニーナ Cornelia Salonina(?〜260)とともに文芸を奨励し、とりわけ新プラトーン主義哲学者のプローティーノス*と親交、また父帝の意志に反してキリスト教にも寛容な態度を示した。ただし対立者には冷酷残忍で、重臣といえども些細な容疑の下に処刑し、僭帝インゲヌウス Ingenuus(?〜260)を鎮圧した時などは、これを支持したモエシア*の住民を老幼・身分の区別なく皆殺しにしたという。のち部将アウレオルス Aureolus(?〜268)に叛かれ、メディオーラーヌム*(現・ミラーノ)にこれを包囲中、部下の陰謀にかかり暗殺された(50歳)。この弑逆計画の首謀者の1人クラウディウス2世*が、ガッリエーヌスの遺命と称して帝位を継いだ。

ガッリエーヌスは無能な暴君との悪評高く、頭髪を金粉で染め、豪華な冠や衣裳をまとい、日夜側妾や俳優らとともに酒食や淫靡な生活に惑溺。社会の困窮をよそに盛大な凱旋式(トリウンプス*)を行なったり、自らの途方もない巨像の建設を企てたりしたと伝えられる。しかし他面、機智に富んだ才人であり、混乱期にあってよく帝国の統一を保たんと努めた点も閑却してはならない。

なお、彼の次男で何週間か父と共治の正帝位にあったサローニーヌス Publius Licinius Cornelius Saloninus Valerianus(242頃〜260、在位・260)は、ガッリア*の簒奪帝ポストゥムスによってコローニア・アグリッピーナ*(現・ケルン)で殺されている。
⇒オダエナトゥス、サートゥルニーヌス❶
Aur. Vict. Caes. 33/ Eutrop. 9-7〜8/ Zonar. 12-23〜25/ Zosimus 1-30, -37, -40/ S. H. A. Gallien., Tyr. Trig./ Euseb./ etc.

ガッリオー Lucius Junius Annaeus Gallio, (ギ) Lūkios Iūnios Annaios Galliōn, Λούκιος Ἰούνιος Ἀνναῖος Γαλλίων, (仏) Gallion, (伊) Gallione, (西) Galión, (葡) Gálio, (露) Галлион

(旧名・M. Annaeus Novatus)(?〜後65/66)修辞学者・大セネカ❶*の長男。哲学者セネカ❷*の兄。ヒスパーニア*のコルドゥバ*(現・コルドバ)に生まれたが、ローマの元老院議員(セナートル*)で父の友人のL.ユーニウス・ガッリオー(後32年、セイヤーヌス*に追従したため、ティベリウス*帝に憎まれて流刑に処され、次いでローマで監禁された弁論家)の養子となり、ガッリオーを名乗る(41〜52年の間)。弟セネカとともに追放され(41)、49年に呼び戻されたものの、クラウディウス*帝に対する恨みは深く、皇帝が毒殺された時には痛烈な警句を吐いて彼の死を嘲笑した(54)。ネロー*帝の治下、高位に登り、アカーイア*の属州総督 Proconsul(プロコーンスル)として赴任中(51〜52)に、コリントス*在住のユダヤ人によって起こされた新興キリスト教の伝道者パウロス*(パウロ)に対する訴えを却下したことが『使徒言行録』18章に記されている。弟セネカの失脚(65)後はネローに媚び諂(へつら)ったにもかかわらず、自殺を強制された。
⇒本文系図221
Tac. Ann. 6-3, 15-73/ Dio Cass. 60-35, 62-25/ Plin. N. H. 7-12, 31-33/ Sen. Q. Nat., Vit. Beat., Ep./ Euseb. Chron./ etc.

カッリオペー Kalliope, Καλλιόπη, Calliope(またはカッリオペイア Kalliopeia, Καλλιόπεια), (西)(葡)

系図140　カッリオペー

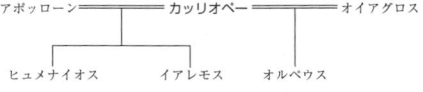

Calíope, (露) Каллиопа

(「美しい声」の意) ギリシア神話中、ムーサたち*(ムーサイ*)の1人。9姉妹の筆頭とされ、弁舌と叙事詩(またはエレゲイア elegeia 詩)を司る女神。オルペウス*やリノス*、レーソス*、ヒュメナイオス*、セイレーン*たちを産んだといわれる。美少年アドーニス*をめぐって争った2人の女神アプロディーテー*とペルセポネー*を仲裁したとも伝えられ、時に詩人ホメーロス*の母親に擬されることもある。後代の美術作品では、喇叭と書字板、鉛筆などを持物とする女性の姿で表わされている。
Apollod. 1-3/ Hes. Th. 79/ Hyg. Astr. 2-7/ Schol. ad Hom. Il. 10-435/ Pl. Resp. 2-364 e/ Paus. 9-30/ Diod. 4-7/ etc.

カッリクラティダース Kallikratidas, Καλλικρατίδας, Callicratidas, (伊) Callicratida, (西)(葡) Calicrátidas, (露) Калликратид

(?~前406) スパルター*の提督。ペロポンネーソス戦争*(前431~前404)の末期、政敵のリューサンドロス*に代わって海軍司令官となり、デルピーニオン Delphinion (キオス*島東岸の町)やテオース*、メーテュムナー*を征服。コノーン❶*麾下のアテーナイ*艦隊をミュティレーネー*に封鎖したが、のちアルギヌーサイ*の海戦でアテーナイ軍に敗れ、波間に転落して溺死した。
Xen. Hell. 1-6/ Diod. 13-76~79, -97~99/ Plut. Lys. 5~7, Pel. 2/ Cic. Off. 1-24, -30/ Ael. V. H. 12-43/ etc.

カッリクラテース Kallikrates, Καλλικράτης, Callicrates, (仏)(伊) Callicrate, (西)(葡) Calícrates, (露) Калликрат

ギリシアの男性名。

❶ (前480頃~前420頃) アテーナイ*で活躍した建築家。パルテノーン*神殿の建設にイクティーノス*とともに携わり(前448~前438)、またアクロポリス*のアテーナー*・ニーケー*神殿(前437~前424、ただし着工は前421頃)の設計や、アテーナイと外港ペイライエウス*間をつなぐ長壁の建造、およびアテーナイ市の城壁補修工事を担当した。また同名の人物に、象牙に蟻などの小動物を彫ったスパルター*の細密工芸家カッリクラテースがいる。
⇒ペイディアース、ムネーシクレース
Plut. Per. 13/ Ael. V. H. 1-17/ Plin. N. H. 7-85, 36-4/ Ath. 9-782/ etc.

❷ (?~前149/148) アカーイアー同盟*の政治家。ピロポイメーン*の死(前182)後、親ローマ派(反ピロポイメーン派)の頭目として台頭、自主独立派のリュコルタース Lykortas (?~前167頃)らと対立した。ピュドナ*の戦い(前168)後は、人質として拘留すべきアカーイアー*人1千名の名簿をローマ側に提供したため、祖国を裏切った変節漢としてポリュビオス*(リュコルタースの子)から激しく非難された。その名簿の中にポリュビオスの名前も書かれていたからである。

このほか、ペルシア戦争*時代に「ギリシア第1の美男」と謳われながらも、プラタイアイ*の決戦直前に敵の矢に射られて死んだスパルター*人カッリクラテース(?~前479)をはじめ、幾人もの同名人物が知られている。
Polyb. 24-8~10, 29-23~25, 30-13, -29, -32, 33-16/ Paus. 7-10, -11/ Liv. 41-23~, 45-31/ Herodot. 9-72, -85/ Nep. Dion 8~/ Ath. 6-251, 13-586/ Arist. Ath. Pol. 28/ Suda/ etc.

カッリステネース Kallisthenes, Καλλισθένης, Callisthenes, (仏) Callisthène, (伊) Callistene, (西)(葡) Calístenes, (露) Каллисфен

(前370頃~前327) オリュントス*出身の哲学者。母ヘーロー Hero がアリストテレース*の姪であった関係から、その弟子として教育された。アレクサンドロス大王*の東征に歴史家として随行し、大王をゼウス*の子、汎ギリシア的な英雄と讃する業績録や史書などを書いたが伝存しない。大王がオリエント風の「跪拝の礼 proskynesis」を部下に要求した時、これを頑強に拒んだばかりか、不遜なまでに直言を憚らなかったので、前327年晩春ヘルモラオース*の陰謀に連座して投獄された。一味の者から「最も有名な人間になる方法は何か」と訊かれたのに対し、「最も有名な人間を殺すことだ」と答えて、大王の暗殺を嗾けたといわれる。最期については、拷問を加えられてから縛り首にされたとも、足枷をかけられ鎖に繋がれて7ヵ月間監禁されたのち、過度に肥満し全身を虱に喰われて病死したとも、鉄の檻に入れられたまま各地を引き廻された末、獅子の餌食として投げ与えられて果てたとも、耳・鼻・唇を削ぎ取られ手足を全部切断されて、籠の中に犬と一緒に閉じ込められ、その惨状を見かねた弟子のリューシマコス*に毒を与えられてこと切れたとも、さまざまに伝えられている。この事件以来、アリストテレース学派(逍遙学派)はアレクサンドロス大王を敵視するようになったという。

なおアレクサンドレイア❶*時代に彼の名を冠した荒唐無稽なアレクサンドロス大王伝が創作され(偽カッリステネース Pseudo-Callisthenes)、ラテン語に翻訳されて(後4世紀)古代末期から中世に流布した「アレクサンドロス伝奇」の中心となり、またシリア語、アルメニア語、ヘブライ語、アラビア語、ペルシア語、トルコ語、コプト語、エティオピア語などに翻訳されて、イスラーム世界で愛好された各種「イスカンダル Iskandar 物語」の源流ともなっている。
⇒テオプラストス❶、クレイタルコス❷
Arr. Anab. 4-10~14/ Plut. Alex. 52~55, Sull. 36/ Curtius. 8-5~8/ Just. 12-6~7, 15-3/ Diog. Laert. 5-4~5, -39/ Polyb. 12-23/ Strab. 11-517/ Ath. 13-560/ Historia Alexandri Magni/ Suda/ etc.

カッリストー Kallisto, Καλλιστώ, Callisto, (西)(葡) Calisto, (露) Каллисто

(「最も美しい女」の意) ギリシア神話中、アルカディアー*のニュンペー*(ニンフ*)、もしくはリュカーオーン*(アルカディアーの古王)の娘(父はニュクテウス*ともいう)。処女を守る誓いを立てて女神アルテミス*の狩りに随伴していた

が、ある日アルテミスに変身したゼウス*に誘惑されてアルカス*をみごもった。水浴の折に妊娠していることが発覚して、アルテミスに雌熊に変えられたとも、妻ヘーラー*の嫉妬を惧れたゼウスによって熊に変身させられたとも、あるいは怒ったヘーラーが彼女を熊にしたうえでアルテミスに射殺させたともいう。死につつある彼女の胎内から嬰児アルカスが救い出されてアルカディアー*諸王家の祖となったと伝えられる（⇒巻末系図 003）。別説によれば成長したアルカスが母と知らずに彼女を射殺そうとした時に、ゼウスが憐んで母子を天空に運び去り星辰にしたといわれる（⇒アルクトス）。カッリストーはまた、アルカス以外に、その双生兄弟として牧神パーン*を産んだとも伝えられている。通常彼女は北天の「大熊座（ラ）Ursa Major」になったとされているが、嫉妬深いヘーラーは大洋神オーケアノス*とテーテュース*に頼んで、この星座が海に入って休むことができないようにしたという。デルポイ*の神域にはテゲアー*市民が奉納したカッリストー像や、名匠ポリュグノートス*の筆になるカッリストーの絵が奉納されており、後代においても彼女の神話は好んで美術の主題として採り上げられた。

なお、純潔の誓いを破ったためにアルテミスに射殺された人物としては、カッリストーのほかにラーオダメイア Laodameia（ゼウスと交わってサルペードーン*の母となる）やマイラ Maira（ゼウスとの間にロクロス Lokros を産む）らがいる。ちなみにカッリストー（ラ）Callisto の名前は、1609年に天文学者ガリレオ・ガリレイが発見した木星の四大衛星のうち 2 番目に大きな星に与えられている。
Apollod. 3-8/ Callim. Hymn. 1-140/ Catull. 66/ Theoc. 1-125/ Hyg. Poet. Astr. 2-1, Fab. 155, 176〜177, 224/ Ov. Met. 2-409〜, Fast. 2-155/ Paus. 1-25, 8-3, -4, 10-9, -31/ Ps-Eratosth. 1, 8/ etc.

カッリストゥス Gaius Julius Callistus,（ギ）カッリストス Kallistos, Κάλλιστος,（仏）Calliste,（独）Kallistus,（伊）Callisto,（西）（葡）Calisto,（露）Каллист

（？〜後 52 頃）カリグラ*帝の解放奴隷。宮廷内に隠然たる勢力を張り、収賄により莫大な富を築き上げる。ところが、大金持ちになったせいで貪婪な皇帝を怖れなくてはならなくなり、カリグラ暗殺の陰謀に加担（⇒カエレア）。暴君の横死（41）後も、クラウディウス*帝の請願書担当秘書官 a libellis としてますます財力と権力を高めたが、術策と保身を好む性質から、別の解放奴隷ナルキッスス*が強硬に推し進めた皇后メッサリーナ❶*失脚計画には尻込みする。メッサリーナの刑死（48）に続いて生じた新しい皇后選立問題では、子のないロッリア・パウリーナ*（元カリグラの后）を推挙した。しかし、別の解放奴隷パッラース*の支持した小アグリッピーナ*（ネロー*帝の母）がクラウディウスの 4 度目の妻に選ばれたため、ほどなく彼を憎むアグリッピーナによって解任ないし抹殺されたものと思われる。

⇒ニュンピディウス
Tac. Ann. 11-29, -38, 12-1〜2/ Dio Cass. 59-19/ Joseph. J. A. 19-1/ Sen. Ep. 47/ etc.

カッリストラトス Kallistratos, Καλλίστρατος, Callistratus,（仏）Callistrate,（伊）Callistrato,（西）Caslístrato,（露）Каллистрат

ギリシア人の男性名。

❶（前 5 世紀頃？）アテーナイ*の詩人。僭主殺しで名高い英雄ハルモディオス*とアリストゲイトーン*を称えた酒宴歌 skolion の作者。この歌はローマ帝政期に至るまで、ギリシア人の間で大いに愛誦された。ちなみに、喜劇詩人アリストパネース*は初期の 3 作品を「カッリストラトス」の名のもとに発表・競演させている（前 427〜前 425）。
Ath. 15-695 a〜b/ Ar. Ach. 980, Vesp. 1222〜/ Suda/ etc.

❷（？〜前 355）アテーナイ*の将軍、雄弁家。アピドナイ*の出身。横領罪で長年投獄された政治家アギュッリオス*の甥。当初は反スパルター*派の将軍に選ばれて（前 378）、アテーナイ第 2 次海上同盟の財政を確立したが、テーバイ❶*が危険な敵となってからは、スパルターと講和を締結（前 371）、これら 2 都市の勢力均衡を保とうとした。しかるにテーバイのオーローポス*占領を阻止することができず、前 366 年弾劾を受け、法廷で雄弁をふるってかろうじて無罪放免となった。この時の弁明はデーモステネース❷*によって大いに賞讃されている。次いでアルカディアー*と結ぼうとしたが、これにも失敗し、前 361 年再び告発されて不在のまま死刑を宣告された。亡命地マケドニアー*の王ペルディッカース 3 世*の財政を改革したり、クレーニデス Krenides（のちのピリッポイ*）市を建設したのち、デルポイ*の神託に従って帰国したところ、アゴラー*の聖域に避難したにもかかわらず、捕われて処刑された。
⇒イーピクラテース、ティーモテオス、カブリアース
Xen.Hell. 6-2〜/ Diod. 15-76/ Plut. Mor. 844b/ Arist. Rh. 1-14, 3-17, Oec. 1350a/ Ath. 4-166e/ Dem. De Cor/ Isoc./ Lycurg. Leoc. Gell. 3-13/ etc.

❸（前 2 世紀初頭）アレクサンドレイア❶*の文献学者。ビューザンティオン*のアリストパネース*の弟子。ホメロス*ほかのギリシア詩人の作品を校訂し、注解を施したが、断片しか残らない。彼はまた、同門のアリスタルコス❷*を師の教説から離れたといって非難し、「着物の着方もなっていない」と悪しざまに評している。
Ath. 1-21, 3-125, 6-263, 11-495, 13-591/ Dion. Hal. 1-68/ etc.

❹（前 4 世紀）修辞家イソクラテース*の弟子。ポントス*の都市ヘーラクレイア❹*の歴史を書いた（散逸）。
Steph. Byz./ Schol. ad Aesch. Pers. 941, ad Ap. Rhod. 1-1125/ Suda/ etc.

❺（後 3 ないし 4 世紀）ギリシアのソフィスト。リューシッポス*ら名高い彫刻家の 14 の作品に関する著書『解説 Ekphraseis,（ラ）Statuarum Descriptiones』が現存する（⇒ピロストラトス）。

その他、前2世紀中葉に活動したギリシアの彫刻家カリストラトスや、ローマ帝政期のセウェールス朝時代（後198〜217頃）に活躍した法律学者カッリストラトスら何人かの同名人物が知られている。
Plin. N. H. 34-19/ Dig./ S. H. A. Alex. Sev. 15, 68, Aurel. 20/ Cod. Just./ etc.

カ（ッ）リッポス　Kal(l) ippos, Κάλ(λ)ιππος, Cal(l)ippus,（伊）Cal(l)ippo,（西）Calipo

（前370頃〜前300頃）ギリシアの天文学者。キュージコス*の出身。エウドクソス❶*の弟子に学び、のちアテーナイ*へ赴いてアリストテレース*と知り合い、一緒に天文学を研究した。惑星の見かけ上の軌道を分析して、エウドクソスの同心天球説を一層精巧なものへと改良。また1年の長さを $365\frac{1}{4}$ 日と計算し（⇒アリスタルコス❶）、さらに太陽暦と太陰暦との調整を工夫したメトーン*の「大年」を改善して、76年（=2万7千759日=28の閏月を含む940ヵ月）の周期を導入したことで知られる（前334）。

そのほか、哲学者プラトーン*の門弟の一人で友人ディオーン*を暗殺してシュラークーサイ*の僭主となったアテーナイ人カッリッポス（在位・前354〜前353。13ヵ月後に殺される）をはじめ幾人もの同名人物が知られている。
⇒ヒッパルコス❷
Arist. Metaph. Λ-8 (1073b)/ Simpl. in Cael. 493, 497/ Ptol. Synt./ Plut. Dion 17, 28〜58/ Diod. 16-31, -36, -45/ Ath. 11-508, 15-668/ Paus, 5-21, 10-20/ Isoc./ Dem./ Diog. Laert./ etc.

カッリッロエー　Kallirrhoe, Καλλιρρόη, Καλλιρόη, Callirrhoë,（仏）Callirhoé,（伊）Calliroe,（西）Caliroe

（「美しき流れ」の意）ギリシア神話中の女性名。

❶大洋神オーケアノス*とテーテュース*の娘。クリューサーオール Khrysaor（ゴルゴーン*＝メドゥーサ*とポセイドーン*との子）との間に怪人ゲーリュオーン*や蛇女エキドナ*を産む（⇒巻末系図001）。また、ポセイドーンと交わってミニュアース*の、初代リューディアー*王マネース Manes と交わってコテュス Kotys の、ネイロス*（ナイル）河神と交わってキオネー*の母となったと伝えられる。
Hes. Th. 287〜, 979〜/ Apollod. 2-5/ Hymn. Hom. Cer. 419/ Hyg. Fab. 151/ Serv. ad Verg. Aen. 4-250/ Tzetz. ad Lycoph. 686/ Dion. Hal. 1-27/ etc.

❷アケローオス*河神の娘。アルクマイオーン❶*の妻。アカルナーン*とアンポテロス Amphoteros の母。強欲な女性で、ハルモニアー*の頸飾りと衣裳 peplos を欲するあまり、夫を死地に赴かせた。夫が殺されると、彼女を愛していたゼウス*に祈って、息子たちを瞬くうちに大人に成長させ、復讐するべく送り出した。
⇒エリピューレー
Apollod. 3-7/ Paus. 8-24/ Ov. Met. 9-414〜/ etc.

❸スカマンドロス*河神の娘。トロース*との間にイーロス*やガニュメーデース*らを産む。
Apollod. 3-12/ Schol. ad Hom. Il. 20-232/ etc.

❹ディオニューソス*の神官コレーソス Koresos に恋されたカリュドーン*の処女。彼の申し出をことごとく拒絶したため、ディオニューソスの神罰が下り、カリュドーン市民は次々と狂死していった。ドードーナー*の神託により、カッリッロエーの身代わりに死のうと言う者がいない限り彼女本人を犠牲に捧げなければ神の怒りは鎮まらないと判明。両親でさえ代わって死ぬことは拒み、あわや彼女が屠られそうになった寸前、コレーソスが己が命を断ってその身代わりとなった。これを見て処女は烈しい悔恨の情に駆られ、自らの喉を切って泉に身を投じた。以来、カリュドーン近郊のこの泉はカッリッロエーと呼ばれるようになったという。
Paus. 7-21

❺ギリシア神話には、このほか、トロイアー*の王子パリス*がまだイーデー❶*山中で牧人をしていた頃に情を交したニュンペー*（ニンフ*）のカッリッロエーや、リビュエー*王リュコス*の娘で、トロイアー戦争*の帰途、海岸に漂着して危くアレース*神に生贄として捧げられそうになったディオメーデース*を救出したカッリッロエーが登場する――どちらも愛人に捨て去られ悲劇的な結末を迎える――。
Plut. Mor. 311b/ Hyg. Fab. 145/ Steph. Byz./ etc.

カッリッロエー　Kallirrhoe, Καλλιρρόη, Callirrhoë（Callirrhoe Fons）

（「美しき流れ」の意）アテーナイ*市内にあった唯一の湧水泉。のちエンネアクルーノス Enneakrunos（九口の泉）と呼ばれた。というのも僭主ペイシストラトス*（在位・前560頃〜前527）がこれを整備して9つの流れ口をつけたからである。アゴラー*の東南部から泉場の遺構が発掘されているが、場所については異説がある。
Herodot. 6-137/ Thuc. 2-15/ Paus. 1-14/ Stat. Theb. 12-629/ Schol. ad Ar. Eq. 530/ Suda/ etc.

カッリーノス　Kallinos, Καλλῖνος, Callinus,（仏）Callinos,（伊）Callino,（西）（葡）Calino

（前7世紀）ギリシアの詩人。イオーニアー*のエペソス*に生まれる。エレゲイオン elegeion 調詩の創始者と呼ばれる。キンメリオイ人*が北方より侵入してプリュギアー*、リューディアー*など小アジア各地を荒略し、イオーニアーのギリシア諸市に迫った時（前652年頃）、宴席に横たわる若者たちに武器を執って祖国防衛のために起ち上がるよう呼びかける詩を作った（『断片1』21行）。アルキロコス*よりやや後の人と考えられる。なお彼は、叙事詩『テーバイス*Thebaïs』（7000行、湮滅す）の作者をホメーロス*であると見なしたという。
⇒ミムネルモス
Ath. 12-525/ Strab. 13-604, -627, 14-647/ Paus. 9-9/ Clem. Al. Strom. 1-333/ etc.

カッリマコス Kallimakhos, Καλλίμαχος, Callimachus, (仏) Callimaque, (独) Callimachos, (伊) Callimaco, (西)(葡) Calímaco, (露) Каллимах

ギリシアの男性名。

❶ (前310／305頃～前240頃) ヘレニズム時代を代表する学匠詩人。キューレーネー*の名門バッティアダイ*家の出身。伝承によると、若くしてアレクサンドレイア❶*へ赴き、近郊エレウシース Eleusis で学校教師をしていたが、文芸愛好家の国王プトレマイオス2世*に認められて宮廷の寵児となったという。百科全書的な博識と教養の持ち主で、アレクサンドレイア図書館の厖大な蔵書を分類整理し、各著作家の伝記を付した『書誌目録 Pinakes』(120巻) を作成、これはギリシア最初の文献総目録兼文学史というべき大作で、のちビューザンティオン*のアリストパネース*によって増補・改訂され、後代の研究の基礎となった (散逸)。そのほか、『アテーナイ*劇詩人の年代記的目録』や『デーモクリトス*の難語研究』、『諸国家の創建とその名称の変遷』、『世界の河川・風・鳥類・ニュンペー* (ニンフ) たち』『全世界の怪異・奇談集』、『異民族の慣習』等々、学問的な散文著作だけでも優に800巻に達したとされるが、ほとんど全てが湮滅して伝わらない。文芸批評家としては、「大きな本は大きな悪である」と主張して趣向を凝らした短い詩を称揚、長大な叙事詩を排斥し、この問題に関して弟子のアポッローニオス❹*・ロディオス (ロドス*のアポッローニオス❹) と論争したあげく、相手を嘲罵する詩『イービス Ibis』を書いて、ついにこれをロドス島へ追い払った。このような激しい気性のゆえに多くの敵を作ったにもかかわらず、時代の好尚に投じた豊かな学殖と洗練された感性・高度な技巧を駆使した作風によって、終生詩壇に君臨して勢力を保持した。その詩論は同時代のアラートス (ソロイの)*やテオクリトス*、ヘーローンダース*から、ローマー流の詩人たちカトゥッルス*、ウェルギリウス*、プロペルティウス* (「ローマのカッリマコス」と自称す)、オウィディウス*らにまで大きな影響を与えた。代表作『縁起譚 Aitia』 (4巻) は各地の習俗・制度・祭礼などの起源を物語るエレゲイア elegeia 詩で、アコンティオス*とキューディッペー*の小恋愛談 (第3巻) やプトレマイオス3世*の妃ベレニーケー2世*への頌詩「ベレニーケーの髪」(第4巻) などを含んでいる。ほかにも、マラトーン*の雄牛退治に行く途中のテーセウス*を歓待した老女の伝説を扱った小叙事詩 epyllion『ヘカレー Hekale』(断片のみ残る) をはじめ、種々の詩作があったものの、完全な形で伝存するのは、酒や美少年への愛を歌った64篇のエピグラム詩と、ゼウス*、アポッローン*、アルテミス*ら神々を称えた『讃歌 Hymnoi』(6篇) とに過ぎない。

⇒エラトステネース、サモスのアスクレーピアデース❷、オクシュリュンコス

Ov. Am. 1-15, Ib./ Prop. 3-1, 4-1/ Catull. 66/ Cic. Tusc. 1-24(84)/ Quint. 10-1/ Ath. 3-72, 6-252, 9-408, 13-585, 15-669/ Strab. 17-837～838/ Gell. 17-21/ Diog. Laert. 1-23, 8-86/ Anth. Pal. 7-11, -42, -415/ Suda/ etc.

❷ (前5世紀後半) アッティケー*派の彫刻家。アテーナイ*人もしくはコリントス*人。優美・繊細な作風で知られ、「技巧すぐれたる者 Katatekhnos」ないし「凝り性の細工屋 Katateksitekhnos」の異名をとる。ある少女の墓に置かれた花籠にヒントを得て、アカントス (アカンサス) の装飾を施した華麗な「コリントス式柱頭」を案出したといわれる。浮彫技術の改良者、大理石穿孔器の発明者としても有名。アテーナイのアクロポリス*に建てられたエレクテイオン*の装飾にも参加し、彼の手になる黄金のランプは1度点火すると1年間灯り続けたという。確実な遺品は現存しないが、細部の技巧にはしり、際限なく骨折った結果、過度に精緻綿密な印象を与えたと伝えられる。

Plin. N. H. 34-19/ Vitr. 4-1/ Paus. 1-26, 9-2/ etc.

❸ (？～前490年9月) アテーナイ*の軍事長官 Polemarkhos。マラトーン*の野でアカイメネース朝*ペルシア*の遠征軍と闘い (⇒ミルティアデース❶)、目ざましい働きをしたのち戦死した。戦場からは満身創痍のまま立ち往生を遂げた彼の遺骸が発見され、のちストアー・ポイキレー*の記念絵画に英雄として描かれ (前460頃)、またエピグラム詩にも歌われた。

なお同名人物の中では、ヘレニズム時代にアレクサンドレイア❶*で活躍したヘーロピロス*派の医学者のカッリマコス (前3世紀末頃) が名高い。

⇒キュナイゲイロス

Herodot. 4-109～114/ Paus. 1-15/ Plut. Arist. et Cat. Mai., Luc. 19, 32/ Schol. ad Ar. Eq. 658/ Dio Cass. 35-7/ Plin. N. H. 21-9/ Gal./ etc.

カッリルロエー Callirrhoe

⇒カッリッロエー

ガッルス、アエリウス Gaius (Lucius?) Aelius Gallus, (伊) Gaio Elio Gallo, (西) Gayo Elio Galo, (葡) Caio Élio Galo

(前1世紀後半) ローマ騎士*。C. コルネーリウス・ガッルス*の次のエジプト領事 Praefectus。地誌学者ストラボーン*の友人。アラビア❸*・フェーリークスの巨富を伝聞したアウグストゥス*帝の命で、ローマ軍を率いてはじめてこの地へ遠征した (前26～前25、または前25～前24) が、案内者たるナバタイアー*人 (ナバタイオイ*) の裏切りで惨たる失敗に終わった。第3代のエジプト領事には、C. ペトローニウス Petronius が任命された。

Strab. 2-118, 16-780～/ Dio Cass. 53-29/ Joseph, J. A. 15-9/ Plin. N. H. 6-32/ Gell. N. A. 16-5/ etc.

ガッルス、ガーイウス・コルネーリウス Gaius Cornelius Gallus, (ギ) Gaios Kornelios Gallos, Γάϊος Κορνήλιος Γάλλος, (仏) Caius Cornelius Gallus, (伊) Gaio Cornelio Gallo, (西) Cayo Cornelio Galo, (葡) Caio Cornélio Galo

（前69頃〜前26）ローマの詩人、政治家。アウグストゥス*の側近。ウェルギリウス*の最愛の友人。ガッリア*のフォルム・ユーリイー*（現・フレジュス）に生まれ、身を卑賤に起こして（おそらく解放奴隷の子）、第2回三頭政治*の頃にオクターウィアーヌス*（のちのアウグストゥス）の寵を得て出世、ローマ騎士に叙せられ、軍人としてのみならず、恋愛詩人としても名をなした。マントゥア*（現・マントヴァ）にあるウェルギリウスの農園を没収から救うのに尽力し（前41）、お返しに『牧歌』第6篇（前41）および第10篇（前37）をウェルギリウスから献げられている。早熟な才人で、10代の頃から詩集を次々と刊行、エレギーア elegia（エレゲイア elegeia）詩をラテン文学の主要形式として確立した（作品はわずかな断片を除いて散逸）。詩にうたわれている彼の恋人リュコーリス Lycoris（本名キュテーリス Volumnia Cytheris）は、もと M. アントーニウス❸*の情婦で、女優であったといわれる。

　若い頃から軍隊で頭角を現わしたガッルスは、オクターウィアーヌスの副官となり各地に転戦、アクティオン*の海戦（前31）やアレクサンドレイア❶*の占領（前30）に顕著な働きを見せ、プロクレイユス*とともにエジプト女王クレオパトラー*（7世）の自害を阻むため監視に当たった。女王亡きあと、オクターウィアーヌスにより初代エジプト領事（プラエフェクトゥス*）（前30〜前26）に任命され、上エジプトの叛乱平定やアエティオピア*（エティオピア）に対する宗主権樹立など多大の功績を上げた（⇒テーバイ❷）。が、その反面、自己の到達した高い地位に目がくらみ、次第に傲岸不遜な言動をとるようになる。アウグストゥスの醜聞を広めたのみならず、エジプトの随処に自分個人の記念碑や彫像を建立し、ピラミッドにも自己の業績録を書きつけた。そのうえ、皇帝に対する不軌を図ったとも、属州*を搾取して憚らなかったともいい、ために友人の告発によりローマへ召還され、数々の罪状を暴き立てられて元老院*（セナートゥス*）から死刑の宣告を受ける（前26年初頭）。アウグストゥスの介入で罪一等を減じられ、国外追放処分となるが、屈辱に耐え切れず、自らの剣に身を投げかけて死んだ。ウェルギリウスは皇帝の命で、『農耕詩』4巻のガッルス頌歌を全面的に別の歌に書き改めさせられた、と伝えられる。
⇒パルテニオス❶、アエリウス・ガッルス
Dio Cass. 51-9, -17, 53-23/ Suet. Aug. 66, Gram. 11/ Cic. Fam. 10-31, -32/ Verg. Ecl. 6-64, 10-2/ Ov. Am. 1-15, Tr. 4-10/ Prop. 2-34/ Serv. ad Verg. Ecl. 10-1, Verg. G. 4-1/ Quint. Inst. 10-1/ Strab. 17-819/ etc.

ガッルス、ガーイウス・スルピキウス　Gaius Sulpicius Gallus, （仏）Caius Sulpicius Gallus, （伊）Gaio Sulpicio Gallo, （西）Cayo Sulpicio Galo

（前2世紀）ローマの将軍・政治家・天文学者。ギリシア文化を愛好する教養人で、前168年 L. アエミリウス・パウルス❷*の副官としてマケドニアー*へ出征し、ピュドナ*の会戦の前夜に月蝕が起こることを予言、その科学的説明を行なって兵士らの迷信を鎮めた。前166年の執政官（コーンスル*）となり、リグリア*人を征服して凱旋式（トリウンプス*）を挙行。余生を学問の研究に捧げた。天文に関する著作を出したが散逸。優れた弁論家でもあり、当時のローマを代表する洗練された文化人であったとされる。
Liv. 43-2, -13, -16〜17, 44-37, 45-27, -44, Epit. 46/ Cic. De Or. 1-53, Brut. 20, Sen. 14, Amic. 27, Rep. 1-14, -15, Off. 1-6/ Plin. N. H. 2-9/ etc.

ガッルス・カエサル　Flavius Claudius (Iulius) Constantius Gallus Caesar, （ギ）Gallos Kaisar, Γάλλος Καῖσαρ（仏）Gallus César, （伊）Flavio Claudio Giulio Costanzo Gallo Cesare, （西）Flavio Claudio Julio Constancio Galo César, （葡）Flávio Cláudio Júlio Constâncio Gallo César, （露）Флавий Клавдий Юлий Галс Цезарь

（後325／326〜354年12月19日）ローマ帝国副帝（カエサル*）（在位・351年3月15日〜354年12月）。ユーリウス・コーンスタンティウス*と先妻ガッラ Galla との間の息子（⇒巻末系図104）。ユーリアーヌス*の異母兄。コーンスタンティーヌス1世*（大帝）の甥。エトルーリア*に生まれる。病弱で放っておいても死ぬと思われたため、337年に8人の皇族男子らが虐殺された折にも、幼いユーリアーヌスとともにかろうじて生き永らえ、エペソス*、カッパドキアー*で厳しい監視下に成長。351年3月、突如コーンスタンティウス2世*から副帝に抜擢され、大帝の娘コーンスタンティーナ*を妻に迎える。アンティオケイア❶*において東方諸州の統治を任されるが、凶暴な性格を露わにして皇宮内を拷問道具で満たし、密告を奨励、自らも平民に身をやつして市中を微行し、妻とともに恐怖政治をしいて、無辜の市民を追放・財産没収・死刑に処した。陰謀計画とユダヤ人の蜂起を仮責なく弾圧し、「人血に飢えた」冷血漢と評されたうえ、皇帝から派遣された使節さえ暴徒の手に委ねて八つ裂きにさせるなど目にあまる行状を重ねたという。謀叛の嫌疑でコーンスタンティウス2世から召喚され、メディオーラーヌム*（現・ミラーノ）の宮廷へ赴く途中、死刑宣告を受けポラ Pola（現・Pula。イストリア*半島南端の港町）の獄内で斬首された（29歳）。熱心なキリスト教徒で、ダプネー*（アンティオケイア南郊）におけるアポッローン*の神託を禁圧したことが知られている。
⇒エウセビウス
Amm. Marc. 14/ Aur. Vict. Caes. 42/ Julian. Ep., Mis./ Libanius/ Zonar. 13-8〜/ Zosimus 2-55/ Socrates Hist. Eccl. 2-33〜/ Sozom. Hist. Eccl. 4-7, 5-2/ Philostorgius 4-1〜/ Hieron. Chron./ etc.

ガッルス・サローニーヌス、ガーイウス・アシニウス　Gaius Asinius Gallus Saloninus, （ギ）Gaios Asinios Gallos Salōnīnos, Γάϊος Ἀσίνιος Γάλλος Σαλωνῖνος, （仏）Caius Asinius Gallus (Saloninus), （伊）Gaio Asinio Gallo (Salonino), （西）Cayo Asinio Galo (Salonino), （葡）Caio

Asínio Galo (Salonino)

（前41〜後33）ローマ帝政初期の政治家。C. アシニウス・ポッリオー*の子。添え名 agnomen は父がダルマティア*の町サローナ*を占領した事蹟にちなむ。アウグストゥス*の友人だが、当の皇帝から「帝位を渇望してはいるが、その器ではない」と評される。前8年の執政官 コーンスル を経てアシア*の属州総督 Proconsul プロコーンスル（前6〜前5）。前11年ティベリウス*の離別した妻ウィプサーニア・アグリッピーナ*（⇒巻末系図 078，094）を娶ったうえ、小ドルースス*（ティベリウスの子）の実父は自分だと放言したため、皇帝となったティベリウスの不興を招き、ウィプサーニアの死後、唐突に逮捕され元老院 セナートゥス*から死刑を宣告される（後30）。しかし、ティベリウスは死よりも酷い罰として、彼を監禁して何人とも接触させず、かろうじて死なぬ程度の粗末な食物を与え続けて、できるだけ長い間、恐怖と孤独と飢餓の苦しみを味わわせた。いっそ食を断って死のうとすると、無理やり口に詰めこませる。囚人が人を見るのは、この時だけである。こうして3年後、ようやくガッルスは皇帝と和解し、餓死することを許されたという —— タキトゥス*は、ティベリウスの許可なく彼が勝手に死んでしまったので、皇帝は愚痴をこぼした、と述べているが —— 。

ガッルスは『父とキケロー*の比較論 De Comparatione patris ac Ciceronis』（散逸）を著わして、父のポッリオーを称揚しキケローを貶めたが、のちにクラウディウス*帝がこれを反駁するキケロー弁護論を記している。ガッルスの6人の息子のうち4人は執政官になっており、（⇒本文系図 362）息子の1人 L. アシニウス・ガッルス Asinius Gallus は、小ドルーススの異父弟たることを鼻にかけ、愚かな虚栄心からクラウディウス帝暗殺計画を企てて流罪に処せられた（46）。死刑にならなかったのは、彼が矮人 こびと といってもいいくらいの背丈しかなく、しかもひどい醜男だったので、暗愚なクラウディウスでさえ彼を馬鹿にしていたからだという。

Tac. Ann. 1-8, -12〜13, -76〜77, 2-32〜33, -35, 3-11, -36, -75, 4-1, -20, -30, -71, 6-23, -25/ Dio Cass. 55-5, 57-2, 58-3, 60-27/ Suet. Claud. 13, 41/ etc.

ガッルス、トレボーニアーヌス　Gaius Vibius Trebonianus Gallus, （ギ）Gaios Ūibios Trebōniānos Gallos, Γάϊος Ούΐβιος Τρεβωνιανὸς Γάλλος, （仏）Trébonien Galle, （伊）Gaio Vibio Treboniano Gallo, （西）Cayo Vibio Treboniano Galo, （葡）Caio Vibio Treboniano Galo, （露）Требониан Галл

（後206頃〜253年8月）ローマ皇帝（在位・251年6月〜253年8月）。イタリアのペルシア*（現・ペルージャ）出身。245年に執政官 コーンスル*を務めたのち、属州総督となってモエシア*へ赴任。次いで251年デキウス*帝の部将 Legatus レーガートゥス として対ゴート*戦争に出陣中、敵軍と闘うデキウスを裏切って敗死させ、自らが皇帝に推戴された。多額の貢納金を支払うなど屈辱的な条件でゴート族との間に和約を結んで、ローマへ帰還し、デキウスの遺子（末子）ホスティーリアーヌス Hostilianus（在位・251年7月〜11月）と共同統治を始めるが、間もなくホスティーリアーヌスを謀殺してしまったという（疫病による病死説あり）。冷酷なうえに臆病にして怠惰との悪評高く、新たなゴート族の帝国領侵入（252）やペルシア人のシュリア*攻撃などの国難に遭っても、驚くほど無関心であったという。253年ゴート族を撃退したモエシア総督アエミリアーヌス*が、軍隊に擁立され皇帝を宣してイタリアへ攻め寄せると、ガッルスはこれを迎え撃つべく軍を進めたが、共治帝としていた息子ウォルシアーヌス C. Vibius Afinius Gallus Veldumnianus Volusianus（在位・251年11月〜253年8月）とともに部下によって殺された。彼の治世は、250年にエジプトから生じた疫病が、ローマ帝国全土で猖獗をきわめた（〜270）ことで記憶される。
Zonar. 12-20〜21/ Zosimus 1-23〜28/ Aur. Vict. Caes. 30, 31/ Eutrop. 9-5/ Jordan. 19/ etc.

カッレウァ　Calleva
⇒カッレウァ・アトレバートゥム

カッレウァ・アトレバートゥム　Calleva Atrebatum

（現・シルチェスター Silchester）ブリタンニア*南部にあった都市。前50年頃、アトレバテース*族の首長コンミウス*により、その王国の首都として建設された。のちローマ帝国に征服され（後43）、今日もフォルム*やバシリカ*、市壁、浴場施設、約2千7百人を収容する円形闘技場 アンピテアートルム*などの遺跡が発掘されている。またブリタンニア南部には、このほか、ドゥルノウァーリア*（現・ドーチェスター）やイスカ*（現・エクセター）、ノウィオマグス Noviomagus（現・チチェスター Chichester）、アクァエ・スーリス*（現・バース）、ドゥロウェルヌム*（現・カンタベリー）など各地にローマ時代の遺構を見ることができる。
⇒ウェンタ・ベルガールム
Antonini Itinerarium/ Ptol. Geog. 2-2〜/ Caes. B. Gall./ etc.

カティナ　Catina
⇒カタネー（のラテン語形）

ガデイラ　Gadeira, Γάδειρα, （仏）Gadeires
⇒ガーデース（のギリシア語形）

カティリーナ、ルーキウス・セルギウス　Lucius Sergius Catilina, （ギ）Katilīnās, Κατιλίνας, （英）Catiline, （独）Katilina, （伊）（西）Lucio Sergio Catilina, （葡）Lúcio Sérgio Catilina, （露）Луций Сергий Катилина

（前108頃〜前62年1月5日）共和政末期ローマの政治家。国家転覆の陰謀計画の首謀者。古いパトリキイー*（貴族）の出身だが、豪胆で野望に燃え、若い頃から放蕩無頼の生活に馴じむ。裕福な美女オレスティッラ❶*と結婚するため邪魔になる先妻や息子を殺したり、処女だった実の娘を

犯したり、ウェスタ*の女神官（ウェスターリス*）のファビア Fabia（テレンティア*の姉妹）と密通したり、実の弟を殺害したりしたため告発されたこともあるという。スッラ*の副官を務め、マリウス*派粛清のおりには自ら手を下し義兄弟マリウス・グラーティディアーヌス*を惨殺するなどして賞金を得た（前82）。法務官（プラエトル*）に任ぜられた（前68）のち、2年間アーフリカ*属州を統治し（前67〜前66）、帰国して前65年度の執政官（コーンスル*）職をうかがったが、任地での苛斂誅求を摘発されて立候補の資格を奪われ、ために新任の執政官 L. アウレーリウス・コッタ❸*と L. マンリウス・トルクァートゥス❶*を暗殺しようと企てて失敗（前65年1月と2月、⇒P. コルネーリウス・スッラ）。山ほどの借金で身動きがとれなくなった彼は、没落貴族や不平軍人、破産者や刑余者といった当時の社会に不満をもつ者たちを糾合して反乱軍を組織する──彼らは1人の男を犠牲に捧げてともにその肉を食い生血を飲んで、仲間の誓いを立てたという──。次いで前63年度の執政官に再度立候補するが、またもや落選し、キケロー*と C. アントーニウス❶*・ヒュブリダが当選する。そこでカティリーナは2万の軍勢をエトルーリア*に集め、ローマ襲撃計画を立てる。元老院議員全員と有力な市民を皆殺しにし、ローマに火をかけて焼き滅ぼすという大がかりな武装蜂起であった。前63年11月執政官のキケローは、フルウィア❶*らの密告によりわが身を狙う暗殺計画を知り、翌11月8日以降4回にわたるカティリーナ弾劾演説（11月9日、12月3日、同月5日）を行なって、彼をローマから逃亡させ、彼および反乱軍の将 C. マーンリウス Manlius を国家の敵と宣言。政変の証拠書類を押収するや、ローマにいたカティリーナ派数人を捕縛し、元老院決議に従って即刻彼らを処刑した（12月5日、⇒レントゥルス・スーラ、C. ケテーグス）。翌前62年初めカティリーナ一派はピストーリアエ*（現・ピストーイア Pistoia）の戦いで、C. アントーニウスの軍隊に敗れ、全員戦死する。勇敢に闘ったカティリーナの屍体は、生きている時と変わらず、傲慢な挑戦するかのような面構えで、追討軍の真っただ中に発見されたという。

　カティリーナの陰謀には、当初かのクラッスス*やカエサル*らも参画していたとされ、共和政末期の腐敗・堕落した世相を反映する象徴的な事件として名高い。キケローやサッルスティウス*はカティリーナを背徳の権化のごとくに描き出しているが、姦通や男色、口交といった様々な性行為はもとより、買収や属州搾取などの不法行為も当時のローマ人の間ではごく一般的に行なわれていたことは否定できない。カティリーナ事件に基づいて政治的な不満分子や陰謀家を指すいくつかの近代語（〈英〉catilinarian,〈独〉Katilinarier）が、またキケローが行なった弾劾演説にちなんで、痛烈な個人攻撃演説を意味する言葉（〈仏〉catilinaire,〈伊〉catilinaria）が生まれた。

⇒Q. カエキリウス❶、ムーレーナ❷、小カトー、Q. レークス❸、M. ペトレイユス

Sall. Cat./ Dio Cass. 36-27, -44, 37-10, -29〜42/ Liv. Epit. 101〜102/ Suet. Iul. 14/ Plut. Sull. 32, Cic. 10〜22, Cat. Min. 23/ Cic. Cat. 1〜4, Sull., Mur. 25〜26, Pis. 2, Flac. 40, Planc. 37, Att. 1-19, 2-1, 12-21, 16-14, Fam. 1-9/ Verg. Aen. 8-668/ Cicero Comment. Pet./ App. B. Civ. 2-2〜/ etc.

ガーデース Gades,（ギ）ガデイラ Gadeira, Γάδειρα,（イオーニアー*方言）Gēdeira, Γήδειρα,（仏）Cadix,（伊）Cadice,（西）Cádiz,（葡）Cádis,（カタルーニャ語）Cadis,（露）Кадис,（アラビア語）Qādis, Al-Qādiz

（現・カディス Cádiz）フェニキア*語 Gādīr, Gaddīr（「要塞」の意）より派生。ヒスパーニア*南部の港湾都市。ジブラルタル海峡の北西岸に位置し、前1104年頃テュロス*の植民市として創建された（異説では前8世紀）。ヘーロドトス*によると、沖合のエリュテイア Erytheia 島は、ヘーラクレース*（ヘルクレース*）に退治された怪物ゲーリュオーン*の棲処だったという。長くフェニキア＝カルターゴー*系の交易都市として栄え、メルカルト Melqart 神（ヘーラクレースと同一視される）やバアル Ba'al 神（クロノス*＝サートゥルヌス*と同一視される）が崇拝されていた。カルターゴーの武将ハミルカル・バルカ*がヒスパーニア遠征（前237〜前229）の基地としたのも、この町である。前206年にローマ領となってからも繁栄を続け、コルネーリウス・バルブス*やコルメッラ*等の著名人を出した。とりわけヘーラクレース（メルカルト）神殿の存在で知られ、ハンニバル❶*をはじめとする大勢の人物が古来ここに参詣。前60年にカエサル*が訪れた折には、神官たちが彼の栄達を予言したという。前49年以後、カエサルから自治都市（ムーニキピウム*）の地位を認められる。ローマ共和政末期にバルブスによって新市ディデュマ Didyma が造営され、劇場（テアートルム*）・円形闘技場（アンピテアートルム*）・キルクス*等が建設されて、ガーデースは独特の魚ソース muria の製造や舞踊を得意とする女性たちプエッラエ・ガーディーターナエ Puellae Gaditanae の出身地として評判を呼んだ。郊外の墓域が数カ所発掘されている。フェニキアの植民市タルテーッソス*と混同されることもある。古来、地中海と大西洋とを結ぶ貿易港として名高く、主に錫や銀などの鉱物を輸出入し、前1世紀に至るまでフェニキア文字を刻んだ貨幣を鋳造していた。ギリシア人はこの地ではじめて海水の潮汐運動を知ったといい、ローマ人はジブラルタル海峡をガーデース海峡 Fretum Gaditarum と称している。

　なおガーデースは古代地中海世界において奔放な女の裸踊りや淫蕩な風俗で知られていた。

⇒ヘーラクレースの柱

Herodot. 4-8/ Liv. 21-21, 24-49, 26-43/ Strab. 3-168〜/ Juv. 11-162〜/ Pl. Criti. 114b/ Mela 3-6/ Plin. N. H. 4-22, 5-22/ Vell. Pat. 1-2/ Diod. 4-18, 5-20, 25-10/ Ptol. Geog. 2-4, 8-4/ Dionys. Per./ Hesych./ Steph. Byz./ etc.

カトゥッルス Gaius Valerius Catullus,（仏）Catulle,（独）Katull, Catull(us),（伊）Gaio Valerio Catullo,（西）Cayo Valerio Catulo,（葡）Caio Valério

Catulo, (露) Гай Валерий Катулл

(前87／84頃〜前54頃) ローマ共和政末期の抒情詩人。ウェーローナ*(現・ヴェローナ Verona) の富福な家庭に生まれる。若くしてローマへ赴き (前62頃)、詩名を挙げてキケロー*やホルテーンシウス*ら一流の人士と相識り、とりわけ当時流行のアレクサンドレイア❶*詩風を奉ずるヘルウィウス・キンナ*やカルウス*、ネポース*らの文人サークルと親交を深めた。奢侈で遊蕩に耽る上流社会に出入りし、年上の人妻で多情な貴婦人クローディア* (Q. メテッルス・ケレル*の妻) との恋に落ちると、レスボス*島の閨秀詩人サッポー*にちなんで、彼女をレスビア Lesbia と呼び、「優美な歩みをする女神」と謳い上げて、カエリウス・ルーフス*ら大勢の情夫たちと張り合った。不和と和解の愛の戯れを繰り返したあげく、気紛れな彼女に捨て去られたカトゥッルスは、嫉妬と失意のあまり詩中で彼女を「一夜で300人の男と寝る娼婦」となじり、その淫奔さを口をきわめて責めたてた。また「最高の名花」ユウェンティウス Juventius ら美しい若者たちとも情を交して、男女両色の愛を作品に綴り、ローマ最初の傑出した恋愛詩人となる。

放恣な生活で資産を蕩尽してしまったので、ルクレーティウス*の保護者 C. メンミウス❷*に随伴して小アジアのビーテューニア*へ渡り、浪費した財産を取り戻そうと試みる (前57) が、大した利益も得られず不満をいだいて帰還 (前56春)、今度はメンミウスに「よくも長い間じらせながら、あんたは私に男根をしゃぶらせてくれたな」云々と毒舌を浴びせかけた。とはいえ、彼はティーブル*(現・ティーヴォリ Tivoli) やシルミオー*(現・Sirmione) に別邸 villa を持ち、ローマにも瀟洒な家を構えるほど裕福で、小アジアからの帰路は洒落た自家用帆船に乗って、黒海*、エーゲ海、アドリア海を周航、パドゥス*(現・ポー) 河をさかのぼって別荘の1つに到着するという閑雅な旅を楽しんでいる。カエサル*が父親の賓客であったにもかかわらず、彼は内乱が迫ると元老院派に味方して容赦なくカエサルを攻撃し、特にカエサルとその部下マームッラ*との相互男色や吸茎 fellatio 行為を痛烈に揶揄、しかるに後日彼が非を詫びて寛恕を乞うや、快く赦されたばかりか、同日のうちにカエサルから晩餐会に招かれたという (前54春)。その後ほどなく胸を病んだらしく、ローマで若くして世を去り (30歳ないし33歳)、116篇から成る『詩集 Carmina』を後世に残した。この著作には、「われは憎み、かつ愛す Odi et amo」と歌いだす恋愛詩をはじめ、長短さまざまな抒情詩や諷刺詩、神話伝説に取材した物語詩、等々、多種多様な内容の詩歌が含まれている。恋愛詩以外では、ビーテューニアへ向かう途中、トロイアー*近郊にある兄の墓に詣でた時の挽歌や、小アジアで春を迎えた折の自然の美しさを称えた歌、海路無事に帰郷できたことを悦ぶ旅行詩、また「ペーレウス*とテティス*の婚礼」や「アッティス*」を主題とした小叙事詩などが名高い。社交界の醜聞、人物批評、文学批評を扱った誹謗詩・寸鉄詩も多く、作品の至るところに男根や肛門、女陰、糞尿、腋臭・口臭、鶏姦、口淫、といったあからさまな言葉が鏤められている。しかしながら、それらの要素は決して作者が都会的な洗練された教養人であることを妨げず、通常カトゥッルスはラテン文学の世界に、軽快にして機智に富む優雅な新詩風を創始した点で高く評価されており、時に「古今第一の抒情詩人」とさえ称されているのである。またその作品は、ホラーティウス*以下、ティブッルス*、プロペルティウス*、オウィディウス*、マールティアーリス*ら後々のローマの詩人に大きな影響を与えた。

Ov. Am. 3-15, -17, Tr. 2-427/ Hor. Sat. 1-10/ Tib. 3-6/ Mart. 1-62, 7-99, 10-103, 11-6, 14-195/ Suet. Iul. 73/ Gell. N. A. 19-9/ Apul. Apol. 10/ Plin. N. H. 37-21/ Hieron. Chron./ Catull./ etc.

カトー（ウティカの） Cato Uticensis (小カトー*)
⇒ M. ポルキウス・カトー❷

カトゥルス C. Valerius Catullus
⇒ カトゥッルス

カトゥルス、ガーイウス・ルターティウス Gaius Lutatius Catulus, (伊) Gaio Lutazio Catulo, (西) Cayo Lutacio Catulo, (葡) Caio Lutacio Cátulo, (露) Гай Лутаций Катул(л)

(前3世紀中葉) ローマの提督。前242年度の執政官*となり、再建された艦隊200隻を率いて、シキリア*(現・シチリア) 島西部のリリュバエウム*(リリュバイオン*) とドレパヌム*(ドレパノン*) を占領。翌前241年の春には、アエガーテース*諸島の近くで、彼の艦隊がカルターゴー*海軍と交戦し、これを撃破した (3月10日)。この勝利により第1次ポエニー戦争*(前264〜前241) が終結し、敵将ハミルカル・バルカ*(名将ハンニバル❶*の父) との間に講和条約が取り交わされた。カトゥッルス本人はドレパヌム占領の際に負傷して病床についていたので、戦闘の指揮はウァレリウス・ファルトー Q. Valerius Falto が代わって執っていた。そのため凱旋式の挙行の折に、ファルトーが権利を主張し、カトゥッルスに2日遅れて彼も凱旋式を祝う運びになった (前241年10月4日、6日)。

Polyb. 1-58〜64/ Liv. 22-14, Epit. 19/ Val. Max. 2-8/ Eutrop. 2-27/ Oros. 4-10/ Zonar. 8/ etc.

カトゥルス、クィ（ー）ントゥス・ルターティウス Quintus Lutatius Catulus, (伊) Quinto Lutazio Catulo, (西) Quinto Lutacio Catulo, (葡) Quinto Lutacio Cátulo, (露) Квинт Лутаций Катул(л)

ローマ共和政末期の閥族派*の政治家。

❶ (前150頃〜前87) 前102年にマリウス*とともに執政官*となり、北イタリアに侵入したキンブリー*族に敗れて退却するが、翌年マリウスと合同で進軍し、これをガッリア・キサルピーナ*のウェルケッラエ Vercellae (現・

Vercelli, Rovigo) で撃破 (前 101 年 7 月 30 日)、揃って凱旋式を挙げた。しかし、その後マリウスの栄光を憎んで敵対するようになり、民衆派のサートゥルニーヌス*の処刑を支持 (前 100)、マリウスの政敵スッラ*に味方したため、前 87 年マリウス派の恐怖政治が始まるや、その犠牲となって斃れた (⇒マリウス・グラーティディアーヌス)。処刑を免れるため、彼は一室に閉じ籠もり、炭火を燃やして窒息死を遂げたという。

洗練された教養人でギリシアの学芸に通じ、自らも同時代の歴史や演説、美少年への恋を歌ったエピグラム詩 (2 篇のみ伝存) などを作った。彼はまた同時代の人気俳優ロースキウス・ガッルス*を「神よりも美しい」と云って愛したという (⇒シードーンのアンティパトロス)。ウァレリウス・アエディトゥウス Valerius Aedituus やポルキウス・リキニウス Porcius Licinius らの詩人を保護し、これらアレクサンドレイア❶*派文芸サークルでは時代の好尚に投じた若者への想いを歌う恋愛詩が流行した。母ポピッリア Popillia の葬儀で彼の披露した弁論は、ローマにおける婦女に対する追悼演説の初例となった。またこの母を通して彼は L. カエサル❶*、カエサル・ストラボー・ウォピースクス*兄弟の異父兄に当たる。

Plut. Mar. 14～, 44, Sull. 4/ App. B. Civ. 1-74/ Vell. Pat. 2-21/ Flor. 3-21/ Val. Max. 6-3, 9-12/ Cic. De Or. 2-44, 3-8, Brut. 35, Tusc, 5-19, Nat. D. 1-28/ Gell. 19-9/ etc.

❷ (前 119 頃～前 60 頃) ❶の子。父と同じく保守派の元老院議員。スッラ*に与してマリウス・グラーティディアーヌス*を惨殺し、父の仇を報じる (前 82)。前 78 年の執政官コーンスル*となり、相役の M. アエミリウス・レピドゥス Aemilius Lepidus (?～前 77、三頭政治家レピドゥス❶*の父) が企てた政変を防ぎ、翌年ポンペイユス*の援軍を得てレピドゥスの乱を鎮圧、スッラ体制を護持した (前 77)。以後閥族派オプティマーテース*の領袖として政界に重きをなし、護民官トリブーヌス・プレービス*の権限回復 (前 70) やポンペイユスに非常大権を与える法案 (前 67、前 66、⇒ガビーニウス、マーニーリウス) に反対し、志操堅固を謳われる。内乱で焼亡したカピトーリウム*神殿の再建に当たり、監察官ケーンソル*の時には相役クラッスス*のエジプト合併案を阻止した (前 65) が、前 63 年の大神祇官長ポンティフェクス・マクシムス*選出では、元老院首席 Princeps Senatus でありながら、若年のカエサル*に敗北、以来烈しくカエサルと対立し、次第に権威を失った。

Sall. Cat. 35, 49/ Suet. Iul. 15, Galb. 2/ Tac. Hist. 3-72/ Val. Max. 6-9/ Plut. Crass. 13, Cat. Min. 16/ Cic. Nat. D. 1-28, Sest. 47, 57, Brut. 35(133)/ Sen. Ep. 97/ Dio Cass. 36-13, -30～, 37-37,-46/ Gell. 2-10/ etc.

カトゥルス (家) Catulus, (ギ) Katūlos, Κάτουλος, (伊) Lutazio Catulo, (西) Lutacio Catulo, (露) Лутаций Катул(л)

ローマのプレーベース*(平民) 系のル (ク) ターティウス Lu(c)tatius 氏に属する家系。カトゥルスとは、カトー*と同じく「明敏な、慎重な」といった意味合いである。第 1 次ポエニー戦争*に勝利を収めた C. ルターティウス・カトゥルス* (前 242 年の執政官コーンスル*) 以来、元老院に何人かの重要人物を送り出した。

Cic. Mur. 36, Cael. 29(70), Cat. 3-24/ Polyb./ Liv./ Val. Max./ Dio Cass./ Plut./ Oros./ etc.

カトゥルス Catullus
⇒カトゥッルス

カトー、ガーイウス・ポルキウス Gaius Porcius Cato, (仏) Caius Porcius Caton, (伊) Caio Porcio

系図 141 カトゥルス、クィ (ー) ントゥス・ルターティウス

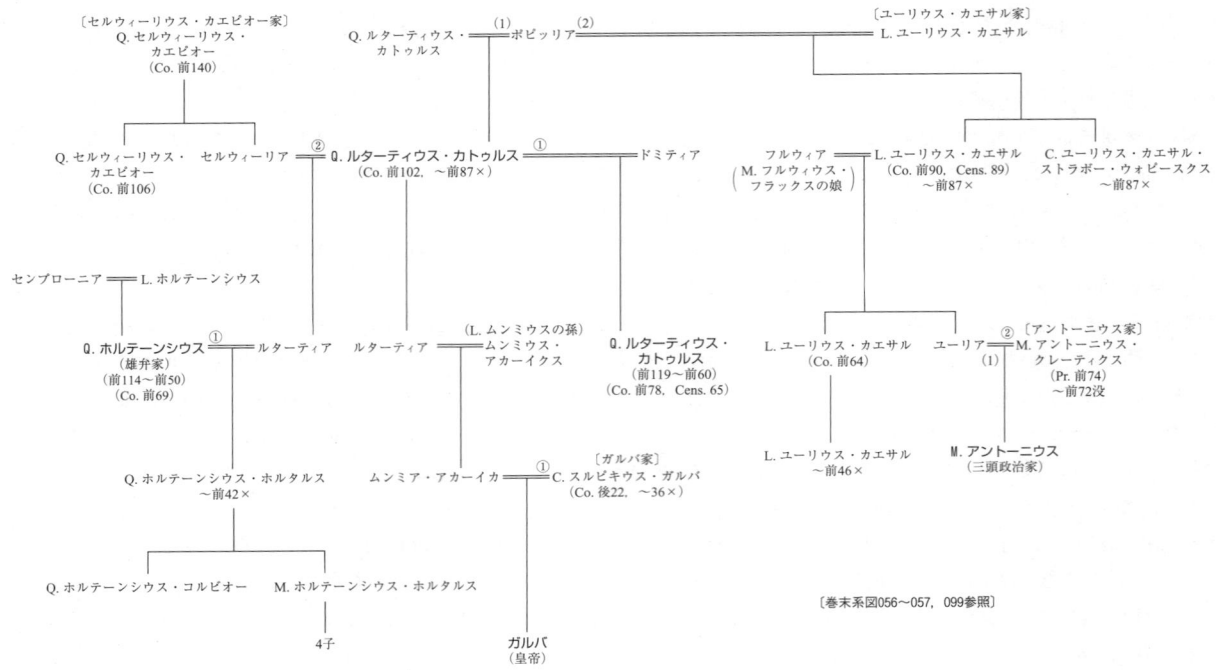

〔巻末系図 056～057, 099 参照〕

Catone, (西) Cayo Porcio Catón

(前2世紀後半) 大カトー*の孫。母は名将L.アエミリウス・パウッルス❷*・マケドニクスの娘 (⇒巻末系図056)。若い頃、改革家ティベリウス・グラックス❸* (グラックス兄弟*の兄の方) を支持し、前114年の執政官(コーンスル*)となって属州マケドニア*へ赴任するが、スコルディスキー族との戦闘に惨敗、かろうじて一命は取り留めたものの、戦利品が獲られなかったので任国マケドニアを略奪し、そのため帰国後告発されて罰金刑を科せられる。次いでアーフリカ*のユグルタ*戦争に出征するが、これにも敗れたため、断罪を逃れるべくヒスパーニア*へ亡命し、タッラコー* (現・タラゴナ Tarragona) の市民となった (前110)。

Cic. Brut. 28, Balb 11, Lael 39, Verr. 3-80, 4-10/ Vell. Pat. 2-8/ Amm. Marc. 27-4/ Sall. Jug. 40/ etc.

カトー (家) Cato, (ギ) Katōn, Κάτων, (仏) Caton, (伊) Catone, (西) Catón, (葡) Catão, (露) Катон

ローマのプレーベース* (平民) 系のポルキウス氏 Gens Porcia に属する家系名。トゥスクルム*の出で、以前はプリ(ー)スクス Priscus という家名で呼ばれていたが、大カトー* (M. ポルキウス・カトー❶*) の時にその明敏さゆえに「カトー」という副名 cognomen (コグノーメン) がつけられた (サビーニー*語のカトゥス catus「鋭い、抜け目ない」より)。

Plut. Cat. Mai. 1/ Cic. Amic. 2, Sen. 2/ Liv./ etc.

カトー、プーブリウス・ウァレリウス Publius Valerius Cato, (ギ) Katōn, Κάτων, (仏) Publius Valerius Caton, (伊) Publio Valerio Catone, (西) Publio Valerio Catón, (露) Публий Валерий Катон

(前1世紀) 共和政末期ローマの詩人・文法学者。前100年～前90年頃、内ガッリア* (ガッリア・キサルピーナ*) に生まれ、早くに孤児となり、マリウス*とスッラ*の内乱期に財産も失い、その後長い生涯を貧窮のうちに過ごした。アレクサンドレイア❶*派詩人を模倣する「新詩人 poetae novi (ポエータエ・ノウィー)」の中心的人物で、神話を題材にした小叙事詩『ディクテュンナ Dictynna』『ディーラエ Dirae』などで知られる (すべて散逸)。

⇒C. ヘルウィウス・キンナ

Suet. Gram. 2, 4, 10, 11/ Ov. Tr. 2-436/ Catull. 56/ Hor. Sat. 1-10/ etc.

カトーブレパース Catoblepas, (ギ) Katōbleps Κατώβλεψ, (仏) Catoblépas, (独) Katoblepas, (伊) Catoblepa

(「下を見る者」の意) エティオピア*の奥地、ネイロス* (ナイル) 河の水源近くに棲むとされる空想上の四足獣。動作が緩慢で、頭が異常に重いため、いつも地面の方に頭部を垂らしているという。また、この獣の眼を見た者は、誰でも立ちどころに死んでしまうと伝えられる。

⇒マルティコラース、バシリスコス

Mela 3-9/ Plin. N. H. 8-32/ Ath. 9-409c/ Ael. N. A. 7-6/ etc.

カトー、マールクス・ポルキウス Marcus Porcius Cato, (ギ) Mārkos Porkios Katōn, Μᾶρκος Πόρκιος Κάτων, (仏) Marcus Porcius Caton, (伊) Marco Porcio Catone, (西) Marco Porcio Catón, (葡) Marco Pórcio Catão, (露) Марк Порций Катон

ローマ共和政期の政治家・弁論家。巻末系図056を参照。

❶**大カトー** Cato Major, M. Porcius Cato Censorius, (仏) Caton le Censeur, (独) Cato der Censor, (伊) Catone il Censore, (西) Catón el Censor, (葡) Catão, o Censor, (露) Катон Цензора (前234～前149) 曾孫の小カトー❷と区別するため、大カトーと呼ばれる。トゥスクルム*の出身で農業を営んでいたが、元老院議員L. ウァレリウス・フラックス❷*に認められてローマへ移り政界に進出、法廷弁論で名を馳せる。ファビウス・マクシムス❷*・クンクタートルに傾倒し、その政敵スキーピオー・大アーフリカーヌス* (大スキーピオー*) と対立、ローマ社会に広まった華美な風潮を警戒し父祖伝来の質朴な生活への復帰を唱導した。第2次ポエニー戦争*に従軍 (前217) して以来、ヒスパーニア*制圧やグラブリオー❶*のギリシア遠征に活躍、テルモピュライ*の戦い (前191) では間道を抜けてシュリ

系図142 カトー (家)

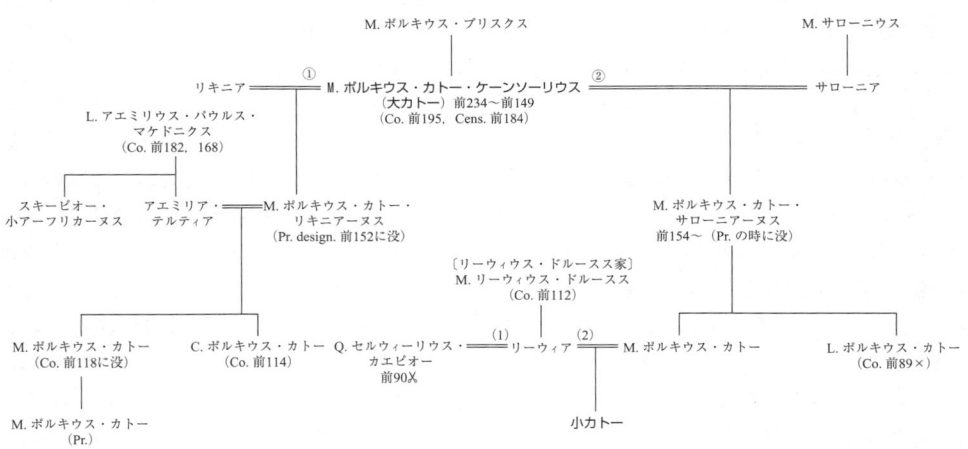

アー*王アンティオコス3世*の軍隊を挟撃し、味方を勝利に導いた。その間、官職を歴任し、ウァレリウス・フラックスとともに前195年の執政官(コンスル*)(⇒ C. オッピウス❶)、前184年の監察官(ケーンソル*)に就任。監察官になるや、贅沢品に重税を課し、不行為な元老院議員や騎士を除名処分にする —— 例えば、人前で妻に接吻した議員や、愛する男娼の歓心を買うために罪人を斬首してみせた議員も元老院から除名された —— など、奢侈の取り締まりと風紀の粛清に努めた。またギリシア文化の排斥に躍起となり、カルネアデース*ら哲学者をローマから放逐、ギリシア医術にも不信を抱き、息子には古来の家庭療法に従うよう勧めた。前153年アーフリカ*へ使節として派遣されカルターゴー*の急速な復興に脅威を覚えて以来、論題の如何にかかわらず決まって「なお、カルターゴーは滅ぼさなければならない」"Delenda est Carthago" と元老院で力説。アーフリカで穫れた大きな無花果(いちじく)を示しつつカルターゴーの徹底破壊に固執し、ごり押しに第3次ポエニー戦争(前149〜前146)開戦へと推し進めていったが、ローマの勝利を見ぬうちに長逝した。

力強い雄弁家であると同時に、最初の偉大なラテン語散文作家と評され、代表作『起源論 Origines』(7巻)は、イタリア諸都市の起源および前149年までのローマ史を叙述した最古のラテン語史書だが梗概・断片の形でしか伝わらない —— 彼以前の史書はすべてギリシア語で書かれていた —— 。ローマ最初の百科全書と呼べる『息子への訓言 Ad filium』や、質実剛健なる先人の遺風を讃美した『世の習わしを歌える(風習の歌) Carmen de Moribus』等の散文作品も失われた。『農業論 De Agri Cultura』(前160頃)は伝存する唯一の著作で、自己の経験に基づいて菓子の作り方や果物の保存法を開陳しており、「奴隷は働いているか、眠っていなければならぬ」とか、「年をとった奴隷は、死んで損をする前に売り払うべきである」と記すなど、当時の奴隷制大農地経営(⇒ラーティフンディウム)の実態を知る貴重な資料となっている。弁論の要諦を述べた「事柄を把握せよ、言葉はおのずと湧き出でん」といった演説の断片約80と、中世西ヨーロッパに広く流布した格言集『カトー語録 Dicta Catonis』が残るが、後者は帝政後期(後3〜4世紀)に編纂された一般的なラテン語箴言集であって、本物ではない。

頑固な保守主義者として、彼は「万人を支配する我々ローマ人のみが女に支配されている」実態を憤り、「美しい少年奴隷が農地より高い値段で取り引きされている」ことに不平を鳴らしてやまない。しかし、自らは高齢に達しても女奴隷を手籠(てご)めにし、すでに壮年に達した息子がいるにもかかわらず身分賤しい女と再婚、80歳を過ぎて息子サローニアーヌス Salonianus(小カトーの祖父)を儲けた。生涯裁判沙汰を繰り返し、自身も50回近く告訴されたが、ことごとく無罪を勝ちとり、短詩作者からは「赤毛に青眼でやたらに噛みつくポルキウス」と歌われている。

気の荒いことで評判の先妻リキニア腹の息子 M. ポルキウス・カトー・リキニアーヌス Licinianus は、病弱だったが父親から訓育を施されて立派な戦士に成長、ピュドナ*の戦い(前168)に従軍した時には、白兵戦で失った剣を再び敵中に攻め込んで取り戻したという。このリキニアーヌスは、L. アエミリウス・パウルス❷*・マケドニクスの三女と結婚してスキーピオー・アエミリアーヌス・小アーフリカーヌス*(小スキーピオー*)の義理の兄弟となり、法律に関する全15巻の作品を著わすなど将来を嘱望されていたけれど、予定法務官(プラエトル*)の時父に先立って死んだ(前152)。

大カトーは監察官として厳しい態度で風紀取り締まりに当たったので、ケーンソーリウス Censorius という添え名で呼ばれるようになり、後世、口うるさい道学者的な態度を、(英) censorious, (独) zensorisch, (伊) censorio, ……といった言葉で形容するようになった。

なお、キケロー*は、84歳になった大カトーが小スキーピオーら2人の青年の質問に答えつつ「老いは恐れるに足りぬこと」や「霊魂は不滅であること」などを述べた『大カトー(副題『老年論 De Senectute』)』なる対話篇を執筆している(前44)。

⇒スキーピオー・大アーフリカーヌス、ノービリオル
Plut. Cat. Mai./ Nep. Cato/ Cic. Sen., Acad., Brut./ Liv. 29-25, 32-27, 34, 36, 38〜39, 43-2, 45-25, Epit 48, 49/ Polyb. 31-25/ Plin. N. H. 7-14, 8-5, 15-20, 29-6〜/ Val. Max. 2-9, 3-2, -4, 8-7/ Aur. Vict. De Vir. Ill. 47/ App. Pun. 69/ Florus 2-15/ Sen. Controv. 9-2/ Tac. Ann. 3-66/ Just. 33-2/ Frontin. Str. 4-5/ Gell. 13-18〜/ Dio Cass. 18-60/ etc.

❷小カトー Cato Minor, M. Porcius Cato Uticensis, (仏) Caton d'Utique, (伊) Catone Uticense, (西) Catón de Utica, Catón el Joven, (葡) Catão de Útica, (露) Катон Утическим, Катон Младший (前95〜前46年4月)

❶の曾孫。❶に対して小カトー、終焉の地ウティカ*にちなんでウティケーンシス(ウティカの)とも呼ばれる。幼少時に両親に死別し、母リーウィア❷*の兄弟 M. リーウィウス・ドルースス❷*の許で育てられる。ストアー*派哲学を奉じ、当時の放恣な上流社会にあって、厳格で古風な道徳的生活を送る。前64年度の財務官(クァエストル*)職を経て、翌前63年末のカティリーナ*派裁判ではキケロー*を支持し、共犯の疑いのあるカエサル*を激しく攻撃した。以来、元老院派(いわゆる閥族(オプティマーテース)派)貴族の指導者として活躍し、共和政の伝統護持の立場からカエサルやポンペイユス*らと対立、そのため第1回三頭政治*の到来という結果を見るに至る(前60)。執拗にカエサルに反対して一時投獄されたこともあり(前59、⇒ M. ペトレイユス)、翌前58年には、クローディウス*の動議で、キュプロス*をローマの属州に併合するため派遣され、体よく首都から追われる(⇒プトレマイオス❼)。帰国後、三頭政治家の妨害があったにもかかわらず、前54年の法務官(プラエトル*)に就任。次いで首都ローマの混乱と無秩序を収拾するため、「どんな政府でも無政府よりはましだ」と言って、ポンペイユスを単独執政官(コンスル*)に指名することに賛成した(前52)。前49年に勃発した内乱では、カエサルに対抗してポンペイユス=元老院派に与(くみ)し、パルサーロス*の敗北(前48)後、アーフリカ*へ赴きメテッルス❺*・スキーピオーに加担。要港ウティカを守備

してカエサル軍と争う構えを見せたが、タプソス*における味方の敗戦（前46年4月6日）の報らせに接し、もはやこれまでと諦めて自殺を図った。侍医が駆けつけて傷口を縫い合わせたものの、周りに人がいなくなると、自ら傷口を切り裂き、両手で内臓を引きずり出して息絶えたという。

最初の妻アティーリア Atilia（アンティスティア Antistia）は素行が修まらず、2人まで子を儲けながら離別されており、その間に生まれた娘のポルキア*は、カエサルの政敵ビブルス*に、次いでカエサル暗殺者ブルートゥス*に嫁いでいる。大弁論家のホルテーンシウス*がこのポルキアを、"生殖"のために借り受けたいと申し出た時、カトーはそれを言下に拒絶し、代わりに自分の2番目の妻マルキア❷*を貸してやった話は名高い（前56）。のちにホルテーンシウスが死ぬ（前50）と、彼女を再び妻に迎え入れたので、世人は「ホルテーンシウスの家に入った時、マルキアはとても貧しかったのに、カトーの家に戻ってきた時には、とても裕福になっていた」と言って囃し立てた。母のリーウィア❷、異父姉のセルウィーリア*らについては、各項目を参照。徹頭徹尾、共和政体の信奉者であったカトーは、内乱突入後ひげも剃らず髪も刈らず、特にパルサーロスの敗戦後は、習慣に反して、食事の際にも寝そべらず、必ず椅子に腰掛けるようになった――ローマ人は臥台に横たわって食事した――。これは自由な政体が失われたことを嘆く彼独自の表現だったようだ。彼はまた霊魂の不滅を信じ、死の間際までプラトーン*の対話篇『パイドーン Phaidon』を読み返していた。自己の所信を枉げず、終生ひたすら共和政護持のために挺身し、敵将カエサルですらその死を哀惜して、「おおカトーよ、君は私のために命を惜しんではくれなかったのか」と呟いたほどである。小カトーの自害に衝撃を受けたキケローは『カトー礼賛』Cato を書き、これに対してカエサルは『反カトー論』Anticatones（2巻）で論駁したが、両書とも散逸して伝わらない。

なお、同名の長男マールクスは、カエサルの宥免を得て父の財産継承を認められ、カエサル暗殺後、義理の兄弟ブルートゥスに従って東方へ去り、ピリッポイ*の戦いで敗死した（前42）。カッパドキアー*の王族マルパダテース Marphadates の許に滞在した時、その美しい妻プシューケー Psykhe と親密な仲になり、「カトーとマルパダテースは1つの魂（プシューケー）を共有している」という評判を立てられたという。

⇒ L. ドミティウス・アヘーノバルブス❸、小クーリオー、Q. カエキリウス・メテッルス❺・ピウス・スキーピオー
Plut. Cat. Min./ Sall. Cat. 54/ Tac. Hist. 4-8/ Cic. Att. 1-18, 2-1, -9, Fam. 15-4〜6, Mur. 2(3)/ Sen. Ep. 95/ Val. Max. 2-10, 3-1, 6-2/ Luc. 1-128, 2-380/ Hor. Carm. 1-12, -35, 2-1, -24/ Verg. Aen. 6-841, 8-670/ Juv. 11-90/ Dio Cass. 37-21〜, 42-11〜, 43-10〜/ App. B. Civ. 2-6〜/ etc.

カドモス　Kadmos, Κάδμος, Cadmus,（仏）Cadmos,（独）Kadmus, Kadmos,（伊）（西）（葡）Cadmo,（露）Кадм

（古セム語の「東方」を意味する語 Kedem に由来する）ギリシア神話中、ボイオーティアー*地方の首邑のテーバイ❶*の創建者。フェニキア*の王子で、美女エウローペー*の兄弟。父王アゲーノール*が失踪したエウローペーを捜索するべく息子たちを派遣した時、カドモスは母テーレパッサ Telephassa とともにトラーケー*（トラーキアー*）まで赴いたが、この地で母親が死去。葬儀を済ませてからデルポイ*の神託を乞うたところ、「帰国を断念し、月形の印を帯びた雌牛を求めよ。そして雌牛が疲れて体を休めた場所に都市を建設せよ」との指示を得た。ポーキス*で目当ての雌牛を見つけ、そのあとに従ってボイオーティアー（「牛の国」の意）まで来ると、のちのテーバイ市となる地点で雌牛が横たわったので、彼は牛を殺して女神アテーナー*に捧げ、城砦を築いてカドメイアー Kadmeia と名づけた。その折、水を汲みに行った従者たちが、軍神アレース*の泉を護っていた竜（一説にアレースの子という）に喰い殺されたため、カドモスは竜を退治し、アテーナーの助言により、その牙を地に播いた。するとそこから武装した戦士たちが現われ

系図143　カドモス

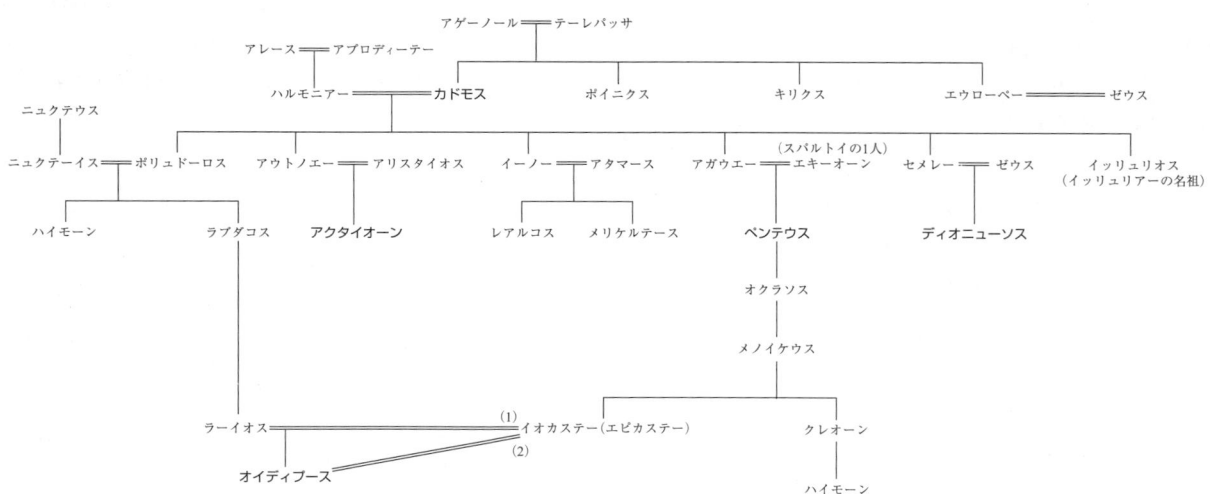

出て互いに殺し合い、最後に生き残った5人はカドモスの部下となり、スパルトイ*（「播かれた男たち」の意）と呼ばれるテーバイ貴族の祖となった。

その後テーバイは大いに繁栄したが、アレースの竜を殺害したせいでカドモスの一族は次々と不幸に襲われ、悲惨な最期を遂げたという（⇒ペンテウス、アクタイオーン、イーノー、アガウエー、セメレー）。しかし通説では、カドモスは8年間（または1年間）アレースに仕えて罪を償い、妻として大神ゼウス*からハルモニアー*（アレースとアプロディーテー*の娘）を与えられ、婚宴にはオリュンポス*の神々全員が参列したということになっている。1男4女を儲け、テーバイをよく統治した後、王位を孫のペンテウス*に譲り、国外へ退去。イッリュリアー*を征服して、その地の支配者となったが、最後は妻とともに大蛇に変身し、ゼウスによってエーリュシオン*の楽園へ送られたと伝えられる。

彼はまた、ギリシアに初めて文字をもたらした（ないしギリシア・アルファベット中の16文字を発明した）とされており、これはギリシア人がカナアン Kanaan 人＝フェニキア人からアルファベットを学んだ史実を反映していると考えられる（⇒リノス）。さらにカドモスは若い頃、美男子だったのでヘルメース*神に熱愛されたといわれ、また巨竜テューポーン*とオリュンポスの神々との戦いの際には、牧童に扮して竜女デルピュネー❶*を欺きゼウスの腱を首尾よく盗み出したという。

なお、ギリシア・アルファベットを意味する「カドモスの文字（英）Cadmean letters」や、大損失を被った勝利を意味する「カドモスの勝利（英）Cadmean victory」、また亜鉛に似た金属元素カドミウム cadmium (Cd.) などは、カドモスおよび城砦カドメイアーから派生した言葉である。

Hes. Th. 935〜/ Hom. Od. 5-333〜/ Herodot. 4-147, 5-58〜/ Diod. 4-2, 5-47, -59/ Theog. 15〜/ Apollod. 3-1, -4, -5/ Paus. 3-1, -15, -24, 4-7, 7-2, 9-5, -10, -12, -16, -26, 10-17, -35/ Hyg. Fab. 6, 178/ Ov. Met. 3-6〜, 4-563〜/ Pind. Pyth. 3-86〜, Ol. 2-22〜/ Ap. Rhod. 4-516〜/ Eur. Phoen. 930〜/ Aesch. Sept. 469, 489/ Ath. 11-462b, -465f/ Lucian. Charidemus 9/ Strab. 7-326/ Nonnus Dion. 1-140〜/ etc.

カドモス Kadmos, Κάδμος, Cadmus, （伊）（西）（葡）Cadmo

（前6世紀中頃に活躍）ギリシア最古期の散文史家 Logographos。ミーレートス*の人。4巻から成るミーレートスの創建やイオーニアー*初期の歴史を扱った書物を著わした（散逸）。ペレキューデース❶*やヘカタイオス❶*と同じくギリシア最古の歴史家の1人と呼ばれる。

この他、『アッティケー*史』（全16巻）などを記したミーレートス出身の小カドモスの存在も知られている（作品は亡失）。

⇒アクーシラーオス

Diod. 1-4/ Thuc. 1-2/ Plin. N. H. 5-31/ Joseph. Ap. 1-2/ Strab. 1-18/ Clem. Al. Strom. 6/ Dion. Hal. Thuc. 23/ Suda/ etc.

カトー、ルーキウス・ポルキウス Lucius Porcius Cato, （仏）Lucius Porcius Caton, （伊）Lucio Porcio Catone, （西）Lucio Porcio Catón

（?〜前89）大カトー*の孫。小カトー*の叔父（⇒巻末系図056）。前100年の護民官（トリブーヌス・プレービス*）として、サートゥルニーヌス*の改革に反対し、追放されたメテッルス❸*・ヌミディクスの召還を主張。前90年には同盟市戦争*でエトルーリア*人をうち負かし、翌前89年ポンペイユス・ストラボー*（大ポンペイユス*の父）とともに執政官職（コーンスル*）に就くが、マルシー*族との戦闘で落命した。一説には、「自分の功績はマリウス*の武勲に匹敵する」と豪語したため、小マリウス*の策謀で殺されたのだという。

Liv. Epit. 75/ Oros. 5-17/ etc.

カトレウス Katreus, Κατρεύς, Catreus, （仏）Catrée, （伊）（西）（葡）Catreo, （露）Катрей

ギリシア神話伝説上のクレーター*王。ミーノース*とパーシパエー*の長男。3人の娘アーエロペー*、クリュメネー❹*、アペーモシュネー Apemosyne と1人息子アルタイメネース Althaimenes とがあったが、「子供たちの1人の手にかかって死ぬであろう」との神託が下り、これを知ったアルタイメネースはアペーモシュネーとともにロドス島へ退去、のちアペーモシュネーがヘルメース*神に犯された時、これを不義の言い訳として信用せず、妹を足蹴にして殺した。一方、カトレウスは残った2人の娘を「海に投げ込むか、奴隷に売ってくれ」と名高い航海者ナウプリオス*に渡したが、ナウプリオスはそれに背いてクリュメネーを自身の、アーエロペーをプレイステネース*（またはアトレウス*）の妻とした。老いてのちカトレウスは

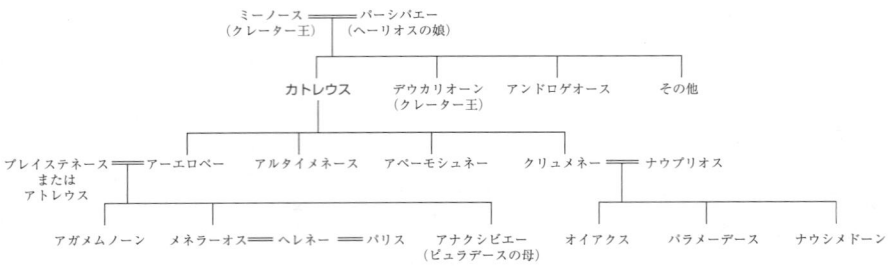

系図144　カトレウス

息子に王国を譲りたく思い、若干の手勢を連れてロドスへ渡ったところ、島民に海賊と間違えられ、戦闘のさなかアルタイメネースの投げた槍に当たって死んだ。事実を知ったアルタイメネースは自らの運命を呪い、神々に祈って大地に呑み込まれて姿を消し、ロドス島の英雄神 heros として祀られた。なお、トロイアー*の王子パリス*がヘレネー*を誘拐したのは、メネラーオス*が祖父カトレウスの葬儀参列に出かけた留守中の出来事であったという。
Apollod. 3-2, Epit. 3, 6/ Diod. 4-60, 5-59/ Paus. 8-52/ etc.

カナケー Kanake, Κανάκη, Canace, (仏) Canacé, (西) Cánace, (葡) Cânace, (露) Канака

ギリシア神話中のアイオロス❷*の娘。実の兄弟マカレウス Makareus (アポッローン*の愛人) と交わって出産し、嬰児を王宮から密かに運び出そうとしたが、子供が泣き出したために発覚し、父王から送られた剣で自害した。子供は鳥獣の餌食にされ、マカレウスも自殺した——あるいは、デルポイ*へ逃れてアポッローンの神官となった——という。また、カナケーは雄牛に変身したポセイドーン*と交わって、アローエウス Aloeus (⇒アローアダイ) ほか数人の子供たちの母となったと伝えられる。

彼女の物語は劇詩人によって戯曲化され、ローマ皇帝ネロー*がカナケーに扮して分娩の場面を演じていた時、その苦しそうな様子を見て心配した兵士が士官に「皇帝はどうなされたのでありますか?」と問うたところ、「今、陛下は子供を産んでおられるところだ」という答えが返って来た話は有名。
Apollod. 1-7/ Diod. 5-61/ Ov. Tr. 2-384, Her. 11/ Callim. Cer. 99/ Stob. Flor. 64/ Hyg. Fab. 238, 242~243/ Dion. Hal. Rhet. 9-11/ Schol. ad Ar. Nub. 1371, Ran. 849/ Dio Cass. 63-10/ Suet. Ner. 21/ etc.

ガニメデス Ganymedes
⇒ガニュメーデース

ガニメーデ(ス) Ganimede(s)
⇒ガニュメーデース

ガニュメーデース Ganymedes, Γανυμήδης, (〈エトルーリア*語〉Catmite, 〈ラ〉Catamitus), (英) Ganymede, (仏) Ganymède, (独) Ganymed, (伊) Ganimède, (西) Ganimedes, (葡) Ganímedes, (露) Ганимед

ギリシア神話中、大神ゼウス*に寵愛された絶世の美少年。ホメーロス*によると、トロイアー*王トロース*(あるいはラーオメドーン*) の息子で、人間のうちでいちばんの美男子だったので、神々がゼウスの酌人にするべく彼を天上に拉し去り、ゼウスはその代償としてトロースに不死の神馬たち (後伝ではヘーパイストス*の造った黄金の葡萄樹) を与えたという。より一般的には、彼の美貌に魅せられたゼウス自身が、鷲に変身して、または鷲を遣わして、ミューシアー*のイーデー❶*山から天界へ攫って行き、寵童として愛したことになっている。不滅の神々の世界に迎えられたガニュメーデースは、青春の女神ヘーベー*に替わってオリュンポス*の饗宴で酒盃を運ぶ役割を果たし、のち酒壺を抱えたその姿を記念して「水瓶座 (ラ) アクァーリウス Aquarius」が星々の間に設けられた——なお、彼を攫った鷲も、もとはアーエトス*(「鷲」の意) なる美少年で、ゼウスに愛されていたが、嫉妬深いヘーラー*によって鳥に変身させられ、のちに夜空の「鷲座 (ラ) Aquila」になったと伝えられる——。異説では、ガニュメーデースを連れ去ったのは、彼に恋した曙の女神エーオース*であり、それをゼウスが横取りしたのだといい、また若者は神々に奪い去られたのではなく、クレーター*王ミーノース*に犯されたとも、タンタロス*とペロプス*に誘拐されたとも、念者 (恋人) と兄弟とに引き裂かれて死んだとも、さまざまな所伝が残されている。ガニュメーデースの物語はギリシア人通有の熱烈な男性愛を反映して文芸の主題として大いに愛好され、数多くの美術作品が作られたが、とりわけ彫刻家レオーカレース*の『鷲に攫われるガニュメー

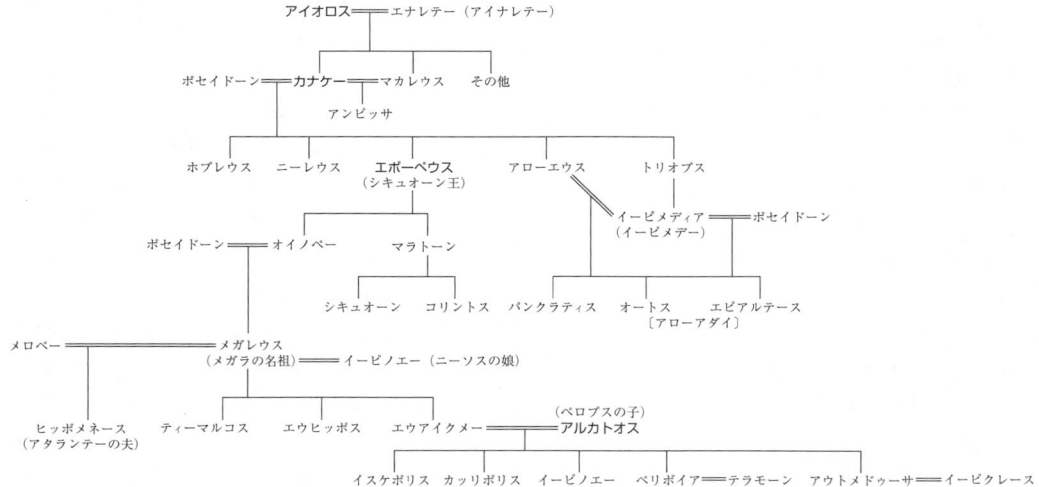

系図 145　カナケー

デース像』は傑作の名をほしいままにした。なお、ガニュメーデースのラテン語形カタミートゥス Catamitus は、男色相手の若者の意味に用いられ、英語の catamite（稚児・鶏姦）の語源となった。

また、木星の最大の衛星（和）ガニメデ、（ラ）Ganymedes は、この美少年にちなんで命名された。
⇒アルカイオス❷、アンティパネース、巻末系図 019
Hom. Il. 5-265～, 20-232～/ Pind. Ol. 1-43～, 10-105/ Apollod. 2-5, 3-12/ Cic. Tusc. 1-26, 4-33/ Eur. Tro. 822, Or. 1392/ Hyg. Fab. 224, 271, Poet. Astr. 2-29/ Hymn. Hom. Ven. 210～/ Verg. Aen. 1-28, 5-253/ Plin. N. H. 34-19/ Ov. Met. 10-255/ Diod. 4-75/ Paus. 2-22, 5-24, -26/ Strab. 13-587/ Eratosth. Cat. 26/ Schol. ad Ap. Rhod. 3-115/ Nonnus Dion./ Lucian Dial. D. 4/ Herodian. 1-11/ Suda/ etc.

カヌシウム　Canusium,（ギ）カヌーシオン Kanusion, Κανούσιον, Kanysion, Κανύσιον,（西）Canusio

（現・カノーザ、Canosa）イタリア南部、アープーリア*（現・プーリア Puglia）地方の古い町。ベネウェントゥム*（現・ベネヴェント）の東北東 85 マイル、トライヤーヌス街道（ウィア・トライヤーナ Via Traiana）上に位置する。英雄ディオメーデース*の創建と伝え、その文化はかなりギリシア化しており、詩人ホラーティウス*の時代にもなおギリシア語とラテン語の両言語が併用されていたという。前 318 年ローマに服属し、カンナエ*の戦いでハンニバル❶*に惨敗したローマ軍将兵の避難所となる（前216、⇒ウェヌシア）。同盟市戦争*でローマに反抗した（前 89）のち、復興を見せて自治都市（ムーニキピウム*）となり（前88）、マールクス・アウレーリウス*帝の治世にヘーローデース・アッティクス*によって植民市（コロー二ア*）へと昇格された（後 2 世紀後半）。アープーリアの特産物・羊毛の交易で知られ、カヌシウムの衣服といえば上質の毛織物の代名詞となった。東ローマの史家プロコピオス*に従えば、カヌシウムは 6 世紀当時、アープーリアきっての主要都市であったという。

新石器時代以来、ローマ帝政期に至る各時代の遺跡・遺物 —— 城壁、墓所、副葬品、神殿、浴場（テルマエ*）、石橋、アーチ Arco Romano など —— が発掘されている。
⇒アルピー（アルギュリッパ）、アスクルム❶
Hor. Sat. 1-5, -10/ Cic. Att. 1-13, 8-1/ Caes. B. Civ. 1-24/ Mela 2-6/ Plin. N. H. 3-11, 8-73/ Suet. Ner. 30/ Mart. 9-22, 14-127/ Strab. 6-283～/ Procop. Goth. 3-18/ Liv. 9-20, 22-52～/ App. Hann. 26, B. Civ. 1-42/ Serv. ad Verg. Aen. 11-246/ Ptol. Geog. 3-1/ S. H. A. Marc. 8/ It. Ant./ etc.

カヌレーイウス　Canuleius
⇒カヌレイユス

カヌレイユス　Gaius Canuleius,（伊）Gaio Canuleio,（西）Cayo Canuleio,（葡）Caio Canuleio,（露）Гай Канулей

（前 5 世紀中頃）ローマ共和政期の政治家。前 445 年の護民官*になると、『十二表法*』で定められていた貴族（パトリキイー*）と平民（プレーベース*）との通婚禁止の条項を廃止する平民会決議（いわゆるカヌレイユス法 Lex Canuleia）を提案したという。

なお、彼の属する平民系のカヌレイユス氏 Gens Canuleia は、共和政末期まで幾人もの護民官および元老院議員を出したが、執政官（コーンスル*）職に登りつめた者は 1 人もいなかった。
⇒リキニウス＝セクスティウス法
Liv. 4-1～6/ Cic. Rep. 2-37/ Flor. 1-25/ etc.

カネーポロイ　Kanephoroi, Κανηφόροι, Canephoroe, Canephorae（（単）カネーポロス Kanephoros, Κανηφόρος, Canephoros, Canephora 転じて Canifera,（伊）Canéfora),（英）Canephores, Canephori, Canephorae,（仏）Canéphores,（独）Kanephoren,（伊）Canefore,（西）（葡）Canéforas

（「籠を運ぶ女」の意）アテーナイ*の各種祭礼において供物を入れた籠を運ぶ役目を担った乙女。なかでもパンアテーナイア祭*の聖籠運びは特に名誉ある役目とされ、頭上に葦籠を載せて歩く彼女らの姿は、ギリシアの彫刻や絵画の主題として好まれた。前 514 年の夏、僭主家のヒッパルコス❶*が暗殺されたのは、彼が美青年ハルモディオス*に求愛して拒まれた腹いせに、ハルモディオスの妹を「身分違いだ」と言って、祭礼行列の聖籠運びの役目から外したことが直接の原因であったとされている（⇒ハルモディオスとアリストゲイトーン）。

カネーポロイの姿は後にカリュアーティデス*（⇒カリュアイ）と同じく建築装飾として用いられた。
Ar. Ach. 241～252, 260, Av. 1551, Lys. 641～/ Thuc. 6-56/ Arist. Ath. Pol. 18/ Cic. Verr. 2-4-3/ Plin. N. H. 36-4/ Ov. Met. 2-713～715/ Ael. V. H. 11-8/ etc.

カノープス　Canopus
⇒カノーボス（のラテン名）

カノーボス（または、カノーポス）　Kanobos (Kanopos), Κάνωβος (Κάνωπος),（ラ）カノープス* Canopus, Canobus,（仏）Canope,（独）Kanopus,（伊）（西）（葡）Canopo,（露）Каноб,（古エジプト語）Pikuat

（現・アブー・キール Abū Qīr 岬の遺跡）エジプト北岸、ネイロス*（ナイル）河デルタ地帯西部の海港都市。アレクサンドレイア❶*の東北 24 km。スパルター*人が建設したギリシア植民市で、伝承上の名祖カノーボス（カノーポス）はメネラーオス*の船の舵手だったが、エジプトで毒蛇に咬まれて死に、この地に葬られたという。アレクサンドレイアが築かれる以前の主要なギリシア系貿易港で、古くファラオ朝時代からオシーリス*神 —— のち舵取りカノーボスと同一視される —— の有名な神殿があり、木乃伊（ミイラ）の内臓

を入れる人頭のカノーポス容器((英) Canopic jar, (仏) Vase canope, (独) Kanope. (古エジプト語) Kah Nub「黄金の床」に由来する)で知られていた。ヘレニズム・ローマ時代には歓楽郷として評判高く、住民はあらゆる柔弱な遊興と快楽に耽り、夜になるとアレクサンドレイアから男女が小舟に乗って歌舞音曲の乱痴気騒ぎを続けながら運河伝いに下って来る情景が見られたという。またセラーピス*(サラーピス*)神の聖域があって、そこでは睡眠中に得た夢告で病気を癒すインクバーティオーincubatio療法が行なわれていた。ローマ皇帝ハドリアーヌス*がエジプトで死亡した男の愛人アンティノウス*の想い出を記念して、イタリアのティーブル*(現・ティーヴォリ)離宮にカノープスの光景を再現させた話は有名(後134頃完成)。

なお、南天のアルゴー*座 Argo Navis で最も明るいマイナス 0.7 等星(現・竜骨座 Carina の α 星)のカノープス(南極老人星)は、この南国の享楽都市にちなんで命名された。

⇒ペールーシオン、ナウクラティス、マレオーティス湖

Herodot. 2-15, -97, -113/ Mela 1-9, 2-7/ Strab. 17-800〜/ Plin. N. H. 5-9, -11, 12-51/ Juv. 6-84, 15-46/ Sen. Ep. 51/ Plut. Mor. 361/ B. Alex. 25/ Verg. G. 4-287/ Amm. Marc. 22-41〜/ Quint. 1-5/ Tac. Ann. 2-60/ Steph. Byz./ etc.

カパネウス Kapaneus, Καπανεύς, Capaneus, (仏) Capanée, (伊)(西)(葡) Capaneo, (露) Капаней

ギリシア伝説中、テーバイ❶*攻めの七将*の1人。アルゴス*の勇士で巨軀の持ち主だったが、「たとえ大神ゼウス*が阻もうとも城壁を攻略してみせる」と暴言を吐いたため、大神の怒りを買い、テーバイの城壁を登っている最中、雷霆に撃たれて死んだ。妻のエウアドネー❶*は彼の火葬壇に身を躍らせて焼死した。一説に彼はアスクレピオス*によって蘇らされたという。息子ステネロス❸*はエピゴノイ*の1人。古代イタリア、わけてもエトルーリア*美術の中にカパネウスの姿がよく表現されている。

Hom. Il. 2-564, 4-367, -403, 5-319/ Aesch. Sept. 422〜/ Apollod. 3-6, -7/ Stat. Theb. 3-604, 4-176, 6-731〜, 10-827〜/ Soph. O. C. 1319, Ant. 134〜/ Eur. Phoen. 1191〜, Supp. 496〜/ Paus. 10-8/ Ov. Met. 9-404/ Diod. 4-65/ Hyg. Fab. 68, 70, 243/ etc.

カパルナウーム Kapharnaum, Καφαρναούμ, Capharnaum (のちカペルナウーム Kapernaum, Καπερναούμ, Capernaum)、(仏) Capharnaüm, (独) Kafarnaum, (伊) Cafarnao, (西) Cafarnaúm, Capernaúm, (葡) Cafarnaum, (露) Капернаум (和) カペナウム、カファルナウム

(現・Tell Ḥūm) パレスティナ*のガリライアー* Galilaia (ガリラヤ) 湖北西岸の町。ヘブライ語の「ナホム(慰め)の村 Kᵉphar-Nāḥūm」に由来する。バビュローン*捕囚からの帰還(前 537)後に建てられたユダヤ*人の新しい町。ローマ時代には軍隊が駐屯し、ヘーローデース1世*(ヘロデ大王)の死(前4)後は息子たちヘーローデース・アンティパース*とヘーローデース・ピリッポス2世*の領地の境に位置したため、交易税を徴収する税関があった。キリスト教伝承では、漁師ペトロス(ペテロ)*兄弟の郷里であり、取税人マッタイオス*はここでイエースース*に声をかけられて弟子入りしたという(いわゆる「マタイの召命」)。またローマの百人隊長 centurio の寵童 pais をイエースースが奇跡的に癒した地とも伝えられる。後3世紀頃のユダヤ教会堂(シュナゴーゲー synagoge、シナゴグ)や、ペトロスの住居の上に建てたと伝える東ローマ時代のキリスト教会堂の遺構が発掘されている。

⇒ティベリアス

Joseph. J. B. 3-9, Vit. 72/ Nov. Test. Matth. 4-12〜17, 8-5〜, 9-1, Marc. 1-21, 2-1, -14, Luc. 4-31〜/ Epiphanius/ etc.

ガビイー Gabii, (ギ) Gabioi, Γάβιοι, (仏) Gabies, (露) Габии

(現・Torre di Castiglione) ラティウム*にあった古代都市。青銅器時代中期から存在し、前9世紀以降、急速に発展した。ローマの東方12マイルの地に位置し、伝承によればアルバ・ロンガ*の植民市として建設され、ロームルス*とレムス*兄弟もここで教育されたという。ローマ最後の王タルクィニウス・スペルブス*は、奸計をもってガビイーを略取し、王子セクストゥス・タルクィニウス*に統治させている。前493年来、この町はローマの同盟市となるが、次第に衰亡し、アウグストゥス*時代には一寒村と化していた。帝政期、特にハドリアーヌス*帝(在位・後117〜138)の治下に、自治都市(ムーニキピウム*)として再び繁栄を取り戻し、後9世紀までカトリック司教座の所在地であった。またこの町は、特定の儀式に用いられるキンクトゥス・ガビーヌス

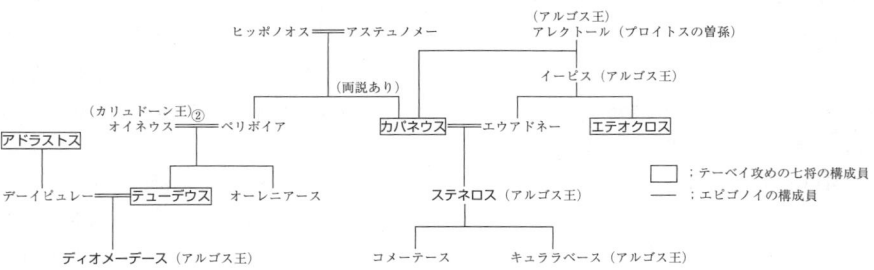

系図146 カパネウス

cinctus Gabinus という「ガビイー風トガの着付け法」で名高く、これは犠牲を捧げている最中に外敵に襲撃されたところから考案された流儀であるという。現在は前5世紀初期にユーノー*に献じられた神殿（前2世紀に再建）の他には、前6世紀のアポッロー*神殿一宇を留めるのみである。Liv. 1-53～, 3-8, 5-46, 6-21, 41-16/ Cic. Planc. 9(23)/ Verg. Aen. 6-773, 7-612, -682/ Dion. Hal. Ant. Rom. 4-53～, 5-61/ Varro Ling. 5-33/ Strab. 5-238/ etc.

カピトー、ガーイウス・アテイユス　Gaius Ateius Capito, （ギ）Kapitōn, Καπίτων, （伊）Gaio Ateio Capitone, （西）Cayo Ateyo Capitón, （葡）Caio Ateio Capito, （露）Гай Атей Капитон

（前45頃〜後22）ローマ帝政初期の著名な法学者。同名の父C. カピトーは前55年度の護民官(トリブーヌス・プレービス*)としてクラッスス*のパルティアー*遠征に執拗に反対し、その出陣を呪詛した（同年11月）ことで知られる人物。息子の方は、新しい元首政（＝帝政）を支持してアウグストゥス*から執政官(コーンスル*)職を授かり（後5）、共和政派の法律家M. アンティスティウス・ラベオー*と鋭く対立、両者の論争から法学上の2大学派——カピトーの流れを汲む保守的なサビーヌス学派*と、ラベオーの衣鉢を継ぐ革新的なプロクルス学派*——が生じた。法律問題については伝統を墨守したため、神官法 De Iure Pontificio を除いては競敵のラベオーに名声を凌駕された観がある。しかし、皇帝に阿附迎合する点にかけては反抗的なラベオーの真向こうを行き、ある時ティベリウス*帝の布告文中の1語が正しいラテン語であるか否かが論議されたところ、カピトーはすかさず「先例がないとは申せ、陛下御自身がお用いになった唯今からそれは何よりも正しいラテン語となりましょう」と言明した、等といった追従譚が伝えられている。

またカピトーの名で知られるローマ人としては、アントーニウス*の友人で前33年の執政官のC. フォンテイユス・カピトー Fonteius Capito とその同名の息子（後12年の執政官）、ネロー*帝の奸臣ティゲッリーヌス*の女婿で貪婪な告発者として悪名高いコッスティアーヌス・カピトー Cossutianus Capito、カリグラ*帝の命令で息子の処刑に立ち会うよう強制され、「どうか私が眼を閉じることだけはお許し下さい」と懇願して帝の逆鱗に触れ、わが子ともども虐殺されたカピトー（？〜後40）などが挙げられる。Tac. Ann. 1-76, -79, 3-70, -75/ Dio Cass. 57-17, 59-25/ Suet. Gram. 10, 22/ Plut. Crass. 16, Ant. 36/ Cic. Div. 1-16 (29)～, Att. 16-16/ Dig. 23/ Gell. 4, 10, 13, 14/ Macrob. Sat. 3-10/ Frontin. Aq. 97/ Plin. N. H. 14, 18/ Juv. 8-93～/ Sen. Controv. 10/ Ath./ Steph. Byz./ Suda/ etc.

カピトーリウム　Capitolium, （ギ）Kapitolion, Καπιτώλιον, （英）Capitol, （仏）Capitole, （独）Kapitol, （西）Capitolio, （葡）Capitólio, （露）Капитолий

（現・Campidoglio）ローマのカピトーリーヌス*丘上に建てられた最高神ユーピテル*・オプティムス・マクシムス Jupiter Optimus Maximus の神殿。伝承では古王タルクィニウス❶*・プリスクスの治世に計画され、次王セルウィウス・トゥッリウス*が着工、最後の王タルクィニウス❷*・スペルブスの末年に完成したが、王政が廃止されたため前509年、最初の執政官(コーンスル*)によって献堂されたという（伝9月13日）。また基礎工事の際に地中から人間の頭部が発見され、エトルーリア*の占者によってこの場所が世界の頭（首都）となることが予言されたので、「頭部(カプト) caput」に基づいてカピトーリウムなる名がつけられたと伝えられる。

アルカイック期の地中海世界に建てられた最大級の神殿で（長さ約64m、横約55m、高さ約40m）、エトルーリア建築の影響を強く受けており、中央広間にユーピテル、左右の広間にユーノー*とミネルウァ*両女神が祀られていた。最初の神殿は前83年、マリウス*対スッラ*の内乱時に焼失し、第2の神殿はQ. カトゥルス❷*が奉献（前69）。アウグストゥス*が修復の手を加えたが、後69年の内戦中ウィテッリウス*帝の放火によって再び焼亡した（12月19日）。さらにウェスパシアーヌス*帝の再建した建物（75）も80年の大火で炎上し、最後にドミティアーヌス*帝が金1万2千タラントンの巨費を投じて、それまでのものよりも豪壮華麗な第4神殿を造営（82年奉献）、大理石造りで屋根や天井は黄金の装飾が施され、巨大なユーピテル神像は黄金象牙製であったという。

毎年、執政官以下の政務官(マギストラートゥス*)たちは就任に当たってカピトーリウムで犠牲を捧げて宣誓を行ない、凱旋式(トリウンプス*)を認められた将軍は市内を行進したのち、フォルム*からカピトーリーヌス丘に登り、大神殿に参詣する習いであった。カピトーリウムの地下室にはシビュッラ*の予言書が保管してあり、また秘密の宝庫もタルペイヤ*の崖にかけての岩屋に造られていた。455年ヴァンダル*王ゲイセリークス*の劫略を受け、その後も永きにわたりキリスト教徒による破壊と略奪が繰り返されたため、今日では神殿の基壇のわずかな遺構が残っているに過ぎない。

なおカピトーリウムとユーピテル神殿は、イタリアをはじめローマ帝国西方の多くの都市に設けられ、東方のビューザンティウム*やイェルーサーレーム*＝アエリア・カピトーリーナ Aelia Capitolina、その他ローマ植民市(コローニア*)にも築かれた。

ちなみに今日、米国の国会議事堂ほか各州行政府の議事堂をキャピトル Capitol と呼ぶのは、遠くこのカピトーリウム神殿に由来している。
Liv. 1-55, 5-54/ Verg. Aen. 9-448/ Plut. Publ. 14～, Cam. 31/ Plin. N. H. 28-4/ Suet. Iul. 15, Vit. 15, Vesp. 8, Dom. 5/ Res. Gest. 20/ Tac. Hist. 3-71～/ Dion. Hal. 10-14/ Dio Cass. 37-44, 66-24/ Cic. Cat. 3～, Rep. 2-6, -20, -24/ Sall. Cat. 47/ Zosimus 5-38/ Procop. Vand. 1-5/ Cassiod. Var. 7/ etc.

カピトーリーヌス（丘）　Mons (Collis) Capitolinus, （ギ）to Kapitōlion, τὸ Καπιτώλιον, （英）Capitoline Hill, （仏）Colline Capitoline, Capitolin,

（独）Kapitolinisch Hügel, （伊）Monte Capitolino, （西）（葡）Colina Capitolina, （露）Капитолийский холм

（現・Monte Capitolino）ローマの七丘*の１つ。最高神ユーピテル*・オプティムス・マクシムス Jupiter Optimus Maximus の神殿カピトーリウム*が頂上にあった。もとはサートゥルヌス*の丘 Saturnia とかタルペイヤ*の丘と呼ばれていたが、カピトーリウムが築かれて（伝・前509完成）以来、カピトーリーヌス丘と称されるようになった。フォルム・ローマーヌム*（現・Foro Romano）によってパラーティーヌス*丘と隔てられており、首都ローマの中枢部を睥睨する城砦であるとともに宗教上の中心地としてこよなく重視された。この丘がガッリア*人（ケルト人*）の侵略から奇跡的に守られた（前390頃）ことを記念して、毎年ユーピテルに捧げるカピトーリーヌス祭 Ludi Capitolini が行なわれていた（10月15日）。また丘の北側はアルクス Arx（「城砦」の意）と呼ばれて、ユーノー*・モネータ Juno Moneta 神殿（現・Santa Maria in Aracoeli）が建ち（前344）、ユーピテル神殿との間にはロームルス*が設けたというアシュールム Asylum（避難所）があった。前１世紀には、スッラ*の発案でフォルム*に面した東側の急斜面に公文書館 Tabularium が建設された。

⇒トリウンプス

Verg. Aen. 8-358/ Cic. Rep. 2-6, Div. 1-12, 2-20/ Liv. 5-50, 51-27/ Mart. 12-21/ Plut. Rom. 17, 25/ Suet. Iul. 84, Aug. 30, 91, 94, Calig. 22, 34/ Diod. 14-115〜/ Gell. 2-10/ Juv. 6-387/ Tac. Hist. 3-71/ Ov. Fast./ Varro/ Lactant./ etc.

カピトーリーヌス、マーンリウス　M. Manlius Capitolinus

⇒マーンリウス・カピトーリーヌス

ガビーニウス、アウルス　Aulus Gabinius, （ギ）Aulos Gabīnios, Αὖλος Γαβίνιος, （伊）（西）Aulo Gabinio, （露）Авл Габиний

（前100頃〜前47年初頭）ローマ共和政末期の政治家。青年時代より賭博・飲酒・色事など金のかかる道楽に耽り、終生このうえなく快楽と放蕩生活とを愛した。髪の毛は丹念にカールさせて香油をふりかけ、頬は紅で巧みに彩るといった典型的な当代の伊達男で、他の多くの著名なローマ人と同じく、若い頃は男娼をしていたと（キケロー*の言によれば、とりわけ吸茎 fellatio をして男たちを悦ばせていたと）いう。舞踊の名手でもあり、彼の家ではいつも音楽と歌声が鳴り響いていたとされ、こうした派手な暮らしぶりのせいで、たちまち財産を蕩尽してしまい、失った金を取り戻すために政界入りを余儀なくされる。前67年には護民官（トリブーヌス・プレービス*）として、ガビーニウス法 Lex Gabinia を提案、ポンペイユス*に地中海の海賊掃討の非常大権を賦与した。東方においてポンペイユスの副官（レーガートゥス）Legatus を務めた（前66〜前63）のち、前58年には執政官（コーンスル*）となり、P. クローディウス*に協力してキケローをローマから追放した。翌前57年から前54年にかけては、富裕な属州シュリア*の総督として赴任し、ハスモーン朝*のヒュルカノス２世*をユダヤの大祭司職に（前56）、プトレマイオス12世*アウレーテースをエジプトの王位に（前55）、それぞれ復位させる。ヒュルカノスに反対して起こった暴動や各地の山賊行為を鎮圧したが、徴税請負人（プーブリカーニー）Publicani の不正を抑制したことから彼らを敵に回す破目となり、ローマへ帰還しても凱旋式（トリウンプス*）を認められず、夜間人目を忍んで入城しなければならなかった（前54年9月28日）。それどころか、プトレマイオス12世から巨額の賄賂を受けて、その復辟を助けた等として３つの罪状で弾劾され、亡命を余儀なくされる――この時生じたティベリス*（現・テーヴェレ）河の氾濫は、彼の逃亡に対する神々の怒りだと取り沙汰された――。のちカエサル*によって呼び戻され（前49）、その副官となってイッリュリクム*で戦闘中に病没した（前47初）。妻のロッリア Lollia は当時よく見られた多情な貴婦人の１人で、カエサルと密通していたことで有名。

App. Ill. 12, 27, B. Civ. 2-59/ Dio Cass. 36-23〜, 38-13, 39-55〜, 42-11〜12/ Cic. Sest. 8〜9, Red. Sen. 4〜8, Pis. 11, Dom. 24, 48, Q. Fr. 2-8. -13, 3-2, -7, Fam. 1-9, 9-22, Att. 6-2, Leg. Man. 17〜/ Plut. Pomp. 25/ Joseph. J. A. 14-2〜, J. B. 1-6/ Suet. Iul. 50/ etc.

カピュス　Kapys, Κάπυς, Capys, （伊）Capi(s), （西）Capis, （葡）Cápis, （露）Капис

ギリシア・ローマ伝説中の男性名。

❶トロイアー*王家の一員。アンキーセース*（アイネイアース*の父）とイーロス*（イーリオン*の名祖）の父。巻末系図 019 を参照。

Hom. Il. 20-239/ Apollod. 3-12/ Diod. 4-75/ Verg. Aen. 6-768/ Strab. 13-608/ etc.

❷アイネイアース*（アエネーアース*）の部下。トロイアー戦争*後、イタリアにカプア*市を創建した。一説にカプアは、アイネイアースの息子ロームス Rhomos（ラ）ロームス Romus（ローマ*の名祖）が建てたもので、曾祖父カピュス❶にちなんで市名をつけたという。カエサル*が暗殺される直前に、カプア市で創建者カピュスの墳墓が掘り出され、その中からカエサル殺害とそれに続く内乱とを予言した文句を記した銅板が見つかったと伝えられる（前44初）。

異伝によると、カプア市の創建者は同じくカピュスという名のサムニウム*人であったとされている――エトルーリア*語でカピュスは「隼（はやぶさ）」ないし「鷹（たか）」の意――。

Verg. Aen. 1-183, 2-35, 9-576, 10-145/ Suet. Iul. 81/ Liv. 4-37/ Dion. Hal. 1-71/ Stat. Silv. 3-5/ Ov. Fast. 4-34/ etc.

❸アルバ・ロンガ*市の古王。アイネイアース*（アエネーアース*）の息子アスカニオス*（ユールス*）の子孫。ロームルス*とレムス*兄弟の先祖（⇒巻末系図 050）。

Liv. 1-3/ Diod. 7-5/ etc.

カプア Capua, (ギ) カピュエー Kapye, Καπύη, (エトルーリア*語) Capeva, (仏) Capoue, (葡) Cápua, (露) Капуя, Капуа

（古くは Volturnum そして Capeva、現・Santa Maria Capua Vetere）カンパーニア*地方の中心都市。起源は古く、伝承によるとアイネイアース*（アエネーアース*）の部下カピュス*が創建したといい、前8～前7世紀にはすでにエトルーリア人都市として繁栄、周囲の土地はこの町にちなんでカンパーニアと称された。アーテッラ*、カーラーティア*、カレース*、スエッスラ*、カシリーヌム*（現・カーブア Capua）などを含む十二市同盟の盟主。前474年、クーマエ*（キューメー❷*）沖の海戦で、シュラークーサイ*のヒエローン1世*ならびにクーマエの連合軍に敗れ、以来エトルーリア人の勢力は衰退、間もなくサベッリー*系のサムニウム人（サムニーテース*）によって制圧され（前425頃）、住民は互いに混血同化してオスキー*語を話すようになる。

温和な気候と肥沃な土壌に恵まれ、シュバリス*やクロトーン*を上回る華美な享楽の町として知られたが、前343年頃に新たなサムニウム人侵入の脅威にさらされると、ローマに救援を求めるようになる（第1次サムニウム戦争）。その結果、ローマに服属したうえ、豊かなファレルヌス*の地を没収され（前338）、前312年からはアッピウス街道*（ウィア・アッピア*）が通じて、ローマの一層緊密な保護下に置かれることとなる。とはいえ、その後も奢侈淫蕩な歓楽都市として殷賑を極め、前216～前215年にこの地に冬営した驍将ハンニバル❶*の軍勢も、町の遊惰な雰囲気に染まってすっかり軟弱になったという。カンナエ*の戦い（前216）でローマ軍が惨敗したと知って、カプア市民は町にいたローマ人を蒸し風呂に入れて虐殺し、カルターゴー*側に寝返ったものの、激しい攻防戦（前212～前211）の末、再びローマに占領され、指導者たちは刎首に、大量の住民が放逐の憂き目に遭い、国土はローマ領に編入された（前211）。カシリーヌム、カーラーティア、アーテッラらカプアの傘下にあった諸都市も同様に厳しく処罰され、領土はローマの公有地 ager publicus となり、新たな入植者が送り込まれた（前194）。

その後カプアは、前90年まで都市の権利を奪われ、カエサル*によって2万人の植民を受ける（前59）などしたが、帝政下で繁栄を回復、鉄製品や青銅細工・薔薇の香料・軟膏・オリーヴ油・葡萄酒・剣闘士の養成で知られ、イタリア第2の都市としての名目を保った（⇒スパルタクス）。西ゴート*族（後410）や、ヴァンダル*族（456）、アラブ人（840）の劫略を被って廃墟と化し、現在はローマのコロッセーウム*に次ぐ壮大な円形闘技場（アンピテアートルム*）や劇場（テアートロン*）、浴場、神殿、ミトラース*教礼拝堂、市外に広がる墓地などの遺跡を見ることができる（現・カーブアの東南5kmの都市遺跡）。

⇒ノーラ

Mela 2-4/ Verg. Aen. 10-145, G. 2-224/ Cic. Phil. 12-3, Leg. Agr. 1-7, 2-32, Sest. 8(19)/ Vell. Pat. 1-7, 2-44/ Liv. 4-37, 7-29～8-14, 9-25, 23-2～, 26-14～/ Plin. N. H. 3-5, 34-20/ Diod. 12-31, 19-76/ Flor. 1-16/ Strab. 5-242/ Ath. 12-528/ Stat. Silv. 3-5/ App. B. Civ. 1-56～/ Auson. Ordo nob. urb. 46～/ etc.

カパルナウーム Kapharnaum
⇒カパルナウーム

カペルナウーム Kaphernaum
⇒カパルナウーム

カープリ Capri
⇒カプレアエ

カブリアース Khabrias, Χαβρίας, Chabrias, (伊) Cabria, (西)(葡) Cabrias, (露) Χάбриас

（前420頃～前357／356）アテーナイ*の将軍、傭兵隊長（ストラテーゴス*）。前378年、テーバイ❶*を援けてスパルター*王アゲーシラーオス2世*と戦うべく、指揮官の1人として派遣される。この時、楯で身を庇い左膝を立てて槍を構えつつ敵を狙い討つ戦法を案出して名を馳せ、この姿勢をとった彼の記念像が後日アテーナイのアゴラー*に建てられた。前376年にはスパルター艦隊をナクソス*沖で粉砕して、アテーナイ第2次海上同盟の拡張に尽力し、免税 ateleia その他多くの特典を得た。次いで、エジプトの王タコース*やネクタネボス2世*に仕え、キュプロス*のエウアーゴラース1世*の助力者となってはキュプロス全島を占領。傭兵隊長として多大の報酬を得、一躍産を成した。平時は動作緩慢な無精者で、奢侈に耽っていたが、いざ戦争となるとたちまち勇猛果敢な驍将に豹変したという。同盟市戦争（前357～前355）初めの前357年、キオス*島がアテーナイに背いた折に、危険をかえりみず真っ先に上陸せんと突進して行ったため、群がる敵に包囲され、白兵戦で槍に貫かれつつ、艦船もろとも海に沈んで果てた。30年以上にわたって軍人として活躍し、少なくとも13回は将軍になっている。

⇒ポーキオーン

Nep. Chabr./ Xen. Hell. 5-1～, -4, 7-1, Ages./ Diod. 15～16/ Plut. Phoc. 6～7, Ages. 37/ Paus. 1-29, 9-15/ Polyaenus 3-11/ Dem. 20/ Ath. 12-532/ etc.

カプレアエ Capreae, (ギ) カプレアイ Kapreai, Καπρέαι, (仏) Caprée, (独) Kapri, (露) Капри

（現・カープリ Capri）カンパーニア*沿岸の小島。面積6km²。ネアーポリス*（現・ナーポリ）の南方、スッレントゥム*（現・ソレント）岬の沖合3マイルに位置する。山がちで全島溶岩からなるが、風光明媚な保養地として有名。前326年からネアーポリス市の領土だったのを、ローマへ帰国途上のアウグストゥス*が枯死寸前の老木の蘇生という奇瑞の出現に気をよくして、ネアーポリス市と交渉のうえ、アエナーリア*（現・イースキア）島との交換条件で入手し（前29）、以来彼は臨終（後14）に至るまでしばしばこの地での

滞在を楽しんだ。次いで政務に倦んだティベリウス*帝が、隠栖地として晩年の10年間を過ごし（27〜37）、12の広大な別荘 villae を建造、春画や好色な彫像で飾り立て、淫蕩限りない生活を送ったという。彼は全国各地から若い男女や、スピントリアエ Spintriae と呼ばれる秘技に通じた男娼たちを狩り集めて乱交させたり、森や洞窟など随所に設けた愛の館で少年少女に色を売らせて両性の快楽を貪ったという。なかでも稚い少年たちやまだ乳離れもせぬ赤ん坊の口をつかって、自らの性器を愛撫させた性的遊戯はよく知られている。また帝は、残酷な拷問法をいろいろと考案しており、彼の面前で犠牲者が長時間にわたってさんざん責め苛まれたのち、海へ突き落とされたという断崖が、今もカプレアエに残っている（現・Belvedere del salto di Tiberio）。

のちにこの島は、コンモドゥス*帝の妻や姉の流刑地となる。182年、コンモドゥスの姉で、彼に劣らず破廉恥なルーキッラ*（148頃〜183頃）は、2度目の夫 Tib. クラウディウス*・ポンペイヤーヌスに嫌気がさし、彼に皇帝暗殺の陰謀を使嗾、これによって夫を消そうとしたところ、裏目に出て万事が露顕し、カプレアエへ流され、その地で処刑された（183頃）。同じ頃コンモドゥスは妻のクリスピーナ Crispina が不義を働いていることを知り、彼女を離別し、やはりカプレアエへ流罪としたのち処刑した。島にはアウグストゥス、ティベリウスらローマ皇帝の別荘 Villa Jovis, Villa Damecuta, Palazzo al Mare や灯台、貯水槽、浴場、港湾などの遺跡を現在も見ることができる。

Suet. Aug. 72, 92, 98, Tib. 40〜, 60, 62, 73〜74, Vit. 3/ Tac. Ann. 4-67, 6-1/ Dio Cass. 58-5, 72-4/ S. H. A. Comm. 4〜5/ Strab. 5-248/ Plin. N. H. 3-6/ Juv. 10-93/ Verg. Aen. 7-735/ Sil. 8-543/ Stat. Silv. 3-5/ etc.

カベイリデス Kabeirides, Καβειρίδες, Cabirides（カベイリスたち Kabeiris, Καβειρίς, Cabiris）

カベイロイ*の姉妹たち。

カベイロイ Kabeiroi, Κάβειροι,（ラ）カビーリー Cabiri（カベイロスたち Kabeiros, Κάβειρος, Cabirus），（英）Cabeiri (Cabiri),（仏）Cabires,（独）Kabiren,（西）（葡）Cabiros,（露）Кабиры

（セム系の「主人」を意味する語 Kabir より派生）オリエント＝プリュギアー*起源の古い豊饒の神々。ギリシアでは「偉大なる神々 Megaloi Theoi」と呼ばれ、サモトラーケー*島やレームノス*島、インブロス*島などエーゲ海北部を中心にトラーケー*（トラーキアー*）やトローアス*地方、テーバイ❶*などボイオーティアー*その他各地で崇拝された。地下の鍛冶神としてヘーパイストス*の子供たちと見なされ（諸説あり）、やがて同種の精霊たちテルキーネス*やクーレーテス*、コリュバンテス*、ダクテュロイ*などと混同されるようになった。また前5世紀からは航海者を難船から守護する神格とも見なされ、双生兄弟神ディオスクーロイ*（カストール*とポリュデウケース*）と同一視された。男根崇拝の祭儀を伴い、ヘーロドトス*によると、アテーナイ*に勃起した男根をもつヘルメース*像（⇒ヘルマイ）がもたらされたのは、カベイロイを信仰するペラスゴイ*人によってであるという。とりわけサモトラーケー島におけるカベイロイの秘教（ミュステーリア*）は、集団で乱舞する狂宴 orgia（オルギア）で名高く、古典期以降ヘレニズム・ローマ時代に隆盛し、マケドニアー*王ピリッポス2世と妃オリュンピアス*も入信。ローマ人の間ではペナーテース* Penates publici と同一視されて広く礼拝された。その数は不定ではあるが、男女2柱ずつ計4神の名アクシオケルソス Aksiokersos、カドミーロス Kadmilos（以上男神）、アクシエロス Aksieros、アクシオケルサー Aksiokersa（女神）が伝わっており、おのおのギリシアのハーデース*、ヘルメース、デーメーテール*、ペルセポネー*の別名とされている。悲劇詩人アイスキュロス*の作品に『カベイロイ』と題するものがあり、レームノス島を訪れたアルゴナウタイ*一行が秘教に与る場面などが描写されていたが、今は散逸して伝わらない。

⇒ベンディース

Strab. 10-472〜/ Herodot. 2-51, 3-37/ Ar. Pax 276/ Paus. 4-1, 9-22, 10-38/ Schol. ad Ap. Rhod. 1-917/ Nonnus Dion. 14-17〜, 30-45/ Varro L. L. 5-58/ Cic. Nat. D. 3-23/ Dion. Hal. Ant. Rom. 1-23/ Diod. 4-43, -49, 5-51/ Plut./ Lucian./ etc.

カペーナ Capena,（仏）Capène,（露）Капена

（現・Capena〈もと Leprignano〉の北郊 Civitucola = San Martino）南部エトルーリア*地方の古い町。ウェイイー*の北東20km、ティベリス*河西岸に位置する。前396年、宗主国たるウェイイーが陥落した後は、ローマに服属したが、次第に衰亡して行き、ローマ帝政期には遂に見棄てられた（後3世紀末）。前8〜前7世紀の墳墓の遺跡（現・カペーナの北郊4km）からは、ファリスキー*文化の特徴が見出され、元来の住民はエトルーリア語ではなくラテン語に近いインド＝ヨーロッパ系の言語を用いていたと見られている。カペーナはまた、その領内にイタリアの旧い女神フェーローニア Feronia の神殿 Lucus Feroniae があることで名高かった。

なお、ローマ市のカペーナ門 Porta Capena（現・Porta San Sebastiano）は、アッピウス街道*（ウィア・アッピア*）の起点となっている。

Liv. 5-8〜, -12〜, 6-4〜, 22-1, 26-11, 27-4, 33-26/ Cic. Flac. 29, Fam. 9-17, Leg. Agr. 2-25,/ Plut. Cam. 2/ Plin. N. H.

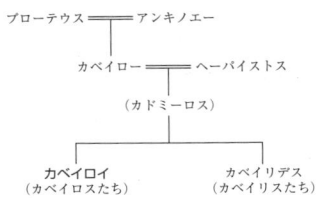

系図147　カベイロイ

プローテウス＝アンキノエー
カベイロー＝ヘーパイストス
（カドミーロス）
カベイロイ（カベイロスたち）／カベイリデス（カベイリスたち）

3-5/ Hor. Sat. 1-5/ Sil. 13-85/ Serv. ad Verg. Aen. 7-697/ Ov. Fast. 6-192/ Mart. 3-47/ Juv. 3-11/ Strab. 5-226/ Festus/ etc.

カペルナウーム Capernaum, (独) Kapernaum, (西) Capernaúm

⇒カパルナウーム

カマイレオーン Khamaileon, Χαμαιλέων, Chamaeleon (Chamaeleo), (仏) Caméléon, (独) Chamäleon, (伊) Camaleonte, (西) Camaleón, (葡) Camaleão, (露) Хамелеон

（前350頃～前281以後）ペリパトス（逍遙）学派の哲学者。ポントス*のヘーラクレイア❹*の出身。アリストテレス*に師事し、ホメーロス*やヘーシオドス*、サッポー*、アナクレオーン*、ピンダロス*、アイスキュロス*等々、ギリシアの詩人たちに関する伝記的著述を執筆。さらに『イーリアス*』や喜劇、サテュロス*劇についての書物、また幾編かの哲学上の論説も記したが、わずかな引用断片を除いて、すべて散逸した。

　ちなみに、彼の名カマイレオーンは、ギリシア語で爬虫類の「カメレオン（英）chameleon」を意味する言葉であり、古代ギリシア・ローマ人の間では、この動物は空気だけを食べて生き、思いのままに体色を変化させることができるうえ、頭上を飛ぶ鳥を落としたり、媚薬の効能を消すなどさまざまな不思議な力があると信じられていた。

⇒ヘーラクレイデース（ポントスの）
Ath. 9-374a, 14-628e/ Diog. Laert. 3-46, 5-92/ Plin. N. H. 8-51, 28-29/ Arist. Eth. Nic. 1-10(1100b)/ Plut. Alc. 23/ Phot. Bibl./ etc.

カマリーナ Kamarina, Καμάρινα, ないし Καμαρῖνα, Camarina ときにカメリーナ Camerina

（現・Scoglitti近郊）シケリアー*（現・シチリア）島南岸のギリシア都市。前599年頃、シュラークーサイ*の植民市として創建され、沃土に恵まれて繁栄したが、前553年、独立を試みて反乱を起こし、母市によって徹底的に破壊される（前552）。前491年その地はゲラー*の僭主ヒッポクラテース❷*に譲渡され、町が再建されたものの、前484年ゲローン*によってまたもや破壊され、住民はシュラークーサイへ移された。その後ゲラーの人々により復興する（前461）が、半世紀あまり経ってカルターゴー*勢の侵攻のためシュラークーサイのディオニューシオス1世*の命令で放棄され（前405）、ティーモレオーン*の治下に再建（前339）。ついに前258年ローマ*によって破壊され、市民は奴隷として売り払われ、帝政初期に町は荒廃に帰した。近年の発掘の結果、アテーナー*神殿やアゴラー*、市壁、格子状の都市プラン、郊外の墓域（ネクロポリス）の跡などが明らかにされている。

Herodot. 7-154/ Thuc. 6-5, -75～88, 7-33, -58, -80/ Plin. N. H. 3-9/ Pind. Ol. 5-4～/ Diod. 11-76, 13-4, 23-9/ Strab. 6-272/ Polyb. 1-37/ Xen. Hell. 2-3/ Solin. 5-16/ Euseb. Chron./ etc.

上ゲルマーニア Germania Superior

⇒ゲルマーニア・スペリオル

カミッラ Camilla, (仏) Camille, (独) Kamilla, (西)(葡) Camila, (露) Камилла

ローマ伝説中の女戦士。ウォルスキー*族の王メタブス Metabus と妃カスミッラ Casmilla の娘。父王が国民から追われてアマセーヌス Amasenus（現・Amaseno）川岸に辿り着いた時、まだ幼い彼女を槍にしばりつけ、女神ディアーナ*に捧げてから向こう岸へ投げ、王自身は泳いで渡って難を逃れた。カミッラは森の中で雌馬の乳を与えられて育ち、ディアーナに仕える勝れた女狩人となって、麦の穂先を踏み潰さずに走り抜け、水の上を足も濡らさずに駆けて行くことができるほどになった。のち選り抜きの娘子軍を率いてトゥルヌス*王の味方に加わり、アエネーアース*（アイネイアース*）軍と戦って、大勢の敵を斃したが、自らもエトルーリア*の勇士アールーンス❶*に刺殺された。

　なお、エトルーリアでは女神ディアーナに奉仕する若い女祭司は皆カミッラ（複）カミッラエ Camillae と称されていたという。

Verg. Aen. 7-803～, 11-531～/ Hyg. Fab. 252/ Serv. ad. Verg. Aen. 11-543, -558/ Dion. Hal. 2-21/ Festus/ etc.

カミッルス Camillus, (ギ) Kamillos, Κάμιλλος, (仏) Camille, (伊) Camillo, (西)(葡) Camilo, (露) Камилл

ローマ人の男性名。

❶マールクス・フーリウス・カミッルス Marcus Furius Camillus（前447頃～前365）「第2のロームルス*」と謳われた共和政ローマの名将、政治家。5回戦時独裁官（ディクタートル*）、6回執政官（コーンスル*）格軍事司令官（トリブーヌス*）、2回監察官（ケーンソル*）に選ばれ、4度にわたって凱旋式（トリウンプス*）を挙行した。最初の独裁官職にある時（前396）に、10年間攻囲しても陥落しなかったエトルーリア*の都市ウェイイー*（現・Veio）を、地下道を掘ってみごと占領し、略奪・破壊した。次いで、ファレリイー*の町をも服属させた（前394）が、前391年、戦利品を横領した嫌疑で告訴され、ローマを去ってアルデア*へ亡命する。翌年、ブレンヌス❶*麾下のガッリア*人にローマが占領・劫略されると、再び独裁官に任命されて蹶起し対ガッリア軍を組織、危殆に瀕した祖国を救い、ロームルスに次ぐローマ第2の建設者と称えられる。市民が荒廃したローマを捨ててウェイイーへ移住しようと欲した時にも、人々を励ましてロー

系図148　カミッルス

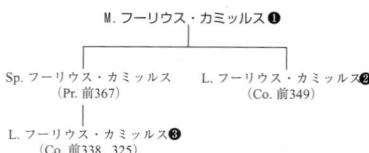

マ市の復興に尽力。アエクィー*、ウォルスキー*など近辺の諸族を破り（前389〜）、また政敵のマーンリウス・カピトーリーヌス*を打倒したという（前384）。80歳近くになって最後の独裁官職に就き、再度攻め寄せたガッリア人に対して勝利を収め（前367）、2年後にローマを襲った疫病に斃れた。彼の晩年に、平民（プレーベース*）の執政官を認めるリキニウス＝セクスティウス法*（⇒リキニウス❶）が成立した（前367）が、その折カミッルスはフォルム*に和合の女神コンコルディア*の神殿を建てて、貴族（パトリキイー*）・平民両身分の親和を祈願した —— 以来 S. P. Q. R.（ローマの元老院と国民 Senatus Populusque Romanus）なる言葉ができたという ——。カミッルスは凱旋式には、顔を赤く塗って自らをユーピテル*大神に擬し、4頭立ての白馬にひかせた戦車に乗って進むほどに傲岸不遜な人物であったが、同時に正義を重んずる将軍でもあり、ファレリイー包囲戦で、敵の学校教師が自分の生徒である有力市民の子弟らを人質として引き渡そうとした時には、その申し出を拒み、少年たちを無事に町へ送り返したと伝えられている。
⇒アーイウス・ロクーティウス
Plut. Cam./ Liv. 5-1, -10〜, -31〜, -49〜, 6-1〜, -18〜, 7-1〜/ Diod. 14-93/ Val. Max. 4-1/ Gell. 17-21/ Cic. Rep. 1-3, Tusc. 1-37/ Ennius Ann. 154/ Eutrop. 1-20/ Polyb. 2-18/ Ov. Fast. 6-184/ etc.

❷ルーキウス・フーリウス・カミッルス Lucius Furius Camillus（前4世紀中頃）❶の子。前350年の独裁官（ディクタートル*）。前349年、執政官（コーンスル*）としてガッリア*人を撃退、この戦闘中 M. ウァレリウス・コルウス*が武勲をたてた話は名高い。カミッルスはまた、カピトーリーヌス*丘上にユーノー*・モネータ Juno Moneta の神殿を奉献している。
Liv. 7-24〜26/ Cic. Sen. 12/ Gell. 9-11/ etc.

❸ルーキウス・フーリウス・カミッルス Lucius Furius Camillus（前4世紀後半）❶の孫。前338年、執政官（コーンスル*）相役の C. マエニウス*とともにラティウム同盟*軍と戦い、ラティウム*戦争（前340〜前338）を終結させた。2人は凱旋式（トリウンプス*）を挙行し、フォルム*に騎馬像を建てられるという栄誉を受けている。前325年に再び執政官職に就くが、病気のため活躍できなかった。
Liv. 8-13, -16〜, -29/ Plin. N. H. 33-5/ etc.

❹マールクス・フーリウス・カミッルス Marcus Furius Camillus（？〜後37頃）後8年の執政官（コーンスル*）。アーフリカ*州の属州総督 Proconsul（プローコーンスル）となり、ヌミディア*の反乱軍（⇒タクファリーナース）を潰走させ、何百年もの空白の後フーリウス・カミッルス家の家名を輝かせた（17）。凱旋将軍顕章 Ornamenta Triumphalia（オルナーメンタ・トリウンパーリア）を授与されるが、控え目に身を処したため、ティベリウス*帝の嫌疑を受けずに生きながらえることが出来たという。
Tac. Ann. 2-52, 3-20, Dio Cass. 55-33/ Suet. Claud. 26/ Fast. Cap./ etc.

❺ルーキウス・フーリウス（アッルンティウス）・カミッルス・スクリーボーニアーヌス L. Furius (Arruntius) Camillus Scribonianus（？〜後42）スッラ*および大ポンペイウス*の末裔。❹の息子。養父 L. アッルンティウス Arruntius は晩年のアウグストゥス*から帝位に相応しい人物だと評されるほど有能な名望家だったが、そのためティベリウス*帝の猜妬の対象となり反逆罪と姦通の廉で訴えられて自殺している（後37）。本項のカミッルス・スクリーボーニアーヌスは後32年の執政官（コーンスル*）（相役はネロー*帝の父 Cn. ドミティウス・アヘーノバルブス❺*）。クラウディウス*帝が名門貴族アッピウス・ユーニウス・シーラーヌス❿*を殺した時（42）、属州ダルマティア*の総督だった彼は、皇帝暗殺を企てる貴族たちに推戴されて反乱に踏み切り、クラウディウスに威嚇的な書簡を送りつけ、帝位を退くよう脅迫。自ら玉座に登る心算だったが、たちまち軍隊に見捨てられ、アドリア海上の島で自決あるいは殺害された。かくて陰謀は5日間で自滅し、ローマでは L. ウィーニキアーヌス*ら主犯格が自らの命を絶つ（⇒アッリア、カエキーナ・パエトゥス）一方、この事件に連座した多数の男女が、身分の上下を問わず拷問にかけられ、投獄され、ついには鎖に繋がれて刑場へ引き立てられて行った。彼らの屍骸はゲモーニアエ*の石段に投げ棄てられ、遠隔地で処刑された者はその首だけが同じ石段に梟された。10年後、カミッルスの妻や息子も、占星術師にクラウディウスの死を占わせたという理由で流刑に処され、間もなく毒殺されたと伝えられる（52）。
Tac. Ann. 6-1, 12-52, Hist. 1-89, 2-75/ Dio Cass. 60-15/ Suet. Claud. 13/ etc.

カミラ Camilla
⇒カミッラ

カミルス Camillus
⇒カミッルス

カミルラ Camilla
⇒カミッラ

カミルルス Camillus
⇒カミッルス

カムパーニア Campania
⇒カンパーニア

系図149 カミッルス

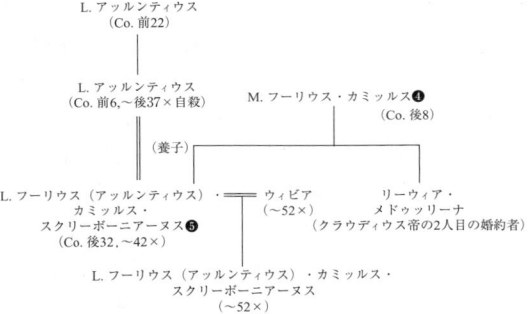

カムビューセース Cambyses
⇒カンビューセース

カムプス・マルティウス Campus Martius
⇒カンプス・マールティウス

カムロドゥーヌム Camulodunum (Camulodumum),
（ギ）Kamūlodūnon, Καμουλόδουνον,（仏）
Camulodunon,（伊）（西）（葡）Camuloduno
（現・コルチェスター Colchester）ブリタンニア*東南部の都市。ロンディニウム*（現・ロンドン）の東北 84 km。ケルト*人の戦争の神カムロス Camulos にちなんで名づけられる。トリノウァンテース Trinovantes 族の首邑だったが、後 10 年頃、ベルガエ*系ブリタンニア人カトゥウェッラウニー Catuvellauni 族の首長クノベリーヌス*に占領され、その王国の首都となり、ブリタンニアの主要交易港として栄える。クノベリーヌス没後、クラウディウス*帝麾下のローマ軍に征服され（43）、同島遠征の拠点となり、また退役軍人のための植民市コローニア・ウィクトリケーンシス・カムロドゥーヌム Colonia Victricensis Camulodunum が建設された（49）。入植者の横暴な振る舞いのせいで、ボウディッカ*の叛乱のさいに町は劫略される（60／61）が、またすぐに再建され、属州ブリタンニアにおける主要なローマ都市となる。神殿や城門、石造の市壁（2 世紀）、郊外の劇場などの遺跡が残る。
⇒アウルス・プラウティウス
Tac. Ann. 12-32, 14-31/ Plin. N. H. 2-77/ Dio Cass. 60-20/ Caes. B. Gall. 5-20〜/ Sen. Apocol. 8/ Ptol. Geog. 2-3/ etc.

カメイロス Kameiros, Κάμειρος,（Kamiros, Κάμιρος），
Camirus,（仏）（西）（葡）Camiros,（伊）Camiro
（現・Kámiros）ロドス*島北西岸にあった町。ドーリス人*のヘクサポリス*の 1 つ。伝承上の建祖カメイロスは、太陽神ヘーリオス*の孫でリンドス*やイアーリューソス*の兄弟とも、英雄ヘーラクレース*とイオレー*の子ともいう。先史時代から住居の跡が見られ、ドーリス人の来往する前から栄えたが、前 408 年の新市ロドスへの集住 synoikismos（シュノイキスモス）以後は次第にさびれて行った。アクロポリス*にドーリス式の列柱廊（ストアー*）や神殿、またアゴラー*、貯水施設、上下水道などの遺構が発掘されている。
⇒トレーポレモス
Hom. Il. 2-656/ Herodot. 1-144/ Thuc. 8-44/ Mela 2-9/ Pind. Ol. 7-73/ Diod. 4-58, 5-57, 13-75/ Strab. 14-653〜/ Ptol. Geog. 5-2/ Scylax/ Paus. 2-37, 8-21/ etc.

カメーナエ（カメーナたち） Camenae,（カメーナ Camena の複数形）,（仏）Camènes,（伊）Camene,（西）Camenas,（露）Камены
ローマのカペーナ*門外に聖林と泉をもつ水のニンフ*。ウェスターリス*（女神ウェスタ*に仕える巫女）らはこの泉から祭儀用の水を汲む習わしであった。早くからイタリアで崇拝されており、古王ヌマ*に助言を与えたエーゲリア*や、予言力をもつカルメンタ*もカメーナエの中にかぞえられている。リーウィウス・アンドロニークス*以来、ギリシアの女神ムーサたち*（ムーサイ*）と同一視される。祝祭日は 8 月 13 日。
Liv. Andron. Od. Fr./ Serv. ad Verg. Aen. 1-8, 8-51, -336, Ecl. 7-21/ Liv. 1-21/ Plut. Num. 13/ Juv. 3-10/ Hyg. Fab. 277/ Dion. Hal. 1-15, -31〜/ Ov. Fast. 3-275, 4-245/ etc.

カメリーヌム Camerinum,（ギ）Kamarinon, Καμαρῖνον
（Kameria, Καμερία）
（現・カメリーノ Camerino）イタリア中東部、ウンブリア*地方の町。アーペンニーヌス*（アペニン）山脈東斜面の山間部、アドリア海とペルシア*（現・ペルージャ Perugia）の中間、ピーケーヌム*との境界近くに位置する。前 310 年または前 309 年、ローマとの間に平等条約 foedus aequum を結び、その後帝政期に入っても優遇され続けた。
Cic. Att. 8-12, Balb. 20, Sull. 53/ Caes. B. Civ. 1-15/ Plin. N. H. 3-14/ Strab. 5-227/ Plut. Mar. 28/ App. B. Civ. 5-50/ Ptol. Geog. 3-1/ etc.

ガーユス Gajus
⇒ガーイウス、カリグラ

カライ Karrhai
⇒カッライ

カライスとゼーテース（兄弟） Kalais, Κάλαϊς, Calais
（仏）Calaïs,（伊）Càlai,（露）Калаид；
Zetes, Ζήτης,（仏）Zétès,（伊）Zete,（露）Зет
（ボレアダイ* Boreadai, Βορεάδαι, Boreadae,（英）Boreads,〈仏〉Boréades,〈独〉Boreaden,〈伊〉Boreadi,〈西〉Boréadas,〈葡〉Boréades, Boreadas,〈露〉Бореады「ボレアースの息子たち」と呼ばれる）ギリシア神話中、北風ボレアース*とオーレイテュイア Oreithyia（アテーナイ*王エレクテウス*の娘）との間に生まれた双生兄弟。成長するにつれて翼が生え、自由に空を飛行できた。特にカライスは美貌のゆえに楽人オルペウス*に愛されたことで知られる。2 人はアルゴナウテースたち*（アルゴナウタイ*）の遠征に加わり、黒海*沿岸のサルミュデーッソス Salmydessos の王ピーネウス*を苦しめていた怪鳥ハルピュイアイ*を海の彼方へと追い払った。一説によると、ピーネウスの妻であった彼らの姉妹クレオパトラー Kleopatra は、第 2 夫人イーダイアー Idaia の讒言を真に受けた夫王により、子供たちとともに投獄されていたが、カライスとゼーテースの手で救出され、イーダイアーはスキュティアー*の実家へ追い返され、ピーネウスの王国はクレオパトラーとその息子たちに与えられたという。兄弟はハルピュイアイ退治の帰途、疲労のあまりストロパデス*群島で墜落死を遂げたという所伝もあるが、通常はイアーソーン*とともにアルゴー*号の冒険を続けて無事に航海を終え、ペリアース*の葬礼競技にも参加、徒

競走で優勝したものの、テーノス*Tenos（キュクラデス*諸島中の1つ）でヘーラクレース*によって殺されたといわれる。というのも、アルゴナウタイの遠征中に、ヘーラクレースが寵愛する美少年ヒュラース*の行方を探し求めて翌朝になっても帰船しなかった時、彼らの提案で英雄は置き去りにされてしまい、そのことをヘーラクレースは怨んでいたからである。彼らは北東から吹く順風プロドロモス Prodromos ──「先触れ」の意。天狼星セイリオス Seirios（〈ラ〉シーリウス Sirius）の昇る前、8日間に吹く北北東の風 ── に変えられたという。またヘーラクレースが2人を記念してテーノス島に建てた2本の石碑のうち、1本は北風が吹くと揺れ動いたと伝えられる。

兄弟がハルピュイアイを追跡する場面は、前6世紀のギリシア美術の主題として人気があった。
⇒キオネー❷
Ap. Rhod. 1-211〜, -1298〜, 2-273〜/ Apollod. 3-15, 1-9/ Hyg. Fab. 14, 19, 273/ Ov. Met. 6-711〜/ Diod. 4-44/ Serv. ad Verg. Aen. 3-209/ Schol. ad Pind. Pyth. 4-181/ Schol. ad Hom. Od. 14-533, 12-69/ Schol. ad Ap. Rhod. Argon. 2-178/ Prop. 1-20/ Soph. Ant. 966〜/ etc.

カラウシウス　Marcus Aurelius Valerius Mausaeus Carausius,（伊）（西）（葡）Carausio

（？〜後293）ブリタンニア*の僭帝（在位・286末／287初〜293）。ガッリア・ベルギカ*のメナピイー*族の出身。舵手出身という微賤から軍人として身を起こし、286年頃マクシミアーヌス*帝に北海を荒らすフランク*族・サクソン*族の海賊掃討を命ぜられ、これに成功。しかし、通敵行為と戦利品横領の疑惑をかけられ、帝から死刑を宣告されたため、ブリタンニアへ逃れ、その地で皇帝（アウグストゥス）を僭称した。289年にマクシミアーヌスはローマ艦隊を派遣するが嵐に遭って失敗、事実上カラウシウスの独立を認めることを余儀なくされる（290頃）。カラウシウスはさらにガッリア*北部へも支配域を拡げ、数年にわたり西方海域に君臨したものの、293年にコーンスタンティウス1世・クロルスの進攻を受け、側近のアッレクトゥス Allectus（？〜296）に殺されて果てた。帝位を継承したアッレクトゥスも3年後にコーンスタンティウス1世軍に敗死し、ブリタンニアは再びローマ帝国に併合された（296）。後世のブリタンニア伝説でカラウシウスは英雄視されている。
Eutrop. 9-13〜/ Aur. Vict. Caes. 39-20〜, -40〜/ Oros 7-25/ Panegyr. Lat. Vet./ Galfridus Monemutensis H. R. B. 5-3〜4/ etc.

カラウレイア　Kalaureia, Καλαύρεια,（カラウリアー Kalauria, Καλαυρία とも）,（ラ）Calauria (Calaurēa),（仏）Calaurie,（露）Калаврия

（現・ポロス Póros, Kalavría）アルゴリス*地方東端、トロイゼーン*沖合いにある小島（面積23 km²）。ポセイドーン*の神域があり、命乞いに駆け込んだ人々を庇護していたが、ここに逃れた雄弁家デーモステネース❷*は、追跡を受けて服毒自殺を遂げている（前322）。ポセイドーンの聖所周壁内にデーモステネースの墓があった。前6世紀後期のドーリス*式ポセイドーン神殿（現・Naós Possidóna）は、後世キリスト教徒たちが修道院建築などのために徹底的に石材を剝奪したため、基壇の輪郭すらはっきりと残っていない。古典期には、この神域がエピダウロス*、アイギーナ*、アテーナイ*、オルコメノス*等を含む隣保同盟*（アンピクテュオニアー*）の中心地となっていた。
Plut. Dem. 29-30/ Paus. 1-8, 2-33/ Strab. 2-124, 8-369, -373〜/ Mela 2-7/ Plin. N. H. 4-12/ Scylax/ Lucian./ etc.

カラエ　Carrhae
⇒カッラエ

ガラエキア　Gallaecia
⇒ガッラエキア

カラカッラ（カラカッルス）　Caracalla (Caracallus),（ギ）Karakallās, Καρακάλλας, Karakallos, Καράκαλλος,（西）（葡）Caracala,（露）Каракалла

（本名・Marcus Aurelius (Septimius Bassianus) Antoninus Pius, 実名・Lucius Septimius Bassianus, 前名・Julius Bassianus）（後188年4月4日〜217年4月8日）ローマ皇帝（在位・211年2月4日〜217年4月8日）。セプティミウス・セウェールス*帝とユーリア・ドムナ*の長子（⇒巻末系図103）。ルグドゥーヌム*（現・リヨン）で生まれ、ゲルマーニア*人やガッリア*人の着る長い外套カラカッラを愛用したので、カラカッラ（より正しくはカラカッルス）と渾名された。残忍暴虐な性格で、父帝により副帝（カエサル*）（195）、次いで正帝（アウグストゥス*）（198年1月28日）の尊号を与えられたにもかかわらず、父の暗殺を企ててやまず、行軍中に背後から剣で刺そうとして失敗。ようやくブリタンニア*で病床にある父帝に毒を盛って、その死を早めさせたという。また妻のプラウティッラ*を嫌悪すること甚だしく、205年には彼女の父プラウティアーヌス*が大逆を企てたと称してこれを殺し、后は流刑に処したのち死に至らしめた（212）。父の崩後、同じく放埓な弟のゲタ*と共治帝となる（211）が、両者は常に敵対し合い、翌212年12月にはカラカッラは和解を装ってゲタを招き寄せ、母后ドムナの面前で弟を刺殺、単独支配者としての地位を確立した。あらゆる記録から弟の名を抹消し、「兄弟殺しの正当化」を認めない法学者パーピニアーヌス*はじめ2万人にも及ぶゲタ派の男女を粛清、母后にも息子の死を喜ぶことを強制し、さらには実母たる彼女と不倫の交わりを結んだとさえ伝えられる（ただし、この母子姦の話は信憑性に欠ける）。

兵士の給与を増額して軍隊の支持を得、帝国の全自由民にローマ市民権を授けるアントーニーヌス勅令 Constitutio Antoniniana を発布（212）、増税や貨幣の改悪を行なって歳入の増大を図った。ウェスタ*の巫女（ウェスターリス*）4人や帝室の親族を含む大勢の人々を殺し、自身はヘルク

レース*を気取って獅子(ライオン)や猪と格闘・殺害しては愉(たの)しみ、血腥い剣闘士試合などの競技を好むかたわら、婦女や少年たちを犯して淫楽に耽り、豪壮なカラカッラ浴場*を造営（216竣工。現・Terme di Caracalla）、際限なき浪費を重ねた。また戦争に熱中して自らアレクサンドロス大王*の再来を以て任じ、内政を母后に委ねてゲルマーニア（⇒アラマンニー）やドーナウ方面、転じて東方(オリエント)へ親征（213〜217）。エジプトのアレクサンドレイア❶*では些細な事から市民を大虐殺する（215）など各地で劫掠・暴戻を働いた。メーディアー*に侵攻し（216）、次いでパルティアー*を征服するべくメソポタミアー*北部に進軍中、近衛軍司令官マクリーヌス*の陰謀に遭い、カッライ*付近で排便しているところを部下によって刺殺された（29歳）。遺骨はアンティオケイア❶*の母后のもとに送られ、新帝マクリーヌスの提案でその神格化が定められた（神格名・Divus Antoninus Magnus）。

　カラカッラは貪欲放埓で鯨飲馬食に浸り、元老院議員や上流人士を苛酷に処遇、またアレクサンドロス大王に心酔するあまりマケドニアー*風の密集隊(ファランクス)を組織し、大王暗殺の黒幕たるアリストテレース*の著述を焚書しようと欲したと伝えられる。金髪の鬘(かつら)を被り、アレクサンドロスと同じ服装をつけて得意気だったが、人並み以下の小男だったため、アレクサンドレイア市民に嘲弄され、それに激昂したことが同市民鏖殺(おうさつ)命令を発した原因だともいう。彼は剣を持った父と弟に追いかけられる幻覚に常に悩まされており、一説では死の直前に父が夢中に現われ、「お前が弟を殺したように、今度は私がお前を殺してやろう」と語ったと伝えられる。
⇒エラガバルス、アレクサンデル・セウェールス、アルサケース❷⓽、❸⓪
Herodian. 4-1〜13/ Dio Cass. 77〜78/ S. H. A. Caracall./ Aur. Vict. Caes. 21/ Eutrop. 21/ etc.

カラカラ Caracalla
⇒カラカッラ

カラカルラ Caracalla
⇒カラカッラ

カラクタクス Caractacus
⇒カラタクス

カラグッリス Calagurris，またはカラグーリス Calaguris，カラゴッリス Calagorris，（ギ）Kalagūris, Καλαγοῦρις，（アラゴン語）Calagorra（現・カラオッラ Calahorra）ヒスパーニア*北東部の都市。元来イベーリアー*系のウァスコネース*族の首邑であった。ローマの叛将セルトーリウス*が、ポンペイユス*軍の攻撃を防いだ籠城戦（前76〜前72）で名高く、陥落前には飢餓のあまり住民が人肉を相食む惨状を呈していたという（⇒サグントゥム、ヌマンティア）。この町の若者たちはアクティオン*の海戦（前31）に至るまで、アウグストゥス*（オクターウィアーヌス*）の身辺を護衛したため、住民たちはこの初代皇帝からローマ市民権を授与されている。文法学者クィンティリアーヌス*の、および一説にはラテン詩人プルーデンティウス*の出身地。後4世紀末には廃墟と化しており、今日では2万人を収容できるキルクス*の一部分やイベールス* Iberus（現・エブロ Ebro）河に架かる12のアーチで支えられた橋、導水橋(アクァエドゥックトゥス)*などの遺跡が残っている。
⇒カエサル・アウグスタ
Plin. N. H. 3-3/ Caes. B. Civ. 1-60/ Liv. 39-21, Epit. 93/ Suet. Aug. 49/ Strab. 3-161/ App. B. Civ. 1-112/ Auson. Epist. 25-57/ Val. Max. 7-6/ Juv. 15-93〜/ Oros. 5-23/ Florus 3-23/ Prudent./ etc.

カラタ（ー）クス Caratacus, ときに、カラクタクス Caractacus ないし、カタラタクス Cataratacus, （ギ）Karatakos, Καράτακος, Katarakatos, Καταράκατος, Kartakēs, Καρτάκης, （ウェールズ語）Caradoc, Caradog, （Pケルト語）Caratācos, （アイルランド語）Carthach, （仏）Caratacos, （伊）（西）Carataco, （葡）Carátaco, （露）Каратак

（？〜後54頃）ブリタンニア*（ブリテン）東南部の王（在位・後41／42〜51）クノベリーヌス*王の息子。ローマ帝国軍の侵略に対して果敢に抵抗した指導者として知られる。父王の死後、兄弟のトゴドゥームヌス Togodumnus と王位を争ったが、後43年クラウディウス*帝の将軍アウルス・プラウティウス*に敗れ、トゴドゥームヌスは戦死し、彼はシルレース*族の許(もと)へ逃れる。数々の戦闘に勝利を収めて武勇を轟かし、51年にはオルドウィ（ー）ケース Ordovices（古生代の「オルドヴィス紀」の語源）族と結んで総督オストーリウス・スカプラ*と交戦するが、敗れて妻や娘を捕えられ、ブリガンテース*族の許(もと)へ落ちのびたところ、女首長カルティマンドゥア*の裏切りで鎖に繋がれてローマ軍に引き渡された。家族や部下とともにローマ市街を引き廻されたのち、クラウディウスの前で毅然たる態度で弁説をふるい、先例に反して皇帝の恩赦により一家は助命された。

　なおキリスト教伝承によると、彼の娘クラウディア Claudia はキリスト教徒となり（ラテン教会の聖女・祝日8月7日）、カラタクスの息子リヌス Linus は使徒ペトロス*の跡を襲って第2代ローマ司教（ローマ・カトリック教徒の「教皇」。在職・67頃〜79頃）になったという（聖人・祝日9月23日、東方教会の記憶日11月5日〈11月18日〉）。
Tac. Ann. 12-33〜40, Hist. 3-45/ Dio Cass. 60-19〜22, 61-33/ Euseb. Hist. Eccl. 3-2, -13, 5-6/ Irenaeus Adv. Haer. 3-3/ Nov. Test. II Timoth.4-21/ Mart. 4-13, 11-53/ Hieron. Chron./ etc.

カーラーティア Calatia, (ギ) Kalatiā, Καλατία, (カタルーニャ語) Calàtia

(現・Galazze) カンパーニア*北部の町。アッピウス街道*（ウィア・アッピア*）沿い、カプア*の北東6マイルの地にあり、その従属都市の1つ。サムニウム*戦争中は、軍事上の要地のため、ローマ側・サムニウム側双方から繰り返し占領された。第2次ポエニー戦争*（前218〜前201）では、カプアに従ってハンニバル❶*に与したせいで、前211年ローマ軍に奪回され厳罰を受ける。のちユーリウス・カエサル*により植民市（コロニア*）として再建される（前59）が、帝政期に入って衰退していった。

なお、サムニウム地方にも同名の町カーラーティア（現・Caiazzo）があった。

Sil. 8-542/ Liv. 9-2, 22-61, 23-14, 26-16, -34, 27-3/ Cic. Att. 16-8/ Strab. 5-249, 6-283/ App. B. Civ. 3-40/ Vell. Pat. 2-61/ etc.

ガラティア Galatia, (仏) Galatie, (独) Galatien, (伊) Galazia, (西) Galacia, (葡) Galácia

ローマの属州*の1つ。前25年小アジアのガラティアー*王アミュンタース Amyntas が殺されると、アウグストゥス*はその遺領をローマ帝国に併合し、これにピシディアー*とイサウリアー*、ならびにブリュギアー*とリュカーオニアー*の一部を加えて1つの属州に編成した。のちさらにパープラゴニアー*とポントス*の一部も追加され（前6〜後64）、東方の大国パルティアー*に対する防衛上の要地として重視され、多数のローマ植民市（コロニア*）が設けられた。主要都市は州都アンキューラ*（現・アンカラ）のほか、アンティオケイア❷*、ペッシヌース*、など。後72年にはカッパドキアー*と小アルメニアー*も併合され、以後その境界線は時代に応じて改変を受けた。

Plin. N. H. 5-42, 14-11/ Tac. Ann. 13-35, Hist. 2-9/ Strab. 12-567〜/ Nov. Test. Act. 16-6, 18-23, Galat./ Mon. Anc./ etc.

ガラティアー Galatia, Γαλατία, (Galatikē, Γαλατική), (ラ) ガラティア*, (仏) Galatie, (独) Galatien, (伊) Galazia, (西) Galacia, (葡) Galácia, (露) Галатия, (和) ガラテヤ

(現・Ejalet Anadoli および Karaman) 小アジア奥地のガラティアー人に占領された地方。標高700〜1000mの高原地帯。前279年ブレンヌス❷*の軍隊から分かれた一群のケルト*人（＝ガラティアー人）は、ビーテューニアー*王ニーコメーデース1世*の招きで小アジアへ渡ると（前278）、略奪と破壊、殺戮をほしいままにしてアナトリア全土に恐怖を引き起こした。セレウコス朝*の王アンティオコス1世*に撃退された（前275）のちも数十年にわたって各地を席捲し、始終莫大な貢納金を強制的に取り立てた。前230年頃、ペルガモン*王アッタロス1世*によって侵入を阻止され、ようやくブリュギアー*東方の中央アナトリア高原に定着した。以後3部族に分かれてサンガリオス*河からハリュス*河にわたる内陸部一帯に蟠居し、周辺諸国を脅かしつつ独自の首長国家を築いた。前189年ローマ軍に敗れたが、自治を認められて、ミトリダテース*戦争（前88〜前63）の折にはローマ側に立って健闘した（前85）。前64年にローマの勢力に屈して、その藩属王国となり、次いでローマの擁立したデーイオタロス*王の支配下に入った（前52）。ガラティアー人ガラタイ Galatai は土着のブリュギアー人、カッパドキアー人と混合しながら、徐々にギリシア化されていき、ローマ人からはガッログラエキー Gallograeci（ギリシア化されたガッリア*人＝ケルト人）と呼ばれた。とはいえ、固有のケルト文化をも長く伝え、ローマ帝政末期の5世紀に至ってもなお、この地ではケルト人の言語が用いられていたという。前25年以降、ローマ帝国の版図に併合され、属州*ガラティア*を形成した。

ガラティアー諸侯の妻には烈婦が多く、例えばカンマ Kamma は、夫を謀殺して彼女に言い寄る他の領主を、あたかも結婚を許すかのごとく神前で同じ酒盃を飲み交して毒殺し、自らも息絶えているし、キオマラ Khiomara はローマ軍に捕われて百人隊長（ケントゥリオー） Centurio に辱められると、その首を打ち落として夫のもとへ持ち帰ったという（前189）。
⇒アンキューラ、ペッシヌース

Strab. 12-566〜/ Just. 25-2, 32-3, 37-4/ Plin. N. H. 5-42/ App. B. Civ. 2-49, Mith. 46, 114, Syr./ Plut. Pomp. 30, Mor. 257〜/ Polyb. 18-11, 24-14/ Liv. 33-21, 38-18〜24/ Val. Max. 6-1/ Paus. 10-15/ Diod. 5-23, 29-12, 31-13, 40-4/ Hieron./ Phot./ etc.

❷ローマの属州ガラティア*。

ガラテイア Galateia, Γαλάτεια, Galatea, (仏) Galatée, (葡) Galatéia, (露) Галатея

(「乳白色の女」の意) ギリシア神話中の女性名。

❶海神ネーレウス*の娘、ネーレーイデス*（ネーレーイス*たち）の1人。キュクロープス*のポリュペーモス*に言い寄られたが、シケリアー*（現・シチリア）の美青年アーキス*を恋していたので、にべもなくこの単眼巨人（キュクロープス）の求愛をはねつけた。その結果、嫉妬に逆上したポリュペーモスの投げつけた岩によってアーキスは圧殺され、ガラテイアは恋人の屍を同名の川に変じたという。異伝では、彼女はポリュペーモスと結ばれ、ケルト人*（ガラティアー*人）やイッリュリアー*人の先祖になったとされている。

ガラテイアの悲恋物語はローマ時代の壁画など美術の主題として描かれた他、牧歌詩人たちに好んで歌われた。海王星の衛星ガラテア（ラ）Galatea や小惑星ガラテア（ラ）Galatea は、彼女にちなんで名づけられたものである。

Hom. Il. 18-45/ Hes. Th. 250/ Apollod. 1-2/ Theocr. Id. 6, 11/ Ov. Met. 13-750〜/ Ath. 7-284c/ Sil. Pun. 14-221〜/ Nonnus Dion. 6-3000〜/ App. Ill. 2-3/ Serv. ad Verg. Ecl. 9-39/ etc.

❷キュプロス*王ピュグマリオーン*に造られた女人像の名。のち本物の人間となり、王に娶られたというが、古典作品中にこの名前の典拠はない。

⇒パポス

カーラーティーヌス、アウルス・アティーリウス
Aulus Atilius Calatinus（または Caiatinus），（ギ）Aulos Atilios，Αὖλος Ἀτίλιος，（伊）（西）Aulo Atilio Calatino

（前3世紀中頃）第1次ポエニー戦争*（前264～前241）期のローマの将軍。Q. ファビウス・マクシムス❶*・ルッリアーヌスの外孫に当たる。2度執政官を務め（前258、前254）、前249年には独裁官として、シキリア*（現・シチリア）島でカルターゴー*軍と交戦。イタリア本土の外で軍隊を指揮した最初の独裁官となった。前247年の監察官。

彼は前258年のシキリアにおける戦争の結果、前257年に凱旋式を挙げ、またローマ艦隊が嵐で潰滅した（前255年7月）折には、相役の執政官 Cn. コルネーリウス・スキーピオー・アシナ Asina（前260、前254の執政官。⇒巻末系図053）とともにわずか3ヵ月間で220隻の船団を完成させたことで知られる。

⇒スペース、フィデース

Liv. 22-60, Epit. 17, 19/ Polyb. 1-24, -38/ Tac. Ann. 2-49/ Val. Max. 2-8/ Dio Cass. 36-17/ Cic. Sen. 17, Leg. 2-11/ Nat. D. 2-23/ Aur. Vict. De Vir. Ill. 39/ Gell. 3-7/ Frontin. Str. 4-5/ Flor. 2-2/ etc.

ガラテヤ Galatia
⇒ガラティアー

カラーノス Kalanos, Κάλανος，（Karanos, Κάρανος）Calanus（Callanus），（伊）（西）（葡）Calano，（サンスクリット語）Kalyāna

（前397頃～前324）インドの裸体苦行僧ギュムノソピスタイ*の1人。本名・スピネース Sphines。

Strab. 15-715, -717/ Ael. V. H. 2-41, 5-6/ Cic. Tusc. 2-22 (52), Div. 1-23 (47), -30 (65)/ Val. Max. 1-8/ etc.

カラーノス Karanos, Κάρανος, Καρανός, Caranus，（〈イオーニアー*方言〉カレーノス Karenos, Κάρηνος），（伊）（西）（葡）Carano，（露）（現マケドニア語）Каран

マケドニアー*の男子名。巻末系図027を参照。

❶（前8世紀中葉頃、在位28年または30年間。伝・前808頃～前778頃）マケドニアー*王家の祖。ヘーラクレース*の子孫テーメノス*の裔。神託により山羊のあとを追ってマケドニアーに至り、ここに定住したという。異説では、同王家の初代はペルディッカース❶*（前7世紀中葉）とされる。

⇒アイガイ❺

Plut. Alex. 2/ Just. 7-1, 33-2/ Liv. 45-9/ Paus. 9-40/ Diod. 7-15/ etc.

❷（？～前336）ピリッポス2世*の子。アレクサンドロス大王*の異母兄弟。大王は即位するや、王位を狙う可能性ありとして、彼を殺害した（前336）。

その他、アレクサンドロス大王の部将でヘタイロイ*の1人だったカラーノス（？～前329戦死）などがいる。インドからアレクサンドロス大王に同行したのち73歳で病を得て自焚した裸体苦行僧カラーノスは異綴（Kalanos）である。

Just. 11-2/ Arr. Anab. 3-25, -28, 4-3～, 7-2～3/ Curtius 6-6, 7-3/ Plut. Alex. 65, 69/ Diod. 17-107/ etc.

ガラ・プラキディア Galla Placidia
⇒ガッラ・プラキディア

カラ（ー）ブリア Calabria,（ギ）Kalabriā, Καλαβρία,（仏）Calabre,（独）Kalabrien,（葡）Calábria,（露）Калабрия

（ギリシア名・イアーピュギアー*，（現ギリシア語）Kalavría）（現・Terra d'Otranto）イタリア東南端の半島地方（長靴の踵）。河川が乏しいにもかかわらず沃土に恵まれ、豊富な牧草、家畜、オリーヴ・葡萄その他の果樹、蜂蜜、羊毛などで名高い。古くよりメッサーピイー*（（ラ）サーレンティーニー Salentini）人が居住し、叙事詩人エンニウス*の生地としても知られる。かつてカラブリアには13の都市が栄えたというが、前1世紀末まで残った重要な町としては、ブルンディシウム*（現・ブリンディシ）とタレントゥム*（タラース*）を数えるに過ぎない。ミュケーナイ*時代からエーゲ海文明圏と交流があり、前5～前4世紀にはギリシアとの通商で沿岸諸都市が繁栄。エーペイロス*王ピュッロス*を支持した（前281～）せいで、前270年以来ローマの支配下に入ることを余儀なくされた。アウグストゥス*は、カラブリアとアープーリア*、およびヒールピーニー*の領土を併せて、イタリアの第2地区とした（⇒イタリア）。なお、後7世紀末にランゴバルディー*人にカラブリアを占領されてしまったため、東ローマ帝国はこの地名をイタリア西南端の半島（長靴の爪先）ブルッティウム*地方に転用するようになり、今日に至っている（現・カラーブリア Calabria）。

⇒メッサーピア、イアーピュギアー

Plin. N. H. 3-11/ Hor. Carm. 1-31, Epod. 1-27, Epist. 1-7/ Verg. G. 3-425/ Mela 2-4/ Strab. 6-277～/ Varro Rust. 2-2/ Ital. 1-683/ Columella 7-2, 12-49/ Liv. 23-34, 42-48/ Polyb. 10-1/ Ant. Lib. Met. 31/ Ptol. Geog. 3-1/ etc.

ガラマンテス（族）Garamantes, Γαράμαντες,（（単）ガラマース Garamas, Γαράμας），（英）Garamantians,（英）（仏）（葡）Garamantes,（独）Garamanten,（伊）Garamanti,（西）Garamantos,（露）Гараманты

リビュエー*（アーフリカ*）の砂漠に住む種族。多数の人口を擁し、結婚制度がなく女たちと雑居していたという。近くの穴居民族トローグロデュタイ*を狩りしていたが、前20年頃バルブス*率いるローマ軍によって征服された。

伝説では、カルターゴー*の女王となるディードー*に恋したアーフリカの王イアルバース Iarbas は、アンモーン*神とガラマンテス人の国のニュンペー*（ニンフ*）との間に生まれた子であったという。
⇒ナサモーネス、ロートパゴイ、プシュッロイ、シュルティス湾
Herodot. 4-174, -183/ Liv. 29-33/ Flor. 4-12/ Tac. Ann. 3-74, 4-26, Hist. 4-50/ Mela 1-4/ Strab. 17-835/ Plin. N. H. 5-5, -8/ Ptol. Geog. 4-6/ etc.

カラミス Kalamis, Κάλαμις, Calamis, （伊）Calamide, （西）Calamida, （露）Каламид

（前480頃～前430頃に活躍）ギリシア古典初期の青銅彫刻家。おそらくアテーナイ*の出身。レーギオン*のピュータゴラース❸*と同時代の人。大理石や黄金象牙製の彫刻も製作し、洗練された優雅な作風で知られていた。アポッローニアー❷*の巨大なアポッローン*神像（高さ約15 m）や、テーバイ❶*に奉納した大神ゼウス*像、4頭立ての馬車像などで名高く、厳格様式からペイディアース*の崇高様式への過渡期の作風を示していたと思われるが、作品はすべて失われた。

なお、デルポイ*のアポッローン神殿破風の彫刻群を制作したプラークシアース*（前5世紀中頃）は、カラミスの弟子とされている（異説あり）。

ローマ時代の大理石模刻（大英博物館所蔵）が残るオンパロス*・アポッローン像（前470頃）は、通常カラミス作とされるが、異説ではアイギーナ*の彫刻家オナタース Onatas（前480頃～前460頃活躍。リアーチェ Riace のブロンズ戦士像2体の作者と推測される）の手になるものと考えられている。
⇒アゲラーダース
Plin. N. H. 33-55, 34-18, -19, 36-4/ Paus. 1-3, -23, 2-10, 5-25, 9-16, -22, 10-19/ Strab. 7-319/ Lucian, Dial. Meret. 3/ etc.

カラレース Carales, （ギ）カラリス Karalis, Κάραλις, Caralis, （サルデーニャ語）Castèddu, （カタルーニャ語）Càller, （アラゴン語）Cálller, （オック語）Castèl, （ピエモンテ語）Càliari, （シチリア語）Càgliari, （露）Капьяри

（現・カーリアリ Cagliari）サルディニア*（現・サルデーニャ）の主要都市。島の南部の沿岸カラレース湾 Sinus Caralitanus に位置し、ギリシア伝承上の建祖はアリスタイオス*とされている。前7世紀頃フェニキア*人によって交易用の海港が築かれ、のちカルターゴー*の植民市として建設された。第1次ポエニー戦争*後の前238年ローマに占領され、ユーリウス・カエサル*の時に自治都市となり、帝政期にはミーセーヌム*艦隊の有力な分遣隊が駐屯、主に軍港として重視された。ローマの属州サルディニア＝コルシカ*の州都（前177～）。西ローマ帝国の凋落により、ヴァンダル*族（ウァンダリー*）に征服される（後429頃）が、中世を通じて島最大の港町であり続け、今日もサルデーニャ自治州の州都となっている。ポエニー*＝カルターゴー人・ローマ人の墓所や、保存状態の良い円形闘技場（アンピテアートルム*）、贅を尽くした公共大浴場（テルマエ*）、広い貯水池、神殿、フォルム*、水道施設（アクアエドゥクトゥス*）、家屋などの遺跡が残っている。
Mela 2-7/ Ptol. Geog. 3-3/ Flor. 2-6/ Plin. N. H. 2-112, 3-7/ Paus. 10-17/ Liv. 23-40～, 30-39, 41-6/ Caes. B. Civ. 1-30/ Hirt. B. Afr. 98/ Dio Cass. 48-30/ Strab. 5-224/ Claud. B. Gild. 520 ～/ It. Ant./ etc.

カリ～ Kalli～, Calli～
⇒カッリ～

ガリー Galli
⇒ガッリー

カーリアー Karia, Καρία, （ラ）カーリア Caria, （仏）Carie, （独）Karien, （葡）Cária, （露）Кария, （ヒッタイト語）Karkija, （アッカド語）Kar-sa, （エラム語）（古代ペルシア語）Kur-qa, Karkâ, 〈トルコ語〉Kariye, Karya）小アジア西南部エーゲ海に臨む山がちな地方。マイアンドロス*（現・Büyük Menderes）河より南、リュキアー*、プリュギアー*の西方に位置する。伝説上の名祖カール Kar は鳥占いの発明者で、リュードス Lydos（リューディアー*の祖）、ミューソス Mysos（ミューシアー*の祖）の兄弟という。カーリアー人は古くエーゲ文明*時代にクレーター*王に臣従し、この地方を先住民から奪って領有した非ギリシア系種族。ギリシア人によってゼウス*と同一視された男神を崇拝し、兜に羽根飾りをつける習慣や楯に紋章と把手をつける工夫をギリシア人に教えた。先にフェニキア*人の植民市が沿岸地帯に建設され、アルファベットが伝えられた。次いでイオーニアー*系、ドーリス*系のギリシア人がやってきて、ハリカルナッソス*、クニドス*などの植民市を設立した。カーリアー人はギリシア人と混住し、ともにエジプトのパラオー Pharao（ファラオ）たちに傭兵として仕えたり、イオーニアーの反乱（前500～前493）に加わったりした。リューディアー王国、さらにアカイメネース朝*ペルシア*帝国に服属したが、カーリアーの君侯たちは半独立的権力を有し、特にマウソーロス*王を頂点とするヘカトムノース Hekatomnos 朝時代（前395～前334）に全盛期を迎えた。同王家は最近親婚を尊重するなどペルシア的風俗に従いながら、ギリシア的な都市生活をも採り入れてオリエント風の豪奢な宮廷を営み、版図を拡大した。アレクサンドロス大王*の征服（前334）以来、プトレマイオス朝*エジプトやセレウコス朝*シュリアー*、ロドス*（前188～前168）およびペルガモン*王国（～前133）の支配を経て、ローマの属州アシア*に組み込まれた（前129頃）。カーリアー人の言語は、ローマ帝政期にはすでに死語と化し、考証学の研究対象になっていたという。

ハリカルナッソスの北方ペーダサ Pedasa には女神ア

テーナー*の神域があり、凶事が起きる前には必ずその女祭司に長い顎鬚（あごひげ）が生えたといい、クセルクセース1世*に仕えた宦官長ヘルモティーモス❷*はこの町の出身である。またカーリアー沖にはキナイドポリス Kinaidopolis（男倡都市）と呼ばれる島があり、アレクサンドロス大王によって放埒な人々がそこに置かれたことからこの名が生じたという。カーリアーはローマ時代には遊惰安逸の風で知られ、蠍（さそり）の多い内陸の町アラバンダ Alabanda（現・Arabhisar）は、市民たちが贅沢で酒色に耽溺していたことで著名。またハリカルナッソス西南郊のサルマキス*の泉は男を柔弱な半陰陽にしてしまう力があると信じられていた。カーリアー内ではアプロディーシアス*市の遺跡が最も保存状態がよい。ほかに交易都市カウノス Kaunos（名祖はギリシア神話のカウノス*）の岩掘りの墓（前4世紀）などの遺跡も注目に価する。
⇒ニーシューロス、ミューラサ、ラトモス（山）
Hom. Il. 2-867〜, 4-142, 10-428/ Herodot. 1-171〜, 2-61, -152〜, 3-11, 5-103, -117〜, 6-25, 8-104/ Thuc. 1-4, -8, -116/ Strab. 13-611, 14-651〜/ Paus. 1-40/ Plin. N. H. 5-29, -36, 7-56/ Polyb. 3-2, 22-5, 30-5/ Liv. 37-56, 44-15/ App. Syr. 44/ Mela 1-2, -16, 2-7/ Ptol. Geog. 5/ Cic. Q. Fr. 1-1/ etc.

ガリア Gallia
⇒ガッリア

カリアース Callias
⇒カッリアース

ガリエーヌス Gallienus
⇒ガッリエーヌス

ガリオー Gallio
⇒ガッリオー

カリオペー Calliope
⇒カッリオペー

カリグラ Caligula,（ギ）Kaligolas, Καλιγόλας,（伊）Caligola,（西）（葡）Calígula,（露）Калигула,
本名・Gaius Julius Caesar Augustus Germanicus 古代の著作家は通常、皇帝ガーイウス Gaius,（ギ）Gaios, Γάιος と呼んでいる（後12年8月31日〜41年1月24日）。ローマ第3代皇帝（在位・37年3月17日〜41年1月24日）。ゲルマーニクス*と大アグリッピーナ*との間に生まれた最年少の息子。イタリアのアンティウム*で誕生し、幼年期を両親とともにゲルマーニア*の陣営で過ごして兵士らの寵児となる（14〜16）。カリグラ（小さい軍靴）という渾名はこの当時、彼が履いていた兵隊靴（カリガ）caliga に由来する。父母に従ってシュリア*遠征にも同行する（18〜19）が、父の変死後ローマへ戻り、次いで母が追放刑に処される（29）と、曾祖母リーウィア❶*、さらに祖母・小アントーニア*のもとで養育される。その後ティベリウス*帝の隠栖地カプレアエ*（現・カープリ）島へ送られ（30）、巧みに自己を韜晦しつつ卑屈なまでに皇帝やその側近に隷従して権臣セイヤーヌス*の陥穽をかわした。しかしこの頃からすでに淫蕩かつ冷酷な性情は芽生えており、明敏なティベリウスは「カリグラは余と全ての人を破滅せんがために生きている。余なき後この世は炎に包まれてしまうがよい！」と慨嘆していたという。ティベリウスの予言は的中して、カリグラは近衛軍事令官マクロー*と組んで老帝を毒殺、ないし扼殺し、その現場を目撃した解放奴隷を即刻磔刑に処した（37年3月16日）。

ローマへ帰還すると、ティベリウスの遺言を無視してその孫ティベリウス・ゲメッルス*の相続権を奪い、単独支配者として君臨。父ゲルマーニクスの人気を背景に民衆の歓呼を受け、母や兄の遺骨を手厚く葬ったり、先帝の快楽に奉仕していた放蕩者（男倡）たち Spintriae（スピントリアエ）を放逐するなど善政をしくかに見えた。が、たちまち本性を現わして義弟ティベリウス・ゲメッルスを処刑、岳父 M. シーラーヌス❾*（15年の執政官（コーンスル））に自害を命じ、一説には祖母・小アントーニアをも毒殺したという。次いで恩義あるマクローとその妻エンニア Ennia Naevia を殺害（38）、マウレータニア*王プトレマイオス⓲*をはじめ著名な有力人士を次々と処刑し、財産を没収して、元老院（セナートゥス）*と対立。さらにあらゆる身分の人々を自分の面前で拷問させたり殺害させたりして娯しみ、犠牲者たちをあるいは野獣の餌食にし、あるいは生きながら焼き殺し、あるいは全身をバラバラに切り裂くなど残虐の限りを尽くした。特に無数の傷を間断なく負わせてじっくり嬲（なぶ）り殺していく方法を好み、ある男の場合は、幾日もたて続けに鎖で打ちのめされた結果、脳味噌が腐って悪臭を放つようになったため、嘔吐を催した皇帝により、ようやく殺されたという。また宴席で帝が不意に笑い出したので、側にいた2人の執政官が機嫌をとりつつ「何故お笑いになったのか」とたずねたところ、彼は「余がただ一度頷（うなず）くだけで、そちら両名の首がとんでしまうのだ。それを思うと、たまらなく可笑（おか）しくてね」と答えた。民衆が皇帝の贔屓とは違う戦車チームに喝采を送った時には、嚇怒してこう叫んだ。「お前ら全ローマ人の首が1つだったら、一撃で打ち落としてやるのだが！」

カリグラは男女両色を好み、上流階層の婦人を手当たり次第に凌辱し、人妻を奪い去っては気紛れに結婚と離婚を繰り返した（⇒オレスティッラ❷、C. カルプルニウス・ピーソー、ウァレリウス・アシアーティクス、ムネーステール）。若年より自分の妹たち全員と肉体関係をもっていたが、とりわけドルーシッラ❶*を熱愛し、彼女を夫のもとから連れ去り公然と自らの正妻として処遇、彼女が死ぬと女神として祀り、十分に哀悼の意を表わさぬ者は容赦なく処刑した（38）。他の妹たちの小アグリッピーナ*とユーリア❼*は、彼の男の恋人たちと情交を結ばされたあげく、帝の従兄弟で男色相手の M. レピドゥス❹*と共謀して陰謀を企てた廉（かど）で、島流しにされた（39）。帝はまた、バーイアエ*

湾に船の浮橋を架けて凱旋行列を繰り広げたり、途方もなく豪華な遊覧船や宮殿・別荘 villa を建造、1度の食事に1千万セーステルティウスを費やすなど、際限のない贅沢三昧に耽り、登極から1年も経たぬ間に巨額の帝室財産を蕩尽してしまった。そこで今度は略奪に心を向け、大勢の富裕者を殺して家財を没収、娼婦の性行為を含むあらゆる物事に税をかけ、宮殿内に淫売窟を設けて良家の婦女子や若者に無理やり売色させて利益を上げた。こうしてさまざまな悪辣きわまる手段で金を集めると、たびたび無数の金貨を積み上げてはその上を転げ廻って快を貪ったという ―― ただし錬金術の実験では大損害を被った ―― 。

39年9月にはだしぬけにガッリア*を訪れ、この地を略奪したのち、北海に達すると兵士に命じて貝殻を集めさせ、「大洋を征服した」と称して貝殻の山を戦利品として首都に持ち帰った。また大軍を催してゲルマーニア*遠征を試みたものの、レーヌス*（ライン）河を越えるや否や敵の出現を怖れて一目散に逃げ戻り、1度の戦闘も交えなかったにもかかわらず凱旋式(トリウンプス*)を準備するよう命じた。さらに彼は自己を神であると信じこみ、宮殿を拡張して双生神カストル*とポッルクス*の神殿を玄関に変え、参詣人に自分を礼拝するよう強要した。主神ユーピテル*の像に向かって話しかけたり叱りつけたりし、夜毎月の女神が舞い降りて来て自分と同衾するのだと主張した（⇒L.ウィテッリウス）。時に応じて酒神バックス*や海神ネプトゥーヌス*に扮装し、軍神マールス*やヘルクレース*、アポッロー*、はたまた女装しては女神ウェヌス*やミネルウァ*、ユーノー*の姿に変身し、市内を練り歩いたと伝えられる。有名な神像の首を切り取り自分の頭像にすげかえるよう命令し、各地に皇帝を祀る神殿を建立、帝国中の主要な神殿に彼自身の像を置くよう強制したため、ユダヤでは一神教に固執する現地人の強い抵抗にあった（⇒P.ペトローニウス）。また愛馬インキタートゥス Incitatus を自分の神官長に任命し、この馬のために大理石の厩舎や像、象牙の飼葉桶、宝石の頸輪、家具付きの家屋、一団の召使いなどをあてがい、晩餐会にも列席させ、ついには愛馬を執政官職に就けようとした。そのほか、元老院議員や騎士身分(エクィテース*)の卓越した人々を皆殺しにして、首都をアレクサンドレイア❶*へ遷そうと計画していたとか、自分の治世が永久に人類史上に記憶されるべく大地震や伝染病、飢饉、大火災、軍隊の潰滅などの天変地異と人災が起こるよう始終願っていた等々、「狂帝」カリグラの悪業に関する話柄は数限りなく伝えられている（⇒C.カッシウス❷・ロンギーヌス）。そして41年1月、ついに侮辱に堪えかねた近衛隊副官カエレア*らによって彼は刺殺され（28歳）、最後の妻カエソーニア*と幼い娘ドルーシッラ❹*も惨殺された。

カリグラは少年時代から癲癇に悩まされ、慢性の不眠症に苦しみ、亡霊に怯えるなど、精神も肉体も蝕まれていた。極度に傲慢かつ臆病な性質で、雷神ユーピテルをはじめとする神々を嘲弄しておきながら雷が鳴るや両手で頭をおおって寝台の下へもぐり込むのが常だった。長身で色白、禿頭だが体毛は濃く、落ち窪んだ眼は瞬きをせず陰険な凄みをたたえていた。一説に妻カエソーニアに飲まされた催淫剤ヒッポマネス*のせいで発狂したという。また化粧や女装を愛好し、歌手やダンサーになって、夜中に元老院議員を宮廷に招いて女装舞踊を披露することもあった。暗殺後、彼の遺骸は密かに半焼きにされて軽く埋葬されたが、以来夜な夜な彼の幽霊が暗殺現場や埋葬された庭園に現われたと伝えられる。

ちなみに、酒色に耽って「泥酔帝」と渾名され、のち男色相手の逞しい元馬丁のレスラー・バシレイオス1世 Basileios Ⅰ（在位・867〜886）に暗殺された東ローマ皇帝ミーカーエール3世 Mikhael Ⅲ（在位・842〜867）は、史家によって「ビザンティン帝国のカリグラ」と呼ばれている。⇒パッシエーヌス・クリスプス、ロッリア・パウリーナ、カッリストゥス、ガエトゥーリクス

Suet. Calig./ Dio Cass. 57-5, 58〜59/ Joseph. J. A. 18〜19/ Tac. Ann. 1-41, -69, 6-5, -9, -20, -45〜/ Philo Contra Flaccum, Legatio ad Gaium/ Aur. Vict. Caes. 3/ Zonar. 10-6/ Plin. N. H. 33-22, 37-6/ Sen. Ira, Constant. 18/ Ath. 4-148/ etc.

カリクラティダース　Callicratidas
⇒カッリクラティダース

カリクラテース　Callicrates
⇒カッリクラテース

カリシウス　Flavius Sosipater Charisius,（伊）（西）Flavio Sosipatro Carisio,（葡）Flávio Sosipatro Carísio,（露）Флавий Сосипатр Харисий
（後4世紀後半）ラテン文法家。アーフリカ*出身。子息のために執筆した5巻から成る『文法原理 Institutiones Grammaticae』（通称・Ars Grammatica）が、不完全ながら伝存する。エンニウス*やルーキーリウス*、カトー*など往古の著作家からの引用を含んでいるため、独創性はないが重視されている。ほぼ同時代の文法家ディオメーデース*にも影響を与えた。

カリス（たち）　Kharis, Χάρις, Charis
⇒カリテス

カリステネース　Callisthenes
⇒カッリステネース

カリストー　Callisto
⇒カッリストー

カリストス　Callistos
⇒カッリストス

カリストラトス　Callistratos
⇒カッリストラトス

カリッポス Calippos
⇒カ(ッ)リッポス

カリテス (カリス*たち) Kharites, Χάριτες, Charites, (独) Chariten, (伊) Carite, (西)(葡) Cárites, (露) Хариты, (現ギリシア語) Hárites, (ラ) グラーティアエ* Gratiae, (英) Graces, (仏) Grâces, (独) Grazien, (伊) Grazie, (西) Gracias, (葡) Graças

ギリシアの美と優雅の女神たち。ローマのグラーティアエ*。通常ゼウス*とオーケアニス*のエウリュノメー*(あるいはヘーラー*)の娘とされ、その数も古くは定まらなかったが、ヘーシオドス*以来、タレイア Thaleia (花盛り)、エウプロシュネー Euphrosyne (喜悦)、アグライアー Aglaïa (光輝) の3人が一般化した。しかし、アテーナイ*では古くからアウクソー Aukso (成長させる神女)とヘーゲモネー Hegemone (導く神女)の2柱が、スパルター*においてはクレーター Kleta (名高い神女)とパエンナー Phaenna (輝かしい神女)の2柱が崇拝されており、そのほかパーシテアー Pasithea (眠りの神ヒュプノス*の妻)やカレー Kale (美しい神女)、ペイトー Peitho (説得の女神)などの名が知られている。ホメーロス*に遡る物語によると、彼女らのうちの1人――ヘーシオドスに従えば、最年少のアグライアー――はヘーパイストス*神の妻であったという。神話においては、天界オリュンポス*に住み、アプロディーテー*やアポッローン*、ディオニューソス*ら他の神々に随伴し、饗宴の席でムーサイ*やホーライ*とともに舞い踊って興を添えた。あらゆる典雅・優美を擬人化した彼女たちは、万物に喜びと魅力を与える神格として詩歌や美術の主題に好んでとり上げられ、ヘレニズム時代以降は裸体のいわゆる「三美神」の表現が定着した。カリテスの最も有名な神殿はボイオーティアー*のオルコメノス*にあり、そこでは天から降った隕石が神体として祀られており、祭礼カリテーシア Kharitesia の折には音楽競技が催される習いであった。カリテスは薔薇や銀梅花、楽器、骰子などを持物とし、ハルモニアー*の長衣 peplos を織ったり、ペーレウス*とテティス*の婚宴で舞踊を披露したりしたとされている。また異説では、ディオニューソスとアプロディーテーとの間に生まれた娘たちとも、アポッローンとニュンペー*(ニンフ*)のアイグレー Aigle の娘たちともさまざまに伝えられている。

ちなみに、このカリスから「神の恩寵」や「賜物」、ひいては「熱狂的魅力」を指すカリスマ charisma という言葉が派生している――ただし、「愛徳」や「慈愛」、「慈善」を意味するチャリティー charity〔(ラ) カーリタース caritas (charitas)〕は別語源――。

Hom. Il. 5-338, 14-267～, 18-382, Od. 8-362～, 18-192～/ Hes. Th. 64, 907～, 945～/ Apollod. 1-3/ Pind. Ol. 14-3～/ Theoc. 16-108/ Ap. Rhod. 4-424～/ Sen. Ben. 1-3/ Paus. 3-18, 5-11, 6-24, 9-35/ Stat. Theb. 2-286/ Herodot. 2-50/ Hyg. Fab. praef./ etc.

カリデーモス Kharidemos, Χαρίδημος, Charidemus, (ドーリス*方言) カリダーモス Kharidamos, Χαρίδαμος, Charidamus, (仏) Charidème, (独) Charidemos, (伊)(西) Caridemo, (露) Харидем

(?～前333頃) エウボイア*島出身の傭兵上がりの武将。エウボイア北部の町オーレオス Oreos の女性から生まれた父無子。一介の傭兵から身を起こし、やがて傭兵隊長としてアテーナイ*の将イーピクラテース*に仕える(前368)。以来、ペルシア*の太守 Satrapes アルタバゾス*やトラーケー*(トラーキアー*)王コテュス❶*(のち王の娘と結婚する)とケルソブレプテース Kersobleptes 父子、メントール❸*とメムノーン*兄弟らに次々と雇われてトラーケー、小アジア各地に転戦。アテーナイ方だったかと思うと反アテーナイに与するなど変わり身が速く、のちには独自にトロイアー*を占領してトローアス*の君主になろうと企てた(前360頃)。前357年にはケルソネーソス❶*の領有をめぐる交渉の成功ゆえにアテーナイ市民権を獲得、次いでアテーナイの将軍となる(前351～前348、前338／337)。反マケドニアー*派だったため、前335年アレクサンドロス大王*は彼の身柄引き渡しを要求、カリデーモスはペルシアのダーレイオス3世*の許へ逃れたが、ダーレイオスの友人達を「臆病者」呼ばわりするなど無礼な言動のせいで処刑されて果てた。彼はまた、過度の好色や飲酒、放縦淫蕩な生活ぶりと傲慢不遜な性格のゆえに非難されていたという。

⇒カレース❶

Diod. 17-15, -30/ Arist. Rh. 2-23/ Arr. Anab. 1-10/ Plut. Dem. 22～23, Phoc. 16～17/ Dem. Contr. Aristocrat., Contr. Ctesiph./ Curtius 3-2/ etc.

カリトーン Khariton, Χαρίτων, Chariton, (伊) Caritone, (西)(葡) Caritón, (露) Харитон

(前1世紀～後1世紀頃) ローマ時代のギリシアの小説家。小アジアのカーリアー*地方の市アプロディーシアス*出身。完全な形で現存する最古のギリシア語小説『カイレアースとカッリッロエーの物語 Ta peri Khaireān kai Kallirrhoēn』(8巻)の著者。この作品は前4世紀初頭のギリシア世界を舞台に、愛し合う1組の若夫婦が、仮死状態・生きながらの埋葬・墓泥棒・人身売買・海賊の襲撃・誘拐、等々、息つくひまもない波瀾万丈の冒険を経たのち再会し、最終的に結ばれるまでを描いた物語で、一種の歴史小説ともなっている。この系統のギリシア恋愛小説は、ルネサンス期のタッソ Tasso (1544～95) ら後世の文学者にも影響を与えている。

⇒アキッレウス・タティオス、ロンゴス、エペソスのクセノポーン、ヘーリオドーロス❷

Philostr. Epist. 66/ Pers. 1-134/ etc.

カリトーンとメラニッポス Khariton, Χαρίτων, Chariton, (伊) Caritone, (西)(葡) Caritón, (露) Харитон

Melanippos, Μελάνιππος, Melanippus, (独) Melanipp, (伊) Melanippo, (西)(葡) Melanipo, (露) Меланип

(前6世紀中頃) シケリアー*（現・シチリア）島のアクラガース*の勇敢な若者たち。2人は相思相愛の仲であったが、僭主のパラリス*（在位・前570頃～前554頃）から侮辱された美少年のメラニッポスが僭主殺害を企てた時、カリトーンはメラニッポスの生命を守るべく自分1人で僭主を襲撃、捕われて共犯者の名を聞き出すべく、ひどい拷問にかけられたにもかかわらず、決して口を割らなかった。これを知ったメラニッポスは自ら出頭して「私こそ陰謀の主謀者だ」と告白、残忍な僭主も2人の勇気と愛情の深さに感動し、彼らをいたく賞讃したうえで釈放した。この事件に関してアポッローン*神は、「人の世に至上の愛を教えたる、幸多きカリトーンとメラニッポス」というデルポイ*の神託を下して2人を称えたと伝えられる。一説にメラニッポスの方が念者(エラステース) erastes で、カリトーンが僭主に犯されそうになった美少年だという。

同様の話が、美少年ヒッパーリーノス Hipparinos を奪い合ってメタポンティオン*の僭主を殺害した英雄アンティレオーン Antileon に関して伝えられている。
⇒ハルモディオスとアリストゲイトーン、ダーモーンとピンティアース

Plut. Mor. 16-760c/ Ath. 13-602 a～c/ Ael. V. H. 2-4/ Parth. Amat. Narr. 7/ etc.

カリーヌス Marcus Aurelius Carinus, (仏) Marc Aurèle Carin, (伊)(西) Marco Aurelio Carino, (葡) Marco Aurélio Carino, (露) Марк Аврелий Карин

(後249頃～285年7月頃) ローマ皇帝（在位・283年8月頃～285年7月頃）。カールス*帝の長子。父の即位(282)後、副帝(カエサル)に任命されて帝国の西方諸属州を統治。ゲルマーニア*諸部族に対する勝利ののち、指揮を副官(レーガートゥス) Legatus らに委ねてローマへ帰還し放蕩三昧の生活に耽った。わずかの間に9人の妻と結婚・離婚を繰り返し、男女両色の快楽に溺れて名士の妻や大勢の青年を強姦。宮廷を娼婦や男娼・俳優・歌手の群れで満たしたばかりか、父帝のつけてくれた政治顧問たちを追放・処刑して、お気に入りの遊蕩仲間を執政官(コーンスル)などの高位高官に据えた。エラガバルス*の放埓にドミティアーヌス*の残忍さを加えたと評される彼は、贅沢な衣裳や豪奢な饗宴を好み、壮大きわまりない競技・見世物を開催。父帝に廃されんとするが父の急死により弟ヌメリアーヌス*と共治の正帝(アウグストゥス)となる（実際は父帝の崩ずる前に正帝に即いている）。帝号を僭称するユーリアーヌス M. Aurelius Julianus (在位・283／284～285年春) の乱は鎮圧したものの、ヌメリアーヌスの横死(284年秋)後、軍隊に擁立された新帝ディオクレーティアーヌス*をモエシア*のマルグス Margus（現・モラヴァ Morava）河で迎え撃った際に、自らの部下の裏切りで殺された。戦闘には勝利を収めながら、帝に妻を寝取られた幕僚の1人の手にかかって果てたのだという。

S. H. A. Carinus/ Aur. Vict. Caes. 38-8/ Zonar. 12-30/ Eutrop. 9-12～20/ etc.

カリーノス Callinos
⇒カッリーノス

カリマクス Callimachus
⇒カッリマコス

カリヤ Caria
⇒カーリアー

カリュアイ Karyai, Καρύαι, Caryae, (仏) Caryes

（「胡桃(くるみ) karyon」より）（現・Karíes）ペロポンネーソス*半島のラコーニアー*地方北東端の町の名。スパルター*の北方、アルカディアー*地方との境界近くに位置し、女神アルテミス*の聖域の所在地として名高かった。毎年アルテミスの祭礼の折に、ラケダイモーン*（スパルター）の乙女たちがここに集まって、宗教的舞踊の儀式を行なう習慣があった。元来カリュアイは、アルカディアーのテゲアー*市に属していたが、のちスパルター軍によって征服されたという。ペルシア戦争*（前492～前479）の際、カリュアイの住民はギリシアに背いて敵国ペルシア*に与したので、終戦後、彼らの町は焼き払われ、男子は皆殺し、女子は奴隷として連れ去られた。その罪の償いを後世に伝えるべく、頭上に荷を載せた彼女たちの姿が女像柱カリュアーティデス*（カリアティード）として公共建造物の装飾柱に用いられるようになった、とウィトルーウィウス*は伝えている。アテーナイ*のアクロポリス*上にあるエレクテイオン*神殿に、その代表的作例を今日も見ることができる。ちなみに男像柱は、天空を支えるアトラス*の複数形アトランテス Atlantes で、時にテラモーン* Telamon, (複) Telamones の名で呼ばれることがある（⇒カネーポロイ）。

上の伝承は単なる縁起説明譚で、歴史上カリュアイの町が破壊されたのはずっと後のこと（前370、前222）でしかない。これに対して女像柱は、前550年頃からギリシア建築に現われており、アルカイック後期の例として、デルポイ*のシプノス*人の宝庫入口を飾っていた作品（前525頃）がよく知られている（デルフィ博物館）。

Thuc. 5-55/ Paus. 3-10, 4-16, 8-45/ Vitr. De Arch. 1-1/ Xen. Hell. 6-5, 7-1/ Ath. 6-241/ Lucian. Salt. 10/ Liv. 34-26, 35-27/ Plut. Artax. 18/ Polyaenus 1-41/ Polyb. 9-28/ Plin. N. H. 36-4/ Steph. Byz./ etc.

カリュアーティデス Karyatides, Καρυάτιδες, (ラ) カリュアーティデース Caryatides, (英) Caryatid(e)s, (仏) Cariatides, (独) Karyatiden, (伊) Cariatidi, (西) Cariatidas, (単) カリュアーティス Karyatis, Καρυᾶτις, Caryatis, (英) Caryatid, (仏)(伊) Cariatide, (独) Karyatide,

カリュケー

（西）（葡）Cariátide、（露）Кариатида、（和）カリアティード、カリアティッド
ギリシア建築の梁を支える女人像柱。カリュアイ*の項を参照。

カリュケー　Kalyke, Καλύκη, Calyce

ギリシア神話中、アイオロス❷*の娘。デウカリオーン*の外孫アエトリオス Aethlios（ゼウス*の子）の妻となり、美青年エンデュミオーン*を産んだ。なお、ポセイドーン*と交わってキュクノス❷*の母となったカリュケーは別人（ヘカトーン Hekaton, Hekatos の娘）である。
Apollod. 1-7, 3-1/ Hyg. Fab. 157/ etc.

カリュドーン　Kalydon, Καλυδών, Calydon,（伊）Calidone,（西）Calidón,（葡）Cálidon,（露）Калидон

（旧称・Kūrtaga、現・Kalidón）ギリシアのアイトーリアー*地方にあった都市。大プリーニウス*に従えば、コリントス*湾の北側、海からエウエーノス*河を7.5マイルほど遡った西岸に位置していたという。伝承上の建祖カリュドーンは、アイトーロス*（アイトーリアー人の祖）の息子。この近郊で「カリュドーンの猪狩り」が行なわれたという神話によって名高い（⇒メレアグロス）。降ってローマ帝政初期、カリュドーンの住民はアウグストゥス*（オクターウィアーヌス*）の命令で、エーペイロス*西岸の都市ニーコポリス*へ移住させられている（前30年以後）。かつて黄金象牙製のアルテミス*神像（前460頃）が本尊として安置されていたこの女神の神殿や、城壁の一部などの遺跡が今日発掘されている。
⇒プレウローン
Hom. Il. 2-640, 9-530～/ Apollod. 1-7/ Theoc. 3-102/ Plin. N. H. 4-2/ Paus. 3-10, 4-31, 7-18/ Xen. Hell. 4-6/ Diod. 15-75/ Mela 2-3/ Ptol. Geog. 3-5/ etc.

カリュプソー　Kalypso, Καλυψώ, Calypso,（伊）（西）（葡）Calipso,（露）Калипсо

（「隠す女」の意）ギリシア神話中、アトラース*の娘で海のニュンペー*（ニンフ*）ないし女神。西方の海洋にある伝説の島オーギュギエー Ogygie に住み、トロイアー*からの帰途この島に漂着した智将オデュッセウス*を歓待した。彼を愛したカリュプソーは、長い間（ふつう7年とされるが、5年、2年などの異説あり）自分の洞窟に引きとめ、「夫として島に留まってくれるなら不老不死の身にして差し上げましょう」と申し出たが、オデュッセウスは故国イタケー*へ帰る意志を表明した。ゼウス*がヘルメース*を遣わして彼を旅立たせるよう命じたので、やむなくカリュプソーは舟を造る材料と道具をオデュッセウスに与え、8年目にしてようやく島から送り出した。ホメーロス*以後の伝承によると、オーケアノス*またはネーレウス*、ヘーリオス*の娘などとされ、オデュッセウスとの間に子供を儲けたことになっている（⇒キルケー）。
Hom. Od. 1-14～, 5-13～, 7-243～/ Apollod. Epit. 7/ Hes. Th. 359, 1017～/ Ov. Ars Am. 2-125/ Hyg. Fab. 125/ Tzetz. ad Lycoph. 174/ Eust. Il. 1796/ etc.

カリュブディス　Kharybdis, Χάρυβδις, Charybdis,（仏）Charybde,（伊）Cariddi,（西）（葡）Caribdis,（露）Харибда

（近代ギリシア名・Hárivdhis）シケリアー*（現・シチリア）のメッシーナ海峡（ラ）Fretum Siculum の西北端にあったとされる伝説的な渦巻。1日に3度海水を呑み込み、3度それを吐き出して、そばを通る船をことごとく難破させたため、海の難所として航海者から恐れられていたという。カリュブディスはもとポセイドーン*とガイア*（大地）との間に生まれた貪婪な娘で、ヘーラクレース*がゲーリュオーン*の牛群を連れてこの地を通りかかった時に（第十の功業）牛たちを盗んで喰ったので、大神ゼウス*の雷霆に撃たれて海の怪物に変身したと伝えられる。カリュブディスの対岸には別の女怪スキュッラ❶*が棲んでおり、船乗りを襲って啖ったといい、この故事から「カリュブディス

系図151　カリュプソー

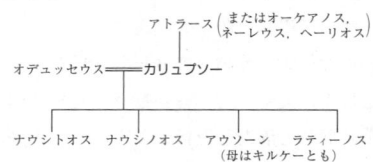

系図150　カリュケー

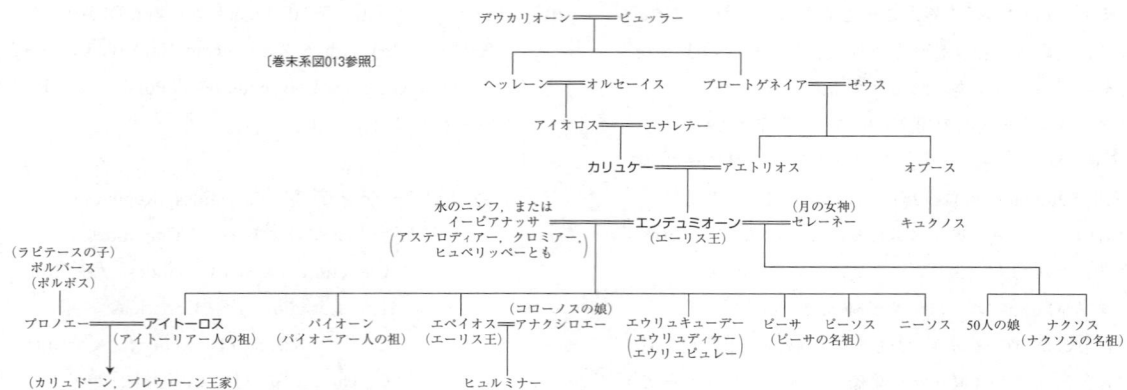

を避けんと欲してスキュッラに突き当たる」という後世の諺言が生じた。

『オデュッセイア』*では、トロイアー*からの帰途、この場所で船が沈没して、部下の乗組員は全滅したものの、オデュッセウス*ただ1人がカリュブディスの岩から枝をさしのべる無花果(いちじく)の木に跳びついて危地を脱している。
Hom. Od. 12-73〜, -104〜, -234〜, -430〜/ Ap. Rhod. 4-789, -825/ Apollod. 1-9, Epit. 7/ Verg. Aen. 3-418〜, -555〜/ Hor. Carm. 1-27/ Hyg. Fab. 125, 199/ Ov. Met. 7-62〜, 13-730〜/ Thuc. 4-24/ Strab. 1-43, 6-268, -275/ Just. 4-1/ etc.

ガリライアー　Galilaia, Γαλιλαία, Galilaea, Galileia, (英) Galilee, (仏) Galilée, (独) Galiläa, (伊) (西) Galilea, (葡) Galiléia, Galileia, (露) Галилея, (ヘブライ語) Ha-Gālīl, (アラビア語) Al-Jaleel, Al-Yalil, (和) ガリラヤ

パレスティナ*北部の地方名。ユダヤ*の項を参照。

カリロエー　Callirrhoe
⇒カッリッロエー

カルウィーヌス、グナエウス・ドミティウス　Gnaeus Domitius Calvinus, (ギ) Gnaios Domitios Kalūīnos, Γναῖος Δομίτιος Καλουῖνος, (伊) Gneo Domizio Calvino, (西) Cneo Domicio Calvino, (葡) Gneo Domicio Calvino

（前1世紀）ローマの将軍。前59年の護民官(トリブーヌス・プレービス)*となり、カエサル*を向こうに回してビブルス*（カエサルの相役執政官(コーンスル)）を支持した。3年後に法務官(プラエトル)*（前56）を務め、前54年には翌年度の執政官職に立候補、同じくカエサルの鋭い政敵ガーイウス・メンミウス❷*と組んでさかんに贈賄を行ない —— 最初に投票する百人組(ケントゥリア) centuria の有権者らに1千万セーステルティウス、現職の執政官におのおの400万セーステルティウスずつを約束 ——、ローマ政界を混乱に陥れた。翌年、ポンペイユス*の強力な支持を得て、M. ウァレリウス・メッサーラ（メッサーラ❷*の父）とともに執政官職に就任（前53年7月）。その在職中、クローディウス*とミロー*の対立抗争が繰り広げられ、首都ローマの騒擾はまったく収拾がつかなくなる。あまつさえ前52年度の執政官選が行なわれた民会(コミティア)*では、彼は投石を受けて負傷までするありさまで、ついに前51年には追放された形跡さえうかがわれる。

前49年以降、一転してカエサルの手下となって忠勤に励み、アーフリカ*では小クーリオー*のもとに騎兵隊を指揮。翌前48年にはテッサリアー*でメテッルス❺*・スキーピオー（ポンペイユスの岳父）を打ち破り、パルサーロス*の戦場においてはカエサルの中央軍を指揮した。カエサルがポンペイユスを追跡してエジプトへ去ったのち、属州アシア*の統治を委ねられるが、ボスポロス*王パルナケース2世*との戦争に巻き込まれ、ニーコポリス Nikopolis（現・Pürk）において一敗地に塗れる（前48年12月）。次いでゼーラ*の戦いでカエサル軍が王に勝利を収めると、彼は小アジアの秩序を回復させるべく、その地に留められた（前47）。翌前46年には北アフリカ（アーフリカ*）に転戦、内乱終結とともに独裁官(ディクタートル)*カエサルの騎兵総監(マギステル・エクィトゥム) Magister Equitum の地位を約束された（前43年度の）が、これはカエサルの暗殺（前44）によって実現を見なかった。次いでオクターウィアーヌス*（のちのアウグストゥス*）を支持したものの、前42年にはピリッポイ*の決戦のために2箇軍団をギリシアへ移送する途中、アドリア海でCn. ドミティウス・アヘーノバルブス❹*の攻撃を受けて全軍隊を失ない、かろうじてイタリアへ遁走している。前40年には再度、執政官となったものの、途中で後任者に席を譲るため辞職を強いられる。翌年、ヒスパーニア*総督として赴任、同地の反乱を鎮定し、前36年には凱旋式(トリウンプス)*の栄誉を授けられている。前20年以後に没す。
Dio Cass. 38-6, 40-45〜46, -56, 42-46, -49, 47-47, 48-15, -32, -42/ Plut. Pomp. 54, Caes. 44, 50, Brut. 47/ App. B. Civ. 2-76, -91, 4-115〜116/ Caes. B. Civ. 2-42, 3-36〜, -78〜, -89/ Hirt. B. Alex. 34〜/ Suet. Iul. 35/ Cic. Att. 4-17/ Vell. Pat. 2-78/ etc.

カルウス、ガーイウス・リキニウス　Gaius Licinius Macer Calvus, (伊) Gaio Licinio Calvo, (西) Cayo Licinio Calvo, (葡) Caio Licínio Calvo

（カルウスは「禿頭」の意）（前82年5月28日〜前47年頃）ローマ共和政末期の詩人、弁論家。年代記作者リキニウス❷*・マケルの子。詩人としてよりは、新アッティカ*派の弁論家として著名であるが、詩作においても当時カトゥッルス*と並び称されたほどの才人。エピグランマ（寸鉄詩）や急逝した愛人（おそらく妻）クィンティリア Quintilia への哀悼詩などで知られるものの、作品はわずかな断片しか現存しない。カトゥッルスと親交があり、ともにカエサル*に対する攻撃的詩句を書き、またともに後日カエサルと和解している（内容はカエサルが陰間か男倡のごとき振る舞いをしている事実を揶揄したもの）。小柄で病弱だったカルウスは、猛烈に勉学に励んでキケロー*に対抗し得る弁論家に成長、互いに相手の文体をけなし合うまでになった。大プリーニウス*によれば、彼は鉛板を腰に当てて夢精を抑え、体力を保持しようと努めたというが、生来の蒲柳の質には克(か)てず、35歳に満たずして世を去っている。カトゥッルスの詩中で彼は「雄弁なちび」と呼ばれている。
Cic. Brut. 82, Fam. 15-21/ Quint. 10-1/ Suet. Iul. 49, 73/ Plin. N. H. 7-49, 34-50/ Catull. 53/ Sen. Controv. 7-4/ Tac. Dial. 18-21/ Plin. Ep. 1-16/ etc.

カルガクス　Calgacus, (ガルガクス Galgacus), (伊)(西) Calgaco, (ケルト語) Calg-ac-os

（後1世紀後半）カレードニア*人の首長。ブリタンニア*総督アグリコラ*が北へ進撃して来た時、3万のカレードニア軍を率いてグラウピウス Graupius 山（現・グランピアン山 Grampian mountains）で会戦、1万人の死者を出して惨敗

した (84)。戦闘に先立って彼が行なった演説、「ローマ人は破壊と、殺戮と、略奪を、偽って『支配』と称し、荒涼たる世界を造れば、それをごまかして『平和』と名づける……」は、ローマの属州支配の実態を鋭く指摘している。Tac. Agr. 29～38

カルカース Kalkhas, Κάλχας, Calchas, (独) Kalchas, (伊) Calcante, (西) Calcas, Calcante, (葡) Calcas, (露) Калхас, Калхант

ギリシア伝説中、メランプース*の子孫テストール Thestor の子。トロイアー戦争*におけるギリシア軍中最大の予言者。アウリス*の港に遠征軍が勢揃いした折、大蛇が現われて篠懸(すずかけ)の木に登り、8羽の子雀と母鳥をことごとく貪り食ったのち石に変じたのを見て、「この戦争は10年目にようやく終結するであろう」と予言。また艦隊が無風のために出航できずにいた時、「総大将アガメムノーン*の長女イーピゲネイア*を人身御供にして女神アルテミス*の怒りを鎮めなければならない」と断言した。そのほか、アキッレウス*とピロクテーテース*の参戦がなければトロイアー*は落ちないであろうとか、ギリシア軍を襲った悪疫はアポッローン*の神官の娘クリューセーイス*を返還しないことが原因である、と教えるなど数々の予言を行ない、トロイアー陥落後は「小アイアース*の不敬行為のせいで無事に海を渡って帰国することは難しい」と語って、アンピロコス*やポダレイリオス*らと陸路イオーニアー*のコロポーン*に来た。かねてカルカースには、自分より優れた予言者に出会えば死ぬであろう、という託宣が下っていたが、彼らはコロポーン近郊のクラロス*でモプソス❷*に巡り遇い、出産前の雌豚の胎児の数や無花果(いちじく)の木になっている実の正確な数を言い当てるといった予言の技を競い合った結果、敗れたカルカースは憤死ないし自殺した。異説によると、ある予言者（モプソス？）が、カルカースが葡萄(ぶどう)の木を植えているのを見て、「あなたは決してこの木からとれる酒を飲むことはないであろう」と断言。やがて木が成長して葡萄酒ができあがったので、カルカースはその予言者を招いて一緒に飲もうとしたが、相手はそこで再び同じ予言を繰り返した。まさに盃を唇にあてようとしていたカルカースは、この言葉を聞いて急に大笑いを始め、それが止まらなくなって窒息死を遂げてしまったという（⇒アンカイオス❷、アンティノオス）。

歴史時代には、イタリアのアープーリア*地方に予言者カルカースの聖域があり、参詣者は羊皮の上に寝て、夢の中で託宣を告げられることになっていた。彼はコロポーン近くのノティオン Notion（〈ラ〉ノティウム Notium）に葬られたと伝えられるが、一説ではイタリア南部タレントゥム*湾のシーリス Siris 山上にその墓があり、ヘーラクレース*に撲殺されたことになっている。

またカルカースは『イーリアス*』をはじめとして、トロイアー戦争に関して書かれた様々な悲劇など少なからぬ文学作品にギリシア軍随一の予言者として登場する。Hom. Il. 1-69～, 2-300～/ Aesch. Ag. 156～/ Apollod. 3-13, Epit. 3, 5/ Paus. 1-42, -43, 7-3, 9-19/ Hyg. Fab. 97, 128, 190/ Strab. 14-642～/ Conon Narr. 34-6/ Ov. Met. 12-11～/ Verg. Aen. 2-100～/ Serv. ad Verg. Ecl. 6-72/ Quint. Smyr. 6, 12/ Schol. ad Hom. Il. 2-135/ Schol. ad Ap. Rhod. Argon. 1-139/ etc.

カルキス Khalkis, Χαλκίς, Chalcis, (独) Chalkis, (伊) Calcide, (西) Calcis, (葡) Cálcis, (露) Халкида

(旧称・Negroponte, Égripo ないし Évripo)（現・Halkída）エウボイア*島の主要都市。島の南西部、エウリーポス*海峡が最も狭まった地点を扼し、本土の港町アウリス*の対岸に位置する。地名の由来は、銅(カルコス) khalkos がここで初めて発見されたことによるという。住民はイオーニアー*系ギリシア人で、近くの都市エレトリア*と同様、トロイアー戦争*よりも以前にアテーナイ*の手で建設されたと伝えられる。神話伝説上の建祖はアテーナイの古王エレクテウス*の子パンドーロス Pandoros。エレトリアとともに早くから海上貿易に活躍し、シュリアー*に交易港（現・Al Mīnā’）を設け（前825～前800頃）、前8世紀にはイタリア、シケリアー*（現・シチリア）に数多の植民市を建設。前7世紀にはマケドニアー*のカルキディケー*半島に30以上の植民市をもつ母市となった。優れた刀剣や青銅花器ほかの金工品・紫染料・陶器などを輸出する一流の商工業都市として繁栄し、これらの特産品はカルキスの船のみならず、コリントス*、サモス*ら同盟関係にある都市国家(ポリス) polis の船によっても各地へ舶載された。カルキスで鋳造された貨幣はギリシア最初の硬貨の1つであり、その度量衡はほとんどギリシア全土で用いられ、またそのアルファベットは南イタリアのキューメー❷*（クーマエ*）にあったカルキスの植民市からローマへ伝わりラテン語を通じて後世西ヨーロッパのアルファベットとなって、ルネサンス期以降世界各地に拡まった。前8世紀末以来、カルキスとエレトリアは両市の間に広がる肥沃なレーラントス Lelantos 平原の領有をめぐって相争い、この戦闘でカルキスのために勝利をもたらしたパルサーロス*の勇者クレオマコス❷*の活躍ぶりは名高い。

やがてカルキスの栄華も、海上交易面ではコリントス市に圧倒されるようになり、また前506年のアテーナイ軍の侵略以来にわかに衰えを見せはじめる。ペルシア戦争*後の前446年にはアテーナイに対するエウボイア島の反乱を主導したが、敗れてアテーナイの貢納国と化した（～前411）。のちマケドニアー王ピリッポス2世*に占領され（前338）、前192年にはシュリアー王アンティオコス3世*の、前88年にはポントス*の大王ミトリダテース6世*軍の基地とされ、相次ぐローマとの戦争に巻き込まれた。とはいえカルキスは、ヘレニズム時代を通じてギリシアにおける一大貿易センターとして栄え続け、ことに男色（少年愛）のすこぶる盛んなことであまねく知られ、「カルキス風に振る舞う khalkizein」という動詞は、「クレーター*風に振る舞う krētizein」や「ラコーニアー*風に振る舞う

lakōnizein」などと同じく、男同士で性交することを意味する言葉になった（⇒シプノス、クラゾメナイ）。さらに過度の男性愛は、神話中の美少年ガニュメーデース*をカルキスの出身としたり、この町の近辺でゼウス*がガニュメーデースを天上へ攫って行ったという伝承さえ生じるに至った。リュコプローン*やエウポリオーン*の生地、またアリストテレース*終焉の地でもある。

なお同名の都市カルキスは、アイトーリアー*やエーリス*などギリシア各地にあったほか、シュリアー北部にもイトゥーライアー*人の支配するカルキス王国 Khalkidene（ラ）Chalcidene（現・Quinnesrin 周辺）があったが、この王国はのちヘーローデース*朝ユダヤ領を経て、ローマの属州シュリア*に編入された（後 92 頃）。
⇒レーギオン、ザンクレー、タウロメニオン

Hom. Il. 2-537/ Hes. Op. 653/ Strab. 10-445～448, 16-753/ Thuc. 7-29/ Herodot. 5-74～, -99, 6-100, 7-183, -189, 8-1, -46, 9-28, -31/ Plin. N. H. 4-12/ Paus. 1-28, -38, 2-22, 5-23, 6-13, 7-7, 9-12, -31, 10-26/ Plut. Per. 23, Mor. 761/ Ael. V. H. 6-1/ Diod. 12-53～54, 13-47, 15-30/ Liv. 28-6, 31-23, 32-37, 35-37～, -50～, 36-11/ Polyb. 18-11, 20-3, -8, 27-2/ Mela 2-7/ Ptol. Geog. 3-14, 5-14, 8-12/ Joseph. J. A. 14, 15, 20, J. B. 1, 2, 7/ etc.

カルキディウス　Calcidius (Chalcidius),（伊）（西）Calcidio,（葡）Calcídio,（露）Калкидий
（後 4 世紀）ローマ帝政末期の哲学者。プラトーン*の『ティーマイオス』のラテン語訳と注解（未完成）の著者。新プラトーン主義を中心に、ペリパトス（逍遥）学派、ストアー*学派、オーリゲネース*らキリスト教教父の思想を折衷した傾向が顕著な作品だが、西ヨーロッパ中世には広く読まれた。ポルピュリオス*らの散逸した注解書から豊富に引用しているため、古代後期の哲学的資料として重視されている。

Calcidius Interpretatio Latina partis prioris Timaei Platonici

カルキディケー（半島）　Khalkidike, Χαλκιδική, Chalcidice,（仏）Chalcidique,（独）Chalkidike,（伊）Calcidica,（西）（葡）Calcídica,（露）Халкидики
（現・Halkidhikí）マケドニアー*の東部でエーゲ海*に突出する半島。西をテルマイオス Thermaios 湾、東をストリューモーン Strymon 湾で劃されており、3 つの岬 —— 西からパッレーネー Pallene、シートーニアー Sithonia（⇒シートーン）、アクテー* —— に分岐している。特にアクテー岬の先端部にあるアトース*山は有名。トラーケー*（トラーキアー*）系、マケドニアー系の住民がいたが、前 8 世紀以来エウボイア*島のカルキス*からの植民が相次いだため、半島全体がカルキディケー（カルキスの地）の名称で呼ばれるようになった。これらの植民諸都市は、ペルシア戦争*でアカイメネース朝*のクセルクセース❶*大王側に臣従し（前 480）、戦後デーロス同盟*に加わったが、アテーナイ*の圧政に対抗して離反し（前 432）、独自のカルキディケー同盟 Khalkideis を結成した（前 431～前 348）。ペロポンネーソス戦争*後はスパルター*とアテーナイ双方から干渉を受け、事実上のマケドニアー*王国領（前 348～）を経てローマに併合された。ちなみにエウボイア島のカルキス周辺の地域も、やはり「カルキディケー」と称される。
⇒オリュントス、ポテイダイア、スタゲイラ、テッサロニーケー、メンデー

Herodot. 7-185, 8-127/ Thuc. 1-57～, 2-79, -95, 4-79～, 5-3～, -21, -80～/ Xen. Hell. 5-2, -3/ Dem. 9-26/ Ptol. Geog. 3-12/ Strab. 7 fr. 10, 10-447/ Plin. N. H. 4-11～12/ etc.

カルキノス　Karkinos, Καρκίνος, Carcinus,（仏）Carcinos,（伊）（西）Carcino
ギリシアの男性名。「蟹」の意。

❶（前 5 世紀中頃～後半に活躍）アッティケー*の悲劇詩人。シケリアー*（現・シチリア）のアクラガース*出身。失敗作が多く、ディオニューシア*祭でただ 1 度だけ優勝（前 446）。ペロポンネーソス戦争*の最初の年には、アテーナイ艦隊の提督の 1 人として出撃した（前 431 年 6 月）。テスピス*、プリューニコス❶*らと同様に、舞踊の技で名高く、3 人の息子たちも舞踏家だったが、子供らは侏儒や身障者、奇妙に甲高い声の持ち主だったため、喜劇詩人アリストパネース*の嘲弄の的となっている。

Thuc. 2-23/ Ar. Nub. 1260～, Vesp. 1497～, Pax 781～/ Ath.1-22/ Suda/ etc.

❷（前 4 世紀前半）❶の孫。アテーナイ*の悲劇詩人。父のクセノクレース Ksenokles も悲劇詩人で、「侏儒」とか「機械師」などと呼ばれたが、悲劇の競演でエウリーピデース*をうち負かしたことがある（前 415）。子のカルキノスは、160 篇の悲劇を書き都合 11 回優勝（前 372～）、哲学者アイスキネース❷*とともにシュラークーサイ*の僭主ディオニューシオス 2 世*の宮廷に仕えた。神話を題材とした 9 篇の断片が残る。

ちなみにギリシア神話中、ヘーラクレース*の十二功業*のうち第二の功業でレルネー*の沼沢に棲む水蛇ヒュドラー*が退治された時に、ヒュドラーに加勢してヘーラクレースの踵を挟んだものの、あえなく英雄に踏み潰されて果てた巨蟹カルキノスが、ヘーラクレースを憎む女神ヘーラー*によって天空に上げられ「蟹座」（ラ）カンケル Cancer となった話はよく知られている。

Diod. 5-1/ Plut. Mor. 349e/ Arist. Poet. 16, 17, Eth. Nic. 7-7, Rh. 2-23, 3-16/ Diog. Laert. 2-65/ Ar. Nub. 1264～, Thesm. 169, 440～, Ran. 86/ Eratosth. Cat. 11/ Tzetz. Chil 2-239/ Harp./ Suda/ etc.

系図 152　カルキノス

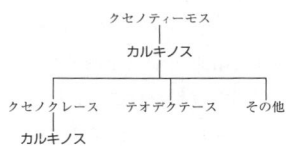

カルケードーン　Khalkedon, Χαλκηδών, Chalcedon, または、Kalkhedon, Καλχηδών, Calchedon (Kalkhadon, Καλχαδών), (仏) Chalcédoine, (独) Kalchedon, Chalkedon, (伊)(西) Calcedonia, (葡) Calcedónia, Calcedônia, (露) Халкидон

(現・Kadıköy) ビーテューニアー*のギリシア系都市。ボスポロス❶*海峡のアジア側、つまりビューザンティオン*（のちコーンスタンティーノポリス*）の対岸に位置する。

前685年にメガラ*人の植民都市として創建されたと伝えられる。その当時まだビューザンティオンの地が空いていたにもかかわらず、地理的条件において劣る対岸に町を築いたというので、カルケードーンは「盲人の町」と揶揄をこめて呼ばれていた。ペルシア戦争*の終結以来、ビューザンティオンと同様、アテーナイ*とスパルター*に交互に味方したのち、この市はビーテューニアー王国に併合され（前140頃）、次いで前74年ニーコメーデース4世*によってローマへ遺贈された。アカデーメイア*学園の第3代学頭クセノクラテース*の生地。ミトリダテース*戦争でかなり破壊されたが、ローマ帝政期には繁栄を取り戻した。後451年東ローマ皇帝マルキアーヌス*の主宰で、この市において第4回キリスト教公会議が開かれ、単性論 Monophysitismos が異端と宣告されたことは、よく知られている（⇒レオー1世・大教皇）。

なおフェニキア*系の大都市カルターゴー*も、ギリシア語ではカルケードーン*Karkhedon, Καρχηδών という名で知られている。ただし綴字が異なる。

また北郊の町クリューソポリス Khrysopolis, Χρυσόπολις, Chrysopolis は、ギリシア伝説中の王アガメムノーン*とクリューセーイス*との子クリューセース Khryses にその名を負っており、コーンスタンティーヌス1世*（大帝）とリキニウス*帝軍との決戦（後324）が行なわれた場所として名高く、現今では民謡「ウスクダラ」で知られるトルコの小工業地区ユスキュダル Üsküdar（旧称・Scutari）を形成している（イスタンブル市東部）。

⇒メセーンブリアー

Herodot. 4-144/ Thuc. 4-75/ Tac. Ann. 12-63/ Strab. 7-320, 12-563/ Plin. 5-43/ Plut. Alc. 29, Luc. 8/ App. Mith. 71/ Euseb. Chron./ Xen. An. 6-6, 7-1, Hell. 1-3/ Polyb. 4-39, -43〜/ Diod. 12-6, 13-64, 14-31/ Dion. Per./ Steph. Byz./ etc.

カールス　Marcus Aurelius Numerius(?) Carus, (ギ) Kāros, Κᾶρος, (伊)(西) Marco Aurelio Caro, (葡) Marco Aurélio Caro, (露) Марк Аврелий Кар

（後224／230年頃〜283年8月29日頃）ローマ皇帝（在位・282年9月頃〜283年8月29日頃）。イッリュリクム*もしくはガッリア*のナルボー*（現・ナルボンヌ）の生まれ。プロブス*帝の治世に近衛軍司令官を務めていたが、ラエティア*で軍隊に担がれて叛乱を起こし、帝を倒して即位するや、2人の息子カリーヌス*とヌメリアーヌス*を副帝*に任じた。西方諸属州の統治をカリーヌスに委ね、自らはヌメリアーヌスを伴って東方（オリエント）遠征へ進発。ドーナウ方面でクァディー*族およびサルマタエ*人の侵入を撃退したのち、メソポタミアー*を蹂躙、内訌に明け暮れるサーサーン朝*ペルシアの両都セレウケイア❶*とクテーシポーン*を占領した。ところが、ティグリス*河を越えてなおもペルシア遠征を推し進めようとしていた時、雷に撃たれて死んだといわれる——真相は近衛軍司令官アペル*の策謀により暗殺されたらしい——（在位・10ヵ月と5日間。異説あり）。

ペルシアの使節が和議の交渉を申し入れに訪れた時、「ローマの優位をペルシア王が認めぬとあらば、汝らの国土はただちにこのように不毛になるであろう」と帽子をとって自らの禿頭を露わし、敵を恫喝して見せたのは、このカールス帝だともいう。

⇒ウァラフラーン2世

S. H. A. Carus/ Aur. Vict. Caes. 38/ Zonar. 12-30/ Eutrop. 8-18, 9-12, -18/ Zosimus 1-71/ Festus./ etc.

ガルス　Gallus, (ギ) Gallos, Γάλλος

⇒ガッルス

カルセオリー　Carseoli (Carsioli), (ギ) Karseoloi, Καρσέολοι, Karsioloi, Καρσίολοι, (露) Карсоли

（現・Carsoli）イタリア中部、ラティウム*地方の都市。アエクィー*族の町であったが、前298年頃ローマ人によってラテン植民市とされ、のちに自治都市（ムーニキピウム*）に昇格した。ローマの東68km、ウァレリウス街道*（ウィア・ウァレリア*）沿い、アルバ・フーケーンス*の西方に位置。共和政末期の同盟市戦争*（前91〜前88）では劫略を受けたが、終始要塞都市として重視された。後13世紀に放棄されて荒廃に帰し、今日まで市壁や神殿の礎石などを除くと大した遺跡は発掘されていない。

なおオウィディウス*によれば、かつて農夫に捕えられた狐が焼き殺されようとした時に逃げ出し、遁走する途中稔った畑に火をつけて回って大きな被害をもたらしたため、カルセオリーでは狐の名を口に出すことが法律で禁じられていたという。

Liv. 10-3, -13, 27-9, 29-15, 45-42/ Vell. Pat. 1-14/ Ov. Fast. 4-683〜/ Strab. 5-238/ Flor. 3-18/ Ptol. Geog. 3-1/ Plin. N. H. 3-12/ It. Ant./ etc.

系図153　カールス

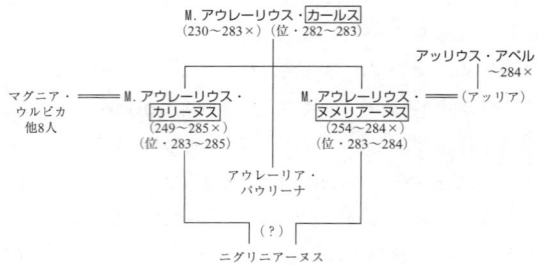

カルダイアー　Khaldaia, Χαλδαία, Chaldaea,（英）Chaldea,（仏）Chaldée,（独）Chaldäa,（伊）（西）Caldea,（葡）Caldéia,（露）Халдея,（アッカド語）mât Kaldi,（アッシリア語）Kaldu,（和）カルデヤ、カルデア

　エウプラーテース*（ユーフラテス）河の下流地域。元来はバビュローニアー*の南部地方を指したが、セム系のカルダイアー人がアッシュリアー*帝国を倒して新バビュローニアー王国（前626～前539）を樹立して以来、メソポタミアー*全域を意味するようになった。バビュローン*を首都とし、エジプト、メーディアー*、リューディアー*諸王国とともに強盛を誇った。第2代の王ネブカドネツァル2世 Nebukhadnezzar II（バビュローニアー語）Nabu-Kudurru-usur,（ギ）ナブーコドノソール Nabūkhodonosor,（ラ）Nabuchodonosor（在位・前605～前562）の治世に最も繁栄し、バビュローンは国際都市として殷賑を極めたが、一説に王は晩年、"狼狂 Lycanthropia"なる精神病に罹（かか）り、自分が動物になったという妄想に取り憑かれて、7年間荒野で過ごしたと伝えられる。カルダイアーの神官は肝臓占いなど各種の卜占法に精通していたため、ギリシア・ローマ世界で「カルダイアー人（ギ）Khaldaioi,（ラ）Chaldaei」なる言葉は、占星学者の代名詞のように用いられた。ローマ帝政期には、ユーリアーヌス Julianus（〈ギ〉イウリアーノス Iulianos）父子によって編纂されたヘカテー*をはじめとする諸神の予言集『カルダイアーの神託（ラ）Oracula Chaldaica』（後2世紀）が世に流布し、ポルピュリオス*、イアンブリコス*ら新プラトーン*主義、新ピュータゴラース*主義の哲学者に甚大な影響を与えた。

⇒トラシュッロス

Herodot. 1-181～, 7-63/ Xen. An. 4-3, Cyr. 3-1/ Strab. 16-739/ Arr. Anab. 7-17/ Cic. Div. 1-1/ Diod. 2-29/ Plut. Mar. 42/ Plin. N. H. 5-21, 6-31, 18-57/ Ptol. Geog. 5-19/ Joseph. J. B. 2-7/ App. Syr. 58/ Curtius 1-10, 5-1/ Juv. 6-533/ Cato Rust. 5-4/ Sext. Emp. Math./ Vet. Test. Gen. 11-31/ Nov. Test. Act. 7-4/ Hesych./ Suda/ etc.

カルターゴー　Carthago,（ギ）カルケードーン* Karkhedon, Καρχηδών, Carchedon,（英）（仏）Carthage,（独）Karthago,（伊）Cartagine,（西）（葡）Cartago,（露）Карфаген,（トルコ語）Kartaca,（フェニキア語）Qart-Ḥadasht,（ヘブライ語）Qereth-Ḥādāsht,（アラビア語）Qarṭāj,（漢）加爾達額,（和）カルタゴ

（Qrtḥdšt「新しい都市」の意）（現・テュニス東北郊の古代遺跡 Qarṭāj）北アフリカのテュニス湾（ラ）Sinus Uticensis にフェニキア*人が建設した植民都市。伝承に従えば、前814年（異説あり）テュロス*の王女ディードー*（エリッサ*）によって創建されたというが、実際はもう少し後代の植民にかかるものと推定される（前8世紀中頃）。交通の要衝に位置し、良港と肥沃な後背地に恵まれて、前6世紀中頃にはあまたの植民市を擁する地中海貿易の覇者として強盛を誇った。国制は貴族政的な要素と民主政的な要素との均衡のゆえにアリストテレース*から賞賛されているが（『政治学』2）、実質的には寡頭政治であって、最高行政官スーフェース Sufes（（複）Suffetes）と104名の上流人士で構成される終身の「百人会」が政治を運営。前520年頃から前300年頃までの間、初期はマーゴー*家（前6世紀中頃～前4世紀初頭）、のちにはハンノー*家（前4世紀前期～前4世紀末）が実権をふるった。またギリシア・ローマ諸都市国家 polis（ポリス）の市民兵制度とは異なり、諸外国人から成る傭兵制度を採っていた点も特徴的である。宗教はオリエント系のもので、メルカルト Melqart やバアル・ハンモン Ba'al-Hammon、女神タニト Tanit らを崇拝。人身供犠が行なわれ、危機に際しては1日に200人以上もの嬰児が生贄として焼き殺された。住民は享楽的な都会生活を送り、男女とも宝石や香料、各種装身具を愛用、緋紫に染めた高価な衣裳をまとい、美酒美食を追求して饗宴を開くことを好んだ。性関係も放縦かつ開放的で、神殿売春が行なわれ（⇒エリュクス）、男女両色ともに盛んであったという。わけても男同士の愛情が重んじられていて、テーバイ❶*風の神聖部隊*を編成して友愛を称揚したのみならず、義理の父子間の情交をも認めており、名将ハンニバル❶*の父ハミルカル・バルカ*が女婿のハスドルバル❶*を性愛の対象にした例はよく知られている。

　最盛期には人口50万に達したとされるカルターゴー市は、ギリシアのアクロポリス*に相当するビュルサ Byrsa の丘（高さ57m）を中核とし、60段の階段を登りつめたその頂には、最高神エシュムーン Eshmun（アスクレーピオス*と同一視される）神の豪奢な神殿が聳え立っていた。天然の港湾以外に2つの人造港――長方形の商業港と440本の大理石柱に飾られた円形の軍港――を市域内に擁し、緊急時には鉄の鎖でこれら両港の入口を閉鎖することができた。町全体は堅固な環状の防壁に囲まれており、とくに内陸側の周辺には高さ13mあまり、厚さ10m近くの城壁が三重に張り巡らされていた。市民たちはギリシア人に先んじて地中海西方の通商に乗り出し、テュロスの緋紫染料、貴金属・宝石、象牙、奴隷、香料、穀物、陶器、綴織・絨毯などの織物を輸出し、また農業技術を高度に発展させて

1　ウティカ湾
2　テュニス湖
3　ビュルサ
4　カルターゴー岬
5　港
6　テュニス湾

カルターゴー

（⇒マーゴー❹）、毎年の税収は1万2千タラントンもの莫大な額に達した。

前550年頃シキリア*（現・シチリア）島を占領したカルターゴーは、さらにコルシカ*、サルディニア*、バレアーレース*諸島、イベーリアー*（ヒスパーニア*）にまで勢力を拡大、遠くアーフリカ❶*大西洋岸を周航して広く海上交易に従事した（⇒ハンノー❶、ヒミルコーン❶）。この頃から西地中海の支配権をめぐってギリシア人と対立を深め、前535年エトルーリア*と結んでアラリアー*の海戦においてギリシア系ポーカイア*人植民者を撃退。しかるに、前480年のヒーメラー*の海戦ではシュラークーサイ*＝アクラガース*連合軍に敗れ（⇒ハミルカル、ゲローン、テーローン）、その後1世紀以上にわたりギリシア勢力と角逐・抗争を繰り返しつつも、西シケリアーの領有は保持した（⇒アガトクレース、ディオニューシオス1世、2世、ティーモレオーン）。

他方ローマ人との関係は、当初友好的で古くから同盟を締結（前508、前348、前306）。ピュッロス*戦争（前281〜前275）の折にもローマを援助したが、ローマの勢力拡大につれて両者は激突、3回に及ぶポエニー戦争*（ローマ・カルターゴー戦争。前264〜前146）の結果、人口70万を誇った大都市カルターゴーは滅亡、徹底的に殺戮・焼却・破壊されて、その版図はローマの属州に併呑された。都市としては、カエサル*ならびにアウグストゥス*の時代に植民市コローニア・ユーリア・カルターゴー Colonia Julia Carthago として再興され、ポンポーニウス・メラ*やストラボーン*、ヘーローディアーノス*らの書き記すごとく、帝政ローマの属州アーフリカ❷* Africa Proconsularis の州都として繁栄を謳歌した（⇒ウティカ）。再び豪壮な公共建造物や6、7階建ての家々が林立し、神々への幼児犠牲も復活、市民は奢侈と快楽に耽った。後2世紀までには人口は30万を超え、帝国西半では首都ローマに次ぐ大都市に成長、学問の府としても名高く、傑出した法学者や修辞学者を輩出した。アープレイユス*、テルトゥッリアーヌス*、キュプリアーヌス*、アウグスティーヌス*らは皆この町で学んでいる。また、アーフリカの穀物交易を支配するこの地の属州総督は、ローマ皇帝にとって脅威を及ぼす存在となり、実際に幾度も反乱を起こしている。帝政末期にはマーニー*教やキリスト教、グノーシス*主義などの新興宗教で賑わい、とくにドナートゥス*派やペラギウス*派、アレイオス*（アリーウス*）派といったキリスト教「異端」諸派が跋扈した。439年10月19日ヴァンダル*族によって征服され（⇒ゲイセリクス）、のち東ローマ皇帝ユースティーニアーヌス*の将軍ベリサーリウス Belisarius（505頃〜565）が奪回（534）、コローニア・ユースティーニアーナ・カルターゴー Colonia Justiniana Carthago となったが（553）、697年イスラーム教徒に占領・破壊されて、史上から消滅した。

近年の発掘によって、港近くのサランボー Salambo から幼児犠牲の捧げられた供犠場 tophet や墓域 Necropolis が、またポエニー*式の神殿とアゴラー*、円形の人造港、ローマ帝政期の大規模なアントニーヌス・ピウス*の公共浴場（2世紀中頃）、ローマ帝国最長の水道橋（132km）、円形闘技場、音楽堂、野外劇場、キルクス*、バシリカ*、モザイク舗床に飾られた邸宅などの遺構、および骨壺をはじめとするさまざまな遺物が、次々と発見されている。
⇒ハンニバル、ポエニー戦争、神聖部隊、クレイトマコス、ハスドルバル、巻末系図034

Strab. 17-832〜/ Mela 1-7/ Plin. N. H. 5-3/ Ptol. Geog. 4-3/ Vell. Pat. 1-6/ Herodot. 1-166〜, 3-19, 7-165〜/ Polyb. 1-10〜, 3-1〜, 6-51〜, 36-9〜/ Just. 4-2, 18-2〜, 19-1〜/ Liv. 7, 21〜, Epit. 13/ Verg. Aen. 1〜4/ Arist. Pol. 2-11/ App. Hann., Pun./ Diod. 11, 13, 16, 17, 20, 23/ Plut. Pyrrh. 22〜/ Sil. Pun. 1〜/ Sall. Jug./ Nep. Hamilcar, Hannibal/ Thuc. 1-13, 6-2〜/ Dion. Hal. 1-74/ Herodian. 5-6, 7-4〜/ Val. Max. 2-7, 9-5/ Solin. 40/ Oros. 4-6/ Dio Cass./ Procop. Vand. 2-10/ Euseb. Chron./ etc.

カルターゴー・ノウァ　Carthago Nova,（ギ）Karkhēdōn neā, Καρχηδών νέα,（フェニキア語）Qart-Ḥadašt（「新しい都市」の意）

（古くは Mastia。「新しいカルターゴー*」の意。現・カルタヘーナ Cartagena,〈仏〉Carthagène,〈露〉Картахена）ヒスパーニア*東南沿岸の都市。前228年カルターゴーの将軍ハスドルバル❶*（ハンニバル❶*の義兄弟）によって建設され、ヒスパーニア経略の基地となった。第2次ポエニー戦争*（前218〜前201）中の前209年、ローマのスキピオー・大アーフリカーヌス*（大スキピオー*）が長い攻囲ののち陥落させたが、その折、彼は「海神ネプトゥーヌス*が道を与えてくれた」と引潮時に浅瀬を徒歩で渡り、部下を心服させたと伝えられる。町は天然の良港に恵まれ、後背地には豊かな金・銀山があって、カルターゴーやローマに巨富をもたらした。ローマの外ヒスパーニア*州に属し、共和政末期にはローマ植民市に昇格したが、後425年ヴァンダル*族により破壊され、その後、東ローマのスパーニア Spania 州の州都（552〜615頃）、西ゴート*王国領を経て、711年イスラーム＝アラブ軍に征服された。

ローマ時代には籠やサンダルを編む素材となるエスパルト草や、鯖漁、および香りのよいソースたる魚醤 garum の産地として知られていた。今日も水道橋、円形闘技場、野外劇場、フォルム*の列柱、街路、城壁の遺構を見ることができる。
⇒タッラコー

Liv. 21-5〜, 26-42〜/ Polyb. 10-8〜/ Mela 1-7, 2-6/ Plin. N. H. 3-3/ App. Hisp. 12/ Strab. 3-158〜/ Just. 44-3/ Sil. 3-368, 15-192/ Val. Max. 4-3/ Gell. 6-8/ Ptol. Geog. 2-6/ Steph. Byz./ It. Ant./ etc.

カルターゴー傭兵の反乱　（英）War of Mercenaries, Mercenary War,（仏）Guerre des Mercenaires,（独）Söldnerkrieg,（伊）Rivolta dei mercenari,（西）Guerra de los Mercenarios, Rebelión de los

mercenarios de Cartago, リビュエー*（リビュア*）戦争, (ギ) Libykos Polemos, Λιβυκὸς Πόλεμος, (英) Libyan War

(前241年〜前237年) 第1次ポエニー戦争*（前264〜前241）終結後、カルターゴーに雇われていた傭兵隊が中心となって起こした内乱。カルターゴー政府が、大半が異邦人から成る傭兵への給料支払いをしばらく停止したため、リビュエー*人マトー Matho（〈ギ〉マトース Mathos, Μάθως）とカンパニア*人スペンディウス Spendius（〈ギ〉スペンディオス Spendios, Σπένδιος）の率いる傭兵らが暴動を起こし、40カ月（3年と4か月間）も続く「史上この上なく血腥い邪悪な戦い」へと発展した。ハンノー❷*が鎮圧に向かうが果たせず、次いで名将ハミルカル・バルカ*（大ハンニバル❶*の父）が討伐に当たった。敗れた反乱軍は、カルターゴーの将ギスコー❷*ら700人の捕虜の両手両足を切り落として生きたまま墓穴に投じ、反乱軍の中で抗議した者をも惨殺。峡谷に追い込まれた4万人の叛徒は、出口を封鎖されて飢餓状態に陥ったあげく、捕虜や奴隷を殺して食べるまでに追い詰められた。ハミルカルは捕えた反乱軍らを象に踏み潰させて虐殺し、スペンディウスをトゥーネース（テュニス）の城門に磔柱を高々と立てて架刑に処した。それに応えてマトーは、後日カルターゴーの将ハンニバル Hannibal を同じ場所、同じ磔柱で処刑して報復した。こうして双方とも見せしめのための残虐行為を繰り返した果てに、マトーが捕えられ、拷責ののち磔刑に処されることで、一連の惨劇は幕を閉じた（前237年初頭）。反乱は終熄したが、その間に抜け目のないローマはカルターゴー領だったサルディニア*島を占領し（前238）、さらにはコルシカ*島をも奪って、自国の属州に編入してしまった。フローベールの小説『サランボー Salambô』(1862) は、この傭兵の反乱を主題に描いている。

Polyb. 1-65〜88, 3-27/ Diod. 25-2〜, 26-23, -24/ App. Pun. 2, 5/ Nep. Hamilcar 2/ Sil. Pun. 6-687〜/ Zonar. 17/ etc.

カルタージュ　Carthage
⇒カルターゴー（のフランス語形）

カルデア　Cardea（カルダ Carda）
ローマの扉の蝶番((ラ) カルドー cardo) を司る女神。門神ヤーヌス*に求愛され身を委ねた報酬として、この権能を与えられたという。家庭生活を守る、わけても子供の血を吸う夜の悪霊ストリーガ Striga の侵入を防ぐ女神と考えられた。時にカルナ*と混同ないし同一視される。

Ov. Fast. 6-101〜/ Augustin. De civ. D. 4-8, 6-7/ Tertullian. De Cor. 13/ etc.

カルデア　Chaldea
⇒カルダイアー

カルディアー　Kardia, Καρδία, Cardia, (仏) Cardie
(現・Bulair 近郊) トラーケー*（トラーキアー*）のケルソネーソス*（現・ゲリボル Gelibolu) 半島の西岸にあったギリシア都市。前7世紀後期にミーレートス*およびクラゾメナイ*の植民市として建設され、ミルティアデース❷*の指導下にアテーナイ*からの移民を受け入れ（前560頃）、ケルソネーソスの地峡を横断する城壁を築いて防備を固めた。ダーレイオス1世*の治世にアカイメネース朝*ペルシア*領となる（前493）が、ペルシア戦争*後は再びアテーナイの支配を受けるようになり、ペロポンネーソス戦争*（前431〜前404）中はアテーナイの海軍基地として用いられた。軍事上の要衝に位置するため、その争奪をめぐって前4世紀前半にはマケドニアー*とアテーナイとの間で闘争が続いたものの、市は遂にマケドニアー王ピリッポス2世*側に加盟した（前352／前351）。アレクサンドロス大王*の書記官長を務めた勇将エウメネース*およびその友人で歴史家ヒエローニュモス❶*の出身地として名高い。大王没後にトラーケー王リューシマコス*に破壊された（前309頃）が、ほどなく再建されてヘレニズム時代にはケルソネーソス最大の都市になっていたという。

Herodot. 6-33, -36, -41, 7-58, 9-115/ Strab. 7-331/ Mela 2-2/ Plin. N. H. 4-11/ Paus. 1-9, -13, Plut. Eum. 1/ Nep. Eum. 1/ Dem. Philip. 1-63/ Xen. Hell. 1-1/ App. B. Civ. 4-88/ Ptol. Geog. 3-12/ Steph. Byz./ etc.

カルティ(ス)マンドゥア　Carti(s)mandua
(後1世紀中葉) ブリタンニア*のブリガンテース*族の女首長 (在位・後43頃〜69頃)。ローマ軍に敗れて逃げてきたカラタクス*を裏切って捕え、将軍オストーリウス・スカプラ*に引き渡し（後51）、以来ローマ帝国の後楯でいっそう富と権力を増す。しかし、夫ウェヌティウス Venutius に飽きて、夫の楯持ちウェッロカトゥス Vellocatus と再婚し彼に支配権を譲ろうと画策。巧妙な手口でウェヌティウスの兄弟や親戚を暗殺したため、国内で孤立してしまい、ローマ軍に救出されたが、首長の座はウェヌティウスに奪い去られた（69頃）。これを機にローマ皇帝ウェスパシアーヌス*はブリガンテース族征服にのり出し（71〜）、彼らの住地ブリガンティア Brigantia（現・ヨークシャー Yorkshire, ランカシャー Lancashire, カンブリア Cumbria の大部分）を皇帝国の属州ブリタンニアに併合している（74）。

⇒ケレアーリス、アグリコラ

Tac. Ann. 12-36, -40, Hist. 3-45/ etc.

カルテイヤ（カルテーイア）　Cartēia, (ギ) Karteīa, Καρτηΐα, Carteïa
(現・San Roque の近郊) スペイン南部沿岸、ヒスパーニア・バエティカ*の古い海港。ジブラルタルの東4マイルに位置し、フェニキア*＝カルターゴー*系の交易都市として栄えた。市名はフェニキア語の Kart（「都市」の意）に由来する。第2次ポエニー戦争*（ハンニバル*❶戦争。前218〜前201) 時にカルターゴー軍の海軍基地となるが、その後、前171年ローマ兵とヒスパーニア女性との間に生まれた4千名以上の息子たちが入植し、イタリア外に設けられた最

初のラテン植民市となった。ギリシア人のいうカルペー*市に当たり、また古代の地理学者の中には、遠い昔に栄えたタルテーッソス*市を、この地に比定する者もいた。前1世紀頃のカピトーリウム*神殿の遺跡が発掘されている。
⇒ヘーラクレースの柱
Mela 2-6/ Cic. Att. 12-44, 15-20/ Liv. 28-30〜, 43-3/ Paus. 6-19/ Strab. 3-140〜/ Hirt. B. Hisp. 32〜/ Florus 4-2/ Dio Cass. 43-31, -40/ Plin. N. H. 3-1/ App. B. Civ. 2-105/ Ptol. Geog. 2-4/ Steph. Byz./ etc.

カルナ（またはカルネア） Carna (Carnea)，(露) Карна

ローマの人間の内臓（心・肺・肝臓など）を司る女神。彼女の崇拝は初代執政官L. ユーニウス・ブルートゥス*により共和政の第1年（前509）に開始されたといい、毎年6月1日にカエリウス*丘で祭礼が執り行なわれた。オウィディウス*は肉体の健康を守るこの女神をカルデア*と混同し、もとはティベリス*河畔の森 Lucus Helerni に住むクラーネー Crane というニンフ*であったが、門神ヤーヌス*に犯されて処女を喪い、その代わりに門扉の枢（回転軸と軸受けの接合部分）の支配権と魔除けの山査子の枝を与えられ、幼いプロカ Proca（アルバ・ロンガ*王。ヌミトル*の父）を吸血怪鳥ストリクス Strix から救った、としている。
Ov. Fast. 6-101〜/ Macrob. Sat. 1-12/ Varro/ etc.

カルヌーテース族 Carnutes，ないしカルヌーティー Carnuti，(ギ) カルヌートイ Karnutoi, Καρνοῦτοι，(英) Carnutians，(独) Carnuten

外ガッリア*中部、セークァナ Sequana（現・セーヌ）河とリゲル Liger（現・ロワール）河の間に居住していたケルト*系部族。主要都市はアウトリクム*（現・シャルトル Chartres）とケーナブム*（現・オルレアン Orléans）。カエサル*のガッリア遠征時には、レーミー*族の従属国であったが、前53年2月13日ローマ市民を虐殺してウェルキンゲトリクス*の反乱に加盟、ためにカエサル軍にケーナブムの町を劫略された（前52）。アレシア*の攻防戦には、1万2千の兵をガッリア連合軍に派遣してローマ軍と闘ったものの、潰走を余儀なくされた。翌年、ローマに屈したビトゥリゲース*族を攻撃したためカエサルにうち負かされ、人質を差し出して降伏した。アウグストゥス*は彼らを同盟国家 civitas foederata として自治を許し、軍隊の提供だけを義務づけた。なお首邑アウトリクムの後世の呼称シャルトルは、カルヌーテースに負っている。また彼らの領土は全ガッリアの中心に当たると見なされており、毎年ドルイデース*（ドルイド）たちがこの地に集まって会合を開くことになっていた。
Caes. B. Gall. 2-35, 5-25, -29, -56, 6-2〜4, -13, -44, 7-2〜3, -11, -75, 8-4〜5, -31, -38, -46/ Plin. N. H. 4-18/ Tib. 1-7/ Liv. 5-34/ Plut. Caes. 25/ Strab. 4-191, -193/ Ptol. Geog. 2-8/ Flor. 1-45/ etc.

カルヌントゥム Carnuntum，(ギ) Karnūs, Καρνοῦς，(仏) Carnunte，(伊)(西)(葡) Carnunto

(現・Petronell-Carnuntum 近郊の遺跡) ダーヌビウス*（ドーナウ）河沿いに位置するローマ帝国の主要な軍事都市。古くはケルト人*の町で、北方バルト海方面からイタリアへ向かう琥珀交易の中継地点として知られていた。ローマに征服されて当初は属州ノーリクム*に（前16）、後14年以降は属州パンノニア*に所属。ティベリウス*の対マロボドゥウス*討伐戦（後6）に基地として用いられ、その後1箇軍団の駐屯地となり城壁や要塞が建造された。トライヤーヌス*帝の治下に上パンノニア州の州都に定められ（103頃）、ハドリアーヌス*帝によって自治都市 Aelium Carnuntum とされ、マールクス・アウレーリウス*帝はマルコマンニー*戦争中に大本営をここに置き『自省録』を執筆した（172〜175）。次いで、この地で皇帝に推戴された（193）セプティミウス・セウェールス*の治下、植民市 Septimia に昇格し、市域は大幅に拡張されて繁栄した。308年11月11日には、ディオクレーティアーヌス*、ガレーリウス*、マクシミアヌース*の3帝が参集し、帝位をめぐる混乱状態を収拾せんとするカルヌントゥム会議が開かれている（⇒マクセンティウス、リキニウス、マクシミーヌス・ダイヤ）。400年頃、市は焼亡したが、神殿や浴場、2つの円形闘技場、ミトラース*神の祭壇、フォルム*、総督官邸、住宅、墓地などの遺跡がウィーンの東方25マイルの地点から発掘されている。
⇒シルミウム、アクィンクム
Vell. Pat. 2-109/ Plin. N. H. 4-12/ Eutrop. 8-13/ S. H. A. Sev. 5/ Amm. Marc. 30-5/ Liv. 43-1/ Ptol. Geog./ etc.

カルネアデース Karneades, Καρνεάδης, Carneades，(仏) Carnéade，(伊) Carneade，(西)(葡) Carnéades，(露) Карнеад

(前214／213〜前129／128) ギリシアの哲学者。キューレーネー*の出身。新アカデーメイア*学派（第3期アカデーメイア学派）の創立者。若くしてアテーナイ*へ赴き（前193頃）、ストアー*学派のディオゲネース❸*やアカデーメイア学頭ヘーゲーシヌース Hegesinus に師事した。無比の勤勉さで議論に明け暮れ、髪も爪も伸ばし放題にして、あらゆる教説を片端から論駁、わけてもストアー学派の独断論に反対して懐疑論を唱えた。反駁された教師たちが苦い顔をした時、彼は「もし私の理論が正しいのならばそれでよい。もし間違っていると言うのなら、私の払った授業料は無駄だったわけだから、今すぐ返してくれ」と言ったと伝えられる。アカデーメイア第11代学頭となり、アルケシラーオス*以来の懐疑主義をさらに徹底させ、「真偽の基準が存在しない以上、いかなる認識も不可能である」と主張、知識の蓋然性と判断の中止（エポケー epokhe）を説いた。のちアテーナイ*を代表する3人の哲学者使節の1人としてローマへ派遣された時には（⇒オーローポス）、その巧みな弁舌と甘美な人柄とでローマの青年層を魅了し、彼らを哲学に熱中させた（前155）。ところが、ある日は「正義」に

味方して、これを賞賛する演説を述べたかと思うと、翌日には「正義」に反対して、これを非難嘲弄する演説を披露してみせ、肯定否定の両論をあまりにも見事に証明したため、ローマ元老院に衝撃を与え、大カトー❶*の発議によって他の哲学者とともにギリシアへ送り返された（⇒クリトラーオス）。その優れた議論能力で名声を博したとはいえ、普遍的な懐疑の教義を知的道徳的虚無主義にまで圧縮・変化させてしまった側面は否定できない。つね日頃、死については「組み立てた自然がまた解体するに過ぎない」と言っていたにもかかわらず、死を恐れることきわめて甚しかったとも伝えられる。夜盲症で晩年に失明し、また高齢で没した時には月蝕が起こったという（85歳、一説に90歳とも）。著作は全く残さず、学園はカルターゴー*人クレイトマコス*が継承した。

カルネアデースは大変に声が大きかったので、体育場（ギュムナシオン*）で講義を行なっている最中に、管理人から「声を低くしろ」と注意されたことがあった。そこで彼が「では声の秤をくれ」と応じたところ、管理人から「あなたには聴講者の数という秤があるではありませんか」とやりこめられたという話が残っている。船が難破した際に、2人の漂流者の間で、1人しかつかまることのできない板をめぐって争う行為の是非を問う「カルネアデースの板」の問題提起を行なったことでも名高い。神や占卜に関する彼の懐疑論は、ローマ共和政末期のキケロー*にも多大の影響を及ぼしている。

⇒ラーリーサのピローン、アスカローンのアンティオコス、タルソスのアンティパトロス

Diog. Laert. 4-62～66/ Cic. Acad. 2, Tusc. 4-3, Att. 12-23, De Or. 1-11(45), 2-37(155), Rep., Nat. D., Div./ Plut. Cat. Mai. 22～23, Mor. 513～514/ Gell. 17-15, -21/ Plin. N. H. 7-30/ Sext. Emp. Math. 7-159,～ 9/ Quint. 12-3/ etc.

カルネイア（祭） Karne(i)a, Κάρνε(ι)α, （ラ）カルネーア Carnea, （仏）Carnée, （西）Carneas (fiestas)

ドーリス*系ギリシア人の間で行なわれていたアポッローン*＝カルネイオス Karneios の祭礼。ペロポンネーソス*地方で広く祝われていたが、なかでもスパルター*においてカルネイオス月（今の8月～9月）に9日間（第7～15日）にわたって開かれた収穫祭が有名。これはドーリス人*侵入以前に先住民が崇拝していた古い田園神の祭儀に、スパルター風の軍国的要素が加わった大祭で、きわめて重要視され、その期間中は兵を動かすことも禁じられていた。そのためペルシア戦争*の折、スパルターが十分な部隊をテルモピュライ*の戦い（前480）に派遣することができなかった話はよく知られている（⇒レオーニダース）。選ばれた男たちの公共会食や、葡萄の房を持った若者たちの競走 Straphylodromoi が行なわれたほか、前676年からは音楽の競演会も開催された（⇒テルパンドロス）。カルネイオスは「雄羊 Karnos」に由来する農牧神であるが、伝承によればアポッローンの愛人だった予言者カルノス*Karnos（ゼウス*とエウローペー*の息子）を記念して祀られた神格といぅ（⇒プラークシッラ）。

競走を伴ったカルネイア祭は、テーラー*島やクニドス*でも行なわれており、若者が軍事生活に入る際の一種の通過儀礼的な祭式であったと考えられている。

⇒タルゲーリア祭、デーリア祭、ギュムノパイディアイ

Herodot. 7-206, 8-72, 6-106/ Thuc. 5-75～76, -54/ Plut. Mor. 717d/ Callim. Ap. 71/ Paus. 3-13, -24, 4-31, -33/ Pind. Pyth. 5-79/ Conon Narr. 26/ Schol. ad Theoc. 5-83/ Ath. 4-141e～f/ Hesych./ etc.

カルノス または、カルネイオス Karnos, Κάρνος, Carnus; Karneios, Καρνεῖος, Carneus, （伊）（西）Carneo

「角のあるもの＝雄羊」の意。

ギリシア神話中、ゼウス*とエウローペー*との間に生まれた息子（異説あり）。アポッローン*の愛人となり、神から予言の術を授けられた。ヘーラクレイダイ*（ヘーラクレース*の末裔）がペロポンネーソス*攻略を計った時に、ヘーラクレイダイの1人ヒッポテース Hippotes によって殺されたため、アポッローンの怒りが彼らに下り、一族の間に疫病が拡まった。神託を通じて原因を知った彼らは、ヒッポテースを追放し、カルノス（カルネイオス）を祀った。以来ドーリス*人は彼をアポッローンと同一視し、毎年カルネイオスの月（8月～9月）に競技祭カルネイア*Karneiaを開催するようになったという。スパルター*やテーラー*島のアポッローン・カルネイオス神が名高く、その聖域内で少年愛の男色儀礼が行なわれていたことが知られている。

Paus. 3-13-4/ Conon Narr. 26/ Schol. ad Theoc. Id. 5-83a/ etc.

ガルバ（家） Galba, （ギ）Galbās, Γάλβας, （露）Гальба

ローマのパトリキイー*（貴族）系の名門スルピキウス氏*の家名 cognomen（コグノーメン）。ガルバという家名の由来については、初代がひどく肥満していたから（ガッリア*人の言葉で「太鼓腹（ガルバ）」より派生した）とも、逆にきわめて痩せていたので、樫（オーク）の木の中で生まれるガルバという小さな虫に比較されたからとも、その他諸説があり一定しない。著名な人物としては、前200年前後にハンニバル❶*戦争（第2次ポエニー戦争*）やマケドニアー*戦争で活躍した P. ガルバ・マクシムス Sulpicius Galba Maximus（前211年と前200年の執政官（コンスル*））や、ヒスパーニア*を統治していた時（前151）3万人ものルーシーターニア*人を騙して虐殺し、ウィリアートゥス*との戦争（前147～前138）を惹き起こしたセルウィウス・ガルバ Ser. Sulpicius Galba（前144年の執政官）、その孫でカエサル*のガッリア遠征の副官 Legatus（レーガートゥス）を務めたが、のちにカエサル暗殺（前44）に加担したセルウィウス・ガルバ、さらにその孫で傴僂だったにもかかわらず、裕福な美女から言い寄られたというガーイウス・ガルバ C. Sulpicius Galba（後22年の執政官）らが挙げられる。最後の人物の次男が、ネロー*帝に次いで皇帝になったガルバ（在

位・68～69) である。
Liv. 25-41～/ Suet. Galb. 3/ App. Hisp. 58～, Mac. 2～/ Caes. B. Gall. 3-1/ Plut. Galb. 3/ Polyb. 8-1/ Juv. 8-5/ Val. Max. 8-1/ Gell. 1-12/ Cic./ etc.

ガルバ、セルウィウス・スルピキウス　Servius Sulpicius Galba,（ギ）Serūios Sūlpikios Galbas, Σερούϊος Σουλπίκιος Γάλβας,（伊）（西）Servio Sulpicio Galba,（葡）Sérvio Sulpício Galba,（露）Сервий Сульпиций Галба

（前3年12月24日～後69年1月15日）前名・ルーキウス・リーウィウス・オケッラ L. Livius Ocella。ローマ皇帝（在位・後68年6月8日～69年1月15日）。父方の始祖は主神ユーピテル*、母方の遠祖はパーシパエー*（ミーノース*王の妃）という由緒ある権門の出身（⇒ガルバ家）。タッラキーナ*の別荘 villa で生まれ、継母（父の後室）リーウィア・オケッリーナ Livia Ocellina（アウグストゥス*の后リーウィア❶*の親族）の養子となる。アウグストゥスとティベリウス*両帝から「将来帝位に即くだろう」と予言され、また太后リーウィアの殊遇を蒙って法定年齢より早く政務官職を累進（20年の法務官、33年の執政官）、彼女から莫大な財産を遺贈される（29）が、これはティベリウスに奪い取られて実現しなかった。カリグラ*、クラウディウス*両帝にも重用され、ガッリア*、ゲルマーニア*、アーフリカ*（45～46）などの属州*を次々と任され、軍規を引き締め無慈悲なほど厳格に統治した。カリグラ暗殺（41）の直後、周囲から帝位を狙うよう勧められたにもかかわらず、自制して野心を示さなかったので、クラウディウスからいたく丁重に遇され、凱旋式顕章その他多くの栄誉を贈られた。女色に関しては淡泊で、妻アエミリア・レピダ❹*の死後、小アグリッピーナ*（ネロー*帝の母）に誘惑されたが靡かず、再婚せずにもっぱら逞しい肉体の男たちとの情交を好んだという。しばらく公職を退いたのち、ネロー帝によりヒスパーニア・タッラコーネーンシス*州の総督職を与えられると、無為と懶惰を装いつつ、ネローに嫉妬させない程度に善政を施して属州民の声望を集めた（60～68）。68年3月ネローに叛旗を翻したウィンデクス*から帝位に即くよう勧められ、軍隊からも「最高司令官（インペラートル*）」と歓呼され（4月2日）、ルーシーターニア*総督オトー*や近衛軍の支持も得て、ネローに代わる皇帝として元老院（セナートゥス*）に認められる（6月8日夜半）。かつてネローは「73歳に気をつけよ」という神託を授かっていたが、ようやくそれが自分の年齢ではなくガルバのそれだと気付いて驚倒したという。

ネローの自殺後、正式の皇帝となったガルバは、ローマへ入城した（10月）が、狭量かつ残忍・強欲・吝嗇だったため、たちまち人心を失い、さらに3人の悪辣な寵臣 T. ウィーニウス*、イケルス*、ラコー Cornelius Laco（?～69）の跳梁のせいで大勢の敵をつくってしまう。賜金を要求する兵士たちに対し「余は兵を募集したのであって、買収したのではない」と答えて、全軍隊を激昂させ、また名門の青年 L. ピーソー・フルーギー・リキニアーヌス*を養子に迎えた（69年1月10日）ために、帝位継承者の座をうかがっていたオトーを謀叛にはしらせた。そして養子縁組から5日後、オトーと結んだ近衛軍にフォルム・ローマーヌム*で襲われ、従者たちに見捨てられて落命、観念した彼は「ローマ国民のためによいと思うなら、さあやれ」と言って剣の前に首を差し伸べたという。史家タキトゥス*は、兵士らがガルバの首を刎ね、両足両腕を断ち切っ

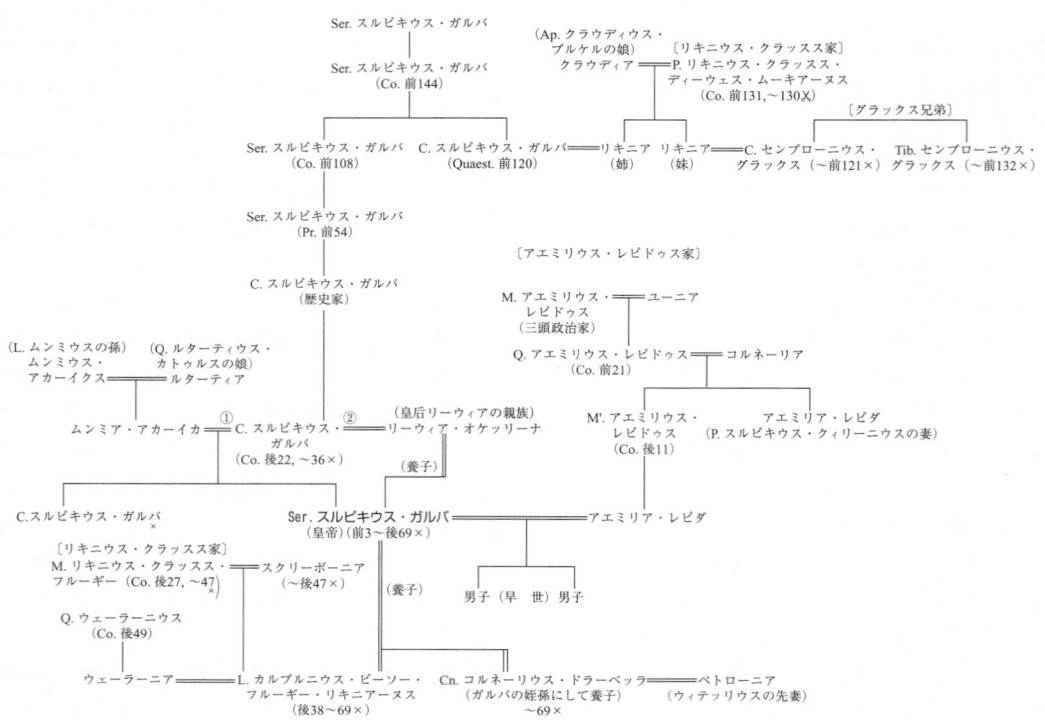

系図154　ガルバ（家）
[巻末系図099]

たのみならず、胴だけの体にも多くの残忍な剣傷を加えたことを語っている。遺骸から切り取られた首は、オトーのもとへもたらされたのち、槍先に突き刺されて嘲弄されながら兵舎の中を持ち回られたという。高齢のガルバはすでに禿頭で皺だらけ、手足は痛風のためねじ曲がって靴も履けず本を手に持つこともできないありさま、しかも胴体の右側に大きな肉の塊が垂れ下がっていて、繃帯でかろうじて止めているといった健康状態であった。タキトゥスは彼を「もし皇帝にならなければ、皇帝たるにふさわしい人物と万人から見なされたであろう」と評している。
⇒巻末系図 099
Suet. Galb./ Plut. Galb./ Tac. Hist. 1-1～42/ Dio Cass. 63～64/ Aur. Vict. Caes. 6/ Eutrop. 7-10/ etc.

カルパチア　Carpathia
⇒カルパティア山脈

カルパティア山脈　(英) Carpathian Mountains, (ギ) カルパテース Karpatēs oros, Καρπάτης ὄρος, (ラ) カルパテース Carpates Mons, (英) Carpathians, (仏) Carpates, (独) Karpaten, (伊) Carpazi, (西)(葡) Cárpatos, (ルーマニア語) Munţii Carpaţi, (露) Карпаты, (和) カルパチア山脈、カルパート山脈

アルペース*(アルプス)山脈から東方へ延び、東ヨーロッパ地方を湾曲しながらバルカン山地に連なる弧状の山脈。延長約 1500 km。その名はカルピー*族に由来するという。
Ptol. Geog. 3-5, -7, -8/ Strab. 7-259/ Plin. N. H. 4-12/ Strab. 7-295/ etc.

カルピー(族)　Carpi, (ギ) Karpianoi, Καρπιανοί, Carpianoi, または、Karpoi, Κάρποι, Karpidai, Καρπίδαι, Karpides, Κάρπιδες, Carpides, (英) Carpians, (仏) Carpes, (独) Karpen (Carpen), (西)(葡) Carpianos

ダーキア*人の部族名。イストロス*(ドーナウ)河下流地方に前1世紀から居住し、後3世紀になるとローマ帝国領に侵入を開始(238)、ピリップス・アラブス*帝によって一旦駆逐される(245～247)が、新たにゴート*族(ゴトーネース*)と合流してモエシア*、トラーキア*方面に侵攻し(248～)、デキウス*帝を敗死させた(251)。しかし269年にゴート族とともに、クラウディウス2世*・ゴティクス帝に大破され、次いでアウレーリアーヌス*帝により撃退された(272)。その後、ディオクレーティアーヌス*帝およびガレーリウス*帝の治下にも敗退して、大半がパンノニア*やモエシアに移住させられた。
S. H. A. Maxim. et Balb. 16, Aurel. 30/ Eutrop. 9-25/ Herodian. 8-18～/ Amm. Marc. 28-1/ Aur. Vict. Caes. 39, 43/ Zosimus 1-20, -27, 4/ Ptol. Geog. 3-5/ etc.

カルプルニア　Calpurnia, (ギ) Kalpūrniā, Καλπουρνία, (露) Кальпурния

ローマの名門カルプルニウス氏*出身の女性名。最も著名なのは、L. カルプルニウス・ピーソー❷*の娘で、カエサル*の最後の妻となった人物である(前77頃～?)。前59年、彼女とカエサルとの政略結婚のおかげで、父ピーソーは翌前58年度の執政官職を獲得。その後ポンペイユス*の娘との縁組を望む夫カエサルによってあやうく離別されそうになる(前53)が、この申し出をポンペイユスが拒んだため、カルプルニアは最後までカエサルと連れ添うことになる(⇒巻末系図 064, 073)。カエサル暗殺(前44年3月15日)の前夜、彼女は、屋敷の破風が崩れ落ち、夫が刺殺されるという不吉な夢を見、翌朝彼に元老院*へ赴かぬよう懇願したが空しかったという。カエサルの死後、彼女は邸内にあった重要書類と現金4千タラントンをアントーニウス*に引き渡している。

小プリーニウス*の3度目(最後)の妻となった女性もカルプルニアと呼ばれ(後100～104年に結婚)、コームム*(現・コモ Como)の名家の出身で、夫の赴任先ビーテューニア*州へ同伴、また彼女に宛てた夫からの情愛溢れる書簡でも名高い。
Suet. Iul. 21, 27, 81/ Plut. Caes. 14, 63, Ant. 15, Pomp. 47, Cat. Min. 33/ App. B. Civ. 2-14, -115/ Dio Cass. 44-17/ Plin. Ep. 6-4, 7-5, 8-10, 10-120/ etc.

カルプルニウス・クラッスス　Calpurnius Crassus
⇒クラッスス

カルプルニウス氏　Gens Calpurnia〔← Calpurnius, (ギ) kalpūrnios, Καλπούρνιος〕, (露) Генс Кальпурния (Кальпурнии), Calpurnii

ローマのプレーベース*(平民)系の名門氏族。古王ヌマ*の三男カルプス Calpus の末裔を称し、第1次ポエニー戦争*以来目ざましく台頭、ピーソー*家を筆頭に、ベスティア*、ビブルス*、その他の諸家に分かれて繁栄した。三十僭帝*の1人カルプルニウス・ピーソー*は、ヌマ王から数えて28代目の子孫に当たると伝える。
Plut. Num. 21/ Hor. Ars P. 292/ S. H. A. Tyr. Trig./ Festus/ etc.

カルプルニウス・シクルス、ティトゥス　Titus Calpurnius Siculus, (伊)(西) Tito Calpurnio Siculo, (葡) Tito Calpúrnio Sículo, (露) Кальпурний

(後1世紀中頃)ローマ帝政期の牧歌詩人。ネロー*帝(在位・54～68)の時代に活躍したと思われる。11篇の田園詩が彼の名のもとに残るが、最後の4篇は3世紀後半の詩人ネメシアーヌス*の作品とされる。ウェルギリウス*はもとよりオウィディウス*、プロペルティウス*、ティブルス*らの影響が見られ、アウグストゥス*時代以後の牧歌の作例として注目される。作者はネローに対する陰謀で名高い

カルプルニウス・ピーソー

C. カルプルニウス・ピーソー*（?〜後65）の解放奴隷の子であると推測され、「シクルス（シキリア*人）」なる副名も、彼が実際にシキリア（現・シチリア）島出身であるからか、この島出身の牧歌詩人テオクリトス*にちなむものであるのか明らかではない。経歴は不詳だが、作品中に登場する牧人コリュドーン Corydon に詩人の自伝的要素が託されていると見られており、彼の詩集はペトラルカやロンサールら遙か後世の文学者にまで影響を及ぼしている。
T. Calpurnii Siculi Bucolicon Eclogae, Laus Pisonis

カルプルニウス・ピーソー Calpurnius Piso
⇒ピーソー

カルプルニウス・ビブルス Calpurnius Bibulus
⇒ビブルス

カルプルニウス・ベスティア Calpurnius Bestia
⇒ベスティア

カルペー Kalpe, Κάλπη, Calpe, (バレンシア語)(カタルーニャ語) Calp
（現・Kirpeh, (西) Peñón de Gibraltar, (英) Rock of Gibraltar, (アラビア語) Jabal al-Tāriq,「ターリクの丘」の意）ヒスパーニア*南端、ジブラルタル海峡 Fretum Gaditanum のヨーロッパ側にある岩山（標高426m）。対岸のアビュレー*と併せて「ヘーラクレース*の柱」と称される。
⇒カルテイヤ
Mela 1-5, 2-6/ Plin. 3-1/ Strab. 3-139, -156, -169〜/ Luc. 1-555, 4-71/ Philostr. V. A. 5-1/ Ptol. Geog. 2-4/ etc.

カルボー、ガーイウス・パピーリウス Gaius Papirius Carbo, (伊) Gaio Papirio Carbone, (西) Cayo Papirio Carbón, (葡) Caio Papilio Carbo
　ローマの政治家。カルボー家*の系図（本文系図155）を参照。
　❶（前164頃〜前119）改革者グラックス兄弟*の友人。前131年の護民官（トリブーヌス・プレービス）となり、翌前130年には故ティベリウス・グラックス❸*の土地分配法の執行委員に選任され、反対派のスキーピオー・アエミリアーヌス・小アーフリカーヌス*（小スキーピオー*）殺害に手を下したといわれる（前129）。しかし、のちにわかに民衆派（ポプラーレース*）を裏切って閥族派（オプティマーテース*）に転向、前120年度の執政官職（コーンスル*）に就くと、ガーイウス・グラックス*とその与党を殺した L. オピーミウス*（前121年の執政官）を弁護し、グラックス一派粛清は善行であるとさえ主張して依頼人の無罪判決をかちとる。その背信行為のせいで、閥族派・民衆派双方から嫌悪され、翌前119年若き雄弁家 L. リキニウス・クラッスス*により告発を受け、有罪（追放刑）を免れぬことを知るや、カンタリス cantharis（土斑猫の類）を服毒して自ら命を断った。そこそこ弁は立つものの、節操に欠ける人物と評される。
Liv. Epit. 59, 61/ App. B. Civ. 1-18, -20/ Vell. Pat. 2-4/ Cic. Amic. 25, Leg. 3-16, Fam. 9-21, De Or. 2-2, -25, -39〜40/ Val. Max. 3-7/ etc.

　❷（?〜前82）副名・アルウィーナ Arvina（「脂肪」の意）。❶の息子、前90年の護民官（トリブーヌス・プレービス）。父を自殺に追いやった L. クラッスス*に敵対し、内乱では民衆派（ポプラーレース*）のキンナ❶*を支持したが、のちスッラ*側に寝返ろうとして小マリウス*の命で元老院議事堂（クーリア）内において殺された。キケロー*によれば、すぐれた弁論家であったという。
　なお同名の従兄弟で、前89年の護民官となり、同僚のM. プラウティウス・シルウァーヌス Plautius Silvanus とともに、イタリア在住の全同盟市市民にローマ市民権を認めるプラウティウス＝パピーリウス法 Lex Plautia Papiria を通過させた C. パピーリウス・カルボー（?〜前81）とは、別人である。
Cic. Brut. 62, 89〜90, Orat. 63, Arch. 4, Fam. 9-21, De Or. 3-3/ Vell. Pat. 2-26/ App. B. Civ. 1-88/ Val. Max. 3-7, 5-4/ etc.

カルボー、グナエウス・パピーリウス Gnaeus Papirius Carbo, (ギ) karbōn, Κάρβων, (伊) Gneo Papirio Carbone, (西) Gneo Papirio Carbón, (葡) Gneo Papirio Carbo
（?〜前82）ローマの民衆派の政治家。C. パピーリウス・カルボー❶*の甥。前92年度の護民官（トリブーヌス・プレービス）。マリウス*派の領袖の1人として、前87年のローマ占領に参加、3度にわたり執政官（コーンスル*）に就任した（前85, 前84, 前82）。キンナ❶*および小マリウス*（マリウスの息子）の相役を務め、東方から帰還しようとするスッラ*の軍勢と応戦するが、ファウェンティア Faventia（現・ファエンツァ Faenza, ラウェンナ*南西の町）近郊でスッラ側の部将メテッルス❹*・ピウスに敗北、味方のノルバーヌス*の自殺後アーフリカ*へ逃亡を図り、ポンペイユス*に捕われて処刑され、首はスッラのもとへ送られた。残忍な性格の持ち主であったとされ、麾下のヒスパーニア*人のうち数名がスッラ側に寝返った時には、見せしめとして配下に留まったヒスパーニア兵を皆殺しにしたという（前82）。
　同名の父グナエウス（前113年の執政官）は、ガッリア*から南進するキンブリー*族に大敗し、のち M. アントーニウス❶*に告訴され、溶けた硫酸塩を嚥(の)んで自殺している。
⇒カルボー家*の系図（本文系図155）
App. B. Civ. 1-69〜96/ Liv. Epit. 63, 79, 83, 88〜89/ Plut. Sull. 22〜, Pomp. 5〜/ Cic. Leg. 3-19, Fam. 9-21, Verr. 2-1-4/ Vell. Pat. 2-26/ Eutrop. 5-8〜9/ Oros. 5-20/ Zonar. 10-1/ etc.

カルボー家 Carbo
　ローマのプレーベース*（平民）系のパピーリウス氏*に属する家名。

カルミデース Kharmides, Χαρμίδης, Charmides, (仏) Charmide, (伊) Carmide, (西)(葡) Cármides,

(露）Хармид

（前440頃～前403）アテーナイ*の市民。名門の出身で、風貌端麗、精神高邁、裕福であったが、のちこの富を失った。哲学者プラトーン*の母方の叔父に当たる（⇒巻末系図023）。若い頃、稀代の美青年だったため大勢の男たちに言い寄られ、体育場（ギュムナシオン*）での人気を一身に集めたという。ソークラテース*に可愛がられてその教えをうけ、次いで政界入りを勧められる。ペロポンネーソス*戦争（前431～前404）直後、従兄クリティアース*に協力して、三十人僭主*の名で呼ばれる寡頭政府を樹立（前404）、しかし翌年、攻め寄せた民主派の軍勢とペイライエウス*で戦って、クリティアースと一緒に戦死した。プラトーンの対話篇『カルミデース』はじめ、数篇の作品に登場する。
⇒パイドロス、リューシス
Xen. Mem. 3-6, -7, Hell. 2-4-19/ Pl. Chrm., Symp. 222, Prt. 315/ Andoc. 1/ Arist. Ath. Pol. 38, 39/ etc.

カルメンタ Carmenta，またはカルメンティス Carmentis，(露) Кармента
（「呪歌 carmen を唱える女」の意）ローマ神話中の出産の女神。エトルーリア*起源と考えられる。伝説によればヘルメース*（メルクリウス*）と交わってエウアンドロス*（エウアンデル*）を産んだといい、ギリシアにおける名はテミス❷*もしくはテルプーサ*、ティーマンドラー Timandra、ニーコストラテー Nikostrate（ラードーン*河神の娘）などとされている。予言力をもち、エウアンドロスとともにイタリアへ移住、ラテン語アルファベット15文字を作り、110歳まで生きて死後カルメンターリス門 Porta Carmentalis 近くに葬られ、女神として祀られた。ヘーラクレース*（ヘルクレース*）がティベリス*河畔までやって来た時に彼の運命を予言したとも伝えられる。またカルメンテース Carmentes と複数形で呼ばれる2柱の女神で、その祭礼カルメンターリア Carmentalia 祭は1月の11日と15日に祝われたとも記録されている。歌（カルメン Carmen）の女神として、ギリシアのムーサ*との同一視も行われた。
⇒カメーナエ
Paus. 8-25/ Verg. Aen. 8-333～/ Ov. Fast. 1-461～, -619～/ Liv. 1-7/ Dion. Hal. 1-31/ Hyg. Fab. 277/ Plut. Mor. 278/ Gell. 16-16/ etc.

ガルラエキア Gallaecia
⇒ガッラエキア

ガルラ・プラキディア Galla Placidia
⇒ガッラ・プラキディア

カルリ～ Kalli～, Calli～
⇒カッリ～

ガルリー Galli
⇒ガッリー

ガルリア Gallia
⇒ガッリア

カルリアース Callias
⇒カッリアース

ガルリエーヌス Gallienus
⇒ガッリエーヌス

ガルリオー Gallio
⇒ガッリオー

カルリオペー Calliope
⇒カッリオペー

カルリクラティダース Callicratidas
⇒カッリクラティダース

カルリクラテース Callicrates
⇒カッリクラテース

カルリステネース Callisthenes
⇒カッリステネース

カルリストー Callisto
⇒カッリストー

カルリストス Callistos
⇒カッリストス

カルリストラトス Callistratos
⇒カッリストラトス

カルリッポス Callippos
⇒カッリッポス

系図155　カルボー家

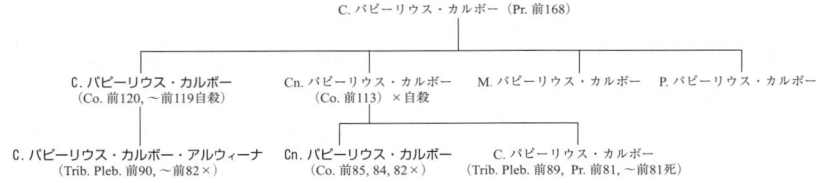

カルリーノス Callinos
⇒カッリーノス

カルリマコス Callimachos
⇒カッリマコス

カルリルロエー Callirrhoe
⇒カッリッロエー

ガルルス Gallus
⇒ガッルス

カレウァ Calleva
⇒カッレウァ・アトレバートゥム

ガレオス（または、ガレオーテース） Galeos, Γάλεος, Galeus,（伊）（西）Galeo,（Galeotes, Γαλεώτης）
（蜥蜴・守宮の意）ギリシア伝説中、アポッローン*とテミストー Themisto（ヒュペルボレオイ*人の王ザビオス Zabios の娘）との子。他のヒュペルボレオイ人テルミッソス Telmissos とともにドードーナー*（ドードーネー*）の神託を伺ったところ、「犠牲の最中に鷲が肉を奪い去る地まで旅せよ」との答えが下り、2人は東西に別れて進み、テルミッソスは小アジアのカーリアー*へ、ガレオスはシケリアー*（現・シチリア*）へ到達。後者はこの島に父アポッローンの神域を築き、同地の卜占者の一族ガレオータイ Galeotai の始祖となった。この予言者一門はメガラ・ヒュブライア*の町に居住していたため、市は別名ガレオーティス Galeotis（あるいはガレアーティス Galeatis）とも称された。
Cic. Div. 1-20/ Ael. V. H. 12-46/ Thuc. 6-62/ Hesych./ Steph. Byz./ etc.

カレース Cales,（ギ）Kales, Κάλης,（仏）Calès
（現・Calvi Vecchia）イタリア南部、カンパーニア*地方の都市。カシリーヌム*（現・カープア Capua）の西北8マイル、ラティーヌス街道*（ウィア・ラティーナ*）沿いの軍事上、交易上の要衝に位置する。伝承上の建祖はギリシア神話中の英雄カライス*（北風の神ボレアース*の子）。もとアウルンキー*族の町であったが、ラティウム*戦争（前340～前338）ののち前335年ローマ軍に占領され、ラテン植民市となる（前334）。以来カンパーニアにおけるローマの軍事拠点として、サムニウム*戦争および第2次ポエニー戦争*（前218～前201）中のハンニバル❶*の攻撃にも抵抗を試みるも、前209年にはローマへの支援を拒んだため、ほどなく厳しく処罰された。前184年に再興されて主に黒釉陶器と葡萄酒の輸出で栄え、やがて自治都市（ムーニキピウム*）（前89頃）、次いで帝政期にはローマ植民市（コロー二ア*）に昇格した（後2世紀）。5世紀にゲイセリークス*麾下のヴァンダル*族（ヴァンダリー*）に破壊された。今日も劇場（テアートルム*）、神殿、浴場（テルマエ*）、城壁など数多くの遺跡を見ることができる。
⇒カプア

Liv. 8-16, 10-20, 22-13, -15, 23-31～, 27-9, 29-15/ Cic. Leg. Agr. 2-31 (86), Fam. 9-13, Att. 7-14/ Hor. Carm. 4-12/ Strab. 5-237/ Verg. Aen. 7-728/ Sil. 8-514/ Vell. Pat. 1-14/ Plin. N. H. 3-5/ Tac. Ann. 6-15/ Ptol. Geog. 3-1/ etc.

カレース Khares, Χάρης, Chares（一説にカーレース）,（仏）Charès,（伊）Care (Chares),（西）Cares,（葡）Carés,（露）Харес
ギリシア人の男性名。

❶（前400頃～前325頃）アテーナイ*の将軍・傭兵隊長。前366年以後、次々にアテーナイのために戦い、ケルキューラ*での残虐行為（前361）などで悪評が高かったにもかかわらず、長年にわたって勢力を維持した。同盟市戦争（前357～前355）中に指揮権を得て艦隊を率い、前356年に敗北を喫すると、同僚の副将ティーモテオス❷*とイーピクラテース*が嵐を口実に協力を惜しんだせいだ、と称して2人を反逆罪で告発した。同年アルタバゾス❷*の反乱に与してアカイメネース朝*ペルシア*軍を破り、この勝利を「新たなマラトーン*戦だ」と誇称したが、ほどなくペルシアの大王アルタクセルクセース3世*の要請で、祖国アテーナイへ呼び戻された。前355年以後はマケドニアー*王ピリッポス2世*に対抗し、カイローネイア*の戦い（前338）ではアテーナイの将軍（ストラテーゴス*）の1人として闘った。アレクサンドロス大王*（ピリッポス2世の息子）から身柄引き渡しを要求された時（前335）、小アジアのシーゲイオン*に逃がれ、エーゲ海*域でペルシア部隊を指揮して大王軍に抵抗（前333～前332）、晩年は失業した傭兵たちとともにタイナロン*岬で過ごした。かつてセーストス*市を占領した時（前353）、男性市民を皆殺しにし、女子供を奴隷として売り払った話は有名。また彼が、ポーキオーン*がいつも眉を顰めて渋い顔をしている点を指摘して人々を哄笑させたところ、ポーキオーンから「この眉は諸君にいささかの害も及ぼさぬが、人々の笑いはたびたび国家を泣かせて来た」と窘（たしな）められたという話が残っている。
⇒カリデーモス

Xen. Hell. 7-2, -4/ Diod. 15-75, -95, 16-7,-21～, -34～, -52～, -74～, -85～/ Arist. Rh. 3-17(1418a)/ Nep. Timotheus 3, Phocion 2/ Plut. Phoc. 5, 14, Pel. 2/ Arr. Anab. 1-10, -12, 2-1, 3-2/ Dem. 4-24, 19-332/ Isoc./ Aeschin. 3/ Polyaenus 3-13, 4-2/ Suda/ etc.

❷（リンドス*の）（前300頃に活動）ロドス*島出身の彫刻家。巨匠リューシッポス*のお気に入りの弟子。代表作は古代世界七不思議の1つで名高い「ロドスの巨像」で、この島の守護神たるヘーリオス*（太陽神）の青銅立像である（高さ約32m、台座ともで48m）。金300タラントンに及ぶ莫大な建設費用は、前304年にロドスの攻囲を解いたデーメートリオス1世*・ポリオルケーテースが残していった戦器類の売却代金から捻出された（⇒プロートゲネース）。一説にカレースは、造像費用が彼の見積りを遙かに超過したため自殺をしたという。12年の歳月をかけて完成された（前292頃）この巨像は、しかし66年後に地震のために

倒壊し（前227頃）、以来神託に従って再建されることはなかった。そして後672年、ロドスに侵入したイスラーム軍が巨像の残骸をシュリアー*へ持ち去ったところ、これを運ぶのに900頭近い駱駝を要したと伝えられる。

ほかに、アレクサンドロス大王*の侍従を務め、大王の生涯についての記録（亡失）を著わしたミュティレーネー*出身の史家カレース（前4世紀後半）が名高い。
⇒エウテュキデース、グリュコーン
Plin. N. H. 34-18/ Strab. 14-652/ Ath. 1-27, 3-93, -124, 4-171, 7-277, 10-434, -436, 12-513, -514, -538, 13-575/ Plut. Alex. 20, 24, 46, 54, 55, 70/ Gell. 5-2/ Theophanes/ etc.

カレードニア　Caledonia （〈ギ〉カレードニアー
　　　　　　Kaledonia, Καληδονία），（仏）Calédonie，（独）
　　　　　　Kaledonien，（露）Каледония

ブリタンニア*（大ブリテン島）北部、今日のスコットランド高原地のローマ名。住民は大柄で燃えるような金髪をもち、農耕を知らず裸体・素足のうえ、乱婚ないし婦女共有といった半未開の生活をしていた。後83年、ローマのブリタンニア総督アグリコラ*が初めて侵略し、カレードニア人をグラウピウス Graupius 山（現・グランピアン山 Grampian mountains）の戦いで破った（84）が、猜疑心の強いドミティアーヌス*帝によってローマに召還されたため、この地は属州と化するには至らなかった（85）。その後、ハドリアーヌス*の城壁*やアントーニーヌス*の城壁*が、帝国の辺境防衛線として築かれたものの、何度かピクティー*ら北方先住民の侵入が繰り返され、ついに全土のローマ化は達せられなかった（⇒セプティミウス・セウェールス）。400年頃になってもなお、先住民の間では食人の習慣が残っていたという。
⇒スコッティー、カルガクス
Tac. Agr. 10～11, 25～/ Stat. Silv. 5-2/ Luc. 6-37, -68/ Mart. 10-44/ Plin. N. H. 4-16/ Ptol. Geog. 2-3/ Dio Cass. 76-12/ Flor. 3-10/ Solin. 22-1/ etc.

ガレーヌス　Galenus
⇒ガレーノス（のラテン語形）

ガレーノス　Klaudios Galenos, Κλαύδιος Γαληνός,
　　　　　　Claudius Galenus，（英）（独）Galen，（仏）
　　　　　　Claude Galien，（伊）（西）（葡）Galeno，（露）
　　　　　　Клаудий Гален，（アラビア語）Jālīnūs, Jalinos

（後129頃～199／216頃）ローマ帝政期のギリシアの医学者、哲学者。ヒッポクラテース*以来のギリシア医学の完成者。ペルガモン*で建築家アイリオス・ニーコーン Ailios Nikon の子として生まれ、勝気な母親に似ないようにとガレーノス（「おとなしい」の意）と名づけられる。14歳の頃から哲学の研鑽に努めたが、17歳の時、父親の霊夢に現われたアスクレーピオス*神の啓示により医学に転じ、スミュルナー*、コリントス*、キリキアー*、フェニキア*、クレーテー*（クレーター*）、アレクサンドレイア

❶*に遊学。28歳で故郷へ帰り、剣闘士養成所で外科医を務めた。162年ローマに渡り開業、動物の解剖や生体実験に技量を発揮し、講義や治療に成功して、たちまちのうちに元老院議員ら有力層を惹きつけた。非常な名声を博したものの、貴婦人らと情交を重ねたうえ、母親譲りの傲慢で喧嘩好きな性格を露わに示したため、他の医師たちの反感を招き、「魔術師」との糾弾を受けたうえ、毒害の危険さえ迫ったので、ローマを離れなければならなくなった（166／167）。ガレーノスの退去はちょうどイタリアに疫病が流行し始めた時期に当たっており、ために彼は罹患を恐れて逃げ出したのだと噂された。キュプロス*やパレスティナ*でさらに医学の知識を深めたのち、ペルガモンに辿り着くや否や、マールクス・アウレーリウス*とルーキウス・ウェールス*両帝によって再びイタリアへ喚び戻され（168）、以来宮廷医としてローマに定住（169～）。マールクス・アウレーリウス帝のゲルマーニア*遠征（マルコマンニー*戦争）に随行を求められた折にも、アスクレーピオス神の夢告があったと称して皇嗣コンモドゥス*の侍医として首都に留まった（170）。その後、セウェールス朝*に至るまで帝室に仕え、精力的に著述活動を行ない、絶大な権威を誇りつつローマまたはペルガモンで没した（一説にシキリア*島でとも、70歳または88歳）。

医学はじめ、哲学、数学、文学に通じ、厖大な量の著作を残した（500篇以上）が、彼の名の下に現存する約180篇のうち、真作と認められるものは98篇に過ぎない。医学の分野では、解剖と病理に詳しく、猿、犬、豚などの生体解剖を通して神経系の働きを調べ、7対の脳神経を区別、実験生理学の端緒を開いた ── 喉頭の神経を切って思いのままに失語症を起こさせたり、脳の片側に傷がつくと身体の反対側に障害が起きることを示すなどした ── 。化膿性炎症を発赤・灼熱・腫脹・疼痛の4大徴候で表わし、また初めて呼吸作用を説明。「医者は自然の召使である」と語って、治療法としては摂生と訓練に重きを置いたが、その反面、広く旅して珍薬を求め、きわめて複雑な薬物の処方も残している（特にマールクス・アウレーリウスが毎日飲んだテーリアカ Theriaca なる毒蛇の肉入りの解毒剤と、それが癒やす諸病に関する長い一覧表は有名）。おおむねヒッポクラテースの体液病理説に基づきながら、諸種の学派を折衷綜合し、古代ギリシア医学の研究成果を集大成した彼の業績は、なお幾多の誤謬を含むとはいえ、世人から驚異の目をもって迎えられるに足るものであった。ほとんどの著作は、その後アラビア語に訳されてイスラーム医学の発展に著しく貢献し、さらにのちアラビア語からラテン語に重訳され、実に1500年間にわたり圧倒的な影響力を西方世界において保った。その他、古い喜劇についての論説や、プラトーン*とアリストテレース*に関する注釈などが、断片の形で伝わっている。ヨーロッパではヒッポクラテースと並んで名医の双璧とされ、やがて、"(仏) Hippocrate dit oui, mais Galien dit non（ヒッポクラテースはイエスと言い、ガレーノスはノーと言う）"といった有名な諺まで生ずるに至った。また中世の錬金術書は、しばしば彼の著作の体裁をとって

代表作をラテン語で示すと以下のごとくになる（原文はギリシア語）。

『ヒッポクラテースとプラトーンの学説について De Hippocratis et Platonis Decretis』
『解剖学について De Anatomicis Administrationibus』全15巻
『人体諸器官の有用性について De Usu Partium Corporis Humani』全17巻
『衛生学（ギ）Hygieina,（ラ）De Sanitate Tuenda』
『薬剤調合法について De Temperamentis et Facultatibus Simplicium Medicamentorum』11巻
『テーリアカ論 De Theriaca ad Pisonem』
『解毒剤について De Antidotis』
『治療法について De Methodo Medendi』
『医術教本 Ars Medica (Ars Parva)』
『自伝 De Libris Propriis』
『自然の機能について De Naturalibus Facultatibus』3巻
『混和について De Temperamentis』
『精液論 De Semine』
『診断法（ギ）Diagnōstikē,（ラ）Diagnostica（または、De Locis Affectis）』6巻、など。

⇒ソーラーノス、アスクレーピアデース❶、ケルスス、オレイバシオス、（エペソスの）ルーポス、アレタイオス
Gal. Opera omnia/ Ath. 1/ Anth. Pal. 7-559/ Simpl. in Phys. 4-3/ Hieron./ Suda/ etc.

ガレーリウス　Gaius Galerius Valerius Maximianus,（ギ）Galērios, Γαλήριος,（仏）Galère,（伊）Gaio Galerio Valerio Massimiano,（西）Cayo Galerio Valerio Maximiano,（葡）Caio Galério Valério Maximiano,（露）Галерий

（後242／250年頃～311年5月5日）。ローマ皇帝（在位・305年5月1日～311年5月5日）。本名・マクシミーヌス Maximinus。マクシミアーヌス2世*、またはアルメンターリウス Armentarius の名でも知られる。トラーキア*（のちダーキア*）のセルディカ Serdica ないしサルディカ Sardica（現・ソフィア Sofiya。ブルガリアの首都）近郊に生まれる。貧農の子で牧人をしていたことから「牛飼い」の異名をとる。無学・粗野だが軍人として頭角を現わし（獅子と格闘するほど膂力に秀でていたという）、293年ディオクレーティアーヌス*帝に抜擢されて東方の副帝に任ぜられ（3月1日。首都はシルミウム*）、妻を離別してディオクレーティアーヌスの娘ウァレリア*と再婚する（⇒巻末系図104）。ドーナウ河畔でゴート*族、カルピー*族を撃退してバルカン、パンノニア*方面の支配を確保（294～295）。次いでサーサーン朝*ペルシアと交戦し、一旦カッライ*で敗れた（296）のち、夜襲をかけて敵王ナルセース*を破り（297）、ニシビス*で和約を締結、アルメニア*を奪回し帝国国境をティグリス*河彼岸にまで拡大した（298、ローマ史上最も東に版図を広げる）。ローマの伝統宗教を奉じ、それを妨害するキリスト教徒を迫害するようディオクレーティアーヌスに献策（303）、自らも熱心に信者を弾圧・処刑した。305年ディオクレーティアーヌスおよびマクシミアーヌス*両帝の退位を受けて、コーンスタンティウス1世*・クロールスとともに正帝（アウグストゥス*）となり、東方を統治。帝国の実権を掌握して、自分に忠実な部下マクシミーヌス・ダイヤ*とセウェールス2世*を、それぞれ東西の副帝に任命した。翌306年コーンスタンティウス1世が没すると、ローマでマクセンティウス*帝が擁立され、その父で前の正帝マクシミアーヌスと共謀して、今や西の正帝たるセウェールスを撃破・捕殺したため、単独帝たらんとする野望に燃えるガレーリウスはイタリアへ進攻を試みるが、失敗して各地を略奪しつつパンノニアへ撤退（307）。うち続く内戦の中で、一時は7人もの皇帝が東西に乱立する事態が出来する。この混乱を収拾するべく、308年カルヌントゥム*会議を主宰し、新しい正帝位に僚友リキニウス*を即け（11月11日）、マクセンティウスに公敵宣言を下したものの、諸帝の割拠を抑止することはできなかった。

　その後は快楽に耽溺し、大食と不摂生のあまり肥満して脂肪の塊に変じたうえ、310年春頃から陰部に腫物ができて、全身に膿瘍が広がり、内臓まで冒されて腐爛するという悪疾に襲われた。しかも無数の蛆虫が身中に湧いて耐え難い悪臭を放ち、激しい苦痛を伴う長患いの末、いわば生きながら肉体を食い荒らされて果てたという。死の直前に至り、妻に懇願されてキリスト教に対する寛容令を発した（311年4月30日）が、彼を憎むキリスト教徒からは後世まで残忍冷酷かつ傲慢非道な暴君として非難され続けた。しかしながら、軍人・政治家としては有能で、パンノニアに大規模な農地開拓や灌漑事業を行なって経済復興に努めたことなど特筆すべき治績も残している。また彼の治世に、前167年以来ローマ市民が享受し続けてきた免税特権が奪われ、直接税（人頭税）が復活したことも知られている。

⇒コーンスタンティーヌス1世（大帝）
Zosimus 2-8, -10, -11/ Zonar. 12-32～34/ Euseb. Hist. Eccl. 8-5, -16～17, Vita Constatini 18/ Lactant. Mort. Pers. 18～, 27, 33～/ Amm. Marc. 14-11/ Aur. Vict. Caes. 39～40/ Eutrop. 9-15, 10-1～3/ Oros. 7-26, -28/ Jordan. 21/ etc.

カレワ　Calleva
⇒カッレウァ・アトレバートゥム

ガレン　Galen
⇒ガレーノス（の英・独語形）

カレンダエ　Kalendae, Calendae
⇒イードゥース

カローン　Kharon, Χάρων, Charon,（伊）Carónte,（西）Carón, Caronte,（葡）Caronte,（露）Харон,（現ギリシア語）Kháron,（エトルーリア*語）Charu, Charun, Karun

ギリシア神話中、冥府の河ステュクス*（またはアケローン*）の渡し守。エレボス*（幽冥）とニュクス*（夜）の子とされる長鬚を生やしたみすぼらしい老人。渡し賃は1オボロス obolos で、そのためギリシア人の間では死者の口中に1オボロス銅貨を含ませて葬る習慣があった。正式に埋葬されなかった者は、カローンの舟に乗せて貰えず、百年ものあいだ荒寥たる岸辺をさ迷わなければならなかった。ヘーラクレース*が地獄の番犬ケルベロス*を捕えに黄泉へ降った時、カローンを力づくで脅して河を渡ったところ、冥界の王ハーデース*はその失態を咎めてカローンを1年間鎖に繋いだという。またアエネーアース*（アイネイアース*）は道案内のシビュッラ*（シビュッレー*）が手折った黄金の枝を示したため、無事にカローンの舟に乗り込むことができたとされている。ローマ時代の剣闘士試合などには、カローンに扮した番人がいて、倒れた者たちが死んだふりをしているかどうかを鋭い棒で突き刺して調べ、もしそのような者を見つけた場合は、槌で頭を殴って殺してしまったという。なおエトルーリア*人の墳墓内壁画にも、頭髪が蛇で槌を手にした死神 Charun の姿が描かれている。

冥王星の衛星カロン Charon は、この冥界の渡し守にちなんで命名された。近代ギリシアの民話では、黒い馬に騎った死神 Kharos (Kharontas) として語られている。

Aesch. Sept. 842/ Ar. Ran. 180〜, Lys. 606, Plut. 278/ Eur. Alc. 254, 361, H. F. 432/ Verg. Aen. 6-298〜/ Paus. 10-28/ Diod. 1-92, -96/ Sen. Herc. fur. 764/ Juv. 3-267/ Eust. Il. 1666/ etc.

カローンダース Kharondas, Χαρώνδας, Charondas, (伊) Caronda, (西)(葡) Carondas, (露) Харондас, (現ギリシア語) Haróndhas

（前6世紀頃）シケリアー*（現・シチリア）島のギリシア人都市カタネー*（現・カターニア）の立法家。母国カタネーのみならず、南イタリアやシケリアー各地のカルキス*系植民市（特にレーギオン*）のために法律を制定した。アリストテレース*によれば、彼はザレウコス*の弟子で、偽証罪を初めて明文化した人であるという。また、男女どちら側からも離婚はできるが、先の配偶者より若い相手との再婚は禁止したとされている。伝承では、武器を帯びて集会場に入ることを厳禁しておきながら、ある日カローンダース自身が剣をはずすのを忘れて公けの集会にやってきて、そのことを指摘されると、「私は法律に従おう」と答えて、その場で自刃して果てたという。

⇒ディオクレース❷（シュラークーサイの）

Arist. Pol. 2-10, -12, 4-12/ Diod. 12-11〜21/ Val. Max. 6-5/ Stob. Serm. 48/ Ath. 14-619/ etc.

カローン（ランプサコス*の） Kharon, Χάρων, Charon, (伊)(西)(葡) Caronte, (露) Харон

（前5世紀前期〜中頃）小アジア西北岸の植民市ランプサコス*の歴史家。ヘーロドトス*に先立つ散文史家 logographos とされ、出身市の地方史やペルシア戦争*史などを執筆したと伝えられるが、わずかな断片しか伝わらない。逸話や伝説に興味を示したらしい。

⇒ヘッラーニーコス

Dion. Hal. Thuc. 5, Pomp. 3/ Tertullian. De Anim. 46/ Plut. Them. 27, Mor. 859b/ Ath. 11-475c/ Strab. 13-583/ Ael. V. H. 1-15/ Paus. 10-38/ Suda/ etc.

ガンゲース Ganges, Γάγγης, (英)(独)(西)(葡) Ganges, (仏)(伊) Gange, (露) Ганг, (ペルシア語) Gang, (サンスクリット語) Gaṅgā, (漢) 恒河, (和) ガンジス

（現・ガンガー Gaṅgā）インド北部からヒンドゥースターン平原を東流してベンガル湾に注ぐ大河（本流・2510 km）。ギリシア神話によれば、名祖ガンゲースはインドス*（インダス河神）とニュンペー*（ニンフ*）カラウリアー Kalauria の子で、酒に酔って母と交わり、醒めた時に絶望のあまり河に投身。クリアロス Khliaros と呼ばれていたその河は、以来ガンゲースと改称されたという。アレクサンドロス大王*の遠征の東境をなしたとも伝えられ、流域にはマウリヤ朝の首都パリボトラ Palibothra （（サンスクリット語）パータリプトラ Pāṭaliputra, 現・パトナ Patna, (漢) 華氏城）など多くの都市や国家が繁栄。今日なおヒンドゥー教徒にとって「聖なる河」として尊崇されている。

古代ギリシア・ローマ人の間では、この河の水源地域には、口がないため一切飲食せず、空気と植物の香りだけで生きているアストモイ Astomoi（口無し族）と呼ばれる不思議な民族が住んでいると信じられていた。

⇒インド

Philostr. V. A. 3-6/ Arr. Ind., Anab. 5-4/ Curtius 8-9/ Strab. 15-702〜/ Plin. N. H. 6-22, 7-2/ Ptol. Geog. 7-1, -2/ Mela 3-7/ Plut. De fluviis 4/ Ov. Met. 5-47/ Dionys. Per./ Diod./ etc.

監察官 Censor
⇒ケーンソル

ガンジス Ganges
⇒ガンゲース

カンダウレース Kandaules, Κανδαύλης, Candaules, (仏)(伊) Candaule, (露) Кандавл, 別名・ミュルシロス Myrsilos, Μυρσίλος, Myrsilus, (伊)(西) Mirsilo, (ヒッタイト語) Mursilis, Muršiliš

（前8世紀後半〜前7世紀前半）リューディアー*のヘーラクレイダイ*朝最後の王（在位・伝前735頃〜前718／715頃。⇒巻末系図024）。妃の美しさを自慢してやまず、果ては寵臣のギューゲース*を寝室に忍ばせて、彼女の裸体を覗き見ることさえ強いた。それに気づいた妃は、夫への復讐を誓い、ギューゲースを呼んで、自刃するか王を殺すかどちらかを択ばせた。やむなくギューゲースは、寝室で王を刺殺し、妃と王冠を得たという（前687頃）。一説にカンダウレースの王妃は1眼中に2つ瞳がある重瞳の持ち主であっ

たため、物陰に潜んでいるギューゲースを見破ることができたとも伝えられる。この物語はアナトリア（小アジア）で母権制が行なわれ、主権が女系によって伝わったことを示す傍証として有名である。また男が自分の愛する美人の妻を他の男の前で裸にして見せる性的嗜好を意味する心理学用語カンダウレーシスムス Kandaulesismus（（英）カンダウリズム Candaulism、（仏）Candaulisme）は、この故事に由来している。

ちなみに、伝カッリステネース*作『アレクサンドロス大王*物語』中にも、ベブリュケス❶*人に襲われたところをアレクサンドロスによって救われるカンダウレースという名の王子（カンダケー*女王の子）が登場する。

Herodot. 1～7～13/ Just. 1-7/ Plin. N. H. 7-38, 35-34/ Historia Alexandri Magni 3-19～/ Pl. Resp. 2-359～360/ Cic. Off. 3-9/ Plut. Mor. 302a/ etc.

カンダケー Kandake, Κανδάκη, Candace（古形・カタケー Katake, Kentake),（メロエー*語）Kdke

アイティオピアー*（エティオピア*）王国の女王の称号。最も高名な人物は、アウグストゥス*時代の女王 Amenirenas で、前25年エジプト領事アエリウス・ガッルス*がアラビアー*遠征に出かけて不在の折を狙いローマ帝国領エジプトへ進撃、テーバイ❷*地方まで攻め上がり、捕虜とアウグストゥス帝の諸像を戦利品として持ち帰った。そのためローマの将 C. ペトローニウス Petronius（前75頃～前20以降）の遠征（前24～前23）を招き、敗北を喫して、王都のナパタ Napata を略奪・破壊された。彼女は片眼を失っていたものの男まさりの勇婦であったという。キリスト教伝説中の伝道者ピリッポス Philippos（ピリポ）から洗礼を受けたという宦官は、女王に仕える側近であったと思われる。伝カッリステネース*作の『アレクサンドロス大王*物語』においても、インドの王ポーロス*の姻戚としてメロエー*の女王カンダケーが登場し、変装して訪れたアレクサンドロスを、かねて描かせておいた大王の肖像画から、すぐさま正体を見抜いて宮殿で歓待した後、豪華な贈り物とともに送り出したと伝えられる（前332頃）。

古来エティオピアは女王に治められることが多く、ソロモン Solomon 王と交わってエティオピア帝室の初祖メネリク Menelik の母となったサバ Saba（シバ Sheba）の女王 Makeda（アラビア語）Bilqīs も、エティオピアの支配者であったという（前950頃）。

なおカンダケーという名称は、英語圏の女性名キャンディス Candice や、その愛称キャンディー Candy として今日もなお親しみ深いものとなっている。

Strab. 17-819～821/ Dio Cass. 53-29, 54-5/ Plin. N. H. 6-35/ Euseb. Hist. Eccl. 2-1/ Joseph. J. A. 8-6/ Nov. Test. Act. 8-27～38/ Historia Alexandri Magni 3-18～/ etc.

カンタブリア Cantabria,（ギ）Kantabria, Κανταβρία,（仏）Cantabrie,（独）Kantabrien,（カタルーニャ語）Cantàbria,（葡）Cantábria,（露）Кантабрия（現・ビスカイア Vizcaya）ヒスパーニア*北部、カンタブリア海（ラ）Cantabricum Mare（ビスケー Biscay 湾）に臨む地方。カンタブリー族*の住地で、アストゥリア*の東側にあたる。アウグストゥス*の時にローマ帝国に征服され、属州ヒスパーニア・タッラコーネーンシス*に併合された（カンタブリア戦役・前26～前19）。カンタブリア山脈の森林資源や、鉛・磁鉄鉱・岩塩などの鉱物資源に富む。

⇒ガッラエキア、ルーシーターニア

Plin. N. H. 3-3, 34-42, -47/ Suet. Aug. 20, 29, 81, 85, Galb. 8/ Florus 4-12/ Strab. 3-155～/ Mela 3-1/ Hor. Carm. 2-6, -11, 4-14/ Sil. 3-360～/ Oros. 6-21/ etc.

カンタ（ー）ブリー族 Cantabri,（ギ）Kantabroi, Κάνταβροι,（英）Cantabrians,（仏）Cantabres,（独）Kantabrer,（西）（葡）Cántabros

ヒスパーニア*北部の山岳民族。アストゥーレース*（アストゥリア*族）の東隣、カンタブリア*地方に居住。粗暴で貧しく、1年のうち3分の2の間、団栗を食用にし、捕虜や馬を軍神に生贄に捧げ、質素な黒衣をまとい、それにくるまり地面に横たわって眠るという。好戦的で男女とも捕虜になるよりも自害する方を選び、従者が主人の身代わりに死ぬことも珍しくなかった。男も女のように長髪を垂らし、古い尿で歯や身体を洗い、また娘が親の財産を相続して兄弟の結婚をとりしきる一種の女系統治制度の風習もあった。ローマ支配に反抗して盗賊行為を続けていたが、アウグストゥス*（前26～前25）、次いでアグリッパ*（前19）の征伐を受けて（カンタブリア戦役・前26～前19）、遂にローマ帝国に屈服した。

⇒ウァスコネース

Caes. B. Gall. 3-26, B. Civ. 1-38/ Mela 3-1/ Plin. N. H. 3-3, 4-20/ Strab. 3-155～, -164～/ Liv. Epit. 48/ Juv. 15-108/ Dio Cass. 53-25, -29, 54-5, -11, -20/ Suet. Aug. 21, Tib. 9/ Cato Orig. 7/ Ptol. Geog. 2-6/ etc.

カンナエ Cannae,（ギ）カンナイ Kannai, Κάνναι,（仏）Cannes,（西）Cannas,（葡）Canas,（露）Канны

（現・カンネ Canne, Canne della Battaglia）イタリア東南部アープーリア*地方の町の名。アウフィドゥス Aufidus（現・Ofanto）川右岸に位置し、その近くにハンニバル❶*がローマ軍を大破したことで名高い古戦場がある。第2次ポエニー戦争*中の前216年8月2日、両執政官 L. アエミリウス・パウルス❶*と C. テレンティウス・ウァッロー*の率いるローマ軍8万6千（異説あり）が、ハンニバルの指揮する4万5千のカルターゴー*軍（うち1万の騎兵が中核をなす）と交戦。用兵の妙を発揮したハンニバルは、騎兵を迂回渡河させて、ローマ軍を包囲、殲滅せしめた。カルターゴー側の死者が6千足らずであったのに比して、ローマ軍はパウルスら80名の元老院議員を含む7万人の犠牲者を出し、1万人が捕虜になったと伝えられる。カンナエの戦い Pugna Cannensis は史上に類を見ない完璧な包囲戦

略として称讃されている。
　考古学的調査の結果、城壁の一部などローマ時代の町の跡が発掘され、帝政末期の後4世紀に至るまでカンナエが西南にあるカヌシウム*（現・Canosa）の衛星都市であったことが明らかにされた。
⇒ Q. ファビウス・ピクトル
Polyb, 3-107～118/ Liv. 22-43～49/ Strab. 6-285/ Gell. 5-17/ Macrob. Sat. 1-16/ App. Hann. 17～, B. Civ. 1-52/ Plin. N. H. 3-11/ etc.

カンネー　Cannae
⇒ カンナエ

カンパーニア　Campania,（〈ギ〉Kampania, Καμπανία）,（仏）Campanie,（独）Kampanien,（葡）Campânia,（露）Кампания
（現・カンパーニャ Campagna, Campania、または Terra di Lavoro）イタリアのアーペンニーヌス*（アペニン）山脈の西方、テュッレーニアー*（現・ティレニア）海に面した地方。ラティウム*の南、ルーカーニア*の北に位置し、マグナ・グラエキア*に含まれる。幾つもの良港と年に3、4度穀物の収穫をもたらす沃土に恵まれ、果樹・野菜・葡萄酒また薔薇の香料などが豊富に産出されることでも名高い地域。中心都市はエトルーリア*人が創建したカプア*。穏和な気候と風光明媚な景勝地を擁するカンパーニアは、「幸多き felix」（フェーリクス）と形容され、ネアーポリス*（現・ナーポリ）近隣の沿岸部一帯は、富裕なローマ人お気に入りの別荘地となった（⇒バーイアエ、プテオリー、スタビアエ）。
　アウソニア*人のいたこの地に、まず前750年頃からギリシア人が植民し、キューメー*（クーマエ*）他の諸都市を沿岸に建設、やがてその文化的影響はローマにまで及ぶことになる。次いで前600年頃、エトルーリア*人の一派が内陸部に侵入し、カプアを中心とする十二市同盟を結んで威を張ったが、前474年ギリシア人に撃退される。その後、内陸部からサベッリー*系のサムニウム*人（サムニーテース*）が勢力を伸ばし、カプア、クーマエなどを征服して混血同化、オスキー*語を話すカンパーニア人 Campani を形成した。前341年、第1次サムニウム戦争の結果、ローマはカンパーニアを制覇、アッピウス街道*（ウィア・アッピア*）を建設してこの地の支配を確保した。以来、第2次ポエニー戦争*（ハンニバル❶*戦争、前218～前201）やスパルタクス*の反乱（前73～前71）などのローマ共和政期の戦乱や、ウェスウィウス*山の爆発（後79）などの天災で被害を被ったものの、交通網の発達した要地として繁栄し続けた。アウグストゥス*によってラティウムと併合され、イタリアの第1地区となった（⇒イタリア）が、ディオクレーティアーヌス*帝の初政（後285頃）以降、カンパーニアはラティウムに編入された。
⇒ ノーラ、ポンペイー、ヘルクラーネウム、スッレントゥム、ミーセーヌム、ルクリーヌス湖、カシリーヌム、スエッスラ、カーラーティア、アーテッラ

Plin. N. H. 3-5/ Cic. Leg. Agr. 1-7, 2-35/ Hor. Carm. 2-6, Sat. 5-62, 6-118/ Polyb. 2-17, 3-91/ Liv. 2-52, 4-37, 7-29～, 8-22～/ Diod. 12-31, -76, 13-44～/ Verg. Aen. 10-145/ Mela 2-4/ Flor. 1-16/ Strab. 5-242～/ Vell. Pat. 1-7, 2-17～/ App. B. Civ. 1-42～/ Varro Rust. 1-2/ Lucil./ etc.

カンビューセース　Kambyses, Καμβύσης, Cambyses,（仏）Cambyse,（伊）Cambise,（西）（葡）Cambises（露）Камбиз, Камбис（古代イーラーン名・Kambūjiya, Kambūdschiya, Kābūjiya, kambaujiya, 現ペルシア名・Kambūjiya, Kambūjīeh,〈スーサ*方言〉Kanpuziya,〈アッカド語〉Kam-bu-zi-ia,〈エラム語〉Kan-bu-zi-ia,〈古エジプト語〉Kambythet,〈アラム語〉C-n-b-n-z-y,〈アッシリア語〉Kambuzia,〈サンスクリット語〉Kamboja）
　アカイメネース朝*ペルシア*王家の男子名。キューロス*大王（2世）の父1世と子2世が知られる。巻末系図024を参照。

❶**1世 K. I**　ペルシス*王（在位・前602／600頃～前559）アンシャーン Anšan の王
　キューロス*1世（在位・前645頃～前602／600頃）の子。父の跡を継いでペルシス*（古代ペルシア語・パールサ Parsa）地方の支配者となる。父祖と同じくメーディアー*王国の宗主権下にあったが、不吉な夢見に恐怖したメーディアー王アステュアゲース*によってその王女マンダネー*と結婚させられ、キューロス*大王（2世）の父となった。
Herodot. 1-107, -111, -122/ Just. 1-4/ Xen. Cyr. 1-2, 8-5/ Diod. 9-22, 31-19/ etc.

❷**2世 K. II**　（在位・前530／529～前522年3月頃）Despotēs, Δεσπότης
　キューロス*大王（2世）の長子。母は父王の正室カッサンダネー Kassandane（異説あり）。凶暴残忍な専制君主とされ、実の姉妹2人と結婚し、人気の高い実弟スメルディス*を嫉妬にかられて謀殺、それを非難した実妹であり妃でもあるメロエー Meroe を、懐妊中の身だったのに、殴りかかって殺したという。不正を働いた裁判官の全身の皮を剝ぎ、その皮を裁判官席に張らせ、またある時は、気紛れにクロイソス*（リューディア*王国最後の王）に死刑を宣告し、それを後で悔やみ、刑がまだ執行されていないと聞いて喜んだものの、王の翻意を予期して執行を遅らせていた家臣らは容赦なく処刑した、といった類の話が史書に数多く書き記されている。
　前525年、エジプトを征服しペルシア領としたが、ヘーロドトス*によれば、出征の理由は、彼がエジプト王アマシス*の娘を側室の1人として求めたところ、アマシスが先王アプリエース*の娘ネイテーティス Neitetis を自分の娘と偽って送り込んで来たことを知って、激怒したからだとのことである。エジプトを占領すると、彼はアマシスの遺体をさんざん凌辱したうえ焼きすて、その息子でサイス Sais 朝（第26王朝）最後の王プサンメーティコス3世*（在

位・前526〜前525）を捕えて、初めは厚遇したが、のち謀叛の嫌疑をかけ雄牛の血を飲ませて殺した。

次いで、カルターゴー*、エティオピア*、リビュエー*のアンモーニオン Ammonion（シーワ・オアシス）への遠征も試みたが、砂嵐に遭遇して軍隊を失ったり、飢餓に瀕して兵卒らが互いに相食む惨状に陥ったりして、いずれも失敗に終わる。するうちに持病の癲癇に加えて狂気にとりつかれた彼は、ペルシア貴族12人を罪もないのに頭を下にして生き埋めにするかと思えば、寵愛の酌小姓を射殺したあと身体を切り開かせて矢が心臓に命中しているのを見て満足するなど、次第に暴状を募らせていった。発狂の原因は、彼が面白半分にエジプトの聖牛アーピス*を刺殺したからだと伝えられている。その間に本国では、マゴス*僧ガウマータ Gaumata が、自分が王弟スメルディスに生き写しなのを利用し、巧みにスメルディスになりすまして玉座に即くという事件が起きていた。この変報に接したカンビューセースは急いで帰国の途につくが、シュリアー*のダマスコス*で怪死を遂げた。失意のあまり精神錯乱の発作を起こして自殺したとも、馬に跳びのった利那、自分の抜身の剣が太股 ── まさにそれは彼がアーピスを刺し殺した箇所である ── に突き刺さり、その傷が壊疽を起こして死んだともいわれる（暗殺説、自然死説もある）。在位7年5ヵ月。嗣子なし。彼に世嗣ぎのできないことは、かつて妃のロークサネー Rhoksane が頭の無い奇形児を産んだ時に、占い師たちによって予言されていたという。
⇒ダーレイオス、アトッサ

Herodot. 1-208, 2-1, -181, 3-1〜38, -61〜66, 5-25/ Ctesias 9〜12/ Just. 1-9/ Polyaenus 7-9/ Ctesias Pers. 9〜12/ Strab. 10-473, 17-805, -816/ Ath. 13-560d〜/ Diod. 1-34, -44, -49, -68, 3-3, 10-14〜/ Ctesias/ etc.

カンプス・マールティウス Campus Martius, （英）Field of Mars, （仏）Champ de Mars, （独）Marsfeld, （伊）Campo Marzio, （西）（葡）Campo de Marte, （露）Марсово поле

（現・Campo Marzio）「マールス*の野」の意）ローマ市の北西部、湾曲するティベリス*（現・テーヴェレ）河とクィリーナーリス*丘に囲まれた低地。古王セルウィウス・トゥッリウス*の城壁外にあり、王政期の昔は王家が所有する牧草地だったが、最後の王タルクィニウス・スペルブス*の追放後は軍神マールスに捧げられ、練兵場や体育場（ギュムナシオン*）として使用された。共和政期には、民会の集会場（コミティア*）、監察官が戸口調査を行なう場所（ケーンソル*）、あるいはアポッロー*（アポッローン*）ら異国の神々の神殿用地、凱旋式を挙げる将兵の待機所（トリウンプス*）、外国からの使節団の接見場などに使われ、前220年にはC. フラーミニウス*の競馬場（キルクス*）が建造された。共和政末期になると、ポンペイユス*がローマ最初の石造の劇場（テアートルム*）を建立（前55〜前52）、以来アグリッパ*をはじめとする著名人が神殿、浴場（テルマエ*）、庭園、散歩用柱廊、競技場、画廊などを次々と設け、帝政期には公苑のごとき外観を呈していた。さらにアウグストゥス*の霊廟（マウソーレーウム*）や数多くの記念建造物が周囲に築かれ、帝政初期のギリシア人地理学者ストラボーン*は、各種の運動競技や芸術作品に人々が親しむこの野を「1年を通じて緑の草で蔽われ、風光明媚であるため、立ち去り難い思いがする」と記している。ハドリアーヌス*帝がパンテオン*などの建築物を修復し、後3世紀後半にはアウレーリアーヌス*帝によって全域がローマの市壁内に取りこまれた。地下からマールスの野の敷石や神殿その他の遺跡が発見されている。

Liv. 2-5, 6-20/ Cic. Lg., Agr. 2-36(100), Mil. 15(41), De Or. 3-42(167), Off. 1-29/ Tac. Ann. 1-8/ Strab. 5-236/ Plut. Publ. 8, Gracch. 24/ Ov. Fast. 2-857/ Hor. Carm. 3-7/ Juv. 1-19/ S. H. A. Hadr. 19/ Suet./ Dio Cass./ Varro/ etc.

キーウィーリス、ユーリウス Gaius Julius Civilis, （ギ）Gaios Ioulios Kiūilios, Γάϊος Ἰούλιος Κιουίλιος, （伊）Gaio Giulio Civile, （西）Cayo Julio Civilis, （葡）Caio Júlio Civilis, （露）Гаий Юлий Кивилис

（後25頃〜70年以降）ゲルマーニア*系のバターウィー*族の王族出身。後69〜70年の対ローマ叛乱軍の指揮者。ネロー*帝の治下にローマ軍の将校として仕えたが、謀反の疑いをかけられ鎖に繋がれて投獄の憂き目をみる（68）。ネローの死後、ガルバ*に釈放されるも、再び新帝ウィテッリウス*に処刑されそうになったため、次はウェスパシアーヌス*を支援するように見せかけておいて、バターウィーはじめ近隣ゲルマニア諸部族を率いてローマに反抗（69年初頭）。女予言者ウェレダ Veleda（ウェラエダ Velaeda とも）に支持され、北ガッリア*諸部族の助勢を得て、叛乱は拡大の様相を呈する。レーヌス*（ライン）河下流のカストラ・ウェテラ Castra Vetera（現・Xanten）にローマの2箇軍団を破り、ウェスパシアーヌス*の差し向けた軍勢をも撃破したけれど、ついに将軍 Q. ペティーリウス・ケリアーリス*麾下のローマ軍に、アウグスタ・トレーウェロールム*（現・トリーア）およびカストラ・ウェテラにおいて敗北。とはいえ、自軍に有利な条件で降伏した。その後の彼の運命は不明だが、処刑されたものと推測する向きもある。有能な首長で、隻眼ゆえに自らハンニバル❶*やセルトーリウス*になぞらえていたという。なお彼が蜂起に踏み切ったのは、兄弟のパウルス Claudius Paulus がウィンデクス*の乱に加担したとの冤罪で処刑された（69年5月頃）うえ、ローマ軍が徴兵の名目でバターウィー族の青年を召集しては、美貌の者たちに強姦を繰り返していたからである、と史家タキトゥス*は記している。
⇒ユーリウス・サビーヌス

Tac. Hist. 1-59, 4-12〜37, -54〜79, 5-14〜26, Germ. 8/ Joseph. J. B. 7-4/ Dio Cass. 66-3/ Plut. Mor. 770d〜/ Stat. Silv. 1-4/ etc.

キオス Khios, Χίος, Chios (Chius), （仏）Chio, （伊）Chio, （ジェノヴァ方言）Scio. (他にも Khora, Khóra, Castro, Kastron, Chiou, など異名・旧

称が多くある)。(西)(葡) Quíos, (露) Χιος, (オスマン・トルコ語) Sakız

(現・Híos、または〈トルコ語〉Sakız-Adası) エーゲ海*東部、小アジアのイオーニアー*地方沖合 8 km ほどの地点に横たわる大島。面積 845 km²。名祖キオスはポセイドーン*の子で、母のニュンペー*(ニンフ*)が出産中に雪 khion が降ったことにちなんで名づけられたという。詩人ホメーロス*の生地といわれ、その子孫を主張するホメーリダイ*がこの島を本拠に活動していた。沃野に恵まれ、無花果、麦、乳香などを産し、とりわけ良質の甘口葡萄酒は古くから声名が高かった。イオーニアー系ギリシア人の移住(前 1000 頃〜前 875 頃)以来、つねにミーレートス*(現・Milet)と結んで周辺諸国に抗し、長く海洋国家として独立を保ち特に奴隷中継貿易で繁栄。少年たちを買い込んで去勢してはリューディアー*やペルシア*などオリエント先進諸国の宮廷に売り払っていた。前 546 年、キューロス*大王の治世にアカイメネース朝*ペルシアに征服されたものの、イオーニアー諸市の反乱(前 500〜前 493)に与し、ラデー Lade(現・Batmas)の海戦には 100 隻もの艦隊を送った(前 494)。反乱に敗れて平定され(前 493)、テネドス*やレスボス❶*と同じくペルシア帝国の「曳き網式」という人間狩りで掃蕩されて、サラミース❶*の海戦にはクセルクセース❶*大王側で闘うことを余儀なくされた(前 480)。ペルシア戦争*後、アテーナイ*を盟主とするデーロス同盟*に加わり、自国の海軍を保ったが、前 412 年離反してスパルター*側に寝返ったためアテーナイの攻撃を受けた。ペロポンネーソス戦争*(前 431〜前 404)終結後、再びアテーナイ第 2 次海上同盟の一員となり、またもやアテーナイに反して同盟市戦争(前 357〜前 355)に参戦、その後一時カーリアー*人マウソーロス*の統治下に入った(前 346)。キオスはギリシア世界で最もよく統治された国といわれ、市民の道徳心も篤く 700 年間に 1 件も姦通事件が生じなかったという。ローマとの友好関係を保持したためミトリダテース*戦争時にポントス*軍に劫略され、住民は奴隷として拉致された(前 86)。が、間もなくローマの将軍スッラ*によって解放され、以来ウェスパシアーヌス*帝の時代まで自由市の特権を認められた。

キオス市は叙事詩文学のみならず彫刻流派の伝統でも知られ、前 6 世紀の名匠兄弟ブーパロス Bupalos とアテーニス Athenis など青銅や大理石造りの芸術家を輩出(⇒ヒッポーナクス)。また前 500 年頃にはグラウコス Glaukos がこの地で鉄を製錬する技術を発見したと伝えられる。劇作家イオーン*、歴史家テオポンポス*をはじめ、天文学者オイノピデース*、数学者ヒッポクラテース❷*、ストアー*学派の哲学者アリストーン❶*らの生地としても有名。ギリシア・ローマ世界では、キオスの男性は受動的男色家として評判が高かったので、「キオス式」なる語は男同士の肛門性交を指す言葉として用いられたという(⇒カルキス、シプノス)。

アルカイック期のアポッローン*神殿や女神アテーナー*の聖域、交易施設 Emporion などの遺跡から往時の繁栄をうかがい知ることができる。

なおキオス人の植民したトラーケー*(トラーキアー*)南岸のマローネイア Maroneia も、古来芳醇な葡萄酒の産地として、その名が高い。

⇒クラゾメナイ、スミュルナー、ポーカイア、エリュトライ

Hom. Od. 3-170〜/ Herodot. 1-142, -160, 2-178, 5-33〜, 6-2〜, -31/ Thuc. 1-19, 3-104, 8-15, -24, -28, -38, -40, -99〜/ Plin. N. H. 14-9, 36-4/ Strab. 14-645/ Mela 2-2/ Liv. 27-30, 37-27, 38-39, 44-28/ App. Mith. 25, 46/ Ptol. Geog. 5-2, 8-17/ Diod. 13-34, 15-79/ Paus. 5-14, 6-9, 7-4, 10-16/ Varro Rust. 1-41/ etc.

キオーニデース(または、キオニデース) Khionides, Χιωνίδης, Χιονίδης, Chionides, (伊) Chionide, (西)(葡) Quionides, (露) Хионид

(前 5 世紀前半)アッティケー*の古喜劇詩人。アテーナイ*市のディオニューシア祭*における喜劇の競演で最初に優勝した(前 487 頃)。11 回の勝利を得たマグネース Magnes とともに、草創期の喜劇詩人と称されるが、いずれも作品は伝わらない。

⇒クラティーノス❶、スーサリオーン

Arist. Poet. 1-3(1448a)/ Ath. 4-137e, 14-638d/ Suda/ etc.

キオネー Khione, Χιόνη, Chione, (仏) Chioné, (伊) Chiono, (西) Quíone, (葡) Quione, (露) Хиона

(「雪のように白い」の意)ギリシア神話中の女性名。

❶ダイダリオーン*の娘。美しかったので数多くの求婚

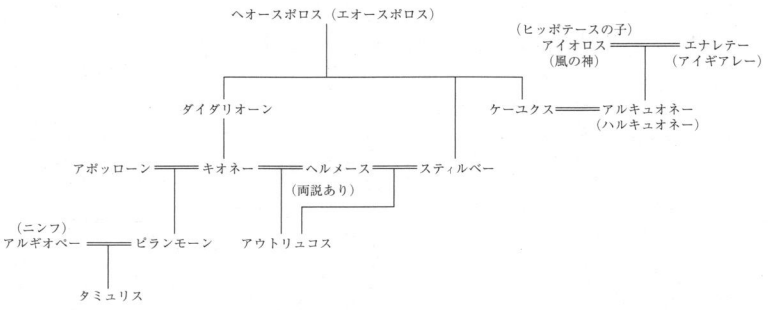

系図 156　キオネー❶

者が言い寄ったが、ある日ヘルメース*とアポッローン*の2神から続けさまに犯されて、双生兄弟アウトリュコス*とピランモーン*を産んだ。やがて慢心してアルテミス*より美人だと誇ったため、女神に矢で舌を射抜かれて殺され、それを悲しむ父は鷹(はいたか)に変身した。
Hyg. Fab. 200, 201/ Ov. Met. 11-291～/ Hes. Fr./ etc.

❷北風の神ボレアース*とオーレイテュイア Oreithyia（アテーナイ*王エレクテウス*の娘）の間に生まれる。ポセイドーン*と交わって、1子エウモルポス*をひそかに産むが、父親の怒りを恐れて、乳児を海へ投げ込んだ。
Apollod. 3-15/ Hyg. Fab. 157/ Hom. Od. 14-475/ Paus. 1-38/ etc.

ギガース　Gigas, Γίγας, （英）Giant, Gigant, （仏）Géant, （独）Gigant, （伊）（西）（葡）Gigante, （露）Гигант

ギガンテス*の単数形

偽カッリステネース　Pseudo-Callisthenes

（後2～3世紀）『アレクサンドロス大王物語(ロマン)』の著者。
⇒カッリステネース

ギガンテス（ギガースたち）　Gigantes, Γίγαντες, （英）Giants, （仏）Géants, （独）Giganten, （伊）Giganti, （露）Гиганты

巨人(ギガース*)の複数形。ギリシア神話中の巨人族。ヘーシオドス*によれば、ウーラノス*（天空）がクロノス*に生殖器を切り取られた時に傷口から流れ出た血が、ガイア*（大地）に滴り落ちて、そこから生まれ出た巨軀・怪力をもつ一族。濃い鬚や髪を靡かせ、下半身は二股に分かれた巨蛇の形をしていたとされる。よく知られた伝承では、彼らはオリュンポス*の神々に挑戦し、巨岩や火のついた大木を投げつけながら、天界へ攻め上ろうとしたが、大神ゼウス*ら神々と英雄ヘーラクレース*によって滅ぼされ、多くはアイトネー*（現・エトナ）山など各地の火山の下に閉じこめられたという。一説に巨人族は、ティーターン*神族がタルタロス*（奈落）に幽閉されたことに怒ったガイアが復讐のために産み落としたもので、神々ですら人間の力を借りない限り彼らを退治できないとされていた。さらにガイアは巨人たちを不敗とするべく薬草を生じさせたが、ゼウスは太陽と月に地上を照らすことを禁じ、機先を制して自らこれを刈り取り、アテーナー*を通じてヘーラクレースを味方に招き寄せた。ギガンテスのうちアルキュオネウス Alkyoneus は、生まれた土地にいる限り不死身であったが、アテーナーからそのことを知らされたヘーラクレースにより、パッレーネー Pallene の外へひきずり出されて殺されたという。また、ポルピュリオーン Porphyrion は女神ヘーラー*を犯そうとしたところを、ゼウスの雷霆とヘーラクレースの矢に撃ち殺され、エンケラドス Enkelados は逃げ去ろうとしてアテーナーにシケリアー*（現・シチリア）島を投げつけられ、その下敷きにされた、等々と伝えられる（⇒パッラース❷）。巨人族と神々との交戦は、ギガントマキアー*と呼ばれ、しばしば文学や美術の主題に取り上げられた。ローマ時代には地中から発掘される巨大な古生物の化石がギガースの遺骨だと見なされていた。
⇒アローアダイ、テューポーン
Hes. Th. 183～/ Apollod. 1-6, 2-7/ Pind. Nem. 1-67～/ Eur. H. F. 177～, Ion 216～/ Ov. Met. 1-150～, Fast. 3-438～/ Hom. Od. 7-59/ Paus. 8-29/ Lucr. 5-119～/ Diod. 5-71/ Strab. 5-243, 6-281/ Claud./ Hyg. Fab. Praef./ Nonnus Dion./ etc.

ギガントマキアー　Gigantomakhia, Γιγαντομαχία, Gigantomachia, （仏）（独）Gigantomachie, （西）Gigantomaquia, （露）Гигантомахия

ギリシア神話中、オリュンポス*神族と巨人族ギガンテス*との戦い。ときおりティーターノマキアー*と混同されることがある。戦闘が行なわれた場所は、イタリア半島のプレグライ Phlegrai の野、またはカルキディケー*半島の1つパッレーネー Pallene、時にスペインのタルテーッソス*とも伝えられる。合戦の模様は、しばしば美術の主題に取り上げられ、なかでもペルガモン*のゼウス*大祭壇の浮彫は代表的作例として有名（前3世紀。現・ベルリンのペルガモン博物館に再現されている）。また、シプノス*人によってデルポイ*に奉献された宝庫の浮彫は、アルカイック期の作例として知られている（前525頃。デルフィ博物館所蔵）。
⇒ニーシューロス
Apollod. 1-6/ Pl. Resp. 378c, Soph. 246a/ Plut. Ant. 60/ Diod.

系図157　キオネー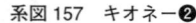

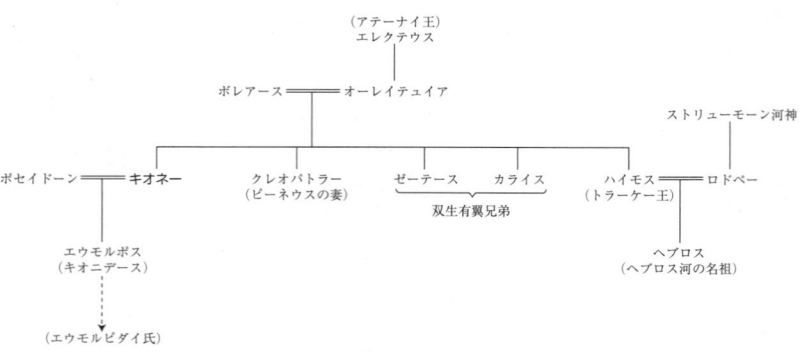

1-24, -26, 3-70, 4-15, -21, 5-55/ Claud. Gigantomachia Fr./ etc.

キクラデス　Cyclades
⇒キュクラデス

キケロー、クィ（ー）ントゥス・トゥッリウス
Quintus Tullius Cicero, （ギ）Kointos Tullios Kikerōn, Κόϊντος Τύλλιος Κικέρων, （伊）（仏） Quinto Tullio Cicerone, （西）Quinto Tulio Cicerón, （葡）Quinto Túlio Cícero, （露）Квинт Тулий Цицерон

（前102頃〜前43年12月）雄弁家マールクス・キケロー❶*の4つ違いの弟。兄とともに教育され、前65年に平民造営官アエデイーリス*、前62年に法務官プラエトル*、前61年から前58年の間はアシア*属州総督に任ぜられた。激しやすく粗暴な性格や、寵愛する解放奴隷スターティウス Statius の専横などにより、属州民からもローマ人からも等しく反感をかった。兄の親友アッティクス*（ポンポーニウス・アッティクス*）の妹ポンポーニア❶*と結婚する（前69）が、気性の烈しい年上の妻との夫婦生活は不幸であった。前54年からはカエサル*の副官 Legatus レーガートゥスとしてガッリア*に赴任し虚弱な体質にもかかわらず、アンビオリクス*の乱などに武勲を立てる（⇒スガンブリー）。前51年にはキリキア*総督となった兄に随行、補佐官として軍隊を指揮しシュリア*の山岳民と戦う。内乱勃発と同時にポンペイユス*軍に投じ（前49）、パルサーロス*での敗北（前48）後、カエサルに赦されてローマに帰る（前47）。文学趣味を持ち、自らも詩作を試みた。速筆でわずか14日の間に4つの悲劇を書き上げたといわれる。兄が執政官コーンスル*に立候補した前64年に著わしたという『選挙備忘録 Commentariolum Petitionis』約5千語が伝存する。前43年12月、アントーニウス*の刺客に追われて、兄とともにトゥスクルム*から逃げ出すが別れ別れになり、召使の裏切りにあう。同行していた息子クィントゥス（前66〜前43年12月）が巧みに隠してくれたおかげで、かろうじて見つからずに済んだものの、捕われた息子が父の居所を白状するよう拷問を加えられているのを知って、自ら隠れ場所から姿を現わし息子もろとも惨殺された。子供の方のクィントゥスは、カエサルの暗殺（前44）後、アントーニウスに従ったのも束の間、たちまち翻意してブルートゥス*やカッシウス*側に走ったため、第2回三頭政治*の粛清で伯父や父と運命をともにしたのである（巻末系図068参照）。

Caes. B. Gall. 5-24, -38〜53, 6-36〜42/ App. B. Civ. 4-20/ Dio Cass. 40-7, 47-10/ Plut. Cic. 8, 20, 33, 47〜/ Cic. Att. 11-9〜, Q. Fr. 1-1〜, 3-5, Fam. 1-9, 16-8, -16, -26〜/ Plin. Ep. 7-4/ Cicero Comment. Pet./ etc.

キケロー（家）　Cicero, （ギ）Kikerōn, Κικέρων, （仏）Cicéron, （伊）Cicerone, （西）Cicerón, （葡）Cícero, （露）Цицерон

ローマの家名。プレーベース*（平民）系のクラウディウス氏*やトゥッリウス氏 Gens Tullia に属する家柄。先祖の鼻にエジプト豆（キケル cicer）の形をしたいぼ疣があったところから、この家名が生じたという。ピーソー*（エンドウ豆）家、レントゥルス*（レンズ豆）家、カエピオー*（タマネギ）家、ファビウス*（インゲン豆）氏などと同工の命名法である。実際は、おそらくいずれもその先祖が、これらの農作物の栽培技術に長じていたので、こういった名前がつけられたものと推定される。

トゥッリウス氏のキケロー家からは、古代ローマ史上もっとも著名な雄弁家が出ている（⇒キケロー、マールクス・トゥッリウス❶）。

Liv. 3-31/ Plut. Cic. 1/ Cic. Leg., De Or., Off., Att., Fam./ Plin. N. H. 18-3/ Dio Cass. 46-18/ etc.

キケロー（のち、キケロ、キーケロ）　Cicero, （ギ）Kikerōn, Κικέρων, （仏）Cicéron, （伊）Cicerone, （西）Cicerón, （葡）Cícero, （露）Цицерон

ローマ最大の雄弁家（キケロー、マールクス・トゥッリウス❶*の項を参照）。ギリシアのデーモステネース❷*と並ぶ弁論術の双璧で、後世ヨーロッパにおける七自由学芸中の「修辞学」の寓意 Allēgoria 図像には、たいがい彼の姿ないし著書が描かれている。

Cic./ Plut. Cic./ Quint. 10-1/ Juv. 10-114〜/ etc.

キケロー、マールクス・トゥッリウス　Marcus Tullius Cicero, （ギ）Mārkos Tullios Kikerōn, Μᾶρκος Τύλλιος Κικέρων, （仏）Marcus Tullius Cicéron, （伊）Marco Tullio Cicerone, （西）Marco Tulio Cicerón, （葡）Marco Túlio Cícero, （露）Марк Туллий Цицерон

ローマの政治家（⇒巻末系図068）。

❶（前106年1月3日〜前43年12月7日）

共和政末期の雄弁家、政治家、文学者。ラティウム*の町アルピーヌム*で富裕な騎士身分エクィテース*の家柄に生まれる。父の配慮により、弟クィントゥス・キケロー*らとともに、ローマにおいて当時最高の教育を受ける。文学をアンティオケイア❶*のA. アルキアース*から、法律をQ. ムーキウス・スカエウォラ❶*❷*から、修辞学をスティロー*から学んだ彼は、弁論家として頭角を現わし、前81年処女弁論『クィンクティウス弁護 Pro Quinctio』で初めて法廷に立ち、翌年には『ロスキウス弁護 Pro S. Roscio Amerino』を陳述して独裁官ディクタートル*スッラ*の寵臣を攻撃、これに勝訴して声望を高めた（⇒セクストゥス・ロスキウス）が、スッラの報復を怖れて2年間アテーナイ*や小アジアへ遊学（前79〜前77）。ロドス*島のアポッローニオス❷*・モローンやアスカローン*のアンティオコス*、ストアー*学派のポセイドーニオス*らの講筵に連なり、主に新アカデーメイア*派の学説に傾倒した（⇒ラーリーサのピローン）。この頃キケローの演説を聞いたアポッローニオス・モローンは、「我々

キケロー、マールクス・トゥッリウス

ギリシア人に残された唯一の名誉たる弁論さえも、今やローマ人のものになってしまったか」と慨嘆したという。スッラの死（前78）後、前77年に帰国すると政界に入り、前75年財務官クァエストルとしてシキリア*（現・シチリア）島へ赴任。のちシキリア属州の悪徳総督C. ウェッレース*の苛斂誅求を弾劾して大成功を収め（『ウェッレース弾劾 In Verrem』前70）、ウェッレースを弁護したホルテーンシウス*からローマ第一の雄弁家たる名声を奪った（前70）。造営官アエディーリス（前69）、法務官プラエトル（前66）と累進し、ミトリダテース*戦争のためにポンペイユス*に指揮権を与えようとするマーニーリウス*法案を支持（前66）。2年後には、先祖に執政官歴任者をもたぬ「新人 novus homo」でありながら最高職への野心に燃えて執政官コーンスルに立候補し、閥族派オプティマーテースの支持を得て当選（相役はC. アントーニウス❷*）。執政官在職中（前63）に、国家顛覆を狙うカティリーナ*の陰謀を摘発し（『カティリーナ弾劾 In Catilinam』）、ローマの危機を救ったというので元老院から「祖国の父 pater patriae」パテル・パトリアエの尊称を奉られた。しかし、この栄光に陶酔して自己称賛を並べ、機智に任せるがまま皮肉めいた諧謔を弄したために世人の反感を買い、ポンペイユス、クラッスス*、カエサル*の三頭政治*に協力を拒んだことも手伝ってしだいに孤立。前58年には宿敵 P. クローディウス*から「カティリーナの一味たる C. ケテーグス*やレントゥルス・スーラ*を裁判にもかけず処刑したのは違法である」と攻撃され、ギリシア方面へ亡命を余儀なくされる（前58年3月）。翌年カエサルの同意を得て帰国を許されたものの（前57年9月4日ローマ帰着）、追放体験が教えてくれた保身術に従って日和見的態度を持し、哲学や著述に専念。前51年夏には不本意ながら属州総督としてキリキア*へ赴任し、翌年末にイタリアへ戻ったところ、ポンペイユスとカエサルの間に内乱が勃発した（前49年1月）。去就に迷った末、共和政擁護の立場からポンペイユス派に投じたが、パルサーロス*の敗戦（前48）後、カエサルに赦ゆるされてローマへ帰還した（前47年9月4日）。以来3、4年間、政界から引退し哲学や弁論術・倫理学・法律学などの研究に没頭、数多くの作品を執筆した。

前44年3月にカエサルが暗殺されると、再び政界に打って出、カエサルの後継者たらんとする M. アントーニウス❸*と反目して、『ピリッピカエ Philippicae』なる一連の弾劾演説でこのうえなく激しく相手を非難・攻撃した（前44～前43）。そのためアントーニウスとオクターウィアーヌス*（のちアウグストゥス*）とレピドゥス*の第2回三頭政治が発足する（前43年11月27日）や、キケローの名前は処罰者名簿 proscriptio プロースクリープティオーに載せられ、フォルミアエ*の別荘ウィッラ villa 近くでアントーニウスの部下に殺された。解放奴隷の密告によりフォルミアエの別荘から海の方へ運ばれる途中で刺客に捕らえ、輿から頭を出したところを斬首されたとされるが、うまく刎ね落とすことができず鋸挽きにしてようやく首を切り離すことができたという。ローマへもたらされた彼の首と両手は、アントーニウスの命でフォルム*の演壇ロストラに梟された（⇒フルウィア❷）。これが「つねに第一人者であり、誰よりも優ること」を座右の銘とした稀代の英俊キケローの最期であった。

2度結婚したが家庭生活は不和をきわめ、裕福で気性のはげ烈しい先妻テレンティア❶*には30年あまり頭を押さえ続けられた末、金銭上の諍いさかから遂に離婚（前47末）。間もなく多額の持参金付きの娘プーブリリア Publilia と再婚した（前46）ものの、父娘おやこほども年齢の違う2人の関係はうまくいかず、彼女がキケローの愛娘トゥッリア❷*の死を喜んだといって、またもや離婚（前45）。娘のトゥッリアも3度の結婚に失敗し、最後の夫と別れてからすぐに産褥死を遂げ（前45年2月）、不肖の息子マールクス・キケロー❷*もまた放蕩と大酒飲みで名を上げて、いたく父親を悲しませた。キケロー自身、胃弱で多病なため気難しく、なおかつ虚栄心が強くて絶えず自画自讃し、他人を嘲弄する癖があったという。また当時のローマ人の常として男女両色を好み、お気に入りの奴隷秘書ティーロー*から得た快楽を公然と詩にうたったが、キケローの場合は、かの悪名高きウェッレースらから揶揄されるほど「柔弱な」性向の持ち主であったとされる。さらに政敵から、妻に売春させたとか、自分より年上の老女カエレッリア Caerellia と情事を重ねたとか、愛娘トゥッリアと近親相姦の関係にあったとかさまざまに攻撃されている。長年にわたって法曹界に君臨したため、訴訟依頼人から莫大な金を贈られ（30年間に2千万セーステルティウス）、パラーティーヌス*丘に豪邸を構えたほか、12の別荘や農場を所有し、その家具調度も贅を凝らしたものであった。キリキア総督の時には（前51）、1年間に200万セーステルティウスもの私財を得たが、これは他の属州総督のあくどい搾取に較べて、あまりにも慎しみ深い蓄財だったので、書簡の中で彼自らそのことを大いに吹聴したほどである。

政治家としては無節操・無定見を非難されるものの、ローマ随一の偉大な雄弁家として、また哲学などギリシアの学術をラテン語に移しヨーロッパ近代諸言語の文語体形成に多大の影響を及ぼしたラテン散文の完成者として、古来高く評価されている。法廷弁論58篇をはじめ、900余通にのぼる書簡、『弁論家論 De Oratore』（前55～前54）、『ブルートゥス Brutus』（前46）、『弁論家 Orator ad M. Brutum』（前46）など一連の修辞学書、『国家論 De Re Publica』（前54～前51）、『法律論 De Legibus』（前51頃～前43頃、未完）、『トゥスクルム談論集 Tusculanae Disputationes』（前45）、『アカデーミカ Academica』（前45）、『神々の本性について De Natura Deorum』（前45）、『宿命論 De Fato』（前44）、『卜占論 De Divinatione』（前44）、そして『老年論 De Senectute』（前44）、『友情論 De Amicitia』（前44）、『義務論 De Officiis』（前44）に代表される哲学的著作など、大量の作品が現存する。

ギリシアのデーモステネース❷*と並ぶ弁論術の双壁と称され、後世ヨーロッパにおける七自由学芸中の「修辞学」の寓意アレゴリー Allēgoria 図像には、たいがい彼の姿ないし著書が描かれている。またキケローのように雄弁な、とかキケローばりの文章典雅なことを意味する形容詞（英）ciceronian, （仏）cicéronien, （独）ciceronianisch, ……も派生した。後代

の西ヨーロッパ文学に与えた影響は甚大であり、ダンテは『神曲』「地獄篇」の中で、彼を氏族名のトゥッリオ Tullio（トゥッリウスのイタリア語形）と呼んで敬意を表している。ルネサンス期以降、西ヨーロッパでキケローの純粋なラテン語の文体に倣う「キケロー主義 Ciceronianismus」が広まり、人文主義教育の基礎として讃仰されたのみならず、エラスムスやドレにはじまるキケロー論争をも生ぜしめたことは文学史上に名高い。文学のみならず、政治思想や哲学・倫理思想、教育等々、多方面にわたってキケローが後世に及ぼした影響は測り知れず、わけても彼の造語たるフーマーニタース humanitas（人間性・全人的教養）を通じてイタリア・ルネサンス以来の人文主義 Humanismus（フーマーニスムス）の形成・確立に最も大きく寄与した古典作家であると言ってよいだろう。

　ちなみに現代イタリアなど西ヨーロッパ諸国では、名所見物の観光案内人を、やや皮肉をこめてチチェローネ cicerone なる言葉で呼んでいる。
⇒クルエンティウス、ミロー、アッティクス、ガビーニウス、メテッルス❿、M. スカウルス❷、レントゥルス・スピンテール、ムーレーナ、デーイオタロス
Plut. Cic., Caes. 3〜, Cat. Min. 6〜, Pomp. 46〜, Ant. 2〜, Brut. 12〜, Luc. 41〜, Crass. 13〜/ Dio Cass. 36〜47/ App. B. Civ. 2〜4/ Sall. Cat. 2〜6/ Nep. Att./ Quint. 10-1/ Plin. Ep. 7-4/ Lactant. Div. Inst. 3-15/ Macrob. Somnium Scipionis/ Augustin. Conf. 3-4〜/ Suet. Gram., Vita Caes./ Juv. 10-114〜/ Flor./ Sen. Suas. 6/ Hieron./ etc.

❷（前65〜？）
❶の一人息子。母はテレンティア❶*。父の任地キリキアへ同伴され（前51）、内乱が勃発するとポンペイユス*側に身を投じ（前49）、パルサーロス*の会戦で騎兵部隊を指揮して闘う（前48）。カエサル*の赦免を得てのち修学のためアテーナイ*へ赴く（⇒クラティッポス❷）が、遊蕩と過度の飲酒に浸って父親を嘆かせた（前45〜前43）。父キケローが『義務論 De Officiis』を著わしたのは、怠惰で放恣な生活を送る息子を諭し教導するためであった（前44）。カエサルの横死（前44年3月）後、カエサルの暗殺者 M. ブルートゥス❷*の部下となり、C. アントーニウス❷*（三頭政治家の弟）を破って、これを捕虜とした（前43年3月）。ピリッポイ*の戦いに敗れた（前42）後は、シキリア*（現・シチリア）のセクストゥス・ポンペイユス*（大ポンペイユスの次男）に従ったが、前39年の大赦によってローマへ帰り、再び奔放な暮らしに耽った。父の仇 M. アントーニウス❸*（三頭政治家）が自害した直後、勝者たるオクターウィアーヌス*（のちのアウグストゥス*）によりその相役執政官（コーンスル*）に選ばれ（前30年9月13日）、次いでシュリア*さらにアシア*の属州総督 Proconsul（プローコーンスル）となった。大プリーニウス*は、彼が一息に2コンギウス congius（約6リットル）の葡萄酒を飲み干す習慣があり、その鯨飲ぶりによって父の殺害者アントーニウスから「酒豪」の名声を奪わんとしていた、と伝えている。
Plut. Cic. 45, 49, Brut. 24, 26/ App. B. Civ. 4-19〜20, 5-2/ Dio Cass. 45-15, 46-3, -18, -41/ Plin. N. H. 14-28, 22-6/ Sen. Ben. 4-30/ Cic. Off. 2-13（45）, Fam. 16-21, Att. 12-7, -27, -32/ etc.

騎士身分 Equites
⇒エクィテース

騎士（ローマの） Equites
⇒エクィテース

ギスコー（ン） Giskon, Γίσκων, Gisco, ギスゴー Gisgo,（または、ゲスコーン Geskon, Γέσκων, Gesco),（仏）Giscon,（独）Gisko,（伊）Giscone,（西）Giscón

カルターゴー*人の名。巻末系図034を参照。
❶（前4世紀）ハンノー❹*の子。兄の名将ハミルカル Hamilcar が政敵の策謀で処刑された時、連座して追放されるが、のちシケリアー*（現・シチリア）島でカルターゴー*軍が苦境に陥ると、呼び戻されて軍隊指揮権を与えられ、勝ち進むコリントス*の将軍ティーモレオーン*に立ち向かわされた。善戦の結果、有利な条件で和約が結ばれ、カルターゴーは従来の領土を保有することとなった（前339〜前338）。なお、流謫の地から本国へ召還された折に、ギスコーは自分を追放させた人々を自由に処断してよいと認められたが、彼の科した罰とは、ただ政敵らを地面に平伏させ、その項（うなじ）に足を乗せるだけの寛大なものでしかなかったという。

　彼の息子のハミルカル*は、シュラークーサイ*（現・シラクーザ）の僭主アガトクレース*の軍隊を撃破したことで知られている（前311〜前310）。
Plut. Tim. 30〜34/ Diod. 16-81〜82/ Just. 22-3, -7/ Polyaenus 5-11/ etc.

❷（前3世紀）カルターゴー*の将軍。ハスドルバル❸*の父。第1次ポエニー戦争*（前264〜前241）の終結後に勃発した傭兵の反乱*（前241〜前238）の際、反乱軍に捕えられ、のち700人の捕虜とともに両手両足を切り取られ、生きたまま墓穴に投げこまれて殺された。これに対抗してハミルカル・バルカ*率いるカルターゴー側も、反乱軍の捕虜たちを象に踏み殺させて応酬した。

　この他、父のハミルカル*がヒーメラー*の戦い（前480）に敗れたせいで、故郷に逼塞を余儀なくされ、セリーヌース*市に余生を過ごしたギスコー（前5世紀）など同名のカルターゴー人が大勢知られている。
Polyb. 1-66〜70, -79〜80/ Diod. 13-43/ Just. 19-2/ Liv. 23-34, 24-41, 30-37/ etc.

キタイローン Kithairon, Κιθαιρών, Cithaeron,（仏）Cithéron,（独）Kithäron,（伊）Citerone,（西）Citerón,（葡）Citéron,（露）Китерон
（現・Kitherón（旧称・Elatia））ギリシアのボイオーティアー*地方とアッティケー*地方の間に横たわる山脈。標高1409

キッセウス

m。ゼウス*、ディオニューソス*（バッコス*）、ヘーラー*、ムーサたち*（ムーサイ*）らの聖地。神話では、テーバイ❶*王家の伝承と関連深く、アクタイオーン*とペンテウス*はこの山中で八つ裂きにされ、生後間もないオイディプース*は同じ山奥に棄てられ、アンティオペー❷*はこの山麓で双生児ゼートスとアンピーオーン*を産んだとされている。若きヘーラクレース*が退治し、その皮を終生身にまとうことになる獅子(ライオン)が棲んでいたのも、キタイローン山中であった（⇒テスピオス、アルカトオス）。ディオニューソスの狂宴 orgia(オルギア) めいた秘儀が行なわれたことでも名高く、またゼウスとヘーラーの結婚を祝うダイダラ*祭が催された地としてもよく知られる。名祖(なおや)キタイローンは智謀に富んだプラタイアイ*の古王とも、エリーニュエス*の1人ティーシポネー*に恋された美青年とも、ヘリコーン*の兄弟で父や兄弟を殺した乱暴者とも、まちまちに伝えられる。
Herodot. 9-19, -25, -38/ Soph. O. T. 421, 1026/ Eur. Supp. 757/ Thuc. 2-75, 3-24/ Xen. Hell. 5-4/ Paus. 1-38, -41, 2-2, 9-1~/ Apollod. 2-4, 3-4/ Mela 2-3/ Verg. Aen. 4-303, G. 3-43/ Ov. Met. 2-223, 3-702/ Pind. Pyth. 1-78/ Plut. Arist. 11, De Fluv. 2/ Ptol. Geog. 3-14/ etc.

キッセウス Kisseus, Κισσεύς, Cisseus,（伊）Cisseo,（西）Ciseo,（葡）Ciseu,（露）Киссеүс

（「木蔦(きづた)を戴いた男」の意）ギリシア伝説中のトラーケー*（トラーキアー*）王。テアーノー❶*（アンテーノール*の妻）とヘカベー*（プリアモス*の妻）の父。したがって彼女らは詩文中でキッセーイス Kisseïs（キッセウスの娘）と呼ばれている。

このほか、メランプース*の息子で、英雄ヘーラクレース*と冒険行をともにしたキッセウスなど幾人かの同名の伝説上の人物がいる。
Hom. Il. 6-295, 11-223/ Eur. Hec. 3/ Hyg. Fab. 91, 111, 219, 243, 249, 256/ Verg. Aen. 5-537, 7-320, 10-317, -705/ Apollod. 2-1, 3-12/ Strab, 7-330/ etc.

キッラー Kirrha
⇒クリーサとキッラー

キティウム Citium
⇒キティオン

キティオン Kition, Κίτιον,（Kētion, Κήτιον, Kytion, Κύτιον）Citium,（伊）Cizio,（西）Citio,（葡）Cítio,（露）Китий,（フェニキア語）Keti,（古ヘブライ語）Kittim (Khittim),（旧称・Kiti ないし Khiti）

（現・Larnaka 市内北西の古代遺跡）キュプロス*島東南岸の港湾都市。前2千年紀後半ミュケーナイ*文化時代に遡る遺跡（前13世紀頃）が発掘される古い町で、歴史時代にはフェニキア*人の重要な商港として発展。おそらくテュロス*の植民市であったと考えられる（前9世紀頃～）。早くからオリエント文明の恩恵に浴し、前709年にはアッシュリアー*王サルゴン2世 Sargon (Šarru-Kên) Ⅱ（在位・前722～前705）に臣従、その折に建てられた記念碑「キュプロスの石碑」が発見されている（ベルリン博物館蔵）。以来アッシュリアーのキュプロス統治の中心市となり（前709～前668）、のちアカイメネース朝*ペルシア*の支配下に入ってからは（前525～前333）、ギリシア系諸市の反乱にも加わらず、ペルシア帝国*に対する忠誠を守り通した。アテーナイ*の将キモーン*はこの町を攻囲中に陣没し（前449頃）、またヘレニズム時代にはキティオンからストアー*学派の創始者ゼーノーン*が出ている。ローマ帝政期に入って地震で町は大破した（後79）が、ネルウァ*帝（在位・96～98）が再興させて以後、古代末期まで主要都市であり続けた。

現在も前9世紀末に建てられた女神アスタルテー*の大

系図158 キッセウス

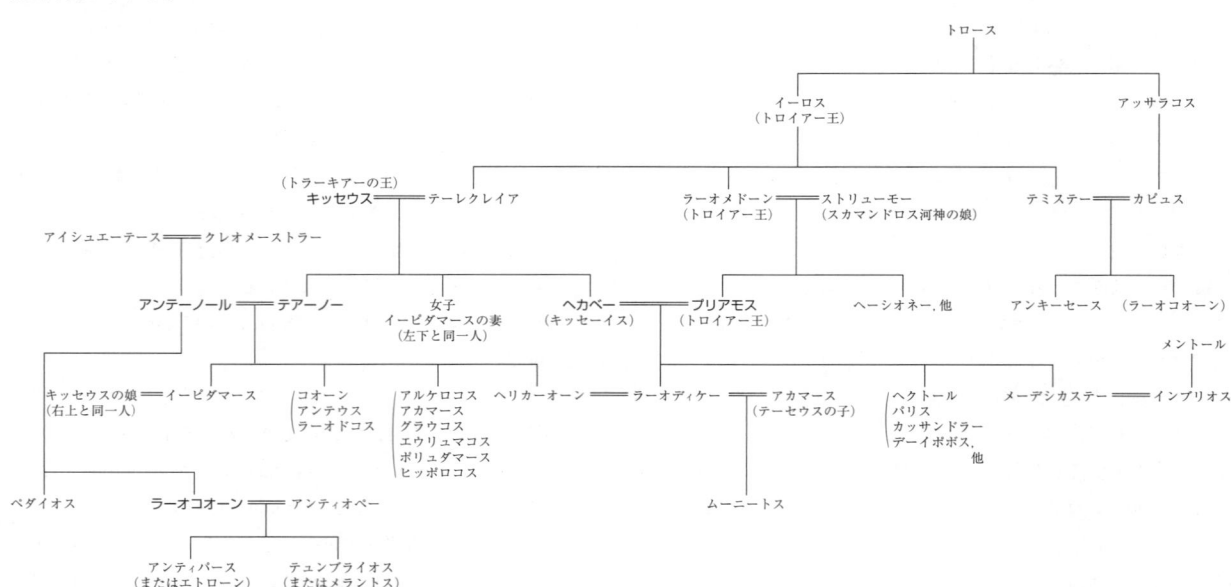

神殿（前312頃、プトレマイオス1世*に焼かれる）や、ミュケーナイ時代以来の城壁、アルカイック期の墓地などの遺構、およびクリストス*（キリスト）に愛された弟子ラザーロス（ラザロ）Lazaros の墓があるという聖ラザロス Ayios Lazaros 教会が残っている。
Thuc. 1-112/ Plut. Cim. 19/ Strab. 14-682～683/ Nep. Cimon 3/ Diod. 12-3, 20-49/ Diog. Laert. 7-1/ Cic. Fin. 4-20/ Plin. N. H. 31-39/ Ptol. Geog. 5-13/ Vet. Test. Gen. 10-4/ Steph. Byz./ etc.

キトーン Khiton, Χιτών, Chiton, （伊）Chitone, （西）Quitón, （葡）Quíton, （露）Хитон, （語源・〈中部セム語〉kittan ＜〈アッカド語〉kitû, kita'um ＜〈シュメル語〉gada, gida）

ギリシア人の着用した下着・肌衣で、ローマ人のトゥニカ tunica（〈英〉チュニック tunic）に相当する。毛織物あるいは亜麻布製で、長さは踵までのと、膝までのとがあり、帯は締めても締めなくてもよかった。長方形の布地を折って両肩の所をピンで留めただけのドーリス*式と、手を出す部分以外は縫い合わせて袖をつけたイオーニアー*式とがあり、前6世紀までは男女ともに長いイオーニアー式キトーンを着用していたが、ペルシア戦争*（前492～前479）後は男子は簡素なドーリス式を好み、祭式の折以外は膝までの短いものをまとうようになった。キトーンの上にヒマティオン himation なる外衣やクラミュス khlamys なるマントを羽織り、女は特にペプロス peplos と呼ぶ寛やかな袖無し上衣を、流行に従ってさまざまな形にまとった。ヘーロドトス*によれば、前6世紀にアテーナイ*艦隊がアイギーナ*島で壊滅した時、唯一人生還して悲報を伝えた男を、寡婦となった犠牲者の妻たちが襲撃し、着物の肩から留針を抜いて滅多刺しにして虐殺。この事件を契機にアテーナイ女性の衣類はピンを用いる必要のないイオーニアー式に改められたという。職人や奴隷はキトーンの一方の肩をはずしたエクソーミス eksomis なる片肌脱ぎの短衣を着用。また運動を行なう際に男──スパルター*では女子も──は全裸になるのが常であり、年頃の若者エペーボイ*は乗馬用の短い外套クラミュスを制服としてまとっていた。プリュギアー*人やメーディアー*人の着る長袖付きのオリエント風キトーンは、古典期ギリシア人からは柔弱な衣裳と見なされ、前5世紀のアテーナイ市民の中には、ソークラテース*のようにサンダルも履かずに粗衣で暮らすスパルター風愛好者も少なからず現われた。
Hom. Il. 2-42, 8-25, -595, Od. 14-72, -132, -154, 15-60/ Hes. Op. 345/ Herodot. 5-87, -106, 7-61/ Aesch. Suppl. 880/ Plut. Lyc. c. Num., Mor. 139d/ Thuc. 1-6/ Ar. Eq. 1330/ Ath. 12-512/ Ael. V. H. 1-18/ etc.

ドーリス式キトーン

イオーニアー式キトーン

キニュラース Kinyras, Κινύρας, Cinyras, （伊）Cinira, （西）（葡）Cíniras, （露）Кинир

ギリシア伝説中、キュプロス*島の富裕な王。その美貌のゆえにアポッローン*から愛された音楽家・予言者。一説にアポッローンとニュンペー*（ニンフ*）・パポス Paphos の子（異伝あり）。シュリアー*のビュブロス*市の出身で、キュプロス島に移住し、この島にオリエント・フェニキア*の文明を伝えた。パポス*市を建設し、愛の女神アプロディーテー*（＝アスタルテー*）の崇拝と神殿売春の制度を創始、この女神の寵愛を蒙り、神官王として160歳の長寿を保った（死後その位は女婿のテウクロス❷*が継いだ）。彼はキュプロス人の王ピュグマリオーン*の娘メタルメー Metharme を娶ったが、2人の間に生まれた娘たちはアプロディーテーの怒りにふれて異邦人と枕を交わしエジプトで死んだという。一説に娘たちは女神ヘーラー*によって神殿の石段に変身させられたといい、またキニュラース自身もアポッローンと音楽の技を競ったため、マルシュアース*のように神の手で殺されたとされている。よく知られている伝承では、自らの娘ミュッラー*（またはスミュルナー*）と気付かずにこれと交わって、美青年アドニス*の父となり、事実を覚って自殺したことになっている。彼の子孫キニュリダイ Kinyridai 家が累代パポスやアマトゥース*を支配する神官職を世襲した。
Hom. Il. 11-20～/ Pind. Pyth. 2-15, Nem. 8-18/ Apollod. 3-14, Epit. 3/ Ov. Met. 6-98～, 10-298～/ Strab. 16-755/ Tac. Hist. 2-3/ Hyg. Fab. 58, 242, 248, 251, 270, 271, 275/ Schol. ad Theoc. 1-107/ Plin. N. H. 7-56/ Nonnus Dion. 13-45/ Eust. Il./ etc.

キーネアース Kineas, Κινέας, Cineas, (仏) Cinéas, (伊) Cinea, (露) Кинеас

（前3世紀前半）エーペイロス*王ピュッロス*の臣下で、テッサリアー*出身の雄弁家。デーモステネース❷*の弟子。当代第一の能弁の士と見なされ、ヘーラクレイア❶*の戦い（前280）ののち、ローマへ和平の使節として派遣されるが、Ap. クラウディウス・カエクス*の反対で講和は成立しなかった。ピュッロスに復命した折の彼の言葉「ローマの元老院は王者の集まりです」および「ローマ人と事を構えるのは怪蛇ヒュドラー*と戦うようなものです」はよく知られている。また彼の記憶力は抜群で、ローマに到着した翌日にはもう全元老院議員と騎士身分（エクィテース*）の名を憶えていたという。その弁舌で外交面に活躍し、ピュッロスから「予が武器で得たよりも多くの町をキーネアースは口舌で得たわ」と評価されていた。ピュッロスが世界制覇の野望に取り憑かれていた時、彼は王に諫めて言った。「何のために遠征なさるおつもりですか」「世界中を征服したら毎日宴会を開いて歓談に時を過ごしたいからだ」と王。「それでしたら、何も血を流したりえらい労苦や危険を冒したりなさらずとも、今すぐにおできになるではありませんか」。

彼はまた、アイネイアース・タクティコス*の戦術書の要約や、エーペイロスとテッサリアーの歴史書を著わしたが、すべて散逸して伝わらない。

Plut. Pyrrh. 14～/ Plin. N. H. 7-24, 14-3/ Liv. 34-4/ App. Sam. 10～11/ Cic. Sen. 13(43), Tusc. 1-24, Fam. 9-25/ Diod. 22-6/ Ael. Tact. 1/ Strab. 7-329/ Zonar. 8-2/ Dio Cass. Fr./ Eutrop. 2-13/ etc.

キプリアーヌス Cyprianus
⇒キュプリアーヌス

偽プルータルコス Pseudo-Plutarchos

（後2世紀以後）プルータルコス*に帰せられている作品のうち、『十弁論家列伝（ラ）Vitae decem oratorum』や『ホメーロス*伝（ラ）Vita Homeri』、『諸王および諸帝警句集（ラ）Regum et Imperatorum Apophthegmata』など幾つかの著述の筆者たち（いずれも原作はギリシア語）。

キプロス Kypros
⇒キュプロス

キマイラ Khimaira, Χίμαιρα, Chimaera, (英) Chimera, (仏) Chimère, (独) Chimära, Chimäre, (伊) Chimèra, (西)(葡) Quimera, (露) Химера

（「雌山羊」の意）ギリシア神話に登場する怪獣。テューポーン*とエキドナ*の娘（⇒巻末系図001）。体の前部は獅子（ライオン）、中央が山羊、後部は竜（巨蛇）の形をしており、口から猛火を吐く雌の怪物。カーリアー*王アミソーダレース Amisodares に育てられ、リュキアー*を中心に周辺一帯を荒らしていたが、ついに天馬ペーガソス*に乗った英雄ベッレロポーン*に退治された──矢で射殺されたとも、溶けた鉛の塊を口中に注ぎ込まれて死んだともいう──。後代の美術では、獅子・山羊・大蛇の3頭を持つ姿、ないし竜尾を有し背中から山羊の頭が生えている獅子の姿で表現される（フィレンツェ考古学博物館所蔵のブロンズ製「アレッツォのキマイラ」など）。怪物キマイラは古来、獅子・山羊・竜の旗印を持つケイマッロス Kheimarrhos に率いられた海賊団に由来するとも、リュキアーのパセーリス* Phaselis（現・Faselis）近くにあった火山キマイラの記憶が物語化されたものともいわれる。

今日では、奇怪な幻想や荒唐無稽な空想、また生物学上の混合染色体（キメラ）に、この名称が用いられる。「非現実的な」といった意味合いの形容詞（英）chimeric, chimeral, chimerical,（仏）chimérique, ……なども、ここから派生している。
⇒スピンクス、グリュープス

Hom. Il. 6-179～, 16-327～/ Hes. Th. 319～/ Hymm. Hom. Ap. 368/ Apollod. 1-9, 2-3/ Ov. Met. 9-647/ Hyg. Fab. 57, 151/ Pind. Ol. 13-90/ Strab. 14-665～/ Verg. Aen. 6-288/ Plut. Mor. 247f～/ Mela 1-15/ Tzetz. ad Lycoph. 17/ etc.

ギムナシオン Gymnasion
⇒ギュムナシオン

系図159 キニュラース

キムブリー Cimbri
⇒キンブリー

キムベル Cimber
⇒キンベル

キムメリオイ Kimmerioi
⇒キンメリオイ

キモーン Kimon, Κίμων, Cimon,（伊）Cimone,（西）Cimón,（葡）Címon,（露）Кимон

（前512頃〜前449）アテーナイ*の政治家、将軍（ストラテーゴス*）。デーロス同盟*およびアテーナイ海上帝国設立の立役者。名将ミルティアデース*とトラーケー*（トラーキアー*）王女ヘゲシピュレー Hegesipyle との間に生まれる。史家トゥーキューディデース*の親戚に当たる（⇒巻末系図023）。前489年、父が50タラントンの罰金を未払いのまま獄死し、彼に支払い能力がなかったので、亡き父に代わって投獄されたという。この負債は、彼と近親婚の仲にあった姉エルピニーケー Elpinike を娶った金持ちカッリアース❸*により返済された（アテーナイでは異母姉妹との婚姻は合法であった）。長身で美丈夫のキモーンは、前480年頃アテーナイの名門アルクマイオーン*家（アルクマイオーニダイ*）の娘と結婚。穏和な人柄とアリステイデース*の後援で、保守派の指導的人物になり、のちにはたいへんな財を成してアテーナイの美化や各種の公共奉仕（レイトゥールギアー*）を引き受けた。前478年、将軍の1人に選ばれ、デーロス同盟の設立に活躍、テミストクレース*追放（前471頃）後の対ペルシア戦争*遂行の主力となり、小アジア南岸のエウリュメドーン*河の戦いで大勝を収めた（前467／466）。トラーケーや小アジア西岸などエーゲ海域からアカイメネース朝*ペルシア*軍を一掃し、デーロス同盟をより発展させてアテーナイの覇権を確立、英雄テーセウス*の遺骨を祖国へ持ち帰り、政界の第一人者となったかの観があった（⇒スキューロス島）。しかし、次第に民主派の首領エピアルテース*やペリクレース*らの攻撃にさらされるようになり、前462年ヘイロータイ*（隷農）の乱に悩むスパルター*を援助するべく兵を率いて出動したが、その勢威を恐れたスパルターに拒絶され挫折、市民の支持を失った彼は翌年、些細な口実により陶片追放（オストラキスモス*）に処された（前461）。彼がスパルターへ出征して不在中、政敵のエピアルテースやペリクレースが民主化への大改革を断行し、保守派の牙城アレイオス・パゴス*から実権を剥奪していたのである。ところが、アテーナイとスパルターとの対立が尖鋭化すると、キモーンは帰国を許され、両市の間に5年間の休戦条約を成立させた（前451／450）。前449年にはペルシアからキュプロス*島を奪回するための遠征軍を指揮したが、キティオン*の町を攻囲中に陣没。臨終の床にあっても、自らの死を秘して軍隊が無事ギリシアへ帰還できるよう計らったという。

キモーンは鷹揚で気前のよい人物だと評されるものの、機略に欠けているわけでもなかった。トラーケーのペルシア人捕虜をアテーナイとギリシア同盟軍との間で分配した折、彼は捕虜が身体につけていた高価な衣類や装飾品を一まとめにし、裸の虜囚たちを少し離れた場所に立たせて、相手に「どちらでも好きな方を取りなさい。アテーナイは残った方で満足するから」と言った。同盟軍は当然のごとく装飾類を選び、裸の捕虜を得た彼は愚かな分配をしたと憫笑されたが、やがて捕虜の知人や家族がおのおの多額の身代金を持ってきて、彼らの身柄を引き取ったので、たちまちキモーンは裕福になったと伝えられている。彼はギリシア人の習慣として男色を重んじたことでも名高く、またスパルター人のアテーナイにおけるプロクセノス proksenos（賓客接待者）を務め、息子の1人にはラケダイモニオス Lakedaimonios（「スパルター人」の意）と命名するほどスパルター贔屓であったといわれている。
⇒ポリュグノートス
Plut. Cim., Per. 5〜, Them. 5, 24, Mor. 761/ Nep. Cim./ Thuc. 1-98, -100, -102, -112/ Herodot. 6-136, 7-107/ Diod. 10-30〜, 11-60〜, -86, 12-3〜, 15-88/ Paus. 1-17, 3-3/ Ath. 13-589/ Polyaenus 1-34/ Ael. V. H. 12-35/ Val. Max. 5-3, -4, 6-9/ Cic. Off. 2-18/ Arist. Ath. Pol. 17-3/ etc.

キモーン（クレオーナイの） Kimon, Κίμων, Cimon (Kleonai, Κλεωναί, Cleonae),（英）Cimon of Cleonae,（仏）Cīmon de Cléones,（独）Kīmon von Kleorai

（前5世紀前半）ギリシア初期の絵画の技法を完成した画家。初めて遠近法を用い、画家として多額の報酬を得た最初の人となった。
⇒アガタルコス、アポッロドーロス❶
Plin. N. H. 35-34/ Ael. V. H. 8-8/ Anth. Pal. 9-758/ etc.

キモーンとペーロー Kimon, Κίμων, Cimon, Pero, Πηρώ,（ラ）（仏）Cimon et Pero,（英）Cimon and Pero,（独）Cimon und Pero,（伊）Cimone e Pero,（西）Cimón y Pero,（葡）Cimón e Pêro,（露）Кимон и Перо

孝行物語で有名な父娘。キモーンが獄中で餓死させられそうになった時、娘ペーローは牢獄を訪ねては自分の乳を吸わせて父親に栄養を与えた。異伝では老父の名はミュコーン Mykon になっている。（大）プリーニウス*の伝えるところによると、これはローマの母娘の話となっており、娘の孝心を賞でて母親は釈放され、2人は生涯国家から扶持を受けたという。後年この牢獄のあった場所に、敬虔の女神ピエタース Pietas の神殿が建立された（⇒グラブリオー❶）。

近世ヨーロッパ絵画の主題として、ペーローが老父キモーンに獄内で乳房を含ませる場面がしばしば描かれた（「ローマの慈愛」Caritas Romana）。また我が国でも名高い漢訳『観無量寿経』中の韋提希（いだいけ）Vaidehi 夫人が自らの体に乳製の粉末を塗って獄中の夫王を養ったという仏教説話との

類似が興味深い。
Val. Max. 5-4/ Plin. N. H. 7-36/ Hyg. Fab. 254/ Festus/ etc.

ギャニミード　Ganymede
⇒ガニュメーデース（の英語形）

キュ（一）アクサレース　Kyaksares, Κυαξάρης, （ラ）キュアクサーレース Cyaxares, （仏）Cyaxare, （独）Kyaxares, （伊）Ciassare, （西）（葡）Ciáxares, （露）Киаксар Увахщатра, （古代ペルシア語）Uvaxštra, Uvaxšaθra Uvakhshtra, Uvakšatara, Uvarkhshattra, （アッシュリアー*語）Uᵐakištar, （メーディアー*語）Hwachschatara, Hvakhshathra, Huyakhshtara, （ペルシア語）Uvakhshatra, Uvakhshathra, Kayxosrew, （クルド語）Hewxşter, Hwexşetre, Hwexştir

（前645頃〜前585頃）メーディアー*王（在位・前625頃〜前585頃）。プラオルテース*の子（⇒巻末系図024）。父の跡を継いで即位し、軍備を拡充してアルメニアー*およびハリュス*河以東の小アジアを征服、リューディアー*王国の首都サルデイス*に迫ったものの、日蝕が起こったため、和約を結んだ（前585年5月28日の日蝕）。さらに南進して父の仇を討つべくアッシュリアー*を攻撃したが、スキュティアー*人（スキュタイ*）の侵略を被る。一時は全領土をスキュティアー人に席捲されたけれど、敵将らを酒宴に招いて謀殺し、主権を回復。バビュローニアー*の王ナボポラッサル Nabopolassar, （ギ）ナブーポラッサロス Nabupolassaros と同盟して、ついにニネヴェ（ニノス*）を陥れ（前612年7月28日）アッシュリアー帝国を滅亡させた（前609頃）。リューディアーとの対戦に関しては、アリュアッテース*の項を参照。

ヘーロドトス*の伝えるところでは、キュアクサレースは短気で激しやすい性分の持ち主で、亡命してきたスキュティアー人の一隊を当初は歓迎して受け入れ、子供たちを彼らに預けて、その言語や弓術を学ばせていたが、後日彼らを手荒に扱うようになったため、預けてあった子供の人肉料理を狩の獲物だと偽って食わされた、という。なおアカイメネース朝*ペルシア*帝国の内乱期（前522〜前518／515）に、プラオルテース Phraortes をはじめキュアクサレースの後裔を称する人物が各地に蜂起したが、いずれも処刑されている。

また孫に同名のキュアクサレース2世がいたと伝えられる。

⇒アステュアゲース

Herodot. 1-16, -46, -73〜74, -103〜107/ Diod. 2-32, -34/ Xen. Cyr. 1-2, -6, 2-1, 3-3/ Strab. 17-801/ Euseb. Chron./ Berossus/ Behistun Inscr./ etc.

ギュアロス　Gyaros, Γύαρος, Gyarus（または、ギュアラ　Gyara, Γύαρα）, （伊）Giaro

（現・Gíaros, Giúra, Dschura, Khiura）キュクラデス*諸島中の不毛の小島。アンドロス*島の西南に位置する。鼠が多く水も不自由な人の住めない土地だったため、ローマ帝政期に流刑地として用いられた。
⇒C. ユーニウス・シーラーヌス❽

Tac. Ann. 3-68〜69, 4-30/ Verg. Aen. 3-76/ Ael. N. A. 5-14/ Plut. Luc., Mor. 602c/ Strab. 10-485/ Steph. Byz./ etc.

キュクノス　Kyknos, Κύκνος, Cycnus, （仏）Cygne, （伊）Cicno (Cigno), （西）（葡）Cicno, （露）Кикн

（「白鳥」の意）ギリシア神話中の男性名。

❶リグリア*人の王。パエトーン*（太陽神の息子）の愛人で、彼の死を嘆くあまり白鳥と化した。アポッローン*から美しい歌声を授かり、以来白鳥は死に臨んで歌うようになったと伝えられる。

Hyg. Fab. 154/ Paus. 1-30/ Ov. Met. 2-367〜/ Verg. Aen. 10-189〜/ Serv. ad Verg. Aen. 10-189/ etc.

❷父神ポセイドーン*から、敵の武器によって仆されることのない体を与えられていた英雄。しかしトロイアー戦争*の緒戦でギリシア軍の上陸を阻み、アキッレウス*によって自らの兜の緒で締め殺された。父神は憐んで彼を白鳥に変身させ星座として空に配した（白鳥座〈ラ〉Cygnus）。また彼の頭髪（異伝では全身）は生まれながらに白かったという。散逸した叙事詩圏*の『キュプリア』や同じく今は失われた悲劇詩人エウリーピデース*の『牧人たち Poimenes』にキュクノスの物語が歌われていた。

Pind. Ol. 2-81〜, Isthm. 5-39/ Arist. Rh. 2-22/ Hyg. Fab. 157, 273, Poet. Astr. 3-7/ Ov. Met. 12-72〜/ Tzetz. ad Lycoph. 232〜/ etc.

❸軍神アレース*の兇暴な息子。デルポイ*に参詣する人々を殺しては、その頭蓋骨でアレースの神殿を築いていたが、ヘスペリデス*の園へ赴く途上の英雄ヘーラクレース*（とイオラーオス*）に殺された（第十一の功業）。あるいは、ゼウス*が雷霆を彼とヘーラクレースの間に投じて、

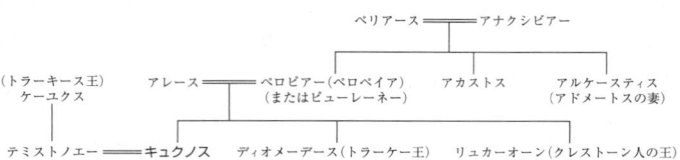

系図160　キュクノス❷

系図161　キュクノス❸

両者を引き分けたともいう。当初キュクノスは父のアレースとともにヘーラクレースを迎え撃ち、いったん退かせたものの、のち自分一人の時に英雄に倒されたとも伝えられる。この闘いはステーシコロス*ら詩人たちに歌われ、陶画などにも好んで描かれた。
⇒本文系図161
Hes. Sc. 57～, 320～/ Apollod. 2-5, -7/ Diod. 4-37/ Hyg. Fab. 31, 159, 269, 273/ Pind. Ol. 10-15～/ Eur. H. F. 391～/ Paus. 1-27/ Plut. Thes. 11/ etc.

❹アポッローン*の息子。評判の美青年で大勢の男たちに言い寄られたが、誰にも靡かず、それでも唯一人残った愛人ピューリオス Phylios に次々と難題を言いつけた。ピューリオスはキュクノスに命じられた通りに大獅子や人喰い鷲、雄牛などを素手で生け捕りにしたものの、ついにヘーラクレース*の要請に応じてこれ以上彼を甘やかすことをやめたので、落胆した少年は湖に投身し白鳥に姿を変えた。この湖の畔には、念者ピューリオスの墓も築かれたという。
⇒メレース、プロマコス❷
Ov. Met. 7-371～383/ Ant. Lib. Met. 12/ Ath. 9-393/ etc.

❺ポセイドーン*とスカマンドロディケー Skamandrodike の子。生まれるや、母によって海辺に棄てられたが、白鳥に養育された。小アジア北西岸、トローアス*地方の領主となり、先妻プロクレイア Prokleia,（ラ）Proclea, Procliaから1男1女を儲け、彼女の死後、ピロノメー Philonome を後妻に迎えた。ピロノメーは継子テネース*に恋して言い寄るが、拒まれたため、逆に彼に犯されそうになったと夫に誣告。笛吹きの偽証を信じたキュクノスは、テネースとその妹を箱に入れて海へ流した。のち真相を知るや、笛吹きを石で打ち殺し、妻を生き埋めにして、息子に会うべくテネドス*島へ急行、しかしながら、この島の支配者となっていたテネースは父を赦さず、以来テネドスからすべての笛吹きを放逐したという。一説にキュクノスは息子と和解して島で暮らしていたが、のちアキッレウス*に唯一の急所たる頭を打たれて殺されたとも伝えられる。
Strab. 13-589, -604/ Paus. 10-14/ Apollod. Epit. 3-23～25, -31/ Diod. 5-83/ Conon Narr. 28/ Pind. Ol. 2-82, Isthm. 39/ Hyg. Fab. 97/ Tzetz. ad Lycoph. 232/ etc.

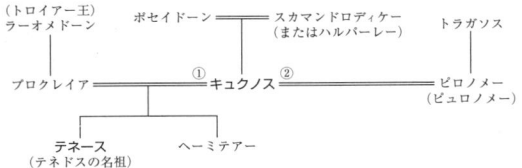

系図162　キュクノス❹

系図163　キュクノス❺

キュクラデス諸島　Kyklades, Κυκλάδες, Cyclades,（独）Kykladen, Zykladen,（伊）Cicladi,（西）（葡）Cíclades,（露）Киклады
（現・Kikládhes）（「取り巻くもの」の意）エーゲ海の南方、ペロポンネーソス*半島の東方に浮かぶ島々。アポッローン*誕生の聖地デーロス*島を囲んで環状 kyklos を成しているので、この名称がある。アンドロス*、ナクソス*、パロス*、シプノス*、セリーポス*、ケオース*などの島々を含み、メーロス*やテーラー*をも加えることもある（⇒スポラデス）。前2000年頃にはクレーター*のミーノース*文明の影響を受けて独特の「キュクラデス文化（英）Cycladic culture」が開花、抽象化された造形の大理石人物像や陶器などの遺品が出土している（⇒エーゲ文明）。前1400年以来ミュケーナイ*文明圏に入り、その後イオーニアー*系ギリシア人が本土から植民（前1000頃～）。アルカイック期には裕福な貴族層が支配する諸都市国家 polis が各地に栄えた（前8世紀～前5世紀）。前490年アカイメネース朝*ペルシア*艦隊に占領されたが、ペルシア戦争*終結後アテーナイ*を盟主とするデーロス同盟*を結成（前477）、いわゆる「アテーナイ海上帝国」の支配下に入った。ペロポンネーソス戦争*（前431～前404）後は再びアテーナイ第2海上同盟に加わり（前377）、マケドニアー*およびヘレニズム諸国の不安定な統治を経てローマ領となった（前133年以降に属州アシア*に併合される）。
Strab. 10-485～/ Herodot. 5-30～31/ Plin. N. H. 4-12/ Mela 2-7/ Nep. Miltiades 2/ Thuc. 1-4/ Ptol. Geog. 3-14/ Scylax/ etc.

キュ（―）クロープスたち　Kyklops, Κύκλωψ, Cyclops,（仏）Cyclope,（独）Kyklop, Zyklop,（伊）（葡）Ciclope,（西）Cíclope（露）Циклоп,（複）キュ（―）クロープス Kyklopes, Κύκλωπες, Cyclopes,（独）Kyklopen, Zyklopen,（伊）Ciclopi,（西）Cíclopes,（葡）Ciclopes,（露）Циклопы
（「円い目」の意）ギリシア神話中の単眼巨人族。ホメーロス*では、額に唯一の目を有する野蛮な人喰い巨人族として描かれている（⇒ポリュペーモス）。ヘーシオドス*によれば、彼らはウーラノス*（天空）とガイア*（大地）の3人息子で、ブロンテース Brontes（雷鳴の神）、ステロペース Steropes（電光の神）、アルゲース Arges（閃光の神）と呼ばれ、ゼウス*がクロノス*たちと交戦した時には、ゼウスらオリュンポス*神族の味方をし、ハーデース*には（それをかぶると姿が見えなくなる）隠れ帽を、ポセイドーン*には三叉の戟を、ゼウスには雷霆を提供したという（⇒ティーターン、ティーターノマキアー、ヘカトンケイレス）。後世の神話においては、アポッローン*やアルテミス*の弓矢、アテーナー*の鎧などを含む諸神の武器を作る鍛冶師とされ、シケリアー*（現・シチリア）島の地下を仕事場とし、ヘーパイストス*神の助手として描かれる。その仕事場から立ちのぼる煙がアイトネー*（現・エトナ）山の噴火となって出ていると考

えられていたが、他方コリントス*のイストモス*神域には彼らに捧げられた祭壇があったと伝えられる。また、ゼウスが雷霆でアスクレーピオス*（アポッローンの子）を撃ち殺した際、激昂したアポッローンは、さすがに大神に対して刃向かうことはできず、雷霆を製造したキュクロープスたちを虐殺して憂を散じたという（⇒アドメートス）。

ミュケーナイ*やティーリュンス*をはじめアルゴス*、アテーナイ*のアクロポリス*の一部などギリシア世界各地に残る先史時代の城壁は、あまりに巨大な石材を用いて築かれているので、ギリシア人の間では「キュクロープスの城壁（英）Cyclopean walls」と称されていた。

悲劇詩人エウリーピデース*の手になる作品『キュクロープス』は、完全な形で伝わる唯一のサテュロス*劇である（前412頃）。

⇒テルキーネス、ダクテュロイ、カベイロイ、パイアーケス

Hom. Od. 9-106〜/ Hes. Th. 139〜, 501〜/ Apollod. 1-1, -2, 3-10, Epit. 7-3〜/ Paus. 2-2, -16, -25/ Theoc. 11/ Thuc. 6-2/ Callim. Hymn. 3-46〜/ Hyg. Fab. 49/ Eur. Cyc./ Verg. Aen. 3-569〜, 8-416〜, G. 4-170〜/ Ov. Met. 13-744〜, Fast. 4-287〜/ Pherecydes Fr./ etc.

ギューゲース Gyges, Γύγης, (仏) Gygès, (伊) Gige, (西) Giges, (露) Гиг

（前7世紀前半）リューディアー*のメルムナダイ Mermnadai 朝初代の王（在位・前685〜前657頃〔前716〜前678など諸説あり〕）。先王カンダウレース*を弑殺して、妃と王位を得たというが、その理由については諸説が伝えられている。ヘーロドトス*によれば、カンダウレースの寵臣だったギューゲースは、王の寝室に身を潜めて妃の裸体を覗き見るよう強いられ、それに気づいた王妃の命で王を刺殺したとされる。プラトーン*に従えば、彼はもと牧人で、ふとしたことから自分の姿が人から見えなくなる魔法の指環を手に入れ、これによって王宮へ忍び込んで王妃を誘惑し、その助けで王を殺害して王位を簒奪したという。その他、王命で妃として選ばれた婦人を迎えに行き、激しい恋情にとらわれたのがきっかけである、とする説などさまざまな物語が伝えられている。

王になるやパクトーロス*河の砂金の採集を行なって富を貯え、ミーレートス*やスミュルナー*を攻撃、コロポーン*を占領した。アッシュリアー*、次いでエジプト王プサンメーティコス1世*と同盟を結び、イーラーン系のキンメリオイ*人の侵入を防ぐことに努めたが、同民族の再度の侵入の際に戦死したという。彼の墳墓は古代から名高く、ビン・テペ Bin Tepe にある王家のトゥムルス tumulus 墓がそれであると見なされている。

また一説には、女たちを常に若く美しく保つために卵巣を抜き、膣を閉じる女子去勢を始めたのは、古リューディアー王アドラミュテース Adramytes ではなく、このギューゲース王であるという。ヘブライ語聖典（俗称「旧約聖書」）に登場するマゴグ Magog の王ゴグ Gog に比定されることもある。

⇒巻末系図024

Herodot. 1-8〜/ Pl. Resp. 2-359〜/ Just. 1-7/ Plin. N. H. 7-2/ Ath. 12-515/ Cic. Off. 3-9/ Plut. Mor. 302a/ Paus. 4-21, 9-29/ Nic. Dam./ etc.

キュージコス Kyzikos, Κύζικος, Cyzicus, Cyzicum, (仏) Cyzique, (伊) Chizico, Cizico, (西)(葡) Cícico, Cízico, (露) Кизик

（現・Kízikos, Balkız, Belkis ないし Atraki）小アジア西北部ミューシアー*地方北岸の都市。伝説上の名祖キュージコス（ペーネイオス*の曾孫）は、アルゴナウテースたち*（アルゴナウタイ*）一行を歓迎したのち隊長イアーソーン*に誤殺された同地の王。歴史上は前756年、コリントス*の植民市として建設され、次いで前675年にミーレートス*人により再建されてから、黒海とエーゲ海とを結ぶ交易上の要地として繁栄、この都市が発行するキュージコス金貨 Kȳzikēnos statēr（スターテール）は広く流通した。イオーニアー*の反乱（前500〜前493）に参加し、ペルシア戦争*後デーロス同盟*に加わるが、ペロポンネーソス戦争*（前431〜前404）では、交互にスパルター*とアテーナイ*についた。前410年春、この沖合でアルキビアデース*がスパルター艦隊を撃破した海戦は有名。前386年のアンタルキダース*の和約では、他の小アジア沿岸都市と同様にアカイメネース朝*ペルシア*帝国の支配に入るが、その後も重要な貿易港として変わらず栄え続けた。元来キュージコスはプロポンティス*（マルマラ海）上の島だったのを、アレクサンドロス大王*が2本の橋で本土に繋ぎ（前334頃）、以来2つの港湾と多数の船庫を備えたより大規模な軍事基地に発展した。ペルガモン*王国の支配（前190頃〜前133）を経て、ローマの属州アシア*に編入され、ポントス*の大王ミトリダテース*6世の大軍に攻囲された折には、ローマへの忠誠を捨てず頑強に抵抗した（前74）。ためにローマから広大な領土と自由市 civitas libera そのほかの特権を認められ、ユースティーニアーヌス*帝の時に地震で倒壊するまで（後543年9月6日）、ローマ皇帝の庇護の下に発展した。ハドリアーヌス*帝が着工し、マールクス・アウレーリウ

系図164　キュ（ー）クロープスたち

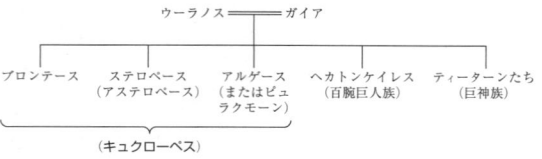

ス*帝が完成した巨大なウェヌス*（アプロディーテー*）神殿（後167年竣工）は、古代世界の七不思議の1つに数えられるほど見事な建築であったといい、キリスト教徒により徹底的に劫掠されたものの、今日その遺構が発掘されている。この市には、アルゴナウタイが造営した大女神キュベレー*の神殿とか、アルゴー*号の錨として用いられていた「ひとりでに動き出す石」等々、珍しい建物・事物が残っていたという。
⇒ビューザンティオン

Herodot. 4-14, -76, 6-33/ Thuc. 8-107/ Strab. 12-575～/ Plut. Luc. 9, Alc. 24, 28/ Tac. Ann. 4-36/ Plin. N. H. 5-40/ Ap. Rhod. 1-936～/ Mela 1-19/ Diod. 13-40, -49/ Conon Narr. 41/ Xen. Hell. 1-1/ App. Mith. 72～/ Suet. Tib. 37/ Polyb. 23-18, 33-11/ Cic. Arch. 9/ etc.

キュッレーネー　Kyllene, Κυλλήνη, Cyllene, 〈仏〉Cyllène, 〈独〉Kyllene, Kyllini, 〈伊〉〈西〉〈葡〉Cilene, 〈露〉Килене

ギリシアの地名。

❶（現・Killíni, Ziria）アルカディアー*の山名。同地方の最高峰（標高2376 m）。ヘルメース*神はこの山中の洞窟で生まれたとされ、古くから山上にヘルメースに捧げられた神殿があり、山全体もこの神の聖地と見なされていた。名祖はアルカス*の孫キュッレーン Kyllen とも、アルカディアーのニュンペー*（ニンフ*）でヘルメースを育てたキュッレーネー（リュカーオーン*の母ないし妻）ともいう。予言者テイレシアース*が性転換したのは、この山中での出来事だと伝えられる。

Paus. 8-17/ Hom. Il. 2-603/ Strab. 8-388/ Apollod. 3-8/ Ov. Met. 13-146/ Verg. Aen. 8-139/ Hymn. Hom. Merc. 2, 304, 318/ Hyg. Fab. 75/ Steph. Byz./ etc.

❷（現・Killíni）ペロポンネーソス*半島西岸、エーリス*地方の港湾都市。ペラスゴイ*人はここからイタリアへ船出して行ったという。後代には、フランク系十字軍兵士によって13世紀に築かれた都市グラレンツァ（〈伊〉Glarenza、〈英〉Clarence）の遺跡が残る地として知られるようになる。

Paus. 4-23, 6-26, 8-5/ Thuc. 1-30, 2-84/ Strab. 8-337/ Hom. Il. 15-518/ Ptol. Geog. 3-14/ Dionys. Per./ etc.

ギュテイオン　Gytheion, Γύθειον, Gythēum （または、**ギュティオン** Gythion, Γύθιον, Gythium）, 〈仏〉〈独〉Gythio(n), 〈伊〉Gitio, 〈西〉Gitión

（現・Gíthio ないし Paleopoli）ペロポンネーソス*半島南部、ラコーニアー*（ラコーニカー*）地方の海港都市。エウロータース*川の河口西方に位置。スパルター*の外港および造兵廠として用いられた。伝承によれば、アポッローン*とヘーラクレース*がデルポイ*の鼎をめぐって争ったのち、和解して共同でこの市を創建したという。沖合いの水中には海神ネーレウス*の棲家があったと伝えられる。スパルターの要港として重視されたが、前195年 T. フラミニウス*率いるローマ軍に占領された。

Xen. Hell. 1-4, 6-5/ Paus. 1-27, 3-21/ Polyb. 2-69, 5-19/ Plut. Phil. 14/ Cic. Off. 3-11/ Liv. 34-38/ Strab. 8-368/ Mela 2-3/ Diod. 11-84/ Plin. N. H. 4-5/ Mela 2-3/ Ptol. Geog. 3-14/ etc.

キューディッペー　Kydippe, Κυδίππη, Cydippe, 〈伊〉〈葡〉Cidipe, 〈西〉Cídipe, 〈露〉Кидипа

ギリシアの女性名。
❶クレオビス*とビトーン*の母。
❷アコンティオス*の恋人、のち妻。

キュテーラ　Kythera, Κύθηρα（のちに、Κυθήρα）, Cythera, 〈仏〉Cythère (Cythare), 〈独〉Kythera (Kythira), 〈伊〉Cerigo, Citèra, 〈西〉Citera, Citerea, 〈葡〉Citera, 〈露〉Китира, Кифера

（現・Kíthira）ペロポンネーソス*半島最南端ラコーニアー*（ラコーニカー*）沖合の島。約277 km²。女神アプロディーテー*崇拝で名高く、この島の近くの海中に落ちたウーラノス*の男性器から女神が生まれ出たという。島のアプロディーテーの聖域は、フェニキア*人の創建になり、ギリシア中のどのアプロディーテー聖域よりも古く尊いものとされ、キュプロス*やコリントス*と同様に神殿売春が行なわれていた。アプロディーテーの別称キュテレイア Kythereia（キュテーラの女神）は、彼女が生誕後最初にこの島に立ち寄ったという伝承に由来する。キュテーラの地はまた、緋紫染料に適した巻貝 murex や蜂蜜の産地として知られる。古く前2千年紀、エーゲ文明*時代からクレーター*系の植民が始まり、前6世紀の中頃スパルター*がアルゴス*からこれを奪い、以来軍事上の要地として重視され、ペロポンネーソス戦争*中にはこの島の領有をめぐってアテーナイとスパルターの間で争奪戦が繰り返された（前424～前421）。かつてギリシア七賢人*の1人キーローン*が「スパルターにとってキュテーラは海中に沈んでいる方が有利であろうに」と評した話は有名。

アプロディーテー＝ウェヌス*の聖地であったことから、後世になっても性愛の快楽に身を委ねることを「キュテーラへ出かける〈仏〉faire un voyage à Cythère」と言い表わす婉曲語法が用いられた。

Hom. Od. 8-288/ Hes. Th. 192/ Paus. 3-23/ Strab. 8-363/ Herodot. 1-82, -105, 7-235/ Diod. 5-77, 12-65/ Verg. Aen. 1-680/ Thuc. 4-53～/ Xen. Hell. 4-8/ Plin. N. H. 4-12/ Ptol. Geog. 3-14/ etc.

キュドノス（河）　Kydnos, Κύδνος, Cydnus, 〈伊〉Cydne, Cydnus, Cydnos, 〈独〉Cydnos, Kydnos, 〈伊〉〈西〉〈葡〉Cidno, 〈西〉Cydno, 〈露〉Кидн

（現・Tarsus Çayı）小アジア東南部、キリキアー*を流れる河。タウロス（現・トロス Toros）山脈に源を発し、タルソス*市を貫流して地中海に注ぐ。古来その水の冷たさで名高

く、東征途上のアレクサンドロス大王*はここで沐浴したために発熱し、あやうく命を落としそうになっている（前333）。

伝説上の名祖はニュンペー*（ニンフ*）のアンキアレーAnkhiale（イーアペトス*の娘）の息子キュドノスとされ、この河に恋した女性コマイトー Komaitho がキュドノス河神と結ばれたという奇譚も残っている。

Plin. N. H. 5-22/ Strab. 14-673/ Plut. Alex. 19/ Xen. An. 1-2/ Arr. Anab. 2-4, Ant. 26/ Curtius 3-4, -5/ Ptol. Geog. 5-7/ Steph. Byz./ etc.

キュナイゲイロス Kynaigeiros, Κυναίγειρος, （ラ）キュネーギールス Cynegirus, キュナエギールス Cynaegirus, （仏）Cynègire, （独）Kynegirus, （伊）（西）（葡）Cinegiro, （露）Кинегир

（?～前490）マラトーン*の戦いで戦死したアテーナイ*人。悲劇詩人アイスキュロス*の兄弟。ヘーロドトス*に従えば、沖へ遁走しようとしたアカイメネース朝*ペルシア*軍の戦艦の船尾飾りに手をかけたところ、右腕を戦斧で斬り落とされて果てた。一説によると、右手を失った彼は、左手で敵船にしがみついたといい、さらにユースティーヌス*の主張するところでは、今度は左手をも断ち切られて、歯で船尾にぶら下がったばかりか、凶暴な野獣のように敵兵に咬みついていったという。

⇒カッリマコス❸

Herodot. 6-114/ Just. 2-9/ Val. Max. 3-2/ Ael. N. A. 7-38/ Lucian. Jupp. Trag. 32/ Suet. Iul. 68/ etc.

キュネーシオイ Kynesioi, Κυνήσιοι, Cynesii または、**キュネーテス** Kynetes, Κύνητες, Cynetes, Conii, （英）Cynesians, Cynetians, （仏）Cynèsies, Cynètes (Coni), （独）Kynesier, Kyneter, Kyneten, （伊）Cunei, （西）Conios, （葡）Cónios, （カタルーニャ語）Conis

ヨーロッパの最西端、イベーリアー*半島西南部に居住していた民族。ヘーロドトス*に従えば、ケルト*人よりさらに西、ヘーラクレース*の柱（ジブラルタル）の彼方のオーケアノス*（大西洋）近くに住んでいたという。

Herodot. 2-33, 4-49/ Avienus/ etc.

キュノケパロイ（族） Kynokephaloi, Κυνοκέφαλοι, Cynocephali, （単）キュノケパロス Kynokephalos, Κυνοκέφαλος, Cynocephalus, （仏）Cynocéphale, （独）Kynocephal, Cynocephal, （伊）Cinocefalo, （西）（葡）Cinocéfalo, （露）Кинокефал

リビュエー*ないしインドに住んでいたとされる犬の頭をもつ人間の種族。獣皮をまとい、話すことができずに吠え、鉤爪で鳥獣を狩ると伝えられる。なお、キュノケパロス（犬の頭をした）という語は、ギリシア語で「狒狒」をも意味していた。一説には、幼児キリストを背負って河を渡ったとされる伝説上の「聖人」クリストポロス Khristophoros、（ラ）Christophorus、（英）Christopher も、この犬頭族の1人であったという。

⇒ブレミュエース、スキアーポデス

Herodot. 4-191/ Plin. N. H. 6-35, 7-2/ Strab. 16-774/ Solin. 52/ Lucian. Ver. Hist. 1/ Isid. Orig. 11-3, 12-2/ Tertullian. Apol. 3-8/ Paul. Diacon. 1-11/ etc.

キュノサルゲス Kynosarges, Κυνόσαργες, Cynosarges, （仏）Cynosarge, （伊）Cinosargi, （西）（葡）Cinosarges, （露）Киносарг

（「白い犬」の意）アテーナイ*の市壁外東南方にあったヘーラクレース*の聖地。ヘーラクレースや彼の甥で愛人のイオラーオス*らに献げられた祭壇と体育場があり、純正のアテーナイ市民（両親ともにアテーナイ人）の資格を有さぬ若者の使用にあてられていた。哲学者アンティステネース*は、このギュムナシオンで教えていたため、彼を祖とする一派はキュニコス Kynikos（犬儒）派と呼ばれるようになった ── 異説では、同派の名称は、シノーペー*のディオゲネース❷*に代表される「犬のごとき生活 kynikos bios」に由来するとも、あるいは彼らが犬 kuon さながら人前で平然と性行為（自慰や交接）をしたからだともいう ──。次いで前260年頃、キオス*のアリストーン❶*が、ここで講義しストアー*派の一分派を打ち立てている。アカデーメイア*、リュケイオン*と並ぶアテーナイ3大体育場の1つとして有名。

Herodot. 5-63, 6-116/ Paus. 1-19/ Diog. Laert. 6-13/ Liv. 31-24/ Plut. Them. 1/ Ath. 6-234/ Diod. 28-7/ Isoc./ Harp./ Hesych./ Suda/ Steph. Byz./ etc.

キュノス・ケパライ Kynos kephalai, Κυνὸς κεφαλαί, Cynoscephalae, （仏）Cynoscéphales, （伊）Cinocefale, （西）Cinoscéfalos, （露）Киноскефалы, （和）キュノスケファライ

（現・Halkodónion）（「犬の頭」の意）テッサリアー*地方のパルサーロス*とラーリーサ*との間に聳える双つの丘陵。その頂が犬の頭に似た形をしていたので、こう呼ばれる。前364年、テーバイ❶*の名将ペロピダース*がペライ*の僭主アレクサンドロス*を撃破した地、遅れて前197年、マケドニアー*王ピリッポス5世*がローマの将T. フラーミニーヌス*に敗れ、身ひとつで戦場から遁走した地として名高い。詩人ピンダロス*の生地は、テーバイとテスピアイ*の間にある同名の丘である。

Xen. Hell. 5-1/ Liv. 33-7～, -16, 36-8/ Plut. Pel. 32, Flam. 8/ Strab. 9-441/ Polyb. 18-20～/ App. Syr. 16/ Steph. Byz./ etc.

キュノス・セーマ（キュノッセーマ） Kynos-sēma, Κυνὸς σῆμα (Kynossēma, Κυνόσσημα), Cynossema, （伊）Cinossema, （西）Cinosema, （葡）Cinos(s)ema, （露）Киноссема
（現・Kilidülbehar）（「犬の墓」の意）トラーケー*（トラーキアー*）のケルソネーソス*半島東岸の岬。雌犬に変身したトロイアー*の王妃ヘカベー*（プリアモス*の妻）を、息子ヘレノス*がここに葬ったという伝承から、この名がある。
　ペロポンネーソス戦争*中の前411年、この沖合でトラシュブーロス❶*率いるアテーナイ*艦隊が、スパルター*船隊と交戦し、後者を撃破してアビュードス*へ逃げ込ませている。
⇒アルギヌーサイ
Thuc. 8-104～106/ Eur. Hec. 1273～/ Apollod. Epit. 5/ Ov. Met. 13-570/ Plin. N. H. 4-11/ Diod. 13-39/ Strab. 13-595/ Mela 2-2/ Steph. Byz./ etc.

キュノベッリーヌス Cynobellinus
⇒クノベリーヌス

キュパリッソス Kyparissos, Κυπάρισσος, Cyparissus (Cupressus), （仏）Cyparisse, （伊）Ciparisso, （西）Cipariso, （葡）Ciparis(s)o, （露）Кипарис
（「糸杉」の意）ギリシア神話中、アポッローン*に愛された美青年の1人。ケオース*島の人テーレポス Telephos の子で、可愛がっていた1頭の雄鹿を過って殺してしまい、悲嘆のあまり糸杉に変身したとされる。以来、この木は死と哀悼の象徴として、墓地や喪家の門口などに多く植えられるようになったという。異説ではキュパリッソスは、アポッローンのみならず、西風の神ゼピュロス*や森の神シルウァーヌス*からも想いを寄せられた若者で、神の求愛から逃れている最中に糸杉に姿を変えられたとも伝えられる。糸杉を指す後世のヨーロッパ諸語は彼の名に由来している（〈英〉cypress, 〈仏〉cyprès, 〈独〉Zypresse, 〈伊〉cipresso, 〈西〉ciprés, ……）。
⇒ヒュアキントス
Ov. Met. 10-106～/ Serv. ad Verg. Aen. 3-64, -680, Ecl. 10-26, G. 1-20/ Nonnus Dion. 11-364/ Eust. Il. 2-519/ etc.

キューピッド Cupid
⇒クピードー*（の英語形）

キュプセロス Kypselos, Κύψελος, Cypselus, （仏）Cypsélos, Cypsèle, （伊）（西）Cipselo, （葡）Cípselo, （露）Кипсел
ギリシア伝説上のアルカディアー*王。父王アイピュトス Aipytos は、人間が入ってはならないポセイドーン*の神域内へ押し入ったため、失明して死亡した。跡を継いだキュプセロスはエレウシース*のデーメーテール*崇拝を導入し、毎年の例祭に美人コンテストを開催、彼の妃ヘーロディケー Herodike が最初の優勝者となった。また王は、ヘーラクレイダイ*（ヘーラクレース*の後裔）の侵入に際して、娘メロペー❷*をクレスポンテース*の嫁にやり、アルカディアーの支配権を保った。キュプセロスの王統は、その後長く続いたが、第2次メッセーニアー*戦争の折に、アリストクラテース Aristokrates 王が石打刑に処せられるに及んで断絶した。
Paus. 4-3, 8-5, -29/ Ath. 13-609 e/ etc.

キュプセロス Kypselos, Κύψελος, Cypselus, （仏）Cypsélos, Cypsèle, （伊）（西）Cipselo, （葡）Cípselo, （露）Кипсел
❶コリントス*の僭主。（在位・前657／655頃～前627／625頃）。民衆を煽動して権門貴族バッキアダイ*の寡頭支配を倒し、政権を掌握。以後73年以上にわたってキュプセロス家 Kypselidai（キュプセリダイ）の僭主政体が続く（⇒ペリアンドロス❶）。
　母親はヘーラクレース*の末裔を誇るバッキアダイの出身だったが、鰐足（わにあし）だったため、エーエティオーン Eetion（先住ラピタイ*族カイネウス*の子孫）に嫁ぎ、キュプセロスを産んだ。神託により、この子がいずれコリントスの政権を顛覆させることになると知ったバッキアダイ一門は、赤児を地面に叩きつけて殺そうとするが、赤児がにっこりと笑いかけたので果たせず、再度刺客が訪れた時には、もはや乳児の姿は見出せなかった。事情を察知した母親が彼を櫃（キュプセレー kypsele）の中に隠してしまったからである――キュプセロスという名は、この出来事に由来する――。
　難（のが）を逃れて無事成長したキュプセロスは、神託通りコリントスの独裁者となり、バッキアダイら有力市民を粛清、

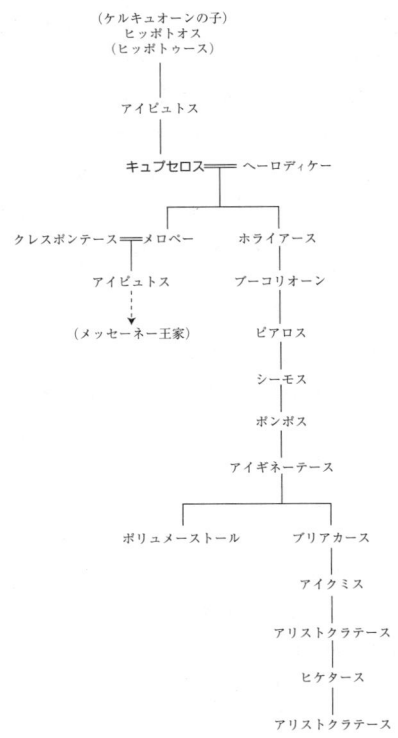

系図165　キュプセロス

多くの人命を奪い、また追放処分や財産没収に処した。政敵には苛酷であった彼も民衆に対しては穏和で、護衛兵も置かず、植民や交易を通じてコリントスを大いに繁栄させ、デルポイ*やオリュンピアー*に高価な宝物を奉納、キリスト教時代まで続いた美人コンテストも開催した。かくて30年間君臨したのち、無事に生涯を終え、息子のペリアンドロス*が僭主の地位を継いだ。

なお稚いキュプセロスを救った櫃は後年、象牙や黄金で神話伝説中の名場面を装飾されてオリュンピアーのヘーラー*神殿に奉納され、ローマ帝政期まで保存されていたが、その後亡失したため現存しない。

⇒巻末系図023

Herodot. 5-92/ Arist. Pol. 5-10/ Paus. 1-23, 2-4, -28, 5-2, -17〜18,10-24/ Cic. Tusc. 5-37(109)/ Diog. Laert. 1-1/ Strab. 8-353, -378/ Polyaenus 5-31/ etc.

❷2世　K. Ⅱ　コリントス*の僭主（在位・前585〜前581頃）❶の孫。ゴルゴス Gorgos の子。プサンメーティコス Psammetikhos とも呼ばれる。ペリアンドロス❶*の跡を継ぐが、暗愚で数年ならずして殺され、73年半に及ぶキュプセロス家の僭主政は打倒された。

⇒ペリアンドロス❷

Arist. Pol. 5-12/ etc.

キュプリアーヌス　Thascius Caecilius Cyprianus, (ギ) Kypriānos, Κυπριανός, (英)(独) Cyprian, (仏) Cyprien, (伊)(西)(葡) Cipriano, (露) Киприан

(後200／210頃〜258年9月14日) カルターゴー*出身の修辞学者。のちキリスト教に転向し（246）、カルターゴーの司教（主教）を務める（248頃〜258）。デキウス*帝の迫害の折には身を隠して難を逃れた（250〜251）が、ウァレリアーヌス*帝の治下に追放され（257年8月末）、翌年呼び戻されて首を刎ねられた。テルトゥッリアーヌス*の影響を強く受けてはいるものの、性格的には正反対で、穏和にして慈悲深く、平和の愛好者であったという —— もっとも、必ずしも自らの説教で主張しているほど忍耐強くはなかったようではあるが ——。迫害時の棄教者が再び教会に入ることは許されるか否かとか、異端者による洗礼は有効か否かといった論争にも参加（⇒ドナートゥス）、悪疫流行の際（252〜253）に医療活動を行なったため、ペストに対する守護聖人とされる。とはいえ、「教会の外に救いなし」と説き、「ギリシア文学を読むことは危険な火遊びである」と主張するなど、テルトゥッリアーヌス以来の没理性的・文化否定的な態度を堅持している。魔術師からアンティオケイア❶*の主教に転じた同名のキュプリアーノス Kyprianos（300年頃ディオクレーティアーヌス*帝の迫害下に斬首される）と、しばしば混同されることがある。

Cyprianus Epistolae, Ad Donatum, De Lapsis, De Catholicae Ecclesiae Unitate, De Gratia Dei, De Idolorum Vanitate, De Oratione Dominica, Ad Demetrianum, Ep./ Hieron. De Vir. Ill. 68/ etc.

キュプロス　Kypros, Κύπρος, (ラ) キュプルス Cyprus, (仏) Chypre, (独) Zypern, (伊) Cipro, (シチリア語) Cipru, (サルデーニャ語) Tzipru, (マルタ語) Ċipru, (西)(葡) Chipre, (露) Кипр, (トルコ語) Kıbrıs, (ヘブライ語) Kittim, (現ギリシア語) Kípros, (和) キプロス

(旧称 Alasya) 地中海東部、小アジアの南方に浮かぶ大島。面積9251 km²。最高点はオリュンポス Olympos 山（標高1953 m）。シケリアー*（現・シチリア）、サルディニア*に次ぐ地中海第3の島で、東地中海の交通を制する位置にある。前6千年紀以前より新石器文明の痕跡が見られ、青銅器時代には銅の主産地として重視され、小アジア・シュリアー*・エジプト*と交流をもち、エーゲ文明*が栄えた。前16世紀にはクレーター*風の音節文字が使用され、その後ミュケーナイ*文化の影響を受けた青銅器・金工品などの遺物を残した（前1400頃）。前1000年頃からフェニキア*人や非ドーリス*系ギリシア人の植民活動が盛んになり、両者は混合して、独特のキュプロス音節文字などの文化を形成した。この島で話されたギリシア語は、本土内陸のアルカディアー*方言と共通の古層ギリシア語を留めるものとして注目される（アルカディアー＝キュプロス方言）。キュプロスはその肥沃な土壌と鉱物資源のゆえにオリエント諸国の争奪の的となり、前8世紀末にアッシュリアー*のサルゴン2世 Sargon (Šarru-kēn) Ⅱ（前709頃）、次いでエジプトのアマシス*に占領され（前560年代）、前545年にはアカイメネース朝*ペルシア*帝国の支配下に入った。イオーニアー*の反乱（前499／498）に島のギリシア系植民市は加わったが、ほどなく鎮圧され、ペルシア戦争*においてキュプロスは、大王クセルクセース1世*の遠征軍に150隻の艦隊を派遣している（前480）。前4世紀初めには、島のサラミース❷*王エウアーゴラース1世*が再びペルシアに叛いた（前390〜前381）が、やはり失敗に終わった。アレクサンドロス大王*がイッソス*の戦い（前333）に勝利するや、大王に服し、そのテュロス*攻囲には艦隊を送って協力した（前332）。ヘレニズム時代はプトレマイオス朝*の支配下にあって、ミュケーナイ時代から続いた9王家は解体させられた。前58年キュプロスはローマの属州キリキア*に併合され（⇒プトレマイオス⓱）、一時カエサル*によってクレオパトラー*の手に委ねられた（前47）ものの、アクティオン*の海戦（前31）後再びローマ領に復した。前22年にはアウグストゥス*の指示で元老院属州キュプルスの成立をみた。プトレマイオス朝時代からユダヤ人移民が多かったため、新興キリスト教の使徒パウロス*（パウロ）も来島（後45〜46）、115〜117年に島内のユダヤ人が大規模な反乱を起こしてサラミース市を破壊し非ユダヤ系住民を皆殺しにしたが、ハドリアーヌス*帝によって24万人が殺され、残余の者は追放処分となり、以来ユダヤ人の入島は死をもって禁じられた。

キュプロスはフェニキア系の女神アプロディーテー*の崇拝で名高く、パポス*やアマトゥース*などの聖域では神殿売春が行なわれた。ウーラノス*の男性器から生まれ

出たアプロディーテーは、キュテーラ*を経て最初にこの島に上陸したとされ、女神の異名キュプリス Kypris はこれに由来する。また銅を大量に産出したことから、島名にちなんでラテン語で銅のことをクプルム cuprum またはキュプルム cyprum と呼ぶようになり、近代ヨーロッパ諸語にまでその影響が及んでいる（〈英〉copper, 〈仏〉cuivre, 〈独〉Kupfer, 〈西〉cobre, ……）。なおキュプロスの港湾都市キティオン*からはストアー*学派の開祖ゼーノーン*が出ている。愛欲の女神アプロディーテー崇拝の中心地であったため、島の住民は享楽好きで評判となり、後世"キュプロス人（〈英〉Cyprian）"なる語は「淫奔な人、売春者」を意味する言葉として用いられ、また Cypridologia（花柳病学）といった医学用語も造られるに至った。ちなみにキュプロスとはフェニキア人の命名で「木の島」の謂であり、松や糸杉の美林が今日も残っている。英語の「糸杉」cypress の語源もまた、元来はキュプロスに発している。
⇒ソロイ❷、テウクロス
Hom. Il. 11-21, Od. 4-83, 8-362, 17-442〜/ Hes. Th. 192〜/ Herodot. 1-105, 2-182, 5-108〜/ Thuc. 1-94, -112/ Strab. 14-681〜/ Mela 2-7/ Plin. N. H. 5-35/ Ptol. Geog. 5-13, 7-5, 8-20/ Joseph. J. A. 8-5, Ap. 1-18/ Diod. 5-17, 16-42, -46, 20-47〜/ Dio Cass. 42-95, 53-12, 54-4/ Plut. Cat. Min. 34, 39/ Arr. Anab. 1-18, 2-20/ Curtius 4-3/ Tac. Hist. 2-2〜/ Nov. Test. Act. 11-19〜, 13-4〜/ Suda/ etc.

キュベレー　Kybele, Κυβέλη, Cybele, Cybela,（仏）Cybèle,（伊）Cibele,（西）Cibeles,（葡）Cíbele,（露）Кибела Цибела,（または、キュベーベー Kybebe, Κυβήβη, Cybebe),（プリュギアー*語・ルウィ語）Kubaba

プリュギアー*を中心とする小アジア全土で崇拝された大地母神、豊穣多産の女神。古くヒッタイト時代以前から信仰され、ギリシア・ローマ世界では「神々の母」「大母神（ギ）Mētēr Megalē, Μήτηρ Μεγάλη,（ラ）Magna Mater」として受容・継承され、レアー*、デーメーテール*、オプス*、ケレース*、コテュットー*等さまざまな女神と同一視されつつ、古代末期に至るまで広く一般の崇敬を集めた。

伝承によれば、ある日ゼウス*が睡眠中に地上に精液を漏らしたところ、そこから両性具有の神アグディスティス*が生まれたが、その強力なことを怖れた神々によってアグディスティスは去勢され、女神キュベレーになったという。ふつう恋人にして息子のアッティス*とともに山上の神殿に祀られ、彼女に仕える神官たちコリュバンテス*またはガッロイ Galloi, Γάλλοι（〈ラ〉ガッリー Galli）は、アッティスと同じく自宮した去勢者で、剣や楯、笛・太鼓・シンバルなどをけたたましく打ち鳴らしながら踊り狂った。女神の崇拝は前6世紀にはギリシア本土のボイオーティアー*にもたらされており、ペルシア戦争*後にはアテーナイ*にも到達、巨匠ペイディアース*の手による神像が造られ、その神殿メートローオン Mētrōon, Μητρῷον（〈ラ〉Metroum）は市の公文書館となった。ローマには第2次ポエニー戦争*中の前204年、キュベレー信仰の中心地ペッシヌース*から聖石が招来され、戦争終結後、パラーティーヌス*丘上に神殿が設けられて（前191）、マグナ・マーテル*なる呼称の下、長きにわたり崇拝された。彼女の祭礼には熱狂的な宗教的恍惚のうちに自分自身の男性器を切り取る血腥い儀式が伴い、また秘教(ミュステーリア)では入信者に対するタウロボリウム*（雄牛犠牲）なる血の洗礼が行なわれた。キュベレーは塔（城壁）型の冠を戴き、時に多くの乳房を有し、2頭の獅子(ライオン)を両側に侍らせて玉座に坐った姿か、獅子の引く車に乗った姿で表わされる。神木は松・樫(オーク)、聖獣は獅子（⇒ヒッポメネース）、持物は鏡、柘榴(ざくろ)、太鼓とされる。

小惑星キュベレー Cybele は彼女にちなんで名づけられた。
⇒イーアシオーン、ダクテュロイ、イーデー❶、アスタルテー
Strab. 10-469, 12-567/ Ar. Av. 875〜/ Paus. 1-3, 7-17, 10-32/ Diod. 3-58〜/ Herodot. 5-102/ Ov. Met. 10-104, -686/ Lucr. 2-598〜/ Catull. 63/ Luc. 1-599〜/ Ap. Rhod. 1-1092〜/ Eur. Hipp. 143, Or. 1453/ Theoc./ Verg. Aen. 11-768/ Liv. 29-10〜/ Plut. Mar. 17/ Aur. Vict. De Vir. Ill. 46/ etc.

ギュムナシウム　Gymnasium
⇒ギュムナシオン*（のラテン語形）

ギュムナシオン　gymnasion, γυμνάσιον,（ラ）ギュムナシウム gymnasium,（〈複〉ギュムナシア gymnasia, γυμνάσια),（仏）gymnase,（伊）ginnàsio,（西）gimnasio,（葡）ginásio,（露）гимназия

ギリシアの体育訓練場。公的な施設で、男子青少年が全裸（gymnos「裸体の」の意）になって運動競技の練習をしたので、この名がある。通例、列柱廊(ストアー)に囲まれた四角い広場で、競走や幅跳び、槍投げ、円盤投げなどの練習場になっていた。若者たちがレスリングやボクシングなどを教わる私営のパライストラー*とは区別されるが、「パライストラー」なる語は、ギュムナシオンに付属する格闘技専用の建物にも用いられた。スタディオン*や浴室のほか、雨天用の屋根付き練習場(クシュストス) ksystos、マッサージ室、脱衣室などが併設されており、ギリシア的生活に不可欠のものとして地方の小都市にも建設されていた。ふつう市壁の外にあり、青年たちの軍事訓練場(エペーボイ*)となったほか、付属の列柱廊では哲学者や修辞学者ら各種の教師が自説を開陳したり議論するなど、体育以外の教育の場としても大いに役立った。ギュムナシオンには神々の祭壇が設けられ、特に愛の神エロース*は男性間の恋愛を称揚するため好んで崇拝された。ヘレニズム文化の伝播につれて、ギュムナシオンは地中海諸国はおろか遠く中央アジアにまで建設され、ユダヤ人の青年たちは割礼の痕跡を隠す包皮再生手術を受けて、トレーニングに熱中したという。共和政期には裸体競技を尊重しなかったローマ人も、帝政期に入ると次第にギリシア式体育を模倣するようになり、ネロー*帝やコンモドゥス*

帝らがローマ市に公立ギュムナシウムを建造している。アテーナイ*では、アカデーメイア*、リュケイオン*、キュノサルゲス*の3大ギュムナシオンが名高い。

なお、ギュムナシオンは、後世ドイツ・スイスのギムナジウム Gymnasium（高等中学校）や、英・仏などの「体育館」（略称・ジム）を指す言葉の語源となっている。

⇒パンクラティオン、ペンタートロン

Pind. Fr. 95/ Eur. Phoen. 368/ Pl. Criti. 117, Lysis, Leg. 7, Resp. 5/ Xen. Symp. 1-7, 2-18, Ath. Pol. 1-13/ Paus. 1-30, 6-23/ Ath. 13-561〜/ Joseph. J. A. 12/ Strab. 5-246/ Tac. Ann. 14-47, 15-22/ Suet. Ner. 12/ Herodot. 6-126/ Vitr. De Arch. 5-11/ Andoc. 4-22, 39/ Arist. Pol. 8-4/ Plut. Mor. 274d, 754d〜/ Cic. Tusc. 4-33/ Aeschin. I/ Dem./ etc.

ギュムネーシアイ Gymnesiai

⇒バレアーレース

ギュムネーシアイ諸島 Gymnesiai, Γυμνήσιαι,（ラ）Gymnesiae Insulae

⇒バレアーレース

ギュムノソピスタイ Gymnosophistai, Γυμνοσοφισταί, Gymnosophistae,（英）Gymnosophists,（仏）Gymnosophistes,（独）Gymnosophisten,（伊）Gimnosofisti,（西）（葡）Gimnosofistas,（露）Гимнософисты

（「裸の哲学者たち」の意）インドの裸体で苦行をする賢者たち。1日中、不動の姿勢で太陽を凝視し続けたり、熱砂の上に片脚で立ち尽くしたりして克己心と忍耐力を養ったという。インドまで遠征軍を進めたアレクサンドロス大王*は、彼らと問答を交わし、そのうちの1人カラーノス*を説得してペルシア*へ同行させたが、パサルガダイ*で病気に罹ったカラーノスは、大王に死を望んで許されると、火葬壇の上に登って自焚して果てた（前324）。一説にカラーノスは、炎に包まれながら身じろぎもせず立ち続け、燃え尽きるまで倒れなかったという。彼らをジャイナ（ジーナ）教の「空衣派 Digambara」と同一視する説もある。

⇒オネーシクリトス、マゴイ、タクシレース

Plin. N. H. 7-2/ Cic. Tusc. 2-22, 5-27, Div. 1-23, -30/ Plut. Alex. 64〜69/ Strab. 15-712〜, 16-762/ Diod. 17-107/ Arr. Anab. 7-1〜3, Ind. 1/ Ael. V. H. 2-41, 5-6/ Diog. Laert. 1-1, 9-61/ Val. Max. 1-8, 3-3/ Arist. Fr./ Ps. -Callisthenes 3-6/ Suda/ etc.

ギュムノパイディアイ（祭）Gymnopaidiai, Γυμνοπαιδίαι, Gymnopaediae,（仏）Gymnopédies,（独）Gymnopädien,（伊）Gimnopedie,（西）Gimnopedias,（〈単〉ギュムノパイディアー Gymnopaidia, Γυμνοπαιδία, Gymnopaedia,〈仏〉Gymnopédie,〈伊〉〈西〉Gimnopedia）

（「裸体少年祭」の意）スパルター*で毎年7月上旬に数日間にわたって（7月6日〜10日）催された競技祭。アポッローン*とアルテミス*に捧げられる一種の体育祭で、スパルターにおける最も重要な行事の1つ。全裸の男子青少年が運動競技を行なったほか、テルモピュライ*の闘い（前480）などで戦死した勇士らを称える讃歌を、やはり裸体の若者たちが歌いながら舞い踊った。祭典の最終日には成人男性らも劇場（テアートロン*）で舞踏や合唱を披露した。各地から見物客が集まり、またこの期間中スパルター人は全員国内に留まっていなければならなかった。

⇒カルネイア祭

Herodot. 6-67/ Thuc. 5-82/ Xen. Hell. 6-4, Mem. 1-2, Ath. Pol./ Pl. Leg. 1-633c/ Paus. 3-11/ Ath. 14-631, 15-678/ Plut. Ages. 29, Mor. 1134c/ Lucian./ etc.

キューメー Kyme, Κύμη, Cyme (Cumae, Cuma),（仏）Cumes,（伊）Cuma,（西）（葡）Cumas,（露）Кими

ギリシア系の市名。

❶（現・Namurt Limanı ないし Namurtköy）小アジアのエーゲ海沿岸、アイオリス*地方最大の都市。レスボス*島の東南方、天然の要害の地に位置し、たいそう繁栄した。伝説上の創建者は、アマゾーン*の1人キューメー（⇒ピタネー、プリエーネー）。ストラボーン*に従えば、トロイアー戦争*後にギリシア本土ロクリス*地方からの移住者によって建設され（前1050年頃）、彼らがもと住んでいた山の名 Phrikion にちなんでプリコーニス Phrikonis の異名でも呼ばれていたという —— 異説では、エウボイア*の同名の都市キューメー（現・Kími）が植民団の母市とされる ——。前546年頃アカイメネース朝*ペルシア*の支配下に入り、イオーニアー*の反乱（前500〜前493）やデーロス同盟*（前474〜前404）に加わったのち、セレウコス朝*シュリアー*、アッタロス*家のペルガモン*の統治を経て、ローマの属領となる。後17年に大地震で壊滅的な被害を被り、5年間税金を免除されティベリウス*帝によって再興されている。詩人ヘーシオドス*や史家エポロス*の生地・本貫の地として知られるが、良港に恵まれながらそれに気づかなかったために、ギリシアでは「愚か者の町」の1つとされ、笑い話の標的にされていた（⇒アブデーラ、ボイオーティアー、シードーン）。前7世紀以来、独自の貨幣を発行して、アイオリス諸市の中で最も栄えたこの町も、今日では防波堤やローマ時代のイーシス*小神殿などわずかな遺跡を留めるにすぎない。

⇒シーデー

Hes. Op. 636/ Herodot. 1-149,- 157〜, 5-38, -123, 7-194, 8-130/ Strab. 13-621〜/ Thuc. 3-31, 8-31, -100/ Tac. Ann. 2-47/ Liv. 37-11, 38-39/ Polyb. 21-46/ Diod. 3-55/ Plin. N. H. 5-32/ Ptol. Geog, 5-2/ Steph. Byz./ Suda/ etc.

❷⇒クーマエ

ギュリッポス　Gylippos, Γύλιππος, Gylippus, (伊)
　　　　　Gilippo, (西) Gilipo
(前5世紀末に活躍) スパルター*の将軍。父のクレアンドリダース Kleandridas は、賄賂を取って追放に処せられた人物で (前446頃)、彼もまた父譲りの金銭欲の強い男であったという。前414年～前413年、アテーナイ*の遠征軍に攻囲されたシュラークーサイ* (現・シラクーザ) を救援するため、司令官としてスパルターから派遣され、陥落寸前の同市を奮起させ、敵軍を潰滅状態に追いやった (前413)。捕えたアテーナイの将軍ニーキアース*とデーモステネース❶*を、生きたままスパルターへ連行しようとしたが、シュラークーサイ市民の決定で死刑に処し、アテーナイ兵捕虜の大半も石切場に幽閉して悲惨な最期を迎えさせた。このシケリアー* (現・シチリア) 遠征の結果、ペロポンネーソス戦争*におけるアテーナイの敗色は決定的になったといえる。

前404年、リューサンドロス*に従ってアテーナイ占領に随伴し、獲得した戦利品をスパルターへ移送する役目を託されたものの、胴欲なギュリッポスは秘かにその一部300タラントンを盗みとり、自分の家の屋根瓦の下に隠しておいた。ところが奴隷の密告から横領が露顕し、彼は処罰を免れるべく祖国を亡命したという。一説には断罪されて餓死して果てたと伝えられる。

Thuc. 6-93～7-87, 8-13/ Diod. 12-28, 13-7～, -28, -34, -106/ Plut. Lys. 16～17, Nic. 18～29/ Ath. 6-234/ Ael. V. H. 12-42/ etc.

キュールス　Cyrus
⇒キューロス

キュルノス　Kyrnos, Κύρνος, Cyrnus, (仏) Cyrnos, (伊)
　　　　　(西)(葡) Cirno
(前6世紀末) 詩人テオグニス*の鍾愛した美青年。

キュルノス　Kyrnos, Κύρνος, Cyrnus, (仏) Cyrnos, (コルシカ*語) コルシガ Corsica, (現ギリシア語)
　　　　　Korsikí
コルシカ*島のギリシア名。ヘーラクレース*の子キュルノスが伝説上の名祖。コルシカの項を参照。

キュルレーネー　Cyllene
⇒キュッレーネー

キューレーナイアー　Kyrenaia
⇒キューレーナイカ

キューレーナイカ　Cyrenaica, (ギ) キューレーナイアー Kyrenaia, Κυρηναία, (仏) Cyrénaïque, (独) Cyrenaika, Kyrenaika, (伊)(西)(葡) Cirenaica, (露) Киренаика, (トルコ語) Barka, Barqa, (和) キレナイカ
(〈現アラビア語〉al-Barqa, Bārqah, 〈リビア方言〉Barga) 北アフリカの地中海沿岸、キューレーネー*を中心とする地方。エジプト*の西方、大シュルティス* (現・Surt) 湾の東側に位置し、南に広大なリビュエー* (リビア*) 砂漠が広がる。北部一帯は前7世紀後半以来ギリシア系植民市ペンタポリス*が建てられ、沃土に恵まれて繁栄、とりわけ食用・医薬用に珍重された香草シルピオン Silphion (〈ラ〉Silphium) の産地として知られた。アレクサンドロス大王*に征服された (前331) のち、プトレマイオス1世*の領有に帰し (⇒マガース)、ヘレニズム時代にペンタポリス中のヘスペリデス Hesperides はベレニーケー❶*と、タウケイラ Taukheira (ないしテウケイラ Teukheira) はアルシノエー Arsinoë と名を変え、バルケー*市は外港プトレマーイス❷*にその座を奪われた。東のエジプトと西のカルターゴー*の興隆によってキューレーナイカは次第に国際貿易上の利点を失い、前96年プトレマイオス⓰*・アピオーン (同8世*の庶子) が国土をローマに遺贈するに及んで、諸都市 polis はいったん自治を回復。しかし、騒乱が生じたため、ほどなくローマの属州として編成され (前74)、7年後にはクレーテー*島も加えられて「クレータおよびキューレーナイカ Creta et Cyrenaica 州」となった (前67)。次いでアウグストゥス*によって元老院属州とされ (前20)、のちディオクレーティアーヌス*帝治下に2州に分割 (上リビュア Libya Superior と下リビュア Libya Inferior。ともにオリエーンス Oriens 管区)。東ローマ領を経て、7世紀にイスラーム帝国に併呑された (後644)。なおリビュエー砂漠の奥地には、古くからアンモーン*神の有名な神託所アンモーニオン Ammonion があり、現代に至るまで男同士の婚姻制度が守られてきた地として知られる。また貴重なシルピオン草は、伝説によるとアリスタイオス*が人々に栽培法を教えたとされ、金銀と同じくらいの高額で売買されていたが、乱獲のためローマ帝政初期には絶滅してしまい、偶然発見された一本の茎がネロー*帝のもとへ送られたのが最後であるという。
⇒シュルティス湾

Arist. Hist. An. 5-30/ Strab. 17-836～/ Plin. N. H. 5-5, 19-15, 22-48/ Herodot. 4-169, -199/ Mela 1-8/ Ptol. Geog. 4-4/ Diod. 3-49, -50, 17-49, 18-91～, 20-40/ Plut. Luc. 2/ Dio Cass. 68-32/ Curtius 4-7/ App. B. Civ. 1-111, Mith. 121/ Ath. 1-27, 2-62, 15-689/ Theophr. Hist. Pl. 6-3, -6/ Joseph. J. A. 14-7/ etc.

キュレーネー　Cyllene
⇒キュッレーネー

キューレーネー　Kyrene, Κυρήνη, Cyrene (または、キューレーナエ Cyrenae)、(仏) Cyrène, (伊)(西)(葡) Cirene, (露) Кирена, (和) キレネ, クレネ
(現・〈アラビア語〉Shahat, Shahhat 近傍の遺跡) 北アフリカ沿岸キューレーナイカ*地方の中心都市。地中海から8km内

陸に入った高地にあり、前631年頃バットス*(1世)率いるテーラー*島の人々によって建設されたギリシア人植民市。伝説上の名祖キューレーネーは、ペーネイオス*河神の孫娘で、獅子(ライオン)と素手で格闘しているところをアポッローン*に見初められ、リビュエー*(リビュア*)まで連れ去られて神と交わりアリスタイオス*らを出産、この地に自らの名を残したという。町は豊沃な土壌に恵まれ、穀物・羊毛・馬匹・蜂蜜・葡萄酒・油および貴重な薬香草シルピオン Silphion の輸出によって大いに繁栄した。バットスの子孫バッティアダイ*家の支配が200年近く続き、途中アカイメネース朝*ペルシア*の大王カンビューセース*に征服された(前525)が、ほどなく独立し(前479／474)、前5世紀中頃に王政を廃して民主化を達成(前440頃)。アレクサンドロス大王*に臣従した(前331)のち、他のキューレーナイカ地方もろともエジプトのプトレマイオス朝*の領土となった。ヘレニズム時代に詩人カッリマコス*や科学者エラトステネース*、哲学者カルネアデース*ら大勢の文人・学者を輩出、特にアリスティッポス*の開いた快楽主義的哲学派はキューレーネー学派 Kyrenaioi として世に知られた。前96年、プトレマイオス8世*の庶子プトレマイオス⓰*・アピオーン(キューレーネー王・在位前116～前96)が死に臨んで国土をローマに遺贈したため、前74年ローマの属州キューレーナイカとして編成され、キューレーネーはその州都に定められた。ローマ帝政下においても隆盛を誇ったが、ユダヤ*系住民が大規模な反乱を起こして、ギリシア系住民を殺戮し諸神殿を破壊(後115～117)、ハドリアーヌス*帝が復興に努めたものの、以後砂漠の遊牧民の攻撃やたび重なる地震のせいで都市は疲弊した(⇒ペンタポリス)。

遺跡はイタリア人学者により発掘され、バットス1世創建のアポッローン神殿(アウグストゥス*が再建)と大祭壇、アルテミス*神殿(前6世紀初)、ドーリス*式のゼウス*神殿、体育館(ギュムナシオン)(のちフォルム*)、ローマ時代の公共浴場、アゴラー*、劇場(テアートロン)、数多くの彫刻(特に全裸のアプロディーテー*像は「キューレーネーのウェヌス*」として有名)、外港アポッローニアー❸*へ向かう街路沿いに彫られた1200を超える墓石群など数々の壮麗な遺跡を見ることができる。
⇒マガース、オペッラース
Herodot. 4-150～, -170～, -199/ Pind. Pyth. 4, 5, 9/ Verg. G. 4-376/ Strab. 17-837～/ Plin. N. H. 5-5/ Mela 1-8/ Paus. 3-14, 10-13/ Tac. Ann. 3-70/ Just. 13-7/ Diod. 3-49, 4-81, 10-15, 15-93/ Callim. Ap./ Catull. 7/ Arist. Pol. 6-4/ Dio Cass. 68-32/ Nov. Test. Act. 2-10, 6-9/ etc.

キューロス Kyros, Κῦρος, Cyrus,(古代イーラーン語・Kūruš, Kūrush),(古代ヘブライ語)Kōresh,(アッシュリアー*語)'Kūraš,(エラム語)Kūrash,(アラム語)Kūresh,(仏)Cyr(us),(伊)(西)(葡)Ciro,(露)Кир,(和)クロス(〈現ペルシア語〉クーロシュ Kūrosh)ペルシア人の名、とりわけアカイメネース朝*ペルシア*の王族男子の名。巻末系図024を参照。

❶**2世(大王)** K. Ⅱ Kŷros ho Megās, Κῦρος ὁ Μέγας,(ラ)Cyrus Magnus,(ペルシア語)Kūrosh-e Bozorg (Vazraka),(英)Cyrus the Great, Cyrus the Elder,(仏)Cyrus le Grand,(独)Kyros der Große,(伊)Ciro il Grande,(西)Ciro el Grande,(葡)Ciro, o Grande,(露)Кир Великий
(前601／576頃～前530／529)(在位・前559頃～前530／529年8月／12月)

アカイメネース朝*ペルシア*帝国の創建者。ペルシアの王族カンビューセース Kambyses1世(ペルシス*地方の王。在位・前602～前559)の子。母はメーディアー*王アステュアゲース*の娘マンダネー*ともいう。伝説によれば、アステュアゲースの夢見により、生後間もなく山中に棄てられたが、雌犬に養育されたとされている(⇒ハルパゴス)。

アンシャーン Anšan' の王となり(前559)、ペルシア諸部族を糾合して、パサルガダイ*の戦いでアステュアゲースを撃破、メーディアー王国を滅ぼし、首都エクバタナ*を占領した(前550)。前546年にはペルシア王を称し、リューディアー*と戦って首都サルデイス*を攻略、小アジアを支配下においた(⇒クロイソス)。次いで東方に転じると、バクトリアネー*、マルギアネー*、ソグディアネー*を併合し、さらにはトルキスターンやインダス*河流域にまで親征した(前545～前539)。東方より帰還すると、今度はバビュローン*の王ナボネードス Nabonēdos (在位・前556～前539)を攻撃、ティグリス*の支流ギュンデース Gyndes 河の流れを工事によって変えて、バビュローニアー*をも征服(前539)。シュリアー*、フェニキア*なども従え、バビュローンに幽囚されていたユダヤ*人たちを解放しパレスティナ*へ帰還させた(前536)。かくてエジプト*を除く全オリエント世界を平定したのち、カスピ海東方の遊牧民族を討伐中に死んだといわれる。彼の最期については諸説あり、マッサゲタイ*族の女王トミュリス Tomyris との合戦で殺され、首を人血の入った袋に投げ込まれて、女王から「さあ、飽きるまで飲むがよい」と罵られたとも、女王に捕えられ串刺しの刑または磔刑に処せられたとも、戦闘中の負傷がもとで陣没したとも、無事にベッドで長い訓戒を垂れながら永眠したとも、さまざまに伝えられている。遺骸は香詰めにされ、本拠地たるパサルガダイに運ばれて葬られた。在位・通算29年間。

キューロスは被征服民に対しては寛大な宥和政策をもって臨み、彼ら固有の宗教や風習を圧迫せず、諸民族から慈悲深い解放者、英雄的な救済者として迎えられ、ここに二百余年にわたる大帝国の基礎を据えたのである。なお、この世界帝国の現出によって、ギリシア人ことにイオーニアー*の住民が、直に古代オリエント文明の成果に触れることができるようになった点は忘れてはならない。キューロスは、「肉体美の理想的モデル」と見なされたほどの美男子であったと伝えられ、またギリシア人からも偉大な英主として称讃され、クセノポーン*はその著『キューロスの教育』の中で、大王を理想の王者に仕立て上げている。
⇒カンビューセース2世

Herodot. 1-75～214, 3-2～/ Diod. 2-32～, 9-22, -31～, 10-13, 17-81/ Just. 1-5～8/ Xen. Cyr./ Strab. 15-730/ Arr. Anab. 3-27, 4-11, 5-4, 6-24, -29/ Plut. Alex. 69, Artax. 1/ Curtius 4-1, 5-6/ Arist. Pol. 5-8/ Polyaenus 7-6～/ Ath. 14-633d～e/ Frontin. Str./ Joseph. J. A./ Ctesias/ Vet. Test. Esdras 1-2, 6-3/ etc.

❷ **小キューロス** Kŷros ho Neōteros, Κῦρος ὁ Νεώτερος, Νεώτερος,（ラ）Cyrus Junior,（英）Cyrus the Younger,（仏）Cyrus le Jeune,（独）Kyros der Jüngere,（伊）Ciro il Giovane,（西）Ciro el Joven,（葡）Ciro, o Jovem, Ciro o Moço,（露）Кир Мла́дший（前424頃～前401）

アカイメネース朝*ペルシア*の帝王ダーレイオス2世*とパリュサティス❶*との間の次子。母后に溺愛され、16歳でリューディアー*、ブリュギアー*およびカッパドキアー*の太守 Satrapes に任ぜられた（前408頃）。兄アルサケース Arsakes（のちのアルタクセルクセース2世*）が優柔不断なのに反して、才気煥発、激しい気性の持ち主で、スパルター*のリューサンドロス*と親交を結び、ペロポンネーソス戦争*（前431～前404）をスパルターの勝利のうちに終わらせた（⇒アイゴスポタモイ）。玉座への野心を抱き、父王の臨終に際して、母の策謀にもかかわらず、兄アルタクセルクセースが登位したのを快く思わず、即位式の最中に兄王を暗殺せんと計画（⇒パサルガダイ）。ティッサペルネース*の通報で事前に発覚し、母后の必死の歎願によってあやうく死刑を免かれ、無事帰任した（前404）。しかるに、兄よりも武勇に勝れることを自負する彼は、口実を設けて軍隊（ギリシア人傭兵1万3千を含む）を集めると、前401年春、バビュローン*を目指してサルデイス*を進発、エウプラーテース*（ユーフラテス）河畔の町タプサコス Thapsakos に至って王位篡奪の意図を明らかにした。次いでバビューローンの手前クーナクサ*で兄王の軍隊と会戦し、麾下のギリシア部隊が勝利しつつあったのに、血気にはやって兄王に突撃して行き、投槍を顔面に受けて、討ち死を遂げた。近習のアルタパテース Artapates が彼の体を抱きかかえつつ折り重なるようにして殉死して果てた話は美談として伝えられている。この反乱に従ったギリシア人傭兵の帰国のありさまは、一行に加わっていたクセノポーン*の著『アナバシス』に詳しい（⇒1万人の退却）。なお、彼に致命傷を与えたペルシア青年は、母后パリュサティスによって「飼槽の刑」という世にも残酷な方法で殺され、また止めを刺した兵は、拷責を加えられたのち、両目を剔り抜かれ溶けた灼熱の青銅を両耳に注ぎ込まれて惨殺され、キューロスの首と右手を切り取った宦官は、生きたまま皮を剥ぎ取られて悶死したという。

Xen. An., Hell. 1-4～5, 2-1, 3-1, Cyr. 8-3, Oec. 4-16, -18, -21/ Plut. Artax., Lys. 4～, Alc. 35/ Diod. 13-70, -104, 14-11～22/ Just. 5-11/ Ctesias/ Phot./ etc.

キューローン Kylon, Κύλων, Cylon,（伊）Cilone,（西）（葡）Cilón,（露）Килон

（前7世紀中頃～後半）アテーナイ*の貴族。前640年のオリュンピア競技祭*で優勝して名声を馳せ、メガラ*の僭主テアーゲネース❶*の娘と結婚。前632年には、デルポイ*の神託を理由としてアテーナイの独裁者（僭主）Tyrannos（テュランノス）たらんと企て、友人たちを語らってアクロポリス*を占拠した。ところが、市民らは彼を支持せず、政変の陰謀は頓挫。アルクマイオーン家*（アルクマイオーニダイ*）のアルコーン*（執政官）メガクレース*率いる軍勢に包囲され、飢餓に瀕した叛徒らは女神アテーナー*の祭壇に身を寄せ、キューローンとその兄弟のみ逃亡した。メガクレースらは生命の安全を約束して一党を神殿からおびき出したが、丘を降りていく途中で叛徒が神像に結びつけてすがっていた糸が切れたので、「女神は命乞いを拒まれた」と言って彼らを殺した。この瀆神行為のせいでアテーナイ全市は穢れたものと見なされ、迷信から来るさまざまな恐怖に包まれたあげく、亡霊まで出現する騒ぎに発展。キューローン一派は勢力を盛り返し、たえずアルクマイオーン家を非難したので、市民も両派に分裂し抗争を続けた。ソローン*が仲裁に入って法廷で審理させたところ、アルクマイオーン家に有罪の宣告が下り、一門はことごとく国外追放、すでに死んだ者は屍骸を掘り出されて国境の外に投げ棄てられた。また、この時の穢れから全市を祓い清めるため、クレーター*からエピメニデース*が招かれた。

Herodot. 5-70～/ Thuc. 1-126/ Plut. Sol. 12/ Paus. 1-28, -40, 7-25/ Diog. Laert. 1-110/ Schol. ad Ar. Eq. 443/ Euseb. Chron./ Suda/ etc.

巨神族 Titanes
⇒ティーターンたち

巨人族 Gigantes
⇒ギガンテス（ギガースたち）

キリキア Cilicia
⇒キリキアー

キリキアー Kilikia, Κιλικία,（ラ）キリキア Cilicia,（仏）Cilicie,（独）Kilikien, Zilizien,（葡）Cilícia,（露）Киликия,（トルコ語）Kilikya,（クルド語）Kîlîkya,（アッシュリアー*語〈アッカド語〉）Khilikku, Khilakku

（現・Çukurova, Seyhan 地方一帯）小アジア南東部の地中海に面した地方。時代によって境界は異なるが、通常タウロス Tauros（現・トロス Toros）山脈を北に控え、西でパンピューリアー*に、東でシュリアー*に接する地域全体を指す。主要都市は、キュドノス*（現・Tarsus Çayı）河沿いのタルソス*（現・Tarsus）やソロイ❶*、セレウケイア❸*など。東西交通の要路に位置するため、早くから先進オリエント文明の影響を受けた。伝説上の名祖（なおや）キリクス*は、シュリアー（ないしフェニキア*）の王子で、失踪した姉妹エウローペー*を探してこの地に来たことになっている。次いでトロイアー戦争*後、予言者モプソス*に率られたアカイ

キリクス

アー*系ギリシア人が移住して、植民市を築いたという。アッシュリアー*帝国の支配（前840年頃〜）ののち一旦独立したものの、アカイメネース朝*ペルシア*帝国に征服され、アレクサンドロス大王*の東征（前333）を経て、ヘレニズム時代にはセレウコス朝*とプトレマイオス朝*との争奪の的となった。東部の平地キリキアー地方は沃土に恵まれ、穀物・オリーヴ・葡萄酒・亜麻などを産し、ギリシア人に占領されて先住民は多く西部の山岳地帯へ追いやられてしまった。他方、西部の高地キリキアー地方は、造船用材を産出する程度であまり産業は発達せず、住民はもっぱら山賊ないし海賊となり、奴隷売買と略奪を事とした。そのためローマの介入を招き、前102年頃東部はローマの属州 Cilicia Pedias となり、西部 Cilicia Trachea も大ポンペイユス*の海賊掃蕩（前67）の結果、東部と併せて1属州キリキアに編成された（前64）。しかしながら実際上、西部の支配権はガラティアー*、カッパドキアー*、コンマーゲーネー*など近隣の藩属王の手に転々と移り、後72年ウェスパシアーヌス*帝によって新たに東西を再統合した新属州キリキアが生まれた。ローマ時代のキリキアは、山羊の毛織物 Cilicium,（ギ）kilikion の名産地として知られ、また新興キリスト教の伝道者パウロス*のように天幕製造を生業とする者も多かった。領内にはアレクサンドロス大王の遠征で名高い「キリキアーの関門 Kilikiai Pylai,（ラ）Ciliciae Pylae,（英）Cilician Gates」と呼ばれる山間の隘路やイッソス*の古戦場があり、伝説上の英雄・大アイアース*の後裔を称する神官王朝ほか土着の君侯が長く各地に割拠していた。

⇒イサウリアー、カッパドキアー

Hom. Il. 6-397, -415/ Herodot. 1-28〜, 2-17, 3-90〜, 5-52, -118, 7-91/ Strab. 14-668〜/ Plin. N. H. 5-22/ Cic. Verr. 2-1-17, -2-1, -2-4, Att. 5-20/ Apollod. 3-1/ Xen. An. 1-2, -4, 3-1/ Arr. Anab. 2-4/ Plut. Alex. 19, Pomp. 24〜/ Ptol. Geog. 5-5, -7, -14, 8-17/ Vell. Pat. 2-19/ Eutrop. 6-3/ Mela 1-2/ Varro Rust. 2-11/ etc.

キリクス　Kiliks, Κίλιξ, Cilix,（独）Kilix,（伊）Cilice,（西）Cílix,（露）Киликс

キリキアー*の名祖。テュロス*（またはシードーン*）王アゲーノール*の子。カドモス*やポイニクス*、エウローペー*の兄弟（⇒巻末系図004）。大神ゼウス*がエウローペーをさらって行った時、父の命令で彼女の探索に出かけ、キリキアーに定住した。異説によると、カッシオペイア*とポイニクス（フェニキア*の名祖）の息子とされている。

⇒サルペードーン

Herodot. 7-91/ Apollod. 3-1/ Hyg. Fab. 178/ Serv. ad Verg. Aen. 3-88/ Diod. 5-49/ etc.

ギリシア　（ギ）ヘッラス* Hellas, Ἑλλάς,（ラ）グラエキア Graecia,（英）Greece,（仏）Grèce,（独）Griechenland,（伊）（西）（ルーマニア語）Grecia,（葡）Grécia,（カタルーニャ語）（オック語）Grècia,（アラゴン語）Grezia,（マルタ語）Greċja,（蘭）Griekenland,（スウェーデン語）Grekland,（ノルウェー語）Grekenland,（デンマーク語）Grækenland,（露）Греция,（アルバニア語）Greqi,（マジャル語）Görögország,（フィンランド語）Kreikka,（ポーランド語）Grecja,（アルメニア語）Hunastan,（ヘブライ語）Yāvān, Yāwān,（アラビア語）Al-Yūnān, Al-Yuwnaān,（ペルシア語）Yūnān,（トルコ語）Yunanistan,（クルド語）Yewnanistan,（漢）希臘,（和）ギリシャ, ギリシア

（現・Ellādha, Ellás）ギリシア人の国土。古典期のギリシア人は自らをヘッレーネス*と称し、その住地をヘッラスと呼んでいた。ホメーロス*の叙事詩では、ヘッレーネスなる語は、テッサリアー*南部プティーオーティス*の住民を指す言葉でしかなかったが、次第に対象が拡大され、ヘーシオドス*らはギリシア人全体をパンヘッレーネス Panhellenes, Πανέλληνες と呼び、前7世紀頃からヘッレーネスが彼らの総称として用いられるようになった。ヘッラスという語は、広義にはエーゲ海周辺や小アジア沿岸、シケリアー*（現・シチリア）島、南イタリアなどの植民諸市を含めたギリシア世界の一般的呼称であったものの、とりわけテッサリアー*以南のギリシア本土に限定して使われることが多かった。したがってこの場合、マケドニアー*やエーペイロス*は含まれない。

ギリシア本土は古く前2千年紀にミュケーナイ*、ティーリュンス*、オルコメノス*などを中心に青銅器文明（エーゲ文明*後期のいわゆる「ミュケーナイ文化」）が栄え、小王国が分立していた（前1600〜前1200頃）が、その後ドーリス*系を中心とする第2波のギリシア人によって破壊され滅び去ったとされる（前1200〜前1100頃）。文字記録の中断する「暗黒時代」が数百年にわたって続き（前1100〜前800頃）、その間、各地に都市国家 polis が形成され、鉄器の使用が普及、エーゲ海諸島・小アジア西岸に数多くの植民市が建設された。前8世紀から商工業が発達し、ギリシア人はフェニキア*人に学んで独自の字母を考案、大植民運動を開始して黒海・イタリア・ガッリア*南部・北アフリカ沿岸にも進出した（前750〜前550）。文化面でも叙事詩、ついで抒情詩が発展、オリュンピア競技祭*に代表される汎ギリシア的祭典が催され、アルカイック芸術が繁栄した。多くのポリスでは王政・貴族政を経て僭主 tyrannos 政へ移行、成文法が制定され、重装歩兵を構成する中層市民が台頭、スパルター*、アテーナイ*など諸都市に民主政が確立された。前5世紀初頭にはアカイメネース朝*ペルシア*の侵寇を退け（ペルシア戦争*）、以後アテーナイを中心にギリシア文化の黄金時代を現出、特にペロポンネーソス戦争*（前431〜前404）勃発までの半世紀間は学問・芸術が頂点に達し、建築・彫刻・絵画や悲劇・喜劇、等々が最盛期を謳歌した。通常この前5世紀と次の前4世紀とをギリシアの古典時代と称する。27年間続いたペロポンネーソス戦争がスパルター*の勝利に終わったのちも、コリン

トス*戦争（前395〜386）などギリシア人同士の内訌はやまず、やがてテーバイ❶*がスパルターに替わって覇権を掌握（前371）、しかし間もなく北方に台頭したマケドニアー王国に敗れ（前338）、ギリシア本土はアレクサンドロス大王*の支配下に入った（前334）。ヘレニズム時代に大半のポリスは自治を回復し、アカーイアー同盟*やアイトーリアー同盟*をつくって独立を維持、しかしポリス社会は変質しギリシア本土の人口も減って、前146年には事実上ローマ領に併呑され、属州*マケドニア*の一部となった。ローマ人はギリシアの学芸を尊重し、諸ポリスの自治をも容認、名所旧跡を訪ねて旅行する者や留学する者も後を絶たなかった。前27年ギリシアはアカーイア*属州として分立し、ローマ諸帝の保護のもとに、かつてない平穏な生活を享受したが、帝国の衰頽とキリスト教の瀰漫につれて、諸学問は"異教"の産物として弾圧を被るようになり、ついに勅令（キリスト教の国教化）によって非キリスト教の諸神殿・芸術作品は破壊され、学園は閉鎖されるに至った。「ギリシア」の語源となったラテン語のグラエキアおよびグラエキー Graeci（「ギリシア人」の意。〈単〉グラエクス Graecus）は、ボイオーティアー*のグライア Graia という地方のギリシア人が南イタリアに渡って、グライケー Graike という植民地をつくり、最初にグライア人に逢ったイタリア人がその名で他のギリシア人および彼らの国土全体をも呼ぶようになったことに由来する。南イタリアのギリシア人植民地に関しては、マグナ・グラエキア*の項を参照。

なおギリシア本土の主要な地方は ──、

テッサリアー、アイトーリアー*、アカルナーニアー*、ロクロイ*、ポーキス*、ドーリス、ボイオーティアー、アッティケー*、メガリス*、コリントス、シキュオーン*、アルゴリス*、ラコーニケー*（ラコーニアー*）、メッセーニアー*、エーリス*、アカーイアー*、アルカディアー*、である。

⇒アカイオイ（アカーイアー人）、イオーニアー、アイオリス、ドーリス人

Hom. Il., Od./ Hes./ Pind./ Herodot./ Thuc./ Xen./ Pl./ Arist./ Plut./ Paus./ Strab. 8〜10/ Polyb./ Ptol. Geog. 3-14/ Plin. N. H. 4-1〜/ etc.

『ギリシア詞華集』　（ラ）Anthologia Graeca，（英）Greek Anthology，（仏）Anthologie grecque，（独）Griechische Anthologie，（伊）Antologia Greca，（西）Antología Griega，（〈ギ〉アントロギアー Anthologia, Ἀνθολογία「花束・花の収集」の意。Anthologion epigrammatōn, Ἀνθολόγιον ἐπιγραμμάτων），（現ギリシア語）Anthologhía Elinikí

前7世紀から後10世紀に至るまでのエピグラム（短詩）約4500篇、作者300名以上の作品を収めたギリシア詩の一大集成。その中核を成すのは、ヘレニズム時代の詩人ガダラ*のメレアグロス*が編んだ選詩集『花冠 Stephanos（ステパノス）』（前100〜前80頃）で、古くアルキロコス*やサッポー*の作品をも含む最初の大規模な集成であり、その後、相次いで多くの詩人により継承・増補されていった。しかし、この選集は伝わらず、後10世紀初頭にビザンティン帝国の学者コーンスタンティーノス・ケパラース Konstantinos Kephalas の手でまとめられた、いわゆる『パラティーナ詞華集 Anthologia Palatina』15巻が、ほぼ現行のギリシア詞華集の基礎となっている。ケパラースは、従来の作者別の配列を改めて、主題によって作品を分類し直し、往古より同時代に至る約320名に上る詩人のエピグラム詩集を編纂したが、一時失われて約300年間はこれを粗雑に改訂した学僧マクシモス・プラヌーデース Maksimos Planudes の『プラヌーデース詞華集 Anthologia Planudea』7巻（1299）が広く世に流布した。ところが、1606年にハイデルベルクのプファルツ Pfalz 伯の図書館から偶然にもケパラース系の古写本 Codex Palatinus が再発見され、以来この『パラーティーナ詞華集』（パラティーナはプファルツのラテン語読み）15巻に、そこには含まれない約400篇を『プラヌーデース詞華集』より加えて、今日の『ギリシア詞華集』全16巻が形成されたのである。

その内容は、恋愛詩、碑銘詩、哀悼詩、諷刺詩、飲酒詩、述懐詩、奉献詩、勧告詩、牧歌詩などから、神託やキリスト教的宗教詩、謎々、算術の問題に至るまで多岐にわたっているが、とりわけ文学的価値が高いと評されるのは、遊戯的・官能的な恋愛詩（第5巻）および第7巻所収の哀悼詩・碑銘詩、第11巻の諷刺詩などであろう。その性質上、ヘレニズム時代の作品を多く含み、なかには第12巻（男色詩集 Musa Paidike（ムーサ・パイディケー））のように少年愛の主題ばかりを集めた巻もある（⇒ストラトーン❷）。『ギリシア詞華集』は、ローマ帝政期のみならず、ルネサンス時代以降のヨーロッパ文学に広く影響を及ぼし、これに倣った数多くの優れた詩を生み出させている（⇒ラテン詞華集）。

⇒サモスのアスクレーピアデース❷、タラースのレオーニダース、シードーンのアンティパトロス、エーリンナ、パッラダース、クリーナゴラース、ディオスクーリデース❷、アンティピロス❷

Anth. Pal./ Anth. Plan./ etc.

ギリシア七賢人　（ギ）Hoi hepta sophoi, Οἱ ἑπτὰ σοφοί，（ラ）Septem Sapientes，（英）The Seven Sages of Greece，（仏）Les Sept Sages de la Grèce，（独）Die Sieben Weisen（Sieben Weise von Griechenland），（伊）I Sette Savi, I Sette Sapienti，（西）Los Siete Sabios de Grecia，（葡）Os Sete Sábios da Grécia

前7世紀後半から前6世紀前半にかけて実在した古代ギリシアの知者たち。通常タレース*、ソローン*、ピッタコス*、ビアース*、キーローン*（ケイローン）、クレオブーロス*、ペリアンドロス*の7人が挙げられるが、ペリアンドロスを除外してアナカルシス*もしくはエピメニーデース*を加えたり、ミュソーン、ペレキューデース*、あるいはペイシストラトス*を含めるなど諸説ある（ただし最初

の4人は必ず数えられる）。

　海底から黄金の鼎（三脚台）tripus, τρίπους がひき上げられ、デルポイ*の神託が「最も賢い人にこれを与えよ」と命じた時、鼎はまずタレース（あるいはビアース）に贈られたが、彼は自分より賢明な人がいると言って、これを他の人に与え、他の人はまた別の人に送り、かくて鼎はすべての賢人の手を経て、また元の人のところへ還って来た。そこで最後に鼎はアポッローン*神に奉献された、という話で名高い。

　彼らの残した箴言についても異説はあるが、その代表的なものを列挙すると──、キーローン「汝自らを知れ」。ソローン「過度を慎め」。クレオブーロス「中庸が最善である」。タレース「誓言は破滅のもと」。ピッタコス「好機を知れ」。ビアース「人が多過ぎると仕事は台無しになる」。ペリアンドロス「何よりも訓練せよ」等である。とりわけ最初の2つの箴言は、七賢人が相会してデルポイへ赴き、知恵の初穂としてアポッローンに捧げたものとされている。

⇒ラーソス、アクーシラーオス、ピュータゴラース、ソピスタイ

Pl. Prt. 343a〜b/ Diog. Laert. 1-13, -28〜33, -40〜42/ Plut. Mor. 832b〜/ Paus. 10-24/ Herodot. 1-27, -29, -59, -74〜, -170/ Hyg. Fab. 221/ etc.

ギリシアの競技祭　アゴーン Agon, Ἀγών, （ラ）Ludus, （英）Game, （伊）Agone, （西）（葡）Ágon, （露）Агон

　汎ギリシア的な4大祝祭競技として、オリュンピア*、ピューティア*、イストミア*、ネメア*の祭典がある。いずれもギリシア世界全域から競技者が集まり、優勝者は最高の栄誉をもって讃えられた。競技種目には、徒競走、円盤投げ、レスリング、ボクシング、五種競技ペンタートロン、等々があり、参加者は男性に限られ、全裸で行なわれた。その他、アテーナイ*、スパルター*、テーバイ❶*など各ポリス polis や地域でも、同様に宗教的な競技祭が開催されており、これら裸体での各種運動競技は、彫刻を中心とするギリシア美術の開花に大いに益するところがあった。またスポーツ以外にも、詩歌・管弦など音楽文芸部門の競演も各地の祭典で行なわれた。

⇒パンアテーナイア、ディオニューシア、ギュムノパイディアイ

Pind. Ol., Pyth., Isth., Nem./ Simon./ Paus./ Hes. Op. 657/ Ath. 10-412〜/ Xen./ Dem./ Plin. N. H. 35-35/ Hyg. Fab. 273/ etc.

偽ルーキアーノス　Pseudo-Lucianos

（後2世紀後半〜後4世紀頃）ギリシアの諷刺詩人ルーキアーノス*の名のもとに伝存する全86篇の作品のうち、真作と認められる71篇以外の著書の筆者たち。男女両色の優劣を論じた『エローテス Erotes』（後300年前後）や『ルーキオスまたは驢馬 Lūkios ē Onos』（後2世紀後半〜）等々、ルーキアーノスの文体を模倣した一連のギリシア語作家の総称。

キルクス　Circus, （ギ）Kirkos, Κίρκος, （伊）（西）（葡）Circo, （仏）Cirque, （独）Zirkus, （露）Цирк

（「輪、円形」の意）ローマで主に戦車競走が行なわれた長円形の競技場。最も古く最大の規模を誇ったのはキルクス・マクシムス*で、数々の競技祭の中心となり、帝政期には25万人の観客を収容（約650 m×約150 m）、走行コースは1500 mであった。この他、前221年に監察官C. フラーミニウス*が建設したフラーミニウス競技場 Circus Flaminius（約400 m×約260 m）や、カリグラ*帝およびネロー*帝がウァーティカーヌス*丘に造営したガーイウス競技場 Circus Gaii et Neronis（約590 m×約100 m。別名・キルクス・ウァーティカーヌス C. Vaticanus、現・サン・ピエトロ大聖堂周辺）が名高い。キルクスで催された各種競技キルケーンセース circenses のうち、最も評判の高かったのは、2頭立て bigae もしくは4頭立て quadrigae の戦車競走で、スピーナ spina と称する中央の島の部分を囲む楕円形の走路を、4〜6台でせり合いながら7周するのが一般的な競技法。スピーナに設置されたブロンズ製の7頭の海豚と7つの卵を倒して周回数を算えた。普通1日に24レースあり、時には100レース行なわれた。出場選手の組 factio は当初、赤と白との2組だけだったが、後に青と緑とが加わり四季の色を表わすようになった。さらにドミティアーヌス*帝（在位・後81〜96）は、これに紫と金の2組を加えたものの、すぐに4組に戻り、次いで青と緑の2組の対立となった（この2組はビザンティン時代まで続いていく）。各組の御者、馬丁および戦車は、おのおのの色の衣服を着せられるか、塗られるかした。競技の日が近づくと、ローマ中の人々がこれらの組、特に青組と緑組に分かれて勝負の予想と賭博に熱狂し、町や家での話題といえば、贔屓の御者や騎手のことでもちきりだった。彼らは当時の大スターであり、莫大な賞金を稼ぎ、フォルム*に自分の彫像を建てたり、取り巻きを引き連れて街を闊歩しながら狼藉を働いたりした。御者のディオクレース Diocles は3500万セーステルティウスもの財産を遺し、緑組の御者エウテュクス Eutychus はカリグラ帝からただ1度の座

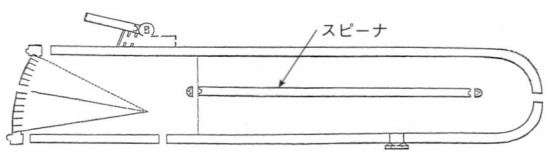

キルクス

興に 200 万セーステルティウスの金を贈られている。赤組の人気御者フェーリークス Felix の葬儀の折、熱烈なファンが火葬の炎の中に身を投げて死んでしまったという話も残っている。とはいえ、彼らの身分はおおむね市民権を持たぬ奴隷に過ぎなかった。

キルクスはローマのみならずイタリア諸市、ガッリア*やヒスパーニア*など属州各地にも建てられ、かたや東方ではアレクサンドレイア❶*、アンティオケイア❶*、コーンスタンティーノポリス*らの諸都市にヒッポドロモス*と呼ばれる同様の建造物が設けられた。東ローマ帝ユースティーニアーヌス*の頃、コーンスタンティーノポリスのヒッポドロモスでは、戦車競走は年間に 100 日以上開かれ、1 日に数十レースも行なわれていたという。

なお戦車競走は古来オリュンピア競技祭*などギリシアの祭典においても催されており、アクラガース*の僭主テーローン*やスパルター*王デーマラートス*（ダーマラトス*）、アテーナイ*のキモーン*、アルキビアデース*らの著名人が優勝。後世ネロー帝も 10 頭立ての戦車を駆してオリュンピア競技祭に出場した（後 67）が、戦車から投げ出されてゴールまで完走できなかった ── とはいえ審査員は帝に迎合して優勝の栄冠を贈っている ──。

ローマ権力者が国民の機嫌をとるべく無料で「パンと戦車競走を panem et circenses」提供したことは、ユウェナーリス*の諷刺詩でも名高い。またキルクスという言葉は、後代のヨーロッパ諸国では、一般に円形広場や曲馬団の興行場を指す語（サーカス）に転用され、さらにサークル circle やサーキット circuit など類縁の名詞が派生した。
⇒ナウマキア、ウェーナーティオー
Varro Ling. 5-154, Rust. 3-13/ Liv. 1-35, 4-27, 5-19/ Dio Cass. 49-43/ Suet. Iul. 39, Aug. 43, Calig. 55, Ner. 16, 22〜, 27, Vit. 7, Dom. 7/ Plin. N. H. 16-76, 36-14〜15, -24/ Paus. 6-20/ Herodot. 6-70, -103/ Plut. Alc. 11/ Pind. Ol. 1, 2/ Juv. 6-590, 9-144, 10-81/ Tert. De Spect. 5-9/ Stat. Theb. 16/ Cic. Div. 1-28(58), Att. 1-14, Verr. 2-2-1/ Dion. Hal. 3/ etc.

キルクス・マクシムス（大競技場） Circus Maximus, （英）The Great Circus, （仏）Le Grand Cirque, （独）der größte Zirkus, （伊）Circo Massimo, （西）Circo Máximo, （露）Циркус Максимус
（現・チルコ・マッシモ Circo Massimo）ローマのパラーティーヌス*丘とアウェンティーヌス*丘との間にあり、公共の競技や見世物などが開かれた長大な競走場。古王タルクィニウス・プリスクス*が、サビーニー*女の略奪が起こった場所に創建したと伝える。前 4 世紀に恒久的施設が造られ、以後増築を重ねていった。ポンペイユス*が象とガエトゥーリー*人を闘わせた時、象群が暴れて鉄柵を突き抜けて脱出しようとした事件があったため、前 49 年カエサル*はキルクス*を拡張したうえ、周囲に外濠 euripus をめぐらせ、3 段の観覧席を設けた（長さ約 700 m×幅約 130 m。敷地面積およそ 25 アール、収容人員 15 万席）。主に戦車競走と競馬が催され、周辺には古星師・売春婦などの屯する雑多な店舗がひしめいていた。アウグストゥス*はパラーティーヌス丘側に帝室用観覧席を設置し、エジプトのヘーリオポリス*からもたらしたオベリスク（現・ポポロ広場 Piazza del Popolo にある）をキルクスに建てた。ネロー*帝の治世（後 64）、次いでティトゥス*帝の治下（80）に火災でほぼ全焼するが、再建・整備を繰り返し、トライヤーヌス*帝の時に最大かつ最も豪華な総大理石造りとなる（幅 210 m あまりに拡大。25 万人分の座席もすべて大理石で再建された）。その後もカラカッラ*帝らにより改修・拡張が行なわれ、357 年にはエジプトのテーバイ❷*大神殿から運ばれたオベリスク（現・サン・ジョヴァンニ・イン・ラテラーノ San Giovanni in Laterano 前にある）を建立。最盛期の収容人員は 38 万 5 千人、一説に仮設の観客席を加えると 50 万人近くに達したという。ここで最後の競技が開催されたのはゴート*戦争（535〜555）中の 549 年、東ゴート王トティラ Totila によってであった。
⇒アンピテアートルム、ルーディー
Dion. Hal. 3-68, 4-44/ Varro Ling. 5-153〜, Rust. 3-13/ Vitr. De Arch. 3-3/ Liv. 1-35, 8-20, 33-27, 39-7, 40-21, 41-27/ Tac. Ann. 6-45, 15-38/ Plin. N. H. 8-7, 36-24/ Suet. Iul. 39, Aug. 43, Claud. 4, Dom. 4/ Dio Cass./ Stat. Theb. 6/ Sil. 16/ etc.

キルケー Kirke, Κίρκη, Circe, （仏）Circé, （露）Цирцея
（「鷹女」の意）ギリシア神話に登場する魔法に通じた妖女。太陽神ヘーリオス*とペルセーイス*（オーケアニデス*の 1 人）の娘。コルキス*王アイエーテース*やミーノース*の正妃パーシパエー*の姉妹。伝説的な島アイアイエー*の森の中の館に住み、その周囲には彼女の魔法によって人間から変身させられた狼や獅子（ライオン）などの野獣が徘徊していた。トロイアー*からの帰途オデュッセウス*がこの島に寄航した時、偵察に赴いた彼の部下たちは、キルケーに魔法の酒を飲まされたあと杖で打たれて豚に変えられてしまった（⇒エルペーノール）。ただ 1 人エウリュロコス Eurylokhos（オデュッセウスの妹婿）だけは用心して門外に留まり、戻ってオデュッセウスに急を告げた。ヘルメース*神から魔除けの霊草モーリュ moly ── のちに待雪草（学名）Galanthus nivalis と同一視された ── を貰ったオデュッセウスは、キルケーの館に乗り込み、魔法にうちかったうえ抜剣して彼女に迫り、部下たちを人間の姿に戻させた。オデュッセウスは 1 年の間キルケーのもとに留まり、彼女と交わってテーレゴノス*らの息子を儲けたという。のちキルケーは継子のテーレマコス*（オデュッセウスとペーネロペー*の息子）と結婚してラティーノス*の母となったが、最後はテーレマコスの手にかかって果てたとも伝えられる。一説に彼女は、はじめサルマタイ*族の王と結婚したが、夫王を毒殺して王権を奪うと、残忍冷酷な支配を布いたため、追放されて無人の島アイアイエーないしキルケイー*へ移り住んだという。姪メーデイア*の弟殺しの罪を浄めた話については、アルゴナウテースたち*（アルゴナウタイ*）の項を参照。後世のヨーロッパ諸国で彼女の名は、男を惑わ

す妖婦の代名詞のごとくに用いられ、キルケーのように抗い難い魅惑をもった魔性の女性を表現する形容詞 Circean（英）も派生した。
⇒スキュッラ❶、ピークス
Hom. Od. 10-133～/ Hes. Th. 957, 1011～/ Ap. Rhod. 4-576～/ Apollod. 1-9, Epit. 7-14～/ Hyg. Fab. 125, 127, 199/ Ov. Met. 14-1～, -246～/ Verg. Aen. 7-10～/ Diod. 4-45/ Hor. Epist. 1-2, Carm. 1-7/ Dion. Hal. 1-72/ Paus. 5-19/ Orph. Arg. 1160～/ etc.

キルケイイー　Circeii,（ギ）Kirkaia, Κιρκαία, Kirkaion, Κιρκαῖον, Circaeum

（現・Circello, Circeo）ラティウム*地方南部、タッラキーナ*（現・テッラチーナ Terracina）近くの岬 Circeius Mons（現・Monte Circeo）にある旧い町。ローマの南東およそ80マイル、古ラティウムの南限に位置する。伝承上の名祖は魔女キルケー*とされ、この岬は遠くからだと島のように見えるので、ラテン詩人の間ではキルケーの住む島アイアイエー*と同一視されるようになった。キルケイイーの町は前393年、ローマ人によってラテン植民市として建設され、帝政期に至るまでローマ貴族や皇帝が別荘 villa を次々と造築、また牡蠣の名産地としても知られた。現在も先史時代の城壁をはじめ、ローマ共和政・帝政期の別荘などの遺跡が多く残り、なかでも広大なドミティアーヌス*帝の離宮は印象的である。
Mela 2-4/ Plin. N. H. 3-5/ Liv. 1-56, 2-39, 6-12～/ Cic. Att. 15-10/ Hor. Sat. 2-4/ Verg. Aen. 7-799/ Ov. Met. 14-248/ Dion. Hal. 4-63, 8-14/ Suet. Aug. 16, Tib. 72/ Polyb. 3-22/ etc.

キールス　Cyrus
⇒キューロス

キルタ　Cirta,（ギ）Kirta, Κίρτα,〔（フェニキア語）Kirtha「都市」〕,（露）Кирта

（現・コンスタンティーヌ Constantine〈アラビア語〉Qacentina）北アフリカ、ヌミディア*王国の首都。今日のアルジェリア東北部、地中海から60マイル入ったアンプサーガ Ampsaga（現・Rhummel）河峡谷の岩丘上に位置する（標高244m）。市名はフェニキア*人の言葉で「都市」を意味するキルタ Kirtha に由来する。シュパークス*やマシニッサ*およびその子孫の王都として繁栄。リーウィウス*によれば、第2次ポエニー戦争*（前218～前201）の末期に王妃ソポニスバ*が毒杯を仰いで虜囚のはずかしめを受けることを避けた悲劇の舞台とされている（前203）。フェニキア系のカルターゴー*人のみならず、ギリシア人・イタリア人も来住し、前2世紀後半には騎兵1万、歩兵2万を戦場に送り出すほどの都市となった。河に取り囲まれた天然の要害にあるため難攻不落を誇っていたが、前112年ユグルタ*はこれを攻略して従兄弟アドヘルバル*を殺し、イタリア人居住者を大量虐殺した（ユグルタ戦争の勃発）。ローマ帝政期には属州アーフリカ*に併合され、植民市ユーリア・ユウェナーリス・ホノーリス・エト・ウィルトゥーティス・キルタ Colonia Iulia Iuvenalis Honoris et Virtutis Cirta と称され、他の周辺3植民市と同盟を締結。後2～3世紀には穀物・大理石・銅の産出ゆえに殷賑を極めた。文人フロントー*の出身地。立派な城壁と美しい景観で知られていたが、4世紀初めの内訌で荒廃（308～311）、コーンスタンティーヌス1世*（大帝）の手で復興され、コーンスタンティーナ Constantina と市名を変えられて、ヌミディア州の首府となった（313）。ヴァンダル*族やビザンティン帝国の支配下においても重要な都市であり続けたものの、イスラーム教徒の征服後マグリブ Maghrib 地方の中心は東部のトゥーネース Tunes（現・〈アラビア語〉Tūnus、テュニス Tunis）や新興市カイラワーン Qairawān (Kairouan) に移った。

系図166　キルケー

なおキルタの東方、カルターゴーの南西およそ100 kmの嶮峻な要衝の地にあるトゥッガ Thugga（現・ドゥッガ Dougga）も、やはりヌミディア王国の主要都市として栄え、先住リビュア*人、フェニキア人、ローマ人の諸文化の混淆した都市遺跡が今なおよく保存されている。
⇒タムガディ、ランバエシス
Mela 1-6/ Plin. N. H. 5-2/ Sall. Jug. 21-2, 26-1, 101-1, 102-1/ Liv. 29-32, 30-12/ Strab. 17-832/ Tac. Ann. 3-74/ Polyb. 36-16/ App. Pun. 27, 106, B. Civ. 2-96, 4-53～55/ Dio Cass. 43-3/ Ptol. Geog. 4-3, 8-14/ Flor. 3-1/ Zonar. 9-13/ Oros. 4-18/ It. Ant./ etc.

ギルドー Gildo (Gildon), (ギ) Γίλδων, (仏) Gildon, (伊) Gildone, (露) Гилдон

（後330頃〜398年7月）アーフリカ*の領主。ローマ皇帝ウァレンティニアーヌス1世*の時代にマウレータニア*で反乱を起こした僭帝フィルムス Firmus（在位・372〜375）の兄弟。この乱を鎮定したローマの将軍フラーウィウス・テオドシウス Flavius Theodosius（皇帝テオドシウス1世*の父）は、逃亡を試みたフィルムスを自殺（縊死）に追いこみ、両手切断などの酷刑をもって叛徒を処罰したが、自らも陰謀にかかってカルターゴー*で斬首刑に処せられた（376）。兄弟の中でただ1人ローマに忠実だったギルドーは、アーフリカの軍司令官に任命され（在任・385〜398）、督軍 comes として12年間にわたりこの地を支配。部下の妻や娘を次々に犯したり、毒殺その他の方法で気に入らぬ者を抹殺するなど圧政を布いたという。テオドシウス1世の死（395）後は、西ローマ帝国に叛いて東ローマ帝国のアルカディウス*帝に忠誠を誓い、ローマへの穀物供給を停止（397）、よってローマ元老院から公敵宣言を下される。西ローマの実力者スティリコー*は、ギルドーと不仲な弟マスケゼール Mascezel（甥に当たるその2子をギルドーは惨殺していた）に軍隊を指揮させてアーフリカへ派遣し、ギルドー軍を撃破させる。敗れたギルドーは縊死して果てたが、勝者となったマスケゼールもまた、スティリコーの策謀により、橋上で馬から転落し河中に溺死したという。なお、テオドシウス朝の姻戚となっていたギルドーの娘サルウィーナ Salvina と彼女の子供たちは、コーンスタンティーノポリス*の宮廷で生涯をまっとうし、かつてフィルムスの乱に加わったことのあるギルドーの姉妹キュリア Cyria は、終生処女を貫いたと伝えられる。
⇒クラウディアーヌス、エウトロピウス❷
Amm. Marc. 29-5/ Oros. 7-36/ Zosimus 5-11/ Claud. Cons. Stil., De Bello Gildonico/ Augustin. Ep./ Marcellin. Chron./ Hieron. Ep./ etc.

キルラー Kirrha
⇒クリーサとキッラー

キレナイカ Cyrenaica
⇒キューレーナイカ

キレネ Cyrene
⇒キューレーネー

キーローン Chiron
⇒ケイローン

偽ロンギーノス Pseudo-Longinos
後1世紀頃。『崇高について』の著者。
⇒カッシオス・ロンギーノス

キーローン（スパルター*の） Khilon, Χίλων, Chilo(n) またはケイローン Kheilon, Χείλων, (英) Chilon (Chilo) of Sparta, (仏) Chilon de Sparte, (独) Chilon von Sparta, (伊) Chilone di Sparta, (西) Quilón de Esparta, (葡) Quílon de Esparta, (露) Хилон из Спарты

（前6世紀前半）スパルター*の政治家、哲学者。ギリシア七賢人*の1人。ダーマゲートス Damagetos の子。監督官となり（前556／555、異説あり）、スパルターの外交政策を左右し、シキュオーン*市の僭主政を打倒、近縁の娘をスパルター王アナクサンドリダース*の第2妃とし（クレオメネース1世*の母）、アーギアダイ*、エウリュポーンティダイ*両王家の姻戚となって監督官職の権限を王たちのそれに匹敵するまでに高めた。一説に「最初の監督官」ともいい、スパルター的な厳しい訓練を強制。また寡言を尚ぶ人として知られ、簡潔な物言いは「キーローン風」と呼ばれた。息子がオリュンピア競技祭*の拳闘部門で優勝した時、歓喜のあまり息子を抱きしめつつ息をひきとったとい

系図167　ギルドー

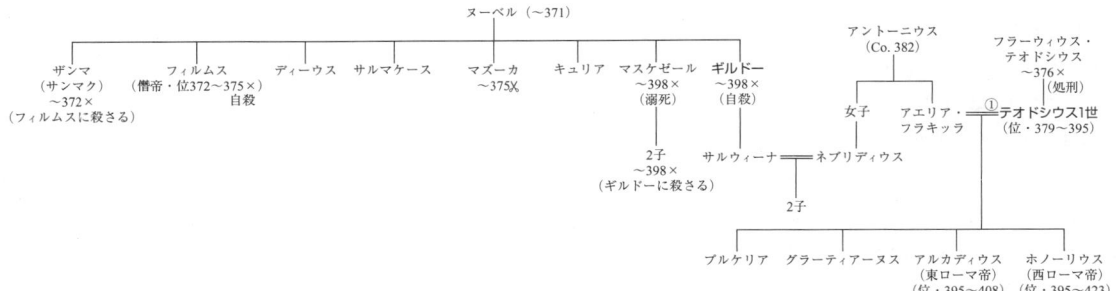

う。彼の格言に「汝自身を知れ」「過度を慎しめ」などがあり、それらは金文字で誌されてデルポイ*のアポッローン*神殿に奉納された。彼はスパルターにおいて英雄神 heros（ヘーロース）として英雄廟に祀られていた、とパウサニアース*は伝えている。コリントス*の僭主ペリアンドロス*や寓話作家アイソーポス*（イーソップ*）の同時代人であるとされる。彼はまた、伝説上の英雄オレステース*の遺骨をテゲアー*からスパルターに持ち帰り、ペロポンネーソス*半島におけるスパルターの主導権を確立しようと企てた人物だと見なされている。
⇒ペイシストラトス❶

Herodot. 1-59, 7-235/ Diog. Laert. 1-68～73/ Pl. Prt. 343a/ Plin. N. H. 7-32/ Paus. 3-16, 10-24/ Ael. V. H. 3-17/ Arist. Rh. 2-12/ Diod. 9-9～/ Plut. Mor./ etc.

キンキンナートゥス、ルーキウス・クィーンクティウス　Lucius Quinctius Cincinnatus,（ギ）Kinkinātos, Λεύκιος Κοΐντιος Κιγκινᾶτος,（伊）Lucio Quinzio Cincinnato,（西）Lucio Quincio Cincinato,（葡）Lúcio Quincio Cincinato,（露）Луций Квинкций Цинцинат

（伝・前519～前435頃）共和政ローマのなかば伝説的な政治家、将軍。その武功と無欲のゆえに、質朴なローマ的美徳の模範とされる。貴族（パトリキイー*）の出身。前460年度の執政官（コーンスル*）職を務めたのち、ティベリス*河対岸の小さな農園に引退していたが、ローマがアエクィー*族から攻撃を受けた危急存亡の際に、独裁官（ディクタートル*）に選ばれて、敵軍に包囲されていた執政官のミヌキウス L. Minucius Esquilinus Augurinus を救出し、ローマへ凱旋。任務を遂行したので16日間で兵馬の権を返上し、再び農園に帰り自ら鋤をとって耕作に励んだという（前458）。80歳にして再び独裁官に任命され（前439）、対プラエネステ*戦に勝利を収めて21日で職を辞し、褒賞には目もくれなかったと伝えられる（⇒マエリウス、スプリウス）。キンキンナートゥスの貧困は、前461年に乱暴狼藉を働いた息子カエソー Kaeso Quinctius の保釈金を支払うために土地を売ったからだとされ、ティベリス河対岸のヤーニクルム*丘麓にあった彼の耕作地は、その氏族名にちなんで「クィーンクティウスの原 Prata Quinctia」と呼ばれていたという。

同じような清廉と自制の鑑として、クリウス・デンタートゥス*やファブリキウス・ルースキーヌス*らの例がよく知られている。米合衆国オハイオ州のシンシナティ Cincinnati 市はキンキンナートゥスの質朴な精神にあやかって命名された。また近世の西ヨーロッパにおいて「農場から呼び出されるキンキンナートゥス」を主題とする絵画が、よく描かれるようになった。
⇒ M. ウァレリウス・コルウス

Liv. 3-12～, -19～21, -26～29, -35, 4-6, -13～/ Flor. 1-11/ Sen. 16(56)/ Plin. N. H. 18-4/ Diod. 12-3/ Dion. Hal. 10-23～25/ Zonar. 7-15/ Suet. Calig. 35/ Aur. Vict. De Vir. Ill. 17/ Eutrop. 1-17/ etc.

キンナ、ガーイウス・ヘルウィウス　Gaius Helvius Cinna,（伊）Gaio Elvio Cinna,（西）Cayo Elvio Cinna,（葡）Caio Hélvio Cinna,（露）Гай Гельвий Цинна

（?～前44年3月20日）ローマの詩人。同じく内ガッリア*出身の詩人カトゥッルス*の友人。前44年度の護民官（トリブーヌス・プレービス*）となり、「カエサル*が世継ぎを儲けるためには、どんな女とでも、幾人となく望むがままに結婚できる」という旨の法案を起草。熱心なカエサル派の1人であったが、同年3月20日のカエサルの葬儀ののち、逆上した群衆に別のキンナ*（⇒ルーキウス・コルネーリウス・キンナ❷、カエサル暗殺団の党与）と間違われ、八つ裂きにされて死ぬ。その前夜、彼はカエサルから食事に招かれ辞退したのに無理矢理引っ張られていくという悪夢を見たと伝えられ、彼を惨殺した暴徒はその首を槍先に突き刺して街々を練り歩いたという。

彼の詩は優美と機智とで知られ、代表作『ズミュルナ Zmyrna』（前56～）は、ギリシア神話中の父王キニューラース*に恋して彼と交わったスミュルナー*（ミュッラー*）の物語を主題としており、9年がかりで作成されたアレクサンドレイア❶*詩風の労作（⇒ P. ウァレリウス・カトー）。断片が伝存する。
⇒ C. メンミウス❷、パルテニオス

Catull. 10, 95/ Suet. Iul. 52, 85, Gram. 19/ Plut. Caes. 68/ App. B. Civ. 2-147/ Val. Max. 9-9/ Dio Cass. 44-50/ Quint. 10-4/ Ov. Tr. 2-435/ etc.

キンナ・マグヌス、グナエウス・コルネーリウス　Gnaeus Cornelius Cinna Magnus,（伊）（西）Gneo Cornelio Cinna Magno,（葡）Gneu Cornélio Cinna Magno,（露）Гней Корнелий Цинна Магнус

（前1世紀後半～後1世紀前期）ローマの政治家。後5年の執政官（コーンスル*）。L. コルネーリウス・キンナ❷*とポンペイヤ❷*（大ポンペイユス*の娘）の子。カエサル*没後の内戦では Sex. ポンペイユス*（大ポンペイユスの息子）、次いでアントーニウス*の陣営に投じたが、のちアウグストゥス*に宥（ゆる）されて祭司職を与えられる。しかるに後年（前16～前13頃）、アウグストゥス帝の暗殺をたくらみ発覚。この折皇帝が后リーウィア❶*のとりなしと進言に従い、事件の全被告を釈放してやり、あまつさえキンナを翌年度の執政官に指名すらしたことは、類稀な寛大さの例として喧伝された。

コルネイユの悲劇『シンナ』（1642）の主人公。
Dio Cass. 55-14～22/ Sen. Clem. 1-9/ etc.

キンナ、ルーキウス・コルネーリウス　Lucius Cornelius Cinna,（ギ）Kinnās, Κίννας,（伊）（西）Lucio Cornelio Cinna,（葡）Lúcio Cornélio Cinna,（露）Луций Корнелий Цинна

ローマの政治家。

❶ （前130頃〜前84）民衆派（ポプラーレース*）の領袖。パトリキイー*（貴族）の家系出身。スッラ*の反対があったにもかかわらず前87年の執政官（コーンスル*）に就任し、ミトリダテース*戦争のためにスッラが東征する（前87〜前84）や、誓いを破って再びマリウス*の与党に寝返り、スッラが武力によって成立させた法律を廃止した。相役の執政官グナエウス・オクターウィウス Cn. Octavius（？〜前87年末、⇒オクターウィウス氏）の攻撃を受けて、いったんローマから放逐されるが、アーフリカ*に潜伏中のマリウスを呼び戻し、不平をいだくイタリア人や軍団兵、追放者たちから成る大軍を率いて首都ローマを奪還（前87年末）。敵対する閥族派（オプティマーテース*）を弾圧し、Cn. オクターウィウスはじめ数千人を虐殺しては、その首を演壇（ロストラ*）にさらした。マリウスの死（前86年1月）後、独裁者として権力をほしいままにし、前84年まで連続4年間、執政官職に居すわり続けた。しかし、東方から帰還するスッラを阻止しようとするうちに、アンコーナ*で暴動を起こした配下の兵士に刺殺されて敢えない最期を遂げた。彼についての悪評は、主にスッラの政治宣伝によるものと考えられる。妻アンニア Annia は彼の死後、M. ピーソー Piso（前61年の執政官）に再嫁するが、間もなくスッラの命で離別を強いられている。

娘のコルネーリア❷*はカエサル*の妻となり、1女ユーリア❹*を産んだ。若きカエサルはスッラの命令に反してコルネーリアと離婚しなかったがため、妻の持参金も自らの世襲財産も神官職（フラーメン*）も剥奪されたうえ、殺害を逃れるべく毎晩のように隠処（かくれが）を転々としなければならなかった。
⇒ Cn. カルボー、セルトーリウス
Plut. Sull. 10, 12, 22, Mar. 41〜43, Sert. 4/ App. B. Civ. 1-55〜, -75〜/ Vell. Pat. 2-20〜25/ Cic. Font. 15, 19, Cat. 3-10, Brut. 47, Tusc. 5-19, Phil. 1-14, 8-2/ Liv. Epit. 76/ Sall. Cat. 47, Hist. 1-42/ Flor. 3-21/ Suet. Iul. 1/ etc.

❷ （前1世紀）❶の子。カエサル*の妻コルネーリア❷*の兄弟。前78年、スッラ*体制打倒を目論む M. レピドゥス Lepidus（？〜前77、⇒レピドゥス家）の叛乱軍に加わるが、サルディニア*であっけなくレピドゥスが病死してしまったので、今度はペルペルナ❷*とともにヒスパーニア*の叛将セルトーリウス*の陣営に身を投じる。ヒスパーニアでの叛乱鎮圧後、義兄弟カエサルの尽力で恩赦を得てローマへ帰国した（前70）ものの、スッラの定めた処罰者名簿 proscriptio（プロースクリープティオー）に関する法律に妨げられて、長年公職に就くことができなかった（前44年にカエサルにより法務官（プラエトル*））。大ポンペイユス*の娘ポンペイヤ❷*を娶り、しだいにカエサルの政府から離反、多大の恩恵を蒙っていたにもかかわらず、ついにはカエサル暗殺を容認するに至る。彼自身は手を下さなかったが、カエサルが殺された翌日、ブルートゥス*らに加わって、亡き義兄弟を公然と痛罵したため、次の日に元老院へ向かう途中で暴徒の襲撃に遭い、かろうじてレピドゥス*（のちの三頭政治家）に救出された（前44年3月17日）。次いでアントーニウス*から与えられた属州総督職を拒絶し（11月28日）、翌前43年に第2回三頭政治*が発足すると、処罰者名簿にその名を掲載されたと考えられる。
⇒ C. ヘルウィウス・キンナ
Suet. Iul. 5, 85/ Plut. Sert. 15, Brut. 18, Caes. 68/ Val. Max. 9-9/ Cic. Phil. 3-10/ Dio Cass. 46-49/ etc.

キンブリー（族） Cimbri,（ギ）Kimbroi, Κίμβροι,（英）Cimbrians,（仏）Cimbres,（独）Zimbern, Kimbern,（西）（葡）Cimbrios, Cimbros,（露）Кимвры, Кимбры

ゲルマーニア*人系の部族名。ユーラン（ユトラント）半島北部を原郷とする大柄・金髪碧眼の北方種族で、ギリシア人のいうキンメリオイ*人とも同一視される。前2世紀末頃、テウトネース*族らを伴い30万の戦闘員をもつ大集団となって南下し、前113年にノーリクム*地方で執政官（コーンスル*）Cn. パピーリウス・カルボー*の率いるローマ軍を撃破、次いで M. ユーニウス・シーラーヌス（前109年の執政官。シーラーヌス❷*の祖父）の軍勢を南ガッリア*で潰走させ、さらに前105年10月にはアラウシオー*（現・オランジュ）の戦いで Q. セルウィーリウス・カエピオー*らの指揮するローマ軍に圧勝、兵士8万・軍属4万人を殺した。いったんヒスパーニア*へ侵入するがケルティベーリー*人（ケルトイベーリア人）に撃退され、東方へ転じるやテウトネース族とは別路を通ってイタリアを目指す。危機に陥ったローマでは、将軍マリウス*が起って、前102年アクァエ・セクスティアエ*（現・エクス・アン・プロヴァンス）でテウトネース族に大勝を収め、続いて翌101年7月30日、内ガッリア*のウェルケッラエ Vercellae（現・ヴェルチェッ

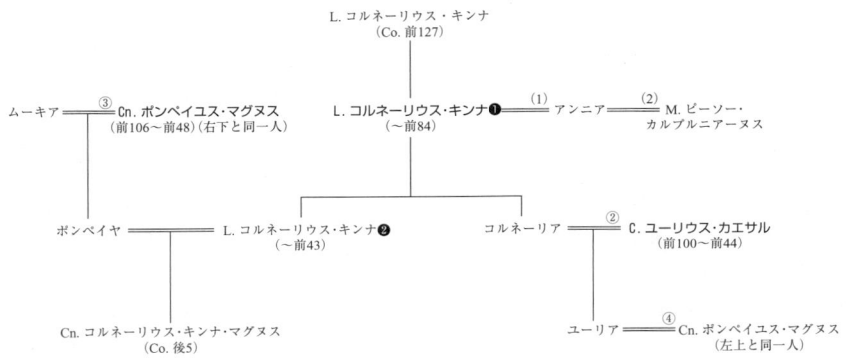

系図168 キンナ、ルーキウス・コルネーリウス

リ Vercelli）においてキンブリー族の大軍を殲滅、一説に6万人以上を捕虜とし、その2倍の者を殺戮して何とかゲルマーニア人のローマ侵攻を食い止めた。各地を劫略して廻ったキンブリー族は、剽悍・獰猛な部族として知られ、力と勇気を誇示するため全裸になって雪山に登り、盾をそり代わりにして谷を滑り降りてみせたり、戦う時には長い鎖で互いに体を縛り合ってバラバラにならぬようにし、女たちも敗走する味方の男を手当たりしだいに殺し、子供たちを屠った後、自ら咽喉を搔き切って死んだと伝えられる。また遠征には巫女が随伴して、捕虜の腹を切り裂いて内臓占いを行なう習慣があったことも知られている。

カエサル*の時代にガッリア・ベルギカ*に居住していたアドゥアートゥキー Aduatuci（アトゥアートゥキー Atuatuci）族は、絶滅した筈のキンブリーのうち、イタリアへ行軍せず北ガッリアに残留した者たちの子孫であると主張していた。

なおキンブリーの名は、今日でも原郷たるユーラン半島北部の地名 Himmerland（Ålborg）として残されている。
Plut. Mar. 11～27/ Mela 3-3/ Plin. N. H. 2-67, 4-13, -14, 7-22/ Caes. B. Gall. 1-33, 2-29/ Strab. 7-292～/ Tac. Germ. 37, Hist. 4-73/ Liv. Epit. 63～68/ Ptol. Geog. 2-11/ Diod. 5-32/ Flor. 3-3/ Just. 38-3/ Sall. Jug. 114/ App. Ill. 4, B. Civ. 1-29/ etc.

キンベル、ルーキウス・テッリウス　Lucius Tillius Cimber,（ギ）Lūkios Tillios Kimber, Λούκιος Τίλλιος Κίμβερ,（伊）Lucio Tillio Cimber,（西）（葡）Lucio Tilio Cimber,（露）Луций Тиллий Цимбер

（前1世紀中頃）ローマ共和政末期の政治家。カエサル*暗殺団の1人。前44年3月15日、元老院議場で彼は追放中の兄弟の召還を嘆願するふりをしてカエサルに接近、その両肩を摑むと喉首のところからトガ*を引きずり下ろし、これを合図に一味はカエサルを襲撃・殺害した。キンベルはもとカエサルの熱心な支持者で、属州ビーテューニア*の総督職を授けられていたが、何らかの事情で ── セネカ*に言わせれば、「希望を打ち砕かれて」── 陰謀に加わるようになった。暗殺後、ビーテューニア州へ戻り、艦隊を指揮してドラーベッラ*を撃滅。マケドニア*に進軍するカッシウス*とブルートゥス*らと呼応し、手腕を発揮した。勇敢で活動的な人物であった反面、大酒と淫佚の生活に耽る乱暴な放蕩者としても知られていた。
Cic. Phil. 2-11, Fam. 6-12/ Sen. Ira 3-30, Ep. 83/ Suet. Iul. 82/ Plut. Caes. 66/ App. B. Civ. 4-102, -105/ etc.

キンメリオイ（人）　Kimmerioi, Κιμμέριοι, Cimmerii,（英）Cimmerians,（仏）Cimmériens,（独）Kimmerier,（伊）Cimmeri,（西）Cimerios,（葡）Cimérios,（露）Киммерийцы（古代アッシュリアー*語）=（アッカド語）Gimirri, Khumri, Kulummu, Gimirru（古代ヘブライ語）Gómer, Gōmer,（グルジア語）Gimirri,（アルメニア語）Gamir,（単）キンメリオス Kimmerios, Κιμμέριος, Cimmerius,（伊）Cimmerio,（西）Cimerio

伝説では、世界の果て、オーケアノス*の流れに臨む極北ないし極西の地に住む民族。永遠に太陽の昇らぬ暗闇の中で暮らすとされ、オデュッセウス*は死者の霊を呼び出すため、その地へ赴いたという。

史家ヘーロドトス*によると、南ロシア・マイオーティス*湖（現・アゾフ海）沿岸に居住していた民族で、前8世紀末頃、スキュティアー*人（スキュタイ*）に圧されて南下し、小アジアに侵入。プリュギアー*（前696～前695頃）やリューディアー*（前654～652頃）を席捲してミダース*王を倒し（前676頃）、リューディアー王ギューゲース*を殺した後、主都サルデイス*を占領（前644頃）し、イオーニアー*地方のギリシア人諸市をも荒廃させたとされる（⇒カッリーノス）。アッシュリアー*とも戦い一時はイーラーン南部にまで侵行、小アジアからはリューディアー王アリュアッテース*によって追われたというが、上の神話的種族との関係は明らかではない。戦闘と疫病の蔓延で勢力が衰えて歴史から姿を消したものの、ボスポロス・キンメリオス*などいくつかの土地にその名を留めている ── ただしクリミア Crimea 半島は、直接にはトルコ語のキリム Kirim「溝・海峡」から転訛した地名である ── 。
⇒キンブリー、スガンブリー
Hom. Od. 11-12～19/ Herodot. 1-6, -15～16, -103, 4-1, -11～13, 7-20/ Strab. 1-6, -61, 7-293, 13-627, 14-647～8/ Plut. Mar. 11/ Callim. Dian. 252/ Mela 1-19, 2-1/ Plin. N. H. 6-14/ Cic. Acad. 2-19/ Ov. Met. 19-592～/ Vet. Test. Gen. 10-2, Ezek. 38-6/ etc.

金羊毛皮　（ギ）Khrȳsomallon Derās, Χρυσόμαλλον Δέρας,（英）Golden Fleece,（仏）Toison d'or,（独）Goldenes Vlies,（伊）Vello d'oro,（西）Vellocino de oro,（葡）Velo de ouro, Tosão de ouro,（露）Золотое руно

⇒アルゴナウタイ（アルゴナウテースたち）、プリクソス

クァエストル（財務官）　Quaestor（〈複〉Quaestores）,（ギ）Koiaistōr, Κοιαίστωρ,（仏）Questeur,（独）Quästur,（伊）Questore,（西）Cuestor,（葡）Questor,（露）Квестор

ローマの政務官職。共和政初期に創設され、当初は執政官（コーンスル*）によって任命されて、主に判事として法廷審問 quaestio を職務としていた（親殺しの犯罪を扱う Quaestores parricidii 等）。定員は最初2名であったが、前447年から民会（コミティア*）によって選出されるようになり、前421年、人員も4名に増やされた。のち政界に入った市民が最初に就任する官職となり、財務官に選ばれることで元老院（セナートゥス*）入りが認められた。職務も財務一般を預かるようになり、前267年には10名に、スッラ*により20名に増

員（前81）。そのうち2名 Quaestor urbanus はローマにおいて国庫（アエラーリウム*）を管理し、その他は属州総督や戦場にある将軍に配属されて財政を掌った（兵士の給料支給、戦利品の売却の他、時には軍団の指揮も執った）。
⇒クルスス・ホノールム
Varro Ling. 5-81/ Caes. B. Gall. 1-52, 5-24/ Liv. 4-43, Per. 15/ Dion. Hal. 5-34/ Plut. Cic. 1/ Suet. Iul. 7, Aug. 36, Claud. 24/ Tac. Ann. 11-22/ Polyb. 6-39/ Cic. Mur. 8/ Cod. Theod./ etc.

クァ（ー）ディー（族）　Quadi,（ギ）Kūadoi, Κουάδοι,（仏）Quades,（独）Quaden,（西）Cuados,（葡）Quados,（露）Квады

ゲルマーニア*人のスエービー*系の一部族。ゲルマーニア東南部、マルコマンニー*族の東方（後のモラヴィア Moravia 地方周辺）に居住し、南はダーヌビウス*（ドーナウ）河を隔ててパンノニア*に接する。王政をとっており、後2世紀後半にマルコマンニーらとともにローマ帝国に攻め入り、各地を劫掠したが、マールクス・アウレーリウス*帝によって撃退された（174）。のちに一部はヴァンダル*族やアラーニー*族に加わってヒスパニア*へ移動したことが知られているものの、4世紀末には史上から消息を経った。

所伝では、マールクス・アウレーリウス親征のおりに、ローマ軍はクァディー族の大軍に包囲されて、炎熱と飲料水欠乏のために潰滅の危機に瀕したが、神々に祈ったところ一天にわかにかき曇って大雨となり、水を得て渇きを癒やしたばかりか、大量の雹と雷が敵の戦列を襲ったおかげで勝利を収めることができたという（174年の夏（172年、173年説あり）。「雷雨の奇跡」）。
Tac. Germ. 42～43, Ann. 2-63, Hist. 3-5, -21/ Dio Cass. 71-8/ Amm. Marc. 17-12, 29-6/ S. H. A. Comm. 3/ Herodian. 1-6/ Ptol. 2-11/ Eutrop. 9-9/ Euseb. Hist. Eccl. 5-5/ etc.

クァドリガーリウス、クィ（ー）ントゥス・クラウディウス　Quintus Claudius Quadrigarius,（伊）（西）Quinto Claudio Quadrigario

（前100頃～前78頃に活動）ローマの史家。先行するQ. ファビウス・ピクトル*（前215頃）や、L. キンキウス・アリメントゥス Cincius Alimentus（前210頃）、C. アキーリウス Acilius（前155頃）と同じく、ギリシア語でローマ史を執筆。前390年のガッリア*人によるローマ占領から、スッラ*の臨終（前78）までを扱ったその年代記 Annales（23巻以上）は、リーウィウス*に史料を提供した。断片のみ伝存する。
Gell. 9-13, 10-13, 13-28, 15-1, 17-2/ Vell. Pat. 2-9/ Liv. 6-42, 8-19, 9-5, 10-37, 25-39, 33-10, -30, -36, 38-23, -41, 44-15/ Plut. Num. 1/ etc.

クィリーテース　Quirites（〈単〉クィリース Quirīs），（ギ）Kyirītai, Κυιρῖται,（独）Quiriten,（伊）Quiriti,（露）Квириты

元来はサビーニー*族の首都クレース*の市民を意味した。彼らは主神クィリーヌス*の末裔を称して、自らクィリーテースと名のっていたが、のちローマ人と融合して以来、クィリーテースはローマ市民権をもつ人全体を指す言葉になった。しかし、これはあくまでも公民の資格あるローマ人に対する呼称であり、政治家・軍人としての資格を有するローマ市民（ローマーニー、Romani）とは区別されていた。したがって将軍が兵士に対してこの言葉を用いると、兵役解除を意味する非難めいた表現となった。カエサル*は軍団兵士が暴動を起こした時、彼らに「兵士諸君 milites」と呼びかける代わりに「市民諸君」と呼びかけるだけで騒動をすみやかに鎮圧（前47）。その後、何人かの皇帝も彼の顰に倣って、擾乱を起こした軍隊に向かってこの言葉を用いている。
Varro Ling. 4/ Liv. 1-13/ Tac. Ann. 1-42/ Suet. Iul. 70/ Plut. Rom. 19, Numa 3, Caes. 51/ Serv. ad Verg. Aen. 7-710/ S. H. A. Alex. Sev. 52～/ Cic. Rep. 2-20, Leg. 1-3/ etc.

クィリーナーリス（丘）　Quirinalis (Collis),（英）（仏）（独）（西）Quirinal,（伊）Quirinale,（露）Квиринал

（現・Colle Quirinale ないし Monte Cavallo, Monte Quirinale）ローマ七丘*の1つ。旧市街の最北部にあり、サビーニー*王ティトゥス・タティウス*がローマに移住した時、クィリーヌス*神をここに祀ったことにちなんで名づけられた。以来クィリーテース*と称するサビーニー族が居住し、サンクス*神やサルース*、ホノース*、フォルトゥーナ*、ウェヌス*、フローラ*など数多くの神々の社殿が築かれた。共和政末期から贅沢な豪邸が建ち並ぶようになり、アッティクス*やナルキッスス*が屋敷を構え、北側にはサッルスティウス*やルークッルス*の宏壮な庭園が広がっていた。ドミティアーヌス*帝はフラーウィウス氏*一族を祀る神殿を建て、詩人マールティアーリス*もこの丘に居住、のちディオクレーティアーヌス*帝およびコーンスタンティーヌス1世*は西麓に大浴場を造営した。セルウィウス・トゥッリウス*の城壁北西部に、ピンキウス Pincius（現・Pincio）の丘へ向かうクィリーナーリス門 Porta Quirinalis があった。

16世紀以来この丘上にローマ教皇の夏の宮殿が築かれ、近代統一イタリアの王宮を経て1947年からのちクィリナーレ宮 Palazzo del Quirinale は、イタリア共和国の大統領官邸となる。その前の広場にはアウグストゥス*の霊廟マウソーレーウム*にあったオベリスクと、コーンスタンティーヌスの大浴場にあった帝政ローマ期の彫刻ディオスクーロイ*（ディオスクーリー*）双生兄弟神の巨像が建っている。
⇒クレース
Varro Ling. 5-51～/ Liv. 1-44, 8-15, 9-43, 10-1/ Ov. Fast. 2-511, 4-375, 6-218/ Suet. Dom. 1, 5/ Cic, Att. 4-1/ Dion. Hal. 2-39, 4-68/ Verg. Aen. 7-187/ Festus/ etc.

クィリーヌス　Quirinus,（ギ）Kyirīnos, Κυρῖνος,（伊）（西）（葡）Quirino,（露）Квирин,（現ギリシア語）Kuirínos

クィリーナーリス*丘に居住していたサビーニー*族の神。イタリアの古い軍神と考えられるが、その起源は不詳。サビーニー族がローマ人と合併してローマ市を構成した際に、ローマの主神中に加えられ、ユーピテル*、マールス*に次ぐ第3位に列せられた。他の2神と同様、独自の神官（フラーメン*）Flamen Quirinalis を有し、2月17日にクィリーナーリア Quirinalia なる祭礼が執り行なわれた。クィリーヌスの名は、マールスやヤーヌス*の別称の1つともされており、前3世紀以来、昇天後のロームルス*がこの神と同一視され、ローマの守護神として崇拝された（⇒ユーリウス・プロクルス）。その妃ホーラ Hora もロームルスの妻ヘルシリア*の神格化されたものと見なされている。
⇒クィリーテース、クレース、クィリーナーリス（丘）
Verg. Aen. 1-292/ Cic. Nat. D. 2-24, Q. Fr. 2-3, -13/ Ov. Fast. 2-475～, 4-56, -808, -910, Met. 15-862/ Serv. ad Verg. Aen. 1-292, 6-859/ Gell. 13-22/ Suet. Aug. 22/ Liv. 1-32/ Macrob. Sat. 1-9/ etc.

クィーンクティウス氏、のちクィ（ー）ン（ク）ティウス氏　Gens Quin(c)tia〔← Quin(c)tius〕, Quinctii

ローマの貴族系（パトリキイー*）の名門氏族。古くはクィーンクティウス氏を称し、トゥッルス・ホスティーリウス*王によってアルバ*からローマへ移され、パトリキイーに列せられた。キンキンナートゥス*やフラーミニーヌス*などの諸家に分かれ、共和国期を通じて国家の要職を占める人物を出し、のちには平民系（プレーベース*）のクィーンティウス氏も登場。帝政期に入ってもなお重要な人物を生んでいる。なお、大プリーニウス*の記述によれば、クィーンティウス氏では婦人たちすら黄金の装飾品（指環）を身につけない習慣であったという。
Liv. 1-30, 3-12, -26/ Plin. N. H. 33-6/ Val. Max. 4-4/ Cic. Clu. 41/ Dio Cass. 71～72/ Festus/ etc.

クィ（ー）ンティッルス　Marcus Aurelius Claudius Quintillus Augustus,（伊）Quintillo,（西）（葡）Quintilo

（後220頃～後270）ローマ皇帝（在位・270年8月～9月頃）。クラウディウス2世*の弟。兄帝が病死するや、北イタリアのアクィレイヤ*で帝位に推戴されたが、間もなくシルミウム*の軍団がアウレーリアーヌス*を新帝として擁立したため、部下の軍隊に裏切られて殺された、または自らの血管を切り開いて死んだ。在位17日（20日ほか異説あり。最長で177日）。

かつてクラウディウス2世が彼を共治帝にしようと考えて神託を伺ったところ、結果が思わしくなかったので断念したという経緯があり、これを含んだクィ（ー）ンティッルスは兄の崩後、自ら皇帝を号したものであったらしい。

S. H. A. Cl. 10, 12, Aurel. 37/ Zonaras 12-26/ Eutrop. 9-12/ Aur. Vict. Epit. 34/ Hieron./ Oros./ etc.

クィ（ー）ンティリアーヌス　Marcus Fabius Quintilianus,（英）（独）Quintilian,（仏）Quintilien,（伊）（西）Quintiliano (Marco Fabio),（露）Квинтилиан

（後30／35頃～後95／100頃）ローマの修辞学者、弁論術教師。ヒスパーニア*北部の町カラグッリス*（現・スペインのカラオラ Calahorra）に生まれる。幼少の頃からローマで教育を受け、文法学者レンミウス・パラエモーン*や弁論学者ドミティウス・アーフェル*に師事。ネロー*の治下、一旦ヒスパーニアへ帰国したが、新帝ガルバ*に随伴してローマへ戻り、修辞学の教師として名声を博した（後68）。彼は美男子で威厳と気品に溢れ、声も澄んでいてよく通ったといい、その門下には小プリーニウス*をはじめハドリアーヌス*（後の皇帝）、タキトゥス*らが集い、また詩人マールティアーリス*とも親交があった。のちウェスパシアーヌス*帝によって国家から俸給を受ける最初のラテン語修辞学教師に任命され、88年にはドミティアーヌス*帝の姪孫（フラーウィウス・クレーメーンス*の2子）の教育を委ねられた上、執政官（コーンスル*）の称号と顕章をも授けられた。20年あまりに及ぶ教師生活ののち引退し（90頃）、称讃者たちの要請に応えて余生を著述に捧げた。かなりの年輩になってから若妻を娶り、2人の息子を儲けたが、妻は19歳足らずで早世し、下の子は5歳、上の子は9歳で先立ったため、彼の晩年はにわかに寂寥たるものとなった。高給を食んでいたにもかかわらず、引退後の生活は名声に比して貧しく、裕福な小プリーニウスからの援助でかろうじて体面を保っていたともいう。

彼の演説や論文はことごとく失われたが、体験に基づいて書かれた大著『弁論家の教育 Institutio Oratoria』全12巻（95頃公刊）が現存する。この作品は修辞学に関する体系的な提要で、技術的な論議のみならず、全人格的な人間形成を目指す優れた教育論をも展開、徳性の涵養を説き古典的教養を重視した点で高く評価される。とりわけ幼年期の初等教育を重んじ、両親や家庭の影響、教師の選択、学校教育の必要、等々を詳細に論述しており、ルネサンス期の人文学者や近代ヨーロッパの教育学者らに大きな影響を与えた。当時流行の技巧にはしる弁論を堕落したものと見なして、キケロー*を範とする明晰・簡潔な文体を称揚、また第10巻ではギリシア・ラテンの諸作家を抜萃引用しながら批評を加えて後世に貴重な記録を残している。
Plin. Ep. 2-14/ Mart. 2-90/ Juv. 6-75, -280, 7-186～/ Auson. Prof. Burd. 1-7, Grat. Act. 7-31/ Hieron./ etc.

クィンティリアン　Quintilian
⇒クィ（ー）ンティリアーヌス

クィントゥス（スミュルナ*の）　Quintus Smyrnaeus
⇒コイントス（スミュルナー*の）

クゥイリーヌス　Quirinus
⇒クィリーヌス

クサンティッペー　Ksanthippe, Ξανθίππη, Xanthippe, （伊）Santippe, （西）Xantippe, （葡）Xântipe, （露）Ксантиппа, （現ギリシア語）Ksanthíppi

（前5世紀後期〜前4世紀初頭）哲学者ソークラテース*の2人の妻のうちの1人（⇒巻末系図023）。古来、夫を口汚なく罵る言動で名高く、「悪妻」の代名詞とされる。弟子のアンティステネース*から「なぜこの世で最も気難しい女を妻にしているのですか」と質問されて、ソークラテースは「良い騎手は1番の駻馬を選ぶものだ。そいつを乗りこなせれば、他の馬は楽々と御せるからね。私もクサンティッペーがこなせれば、他のどんな人ともうまくやっていけるというものだ」と答えたといい、また彼女が例のごとくやかましく小言を並べた後で夫に水を浴びせかけた時にも、哲人は平然として「雷の後には大雨が降るものさ」と言ってのけたという。彼女のがみがみぶりに我慢しかねた愛弟子アルキビアデース*に、ソークラテースが「君だって鵞鳥がガアガア鳴くのは辛抱できるだろう」と言った時、アルキビアデースが「でも鵞鳥は卵を生んでくれます」と答えると、「いや、クサンティッペーも子供を生んでくれるよ」とソークラテースが切り返したという話や、結婚の是非を問われたソークラテースが、「してもしなくても、いずれにせよ後悔するだろう」とか、「結婚しなさい、相手が良い妻なら幸福になれるし、悪妻ならば哲学者になれるからね」と答えた話は有名。彼女はまた虚栄心の強い女性でもあったらしく、祭礼見物に行くのに、夫の決めた質素な衣服では恥ずかしくて出かけられないと不平を述べて、「お前は見に行くのではなくて、見られに行きたいのだね」と夫から窘められたり、裕福な客人を迎えることになった折に、「御馳走が出せなくて恥ずかしい」とソークラテースに文句を言ったところ、彼は「心配するな、彼らが心得のある人たちなら、これで我慢してくれるだろうし、それができぬ下らん連中なら、そんな奴らのことを気にする必要はないさ」と答えたという話も伝わっている。そして、ソークラテースに死刑の判決が下った後で、彼女が「あなたは不当に殺されるのですよ」と嘆いたところ、彼は「それならお前は私が正当に殺されることを望んでいたのかね」と応じた話もよく知られている。

⇒エウテュデーモス❷

Xen. Symp. 2-10/ Pl. Phd. 60a/ Diog. Laert. 2-26, -34, -37/ Ael. V. H. 7-10, 9-29, 11-12/ Cic. Tusc. 3-15/ Gell. 1-17/ Plut. Mor. 461d/ Val. Max. 7-2/ etc.

クサンティッポス　Ksanthippos, Ξάνθιππος, Xanthippus, （仏）Xanthippe, （伊）Santippo, （露）Ксантипп, （現ギリシア語）Ksánthippos

❶（前520頃〜前472頃）アテーナイ*の政治家・将軍。名流の出で、改革者クレイステネース❷*の姪アガリステー Agariste を娶り、かの有名なペリクレース*の父となる。民主派の指導者で、ミルティアデース*を告発して有罪に追い込む（前489）。前484年、陶片追放に遭うが、クセルクセース1世*の侵攻時に大赦令で帰国し（前480）、テミストクレース*を継いで将軍（ストラテーゴス*）に選ばれ、ミュカレー*の戦いでアテーナイ艦隊を指揮、アカイメネース朝*ペルシア軍を破った（前479年8月）。次いで、トラーケー*（トラーキアー*）の港町セーストス*を包囲し、翌年これを占領、ペルシアの太守 Satrapes アルタユクテース Artayktes を捕らえると生きたまま板に釘付けにして殺し、その眼前でアルタユクテースの息子を石打ちの刑に処したという（前478）。

Herodot. 6-131, -136, 7-33, 8-131, 9-114, -120/ Thuc. 1-111, -127, -139, 2-13, -31, -34/ Paus. 1-25, 3-7, 8-52/ Plut. Per. 3, Them. 10, Arist. 10/ Diod. 11-37/ etc.

❷（?〜前430頃）❶の孫。ペリクレース❶*の長男として生まれるが、天性の浪費家で家庭内に不和をもたらす。父の名を騙って借金をし裁判沙汰となった折には、妻を父に寝取られたことや、父がソフィスト*たちと無用の議論で暇潰しをしていることなどを公表して、ペリクレースを嘲罵し、世上の笑い種にした。そして、疫病に罹って早世するまで、父親に対する憎悪を抱き続けたという。彼はまた、弟のパラロス Paralos とともに精神薄弱だったとも伝えられている。

⇒巻末系図023

Plut. Per. 24, 36/ Pl. Alc. 1-118/ Andoc. 1-130/ Ath. 11-505〜506/ etc.

❸（前3世紀）スパルター*出身の傭兵隊長。第1次ポエニー戦争*（前264〜前241）の折、カルターゴー*防衛軍を編成・指揮して、ローマ軍を大破し、敵将レーグルス*を捕虜にした（前255）。その後ほどなくカルターゴーを去り、一説によると、ギリシアへの帰国途上、カルターゴー人の策謀で穴を穿った船に乗せられて溺殺されたと伝えられる。

エジプト王プトレマイオス3世*（在位・前246〜前221）に仕えて、エウプラーテース*（ユーフラテス）河彼岸の領土を統治したクサンティッポスと同一人物であると見なす説もある。

Polyb. 1-32〜/ Liv. Epit. 18/ Diod. 23-14, -15/ Cic. Off. 3-26/ Val. Max. 9-6/ App. Pun. 4/ etc.

クサントス　Ksanthos, Ξάνθος, Xanthus, （仏）Xanthe, （西）Janto, （葡）Xantos, （露）Ксанф

（「黄色い・金髪の」の意）ギリシア人の男性名。

❶（前7世紀中頃）南イタリアないしシケリアー*（現・シチリア）の抒情詩人。ステーシコロス*より前に活躍し、ギリシア伝説中のヘーラクレース*やオレステース*らの物語を謳い上げた。アガメムノーン*の娘エーレクトラー*の本名がラーオディケー*であることを考証したとされる。作品は残っていない。

Ath. 12-513a/ Ael. V. H. 4-26/ Hom. Il. 9-145/ etc.

❷（前5世紀初頭〜中頃に活躍）リューディアー*の歴史

家。サルデイス*の出身とされ、ギリシア語で母国の歴史『リューディアー史 Lydiaka, Λυδιακά』(4巻・わずかな断片を除いて散佚)などを執筆、ヘーロドトス*に歴史への関心を喚起させた人として知られる。伝説・口碑の類を好み、また地中海と紅海が以前はスエズで繋がっていたと考えるなど地理上の変異に興味をもっていたことが、残存する断片から推測される。作品はヘーロドトスやエポロス*らに引用されている。
⇒ヘッラニーコス
Ath. 12-515d/ Dion. Hal. De Thuc. 5/ Strab. 1-49, 13-628/ Clem. Al. Strom. 3-11/ Diog. Laert. 8-63/ etc.

クサントス Ksanthos, Ξάνθος, Xanthus, (仏) Xanthe, (西) Janto, (葡) Xantos, (露) Ксанф

ギリシア神話中の神馬。特にアキッレウス*の戦車を引いた2頭の馬のうちの1頭。彼らは西風ゼピュロス*とハルピュイアイ*の1人ポダルゲー Podarge との間に生まれた人語を発する不死の馬で、もう1頭の名はバリオス Balios。トロイアー*の勇将ヘクトール*の馬の中にも同名の馬クサントスがいた。

なおポダルゲーは、ディオスクーロイ*もしくはディオメーデース*の馬プロガイオス Phlogaios とハルパゴス Harpagos をも産んだという。

同名のクサントスなる男性名は、レスボス*島へ移住したペラスゴイ*人の王や、ピュロス*王ネーレウス*の子孫メラントス Melanthos と一騎討ちで敗死したテーバイ❶*最後の王など、ギリシア伝説中に幾人か見出される。
Hom. Il. 8-185, 16-149, 19-404〜/ Hyg. Fab. 145, 220/ Paus. 8-24, 9-5/ Strab. 9-393/ Diod. 5-81/ etc.

クサントス Ksanthos, Ξάνθος, Xanthus, (仏) Xanthe, (露) Ксанф

小アジアを流れる河川名。「黄色い・金髪の」の意。

❶スカマンドロス*河(現・Menderes Suyu)の別名。この河の水を飲む羊は黄金色の毛になり、沐浴する者は金髪に変じたと信じられていたために、こう呼ばれた。
⇒メラース❷
Hom. Il 6-4, 8-560, 14-434, 20-40, 21-146〜/ Arist. Hist. An. 3-12/ Ael. N. A. 8-21/ Plin. N. H. 2-106/ etc.

❷リュキアー*地方を流れ地中海に注ぐ河(現・Eşen Çayı または、Koca Çayı。旧名・Sirbis)。この右岸に同名の都市クサントスがあり、リュキアー最大の町であった(リュキアー名・Arñna,〈ルウィ語〉Arinna, 現・クヌク Kınık)。前546年アカイメネース朝*ペルシア*の将ハルパゴス*によってこの町を攻囲されたリュキアー人は、妻子・家財・奴隷をことごとく焼き滅ぼしたのち、出撃して残らず玉砕した(前545)。アレクサンドロス大王*の征服(前334 / 333)、ヘレニズム時代を経たのち前43年、M. ブルートゥス❷*率いるローマ軍に包囲されると、前回と同じように住民は老若男女、自由人・奴隷の身分を問わず、街に火を放って亡び去った。すぐに M. アントーニウス❸*によって再興され、カエサル*神殿および神宮職が創設された。後43年に都市はローマの属州リュキア＝パンピューリア Lycia-Pamphylia に併合された。神殿・墳墓などの遺跡が発掘されており、とりわけ伝説上の怪鳥を浮き彫りにした『ハルピュイア*(より正しくはセイレーネス*)の墓』(後1世紀初頭)は有名。

なおアレクサンドロス大王の東征中、クサントス市近くの泉から急に青銅板が湧き上がり、それには古風な書体で「ペルシアの支配がギリシア人によって倒され終焉に至る」と刻まれていたという話も伝わっている。
Herodot. 1-176/ Plut. Brut. 2, 30〜, Alex. 17/ App. B. Civ. 4-76〜/ Hom. Il. 2-877, 5-479, 6-172, 12-313/ Strab. 14-665〜/ Ptol. Geog. 5-3/ Mela 1-15/ Plin. N. H. 5-28/ etc.

クスートス Ksuthos, Ξοῦθος, Xuthus, (仏) Xouthos, (伊) Xuto, (西) Juto, (露) Ксуф

ギリシア神話中、アカーイアー*人とイオーニアー*人の祖。ヘッレーン*(デウカリオーン*の長男)の子で、ドーロス*とアイオロス❷*の兄弟。しかし、彼をアイオロス❷の息子とする異伝もある。父の死後、他の兄弟たちによってテッサリアー*から追放され、アテーナイ*王エレクテウス*の許へ亡命、王の娘クレウーサ❸*を妻とした。エレクテウスの死後、王位継承者の選定を任されて、ケクロプス*を選んだがため、ケクロプス以外の兄弟たちにアテーナイを追われ、ペロポンネーソス*北岸のアイギアロス Aigialos (後世のアカーイアー*)へ移住、その地で没した。
⇒イオーン
Apollod. 1-7/ Paus. 7-1/ Eur. Ion/ Herodot. 7-94, 8-44/ Strab. 8-383/ Schol. ad Hom. Il. 1-2/ Suda/ etc.

系図169　クスートス

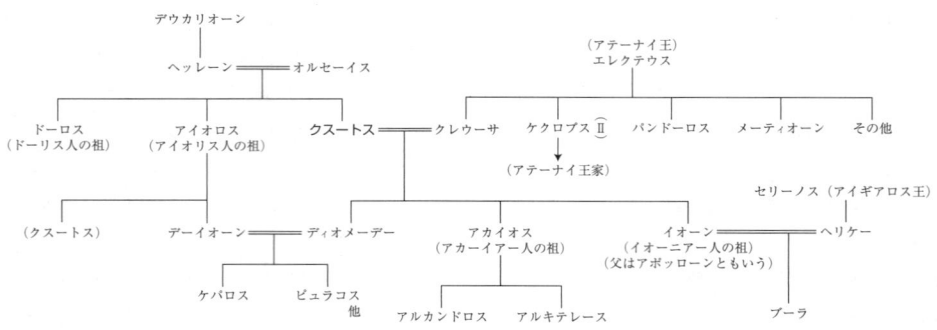

クセノクラテース Ksenokrates, Ξενοκράτης, Xenocrates, (仏) Xénocrate, (伊) Senocrate, (西) Jenócrates, (露) Ксенократ

（前396頃〜前314）ギリシアの哲学者。カルケードーン*の出身。若い頃からアテーナイ*でプラトーン*に学んだが、生来愚鈍だったため、プラトーンから「アリストテレース*には手綱が必要だが、クセノクラテースには拍車が必要だ」と評された。しかし勤勉かつ実直な人柄で、師のシケリアー*（現・シチリア）旅行にも随行し、僭主ディオニューシオス*がプラトーンに向かって、「首を刎ねるぞ」と脅した時には、傍にいた彼が「私の首を先に斬ってからにして下さい」と割って入ったという。プラトーンの死（前347）後、しばらくアリストテレースとともにアッソス*で過ごしてからアテーナイへ戻り、スペウシッポス*の後を継いでアカデーメイア*の学頭となる（前339〜前314）。きわめて厳格でつねにむっつりとしており、遊女(ヘタイラ*)のプリューネー*やラーイス*がともに寝て彼を誘惑しようと試みたが、いずれも失敗。賭けに負けたプリューネーは、「彼は人間ではなく、彫像ですわ」と言って口惜しがったとのことである。人格高潔にして清貧に甘んじ、マケドニアー*王ピリッポス2世*のもとに派遣された使節の中でも、彼1人が賄賂を受け取らなかったというので、さらに世人の信頼と尊敬を集めた。アレクサンドロス大王*から莫大な金が贈られて来た時にも、彼は「無数の人民を養っている大王には私よりももっと多くが必要だろうから」と言ってわずかしか受け取らず、残りを送り返したという。税金が払えなくなって奴隷として売りに出されたこともあるが、パレーロンのデーメートリオス*が彼を買い取って自由の身としたうえ、税を支払ってやったとの話も残っている。学園を25年間指導したのち、夜中に鍋につまずいて額を打って死去（82歳）。学頭の職は高弟で愛人でもあったポレモーン❶*に引き継がれた。クセノクラテースの多数の著述はすべて失われたが、ピュタゴラース*学派の影響を受けながらも、プラトーン晩年の思想を体系化し、知と徳、徳と幸福の一致を唱えたとされている。彼の教説は、アリストテレースやテオプラストス*によって論ぜられ、またパナイティオス*やキケロー*からも高く評価された。

なお、同名の人物の中では、シキュオーン*の彫刻家で美術史家のクセノクラテース（前280頃活躍）や、ネロー*帝およびフラーウィウス朝*時代に著述を残した医師アプロディーシアス*のクセノクラテース（後1世紀）が、よく知られている。

⇒クラントール、巻末系統図115

Diog. Laert. 4-6〜15/ Cic. Acad. 1-4, Off. 1-30, Tusc. 5-10, Att. 1-15, 10-1/ Strab. 12-610/ Val. Max. 2-10/ Ael. V. H. 13-31, 14-9/ Ath. 12-530d/ Plut. Flam. 12, Mor. 842b/ etc.

クセノダーモス Ksenodamos, Ξενόδαμος, Xenodamus

（前7世紀）ギリシアの詩人・音楽家。キュテーラ*島の出身。パイアーン*（アポッローン*神への讃歌）詩人として知られ、前665年スパルター*にギュムノパイディアイ（裸体の少年たちによる競技）祭を創始したという。

⇒タレータース

Plut. Mor. 1134b〜c/ Ath. 1-15d〜e/ etc.

クセノパネース Ksenophanes, Ξενοφάνης ὁ Κολοφώνιος, Xenophanes, (仏) Xénophane, (伊) Senofane, (西) Jenófanes, (葡) Xenófanes, (露) Ксенофан, (現ギリシア語) Ksenofánis

（前570頃〜前475頃）ギリシアの詩人・哲学者。イオーニアー*のコロポーン*に生まれる。25歳の時、おそらくアカイメネース朝*ペルシア*帝国の小アジア征服を逃れて故郷を亡命し（前545頃）、70年近くにわたりギリシア各地を放浪、自作の詩を吟唱しながらシケリアー*（現・シチリア）島や南イタリアで活躍した。パルメニデース*の師であったことからエレアー*学派の祖とされるが、体系的哲学者というよりも、伝統的な考えを鋭く批判した哲学的叙事詩人といえよう。窃盗・姦通・騙し合いを行なう神々を描いたホメーロス*やヘーシオドス*を非難し、「牛や馬や獅子(ライオン)が手を持っていたならば、彼らは己れの姿に似せて神々の絵や像を造ったことだろう」と従来の擬人的な神観を嘲笑。思惟によって宇宙を支配する唯一万能・不変不滅の非人格的な神の存在を説いた。当時流行の運動競技をも攻撃し、「知恵のある者の方が力のある者より優れているのだ」と断言。またミーレートス*学派（⇒タレース、アナクシメネース❶）の影響を受けたと思われる独自の宇宙観・自然観を唱えた。山地から海生の貝の化石を、パロス*島の大理石から月桂樹の葉の化石を発見し、これらを昔の生物の遺物であると推論したことでも注目される。一説に彼はアナクシマンドロス*の弟子であったという。ある時彼がシュラークーサイ*の僭主ヒエローン1世*に貧窮を訴えたところ、「だが君の嘲っているホメーロスは死んでいても、1万人以上の者を養っているよ」と僭主からやりこめられた話や、哲学者エンペドクレース*が「賢者を見つけ出すことは不可能だ」と語ったときに、クセノパネースは「そうとも。賢者を見つけ出すには、自分が賢者でなければならないからね」と応じたという逸話が残されている。コロポーンの創建やエレアーへの植民に関する叙事詩を書いたと伝えられるが、現存するのは諷刺詩(シッロイ) silloi, σίλλοι とエレゲイア elegeia, ἐλεγεία (エレジー〈英〉elegy の語源)の断片だけでしかない。100歳近い長寿を保って貧困のうちに没したといわれる。

⇒ヘーラクレイトス、巻末系統図115

Xenophanes Fr./ Diog. Laert. 9-18〜/ Pl. Soph. 224, 242/ Arist. Rh. 1399b, 1400b, Metaph. A(986b), Γ(1010)/ Cic. Div. 1-3, Nat. D. 1-11/ Sext. Emp. Math. 1-257, Pyr. 1-224 〜/ Clem. Al. Strom. 1-361/ Stob. Ecl. 1-294/ Augustin. De civ. D. 7-17/ Plut. Pyth. or. 402/ Strab. 14-643/ etc.

クセノファネース Xenophanes
⇒クセノパネース

クセノフォーン　Xenophon
⇒クセノポーン

クセノポーン　Ksenophon, Ξενοφῶν, Xenophon,（仏）Xénophon,（伊）Senofonte,（西）Jenofonte,（葡）Xenofonte,（露）Ксенофонт,（現ギリシア語）Ksenofón

ギリシア人の男性名。

❶（前430／428頃～前352頃）アテーナイ*の軍人、歴史家・著述家。裕福な騎士身分の市民グリュッロス Gryllos の子。眉目秀麗だったので、路上で哲学者ソークラテース*に誘われて、その弟子となる。同門のプラトーン*とはほぼ同年輩で、2人は競争相手として互いに嫉視し合ったという。若い頃クセノポーンは、アルキビアデース*の兄弟クレイニアース Kleinias にぞっこん惚れ込み、「彼ただ1人を見ていられるのなら、他の美しいものすべてが見えなくても満足だ」と口走っていたと伝えられる。

前401年、ソークラテースの忠告をきかずにアカイメネース朝*ペルシア*の王子・小キューロス*の遠征軍に傭兵として加わり、アルタクセルクセース2世*の大軍とクーナクサ*で会戦。勝利を得ながらも肝心の小キューロスが戦死したため、敵将ティッサペルネース*の騙し討ちにあってギリシア人指揮官らは斬殺される（⇒クレアルコス、メノーン）。そこでクセノポーンが、ギリシア人傭兵1万人を率いて、さまざまな艱難辛苦を嘗めながら黒海沿岸へ退却、前400年初頭にトラペズース*へ辿り着いた。その苦難の脱出行の顛末は、彼の著作『アナバシス（内陸遠征記）Kȳrū Anabasis, Κύρου Ἀνάβασις』に詳しい（⇒1万人の退却）。その後も祖国へ帰らず、残存兵5千を率いてスパルタ*に投じ（前399）、各地を転戦。またスパルタ王アゲーシラーオス*と親交を結び、前394年コローネイア*の戦いに参加して、アテーナイ＝テーバイ❶*連合軍と戦った。ために母国に敵対する者として、アテーナイから追放を宣告され、財産を没収される。よってスパルタからオリュンピアー*付近のスキッルース Skillus, Σκιλλοῦς に領地を与えられ、妻子とともに隠栖し、約5年間狩猟や読書、著述に専念する。

前371年スパルタがテーバイに敗れてギリシアの覇権を失うと、一家はスキッルースを追われてコリントス*に移住（前370）。その後アテーナイがスパルタと和睦を結んでテーバイと対立した時（前369）、クセノポーンの追放令は解除されたが、彼は2人の息子をアテーナイへ送って軍務に就かせたものの、自らはコリントスに留まって、その地で没した（一旦アテーナイへ帰国したとの説もあり）。マンティネイア*の戦い（前362）で長男のグリュッロス*が壮烈な戦死を遂げたと聞いた時、彼は涙ひとつ見せずに「わが子が死すべき者として生まれたことは知っていた」と答えたという。ギリシア人の常として、クセノポーンは生涯男色を愛好し、とりわけ肉体美の青年に熱中、師ソークラテースと少年愛について論じ、作中においても若者をめぐる勇者たちの愛を称賛をこめて描いている。

著作は歴史、政治、倫理など多方面にわたり、上記の『アナバシス』全7巻の他、トゥーキューディデース❷*の後を承うけた史書『ヘッレーニカ Hellēnika』（前411年～前362年のギリシア史）7巻、大作『キューロスの教育 Kȳrū Paideiā, Κύρου Παιδεία（ラ）Cyropaedia』8巻、またソークラテースに関する『饗宴 Symposion, Συμπόσιον』、『ソークラテースの思い出 Apomnēmoneumata, Ἀπομνημονεύματα,（ラ）Memorabilia』、『ソークラテースの弁明 Apologiā, Ἀπολογία』、『家政論 Oikonomikos, Οἰκονομικός（ラ）Oeconomicus』、乗馬・狩猟・騎兵戦術などを論じた3篇『馬術 Hippikē, Ἱππική』、『狩猟論 Kynēgetikos, Κυνηγετικός』、『騎兵隊長論 Hipparkhikos, Ἱππαρχικός』、さらに『アゲーシラーオス Agēsilāos, Ἀγησίλαος』、『ヒエローン*Hierōn, Ἱέρων』、『歳論 Poroi, Πόροι,（ラ）Vectigalia』、『ラケダイモーン*人の国制 Lakedaimoniōn Polīteiā, Λακεδαιμονίων Πολιτεία』等々があり、稀有なことにその全作品がほぼ完全な形で伝存している ── 但し『アテーナイの国制 Athēnaiōn Polīteiā』は別人の作とされる ──。クセノポーンの文体は平明で、複雑な修辞的技巧を用いぬため読み易く、古代から散文の範として広く愛読されて今日に至っている。ことに彼が男の愛人テミストゲネース Themistogenes のために執筆・公刊した『アナバシス（内陸遠征記）』は、近世以来ギリシア語学習用の初級読物として世界各地で好んで用いられて江湖に名高い。

Diog. Laert. 2-48～59/ Plut. Ages. 9, 18～20/ Ael. V. H. 3-3, -17, -24, 7-14/ Cic. Div. 1-25, Tusc. 5-34, Sen. 9(30), Leg. 2-22(56), De Or. 2-14, / Sen. ad Marc. 12/ Quint. 10-12/ Ath. 10-427～/ Lucian. Macr. 21/ Strab. 9-403/ Diod. 15-76, -89/ Val. Max. 5-10/ Tzetz. Chil. 7-937/ Phot. Bibl./ Suda/ etc.

❷（エペソス*の）（ギ）Ksenophon Ephesios, Ξενοφῶν, Ἐφέσιος,（ラ）Xenophon Ephesius（後2世紀頃）ローマ帝政期のギリシアの小説家。『アンテイアとハブロコメースの物語 Ta kat' Antheian kai Habrokomēn, Τὰ κατ' Ἄνθειαν καὶ Ἀβροκόμην』、通称『エペソス物語 Ephesiaka, Ἐφεσιακά』の作者。伝存する全5巻の作品は、叙述の不均衡その他の理由から、原作（10巻）の抄本であろうと推定されている。これは美男美女の主人公が、恋の神エロース*の怒りによって離れ離れになり、海賊や難船・邪恋・人身供犠・仮死状態での埋葬・人身売買など様々な苦難の末、再びめぐり逢いハッピー・エンドを迎える冒険恋愛小説で、男色女色とりまぜた情事の数々や妻の死体と同棲し続ける男の奇譚などを織り込んでいて興味深い。カリトーン*よりやや後の作品と考えられる。

他にも、地理学者ランプサコス*のクセノポーン（前1世紀頃）や、ヘレニズム時代初頭の彫刻家アテーナイ*のクセノポーン（前300年頃）、コース*の医学者クセノポーン（前4～前3世紀）ら幾人もの同名人物が知られている。

⇒アキッレウス・タティオス、ロンゴス、ヘーリオドーロス

Suda/ Plin. N. H. 4-13, 6-36, 7-48/ Val. Max. 8-13/ Paus. 9-

16/ Solin. 19-6/ Diog. Laert. 2-59/ Gal. / etc.

クセルクセース　Kserkses, Ξέρξης, Xerxes,（古代イーラーン名・H̬šayāršā(n), Khshayārshā(n), Xšaya-aršan「偉大なる君主」の意),（仏）Xerxès,（伊）Serse,（西）Jerjes,（露）Ксеркс,（現ギリシア語）Ksérxis（近代ペルシア語）Khšāyāršāh, Kosharkousha（古ヘブライ語・'Aḥašwērôš）

アカイメネース朝*ペルシア*の帝王（⇒巻末系図024）。

❶1世　X. I（前519頃〜前465年8月）(在位・前486年10月〜前465年8月)

ダーレイオス1世*とアトッサ❶*（キューロス大王*の娘）との間に生まれる。父帝存命中、12年間にわたってバビューロン*の副王位にあり、母后の権勢のおかげで異母兄をさしおいて王位継承者に指名される（⇒アリアビグネース）。父の死後、登極するやエジプトの反乱を鎮圧（前486）、次いでバビューロンの乱をも平定（前482）し、破壊と略奪を繰り返した。続いて、従弟マルドニオス*のすすめでギリシア膺懲の兵を起こし、自ら海陸の大軍 ── ヘーロドトス*によれば528万を超す ── を率いて、前480年の春、サルデイス*を進発（⇒ピューティオス）。途中ヘッレースポントス*海峡に架けた吊橋が嵐で落ちたと聞いて激怒した彼は、水中に足枷一対を投じ300の鞭を打たせて海を罰するとともに、架橋の責任者の首を刎ねさせたという。新たに架けられた船橋をペルシア軍が通過するのに7日7晩を要したと伝えられ、それに親臨したクセルクセースは、「この無数の人間のうち誰一人百年の齢を保ち得ぬのか」と覚えず落涙したともいわれる。アトース*岬に運河を開鑿し、各地の河川を飲み尽くして干上がらせつつトラーケー*（トラーキアー*）、マケドニアー*を進撃、アルテミーシオン*沖で敵海軍を破り、テルモピュライ*でスパルター*王レオーニダース❶*を敗死させた（前480年8月）。アッティケー*に侵攻し、アテーナイ*を占拠したのち、テミストクレース*の奸策にはまり、サラミース❶*でギリシア艦隊と交戦、自らの面前でペルシア海軍が撃破される場面を目撃する（前480年9月）。陸軍の一部をマルドニオスの指揮下に委ねて、自らはもと来た道を敗走、船で渡海中、嵐に襲われたので大勢の兵士を波間に投じながら、無事小アジアに帰還した。翌前479年、残された軍隊がプラタイアイ*およびミュカレー*に敗北するに及んで、ギリシア遠征は完全に失敗、以後クセルクセースは宮廷にあって淫蕩・放逸な生活を送った（⇒マシステース）。彼は長身で容姿端麗、王者の風貌を具えていたとされ、ペルセポリス*やエクバタナ*にアフラ・マズダー Ahura Mazdā の神殿や大宮殿を造営し、またアフリカ大陸を周航させる（⇒サタスペース）など壮大な事蹟を残したが、晩年は宮中に腐敗・陰謀が跋扈し、ついにペルセポリスの宮廷で就寝中、寵臣アルタバーノス❷*と宦官長アスパミトレース Aspamitres（ミトリダテース Mithridates とも）に暗殺された（前465年8月）。

⇒アメーストリス、アルタクセルクセース、ヘルモティーモス❷、アルタバーノス❶、アルタバゾス❶

Herodot. 1-183, 4-43, 7-2〜9-120/ Diod. 11-1〜/ Aesch. Pers./ Just. 2-10〜, 3-1, 7-4, 36-3/ Ctesias Pers./ Strab. 1-10, 7, 9-394, -395, -443/ Cic. Nat. D. 1-41, Tusc. 5-7/ Sen. Ira 16/ Juv. 10-174/ Plut. Them. 4〜, Mor. 173b〜, 488d〜/ etc.

❷2世　X. II（在位・前424）

アルタクセルクセース1世*の唯一の嫡出子。父の死（前424年春）後、即位するが、45日後に異母兄弟ソグディアーノス Sogdianos（ないし、セキュンディアーノス Sekyndianos）に暗殺された。玉座に即いたソグディアーノスも、在位6ヵ月半で、同じく妾腹の兄弟ダーレイオス2世*に殺された。

Diod. 12-71/ Ctesias 44/ etc.

クティリア　Cutilia,（ギ）Kotylia, Κοτυλία,（仏）Cutilie,（露）Кутирия

（あるいは、アクァエ・クティリアエ*）(現・チッタドゥカーレ Cittaducale 近くの遺跡）イタリア中部、レアーテ*（現・リエーティ Rieti）東郊の鉱泉で知られる町。近くのクティリア湖 Lacus Cutiliae（現・Lago di Contigliano）にはウンビリークス Umbilicus（「臍」の意）と呼ばれる浮島があって、イタリアの中心点になっていたという。ローマ皇帝ウェスパシアーヌス*およびティトゥス*父子は、ともにこの湯治場にある同じ別荘 villa で死を迎えている。浴場施設(テルマエ*)などの廃墟が今日なお見られる。

Plin. N. H. 3-12/ Liv. 26-11/ Suet. Vesp. 24, Tit. 11/ Dio Cass. 66-17/ Varro Ling. 5-71/ Dion. Hal. Ant. Rom. 1-15/ Macrob. Sat. 1-7/ etc.

クテーシアース　Ktesias, Κτησίας, Ctesias,（仏）（葡）Ctésias,（伊）Ctesia,（露）Ктесиас

（前5世紀後半〜前4世紀初期）クニドス*出身のギリシア人史家。医師の家系アスクレーピアダイ Asklepiadai 家に生まれる。アカイメネース朝*ペルシア*に捕われたが（前416頃）、医術に長じていたため、ダーレイオス2世*、アルタクセルクセース2世*に重用され、17年間にわたり宮廷医として仕えた。前401年クーナクサ*の戦闘に随行し、負傷した大王アルタクセルクセース2世の治療に当たった。その後エウアーゴラース❶*とコノーン❶*のもとへ使節として派遣され、一説によると大王宛てのコノーンの手紙に自分の名を書き加えるという細工を施して、ようやく無事に祖国へ帰り着いたという（前398）。ペルシア宮廷の古文書資料や自らの見聞に基づいて、『ペルシア史 Persika』23巻、『インド史 Indika』『地誌 Periodos』3巻などの作品をイオーニアー*方言で書いたが、いずれも散逸し、断片でしか伝わらない。『ペルシア史』は冒頭の6巻で、伝説上の王ニノス*（セミーラミス*の夫）以来のアッシュリアー*史を、残余の諸巻で同時代に至るまでのペルシア帝国*史を扱っており、多くの興味深い奇譚・逸話が語られ

ていた。彼の著書は、古代において広く愛読され、ディオドーロス*やアテーナイオス*、プルータルコス*ら諸作家に引用されているが、ヘーロドトス*をはじめとするギリシア側の資料と異なっていたため、史書としてはあまり信頼されず、後世のマルコ・ポーロの見聞録と同じように「いかさま旅行記」と見なされることが多かった。『インド史』はローマ時代にアッリアーノス*によって模倣された。
⇒ネアルコス、オネーシクリトス、メガステネース、イアンブーロス
Xen. An. 1-8/ Diod. 2-32, 14-46/ Plut. Artax. 1, 6, 9〜14, 18〜19, 21/ Strab. 14-656/ Dion. Hal. Comp. 10/ Lucian. Ver. Hist. 2-31/ Phot. Bibl. 72/ Ath. 2-67, 10-442/ Nic. Dam./ Tzetz./ Steph. Byz./ Suda/ etc.

クテーシビオス　Ktesibios, Κτησίβιος, Ctesibius,（仏）Ctésibios,（伊）Ctesibio,（西）Ctésibio(s),（葡）Ctesíbio,（露）Ктесибиос

（前296頃〜前222頃）ギリシアの発明家・数学者・機械学者。アレクサンドレイア❶*の床屋の息子。若い頃から理髪店の姿見の上げ下ろし仕掛けを工夫するなど機械技術の発明に傑出。プトレマイオス2世*・3世*に仕え、ランプサコス*のストラトーン❶*の真空理論に基づいて、精巧な水圧式時計 klepsydra や水オルガン hydraulis、消火ポンプ（水揚げ用の複動式ポンプ）、水力昇降機、空気弩砲（圧搾空気で動く一種の投弾器）などを発明──もしくは、古来エジプトで使用されていた機械類を改良──した。そのほか、自動人形や囀る小鳥、葡萄酒の流れにつれて音色を発する角形杯 rhyton、といったさまざまな遊戯機械を製作。空気力学に関する著作も書いたが失われた。彼の工夫・研究した圧搾ポンプやサイフォンの原理は、弟子のビューザンティオン*のピローン*や、アレクサンドレイアのヘーローン*らによって継承されていった。
⇒アルキメーデース
Vitr. De Arch. 1-1, 9-8, 10-7〜8, -12/ Heron Pneum. 1-28/ Plin. N. H. 7-37/ Ath. 4-174, 11-497/ Diog. Laert. 4-37/ Procl./ Philo Byzantinus/ etc.

クテーシポーン　Ktesiphon, Κτησιφῶν, Ctesiphon,（仏）Ctésiphon,（伊）（西）（葡）Ctesifonte,（露）Ктесифон,（パルティアー*語）（パフラヴィー語）Tyspwn, Tīsfōn,（ペルシア語）Tīsfūn', Tîsfûn, Beit-Ardaschir,（アラビア語）Madāin, Maden, Al-Madâ'in',（古ヘブライ語）Kasphia, Casfia,（トルコ語）Tizpon

（現・Taysafun', Salmān Pak）アルサケース朝*パルティアー*およびサーサーン朝*ペルシア*の首都。バビュローニアー*のティグリス*河東（左）岸にあり、西（右）岸のセレウケイア❶*と相対する。現バグダードの南南東32kmの地に都市遺跡が残存する。パルティアーのミトリダテース1世*（アルサケース❻*）によって本格的な軍事基地として建設され、前129年頃、冬の王都になり（⇒エクバタナ）、オローデース2世*（アルサケース⓮*）の下で首都に選定された。支那からヨーロッパに至る東西交易路の中心に位置するため、商業面でも極めて繁栄したが、ローマ帝国の侵略を被り、幾度か占領・破壊が繰り返された（後115〜116、165、197）。パルティアーの滅亡とともにサーサーン朝のアルダシール1世*（アルタクセルクセース*）が再興し、ペルシア帝国の首都とした（226頃）ため、ほどなく隆盛を取り戻し、続く諸帝によって宮殿が造営・拡張された。一時期はローマを凌ぐ世界最大規模の都市として輪奐の美を誇るまでに至った（570〜637）。円形プランの都市計画は、方形を示す対岸のヘレニズム都市セレウケイアと好対照をなし、この都から幾人もの帝王がローマ領進攻軍を送り出したが、637年ついにアラブ人に征服され、やがてバグダードにその栄光を奪われていった。城塞や巨大な宮殿 Taq-e-Kesra, Tâgh-i-Kasrâ (Kisra) の遺跡を今日も見ることができる。
Tac. Ann. 6-42/ Plin. N. H. 6-31/ Strab. 16-743/ S. H. A. Sev. 16/ Amm. Marc. 23-6/ Polyb. 5-45/ Herodian. 3-30/ Dio Cass. 75-9/ Zosimus 1-8, -39/ Ptol. Geog. 6-1, 8-21/ etc.

クーナクサ　Kunaksa, Κούναξα, Cunaxa,（仏）Counaxa,（独）Kunaxa,（伊）Cunassa,（露）Кунакса

（現・Kunish, Tell Kuneise）バビュローン*の北々西70kmの地点、*ティグリス河とエウプラーテース*（ユーフラテス）河とを結ぶ運河の中間に位置する町の名。前401年（9月3日）、ここでアカイメネース朝*ペルシア*のアルタクセルクセース2世*と、その弟（小）キューロス❷*とが会戦したことで名高い（⇒1万人の退却）。
⇒クセノポーン、クテーシアース、ケイリソポス
Plut. Artax. 8/ Xen. An. 1-8/ etc.

クニドス　Knidos, Κνίδος, Cnidus, Gnidus (Gnidos),（仏）Cnide,（伊）（葡）Cnido,（西）Gnido,（露）Книдос

（現・Reşadiye岬近くの遺跡 Knidos, Tekir）小アジア西南部カーリアー*地方にあった都市。伝説上の建祖は、ロドス*の古王トリオパース Triopas（アポッローン*に愛された青年ポルバース Phorbas の父）。前900年頃スパルター*からのドーリス*系ギリシア人植民市として建設される。ドーリス人*のヘクサポリス*の1つ。早くから海上へ乗り出し、シケリアー*（現・シチリア）沿岸のアエオリアエ*（現・リパリ）諸島へも植民団を送り出した（前580〜前576）。市は同名のクニドス半島（現・Datça Burgaz）の西南端に位置していたが、半島を切り離して島にすることができなかったため（デルポイ*の神託により阻止された）、アカイメネース朝*ペルシア*帝国に臣従した（前546以後）。ペルシア戦争*後、アテーナイ*を宗主とするデーロス同盟*に加わったとはいえ、ペロポンネーソス戦争*ではスパルター側を熱心に支持応援した（前413以降）。コリントス*戦争中の前394年には、クニドス沖の海戦でペルシア艦隊がスパルター海軍を撃破している（⇒コノーン）。前386年の「大王の和約

（アンタルキダース*の和約）」の結果、クニドス市は再びペルシア帝国の支配下に入ることになった。しかしながら前4世紀中頃、橋と堤防で繋がったトリオピオン Triopion 島を含む要害の地に立派な新市を築き、城塞と2つの港湾を擁する交易都市・軍事基地として目覚ましく繁栄した。ヘレニズム期を経て前129年以来ローマ領に併合されたが、「自由市 civitas libera」たる地位を認められた。

　古来クニドスは葡萄酒の名産地及び女神アプロディーテー*の聖地として知られ、クテーシアース*や天文学者エウドクソス*、アガタルキデース*、アレクサンドレイア❶*の大燈台を造営した建築家ソーストラトス Sostratos（前3世紀前半に活躍）らの文化人を輩出、またこの地の医学派（クニドス学派）はコース*島の教義学派に対する経験学派の本拠地として名高かった。プラークシテレース*が名妓プリューネー*をモデルにして造った全裸のアプロディーテー像は、地中海世界の至る所からクニドスへ旅行者を引き寄せるほど好評で、その美しい肉体に魅せられたある男は情慾のあまり神像と交わり、精液の痕を女神の腰に残したあと波間に身を投じたという。アゴラー*や列柱廊、劇場、音楽堂、神殿、ローマ時代のスタディオン*などの遺構が発掘され、ことにこの地から出土した「デーメーテール*座像（大英博物館蔵）」は有名（⇒ブリュアクシス）。

Hymn. Hom. Ap. 43/ Herodot. 1-144, -174, 2-178, 3-138, 4-164/ Strab. 14-656/ Paus. 1-1, -3, 10-11/ Mela 1-16/ Thuc. 8-36/ Xen. Hell. 4-3/ Isoc. 4-162/ Polyb. 31-5/ Plin. N. H. 5-29, 36-4/ Hor. Carm. 1-30, 3-28/ Liv. 37-16/ Cic. Leg. Man. 12/ Ptol. Geog. 5-2, 8-17/ Diod. 5-61, 20-95/ etc.

グノーシス主義（派） Gnosis, Γνῶσις, （仏）（葡）Gnose, （伊）Gnòsi, （露）Гносис；（ギ）Gnostikismos, Γνωστικισμός, （ラ）Gnosticismus, （英）Gnosticism, （仏）Gnosticisme, （独）Gnostizismus, （伊）（西）（葡）Gnosticismo, （露）Гностицизм

(「知識・認識・英智・霊智」の意）ヘレニズム時代に地中海沿岸諸地域に広く流布した宗教思想。ギリシア哲学（特にプラトーン*）やオリエントの密儀宗教（ミュステーリア*）の影響を受けた二元論的な教義を特徴とし、邪悪な物質界に閉じこめられた人間の霊魂は、完全な真理の「認識〈グノーシス〉」によってのみ救済されると説く。前1世紀以来、占星術や魔術・呪術を積極的に取り入れ、ユダヤ教やキリスト教にも浸透して、ローマ帝国のほぼ全土に広がった。その代表的人物として、シーモーン・マゴス*、バシレイデース*、ウーアレンティーノス Ūalentīnos（〈ラ〉ウァレンティーヌス Valentinus（？～後160頃））、マルキオーン*、モンターノス*、オーリゲネース*、マーニー教の開祖マーニー*らが挙げられる。グノーシス系のキリスト教の一派 Phibionites は、乱交や嬰児殺害、人肉嗜食、精液・経水の嗜飲を伴う聖餐式〈アガペー〉agape を行なっていたし、他の一派は近親姦の躁宴〈オルギア〉orgia や食人行為に耽り、また別の一派は性の営みをすべて罪悪と断じて自らを去勢したのみならず弟子たちの性器をも切り取らせたという（いずれもキリスト教系）。
⇒デーミウールゴス、テルトゥッリアーヌス

Euseb. Hist. Eccl./ Irenaeus/ Tertullian./ Origen./ Clem. Al./ Hippol./ Epiph. Adv. Haeres./ Justinus Apol./ Corp. Herm./ etc.

クノー（ッ）ソス Knos(s)os, Κνωσ(σ)ός, Cnos(s)us, またはグノー（ッ）ソス Gnos(s)os, Γνωσ(σ)ός, Gnos(s)us, 〔線文字B；Ko-no-so〕, （仏）（葡）Cnossos, （独）Knossos, （伊）Cnosso, （西）Cnosos, （露）Кносс

(旧称・カイラートス Kairatos, のちの Kephala)（現・Knossós）クレーター*（クレーテー*）島の旧都。ヘーラクレイオン Herakleion（現・Iráklio）の東南4km。島の北岸中央部に位置し、ミーノース*文明の中心地として名高い。新石器時代からの住居址が残るが、前3000年紀以降王宮が築かれ、その王は全島を統一してクノーッソスを首都とし、地中海の交易権・海上権を独占、古代クレーター文明の最盛期（前1700／1600頃～前1500／1400頃）を現出した。壮麗な宮殿は無数の部屋や複雑に入り組んだ廊下からなり、のちにギリシア人の間に迷宮〈ラビュリントス*〉伝説を生んだ（⇒ミーノース、ミーノータウロス）。前15世紀半ばにギリシア本土から進出したミュケーナイ*人（アカーイアー人*）の支配下に入り、次いで前1400年頃に生じた火災により壊滅、以後衰微の一途を辿った。遺跡は英国の考古学者アーサー・エヴァンズ Arthur Evans（1851～1941）によって発掘され、現在も部分的に復原された状態で見ることができる。

　廃墟と化した宮殿のすぐ北側に、ドーリス*系ギリシア人の手で都市が再建され、やがてエーゲ海の島々や南イタリアに植民団を送るほど繁栄した（前9世紀～前6世紀）が、ローマ軍に抵抗を試みたため、メテッルス❻*によって破壊された（前69～前67）。アルカイック期以降の遺構としては、女神デーメーテール*の神域やローマ時代の家屋 Villa Dionysus、バシリカ*などが残っている。
⇒エーゲ文明、パイストス、ゴルテューン

Herodot. 3-122/ Hom. Il. 2-646, 18-591, Od. 19-178/ Strab. 10-476～/ Pind. Ol. 12-19/ Pl. Leg. 625a～/ Vell. Pat. 2-81/ Dio Cass. 49-14/ Polyb. 4-53/ Plin. N. H. 4-12/ Ptol. Geog. 3-15, 8-12/ Mela 2-7/ Diod. 5-72, -78, 33-10/ Ov. Met. 8-40～, -155～/ Hesych. etc.

グノー（ッ）ソス Gnos(s)os
⇒クノー（ッ）ソス

クノベ（ッ）リーヌス、またはキュノベッリーヌス Cunobe(l)linus, Cynobellinus, （ギ）Kynobellinos, Κυνοβελλῖνος, （英）Cunobelin, Cymbeline, （ウェールズ語）Kynvelyn, Cynfelyn, （仏）Cunobeline, （伊）（葡）Cunobelino, （西）Cunobelino(s), （露）

Кунобелин
(前1世紀後期〜後41頃)ブリタンニア*東部地方の王(在位・後9〜41頃)。首都をカムロドゥーヌム*(現・コルチェスター Colchester)に置き、ブリタンニア島東南部に領土を拡大して大陸との交易で富と力を得た。カラタクス*ら何人かの息子があったが、死後彼の跡目をめぐる内訌のため、ローマの乗じるところとなり、その王国はクラウディウス*帝によって征服される(43〜51)。また在世中、彼と対立した息子アドミニウス Adminius は、ローマ皇帝カリグラ*の許へ亡命し、それを受け容れたカリグラはあたかもブリタンニア全土を征服したかのごとく錯覚、「かのユーリウス・カエサル*でさえなし得なかった偉業を果たした」と吹聴したという。クノベリーヌス王の伝説は中世にもてはやされ、やがてシェイクスピアの戯曲『シンベリーン Cymbeline』の素材となった。
⇒カッシウェッラウヌス
Suet. Calig. 44/ Dio Cass. 60-20〜21/ Tac. Ann. 12-33〜/ Oros. 7-5/ Galfridus Monemutensis H. R. B. 4-11〜12/ etc.

クピードー Cupido, (英) Cupid, (仏) Cupidon, (独) Kupido, (葡) Cupido(n), (露) Купидон
(「愛欲」の意)ギリシアの恋の神エロース*のラテン名。アモル*に同じ。愛の女神ウェヌス*の息子。ヘレニズム時代の文学・美術の影響を受けて、肩に翼を生やし、弓矢を携えた裸の美少年として表現された。男色・女色にかかわらず、気まぐれに恋の矢を放ち、人間や神々の心臓を射抜いて娯しむ悪戯者とされている。彼の黄金の矢に射られた者は激しい恋情に襲われ、鉛の矢に射られた者は恋愛に対する嫌悪感を抱くともいう。美術においては複数形クピーディネース Cupidines として表わされることも多く、後世の有翼童児プットー Putto たち(別名 Amoretti)の先触れをなした。
⇒プシューケー
Cic. Nat. D. 3-23/ Verg. Aen. 1-658〜/ Ov. Met. 1-453〜, 5-366〜, Tr. 4-10/ Apul. Met. 4〜6/ Anth. Lat. 240/ Prop. 2-14/ Hor. Carm. 1-2, 2-8/ etc.

クーマイ Kumai, Κοῦμαι, Cumae
⇒クーマエ

系図170 クノベ(ッ)リーヌス、またはキュノベッリーヌス

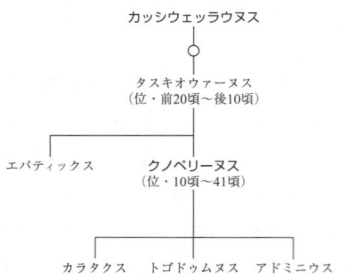

クーマエ Cumae, (時にクーメー*), (ギ) キューメー❷* Kyme, Κύμη, Cyme (のちにクーマイ* Kumai), (仏) Cumes, (西)(葡) Cumas, (露) Кума(e)
(現・Cuma)イタリア半島カンパニア*西岸のギリシア人植民市。伝承によれば前1050年に、実際には前740年頃、エウボイア*のカルキス* ── およびキューメー(現・Kími) ── からの移住者が建設したイタリア最古のギリシア人都市。前700年から前500年にかけて、領土を大いに拡大し、ネアーポリス*(パルテノペー*)やプテオリー*(ディカイアルケイア*)、メッサーナ*(ザンクレー*)など各地に植民市を開拓、富強を誇り、とりわけ女予言者シビュッレー*(シビュッラ*)の神託所で名高くなる。前6世紀末に「柔弱王 Malakos」と渾名された僭主アリストデーモス❸*(前492年暗殺される)に指揮されて、エトルーリア*人を撃退(前505)。また前474年にはクーマエ沖で、シュラークーサイ*の僭主ヒエローン1世*の支援を得て、エトルーリア艦隊に大勝した。しかるに、その後サムニウム*人(サムニーテース*)に征服されて(前421頃)オスキー*系の都市となり、さらに前338年からはローマの勢力下に入り、ハンニバル❶*戦争(第2次ポエニー戦争*)や同盟市戦争*の折にもローマを支持、前180年以降はラテン語が公用語となった。ローマ上流人士の別荘地として愛好され、帝政期にもなお広大な領域を保ったが、次第に近隣のバーイアエ*やプテオリーなどにその保養地としての地位を譲っていった。現在もゼウス*神殿、アポッローン*神殿、円形闘技場(アンピテアートルム*)、公共浴場(テルマエ*)といったギリシア・ローマ時代の遺跡が残っており、アクロポリス*の丘には、シビュッレーが託宣を下したという洞窟を見ることができる。
⇒アウェルヌス湖、マグナ・グラエキア
Mela 2-4/ Plin. N. H. 3-5/ Strab. 5-243/ Cic. Div. 1-43, Att. 4-10, Fam. 9-23/ Verg. Aen. 6/ Diod. 5-15, 11-51, 12-76/ Ov. Met. 14-104, Fast. 4-158/ Liv. 2-21, 4-44, 8-22/ Dion. Hal. 7-418〜/ Euseb. Chron./ Potl. Geog. 3-1/ etc.

クーメー Cume
⇒クーマエ

グライアイ Graiai, Γραῖαι, Graeae, (仏) Grées, (独) Graien, (伊) Graie, (西) Grayas, (葡) Greias, (露) Граий, (単) グライア Graia, Γραῖα, Graea
(「老婆たち」の意)ギリシア神話中の老女精。海神ポルキュス*とケートー*の娘たち。ゴルゴーン*らの姉妹(⇒巻末系図001)。エニューオー Enyo, パンプレードー Pamphredo(ペンプレードー Pemphredo、ペプレードー Pephredo)、デイノー Deino の3人で、生まれた時から灰白色の髪をもち、一眼一歯を皆で共有していた。おそらく白い波頭の擬人化。彼女らは不死身で、陽光の射さぬ西方の彼方、アトラース*山脈の麓の洞穴に住んでいたが、メドゥーサ*退治に赴く途中の英雄ペルセウス*によって唯一の目を盗まれ、やむ

なくゴルゴーンの棲処への道を、もしくはその退治法を教えた。ペルセウスは目を返したとも、トリートーン*湖に投げ捨てて彼女らがゴルゴーンを助けられぬようにしたともいう。古くは見事な衣裳をまとい、頬美しく白鳥のごとき容姿をしていた、とうたわれている。アイスキュロス*作に散逸した悲劇『ポルキュスの娘たち Phorkides』があった。

Hes. Th. 270〜/ Apollod. 2-4/ Aesch. P. V. 794〜/ Hyg. Fab. Praef., Poet. Astr. 2-12/ Ov. Met. 4-774〜/ Schol. ad Ap. Rhod. 4-1515/ Schol. ad Aesch. P. V. 793/ etc.

グラウキア、ガーイウス・セルウィーリウス　Gaius Servilius Glaucia, (ギ) Gaios Serūlios Glaukia, Γάϊος Σερουίλιος Γλαυκία, (仏) Caius Servilius Glaucia, (伊) Gaio Servilio Glaucia, (西) Cayo Servilio Glaucia, (葡) Caio Servilio Glaucia

(?〜前100年) ローマの煽動的政治家。前101年の護民官、および前100年の法務官として、民衆派の領袖サートゥルニーヌス*に協力し、元老院体制への反抗を続けた。しかるに、翌前99年度の執政官に立候補中、対立候補のC. メンミウス❶*を殺害したことから失脚し、サートゥルニーヌスとともにマリウス*に捕われて殺された。彼の処刑は元老院からの正式な指令には含まれていなかったが、マリウスの一存で執行されたという。

Cic. Brut. 62, Cat. 1-2, 3-6, Rab. 6, Phil. 8-5/ App. B. Civ. 1-28, -32/ Val. Max. 9-7/ Plut. Mar. 27, 30/ Vell. Pat. 2-12/ etc.

グラウケー　Glauke, Γλαύκη, Glauce, (仏) Glaucé, (露) Главка

(「青緑色・灰色の」の意) ギリシア神話中の女性名。

❶ ネーレーイデス*(海神ネーレウス*の娘たち) の1人。海の色を擬人化したもの。

Hom. Il. 18-39/ Hes. Th. 244/ etc.

❷ サラミース❶*王キュクレウス Kykhreus の娘。テラモーン*の最初の妻。一説によれば、テラモーンの母で、アクタイオス Aktaios の妻であったという。なお、父のキュクレウスは、男嗣がなかったが、女系を通じてペーレウス*(アキッレウス*の父) やテラモーン (大アイアース*の父) ら英雄たちの先祖となっている。

Apollod. 3-12/ Diod. 4-72/ etc.

❸ コリントス*王クレオーン❶*の娘。別名クレウサ❷*。イアーソーン*と結婚しようとしたため、メーデイア*から毒を沁み込ませた晴れ着を贈られ、それを纏うや身を焼き尽くされて死んだ。この時、彼女が炎を消そうとして飛び込んだ泉は、「グラウケーの泉」と名づけられ、今もコリントスの遺跡に残っている。

⇒ペイレーネー

Paus. 2-3, 8-47/ Apollod. 1-9/ Hyg. Fab. 25/ Diod. 4-54/ etc.

グラウコス　Glaukos, Γλαῦκος, Glaucus, (仏) Glauque, Glaucos, (伊)(西)(葡) Glauco, (露) Главк

(「青緑色・灰色の」の意) ギリシア神話中の男性名。

❶ シーシュポス*とメロペー❶*の子。コリントス*王。英雄ベッレロポーン*の父 (ただし実父はポセイドーン*)。一群の雌馬を人肉で養っていた (⇒ディオメーデース❶) が、ペリアース*の葬礼競技に赴いた折に、しばらく人肉をやらなかったために狂いだした馬たちに喰い殺された、あるいは雌馬を交尾させなかったので愛の女神アプロディーテー*の怒りを買い、媚薬ヒッポマネス*によって発狂した馬に八つ裂きにされたという。彼の亡霊は以来、タラクシッポス Taraksippos と呼ばれてコリントスの競馬場に出没し、永く馬たちを怯えさせたと伝えられる。アイスキュロス*の失われた悲劇に、彼を主人公とする作品があった。(⇒次頁系図172)

Hom. Il. 4-154/ Apollod. 2-3/ Hyg. Fab. 250, 273/ Paus. 6-20, 7-18/ Strab. 9-409/ etc.

❷ ❶の曾孫。ベッレロポーン*の孫。リュキアー*の君主。従兄のサルペードーン*とともにリュキアー軍を率いてトロイアー戦争*に出陣、ギリシア勢を相手に闘った。戦場でギリシア軍の勇将ディオメーデース❷*(オイネウス*の孫) と一騎討ちに及ばんとした時、両家が祖父の代から友誼の絆で結ばれていることを知り、互いの鎧を交換し合った。がその際、ディオメーデースの青銅の鎧に対してグラウコスは遙かに高価な黄金の鎧を贈ったので、後世「グラウコスの交換」という言葉は、釣り合いのとれぬ取引の代名詞となった。サルペードーンの戦死後も、グラウコスはリュキアー軍の大将として奮闘し、ついにパトロクロス*の死体をめぐる争いのさなか、大アイアース*に討ちとられた。彼の遺骸はアポッローン*の命令で風神たちによりリュキアーまで運ばれ、やがてその墓石の近くから同名の河が流れ出たという。

Hom. Il. 2-876, 6-119〜, 12-329〜, 16-493〜, 17-140〜/ Apollod. Epit. 3, 4, 5/ Hyg. Fab. 250, 273/ Herodot. 1-147/ Mart. 9-94/ etc.

❸ クレーター*(クレーテー*) 王ミーノース*とパーシパエー*の息子。幼少の頃、遊んでいる最中に蜜を満たした大甕に落ちて溺死したが、アルゴス*の予言者ポリュエイドス*(またはポリュイードス*。メランプース*の子孫) によって生き返らされた。すなわち、行方不明になった息子を探

系図171　グラウケー

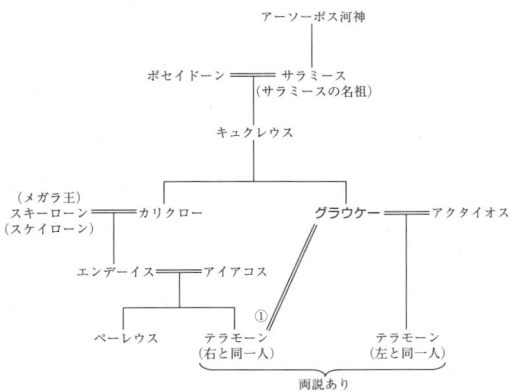

索するミーノースが、デルポイ*の神託を通じて名占い師ポリュエイドスを見いだし、その卜鳥術によってグラウコスの死体を発見、次いでポリュエイドスに息子を蘇らせるよう命じて死体と一緒に閉じこめておいたところ、予言者は蛇の振る舞いから再生の薬草を知り、この薬を得て少年を生き返らせたのだという。さらにミーノースはポリュエイドスに予言術を息子に伝授するよう強請したが、帰国に際してポリュエイドスがグラウコスに命じて自分の口の中に唾を吐かせると、少年から予知能力は失せてしまったと伝えられる。3大悲劇詩人アイスキュロス*、ソポクレース*、エウリーピデース*は、いずれもこの物語を主題とする作品を書いたがすべて散逸した。一説に彼を蘇生させたのは医神アスクレーピオス*だったともいう。

⇒巻末系図 005, 011

Apollod. 3-1, -3/ Hyg. Fab. 49, 136, Poet. Astr. 2-14/ Ath. 2-51d/ Tzetz. ad Lycoph. 811/ Lucian. Salut. 49/ Schol. ad Pind. Pyth. 3-96/ etc.

❹海の神。一説にポセイドーン*の子（異伝あり）。もとボイオーティアー*の港町アンテードーン Anthedon の漁師だったが、魔法の薬草のおかげで不死となり、海に飛び込んで予言術を学び、海神の仲間入りをした。あるいは、少年神メリケルテース*への愛ゆえに海へ投身して不滅性を獲得したともいう。緑色の髪と鬚をなびかせ、下半身は魚の姿をしており、デーロス*島の海底に居館を構え、毎年ギリシア周辺の島々に現われては予言を下し、船乗りから大いに崇敬されていたと伝えられる。アルゴー*号の建造者とする説もあり、またメリケルテースと同一視されることもある。美しいニュンペー*（ニンフ*）スキュッラ❶*に言い寄って拒まれ、怒って彼女を怪物に変えた、──もしくは彼を恋していた魔女キルケー*がスキュッラを変身させた──話は有名。ナクソス*島に置き去りにされたアリアドネー*に求愛しようとしたが、ディオニューソス*に彼女を奪われたという所伝も残っている。アイスキュロス*に彼を扱った『海のグラウコス』なる作品があった（散逸）。

⇒ネーレウス（海神）

Ath. 7-297〜/ Ov. Met. 13-900〜, 14-1〜/ Verg. Aen. 6-36/ Diod. 4-48〜/ Eur. Or. 352/ Ap. Rhod. 1-1310〜/ Paus. 9-22/ Tzetz. ad Lycoph. 754/ etc.

グラウコス　Γλαῦκος, Glaukos, Glaucus, （仏）Glauque, （伊）（西）（葡）Glauco, （露）Главк

ギリシア人の男性名。

❶（前6世紀前半）キオス*島（またはサモス*島）の技術者。鉄の溶接法を発明したとされる。リューディアー*王アリュアッテース*のために、巨大な銀の混酒器を載せる鉄製の支台を製作、これは塔の形をした精巧な台座で、デルポイ*の奉納物の中で一等優れた逸品だったという（伝存せず）。

Herodot. 1-25/ Paus. 10-16/ Ath. 5-210c/ Plut. De def. or. 47/ etc.

❷（前400年頃に活躍）レーギオン*出身の著述家。古代の詩人や音楽家に関する書物を記し、抒情詩の歴史を研究した最初の人となった。ホメーロス*の注釈とアイスキュロス*の悲劇作品の筋に関する論攷も執筆。かつてグラウコスという名は、アテーナイ*のソフィスト*・アンティポーン❷*の偽名であると考えられていた。

Plut. Mor. 1132e, 833d/ Diog. Laert. 8-52, 9-38/ etc.

クラウディア　Claudia (Clōdia), （ギ）Klaudiā, Κλαυδία, （独）Klaudia, （露）Клавдия

ローマの名門クラウディウス氏*出身の女性名。特にP. クラウディウス・プルケル❶*（前249年の執政官[コーンスル*]）の妹クラウディアや、娘クラウディア・クィーンタ*、玄孫に当たるウェスターリス*（ウェスタ*の女神官）クラウディア（Ap. クラウディウス・プルケル❷*の娘）らが名高い（⇒巻末系図059）。また、P. クローディウス・プルケル*とフルウィア*の娘で、前41年、夫オクターウィアーヌス*（のちのアウグストゥス*）に離別されたクラウディアや、大アグリッピーナ*の再従姉妹でティベリウス*帝の治下（後26）に姦通と皇帝毒殺の廉で断罪されたクラウディア・プルクラ Pulchra（ウァールス*将軍の寡婦）、カリグラ*帝の最初の妻クラウディア・シーラーナ Silana（36、産褥死）、クラウディウス*帝の娘でネロー*帝の最初の妻クラウディア・オクターウィア（⇒オクターウィア❷）、ネローの愛妾で解放奴隷のクラウディア・アクテー（⇒アクテー）、生後4ヵ月足らずで死亡し女神として祀られたネロー帝の娘クラウディア・アウグスタ（63年1月21日〜5月）もよく知られている。共和政末期の奔放な3姉妹クローディア*の項も参照。

系図172　グラウコス（神話）

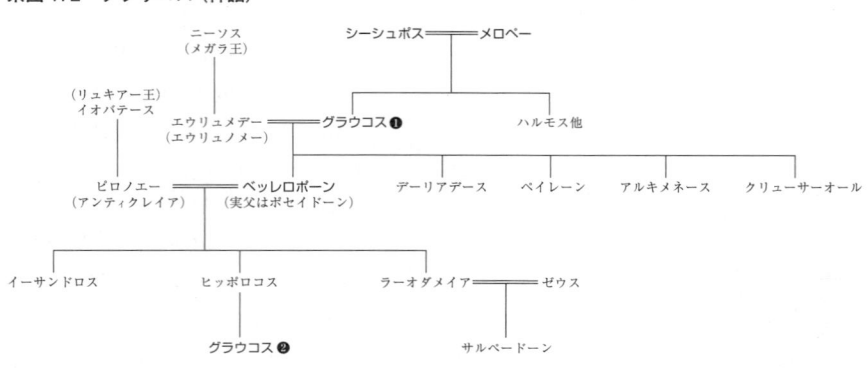

⇒巻末系図 077～079
Suet. Aug. 62, Tib. 2/ Tac. Ann. 4-52, -64, -66/ Liv. 19, 23-2, 29-14/ Val. Max. 5-4, 8-1/ Gell. 10-6/ Dio Cass./ Ov. Fast./ Cic./ Plut./ Plin./ etc.

クラウディア・クィーンタ　Claudia Quinta,（露）Клавдия Квинта

（前3世紀末）ローマの貴婦人。P. クラウディウス・プルケル❶*（前249年の執政官(コーンスル)）の娘。Ap. クラウディウス・カエクス*（前312年の監察官(ケーンソル)）には孫娘に当たる。第2次ポエニー戦争*（前218～前201）でローマがハンニバル❶*に惨敗したのち、シビュッラ*の託宣によって大地母神キュベレー*が小アジアのペッシヌース*から勧請された時、神体を載せた船がティベリス*河口で坐礁して、どうしても動かなくなってしまったところ、占い師が「貞淑な婦人だけがそれを動かすことができましょう」と予言。その折、身持ちに関してとかくの噂のあったクラウディアが進み出て、「もし私の貞操に疑いがないならば、船が私に随いて上がってきますように」と祈願し、自分の帯を舳先に結びつけると何なく船を引き揚げた（前204）。おかげで彼女は第2回「最も貞淑な貴婦人コンテスト」に優勝し、その像が大地母神の神殿に置かれたという。

　はるか後代に至ってから彼女の姿が「確信」を表わす寓意図などの絵画に描かれるようになった。
⇒マグナ・マーテル、トゥッキア
Liv. 29-14/ Ov. Fast. 4-291～348/ Cic. Har. Resp. 13/ Val. Max. 1-8/ Tac. Ann. 4-64/ Plin. N. H. 7-35/ etc.

クラウディアーヌス　Claudius Claudianus,（ギ）クラウディアーノス, Klaudianos, Κλαυδιανός,（英）Claudian,（仏）Claudien,（独）Klaudian,（伊）（西）Claudio Claudiano,（葡）Cláudio Claudiano,（露）Клавдий Клавдиан

（後370頃～404／408頃）ローマ帝政末期の宮廷詩人。「異教」世界最後の大詩人と呼ばれる。アレクサンドレイア❶*に生まれギリシア語を母語としたが、ラテン語に熟達していたため、主要作品をギリシア語・ラテン語の両語で執筆した。394年～404年頃イタリアに滞在し、名将スティリコー*の眷顧を蒙り、権門アニキウス氏*やホノーリウス*帝に頌詩(パネーギュリクス) panegyricus を献げて、ローマのトライヤーヌス*広場 Forum Traianum に青銅(ブロンズ)製立像を建てられ、「最も栄光ある詩人」と顕彰された。スティリコーの政敵たる東ローマの宰相ルーフィーヌス*や宦官長エウトロピウス❷*を攻撃した弾劾詩も書き、スティリコーの妻セレーナ Selena（365頃～408）の肝煎りで富裕な名門の婦人と結婚した。アーフリカ*の軍司令官ギルドー*の反乱を扱った『ギルドー戦争 De Bello Gildonico』（398）や『ゴート戦争 De Bello Gothico』（402）などの政治的叙事詩のほか、未完の神話詩『プロセルピナ*の略奪 De Raptu Proserpinae』3巻（395～397）、田園詩・短詩・書簡などが知られる。庇護者(パトローヌス) patronus に対する称賛・追従とその政敵に対する誹謗・中傷には誇張がみられるものの、彼の詩は語彙豊富で修辞に優れ、古典の伝統を引く傑出した作風を示している。スティリコーの暗殺と一門の処刑・没落（408）後は身を隠し、迫害を逃れようとしたものと思われる（404年死亡説あり）。『救世主について De Salvatore』のごとき作品も残るが名目上のキリスト教徒でしかなく、寓意や神話伝説に満ちたローマ古来の優雅な詩篇に本領を発揮した。歴史的資料として重視される著作も多い。

　主著：『ホノーリウスの執政官(コーンスル)職頌 De consulatu Honorii』（396、398、404）
『スティリコーの執政官職頌 De consulatu Stilichonis』1巻（400）
『ルーフィーヌス糾弾 In Rufinum』2巻（396）
『エウトロピウス糾弾 In Eutropium』2巻（399）
『ホノーリウス祝婚歌 Epithalamium』（398）
『ウェーローナ*の老人 De sene Veronensi』を代表作とする「牧歌 Eidyllia」

　ギリシア語とラテン語のエピグラム詩を集めた「エピグランマタ Epigrammata」、ギリシア語とラテン語の『巨人戦争』（ギ）Gigantomakhiā,（ラ）Gigantomachia（各1篇）、5通の「書簡集 Epistolae」。
⇒シードニウス・アポッリナーリス
Augustin. De civ. D. 5-26/ Oros. 7-35/ Sid. Apoll. Epist. 9-13/ Symmachus Epist. 9-13/ Zosimus 5-38/ Suda/ etc.

クラウディウス　Claudius,（ギ）Klaudios, Κλαύδιος,（仏）Claude,（独）Klaudius,（伊）（西）Claudio,（葡）Cláudio,（露）Клавдий

ローマの男性名。「跛行(クラウドゥス)の claudus」より派生したらしい。通常たんにクラウディウスといえば、第4代ローマ皇帝クラウディウス（1世）*を指すことが多い。
⇒クラウディウス氏
Liv./ Plin. N. H./ Tac. Ann./ Suet. Claud./ Sen./ etc.

クラウディウス（1世）　Claudius I（初名は Tiberius Claudius Drusus, 後4年から Tiberius Claudius Nero Germanicus, 即位して Tiberius Claudius Caesar Augustus Germanicus）,（ギ）Klaudios, Κλαύδιος,（仏）Claude,（伊）（西）Claudio,（葡）Cláudio,（露）Клавдий

（前10年8月1日～54年10月13日）ローマ皇帝（在位・後41年1月25日～54年10月13日）。大ドルースス*と小アントニア*の子。ゲルマーニクス*の弟。ティベリウス*帝には甥に当たる。ルグドゥーヌム*（現・リヨン）で生まれ、翌年父と死別する。幼時より多病で肉体的・精神的な障害に悩まされ（吃音・跛行・痙攣・麻痺など）、暗愚・痴呆だと思われていたため成人後も官職を与えられず、帝室内の嘲笑の的となっていた。母親は彼を「人間の姿をした化物」と呼び、誰か愚昧な人を軽蔑する時には「うちのクラウディウスよりも馬鹿ね」と言う始末、蛮族出身の駻馬(ばり)追(らば)いを家庭教師にあてがって手荒い体罰を加えさせていた。

長じてからも鯨飲馬食や賭博に熱中し、古代世界では例外的に男色を好まず女色のみに惑溺。2度の婚約は破綻し（⇒アエミリア・レピダ❷）、2度の結婚に失敗した（⇒ウルグラーニッラ）が、生涯に4人の妻を娶り沢山の愛妾と交わった。

後41年、甥のカリグラ*帝が暗殺された時、カーテンの背後に隠れているのを見つけ出され、近衛隊兵舎へ連れて行かれて皇帝に推戴され、元老院(セナートゥス*)も軍部の処置を追認したので正式に即位（50歳）、この折に近衛兵全員に各人1万5千セーステルティウスの金を公式に与えたことが、以後の歴代皇帝が登極の際に兵士に賜金を配付する先例となった。内政面では宮廷官僚機構を整え、ナルキッスス*、パッラース*、カッリストゥス*ら有能な解放奴隷を登用、2本の水道(アクァエドゥクトゥス)の敷設や外港オースティア*の改修（42〜46）、フーキヌス*湖の干拓（41〜52）などの土木事業を興し、外交面ではマウレータニア*（42）、リューキア*（43）、トラーキア*（46）をローマ属州に編入、ブリタンニア*へ遠征し（43〜44）、部将たちの活躍で島の南部を併合したので（⇒A.プラウティウス、カラタクス）凱旋式(トリウンプス*)を挙げた（44）。そのほか、世紀祭（百年祭*）の祝賀（47）、植民市(コローニア*)の建設、市民権の拡大など見るべき治績があるが、帝自身はきわめて臆病かつ優柔不断で、常に后や解放奴隷の意のままに操られていた。とりわけ3度目の妻ウァレリア・メッサーリーナ*の猛威は凄まじく、解放奴隷と共謀して驕縦の振る舞いが多く、多数の上流人士を破滅に追いやり、ためにカミッルス❺*・スクリーボーニアーヌスの乱を惹起（42）、淫蕩と悪業の限りを尽くした果てに彼女は処刑されて果てる（48）。帝は「今後は独身を守る」と宣言したが、たちまち姪の小アグリッピーナ*の色仕掛けに悩殺され、それまで近親姦と見なされていた叔父＝姪婚を合法とする元老院決議まで出させて、彼女を4度目の妻に娶る（49年1月、⇒L.ウィテッリウス）。新しい皇后はいっそう悪辣非道で、情夫パッラースと組んで政権を牛耳り、連れ子のネロー*（後の皇帝）を帝位に即けるべく画策、息子をクラウディウスの養子に立てた（50年2月25日）後、皇女オクターウィア❷*と結婚させ（53）、帝の実子ブリタンニクス*を片隅に追いやってしまう。クラウディウスは晩年になって早まった結婚や養子縁組を後悔し始め、「妻の罪に耐え、それを処罰するのが余の宿命なのだ」と発言、そのため后アグリッピーナの奸計で好物の茸料理に盛られた毒により謀殺された（⇒ロークスタ）。異説では、帝が食物を吐き出す際にいつも使う羽毛に猛毒が塗られていたとも、過食で苦しんでいる時に用いた灌腸器に毒が仕込まれていたともいう。ネローの即位が確定するまで病床にあるかのごとくに装われ、発喪後すぐさま神格化の栄誉を贈られた。とはいえ死後もなお、世人の嘲弄の対象になることを免れなかったという。

クラウディウスは生来残忍で流血を好み、拷問や処刑を見て興じ、剣闘士試合(グラディアートル*)・ナウマキア*（模擬海戦）などの血腥い競技を開いては、円形劇場で働く道具係や大工までも闘技場へ放り込ませて娯(たの)しんでいた。また裁判では容赦なく死刑を宣告し、親類縁者はもとより35人以上の元老院議員と315人以上のローマ騎士など大勢の身分ある人々を屠(ほふ)り去った。しかし物忘れがひどかったので、自分が殺した者たちを翌日になって呼びにやることがよくあり、メッサーリーナを処刑した直後にも、晩餐の席上「なぜ后は来ておらぬのじゃ」と尋ねたほどであった。放心癖の反面、ギリシア・ラテンの学問を愛好し、史家T.リーウィウス*に師事して『エトルーリア*史』『カルターゴー*史』『自叙伝』などの著述を執筆したとされる（いずれも伝存せず）。初めて自作を聴衆の前で朗読した時、肥満した男が座席をいくつか圧(お)し潰してしまったことから爆笑が湧き上がり、帝も吹き出してまともに読み続けることができず、この苦い経験にこりて2度と朗読壇に上がらなくなったという。またユーモラスなところもあって、宴会で金の盃をこっそり持ち帰った客人には、次の日から陶器の盃しか出させぬことにしたり（⇒T.ウィーニウス）、客の1人が放屁を我慢していて重態に陥ったのを知ると早速、「食事中に有音・無音を問わず屁をひることをあい許す」との勅令を発布しようとした、等の話が伝えられている。

長身だが肥満体で頸(くび)も太く、いつも頭と両手を小刻みにふるわせており、膝が弱いため右足をひきずり、よろめきながらしか歩けなかった。何を言っているのか理解に苦しむほど言語障害もひどく、抑制のきかぬ笑いは下品で、怒ると口から泡をふき、鼻水をぼたぼた垂らして一層見苦しくなったという。外出中も絶えず賽筒(さいづつ)を振っていられるよう専用車内に骰子盤を据えつけさせるほど賭博好きであったばかりか、この上なく食い意地が張っていて、豪奢な饗宴をのべつまくなしに催したうえ、法廷で審理をしている最中でも近くの神殿から神官団用に調理される午餐の美味しそうな匂いが漂ってくると、さっさと法廷を捨てて食事の仲間に入れてもらおうと神殿へ登って行くのだった。哲学者L.セネカ*によると、老帝最期の言葉は、大音声に放屁したあとで、「ああ情なや。どうやら余は糞便まみれになったようだ」というものであったとのことである。
⇒C.シーリウス、ムネーステール

Suet. Claud./ Tac. Ann. 11〜12/ Dio Cass. 59〜60/ Sen. Apocol./ Joseph. J. A. 19〜20/ Aur. Vict. Caes. 4/ Zonar. 11-8〜/ Oros. 7-6/ Eutrop. 7-13/ etc.

クラウディウス（2世）・ゴティクス　Claudius II Gothicus, Marcus Aurelius (Valerius) Claudius, (ギ) Klaudios B´ Gotthikos, Κλαύδιος Β´ Γοτθικός, (仏) Claude II le Gothique, (伊) Claudio II il Gotico, (西) Claudio II el Gótico, (葡) Cláudio II, o Gótico, (露) Клавдий II Готский (Готик)

（後214年5月10日〜270年1月、5月、8月とも）ローマ皇帝（在位・268年8月頃〜270年1月頃（異説あり））。イッリュリアー*（またはダルマティアー*）の農民の出身だが、トロイアー*王家の末裔を自称す。一説にゴルディアーヌス2世*の庶子という。一兵士から累進して、デキウス*、ウァレリアーヌス*、ガッリエーヌス*諸帝の下で軍隊の指揮

官を務める。268年、他の将軍たちと共謀してガッリエーヌスを暗殺し、帝位に推戴されると、軍隊に賜金を与え元老院と和して玉座をかためた（54歳）。僭帝アウレオルス Aureolus を処刑し（268）、アレマンニー*族を破って（268）、混乱した帝国の再建に尽力。とりわけ269年には、バルカン地方を劫略する32万のゴート*族（ゴートーネース*）の大軍をナイスス*の戦いで撃破し、「ゴート征服者」の異名を得た。しかし、西方ではポストゥムス*ら簒奪帝がガッリア*帝国を築いて蟠居し、東方ではパルミューラ*の女王ゼーノビア*がエジプト、小アジアを侵略・占領して独立王国を建設するに至った。こうした危機の中、クラウディウス帝はゴート・ローマ双方を襲った疫病に罹り、パンノニア*のシルミウム* Sirmium（現・Mitrovitz）で没した（在位2年足らず）。死後間もなく、弟のクィンティッルス*が帝号を僭称したが、在位17日（19日ないし77日とも）にして部下に背かれ自殺した。なお、コーンスタンティーヌス1世*（大帝）は、クラウディウス2世の親族を称し、彼の勇武・公正を賞讃している（⇒巻末系図104）。
⇒アウレーリアーヌス
S. H. A. Cl., Heliogab. 35, Tyr. Trig. 31, Gallien. 7, 14/ Aur. Vict. Caes. 33〜34/ Eutrop. 9-11/ Zosimus 1-40〜43/ Zonar. 12-25〜26/ Oros./ etc.

クラウディウス、アッタ Atta Claudius（または、クラウスス、アットゥス Attus Clausus）
⇒ Ap. クラウディウス・サビーヌス・レーギッレーンシス

クラウディウス・カウデクス、アッピウス Appius Claudius Caudex,（伊）Appio Claudio Caudex,（西）Apio Claudio Caudex,（葡）Ápio Cláudio Caudex,（露）Аппий Клавдий Кавдекс

（前3世紀）伝承によれば、アッピウス・クラウディウス・カエクス*の弟（⇒巻末系図059）。前264年の執政官となり、第1次ポエニー戦争*（前264〜前241）勃発とともに、ローマ人で初めて軍隊を率いてイタリア半島とシチリア島とを分けるメッシーナ海峡（ラ）Siculum Fretum を渡る。夜陰に乗じてシキリア*（現・シチリア）に上陸すると、カルターゴー*側に付いたヒエローン2世*を破り、次いでカルターゴー軍に占領されていたメッサーナ*（現・メッシーナ Messina）市を急襲して敵将ハンノー Hanno を欺き捕えた。緒戦に勝利を収めたものの、その後はうまく運ばず、ついに惨敗を喫してローマへ逃げ帰った。

　彼が兵を渡した船隊は板を繋ぎ合わせた筏船のごときもので、本格的なローマ海軍の建設はさらに後のことである（⇒ドゥーイーリウス）。また彼はこの筏船団のゆえに、カウデクス（「材木」の意）という異名をとったという。
⇒マーメルティーニー
Polyb. 1-11〜12, -16/ Sen. De Brev. Vitae 13/ Suet. Tib. 2/ Gell. 17-21, -40/ Val. Max. 2-4/ etc.

クラウディウス・カエクス、アッピウス Appius Claudius Caecus,（ギ）Appios Klaudios Kaikos, Ἄππιος Κλαύδιος Κάϊκος,（伊）Appio Claudio Cieco,（西）Apio Claudio Ceco,（葡）Ápio Cláudio, o Cego,（露）Аппий Клавдий Цек

（前350頃〜前271頃）共和政ローマの政治家。貴族（パトリキー）系クラウディウス氏*の出身（⇒巻末系図059）。失明したためカエクス（「盲人」の意）と渾名される。名門の出であるにもかかわらず、自己の野心から下層市民や解放奴隷の権利の拡張に努め、彼らの熱烈な支持により、前312年執政官（コーンスル）を経ずして監察官（ケーンソル）職に就任。ローマとカプア*を結ぶ軍道・アッピウス街道*（ウィア・アッピア*）やローマ市に飲料水を供給する最初の水道（アクァエドゥクトゥス）*（アクァ・アッピア Aqua Appia）を建設した。任期18ヵ月以内という法律に反して4年間も監察官の地位に留まり、非土地所有者にも公平な投票権を与える区（トリブス）所属の改革を断行、秘書のグナエウス・フラーウィウス Cn. Flavius（前304の造営官（アエディーリス））を通じて、法律上の議事の日時を初めて公表し、またヘルクレース*神の公式崇拝をも創始した。その後2度の執政官職（前307、前296）および法務官（プラエトル）*職（前295）に就き、エトルーリア*人、サビーニー*族、サムニウム*人らとの戦争で活躍。さらにピュッロス*戦争（前281〜前275）の際には、使節キーネアース*を介してピュッロス王から和議が申し入れられると、隠退して盲目の余生を送っていたにもかかわらず、駕籠で元老院へ乗りこみ、「敵が一兵でもイタリアにいる限り、断じてローマは和平交渉などに応じてはならぬ。祖国の不名誉な噂が聞こえぬように、盲目の上に聾者になりたい」と声涙ともに下る演説を展開、ピュッロスの撤退を絶対条件と主張して譲らず折衝を不調に終わらせた（前279頃）。この熱弁はエンニウス*らを通じて有名になり、キケロー*の時代にもなお流布していたという。『横領論 De Usurpationibus』や、『処世訓 Sententiae』などの著作があり、ラテン語の散文・韻文の最古の文人とされている（いずれも散逸）。
⇒ Q. ファビウス・マクシムス❶・ルッリアーヌス
Liv. 9-29〜30, -33〜34, -42, -46, 10-7〜8, -11, -17〜19, -22, -25, -31, 13/ Cic. Sen. 6, 11, Tusc. 4-2, 5-38, Cael., Brut. 14, 16/ Plut. Pyrrh. 18〜19/ Ov. Fast. 6-203/ Suet. Claud. 24/ Plin. N. H. 33-6/ Diod. 20-36/ App. Sam. 10/ Frontin. Aq. 5-72/ Val. Max. 1-1, 7-2, 8-13/ etc.

クラウディウス・カエサル・ブリタンニクス、ティベリウス Tiberius Claudius Caesar Britannicus
⇒ブリタンニクス

クラウディウス・クラッスス、アッピウス Appius Claudius Crassus Inregillensis Sabinus,（伊）Appio Claudio Crasso,（西）Apio Claudio Craso,（葡）Ápio Cláudio Cras(s)o,（露）Аппий Клавдий Красс

（前510頃〜前449頃）ローマの政治家。前471年・前451

年度の執政官。貴族系クラウディウス氏*に属していたが、成文法を作成せよという平民の要求を支持し、十人委員の1人に選ばれて、「十二表法*」の制定を主掌（前451〜前450）。2年間の任期中にその頭目にのし上がって政権を壟断し、勇将シッキウス・デンタートゥス*を謀殺するなど専横をきわめた。さらに百人隊長ルーキウス・ウィルギニウス L. Virginius の美しい娘ウィルギーニア*（ウェルギーニア*）を手に入れようと、奸策を設けて不正な裁判で勝ったが民衆の離反を招き、十人委員会は廃止されるに至った（前449）。彼は一味の者とともに捕われ投獄されて、自害したとも獄中で殺されたとも伝えられている。なおクラッスス*という言葉は、ラテン語で「よく肥えた」を意味する形容詞から生じた副名である。
⇒巻末系図059
Liv. 2-56〜58, 3-33, -35〜58/ Dion. Hal. 10-54〜11-46/ Cic. Rep. 2-36〜37/ Val. Max. 6-1, 9-3/ etc.

クラウディウス・サビーヌス・レーギッレーンシス、アッピウス　Appius Claudius Sabinus Regillensis（または Inregillensis），（伊）Appio Claudio Sabino Inregillese，（西）Apio Claudio Sabino Inregilense

（前6世紀末〜前5世紀初頭）伝承上の貴族系クラウディウス氏*の始祖（⇒巻末系図059）。サビーニー*族の町レーギッリー Regilli またはレーギッルム Regillum に生まれ、アッタ・クラウディウス*ないしアットゥス（アッティウス）・クラウスス*と呼ばれていた。従前よりローマとの平和を主張していたせいで、両国間に軋轢が生じた折に同郷人の強い非難攻撃を被り、やむなく一族郎党5千人の家族を率いてローマに移住（前504）、貴族に列せられ元老院入りを認められて、前495年には執政官職に就く。しかし、平民を憎悪することこの上なく、極力その権利を抑制しようとしたため、かの名高い聖山*事件を惹き起こした（前494）。ローマにおいて彼はアッピウス・クラウディウス・サビーヌスの名で知られ、また神殿内に先祖の肖像を据えて、その栄誉を誇示した最初の人であったとも伝えられる。

なお、前504年のクラウディウス氏のパトリキイー入籍をもって、貴族身分は閉鎖されてしまい、以後、新規加入は認められなくなったという。

息子のアッピウス App. Claudius Sabinus も平民嫌いで名高く、執政官在職中（前471）に彼らを苛酷に抑圧したため、後日法廷に喚問される破目となり、自害して果てている。

Liv. 2-16, -21, -23〜24, -27, -29, -56〜61, 4-3, 10-8/ Tac. Ann. 11-24, 12-25/ Suet. Tib. 1/ Dion. Hal. 5-40, 6-59, 7-15, -47〜, 8-73〜, -90, 9-43〜45, -48〜54, 11-15/ Plin. N. H. 35-3/ Plut. Publ. 21/ etc.

クラウディウス氏　Gens Claudia〔←Claudius〕，（独）Claudier，（西）Claudios，（葡）Cláudios，Claudii

ローマの氏族名。パトリキイー*（貴族）系とプレーベース*（平民）系の2氏があるが、いずれも権勢ある大族として栄えた。

貴族系クラウディウス氏は、伝承によるとアエネーアース*（アイネイアース*）に敵対したサビーニー*族の王族クラウスス Claususを祖とし、前504年にアッタ・クラウディウス*（⇒App. クラウディウス・サビーヌス・レーギッレーンシス）に率いられてローマに移住し、貴族に列せられたという。その後、著名な人物を輩出し、通算執政官職28回、独裁官職5回、監察官職7回、そして正式の凱旋式6回と小凱旋式 ovatio 2回を獲得。カエクス、カウデクス、クラッスス、プルケル、ネローなど諸家に分かれて勢威を誇った。クラウディウス氏の人々は傲岸不遜な言動で知られていた。皇帝ティベリウス*やクラウディウス*も、この氏族の出身である。

他方、平民系クラウディウス氏も諸家に分かれて、貴族系に劣らず繁栄したが、なかでもマルケッルス*家が最も重きをなした。

Suet. Tib. 1〜/ Tac. Ann. 11-24, 12-25/ Verg. Aen. 7-707〜708/Cic. De Or. 1-39(176)/ Liv./ Dion. Hal./ Plin. N. H./ etc.

クラウディウス・ドルースス・ネロー　Claudius Drusus Nero

⇒大ドルースス（ドルースス、ネロー・クラウディウス）

クラウディウス・ネロー、ガーイウス　Gaius Claudius Nero

⇒ネロー、ガーイウス・クラウディウス

クラウディウス・ネロー、ティベリウス　Tiberius Claudius Nero

⇒ネロー、ティベリウス・クラウディウス

クラウディウス・プルケル　Claudius Pulcher，（ギ）Klaudios Pūlcher，Κλαύδιος Ποῦλχερ，（伊）（西）Claudio Pulcro (Pulcher)，（葡）Cláudio Pulcro，（露）Клавдий Пулхер

ローマの政治家。パトリキイー*（貴族）系クラウディウス氏*の出身。⇒巻末系図059

❶プーブリウス Publius・クラウディウス・プルケル（前288頃〜前247頃）。アッピウス・クラウディウス・カエクス*の次男。第1次ポエニー戦争*（前264頃〜前241）中、前249年の執政官に選ばれ、ドレパノン*の沖合でカルターゴー*艦隊と交戦。戦闘に先立って鳥占いを行なったところ、聖鳥がいっこうに餌を啄もうとしないのに業を煮やし、「食べたくないのなら、たらふく飲ませてやれ」と鳥たちを海中に投げ込ませた（⇒アウグル）。案の定惨敗を喫し、大半の艦船を失ってローマへ逃げ帰るが、元老院から独裁官を指名するよう命じられると、国家の危急存亡を嘲弄するかの態度で、自分の家来で解放奴隷の息子の名を挙げたという。その後繰り返し告訴されて厳しい罰金刑を

言い渡され、最後は自害して果てている。妹のクラウディア*Claudiaも尊大な女性で、雑踏のため馬車が前進を阻まれると、「兄プルケルが生き返って、また大海戦をやってくれれば、ローマの人口も減って混雑もやわらぐのに」と公言して罪に問われ、たいそうな罰金を科せられたという（前246）。

なお、彼は貴族系クラウディウス氏の家系で最初にプルケル（「美男」の意）の異名をとった人で、以来その子孫は代々これを家名cognomenとして帯びることになる。
⇒クラウディア・クィンタ

Polyb. 1-49〜52/ Cic. Div. 1-16, 2-8, -33/ Liv. 19/ Suet. Tib. 2/ Val. Max. 1-4, 8-1/ Gell. 10-6/ etc.

❷アッピウス Appius・クラウディウス・プルケル（？〜前130頃）❶の曾孫。前143年度の執政官に選ばれ、何とかして凱旋将軍になりたくて、アルペース*（アルプス）のケルト*系の山岳民族サラッシー Salassi族を攻撃し、大敗を喫する。次いで、シビュルラ*の予言書に従って再度出陣すると今度は勝利を得たものの、元老院が凱旋式を認めなかったので、クラウディウスは自力で凱旋式を強行。護民官が彼を戦車からひきずりおろそうとすると、女神ウェスタ*の巫女（ウェスターリス*）たる娘のクラウディア*Claudiaが車の側に立ちはだかって、父をかばいつつカピトーリウム*のユーピテル*神殿へついて上がり、無事参詣を済ませた。彼はのちに監察官（前136）を務め、首席元老院議員 Princeps Senatusとなり、声望を加えたが、改革家ティベリウス・センプローニウス・グラックス❸*（前133年の護民官）を見込んでこれを娘婿にして以来、民衆派の立場を取り、前133年にはグラックス兄弟*とともに土地分配委員に任命された。スキーピオ・アエミリアーヌス・小アーフリカーヌス*（小スキーピオー*）の政敵としても知られる。

なお叔父のガーイウスC. Claudius Pulcher（？〜前167年末頃）は、前195年以来鳥占官を務め、前177年度の執政官でイストリア*人とリグリア*人を撃破し二重の凱旋式を挙行。監察官の時には過度に厳格な態度で臨んだ（前169）ため、あやうく反逆罪で断罪されそうになったという人物である。
⇒P. リキニウス・クラッスス❶

Suet. Tib. 2/ Liv. 41〜45, Epit. 58/ Cic. Cael. 14, Rep. 1-19/ Val. Max. 5-4/ Plut. Gracch. 4, 9, 13, Aem. 38/ Dio Cass. 79〜80, 84/ Vell. Pat. 2-2, 6-5/ Frontin. Aq. 7/ App. B. Civ. 1-18/ Macrob. Sat. 2-10/ Polyb. 25-4, 30-13/ Oros. 5-4/ etc.

❸アッピウス Appius・クラウディウス・プルケル（？〜前48年初頭）❷の曾孫。同名の父アッピウス・クラウディウス・プルケル（？〜前76）は前79年度の執政官で、民衆派のキンナ*に敗れて追放され、甥ルーキウス・マルキウス・ピリップス*（前91年の執政官、前86年の監察官）により元老院から除名される。その長男として生まれたアッピウスは、義兄弟L. ルークッルス*に従って東方へ出征した（前72〜前70）のち、前57年度の法務官となり、弟P. クローディウス*・プルケル（前58年の護民官*）に味方して、追放中のキケロー*召還に反対する立場をとる。サルディニア*の属州総督Propraetor職（前56〜前55）を経て、前54年には、L. ドミティウス・アヘーノバルブス❸*とともに執政官職に就き、翌年から属州キリキア*の総督Proconsulとして赴任（前53〜前51）、貪婪あくなき圧政をしいたためドラーベッラ*に告訴されるが、大ポンペイユス❶*らの助力で罪を免れる。次いで前50年の監察官（⇒サッルスティウス）として厳格に振る舞い、カエサル*派に対抗（相役はL. カルプルニウス・ピーソー❷*）、そのためM. カエリウス・ルーフス*から自由身分の少年を凌辱した廉で訴えられている。前49年カエサル*とポンペイユスの間に内乱が勃発すると、後者に与してギリシアへ渡り、属州アカーイア*の統治を委ねられるが、翌年初めに没した。迷信深く、自己の運命を知るべく託宣をうかがったり、占卜に関する著述を書き残している。また2人の娘は、それぞれCn. ポンペイユス・マグヌス❷*とM. ユーニウス・ブルートゥス❷*に嫁いでいる（⇒巻末系図059）。なお彼は有能な弁論家でもあり、ギリシア系の解放奴隷パ（ー）ニアース Phaniasを寵用したことでも知られている。

Cic. Fam. 1〜3, Dom. 43, Att. 3〜4, 6, 9, Sest. 36, 39〜41, Pis. 15, Mil. 27(75), Q. Fr. 3, Fam. 3, 8, 15, Div. 1〜2, Brut. 77/ Dio Cass. 39〜40/ Val. Max. 1-8/ Luc. 5-120〜236/ Varro Rust. 3-2, -16/ Plut. Sull. 29/ etc.

❹プ（ー）ブリウス Publius・クラウディウス・プルケル ❸の末弟。クローディウス*・プルケル、プーブリウスの項を参照。

クラウディウス・ポンペイヤーヌス、ティベリウス

Tiberius Claudius Pompejanus, （伊）Tiberio Claudio Pompejano, （西）Tiberio Claudio Pompeyano, （葡）Tibério Cláudio Pompeyano

（後2世紀）ローマ皇帝マールクス・アウレーリウス*の娘ルーキッラ*（L. ウェールス*帝の寡婦）の後夫。アンティオケイア❶*出身の騎士身分に属していたが、マールクス・アウレーリウス帝の信任篤く、元老院議員となり昇進を重ねる。後167年頃と173年の執政官を務め、対マルコマンニー*戦争ではローマの代表的将軍として活躍（167〜）。169年には寡婦となった帝の次女ルーキッラと結婚するが、淫奔で驕慢な妻との夫婦生活は不幸なものであったという。マールクス帝の没（180）後、新帝コンモドゥス*に戦争続行を勧告するものの容れられず、182年妻のルーキッラや甥（または先妻腹の子）のポンペイヤーヌス・クィンティアーヌス Claudius Pompejanus Quintianus（？〜182）が皇帝暗殺の陰謀を企てた折に視力の衰えを理由に公務から隠退した。コンモドゥスの殺害（192）後ローマに戻り、ペルティナークス*から差し出された帝位を固辞、ほどなくペルティナークス帝が殺された際（193）、再度ディーディウス・ユーリアーヌス*より申し出のあった皇帝の座を拒んで賢明に身を持したため、帝室縁者としては珍しく横死を免れた。

クラウディウス・マルケッルス

⇒本文系図92、巻末系図102
Dio Cass. 71-3, -20, 72-4, 73-3/ Herodian. 1-8, 4-6/ S. H. A. Marc. 20, Comm. 4, 5, Avid. Cass. 10, 11, Caracall. 3, Pertinax 2, 4, Didius Julian. 8/ Justinus Martyr. Apolog./ etc.

クラウディウス・マルケッルス　Claudius Marcellus
⇒マルケッルス、クラウディウス

グラエキア・マグナ　Graecia Magna
⇒マグナ・グラエキア

クラ（一）ゾメナイ　Clazomenai, Κλαζομεναί, Clazomenae,（仏）Clazomène, Clazomènes,（伊）San Giovanni, Clazomene,（西）Clazómenes,（露）Клазоменаи（旧称・Kelisman, Klazümen または Vourla, Burla）

（現・Urla 近郊の Kilizman）小アジア西岸イオーニアー*地方の都市。スミュルナー*西方エリュトライ*半島に位置していたが、アカイメネース朝ペルシア*帝国の征服が迫ると、住民はスミュルナー湾の島に移住した（前499頃）。イオーニアー同盟の12市の1つ。のちアレクサンドロス大王*が堤防を築いて島を半島に連結させ（前334）、その跡は今日も見ることができる。本土側からは独特のテラコッタ製彩色石棺（サルコパゴス*）が数多く出土している（前6世紀）。哲学者アナクサゴラース*の生地。主神はアポッローン*で、その聖鳥たる白鳥がこの町に多数飛来していたという。リューディアー*、アカイメネース朝ペルシアの支配を経て前5世紀にはデーロス同盟*に加わったが、今度は盟主アテーナイ*に服属し年貢金の著しい増額に悩まされた。ペロポンネーソス戦争*（前431頃〜前404）中には貢納金額が当初の十倍にも引き上げられたため、前412年に叛旗を翻して同盟からの離脱を試みる。前386年アンタルキダース*の和約（大王の和約）で再びペルシア帝国*領に併呑され、ヘレニズム諸王国の統治を経て、のちローマの属州アシア*に編入されたが、課税は免除された。古代世界では特産の魚のペースト食品や享楽的生活で知られ、肛門性交ないし受動的男色行為は「クラゾメナイ風」と呼ばれていたという（⇒カルキス、シプノス、レスボス）。
⇒テオース

Herodot. 1-16, -51, -142, -168, 2-178, 5-123/ Paus. 7-3/ Thuc. 8-14, -22〜, -31/ Strab. 14-645/ Plin. N. H. 5-31/ Xen. Hell. 5-1/ Liv. 38-39/ Polyb. 21-45/ App. Mith. 63/ Ptol. Geog. 5-2/ Mela 1-17/ Plin. N. H. 5-31/ etc.

グラックス、ガーイウス・センプローニウス　Gaius Sempronius Gracchus,（ギ）Gaios Semprōnios Grakkhos, Γάϊος Σεμπρώνιος Γράκχος,（仏）Caïus Gracchus,（伊）Gaio (Caio) Sempronio Gracco,（西）Cayo Sempronio Graco,（葡）Caio Semprónio (Semprônio) Graco,（露）Гай Семпроний Гракх

（前153〜前121）ローマ共和政後期の政治家。ティベリウス・センプローニウス・グラックス❷*とコルネーリア❶*の子。ティベリウス・センプローニウス・グラックス❸*の弟。民衆派（ポプラーレース）の政治家、雄弁家。巻末053, 059を参照。

前133年、義兄スキーピオー・小アーフリカーヌス*（小スキーピオー*）に従ってヌマンティア*に出征中、兄ティベリウスとともに土地分配委員に任ぜられるが、同年その兄が反対派に虐殺されて以来、しばらく政界を退き弁論の勉学にいそしむ。しかし、夢枕に立った兄の慫慂により官界に復帰、財務官（クァエストル）*としてサルディニア*へ赴任（前126）したのち、連続して護民官（トリブーヌス・プレービス）*となり（前123、前122）、兄の遺志を受け継いで種々の改革立法を行なった。ローマ貧民に土地を分配する植民市設置法案をはじめ、廉価（市場の半額以下）で穀物を供給する穀物法案、17歳未満の男子の徴兵禁止と被服費の官給などを定めた軍事法案、陪審裁判官の半数を騎士身分の者とする（それまでは元老院議員の独占）裁判法案、また属州*の徴税請負を騎士身分に独占させる請負関係法案など大規模な改革法案を、民衆や騎士の支持を得て通過させ、元老院（セナートゥス）*の権力削減に努めた。さらにカプア*、タレントゥム*などに新植民市を建設、各地に整備された道路や穀倉を設置し、精力的にそれらすべての事業を指揮・監督した。2度目の護民官在職中には、破壊されたカルターゴー*の跡地に植民市を設立する法案や、ローマ市民権をイタリアの同盟市の全自由民に賦与する市民権法案を提出。しかし、ガーイウスがM.フルウィウス・フラックス*とともにカルターゴーの植民市を建設するべく不在中、元老院は別の護民官M.リーウィウス・ドルースス❶*を抱き込み、よりいっそう大衆に迎合する政策を打ち出す一方、独裁者を志す者としてガーイウスを攻撃、彼の人気を失墜せしめた。その結果、ガーイウスは翌前121年度の護民官職三選に敗れ、彼の諸法案も反対派の執政官（コーンスル）ルーキウス・オピーミウス*によって廃棄された。ついにアウェンティーヌス*の丘での武力闘争となり、敗れたガーイウスはティベリス*（現・テーヴェレ）河対岸の聖域へ逃れ、そこで奴隷に介錯させて命を絶った（32歳）。彼の首には、それと同じ重さの賞金が懸けられていたので、かつての友人は斬り取った首に鉛を流しこんで元老院に届けた。ガーイウスの遺骸は、殺された支持者3千人以上の屍体と一緒にティベリス河に投げ棄てられ、彼らの財産は没収され、その妻たちは服喪を禁じられた（⇒リキニア❸）。しかるに民衆は、後日グラックス兄弟の像を公の場所に建てて神のごとく崇敬し、不幸を毅然として耐えた母コルネーリアの像も立てて、その台座に「グラックス兄弟の母コルネーリア」と刻んで顕影した。また彼の死後、大土地所有制（ラーティフンディア）*の傾向が激化し、およそ百年に及ぶ内乱の時代がつづいた。

Plut. Gracch. 22〜/ App. B. Civ. 1-21〜26/ Liv. Epit. 59〜61/ Vell. Pat. 2-6/ Val. Max. 6-3/ Plin. N. H. 33-14/ Cic. Brut. 28, De Or. 3-56/ Aur. Vict. De Vir. Ill. 65/ Oros. 5-12/ Dio Cass./ etc.

グラックス兄弟　Gracchi, (仏) les Gracques, (独) die Gracchen, (伊) i Gracchi, (西) los Gracos, (露) Гракхи

ローマ共和政後期の社会改革運動家。ティベリウス・センプローニウス・グラックス❸*とガーイウス・センプローニウス・グラックス*の項を見よ。

グラックス (家)　Gracchus, (ギ) Grakkhos, Γράκχος, (伊) Gracco, (西)(葡) Graco, (露) Гракх

ローマのプレーベース*（平民）系の名門センプローニウス Sempronius 氏の一支脈。

グラックス、ティベリウス・センプローニウス　Tiberius Sempronius Gracchus, (ギ) Tiberios Semprōnios Grakkhos, Τιβέριος Σεμπρώνιος Γράκχος, (仏) Tibérius Sempronius Gracchus, (伊) Tiberio Sempronio Gracco, (西) Tiberio Sempronio Graco, (葡) Tibério Semprónio (Semprônio) Graco, (露) Тиберий Семпроний Гракх

ローマ共和政期の政治家。巻末 053, 059 を参照。

❶ (?～前212) 第2次ポエニ戦争*で活躍したローマの将軍。2度執政官職に就き（前215, 前213）、ハンニバル❶*麾下のカルターゴー*軍を悩ませたが、前212年ルーカーニア*でマーゴー❸に敗死した——一説にルーカーニア人の裏切りでマーゴーに引き渡されたとも——。彼の遺体はハンニバルのもとへ送られ、丁重に埋葬されたという。Liv. 22～25/ App. Hann. 35/ Cic. Tusc. 1-37/ Zonar. 9-3～/ Oros. 4-16/ Eutrop. 3-4/ etc.

❷ (前217頃～前151頃) 改革者グラックス兄弟*（⇒本項の❸およびガーイウス・センプローニウス・グラックス）の父。❶の甥。有能かつ謹厳廉直な人物として評判が高く、護民官（トリブーヌス・プレービス*）の時（前187）、反対派のスキーピオー*兄弟の苦境を救い（⇒スキーピオー・アシアーティクス）、スキーピオー・大アーフリカーヌス*（大スキーピオー*）の末女コルネーリア❶*を妻に迎える。彼女との間に12子を儲けるが、ティベリウスとガーイウスの2兄弟と1女センプローニア❶*（スキーピオー・小アーフリカーヌス*の妻）を除いて全員早世してしまう。法務官（プラエトル*）としてヒスパーニア*でケルティベーリア*人を平定し（前180～前178）、凱旋式（トリウンプス*）を挙げたのち、前177年の執政官（コーンスル*）となってサルディニア*の反乱を制圧、再び凱旋式を祝った（前175）。監察官（ケーンソル*）（前169）を経て再度執政官職に就任（前163）、使節としても活躍した。彼の死は臥床の上で見つかった一対の蛇のうち、雄の方を殺したからであるという。予言者が「どちらかの蛇を殺さねばならぬが、雄を殺せばティベリウスが、雌を殺せばコルネーリアが死ぬことになるであろう」と言ったので、妻を愛していた彼は雄の方を殺し、その後間もなく世を去ったと伝えられている。
Liv. 37-7, 38-52～, 39～45/ Polyb. 25, 30～31, 35/ App. Hisp. 43/ Gell. 6-19/ Plut. Gracch. 1/ Cic. Prov. Cons. 8(18), Brut. 20, Rep. 6-2, Inv. Rhet. 1-30, -49, Nat. D. 2-4, Div. 1-17, -18, 2-35, Amic. 27, De Or. 1-9, -48, Off. 2-12/ etc.

❸ (前163頃～前133) ❷の子。母はコルネーリア❶*。民衆派（ポプラーレース*）の政治家。従兄で義兄に当たるスキーピオー・小アーフリカーヌス*（小スキーピオー*）のカルターゴー*攻撃に参加し、敵市の城壁への一番乗りを果たす（前147）。徳性に優れていたので、首席元老院議員（プリーンケプス・セナートゥース*）のアッピウス・クラウディウス・プルケル*（⇒クラウディウス・プルケル❷）に見込まれて、その女婿となる。前137年、財務官（クァエストル*）としてヒスパーニア*へ赴く道中、イタリアの国土が貴族・富裕層の大土地所有（ラーティフンディア*）のせいで荒廃に帰しているありさまをつぶさに眺め、農地改革運動を起こす決意を固めたという。帰国後、護民官（トリブーヌス・プレービス）に選ばれるや（前133）、大土地所有の制限と中小自作農の没落阻止を図る法案を提出（⇒リキニウス・セクスティアエ法）。公有地の占有は1人500ユーゲラ jugera（1ユーゲルム jugerum は約25アール）以内——ただし子供1人につき250ユーゲラの追加を認めるが、子供がたくさんいても総計千ユーゲラ以上の占有は認めぬ——に限定し、残余の土地を貧民に分配せんとした。そして同僚の護民官 M. オクターウィウス Octavius が拒否権を発動すると、ティベリウスは彼を免職に追いやり、強引にこの法案を通過させ、岳父アッピウス・クラウディウスや弟ガーイウス・グラックス*とともに土地分配委員となる。また同年（前133）、ペルガモン*王アッタロス3世*が王国をローマに遺贈すると、その莫大な遺産を、土地分配に与った貧農の農具購入費に充てる法案も、元老院（セナートゥス*）を無視して民会（コミティア*）で成立させた。彼の改革案に反対する大土地所有者＝閥族派（オプティマーテース*）元老院貴族が、さまざまに脅迫や策謀を試みたため、ティベリウスは慣例に反して翌年の護民官に再選されんと立候補し、投票の当日カピトーリウム*丘上で、スキーピオー・ナーシーカ*率いる棍棒で武装した元老院議員の一団に頭を打たれて殺された。彼の支持者300人以上がともに撲殺され、屍骸はすべてティベリス*（現・テーヴェレ）河に投げ込まれた。さらに仲間の何人かは裁判も受けずに追放ないし処刑され、ある者は毒蛇のいる檻の中に放り込まれて咬み殺された。

反動的な元老院の権威を弱体化させようとする彼の遺志は、弟のガーイウスに引き継がれ、以来民衆派と閥族派が烈しく対立抗争する「内乱の1世紀」がはじまった。
⇒ P. ポピリウス・ラエナース❷、P. ルピリウス
Plut. Gracch. 1～21/ App. B. Civ. 1-9～17/ Liv. Epit. 58/ Vell. Pat. 2-2～3/ Cic. Brut. 27/ Flor. 3-14/ Oros. 5-8～/ Val. Max. 1-4, 3-2/ Aur. Vict. De Vir. Ill. 57/ Dio Cass./ etc.

クラッスス　Crassus, (ギ) Krassos, Κράσσος, (伊) Crasso, (西) Craso, (葡) Cras(s)o, (露) Красс
⇒マールクス・リキニウス・クラッスス❶

クラッスス家　Crassus, (ギ) Krassos, Κράσσος, (伊) Crasso, (西) Craso, (葡) Cras(s)o, (露) Красс

ローマの家名。とりわけリキニウス氏*に属する家系が

名高く、雄弁家L.リキニウス・クラッスス*や第1回三頭政治*のM.リキニウス・クラッスス❶*ら共和政後期に有力な人物を輩出、その家名は帝政期に至るまで伝えられた（⇒クラッスス・フルーギー・リキニアーヌス）。
⇒リキニア、巻末系図052
Liv. 25-5, 41～43, 45/ Plin. N. H. 21-4/ Plut. Crass. 1/ Cic. Brut., Fam., Tusc./ etc.

クラッスス・ディーウェス、プーブリウス・リキニウス
Publius Licinius Crassus Dives（ギ）Likinios Krassos, Λικίνιος Κράσσος, （伊）Publio Licinio Crasso Dives (il Ricco), （西）Publio Licinio Craso Dives, （葡）Públio Licínio Cras(s)o Dives, （露）Публий Лициний Красс Дивес

ローマの政治家、軍人。巻末系図052を参照。

❶ムーキアーヌス P. Licinius Crassus Dives Mucianus（前180頃～前130）ギリシアの学芸に通暁した法律学者・雄弁家・政治家。P.ムーキウス・スカエウォラ*の実弟。クラッスス家*の養子となり、Ap.クラウディウス・プルケル❷*の姉妹を娶って、C.センプローニウス・グラックス*の岳父となった（⇒系図巻末052，053）。スキーピオー・アエミリアーヌス・小アーフリカーヌス*（小スキーピオー）に対立し、Ti.センプローニウス・グラックス❸*の改革案を支持。大神祇官長および執政官（前131）に選ばれ、ペルガモン*のアリストニーコス❶*の蜂起を平定するべくアシア*へ出征するが、翌前130年トラーケー*（トラーキアー）人の小部隊に敗れる。虜囚の身になることを怖れた彼は、鞭で敵兵の目を撃ち、逆上した相手に刺殺されたという。軍隊の指揮権はペルペルナ❶*に引き継がれた。

彼はギリシア語に堪能で、アシアで裁判を行なった際には5つのギリシア方言を巧みに使い分けたといわれる。また、古代ローマの史家によって、「財産、血統、弁論の才、法律の知識、最高の神官職といった5つの点で第1位を占めた人物」とも評されている。

Liv. Epit. 59/ Cic. Brut. 26, Phil. 11-8, De Or. 1-56/ Val. Max. 3-2/ Quint. Inst. 11-2/ Gell. 1-13/ Plut. Gracch. 9/ etc.

❷（？～前87）
❶の甥、三頭政治家M.クラッスス❶*の父。彼が執政官の時（前97）に、人身供犠を禁ずる元老院*の決議が初めて通過した。その後数年間ヒスパーニア*へ赴任し、ルーシーターニア*人に対する戦功を認められて凱旋式を挙行（前93）。L.ユーリウス・カエサル❶*とともに監察官となり（前89）、スッラ=閥族派に与してマリウス=民衆派と敵対したため、前87年マリウスとキンナ*がローマに入城するや自害して果てた。異伝によれば、長男プーブリウス P. Licinius Crassusを目前で惨殺されたのち、自らも敵の手にかかって倒れたという。その莫大な財産は没収され、パラーティーヌス*丘の邸宅は後年キケロー*の所有に帰した。三男のマールクス（のちの三頭政治家*）はヒスパーニアまで遁走し、洞窟に身を潜めてようやく難を免れ、キンナの死（前84）後スッラとともにマリウス派の財産を没収して復讐を果たした。なお、長孫のプーブリウスは、もともと裕福だったにもかかわらず放蕩に身をもちくずし、財物を競売に付されたため、「破産者 Decoctor」と渾名されている。

Plin. N. H. 30-3/ Liv. Epit. 80/ Cic. Att. 12-24, Off. 2-16/ Plut. Crass. 1～/ App. B. Civ. 1-72/ Flor. 2-9/ Val. Max. 4-9/ Macrob. Sat. 3-17/ Festus/ etc.

❸（前85頃～前53年6月）三頭政治家*M.クラッスス❶*の次男。前58年以来カエサル*の幕下にあってガッリア*遠征事業に協力し、アクィーターニア*など各地に転戦。前56年ローマに帰国して父および大ポンペイウス*の執政官就任を支持し、メテッルス❺*・スキーピオーの娘コルネーリア❸*と結婚、また不仲だった父とキケロー*とを和解させた（前55）。父クラッススのパルティアー*遠征には、ガッリアの精鋭1千騎を率いて従軍したが、カッラエ*（カッライ*）の戦いで敵将スーレーナース*麾下の弓兵騎馬隊に大敗、負傷して自らの楯持ちに脇腹を貫かせて死んだ。パルティアー軍は彼の首を斬り落とし、槍先に突き刺してローマ軍の近くまで運んで行き、父クラッススを辱しめた。プーブリウスはキケローの崇拝者で、文学を好みギリシア語も達者で、舞踊にも優れていたという。

ちなみに、M.アントーニウス*の部将でアクティオン*の決戦（前31）後、エジプトでオクターウィアーヌス*（のちのアウグストゥス*）によって処刑されたプーブリウス・カーニディウス・クラッスス P. Canidius Crassus（前40年の執政官。？～前30）は、全く別の家系の出身である。

Plut. Crass. 13, 17, 23～, Cic. 33/ Cic. Fam. 1-9, 5-8, 13-16, Q. Fr. 2-9/ Macrob. Sat. 2-10/ Strab. 3-175～176/ Vell. Pat. 2-85, -87/ Dio Cass. 48-32, 49-24/ etc.

クラッスス・フルーギー・リキニアーヌス、ガーイウス・カルプルニウス
Gaius Calpurnius Crassus Frugi Licinianus, （伊）Gaio Licinio Crasso Frugi Liciniano, （西）Cayo Licinio Craso Frugi Liciniano, （葡）Caio Licínio Cras(s)o Frugi Liciniano, （露）Гай Лициний Красс Фруги Лициниан

（後1世紀後半～2世紀前半）名門クラッスス家*の末裔。ドミティアーヌス*帝治下に補欠執政官を務める（おそらく87年の補欠執政官ガーイウス・カルプルニウス・ピーソー・リキニアーヌス C. Calpurnius Piso Licinianus と同一人物）。ネルウァ*帝の治世に謀叛を企てて妻とともにタレントゥム*へ追放され（97）、トライヤーヌス*帝に対しても不軌を図り島流しにあう（110頃）。次いでハドリアーヌス*帝の時にも反逆を疑われ、島から脱出しようとしたところを殺された。彼は69年にガルバ*帝の養嗣子に迎えられたためにオトー*に殺された L.カルプルニウス・ピーソー・リキニアーヌス*の甥に当たると考えられている。

⇒巻末系図052
Dio Cass. 68-3, -16/ S. H. A. Hadr. 5/ Aur. Vict. Epit. 12/ etc.

クラッスス、マールクス・リキニウス　Marcus Licinius Crassus Dives, (ギ) Μάρκος Λικίνιος Κράσσος, (伊) Marco Licinio Crasso, (西) Marco Licinio Craso, (葡) Marco Licínio Cras(s)o, (露) Марк Лициний Красс

ローマの政治家、将軍。

❶ (前115頃～前53年6月9日)　第1回三頭政治家の1人。P. リキニウス・クラッスス❷*の三男。スッラ*とともにマリウス*派と闘い (前83～前82)、敗れた後者の財産没収に乗じて莫大な富を獲得。さらに消防組織を独占して、火災で燃えている家の持ち主が破格の安値で彼に家を売るのに同意するまで消火を断って、ローマ市のかなりの部分を買い占めた。そのほか、国有鉱山を購入したり、奴隷貿易に従事したり、100もの邸宅や集合住宅 insula を貸したりして、その財産は1億7千万セーステルティウスもの巨額に達した。「自分の年収で1箇軍団を養えるくらいでなくては金持ちとは言えぬ」と豪語し、ウェスタ*の処女 (ウェスターリス*) と関係を結んで彼女のローマ郊外の豪華な別荘 villa を手に入れることも憚らなかった —— ただし、「富者 Dives」なる異名は彼に始まるものではなく、前205年に執政官だった高祖父が、たいそう裕福で盛んに豪華な競技会を主催したり、金・銀製の冠を賞として与えたことから得たもの。代々、同家に添え名 agnomen として伝えられた。ただこの先祖は、玄孫のクラッススと異なり、非常に厳格な人で、ウェスタに仕える処女が聖火を絶やしてしまった時には、罰として彼女を焼き殺したほどである ——。

前73年度の法務官を経た後、剣闘士スパルタクス*の乱 (前73～前71) を鎮圧して武名を上げ小凱旋式を挙行 (前71)、翌年には大ポンペイユス*とともに執政官職に就任し、1万の食卓で市民を饗応して各人に3ヵ月分の食糧を分配する気前のよさを見せた。ポンペイユスと力を合わせてスッラ体制の廃止と元老院の勢力削減に努めたが、それ以外の点ではことごとく意見を異にし、互いに対抗意識を燃やした (前70)。ポンペイユスが東方へ出征した (前67) のち、クラッススは官職の最高位たる監察官の地位に昇った (前65) ものの、それにも飽き足らず、独裁官職をめざしてカティリーナ*の陰謀計画に加担する (前65、⇒P. コルネーリウス・スッラ、L. アウレーリウス・コッタ)。さらに、前途有為な民衆派の領袖カエサル*と結び、その厖大な負債を肩がわりしてやり (前61)、翌年にはカエサルの仲介で嫉視反目していたポンペイユスと和解し、三者は元老院に対抗して密約を締結、ここにいわゆる第1回三頭政治*を成立させた (前60)。前56年三巨頭はルーカ* (現・ルッカ) の会談で、この同盟を更新し、翌前55年クラッススとポンペイユスは再び執政官に就任、カエサルのガッリア*統治をなお5年間延長するとともに、彼ら自身も翌年から5年間、属州と軍隊を保持するという法案を可決した。カエサルの栄光に刺激されたクラッススは、軍事的名声を求めてシュリア*に総督として赴任 (前55年11月)、イェルーサレーム* (エルサレム) の神殿を略奪したのち、大軍を率いてエウプラーテース* (ユーフラテス) 河を渡り、パルティアー*に侵入するが、功をはやるあまりカッラエ* (カッライ*) で敵軍の騎兵隊に惨敗、2万人が戦死、1万人が捕虜になった。ガッリアから援軍を率いて来ていた次男のプーブリウス (P. リキニウス・クラッスス❸*) も殺されて首を刎ねられ、当のクラッスス自身、敵将スーレーナース*の和議の誘いにおびき出されて、パルティアー兵に斬殺された。切り離された彼の首と右手は、観劇中のパルティアー王オローデース2世* (アルサケース14世*) のもとへ送り届けられ、悲劇役者にもてあそばれて、拍手喝采の的となる。そのうえ、オローデース王はクラッススの首に溶けた金を注いで、彼の貪婪な黄白欲をからかったという。

クラッススの妻テルトゥッラ Tertulla は、かの奢侈生活で有名な L. ルークッルス*の姪に当たり、初めクラッススの長兄プーブリウスに嫁いだが、夫がマリウス派に虐殺された (前87) ため、義弟マールクスと再婚したもの。当時のローマ貴婦人によくある浮気な女性で、再縁後も素行はおさまらず、せっせと姦通に励み、そのせいかクラッススの長男マールクスは、父親よりも元老院議員のアクシウス Axius という人物に瓜二つであったという。カエサルもその情夫の1人に数えられている。

⇒パコロス❶、アルタウァスデース1世

Plut. Crass./ Dio Cass. 37～40/ Cic. Att. 1-14, -16, Off. 1-8 (25), Fam. 1-9, 5-8, 14-2, Div. 1-16, Sext. 17/ Flor. 3-11/ Val. Max. 1-1, 3-4/ Suet. Iul. 9, 19, 21, 24, 50/ Joseph. J. A. 14-7, J. B. 1-8/ Just. 42-4/ Plin. N. H. 2-57, 5-21, 15-21, 21-4, 33-47/ Sall. Jug. 2～/ Strab. 11-501, 16-747, -748/ etc.

❷ (前1世紀)　❶とテルトゥッラ Tertulla の間の長男。母が姦通に励んでいたせいか、父親よりも元老院議員のアクシウス Axius という人物に瓜二つだったと伝えられる。前54年、弟プーブリウス (P. リキニウス・クラッスス❸) に代わって、ガッリア*のカエサル*に仕え、その財務官を務める。前49年の内乱勃発時にはガッリア・キサルピーナ*の統治を委ねられた。

Cic. Fam. 5-8/ Caes. B. Gall. 5-24, 6-6/ Just. 42-4/ etc.

❸ (前1世紀後半)　❷の子。初めセクストゥス・ポンペイユス*の、次いで M. アントーニウス❸*の幕下に属したが、のちオクターウィアーヌス* (のちのアウグストゥス*) 側に鞍がえして、前30年オクターウィアーヌスとともに執政官となる。翌年マケドニア*の属州総督 Proconsul として赴任し、周辺諸部族を征服 (前29～前28)、バスタルナエ*族の首長を手ずから討ちとった武功のゆえに、名誉の戦利品の栄誉を要求するが、彼の業績を嫉視するオクターウィアーヌスによって拒絶され、凱旋式の挙行のみが認められた (前27年7月)。

⇒モエシア

Liv. Epit. 134～135/ Dio Cass. 51-23～27/ etc.

❹ (前2世紀後半)　アゲラストゥス Agelastus, (ギ) Agelastos, Ἀγέλαστος　前105年の法務官。三頭政治家の M. クラッスス❶*の祖父。決して笑ったことがなかった

ので「笑わぬ人」と渾名された人物。とはいえ、あるとき驢馬が薊を食べているのを見て、誰かが「唇が萵苣の葉のようだ」と言ったのを聞き、生涯にただ1度だけ笑ったことがあるという。
⇒アナクサゴラース、クリューシッポス（ストアー派の）
Plin. N. H. 7-19/ Cic. Fin. 5-30/ etc.

❺フルーギー M. Licinius Crassus Frugi（？～後47）❶の末裔。後27年の執政官。マケドニア*やブリタンニア*遠征などで凱旋将軍顕章を2度授与される。大ポンペイユス*の玄孫スクリーボニア Scribonia を娶って数人の子供を儲けた当代まれな子福者であったが、一家はその輝かしい業績と名門の血統、とりわけ帝室との姻戚関係のゆえに次々と葬り去られることになる（⇒巻末系図052）。クラッスス本人は妻や息子の Cn. ポンペイユス・マグヌス❸*とともにクラウディウス*帝によって殺され（47）、嗣子の M. リキニウス・クラッスス・フルーギー（64年の執政官）はネロー*帝に処刑され、ガルバ*帝の養子になった末の息子 L. カルプルニウス・ピーソー・フルーギー・リキニアーヌス*はオトー*帝に殺された（69）。
⇒C. クラッスス・フルーギー・リキニアーヌス
Suet. Claud. 17, 27, 29, Galba 17/ Plut. Galba 23/ Tac. Ann. 4-62, Hist. 1-14～15, -47～48, 4-39/ Sen. Apocol. 11/ Dio Cass. 63-5～6/ etc.

クラッスス、ルーキウス・リキニウス Lucius Licinius Crassus,（伊）Lucio Licinio Crasso,（西）Lucio Licinio Craso,（葡）Lúcio Licínio Cras(s)o,（露）Луций Лициний Красс

（前140～前91）ローマの雄弁家。弱年より弁論の才を顕わし、21歳の時に C. カルボー❶*を告発して自殺に追いやり（前119）、前114年のウェスタ*の巫女（ウェスターレース*）密通事件では親族のリキニア❷*を弁護するなど法廷で大いに活躍、同時代の雄弁家中の第一人者と称された。政界では閥族派を支持し、前95年の執政官職（相役はしばしば政務官職で同僚となった Q. ムーキウス・スカエウォラ❷*）に就くと、不法な手段でローマ市民として登録されたイタリア人を厳しく取り締まり、彼らからローマ市民権を剥奪した。そのため全イタリア同盟諸市の反撥を買い、これが同盟市戦争*（前91～前88）勃発の主因となった。次いで内ガッリア*の属州総督として赴任し、大した武勲もたてずに凱旋式の栄誉を請求したが、スカエウォラ❷の反対で認められなかった。博識で法律に通暁し、前93年には法曹界の権威スカエウォラと相続をめぐる民事訴訟で対立し、これに勝利を収めた。翌前92年に監察官となるが、相役の Cn. ドミティウス・アヘーノバルブス❷*とは性格が合わず、不和と論争が絶えなかった。

クラッススはパラーティーヌス*丘に豪邸を構えて優美と奢侈を愛し、大理石や高価な家具調度に囲まれて柔弱な生活を送っていたので、「パラーティーヌスのウェヌス*」という揶揄めいた渾名で呼ばれた。また養魚池で飼い馴らした鯏（ムーレーナ murena）に耳環や頸飾りをつけて溺愛し、これが死んだ時には慟哭して葬ったといわれる。前91年に護民官 M. ドルースス❷*の法案をめぐって元老院で時の執政官 L. マルキウス・ピリップス*（前86の監察官）と激しく討論し、昂奮のあまり発熱して7日目に息を引き取った。おかげで、その後ローマを襲った惨禍を目撃せずにすむ。機智と諧謔に富み、雄弁家としては豊饒華麗な文体を特色とする「アシア派」に属する。後輩のキケロー*からも深く尊敬されて、対話篇『弁論家について De Oratore』では著者キケローの代弁者のごとき主要な役割で登場している。ある裁判で弁論を行なっている最中、反対側を支援するラミア L. Aelius Lamia という評判の醜男が憎々しげに何度も話を中断させるので、クラッススは「ではその美男子さんの話をとくと拝聴するとしよう」と皮肉り、相手が「容姿は自分ではどうにもできなかったものだ。才能ならどうにかできたがな」と答えると、「ではその能弁家とやらの話をぜひ聴かせてもらいたいね」と切り返して法廷に爆笑の渦を巻き起こしたなど幾多のエピソードが伝えられている。

Q. ムーキウス・スカエウォラ❶*の娘を娶って2女を儲け、うち1人がスキーピオー・ナーシカ*（前94年の法務官*）に嫁いで産んだ子（つまり外孫）ルーキウスを養嗣子とした（⇒巻末系図052）。また大ポンペイユス*の最後の妻コルネーリア❸*は、彼の曾孫に当たる。
⇒M. アントーニウス❶
Cic. De Or., Brut. 26, 27, 43, 52, 53, Off. 1-37, 2-13, -16, -18, 3-10, -16, Verr. 2-3-1, Pis. 26, Clu. 51/ Ael. N. A. 8-4/ Val. Max. 3-7, 4-5, 6-5, 9-1/ Vell. Pat. 1-15, 2-9/ Quint. Inst. 6-3/ Plin. N. H. 17-1, 33-53, 34-8, 35-8, 36-3/ Suet. Ner. 2/ Tac. Dial. 34/ Gell. 15-11/ Macrob. Sat. 1-10/ Asc. Corn./ etc.

グラッティウス（グラーティウス） Grattius (Gratius) Faliscus,（仏）Grattius de Faléries,（伊）Grazio Falisco,（西）Gracio Falisco

（前43頃～後14頃）アウグストゥス*帝時代のローマの教訓詩人。オウィディウス*の知人。エトルーリア*の町ファレリイー*の出身。狩猟に関するラテン語の六脚律詩『狩猟論』Cynegetica の作者で、そのうち541行が現存する。特に犬の飼育・管理法に詳しい。
⇒ネメシアーヌス
Ov. Pont. 4-16/ Manilius Astronomica 2-43/ etc.

グラーティアエ（グラーティアたち） Gratiae（〈単〉 Gratia,（英）（仏）Grace,（独）（伊）Grazia,（西）Gracia,（葡）Graça）,（英）Graces,（仏）Grâces,（独）Grazien,（伊）Grazie,（西）Gracias,（葡）Graças,（露）Грации

ギリシアの「優美」の女神たちカリテス*（カリス*たち）のローマ名。

グラディアートル（剣闘士）　Gladiator，〈複〉グラディアートーレース Gladiatores，〈ギ〉モノマコイ Monomakhoi, Μονομάχοι），（仏）Gladiateur, （伊）Gladiatore，（西）（葡）Gladiador，（露）Гладиатор

　ローマ時代、闘技場で生死を賭して決闘する血腥（なまぐさ）い見世物に出場させられた剣奴、剣闘士*。元来この剣闘士試合は、エトルーリア*の死者のための人身供犠から始まったもので、伝説によると、ローマへは第5代の王タルクィニウス・プリスクス*の時代に導入されたという。しかし一般的には、前264年にマールクス・ブルートゥス M. Brutus とデキムス・ブルートゥス D. Brutus の兄弟が、亡父デキムス D. Brutus Pera の墓前で3組の剣闘士に真剣勝負を行なわせたのが、ローマにおける濫觴であるとされている。当初は、貴族の葬礼に際して、死者の霊魂に捧げる生贄の行事だったものが、次第に武装した人間同士の格闘競技へと変貌、残忍な見世物がローマ市民を熱狂させたため、人心収攬を図る有力者によって大々的に催されるようになった。カエサル*は父親の追善供養の名目で320組の剣闘士を純銀の武具で装わせて戦わせ（前65）、また亡き娘ユーリア❹*を記念して一層盛大な試合や野獣狩り（ウェーナーティオー*）、模擬海戦（ナウマキア*）を提供（前46）。帝政期に入ると、その規模もますます大きく膨れ上がっていき、アウグストゥス*の催した8回の競技会では約1万人の剣闘士が殺し合い、ダーキア*遠征から凱旋したトライヤーヌス*帝の開いた大規模な見世物においては、一挙に1万人の剣闘士試合と1万1千頭の野獣狩り（ウェーナーティオー）が行なわれるまでになる（後107）。

　剣闘士として戦わせられたのは、主に捕虜・奴隷・罪人であったが、市民の中には自ら志願して剣闘士養成学校に入る者がいたし、騎士（エクィテース*）や元老院議員（セナートル*）でさえ闘技場で戦うことがあった。ネロー*帝は1回の催しに400人の元老院議員と600人の騎士を剣闘士として出場させており、それよりも早くカエサルやアウグストゥスらも、これら名門出の人々を格闘させている。剣闘士を養成する訓練所は、前105年にはすでにローマに何ヵ所かできており、帝政時代には、知られているだけでも、ローマ市内に4ヵ所、イタリアにはカプア*などに数ヵ所、そしてアレクサンドレイア❶*やペルガモン*など属州*の主要都市にも何ヵ所かあった。剣闘士は携えている武器・装備によってさまざまに組み分けされていたが、そのうち有名なものは――、網と三叉戟とで戦うレーティアーリー Retiarii、その好敵手で兜・剣・円楯で戦うセクートーレース Secutores、前立てに海魚の標章がついたガッリア*風兜を被った剣士ミルミッローネース Mirmillones (Murmillones, Myrmillones)、全身を重装備で固めた闘士ホプロマキー Hoplomachi、トラーキア*（トラーケー*）式の小円楯と短剣でミルミッローネースやホプロマキーと戦うトラーケース Thraces（トラエケース Thraeces）、などである。他にも、野獣狩り（ウェーナーティオー）で猛獣と格闘する野獣剣闘士ベースティアーリー Bestiarii、サムニウム*式の上が幅広く下が狭い大楯を持つサムニーテース Samnites、ケルト*風の戦車に乗って戦うエッセダーリー Essedarii、長いトゥニカをまとった女装剣闘士トゥニカーティー Tunicati 等々、幾種もあったが、同じ武装をした剣闘士同士が対決させられることはなかった。カリグラ*やコンモドゥス*のように自ら剣闘士として戦う皇帝も少なくなく、さらに女性や矮人（びと）、不具者の剣闘士も登場し、滑稽な、また凄絶な死闘を繰り広げて観衆の興奮をさらった。一方の剣闘士が敗れた場合、観客（最終的には主催者）が親指を立てればその生命は許され、親指を下に向ければ即座に喉を切られて殺されることになっていた。勝利者は大きな名声と世人の称讃を得、その雄姿は絵画や彫刻や詩歌の題材としてもてはやされ、快楽好きな富裕市民の男女から情事をもちかけられた。クラウディウス*帝をはじめ多くのローマ人は流血の惨事と死闘の苦悶を好み、アウグスティーヌス*の「心の友」アリュピウス Alypius（キリスト教の司教、聖人。？〜430頃）も、当初は観戦を拒んでいたが、ひとたび競技場の殺戮行為を見るや狂暴な快楽に酔いしれ、以後やみつきになったという。西ローマ帝ホノーリウス*が禁止令を出した（404）ものの、剣闘士試合が最終的に廃絶されたのは東ゴート*王テオドリークス*の時であった（500年、確認し得る最後の剣闘士試合は435年ないし440年）。

⇒スパルタクス、コロッセーウム、アンピテアートルム

Suet. Iul. 10, 39, Aug. 22, 43, Calig. 30, 32, 35, 54〜55, Claud. 34, Ner. 12, Tit. 7/ Tac. Ann. 1-76, 3-43, 15-46/ Plut. Caes. 5/ Dio Cass. 37-8, 43-23, 59-5, -14, 60-7, 61-9, 62-19, 68-15/ Augustin. Conf. 6-8/ Tertullian. De Spect. 12/ Quint./ S. H. A. Comm./ Juv. 3, 6/ Mart./ Dig./ Cod. Theod./ Cod. Iust./ etc.

グラーティアーヌス　Flavius Gratianus，〈ギ〉Gratianos, Γρατιανός，〈英〉〈独〉Gratian，（仏）Gratien, （伊）Graziano，（西）Graciano (el Joven)，（葡）Flávio Graciano Augusto，（露）Грациан

（後359年4月18日（5月23日）〜383年8月25日）ローマ皇帝（在位367年8月24日〜383年8月25日）。

　ウァレンティーニアーヌス1世*の長男（⇒巻末系図104〜105）。パンノニア*のシルミウム*に生まれる。わずか8歳にして父帝から正帝（アウグストゥス*）の称号を授かり、西方統治を命ぜられる（367年8月24日）。コーンスタンティウス2世*の娘コーンスタンティア❷*と結婚（374）、異教徒文人のアウソニウス*やシュンマクス*らと交わり哲学をはじめ諸学問を愛好する。父帝急死（375年11月17日）の折、16歳だった彼は、軍の一部が異母弟のウァレンティーニアーヌス2世*（4歳）を推戴する動きを見せた（⇒ユースティーナ、メロバウデース）ので、内乱を避けるため、これを共治帝として承認（375年11月22日）。自らはガッリア*・レーヌス*（ライン）地方でゲルマーニア*人と戦い続けた（宮廷はアウグスタ・トレーウェロールム*（現・トリーア）、のちメディオーラーヌム*（現・ミラノ））。叔父の東方帝ウァレーンス*が戦死すると（378年8月）、その後継者として有能なテオドシウス1世*を選立（379年1月）。民族大移動の国難にあっ

てアラマンニー*族を破る（378。レーヌスを渡河遠征した最後のローマ皇帝となる）など活躍した。しかしアンブロシウス*の感化を受けてから熱狂的なキリスト教化策にはしり、「異教（非キリスト教）」の祭礼を禁圧、神殿財産を没収したあげく、ローマ元老院議事堂から「勝利の女神」の祭壇を撤去して伝統宗教を守る人々から抗議を受けた。（382。また大神祇官長（ポンティフェクス・マクシムス）*の称号を拒否した最初のローマ皇帝となる）。さらに国政を腐敗した官僚や聖職者に委ねて公然たる売官・汚職の横行を許し、自身は異常なまでに狩猟や遊興に惑溺した。ついに383年、ブリタンニア*でマグヌス・マクシムス*が軍隊に擁立されて叛旗を翻しガッリア*に侵攻した際、グラーティアーヌスは麾下の将兵らに見捨てられて逃亡を余儀なくされ、ルグドゥーヌム*（現・リヨン）で刺客の手によって果てた（24歳）。帝は温厚な人となりと優雅な挙措進退、端整な容姿で国民の心を魅了していたが、後年は欲情を満たすべく柔弱遊惰な生活に耽ったため、人々の顰蹙を買い、軍隊からも見放されるに至ったという。
⇒ダマスス1世
Amm. Marc. 27-6, 28-1, 29-6, 30-10, 31-9〜10/ Aur. Vict. Epit. 45, 47, 48/ Oros. 7-32〜34/ Zosimus 6-12, -19, -24, -34〜36/ Auson./ Ambrosius/ etc.

グラディエイター　Gladiator
⇒グラディアートル（の英語訛り）

クラーティス（河）　Krathis, Κρᾶθις, Crathis, Crater
（現・Crati）イタリア南部、ルーカーニア*とブルッティウム*との境界を流れる河。シュバリス*（トゥーリオイ*）の近くでタレントゥム*湾に注ぐ。この河水を飲むと、毛髪が黄金色に変わると信じられていた。

なお、アカーイアー*のアイガイ❶*を流れてコリントス*湾に注ぐ同名の河とは別。前者はこのアカーイアーの河にちなんで名づけられた。
Paus. 7-25/ Ael. N. A. 12-12/ Herodot. 1-145, 5-45/ Ov. Met. 14-315/ Plin. 3-11, 31-9〜10/ Eur. Tro. 228/ Theoc. 5-16/ Lycoph. Alex. 919/ Strab. 6-263, 8-386/ etc.

クラティッポス　Kratippos, Κράτιππος, Cratippus,（仏）Cratippe,（伊）Cratippo,（露）Кратипп
ギリシア人の男性名。

❶（前375年頃活動）アテーナイ*の歴史家。トゥーキューディデース❷*の史書が終わっている前410年から、コノーン*のクニドス*海戦での勝利（前394）までの出来事を記録した（散逸）。1906年エジプトのオクシュリュンコス*で発見されたギリシア史のパピューロス文書（約900行）は、前396〜前395年の事件を扱っており、これをクラティッポスの著書の断簡と見る説が有力。
⇒テオポンポス❷
Dion. Hal. Thuc. 16/ Plut. Mor. 345e/ P. Oxy./ etc.

❷（前1世紀中頃）（ラ）Marcus Tullius Cratippus ペリパトス（逍遙）学派の哲学者。ペルガモン*ないしレスボス*島のミュティレーネー*市出身。ローマの雄弁家キケロー*はクラティッポスを当代随一の哲学者と評し、アテーナイ*で教える彼の許へ息子マールクス・キケロー❷*を勉学に送っている。クラティッポスはキケローの推輓でカエサル*からローマ市民権を贈られ、前44年にはロドス*のアンドロニーコス*を継いでリュケイオン*の第11代学頭となる。パルサーロス*の戦い（前48）に敗れたポンペイユス*が彼を訪ねて、神々の摂理について語り合った話は有名である。
Cic. Off. 1-1〜, Brut. 24, 31, 71, Div. 1-3〜, Fam. 12-16, 16-21/ Plut. Cic. 24, Pomp. 75, Brut. 24/ Ael. V. H. 8-21/ Tertullian. De Anim. 46/ etc.

グラーティディアーヌス　Gratidianus, M. Marius
⇒マリウス・グラーティディアーヌス、マールクス

クラティーノス　Kratinos, Κρατῖνος, Cratinus,（伊）（西）（葡）Cratino,（露）Кратинос
ギリシア人の男性名。

❶（前520／484頃〜前423／419頃）アテーナイ*の喜劇詩人。アッティケー*（アッティカ*）古喜劇の大成者。前453年に最初の喜劇を上演して以来、競演に優勝すること9回、時の権力者ペリクレース*をも容赦なく罵り、その大きな玉葱頭や愛妾アスパシアー*を嘲弄した。政治的諷刺や個人攻撃のみならず、神話伝説の戯化にも長じ、その激越、豪快な作風は大河の奔流に譬えられている。アリストパネース*、エウポリス*とともにギリシア古喜劇を代表する作家の1人。大酒家で知られ、晩年の競敵アリストパネースから「最早や役に立たぬ老いぼれの飲んだくれのうえ、寝小便までする」と言って攻撃された（前424）。が、翌前423年には『酒瓶 Pytine』で自らの酩酊を滑稽に擁護して1等賞を獲得、アリストパネースに苦杯を嘗めさせた。その後ほどなく、およそ97歳で没。『アルキロコイ Alkhilokhoi』（前448頃）、『サテュロイ Satyroi』（前424）など27篇の題名と500以上の断片（エジプト出土のパピューロス断簡 Dionysaleksandros を含む）が伝えられている。新しいものは何でも大嫌いなクラティーノスは、諷刺詩人アルキロコス*の模倣者と称せられ、一般に時事問題の諷刺を喜劇に導入した人物と見なされている。

神話に取材した『ネメシス*』や『ギガンテス*』、『ガニュメーデース*』といった作品のあったことも知られているが、それらのうち幾篇かは同名の中期喜劇詩人・小クラティーノス（前4世紀中頃〜後半に活躍）の筆に帰されている。
⇒スーサリオーン、カッリアース❶、キオーニデース
Ar. Eq. 400, 526〜, Pax 700〜/ Anon. De Com. 29, 32/ Plut. Per. 3, 13/ Pers. 1-123/ Lucian. Macr. 25/ Diog. Laert. 3-28/ Ath. 6-241c, 11-469c, 14-629c/ Platon. Diff. Com. 7, 12, 14/ etc.

❷（前6世紀末）伝説的なアテーナイ*の美青年。神託が人身御供を要求した時、自ら犠牲になることを申し出たが、

彼を愛する念者（エラステース）erastesのアリストデーモス❹もそれに殉じたという（⇒エピメニデース）。

人身供犠に関する類似の話は、テスピアイ*の若者クレオストラトス Kleostratosと念者のメネストラトス Menestratosや、デルポイ*の美青年アルキュオネウス Alkyoneusとその恋人エウリュバトス Eurybatos（⇒ラミアー）の例など、ギリシア各地に見出される。同様の物語の女色版もあって、レスボス*島へ最初に入植したエナロス Enalosが、海の女神への生贄に選ばれた乙女とともに波間に身を躍らせたところ、2人とも海豚（いるか）に救出されたという話が知られている。

Ath. 13-602 c～f/ Paus. 9-26/ Ant. Lib. Met. 8/ Pl. Symp. 179e～180a/ etc.

クラテース Krates, Κράτης, Crates,（仏）Cratès,（伊）Cratete,（露）Кратет（Кратес）

ギリシア人の男性名。

❶（？～前425頃）アテーナイ*の喜劇詩人。初めは俳優で、クラティーノス*の喜劇などに出場していたが、のちに自らアッティケー*（アッティカ*）古喜劇の作者となる。毒舌でもって個人攻撃をする従来の諷刺形態を脱して、普遍的な主題と物語（筋書き）を創作することを始めた「最初の人であった」とされる。前450年頃にディオニューシア*祭で初優勝。器用で気の利いた作風の持ち主であったにもかかわらず、気紛れな観客に酷評されることもあり、しばしば人々を買収する手段を弄して、何とか最後まで人気を保ち得たという。8篇の題名とわずかな断片のみ伝存する。

Ar. Eq. 537～540/ Arist. Poet. 5-1449b/ Ath. 3-119c, 10-429a/ Hieron. Chron. Ol. 82/ Anon. De Com. 9-8/ Suda/ etc.

❷（？～前268／265）アテーナイ*の哲学者。アカデーメイア*学園の第4代学頭ポレモーン❶*の弟子にして愛人、かつその後継者（第5代学頭）。互いに深く愛し合っていたので、彼らは一緒に暮らして学問に励んだばかりか、死後も同じ墓に埋葬されたという。2人は「神のごとき人たち」とか「黄金時代からの生き残り」と絶讃され、またもう1組の愛し合う哲学者たちクラントール❷*とアルケシラーオス*とも仲良く同棲したと伝えられる。クラテースは哲学に関する論述以外に、喜劇や演説文なども著わしたが、いずれも散逸して伝わらない。アカデーメイア学園の第6代学頭の地位は、彼の死後、アルケシラーオスに引き継がれた。

Diog. Laert. 4-21～23, -51/ Ath. 11-497/ etc.

❸（前368／365頃～前288／285頃）テーバイ❶*出身のキュニコス（犬儒）派の哲学者。アテーナイ*でメガラ*派哲学を学ぶが、のちシノーペー*のディオゲネース❷*に接してキュニコス派に転向。莫大な資産を処分して金に換え、それらを市民に分かち与え（一説に海中に投じ）ると、自らは無一物の身となって各地を流浪しつつ貧と独立を説いて回った。彼の決心を翻えさせようとした縁者たちを杖で追い払い、克己心を涵（やしな）うべく夏は厚い外套を、冬はボロボロの衣服をまとって、失意の人を慰めたり、敵対する者同士を和解させたりしながら遍歴。どの家にでも乗り込んでいって訓戒したため、「扉を開ける人（テュレパノイクテース）Thyrepanoiktes」と呼ばれたが、人々は彼を敬愛して門口に「善神クラテース歓迎」と書いておいたという。顔は醜く傴僂（せむし）だったにもかかわらず、エレトリア*派の美男哲学者メネデーモス*の恋人たるアスクレーピアデース Asklepiadesを誘惑しようとしたとか、名家の娘ヒッパルキアー*から惚れ込まれて初めは拒否していたものの、ついに彼女を娶り、一緒に簡素な生活を送ったとかいった話が残っている。

「哲学によって何事も気にしない境地を得られた」と語る彼は、テーバイ市を破壊したアレクサンドロス大王*から「祖国を再建してほしいかね」と訊かれた時、「何でその必要がありましょう。どうせまた別のアレクサンドロスが破壊するでしょうから」と答えたという。また、ある両替商にお金を預けて、「もし私の子供が大きくなって普通人になったら、これを彼らに与えてくれ。が、もし哲学者になったなら、それを人々に分配してくれ。哲学をするのには何も必要ないのだから」と言ったとか、成長した息子を売春宿に連れて行って父親の結婚はこんな風なやり方だったと告げたとか、娘を1ヵ月間求婚者の手に渡して試験結婚させてみた等の逸話も伝わっている。数多くの詩や書簡、悲劇作品を執筆したが、わずかな断片しか現存しない。ストアー*派の開祖キティオンのゼーノーン*は彼の弟子の1人である。

⇒メートロクレース、ビオーン❷、ヒッパルキアー

Diog. Laert. 6-85～93, -96～98/ Plut. Mor. 69c, 632e/ Ath. 10-422c/ Strab./ Julian. Or. 6-201b/ etc.

❹（前2世紀前半～中頃に活躍）マッロス Mallos, Μαλλόςの（ラ）Crates Mall(e)otes,（英）Crates of Mallus,（仏）Cratès de Mallos,（独）Krates von Mallos

キリキアー*のマッロス出身の高名な文献学者、ストアー*学派の哲学者。ペルガモン*王エウメネース2世*に招聘されて、王の設立した図書館の長官職に就任し、ホメーロス*はじめヘーシオドス*、エウリーピデース*、アリストパネース*ら代表的なギリシア文学者に関する論述を執筆した。ストアー哲学流にホメーロスの詩を寓意的・比喩的に注解し、サモトラーケー*のアリスタルコス❷*に代表されるアレクサンドレイア❶*派と烈しく対立するに至った。前168年頃、ペルガモン王アッタロス2世*により使節としてローマへ派遣され、大排水溝（クロアーカ・マクシマ*）で脚の骨を折ったため、治療中に文学研究についてしばしば講演し、ローマ人の間に初めて文法学や文学批評への関心を惹起、その後のローマの学問に少なからぬ影響を及ぼした。「批評家」（クリティコス）Kritikos, Κριτικός,（ラ）Criticusと渾名され、また世界を

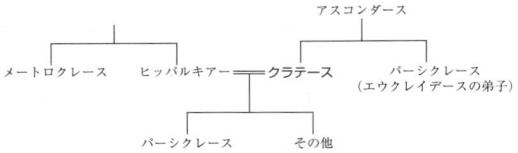

系図173　クラテース❸

表現するのに平面図ではなく地球儀を考案したことでも知られる。

他にもイソクラテース*門下の弁論家トラッレイス* Tralleis（現・Aydın）のクラテース（前4世紀）ら何人かの同名人物の存在が伝えられている。
⇒パナイティオス、ディオニューシオス・トラークス、アレクサンドロス・ポリュイストール
Suet. Gram. 2/ Strab. 1-30, 2-116, 3-157, 14-676/ Ael. N. A. 17-9/ Ath. 11-497f/ Varro Ling. 8-64, -68, 9-1/ Diog. Laert. 4-23/ Quint. Inst. 1-6/ Plin. N. H. 7-2/ Sext. Emp. Math. 1-3/ Suda/ etc.

クラテュロス　Kratylos, Κράτυλος, Cratylus,（仏）Cratyle,（伊）（西）Cratilo,（葡）Crátilo,（露）Кратил

（前5世紀後半）ギリシアのヘーラクレイトス*派の哲学者。プラトーン*の師の1人。ヘーラクレイトスの万物流転説「人は同じ河に2度入ることはできない」を極端なまでにおし進め、「流水は足を入れた瞬間ですら変化しているのだから1度でさえ同じ河に入ることはできない」と主張。「常に変化する万象について確定的なことは何も言えない」として唯1本の指を揺り動かすだけであったという。彼の懐疑論はプラトーン哲学にも影響を及ぼし、言語の起源に関するプラトーンの対話篇は『クラテュロス』と題されている。
Pl. Cra./ Arist. Metaph. A-6, Γ-5, Rh. 3-16/ Diog. Laert. 3-6/ Apul. De dog. Plat./ etc.

クラテロス　Krateros, Κρατερός, Craterus,（仏）Cratère,（伊）（葡）Cratero,（西）Crátero,（露）Кратер

（前360年代初頭～前321）マケドニアー*貴族出身の名将。アレクサンドロス大王*の親密な側近（ヘタイロイ*）として信任を得、イッソス*（前333）やガウガメーラ*の会戦（前331）で活躍。老将パルメニオーン*の謀殺（前330）後は老将にとって代わり、実際上のマケドニアー軍副司令官となる。個人的な反目からピロータース*告発においては最も主導的な役割を果たし（前330）、また大王の寵愛をめぐってヘーパイスティオーン*と烈しく対立したという。バクトリアー*、ソグディアネー*、インドにおいて武勲をたて、別働隊を率いてペルシア*へ帰還、前324年のスーサ*における集団結婚式ではダーレイオス3世*の姪アマーストリス❸*と結婚するが、大王の東方風（オリエント）に対してマケドニアーの伝統を尊重し、将兵の人気をあつめたため、本国の代理統治者および復員兵1万余人の指揮官に任命されて祖国へ送り返される（前324）。大王の死（前323）後、アンティパトロス*とともにマケドニアーおよびギリシアの摂政に推戴され、ギリシア諸国の反抗蜂起（ラミアー*戦争・前323～前322）を圧服、アマーストリスと別れてアンティパトロスの娘ピラー*と再婚する（前322年春）。台頭するペルディッカース*の勢力を削ぐため、アンティパトロスやアンティゴノス1世*、リューシマコス*、プトレマイオス1世*と結んだ（前321）が、カッパドキアー*でエウメネース*（カルディアー*の）に敗死した——トラーケー*兵に討たれてとも、馬から振り落とされ足蹴にされてともいう——。

息子の小クラテロス（前321～前255頃）は、異父弟アンティゴノス2世*（ピラーとデーメートリオス1世*の子）の部将として、また史家として知られ、コリントス*やペロポンネーソス*などを統治（前280頃～）。さらにその子コリントスのアレクサンドロス Aleksandros（前290頃～前245）は、アンティゴノスからの独立を図り王位を称するが毒殺され、妃ニーカイア Nikaia にコリントスの支配権を残した（⇒エウポリオーン）。

なお、父のクラテロスが狂疾に冒されてヘッレボロス helleboros 草の治療を受けたことに関しては、アンティキュラ❶*の項を参照。アテーナイ*の法令を注釈入りでまとめた資料集成 Psēphismatōn synagōgē（少なくとも9巻以上）は、小クラテロスの編述になると伝えられる。
⇒ネオプトレモス❸、巻末系図047, 024, 027
Arr. Anab. 1-25, 3-25, 4-28, 5-18, 6-2, -15, -27, 7-4, -12/ Curtius 3-9, 4-3, 6-8, 7-6, 10-10/ Diod. 17-57, -114, 18-4, -16, -18, -29～30, 19-59/ Plut. Alex. 41, 47, Phoc. 25, Eum. 5～7, Cim. 13/ Nep. Eum. 4/ Strab. 15-702, -721, -725/ Just. 12-12, 13-2, -6/ Poll./ Harp. Steph. Byz./ Phot. Bibl./ etc.

クーラートル　Curator,（仏）Curateur,（独）Kurator,（伊）Curatore,（西）（葡）Curador,（露）Куратор

ローマの各種管理職。元来は「世話役」「後見人」を意味する語で、禁治産者・精神障害者・未成年者の財産の管理や法廷での代理人を務める者を指す法律用語。そのほか、ローマの水道（アクアエドゥクトゥス*）を監督する水道管理委員 Curator Aquarum や、ティベリス*（現・テーヴェレ）河の治水を管掌する河水溝管理委員 Curator alvei Tiberis、公共建築管理委員 Curator Operum Publicorum、国道管理委員 Curator Viarum など元老院身分の高級政務官（マギストラートゥス*）経験者が就く数々の要職があった。

なお近代ヨーロッパ諸国では、この語は財産管理人から転じて、大学の事務局長や財団などの理事、博物館・図書館の主事・館長を指す言葉として用いられている。
⇒プラエフェクトゥス
Tac./ Suet./ Cic./ Varro/ Hor./ Quint./ S. H. A./ Dio Cass./ Gell./ Frontin./ etc.

グラーニーコス　Granikos, Γράνικος（Γρανικός とも）, Granicus,（仏）Granique,（伊）（葡）Granico,（西）Gránico,（露）Граник

（現・Biga Çayı, Çan Çayı ないし、Kocabaş, Çayı）小アジア北西部のミューシアー*を流れプロポンティス*（現・マルマラ Marmara 海）に注ぐ川の名。

前334年5月、アレクサンドロス大王*（3世*）率いる東征軍が、この川でアカイメネース朝*ペルシア*帝国の軍隊と初めて戦い、これを打ち破ったことで知られる。両軍がグラーニーコス川を挟んで対峙した時、宿将パルメ

ニオーン*が翌朝まで待つよう勧告したところ、アレクサンドロスは「ヘッレースポントス*をたやすく渡ったのに、この小川ごときに邪魔だてされたとあっては、私の名折れになろうぞ」と言ってただちに渡河を決行。白兵戦で敵将の偃月刀に斬りこまれそうになったアレクサンドロスを、クレイトス*（黒のクレイトス）が危機一髪のところで救ったという。

Arr. Anab. 1-13～16/ Curtius 3-10～/ Diod. 17-19～21/ Plut. Alex. 16/ Hom. Il. 12-21/ Strab. 13-582, -587, -602/ Mela 1-19/ Just. 11-6/ etc.

グラピュラー　Glaphyra, Γλαφύρα,（伊）（西）Glafira

ギリシア系の女性名。巻末系図 032, 075, 026 を参照。

❶（前1世紀）遊女（ヘタイラー*）。前41年、その美貌でマールクス・アントーニウス❸*を魅了し、息子アルケラーオス❺*をカッパドキアー*の王に即位させた（前36）。2人の関係を嫉んだアントーニウスの妻フルウィア*は、夫を見返してやるつもりで、アウグストゥス*に言い寄ったという。

Dio Cass. 49-32/ App. B. Civ. 5-7/ Mart. 11-20/ etc.

❷（前1世紀〜後1世紀初頭）❶の孫娘。カッパドキアー*王アルケラーオス❺*の王女。初めヘーローデース1世*（ヘロデ大王）の息子アレクサンドロス*と結婚するが、自らの血統を誇って横柄に振る舞い、大王の妹サロメー❶*と対立。夫が処刑された（前7）後、マウレータニア*王ユバ2世*と再婚し、のち離婚する。さらに最初の夫アレクサンドロスの弟アルケラーオス❻*と三婚し、ユダヤ王妃となったが程なく没した（後7頃）。

Joseph. J. A. 16〜17, J. B. 1〜2/ etc.

グラプュラー　Glaphyra
⇒グラピュラー

グラブリオー、マーニウス・アキーリウス　Glabrio, Manius Acilius,（ギ）Glabriōn, Γλαβρίων,（伊）Manio Acilio Glabrione,（西）Manio Acilio

Glabrión,（葡）Manio Acilio Glabrio

ローマのプレーベース*（平民）系のアキーリウス氏 Gens Acilia（先祖はトロイアー*人に遡るという）出身の政治家・軍人。グラブリオーの家名は西ローマ帝国の滅亡近く後5世紀半ばまで存続している。

❶（前2世紀初頭）スキーピオー・大アーフリカーヌス*（大スキーピオー*）を後楯に、新人 novus homo として政界に乗り出し、法務官（プラエトル*）の時にエトルーリア*の奴隷の反乱を鎮圧（前196）。前191年度の執政官（コーンスル*）になるや、セレウコス朝*シュリアー*のアンティオコス3世*（大王）に対する戦争指揮権を得て、テルモピュライ*で勝利を収め、大王をギリシアから駆逐し、その盟邦たるアイトーリア同盟*に迫って降伏させた（⇒フラーミーニーヌス、L. ウァレリウス・フラックス❷）。ローマで凱旋式（トリウンプス*）を挙げた（前190年秋）のち、前189年度の監察官（ケーンソル*）に立候補したが、反対派の大カトー*（M. ポルキウス・カトー❶*）により戦利品横領の廉（かど）で訴えられたため、断念のやむなきに至った。テルモピュライの戦闘に当たって彼がその建立を誓約した女神ピエタース Pietas（敬虔）の神殿は、前181年同名の息子マーニウス M'. Acilius Glabrio（前154の執政官）によって造営され、ローマ最初の黄金鍍金の騎馬像も設けられた（⇒キモーンとペーロー）。

Liv. 30-40, 31-50, 33-25, -36, 35-10, -24, 36-1〜, 37-6, -57, 40-34/ App. Syr. 17〜21/ Polyb. 20〜21/ Plut. Cat. Mai. 12〜14, Flam. 15〜16/ Val. Max. 2-5/ Plin. N. H. 7-36/ Aur. Vict. De Vir. Ill. 47, 54/ Flor. 2-8/ etc.

❷（前1世紀）❶の曾孫。法学者 Q. ムーキウス・スカエウォラ❶*の外孫。前70年の法務官（プラエトル*）として、元のシキリア*総督ウェッレース*の弾劾裁判を主宰し、前67年には執政官（コーンスル*）となり、属州（プローウィンキア*）キリキア*の統治を委ねられる。ミトリダテース*戦争を遂行するべく L. ルークッルス*の軍隊を引き継ぐが、無為無能のため、ローマ軍がミトリダテース大王*（6世）から奪取した地域の大半を、再び大王に奪回される始末。マーニーリウス*法の成立によって指揮権はポンペイユス*の手に移った（前66）。「外祖父の薫陶も

系図174　グラブリオー、マーニウス・アキーリウス

空しく天性怠惰な人物」とキケロー*に評されている。スッラ*の命令で妻のアエミリア Aemilia（M. アエミリウス・スカウルス❶*の娘）と強制的に離婚させられ、懐妊中のアエミリアは再嫁先のポンペイユス邸で産褥死を遂げた（前81）。この時生まれた息子マーニウス M'. Acilius Glabrio は、長じてのちカエサル*の部下として活躍し、属州アカーイア*の統治者となった（前44）。

Plut. Sull. 33, Pomp. 9, 30/ Cic. Verr. 1-2, -10, -14, Brut. 68, Leg. Man. 2, 9, Att. 12-21/ Dio Cass. 35-14, -17/ Caes. B. Civ. 3-15〜16, -39/ App. Mith. 90/ etc.

❸（?〜後95）後91年に未来の皇帝トライヤーヌス*とともに執政官（コーンスル*）となる。その年に現われた前兆により、トライヤーヌスには帝位が、グラブリオーには破滅が予言される。時の皇帝ドミティアーヌス*の命でグラブリオーは剣闘士（グラディアートル*）として大きな獅子（ライオン）と戦わせられたが、まったく傷を負わずに見事にこれを仕留めたため、帝の嫉妬を買って追放され、のちに殺された。処刑の理由は、彼が無神論者ないしユダヤ系の迷信（キリスト教か）に耽っていたからとも、政変を企てたからともいう。

⇒フラーウィウス・クレーメーンス
Suet. Dom. 10/ Dio Cass. 67-12, -14/ Juv. 4-94/ etc.

クラーロス Klaros, Κλᾶρος
⇒クレーロス

クラロス Klaros, Κλάρος, Claros, Clarus,（英）（仏）（伊）（西）（葡）Claros,（独）Klaros,（露）Кларос
（現・Tsille ないし Zilleh 近くの遺跡）小アジア西岸イオーニアー*地方のコロポーン*市の南郊に位置する町。アポローン*の聖域と神託で名高い霊場。その起源はギリシア人の来住以前に遡ると思われるが、伝説によると、テーバイ❶*がエピゴノイ*によって攻略されたのち、予言者テイレシアース*の娘マントー*（モプソス*の母）が、アポローン神の命令に従って建設した —— 祖国滅亡を嘆く彼女の涙が泉と化した場所に —— という。巫女ではなく、特定の家柄から選ばれた男性神官が、代々託宣媒介者を務め、神託を求める人たちの数と名前だけを聞くと、洞窟へ降りて行き聖泉の水を飲んで霊感を得たのち、韻文でもって答えを与えることになっていた。前4世紀後期アレクサンドロス大王*の頃からしだいに興隆し、他の予言霊場が凋落したローマ帝政時代になって最盛期を迎えた。20世紀に入ってから聖域の発掘が行なわれ、祭壇やクーロス*像をはじめとする考古学上興味深い資料が出土している。アンティマコス*やニーカンドロスの出身地。

⇒ディデュマ、デルポイ
Hymn. Hom. Ap. 40, Diana 5/ Thuc. 3-33/ Tac. Ann. 2-54, 12-22/ Strab. 14-642/ Paus. 7-3, -5/ Verg. Aen. 3-360/ Ov. Met. 1-516/ Plin. N. H. 2-106/ Plut. Pomp. 24/ Ael. N. A. 10-49/ Dionys. Per./ Scylax/ etc.

クラントール Krantor, Κράντωρ, Crantor,（伊）Crantore,（露）Крантор
ギリシアの男性名。

❶ギリシア神話伝説中のペーレウス*（アキッレウス*の父）の従者。テッサリアー*のドロペス Dolopes 族の王アミュントール Amyntor（ポイニクス*の父）が戦いに敗れた折に、和平の人質としてペーレウスに贈られ、その楯持ちの扈従となって寵愛された長身の若者。ラピタイ*族とケンタウロスたち*（ケンタウロイ*）の争い（⇒ペイリトオス）の最中、ケンタウロスのデーモレオーン Demoleon が投げつけた松の木に当たり、体を引き裂かれて死亡。ペーレウスは、「私が若者たちの中で一等可愛がっていたクラントールよ、せめてこの餞別（はなむけ）を受けとってくれ！」と叫ぶや、槍でデーモレオーンを貫いて、その仇を討った。
Ov. Met. 12-361〜

❷（前335頃〜前275頃）ギリシアの古アカデーメイア*学派の哲学者。キリキアー*のソロイ❶*の出身。祖国を去ってアテーナイ*でクセノクラテース*（アカデーメイア学園の第3代学頭）に師事し、またポレモーン❶*（第4代学頭）に魅せられて親交を結んだ。多作の人で造語能力にすぐれ、8万行に上る覚書や詩歌を記したといわれるが、ほんの短い断片を除いてはことごとく失われた。なかでも、プラトーン*の対話篇『ティーマイオス』の註釈書（古代で最初のプラトーンの対話篇に関する註釈）や、ローマの雄弁家キケロー*に称讚された代表作『悲しみについて Peri Penthūs』（ペリ・ペントゥース）—— 娘トゥッリア*を失ったキケローは、この作品を手本に『慰安 Consolatio』を書いた（前45）—— などは有名だった。弟子のアルケシラーオス*（のち第6代学頭）を愛して、これと同棲し、水腫病で先立つ際には多額の財産をすべてこの恋人に遺贈したという。
⇒クラテース❷
Diog. Laert. 4-22, -24〜/ Hor. Epist. 1-2-4/ Cic. Acad. 1-9, 2-44, Tusc. 1-48, Fin. 5-3/ Plut. Mor. 102〜114/ Procl. In Ti./ etc.

クラ（ー）ンノーン（または、**クラーノーン**）Krannon, Κραννών, Crannon または、Kranon, Κρανών, Cranon,（伊）Crannone,（露）Краннон
（現・Paleá Lárissa）テッサリアー*の都市。テンペー*渓谷のペーネイオス*河南方に位置。古名エピュラー（エピュレー）Ephyra (Ephyre)。アレクサンドロス大王*亡き後のラミアー*戦争において、マケドニアー*のアンティパトロス*とクラテロス*がギリシア連合軍を打ち破った地として名高い（前322年9月5日）。

古くはテッサリアーの豪族スコパース*家（スコパダイ Skopadai）の本拠地であり、詩人シモーニデース*が双生兄弟神ディオスクーロイ*の奇蹟によって邸宅の倒壊を免れ命拾いをしたのは、この地における出来事であったという（前510頃）。
Liv. 36-10, 42-64/ Hom. Il. 13-301/ Pind. Pyth. 10-55/ Paus. 10-3/ Strab. 7-329, 9-441〜2/ Herodot. 6-127/ Catull. 64/

Thuc. 2-22/ Xen. Hell. 4-3/ Cic. De Or. 2-86/ Theoc. 16-36/ Val. Max. 1-8/ Plin. N. H. 4-8/ Dem./ Steph. Byz./ etc.

クーリア　Curia, (仏) Curie, (独) Kurie, (葡) Cúria, (露) Курия

ローマの元老院議事堂。フォルム・ロマーヌム*の西北部、民会場 comitium の北側にあった。古王トゥッルス・ホスティーリウス*（在位・前672〜前641）の創建と伝えられ、クーリア・ホスティーリア C. Hostilia と呼ばれたが、独裁官スッラ*によって修築された（前80）のち、P. クローディウス*の葬儀に際して生じた暴動で焼失（前52）。前44年にユーリウス・カエサル*が着工した新クーリア Curia Iulia は、前29年アウグストゥス*の手で完成した。議事堂の奥には勝利の女神ウィクトーリア*の像が永らく安置されていたものの、帝政末期に至ってキリスト教徒の執拗な迫害を受け、堂外へ撤去された（後382、後384、⇒シュンマクス、アンブロシウス）。現在フォルムに残っている建物は、283年の火災後ディオクレーティアーヌス*帝によって修繕された議事堂（284〜305）で、キリスト教会に転用されたため比較的保存状態がよい。なおクーリアなる語は、ロームルス*が市を創建した時に設けたローマ3部族 tribus の下部単位（各部族を10クーリアずつに区分）としても用いられる（⇒コミティア）。

⇒セナートゥス（元老院）

Liv. 1-30, 22-1, 24-24/ Varro Ling. 5-155, 6-46/ Cic. Rep. 2-17, Att. 6-1, Div. 2-9, De Or. 3-42(167)/ Suet. Iul. 80/ Dion. Hal. Ant. Rom. 2-7, 4-12, 14-5/ Paus. 8-32/ Vitr. De Arch. 5-2/ Plin. N. H./ Symmachus Relat. 3/ Arn. Epist. 18/ etc.

クーリアーティウス兄弟　Curiatius, (複) クーリアーティイー Curiatii, (仏) Curiaces, (独) Curiatier, (伊) Curiazi

⇒ホラーティウス兄弟

クーリアーレース　Curiales, (単) クーリアーリス Curialis

ローマ時代の自治都市の参事会員。デクリオー*の項を参照。

クリウス・デンタートゥス　M'. Curius Dentatus

⇒デンタートゥス、マーニウス・クリウス

クリエーンス（〈複〉クリエンテース）　Cliens, (Clientes)

⇒パトローヌスとクリエンテース

クリーオー　Klio, Κλιώ, Clio

⇒クレイオー

クーリオー、ガーイウス・スクリーボーニウス　Gaius Scribonius Curio, (ギ) Kūriōn, Κουρίων, (仏) Caius Scribonius Curion, (伊) Gaio (Caio) Scribonio Curione, (西) Cayo Escribonio Curión, (葡) Caio Escribónio Curião, (露) Гай Скрибоний Курион

ローマ共和政期の政治家、軍人。

❶ 大クーリオー（前125頃〜前53）。スッラ*の部下としてギリシアでミトリダテース*軍と戦い、帰国後スッラの恐怖政治時代に政敵の財産没収に乗じて蓄財し、富裕になる。前76年に執政官、その翌年には属州総督 Proconsul としてマケドニア*を統治。3年間モエシア*人など北辺の異民族を相手に戦い、ローマの将軍として初めてダーヌビウス*（ドーナウ）河に達した。前71年ローマで凱旋式を挙行、終始カエサル*の敵対者として立ち働き、ボナ・デア*女神瀆聖事件（前62）をめぐる裁判では、カエサルの妻の情夫 P. クローディウス*を弁護した（前61）。前57年には大祭司（大神祇官長）に選ばれ、キケロー*と一時対立したが後年その友誼を求めた。

雄弁家としてもそこそこ頭角を現わしたものの、身振りがあまりにぎこちなかったので、ブルブレイユス Burbuleius という渾名をつけられた。これは当時、所作のまずさで知られていた大根役者の名である。ある時など彼が市民の前で演説しているうちに、1人また1人と聴衆が去っていき、最後には誰もいなくなってしまったとさえ伝えられている。正視に耐えぬほどお粗末な動作だったことが推測される。それにもかかわらず、彼が雄弁家として、なにがしかの名を残せたのは、ひとえにキケローを友人にもった賜物といえよう。演説のほかに政治冊子も公刊し、特にカエサルの男色や淫奔な性生活を揶揄した文章は有名 —— 例えば「カエサルはあらゆる女の夫であり、あらゆる男の妻である」とか「ビーテューニアー*王ニーコメーデース*の女郎だ」など ——。

カエサルの私生活を非難していたにもかかわらず、自分の息子・小クーリオー*（⇒❷）が熱愛する同性の恋人 M. アントーニウス❸*と「結婚」した時には、キケローの説得でアントーニウスの多額の負債を弁済してやっている。

Cic. Phil. 2-18, Pis. 19, 24, Brut. 16, 59, 60/ Sall. H. 2-25/ Val. Max. 9-14〜15/ Plin. N. H. 7-12/ Quint. 6-3/ Plut. Sull. 14/ App. Mith. 60/ Suet. Iul. 9, 49, 52/ Dio Cass. 38-16/ etc.

❷ 小クーリオー（前90頃〜前49年8月20日（ユーリウス暦では28日））

❶の息子。本来父と同じく元老院＝閥族派に属していたが、カエサル*に6000万セーステルティウスにものぼる巨額の負債を肩代わりして貰ってからというもの、すっかり翻心し、その手先となって策動。前50年度の護民官に選ばれるや、かつての友人知己を攻撃することさえためらわなくなる。カエサルをガッリア*から召還して武装解除させようとする元老院の企てを次々と妨害し、「ポンペイユス*とカエサルの両巨頭が同時に軍隊を

解散すべきである」と巧みに主張、その提案が可決された時、反カエサル派の執政官(コーンスル)C.マルケッルス*は「諸君はカエサルを主人に戴こうとしている」と苦々しく言ったとされる。同年末、内乱突入が不可避と見たクーリオーは、カエサルの旗下へ合流して元老院から除名され、内戦が勃発するやポンペイユス派攻撃のためシキリア*(現・シチリア)からアーフリカ*へと渡る(前49年4月～8月、⇒小カトー)。ところが、武運つたなくヌミディア*王ユバ1世*の大軍に包囲され、敵軍の真っただ中に斬りこんで討ち死にを遂げた。

雄弁家として優れた天稟を備え、キケロー*の指導よろしきを得たにもかかわらず、享楽や放蕩に耽り続けて、あたら才能を無駄にしてしまったといわれる。向こう見ずで道徳心にとらわれることのない人物で、若い頃は男色相手のM.アントーニウス❸*と同棲して亭主役を務め、また常に何人かの男倡や娼婦を従えていたP.クローディウス*とも親交を結んだ。クローディウスの横死(前52)後、その寡婦フルウィア❷*を娶り1女を儲けるが、この娘も母親に劣らず淫奔な女に成長する(フルウィアはのちにアントーニウスの妻となって、一層派手で驕慢な生活を送っている)。なお彼が父の葬送競技のために造った大がかりな回転式仕掛けの劇場(前53)に関しては、アンピテアートルム*の項を参照。

Caes. B. Civ. 1-12, -18, -30～31, 2-3, -23～/ Vell. Pat. 2-48, -55/ App. B. Civ. 2-23～, -31～33, -44～/ Suet. Iul. 29, 36/ Dio Cass. 40-60～/ Val. Max. 9-1/ Plut. Caes. 29～, Pomp. 58/ Cic. Phil. 2-18, Att. 1-14, Fam. 2/ etc.

クリーオボリオン Kriobolion, Κριοβόλιον, (ラ)クリーオボリウム Criobolium, (仏)Criobole, (伊)(西)(葡)Criobolio, (露)Криоболиум

アッティス*の祭礼において、雄羊を屠って犠牲に供する儀式。大母神キュベレー*=マグナ・マーテル*のための雄牛殺しタウロボリオン*を伴うことが多く、その場合、祭壇はアッティスと女神の両神に捧げられた。碑文資料に残されている。

Prudent. Perist. 10-1011～/ Corp. Inscr. Lat. 6-505,-506/ etc.

クリーサとキッラー Krisa, Κρῖσα, Crisa, (時にKrissa, Κρίσσα, Crissa) (現・Hríso, Hrísso), Kirrha, Κίρρα, Cirrha, Kira, Cira (現・Kseropígadi)

ギリシア中部ポーキス*地方にあった古い町。デルポイ*の西南に位置する。時に両市は同一視されることもあるが、クリーサがやや内陸の交通の要衝に位すのに対して、キッラーはより南のコリントス*湾沿岸にあって、ミュケーナイ*時代からクリーサの外港とされていた。クリーサの全盛期は前7世紀、南イタリアに植民市メタポンティオン*を築いた頃で、交易によって繁栄、さらにデルポイの神領を侵し、巡礼者から通行税を取り立てた。そのためデルポイ隣保同盟(アンピクテュオニアー*)は前595年、第1次神聖戦争*を起こし、シキュオーン*の僭主クレイステネース❶*やアテーナイ*のソローン*も加勢して、両市を滅ぼした(前590頃)。この折、ソローンが河水に毒草を投じ、これを飲んだ敵兵は下痢が止まらなくなって投降したという話が伝わっている。クリーサの沃野はアポッローン*の神領地とされ、以後一切の耕作が禁じられたが、キッラーはデルポイの外港として復興した。
⇒アンピッサ

Hom. Il. 2-520/ Hymn. Hom. Ap. 282～/ Pind. Pyth. 3-134, 10-24/ Plut. Lyc. 31, Sol. 11/ Paus. 10-1, -8, -37/ Strab. 9-418～/ Polyb. 5-27/ Liv. 42-15/ Ant. Lib. Met. 8/ Frontin. Str. 3-7-6/ Polyaenus 3-5, 6-13/ Marm. Par./ etc.

クリーステネース Clisthenes
⇒クレイステネース

クリ(ー)ストス、イエースース Iesus Khristos, Ἰησοῦς Χριστός, Iesus Christus, (英)Jesus Christ, (仏)Jésus Christ, (独)Jesus Christus, (伊)Gesù Cristo, (西)Jesucristo, (葡)Jésus-Christo, (現代ギリシア語)Iisús Hristós, (蘭)Jezus Christus, (デンマーク語)(スウェーデン語)(ノルウェー語)Jesus Kristus, (ポーランド語)Jezus Chrystus, (ルーマニア語)Isus Cristos, (ハンガリー語)Jézus Krisztus, (チェコ語)Ježíš Kristus, (露)Иисус Христос (リトアニア語)Jėsus Kristus, (ヘブライ語)Yᵉhôšŭaʿ ha-Māšîaḥ (アラビア語)イーサー・ʿĪsā ibn Maryam (漢)耶蘇・基督、(和)イエ(ズ)ス・キリスト、イイスス・ハリストス

(前8／前1年4月19日、5月20日、11月17日頃～後29／36年4月3日または7日頃。伝・後33年3月21日。生没年月日については諸説あり)

キリスト教を創始したとされるユダヤ*人。イエースースはヘブライ語ヨシュア Joshua (イェホーシューア Yᵉhôšuaʿ「神は救い」の意)の短縮形イェーシューア Yēšuaʿ のギリシア語音写(アラム語のイェーシュー Yēšûʿ, アラビア語のイーサー ʿĪsā)。クリストスは「メシア Messiah, (ギ)メッシアース Messias (香油を注がれた者)」の意で、ヘブライ語マーシーアハ Māšîaḥ のアラム語形メシーハーア Mᵉšîḥāʿ のギリシア語訳、ナザレト Nazareth のイエースースを「救世主」と信じるキリスト教徒によって与えられた尊称である。伝承によれば、ガリライアー* Galilaia (ガリラヤ)女マリアー❶* Miryām の私生児で、異説ではローマ兵パンテラ(パンテラース) Tiberius Julius Abdes Pantera (Pantheras, Panthera, Pandera 前44／前22頃～後18／40頃)との姦通による子ともいうが(⇒ケルソス)、信者たちは耳ないし腹門を通じて受胎された神の子だと主張する。養父イオーセープ Ioseph (ヨセフ Joseph)を継いで大工を職業としていたが、再従兄(またいとこ)の洗礼者ヨハネ(イオーアンネース❶*)から洗礼 baptisma を受けた(28頃)のち、伝道生活に入り説教

や病人の治癒・死者の蘇生など種々の奇蹟を行なったという（⇒テュアナのアポッローニオス❼）。「神の国は近づいた」との福音を説いて、マリアー❷*ら娼婦や罪人と交わり、十二使徒*をはじめ72人の弟子や多数の信奉者を得たため、旧来のユダヤ教の指導者たちに警戒されるようになり、イェルーサーレーム*（エルサレム）入城ののち使徒の1人ユダ（イウーダース Iudas, Iskariōtēs, Iskariōth）の裏切りで捕えられ、ローマの属州管理官 Praefectus ポンティウス・ピーラートゥス*によって反逆罪の廉で磔刑に処せられた（⇒ヘーローデース❸・アンティパース）。しかし死後3日目に復活し、40日間地上にあって弟子たちの前に姿を現わしてから昇天したと伝えられる。

　彼自身は1篇の文書も残さなかったけれど、ペトロス*やパウロス*ら使徒たちの精力的な布教活動のおかげで、キリスト教はローマ帝国各地に弘まり、とりわけ下層民の間に多くの信者を見出した。彼らは嬰児殺害や近親相姦、人肉嗜食などの数々のおぞましい行為に耽ったとしてローマ市民の嫌悪の的となり、また皇帝礼拝にも従わなかったため、ネロー*（64）以降ディオクレーティアーヌス*およびマクシミーヌス*（303–313）に至る諸帝からたびたび迫害を受けた（⇒殉教者）。ところが、キリスト教は衰えるどころか大いに勢力を伸張し、ついにコーンスタンティーヌス1世*（大帝）の勅令により公認され（313）、さらにテオドシウス1世*の発布した異教禁止令の結果、帝国唯一の国教に確定された（391年11月8日）。その間もおびただしい宗派に分裂し、相互に対立抗争を繰り返した（⇒グノーシス派）が、特にアレイオス*（アリーウス*）派とアタナシオス*（アタナシウス*）派間の論争は名高い。また世界宗教として目ざましく発展した反面、ローマの国教となって以来、伝統的なギリシア・ローマの信仰などキリスト教以外の宗教を「異教」の名の下に弾圧し、古典古代の哲学や文芸をはじめとする優れた文明を破壊した事実も否めない（⇒テオピロス）。

　2世紀に小プリーニウス*は、キリスト教徒を「拈くれて常軌を逸した迷信に固執する狂気じみた者ども」と評しており、ルーキアーノス*も同様に「愚かな狂信徒たち」と見なし、イエースースを「十字架にかけられたソフィスト*」と呼んでいる。なお、中世ヨーロッパにおいて、イエースースは、モーセース Moses（モーセ）と同じく癩病 lepra 患者であったとする俗説が広まった。また、イスラーム教徒の間では、イーサー（イエースース）は神の子ではなく預言者の1人であり、磔にされたのは彼によく似た者（一説にユダ）でしかなかったと信じられている。

　ちなみに、1958年に発見されたアレクサンドレイア❶*のクレーメーンス❷*の書簡の中に、マールコス*の名に帰せられる『福音書』（外典）からの引用文があり、そこにはイエースースと弟子たちとの間で行なわれた儀礼的男色をともなう秘密の入信式の内容が記載されているという。旧来、イエースースが特別に「愛していた弟子」（『ヨハネによる福音書』13–23など）というのは使徒ヨハネ（イオーアンネース❷*）のことだと伝統的に見なされてきたが、この文書の発見以来、墓場から奇蹟的に蘇生されたラザーロス Lazaros（ラザロ）がイエースースの「愛人」であったと考えられるようになっている。

⇒福音書記者（マッタイオス、マールコス、ルーカース、イオーアンネース❷）、イアコーボス、クルキフィクシオー（磔刑）
Tac. Ann. 15-44/ Suet. Claud. 25, Ner. 16/ Plin. Ep. 10-96〜97/ Joseph. J. A. 18, 20/ Euseb. Hist. Eccl./ Augustin. De civ. D./ Nov. Test. Matth., Marc., Luc., Johann., Act./ Origen. C. Cels./ S. H. A./ Dionysius Exiguus/ etc.

クリ（ー）スピーナ　Crispina, Bruttia, （ギ）Βρυττία Κρισπῖνα, （仏）Crispine, （伊）Bruzia Crispina, （西）Brutia Crispina, （露）Криспина

（後164頃〜後193頃）ローマ皇帝コンモドゥス*の妻、アウグスタ*。元老院議員ブルッティウス・プラエセーンス C. Bruttius Praesens（153、180年の執政官）の娘。若きコンモドゥスの情婦となり、178年7月頃マールクス・アウレーリウス*帝の許可を得て結婚するが、夫が単独皇帝となった数年後、姦通のゆえにカプレアエ*（現・カープリ）島へ流され（192年秋）、次いで処刑された。美貌だが偉丈高で虚栄心の強い女性といわれる。
⇒巻末系図102
Dio Cass. 71-33, 72-4/ S. H. A. Marc. 27, Comm. 5/ Herodian. 1-8/ etc.

クリ（ー）スプス　C. Flavius Julius (Claudius, Valerius) Crispus, （ギ）Φλάβιος Ἰούλιος Κρίσπος, （伊）Flavio Giulio Crispo, （西）Flavio Julio Crispo, （葡）Flávio Júlio Crispo, （露）Флавий Юлий (Клавдий) Крисп

（後305頃〜326年7月）コーンスタンティーヌス1世*と先妻（側妾とも）ミネルウィーナ Minervina との間の長子（⇒巻末104）。ミネルウィーナ以外の妾腹の子ともいう。高祖父にちなんでクリスプスと命名される。ガッリア*でラクタンティウス*に教育を受ける。父帝から副帝の位を与えられ（317年3月1日）、ヘッレースポントス*の海戦で敵リキニウス*を破る（324年7月頃）など頭角を現わし、帝位継承者として将来を嘱望されていた。ところが継母ファウスタ*の讒言により――継母の求愛を拒んだためというが――、父帝の命令で処刑される（326年7月、毒殺とも）。彼の冤罪は間もなく祖母ヘレナ*の手で晴らされ、ファウスタの死刑をもって決着がついた。
⇒小リキニウス
Euseb. Hist. Eccl. 10-9, Chron. ad ann. 317/ Sozom. Hist. Eccl. 1-5/ Aur. Vict. Caes. 41/ Amm. Marc. 14-11/ Zosimus 2-20, -29/ Zonar. 8-2, 13-2/ Panegyr. Lat./ Greg. Turon./ etc.

クリティアース　Kritias, Κριτίας, Critias, （伊）Crizia, （露）Критий

（前460頃〜前403年春）アテーナイ*の政治家・弁論家・著作家。三十人僣主*の指導者。ソローン*につながる名門

の出身で、哲学者プラトーン*の母とは従兄妹同士の関係（⇒巻末系図023）。同名の祖父クリティアースは詩人アナクレオーン*の愛人として知られていた。

ソフィスト*のゴルギアース*や哲人ソークラテース*に学び、従弟のカルミデース*ほかの美しい若者を愛したが、美青年エウテュデーモス❷*への狂おしい愛欲をソークラテースにたしなめられて以来、この哲人と不仲になったという。前415年ヘルマイ*像破壊事件（⇒アルキビアデース）に連座して投獄され、これはアンドキデース*の証言で放免されたものの、四百人寡頭政治（⇒アンティポーン）の打倒に参加（前411）後、民主派の復活により追放されてテッサリアー*へ亡命した（前407頃）。前404年、祖国がスパルター*に降伏してペロポンネーソス戦争*が終結すると、帰還して三十人僭主と呼ばれる寡頭政府を樹立（⇒リューサンドロス）。その指導者として国政を掌握し、スパルターの武力を背景に政敵を容赦なく迫害、1千5百名を殺し5千名を追放してその財産を没収した。暴政に抗議した僭主の一員テーラメネース*も死刑に処せられた。翌年テーバイ❶*から攻め入ったトラシューブロス❶*の軍勢と戦って殺され、ほどなく民主政が再興された。

彼は数多くのエレゲイア詩や悲劇のほか、諸ポリスPolisの国制に関する書物も著わしており、プラトーンが対話篇『クリティアース』で彼（異説では同名の祖父クリティアース）を描いていることは有名。またクリティアースは「神という概念は、人々が隠れて悪いことをしないように立法家が考案したものだ」と主張したため、無神論者の1人に算えられている。

⇒メーロスのディアゴラース❶、キューレーネー派のテオドーロス

Xen. Hell. 1-2, 2-3〜4, Mem. 1-2/ Pl. Criti., Chrm., Prt., Ti, Resp. 4-433a〜b, Ap. 32/ Diod. 14-4/ Cic. De Or. 2-22, Tusc. 1-40/ Ath. 11-463/ Ael. V. H. 10-13, -17/ Sext. Emp. Pyr. 3-218, Math. 9-54/ Schol. ad Aesch. P. V. 128/ Andoc. 1-47/ Lys. 12-43/ Lycurg. Leoc. 113/ Plut. Alc. 38/ Nep. Alc. 10/ Aeschin. 1-173/ Arist. Ath. Pol. 35-4/ Philostr. V. S. 1-16/ etc.

クリートゥムヌス Clitumnus,（西）（葡）Clitumno,（露）Клитумнус

（現・Clitunno）中部イタリア、ウンブリア*地方を流れる小さな川。ティベリス*（現・テーヴェレ）河の支流で、スポーレーティウムSpoletium（現・スポレートSpoleto）から北7マイルの地に発し、ティニアTinia川に注いでいる。この水を飲ませると家畜の毛が白くなると信じられていた（⇒メーウァーニア）。水源の近くに川神クリートゥムヌスの祠堂があり、清冽な泉水の湧くあたりには人々の投じた賽銭が透明な流れを通して見ることができたという。

Prop. 2-19/ Verg. G. 2-146/ Plin, Ep. 8-8/ Sil. 1-4, 4-547, 8-453/ Suet. Calig. 43/ Jur. 12-13/ Claud. Cons. Hon./ etc.

クリートマクス Clithomachus
⇒クレイトマコス（のラテン語形）

クリトラーオス Kritolaos, Κριτόλαος, Critolaus,（伊）（葡）Critolao,（西）Critolao(s),（露）Критолай

（前2世紀中頃に活躍）ギリシアの哲学者。リュキアー*のパセーリス*（現・Tekirova）の出身。ペリパトス（逍遥）学派の学頭となり、リュコーン*やケオース*のアリストーン*以来衰退していたリュケイオン*学園の活動を復興させた。前156年、オーローポス*市を破壊したアテーナイ*に500タラントンの罰金が科せられた折には、アカデーメイア*学派のカルネアデース*やストアー*学派のディオゲネース❸*とともに、アテーナイを代表する「哲学者使節」の1人として、罰金の免除を請うべくローマへ派遣され、その諧謔を交えた雄弁で聴衆を惹きつけた（前156／155）。彼の著述は断片しか現存しないが、ストアー派の影響を受けつつもアリストテレース*の教説を擁護しており、人間の霊魂は第5元素であるアイテール*で出来ていると主張。また弁論術を厳しく批判し、雄弁家デーモステネース❷*はアリストテレースの著作『修辞学』から学んだのだと見なしている。82歳で没したという。

Plut. Cat. Mai. 22/ Gell. 7-14/ Cic. De Or. 1-11, 2-37〜38, Fin. 5-5, Tusc. 5-17, Acad. 2-45/ Quint. 2-15/ Macrob. Sat. 1-5/ Sext. Emp. Math. 2-12/ etc.

クリトーン Kriton, Κρίτων, Crito,（仏）Criton,（伊）Critone,（西）Critón,（葡）Críton,（露）Критон

（前5世紀中頃〜前4世紀前半）ギリシアの哲人ソークラテース*の親友・弟子。アテーナイ*生まれの裕福にして廉直な人物。同年配のソークラテースを深く愛し、その臨終に至るまでいろいろと身辺の世話をやいた。死刑を待つソークラテースに脱獄の準備を整えてやり、亡命するよう勧めたが、「国法を犯すのは不正なことである」とソークラテースから諄々と説得された話は有名（プラトーン*の対話篇『クリトーン』）。自身も17編の対話篇を書いたという。なお、4人の息子たちもソークラテースの弟子となったが、なかでもクリトブーロスKritobulosは蕩児の評判高く、アルキビアデース*の美しい息子に恋したり、やはり素晴らしい美少年クレイニアース*（アルキビアデースの従弟）を熱愛したことで知られる。

そのほか、前2世紀前半に活動したアッティケー*新喜劇詩人のクリトーンや、新ピュータゴラース*派の哲学者クリトーンなど同名の人物が幾人か伝えられている。

Pl. Cri., Ap. 33, 38, Phd. 60, 63, 115〜118, Euthyd./ Xen. Mem., Symp/ Diog. Laert. 2-121/ Cic. Tusc. 1-43/ Ath. 4-173, 5-188, -220/ Poll./ etc.

クリーナゴラース Krinagoras, Κριναγόρας, Crinagoras, （伊）Crinagora, （露）Кринагор

（前70頃〜後15頃）ローマ帝政初期のギリシアのエレゲイア詩人。レスボス*島のミュティレーネー*出身。使節としてたびたびローマへ赴き、アウグストゥス*や小オクターウィア❶ら帝室の人々と交わり、折にふれ彼らのために詩を献げた。51篇のエピグラム詩が『ギリシア詞華集』に収録されている。前1世紀の文人パルテニオス*が『クリーナゴラース』という書物を著わしたが散逸した。
Anth. Pal. 4-2, 5-119, 6-227, -345, 7-376, 9-419, -516/ Etym. magn./ Strab. 13-617/ etc.

グリフィン Griffin
⇒グリュプス

グリフォン Griffon
⇒グリュプス

グリュケリウス Flavius Glycerius, （仏）Glycère, （伊）Glicerio, （西）Glicerio, （葡）Glicério, （露）Глицерий

（後420頃〜480以降）西ローマ皇帝（在位・後473年3月5日〜473（474）年6月24日）。無名の軍人だったにもかかわらず、オリュブリウス*帝の死（472）後4ヵ月を経て、実権を握る将軍グンドバドゥス Gundobadus (Gundibatus。のちブルグント*王）により、ラウェンナ*（現・ラヴェンナ）で帝位に担ぎ上げられる。しかし、東ローマ帝レオー1世*は彼を承認せず、代わりに自分の姻戚に当たるユーリウス・ネポース*を西ローマ皇帝として送りこむ。グンドバドゥスに見捨てられたグリュケリウスは、無抵抗のままユーリウス・ネポースに降伏。廃位されてダルマティア*のサローナ*司教に貶せられた（在位1年3ヵ月あまり）。のち帝位を追われたユーリウス・ネポースがサローナへ亡命してくると、これを暗殺したといい（480年5月）、一説にはこの殺害行為の褒賞としてメディオーラーヌム*（現・ミラーノ）の大司教に昇任されたと見なされている。
Marcellin./ Evagrius 2-16/ Jordan. 56/ Phot. Bibl./ Paul. Diacon./ etc.

グリュコーン Glykon, Γλύκων, Glycon, （伊）Glicone, （西）Glicon

（前1世紀頃）アテーナイ*の彫刻家。リューシッポス*の青銅製ヘーラクレース*像を模して、誇張された筋肉表現で知られる大理石の「憩えるヘーラクレース像（ファルネーゼのヘルクレース*）Farnese Hercules」（現・ナーポリ考古学博物館所蔵）を造った。古代の文献には言及がない。
⇒アゲーサンドロス、アポッローニオス❻

クリューシッポス Khrysippos, Χρύσιππος, Chrysippus, （仏）Chrysippe, （独）Chrysippos, （伊）Crisippo, （西）（葡）Crisipo, （露）Хрисипп

ギリシア神話中の王子。

ペロプス*とニュンペー*（ニンフ*）のアクシオケーAksiokhe の子。美青年として知られ、その容姿に心奪われたテーバイ❶*王ラーイオス*（オイディプース*の父）にさらわれる。父ペロプスにより救出されるが、若者はテーバイ王に凌辱されたことを恥じて自害した。一説には、継母のヒッポダメイア❶*が、実子を世嗣ぎにしようと、ラーイオスの刀で彼を刺し殺したが、息を引き取る前に真犯人の名を告げたとされる。あるいは、彼の美貌に嫉妬した異母兄弟アトレウス*とテュエステース*に殺害され、屍骸は井戸に投げこまれたともいう（⇒巻末系図015）。大神ゼウス*自身が彼に魅せられて、さらって行ったとか、テーセウス*が彼を誘拐したといった伝承もある。

悲劇詩人エウリーピデース*に彼を扱った作品『クリューシッポス』があったが散逸、片々たる断簡しか残らない。また喜劇詩人ストラッティス Strattis（前5世紀末〜前4世紀初頭に活動）や、キュニコス（犬儒）派の哲学者シノーペー*のディオゲネース❷*らにも『クリューシッポス』という著述のあったことが知られている（いずれも散逸）。
⇒アルカトオス
Apollod. 3-5/ Ath. 13-602〜/ Paus. 6-20/ Hyg. Fab. 85, 243, 271/ Ael. V. H. 2-21, 13-5/ Tzetz. Chil. 1-415〜/ Schol. ad Eur. Phoen. 1760/ Schol. ad Pind. Ol. 1-144/ etc.

クリューシッポス（ソロイ❶*の） Khrysippos, Χρύσιππος, Chrysippus, （英）Chrysippus of Soli, （仏）Chrysippe de Soli, （独）Chrysippos (Chrysipp) von Soli, （伊）Crisippo di Soli, （西）Crisipo de Soli, （葡）Crisipo de Solis, （露）Хрисипп из Солы

（前280頃〜前207頃）ギリシアのストアー*学派の哲学者。キリキアー*のソロイ❶*（またはタルソス*）の生まれ。初め長距離競走の選手としての訓練を積んでいたが、父親からの相続財産を没収されて以来、哲学の道に志し、アテーナイ*へ赴いて（前260頃）、まずアカデーメイア*学派のアルケシラーオス*に師事、やがてその懐疑論哲学に飽き足らず、ストアー学派に転じてクレアンテース*の下で学んだ。極めて明敏な頭脳の持ち主で問答法に勝れ、師クレアンテースの存命中から「私が必要としているのは学説の内容を教えて貰うことだけであって、それの証明は自分で見つけますから結構です」と言い放ち、しばしば師と口論し、自ら一家を成す勢いを示した。クレアンテースの死（前232）後、第3代学頭となり、750巻に上る厖大な著述（断片のみ現存）によってストアー学説の体系化に貢献、「もしクリューシッポスがいなかったなら、ストアー派は存在しなかっただろう」と言われた。毎日500行書いていたという多作家ではあったが、引用文が大半を占めており、時にはエウリーピデース*の1作品全体を引いたこともあったため、「彼の書物から他人の書いた部分を取り除いてしまえば真っ白になってしまう」とさえ評されている（⇒エピクーロス）。また既成の道徳に拘泥せず、神話を性的に解

釈・描写し、人肉や両親の屍肉を食べることを認めたり、母と子・父と娘・父と息子たち・兄弟姉妹など近親間の性交をも勧めたりしたため他学派からの非難を被った。ある日、彼の無花果を驢馬が食べているのを見て、だしぬけに笑い出し、それが止まらなくなって死んだとも、生の葡萄酒を飲んで眩暈を起こし、5日後に息を引き取ったとも伝えられている（73歳）。身体つきは貧相だったが、能弁で気位が高く、常に平静な態度を持して、酩酊しても乱れず、脚だけがふらつく程度に過ぎなかったので、「クリューシッポスは脚しか酔わない」と言われたとの話も残っている。彼はまた頭脳を浄化するべく精神病治療薬ヘッレボロス helleboros を 3 度も飲んで明晰発明な能力を保っていたという。死後はタルソス*のゼーノーン Zenon が第 4 代学頭となった（前 204）。

⇒セレウケイアのディオゲネース❸、パナイティオス

Diog. Laert. 7-179〜/ Cic. Tusc. 1-45, Nat. D. 3-10/ Val. Max. 8-7/ Lucian. Symp. 30/ Plut. Mor. 605b/ Pers. 6-80/ Hor. Sat. 2-3/ Sext. Emp. Pyr. 3-205〜207, -246〜247/ etc.

クリューセー Khryse, Χρύση, Χρυσή, Chryse または、クリューサ Khrysa, Χρῦσα, Chrysa,（仏）Chrysé,（伊）（西）Crisa,（露）Хриса

ギリシア語の地名。

❶トロイアー*近郊の港町。アポッローン*・スミンテウス Apollon Smintheus の神殿があった。
⇒クリューセーイス。

Hom. Il. 1-37, -100-390, -431, -451/ Eur. Andr. 169/ Mela 1-18/ etc.

❷レームノス*島近くの小島の名。神話伝説では、トロイアー戦争*に向かう途中、ピロクテーテース*が毒蛇に咬まれ不治の傷を負った場所とされている。前 2 世紀ないし前 1 世紀に海底に沈み、かわりに別の島ヒエラ Hiera が浮き上がったという。

Soph. Phil. 194, 260〜, 1327/ Paus. 8-33/ App. Mith. 77/ Eust. Il. 2-330/ etc.

❸「黄金半島」（ラ）Chersonesus Aurea,（英）Golden Peninsula（現・マレー半島）のギリシア名。支那へ向かうインド洋の東の果てに位置し、古代より大金鉱があったため、この名で呼ばれた。
⇒ケルソネーソス❸

Plin. N. H. 6-20/ Ptol. Geog. 1-13〜, 7-2/ Peripl. M. Rubr. 63/ Mela 3-7/ etc.

クリューセーイス Khryseïs, Χρυσηΐς, Chryseis,（仏）Chryséis,（伊）Criseide,（西）Criseida, Criseis,（葡）Criseida,（露）Хризеида

ギリシア伝説中、クリューセー❶*市のアポッローン*の神官クリューセース Khryses の娘。本名アステュノメー Astynome。トロイアー戦争*中、ギリシア軍の捕虜となり、アガメムノーン*に分配される。父親が莫大な身代金と引替に娘を返してくれるよう交渉するが、アガメムノーンは「妻クリュタイムネーストラー*より、美しい彼女の方が気に入った」と言って拒絶。そこでクリューセースはアポッローンに祈って、ギリシア陣営に疾病を流行らせる（⇒カルカース）。やむなくアガメムノーンは彼女を父親に返還するが、その代わりにアキッレウス*の側女になっていたブリーセーイス*を横取りし、この事件を契機に両英雄の間に不和が生じた。クリューセーイスは金髪で小柄なほっそりした乙女とされている。

中世ヨーロッパで彼女をトロイアーの王子トローイロス*の恋人とする物語がつくられ、トロイラスとクレシダ Cressida 伝説を形成。チョーサーやシェイクスピアらの作品にも取り入れられた。

Hom. Il. 1-9〜, -111〜, -366〜, -439〜/ Hyg. Fab. 106, 121/ Schol. ad Hom. Il. 18-392/ Tzetz. ad Lycoph. Alex. 183, 298/ etc.

クリューソストモス Khrysostomos, Χρυσόστομος, Chrysostomus,（英）Chrysostom,（仏）Chrysostome,（独）Chrysostomos,（伊）Crisostomo,（西）（葡）Crisóstomo,（露）Хрисостом

「黄金の口」の意。
⇒ディオーン・クリューソストモス、もしくは、イオーアンネース・クリューソストモス

クリューソストモス、イオーアンネース Ioannes Khrysostomos (Johannes Chrysostomus)
⇒イオーアンネース・クリューソストモス

クリュタイムネーストラーまたはクリュタイメーストラー Klytaimnestra, Κλυταιμνήστρα, Clytaemnestra, Klytaimestra, Κλυταιμήστρα, Clytaemestra,（英）Clytemnestra,（仏）Clytemnestre,（独）Klytämnestra,（伊）Clitennestra,（西）（葡）Clitemnestra,（露）Клитемнестра

ギリシア神話中、スパルター*王テュンダレオース*とレーダー*の娘。美女ヘレネー*とディオスクーロイ*（カストール*とポリュデウケース*）の姉妹。ミュケーナイ*王アガメムノーン*の妻となり、イーピゲネイア*、エーレクトラー❸*、オレステース*らの子女を産む。夫がトロイアー戦争*に出征中、アイギストス*と密通し、彼と共謀して、凱旋した夫を浴室内で暗殺、また夫がトロイアー*から連れて来たカッサンドラー*（プリアモス*王の娘）の首

系図 175　クリューセーイス

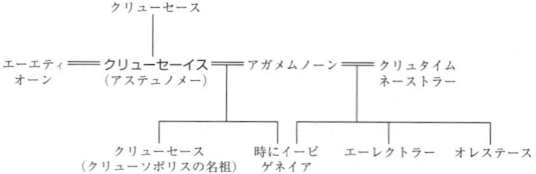

を斧で刎ねた。その後7年間、アイギストスとともにミュケーナイに君臨し、実子エーレクトラーやオレステースを迫害したが、やがて成人した子供たちによって情夫もろとも殺された。

彼女が夫を裏切った理由については、トロイアー出征に際してアガメムノーンが長女イーピゲネイアを生贄に捧げたことを怨んだからだとされているが、そのほか、夫の寵愛するトロイアーの美女クリューセイス*やカッサンドラーに対する嫉妬に狂ってとも、ナウプリオス❷*（パラメーデース*の父）に姦通をそそのかされたためとも、さらには先夫タンタロス❷*およびその間に生まれた子をアガメムノーンに殺され、無理やり彼の妻にさせられたため等、さまざまに伝えられる。彼女は死後、亡霊となって最後まで息子オレステースに祟ったとされ、ギリシア悲劇中の重要な登場人物の1人として名高い。また前7世紀以来しばしば陶画などにその姿が描かれている。現代の心理学で、妻が夫の男性親族をわがものとするために夫を殺害する情緒パターンを指す「クリュタイムネーストラー・コンプレックス」(英) Clytemnestra Complex という用語は上記の神話に基づくものである。

Hom. Il. 9-142～, Od. 3-193～, -303～, 4-529～, 11-404～, 24-199～/ Aesch. Ag., Cho., Eum./ Eur. El., Hel., Or., I. A./ Soph. El./ Apollod. 3-10, Epit. 2, 3, 6/ Hyg. Fab. 77, 78, 80, 101, 117, 119, 122, 240, Poet. Astr. 2-8/ Paus. 2-16, -18, -22, 3-19, 8-31/ Serv. ad Verg. Aen. 2-601, 3-331, 4-471/ Lucian./ etc.

グリュッロス Gryllos, Γρύλλος, Gryllus, (伊) Grillo
(?～前362) 史家クセノポーン*の長男。マンティネイア*の戦いで敵将エパメイノーンダース*（エパミーノーンダース*）を斃したが、自らも戦死したとされる。生贄を捧げている最中に息子の訃報に接したクセノポーンは、いったん花冠を頭から外したものの、息子が敵将に致命傷を与えたと聞くと、再び花冠をかぶって犠牲式を続行した。グリュッロスは国葬にされ、その騎馬像や頌徳碑・讃歌が作られたという。

Xen. Hell. 7-4/ Diod. 15-77/ Paus. 1-3, 8-9, -11, 9-5/ Diog. Laert. 2-52～55/ Ael. V. H. 3-3/ etc.

クリュティエー（または、クリュティアー） Klytie, Κλυτίη, Clytie (Klytia, Κλυτία, Clytia), (仏) Clytié, (伊) Clizia, (西)(葡) Clitia, (露) Клития

ギリシア神話中、オーケアノス*とテーテュース*の娘。太陽神ヘーリオス*（アポッローン*）の愛人だったが、神が別の女レウコトエー*に心を移したため、嫉妬に狂ったクリュティエーはレウコトエーの父王オルカモス Orkhamos にこれを密告した。そのためレウコトエーは父の命令で生き埋めにされ、その生命を救い得なかった太陽神が彼女の墓に神酒ネクタル*を注いだところ、亡骸は芳しい乳香樹と化した。一方、神から全く見捨てられたクリュティエーは、絶望のあまり衰弱し果て、ヘリオトロープ Hēliotropion（「太陽の方を向くもの」の意、向日葵とは別種の向日性植物）に変身したが、花となってもつねに恋しい太陽の方角に顔を向け続けているという。

その他、ポイニクス❷*の父アミュントール Amyntor の妾で、ポイニクスに言い寄って拒絶されたので、アミュントールに讒訴してポイニクスを盲目にさせたクリュティエーなど何人かの同名人物が神話伝説に登場する。

Ov. Met. 4-206～270/ Hyg. Fab. 14/ Hes. Th. 352/ Paus. 10-30/ Tzetz. ad Lycoph. 421/ etc.

グリュ（ー）プス Gryps, Γρύψ (〈複〉 Grŷpes, Γρῦπες), (ラ) Gryps, Gryphus, (英) Griffin, Griffon, Gryphon, (仏) Griffon, Grype, (独) Greif, (伊) Grifóne, (西) Grifo, Grifón, (葡) Grifo, (露)

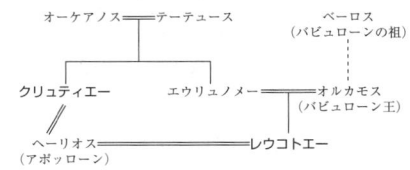

系図177 クリュティエー（クリュティアー）

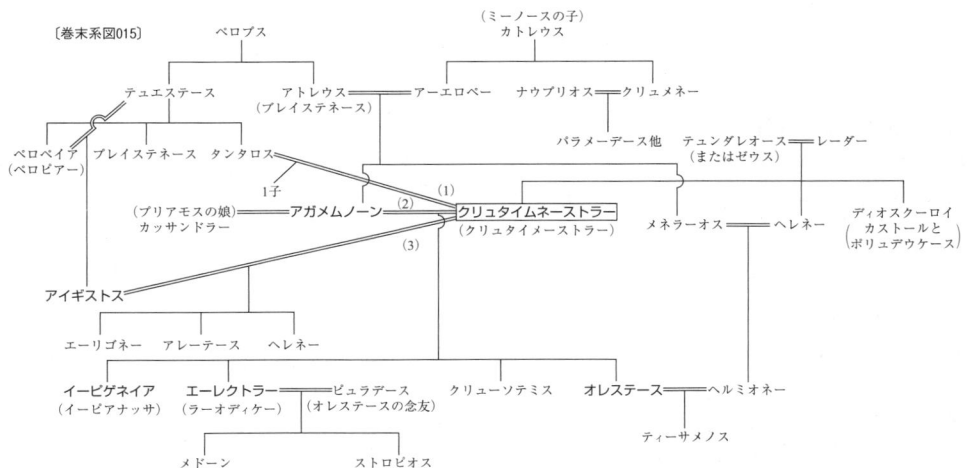

系図176 クリュタイムネーストラー（クリュタイメーストラー）

Грифон, Грифы, Грифоны, （現ギリシア語）Grípas, （ペルシア語）Shirdal, （和）グリフィン*, グリフォン*

獅子の体に鷲の頭と翼をもつ伝説上の怪物。アポッローン*の聖獣で、極北の地ヒュペルボレオイ*人の国に棲む。グリュプスたちは、スキュティアー*最北端のリーパイオス Rhipaios 山脈中で、自ら掘り出した黄金を守っており、これを奪いにくる単眼のアリマスポイ*人と絶えず闘争している。異伝ではディオニューソス*と関係づけられて、酒神の無尽蔵に湧き出る酒甕（クラーテール）krater を見張っているともいう。またその棲処をエティオピアないしインドとする説もあり、後世になると、彼らはインド北方の荒地、あるいは金山に巣を営み、宝物類の守護を委ねられていて、黄金や財宝を狙う者たちを攻撃するとされた。グリュプスはオリエント・インド起源の怪獣で、アッシュリアー*、バビューローニアー*、ペルシア*の彫刻・印章などにも現われ、ギリシア美術においては主として女神アテーナー*の兜両脇の装飾に用いられている。クテーシアース*、パウサニアース*、アイリアーノス*らの記すところによると、グリュプスの胴体は赤く、翼は白、頸の羽毛は青で、体には豹のような斑点があり、鉤形の嘴と蛇の尻尾をもっていたという。神話では、大洋神オーケアノス*の乗り物とされる。中世ヨーロッパにおいては、キリストの神性（天上の鷲）と人性（地上の獅子）との合一を象徴するものと見なされており、また「グリュプスの鉤爪」は毒物に触れると変色するというので酒杯として珍重され、各地の教会にあたかも聖遺物のごとく保存されていた（実は羚羊（かもしか）の角）。

なお、ヒッポグリュプス Hippogryps（半鷲半馬の怪物）は、古代ギリシア・ローマより遥か後代の産物ではあるが、すでにウェルギリウス*は詩の中で、その先蹤をなす馬とグリュプスとの交配について言及している。

⇒ポイニクス、キマイラ、スピンクス

Herodot. 3-116, 4-13/ Aesch. P. V. 803～/ Plin. N. H. 7-2, 10-70, 33-21/ Paus. 1-24, 8-2/ Ael. N. A. 4-27/ Verg. Ecl. 8-27/ Isid./ etc.

クリュプテイアー　Krypteia, Κρυπτεία, Cryptia, （仏）Cryptie, Kryptie, （伊）（西）（葡）Criptia, （露）Криптия

（「秘密勤務」の意）スパルターで*隷農ヘイロータイ*（ヘロット）を監視・殺害するために青年たちに課せられた一種の秘密警察めいた仕事。軍事訓練を兼ねた通過儀礼であったとする説もある。

Plut. Lyc. 28, Cleom. 28/ Thuc. 4-80/ Pl. Leg. 1-633, 6-763/ Isoc. 12/ etc.

クリュメネー　Klymene, Κλυμένη, Clymene, （仏）Clymène, （伊）Climene, （西）（葡）Clímene, （露）Климена

（「名高い女」の意）ギリシア神話中の女性名。クレウーサ*やレウキッポス*等と同様、系譜の穴埋めに利用されたために多数の同名異人がいる。

❶大洋オーケアノス*とテーテュース*の娘。イーアペトス*との間にアトラース*、プロメーテウス*、エピメーテウス*ら4人の息子を産んだ（⇒アシアー）。一説には、プロメーテウスと交わって、デウカリオーン*の母になったともいう。

Hes. Th. 351, 508～/ Hyg. Fab. 156/ Schol. ad Pind. Ol. 9-68/ Verg. G. 4-345/ etc.

❷太陽神ヘーリオス*に嫁いで1子パエトーン*と幾人かの娘たちヘーリアデス（ヘーリアス Helias たち）Heliades の母となった。❶と同一人物、ないし海神ネーレウス*の娘（ネーレーイス*）とされる。彼女の夫はエティオピア*王メロプス Merops という。

Hom. Il. 18-47/ Strab. 1-33/ Ov. Met. 1-756～, 2-37, 4-204/ Hyg. Fab. 152A, 250/ etc.

❸ミニュアース*の娘。ピュラコス Phylakos（アイオロス❷*の孫）に嫁ぎ、イーピクロス*とアルキメデー Alkimede（イアーソーン*の母）を産んだ。一説には、プロクリス*の死後にケパロス*の妻となったといい、また❷とも同一視される。女傑アタランテー*の母親クリュメネーと混同されることもある。

Paus. 10-29/ Apollod. 3-9/ Hom. Od. 11-325～/ Hyg. Fab. 14/ etc.

❹クレーター*王カトレウス*の娘。父によりナウプリオス*に与えられ、彼との間にパラメーデース*ら3人の息子を産んだ。

⇒アーエロペー

Apollod. 2-1, 3-2, Epit. 6-8/ etc.

❺メネラーオス*の親戚で、妃ヘレネー*の侍女となる。ヘレネーとともにトロイアー*王パリス*にさらわれ、トロイアー陥落の折にはアカマース*（テーセウス*の子）に与えられた。他にも数名のクリュメネーがギリシア神話に登場する。

Hom. Il. 3-144/ Paus. 10-26/ Dictys Cret. 1-3, 5-13/ Hyg. Fab. 71, 163/ Paus. 10-24/ etc.

クリュメノス　Klymenos, Κλύμενος, Clymenus, （伊）Climeno, （西）（葡）Clímeno, （露）Клименос

（「名高い男」の意）ギリシア神話中の男性名。

❶冥界の支配者ハーデース*の呼称の1つ。特にアルゴリス*の都市ヘルミオネー*においてハーデース=プルートーン*はクリュメノスという名で崇拝されていた。

Paus. 2-35/ Ov. Fast. 6-757～/ Ath. 14-624e/ etc.

系図178　クリュメネー❹

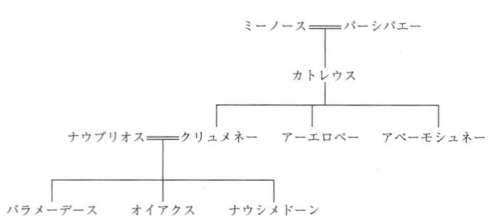

❷アルカディアー*王。カイネウス*（あるいはスコイネウス Skhoineus）の子。自らの娘ハルパリュケー Harpalyke に恋してこれと交わり、彼女をアラストール Alastor（ネーレウス*王の子）に嫁がせたのちも、娘を奪い返して犯し続けた。娘は自分が産んだ父の子（または自身の弟）を殺して料理し、父に食べさせて報復したが、これを知った父の手で殺されたとも、父に追われるうちに夜鳥 Khalkis（カルキス）に変身したともいう。クリュメノスは縊死して果てたと伝えられる。⇒ニュクティメネー、アエードーン、テーレウス

Hyg. Fab. 206, 242, 246, 255/ Parth. Amat. Narr. 13/ Nonnus Dion. 12-72〜/ etc.

❸オルコメノス*の王。プリクソス*の孫に当たる。ポセイドーン*の祭礼の折にテーバイ❶人に石を投げつけられて負傷し、長子エルギーノス*に復仇を命じてから死んだ。娘のエウリュディケー*はピュロス*王ネストール*の妻となった。

Paus. 9-37/ Apollod. 2-4/ Hyg. Fab. 14/ Pind. Ol. 4-19/ Hom. Od. 3-452/ etc.

クルエンティウス・ハビトゥス、アウルス　Aulus Cluentius Habitus,（伊）Aulo Cluenzio Abito,（西）Aulo Cluencio Avito,（葡）Aulo Cluencio Abito

（前103年頃〜？）雄弁家キケロー*によって弁護されたローマ市民。遠祖がアエネーアース*（アイネイアース*）の随員クロアントゥス Cloanthus という名門の出身。彼の裁判は当時の上流市民の家族関係を知る上で興味深い。まず前74年、彼は母サッシア Sassia の3人目の夫オッピアニクス Oppianicus を、「継子たる私の毒殺を謀った」として告訴、審理の結果、オッピアニクスは有罪を宣告され追放刑に処されたが、世間では「実はこの判決は、クルエンティウスが陪審裁判官たちを買収して獲（え）たものだ」と取り沙汰された。その後、オッピアニクスが配所で死ぬと、今度はオッピアニクスの息子がクルエンティウスを、「父の殺害をはじめとする3件の毒殺事件の犯人だ」として告発（前66）。クルエンティウスはキケローに弁護を依頼し、その雄弁によって無罪放免となった。この折のキケローの法廷弁論『クルエンティウス弁護 Pro Cluentio』（前66）が伝存しているが、のちに彼自身が「正義の眼をくらませてやった」と語っていることもあり、真相は不明。キケローの言に従えば、クルエンティウスの母サッシアは大変な莫連女で、最初の夫が死ぬと、自分の娘の婿に惚れこんで、娘から夫を奪い、これと再婚し、次に前科者のオッピアニクスと懇（ねんご）ろになり、共謀して2度目の夫を毒殺してオッピアニクスと三婚。さらに邪魔になるオッピアニクスの母や弟妹、息子らその一家6人を皆殺しにしたという。そこで身の危険を感じたクルエンティウスは、前74年に継父らを告発し、勝訴したのだが、常軌を逸した母親は、さらに配所にあるオッピアニクスをも毒殺して、罪を息子になすりつけようと企てた。その結果、誤解したオッピアニクスの息子がクルエンティウスを毒殺や贈賄の廉で告訴に及んだというのではあるが、実際のところ、クルエンティウス、オッピアニクス双方とも盛んに買収工作を行なっており、金によって裁判が左右されていたことは明らかである。

Cic. Clu., Brut. 78, Verr. 1-10, -13〜, Caecin. 10/ Quint. Inst. 2-17, 11-1/ Plin. Ep. 1-20/ Verg. Aen. 1-222, 5-122〜/ etc.

クルキフィ（ー）クシオー　Crucifixio,（ギ）Staurōsis, Σταύρωσις,（英）Crucifixion,（仏）Crucifiement,（独）Kreuzigung,（伊）Crocifissione,（西）Crucifixión,（葡）Crucifixão, Crucificação,（露）Распятие

（磔刑・架刑・十字架刑）罪人を木にはりつけて処刑する方法は、古くバビュローニアー*、アッシュリアー*、エジプト*、ペルシア*などオリエント諸民族の間で広範に行なわれていた。特にアカイメネース朝*ペルシアの君侯たちは、串刺しや生皮剥ぎ、手足切断などの残忍な刑罰とならんで、磔刑をきわめて愛好、例えばベヒストゥーン Behistun（ビストゥーン Bisutun）の碑文によれば、ダーレイオス1世*は、謀叛を起こした者たちを捕えると、その鼻と耳を削ぎ、舌を切り、目を刳り抜いたうえ、鎖に繋いで見世物にしたあと、磔（はりつけ）の刑に処したといわれる。そのほか、イオーニアー*の反乱を煽動したヒスティアイオス*（前493）やサモス*の僭主ポリュクラテース*（前522）、アタルネウス Atarneus の僭主ヘルメイアース*（前341）らがペルシア人のもとで磔刑に処されている（⇒サタスペース）。

ギリシアでも磔刑は一般的な処刑法で、犠牲者は全裸にされ、頸（くび）には重い鉄輪をはめられて、立てた柱 stauros に留金具で固定されたまま放置された。アテーナイ*の市外には処刑された囚人の屍体が累々と連なっている光景が見られたという。前439年ペリクレース*はサモス島民のデーロス同盟*離反の企てを粉砕すると、多数の捕虜をミーレートス*の広場（アゴラー*）で磔板に縛りつけ、10日間虐待してから棍棒で頭を撲って殺したのち、死骸を葬らずに投げ棄てたと伝えられる。シュラークーサイ*の僭主ディオニューシオス1世*が「私は王の喉仏にいつも剃刀をあてているんだ」と公言した床屋を架刑に処して殺し、以来用心して剃刀を使わせず、自分の娘たちの手でひげを焼き切らせるようにした話はよく知られている。

マケドニアー*王ピリッポス2世*は、敗死した敵将オノマルコス*の死体を見せしめのために磔（はりつけ）とし（前352）、その息子アレクサンドロス大王*も、フェニキア*のテュロス*市の政略にさんざん手こずったあげく、町が陥落すると、生き残っていた2千人の市民全員を、ただちに磔刑に処したし（前332）、また前324年、愛する念友ヘーパイスティオーン*が病死した時には、手当てを誤ったとして医師グラウキアース Glaukias を磔（はりつけ）にかけるよう命じている。

続くヘレニズム時代になると、この刑は地中海世界全域に普及。一例を挙げれば、前168年に2度目のイェルーサーレーム*（エルサレム）占領を敢行したセレウコス朝*シュリアー*王アンティオコス4世*は、ユダヤ*の宗教と律法

を守ることを厳禁し、それに反した者たちを連日鞭打たせ、体を切り刻んで、息のあるうちに架刑に処した。ユダヤ古来の戒律に従って割礼を施された幼児たちは、締め殺されたあと、十字架にかけられた親の首もとから吊るされたという。セレウコス朝から独立したハスモーン朝*ユダヤ王家でも、これに倣って刃向かう者たちを集団磔殺したことについては、アレクサンドロス・イアンナイオス*の項を参照。

　ローマでは王政時代にすでに架刑が行なわれたという記録はあるものの、一般的な処刑法として現われるのは、ポエニー戦争*の頃になってから、敵国カルターゴー*で盛んに執行されていた磔(はりつけ)による死罪を見習って始めたものと考えられている。以来、後320年頃にコーンスタンティーヌス1世*によって廃止されるまで、磔刑は奴隷や捕虜、盗賊そのほか、ローマ市民権をもたない者を対象に最も恥ずべき刑として執行され続けた。名高いのは剣闘士(グラディアートル)奴隷スパルタクス*に従った反乱軍の捕虜6千472人が処刑された例（前71）で、カプア*からローマに至るアッピウス街道*（ウィア・アッピア*）には彼らの磔柱が延々と林立し、その屍体は数ヵ月の間、腐爛するがままに任された。平時でもローマの門外にある刑場には人骨が散乱して野犬などがうろつき、夜になると呪法に使うため遺骸を漁る魔術師が出没していたが、キケロー*の言によれば、「架刑を見物することはローマ市民たる者にはふさわしくない」嫌悪すべき行為だと見なされていたという。独裁官(ディクタートル)*スッラ*は実に瑣細な理由で磔刑を命じたとされ、アウグストゥス*は可愛がっていた鶉(うずら)を焼いた奴隷を磔(はりつけ)にし、ティベリウス*帝は浮気の手引きをしたイーシス*女神の祭司たちを磔刑に処した。ガルバ*帝はある孤児が死ぬと、その後見人を「遺産目当てに毒殺した」という嫌疑で架刑にし、「自分はローマ市民だ」と抗議する人には、他の十字架よりもうんと高い白塗りの十字架を新調してやった。ドミティアーヌス*帝は自分をあてこすった史書を著わしたヘルモゲネース*ばかりか、これを筆写した写字生まで十字架にかけている。ネロー*帝の時代の都警長官ペダーニウス・セクンドゥス*が自分の一奴隷に殺された時には、美青年をめぐる男色の鞘当てから生じた情痴事件であるにもかかわらず、犯行にかかわりのないペダーニウス・セクンドゥス邸の全奴隷4百人が磔刑に処せられた（後61）。ネローはまた、64年のローマ大火の後で自分にかけられた「放火犯」の嫌疑をそらせるために、日頃から唾棄すべき存在として世人の憎悪の的であったキリスト教徒を犯人に仕立て上げ、磔柱に縛りつけられた彼らの体に火をつけて、夜間の照明(イルミネーション)として利用した。

　イエースース*（イエス・キリスト*）の処刑に見られるように、ふつう死刑囚は鞭打たれたのち、自分が架けられることになる柱 stipes か横木 patibulum を刑場まで背負って行かなければならなかった。刑場に着くと真裸にされ、手頸を横木に釘で打ちつけられた（1本柱の場合、手を頭上に組ませて柱に打ちつけた）が、足はいつも釘づけされるとは限らなかった。罪状を記した捨て札 titulus が頭上に貼り付けられ、柱の中ほどに腰掛用の留杭 sedile が設けられることもあったが、後代のキリスト教徒が描くような足掛け台 suppedaneum はなかった。刑具の形態は、T字型 crux commissa（十二使徒*の1人、ピリッポス Philippos の処刑法ないし持物）、X字型 crux decussata（十二使徒の1人、アンドレアース Andreas の処刑法）、十字型 crux immissa、1本柱の杙(くい) crux simplex、逆さ十字（ペトロス*の処刑法）、と様々だった。飢えや渇きなどによる長時間の苦悶をなめつつ罪人が3日以上生きながらえることもしばしばあり、そのため処刑されかけたのち、あやういところで助命された者たちもいた。しかし多くの場合、彼らは傷の痛みや消耗の末に窒息死に至り、屍骸は見せしめのため、そのまま遺棄され晒(さら)されて鳶(とび)や烏(からす)の餌食になった。罪人の苦痛をやわらげるべく麻酔作用のある没薬(もつやく)や酢が与えられ、さらにその死を早める目的で脚の骨を折ったり、脚を切断したりすることも行なわれた。死んだかと思える罪人には、槍か剣でとどめが刺された。皮剥ぎや投石などの加重刑が、イエースースの弟子ピリッポスやバルトロマイオス Bartholomaios、またマーニー教の開祖マーニー*のように、磔刑と併せて執行される場合もあった。なおローマでは、ガッリア*人の侵攻の際（前390頃）、カピトーリーヌス*丘占領の危機を、鵞鳥が鳴いて守備兵に知らせたにもかかわらず、犬は不覚をとって警告を与えそこねた故事に由来して、毎年8月に鵞鳥を大切に抱いて練り歩く一方、犬を磔(はりつけ)にして運びまわっては殺す行事が続けられていたという。

Herodot. 3-125, 4-202, 6-30, 7-33, -194, 9-78/ Pl. Resp. 4-439e/ Arist. Ath. Pol. 45/ Plut. Per. 28, Sull. 6, Mor. 499d, 554a/ Joseph, J. A. 12-5, 17-10, J. B. 1-4, 2-5, 5-6, -11/ Tac. Ann. 14-42〜, 15-44/ Cic. Rab. Perd. 5/ Plin. N. H. 8-18, 29-14, 36-24/ Polyb. 1-11/ Arr. Anab. 17-14/ Curtius 4-4/ Suet. Galb. 9/ S. H. A./ Sen. Cons. ad Marc. 20, Ep. 14-1/ Hor. Sat. 1-3/ Juv. 6-219/ Artem. 2-61/ Liv. 33-36/ Val. Max. 1-7/ Diod. 2-44, 14-53, 17-46, 19-67, 20-69, 25-5, 26-23/ Nov. Test. Matth. 27-35〜, Marc. 15-24〜, Luc. 23-26〜, Johann. 19-16〜/ Tertullian. Apol. 9-1/ Irenaeus Adv. Haeres. 2-24/ etc.

クルーシウム　Clusium,（エトルーリア語）Clevsin,（古くは Chamars, Camars),（ギ）Klūsion, Κλούσιον,（伊）（西）（葡）Clusio,（露）Клусий（現・キウージ Chiusi）エトルーリア*の古都。クラニス Clanis（ティベリス*河に注ぐ川。現・Chiana）川渓谷の南端、カッシウス街道*（ウィア・カッシア*）沿いの丘上に位置する。ローマの北北西161km。エトルーリア12市連合の有力都市として、前7世紀末にローマ王タルクィニウス・プリスクス*と戦い、前6世紀末には廃王タルクィニウス・スペルブス*を復位させるべくクルーシウム王ポルセンナ*はローマを攻撃・包囲し服従させた（前507頃）。前391年頃、一時ケルト人*に占領され（⇒アールーンス❹）、次いで前295年と前225年にもケルトの侵略を被った。第2次ポエニー戦争*（ハンニバル❶*戦争）中は、ローマ

に味方して穀物や木材を大スキーピオー*に提供した。前125年までにはローマに服属し、帝政期には穀物と葡萄の名産地として知られた。

今日では郊外に点在する多くのエトルーリア墳墓や、下水道と思われる精巧な地下道遺跡で名高い。「フランソワの壺François vase」（前570頃。黒絵式混酒器Krater_{クラーテール}の名作。フィレンツェ考古博物館蔵）をはじめとする多数の陶器や優れたブロンズ製品も出土しており、往昔の繁栄が偲ばれる。
Verg. Aen. 10-167/ Liv. 2-9, -15, 5-33〜, 10-25〜26, -30, 28-45/ Diod. 14-113/ Strab. 5-226/ Dion. Hal. 3-51, 5-21/ Plut. Publ. 16, Cam. 15〜/ Polyb. 2-25/ Ptol. Geog. 3-1/ Plin. N. H. 3-5/ Vell. Pat. 2-28/ Columella 2-6/ etc.

クルスス・ホノールム　Cursus honorum, （英）Course of Honour, （仏）Carrière des Honneurs, （独）Ämterlaufbahn, （伊）Carriera Senatoria, Ordine Graduale, （葡）Curso Honorífico, Caminho das Honras, （露）Курсус Хонорум

ローマの官職就任順序。「名誉の階梯」の意。官職序列、昇官順序、公職歴梯などと訳される。ローマにおける政務官職（マギストラートゥス*）の昇進コースは大略次のごとくであった（括弧内の数字はユーリウス・カエサル*の就任した年齢）。

　　　　財務官（クァエストル*）（31歳）
　　　　↓
　　　　造営官（アエディーリス*）（按察官）（35歳）、または、
　　　　護民官（トリブーヌス・プレービス*）
　　　　↓
　　　　法務官（プラエトル*）（38歳）
　　　　↓
　　　　執政官（コーンスル*）（41歳）

元老院議員の子弟はこの歴梯を歩むのが通例で、財務官職に就いて初めて正式に議員の資格が認められた。ポリュビオス*によると、財務官となる前に10年間の軍隊勤務を経ねばならなかったという。それぞれの公職には少なくとも2年以上の間隔を置いてしか昇進できず、独裁官スッラ*は各職に就任し得る最低年齢を制定（前81）、最初の財務官職の場合は30歳以上に限られた。政務官職はすべて無給の栄誉職であるのみならず、激烈な選挙戦や大がかりな祭典の費用を自己負担せねばならなかったので、結局は富裕な有力者、特に「権門貴族ノービレース*」と呼ばれる執政官を輩出した一部の支配層から選出されることが多かった。帝政期に入ると、騎士身分エクィテース*や諸都市の参事会員クーリアーレース*の序列も整備された。
⇒セッラ・クルーリス（高官椅子）
Cic. Fam. 3-11, Sen. 17(60), De Or. 2-65(261)/ Tac. Hist. 1-48, Agr. 6〜/ Liv. 32-7/ Polyb. 6-19/ Suet. Iul. 5〜, Aug. 3〜, Tib. 1〜/ etc.

クルソル、ルーキウス・パピーリウス　Lucius Papirius Cursor, （伊）Lucio Papirio Cursore, （西）Lucio Papirio Cursor, （葡）Lúcio Papírio Cursor, （露）Луций Папирий Курсор

（前365頃〜前305頃）ローマの将軍・政治家。第2次サムニウム*戦争（前327〜304）に活躍した有能な武将。執政官コーンスル*を5回（前326、前320、前319、前315、前313）、独裁官ディクタートル*を少なくとも2回（前325、前310、前309の3回とも）務め、繰り返し外敵を撃破、とりわけ前309年にサムニウム軍に勝利を収めて、先にカウディウム*でローマ軍が受けた屈辱（前321）を雪ぎ、戦局全体を大きく転換させたことは有名。盛大に凱旋式トリウンプス*を挙げ、同時代で最大の名将と謳われる。史家リーウィウス*は彼にアレクサンドロス大王*に次ぐ評価を与えている。並み外れた迅足の持ち主で、驚くべき量の飲食物を摂ったことでも知られる。きわめて峻厳な性格をしており、副司令官マギステル・エクィトゥム Magister EquitumのQ. ファビウス・マクシムス❶*が命令に背いて交戦した時には、軍紀を乱した廉で彼を処刑しようとしたという（前325）。また借財による債権者への隷属化を禁ずる法律の制定（前326）にも関与していたと伝えられている。すなわち、ルーキウス・パピーリウスが、負債のせいで隷従する立場にある1人の美青年に言い寄ったところ、相手が一向に靡なびく気配を見せなかったので、激怒して若者を裸にすると苛酷な折檻を加えた。虐待を受けた青年に寄せる同情の声が世に広まり、よって元老院特別会議が開かれた結果、ローマ市民を負債の質に奴隷化してはならない旨の法律が定められたというのである —— ただし、これは別のL. パピーリウスの所業であり、本項のクルソルは同法の提唱者であると考えられている ——。

同名の息子L. パピーリウス・クルソル（前293年、前272年の執政官コーンスル*）も名だたる名将で、サムニウム戦争で敵を破り、ピュッロス*戦争を終結させ（前272）、ローマに初めて日時計を設置させた事蹟で知られる。

なお、家名のクルソルは「走る人」という意味のラテン語で、同家の始祖が並外れて足が速かったことにちなんでつけられたものだという。
⇒Q. プーブリウス・ピロー
Liv. 8-12, -23, -28〜37, -47, 9-7, -12〜17, -22, -28〜, -38/ -40, 10-9, -38〜/ Aur. Vict. De Vir. Ill. 31/ Eutrop. 2-8/ Zonar. 7-26, 8-6/ Val. Max. 6-1/ Dion. Hal. Ant. Rom. 16-9/ Diod. 19-66/ Plin. N. H. 7-60/ Frontin. Aq. 1-6, Str. 3-3/ Oros. 3-2, -15, 4-3/ Plut. Marc. 2/ etc.

グルッサ　Gulussa, （ギ）ゴロッセース Golossēs, Γολόσσης, Γολοσσῆς

（前2世紀）ヌミディア*王マシニッサ*の次子。父の死後、その遺命で兄ミキプサ*、弟マスタナバル*とともに王国を統治、能将のゆえに軍事権を管掌する。第3次ポエニー戦争*（前149〜前146）に参加し、カルターゴー*の将ハスドルバル❹*とスキーピオー・小アーフリカーヌス*（小スキーピオー*）との間で仲介の労をとったが成功しなかった。マッシーウァ❷*の父。
⇒巻末系図035

Liv. 42-23〜24, 43-3/ Polyb. 38-7〜8/ App. Pun. 70, 106, 111, 126/ Sall. Jug. 5, 35/ etc.

クルティウスの池　Lacus Curtius, (ギ) Λάκκος Κούρτιος, (伊) Lago di Curzio, (西) Lago de Curcio

フォルム・ローマーヌム*（現・フォロ・ロマーノ）にある陥没地。3通りの縁起譚が伝えられる。

(1) ローマ人によるサビーニー*の婦女略奪ののち、ロームルス*と T. タティウス*とが戦った時、サビーニーの将メッティウス・クルティウス Mettius Curtius が、ロームルスに追撃されて、この沼地に跳び込み、馬を乗り棄ててかろうじて逃れた。両軍が和を講じた時以来、この場所は彼にちなんで名づけられたという（⇒ヘルシリア）。

(2) 前362年、突如フォルム*に大穴が開き、大量の土砂を投じても埋まらないので、神託を伺ったところ、「ローマで最も貴重なものを投入すれば閉じるであろう」という答えが出た。その時、青年貴族マールクス・クルティウス Marcus Curtius は、「ローマ人にとって何よりも大切なものとは、勇敢な市民のことにほかならない」と言い、武装して馬に乗ったまま、裂け目の中に身を躍らせた。この犠牲により、たちまち地割れはふさがり、その場所に泉が生じたと伝えられる。

(3) 前445年、フォルムに落雷があった時、執政官(コーンスル*)のガーイウス・クルティウス C. Curtius Chilo (Philo) が、典例に則って雷霆に撃たれた場所を神に献げ、由来この場所は彼の名に基づいて呼ばれるようになったという。

Liv. 1-12〜, 7-6/ Dion. Hal. Ant. Rom. 2-42/ Varro Ling. 5-148〜150/ Val. Max. 5-6/ Plut. Rom. 13/ Plin. N. H. 15-20/ Ov. Fast. 6-403/ Suet. Aug. 57/ Festus/ etc.

クルティウス・ルーフス、クィ（ー）ントゥス　Quintus Curtius Rufus, (仏) Quinte-Curce, (伊) Quinto Curzio Rufo, (西) Quinto Curcio Rufo, (葡) Quinto Cúrcio Rufo, (露) Квинт Курций Руф

(?〜後53) ローマ帝政期の歴史家。彼の活躍期に関しては諸説行なわれたが、近年ではクラウディウス*帝（一説にはウェスパシアーヌス*帝）の治下と推測されている。剣闘士(グラディアートル*)の息子という微賤の生まれから軍人・政治家として身を起こし、ティベリウス*帝の在世中に元老院議員にまで出世したものの、権臣セイヤーヌス*の失脚(31)に巻きこまれて、一転文筆に身を投じた。逼塞中にラテン語で記された現存唯一の作アレクサンドロス大王*伝を著わし、クラウディウスの初代頃に完成、ほどなく政界に返り咲き、執政官(コーンスル*)(43)・高地ゲルマーニア*総督を歴任した。任地で銀鉱脈を探しあてて凱旋将軍顕章を授けられた(47/48)。のち、アーフリカ*の属州総督(プロコーンスル) Proconsul に任命され、かねてからの予言通り同職在職中に死亡(53)。「目上の人には腹黒くへつらい、目下の者には傲慢無礼に、同等者にはかたくなに振る舞った」とタキトゥス*に評される。

現存する『アレクサンドロス大王の事蹟 De Rebus Gestis Alexandri Magni (Historiae Alexandri Magni)』は、全10巻のうち、最初の2巻が失われ、他の諸巻にも欠けた部分が少なくない。文体は修辞的で沢山の演説を含んでおり、面白い出来事を巧みに叙述しているが、批評眼に欠けギリシア史家の作品をそのまま祖述・編集していることが多いため、歴史的信憑性を全面的に期待することはできない。本書は、のち西ヨーロッパ中世で広く読まれて、シャティヨンのゴーティエ Gautier de Châtillon の『アレクサンドロス物語 Alexandreis』(1180頃)の主たる典拠とされた。

なお、彼がまだ財務官(クァエストル*)付きの従者としてアーフリカのハドルーメントゥム*にいた頃、人気(ひとけ)のない柱廊を散歩中、目の前に巨大な女の霊が現われて、「お前は将来栄達を遂げ、この同じ属州に総督となって戻って来、そしてこの地で死ぬであろう」と告げた。後年、予言が成就してアーフリカ総督となって着任した時、再び同じ霊がカルターゴー*の海岸に出現、ほどなく病を得て床に臥した折、身内の者は誰も絶望視していなかったのに、本人だけは観念して恢復の希望を捨て去り、静かに運命の手に身を委ねたといわれている。

⇒アッリアーノス、カッリステネース

Tac. Ann. 11-20〜21/ Plin. Ep. 7-27/ Suet. Rhet./ etc.

クレアルコス　Klearkhos, Κλέαρχος, Clearchus, (英) Clearchus, (仏) Cléarque, (独) Klearchos, (伊) (西) (葡) Clearco, (露) Клеарх

ギリシア人の男性名。

❶ (前450頃〜前401) スパルター*の軍隊指揮者。ペロポンネーソス戦争*(前431〜前404)に出征し、前409年以来、自らエポロイ*(監督官)を説得して、当時不穏な状態にあったヘッレースポントス*一帯・トラーケー*(トラーキアー*)地方に赴任。その地のスパルター軍の指揮に当たったが、ビューザンティオン*から撤退するのを拒んで部下の不評を買い、祖国からの召喚命令に従わなかったとして死刑の判決を受ける(前403)。亡命者としてアカイメネース朝*ペルシア*帝国の王子・小キューロス*（ダーレイオス2世*の子）の許(もと)を訪ね、ギリシア人傭兵部隊の総指揮官として、キューロスの兄王アルタクセルクセース2世*に対する反乱に加わる（⇒クセノポーン、メノーン）。前401年バビュローン*へ向けて上征したものの、クーナクサ*の戦いで肝心のキューロスが戦死したため、ギリシア軍は勝利を得つつもメソポタミアー*で孤立無援の状態となる。そして、敵将ティッサペルネース*の謀略によって、クレアルコスはじめギリシア人隊長らは全員捕えられ首を刎ねられて果てた（⇒1万人の退却）。

クレアルコスは無類の戦争好きで、険しい表情をしており声も荒々しく、つねに峻厳で粗野だったという。またクセノポーンによれば、「彼は普通の男たちが美少年との色事その他の快楽に金を注ぎ込むように、喜んで戦争に金を注ぎ込んだ」とのことである。

⇒カッリクラティダース

Xen. An. 1-1～3-1, Hell. 1-1/ Plut. Artax. 6～18/ Diod. 13-51, -67, 14-12～, -22～26/ Polyaenus 2-2, 7-18/ Frontin. Str. 3-5/ Ath. 11-505b/ etc.

❷ (前390頃～前353／352) 黒海沿岸ヘーラクレイア❹*の僭主 (在位・前364／363～前353／352)。前288／287年まで続いた王朝の開祖。プラトーン*やイソクラテース*の弟子。一時期、ヘーラクレイアから追放され、ポントス王ミトリダテース2世*に仕えたが、傭兵軍を率いて帰国すると、市民間の内紛を利用して全権将軍 Strategos Autokrator に就任。欺いてミトリダテース王とその側近を捕え、莫大な身代金と引き換えに彼らを釈放した。次いで奸策によって独裁権を掌握し、僭主の座に即くや、多数の有力市民を殺害ないし放逐し、彼らの財産を没収するなど非道の限りを尽くした。さらに自らをゼウス*の息子と称して、金の冠や紫衣をまとい、神の恰好で公衆の面前に姿を現わした。また大勢の者をトリカブトで毒殺したので、人々は家を出る前に必ず解毒剤 pēganon を服用するようになったという。バッコス* (ディオニューソス*) の祭礼中に2人の青年に暗殺され、弟サテュロス Satyros が位を継いだ。
⇒ディオニューシオス (ヘーラクレイア❹の)
Diod. 15-81, 16-36/ Just. 16-4～5/ Ath. 3-85/ Polyaenus 2-30/ Ael. V. H. 9-13/ Plut. Mor. 338b/ Isoc./ Phot. Bibl./ Suda/ etc.

❸ (キュプロス*島ソロイ❷*の) (前340頃～前250頃) アリストテレース*の弟子。『プラトーン*への頌詞 Platōnos enkōmion』などの哲学的著作から、恋愛論や絵画論、諺、謎、夢について、さらには動物に関する著作まで多岐にわたる作品を残したが、すべて亡失した。彼はまたはるか東方、バクトリアー*へ旅行し、その地に記念碑を建てたと伝えられている。

ほかにも、アテーナイ*の政治家クレアルコス (前5世紀中頃に活躍) や、アッティケー*の中期喜劇詩人のクレアルコス (前4世紀後半に活動) など、同名の人物が幾人かいる。
Ath. 6-255, 10-426, 12-548, 14-613, -623, -642, -648, 15-697/ Diog. Laert. 1-9, 3-2/ Clem. Al. Strom. 1-15/ Paus. 6-4/ etc.

クレアンテース Kleanthes, Κλεάνθης, Cleanthes, (仏) Cléanthe d'Assos, (伊) Cleante di Asso, (西) (葡) Cleantes de Assos, (露) Клеанф из Ассос
(前331頃〈前304？〉～前232頃) ギリシアのストアー*学派の哲学者。同学派の創始者キティオン*のゼーノーン*の後継者。小アジアのアッソス*出身。最初は拳闘家で、素晴らしい筋肉美の持ち主として人々から嘆賞され、「第2のヘーラクレース*」と呼ばれたという。アテーナイ*に来てゼーノーンの弟子となるが、ひどく貧乏だったので夜間は肉体労働をして生活の資を稼いでいたため「井戸から水を汲み上げる人 Phreantles」と渾名された。勤勉で労を惜しまず、その逞しい肉体をアテーナイ人からも絶賛されて、褒賞金まで贈られることになったものの、「その気になれば、私はもう1人のクレアンテースを養うことだってできましょう」と拒んで禁欲的な貧困生活を続けた。ゼーノーンからも愛されて、他に大勢の著名な弟子がいたにもかかわらず、師亡きあとの学頭に任命され終生その職にあって青年たちを教育、ストアー学説の普及に努めた (前263～前232)。

多数の著作を記し、そのうち現存する『ゼウス*への讃歌』においては、「悪人の行為という例外を除いては一切が神ゼウスによる必然性から生ずる」と述べ、ゼウスを万物を支配する唯一神としている。宇宙論では世界を生命体と見なし、神をその霊魂、太陽をその心臓であると説いた。とはいえ世評では、頭の回転の鈍い学問的資質を欠いた人物と噂され、「のろま」とか「驢馬」呼ばわりされて、喜劇作家に舞台で嘲弄されることもあった。が、当人は「ディオニューソス*やヘーラクレースら神々や英雄たちでさえ、詩人から馬鹿者扱いされても腹を立てなかったではないか」と言って全く動ぜず、怒る気色もなかったという。

ギリシア人の常として男色面でも名高く、「私は若者に思いをこがすと、その耳をとらえ言葉でこれを靡かせることにしている。腹や性器など他のところは恋仇どもにいくらでもつかませてやるさ」と語っている。高齢に達して軽い病気に罹り、治療のために絶食を始めたところ、健康は恢復したが、「もう途中まで来たのだから後戻りはしない」と、その後も食を断ち続けて死んだと伝えられる (ゼーノーンと同じ98歳、ないし72歳で、没と享年については諸説あり)。後にキケロー*から「ストアー学派の父」と称され、ローマ元老院によって祖国アッソスに肖像を建立される栄誉を得た。
⇒クリューシッポス、アリスタルコス❶、ソーシテオス
Diog. Laert. 7-37, -168～176/ Plut. Alc. 6/ Cic. Nat. D. 3-2, Fin. 2-21, 4-3/ Sen. Ep. 44, 107/ Stob. Ecl. 2-132/ Strab. 13-610/ Val. Max. 8-7/ Ath. 8-354e/ etc.

クレアンデル Marcus Aurelius Cleander, (ギ) クレアンドロス Kleandros, Κλέανδρος, (仏) Cléandre, (伊) (西) (葡) Cleandro, (露) Клеандер
(？～後189) ローマ皇帝コンモドゥス*の寵臣。プリュギアー*出身の奴隷で、若きコンモドゥスの男色相手として奉仕。解放されたのち、同じくコンモドゥスの寵童たるサオーテルス Saoterus を陰謀によって失脚・処刑させ (182)、さらに、絶大な権力を持つ近衛軍司令官ペレンニス Perennis を反逆罪の廉で告発・処刑 (185)、そのほかの寵臣をも失脚させて、自ら近衛軍司令官となる (187)。皇帝の愛人として権勢をほしいままにし、元老院議員や騎士たちを次々と処刑。売官や収奪を通してわずかの間に巨万の富を築き、腐敗・残忍の限りを尽くした。しかし189年、飢饉の際に生じた暴動で離宮を包囲された皇帝は、群衆の要求に屈して已む無くクレアンデルを処刑させ、その首を暴徒の群れに投げ与えた。クレアンデルの息子や党類も全員殺されて、その死体は市街を曳きずり回され八つ裂きにされたうえ下水溝に投げ込まれたという。クレアン

クレイオー

デルに次いで権臣となった近衛軍司令官のラエトゥス Q. Aemilius Laetus（？～193・処刑）と侍従のエクレクトゥス Eclectus（？～193 殺害）は、コンモドゥスの嬖妾マルキア*と共謀して、同帝を弑逆するに及んだ（192 末）。
Dio Cass. 72-12～13/ Herodian. 1-12～13/ S. H. A. Comm. 6, 7, 11/ etc.

クレイオー Kleio, Κλειώ（または、クリーオー Klio, Κλιώ）,（ラ）Clio,（独）Kl(e)io,（西）Clío,（露）Клио

ギリシア神話中、文芸の女神ムーサたち*（ムーサイ*）の1人で歴史を司る。一説に、アプロディーテー*の美少年アドーニス*に対する熱情を非難して女神の罰を被り、父ピーエロス Pieros への恋に陥って父との間に1子ヒュアキントス*を産んだという。レーソス*やオルペウス*、ヒュメナイオス*らの母親とされることもある。
Hes. Th. 77/ Apollod. 1-3/ Pind. Nem. 3-83/ Ov. Ars Am. 1-27/ Hor. Carm. 1-12/ Diod. 4-7/ Schol. ad Hom. Il. 10-435/ Schol. ad Eur. Rhes. 346/ etc.

クレイオス Kreios, Κρεῖος, または、クリーオス Krios, Κρῖος, Crius,（仏）Crios,（独）Krius (Krios),（伊）Crio,（西）Crío,（葡）Créos (Crio),（露）Криос, Крий,（アストゥリアス語）Críu

ギリシア神話中、ティーターン*神族の1人。ウーラノス*（天空）とガイア*（大地）の子。ポントス*（海）の娘エウリュビアー Eurybia と交わって、アストライオス*、パッラース*、ペルセース*の3子を儲けた。
Hes. Th. 134, 375/ Apollod. 1-1-3, -2-2/ Diod. 5-66-1/ etc.

クレイステネース Kleisthenes, Κλεισθένης, Clisthenes,（仏）Clisthène,（伊）Clistene,（西）（葡）Clístenes,（露）Клисфен

ギリシア人の男性名。巻末系図 023 を参照。

❶シキュオーン*の僭主（在位・前 600 頃～前 570 頃）僭主政のうち最も長続きしたオルタゴラース Orthagoras 一族（前 665 年頃～前 565 年頃の約1世紀間支配す）の独裁者の1人。アリストニューモス Aristonymos の子。2人の兄弟を排斥し祖父ミュローン Myron の跡を襲って僭主の座に即く。軍事に通じて大いに国威を高め、第1次神聖戦争*にも参加（前 590 頃）、隣保同盟軍（アンピクティオニアー*）に与してクリーサ*の町を破壊した。また敵国アルゴス*を憎むあまり、伝説上のアルゴス王アドラストス*の崇敬を廃止しようとしたり、自国でのホメーロス*吟誦を禁止した——ホメーロスの詩にはアルゴスへの讃辞が随所に見出されるから——。さらに、自分の属する部族は「支配族 Arkhelaoi（アルケラーオイ）」と呼ばせる一方、それ以外のシキュオーンの各部族名を「豚族 Hyatai（ヒュアータイ）」「驢馬族 Oneatai（オネアータイ）」「子豚族 Khoireatai（コイレアータイ）」などと改称させて屈辱を与えたという。彼の1人娘アガリステー Agariste を娶らんものと、当時のギリシア世界中から名だたる青年たちがこぞって求婚、この席で花婿の最有力候補者アテーナイ*のヒッポクレイデース Hippokleides が野卑な逆立ち踊りをしたので、クレイステネースが「汝は縁談を踊り落としたな」と言って、メガクレース❷*に娘を与えた話は有名（前 575 頃）。ピューティア競技祭*の創設者とも伝えられ、この祭典最初の戦車競走に優勝している（前 576 または前 572）。
Herodot. 5-67～68, 6-126～131/ Arist. Pol. 5-12/ Ath. 14-628/ Paus. 2-9, 10-7, -37/ Diod. 8-19/ Polyaenus 3-5/ Schol. ad Pind. Nem. 9-2/ Nic. Dam./ etc.

❷（前 565 頃～前 500 頃）アテーナイ*の政治家。アルクマイオーン*家の出身。❶の外孫（⇒巻末系図 023）。メガクレース❷*とアガリステー Agariste との子。アテーナイの国制を改革し、民主政 demokratia（デーモクラティアー）を確立したことで著名。ペイシストラトス*家（ペイシストラティダイ*）が支配している間、アルクマイオーン家一門は追放の憂き目に遭っていたが、彼はデルポイ*の巫女を買収し、スパルター*人に対しては質問の内容いかんにかかわらず、いつも「アテーナイを解放せよ」との神託を下さしめた。かくてスパルター王クレオメネース1世*（在位・前 519 頃～前 487）の助勢を得て、ペイシストラトス家の僭主政を打倒（前 510）、無事帰国を果たしたが、今度は寡頭派の領袖イサゴラース Isagoras（前 508 ／ 507 年度のアルコーン*）と政権を争い、民衆を自派に引き入れることによって政敵を出奔させた（前 508）。2度目のアルコーン職（初回は前 525 ／ 524

系図 179　クレイオー

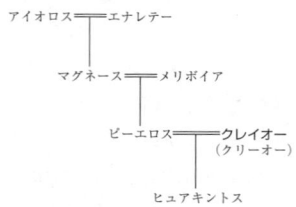

系図 180　クレイオス

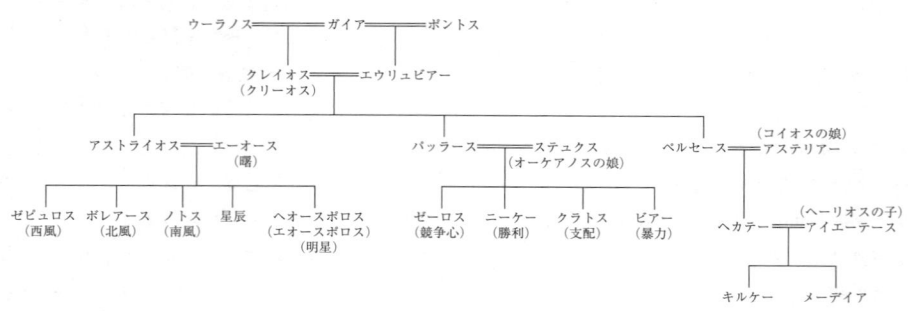

年）に就任するや、民主政の基礎を据える大改革を断行（前508）、その主要なものは以下の通りである。

（1）貴族の権力基盤であった従来の血縁的4部族制を解体し、新たに政治的・軍事的な単位として地域的10部族制を定めたこと（⇒ブーレー）。

（2）評議会を旧来の400人から500人に増員、各部族から50人の評議員を選出させたこと（五百人評議会、⇒ブーレー）。

（3）アッティケー*全土を市域・内陸・沿岸の3部に分け、各部をさらに10の区域に細分、計30の区域 trittys の中から、市部・内陸・沿岸の3部の各々に属するもの1つずつを選んで組み合わせ、これを一部族に編成（(1)に見たように計10部族）。各部族には数箇の「区 demos」を配し、各市民を居住する「区」に登録させたこと。

（4）僭主政の再来を防ぐためオストラキスモス*（陶片追放）を導入したこと。一説によると、クレイステネース自身が最初に陶片追放処分に遭ったという（史料では前487年が初めてとされ、この制度は次第に濫用されるようになったため、前417年ヒュペルボロス*の追放を最後に廃止された）。

巻き返しを計るイサゴラースが、クレイステネースを追放するべくスパルター王クレオメネース1世に再度干渉を要請するが、アテーナイの民衆は抵抗してアクロポリス*丘上にスパルター軍を包囲し、これを放逐（前506）。イサゴラースは欠席裁判で死刑を宣告され、かたやクレイステネースは「アテーナイ民主政の父」と仰がれて、死後ケラメイコス*地区に公費で埋葬される栄誉を得た。彼の姪孫にアテーナイ黄金時代の偉大な指導者ペリクレース*がいる。

なお、同じアテーナイ市民では、アリストパネース*の喜劇作品の随所で「尻の毛まで剃り上げた」とか「宦官のように柔弱な」と揶揄われている受動的男色者のクレイステネース（前5世紀後期）が名高い。
⇒クレイニアース❶

Herodot. 5-63, -66, -69〜73, 6-131/ Arist. Ath. Pol. 20〜22/ Ael. V. H. 13-24/ Isoc. 7-16/ Ar. Ach. 118〜, Eq. 1374, Nub. 355/ Cic. Rep. 2-1, Leg. 2-16, Brut. 7(27)/ etc.

クレイタルコス Kleitarkhos, Κλείταρχος, Cleitarchus, Clitarchus, （仏）Clitarque, （独）Kleitarchos, （伊）（西）（葡）Clitarco, （露）Клитарх

ギリシア人の男性名。

❶（前4世紀中頃に活躍）エウボイア*島のエレトリア*市の僭主。前350年に同市の僭主プルタルコス Plutarkhos がアテーナイ*の将軍ポーキオーン*によって追放されたのち、民主政が布かれるも激烈な党派争いが生じたため、マケドニアー王ピリッポス2世*の介入を招き、クレイタルコスが僭主の座に据えられた。しかし、彼がアテーナイの干渉を斥けてマケドニアー側についたので、前341年、弁論家デーモステネース❷*の主張が通ってアテーナイからポーキオーン率いる軍勢が送り込まれ、クレイタルコスは市から放逐された。

Diod. 16-74/ Dem. 9-58, -66, 18-71, -81, -295/ Aeschin. 3-85〜103/ Plut. Phoc. 13, Dem. 17/ etc.

❷（前350頃〜前290頃）アレクサンドレイア❶*の歴史家。アレクサンドロス大王*の東方遠征に関する書物（少なくとも12巻、散逸）の著者。不正確だという批判があったにもかかわらず、ローマ帝政期に入っても広く読まれ続け、後世のアレクサンドロス物語の形成に少なからぬ影響を及ぼした。

なお、彼の父デイノーン Deinon（ないしディーノーン Dinon）はコロポーン❶*出身の歴史家で、アカイメネース朝*ペルシア*史『ペルシカ Persika』を執筆、プルタルコス*らローマ時代の著述家に用いられたが散逸した。
⇒カッリステネース

Curtius 9-5, -8/ Cic. Leg. 1-2, Brut. 11, Fam. 2-10/ Plut. Alex. 46, Them. 27, Artax./ Quint. 10-1/ Longinus Subl. 3/ Nep. Conon 5/ Plin. N. H. 10-70/ Diod. 2-7/ etc.

クレイトス Kleitos, Κλεῖτος, あるいは、Κλειτός, Clitus, （英）Cleitus (Clitus), （仏）Cleithos, Cleitos, （伊）Clito, Cleito, （西）（葡）Clito, （露）Клит

マケドニアー*の武将の名。

❶「黒の」Melas, Μέλας

（前365頃〜前328年初秋）マケドニアー*貴族出身の部将。アレクサンドロス大王*の友人で、大王の乳母ラニケー Lanike の弟。「色黒の」と渾名される。大王の東征に随行しヘタイロイ*軍を指揮、前334年グラーニーコス*河畔の会戦で、アレクサンドロスを切り倒さんとしたスピトリダテース Spithridates（リューディアー*およびイオーニアー*の太守 Satrapes）の腕を斬り落とし、間一髪のところで大王の一命を救った。深く信任され、ピロータース*の処刑（前330）後はヘーパイスティオーン*とともにヘタイロイ全騎兵隊の指揮権を分掌。さらにバクトリアネー*ならびにソグディアネー*の総督に任命されるが、前328年マラカンダ Marakanda（現・サマルカンド Samarkand）で酒宴中、酩酊してアレクサンドロスのオリエント的専制君主化を痛烈に批判したため大王との間に口論が起こり、激昂した大王の投げた槍に貫かれて死んだ。アレクサンドロスは深く自責し、哲学者カッリステネース*やアナクサルコス*の慰藉を受けた。

Plut. Alex. 16, 50〜52/ Arr. Anab. 1-15, 3-11, -27, 4-8, -9/ Curt. 4-13, 8-1/ Diod. 17-20, -57/ Just. 12-6/ etc.

❷「白の」Leukos, Λευκός

（？〜前318）マケドニアー*の部将。アレクサンドロス大王*の東征に随い、ペルディッカース*と並んでその豪勢な暮らしぶりで知られた。「色白の」と渾名される。前324年、クラテロス*とともにマケドニアー老兵1万人を連れて西方へ戻り、大王の死（前323）後は、艦隊を率いてアモルゴス*の海戦でアテーナイ*軍を撃破、ラミアー*戦争を終結させて（前322）、リューディアー*の太守 Satrapes となる（前321）。しかし程なく、アンティゴノス❶*に駆逐されて（前

319／318)、ポリュペルコーン*の陣営に加わり、その提督としてプロポンティス*(現・マルモラ海)でアンティゴノスを阻止しようと試みたが、惨敗してマケドニアーへ逃亡中に殺された。
Diod. 18-15, -39, -52, -72/ Arr. Anab. 4-22, 5-12/ Ath. 12-539c/ Ael. V. H. 9-3/ Just. 12-12/ Marm. Par./ etc.

クレイトマコス Kleitomakhos, Κλειτόμαχος, Clitomachus (Cleitomachus), (仏) Clitomaque, (独) Klitomachus, (伊) Clitomaco, (西)(葡) Clitómaco, (露) Клитомах, (本名)(ギ) アスドルーバース Asdrubas, Ἀσδρούβας, (ラ) ハスドルバル Hasdrubal

(前187／186〜前110／109) ギリシアの哲学者。カルターゴー*人。母国においてフェニキア*語で哲学を勉強していたが、40歳 (24歳とも) の時にアテーナイ*へ赴き、新アカデーメイア*派の祖カルネアデース*に入門。ギリシア語を修得し、刻苦精励して400巻を超す書物を著わし (散逸) 評判を高めた。師の後を継いでアカデーメイアの学頭となり (前129／128)、懐疑論者であったカルネアデースの教説を祖述、著作を通して大いに世に広めた。ペリパトス (逍遙)*学派やストアー*派の学説にも精通しており、彼の名はローマ人の間でもよく知られていた。終生アテーナイに暮らしたが祖国への深い愛着は失わず、前146年カルターゴーがローマ軍によって滅亡させられた時には、母国市民に宛てた慰めの書を執筆している。一説に、重患に罹り自殺して果てたという。

なお同名の人物の中では、前3世紀末に活躍したテーバイ❶*の運動選手のクレイトマコスが名高い。彼はイストミア競技祭*で1日のうちに、レスリングと拳闘(ボクシング)と全格闘競技(パンクラティオン)*の3種目で優勝し、ピューティア競技祭*やオリュンピア競技祭*でも勝利の栄冠を獲得。日常生活でも厳しく節制を保ち、犬の交尾を見たり猥談を耳にすることさえ避けたと伝えられている。
⇒ラーリーサのピローン
Diog. Laert. 4-67/ Cic. Acad. 2-6, -31〜32, Tusc. 3-22(54), Orat. 16, De Or. 1-11/ Sext. Emp. Math. 9-1/ Paus. 6-15/ Ael. V. H. 3-30/ Plut. Mor. 710e/ Polyb. 27-9/ Steph. Byz./ etc.

クレイトール Kleitor, Κλείτωρ, Cleitor, Clitor, Clitorium, (仏)(伊) Clitore, (西) Clítor, (露) Кл(е)итор

アルカディアー*北部の町。ラードーン*川の源泉近く、山間の盆地に位置する。伝承上の名祖は古王アルカス*の孫クレイトール (父はアザーン Azan)。デーメーテール*、アスクレーピオス*、エイレイテュイア*、ディオスクーロイ*らの諸神域を擁する古い都市で、特にその水を飲んだ者をたちまち酒嫌いにしてしまう霊泉の湧く地として知られていた。また近くには予言者メランプース*がプロイトス*の娘たちの狂気を癒したと伝える「狂気癒しの泉」もあり、その水は狂犬に咬まれた者に薬として服用された。さらにその東方には冥界を流れるステュクス*が滝となって岩壁から注いでおり、この水はあらゆる動物を殺す猛毒を含み、一説にはアレクサンドロス大王*もここから採った水を飲まされて最期を遂げたという。

なお、クレイトールの地名は「小高い丘クレイトリス kleitoris に囲まれた土地」に由来すると考えられており、このクレイトリスのラテン語形クリートリス clitoris が、近世以降の解剖学用語で女性器の陰核を意味する言葉になったことはよく知られている。
⇒ステュンパーロス
Pind. Nem. 10-86/ Paus. 5-7, 8-4, -19〜/ Plin. N. H. 4-6, 31-13/ Ov. Met. 15-322/ Ath. 3-331d/ Plut. Lyc. 2/ Xen. Hell. 5-4/ Strab. 8-388/ Polyb. 4-18〜19/ Liv. 39-35/ Ptol. Geog. 3-14/ etc.

クレイニアース Kleinias, Κλεινίας, Cleinias, Clinias, (伊) Clinia, (葡) Clínias (露) Клиния

ギリシア人の男性名。

❶ (?〜前447) アテーナイ*の富裕な市民。大アイアース*の末裔を称する名門エウモルピダイ*の出身で、父親のアルキビアデース Alkibiades は、改革者クレイステネース❷*とともに僭主ペイシストラトス*家(ペイシストラティダイ*)の放逐に協力し(前510)、ともに一時的にアテーナイを追われた人物(前507)。その息子クレイニアースは、ペルシア戦争*の折に私費で200名の手兵を率い、自家用の軍船に搭乗してアルテミーシオン*の海戦に加わり名をあげた(前480)が、のちコローネイア*の戦闘でボイオーティアー*軍に敗死した(前447)。彼とクレイステネー

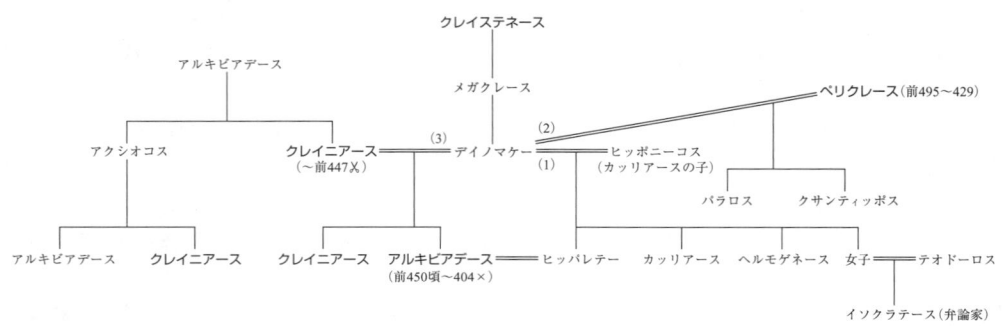

系図181　クレイニアース

スの孫娘デイノマケー Deinomakhe との間に生まれたのが、かの傾国の美男アルキビアデース*である（⇒巻末系図023）。

同名の甥クレイニアース（アクシオコス Aksiokhos の子）は大変な美少年であったため、顎鬚が生える年齢になっても、クリトブーロス Kritobulos（クリトーン*の息子）をはじめとする多数の男たちに求愛されていたという。アルキビアデースの弟で父と同名のクレイニアースも、美貌の持ち主だったので、クセノポーン*から熱烈に恋慕されたが、兄同様の遊蕩児で後見人ペリクレース*の手を焼かせた（一説に彼は精神障害者だったと伝えられる）。また、アルキビアデースの息子も父親譲りの美しい容姿をした少年で、やはりクリトブーロスに言い寄られ、熱い接吻を贈られている。

Herodot. 8-17/ Plut. Alc. 1, Sol. 15/ Pl. Alc. 1-112, -118, Prt. 320, Euthyd. 273/ Xen. Mem. 1-3, Symp. 4-12〜/ Diog. Laert. 2-48〜/ Thuc. 1-113/ Isoc. 16-28/ Arist. Ath. Pol. 6-2/ etc.

❷（前5世紀末頃〜前4世紀）タラース*（（ラ）タレントゥム*）出身のピュータゴラース*派の哲学者。プラトーン*の友人で、デーモクリトス*の書物をすべて燃やしてしまおうとするプラトーンを説得して、その無益な行為を思い留まらせた。性謹直にして、忿怒の情にとりつかれることがあると、竪琴を奏でて怒りを鎮めていたという。また、キューレーネー*のプロロス Proros が政変で全財産を失った時には、この人物がピュータゴラース派に属していること以外、何も知らず一面識もなかったにもかかわらず、自らキューレーネーへ渡海して、その失った財産と同じだけの金額を贈ったと伝えられている。

Diog. Laert. 9-40/ Ael. V. H. 14-23/ Ath. 14-624a/ Iambl. Vit. Pyth. 27, 31, 33/ Plut. Mor. 654b/ etc.

クレウーサ　Kreusa, Κρέουσα, Creusa,（仏）Créuse（Créüse）,（西）（葡）Creúsa,（露）Креуза

ギリシア神話伝説中の女性名。「女支配者」の意（クレオーン*の女性形）。

❶トロイアー*王プリアモス*とヘカベー*の娘。アイネイアース*（アエネーアース*）の妻。アスカニオス*の母（⇒巻末019, 049〜050）。トロイアー陥落の際に市から脱出するべく夫の後に従っていたが、混乱の中で行方不明となり姿を消した。夫が妻を探しに戻ったところ、彼女の幻影が立ち現われて、アイネイアースの未来を予言し、自分はキュベレー*（およびアプロディーテー*）によって虜囚の辱めを免れたことを告げた。しかし、異説では無事に落ちのびたとも、他の王女たちとともにギリシア軍に捕われたともいう。古い叙事詩では、アイネイアースの妻をエウリュディケー Eurydike と呼んでいる。

Apollod. 3-12/ Hyg. Fab. 90/ Paus. 10-26/ Verg. Aen. 2-736〜/ Lycoph. Alex. 1263〜/ etc.

❷コリントス*王クレオーン❶*の娘。グラウケー❸*とも呼ばれる。イアーソーン*と結婚しようとしたため、メーデイア*に殺された。

Eur. Med./ Ov. Her. 12-53〜, Met. 7-395/ Prop. 2-16/ Lucian. Salt. 42/ Hyg. Fab. 25/ etc.

❸アテーナイ*王エレクテウス*の娘。イオーン*の母。クスートス*（ヘッレーン*の子）の妻。エウリーピデース*の悲劇『イオーン』では、アポッローン*に犯されて産み棄てたわが子イオーンを、夫の庶子だと思い込んで毒殺しようとしたことになっている。悲劇詩人ソポクレース*の作品『クレウーサ』（散逸）は彼女の物語を主題にしたものであったと考えられる。

他にも大地の女神ガイア*の娘で水のニュンペー*（ニンフ）ナーイアス*のクレウーサなど何人かの同名人物が知られている。

Apollod. Bibl. 3-15/ Eur. Ion/ Paus. 1-28/ Pind. Pyth. 9-14〜/ Ov. Am. 3-6/ Hes. Fr./ Schol. ad Diod. 4-69/ etc.

クレオーニュモス　Kleonymos, Κλεώνυμος, Cleonymus,（仏）Cléonyme,（伊）Cleonimo,（西）Cleónimo,（葡）Cleônimo,（露）Клеоним

（前305〜前270頃活躍）スパルター*の王位要求者。クレオメネース2世*の子（⇒巻末系図022）。父の死後、兄の子アレウス1世*が王統を継いだため、彼は傭兵隊長となってタラース*（タレントゥム*）やケルキューラ*（コルキューラ*）など各地で転戦した。粗暴な人柄だったとされ、妻キーローニス Khilonis がアレウス王の若く美しい息子アクロタトス*に恋慕していることを知ると激怒して、王座を奪うべくエーペイロス*の王ピュッロス*と結んでスパルター攻撃を試みた。ところが、落城間近にアンティゴノス2世*軍がスパルター救援に駆けつけたので、目的を果たせなかったという（前272）。子のレオーニダース（2世）*は、アレウスの血筋が絶えたのち、高齢にして王位に登っている。

その他、前420年代にアテーナイ*の煽動政治家（デーマゴーゴス）として活躍し、喜劇詩人アリストパネス*から臆病で食い意地のはった大男と揶揄されたクレオーニュモスや、非常に美

系図182　クレウーサ❸

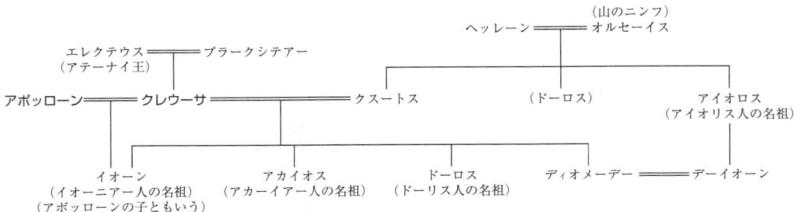

クレオパトラー

男子だったのでアゲーシラーオス*王の息子アルキダーモス3世*に熱愛され、死刑の宣告を下された父親の助命嘆願に成功したスパルターの若者クレオーニュモス（？〜前371）らの同名人物がいる。
Diod. 20-104〜105/ Liv. 10-2/ Strab. 6-280/ Paus. 3-6/ Plut. Agis 3, Pyrrh. 26〜, Ages. 25, 28/ Ar. Ach. 88, 844, Eq. 958, 1294, 1372, Nub. 353, 400, 673〜, Vesp. 19〜, 822, Pax 446, 673〜, 1295, Av. 288〜, 1475, Thesm. 605/ Xen. Hell. 5-4/ Andoc. 1/ Ael. V. H. 1-27/ etc.

クレオパトラー Kleopatra, Κλεοπάτρα, （ラ）クレオパトラ Cleopatra, （仏）Cléopâtre, （葡）Cleópatra, （露）Клеопатра
⇒（エジプトの）クレオパトラー❽（7世）。プトレマイオス朝最後の女王

クレオパトラー Kleopatra, Κλεοπάτρα, Cleopatra, （仏）Cléopâtre, （葡）Cleópatra, （露）Клеопатра
マケドニアー*王室の女性名。巻末系図 027 を参照。

❶（前356頃〜前336）（別名・エウリュディケー❹*）マケドニアー*の将軍アッタロス*の姪。前337年、王ピリッポス2世*の7番目の妃に迎えられ、1女エウローペー Europe を産むが、翌年ピリッポスが暗殺されると、先妃オリュンピアス*（アレクサンドロス大王*の母）に幼い娘もろとも惨殺された。縊死するよう強いられたとも、子供と一緒に青銅の天火の上で炙り殺されたともいう。また彼女の男性親族たちも殺戮された。
Paus. 8-7/ Just. 9-5, -7/ Plut. Alex. 9〜10/ Diod. 16-93, 17-2/ Ath. 13-557e, 560c/ etc.

❷（前355頃〜前308）ピリッポス2世*とオリュンピアス*の娘。アレクサンドロス大王*の同母妹。母方の叔父エーペイロス*王アレクサンドロス1世*と結婚（前336）、この婚礼の祝宴中に父王が暗殺される（⇒パウサニアース❷）。夫が世を去り（前330）、兄の大王も逝去する（前323）と、大王の有力な将軍が何人も彼女に求婚、王家との縁組みによる勢力増大を狙った（特にペルディッカース*）が、クレオパトラーはすべて拒み通した。そこで何年もの間サルデイス*に半ば軟禁状態で留められることになり、最終的にプトレマイオス1世*との結婚をひそかに企てているのを察知されて、別の求婚者アンティゴノス1世*に暗殺された。直接手を下したのは召使いの女たちだが、アンティゴノス1世は彼女らにクレオパトラー殺害の罪をなすりつけて処刑し、自分に非難が向けられないようにした。
Diod. 16-91, 18-23, 20-37/ Just. 9-6, 13-6, 14-1/ Plut. Eum. 3/ Liv. 8-24/ Arr. Fr./ Phot./ etc.

クレオパトラー Kleopatra, Κλεοπάτρα, Cleopatra, （仏）Cléopâtre, （葡）Cleópatra, （露）Клеопатра
ヘレニズム時代の王族の女性名。巻末系図 043〜046 を参照。

❶1世 K. I シュラー Syra, Σύρα（前215頃〜前176）セレウコス朝*のアンティオコス3世*とラーオディケー Laodike との間に生まれる。前193年、南シュリアー*とパレスティナ*を持参金としてエジプトのプトレマイオス5世*に嫁ぎ、夫王の死（前180）後、息子プトレマイオス6世*の摂政（前180〜前176）となるが4年後に暗殺されたらしい。
App. Syr. 5/ Liv. 37-3/ Polyb. 28-20/ Diod. 28-12/ etc.

❷2世 K. II（前185頃〜前115頃）プトレマイオス5世*とクレオパトラー1世*の娘。まず実兄プトレマイオス6世*と結婚（前175頃）、夫と共治し（前163〜前145）、プトレマイオス7世*やクレオパトラー3世*、クレオパトラー・テアー*らの子女を産む。夫の戦死（前145）後、息子プトレマイオス7世の摂政となったものの、ほどなく実弟プトレマイオス8世*と再婚（前144）、その婚礼の日に息子プトレマイオス7世を新夫によって殺された（前144）。8世との間に息子メンピテース Memphites が生まれるが、8世が彼女の娘クレオパトラー3世*をも妃に迎えた（前142）ため、母と娘の両妃は互いに激しく権力争いをはじめ、ついには内乱に突入（前132）、一時母は夫と娘をキュプロス*へ追放してエジプトの単独支配者となる。また彼女は女婿に当たるセレウコス朝*の王デーメートリオス2世*に軍事的援助を求め、その見返りとしてエジプトの王座を約束、のちデーメートリオスのもとへ逃れたこともあったが、間もなくこの王がプトレマイオス8世によって暗殺されてしまった（前125）ため計画は頓挫した。前124年一旦和解が成立して、二重結婚による3者の共同統治が再開したものの、母2世と娘3世の争いは夫王プトレマイオス8世の死（116）後も続き、最終的に母は娘に謀殺されたという。
Just. 38-8〜9, 39-1〜2/ Liv. 44-19, Epit. 59/ Diod. 33-6, -13, 20, 34/35-14/ etc.

❸3世 K. III コッケー Kokke Κόκκη（前161〜前101）エジプト王妃（在位・前142〜前101）。プトレマイオス6世*とクレオパトラー2世*の娘。叔父プトレマイオス8世*は妃に迎えたクレオパトラー2世の勢力を牽制するべくクレオパトラー3世とも結婚し、母と娘が権力争いを起こすよう仕向けた（前142）。血腥（なまぐさ）い内訌が繰り返された末、王の死後、娘は母を殺し、長男プトレマイオス9世*ソーテール2世の共同統治者となる（前116）。しかし、この息子を嫌うクレオパトラー3世は、間もなく反乱をけしかけてこれをキュプロス*へ追い、お気に入りの末子プトレマイオス10世*アレクサンドロス1世を共同統治者の座に据え（前107）、あまつさえ長男プトレマイオス9世を謀殺しようとさえした。そして6年後、末子プトレマイオス10世の殺害をも企てたが、逆に先手を打った息子に殺されて果てた（前101）。彼女は生前から君主崇拝の対象となり、女神官たちに奉仕されていた。
Paus. 1-9, 8-3/ Just. 39-3, -4/ Joseph. J. A. 13-12, -13/ etc.

❹クレオパトラー・テアー K. Thea, Θεά（前164頃〜前121）セレウコス朝*シュリアー*の王妃（在位・前150年〜121年、125年以降は実質上の支配者）プトレ

マイオス6世*とクレオパトラー2世*の娘。父王の政策に従い、初めシュリアー王位僭称者アレクサンドロス・バラース*と結婚（前150頃）、次いでバラースが岳父プトレマイオス6世に陰謀を企てたとしてデーメートリオス2世*と再婚させられる（前145頃）。先夫との子アンティオコス6世*は即位したものの程なく起きたディオドトス・トリュポーン*の反乱により王位を奪われ殺される（前142）。その後、夫王デーメートリオスがパルティアー*に捕虜となり（前139～前129）パルティアー王女を娶ったと聞くと、彼女は義弟アンティオコス7世*（デーメートリオス2世の弟）と三婚する。やがて帰国した前夫デーメートリオス2世を殺させ（前125）、彼との間に生まれた子セレウコス5世*、アンティオコス8世*の共同統治者として君臨、前者を殺し後者に殺された。所伝では息子8世を害さんと用意した毒を、逆に飲まされて死んだという。

⇒巻末系図041

Joseph. J. A. 13-4, -9/ App. Syr. 68～69/ Just. 39-1～2/ Diod. 32-9, 33-28/ Liv. Epit. 60/ Vet. Test. I Maccab. 10-57～58/ etc.

❺4世　K. IV（前138／135頃～前112年）

プトレマイオス8世*とクレオパトラー3世*の娘。初め実兄プトレマイオス9世*と結婚する（前116）が、ほどなく母の策略で離縁され、シュリアー*へ逃れてアンティオコス9世*キュージケーノスに再嫁する（前115頃）。しかし夫がアンティオコス8世*グリューポスに敗北した折、彼女は捕われて、8世の妻クレオパトラー・トリュパイナ Tryphaina（彼女の実の姉妹）の命令で、避難した神殿内で殺された。刺客として送り込まれた兵士たちは、クレオパトラー4世が女神像にしがみついて離れないので、その手を切り落とさねばならず、彼女は近親殺害者を呪い神に復讐を祈願しながら死んだという。翌年アンティオコス9世はトリュパイナを殺して、妻の仇を討った（前111）。

⇒巻末系図041

Just. 39-3/ etc.

❻クレオパトラー・セレーネー　K. Selene, Σελήνη（前131頃～前69）

プトレマイオス8世*の娘。❺の妹。長兄プトレマイオス9世*が母妃クレオパトラー3世*の命令で妻クレオパトラー4世*を離別したのち、その継室に迎えられる（前115～前107）。次いでセレウコス朝*の諸王・アンティオコス8世*、同9世*、10世*、（11世*）らと続けざまに結婚し、アンティオコス13世*の母となる。のちアルメニアー*王ティグラーネース*（大王）に捕われて殺された。

⇒巻末系図041, 045

Just. 39-3～4/ App. Syr. 69/ Joseph. J. A. 13-16/ Strab. 16-749/ etc.

❼クレオパトラー・ベレニーケー　K. Berenike
⇒ベレニーケー3世

❽7世　K. VII ピロパトール Philopator, Φιλοπάτωρ（前69年1月頃～前30年8月12日／30日）エジプト女王（在位・前51～前30）。

プトレマイオス12世*アウレーテースの娘。少女の頃、アレクサンドレイア❶*市民の暴動のせいで父王とともにローマへ亡命（前58～前55）。帰国後、父の死（前51年春）により弟プトレマイオス13世*（10歳）と結婚しエジプトを共治するが、前48年、弟方の臣下の宦官ポテイノス*や将軍アキッラース Akhillas に排斥されて、いったんシュリアー*砂漠へ退去、翌年ローマの実力者C.ユーリウス・カエサル*（大カエサル）の助力を得て弟を敗死させ、権力の座を確立する（前47）。国民の要請もあって末弟のプトレマイオス14世*（7歳）と再婚し、共同統治を行なう（前47～前44）。カエサルの愛人となり、1子カエサリオーン*（のちプトレマイオス15世*）を出産、この子と弟王を連れて一時ローマへ赴き、ティベリス*河対岸の邸宅に暮らす（前46年8月頃～前44年4月中旬）。カエサル暗殺（前44年3月）後、その遺言状に彼女およびカエサリオーンに関して一言も触れられていなかったので、ローマを去りエジプトへ帰還、夫たる弟王や妹アルシノエー❺*を殺害して王座を独占する。前41年 M. アントーニウス❸*に喚問されて、キリキアー*のタルソス*で会見、美貌によって彼を魅了し、これとアンティオケイア❶*で結婚（前37年秋）、2男1女を生む。アントーニウスが妻オクターウィア❶*（オクターウィアーヌス*——のちのアウグストゥス*——の姉）を離縁し（前32）、クレオパトラーとともにオリエント的な専制支配者として君臨したことから、オクターウィアーヌスとの対立は決定的となり、ついに内戦が勃発。前31年9月2日アクティオン*（アクティウム*）の海戦で、クレオパトラーは艦隊とともに戦場を脱出し、女王のあとを追ったアントーニウスは敗北、ともにエジプトへ戻る。アレクサンドレイアで再起を図るものの、翌前30年オクターウィアーヌス軍の侵攻を受けてアントーニウスは自刃し、クレオパトラーも毒蛇に身を咬ませて死ぬ（39歳）。彼女の自殺によってプトレマイオス王家は亡び、エジプトはローマに併呑された。

「彼女は聞いて素晴らしく、見て素晴らしかった」と言われるくらい魅力的な容姿の持ち主で、機知と活動力に富み、比類なく放縦で権勢欲に燃える女性だとされる。囚人を用いてさまざまな毒薬の実験をしたり、唯1回の宴会に1千万セーステルティウスを費すと称して高価な真珠を酢に溶かして飲んだり、乱行に身を持ち崩し大勢の男相手にオーラル・セックスに耽ったという逸話も人口に膾炙している。他方、きわめて教養高く、文学・哲学・歴史に通暁し、ギリシア語・エジプト語・ヘブライ語・アラビア語・シュリア語・パルティア語など諸国の言語を思うがまま流暢にあやつった。各分野の学問・芸術を保護し、アレクサンドレイアの図書館にペルガモン*の文庫から20万巻の書物を取り寄せた。また所伝によれば、化粧術や婦人病に関する著述をものしたともいう。プルータルコス*は「クレオパトラーの美も、それ自体ではいっこう比較を絶するものではなく、見る人を驚かせるほどのものではなかった」と書いているが、その話術の巧みさと知性の高さには絶賛を惜しまない。自己の性的魅力とそれをうまく利用する術

を併せ持っていた女王は、ポンペイユス*の息子（グナエウス・ポンペイユス❷*）はじめカエサル、アントーニウスというふうに、1人また1人とローマの大物たちに接近を試み、難なく彼らを籠絡していったのである。

まだ若い彼女が身を絨毯（正しくは寝具）にくるませ、夜陰に乗じて政敵の蠢くアレクサンドレイアの王宮に忍び込み、初めてカエサルの前に登場した話（前48）や、豪華な王室専用船 Thalamēios にカエサルと同乗し、約400隻の船を従えてナイル河遡行の旅に出かけた話（前47）、またアントーニウスに会うべく女神アプロディーテー*のいでたちで、黄金の装飾を施し真紅の帆を張った船でタルソスへ赴き、前代未聞の贅を尽くした饗宴を連日のごとく催した話（前41）、愛人となったアントーニウスとともに奴隷や農婦に変装して夜のアレクサンドレイアの街路をひそかに歩き回った話、魚釣りをした折にアントーニウスが潜水夫を使って彼の釣針に魚をかけさせているのに気づくや、早速燻製の魚を針につけさせて引き上げさせ、狼狽する愛人に対して、「魚釣りなど漁師にまかせて貴方は都市や国々をお釣りあそばせ」と直言したという話、美男のユダヤ王ヘーローデース1世*（ヘロデ大王）を罠にかけて誘惑しようとして逆に自身が謀殺の危機にさらされた話（前34）等々、クレオパトラーにまつわる虚実とりまぜた数多くの物語が伝えられている。彼女の自殺の方法に関しても、無花果の籠の奥に隠した蛇に腕をかませて死んだとの説が一般に流布しているが、別伝では髪飾りの中に仕込んでいた毒薬を服用したとも、肌に毒を塗って女王の衣装をまとい黄金の寝台に横たわったまま2人の侍女エイラス Eiras とカルミオン Kharmion とともに死を迎えたともいう。その遺骸はアントーニウスのかたわらに盛儀をもって葬られた。

彼女の子女のうち、長男カエサリオーンは女王自決後ただちにオクターウィアーヌスの命令で殺されたが、アントーニウスとの間に生まれた子供たち —— 双生兄妹アレクサンドロス・ヘーリオス Aleksandros Helios とクレオパトラー・セレーネー Kleopatra Selene および末子プトレマイオス・ピラデルポス Ptolemaios Philadelphos —— は、ローマに拉致され凱旋式（トリウンプス*）を飾ったのち、継母オクターウィアによって育てられた。なかんずくクレオパトラー・セレーネーは、後年博学なマウレーターニア*王ユバ2世*と結婚し、プトレマイオス*（のちマウレーターニア王）やドルーシッラ Drusilla らの子女を産んだことで知られている。巻末系図046を参照。
⇒プシュッロイ
Plut. Ant. 25〜87, Caes. 48〜49/ Dio Cass. 47〜51/ App. B. Civ. 5-8〜9/ Suet. Iul. 33, 52, Aug. 17/ Joseph. J. A. 14〜15/ Strab. 17-795/ Plin. N. H. 21-12〜, 19-5, 21-9/ Caes. B. Civ. 3-103, -107/ Prop. 3-11/ Hor. Carm. 1-37, Epod. 9/ Cic. Att. 14-8/ Juv. 2-109/ Luc. 10-354〜/ Mart. 4-59/ Verg. Aen. 8-688〜/ Stat. Silv. 3-2/ Vell. Pat. 2-82, -85, -87/ Florus 4-2,-3, -11/ etc.

クレオビス　Kleobis
⇒ビトーンとクレオビス

クレオビスとビトーン　Kleobis kai Biton
⇒ビトーンとクレオビス

クレオーピューロス　Kreophylos, Κρεώφυλος, Creophylus,（仏）Creophyle,（伊）（西）（葡）Creofilo,（露）Креофил

（前8世紀頃？）ギリシア初期の叙事詩人。サモス*の出身。ホメーロス*の友人で、『オイカリアー Oikhalia の陥落』（亡失）の著者とされる。一説には、ホメーロスを歓待した返礼にこの作品を献呈されたのだとも、ホメーロスの娘を娶った時に岳父から婚資としてこれを贈られたのだともいう。さらに彼をホメーロスの師とする所伝や、ホメーリダイ*の初代とする伝承もある。なお『オイカリアーの陥落』は、英雄ヘーラクレース*が晩年に行なったメッセーネー*の都市オイカリアーに対する遠征を扱った叙事詩で、別名『ヘーラクレース物語 Herakleia』とも呼ばれている（⇒イオレー）。
⇒叙事詩圏、ダレース（プリュギアーの）
Strab. 14-638〜639/ Pl. Resp. 10-600b/ Paus. 4-2/ Plut. Lyc. 4/ Callim. Epigr. 6/ Sext. Emp. Math. 1-2/ Eust. Il. 2-730/ Suda/ etc.

クレオブーロス　Kleobulos, Κλεόβουλος, Cleobulus,（仏）Cléobule,（伊）Cleobulo,（西）Cleóbulo,（露）Клеобул

ギリシア系の男性名。
❶（前630頃〜前560頃）ギリシア七賢人*の1人。前580年頃活躍したロドス*島リンドス*の僭主。ヘーラクレース*の子孫を称し、美貌・体力とも衆に抜きん出る。娘クレオブーリーネー Kleobuline（または、クレオブーレー Kleobule）とともに、謎かけ風の詩を作ることに秀でていた。リュキアー*遠征を行ない、ダナオス*によって創建されたリンドスのアテーナー*神殿を新たに建て直したこと以外、治績は不明。カーリアー*人でミダース*王の墓碑銘の作者だったともいう。70歳で没。
Pl. Prt. 343a/ Diog. Laert. 1-89〜/ Arist. Rh. 3-2, Pol. 3-14〜/ Strab. 14-655/ Clem. Alex. Strom. 1-14, 4-19/ Suda/ etc.

❷（前5世紀前半）詩人アナクレオーン*の恋愛詩に歌われた美少年。アナクレオーンの仕えたサモス*島の僭主ポリュクラテース*の寵童だったといい、詩人からも熱烈に求愛された。嬰児の頃、彼を抱いていた母親にぶつかったアナクレオーンが酔いに任せて罵ったところ、彼女は「この詩人がいつの日か我が子を褒め称えますように」と神に祈願。やがて念願かなって美しい若者に育ったクレオブーロスは、詩人から絶賛されるようになったという。

この他、ペロポンネーソス戦争*中にスパルター*の監督官（エポロス*）を務めたクレオブーロス（在職・前421／420）がよく知られている。

Anac. 2, 3, Fr. 79/ Thuc. 5-36〜38/ Aeschin./ etc.

クレオポーン　Kleophon, Κλεοφῶν, Cleophon, （仏）Cléophon, （伊）Cleofone, （西）（葡）Cleofon, （露）Клеофонт

（？〜前404）アテーナイ*の煽動政治家 demagogos。トラーケー*（トラーキアー*）女を母に持つ混血児で、飲んだくれの貧しい竪琴造り。極端民主派の指導者となり、クリティアース*とアルキビアデース*を攻撃、前410年以後スパルター*から提案された和約を何度か退けた。しかるに、アイゴスポタモイ*の海戦でアテーナイ艦隊が壊滅した（前405）のち、強硬な主戦論者である彼は告訴され、処刑されたとも、貧窮の裡に没したともいう。その死後、ようやくスパルターとの間に和が講じられ、ペロポンネーソス戦争*は終結した（⇒テーラメネース）。貧困市民に対する1日2オボロスの国家支給 diōbeliā を導入したことで知られる。

なお、同名のアッティケー*悲劇詩人クレオポーンがおり、アリストテレース*の『詩学』に10作品の題名が記されているが、すべて散逸して伝わらない。
⇒プラトーン・コーミコス、ヒュペルボロス、クレオーン
Ar. Ran. 679/ Xen. Hell. 1-7, 2-2/ Diod. 13-53/ Ael. V. H. 12-43/ Arist. Poet. 2-22, Rh. 1-15, 3-7, Soph. El. 15/ Andoc. 1-146/ Aeschin./ Isoc./ Suda/ etc.

クレオマコス　Kleomakhos, Κλεόμαχος, Cleomachus, （伊）（西）（葡）Cleomaco, （露）Клеомах

ギリシア人の男性名。

❶（年代不詳）マグネーシアー*の抒情詩人。拳闘家だったが、男倡や娼婦に夢中になり、詩人に転向。その好色な恋愛詩は巷間に広く流布したという。
Strab. 14-648/ Heph. 11-62/ etc.

❷（前8世紀末頃）テッサリアー*の町パルサーロス*の勇者。エウボイア*島のカルキス*とエレトリア*が戦った時、カルキス市民によって、敵の騎兵に立ち向かうために呼ばれた。クレオマコスは愛する美少年から熱烈に抱擁されつつ兜をかぶせて貰もらったおかげで大いに意気昂揚し、華々しく討って出て敵兵に完勝した。しかし、自身は武運つたなく戦死してしまったので、カルキス市民は広場にクレオマコスの墓を築き、以来男同士の恋を熱烈に賞讃するようになったと伝えられる（⇒ピリストス❷）。

この他、アッティケー*古喜劇の大成者クラティーノス❶*（前490頃〜前422）と同時代に活動した悲劇詩人クレオマコス（前5世紀）の名が知られている。
Plut. Mor. 760e〜/ Ath. 14-638f/ etc.

クレオムブロトス　Kleombrotos
⇒クレオンブロトス

クレオメーデース　Kleomedes, Κλεομήδης, Cleomedes, （仏）Cléomède, （伊）Cleomede, （露）Клеомед

（前5世紀初頭）「最後の英雄神 heros」として祀られたアステュパライア Astypalaia 島（スポラデス*諸島の1つ）の運動選手。前492（または前496）年のオリュンピア競技祭*の時、拳闘の試合で相手を殺し、勝者となったにもかかわらず、賞の授与を拒否された。逆上した彼は故郷に帰ると、学校の屋根を支えていた円柱を倒し、ために建物が崩壊して約60人の少年を圧死させた。市民から石打刑の宣告を受けて、アテーナー*神殿に逃げ込み、大きな櫃の中に身を隠した。大勢の人が蓋を開けようとしたが徒労に終わり、やむなく櫃を壊したところ、中はもぬけの殻であった。人々が驚いてデルポイ*の神託に伺った結果、「最後の英雄神クレオメーデースを祀れ」との答えが下ったので、以来彼に対する供犠が捧げられるようになったという。

他に、ペロポンネーソス戦争*中のアテーナイ*の将軍（前416）で敗戦後に三十人僭主*の1員となった（前404）クレオメーデースや、天体の回転運動に関する論述 Kyklikē theōriā を著わしたローマ帝政期の天文学者クレオメーデース（後360頃）らがいる（作品が伝存する）。
Paus. 6-9/ Plut. Rom. 28/ Thuc. 5-84/ Xen. Hell. 2-3/ Cleomedes De Motu Circulani Corporum Caelestium/ etc.

クレオメネース　Kleomenes, Κλεομένης, Cleomenes, （仏）Cléomène, （伊）Cleomene, （西）（葡）Cleómenes, （露）Клеомен

ギリシア人の男性名。

❶（ナウクラティス*の）（？〜前322）エジプト北部ナウクラティス出身の貪欲な男。前331年アレクサンドロス大王*からエジプトおよびその周辺の統治を任せられると、我欲を充たすためにあくどい収奪を行ない、住民の怨嗟の的になる。アレクサンドロスに訴えられるが、彼は大王の恋人ヘーパイスティオーン*の壮麗な記念碑をアレクサンドレイア❶*市に築いて機嫌を取り結ぶことに成功（前323）。しかし大王の死後、プトレマイオス1世*を支持したにもかかわらず、陰謀の嫌疑をかけられて処刑され、その莫大な富はプトレマイオスの手に帰した。
Arr. Anab. 3-5, 7-23/ Curtius 4-8/ Just. 13-4/ Paus. 1-6/ Arist. Oec. 2-34, -40/ Diod, 18-14/ Dem. 56-7/ etc.

❷（前2世紀〜前1世紀頃）アテーナイ*の彫刻家。全裸の女神アプロディーテー*像 Venus de Medici（現ウフィッツィ美術館蔵）の原作者とされる。

この他、キュニコス（犬儒）派の哲学者メートロクレース*の弟子のクレオメネースや、レーギオン*出身の詩人クレオメネースらの同名人物がいる。
Plin. N. H. 36-4/ Diog. Laert. 6-75, -95/ Ath. 9-402a, 14-605e, -620d, -638e/ etc.

クレオメネース　Kleomenes, Κλεομένης, Cleomenes, （仏）Cléomène, （伊）Cleomene, （西）（葡）Cleómenes, （露）Клеомен

スパルター*の王（アーギアダイ*家）。巻末系図021〜022を参照。

クレオーン

❶ 1世 K. I（在位・前519頃〜前487）アーギアダイ王家のアナクサンドリダース2世*とその第2妃（ギリシア七賢人*の1人キーローン*の親族）との間に生まれる。脳に障害があり狂疾の気があったが、長子であったため父を継いで即位する（⇒ドーリエウス）。デルポイ*の神託に従ってアテーナイ*に出征し、僭主ヒッピアース*を追放（前510）。その後もアテーナイの政争に介入し、クレイステネース❷*に対抗する寡頭派イサゴラース Isagoras（その妻は王の情婦だったという）を支援し、これをアテーナイの支配者に据えるべく遠征を試みるが失敗した（前506頃）。同行していた共治王（スパルター*は2王制）デーマラートス*（ダーマラートス*）が裏切って軍勢を引き揚げたせいであるといい、以来両王の間の確執が深まった。

前499年ミーレートス*のアリスタゴラース*が訪れて、アカイメネース朝*ペルシア*帝国に対するイオーニアー*人の反乱に加勢するよう歎願したが、帝都スーサ*までの道程が3ヵ月を要すると聞いて拒絶した。

前491年デルポイ*の巫女を買収して、「デーマラートスは先王アリストーン*の子ではない」と託宣を垂れさせ、彼を王位から逐った。やがてこの策謀が露顕して国外へ亡命を余儀なくされると、今度はアルカディアー*人を糾合してスパルターへ攻め入ろうと図った。その後帰国したものの、間もなく狂気にとりつかれ、道行く人を見さかいなく杖で殴るようになったので、足枷をかけて監禁され、ついに短剣で己が身を切り裂いて凄絶な最期を遂げた。一説によると過度の飲酒が因で発狂したとも伝えられ、またアルゴス*攻め（前494）の折に、聖なる森に火をつけて、そこへ避難していた数千人のアルゴス兵もろとも焼き尽くしたために神罰が下ったのだともいう（⇒テレシッラ）。彼には1女ゴルゴー*しかなかったので、異母弟レオーニダース*（ゴルゴーの夫）が王位を継承した。クレオメネースの治世にスパルターの勢力はペロポンネーソス*半島の内外に及び、スパルターを盟主とするペロポンネーソス同盟が名実ともに確立をみた。

Herodot. 5-39〜91, 6-51〜85/ Paus. 2-20, 3-3〜4/ Thuc. 1-126/ Plut. Mor. 245/ Polyaenus 1-14, 8-33/ Suda/ etc.

❷ 2世 K. II（位・前370頃〜前309年）クレオンブロトス1世*の子。兄アゲーシポリス2世*が嗣子なくして死んだので即位。60年10ヵ月の長い治世を保ったが、特記すべき事蹟は伝えられていない。長子アクロタトス Akrotatos に先立たれたため、死後王位をめぐり対立が生じたが、アクロタトスの子アレウス1世*が継承した。
⇒クレオーニュモス
Diod. 20-29/ Plut. Agis 3/ Paus. 1-13, 3-6/ etc.

❸ 3世 K. III（前260頃〜前219頃）（在位・前235頃〜前222）レオーニダース2世*とクラテーシクレイアー Kratesikleia の子。まだ少年の頃、父の命でアーギス4世*の寡婦アギアーティス Agiatis と結婚させられたが、彼女からアーギス4世の理想を鼓吹されて、社会改革を企てるようになる。前227年頃、政権を牛耳るエポロス（監督官*）らを殺害し、まだ幼少の共治王エウダーミダース Eudamidas 3世（アーギス4世の遺児）を毒殺、反対派を追放すると、負債の切り捨てや土地の再分配など数々の大改革を断行、昔のスパルター*的生活への復帰、リュクールゴス❶*制度の再興を目指した。改革は順調に進み、勢いに乗じた王は外征に転じ、アラートス*の指導下にあるアカーイアー*同盟を破り、アルゴス*やメガロポリス*を占領・略奪、ペロポンネーソス*の大半を制覇するに至った。しかし、アラートスが豹変して仇敵マケドニアー*の王アンティゴノス3世*と結んだため、クレオメネースはにわかに苦境に陥り、前222年夏スパルター北方セッラシアー Sellasia の戦いで惨敗を喫し、弟で共治王のエウクレイダース*をはじめとする将兵のほぼ全員を失った（⇒ケルキダース）。エジプトに逃れてプトレマイオス3世*の庇護をうけたが、3世の死後即位したプトレマイオス4世*の弟殺しに異を唱えたため、危険視されて軟禁の身となる（前221）。やがて側近ら12人と脱出してアレクサンドレイア❶*市民に暴動を呼びかけたが手応えがなく、全員うち揃って自刃した。クレオメネースはかつての寵童パンテウス Panteus に抱擁されながら息を引き取ったといい、母妃クラテーシクレイアーや子供たち、側近の妻女らはことごとく斬殺されたという（⇒アガトクレイア、アガトクレース❸）。

なおクレオメネースは即位前、友人のアルコーニデース Arkhonides に「私が政権を掌握した時には、万事君と一緒に事を行なおう」と誓っていたが、王となるやアルコーニデースを殺害、その首を容器に納めて、何か計画を練るごとに「余は約束を違えたりはせぬ」と言いつつ、首に向かって相談をもちかけていたと伝えられる。
⇒デーメートリオス（パロスの）
Plut. Cleom., Arat./ Polyb. 2-45〜70, 5-35〜39/ Paus. 2-9, 3-6, 5-37, 8-1, -27/ Ael. V. H. 12-8/ etc.

クレオーン　Kleon, Κλέων, Cleon,（仏）Cléon,（伊）Cleone,（西）（葡）Cleón,（露）Клеон
（？〜前422）アテーナイ*の政治家。典型的な煽動政治家 demagogos（デーマゴーゴス）。富裕な革鞣業者の家に生まれ、晩年のペリクレース*を攻撃して政界に台頭し（前431〜前430）、「革屋のクレオーン」と呼ばれた。前429年にペリクレースが病死すると、民衆派の領袖・主戦論者としてペロポンネーソス戦争*（前431〜前404）中の約6年間（前428〜前422）にわたり熱弁をふるって活躍、デーロス同盟*の支配力を強化した。前428年に離反したレスボス*島のミュティレーネー*が翌年降伏した時、彼は極刑をもって臨むよう主張、

系図183　クレオーン❶

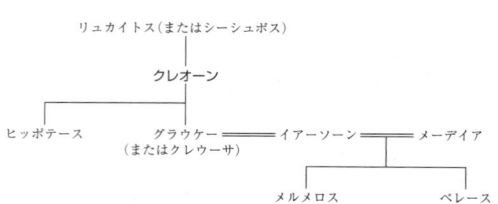

成年男子全員の死刑と婦女子の奴隷化を決定させた。もっともこの決定は翌日の民会(エックレーシアー*)でディオドトス Diodotos によって覆され、処刑取り消しの船が大至急派遣されて、きわどいところで刑の執行中止に間に合ったのではあるが（前427）。

前425年、政敵ニーキアース*から軍隊指揮権を奪ってピュロス*遠征に向かい、幸運に恵まれてスパクテーリアー*島攻略に成功し、スパルター*軍292名を捕虜としてアテーナイへ連行。この戦勝に得意になった彼は、スパルターから提案された和議を、法外な領土割譲要求をつきつけて斥けた。同年、デーロス同盟諸市の貢納金を2～3倍に増額し（総額460タラントンから1460タラントンへ）、裁判陪審員の日当を2オボロスから3オボロスに引き上げる人気政策をとった。前422年に将軍(ストラテーゴス*)となり、トラーケー*（トラーキアー*）へ出陣、アンピポリス*奪回戦でスパルターの名将ブラーシダース*に敗れ、逃げようとするところを殺された。クレオーンの死後、平和の気運がアテーナイに高まり、翌前421年ニーキアースの和約が成立するに至った。

商工業経営者として初めてアテーナイ国政を牛耳った彼は、無能な人物ではなかったが、アリストパネース*やトゥーキューディデース❷*ら同時代の人々からは、短慮で民衆におもねる煽動家と見なされていた。特にアリストパネースは自作の喜劇の中で、クレオーンを「盗っ人」「好色な受動的男色者」などと痛烈に揶揄して彼の怒りを買い、反逆罪で告発さえされている（前426）。またクレオーンは、大声を上げ着物をまくり腿を叩いたり走りまわりながら演説をした最初の人としても知られている。
⇒ヒュペルボロス
Thuc. 3-36～5-16/ Diod. 12-55, -73/ Ar. Ach., Eq./ Plut. Nic. 2～3, 7～9, Per. 33, 35/ Ar. Ach. 6, 300, 377, 502, 659, Eq. 976, Nub. 549, 586, 591, Vesp. 62, 197, 242, 342, 409, 596, 759, 1220～, Pax 47～, 270, 648, Ran. 569～/ etc.

クレオーン　Kreon, Κρέων, (Kreion, Κρείων), Creon, (仏) Créon, (伊)(西)(葡) Creonte, (露) Креонт

ギリシア神話・伝説中の男性名。「支配者」の意。

❶コリントス*王。イオールコス*を追われてきたイアーソーン*とメーデイア*を受け入れたが、のち自分の娘グラウケー❸*（またはクレウーサ❷*）をイアーソーンの妻にしようとしたため、メーデイアの魔法によって娘もろとも焼き殺された。ふつうはメーデイアの贈った毒を沁み込ませた花嫁衣装を王女が身につけたところ、たちまちそれが燃え上がって体を焼き焦がし、彼女を助けようとした父王も猛毒に侵されて焼き尽くされたことになっている。
Apollod. 1-9, 3-7/ Eur. Med./ Sen. Medea 879～/ Ov. Her. 12/ Hyg. Fab. 25/ Diod. 4-54/ Schol. ad Eur. Med. 20/ etc.

❷テーバイ❶*の摂政ないし王。イオカステー*（エピカステー*）の兄弟。メノイケウス*とハイモーン*の父。テーバイ王ラーイオス*（イオカステーの夫）の死後、摂政となり、その頃国を悩ませていたスピンクス*を退治した者に王位とイオカステーとを与えることを約束。よってこの難事を果たしたオイディプース*が、実母と知らずにイオカステーと結婚し、新しいテーバイ王となった。のち真相を知ったオイディプースが自らの両眼を潰したため、クレオーンは再びテーバイの支配者となり、盲目の王を放逐した。オイディプースの息子たちエテオクレース*とポリュネイケース*が王位をめぐって争い、一騎打ちの結果、共倒れとなった時、クレオーンはエテオクレースを手厚く葬る一方、ポリュネイケースの屍を放置して、その埋葬を厳禁した。しかるに、アンティゴネー*（オイディプースの娘）がポリュネイケースの葬礼を行なったので、彼女を地下墓地に生き埋めにしたところ、彼女は自ら縊れて死に、許婚者だったクレオーンの子ハイモーンも自刃。この悲報に接したクレオーンの妻エウリュディケー Eurydike もまた首を吊って果てた。アッティケー*地方の伝承によれば、クレオーンはアテーナイ*王テーセウス*に討たれたことになっており、一説にはヘーラクレース*の妻メガラー*の

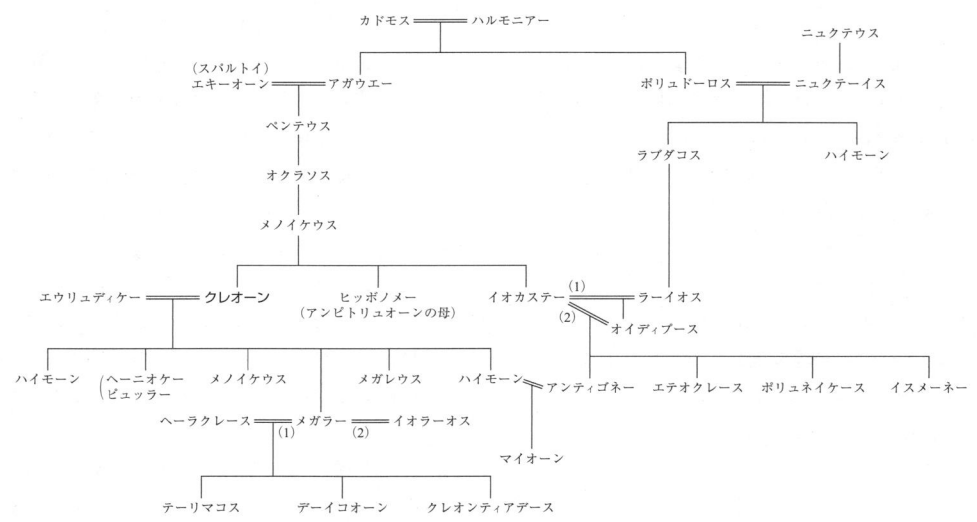

系図184　クレオーン❷

父親とされ、リュコス*に殺されてテーバイの王座を奪われたともいう。
⇒アンピトリュオーン、イーピクレース、エルギーノス
Apollod. 2-4, 3-5, -6, -7, 3-5, -7/ Hyg. Fab. 31～, 67, 72/ Soph. O. T., O. C., Ant./ Aesch. Sept./ Eur. Phoen. 911～/ Hom. Il. 9-84, Od. 11-270/ Hes. Scut. 83/ Paus. 1-39, 9-5, -10, -25/ etc.

クレオンブロトス　Kleombrotos, Κλεόμβροτος, Cleombrotus, (仏) Cléombrote, (伊) Cleombroto, (西)(葡) Cleómbroto, (露) Клеомброт

スパルター*のアーギアダイ*王家の人名。巻末系図 021～023 を参照。

❶（？～前 480／479）　スパルター*王アナクサンドリダース 2 世*の息子。同母兄（双子兄弟ともいう）レオーニダース❶*が前 480 年テルモピュライ*の隘路にアカイメネース朝*ペルシア*軍を迎え撃ち敗死した後、幼い甥プレイスタルコス*の摂政となり、ペロポンネーソス*各都市の軍隊を率いてコリントス*地峡に防壁を構築。ところが戦勝を祈願する供犠の最中に日蝕が起こったので、地峡から部隊を引き揚げて帰国し、ほどなく死亡した（前 480 末、一説に前 479 初）。
Herodot. 5-41, 7-205, 8-71, 9-10/ Paus. 3-3/ etc.

❷ 1 世 K. I（在位・前 380～前 371）スパルター*王。❶の玄孫。パウサニアース❷*の次子。兄アゲーシポリス 1 世*が嗣子なくして死んだので、王位を継承する。台頭するテーバイ❶*に対し何度か遠征軍を率いて出征したが、その都度はかばかしい戦果を上げずに引き揚げたので、テーバイと密約を結んでいるのではないかと疑われ、指揮権を併立王アゲーシラーオス 2 世*に奪われた（スパルターは 2 王制）。こうした非難を免れるため、レウクトラ*では勇猛果敢にテーバイの偉将エパメイノーンダース*と交戦し、槍に貫かれて壮烈な討ち死を遂げた（前 371）。この敗北でスパルターの名声は地に墜ち、テーバイがこれにとってかわった。また王の前で美青年クレオーニュモス Kleonymos が、テーバイ兵と闘いつつ 3 度倒れ 3 度立ち上がって戦死した話は有名。
Xen. Hell. 5-4, 6-1, -4/ Plut. Pel. 13, 20～23, Ages. 24～, Agis 21/ Paus. 1-13, 3-6, 9-13/ Diod. 15-23, -51～55/ Cic. Off. 1-24/ Polyaenus 2-3/ etc.

❸ 2 世 K. III（在位・前 243／242～前 241）スパルター*王。レオーニダース 2 世*の娘キーローニス Khilonis の夫。アーギアダイ*王家の一員。岳父がアーギス 4 世*の改革派により廃位された時、代わって王位に即けられた。共治王アーギスの不在中、レオーニダースが攻め戻って復位すると、彼はポセイドーン*の神殿に逃れて命乞いをした。復讐心に燃えるレオーニダースはこれを殺そうとしたが、娘キーローニスが懸命に嘆願したので、死一等を減じて追放処分にすることとした。キーローニスは父が留まるよう頼んだにもかかわらず、かつて父が王座を追われた時に不幸をともにしたように今度は夫と一緒に亡命生活を送るべくテゲアー*へ退去した。クレオンブロトスの孫アゲーシポリス 3 世*は、のち同王朝最後の王となった。
Plut. Agis 11, 16～18, Mor. 409e～/ Paus. 3-6/ Polyb. 4-35/ etc.

クレオンブロトス　Kleombrotos, Κλεόμβροτος, Cleombrotus, (仏) Cléombrote, (伊) Cleombroto, (西)(葡) Cleómbroto, (露) Клеомброт

（前 4 世紀）テオンブロトス Theombrotos とも。アンブラキアー*出身のアカデーメイア*派の哲学者。霊魂の不滅を説くプラトーン*の著書『パイドーン*』を読んで、より良い来世を求めて市の城壁から海へ投身自殺したと伝える。
Callim. Epigr. 60/ Cic. Tusc. 1-34/ Pl. Phd. 59c/ Augustin. De civ. D. 1-22/ etc.

グレーゴリウス 1 世　Gregorius I (Gregorius Magnus), (ギ) Gregorios Dialogos, Γρηγόριος Διάλογος, Grēgorios ho Megas, Γρηγόριος ὁ Μέγας, (英) Gregory I, (仏) Grégoire Ier, (独) Gregor I, (伊)(西) Gregorio I, (葡) Gregório I, (露) Григорий I

（後 540 頃～604 年 3 月 12 日）ローマ司教（在任・590 年 9 月 3 日～604 年 3 月 12 日）。後世レオー 1 世*と並んで「大教皇」と称された。ラテン教会四大教父の最後の人にして、最初の中世的教皇。裕福な元老院議員（セナートル*）の家柄に生まれ、ローマ市の長官（プラエフェクトゥス*）職を務めたが、のち修道士となって禁欲的生活を送り、ペラギウス Pelagius 2 世（在任・579～590）が疫病で死ぬや無理強いに教皇（ローマ司教）に任ぜられた。消化不良と痛風と慢性マラリアを患いながら、内外多難な教会を精力的に統治し、ローマ教皇の首位権を強硬に主張し、侵攻したランゴバルディー*族と駆け引きし、東ローマ帝国の宗主権を事実上無視した。数々の教会改革を行なったほか、「終末が近い」と豪族たちを脅して土地を遺贈させ教会領を拡大（「教皇領」の基）、アングリー*族の美青年に見惚れてブリタンニア*などに布教を試み（⇒ドゥロウェルヌム）、また聖歌を改修し（グレーゴリウス聖歌 Cantus Gregorianus）、典礼形式を整備した。しかし、一方で極めて迷信深く、荒唐無稽な奇蹟や呪文、聖遺物の効力を真に受け、悪魔や魔法使い、亡霊の存在を力説して、世人に恐怖の宗教を押しつけ、その後幾世紀も続く西ヨーロッパの暗黒時代をもたらした点は否めない。

中世ヨーロッパにおいて、彼は兄妹姦によって生まれ、長じてのち実母と交わったが、17 年の岩上の苦行を経て、ついに天命により教皇に選ばれたとか、500 年もの間煉獄に落ちて呻吟していたローマ皇帝トライヤーヌス*の魂を祈祷の力で救い出したとかいったさまざまの物語が流布した。

なお同時代のカエサロドゥーヌム Caesarodunum（現・トゥール Tours）の司教グレーゴリウス（538～594）は、侏儒（こびと）

に近い小柄な人物で、聖遺物や聖者の墓土を常に服用していたため絶えず病気に罹っていたが、その著『フランク史 Historia Francorum』10 巻は、同時代の貴重な史料となっている。
⇒アンブロシウス、アウグスティーヌス、ヒエローニュムス

Gregorius Magnus Ep., Dialogus de vita et miraculis patrum Italicorum et aeternitate animarum, Liber Regulae Pastoralis, Expositio in Librum Iob/ Paulus Diaconus Vita Gregorii/ Baeda Eccl. Ang. 2/ Greg. Turon./ etc.

グレーゴリオス　Gregorios, Γρηγόριος, Gregorius,（英）Gregory,（仏）Grégoire,（独）Gregor,（伊）（西）Gregorio,（葡）Gregório,（露）Григорий
ギリシア系キリスト教徒の男性名。

❶ナジアンゾス Nazianzos, Ναζιανζός の。（ラ）Gregorius Nazianzenus, Gregorius Theologus（後 329 頃～389 年 1 月 25 日）東方教会の四大教父の 1 人。同名の父グレーゴリオス（276 頃～374）はカッパドキアー*のナジアンゾスの主教。息子はパレスティナ*のカイサレイア*、アレクサンドレイア❶*、アテーナイ*に遊学し、古典学芸を修得。同門のバシレイオス*とは生涯の友となったが、のちに皇帝となるユーリアーヌス*に対しては嫌悪感を抱いた。洗礼を受けた後、隠遁生活を志したものの、アレイオス*（アリーウス*）派対アタナシオス*（アタナシウス*）派の争闘に巻き込まれ、首都コーンスタンティーノポリス*では、その雄弁で大勢の信者を集めたため、アレイオス派の群衆から襲撃を受け、石を投げつけられた（379）。新帝テオドシウス 1 世*によってコーンスタンティーノポリス大主教の座に据えられる（381）が、間もなく嫉妬深い主教たちの反対に遭って辞任しカッパドキアーへ帰郷、その後 8 年の余生を平和な無名人として過ごした。病身の彼は卓越した弁論家・文学者として数多くの詩（約 400 篇）や演説（44 篇）、書簡（244 通）を残し、また自己を正当化する韻文体の自伝を記した。いわゆる「正統信仰」を擁護したというので、「神学者 Theologos, Θεολόγος」なる渾名を添えられ、西方ラテン教会にも早くから影響を与え、聖人に祀り上げられている。彼が読書している時に「慈愛」と「知恵」の 2 女性が現われたなどというお伽話が伝えられている。バシレイオス、アタナシオス、イオーアンネース・クリューソストモス*とともに東方教会の四大教父（教会博士）と称され、またバシレイオス、ニュッサのグレーゴリオス❷*とともに「カッパドキアーの三星」とも呼ばれている。

Gregorius Nazianzenus De Vita Sua, Orat., Epist./ etc.

❷ニュッサ Nyssa, Νύσσα (Νύσα) の。G. Nyssēs, Νύσσης,（ラ）Gregorius Nyssenus（後 330／335 頃～395 頃）東方教会の教父。兄バシレイオス*やナジアンゾスのグレーゴリオス❶*とともに「カッパドキアー*の三星」と呼ばれる。初め弁論学者として教えていたが、ナジアンゾスのグレーゴリオスによってキリスト教修道士に転向し、カッパドキアーのニュッサの主教となる（371／372～376）。しかし、教会財産窃盗の廉（かど）で訴えられて投獄され、脱走したものの、378 年まで追放処分を受ける。プラトーン*および新プラトーン主義哲学、またキリスト教思想家オーリゲネース*の影響を強く受け、コーンスタンティーノポリス*の宗教会議（381）では、反アレイオス*（アリーウス*）派の支柱として活躍、優れた神学者として多くの著書を残した。その禁欲的・神秘主義的思想は、のち西方ラテン教会にも伝えられ、聖人に祀り上げられた。

Gregorius Nyssenus Oratio Catechetica Magna, Contra Eunomium, Epist./ Phot./ etc.

❸タウマトゥールゴス Thaumaturgos Θαυματουργός（奇跡行者）。（ラ）Gregorius Thaumaturgus,（英）Gregory the Wonderworker, Gregory of Neocaesarea
（後 213 頃～268 頃）東方教会の教父。ポントス*の裕福な家庭に生まれる。本名テオドーロス Theodoros。兄弟のアテーノドーロス Athenodoros とともにベーリュートス*（現・ベイルート）の法律学校へ赴く途中、オーリゲネース*の弟子となりキリスト教に転向、5 年後故郷のネオカイサレイア Neokaisareia 市に帰り、その町で最初の主教となった（238）。デキウス*帝の迫害（250）やゴート*族の侵略（252～254）、悪疫の流行などを経験したが、病気の治癒など数々の奇跡を行なって見せたため、主教就任当初この町には 17 人しかキリスト教信者がいなかったにもかかわらず、彼の死亡時には逆に非キリスト教徒の数がわずか 17 人になっていたという。川の流れを変えたり、山を動かしたりといった奇跡のほか、聖母マリアー*との交信をも演じたと伝えられ、西方教会においても聖人として崇敬を受けている。

Gregorius Thaumaturgus Panegyricus ad Origenem, Epistolae Canonica/ etc.

❹アルメニアー*の Armeniōn, Gregorios. Phōstēr (Phōtistēs), Φωστήρ (Φωτιστής),（ラ）Gregorius Illuminator イッルーミナートル（啓示者）,（英）Gregory the Enlightener,（アルメニア語）Grigor Lusavorich

（後 240 頃～332 頃）アルメニアー教会の祖。パルティアー*系アルメニアー貴族の出身。父アナク Anak がアルメニアー王コスロエース 1 世 Khosroes (Khosrov) Ⅰ を暗殺したため、一家は皆殺しにされたが、幼い彼 1 人ローマ領内カッパドキアー*へ密かに送り出されて難を逃れた。キリスト教徒として育てられた彼は、素性を秘してアルメニアー王ティーリダーテース 3 世*に仕えたものの、神々の神殿を破壊したため、王の命で拷責を加えられた上、13 年以上もの間墓穴に幽閉された。しかし 280 年頃、自らを狼だと思いこんで山野をさまよっていた王を奇跡で癒やしたことから、王を改宗させることに成功。よってアルメニアーは最初のキリスト教国となった（301／302）。彼は 315 年頃に初代アルメニアー主教となり、カウカソス*地方の諸王にも授洗、晩年は砂漠に隠棲した。アルメニアーの使徒として聖人に列せられており、またその子孫は代々アルメニアー教会の首長職（カトリコス）を世襲した。

Agathangelus Vita Sancti Gregorii/ Nicephorus Callistus Hist.

クレ（ー）シラース　Kresilas, Κρεσίλας, Κρησίλας, Cresilas,（仏）Crésilas,（伊）Cresila,（露）Кресил

（前450頃〜前420頃に活躍）ギリシア古典盛期の彫刻家。クレーター*島北岸の町キュドーニアー Kydonia（現・Haniá）の出身。主にアテーナイ*で活動。ローマ時代の模刻で現存する「ペリクレース*の肖像」や「傷つけるアマゾーン*像」の原作者とされる。後者はエペソス*のアルテミス*神殿に奉納するアマゾーン像の競作で、ポリュクレイトス*、ペイディアース*に次いで第3位となったものといわれる。ほかにブロンズ製の「負傷した戦士像」などがあり、その作風はミュローン*の系統に属するものと考えられる。
Plin. N. H. 34-19-53, -74/ Paus. 1-23, -25/ Anth. Pal. 13-13/ etc.

クレース　Cures,（ギ）Kyres, Κύρης, Kyreis, Κύρεις,（露）Кургес

（現・Fara in Sabina, Correse）サビーニー*族の古い主要な町。ローマの北東24マイル、ティベリス*（現・テーヴェレ）河左岸に位置し、伝説上の王ティトゥス・タティウス*の首都とされていた。住民はクィリーテース*と呼ばれ、ローマ人と和睦したのち、七丘の1つに移り住み、そこにクィリーナーリス*の名を与えた。第2代ローマ王となったヌマ・ポンピリウス*も、クレースの出身という。
　神殿、フォルム*、浴場〔テルマエ*〕などの遺跡が発掘されている。
Liv. 1-13/ Verg. Aen. 6-810, 8-638, 10-345/ Ov. Fast. 2-477, -480, 3-94, -201/ Plut. Rom. 19, Num. 3/ Varro Ling. 5-8/ Macrob. Sat. 1-9/ Dion. Hal. 2-36, -46, -48/ Strab. 5-228/ etc.

クーレース（たち）　Kures, Κούρης, Cures
⇒クーレーテス

クレスポンテース　Kresphontes, Κρεσφόντης, Cresphontes,（仏）Cresphonte(s),（伊）Cresfonte,（西）（葡）Cresfontes,（露）Кресфонт

ギリシア伝説中のヘーラクレイダイ*（ヘーラクレース*の後裔）の1人。メッセーネー*の王。兄弟のテーメノス*とアリストデーモス❷*とともにペロポンネーソス*を征服し、籤引きで領土を3分した。その折、メッセーネーを得たいと欲した彼は、水瓶の中に陶片ではなく土塊を投じて自分の籤だけが溶けるように仕組んでおき、思いどおりにメッセーネーを引き当てた —— 溶けなかった籤は、第1にテーメノスがアルゴス*を、第2にアリストデーモスがスパルター*を引き当てていた ——。アルカディアー*王キュプセロス*の娘メロペー❷*を娶り、3人の息子を儲けたが、のち反乱が起きて年長の2子とともに殺され、ヘーラクレイダイの1人ポリュポンテース Polyphontes に王位と妻を奪われた。やがてキュプセロス王の許で成長した末子のアイピュトス Aipytos が、ひそかに帰国してポリュポンテースを殺し、父の王位を取り戻した。エウリーピデース*の作品に今は失われた悲劇『クレスポンテース』

系図185　クレスポンテース

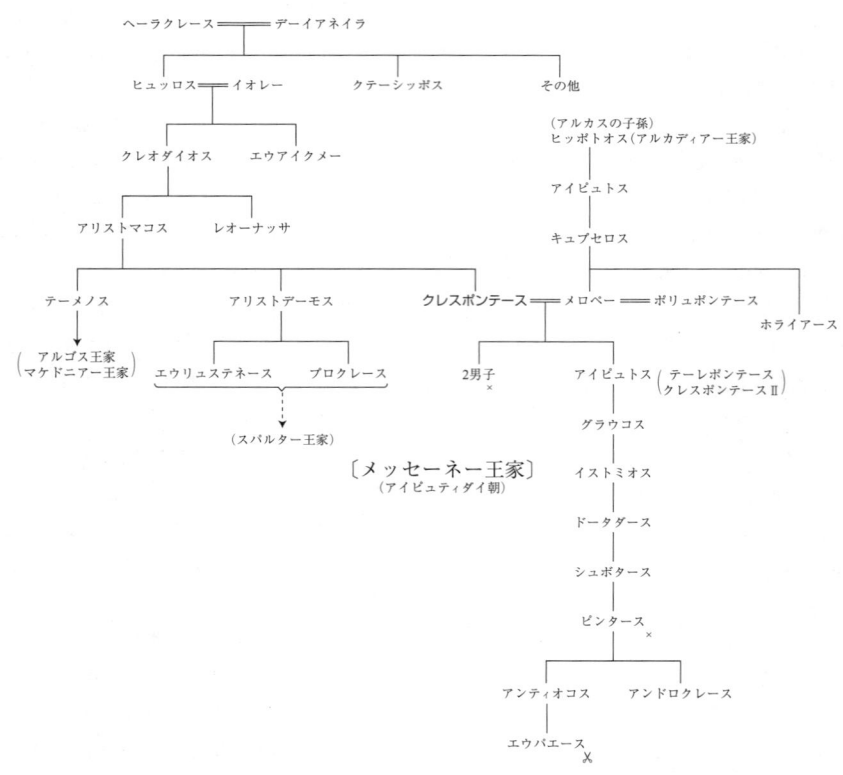

があった。
⇒メッセーニアー
Apollod. 2-8/ Paus. 2-18, -19, 3-1, 4-3, -5, -16, -27, -30, -31, 5-3, 8-5, -29/ Soph. Aj. 1283〜/ Isoc. 6-22〜/ Diod. 15-66/ Strab. 8-361/ Hyg. Fab. 137/ etc.

クレータ（島） Creta
　クレーター*（クレーテー*）のラテン語形。

クレーター（島）　Kreta, Κρήτα, Creta
⇒クレーテー

クレーテウス　Kretheus, Κρηθεύς, Cretheus,（仏）Créthée,（伊）（西）Creteo,（葡）Creteu,（露）Кретей
　ギリシア神話中、アイオロス❷*の子で、イオールコス*市の創建者にして初代王。兄弟サルモーネウス*の娘テューロー*を娶り、アイソーン*（イアーソーン*の父）その他の子を儲けたほか、テューローが先にポセイドーン*との間に産んだ双子ペリアース*とネーレウス*をも養子にした。またクレーテウスの妻ビアディケー Biadike（またはデーモディケー Demodike）が美男の甥プリクソス*（アタマース*の子）に恋して言い寄ったが拒まれ、その腹癒せに逆に「プリクソスが私を手籠めにしようとした」と讒訴したという話も伝えられている。
Hom. Od. 11-235〜/ Apollod. 1-7, -9/ Ap. Rhod. Argon. 3-358〜/ Hyg. Fab. 12, Poet. Astr. 2-20/ Paus. 4-2, 9-36/ etc.

クレーテー（島）　Krete, Κρήτη,（ドーリス*方言・クレーター*Kreta, Κρήτα),（ラ）クレータ Creta（後世の Candia),（英）Crete,（仏）Crète,（独）Kreta,（伊）（西）（葡）Creta,（露）Крит,（ヘブライ語）Kaphtor,（古エジプト語）Kftjw,（トルコ語）Girit
（現・Kríti）東地中海のほぼ中央、エーゲ海の南端に位置する島。面積 8336 km²。前 2600 年頃〜前 1400 年頃にかけて、オリエント系の混血民族による史上最初の海洋文明＝クレーター*文明が栄えた。特に前 2000 年紀前半にクノーソス*の王が全島を統一して以来、強大な海上王国を形成し、エジプト*や西アジアのみならずギリシアやシケリアー*（現・シチリア）にまで交易圏を拡大、華麗な宮殿や洗練された都市文化を築き上げたことは、あまりにも有名。この島は古くミーノース*王に支配されていたというギリシア人の伝承から、クレーター文明は一名ミーノース文明（ミノア文明、〈英〉Minoan Civilization）とも称される。前 15 世紀半ば頃にミュケーナイ*（アカーイアー*）人の占拠するところとなり、前 1400 年頃には地震や火災、新たなギリシア人の侵入などによって各地の都市が破壊され、高度な文明は滅んだ（⇒エーゲ文明）。
　ホメーロス*は 100 ないし 90 の町で賑わう島と歌っており、クノーソスやゴルテューン*、パイストス*はじめ 50 以上の都市が知られ、現在もギリシア・ローマ時代の遺跡を各地に見ることができる。前 2000 年紀末にドーリス人*の支配下に入り、王政を廃して早い時期に法制を整えると、ギリシア本土のスパルター*に酷似した社会をつくり上げた。勇気と節制を重んずる尚武の気風で知られ、よって男色が大いに盛行、とりわけ少年をさらって愛人として同棲する一種の略奪婚の制度が確立していたことや、法律によって男性同性愛の売春が公認されていたことは名高い（⇒プロマコス❷）。この島の法律は、スパルターのリュクールゴス*やアテーナイ*のソローン*らの立法家に模範として仰がれ、弓矢の術のみならず舞踊や音楽、彫刻などの芸術面でもギリシア文化に少なからぬ影響を与えた。ペルシア戦争*に参加を拒否し、古典期にはギリシア史の主流から離れ、都市間の抗争もあって次第に衰頽。島民は海賊や射術に長じた傭兵として活動するに至った。ヘレニズム後期になると、マケドニアー*王国やポントス*王国（⇒ミトリダテース 6 世）と盟してローマに対立、さらにキリキアー*の海賊を支援したため（⇒M.アントーニウス❷・クレーティクス）、3 年間にわたる戦い（前 69〜前 67）ののち

系図 186　クレーテウス

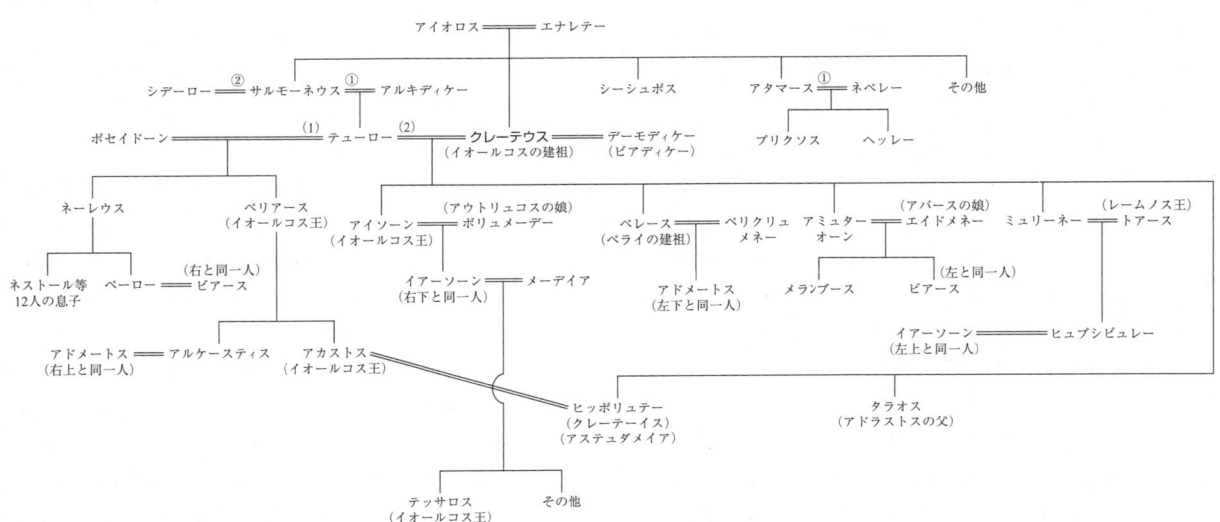

ついに Q. カエキリウス・メテッルス*（⇒メテッルス❻）によって征服され、ローマの属州と化した（州都はゴルテューン）。アウグストゥス*はこれをキューレーナイカ*と併せて1州とし、コーンスタンティーヌス1世*はイッリュリア*管区に編入した。古代においてクレーターは、地中海貿易の重要な中継点であるうえ、銅や船材を産出、良港や肥沃な平野にも恵まれて早くから殷賑をきわめ、大神ゼウス*誕生の地、エウローペー*ゆかりの島としてもよく知られていた。

　なおローマ帝政期、古代末期になってもこの島の衆道風俗は衰えず、ヘーシュキオス*の辞典によれば、「クレーテー風を行なう kretizein」とは「ラコーニアー*風を行なう」や「カルキス*風を行なう」などと同じく男同士で交わる行為を意味した、という。また、「クレーター人はいつも嘘つきだ」というパラドックスについては、エピメニデース*の項を参照。
⇒クーレーテス、イーダー❷山、ミーノータウロス
Strab. 10-474～484/ Arist. Pol. 2-7, -10/ Polyb. 6-45～47/ Hom. Il. 2-649, Od. 19-172～/ Herodot. 7-170～171/ Ath. 10-440, 13-601/ Diod. 4-17, 5-70/ Plin. N. H. 4-12/ Pl. Resp. 9-575/ Theophr. Hist. Pl. 1-15, 2-8～/ Thuc. 7-57/ Xen. An. 3-3/ Callim. Jov. 14-270/ Dio Cass. 36-2/ Ptol. Geog. 3-15/ Scylax/ Hesych./ Steph. Byz./ Ael. N. A., V. H./ Plut. Lyc. Nep. Praef. 3/ Vet. Test. Gen. 10-14/ Nov. Test. Titus 1/ etc.

クーレーテス　Kuretes, Κουρῆτες, Κούρητες, （ラ）クーレーテース Curetes, （仏）Courètes, Curètes, （独）Kureten, （伊）Cureti, （露）Куреты
（クーレース*たち）ギリシア神話中、嬰児ゼウス*の守護を女神レアー*（ゼウスの母）から託されたクレーター*島の半神たち（⇒アマルテイア）。彼らはゼウスの泣き声が父神クロノス*の耳に入らないよう、武装して楯を槍で打ち鳴らしながら踊り、幼神の身を護ったという（⇒ピュッロス）。これは前3千～2千年紀に遡るミーノース*文明時代から行なわれていたクレーターの古い軍神の宗教儀式に由来する伝説と考えられ、同島ではゼウス・クーロス Zeus Kuros の祭礼の折に、若者たちが武装して楯を打ち叩きつつ踊り回るならわしがあったとされている（クーレースの語源も、おそらくは「若者」に求められる）。クーレーテスはまた、女神レートー*がゼウスの子を出産する際にも、武具を鳴り響かせて嫉妬深いヘーラー*に気付かれないようにしたという。

　クーレーテスの数は通常7人とされ、大地ガイア*ないしレアーの子供たち等々その出自については諸説行なわれて一致を見ない。しばしばキュベレー*の従者たるコリュバンテス*（コリュバースたち*）と混同される。
⇒ダクテュロイ、カベイロイ
Hom. Il. 9-529～/ Strab. 10-462～, 14-640/ Apollod. 1-1, 2-1, 3-3/ Diod. 5-65, -70, 6-1/ Lucr. 2-633～/ Verg. G. 3-150～, 4-151/ Ov. Fast. 4-207～, Met. 4-282, 8-153/ Hyg. Fab. 139/ Paus. 4-31, 10-38/ Callim. Hymn. 1-52～/ Dion. Hal. Ant. Rom. 1-17, 2-22/ Nonnus Dion. 13-155/ etc.

クレメラ（川）　Cremera, （ギ）Kremerā, Κρεμέρα, （露）Кремера
（現・Fossa di Formello、または Valchetta, Valca とも呼ばれる）エトルーリア*地方のウェイイー*（現・Veio）を流れフィーデーナエ*（現・Castel Giubileo）でティベリス*（現・テヴェレ）河に注ぐ小川（36.7 km）。前477年7月18日、ローマのファビウス氏*一族306人がウェイイー軍との戦いで玉砕した地として有名。ローマへ犠牲を捧げるべく丸腰で出かけたところを襲撃されたとも、家畜の群を追っていくうちに谷間で退路を断たれて敵の猛攻を受け、1人残らず戦死したとも伝えられる。
⇒ファビウス・ウィーブラーヌス、アーッリア（川）
Liv. 2-49～/ Ov. Fast. 2-193～/ Dion. Hal. Ant. Rom. 9-15, -18～/ Diod. 11-53/ Tac. Hist. 2-91/ Juv. 2-155/ Gell. 17-21/ etc.

クレーメーンス　Clemens, （ギ）クレーメース Klemes, Κλήμης, （英）Clement, （仏）Clément, （独）Klemens, （伊）（西）（葡）Clemente, （露）Климент
ローマ帝政期のキリスト教の教父。

❶ローマのクレーメーンス（ラ）Clemens Romanus, （ギ）Κλήμης 'Ρώμης, （英）Clement of Rome, （仏）Clément de Rome, （独）Klemens von Rom, （伊）Clemente da Roma, （西）Clemente de Roma, （葡）Clemente Romano（後30頃～101頃）。伝承によれば、使徒ペトロス*（ペトロ）の弟子で、パウロス*（パウロ）の旅行の同伴者。第4代ローマ司教（主教）となる（Clemens I，在任・90／92頃～99頃）が、トライヤーヌス*帝の治世に追放されたのち、頸に錨を巻きつけ海中に投げ込まれて殉教したという。コリントス*のキリスト教徒に宛てた書簡（第1の手紙）の著者とされる（95／96頃）。これは紛争を起こしたコリントスの信者を誡めたもので、当時の教会の実情を知るうえでの貴重な史料となっている。彼の名を冠した「第2の手紙」（2世紀中頃）や、ペトロスとシーモーン・マゴス*（魔術師シーモーン）との対立を描いた「偽クレーメーンス文書」（3世紀初頭）などは、いずれも全く別人の作である。なお彼をドミティアーヌス*帝によって処刑されたフラーウィウス・クレーメーンス*、ないしその解放奴隷と同一視する説もあるが、確証を欠く。ミトラース*教の神殿上に建てられたローマのサン・クレメンテ S. Clemente 教会は、彼の死体と錨を"聖遺物"として保存すると言い伝えられている。
⇒殉教者（キリスト教の）
Euseb. Hist. Eccl. 3-4, -15～16, -38/ Irenaeus Haeres. 3-3/ Nov. Test. Philipp. 4-3/ Hieron./ Tertullian./ Phot. Bibl./ etc.

❷アレクサンドレイア❶*のクレーメーンス（ラ）Clemens Alexandrinus, （英）Clement of Alexandria, （仏）Clément d'Alexandrie, （独）Klemens von Alexandria

(Alexandrien), (伊) Clemente Alessandrino, (西) Clemente de Alejandría, (葡) Clemente de Alexandria, (ギ) Klēmēs, Κλήμης ὁ Ἀλεξανδρεύς

本名・ティトス・プラーウーイオス・クレーメース Titos Phlāūios Klēmēs, (ラ) Titus Flavius Clemens (後 150 頃～215 頃)

アテーナイ*出身と思われるアレクサンドレイア❶教父。哲学ほかのギリシア古典教育を受けたのち、キリスト教に転向し (170 頃)、各地を遍歴。アレクサンドレイアでパンタイノス Pantainos (？～194 以後。シケリアー*出身。アレクサンドレイア教理学校の創始者) に学び、師を継いで同地の教理学校の長となる (190 頃)。セプティミウス・セウェールス*帝の迫害時 (202)、エジプトを逃れアンティオケイア❶*やカッパドキアー*に避難した。ギリシア古典に精通し、グノーシス*派の影響も受けつつ、哲学とキリスト教を結びつけた独特の神学を樹立しようと試みた。当代を代表するキリスト教著述家で、オーリゲネース*の師。主著『ギリシア人への勧め Protreptikos』(190 頃)、『教導者 Paidagōgos』3 巻 (190～195 頃)、『雑録 Strōmateis』8 巻 (200～202 頃) などが伝存する。
⇒アテーナイのアリステイデース❹、イウースティーノス
Clem. Al. Protr., Strom./ Euseb. Hist. Eccl. 5-11, 6-13～/ Epiph. Adv. Haeres. 27-6/ etc.

クレーメンス、フラーウィウス (Titus) Flavius Clemens, (ギ) Τίτος Φλάουιος Κλήμης, (伊) (西) Tito Flavio Clemente, (葡) Tito Flávio Clemente, (露) Тит Флавий Климент

(？～後 95) ローマ帝政期の政治家。ウェスパシアーヌス*帝の姪孫 (帝の兄サビーヌス*の孫)。怠惰無能な貴族だったが、再従姉妹のフラーウィア・ドミティッラ* (ウェスパシアーヌスの孫娘) と結婚し、その間に儲けた 2 人の息子ウェスパシアーヌス Vespasianus とドミティアーヌス Domitianus はドミティアーヌス*帝の養嗣子に迎えられた (⇒巻末系図 101)。しかるに彼は 95 年の執政官職を辞するや否や、猜疑心の強いドミティアーヌスによって殺され、妻ドミティッラは流刑に処された。彼らの罪状は「無神論」つまりユダヤ人の迷信に陥ったことであり、この時期にほかにもグラブリオー❸*ら多数の有力者が処刑されている。のちに彼はキリスト教徒であったと見なされ——タルムード伝承ではユダヤ教徒になったという——、殉教者*に祀り上げられるようになった (⇒クレーメンス❶。ギリシア正教会の祝日：6 月 22 日)。

この他、ローマ初代皇帝アウグストゥス*の孫アグリッパ・ポストゥムス*の奴隷で、後 14 年に主人が暗殺されるや、その遺骨を盗み出し、自分がアグリッパ・ポストゥムスにそっくりなのを利用して彼になりすますと、ガッリア*やイタリアで多数の兵を集めてローマへ進撃した「偽皇孫の」クレーメンス (前 12 頃～後 16) が名高い。ほどなく彼は老獪な新帝ティベリウス*に謀殺されるが、パラーティウム*へ連行されて拷問にかけられたのちティベリウスから「どのようにしてお前はアグリッパになりおおせたのか」と訊ねられると、「あなたが皇帝になったのと同じようにして」と答えて、宮廷内の共謀者たちの名を最期まで白状しなかったという。
Suet. Dom. 10, 15, Tib. 25/ Dio Cass. 57-16, 67-14/ Euseb. Hist. Eccl. 3-14/ Tac. Ann. 2-39～40/ Quint. Inst. 3-18/ Eutrop. 7-23/ etc.

クレモーナ Cremona, (ギ) Kremōnē, Κρεμόνη, Kremōna, Κρέμωνα, Kremōn, Κρεμών, (仏) Crémone, (独) Kremun, (露) Кремона

(現・クレモーナ Cremona, 〈クレモーナ方言〉 Cremùna) イタリア北方、ガッリア・キサルピーナ*の都市。パドゥス* (現・ポー) 河北岸の交通の要衝に位置する。前 218 年に、ガッリア* (ケルト*) 人を牽制するため、プラケンティア* (現・ピアチェンツァ) 市とともに、ローマ人によってラテン植民市として創建された。第 2 次ポエニー戦争* (前 218～前 201) ではハンニバル❶*の南進に抵抗して被害を受け、第 2 回三頭政治*の時代にはオクターウィアーヌス* (のちのアウグストゥス*) により略奪され、その軍事植民市となる (前 41 頃)。その後は再び繁栄を続けたが、ネロー*帝没後の戦乱 (後 68～69) でウィテッリウス*側に付いたために、ウェスパシアーヌス*軍によって占領・破壊された (69、⇒ベートリアクム、M. アントーニウス・プリームス)。間もなく再建され、北部イタリア交通網の要地として重視されたものの、9 世紀に至るまでかつての賑わいは回復しなかった。ウェルギリウス*が最初の教育を受けたのは、この町においてであった。

ローマ帝政期のバシリカ*のモザイク舗床など若干の遺構が残っている。
Polyb. 3-40/ Tac. Hist. 2-17, -22～, 3-33～/ Liv. 21-56, 27-10, 37-46, Epit. 20/ Verg. Ecl. 9-28/ Suet. Vesp. 7/ Vell. Pat. 1-14/ Ptol. Geog. 3-1/ Plin. N. H. 3-5/ App. Hann. 7/ Strab. 5-216/ etc.

クレモーニデース Khremonides, Χρεμωνίδης Chremonides, (仏) Chrémonidès, (伊) Cremonide, (西) Cremónides, (葡) Cremônides, (露) Хремонид, (現ギリシア語) Hremonídhis

(前 270 年～前 240 頃活躍)

アテーナイ*の政治家。ストアー*派の哲学者ゼーノーン*の弟子にして恋人。民主派の愛国的政治家で、スパルター*王アレウス 1 世*とアテーナイとの間に同盟を結ばせ (前 268/267)、マケドニアー*王アンティゴノス 2 世*・ゴナタースを討とうとして開戦に踏み切らせた。クレモーニデース戦争 (前 267～前 261 頃) と呼ばれるこの戦いは、結局失敗に終わり、アテーナイは再びマケドニアーに降伏。クレモーニデースは弟のグラウコーン Glaukon とともにエジプトへ逃れ、プトレマイオス 2 世*の宮廷に仕えて、王の艦隊を指揮した。

Ath. 6-250f/ Diog. Laert. 7-17/ Polyaenus 5-18/ etc.

クレールーキアー　Klerukhia, Κληρουχία, Cleruchia, （英）Cleruchy, （仏）Clérouquie, （独）Kleruch, （伊）Cleruchia, （西）Cleruquía, （葡）Cleruquia, （露）Клерухия

古代ギリシア、特にアテーナイ*人の入植（地）。クレーロス*の項を参照。

クレーロス　Kleros, Κλῆρος, Clerus, （ドーリス*方言；クラーロス Klaros, Κλᾶρος）, （仏）Clerous, （独）Klerus, （伊）（西）（葡）Clero, （露）Клерос

（「籤(くじ)」の意）ギリシアにおいて抽籤で市民に割り当てられた土地。持ち分地。ギリシア人が征服によって占取した土地を分配する際、公平を期して籤引きで成員間に所有権を与えたことに由来する。やがて私有地・世襲地、さらには相続財産一般を指す語となった。特にアテーナイ*では、ペルシア戦争*後、キモーン*やペリクレース*の指揮下海外に飛躍的に発展し、離反したデーロス同盟*諸ポリス polis の地をもクレーロスとして市民間で分配、エーゲ海*一円を帝国主義的に支配した（ナクソス*、メーロス*、アンドロス*、レームノス*、アイギーナ*、サモス*ほか）。しかし彼ら分配地所有者(クレールーコイ) Klerukhoi はアテーナイ市民権を保持し、割り当てられた領地に住む必要もなかったので、いわゆる「植民者」ではなかった。またスパルター*では、メッセーニアー*を征服した後、市民たちの間で同じ大きさのクラーロスを分配したので、成年男性市民はホモイオイ Homoioi（平等者）と呼ばれ、前6世紀の前半には他のポリスにさきがけて民主政の確立を見た。

ちなみにクレーロスなる語は、籤占い・神託をも意味し、後世キリスト教の「聖職者」の義にも転用されている（〈ラ〉clerus, 〈英〉cleric, clerk, ……）。

⇒セーストス、エウボイア、ポテイダイア

Herodot. 5-77, 6-100/ Pl. Leg. 11-923c～e/ Isoc. 4-107/ Arist. Rh. 2-6, Pol. 4-81, Oec. 2/ Thuc. 3-50/ Diod. 1-73, 5-9, 11-60, 12-22, -44, 15-23/ Xen. Hell. 4-8, 5-1, Mem. 2-8/ Plut. Per. 11, 34, Lyc. 8/ Polyb. 6-45, 30-20/ Ath. 6-263/ etc.

クロアーカ・マクシマ　Cloaca Maxima, （仏）le grand cloaque, （独）größter Abwasserkanal, （伊）Cloaca Massima, （西）Gran Alcantarilla, （葡）Grande Esgoto, （露）Клоака Максима

大下水道、大排水構。ローマ市で最大の排水施設。古王タルクィニウス・プリスクス*によって建造されたと伝えられ（前600頃）、スブーラ*の低地帯からフォルム・ローマーヌム*を横断して、スブリキウス橋*の近くでティベリス*（現・テーヴェレ）河に流れ込んでいた。この水路は前3世紀末までは天井で覆われておらず、前200年以降に石造のアーチ形天井が築かれ、今日見られるような状態に完成されたのは、前33年アグリッパ*の手で改築されてからのことである（前4世紀前半に暗渠化されたとの異説あり）。排水口の半円形アーチは直径5mに及ぶ巨大なもので、ここから発見されたウェヌス*像は女神クロアーキーナ Cloacina と呼ばれ、不浄を清める神格としてフォルム*付近に祀られた。タルクィニウス王が排水路を建設中、工事に駆り出された市民が苦役から逃れるべく集団自殺を図ったが、王がそれらの屍骸を磔刑に処して禽獣の餌食にしたところ、自殺者が後を絶たないという話が残っている。

⇒アクァエドゥクトゥス（水道）

Liv. 1-38, -56, 3-48, 5-55/ Cic. Sest. 35, Caecin. 13/ Plaut. Curc. 121/ Plin. N. H. 15-36, 36-24/ Hor. Sat. 2-3/ Dion. Hal. 3-65/ Serv. ad Verg. Aen. 1-720/ etc.

クロイソス　Kroisos, Κροῖσος, Croesus, （仏）Crésus, （独）Krösus, （伊）（西）（葡）Creso, （露）Крёз, （アラビア語）（ペルシア語）Qârun, （トルコ語）Karun

（前595頃～前546頃）リューディアー*のメルムナダイ Mermnadai 朝最後の王（在位・前560頃～前546頃）。アリュアッテース*の子（⇒巻末024）。父王によって着手された小アジアのギリシア都市征服を完成し（ただしミーレートス*を除く）、東はハリュス*河まで領土を拡げ、王国の最盛期をもたらした。その富は諺になるほど有名で、パクトーロス*河の砂金と通商貿易とにより、都サルデイス*は空前の繁栄をみた。ギリシアの文物を好み、小アジアのギリシア諸市に対して自治を許可し、エペソス*のアルテミス*神殿の再建を助け、デルポイ*その他のギリシア諸神殿にも莫大な寄進をした。

彼の宮廷を訪れた多くのギリシア人の中に、アテーナイ*の賢者ソローン*もいた。史家ヘーロドトス*の伝えるところでは、王は豪華壮麗を極めた宝物を見せた後でソローンに、「世界で最も幸福な人間は誰だと思うか？」と問いかけた。するとソローンは、クレオビスとビトーン*兄弟ら名もない庶民を挙げた後で、「その最期を見届けるまでは、いかなる人も幸福とは申せません」と答えたという。

間もなくアカイメネース朝*ペルシア*が台頭し、メーディアー*王国がキューロス*大王に征服される（前550）と、クロイソスはバビュローニアー*やエジプト*、スパルター*らと結んで対抗。さらにデルポイの神託を誤信してカッパドキアー*へ侵攻し、ペルシアと戦端を開いたが敗れ、リューディアーは滅亡した（前546）。クロイソスが誤信した神託は、「王がペルシアに出兵すれば、一大帝国を亡ぼすであろう」というもので、この場合「一大帝国」とはペルシアのことではなく、リューディアーのことだったのである（⇒タレース）。

クロイソスには聾唖者の王子があったが、王宮になだれ込んだペルシア兵が王に斬りかかろうとした時、突如「ああ、クロイソスを殺さないで！」と言葉を発したと伝えられる。捕われた王はキューロスの命で生きたまま火炙りにされることになり、14人のリューディアー貴族の少年とともに巨大な薪の山に登らされた。かつてソローンが語っ

た言葉を思い出した王は、3度まで悲し気にソローンの名を呼んだ。これを耳にしたキューロスは、クロイソスから理由を問いただして人事の無常を悟り、王と少年たちを助命しようとする。火はすでに点じられて、手のつけようがないほど燃え上がっていたのだが、クロイソスが大声でアポッローン*神の名を叫ぶと、たちまち豪雨が降って火を消してしまったという。

　クテーシアース*の所伝では、その後クロイソスは、キューロスによって属州メーディアーの太守(サトラペース) Satrapes に任ぜられたとのことである。また、バッキュリデース*に従えば、サルデイス陥落の折、王は虜囚の恥辱を避けんと火葬壇で焼身自殺を図ろうとしたといい、一説には、北方世界ヒュペルボレオイ*人の国へ逃れたとも伝えられている。

　ヨーロッパ諸語では今日でも巨万の富を「クロイソスの財富〈英〉Croesus's wealth」、大富豪を「クロイソスのような〈英〉as rich as Croesus」という風に、イスラーエール王ソロモーン Solomon と同じく栄耀栄華を尽くした人物の代名詞としてしばしば彼の名前が用いられている。

　美術作品では、特に薪束の上に座して処刑されんとする場面を描いた画家ミュソーン*の赤絵式陶画（前5世紀初頭、ルーヴル美術館蔵）が、よく知られている。

⇒アドラストス❷、エウリュバトス

Herodot. 1-6～, 3-14, -34～36, 6-37～38, -125/ Plut. Sol. 5, 27～28/ Just. 1-7/ Xen. Cyr. 1-5, 7-1/ Pl. Resp. 8-566c/ Bacchyl. 3-57～/ Diog. Laert. 1-50～/ Diod. 9-25～, 16-56/ Paus. 4-2, 8-24, 10-8/ Ctesias/ Anth. Pal. 9-58/ Phot./ etc.

クロイリア Cloelia

⇒クロエリア

クローウィス、クロヴィス、クロウィス Clovis

⇒クロドウェクス1世

クロエリア Cloelia, 〈ギ〉Kloiliā, Κλοιλία, 〈仏〉Clélie, 〈伊〉〈西〉Clelia, 〈露〉Клоилия

(前6世紀末) ローマの半ば伝説上の乙女。共和政初期のローマにエトルーリア*のクルーシウム*王ポルセンナ*が攻め寄せた時（前508）、捕虜の1人としてエトルーリア軍に引き渡されたが、敵の陣営から逃亡し、矢を浴びせられる中、無事にティベリス*（現・テーヴェレ）河を泳ぎ渡って（または馬に乗って）ローマに辿り着いた。再びポルセンナのもとへ送り返されたところ、王はその勇気に感嘆して、クロエリアの身柄を釈放したのみならず、彼女が選んだ数人の人質をも連れ帰ることを許可、そのうえ豪華に装った1頭の馬を彼女に贈ったという。これによりポルセンナとローマ共和国との間に和約が成立し、ローマ人は勇敢なクロエリアを記念して聖道(サクラ・ウィア)に騎馬姿の乙女像を建てた。異伝によれば、ローマ人捕虜はタルクィニウス・スペルブス*によって皆殺しにされたが、ただ1人ウァレリア Valeria（執政官*のプーブリコラ*の娘）なる乙女がティベリス河を泳いでローマに帰り着き、その勇気を称えて彼女の騎馬像が建てられたという。いずれにせよ、ホラーティウス・コクレス*の場合と同様、不明になった古像の来歴を説明するためにつくられた伝説であろう。

Liv. 2-13/ Dion. Hal. 5-33/ Plut. Publ. 19, Mor. 250/ Val. Max. 3-2/ Flor. 1-10/ Plin. N. H. 34-13/ Verg. Aen. 8-651/ Juv. 8-265/ Aur. Vict. De Vir. Ill. 13/ Dio Cass. 45-31/etc.

クロコス Krokos, Κρόκος, 〈ラ〉Crocus, 〈独〉Krokus, 〈伊〉Croco, 〈露〉Крокус

（「サフラン」の意）ギリシア・ローマ神話中、ヘルメース*に愛された美青年。2人が運動に興じている最中、ヘルメスの投げた円盤に当たって死に、同名の花クロコス（サフラン〈ラ〉Safranum,〈英〉Saffron,〈仏〉Safran）に変身した（⇒ヒュアキントス）。別伝では、ニュンペー*（ニンフ*）スミーラクス Smilaks（「昼顔または水松」の意(いちい)）に対する不幸な恋のためにサフランと化した若者で、スミーラクスもまた自らの名を帯びた植物になったという。クロコスは牧羊神パーン*あるいはヘルメース自身の息子とされることもある。クロコスが植物クロッカス〈英〉crocus の語源であることは言うまでもない。

Ov. Met. 4-283/ Serv. ad Verg. G. 4-182/ Hom. Il. 14-347/ Celsus Med./ etc.

クーロス Kuros, Κοῦρος, 〈英〉〈仏〉〈伊〉〈西〉〈葡〉Kouros, 〈独〉K(o)uros, 〈露〉Курос

（イオーニアー*方言）（「若者」の意。アッティケー*方言ではコロス Koros, Κόρος) ギリシア彫刻で愛好された全裸の青年立像。アルカイック期（前650頃～前500頃）より数多く制作され、かつてはアポッローン*像と呼ばれていたが、正しくは運動選手、特に競技祭の優勝者像である。アテーナイ*など諸市の神殿に奉納されたほか、オリュンピアー*の聖域にはおびただしい数の勝利者像が群立していた。

　美術史上、クーロスに対して、着衣の乙女像はコレー*(娘)と呼ばれている。

⇒エペーボイ

Hom. Il. 1-473, 19-248, Od. 1-148/ Paus. 5, 6/ Plin. N. H. 34, 36/ etc.

クローディア Clodia, 〈ギ〉Klōdiā, Κλωδία, 〈仏〉Clodie 〈独〉(Klodia), 〈葡〉Clódia, 〈露〉Клодия

ローマのクラウディウス（クローディウス）氏*出身の女性名。

(前1世紀) P. クローディウス*・プルケルの3人の姉の名（⇒巻末系図059）。彼女らはそれぞれ、Q. マルキウス・レークス❸*（前68年の執政官(コーンスル)）、Q. メテッルス・ケレル*（前60年の執政官）、および L. ルークッルス*（前74年の執政官）に嫁ぐが、3人とも実弟クローディウスと同衾しており、しかもその関係が結婚後も続いたため、裁判沙汰まで惹起。一番年下のクローディアは、こうした放縦な振る舞いを理

由に、夫ルークッルスから離婚を言い渡されている（前66頃）。とりわけ次女のクローディア（前95頃生〜前45以後）は淫婦の評判が高く、保養地バーイアエ*における乱脈な性生活や、夫の憂慮をよそに大勢の男友達に抱擁されて憚(はばか)らぬ娼婦まがいの奔放さのせいで、「4分の1アースの女 Quadrantaria」と呼ばれる有様。これは最も安い売春婦の料金で、ある日、恋人の1人がベッドでのもてなしの返礼に彼女の財布にこの銅貨を入れて帰ったことからついた仇名だという。移り気な彼女に捨てられた詩人カトゥッルス*は、作品中で「一度に300人の姦夫と戯れ、ひっきりなしに彼らの股間をはち切れさせている」とか、「今や四つ辻や裏小路に佇んで、ローマ中の男たちの（ペーニスの）皮をむいている」とか、口汚く彼女を罵って恨みを晴らした。もちろん夫のメテッルス・ケレルとは不仲で、しじゅう諍いが絶えず、彼が急逝した折には（前59）、彼女が毒殺したのだろうと時人は取り沙汰した。夫の在世中、彼女はキケロー*にも言い寄ったが拒まれ、怨み骨髄に徹して、あれこれ弟クローディウスをけしかけ、ついにキケロー追放に成功（前58）、その不在中、彼の家族を虐待して溜飲を下げた。また情夫の1人で後に心変わりして彼女から離れ去ったM. カエリウス・ルーフス*（⇒ミロー）に対しては、やれ人殺しを雇うために彼女から金を借りたの、やれ彼女の毒殺を図ったのといって告訴に及んだ（前56）。しかしカエリウスが、政界に復帰していたキケローに弁護を依頼したため、彼は無罪放免となり、逆に彼女の方が近親相姦だの殺人罪だのと指弾されたあげく、いくらかの罰金を科せられるという藪蛇の結末を見た。この弁論の中でキケローは、彼女を「世界中の男と昵懇である女」と呼び、彼女がクンニリングスのうまいセクストゥス・クローディウス Sex. Clodius という男に陰門を舐めさせていた事実まで仄めかしている。クィンティリアーヌス*によれば、「彼女は傍に見物人のいない閨房では拒否し、観客のいる食堂の臥床では喜んで誘いに応じた」とのこと。つまり人前で性行為を演ずることを娯しむ露出趣味の持ち主だったというのである。
⇒クラウディア
Cic. Cael, 13〜20, 26, 32, Fam. 1-9, 5-2, Att. 2-1, -12, 12-38, 14-8, Mil. 27/ Plut. Cic. 29, Luc. 21, 34, 38/ Quint. 8-6/ Apul. Apol. 10/ Catull./ etc.

クローディアス　Claudius, Clodius
クラウディウスないしクローディウスの英語形。

クローディウス・アルビーヌス　Clodius Albinus
⇒アルビーヌス、クローディウス

クローディウス・プルケル、プ（ー）ブリウス
Publius Clodius（またはクラウディウス Claudius）Pulcher,（ギ）Klōdios, Κλώδιος ὁ Καλός,（伊）（西）Publio Clodio Pulcro,（葡）Públio Clódio Pulcro (o Belo),（露）Публий Клодий Пулъхр
（前92頃〜前52年1月18日）ローマ共和政末期の煽動政治家。雄弁家キケロー*の政敵。Ap. クラウディウス・プルケル❸*の末弟（⇒巻末系図059）。放蕩・貪欲・粗暴かつ野心的な人物として知られ、義兄L. ルークッルス*の軍隊を煽動して暴動をそそのかしたり（前68）、陰謀家カティリーナ*の企てに加担していたとして告発されたり（前65）したのち、カエサル*の妻ポンペイヤ*と密通し、前62年12月カエサル邸で行なわれた女神ボナ・デア*の男子禁制の祭儀に女装して忍び込み、発覚して瀆神罪で訴えられる。法廷において、女装を手伝ってくれた友人キケローが、気性の激しい妻テレンティア*にけしかけられてクローディウスに不利な証言をしたため、彼は窮地に立たされるが、裁判官たちに多額の金品をばらまいて無罪判決を勝ちとる（前61）。以来キケローに怨恨を抱き、その不倶戴天の仇敵となる。前59年3月、カエサルの政治的な力添えで自分より年下の平民(プレーベース) P. フォンテイユス Fonteius の養子に迎えられ、翌前58年度の護民官(トリブーヌス・プレービス*)となって —— 護民官は平民でなければ就任できない —— キケローを追放、その邸宅や別荘(ウィラ) villa を焼き払い家具調度を売却して復讐を果たす。また邪魔者の小カトー*をキュプロス*へ追いやる一方、民衆に穀物を無料で分配する法案を提出するなど巧みに人心を収攬し、勢力の伸長を図る（前58）。前56年の造営官(アエディーリス*)に選ばれるが、その頃から大ポンペイユス*と敵対するようになり、ことに大ポンペイユスの腹心でキケローの友でもあるミロー*とは、互いに剣闘士(グラディアートル*)ら武装集団を組織して激しく争った。前52年1月、ローマ市東南のボーウィッラエ*で両者はすれ違い、子分同士が口喧嘩を始めたことから乱闘となり、肩に負傷したクローディウスは近くの民家へ逃げこんだものの、ミローに引きずり出されて殺された。その死体が裸にされてフォルム*にさらされると、激昂した群衆は暴徒と化し、彼を殉教者扱いにして遺骸を元老院議事堂に運び、建物ごと火葬にしてしまった。

　彼の2度目の妻が、夫に負けず劣らず淫蕩かつ権力欲の強い悍婦フルウィア❷*で、2人の間に生まれた娘クラウディア*はオクターウィアーヌス*（のちのアウグストゥス*）に嫁いでいる（前42）。クローディウスは柔弱な蕩児で、若い頃は男色の受け手段として男たちに体を犯されていたといい、つねに娼婦や男倡の群れを引き連れていたばかりか、実の姉妹全員と肉体関係をもっていたといわれる（⇒クローディア）。さらに、屋敷を売却しようとしなかった人物を毒殺して、それを入手するなど、彼にまつわるさまざまな醜聞・悪行の噂が伝えられている。
Plut. Cic., Luc., Pomp., Caes., Cat. Min./ Dio Cass. 35〜40/ App. B. Civ. 2/ Cic. Mil., Dom., Cael., Sest. Har. Resp., Pis., Prov. Cons., Fam., Att./ Asc./ etc.

クロートー　Klotho, Κλωθώ, Clotho,（伊）（西）Cloto,（露）Клофо
（「紡ぎ手」の意）ギリシア神話中、運命の3女神モイライ*（モイラたち）の1人。人間の誕生を司り、生命の糸を紡ぐ

者と見なされた。英語の cloth（布）と同語源という説もある。
Hes. Th. 218, 905, Sc. 258/ Pl. Resp. 10-617c/ Lucian. Hist. conscr. 38, Catapl. 5/ etc.

クロドウェクス1世　Chlodovechus Ⅰ, Chlodoveus,
　　（英）（仏）Clovis,（独）Chlodwig, Chlodowech,
　　（伊）（西）Clodoveo,（葡）Clodoveo（Clóvis），
　　（露）Хлодвиг

クロヴィス*1世。（後465／466〜511年11月27日）
　メロヴィング朝 Merovingī フランク王国の初代（在位・481〜511）。15歳で父キルデリークス Childericus の跡を継いで、フランク*族（フランキー*）の支族サリイー Salii の首長となり、北部ガッリア*のローマ勢力（総督シュアグリウス Syagrius〈430頃〜486〉の国家）を滅ぼし（487）、他のフランク系諸族を統一しつつ、アラマンニー*、ブルグンディオーネース*（ブルグンド*族）などを制圧、506年には西ゴート*（ゴトーネース*）を破ってほぼガッリア全域に君臨した。その間、妻クロティルディス Clotildis（474頃〜545、ブルグンド族の王女）の勧めで、ドゥーロコルトルム Durocortorum（現・ランス Reims）司教レーミギウス Remigius（仏）Remi（437〜535頃）から洗礼を受け、カトリック派のキリスト教徒になる（503頃。伝496年12月25日、歴代フランス王がランスで戴冠式を行なう先蹤）。東ローマ皇帝アナスタシウス1世*（在位・491〜518）から執政官の称号を与えられた（510）が、残忍かつ好色・悪辣で、メロヴィング系の全男子を暗殺し、何人もの側女を囲い、同王家に淫蕩・暴戻の血を伝えた。なお彼の名は Louis（英・仏）や Ludwig（独）などの古形である。
Greg. Tur. 2-12, -27〜43/ Acta Sanctorum/ etc.

クロトーン　Kroton, Κρότων, Croton,（クロトーナ Crotona, クロトー Croto），（仏）（伊）Crotone,
　　（露）Кротон(е),（現ギリシア語）Krótonas

（現・クロトーネ Crotone, もと Cotrone）イタリア南端部、ブルッティウム*の東岸のギリシア人植民市。前710年頃、アカーイアー*人によってラキーニウム*（現・Colonna）岬の北西7マイルの地に建設され、タラース*（タレントゥム*）からレーギオン*（レーギウム*）の間にある唯一の港町だったため、ほどなく富強を誇るに至る。医学の本拠地として、アルクマイオーン❷*やデーモケーデース*らの名医を育て、また前588年来オリュンピア競技祭*などで優勝する傑出した運動選手を輩出、古今無双の名力士ミローン*も生まれた。前531年頃には、哲学者ピュータゴラース*が来住して、700人の門弟を擁する教団をつくり、クロトーン市民のために法律を制定、従来行なわれていた蓄妾制度や放縦な風習を改めさせたという。前510年、隣敵の奢侈で名高い都市シュバリス*（現・Sibari）を滅ぼして、クロトーンはピュータゴラース派の指導のもと南イタリアの主導権を握り最盛期を迎えるが、間もなくピュータゴラースの門徒は政治上の理由で一掃された。前480年サラミース❶*の海戦に参加、しかるに同年ロクリー*（ロクロイ・エピゼピュリオイ*）およびレーギオンに敗北して以来、漸次衰退に向かう。前379年、シケリアー*（現・シチリア）のディオニューシオス1世*に征圧された（〜前367）のち、ルーカーニア*人やブルッティー*人、またアガトクレース*（前299）やエーペイロス*王ピュッロス*（前280〜前278、前275）らの蹂躙するところとなり、前277年にはローマに屈服。第2次ポエニー戦争*では、カンナエ*の合戦（前216）直後、ハンニバル❶*に味方して、3年間その冬営地とされた。結局、市は壊滅し、前194年のローマの植民市化政策も効を奏さなかった。現在のところ、郊外のヘーラー*神殿や市壁、道路跡などわずかな遺構しか発掘されていない。
　なお伝説上の名祖（なおや）は、ヘーラクレース*に誤って殺された英雄クロトーン。彼を手厚く葬ったヘーラクレースは、「他日クロトーンの名を冠する大きな町がここに築かれるであろう」と予言、後年アカーイアー地方の人ミュスケッロス Myskellos の夢に現われて、植民市建設に赴かせたという。クロトーンは建国以来、健康に恵まれた土地柄の誉れ高く、また青年たちの容姿が美しいことでも際立っていた。画家のゼウクシス*がこの町に滞在中「裸のヘレネー*」を描くに際して町中の処女を全裸で歩かせ、そのうち最も美しい娘5人をモデルに選び出し、各人の一番すぐれた部分を組み合わせて理想的な美女の絵を完成した話はよく知られている。
⇒カウローニアー、マグナ・グラエキア
Herodot. 3-131, -136〜8, 5-44〜, 8-47/ Thuc. 7-35/ Strab. 6-261〜, -269/ Polyb. 10-1/ Diod. 4-24, 12-9, 14-103〜, 19-3/ Liv. 24-3, 34-45/ Ov. Met. 15-12〜/ Ath. 12-518〜/ Just. 20-2〜/ Dion. Hal. 2-59/ Iambl. Vita Pyth./ Val. Max. 8-15/ Cic. Nat. D. 2-2, Att. 9-19/ Plin. N. H. 35-36/ Ptol. Geog. 3-1/ Plin. N. H. 3-5/ Euseb. Chron./ etc.

クロナース　Klonas, Κλονᾶς, Clonas,（露）Клонас

（前7世紀中頃）ギリシアの詩人・音楽家。
　テゲアー*ないしテーバイ❶*の出身。小アジアの竪笛アウロス aulos 音楽をギリシアへもたらした。テルパンドロス*よりやや後の世代に属する。竪笛用旋律を系統的に組み立てた詩人とされている。
⇒オリュンポス、ポリュムネーストス、タレータース
Plut. Mor. 1132c〜1134b/ Paus. 10-7/ etc.

クロノス　Kronos, Κρόνος, Cronus,（仏）（葡）Cronos,
　　（伊）Cròno,（西）Crono(s),（露）Кронос

　ギリシア神話中、ウーラノス*（天空）とガイア*（大地）の子。ティーターン*兄弟の末子。狡智に長けており、母神ガイアがウーラノスに謀略を企てた時、兄弟たちの中で彼一人がその計画に応じ、待ち伏せして父の性器を大鎌 harpe（ハルペー）で切断し、それを背後に投げ捨てた（⇒ドレパノン❸）。そして父に取って代わって世界の支配者となり、姉のレアー*と結婚、父によって奈落タルタロス*に幽閉されて

いたキュクロープス*（単眼巨人族）やヘカトンケイレス*（百手巨人族）をいったん救出しておきながら、ほどなく暴君と化し、再び彼らをタルタロスへ投じた。ウーラノスとガイアから「汝も自らの子によって統治権を奪われるであろう」と予言された彼は、それを怖れて妻レアーの産む子供たちを次々と呑み込んでいった。レアーは両親の勧めに従って、末子ゼウス*をひそかにクレーター*島で産むと、産衣で包んだ石を赤児だと偽って夫に嚥み下させた。長じたゼウスは、祖母ガイアないし最初の妻メーティス*の術策で、クロノスに吐剤を飲ませ、その腹中にあった姉ヘスティアー*、デーメーテール*、ヘーラー*と兄ハーデース*、ポセイドーン*、および石を吐き出させた（この石はデルポイ*に置かれて世界の中心たる「臍石 Omphalos」となった）。

10年にわたる戦争ティーターノマキアー*ののち、クロノスは息子ゼウスらオリュンポス*神族に敗れ、支配の座を奪われて、他のティーターン神族とともにタルタロスに押し籠められた。異伝によると、彼の治世は理想的な「黄金時代」であったといい、そこからローマの神サートゥルヌス*と同一視されるようになった。

クロノスはオリュンピアー*やアテーナイ*、ロドス*島、テーバイ❶*ほかギリシア各地で崇拝されていた。その祭礼クロニア Kronia では人身供犠が行なわれていたことなどから、おそらくギリシア先住民族の農耕神であったろうと考えられている。また発音の類似から「時 Khronos, Χρόνος, Chronos」の擬人神と混同されることもあり、後代には鎌を手にした有翼の老人「時の翁（英）Father Time」の姿で表現されるようになった —— Chronology, Chronic, Chronicle などの語源 ——。オルペウス教*の伝承に従えば、クロノスは蜜に酔って眠っているところを、ゼウスによって縛り上げられ、去勢されて、西方の最果てにある幸福の島へ送られたことになっている。シュリアー*においても、クロノスがヘルメース・トリスメギストス*の助言に基づいて父ウーラノスを去勢した伝説が残っており、天空神アヌ Anu の陽物を嚙み切ってその精液を呑み込み神々の王位を簒奪したヒッタイトのクマルビ Kumarbi 神話など、一層古いオリエント圏の神話との影響・伝播関係が指摘されている。そのほかクロノスは、ケイローン*やヘーパイストス*、アプロディーテー*、モイライ*、エリーニュエス*らの父とも伝えられている。

美術作品では、彼が妻のレアーからゼウスに見せかけた産衣でくるんだ石を受けとる場面を描いたロドス島出土の赤絵式陶画（前5世紀中葉）が有名。

Hes. Th. 18, 137, 167～, 453～, 485～, 617～, Op. 169～/ Apollod. 1-1～/ Hom. Il. 14-203, -243, -271～, 5-896～, 15-187, -225/ Paus. 5-7, 8-8, -36, 9-2/ Pind. Ol. 2-70/ Ov. Fast. 4-199～/ Diod. 3-60～, 4-80～, 5-65～/ Plut. Mor. 420a, 1098b/ Cic. Nat. D. 2-24, 3-17, -21/ Macrob. Sat. 1-10/ Hyg. Fab. Praef./ Orph./ etc.

クロミュオーン　Kromyon, Κρομυών, Cromyon
⇒クロンミュオーン

クロムミュオーン　Crommyon
⇒クロンミュオーン

クロンミュオーン　Krommyon, Κρομμυών, Κρομμύων, Κρομυών, Κρεμμυών, Crommyon, Cromyon, Cremmyon,（伊）Crommione,（露）Кроммион
ギリシアのメガリス*地方のサローニコス Saronikos 湾に面した町。伝承によれば、巨人テューポーン*と竜女エキドナ*から生まれた雌猪パイア Phaia が、この地で英雄テーセウス*に退治されたという。
Plut. Thes. 9/ Apollod. Epit. 1-1/ Thuc. 4-42/ Paus. 2-1/ Xen. Hell. 4-4, -5/ Strab. 8-380/ Bacchyl. Fr./ Diod. 4-59/ Ov. Met. 7-432～/ Hyg. Fab. 32/ etc.

ゲー　Ge, Γῆ
⇒ガイア

ゲイセリークス　Geisericus (Gensirix),（ギ）Gizerikos, Γιζέρικος,（英）Geiseric, Gaiseric (Genseric),（仏）Geiséric (Genséric),（独）Geiserich, Gaiserich (Genserich),（伊）（西）Genserico,（露）Гейзерих
（後389／400頃～477年1月25日）ヴァンダル*族（ヴァンダリー*）の首長・王（在位・428～477）。ゴディギスドゥス Godigisdus（ゴデギセルス Godegiselus）王と女奴隷の間の子。落馬事故により跛者となる。異母兄ゴンタリス Gontharis（グンデリークス Gundericus　在位・411頃～428）の急死後、単独支配者として、ヴァンダル族を中心とする8万（5万とも）の勢力を率い、ヒスパーニア*からアーフリカ*へ侵入（429年5～6月頃、⇒ボニファーティウス）。キリスト教の「異端」ドナートゥス*派と結んでローマ軍を破り、ヌミディア*を完膚なきまでに劫略、14ヵ月を超

系図187　クロノス

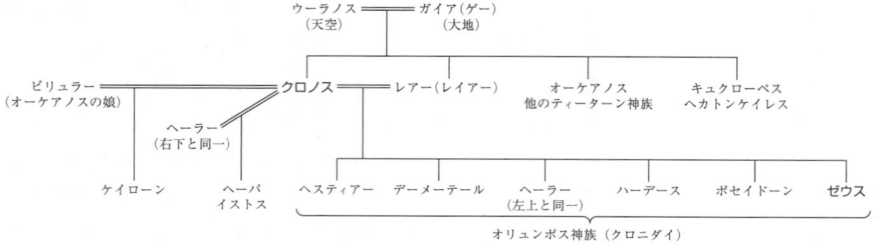

える攻囲ののちヒッポー*を陥れた（430〜431、⇒アウグスティーヌス）。439年にはローマとの協定を破って歓楽に耽るカルターゴー*市を難なく奪取し（439年10月19日）、ここを首都とするヴァンダル王国を建設、アーフリカ全土を征服しおえ、ローマへの穀物供給を押さえた（442年にローマ側の承認を得、帝国領内に打ち立てられた最初のゲルマニア*系独立王国となる）。次いで強力な艦隊を築いて東ローマ軍を撃退し（431、441、467／468）、バルカンやシキリア*（現・シチリア）・サルディニア*を占領、地中海全域の制海権を把するに至る。さらに455年にはローマへ進撃し（⇒ペトローニウス・マクシムス、教皇レオー1世）、2週間にわたって略奪を続け（6月2日〜16日）、皇后リキニア・エウドクシア*を含む数千人の捕虜を連行、かつてティトゥス*がイェルーサーレーム*（エルサレム）神殿からもたらした戦利品をはじめ無数の財宝・美術品を持ち去った（⇒エウドキア❷）。

　ゲイセリークスは短軀で寡黙・訥弁だが老獪きわまりない策謀家とされ、怒りを発すれば狂暴、敵に対しては残忍この上ない独裁者であった（タイナロン*岬で撃退された報復と称してザキュントス*の貴族500人を虐殺し、死体をばらばらにして海に投じた話は有名）。また熱心なアレイオス*（アリーウス*）派キリスト教徒で、「正統」派に苛酷な弾圧を加え信者を追放、聖職者多数を処刑し、教会や修道院を破壊した。兄ゴンタリスを殺害したともいわれ、のち兄の寡婦やその息子たち一派を鏖殺、戦場においてより大勢のヴァンダル族の血を死刑執行吏の手によって流したと推測されている。445年に長男フンネリークス Hunnericus の嫁の鼻と両耳を削ぎ落としたうえで彼女を実父西ゴート*王テオドリークス1世*の許へ送り返した話や、船隊を率いて劫掠戦に向かう際には、「さあ神の怒りを受けた者どもを退治に出かけよう」と豪語していた話もよく知られている。東ローマ帝ゼーノーン*（ゼーノー*）の求めに応じて和約を結び（476）、半世紀近い不敗の治世ののち、長子相続による王位継承制度を定めてから長逝した。
⇒マイヨリアーヌス、オリューブリウス、バシリスクス、

巻末系図105
Procop. Vand. 1-3〜7, -22, 2-2, 3-3〜/ Jordan. 33, 45/ Idatius/ Marcellin./ Procl. 3-3〜/ Possidius Vita Augustini 28/ Sid. Apoll. 5-388〜/ Chron. Min./ Theophanes/ Victor Vitensis/ etc.

ケイリソポス　Kheirisophos, Χειρίσοφος, Chirisophus, （仏）Chirisophe, （伊）Chirisofo, （西）Quirisofo, （露）Хирисоф

（前400前後）スパルター*の武将。小キューロス❷*の兄王アルタクセルクセース2世*に対する反乱を援助するべく、スパルターから公式に派遣された将軍。前401年クーナクサ*の会戦で敗れ、多くの指揮官がティッサペルネース*に捕われたのちも、クセノポーン*とともに「1万人の退却*」を指揮した。なお彼の部下にアンピポリス*出身のプレイステネース Pleisthenes なる男がおり、撤収中アルメニアー*の美少年に恋慕して祖国へ連れ帰ったが、少年も忠実な伴侶としてこの男によく仕えたという美談が残されている。

　他にクレーター*島出身でテゲアー*のアポッローン*神像を造ったアルカイック期の彫刻家ケイリソポス（前6世紀？）が名高い。
⇒メノーン、エピステネース
Xen. An. 1-4, 2-1, 3-1, -2, 4-6, 5-1, 6-1/ Diod. 14-19, -21, -27, -30〜/ Paus. 8-53/ etc.

ケイローン　Kheiron, Χείρων, （ラ）キーローン Chiron (Chiro), （英）Chiron, Cheiron, （独）Cheiron, （伊）Chirone, （西）Quirón, Queirón, （葡）Quíron, （露）Хирон, （現ギリシア語）Híron

ギリシア神話中、ケンタウロス*族の賢者。クロノス*とオーケアニデス*の1人ピリュラー Philyra の子。父クロノスが妻レアー*に知られぬように馬形に身を変じてピリュラーと交わったため、半人半馬の姿で生まれたという。アポッローン*とアルテミス*によって教育され、医術・

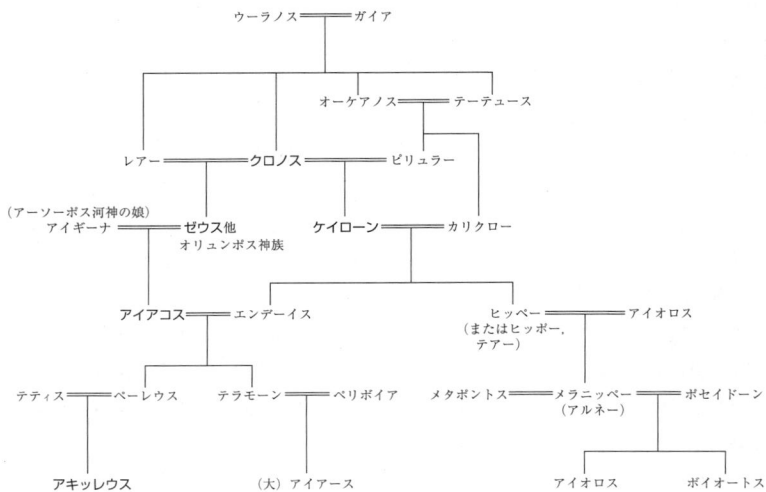

系図188　ケイローン

音楽・武芸・予言の諸術に精通、ペーリオン*山の洞穴に住み、アスクレーピオス*、イアーソーン*、ディオスクーロイ*、アキッレウス*ら多くの英雄たちの師となった。山中に置き去りにされたペーレウス*を、他のケンタウロスたち（ケンタウロイ*）から救い、彼に女神テティス*と結婚する方法を教えたこともある。ヘーラクレース*の友人だったが、この英雄がケンタウロス一族と闘った折に（⇒ポロス）、誤まって毒矢が彼の膝に刺さり、傷の痛みに耐えきれず、自己の不死性をプロメーテウス*に譲って死去。ゼウス*によって天空に上げられ、「ケンタウルス座（ラ）Centaurus」── 一説には「射手座（ラ）Sagittarius」── となったとされる。別伝によると、ケイローンはヘーラクレースに言い寄られてパーン*の洞窟内で交わったが、その後語り合っている最中にヘーラクレースの毒矢が箙（えびら）から落ちて彼の足に突き刺さり、それが原因で死に至ったという。また、ケイローンが若く美しい酒神ディオニューソス*を愛したという話も残っている。

Hom. Il. 4-219, 11-832, 16-143, 19-390/ Ov. Fast. 5-384, -413/ Pind. Pyth. 3-1～, 9-29～/ Apollod. 1-2, 3-13/ Plin. N. H. 7-56/ Eratosth. Cat. 40/ Hyg. Poet. Astr. 2-38/ Xen. Cyn. 1/ Ap. Rhod. 1-1231/ Pult. Per. 4/ Philostr. Imag. 2-2/ Schol. ad Ap. Rhod. 1-554, -588/ Diod. 4-12, 6-7/ etc.

ケオース（島） Keos, Κέως, Ceos (Cēa, Cīa), （別形）Kiā, Κία, （イオーニアー*方言）Keos, Κέος, （独）Kea, （伊）Ceo, （露）Keoc（現・Kéa, かつてのZea, Zia）キュクラデス*諸島の北西端の島。アッティケー*半島のスーニオン*岬の東南沖およそ20km に位置する。面積131km²。ミーノース*文化時代に遡る古い集落跡が発見されているが、歴史時代にはイオーニアー*系ギリシア人の住む島となっていた（前900頃）。旧称はヒュドルーッサ Hydrūssa島。首邑イウーリス Iulis（現・Iulídha）は、抒情詩人シモーニデース*とその甥バッキュリデース*、哲学者アリストーン❷*、医師エラシストラトス*らの生地として知られ、またソフィスト*のプロディコス*もこの島の出身である。ペルシア戦争*の折、ケオースはギリシア連合軍に加わってアルテミーシオン*およびサラミース❶*の海戦でペルシア軍と闘い（前480）、次いでデーロス同盟*の一員となる（前477）。さらにアテーナイ*第2次海上同盟にも参加する（前377）が、前363年これに叛したため、翌年征服され、以来アテーナイが島の最も主要な産物たる赤色土の交易を独占した（⇒クレーロス）。

ケオースには、60歳に達した者は毒人参を飲んで生命を断たねばならないという有名な殺老法があり、本来は食糧不足から生ずる人口問題を解決する便法であったが、のちには見苦しい老後の生活を回避するための潔い法律と評価され、メナンドロス*らから盛んに称揚された。十分に生きて祖国の役に立たなくなったと覚（さと）った老人たちは、花冠をかぶって集い厳かな饗宴を開くと、談笑のうちに愉快気に毒を仰いだとされ、この慣習はローマ時代にもなお残っていたという ── 同様の殺老習俗は、サルディニア*やマッシリア*（現・マルセイユ）、さらにバクトリアー*やスキュティアー*のマッサゲタイ*ほかの諸民族に関しても報告されている ──。なおケオースは、婦人服用の高級織物を輸出していたことでも名高かった。塔や巨大な獅子（ライオン）像などの遺跡が現今も残っている。
⇒ナクソス、アンドロス

Herodot. 5-102, 8-1, -46/ Pind. Isthm. 1-8/ Bacchyl. 2-2, 6-5, -16/ Xen. Hell. 5-4/ Strab. 10-486～487, 11-517/ Plin. N. H. 4-12/ Ael. V. H. 3-37/ Val. Max. 2-6/ Ov. Met. 7-368, 10-120, Her. 20-221/ Hor. Carm. 2-1, 4-9/ Ath. 13-610/ Ar. Ran. 970/ Ant. Lib. Met. 1/ Callim. Act. 52, 72/ Pl. Prt. 314～315, 341, Leg. 638/ Ptol. Geog. 3-14/ Steph. Byz./ etc.

ゲオールギオス（カッパドキアー*の） Georgios, Γεώργιος, Georgius, （英）（蘭）George, （仏）George(s), （独）（デンマーク語）（スウェーデン語）（ノルウェイ語）Georg, （伊）Giorgio, （西）（葡）Jorge, （カタルーニャ語）Jordi, （アラゴン語）Chorche, Chorxe, （ガリシア語）Xurxo, （チェコ語）Jiří, （露）Георгий, （ブルガリア語）Георги, （セルビア・クロアチア語）Đorđe, （アルメニア語）Gevorg, （バスク語）Gorka, （マジャル語）György, （アムハラ語）Giorgis, Giyorgis, （アラビア語）Jirjis, Jeryes, （シリア語）Gewargis, （現ギリシア語）Yeóryios
（?～後361年12月24日）。アレクサンドレイア❶*の主教（在任・357～361）。アレイオス*（アリーウス*）派。キリキアー*の卑賤から身を起こし、アタナシオス*（アタナシウス*）追放（356）の翌年、空席となっていたアレクサンドレイアの主教職を武力で奪取、アレイオス派の皇帝コーンスタンティウス2世*から祝辞を贈られた（357年末）。貪欲・残忍かつ傲岸な聖職者で、富裕な神殿を残らず略奪、悪税や密告制度などの圧政を布いて市民の怨嗟の的となる。361年にコーンスタンティウス2世が崩じ、「背教者」ユーリアーヌス*が即位するや、たちまち失脚、佞臣（ねいしん）2人とともに群衆に捕えられ、駱駝（らくだ）の背に縛りつけられて街々を引き廻されたのち八つ裂きにされ、焼き捨てられた遺骸は海中に投ぜられた。アタナシオス派のキリスト教徒はこの虐殺を平然と傍観しており、ために暴動を唆したとの非難をアレイオス派から受けた。後世、彼はイングランドの守護聖人として名高い聖ゲオールギウス Saint George（270頃～303頃、⇒殉教者）としばしば混同されるようになった。その他、ラーオディケイア*の半アレイオス派の主教ゲオールギオス（?～361頃）など同名の人物が幾人も伝えられている。

Amm. Marc. 22-11/ Julian. Ep. 21/ Socrates Hist. Eccl. 2-14, -28, 3-2～4, -6/ Sozom. Hist. Eccl. 3-6/ Epiph. Adv. Haeres. 2/ Athanasius/ Gregorius Nazian./ Theophanes/ etc.

ケクロプス　Kekrops, Κέκροψ, Cecrops, (仏) Cécrops, (伊) Cecrope, (西) Cécrope, (露) Кекроп, Κεκροπс

ギリシア神話中、アテーナイ*周辺のアッティケー*地方最初の王。大地から生まれ下半身は蛇形をしていたとも、エジプトまたはクレーター*よりやってきて原住民に文明を伝えたともいう。人身供犠や流血を伴う生贄を廃止し、葬礼・単婚制・オリュンポス*の神々の崇拝を教え、文字を発明した。アクタイオス Aktaios（アクテー*の名祖）の娘アグラウロス❶*を娶り、それまでアクテーと呼ばれていたこの地にケクロピアー Kekropia の名を与えた。女神アテーナー*と海神ポセイドーン*がアテーナイ周域の領有をめぐって争った時、審判者に選ばれた彼は、女神を勝者と判定し、以来彼の町は女神の名にちなんでアテーナイと称されるようになった。3人の娘アグラウロス❷*、ヘルセー*、パンドロソス Pandrosos と一子エリュシクトーン Erysikhthon があったが、息子が早世したので、王位は同じく大地から生まれたクラナオス Kranaos が継いだ。このクラナオスは女婿アンピクテュオーン Amphiktyon（デウカリオーン*の次男）によって追放され、その10年後にはエリクトニオス*がアンピクテュオーンを追って王位を奪い、以後アテーナイの王権はエリクトニオスの子孫が継承したことになっている（⇒巻末系図020）。

なお、ケクロプス王の墓はアクロポリス*丘上のエレクテイオン*神殿にあったという。また、エリクトニオスの曾孫にも同名のケクロプスがおり、クスートス*（ヘッレーン*の子）によってアテーナイ王に選ばれたのは、こちらの方のケクロプスである。アテーナイ人はドーリス*人の遷移以前からの土着民アウトクトネス*たることを誇り、自らを「大地から生まれた者たち Gēgeneis」とか、「ケクロプスの裔 Kekropidai」と称していた。
⇒エレクテウス、パンディーオーン

Apollod. 3-14/ Paus. 1-2, -5, -18, -27, -31, 3-15, 7-1, 8-2, 9-33/ Hyg. Fab. 48/ Diod. 1-28〜, 5-56/ Ov. Met. 2-555, 6-70〜/ Tac. Ann. 11-14/ Cic. Leg. 2-25/ Eur. Ion 1163〜/ Herodot. 8-55/ Ant. Lib. Met. 6/ Strab. 9-397/ Pl. Criti. 110a/ Marm. Par. 1-2〜/ Tzetz. Chil. 5-637〜/

ゲタ　Publius（もと Lucius）Septimius Geta, (ギ) Getās, Γέτας, (伊) Publio Settimio Geta, (西) Publio Septimio Geta, (葡) Públio Septímio Geta, (露) Публий (Люций) Септимий Гета

（後189年3月7日〜212年2月27日ないし伝・211年12月26日）ローマ皇帝（在位・211年2月4日〜212年2月27日ないし211年12月26日）。セプティミウス・セウェールス*帝とユーリア・ドムナ*の次子。メディオーラーヌム*（現・ミラーノ）に生まれ、1歳年長の兄カラカッラ*と放埒な少年期を競い合い、しだいに対立関係を深めた（⇒巻末系図103）。198年1月28日、父帝により副帝に任ぜられ、ブリタンニア*遠征中には正帝（アウグストゥス*）の称号を授けられる（209年末）。父の死（211年2月）後、カラカッラと並んで共治帝となり、ローマへ帰還するが、兄弟は敵意を募らせ互いに相手を毒害・暗殺しようと企てた。宮殿を二分して交流を避け、身辺を厳重に警護させたうえ、帝国を東西に分割統治しようと折衝、しかしこの提案は母后ドムナの反対にあって阻止された。そこでカラカッラは仲直りを装ってゲタを母后の

系図189　ケクロプス

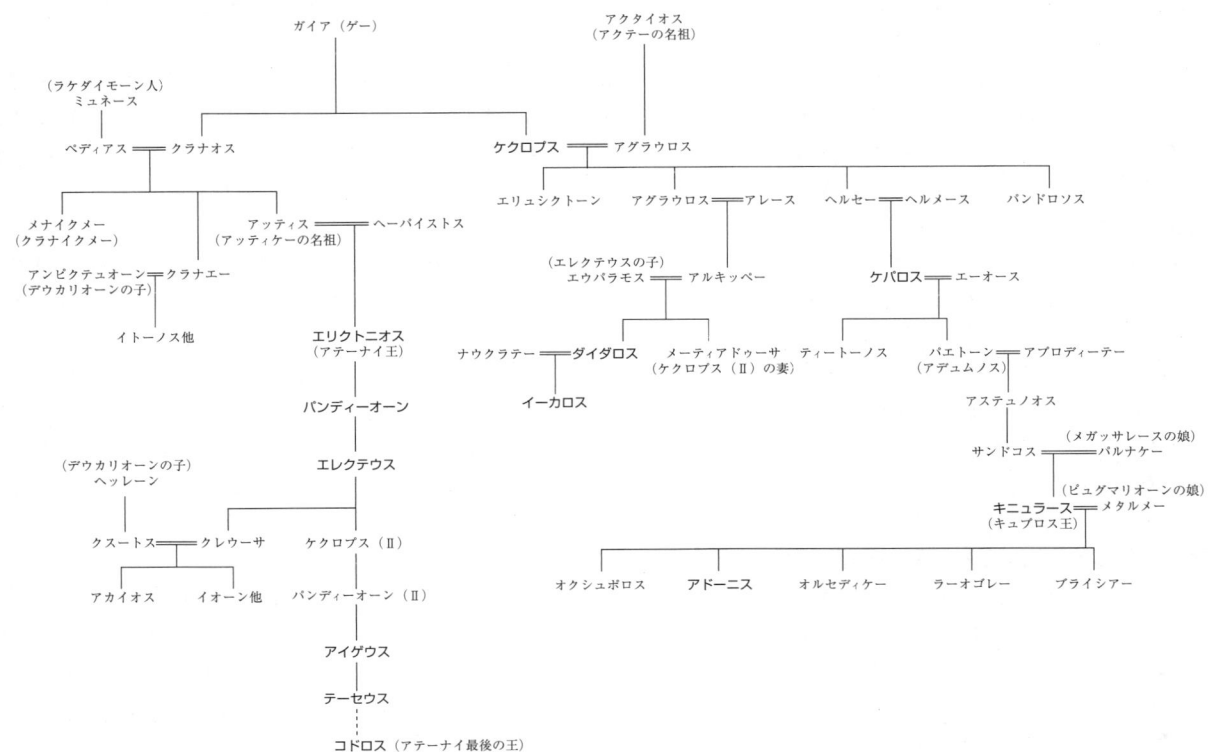

もとへ誘い出し、弟が約束通り1人で現われたところを数人の百人隊長 Centurio に襲撃させた。母の腕の中でゲタは刺殺され、母后は全身に返り血を浴びたばかりか手に傷まで負った。カラカッラは弟を公敵と宣言させ、碑文類から彼の名を抹消し、彫像・絵画・メダルに表わされたその顔をことごとく掻き消したのみならず、ゲタに好意的な人物2万人をも虐殺したという。

ゲタは容姿優れた若者で、兄ほど冷酷ではなく、男女両色になずんで妻帯せず、また凝った料理を作らせて楽しむ美食家でもあった。なお、その横死後、カラカッラはゲタや父帝セウェールス（その死にもカラカッラが関与していたとされる）の亡霊に悩まされることしばしばであったと伝えられる。
⇒パーピニアーヌス、セレーヌス
Dio Cass. 76-2, -7, -11, 77-1～3, -12/ Herodian. 3-33, -46, 4-4～10/ S. H. A. Geta, Sev. 8, 10, 14, 16, 21, Caracall./ Aur. Vict. Caes, 20, 21/ Eutrop. 8-10/ etc.

ゲタイ Getai, Γέται,（ラ）ゲタエ Getae,（仏）Gètes,（独）Geten,（伊）Geti,（西）Getas,（露）Геты,（〈単〉ゲテース Getes, Γέτης）

トラーケー*（トラーキアー*）の部族名。イストロス*（ドーナウ）河の右岸から黒海にかけて住んでいた。霊魂の不滅を信じて獣肉を食さず、5年ごとに籤引きで選ばれた男を槍で殺して冥界への使者として送る人身御供の風習で知られていた。また一夫多妻制を守り、十余人の妻を娶ることが一般的で、数人しか妻を迎えずに死んだ男は「嫁取らず」とさえ呼ばれたという。前512年頃アカイメネース朝*ペルシア*の大王ダーレイオス1世*に征服され、のちマケドニアー*王ピリッポス2世*の頃にイストロス河の北側へ移住した（前4世紀中頃）。アレクサンドロス大王*の北方遠征（前335）によってさらに奥地へ追いやられたが、その後2度にわたってマケドニアー軍を打ち破った（前326、前292）。前279年頃、ケルト*（ガラティアー*）人の侵略を受け、以来しだいにダーキア*人と融合し、両者はのちの史家から同一視されるに至った。時代が下っても、彼らの習俗はあまり変化しなかったらしく、黒海沿岸に流されたローマの詩人オウィディウス*は、「粗野な未開の民」ゲタイの間での侘しい追放生活（後8～18）を嘆いている。
⇒ビューレビスタース
Herodot. 4-93～, 5-3～/ Thuc. 2-96～/ Strab. 7-294～, -301～/ Ov. Pont., Tr. 5-7/ Mela 2-2/ Plin. N. H. 4-11/ Arr. Anab. 1-3～/ Dio Cass. 38-10/ Liv. Per. 103/ Just. 25-1/ Paus. 1-9, 5-12/ Diod. 21-12/ Jordan./ etc.

ゲッリウス、アウルス Aulus Gellius,（ギ）Aulos Gellios, Αὖλος Γέλλιος,（仏）Aulu-Gelle,（伊）Aulo Gellio,（西）Aulo Gelio,（露）Авл Геллий

（後128頃～180頃）ローマ帝政期の著述家、文法学者。若い頃ローマで文法と修辞学を学び、ファウォーリーヌス*らに師事、またフロントー*からも多くの影響を受けた。その後アテーナイ*へ遊学してプラトーン*やアリストテレース*の哲学を修め、ヘーローデース・アッティクス*の知遇を得、キュニコス（犬儒）派のペレグリーノス・プローテウス*等と交わった。このアテーナイ滞在中の冬の長夜に文献を蒐集し、後年こうした摘録をもとに自分の子供たちのために『アッティカの夜 Noctes Atticae』20巻を執筆集成した（第8巻を除く19巻が現存）。内容は実に多種多様で、文学・歴史・法律・文法・伝記・宗教・哲学・文献批判、等々にわたっており、本書でしか知られない色々な逸話も多く、また初期ラテン文学の著作家たちの記録がまとまった形で保存されているために大いに珍重されている。彼の伝える物語の中で、特に逃亡奴隷アンドロクルス*（アンドロクレース*）と獅子（ライオン）の話は有名。マクロビウス*ら後のラテン作家に影響を与えたほか、中世ヨーロッパでも大層人気を博し、ゲッリウス選集がいくつも作られた。

なお、他にも前2世紀末頃にローマの建国以来の浩瀚な『年代記 Annales』（30巻以上。断片のみ伝存）を著わしたグナエウス・ゲッリウス Gnaeus Gellius や、前72年執政官（コーンスル*）在職中に剣闘士奴隷スパルタクス*率いる反乱軍と戦って敗れたルーキウス・ゲッリウス Lucius Gellius（前136頃～前51頃）ら幾人かのゲッリウス氏 Gens Gellia 出身の著名人がいる。
⇒ファウォーリーヌス
Gell. N. A./ Augustin. De civ. D. 9-4/ Liv. 9-44, 23-22/ Cic. Div. 1-26/ Dion. Hal. Ant. Rom. 1-7, 2-31, -72, -76, 4-6, 6-11, 7-1/ Macrob. Sat. 1-8, -16, 2-13/ Solin./ Dig./ etc.

ケテーグス、ガーイウス・コルネーリウス Gaius Cornelius Cethegus,（ギ）Gaios Kornēlios, Kethēgos, Γάιος Κορνήλιος Κέθηγος,（伊）Gaio Cornelio Cetego,（西）Cayo Cornelio Cetego,（葡）Caio Cornélio Cetego

（?～前63年12月5日）ローマの政治家。カティリーナ*の陰謀仲間の1人。若い頃から放蕩生活に耽り、負債に首が回らなくなって、カティリーナの国家顛覆計画に参加したという。キケロー*の第1回弾劾演説の後でカティリーナがローマ市を退去してからも、彼はレントゥルス*・スーラの指導のもとにローマに留まり、元老院議員らの虐殺を企図したが、事が露顕して逮捕され、邸内に蓄えられた刀剣類など数々の証拠が明るみに出るに及んで、レントゥルスほかの陰謀仲間とともに処刑された。野心的で無謀な人物だとされている。
Sall. Cat. 17, 46～50, 55/ Cic. Cat. 3-3, -5～7, 4-6, Sull. 6, 25/ App. B. Civ. 2-2～5, -15/ Luc. 2-543/ Juv. 2-27, 8-231/ etc.

ケテーグス（家） Cethegus (Cetegus),（ギ）Kethēgos, Κέθηγος,（伊）（西）（葡）Cetego

ローマのパトリキイー*（貴族）系の名門コルネーリウス氏*の1支脈。古風な腰帯姿 cinctus（キンクトゥス）の衣裳で知られていた。共和政期に何人かの著名な人物を輩出したが、帝政期には

断絶したのかふるわず、ウァレンティーニアーヌス*帝の治下に姦通罪で処罰されたケテーグスなる人物の名が見られるものの血統上の関係は明らかでない。
Hor. Ars P. 50/ Luc. 2-543/ Liv. 25～/ Cic. Brut., Orat., Sen./ Tac. Ann./ etc.

ケテーグス、プーブリウス・コルネーリウス Publius Cornelius Cethegus, （伊）（西）Publio Cornelio Cetego, （葡）Públio Cornélio Cetego
（前1世紀前半）ローマの政治家。初めマリウス*派に属していたため、政敵スッラ*によって追放された（前88）が、のちスッラ派に転向して赦された（前83）。傲慢な人となりで、破廉恥な欲情や乱行に耽っていたものの、スッラの死後も強大な勢力をふるい、一時期は彼の愛妾プラエキアPraeciaが国政を壟断したといわれた。よって将軍ルークッルス*は、対ミトリダテース*戦争の指揮権を獲得するに当たり、贈り物や甘言をもって彼女の機嫌をとらねばならなかった。
　一度も戦闘を交えなかったにもかかわらず凱旋式(トリウンプス*)を祝うことをはじめて認められたP. コルネーリウス・ケテーグス（前181年の執政官(コーンスル*)）は、彼の先祖だと思われる。
App. B. Civ. 1-60, -62, -80/ Plut. Luc. 5～6/ Cic. Brut. 48 (178), Clu. 31(84)～/ Liv. 39-7, -23, 40-18/ Val. Max. 1-1/ Plut. Num. 22/ Plin. N. H. 13-27/ etc.

ケテーグス、マールクス・コルネーリウス Marcus Cornelius Cethegus, （伊）（西）Marco Cornelio Cetego, （葡）Marco Cornélio Cetego
（?～前196）ローマの将軍、雄弁家。大神祇官長(ポンティフェクス・マクシムス*)（前213～）、法務官(プラエトル*)（前211）、監察官(ケーンソル*)（前209）、執政官(コーンスル*)（前204）を歴任。第2次ポエニー戦争*中の前203年、法務官のP. クィンティーリウス・ウァールス Quintilius Varusとともに、ガッリア・キサルピーナ*においてハンニバル❶*の弟マーゴー❸*を打ち破り、カルターゴー*軍をイタリア半島から撃退した。彼の雄弁はエンニウス*やホラーティウス*の賞讃の的となっている。
Liv. 25-2, -41, 27-11, 29-11, 30-18/ Hor. Epist. 2-2, Ars P. 50/ Cic. Brut. 15/ Ennius Fr./ etc.

ケートー Keto, Κητώ, Ceto, （仏）Céto, （露）Кето
（ケートス Kētos「鯨・海の怪物」の意、より）ギリシア神話の海神ポルキュス*の姉妹にして妻。女神ガイア*（大地）とポントス*（海）の娘。「頬の美しい」と形容される。3人のグライアイ*や同じく3人のゴルゴーン*たち（ゴルゴーネス*）といった女怪を産んだ。巻末系図001を参照。
Hes. Th. 238, 270～, 295, 333～/ Apollod. 1-2, 2-4/ Schol. ad Ap. Rhod. 4-1399/ Luc. 9-646/ etc.

ゲドローシアー Gedrosia, Γεδρωσία, （ラ）ゲドローシア Gedrosia, （仏）Gédrosie, （独）Gedrosien
（現・Makrān, Mekrān, Mokrān, Balōchistān, Balūchistān）。南西アジアのインド洋沿岸の地方。今日のバルーチスターン Baluchistan (Balōchistān, パーキスターン南部)からイーラーン東南部にかけての地域を指す。乾燥の激しい高原状の砂漠地帯で、夏季以外に雨は降らず、香料とりわけ甘松香と没薬の産地として知られる。不毛の砂漠が続くうえ、毒草や毒蛇も多く、かつてアッシュリアー*の女王セミーラミス*やペルシア帝国*の建祖キューロス*2世（大王）が軍隊を率いてこの砂漠を横断したが、いずれも壊滅的な打撃を被ったという。アカイメネース朝*ペルシア*の版図に併呑されたのち、マケドニアー*のアレクサンドロス大王*の支配下に入る。インド遠征から帰還の折、アレクサンドロス軍は60日に及ぶ苦難の行軍を果たした（前325年10月初～12月初）とはいえ、その間に少なくとも1万人が死亡し、約4分の1がかろうじて残ったと伝えられる。砂漠を横断中、一碗の貴重な水を捧げられた大王が、兵士らも炎暑と渇えに苦しんでいるのを知って、衆目の前でその水を残りなく地面に注いで彼らを元気づけた話は有名。海岸部にはイクテュオパゴイ Ikhthyophagoi（魚食人）が居住していた。
Strab. 15-721～/ Plut. Alex. 66/ Arr. Anab. 6-24～/ Curtius 9-10/ Plin. N. H. 6-23, 21-36/ Diod. 5-41, 17-81, -104～/ Ptol. Geog. 6-8, -19, -20, -21/ etc.

ゲナーウァ Genava, ときにゲネーウァ Geneva, （ギ）Genoia, Γενοῖα, または Genūia, Γενοῦια, （英）ジュニーヴァ Geneva, （独）ゲンフ Genf, （伊）ジネヴラ Ginevra, （西）ヒネブラ Ginebra, （葡）ジェネブラ Genebra, （ロマンシュ語）ジェネヴラ Genevra, （露）Женева, （漢）壽府
（現・ジュネーヴ Genève）レーマンヌス Lemannus（現・レマン Léman）湖南端、ロダヌス*（現・ローヌ）河の流出口西岸に位置する町。もとアッロブロゲース*族の領土で、カエサル*の頃には属州*ガッリア・ナルボーネーンシス*の最北端に当たり、前58年ヘルウェーティイー*族はここを通って西方へ移住しようとしたが、カエサルが橋を破壊したので、進路変更を余儀なくされた。
　後40年にローマ市民権を賦与され、水陸交通の要衝にあったため、帝政期を通じて繁栄を謳歌した。
Caes. B. Gall. 1-6～7/ It. Ant./ etc.

ケーナブム Cenabum またはゲーナブム Genabum（ギ）Kēnabon, Κήναβον, （伊）Cenabo
（現・オルレアン Orléans）外ガッリア*のカルヌーテース*族の主要都市。ガッリア中北部、リゲル Liger（現・ロワール）河畔の交易地として賑わう。前53年末、ケーナブムの住民は町に滞在していたカエサル*軍の経理長官を含むローマ人を血祭りにあげ、その財産を没収。彼らの蜂起は翌年のガッリア大乱（⇒ウェルキンゲトリクス）の端緒をなした。カエサルはすかさず町を占領して放火・略奪し、住民のほぼ全員を奴隷として軍団兵に与えて報復した。のち、アウレーリアーヌス*帝によって、ケーナブムはアウレー

リアーヌム Aurelianum（または Civitas Aurelianorum, Urbs Aurelianensis）と改称された（後275）。西ローマ帝国の末期、同市はフン*族の大王アッティラ*の劫略を受けた（451）。後世のオルレアンは、アウレーリアーヌムが転訛したものである。ただし本来のケルト*系の要塞都市 oppidum ケナブムはオルレアンの東南東のジャン Gien に比定されている。

アウレーリアーヌス帝（ないしプロブス*帝）時代以来の城壁跡が残っており、周辺地域からは青銅製の大きな動物像や人の小像が出土している。
⇒アウトリクム
Caes. B. Gall. 7-3, -11, -14, -17, -28, 8-5〜6/ Sid. Apoll. Epist. 8-15/ Strab. 4-191/ Fortunatus Germ. 67/ Ptol. Geog. 2-8/ etc.

ゲニウス　Genius,（〈複〉Genii），（仏）Génie,（伊）（西）Genio,（葡）Gênio,（露）Гений

ローマ人の信じた男子の守護神。「子供を儲ける生殖力」を意味し、各人を保護する精霊 numen と解され、女子のユーノー* Juno と対照的な存在であった。婚姻を司り、結婚の寝床はレクトゥス・ゲニアーリス lectus genialis（ゲニウスの寝台）と呼ばれた。各家庭では、家父長パテル・ファミリアス pater familias のゲニウスが祀られ、彼の誕生日に花や葡萄酒が捧げられた。ペナーテース*とラレース*との間に安置され、その象徴は蛇、のちには市民服トガ*をまとった男の姿で表わされた。ギリシアの影響を蒙るにつれ、個人の運命を導き司るダイモーン*に近似した守護霊となった。また公的な存在として、「ローマ国民のゲニウス」Genius populi Romani や「ローマ市のゲニウス」Genius urbis Romae なども置かれ、やがて各都市・各民族・各部隊・各同業組合等々、あらゆる公共体や人間集団のゲニウスが現われるようになった。帝政期には皇帝個人のゲニウスが公けに祀られ、これは後の皇帝礼拝の基盤をなすに至った。
Ter. Phorm. 44/ Apul. De deo Soc./ Serv. ad Verg. Aen. 2-351, 5-85, -95, 6-743, 12-538/ Cic. Div. 1-36/ Liv. 21-62/ Ov. Fast. 2-545/ Dio Cass. 21-62/ Sen. Ep. 110/ Sil. 2-585/ Hor. Epist. 2-2/ Festus 83/ etc.

ゲヌア　Genua,（ギ）Genūa, Γένουα,（英）Genoa,（仏）Gênes,（独）Genua,（西）（葡）Génova,（葡）Gênova,（露）Генуя

（現・ジェノヴァ Genova〈ジェノヴァ語〉Zena）リグリア*の海港都市。古くからリグリア人とフェニキア*人＝カルターゴー*人、ギリシア人、エトルーリア*人との交易で賑わっていた。前4世紀にギリシア人によって占領され、第2次ポエニー戦争*（前218〜前201）が勃発する時までには、ローマの統治が及んでいたため、ハンニバル❶*率いるカルターゴー軍によって破壊された（前204）。ローマ人が町を再建し、リグリア人に対する前哨基地として用い、自治都市ムーニキピウム*とした。リグリア地方一番の名酒の産地であり、木材・蜂蜜・皮革などを輸出した。
Liv. 21-32, 28-46, 30-1, 32-29/ Val. Max. 1-6/ Strab. 4-202/ Mela 2-4/ Plin. N. H. 3-5/ Ptol. Geog. 3-1/ Procop. Goth. 2-12/ etc.

ケノマーニー（族）　Cenomani,（ギ）Kenomanoi, Κενομανοί,（英）Cenomans,（仏）Cénomans,（独）Cenomaner,（西）（葡）Cenomanos

ガッリア*西北部（のちのフランス・メーヌ Maine 地方あたり）にいたケルト*人の部族。アウレルキー・ケノマーニー Aulerci Cenomani 族。首邑キーウィタース・ケノマーノールム Civitas Cenomanorum（元の Vindinum）は今日のル・マン Le Mans 市に当たる。ケノマーニー族の一派は前400年頃、他のガッリア人とともにイタリア北方へ侵入し（⇒ケルタエ）、エトルーリア*人を追い出してベーナークス*（現・ガルダ）湖近辺に定住、ブリクシア Brixia（現・ブレーシア Brescia）やベルゴムム Bergomum（現・ベルガモ Bergamo）、ウェーローナ*（現・ヴェローナ）などを主要都市とした。前225年のローマ対ケルト系インスブレース*、ボイイー*族の戦いや、前218年のハンニバル❶*戦争の折には、ローマに味方したが、前200年カルターゴー*の将ハミルカル Hamilcar の主導で他のガッリア人とともに反乱に立ち上がり、3年後ローマ軍に征服され（前197）、以来ローマ化して歴史から姿を消した。

ケノマーニー族の居住地を含むガッリア・キサルピーナ*（ガッリア・トラーンスパダーナ*）地方は、前49年にローマ市民権を獲得した。なお、アルプス以北の外ガッリア*（ガッリア・トラーンサルピーナ*）に留まったケノマーニーは、前52年のウェルキンゲトリクス*の蜂起に当たって5千人の戦士を反乱軍に提供、のちアウグストゥス*は彼らをガッリア・ルグドゥーネーンシス*州内の貢納国と定めた。
Caes. B. Gall. 7-75/ Plin. N. H. 3-19, 4-18/ Liv. 5-35, 21-55, 31-10, 32-30, 39-3/ Polyb. 2-17, -23, -24, -32/ Strab. 5-216/ Dio Cass. 41-36/ Ptol. Geog. 3-1/ etc.

ケパッレーニアー（または、ケパレーニアー）　Kephallenia, Κεφαλληνία,（Kephalenia, Κεφαληνία）, Cepha(l)enia (Cephallania),（英）Cephalonia, Kefalonia, Cephallenia, Cephallonia,（仏）Céphalonie, Céphallénie,（独）Kephallonia,（伊）（西）Cefalonia,（葡）Cefalônia,（露）Кефалиния

（現・Kefalonía ないし Kefallonía, Kefallinía）ギリシア西方、イーオニアー海*上で最大の島。面積746km²。イタケー*（イタカ*）島とは幅2〜4kmの水道で隔てられ、島内からはギリシアおよびローマ時代の遺跡が発掘されている。パレー Pale とサメー Same の2市が名高く、前者はペルシア戦争*にもギリシア軍として参加（前479）、ペロポンネーソス戦争*（前431〜前404）においてケパッレーニアーはアテーナイ*方についたが、前189年に全島はローマに服属。そ

の折、サメー市は抵抗を試み、4ヵ月の包囲を受けたのち軍門に降った。それより早くヘレニズム時代の前218年、パレー市はアイトーリアー*同盟を支持したために、マケドニアー*王ピリッポス5世*の軍隊に攻撃されたが陥落しなかった。ローマ皇帝ハドリアーヌス*によってケパッレーニアーはアテーナイに贈呈されたものの、ほどなく自治権を回復したという記録が残っている（後134頃）。島の名祖（なおや）はケパロス*であるとされ、島民はオデュッセウス*に従ってトロイアー戦争*に出陣したと伝えられる。新石器時代以来の居住の跡やミュケーナイ*文化時代の多数の墓が残っており、通常この島はホメーロス*のドゥーリキオン Dulikhion と同一視されている。
⇒ザキュントス島、レウカス島
Herodot. 9-28/ Hom. Il. 2-631～, Od. 1-246, 4-671, 20-210, 24-355/ Arist. Hist. An. 8-28/ Thuc. 1-27, 2-7, -30/ Strab. 10-452～/ Paus. 1-37, 6-15/ Dio Cass. 69-16/ Plin. N. H. 4-12/ Liv. 37-13, 38-28～/ Polyb. 4-6, 5-3, 21-26, -30, -32/ Diod. 11-84, 12-43, 14-34, 15-36, -66/ Ptol. Geog. 3-14/ Scylax/ etc.

ケパルレーニアー　Kephallenia
⇒ケパッレーニアー

ケパロス　Kephalos, Κέφαλος, Cephalus,（仏）Céphale,（伊）Cefalo,（西）（葡）Céfalo,（露）Кефал

ギリシア神話中、プロクリス*の夫で、アッティケー*の英雄（ヘーロース）heros。ヘルメース*神とアテーナイ*王女ヘルセー*との子（アイオロス❷*の孫などの異説あり）。美青年だったため曙の女神エーオース*によってシュリアー*へさらわれていったが、8年後妻プロクリスのもとへ帰還。そのとき女神に唆（そそ）かされた彼は別の男に変装して妻に言い寄り、莫大な贈り物を提供して彼女の貞操を試みた。誘惑に屈したプロクリスは、事実を知って山中へ身を隠し、女神アル

テミス*のお気に入りとなったとも、クレーター*島へ逃れて王ミーノース*の愛人になったともいい、のちに美しい若者に変装して帰り夫の誘惑に成功、魔法の槍と猟犬ライラプス*を夫に贈って、2人は仲直りした（この槍と犬は、アルテミスないしミーノースからプロクリスに与えられたものという）。やがて今度は妻が夫を疑い、狩猟中に夫がネペレー* Nephele（雲）あるいはアウラ Aura（微風）と呼びかけているのを知って、これを女の名前と思い込み、ある日夫のあとをつけていったところ、ケパロスは草むらに潜んでいる妻を獣と間違え、的を外すことのない槍を投じて殺してしまった。アレイオス・パゴス*の裁判で追放刑を宣告された彼は、テーバイ❶*に身を寄せ、アンピトリュオーン*（ヘーラクレース*の養父）の狐退治に協力したのち、ケパッレーニアー*島の王となり、自らの名をこの島に与えたという。一説には、デルポイ*の神託に従って雌熊と交わり、オデュッセウス*の先祖になったとも伝えられる。またその最期は、美少年プテレラース Pterelas を恋した果てにレウカス*岬から身を投げて果てたともされている。
Hes. Th. 985～/ Ov. Met. 7-661～, Her. 4-93～/ Hyg. Fab. 48, 125, 160, 189, 241, 270, 273, Poet. Astr. 2-35/ Apollod. 1-9, 2-4, 3-14, -15/ Hom. Od. 11-321～/ Strab. 10-452, -456/ Paus. 1-37/ Ant. Lib. Met. 41/ Eratosth. Cat. 33/ Serv. ad Verg. Aen. 6-445/ Suda/ etc.

ケーピーソドトス（または、ケーピソドトス）
Kephisodotos, Κηφισόδοτος, Cephisodotus,（仏）Céphisodote,（伊）（西）（葡）Cefisodoto,（露）Кефисодот

（前4世紀）アテーナイ*の彫刻家。アッティケー*派に属する同名の人物が2人知られている。1人は巨匠プラークシテレース*の父で、前4世紀前半に活動し、アテーナイや新しい都市メガロポリス*（前370年に創建）のために数々の神像を制作。優雅で調和ある作風によってプラークシテ

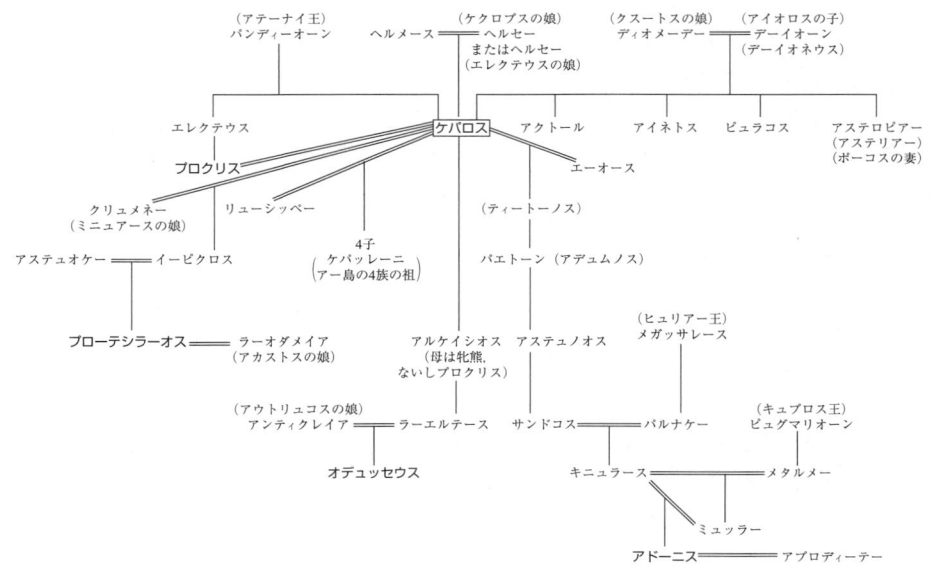

系図190　ケパロス

レースの先駆者となった。代表作は、「幼いプルートス*を抱く平和の女神エイレーネー*像（前372）」（ミュンヘン彫刻館〈グリュプトテーク〉にローマ時代の大理石模刻あり）。

もう1人はプラークシテレースの息子のケーピーソドトスで、兄弟ティーマルコス Timarkhos とともに前300年前後に活動し、父の「優美な様式」を継承。多くの神像のほか、メナンドロス*やリュクールゴス*等の肖像も造ったという。

また同名の人物の中では、前4世紀の前半から中頃にかけて活躍したアテーナイの将軍で弁論家のケーピーソドトスが名高い。

ちなみに、類似名の人物に、古喜劇作家のケーピーソドーロス Kephisodoros,（ラ）Cephisodorus（前400頃に活動）や、イソクラテース*の傑出した弟子で、プラトーン*を攻撃した雄弁家のケーピーソドーロス（前4世紀）、第3次神聖戦争*の歴史を書いたケーピーソドーロス（アテーナイまたはテーバイ❶*の人）たちがいる。

Plin. N. H. 34-19, 36-4/ Paus. 1-8, -26, 8-30, 9-16, -30/ Plut. Phoc. 19, Dem. 27, Mor. 843e〜f/ Xen. Hell. 2-1, 6-3, 7-1/ Arist. Rh 3-10/ Dem. 20/ Isoc./ Ath. 2-60, 3-119, -122, 8-354, -359, 11-459, 12-548, -553, 14-629, -667/ Suda/ etc.

ケーピー（ッ）ソス（川） Kephis(s)os, Κηφισ(σ)ός, Cephis(s)us,（仏）Céphise,（伊）（西）（葡）Cefiso,（露）Кефисос

（現・Kifissós）ギリシアの河川名。その主要なものは、以下の通り。

❶アッティケー*（アッティカ*）地方では最大の川。ペンテリコーン*山西方に源を発し、周辺の山地の支流を集めてアテーナイ*平野を南下し、パレーロン*近くでサローニコス Saronikos 湾に注ぐ。夏期はほとんど乾河となるが、アッティケー陶器の素材となる粘土を提供した。
⇒イーリーソス

Soph. O. C. 685〜/ Eur. Med. 835, Ion 1261/ Xen. Hell. 2-4/ Strab. 9-400/ Ael. V. H. 2-33/ Paus. 1-34, -37, -38/ etc.

❷ボイオーティアー*地方を流れる有名な河。パルナッソス*山北麓に水源をもち（⇒ドーリス地方）、ポーキス*およびボイオーティアー北部を経てコーパーイス*湖へ注いでいる。神話では、美少年ナルキッソス*の父がこの河神ケーピーソスであるとされ、また大将アガメムノーン*に見初められた美少年アルゲンノス Argennos（またはアルギュンノス Argynnos）が逃れてここの流れに身を投じて死んだと伝えられている。優美の女神カリス*たち（カリテス*）のお気に入りの場所としても知られる。

その他、アルゴリス*地方のケーピーソス川が名高い。
⇒カスタリアー、メラース❷

Hom. Il. 2-522〜/ Herodot. 7-178, 8-33/ Pind. Ol. 14-1/ Strab. 9-424/ Ath. 13-603/ Ov. Met. 3-343/ Apollod. 3-5/ Paus. 1-34, 2-15, -20, -37, 9-24, -34, -38, 10-4, -6, -8, -33, -34/ Hyg. Fab. 271/ Stat. Theb. 7-349/ etc.

ケファレーニア Cephalenia
⇒ケパッレーニアー

ケファロス Cephalos
⇒ケパロス

ケファローニア Cephalonia
⇒ケパッローニアー

ケーフェウス Cepheus
⇒ケーペウス

ケーペウス Kepheus, Κηφεύς, Cepheus,（仏）Céphée,（伊）（西）Cefeo,（葡）Cefeu,（露）Цефей

ギリシア神話・伝説中の男性名。

❶エティオピア*（ないしパレスティナ*）の古王。ベーロス*（またはポイニクス*）の息子で、妃カッシオペイア*との間に娘アンドロメダー*を儲けた。死後、妻や娘、女婿のペルセウス*らとともに星座となって天空に掲げられた──ケフェウス座（ラ）Cepheus──。兄弟に石と化したピーネウス❷*がいる。彼の広大な王国は外孫ペルセース❷*（ペルシア*人の祖）が継承した。

なお、ケーペウスの治下にユダヤ人の先祖ヘブライ人 Hebraioi はエジプトへ移住し、後年悪性の皮膚病が流行した時に彼らはエジプトを追放され、モーセース Moses（モーシェー、和）モーセ）に導かれて再びパレスティナへ戻ったとされている。

Strab. 1-42/ Herodot. 7-61/ Hyg. Poet. Astr. 2-9, Fab. 64/ Apollod. 2-1/ Ov. Met. 4-669〜, 5-2〜/ Tac. Hist. 5-2/ Plin. N. H. 6-35/ Conon Narr. 40/ Eratosth. Cat. 15, 36/ Nonnus Dion. 2-682〜/ Steph. Byz./ etc.

❷アルカディアー*のテゲアー*王。リュクールゴス❷*の弟ないし息子（⇒本文系図57, 192, 409）。アルゴナウテースたち*（アルゴナウタイ*）の遠征やカリュドーン*の猪狩

系図191　ケーペウス❶

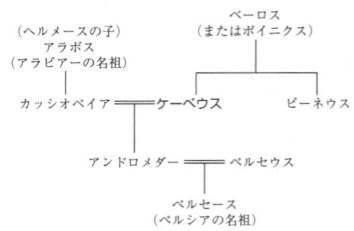

系図192　ケーペウス❷

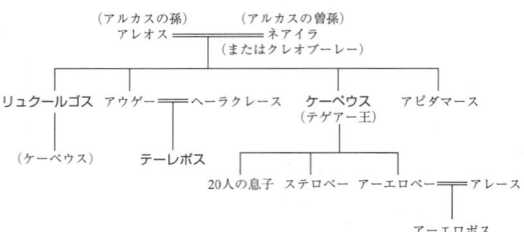

りに参加。20人の息子があったが、ヘーラクレース*のスパルター*攻撃に助勢し、17人の息子とともに戦死した。初め彼は出征中にテゲアーの安全が脅かされることを危惧して参戦を断ったが、ヘーラクレースはアテーナー*女神から貰ったゴルゴーン*の頭髪をケーペウスの娘ステロペー❷*に与え、「町が攻撃を受けた時には、これを3度かざして見せれば、敵は退散するだろう」と言って出陣を促したという。王のもう1人の娘アーエロペー* Aeropeは、アレース*と交わって息子アーエロポス Aeroposを身籠もったが出産中に死亡。しかしアレースの計らいで赤児は死んだ母の乳を飲んで育ったと伝えられる。
⇒アレオス
Ap. Rhod. 1-161〜/ Paus. 8-4-8, -5-1, -8-4, -9-5, -23-3, -47-5/ Apollod. 1-9-16, 2-7-3, 3-9-1/ Hyg. Fab. 14/ Diod. 4-33/ etc.

ケベース Kebes, Κέβης, Cebes,（仏）Cébès,（露）Кебет
（前5世紀後期〜前4世紀前期）テーバイ❶*出身の哲学者。ピュタゴラース*学派のピロラーオスに師事し、のち相弟子のシミアース❶*と同じく、ソークラテース*の弟子となる。前399年、ソークラテースの脱獄のための金を持ってシミアースと共に駆けつけるが、目的を果たせず、師の刑死に立ち会うことになる。対話篇3作を書き、その中の1つ『ピナクス Pinaks,（ラ）Tabula』が現存するものの、これは実はローマ帝政期のストアー*学派の哲学者キュージコス*のケベース（後1〜2世紀）の手になる作品と考えられている。
なおケベースは、師ソークラテースの助言に従って、男色奴隷となっていたパイドーン*を買い取り、哲学を教えたといい、少年愛（パイデラスティアー paiderastia）を重んじた人としても知られる。
Pl. Phd./ Xen. Mem. 1-2, 3-11/ Diog. Laert. 2-125/ Gell. 2-18/ Macrob. Sat. 1-11/ Lactant. 3-24/ Ath. 4-156/ Plut. Mor. 11e/ Suda/ etc.

ゲミーノス Geminos, Γεμῖνος, Geminus,（伊）（西）Gemino,（露）Гемин
（前110頃〜前40頃）ギリシアの数学者、天文学者。ロドス*島の出身。ストアー*派哲学者ポセイドーニオス*の弟子。師の天文学書への厖大な注解書を著わし、今日その抜粋が『天文学入門 Eisagōgē eis ta phainomena』として伝存、古代ギリシアの天文学、地理学、暦法などの科学的知識を簡潔な文体でまとめた教科書である（後50頃）。他に数学に関する論述もあったが失われた。
Procl./ Simpl. in Phys. 291〜2/ Eutocius/ Anaritius/ etc.

ゲモーニアエ Gemoniae (scalae)（または、ゲモーニイー Gemonii (gradus)），（ギ）Anabasmoi, Ἀναβασμοί,（英）Gemonian (stairs),（仏）les Gémonies (Escalier des Gémonies),（独）Gemonische (Treppe)
（「阿鼻叫喚の階段」の意）ローマにあった処刑された罪人の死体をしばらく晒しておく場所。アウェンティーヌス*丘のティベリス*（現・テーヴェレ）河に臨む石段で、牢獄 Carcer（フォルム*からカピトーリーヌス*丘へ登る途中の地下牢）内で殺された死刑囚の屍骸を長柄鉤でひきずって来てここに打ち棄てたのち、河中に投じた。ティベリウス*帝の恐怖政治下に、大勢の身分ある市民が大逆罪の名のもと、この処分を受けたことで名高い。またウィテッリウス*帝ら幾人かの皇帝も、惨殺されてから同様の目に遭っている。
Suet. Tib. 53, 61, 75, Vit. 17/ Tac. Ann. 3-14, 5-9, 6-25, Hist. 3-74, -85/ Juv. 10-65, 13-245/ Val. Max. 6-3, -9/ Sall. Cat. 55/ Plin. N. H. 8-61/ Dio Cass. 58-11/ etc.

ケーユクス Keyks, Κῆυξ, Κήϋξ, Ceyx,（仏）Cèyx,（独）Keyx,（伊）Ceice,（西）（葡）Ceix,（露）Кеик
ギリシア神話中の男性名。
❶テッサリアー*の都市トラーキース*の王。英雄ヘーラクレース*の親戚（アンピトリュオーン*の甥）。一説にはヘーラクレースの甥にして親友で、この英雄は彼のためにトラーキース市を建設してやったという。のちケーユクスは、殺人を犯したヘーラクレースやペーレウス*らを迎え入れた。ヘーラクレースの死後、エウリュステウス*に追われた英雄の子供たちをも庇護したが力及ばず、やむなく彼らを国外へ退去させた（⇒ヘーラクレイダイ）。キュクノス❸*（アレース*の子）の岳父で、またヘーラクレースの愛した美少年ヒュラース*の父でもある。時に❷と同一視される。ケーユクスの結婚を祝ったヘーシオドス*風の詩篇の引用断片が若干残っている。
Apollod. 2-7-6〜, -8-1/ Hes. Sc. 350〜, 472〜/ Paus. 1-32/ Diod. 4-36, -57/ Ant. Lib. Met. 26/ etc.

❷暁の明星ヘオースポロス*の子。アルキュオネー❶*（アイオロス❷*の娘）の夫。思い上がって自分たちを互いにゼウス*、ヘーラー*と呼び合ったため、罰として海鳥――夫は鰹鳥（ないし阿比鳥）kēyks、妻は翡翠 alkyōn――に変身させられたという。よく知られている別伝については、アルキュオネーの項を参照。
⇒モルペウス
Apollod. 1-7-4/ Hyg. Fab. 65/ Schol. ad Hom. Il. 9-562/ Ov. Met. 11-410〜748/ etc.

ゲラー Gela, Γέλα,（時に、ゲライ Gelai, Γέλαι),（仏）Géla,（露）Джела
シケリアー*（現・シチリア）島南岸の都市（現・ジェーラ Gela ないし、Terranova)。前688年、クレーテー*（クレーテー*）およびロドス*からの植民によって創建され、先住民シーカノイ*を駆逐してゲラース Gelas 川（現・Fiume

系図193　ケーユクス❶

di Terranova) 流域の肥沃な平野を獲得、前582年には自らの植民市アクラガース*（アグリゲントゥム*）を同島の沿岸に設けた。富強を誇り、とりわけ僭主クレアンドロス Kleandros（在位・前505～前498年）、ヒッポクラテース❷*（在位・前498～前491）兄弟の治下に栄華をきわめた。ヒッポクラテースの戦死後、跡を継いだゲローン*は、市民の過半数を自分と一緒にシュラークーサイ*（現・シラクーザ）へ連れ去り、残った人々を弟ヒエローン1世*に統治させたが、ヒエローンはその多くを追放した。前466年以後、ゲラーは目覚ましく復興を遂げ、前461年には東隣のカマリーナ*市を再建するまでに繁栄を取り戻した。ペロポンネーソス戦争*中のアテーナイ*軍のシケリアー遠征にあたっては、シュラークーサイを支援した（前415～前413）。にもかかわらず、前405年ディオニューシオス1世*の命令により町は放棄され、次いでカルターゴー*人の手で徹底的に破壊された（⇒ヒミルコーン❷）。ティーモレオーン*が再建を試みた（前338～）ものの、前311年アガトクレース*は市民4千人を処刑。残る市民をアクラガースの僭主ピンティアース Phintias が立ち退かせた（前282）のち、無頼の傭兵軍マーメルティーニー*によって町は再び破壊された（前281）。

なおゲラーは、悲劇詩人アイスキュロス*が前456年に急死した土地としてよく知られている。

現今もアクロポリス* Molino a Vento にアルカイック期以来の大小いくつかの神殿の遺構が、市の西方にはティーモレオーン造営の高さ8mに及ぶ城壁などが残っている。
⇒巻末系図 025
Thuc. 6-4, 7-33, -58/ Xen. Hell. 2-3/ Herodot. 6-23, 7-153～/ Cic. Verr. 2-33 (73)/ Diod. 8-23, 10-28, 11-76, 13-4, -12, -89, -93, 24-1/ Plin. N. H. 3-8/ Ptol. Geog. 3-4/ Schol. ad Pind. Ol. 2-16/ Steph. Byz./ Suda/ etc.

ケライナイ Kelainai, Κελαιναί, Celaenae, (伊) Celene (現・Dinar) 小アジアのプリュギアー*の都市。マイアンドロス*とマルシュアース*両河川の水源に近く、交通の要衝を占める。神話伝説では、美少年アッティス*の生地として、またマルシュアース*がアポッローン*に音楽競技を挑んだ場所として名高く、市内の洞窟には剥ぎとられたマルシュアースの生皮が吊されてあったという。前480年、ギリシア遠征からの帰途、アカイメネース朝*ペルシア*の大王クセルクセース1世*がここに宮殿と猟場を造ったとされ、前401年、小キューロス*はこの町からギリシア人傭兵軍を率いて、兄アルタクセルクセース2世*に向かって進撃を開始した（⇒1万人の退却）。アレクサンドロス大王*の東征に抵抗し（前333）、次いでアンティゴノス1世*の首都となったが、セレウコス朝*シュリアー*のアンティオコス1世*が近くにアパメイア❷*を建設した時、市民を新市へ移住させたため、地名だけが残った。
⇒ピューティオス
Herodot. 7-26/ Xen. An. 1-2/ Strab. 12-577～/ Arr. Anab, 1-29/ Curtius 3-1/ Liv. 38-13/ Luc. 3-206/ Stat. Theb. 4-186/ etc.

ケライノー Kelaino, Κελαινώ, Celaeno, (仏) Célaéno, (伊) Cel(a)eno, (西) Celeno, (露) Келено
ギリシア神話中の女性名。
❶ハルピュイアイ*（ハルピュイア*たち）の1人。アイネイアース*（アエネーアース*）一行がストロパデス*群島に寄港した時、彼らの食卓を急襲して荒らし、その未来を呪いつつ予言した。
Verg. Aen. 3-210～/ Serv. ad Verg. Aen. 3-209/ Hyg. Fab. 14
❷アトラース*とプレーイオネー Pleïone（オーケアノス*の娘）との娘。プレイアデスの1人。ポセイドーン*との間にトリートーン*その他の子を生なした。
Ov. Fast. 4-173/ Apollod. 3-10/ Ov. Her. 19/ Diod. 3-60/ Schol. ad Hom. Il. 18-486/ etc.
❸ダナオス*の娘たち（ダナイデス*）の1人。ポセイドーン*と交わってケライノス Kelainos の母となった。
Apollod. 2-1/ Strab. 12-579
❹アポッローン*と交わってデルポイ*の名祖デルポス*を産んだ女。

他にもアマゾーン*女人族のケライノーや、ポセイドーンと交わってリュコス*とニュクテウス*らを産んだケライノーがいる。
Paus. 10-6/ Diod. 4-16/ Hyg. Fab, 157/ etc.

ゲラサ Gerasa, Γέρασα, (仏) Gérasa, (露) Гераса (現・ジェラシュ Jerash、または、Jaraš、旧名・ガラシュ Garash) パレスティナ*のヘレニズム都市（別名・アンティオケイア*）。ピラデルペイア❶*（現・アンマン）の北32 km、隊商貿易の幹線道路に位置する。アレクサンドロス大王*の征服（前332）後、ギリシア兵の植民市として建設され、セレウコス朝*時代から交易によって大いに繁栄。のちユダヤ王アレクサンドロス・イアンナイオス*によって占領された（前83頃）が、ローマの将ポンペイユス*の手で解放され、十都市連合デカポリス*の一員となる（前63）。ロー

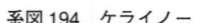

系図194　ケライノー

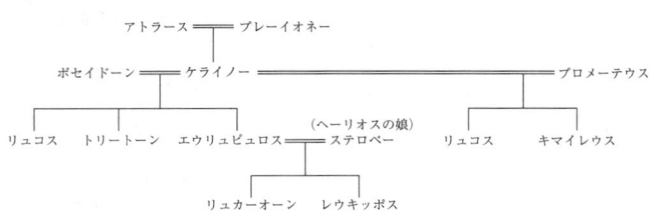

マ帝政期、特に後2世紀のアントーニーヌス*朝に最盛期を迎え、贅美を尽くした数々の建築物が造営された。ローマ帝国の属州*シュリア*領であったが、160年頃からアラビア・ペトラエア*州に併合された。ビザンティン時代にも栄えたものの、サーサーン朝*ペルシア (614)、次いでイスラーム教徒アラブ軍に征服され (635)、746年の大地震で建物の多くが崩壊した。12世紀にキリスト教徒の襲来と破壊を被った (いわゆる十字軍の侵略) にもかかわらず、主にローマ時代の大規模な遺跡 —— 華麗なアルテミス*大神殿、ゼウス*神殿、南北2つの劇場(テアートロン*)、ハドリアーヌス*帝来訪記念の凱旋門、戦車競走場(ヒッポドロモス*)、列柱で囲まれたフォルム*、東西2つの公共浴場(テルマエ*)、石畳の道の両側に600mにわたって円柱が並ぶ列柱大街路、等々 —— が今も残っている。なおキリスト教伝説で、イエースース*が狂人に取り憑いた悪霊を、豚の群れに乗り移らせて崖から追い落とし、2千頭の豚を湖で溺死させたというゲラサは、ガリライアー*(ガリラヤ)湖畔の町ゲルゲサ Gergesa (現・Kurusi) のことである。

⇒ガダラ

Plin. N. H. 5–16/ Nov. Test. Marc. 5, Luc. 8/ Joseph. J. A. 13–5, J. B. 1–4, 2–19, 3–2/ Ptol. Geog. 5–14, –16/ etc.

ケラスース Kerasus, Κερασοῦς, Cerasus, (現ギリシア語) Kerasúnta, (露) Церасус

(現・ギレスン Giresun, または Gireson, Keresun) 黒海*南岸東部のギリシア都市。シノーペー*の植民市として建設される。トラペズース*のやや西方、同名のケラスース河口に位置する。前72年ローマの将ルークッルス*がこの地を征服した後、初めて桜の木をイタリアへ持ち帰った (前68) という伝承で名高い。以来、桜はこの町にちなんでケラスス cerasus (〈ギ〉ケラソス kerasos) と呼ばれ、ブリタンニア*の辺境に至るローマ帝国の隅々にまで広まったという。後代ヨーロッパ諸語の桜を指す言葉はこれに由来している (〈英〉cherry, 〈仏〉cerise, 〈独〉Kirsche, ……)。しかし実際にはこれより遙か以前からローマ人は桜の木を所有していたことが明らかになっている。現在もこの町の近くに、伝説の女人族アマゾーン*の島と称する無人島が残っており、観光名所として有名。

Xen. An. 5–3, –4, –7/ Plin. N. H. 6–4, 15–30/ Strab. 12–548/ Varro Rust. 1–39/ Diod. 14–30/ Mela 1–19/ Ptol. Geog. 5–6/ Amm. Marc. 22–8/ etc.

ケラメイコス Kerameikos, Κεραμεικός, (ラ) ケラミークス Ceramicus, (仏) Céramique, (伊) Ceramico, (西) Cerámico, (葡) Cerâmico, (露) Керамейк

(現・Keramikós)「陶工区」。アテーナイ*市のアゴラー*(広場)から北西に広がる地区。伝承上の名祖は陶器の発明者ケラモス Keramos (ディオニューソス*とアリアドネー*の子)というが、実際はこの一画に古来、多くの製陶工場があったことから地名が生じたものである (陶工(ケラメウス) kerameus・陶土(ケラモス) keramos 等に由来。英語のセラミック ceramic などの語源)。一部はディピュロン Dipylon 門を越えて市壁の外に拡がっており、この区域は戦死者および国事のために死亡した人物を葬る墓地として知られ、数々の立派な石碑(ステーレー) stele や墓碑浮彫が発掘されている。一部は市壁の内部にあって、ヘーパイストス*神殿 (通称テーセイオン Theseion) を経てアゴラーへと通じている。アゴラー内にもケラメイコスの名で呼ばれる旧広場があり、ハルモディオス*とアリストゲイトーン*や、デーモステネース*、ピンダロス*らの肖像彫刻が群立していたという。なお城壁外のケラメイコス地区は、男女両色の売春宿で賑わっていたことで名高い。

Paus, 1–2～, –8, –14, –29, 8–9/ Thuc. 2–34/ Ar. Eq. 772, Av. 395, Ran. 129, 1093/ Xen. Hell. 2–4/ Plut. Sull. 14/ Liv. 31–24/ Plin. N. H. 36–4–20/ Cic. Att. 1–10, Leg. 2–26/ etc.

ケリアーリス (または、ケレアーリス*)、ペティー(ッ)リウス Quintus Petil(l)ius Cerialis (Cerealis) Caesius Rufus, (伊) Quinto Petilio Ceriale Caesio Rufo, (西) Quinto Petilio Cerial

(後29頃～?) ローマ帝政期の将軍。ウェスパシアーヌス*帝の親族 (女婿らしい)。ウンブリア*の出身で、ティベリウス*帝治下に暗躍した告発者ペティーリウス・ルーフス Petilius Rufus の養子に迎えられる。後61年ブリタンニア*の第9軍団長を務めるが、女首長ボウディッカ*の反乱軍に壊滅的敗北を喫する。フラーウィウス*朝との結びつきから3度にわたり執政官(コーンスル*)に就任し (70、74、83)、反乱を起こしたキーウィーリス*をかろうじて撃破、ブリタンニア総督として赴任中 (71～74) はブリガンテース*族を強襲し、さらに北部へと遠征軍を進めた。アグリコラ*(タキトゥス*の岳父)は当時、彼の部下であった。また後任の総督は水道(アクァエドゥクトゥス*)に関する著書で名高いフロンティーヌス*である (⇒巻末系図101)。

なお、同時代人にネロー*帝に諂(へつら)っていたにもかかわらず、陰謀を企てた廉で自殺を余儀なくされた予定執政官アニキウス・ケレアーリス (ケリアーリス) Anicius Cerealis (Cerialis) がいる (?～66)。

Tac. Ann. 14–32～33, 15–74, 16–17, Agr. 8, 17, Hist. 3–59, –78～, 4–71～, –86, 5–18～26/ Dio Cass. 65–18, 75–18, 76–3/ etc.

ゲリウス Gellius
⇒ゲッリウス

ゲーリオン Geryon
⇒ゲーリュオーン

ゲーリュオーン Geryon, Γηρυών (または、ゲーリュオネース Geryones, Γηρυόνης, ゲーリュオネウス Geryoneus, Γηρυονεύς, (仏) Géryon, (伊) Gerióne, (西) Gerión, (葡) Gerião, Gerion, Geriones, (露) Герион

ギリシア神話中の3頭3身の怪人。クリューサーオール Khrysaor とカッリッロエー❶*（オーケアノス*の娘）の子で、胴体は1つだが3面6臂6脚をもつ有翼の巨人とされる（⇒巻末系図001）。西方の果て、オーケアノス*の流れに近いエリュテイア Erytheia（ヒスパニア*のガデイラ*付近の島）に住み、多くの赤い牛を所有し、双頭の犬オルトロス*と巨人エウリュティオーン Eurytion（アレース*の子）に牛群を見張らせていた。のち、これらの牛を奪い取りに来たヘーラクレース*は、オルトロスとエウリュティオーンを殺し、さらにメノイテース Menoites（ハーデース*の牛飼い）の通報で追いかけてきたゲーリュオーンを3本の矢で射殺した（第十の功業）。ミュケーナイ*まで連れていかれた牛たちは、王エウリュステウス*によってヘーラー*への犠牲に捧げられたという。異説では、ゲーリュオーンはヒスパニア本土ないしバレアーレース*諸島の王であったとされ、また後世イタリアの詩人ダンテの『神曲』中、蠍の尾をした巨蛇の姿で登場することでも有名（「地獄篇」第17歌）。

⇒ヘーラクレース（第十の功業）、アンドロギュノス

Hes. Th. 287～, 979～/ Apollod. 2-4, -5/ Aesch. Ag. 870/ Eur. H. F. 423～/ Paus. 3-18, 4-36/ Ov. Met. 4-782～, 6-119～, 9-184～/ Hyg. Fab. 30, 151/ Strab. 3-148, 5-169/ Diod. 4-17～/ etc.

ケール Ker, Kήρ, Cer, （仏）Kèr, （伊）Cher, （複）ケーレス Keres, Kῆρες, Ceres, （仏）Kères, （伊）Chere, （西）（葡）Keres, Keras, Queres, （露）Керрl, （現ギリシア語）Kír

ギリシア神話の「（死の）命運」の女神。ニュクス*（夜）の娘（たち）で、タナトス*（死）やモイラ*（運命）らの姉妹。『イーリアス*』においては、戦場で死をもたらす悪霊とされ、人血にまみれた衣を肩にかけ、死者や負傷者の足を摑んで冥界へと引きずって行く。有翼で、黒く、長い牙と爪をもち、屍骸を切り裂き、その血を吸うという。とくに大神ゼウス*がアキッレウス*とヘクトール*両雄の「ケール」を秤にかけて、どちらが敗死するべき運命にあるのかを決める場面は有名。各人に死の運命をもたらす恐るべき者と考えられていたが、次第にモイライ*やエリーニュエス*（エリーニュス*たち）など他の神格と混同され、古典期にはハルプュイアイ*のごとく、触れるものすべてを汚染・腐敗させ、発病・破滅させる災厄の源泉と見なされるようになった。魔女メーデイア*は青銅巨人タロース*を倒す呪文の中で、ケールたちの名を唱えている。またケールは死者の亡魂を指す言葉としても用いられ、供物や犠牲によって鎮めることができるものとされていた。

⇒レムレース、マーネース

Hom. Il. 1-228, -416～, 2-302, 3-458, 8-70～, 9-410～, 11-330～, 18-114～, -535～, 22-102, -209～, -365, 23-78～/ Hes. Th. 211～, 217～, Sc. 156～, 248～/ Pl. Leg. 937d/ Aesch. Sept. 760, 1055～/ Soph. Phil. 42, O. T. 469～/ Eur. El. 1252～, H. F. 870, Phoen. 950/ Ap. Rhod. 4-1665～/ Paus. 5-19/ etc.

ケルキダース Kerkidas, Κερκιδᾶς, Cercidas, （伊）Cercida, （露）Керкид

（前290頃～前220頃）ギリシアの詩人、哲学者、立法家にして政治家、軍人。メガロポリス*の文人で、ディオゲネース❷*の流れを汲むキュニコス Kynikos（犬儒）派の思想家でもあった。前226年頃、シキュオーン*のアラートス*の依頼でマケドニアー*へ赴き、王アンティゴノス3世*ドーソーンと交渉して、アカーイアー同盟*への支援をとりつけた。スパルター*王クレオメネース3世*を撃破したセッラシアー Sellasia の戦いでは、1千人のメガロポリス兵を率いてマケドニアー軍に参加し（前222）、その後、祖国メガロポリスのために新しい法律を制定した。臨終の床で『イーリアス*』を自分と一緒に埋葬するよう指示し、「あの世では哲学者ピュータゴラース*、史家ヘカタイオス*、音楽家オリュンポス*、詩人ホメーロス*に会えるのだ」と死を喜びつつ息を引き取ったという。作品は貧富の差を鋭く指摘したイアンボス iambos 調の抒情詩などわずかな断片しか残っていない。

Polyb. 2-48～50, -65/ Ael. V. H. 13-20/ Ath. 8-347e, 12-554d/ Dem. 18/ Diog. Laert. 6-76/ Stob. 4-43, 58-10/ Phot./ etc.

ケルキューラ Kerkyra, Κέρκυρα（または、コルキューラ*Korkyra, Κόρκυρα）, （ラ）Corcyra, （英）Corfu, （仏）Corfou, （独）Korfu, （伊）Corfù, （西）Corcira, Corfú, （葡）Córcira, Corfu, （露）Керкира, Коркира, Корфу

（後世のコルフ Corfu）（現・ケルキラ Kérkira）ギリシア北西部、エーペイロス*沖にあるイーオニアー海*の島。面積593km²。イーオニアー諸島中第2の大島で、古来『オデュッセイア*』のアルキノオス*王が統治するパイアーケス*人の島スケリアー Skheria と同一視される。伝承によると、クロノス*が父神ウーラノス*を去勢した大鎌を海中に投じたところ、大鎌がこの島に変じ、刃についた血潮からパイアーケス人が生まれたという。名祖はアーソーポス*河神の娘コルキューラ。前734年、コリントス*から植民が行なわれ、ギリシアとイタリアを結ぶ要地にあるため急速に繁栄した。他のコリントス系植民諸市とは異なり、絶えず母市と烈しく対立し、前664年頃にはギリシア史上最初の海戦をコリントスとの間で交えている。次いでコリントスの僭主ペリアンドロス*（在位・前627頃～前585）が、ケルキューラの上流家庭の少年300人をさらい、去勢してリューディアー*王アリュアッテース*に仕える宦官とすべくサモス*島へ送った。その後もケルキューラは母市コリントスと抗争を続け、ペルシア戦争*においてはギリシア連合軍に参加すると約束しておきながら日和見主義に徹した（前480）。次いで前435年、エピダムノス*をめぐってコリントスと開戦、レウキンメー Leukimme 岬沖では大勝したが、コリントスの報復を恐れたケルキューラがア

テーナイ*と防禦同盟を結び、協力してコリントス艦隊と闘った（前433）ため、これがペロポンネーソス戦争*（前431〜前404）勃発の主な原因の1つとなった。前410年までケルキューラはアテーナイ海軍に主要な基地を提供したものの、民主派による寡頭派の虐殺に終わる血腥い内乱（前427〜前425）が起きて島内は荒廃した。前375年アテーナイ第2次海上同盟に加わり、ためにスパルター*から長期にわたる包囲攻撃を受けた（〜前373）。

　ヘレニズム時代には、カッサンドロス*やデーメートリオス1世*に攻囲され、次々とピュッロス*、アガトクレース*、イッリュリアー*の海賊に占領された。前229年ローマ艦隊によりイッリュリアー人の手から解放され、次いで前148年ローマの属州マケドニア*に併合された。しばしばローマの海軍基地として用いられ、アクティオン*の海戦（前31）に際しては、オクターウィアーヌス*（のちの初代皇帝アウグストゥス*）艦隊の基地の1つとなった。その後ニーコポリス*市が建設されたため、ケルキューラは次第に衰退していった。島には伝説上の王アルキノオスに献げられた社殿や、オデュッセウス*を故郷まで運んだのち岩と化した魔法の船などが残っていたという。ゴルゴーン*の浮彫装飾を施したドーリス*式のアルテミス*神殿（前585頃）や、前7世紀頃の聖域、ローマ時代の浴場施設、モザイク舗床のあるバシリカ*などの遺跡が発掘されている。

Herodot. 3-48, 7-168/ Thuc. 1-13, -32〜, -118, 3-69〜, 4-46〜/ Xen. Hell. 6-2/ Polyb. 2-9〜11/ Mela 2-7/ Plin. N. H. 4-12/ Plut. Pyrrh. 9〜10, Mor. 293a〜/ Strab. 7-329/ Ap. Rhod. 4-1125/ Diod. 4-72, 11-15, 12-30, -54, -57, 15-46〜/ Ptol. Geog. 3-13, 8-12/ Just. 25-4/ Paus. 1-11/ Nep. Themist. 8/ etc.

ゲルゴウィア　Gergovia,（ギ）Gergoūiā, Γεργοουία,（仏）Gergovie,（オック語）Gergòia,（カタルーニャ語）Gergòvia,（露）Герговия

（現・Gergovie、かつてのMerdogne）ガッリア*中央部、アルウェルニー*族の首邑。前52年、ウェルキンゲトリクス*の反乱の際、カエサル*軍に包囲されたが、要害堅固な丘陵上にあったため陥落を免れた。アウグストゥス*の時代に町は破壊され、住民は4マイル北の平地の町アウグストネメトゥム Augustonemetum（現・クレルモン＝フェランClermont‐Ferrand）へ移された。

Caes. B. Gall. 7-36〜45/ Dio Cass. 40-35/ Strab. 4-191/ Suet. Iul. 25/ Liv. Per. 107/ Flor. 1-45/ Polyaenus 8-23/ etc.

ケルコープス（たち）　Kerkops, Κέρκωψ, Cercops,（仏）Cercope,（伊）Cercopo,（複）ケルコーペス Kerkopes, Κέρκωπες, Cercopes,（独）Kerkopen,（伊）Cercopi,（西）Cércopes,（露）Керкопс

ギリシア神話中、ゼウス*によって猿に変えられた2人の山賊兄弟。彼らは力の強い巨漢（一説では悪辣な小人）で、通行人を殺しては盗みを働いていたが、ある日、路傍で睡眠中のヘーラクレース*を襲って逆に捕えられ、棒の両端に逆さ吊りにされた。ヘーラクレースがその棒を担いで歩いて行くと、彼らは英雄の尻が毛で真黒なのを見て、「メランピュゴス Melampygos（黒い尻）に気をつけよ」とかつて母親のテイアー*（オーケアノス*の娘）から警告された言葉を思い出し、大いに笑った。彼らの卑猥な戯言に興を覚えたヘーラクレースは、同じく哄笑して2人を放してやったが、のちにゼウスは彼らの悪業を怒って猿に変身させ、ネアーポリス*（現・ナーポリ）湾頭の2つの島ピテークーサイ*（猿島）へ送ったという。別伝では彼らは石に変えられたとも、ヘーラクレースから女王オンパレー*に贈られたとも、ヘーラクレースに殺されたともいわれている。

Herodot. 7-216/ Diod. 4-31/ Apollod. 2-6-3/ Ov. Met. 14-88〜/ Lucian. Alex. 4/ Nonnus/ Tzetz. Chil. 2-434, 5-75, ad Lycoph. 91/ Eust. Il. 1864/ Diog. Laert. 9-114/ Mela 2-7/ Suda/ etc.

ゲルーシアー　Gerusia, Γερουσία,（仏）Gérousie,（西）Gerusía,（葡）Gerúsia,（露）Герусия

スパルター*の長老会。2人の王と60歳以上の男性市民（世襲貴族）28名の計30名で構成される評議会。議員は民会で選ばれ、任期は終身。法案や一般政策を民会に先立って審議し、民会の決定が不適切であれば、それを拒否する権利も有していた。エポロイ*（監督官）とともに、国家反逆罪など死刑や市民権剥奪にかかわる重大犯罪を裁く最高法廷を形成し、王をも召喚することができた。立法者リュクールゴス❶*の創設と伝えるが、クレーター*（クレーテー*）島その他のドーリス*系諸ポリス polis にも同名のゲルーシアーがあり、のちにこの呼称はローマの元老院など相似た地中海諸都市の貴族的市会を表わす言葉となった。
⇒ブーレー（評議会）

Arist. Pol. 2-9/ Plut. Lyc. 26, Agis 11, Mor. 789e/ Eur. Rhes. 401/ Strab. 10-481/ Herodot. 6-57/ Xen. Lac., Hell. 2-2, 5-3/ Thuc. 5-60, 8-5/ Pl. Leg. 3/ Dem. 20/ Aeschin. 1/ Polyb./ etc.

ケ（ー）ルスキー（族）　Cherusci,（ギ）Kheruskoi, Χηροῦσκοι, Χερουσκοί, Χαιρουσκοί,（英）Cheruscians,（仏）Chérusques,（独）Cherusker,（西）（葡）Querscos,（露）Херуски

ゲルマーニア*人の1部族。ウィスルギス Visurgis（現・ヴェーゼル Weser）河流域に居住していた勇敢な西ゲルマーニア系種族で、帝政初期ローマの侵略に頑強に抵抗したことで知られる。後9年テウトブルギウム*の森でウァールス*将軍率いるローマ軍を殲滅した英雄アルミニウス*を出す。次いで派遣されたゲルマーニクス*の遠征軍をも巧みに防ぎ、ローマ側に少なからぬ損失を与えた（15〜16）。アルミニウスの死（19）後、内訌が続いて王族が絶え、47年にはローマで生まれ育った王家の唯一の生き残りイタリクス Italicus（アルミニウスの弟フラーウス Flavus の息子）を迎立したが、やはり内乱は治まらなかった。さらに以前か

ら反目するカッティー*族の圧迫を被って衰微を早め、84年に王カリオメール Chariomer はローマ皇帝ドミティアーヌス*から金銭的援助を受けるまでになった。
⇒マルコマンニー
Caes. B. Gall. 6-10/ Vell. Pat. 2-105, -117〜/ Tac. Germ. 36, Ann. 1-56〜, 11-16〜, 12-28/ Liv. Epit. 138/ Flor. 4-12/ Ptol. Geog. 2-11/ Claud. Cons. Hon./ etc.

ケルスス　Aulus Cornelius Celsus, （ギ）Kelsos, Κέλσος, （仏）Celse, （独）(Zelsus), （伊）（西）Aulo Cornelio Celso, （葡）Aulo Cornélio Celso, （露）Авл Корнелий Цельс

（前30／25頃〜後45／50頃）ローマの著述家。ティベリウス*帝の治世（14〜37）に、農業・戦術・弁論術・法律・哲学・医学などに関する一種の百科全書 Artes をラテン語で執筆したが、そのうち医学を扱う8巻（第6〜13巻。De Medicina）のみが伝存する。これはヒッポクラテース*以来600年にわたるギリシア医学の知識を現代に伝える重要な著述であり、性病や精神病、各種外科手術（整形外科、白内障手術、膀胱結石の切石術、扁桃腺手術、手術の縫い合わせの糸、他）についての言及もあって、ヘレニズム時代アレクサンドレイア❶*医学の水準の高さをうかがわせる好資料となっている。また彼は解剖を薦めながら罪人の生体解剖を排し、健康法についての確乎たる規則を提唱。ギリシア医学の専門用語をラテン語に翻訳し、純正で雅致に富む文体で記したので、「医学界のキケロー Cicero medicorum」とさえ称された。しかしながら、この作品は後世の研究によって、ギリシアの医学書を編集し注釈を加えたものでしかないことが明らかにされた（⇒アスクレーピアデース❶）。ルネサンス期に再発見されて（1443）印刷され（1478来）、医学界の教科書として広く流布した。なお、16世紀前半の「医化学の祖」として高名なパラケルスス Paracelsus は、その博学ぶりがケルススを凌ぐとの意味で、この渾名をつけられたという。
⇒ディオスクーリデース❶、ソーラーノス、ガレーノス
Celsus De Medicina/ Quint. 10-1. 12-11/ Colum. 1-1-14/ Plin. N. H. 14-4, 20-14, 21-104, 27-108/ etc.

ケルスス、プーブリウス・ユウェンティウス　Publius Iuventius Celsus Titus Aufidius Hoenius Severianus, （伊）Publio Giovenzio Celso, （西）Publio Juvencio Celso, （葡）Públio Juvêncio Celso

（後67〜129以降）ローマ帝政期の著名な法学者。プロクルス学派*の学頭となる。ネルウァ*らとともにドミティアーヌス*帝に対して陰謀を企てて告訴され、あわや断罪されんとしたが、私的に皇帝と面談し「主なる神よ」と呼びかけて機嫌をとりつつ無実を訴え、「陛下のために万全を尽くして謀反者を摘発し、ことごとく有罪にして見せましょう」と約束して巧みに処罰を免れたことがある（94頃）。その後、法務官（プラエトル*）（106か107）、トラーキア*総督（レーガートゥス* Legatus）（114）、2度の執政官（コーンスル*）（2度目は129）、アシア*総督（プローコーンスル Proconsul）（129〜130）と顕職を歴任し、ハドリアーヌス*帝の諮問官となる（⇒サルウィウス・ユーリアーヌス）。他の法学者を鋭く批判し、主著『学説類集 Digesta（ディーゲスタ）』（39巻）は後世に少なからぬ影響を与えた。

なお、エペソス*市に今も遺跡が残る図書館（117年完成）を建てたアシア総督ケルスス Tib. Julius Celsus Polemaeanus は別人である。
Dio Cass. 67-13/ Philostr. V. A. 7-3/ Plin. Ep. 6-5/ S. H. A. Hadr. 18/ Dig./ etc.

ケルソス　Kelsos, Κέλσος, Celsus, （仏）Celse, （伊）（西）（葡）Celso, （露）Цельс

（後2世紀後半）マールクス・アウレーリウス*帝の時代に活躍したプラトーン*主義哲学者。ルーキアーノス*の友人でエピクーロス*派の哲学者ケルソスと同一人物であるとする説も行なわれている。178年頃、キリスト教を論駁した書物『真の言葉 Logos alēthēs, Λόγος ἀληθής』をギリシア語で執筆（散逸）。キリスト教は独創性を欠き、ギリシア思想（とりわけプラトーンの教説）を歪曲したものでしかないと断じ、またイエースース*はローマ兵の私生児だとして、この「有害な」新興宗教の数々の矛盾点を衝きつき、信者らに改宗するよう勧めた。彼の主張は後の新プラトーン派の反キリスト教思想に少なからぬ影響を及ぼしている。
⇒ポルピュリオス、オーリゲネース
Origen. c. Cels./ Lucian. Alex. 1, 21/ etc.

ケルソネースス・タウリカ　Chersonesus Taurica, （ギ）ケルソネーソス・タウリケー Khersonesos Taurike, タウリケー・ケルソネーソス Taurike Khersonesos, Ταυρικὴ Χερσόνησος
⇒ケルソネーソス❷

ケルソネーソス　Khersonesos, Χερσόνησος, Chersonesus (Cherronesus), （英）Chersonese, （仏）Chersonèse, （独）Chersonesos, Chersones, （伊）Chersoneso, （西）（葡）Quersoneso, （露）Херсонес, Херсонесос, （現ギリシア語）Herónissos

（「陸島」すなわち「半島」の意）各地の半島に固有名詞として名づけられているが、そのうち著名なものは以下の通り。

❶（トラーケー*〈トラーキアー*〉の）Khersonesos Thrakia, Χερσόνησος Θρακία, （ラ）Chersonesus Thracica, （英）Thracian Chersonese（現・ゲリボル Gelibolı 半島、〈英〉Gallipoli Peninsula）ヘッレースポントス*（ダーダネルス）海峡の入口にヨーロッパ側から突出した半島。アジアへ渡る東西交通の要衝として古来重視された。前8〜前7世紀にアイオリス*系やイオーニアー*系のギリシア人が植民し、前6世紀には黒海方面との穀物交易のゆえにアテーナイ*が進出した。アカイメネース朝*ペルシア*帝国の大王クセルクセース1世*のギリシア遠征軍も、この地を通って

ヨーロッパへ進攻している (前490)。ペルシア戦争*後はデーロス同盟*に加えられ、先住トラーキアー人の襲撃を防ぐため半島付け根の地峡部に長さ8kmの城壁が築かれた (前4世紀に完成)。マケドニアー*王ピリッポス2世*(アレクサンドロス大王*の父)に征服されたのち、ペルガモン*王国領 (前189~) を経てローマの属州アシア*に併合された (前133)。沿岸にセーストス*をはじめいくつものギリシア植民市があり、その1つカッリポリス Kallipolis (「美しい都市」の意) が後代の地名ガリポリ Gallipoli のもととなった。
⇒メラース❸、デーモポーン❸、カルディアー、ミルティアデース
Herodot. 4-143, 6-33~, 7-58/ Mela 2-2/ Plin. N. H. 4-11/ Xen. Hell. 3-2/ Diod. 16-38/ Plut. Per. 19/ Nep. Miltiades 1/ Liv. 31-16/ Ptol. Geog. 3-11, 8-11/ Cic./ etc.

❷ (タウリケー*の) Khersonesos Taurike, Χερσόνησος Ταυρική (ラ) Chersonesus Taurica, Chersonesus Scythica, (英) Tauric Chersonese (現・クリム Krym Крым 半島、〈英〉Crimea, 〈仏〉Crimée, 〈独〉Krim, 〈和〉クリミア) 黒海の北岸中央部に突出した半島。スキュタイ*系のタウロイ*族が居住し、異邦人を女神アルテミス*の人身御供に捧げる風習で知られていた (⇒イーピゲネイア)。ボスポロス❷*海峡の漁業や内陸部の豊饒な穀物のゆえに早くからギリシア人の関心を招き、前7世紀来ミーレートス*らイオーニアー*地方からの植民が行なわれた。その中心となったのが半島東岸の港湾都市パンティカパイオン*(現・ケルチ Kerch') で、前438年には半島の大部分が、同市のギリシア化したトラーケー*(トラーキアー*)人僭主スパルトコス Spartokos の支配下に入った。以降スパルトコス朝 Spartokidai のもとで300年以上にわたり大いに栄えたが、前108年頃ポントス*王ミトリダテース6世*の軍門に降った。ミトリダテースの死 (前63) 後、その子パルナケース2世*がポンペイユス*からこの地の支配を認められたものの、前47年摂政アサンドロス*に殺害されて果てている。ケルソネーソスの繁栄は主に小麦の輸出に依っており、パンティカパイオンで発見された豪華な出土品からも往時の隆盛をうかがうことができる。

なお、半島の西南岸にはヘーラクレイア❹*(ポントスの) の植民市ケルソネーソス (現・セヴァストポリ Sevastopol' Севастополь 近郊の遺跡〈古東スラヴ語〉Корсунъ/, Korsun, 〈現・ウクライナ語〉Херсонес, Khersones) があり、ほかにもエジプトのアレクサンドレイア❶*の近くや、クレーター*島、ヒスパーニア*など各地に同名の市ケルソネーソスがあったことが知られている。
⇒ボスポロス王国
Herodot. 4-3, -20, -99/ Eur. I. T. 1454/ Plin. N. H. 4-12, 19-30, 31-20/ Cic. Att. 6-1/ Strab. 7-308~, 10-479/ Procop. Goth. 4-5/ Diod. 4-44~/ Ptol. Geog. 3-6/ Scylax/ Mela 2-3/ etc.

❸ (キンブリー*の) Khersonesos Kimbrike, Χερσόνησος Κιμβρική (ラ) Chersonesus Cimbrica, (英) Cimbric Chersonese (現・ユーラン Jylland 半島、〈英〉〈仏〉Jutland, 〈独〉Jütland, 〈伊〉Jütland, 〈和〉ユトラント)

キンブリー*族の故地たる今日のデンマークのユーラン半島。

そのほか、同名の半島ケルソネーソスは、ペロポンネーソス*のアルゴリス*地方のトロイゼーン*とエピダウロス*との中間部 (現・Hersóni) や、小アジア南西端カーリアー*地方のクニドス*市があるロドス*対岸の半島 (ラ) Chersonesus Rhodiorum (〈英〉Cnidian Chersonese, 現・Raşadiye)、インド洋の東の果てにある黄金半島クリューセー❸*(ラ) Chersonesus Aurea (〈英〉Golden Chersonese, 現・マレー半島) など、ギリシア・ローマ世界の随所に見出される。
Herodot. 1-174/ Thuc. 4-42/ Plin. N. H. 4-13, 6-20, 31-20/ Ptol. Geog. 2-11, 3-14, -15, 6-4, 7-2/ Strab. 7-293~/ Peripl. M. Rubr. 63/ etc.

ケルタエ (ラ) Celtae, (ギ) **ケルタイ** Keltai, Κελταί または、**ケルトイ*** Keltoi, Κελτοί, (現ギリシア語) Keltes, Κέλτες (英) Celts, (仏) Celtes, (独) Kelten, (伊) Celti, (西)(葡) Celtas, (露) Кельты

ケルト*人。インド・ヨーロッパ語族系のヨーロッパ先住民。通常ギリシア人にガラティアー*人と、ローマ人にはガッリア*人と呼ばれた。原郷の地は今日の南ドイツと考えられ、前900年頃から移動を始めて、ほとんどヨーロッパ全域に拡大。前7世紀までに現在のフランスを占領した一派は、先住民のリグリア*人やイベーリアー❶*人と混血融合し、さらにブリタンニア*(イギリス) やヒスパーニア*(スペイン) へも進出した (⇒ケルティベーリア)。前400年頃にはアルペース*(アルプス)を越えてイタリアに侵入し、エトルーリア*勢力を粉砕 (⇒セノーネース族)、前390年頃にローマ市を占領・略奪した (⇒アールーンス❹、アーッリア川、ブレンヌス❶)。ローマを放棄したのちも、北イタリアおよびピーケーヌム*にまで至る半島東岸を支配 (アゲル・ガッリクス*)。約200年にわたってローマ北方の脅威であり続けた (⇒ケノマーニー族、ボイイー族)。

前280年頃、ケルト人の大軍がイストロス*(ドーナウ) 河を渡ってマケドニアー*軍を破り (⇒プトレマイオス・ケラウノス)、トラーケー*(トラーキアー*)を席捲、テッサリアー*を通過しポーキス*へ進撃、デルポイ*まで達した (⇒ブレンヌス❷) が、アイトーリアー*同盟軍の急襲を受けて撃退された (前279)。トラーケーからヘッレースポントス*(ダーダネルス海峡) へと侵攻した一派は、小アジアに入り (前278) 各地をほしいままに劫略したのち、セレウコス朝*のアンティオコス1世*(前273頃) や、ペルガモン*王アッタロス1世*に敗れて (前230頃)、後にガラティアーと呼ばれた内陸部の居留地に定住、王国を建設した (⇒アンティゴノス2世、ニーコメーデース1世)。また、ビューザンティオン*近くに国家を築いた他の一派は、前220年より後になってトラーケー人に滅ぼされた。

ギリシア・ローマ人の記述によれば、ケルト人は長身で金髪碧眼、黄金の鎖頸環 Torques(トルクェース)を除けばまったくの裸体で闘う勇敢な戦士であり、敵の首を斬りとって戸口に飾るなど頭蓋骨崇拝の習俗でも知られていた。また軍人社会の常として男色がきわめて重んじられ、彼らは通例美しい妻がいても同性の愛人たちと同衾、青年たちの筋肉質の体を保つため規定の腰回りを超えた者を罰したという。宗教は自然崇拝に基づく多神教で、霊魂の不滅と輪廻転生を信じ、ドルイデース*(ドルイド)僧の主宰のもとに各種の占術や人身供犠、奴隷や従者の殉葬などを行なった。貴族中心の部族制社会を構成し、ハルシュタット Hallstatt 文化(前1200頃~前450頃)やラ・テーヌ La Tène 文化(前450頃~後50頃)など高度の金属器文化を築いたが、政治的な統一はついに達し得ず、ゲルマーニア*人やローマ人に圧せられて没落した。

ギリシア神話上の名祖(なおや)ケルトス Keltos は、英雄ヘーラクレース*の子とも、ポリュペーモス*の子ともいわれている。前者の説ではゲーリュオーン*の牛群を奪った後、ヘーラクレースがブレタンノス Bretannos 王の国土を通りかかった時、英雄に恋した王女ケルティネー Keltine が牛群を隠してから「私と交わらない限り返しません」と申し出て彼と同衾し、その結果1子ケルトスと1女ガラテイア*(ガラティア一人の名祖)を産んだと伝えられている(第十の功業)。

⇒スコルディスキー

Herodot. 2-33, 4-49/ Arist. Pol. 2-6, Gen. An. 2-8, Hist. An. 8-28/ Liv. 5-34/ Caes. B. Gall. 1-1, 6-11~/ Mela 3-2/ Plut. Mar. 11, Caes. 4, Mor. 246/ Paus. 1-3, 10-19~23/ Strab. 4-176~, -196~/ Ath. 13-603/ Diod. 5-24~/ Cato Orig. 2/ Dion. Hal. Ant. Rom. 14-1/ Polyb. 1-6/ App. 10-1/ Plin. N. H. 3, 4, 5/ Cic./ Ptol. Geog. 2, 3, 5/ Parth. Amat. Narr. 30/ etc.

ケルティベーリア Celtiberia, (ギ)ケルティベーリアー*Keltiberia, Κελτιβηρία, (仏)Celtibérie, (独)Keltiberien, (葡)Celtibéria, (露)Келтиберия

中部ヒスパーニア*の北東寄りの地方。ドゥーリウス Durius(現・ドウロ Douro)河およびタグス Tagus(現・タホ Tajo)河の上流一帯を指す。この地に居住するケルティベーリア人(ケルティベーリー Celtiberi, (ギ)ケルティベーレス Keltiberes)は、ピューレーネー*(ピレネー Pyrénées)山脈を越えて南下して来たケルト人*(ケルタエ*)と、先住の非印欧語系のイベーリア❶*人との混合種。ポエニー戦争*時には、カルターゴー*とローマ双方の陣営に傭兵として雇われた好戦的な民族である。ハンニバル❶*戦争(第2次ポエニー戦争)終結後、ローマの覇権が成立(前197)してからも、不穏な動きが絶えず、前179年ティベリウス・センプローニウス・グラックス❷*によって制圧されたのも束の間、前153年には再度反乱が勃発。ローマ人行政官の強欲と腐敗のせいで収奪や虐殺が繰り返され、20年の歳月を経たのちヌマンティア*が陥落して(前133)、ようやく平定された(⇒ウィリアートゥス)。その後ケルティベーリア人は、ローマの将軍セルトーリウス*指揮の下、またもや起き上がるが、前72年にセルトーリウスが暗殺されて以降、漸次ローマ化されていった。主君に仕える近習らの殉死などケルト人の風習を長く留めていたことや、古くなった尿で身体を洗い歯を磨く習慣、女人たちの特異な頭飾りや面紗の風俗などで知られる。また虜囚(とらわれ)の辱(はずか)しめを受けることを潔しとせず、ローマ人との戦争では、母親たちがわが子まで殺して敵の手に落ちぬようにし、幼い少年でさえ父の命令で捕虜となった自分の家族全員を殺害したとか、囚(とら)われたある男は隙を見て燃えさかる薪の山に投身自殺したなどという話が残っている。

⇒イベーリアー❶、ルーシーターニア、アストゥリア族(アストゥレース)、カンタブリー

Diod. 5-33~, 33-16~/ Florus 2-17/ Strab. 3~4/ Luc. 4-10/ Sil. 3-339~/ Liv. 21~28, 40-40, 42-3/ Cic. Tusc. 2-27, Phil. 11-5/ Plut. Cat. Mai. 10~, Sert. 3, 14/ Polyb. 3-17, 14-7~, 34-9, 35-1~/ Plin. N. H. 3-3, 4-22/ App. Hisp. 2, 44/ Caes. B. Civ. 1-61/ Ptol. Geog. 2/ Steph. Byz./ etc.

ケルティベーリアー Keltiberia
⇒ケルティベーリア

ケルトイ Keltoi
⇒ケルタエ

ケルト・イベリア Celtiberia
⇒ケルティベーリア

ケルト(人) Celts
⇒ケルタエ

ケルベロス Kerberos, Κέρβερος, Cerberus, (仏)Cerbère, (独)Zerberus, (伊)Cerbero, (西)Cancerbero (Cerbero), (葡)Cérbero, (露)Цербер

ギリシア神話中、冥界の入口の番犬。テューポーン*とエキドナ*の子で、オルトロス*やキマイラ*などの兄弟(⇒巻末系図001)。50ないし100の頭を有するともされるが、通常3つの頭を持ち、尾は竜の形をし、背中に無数の蛇の頭が生えた姿で表わされる。黄泉の国を流れるステュクス*のほとり、亡者の魂を乗せたカローン*の舟が着く岸辺に住み、死者が冥府から逃げ出さぬよう、また生者が幽界に侵入せぬよう見張っていた。素手のヘーラクレース*と格闘して敗れ、地上へ引きずり出されたことがあり(第十二の功業)、その時にこの怪犬の口から垂れた唾液から猛毒をもつ植物トリカブトが生じたという。亡き妻を連れ戻すべく地下へ降(くだ)ったオルペウス*は、竪琴の調べでケルベロスを眠らせ、またアエネーアース*(アイネイアース*)を死者の国へ導く巫女シビュッラ*(シビュッレー*)は、睡眠薬入りの菓子を投げ与えて、この猛犬を手なずけなけ

ればならなかった。そこから「面倒な人を買収する」という意味の成句「ケルベロスに餌をやる（英）Give a sop to Cerberus」が生じた。またケルベロスがあまりにも恐ろしい形相をしていたので、これを見たある臆病な男が石に変じてしまったという伝承や、レズビアンの女性が恋する相手の心を魅了する愛の呪文の中でケルベロスの名を唱えて念願成就を祈っていた次第を記したローマ時代の文献資料なども残っている。造形芸術では、アルカイック期からその姿が浮彫りなどに表現され、現在も壺絵に描かれた作例がよく知られている。

ちなみに近世になってヘルクレース*座の一部に「ケルベルス座（ラ）Cerberus」という小星座が設けられたが、今日では正式の星座として認められていない。「ケルベロス」は現代ヨーロッパ諸言語において厳重な門番を意味する普通名詞として用いられている。

⇒ヘーラクレースの十二功業
Hom. Il. 8-366〜, Od. 11-623〜/ Hes. Th. 311〜, 769〜/ Apollod. 2-5/ Paus. 3-18, -25/ Verg. Aen. 6-417〜/ Ov. Met. 10-64〜/ Diod. 4-25/ Hyg. Fab. 30, 151, 251/ Hor. Carm. 2-19, 3-11/ Eur. H. F. 24, 611〜/ Tzetz. ad Lycoph. 678/ Schol. ad Pind. Pyth. 1-31/ etc.

ゲルマーニー Germani, （ギ）Germanoi, Γερμανοί, （英）Germans, （仏）Germains, （独）Germanen, （西）（葡）Germanos, （露）Германи, （漢）日耳曼人, （和）ゲルマン人

ゲルマン人*、ゲルマーニア*人。インド・ヨーロッパ*語族に属し、スカンディナヴィア半島南部・ユラン（ユトラント）半島・北ドイツ一帯を源郷とする金髪・碧眼・長身の北方人種。前1000年頃から南および西南方へ進出し、先住民ケルト*人（ケルタエ*）を征服・同化しつつ居住地を拡大（⇒ベルガエ）、好戦的な民族として古代世界に知られた。前2世紀末にはローマ領内に侵入を試みたが撃退され（⇒キンブリー、テウトニー、マリウス）、前1世紀のガッリア*への進攻もカエサル*によって阻止された（⇒スエービー、アリオウィストゥス）。アウグストゥス*帝の時に、レーヌス*（ライン）河からアルビス*（エルベ）河に至る西部ゲルマーニアをローマに征服されたが、後9年テウトブルギウム*の森における奇襲戦でローマ軍を潰滅させ、以後レーヌス=ダーヌビウス*（ドーナウ）両河がゲルマーニアとローマ帝国との境界線となる（⇒アルミニウス、ウァールス、ケルスキー、マルコマンニー、マロボドゥス）。

史家タキトゥス*によれば、ゲルマーニーの名は最初にレーヌス河を渡ってガッリア人を駆逐した部族の呼称で、次第にそれが全ゲルマーニア人にあてはめられるようになったものであるという。彼らの伝承上の始祖は、大地から生まれた神トゥイスコー Tuisco（トゥイストー Tuisto）の子マンヌス Mannus（人）とされ、神々の中ではメルクリウス*（ウォーデン Woden、オーディン Odin）、ヘルクレース*（トール Thor、ドナール Donar）、マールス*（ティール Tyr、ツィーウ Ziu）を特に尊崇するが、神殿や神像は造らない。人身犠牲や各種の占術も盛んに行なわれ、女予言者は聖なる存在として重視され（⇒ユーリウス・キーウィリス）、また森や林は神に捧げられた場所と見なされた。長く童貞を守る若者が称賛の的となり、20歳以前に女と交わることは恥辱とされた。女も晩婚で処女性が重んじられ、夫に殉死する風習もあった。狩猟・牧畜の他に粗放な農業を営み、獣肉・ビール・チーズを好み、バターは体に塗りつけた。裸体を誇る風が顕著で、集会では青年たちが裸になって剣の間を踊りまわり、戦場では全裸で闘ったという。ゲルマーニア人は多くの部族に分かれ、さらにキーウィタース civitas という多数の共同体に分裂していた。王ないし首長を戴く国家も少なくなかったが王権は弱く、重要問題は全男性自由民から成る民会（部族集会）において決定された。社会は貴族・武装能力のある自由人・隷属民の3身分によって構成され、若者たちが有力な軍事指導者の配下に入って主人の寵愛を競う従士制度も早くから確立していた。セクストス・エンペイリコス*によれば、ゲルマーニア人の間では男色が公然と行なわれ、習慣として定着していたという。

ゲルマーニア人のローマ帝国内への移住は徐々に進み、2世紀後半には傭兵や農民としてローマ領内に生活する人々も著しく増大、4世紀後半になると高位の官職を占める者も現われる。そして、375年のフン*族（フンニー*）の西進に端を発して惹き起こされた民族大移動の結果、ゲルマーニア人諸族がローマ領内各地に部族国家を建設し、ついには西ローマ帝国を滅亡させるに至った（476）。

⇒アエスティーイー、アラマンニー、アングリー、バターウィー、ブルクテリー、カッティー、カウキー、フリーシイー、ゴトーネース、ランゴバルディー、クァディー、セムノネース、スガムブリー、テンクテーリーとウーシペテース、ウビイー、サクソネース、ヘルリー、フランキー、ルギイー、ウァンダリー、バスタルナエ、スイオネース、ブルグンディオーネース

Caes. B. Gall. 1-31〜, 4-1〜19, 6-21〜/ Vell. Pat. 2-105〜/ Tac. Ann. 1-38〜, 2-5〜, -44〜, -62〜, -68, 13-53〜, Germ./ Strab. 7-289〜/ Sext. Emp. Pyr. 3-199/ Mela 3-3/ Cic. Att. 14-9, Prov. Cons. 13(33)/ Dio Cass. 71-11, -9, 72-2/ Suet./ S. H. A./ Plut. Mar. 11〜/ Ptol. Geog. 2-6, 4-2/ etc.

ゲルマーニア Germania, （ギ）Germāniā, Γερμανία, （仏）Germanie, （独）Germanien, （葡）Germânia, （露）Германия

レーヌス*（ライン）河以東、ダーヌビウス*（ドーナウ）河以北の地域。ローマ人によってゲルマーニア人*（ゲルマーニー*）と呼ばれた人々が、民族大移動（後4〜6世紀）以前に居住していた地方一帯を指し、ガッリア*に東隣する森林と沼沢のひろがる広大な地域を謂う。

カエサル*のレーヌス渡河（前55、前53）以来、同河がゲルマーニアとローマとの境界線となる。アウグストゥス*帝の治下、大ドルースス*やティベリウス*らによってアルビス*（エルベ）河に至る西ゲルマーニアの征服が行なわれ

た（前12〜）が、将軍ウァールス*の敗北（後9、⇒テウトブルギウム*の森）以降、再び国境線はレーヌス河まで押し戻される（⇒ゲルマーニクス）。ローマ帝国はレーヌス西岸の軍事占領地区を上ゲルマーニア（高地ゲルマーニア）・下ゲルマーニア（低地ゲルマーニア）に区画し、それぞれに4軍団を配備、フラーウィウス*朝時代にはレーヌス＝ダーヌビウス両河を越えて領土を拡大し（⇒デクマーテース・アグリー）、この頃からリーメス* Limes Germanicus を築いて国境線の防備を強化した。90年頃ドミティアーヌス*帝は正式に2つの属州ゲルマーニア・スペリオル*（上ゲルマーニア、高地ゲルマーニア）とゲルマーニア・イーンフェリオル*（下ゲルマーニア、低地ゲルマーニア）を設立、トライヤーヌス*帝の治世には駐屯軍団数は半減されて計4箇となった。その後ゲルマーニア人の侵攻が激しくなり、263年頃にはレーヌス河対岸の帝国領は失われ、ディオクレーティアーヌス*帝はゲルマーニア・スペリオルを2州に分割、3州ともガッリア管区（ディオエケーシス*）に所属させた。⇒コローニア・アグリッピーナ、モゴンティアクム

Caes. B. Gall. 4, 6, B. Civ. 1–7, 3–87/ Tac. Germ., Ann. 1–31, 4–73, 11–18, Hist. 1–9, –12/ Mela 1–3, 3–3/ Strab. 7–289〜/ Hor. Carm. 4–5, Epod. 16–7/ Amm. Marc. 15–11/ Suet. Aug. 21, Tib. 9/ Plin. N. H. 4–14〜/ Ptol. Geog. 2–9, –11, 3–5, –7, 8–5〜/ Cic. Pis. 33, Phil. 11–6/ etc.

ゲルマーニア・イーンフェリオル Germania Inferior

（低地ゲルマーニア、下ゲルマーニア）

⇒ゲルマーニア

ゲルマーニア人 Germani

⇒ゲルマーニー

ゲルマーニア・スペリオル Germania Superior

（高地ゲルマーニア、上ゲルマーニア）

⇒ゲルマーニア

ゲルマーニクス Germanicus Iulius Caesar（前名・Nero Claudius Drusus Germanicus, Tiberius Clandius Nero），（ギ）Germānikos, Γερμανικός，（伊）Giulio Cesare Claudiano Germanico，（西）Julio César Germánico，（葡）Júlio César Germânico，（露）Германик Юлий Цезарь Клаудиан

（前15年5月24日〜後19年10月10日）ローマの将軍。大ドルースス*（ティベリウス*帝の弟）と小アントーニア*（アントーニウス*の娘）の長男（⇒巻末系図078）。後4年アウグストゥス*帝によってティベリウスの養嗣子と定められ、以来カエサル*（ユーリウス氏*）家の一員として異数の昇進を遂げる（12年および18年の執政官_{コーンスル*}）。ティベリウスに従ってパンノニア*（7〜9）、およびゲルマーニア*（11）へ出征し、13年にはガッリア*・ゲルマーニア諸州の総司令官となり、端整な容姿や快活な人柄で軍隊の好意を得る。14年アウグストゥスの死に際して、レーヌス*（ライン）河に駐屯する軍団がゲルマーニクスを帝位に推戴しようと暴動を起こすが、彼はこれを鎮圧してティベリウスへの忠誠を示す。次いでゲルマーニアへ侵攻して現地諸部族と戦い、野晒しになっていたウァールス*麾下のローマ兵の屍体を埋葬（15）、ケルスキー*族の首長アルミニウス*を2度の戦いで破るなど武功を立て（16）、ローマに召還されて凱旋式_{トリウンプス*}を挙げた（17年5月26日）。しかし、彼の声望を嫉視するティベリウスにより、すぐさまオリエントへ派遣され、カッパドキア*（⇒アルケラーオス❺）とコンマーゲーネー*（⇒アンティオコス3世）を属州*とし（17）、アルメニアー*王位にローマの息のかかったゼーノーン Zenon（アルタクシアース3世*）を据えた（18）。が、皇帝の許可なくエジプトに旅してティベリウスのさらなる不興を招き（18〜19）、アンティオケイア❶*に戻ったのち急死した。彼と不仲だったシュリア*総督グナエウス・カルプルニウス・ピーソー*が、皇帝の密命を受けて毒殺したのだという噂が広まり、屍体は焼かれる前に広場で裸にされた（全身をどす黒い斑点が覆い、口から泡が吹き出していたという）。遺骨は妻の大アグリッピーナ*（アウグストゥスの孫娘）に抱かれてローマに持ち帰られ（20年1月）、国民に哀惜されつつアウグストゥスの霊廟_{マウソーレーウム*}に納められた。

彼は大アグリッピーナとの間に9子を儲け、うち3男3女が成人したが、長男ネロー*と次男ドルースス*は母アグリッピーナとともにティベリウスにより断罪されて獄死し、三男カリグラ*はティベリウスを殺して帝位に即いた。長女は皇帝ネロー*の母として権勢をふるった小アグリッピーナ*である。ゲルマーニクスはギリシア・ラテン双方の学問に通じ、アラートス*の天文詩のラテン語新訳やギリシア喜劇の創作などを試みている（散逸）。

Tac. Ann. 1〜3/ Suet. Calig. 1〜8, Aug. 34, 64, 101, Tib. 15, 25, 39, 52〜55, Claud. 1, 11/ Dio Cass. 55〜57/ Joseph. J. A. 18–2〜/ Vell. Pat. 2–123〜/ Ov. Fast. 1–21, Pont. 2–5/ Plin. N. H./ Sen./ etc.

ゲルマン人（ゲルマーニア人） Germani,（英）Germanic peoples,（仏）Peuples germaniques

⇒ゲルマーニー

ゲリウス、アウルス Gellius, Aulus

⇒ゲッリウス

ケレアーリア（ケリアーリア） Cerealia (Cerialia)

ケレース*の祭典。

ケレアーリス Cerealis

⇒ケリアーリス

ケレオス Keleos, Κελεός, Celeus,（伊）（西）Celeo,（葡）Celeo(s),（露）Келей

ギリシア神話中の男性名。

❶エレウシース*の王。通常この地の名祖_{なおや}となった初代

王エレウシースの子。女神デーメーテール*が娘のペルセポネー*を捜し求めて地上を彷徨い、老女に変装してエレウシースにやってきた時、彼の一家は女神と気づかずに彼女を歓待した。その返礼にデーメーテールは王の末子デーモポーン❷*の乳母となり、この嬰児を不老不死にするべく夜毎火中に入れて死すべき部分を焼き尽くそうとした。しかし、母親で王妃のメタネイラ*がこの光景を見て悲鳴をあげたために、子供は炎に焼かれて死亡、もしくは女神の手で床に投げつけられた。ケレオスは、本性を顕わした女神から農耕技術とエレウシースの秘儀（ミュステーリア*）を教わって、デーメーテールの最初の神官となり、彼の4人（ないし3人）の娘たちは最初の女神官となった（⇒トリプトレモス）。

なお、娘を失って悲嘆にくれるデーメーテールを、好色な滑稽詩を口ずさんで最初に笑わせたのは、ケレオスの館に仕える侍女イアンベー Iambe（パーン*とエーコー*の娘。イアンボス Iambos 韻律の祖）であったというが、異説ではバウボー Baubo（トリプトレモス*の母。張形 baubon の語源）が衣裳をまくり上げて下腹部を露出し、女神を笑いに誘ったと伝えられている（⇒イアッコス）。

Hymn. Hom. Cer. 96〜, 105, 474〜/ Apollod. 1-5, 3-14/ Paus. 1-38, -39, 2-14/ Verg. G. 1-165/ Ov. Fast. 4-508〜/ Clem. Al. Protr. 2-20/ Diod. 5-4/ Herondas 6/ etc.

❷クレーター*の盗賊。ラーイオス Laïos、ケルベロス Kerberos アイゴーリオス Aigolios ら3人の仲間と一緒に、幼いゼウス*が育てられているイーダー❷*山中の洞窟に忍び込み、この神の栄養源たる蜂蜜を盗み取ろうとした。これを見つけたゼウスは、懲らしめに彼らをそれぞれ違う種類の鳥に（ケレオスは啄木鳥に、ラーイオスは鶫に、アイゴーリオスは梟に、ケルベロスは正体不明の鳥に）変身させた。

Ant. Lib. Met. 19/ Plin. N. H. 10/ Arist. Hist. An. 592/ etc.

ケレース　Ceres, (ギ) Keres, Κέρες, (仏) Cérès, (伊) Cerere, (露) Церера, (オスキー*語) Kerri

イタリアの古い豊穣の女神。麦の成育を司り、ローマではその祭典ケレアーリア*（ないしルーディー・ケリアーレース Ludi Ceriales）は4月12日から19日にかけて催され、大地母神テッルース*の崇拝と密接に関連していた。早くからギリシアの女神デーメーテール*と同一視され、伝承によれば、エトルーリア*の王ポルセナ*に攻撃されている最中のローマに大飢饉が生じた際、シビュッラ*（シビュッレー*）の託宣に従って、デーメーテール＝ケレースとディオニューソス*の崇拝が初めてローマに導入された（前496）という。前493年、アウェンティーヌス*丘麓に彼女の神殿が竣工し、穀物交易の保護者として特に平民（プレーベース*）から深く帰依された。オウィディウス*によると、ケレアーリア祭には、狐たちの背中に燃え木を結びつけて大競技場キルクス・マクシムス*に放つ儀式が行なわれていたという。死者の出た家では、ケレースに犠牲を捧げて家を清めるなど、彼女は地下神の性質も帯びていたが、神話上では完全にデーメーテールと一体化している。

女神の名ケレースは、最初に発見された最大の準惑星（〈和〉セレス）につけられたほか、その派生語たる「穀物・穀類食品」を意味する言葉シリアル（英）cereal は、今日もなお日常的に用いられている。

Dion. Hal. 6-17/ Varro Ling. 6-15/ Tac. Ann. 2-49/ Cato Agr. 134/ Cic. Balb. 24(55), Leg. 2-9, Att. 2-12/ Ov. Fast. 1-657〜, 4-393〜, -619, -681〜, Met. 5-341〜/ Verg. Aen. 2-714, G. 1-338〜/ Liv. 2-41, 30-39, 36-37/ Plin. N. H. 34-9/ Val. Max. 1-1/ Serv. ad Verg. G. 1-7/ Gell. 4-6/ Macrob. Sat. 1-16/ Festus/ etc.

ケーローネーア　Chaeronea (Cherronea)
⇒カイローネイア

ゲローン　Gelon, Γέλων, Gelo, (仏)(葡) Gélon, (伊) Gelone, (西) Gelón, (露) Гелон

（前540頃〜前478）シケリアー*（現・シチリア）島のゲラー*およびシュラークーサイ*（現・シラクーザ）の僭主。デイノメネース Deinomenes の子にして、ヒエローン1世*やトラシュブーロス❷*の兄弟（⇒巻末系図025）。

ゲラーの僭主ヒッポクラテース❷*の騎兵隊長として頭角を現わし、主人の戦死（前491）後、その遺児らを排して政権を奪取した。次いで、シュラークーサイの民衆から追われた寡頭派の地主貴族 gamoroi（ガーモロイ）らを復帰させ、術策を弄してシュラークーサイをも手中に収める（前485）。ゲラーを弟ヒエローンに委ね、自らはシュラークーサイに君臨し、島内の各市から人々を移住させて、その富強を図った。前480年、アカイメネース朝*ペルシア*の帝王クセルクセース1世*が侵攻した際、ギリシア本土から来援を求められたものの、軍隊の統帥権をめぐって交渉が決裂したため援助はしなかった。同年カルターゴー*のハミルカル*（アミルカース*）がシケリアーに攻め寄せたので、アクラガース*（現・アグリジェント）の僭主テーローン*と協力して、ヒーメラー*でこれを打ち破った。伝承によると、この日はサラミース❶*の海戦でギリシア軍が勝利を収めたのと同じ前480年9月23日であったという。

その後ゲローンは偉大な支配者としてシケリアー全土に非常な勢力を及ぼし、シュラークーサイをギリシア世界で最大の都市にした。終生無学であったが、ヒーメラーやシュラークーサイに神殿や公共建造物を築き、平和な時代をもたらしたので、後世には模範的君主として伝説化されるに至った。なお彼はある日、人から嫌な口臭がすると指摘され、すぐ帰宅して妻に「なぜ一度もそれを注意しなかったのか」と叱責したところ、賢明な妻は「殿方は皆そういう匂いがするものかと存じておりましたので」と答えたという話も伝わっている（異説によれば、これは弟ヒエローンについての話だともいう）。

死後、幼い息子が遺されたが、支配権はヒエローンが継ぎ、息子の方は唆されるがままに快楽に耽ったので、ついに僭主の地位には登れなかった。

⇒アナクシラース（レーギオンの僭主）

Herodot. 7-145, -153〜166/ Paus. 5-27, 6-9, 8-42/ Diod.

11-21, -26, -38, -67, 13-22, 14-66/ Thuc. 6-4〜5/ Ath. 6-231, 9-401/ Ael. V. H. 4-15, 6-11/ Just. 23-4/ Arist. Pol. 5-9〜10/ Plut. Dion 5, Tim. 23, Mor. 403c/ Schol. ad Pind. Pyth. 1〜/ Polyaenus 1-27/ etc.

ケンクレアイ　Kenkhreai, Κεγχρεαί, Kenkhreiai, Κεγχρειαί（または Κεγχρέαι）, Cenchreae,（仏）Cenkhrées,（独）Cenchreae,（伊）（西）（葡）Cencrea

（現・Kehriés）コリントス*の外港の1つ。イストモス*地峡の東南に位置し、サローニコス Saronikos 湾に面する。伝説上の名祖ケンクレアース Kenkhreias は、ポセイドーン*と泉のニュンペー*（ニンフ*）ペイレーネー*の子で、レケース Lekhes（コリントスのもう1つの外港レカイオン Lekhaion の名祖）の兄弟とされる。遺構の大半は海中に没している。

ローマ時代の作家アープレイユス*の小説『黄金の驢馬』で、主人公ルーキウス Lucius は、この港町でイーシス*の祭典中に人間の姿に復され、女神の秘教（ミュステーリア*）に入信している。現在も水中にイーシス神殿の遺構を見ることができる。

他にホメーロス*がトロイアー戦争*に関して調べる間滞在していたというトローアス*地方の都市ケンクレアイや、ペロポンネーソス*半島のアルゴリス*地方の町ケンクレアイが知られている。

Paus. 2-2, -24/ Xen, Hell. 4-5/ Thuc. 4-42, 8-10/ Apul. Met. 10〜11/ Aesch. P. V. 676/ Strab. 7-376, 8-369/ Nov. Test. Act. 18-18, Rom. 16-1/ Suda/ Steph. Byz./ etc.

ゲンシリ（ー）クス　Gensirix
⇒ゲイセリークス

ゲンセリック　Genseric
⇒ゲイセリークス（の英語形）

ケーンソーリーヌス　Censorinus,（伊）（西）（葡）Censorino,（露）Ценсорин

（後3世紀）ローマ帝政期の文献学者。現存する著作『誕生日について De Die Natali』（後238）は、ウァッロー*やスエートーニウス*などさまざまな文献を資料としており、特に天体が人間に与える影響といった当時の占星術の理論を科学的に体系化しようとしている点で興味深い。天文・幾何学・音楽・韻律論等々、種々の分野を扱った無名氏の論文集 Fragmentum Censorini と一緒に今日まで伝えられている。

他にも平民（プレーベース*）系のマルキウス氏 Gens Marcia に属するケーンソーリーヌス家の人々や、3世紀に現われた30僭帝*のケーンソーリーヌス App. Claudius Censorinus（270頃）ら何人もの同名人物がいる。
⇒フィルミクス・マーテルヌス、バルビッルス

Prisc. 1-4/ Sid. Apoll. Carm. 14/ Liv. 9-33, 10-9, -47, Epit. 16, 49/ Diod. 20-27/ Val. Max. 4-1/ S. H. A. Tyr. Trig./ Vell. Pat. 1-13/ App. Pun. 75〜, B. Civ. 1-71, -88, -90, -92〜/ Cic. Brut. 15, 67, Att. 12-5, Phil. 11〜13/ Dio Cass. 55-5/ Plut./ etc.

ケーンソル（監察官）　Censor,（ギ）Tīmētēs, Τιμητής,（仏）Censeur,（独）Zensor,（伊）Censore,（露）Ценэор

ローマの高級政務官。戸口調査官、戸口総督、風紀監査官などとも訳さる。原則として執政官（コーンスル*）経験者 consulares から選ばれる最高位の官職。課税や徴兵の基礎資料となる国勢調査（ケーンスス*）census を行なうために、5年毎に選出された。定員2名、任期18ヵ月（のちに延長される）。前443年に設置され、主にローマ市民の戸口・財産額の調査、元老院議員・騎士身分の名簿の改訂、公共事業請負の監督、風紀取り締まりを任とした。元老院首席 Princeps Senatus を指名し、市民の行状の監視・懲罰に当たり、不適切な元老院議員を除名するなど官職歴任階梯（クルスス・ホノールム*）の極官として絶大な権威を保持。大カトー*がこの職にある時、仮借なく厳格に振る舞ったことはよく知られている。カエサル*やアウグストゥス*は風紀取締官 Praefectus Moribus の称号のもとに監察官の権力を行使し、帝政開始間もない前22年を最後にケーンソル職は廃された。後47年クラウディウス*帝は好古趣味からこの職を復活し、次いでドミティアーヌス*帝が自ら終身のケーンソルに就任、以来皇帝たちはこの権限を利用して、元老院議員や騎士身分の人物を思いのままに入れかえ、黜陟（ちゅうちょく）した。後年デキウス*帝、さらにコーンスタンティーヌス1世*の治下にケーンソル職の復活が試みられた（⇒ダルマティウス❶）が、名目上の称号にとどまった。
⇒Q. プ（ー）ブリウス・ピロー、マギストラートゥス

Liv. 4-8, 7-22, 8-12, 9-34, 39-44, 40-45, Epit. 13, 14/ Varro L. L. 6-86〜, Rust. 1-7, 3-2/ Cic. Leg. 3-3, Leg. Agr. 2-11, Clu. 42〜, Prov. Cons. 19/ Plut. Cat. Mai. 16〜, Flam. 18, Aem. 38, Quaest. Rom. 98, Crass. 13/ Suet. Aug. 27, 37, Claud. 16/ Tac. Ann. 11-13/ Dio Cass. 53-18, 54-2/ Gell. 4-8, -20, 7-11, 13-5/ Polyb. 6-13/ Val. Max. 2-9, 4-1, -20, 7-2/ Dion. Hal. Ant. Rom./ Symmachus Ep. 4-29, 5-9/ Dig./ Festus/ etc.

ケンタウロイ（族）　Kentauroi, Κένταυροι, Centauri,（英）Centaurs,（仏）Centaures,（独）Zentauren, Kentauren,（西）（葡）Centauros,（露）Кентавры

⇒ケンタウロス*（たち）

ケンタウロス（たち）　Kentauros, Κένταυρος,（ラ）ケンタウルス Centaurus,（英）Centaur,（仏）Centaure,（独）Zentaur または Kentaur,（伊）（西）（葡）Centauro,（露）Кентавр,（複）ケンタウロイ Kentauroi, Κένταυροι, Centauri

ギリシア神話伝説上の半人半馬。テッサリアー*のペー

リオン*山一帯に住む粗野で闘争を好む種族。ホメーロス*では単に山に臥す獣人と呼ばれていたが、やがて上半身が人間で下半身が馬の姿で表わされるようになった。イクシーオーン*と、女神ヘーラー*に似せて作られた「雲 Nephele」（ネペレー）との交わりから生まれたとも、この2人の間の息子ケンタウロスが雌馬たちと交わって儲けた一族ともいわれる —— 他にも諸説あり ——。彼らは洞穴に住んで生肉を食い、乱暴で酒色を好むとされ、ラピタイ族*の王ペイリトオス*の結婚式に招かれた時には、花嫁ヒッポダメイア*ら女たちを犯そうとして大乱闘となり、ついに多数の死者を出してテッサリアーを追われている（⇒テーセウス、カイネウス、ネストール）。このラピタイ族とケンタウロスたち（ケンタウロイ）との戦闘＝ケンタウロマキアー Kentauromakhia は、美術の主題として好まれ、なかでもアテーナイ*のパルテノーン*神殿メトペー metope（小間壁）の浮彫とオリュンピアー*のゼウス*神殿東切妻の彫刻群は名高い。次いで、ヘーラクレース*がエリュマントス*山の大猪を狩った折に（第四の功業）、ケンタウロス族の1人ポロス*のもとを訪ねたところ、ディオニューソス*の酒をめぐって他のケンタウロスたちとの間に争いが生じ、その結果、ポロスや賢者ケイローン*を含む多くのケンタウロスが死亡した。しかし、ヘーラクレースもまた、のちに彼らの1人ネッソス*の血によって不慮の死を遂げることになる。ケンタウロス族の原型は、おそらく馬に乗って牛を追うテッサリアーの荒々しい牧夫たちの集団に由来するものと思われる。後世になると、ケンタウロスたちはサテュロス*やシーレーノス*たちとともにディオニューソスの供奉員とされ、女や子供のケンタウロスも描かれるようになった。異伝ではケンタウロス一族は、ゼウスがアプロディーテー*に懲情してこぼした精液から生まれたという。アリストパネース*やヘーシュキオス*らによれば、ケンタウロスは無骨で野卑な好色漢、厚かましく若者たちの尻を追い回す男色者であったということになっている。なお南天の星座「ケンタウルス座（ラ）Centaurus」は、ヘーラクレースの愛人だった聡明なケイローンを記念してゼウスが設けたものだとされている。
⇒ヒッポケンタウロス、イクテュオケンタウロス
Pind. Pyth. 2-21〜/ Hom. Il. 1-262〜, 2-743, Od. 21-295〜/ Hes. Scut. 104〜/ Hyg. Fab. 33, 34, 62, Poet. Astr. 2-38, 3-37/ Apollod. 2-5, Epit. 1/ Diod. 4-12, -69, -70/ Ov. Met. 9-123, 12-210〜/ Ael. V. H. 13-1/ Schol. ad Ap. Rhod. 3-62/ Theoc. 7-149〜/ Callim. Dian. 221/ Soph. Trach./ Ar. Nub./ Plut. Thes. 30/ Verg. Aen. 6-286/ Paus. 5-10, -19/ Eratosth. Cat. 40/ Nonnus Dion. 16-240/ Serv. ad Verg. Aen. 8-293/ Hesych./ etc.

剣闘士（剣奴）　Gladiator
⇒グラディアートル

ケントゥム・ケッラエ（ケントゥムケッラエ）
Centum Cellae,（ギ）Kentomkellai, Κεντομκέλλαι, Kentūmkellai, Κεντουμκέλλαι,（別称・トライヤーニー・ポルトゥス Traiani Portus「トライヤーヌスの港」）
（現・チヴィタヴェッキア Civitavecchia）ローマの北西72kmにある海港都市。後2世紀初頭、トライヤーヌス*帝によって建設され（106〜107頃）、港湾、別荘 villa を中心に発達した。今日も16世紀の城塞の下に古代住居址、北東郊外の温泉地アクァエ・タウリー Aquae Tauri（現・Bagni di Ferrata）にトライヤーヌス時代の浴場施設（テルマエ*）の遺跡などを見ることができる。小プリーニウス*の書簡から、この地で皇帝の顧問会が開かれ、高い身分の女性の姦通罪や帝室解放奴隷の遺言偽造の罪などの審理がトライヤーヌスの親裁のもとに行なわれた様子がよくわかる。
⇒オースティア
Plin. Ep. 6-31/ Plin. N. H. 3-5/ S. H. A. Comm. 1/ Procop. Goth. 2-7, 3-36, -37, -39, 4-34/ Ptol. Geog. 3-1/ It. Ant./ Rut. Namat./ etc.

ケントゥリパエ　Centuripae,（ギ）Kentūripai, Κεντούριπαι
⇒ケントリパ*（のラテン語形）

ケントリパ　Kentoripa, Κεντόριπα,（ラ）ケントゥリパエ* Centuripae,（英）（仏）（独）（伊）（西）（葡）Centuripe
（〈現シチリア語〉Centorbi）シケリアー*（現・シチリア）島にあったシケロイ*人の古い町。アイトネー*（現・エトナ）火山西南麓、カタネー*市から北西35kmに位置。アテーナイ*のシュラークーサイ*攻撃の折は、アテーナイに味方し（前415〜前413）、その後アガトクレース*の短期間の支配を除いて独立を保ったが、第1次ポエニー戦争*に至ってローマの軍門に降り（前263）、属州シキリア*に併呑された。キケロー*の頃にはまだ栄えていたものの、共和政末期の内乱、わけても対セクストゥス・ポンペイユス*戦で著しく衰退し、再び隆昌を見ることはなかった。ヘレニズム時代には独特の陶器の産地として知られ、今日もヘレニズム時代末期からローマ時代にかけての建築物や墓地の遺跡が残っている。
Thuc. 6-94, 7-32/ Diod. 10-19, 13-83, 14-78, 23-4/ Sil. 14-204/ Mela 2-7/ Cic. Verr. 2-2-67〜 -69, -3-6, -45, -48, -4-23/ Plin. N. H. 3-8/ Strab. 6-272/ Ptol. Geog. 3-4/ It. Ant./ etc.

元老院　Senatus
⇒セナートゥス

元老院議員（ローマの）　Senator
⇒セナートル

コイオス Koios, Κοῖος, Coeus, (仏) Coéos, (伊)(西) Ceo, (葡) Céos, (露) Кей

ギリシア神話中、ティーターン*神族の1人。ウーラノス*（天空）とガイア*（大地）の息子で、姉妹のポイベー*と交わってアステリアー*（ヘカテー*の母）とレートー*（アポッローン*とアルテミス*の母）を儲けた。ローマ神話ではポルス Polusと呼ばれることがある。

Hes. Th. 134, 404〜/ Hymn. Hom. Ap. 62/ Apollod. 1-1/ Paus. 4-33/ Diod. 5-66〜/ Hyg. Fab. praef./ Ath. 10-455d/ etc.

コイリロス Khoirilos, Χοιρίλος, Χοίριλλος, Choerilus, (仏) Chœrilos, (独) Choirilos, Chörilus, (伊) Coerilo, (西) Coerilos, (葡) Choerilos, (露) Хоирилос

ギリシアの男性詩人名。

❶（前6世紀後期〜前5世紀初頭）(ラ)Choerilus Athenaeus。アテーナイ*の悲劇詩人。前523年頃が盛期で、アイスキュロス*やテスピス*、プラーティーナース*と競演。160作を著わし13回賞を獲得、仮面や衣裳を改良した。作品は題名1つ『アロペー Alope』（父に隠れてポセイドーン*と交わりヒッポトオーン Hippothoon を産んだエレウシース*王ケルキュオーン Kerkyon の娘）とわずかな断片しか伝わらない。

Paus. 1-14/ Euseb. Chron./ Suda/ etc.

❷（前5世紀後半）サモス*出身の叙事詩人。若い頃、史家ヘーロドトス*に愛された。一説にはサモス島の逃亡奴隷だったが、美男子だったのでヘーロドトスの恋人として同棲し、彼から文学を教わったといわれる。競争者のアンティマコス*よりも古風な文体でペルシア戦争*を題材にした詩『ペルシカ Persika』を執筆、アテーナイ*人に絶賛され、詩1行につき金貨1枚を贈られて、ホメーロス*とさえ比肩されるに至ったという。神話ではなく同時代の歴史的事件に取材した最初のこの叙事詩は、今日では引用断片しか伝存しない。スパルター*のリューサンドロス*は彼をいつも身近に置いて自己の業績を詩に作らせたが、その後コイリロスはマケドニアー*へ移り、王アルケラーオス*の宮廷で晩年を過ごした。

⇒ペイサンドロス❶、パニュアッシス

Plut. Lys. 18/ Arist. Rh. 3-14, Top. 8-1/ Joseph. Ap. 1-22/ Strab. 7-303/ Ath. 8-345e/ Procl. In Tim./ Steph. Byz./ Suda/ etc.

❸（前4世紀後半）カーリアー*沿岸の町イーアソス Iasos（現・Askem）出身の叙事詩人。アレクサンドロス大王*の遠征に宮廷詩人として随伴し（前334）、その戦勝を叙事詩に詠じた。阿諛追従をこめて大王を英雄アキッレウス*に擬えたが、大王自身は「余は汝の作中のアキッレウスになるよりも、『イーリアス*』中の道化者テルシーテース*になる方がましだ」とこれを酷評したという。断片のみ残っている。

Hor. Epist. 2-1-232〜, Ars P. 357〜8/ Curtius Anab. 8-5/ Strab. 14-672/ Ath. 8-336a/ Tzetz. Chil. 3-453/ etc.

コイレー・シュリアー Koile Syria, Κοίλη Συρία, Coele Syria (Coelesyria), (仏) Cœlé-Syrie, (独) Koilesyrien, (伊)(西) Celesiria, (葡) Cele-Síria, (露) Полая Сирия

（「谷間のシュリアー*」の意）元来、シュリアーのレバノン（リバノス*）山脈とアンティ・レバノン（アンティリバノス*）山脈間の低地一帯を指した。肥沃で交通の要衝に当たっていたため、ヘレニズム時代にプトレマイオス朝*とセレウコス朝*の争奪戦の対象となり、結局コイレー・シュリアーなる呼称はプトレマイオス1世*の獲得したシュリアー南部全域の地方名となった。前201年セレウコス朝のアンティオコス3世*に征服されるが、セレウコス朝の分裂と衰頽につれてコイレー・シュリアーは、ダマスコス*とその周辺地方に限定されるに至り、やがてローマの属領と化した（前63）。

⇒イトゥーライアー、ヘーリオポリス（バアルベク）、コンマーゲーネー

Polyb. 1-3/ Plut. Ant. 36, 54/ Joseph. J. A. 11, 12/ Plin. N. H. 5-13, -17/ Strab. 16-756〜/ Arr. Anab. 3-8, 5-25/ Curtius 4-1/ Scylax/ etc.

コイントス（スミュルナー*の） Kointos Smyrnaios, Κόϊντος Σμυρναῖος, (ラ) スミュルナのクィントゥス Quintus Smyrnaeus, (英) Quintus of Smyrna, (仏) Quintus de Smyrne, (独) Quintus von Smyrna, (伊) Quinto di Smirne, (西)(葡) Quinto de Esmirna, (露) Квинт Смирнский

（後3〜4世紀頃）ローマ帝政末期のギリシアの叙事詩人。若い頃、小アジアのスミュルナー*に住んでいたこと以外、その生涯については不明（羊飼い出身と自称）。トロイアー戦争*に取材した叙事詩『ホメーロス*後日譚 Ta meth' Homēron, Τὰ μεθ' Ὅμηρον, (ラ) Posthomērica』14巻8772行を著わし、『イーリアス*』の後を継いでヘクトール*の死からトロイアー*の陥落、ギリシア軍の帰還に至るまでの様々な出来事をうたった。文体は比喩などに独特の輝きを見せるものの、冗漫で生彩に乏しく、ホメーロスの拙い模倣に過ぎないと評される。しかし、その内容は古い叙事詩圏*以来の諸作品を典拠としており、神話伝説の研究資料として重要な価値をもっている。15世紀にカラブリア*のオトラント Otranto で写本が発見されたため、カラブリアのクィントゥス Quintus Calaber（ないし Calabar）

系図195　コイオス

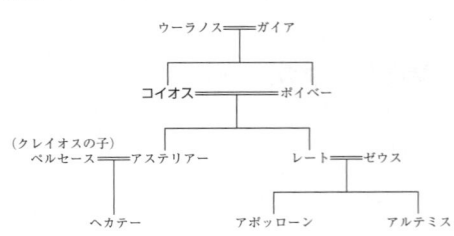

と呼ばれることもある。

　また彼の影響を受けてエジプト出身のトリピオドーロス Triphiodōros, Τριφιόδωρος（4世紀頃）の『トロイアー落城 Īliū harōsis, Ἰλίου ἅρωσις』（691行）やコッルートス Kollūthos, Κόλλουθος（5世紀末～6世紀初）の『ヘレネー*誘拐 Harpagē Helenēs, Ἁρπαγὴ Ἑλένης』（392行）などのトロイアー戦争を扱った小叙事詩が作られた（両作とも現存す）。
⇒ノンノス、オッピアーノス
Quint. Smyrn./ Suda/ etc.

高地ゲルマーニア　Germania Superior
⇒ゲルマーニア・スペリオル

「幸福の島」　Makarōn Nēsos, Μακάρων Νῆσος, Fortunatae Insulae,（英）Islands of the Blessed, Fortunate Isles
⇒マカローン・ネーソイ

コエリウス・アンティパテル　L. Coelius Antipater
⇒アンティパテル、ルーキウス・カエリウス（またはコエリウス）

コエレー・シュリア　Coele Syria
⇒コイレー・シュリアー（のラテン語形）

コーカサス　Caucasus
⇒カウカソス（の英語形）

コーカロス　Kokalos, Κώκαλος, Cocalus,（仏）（独）Cocalos,（伊）Cocalo,（西）（葡）Cócalo,（露）Кокал

　ギリシア神話中、シケリアー*（現・シチリア）島のカミーコス Kamikos（後のアクラガース*）の王。クレーター*島から逃れて来た名工ダイダロス*を匿い、彼の引き渡しを要求するクレーター王ミーノース*を謀殺した。ダイダロスを追跡するミーノースは諸方に人を遣わし、巻貝を示して「この貝殻に糸を通した者には莫大な賞金を与える」と約束させていたが、ダイダロスのみが蟻に糸をくくりつけて巻貝に糸を通すことに成功。その巧みな工夫からかえって彼の所在が発覚し、大王ミーノースは船隊を率いてシケリアーへ赴いた。ところがコーカロスは引き渡しを約束してミーノースを歓待した後、娘たちに浴室の中で大王を暗殺させた。一説にはダイダロスの仕掛けた管を通して、熱湯を入浴中のミーノースの頭に浴びせかけて死に至らしめたともいう。
Apollod. Epit. 1/ Diod. 4-75～/ Ov. Ibis 289～, Met. 8-261/ Paus. 7-4/ Hyg. Fab. 40, 44/ Just. 4-2/ etc.

コーキュートス　Kokytos, Κωκυτός, Cocytus,（仏）Cocyte,（伊）（西）（葡）Cocito,（露）Коцит（Коцит）

（「嘆きの川」の意）エーペイロス*を流れるアケローン*河の支流。ステュクス*やピュリプレゲトーン Pyriphlegethon（⇒プレゲトーン）と同様に冥府の川とされる。氷のように冷たい水流といわれ、後世のダンテの『神曲』やミルトンの『失楽園』にも地獄の河として登場する。
⇒レーテー
Hom. Od. 10-513～/ Verg. Aen. 6-132, -297, -323, G. 4-478/ Pl. Phd. 113～/ Paus. 1-17/ etc.

コクレ（ー）ス、ホラーティウス　P. Horatius Cocles,（仏）Coclès,（伊）Orazio Coclite,（西）Horacio Cocles,（葡）Horácio Cocles,（露）Гораций Коклес

（前6世紀末）ローマの半ば伝説上の英雄。ガビイー*攻めの折に片目を失ったので、「隻眼の(コクレス)」と渾名される。一説に、プーブリウス・ホラーティウス（⇒ホラーティウス兄弟）の子孫という。エトルーリア*のポルセンナ*王がローマに進撃した時、ティベリス*河にかかる唯一の橋ポーンス・スブリキウス*を、スプリウス・ラールティウス Spurius Lartius やティトゥス・ヘルミーニウス Titus Herminius とともに死守。後方で味方のローマ軍が橋を破壊する間、3人で敵軍の猛攻を阻み、作業が終わりに近づくと、彼は仲間の2人を先に避難させ、橋が全壊するや甲冑もろとも河中に投身し、敵の矢が降り注ぐ中を泳ぎ帰った。この武勲を称えて、フォルム*にホラーティウスの青銅像が建てられ、1日のうちに鋤で囲えるだけの広さの土地が彼に与えられた（前508）。異伝では彼は溺死したとされるが、上記の話はスブリキウス橋*の対岸にあった単眼のウルカーヌス*神像の由来を説明するために、ホラーティウスと結びつけて作られたものと考えられている。
Liv. 2-10/ Polyb. 6-55/ Plut. Publ. 16/ Val. Max. 3-2/ Gell. 4-5/ Plin. N. H. 34-11/ Dion. Hal. 5-24～25/ Flor. 1-10/ Aur. Vict. De Vir. Ill. 11/ etc.

ゴーゴン　Gorgon
⇒ゴルゴーン（の英語形）

コサ　Cosa (Cosae, Cossa),（ギ）Kossai, Κόσσαι,（露）Коса

（現・Ansedonia）（エトルーリア*語の Cusi, Cosia, Cusithe）エトルーリア*沿岸の古い都市。ローマの北西136 km、アウレーリウス街道*（ウィア・アウレーリア*）近くの岬に位置する。前273年にローマの勢力圏に入り、ラテン植民市が建設された。鮪(まぐろ)漁の町として名高く、またサルディニア*、マッシリア*（現・マルセイユ）など西方海域へ向かう船団の出航地として機能した。丘陵上に残る遺跡は、フォルム*、カピトーリウム*3柱神その他の諸神殿、城壁、直交する道路網などを含み、初期ローマの都市計画の典型例を示している。

　ちなみにローマ共和政末期の政治家 T. アンニウス・ミロー*が前48年に殺害されたのは、イタリア南部ルーカー

ニア*地方の同名の町コサ Cosa (Consa, Compsa とも。現・Conza della Campania) においてであった。
Mela 2-4/ Vell. Pat. 1-14, 2-68/ Strab. 5-225/ Verg. Aen. 10-168/ Liv. 22-11, 27-10, 32-2, 33-24, Epit. 14/ Tac. Ann. 2-39/ Caes. B. Civ. 3-22/ Cic. Att. 9-6/ Plin. N. H. 2-57/ It. Ant./ etc.

コース Kos, Κῶς, Κόως, Cos, (伊) Coo, 〈旧称〉Stanchio, (葡) Cós, (露) Кос, (トルコ語) İstanköy

(現・Kós) 小アジア西南部カーリアー*の沖合、スポラデス*諸島に属する島。面積287km²。対岸の小アジアの岬とは5kmしか離れていない。ミュケーナイ*文化時代から既に占住が始まる。のちアルゴリス*のエピダウロス*からドーリス*系ギリシア人の植民が行なわれ(前11世紀頃〜)、対岸のハリカルナッソス*らの諸市とともにヘクサポリス*を形成した。もとアカイメネース朝*ペルシア*帝国に臣従し、ペルシア戦争*後はデーロス同盟*に加わったが、ペロポンネーソス戦争*(前431〜前404)中はアテーナイ*、スパルタ*双方から被害を受けた。内訌を経て前366年には東北岸に集住 synoikismos が行なわれ、首府コース市が誕生した。同盟市戦争(前357〜前355)を勝ち抜いてアテーナイの支配から独立した(前354)ものの、マウソーロス*王統治下のハリカルナッソスに一時服属させられた。アレクサンドロス大王*の東征(前332)ののち、ヘレニズム時代にはプトレマイオス朝*の海軍基地となる。やがてローマの属州アシア*に併呑されたが、「自由市」の地位を保証され、帝政期には免税特権をも与えられた(後53)。

「医学の祖」ヒッポクラテース*をはじめ、画家アペッレース*や詩人ピリータース*(ピレータース*)、プトレマイオス2世*らの出身地。またヘレニズム時代にプトレマイオス王家の庇護下、文芸の中心地となり、詩人テオクリトス*や医師ヘーロピロス*らが活躍した。古来アスクレーピオス*の崇拝で名高く、コース市の西南郊にはこの医神に捧げられた神殿アスクレーピエイオン Asklepieion の大規模な遺跡(現・Asklipiío)が残っている。アスクレーピオスの末裔を称する家系アスクレーピアダイ Asklepiadai が祭祀を司り、ヒッポクラテースはここに奉納された治療例を基にして医術の研鑽を重ね、神域に湧き出る霊泉(微温含鉄鉱泉)を飲んで、一説には104歳もの長寿を保ったという。前5世紀末にヒッポクラテースの開いた医学派(コース学派)は、クニドス*学派と並んで評判高く、アスクレーピオスの子孫を称する歴代の名医を輩出し、ローマ帝室に仕えクラウディウス*帝毒殺に一役買った侍医クセノポンC. Stertinius Xenophon(後1世紀)もこの一門の出であった。『海から現われるアプロディーテー*』などのアペッレースの傑作も、アスクレーピオス神殿への奉納品であったが、アウグストゥス*が養父カエサル*の先祖ウェヌス*(アプロディーテー)女神を祀るためと称してローマへ持ち去ってしまった。

コース島は地味豊沃で、古来キオス*、レスボス*と並称される葡萄酒の名産地として知られ、またここで織られる肌が透けて見える絹の服地(ラ)Coae vestes や特産香油は、ローマ帝政期に評判が高かった。なお、英雄ヘーラクレース*が女装して島の王女と結婚したという伝承に基づき、コースでは神官と花婿は女の衣裳を身にまとう習慣が永く続いていた。コース市内にもギュムナシオン*や列柱廊ストアー*、アプロディーテー神殿、アゴラー*、音楽堂オーデイオン*、浴場テルマエ*などヘレニズム・ローマ時代の遺跡が残っている。
⇒ニーシュロス

Hom. Il. 2-677/ Herodot. 1-144, 7-99/ Thuc. 8-41, -108/ Strab. 14-657〜/ Hor. Carm. 4-13/ Mela 2-7/ Plut. Mor. 304c/ Plin. N. H. 5-36, 11-26〜/ Ov. A. A. 3-329/ Tac. Ann. 2-61, -67/ Diod. 5-54, -57, 13-42, 15-76/ Liv. 37-16/ Joseph. J. A. 14-7, J. B. 1-21/ Paus. 3-23/ Ptol. Geog. 5-2/ etc.

コスロエース Khosroes, Χοσρόης, Chosroēs
⇒ホスロー

黒海 Pontos Euxenos
⇒ポントス・エウクセイノス

コッタ Cotta, (西)(葡) Cot(t)a, (露) Котта

ローマのプレーベース*(平民)系のアウレーリウス氏*に属する家名 cognomen コグノーメン。第1次ポエニー戦争*に活躍したC. アウレーリウス・コッタ(前252、前248の執政官コーンスル*にして前241の監察官ケーンソル。ウィア・アウレーリア*の創建者)以来、共和政期に幾人もの高官を輩出した。前144年の執政官L. アウレーリウス・コッタは、「古狸」と呼ばれる老獪きわまる政治家で、明らかに有罪とわかっている裁判で無罪判決を勝ち取ったこともあるしたたか者。その同名の嫡男は前119年に執政官職に就くが、民衆派ポプラーレース*のマリウス*が提出した法案に反対し、逆にまだ若かったマリウスから「牢獄に投ずるぞ」と威嚇されて、ねじふせられている。次項以下はこの父子の一族である(⇒巻末系図055)。
Val. Max. 2-7, 6-4, -5, 8-1/ Plut. Mar. 4/ Cic. Acad. 2-26, Leg. 3-19, Mur. 28, Font. 13, Brut. 21/ App. Ill. 10/ Tac. Ann. 3-66/ Frontin. Str. 4-1/ Liv. 23〜/ Fast. Capitol./ Zonar./ Oros./ etc.

コッタ、ガーイウス・アウレーリウス Gaius Aurelius Cotta, (伊) Gaio Aurelio Cotta, (西) Cayo Aurelio Cotta, (葡) Caio Aurélio Cotta, (露) Гай Аврелий Котта

(前124頃〜前73) ローマ民衆派ポプラーレース*の政治家・弁論家。カエサル*の母アウレーリア*の従兄。P. ルティーリウス・ルーフス*の甥にあたる。2人の弟マールクス・コッタ*やルーキウス・コッタ*とともに政界で名を馳せ、M. リーウィウス・ドルースス❷*、L. リキニウス・クラッスス*らと親交を深める。ローマ市民権を求めるイタリアの同盟諸市を

支持したため、いったん追放される（前91）が、のちロー マに帰国（前82）。前75年の執政官職（コーンスル）に就くと（弟マールク スは翌前74年、ルーキウスは前65年に同職就任）、スッラ* の廃止した護民官（トリブーヌス・プレービス）職権の復興を目ざして活躍した。 雄弁家としても著名で、キケロー*の『弁論家について De Oratore』や『神々の本性について De Natura Deorum』に登 場する。前74年ガッリア*の属州総督 Proconsul（プローコーンスル）として 赴任し、実際には何の戦功もたてなかったにもかかわら ず凱旋式（トリウンプス）を要求して認められる。ところが皮肉なことに、 ローマへ帰還して凱旋式を挙げようという丁度その前日、 昔受けた古傷が突然裂けて急死してしまった。彼の一族は 平民（プレーベース）系の名門（ノービレース*）の家柄である。
⇒巻末系図055
App. B. Civ. 1-37/ Cic. De Or. 1-7, 2-23, 3-3, -8, Brut. 49, 55, 86, 88, 90, 92, Orat. 30, 38, Att. 12-20, Verr. 2-1-50, -3-7, Leg. Agr. 2-22, Pis. 26, Nat. D./ Sall. H. Fr./ Plut. Sert. 12/ etc.

コッタ、マールクス・アウレーリウス　Marcus Aurelius Cotta "Ponticus",（伊）（西）Marco Aurelio Cotta,（葡）Marco Aurélio Cotta,（露）Марк Аврелий Котта

（前1世紀前半）ローマ共和政末期の政治家、将軍。ガーイ ウス・コッタ*およびルーキウス・コッタ*の兄弟。前74 年の執政官（コーンスル）（同役はL.ルークッルス*）として、ポントス*の 大王ミトリダテース*6世の侵攻からビーテューニアー* を守るべく軍隊を率いて出陣するが、陸でも海でも惨敗し、 カルケードーン*に包囲され、ルークッルスの来援を余儀 なくされた。その後も戦争を続け、ポントスのヘーラクレ イア❹*を調略で陥れた（前71）。が、ローマへ帰還後、C.カ ルボー❷*によって属州略奪の廉で告発され、有罪と見な されて元老院を追放された。のち同名の息子マールクスM. Aurelius Cotta が、カルボーを同じ罪状で訴えて報復した という。
⇒巻末系図055
Liv. Epit. 93/ Plut. Luc. 5, 6, 8/ Dio Cass. 36-23/ App. Mith. 71/ Val. Max. 5-4/ Cic. Verr. 2-5-13, Mur. 15/ Oppius/ Sall. Hist. 4/ Asc. Corn./ etc.

コッタ、ルーキウス・アウレーリウス　Lucius Aurelius Cotta,（伊）Lucio Aurelio Cotta,（西）Lucio Aurelio Cotta,（葡）Lúcio Aurélio Cotta,（露）Луций Аврелий Котта

（前1世紀）ローマ共和政末期の政治家。カエサル*の母ア ウレーリア*の従兄弟。2人の兄ガーイウス・コッタ*、マー ルクス・コッタ*とともに政界に進出し、前70年の法務官（プラエトル）* としてアウレーリウス法 Lex Aurelia Judiciaria を提議、陪 審裁判官となる資格は元老院*身分の者に限られるという スッラ*の定めた裁判制度を覆した。以来、元老院議員と 並んで騎士（エクィテース）*身分やそれに次ぐ第3の身分、国庫担当官（トリブーニー・アエラーリイー） Tribuni aerarii らも陪審員席に列つらなることができるよ うになった。前66年に彼は、L.マンリウス・トルクァー トゥス❶*と2人して、クラッスス*派の予定執政官両名 の不正行為を糾弾して追い落とし、代わって告発者の自分 たちが翌前65年度の執政官（コーンスル）に任命された（⇒P.コルネーリ ウス・スッラ）。大酒飲みの評判にもかかわらず、前64年 の監察官（ケーンソル）に選ばれる。またキケロー*がカティリーナ*一派 の謀叛を鎮圧した時には、この雄弁家に公的な感謝祭（スップリカーティオー） supplicatio を捧げるよう提案（前62）、のちにキケローが 追放の憂き目に遭っても、彼に対する友情は変わらず、そ のローマ召還を真先に元老院で発議した。内乱突入（前 49）以降は次第に熱心なカエサル派となり、前44年3月 15日の元老院集会では、シビュッラ*（シビュッレー*）の 予言書を持ち出して、「パルティアー*征服を成就させるた めには、カエサルに『王』の称号を与えるべきだ」と提案 しようとした。しかし、その当日カエサルが暗殺されたた め、失意を覚えて公的生活から引退した。
Suet. Iul. 79/ Liv. Epit. 97/ Vell. Pat. 2-32/ Nep. Att. 4/ Plut. Cic. 27/ Cic. Pis. 7(16), Verr. 2-2-71, Leg. Agr. 2-17, Cat. 3-8, Phil. 2-6, Dom. 26, 32, Att. 12-21, Leg. 3-19, Fam. 12-2/ Asc. Corn./ Dio Cass. 36-44/ etc.

コッティウス　Marcus Julius Cottius,（ギ）Μάρκος Ἰούλιος Κόττιος,（伊）Marco Giulio Cozio,（西）Marco Julio Cotio,（葡）Marco Júlio Cotio

アルペース*（アルプス）山脈のリグリア*系諸部族の王。

❶（在位・前1世紀末頃～後1世紀前期）先住民の王ドン ヌス Donnus の子。他のアルペース*山岳諸部族がアウグ ストゥス*に服属した（前17）のちも、巧みに独立を保持し、 ついにプラエフェクトゥス*の称号のもとにローマ帝国の 藩属王となる（前8頃）。アルペース越えの街道を建設した ほか、アウグストゥスに敬意を表して首都セグーシオー* （現・スーザ Susa）に凱旋門を建立（前7～前6）、これは現 在なお残っている。

❷（在位・後44～60前後？）❶の子。父の遺領を継承 し、クラウディウス*帝により正式に国王の称号を授与さ れて即位（後44）。しかし、ネロー*帝の治世に彼が死ぬ と、王国はローマ帝国に併合され、属州アルペース・コッ ティアエ Alpes Cottiae となった。その名は今日も地名に 残っている（〈英〉Cottian Alps,〈仏〉Alpes Cottiennes,〈独〉die Cottischen Alpen,〈伊〉Alpi Cozie）。
Amm. Marc. 15-10/ Dio Cass. 60-24/ Plin. N. H. 3-20/ Suet. Tib. 37, Ner. 18/ Strab. 4-204/ Aur. Vict. Caes. 5/ Eutrop. 7-14/ Tac. Hist. 1-61, 4-68/ etc.

コッティウス*の王国　Cottii Regnum,（英）Kingdom of Cottius

リグリア*地方の一部をなすアルペース*（アルプス）山 岳地帯にあった王国。中心市はセグーシオー*。
⇒コッティウス

コッラーティア　Collatia, (ギ) Kollatia, Κολλατία, (仏) Collatie, (西) Colatia, (露) Коллатия

(現・Lunghezza) イタリア中部ラティウム*の古い町。ローマの東方16km、コッラーティーヌス街道 Via Collatina 沿いに位置していた。貞女ルクレーティア*の凌辱事件が起きた舞台として知られる。名祖は彼女の夫で、この町を統治していたコッラーティーヌス*。前665年ローマ王トゥッルス・ホスティーリウス*によって破壊されたのち間もなく再建されたが、大プリーニウス*の頃(後1世紀)には跡形もなく姿を消していたという。
⇒タルクィニウス・スペルブス、セクストゥス・タルクィニウス
Liv. 1-38, -57～/ Cic. Leg. Agr. 2-35/ Plin. N. H. 3-5/ Verg. Aen. 6-774/ Dion. Hal. 3-50, 4-64/ Strab. 5-230/ Frontin. Aq. 5-10/ etc.

コッラーティーヌス、ルーキウス・タルクィニウス
Lucius Tarquinius Collatinus, (仏) Lucius Tarquin Collatin, (伊) Lucio Tarquinio Collatino, (西) Lucio Tarquinio Colatino, (葡) Lúcio Tarquínio Colatino, (露) Луций Тарквиний Коллатин

(前6世紀末) ローマの半ば伝説上の人物。第5代の王タルクィニウス・プリスクス*の姪孫(⇒巻末系図050)。父エーゲリウス Egerius は、サビーニー*族から奪取した町コッラーティア*の統治者に任命され、以来タルクィニウス・コッラーティーヌスの名を帯びた。息子のルーキウスは、貞女ルクレーティア*と結婚したが、ルトゥリー*族の首邑アルデア*攻略戦に従軍中、タルクィニウス・スペルブス*王の息子セクストゥス・タルクィニウス*によって妻を強姦される。そこで彼は、L. ユーニウス・ブルートゥス*と協力して、タルクィニウス王一家をローマから放逐し王政を廃止(前510)、共和政を発足させた。前509年、コッラーティーヌスはブルートゥスと並んで最初の執政官(コーンスル*)となるが、国民が王家にかかわりのある彼の名を嫌ったため、自ら職を辞してラーウィーニウム*へ隠栖、その後任にはウァレリウス・プーブリコラ*が選ばれた。
Liv. 1-38, -57～60, 2-2/ Dion. Hal. 4-64～/ Cic. Rep. 2-25, Off. 3-10/ Ov. Fast. 2-725～/ Dio Cass. Fr. 24/ etc.

ゴティー(ゴート族)　Gothi
⇒ゴトーネース

コテュス　Kotys, Κότυς, Cotys, (伊) Coti, (西) Cotis, (露) Котис
トラーケー*(トラーキアー*)の王。

❶(在位・前382頃～前358頃) アテーナイ*の将軍イーピクラテース*の岳父。先王を殺害して即位、初めアテーナイと友好関係にあったが、のち敵対し交戦する(前365～)。戦争が終わったのは、コテュスがピュートーン Python やヘーラクレイデース Herakleides らに暗殺されたのちのことである。王は凶暴な性格で、嫉妬心から妃を殺した(自らの手で妻の陰部から順に体を切り裂いて惨殺)ほか、ある時は自分が女神アテーナー*と結婚しているのだと妄想し、それに同調せぬ家来たちを次々と殺害したこともある。彼の暗殺も私怨に基づくもので、そのうちのある者は少年の頃、王によって睾丸を切りとられたことを恨んでいたという。
⇒オドリュサイ
Ath. 4-131, 12-531～/ Arist. Pol. 5-10, Oec. 2-26/ Xen. Ages. 2-26/ Nep. Iphicrates 3, Timoth./ Dem. 23/ Diog. Laert. 3-46, 9-65/ Suda/ etc.

❷(在位・? ～後18/19頃) トラーケー*(トラーキアー*)王ロイメタールケス Rhoimetalkes の子。父が殺された後、ローマ皇帝アウグストゥス*の命で、父の弟レスクーポリス Rheskuporis と領土を分割統治するが、ほどなく強欲な叔父に謀殺された。妻のアントーニア・トリュパエナ Antonia Tryphaena (M. アントーニウス❸*の曾孫)は、レスクーポリスをローマ元老院*に訴え、その結果彼は断罪されて王国から追放処分となり(のち処刑される)、コテュスの遺領は息子たちが相続した。しかし後38年、カリグラ*帝はレスクーポリスの子ロイメタールケス(3世)Rhoimetalkes Ⅲ にトラーケー全土を与え、コテュスの同名の息子コテュス Kotys を小アルメニアーの王(在位・38～54)に据えた(⇒巻末系図030)。また46年にロイメタールケスが妻に殺されると、その王国はローマの属州トラーキア*として編入された。

トラーキアー以外にも、コテュスなる王名は、パープラゴニアー*、ボスポロス*などの諸王国に少なからず見出され、特に異母兄ミトリダテース Mithridates 王の反乱計画をローマ帝クラウディウス*に密告し、兄に代わってボスポロス王位についたコテュス(在位・45～61頃)は有名である。
Tac. Ann. 2-64～67, 3-38, 11-9, 12-15～21/ Vell. Pat. 2-129/ Dio Cass. 59-12/ Paus. 2-27/ Strab. 12-556/ Ov. Pont. 2-9/ Xen. An. 5-5, Hell. 4-1/ Diod. 16-34, 30-3, 37-5/ Polyb. 27-12, 30-17/ Liv. 42～43/ etc.

コテュス　Kotys
⇒コテュットー

コテュットー(コテュトー)　Kotyt(t)o, Κοτυτ(τ)ώ, Cotyt(t)o, (またはコテュス Kotys, Κότυς, Cotys), (伊)(西)(葡) Cotito
トラーケー*(トラーキアー*)起源の女神。夜間に開かれるその祭礼コテュッティア Kotyttia には淫蕩な躁宴 orgia の儀式が伴っており、信者に洗礼 baptisma を授ける神官たちはバプタイ Baptai と呼ばれた。コテュットーは早く前7世紀以前にギリシアにもたらされ、特にアテーナイ*とコリントス*で崇拝を受け、やがてシケリアー*(現・シチリア)島やイタリアなど西方世界にまで広く伝播した。神々の母レアー*＝キュベレー*と同一視され、その

秘教(ミュステーリア*)の内容を洩らす者は死罪に当たると見なされていた。前5世紀のアテーナイでは、アルキビアデース*が入信しており、女神の祭儀を舞台上でからかった喜劇作家エウポリス*は、そのためアルキビアデースに溺死させられたという。遊女や男娼の守護女神と見なされ、乱交や女装・化粧などあらゆる放埒な行為が彼女の儀式で繰り広げられたと伝えられる。
⇒サバージオス，ベンディース
Strab. 10-470~/ Hor. Epod. 17-56/ Juv. 2-92/ Theoc. 6-40/ Archil. Fr./ Joseph. J. B. 4/ Aesch. fr. 57/ Verg. Catal. 13/ Plut. Proverb./ Hesych./ Suda/ etc.

ゴート Goths
⇒ゴトーネース

ゴート族 Gothi
⇒ゴトーネース

ゴトーネース Got(h)ones, Gut(t)ones, もしくは、ゴティー Gothi, (ギ) Got(t)hoi, Γόθοι, Γότθοι, Γόττοι, Γούτθοι, Γύθωνες, (英) Goths, (仏) Gothons, Goths, (独) Goten, (伊) Goti, (西) (葡) Godos, (露) Готы, (ゴート語) Gutans
ゴート*族。ゲルマニア*人の部族名。前1世紀末頃に原郷スカンディナヴィア南部からバルト海南岸ウィーストゥラ Vistula (現・Weichsel、Visla) 河下流域へ移住。東ゲルマーニア系の有力部族となる。後150～200年頃には、さらに東南へ移動して黒海北岸に達し、3世紀に入るとドーナウ河沿岸に現われて、ローマ帝国の辺境をしばしば侵した (⇒カルピー)。剽悍な部族で行く先々を劫略し、251年にはモエシア*でデキウス*帝を敗死させ、後継帝ガッルス*から多額の償金を得たが、その後も小アジアやバルカン半島、ギリシア各地を略奪・破壊して回った (⇒ヘルリー)。ガッリエーヌス*帝に敗れ (267)、次いでクラウディウス2世*・ゴティクスに撃破されて、5万人が殺されたという (269)。しかし、その後間もなくアウレーリアーヌス*帝は、ゴート族の圧迫に抗しきれず、属州*ダーキア*の放棄を余儀なくされる (270頃)。3世紀末頃から彼らはボリュステネース*(ドニェプル)河を挟んで、西ゴート* Visigoths と東ゴート* Ostrogoths に分かれ、両者とも民族大移動期に活躍する。370年頃、西進したフン*族 (フンニー*) によって東ゴートは征服され、脅かされた西ゴート4万人は376年フリティゲルン Fritigern, (ギ) Φριτιγέρνης, (ラ) Fritigernus に率いられてドーナウを渡河、ローマ領モエシアに定住を認められるが、2年後ハドリアーノポリス Hadrianopolis (現・エディルネ Edirne) の戦いでウァレーンス*帝を敗死させ (378年8月9日)、さらにアラリークス*王の指導下トラーキアー*(トラーケー*)、ギリシアを占領・荒廃させたのち、イタリアへ侵攻 (401～)、ローマを劫掠した (410)。次いで西ゴートは南ガッリア*へ移り (412頃)、トローサ*(現・トゥールーズ) を首都とする西ゴート王国 (独) Westgotisches Reich を建設 (418)、ヒスパーニア*を征服してローマからの独立を宣言するに至る (475～711、ウマイヤ朝イスラーム帝国により滅亡)。他方、東ゴートは454年頃フン族の支配から脱してローマ領パンノニア*へ移住、489年にはテオドリークス*(大王)に率いられてイタリアへ進攻、オドアケル*を倒して東ゴート王国 (独) Ostgotisches Reich を建設した (493～555、東ローマ帝国により滅亡。⇒ユースティーニアーヌス1世)。ゴート族は後世の地名ゴトランド Gotland や建築様式ゴシック Gothic といった語に、その名を留めている。

彼らは尚武の民として知られ、史家アンミアーヌス・マルケッリーヌス*によると、ダーキアにいた驍勇で聞こえたある部族は、若者が熊か猪を退治して成人したことを証明するまで、年長の男性との性愛関係を保たなければならなかったという。
⇒カッシオドールス、イオルダーネース
Tac. Germ. 44, Ann. 2-62/ Plin. N. H. 4-14, 37-2/ Auson. Ep. 3/ Sid. Apoll. Epist. 1-2/ Amm. Marc. 31, 37/ S. H. A. Caracall. 10, Geta 6/ Ptol. Geog. 3-5/ Strab. 7-290/ Jordan. Getica 16~/ Zosimus 1-23~/ Aur. Vict. Caes. 29/ Zonar. 12-21~/ Euseb./ Cassiod./ Eutrop./ Claud./ Oros./ etc.

コドロス Kodros, Κόδρος, Codrus, (仏) Codros, (伊) (西) (葡) Codro, (露) Кодр
伝説的なアテーナイ*王 (伝・前1089頃～前1068頃)。彼の父メラントス Melanthos は、ピュロス*王ネーレウス*の子孫でメッセーネー*王家の一員であったが、ヘーラクレイダイ*(=ドーリス人*)に追われてアッティケー*へ亡命、その地においてボイオーティアー*王クサントス Ksanthos を一騎討ちで破り、テーセウス*の子孫テューモイテース Thymoites に取って代わってアテーナイの支配者となった (⇒デーモポーン❶)。

父を継いでコドロスが王位にあった時、ドーリス人が今度はアッティケー地方を攻撃してきたが、デルポイ*の神託は「ドーリス人がコドロスの生命を奪わずにいれば、アテーナイ人に対する勝利を得るであろう」と宣言していた。それを知ったコドロスは、国家の犠牲となるべく、樵(きこり)に変装して敵陣に入り、ドーリス兵と諍い(いさか)を起こしてわざと殺された。彼の死が発覚したのでドーリス人は兵を引き揚げたというが、この伝承の古形は、アテーナイ軍がドーリス人を撃退した戦闘においてコドロス王が殺された、といったものであったと思われる。祖国を救った功績により、彼はアクロポリス*の近くに葬られ、英雄神(ヘーロース) heros として崇められた。長子メドーン Medon は片足が不自由であったけれど王位を継承し、他の息子たちは小アジアのイオーニアー*地方へ植民を行なった (前1044頃)。メドーンの子孫は前8世紀まで王権を保持し、ソローン*、ペイシストラトス*、プラトーン*らは皆その末裔を称した。後代の説によると、コドロスの死後、「何人といえどもかかる立派な王に価する後継者たり得ない」としてメドーンは終身のアルコーン*となり、王政は廃止されたということ

になっている。

⇒エウパトリダイ

Herodot. 1-146〜7, 5-76/ Arist. Ath. Pol. 3-3, Pol. 5-10（1310b）/ Paus. 1-19, 2-16, -18, 7-1, -2, -25, 8-18, -52/ Pherec. Fr./ Hellanicus Fr./ Lycurg. 84〜87/ Strab. 9-393, 14-632〜/ Just. 2-6/ Vell. Pat. 1-2/ etc.

コノーン　Konon, Κόνων, Conon,（伊）Conone,（西）Conón,（葡）Cónon,（露）Конон

ギリシア人の男性名。

❶（前444頃〜前392）アテーナイ*の名家出身の将軍ストラテーゴス*。ペロポンネーソス戦争*（前431〜前404）中、艦隊を指揮して各地に転戦したが、前405年アイゴスポタモイ*の海戦でスパルター*のリューサンドロス*に敗れ、将軍たちの中でただ1人いち早く逸早く戦場を逃れて、キュプロス*のエウアーゴラス❶*王のもとへ身を寄せた。アテーナイの降伏（前404）後、アカイメネース朝*ペルシア*帝国に仕えて海軍の増強に参画し、前394年ペルシア海軍を指揮してクニドス*沖にスパルター艦隊を撃滅した。翌年帰国した彼は、ペルシアの援助を得て長城と市壁を再建し、アテーナイ海上帝国の復興を試みた。のちペルシアが親スパルター政策に転向したため（⇒アンタルキダス）、それを阻止するべくサルデイス*へ使節として赴が、ペルシア帝国*の太守サトラペースSatrapesティーリバゾス*に捕われ投獄されて、小アジア奥地に送られ殺されたとも、脱出してキュプロスへ逃れてから没したともいう（後者の説が信憑性が高い）。

彼がペルシアの帝王アルタクセルクセース2世*の宮廷へ派遣された折、異国の君主に跪拝礼プロスキュネーシスProskynesisを行なうのは屈辱的だとして、用件を書面にして提出した話は名高い。豊かな財産を息子ティーモテオス❷*に遺し、やがてティーモテオスも将軍として勝れた業績を世に示したため、後年アクロポリス*丘上に父子を顕彰する肖像が建てられた。孫に同名のコノーン（ティーモテオスの息子）がいる。

⇒パルナバゾス、クテーシアース

Xen. Hell. 1-4〜, 2-1, 4-3, -8/ Diod. 13-48, -74, -77〜, -106, 14-39, -79, -81, -83〜85, 15-43, 18-64/ Nep. Conon/ Plut. Lys. 11, Artax. 21/ Thuc. 7-31/ Ath. 1-3d/ Isoc. 4/ Paus. 1-2, -24, -29/ Andoc./ Just. 6-1〜/ etc.

❷（前3世紀前半〜中頃に活躍）サモス*出身の天文学者、数学者。イタリアやシケリアー*（現・シチリア）など各地を旅したのち、エジプトのアレクサンドレイア❶*に定住。前245年頃「かみのけ座（ラ）Coma Berenices」を新発見した経緯は、カッリマコス*やカトゥッルス*の詩にうたわれて名高い（⇒ベレニーケー2世）。数学では螺旋や円錐に関する研究を進め、またエジプト古来の記録を用いて日蝕の観察記録を残したともいう。友人のアルキメーデース*は、彼の早世を深く悼んだと伝えられる。

Catull. 66/ Hyg. Poet. Astr. 2-24/ Aratus Phaen. 146/ Sen. Q. Nat. 7-3/ Callim. Aet. Fr. 110/ Verg. Ecl. 3-40/ Apollonius Conic. 4/ etc.

❸（前1世紀後半）カエサル*およびアウグストゥス*時代に活躍したギリシアの文献学者・神話作家。ローマに暮らし、カッパドキアー*王アルケラーオス❺*に神話伝説集Diēgēseisを捧げた。これは50の、主として植民市の創建にまつわる伝承を集成したもので、その摘要のみ伝存する。

Phot. Bibl. 186, 189/ Dio Chrys. Or. 18/ etc.

コーパーイス湖　Kopaïs limnē, Κωπαῖς λίμνη, Copais Lacus,（英）Lake Copais,（仏）Lac Copaïs,（独）Kopais-See,（伊）（西）Lago Copaide

（現・Kopaïda）（別名・ケーピーシスKephisis）ギリシア中部ボイオーティアー*地方にあった湖。現在は干拓されているが、かつてはボイオーティアー西部の平地の大半をおおった大きな湖沼であった。北岸にあった町コーパイKopaiにちなんで名づけられた。ケーピーッソス❷*川ほかの河

系図196　コドロス

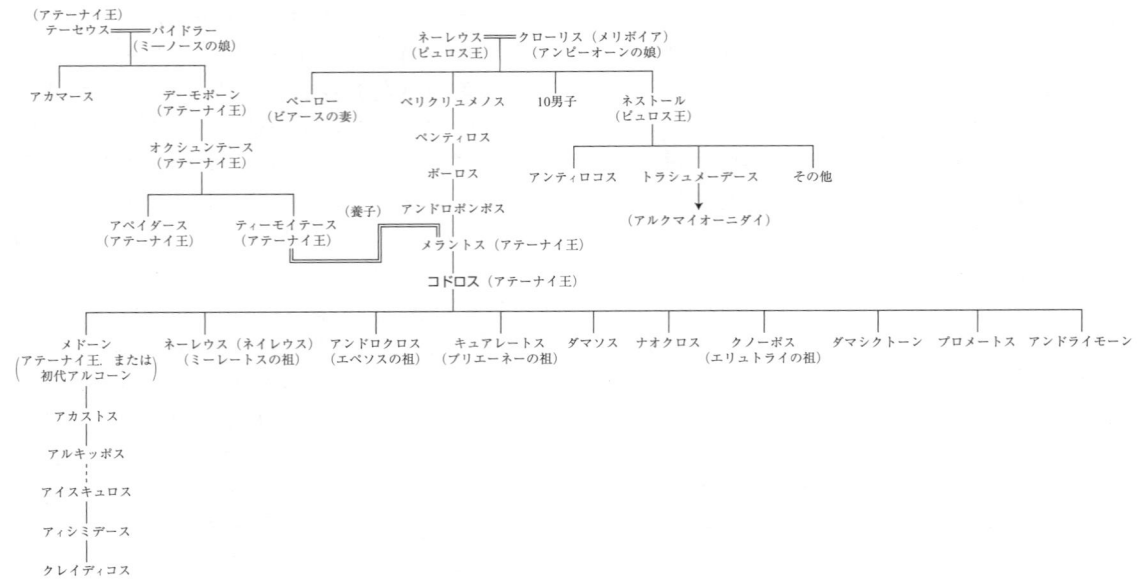

川が流入し、オルコメノス*旧市など幾つかの町が湖底に水没したという。古典期には大きく美味しい鰻や葦笛用の葦のとれる湖として有名。湖中の島だったグラー Gla からはミュケーナイ*時代の城砦の遺跡が発掘されている。かつてオルコメノスのミニュアイ*族によって干拓が試みられたが、テーバイ❶*の英雄ヘーラクレース*の手で排水溝が塞がれてしまったと伝えられ、今もその跡と称する遺構を見ることができる。

⇒レバデイア

Hom. Il. 2-502, 5-709/ Ar. Ach. 880〜, Pax 1005/ Paus. 9-24, -38/ Thuc. 4-93/ Strab. 9-406〜/ Herodot. 8-135/ Pind. Pyth. 12-27/ Ath. 7-297/ Plin. N. H. 4-7/ Liv. 33-29/ etc.

コバーデース Kobades, Κοβάδης, Cobades, または〈英〉〈仏〉〈独〉〈伊〉〈西〉〈葡〉Kvadh, Kobad, Qobad, Qubad, Kabad, Kavad, Kavadh, Kawadh, Kaveh,〈ペルシア語〉Ghobād, Qobād,〈露〉Кавад,〈漢〉居和多,〈和〉カワード、カヴァード、クバード

サーサーン朝*ペルシアの帝王（⇒巻末系図 111）。

❶ 1世 K. I（後449〜531）（在位・後487／488〜531）

ペーローズ*の子。貴族やマゴイ*祭司の専横を抑えるべく、新興宗教マズダク Mazdak 教を保護したため、貴族の陰謀で一時投獄・追放され（496）、亡命先のエフタル Ephtalites 王の娘（彼自身の姪でもある）と結婚、498 年エフタル軍の援助で復位すると、マズダク教徒を宮殿に呼び集めて一挙に殺戮した。しかしエフタルに対する巨額の代償金が支払えず、東ローマ帝アナスタシウス*に借財の交渉をしたものの、拒絶されたので、東ローマに対して宣戦布告し、アルメニアー*とメソポタミアー*を占領した（502〜507）。在位 43 年、82 歳で長逝し、位は息子のホスロー（コスロエース）1世*が継いだ。

Procop. Bell. Pers. 1/ Zonar./ etc.

❷ 2世 K. II Siroes, Σιρόης（シーロエース、Shīroē）（在位・628）

父ホスロー2世*の目前で兄弟 18 人を虐殺し、父をも投獄・殺害して即位したが、自らも在位 6 ヵ月にして毒殺された。

⇒アルダシール3世

Theophanes/ etc.

コマーナ Komana, Κόμανα, Comana

小アジアの都市名。

❶（現・Şar, Şarköy ないし El Bostan）カッパドキアー*の山間都市。別名・ヒエラーポリス Hierapolis。❷と区別するためコマーナ・クリューセー Khryse（または、〈ラ〉アウレア Comana Aurea、いずれも「黄金のコマーナ」の意）と呼ばれることもあった。古くから戦いの女神マー＝エニューオー Mã・Enyo（アルテミス*と、ローマではベッローナ*と同一視される）の神域で名高く、その血腥い祭儀はイーピゲネイア*とオレステース*姉弟がタウリケー*の地からもたらしたものだという。ローマ帝政期に入ってもなお、この峡谷一帯は王族出身の大祭司に支配されており、男女合わせて6千人以上の神殿奴隷 Hieroduloi や神殿売春者が仕えていた。交通の要衝に当たっていたので、セプティミウス・セウェールス*帝が軍用道路を建設し、次いでカラカッラ*帝がローマ植民市（コロー二ア）として以来、コーンスタンティーヌス1世*の時代まで栄えた。劇場（テアートロン*）と多数の碑文資料が残っている。

⇒カエサレーア・マザカ

Strab. 11-521, 12-535/ Plin. N. H. 6-3/ Plut. Sull. 9, 27/ Hirt. B. Alex. 66/ Procop. Pers. 1-17/ Phot. Bibl./ etc.

❷ K. Pontika, Κόμανα Ποντικά,〈ラ〉Comana Pontica（現・Gümenek）

ポントス*のイーリス Iris（現・Yeşil Irmak）河上流の交易都市。❶の姉妹都市で、やはり王族出身の大祭司に支配されていた（⇒アルケラーオス❸❹）。アルテミス*と同一視される月神マー Mã の祭儀は❶のそれと等しく盛大で、聖域には 6 千人を超える神殿奴隷 Hieroduloi が仕えていた。ローマ帝政期に入っても彼らによる神聖売春はさかんに行なわれ、市はアルメニアー*商人らで大いに賑わったという。後 34 年以降、ヒエロカエサレーア Hierocaesarea と改名される。

⇒ゼーラ

Strab. 12-557〜559/ Plin. N. H. 6-3/ Ptol. Geog. 5-6, 8-17/ App. Mith. 121/ Hirt. B. Alex. 35/ Joh. Chr./ etc.

コミティア Comitia,（〈ギ〉Arkhairesiai, Ἀρχαιρεσίαι）〈仏〉Comices,〈伊〉Comizi,〈西〉Comicios,〈葡〉Comícios,〈露〉Комиции

ローマの民会。ローマ市民権を有する成年男子の総会。以下の4つがある。

❶ クーリア*会（コミティア・クーリアータ C. Curiata）

ロームルス*が建国後に設けた3部族（トリブス）tribus 各 10、合計 30 のクーリア（分区）を単位とするローマ最古の民会。各クーリアは複数の氏族（ゲーンス）gens がまとまったもので、固有の領域・指導者・祭祀をもち、クーリアごとに投票者団となって民会を構成。国王の選出や神官職の選定、遺言作成の保証などを行なったが、共和政期には次第に兵員会に圧せられて宗教的領域に限定、ポエニー戦争*の頃までに全く形骸化していた。パトリキイー*（貴族）主導であったため、別名「貴族会」とも呼ばれた。

❷ 兵員会（コミティア・ケントゥリアータ C. Centuriata）

第6代王セルウィウス・トゥッリウス*（伝在位・前 578 〜前 534）の設立と伝えられ、市民の財産と武装とを結びつけて等級分けした民会（実際は前 5 世紀に成立とも）。財産額に応じて軍事的負担を定め、「百人隊 centuria（ケントゥリア）」ごとに投票、高級政務官（マギストラートゥス*）の選出や和戦の決定、立法、死刑裁判などの重要な国事に決定権をもった。次第にクーリア会に代わって権限を有し、「最高の集会」と呼ばれて重んじられた。投票の仕組みは富裕層に有利にできており、また政治権を元老院（セナートゥス*）・政務官と分有していたため、前 287 年、平

民会の台頭で機能を喪失した。

❸**平民会**（コンキリウム・プレービス Concilium Plebis）
プレーベース*（平民）だけの集会で、護民官（トリブーヌス・プレービス*）によって召集され、セルウィウス・トゥッリウス*王の再編した地域的トリブス*（行政区）ごとに投票、護民官や平民造営官（アエディーレース*）の選出・軽罪の裁判などを扱った。本来は正式の国家の民会ではなく、その決定は平民だけを拘束したが、前287年ホルテーンシウス*法 Lex Hortensia の成立により、パトリキイー*（貴族）を含めた全市民を拘束することになった。

❹**区民会**（コミティア・トリブータ C. Tributa）
平民会にパトリキイー*（貴族）が加わって名実ともに民会となったもので、地域的行政区（トリブス*）（その数は前241年以降35に確定）を単位とし、下級政務官の選出・立法・罰金刑の裁判などを行なった。兵員会に代わって事実上ローマの最高議決機関となるが、共和政末期には無産市民（プロレーターリィー）proletarii に左右されて機能を喪失。帝政期に入って政務官の選出権を奪われつつも、形式的には後3世紀まで存続した。

以上、いずれの民会もアテーナイ*式の民会（エックレーシアー*）には程遠く、富裕層に有利な仕組みになっており、またローマがいくら発展拡大しても構成や運営方法に基本的な変化は加えられず、次第にその意義を失っていった。なお雷鳴その他の不吉な前兆が現われると民会は解散・延期される習慣になっていたので、共和政末期には政争の具として占卜が濫用された。前59年の執政官（コーンスル*）ビブルス*が毎日のように凶兆を言い立てて相役のカエサル*の足を引っ張ろうとした話は有名。癲癇（てんかん）の発作など政治的意図をもって起こされる病気は、民会病 morbus comitialis と呼ばれた。
⇒トリブス、マギストラートゥス、セナートゥス（元老院）
Plut. Rom. 20. Cat. Min. 42, Publ. 11, Gracch./ Cic. Leg. 3-19, Leg. agr. 2-12(31), Rep., Div., Brut., Verr. 1-6, Dom. 14-38, Att. 1-14, Fam. 7-30/ Liv. 1-43, 2-58, -60, 3-51, 5-52, 9-46, 10-22/ Gell. 15-27/ Polyb. 6-11〜/ Suet. Iul. 20, 41, Aug. 40/ Varro L. L./ Dion. Hal. Ant. Rom./ Macrob. Sat./ Dio Cass./ App. B. Civ./ Sall./ Tac./ Vell. Pat./ etc.

護民官（トリブーヌス・プレービス） Tribunus plebis, （ギ）Dēmarkhos, Δήμαρχος, （英）Tribune of the people, または、Tribune of the Plebs, （仏）Tribun de la plèbe, （独）Volkstribun, Tribusvorsteher, （伊）Tribuno della Plebe, （西）Tribuno de la Plebe, （葡）Tribuno da Plebe, （露）Плебейский Трибун
⇒トリブーヌス

コムマーゲーネー Commagene
⇒コンマーゲーネー

コムミウス Commius
⇒コンミウス

コームム Comum, （ギ）Komon, Κῶμον, （仏）Côme, （独）Chum, （露）Комум, Комо
（現・コモ Como,〈ロンバルディーア方言〉Comm）ガッリア・キサルピーナ*（ガッリア・トラーンスパダーナ*）の町。アルペース*（アルプス）山脈南麓のラーリウス Larius（現・コモ Como）湖南岸に位置する。前4世紀にケルト*（ガッリア*）人の支配下に入り、ラエティア*人の侵略も被るが、前196年以降ローマ人の勢力圏となり再興される。前89年、Cn. ポンペイユス・ストラボー*によってラテン植民市とされ、次いでユーリウス・カエサル*が5千人の入植者を送り込み、町の名をノウム・コームム Novum Comum（「新コームム」の意）と改称（前59）。前49年のカエサル対ポンペイユス*間の内乱が勃発したのは、ポンペイユス派のC. クラウディウス・マルケッルス❶*（前51年度の執政官（コーンスル*））が、カエサルがこの町に与えたローマ市民権を認めず、市の議員を鞭打って追い返した事件を1つの契機としている。帝政期には自治都市（ムーニキピウム*）となり、イタリア北方の軍事基地として重視される。鉄工業の中心地、および大・小プリーニウス*の生地として知られる。今日も共和政期に遡る市壁や、小プリーニウスの建造にかかる図書館付きの浴場（テルマエ*）などの遺構を見ることができる。
Plin. N. H. 3-17/ Liv. 33-36〜37/ Suet. Iul. 38/ Plut. Caes. 29/ Plin. Ep. 1-3, 3-6, 4-13/ Ptol. Geog. 3-1/ Catull. 35/ App. B. Civ. 2-26/ Strab. 5-213/ Just. 20-5/ It. Ant./ Cic. Att. 5-11/ etc.

コムモディアーヌス Commodianus
⇒コンモディアーヌス

コムモドゥス Commodus
⇒コンモドゥス

コラ Cora, （ギ）Kora, Κόρα, （露）Kopa
（現・コーリ Cori）ラティウム*中部にあったウォルスキー*族の古い町。ローマの東南約35マイルに位置し、前340年まではその領有をめぐってラテン人（ラティーニー*）とウォルスキーとの間で抗争が行なわれた。前338年以降、コラはローマの同盟市となり、のち自治都市（ムーニキピウム*）として賑わった。キュクロープス*式の城壁や2宇の神殿──アクロポリス*上には前1世紀初頭のドーリス*式小神殿──などの遺跡が残る。
Liv. 2-16, -22, 26-7/ Verg. Aen. 6-775〜776/ Plin. N. H. 3-5/ Dion. Hal. Ant. Rom. 3-34/ Luc. 7-392/ Diod. 7-5/ Solin. 2-8/ Strab. 5-237/ Serv. ad Verg. Aen. 7-670〜/ etc.

コリオラーヌス Gnaeus (Gaius) Marcius Coriolanus, （ギ）Koriolanos, Κοριολᾶνος, （仏）Coriolan, （伊）（西）（葡）Coriolano, （露）Кориолан
（前527頃〜前488頃）共和政ローマ初期のなかば伝説上の貴族。幼くして父を失い、母ウォルムニア*（またはウェトゥリア Veturia）に育てられる。本名をグナエウス（もしく

はガーイウス）・マルキウス Cn. (C.) Marcius といったが、ウォルスキー*族との戦いで敵の首邑コリオリー Corioli を陥れて以来、コリオラーヌス（コリオリーの征服者）の名を得た（前493）。しかるに、前491年の飢饉にさいして、シュラークーサイ*の僭主ゲローン*から送られた穀物を「護民官(トリブーヌス・プレービス*)を廃さぬ限り平民(プレーベス*)に分配してはならない」と主張して、護民官から告発され、祖国を追放される。復讐心に燃える彼は、ウォルスキー族の許(もと)へ身を投じ、その首長アッティウス・トゥッルス（ないしトゥッリウス）Attius Tullus (Tullius) により将軍に任命され、ウォルスキー軍を率いてローマへ攻め寄せた（前489）。恐慌に陥ったローマでは、彼の追放解除を決議し、元老院や神官団の使節を次々と派遣して停戦を申し入れたが、ことごとく却(しりぞ)けられた。そこでついに母のウォルムニアが、彼の妻ウェルギリア Vergilia（またはウォルムニア Volumnia、ウェトゥリア Veturia とも）と幼い2人の息子を連れてコリオラーヌスの陣営を訪れ、攻撃を中止するよう愁訴嘆願し、「もし聞き届けてくれぬとあらば、身体をはって進撃を妨げることになりましょう」と脅かした。ようやく彼も故国征服を思いとどまり、軍を率いて去ったので、ローマは難を逃れた。ウォルスキー族の許へ戻ったコリオラーヌスは、裏切者として殺されたとも、追放されて悲惨な最期を遂げたとも伝えられる。

　イタリア・ルネサンス以来の泰西絵画や、シェイクスピアの戯曲『コリオレイナス』（1607〜08）など彼の生涯は、後世ヨーロッパの美術・文学の主題として、しばしば採り上げられている。

Plut. Coriol./ Liv. 2-33〜35, -37〜40, -52, -54/ Dion. Hal. 7-20〜8-59/ etc.

コーリュキオスの洞窟　Korykios, Κωρύκιος, Corycius
（またはコーリュキオン洞窟 Korykyon antron, Κωρύκιον ἄντρον)、（英）Corycian Cave、（仏）Grotte Corycienne、（伊）（西）（葡）Coriciana、（露）Пещере Корикион

（現・Koríkio Ándro）デルポイ*の北7マイル、パルナッソス*山中の洞窟（標高1350 m）。牧羊神パーン*やコーリュキデス Korykides、（ラ）Corycides（ムーサイ*の異名）の聖域と見なされ、伝承上の名祖(なおや)はアポッローン*と交わったニュンペー*（ニンフ*）のコーリュキアー Korykia（デルポス*の先祖）という。天井の高い巨大な洞窟で、3千人を収容することができるため、ペルシア戦争*中の前480年、デルポイの住民の大部分はここに避難した。

　同名の洞窟が小アジアのキリキアー*地方にもあり、こちらは怪竜テューポーン*（テュポーエウス*）の住処(すみか)であったと伝えられる。

Herodot. 8-36/ Paus. 10-6, -32/ Pind. Pyth. 1-18〜/ Aesch. P. V. 350, Eum. 22〜/ Soph. Ant. 1127/ Mela 1-13/ Strab. 9-416, 14-670〜/ Plut. Mor. 394f/ Steph. Byz./ etc.

コーリュキオン洞窟　Korykion antron
⇒コーリュキオスの洞窟

コリュバンテス（コリュバースたち）　Korybantes, Κορύβαντες, Corybantes, （独）Korybanten, （伊）Coribanti, （西）（葡）Coribantes, （露）Корибанти

〔＜（プリュギアー*語）Kurbantes〕

（コリュバース Korybas, Κορύβας, Corybas たち）プリュギアー*の大女神キュベレー*に仕える伝説上の祭司たち。アポッローン*とムーサイ*（ムーサたち*）の1人タレイア*の息子たちとも、キュベレーの子コリュバースの子孫ともいわれる。女神レアー*の従者たるクーレーテス*（クーレースたち*）と混同され、幼いゼウス*の守護を務めたと伝えられる。キュベレーの祭儀において、彼らは剣で楯を打ち鳴らしつつ乱舞し、身体を傷つけ自らの性器を切り取ったという。後世のキュベレーに仕えた去勢僧たちガッロイ Galloi、（ラ）ガッリー Galli もコリュバンテスと呼ばれ、彼らは躁宴(オルギア) orgia の儀式において踊り狂いながら、恍惚となって我と我が手で生殖器官を切り断って女神に捧げた。ギリシア・ローマ時代の文献には、彼らが執り行なった騒冥乱舞の儀式や、剣・鞭・陶片などで自らの体を傷つける有り様、また逞しい若者を男妾として共有し口唇性交(オーラル・セックス)を行なっていた生態、等々が散見される。

　なお、ほかにもエペソス*のアルテミス*女神やシュリアー*のアスタルテー Astarte 女神に仕える祭司たちも、皆同様の去勢僧であり、祭礼の折には神官の宗教的興奮に魅了されて、参詣人の中からも小刀で自宮する者が続出したという。

⇒カベイロイ、ダクテュロイ、テルキーネス

Eur. Bacch. 121, Hipp. 143/ Pl. Cri. 54d, Euthyd. 277d/ Ar. Lys. 558/ Strab. 10-466/ Apul. Met. 8/ Paus. 8-36/ Diod. 3-55, 5-49/ Lucian. Syr. D./ Apollod. 1-3-4/ Hor. Carm. 1-16/ Ov. Fast. 4-210〜/ Verg. Aen. 3-111/ etc.

コリント　Corinth
⇒コリントス

コリントス　Korinthos, Κόρινθος, Corinthus, （英）Corinth, （仏）Corinthe, （独）Korinth, （伊）（西）（葡）Corinto, （露）Коринф, （漢）科林斯、格林多、歌林多

（古くは Ephyra, Ἐφύρα、現・Palea Kórinthos ないし Arhéa Kórinthos）ペロポンネーソス*半島北東端の都市。中部ギリシアとペロポンネーソス半島を繋ぐイストモス*地峡に位置する。海陸の交通の要衝を扼するため、早くから商工業・貿易都市として栄えた。すでに新石器時代より集落が営まれ、青銅器時代（ミュケーナイ*文化時代）には『イーリアス*』に「富んで豊かなコリントス」と謳われるまでになっていた。伝説上の創建者はシーシュポス*とされ、古くはオーケアニデス*の1人の名をとってエピュ

ラー Ephyra と呼ばれていたが、のちコリントス（一説にゼウス*の子）にちなんで改称されたという。ギリシア神話では英雄イアーソーン*とメーデイア*の悲劇の舞台として知られる。ドーリス人*の占領以後、王政を経て名門バッキアダイ*一族の寡頭政下（前8～前7世紀）、大いに海外へ発展、シュラークーサイ*やケルキューラ*、ポテイダイア*など多数の植民市を築いた。コリントス市は、南に聳える難攻不落の岩山アクロコリントス Akrokorinthos,（ラ）Acrocorinthus（標高575 m）を背に、北のレカイオン Lekhaion,（ラ）Lechaeum,（仏）Léchée と南のケンクレアイ*の両港を擁し、こうした地理上の利点のおかげで、造船業や海上交易により殷賑をきわめた。造船家アメイノクレース Ameinokles が、サモス*のために最初の三段櫂船 trieres を造ったのも、このコリントスにおいてであった（前704）。キュプセロス*、ペリアンドロス*父子の僭主政時代（前657～前581頃）に全盛期を迎え、西方イタリア方面の貿易を独占し東方貿易にも参加、ギリシア本土第一の富強な海運国となる。秀逸な青銅製品、織物、香料、黄色土の陶器などの産物で名高く、オリエントの影響を受けたその奢侈で洗練された生活は後世までの語り草となった（⇒アリーオーン）。前550年頃からアテーナイ*の勃興のせいで次第に圧倒され、前6世紀末には寡頭政体のもと、スパルター*を盟主とするペロポンネーソス同盟に参加。ペルシア戦争*では活躍する（前480）が、やがてケルキューラをめぐってアテーナイと争い、これが原因となってペロポンネーソス戦争*（前431～前404）が起こった。戦後、ギリシアの覇権を握ったスパルターの弾圧に反抗して、テーバイ❶*、アテーナイ、アルゴス*らと結ぶと、コリントス戦争（前395～前386）に突入、一進一退の戦況が続いたが、ついにペルシア大王アルタクセルクセース2世*の介入によりアンタルキダース*の和約（大王の和約）が成立した（前386）。次いでティーモパネース Timophanes の新たな僭主政樹立の企ては、弟ティーモレオーン*の手で阻止され（前365頃）、カイローネイア*の敗戦後は、マケドニアー*王ピリッポス2世*が覇者となって全ギリシア会議をここで開いた（前338～前337、コリントス会議。ヘッラス*同盟の成立）。ヘレニズム時代にはマケドニアーの駐留軍を追い出してアカーイアー同盟*に加入（前243、⇒アラートス）、商業貿易によって再び繁栄した。前196年6月ローマの将 T. フラーミニーヌス*がギリシア都市の独立を宣言したのは、この地のイストミア競技祭*においてであった。諸ポリス polis の衰退したこの時代にも「ヘッラスの星」と呼ばれて隆盛を誇ったが、アカーイアー同盟を率いてローマに抵抗したため、前146年夏、ローマの将ムンミウス*によって男子は皆殺し、女子供は奴隷化され、市は火をかけられて焼滅した。1世紀後カエサル*がローマ植民市 Colonia Iulia Corinthus として再建し（前46～前44）、アウグストゥス*はここを属州アカーイア*の州都に定めた。市を訪問したローマ皇帝ハドリアーヌス*は、浴場やステュンパーロス*湖から引く送水路（水道橋）などの公共建築物を造営。またもやコリントスは贅沢と遊蕩で評判の都市となった（〈英〉Corinthian 等々）。ドーリス*式、イオーニアー*式と並んで名高いアカントス（アカンサス）の葉を重ねた華麗なコリントス式柱頭（英）Corinthian Order は、前5世紀後半の彫刻家カッリマコス❷*の発明によるという。コリントスは古来、女神アプロディーテー*の信仰で知られ、聖域では善男善女の寄進した千名以上の神殿奴隷 Hieroduloi が春を鬻いでいた。前7世紀にキュプセロスが始めた美人コンテストの伝統も有名で、市には名妓ラーイス*ほかヘタイラー*たちが輩出し、彼女らによってアプロディーテーの祭典 Aphrodisia が盛大に祝われた。現在、ドーリス式のアポッローン*神殿（前540頃）のほか、ローマ時代のアゴラー*、ストアー*（列柱廊）、バシリカ*、音楽堂、劇場、原始キリスト教の使徒パウロス*が裁かれたという演壇 Bema など幾多の遺跡が残っている。市内には神話伝説に登場するペイレーネー*の泉やグラウケー*の泉もあり、ローマ帝政期に珍重された高価な「コリントス青銅（ラ）Corinthium aes」の独特の光沢はこのペイレーネーの泉に浸すことで得られたという。

Hom. Il. 2-570, 6-152, -210, 13-664/ Paus. 2-1～12/ Strab. 8-378～/ Herodot. 1-23～, 5-92～/ Apollod. 1-9/ Pind. Ol. 13-2/ Thuc. 1-13, -24～/ Xen. Hell. 2-2, 3-5, 4-2～/ Arist. Pol. 5-5/ Polyb./ Liv. Epit. 52/ Plut./ Diod. 4-53～/ Nep./ Plin. N. H. 4-4, 34-3, -6, 36-56/ Ptol. Geog. 3-14, 8-12/ Mela 2-3/ Vitr. 4-1/ Dio Cass./ Cic./ Hor./ Ov./ Ath. 4-128d/ Cic./ Hor./ Ov./ Nov. Test. Act. 18, Corinth./ Phot./ Suda/ etc.

コリントス地峡　（ラ）Corinthiacus Isthmus,（英）Isthmus of Corinth

⇒イストモス（地峡）

コリンナ　Korinna, Κόριννα, Corinna,（仏）Corinne,（西）Corina,（露）Коринна

（伝・前6世紀後半～前5世紀前半）ギリシアの女流抒情詩人。ボイオーティアー*のタナグラ*出身。長くテーバイ❶*に暮らし、若きピンダロス*に音楽・詩作を教えたという。美貌の持ち主だが、なぜか「蠅 Myia」と渾名された。郷土のボイオーティアー方言で抒情詩を書いたため、テーバイで開かれた歌競べでは5度もピンダロスを打ち負かしたと伝えられ、敗れたピンダロスからは「雌豚」呼ばわりをされている。生地タナグラに勝利の肖像画が掲げられ、市の目抜きの場所に彼女の墓が築かれていた、とパウサニアース*は誌している。イオラーオス*やテーバイ攻めの七将*など神話に取材した詩を残し、その作品は5巻に収められていたが、散逸してわずかな断片しか伝存しない。とはいえ、19世紀末以来、エジプトのヘルモポリス*からパピューロスに記された相当量の断片が発見され、その素朴で特異な詩風が明らかにされている。

彼女とほぼ同じ頃に、やはりボイオーティアーの出身でピンダロスやコリンナの師とされるミュルティス Myrtis や、アルゴス*のテレシッラ*、シキュオーン*のプラークシッラ*などの女流詩人が活躍した。

⇒エーリンナ

Paus. 9-22/ Ael. V. H. 13-25/ Plut. Mor. 347f～348a/ Anth. Pal. 9-26/ Prop. 2-3/ Eust. Il. 1-215/ Schol. ad Ap. Rhod. 2-1177/ Steph. Byz./ Suda/ etc.

ゴール （英）Gaul, （仏）Gaule
⇒ガッリア、ガッリア人

コルウィーヌス Corvinus, （仏）Corvin, （伊）（西）（葡）Corvino, （露）Корвин

ローマの貴族(パトリキイー*)、ウァレリウス氏*の家名 cognomen(コグノーメン)。M. ウァレリウス・コルウス*（前4世紀）に始まり、のち一門メッサーラ家*の人々により副名として引き継がれた。
Gell. 9-11/ Flor. 1-13/ Liv./ Val. Max./ etc.

コルウス、マールクス・ウァレリウス Marcus Valerius (Maximus) Corvus, （伊）（西）Marco Valerio Corvo, （葡）Marco Valério Corvo

（前386／371頃～前286／271頃）ローマの半ば伝説的な英雄。前349年、カミッルス❷*麾下の軍事司令官(トリブーヌス*)としてガッリア*人と戦い、巨大な体軀の敵戦士と一騎討ちでわたり合っている最中、飛んできた1羽の鴉(からす)（ラテン語でコルウス corvus）が彼に味方して大男の顔めがけて襲いかかったので相手を倒すことができた。以来、コルウスの副名で呼ばれ、ウァレリウス・コルウス（のちコルウィーヌス*）家の祖となったという。6回も執政官(コーンスル*)に選ばれ（前348、前346、前343、前335、前300、前299）、独裁官(ディクタートル*)を2度（前342、前301）務めたとされ、エトルーリア*人はじめ四周の諸種族を撃破、前343年にはガウルス*山の戦いでサムニウム*人に圧勝し、華々しく凱旋式(トリウンプス*)を挙げた。100歳の長命を保ったが、最後まで壮健さを失わなかったと伝えられる。21の政務官職を歴任したのち、着任前と同じ貧しさで田園に帰ったという点で、「古き善きローマ人の美徳」を体現する人物として称讃されている。
⇒T. マーンリウス・トルクァートゥス❶
Liv. 7～10/ Val. Max. 8-13, -15/ App. Gall. 10, Sam. 1, B. Civ. 3-88/ Gell. 9-11/ Zonar. 7-25/ Cic. Sen. 17/ Plin. N. H. 7-48/ Val. Max. 8-13, 15-5/ Eutrop. 2-6/ Censorinus 17/ etc.

ゴルギアース Gorgias, Γοργίας, （伊）Gorgia, （葡）Górgias, （露）Горгий

（前485頃～前380頃）ギリシアのソフィスト*、弁論術の大家。シケリアー*（現・シチリア）島のレオンティーノイ*市の人。エンペドクレース*に師事して哲学と弁論術を学び、ペロポンネーソス戦争*の初期の前427年、シュラークーサイ*市に対抗するための援助を要請する使節団長としてアテーナイ*を訪問、その雄弁で人々を驚かせ、アテーナイの外交政策を転換させることに成功したばかりか、美辞麗句で飾られた技巧的な演説のゆえに名声をギリシア全土で謳われるに至った。前423年の政変の結果、祖国を亡命してアテーナイはじめ各地を遊歴し、講演をしたり弁論術を教授するなどして大金を儲けた。前408年にはオリュンピアー*で大群衆を前に演説し、アカイメネース朝*ペルシア*帝国に対決するべくギリシア人は和解・団結すべきだ、と訴えたといい、またその財宝をもって自らの黄金像をデルポイ*の神殿に奉納した最初の人となったと伝えられる。豪華な緋紫の衣裳をまとって、ペライ*の僭主イアーソーン*からも尊敬され、のちレオンティーノイに政変が起こったので、テッサリアー*のラーリーサに亡命、ソフィストとしての盛名をほしいままにしたのち、非常な高齢に達して老衰で死んだ（105歳ないし109歳）。生涯独身であったという。

彼は弁論術の発達に大いに寄与し、アッティケー*方言を散文体の文語として確立。対句対語を多用する文飾に満ちたそのきらびやかな「ゴルギアース風の文体」は、世人を魅了してやまず、史家トゥーキューディデース❷*や弁論家アンティポーン*、イソクラテース*等に影響を与えた（⇒ヘーゲーシアース❶）。また、エレアー*派のゼーノーン*風論法を駆使して、「何ものも存在しない。たとえ存在するとしても理解されない。たとえ理解されるとしても他人に伝えることはできない」という3命題の論証を試み、確実な知識伝達が不可能であることを説いた（『非存在論』）。その他、美女ヘレネー*はパリス*に「口説かれた」のだからトロイアー戦争*に責任はないと論じた『ヘレネー頌』やオデュッセウス*の告発に反駁する『パラメーデース*弁明』などの著作が知られるが、いずれも断片しか残存しない。プラトーン*の対話篇『ゴルギアース』において、彼がソークラテース*からかなりの敬意を払われていることは、注目に価する。

なお、同名の人物として、前1世紀の中頃にアテーナイで弁論術を教えていたゴルギアースがいる。後者はギリシア語で修辞の形態に関する全4巻から成る本を著わし、これはアウグストゥス*時代のローマ人ルティリウス・ルプス P. Rutilius Lupus（後1世紀初頭）によってラテン語に翻訳され、そのうちの2巻分が今なお伝存している。
⇒アンティステネース
Gor. Fr/ Pl. Grg./ Xen. An. 2-6/ Ar. Vesp. 421/ Paus. 6-17, 10-8/ Cic. Orat. 22, 23, De Or. 1-51, Brut. 8, 15, Fam. 16-21/ Ael. V. H. 2-35, 12-32/ Plin. N. H. 33-24/ Quint. Inst. 3-1, 9-2/ Philostr. V. S. 1-9/ Ath. 3-113e, 11-505d/ Diod. 12-53～/ Plut. Cic. 24, Mor./ etc.

コルキス Kolkhis, Κολχίς, Colchis, （仏）（伊）Colchide, （独）Kolchis, （西）Cólquida, Cólquide, （葡）Cólquida, （露）Колхида, （現ギリシア語）Kolhída, （グルジア語）Kolkheti 〔<（ウラルトゥ語）Qulha, Kolkha, Kilkhi〕

（古くは・アイア Aia）（現・〈ラズ語〉Kolkheti, Mingrelia 周辺地域、東ローマ時代の Terra Lazica）黒海の東端、カウカソス*（カフカース）山脈南側の地方。イベーリアー❷*の西、アルメニアー*の北に位置し、ヘーロドトス*によれば住民はエジプト起源で、強大なファラオ Pharao セソーストリス*の

遠征に従った人々の子孫であるという。割礼の風習や亜麻の栽培など生活様式がエジプト人に近似しているのみならず、肌が浅黒く髪が縮れているといった人種的特徴においても両者の共通点が認められたことが報告されている。ギリシア神話中、イアーソーン*とアルゴナウテースたち*（アルゴナウタイ*）の冒険に登場するアイエーテース*王の支配する地として、また王の娘メーデイア*の故郷としてあまりにも有名。古くから地中海地方と交易があり、造船用の木材や麻、蜜蝋、瀝青、鉄を産し、後背地の河川から砂金が採れたため「金羊毛皮」の伝説が生じたとされる。コルキス人は多数の部族から成り、主邑ディオスクーリアス Dioskurias（のちのセバストポリス Sebastopolis, 現・Sukhumi）の市場では70もの言語が話されたという。国王は諸侯に所領を分割し、勢力を平均化させて統治していた。海陸の旅行に役立つ世界地図が王宮に秘蔵されており、近くにはプリクソス*の神託所があったと伝えられる。主要な河川はパーシス Phasis（現・Rioni）河で、その水域に棲息する鳥をアルゴナウテースたち一行がギリシアに持ち帰ったのが雉（ラ）phasianus（〈英〉pheasant）であるとする伝承もよく知られる。コルキスは魔術の本場、毒草の産地としても名高く、また死体を埋葬せずに牛皮に包んで木から吊るしておく風変わりな習慣でも知られていた。アカイメネース朝*ペルシア*に臣従し5年毎に少年と少女を各100人づつ貢納する義務を負ったが、大幅な自治を認められた。前8世紀以来、沿岸地域にミーレートス*系ギリシア人が交易所や植民市を設立。のちポントス*の大王ミトリダテース6世*に征服され（前101頃）、ポンペイユス*によるミトリダテース軍撃破（前63）後、ローマに服属、ポレモーン1世*やピュートードーリス*の統治を経てローマの属州ポントゥス*に併合された（⇒ポレモーン2世）。
Herodot. 2-103～/ Strab. 11-496～/ Arr. Peripl. M. Eux./ Ap. Rhod. 3-200～, 4-272～/ Plin. N. H. 6-15/ Mela 2-3/ Ael. V. H. 4-1/ Amm. Marc. 22-15/ Diod. 1-28/ Xen. An. 4-8, 7-8/ Scylax/ Ptol. Geog. 5-8, -9, 8-18, -19/ Zosimus 1-32/ Procop. Goth. 4-4, Pers. 2-15/ Zosimus 1-32/ etc.

コルキューラ　Corcyra,（ギ）Korkyra, Κόρκυρα
⇒ケルキューラ

ゴルゴー　Gorgo, Γοργώ,（仏）Gorgô,（伊）Gorgone,（露）Горго

（前508頃～？）スパルター*王クレオメネース1世*の一人娘。幼時より利発で、前500年イオーニアー*の反乱が起こり、ミーレートス*のアリスタゴラース*がスパルターに援軍を懇請しにきた時、父王に「ご加勢くだされば、大金の謝礼をいたしましょう」と彼がどんどん金額をつり上げるのを傍で聞いていて、彼女は大声で「父上、もう席をお立ちなさいませ。さもなくば父上はこの外国人に買収されておしまいになりますよ」と言ってクレオメネースを別室に導いたという。さらに、このアリスタゴラースが奴隷に靴を履かせているのを見ると、「父上、この外国人は手をもっていないのですね」と言ってのけたそうである。

父王が狂死したのち、叔父のレオーニダース*王の妻となっていた彼女は、アカイメネース朝*ペルシア*に亡命中のデーマラートス*（ダーマラートス*）から送られてきた密書の解読法をただ1人察知して、クセルクセース1世*来寇の報を他に先んじて知ったとも伝えられる。

また、ある外国の女から「男を支配しているのは、貴女がたスパルターの女だけですね」と言われて、「私たちスパルターの女だけが男を産むからです」と答えたという話も残されている。
⇒巻末系図021

夫王レオーニダースがペルシア軍と戦うべくテルモピュライ*へ出征しようとした時（前480）、彼女が「天晴れ見事なスパルター人ぶりをお示し下さい」と励ましてから、「で私は何をすればよいでしょうか」と尋ねると、夫は「立派な男たちと結婚し、立派な子供を産むがよい」と事も無気に答えたという。
Herodot. 5-48, -51, 7-205, 239/ Plut. Lyc. 14, Mor. 225a, 227e～f, 240d～e/ etc.

ゴルゴーン　Gorgon, Γοργών, ゴルゴー Gorgo, Gorgona,（仏）（伊）Gorgone,（葡）Górgona,（露）Горгона,（（複）ゴルゴネス Gorgones, Γοργόνες,（英）Gorgons,（独）Gorgonen,（伊）Gorgoni,（西）Gorgonas,（葡）Górgones,（露）Горгоны）

（「恐るべき女」の意）ギリシア神話中の女怪。海神ポルキュス*とケートー*の娘たち（⇒巻末系図001）。グライアイ*の姉妹。ステ（ン）ノー Sthen(n)o、エウリュアレー Euryale、メドゥーサ*の3人で、はるか西方の彼方、オーケアノス*の流れのほとり、ヘスペリデス*の園の近くに住んでいた。いずれも醜怪な円顔をもち、頭髪はことごとく蛇、歯は猪の牙さながら、手は青銅で、全身は硬い鱗で覆われ、巨大な黄金の翼を有し、その形相（眼）を見た者はみな石と化したという。末娘のメドゥーサのみ不死ではなく、最後はペルセウス*によって首を斬り落とされ、その頭部は女神アテーナー*ないし大神ゼウス*の楯アイギス*の中央に嵌め込まれた。一説にはゴルゴーンはもと美しい娘であったが、アテーナーと美を競い、とりわけ髪の毛を誇ったために、女神の怒りを買って、頭髪がすべて毒蛇の怪物に変えられたと伝えられる。アテーナイ*の古伝によると、ゴルゴーンは大地（ガイア*）から生まれた女怪で、女神アテーナーに殺されて首をアゴラー*に埋められ、その剥がれた皮からアイギスが作られたといい、またアルゴス*市のアゴラーにもゴルゴーンの首を埋めた塚があったとされている。

元来ゴルゴーンは独立した大地の女神であり、その姿は魔除け、および敵降伏の護符の力をもつと信じられ、ゴルゴネイオン Gorgoneion, Γοργόνειον（〈ラ〉Gorgoneum）として楯や胸甲や壁面などに絵画や浮彫で表現されていた。ゴルゴーンの図像を儀式用の仮面に由来すると見なす説があり、オルペウス教*徒は月の面を「ゴルゴーンの首」と呼

び、この意匠は厄除け・邪視除けのお守りとしてエトルーリア*、ローマ*、さらにはキリスト教ビザンティン時代に至るまで広範に用いられた。派生語に、gorgonian（〈英〉非常に恐ろしい）、gorgonize（〈英〉睨んで麻痺させる）などがある。また残忍さで知られたロシアのツァーリ、イヴァン4世 Ivan IV（在位・1533～1588）の渾名グローズヌィ Groznyi（「恐るべき」の意。電帝）も同一の語源に発している。
⇒ケーペウス❷、ペーガソス

Hom. Il. 5-738～, 8-349, 11-36, Od. 11-623～/ Hes. Th. 274～282, Scut. 224～/ Pind. Pyth. 12-6～/ Apollod. 2-4, -7, 3-10/ Aesch. P. V. 793～, Cho. 1048, Eum. 48/ Eur. Ion 989, 1002～/ Paus. 2-21, 5-18/ Diod. 3-52, -54/ Ov. Met. 4-765～/ Schol. ad Ap. Rhod. 4-1515/ Serv. ad Verg. Aen. 6-289/ Plin. N. H. 6-36/ Ath. 5-220f, -221b, 6-224c/ etc.

コルシカ Corsica,（ギ）キュルノス*Kyrnos, コルシス Korsis, Κορσίς, Corsis,（現ギリシア語）Korsikí,（独）Korsika,（伊）（コルシカ語）Corsica,（オック語）Còrsega,（西）Córcega,（葡）Córsega,（露）Корсика,（漢）科西嘉（現・〈仏〉コルス Corse）地中海のサルディニア*（現・サルデーニャ）島北方にある山がちの島。面積8681km²。蜂蜜・蝋・船材・花崗岩などを産し、古くはリグリア*人およびイベーリアー*系民族が占住、次いでフェニキア*人、エトルーリア*人、カルターゴー*人が制圧した。前560年頃になってようやくイオーニアー*系ギリシア人のポーカイア*人が到来、東岸に植民市アラリアー*を建設した。しかし、間もなくエトルーリア人に放逐され（前535頃）、その後島はカルターゴーの勢力圏に入った。第1次ポエニー戦争*（前264～前241）中、一時的にローマ軍が奪取したこともあった（前259）が永続きせず、戦後になってカルターゴーに割譲を強いて島を占領した（前238）。前227年にサルディニアとともに1属州に編成されたものの、ローマの覇権が実際に確立したのは前2世紀も半ばになってからのことであった。帝政期には流刑地として用いられ、哲学者セネカ*も8年間この島に流されていた（後41～49）。ネロー*帝の治下にコルシカとサルディニアは別の州に分けられ（67）、大プリーニウス*の頃にはコルシカ島に34の町があったと伝えられる。島民は概ね長寿に恵まれ、また妻の出産時に夫が一定期間産褥の床に伏す擬娩の風習を行なっていたことで知られる。コルシカの奥地には、「まつろわぬ粗野な」先住民が多く住んでいて、盗賊行為を働いて暮らし、捕えられてローマに奴隷として連れてこられても「家畜同然の」その習性に変わりはなかったという。ヴァンダル*族、ゴート*族、東ローマ帝国の支配を経て、7世紀には南部をイスラーム帝国に征服された。

Herodot. 1-165～167/ Strab. 5-223～/ Plin. N. H. 3-6/ Diod. 5-13～/ Theophr. Hist. Pl. 5-8/ Sen. Dial. 12, Epigr. 1～/ Solin. 3-3/ Mela 2-7/ Ptol. Geog. 3-2/ Liv. Epit. 17/ Paus. 10-17/ Dionys. Per./ It. Ant./ Isid. Orig. 14-6/ etc.

ゴルディアース Gordias, Γορδίας（ゴルディエース Gordies, Γορδίης、または、**ゴルディオス** Gordios, Γόρδιος, Gordius),（伊）Gordio,（葡）Górdio, Górdias,（露）Гордий
（前8世紀頃？）なかば伝説上のプリュギアー*の古王。ゴルディオン*市の創建者。ミダース*王の父。もとは貧しい農民だったが、ある日1羽の鷲が彼の鋤（すき）に舞い降り1日中止まり続けるという異象が生じ、鳥占術に長じたある巫女は、これをゴルディアースが王になる瑞兆だと判断して彼と結婚し、1子ミダースを産んだ（一説にミダースの母は女神キュベレー*）。やがてプリュギアーの王位継承をめぐって内乱が生じ、「新しい王は車に乗って現われるであろう」との神託が下ったところ、折よくゴルディアースが車に乗って姿を現わしたので、人々は彼を王位に即けたという。ゴルディアースは車をゼウス*神殿に奉納したが、その轅（ながえ）には複雑この上ない結び目がついており、誰にも解くことができなかった。ために、「これを解いた者はアジア全土の支配者になるであろう」という神託が下り、何世紀もの間、ゴルディオン市のアクロポリス*に大切に保管されていた。前333年になって東征途上のアレクサンドロス大王*がこの地を訪れ、神殿に参詣、やにわに剣を引き抜くと、その結び目を一刀のもとに断ち切って予言を成就させた。以来、非常手段によって難問題を解決すること、一刀両断の処置をとることを「快刀乱麻を断つ」の謂で、「ゴルディオスの結び目を断つ（英）Cut the Gordian knot」と言いならわすようになった。

なお、歴代プリュギアー王は交互にゴルディアース（ゴルディオス）とミダースを名乗ることになっていたという。
⇒アドラストス❷

Strab. 12- 568/ Arr. Anab. 2-3/ Plut. Alex. 18, Caes. 9/ Hyg. Fab. 191, 274/ Curtius Anab. 3-1/ Ael. V. H. 4-17/ Just. 11-7/ Herodot. 8-138/ etc.

ゴルディアーヌス Marcus Antonius Gordianus,（ギ）Gordianos, Γορδιανός,（英）（独）Gordian,（仏）Gordien,（伊）（西）（葡）Gordiano,（露）Гордиан
3人のローマ皇帝。

❶ **1世** M. Antonius Gordianus Sempronianus Romanus Africanus（後159頃～238年4月12日）（在位・238年3月22日～4月12日、異説あり）。父方はグラックス兄弟*の、母方はトライヤーヌス*帝の血をひく名門の出自で、大ポンペイユス*の邸宅を所有するローマ屈指の富豪だった（ヘーローデース・アッティクス*の遠縁にも当たるという）。若い頃から文学を好んで詩を作り、優雅な生活を送りつつ官職を累進、執政官（コーンスル*）（213、または222）を経て、アレクサンデル・セウェールス*帝の治下にアーフリカ*総督（プローコーンスル）Proconsul として赴任した。238年マクシミーヌス・トラークス*帝の酷烈な徴税に憤ったアーフリカ富裕者層に強請されて即位し、ローマ元老院（セナートゥス*）からも息子のゴルディアーヌス2世*との共治を認められる。教養ある温厚な老人で声

望も高かったが、在位22日（20日、または21日とも）にしてマクシミーヌス派のヌミディア*総督軍に敗れ、2世は戦死、悲報に接した1世は縊死して果てた（80歳）。
⇒セレーヌス

❷2世 M. Antonius Gordianus Sempronianus Romanus（後192頃〜238年4月12日）（在位・238年3月22日〜4月12日）❶の息子。アレクサンデル・セウェールス*帝の治下に執政官(コーンスル*)を務めたのち、父の副官 Legatus(レーガートゥス)としてアーフリカ*へ随行。238年父とともに帝位に擁立されるが、ほどなくカルターゴー*近郊の戦闘でヌミディア*総督カペッリアーヌス Capellianus に敗死した（46歳）。遺骸はついに見いだされなかったものの、自殺した父帝と一緒にローマ元老院(セナートゥス*)によって神格化された。軟弱な快楽に耽り、とりわけ女色を好んで22人の側妾を蓄え、彼女たち全員から3〜4人ずつ子供を儲けていたという。

❸3世 M. Antonius Gordianus（後225年1月20日〜244年2月25日）（在位・238年7月29日〜244年2月25日）❶の外孫。❷の甥。❶・❷が非業の死を遂げた238年、新たに即位したバルビーヌス*とプピエーヌス*両帝から養嗣子として副帝号(カエサル*)を与えられ（5月頃、13歳）、間もなくこれら両帝が揃って暗殺されるに及んで、にわかに正帝(アウグストゥス*)に擁立される（7月末）。当初は母后と宦官たちに政権を牛耳られたが、241年師ティーメーシテウス Timesitheus の娘と結婚し岳父を近衛軍司令官(プラエフェクトゥス・プラエトーリオー)の要職に就けて以来、これに摂政・指導され、対サーサーン朝*ペルシア遠征（242〜244）ではシャープール1世*軍に一連の勝利を収めた。しかしティーメーシテウスが病死（毒殺とも）した（243年冬）のち、近衛軍司令官職を継いだピリップス・アラブス*は帝位奪取を企て、その策謀で若き皇帝はメソポタミア*において軍の手で殺害された（19歳）。元老院(セナートゥス*)によって神格化され、終焉の地には墓碑が建てられた。
S. H. A. Gordian./ Herodian. 7〜8/ Aur. Vict. Caes. 26〜27/ Eutrop. 9-2/ Amm. Marc. 23-5, 26-6/ Zonar. 12-17/ Zosimus 1-14〜19, 3-14/ Philostr. V. S./ etc.

ゴルディオス Gordios
⇒ゴルディアース

ゴルディオン Gordion, Γόρδιον,（ラ）ゴルディウム Gordium,（西）Gordión, Gordio
（現・Yassıhüyük, Gordiyon）プリュギアー*王国の首都。サンガリオス*（現・Sakarya）河の上流、交通の要衝に位置し、伝承上の建祖は古王ゴルディアース*（ゴルディオス*）。初期青銅期時代から定住集落を形成し、遅くとも前10世紀にはプリュギアー人の町となった。前8世紀に王国の首府として繁栄した（⇒ミダース）が、前7世紀初め頃、黒海方面から侵入したキンメリオイ*人に破壊された（前695）。その後、市は再建されたものの、リューディアー*人やアカイメネース朝*ペルシア*帝国の支配を受けて次第に衰えた。前333年アレクサンドロス大王*がこの町を訪れて、アクロポリス*のゼウス*神殿に奉納されていた「ゴルディオスの結び目」を断った話は有名。今日も市の城壁や楼門、大墳丘墓、アクロポリスの廃墟が残されている。
⇒アンキューラ
Xen. Hell. 1-4/ Plut. Alex. 18/ Liv. 38-18/ Strab. 12-568/ Polyb. 21-37/ Plin. N. H. 5-42/ Ptol. Geog. 5-1/ Procop. Aed. 5-4/ etc.

ゴルティス Górtis
⇒ゴルテューン（の現ギリシア語形）

ゴルテューナ Gortyna
⇒ゴルテューン

ゴルテューン Gortyn, Γόρτυν,（のちに、ゴルテューナ Gortyna, Γόρτυνα),（ラ）Gortyna, Gortynia, Gortyn,（仏）Gortyne,（独）Gortys,（伊）Gortyna, Gortina,（西）Gortina,（露）Гортина
（現・Górtis）クレーター*（クレーテー*）島中央部の南寄りにあった都市。パイストス*の東北17km。前7世紀頃から発展し始め、古典期にはドーリス*系ギリシア人のポリス polis として繁栄、ローマ時代には属州クレータ*の州都となった。神話では雄牛に変身したゼウス*とフェニキア*の王女エウローペー*が結婚した地とされ、2人がその下で交わったと伝えられる常緑の篠懸(プラタナス)の木が後世まで残っていたという。伝説上の名祖(なおや)はラダマンテュス*の息子ゴルテュス Gortys。1884年に発見された「ゴルテューンの

系図197 ゴルディアーヌス

法典」は、前480年頃に一連の石板に刻まれたものではあるが、前7世紀に遡る古い内容を含んでおり、アルカイック期ギリシアの法律碑文として重視されている。音楽家タレータース*の出身地。前189年ローマ軍に敗れたハンニバル❶*がここに落ちのびてきたこともあったが、前67年には島全体がローマの支配下に入り、ゴルテューン市がクレタおよびキューレーナイカ*州の首都・総督府と定められた。現在も属州総督の邸宅跡や、イーシス*とセラーピス*の神殿、アポッローン*神殿、音楽堂（オーデイオン*）など、主にローマ帝政期の遺構を見ることができる。

⇒クノーソス、パイストス

Strab. 10-476〜/ Hom. Il. 2-646, Od. 3-294/ Plin. N. H. 4-12, 12-5/ Varro Rust. 1-7/ Mela 2-7/ Thuc. 2-85/ Plut. Phil. 13/ Liv. 33-3/ etc.

コルドゥス、アウルス・クレムーティウス　Aulus Cremutius Cordus,（伊）Aulo Cremuzio Cordo,（西）（葡）Aulo Cremucio Cordo,（露）Кремуций Корд

(前1世紀後半〜後25) ローマ帝政初期の歴史家。カエサル*暗殺後の内戦勃発からアウグストゥス*の治世に至る期間（前43〜前18）の年代記を著わした。潔癖な人物であったが、ティベリウス*帝の奸臣セイヤーヌス*の忌諱に触れ、はるか以前に記したこの史書において、「カエサル暗殺団の首謀者ブルートゥス*とカッシウス*を称揚した」という罪状で告発される（後25）。帝の様子から断罪を免れ得ないと知ると、彼は法廷で言論の自由に関する演説を繰り広げたのち、自ら食を断って生涯を終えた。その著作はことごとく焚書に処されたが、娘のマルキア Marcia が何部かこっそり保存しておいたため、後年ふたたび出版されてベストセラーになったという。わずかな引用断片のみ伝存する。なお娘マルキアは太后リーウィア❶*（ティベリウスの母）と親しく、息子の死を悲しむ彼女に宛てた哲学者セネカ*の『マルキアの慰藉 De Consolatione ad Marciam』が伝存する。

⇒T. ラビエーヌス❷

Tac. Ann. 4-34〜35/ Dio Cass. 57-24/ Suet. Aug. 35, Tib. 61, Calig. 16/ Sen. Suas. 7/ Sen. Consolat. ad Marc. 1, 22/ Quint. Inst. 10-1/ Plin. N. H./ etc.

コルドゥバ　Corduba,（ギ）Kordybe, Κορδύβη, Kordyba, Κόρδυβα, Korduba, Κορδούβα,（英）（伊）Cordova,（仏）Cordoue,（独）Cordoba,（西）Córdoba,（葡）Córdova,（露）Кордова,（アラビア語）Qurṭuba, Qorṭoba

(現・コルドバ Córdoba) ヒスパーニア*南部、バエティス Baetis（現・グアダルキビール Guadalquivir）河中流右岸の都市。ヒスパリス*（現・セビーリャ Sevilla）の東北東122kmの交通の要衝に位置する。もとケルティベーリア*人の町だったが、フェニキア*人の植民市となり、カルターゴー*の統治を経て、前169年ローマの将M.クラウディウス・マルケッルス*に征服されたのち再建された（前152）。ほどなくヒスパーニア最初のラテン植民市となり、前46年頃には植民市に昇格してコローニア・パトリキア（コロー二ア*）Colonia Patricia と称された。前45年のムンダ*の決戦の直後、カエサル*は敵軍ポンペイユス*派の兵士を匿まったことを理由にコルドゥバを攻め、2万2千人を虐殺、町を劫略した。アウグストゥス*によって自治都市（ムーニキピウム*）とされ、帝政期に属州ヒスパーニア・バエティカ*の州都として繁栄。セネカ*父子および詩人ルーカーヌス*、降ってはキリスト教の司教ホシウス Hosius (Ossius, 後256頃〜358頃) といった逸材を出した。肥沃な平野に囲まれ、農業牧畜が盛んで、穀物・オリーヴ油・羊毛などを産出。近くの鉱山から貴金属が採れ、またバエティス河の水運にも恵まれていたため、商業交易によって栄えた。西ゴート*王国の支配を受けたのち、711年イスラーム軍に征服され、後ウマイヤ朝（756〜1031）の下で黄金時代を迎えヨーロッパ最大の文化の中心地となった。キリスト教国から留学する者も多く、古代ギリシア文化は主にこの町を通って西ヨーロッパ諸国に伝わった。現在イスラーム帝国の首都としての栄華を伝える建造物は多いが、ローマ時代の遺構はメスキータ Mezquita（大モスク）内の大理石柱や幾度もの改修を経たローマ橋 Puente Romano など、わずかしか残されていない。

　なおコルドゥバの南方、地中海に臨む港湾都市マラカ Malaka (〈ラ〉Malaca, 現・マラガ Málaga) も、フェニキア人の創建した植民市で、ローマの支配、西ゴートの征服を経てイスラーム帝国に併呑された（711）。

⇒ガーデース、ヒスパリス、イタリカ❶

Mela 2-6/ Plin. N. H. 3-1/ Caes. B. Civ. 2-19/ Hirt. Bell. Alex. 49, 57, 59, 60, B. Hisp. 32〜34/ Strab. 3-141, -156/ Polyb. 35-2/ App. B. Civ. 2-104〜, Hisp. 65/ Dio Cass. 43-32/ Ptol. Geog. 2-4, 8-4/ Mart. 1-61, 9-61/ Steph. Byz./ etc.

コルトーナ　Cortona,（ギ）Kortona, Κόρτωνα,（エトルーリア名）Krutuna, Kurtun, Curtun,（仏）Cortone,（露）Кортона

(現・Cortona) エトルーリア*十二市連合の都市。アッレーティウム*（現・アレッツォ）の東南22km、トラシメーヌス湖*の北方に位置する。強力な町であったが、前311年 Q.ファビウス・マクシムス❶*に敗北し、ローマと和約を結んだ。前5世紀の城壁や、さらに古いウンブリア人*のものと思われる墳墓 meloni、ヘレニズム期の墓廟（マウソーレーウム*）（伊）Tanella di Pitagora などの遺跡が残り、精巧なランプほか優れた青銅製品が発掘されている（前5世紀頃）。

　伝説上の建祖は、大神ゼウス*とエーレクトラー❷*の息子でエトルーリアを支配したというコリュトス Korythos（ダルダノス*の父）。一説に英雄オデュッセウス*はこの地で死んだとされている。哲人ピュータゴラース*がクロトーン*市の混乱を逃れて前531年頃、コルトーナにやってきたという伝承もある。

⇒ピーサエ、クルーシウム

Dion. Hal. 1-20, -26, -29/ Liv. 9-37, 22-4/ Plin. N. H. 3-5/

Diod. 20-35/ Lycoph. Alex. 806/ Herodot. 1-57/ Verg. Aen. 3-167～, 7-206～/ Polyb. 3-82/ Ptol. Geog. 3-1/ Sil. 4-721, 5-122/ Steph. Byz./ etc.

コルニフィキウス　Cornificius, （伊）（西）（葡）Cornificio, （露）Корнифиций

ローマの平民(プレーベース)*系の氏族。

❶クィ(ー)ントゥス・コルニフィキウス Quintus Corfinicius（?～前42）共和政末期の弁論家・詩人。キケロー*やカトゥッルス*の友。カティリーナ*の寡婦を娶る。内乱時にはカエサル*側に与してイッリュリクム*をポンペイユス*軍から防衛（前48）、法務官(プラエトル)*職（前47か前45）を経て、カエサル暗殺後は古アーフリカ*州の総督として赴任した（前44年夏）。しかるに飽くまでも元老院派に留まったため、三頭政治家(トリウムウィリー)*により処罰者名簿(プロースクリープティオー) proscriptio に載せられて財産を没収され（前43）、翌年ウティカ*で新アーフリカ州の総督 T. セクスティウス Sextius に敗死した。彼を現存する4巻の『修辞学 Rhetorica ad Herennium』の著者と同一視する説もある。小叙事詩『グラウクス Glaucus』は散逸した。

Cic. Fam. 8-7, 12-17～30, Att. 1-13/ App. B. Civ. 3-85, 4-36, -53～56/ Dio Cass. 48-17, -21/ Quint. Inst. 3-1, 9-3/ Catull. 38/ Ov. Tr. 2-436/ etc.

❷ルーキウス・コルニフィキウス Lucius Cornificius（前1世紀後半）オクターウィアーヌス*（アウグストゥス*）の部将。対セクストゥス・ポンペイユス*のシキリア*（現・シチリア）沖海戦で活躍した（前38、前36）。海戦の終結した翌前35年に執政官(コーンスル)*となり、次いでアーフリカ*の属州総督 Proconsul(プロコーンスル)* を務めたのち、凱旋式(トリウンプス)*を挙行（前32年12月3日）。以来、外から帰宅する時にはよく象の背にまたがって行進したという。

Plut. Brut. 27/ App. B. Civ. 5-80, -86, -111～115/ Dio Cass. 49-5～7, -18/ Vell. Pat. 2-79/ Suet. Aug. 29/ etc.

コルヌーコーピア　Cornucopia（またはコルヌー・コーピアエ Cornu Copiae）, （仏）Corne d'abondance, （独）Füllhorn, Horn der Fülle, （伊）Corno dell'abbondanza, （西）Cuerno de la abundancia, （葡）Corno da abundância, Cornucópia, （露）Por изобилия, Корнукопия

(「豊饒の角」の意) ギリシア神話でいう「アマルテイア*の角 Amaltheias Keras, Ἀμαλθείας Κέρας」。花や果実などで充(み)たされた山羊の角で、大地の豊饒を象徴する。大神ゼウス*を育てた雌山羊アマルテイアの角に由来し、所有者が望むものは何でももたらす力を持っていたとされ、のちヘーラクレース*に片方の角を折られた河神アケローオス*に与えられた。美術作品では、ディオニューソス*（バックス*）やプルートス*、デーメーテール*（ケレース*）ら、大地の豊かさを司る諸神格の持ち物として表現されている。

⇒エポナ、ナーイアスたち（ナーイアデス）

Ov. Met. 9-85～, Fast. 5-121～/ Hor. Carm. 1-17, Epist. 1-12/ Plaut. Ps. 671/ Gell. 14-6/ Philostr. V. S. 1-7/ etc.

コルヌートゥス、ルーキウス・アンナエウス　Lucius Annaeus Cornutus, （ギ）Leukios Annaios Kornutos, Λεύκιος Ἀνναῖος Κορνοῦτος, （伊）（西）Lucio Anneo Cornuto, （葡）Lúcio Anneo Cornuto, （露）Луций Анней Корнут

(後20頃～?) ローマ帝政期のストアー*派哲学者・修辞学者。アーフリカ*のレプティス*・マグナ出身で、セネカ*一族の解放奴隷とも、親族の1人ともいわれる。ローマで修辞学および哲学の教師となり（50頃）、ルーカーヌス*やペルシウス*らの弟子を擁した。ペルシウスは『諷刺詩(サトゥラエ)』の第5篇を彼に献じ、若くして病死した折には全蔵書を遺贈（62）。これに応えてコルヌートゥスは、カエシウス・バッスス*とともにペルシウスの詩集を編纂・公刊した。66年頃（63、64、65とも）ネロー*帝によって追放されるが、その理由は C. ピーソー*の陰謀事件（65）関与していたからとも、ネローのローマ史執筆プランを「誰も読みはしまい」と遠慮なく批判したからだともいう。文学・哲学・修辞学についてギリシア語・ラテン語双方で執筆。ストアー主義の立場からギリシア神話を寓意的に解釈した著作 Epidromē, Ἐπιδρομή, （ラ）Theologiae Graecae Compendium のみが伝存する。

Dio Cass. 62-29/ Pers. 5-21～/ Suet. Poet. Pers./ Gell. 9-10/ Hieron. Chron./ Simpl./ Porph./ Suda/ etc.

コルネーリア　Cornelia, （ギ）Kornēliā, Κορνηλία, （仏）Córnelie, （露）Корнелия

ローマのコルネーリウス氏*出身の女性たち。その主な者は、以下の通り。

❶（前189頃～前110頃）大スキーピオー*（大アーフリカーヌス*）の次女。生来の鎖陰（膣閉塞）だったともいうが、

コルヌーコーピア

Ti. センプローニウス・グラックス❷*に嫁ぎ、ティベリウスとガーイウスのグラックス兄弟*、およびセンプローニア*（スキーピオー・小アーフリカーヌス*の妻）ら12人の子供たちを産む。夫が臥床の上で一つがいの蛇を捕えた時、占術師は「雌を殺せばコルネーリアが、雄を殺せば夫が死ぬだろう」と予言、そこで夫は雄の方を殺して、妻と子供たちを残して死ぬ（前151頃）。寡婦コルネーリアはエジプト王プトレマイオス8世*の求婚も拒んで子女を養育。ある裕福な婦人が宝石を自慢して、彼女のも見せるようせがんだところ、コルネーリアは2人の息子を紹介し、「これが私の誇りとする宝です」と答えたという。また前129年、女婿小アーフリカーヌスが急死した折には、彼女が娘と共謀して彼を暗殺したという噂がたった。下の息子ガーイウスが殺害された時（前121）、彼女は喪服の着用を禁じられ、以来ミーセーヌム*の別荘(ウィラ) villa に隠退して余生をギリシアの学問に費した（⇒巻末系図053）。

有徳の婦人としての誉れ高く、寡婦生活を全うし、市民たちは彼女に敬意を表して、その銅像を立てた。ある時不身持ちな男が彼女を誹謗したところ、息子のガーイウスはこう反駁したという。「母コルネーリアの方が、男のお前よりも長い間、男の体に触れずそれから遠ざかっているのだぞ」と。

Plut. Gracch. 1, 4, 8, 25, 34, 40/ Vell. Pat. 2-7/ App. B. Civ. 1-20/ Plin. N. H. 7-13, -16/ Oros. 5-12/ Cic. Brut. 58/ Liv. 38-57/ Tac. Dial. 28/ etc.

❷（？〜前69）L. コルネーリウス・キンナ❶*の娘。ユーリウス・カサエル*と結婚し（前84）、1女ユーリア❹*を産み（前81）、前69年に死去する。姉妹のコルネーリアは Cn. ドミティウス・アヘーノバルブス❻*の妻。

Suet. Iul. 1, 6/ Plut. Caes. 1, 5/ Vell. Pat. 2-41/ etc.

❸（前1世紀）Q. コルネーリウス・メテッルス❺*・ピウス・スキーピオー*の娘。初めクラッスス*の息子 P. リキニウス・クラッスス❸*に嫁ぎ、夫の戦死（前53）後、大ポンペイユス*の5度目の妻となる。パルサーロス*の戦いに敗れた夫に伴われ、エジプトへ赴くが、上陸寸前に夫が暗殺される場面を目の当たりにする（前48）。その後カエサル*によってローマへの帰国を許された。プルータルコス*によれば、文芸や諸学問に通じ、しかも知的な婦人特有の小うるさい厭味がなかったという稀有の女性である（⇒巻末系図051）。

Plut. Pomp. 55, 66, 74〜/ App. B. Civ. 2-83/ Dio Cass. 40-51, 42-5/ Vell. Pat. 2-53/ Luc. 3-23, 5-725/ etc.

❹（？〜前331）前331年、多数の有力なローマ市民が妻に毒殺された事件で首謀格の貴婦人。奴隷の少女がQ. ファビウス・マクシムス❶*に密告したことから事が露顕し、20人の主婦とともに毒薬を調合している現場を捕われ、「薬を作っていただけです」と反論するが、全員その薬を飲むよう強いられて死亡。この事件には大勢の既婚婦人が連座し、170名が処罰されたという。

この他にも、独裁官(ディクタートル)スッラ*の娘のコルネーリア（前1世紀）や、姦淫のゆえにドミティアーヌス*帝によって処刑された女神ウェスタ*の巫女（ウェスターリス*）長のコルネーリア（？〜後83頃）など幾人かの同名人物がいる。

Liv. 8-18/ Val. Max. 2-5/ Augustin. De civ. D. 3-17/ Vell. Pat. 2-18/ Plut. Sull./ Suet. Dom. 8/ Plin. Ep. 4-11/ etc.

コルネーリウス氏 Gens Cornelia〔← Cornelius〕

ローマで最も多くの著名人を輩出した大族。貴族系(パトリキイー*)のコルネーリウス氏は、スキーピオー*、キンナ*、スッラ*、ドラーベッラ*、レントゥルス*、ケテーグス*、シーセンナ*、コッスス Cossus、メルラ Merula、等々の諸家に分かれ、各家また何葉もの支脈に分岐して繁栄した。ほかにも平民系(プレーベース*)のコルネーリウス氏があって、バルブス*家、ガッルス*家などの門流に広がり、帝政期になると一層多くの家名が、これら以外におびただしく加わった。
⇒クラウディウス氏、アエミリウス氏、ファビウス氏、ウァレリウス氏

Cic. Leg. 2-22 (56) 〜/ Liv./ Tac./ App./ Macrob. Sat. 1-16/ Plin./ Vell. Pat./ Plut./ Dio Cass./ etc.

コルフィーニウム Corfinium, （ギ）Korphinion, Κορφίνιον, （西）（葡）Corfinio, （露）Корфиний

（現・San Pelino、今の Corfinio 近郊）中部イタリア、パエリグニー*族の中心都市。スルモー*（現・スルモーナ Sulmona）の北方7マイルに位置し、ウァレリウス街道*（ウィア・ウァレリア*）上の要衝の地。同盟市戦争*中の前90年、反ローマ独立政府の首都となり、イタリカ❷*と改名されたが、ローマ勢の攻撃を受けて反乱軍はボウィアーヌム*、さらにアエセルニア*へと、その首都を次々に遷さねばならなかった。戦後コルフィーニウムは、ローマの自治都市(ムーニキピウム*)として繁栄、前49年カエサル*とポンペイユス*間の内戦が勃発するや、L. ドミティウス・アヘーノバルブス❸*（皇帝ネロー*の先祖）が籠城してカエサル軍に抵抗を試みた地として知られる。

Cic. Att. 8-3, 9-7/ Caes. B. Civ. 1-15〜23/ App. B. Civ. 2-38/ Suet. Iul. 34, Ner. 2/ Luc. 2-478〜510/ Diod. 37-2/ Strab. 5-241〜/ Vell. Pat. 2-16/ Plin. N. H. 3-12/ Ptol. Geog. 3-1/ It. Ant./ Phot./ etc.

コルブロー Gnaeus Domitius Corbulo, （伊）Gneo Domizio Corbulone, （西）Cneo Domicio Corbulo, （葡）Gneu Domício Corbulo(n), （露）Гней Домиций Корбулон

（後5頃〜66年10月）ローマ帝政期の将軍。母ウィスティーリア Vistilia の6回の結婚を通して多くの名門と縁戚関係をもつ。カリグラ*帝の后カエソーニア*の異父兄に当たり、また彼の娘ドミティア*はのちにドミティアーヌス*帝の皇后となる。39年の補欠執政官(コーンスル*・スッフェクトゥス)。47年に下ゲルマーニアの属州総督(レーガートゥス*)として赴任し、フリーシイー*族を膺懲、カウキー*族をも討伐せんと軍を進めたが、クラウディウス*帝の命でレーヌス*（ライン）河まで退却させられた。これは彼の名声が高まり過ぎるのを皇帝が警戒したからだ

といい、突然の撤退命令を聞いたコルブローは「昔日の将軍は幸せだったなあ」と呟いたと伝えられる。属州アシア*の総督（52〜53）を経て、ネロー*帝の治世には東方諸軍隊の最高責任者に任ぜられ、アルメニアー*問題の処理に当たる（54〜64）。シュリア*に駐屯する軍団の綱紀を引き締め、アルメニアーの宗主権をめぐってパルティアー*王国と争い（⇒ウォロゲーセース1世）、アルメニアーの首都アルタクサタ*およびティグラーノケルタ*を占領・破壊して（58〜60）、ティグラーネース6世*をアルメニアーの王位に据えた。しかし、間もなく新王はパルティアー軍によって放逐され（61）、アルメニアー防衛のために派遣されたローマの将軍パエトゥス L. Caesennius Paetus（61年の執政官）も惨敗を喫した（62）ため、コルブローに大権が授与され（63）、彼のとった大々的な示威運動の結果、ローマとパルティアー両国間に和約が成立（64）、アルメニアーの王位はネローの手でパルティアー王の弟ティーリダテース❶*に授けられることとなった。コルブローは堂々たる風采や雄弁の持ち主で声望も高かったが、女婿ウィーニキアーヌス*の企てた陰謀に連座し、66年10月ネローから丁重な文面の手紙でギリシアへ呼び寄せられ、到着するや即座に自殺を命じられた。彼は剣をとると「当然だ（ギ）aksios」という謎めいた言葉を残して自らの命を絶ったという。（⇒巻末系図101）

Tac. Ann. 11-18〜20, 13-8〜, -34〜41, 14-23〜, 15-3〜31, Hist. 2-76, 3-6, -24/ Dio Cass. 59-15, 60-30〜63-17/ Plin. N. H. 2-72, 6-8,-15, 7-5/ Frontin. Str. 4-2/ etc.

コルムナ・ローストラータ　Columna Rostrata,（仏）Colonne Rostrale,（伊）Colonna Rostrata

「船首を飾り付けた円柱」の意）前260年のミューライ*沖海戦で、執政官のC. ドゥーイリウス*がカルターゴー*艦隊を撃破した勝利を記念して、フォルム・ローマーヌム*に建てられた戦勝記念柱。拿捕された敵艦の船首（ロースト

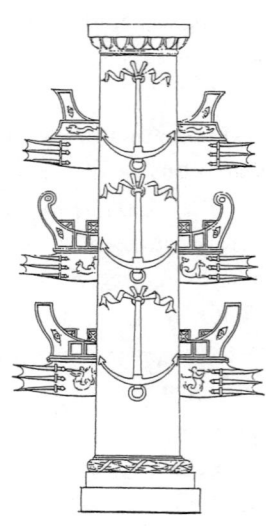

コルムナ・ローストラータ

ラ*rostra、単数はローストルム rostrum）で装飾されていたので、この名がある。この他、フォルム*には罪人を処罪し晒すためのコルムナ・マエニア C. Maenia と呼ばれる柱もあった（⇒ C. マエニウス）。

Plin. N. H. 34-11/ Sil. 6-663/ Quint. Inst. 1-7/ Verg. G. 3-29/ etc.

コルムバーリウム　Columbarium
⇒コルンバーリウム

コルメッラ　Lucius Iunius Moderatus Columella,（仏）Columelle,（伊）Lucio Giunio Moderato Columella,（西）Lucio Junio Moderato Columela,（葡）Lúcio Júlio Moderato Columela,（露）Люций Юний Модерат Колумелла

（後4頃〜70頃）ローマ帝政期の農学者。ヒスパーニア*のガーデース*（現・カディス Cadiz）出身で、哲学者セネカ*や大プリーニウス*、ケルスス*らの同時代人。一族はバエティカ*に地所を持ち、彼自身はイタリアのアルデア*近郊など各地に農地を所有。一指揮官としてシュリア*、キリキア*において軍務に服したのち、イタリアで主に農業問題の研究に専心した。現存するその大著『農業論 De Re Rustica』全12巻（後60〜65頃）は、この間の経験に基づいて簡明に叙述された科学的農事誌で、野菜・果樹の栽培、牧畜、園芸、養魚、養蜂から土地管理に至るまであらゆる分野にわたって記述されており、ギリシア・ラテンの著名な農事作家よりの引用も多く、古代ローマの農業事情を知るうえでの重要な資料となっている ── 造園を扱った第10巻のみが韻文 ──。彼は不在地主の増加と海外からの穀物輸入を慨嘆し、ローマ古来の農業経営の復活と勤勉労働を力説してやまない。またこれに先んじて短い農業手引書を著わしたが、その中の第2巻『樹木論 De Arboribus』が現存する。

⇒ラーティフンディア
Columella Rust./ etc.

コルメ（ル）ラ　Columella
⇒コルメッラ

コルンカーニウス、ティベリウス　Tiberius Coruncanius,（伊）（西）Tiberio Coruncanio,（葡）Tibério Coruncanio,（露）Тиберий Корунканий

（?〜前243頃）ローマで最初の平民身分出身の大神祇官長（前254〜前243）。トゥスクルム*出身の新人 novus homo であったが、前280年の執政官職に就き、エトルーリア*における勝利で凱旋式を挙行、相役のP. ウァレリウス・ラエウィーヌス Valerius Laevinus を援けてエーペイロス*王ピュッロス*の侵攻を阻止した。のち法学者として、また大神祇官長として、法律を神官団の独占から解放し、一般市民にも公開、神官以外の者を自身の法律顧問団に加えたという。その他、監察官（前270）や

独裁官(ディクタートル)*(前246)など国家枢要の顕職をも歴任して、ローマ政界に重きをなした。有徳の士 M'. クリウス・デンタートゥス*の友。なお、前230年にイッリュリアー*の女王テウタ*のもとへ使節として送られたガーイウス C. とルーキウス L. の2人のコルンカーニウス(うち1人ルーキウスはテウタに殺される)は、彼の息子たちであったと推定される。

Cic. Planc. 8, De Or. 3-33/ App. Sam. 10-3/ Liv. 10-9, Epit. 18/ Vell. Pat. 2-128/ Polyb. 2-8/ Pompon. Dig. 1-2/ Tac. Ann. 11-24/ Sen. Vit. Beat. 21/ etc.

コルンバーリウム　Columbarium, (〈複〉コルンバーリア Columbaria), (伊)(西) Columbario, (葡) Columbário, (露) Колумбарий

(本来、「鳩小屋・鳩舎」の意〈鳩(コルンバ) columba より〉) ローマの建築用語。地下の遺骨安置所をいう。エトルーリア*起源らしく、骨壺を納めるべく設けられた多数の壁龕が鳩舎に似ているところからこの名称がある。現存する最も有名な例は、アウグストゥス*の后リーウィア❶*に仕えた解放奴隷たちの納骨堂で、約3千の遺骨を安置することができ、アッピウス街道*(ウィア・アッピア*)沿いに設けられている(後1世紀初)。ユダヤ教徒およびキリスト教徒がローマ郊外に掘った地下室墓カタクンバ* Catacumba (カタコンベ〈伊〉Catacombe, 〈英〉Catacomb)は、コルンバーリウムのパレスティナ風一変型と見ることができる。

Vitr. De Arch. 4-2, 10-9/ Isid. Orig. 19-2/ Festus 169/ Varro Rust. 3-7/ Columella Rust. 8-8/ Dig./ etc.

コレー　Kore, Κόρη, Core, Cora, (仏) Coré, (露) Kopa

(「娘」の意) ギリシア神話中、ペルセポネー*(デーメーテール*の娘)の別名。同項を参照。

なお美術史上、アルカイック期に造られた着衣の少女像も、コレー Kore (〈複〉Korai)の名で親しまれている。
⇒クーロス

Eur. Alc. 855, Supp. 34/ Ar. Vesp. 1438/ Xen. Hell. 6-36/ Pl. Leg. 6-782b, 7-796b/ Diod. 3-5/ etc.

コロッサイ　Kolossai, Κολοσσαί, Colossae (Colosse), (仏) Colosses (Colosse), (伊) Colossas, (西) (葡) Colosas, (露) Колосси

(現・Honaz〈ギ〉Khonai, χῶναι 近くの遺跡)小アジアのプリュギアー*地方、リュコス Lykos 川(マイアンドロス*河の支流)南岸の都市。エペソス*と東方諸国をつなぐ交通の要衝に位置していたため、商業活動や羊毛・染色業で繁栄した。しかし、下流にラーオディケイア❶*やヒエラーポリス❷*が興隆するに及んで次第に衰えて小邑と化した。東西の各種哲学や宗教思想が絶えず流入し、ユダヤ教やグノーシス*主義、新興キリスト教も早く伝わった。使徒パウロス*の獄中書簡『コロッサイ人への手紙』で有名。

Herodot. 7-30/ Plin. N. H. 5-41/ Strab. 12-576～/ Xen. An. 1-2/ Columella 1-2/ Nov. Test. Col. 1-2, Philemon 22/ etc.

コロッセーウム　Colosseum, (仏) Colisée, Amphithéâtre flavien, (独) Kolosseum, (伊) Colosseo, Anfiteatro Flavio, (西) Coliseo, Anfiteatro Flavio, (葡) Coliseu, Anfiteatro Flaviano, (露) Колизей

(正しくは、フラーウィウス円形闘技場 Amphitheatrum Flavium)(現・コロッセーオ Colosseo) ローマ市内で最大の円形闘技場(アンピテアートルム)*。フラーウィウス*朝の初代ウェスパシアーヌス*帝が、ネロー*の黄金宮殿(ドムス・アウレア) Domus Aurea にあった人工湖を埋め立てて建設に着工し(後75)、息子ティトゥス*帝によって完成された(80年に奉献)。長径188 m、短経156 m、周囲527 mの長円形プランの巨大な石造建築物で、座席は約5万、立見を入れると6万近くの観客を収容できた。外壁は4層・57 mの高さで、下から順にドーリス*式・イオーニアー*式・コリントス*式・混合式の柱頭装飾をもち、柱間の各アーチには彫像が立ち並んでいた。落成記念の祝典では100日間にわたって大がかりな競技会が開かれ、闘技場の広い床アレーナ arena に水を張っての模擬海戦(ナウマキア)*や、剣闘士試合(⇒グラディアートル)、野獣狩り(ウェーナーティオー)*など各種の見世物が未曾有の規模で展開、女たちも武装して格闘に参加したという(80)。次いでティトゥスの弟ドミティアーヌス*帝は、東隣に剣闘士訓練所を建設し、地下道によってコロッセーウムの奈落と連絡させ、剣闘士試合・模擬海戦・野獣狩りなどを開催、夜間にも照明の下で殺戮を演じさせ、侏儒(こびと)の剣闘士や女同士の血みどろの対決をも行なわせた。観覧席の最下段は皇帝一族や元老院議員の貴賓席で、中段に騎士身分(エクィテース)*や有力市民、上段に一般市民、最上段に女性たちが坐り、奴隷たちは立見であった。闘技場の屋上には、人々が涼みながら観戦できるよう陽除けの彩色天幕が広げられる仕組みになっており、また方々に噴水が配置されていて、香料入りの水を噴出しては周囲に芳香を漂わせていた。皇帝たちは、しばしば気前よく全観客に食事を支給したり、さまざまな贈り物を撒いて群衆に奪い合いをさせて興じたといわれる。建物は523年までの間、幾度も修復を重ねて維持され続けたが、最後の競技が行なわれた608年以来、キリスト教徒によって城塞、のち採石場として用いられるようになり、現在では無惨な廃墟と化している。なおコロッセーウムなる名前は、近くにネローの巨像(コロッソス*)があったところから、中世イギリスの学者バエダ Baeda (ベーダ Beda) 以後つけられた俗称に過ぎない。

Suet. Vesp. 9, Tit. 7, Dom. 4/ Dio Cass. 66-25, 67-8, 78-25/ S. H. A. Ant. Pius 8. Heliogab. 17, Alex. Sev. 24/ Cassiod. Var. 5-42/ Mart. Spect. 2-5/ Aur. Vict. Caes. 9-7/ Hieron. Chron./ etc.

コロッソス　Kolossos, Κολοσσός, Colossus, (仏) Colosse, (独) Koloss, (伊)(葡) Colosso, (西) Coloso, (露) Колосс

巨大な彫像。特にロドス*の港に立っていた太陽神ヘーリオス*の青銅立像をいう。ビューザンティオン*のピロー

ン*によって世界の七不思議の1つに挙げられたこの巨像は、高さ約32 m、リンドス*出身の彫刻家カレース❷*の手で12年の歳月をかけて完成された（前292頃）当時最大の青銅彫像であった —— ただし防波堤の両端に跨がって、足の間を通って港に出入りする船舶を睥睨していたとする姿は後代の作為でしかない —— 。

これ以前にギリシア世界で最大の巨像として知られたのは、タラース*（タレントゥム*）にあったリューシッポス*作のゼウス*座像（約18 m）で、この町を略奪したローマ人もその巨大さゆえに運び出すことを断念したという。またローマ時代には、ゼーノドーロス Zenodoros（後1世紀中頃）がガッリア*のアルウェルニー市にメルクリウス*神の巨像（高さ40 m）を、次いでネロー*帝の黄金宮殿 Domus Aurea の前庭に皇帝の青銅立像（高さ35 mあまり。台座ともで約46 m）を造っており、降ってガッリエーヌス*帝は太陽神に擬した自らの銅像を、ネローの巨像の2倍の大きさで造らせようと試みている（これは未完成）。

なお銅像ではないが、アレクサンドロス大王*に仕えた建築家デイノクラテース*がアトース*山全体を刻んで大王の巨像を制作する計画を立てており、これが実現していれば、おそらく今日に至るまで史上最大の肖像彫刻となっていたことであろう。そのほか、古くコロッソスなる語は、エジプトの神域に置かれた木製・石造の巨像を指す言葉としても広く用いられていた —— テーバイ❷*のメムノーン*像など —— 。

Plin. N. H. 34-18/ Herodot. 2-130〜, -143/ Suet. Ner. 31, Vesp. 18/ S. H. A. Hadr. 19, Comm. 17, Gallien 18/ Plut. Alex. 72/ Lucian. Iupp. Trag./ Dio Cass. 72-15/ etc.

コローテース　Kolotes, Κολώτης, Colotes,（仏）Colotès,（伊）Colote,（露）Κολοτες

（前310頃〜前260頃）ギリシアの哲学者。ランプサコス*の出身。エピクーロス*の弟子にして賞讃者。初めて事物の本性に関するエピクーロスの講義を聴いた時、彼の前に跪いて教えを乞い、以来その熱心な弟子になったという。独断的・排他的なエピクーロス学説の信奉者で、「他の哲学者たちの教義によっては生きることもできない」と称して、プラトーン*をはじめとする諸々の哲学者を攻撃。これに対して後世、プルータルコス*は『コローテース駁論（ラ）Adversus Coloten』を書いて、その誤りを批判した。

同名人物では、オリュンピアー*のゼウス*巨像造営でペイディアース*に協力した彫刻家のコローテース（前5世紀）が名高い。

⇒メネデーモス❷

Plut. Mor. 1086〜1127/ Cic. Rep. 6-3/ Diog. Laert. 10-25/ Paus. 5-20/ Plin. N. H. 34-19-87, 35-34-54/ Strab. 8-337/ etc.

コローニア　Colonia,（ギ）Κολωνία,（英）(Colony),（仏）Colonie,（独）Kolonie,（葡）Colónia,（露）Колония

ローマ人の植民市。多くは軍事的意図をもって征服地に建設された。オースティア*（前349頃）、アンティウム（前338）、タッラキーナ（前329）など初期の植民市は、ラティウム*地方の海岸に沿岸防備のために設けられ、200〜300人のローマ市民男子が配置された（前311年には2人の指揮官に統率された小艦隊がつけられる）。ラティウム戦争（前340〜前338）以後は、不完全なローマ市民権しか持たぬ「ラテン植民市 Colonia Latina」が各地に成立、入植者は土地と引き換えにローマ市民権を放棄し、通婚権と交易権のみを所有するラテン市民権を取得した。このラテン植民市は元来、ラテン人（ラティーニー*）とローマ人とによって建設されたもので、ローマからの植民団は主に無産者階層 proletarii（プロレーターリー）で構成され、ローマ市に戻れば従前のローマ市民権を得ることができた。これに対して「ローマ市民植民市（ローマ植民市）Colonia Romana」は、完全なローマ市民権を有し、ローマの政務官によって統治され、ローマ市のトリブス*行政区に登録されていた。しかし、前1世紀初頭の同盟市戦争* Bellum Sociale（前91〜前88）の結果、全イタリア住民が完全なローマ市民権を獲得したため、イタリア内では両者の区別がなくなった。また前2世紀後期、グラックス兄弟*の頃からコローニアは、経済的理由によって、アーフリカ*、コルシカ*、コリントス*など海外にも建設されるようになる。共和政末期には、マリウス*、スッラ*、カエサル*ら軍事的独裁者が、自軍の退役兵に土地を提供するべく、ガッリア*、ヒスパーニア*、小アジア、カルターゴー*などにローマ植民市を築いた。アウグストゥス*からハドリアーヌス*に至る諸帝も、ローマ帝国各地にコローニアを建設、これらの都市は周辺地域のローマ化に貢献した（⇒コローニア・アグリッピーナ）。

⇒ムーニキピウム

Liv./ Cic./ Tac./ Plin. N. H./ Varro Rust./ Dio Cass./ Gell./ Vell. Pat. 1-14/ Suet. Tib. 4, Ner. 9/ App. B. Civ. 1/ Strab. / Columella/ Dig./ etc.

コローニア・アグリッピーナ　Colonia Agrippina（または、**コローニア・アグリッピネーンシス** C. Agrippinensis, 正しくは Colonia Claudia Ara Agrippinensium),（英）（仏）Cologne,（独）Köln,（伊）（西）Colonia,（葡）Colônia,（蘭）Keulen,（ポーランド語）Kolon, Kolonia, Cöln,（チェコ語）Kolín,（デンマーク語）（スウェーデン語）（ノルウェー語）Köln,（露）Кёльн

（現・ケルン Köln,〈ケルン方言〉Kölle）レーヌス*（ライン）河左岸の町。もとゲルマーニア*系ウビイー*族の首邑オッピドゥム・ウビオールム Oppidum Ubiorum。後50年、クラウディウス*帝によりローマ人植民市（コローニア*）として再建され、この地で生まれた皇后・小アグリッピーナ*（ネロー*帝の母）の栄誉を称えて命名された。属州ゲルマーニア・インフェリオル（低地ゲルマーニア）Germania Inferior の州都に制定され（90頃）、艦隊の基地も置かれ、要塞都市また

商業都市として繁栄した。ガラス製品の産地として知られ、3世紀にはキリスト教の司教座が置かれた。フランク*族の侵入 (355) は、2年後ユーリアーヌス*によって撃退された (357年12月) が、463年にローマ軍が撤退するや、再びフランク族に占領され、以降急速に衰えた。

今日の街路はローマ帝政期の主要道路に沿って走っており、ミトラース*やユーピテル*の神殿、陣営、浴場、モザイク舗床付きの別荘 villa などの遺跡が発掘されている。

ちなみに「オー・デ・コロン eau de Cologne (コロン水)」と呼ばれる芳香性の化粧水は、近世にこの都市で調合法が考案されたことにもとづいて名付けられたものである。
⇒ゲルマーニア
Tac. Ann. 1-36, -57, 12-27, Hist. 1-57, 4-28, Germ. 28/ Plin. N. H. 4-17/ Suet. Vit. 10/ Amm. Marc. 15-11/ Oros. 7-12/ Zosimus 1-38/ Strab. 4-194/ Eutrop. 8-2/ etc.

コローニス Koronis, Κορωνίς, Coronis, (伊) Coronide, (西) Corónide, (葡) Corônis, (露) Коронида
(「烏」の意) ギリシア神話中の女性名。

❶ラピタイ*族の王プレギュアース*の娘。アポッローン*に愛されて医神アスクレーピオス*の母となった。しかし、懐妊中にアルカディアー*の若者イスキュス Iskhys と通じた、もしくは結婚したため、アポッローン (またはアルテミス*) に射殺される。火葬に付されている間に神の手により胎内からアスクレーピオスが取り出されたという。またアポッローンは、彼女の密通を告げ口した鳥の羽色を純白から黒に変じ、永久に喪に服せしめたと伝えられる。彼女は死後神格化され、シキュオーン*近くのアスクレーピオス神域内では、その神像が祀られていた。一説に彼女は、父王が実の母親と交わって生まれた娘だともいう。
Apollod. 3-10/ Ov. Met. 2-542〜632, Fast. 1-291/ Pind. Pyth. 3-8〜/ Paus. 2-11, -26/ Ant. Lib. Met. 20/ Hyg. Fab. 202/ Hes. Fr./ etc.

❷コローネー Korone とも呼ばれる。ポーキス*の領主コローネウス Koroneus の娘。ポセイドーン*に見初められて追われるうちに、女神アテーナー*に祈って烏に姿を変えられた。
Ov. Met. 2-542〜

❸コローニデス Koronides (コローニスたち)。巨人オーリーオーン*の2人の娘メーティオケー Metiokhe とメニッペー Menippe を指す。オルコメノス*市が疫病に襲われ、「2人の処女が自ら生贄とならなければならない」との神託が下った時、姉妹は進んで織機の梭で命を断って祖国を救い、冥界の神ハーデース*により天上の彗星へと変じられた。
Ov. Met. 13-681〜/ Ant. Lib. Met. 25/ etc.

❹ヒュアデス* (ヒュアスたち*) の1人。酒神ディオニューソス*の乳母。ボレアース*の子ブーテース❶* (リュクールゴス❶*の異母兄弟) にさらわれて犯されるが、ディオニューソスに祈ったところ、ブーテースは発狂し井戸に身を投げて死んだという。
Hyg. Fab. 192, Poet. Astr. 2-21/ Diod. 5-50〜/ etc.

コローネイア Koroneia, Κορώνεια, Coronea, (仏) Coronée, (独) Koron(e)ia, (伊)(西)(葡) Corone(i)a, (露) Коронея
(現・Kutumala 近くの遺跡) ギリシア中部ボイオーティアー*地方の小都市 polis。コーパーイス*湖の西南方、ヘリコーン*山に近い高地の上に位置する。前447年テーバイ❶*軍はここでアテーナイ*軍に勝利を収め、ただちにスパルター*の指導のもとボイオーティアー同盟を再建した。次いでコリントス*戦争中の前394年、アゲーシラーオス2世*率いるスパルター軍は、この地でテーバイ・アテーナイ・アルゴス*・コリントスの連合軍に対してかろうじて勝利を得たが、アゲーシラーオス王自身は負傷し、彼を救おうとした50人の青年親衛隊も多くの敵を殺しつつ斃れた。伝説上の名祖はシーシュポス*の孫に当たるコローノス Koronos (アタマース*の甥にして後継者)。市の東郊にある女神アテーナー*の聖域はボイオーティアー同盟の集会場とされ、全ボイオーティア祭 Pamboiotia もここで催された。女神像は名匠ペイディアース*の愛人で弟子のアゴラクリトス*の作 (湮滅)。夜間、女祭司イオダマー Iodama が神苑内に入ったところ、ゴルゴーン*の首を神楯 (アイギス*) につけた女神が出現したため、石に化せられたという伝承が残っている。
⇒カイローネイア、レウクトラ、ハリアルトス
Hom. Il. 2-503/ Herodot. 5-79/ Thuc. 1-113, 4-92〜/ Xen. An. 5-3, Hell. 4-3, Ages. 2-9/ Plut. Ages. 18〜, Mor. 774f/ Paus. 3-9, 9-6, -34/ Strab. 9-411/ Polyb. 20-7, 27-1, 29-12/ Liv. 33-29, 43-44, -67/ Diod. 16-35, -58/ etc.

コローノス Kolonos, Κολωνός, (Hipp(e)ios Kolonos, Ἵππ(ε)ιος Κολωνός), Clonus (Hippius), (仏) Colone, (伊)(西)(葡) Colono, (露) Колон
(現・Kolonós) アッティケー* (アッティカ*) のデーモス demos (村落・地区) の1つ。アテーナイ*の北西およそ2.5kmの郊外、アカデーメイア*の近くに位置し、ポセイドーン*の神殿やエウメニデス* (エリーニュエス*) の聖林の所在地として有名。伝説上のテーバイ❶*王オイディプース*が盲目となって諸国を流浪した末ここの聖域で息を引き取ったといい、また英雄テーセウス*とペイリトオス*は互いの美貌と勇気に心惹かれ合って、この地で念契を交し、冥界へ下りて行ったとされている。オイディプースの墓や、テーセウスとペイリトオスらの合祀された英雄神廟 (ヘーローオン) Heroon があった。風光明媚な土地だったらしく、ここに生まれた悲劇詩人ソポクレース*の作品『コローノスのオイディプース』に美しく描写されている。
Soph. O. C. 54〜, 688〜, 886〜/ Paus. 1-30/ Thuc. 8-67/ Eur. Phoen. 1707/ Apollod. 3-5/ Cic. Fin. 5-1(3)/ Diog. Laert. 3-5/ Eust. Il. 2-811/ Poll. / Harp. etc.

コロポーン　Kolophon, Κολοφών, Colophon, （伊）Colofone, Altobosco, （西）Colofón, （葡）Cólofon, （露）Колофон

（現・Değirmendere）小アジア西方、リューディアー*地方にあったギリシア人植民都市。イオーニアー*12市の1つ。伝承によると、本来カーリアー*人の領土であったが、ギリシア系のクレーター*人が侵入し、次いで予言者モプソス❷*（マントー*の子）がやって来て先住民を追い払い、この町を創建したという。その後アテーナイ*王コドロス*の息子たちの支配下に入り、南郊のクラロス*にあるアポッローン*神託所で有名になった。エペソス*の西北方、やや海岸から入った所にあり、外港ノティオン Notion を擁し海外へ発展、スミュルナー*の母市となった。詩人ホメーロス*の生地を主張し、またクセノパネース*やミムネルモス*、アンティマコス*、ニーカンドロス*らの出身地でもある。かつては強力な騎馬隊をもって鳴りわたったが、前665年にリューディアー王ギューゲース*に占領され、降って前287年、リューシマコス*は市街を破壊して住民をエペソスへ強制移住させてしまった。シュバリス*と同様、コロポーン人も衣食の奢おごり甚しく、その贅沢三昧の故に滅びたといわれている。

なお書物の「奥付」を意味する英語 colophon は、この町の精強な騎馬隊が最後の一撃で決着を与えたことに由来する。またコロポーンの一染色業者の娘が、羊毛織機の紡錘を発明したという伝承も残されている。
⇒テオース
Herodot. 1-14, -16, -142, -147/ Thuc. 3-34/ Paus. 1-9, 7-3, 9-33/ Strab. 14-633～, -643/ Ael. V. H. 1-19/ Xen. Hell. 1-1/ Liv. 37-26, 38-39/ Polyb. 21-46/ Cic. Leg. Man. 12/ Mela. 1-17/ Arist. Pol. 4-1290b/ Ath. 12-524b, -526a/ Diod. 20-107/ Lucian. Ver. Hist. 2/ Ptol. Geog. 5-2/ etc.

コンコルディア　Concordia, （英）Concord, （仏）Concorde, （独）Konkordia, （露）Конкордия, （〈ギ〉ホモノイア Homonoia, 'Ομόνοια）

ローマの「調和・和合」の女神。最古の神殿は前367年、M. カミッルス*がリキニウス＝セクスティウス法*の成立後、市民間の和合一致を祈願して建立したもので、フォルム*西端のカピトーリーヌス*丘麓にあった。これは後にアウグストゥス*の妻リーウィア❶*（リーウィア・ドルーシッラ*）によって再建され、息子のティベリウス*帝がコンコルディア・アウグスタ C. Augusta として奉献した（後10）。ここでは元老院の集会がよく開かれ、キケロー*の演説のいくつかが披露されたのも、セイヤーヌス*が死刑の宣告を受けたのも、この神殿内であった。ローマ市内にはほかにもいくつか彼女のために捧げられた神殿があった。コンコルディアは通常、花冠を戴き左手にコルヌーコーピア*（豊饒の角）ないし笏杖を、右手にオリーヴの枝か供物皿 patera を携えた若い既婚婦人 matrona の姿で表現されるが、時に協調の大切さを示唆する束ねた小枝を手に持つことがある。祭礼は7月22日。

なおギリシアでは前4世紀以来、和合の女神ホモノイアの名で崇拝されており、諸都市間の、また市民間の協調精神の表象として貨幣の刻文や碑銘文などにその名が記された。
⇒ハルモニアー
Ov. Fast. 1-639, 6-637～/ Plut. Cam. 42/ Suet. Tib. 20/ Dio Cass. 55-17/ Liv. 9-46, 22-33, 23-21, 40-19/ Varro Ling. 5-73/ Cic. Nat. D. 2-23, Phil. 2-8/ Dio Chrys. Or. 38-22/ Plin. N. H. 33-6/ App. B. Civ. 1-120/ Augustin. De Civ. D. 3-25/ etc.

コンコルディア　Concordia, （ギ）Konkordiā, Κογκορδία, （露）Конкордия

（現・Concordia）イタリア北東部、内ガッリア*のアドリア海奥の町。アクィレイヤ*の西31マイル、交通の要衝に位置。もとは村落であったが、アウグストゥス*が植民市として以来、軍事上重視され、守備隊と兵器工廠が置かれた。城壁やフォルム*、劇場（テアートルム*）などの遺跡が残るほか、兵士の共同墓地から多数の碑文が発掘されている。
⇒ウェネティア
Mela 2-4/ Plin. N. H. 3-18/ Aur. Vict. Epit. 16-5/ Strab. 5-214/ Eutrop. 8-10/ Ptol. Geog. 3-1/ etc.

コーンスス　Consus, （伊）Conso

ローマの古い農業の神。その祭礼コーンスアーリア Consualia は年に2度、8月21日と12月15日、収穫と秋の播種ののちに行なわれた。その折には、馬や騾馬の繋駕競走や、油をひいた牛革の上を走る風変わりな競技などが催され、キルクス・マクシムス*の中央地下にあるコーンススの祭壇が掘り出された。初代王ロームルス*の治下、サビーニー*の女たちが誘拐されたのは、この祭日での出来事であったと伝えられる。祭壇が競馬場（キルクス*）内にあったため、コーンススはのちに馬の神としてのポセイドーン*＝ネプトゥーヌス*と同一視されるようになった。したがって、ローマ帝政末期の詩人アウソニウス*（後4世紀）は、サートゥルヌス*の息子コーンスス神が愛するカイネウス*を女から男へ性転換させた、とエピグラム詩でうたうことになるのである。
Varro Ling. 6-20/ Dion. Hal. Ant. Rom. 2-30～/ Tertullian. De Spect. 3-8, 5/ Liv. 1-9/ Plut. Rom. 14, Mor. 276c/ Tac. Ann. 12-24/ Ov. Fast. 3-199～/ Martianus Capella 1-54/ Serv. ad Verg. Aen. 8-636/ Asc. Verr. 1-10/ Auson. Idyl. 12/ etc.

コーンスターンス　Flavius Iulius Constans, （伊）Flavio Giulio Constante, （西）Flavio Julio Constante, （葡）Flávio Júlio Constante, （露）Констант

（後320頃～350年1月18日）ローマ皇帝（在位・337年9月9日～350年1月18日）

コーンスタンティーヌス1世*（大帝）とファウスタ*との間の末子（⇒巻末系図104）。大帝の四男（五男とも）。若

くして副帝に挙げられ（333年12月25日）、イタリア*、アーフリカ*およびイッリュリクム*を統治（宮廷はメディオーラーヌム*〈現・ミラーノ〉）。父帝の死（337）後、正帝としてこれらの地方を領有し、イタリアに侵入した兄コーンスタンティーヌス2世*を敗死させ西方全土の支配者となる（340）。生来惰弱・享楽好きな蕩児で、若いゲルマニア*人捕虜を溺愛したことなどにより不評を買う。350年には元奴隷の部将マグネンティウス*の叛乱が起こり、臣下に見捨てられた帝は神殿に遁走するが、刺客に殺される —— 一説にベッドで殺されたともいう ——。熱狂的な「正統」派（アタナシオス*派）キリスト教徒で、死刑をもって異教（非キリスト教）を弾圧。同じキリスト教のドナートゥス*派をも迫害した（347末）。また親しくブリタンニア*の地を訪れた最後のローマ皇帝としても知られる（342／343）。
Aur. Vict. Caes. 41/ Eutrop. 10-5/ Zosimus 2-41〜/ Zonar. 13-5〜/ Cod. Theod. 16/ Socrates Hist. Eccl. 2-10, -20/ Libanius Or. 59/ Euseb. Vit. Const. 4-51/ Philostorgius 3-12/ Athanasius Apol. ad Const. 3〜/ etc.

コーンスタンティア Constantia, （仏）Constance, （独）Konstanze, （伊）Costanza, （西）Constancia, （葡）Constância, Constáncia, （露）Константия
ローマ帝国の皇后（⇒巻末系図104）。
❶ Flavia Iulia (Valeria) Constantia（後293／306の間〜後328／330頃）コーンスタンティウス1世*・クロールス帝と2度目の妻テオドラ Theodora（エウトロピア❶*の娘）との間の娘。コーンスタンティーヌス1世*の異母妹。リキニウス*帝に嫁ぎ（313年メディオーラーヌム*〈現・ミラーノ〉で挙式）、1子、小リキニウス*を産む。324年夫が内戦に敗れた折には、異母兄コーンスタンティーヌス1世に懇願してその赦免を得た —— もっとも、追放された夫リキニウスは翌年殺され、続いて326年息子の小リキニウスも処刑されるが ——。ローマで司教シルウェステル*（33代「教皇」・在位314〜335）から受洗するが、のちアレイオス*（アリーウス*）派に転向。アレイオスの追放を解くようコーンスタンティーヌス帝を説得しつつ病没した（328／330）。
Euseb. Hist. Eccl. 10-8/ Eutrop. 9-22/ Hieron. Ep. 133-4/ Socrates 1-2/ Zosimus 2-17/ Lactant. Mort. Pers. 43-45/ Sozom. Hist. Eccl. 1-15/ Zonar. 13-1/ Rufinus Hist. Eccl. 1-11/ etc.
❷ Flavia Maxima Constantia（後361〜383以前）
コーンスタンティウス2世*と3度目の妻ファウスティーナ Maxima Faustina との間の娘。父帝の死後、間もなく誕生し（361年末頃）、4歳の時、母とともに東方僭帝プロコピウス*に捕えられ（365）、以後その軍旅に同行する。プロコピウスが殺害されたのち、17歳のグラーティアーヌス*に嫁ぐ（375）が、子なくして（1子ウァレンティーニアーヌス Valentinianus は早世）夫帝に先立つ。
Amm. Marc. 21-15, 25-7, -9, 29-6/ Chron. Min./ etc.
❸ ⇒コーンスタンティーナ

コーンスタンティウス1世・クロールス Marcus/Gaius Flavius Valerius Constantius I・Chlorus（副帝就任前は Flavius Iulius Constantius）, （ギ）Kōnstantios, Κωνστάντιος, （仏）Constance Chlore, （伊）Costanzo Cloro, （西）Constancio Cloro, （葡）Constâncio Cloro, （露）Констанций I Хлор
（後250頃3月31日〜306年7月25日）ローマ皇帝（在位・305年5月1日〜306年7月25日）イッリュリクム*属州の微賤の出だが、のちにクラウディウス2世*の姪孫に擬せられる。コーンスタンティーヌス1世*（大帝）の父。「蒼白な」という添名は6世紀頃に付けられたもの。軍人および行政官として傑出し、293年にはディオクレーティアーヌス*の四帝分割統治体制 tetrarchia の下、西方正帝マ

系図198　コーンスタンティウス1世・クロールス

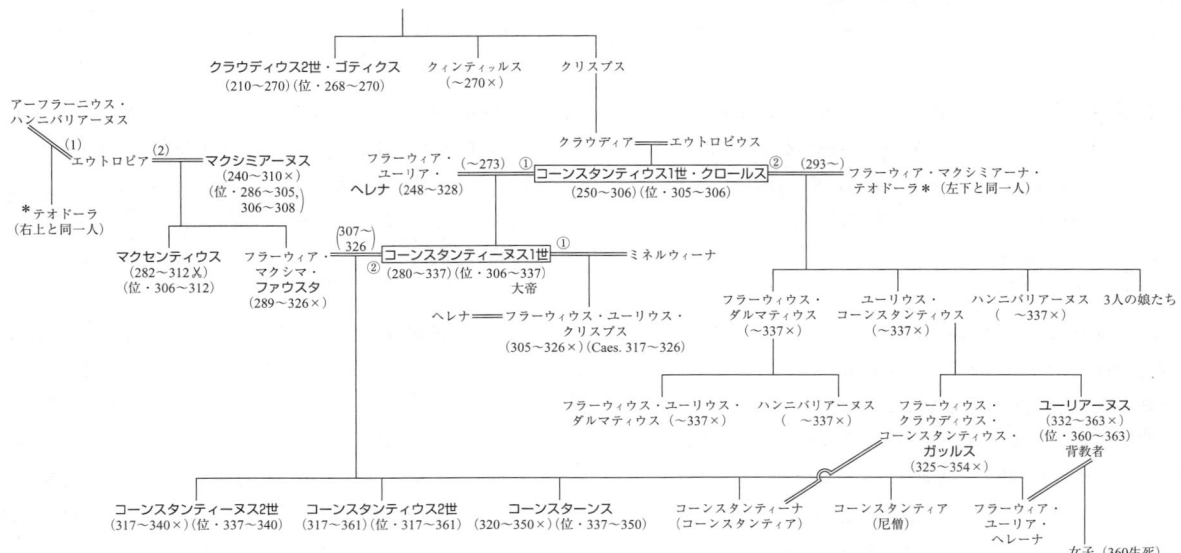

クシミアーヌス*の副帝に任ぜられ（3月1日）、アルプス以北のガッリア*、ブリタンニア*諸属州（一説にはヒスパーニア*も）を統治。またヘレナ❶*を追い出して、マクシミアーヌスの継娘テオドーラ Flavia Maximiana Theodora と結婚し、マクシミアーヌスの養子となった（⇒巻末系図104）。アウグスタ・トレーウェロールム*（現・トリーア）に拠点を置き、僭帝カラウシウス*の独立以来ローマから離反していたブリタンニアを帝国に奪回（296）、298年にはガッリアに侵寇したアレマンニー*（アラマンニー*）族を撃破し4万（4千とも）人を虐殺した。奢侈に流れず温厚な支配を行なったと伝えられ、自身は太陽神の帰依者であったにもかかわらず、ディオクレーティアーヌスのキリスト教大迫害（303〜）には消極的で、教会堂を破壊するに留めたという。

305年ディオクレーティアーヌスとマクシミアーヌスの退位を受けて西方の正帝となる（5月1日）が、僚帝たる東方正帝ガレーリウス*に息子コーンスタンティーヌスを人質にとられたまま、副帝としてガレーリウスの腹心セウェールス2世*を押しつけられる。翌年コーンスタンティーヌス召還に成功し、ともにブリタンニアへ遠征してカレードニア*の現地民ピクティー*およびスコーティー*族を制圧したものの、途上エブラークム*（現・ヨーク）で在位15ヵ月に満たずして病没した。ただちにコーンスタンティーヌスが軍隊によって帝位に推戴され、ためにイタリアでマクセンティウス*が皇帝に擁立されるなど各地に数人の皇帝が乱立する内戦状態が現出した。コーンスタンティウスの死後、テオドーラとの間に生まれたまだ幼い3男3女が遺されたが、男系の子孫は大半その後生じた帝室内訌のうちに殺されていった。
⇒ハンニバリアーヌス、ダルマティウス、ユーリウス・コーンスタンティウス

Eutrop. 9-14〜23, 10-1, -6〜/ Aur. Vict. Caes. 39〜/ Euseb. Hist. Eccl. 8-13, Vit. Const. 1-13〜21/ S. H. A. Aelius Verus 2, Carinus 16〜17, Aurel. 44, Probus 22, Carus 17, Claud. 13, Gallien. 7/ Amm. Marc. 19-2/ Lactant. Mort. Pers. 15-6/ Zosimus 2-7〜/ Theophanes/ Galfridus Monemutensis H. R. B. 5-6/ etc.

コーンスタンティウス2世　Constantius Ⅱ, Flavius Iulius,（ギ）Kōnstantios Κωνστάντιος,（仏）Constance Ⅱ,（伊）Costanzo Ⅱ,（西）Constancio Ⅱ,（葡）Constâncio Ⅱ,（露）Констанций Ⅱ

（後317年8月7日〜361年11月3日）ローマ皇帝（在位・337年9月9日〜361年11月3日）コーンスタンティーヌス1世*（大帝）とファウスタ*との間の息子。シルミウム*に生まれる。大帝の第3子。幼くして副帝に挙げられ（324年11月8日）、父帝より東方諸州の統治権を分与される（宮廷はアンティオケイア❶*）。兄コーンスタンティーヌス2世*や弟コーンスターンス*に比して学芸の面で劣っていたが、武術・体育において勝り、父帝の死（337年5月22日）にもいち早く首都コーンスタンティーノポリス*へ駆けつけて、同母兄弟を除く一族の男子を虐殺して正帝となる。兄コーンスタンティーヌス2世を末弟コーンスターンスが殺し（340）、さらにこのコーンスターンスを殺した将軍マグネンティウス*が帝号を僭称するに及んで（350）、征西して弟の仇を討ち、ようやく単独帝となる（353。とはいえ決戦のさなか、彼自身は教会堂に籠って勝利を祈り続けるだけであったという）。オリエント風の虚飾を好んだ帝は、化粧をし美容や美衣美食に耽って、無数の廷臣、宦官、召使いに取り囲まれながら豪奢な生活を送った。また、残忍冷酷で過度に猜疑心が強く密偵の群れを抱え、侍従長エウセビウス*を筆頭とする宦官たちに政権を壟断されて、宮廷は陰謀の巣窟と化した。病弱と若年ゆえに殺さずにおいた従弟ガッルス*を、副帝にとりたて妹コーンスタンティーナ*を娶らせたものの、ほどなくこの従弟をも甘言でおびき寄せて処刑（354）。次いでガッルスの弟ユーリアーヌス*に副帝位を授け、ガッリア*およびブリタンニア*の統治を委ねるが（355）、ユーリアーヌスが謀叛を起こし軍隊に擁立されて正帝位を宣言した（360）ので、これを討つべく準備中キリキアー*において急逝、かくて謀略と内紛の絶えぬ圧政に終止符を打った（44歳）。死の床でユーリアーヌスを後継者に指名したとも伝えられる。狭量かつきわめて迷信深いキリスト教信者で、魔術や異教崇拝を死刑をもって厳禁し、諸神殿を破壊する一方、アレイオス*（アリーウス*）派を強く支持して、アタナシオス*（アタナシウス*）らを断罪、追放し（⇒カッパドキアーのゲオールギオス、リーベリウス）、死の直前にアレイオス派の主教から受洗した。凡庸な君主だったがコーンスタンティーヌス大帝の息子たちの中では最も有能で、東方におけるサーサーン朝*ペルシアの帝王シャープール2世*の侵攻に対しては、自ら出陣して防戦に当たっており、357年春にはローマ市を訪れて凱旋式を盛大に催している。初め叔父ユーリウス・コーンスタンティウス*の娘と、次いでエウセビア*と、さらにファウスティーナ Maxima Faustina と結婚し、最後の妻との間に遺腹の娘コーンスタンティア❷*を儲けた（⇒巻末系図104）。
⇒シルウァーヌス、ユーリウス・コーンスタンティウス、ダルマティウス、ハンニバリアーヌス

Amm. Marc. 14〜21/ Zosimus 2〜3/ Zonar. 13/ Euseb. Vit. Const. 4/ Eutrop. 10-5〜/ Agathias 4/ Julian. Or. 1〜2, Ep./ Libanius Or. 1, 3〜/ Socrates Hist. Eccl. 2-37〜/ Sozom. Hist. Eccl. 4-16〜/ Themistius/ Symmachus Relat./ Philostorgius/ Festus/ Cod. Theod./ Theophanes/ etc.

コーンスタンティウス3世　Constantius Ⅲ (Flavius),（仏）Constance Ⅲ,（伊）Costanzo Ⅲ,（西）Constancio Ⅲ,（葡）Constâncio Ⅲ,（露）Констанций Ⅲ

（後4世紀後半〜421年9月2日）西ローマ帝国の皇帝・共治帝（在位・421年2月8日〜9月2日）モエシア*のナイスス*出身。軍事的才幹と男性美ゆえにホノーリウス*帝の寵愛

を享け、コーンスタンティーヌス3世*の打倒 (411) や僭帝アッタルス*を擁する西ゴート*族の攻撃 (415) に活躍、褒賞としてホノーリウスの異母妹ガッラ・プラキディア*（アタウルプス*の寡婦）を妻に迎える (417年1月1日)。421年2月にはホノーリウスと同格の正帝位に登るが、在位7ヵ月足らずで病没。后ガッラ・プラキディアとの間には娘ホノーリア*と息子ウァレンティーニアーヌス3世*を遺した。一説に魅力のない男だったため当初プラキディアは結婚を嫌がっていたという。とはいえ快活で愛想のよい人柄で知られ、宴席では役者の真似をして道化てみせたと伝えられる。
⇒巻末系図105
Zosimus 5〜6/ Sozom. Hist. Eccl. 9-13〜16/ Oros. 7-42〜43/ Olympiodorus/ Philostorgius. 12-4, -12/ Prosper Chron./ Theophanes/ etc.

コーンスタンティウス・クロールス
⇒コーンスタンティウス1世

コーンスタンティウス、ユーリウス　Flavius Iulius Constantius,（仏）Jules Constance,（伊）Giulio Costanzo,（西）Julio Constancio,（葡）Júlio Constâncio
（後296頃〜後337年9月初頭頃）

コーンスタンティウス1世*とテオドーラ Theodora との子（次男）。コーンスタンティーヌス1世*（大帝）の異母弟（⇒巻末系図104）。先妻ガッラ Galla との間に2人の息子フラーウィウス・ウァレリウス・コーンスタンティーヌス Flavius Valerius Constantinus（？〜337）とガッルス*（ともに従兄のコーンスタンティウス2世*に殺される）および1女（コーンスタンティウス2世の最初の妻）を儲け、後妻バシリーナ Basilina との間に「背教者」ユーリアーヌス*を儲ける。継母ヘレナ❶*の憎悪から、前半生をトロサ*（現・トゥールーズ）やコリントス*で半ば流謫状態で過ごしたのち、335年ヘレナの息子コーンスタンティーヌス1世により執政官職の栄誉を与えられる。しかるにこの異母兄の死後、長男やハンニバリアーヌス*、ダルマティウス*ら幾人もの男性親族とともに、甥のコーンスタンティウス2世（コーンスタンティーヌス1世の子）に虐殺される (337年秋)。

Libanius Or. 1-434/ Julian. Ep. ad Athen. 270, 273/ Zosimus 2-39/ Amm. Marc. 21-16/ etc.

コーンスタンティーナ　Flavia Iulia Constantina, Constantia,（伊）Costanza,（露）Константия
またはコーンスタンティア❸*（後320頃〜354）。ローマ帝国の皇妃（⇒巻末系図104）。コーンスタンティーヌス1世*と継室ファウスタ*との間の長女。335年従兄弟ハンニバリアーヌス*に嫁ぎ、父帝よりアウグスタ*の称号を授かる。夫を337年の虐殺で喪ったのち、野望に燃える彼女は老将軍ウェトラーニオー Vetranio（簒奪帝、在位・350〜351、退位して356年頃没す）に手ずから戴冠させて、叛乱をそそのかす (350年3月1日)。翌年、企てに挫折すると、兄弟のコーンスタンティウス2世*の命で、別の従兄弟にあたる副帝ガッルス*と再婚し (351)、アンティオケイア❶*に滞在。3年後、西方への旅の途上、ビーテューニアー*で熱病により急逝する (354)。史家はコーンスタンティーナを、絶えず人血に渇く残忍にして権勢欲溢れる復讐女鬼のごとくに描写、後夫ガッルスの数々の暴虐行為を使嗾したのも彼女であるという ── コーンスタンティーナの貪婪冷酷な所業の一例として、ある貴婦人が自分の娘婿に言い寄って拒まれた腹いせに、コーンスタンティーナに高価な頸飾りを贈って、すぐさま娘婿を死刑にしてもらった事件が挙げられる ── 。夫ガッルスと同じくアレイオス*（アリーウス*）派のキリスト教徒で、彼女の急死間もなく夫も獄内で斬首されてそのあとを追った。

現在ローマに残るサンタ・コスタンツァ Santa Costanza 教会は、彼女のために建てられた墓廟ないし洗礼堂である。なおその装飾を施された斑岩製の石棺（高さ2.25m）はヴァティカン博物館に展示されている。
Amm. Marc. 14-1〜/ Aur. Vict. Caes. 41〜42/ Julian. Ep./ Philostorg. Hist. Eccl, 3-22, 4-1/ Zonar. 13-9/ Zosimus 2-40/ Theophanes/ etc.

コーンスタンティーヌス1世（大帝）　Constantinus I (Magnus), Gaius Flavius Valerius (Aurelius),（正式名称・Imperator Caesar Flavius Constantinus Pius Felix Invictus Augustus),（英）Constantine the Great,（仏）Constantin

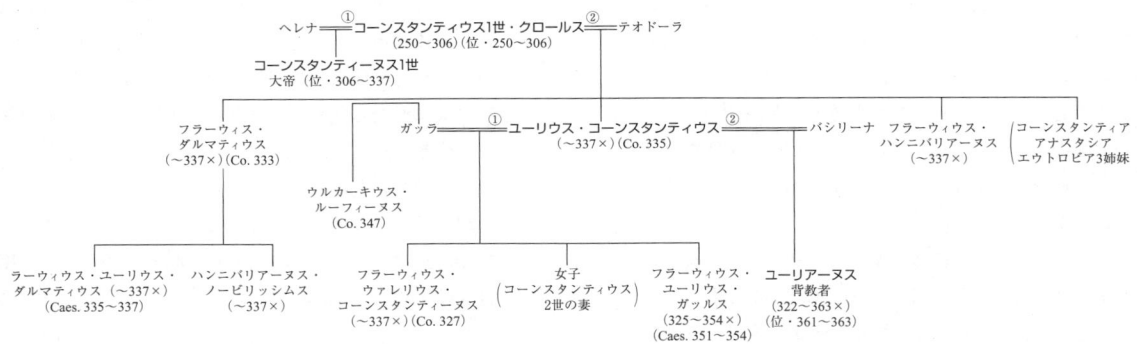

系図199　コーンスタンティウス、ユーリウス

コーンスタンティーヌス1世（大帝）

le Grand, （独）Konstantin der Große, （伊）Constantino il Grande, （西）Constantino el Grande, （葡）Constantino, o Grande, （露）Константин Великий, （ギ）Kōnstantînos, Κωνσταντῖνος ὁ Μέγας, （漢）君士担丁

（後272／273年頃2月27日～337年5月22日）ローマ皇帝（在位・306年7月25日～337年5月22日）。コーンスタンティウス1世*・クロールスの長男（庶子）。母はヘレナ❶*。上モエシア*のナイスス*（現・ニシュ Niš）に生まれる。ディオクレーティアーヌス*帝退位（305）後に続いた約20年間に及ぶ内戦状態を収拾し、ローマ帝国全土を再統一した皇帝（⇒巻末系図104）。

293年父が副帝（カエサル*）となって西方に赴任して以後も、いわば人質としてディオクレーティアーヌスの宮廷に留まり、エジプト*およびペルシア*との戦い（296～297）に参加。大した教育は受けなかったが、長身で武勇に優れ野心的だったため、ディオクレーティアーヌスの後継者ガレーリウス*の猜疑を招く。父の正帝（アウグストゥス*）即位（305）後ニーコメーデイア*（現・イズミト İzmit）宮殿をひそかに脱出してヨーロッパを馬で駆け抜け、西方の父と合流、ともにブリタンニア*遠征へ向かいカレードニア*人の侵寇を撃退する（306）。ほどなくエブラークム*（現・ヨーク）で父が死ぬと（306年7月25日）、ただちに軍隊によって皇帝に推戴されたが、ガレーリウスからは副帝の1人として認められたに過ぎなかった（⇒セウェールス2世）。同年10月ローマでマクセンティウス*（先帝マクシミアーヌス*の息子）が即位すると、初めこれと同盟して、マクセンティウスの妹ファウスタ*と再婚し、彼女の父マクシミアーヌスより「正帝」（アウグストゥス*）の称号を授けられた（307年春）。

翌308年、各地に皇帝が併立する混乱状態に対処するべく開かれたカルヌントゥム*会談（11月11日）で、彼の帝号は無効と宣せられたにもかかわらず、以後もコーンスタンティーヌスは正帝を称し続け、ガッリア*、ブリタンニアなど西部諸属州を支配。侵入したフランク*族、アレマンニー*族を撃破し（308～310）、その首長たちを円形闘技場（アンピテアートルム*）で野獣の餌食にした。次いで岳父マクシミアーヌスを殺し（310年2月）、311年5月のガレーリウス帝病死後は、リキニウス*帝と結んで義兄マクセンティウス打倒を謀り、312年イタリアへ進撃してサクサ・ルブラ*およびムルウィウス Mulvius（現・ミルヴィオ Milvio）橋の戦いでマクセンティウスを敗死させた（10月28日）。伝承によれば、この大勝利に際して帝は中空に「これにて勝て en tūtō nīkā, ἐν τούτῳ νίκα」（エントゥートー・ニーカー*）（有名な hoc vince ないし In hoc signo Vinces はそのラテン訳）との語句と十字架状の幻を視、また霊夢にしたがって軍旗にクリストス*（キリスト）の頭文字（モノグラム）☧を記させたといい、以来キリストを自分の信仰する不敗太陽神 Sol Invictus（ソール・インウィクトゥス）（⇒ソール）と同一視して受け容れるようになったとされる。

かくて帝国西半を獲た彼は、マクセンティウス一族を殺戮してローマへ入城、元老院から公式に正帝（アウグストゥス*）と承認されたのち、近衛軍を廃絶したうえで富裕市民に重税を賦課した。翌313年はじめメディオーラーヌム*（現・ミラーノ）に東方正帝リキニウスと会し、異母妹コーンスタンティア❶*をこれに嫁がせ（2月）、両帝連名の宗教寛容令を発布、キリスト教を含むあらゆる信仰の自由を認めたという（6月13日発行、いわゆる「ミラーノ勅令」）。しかし東西正帝による帝国二分統治はすぐに破れ、314年にはリキニウスを攻撃して、敗者からトラーキア*を除く全ヨーロッパ領を剥奪（12月）、さらにゴート*族の侵寇を押し戻す名目で進軍すると（322～323）、海陸の戦闘でリキニウスを完敗させて滅ぼし、ついに37年ぶりの単独皇帝となる（324年9月19日）。同年、勝利を記念し国防上の要地ビューザンティオン*をコーンスタンティーノポリス*（コンスタンティノープル）と改称して新都に定め（11月8日）、6年後にこの「新ローマ Nova Roma」へ遷都を断行、盛大な式典を催した（330年5月11日）。が、その間にも疑い深い帝は長男クリスプス*や后ファウスタ、甥の小リキニウス*（リキニウス帝の遺子）ら近親を次々に殺していた（325～326）。

施政全般については、ディオクレーティアーヌス以来の専制君主政 Dominatus（ドミナートゥス）を継承・発展させて帝国の再建に努め、文武の官職を分離、皇帝を頂点とする官僚貴族制を確立した。ソリドゥス Solidus 金貨を新鋳して通貨の安定を図り、小作民 colonus（コロヌス）の土地緊縛令（332）を出すなど身分・職業の世襲化を強制、また機動部隊の設置ほか軍隊を再編・強化し、30万人のサルマタイ*人を帝国領内に移住させて軍役を負わせ辺境防備に当たらせる（334）等々、諸々の改革事業を行なった。しかし、豪奢なオリエント風の宮廷組織・儀礼の導入や、大浴場（テルマエ*）・教会堂など数々の壮麗な建築物の造営、厖大に膨れ上がった官僚・軍隊の維持のためにおびただしい出費を余儀なくされ、酷税を新設して臣民を搾取。自らは贅沢な宝冠や衣裳・化粧品・装身具を身につけて、晩年は冷酷放縦かつ貪欲な濫費家に堕した。またキリスト教を公認して以来、同教会内の些末な神学論争にまき込まれ、アレラーテ*（現・アルル）（314）、メディオーラーヌム（316）等各地で公会議を招集し、宗教寛容令とは裏腹にドナートゥス*派をはじめとする諸宗派を異端として弾圧。ニーカイア*（ニーカエア*）会議（325年5月20日～8月1日）ではアレイオス*（アリーウス*）派に異端の烙印を捺し、対立するアタナシオス*（アタナシウス*）を正統と断じた（325）。にもかかわらず後年、アレイオス派に傾きアタナシオスを追放、臨終の床ではアレイオス派の主教ニーコメーデイアのエウセビオス*より洗礼を受けたという（337）。現実主義者だった帝は、キリスト教を政治目的に利用したに過ぎず、なお「異教」優位の世の中で、自らもローマ伝来の太陽神崇拝を棄てることはなかった。

長期にわたる独裁政権を保って国家の安定をもたらすという偉業を達成したが、息子たちに帝国を分治させるべく計らっておいたため、死後たちまち男性親族らの虐殺事件が起こり、再び内乱を勃発させるに至った。332年ゴート族10万の侵入をドーナウ河畔に破った（4月20日）後、治世30年の祝典を開催（336年7月25日）、翌年サーサーン朝*ペルシア王シャープール2世*に対する遠征へ向かう途上、

病に倒れニーコメーデイア近郊で崩じた。死後ローマ古来の伝統に従って神格化の栄誉を与えられる一方、後世のキリスト教徒からは最初に改宗した皇帝、「13人目の使徒」としてもてはやされ、母ヘレナとともに列聖された（東方教会における祝日5月21日）。自らは病気平癒などのために「異教」の魔術を利用したかと思うと、晩年には非キリスト教徒の迫害や殺戮を行なったにもかかわらず、後期ローマ帝政を再興し、「ビザンティン帝国」の基礎を築き上げた辣腕家の君主として高く評価されている。

ローマ市のフォルム・ローマーヌム*東部には、帝が完成した巨大なコーンスタンティーヌスのバシリカ* Basilica Nova の一部が、またコロッセーウム*の西側には彼が帝国西半を統一した記念に元老院によって建造されたコーンスタンティーヌス凱旋門 Arcus Constantini（315年奉献）が残っている。なお、帝がローマ司教シルウェステル*（第33代「教皇」、在職・314～335）に帝国の西半分を与えたという『コーンスタンティーヌスの寄進状（ラ）Donatio Constantinii』なるものは、カトリック教会の捏造した偽文書であることがルネサンス期から証明されている。西欧諸国では、このシルウェステルが癩病を病むコーンスタンティーヌス帝を癒やしたという奇蹟譚が広く流布した。
⇒コーンスタンティーヌス2世、コーンスタンティウス2世、コーンスターンス
Euseb. Vita Constantinii, Hist. Eccl. 8～10, Paneg./ Eutrop. 10/ Aur. Vict. Epit. 40～41, Caes. 40～/ Zosimus 2-7～39/ Zonar. 13/ Lactant. Mort. Pers. 24～52/ Oros. 7/ Amm. Marc. 14～/ Socrates Hist. Eccl./ Sozom. Hist. Eccl./ Excerpta/ Philostorgius/ Cod. Iust./ Sextus Rufus/ Theophanes/ Hieron. Chron./ etc.

コーンスタンティーヌス2世 Constantinus Ⅱ, Flavius Claudius,（英）Constantine Ⅱ,（仏）Constantin Ⅱ,（独）Konstantin Ⅱ,（伊）（西）（葡）Constantino Ⅱ,（露）Константин Ⅱ
（後316／317年2月または3月1日～340年4月または3月）ローマ皇帝（在位・337年9月9日～340年4月または3月）コーンスタンティーヌス1世*（大帝）とファウスタ*との間の息子（⇒巻末系図104）。大帝の次男。庶子とする説もある。アレラーテ*（現・アルル）に生まれ、すぐさま異母兄クリスプス*とともに副帝に任命される（317年3月1日）。宦官の取りしきるオリエント風宮廷に育つ。何度か執政官職に就き、335年ガッリア*、ブリタンニア*、ヒスパーニア*の領有を認められ（宮廷はアウグスタ・トレーウェロールム*〈現・トリーア〉）、父帝の死（337年5月22日）後、正帝としてこれらに加えてアーフリカ*の一部をも支配 —— 次弟コーンスタンティウス2世*は東方を、末弟コーンスターンス*はイタリア*、アーフリカ、イッリュリクム*を統治 ——。しかるにこの分割を不満として、末弟の所領を奪うべくイタリアへ乱入、コーンスターンスと争い、軽率にもアクィレイヤ*付近で伏兵の罠にかかり、斬殺される（23歳）。遺骸は川に投げ込まれたが、のち帝として厳かに埋葬される。2度結婚したものの子供はいなかった。「正統」派（アタナシオス*派）キリスト教を支持し、彼の宮廷所在地アウグスタ・トレーウェロールムに亡命してきたアタナシオスを保護した。
Zosimus 2-20, -41/ Zonar. 13-5/ Euseb. Vit. Const. 4-40～49/ Athanasius Apol./ Aur. Vict. Caes. 41-20～/ Eutrop. 10-9/ Chron. Min./ etc.

コーンスタンティーヌス3世 Constantinus Ⅲ, Flavius Claudius,（英）Constantine Ⅲ（Usurper）,（仏）Constantin Ⅲ,（独）Konstantin Ⅲ,（伊）（西）（葡）Constantino Ⅲ,（露）Константин Ⅲ
（？～後411年9月18日以前）西ローマ帝国の皇帝・対立帝（在位・407～411）コーンスタンティーヌス*朝とは何の血縁関係もなかったにもかかわらず、その名のゆえにブリタンニア*の軍団によって帝位に推戴される（407年、ブリタンニア駐屯軍は406年以来、マールクス Marcus、グラーティアーヌス Gratianus と相次いで2人の皇帝を擁立しては短期間で殺していた）。即位後すぐさまガッリア*へ攻め込むと、アレラーテ*（現・アルル）に宮廷を営み、ヒスパーニア*をも制圧（408）、西ローマ皇帝ホノーリウス*から共治帝として承認される（409）。ところが、ほどなく部将ゲロンティウス Gerontius（？～411自刃）の反乱が起こり、ヒスパーニアを奪われ、長男コーンスターンス Constans を殺される。次いでホノーリウスの将軍コーンスタンティウス（3世*）にアレラーテを包囲され、生命保証の約束を信じて投降するが、イタリアへ護送される途上、不実なホノーリウスの命令で次男ユーリアーヌス Julianus とともに処刑された（411年8月／9月）。この混乱の間、帝国の軍団はブリタンニアから撤退し、ローマによるブリタンニア支配は終焉を迎えた（410）。なお中世のブリタンニア伝説では、彼を円卓の騎士物語で名高いアーサー王（ラ）Rex Art(h)urus,（英）King Arthur の祖先に擬することもある。

またコーンスタンティーヌスの名は、生き残った東方、コーンスタンティーノポリス*のローマ帝国（通称・東ローマ帝国）最後の皇帝コーンスタンティーヌス12世パラエオログス Palaeologus,（ギ）Palaiologos（在位・1449～1453敗死）に至るまで、幾人もの皇帝が最も好んで帯びた帝名として遍く知られている。ちなみに、デンマーク系の近代ギリシア王家（1863～1973）においても2人の君主がこの名を称しており（同1世と2世）、今日なおギリシアの男子名として高い人気を保ち続けている。

系図200　コーンスタンティーヌス3世

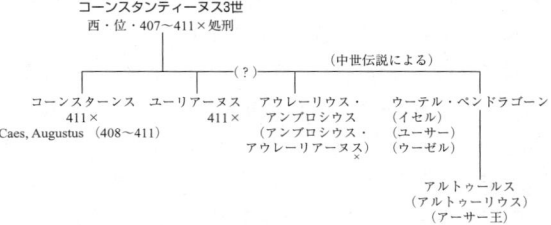

⇒マクシムス（マグヌス）
Zosimus 5～6/ Oros. 7-40～42/ Sozom. 9-11～13/ Sid. Apoll. Epist. 5-9/ Jordan./ Olympiodorus/ Greg. Turon./ Zonar./ Theophanes/ Glycas/ Psellus/ Nicephorus/ Phranzes/ Ducas/ Galfridus Monemutensis H. R. B./ etc.

コンスタンティノープル　Constantinople
⇒コーンスタンティーノポリス

コーンスタンティーノポリス　Constantinopolis,
（ギ）コーンスタンティーヌーポリス
Konstantinupolis, Κωνσταντινούπολις, （英）（仏） Constantinople, （独）Konstantinopel, （伊） Constantinòpoli, （西）（葡）Constantinopla, （露）Константинополь, Царьград, （アラビア語） Qusṭanṭiniyya, （トルコ語）Konstantiniyye, （現代ギリシア語）Konstandhinupoli, （漢）払菻、君士丹丁堡、君士担丁堡

（現・イスタンブル İstanbul、旧・Stambul（1929 以前・トルコ語））後 324 年コーンスタンティーヌス 1 世*（大帝）が、対立帝リキニウス*に勝利を収めたことを記念して、戦場近くのビューザンティオン*市を拡張のうえ建設したローマ帝国の首都（11月8日）。伝説によれば、トロイアー*の野に新都を築かんとしたところ、帝に夢告があり、神意に従って対岸の地に変更、不可視の導き手の命ずるままに境界を画定したという。帝名を冠してコーンスタンティーノポリス（コーンスタンティーヌスの都）と改称され、突貫工事で城壁や広場、霊廟用教会などが建設され、330 年 5 月 11 日（月曜日）には盛大な開都式が催された。7 つの丘をもつこの「新しいローマ Nova Roma, （ギ）Neā Phōmē, Νέα Ῥώμη」は、以来帝国の政治的中心地として、またアジアとヨーロッパの交差点に位置する東西交易の中心地としてめざましく発展。壮大な宮殿群や戦車競技場（ヒッポドロモス*）（ローマのキルクス*に当たる）、大浴場（テルマエ*）、劇場（テアートロン*）、水道（アクァエドゥクトゥス*）、貯水施設、等々の林立する大都市に成長し、ギリシア、アシアはじめ帝国各地から強奪されたおびただしい芸術作品によって装飾された。コーンスタンティーヌスの広場の中心には、ペイディアース*作とされる巨大なアポッローン*神像を載せた円柱が聳え（高さ 57 m。一部のみ「焼柱」〈トルコ語〉Çemberlitaş ──「輪のある柱」の意── として現存）、戦車競技場にはずらりと並ぶ彫像群やオベリスクに混じって、ペルシア戦争*を勝ち抜いたギリシア人がデルポイ*神殿に奉納した黄金の鼎（かなえ）を戴く柱塔（3 匹の青銅蛇が絡み合う断片が現存）が立っていた（⇒プラタイアイ）。帝国の繁栄を象徴する「パンとサーカス」の制度も行なわれ、元老院や諸官職、大学も設立・整備され、テオドシウス 2 世*の治世にはさらに市域を拡大、17 の門を備えた三重の大城壁が造営され（413～447）、市街は金角湾（ギ）Khrȳson Keras, Χρυσὸν Κέρας の北岸を含む 14 の地区に分割された。古来の神殿に加えて、聖ソピアー Hagiā Sophiā 寺院（347 創建、537 再建。現・Aya Sofya）ほか多数のキリスト教会堂が建立

され、異教禁止令（391）およびローマ帝国の東西分裂（395）以降は、東ローマ帝国の首都（395～1453）として繁栄。繰り返し公会議が開催され（381、553、680～681、869～870）、コーンスタンティーノポリス主教（司教）はローマ司教に次ぐ総大主教（パトリアルカ）Patriarcha の地位を確立（381、451）、6 世紀末には「世界総大主教 Oecumenicus Patriarcha」の称号を唱えて（595）全キリスト教会の首位権を主張した。最盛期には人口百万人に達し（500 頃）、当時の記録によれば、皇帝の宮殿が 5 つ、帝室の婦女用の宮殿が 6 つ、高位聖職者用の宮殿が 3 つ、柱廊が 52、街路 322、豪華な公共浴場 8、自家浴場 153、店舗 1000、各種娯楽場 100、邸館 4388 が威容を誇っていたという。1453 年 5 月 29 日、オスマン・トルコ軍の占領で 1123 年と 18 日間にわたり栄光を保ちつづけたこの帝都も、イスラーム教徒の手に渡り、現在に至っている（1204 年に同じキリスト教徒の「第 4 回十字軍」によって劫略を被ったことがあるが）。

ウァレーンス*帝の水道橋 Bozdoğan Kemeri やテオドシウスの城壁 Teodos Surları、大宮殿のモザイク舗床、戦車競技場跡 At Meydanı、地下の貯水設備 Yerebatan Sarayı などの遺構を今日も見ることができる。

Amm. Marc. 22-8, 31-16/ Eutrop 6-6/ Aur. Vict. Epit. 35/ Auson. Ordo Nob. Urb. 2/ Anth. Pal. 14-115/ Procop. Anecdota, Aed., De Bellis/ Euseb. Vit. Const. 3-48/ Philostorgius 2-9/ Zosimus 2-31, -35/ Sozom. Hist. Eccl. 2-5/ Cod. Theod. 13-5/ Joh. Chrys./ Agathias/ Malalas/ etc.

コーンスル（執政官）　Consul（〈複〉コーンスレース Consules），（ギ）Hypatos, Ὕπατος, （独） Konsul, （伊）Console, （西）Cónsul, （葡） Cônsul, （露）Консул

ローマ共和政期の最高政務官。執政官*あるいは統領と訳される。任期 1 年、定員 2 名。前 509 年と伝えられる王政の廃止に当たって、国王の所持していた軍事・行政・裁判の「大権 imperium（インペリウム）」を賦与された顕職。伝説では初代コーンスルは L. ユーニウス・ブルートゥス*と L. タルクィニウス・コッラーティーヌス*がなったという。民会*の 1 つ兵員会（⇒コミティア）により毎年選出され、年号はその年のコーンスルたちの名で表記される慣習であった（例えば、「ポンペイユス*とクラッスス*がコーンスルの年」という風に）。当初貴族（パトリキイー*）がこの官職を独占していたが、前 367 年の「リキニウス＝セクスティウス法*」によって平民（プレーベース*）も就任可能となった（執政官の 1 人が必ず平民層から選出されるようになったのは前 326 年以降）。ところが実際には、新たに形成された有力平民と貴族からなる権門貴族（ノービレース*）の間で執政官職がたらい回しされるようになり、新人（ノウス・ホモー*）novus homo の就任する余地は極めて稀であった。

前 153 年以降 1 月 1 日（それ以前は 3 月 15 日）にカピトーリウム*のユーピテル*神殿で雄牛を犠牲に供えて就任式を挙行、月番で先駆警吏（リークトル*）12 名を伴いつつ、元老院（セナートゥス*）や民会を召集・主宰。ローマの版図拡大にともない任期終了後もプローコーンスル Proconsul（前執政官）として文武の

大権を保持しつつ属州総督に赴任した。帝政期に入ると執政官職は有名無実な名誉職と化し、ほんの2～4ヵ月ずつ任命される慣例となっていき、年号は元旦に就任した両正執政官 Consules ordinarii の名でのみ呼ばれた。これに対して各年度の途中から任命されるコーンスルは、補欠執政官 Consules suffecti,（単）コーンスル・スッフェクトゥス Consul suffectus（元来、前任者の死去・罹病・辞任により、代わりに選任された執政官）と称された。後185年には25人の執政官が1年間に立ったといい、395年以降は東西ローマ帝国で別々に任命された（西では534年、東では567年を最後に廃止される）。

⇒プラエトル、クルスス・ホノールム

Cic. Arch. 3(5), Brut. 32, Leg. 3-8, Att. 9-9. Fam., Rep/ Caes. B. Gall. 1-5, B. Civ. 3-1/ Gell. 2-15/ Liv. 3-15, -35, 6-42, 7-1, 22-1, 24-7, 27-6, Epit. 47/ Quint. 1-6/ Plin. N. H. 7-43/ App. B. Civ./ Varro/ Dion. Hal. Ant. Rom./ Tac./ Suet./ Macrob. Sat./ Dio Cass./ Polyb./ Val. Max./ Ov./ Vell. Pat./ Zonar./ Fast. Capitol./ etc.

コーンセンティア　Consentia,（ギ）Konsentiā, Κωνσεντία, Κονσεντία, Κωσεντία,（シチリア語）Cusenza,（露）Козенца, Консентия

（現・Cosenza）イタリア南西部にあったブルッティー*族の首都（前350頃～）。エーペイロス*王アレクサンドロス1世*は前330年、暗殺されてこの地に埋葬された。前270年頃ローマの同盟市となり、第2次ポエニー戦争*（前218～前201）では幾度かハンニバル❶*側に寝返ったのち、前204年以降はローマに服属したが、遺跡は基本的にギリシア文化の特徴を示している。メッサーナ*（現・メッシーナ）海峡からイタリア半島南西端を約130km東北に上った山岳地に位置し、ポピリウス街道*（ウィア・ポピリア*）が通っている。ウァッロー*や大プリーニウス*によれば、ここの林檎は年に2度稔り、葡萄酒は上質のものを産するという。西ゴート*王アラリークス*がこの町で急死している（後410末）。

⇒カラブリア

Mela 2-4/ Liv. 8-24, 23-30, 25-1, 28-11, 29-38, 30-19/ Plin. N. H. 3-5, 16-50/ Varro Rust. 1-7/ Strab. 6-256/ Ptol. Geog. 3-1/ App. Hann. 56, B. Civ. 5-56, -58/ Jordan. 30/ It. Ant./ etc.

コーンセンテース・デイー（または、コーンセンテース・ディー〈・ディー〉）　Consentes Dei (Dii(Di))

（「同意する神々」の意）ローマでユーピテル*を中心とする12柱の最高神をいい、もとはエトルーリア*の影響下に構成された男神6体・女神6体であった。のちギリシアのオリュンポス*12神に相当する一群の神々、すなわち——ユーノー*、ウェスタ*、ミネルウァ*、ケレース*、ディアーナ*、ウェヌス*の6女神と、マールス*、メルクリウス*、ユーピテル、ネプトゥーヌス*、ウルカーヌス*、アポッロー*の6男神となった。しかるに古来のローマ12神のリストには、スンマーヌス*やサートゥルヌス*の名が、ウルカーヌスやマールス、ユーノー、ミネルウァらと並んで含まれていたことが知られている。これら12神の鍍金像はフォルム*からカピトーリウム*へ向かう道沿いの柱廊に建てられていた。

Varro Rust. 1-1/ Liv. 22-10/ Sen. Q. Nat. 2-41/ Arn. Adv. Nat. 3-40/ Martianus Capella 1-41～/ etc.

コーンファッレアーティオー　Confarreatio

⇒マートリモーニウム

コンプサ　Compsa,（ギ）Kompsa, Κῶμψα

（現・Conza della Campania）イタリア南部、サムニウム*地方の町。アウフィドゥス Aufidus（現・Ofanto）川の水源近くに位置し、サムニーテース*系のヒルピーニー*族の町として知られていた。第2次ポエニー戦争*（前218～前201）中には、カンナエ*の合戦（前216）後ハンニバル❶*率いるカルターゴー*軍を迎え入れたが、2年後にファビウス・マクシムス❷*麾下のローマ軍に奪回されている（前214）。

Liv. 23-1, 24-20, -44/ Vell. Pat. 2-63/ Plin. N. H. 3-11/ Caes. B. Civ. 3-22/ Ptol. Geog. 3-1/ Cic. Verr. 2-5/ etc.

コンマーゲーネー　Kommagene, Κομμαγηνή, Commagena, Commagene,（仏）Commagène,（西）Comagene,（葡）Com(m)agene,（露）Коммагена,（アッカド語）（ヒッタイト語）Kummuḫ

シュリアー*北部の地方名。キリキアー*の東方、タウロス Tauros（現・トロス）山脈とエウプラーテース*（ユーフラテス）河の間に位置する。アッシュリアー*、メーディア*、アカイメネース朝*ペルシア*の支配を経たのち、アレクサンドロス大王*の帝国の一部となり、前162年頃この地の統治者プトレマイオス Ptolemaios が、セレウコス朝*の内紛に乗じて独立、世襲王国を形成した。首都サモサタ*を中心に、イーラーン・ギリシア両要素の混淆した文明が栄えたが、後17年アンティオコス3世*が死ぬと、ローマ領となる。のちアンティオコス4世*が一時王国を回復した（後38）ものの、後72年ウェスパシアーヌス*帝によってローマの属州シュリア*に編入された。同王家は父系をペルシアのダーレイオス❶*大王に、母系をアレクサンドロス大王に遡る名門を誇称し、現・東トルコに残るネムルト・ダーゥ Nemurt Dağı 周辺の墳墓遺跡には、ギリシアの神々とゾロアスター*教・ミトラース*教の神々とのヘレニズム化された融合様式が見られる。

⇒巻末系図033

Plut. Ant. 61/ Cic. Fam. 15-1(2)/ Caes. B. Civ. 3-4/ Diod. 31-19a/ Strab. 11-521, 12-533, -535, 16-749/ Ptol. Geog. 5-14/ Plin. N. H. 5-13/ Tac. Ann. 2-42, 15-12/ Suet. Vesp. 8/ Eutrop. 8-19/ Oros. 7-9/ Amm. Marc. 14-8, 23-6/ etc.

コンミウス Commius, Commios, Comius, Comnios, (ギ) Κόμμιος, (伊)(西)(葡) Commio, Comio (前1世紀) 外ガッリア*のアトレバテース*族の首長。前57年、アトレバテースを征服したカエサル*によって王位に据えられ、前55年ローマの宗主権を認めるよう説得する使命を帯びてブリタンニア*へ派遣される。しかし、上陸するなり逮捕されて鎖に繋がれてしまい、同年、カエサルが第1回ブリタンニア遠征に勝利を収めるまで釈放されなかった。2年後、カエサルがアンビオリクス*の乱の平定に赴いている間、降伏したばかりのメナピイー*族の監視役として残される (前53)。このように信任されていたにもかかわらず、ウェルキンゲトリクス*の反乱に加担し、後者の籠城するアレシア*へ救援に駆けつける (前52)。翌前51年、ベッロウァキー*族の指導者コッレウス Correus とともにカエサルに対する抵抗を続けるが失敗、コッレウスは戦死し、コンミウスはベルガエ*人の一団を率いてブリタンニアへ渡り、タメシス Tamesis (現・テムズ Thames) 河南部に王国を建設 (前50頃)、カッレウァ・アトレバートゥム* (現・シルチェスター Silchester) を首都とするこの王国は、その後1世紀近く続き、第4代ローマ皇帝クラウディウス*によって征服されることになる (後43)。
⇒カッシウェッラウヌス
Caes. B. Gall. 4-21, -27, -35, 5-22, 6-6, 7-75〜79, 8-6〜7, -17〜23, -47〜48/ Dio Cass. 40-42, 48-1〜9/ Frontin. Str. 2-13/ etc.

コンモディアーヌス Commodianus, (英)(独) Commodian, (仏) Commodien, (伊) Commodiano, (西)(葡) Comodiano, (露) Коммодиан
(後3世紀中頃) キリスト教に転向したラテン詩人。出身地はアーフリカ*、シュリア*、ガッリア*と諸説あり。自ら「キリストの乞食」と称し、またガーザ*人 Gazeus と名のりつつ、ローマで護教の詩を作った。折り句を組み入れた80篇から成る『教導 Instructiones』と、1060行の六脚律詩『護教の詩 Carmen Apologeticum』とが残る。無味乾燥で凡庸拙劣な内容ではあるが、韻律が伝統的な音節の長短よりもアクセントの強弱に基づいている点が、ラテン文法の崩壊を予示していて興味深い。
⇒プルーデンティウス
Commodianus/ Gennadius De Scriptoribus Ecclesiasticis/ etc.

コンモドゥス Marcus (Lucius) Aurelius Commodus Antoninus (前名・Lucius Aelius Aurelius Commodus), (仏) Commode, (伊) Commodo, (西)(葡) Cómodo, (露) Коммод
(後161年8月31日〜192年12月31日) ローマ皇帝 (在位・180年3月17日〜192年12月31日単独統治)
マールクス・アウレーリウス*帝とファウスティーナ❷*后の息子。父帝登極の年にラーヌウィウム*で生まれたが、一説に母后と剣闘士(グラディアートル*)との姦通による子であるとされ、彼女は蛇を孕む夢を見て彼を産んだともいう。幼少より残忍・淫蕩で、12歳の時には風呂の湯がぬるいと怒って風呂番を燃えさかる大窯の中へ投げ込むよう命じたと伝えられる。父の下で数々の栄誉を授けられ、177年に共治帝となり、マルコマンニー*戦争へ父と一緒に出征する (178)。180年に父帝が崩ずるやサルマティア*およびゲルマーニア*諸族と和約を締結、征服した領土から軍隊を引き揚げてしまい、急遽ローマへ帰還して盛大な凱旋式(トリウンプス*)を挙げた (180年10月22日)。元老院(セナートゥス*)と対立して政務を寵臣らに委ね、自身は快楽に没頭、宮殿内に3百人の美男と3百人の美女を囲い、とりわけ巨根の男をオノス Onos (驢馬(うば)) と呼んで溺愛し、口はじめ全身のあらゆる部分を色欲で満たした。凱旋行進の最中に市民の歓呼を浴びながら、戦車に同乗させた男色相手のサオーテルス Saoterus (?〜182処刑) と接吻を繰り返していた話は有名である。姉妹や近親の女たちを見さかいなく犯し、愛妾の1人に母の名をつける一方、密通した妻クリスピーナ*や陰謀を企てた姉ルーキッラ*を追放・処刑するなど宮廷は乱脈をきわめた。また剣闘士試合や戦車競走に耽り、自ら千回も闘技場に現われてさまざまな種類の野獣を殺したり剣闘士と戦ったりした。棍棒を持ち獅子皮をまとってヘーラクレース* (ヘルクレース*) に扮し神として崇拝するよう要求、ローマ市をコローニア・コンモディアーナ Colonia Commodiana (コンモドゥスの植民市(コローニア*フローニア*)) と改称させ、1年の各月の名も自分の称号にちなんで改めさせた (8月はコンモドゥス月、9月はヘルクレース月という風に)。女装して公の席に登場することもあり、賭博や飲酒を愛好、戦闘は部将に任せっ放し、国政はペレンニス Sex. Tigidius Perennis (?〜185処刑) やクレアンデル* (?〜189処刑)、ラエトゥス Q. Aemilius Laetus (?〜193処刑) ら横暴な家臣の手に委ねて顧みなかった。姉ルーキッラの陰謀事件 (182) 以来、暗殺をひどく恐れて、親類縁者はもとより有力な元老院議員や卓越した人物、婦女子までをも反逆罪で処刑・財産没収とし、密告者の跳梁する恐怖政治を現出させた。次々に権臣の首をすげかえ、大勢の人々を意のままに殺戮、1年に25人もの執政官(コンスル*)を気まぐれに任命するなど暴虐の限りを尽くした果てに、193年の元旦を公式に剣闘士姿で迎えようとしていた前夜、愛妾マルキア*らの策略で暗殺された。狂喜した元老院は、彼の肖像を全て破壊し、あらゆる記録を抹消、その屍骸をティベリス*河へ曳きずっていって投げ込むことを決議したが、新帝ペルティナークス*の命令で遺体はハドリアーヌス*の霊廟(マウソーレーウム*)に葬られ、のちセプティミウス・セウェールス*帝によってコンモドゥスは正式に神格化の栄誉を受けた。

彼は髪をいつも金色に染めたうえに金粉を振りかけており、また薬品による体毛の除去など美容に熱心であった。均整のとれた体軀をしていたが、脱腸を患ったせいで陰部が異常に突出していたので絹の衣裳を通して股間の脹らみが見てとれたという。弓術の技倆に傑出し、百発百中、象・犀(さい)・河馬・虎・豹・キリン・駝鳥(だちょう)等々、世界中から集められた動物を射殺し、1試合に100頭のライオンを100本の

槍で仕留めることができたとされる。血腥い行為を好み、女神ベッローナ*の信者らに片腕の切断を命じ、イーシス*の信徒らには死ぬまで松毬で胸を撃ち続けるよう強制。ミトラース*教の儀式では手ずから人間を屠り、不具者を集めて矢で射殺したり棍棒で撲り殺したりして娯しんでいる。さらに、肥満した人の腹を真二つに割いて内臓を飛び出させたり、片目片脚を切りとった男たちを見世物にしたり、気にいらぬ者を片端から猛獣の餌食にしたともいう。そのほか、美食に飽きたのか高価このうえない料理に人間の排泄物を混ぜて食べたとか、外科医となって犠牲者にメスをふるい体を切り刻んで失血死させたとか、数々の挿話が伝えられている。

⇒巻末系図102

S. H. A. Comm, Marc., Pertinax 3～, Sev. 21/ Dio Cass. 71～73/ Herodian. 1～2/ etc.

サ行

サイキー Psyche
⇒プシューケー*（の英語訛り）

サイクロプス Cyclops
⇒キュクロープス*（の英語形）

サイラス Cyrus
⇒キューロス

サイリーニ Cyrene
⇒キューレーネー*（の英語形）

サイレン Siren
⇒セイレーン*（シーレーン*）の英語形

サウロマタイ Sauromatai
⇒サルマタイ

サカイ Sakai, Σάκαι, Sacae, （仏）Sakes, Sakas, Saces, （独）Saken, （伊）Saci, Seci, （西）（葡）Sacas, （露）Саки, （古イーラーン語）Sakā, Šaka, （漢）塞族, （和）サカ族

中央アジアからカスピ海東方にかけて栄えたイーラーン系の遊牧民族。ギリシア人からは、近隣のマッサゲタイ*族とともにスキュタイ*人の一種族と見なされていた。バクトリアネー（バクトリア）*、ソグディアネー*（ソグディアーナ）の東北方に住んでいたが、前140年頃トカラ Tokhara（〈漢〉吐火羅）人 Tokharoi, Τόχαροι とともにギリシア系バクトリアー*王国を滅ぼし、次いでパルティアー*領内に侵入して「サカイの国 Sakastanē, Σακαστάνη,（ラ）Sacastāna」を建てた（前125頃）。

バビュローン*では毎年サカイア Sakaia, Σάκαια なる祭が祝われており、これは伝承によるとアカイメネース朝*ペルシア*の大王キューロス*がサカイ軍を計略で皆殺しにした戦勝を記念して始めたものとされ、人々は遊牧民に変装して昼夜酒宴を続け、男色のみならず女色にも耽ったという。5日間の祭礼中、奴隷が主人に命令し、また死刑囚が玉座について権力を揮い王の妻妾と寝たが、期間が過ぎると王衣を剥ぎとられ、鞭打たれた上で殺されることになっていた。

Herodot. 1-153, 7-64/ Strab. 11-511〜/ Ath. 14-639/ Dio Chrys. Or. 4-66/ Plin. N. H. 6-19/ Xen. Cyr. 5-2/ Ptol. Geog./ etc.

サーカス Circus
⇒キルクス

ザキュントス Zakynthos, Ζάκυνθος, Zacynthus, （英）（仏）（伊）（西）Zante, （独）Sakinthos, Zakinthos, （葡）Zaquintos, （露）Закинф

（現・Zákinthos, かつての Zante〈ヴェネツィア語〉Zainto）ギリシア西方、イーオニアー海*に浮かぶ島。面積407 km²。ペロポンネーソス*半島の北西に位置し、ケパッレーニアー*島を主島とするイーオニアー諸島に属する。伝説上の名祖ザキュントスは、ダルダノス*の息子で、恋人（念者）erastēs たる英雄ヘーラクレース*の伴をしてゲーリュオーン*退治に赴き、帰途蛇に咬まれて死に、この島に葬られたという。島はペロポンネーソスから来住したアカーイアー*人・アルカディアー*人の領土となり、ここを拠点としてさらに西方にギリシア系植民地が開拓されていった。古典期にはケパッレーニアーなどとともにアテーナイ*海上帝国に服属し、ペロポンネーソス戦争*（前431〜前404）ではアテーナイの海軍基地とされた。前211年ローマに占領されるが、自治を認められ（前189）、帝政期に入ってからも栄え続けた。温暖な気候、肥沃な土壌に恵まれ、また島の南部からは船の填隙用に使われる天然アスファルトが湧き出していた。

⇒サグントゥム

Hom. Il. 2-634, Od. 9-24/ Herodot. 3-59, 4-195, 6-70, 9-37/ Thuc. 1-47, 2-7, -66, 3-94〜, 4-8, -13, 7-31, -57/ Strab. 10-457〜/ Paus. 4-23, 8-24/ Apul. Met. 7-6/ etc.

サクサ、ルーキウス・デーキディウス Lucius. Decidius Saxa,（伊）Lucio Decidio Sassa,（伊）（西）Lucio Decidio Saxa

（？〜前40）ローマの武将。ケルティベーリア*（実際はイタリア）人の出身で、ローマ市民ではなかったが、カエサル*のヒスパーニア*戦役に奉仕し（前49）、のちローマへ伴われて護民官職（トリブーヌス・プレービス*）を与えられた（前44）。カエサルの暗殺後は、M. アントーニウス❸*の下で軍務に服し、東方へ随って、シュリア*の属州総督に任ぜられた（前41）。が翌年、パルティアー*の助けを得て侵攻したクィントゥス・ラビエーヌス*に敗れ、逃走中を捕らわれて殺された。

Caes. B. Civ. 1-66/ Cic. Phil. 8-3, 10-10, 11-5, 12-8, 13-13, 14-4/ Dio Cass. 47-35〜36, 48-24〜25/ App. B. Civ. 4-87, 5-102〜107/ Liv. Per. 127/ Flor. 4-9/ Vell. Pat. 2-78/ etc.

サクサ・ルブラ Saxa Rubra, （露）Сакса-Рубра

（現・Prima Porta 近くの Grotta Rossa）「赤い岩壁」の意。ローマの北9マイル、フラーミニウス街道*（ウィア・フラーミニア*）上の駅站地。赤味を帯びた岩壁があったため、こう呼ばれた。後312年10月27日、コーンスタンティーヌス1世*がマクセンティウス*を撃破した戦場となったが、潰走する大軍がティベリス*（現・テーヴェレ）河にかかるムルウィウス Mulvius（伊・ミルヴィオ Milvio, 現・Ponte Molle）橋に殺到し、マクセンティウスら多数の溺死者を出したことから、後世この会戦はミルヴィオ橋の闘いとして知られるようになる。一説にマクセンティウスは、コーン

スタンティーヌス軍を一挙に河中に覆滅させるべく、あらかじめ橋桁をゆるめておいたところ、逆に自軍がその陥穽にはまって滅びたのだともいう。
Cic. Phil. 2-31/ Liv. 2-49/ Tac. Hist. 3-79/ Mart. 4-64/ Aur. Vict. Caes. 40-23/ Zosimus/ Lactant./ etc.

サクソネース（族） Saxones, （ギ）Saksones, Σάξονες, Σάξωνες, （英）（仏）Saxons, （独）Saxonen, （伊）Sassoni, （西）Sajones, （葡）Saxōes（和）サクソン族

ゲルマーニア*人の一部族。ケルソネースス・キンブリカ Chersonesus Cimbrica（ホルシュタイン Holstein）に居住していたことが、プトレマイオス*の『地理書』に記されている（後150頃）。200年頃までにアルビス*（現・エルベ）河下流に移り、カウキー*族を征服、3世紀末には海賊として北海を荒掠した（286）。次いでフランク*族（フランキー*）と並んでガッリア*北岸やブリタンニア*へ進出、5世紀中頃からは近隣のアングリー*族やジュート（ユート）族 Jutae とともにブリタンニアを侵略し（449）、この島にアングロ＝サクソン Anglo-Saxons 系の諸王国を建てた。大陸に残ったサクソネースは、中部ドイツに移って部族国家を作り、後世のザクセン Sachsen（〈ラ〉Saxonia,〈英〉Saxony,〈仏〉Saxe,〈伊〉Sassonia,〈西〉Sajonia）にその名を留めた。
Ptol. Geog. 2-11/ Sid. Apoll. 8-6/ Amm. Marc. 26-4, 27-8, 28-2〜, 30-7/ Zosimus 3-6〜/ Oros. 7-32/ Baeda Hist. Ecc. 1-15/ Claud. 8-31, 22-253/ Eutrop. 9-21/ Sid. Apoll. Epist. 8-6, Carm. 7-362〜/ etc.

サクソン族 Saxones
⇒サクソネース

サクラ・ウィア Sacra Via（ウィア・サクラ*）,（ギ）Hiera Hodos, Ἱερὰ Ὁδός,（英）Sacred Way, Sacred Road,（仏）Voie Sacrée,（西）Vía Sacra,（露）Священная дорога

「聖道」。ローマ市の中心を走る目抜き通り。カエリウス*丘とエースクィリーヌス*丘の間の窪地から始まって、パラーティーヌス*丘の北側、フォルム・ローマーヌム*を貫きカピトーリーヌス*丘の麓にまで至る。ウェスタ*の神殿や双子神カストル*とポッルクス*の神殿、サートゥルヌス*の神殿、大神祇官長(ポンティフェクス・マクシムス*)の公邸たる故宮 Regia(レーギア)、各種バシリカ*など多くの記念建造物の傍らを通過していた。凱旋式(トリウンプス*)を認められたローマの将軍は、この道を戦車に乗り軍隊の行列を従えつつ、カピトーリウム*のユーピテル*神殿まで華々しく行進した。現在も舗道の跡を見ることができる。
Hor. Sat. 9-1, Carm. 4-2/ Liv. 2-15/ Cic. Planc. 7(17), Att. 4-3/ Sen. Apocol. 12/ Varro Ling. 5-47/ Festus/ etc.

サクラーメントゥム Sacramentum,（英）Sacrament,（仏）Sacrement,（独）Sakrament,（伊）（西）（葡）Sacramento

「誓約・宣誓」の意。ローマ軍の新兵が忠誠を誓った旗盟（軍旗の誓い）。帝政期には、新帝即位時と毎年1月1日に、将兵のみならず、政務官（マギストラートゥス*）、元老院*、全市民、属州民までもが、唯一人の最高司令官（インペラートル*）、つまり皇帝に対して忠誠を誓うことになった――アウグストゥス*の時代は5年ごとだったが、後14年にM. ウァレリウス・メッサーラ*が新帝ティベリウス*に諂(へつら)って提案して以来、毎年行なわれるようになった――。後年この用語はキリスト教会にも採り入れられ、秘蹟（クリストス*の兵士となる堅振 Confirmatio などラテン教会では7つ）を意味する言葉として、今日なお使われている。

また古くローマでは、サクラーメントゥムは訴訟の際の供託金（保証金）をも意味した。
Tac. Ann. 1-8〜, 3-2/ Cic. Off. 1-11, Caecin. 33(97)/ Caes. B. Civ. 1-23, 3-13/ Dion. Hal. 10-18, 11-43/ Polyb. 6-21/ Liv. 22-38, 28-29/ Tac. Ann. 15-29, Hist. 1-55/ Plin. Ep. 10-60/ etc.

ザグレウス Zagreus, Ζαγρεύς,（伊）（西）Zagreo,（葡）Zagreu,（露）Загрей,（現ギリシア語）Zagréfs

（「引き裂かれた者」の意）クレーター*島の神。ディオニューソス*と同一視され、オルペウス教*において重要な役割を果たした。所伝によれば、蛇に変身したゼウス*とペルセポネー*の交わりから生まれ、ゼウスの後継者になることを約束されていたが、ヘーラー*の嫉妬によりティーターン*らの襲撃を受けた。幼いザグレウスはさまざまの姿に身を変えたものの、雄牛になった時に捕らえられ、八つ裂きにされて食われてしまう。ただ心臓だけは女神アテーナー*の手でゼウスのもとへもたらされ、それを嚥み込んだゼウスはセメレー*と交わり、そこから新たにディオニューソスが誕生した――異説では搗き砕いた心臓を与えられたセメレーが、それを食べてディオニューソスを懐妊したという――。一方ゼウスは怒ってティーターンらを雷電で撃ち殺し、その屍灰から人間が生まれたといい、よって人間はわずかながら神的な要素（ザグレウスの肉の部分）があり、それを解放するべくディオニューソス神に帰依しなくてはならない、というのがオルペウス教徒の信条であった。ザグレウスのバラバラになった遺骸はアポッローン*によってデルポイ*に葬られ、以来彼は冥界の神となり、黄泉で死者の霊魂を迎えては、その浄化に助力することとなった。クレーターでは2年に1度、ディオニューソス＝ザグレウスの祭礼が催され、生きた雄牛を引き裂いて食う等、神の受難を再現する儀式が繰り広げられた。
⇒イアッコス
Aesch. Fr. 5, 228/ Nonnus Dion. 5-562〜, 6-155〜/ Diod. 3-62, -64/ Ov. Met. 6-114/ Hyg. Fab. 155, 167/ Orph. Hymn. 29/ Callim. Fr. 43, 117/ Clem. Al. Protr. 2-18/ etc.

サグントゥム Saguntum,（ギ）サグーントン Saguntōn, Σάγουντον, Zakantha, Ζάκανθα,（仏）Sagonte,

（独）Sagunt, （伊）（西）（葡）Sagunto, （露）Сагунт, （古代イベーリアー語・Arse）（後世の Murviedro, 現・Sagunto,〈バレンシア方言〉Sagunt）ヒスパーニア*東岸、イベーリアー*（現・イベリア半島）のギリシア系植民市。ザキュントス*からの移民によって設立されたと伝えられ、マッサリアー*（現・マルセイユ）と交易を行ない、ローマと同盟を締結。その陶器や穀物、各種の無花果(いちじく)などの産物で知られる。前 219 年、ハンニバル❶*が 8 ヵ月に及ぶ包囲の後この町を占領し、それが第 2 次ポエニー戦争*（前 218〜前 201）の原因となったことは有名。その折市民たちは、食糧が尽きると人肉を食べて戦い、陥落に際しては財宝を集めて焼き捨て、老若男女もろともに火炎の中へ身を投じたという。8 年後、スキーピオー*らローマ人の手で再建され（前 211）、一時的に叛将セルトーリウス*に占領されたこともあったが、属州ヒスパーニア・タッラコーネーンシス*の自治都市(ムーニキピウム*)として栄えた。ウァレンティア Valentia（現・バレンシア）の北北東 25 km、地中海に近い丘陵上に城郭で囲まれた古代都市の遺跡が残っている。
⇒カルターゴー・ノウァ、タッラコー、ヌマンティア
Liv. 21-2, -7, -9/ Strab. 3-159/ Plin. N. H. 3-3, 16-79/ Juv. 15-114/ Petron. 141/ Polyb. 3-17/ Mart. 4-46/ etc.

サーサーン朝 Sasanidai, Σασανίδαι, Sasanidae, Sassanidae, （英）Sas(s)anid Dynasty, Sassanian Dynasty, Sas(s)anids, （仏）Sassanides, （独）Sas(s)aniden, （伊）Sassanidi, Sasanidi, （西）Sasánidas, （葡）Sassânidas, （ペルシア語）Sāsāniyān, （アラビア語）Sāsāniyūn, （漢）薩珊（朝）, （和）ササン朝

アルダシール 1 世*によって創建されたペルシア帝国（後 224〜651）で、呼称はペルシス*（現・ファールス）地方の神官職にあった祖父サーサーン Sasan に由来する。パルティアー*の衰微に乗じて反乱を起こしたアルダシール 1 世が、ゾロアスター*教の信仰のもとにアカイメネース朝*ペルシア*の復興を目指し、パルティアー王国を滅ぼして即位、「諸王の王 Shāhānshāh(シャーハーンシャー)」と号し、クテーシポーン*に首都を定めた（226）。その子シャープール 1 世*は強力な中央集権的国家の確立に努め、東西に版図を広げてローマ帝国と対立。両国はしばしば交戦したが、概してサーサーン朝が優勢を示すようになり、ホスロー 1 世*の治下に最盛期を現出した。やがて勃興したアラブ人のイスラーム勢力に敗退し、651 年ついに滅亡した。しかし、最後の帝王ヤズダギルド 3 世*の子孫を通じて、その血脈は正統カリフやウマイヤ朝、イーラーンのシーア派イマームの家系へも繋がっているという。

サーサーン朝の帝王は、自らを「神(バーグ)」と称して君臨し、比類なく豪奢な生活を送り、その絢爛たる宮廷儀礼はローマ帝国にも大きな影響を与えた。国教たるゾロアスター教に従って近親結婚が推奨され、兄弟姉妹間はもとより父と娘、母と息子との間でも、盛んに婚姻関係が結ばれた。マーニー*教やマズダク Mazdak 教といった新興宗教も生じ、またローマ帝国領からはギリシア系哲学者やユダヤ教徒、キリスト教諸派の人材が流入、インドの古典籍の翻訳も行なわれて、学問や芸術、商工業が繁栄した。
⇒ウァラフラーン、ホルミスダース、巻末系図 111
Amm. Marc./ Zosimus/ Procop. Persica/ Agathias/ Theophanes/ etc.

サーシー Circe
⇒キルケー（の英語形）

サタスペース Sataspes, Σατάσπης, （伊）Sataspe
（前 5 世紀前半）アカイメネース朝*ペルシア*の王族の一員（⇒巻末系図 024）。ダーレイオス 1 世*の甥。功臣ゾーピュロス*の未婚の娘を犯したため、クセルクセース 1 世*（在位・前 486〜前 465）によって磔刑に処せられそうになる。その時、ダーレイオス 1 世の妹（したがってクセルクセースの叔母）に当たる母親が、「私がもっと重い懲らしめを、この子に課せましょうから」と申し出て助命を嘆願、息子にアフリカ大陸周航を命じて、承認された。ところが、サタスペースはアフリカ大陸を完全に一周せずに、「冒険よりも死の運命を求めて」戻って来たため、もとの判決通り磔刑に処せられた。彼に仕えていた宦官の 1 人は、主人の計報に接するやただちに莫大な財宝をもってサモス*島へ遁走したという。なお、サタスペースの兄弟パランダテース Pharandates は、クセルクセースのギリシア親征に際して、コルキス*人らを率いて参陣している（前 480）。
⇒リビュエー
Herodot. 4-43, 7-79, 9-76

サター（セイター） Satyr
⇒サテュロス*（の英語形）

サターン Saturn
⇒サートゥルヌス*（の英語形）

サッシナ Sassina, （〈ギ〉Sasinna, Σάσιννα）または、**サルシナ** Sarsina, （〈ギ〉Sarsina, Σάρσινα）
（現・Sarsina,〈ロマーニャ方言〉Sêrsina）イタリア中部のウンブリア*地方の古い町。サーピス Sapis（現・Savio）川沿いに位置。前 271 年ローマ軍に制圧され、のち自治都市（ムーニキピウム*）となる。喜劇作家プラウトゥス*の生地として名高い（前 254 頃）。
Mart. 9-59/ Sil. 8-463/ Plin. N. H. 3-14/ Plaut. Mostell. 770/ Strab. 5-227/ Polyb. 2-24/ Festus/ etc.

サップォー Sappho
⇒サッポー

サッポー Sappho, Σαπφώ, Σάπφω, （サッポーというのはアッティケー*方言。アイオリス*方言で

はプサッポー Psappho, Ψαπφώ, Ψάπφω, ないしプサッパ Psappha, Ψάπφα），（仏）Sapho (Sappho)，（伊）Saffo，（西）（葡）Safo，（露）Сапфо（Псапфа）

（前630／612頃～前570／565頃）ギリシアを代表する女流抒情詩人。レスボス*島のおそらくオリエント系の血を引く貴族の出。エレソス Eresos 市の生まれ。アルカイオス*と同じく島の首邑ミュティレーネー*市で活躍し、同様に政争に巻き込まれ2度にわたり追放の憂き目を見、一時はシケリアー*（現・シチリア）島にまで亡命した（前596頃）。幼くして（6歳）父親を失い、やがてアンドロス*島出身の富商ケルキューラース Kerkylas と結婚し1女クレーイス Kleis を出産。また兄弟にエジプトの遊女ロドーピス*に入れ揚げたカラクソス Kharaksos らのいたことが知られている――クレーイスは彼女の愛した「女友達」の1人とも解釈されている――。早くより詩才を謳われ、ギリシア世界各地から集まって来た良家の娘たちの教育に当たり、主に彼女らに対する熱烈な恋情を歌に詠よんだ。「10番目の詩女神(ムーサ*)」と称えられた彼女の作品は、アレクサンドレイア❶*時代には韻律に順(したが)って9巻に分類されていたが、その後キリスト教徒の手で焼却され（特に後381年頃のコーンスタンティーノポリス*大主教ナジアンゾスのグレーゴリオス❶*および、1073年のローマ教皇グレーゴリウス7世による焚書令で）、今日残るのは1篇の『アプロディーテー*讃歌』を除いては、不完全な引用断片およびエジプト出土のパピューロス断片などでしかない。アイオリス*方言で種々の詩形や韻律を自在に駆使し、簡明・率直に自己の感情を表現したものが多く、その優美・典雅な調べは後7世紀に至るまで長く愛好された。古代ギリシアでは単に「詩人」といえばホメーロス*を、「女流詩人」といえばサッポーを指すほど高く評価され、ローマにおいても「サッポー風4行詩」はカトゥッルス*やホラーティウス*らの用いるところとなった。

また彼女は美人であったとも、色黒・矮軀な醜女であったともいい、アッティス Atthis、アナクトリアー Anaktoria、ゴンギュラー Gongyla ら大勢の年若い「女友達（ヘタイライ*）」を情熱的に愛した。そのため、後世サッポーの名は女性同性愛の代名詞のようになり、「レスビアニズム Lesbianismus」や「サッフィスム Sapphismus」といった言葉を派生させた。さらに詩中に"張形 olisbos(オリスボス)"に関する言及が見られること等から、彼女を女同士の情交で男役をつとめる淫蕩な"擦淫者(トリバス) tribas"とする解釈が定着。その一方で年老いたサッポーが美青年パオーン*に叶わぬ恋をし、絶望の果てにレウカス*の崖から海中に身を投げたという伝説も生じた。なお当時レスボスには、サッポー以外にもアンドロメダー Andromeda やゴルゴー Gorgo ら身辺に少女を集めてティアソス thiasos という組織を営み、娘らに音楽や詩作法を教えていた名門女性のいたことが知られており、サッポーの作品にも自分を裏切ってこうした競敵(ライヴァル)のもとへ走った娘に関する歌が何篇か含まれている。⇒プラークシッラ、ノッシス、エーリンナ、コリンナ、ピライニス

Sappho Fr./ Herodot. 2-135/ Strab. 13-617, 17-808/ Ov. Her. 15, Tr. 2-365/ Ath. 13-596, -599/ Arist. Rh. 1-9, 2-23/ Ael. V. H. 12-19/ Marm. Par. 36/ Anth. Pal. 9-506/ Suda/ P. Oxy./ Euseb./ etc.

サ（ッ）リューエース、または、サ（ッ）リューイー または、サ（ッ）ルーウィー Sal(l)yes, Sal(l)yi, Sal(l)uvii,（ギ）Salyes, Σάλυες,（仏）Salyens, Salliens,（独）Salyer, Sallvier,（伊）Sulluvi,（西）Saluvios

ケルト*系リグリア*人の一種族。ガッリア*南部ロダヌス*（現・ローヌ）河とアルペース*（アルプス）山脈との間に、遅くとも前6世紀には居住していた。近隣のマッシリア*（現・マルセイユ）と抗争を起こし、第2次ポエニー戦争*（前218～前201）以来ローマと友好関係にあったマッシリアは、前125年ローマに援助を要請。ここに戦争が勃発し（⇒マールクス・フルウィウス・フラックス）、3年後サリューエース族はローマの将軍ガーイウス・セクスティウス・カルウィーヌス C. Sextius Calvinus（前124年の執政官(コーンスル*)）によって征服された（前123）。彼らの首邑は破壊され、その近くにローマの植民市アクァエ・セクスティアエ*（現・エクス＝アン＝プロヴァンス Aix-en-Provence）が建設された。その後、2度反乱を起こすが、いずれも鎮定された（前90、前83）ケルト人通有の首狩りと頭蓋崇拝の風習があったという。

Diod. 34/ Liv. 5-34, 21-26, 31-10, Per. 60, 61, 73/ Strab. 4-178, -180, -185, -203/ Plin. N. H. 3-4/ Florus 3-2/ Ptol. Geog. 2-10/ etc.

サッルウィイー Salluvii
⇒サリューエース

サッルスティウス Sallustius
（ローマの史家）⇒サッルスティウス・クリ（ー）スプス❶

サッルスティウス・クリ（ー）スプス、ガーイウス
Gaius Sallustius Crispus,（ギ）Gāios Salūstios, Γάϊος Σαλούστιος,（伊）Gaio Salluctio Crispo,

系図201 サッポー

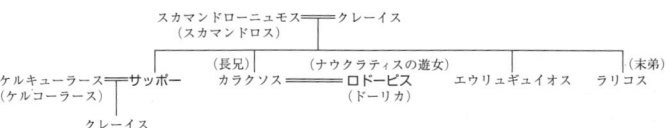

（西）Cayo Salustio Crispo，（葡）Caio Salústio Crispo

ローマの政治家。

❶（前86年10月1日～前34年5月13日（前35年説あり））（英）（独）Sallust,（仏）Salluste,（伊）Sallustio,（西）Salustio。ローマ共和政末期の歴史家、政治家。サビーニー*の町アミテルヌム*の良家に生まれ、ローマに出て政界入りする。前52年に民衆派（ポプラーレース*）の護民官（トリブーヌス・プレービス*）となり、同年P. クローディウス*が殺害されると、政敵のミロー*やキケロー*を激しく弾劾、前50年には監察官（ケーンソル*）のAp. クラウディウス・プルケル*らによって「生活の堕落」ゆえに元老院（セナートゥス*）から除名処分を受ける。内乱が勃発するとカエサル*側に立って1箇軍団を指揮し（前49）、前47年に法務官（プラエトル*）職を与えられたが、カンパーニア*で生じたカエサル軍の暴動を鎮圧しようとして危うく殺されんばかりの目に遭う。カエサルに従ってアーフリカ*戦役にも参加（前46）、タプソス*の勝利ののちヌミディア*の総督（新設の属州アーフリカ・ノウァAfrica Nova の初代総督）に任命され、強請・威嚇など悪辣な手段で巨富を築く。前45年ローマに帰還後、属州搾取の罪に問われたがカエサルの干渉でたくみに断罪を逃れ、以来公務を退いて贅沢に暮らしながら文筆生活を送った。クィリーナーリス*丘にある別邸の豪華な庭園 Horti Sallustiani は名高く、のちに皇帝たちの館になる（後410年に焼亡）。

彼の歴史的著述のうち、カティリーナ*の陰謀事件を扱った『カティリーナ戦記 Bellum Catilinae』（前43～前42頃）とヌミディア王ユグルタ*とローマの戦争を主題とする『ユグルタ戦記 Bellum Jugurthinum』（前41～前40頃）、そして、シーセンナ*の年代記を継承してスッラ*の死からポンペイユス*の覇権獲得まで（前78～前67）を扱った未完の大作『歴史 Historiae』（前39以後）（全5巻）中の断簡が、今日伝存する。文体は、警句のように簡潔で生き生きとし、含蓄に富んだ力強いものだったので、後代のラテン語教育の手本とされた。しかしまた、なお古風なところを免れておらず、政治的偏向や過度の図式化といった欠点があるとも評される。トゥーキューディデース*と大カトー*を模範とし、人物の巧妙な性格描写などの点で、タキトゥス*その他後世のローマ史家に大きな影響を与えており、マールティアーリス*からは「ローマ第1の歴史家」と称賛されている。作品のなかで道徳の頽廃を慷慨してはいるものの、彼自身もまた、悖徳行為のために元老院を追われたり、ミローの妻ファウスタ*（スッラ*の娘）と密通している現場を見つかってさんざん鞭打たれたり、文法家のレーナエウス Lenaeus から「堕落しきった放蕩者、食い意地のはった大食漢、能無しの浪費家、生活も作品も出鱈目な化け物」などと悪態をつかれたりする不道徳な人物であった。ちなみに彼の妻は、キケローに離別された権高婦人なテレンティア❶*である（⇒巻末系図068）。

『キケローを攻撃する毒舌 Invectiva in Ciceronem』や『カエサル宛て書簡 Epistulae ad Caesarem』もサッルスティウスの名の下に伝存するが、両者とも偽作と見なされている。

Dio Cass. 40-63, 42-52, 43-9/ Tac. Ann. 3-30/ App. B. Civ. 2-92, -100/ Gell. 17-18/ Suet. Gram. 15, Aug. 86/ B. Afr. 8, 34, 97/ Quint. 2-5, 4-1, 9-3, 10-1/ Plut. Luc. 11, 33/ Vell. Pat. 2-36/ Oros. 6-15/ etc.

❷（?～後20）❶の姪孫。祖母の兄たる❶の養子となり、初代ローマ皇帝アウグストゥス*の側近として勢力を伸張。マエケーナース*の先例に倣い、終生騎士身分に留まり元老院議員には昇らなかったが、宮廷に陰然たる権勢を保つ。アウグストゥス臨終の際には、皇孫アグリッパ・ポストゥムス*の暗殺計画に関与し、この事件を闇に葬らせることに成功（後14）、次いで偽アグリッパ・ポストゥムスのクレーメーンス Clemens が反乱を起こすと、計略をもってこれを殺した（16）。ティベリウス*帝治下にも強大な影響力をふるい、アルプスに銅山を所有、詩人ホラーティウス*らを庇護し、洗練された優雅かつ贅沢な生活を送った。その養嗣子として莫大な財産を相続したのが、ネロー*帝の継父C. サッルスティウス・パッシエーヌス・クリ（ー）スプス*（エクィテース*）（⇒パッシエーヌス・クリ（ー）スプス）である。

なお他にも、後4世紀に活躍した新プラトーン主義哲学者で『神々と世界』を著わしたサッルスティウス Flavius Sallustius（363年度の執政官（コーンスル*））や、キュニコス（犬儒）派の哲学者のサッルスティウス（後5世紀後半）らがいる。
⇒巻末系図068
Tac. Ann. 1-6, 2-40, 3-30/ Sen. Clem. 10/ Hor. Carm. 2-2, Sat. 1-2/ Plin. N. H. 34-2/ Phot./ Suda./ etc.

サテュロイ Satyroi, Σάτυροι, Satyri（サテュロス*たち）,（英）Satyrs,（仏）Satyres,（独）Satyrn,（伊）Satiri,（西）（葡）Sátiros

サテュロス*の複数形。

サテュロス Satyros, Σάτυρος, Satyrus,（英）（独）Satyr,（仏）Satyre,（伊）Satiro,（西）（葡）Sátiro

ギリシア神話中、半人半獣の山野の精、森に住む神霊。酒色に耽り、女や若者たちを犯そうと追い回す野性的な下級神。しばしばシーレーノス*（セイレーノス*）と混同されるが、サテュロスの方が若くて悪戯（いたずら）を好み、山羊の角・耳・脚・尾をもっており、顔貌は似ているものの禿頭や太鼓腹ではない。サテュロスたち（サテュロイ*）は、ヘルメース*ないしシーレーノスの子で、ニュンペー*（ニンフ*）やクーレーテス*の兄弟とされる（出自については異説あり）。酒神ディオニューソス*（バッコス*）神の随伴者として、跳ねまわり踊り狂いながら、竪笛などの楽器を奏でる姿で表わされる。怠惰・淫蕩な好色漢で、美術作品においては、男根を勃起させて美少年やマイナデス*らと戯れ交わる乱交場面を描いた陶器画や、酩酊してしどけない姿態で眠る彫像類 "Barberini Faun" が有名。彼らのこのように猥雑で粗野な性質にちなんで、ディオニューシア*祭の折に上演される悲劇詩人作の滑稽な笑劇は、「サテュロス劇 Satyroi, Σάτυροι」と呼ばれ、またこの芝居の合唱団（コロス）khoros, χορός,

（ラ）chorusはサテュロスの扮装をする習わしであった。ローマ時代になると、サテュロスたちはイタリアの森や山の精ファウヌス*たちFauniと同一視されるようになり、後代キリスト教徒の造形芸術にあっては、「淫欲Libido」を擬人化した寓意画として描かれ、彼らの外見は悪魔像の表現にそっくり利用された。サテュロスの名は近代ヨーロッパにおいて「漁色家・好色漢」の別語として使われており、また男子色情狂を意味するSatyriasisなる語も、これに由来している。なお、アーフリカ*やインド東部の山中にはサテュロス族と呼ばれる"野蛮人"が住んでいたと、大プリーニウス*らは記しており、ローマの将軍スッラ*が前83年にテッサリアー*の近くで眠っているサテュロスを捕獲したという話も伝わっている。祭礼時に人々がサテュロイに扮装して滑稽猥雑な仕草をする風習は、後692年にコーンスタンティーノポリス*で禁止されるまで続いた。
⇒マルシュアース、パーン
Hymn. Hom. Ven. 262/ Hes. Fr. 123/ Paus. 1-23/ Plut. Sull. 27/ Plin. N. H. 5-8, 7-2/ Ath. 5-196a〜203b/ Dion. Hal. Ant. Rom. 7-72/ Strab. 10-468〜/ Ael. V. H. 3-40/ Nonnus Dion. 14-113/ Xen. Symp. 5-7/ Eur. Cyc. 13, 82, 269/ etc.

サテュロス Satyros, Σάτυρος, Satyrus, （伊）Satiro, （西）（葡）Sátiro

ギリシアの男性名。

❶（ラ）Satyrus Callatinus（前4世紀後半、または前3世紀後半）ペリパトス（逍遥）学派の哲学者、伝記作家。トラーケー*（トラーキアー*）地方の黒海沿岸ポントス*地方カッラティスKallatis（現・Mangalia, Kollat）の出身。一説にプトレマイオス4世*治下（前221〜前204）のエジプトに在住したという。過去の著名人の伝記を書いたが、わずかな断片しか伝存しない。逸話を好んだことで知られ、1911年にオクシュリュンコス*から発見された対話篇形式の『エウリーピデース*伝』にも、その傾向がうかがわれる。なおアリスタルコス❷*の弟子で、ギリシア神話を集成し、ゼータZetaと渾名されたサテュロス（前2世紀）は別人である。
Diog. Laert. 1-68/ Ath. 6-248, 13-591/ Plut. Dem. 7/ etc.

❷（前4世紀中頃）建築家。ピューテオス*とともにマウソーレイオン*（マウソーロス*の霊廟）の設計を行ない、この建造物に関する書巻を公刊した（散佚）。

他に、ローマ帝政期のヒッポクラテース*派の医師で、ペルガモン*でガレーノス*らに解剖学や薬学を教えたサテュロス（後150頃）が、よく知られている。
Vitr. 7/ Gal./ Diod. 36/ Strab. 17-769/ Polyb. 22-5, 30-30/ etc.

❸ボスポロス❷*の王。サテュロス1世（在位・前433／432〜前389／388）と同2世（在位・前311／310〜前310／309）とがおり、前者は父の死に際して悲嘆のあまり自殺したため、「父親孝行Philopator, Φιλοπάτωρ」の異名を冠せられたと伝えられる（自殺の理由に関しては異説あり）。
Arist. Eth. Nic. 7-4/ Diod. 20-22〜/ Polyaenus 8-55/ etc.

サートゥルナーリア Saturnalia, （ギ）Sātūrnālia, Σατουρνάλια, （仏）（西）Saturnales, （独）Saturnalien, （伊）Saturnali, （葡）Saturnália, （露）Сатурналии

ローマの農耕神サートゥルヌス*の祭典。元来は毎年12月17日（カエサル*の改暦では19日）に祝われたといい、次第に延長されて12月17日から23日までの1週間となった。冬の播種祭としての起源をもつが、歴史時代には陽気で開放的な底抜け騒ぎの期間と化し、一切の公的活動が中止、裁判は休廷、学校は休校、事業・商店などは休業、軍事活動も休止、死刑執行もしばしば猶予を認められた。人々は蝋燭や粘土の人形シギッラsigillaなどの贈物を交換し合い、夜にはたらふく食べるために特別の晩餐用衣裳をまとった。身分差のなかった「黄金時代」を記念して、奴隷と自由人の区別がなくなるとともに、両者の関係は逆転して、主人が奴隷に給仕したり、奴隷が主人に指図したりする光景も見られた。蝋燭がともされ、ふだんは禁止されている賭博も認められ、この期間ばかりはあらゆる乱痴気騒ぎと遊蕩が許されたという。これがキリスト教の降誕節、クリスマスの原型であるとの説は、よく耳にするところである。

なおローマ帝政末期のマクロビウス*が著わした『サートゥルナーリア』は、この祝祭の折に集まった哲学者や弁論家、文学者らが、ウェルギリウス*論をはじめ文法、歴史、宗教、神話などの諸問題を談論し合ったという内容の作品である。
⇒マートローナーリア、ルーディー
Macrob. 1-7〜/ Cato Agr. 57/ Sen. Apocol. 8-2, 12-2, Ep. 18/ Liv. 2-21, 22-1/ Cic. Cat. 3-4(10), Att. 5-20, 13-52/ Suet. Aug. 75, Calig. 17, Claud. 5, Vesp. 19/ Varro Ling. 6-22/ Dio Cass. 60-19/ Hor. Sat. 2-7/ Tac. Ann. 13-15/ Lucian. Saturnalia/ Just. 43-1/ etc.

サートゥルニーヌス Saturninus, （ギ）Sātūrnīnos, Σατουρνῖνος, （仏）Saturnin, （伊）（西）Saturnino, （露）Сатурнин

ローマ帝国の僭帝。

❶プーブリウス・センプローニウス・サートゥルニーヌスP. Sempronius Saturninus（後219頃〜後262）30僭帝*の1人。ウァレリアーヌス*帝（在位・253〜260）の信任を受けた有能な将軍だったが、ガッリエーヌス*（在位・253〜268）帝の懦弱さに堪えきれず、軍隊に擁立されて皇帝を称した。ところが、兵士に厳格な規律を押しつけたため、他ならぬ彼を推載した軍隊の手であえなく殺されてしまった。帝権の象徴たる紫衣を軍から贈られた時、彼は「諸君は優れた司令官を失い、悪しき皇帝をつくったのだ」と演説したという。虚構の人物とする説が有力。
S. H. A. Tyranni Triginta 23, Gall. 9/ Zosimus 1-66/ etc.

❷セクストゥス（おそらくガーイウス）・ユーリウス・サートゥルニーヌスSextus (Gaius) Julius Saturninus（？〜後280）。プロブス*の対立皇帝（在位・280頃）。属州ガッリ

ア*の先住民の出（一伝に北アフリカのマウリー*人＝ムーア人とも）。有能な将軍としてアウレーリアーヌス*帝（在位・270〜275）の知遇を得、東方軍団の司令官に任命されるが、その折先見の明ある帝は、彼にエジプト入りを禁止。しかるにプロブスの治下になって、サートゥルニーヌスがアレクサンドレイア❶*を訪れるや、案の定事を好む市民により皇帝に担がれ、やむなく造反に踏み切った。紫衣を纏った時、彼は側近に「諸君は君主の不幸というものを知らぬと見える。頭上には毛髪一筋で剣が垂れ下がっており、絶えず嫉視や敵意にさらされて油断のならぬ身の上だということを」と慨嘆したという。ほどなくプロブス軍に攻囲され、自らの部下に殺害されたとも、プロブスの派遣した兵に刺殺されたともいわれる。

S. H. A. Saturninus, Prob. 18/ Zosimus 1-66/ Zonar. 12-29/ Euseb. Chron./ etc.

サートゥルニーヌス、サルーティウス　Saturninus Secundus, Salutius

⇒サルーティウス・サートゥルニーヌス・セクンドゥス

サートゥルニーヌス、ルーキウス・アップレイユス

Lucius Appuleius Saturninus, （ギ）Sātūrnīnos, Σατουρνῖνος, （伊）Lucio Appuleio Saturnino, （西）Lucio Apuleyo Saturnino, （露）Лучий Аппулей Сатурнин

（前138頃〜前100年12月10日）ローマの政治家・革命的煽動家。前103、前100年の護民官（トリブーヌス・プレービス*）。名将マリウス*の支持者・民衆派（ポプラーレース*）の大立者として、元老院体制に対し過激な挑戦を行なう。マリウスの古参兵に土地を分配する法案や、国家支給の穀物価格を無料同然の安値に引き下げる穀物法案を提出、反対を押し切って強硬にこれを通過させるなど、しきりに人気取り政策に励む。同じく煽動政治家のC.グラウキア*とも結んで、買収や殺人を行なった結果、前100年に2度目の護民官職に（同じ年マリウスは6度目の執政官職（コーンスル*）に、グラウキアは法務官職（プラエトル*）に）就任、共通の政敵Q.メテッルス❸*・ヌミディクスの追放に成功する。選挙で翌前99年度の護民官職をも獲得するが、執政官選出をめぐりグラウキアの対立候補たるC.メンミウス❶*を、人を雇って公然と撲殺させた —— 民会で頭を殴打して死なせた —— ことから世人の反撥を買い、元老院からは最終宣告 Senatus consultum ultimum として公敵宣言を下され、旧友マリウスの軍隊を差し向けられる。グラウキアら仲間とともにカピトーリウム*に立て籠もったものの、水道を断たれ、やむなく降伏。マリウスは彼らの身柄を安全に保護しようとするが、政敵たちは元老院の屋根瓦を剥ぎ取って投げつけ、うち殺してしまった（前100年12月10日）。彼の死後、その党類で同僚護民官だったフーリウス P. Furius は、メテッルスの追放解除を頑として拒否したため、任期が終了するや否や告訴され、暴徒に襲われてフォルム*で八つ裂きにされて果てている（前99）。

娘アップレイヤ Appuleia は、M.アエミリウス・レピドゥス（前78年度の執政官、⇒レピドゥス家）に嫁いで、三頭政治家レピドゥス❶*の母となった。

なお、この他、初代皇帝アウグストゥス*の妻スクリーボーニア*の親戚で、皇帝の不在中に政敵のM.エグナーティウス・ルーフス Egnatius Rufus（？〜前19）を、陰謀の廉で処刑したC.センティウス・サートゥルニーヌス Sentius Saturninus（前19年度の執政官）や、上ゲルマーニア*の属州総督として後89年1月1日モーゴンティアクム*（現・マインツ）でドミティアーヌス*帝に対する反乱を起こし、同年に敗死したL.アントーニウス・サートゥルニーヌス Antonius Saturninus（後82頃の執政官）など幾人ものサートゥルニーヌスの家名を帯びた人物が知られている。

⇒C.ラビーリウス、巻末系図061

App. B. Civ. 1-28〜33/ Plut. Mar. 28〜30/ Liv. Epit. 69/ Florus 3-16/ Vell. Pat. 2-12, -91〜92/ Val. Max. 9-7/ Cic. Brut. 62, Sest. 47, Rab. Perd./ Mart. 4-11/ Dio Cass. 54-10, 67-11/ Suet. Dom. 6〜7/ Joseph. J. A. 16〜17, J. B. 1/ etc.

サートゥルヌス　Saturnus,（英）Saturn,（仏）Saturne,（独）Saturn(us),（伊）（西）（葡）Saturno,（露）Сатурн,（シチリア語）Saturnu,（現ギリシア語）Satúrnus

ローマの古い農耕・播種の神。エトルーリア*から移入されたと考えられる。ギリシアのクロノス*神と同一視され、したがってユーピテル*やネプトゥーヌス*、プルートー*、ユーノー*らの父神とされる。息子ユーピテル（ゼウス*）に王座を追われたのちイタリアに来住し、ヤーヌス*神に迎えられ、カピトーリーヌス*丘に一市を建設し、サートゥルニア Saturnia と名づけた。ヤーヌスとともにラティウム*を支配し、農業をイタリアに導入、法を発布するなど、彼の治世は繁栄と平安に満ちた「黄金時代」Saturnia regna であったと伝えられる。彼の妃としては、古くは女神ルア Lua（疫病の女神ともいわれるが、詳細は不明）が配されていたが、のちに豊饒の女神オプス*に取って代わられた。

サートゥルヌスの神殿はカピトーリウム*へ登る坂道に建てられ、その内部に国庫（アエラーリウム*）や成文典、元老院議決の記録などが保管されていた。その神像は普段、羊毛の紐で縛られていたが、彼の祭典たるサートゥルナーリア*の期間中のみ解かれる習いであった。帝政時代になると、属州アーフリカ*ではカルターゴー*の大神バアル Ba'al と一体化され、人間の犠牲も捧げられたという。美術作品においてサートゥルヌスは、小さな鎌を手に持ち、ゆったりした外套だけをまとった裸の老人の姿で表されている。なお、土星（ラ）Saturnus や土曜日（英）Saturday は彼にちなんで名づけられており、近代発見された土星の衛星（Mimas, Enceladus, Tethys, Dione, Rhea, Titan, Hyperion, Iapetus, Phoebe, Ianus 他）は、彼の兄弟姉妹たるティーターン*神族や巨人族ギガース*たち（ギガンテス*）に、その名を負っている。

⇒ピークス、巻末系図049

Dion. Hal. Ant. Rom. 1-34/ Verg. G. 1-125〜, 2-538, 6-792, 8-319〜, Aen. 1-185, 6-794, 8-319〜, -357〜/ Ov. Fast. 1-35〜, -193, -235〜/ Festus 432/ Liv. 8-1, 45-33/ Plut. Mor. 272e/ Varro Ling. 5-57, R. R. 3-1/ Just. 43-1/ Macrob. Sat. 1-7, -16/ Curtius 4-3/ Cic. Nat. D. 2-20, -25, -46, Div. 1-39/ etc.

サバージオス（サバジオス） Sabazios, Σαβάζιος, Sabazius,（Sabadios, Σαβάδιος, Sabasios, Σαβάσιος, Sebazios, Σεβάζιος, Sebadios, Σεβάδιος),（伊）Sabazio,（西）Sabacio,（露）Сабазий,（現ギリシア語）Savázios

プリュギアー*およびトラーケー*（トラーキアー*）系の男神。額に角のある姿で表わされ、ギリシアのディオニューソス*ないしアッティス*と同一視された。蛇に変身したゼウス*とペルセポネー*（またはキュベレー*）の子といわれ、金色の蛇を聖なる動物とし、その秘儀においても蛇が重要な役割を果たした。サバージオス自身も蛇と化して女神官たちと交わり、多くの子を儲けたという。牛に軛をかけて農耕を始めた神とされ、小アジアのプリュギアーとリューディアー*を中心に崇拝され、ヘッレースポントス*のトラーケーでは最高神と見なされていた。サバージオスの秘教（ミュステーリア*）は前5世紀頃からギリシア本土でも普及し、夜間に行なわれるその祭礼サバージア Sabazia, Σαβάζα においては、宗教的狂舞のうちに牛や山羊や人間の生肉が食われたといい、また男性の裸体美を競い合うコンテストも開かれたと伝えられている。ゼウスと習合してゼウス・サバージオスの名で呼ばれることもあり、雷霆と鷲を表象とした。さらにヘブライの「万軍の主 Sabaoth (Tsevā'ōth ツェヴァーオートより)」ヤハウェ Yahweh と混同されて、ユダヤ人の奉ずる神名と解釈されるようになった。サバージオスはヘレニズム時代のペルガモン*王家で信仰され、ローマ帝政期（後2世紀）にはオリエントの密儀宗教としてイタリアで広く尊崇を受け、祭式 Sacra Savadia が営まれた。彼に対する奉納物のうち、凶眼（邪視）の魔力を避けるために種々の呪物で飾られた手、いわゆる「ラテンの聖物 Benedicto Latina」は名高く、のちイスラーム教に伝わり、今日に至るまで「ファーティマの手」として愛好されている。

⇒ザグレウス

Ar. Av. 874/ Dem. 18-259〜260/ Diod. 4-4/ Cic. Nat. D. 3-23(58)/ Theophr. Char. 16, 27/ Val. Max. 1-3/ Ael. N. A. 12-39/ Strab. 10-470〜471/ Macrob. Sat. 1-18/ Plut. Mor. 672a/ Clem. Al. Protr. 2-16/ Suda/ etc.

サビーナ、ウィービア Vibia Sabina,（仏）Vibie Sabine,（露）Вибиа Сабина

（後86頃〜後136／137）ローマ皇帝ハドリアーヌス*の后。母はトライヤーヌス*帝の姉マルキアーナ*の一人娘マティディア*（⇒巻末系図102）。トライヤーヌスの反対にもかかわらず、皇后プロティーナ*の熱心な仲立ちでハドリアーヌスに嫁ぐ（後100）が、夫婦仲は生涯冷たく子供もできなかった。夫の即位（117）後も互いに傷つけ合い、皇帝は彼女の気難しい性格に我慢できず「私人ならばとっくに離婚しているのだが」とかこち、サビーナもまた「暴君のおぞましい胤を宿すなど真っ平です」と公言。史家のスエートーニウス*や近衛軍司令官ら大勢の人物が、皇帝不在中の彼女との"親交"ゆえに解任されるという不祥事も起こった（121／122）。アウグスタ*の尊号を贈られ（128）夫帝の旅行にも幾度か伴われたが、夫の愛情はもっぱらアンティノウス*ら美青年にばかり注がれ、ついに137年、彼女は帝によって毒殺されたとも、自害を強いられて果てたともいう。死後、神格化の栄誉を受けている。

S. H. A. Hadr. 1, 2, 11, 23/ Aur. Vict. Epit. 14/ Oros. 7-13/ Dio Cass. 69-1/ etc.

サビーナ、ポッパエア Poppaea Sabina

⇒ポッパエア・サビーナ

サビーニー（族） Sabini,（ギ）Sabīnoi, Σαβῖνοι,（英）Sabines,（仏）Sabins,（独）Sabiner,（西）（葡）Sabinos,（露）Сабины

中部イタリアに古くから居住していた種族。名祖サーブス*（サビーヌス*）王の子孫と伝え、その領域 ἡ Σαβίνη は北はピーケーヌム*、西はウンブリア*およびエトルーリア*、南はラティウム*、東はサムニウム*に接する。政治的に統一されず、通常アーペンニーヌス*（アペニン）山脈の丘陵地帯に村落生活を送っていた。呪術に通じた迷信深い民族で、ローマの宗教儀礼に多大の影響を及ぼしたとされる（⇒ヌマ・ポンピリウス）。ロームルス*とその部下によるサビーニーの婦女強奪事件は名高く、女たちのとりなしで両部族が融和してローマ人を形成したと伝える（⇒ティトゥス・タティウス、ヘルシリア）。サビーニー族の一部がローマへ移住した事実は、ローマの埋葬形式にラティーニー*（ラテン人）の火葬とサビーニー系の土葬の両形式が併存すること、その他、言語や宗教上の特徴からも確認し得る。大半のサビーニー族は故地に留まり、ローマと戦闘を繰り返したのち、ついに前290年、マーニウス・クリウス・デンタートゥス*の軍門に降った（第3次サムニウム戦争）。その折、領地の一部は没収され、奴隷に売られた者たちもいたが、残余はローマの不完全市民となり、前268年に完全市民権が与えられて以来、急速にローマ化していった。その主たる都市は、レアーテ*、アミテルヌム*、ヌルシア Nursia（現・Norcia）などで、古くはクレース*、ノーメントゥム Nomentum（現・mentana）、フィーデーナエ*も重要であった。

⇒サベッリー、アボリーギネース

Liv. 1-9, -18, -36, 2-16, 3-38〜, Epit. 11/ Strab. 5-228, -250/ Dion. Hal. 1-11, 2-49, -51/ Varro Ling. 7-28/ Cic. Div. 2-3(80), Rep. 2-12/ Ov. Fast. 3-167〜258/ Balb. 13/ Vell. Pat. 1-14/ Hor. Carm. 3-6, 5-17, Epod. 17-28/ Ptol. Geog. 3-1/ Verg. Aen. 7-706/ Sil. 8-425/ Plin. 3-12/ etc.

サビーヌス　Sabinus
⇒サーブス

サビーヌス学派（サビーニアーニー）　Sabiniani,（英）Sabinians, Sabinian School,（仏）École sabinienne,（独）Sabinianer,（露）Сабинианцы
⇒サビーヌス（マスリウス）

サビーヌス、ティトゥス・フラーウィウス　Titus Flavius Sabinus,（ギ）Sabīnos, Τίτος Φλάουιος (Φλάβιος) Σαβῖνος,（伊）（西）Tito Flavio Sabino,（葡）Tito Flávio Sabino

（後8頃～後69年12月19日）ローマ帝政期の政治家。ウェスパシアーヌス*帝の兄。補欠執政官（コーンスル*）（後47頃）の後、7年間にわたり属州モエシア*を統治し（48～54）、ネロー*帝の治世に長期間、首都長官 Praefectus Urbi 職を務める（56～60、62～68）。ガルバ*帝によって罷免されるが、次いで立ったオトー*帝は東方にいるウェスパシアーヌスの動静を気にかけ、彼を再び首都長官に任じる（69）。次のウィテッリウス*帝も引き続き彼の地位を認め、ウェスパシアーヌス側の軍勢がローマに迫ると（⇒アントーニウス・プリームス）、譲位の交渉を彼にもちかけた。しかるに、民衆とゲルマーニア*兵の反対にあって市街戦が勃発し、サビーヌスは甥ドミティアーヌス*（のち皇帝）らとともにカピトーリウム*に立て籠もった（69年12月18日）。翌日ウィテッリウス軍の攻撃を受けてユーピテル*神殿が炎上、ドミティアーヌスは変装して難を逃れたが、一般兵士は皆殺し、サビーヌスは捕らわれてウィテッリウスの前に引き立てられる。ウィテッリウスは助命しようとしたけれど果たせず、彼は兵士らによって刺殺され切り刻まれて、首を斬り落とされ、遺骸はゲモーニアエ*の石段に投棄された。ウェスパシアーヌスの登位まではフラーウィウス氏*で最も傑出した人物と見なされており、おしゃべりな点を除けば欠点の少ない公正・廉直な為人（ひととなり）だったという。

なお彼の同名の孫 T. フラーウィウス・サビーヌス（82年の執政官）は、ドミティアーヌス帝の情婦ユーリア❾*（ティトゥス*帝の娘）と結婚したため、のちにドミティアーヌスに殺されている（⇒巻末系図101）。
⇒ T. フラーウィウス・クレーメーンス

Tac. Hist. 1-46, 2-55, 3-64～75, 4-47/ Plut. Oth. 5/ Dio Cass. 60-20, -25, 65-17/ Suet. Vesp. 1, Vit. 15, Dom. 10/ Joseph. J. B. 4-10, -11/ Aur. Vict. Caes. 8/ etc.

サビーヌス、マ（ッ）スリウス　Mas(s)urius Sabinus,（ギ）Mas(s)ūrios Sabīnos, Μασ(σ)ούριος Σαβῖνος,（伊）Sabino Massurio,（伊）（西）Sabino Masurio,（葡）Sabino Masúrio,（露）Сабин Мазурий

（～後64頃）ローマ帝政初期の法学者。ウェーローナ*（現・ヴェローナ）の生まれ。アテイユス・カピトー*の高弟。ティベリウス*帝からネロー*帝の治世（後14～68）にかけて活躍し、市民法に関する体系的論文 Libri tres iuris civilis（3巻）等を著わした。博学だが貧しかったので、門弟から謝礼を受け取って生計を立てていたという。およそ50歳にして騎士身分（エクィテース*）に叙せられ、官学派ともいうべきサビーヌス学派*の代表者となり、在野学派たるプロクルス学派*と対立した。やや遅れてカエリウス・サビーヌス M.（または Cn.）Caelius Sabinus（1世紀後半）が出て同派の長となり、両サビーヌスと併称される。
⇒ C. カッシウス・ロンギーヌス❷、サルウィウス・ユーリアーヌス、ガーイウス

Pers. 5-90/ Gell. 3-16, 4-1, 10-15/ Macrob. Sat. 1-4/ Dig./ etc.

サビーヌス、ユーリウス　Julius Sabinus,（ギ）Iūlios Sabīnos, Ἰούλιος Σαβῖνος,（伊）Giulio Sabino,（西）Julio Sabino

（？～後79）リンゴネース*族の首長。エポニーナ*の夫。ユーリウス・カエサル*とリンゴネース族の美女との間の後裔を自称し、ネロー*帝が死んでユーリウス・クラウディウス朝の血脈が絶えると（68）、帝位に適（ふさ）わしい者として名のりをあげ、キーウィリス*やクラッシクス Classicus らと呼応して、ローマに対し叛旗を翻した（70）。この叛乱が将軍ケリアーリス*によって平定されると、サビーヌスは妻エポニーナらとともに洞窟の奥に9年間隠れ潜んだが、ついに発覚してウェスパシアーヌス*帝の前にひき出され、処刑された。

Tac. Hist. 4-55, -67/ Dio Cass. 66-3, -16/ Frontin. Str. 4-13/ Plut. Mor. 770～771/ etc.

サーブス、または、サビーヌス　Sabus,（ギ）Sabos, Σάβος, Sabinus,（伊）（西）Sabino

サビーニー*の伝説上の名祖。サンクス*神の子とも、ラケダイモーン*（スパルタ*）人でイタリア沿岸に漂着し、サビーニー族初代の王となった英雄ともいわれる。

Dion. Hal. Ant. Rom. 2-49/ Serv. ad Verg. Aen. 8-638/ Sil. 8-420/ etc.

サーブラタ　Sabratha, Sabrata,（ポエニー語・Ṣbrtʻn）,（ギ）Sabrata, Σαβράτα, Sabratha, Σάβραθα, Habrotonon, Ἀβρότονον,（露）Сабрафа

（現・Ṣabrāta, Sabart）アーフリカ*北岸の港湾都市。レプティス❶*、オエア Oea（現・トリポリ）とともにトリポリス❶*を成す。前6世紀頃、フェニキア*人によって建設され、のちローマの自治都市（ムーニキピウム*）となり、後2世紀初頭にはローマ植民市（コローニア*）の地位に昇格した。オリーヴ油の輸出のみならず、黄金・象牙・駝鳥（だちょう）の羽根・奴隷などサハラ砂漠を越えた外国との交易で大いに繁栄。ローマ市の外港オースティア*にも商館を構えていた。オエアの西77kmに位置する古代都市サーブラタの遺跡からは、バシリカ*やフォルム*、イーシス*、セラーピス*、リーベル・パテル*他の諸神殿、公共浴場（テルマエ*）、大規模な劇場（テアートルム*）、円形闘技場（アンピテアートルム*）、議事堂（クーリア*）、教会堂、

モザイク床のある邸宅、城壁等々、ローマ帝政期の広大かつ規則的な計画都市、およびカルターゴー*統治下時代(〜前146)のポエニー*人の墓廟や居住区などの遺構が発掘されている。アープレイユス*が魔法を使って富裕な未亡人を誑(たぶら)かした廉で、この町の法廷で審問を受けた話は有名(後155頃)。ウェスパシアーヌス*帝の妻フラーウィア・ドミティッラ Flavia Domitilla の出身地でもある。
⇒シュルティス湾
Plin. N. H. 5-3/ Apul. Apol. 73/ Solin. 27/ Suet. Vesp. 27/ Sil. 3-256/ Procop. De Aedif. 6-4/ Ptol. Geog. 4-3/ etc.

サベッリー Sabelli, (英) Sabellians, (仏) Sabelliens, Sabelles, (独) Sabeller, (伊) Sabelli, Sabellici, (西) Sabélios, (葡) Sabelios, (オスキー語) Safineis

イタリアに古くから居住していたオスキー*語を話す種族。中部イタリアのサビーニー*族の町アミテルヌム*を故地と称し、前5世紀までに山岳地帯から半島南部に拡大、カンパーニア*(前450頃〜前420頃)、ルーカーニア*(前420頃〜前390頃)、ブルッティウム*(前356頃)へ進出・侵略した。先住民を征服して混血同化し、かくしてオスキー語を使用するサムニウム*人(サムニーテース*)やカンパーニア人 Campani、ルーカーニア人 Lucani、ブルッティウム人 Brutti、アープーリア*人 Apuli、マーメルティーニー*、等々が形成された。政治的には統一されず、元来は分散する村落に住んで牧畜に従事し、呪術的な聖歌を唱(とな)え、雄牛・狼・蛇・啄木鳥(きつつき)などを崇拝、飢饉が起これば人間の新生児を含めて翌春に生まれるもの全てを軍神マールス*に捧げると誓う祭儀「聖なる春 ver sacrum」の習慣があったという。
Plin. N. H. 3-12, 19-41/ Hor. Sat. 2-1, Epist, 1-16, Epod. 1/ Verg. G. 2-167, Aen. 7-665, 8-510/ Liv. 8-1, 10-19/ Juv. 3-169/ Strab. 5-250/ Varro/ etc.

サベリー Sabelli
⇒サベッリー

サベルリー Sabelli
⇒サベッリー、サビーニー

サーポール Sapor
⇒シャープール

サポーレース Sapores
⇒シャープール

ザマ Zama, Ζάμα, (ラ) Zama Minor, (露) Заме
(現・Jama 近郊) ヌミディア*の都邑。カルターゴー*の南西およそ120kmに位置する。前202年10月19日スキーピオー・大アーフリカーヌス*(大スキーピオー*)がハンニバル❶*を大破し、第2次ポエニー戦争(前218〜前201)を終わらせたことで名高い古戦場。前204年春スキーピオーがアーフリカ*に渡り、カルターゴー本国を衝(つ)いたため、ハンニバルはカルターゴー政府の召喚要請に応じて三十数年ぶりに祖国へ帰還(前203)、翌年春スキーピオーと会見・折衝したが折り合わず、ザマの決戦に臨む。白兵戦となり、ハンニバルはスキーピオーに一騎討ちを挑んで負傷させたものの、兵力劣勢の上、敵側についたヌミディア王マシニッサ*の猛攻を受け、初めて敗北を喫し、身ひとつで逃れた。この会戦では、カルターゴー軍の名高い戦象部隊がスキーピオーの斬新な戦術のせいで逆に味方の騎兵隊を攪乱させ、4万のカルターゴー兵のうち2万が斃(たお)れ、残りは捕虜になったという。

ザマにはのちユバ*王の首都 Zama Regia(現・〈アラビア語〉Jama)が置かれ、一時ローマ軍に破壊されたが、属州アーフリカ・ノウァ Africa Nova の州都と定められ、帝政時代に再興を見た。
Liv. 30-29〜/ Polyb. 15-5〜/ Sil. 3-261/ Sallust. Jug. 56-1/ App. Pun. 7-26〜/ Plin. N. H. 5-4/ Nep. Hann. 6-3/ Ptol. Geog. 4-3/ Hirt. B. Afr. 91/ Strab. 17-829, -831/ Diod. 27-6〜/ Zonar. 9-11/ Eutrop. 3-20〜/ etc.

サマレイア Samareia, Σαμάρεια, (ラ) サマリーア Samaria, (仏) Samarie (独) Samarien, (露) Самария, (ヘブライ語) Shōmᵉrōn, (アラム語) Shāmᵉrayin (Šāmᵉrayin), (アラビア語) Sāmariyyūn, As-Samarah, Jibal Nablus, (和) サマリヤ、サマリア

(現・Sabastūyah, Shemēr) パレスティナ*中部にあった古代都市。ユダヤ*の伝承では、北イスラーエール王オムリ Omri が首都として丘の上に建設(前870頃)、その地の元所有者シェメル Shemer にちなんで名づけられたという。前722年アッシュリアー*帝国に征服され、上層階級は他の土地へ移され、残留住民は非イスラーエール人と雑婚した。前332年アレクサンドロス大王*に征服され、以来マケドニアー*人の住むヘレニズム都市となったが、大王の死(前323)後ディアドコイ*(遺将)の戦争で荒廃し、次いでユダヤ王イオーアンネース・ヒュルカノス1世*の攻撃にさらされた。前63年ローマ領に併合され、ポンペイユス*が都市を再建、さらにシュリア*総督ガビーニウス*の手で復興が進められた。前30年アウグストゥス*からサマレイアを与えられたヘーローデース1世*(ヘロデ大王)は、都市の美化拡張に努め、アウグストゥスのギリシア語訳セバストス Sebastos, Σεβαστός(「尊厳者」の意)に基づいて市名をセバステー Sebaste と改称した。ローマ帝国の行政区域サマレイアは、北はガリライアー* Galilaia(ガリラヤ)、デカポリス*、南はユダヤ、東はヨルダン Iordanes 河によって囲まれた地方を指した。

サマレイア人は古来、カナアン地方に伝統的なバアル Ba'al 崇拝を採りいれていたが、かたやモーシェー(モーセ)のみを預言者とし「モーセ5書」(律法 Tōrá(ʰ))だけを聖典と認める厳格かつ偏狭なユダヤ教の分派のサマリヤ派

Samareitai が成立し、イェルーサーレーム*（エルサレム）の「正統ユダヤ教」と対立、割礼・安息日・十誡・独自の暦法を守りつつ今日まで続いている。キリスト教伝説では、この町で洗礼者ヨハネ（イオーアンネース❶*）の首が発見されたといい、またユダヤ教預言者エリシャ、オバデヤの墓と称される場所も残っている。
⇒イトゥーライアー
Polyb. 5-71/ Joseph. J. A. 12～, J. B. 1～/ Plin. N. H. 5-14/ Tac. Ann. 12-54/ Juv. 2-246, -252/ Nic. Dam. 116/ Nov. Test. Matth. 10, Luc. 10, Johann. 4/ Vet. Test. Reg. Ⅰ 16-23～28/ etc.

サムニウム　Samnium,（ギ）Samnītis, Σαμνῖτις,（オスキー語）Safinim,（伊）Sannio,（西）Samnio,（葡）Sâmnio

（現・Sannio）イタリア半島中・南部の地方。ラティウム*、カンパーニア*、アープーリア*、ピーケーヌム*に隣接し、住民はローマ人からサムニーテース*（サムニウム人）と呼ばれた。彼らはサベッリー*系のオスキー*語を話す好戦的な種族で、南アーペンニーヌス*（アペニン）山地を中心に群居（前600頃～）。ヒールピーニー*ら4部族が連合をつくって、戦時には1人の軍事司令官の指揮を受けたが、部族連合の紐帯は比較的ゆるやかだった。城壁のない集落に住み、しばしば山をおりてラティウムやカンパーニア地方を脅かし、前423年にはカプア*やクーマエ*を占領した。早くにカンパーニアへ進出して、ギリシア文化の影響を蒙り、前354年のガッリア*（ケルト*）人侵入に際してはローマと同盟を結んでともに戦った。しかるに、次第に勢力を拡大して周辺諸国を圧迫したため、ローマと3次にわたって干戈を交え —— サムニウム戦争*Bellum Samnītis (Bellum Samniticum) ——、前290年ようやく屈服するに至った。

第1次サムニウム戦争（前343～前341）は、カプア市がローマに救援を求めたことに端を発し、ガウルス*山の戦い（⇒M. ウァレリウス・コルウス）やスエッスラ*の戦いなどで勝利を収めたローマが、カンパーニアを制覇する結果となった（⇒デキウス・ムース❶）。第2次サムニウム戦争（前327～前321、前316～前304）で、ギリシア人諸都市と結んで攻撃して来たローマ軍を、サムニウム勢は、カウディウム*で完敗させたものの（前321）、再挙したローマに敗れて、アープーリアやルーカーニア*支配を妨げられた（⇒L. パピーリウス・クルソル、Q. プーブリウス・ピロー、ポンティウス・ヘレンニウス）。第3次サムニウム戦争（前298～前290）では、ガッリア人、エトルーリア*人と手を組んだサムニウム軍がローマに挑戦。しかるにセンティーヌム*で大敗を喫し（前295年夏）、結局イタリア中南部の覇権をローマに奪われることになった（⇒デキウス・ムース❷、Q. ファビウス・マクシムス❶、クリウス・デンタートゥス）。

その後もサムニウム人はローマに対して屈従を潔しとせず、ピュッロス*およびハンニバル❶*を支持。人口や領土を失いつつも果敢に抵抗を続け、同盟市戦争（前90）の際にも叛したが、前82年、マリウス*派に与してコッリーナ門 Porta Collina でスッラ*の軍隊に殲滅的打撃を受け、さしもの剽悍な彼らもついにローマに征服され、住民は奴隷として売られた。

ベネウェントゥム*やボウィアーヌム*、アエセルニア*、カウディウム、アエクラーヌム*などが、サムニウムの主要都市である。また、サムニウム人は自由を愛する勇敢な民族で、ギリシア人やエトルーリア人と同じく男色を愛好していたことで名高かった。

サムニウム戦士はゲリラ戦を得意とする山岳兵として名高く、前6～前5世紀頃の完全武装したブロンズ像がパリのルーヴル美術館に所蔵されている。またローマ人の愛好した剣闘士（グラディアートル*）試合にも、サムニウム人兵士のように面頬付きの兜、大楯、槍、剣で重装備したサムニウム剣闘士サムニーテース Samnites と呼ばれる者たちが出場して人気を博していた。
⇒フレンターニー
Liv. 7-10/ Diod. 19-20/ Polyb. 2-19～/ Florus 1-16/ Lucan. 2-201, -236/ Ital. 1-666, 4-560/ Serv. ad Verg. Aen. 6-825, -845, 7-715, 10-145/ Varro Ling. 7-29/ Cic. Att. 14-20, 16-11/ Strab. 5-249～/ App. Sam./ Suda/ etc.

サムニウム戦争　Bellum Samniticum (Bellum Samnītis)
⇒サムニウム

サムニーテース　Samnites,（ギ）サムニータイ Samnitai, Σαμνῖται
サムニウム人
⇒サムニウム

サメーラミス　Sameramis
⇒セミーラミス

サモサタ　Samosata, Σαμόσατα,（仏）Samosates, Samosate.（葡）Samósata,（露）Самосата,（現ギリシア語）Antióhia,（アルメニア語）Šamšat, Shamshat,（シリア語）Šmīšat

（現・Samsât〈トルコ語〉）コンマーゲーネー*王国の首都。エウプラーテース*（ユーフラテス）河上流の右岸、エデッサ❶*の北西に位置する。隊商路の要地を占め、前150年頃第2代コンマーゲーネー王サモス Samos (Sames) によって王都と定められた。ローマ帝政期の文人ルーキアーノス*の生地として有名。鞏固な城砦都市であったが、後72年ローマの軍門に降り、王国は解体されてローマ帝国の属州シュリア*に編入され、市名はサモサタからフラーウィア Flavia に改称された。のちサーサーン朝*ペルシアのシャープール1世*に占領され（256）、ローマとペルシアの間で争奪戦が繰り返された末、637年イスラーム教アラブ軍に征服された。城門や浴場などの遺跡が発掘されている。別名・アンティオケイア*。
⇒ニシビス、ゼウグマ

Plut. Ant. 33/ Strab. 16-749/ Plin. N. H. 2-108/ Amm. Marc. 14-8, 18-4/ Ptol. Geog. 5-15/ Joseph. J. A. 14/ etc.

サモス　Samos, Σάμος, Samus (Samos), (伊) Samo, (露) Самос, (現ギリシア語) Sámos, (トルコ語) Sisam, Susam Adasi

(現・Sámos) エーゲ海東部、イオーニアー*諸島中2番目に大きな島 (477 km²)。小アジアのイオーニアー沿岸ミュカレー*岬とは幅1～3 kmの狭い海峡を隔てて対峙する。青銅器時代初期からレレゲス*人が居住し、伝説上の名祖サモス Samos はレレゲス人の王アンカイオス Ankaios (ポセイドーン*の子) とサミアー Samia (マイアンドロス*河神の娘) との間の息子という。前11世紀頃、ギリシア本土のエピダウロス*を中心とするイオーニアー系ギリシア人が移住して来、エペソス*王アンドロクロス*と攻防の末、一部はサモトラーケー*島へ入植、一部はエペソス人を追い出してサモスを奪取したと伝えられる。古くから女神ヘーラー*の崇拝で名高く、神体は祖国アルゴス*地方からもたらされたものだが、島の聖域には女神生誕の地と伝える柳の老木が後世まで生えていたという。サモスは早くから海上交易の一大中心地として栄え、前7世紀頃から黒海近くのペリントス*や、サモトラーケー、エジプトのナウクラティス*、南イタリアのディカイアルケイア* (プテオリー*)、シケリアー* (現・シチリア) のザンクレー* (メッサーナ*) など広く各地に植民を送り出した。貿易活動ではギリシア世界、ことにカルキス*、コリントス*、キューレーネー*と通商したため、対岸の都市ミーレートス*とは終始対立関係にあった。

　王政から地主貴族層の寡頭政に移り、前540年頃、僭主ポリュクラテース*によって寡頭政体が倒されると、彼の支配下にサモスは全盛期を迎えた。有名な赤い艦隊が海上を支配し、商工業が繁栄を極め、宮廷にはイーピュコス*やアナクレオーン*といった詩人が滞在。またロイコス*、テオドーロス❶*、エウパリーノス*などの彫刻家・建築家が活躍するかたわら、ピュータゴラース*やアイソーポス* (イーソップ) らの著名人物をも輩出した。ポリュクラテースの横死 (前522) 後、サモスはアカイメネース朝*ペルシア*帝国に征服され、「曳き網式」なる "人間狩り" 殲滅戦法で島全体が掃蕩された。イオーニアー諸市の反乱 (前500～前493) に与したものの、ラデー Lade (ミーレートス近くの島) 沖の海戦 (前494) ではペルシア側に寝返ったので、反乱軍諸国のうちサモスだけは劫掠を免れた。ペルシア戦争*においても大王クセルクセース1世*に水軍を提供し (前480)、戦後アテーナイ*を盟主とするデーロス同盟*に加わった。前441年に同盟を離反したためペリクレース*率いるアテーナイ軍に攻囲され、9ヵ月後に降伏して残忍な処罰を受けた (サモス戦争・前441～前439、⇒メリッソス、ポルミオーン、ドゥーリス❶)。以後アテーナイに隷属する貢納国となったが、ペロポンネーソス戦争* (前431～前404) では一貫して叛意を示さなかったので、前405年にサモス人に対してアテーナイ市民権が賦与された。翌前404年スパルタ*の提督リューサンドロス*に占領され、アンタルキダース*の和約 (前386) によって再びペルシア帝国*に臣従。前365年にはアテーナイに奪還されたものの、島民はアテーナイ軍に駆逐され土地はアテーナイ市民の間で分配された (前352、⇒クレーロス)。アレクサンドロス大王*の死 (前323) 後ようやくアテーナイ移民は追い払われ、サモスはペルガモン*王国の統治 (前189～前133) を経てローマの属領に併呑された (前129。属州アシア*への正式な編入は前84)。帝政期に入って自治を認められたが、もはや昔日の勢威はなく、貿易の中枢はロドス*に移っていた。

　上記の他、哲学者エピクーロス*、天文学者コノーン*、叙事詩人コイリロス❷*、彫刻家ピュータゴラース❸*、天文学者アリスタルコス❶*、詩人アスクレーピアデース❷*らの出身地として知られる。また名陶の産地としても名高く、特にキュベレー*の神官は自らを去勢するに当たりサモスの陶片以外のものは用いなかったという。今日、島の東南にあるかつての首都サモス (現・Pithagórion) には、ポリュクラテースの城壁やエウパリーノスの水道の遺構が見られ、ヘーラー神殿 Hēraion 周辺も発掘されている。このヘーラー神殿は前6世紀半頃にロイコスによって建設された当時、ギリシア世界最大のイオーニアー式神殿として評判を呼んだ建築物である。サモス人はギリシア人の常として男色を非常に愛好し、男同士の愛を司る神エロース*の祭典エレウテリア Eleutheria の祭を挙行。「サモス島の花」と呼ばれる男娼たちの存在で有名だった。

　またサモスでは年に1回、泥棒し放題の日が認められていたとも伝えられている。

⇒テオース、クレオーピューロス

Hymn. Hom. Ap. 41/ Herodot. 1-70, -142, -148, 2-148, -182, 3-39～, -120～/ Thuc. 1-13, -40～, 8-16～/ Strab. 10-457, 14-637～/ Paus. 7-4/ Plin. N. H. 5-37, 35-46/ etc.

サモトラーケー　Samothrake, Σαμοθράκη, Samothrace, Samothrēikē, Σαμοθρηΐκη, Samothrācia, Samothrāca, (英)(仏) Samothrace, (伊)(西) Samotracia, (葡) Samotrácia, (トルコ語) Semadirek

(現・Samothráki) エーゲ海北東部に浮かぶ島 (179 km²)。標高1590 mのテーブル状の山がそびえ、『イーリアス*』によると、海神ポセイドーン*はこの山頂からトロイアー戦争*の成り行きを見張っていたという。古くから地下の神々カベイロイ*の秘教 (ミュステーリア*) の中心地として知られ、その神殿やヘレニズム時代のさまざまな建造物が発掘されている。特に有名なのが、前306年にデーメートリオス1世*・ポリオルケータースがキュプロス*のサラミース❷*沖の海戦でプトレマイオス1世*に勝利した記念に建てた女神ニーケー*の大理石像で、1863年に発見されルーヴル美術館に収蔵、その秀麗精緻な技法でヘレニズム彫刻の傑作の1つと謳われている。高さ2.45 m (由来については異説あり)。

サモトラーケーは神話ではトロイアー*王家の祖ダルダノス*の生地とされ、山頂にまで達する大洪水が起きたために、彼は小アジアへ渡ったという。トラーケー*（トラーキアー*）人、ペラスゴイ*人、フェニキア*人が居住し、ギリシア人の間ではサモス*島民がトラーケー近くのこの島に移り住んだので、サモトラーケーの名で呼ばれるようになったという。アカイメネース朝*ペルシア*に臣従し、サラミース❶*の海戦（前480）ではペルシア艦隊に加わってギリシア海軍と闘い、戦後はデーロス同盟*に加わった。ヘレニズム諸王国のめまぐるしい支配を経て、ローマ時代に自由市となったが、ウェスパシアーヌス*帝（在位・後69～79）の治下、他の島々とともに属州に組み込まれた。サモトラーケーの聖域は、あらゆる逃亡者・犯罪者の身柄を保証する避難所 asȳlon,（ラ）asȳlum として知られていた。この島の密儀（ミュステーリア）には、スパルター*のリューサンドロス*をはじめ著名なギリシア・ローマ人が多く参加しており、マケドニアー*王ピリッポス2世*（アレクサンドロス大王*の父）が未来の妻オリュンピアス*と初めて出会ったのも、秘教の狂宴（オルギア） orgia においてであったという（前358頃）。入信儀礼の行なわれた聖所や祭壇、劇場（テアートロン）、列柱廊（ストアー*）などの遺跡が発掘されている。ホメーロス*の注釈家でアレクサンドレイア❶*の図書館長を勤めたアリスタルコス❷*の生地。

⇒レームノス、インブロス

Hom. Il. 13-12～, 24-78/ Herodot. 2-51, 7-108, 8-90/ Paus. 7-4/ Mela 2-7/ Plut. Alex. 2/ Plin. N. H. 4-12/ Strab. 10-457/ Diod. 5-47～/ Ptol. Geog. 3-11/ Ar. Pax 277～/ etc.

サラーキア（サラキア） Salacia,（仏）Salacie

ローマの水域の女神。元来は湧出する泉水の神霊（ヌーメン） numen だったと思われる。ネプトゥーヌス*の配偶者とされ、前者がギリシアの海神ポセイドーン*と同一視されるに及んで、彼女もその妃アンピトリーテー*と同化された。

Varro Ling. 5-72/ Gell. N. A. 13-23/ Augustin. De civ. D. 4-10, 7-22/ Serv. ad Verg. G. 1-31, ad Verg. Aen. 1-44, -720, 10-76/ Festus/ etc.

サラーピス Sarapis, Σάραπις,（伊）Sarapide,（西）Sárapis,（露）Сарапис

⇒セラーピス

サラマンダー Salamander

⇒サラマンドラー

サラマンドラー Salamandra, Σαλαμάνδρα,（ラ）Salamandra,（英）（独）Salamander,（仏）Salamandre

火蜥蜴（とかげ）。きわめて冷たいので、火に触れると、氷が触れたかのようにその火を消してしまうといい、またその口から出る毒液に触れた人は全身の毛が抜け落ちてしまうと伝えられる。古来、火にくべても傷つかないとか、雌雄の性別がなく交尾せずして繁殖するとか、その猛毒はあらゆる樹木・水・石を汚染して人を殺すなどと考えられ、中世ヨーロッパにおいては、サラマンドラーは火より生まれ火を食べて成長し、石綿はその皮から作られた不燃性の布地だと信じられていた。のち陸生のイモリやサンショウウオの仲間と同一視、ないし混同された。

⇒バシリスコス

Arist. Hist. An. 5-19(552b)/ Plin. N. H. 10-86, 29-23/ Ael. N. A. 2-31/ Dioscurides 2-67/ etc.

サラミース Salamis, Σαλαμίς,（仏）Salamine,（伊）（西）（葡）Salamina,（露）Саламин

❶（現・Salamína）アテーナイ*の西方21.5kmに位置する島。アッティケー*西岸とは狭い海峡で隔てられている。古い時代にアイギーナ*から植民が行なわれたらしく、伝説では異母弟を殺したテラモーン*（アイアコス*の息子）がアイギーナを逃れてこの島に来たり、王女グラウケー❷*と結婚して王位を継いだという。トロイアー戦争*では、テラモーンの息子たち大アイアース*とテウクロス*が、サラミースの船12隻を率いて参戦している。

前620年頃メガラ*人に占領されるまで独立を保っていたが、その後メガラとアテーナイ間の争奪の的となり、前600年頃ついにソローン*麾下のアテーナイ軍によって征服された。

前480年9月23日（24、28日とも）、ペルシア戦争*中の有名な海戦（ギ）Naumakhiā tēs Salamīnos, Ναυμαχία τῆς Σαλαμῖνος が島の東側と本土との間の海峡において繰り広げられ、アテーナイの将軍テミストクレース*はクセルクセース1世*の大艦隊（2千隻以上）を狭いサラミース湾に誘い込み、310隻の寡勢でこれをよく破った（⇒パユッロス❶）。

前318年、島は自発的にマケドニアー*のカッサンドロス*（アレクサンドロス大王*の遺将（ディアドコイ*）の1人）の軍門に降ったが、前232年マケドニアー駐留軍はアラートス*の干渉で撤退し、代わってアテーナイが住民を立ち退かせて土地を自国民の間で分配した（前230頃）。

アイギーナ人が建てた古サラミース市は、島の南側にあったが、のちに放棄され、同名の新しい都市が東側、アッティケーの対岸に築かれた（のちの Kulúri）。ここにはアクロポリス*の遺跡が残されている。この地はまた悲劇詩人エウリーピデース*の生地、もしくは彼が生涯の大半をその洞窟内で読書と執筆にささげた場所としても知られる。

名祖（おなぞ）サラミースはアーソーポス*河神の娘で、彼女がポセイドーン*と交わって英雄キュクレウス Kykhreus（テラモーン、大アイアース、ペーレウス*らの祖）を産んだ島がサラミースと称されるようになったという（⇒巻末系図016）。

アテーナイ人の築いた町の城壁とアゴラー*の遺跡が残っている。

Hom. Il. 2-557/ Herodot. 7-141～, 8-40～/ Plut. Sol. 8～10, Them. 10～/ Aesch. Pers. 353～/ Diod. 4, 11-16～/ Paus. 1-35/ Dio Chrys. 31-116/ etc.

❷（現・Famagusta 北方およそ 6 km の遺跡）キュプロス*島東岸の重要な港湾都市。サラミース❶の王テラモーン*の子テウクロス*が建てたと伝えられ、以来長い間その子孫がこの地を支配した（〜前 311／310）。

3 度にわたってアカイメネース朝*ペルシア*に対する叛乱（前 498〜前 497、前 386、前 352）を起こし、王エウアーゴラース 1 世*（在位・前 411〜前 374／373）の治下には、オリエント・フェニキアの影響に対抗してギリシア化が島全体に進められた。前 449 年この町近辺の海陸でアテーナイ*軍がペルシア軍を撃破。ついで前 306 年初頭にこの沖合で、デーメートリオス 1 世*ポリオルケーテースがプトレマイオス 1 世*の艦隊を破った海戦の地として名高い（⇒サモトラーケー）。プトレマイオス朝*およびローマの支配下に繁栄を続けたが、港湾の沈泥堆積や地震の多発、ユダヤ人の反乱（後 116〜後 117）のせいで衰頽、この反乱で非ユダヤ系市民は大量殺戮され、サラミースは事実上滅びたといえる。コーンスタンティーヌス 1 世*（大帝）の死んだ年（337）になってようやく、大帝の子コーンスタンティウス 2 世*により再建され、新市コーンスタンティア Constantia として甦生した。ギリシア・ローマ時代のアゴラー*や城壁、ゼウス*神殿、劇場、海辺のギュムナシオン*などの遺構が残る他、初期青銅器時代の遺跡が、やや内陸の地 Enkomi より出土している。

⇒パポス、ストラトニーコス

Herodot. 5-104〜115/ Strab. 8-375, -377, 9-393, -395, -398, 14-682/ Thuc. 1-46/ Diod. 12-4, 16-42, -46, 20-47〜/ Plut. Demetr. 15, 35/ Aesch. Pers. 880/ Ptol. Geog. 5-14, 8-20/ Mela 2-7/ Plin. N. H. 5-35/ etc.

サラーリウス街道（ウィア・サラーリア*） Via Salaria、（英）Salt Road、（仏）Route du Sel、（伊）Via del Sale、（独）Salzstraße、（葡）Via Salária

「塩街道・塩の道」の意。

イタリア*の公道。ティベリス*（現・テーヴェレ）河左岸沿いを走り、かつてサビーニー*族が海から塩 sāl を運ぶのに使った道路だったため、この名称がある。ローマから北へフィーデーナエ*、レアーテ*へと伸び、そこからアスクルム*方面とアミテルヌム*方面との 2 路に分かれ、両者ともアドリア海岸にまで到達。今も多数の遺跡が残る。

なお、塩を買うための給与金サラーリウム Salarium から、俸給を意味するサラリー salary なる英単語がのちに生じた。

⇒アッピウス街道

Plin. N. H. 31-41/ Varro Rust. 1-14, 3-1, -2/ Liv. 7-9/ Suet. Ner. 48, Vesp. 12/ Mart. 4-64/ Dion. Hal. 3-33/ Strab. 5-228/ etc.

サリイー Salii（〈単〉・サリウス Salius）、（ギ）Salioi, Σάλιοι（英）Salians、（仏）Saliens、（独）Salier、（西）Saliares、（露）Салии

「跳ね踊る人々」の意。古代イタリアの軍神に仕える祭司（神官）団。ローマでは王ヌマ*が創始したと伝えられ、マールス*神に属するサリイー・パラーティーニー Salii Palatini と、クィリーヌス*神に属するサリイー・コッリーニー Salii Collini の各 12 名から成る 2 団体があった。毎年 3 月と 10 月のマールスの祭礼において、彼らは古式の武具をまとい、神聖な楯アンキーリア ancilia（⇒アンキーレ）を打ちならし、聖歌を唱しつつ町を踊り歩いた後、盛大な宴会を開く習いであった。この儀式は、太古の戦争に関する呪術の名残だとも、もとは市中の悪霊を追い出し、植物の成長を促進することを目的としていたとも考えられている。

Plut. Num. 13/ Serv. ad Verg. Aen. 8-285/ Dion. Hal. Ant. Rom. 2-70/ Ov. Fast. 3-365〜392/ etc.

サリーナートル Salinator

⇒リーウィウス・サリーナートル、マールクス

サルウィウス Salvius、改名してトリュポーン* Tryphon、（伊）（西）Salvio

（？〜前 102／101）シキリア*（現・シチリア）の第 2 次奴隷戦争（前 104〜前 99）の指導者。笛吹きで、占いの術を心得ていると見せかけて、反乱軍の王に選ばれ、トリュポーンを名のる。アテーニオーン*の勢力を糾合して、次々とローマ軍を破ったが、うち続く勝利のさなかに死んだ。

⇒エウヌース

Diod. 36-4〜/ Flor. 3-19/ etc.

サルウィウス・ユーリアーヌス Lucius Octavius Cornelius Publius Salvius Julianus Aemilianus、（仏）Salvius Julien、（伊）Salvio Giuliano、（西）Salvio Juliano、（露）Сальвий Юлиан

（後 100 頃〜169 頃）ローマ帝政期の高名な法学者。アーフリカ*のハドルーメートゥム*近郊に生まれ、サビーヌス*学派のヤウォレーヌス Javolenus Priscus（86 年の執政官*）の弟子となる。若くして頭角を現わし、20 歳代でハドリアーヌス*帝から法務官*告示録 Edictum praetorium の集成・校閲の任を委ねられ、その傑出した学識のゆえに通常の俸給の倍額を支給される。148 年には執政官となり、その後も下ゲルマーニア*、内ヒスパーニア*、アーフリカの属州総督など要職を歴任、ハドリアーヌスおよびアントーニーヌス・ピウス*帝の法律顧問として重用された。ローマ法学は彼のもとに全盛期を迎え、大著『学説彙集 Digesta』90 巻はユースティーニアーヌス*法典にも大きな影響を与えた。一説に彼は、ローマ帝国を競売で落札したディーディウス・ユーリアーヌス*帝の祖父ないし曾祖父といわれる。

⇒P. ユウェンティウス・ケルスス、マエキアーヌス

Eutrop. 8-17/ S. H. A. Hadr., Did. Iul. 1/ Dig./ Paulus Diaconus/ etc.

サルコパゴス（石棺） Sarkophagos, Σαρκοφάγος, Sarcophagus,（仏）Sarcophage,（独）Sarkophag,（伊）Sarcofago,（西）（葡）Sarcófago,（露）Саркофаг,（現ギリシア語）Sarkofágos,（トルコ語）Sarkofaj

（「肉を喰う石」の意）貴人の屍骸を入れて墓室に安置した石棺。元来は小アジア西北部トローアス*地方のアッソス*近くに産する石材で、その中に納められた死体は40日以内に歯を残してことごとく腐蝕し尽くされると信じられたため、棺柩用として好んで使用された。そこからギリシア・ローマ人は、素材のいかんを問わず石棺一般を、サルコパゴスの名で呼ぶようになった。古代エジプトよりビザンティン時代にわたって数多くの作例が存し、浮彫または彫像で装飾された秀作も少なくない。最も有名な作品は、シードーン*で1887年に発掘された「アレクサンドロスの石棺（サルコパゴス）」（前4世紀末、大理石製）で、アレクサンドロス大王*の遺骸を納めたからではなく、イッソス*の戦い（前333）など大王の生涯に起きた出来事を浮彫の主題としているので、通例この名称で知られる（イスタンブル考古学博物館蔵）。
Plin. N. H. 2–99, 36–27/ Juv. 10–172/ Prudent./ Dig./ etc.

サルコファグス Sarcophagus
⇒サルコパゴス

サルシナ Sarsina
⇒サッシナ

サルース Salus,（伊）Salute,（西）Salud,（葡）Saúde

ローマの「健康・安全」の女神。公共の安寧を司る女神として、サルース・プーブリカ S. Publica ないしサルース・ローマーナ S. Romana と呼ばれ、その神殿が前302年、クィリーナーリス*丘上に献堂され、のち C. ファビウス・ピクトル*によって壁画が描かれた。女神の祭りは4月30日で、パークス*やコンコルディア*、ヤーヌス*らとともに祝われた。やがてサルースは繁栄を司る神格と見なされ、さらに前3世紀頃にはギリシアの女神ヒュギエイア*と同一視されるようになった。

ローマ人の習慣だった朝の伺候・挨拶サルーターティオー salutatio は、このサルースなる語から派生したもので、後世のヨーロッパ諸語にも（英）salute（挨拶する）、salutation（挨拶）等々の形で伝えられている。
Cic. Leg. 2–11(28), Font. 10(21)/ Plaut. Cist. 4–2/ Ter. Ad. 4–7/ Liv. 9–43, 10–1/ Val. Max. 8–14/ Ov. Fast. 3–881/ etc.

サルスティウス Sallustius
⇒サッルスティウス

サルダナパーロス Sardanapalos, Σαρδανάπαλος (Σαρδανάπαλλος), Sardanapalus (Sardanapallus),（仏）Sardanapale,（独）Sardanapal,（伊）Sardanapalo,（西）（葡）Sardanápalo,（露）Сарданапал

（前9世紀頃）なかば伝説上のアッシュリアー*の帝王。初代ニノス*王の直系の子孫で、1306年続いた王朝最後の君主とされる。淫蕩と怠惰において先人すべてを凌駕したことで名高く、常に宦官たちとともに後宮に引き籠もり、娼婦のごとく化粧・女装して、声にも女性的な響きをもたせようと苦心し、男女両性を相手に快楽に耽っていたという。アッシュリアーの諸王は歴代、政事を臣下に任せて、性愛や飲食などあらゆる快楽を追求し、新工夫の娯しみを懸賞で募集するなど柔弱な生活を送ったと伝えられるが、サルダナパーロスに至ってその放恣で贅沢な暮らしぶりは頂点に到達。すっかり女になりきった王が、宮女に混じって羊毛を梳かす姿を見て、ついに重臣らは反乱を起こし、2年間にわたって首都ニネヴェ Nineveh（〈ギ〉ニノス Ninos）を攻囲した。もはや陥落は必至と観念したサルダナパーロスは、宮殿に火を放ち、多数の宦官や妻妾、および莫大な全財宝（1千万タラントンの黄金、1億タラントンの銀、おびただしい高価な緋紫の衣裳、150の黄金の臥床およびそれと同数の黄金の机など）とともに焚死した。彼の墓碑銘には、「余は得た。食物を、略奪品を、そしてエロース*の悦びを」と刻まれており、キリキアー*にあった墓碑銘には、「食べ、飲め、遊べ。それ以外のことに価値はない」と記されていたという。サルダナパーロスは、時にアッシュールバニパル Aššurbanipal（アッシュール・バーン・アプリ Aššur-bān-apli. 在位・前668～前627）と同一視されることもあったが、これはまったくの誤りである。この頽唐の帝王の最期は、バイロンの劇詩やドラクロワの絵画の主題になり、今日も広く世に知られている。
Herodot. 2–150/ Diod. 2–21～/ Arist. Pol. 5(1312a)/ Strab. 14–672, 16–737/ Plut. Mor. 330f, 546a/ Ath. Auson. Ecl. 2–21/ Ctesias/ 8–336, 12–529～/ Cic. Tusc. 5–35/ Just. 1–1～3/ etc.

サルーティウス、サートゥルニーヌス・セクンドゥス Salutius, Saturninus Secundus,（ギ）Salūstios, Σαλούστιος,（伊）Saluzio, Saturnino Secundo Salu(s)tio,（西）Saturnino Secundo Salucio

（後4世紀）ユーリアーヌス*帝の重臣・友人。東方（オリエーンス） Oriens の近衛軍司令官総督（361～367）。高徳で人望あつい異教徒（非キリスト教徒）。帝の陣没後（363）、後継者として推挙されるが、この危険な栄冠を固辞して受けず、次いで立ったヨウィアーヌス*の急逝（364）時にも満場一致で帝位を捧げられるが、やはり高齢を理由に謝辞した。そこで彼の息子を共治帝に据えるよう奨められると、今度はその若年未熟さゆえに断わった、という無私無欲の賢明な人物。
⇒ウァレンティーニアーヌス1世
Amm. Marc. 22–3, 23–5, 25～26/ Zosimus 3–31, 4–1/ Libanius Or./ etc.

サルデイス　Sardeis, Σάρδεις,（Σάρδις, Σάρδιες），〈ラ〉サルデース Sardes，または、サルディース Sardis），（英）Sardis,（仏）Sardes (Sarde)，（独）Sardis, Sardes,（伊）Sardi,（西）Sardes, Sardis,（葡）Sárdis, Sardes,（露）Сарды,（現ギリシア語）Sárdis,（リューディアー*語）Sfard,（ペルシア語）Sparda,（トルコ語）Sart（現・Sart）小アジア（アナトリア）にあった強大な国家リューディアー*王国の首都。トモーロス*山の麓、パクトーロス*河畔に位置する。前1200年頃の創建。ヘルモス Hermos（現・Gediz）渓谷の沃地と近くの鉱山に恵まれ、また東西交通の要衝を占めていたため、政治・経済・文化の中心地として殷賑を極めた。城市は難攻不落を誇っていたが、クロイソス*王の治下、ついにアカイメネース朝*ペルシア*のキューロス*大王の包囲を受けて陥落し（前546）、以来ペルシア帝国*の太守 Satrapes の官邸がここに置かれた。サルデイスと帝国の首都スーサ*との間には広大な軍用道路「王の道」が敷かれ、その後アレクサンドロス大王*の支配（前334～前323）を経てセレウコス朝*シュリアー*の時代（前282～前190末）にも、この市は政治上大いに重視された。ペルガモン*が興隆するに及んで、ようやくサルデイスの栄光にも翳りが射しはじめ（前188以降）、ペルガモン王国の断絶（前133）後はローマの属州アシア*に編入された。ローマ帝政期にもなお大きな都市であったが、後17年大地震によって倒壊。ティベリウス*帝の支援で町は再建されたものの、もはや昔日の繁栄は回復しなかった。大母神キュベレー*崇拝をはじめとするオリエント系の宗教が盛行し、ユダヤ教や新興のキリスト教も早くにこの町に滲透している。

歴史的には、前498年イオーニアー*の反乱でアテーナイ*人らギリシアの叛徒の焼き打ちに遭い、この事件を契機にペルシア戦争*が起こった地として名高い。アルタクセルクセース2世*の命令によりギリシア諸ポリス polis の使節が召集され、「大王の和約（アンタルキダース*の和約）」が締結されたのも、この町においてであった（前386）。今日サルデイスからは、リューディアー人の墳墓やクロイソスの刻印のある金貨、アレクサンドロス大王によって再建されたアルテミス*神殿（前335、もとは前6世紀クロイソスの創建）、劇場、ローマ時代の浴場やスタディオン*、ギュムナシオン*など前7世紀から後6世紀にかけての各時代の遺構や遺物、ヒッポダモス*風の規則正しい計画的道路網が発見されている。
⇒キンメリオイ人
Herodot. 1-7, -15, -29, -77~, 5-25, -100~, 7-31~/ Aesch. Pers. 45, 321/ Xen. An. 1-2/ Strab. 13-625~628/ Plin. N. H. 5-30, 6-39/ Plut. Alex. 17/ Arr. Anab. 1-17/ Polyb. 4-48, 5-57, 7-15~, 8-23/ Paus. 1-29, 4-23, 7-2, 7-17, 9-23, 10-17/ Tac. Ann. 2-47/ etc.

サルディニア　Sardinia,（ギ）サルドー Sardo, Σαρδώ,（仏）Sardaigne,（独）Sardinien,（伊）Sardegna,（西）Cerdeña,（葡）Sardenha,（カタルーニャ語）Sardenya,（露）Сардиния,（現ギリシア語）Sardhinía,〔←（フェニキア語）Sharden〕
（現・サルデーニャ Sardegna,〈サルディニア語〉Sardigna, Sardinnia, Sardíngia, Sardinna）イタリア半島西方、コルシカ*島の南に浮かぶ地中海の大島。面積およそ2万4000㎢。古代ギリシア・ローマ人の間では、シケリアー*（現・シチリア）よりも広い地中海最大の島だと永らく信じられていた。先住民はリビュエー*（リビュア*）人とイベーリアー*人およびリグリア*人の混血とされ、フェニキア*人が沿岸部に植民する（前9世紀頃）以前に、ヌラーギ nuraghi と呼ばれる城砦集落などの巨石文化を形成していた。伝説によると、ヘーラクレース*の子サルドス Sardos が最初に入植し、その形状からイクヌーッサ Ikhnussa, Ἰχνοῦσσα（足跡島）と呼ばれていた島に自らの名を与えたといい、次にアリスタイオス*やイオラーオス*らが来住してエトルーリア*人と共生したとされている。前6世紀中頃にカルターゴー*人が征服した（前550頃）が、第1次ポエニー戦争*（前264～前241）の直後、ローマはカルターゴーで起こった傭兵の反乱（前241～前238）に乗じてサルディニア、コルシカ両島を占領（前238）、強引に割譲させて（前237）、前227年には属州サルディニア＝コルシカ Sardinia et Corsica を編成した（ネロー*帝治下の後67年に2州に分離される）。サルディニア奥地の山岳民は洞窟に住んで反乱をしばしば起こし、前114年にはほぼ平定されたものの、その後も略奪行為はやまなかった（後19年ティベリウス*帝はユダヤ*教徒を処罰するべく、島の盗賊掃蕩を名目に多数のユダヤ人青年を送り込んで「邪教」の根絶を計っている）。主要都市はカラレース*（現・カーリアリ Cagliari）、オルビアー*など。木材・塩・穀物を産出し、銀・鉄・鉛その他の鉱物資源も豊富、また島には蛇も狼も棲息しないことで知られていた。ただし「サルディニアの薬草（ラ）Sardonia herba」と呼ばれる有毒植物があって、これを食べると笑い死にするため、ホメーロス*以来、不健全な笑いを「サルドー風 Sardonios」と称するようになった。なおサルディニアの法では古来、父親が老齢に達すると子供たちが棍棒で叩き殺さねばならないと定められていたという。サルディニアはその後、ヴァンダル*、ゴート*、ビザンティン帝国の支配を経て、イスラーム教徒に征服された。なお今日のサルデーニャでは、ラテン語の古形を留める特有のサルディニア語 Sardu が話されており、また、鰯を意味する言葉（ギ）sardine, σαρδίνη,（ラ）sardina,（英）(仏)sardine は、「サルディニアの魚」に由来するものであるといわれる。
Hom. Od. 20-301~/ Herodot. 1-170, 5-106, 6-25/ Strab. 5-223~/ Paus. 10-17/ Diod. 4-29~, 5-15, 15-27/ Ael. V. H. 4-1/ Tac. Ann. 2-85/ Suet. Tib. 36/ Joseph. J. A. 18/ Mela 3-7/ Plin. N. H. 3-7/ Just. 18~19/ Liv. 21~30/ Cic. Scaur./ etc.

サルドー　Sardo
⇒サルディニア

サルペードーン Sarpedon, Σαρπηδών, (仏) Sarpédon, (伊) Sarpedone, Sarpedonte, (西) Sarpedón, (葡) Sarpédon, (露) Сарпедон, (現ギリシア語) Sarpidhónas

ギリシア神話中のリュキアー*王。ホメーロス*によれば、ゼウス*とラーオダメイア❷*(ベッレロポーン*の娘)の子で、従弟グラウコス❸*とともにリュキアー軍を率いてトロイアー*に来援、トレーポレモス*(ヘーラクレース*の息子)を殺し、ギリシア陣営の壁を最初に突き破るなど大いに勇戦したが、ついにパトロクロス*(アキッレウス*の念友)に討ち取られた。彼の裸にされた屍体は、ゼウスの命でアポッローン*が洗い浄めたのち、タナトス*(死)とヒュプノス*(眠り)によってリュキアーへ運ばれ、その地でおごそかに埋葬された。

しかし、一般に知られた伝承では、彼はゼウスとエウローペー*の息子で、クレーター*(クレーテー*)王ミーノース*やラダマンテュス*の兄弟とされている。美しい若者ミーレートス*をめぐって他の2兄弟と争い、美青年はサルペードーンを最も愛していたので、ともにミーノースから逃れて小アジアへ亡命。その地でサルペードーンは叔父キリクス*(キリキアー*王国の祖)に協力して先住民と戦い、リュキアーの支配者となり、ミーレートス*市を創建したという。彼をトロイアー戦争*に活躍したサルペードーンと同一人とするには、年代上のへだたりが大きいため、ゼウスが彼に人間3代(あるいは6代)の長寿を授けたとか、クレーターのサルペードーンの同名の孫、もしくはミーノース2世(ミーノース大王の孫)の弟のサルペードーンがトロイアー側に味方した人物であるとかいった話が考え出された。サルペードーンは古くからリュキアーで英雄神廟 hērōon に祀られ、英雄神 heros として広く尊崇を受けていた。

⇒巻末系図005

Hom. Il. 2-876～, 5-471～, -627～, 6-198～, 12-101～, -290～, 16-426～/ Herodot. 1-173, 4-45/ Apollod. 3-1-1～2/ Hyg. Fab. 155, 178/ Paus. 7-3/ Diod. 4-60, 5-79/ Strab. 12-573/ Eur. Rhes. 29/ Schol. ad Ap. Rhod. 1-185/ etc.

サルマキス Salmakis, Σαλμακίς, Salmacis, (伊) Salmace, (西) Salmácide, Salmacis

カーリアー*のハリカルナッソス*市にあった泉の名。ギリシア神話では、同名の泉のニュンペー*(ニンフ*)で、15歳の美少年ヘルマプロディートス*に恋して拒まれ、水浴中の彼に抱きついて離さず、「永遠に一体になりたい」と神々に祈って叶えられたとされている。一方、ヘルマプロディートスは「この泉に沐浴する者は男としての能力を失なうように」と天に向かって願い、以来サルマキスの泉は男性を柔弱にし、その生殖力を奪う泉として有名になった。

Ov. Met. 4-285～388/ Strab. 14-656/ Hyg. Fab. 271/ etc.

サルマタイ、または、サウロマタイ Sarmatai, Σαρμάται, (ラ) サルマタエ Sarmatae, Sauromatai, Σαυρομάται, (ラ) サウロマタエ Sauromatae, (英) Sarmatians, (仏) Sarmatiens, Sarmates, Sauromates, (独) Sarmaten, Sauromaten, (伊) Sarmati, (西)(葡) Sármatas, Saurómatas, (露) Сарматы, (ポーランド語) Sarmaci, Sauromaci, (古代ペルシア語) Sarumatah, (中期ペルシア語) Sarumata

サルマティアー*人。前6世紀から後4世紀にかけて南ロシア草原に居住したイーラーン語系の遊牧民族。西隣のスキュティアー*人(スキュタイ*)と近縁関係にあるが、男女とも騎馬で狩猟や戦争に赴くなどの文化的差異が認められる。史家ヘーロドトス*によると、彼らサウロマタイはスキュタイの男とアマゾーン*の女との間に生まれた種族で、タナイス*(現・ドン)河の東に住み、娘たちは敵を1人(または3人)討ち取るまで結婚できぬ習いであるという。前3世紀中頃から次第に西進してスキュタイを駆逐し、前2世紀には黒海北岸地域一帯を占拠、乗馬と槍の使用に長じた好戦的民族として知られた。ギリシア・ローマの史家によって、火の崇拝と馬の犠牲、身体彩色や頭蓋骨変形、人肉嗜食、血を混ぜた馬乳で育児する風習のあることが伝えられるが、彼らは未開の「野蛮人」ではなく、イーラーン文化をヨーロッパにもたらし、ギリシア植民諸市と交流をもったことが知られている。一部はドーナウ河北部に広がって長く栄え、また後1世紀以降モエシア*やアルメニアー*を攻めてローマ帝国を脅かし、あるいはゲルマーニア*人に加わってイタリアへ侵入、民族大移動の一原動力となった。主要な部族としてイアージュゲス*とロークソラーノイ*が挙げられる。タナイス以東に残った同胞のアラーニー*(アラン人)は、340年頃フン*族(フンニー*)に圧迫されて西方へ移住し、ヒスパーニア*まで流れ込むなどの動きを見せたが、6世紀に至ってサルマタイはゲルマン、スラヴ人に吸収され消滅した。

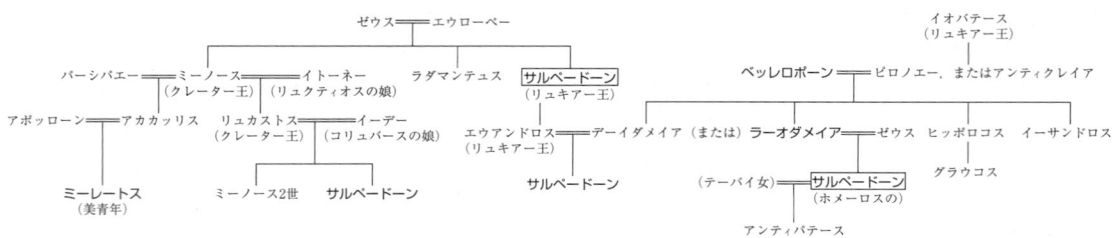

系図202　サルペードーン

⇒バスタルナエ、マッサゲタイ、イユルカイ
Herodot. 4-21, -110～/ Strab. 7-294～/ Ap. Rhod. 3-353/ Lucian. Tox. 40/ Plin. N. H. 4-12, 6-7/ Ov. Tr. 2-198, 3-3, Pont. 3-2/ Tac. Germ. 1, Ann. 6-33, 12-29, Hist. 3-5, 4-54/ Ptol. Geog. 3-5, 5-5/ Flor. Epit. 2-28/ Vell. Pat. 2-100/ Scylax/ Arr./ Paus. 1-21/ Amm. Marc. 29-6/ etc.

サルマティアー Sarmatia, Σαρματία,（ラ）サルマティア Sarmatia,（仏）Sarmatie,（独）Sarmatien,（伊）Sarmazia,（西）Sarmacia,（葡）Sarmácia,（露）Сарматия

ユーラシア北部、サルマティアー人*（サルマタイ*）の居住していた地域。西はウィーストゥラ Vistula（現・ヴァイクセル Weichsel, Visla, Wisla）河から東はタナイス*（現・ドン Don）河ないしラー Rha（現・ヴォルガ Volga）河までにわたり、黒海やカウカソス*（現・カフカース、〈英〉コーカサス）山脈より北、バルト海より南、ダーキア*より東北の広大なステップ地帯を指す。地理学者ポンポーニウス・メラ*の書に初見。
Mela 3-4/ Plin. N. H. 4-12/ Ptol. Geog. 3-5, 5-9/ etc.

サルマティアー人 Sarmatai
⇒サルマタイ

サルマート人 Sarmatae
⇒サルマタイ

サルモーネウス Salmoneus, Σαλμωνεύς,（仏）Salmonée,（伊）（西）Salmoneo,（葡）Salmoneu,（露）Салмоней,（現ギリシア語）Salmonéas

ギリシア神話中、アイオロス❷*の子で、アタマース*やシーシュポス*らの兄弟。シーシュポスに追われてテッサリアー*を去り、エーリス*に移住、その地にサルモーネ Salmone 市を建設した。やがて権勢に驕って自らをゼウス*と称し、大神への生贄を自分に対して捧げるよう命じたのみならず、青銅の大釜を戦車で曳きずり回しては雷鳴に擬し、空高く火のついた松明を投げては電光になぞらえた。そのためゼウスの怒りを買い、彼の建てた市や住民もろとも雷霆で撃ち滅ぼされたという。

サルモーネウスの後妻シデーロー Sidero は、継娘テューロー*（先妻アルキディケー Alkidike の所生）を虐待したため、後年テューローの息子たちペリアース*とネーレウス*によって殺されている。
⇒巻末系図 011
Apollod. 1-9/ Diod. 4-68/ Hyg. Fab. 60, 61, 250/ Verg. Aen. 6-585～/ Strab. 8-356/ Hom. Od. 11-236/ etc.

サルルスティウス Sallustius
⇒サッルスティウス

ザレウコス Zaleukos, Ζάλευκος, Zaleucus,（伊）Zaleuco,（露）Залевк

（前670～前650頃活躍）南イタリアのロクリー*（ロクロイ・エピゼピュリオイ*）の立法家。ギリシア世界で最初の成文法を作成した。彼の法律は女神アテーナー*の指示通りに書かれたと伝えられるが、厳格をもって知られ、同害報復法 lex talionis の伝統を留めるものであった。姦通罪には両眼を抉り取る罰が科せられており、ある日彼の息子が人妻との密通で有罪宣告を受けた時には、両目を潰すかわりにザレウコス自身が自らの片目を刳り抜き、息子は片目を奪うに留めたという。一伝では、のちザレウコスは自分の定めた法律を犯したため、剣で自害したともいわれている（⇒カロンダース）。ザレウコスの法典は南イタリアやシケリアー*（現・シチリア）の多くの都市国家 polis で採用されて重んじられ、これとは別の新しい法律を提唱しようと思う者は、自らの頸に綱を巻きつけた上で、それを発言しなければならなかった。
Val. Max. 1-2, 5-4, 6-5/ Arist. Pol. 2(1274a)/ Diod. 12-19～/ Ael. V. H. 2-37, 13-24/ Cic. Att. 6-1, Leg. 1-22, 2-6/ Polyb. 12-16/ Dem. 24-139/ Ath. 10-429a/ Suda/ etc.

サローナ Salona
⇒サローナエ

サローナエ（のちサローナ） Salonae (Salona),（ギ）Salōnai, Σαλῶναι,（Salōna, Σαλῶνα）

（現・スプリト Split 近くの遺跡 Solin）アドリア海東岸、ダルマティアー*地方の都市。古くからあった町だが、前2世紀以来ローマの支配下に入り、前78年にはローマ植民市 (コロニア*) となった。以来、アドリア海の要港として急速に発展を遂げ、後9年にはローマ帝国の属州イッリュリクム*（ダルマティア*）の州都となって、ますます繁栄。皇帝ディオクレーティアーヌス*はこの近郊の貧家に生まれ、即位する

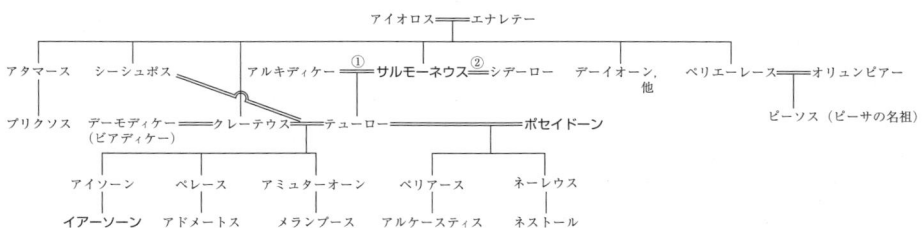

系図203　サルモーネウス

と市の南西3マイルの岬に巨大な方形の宮殿を造営（295）、自ら退位した（305）のち、ここで余生を過ごした。ローマ軍の陣営プランに則して建設されたこの海辺の大宮殿（敷地99エーカー）は、後年アヴァール族やスラヴ系異民族が侵入した折に近隣住民の避難場所となり、中世の市スパラトゥム Spalatum（〈伊〉Spalato，現・Split）の中核を形成した（7世紀）。現在も城郭や城門をはじめキリスト教会に改変されたユーピテル*神殿、アエスクラーピウス*神殿などが残っている。また、サローナエ市ではフォルム*やバシリカ*、劇場（テアートルム*）公共浴場（テルマエ*）、円形闘技場（アンピテアートルム*）（1万5千人以上収容）他の遺跡を見ることができる。

Caes. B. Civ. 3-9/ Mela 2-3/ Plin. N. H. 3-22/ App. Ill. 11/ Eutrop. 6-4/ Oros. 5-23/ Hirt. B. Alex. 43/ Dio Cass. 42-12/ etc.

サローメー　Salome, Σαλώμη,（仏）（西）（葡）Salomé,（伊）Salomè,（露）Саломея（ヘブライ語）Sheｌōmit（＜ Shālōm），（アラム語）Sheｌamṣāh（Šeｌamṣāh）

ユダヤ王家の女性名（⇒巻末系図026）。（「平安」の意）

❶（前65頃～後10頃）アンティパトロス❶*の娘。ヘーローデース1世*（ヘロデ大王）の妹。術数に長けた策謀家で、ヘーローデースの妃マリアンメー1世*を憎むあまり、自らの夫イオーセーポス Iosephos を彼女と密通したと訴えて処刑させ、兄王の猜疑心を煽り立て、ついにマリアンメーを殺害させる。さらにマリアンメー所生の王子たちアレクサンドロス*、アリストブーロス❹*をも執拗に中傷し、この兄弟ものちに破滅する（前7）。またヘーローデースの長男アンティパトロス❷*の父王に対する陰謀を暴露し、これをも失脚させた。臨終の床にあるヘーローデースが、ユダヤ人有力者を大虐殺するよう指示したのは、彼女とその3度目の夫に対してである。またサローメーは好色な女性としても知られ、50代になっても美青年のアラビア人と密会したり、さらなる結婚を望んだり、敵視する甥アレクサンドロスの寝室に押し入って情交を無理強いしたという。ヘーローデース没後は、王子アルケラーオス❻*とヘーローデース・アンティパース*の2人が王権をめぐって争うよう仕向けた。

⇒アスカローン

Joseph. J. A. 14～18, J. B. 1～2/ Strab. 16-765/ etc.

❷（後15頃～62／71）❶の甥ヘーローデース・ピリッポス1世*とヘーローディアス*の娘（父親をヘーローデース1世*の子ヘーローデース・ボエトス Herodes Boethos とする異説あり）。後29年頃、継父ヘーローデース・アンティパース*の誕生日の祝宴で踊りを披露し、その返礼に洗礼者イオーアンネース❶*（ヨーハンネース、ヨハネ）の首を所望した話で名高い（『マッタイオス*による福音書』14、『マールコス*による福音書』6）。はじめ叔父のヘーローデース・ピリッポス2世*と、次いで従兄弟の1人小アルメニアー*王アリストブーロス*と結婚し、後者により3人の子の母となった。後世キリスト教徒たちは、彼女が凍った河に落ち、流氷に首を挟まれて死んだという因果応報的な伝説をつくり上げた。

⇒ティベリアス

Joseph. J. A. 18-5/ Nov. Test. Matth. 14, Marc. 6/ etc.

サローメー・アレクサンドラー　Salome Alexandra
⇒アレクサンドラー❶

サンガリオス　Sangarios, Σαγγάριος, Sangarius（Sagarius, Sagaris, Sagiarius），（伊）（西）Sangario，（葡）Sangário

（現・サカリヤ Sakarya）小アジア北西部の主要な河（長さ821 km）。プリュギアー*地方の山中に源を発し、ビーテューニアー*地方を北上して黒海（ポントス*）に注ぐ。ホメーロス*やヘーシオドス*にも登場し、ギリシア神話においてサンガリオス河神は、他の諸々の河川と同じく大洋神オーケアノス*とテーテュース*の息子とされる。トロイアー*王プリアモス*の妃ヘカベー*は、彼の娘ともいわれ、別の娘ナナ Nana は男と交わらずに美少年アッティス*を産んだと伝えられる。サンガリオスの息子アルパイオス Alphaios は女神アテーナー*に笛を教えたが、彼女を犯そうとして、ゼウス*の雷霆に撃ち殺されたという。

Hom. Il. 3-187, 16-718～719/ Hes. Th. 344/ Paus. 7-17/ Apollod. 3-12/ Liv. 38-18/ Strab. 12-543/ Ap. Rhod. 2-724/ Ptol. Geog. 5-1/ Plin. N. H. 6-1/ Ov. Pont. 4-10/ Solin. 43-1/ etc.

サンクス　Sancus または、**セーモー・サンクス** Semo Sancus, **サングス** Sangus とも、（伊）Sanco, Semone，（現ギリシア語）Sánkos

旧いサビーニー*族の神で、ローマへ移入されて誓約の神ディウス・フィディウス* Dius Fidius（⇒フィディウス）と同一視された。ヘルクレース*とも同じであるといわれ、サビーニー族初代の王サープス*（サビーヌス*とも）は彼の子であると伝えられている。クィリーナーリス*丘に神殿があった。

Ov. Fast. 6-213～/ Lactant. Div. Inst. 1-15/ Augustin. De civ. D. 18-19/ Dion. Hal. 2-49-2/ Varro Ling. 5-66/ Liv. 8-20, 32-1/ etc.

系図204　サンガリオス

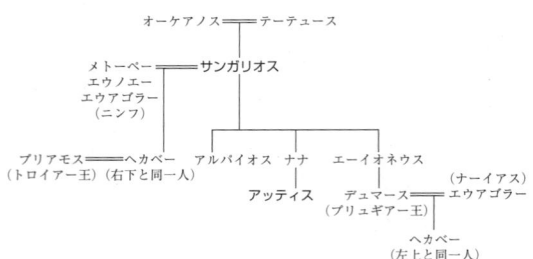

ザンクレー Zankle, Ζάγκλη, Zancle, (ラ)メッサーナ* Messana, (露)Занкла

「利鎌」の意。(後のメッセーネー*)(現・メッシーナ Messina)シケリアー*(現・シチリア)島東端、メッサーナ*海峡(現・メッシーナ海峡)を挟んでレーギオン*(イタリア半島先端の都市)の対岸に位置する港湾都市。伝承によれば、クロノス*が父神ウーラノス*を去勢した時、性器切断に用いた利鎌がこの地に落下したため、ザンクレーという呼び名がついたとされている(異説あり)。だが、一般には、ただ単にこのあたりの地形が彎曲していることからザンクレーと称されるようになったに過ぎないという。前490年頃レーギオンの僭主アナクシラース*に占領されて以来、彼の父祖の地にちなんでメッセーネー*と改称され、ローマ人からはメッサーナと呼ばれた。町の沿革については、メッサーナの項を参照。
Strab. 6-268/ Herodot. 6-23～, 7-164/ Thuc. 6-4/ Diod. 4-85/ Paus. 4-23/ Steph. Byz./ etc.

ザンサス Xanthus
⇒クサントス(の英語訛り)

三十人僭主(アテーナイ*の) Triákonta tyrannoi, Τριάκοντα τύραννοι(たんに hoi triákonta, οἱ τριάκοντα, 〈英〉The Thirty とも), (英)Thirty Tyrants, (仏)Trente Tyrans, (独)Herrschaft der Dreißig, (伊)Trenta Tiranni, (西)Treinta Tiranos, (葡)Tirania dos Trinta, (露)Тридцать Тиранов, (現ギリシア語)Triákonda Tíranni

(前404～前403)ペロポンネーソス戦争*(前431～前404)終結後、戦勝国スパルター*の将軍リューサンドロス*の支援下に、アテーナイ*に樹立された寡頭政権。前404年7月、法律改訂のために任命された30人の起草委員は、クリティアース*以下の過激派とテーラメネース*以下の穏健派から成っていたが、スパルターの軍事力に擁されて、次第に苛酷な圧制者へと変貌。裁判もなく大勢の市民を追放・処刑し、さらには財産没収目当てに人々を死刑にしていった。わずかの間に1500人を処刑、5千人以上をペイライエウス*に逃亡させたが、同じ年のうちに内紛が生じ、冬には亡命していたトラシュブーロス❶*の率いる民主派の軍隊に撃破された。こうして寡頭支配は約1年にして倒れ、アテーナイに民主政が復興した(前403年9月)。
⇒テオグニス、アウトリュコス❶、四百人寡頭政
Arist. Ath. Pol. 34～41, Rh, 1400/ Xen. Hell. 2-3～4/ Pl. Ap. 32c/ Lys. 12-13/ Isoc. 7-67/ Diod. 14-3, -32/ etc.

三十人僭帝(ローマ帝国の) Tyranni triginta, (英)Thirty Tyrants, (独)Dreißig Tyrannen

(後2世紀中頃)ローマ皇帝ウァレリアーヌス*、ガッリエーヌス*父子の在位期間(後253～268)中に、各地の属州で帝号を僭称した人々(主に軍人)。皇帝列伝『ヒストリア・アウグスタ*』の筆者は、アテーナイ*の三十人僭主*にちなんで、この名称をつけたが、実際は女性2人を含む32人の名が挙げられている。めまぐるしく興亡したこれら僭帝の中には、かのパルミューラ*の支配者オダエナートゥス*やその妻ゼーノビア*も含まれる。この間ガッリア*に立った諸帝に関しては、ポストゥムス*の項を参照 ── いわゆる「ガッリア帝国* Imperium Galliarum」── 。
⇒サートゥルニーヌス❶、テトリクス
S. H. A. Tyranni triginta, Gallien., Valerianus/ etc.

三段櫂船 トリエーレース Trieres, Τριήρης, Trière, (ラ)トリレーミス Triremis, (英)(伊)Trireme, (仏)Trière, Trirème, (独)Triere, Trireme (西)(葡)Trirreme, (露)Трирема, (現ギリシア語)Triíris, (複)Triereis, Τριήρεις, (ラ)Triremes

(三重櫓船、三橈漕船、三段式橈船)ギリシアの軍船。エジプトないしフェニキア起源。史家トゥーキューディデース*によると、ギリシアで最初に三段櫂船を建造したのはコリントス*人だったという。前704年頃コリントスの造船家アメイノクレース Ameinokles がサモス*人のために4隻造ったという記録が残っている。長さ約36 m、幅約6 mの細身の快速艇で、搭乗員は約200人、そのうち170人が漕手を務め、他は重装した戦闘員や弓兵、漕手の拍子をとる笛吹き、補欠漕手であった(漕手200名の他に戦闘員が乗りこんだなど、諸説あり)。巡航速度は4～5ノット程度で最高速度は8～10ノット半くらいまで出たらしい。主帆と補助帆を有し、順風の時にはこれらを用いたが、交戦中は主帆を降ろしもっぱら櫂で船を操った。主目的は船舶攻撃で、舳先の青銅をかぶせた衝角(ギ)エンボロス、(ラ)ロストルムを敵船舶に突き入れて撃破したり、敵船の櫂を叩き壊して航行不能に陥れたりした。とくに前6世紀以降、ペルシア戦争*、ペロポンネーソス戦争*など古典期ギリシアの標準的軍艦として名高く、強力な漕航力を誇った。前4世紀初頭にはカルターゴー*から四段櫂船がとり入れられ、シュラークーサイ*の僭主ディオニューシオス1世*は四段、五段櫂船を建造。第1次ポエニー戦争*(前264～前241)時にカルターゴー海軍は五段櫂船を120隻も擁していたという。アレクサンドロス大王*は七・八・九・十段櫂船を保有、ヘレニズム時代には30段、40段もの巨大戦艦が登場したが、漕手の配置や構造などの詳細は不明(⇒プトレマイオス4世、ヒエローン2世)、共和政期のローマでは主に乗員300名の五段櫂船が用いられた。
⇒ロストラ、レイトゥールギアー
Herodot. 2-159, 3-44/ Thuc. 1-13～, 2-83～/ Xen. Hell. 1-14/ Plin. N. H. 7-56/ Diod. 14-42/ Clem. Al. Strom. 1-16/ Caes. B. Civ. 2-23, 3-101/ Liv. 31-22/ etc.

ザンティッピ Xanthippe
⇒クサンティッペー(の英語訛り)

三頭政治 Triumviratus, (ギ)Triarkhia, Τριαρχία, (英)Triumvirate, (仏)(独)Triumvirat, (伊)

三頭政治家

Triumvirato, （西）（葡）Triunvirato, （露）Триумвират

ローマ共和政末期に行なわれた3巨頭の同盟・提携による政権の独占。共和政から帝政（元首政Principatus）への過渡期を示す現象で、前後2回あったとされるが、公式に「三人委員（トリウムウィリー*）」という官名を有したのは、第2回の方だけである。

〔第1回三頭政治〕（前60～前53）

カエサル*、ポンペイユス*、クラッスス*の間に結ばれた私的な盟約（前60年12月）で、三者のいずれかの利益に反するような政策は、国家運営に当たって一切とらぬよう約束したもの。上記の三巨頭各自が閥族派（オプティマーテース*）の反対のために阻止されていた目的を、3人の同盟によって達成しようとした。しかるに三者の結束は必ずしも鞏固ではなく、前56年ルーカ*（現・ルッカ）の会談で再認識されたものの、前54年カエサルの娘でポンペイユスの妻たるユーリア❹*が死亡し、翌前53年クラッススが対パルティアー*戦で敗死するに及んで、同盟は崩壊。ポンペイユスとカエサルとの対立関係が生じ、前49年1月内乱に突入した結果、ポンペイユスが敗れ、カエサルが覇権を握るに至った。

〔第2回三頭政治〕（前43～前36）

オクターウィアーヌス*（のちのアウグストゥス*）、アントーニウス*、レピドゥス*の3者が結成し（前43年11月）、正式に「国家再建三人委員 Triumviri Reipublicae Constituendae」に任命された合法的支配。全ローマ領を三分すると、3百人の元老院議員と2千人の騎士身分（エクテース*）を殺戮し、その財産を没収、あらゆる反対勢力を倒すため血腥い恐怖政治を行なった。さらにアントーニウスとオクターウィアーヌスはピリッポイ*の戦いでブルートゥス*とカッシウス*率いる共和派軍を撃滅（前42年10月）。やがて三者の間に勢力争いが起こり、前36年にレピドゥスが失脚して以来、2巨頭の対立状態が続き、ついにアクティオン*の海戦（前31年9月）でアントーニウスが敗走、アウグストゥスによる事実上の帝政樹立（前27）に至った。

Suet. Iul. 19～, 26～, Aug. 8, 12～, 27/ Plut. Caes. 13～, Pomp. 47～, Crass. 14～, Ant. 19～, Brut. 27～, Cic. 46/ Liv. Epit.103, 120/ Cic./ App. B. Civ. 4-2～/ Caes. B. Civ./ Dio Cass. 46-54～/ Vell. Pat. 2-44, -65/ etc.

三頭政治家　Triumviri

⇒トリウムウィリー、（第2回）三頭政治

サンドラコットス　Sandrakottos

⇒サンドロコットス

サンドロコットス　Sandrokottos, Σανδρόκοττος, Sandrocottus, または、サンドラコットス Sandrakottos, Σανδράκοττος, アンドロコットス Androkottos, Ἀνδρόκοττος, Sandrokyptos,

Σανδρόκυπτος, （伊）Sandrocotto, （西）Sandrocoto

（前340頃～前293頃）インドのマウリヤ Maurya 朝（孔雀王朝）の創始者（在位・前317頃～前293頃）。正しくはチャンドラグプタ Chandragupta、漢名・旃那笈多（月護）。ナンダ Nanda 朝の支配下にあったマガダ Magadha 国の出身。床屋の父と卑母の息子という微賤の身分から出頭し、前322年頃インド北西部で挙兵してナンダ朝の国王を殺し、彼に恋したその妃と結婚、60万の大軍と9千頭の戦象を率いてインド亜大陸をはじめて統一した（前317頃）王とされる。前305年、インダス（インドス*）河を越えて侵入したシュリアー*王セレウコス1世*ニーカートールと戦って、これを撃退し、講和して婚姻関係（セレウコスの娘を娶り、また自身の娘をセレウコスに嫁がせる）を結び、500頭の戦象とひきかえにヒンドゥークシュ以東の領土を獲得した（前303頃）。以後、両国は友好を保ち、セレウコスの大使メガステネース*は「華の都」と呼ばれた首府パリボトラ Palibothra（正しくはパータリプトラ Pāṭaliputra、（漢）華子城、華氏城、現・パトナー Patna）に滞在し、見聞録『インド誌 Indika』（散佚）を著わした。広大な版図を擁し「インド最大の王」と謳われたサンドロコットスは、豪華な宮殿に住んで専制政治を行なったが、暗殺を怖れるあまり身辺の世話は宮女たちにさせ、昼間は眠らず、夜もしばしば寝所を変更したという。仏教を保護し、自らはジャイナ教に帰依して、退位後苦行生活に入り餓死して果てたとも伝えられる。彼の王朝は孫のアショーカ Aśoka（〈漢〉阿育王）の時代（在位・前268頃～前232）に極盛期を迎える。

なお一説に、サンドロコットスはナンダ王の息子であったが、父王と異腹の9兄弟とを殺して即位したとも伝えられる。

⇒メガステネース、巻末系図040, 042

Just. 15-4/ App. Syr. 55/ Strab. 2-70, 15-702, -709, -724/ Plut. Alex. 62 / Arr. Anab. 5-6, Ind./ Diod. 16-93～/ Curtius 9-2/ Ath. 1-18e/ Plin. N. H. 6-22/ App. Syr. 55/ etc.

サンニュリオーン　Sannyrion, Σαννυρίων, （伊）Sannirione, （西）Sanirion

（前5世紀末頃）アテーナイ*の喜劇詩人。古喜劇の末期に属し、あまりに痩せこけていたため、アリストパネース*ら他の喜劇詩人の作品中で嘲弄されている。『ダナエー*』『イーオー*』など6つの題名と、わずかな断片しか残っていない。

Ath. 6-261, 12-551/ Ael. V. H. 10-6, 13-15/ Suda/ etc.

ジェイスン　Jason

⇒イアーソーン（の英語訛り）

ジェイソン　Jason

⇒イアーソーン（の英語訛り）

ジェリコ Jericho
⇒イエリコー

塩街道 Via Salaria
⇒ウィア・サラーリア

死海 （ギ）Asphaltitis limne, Ἀσφαλτῖτις λίμνη, のち Nekra Thalassa, Νεκρὰ Θάλασσα, （ラ）Lacus Asphaltites（アスファルト湖）または Mare Mortuum（死の海）, （英）Dead Sea, （仏）Mer Morte, （独）Tote Meer, （伊）（葡）Mar Morto, （西）Mar Muerto, （露）Мёртвое Море
（現・〈アラビア語〉Bahr (Birket) Lūt, Bahr al-Mayyit,〈ヘブライ語〉Yām ham Melah（塩の海））パレスティナ*南部、ユダヤ*地方の南北に長い塩湖。世界でいちばん低い大地溝帯にあり（地中海面下392 m）、イオルダネース Iordanes（ヨルダン）河が流入する。塩分濃度が高いため生物が棲息せず、また浮力がつきすぎて潜水できないことで有名。前3千年紀よりセム系のカナアン Kanaan 人が、この周辺地域に高度な都市文化を営んでいたが、地震と噴火によってソドマ Sodoma ら13市が壊滅し、湖に呑み込まれたという（前2000頃）。アスファルト（瀝青）の産出で知られ、ストラボーン*やイオーセーポス*（ヨーセーブス*）らは、この湖を「アスファルト海」とか「ソドマの海」と呼んでいる。「死海」なる語は、パウサニアース*、ガレーノス*、ユースティーヌス*、エウセビオス*ら後2世紀以後のギリシア・ローマ人著述家によって用いられるようになった。南端部の水中にソドマ（ソドーム Sodom）とゴモッラ Gomorra（ゴモッラー）の遺跡が確認されており（1960）、また南岸にはソドーム滅亡の折にロート Lot の妻が禁を破って振り返ったために変身させられたという塩の柱が残っている（湖のアラビア語名は「ロート（〈アラビア語〉ルート Lut）の海」の意）。なお、死海の西南近くには、ユダヤの反乱（後66～73）時に籠城軍が、ローマ軍に抵抗して集団自決した事件（73年5月）で名高いマサダ Masada の要塞およびローマ風の浴場施設（テルマエ*）を備えたユダヤ王家の離宮址を見ることができる。ローマ時代の西岸地方には、あらゆる性欲を絶ち金銭を持たぬ極端なユダヤ教の一派エッセーノイ Essenoi（〈ラ〉エッセーニー Esseni、エッセネ派）が、共産的集団生活を送っていたことが記録されており、彼らは20世紀の中頃に発見された「死海写本」のクムラーン Qumran 文書を生み出した教団と同一視されている。
⇒イドゥーマイアー
Strab. 16-763～764/ Joseph. J. A. 4-5, J. B. 1-35, 3-10, 4-8/ Paus. 5-7/ Diod. 2-48, 19-98/ Just. 36-3/ Plin. N. H. 5-15/ Tac. Hist. 5-6/ Vet. Test. Gen. 13～19/ Gal./ etc.

シ（ー）カノイ（人） Sikanoi, Σικανοί, （ラ）シカーニー Sicani, （英）Sicans, Sicanians, （仏）Sicaniens, Sicanes, （独）Sikaner, Sikanen, （西）Sicanos, （葡）Sícanos, （露）Сиканы
エリュモイ*人と並んでシケリアー*（現・シチリア）島最古の住民。イベーリアー*（現・イベリア半島）から移り住み、島全体を占有したので、従来トリーナクリアー Trinakria と呼ばれていた島名が、シーカニアー Sikania, （ラ）Sicania と改称されるようになった。その後次第にイタリア*から渡来したシケロイ*（シクリー*）人によって、島の内陸・北西部へ駆逐されていった。シ（ー）カノイ人の建てた都市の中では、ヒュッカレー*が名高い。
Thuc. 6-2, 62-3/ Callim. Dian. 57/ Verg. Aen. 5-293, 7-795, 11-317/ Sil. 14-34/ Hom. Od. 24-307/ Strab. 6-270/ Diod. 4-23, 5-2/ etc.

シガンブリー Sigambri
⇒スガンブリー

シキニウス（シッキウス） Sicinius (Siccius)
⇒デンタートゥス、ルーキウス・シキニウス

シキニウス・デンタートゥス L. Sicinius Dentatus
⇒デンタートゥス、ルーキウス・シキニウス

シキュオーン Sikyon, Σικυών, Sicyon, （仏）Sicyone, （伊）Sicione, （西）Sición, （葡）Sicão, （露）Сикион, （現ギリシア語）Sikión,「胡瓜（きゅうり）sikyos の町」の意。
（のち Vasilika, Vasiliko, 現・Sikióna）ペロポンネーソス*半島北東部、コリントス*西方の都市。コリントス湾から2マイルの地点に位置する。周辺の土地シキュオーニアー Sikyonia は肥沃で、オリーヴなどの果実栽培、また漁業に恵まれる。伝説上の建祖はアイギアレウス*（イーナコス*の子）で、古称アイギアレー Aigiale ないしアイギアレイア Aigialeia（「海岸の町」の意）は彼の名に由来している。名祖（なおや）シキュオーンはコリントスの兄弟という。前2000年頃アルゴス*のイオーニアー*系住民によって創建され、ホメーロス*の叙事詩ではアルゴリス*の大王アガメムノーン*に臣従している。ヘーラクレイダイ*（ヘーラクレース*の後裔）の帰還後はドーリス人*の占領するところとなり、先住イオーニアー人はその隷属民と化した（前12世紀）。しかし、前655年頃から非ドーリス系の僭主オルタゴラース Orthagoras 家の支配下に入り、100年以上にわたって僭主政が存続。クレイステネース❶*の治世（前600頃～前570頃）に最盛期を迎え、絵画、陶器、青銅（ブロンズ）彫刻などの芸術が栄えた。前6世紀末、スパルター*により僭主政が打倒され、再びドーリス系の都市国家 polis となり、ペロポンネーソス同盟に加わる。前369～前251年の間はエウプローン Euphron（在位・前369～前366）らが現われて新たな僭主政が続くが、アラートス*（シキュオーンの）の手で解放され、アカーイアー同盟*の有力都市となる（前3世紀中葉～後期）。

シキュオーンは造形芸術の中心地として名高く、アルカイック期には絵画と陶芸が栄えた。大プリーニウス*の伝

えるところによると、シキュオーンの陶工の娘が、ランプの光で壁に映った恋人の顔の影をなぞったことから、浅浮彫りの技法が発明されたという。またカナコス Kanakhos（前6世紀末頃）以来の彫刻の流派も有力で、アレクサンドロス大王*お抱えの巨匠リューシッポス*で絶頂に達する。前4世紀にはエウポンポス*が絵画学校を開き、パンピロス Pamphilos やアペッレース*らの名画家が彼に師事している。シキュオーン人は古来、遊蕩に耽る享楽家の評判が高く、ローマ人の間では洒落たシキュオーンの履物は柔弱の代名詞と見なされていた。後140年頃の震災で荒廃し、現今は市壁やスタディオン*、劇場（テアートロン*）、ギュムナシオン*、アゴラー*に面した列柱廊（ストアー*）などの遺構を見ることができる。

Hom. Il. 2-572, 23-299/ Herodot. 1-145, 5-67〜, 6-126〜/ Pind. Ol. 13-109, Nem. 9-1, -53, 10-43/ Thuc. 1-111, 5-52/ Xen. Hell. 4-2, 7-1〜3/ Paus. 2-5〜, 7-26/ Strab. 8-382〜/ Plin. N. H. 34-19, 35-36, -43/ Polyb. 2-43, -52, 4-13, 5-27/ Diod. 7-9, 11-32, 14-91, 15-69〜/ Plut. Arat./ Liv. 32-40/ Cic. Att. 1-19, -20, 2-1/ etc.

シキリア　Sicilia

シケリアー*（現・シチリア）のラテン名。ローマの属州シキリアは、前212年のシュラークーサイ*（ラテン名・シュラークーサエ*）陥落後、正式に編成された。州都はシュラークーサエ。肥沃な島として名高く、豊穣の女神ケレース*（ギリシアのデーメーテール*）の居所と称された。穀物の他に、葡萄酒、木材、羊毛、硫黄などを産出。時代が下るにつれ大土地所有制（ラーティフンディア*）が進んだが、ローマ帝政末期まで都市文明が栄えつづけていた。後5世紀にはヴァンダル*族（ウァンダリー*）の襲撃を受け、西ローマ帝国の滅亡（476）後は東ゴート*族（491〜）や東ローマ帝国（535〜）に相次いで占領された。

ローマ時代の遺跡として今日最もよく知られているのは、モザイク装飾床や浴場施設の備わった帝政期の豪華な別荘(ウィッラ) Villa Romana del Casale, Villa Rumana dû Casali（3〜4世紀初頭）のあるピアッツァ・アルメリーナ Piazza Armerina（シュラークーサイの西北約35km, Ciazza）であろう ―― 一説に、これはマクシミアーヌス*帝の別業といわれる ――。

Mela 2-7/ Plin. N. H. 3-14/ Caes. B. Civ. 1-30〜, 2-3/ Cic. Verr.2/ App. B. Civ. 5-77〜/ Dio Cass, 49-1〜/ etc.

シ（ー）グニア　Signia,（ギ）Signiā, Σιγνία

（現・Segni）ラティウム*地方の町。ローマの東南35マイル、ウォルスキー*山岳地の東北方に位置。創建はローマ最後の王タルクィニウス・スペルブス*（在位・前534〜前510）によると伝え、前495年、新たにラテン植民市として建設。前82年スッラ*はこの近くのサクリポルトゥス Sacriportus でマリウス*派を撃破した。胃の収斂剤にされる薬用葡萄酒、梨(なし)、および舗装材 opus Signinum（一種の漆喰・三和土(たたき)）の産地として知られる。市壁や城門 Porta Saracena、神殿などの遺跡が残る。

Liv. 1-56, 2-21, 8-3, 27-10, 32-2/ Plin. N. H. 14-8, 15-16/ Vitruv. 2-4, 8-6/ Dion. Hal. 4-63, 5-58/ Ptut. Sull. 28/ Ath. 1-27/ Strab. 5-237/ Sil. 8-378/ Juv. 11-73/ Columella 1-6, 5-10, 8-15, 10-131/ etc.

シクリー（人）　Siculi

⇒シケロイ人

シーゲイオン　Sigeion, Σίγειον,（ラ）シーゲーウム Sigeum,（仏）Sigée

（現・Yenişehir）小アジア西北部ミューシアー*のトローアス*地方にある岬ならびに町の名。ヘッレースポントス*海峡の南端入口を扼する場所に位置し、トロイエー*（トロイアー*）の平野を流れるスカマンドロス*河が、この地で海に注いでいる。伝説では、トロイアー戦争*の際にギリシア軍は、ここの沿岸に布陣したといい、英雄アキッレウス*とその念友パトロクロス*の墓が後世まで残っていたことで知られる（⇒アンティロコス）。シーゲイオン市は、レスボス*島のミュティレーネー*の植民市として建設されたが、要衝の地にあるため、のちアテーナイ*に占拠され（前7世紀末）、その領有をめぐってミュティレーネーとアテーナイが交戦、コリントス*の僭主ペリアンドロス*の調停の結果、ミュティレーネーは請求権を放棄したという（異伝あり）。アテーナイの僭主ペイシストラトス*の庶子ヘーゲーシストラトス Hegesistratos が町の支配を確立し（前546頃）、その異母兄弟ヒッピアース*は前510年、アテーナイから放逐されて、この地へ亡命。前5世紀に町はデーロス*同盟に加わったが、ヘレニズム時代にイーリオン*（トロイアー）市によって破壊された（前3世紀中頃〜前2世紀頃）。

Herodot. 4-38, 5-65, -94〜95/ Strab. 13-595〜, -598〜/ Thuc. 6-59, 8-101/ Mela 1-18/ Plin. N. H. 5-33/ Ptol. Geog. 5-2/ Serv. ad Verg. Aen. 2-312/ etc.

シケリアー　Sikelia, Σικελία,（イオーニアー*方言）Sikeliē, Σικελίη, ラテン名・シキリア Sicilia,（英）Sicily,（仏）Sicile,（独）Sizilien,（伊）（西）Sicilia,（葡）Sicília,（露）Сицилия,（現ギリシア語）Sikelía

（現・シチリア）（古称・シーカニアー Sikania ないしシーカニエー Sikanie）イタリア半島の南に位置する地中海最大の島（約25700km²）。三角の形状から詩人たちはこの島を、トリーナクリアー Trinakria（「3つの角をもつ島」の意）と呼び、ホメーロス*のトリーナキエー*（太陽神ヘーリオス*の島）と同一視した。穀物を豊かに産する肥沃な土壌に恵まれていたので、古代ギリシア人はこの島を豊饒の女神デーメーテール*に祝福された土地と見なし（⇒ヘンナ）、ローマの支配下に入ってからは、その穀物産地として重要な位置を占めることになった。葡萄酒やサフラン、アーモンド、果物、蜂蜜（⇒ヒュブラ）、羊毛、硫黄、木材等の産地として

も名高い。

伝承によれば、往古は単眼巨人キュクロープス*族や食人巨人ライストリューゴーン*人らが居住していたという。次いでシ(ー)カノイ*人とエリュモイ*人が移住して来たが、やがて南イタリアから渡って来たシケロイ*(シクリー*)人に島の南部と西部に追いつめられ、以来島の名もシケリアーと呼ばれるようになった。さらにフェニキア*人が交易通商の拠点として島の周辺部全域に居住した(前11世紀〜)けれど、前8〜前7世紀にさかんになったギリシア人の植民活動のせいで、次第に島の西方へ勢力圏の後退を余儀なくさせられた(前735頃〜)。植民したギリシア系の住民は、自らを先住民シケロイと区別するため、シケリオータイ Sikeliotai と称した。ペルシア戦争*(前492〜前479)の頃、フェニキア系のカルターゴー*人が勢力伸張を目指したものの、シュラークーサイ*の僭主ゲローン*らに撃退され(前480年9月。ヒーメラー*の戦い)、以後主として僭主政の下にギリシア文化が栄えた。代表的なギリシア人ポリス polis は、アクラガース*(アグリゲントゥム*)、カタネー*、カマリーナ*、ゲラー*、シュラークーサイ、セリーヌース*、ナクソス*、ヒーメラー*、メガラ・ヒュブライア*、メッセーネー*(メッサーナ*)、レオンティーノイ*など。

ペロポンネーソス戦争*中、アテーナイ*が2度遠征を試みた(前427〜前424、前415〜前413)が結果は惨敗に終わり、その後カルターゴーが、セリーヌースやヒーメラーを破壊して勢力を拡大し(前409〜前408)、前405年にはアクラガース(アグリゲントゥム*)とゲラーを占領して島の西半部に覇権を確立。以来シュラークーサイを中心とするギリシア系諸市と抗争を繰り広げた(⇒アガトクレース、ゲローン、ディオニューシオス1世、ティーモレオーン、ヒエローン、ハンニバル❷、ヒミルコーン❷)。

前241年、第1次ポエニー戦争*(前264〜前241)の終結に当たって、カルターゴーは島から撤退し、ローマは島の大半を属州としたが、東部は同盟国シュラークーサイのヒエローン2世*の統治に委ねられた。しかるに第2次ポエニー戦争(前218〜前201)中、シュラークーサイに内乱が勃発し、前211年 M. クラウディウス・マルケッルス❶*に占領されるに及んで、全島がローマの属州として編入され、総督の統治するところとなった。こうしてローマ最初の属州と化したシキリアは、穀物の供給地として苛酷な収奪の対象となり、前2世紀後半には、2度にわたる大規模な奴隷の反乱(前135〜前132、前104〜前100)が勃発した(⇒エウヌース、サルウィウス、アテーニオーン)。前1世紀前半の悪徳ローマ総督ウェッレース*の貪婪な搾取と神像・美術品の略奪は、雄弁家キケロー*の一連の弾劾演説(前70)によって名高い。

シケリアーは古くからイタリア半島やギリシア本土、アーフリカ*など地中海貿易の中心地として繁栄し、哲人エンペドクレース*やソフィスト*のゴルギアース*以来、ヘレニズム時代の数学者アルキメーデース*らを経てローマ期の史家ディオドーロス*に至るまで大勢の逸材を輩出。文学・哲学・歴史や数学・自然科学等々、さまざまの分野でギリシア・ヘレニズム文明が開花した。

アクラガース(アグリゲントゥム)、シュラークーサイ(シュラークーサエ*)、カタネー(カティナ*)、タウロメニオン*(タウロメニウム*)、エゲスタ*(セゲスタ*)、セリーヌース、ヒーメラーなど島の各地に神殿、劇場、住宅、墓地、テアートロン*その他さまざまなギリシア・ローマ時代の遺跡が残っている(⇒シキリア)。
⇒パノルモス、アイトネー(アエトナ)、メリタ、アエオリアエ群島、メラース❶、パラリス、テーローン

Hom. Od. 9-107, 12-127, -135/ Thuc. 6/ Strab. 6-265〜/ Herodot. 1-24, 7-170/ Xen. Hell. 1-1/ Plin. 3-8/ Ptol. Geog. 3-4/ Diod. 5-2, -6, 11-25, -88, -90〜, 12-8, -29, 13-59〜, 14-9, -47〜, 15-17, 22-10, 23-1/ Verg. Aen. 1-549〜/ Cic. Verr./ Mela 2-115/ Polyb. 1-42, -55/ Sil. 14-23/ Dion. Hal. 1-52/ Liv. 26-40, 27-5/ App. Hann. 2/ Pind. Pyth. 1-19/ etc.

シケロイ(人) Sikeloi, Σικελοί, ラテン名・シクリー(人) Siculi, (英) Sicels, Siculians, (仏) Siciliens, Sicules, Sicèles, (独) Sikeler, Sikuler, Sikulen, (西)(葡) Sículos, (シチリア語) Siculi, (露) Сикулы

先史時代にイタリア*本土からシケリアー*(現・シチリア)島へ移住した民族。先住民族シ(ー)カノイ*人らを追って島の東半を占有。島名も彼らの名にちなんでシケリアーと呼ばれるようになる。史家トゥーキューディデース*によれば、これはギリシア人が同島に植民活動を始める300年ほど前の出来事(前11世紀)であるという。シケロイ人の建てた主要な都市には、アギュリオン*、ケントリパ*(ケントゥリパエ*)、ヘンナ*、それに3つのヒュブラ*などがある。

Hom. Od. 20-383, 24-211/ Herodot. 6-22/ Thuc. 6-2, -4, -6/ Strab. 6-257, -270/ Polyb. 12-5〜/ Diod. 5-2, -8, 11-68, 12-8, 14-7/ Dion. Hal. Ant. Rom. 1-22/ etc.

シーザー、ジュリアス Julius Caesar

ローマの政治家ユーリウス・カエサルの英語形(⇒カエサル、ガーイウス・ユーリウス)。

シジフォス Sisyphos
⇒シーシュポス

シシュガンビス Sisygambis, Σισύγαμβις, (Sysyngambris, Σισύγγαμβρις), Sisigambis

(?〜323)アカイメネース朝ペルシア*最後の帝王ダーレイオス3世*(在位・前336〜前330)の母后。アルタクセルクセース2世*の弟オスタネース Ostanes の娘(異説ではアルタクセルクセース自身の娘)で、兄弟のアルサメース Arsames と結婚し、7子を生したが無事成人したのはダーレイオス唯1人であったという(⇒巻末系図024)。

前333年、イッソス*の戦いに伴われ、ダーレイオスの

敗走後、王后スタテイラ❶*や孫たちとともに、アレクサンドロス大王*の捕虜となるが、大王から「第二の母」と仰がれ非常に手厚く礼遇される。スーサ*にあったダーレイオスの華麗な冬宮に住むことを許され、豪奢な宮廷生活を営んでいたが、アレクサンドロス大王の訃報に接すると、悲嘆にくれて食を絶ち、5日後に死んだ。

また彼女は、アルタクセルクセース3世*(在位・前358～前338)が即位した時の大粛清により、1日のうちに夫をはじめ80名以上の兄弟・近親を喪った(うしな)と伝えられている(前358)。

Arr. Anab. 2-11～12/ Curtius 3-3, -8, -11～12, 4-15, 5-2～3, 10-5/ Plut. Alex. 21/ Just. 11-9, 13-1/ Diod. 17-37～38, -59, -118/ etc.

シーシュース（シーシアス） Theseus
⇒テーセウス*(の英語訛り)

シーシュポス　Sisyphos, Σίσυφος, (ラ)シーシュプス Sisyphus, (Sisyphos), (仏)Sisyphe, (独)Sisyphos, Sisyphus, (伊)Sisifo, (西)Sísifo, (露)Сизиф, (現ギリシア語)Sísifos

ギリシア神話中、アイオロス❷*の子でアタマース*らの兄弟。「人間の中で抜きん出て狡猾な者」といわれる。アトラース*の娘メロペー❶*を娶り、グラウコス❶*(英雄ベッレロポーン*の父)らを儲けた。コリントス*を創建し、その初代王となって貿易と航海をさかんにしたほか、甥メリケルテース*の亡骸を葬ってイストミア競技祭*を始めたことで知られる。ゼウス*がアーソーポス*河神の娘アイギーナ*を誘拐した時、シーシュポスはコリントス丘に新しい泉を湧出させる条件で、父の河神に娘の行方を教えた(⇒ペイレーネー)。ゼウスは怒って死神タナトス*を彼に差し向けたが、抜け目のないシーシュポスはタナトスを騙(だま)して縛り上げ、土牢に監禁、ためにこの世では誰も死ぬ者がいなくなってしまった。アレース*が死神を解放するに及んで、ようやくシーシュポスも冥界へ降(くだ)ることを余儀なくされたが、死ぬ際に妻に「決して葬式を行なうな」と指図しておいた。冥界に着くと、彼はハーデース*とペルセポネー*に妻の怠慢を嘆き、「彼女を罰するためにしばし地上へ戻る許しを得たい」と願い出て認められ、再び陽の目を見るや黄泉に帰ることを拒否し、長寿を全うした。ついに使神ヘルメース*に導かれて死者の国に来ると、不敬の罪ゆえにタルタロス*(奈落)で永久に巨大な岩を押し上げ続けるという罰を科せられた。岩は今一息の所で転がり落ちるため、彼は未来永劫にわたってこの労苦に従事せねばならず、ここから際限のない無駄骨折りを意味する「シーシュポスの岩(英)The stone of Sisyphus」という言葉が生まれた(⇒オクノス)。美術作品においても、地獄で岩を運び上げている場面が描かれることが多く、文学では悲劇詩人アイスキュロス*とソポクレース*に今は失われた同名の作品『シーシュポス』のあったことが知られる。シーシュポスはまた、兄弟サルモーネウス*を激しく憎み、「サルモーネウスを殺すには姪と交わって男子を儲けよ」との神託を得たので、テューロー*(サルモーネウスの娘)を犯して双生児を得たものの、事情を知ったテューローの手で子供らは殺されてしまったという話や、大盗賊アウトリュコス*に牛を盗まれたが、牛の蹄に「アウトリュコスが盗んだ」と彫りつけておいて、それらを取り返したばかりか、アウトリュコスの娘アンティクレイア*を結婚前夜に誘惑して、奸智に長けたオデュッセウス*を孕ませた話などが伝えられている。彼を祀る廟シーシュペイオン Sisypheion はコリントスに、墓はイストモス*にあったという。ちなみに、ローマの武将 M. アントーニウス❸*お抱えの侏儒(こびと)は、その狡猾さゆえに、シーシュプスと名付けられていた。⇒ヒュブリス

Hom. Il. 6-152～, Od. 11-593～/ Apollod. 1-7, -9, 3-4, -10, -12/ Paus. 2-1, -3, -4, -5, 9-34, 10-30, -31/ Pind. Ol. 13-52/ Ov. Met. 4-460, Fast. 4-175/ Hyg. Fab. 60, 201/ Polyaenus 6-52/ Hor. Sat. 1-3, 2-17/ Cic. Tusc. 1-5/ Verg. G. 3-39/ etc.

系図205　シーシュポス
[巻末系図010]

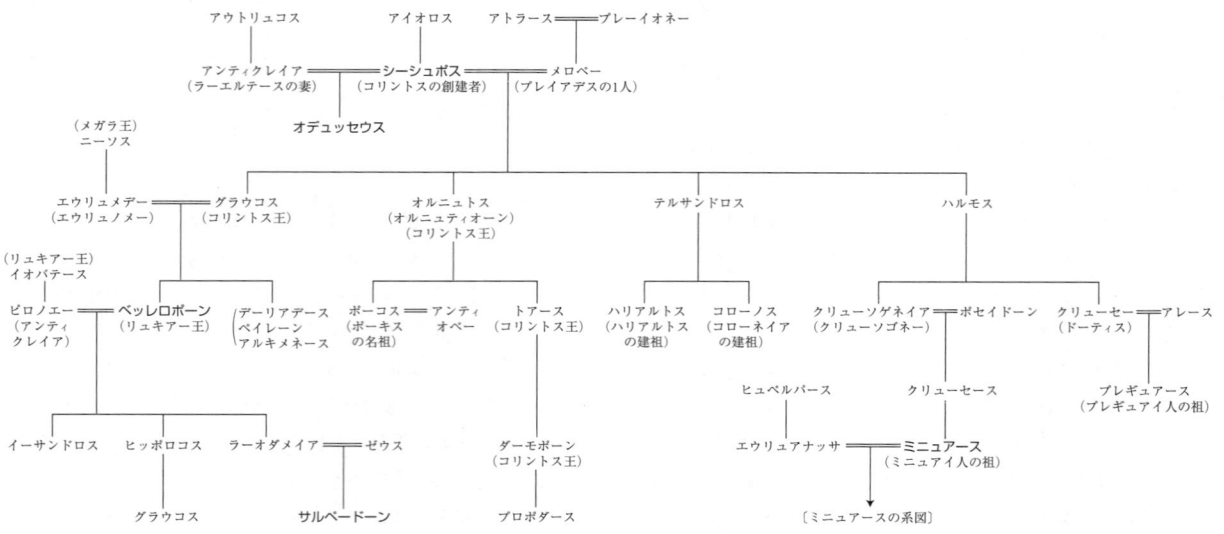

シシリー Sicily
⇒シケリアー

シーセロー Cicero
⇒キケロー（の英語訛り）

シーセンナ、ルーキウス・コルネーリウス Lucius Cornelius Sisenna,（ギ）Sisennās, Σισέννας,（伊）（西）Lucio Cornelio Sisenna
（前119頃～前67）ローマ共和政後期の史家。前78年度の法務官プラエトル*。属州シキリア*（現・シチリア）の悪総督ウェッレース*を弁護し（前70）、大ポンペイユス*の海賊撃滅戦（前67）には副官レーガートゥス Legatus として従軍したが、同年クレータ*島で客死した（ほぼ52歳）。彼の『歴史ヒストリアエ Historiae』（少なくとも12巻以上）は、同盟市戦争*（マルシー*戦争）やマリウス*とスッラ*の内戦を生き生きと語り、キケロー*から「先行するどの史書よりも優れている」と評されたが、わずかな引用断片を除いてことごとく失われた。サッルスティウス*の『歴史』は本書を継続する意図で記されたという。またシーセンナは、アリステイデース❷*の『ミーレート物語』をラテン語に翻訳し、ローマ最初の好色物語作家としてペトローニウス*やアープレイユス*らラテン小説家に少なからぬ影響を及ぼしている。
Cic. Brut. 64, 68, 74～76, 88, Verr. 2-2-45, -4-15, -20, Leg. 1-2/ Sall. Jug. 95/ Gell. 16-9/ App. Mith. 95/ Dio Cass. 36-2/ Ov. Tr. 2-443/ etc.

シータルケース Sitalkes, Σιτάλκης, Sitalces,（仏）Sitalcès
（？～前421）トラーキアー*（トラーケー*）のオドリュサイ*族の王。父テーレース Teres 王の築き上げた広大な領土をさらに拡張し、ペロポンネーソス戦争*ではアテーナイ*側に加担（前431）、前429年には総勢15万の大軍を擁してマケドニアー*へ侵攻し各地を荒略した。しかるに、アテーナイ艦隊の協力が得られず、糧秣不足に悩んだため、甥セウテース*の建言をいれて、出征後30日で撤退。セウテースはこの折、マケドニアー王ペルディッカース2世*と交わした密約に従って、王妹ストラトニーケー Stratonike（ペルディッカースの娘とする説もあり）とほどなく結婚した。5年後シータルケースは遠征中に敗死し、王位は甥セウテースが継承（前421）、後日王の死にセウテースが関与していた疑惑が取り沙汰された。シータルケースの治世に王国の版図は北はドーナウ（イストロス*）河から、南はエーゲ海、東は黒海（ポントス*）にまで広がった。
⇒巻末系図027
Herodot. 4-80, 7-137/ Thuc. 2-29, -67, -95～101, 4-101/ Diod. 12-50～51/ Xen. An. 6-1/ Ar. Ach. 134～150/ etc.

シチリア Sicilia
⇒シケリアー

シッキウス Siccius
⇒デンタートゥス、L. シキニウス

執政官 Consul, Archon
⇒コーンスル（ローマの）
⇒アルコーン（ギリシアの）

シッティウス、プーブリウス Publius Sittius,（P. シティウス Sitius）,（ギ）Sittios, Πούπλιος Σίττιος
（？～前44）カンパーニア*南部、ヌーケリア*の富裕な騎士身分（エクィテース*）の出身。友人の P. コルネーリウス・スッラ*と同様、無謀な野心家で、破産するとカティリーナ*の陰謀に関与。前64年、負債から逃れる目的もあってヒスパーニア*へ赴き——実はスッラが反乱を起こさせるべく彼を派遣したのだともいうが——、次いでアーフリカ*（マウレーターニア）に渡る（前63）。傭兵隊長となって産を成し、前47年末カエサル*がアーフリカ戦役のために上陸するや、東部マウレーターニア王ボックス❷*と結んでカエサルを支持。キルタ*とその周辺を略奪して回り、反カエサル派のヌミディア*王ユバ1世*を攻撃してメテッルス❺*・スキーピオー軍との合流を妨げた。よってカエサルはタプソス*の戦勝（前46）後、シッティウスとボックスに西ヌミディアを与えて彼らの功績に報いた。領主になったシッティウスはキルタを首府として統治したが、カエサルの暗殺（前44）ののち、ほどなく、先の西ヌミディア領主マシニッサ Masinissa の子アラビオー Arabio に暗殺された。
Cic. Sull. 20, 56～, Att. 15-17/ Sall. Cat. 21/ Hirt. B. Afr. 25 ～, 95～/ Dio Cass. 43-3～/ App. B. Civ. 4-54/ etc.

シーデー Side, Σίδη, Sida,（仏）Sidé,（伊）（西）（葡）Sida, Side,（露）Сиде
（現・Manavgat と Selimiye 近くの遺跡 Side）小アジア南部パンピューリアー*地方の港湾都市。エウリュメドーン*河口の東方ほぼ12マイルの地中海沿岸、砂嘴状の岬に位置する。伝承によれば、前1405年に創建され、英雄タウロス Tauros の娘シーデーにちなんで命名されたという（「柘榴ざくろ」の意）。ギリシア人の植民は、前7～前6世紀の頃、アイオリス*地方のキューメー❶*からの移住者たちに始まるが、彼らは急速に先住民に同化し、ギリシア語を使用しなくなったらしく、貨幣・碑文に記されたその言語は未だに解読されていない。西隣のアスペンドス*（現・Belkıs）とは長い間不仲であったため、ストラトニーコス Stratonikos（前4世紀前半のアテーナイ*の音楽家）から「シーデーの住民は、この世で一等奸悪な連中だ」と評されている。アレクサンドロス大王*の征服（前333）以降、プトレマイオス朝*（前301～前218）、セレウコス朝*（前218～前67）の支配下に置かれ、前190年にはこの沖合で、アンティオコス3世*（大王）に傭われたカルターゴー*の名将ハンニバル❶*とローマに支援されたロドス*艦隊との海戦が繰りひろげられた。前1世紀にはキリキアー*の海賊団の

根城の1つとなり、捕らわれの身になった人々がこの町で売りさばかれていた。ローマ帝政期に交易を通じて大いに繁栄し、現在も2万5千人収容の大劇場（テアートロン*）やテルマエ*、水道橋アクァエドゥクトゥス*、列柱道路、アゴラー*などの遺跡が保存されている。女神アテーナー*の神殿で名高く、市の貨幣には手に柘榴（ギリシア語でシーデー）を持ったアテーナーの姿が刻まれていた。また港が砂に埋まりやすく何度も浚渫を必要としたので、繰り返して止むことのない仕事は「シーデーの港」と呼ばれるようになった。

Mela 1-4/ Plin. N. H. 5-26/ Strab. 14-667/ Liv. 35-8, -13, -18, 37-23～, 45-22/ Cic. Fam. 3-6, -12/ App. Syr. 109, 138, Mith. 77/ Arr. Anab. 1-26/ Polyb. 5-73/ Ath. 8-350/ Dio Cass. 19-20, 49-32, 53-26/ etc.

シテール　Cythère
⇒キュテーラ*（のフランス語形）

シード（一）ニウス・アポッリナーリス　Sidonius Apollinaris, (Gaius Sollius Modestus Apollinaris Sidonius), （英）Sidony Apollinaris, （仏）Sidoine Apollinaire, （独）Sidonie Apollinaris, （伊）Sidonio Apollinare, （西）Sidonio Apolinar, （葡）Sidônio Apolinário, （露）Сидоний Аполлинарий

(後432年11月5日～後486年8月21日（生没年には諸説あり）)西ローマ帝国末期のガッリア*の詩人。ルグドゥーヌム*（現・リヨン）の名門（元老院議員身分）に生まれる。アレラーテ*（現・アルル）で古典的教養を身につけ、早くから詩才を発揮。母方の親戚でのち西ローマ皇帝となるアウィートゥス*（在位・455～456）の娘パーピアーニッラ Papianilla と結婚し、豪華な別荘のある所領を得た（452）。岳父の即位（455）に当たってともにローマへ赴き政界に進出、新帝に『頌辞 Panegyricus』を献げ、トライヤーヌス*広場 Forum Trajanum に肖像を建てられるという栄誉を受けた。翌456年アウィートゥスが廃位されると、ルグドゥーヌムへ戻って反乱に加担するが、ほどなくマイヨリアーヌス*帝に服し、今度はこれに『頌辞』を献呈（458）。しばらく引退したのち、468年の元日には新帝アンテミウス*に『頌辞』を書いてローマ市首都長官の地位を与えられる。翌469年に再びガッリアへ帰り、俗人の身でクレルモン Clermont（〈ラ〉アウグストネメトゥム Augustonemetum（別名・ネモッスス Nemossus)、⇒アルウェルニー）の司教に不本意ながら就任（471頃）。アレイオス*（アリーウス*）派を奉じる西ゴート*軍の攻撃に抵抗を試みた（471～474、⇒ユーリウス・ネポース）のち、カルカソー Carcaso（現・カルカソンヌ Carcassonne）へ追放・軟禁された（475～476）。西ゴート王エウリークス Euricus（在位・466～484）に嘆願してクレルモン司教職に復帰したものの、西ローマ滅亡の失意のうちに没した（死のすぐ後ローマ教会によって列聖される）。24篇の『歌詩 Carminae』と9巻147通から成る『書簡集 Epistulae』が伝存。うち前者は、クラウディアーヌス*よりもさらに技巧的かつ誇大な「皇帝讃歌パネーギュリクス」ならびに、ギリシア・ローマの神話伝説で飾られた"異教"的詩篇を含み、小プリーニウス*に倣った後者は、5世紀ガッリアの社会・政治・学問などに関する興味深い資料となっている。

文学上の弟子で従弟に当たるウィエンナ*（現・ヴィエンヌ）の司教アウィートゥス Alcimus Ecdicius Avitus（450頃～525頃）は、ブルグンド*王シギスムーンドゥス Sigismundus（在位・516～523 戦没）をアレイオス派から「正統カトリック」派に転向させることに成功（517頃）、やはりローマ教会の聖人に列せられている。

他にもアポッリナーリスという名の人物は幾人かいるが、キリスト教伝承によると、使徒ペトロス*（ペトロ）の弟子でラウェンナ*（現・ラヴェンナ）の初代司教となったアンティオケイア❶*出身の殉教者アポッリナーリス（後1世紀頃）が、彼を記念してラウェンナに建てられたバシリカ* Basilica di Sant'Apollinare in Classe（6世紀中頃）のゆえに同名のカトリック諸聖人の中では最もよく知られている（ただし実在したか否かは不明）。

Sid. Apoll. Carm., Epist./ Gregorius Turonensis 2-21～/ Avitus Epist./ Hieron. De Vir. Ill. 104/ Socrates 2-46, 3-16/ Sozom. 5-18, 6-25/ Euseb. Hist. Eccl. 4-27, 5-19/ Phot./ Suda/ etc.

シドラ湾　Gulf of Sidra
⇒シュルティス湾

シートーン　Sithon, Σίθων
ギリシア神話中、トラーケー*のケルソネーソス*の王。カルキディケー*のシートーニアー Sithonia（現・Lóngos, またはSithonía）半島の名祖。アレース*もしくはポセイドーン*と、ニュンペー*（ニンフ*）のオッサ*（同名の山の名祖）との間に生まれた息子。美貌の娘パッレーネー Pallene（カルキディケーのパッレーネー半島の名祖）に求婚する男たちを、一騎打ちの闘いで殺していたが、のちに彼女に恋したディオニューソス*神に撃ち殺された（あるいは、娘が愛した求婚者クレイトス Kleitos に妻合わせた）と伝えられる。また彼は、時には男、時には女に性転換してどっちつかずの風変りな人物であったともいう。
⇒テイレシアース、カイネウス、イーピス❷

Parth. Erot. Path. 6/ Nonnus Dion. 48-183/ Ov. Met. 4-279/ Conon Narr. 10/ Tzetz. ad Lycoph. 583/ etc.

シードーン　Sidon, Σιδών, （フェニキア語）Ṣdn, Ṣydwn, （古ヘブライ語・Ṣīdōn, Zidon), （仏）サイダ Saïda (Seïdeh), （伊）Sidone, （西）Sidón, （葡）Sidón, （露）Сидон, （アラビア語）Ṣaydā, （トルコ語）Sayda, （現ギリシア語）Sidhóna Σιδόνα

(現・サイダー Ṣaydā')フェニキア*の有力な港湾都市。地中海に臨み海上貿易で大いに繁栄した。テュロス*（現・スール）の母市。ギリシア伝説上、名祖は古王ベーロス*の

妻シーデー Side とされるが、ヘブライ伝承ではノアの曾孫シードーン（ハムの子カナアンの長子）に帰せられている。歴史は古く、前15世紀から記録に現われ、都市国家を形成し、東地中海の海上権を握った（前13世紀頃以来）。主神バアル Ba'al や女神アスタルテー*の崇拝、小児犠牲の祭式、神殿売春の風習、またその富と性的放縦で有名。地中海貿易の要衝に当たるため、エジプト、アッシュリアー*、バビュローニアー*、ペルシアなどオリエントの強国に次々と支配された。ホメーロス*の叙事詩にも謳われ、ペルシア戦争*においてはクセルクセース1世*に最上の海軍を提供。前351年にアカイメネース朝*に反逆したが事成らず、自らその町を焼き払い、4万人の住民が火の海で死んだという（前345）。アレクサンドロス大王*の東征時（前333末）には進んで投降し、その後セレウコス朝*を経てプトレマイオス朝*の支配下に共和政体をとった（前3世紀初頭）。前111年以来、自由市となり、ローマ時代（前63～）にもガラス製品と緋紫染料、亜麻布、リバノス*（レバノン）山脈の杉材などの輸出で栄え続けた。市民は古来、天文・数学・航海術に通じ、多方面の工芸技術に長け、特にガラス吹きの技術とガラス鏡はシードーンで発明されたと伝えられている。初代ローマ皇帝アウグストゥス*はヘルモーン Hermon 山に至る領土をこの市に与え、ヘーローデース1世*（ヘロデ大王）は劇場（テアートロン*）などの建造物で町の美観を高めた。ヘレニズム時代以前からギリシア文化の影響を受け、それは出土した諸王のサルコパゴス*（石棺）によってもうかがわれる。俗称『アレクサンドロス大王の石棺 Alexander Sarcophagus』（前4世紀後期）をはじめとする一群の秀逸な浮彫彫刻を施されたサルコパゴス（現イスタンブル考古学博物館蔵）は1887年にこの地より発見された。テュロスの他、各地に植民市を建設、一説にはボイオーティアー*にテーバイ❶*市を築いてギリシア人に字母（アルファベット）を教えたと伝えられる（⇒カドモス）。ユダヤ*に近いためキリスト教が早くから広まり、古代末期にはなぜかアブデーラ*、キューメー❶*と並ぶ愚者の町として笑話の対象にされている。

北郊にシードーン市の守護神エシュムーン Eshmun（医神アスクレーピオス*と同一視される）の神殿（前6世紀後半建造）の遺跡が残っており、ギリシア・ローマ風の彫刻やモザイク類が出土している。
⇒トリポリス❷、ベーリュートス、プトレマーイス❶
Hom. Il. 6-290～, 23-743, Od. 4-84, -618, 13-285, 15-118, -425/ Herodot. 2-116, -161, 3-136, 7-44, -96, -99, 8-67～68/ Strab. 16-754～/ Plin. N. H. 5-17, 36-66/ Joseph. J. B. 1, J. A. 12～/ Diod. 11-13, 14-48, -79, 16-41, -74, 17-40, -47, 19-58, -86, 20-48, -113/ Xen. Ages. 2-30/ Polyb. 5-68/ Just. 11-10/ Curtius 4-1/ etc.

シーナイ　Sinai, Σῖναι, Sinae

アジア大陸の極東に住む人々。支那人（中国人）。プトレマイオス*らローマ時代の学者によれば、陸路で通じる北のセーレス*に対して、南方の海路を経て到達できる世界の最東端の人種をいう。首都はティーナイ Thinai。絹織物の集散地として有名。名称は始皇帝の建てた「秦 Ts'in, Ch'in」に由来し、また後代ヨーロッパ諸語などのシナを指す言葉（〈英〉〈独〉〈西〉China,〈仏〉Chine,〈伊〉Cina,〈サンスクリット語〉〈ヒンディー語〉Cina,〈ペルシア語〉Chin,〈アラビア語〉Al-Ṣīn,〈トルコ語〉Çin,〈漢〉支那,……）の語源となっている。

ちなみに、エジプトとアラビアの間にあるシナイ（現・Sīnā'）の地は、ギリシア・ラテン語でシーナ Sina ないしシーナイ Sinai と呼ばれており、ヘブライ伝説の月神シーン Sin の荒野やホレブ Horeb 山（ギ）Σινᾶ ὄρος（現・Jebel Mūsa「モーセの山」）で知られる。現在もモーセが杖で岩を打って湧出させたと称する泉 Wadi Feiran やキリスト教伝説の殉教聖女アイカテリネー Aikatherine（〈ラ〉カタリーナ Catharina）の修道院、「原シナイ文字」（前1500頃）の発見されたエジプト新王国（第18王朝）時代のハトホル Hathor 神殿遺跡などが見られる。
Ptol. Geog. 1-17, 7-3/ Peripl. M. Rubr. 64/ Marcianus 29～/ Procop. Aed. 5-8/ Vet. Test. Exod. 3, 19, 24/ Nov. Test. Galat. 24-25/ etc.

ジーニアス　Genius
⇒ゲーニウス*（の英語訛リ）

シニス　Sinis, Σίνις,（シンニス Sinnis, Σίννις）,（伊）Sini,（葡）Sínis,（露）Синис

ギリシア伝説中、コリントス*地峡に住んでいた山賊。ポセイドーン*の子ともいわれ、旅人を捕らえると、2本の曲げた松に1本ずつ脚を結わえつけ、木を放しては犠牲者を2つに引き裂いて殺していた。英雄テーセウス*はアテーナイ*へ向かう途中、この「松曲げ男 Pityokamptēs, Πιτυοκάμπτης」（ピテュオカンプテース）の異名ある無法者を捕らえて、同じ方法で二股裂きにして殺した。シニスの娘ペリグーネー Perigune は、テーセウスの愛人となり、1子メラニッポス Melanippos を産んだ。一説にイストミア競技祭*は、テーセウスがシニスのために創始、ないし再興したものという。
⇒プロクルーステース、スケイローン（スキーローン）
Plut. Thes. 8, 25/ Diod. 4-59/ Apollod. 3-16/ Paus. 2-1/ Ov. Met. 7-440～/ Eur. Hipp. 977/ Hyg. Fab. 38/ etc.

シヌエッサ　Sinuessa,（ギ）Sinūessa, Σινούεσσα, Sinoessa, Σινόεσσα

（現・Monte Dragone 近くの遺跡）ローマの東南160マイル、ラティウム*とカンパーニア*との境界にあった沿岸都市。旧名・シノーペー Sinope。ウィア・アッピア*（アッピウス街道*）上に位置し、前295年、ミントゥルナエ*とともにローマ人によって植民市（コローニア*）とされた。良港を擁し商業上の拠点となる。また、狂疾や不妊を癒す鉱泉で名高かった。なお後54年、クラウディウス*帝が后の小アグリッピーナ*に毒殺された時、帝の有力な解放奴隷ナルキッスス*は、痛風の湯治のためという名目でこの地に遠ざけられてお

り、皇帝暗殺の直後に逮捕・処刑された。またネロー*帝の失脚 (68) 後、奸臣として悪名高かったティゲッリーヌス*が、不治の肺病に冒されてもなお淫猥な生活に浸りつつ、69年オトー*帝の命令を受けて自害して果てたのも、この地の別荘でのことであった。

Mela 2-4/ Ov. Met. 15-715/ Liv. 10-21, 22-13〜14, 27-38, 36-3/ Plin. N. H. 3-5/ Vell. Pat. 1-14/ Cic. Att. 9-15〜16, 14-8, Fam. 12-20/ Dio Cass. 60-34, 67-14/ Polyb. 3-91/ Strab. 5-219, -231〜234/ Tac. Hist. 1-72/ Plut. Oth. 2/ etc.

ジノファニーズ Xenophanes
⇒クセノパネース (の英語訛り)

シノーペー Sinope, Σινώπη, (Sinopa), (仏) Sinôpè, (露) Синопа, Синоп, (現ギリシア語) Sinópi, (ヒッタイト語) Sinuwa

(現・シノプ Sinop) 黒海南岸の港湾都市。ハリュス* Halys 河 (現・Kızıl Irmak) 口の西側に位置する岬の基部に築かれ、町の両側に良港を擁するうえ、交通の要衝にも当たるため、古くより黒海貿易の中心地として栄えた。名祖シノーペーは河神アーソーポス*の娘で、アポッローン*にさらわれて、この地で交わりシュロス Syros (住民たる白シュリアー人=レウコ・シュロイ*の祖)を産んだと伝えられる。前2000年頃から居住が始まり、前756年ミーレートス*市のギリシア人植民市が建設され、キンメリオイ人*に破壊されたのち、前632年に再建された。伝承では、アルゴナウタイ*の1人アウトリュコス*の創建になるといい、市では彼を神として祀り、その神託所も設けられていた。「シノーペーの赤土」と呼ばれる赤色顔料 (辰砂) sinōpis, (伊) sinopia や木材などを輸出し、黒海沿岸で最大の都市に成長して、周辺各地にケラスース*、トラペズース*ほか多数の植民市を設立した。前437年頃にはペリクレース*に占領され、アテーナイ*の移住者が送り込まれた。キュニコス (犬儒) 派の哲学者ディオゲネース*、喜劇詩人ディーピロス*らの生地として有名。前183年ポントス*王パルナケース1世*によって征服され、以来ポントス王国の首都となり、大王ミトリダテース6世*の時代まで繁栄を極めた。ミトリダテース戦争中、ローマの将軍ルークッルス*の包囲に遭って陥落した (前70) 後、カエサル*によりローマ植民市 Colonia Julia Felix として再興された (前46)。しかしながら、帝政期には小アジア海上交易の中心地たる地位をエペソス*に譲り、コーンスタンティーヌス1世*の頃になると、アミーソス*に次ぐ重要性しかもたなくなっていた。かつてはギュムナシオン*、アゴラー*、列柱廊の建ち並ぶ華やかなヘレニズム都市であったが、今日セラーピス神殿を除いて、その遺跡はほとんど残っていない。

⇒アマセイア

Strab. 12-545〜/ Herodot. 1-76, 2-34, 4-12/ Xen. An. 5-5〜6, 6-1/ Plut. Luc. 23, Per. 20/ Plin. N. H. 6-2/ Mela 1-19/ Polyb. 4-5, 23-9, 24-10/ Ap. Rhod. 2-947/ Diod. 14-30, -32/ Tac. Hist. 4-83〜/ App. Mith. 83/ Cic. Leg. Man. 8/ etc.

シノーン Sinon, Σίνων, (伊) Sinone, (西) Sinón, (露) Синон

ギリシア神話中、智将オデュッセウス*の母方の従兄弟。大盗アウトリュコス*の孫 (⇒巻末系図010)。オデュッセウスとともにトロイアー戦争*に出陣し、ギリシア軍が木馬の計を用いた時、わざとトロイアー*側に捕らえられ、言葉巧みにトロイアー人を説得して、木馬を城内に引き入れさせた (⇒ラーオコオーン)。その夜、彼はテネドス*島にいるギリシア軍に合図の烽火をあげて味方を呼び戻すとともに、木馬の腹を開いて中に隠れていた勇者たちを連れ出し、トロイアーを陥落させたという。このことから後世、「人を欺く背信者」といった意味合いで彼の名が用いられるようになった。

Apollod. Epit. 5/ Verg. Aen. 2-57〜/ Hyg. Fab. 108/ Dict. Cret. 5-12/ Paus. 10-27/ Quint. Smyrn. 12-243〜/ Triphiod. 220〜/ etc.

シビュッラ Sibylla
⇒シビュッレー

シビュッレー、または、シビュッラ Sibylle, Σιβύλλη, Sibylla, Σίβυλλα, (ラ) Sibylla, Sibulla, (英) Sibyl, (仏) (独) Sibylle, (伊) Sibilla, (西) (葡) Sibila, (露) Сивиллы

アポッローン*の神託を告げる巫女。狂乱状態になって謎めいた予言を伝え、また人々の運命を木の葉に書き記して洞穴に並べて置いたともいう。プラトーン*では1人であったが、やがて各地にシビュッレー伝説が広まり、前4世紀には複数のシビュッライ Sibyllai が想定されるようになった。その数も2、3、4、5、6人から10人、さらには12人にまで及んだ。所伝によれば、最初のシビュッレーは、トロイアー*王家の遠祖ダルダノス*の娘シビュッレーであるとも、ゼウス*とラミアー* (ポセイドーン*の娘) との間に生まれたリビュエー*のシビュッレーであるともいわれ、第2のシビュッレーはニュンペー* (ニンフ*) と牧人テオドーロス Theodoros との交わりから生まれたヘーロピレー Herophile で、トロイアーの陥落を予言、クラロス*、サモス*、デーロス*、デルポイ*など各地で岩にのって託宣を下した。最も名高いのがイオーニアー*沿岸エリュトライ*のシビュッレーで、アポッローンから求愛された時、「片手に握れる砂粒の数と同じだけ生きたい」と願って認められたが、永遠の若さを貰い忘れたため ── または翻意して神との性交を拒んだため ── 、年老いて肉体が枯れ縮み、ついには虫のように小さくなり籠の中に入れて吊るされ、子供たちから「何が欲しい？」と尋ねられると、「死にたい」とだけ答えたと伝えられる (⇒ティートーノス)。一説には彼女は、アポッローンより「エリュトライの地を二度と見ない限り砂粒と同じ年数を生きられる」と約束されて、イタリアのクーマエ* (キューメー❷*) に移住したが、990歳になったある日、エリュトライの土で封印をした故郷からの手紙を受け取り、これを見るや否や息をひきとっ

たともいう。トロイアー戦争*後、アイネイアース*（アエネーアース*）がクーマエを訪れた時、まだ700歳だったシビュッレーは、彼にアウェルヌス*湖畔の森にある黄金の枝をもぎとらせて冥界ハーデース*への道案内をしている。

　彼女はまた、ギリシア語の六脚韻（ヘクサメトロス）で書かれた託宣集をクーマエへもたらし、ローマ最後の王タルクィニウス・スペルブス*（あるいは5代タルクィニウス・プリスクス*）に売却した話でも知られている。当初、あまりに高価であったため王が購入を拒むと、彼女は9巻のうち3巻を焼き、6巻を同じ値段で提供。王が再び拒むと、さらに3巻を焼却し残余を同額で申し出た。貴重な書物と知った王は3巻を言い値通りに買い取り、カピトーリーヌス*丘のユーピテル*神殿地下室に石箱に納めて保管。以来、疫病・地震など国家の危機に際して、元老院の指示に従い、特別の委員たちが本書（ラ）Oracula Sibyllina に助言を求めるようになった（⇒デケムウィリー❹）。前83年スッラ*の時代のカピトーリウム*火災で焼失したのち、イーリオン*、エリュトライ、サモスなど各地から同類の予言集が蒐（あつ）められ、アウグストゥス*の命令でパラーティーヌス*丘のアポッロー*神殿に移管された（前12）。が、帝政末期の後405年に至ってキリスト教徒の将軍スティリコー*により焼却された。今日まで『シビュッラの書 Sibyllini Libri』の名の下に伝存する14巻は、アレクサンドレイア❶*のユダヤ人およびキリスト教徒の手で捏造された偽書でしかない（後6世紀頃）。
⇒マルキウス
Ar. Pax 1095/ Pl. Phdr. 244b/ Arist. Mir. Ausc. 95/ Ael. V. H. 12-35/ Paus. 10-12/ Strab. 14-645/ Verg. Aen. 3-441〜, 5-735, 6-10〜/ Ov. Met. 14-130〜, 15-712/ Gell. 1-19/ Plut. Fab. 4/ Petron. Sat. 48/ Clem. Al. Strom. 1-108/ Lactant. Div. Inst. 1-6/ Varro/ Suda/ etc.

シビュラ　Sibylla
⇒シビュッレー

シビュルレー　Sibylle
⇒シビュッレー

シビラ　Sibylla
⇒シビュッレー

シビル　Sibyl
⇒シビュッレー

「至福者の島」　Fortunatorum Insulae,（英）Islands of the Blessed, Fortunate Isles
⇒マカローン・ネーソイ

シプノス　Siphnos, Σίφνος, Siphnus,（伊）Sifano,（西）Sifnos,（露）Сифнос
（現・シフノス Sífnos）エーゲ海のキュクラデス*諸島中部の島（75km²）。前8世紀頃アテーナイ*から植民したイオーニアー*系ギリシア人が占住し、島内にある金銀の鉱山のおかげで、数多のエーゲ海諸島中最大の富強を誇っていた。シプノス人が鉱山の収入の10分の1を投じてデルポイ*のアポッローン*神域に建てた豪華な宝庫（前535頃）は有名（前6世紀後半の大理石浮彫や女像柱カリュアーティデス*などが出土）。ペルシア戦争*中、アカイメネース朝*ペルシア*の大王クセルクセース1世*が臣従を命じて来た時、島嶼の中ではシプノスとセリーポス*、メーロス*の3島だけが拒絶して、水軍とともにギリシア連合艦隊に加わった（前480、サラミース*の海戦）。所伝によると、シプノス人はアポッローンの命令で鉱山の産出高の10分の1をデルポイに納めていたが、ある時欲にかられて納金を怠ったところ、海水が溢れ出て鉱床を搔き消してしまったという。彼らはまた淫蕩な生活で広く知られており、ギリシア語で「シプノス人風に振る舞う siphniazein, σιφνιάζειν」という動詞は、「肛門に指を突っ込んで情熱を鎮めること」ないし「男根を口に咥える fellatio（＝レスボス*風にふるまう）」（フェッラーティオー）行為を意味する言葉として用いられた（⇒フェニキア、カルキス、クラゾメナイ）。なおシプノス島の空気は健康によいため、住民の多くは120歳くらいまで生きたとされ、同様のことがやはりキュクラデスの他の島シューロス Syros（現・Síros）に関しても伝えられている。シプノスの名は前4世紀以降、「取るに足らぬ小国」の同意語として用いられるようになった。島の東岸の古代都市（現・Kástro）から若干の遺構が発掘されている。
⇒パロス、ケオース、ナクソス、アンドロス
Herodot. 3-57〜58, 8-46, -48/ Paus. 10-11/ Ar. Fr. 558, 912/ Strab. 10-485/ Ptol. Geog. 3-14/ Isoc. 19/ Anth. Pal. 9-421, 14-82/ Mela 2-7/ Plin. N. H. 4-12, 36-44/ Hesych./ Steph. Byz./ Suda/ etc.

シミアース（シンミアース）　Simias (Simmias), Σιμίας (Σιμμίας),（伊）Simia (Simmia),（西）Simia
ギリシアの男性名。

❶（テーバイ❶*の）（前5世紀後期〜前4世紀前期）哲学者。同郷のケベース*と同じく、はじめピュータゴラース*学派のピロラーオス❶*に師事していたが、のちソークラテース*の弟子となり、その刑死の際にも立ち会った（前399）。『知恵について』、『友人について』、『恋について』、『美とは何か』、『真理について』など23篇の対話篇を著わしたが、すべて失われた。
Pl. Phdr., Phd., Cri. 456/ Xen. Mem. 1-2, 3-11/ Diog. Laert. 2-124/ Ael. V. H. 1-16/ Anth. Pal. 7-21〜22/ etc.

❷（ロドス*の）（前300頃に活躍）ヘレニズム時代初期の詩人、文法学者。同時代のコース*のピリータース*に倣ってエレゲイア elegeia など各種の抒情詩や叙事詩を作った（断片のみ伝存）。また詩文の形状が「斧」「鳥の翼」「卵」などの具象的形態をとる「図形詩 Tekhnopaignia, Τεχνοπαίγνια」という新奇な作品をも残した。学問的著作

ジムナシウム

『難解語彙集 Glossai, Γλῶσσαι』（3巻）は散佚。
Anth. Pal. 15-22～25/ Strab. 8-364, 14-655/ Ath. 8-327e, 11-472e, -491c/ Tzetz. Chil. 7-144/ Suda/ etc.

ジムナシウム Gymnasium
⇒ギュムナシオン

ジムノペディー Gymnopédies
⇒ギュムノパイディアイ（のフランス語形）

シムミアース Simmias
⇒シミアース

シメオーン Simeon
⇒シュメオーン

下ゲルマーニア Germania Inferior
⇒ゲルマーニア・イーンフェリオル

シモーニデース Simonides, Σιμωνίδης, （仏）Simonide, （伊）Simònide, （葡）Simónides, （露）Симонид
（前557／556頃～前468／467頃）ギリシアの抒情詩人。ケオース*島のイウーリス Iulis（現・Kéa）出身。若い頃から詩才を謳われ、アナクレオーン*と同様、ギリシア世界各地の宮廷を巡り、注文に応じて作詩。甥のバッキュリデース*やピンダロス*と並んで合唱抒情詩の大家と称される。アテーナイ*の僭主ヒッパルコス❶*のもとに滞在中（前527～前514）、ディーテュランボス dithyrambos 詩の競技で56回も優勝を重ね、ヒッパルコスの横死（前514）後、テッサリアー*の支配者スコパース* Skopas 一門（スコパダイ Skopadai）やアレウアダイ* Aleuadai 家の宮廷に寄寓、ペルシア戦争*（前492～前479）時代にはテッサリアーを去り、国民的詩人としてギリシア将士の武勲を称える詩を数多く作った。なかでもテルモピュライ*を守って戦死したスパルター*（ラケダイモーン*）人のための墓碑銘（⇒レオーニダース❶）は名高いが、現存する詩篇が真作か否かは疑問視されている（「旅人よ、ラケダイモーン人に行きて伝えよ、御身らが命に服して我らここに死にきと」）。マラトーン*の会戦（前490）後アテーナイに帰り、テミストクレース*と親交を結んで、マラトーン戦の死者を悼む詩の競技ではアイスキュロス*に勝ったという（前489）。その後、80歳の頃シケリアー*（現・シチリア）へ去り（前476頃）、テーローン*およびヒエローン1世*の宮廷に身を寄せた——

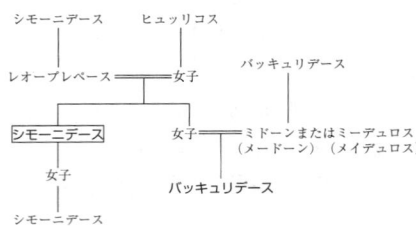
系図206 シモーニデース

テーローンとヒエローンとの戦争を調停して和約を結ばせたという——。90歳（一説に96歳とも）近い長寿を保ち、類稀なる名声のうちにアクラガース*（現・アグリジェント）で客死、王者の栄誉をもって葬られたが、その作品は散佚し、わずかな断片と少数の碑文以外は伝わらない。
　理知的で平明達意な言辞と、簡潔にして優雅な諧調、人生の儚さを説く一種の「無常感」溢れる詩句で知られ、競技会の優勝者を称える祝勝歌 epinikia や名門貴族のための讃歌（頌詩） enkomia の他、哀悼歌、墓碑銘などに詩才を発揮、「詩はもの言う絵、絵はもの言わぬ詩」という彼の言葉は有名。波間を漂流するダナエー*（ペルセウス*の母）の嘆きを歌った現存断片からも、「シモーニデースの涙」と呼ばれた甘美な哀憐の情の表出が認められる。また彼は詩作によって報酬を得た最初の詩人といわれ、そのため貪欲・吝嗇との風評が広まり、さまざまな逸話が残された。テッサリアーの宮殿でスコパース一族を賛美する詩を披露した時、双生神カストール*とポリュデウケース*を称える部分が多かったという理由で、彼はスコパースから約束の半分の報酬しか得られなかったことがある。「残りはそなたの称えた双子の神々から貰うがよい」と言われて落胆しているところへ、「馬に乗った2人の若者が急用で会いたがっている」との伝言が入り、シモーニデースが急いで宴会場の戸口を出て行ったとたん、今まで彼のいた大広間が崩壊して、スコパース一門を含む全員が圧死してしまったという（前510頃。双生神による奇蹟譚とされる。⇒クラーンノーン）。彼はギリシア字母の中の4文字 Η・Ω・Σ・Ψ（異説あり）を発明したとも、記憶術を考案・創始したとも伝えられ、大地震の後で饗宴に列席していた客人の名前と席順をすべて記憶していて誤たず、人々を驚かせたという。「醜男なのに自分の像をたくさん造らせている」とテミストクレースにからかわれることもあったが、機智に富んだ賢人との評判が高く、スパルター王パウサニアース❶*にその悲惨な末路を予言するかのような格言を放ったり、船が嵐で沈没しそうになった時にもひとり泰然として「自分の財産は全部この身に携えている」と答えてとり乱さず、財貨を詰め込んだ船客が残らず溺死ないし盗賊の難に遭ったのに、体ひとつで陸に上った彼のみ、その他に住む人々に無事救出されたばかりか、詩名のゆえに金銭や召し使いまで提供されたという。古代ギリシアを代表する9名の抒情詩人の1人とされている。
⇒ラーソス
Simon. Fr./ Herodot. 5-102, 7-228/ Pl. Prt. 339a, Hipparch. 228c/ Arist. Rh. 2-16/ Vit. Aesch. 4/ Theoc. 16-42～47/ Callim. fr. 71, 77/ Cic. De Or. 2-86, Nat. D. 1-22, Tusc. 1-42/ Plut. Them. 5/ Quint. 11-2/ Val. Max. 1-8/ Plin. N. H. 7-56/ Phaedrus 4-21, -24/ Ael. V. H. 8-2, 9-1, -41/ Ath. 10-456c/ Ar. Vesp. 1410/ etc.

シモーニデース Simonides
（アモルゴス*の）
⇒セーモーニデース

シモーン・マグス Simon Magus
⇒シーモーン・マゴス*（のラテン語形）

シーモーン・マゴス Simon ho Magos, Σίμων ὁ Μάγος, Simon Magus,（英）Simon the Magician,（仏）Simon le Mage,（伊）Simone il mago,（西）Simón el mago,（露）Симон Волхв

（後1世紀）サマレイア*（サマリーア）の魔術師。キリスト教に改宗したが、使徒ペトロス*（ペトロ）から金で霊能を買い取ろうとしたとして非難された（後世の「聖職売買」simoniaの語源）。クラウディウス*（在位・41〜54）帝治下のローマで魔術を行ない、弟子たちから像を建てられ神として崇められたとか、ネロー*（在位・54〜68）帝の前で天空を飛んで見せたところ、ペトロスとパウロス*（パウロ）の呪詛によって墜落死したとか、「私は3日後に甦る」と誓って、弟子たちに自分を生き埋めにするよう命じたなどという物語が伝えられる。のちにはグノーシス*主義の一派で、キリスト教最初の「異端」シーモーン派（ラ）Simonianismusの創始者に擬せられた。

なお古代ギリシアには、シーモーンという名前の人物が大勢いたが、なかでも哲人ソークラテース*の議論を最初に対話形式で書き記したという靴屋のシーモーン（前5世紀後半〜前4世紀）が最もよく知られている。
⇒クレーメーンス❶
Nov. Test. Act. Apost. 8/ Euseb. Hist. Eccl. 2, 3–26/ Justinus Apol. 1–26/ Diog. Laert. 2-122〜123/ Plut. Mor. 776b/ etc.

ジャイアント Giant
⇒巨人ギガース*（の英語形）

シャープール Shapur（正しくは中期ペルシア語シャーフプフル Shahpuhl, Šāhpuhr,「王の息子」の意）,（ギ）サーポーレース Sapores (Sabores), Σαπώρης (Σαβώρης),（ラ）サーポール Sapor,（仏）Châpûr,（独）Schapur,（伊）Sapore,（西）Sapor,（露）Шапур,（ペルシア語）Šāpūr,（アラビア語）Sābūr,（トルコ語）Şapur

サーサーン朝*ペルシアの帝王名（⇒巻末系図111）。

❶**1世** S. I（在位・後240（即位式241年4月12日）〜272／273）サーサーン朝*第2代の帝王（戴冠式は242年3月20日）。アルダシール1世*の子。父の征服事業を継いで、東のクシャーン Kushān（クシャーナ Kuṣāṇa, 貴霜）朝を撃破し（241頃）、西方ではローマ帝国領に侵攻してシュリア*や小アジアの一部を占領、またアルメニアー*をも属領とした（252）。ゴルディアーヌス3世*をはじめローマの諸帝と交戦し、エデッサ❶*近郊の大勝利ではウァレリアーヌス*帝を捕虜にして足下に跪かせ、アンティオケイア❶*からの一亡命者キューリアデース Kyriades をローマ皇帝として擁立した（260）。この戦争で得た7万のローマ人捕虜を使役して、新しい都市ジュンディー・シャープール Jundi Shapur,（パフラヴィー語）Gund-ī Shāpūr,（伊）Sapore,（西）（葡）Sapor,（露）Шапур,（アラビア語）Sābūr を建設、「その堰堤を完成すれば釈放してやろう」と約束しておきながら、完成時になると捕虜を殺戮したとも、鼻を削いでから約束通り釈放したともいう（271）。かくて西はエウプラーテース*（ユーフラテス）河から東はインダス（インドス*）河に至る広大な版図を実現すると、「イーラーンおよび非イーラーンの皇帝、Šāhān-Šah Ērān ud Anērān」の称号を使用。強力な中央集権制度をすすめる一方、ニーシャープール Nēw Šāpuhr, Nishapur（近世ペルシア語）Neyšābūr などの諸都市を造営した。文化面では、ギリシアやインドの医学・天文学・哲学、等々の古典を翻訳・編纂させ、また諸宗教にも寛容で、彼の戴冠式の日に開教した（242）というマーニー教の開祖マーニー*を保護した。なお、シャープールは習慣に従って近親結婚を行なっており、后妃の中には実の娘も含まれている。一説に臣下に暗殺されたともいう。
⇒オダエナートゥス、ホルミスダース❶、ナルセース
S. H. A. Gordianus 26, Valerianus 1, 4, Tyr. Trig. 2, 15, 30/ Res Gestae Divi Saporis/ etc.

❷**2世** S. II（ラ）Sapor II Postumus,（アラビア語）Sābūr Dhū al-Aktāf,（近世ペルシア語）Shāpūr Dhū al-Aktāf（在位・後309〜379）（大帝〈ラ〉Magnus）ホルミスダース2世*の子・後継者。ごく幼い頃（一説には出生前）に戴冠し、70年の長きにわたって玉座にあった。16歳で政権をとるや、自分に反対するすべての貴族を殺戮し、精力的に版図を拡大、東のクシャーン Kushān 朝を滅ぼしてペルシアに併合する一方、西南のアラビア*を攻めて幾千の捕虜を殺したり、彼らの肩骨に綱を通し繋いで連れ帰ったりした。337年にはローマとの戦争を再開し、ガレーリウス*に奪われた領土を回復（⇒ナルセース）、メソポタミアー*やアルメニアー*（342）を征服して、コーンスタンティウス2世*、ユーリアーヌス*帝らと干戈を交えた（その間、世継ぎの皇子ナルセース Narses をローマ軍に惨殺される（後345））。363年、新ローマ皇帝ヨウィアーヌス*との間に、有利な条件で和平を締結し、以来140年間、ペルシア、ローマ両国の間には基本的に平和な状態が保たれた（⇒コバーデース1世）。また彼は、敵国に通謀する者としてキリスト教徒の迫害を始め（341）、ゾロアスター*教への改宗を拒んだ主教シュメオーン Symeon らを斬首や鋸挽きの刑に処したと伝えられる。
⇒アルダシール2世
Amm. Marc. 14〜25/ Agathias 4-135/ Zosimus 2/ Libanius Or. 3/ Julian. Or. 1/ Sozom. 1/ etc.

❸**3世** S. III（在位・後383〜388）❷の子（異説あり）。貴族たちの手で廃されたアルダシール2世*の後釜として玉座に据えられる。ローマ皇帝テオドシウス1世*との間に和約を締結（384）、その結果アルメニアー*の大半はペルシアの属領となった（386／387）。在位5年にして兵士の暴動により生命を失った（天幕の下敷きにされて殺されたという）。
⇒ウァラフラーン4世

ジュヴェナル

Agathias 4-136/ Amm. Marc./ Faustus Byzant./ etc.

ジュヴェナル　Juvenal
⇒ユウェナーリス

十字架刑　Crucifixio
⇒クルキフィ（ー）クシオー

重装歩兵（ギリシアの）　Hoplites
⇒ホプリーテース（〈複〉・ホプリータイ）

十二使徒（キリスト教の）　（ラ）XII Apostoli,（ギ）Dōdeka Apostoloi, Δώδεκα Ἀπόστολοι,（英）Twelve Apostles（〈単〉〈ラ〉Apostolus,（ギ）Apostolos, Ἀπόστολος,〈英〉Apostle,〈仏〉Apôtre,〈独〉Apostel,〈伊〉Apostolo,〈西〉Apóstol,〈葡〉Apóstolo,〈露〉Апостол,〈アラビア語〉Ḥawārīyum),（トルコ語）Havari

（後1世紀）イエースース・クリストス*（イエス・キリスト）によって選ばれたとされる12人の弟子。伝承に従えば、ペトロス*（ペトロ）として知られるシーモーンとその兄弟アンドレアース Andreas（アンドレ）、大ヤコブ（イアコーボス❶*）とその兄弟ヨハネ（イオーアンネース❷*）、ピリッポス Philippos（ピリポ）、バルトロマイオス Bartholomaios（ナタナエール Nathanael と同一視される）、マッタイオス*（マタイ）、トーマース Thomas、小ヤコブ（イアコーボス❷*）、ユダ＝タダイ（イウーダース＝タッダイオス Iudas Thaddaios）、熱心党 zelotes のシーモーン Simon（〈ラ〉Symeon,〈伊〉Simone,〈西〉Simón,〈葡〉Simão）、そしてイスカリオテのイウーダース Iudas（ユダ）（〈英〉〈仏〉〈独〉〈西〉〈葡〉Judas,〈伊〉Giuda）の12人である。師を裏切ったユダが縊死ないし転落死を遂げた後、バルナバース Barnabas（⇒マールコス）とマッティアース Matthias（〈伊〉Mattia,〈西〉Matías,〈チェコ語〉Matěj,〈ハンガリー語〉Mátyás）の2人のうち、籤引きで選ばれた後者が欠員を補った。

イエースースの処刑後、彼らは諸国に散って宣教活動を行ない、大半の者が伝道先で殉教したという。すなわち、ペトロスはネロー*帝の治下ローマで逆さ十字架刑に処せられ（64頃）、アンドレアースはギリシアのパトライ*でX字型十字架につけられて死亡（ロシア、スコットランドの守護聖人）。大ヤコブはイェルーサーレーム*（エルサレム*）でヘーローデース・アグリッパ1世*により斬首され（スペインの守護聖人）、福音書記者*として知られるヨハネはマリアー❶*（イエースースの母）とともに小アジアへ赴き、毒杯を仰がされたり釜茹での刑に遭ったりするが奇蹟によって害されず、エペソス*で天寿を完うした（伝100歳以上）。ピリッポス（〈英〉Philip,〈仏〉Philippe,〈独〉Philipp,〈伊〉Filippo,〈西〉Felipe,〈葡〉Filipe）はスキュティアー*やプリュギアー*に布教し、ヒエラーポリス❷*で逆さ十字に縛られたうえ石責めの刑で殺され（ブラバントとルクセンブルクの守護聖人）、皮鞣し工の保護聖人バルトロマイオス（〈英〉Bartholomew,〈仏〉Barthélémy, Bartholomé,〈独〉Bartholomäus,〈伊〉Bartolomeo,〈西〉Bartolomé,〈葡〉Bartolomeu）はインド、パルティアー*、メソポタミアー*、エジプトに伝道したのちアルメニアー*で生皮を剥がれたうえ磔刑あるいは斬首刑に処された。収税吏の守護聖人マッタイオスもエティオピア*、パルティアー、エジプトで宣教したのち、ドミティアーヌス*帝治下に石打ち・火責めに遭い刎首されて果てた。建築家の守護聖人「不信の」トーマース（〈英〉〈仏〉〈独〉Thomas,〈伊〉Tommaso,〈西〉Tomás,〈葡〉Tomé）はパルティアー、インドへ福音を伝え、南インドで火炙りのあと刺殺されて殉教した。小ヤコブはイェルーサーレームの神殿上から突き落とされたうえ石責めによって殺され、ユダ＝タダイ（〈ラ〉Thaddaeus,〈英〉Thaddeus,〈仏〉Thaddée,〈独〉Thaddäus,〈伊〉Taddeo,〈西〉Tadeo,〈葡〉Tadeu）は兄弟のシーモーンとともにシュリアー*およびメソポタミアーで布教し、エデッサ*王アブガロス5世 Abgaros V（在位・前4～後7、後13～50）の不治の病レプラー lepra を癒すなどしたが、ペルシアで棍棒により撲殺、もしくは槍により刺殺、あるいは剣で首を斬られて果てた（シーモーンは鋸で2つに挽き切られたとも、磔刑に処されたともいう）。マッティアースもエティオピアやマケドニアー*、カッパドキアー*に布教し、コルキス*で宣教、ないしイェルーサーレーム神殿前で石打ちの刑に遭ったのち斧で首を刎ねられて死んだと伝えられる。

⇒パウロス、殉教者

Euseb. Hist. Eccl. 1～3/ Nov. Test. Matth. 10, Marc. 3, 6, Luc. 6, 9, Johann. 1, Act. 1～, Apoc. 21-14/ Origen./ Clem. Al./ Acta Sanctorum/ etc.

十二表法　Leges Duodecim Tabularum, Tabulae XII, Duodecim Tabulae,（英）Law of Twelve Tables, Twelve Tables,（仏）Loi des Douze Tables,（独）Zwölftafelgesetze,（伊）Leggi delle Dodici Tavole,（露）Законы Двенадцати таблиц

（前451～前449）ローマ最古の成文法。ローマ共和政の初期、パトリキイー*（貴族）の神官団が独占し恣意的に解釈していた法（慣習法）を、プレーベース*（平民）の要求により、前451年に執政官の権力をもつ法典編纂十人委員*（デケムウィリー*）Decemviri legibus scribundis が選ばれて成文化したもの。まず10表が制定されたが、平民がなお不満だったので、再び十人委員が選出されて2表を追加したという（⇒アッピウス・クラウディウス）。ソローン*の法律を研究するため、ギリシアへ使節が派遣された（前454）とか、エペソス*を追放されてローマにやって来たヘルモドーロス Hermodoros（哲学者ヘーラクレイトス*の友）が作成に助力したとか伝えられるものの、信憑性は乏しい。12枚の銅版ないし木板に刻まれて、ローマ市の中心地フォルム・ローマーヌム*に公示されたのでこの名がある。原物は前4世紀の初頭にガッリア*人がローマを劫略した時に焼失したが、共和政末期キケロー*の時代に至るまで、この法典は教育の基礎として全生徒に暗誦され、ローマ人の精神

形成に大きな影響を与えた。父親に絶大な家父長権を認め、貴族と平民の通婚を禁じるなど古い要素が見られる一方、私人の権利を保証し、平民に対する貴族の専横を防ぐものとして機能、公法・私法の全領域にわたり以後のローマ法の源泉となった。
⇒スティロー、カヌレイユス、Sex・アエリウス・パエトゥス
Liv. 3-31〜56/ Plin. N. H. 34-11/ Dion. Hal. 10-55〜60/ Diod. 12-26/ Cic. Leg. 1-22, 2-4, -9, -23(59), 3-19, De Or. 1-43〜/ Dig./ etc.

ジュスティニアン Justinian, Justinien
⇒ユースティーニアーヌス

ジュスティーヌ Justine
⇒ユースティーナ（のフランス語形）

ジュダス・マッカビー Judas Maccabee
⇒イウーダース・マッカバイオス（の英語形）

シュネシオス Synesios, Συνέσιος, Synesius, （仏）Synésios, （伊）Sinesio, （西）Sinesio, （露）Синезий
（キューレーネー*の）（後370頃〜413頃）新プラトーン主義のギリシア系哲学者・詩人・著述家。キューレーネーの旧家に生まれ、アレクサンドレイア❶*の女哲学者ヒュパティアー*に師事。ギリシア古典の教養や詩才に恵まれ、読書や狩猟に閑雅な日々を送っていた。が、首都コーンスタンティーノポリス*へ使節として派遣され（399〜401）、アルカディウス*帝の宮廷で君主政論を披露、ローマ国民軍の編成とゲルマーニア*人排撃を主張して喝采を送られる——とはいえ、人々はこれを優雅な弁論として聞き流し、彼の忠言には従おうとしなかったが——。以来故国において尊敬を集め、異教徒（非キリスト教徒）であり、妻帯して3子の父親だったにもかかわらず、その才幹を買われてプトレマーイス❷*市（キューレーナイカ*のペンタポリス*の1市）の主教に選任される（410）。6ヵ月間躊躇した後、妻と離婚して、この要請を承引。とはいえ、アレクサンドレイア総主教テオピロス*の手で主教に叙階されてからも、哲学的信念は棄て去らなかった。上記『帝権論（ギ）Περὶ βασιλείας, De regno』や『夢について（ギ）Περὶ ἐνυπνίων, De insomniis』、ギリシア文化を擁護した『ディオーン（ギ）Δίων, Dion』等の論文の他、156の書簡やドーリス*方言による賛美歌集がある（作品はすべてギリシア語）。
⇒巻末系統図116
Synesius De Regno, De Insomniis, Dion, Epistolae/ etc.

ジューノー Juno
⇒女神ユーノー*（の英語形）

ジュノン Junon
⇒ユーノー（のフランス語形）

シュパークス Syphax, （ギ）Syphaks, Σόφαξ, （ソパークス Sophaks, Σόφαξ とも）, （伊）Siface, （西）Sifax, （露）Сифакс
（？〜前201）ヌミディア*王（在位・？〜前203）、より正しくは西部ヌミディアのマーサエシューリー Masaesyli族の王。隣国マッシューリー Massyli族の王位継承問題に干渉し、マシニッサ*ら親ローマ派を放逐、事実上同国を占領する。第2次ポエニー戦争*（前218〜前201）中、カルターゴー*の指揮官ハスドルバル❸*の娘ソポニスバ*と結婚し、反ローマの旗幟を鮮明にしたが、前203年マシニッサとローマの連合軍に惨敗（⇒C. ラエリウス❶）、スキーピオー・大アーフリカーヌス*によりローマへ送られ、その凱旋行列を飾ったとも、凱旋式（トリウンプス*）の直前に幽閉先のティーブル*（現・ティーヴォリ Tivoli）で自ら餓死して恥辱を免れたとも伝える。
⇒巻末系図035, 034
Liv. 24-48〜49, 27-4, 28-17〜18, 29-23, -29〜33, 30-3〜9, -13, -16〜17, -45/ Polyb. 14-1〜9, 16-23/ App. Hisp. 15〜, 29〜, Pun. 10〜, 26〜/ Plin. N. H. 5-1/ Val. Max. 5-1/ Zonar. 9-10〜/ etc.

シュバリス Sybaris, Σύβαρις, （伊）Sibari, （西）Síbari, （葡）Síbaris, （露）Сибарис
（現・Sibari）南イタリア、マグナ・グラエキア*のギリシア人植民市。前720年頃、アカーイアー*人およびトロイゼーン*人により、タラース*（タレントゥム*）湾のシュバリス（現・Coscile）河とクラーティス*（現・Crati）河との間に建設された。エトルーリア*や東方（ミーレートス*など）との貿易で急速に富強となり、イタリア南部にポセイドーニアー*（パエストゥム*）他いくつかの植民市を設立して、前6世紀には殷賑を極めるに至った。市民たちは奢侈・淫佚に流れ、美食や快楽を追求するその懶惰な生活は、のちのちまでの語り種となる。しかし、前6世紀末頃、僭主テーリュス*をめぐる市民間の軋轢と党派争いから、近くのクロトーン*市の攻撃を招き、人口30万に達したこの都会も敢えなく滅ぼされてしまった（前510）。シュバリス人は宴会の余興に馬にダンスを教えていたため、来寇したクロトーン軍が笛を吹き鳴らすと、シュバリス軍の馬はたちまち踊りだして騎兵を振り落としてしまったという。クロトーン人は町を破壊し、クラーティス河の水流を変えて、市の廃墟を河底に沈め去った。シュバリス遺民の子孫たちは、町の再建を試みたが2度挫折し、ようやく前443年、アテーナイ*の支援で汎ギリシア的植民市トゥーリオイ*を、かつてのシュバリスの隣地に設立した。シュバリスの名は市民たちの贅沢さで悪評嘖々たるものがあったので、市名をトゥーリオイに変更せざるを得なかったといい、一説には旧シュバリス系住民は三度近くのテウトラース Teuthras, Traeis（現・Trionto）河口にシュバリス市を建て

なお、シュバリスの名はギリシア本土のデルポイ*近郊にあった同名の泉に由来する（⇒ラミアー）。

今日も遊蕩好みの人を「シュバリス人（英）（仏）sybarite,（独）Sybarit,（伊）sibarita, ……」、奢侈逸楽主義を「シュバリス風惰弱（英）sybaritism,（仏）sybaritisme, ……」、淫蕩に遊び暮らすことを「シュバリス的な（英）sybaritic,（仏）sybaritique,（独）Sybaritisch,（伊）sibaritico, ……」などと形容する。

Herodot. 5-44～45, 6-21, -127/ Diod. 11-48, -90, 12-9～/ Ael. V. H. 1-19, 3-43, 9-24, N. A. 6-10, 16-23/ Ath. 12-518～522/ Plin. N. H. 3-10, 8-64/ Strab. 6-263/ Arist. Pol. 5-3/ Dion. Hal. 19-1/ Varro Rust. 1-44/ Liv. 25-15/ Solin. 2-10/ Suda/ etc.

ジュピター　Jupiter
⇒ユーピテル*（の英語形）

シュファクス　Syphax
⇒シュパークス

シュムマクス　Symmachus
⇒シュンマクス

シュメオーン（柱頭行者ステューリテース）　Symeon, Συμεών, Συμεώνης ὁ Στυλίτης, Symeon (Simeon),（英）（独）Simeon,（仏）Syméon (Siméon),（伊）Simeone,（西）Simeón,（葡）Simão,（露）Симеон,（古ヘブライ語）Šim'ôn,（アラビア語）Samān

（後390頃～459年9月2日）古代末期のキリスト教苦行者。シュリアー*北境キリキアー*の牧人の子に生まれる。アンティオケイア❶*近くの修道院で過ごした後、禁欲的な独住修士となり、423年以来死ぬまでの37年間を高い円柱の上で暮らした。柱は次第に高くされて遂には約20mに達したといい、覆いもなく坐ることもできない柱頭から説教や奇跡を行ない、好奇心に駆られた民衆が地中海全域よりやって来たため、多大の影響力を及ぼすに至った。体を柱に縛りつけていた綱が彼の肉体に食い込んで化膿し、蛆虫が沢山湧き出た時、シュメオーンは傷口から這い落ちた蛆虫をつまみ上げると、元の所に戻してやりつつ、「神の授けたものを食うがよい」と語りかけたという。死後聖人に祀り上げられ、柱の周囲には修道院と教会が建立されて巡礼地となった（現・Qal'at Sim'ān）。また彼以来永きにわたって柱頭修道士（ステューリテース Stylites）が流行、弟子のダーニエール Daniel（409頃～493）は42年間、小シュメオーン（521～597頃）にいたっては幼時より60余年間（45年間とも）、柱頭で苦行を続け死者を蘇生させるなどの奇跡を演じて見せたと伝えられる（両人とも列聖される）。この柱頭苦行は、古くからシュリアーのヒエラーポリス*（ヒエロポリス*）の神官が行なっていた巨大な男根 phallos 像上で毎年数日間、神に祈り続ける風習に由来するものと考えられている。なお、この時代の東方の独住修道士たちは、異様なまでの苦行を競い合う傾向にあり、迷信深いキリスト教徒からは病患を癒やし悪魔を祓うといった魔力のある存在と見なされていたが、実際は性的な幻覚や妄想に苛まれて発狂してしまう者も少なくはなかった。小シュメオーンに続いて、雷に撃たれて死亡し聖人の列に加えられたシュメオーン3世（ラ）Symeon Stylites Tertius もいる。

また柱頭行者の他にも、イエースース・クリストス*（イエス・キリスト）の従兄で121歳で磔殺されたイェルーサレーム*（エルサレム）原始教会の指導者シュメオーン（クローパース Klopas の子。前14頃～後107頃）や、鋸で挽き殺された修道女ペルブータ Pherbutha（またはタルブーラ Tarbula）の兄弟で、シャープール2世*の命で斬首されサーサーン朝*ペルシア初の殉教者となったセレウケイア*＝クテーシポーン*主教のシュメオーン S. Bar Sabba'i（？～341頃）、娼婦ら最下層の人々と交り窃盗を働くなど奇怪な振る舞いに及んだシェリアーの聖人「狂人サロス」シュメオーン S. ho Salos, ὁ Σαλός（522頃～590頃）など同名のキリスト教信者の存在が多く知られている。
⇒アントーニオス

Evagrius Hist. Eccl. 1-13, -14, 2-9, -10, 5-21, 6-23/ Sozom. Hist. Eccl. 2-8～15/ Euseb. Hist. Eccl. 3-11, -32/ Hieron. Chron./ Nicephorus Callisti Hist. Eccl. 14-51, 15-13, 17-22, 18-24/ Phot. Bibl./ etc.

シュラークーサイ　Syrakusai, Συράκουσαι,（ラ）シュラークーサエ Syracusae,（英）（仏）Syracuse,（独）Syrakus,（西）（葡）Siracusa,（露）Сиракуза,（シチリア語）Sarausa

（現・シラクーザ Siracusa）シケリアー*（現・シチリア）島東端のギリシア植民市。前734／733年、ヘーラクレース*の末裔たるアルキアース❶*に率いられたコリントス*の移民ら（⇒バッキアダイ）によって創建された。これらドーリス*系植民は、先住のシケロイ*人を追ってまずオルテュギアー❷*島を占住、次第に対岸の本土にまで堤防を築いて市街地を広げ、大小2つの湾を有するシケリアー最大の都市に発展させていった。ヘレニズム時代の詩人テオクリトス*や科学者アルキメーデース*の生地として知られる。最盛期の人口は30万とも50万ともいわれ、堅固な城砦と三重の防壁に護られ、強力な艦隊を擁しつつ、「ギリシア世界諸都市の中で最も大きく最も美しい」と讃えられるまでに殷賑を極めた。現在も、アルカイック期のアテーナー*神殿（前5世紀）やアポッローン*神殿（前7世紀末）、ゼウス*神殿の遺構、前5世紀創建の野外大劇場テアートロン*（1万5千人収容）とゼウス祭壇（前3世紀）、ローマ*時代の大規模な円形闘技場アンピテアートルム*、アレトゥーサ*の泉、そしてアテーナイ*の捕虜7千人が幽閉された（前413）ことで名高い石切場（通称「ディオニューシオスの耳」〈伊〉Orecchio di Dionisio）など古代の多くの遺跡が残っている。

当初は、先住民を農奴化した土地所有者たちガーモロイ

gamoroi の貴族政体をとっていたが、前 491 年、ゲラー*の僭主ヒッポクラテース❷*に敗れ、植民市の 1 つカマリーナ*を割譲させられ、ために叛乱が勃発して土地貴族（ガーモロイ）は国外へ追放された。術数に富むゲローン*（⇒巻末系図 025）が、これら貴族を復帰させて、自らが僭主の座に納まり（前 485～前 478）、カマリーナの全住民やゲラーの市民の過半数など近隣諸都市の住民を強制的に移住させ、この町の富強を図った。東部シケリアー全土に君臨した彼の治下、シュラークーサイは西方世界ではカルターゴー*に次ぐ強大な都市として興隆。続くヒエローン 1 世*（在位・前 478～前 467）の時代には、クーマエ*（キューメー❷）沖の海戦（前 474）でエトルーリア*艦隊を破って南イタリアにまで勢力を拡張し、宮廷には詩人シモーニデース*やアイスキュロス*、ピンダロス*らが訪れて、文化都市としての名声も高まった。

　ヒエローンのあとを弟のトラシュブーロス❷*（在位・前 467～前 466）が継いだものの、その残忍な圧政のせいで、再度叛乱が生じて民主政の時代を迎える。民会や評議会（ブーレー*）を有し、任期 1 年の将軍（ストラテーゴス*）たちが指導的立場に立ち、一種の陶片追放（オストラキスモス*）もとり入れられる。ペロポンネーソス戦争*中、アテーナイ軍に攻囲された（前 415～前 413）が撃滅し、先述のごとく将軍ニーキアース*以下大勢のアテーナイ人捕虜を石切場に幽閉して全員死に至らせた。

　前 405 年ディオニューシオス 1 世*（在位・前 405～前 367）のもとに再び僭主政に戻り、南イタリアに進出しギリシア本土にも勢力を及ぼす強国となる。またシケリアー島の大半に版図を広げたため、この頃からカルターゴーとの対立が尖鋭化し、激しい戦闘が繰り返されていく。その繁栄した治世ののち、息子のディオニューシオス 2 世*（在位・前 367～前 344）が継ぐが、彼は前 344 年に、母市コリントスの派遣した将軍ティーモレオーン*に追放され、民主主義が復活した。しかし間もなく寡頭政に転じ（前 334 頃）、前 317 年には扇動家のアガトクレース*（在位・前 317～前 289）が台頭、独裁権を握り（前 317）、カルターゴーと戦って「シケリアー王」を称し（前 306 頃）、イタリアやギリシア西岸の島々へ侵攻、ケルキューラ*を占領した（前 299）。新たな僭主ヒケタース Hiketas（在位・前 288～前 278）はカルターゴーに敗北。エーペイロス*王ピュッロス*の干渉を経た後、党派争いで乱れたシュラークーサイは温和な支配者ヒエローン 2 世*（在位・前 270～前 216）を迎える。ローマと友好関係を結んだ（前 263）彼の治下、市は最後の繁栄を回復するが、その後継者ヒエローニュモス❷*はカルターゴーと結んで暴政を募らせた。ヒエローニュモスが暗殺される（前 214）と、親ローマ派対親カルターゴー派の争いが生じ、マールクス・クラウディウス・マルケッルス❶*麾下のローマ軍に攻撃される。アルキメーデースが新兵器を発明して活躍したのはこの時である。長い包囲（前 214～前 212）の末、飢えた町は陥落し、略奪と虐殺が繰り広げられた。市内の彫像・絵画の類はローマへ送られ、初めてギリシアの美術作品に接したローマの人々を驚嘆させたという。

　以後シュラークーサイは、ローマの属州シキリア*内の一都市に転落したが、なおしばらく同島の重要拠点・州都としての面目を保った。シキリアの属州総督ウェッレース*のあくどい強奪を被ったのち、アウグストゥス*帝治下にはローマ植民市（コローニア*）に昇格（前 21）。帝政末期のフランク*族（フランキー*）による劫掠（後 278）後も復興するが、5 世紀のヴァンダル*族（ウァンダリー*）の侵攻で衰退した ―― 878 年にアラブ人に征服される ――。

　アリストテレース*やプルータルコス*によれば、この市では他のギリシア諸国と同じく男色が大層盛んで、1 人の美しい若者をめぐる男同士の恋の鞘当てから、市民全体を 2 分する争乱が生じ、ついにシュラークーサイの立派な国制は崩壊してしまったと伝えられている。
⇒ディオクレース❷、エピカルモス、ソープローン、ヘルモクラテース、プラトーン
Herodot. 7-154～157/ Thuc. 6～7/ Xen. Hell. 1-1/ Strab. 1-8, 6-269～/ Liv. 23～25/ Plut. Dion, Tim., Marc., Mor./ Arist. Pol. 5(1303)/ Pind./ Ael./ Plin. N. H. 3-8/ Mela/ Paus./ Diod. 11～/ Isoc./ Theoc./ Cic. Verr./ Dion. Hal. Steph. Byz./ etc.

シュラークーサエ　Syracusae
⇒シュラークーサイ（のラテン語形）

シュリア　Syria（ローマの属州）、（和）シリア
　シュリアー*（シュリエー*）のラテン語形。前 64 年、ポンペイユス*に占領され、ローマの属州シュリアが成立。初代総督には A. ガビーニウス*が就任し（前 57～前 54）、州都はアンティオキーア*（アンティオケイア❶*）に置かれた。以来、東方におけるローマ帝国最大の属州として重視されたが、イェルーサーレーム*（エルサレム）陥落（後 70）の後、ユダヤが別の皇帝属州となって分立。セプティミウス・セウェールス*帝の治下には、さらに北のシュリア・コエレー S. Coele と南のシュリア・ポエニーケー S. Phoenice に分割された（194 頃）。東西交易の要衝として繁栄し、ダマスコス*、パルミューラ*など多数の隊商都市が発展。3 世紀後半「女王」ゼーノビア*はパルミューラの地を帝国の首都にしようと試みた。ローマ諸皇帝はパルティアー*、次いでサーサーン朝*ペルシア*の攻撃と戦い続けたが、ついにイスラーム教徒のアラブ軍によって全土が征服された（633～640）。
⇒デカポリス、ヘーリオポリス❶、エメサ、アパメイア
Mela 1-11/ Plin. N. H. 5-13/ Plut. Pomp. 39/ Joseph. J. A. 14～/ Ptol. Geog. 5-15/ App. Syr. 46, 50/ Amm. Marc./ etc.

ジューリア　Julia、（仏）Julie、（伊）Giulia
⇒ユーリア

シュリアー（イオーニアー*方言・シュリエー）　Syria (Syrie), Συρία (Συρίη), （ラ）シュリア* Syria, （仏）Syrie, （独）Syrien, （伊）（西）（葡）Siria,

（露）Сирия，（アラム語）Surja，（アラビア語）Sūrīya, Ash Shā'm，（ペルシア語）Sūrīye，（ヘブライ語）Arā'm（アラーム），（トルコ語）Sŭriye，（和）シリア

地中海東岸、アルメニアー*山地の南、メソポタミアー*の西、アラビア砂漠の北を占める広い地域。ギリシア神話中の名祖シュロス Syros, Σύρος は、アゲーノール*の息子で、カドモス*やポイニクス*、エウローペー*の兄弟とも、アポッローン*とシノーペー*との間の子で、算術および輪廻転生の教義の創始者ともいう。肥沃で交通の要衝にあったため、古くから多くの民族が侵入を繰り返し、歴史時代にはセム系の諸族、とりわけアラム人 Aramaioi が定住（前1300頃～）、よってヘブライ人はこの地をアラーム（原義「高地」）と呼んでいた。アラム人はダマスコス*を中心に都市国家を建設し、隊商貿易によって大いに繁栄、前10世紀以来イスラーエール人と対立抗争を続けた。が、決して統一国家を建てることなく、常にいくつかの小王国に分立していた。前8世紀の半ば頃、強大なアッシュリアー*帝国に征服され（前743～）、ダマスコスは破壊された（前732）。その後、新バビュローニアー*（カルダイアー*）、アカイメネース朝*ペルシア*の支配（前539頃～）を経て、前332年アレクサンドロス大王*に臣従した。シュリアーの名はアッシュリアーの短縮形とされ、ギリシア人は両者をしばしば混同し、また小アジアに住む一派をレウコ・シュロイ*（白シュリアー人）と呼んだ。セレウコス1世*の統治（前312～）以来、シュリアーはアンティオケイア❶*を首都とするセレウコス朝*の中心となって再び隆盛を極め、パレスティナ*をもその版図に加えた。アルメニアーのティグラーネース大王*によってセレウコス朝シュリアー王国が崩壊させられた（前83）後、前64年ローマの将ポンペイユス*がシュリアー全土を占領し、これをローマの属州シュリア*に編成した。

シュリアー人はエジプト人や多くのセム系民族と同様、男子割礼の習慣を保持しており、宗教面では特に、去勢神官の仕える女神アスタルテー*（⇒ヒエラーポリス❶）や美青年アドーニス*の信仰、ローマ皇帝エラガバルス*やアウレーリアーヌス*が帝国の最高神とした太陽神ソール*（ソール・インウィクトゥス*）崇拝などで名高い（⇒シュリア・デア）。特産物は葡萄酒や各種農産物の他、羊毛および亜麻の織物、高価な緋紫染め、ガラス製品、等々の奢侈品が多く、国際貿易によってダマスコス、パルミューラ*、ペトラー*、ヘーリオポリス*の諸市が栄えた。ギリシア人との交流も古く、青銅器時代から盛んに通商が行なわれ、地中海沿岸にはギリシア系交易港が幾つか築かれた（アル・ミーナー Al-Mīnā'、ポセイディオン Poseidion 等）。文化面では、シュリアー人の用いたアラム語は、早くより西アジア全域の国際通商用語となり（前9世紀頃～）、アカイメネース朝*の公用語としても使用され、パレスティナでは前2世紀頃、完全にヘブライ語を駆逐した。フェニキア*の字母（アルファベット）を改良したアラム文字は、何千年もオリエント世界を支配した楔形文字に取って代わり、後のアラビア文字のもとになっている。後4世紀頃からエデッサ❶*地方のアラム語は、サーサーン朝*ペルシアの庇護の下、エデッサ、ニシビス*の学院を中心に学問用語となり、いろいろな文学作品を生み出した。

なお、ローマ時代にシュリアーから大勢の奴隷がイタリアへ連行されたので、ラテン語でシュルス Syrus（シュリア人）といえば奴隷の代表的名前と見なされるようになった。ディオクレーティアーヌス*帝（在位・284～305）治下の属州再編で、シュリア州は細分化されたが、いずれもオリエーンス Oriens 管区（ディオエケーシス*）に包含された。⇒コイレー・シュリアー（コエレー・シュリア）、コンマーゲネー、イウーダイアー（ユダヤ）、ポイニーケー（フェニキア）、イトゥーライアー

Herodot. 1-105, 2-104, -157～, 3-5～, 4-39, 7-36/ Strab. 16-749～/ Plin. N. H. 5-13/ Mela 1-2/ Xen. Cyr. 5-4, 6-2, Mem. 2-1, An. 1-4/ Plaut. Curc. 3-73/ Cic. Nat. D. 1-29/ Septuaginta/ Vet. Test./ App. Syr./ Plut./ etc.

ジューリアス （英）Julius，（仏）Jules，（伊）Giulio，（西）Julio
⇒ユーリウス

シュリア・デア Syria Dea，（〈ギ〉シュリアー・テアー Syria Thea, Συρία θεά, Syriē Theos, Συρίη θεός）（ラテン語で「シュリア*の女神」の意）シュリアー*のヒエラーポリス❶*に祀られていた豊穣多産の女神。アタルガティス*またはデルケトー Derketo, Δερκετώ（セミーラミス*の母）と呼ばれ、アスタルテー*と同一視された。魚と鳩を聖なる動物とし、ギリシアではアプロディーテー*やキュベレー*、レアー*などの女神と混同された。セレウコス朝*シュリアーの時代から、その信仰はギリシア人の間に広まり、やがてイタリアやそれ以外の地にも弘布、ローマには女神を祀る神殿も建立された。女装した去勢神官たちが奉仕し、恍惚なる舞踊を伴う儀式や、巨大な陽物（パッロス）phallos 像、神託などで知られた。ローマ帝政中期には、皇后ユーリア・ドムナ*とその妹・姪たちにより女神の崇拝が手厚く保護され、エラガバルス*帝に至って神体がローマ帝室の宮殿にまでもたらされた（後3世紀前半）。ローマ時代の美術作品において、女神は2頭の獅子（ライオン）を両側に侍らせた玉座に坐した姿で表わされている。占星術師はこの女神を「処女座（おとめ）（ラ）Virgo」と同一視し、はるかブリタンニア*やダーヌビウス*（ドーナウ）河流域に及ぶ帝国の随所で彼女の祭祀が執り行なわれるようになった。
⇒マグナ・マーテル

Lucian. Syr. D./ Paus. 1-14, 4-31/ Strab. 16-748/ Plin. N. H. 2-95/ Apul. Met. 8～9/ Aesch. Supp. 562/ etc.

ジュリアン （英）（独）Julian，（仏）Julien
⇒ユーリアーヌス

シュリエー Syrie
⇒シュリアー

ジュリオーネ Gerione
⇒ゲーリュオーン（のイタリア語形）

シューリンクス Syrinks, Σῦριγζ, Σύριγξ, Syrinx,（伊）（西）Siringa,（葡）Siringe,（露）Сиринга

　葦の茎を並べて作った牧人の堅笛。ギリシア神話においては、シューリンクスはアルカディアー*のニュンペー*（ニンフ*）で、牧羊神パーン*に犯されそうになって遁走するうちに、ラードーン*河の岸辺で自ら願って葦に変身したことになっている。パーンはその葦を幾本（7本ないし9本）か切り取って堅笛を作り、これをシューリンクスと名づけ、以来好んでこの楽器を奏でたという —— パーンの葦笛（ラ）Fistula Panis,（英）Panpipe, Pan's pipes,（伊）la siringa di Pan ——。彼が最初のシューリンクス笛を収めたという洞窟がエペソス*にあって、娘たちの処女性を試す際には、この窟内に彼女らを閉じ籠め、真の生娘（きむすめ）の場合はシューリンクスの調べが流れて扉が自ら開いたが、偽って処女を主張していた場合は不吉な葬礼の嘆き声が聞こえ、女の姿も消え去ってしまうと伝えられていた。
⇒ヘルメース
Ov. Met. 1-689～, 11-153～/ Theoc. Syrinx/ Serv. ad Verg. Ecl. 2-31, 10-26/ Achilles Tatius 8-6/ Hom. Il. 10-13, 18-526/ Hymn. Hom. Merc. 512/ Apollod. 3-10/ etc.

シュルス、プーブリリウス Publilius Syrus
⇒プーブリリウス・シュルス

シュルティス（湾） Syrtis, Σύρτις,（〈複〉〈ラ〉シュルテース Syrtes）,（伊）Sirte,（アラビア語）Surt
　リビュエー*（アフリカ）北岸の2つの大きな流砂地域。古来、航海の難所として知られ、一般に渦潮や暗礁などの危険海域もこの名で呼ばれた。2つのシュルティス湾のうち、大シュルティス（ギ）Syrtis Megale, Σύρτις Μεγάλη（ラ）Syrtis Major は、キューレーネー*とレプティス❶*の間にあり、現在のスルト Surt 湾（〈英〉Gulf of Sidra,〈伊〉Golfo di Sirte）、小シュルティス（ギ）Syrtis Mikra,（ラ）Syrtis Minor は、カルターゴー*の南方、小レプティス❷*とサーブラタ*の間にあり、今日のガベス Gabès 湾に相当する。伝説上の民族ロートパゴイ*は、この砂洲地方に住むと考えられていた（今日のジェルバ Djerba 島）。また、砂漠周辺には、メドゥーサ*の首から滴り落ちた血から化生したという毒蛇が多く棲息。蛇毒を吸い取る技に秀出たプシュッロイ*（プシュッリー*）族もこの近くにいた。貴重な香草シルピオン silphion, σίλφιον,（ラ）silphium もこのあたりで採れた。
⇒キューレーナイカ、ガラマンテス、ナサモーネス
Mela 1-7, 2-7/ Verg. Aen. 4-41/ Lucan. 9-303/ Plin. N. H. 5-4/ Strab. 17-834～/ Polyb. 1-39, 3-23, 12-1/ Procop. Aed. 6-3/ Diod. 20-41/ Sall. Jug. 79/ Scylax/ etc.

シュルラ Sylla
⇒スッラ（独裁官（ディクタートル*））

殉教者（キリスト教の） Martys, Μάρτυς, Martyr,（独）Märtyrer,（伊）Màrtire,（西）Mártir（〈複〉Martyroi, Μάρτυροι, Martyres,〈独〉Märtyrin,〈伊〉Martiri,〈西〉Mártires）

　主としてローマ帝政期に棄教を頑なに拒否して処刑されたキリスト教徒を指す。「人類の敵」「無神論者」などとして民衆の憎悪の的であったこの新興宗教の信者に対して、ローマ皇帝たちはたびたび弾圧の手を加えたが、初期はおおむね局地的・散発的なものに留まり（ネロー*やドミティアーヌス*など）、全国的・組織的な大迫害が行なわれるようになったのは、帝国が宗教統一策に乗り出した3世紀半ば以降のことでしかない（デキウス*、ウァレリアーヌス*、ディオクレーティアーヌス*ら）。この間にポリュカルポス*やイウースティーノス*（ユースティーヌス*）、キュプリアーヌス*ら少なからぬキリスト教徒が刑死したといい、その総数は最低で4千人、最高では100万人と見積もられている（しかし、神学者オーリゲネース*によれば、「殉教者はたやすく数えられるほど僅かな人たちに過ぎない」という）。カイサレイア*のエウセビオス*らをはじめとするキリスト教徒の著述には、信仰に固執する人々が数々の酸鼻を極めた拷責を加えられた末、火刑や磔刑、斬首、絞首、撲殺、射殺、溺殺、投石刑、牛裂き、野獣の餌食、生き埋め、釜茹で、車裂き、生皮剥ぎ、碾臼によるすり潰し、串刺し、四肢切断その他の各種肉刑に処せられて果てた顛末が委曲をつくして記されている。ところが、『殉教録 Martyrologium』や『殉教者言行録 Acta Martyrum』などの大半は、誇張された嗜虐的物語でしかなく、「殉教聖人」も創作された架空の人物である場合が多い。信憑性は乏しいが、後世に至るまでよく知られた殉教者としては以下のものが挙げられる。

　エウスタキウス Eustachius（ハドリアーヌス*帝の治下、青銅の雄牛に閉じ込められて焼き殺される）。ラウレンティウス Laurentius（ウァレリアーヌス帝の治下、焼き網の上で炙り殺される）。セバスティアーヌス Sebastianus（ディオクレーティアーヌス帝の治下、矢で射抜かれたのち棍棒で打ち殺される）。カタリーナ Catharina,（ギ）アイカテリネー Aikaterine, Αἰκατερίνη（マクセンティウス*帝により車刑に処せられたのち斬首）。カエキリア* Caecilia（蒸し風呂で窒息させられたうえ刎首）。アガタ Agatha（デキウス帝の治下、乳房を切り取られ、灼熱した石炭の上を転がされて死亡）。アポッローニアー Apollonia（デキウスの迫害に先立つ民衆暴動で、歯を1本ずつ抜きとられ、火刑に処すと脅されて自ら炎の中に投身）。ゲオールギウス Georgius,（ギ）Georgios, Γεώργιος（ディオクレーティアーヌスの治下、拷問の末、車刑に処せられてから刎首）。バルバラ Barbara（マクシミアーヌス・ダイヤ*の治下、逆さ吊りや乳房切断などの拷責のうえ、父親の剣で殺される）。ルーキア Lucia（ディオクレーティアーヌスの治下、火責め・

抜歯・乳房切断・溶けた鉛を耳に流し込む・煮えた尿や油をかける等の拷問を受けたのち、短剣で喉を貫かれて死亡)。ドーロテア Dorothea, Δωροθέα (ディオクレーティアーヌスの治下、拷責ののち、火刑柱に縛りつけられて焚殺される)。エラスムス Erasmus (ディオクレーティアーヌスの治下、爪の下に釘を打ちこむ・煮えた瀝青の中に投じるなど数々の拷問の末、腸を巻き上げ機で引きずり出される)。アグネス Agnes (全裸にされて娼家に送り込まれ、火中に投じられたのち斬首)。ヒッポリュトゥス Hippolytus (ウァレリアーヌスの治下、石で口を打ち砕かれ、鉄櫛で肉を削がれる等の拷責ののち、足を荒馬に縛りつけられ曳きずり回されて死亡)。ウィンケンティウス Vincentius (ディオクレーティアーヌスの治下、鞭打ちなどの拷問ののち、火格子の上で焙り殺され、死体に石臼をくくりつけられて海中に投ぜられる)。ウァレンティーヌス Valentinus (クラウディウス2世*・ゴティクスの治下に斬首)。クリストポルス Christophorus, (ギ) クリストポロス Khristophoros (デキウス帝の治下、頭に灼熱した鉄兜をかぶせられる等の拷責の末、刎首)。12使徒*の1人バルトロマイオス Bartholomaios, (ラ) Bartholomaeus (アルメニアー*で生きたまま全身の皮を剥がれたのち斬首)。ブラシオス Blasios, (ラ) Blasius (リキニウス*帝の治下、柱に吊るされ鉄櫛で肉を裂かれたうえ、斬首)。サートゥルニーヌス Saturninus (デキウス帝の治下、雄牛に足を縛りつけて引きずり回され、石段で頭蓋骨を割られて死んだトローサ*(現・トゥールーズ)の初代司教)。コスマース Kosmas とダミアーノス Damianos (ディオクレーティアーヌス帝の治下、鞭打ちはじめ数々の拷問の末、打ち首)。ディオニューシウス Dionysius (デキウス帝の頃、皮剥ぎや熱湯責めなどの拷問ののち刎首されたパリの初代司教)。マルガリータ Margarita (ディオクレーティアーヌス帝の治下、鞭打ちや鉄櫛による肉削ぎ落とし、火炙り、また竜に呑み込まれるなどの受難ののち斬首)、等々 (⇒クルキフィクシオー)。

　キリスト教徒たちは殉教者の墓上に祀堂や教会を建て、彼らの遺骨や持物 (たとえば、ラウレンティウスを焼いた鉄板や彼の肉片、セバスティアーヌスの体を射抜いた矢などと称するもの) を「聖遺物」として崇敬した。ローマ帝国による迫害の規模については今なお定説を見ないが、キリスト教徒が狂信に駆られて相互に殺し合った流血沙汰の惨事や、ユダヤ人ほかの異教徒に加えた残虐行為などの方がはるかに甚しく苛烈だったと考えられている。
⇒アンティオケイアのイグナティオス
Euseb. Hist. Eccl. 2-25, 3～8/ Nov. Test. Act. 7-54～, 12-1～, 22-20/ Lactant. Mort. Pers./ Martyrologium Hieronymianum/ Depositio Martyrum/ etc.

シュンプレーガデス (岩)　Symplegades, Συμπληγάδες (Πέτραι), (仏) Symplégades, (西) Simplégades, (露) Симплегады

(「撃ち合わさる岩」の意) ボスポロス*海峡から黒海に入った所に聳えていたという伝説上の巨大な2つの岩。キューアネアイ Kyaneai, Κυανέαι (青黒い岩)、プランクタイ Planktai, Πλαγκταί (漂う岩) とも呼ばれ、絶えず揺れ動いていて、その間を船などが通ると、両側からぶつかり合って細々に打ち砕いてしまったという。アルゴナウテース*たち (アルゴナウタイ*) 一行は、盲目の予言者ピーネウス❶*の助言に従って、1羽の鳩を飛ばし、鳩が無事に通過した後、岩が開きかかっている時に、一斉に力漕して、かろうじて通り抜けることができた。船が一度通れば、岩はもはや動かなくなると定められていたので、以来シュンプレーガデスは海峡の両側に固定してしまったという。後世、ヘッレースポントス*の入口に半マイルほどの間隔を空けて突出している2つの岩 (現・Urek-Iaki) と同一視された。
Eur. I. T. 260, 355, 1389, Med. 2, 163/ Hom. Od. 12-59～, 23-327/ Herodot. 4-85/ Apollod. 1-9/ Strab. 7-319/ Ap. Rhod. 2-317～, -549～/ Pind. Pyth. 4-208～/ Soph. Ant. 966/ etc.

シュンポシオン　Symposion, Συμπόσιον, Symposium (Convivium, Comissatio), (伊)(西)(葡) Simposio, (露) Симпосий

(「一緒に飲むこと」の意) ギリシアの酒宴・饗宴。晩餐 deipnon, δεῖπνον が済んだ後で、神々に酒を捧げてから来会者一同が花冠 stephanos を戴き、寝椅子に横臥しつつ酒盃を交わした。宴会の座長シュンポシアルコス symposiarkhos, συμποσίαρχος が選ばれて、乾杯を発議したり、談論の主題を提案したり、余興を指示したりする。余興は歌・竪琴・笛などの音楽が主で、その他コッタボス kottabos, κότταβος という酒盃に残った葡萄酒を目標の容器に投げ入れるゲームや骰子遊びをしたり、遊芸人の軽業や少年の舞踊を見物して娯しんだ。プラトーン*の『饗宴』のように哲学的議論を交わすなど相互の会話が重んじられ、豪勢な宴席では客1人1人に酌童が附いたが、遊女ヘタイラー*を除いて女性が参加することはなかった。酩酊のあまり町に暴れ出て乱暴狼藉を働き、人の家に夜中に闖入する者や、市街のいろいろな物を壊したあげく、所かまわず寝てしまう者もいた。酒席がそのまま娼婦や男倡を相手の乱交の場と化してしまう例も珍しくはなかった。饗宴の様子はさまざまな陶器に描かれた絵画や、墳墓内の壁画 ── 代表例・ポセイドーニアー*＝パエストゥム*の前480年頃の「飛び込む男の墓 Tomba del Tuffatore」の壁画 ── に見ることができる。また饗宴のあと別の家での酒宴へと次々に渡り歩くコーモス Komos, Κῶμος なる酔漢たちの練り歩きの情景も、古代ギリシアの造形芸術に表現されている。

　なお、今日の討論会、談話会などを意味する用語シンポジウム symposium は、このシュンポシオンという古代ギリシア語に由来する言葉である。
⇒葡萄酒 (オイノス)、ソータデース、スコリオン
Pl. Symp., Leg., Prt./ Xen. Symp./ Ar. Vesp. 1208～1264/ Ath. 10, 15/ Plut. Mor. 146b～, 612c～/ Lucian./ Suda/ etc.

シュンマクス Quintus Aurelius Symmachus, （ギ）Symmakhos, Σύμμαχος, （仏）Symmaque, （露）Симмах

（後340／345頃～410頃）後期ローマ帝国の政治家・元老院議員*。名門貴族の家柄に生まれ、ガッリア*の教師に学んで当代随一の弁論家となる。アウソニウス*やプラエテクスタートゥス*の友人。アンブロシウス*の縁者。ラテン語のみならずギリシア語の文学的教養も身につけ、アーフリカ*の総督 Proconsul（373）、ローマの首都長官 Praefectus urbi（384）、執政官（391）と顕職を歴任、高邁な人柄でローマ元老院に重きをなした。伝統的宗教を信奉し、382年にグラーティアーヌス*帝が元老院議場から勝利の女神ウィクトーリア*の祭壇を撤去させた時には、元老院を代表して勅令の撤回を請願するべく帝のもとへ赴くが、キリスト教の狂信者となったグラーティアーヌスに対面を拒まれ追い返される。グラーティアーヌスの横死（383）後、若いウァレンティニアーヌス2世*に拝謁を許されると、素晴らしい雄弁をふるってウィクトーリア祭壇の復旧を陳情。これには帝も心を動かされ、キリスト教徒の帝国全体会議までもが許可するよう進言したという。この演説『上奉文』第3 Relatio Ⅲは、敵方のメディオーラーヌム*（現・ミラーノ）司教アンブロシウスをも唸らせるほどの名文で、その一節「人間は誰でも自分の習慣をもち、自分の宗教をもっている、真理に至る道は一つではないのだ」は大方の共鳴をかち得た。しかし、不寛容なアンブロシウスは、まだ13歳の少年皇帝に対し破門をもって威嚇するという強硬手段をとり、かろうじて請願を却下させ得た（384）。よってアウグストゥス*の治世以来、古代ローマ宗教への忠誠の象徴として尊崇されて来たウィクトーリア像の復帰は実現しなかった。

シュンマクスは大変な資産家で、ローマに邸宅を3つ、別荘 villa は各地に15も所有し、イタリアじゅう随所に土地・屋敷があったので「イタリア半島の北から南まで行く先々が彼の地所だった」という。さらにシキリア*（現・シチリア）とマウレーターニア*にも所領を持ち、その収入で豊かな生活を享受、401年に法務官職（プラエトル*）に就く息子のためには金2千ポンド pondo 以上という巨費を投じて盛大な見世物を催してやったと伝えられる。彼の9百余通にのぼる厖大な書簡は、この息子によって10巻に編集・公刊され、今日まで伝えられている。なお、彼の女婿フラーウィアーヌス Virius Nicomachus Flavianus（334～394）は、同じく有力な元老院議員だったが、異教の再興を切望するあまりエウゲニウス*帝の即位を援け、テオドシウス1世（大帝）*に敗れて自殺している。

ちなみに、後100年頃にアリストパネース*の注釈書を著わした文献学者シュンマコス Symmakhos は別人である。⇒プルーデンティウス、マクロビウス

Symmachus Relat., Epistolarum Libri X, Novem Orationum Fragmenta/ Socrates 5-14/ Macrob. Sat. 5-1/ Prudent. c. Symm./ Sid. Apoll. Epist. 1-1/ Amm. Marc./ etc.

ジョーヴ Jove, Giove
⇒ユーピテル

小アイアース Aias Oiliades, Αἴας Ὀιλιάδης, （ラ）Ajax Oili(a)des
⇒アイアース❷

小アグリッピーナ Agrippina Minor, （英）Agrippina the Younger, （仏）Agrippine la Jeune, （独）Agrippina die Jüngere, （伊）Agrippina Minore, （西）Agripina la menor, （葡）Agripina a jovem, Agripina a menor, （露）Агриппина Младшая
⇒アグリッピーナ❷

系図207　シュンマクス

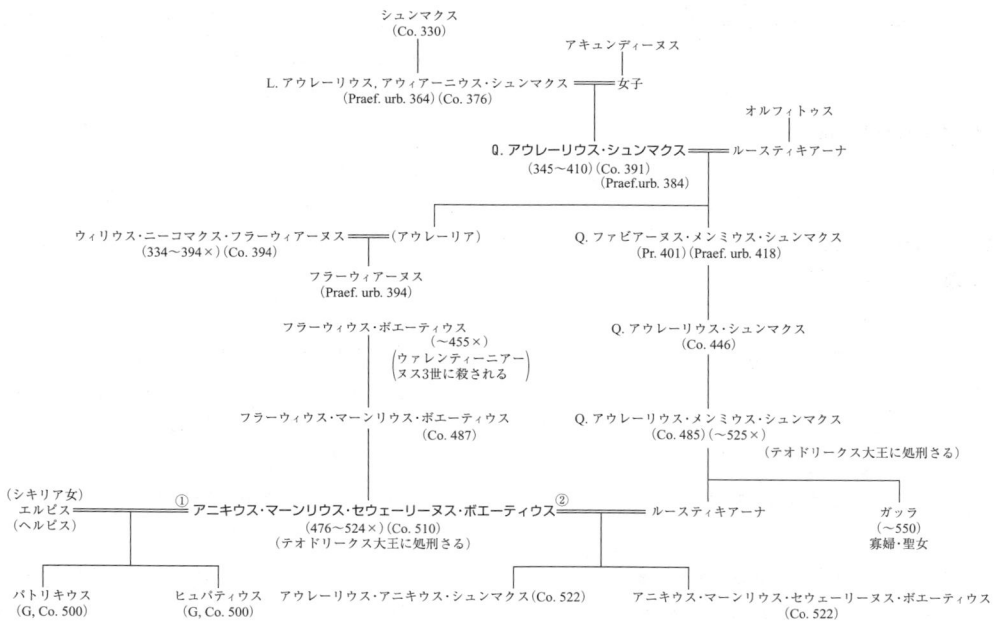

小アジア　Asiā hē mikrā, Ἀσία ἡ μικρά, (ラ) アシア・ミノル Asia Minor, (仏) Asie Mineure, (独) Kleinasien, (伊) Asia Minore, (西) Asia Menor, (葡) Ásia Menor, (露) Малия Азия, (トルコ語) Anadolu, (別名・〈ラ〉アナトリア Anatolia)

ギリシア語では通常アシアー❷*と呼ばれ、現トルコの大部分を占めるアナトリア半島を指す。エーゲ海に臨むトロイアー*地方では、前3500年頃から都市文化が開花し、前3000年紀末にはインド・ヨーロッパ語族のヒッタイト人が半島に移住、馬車と鉄器を使用し、オリエント世界に覇を競う強大な王国を樹立した（前1900頃〜前1190滅亡）。前12世紀頃、プリュギアー*人がトラーキアー*より侵入し、西部に定住して王国を建設（前1000頃〜前700頃）。次いでリューディアー*人がおこり（前730頃）、またキンメリオイ*人が侵寇する（前720頃〜）など、さまざまな民族がこの地に興亡を繰り返した。ギリシア人には特にヒッタイト文化の影響が大きく、例えば男色を重んじたヒッタイト人の法典では、父親と息子間の近親性交を禁じてはいるものの、奴隷と自由人の少年との婚姻が認められており、アテーナイ*のソローン*は少年愛に関する法律を制定するに当たり、この法典から大いに学ぶところがあったと考えられる。小アジアはこの後、アカイメネース朝*ペルシア*に征服され（前6世紀中頃）、アレクサンドロス大王*の支配を経て、ヘレニズム時代にはディアドコイ*の争奪の対象となる。やがてペルガモン*、ビーテューニアー*、カッパドキアー*、ポントス*などの王国が分立するが、次々にローマ領に併呑されていった。

Herodot. 1〜5/ Strab. 12〜14/ Plin. N. H. 5-22〜44/ Cic. Brut. 91, Fam. 2-15/ Liv. 9-19, 37-45, 38-39/ Hor. Epist. 1-3/ Verg. Aen. 7-701/ Plut. Sol. 1, Mor. 751b/ etc.

小アーフリカーヌス、スキーピオー　P. cornelius Scipio Aemilianus Africanus Minor
⇒スキーピオー・アエミリアーヌス・(小) アーフリカーヌス

小アルメニア　Armenia Minor
⇒アルメニアー

小アントーニア　Antonia Minor
⇒アントーニア❷

ジョヴィアン　(英)(独) Jovian, (仏) Jovien
⇒ヨウィアーヌス

小凱旋式　Ovatio
⇒オウァーティオー、トリウンプス（凱旋式）

小カトー　Cato Minor, (英) Cato the Younger, Cato Uticensis, (仏) Caton le Jeune, Caton d'Utique, (独) Cato der Jüngere, (伊) Catone Uticense, Catone il giovane, (西) Catón el Joven, (葡) Catão, o Jovem, Catão, o moço, (露) Катон Младший
⇒マールクス・ポルキウス・カトー❷

小スキーピオー　Scipio Minor
⇒P. コルネーリウス・スキーピオー・アエミリアーヌス・(小) アーフリカーヌス

小ドルースス　Drusus Junior, Drusus Minor, (英) Drusus the Younger
⇒ドルースス・カエサル❶

小プリーニウス　Plinius Minor
⇒プリーニウス❷

小マリウス　Gaius Marius
⇒マリウス❷

小ユーリア　Julia Minor
⇒ユーリア❻

小リキニウス　Licinianus Licinius
⇒リキニウス（小）

小ルーキーリウス　Lucilius Junior
⇒ルーキーリウス・ユーニオル

叙事詩圏（叙事詩の環）　Epikos Kyklos, Ἐπικὸς Κύκλος, Epicus Cyclus, (英) Epic Cycle, (仏) Cycle épique, (独) Epischer Zyklus, (伊) Ciclo epico, (西) Ciclo épico

前7〜前6世紀にかけて成立したギリシア神話・伝説を主題とする一連の叙事詩の総称。なかでもトロイアー戦争*を扱った作品群が有名で、物語の時代順に列挙すると次のようなものがある。

○『キュプリア Kypria, Κύπρια』11巻キュプロス*のスタシーノス Stasinos ないしヘーゲーシアース Hegesias 作（貧窮したホメーロス*が娘の婚資代わりにこの作品を女婿スタシーノスに贈ったという伝承もある）。戦争の発端となったトロイアー*王子パリス*の審判から『イーリアス*』の冒頭に至るまでを扱う。

○『イーリアス*』ホメーロス作（前8世紀）

○『アイティオピス（エティオピア物語）Aithiopis, Αἰθιοπίς』5巻ミーレートス*のアルクティーノス*作。アマゾーン*の女王ペンテシレイア*とエティオピア王メムノーン*の参戦からギリシア軍の英雄アキッレウス*（アキレウス*）の死までを扱う。

○『小イーリアス Ilias Mikra, Ἰλιὰς Μικρά, 《ラ》Ilias Parva』4巻レスボス*のレスケース Leskhes 作（異説あり）。ア

キッレウスの武具をめぐる争いから木馬の計を経てトロイアーの陥落に至るまでを扱う。

○『イーリオンの陥落 Iliū Persis, Ἰλίου Πέρσις』2巻ミーレートスのアルクティーノス（前出）作。イーリオン*（トロイアーの別名）の陥落に際しての諸事件を扱う。

○『帰国譚 Nostoi, Νόστοι』5巻トロイゼーン*のアギアース Agias ないしヘーギアース Hegias 作。オデュッセウス*以外のギリシア軍諸将の多難な帰国物語。

○『オデュッセイア*』ホメーロス作（前8世紀）

○『テーレゴネイア Telegoneia, Τηλεγόνεια』2巻キューレーネー*のエウガンモーン Eugammon 作。『オデュッセイア』の後日譚。オデュッセウスとキルケー*との間に生まれた子テーレゴノス*が、父を尋ねて旅をするうちに、誤って父を殺してしまう話などを扱う。

叙事詩圏には以上のほか、『神統記 Theogonia, Θεογονία』や『ティーターン*族との戦い Titanomakhia, Τιτανομαχία』、テーバイ❶*市にまつわる伝説を集めた『オイディプース*譚 Oidipodeia, Οἰδιπόδεια』『テーバイ物語* Thebaïs, Θηβαΐς』『テーバイ攻めの七将たちの後裔譚 Epigonoi, Ἐπίγονοι（⇒エピゴノイ）』などがあったが、『イーリアス』と『オデュッセイア』を除いてことごとく散逸し、わずかな断片しか残っていない。

⇒エウメーロス、『ホメーロス讃歌集』、クレオーピューロス、ステーシコロス、プロクロス❶、スミュルナーのコイントス

Phot. Proklos Khrestomatheia Grammatike/ Herodot. 2-117, 4-32/ Ael. V. H. 9-15/ etc.

ジョン　John
⇒イオーアンネース、またはヨーハンネース

シラキューズ　Syracuse
⇒シュラークーサイ

シラクサ　Siracusa
⇒シュラークーサイ

シーラーニオーン　Silanion, Σιλανίων, Silanio(n),（仏）Silaniôn

（前4世紀後半）アテーナイ*の彫刻家。リューシッポス*と同時代に活動。誰にも師事することなく傑出した才能を発揮、主に青銅像(ブロンズ)を製作した。エーリス*の拳闘(ボクシング)競技優勝者サテュロス Satyros をはじめ幾体もの運動選手の裸像や、英雄テーセウス*像、哲学者プラトーン*像などを造り、シュラークーサイ*にあった女流詩人サッポー*像はのちローマの雄弁家キケロー*に称賛されている。また、彫刻家仲間のアポッロドーロス*（⇒アポッロドーロス❶）の銅像も手がけ、これは"狂人"と渾名されたモデルの怒りっぽい性格を巧みに表現していたという。作品はすべて亡失し、わずかな模作のみ伝存する。

Plin. N. H. 34-19/ Paus. 6-4, -14/ Cic. Verr. 2-2-4/ Plut. Thes. 4, Mor. 18c/ Diog. Laert. 3-2/ Vitr. De Arch. 7 praef. 14/ Tatianus Ad Gr. 34-10, 34-16/ etc.

シーラーヌス家　Silanus,（ギ）Silanos, Σιλανός,（伊）（西）Silano,（露）Силанус

ローマのプレーベース*（平民）系ユーニウス*氏に属する家名(コグノーメン) cognomen。第2次ポエニー戦争*（前218〜前201）の頃より著名人を輩出し、とりわけ共和政末期から帝政初期にかけて繁栄した。しかしながら、ローマ帝室との親族関係が災いして、ユーリウス＝クラウディウス朝*の時代（前27〜後68）に大半が滅ぼされてしまった。シーラーヌスとはラテン語で「噴水・泉」の意。

Liv. 23-15, 25-2〜, Epit. 54/ Polyb. 10-6/ etc.

シーラーヌス、ユーニウス　Junius Silanus,（ギ）Iūnios Sīlānus, Ἰούνιος Σιλανός,（伊）Giunio Silano,（西）Junio Silano,（露）Юний Силан

シーラーヌス家*出身のローマの男性名（⇒巻末系図058）。

系図208　シーラーヌス、ユーニウス

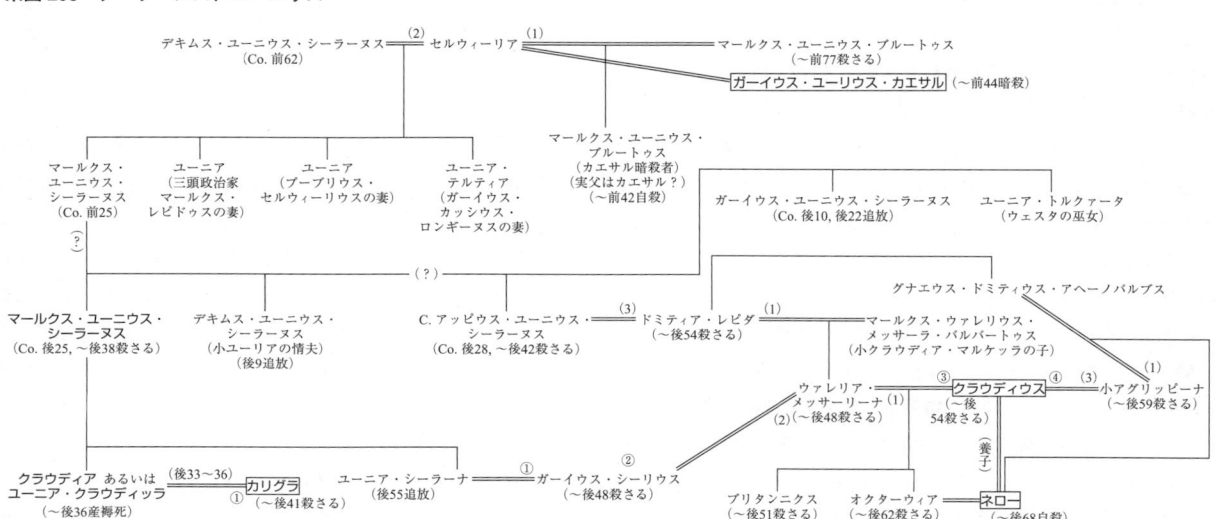

シーラーヌス、ユーニウス

❶デキムス・ユーニウス・シーラーヌス・マ（一）ンリアーヌス D. Junius Silanus Manlianus（？〜前140頃）T. マ（一）ンリウス・トルクァートゥス❸*の子。シーラーヌス家*の養子となる。前142年の法務官*。属州マケドニア*の統治を委ねられるが、あくどい搾取や圧政のため、ローマへ帰国後（前140）属州民より告訴される。実父トルクァートゥスから追放刑を言い渡され、悲観のあまり縊死して果てた。
Cic. Fin. 1-7/ Liv. Epit. 54/ Val. Max. 5-8/ etc.

❷マールクス・ユーニウス・シーラーヌス M. Junius Silanus（前1世紀後半）D. ユーニウス・シーラーヌス（前62年の執政官*）とセルウィーリア*（小カトー*の異父姉）の子。カエサル*暗殺者ブルートゥスの異父弟（⇒巻末系図056）。はじめカエサルの副官 Legatus としてガッリア*で仕え、カエサルの死（前44）後、義兄弟 M. レピドゥス*（第2回三頭政治家の1人）の幕下にあったが、ムティナ*（現・モデナ）の戦いでは元老院命令に反してアントーニウス*に味方した（前43）。三頭政治*を嫌厭して、シキリア*（現・シチリア）のセクストゥス・ポンペイユス*のもとへ逃れ（〜前39）、次いでアントーニウスの配下に移る（前34〜前32）など目まぐるしく政治的立場を変えた。そしてアクティオン*の海戦（前31）前にオクターウィアーヌス*（のちのアウグストゥス*）側に奔り、その殊遇を蒙って、前25年にはアウグストゥスとともに執政官職に就き、同帝によってパトリキイー*（貴族）に列せられたという典型的な日和見主義者。父親のデキムス・ユーニウス・シーラーヌスも、相役となるムーレーナ*とともに買収手段を用いて執政官職を手に入れ、前63年にカティリーナ*の反乱が露顕すると、元老院議会で加担者に極刑を科すよう提案、しかるにカエサルの舌鋒するどい反駁に遭い形勢不利と見てとるや、たちまち「いや、私も極刑というのは、禁錮刑のことを言わんとしたのだ」と翻意する政界の風見鶏として知られていた（12月5日）。
Caes. B. Gall. 6-1/ Dio Cass. 46-38, -51, 53-25/ Vell. Pat. 2-77/ Cic. Cat. 4-4/ Suet. Iul. 14./ Plut. Cic. 20〜/ etc.

❸マールクス・ユーニウス・シーラーヌス・トルクァートゥス M. Junius Silanus Torquatus（後1世紀前半）❷の孫。後19年の執政官*となり、正式な法的手続きを経ずして解放された奴隷の権利を制限する法律 Lex Iumia Norbana を定めた。アーフリカ*の属州総督 Proconsul（36〜39）。アウグストゥス*の曾孫アエミリア・レピダ❷*と結婚したがために、その間に生まれた5人の子供たちはことごとく非命に倒れることになる。帝室につながる血統が災いして政争に巻き込まれたからである。
⇒巻末系図077, 本文系図208
Tac. Ann. 2-59, Hist. 4-48/ Dio Cass. 57-18, 59-20/ etc.

❹マールクス・ユーニウス・シーラーヌス M. Junius Silanus（後14〜後54年10月）❸の子。後46年の執政官*を経てアシア*の属州総督 Proconsul（54）。カリグラ*帝から「黄金の羊」と呼ばれたほど、穏和で無気力な貴族だったが、ネロー*帝が即位するや否や、母后・小アグリッピーナ*の指図で毒殺された。アグリッピーナはかつて彼の兄弟 L. シーラーヌス❻*を死に追いやっていた（49）ため、報復されるのを怖れていたし、アウグストゥス*の玄孫という高貴な血統のゆえに、ネローよりも彼の方が帝位に相応しいという声があったからである。息子のルーキウス・ユーニウス・シーラーヌス❼*も後年、ネロー帝によって殺されて果てている（65）。
Tac. Ann. 13-1/ Dio Cass. 60-27, 61-6/ Plin. N. H. 7-13/ Suet. Claud. 29, 37/ etc.

❺デキムス・ユーニウス・シーラーヌス・トルクァートゥス D. Junius Silanus Torquatus（？〜後64）❸の子。❹の弟。後53年の執政官*。「自分の高祖父は神皇アウグストゥス*だ」と血統を誇ったため、ネロー*帝から冤罪を着せられ、自害に追いやられた ── 両腕の血管を切り開いて死亡 ──。
Tac. Ann. 12-58, 15-35, 16-8/ Dio Cass. 62-27/ etc.

❻ルーキウス・ユーニウス・シーラーヌス・トルクァートゥス L. Junius Silanus Torquatus（後25頃〜後49年1月）❸の子。よって❹、❺の兄弟。クラウディウス*帝の娘オクターウィア❷*の婚約者として、若年ながら凱旋式顕章はじめ数々の栄誉を与えられていたが、小アグリッピーナ*の策謀によって、実の姉妹ユーニア❷*・カルウィーナとの近親相姦の廉で告発され、元老院から追放、法務官*職を剥奪された（48末）。皇女との婚約を破棄された彼は、翌年はじめクラウディウスと小アグリッピーナの結婚式当日に自殺し、オクターウィアはアグリッピーナの息子ネロー*（のちの皇帝）と結婚した。
⇒ L. ウィテッリウス
Tac. Ann. 12-3〜4, -8/ Dio Cass. 55-5, -31/ Suet. Claud. 24, 29/ Sen. Apocol. 10/ etc.

❼ルーキウス・ユーニウス・シーラーヌス・トルクァートゥス L. Junius Silanus Torquatus（？〜後65）❹の子。父を早く失い、叔母ユーニア・レピダ Junia Lepida の嫁ぎ先 C. カッシウス・ロンギーヌス❷*の家で育てられたが、アウグストゥス*の子孫という高貴な血統のゆえに、ネロー*帝の猜疑するところとなり、後65年、カッシウスとともに反逆を企てていると弾劾される。さらに叔母レピダと不義の関係にあると告発され、ナクソス*島へ流される途上、ネローの刺客に斬殺された。
Tac. Ann. 15-52, 16-7〜9, -12/ Plin. Ep. 1-17/ etc.

❽ガーイウス・ユーニウス・シーラーヌス C. Junius Silanus（後1世紀初頭）後10年の執政官*。アシア*の属州総督 Proconsul となる（20／21）が、不法誅求の廉で告発され、流刑に処せられた（22）。はじめ人も住めないようなギュアロス*島が流謫地に定められたが、彼の姉妹でウェスターリス*（女神ウェスタ*の巫女）のユーニア・トルクァータ Junia Torquata が嘆願した結果、その近くのキュトノス Kythnos 島に変更された。同名の息子ガーイウスについては、❿を参照。
Tac. Ann. 3-66〜69, 4-15/ etc.

❾マールクス・ユーニウス・シーラーヌス M. Junius

Silanus (?〜後38) 後15年の補欠執政官[コーンスル]*。❽の弟。ティベリウス*帝に阿諛して政治的影響力をもち、弟デキムス・シーラーヌス D. Junius Silanus (小ユーリア❻*との密通ゆえに9年に配流) の追放を解除させ (20)、33年には娘クラウディッラ Claudilla をカリグラ* (後の皇帝) に嫁がせた。ところが、ほどなく彼女は産褥死を遂げ (36年3月)、次いでシーラーヌス自身も、即位して間もないカリグラによって殺されて果てた。カリグラが嵐の中を出航した折に、彼が船酔いを恐れて同行しなかったのは、皇帝の死を望む異図があったからだ、と言いがかりをつけられ、咽喉を切って自害するよう命じられたのである。

Tac. Ann. 3-24, -57, 6-20/ Suet. Calig. 12, 23/ Dio Cass. 59-8/ etc.

❿ ガーイウス・アッピウス・ユーニウス・シーラーヌス C. Appius Junius Silanus (?〜後42) ❽の息子。後28年の執政官[コーンスル]*を務め、32年には他の名門貴族らとともに反逆罪で訴えられるが、からくも助命される。その後、ヒスパーニア・タッラコーネーンシス*の属州総督 Proconsul[プローコーンスル] 職にあった時 (40／41)、帝位に即いたクラウディウス*が彼を属州から呼び戻し、皇后メッサーリーナ*の母ドミティア・レピダ*と結婚させた (41)。この婚姻関係で皇帝の「義理の父 consocer[コーンソケル]」という栄えある地位を得たのも束の間、翌42年には継娘に当たるメッサーリーナの求愛を拒むという非礼を犯したため、クラウディウスから不意に処刑された。というのも怒ったメッサーリーナが、解放奴隷のナルキッスス*と結託して、「シーラーヌスが弑逆を謀る夢を幾晩も見ました」と偽って臆病な皇帝を嚇し、即刻彼を捕えて弁明も許さず自殺させてしまったからである。この事件を契機にカミッルス❺*・スクリーボーニアーヌスやウィーニキアーヌス*ら貴族たちの反乱が勃発した (42)。

Tac. Ann. 4-68, 6-9, 11-29/ Suet. Claud. 29, 37/ Dio Cass. 60-14/ Sen. Apocol. 11/ etc.

シリア Syria
⇒シュリアー、シュリア (ローマの属州)

シーリウス・イ (ー) タリクス Tiberius Catius Asconius Silius Italicus, (ギ) Sīlios Italikos, Σίλιος Ἰταλικός, (伊) Silio Italico, (葡) Sílio Itálico

(後26頃〜102頃) ローマ帝政期の叙事詩人。おそらくヒスパーニア*のイータリカ❶*出身 (イタリア北東部のパタウィウム* (現・パードヴァ) 説あり)。小プリーニウス*、マールティアーリス*らの知人で、弁論家としても知られる。前半生を政治生活に送り、ネロー*帝 (在位・54〜68) 治下には密告者 delator[デーラートル] として暗躍、68年に執政官[コーンスル]*となり悪評を買った。その後ウェスパシアーヌス*帝の治世に属州総督 Proconsul[プローコーンスル] となってアシア*に赴任し、行政で名を上げた (77頃)。文芸を愛好し富に飽かせて大量の書籍を蒐集、カンパーニア*に引退後は、かつてキケロー*の別荘であった地所を買い入れ、またネアーポリス* (現・ナーポリ) に近いウェルギリウス*の墓碑を修復した。絵画・彫刻など美術品の鑑識家としても著名だったが、最期は不治の病気に罹ったことを覚って自ら餓死し、ストアー*哲学の教えを実践した (76歳)。第2次ポエニー戦争* (ハンニバル❶*戦争) を題材にした長大な叙事詩『ポエニー戦記 Punica』全17巻 (1万2200行) を残したものの、「才能より苦心の作」と小プリーニウスに評され、同じラテン文学白銀時代の叙事詩人ルーカーヌス*やスターティウス*ほど重視されていない。その他、ホメーロス*の『イーリアス*』をラテン語訳した作品『ラテン語イーリアス Ilias Latina』(1070行) も、彼に帰せられている。(近年ではバエビウス・イタリクス Baebius Italicus (ネロー帝時代の詩人) 説が有力になっているが)。
⇒スキーピオー・アーフリカーヌス・マイヨル (大アーフリカーヌス)

Mart. 11-48, -49, 7-63, 8-66, 9-86, 4-14, 6-64/ Plin. Ep. 3-7/ Tac. Hist. 3-65/ Arr. Epict. Diss. 3-8/ etc.

シーリウス、ガーイウス Gaius Silius, (ギ) Gāios Sīlios Γάϊος Σίλιος, (伊) Caio Silio, (西) Cayo Silio

(?〜後48年秋)「ローマきっての美青年」と謳われた名門貴族。48年度の予定執政官[コーンスル]*。クラウディウス*帝の淫蕩な后メッサーリーナ*の寵愛を受けて、妻ユーニア❸*・シーラーナとの離婚を強要され、その後は皇后の公然たる恋人となる (47)。次いで2人は、クラウディウスがオースティア*へ出かけている間に正式に結婚してしまい、皇帝の廃立を画策したが、新郎の邸で乱痴気騒ぎに耽っているところへ、変事を知らされたクラウディウスが急遽帰還。即刻シーリウスは皇后の大勢の情夫とともに処刑された (⇒ムネーステール)。

なお彼の同名の父 C. シーリウス (後13年の執政官。父親は前20年の執政官 P. シーリウス・ネルウァ Nerva) は、高地ゲルマーニア*で7年間軍隊を指揮 (14〜21) し、凱旋式顕章も得た (15) 能将だったが、ゲルマーニクス*との親交が禍して、疑い深いティベリウス*帝によって自殺に追いやられ、同時に妻のソシア・ガッラ Sosia Galla も追放刑に処されている (24)。
⇒巻末系図 058

Tac. Ann. 4-18〜, 11-5, -12, -26〜35/ Dio Cass. 60-31/ Suet. Claud. 26/ Juv. 10-331〜/ Sen. Apocol. 13/ etc.

シーリーズ Ceres
⇒ケレース (の英語形)

シルウァーヌス Silvanus, (ギ) Silūānos, Σιλουανός, (仏) Silvain, Sylvain, (伊) Silvano, (露) Сильван, (エトルーリア語) Selvan, Selvanus

(ラテン語で「森の」の意) イタリア (ローマ) の森の神。元来、開墾されていない荒地や森林の精であったが、のち牧場や

畜群の保護者と見なされ、パーン*やファウヌス*、また農業の神としてマールス*とも同一視された。すべての森にその主たるシルウァーヌスが棲むと考えられ、供物として葡萄や麦の穂、豚、乳などが捧げられた。ローマから追放された廃王タルクィニウス・スペルブス*がエトルーリア*軍を率いてローマと戦闘を交えた時、近くの森からシルウァーヌスが声を発してローマ軍の勝利を伝えたという。半月鎌を手にした気のよい老人の姿で表現され、民衆の間で広く崇敬された。
Cato Agr. 83/ Verg. Ecl. 2-24〜, G. 1-20, Aen. 8-597〜/ Ov. Met. 14-639〜/ Liv. 2-7/ Juv. 6-447/ Hor. Epod. 2-22/ etc.

シルウァーヌス　Claudius Silvanus,（ギ）Klaudios Silbānos, Κλαύδιος Σιλβανός,（露）Клавдий Сильван

（?〜後355年9月7日）ローマ帝国西方の僭帝（在位・355年8月11日〜9月7日）。フランク*族（フランキー*）系出身の将軍。簒奪帝マグネンティウス*を裏切ってムルサ Mursa（現・Osijek）の戦い（351年9月28日）で破り、大いに声望を高める。コーンスタンティウス2世*によりバルバリー蛮族 barbari の劫掠から救うためガッリア*へ派遣されるが、政敵の陰謀で叛逆の罪を被せられたことを知り、コローニア・アグリッピーナ*（現・ケルン）でアウグストゥス*正帝を僭称。冤罪はすぐに晴れたものの、部下に裏切られ礼拝堂で暗殺された（正帝宣言後28日目）。有能な武将であったのみならず、優れた人格と気質でも評判が良かったという。
Julian. Or. 1, 2/ Aur. Vict. Caes. 42/ Amm. Marc. 15-5〜/ Libanius Or. 18-31/ Zonar. 13-9/ etc.

シルテ湾　Golfo di Sirte
⇒シュルティス湾

シルミウム　Sirmium,（ギ）Sirmion, Σίρμιον,（伊）（西）Sirmio,（露）Сирмий

（現・Sremska Mitrovica, Mitrovitza）ローマの属州パンノニア*の主要都市。アウグストゥス*帝時代のパンノニア戦役（前12〜前9）中にローマ軍に占領され、以来帝国軍の基地として重視され、ウェスパシアーヌス*帝（在位・69〜79）の治世にはコローニア植民市 Colonia Flavia が築かれる。軍人皇帝時代（後235〜285）には、デキウス*帝やアウレリアーヌス*帝、プロブス*帝、マクシミアーヌス*帝ら武将として有能な諸帝をこの地から輩出。ドーナウ（ダーヌビウス*）河方面の交通の要衝に当たることから、後期帝政時代には下パンノニア Pannonia Inferior の州都たるに留まらず、ガレーリウス*帝以下諸帝の宮廷や艦隊基地、帝国の造幣局、武器製造工場の所在地として発展した。441年アッティラ*兄弟の率いるフン*族（フンニー*）によって陥落、略奪を被った。現在、リキニウス*帝の浴場施設（テルマエ*）や競馬場（ヒッポドロモス*）、幾何学模様のモザイク床のある家（後4世紀頃）などの遺跡が発掘されている。
⇒アクィンクム

Dio Cass. 55-29/ Plin. N. H. 3-25/ Sid. Apoll. Pan. 774/ Herodian. 7-2/ Auson. Ep. 26-1/ Zosimus 2-18/ Amm. Marc. 17-13, 19-11/ Strab. 2-134/ Ptol. Geog. 2-16, 8-7/ S. H. A. Probus 3/ etc.

シルミオー　Sirmio

（現・Sirmione）イタリア北方、内ガッリア*（ガッリア・キサルピーナ*）のベーナークス Benacus 湖（現・ガルダ湖 Lago di Garda）南岸にあった岬の名。詩人カトゥッルス*の別荘ヴィッラ villa が、かつてここに建っていて、その『詩集カルミナ』中最も美しい作品の1つで謳われている。現在見られる「カトゥッルスの遺跡 Grotte di Catullo」と呼ばれる豪華な別荘跡は、後1世紀中頃の帝政期のものである。
Catull. 31/ It. Ant. 127/ etc.

シルレース（族）　Silures（〈ギ〉・Silyres, Σίλυρες）,（独）Silurer,（伊）Siluri,（西）Siluros,（露）Силуры

ブリタンニア*（現・大ブリテン島）の南ウェールズにいた好戦的な部族。後51年、カラタクス*に率いられて、侵略して来たローマ軍と戦い（⇒オストーリウス・スカプラ）、その後も抵抗を続けたが、フロンティーヌス*（74〜78）によって完全に制圧された。イスカ*（現・カーレオン Caerleon）にローマ軍団の陣営が築かれ、シルレース族の丘陵上の要塞にかわって平地にローマ都市ウェンタ・シルルム Venta Silurum（現・カーウェント Caerwent）が設けられた。タキトゥス*の記述では、シルレース族は黒ずんだ顔をしていて、たいがい髪は捲毛で、ヒスパーニア*から来住したのではないかと思わせるという。

　古生代のシルル紀 Aevum Siluricum は彼らの名に由来する。
Tac. Ann. 12-32〜40, 14-29, Agr. 11, 17/ Plin. N. H. 4-16/ Ptol. Geog. 2-3/ Baeda Hist. Ecc. 1-12〜/ etc.

シーレーノス、または、セイレーノス*　Silenos, Σιληνός, Silenus,（仏）Silène,（独）Silen,（伊）Sileno,（露）Силены

ギリシア神話中、山野に住む半獣神、森の精。パーン*またはヘルメース*と水のニュンペー*（ニンフ）ナーイアデス*の1人との子、あるいはクロノス*が父ウーラノス*を去勢した時に傷口から流れ出た血から生まれたともいう。馬の耳・尾・蹄と巨大な男根を有し、獅子鼻で禿頭の肥満した老人として表わされる。小アジアを本拠地とする。酒神ディオニューソス*の師であり、計り知れぬ知恵と予言の能力の持ち主とされる。プリュギアー*の王ミダース*は彼を酔わせて捕らえ、さまざまな知識や人生の奥義を聞き出したという。シーレーノスは同じく半人半獣の山野の精サテュロス*たちの父といわれ、彼らとともにディオニューソスの従者となって乱舞し、ニュンペーや美少年らを追い回す好色漢と考えられていた。のちには常に酩酊していて歩くこともままならず、サテュロスたちに支

えられたり、酒の入った皮袋を手にかろうじて驢馬に跨って進む姿で表現されるようになった。複数形でセイレーノイ Seilenoi, Σειληνοί (〈ラ〉シーレーニー Sileni,〈英〉Silens) と呼ばれることもあり、サテュロイ*(サテュロスたち)と混同された。が、他方彼らセイレーノイは小アジアの音楽の創始者であるとも信じられていた。哲学者ソークラテース*は、その醜貌と英智のゆえに、シーレーノスになぞらえられている。美術作品では、酔っ払って歩を進める姿態が陶画に描かれた他、幼児のディオニューソスを養育する場面を表わした彫刻なども、ギリシア古典期以来、作られてきた。またシーレーノスの名は、後代のヨーロッパにおいて「放埓な好色爺」の代名詞として用いられている。
⇒マルシュアース、ポロス
Apollod. 2-5/ Herodot. 8-138/ Verg. Ecl. 6/ Pl. Symp. 215/ Clem. Al. Protr. 24/ Hymn. Hom. Ven 262〜263/ Ov. Met. 11-89〜/ Paus. 3-25./ Nonnus Dion. 14-97, 29-262/ Ael. V. H. 3-18, -40/ Diod. 4-14/ etc.

シーレーン Siren
セイレーン*(のラテン語形)

シーレーン Siren
⇒セイレーン

神聖戦争 Hieros Polemos, Ἱερὸς Πόλεμος,(ラ)Sacrum Bellum,(英)Sacred Wars,(仏)Guerres Sacrées,(伊)Guerre Sacre,(西)Guerras Sagradas

古代ギリシア史上、デルポイ*の隣保同盟*(アンピクテュオニアー*)がアポッローン*神殿領を侵すポリス polis に対して起こした戦争。

❶ 第1次(前595／590頃〜前586頃)。デルポイ西南のクリーッサ*市が神域を押領し、巡礼者への課税を強行したために勃発。テッサリアー*、シキュオーン*、アテーナイ*の軍隊が攻め寄せて、クリーッサとその外港キッラー*を滅ぼした。以来クリーッサの沃野はアポッローンの神領となり、一切の耕作が禁じられた。

❷ 第2次(前449頃〜前448頃)。ポーキス*人がデルポイを占領したために勃発。スパルター*軍が占領者を駆逐したが、ほどなくペリクレース*率いるアテーナイ軍がポーキスを支援し、再度神域を占拠させた(前448)。しかし、その後デルポイは解放されニーキアース*の和約(前421)では自治を保証されている。

❸ 第3次(前356〜前346)(別名・ポーキス戦争)。前356年春、ギリシアに覇を唱えていたテーバイ❶*は、隣保同盟を動かして、掟に背いてクリーッサの神領を耕作していたポーキス人に巨額の罰金を支払うよう命じさせた(⇒アンピッサ)。そこでポーキス人は古来からのデルポイの管理権を主張して、神域を占領し、その宝庫を略奪(前356年夏)、スパルターやアテーナイらもこれを支援した。ためにギリシアの大半を巻き込んだ10年にわたる戦争に突入(前355年秋)。ついに隣保同盟がマケドニアー*王ピリッポス2世*を招き寄せた結果、ポーキス諸市は陥落し、アバイ*以外は徹底的に破壊された(前346年夏)。さらにポーキス諸市は莫大な賠償金を課せられたうえ、隣保同盟から除名され、代わってピリッポス2世が出席することとなった(前346年秋)。この最後の神聖戦争によってギリシアにおけるマケドニアーの地位は一層高まった。

なお、ピリッポス2世が隣保同盟の指揮権を得てアンピッサを攻め、ポーキスの都市エラテイア Elateia を占領した戦いを、第4次神聖戦争(前340／339年の冬〜前339年夏)と呼ぶこともある。
⇒ピロメーロス、オノマルコス、パユッロス❷
Paus. 10-2〜, -37/ Thuc. 1-112, 5-18/ Strab. 9-418〜/ Diod. 16/ Isoc. 14-31/ etc.

神聖部隊(ヒエロス・ロコス) Hieros Lokhos, Ἱερὸς Λόχος,(英)Sacred Band,(仏)Bataillon sacré,(独)Heilige Schar,(伊)Battaglione sacro,(西)Batallón Sagrado,(葡)Batalhão Sagrado,(露)Священний отряд

テーバイ❶*の将軍ゴルギダース Gorgidas によって創設された選りすぐりの300人から成る精鋭部隊(前378)。全員が愛し合う男同士のカップルで構成されており、彼らは互いに恋人に勇敢な姿を見せるべく闘ったため、名将ペロピダース*やエパメイノーンダース*の指揮の下、前4世紀中葉には常勝無敵を誇った。特に前371年のレウクトラ*の戦いでは強国スパルター*を破り、テーバイがギリシアの覇権を奪うに至った。しかし前338年、カイローネイア*の戦いで初めて敗れ玉砕。勝ったマケドニアー*王ピリッポス2世*は、彼ら全員が正面から槍傷を受けても武器を握ったまま折り重なって倒れているありさまを見て感動し、それが皆恋する男たちの部隊であると知ると、「彼らに聊かでも恥じる所業があったと疑うような者は呪われるがよい」と涙しつつ言明したという。プラトーン*やクセノポーン*の文中に見るごとく、ギリシアでは男色関係にある者たちが一緒に闘うのが理想的と考えられており、エーリス*やクレーター*(クレーテー*)などでも恋人たちは戦場で隣同士に配置されていた。クセノポーンに従えば、スーサ*の王アブラダータース Abradatas(前6世紀中頃)も恋人同士から成る軍隊より強力なものはないことを数々の機会に証明して見せ、彼とその近習隊とでエジプト軍を撃滅したという。カルターゴー*においても、勇名轟くテーバイの例に倣って2500名の名門出身の勇士から成る「神聖部隊」が編成されている。
⇒パンメネース、パウサニアース❶、パイドロス❶
Plut. Pel. 14〜, Mor. 761b/ Ath. 13-561e, -602a/ Polyaenus 2-5/ Pl. Symp. 178/ Xen. Symp. 8-32, Cyr. 7-1/ Diod. 15-81, 16-80, 20-10/ etc.

神託 (ギ)マンテイア(一)Manteia, Μαντεία,(Μαντεῖα),(イオーニアー*方言)Manteiē,

Μαντείη，（ラ）**オーラークルム** Oraculum,
Oraclum，（英）（仏）Oracle，（独）Orakel，（伊）
Oràcolo，（西）（葡）Oráculo

神官を通して与えられる神のお告げ。ギリシア世界には250ヵ所以上の神託所があったが、古代社会においてドードーナー*のゼウス*の神託所とデルポイ*のアポッローン*の神託所、およびリビュエー*（リビュア*）のアンモーン*の神託所が最も評判が高かった。各項を参照。

その他、小アジアのディデュマ*やクラロス*にあったアポッローンの神託所、エピダウロス*のアスクレーピオス*神託所、レバデイア*のトロポーニオス*神託所、テーバイ❶*のアンピアラーオス*神託所などが盛んで、戦争と平和の決断から、結婚、病気治癒法、犯人捜しの判定まで、人事全般にわたる種々の問いに答えていた。その方法は、巫者の啓示によるものや樹木の音響によるもの、動物の骨や内臓を用いるもの、死者の霊によるもの、夢告によるもの、籤（くじ）によるもの等々、さまざまであった。正式の神託以外にも鳥の飛び方や鳴き声による鳥占い、天体による星占いなども広く行なわれた。中にはパトライ*のヘルメース*神託のように、聖域を出たあと、たまたま耳にした最初の言葉の中から探り取るという方法もあった。

ローマでは、クーマエ*の女予言者シビュッラ*の託宣書が重んじられたほか、エトルーリア*から伝わった鳥卜官（アウグル*）や腸卜師（ハルスペクス*）らの術を通じて神意や予兆が求められた。ローマ近郊プラエネステ*のフォルトゥーナ*神殿の御神籤（おみくじ）による卜占や、ティーブル*のファウヌス*神殿の霊夢による神託などもよく知られていた。これらギリシア・ローマの霊場は、ローマ帝政後期に漸次（ぜんじ）衰えて行き、ついに後4世紀末キリスト教皇帝テオドシウス1世*の勅令によって弾圧・破壊された。

Hom. Il., Od. 10〜11/ Herodot. 1-29〜/ Xen. Mem., Hell. 4-7-2, An. 3-1/ Plut. Mor. 394d〜438d/ Cic. Div./ Verg. Aen. 6-9〜101, 7-81〜/ Ov. Fast. 4-649〜/ Paus. 8-37-11, 9-3-9/ Strab. 7-328〜/ Steph. Byz./ etc.

シンマクス　Symmachus
⇒シュンマクス

シンミアース　Simmias
⇒シミアース

スイオネース　Suiones，(Sueones)，（独）Suionen
ゲルマーニア*人の一部族。スカンディナヴィア（ラ）Scandia 半島に住み、後代のスウェーデン人の祖先という。1人の王によって支配され、両端に舳先（へさき）のある船を操る強力な種族であると伝えられる。
⇒アエスティー、フェンニー
Tac. Germ. 44〜45/ etc.

スーイダーズ　Suidas, Σουῖδας
⇒スーダ

スエーウィー　Suevi
⇒スエービー

スエッサ・アウルンカ　Suessa Aurunca，（ギ）Syessa, Σύεσσα，（露）Cecca
（現・Sessa Aurunca）カンパーニア*北部の町。諷刺詩人ガーイウス・ルーキーリウス*の生地。もとアウルンキー*族の首邑アウルンカ*ないしアウソナ*。同地に前337年頃に建設され、前313年ラテン植民市となって以来、この名称で呼ばれるようになった。前211年にハンニバル❶*に劫掠され、前89年頃には自治都市（ムーニキピウム*）となってスッラ*を支持した。円形闘技場（アンピテアートルム*）や体育訓練場（ギュムナシウム*）、劇場（テアートルム*）の一部、煉瓦造りの橋などの遺跡が見られる。ラティウム*地方にあった古代都市スエッサ・ポーメティア Suessa Pometia，（ギ）Σούεσσα Πωμετιάνη とは別の町である。

Cic. Phil. 3-10/ Liv. 8-15, 9-25, -28, 10-33, 27-9, 29-15/ Diod. 16-90/ Plin. N. H. 3-5/ Sil. 8-400/ Verg. Aen. 6-775/ App. B. Civ. 1-85〜/ Vell. Pat. 1-14/ etc.

スエッシオーネース（族）　Suessiones，(Suessones)，（ギ）Ūessones, Οὐέσσονες, Sūessiōnes, Σουεσσιῶνες，（独）Suessionen，（伊）Suessioni
ベルガエ*人の有力な部族。かつては全ガッリア*最大の勢力を誇り、ブリタンニア*（ブリテン島）にまで支配を伸ばしたが、カエサル*に敗退し小国に転落した（前57）。彼らの首邑でガッリア・ベルギカ*地方の要地アウグスタ・スエッシオーヌム Augusta Suessionum（古くはNoviodunum）、すなわち今日のフランス北部の都市ソワソン Soissons にこの部族名が転訛しつつ残っている。この町は後486年フランク族*の王クロドウェクス1世*（クロヴィス*）によって征服されたが、その折に戦利品となった大きな美しい壺を勝者のフランク軍戦士が撃ち砕こうとした故事にちなんで、貴重な物を粉々にすることを「ソワソンの壺（仏）vase de Soissons」と表現するようになった。

Caes. B. Gall. 2-3〜4, -12〜13, 7-75, 8-6/ Plin. N. H. 4-17/ Ptol. Geog. 2-9/ Luc. 1-423/ Strab. 4-195/ Gregorius Turonensis Historia Francorum 2-27/ etc.

スエッスラ　Suessula，（ギ）Sūessūla, Σουέσσουλα
（現・Suessula, Cancello，または、Castel di Sessola）カンパーニア*の都市名。カプア*とノーラ*の中間に位置し、カプア同盟の一員。第1次サムニウム*戦争（前343〜前341）を経て、前338年以来カプアとともにローマに服属する。第2次ポエニー戦争*（前218〜前201）でカプアを占領するハンニバル❶*に対して、ローマの将軍M.クラウディウス・マルケッルス❶*はこの町を拠点とした。その後、文献には現われなくなるが、碑文から古代末期まで栄え続けたと推測される。

Liv. 7-37, 8-14, 23-14, -17, -31〜, 24-46〜, 25-7, -22, 26-9/ Plin. N. H. 3-5/ Strab. 5-249/ etc.

スエートーニウス　Gaius Suetonius Tranquillus,（ギ）Suētōnios, Σουητώνιος,（仏）Suétone,（伊）（西）Suetonio,（葡）Suetónio,（露）Светоний

（後70頃〜後130／160頃）ローマ帝政期の伝記作家、歴史家。ヌミディア*（北アフリカ）の都市ヒッポー・レーギウス*に生まれる（異説あり）。ローマ騎士スエートーニウス・ラエトゥス Laetus の息子。少年の頃からローマで教育を受け、文法教師や法廷弁論家として活動、小プリーニウス*と親しく交わり、その属州ビーテューニア*赴任にも同行した（110頃）。小プリーニウスは彼をトライヤーヌス*帝に紹介し、さらに子供のないスエートーニウスのために"3子の父親の特権 ius trium liberorum"を懇請してやり、その後も2人は書簡を取り交した。次いでスエートーニウスはハドリアーヌス*帝に仕え、秘書長官（文書局長）にまで昇進した（118頃）が、122年帝の不興を買って後援者の近衛軍司令官 C. セプティキウス・クラールス Septicius Clarus らとともに解任された。その理由は、皇帝がブリタンニア*へ出かけてローマに不在中（121）、彼らが皇后サビーナ*に対して「宮廷儀礼の則を越えて馴れ馴れしく振る舞ったから」というものであった。以後彼は引退して余生を著作活動に捧げ、かなり長命を保ったらしい。早くから文筆にいそしんでいた彼は、多くの書物を読み、すこぶる博識で、歴史的、好古的作品をいくつも記し、百科全書的な内容の大作『牧場 Prata』もあったが、大半は散佚した。現存するのは以下のとおりである。

（1）『皇帝伝 De Vita Caesarum』8巻（2世紀初）

ユーリウス・カエサル*からドミティアーヌス*にいたる12名の伝記集。『12皇帝列伝』とか『ローマ皇帝列伝』などと訳されることがある。秘書官当時に宮廷で見聞し得た貴重な資料をもとに、世評や巷説などの情報をも加えて編んだ作品で、第1巻の冒頭部分以外はすべて現存する。各皇帝の生涯をその業績や才能のみならず、容貌や性癖、残忍・放埓・淫蕩・といった性格的欠点などあらゆる面から描き出し、特に好色な話題や私生活の醜聞は読む者を飽きさせない。本書によって伝記という歴史の分野を開拓し、マリウス・マクシムス Marius Maximus（後3世紀前期）の『ローマ皇帝伝』（亡失）をはじめ、アインハルト Einhard,（ラ）Einhardus, Eginhardus（後770頃〜840）の『カール大帝伝 Vita Caroli Magni』など後世の伝記文学に大きな影響を与えた。

（2）『名士伝 De Viris Illustribus』（110頃）

ローマの著名な文人・学者の伝記集成で、もとは大作であったと思われるが、今日現存するのは、「文法学者と修辞学者伝 De Grammaticis et Rhetoribus」の前半部と「詩人伝 De Poetis」の一部でしかない。明快にして簡潔な文章で、各人物の興味深い逸話が綴られている。

その他、『ギリシアの競技』『罵りの言葉』のギリシア語訳が抜粋の形でかなりの量残されている。彼はたいそう迷信深い人間だったらしく、凶夢を見たというので法廷の審理を2、3日遅らせてくれるよう小プリーニウスに要請しており、またその作品にも前兆や警告、星占いなど異象の示現に関する記事が溢れている。

⇒アウレーリウス・ウィクトル、タキトゥス、ヒストリア・アウグスタ

Plin. Ep. 1-18, -24, 3-8, 10-94/ S. H. A. Hadr. 11/ Lydus Mag. 2-6/ Suda/ Suet. Otho 10, Aug. 7/ etc.

スエトーニウス・パウリーヌス、ガーイウス　Suetonius Paulinus, Gaius

⇒パウリーヌス、ガーイウス・スエトーニウス

スエービー、または、**スエーウィー**（族）　Suebi, Suevi, Suebiae gens,（ギ）Soēboi, Σοῆβοι, Sūēboi, Σουῆβοι,（仏）Suèves,（独）Sweben, Sueven, Sueben,（西）Suevos,（露）Свевы

ゲルマーニア*人の一大種族名、ないし集合部族名。中部ゲルマーニアを中心に広く居住し、マルコマンニー*、クァディー*、セムノーネース*、ヘルムンドゥーリー*、ランゴバルディー*などの支族に分かれていた。カエサル*は彼らをゲルマーニアで最大にして最も好戦的な部族とし、ほとんど裸体で毛皮のみをまとった強大な体軀の野蛮人 barbari（バルバリー）として描いている。前71年頃アリオウィストゥス*に率いられてガッリア*に侵入したが、カエサルによって撃退された（前58）。タキトゥス*の頃には、ゲルマーニアの大部分の土地を領有し、人身供犠や敵に恐怖感を与える特異な結髪風俗で知られていた（後98頃）。一部はマロボドゥーウス*のもとに南遷してボヘミア（ベーメン）を占居し、またアラマンニー*族を構成する主要部族ともなった。ウェスパシアーヌス*帝治下にローマ軍と交戦し（後73、後74）、のち5世紀にはレーヌス*（現・ライン）河を西渡して（406）、ヒスパーニア*に入り（409）ガッラエキア* Gallaecia（現・ガリシア Galicia）に王国を築いた（585年に西ゴート*により滅亡）。タキトゥスはスエービー族の名を広範囲に、女装司祭のいる東方部族（⇒ルギイー）まで含めて適用しているが、2〜4世紀の史家の間では主としてクァディー族にのみ限定されるようになる。彼らの居住したスエービア Suebia の地名は、後世のシュヴァーベン Schwaben（英・Swabia）にあとを留めている。

⇒リーキメル

Caes. B. Gall. 1-37, -51, -54, 3-7, 4-1〜/ Tac. Germ. 38〜/ Luc. 2-51/ Plin. N. H. 4-14/ Strab. 7-290/ Ptol. 2-11/ Amm. Marc. 16-10/ Jordan. 55/ Oros. 1-2/ etc.

スカウルス、マーメルクス・アエミリウス　Mam. Aemilius Scaurus,（ギ）Māmerkus Aimilios Skauros, Μάμερκος Αἰμίλιος Σκαῦρος,（伊）Mamerco Emilio Scauro,（西）Mamerco Emilio Escauro

（？〜後34）ローマの弁論家・詩人。本名・マールクス・アエミリウス・スカウルス・マーメルクス M. Aemilius Scaurus Mamercus

⇒スカウルス、マールクス・アエミリウス❸

スカウルス、マールクス・アエミリウス　Marcus Aemilius Scaurus, (ギ) Mārkos Aimilios Skauros, Μᾶρκος Αἰμίλιος Σκαῦρος, (伊) Marco Emilio Scauro, (西) Marco Emilio Escauro

ローマのパトリキイー*（貴族）系のアエミリウス・スカウルス家出身の政治家・軍人（⇒巻末系図063, 071）。

❶（前163頃～前89）零落した貴族の家柄に生まれ、自己の才幹で国家最高の顕職に昇り、長期間にわたって主導権をもち続けた保守派の元老院議員。権門メテッルス*家の支援を得て、前115年の執政官となり、アルペース*（アルプス）諸部族を破って凱旋式を挙行、同年、元老院首席に指名されて勢力を増した。前111年には、執政官L. カルプルニウス・ベースティア*の副官 Legatus として、ヌミディア*王ユグルタ*に対する戦争に出征、彼らがユグルタから贈賄されて和議を結んだため、ローマ帰還後、護民官によって告訴されるが、スカウルスは政治力を発揮して自ら法廷の議長となり、うまく処罰を逃れる（ベースティアら他の共犯者は断罪される）。前109年に監察官に選ばれ、ムルウィウス Mulvius（〈伊〉ミルヴィオ Milvio）橋（現・Ponte Molle）を修復し第2アエミリウス街道（ウィア・アエミリア*）を敷設、相役の M. リーウィウス・ドルースス❶*が死亡したため、慣例により彼も辞任を強いられた。次いで、前107年に補欠執政官を務めたのち、民衆派サートゥルニーヌス*の騒乱を鎮圧するようマリウス*に命じる（前100）など、終始閥族派の立場を守った。当時の政治家の常として賄賂や収奪などの汚職を行ない、幾度となく告発されたが、雄弁の力で、さらには絶大な政治的影響力を通して、必ず無罪判決をかちとった。妻カエキリア・メテッラ❷*との間に2男1女を儲けている。

Sall. Jug. 15, 25, 28～29, 40/ Val. Max. 4-4/ Plut. Mor. 276f/ Aur. Vict. De Vir Ill. 72/ Cic. Brut. 29～30, 35, De Or. 1-49, Font. 11（24）, Mur. 17/ etc.

❷（前1世紀前半）❶とカエキリア・メテッラ❷*の長男。したがってスッラ*の継子に当たる。はじめポンペイユス*の財務官として第3次ミトリダテース*戦争に従い（前65頃）、ユダヤへ派遣されてヒュルカノス2世*とアリストブーロス2世*兄弟の王位争いに介入、両者から巨額の賄賂を受けて私腹を肥やす。帰国後、高等造営官となり、全財産を投じて前代未聞の豪華な見世物を披露、各階が大理石・ガラス・金箔張りの材質で造られた大劇場を建設した（前58）。法務官（前56）を経てサルディニア*総督となり、任地で搾取をほしいままにした（前55）。そのため前54年、ローマに戻るや不当取得返還請求の訴訟を起こされたが、キケロー*やホルテーンシウス*ら当代一流の雄弁家の弁護を得て、有罪が明白だったにもかかわらず、無罪放免となる（前54年9月2日）。しかし、ポンペイユスに離縁されたムーキア*を妻に娶ったことからポンペイユスの憎しみを買い、前53年度の執政官に立候補して選挙違反の廉で告訴された折には、ポンペイユスの制定した法律に則って断罪され、追放刑に処された（前52）。

なお、彼の弟 Aemilius Scaurus は対キンブリー*戦争に従軍して戦場を逃亡したため、父親から勘当されて自害して果てている（前101）。

⇒イオペー（ヨッパ）

Joseph. J. A. 14, J. B. 1/ App. Syr. 51/ Cic. Scaur., Sest. 54, Off. 2-16/ Plin. N. H. 36-2, -24/ Val. Max. 2-4, 5-8/ Frontin. Str. 4-1/ etc.

❸（前1世紀後半）❷とムーキア*の子。異父兄セクストゥス・ポンペイユス*（大ポンペイユス*の息子）がシキリア*（現・シチリア）沖の海戦に敗れた（前36）後も、アシア*へ同行するが、のち彼を裏切って M. アントーニウス❸*の部将に引き渡した（前35）。アクティオン*の海戦（前31）に敗れた時、オクターウィアーヌス*（のちの初代皇帝アウグストゥス*）に捕らえられるも、母ムーキアの愁訴嘆願により一命を取りとめた。

彼の息子マーメルクス・アエミリウス・スカウルス*（?～後34）は、弁論家および悲劇詩人としてその名を知られ、執政官職にも昇った（後21）が、私生活では乱脈を極め、小ドルースス*の妻リーウィッラ❶*（リーウィア・ユーリア*）と密通したり、召使の少女らの経水を飲んだり、友人のアンニウス・ポッリオー Annius Pollio と共寝してオーラル・セックスを迫ったり、男色女色を問わぬ淫蕩な振舞で悪名高かった。ティベリウス*帝の治下、反逆罪で繰り返し告訴され（32、34）、ついにマクロー*の讒言にかかり、妻アエミリア・レピダ*とともに自決、ここに名門アエミリウス・スカウルス家は断絶した（34）。

⇒巻末系図 071

App. B. Civ. 5-142/ Dio Cass. 51-2, 56-38, 58-24/ Tac. Ann. 1-13, 3-31, -36, 6-9, -29/ Sen. Ben. 4-31/ etc.

スカエウォラ、ガーイウス・ムーキウス　Gaius Mucius Scaevola, (ギ) Skaiuōlās, Γάϊος Μούκιος Σκαιουόλας, (仏) Caius Mucius Scævola, (独) Gaius Mucius Scävola, (伊) Gaio Muzio Scevola, (西) Cayo Mucio Escévola (Scévola), (葡) Caio Múcio Cévola, (露) Гай Муций Сцевола

（前6世紀末）ローマ共和政初期の半ば伝説中の人物。本名はガーイウス・ムーキウス・コルドゥス Cordus。若いローマ人貴族で、クルーシウム*の王ポルセンナ*がエトルーリア*軍を率いてローマを包囲した時、敵の陣営に忍びこみポルセンナを殺そうとしたが、書記官を王と取り違えて刺殺。捕らわれてポルセンナの前へ引き出されると、右手を火中に突っ込んで死をものともしないことを示しつつ、「王よ、300人のローマの若者が私と同じ目的をもってこの陣中に侵入しているのだ」と顔色も変えず言い放った。その勇気に感動したポルセンナは、ムーキウスを釈放し、ローマと協定を結んで軍を返した（伝・前508）。ムーキウスは国家から土地を与えられて賞され、右手を失ったため以後「左手の人」と呼ばれるようになったという。

Plut. Public. 17/ Liv. 2-12～/ Flor. 1-10/ Varro Ling. 6-5/

Aur. Vict. Vir. Ill. 13-1/ etc.

スカエウォラ、クィ（ー）ントゥス・ケルウィーディウス
Quintus Cervidius Scaevola, （伊）Quinto Cervidio Scevola, （西）Quinto Cervidio Escévola

（後2世紀後半）ローマの法学者。マールクス・アウレーリウス*帝の法律顧問。法学者パウルス*やパーピニアーヌス*らの師。決議論的傾向が強く、その判決は簡潔で、しばしば一語で表わされているため、意味深重だが曖昧のおそれ無しとしない。古代において彼の権威は高く、パウルスやウルピアーヌス*らと並称されている。著作にQuaestiones（20巻）、Digesta（40巻）、Responsa（6巻）、Regulae（4巻）がある（散逸）。後175〜177年の間、首都ローマの警備隊長官Praefectus vigilumをつとめた。ユースティーニアーヌス1世*の『ローマ法大全』に300回以上も引用されている。

S. H. A. Marc. 11, Caracalla 8/ Dig. 2-15, 28-19, 34-13, 44-14, 50-24/ etc.

スカエウォラ、クィ（ー）ントゥス・ムーキウス
Quintus Mucius Scaevola, （伊）Quinto Muzio Scevola, （西）Quinto Mucio Escévola

ローマの法学者・政治家。

❶（前170／159頃〜前88／82頃）Q. Mucius Scaevola "Augur" ❷と区別するため「鳥卜官」と呼ばれる。C. ラエリウス❷*の女婿。スキーピオー・アエミリアーヌス・小アーフリカーヌス*（小スキーピオー*）の友人。護民官（前128）、造営官（前125）を経て法務官およびアシア*州の総督となる（前121〜前120）。ローマに帰国後、不法搾取の廉で告発されるが無罪判決を勝ち取り、前117年には執政官職に就任、その後サートゥルニーヌス*の改革に反対し（前100）、次いでスッラ*が追放したマリウス*に公敵宣言を下そうとした時（前88）には、「ローマの国難を救った人物を公敵と断ずるわけにはいかない」と敢然と反駁、晩年に至るまで元老院に重きをなした。傑出した法律学者で、女婿L. クラッスス*（雄弁家として著名）らの教育に当たり、高齢に達してからは青年期のキケロー*が彼に師事した（前88）。スカエウォラの著作は伝わらないが、キケローの『弁論家論De Oratore』、『友情論De Amicitia』、『国家論De Republica』等の作品に対話者として登場している。

Cic. Amic., De Or., Rep., Brut. 26, 35, Fin. 1-3, Phil. 8-10, Balb. 20/ Val. Max. 3-8, 4-1, -5, 8-8, -12/ etc.

❷（前140頃〜前82）Q. Mucius Scaevola "Pontifex Maximus" 片従兄の❶と区別するため「大神祇官長」と呼ばれる。P. ムーキウス・スカエウォラ*の子。やはり優れた法律学者で、❶の没後はキケロー*の師となった。護民官（前106）、造営官（前104）を経て、前95年L. リキニウス・クラッスス*とともに執政官職に就き、正式な市民権のないイタリア人をローマから追放（⇒L. フラックス❶）、これが同盟市戦争（前91〜前88）勃発の要因をなした。翌前94年アシア*の属州総督Proconsulとして赴任し、公正で厳格な統治を行なって評判を高め（⇒P. ルティーリ

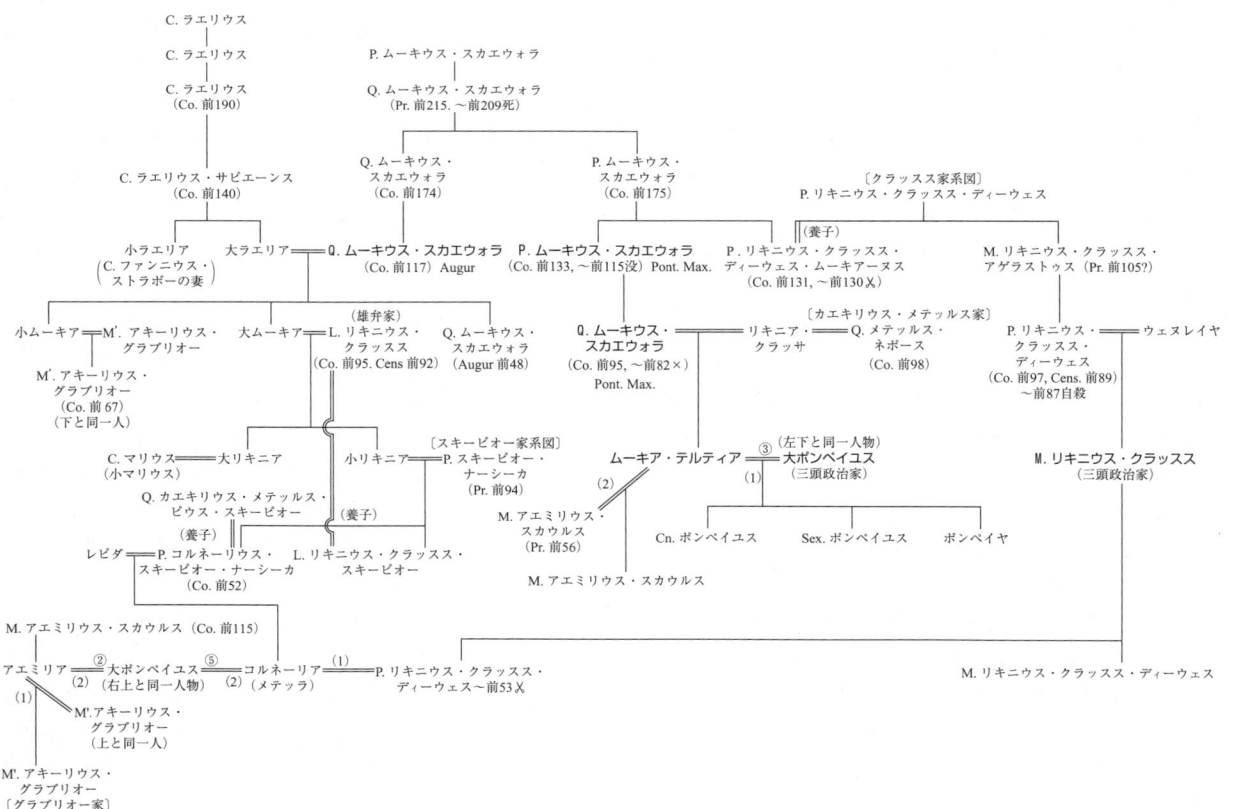

系図209　スカエウォラ、ガーイウス・ムーキウス

ウス・ルーフス)、住民は「ムーキウスの祭礼日 dies Mucia」を設けて彼を記念・尊崇した。9ヵ月の在任後ローマへ帰国し、前89年には大神祇官長に選ばれ、市民法と法史の泰斗と仰がれたが、マリウス*派とスッラ*派の内乱に巻きこまれて落命。ウェスタ*神殿へ逃れたところマリウス派の追手に殺され、女神像を血で染めたのち、彼の遺骸はティベリス*(現・テーヴェレ)河に投げ棄てられたという(前82)。高潔・有徳な人格者として知られ、キケローから「最も雄弁な法学者にして最も学識ある演説家」と称賛されている。全18巻より成る市民法提要 De Jure Civili(散逸)を執筆し、体系的な法律研究の基礎を据えた人物と評される。
⇒ムーキア
Cic. Off. 1-32, 3-11, -15, De Or. 1-39, 3-3, Rosc. Am. 12, Brut. 39, 52, 89/ Vell. Pat. 2-26/ Val. Max. 8-15, 9-11/ Florus 3-21/ Luc. 2-126/ App. B. Civ. 1-88/ etc.

スカエウォラ、プーブリウス・ムーキウス　Publius Mucius Scaevola,（ギ）Mūkios Skaibolas, Μούκιος Σκαιβόλας,（伊）Publio Muzio Scevola,（西）Publio Mucio Escévola

(?～前115) ローマの政治家、法学者。護民官(前141)、法務官(前136)を経て執政官となり(前133)、スキーピオー・アエミリアーヌス・小アーフリカーヌス*(小スキーピオー*)に対立、Ti. センプローニウス・グラックス❸*(グラックス兄弟*の兄の方)の改革を支持し、その農地法案作成に助言を与えた。スキーピオー・ナーシーカ*ら元老院守旧派の要請があったにもかかわらず、グラックス派弾圧のために武力を用いることに反対、「いかなる市民に対しても正式な裁判なしに暴行を加えてはいけない」と穏やかに答えた。とはいえ、グラックスがナーシーカに虐殺された後は、その凶行を是認したといわれる。次いで兄弟の P. リキニウス・クラッスス❶*の後を継いで大神祇官長職に就任(前130頃)、とりわけ「祭司法 Jus Pontificium」の権威として知られ、スカエウォラ家から代々傑出した法学者を出す基礎を確立した(⇒Q. スカエウォラ❷)。毎年の出来事を記録した「大年代記 Annales Maximi」を公刊したことや、抜群の記憶力を持ち、球戯などのゲームに長じていたことなども伝えられている。
Cic. De Or. 1-12～13, 2-12, Brut. 28, Planc. 36, Dom. 34, Fam. 7-22/ Plut. Gracch. 9/ Quint. Inst. 11-2/ Val. Max. 8-8/ Dig. 1, 24, 47/ etc.

スカプラ、プーブリウス・オストーリウス　Publius Ostorius Scapula,（ギ）Ostōrios Skapūla, Ὀστώριος Σκαπούλα,（伊）Publio Ostorio Scapula,（西）Publio Ostorio Escápula,（葡）Públio Ostório Escápula

(?～後52) ローマの将軍。属州ブリタンニア*の第2代総督(後47～52)。アウルス・プラウティウス*の後任としてブリタンニアへ赴き、シルレース*族を破り、その王カラタクス*を捕らえてローマへ護送(51)、凱旋将軍顕章を授与されたが、シルレース族の不穏な動きに対処する最中、心労のあまり陣没した。息子のマールクス・オストーリウス・スカプラ M. Ostorius Scapula は、自邸でネロー*帝を誹謗する詩を朗読させた廉で告訴され(62)、のち占星術によって帝位をうかがったとして死刑を宣告され、自刃して果てた(66)。
Tac. Ann. 12-31～39, 14-48, 16-14～15, Agr. 14/ Dio Cass. 55-10/

スカマンデル　Scamander
スカマンドロス*(のラテン語形)

スカマンドリオス　Skamandrios, Σκαμάνδριος, Scamandrius
⇒アステュアナクス

スカマンドロス　Skamandros, Σκάμανδρος, Scamander,（仏）Scamandre,（伊）Scamandro,（西)（葡）Escamandro,（露）Скамандр

(現・Menderes Suyu, または Karamenderes, Küçük Menderes) トロイアー*の近くを流れる河川。イーデー❶*山に発し、トロアース*平野を経てヘッレースポントス*に注ぐ(全長約97km)。神々はこの河をクサントス❶*(黄金色の)と呼んだといわれ、『イーリアス*』中ではこの河神はゼウス*の子とされている。トロイアー戦争*中、アキッレウス*に対して怒りを発し、逆巻く波で英雄を溺れさせようとしたが、ヘーパイストス*によって押しとどめられた話は有名。また異伝では、クレーター*(クレーテー*)の王子で、飢饉の際この地に移住し、トロイアー王家の祖となったという。
Hom. Il. 20-74, 21-124～/ Hes. Th. 337～/ Diod. 4-75/ Apollod. 3-12/ Plin. N. H. 5-33/ Herodot. 7-43/ etc.

スガムブリー　Sugambri
⇒スガンブリー

スガンブリー、または、シガンブリー(族)　Sugambri, Sigambri,（Sygambri, Sicambri, Sycambri),（ギ）Sygambroi, Σύγαμβροι, Sūgambroi, Σούγαμβοι, Sūkambroi, Σούκαμβροι,（仏）Sicambres,（独）Sugambrer,（西）Sicambrios

ゲルマーニア*人の有力な部族。レーヌス*(現・ライン)河の東方、ルピア Lupia(現・リッペ Lippe)川周辺に居住。前55年、逃げ込んで来たテンクテーリー*族とウーシペテース*族を匿って、カエサル*の第1回ゲルマーニア遠征を招き、前53年にはレーヌス河を渡ってアトゥアトゥカ Atuatuca(現・マーストリヒト Maastricht 南郊の Casterat)に駐屯する Q. キケロー*(雄弁家 M. キケロー*の弟)の陣地を襲撃したことで知られる(⇒アンビオリクス)。前8年、

アウグストゥス*帝がティベリウス*（のち第2代ローマ皇帝）を将とするゲルマーニア遠征軍を派遣したと聞いて、大勢の身分ある人々を使節として送り出したが、皇帝は彼らを捕らえて、ガッリア*各地に分散移住させてしまった。シガンブリーの名はテウトネース*やアラマンニー*と同様、後にゲルマーニア人の総称としても用いられるようになる。5世紀末フランク王クロドウェクス1世*（クロウィス*）に洗礼を授ける際にラーンス Reims（古代ラテン名 Durocortorum）の司教レーミギウス Remigius（437〜535）が言った「頭を下げよ、高慢なシガンベル Sigamber（シガンブリーの単数形）よ」という言葉は有名。（伝・496年12月25日）

Caes. B. Gall. 4-16〜, 6-35〜/ Tac. Ann. 2-26, 4-47, 12-39/ Plin. N. H. 4-14/ Suet. Aug. 21, Tib. 9/ Strab. 7-290〜/ Ptol. Geog. 2-11/ Dio Cass. 39-48, 40-32, 54-20, -32〜33, -36, 55-6/ Gregorius Turonensis Historia Francorum 2-31/ Eutrop. 7-9/ Oros. 6-21/ Hor. Carm. 4-2/ etc.

スキアーポデス　Skiapodes, Σκιάποδες, Sciapodes (Sciopodes),（英）Sciapods (Monopods),（仏）Sciapodes,（独）Sciapoden,（伊）Sciapodi,（西）Esciápodos

リビュエー*（アーフリカ*）ないしインドに住んでいたとされる空想上の人種。「蔭足族」。4足で歩行し、水かき様の膜のついた前肢を頭上にかざして陽光を除けたという。プリーニウス❶*によれば、彼らは脚が1本しかないが、驚くべき速さで跳躍し、暑い季節には地面に仰向けに寝て、この大きな単足をもち上げ、日傘がわりにしたと伝えられる。
⇒ブレミュエース、キュノスケパロイ、アントローポパゴイ

Ar. Av. 1553/ Plin. N. H. 7-2/ Ctesias/ Hesych./ Steph. Byz./ Isidor./ etc.

スキタイ（人）　Scythae
⇒スキュタイ（スキュティアー人）

スキティア　Scythia
⇒スキュティアー

スキーピオー・アエミリアーヌス・（小）アーフリカーヌス、プーブリウス・コルネーリウス　Publius Cornelius Scipio Aemilianus Africanus Minor Numantinus,（ギ）Skipiōn ho Āphrikānos, Σκιπίων ὁ Ἀφρικανός,（英）Scipio Africanus the Younger,（仏）Scipion Émilien,（伊）Publio Cornelio Scipione Emiliano Africano Minore,（西）Publio Cornelio Escipión Emiliano Africano Menor,（葡）Públio Cornélio Cipião Emiliano Africano, o Jovem

（前185／184〜前129）（通称・小スキーピオー*）ローマの将軍・政治家。マケドニアー*の征服者ルーキウス・アエミリウス・パウルス❷*・マケドニクスの次男。P.スキーピオー・大アーフリカーヌス*（大スキーピオー*）の長男 P. コルネーリウス・スキーピオーの養嗣子となる（⇒巻末系図053、本文系図289）。17歳で実父に従ってギリシアへ赴き、ピュドナ*の戦い（前168）に参加、のち自ら志願してヒスパーニア*へ従軍し巨大な体軀の先住民を倒すなど武勲を立てる（前151）。前149年ローマの卑劣な策謀から第3次ポエニー戦争*（前149〜前146）が勃発すると、カルターゴー*攻撃に派遣されて政治的才幹を示し、マシニッサ*没後のヌミディア*王国を3人の王子に分割。翌前148年いったん帰国するが、法廷年齢に達せずして前147年の執政官（コーンスル*）に選ばれ、カルターゴー撃滅の全権を委ねられる。カルターゴー市民もよく防戦したが、スキーピオー軍に海陸から包囲され、飢餓に瀕してついに前146年春に陥落。6日間にわたり放火・略奪・虐殺が続き、かろうじて生きのびた者は奴隷として売られた（⇒ハスドルバル❹）。

系図210　スカマンドロス

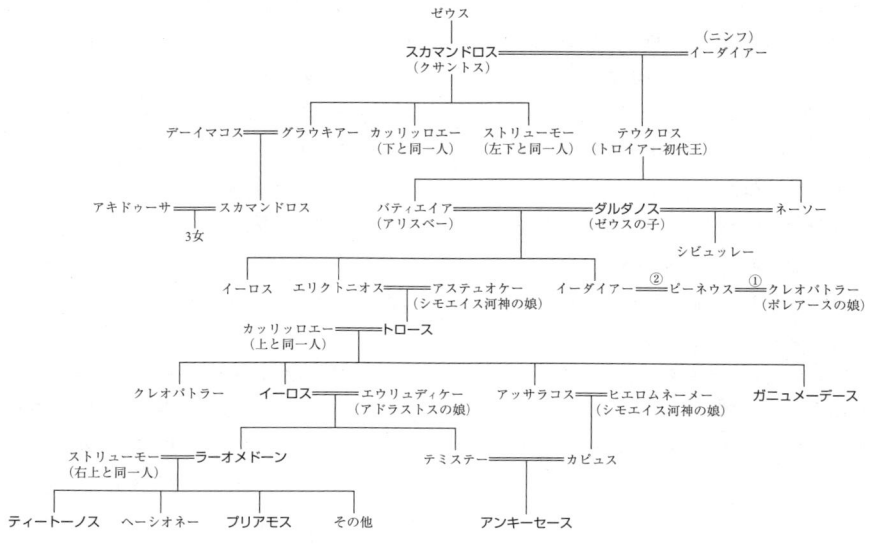

元老院〔セナートゥス*〕の命令でカルターゴーおよびその従属都市は徹底的に破壊されたが、17日間にわたり燃え続ける市の火焔を見てスキーピオーは覚えず落涙し、「いつの日かローマもまた同じ運命を迎えるであろう」と傍らにいた歴史家のポリュビオス*に語ったという。同年末ローマで盛大に凱旋式〔トリウンプス*〕を祝い、監察官〔ケーンソル*〕（前142）を経て、再度執政官に就任（前134）、ヒスパーニアへ赴き、長い間ローマに抵抗していたヌマンティア*市を9ヵ月の包囲の末、攻略・占領し（前133年夏）、翌前132年、2度目の凱旋を遂げアーフリカーヌスに加えてヌマンティーヌスの称号を得た。その間に妻センプローニア❶*の兄弟ティベリウス・グラックス❸*（グラックス兄弟*の兄の方）が殺害されたが、義弟の改革案に批判的だったスキーピオーは、むしろ彼の死を歓迎するような意見を表明したので、民衆派〔ポプラーレース*〕から激しく非難された。その後ほどなく寝室で怪死を遂げ、屍体一面に打撲と暴行の痕があったにもかかわらず、法的調査も裁判も行なわれなかった。子もなく不幸な結婚生活を送っていた妻センプローニアと彼女の母コルネーリア❶*（グラックス兄弟の母）が暗殺に関与していたといい、ガーイウス・グラックス*（グラックス兄弟の弟の方）やその党与マールクス・フルウィウス・フラックス*、ガーイウス・パピーリウス・カルボー❶*らが犯人だと噂された。

若い頃より文学・芸術を愛好し、ポリュビオスやパナイティオス*らギリシアの文学者・哲学者と親交を深め、私邸にラエリウス❷*はじめテレンティウス*、ガーイウス・ルーキーリウス*、パークウィウス*ら当時一流の文化人を集めて、いわゆる「スキーピオーのサークル（英）Scipionic circle」を形成。自らもストアー*派を信奉し、ローマのヘレニズム化に大いに寄与、またカルターゴー滅亡に際しては、ポエニー*人の貴重な文書を佚亡から救ったという（現代の学者はスキーピオーを中心とする文芸サークルの存在に対して懐疑的だが）。戦場にあっては厳格で、野営地から娼婦や男倡、占い師らを放逐し、寝台の使用を禁じて自らも藁の寝床で眠り、軍紀の粛正を計っている。寡欲かつ廉潔の士であるうえ、容姿端麗で洗練された挙措の彼の死は、政敵からさえ惜しまれたと伝えられる。莫大とはいえぬその遺産は甥のク（ィ―）ントゥス・ファビウス・マクシムス・アッロブロギクス Q. Fabius Maximus Allobrogicus（⇒ファビウス・マクシムス❸）が相続した。

共和政末期の雄弁家キケロー*は、その著『国家について』第6巻に、小アーフリカーヌスの夢枕に養祖父の大アーフリカーヌスが現われて、現世で国家のために尽力した魂には死後に天上で至福の地位が与えられていることを説く「スキーピオーの夢（ラ）somnium Scipionis」を書いたが、これはマクロビウス*の注釈を通じて後世の西ヨーロッパに伝わり、ルネッサンス期以降、美術や音楽の題材として愛好された（但し、ロンドン、ナショナル・ギャラリー所蔵のラファエロ筆『スキーピオーの夢』は、シーリウス・イタリクス*の作品中の「大アーフリカーヌスの選択」を描いたものである）。

⇒ムンミウス

Liv. Epit. 48～/ Polyb. 31～38/ App. Pun. 71～, 98～, Hisp. 84～, B. Civ. 1/ Plut. Gracch. 21, 31/ Cic. Brut. 21, De Or. 1-49, 2-64, -66, Rep./ Val. Max. 6/ Macrob./ etc.

スキーピオー・アシアーゲネース　L. Cornelius Scipio Asiagenes

⇒スキーピオー・アシアーティクス、ルーキウス・コルネーリウス

スキーピオー・アシアーティクス（アシアーゲネース、アシアーゲヌスとも）、ルーキウス・コルネーリウス　L. Cornelius Scipio Asiaticus (Asiagenes, Asiagenus), （ギ）Skipiōn ho Asiatikos, Σκιπίων ὁ Ἀσιατικός, （仏）Scipion l'Asiatique, （伊）Lucio Cornelio Scipione Asiatico, （西）Lucio cornelio Escipión Asiático, （葡）Lúcio Cornélio Cipião Asiático

（前3世紀後期～前2世紀前期）P. スキーピオー・大アーフリカーヌス*（大スキーピオー*）の弟。兄に従ってヒスパーニア*（前207～前206）、シキリア*（前205）、アーフリカ*（前204～前202）へ出征し、前191年にグラブリオー❶*とともにテルモピュライ*でシュリアー*軍と交戦、翌前190年の執政官〔コーンスル*〕となって、兄とともに小アジアへ向かい、マグネーシアー*の戦いでシュリアー王アンティオコス3世*を破る（前190年12月）。凱旋してアシアーティクス（アシアーゲネース、アシアーゲヌスとも）の称号を得るが、大カトー*ら反対派によって戦利品横領および敵王アンティオコスからの収賄の廉で告発され、多大の罰金を科せられる（前187）。その金額を支払えなかったので、あやうく投獄されるところを、護民官〔トリブーヌス・プレービス*〕Tib. センプローニウス・グラックス❷*の介入で放免された。没収された彼の財産から王の所持品は何も見つからず、後にマグネーシアーの戦勝を記念する競技会を10日間にわたって開催する栄誉を認められた。彼自身は凡庸な人物であったが、偉大な兄のおかげで小アジアに初めてローマ軍を率いた将軍という名声や数々の顕職を得、また兄の栄達のおかげで政敵から嫉視・攻撃の矢面に立たされてもいる。

ちなみに彼は、何にでも難癖をつけたがる大カトーから「青年男倡〔カタミートゥス〕catamitus を雇って我がものにしていた」という当時は極く普通だった習慣に関してまで、口うるさく非難されていたという。

⇒Cn. マーンリウス・ウルソー

Liv. 28-3～4, -17, 34-54～55, 36-45, 37-1, 38-60, 39-22, -40, -44/ Plin. N. H. 33-48, -53, 35-7/ Plut. Cat. Mai. 15, 18/ App. Syr. 21/ Cic. Phil 11-7/ etc.

スキーピオー・アーフリカーヌス・マイヨル（大アーフリカーヌス）、プーブリウス・コルネーリウス　Publius Cornelius Scipio Africanus Major, （ギ）Skipiōn ho Āphrikānos, Σκιπίων ὁ Ἀφρικανός, （英）Scipio Africanus the Elder,

（仏）Scipion l'Africain，（伊）Publio Cornelio Scipione Africano Maggiore，（西）Publio Cornelio Escipión el Africano Major，（葡）Púbio Cornélio Cipião Africano, o Velho

（前236年6月20日～前183年12月3日）（通称・大スキーピオー*）第2次ポエニー戦争*（前218～前201）で活躍したローマの名将。プーブリウス・コルネーリウス・スキーピオー*の子（⇒巻末系図053）。前218年ティーキーヌス*の戦いで負傷した父を救出、カンナエ*の戦いには軍団副官として参戦し、かろうじて死を免れ残兵を再編する（前216）。大敗後の協議の場で、祖国を見捨てようとしたローマ人を斬り、動揺する人々に不屈の闘志を蘇らせた話はよく知られている。前211年に父と伯父グナエウス・スキーピオー*がヒスパーニア*で戦歿すると、法定年齢に達していなかったにもかかわらず、ヒスパーニアの司令官として派遣される（前210～前206）。前209年、「天佑神助のおかげで」1日のうちにカルターゴー・ノウァ*（現・カルタヘーナ）を陥れ、続く3年の間にイベーリアー半島からカルターゴー*軍を駆逐、ローマの支配権を確立した。帰国するや法務官職（プラエトル*）を経ずして翌前205年度の執政官（コーンスル）に選ばれ（⇒クルスス・ホノールム）、「敵将ハンニバル❶*は彼の本国アーフリカ*でこそ討つべきだ」と発議、ファビウス・マクシムス❷*ら元老院保守派の反対にも挫けず義勇軍を募り、シキリア*（現・シチリア）で冬営したのち、北アフリカへ上陸（前204）。カルターゴー軍を破り、敵側についていたヌミディア*領主シュパークス*を捕らえた（前203）。そして前202年10月19日、イタリアから呼び戻されたハンニバルとザマ*で会戦し、新戦法とヌミディア騎兵のローマへの寝返りのおかげで大勝利を収め、第2次ポエニー戦争に終局をもたらせた。この会戦中、単身攻め寄せたハンニバルによって手傷を負ったという。

翌前201年ローマに帰還して盛大な凱旋式（トリウンプス*）を挙げ、征服した国にちなんで「アーフリカーヌス（アーフリカ征服者）」の称号を獲得、孫のアエミリアーヌス・小アーフリカーヌス*と区別するため通常「大アーフリカーヌス Africanus Major」と呼ばれる。前199年監察官（ケーンソル*）に選出され、元老院首席 Princeps Senatus（プリンケプス・セナートゥース）となり、前194年に再度執政官職に在任。前190年には弟ルーキウス・スキーピオー・アシアーティクス（アシアーゲネース）*とともにシュリアー*王アンティオコス3世*との戦いに出征した——ただしマグネーシアー*の合戦には病気のため不参加——。しかるにその間、大カトー*ら政敵の弾劾にあい、帰国後、兄弟は戦利品の着服ならびに敵王アンティオコスからの収賄の廉で告発される（前187）。弟ルーキウスは罰金刑を科せられたが、彼当人は「このスキーピオーのおかげで諸君は世界に君臨して裁くことができるようになったのではないか」と憤慨して退廷（前184）、「恩知らずのローマには余の骨1本たりとも与えぬ」と言明し、カンパーニア*のリーテルヌム*に引退したまま二度とローマに戻らなかった。遺言により彼の遺骨はローマへ送られず、妻アエミリア Aemilia Tertia（パウッルス❶*の娘）が隠栖地に建てた墓廟に納められた。

彼は存命中から、大蛇に変身した神ユーピテル*の落胤だとか、神々の愛でし子だとかいった噂が高く、神秘的な尊敬を受けていた。カルターゴー・ノウァ攻略の際にも、奇跡的な引き潮を見るや、「海神ネプトゥーヌス*の夢告があった」と言って浅瀬を徒歩で渡り将兵を励ましたと伝えられる。また寛大で気前がよく、カルターゴー・ノウァを占領した時には、捕らわれの身となった美姫を見ることを拒み、両親のもとへ丁重に送り届けてやったばかりか、彼女の婚約者にまで豪華な贈り物を与えたという。同様に捕虜となった貴族の妻女や若者たちに手を触れず、節度あるローマの長老2人に彼らの世話を任せたという話も伝えられている。敵将ハンニバルからも英傑として高く評価され、「もしスキーピオーをうち負かせたなら、私はアレクサンドロス大王*よりも偉大な武将と誇ってよいだろう」と言わしめたほどである。

彼の子女のうち、長男プーブリウス Publius は病弱のため子が無く、小アーフリカーヌス*を養子に迎えた。次男のルーキウス Lucius（一伝にグナエウス Gnaeus）は素行の悪い不良息子でのちに元老院を追放された（前174）。娘の1人はコルクルム Corculum と呼ばれたスキーピオー・ナーシーカ*に嫁ぎ、もう1人はティベリウス・センプローニウス・グラックス❷*と結婚して、グラックス兄弟*の母となった（⇒コルネーリア❶）。

ちなみに、ローマ帝政期の叙事詩人シーリウス・イタリクス*は『ポエニー戦記』の第15巻で、戦争に出向くべきか迷う大アーフリカーヌスが月桂樹の下に坐している時、「美徳」と「悪徳」の2女神が現われて、おのおの彼を自分に従わせようと討論を行なう場面を記している。

⇒ガーイウス・ラエリウス❶、ナエウィウス、エンニウス、大カトー

Polyb. 14～/ Liv. 21–46, 22–53, 26～38/ Val. Max. 3–7, 4–1, 5–6/ Gell. 4–18, 7–19/ Plut. Fab. 25～26, Cat. Mai. 3, 11, 15, 24, Flam. 21/ Nep. 23–6, 24–1～/ Sil. Pun. 15/ Polyaenus 8–16/ Cic. Rep. 6/ Frontin. Str/ etc.

スキーピオー・カルウス、グナエウス・コルネーリウス　Cnaeus Cornelius Scipio Calvus，（ギ）Gnaios Kornēlios, Γναῖος Κορνήλιος，（伊）Gneo Cornelio Scipione Calvo，（西）Cneo Cornelio Escipión Calvo，（葡）Cneu Cornélio Cipião Calvo

（？～前211）第2次ポエニー戦争*（前218～前201）時のローマの将軍。プーブリウス・コルネーリウス・スキーピオー*の兄（⇒巻末系図053）。したがって大アーフリカーヌス*の伯父。カルウス Calvus（「禿げ頭の」意）と渾名される。前222年にマールクス・クラウディウス・マルケッルス❶*とともに執政官（コーンスル*）となり、ガッリア*のイーンスブレース*族との戦争を行なう。前218年以降、8年間にわたってヒスパーニア*にてカルターゴー*軍と干戈を交える。詳しくは、プーブリウス・コルネーリウス・スキーピオー

スキーピオー、クィ（一）ントゥス・カエキリウス・ピウス
の項を参照。
⇒マーゴー❸
Polyb. 2-34/ Plut. Marc. 6～7/ Liv. 22-19, 25-34～/ Plin. N. H./ etc.

スキーピオー、クィ（一）ントゥス・カエキリウス・ピウス　Quintus Caecilius Pius Scipio
⇒メテッルス❺

スキーピオー（家）　Scipio,（ギ）Skīpiōn, Σκιπίων, Skēpiōn, Σκηπίων,（仏）Scipion,（伊）Scipione,（西）Escipión,（葡）Cipião,（露）Сципион

共和政ローマに栄えたパトリキイー*（貴族）系コルネーリウス氏*の一門。スキーピオーとは「杖」の意で、その先祖に盲目の父の杖がわりになっていた孝行息子がいたことにちなんで名づけられたという。この家門の中では、ポエニー戦争*で活躍したアーフリカーヌス（⇒スキーピオー・大アーフリカーヌス、スキーピオー・アエミリアーヌス・小アーフリカーヌス）が名高い（⇒巻末系図053）。
Macrob. Sat. 1-6/ Cic. Tusc. 1-7/ Liv. 5-19～/ etc.

スキーピオー・小アーフリカーヌス　Scipio Africanus Minor
⇒P.コルネーリウス・スキーピオー・アエミリアーヌス・（小）アーフリカーヌス、（小スキーピオー）

スキーピオー・大アーフリカーヌス　Scipio Africanus Major
⇒P.コルネーリウス・スキーピオー・アーフリカーヌス・マイヨル、（大スキーピオー）

スキーピオー・ナーシーカ　Scipio Nasica,（ギ）Skīpiōn ho Nasikās, Σκιπίων ὁ Νασικᾶς,（伊）Scipione Nasica,（西）Escipión Nasica,（葡）Cipião Nasica

スキーピオー*家の一支脈（⇒巻末系図053）。ナーシーカは「尖った鼻」の意。Cn. コルネーリウス・スキーピオー*・カルウス（前211戦死）の子プーブリウス・スキーピオー・ナーシーカ Publius Cornelius Scipio Nasica（前191年の執政官*）に始まる。その子コルクルム Corculum（前162年と前155年の執政官）は大カトー*のカルターゴー*撃滅論に反対して存続論を唱えた保守派の有力貴族。さらにその子のセラーピオー Serapio（前138年の執政官）は、母方の従兄弟に当たる護民官*トリブーヌス・プレービス ティベリウス・グラックス❸*（グラックス兄弟*の兄の方）を弾劾し、棍棒で武装した元老院議員を率いてフォルム*でグラックスを撲殺（前133）、民衆の憤激を怖れて海外へ亡命しペルガモン*で没した。セラーピオーの曾孫に当たる2兄弟ルーキウス Lucius とクィ（一）ントゥス Quintus は、おのおのクラッスス*（ルーキウス・リキニウス・クラッスス*）家とメテッルス*（クィン

トゥス・カエキリウス・メテッルス❹・ピウス*）家の養子となっている（⇒メテッルス❺）。
⇒エンニウス
Liv. 29～44, Epit. 47～49, 55/ Val. Max. 7-5, 9-14/ Plut. Gracch. 13, 19, 21/ Plin. N. H. 7-34/ Cic. Fin. 5-22, Rep. 13, De Or. 2-68, 3-33/ Polyb. 29-14/ App. Pun. 69, B. Civ. 1-16, -28/ etc.

スキーピオー、プーブリウス・コルネーリウス　Publius Cornelius Scipio,（ギ）Poplios Skīpiōn, Πόπλιος Σκιπίων,（伊）Publio Cornelio Scipione,（西）Publio Cornelio Escipión,（葡）Públio Cornélio Cipião

（前260頃～前211）第2次ポエニー戦争*（前218～前201）時のローマの将軍。グナエウス・コルネーリウス・スキーピオー*・カルウスの弟（⇒巻末系図053）。前218年の執政官*コーンスル として、アルプスを越えて攻め寄せたカルターゴー*の名将ハンニバル❶*軍とティーキーヌス*川で対戦するが、重傷を負い、17歳になる息子P. スキーピオー・大アーフリカーヌス*のおかげで命拾いする（11月）。次いで相役の執政官、ティベリウス・センプローニウス・ロングス Ti. Sempronius Longus と合流し、指揮権をロングスに委ねたところ、またもローマ軍はトレビア*川で敗北を重ねる（12月）。翌前217年、ヒスパーニア*で戦う兄グナエウスのもとへ赴き、ともにカルターゴー勢と戦って、よくこれを破り、イベールス*（現・エブロ）河を越えサグントゥム*を占領（前212）して南進を続けた。しかるに前211年、反撃に転じたハンニバルの弟たち（ハスドルバル❷*、マーゴー❸*）やハスドルバル❸*に敗れ、兄弟ともに相次いで戦死した。一説には、プーブリウスの敗死後8日目に、兄グナエウスは敵軍に包囲され、逃げこんだ塔の中で僚友らと一緒に焼き殺されたという。
Liv. 21～25/ Polyb. 3, 10-3/ App. Hann. 5～8, Hisp. 14～16/ etc.

スキュタイ　Skythai, Σκύθαι, Scythae, スキュトイ Skythoi, Σκύθοι,（英）Scythians, Scyths,（仏）Scythiens, Scythes,（独）Skythen,（伊）Sciti, Scitici,（西）Escitas,（葡）Citas,（露）Скифы,（トルコ語）İskitler,（現ギリシア語）Skíthes

スキュティアー*人。伝承では、大神ゼウス*とボリュステネース*（ドニエプル）河神の娘との間に生まれた子孫で、世界中で最も新しい民族だと自称する。名祖スキュテース Skythes, Σκύθης は、ヘーラクレース*と蛇女エキドナ*の末子とされ、支配者層たる王侯スキュタイ族の先祖とされるという。

歴史上のスキュタイはイーラーン系の半遊牧的狩猟民で、前8世紀頃からユーラシアの草原地域ステップに興起し、先住のキンメリオイ*人を駆逐して、東ヨーロッパやカウカソス*（現・カフカース、〈英〉コーカサス）山脈一帯を席捲、さらに進んでメーディアー*を征服しエジプト近くにまで到

達、28年間にわたって西南アジアを支配した（前645頃〜前617頃）。メーディアー王キュアクサレース*に撃退されて北帰し、前6世紀には黒海北岸を中心とする南ロシア一帯に王国を建設、農耕民および遊牧民から成る多数の先住民の上に君臨した。

彼らは都市や城砦を築かず天幕に居住、幌車に妻子・財物を乗せて移動し、肉や乳製品を常食していた。騎射に長じた剽悍な民族で、敵の血を飲み頭皮を剥ぎ、頭蓋骨で酒杯を造り、捕虜を軍神への生贄に捧げる等の習俗で知られる。卜占を職掌するエナレエス Enarees, Ἐνάρεες（ないしアナリエイス Anarieis）という半陰陽の予言者たちがおり、偽占師と断罪された者は火をつけた牛車に閉じこめられて焼き殺されることになっていた。哀悼傷身の慣習もあり、王が死ぬと人々は長く伸ばした頭髪を剃り、耳や両腕を傷つけ、さらに王の側妾や小姓を陵墓に生き埋めにし、絞殺された侍臣50人と良馬50頭を剥製にして騎乗の姿のまま墓の周囲に陪葬したという。武勇を尚び男色や友愛を称揚していた反面、ギリシア人の伝えるところでは、その上流身分の者たちは多く柔弱で、なかには女装してすっかり女性として生活する者も少なくなかったとされている。

彼らは東はカスピ海から西はイストロス*（ドーナウ）河中流域まで版図を広げ、黒海沿岸のギリシア植民市と交流、一部は農耕・商業に従事するに至った。前512年アカイメネース朝*ペルシア*のダーレイオス1世*（大王）が大軍を率いて攻め寄せた時には、限りない退却と焦土作戦を用いて巧みにこれを退け、のちにはアレクサンドロス大王*の部将が指揮するマケドニアー*軍をもうち破っている（前325頃）。しかるに、前3世紀頃から西進するサルマタイ*（サウロマタイ*）に追われて次第に勢力を失ない、西方ではケルト人*（ケルタエ*）の圧迫を受け、ついに後3世紀の半ばにゲルマーニア*系のゴート*族に滅ぼされて歴史の舞台から姿を消してしまった。

なお古典期のアテーナイ*では、スキュタイ人奴隷が巡査の役目を果たし、弓矢で武装して民会*の守衛などの任務についていた。

黒海北方、アゾフ海周縁のスキュタイ諸王の墳墓からは、黄金製の装飾品類、短剣その他の武器・馬具類、銅鏡や各種容器など、芸術作品としても優れた副葬品が数多く出土しており、今日その大半がサンクト・ペテルブルグのエルミタージュ博物館に収蔵されている。

⇒マッサゲタイ、イッセードネス、アリマスポイ、タウロイ、アラーニー、アガテュルソイ、イユールカイ、サカイ
Herodot. 1-103〜, 4-1〜144/ Aesch. P. V. 2, 417, 709/ Strab. 7-298〜, 11-494/ Plin. N. H. 4-12, 6-7, -19/ Thuc. 2-96〜/ Xen. Cyr. 1-1, Mem. 2-1/ Arist. Mete. 1-64/ Ptol. Geog. 6-14/ Hippoc. Aer. 22/ Plut. Mor. 847/ Ar. Thesm. 1017, 1026, Lys. 184, Av. 941/ Lucian. Tox./ etc.

スキュッラ Skylla, Σκύλλα, Scylla（または、**スキュッレー** Skylle, Σκύλλη, Scylle)，（独）Szylla，（伊）Scilla，（西）Escila, Scila，（葡）Cila，（現ギリシア語）Skílla

ギリシア神話中の女性名。

❶大渦巻カリュブディス*の対岸の洞窟に住んでいた海の怪物。6つの長い首と12の脚をもち、顎にはそれぞれ3列の歯が密生しており、犬のような声で吠え立てたという。海豚や海豹などを餌とし、また通り過ぎる船を襲って水夫を捕食したとされ、オデュッセウス*も6人の部下をスキュッラに奪い去られている。その棲処はのちにメッシーナ（メッサーナ*）海峡（ラ）Siculum Fretum（現・Stretto di Messina）のイタリア側の岩穴と見なされ、今もその場所にスキュッラの変身したというシッラ Scilla と呼ばれる岩が残っている。また、この伝説から両難に際会して進退きわまることを指す「スキュッラとカリュブディスに挟まれる」とか、「カリュブディスを避けんとしてスキュッラに突き当たる」等といった後世の俚諺が生じた。神話ではスキュッラはもとは美しいニュンペー*（ニンフ*）で、海神ポルキュス*とヘカテー＝クラタイイース Krataiis の娘（父はテューポーン*、トリートーン*とも、また母はエキドナ*、ラミアー*とするなど異説多し）だったが、ポセイドーン*ないしゼウス*に愛されたため、嫉妬に狂った女神アンピトリーテー*ないしヘーラー*によって怪物に化せられたという。さらに、オウィディウス*の伝える有名な物語においては、海神グラウコス❹*が彼女に言い寄ったが拒まれ、魔女キルケー*に媚薬を調合するよう頼んだところ、彼に惚れていたキルケーは妬んでスキュッラの沐浴する泉に毒草を投じ、彼女を醜い姿に変えてしまったのだ、ということになっている。英雄ヘーラクレース*がゲーリュオーン*の牛群を連れてシケリアー*（現・シチリア）の海峡を渡った時、スキュッラは1頭の牛をさらって食ったため、英雄に殺されたが、父ポルキュスによって蘇えらされたという話も残っている。
Hom. Od. 12-73〜, -235〜/ Ap. Rhod. 4-789〜, -825〜/ Apollod. Epit. 7/ Hyg. Fab. 125, 199/ Ov. Met. 7-62〜, 13-900〜, 14-40〜/ Verg. Aen. 6-286/ Tzetz./ etc.

❷メガラ*王ニーソス❶*の娘。攻め寄せた敵王ミーノース*の美貌に惚れこみ、父を裏切って死に至らしめたが、祖国の落城後ミーノースの命令で、足に綱をつけて船の艫に繋がれ溺死させられたという。死後、白鷺または魚に変身したと伝えられ、時々❶と混同される。
⇒巻末系図020
Aesch. Cho. 613〜/ Verg. G. 1-404〜, Ciris 488〜/ Ov. Met. 8-6〜/ Apollod. 3-15/ Paus. 1-19, 2-34/ Hyg. Fab. 198/ etc.

スキュティアー Skythia, Σκυθία,（イオニーアー*方言）Skythiē, Σκυθίη,（ラ）**スキュティア** Scythia,（仏）Scythie,（独）Skythien,（伊）Scizia,（西）Escitia,（葡）Cítia,（露）Скифыя,（現ギリシア語）Skithía

スキュティアー人（⇒スキュタイ*）の居住地。時代によりその地域はまちまちだが、ヘーロドトス*の頃にはカルパティア山脈からタナイス*（ドン）河にかけての南ロシア

＝ウクライナ地方を指した。伝承によると、スキュティアーの東北方には酷寒の地が広がり、男女とも生来禿頭のアルギッパイオイ Argippaioi 族や、山羊脚の人種、親を食うイッセードネス*人、1年のうち6ヵ月間を眠り続ける人種、一つ目のアリマスポイ*人、極北のヒュペルボレオイ*人などが住んでいるという。

　スキュティアー人は顴骨の高い長身多毛の騎馬遊牧民で、黒海北岸の沃地を中心に前6世紀から前3世紀の間活躍。ギリシア人史家によって、敵の皮を剥いで手巾にし人血や人肉を飲食する蛮族のごとくに誌されているが、実際にはギリシア諸都市とさかんに通商して文化交流を行ない、独自の動物意匠を施した金や銅の装飾品、武具類などの工芸技術を発達させており（ただし、遺品の一部はギリシアないしペルシア製）、こうしたスキュタイ文化は中央アジアを貫いて、はるか支那・朝鮮・日本にも影響を及ぼしている。スキュティアー王国は4つの半独立部族国家の連盟から成り雑多な先住民を支配、交易を通してギリシア世界へ奴隷・毛皮・蜂蜜・畜産物・ウラル産の黄金・収奪した穀物などを輸出し、他方ギリシア人からは陶器・織物・葡萄酒・オリーヴ油・貴金属製品などを輸入していた。のちサルマティアー人（サルマタイ*または、サウロマタイ*）に追われて領土を失ない（前2世紀）、スキュティアー全域はサルマティアーと名を改め、ローマ帝政期になると、「スキュティア」という呼称は北・中央アジアの遠隔地にのみ用いられるに至った。
⇒アバリス、アナカルシス
Herodot. 1-105, 2-22, 4-5～/ Plin. N. H. 2-51, 4-12/ Ptol. Geog. 6-14/ Arist. Mete. 1-13, Hist. An. 607a/ Callin. Dian. 474/ Plut. Pomp. 70/ Mela 1-3, 2-1, 3-5/ Just. 2-2/ Cic. Nat. D. 2-34/ Ov. Met. 1-64, 2-224/ Diod. 11-43/ etc.

スキュラ Scylla
⇒スキュッラ（スキュッレー）

スキュラクス Skylaks, Σκύλαξ, Scylax,（伊）Scilace,（西）Escílax,（現ギリシア語）Skílaks
（前6世紀後半）ギリシアの探検家、地理学者。カーリアー*沿岸の小島カリュアンダ Karyanda の出身。アカイメネース朝*ペルシア*の大王ダーレイオス1世*によって、インダス（インドス*）河流域の探検に派遣され（前519／512）、船で同河を下って海に達し、インド洋沿岸を西進すること30ヵ月でエジプトに到着した。ダーレイオスはこの一行が周航した海路を利用して、インド西北部を征服したと伝えられる。スキュラクスの誌した旅行記は、ヘカタイオス❶*やヘーロドトス*らの史家に利用されたが、今日彼の名の下に伝存する『周航記 Periplūs, Περίπλους』は、前350年頃に編纂された偽書で、主に地中海および黒海方面の地誌を扱っている。
⇒ピューテアース、ネアルコス
Herodot. 4-44/ Arist. Pol. 3-14, 7-14/ Strab. 12-566, 14-658/ Cic. Div. 2-42/ Philostr. V. A. 3-47/ Suda/ Pseudo-Scylax/ etc.

スキュルラ Scylla
⇒スキュッラ

スキューロス Skyros, Σκῦρος, Scyrus, Scyros,（独）Skiros,（伊）Sciro,（西）Esciro, Esciros,（葡）Esquiro,（露）Скирос,（現ギリシア語）Skíros（現・Skíros）エーゲ海中央部、テッサリアー*沖合いの島。北スポラデス*群島の主島（209 km²）。エウボイア*の東方35 kmに位置する岩がちの島で、古くはペラスゴイ*人、カーリアー*人が居住していた。伝説では、英雄アキッレウス*がトロイアー戦争*に出征しなくても済むように、母テティス*によってこの島の王リュコメーデース*のもとへ送られ、女装して王女たちの間で暮らした話で名高い。またアテーナイ*王テーセウス*がリュコメーデースに崖から突き落とされて殺された地でもあり、前476年にこの島を征服したアテーナイの将軍キモーン*は、神託に従ってテーセウスの遺骨を発見し、祖国へ持ち帰った（前475）——神託によれば、テーセウスの遺骨を手に入れない限り、この島は占領できないことになっていた——。次いで先住民族ドロペス Dolopes（ドロプス Dolops 人）はアテーナイ軍に放逐ないし奴隷とされ、土地はアテーナイ市民に分配された（⇒クレーロス）。その後スキューロス島は、前340年マケドニアー*王ピリッポス2世*に征服されて以来、前196年ローマ人の手でもとの支配者アテーナイに返還されるまでマケドニアー王国に服属。ローマ帝政後期の後269年、ゴート*その他の異民族 barbaroi（バルバロイ）に劫掠されて衰えた。古代にはスキューロス島は、アキッレウスの聖域および多色大理石と山羊の産地として知られていた。

　古典期ギリシアの神殿やヘレニズム・ローマ時代の墓地、公共浴場（テルマエ*）などの遺跡の他、アクロポリス*丘 Castro 上にテーセウスが墜落死した崖と称するものを見ることができる。
Hom Il. 19-326, -332, Od. 11-509/ Herodot. 7-183/ Thuc. 1-98/ Xen. Hell. 4-8/ Paus. 1-17, -22, 3-3, -25/ Mela 2-7/ Diod. 11-60/ Strab. 9-436～/ Ptol. Geog. 3-13/ Plut. Thes./ etc.

スキーローン Skiron, Σκίρων, Sciron
⇒スケイローン

スクリーボーニア Scribonia,（ギ）Skrībōniā, Σκριβωνία,（仏）Scribonie,（西）Escribonia,（葡）Escribónia,（露）Скрибония
（前68頃～後16以降）オクターウィアーヌス*（後のアウグストゥス*）の2度目の妻（前40～前39の間）。兄弟のL. スクリーボーニウス・リボー Lucius Scribonius Libo（前34年度のコーンスル*執政官）は、セクストゥス・ポンペイユス*（大ポンペイユス*の遺児）の岳父に当たる（⇒巻末系図070, 021, 030）。彼女はオクターウィアーヌスより年長で、すでに2度結婚

しており子供たちもあったが、オクターウィアーヌスは政敵アントーニウス*がセクストゥス・ポンペイユスと手を結んで自分を打倒するのではないかと懸念し、友人マエケーナース*の助言に従って彼女と結婚。しかるにほどなく、アントーニウスとの同盟が成立したので、彼女は不要な存在となり、また美しい人妻リーウィア・ドルーシッラ*（リーウィア❶*）に恋したため、これと別れた。スクリーボーニアが離婚されたのは、1女ユーリア❺*（大ユーリア*）を分娩した当日であったという。彼女は嫉妬深く片意地な性格で、夫の浮気に憤慨して大声でわめき散らしたと伝えられるが、後年娘のユーリアが姦通罪で島流しにされた時には、ただ1人つき添って流刑地へ同行し、娘の死まで傍を離れなかった（前2～後14）。

なお、彼女と先夫 P. スキーピオーとの間に生まれた娘コルネーリア Cornelia（L. アエミリウス・パウルス❸*の母）は、詩人プロペルティウス*から哀悼詩を献げられたことで名高い。

⇒巻末系図 087

Suet. Aug. 62, 69/ App. B. Civ. 5-53/ Dio Cass. 48-34, 55-10/ Vell. Pat. 2-100/ Tac. Ann. 2-27. /Zonar. 11-14/ etc.

スクリーボーニウス氏 Gens Scribonia〔← Scribonius〕、（ギ）Skrībōnios, Σκριβώνιος,（伊）Scribonio,（西）Escribonio

ローマのプレーベース*（平民）系の氏族名。第2次ポエニー戦争*（前218～前201）の頃から興起し、クーリオー*家やリボー Libo 家などに分かれた。リボー家から出たスクリーボーニア*がアウグストゥス*の妻となり、一門はローマ帝室の姻戚となった。

Liv./ Dio Cass./ Tac./ Suet./ Sen./ etc.

スケイローン Skeiron, Σκείρων, Sciron（または、スキーローン*）,（独）Skiron,（伊）Scirone,（西）Escirón

ギリシア伝説中、メガラ*の海岸に住んでいた野盗。ポセイドーン*またはペロプス*の子（諸説あり）。「スケイローンの岩」と呼ばれる断崖に陣取って、通行人に自分の足を洗わせ、海中に蹴落としては、そこに棲む大海亀の餌食としていた。英雄テーセウス*はアテーナイ*へ向かう途中、この怪賊の足をつかんで海に投じ、亀に食い殺させたとい

う。しかし、メガラ市の伝承によると、スケイローンは悪人ではなく、追剝どもを懲らしめた正しい人物で、アイアコス*の岳父、したがってアキッレウス*や大アイアース*の曾祖父に当たるということになっており、またイストミア競技祭*は彼を記念して従兄弟のテーセウスが創設したものであるとの所伝もある。その他、メガラ王家の王子であったとするなど異説が多い。

⇒シニス、プロクルーステース

Apollod. Epit. 1/ Plut. Thes. 10, 25, Mor. 144a/ Bacchyl. 17-24～/ Paus. 1-29, -36, -39, -44, 2-29/ Diod. 4-59/ Strab. 9-391/ Ov. Met. 7-443～/ Hyg. Fab. 38/ etc.

スケーニータイ Skenitai, Σκηνῖται, Scenitae

アラビアー*砂漠（ラ）Arabia Deserta に住む遊牧民ベドウィン Bedouin（〈アラビア語〉Badawī,〈複〉Badū, Badw）の総称。天幕（ギ）skēnē で生活することからついたギリシア語名。彼らは農業に関心をもたず、もっぱら略奪と牧畜に従事しながら、牧草地や寇掠する場所を求めて移住する。ローマ帝政後期以降は、サラセン人（ギ）Sarakēnoi, Σαρακηνοί,（ラ）Saracēnī と呼ばれるになった。

Strab. 16-747～/ Diod. 2-40/ Plin. N. H. 6-30, -32/ Ptol. Geog. 6-7/ Amm. Marc. 23-6/ Procop./ etc.

スコーティー（族）、またはスコッティー（族） Scoti, Scotti,（英）（仏）Scots,（独）Skoten,（西）（葡）Escotos

ヒベルニア*（アイルランド）のケルト*系住民。後250年頃からヒベルニー Hiberni（イベルニー Iberni とも）人という呼称に代わって、この名が用いられる。ローマ帝政期にブリタンニア*へ侵入を始め、同島北部カレードニア*（スコットランド）に住みついて、ローマ軍撤退後、先住民ピクティー*族と抗争の末、王国を建設し、この地にスコーティア Scotia ないしスコッティア Scottia（のちスコットランド Scotland）の名を与えた。

Amm. Marc. 20-1, 26-4, 27-8/ Claud. IV Cons. Hon. 33, Cons. Stil. 2-251/ Oros. 1-2/ Isid. Orig. 14-6/ Diod 5-2/ etc.

スコパース Skopas, Σκόπας, Scopas,（伊）Scopa,（西）（葡）Escopas,（露）Скопас

（前420頃～前330頃）パロス*島出身のギリシアの彫刻家、建築家。プラークシテレース*、リューシッポス*と並称される後期クラシックの代表的巨匠。主として大理石像を手がけ、ギリシア本土や小アジアで活躍。同時代のプラークシテレースが甘い情感の漂う静穏優美な作風であるのに対し、スコパースはより情熱的で力動感あふれる激しい作風に特徴があったとされる。戦闘や狩猟の場面など力強い肉体の動きを表現する技に長じ、とりわけ深く窪んだ眼窩や強くねじれた首によって緊張した内的感情を巧みに表出、来たるべきヘレニズム期彫刻の先駆を成した。代表作はテゲアー*のアテーナー*・アレアー Alea, Ἀλέα 神殿（前394以後）とその破風彫刻群、ハリカルナッソス*のマ

系図211　スケイローン

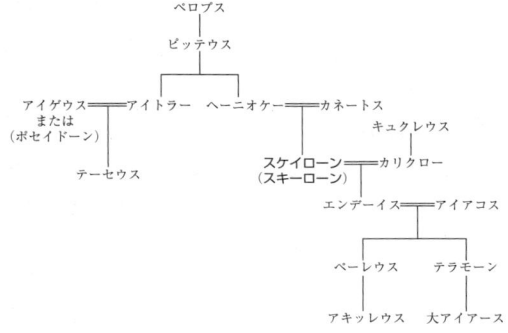

ウソーレイオン*霊廟の東側浮彫（前350頃）、エペソス*のアルテミス*大神殿の円柱基部の浮彫（前351以後）などで、いずれもかなり破損してはいるもののまとまった彫刻残存物が発掘されている。その他、「メレアグロス*像」や「乱舞するバッケー*（バッコス*の信女）」、「アポッローン*神像」、「ヘーラクレース*像」、「ポトス Pothos（「憧憬」の擬人神）像」といったローマ時代の模刻として伝わる作例もある。とかくプラークシテレースと対比させられるが、アプロディーテー*像やニオベー*母子など、古代においてさえ識別し難いほど両者の様式は近似する点があったことも忘れてはならない。

なお同名の人物のなかでは、アイトーリアー*の司令官で後にエジプトのプトレマイオス5世*の傭兵隊長として6千人以上から成る花の盛りのギリシア青年軍を率いたスコパース（前220頃～前196頃に活躍）や、テッサリアー*の古くからの豪族スコパース家 Skopadai, Σκοπάδαι（とくに前6世紀のスコパース2世）らが名高い。

⇒レオーカレース、ブリュアクシス、ティーモテオス❸、エウプラーノール

Plin. N. H. 34-19, 36-4, -21/ Paus. 1-43, 2-10, -22, 6-25, 8-45, -47, 9-10, -17/ Cic. Div. 1-13/ Prop. 2-31/ Vitr. 9-9/ Hor. Carm. 4-8/ Mart. 4-39/ Polyb. 4-5～, 13-1～, 16-18～, 18-53～/ Liv. 26-24～, 31-43/ Herodot. 6-127/ Plut. cim. 10/ Theoc. 16-36～/ Ath. 10-438c/ Ael. V. H. 2-41, 12-1/ Diog. Laert. 2-25/ Amm. Marc./ etc.

スコリア　Skholia, Σχόλια, Scholia,（仏）Scholies,（独）Scholien,（伊）Scolii,（西）Escolios〈〈単〉スコリオン Skholion, Σχόλιον, Scholium,〈仏〉Scholie, Scolie,〈伊〉Scolio,〈西〉Escolio〉

「注釈」の意。古典文の難解な箇所に、古代ギリシア・ローマの学者（大半が無名氏）がほどこした短い釈義・解説。ホメーロス*をはじめ、ヘーシオドス*、ピンダロス*、3大悲劇詩人らの著作の他、ウェルギリウス*、ホラーティウス*などラテン詩人の文献にも注釈が加えられた。ヘレニズム時代のアレクサンドレイア❶で原典批判が進められ、その後多くの写本に「古註」が加筆されていった。スコリオン中の抜粋でのみ知られる伝承もおびただしく、資料の宝庫として貴重。

Cic. Att. 16-7/ Arr. Epict. Diss. 3-21/ Lucian. Vit. Auct. 23/ Gal./ Asconius ad Cic./ Serv. ad Verg./ Macrob. ad Cic./ Proclus ad Pl./ etc.

スコリア　Skolia
⇒スコリオン（宴席の歌）

スコリオン（宴席の歌）　Skolion, Σκόλιον, Scolium,（〈複〉スコリア Skolia, Σκόλια）,（仏）Scolie

ギリシアの饗宴（シュンポシオン*）で歌われた短い抒情詩。スパルタ*で活躍した音楽家テルパンドロス*の創始と伝えるが、前6、5世紀には主にアテーナイ*で盛んに作られ、以来長い間アッティケー*地方を中心に流行した。最も人気があったのは、"僭主殺し"の英雄ハルモディオス*とアリストゲイトーン*を主題としたハルモディオス・スコリア Harmodios Skolia, Ἁρμόδιος Σκόλια と呼ばれる酒歌で、この2人の恋人たちの快挙をギリシアの男たちは晩餐後の酒宴の席で仰山に賞讃し続けたのである。スコリオンは銀梅花（ミュルトゥス）の枝を手にした男が最初に或る題について歌うと、次にその枝を回された男がうまく関連させながら次の歌を吟ずるという趣向の、連歌に似た形式のものであった。古くアルカイオス*やアナクレオーン*が名作をものしたとはいうものの、今日ではバッキュリデース*の断片など幾篇かが伝わるに過ぎない。

Ar. Vesp. 1216～, Ach. 980, 1093, Ran. 1302/ Pl. Grg. 451e/ Ath. 15-693～/ Plut. Mor. 615a～/ etc.

スコルディスキー　Scordisci,（ギ）スコルディスコイ Skordiskoi, Σκορδίσκοι,（仏）Scordiques,（独）Skordisker,（西）Escordiscos,（露）Скордиски

ケルト*系の好戦的な種族。パンノニア*のイストロス*（ドーナウ）河沿いに居住していた。前3世紀初めにギリシアへ侵攻し、のちイッリュリアー*人、トラーキアー*（トラーケー*）人の間に混住。マケドニアー*王ペルセウス*（在位・前179～前168）に味方してローマ軍と敵対し、マケドニアーがローマの属州となってからも、何度もローマ人と交戦した。前135年トラーキアーで M. コスコーニウス Cosconius に撃破されたが、のち Sex. ポンペイユス*（大ポンペイユス*の祖父）とその軍を敗死させ（前118）、さらに C. ポルキウス・カトー*（大カトー*の孫）麾下のローマ勢を殲滅（前114）。しかし前107年、Q. ミヌキウス・ルーフス Minucius Rufus に敗れ、前88年、ついに L. コルネーリウス・スキーピオー・アシアーティクス*（前83年の執政官（コーンスル）。プーブリウス・スキーピオー*の玄孫）の軍門に降り、イストロス河の彼方へ追い払われた。とはいえ、その後も前18年に至るまで、ダーキア*人と組むなどしてローマの属州を荒らし続けている。また人間の血を愛飲する粗野な民族とされ、捕虜を神々への生贄に捧げる習慣で知られていた。

Strab. 7-313～, -317～/ Liv. 40-57, 41-19, Epit. 56/ Just. 32-3/ Diod. 54-30, -31/ Plin. N. H. 3-25/ App. Ill. 3/ Ptol. Geog. 2-16/ Plin. N. H. 3-25/ Dio Cass. 54-30～/ etc.

スーサ　Susa, Σοῦσα,（仏）Suse,（露）Сузы,（現ギリシア語）Súsa,（古代イーラーン語）Shushtar（〈ペルシア語〉Shushan, のち Shush）,（エラム語）Šušan, Šušim,（ヘブライ語）（アルメニア語）Shushan

（現・Shush）ギリシア語で「百合の都」、古代ペルシア語で「快適な地」の意。イーラーン西南部の古都。起源はきわめて古く、前4千年紀よりエラム人 Elymaioi の中心都市として栄えた。のちアカイメネース朝*ペルシア*帝国の首都となり、ダーレイオス1世*以下の諸王が壮麗な宮殿

を造営した（前521～）。ペルセポリス*が建設されてからも、実質上の政治的中心地としての地位は揺るがなかった。アカイメネース朝の帝王は、スーサを冬の都とし、夏をエクバタナ*、秋をペルセポリス、春をバビュローン*で過ごした。また彼らは、スーサを流れるコアスペースKhoaspes河以外の水を飲まなかったので、行幸の折にはこの河水を容れた銀器を満載した馬車を多数随行させたといわれる。

セレウコス朝*およびパルティアー*王国時代には、エウライオスEulaios（コアスペースに同じ）河畔のセレウケイア*と呼ばれ、ヘレニズム的国際都市となった。メムノーン*が創建したという伝説から、メムノニアMemnoniaという名称で呼ばれることもある。都市の守護神はアポローン*Maraとアルテミス*＝ナナーイアNanāia。

アイスキュロス*の悲劇『ペルシア人』は、スーサのアカイメネース朝宮廷を舞台にしている（前472年初演）。歴代アカイメネース朝ペルシアの大王は宝蔵付きの別々の邸館を各丘上に建設したといい、遺跡の発掘が目下進められている。ダーレイオス1世の大宮殿址やハンムラピḪammurapi法典の出土で名高い。

なお地理学者ストラボーン*によれば、スーサでは夏の炎暑がすさまじいので、蛇や蜥蜴(とかげ)も道路を渡り切らないうちに焼け死に、冷水を戸外に出すとたちまち熱湯となり、大麦を日向へ播(ま)くと竈(かまど)で炙られた炒り麦のように跳ね上がったという。

Herodot. 1-188, 5-52, 7-151/ Xen. Cyr. 8-6, An. 3-5/ Ath. 12-513/ Strab. 12-513, 15-727～/ Aesch. Pers./ Arr. Anab. 7-4/ Plin. N. H. 6-31/ Curtius 5-2～/ Paus. 4-31/ Diod. 19-16, -48/ Steph. Byz./ etc.

スーサリオーン Susarion, Σουσαρίων, （伊）Susarione
（前6世紀前半）ギリシア古期の喜劇詩人。メガラ*の人で、東隣のアッティケー*（アテーナイ*を首邑とする地方）に初めて喜劇をもたらしたとされる（前570頃）。これはまだ酒神ディオニューソス*の祭礼における俄か芝居式のものであったらしく、アリストパネース*はこの種の喜劇を下品な茶番として嘲笑している。とはいえ、男根(パッロス)phallos崇拝的な要素は、アリストパネースらアッティケー古喜劇にも継承されていった。スーサリオーンの名の下もとに伝わる断片は偽作と思われ、彼自身を架空の人物と見なす説さえある。

なおアテーナイのディーオニューシア*祭に喜劇が悲劇と並んで競演されるようになったのは前487年のことで、最初の優勝者はキオーニデースKhionides, Χιωνίδηςなる人物であったと伝えられる。
⇒エピカルモス、クラティーノス❶
Arist. Poet. 3-5/ Plut. Sol. 10/ Marm. Par./ Ath. 2-40/ Schol. ad Il. 22-29/ Clem. Al. Strom. 1-16/ Suda/ etc.

ズース Zeus
⇒ゼウス

スーダ Suda, Σοῦδα, より正しくはἡ Σοῦδα, （露）Суда
後10世紀の後半にコーンスタンティーノポリス*で編纂された百科全書。かつてはスーイダース*なる人物の著述・編集とされてきたが、正しくは「城塞」、すなわち「無知に対する防壁」を意味する俗ラテン語にちなむ書名と判明（異説あり）。ヘーシュキオス*や古註Skholia,（ラ）Scholia(スコリア*)、ギリシア注釈家らの著作・抜萃集に基づいた一種の文学辞典であり、稀語・難語・陰語の用例を含むことから、古代ギリシア研究の資料として重視される。項目数およそ3万。アルファベット順。
⇒ハルポクラティオーン、ポリュデウケース❷
Suda/ Strab. 7-329/ Steph. Byz./ Schol. ad Ap. Rhod./ etc.

スタギーロス（スタゲイロス）、または、スタゲイラ（スタゲイラ） Stagiros, Στάγιρος, (Stageiros, Στάγειρος), Stagirus, Stagira, Στάγιρα (Stageira, Στάγειρα), Stagira, （仏）Stagire, （現ギリシア語）Stáyira
（現・Stáyira近郊の遺跡）（古くはスタギーロスもしくはスタギーラと呼ばれたようであるが、中世写本では通常スタゲイロスもしくはスタゲイラとなっている）エーゲ海北岸のカルキディケー*半島内の東部にある都市。前655年頃にアンドロス*島（キュクラデス*諸島の1つ）のギリシア人によって設立されたイオーニアー*系植民市で、のちにエウボイア*島のカルキス*からも住民が補充された。学者アリストテレース*の生地として名高く、彼はしばしばスタギーリーテースStagirites（スタギーロス人）と呼ばれる。ペルシア戦争*（前492～前479）やペロポンネーソス戦争*（前431～前404）で災禍を被り、前349年にはマケドニアー*王ピリッポス2世*の軍により破壊され、のちアリストテレースの願いでアレクサンドロス大王*によって再建された（前340頃）。なお、この町の法律では、フェニキアのビュブロス*市と同様に、自分で置いた物でない限り、決して路上から拾い上げてはならないことになっていた。アンピポリス*市の南方、ストリューモーンStrymon（現・Struma）河口付近に位置し、現在も城砦やストアー*（列柱廊）付きのアゴラー*などの古代都市遺跡が残っている。
Herodot. 7-115/ Thuc. 4-88, 5-6, -18/ Plut. Alex. 7/ Strab. 7-331/ Paus. 6-4/ Ael. V. H. 3-46/ Diog. Laert. 5-1, -4/ Theophr. Hist. Pl. 102/ etc.

スタゲイラ Stageira, Στάγειρα, Stagīra
⇒スタギーロス

スタゲイロス Stageiros, Στάγειρος, Stagirus
⇒スタギーロス

スタゲイロス（スタゲイラ） Stageiros (Stageira)
⇒スタギーロス（スタギーラ）

スターティウス Publius Papinius Statius, （ギ）Statios, Στάτιος, （仏）Stace, （伊）Stazio, （西）Estacio （後45頃～96頃）ローマ帝政期の詩人。ネアーポリス*（現・ナーポリ）の名望ある文法家兼教師の息子。父親から詩作を学び、まだ片言で数もうまく算えられないのに即興詩を作って世人を驚かせたという。ネアーポリスで何度か詩の競技に優勝し、父の死後ローマへ赴いて、歌手の未亡人クラウディア Claudia を娶ったが終生子供はできなかった。美声で聴衆を魅了した彼は、アルバ*においてドミティアーヌス*帝が開いた詩の競技会に優勝（90年3月）、皇帝から食事に招かれた返礼として、宮殿を天に、帝を神に見たてた頌歌を捧呈した。貴顕の人々と親交を結び、一時は第一級の流行詩人としてもてはやされ、その朗読会 recitatio には建物も壊れんばかりの群衆が詰めかけたという。ところが、カピトーリーヌス*丘の競技会で敗れ（94）、いやがる妻をなだめすかして故郷のネアーポリスへ隠退し（95）、その後ほどなくして死んだ —— ドミティアーヌスに鉄筆で刺し殺されたという説もある ——。

代表作は、不眠不休の12年の歳月をかけて完成した叙事詩『テーバイス*（テーバイ物語*）』全12巻（92年頃公刊）で、オイディプース*王の息子たちエテオクレース*とポリュネイケース*の争いを扱っており、修辞的技巧を凝らした大作である。『シルウァエ Silvae』5巻32篇（93頃～随時公刊）は、様々な内容のなかば即興で作られた随想詩集で、美男奴隷の夭逝を歌った哀悼詩や、ドミティアーヌス帝に阿る讃歌を含むが、上品な洗練された筆致で人気が高い。その他、彼の死により第2巻途中で絶筆となった英雄アキッレウス*を物語る叙事詩『アキッレーイス Achilleis』が伝存するが、それ以外の作品はすべて失われた。中世ヨーロッパでは、彼がキリスト教徒であったという誤解も手伝って、たいそう愛好され、ダンテやチョーサーにも影響を与えている。
⇒ルーカーヌス、シーリウス・イータリクス
Juv. 4-94, 7-82～/ Stat. Silv. Theb., Achil./ etc.

スタディオン Stadion, Στάδιον, （ラ）Stadium, Stadium, （英）Stade, Stadium, （仏）Stade, （独）Stadion, （伊）Stadio, （西）Estadio, （葡）Estádio, （露）Стадион

ギリシアの長さの単位。600プース pus。約180 mに相当。各ポリス polis によって一定せず、アッティケー*では177.4 m（またはアテーナイ*の185.2 m）。短距離の徒競走をスタディオンと呼ぶのは、オリュンピア競技祭*のランニング種目に由来し、伝承では創始者たるヘーラクレース*が自らの足（約32 cm）で測って定めたという。したがって徒競走用の施設もスタディオンの名で呼ばれるようになり、諸都市に観客席を備えたランニング用のスタディオンが建設された。その距離はオリュンピアー*では192.27 m、デルポイ*では177 mであった。最初の13回のオリュンピア競技祭ではスタディオン競走しか行なわれず（あるいは記録に留められず）、その後もオリュンピアス暦年*の基準となる各大会はスタディオン競走の優勝者の名を取って称される習慣であった。徒競走の種目には、この他スタディオンを往復する中距離 diaulos, δίαυλος や、12往復する長距離 dolikhos, δόλιχος などがあり、アテーナイのパンアテーナイア*祭では松明競走という部族対抗のリレー競技も行なわれた。なお、アテーナイのスタディオンは前329年頃にイーリーソス Ilisos 川の南側に建造され、ローマ帝政期に富豪ヘーローデース・アッティクス*が私財をもって総大理石造りの競技場に改築（後140～142頃）。19世紀末になって第1回近代オリンピック（1896）に備えるべく、ヘーローデースのスタディオンが忠実に再現された（現存）。

今日の大競技場を指すスタディアム（英）stadium という言葉は、ギリシアの徒歩競走場スタディオンから派生したものである。
⇒ペンタートロン、オルシッポス
Herodot. 2-149, 4-101, 5-22, -53, 9-23/ Pind. Ol. 10-64, 13-30～/ Pl. Leg. 8-833a/ Xen. Hell. 1-2/ Paus. 1-19, 2-27, 5-7～, 6-13, -20, 9-23, 10-32/ Plut. Phoc. 23/ Plin. N. H. 2-21/ Columella Rust. 5-1/ Strab. 7-497/ Anth. Pal. 9-342/ etc.

スタテイラ Stateira, Στάτειρα, Statira, （西）Estatira
アカイメネース朝ペルシア*帝室の女性名（⇒巻末系図024）。

❶（？～前331）ダーレイオス3世*の姉妹にして后。際立った美貌の持ち主として名高い（同世代では一番の美女という）。イッソス*の会戦（前333年11月）後、母太后シシュガンビス*や2人の娘（⇒スタテイラ❷*、バルシネー❷*）、6歳になる息子らとともに、アレクサンドロス大王*に捕らえられるが、凌辱を加えられることなく、敬意をもって礼遇される。前331年、ガウガメーラ*の決戦の少し前に産褥死を遂げ、アレクサンドロスは盛大な葬礼を営み、ダーレイオスの許へ後宮付きの宦官を派遣して訃報を伝えさせた。
Curtius. 3-11～12, 4-10/ Arr. Anab. 2-11～12, 4-19～20/ Plut. Alex. 21, 30, Mor. 338e/ Just. 11-9, -12/ Diod. 17-54/ Gell. 7-8/ etc.

❷（？～前323）アカイメネース朝ペルシア*の帝王ダーレイオス3世*の長女。母は同王の姉妹にして后のスタテイラ❶*。イッソス*の戦いの後、母や祖母、妹ドリュペティス Drypetis とともにアレクサンドロス*大王の捕虜となる（前333）。9年後スーサ*で行なわれた大集団結婚式で同じくペルシア帝室のパリュサティス❷*と並んでアレクサンドロス大王の正室に迎えられる（妹ドリュペティスは大王の念友ヘーパイスティオーン*と結婚。前324）。子供を産まなかったにもかかわらず、彼女はアレクサンドロスの側妃ロークサネー*に嫉視され、大王の死（前323）後間もなく好意溢れる手紙でバビュローン*におびき寄せられて妹

と一緒に殺害され、屍骸は井戸に投ぜられた。アッリアーノス*は彼女の名をバルシネー❷*としている。
Diod. 17-107/ Curtius. 4-5/ Plut. Alex. 70/ Just. 12-10/ Arr. Anab. 7-4/ etc.

❸（？〜前400頃）アルタクセルクセース2世*の后。ペルシア貴族の娘で、彼女の長兄が反乱の廉で処刑され、一族皆殺しに遭った時、夫が母后パリュサティス❶*に嘆願してくれたおかげで、唯1人助命される。夫の即位後に起きた王弟キューロス❷*（小キューロス）の乱（前401）以後、権謀たくましいパリュサティスとの間に確執が生じ、ついに奸計によって落命する。パリュサティスは片側にだけ毒を塗ったナイフで鳥肉を切り分け、無害な方を自ら食べて見せたのち、有毒の方をスタテイラに食べさせて、これを殺したという。夫王は母后を罰することができず、毒薬を調合したギギス Gigis なる召使を捕らえて、大きな石の上で頭部を叩き潰して殺した。
Plut. Artax. 5, 6, 17〜19/ Ctesias Pers. 60〜61/ etc.

スタティリウス・タウルス、ティトゥス　Titus Statilius Taurus,（ギ）Statilios Tauros, Τίτος Στατίλος Ταῦρος,（伊）Tito Statilio Tauro,（西）Tito Estatilio Tauro

（前1世紀後半）オクターウィアーヌス*（アウグストゥス*）の有能な部将。シキリア*（現・シチリア）、アーフリカ*など各地に転戦して凱旋式を挙げ（前34）、2度執政官に就任（前37、前26）。軍隊からは3度インペラートル*（最高司令官）の歓呼の声で迎えられ、幾つかの祭司職も兼任して富と栄誉を得た。アクティオン*の戦い（前31）では陸軍を指揮し、属州マケドニア*、次いでヒスパーニア*（前29）の総督となり、前16年にアウグストゥスがガッリア*へ赴いた折には、首都長官 Praefectus urbi としてローマおよびイタリアの管理を委ねられた。凱旋式を記念して彼がカンプス・マールティウス*に建てたスタティリウス・タウルス劇場は、ローマで最初の石造の円形闘技場（アンピテアートルム*）であった（前29完成）。

彼の子孫からは4人の執政官やネロー*の皇后（スタティリア・メッサーリーナ*）らを出したが、当時の名門の常として政争の犠牲となって倒れる者も何人かいた。
App. B. Civ. 5-97〜99, -103, -105, -109, -118/ Dio Cass. 49-14, -38, 50-13, 51-20, 53-23, 54-19/ Tac. Ann. 6-11, 12-59, 14-46/ Plut. Ant. 65/ Vell. Pat. 2-127/ etc.

スタビアエ　Stabiae,（ギ）Stabiai, Στάβιαι,（仏）Stabies,（西）Estabia,（露）Стабии

（現・Castellamare di Stabia）カンパーニア*沿岸の町。ポンペイイー*（現・ポンペイ）とスッレントゥム*（現・ソレント）との間に位置する。前8世紀以来の居住跡が確認されており、前5世紀にはサベッリー*人（サムニーテース*）に征服され、港湾都市として機能したが、第2次サムニウム*戦争中にローマ軍の手で陥落させられた（前308）。同盟市戦争*中の前89年4月、スッラ*に占領・破壊されたのち、再建されてローマ人の保養地として繁栄。キケロー*ら著名人の瀟洒な別荘 villa や邸宅、療養施設が建ち並んだ。後79年、ウェスウィウス*（現・ヴェズーヴィオ）火山の噴火により、ポンペイイーやヘルクラーネウム*（現・エルコラーノ）とともに埋没。視察に来た大プリーニウス*は、この町の海岸で窒息死した。1749年以降の発掘により、優れたフレスコ画の数々が描かれた豪華な別荘・邸宅群が出土している。
Plin. N. H. 3-5/ Ov. Met. 15-711/ Plin. Ep. 6-16/ Cic. Fam. 7-1/ Sil./ App. B. Civ. 1-42/ Columella 10-133/ Cassiod. Var. 11-10/ Symmachus Ep. 6-17/ Gal./ etc.

スッラ　Sulla,（ギ）Syllas, Σύλλας,

ローマのパトリキイー*（貴族）系コルネーリウス氏*に属する家名。とくに共和政末期の独裁官スッラ（ルーキウス・コルネーリウス・スッラ*）が名高い。

スッラ　Sulla (Sylla)
⇒ L. コルネーリウス・スルラ

スッラ、ファウストゥス・コルネーリウス　Faustus Cornelius Sulla,（ギ）Phaustos Kornēlios Syllās, Φαῦστος Κορνήλιος Σύλλας,（伊）Fausto Cornelio Silla,（露）Фауст Корнелий Сулла

ローマ人の男性名。

❶（前88頃〜前46）独裁官 L. スッラ*が4度目の妻カエキリア・メテッラ❷*によって儲けた息子（⇒巻末系図063）。ファウスタ・コルネーリア*とは双生兄妹。父の幸運にあやかって、「幸多い人」と名付けられる。父の死後、

系図212　スタティリウス・タウルス、ティトゥス

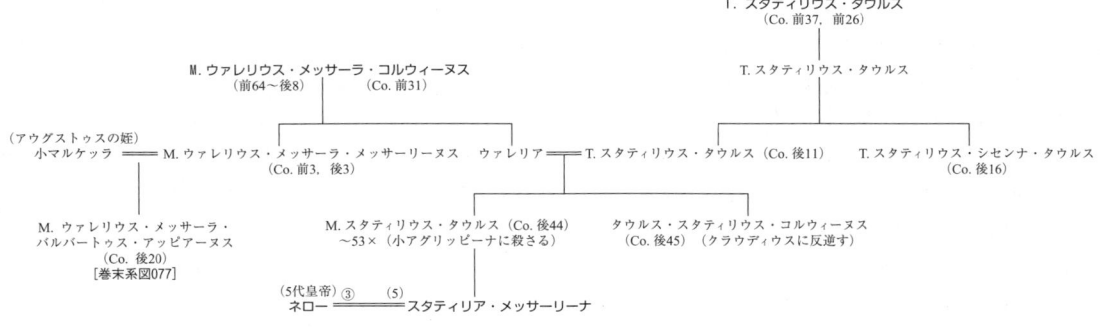

L. ルークッルス*が後見人となり、反スッラ派の糾弾から保護した。のちファウストゥスは、大ポンペイユス*の東方遠征に軍団副官 Tribunus Militum として従い、イェルーサーレーム*（エルサレム）神殿略奪の際には一番乗りの名を上げる（前63）。ローマ帰還後、盛大な見世物を開催し（前60）、鳥卜官に選ばれ（前57）、前54年には財務官となった。またクローディウス*殺害事件をめぐる暴動（前52）で焼失した元老院議事堂を再建し、父の栄誉を称えてクーリア・コルネーリア Curia Cornelia と名付けた。前49年、内乱が勃発すると、岳父に当たるポンペイユスに与してパルサーロス*で戦い（前48）、次いでアーフリカ*のタプソス*で敗走（前46）。妻子とともにヒスパーニア*へ逃れようとするところを捕縛され、カエサル*軍の兵士によって殺された（⇒L. アーフラーニウス❷）。妻ポンペイヤ❷*と子供たちは無傷で救い出され、父の遺産を相続することをカエサルに認められた。

ファウストゥスが父のスッラに似ていた点といえば、贅沢な浪費癖くらいのもので、内乱が始まった頃には、負債の山で身動きがとれなくなっていた。借財に苦しんだ彼が家財を競売すると広告した時、キケロー*は言った。「この広告の方が、彼の父親のやった広告（処罰者名簿 proscriptio の公示のこと）よりもいい」）。
⇒P. シッティウス、ミロー、M. アエミリウス・スカウルス❷

Dio Cass. 37-51, 39-17, 40-50, 42-13/ Caes. B. Civ. 1-6/ Hirt. B. Afr. 87, 95/ App. B. Civ. 2-100/ Cic. Att. 9-11,Sull. 19/ Joseph. J. A. 14, J. B. 1/ Plut. Sull. 34/ Florus 4-2/ Oros. 6-16/ etc.

❷ Faustus Cornelius Sulla Felix（？～後63）クラウディウス*帝の長女アントーニア❸*の後夫（⇒巻末系図079, 096）。52年度の執政官。ネロー*帝治世の初期、ブッルス*とパッラース*が彼を帝位にかつぎ上げようとしたと告発されたが、讒訴と判明（55）。しかしながら、スッラは支配権をうかがう者としてネローの猜疑の対象となり、58年にマッシリア*（現・マルセイユ）へ追放・幽閉され、5年後には食事中にネローの刺客に襲われて殺された。彼の首が運ばれて来ると、ネローは「年に似合わず白髪が多くて見苦しいのう」と嘲ったという。
⇒ルベッリウス・プラウトゥス、Cn. ポンペイユス・マグヌス❷、（ウァレリア・）メッサーリーナ
Suet. Claud. 27/ Tac. Ann. 12-52, 13-23, -47, 14-57, -59/ Dio Cass. 60-30/ Zonar. 11-9/ etc.

スッラ、プーブリウス・コルネーリウス Publius Cornelius Sulla,（ギ）Pūplios Kornēlios Syllas, Πούπλιος Κορνήλιος Σύλλας,（伊）Publio Cornelio Silla,（露）Публий Корнелий Сулла

（？～前45）独裁官スッラ*（ルーキウス・コルネーリウス・スッラ*）の甥。伯父からマリウス*派の没収財産の競売を任され巨利を博する。前66年、P. アウトローニウス・パエトゥス*とともに翌年度の執政官に選ばれるが、L. マーンリウス・トルクァートゥス❷*の告発により選挙民買収の罪が発覚し、2人とも罷免される。執政官職を失ったスッラは、兄弟のセルウィウス Servius やアウトローニウスらとともに、カティリーナ*の陰謀（前65、前63）に加担し、事破れてからも、雄弁家ホルテーンシウス*とキケロー*の弁護で首尾よく無罪をかちとった（前62）。カエサル*とポンペイユス*の内乱時代には、カエサル側に与し、天下分け目のパルサーロス*の戦いでは、副司令官としてカエサル軍の右翼を指揮（前48）。内乱終結後、ポンペイユス派の没収財産を破格の廉価で手に入れたので、世の指弾を浴びる（前46）。前45年、彼が旅行中に死んだ時には、世人は「盗賊に殺されたのだろうか、それとも過度の食道楽で身を滅ぼしたのだろうか」と穿鑿して興じあったという。その子孫はクラウディウス*帝の頃まで存続し、執政官などの顕職にあげられている（⇒巻末系図063）。

なお彼の相役執政官になる予定だったアウトローニウスは、カティリーナの反乱鎮圧（前62）後、キケローに弁護を嘆願するが聞き入れられず、有罪を宣告され、エーペイロス*へ流されている。恨み骨髄に徹したアウトローニウスは、後日キケロー自身が追放されて来た時に、好機到れりとその生命を付け狙ったといわれる（前58）。雄弁家の1人に数えられるものの、キケローは彼を「よく通る大きな声をしているが、それ以外に何の取り柄もない」と酷評している。
⇒P. シッティウス、クラッスス
Sall. Cat. 17～18, 47/ Dio Cass. 36-27, 37-25/ Suet. Iul. 9/ App. B. Civ. 2-76/ Caes. B. Civ. 3-51, -89/ Cic. Sull., Fin. 2-19, Att. 3-2, -7, 4-3, 11-21～22, Off. 2-8/ etc.

スッラ、ルーキウス・コルネーリウス Lucius Cornelius Sulla, 副名・フェーリークス Felix,（ギ）Lūkios Kornēlios Syllās, Λούκιος Κορνήλιος Σύλλας,（伊）Lucio Cornelio Silla Felix,（西）Lucio Cornelio Sila,（露）Луций Корнелий Сулла Феликс

（前138～前78年3月）ローマ共和政末期の将軍、政治家。独裁官として君臨（在任・前82～前79）。

貴族（パトリキイー*）身分の出身で、先祖のプーブリウス・コルネーリウス・ルーフィーヌス P. Cornelius Rufinus は、サムニウム*戦争の頃、2度執政官を務め（前290、前277）、曾祖父プーブリウス・コルネーリウス・スッラ P. Cornelius Rufinus Sulla は前212年の、同名の祖父プーブリウス P. Cornelius Sulla は前186年の法務官に就任。父ルーキウスは貧乏だったが、息子に高等教育を受けさせ、おかげで彼は文学・芸術の愛好家となり、それと同時に放縦な生活に耽る快楽主義者ともなった。若い頃から男色・女色になずみ、美男俳優のメートロビオス Metrobios を終生愛し、また情婦からは莫大な遺産を手に入れた。

はじめ将軍マリウス*の部下としてヌミディア*でユグルタ*戦争に従事し（前107～前105）、策を用いて敵王ユグルタを捕獲（⇒ボックス1世）。この功績ゆえにマリウスとの

間の疎隔が生じた（前105）。続いて、テウトネース*族とキンブリー*族相手の戦いに出征する（前104～前102）が、マリウスの嫉妬に気付いて、Q. ルターティウス・カトゥルス*（前102年度のマリウスの相役執政官）と結びアルペース*（アルプス）山中に活躍、勝利を得て声望を高めた（前101）。派手な贈賄によって前97年度の法務官職に就き、次いで属州総督としてキリキア*に赴任（前96～前92）、アリオバルザネース1世*をカッパドキアー*王に復させ、パルティアー*王（アルサケース9世*）の使節との間にローマ優位の外交をはじめた（前92）。

同盟市戦争*（前91～前88）にも武勲を立て、前88年度執政官を務めたが、ポントス*大王ミトリダテース*6世討伐の指揮権をめぐってマリウスと争い、兵を率いてローマに攻め入ると――前代未聞のローマ軍によるローマ占領――、マリウス一派を放逐（⇒P. スルピキウス・ルーフス）、翌前87年はじめミトリダテース戦争に出発した。続く4年間、彼は赫々たる勝利を収め、ギリシア全土の財宝を略奪、抵抗するアテーナイ*を劫掠して無数の市民を殺戮し（前86）、ついに敵ミトリダテースの軍勢を小アジアへ押し返した。

彼の不在中、キンナ*の寝返りでマリウスが復帰し、首都を制圧して元老院貴族の大虐殺を展開。そこでスッラはミトリダテース大王と和議を結び（前85年8月。ダルダノス*の和（トローアス*の和））、副官ムーレーナ❶*を残し、大軍を率いてイタリアに取って返す（前83年春、ブルンディシウム*着）。プラエネステ*（現・パレストリーナ）近郊で小マリウス*（マリウスの養嗣子）を破ったのち、ローマのコッリーナ門 Porta Collina でマリウス側についたサムニウム人と血戦の末、勝利を収める（前82年11月1日）。

閥族派（オプティマーテース*）の首魁となったスッラは、マリウスの与党を徹底的に大量殺戮し――プラエネステでは1万2千人をまとめて射殺、ローマでは7千人の市民を競技場に集めて殺害する等――、さらに処罰者名簿 proscriptio を出して40名の元老院議員と2千6百人の騎士を財産没収のうえ死刑にし、その首をフォルム*にさらした。私怨や財産目当てから名簿に掲載される者も新たに加わり、彼らの首には巨額の賞金が懸けられたので、4千7百人以上の有力者が犠牲となって斃れた（若きカエサル*もまた、マリウスの甥として生命を狙われた1人である）。

以後3年間、独裁官（前82末～前79）としてローマを支配、盛大な凱旋式を祝い、反動的な貴族政治を復活、護民官の権能を制限するなど諸種の法令を定めた（前80年の執政官に再任）。

彼の容貌は大変恐ろしく、眼は爛々と輝き、赧らんだ顔には白い斑点があって、「麦粉でまぶした桑の実」さながらであったという。生来、傲慢・冷酷な性質で、恐怖政治により政敵をことごとく掃蕩して我身の安泰を確保し得たので、自らを「幸運なる者 Felix」と称した。

前79年、突然官職を辞しクーマエ*の別荘に退き、以来、回想録を書き、美しい男女の俳優やダンサーを侍らせながら、酒宴と狩猟に悠々自適の日々を過ごした。翌年、内臓の潰瘍が悪化し、肉が腐って全身から無数の虱が涌き出すという奇病に罹り苦悶の果てに絶命した。かつてマリウスの死体を掘り出してうち棄てたことがあったので、自らは報復を怖れて、死に臨んで火葬を望んだと伝えられる。彼は5回結婚し、数人の子を儲けている（⇒巻末系図063）。
⇒アペッリコーン、ファウストゥス・スッラ、ファウスタ・コルネーリア、カエキリア・メテッラ❷

Plut. Sull., Mar./ Vell. Pat. 2/ Val. Max. 1/ Cic. Verr., Leg. Man., Prov. Cons., Clu., Leg. Agr., Rosc. Am., Fam., Att./ Sen. Clem. 1-12/ Paus. 1-20, 9-33/ App. B. Civ., Mith./ Dio Cass./ Val. Max./ Aur. Vict. De Vir. Ill./ Sall. Jug./ Frontin./ Polyaenus/ Plin. N. H./ Liv. Epit./ etc.

スッレントゥム Surrentum, （ギ）Syrrhenton, Συρρεντόν, Sūrenton, Σούρεντον, Sōrenton, Σωρεντόν, （仏）Sorrente, （独）Sorrent, （露）Сорренто

（現・ソレント Sorrento〈ナーポリ方言〉Surriento）カンパニア*地方の沿岸都市。クーマエ*湾 Sinus Cumanus（現・ナーポリ湾）の南端をなし、葡萄酒や魚介類、カンパニア特産の赤色陶器で知られていた。ギリシア人の植民に始まるというが、エトルーリア*人の支配（～前420）を経て、ローマ共和政期に住民はオスキー*語を用いていた。アウグストゥス*の治下にローマ人の植民をいくらか受けいれ、帝政時代には自治都市となる。景勝地として名高く、西端のカプレアエ*（現・カープリ）島を望むアテーナー*（ミネルウァ*）岬 Minervae Promontorium（現・Punta della Campanella）には伝説上の怪鳥セイレーン*たちが住んでいたと伝えられ、ギリシア世界で唯一のセイレーネス*神殿が建っていた。市壁やローマ時代の別荘 villa、地下水道用の貯水施設、当初の都市計画の痕跡など、少なからぬ遺構を今日も見ることができる。
⇒ヌーケリア

Mela 2-4/ Plin. N. H. 3-5, 14-8/ Mart. 13-110/ Strab. 5-247/ Stat. Silv. 2-2, 3-1/ Ptol. Geog. 1-7/ Steph. Byz./ etc.

スティリコー Flavius Stilicho, （ギ）Stilikhōn, Στιλίχων, Stelikhōn, Στελίχων, （仏）Stilicon, （伊）Stilicone, （西）Estilicón, （露）Стилихон

（後359／365頃～408年8月22日）西ローマ帝国の将軍、政治家。父はヴァンダル*族（ウァンダリー*）出身のローマ軍人。テオドシウス1世*に仕えて昇進し、帝の姪かつ養女のセレーナ Selena（？～408）を妻に迎え、軍総司令官となる（394）。同帝の死（395）後、幼いホノーリウス*帝を擁して西ローマ帝国の実権を掌握、さらに東ローマのアルカディウス*帝の後見人にも指名されたと称して、権臣ルーフィーヌス*を謀殺したため、東西両宮廷間に不和をもたらした（⇒エウトロピウス）。娘マリーア Maria（？～407／408）をホノーリウスに嫁がせて外戚としての権威を加え（398）、帝国領に侵入した西ゴート王アラリークス*（アラリック）と各地で交戦、2度の勝利でこれをイタリアから

撃退した（402、403）。次いでゲルマーニア*諸族混成の大軍20万（40万とも）を率いてイタリアへ攻め込んだラダガイスス Radagaisus（？～406）を破ってこれを斬首し（406年8月23日）、婦女子を含めて15万という大量の捕虜を奴隷として売り払った（そのため奴隷の値段が12分の1、金貨1枚に下落したといわれる）。ところが408年、強大な権力を嫉（ねた）んだ政敵の陰謀で、アラリークスへの内通と帝位簒奪の嫌疑をかけられ、ホノーリウスの命令で処刑された。自派の官吏や将兵を虐殺されて、ラウェンナ*（現・ラヴェンナ）の教会へ逃げ込んだスティリコーは、ただの訊問に過ぎないからと欺かれて堂外へ出たところ、即座に反逆罪による死刑を宣告され、悠揚迫らぬ態度で刑吏の下に首を差し伸べたという。財産は没収され、息子エウケリウス Eucherius は死刑、娘でマリーアの死後皇后となっていたテルマンティア Thermantia（？～415）は離別され、未亡人セレーナは間もなく起こったアラリークスのローマ包囲の責任を負わされて絞首刑に処された（⇒巻末系図105）。かくしてローマ化されたゲルマーニア人として帝国を異民族 barbari（バルバリー）の侵寇から守り抜いた愛国的将軍とその一族は粛清され、西ローマ帝国はひたすら自滅への途を辿ることになったのである。
⇒ギルドー、コーンスタンティーヌス3世、クラウディアーヌス

Claud. Cons. Stil., Selena, Rufinus/ Zosimus 4～5/ Sozom. Hist. Eccl. 8/ Socrates Hist. Eccl. 6/ Oros. 7/ Philostorgius 12-3/ Eunap./ etc.

スティルポーン　Stilpon, Στίλπων, Stilpo, （伊）Estilpone, （西）Estilpón

（前380頃～前280頃）メガラ*出身の哲学者。エウクレイデース❶*に始まるメガラ学派に属し、才気煥発で詭弁に長け、ストアー*学派の創始者ゼーノーン*はじめ大勢の門弟を擁した。プトレマイオス1世*からも重んじられ、デーメートリオス1世*・ポリオルケーテースがメガラを略奪した時にも、スティルポーンの家は安全に保護するよう配慮し、「何か財産を失わなかったか」と彼に問い合わせた。すると哲人は、「私の真の持物は何一つ失ってはいない。誰も知識や教養を奪うことはできぬのだから」と答えたという。スティルポーンの娘は嫁いでからも常軌を逸したふしだらな生活を続けていたので、ある人から「彼女は貴方の恥になっていますよ」と忠告されたところ、彼は「いや、私があれの名誉になっているほどではない」と平然と答えたとも伝えられる。スティルポーン自身、妻帯しながら娼婦ニーカレテー Nikarete と同棲していたことで知られ、キュニコス（犬儒）派の哲学者クラテース❸*からその情事をひやかされている。彼はプラトーン*のイデアー idea 説を否定し、アパテイア apatheia（不安のない心境）を理想として掲げ、またキュニコス派の影響を受けて富に何の価値も認めなかった。素朴で気取らない人柄のうえ、弁論の術に秀でていたので、一時はほとんど全ギリシアの知識人が彼のメガラ学派に転向しようとしたほどの評判であった。が、「ペイディアース*の造った女神アテーナー*は神ではない」と言ったことから瀆聖罪に問われ、「アテーナーは女神だから神（男性名詞）ではないということになる」と抗弁したにもかかわらず、アテーナイ*から追放された。高齢に達し、死を早めようと大量の葡萄酒を一息（いっき）に飲み干して、息絶えたといわれる。20以上の対話篇を書いたとされるが現存しない。彼はある時、高級娼婦（ヘタイラー）のグリュケラー Glykera を「若者たちを堕落させている」と言って非難したが、「あんたも同罪よ、私は愛の技術を教えるのに、あんたは役に立たない詭弁の術を教えて弟子どもを堕落させているのだから」と逆に彼女からやりこめられたという話も残っている。
⇒ティーモーン❷、メネデモス、エウブーリデース、ディオドーロス・クロノス、ピュッローン、キティオンのゼーノーン

Diog. Laert. 2-113～, 6-76, 7-2, -24, 9-109/ Plut. Demetr. 9, Mor. 467f/ Cic. Fat. 5/ Sen. Ep. 9, Constant. 5-6/ Suda/ etc.

スティロー・プラエコーニーヌス、ルーキウス・アエリウス　Lucius Aelius Stilo Praeconinus, （伊）Lucio Elio Stilone Preconino

（前154頃～前74頃）ローマの文法学者。ラーヌウィウム*の出身。ストアー*学派の教育を受け、ギリシア語・ラテン語双方の文献に通じたローマで最初の大学者。騎士身分（エクィテース*）（オプティマーテース）に生まれ、閥族派*に属して、メテルス❸*・ヌミディクスのロドス*島亡命（前100～前99）に同行したが、自らは政界に乗り出さず、著述と講義に専念、演説も友人の為に代作するに過ぎなかった。ロドスでディオニューシオス・トラークス*の講筵につらなったと思われる。父が布告官（プラエコー） Praeco を務めていたため、プラエコーニーヌスの異名を得、また自ら文章をよくしたので、スティロー（「文筆の人」の意）と呼ばれた。ローマで文法および修辞学の学校を開き、その弟子の中で最も傑出していたのは、M. テレンティウス・ウァッロー*と雄弁家キケロー*の2人である。『サリイー*神官讃歌 Carmina Saliorum』の解釈や『十二表法*』の用語考証、プラウトゥス*の真作25本の決定、エンニウス*とルーキーリウス*の作品公刊など、文法や文芸作品を批判的・語源学的に研究し、その方法論は後の文献学に大きな影響を与えた。『序文について De Proloquiis』ほか幾多の著作があったが、断片しか伝存しない。通常キケローの作とされる『ヘレンニウス修辞書 Rhetorica ad Herennium』（4巻）を、彼に帰する学者もいる。

なお、彼とともに学校を運営していた女婿のセルウィウス・クローディウス Ser. Clodius は、岳父スティローの未発表の1書を盗んで勘当され、屈辱のあまりローマから退去、やがて痛風を病んで激痛に耐えかね、毒性の強い薬物を足に塗布したため、ようやく死に至ったという。

Cic. Brut. 56～57, Acad. 1-2, Leg. 2-23, De Or. 1-43/ Quint. Inst. 10-1-99/ Gell. 1-18, 3-3, 10-21, 16-8/ Suet. Gram. 3/ Plin. N. H. 33-7, 37-4/ Varro Ling. 5-18, -21, -25, -66, -101, 6-7, -59, 7-2/ etc.

ステーシコロス Stesikhoros, Στησίχορος, Stesichorus, （仏）Stésichore, （伊）Stesicoro, （西）Estesícoro, （露）Стесихор

（632／629頃〜前556／550頃）ギリシアの抒情詩人。合唱抒情詩の事実上の完成者。シケリアー*（現・シチリア）島のヒーメラー*に生まれ（イタリア南部のロクロイ*他の異説あり）、この地で活躍し、同島のカタネー*（現・カターニア）に没した。叙事詩人ヘーシオドス*の庶子とする伝説もある。ステーシコロスという名は「合唱隊(コロス)を設立する人」の意で、本名はテイシアース Teisias という。その名のごとく、堅琴の伴奏による合唱隊演出の創始者とされる。アルクマーン*と並ぶ初期ドーリス*派の代表的抒情詩人として高く評価された。全作品は26巻にものぼり、「ホメーロス*のごとき」（偽ロンギーノス*）とか、「ピンダロス*やシモーニデース*にも優る」（ハリカルナッソス*のディオニューシオス*）と絶賛されたが、わずかな引用断片を除いてはことごとく散佚した。主として英雄叙事詩から題材をとり、ときに神話伝説を大胆に改作しつつ、合唱隊用に壮大な物語詩を創作（3部のスタンザ形式の完成）、壺絵などの造形芸術やアッティケー*悲劇の成立にも影響を及ぼした。彼がトロイアー*伝説の美女ヘレネー*の不義を作中で非難したために盲目となり、次いでこれを取り消す「悔悟の歌(パリノーディアー) Palinodia」を創作、「ヘレネーはエジプトに行ったのであり、トロイアーへ行ったのは彼女の幻でしかなかった」と改変したところ、神罰が解けて視力をとり戻したという言い伝えは有名。また叙事詩圏*以外にも、牧人ダプニス*の死や乙女カリュケー Kalyke、ラディネー Rhadine 等のロマンティックな恋愛物語を扱ったことが知られる。後世、ステーシコロスがまだ子供だった頃その唇に鶯(うぐいす)がとまって歌をうたったという話も作り出された。美しい若者への恋愛抒情詩を作ったことでも名高く、同じく男色詩人イービュコス*が彼を訪ねて来たという言い伝えも残っている。

彼の言語にはイオーニアー*方言の伝統が強く認められ、同じく物語的要素の大きいディーテュランボス詩人アリーオーン*の影響も考えられている。アクラガス*の僭主パラリス*が勢力を伸ばした折、馬と雄鹿の寓話を語ってヒーメラー市民に警告を発したが、聞き入れられずカタネーへ移り、その地で死去（伝・85歳）。カタネーは彼を記念する貨幣を鋳造し、立派な墓と肖像を建立、ローマ時代にはシキリア*（シケリアーのラテン語名）の観光名所になったという。古代ギリシアを代表する9名の抒情詩人の1人。

Stesichorus Fr./ Arist. Rh. 1393b/ Pl. Phdr. 243〜244/ Quint. 10-1-62/ Dion. Hal. Vett. Cens. 2-27/ Plin. N. H. 10-43/ Lucian. Macr. 26/ Ath. 4-172, 6-250, 13-601/ Poll. 9-100/ Anth. Pal. 7-75/ Steph. Byz./ Suda/ etc.

ステネボイア、または、アンテイア* Stheneboia, Σθενέβοια, Stheneboea, （仏）Sthénébée, （伊）Stenebea, （露）Сфенебея

ギリシア伝説中、リュキアー*王イオバテース*の娘（異説あり）。ティーリュンス*王プロイトス*の妻。夫王のもとに英雄ベッレロポーン*がやって来た時、その美男ぶりに懸想して言い寄ったが、拒まれたため、逆に彼に犯されそうになったと夫に誣告した。のちベッレロポーンは彼女を天馬ペーガソス*に乗せて飛行中、メーロス*島の近くで海中に突き落として殺し、復讐を遂げたという。エウリーピデース*の今は失われた悲劇に『ステネボイア』という作品があった。なお彼女はホメーロス*ではアンテイアと呼ばれている。
⇒巻末系図017

Apollod. 2-2, -3, 3-9/ Hyg. Fab. 57, 243, Astr. 2-18/ Hom. Il. 6-160〜/ Eust. Il. 5-158, 6-174/ etc.

ステネロス Sthenelos, Σθένελος, Sthenelus, （仏）Sthénélos, （伊）Stenelo, （西）Esténelo, （露）Сфенел

ギリシア神話中の男性名。

❶ペルセウス*とアンドロメダー*の子。ミュケーナイ*の王。ペロプス*の娘ニーキッペー Nikippe を娶って、エウリュステウス*らの父となった。アンピトリュオーン*が誤って岳父エーレクトリュオーン*を殺した時、エーレクトリュオーンの弟に当たるステネロスは、これを口実にしてアンピトリュオーンを追放し、ミュケーナイとティーリュンス*の統治権を双(ふた)つながら手に入れた。のち英雄ヘーラクレース*の息子ヒュッロス*に殺されたという。
⇒下記系図213

系図213　ステネロス❶

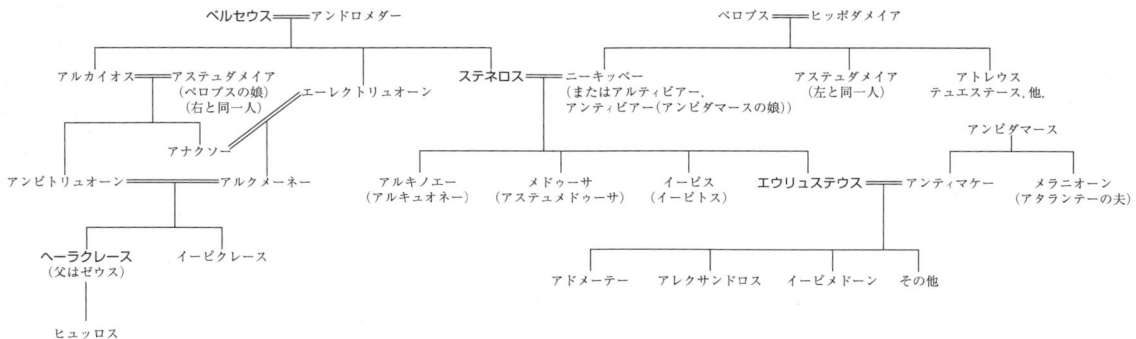

Hom. Il. 19-116, -123/ Apollod. 2-4/ Eur. Alc. 1150, Heracl. 361/ Ov. Met. 9-273, Her. 9-25/ Hyg. Fab. 244/ etc.

❷アンドロゲオース*（クレーター*の大王ミーノース*の子）の息子。英雄ヘーラクレース*がアマゾーン*の女王の帯を取りに行った時（第9の功業）、パロス*でステネロスは兄弟のアルカイオス Alkaios とともに英雄の人質となり、遠征に同行させられた。その帰途ヘーラクレースはタソス*島からトラーキアー*（トラーケー*）人を追い払い、ステネロス兄弟にこの島を支配するべく与えたという。

同じくヘーラクレースのアマゾーン遠征に随伴した人物に、同名のステネロス（アクトール Aktor の子）がおり、ロドス*のアポッローニオス*によると、彼は負傷してパープラゴニアー*に葬られたが、後にアルゴナウタイ*一行がこの地を通りかかった時に、冥界の女王ペルセポネー*の許しを得て一行の前に姿を現わしたという。

⇒下記系図214

Hom. Il. 2-564, 4-367, 5-109〜, -241, -319〜, -835, 8-114/ Apollod. 3-7, -10/ Hyg. Fab. 97, 257/ Ap. Rhod. 2-911〜/ Schol. ad Ap. Rhod. Argon. 2-911, -915/ etc.

❸カパネウス*（テーバイ攻めの七将*の1人）とエウアドネー❶*の子。ディオメーデース*の親友で、エピゴノイ*のテーバイ❶*攻めやトロイアー戦争*にともに参加したが、城壁から落ちた時の傷のせいで立って闘うことができなかった。息子コメーテース Kometes は、ディオメーデースにトロイアー*出陣中の留守を任せられていた。にもかかわらずアイギアレイア Aigialeia（ディオメーデースの妻）と密通したため、帰国したディオメーデースにより追放された。別の息子キュララベース Kylarabes は、キュアニッポス Kyanippos（アイギアレウス*の子）亡きあと、アルゴス*の王位を継いだ。

Hom. Il. 2-564, 4-367, 5-108〜, -241, -319〜, -835, 8-114, 9-48, 23-511/ Apollod. 3-7, -10/ Hyg. Fab. 97, 257/ Paus. 2-30, 10-10/ etc.

ステュクス Styks, Στύξ, Styx, （伊）Stige, （西）Estigia, （葡）Estige, （露）Стикс, （現ギリシア語）Stíga

アルカディアー*北東部の町ノーナクリス Nonakris 近くの山地に発し、冥府に通じているとされる泉流。「嫌忌の河」の意。その水は冷たく鉄をも蝕む猛毒を有し、ただ騾馬の蹄だけがよくこれを保つといい、一説にアレクサンドロス*大王は前323年、これによって暗殺されたと伝えられる（⇒イオラース*）。

神話ではステュクスは一般に大洋神オーケアノス*とテーテュース*の長女で、ティーターン*のパッラース*との間にニーケー*（勝利）、クラトス Kratos（支配）、ゼーロス Zelos（競争心）、ビアー Bia（暴力）を産んだとされる（⇒巻末系図002）。ティーターノマキアー*では子供たちを率いて真先にゼウス*の味方に馳せ参じ、ティーターン神族と戦ってめざましく活躍。その報酬としてゼウスは、ステュクスの流れにかけて誓った言葉は神々でさえ取り消すことができぬものとし、誓言を破った神は1年間呼吸も飲食も許されず、その後さらに9年間神々の列から追放されるよう定めた。人間たちも最も厳正な誓いはステュクスの水にかけて行なった。その流れは冥界を七重または九重に取り巻き、あらゆる亡者はこれを渡らねばならなかった（⇒アケローン）。女神テティス*が息子アキッレウス*をこの河に漬けて不死身にしようとしたとき、彼女が握っていた踵だけが水に浸らなかったので、そこがアキッレウスの急所となったという話はよく知られている。女神ステュクスはまた、ゼウスと交わってペルセポネー*の母に、ペイラース Peiras と交わって竜女エキドナ*の母になったとも言われている。

今日でも「破ってはならない誓い（英）Stygian oath」とか「地獄さながらの真っ暗闇（英）Stygian darkness」、「ステュクス河を渡る（＝死ぬ），（英）cross the Styx,（仏）passer le Styx」などの表現が使われることがある。

⇒カローン、レーテー、プレゲトーン、コーキュートス、アスカラポス、クレイトール

Hes. Th. 360〜, 383〜, 775〜806/ Apollod. 1-2, -3/ Hom. Il. 2-751〜, 8-369, 14-271, 15-37, Od. 10-513〜/ Herodot. 6-74/ Paus. 8-17〜18/ Plin. N. H. 2-106, 30-53/ Strab. 8-389/ Verg. Aen. 6-439, G. 4-480/ Callim. Jov. 36/ Hyg. Fab. Praef./ Curtius 10-14/ etc.

ステュムプァーリデス Stymphalides
⇒ステュンパーリデス

ステュンパーリデス Stymphalides, Στυμφαλίδες,（独）Stymphaliden,（伊）Stinfalidi

ギリシア神話中、アルカディアー*のステュンパーロス*湖に棲んでいた無数の怪鳥。青銅の嘴・鉤爪・翼をもった人肉を喰らう猛禽で、軍神アレース*に養われ、羽根を矢のごとく放って人畜を殺したという。英雄ヘーラクレース*は、ヘーパイストス*の造った青銅のカスタネットまたはガラガラを女神アテーナー*から授かり、それを鳴らし立てて鳥たちを脅し、空中に舞い上がったところを矢で射落とした（第6の功業）。一部は黒海のアレースの島に移り、アルゴナウテース*たち（アルゴナウタイ*）を襲ったと伝えられる（⇒オイーレウス）。パウサニアース*に従えば、

系図214 ステネロス❷

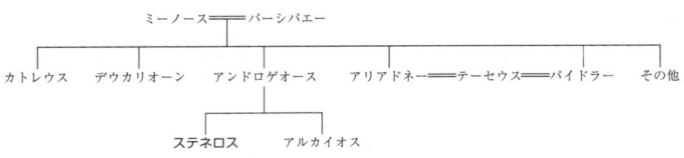

同名の猛禽がアラビア砂漠に繁殖しており、鋭い嘴で旅人を襲っては、傷を負わせたり殺したりするという。一説にステュンパーリデスは、ステュンパーロス*（同名の市の建祖）とオルニス Ornis（「鳥」の意）の娘たちのことで、彼女らはモリオニダイ*を歓迎しながらヘーラクレースを拒んだために、英雄に殺されたのだと伝えられる。

Paus. 8-22/ Apollod. 2-5/ Ap. Rhod. 2-1052〜/ Diod. 4-13/ Strab. 8-371/ Hyg. Fab. 20, 30/ Serv. ad Verg. Aen. 8-300/ Schol. ad Ap. Rhod. 2-1053, -1054/ etc.

ステュンパーロス　Stymphalos, Στύμφαλος, Στύμφηλος Stymphalus, （仏）Stymphale, （西）Estinfalo

（現・Zaraka; Kionia 近くの遺跡 Stimfalía）ギリシアのアルカディアー*地方東北部にあった都市 polis。同名の山、湖、川、泉があり、市はステュンパーロス湖の北側に位置する。アルテミス*の崇拝が盛んで、またステュンパーロス旧市は女神ヘーラー*が養育された所との言い伝えがあり、処女・妻・寡婦としての三様のヘーラーを祀る神殿が建っていた。英雄ヘーラクレース*が退治した怪鳥ステュンパーリデス*は、この湖畔の森に棲んでいたという。伝承上の名祖ステュンパーロス（アルカス*の孫）は、市を創建したが、のちペロプス*の攻撃を受け、欺かれて和睦の宴席で謀殺され、死体を切り刻んで撒き散らされたといわれる（⇒アイアコス）。

ステュンパーロスの町は前4世紀前半の集住 synoikismos によって拡大され、現在もアクロポリス*上の塔の一部や市壁、アルテミスの古神殿、劇場（テアートロン*）、パライストラー*などの遺構が跡を留めている。
⇒クレイトール

Paus. 2-3, -24, 8-4, -22/ Hom. Il. 2-608/ Polyb. 2-55, 4-68〜/ Herodot. 6-76/ Apollod. 2-5, -7, 3-9, -12/ Ptol. Geog. 3-16/ Strab. 8-371, -389/ etc.

ステュンパーロスの鳥群　Stymphalides ornithes, Στυμφαλίδες ὄρνιθες, （英）Stymphalian birds
⇒ステュンパーリデス

ステロペース（または、アステロペース）　Steropes, Στερόπης (Asteropes, Ἀστερόπης)

キュクローペス*の1人。
Hes. Th. 141/ Apollod. 1-1/ etc.

ステロペー、または、アステロペー　Sterope, Στερόπη, Asterope, Ἀστερόπη

ギリシア神話中の女性名。

❶プレイアデス*の1人。アトラース*とプレーイオネー Pleïone の娘。アレース*と交わってオイノマーオス*の母となった（異伝ではオイノマーオスの妻とされる）。また英雄ヘーラクレース*との間にケルト*人の祖となったケルトス Keltos を儲けたともいう。
⇒アステリアー

Diod. 3-60/ Apollod. 3-10/ Paus. 5-10/ Hyg. Fab. 192, Astr. 2-21/ Aratus 262/ Eratosth. Cat. 23/ etc.

❷テゲアー*王ケーペウス❷*の娘。

その他、イオールコス*王アカストス*の娘のステロペーや、セイレーネス*（セイレーン*たち）の母となったステロペーなど何人かの同名人物がいる。

Apollod. 1-7, 2-7, 3-13/ Paus. 8-47,/ Schol. ad Hom. Od. 12-39/ Eust. Il. 1709/ etc.

ステントール　Stentor, Στέντωρ, （伊）Stentore, （葡）Estentor, （露）Стентор

ギリシア神話中、大声の持ち主として名高い伝令。『イーリアス*』ではトロイアー戦争*に参加したギリシア人で、50人分に匹敵する声を発することができたという。また一説には、彼はトラーキアー*人（あるいはアルカディアー*人）で、神々の伝令ヘルメース*に叫び声の競争を挑んだが敗れ、自害して果てたとも伝えられる。由来、彼の名は大音声の持ち主の代名詞となり、後代にも破鐘のような声量を表現する形容に用いられている（〈英〉stentorian, stentorious, 〈仏〉voix de stentor, 〈伊〉stentoreo, 〈独〉stentorstimme）。

Hom. Il. 5-783〜786/ Juv. 13-112/ Eustath. 607/ etc.

ストアー　Stoa, Στοά, （ラ）ストア Stoa ないし、ポルティクス Porticus, （仏）Portique, （伊）（西）Portico, （葡）Pórtico

系図216　ステロペーまたは、アステロペー

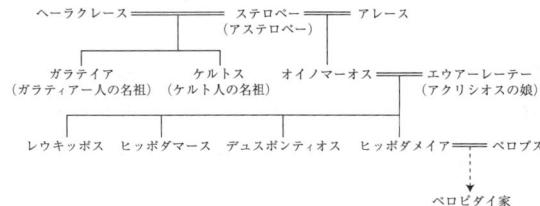

系図215　ステュンパーロス

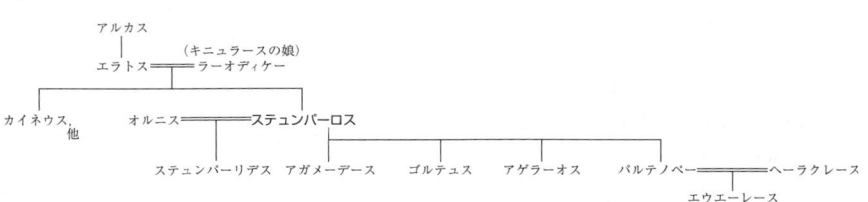

ストアー・ポイキレー

ギリシアの「柱廊」建築物。列柱館。屋根のある列柱廊で、一般に神殿やギュムナシオン*（体育場）、アゴラー*（広場・市場）の近くに建てられており、市民の集会場や遊歩道として用いられていた。一方が壁面になっており、法律などの碑文や絵画類で飾られることが多く、アテーナイ*のストアー・ポイキレー Stoa Poikile（前460年代創建）は、ポリュグノートス*、パナイノス*、ミコーン*ら錚々たる画壇の巨匠たちの作品が掲げられていたことで名高い。アテーナイのアゴラーには、この他、ソークラテース*が哲学談義によく花を咲かせたゼウス*の列柱廊（⇒エウブラーノール）や、アルコーン*・バシレウスが宗教上の裁判を行なった「バシレウスの柱廊（王の列柱館）Stoa Basileios」などがあり、のちにはペルガモン*王アッタロス2世*（在位・前159～前138）の長大なストアーが東側に加えられた（今日復元されている）。前4世紀以降ヘレニズム時代にかけて、ストアーは時代の好尚を反映して壮麗な規模を誇るようになり、ペルガモン市に代表されるような2階建ての豪華な建造物が現われた。

アテーナイの30人僭主*の時代に、上記のストアー・ポイキレーでは、1400人もの市民に対する死刑宣告が下され、次いで前300年頃からキティオン*のゼーノーン*がこの場所で哲学の講義を始め、以来彼の学派はストアー派 Stōikoi（〈ラ〉Stoici）という名で呼ばれるようになった。厳格な自己規制の倫理を特色とするこの学派は、クレアンテース*やクリューシッポス*ら初期ストアーの人々によって体系化され（前3世紀）、パナイティオス*やポセイドーニオス*ら折衷的・綜合的な中期ストアー派を経てローマに進出、帝政期には一種の道徳哲学として大いにもてはやされ、セネカ*、エピクテートス*、マールクス・アウレーリウス*帝らを輩出した（後期ストアー派）。その後も長く思想界に影響を及ぼし、今日もなおストイック stoic（〈英〉禁欲的な）とかストイシズム stoicism（〈英〉克己主義・禁欲主義）という言葉の中に、余命を保っている。なお、ストアー派の哲学者は、自殺を奨め、男色を称揚し、雄々しく徳を追求することを説いたが、ローマ時代になると、髭を蓄え、頭髪を短く刈っていかにも謹厳な外見を繕いながら、その実、「柔弱な受動的快楽」に耽ってやまぬ堕落した末流の多かったことが伝えられている。

⇒巻末系統図115
Herodot. 3-52/ Thuc. 8-90/ Paus. 1-1～, -14～, 3-11～/ Arist. Ath. Pol. 7-1/ Xen. Hell. 5-2, 7-3/ Ar. Eccl. 685/ Ath. 13-577/ Diog. Laert. 7-5～/ Hor. Sat. 2-3/ Juv. 2/ etc.

ストアー・ポイキレー　Stoa Poikile, Στοὰ Ποικίλη, Stoa Poecile,（伊）Stoa Pecile,（「彩画列柱館」の意）
⇒ストアー

ストバイオス　Ioannes Stobaios, ᾿Ιωάννης ὁ Στοβαῖος, Στοβεύς, Johannes Stobaeus,（仏）Jean de Stobée,（独）Johann(es) Stobäus,（伊）Giovanni Stobeo,（西）Juan de Estobeo,（葡）João de Estobeu

（後4～5世紀）ローマ帝政末期のギリシア文集編纂者。マケドニアー*北部の町ストボイ Στόβοι, Stoboi,（ラ）Stobī の出身。後400年頃、息子セプティミオス Septimios の教育のために編んだ全4巻から成る抜粋ギリシア文集が、不完全ながら『精華文集 Anthologion』および『選文集 Eklogai』の書名で伝わる。この抜粋集は、ホメーロス*以下、新プラトーン主義の哲学者に至る様々な分野の著述家500人以上の韻文および散文を引用しているが、キリスト教関係の作品は一切含んでいない。散逸した古代ギリシア文献を多数採録しており、本書でのみ伝存する名句名言の引用断片も少なくない。中世における古典伝承の実態を知る上で、また写本研究の分野からも興味深い文集である。
Stob. Ecl., Flor./ Phot. Bibl. Cod. 167/ Suda/ etc.

ストベウス　Stobeus, Στοβεύς
⇒ストバイオス

ストラテーゴス　Strategos, Στρατηγός, Strategus,（〈複〉ストラテーゴイ Strategoi, Στρατηγοί, Strategi),（ドーリス*方言）Stratāgos, Στρατᾱγός,（仏）Stratège,（伊）Stratego,（西）Estratego

ギリシアにおける軍司令官職の呼称。「将軍」と訳す。スパルター*では王に指揮されない軍隊の司令官で、民会（アペッライ*）ないしエポロイ*（監督官）によって選任される（スパルター軍は通例王に率いられる）。アテーナイ*では前508年以降、各ピューレー*（部族）より1名ずつ計10名が選ばれ、前501年からは民会（エックレーシアー*）で市民全員によって選出されるよう改められ、重味を増した。任期は1年だが再選（重任）も認められ、前487年アルコーン*が籤びき制になり弱体化するとともに、挙手によって選ばれるストラテーゴスは最重要官職となり、必要に応じて陸海軍を指揮して出征したばかりか、条約の締結や民会の召集、ポリス polis の財政の監督など外交・内政両面にわたって大きな権限を有した。ペリクレース*、キモーン*、アルキビアデース*、ポーキオーン*ら著名な政治家は大概ストラテーゴスに選ばれ、再任を重ねている。当初は10名が1日ごとに交替して指揮していたらしいが、前5世紀後半にはその中から1名が最高司令官ストラテーゴス・アウトクラトール Autokrator（全権将軍）に就任し、独裁的な権力をふるった。しかし、現職の将軍たちといえども、前406年のアルギヌーサイ*の戦いの時のように、民会の決議次第では責任を問われて死刑に処せられることがあった。アレクサンドロス大王*やその後継者たち（ディアドコイ*）の時代には、この称号は帝国の特定地区の総監職を指し（アンティパトロス*、アンティゴノス1世*ら）、ヘレニズム期のアイトーリアー同盟*やアカーイアー同盟*の指導者もストラテーゴスと呼ばれた（シキュオーン*のアラートス*他）。ローマのプラエトル*（法務官）職もまた、ストラテーゴスと訳される。後世のヨーロッパ諸語の戦略や兵法、作戦などを意味する言葉（英）strategy,

（仏）stratégie や、その形容詞（英）strategic, strategical,（仏）stratégique といった用語は、すべてこのストラテーゴスから派生したものである。
⇒ホプリーテース*（ホプリータイ*）、パランクス

Arist. Ath. Pol. 22, 26, 44, 61/ Herodot. 5-38, 6-109/ Thuc. 1-61-116, 2-22, -65, 6-8, -26/ Xen. Mem. 3-1, Ath. Pol. 3/ Lys./ Dem./ Dinarch./ Isoc./ Polyb./ Plut./ etc.

ストラトニーケー Stratonike, Στρατονίκη, Stratonice,（葡）Estratonice,（露）Стратоника

マケドニアー*王室の女性名。巻末系図 047, 040 を参照。
❶（前4世紀末〜前3世紀）マケドニアー*のデーメートリオス1世*ポリオルケーテースとピラー*（アンティパトロス❶*の娘）との間に生まれた娘。前298年、17歳に満たぬ身で、すでに60歳に近いセレウコス1世*に嫁がされる。しばらくは老王と仲睦じく過ごし子供も産んだが、セレウコスの息子アンティオコス1世*が彼女にいたく恋着して病床に就き、食物を拒んで衰弱していった。医師エラシストラトス*はこれを恋の病と見抜き、寝室に年頃の若者や女人が入って来るたびに病人を観察して、継母への慕情が原因だと察知、父王にそれを告げたところ、セレウコスは快く妃を王子に譲り、その妻とした（前293）。彼女がセレウコスとの間に産んだ娘ピラー Phila は、母の兄弟アンティゴノス2世*と結婚し、またアンティオコスの妻となってから産んだ3人の子供たちのうち、アンティオコス2世*は父の位を継いでシュリアー*王となり、アパメーはキューレーネー*王マガース*と結婚し、母と同名のストラトニーケー❷*はデーメートリオス2世*の妃となった。なおルーキアーノス*によれば、ヘーラー*（サラーピス*）神殿建立のためにストラトニーケーと同行した美貌の建築家コンババス Kombabos は、彼女に言い寄られ、後日アンティオコス王に姦通の嫌疑をかけられるが、これを予期して事前に自ら去勢していたことを証明して難を逃れた、という。

ストラトニーケーを記念して小アジアのカーリアー*内陸部に建設されたマケドニアー系植民市ストラトニーケイア Stratonikeia, Στρατονίκεια（現・Eskihisar）は、女神ヘカテー*の聖域やゼウス*神殿で名高く、ローマ帝政期に入ってからも自由市として繁栄。現在、城壁やアクロポリス*、セラーピス*（サラーピス*）神殿、劇場（テアートロン*）、ギュムナシオン*の一部、城門などの遺跡が発掘されている。

Plut. Demetr. 31〜32, 38, 53, Nic. 13-2/ Val. Max. 5-7/ App. Syr. 59〜/ Lucian. Syr. D. 17〜/ Strab. 14-660/ Just. 10-2/ etc.

❷（前3世紀）❶とアンティオコス1世*の娘。前253年頃、従兄弟のマケドニアー*王デーメートリオス2世*と結婚するが、夫王が新たにプティーアー*（エーペイロス*王アレクサンドロス2世*とその姉妹にして妻のオリュンピアス❷*の娘）を妃に迎えると、憤慨してシュリアー*へ戻り（前239頃）、甥のセレウコス2世*に復讐戦を仕掛けるよう説いた、あるいはセレウコスに自分と結婚するようすすめた。いずれにせよセレウコスが承諾しなかったので、怒った彼女はアンティオケイア❶*でセレウコスに対する謀反を企み——王弟アンティオコス・ヒエラクス*と組んで王位簒奪を計った——、ほどなく彼に捕らえられて処刑された。

なお彼女の兄弟セレウコス朝*シュリアー王アンティオコス2世*の娘の1人で、カッパドキアー*王アリアラテース3世*と結婚したストラトニーケーや、アンティゴノス朝*の祖アンティゴノス1世*の妻で、デーメートリオス1世*ポリオルケーテースらを産んだストラトニーケー（前4世紀後期）、ポントス*の大王ミトリダテース6世*（在位・前120〜前63）の大勢の妻の1人で、貧しい竪琴弾きの娘だったにもかかわらず最も寵愛あつく巨額の財宝に満ちた城を委ねられていたストラトニーケー（前1世紀）ら、同名の人物が幾人か知られている。

Just. 28-1/ Diod. 19-16, 21-1, 29-34/ App. Mith. 107/ Plut. Pomp. 36/ Dio Cass. 37-7/ Joseph. Ap. 1-22/ Euseb. Chron./ Strab. 13-624, 14-660/ Liv. 42-16/ etc.

ストラトニーコス Stratonikos, Στρατόνικος, Stratonicus,（伊）Stratonico,（西）Estratónico

（前410頃〜前320頃）アテーナイ*出身の音楽家・竪琴奏者。ギリシア世界各地を演奏して回り、その当意即妙な機智と辛辣な警句で知られた。下手な笛吹きが犠牲式でいざ笛を吹こうとすると、「お祈りが済むまでは邪魔をせずに静かにしていてくれ」と制し、ソフィスト*のサテュロス*がトロイアー*の競技会に出場すると聞くと、「何たること！　いつの世にもトロイアーは不運に見舞われるのだなあ」と慨嘆。プトレマイオス1世*と竪琴に関して論じ合った折には「王笏と琴の撥とは全く別物のようですね」と言い、「どんな船が一番安全か」と問われると、「陸に引き上げられた船」と答えたという（⇒アナカルシス）。その遠慮会釈のない毒舌が災いして、最後はキュプロス*島のサラミース❷*王ニーコクレース Nikokles により処刑された——宴席で王妃アクシオテアー Aksiothea が放屁したあと靴で胡桃（アーモンド）の実を踏み潰して誤魔化そうとした時、「違う音だった」と揶揄したために海へ投げ込まれたとも、王の息子たちへの悪口が過ぎて毒を仰がされたともいう——。

コリントス*では、ある老女から「どうしても分らないことがある。どこの国でも1日とかかえているのが辛いあんたを、どうしてあんたのお袋さんは十月（とつき）もの間かかえていられたのかがねえ」と、やりこめられたという話も伝えられている。

Strab. 13-610/ Ael. V. H. 14-14/ Ath. 8-348d〜352d/ Cic. Nat. D. 3-19 (50)

ストラトーン Straton, Στράτων, Strato,（伊）Stratone,（西）Estratón,（露）Стратон

ギリシア人の男性名。
❶（前335頃〜前269頃）ミューシアー*のランプサコス*出身の哲学者。ペリパトス学派（逍遙学派）に属し、テオプラストス❶*の弟子にして後継者。自然哲学をきわめて熱

心に研究したため、「自然学者 Physikos, φυσικός」と渾名された。アレクサンドレイア❶*の宮廷で王プトレマイオス2世*に授講して大金を贈られ、師の死(前287)後18年間にわたりアテーナイ*のリュケイオン*学園を主宰した(前287〜前269)。神はなく自然があるのみとし、宇宙のあらゆる現象は神の行為としてではなく、自然学の諸原因によって説明され得ると主張。特に彼の真空論(前280頃、「自然は真空を嫌う」、また「真空は人工的手段により作り出すことができる」などの学説)はエラシストラトス*やクテーシビオス*、ヘーローン*に採用され、ヘレニズム時代の医学・工学に多大の影響を与え、無数の発明への道を開いた。諸分野にわたる沢山の書物(計13万2420行または33万2420行)を著わしたが、わずかな断片しか残らない。病弱痩身であったといい、どんどん痩せ細ってついに無感覚の状態になって死んだとされる。学園は弟子のリュコーン*に譲られたが、アリストテレース*の著書の大半が他所に移されていたこともあって、ストラトーンを最後に独創的な研究を行なう学頭は現われず、以降ペリパトス学派は衰退へ向かった。
⇒アペッリコーン、アリスタルコス❶
Diog. Laert. 5-58〜64/ Cic. Acad. 1-9, Fin. 5-5/ etc.

❷ (後2世紀前半) ギリシアのエピグラム詩人。サルデイス*の出身。少年愛ばかりを扱った258篇の男色詩集『ムーサ・パイディケー Musa Paidike, Μοῦσα Παιδική, (ラ) Musa Puerīlis』の編者として知られる。自作の詩およそ100篇(真作は94篇)の他、ガダラ*のメレアグロス*やポセイディッポス❷*、サモス*のアスクレーピアデース❷*、カッリマコス*、等々、著名な詩人の作品を編入。「動物は精神なきものなれば雌と番(つが)うのみ、されど人間は知に長けたるものなれば別様に交わる。……」「女は私の心を動かさぬのに、男を想う心は燃えさかる薪の山となって私の体内に積み重なる。……」など男性愛を謳歌したものから、きわめて露骨でエロティックなものまで多彩な内容に豊む。しかし、ストラトーンは自作の「少年愛詩集」を公刊したに過ぎず、現在のような大勢の詩人の恋愛詩から男色関係のみを選集としてまとめた形式は、同性愛を異性愛と較べて特別視するようになったビザンティン時代になってからの編纂であると推測されている。

この他、アッティケー*新喜劇の作者たるアテーナイ*の詩人ストラトーン(前4世紀末頃)や、ヘレニズム期有数の外医科エラシストラトス*の愛弟子ストラトーン(前3世紀)、テュロス*やシードーン*などフェニキア諸市の王名によくあるストラトーン、ら何人もの同名人物が知られている。
⇒ギリシア詞華集
Anth. Pal. 11〜12/ Diog. Laert. 5-61/ Ath. 9-382b, 12-531a〜/ Just. 18-3/ Arr. Anab. 2-13/ Curtius 4-1/ Diod. 17-47/ Gal./ Suda/ etc.

ストラボーン Strabon, Στράβων, Strabo, (伊) Strabone, (西) Estrabón, (葡) Estrabão, (露) Страбон

(前64/63頃〜後25以後) ローマ時代のギリシアの歴史家・地理学者。ストラボーンは「斜視の人」の意。ポントス*のアマセイア*の名門出身——先祖はオリエント系の血統で、ポントス王家とも関係のある家柄に生まれる——。アリストデーモス Aristodemos に文法を、小テュランニオーン*に地理を学び、哲学はクセナルコス Ksenarkhos からペリパトス学派(逍遙学派)を学んだが、のちストアー*派に転じた。たびたびローマを訪れ(前44〜前35、前31、前7)、エジプトにも滞在(前27〜前19頃)、黒海からエティオピア、アラビアまで広く各地を旅行して地理的・歴史的資料を集め、前7年以降は故郷アマセイアに定住。ポリュビオス*の史書を引き継いだその『歴史備忘録 Historika Hypomnēmata, Ἱστορικὰ Ὑπομνήματα』全47巻は失われたが、17巻から成る『地誌 Geographia, Γεωγραφία』は大部分が現存する。後者は、当時知られていた世界の地誌を集大成したもので、単に地理的叙述のみならず、神話伝説や故事来歴、民族誌、政治・経済、歴史的叙述も多く含んでおり、史料としてきわめて重要。18世紀に至るまで地誌記述の模範(モデル)とされた。最初の2巻を序論に、続く8巻(第3〜10巻)をイベーリアー*(ヒスパニア*)、ガッリア*、ブリタンニア*からエーゲ海に至るヨーロッパに当て、次の6巻(第11〜16巻)で小アジア、インド、ペルシア、メソポタミアー*、シュリアー*、アラビア等アジア各地を論じ、最後の1巻(第17巻)でエジプトおよびリビュエー*(アーフリカ*)を扱っている。彼は主としてエラトステネース*の研究に依拠し、その他ポリュビオスやポセイドーニオス*ら多数のギリシア・ローマ人の著作を批判的に引用、旅行者の実見談や自らの見聞をも加えて(一説には、ローマのウィプサーニウス柱廊に展示されたアグリッパ*の世界地図からも影響を受けて)、統一的・綜合的な世界地誌を完成。その業績ゆえにプトレマイオス*と並ぶ古代地理学者の双璧と称されている。また地球が球形をしており、ヒスパニアから西へ航海していけば、いずれインドに到達することや、大西洋に未知の大陸が残されている可能性についても言及。本書の執筆目的は政治に役立てようとする点にあったが、それがギリシア人、ローマ人のどちらのためであったかに関しては定説を見ない。
⇒ピュートドーリス、アルテミドーロス❶、アガタルキデース、パウサニアース、メラ
Strab./ Plut. Luc. 28, Sull. 26/ Joseph. J. A. 14-7/ Jordan. 5-2/ Steph. Byz./ Suda./ etc.

スートリウム Sutrium, (ギ) Sūtrion, Σούτριον

(現・Sutri) エトルーリア*南部の古い町。ローマの北西28マイル、カッシウス街道*(ウィア・カッシア*)沿いの交通の要衝を占める。前396年のウェイイー*(現・Veio)の陥落後、間もなくローマに占領され、軍事上の要地に当たるため、ラテン植民市が建設された。「エトルーリアの鍵(ラ)claustra Etruriae」と称され、そこから大切な用件で出かけることを「スートリウムへ行く Sutrium ire」と言う俚諺も生じた。現在も円形闘技場(アンピテアートルム)*や、キリスト教会に転用された

ミトラース*神殿 Mithraeum などの遺跡が残っている。
Liv. 6-3, -9, 9-32, 26-34/ Plaut. Cas. 3-1/ Plin. N. H. 3-5/ Diod. 14-117/ Vell. Pat. 1-14/ App. B. Civ. 5-31/ Strab. 5-226/ Ptol. Geog. 3-1/ Int. Ant./ etc.

ストロパデス群島 Strophades, Στροφάδες, (別名・Plotai, Πλωταί), (独) Strofades, (伊) Strofadi, (現ギリシア語) Strofádhes

(現・Strofádhes) ペロポンネーソス*半島西岸、メッセーニアー*地方の沖合いのイーオニアー*海に浮かぶ2つの島 (現・Stamfáni, Arpia)。ギリシア神話中、怪鳥ハルピュイアイ*の棲む島々として知られる。旧称をエキーナデス Ekhinades 群島といったが、ゼーテース*とカライス*の双生兄弟に追われたハルピュイアイがここまで来た時、虹の女神イーリス*の仲介で兄弟が追跡をやめて引き返したため、ストロパデス (引き返しの島々) と呼ばれるようになったという。ザキュントス*島の南方35マイルに位置する。
Plin. N. H. 4-12/ Apollod. 1-9/ Mela 2-7/ Ov. Met. 13-709/ Verg. Aen. 3-210/ Strab. 8-359/ Ptol. Geog. 3-16/ Ap. Rhod. 2-296/ It. Ant./ Steph. Byz./ etc.

ストロピオス Strophios, Στρόφιος, Strophius, (伊) Strofio, (西) Estrofio, (葡) Estrófio, (露) Строфий

ギリシア伝説中、ポーキス*の王。オレステース*の親友ピュラデース*の父。アイアコス*の曾孫に当たる。オレステースは彼の王宮でピュラデースと一緒に育てられたという。
Eur. Or./ Paus. 2-29/ Pind. Pyth. 11-35/ Hyg. Fab. 117/ Apollod. Epit. 6-24/ etc.

ストロフィオス Strophios
⇒ストロピオス

スーニオン Sunion, Σούνιον, (ラ) スーニウム Sunium, (仏) Sounion, (伊) Sunio, (西) Sunión, (葡) Súnion, (露) Сунион

(現・Ákri Súnio, 別称・(伊) Capo delle Colonne (「列柱の岬」の意)) アッティケー* (アッティカ*) 地方南端の岬および町の名。アテーナイ*の東南およそ68 km。エーゲ海に向かって鋭く突出した海抜60 mの断崖上に、ポセイドーン*神殿のドーリス*式円柱が16本現在も残っている。これはペルシア戦争*で破壊された古神殿の基底部に、白大理石で再建されたもので、ペリクレース*の時代に完成 (前444頃)、設計者はアテーナイのヘーパイストス*神殿 (通称・テーセイオン Theseion) の建造者と同じ人物だと推定されている。500 mほど北東の小さな丘に、やや古いイオーニアー*式のアテーナー*神殿 (前460頃) があったが、前1世紀の戦火ののち石材はアテーナイ市内の別の神殿の造営に再利用されたため、現在見られるのは土台の遺構だけでしかない。スーニオンは眺望に優れた海防上の要地で、ペロポンネーソス戦争*中の前413年には城砦が築かれており、その周壁や船倉の遺蹟が今なおよく保存されている。また、この町は前4世紀の弁論家ヘーゲーシッポス*の生地でもある。

ラウレイオン*の鉱山奴隷が反乱 (前104～前100) を起こした際、スーニオンは叛徒に占領・略奪され、その後も宝蔵荒らしなどのために廃墟と化していた。が、19世紀初頭にバイロンやシャトーブリアンらロマン主義文学者らの称賛を受け、以来修復が進められて、幾体かのアルカイック期のクーロス*像も発掘されている (アテーナイ考古学博物館所蔵)。
Hom. Od. 3-278/ Herodot. 6-87, -90, -115～116, 8-121/ Thuc. 7-28, 8-4/ Paus. 1-1/ Soph. Aj. 1235/ Eur. Cyc. 292/ Vitr. 4-7/ Dem. De Cor./ Cic. Att. 13-10/ etc.

スパクテーリアー Sphakteria, Σφακτηρία, Sphacteria, (仏) Sphactérie, 別名・スパギアー Sphagia, Σφαγία, (Sphagiai, Σφαγίαι)

(現・Sfaktiría または Sfayía) メッセーニアー*西岸、ピュロス*の岬に近接する小島。ペロポンネーソス戦争*中、この島に配備されたスパルター*の部隊が、クレオーン*およびデーモステネース❶*率いるアテーナイ*軍の攻撃を受け、72日間の包囲戦ののち、力尽きてやむなくこれに投降した (前425年8月) 事蹟で知られる。島の頂上 (標高152 m) には、今も古代の砦の遺構が残っている。
Thuc. 4-8～41, -55, 5-15, -34/ Paus. 4-36/ Strab. 8-348, -359/ Plin. N. H. 4-12/ Ptol. Geog. 3-14/ Steph. Byz./ etc.

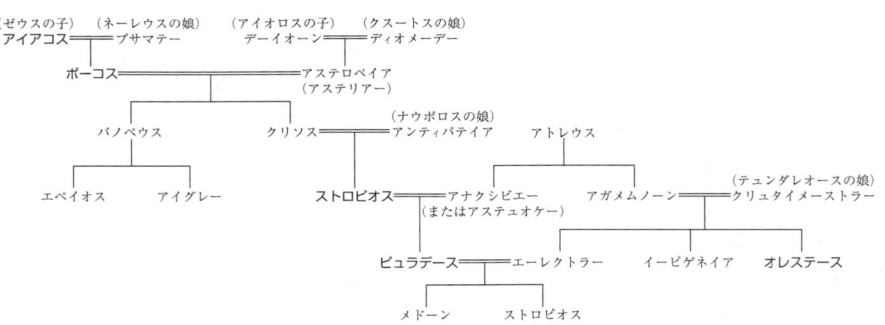

系図217　ストロピオス

スパルター Sparta, Σπάρτα, **スパルテー** Sparte, Σπάρτη のドーリス*方言形。ラテン名・スパルタ Sparta, (仏) Sparte, (西) Esparta, (葡) Esparta, (露) Спарта, (現ギリシア語) Spárti, (漢) 斯巴達
(現・Spárti) ラケダイモーン*とも呼ばれる。

アテーナイ*と並ぶ古代ギリシアの代表的ポリス polis。ペロポンネーソス*半島東南部ラコーニカー*(ラコーニアー*)の地方の首都。エウロータース*(現・Evrótas)川の右岸、海から約20マイルの沃野に位置する。伝承上の名祖スパルテー*は、エウロータース川神の娘で、ラケダイモーンの妻とされる。ミュケーナイ*時代にすでに重要な地であった (⇒メネラーオス) が、前1200年頃滅亡し、前1000年頃からドーリス人*が定住を開始、次第に集住して都市国家スパルターを建設した。彼らは先住民を征服してヘイロータイ*(隷農、スパルター市民の世襲地を耕作する国有奴隷)身分に落とす一方、周縁部の住民をペリオイコイ*(「周辺の民」の意。軍事・納税義務を負うが参政権のない半自由民。主に商工業に従事)として緩い従属のもとに置いた。ラコーニアー全域に勢力を拡大したのち、前8～前7世紀に長期にわたるメッセーニアー*戦争を経て、西隣りのメッセーニアー地方を併合し、その住民をヘイロータイ化した (⇒テーレクロス)。これによりヘイロータイの数が飛躍的に増大、ペリオイコイを合わせると60万人に達したという。彼らを支配するスパルター市民 (スパルティアータイ Spartiatai) は、軍事と政治に専念し、前7世紀頃には「リュクールゴス❶*制度」と呼ばれる特異な国制を確立。それによると、併立する2人の王 (⇒アーギアダイ、エウリュポーンティダイ) のもと、長老会ゲルーシアー*(2王を含め計30名から構成される。任期は終身) と民会アペッライ*(30歳以上の男性市民全員から成る)、ならびにエポロイ*(監督官。毎年5人選出され任期1年) が置かれたが、前6世紀以降、エポロイが国政の実権を事実上掌握するに至った。少数の市民が圧倒的多数のペリオイコイやヘイロータイの上に君臨するため、スパルターは「寡頭政」ないし「貴族政」のポリスと見られることもあるが、市民間の平等は早くから樹立され、鎖国策や共同会食制、金銀貨幣の禁止によって貧富の差も少なく、市民が互いにホモイオイ homoioi (同等者) と認め合って国事の運営に当たる他に類を見ないほど民主政の実現したポリスだったといえる。市民は幼時より軍国的な訓練統制のもとに育てられ、こうして組織された優秀な重装歩兵軍 (ホプリータイ*) のおかげで、スパルターはギリシア第1の強国と謳われるようになる。前6世紀末までにその勢威はエーリス*、アルカディアー*、アルゴリス*、シキュオーンそしてコリントス*に及び、次々と攻守同盟 (ペロポンネーソス同盟、(英) Peloponnesian League) を結んで、その盟主となり、ペロポンネーソス半島の諸ポリスを支配下に置いた。

ペルシア戦争*の際 (前490～前479) には、スパルターはギリシア軍の総帥権を執った (⇒テルモピュライ) ものの、戦後、摂政パウサニアース*の不遜なふるまいによってギリシア諸国を離反させアテーナイにつかせてしまう。さらに、前464年初頭の大地震や、それに乗じたヘイロータイの反乱 (前464～前460、第3次メッセーニアー戦争) などのせいで、ギリシアの覇権はアテーナイに移る。ペロポンネーソス戦争*(前431～前404) に勝利を収めて再び覇者となるが、その強圧的支配に反抗する諸ポリスとの間にコリントス戦争 (前395～前387／386) を惹起。また金銀貨の流入のために伝統的な尚武の気風はすたれ、市民の人口も減少していった。前371年には、レウクトラ*の戦いでテーバイ❶*軍に敗れて主導権を奪われ (⇒エパメイノーンダース)、2年後にはメッセーニアーをも失い、以後衰退の一途を辿る。マケドニアー*のギリシア制覇 (前338) ののちも、なおアレクサンドロス大王*のアジア遠征 (前334～前323) への参加を拒むだけの独立性を保ってはいたが、前3世紀後半の社会改革 (⇒アーギス4世、クレオメネース3世) に失敗し、前192年にアカーイアー同盟*への加入を余儀なくされ、ついに事実上の独立を失った。前146年ローマのアカーイア*属州に編入され、一時繁栄を回復 (後1～2世紀) したものの、ヘルリー*族 (後267) や西ゴート*族の侵略 (395) により荒廃に帰した (⇒アラリークス)。

武勇を尚ぶ国柄であったため、男性愛 (男色) の習俗は制度化されて極めて重視され、また他のギリシア諸都市(ポリス)とは異なり女子の全裸運動や裸体行列、女子同性愛、異父兄弟姉妹婚も公然と行なわれていた点で興味深い。

古来その質実剛健な教育法は、いわゆる「スパルター式教育 (ラ) Spartianismus, (仏) éducation spartiate」として名高く、男子は忍耐力を養うべく女神アルテミス*・オルティアー Orthia の祭礼で裸にされ、神像に縛りつけられて激しく鞭打たれる試練を受ける習いであった。7歳から30歳までの間は、ほとんど常に男ばかりの兵舎で暮らし、軍事教練やピュッリケー pyrrhikke と呼ばれる戦舞の稽古に専心。粗衣粗食に甘んじ、よく窮乏生活に耐えるよう厳しく訓育され、ひもじい時には盗んで補うことが奨励された。とはいえ、盗みの現場を見つけられるのは恥であったので、ある少年など狐を盗んでマントの下に隠して押さえていたところ、脇腹を狐に喰い裂かれつつも、最期まで叫び声ひとつあげなずに事切れたといわれている。いかなる奢侈や懶惰も禁止され、青年たち (エペーボイ*) は弛まず肉体の鍛練に励んでいることを証明するため、十日毎に衆人環視の中、エポロイの前で全裸の姿をさらさなければならなかった。30歳を過ぎてからも毎夕、各自が食糧を持ち寄って友愛と連帯意識を保つために共同会食を摂ることが義務付けられており、食糧を持参できない者は市民資格を失ってしまう決まりであった。彼らの第一の御馳走は黒スープだったが、ポントス*の国王がこの評判のスープをぜひ食べてみたいと、わざわざスパルターの料理人を買って来て作らせたところ、あまりに不味(まず)くてとうてい口がつけられなかったという話も名高い。婦人の地位はギリシアの他の社会よりもはるかに恵まれていて、財産の継承権も認められており、出征する息子に対しては「楯を手にして帰れ、でなければ (戦死して) 楯に載(の)せられて戻れ」と英雄

的な言葉をかけて励ましたという（⇒ゴルゴー）。さらに夫が老齢ないし病弱になった場合には、優れた子供を得るために、夫の選んだ心身ともに立派な男と交わる習慣もあった。

アルカイック期にはテュルタイオス*、アルクマーン*、テルパンドロス*、タレータース*らの詩人・音楽家がスパルターに活躍し、ギリシア七賢人*の1人キーローン*も現われて、文芸が栄えたものの、鎖国主義が厳重に守られるようになった前6世紀半ば以降は、すっかり学問芸術が衰え、今日残るスパルターの遺跡は、アテーナイとは対蹠的に、まことに貧弱なものでしかない。現在、アクロポリス*丘上に「青銅の宮に坐す」Khalkioikos, Χαλκίοικος アテーナー*の神殿（前6世紀の再建）、その西麓にヘレニズム時代の劇場（テアートロン*）址（前2世紀末頃）、エウロータース川の西岸にアルテミス・オルティアーの神域（前570頃および前2世紀の再建）、市中に「レオーニダース*の墓 Leonidaion」と誤まって呼ばれている小神殿（前3～前2世紀頃）などの遺構が発掘されている。
⇒ギュムノパイディアイ、カルネイア、ターユゲトス、テラプナイ、アミューク ライ

Hom. Il. 2-581～, Od. 4-1～/ Herodot. 1-65～, 5～6, 7～9/ Thuc. 1-10, -18, -89～, -101～103, -128～/ Arist. Pol. 2-9, 5-7/ Paus. 3-1～/ Xen. Hell., An. 1-6～7, Ages., Lac./ Ael. V. H. 3-10/ Plut. Lyc., Lys., Ages., Agis., Mor. 208～242/ Isoc./ Diod. 7～15, 15-83/ Polyb. 4-9, 5-17～/ Ael. V. H. 3-10, 14-7/ Ath. 12-550/ Liv. 34/ etc.

スパルタクス Spartacus,（ギ）Spartakos, Σπάρτακος,（独）Spartakus,（伊）Spartaco,（西）Espartaco,（露）Спартак

（？～前71）ローマ最大の奴隷反乱（第3次奴隷戦争、前73年春～前71、「スパルタクスの乱」）の指導者。トラーキア*（トラーケー*）生まれの牧人。援軍兵士としてローマ軍に仕えたのち盗賊の首領となり、捕らわれて剣闘士奴隷（グラディアートル*）として売られる。前73年春、レントゥルス*Lentulus Battiatus 家が所有するカプア*の剣闘士養成所から七十余人の仲間とともに脱走すると、ウェスウィウス*（現・ヴェズーヴィオ）火山を占拠し、他の逃亡奴隷を加えて反乱を起こした。智勇兼備の有能な指揮者であったため、たちまち不満分子7万を糾合、イタリアの穀倉地帯たるカンパニア*をはじめ南イタリア全域を席捲し、ローマ軍をしばしば破った。前72年の春、その数12万に膨れ上がった反乱軍を率いて北上し、鎮圧に向かった両執政官（コーンスル*）を破ったが、アルペース*（アルプス）山脈を越えて奴隷たちを各自の故郷へかえそうとする彼の意図とは裏腹に、部下は土匪化して北イタリアの町を略奪。そこでスパルタクスはやむなく南転して、部下をシキリア*（現・シチリア）とアーフリカ*へ送るべくトゥーリイー*（トゥーリオイ*）に達した。イタリア全土を蹂躙されて深刻な危機に陥ったローマ政府は、M.クラッスス❶*に4万の兵を託してルーカーニア*へ派遣（前71）、南イタリアにおける攻防戦のの

ち、ついにシラルス Silarus（現・Sale）河の闘いで、反乱軍の主力1万2300人を斬殺し、スパルタクスも英雄的な最期を遂げた。立ち上がれなくなっても彼は膝で戦い続け、大勢のローマ兵を倒したのち、誰にも判別できぬほど切り刻まれて果てたという。捕虜となった6472人は、カプアからローマに至るアッピウス街道*（ウィア・アッピア*）で磔刑に処され、彼らの腐爛した屍体は数ヵ月間も放置された。北イタリアに走った残党約五千人も、ヒスパーニア*のセルトーリウス*討伐からの帰途にあったポンペイユス*によって殲滅され、ここにさしもの猛威をふるった大乱も平定された。スパルタクスは高邁で聡明、かつ寛宏な人物として生存中から理想化され、その名は抑圧された人民の不屈の闘士の代名詞として近代ドイツのスパルタクス団 Spartakusbund に至るまで永くヨーロッパ世界に喧伝された。

なおスパルタクスの妻は予言を行なう巫女で、ディオニューソス*の秘儀（ミュステーリア*）にも入信し、蜂起前のある日、眠っている夫の頭に大蛇が巻きつくのを見て、「この人は強大な力を手に入れるが、最後には不幸な目に遭うだろう」と述べたという。
⇒エウヌース、サルウィウス、アテーニオーン

Plut. Crass. 8～, Pomp. 21/ App. B. Civ. 1-116～/ Liv. Epit. 95～/ Flor. 2-8/ Eutrop. 6-7/ Oros. 5-24/ Vell. Pat. 2-30/ Cic. Har. Resp. 12(26)/ Sall. H. 3-67/ Hor. Carm. 3-14, Epod. 16-5/ Ath. 6-272f～273a/ Luc. 2-554/ etc.

スパルテー Sparte, Σπάρτη
⇒スパルター（のアッティケー*方言形）

スパルトイ Spartoi, Σπαρτοί, Sparti,（Spartoe）,（仏）Spartes,（伊）Sparti,（露）Сларты

「播かれた男たち」の意。ギリシア神話で、英雄カドモス*が播いた竜の牙から生え出た戦士たち。地面から武装した姿で現われると彼らは互いに殺し合い――木蔭からカドモスが石を投げたために闘争が起こったともいう――、結局エキーオーン Ekhion（ペンテウス*の父）やウーダイオス Udaios（テイレシアース*の祖父）、クトニオス Khthonios（ラブダコス*の曾祖父）ら5人だけが生き残った。彼ら5人はカドモスを助けてテーバイ❶*の城を築き、その子孫は同市の名門貴族となり、代々彼らの体には楯の形の母斑があったという。
⇒メノイケウス、ハイモーン

Apollod. 3-4, -6/ Paus. 9-5/ Ov. Met. 3-101～/ Arist. Poet. 1454b/ Schol. ad Ap. Rhod. 3-1179/ Schol. ad Pind. Isthm. 1-30/ etc.

スピンクス Sphinks, Σφίγξ, Sphinx,（または、ピクス Phiks, Φίξ, Phix）,（古代エジプト語・Ma(i), Šśp-'nḫ）,（伊）Sfinge,（西）（葡）Esfinge,（蘭）Sfinx,（露）Сфинкс,（和）スフィンクス
（「締め殺す者」の意）ギリシア神話中の女怪。猛犬オルトロ

ス*とその母エキドナ*（あるいは妹のキマイラ*）との間に生まれた娘。もしくは巨竜テューポーン*とエキドナの娘。女の頭と乳房をもち、胴は雌犬、脚は獅子、尾は蛇の頭となっており、鷲の翼を有する。テーバイ❶*王ラーイオス*が美少年クリューシッポス*を強姦した罰として、女神ヘーラー*によりエティオピア*からテーバイ市へ送り込まれ、若者たちを待ち伏せては貪り食った。また、町の近くの山に陣取り、通行人に「朝は4足、昼は2本の足、宵は3本足で歩くものは何か？」という謎をかけ、答え得ぬ者を襲って殺すのであった（⇒ハイモーン）。が、ついにラーイオスの息子オイディプース*が謎を解き、「それは人間だ」──つまり乳児の時は四肢で這い、長じては2本の脚で立ち、老いては杖を第3の足として用いるから──と答えるや否や、スピンクスは山から身を投げて砕け死んだ、もしくはオイディプースに槍で刺し貫かれて殺されたという。異説によれば、スピンクスはラーイオスの庶出の娘（母はウーカレゴーン Ukalegon の娘）だったとも、カドモス*の娘たちとともに発狂し、怪物に変身させられた女だったとも伝えられる。

　人頭獅子身のスピンクス像は、エジプトに起源を発し──古代エジプト語でフー Hu「獅子」の意に由来──、特に第4王朝のファラオ Pharaō・ケプレーン Khephren（カフラー Khafra）の面影を写した葬祭殿の傍らの大スピンクス（前2550頃）は、王権の力強さを示す男頭獅子身像 Androsphinx の代表例としてよく知られている。この他エジプトには、羊頭獅子身像 Kriosphinx や鷹頭獅子身像 Hierakosphinx などがあり、敵魔を調伏するものとして神殿・王宮の前に数多く連ねられた。バビュローニアー*、アッシュリアー*では顎鬚を生やした人頭獣身（獅子・雄牛）の有翼像が名高く、漸次ハッティ Hatti、シュリアー*、フェニキア*、ペルシア*へも伝播。すでにオリエントにおいて女性のスピンクス像の作例も見られた。ギリシア本土へはクレーター*、キュプロス*を経てミュケーナイ*時代に到達し（前2千年紀後半）、魔除けのために小像が墓所などに造られたり、楯に絵が描かれたりした。アルカイック期の現存例としては、デルポイ*博物館に陳列されている「ナクソス*人のスピンクス像」（前570頃。大理石。高232cm）が名高い。また後世、「謎めいた人」「言行不可解な人物」を意味する言葉として、「スフィンクス」なる語が使われるようになった。
⇒グリュープス、巻末系図 001
Hes. Th. 326〜/ Apollod. 3-5/ Soph. O. T. 391〜/ Eur. Phoen. 45〜/ Aesch. Sept. 541/ Paus. 9-26/ Diod. 4-63/ Hyg. Fab. 67, 151/ Ath. 10-456b/ Diog. Laert. 1-89/ etc.

スパクテーリアー　Sphacteria
⇒スパクテーリアー

スピンクス　Sphinx
⇒スピンクス

スブー(ッ)ラ　Subur(r)a, （仏）Subur(r)e, （露）Субур(р)а
　ローマ市内のエースクィリーヌス*丘とウィーミナーリス*丘との間の人口密集地帯。売春宿や商店がひしめき合う騒々しい下町で、カエサル*の家もかつてこの街区にあったが、やがて庶民だけが住む商業地域になった。インスラ Insula（「島」の意）と呼ばれる高層の集合住宅が林立し、何百段も登って行かねばならない最上階には一番貧しい借家人が住んでいた。
Juv. 11-51, -141/ Mart. 2-17, 5-22, 6-66, 7-31, 9-37, 10-19, -94, 11-61, -78, 12-3, -18, -21, -31/ Pers. 5-32/ Suet. Iul. 46/ etc.

スブラクェウム　Sublaqueum
（現・スビアコ Subiaco）（「湖の下の町」の意）ラティウム*地方にあったアエクィー*族の町。ローマの東方40マイル、アニオー*（現・Aniene）川沿いに位置。その名称は、ローマへ水道（アクァエドゥクトゥス*）を提供する3つの人造湖の下方に町があったことに由来。後60年、ネロー*帝がこの近くの別荘 villa で食事をしている最中、皿に雷が落ちて食卓を粉々に砕くという凶兆が生じ、ために親族のルベッリウス・プラウトゥス*が不軌を図る者としてアシア*へ追われた出来事は有名。ネローのウィッラの跡から、頭部の欠失した跪く若者の像などの遺物が発掘されている。また、西方ラテン教会修道制度の祖ベネディクトゥス Benedictus（後480頃〜547）が近くの洞窟で禁欲生活をはじめた（505頃）地としても名高い。

系図218　スパルトイ

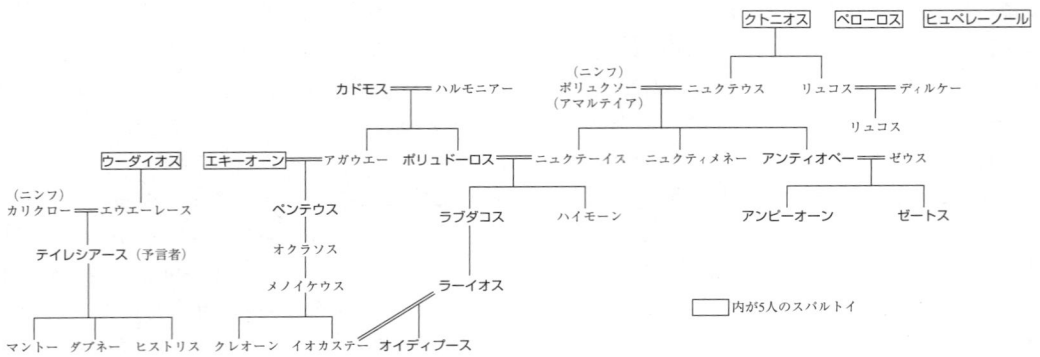

Plin. N. H. 3-12/ Tac. Ann. 14-22/ Frontin. Aq. 93/ Sil. 8-371/ etc.

スプリウス・カッシウス　Spurius Cassius Vecellinus
⇒カッシウス、スプリウス

スブリキウス橋（ポーンス・スブリキウス*）
Pons Sublicius, （仏）Pont Sublicius, （伊）Ponte Sublicio（Ponte Aventino）, （西）Puente Sublicio, （葡）Ponte Sublícia

「杭上の橋」の意。ティベリス*（現・テーヴェレ）河に架けられたローマ最古の橋。伝承によれば、古王アンクス・マルキウス*（伝・在位前641～前616）の時に創建され、勇士ホラーティウス・コクレス*の奮闘の舞台となったことで有名。フォルム*・ボアーリウム Forum Boarium（家畜市場）付近に造られた木製の橋で、聖なるものとして祭司団ポンティフィケース*に管掌され、洪水で流されるたびに同じく木造橋が繰り返し釘を一切用いずに再建された。古くは毎年この橋から男たちを河に投げこんで生贄とする人身御供の風習があったが、ヘーラクレース*（ヘルクレース*）に禁止されて以来、藁人形 Argei で代用されるようになり、5月中旬の祭礼時にウェスタ*の巫女たち（ウェスターレース*）の手で27体の人形が河流に投じられたという。
Liv. 1-33, 2-10/ Plin. N. H. 36-23/ Varro Ling. 6-44/ Sen. Vit. Beat. 25/ Dion. Hal. Ant. Rom. 1-38/ etc.

スプーリ（ン）ナ　Spurin(n)a, （ギ）Spurinas, Σπουρίνας
ローマの人名（エトルーリア*系）。タルクィニイー*の名門に属する。

❶（前1世紀中葉）独裁官カエサル*に凶変の日を予言した卜腸師（ハルスペクス*）。彼が警告した前44年3月のイードゥース*の日（15日）、元老院へ向かうカエサルから「そなたの予言はどうなったのだ？　災厄が降りかかる今日という日がやって来ても、何もこの身に変わりはないぞ」と揶揄われて、「いかにも3月15日は来ました。しかし、まだ終わってはいません」と彼は答えた。そして議場に入って行ったカエサルは、間もなくブルートゥス*やカッシウス*ら暗殺団の凶刃に仆れたのである。

ウァレリウス・マクシムス*の著述には、他にもスプリーンナという同名の人物で、見る人が皆その美貌に惚れ込んでしまうので、自ら顔に傷をつけて容色を損い、かえって人々の賞賛を博したというエトルーリアの美青年が登場する。
⇒アルテミドーロス❸
Suet. Iul. 81/ Plut. Caes. 63/ Dio Cass. 44-18/ Val. Max. 4-5, 8-11/ App. B. Civ. 2/ Cic. Div. 1-52, Fam. 9-24/ etc.

❷ Titus Vestricius Spurinna（後25頃～105以降）ローマの将軍。ネロー*帝没後の内乱時にオトー*の部将として活躍（69）、3度執政官となり、ブルクテリー*族に対する無血勝利を記念してネルウァ*帝から銅像を建てられる栄誉を受けた。小プリーニウス*の友人、またギリシア・ラテン抒情詩の作者としても知られる。
Tac. Hist. 2-11, -18, -36/ Plin. Ep. 2-7, 3-1/ etc.

スペウシッポス　Speusippos, Σπεύσιππος, Speusippus, （仏）Speusippe, （伊）Speusippo, （露）Слевсилл

（前407頃～前339）ギリシアの哲学者。アテーナイ*の人。プラトーン*の甥で、アカデメイア*学園の後継者（⇒巻末系図023）。初めイソクラテース*に師事し、のちプラトーンのアカデメイア創設に加わる。プラトーンの第3回シケリアー*（現・シチリア）渡航（前361）に同行し、次いでディオーン*によるシュラークーサイ*市の政権奪取計画を支援した。プラトーンの死後、アカデメイアの学頭となる（前347～前339）が、貪欲なうえ、感情にも快楽にも溺れやすい性格の持ち主で、弟子からは授業料を遠慮なく取り立て、また怒りにかられて小犬を井戸に投げ込んだこともあったという。不行跡のゆえに父親から家を追い出され、プラトーンに迎えられて教育を受けたものの、その品性だけは陶冶されなかったのだと伝えられる。中風に罹って肢体が不自由になり、落胆のあまり自ら生命を絶ったとも、虱症なる奇病に罹り全身が崩れて死んだともいわれている。対話篇や覚書など著作は多かったが、断片しか残存しない。数学や自然科学にも関心を向けたらしく、彼の試みた生物の分類方法は、アリストテレース*の動物学に影響を与えたと見なされている。師プラトーンのイデアー論を否定し、ピュータゴラース*学派に倣って「数」を重んじたともいう。
⇒クセノクラテース、巻末系統図115
Diog. Laert. 4-1～5/ Plut. Dion 17～/ Gell. 3-17/ Ath. 7-279e, 12-546d/ Val. Max. 4-1/ Arist. Metaph. Z-2, Δ-7, -10, De An. 1-2/ Sext. Emp. Math. 7-145/ Suda/ etc.

スペース　Spes, （仏）Espérance, （伊）Speranza, （西）Esperanza, （葡）Esperança

「希望」の意。希望を擬人化したローマの女神。ローマ市の内に数宇の神殿があったが、そのうち最古のものは第1次ポエニー戦争*中の前258年、時の執政官 A. アティーリウス・カーラーティーヌス*によって祈願・奉献された社殿で、フォルム*・ホリトーリウム Forum Holitorium（青物市場・野菜市場）に建っていた。美術作品においてスペースは、長衣をまとい、右手に花を持ちつつ軽やかに歩む乙女の姿で表わされ、またギリシア神話ではパンドーラー*の物語で名高いエルピス Elpis, 'Ελπίς（希望）に比定される。祭礼は8月1日。「希望」はのちキリスト教徒の間でも、七元徳（7つの美徳）中の対神徳 Virtus theologica の1つとしてとり入れられ、プルーデンティウス*の詩などに歌われた。
Liv. 2-51, 21-62, 24-47, 25-7, 40-51/ Tac. Ann. 2-49/ Plaut. Cist. 670/ Plin. N. H. 2-5/ Frontin. Aq. 65/ etc.

スポラデス諸島　Sporades, Σποράδες,（独）Sporaden,（伊）Sporadi,（西）Espóradas,（露）Спорады,（現ギリシア語）Sporádhes

（現・Sporádhes）「散らばった（島々）」の意。エーゲ海中部、小アジアとクレーター*島の間に散在する島々。あたかも種 spora が播かれたかのごとくに散らばっているのでこの名がある。現在スポラデス諸島は、スキューロス*を主島とする北スポラデスと、ロドス*を主島とする南スポラデス（ドーデカネーソス Dodekanesos 諸島）から成り、デーロス*を取り囲むキュクラデス*諸島とは区別されているが、古代において各島の帰属は史家によりまちまちで、両群島はしばしば混同されることがあった。とはいえ通常、コース*、パトモス*、テーラー*はスポラデス諸島の中に数えられた。
⇒ニーシューロス
Strab. 2-124, 10-484〜485, -487〜489/ Mela 2-7/ Plin. N. H. 4-12/ Schol. ad Dionys. Per. 132, 530/ etc.

スポリア・オピーマ　spolia opima

「栄誉の戦利品」の意。ローマの将軍が戦場で敵の主将を一騎討ちの闘いによって殺し、その死骸から剥ぎとった武具のことを指し、ローマのユーピテル*・フェレトリウス J. Feretrius 神殿に奉納された。スポリア・オピーマの事例は、厳密には次の3回のみである。すなわち、ローマ最初の王ロームルス*がカエニーナ Caenina（サビーニー*族の町）王アクローン❶*を倒して奪ったもの（伝・前752）、アウルス・コルネーリウス・コッスス A. Cornelius Cossus がウェイイー*（現・Veio）の王トルムヌス*を一騎討ちで斃して手に入れたもの（前437／前428）、マールクス・クラウディウス・マルケッルス❶*がガッリア*のイーンスブレース*族の王ウィリドマルス Viridomarus を討ちとって獲得したもの（前222）。
⇒ M. リキニウス・クラッスス❸
Liv. 1-10, 4-20/ Plut. Rom. 16, Marc. 8/ Verg. Aen. 6-855〜/ Dio Cass. 44-4, 51-24/ Val. Max. 3-2/ Varro/ Festus/ etc.

スポルス　Sporus,（ギ）スポロス Sporos, Σπόρος

（？〜後69）ネロー*帝に寵愛された美少年。2度目の后ポッパエア・サビーナ*の死（65）後、ネローは彼女によく似たスポルスを去勢し、女装させて「サビーナ」と呼んで寵愛、"女の"皇后スタティリア・メッサーリーナ*がいたにもかかわらず、ギリシア旅行（66〜68）へはスポルスを同伴し、正式にこれと結婚式を挙げた（67）。新婦の父親役は奸臣ティゲッリーヌス*が務め、以来スポルスは皇后として常にネローに同伴し、その最期の逃避行にも行動を共にする（68年6月）。ネロー亡きあと、帝位を覗うニュンピディウス*の妻となって「ポッパエア」と名乗り、次いでオトー*帝（かつてのネローの男色仲間）に迎えられて同棲するが、新たに立ったウィテッリウス*帝によって「犯される娘」の役で舞台に立つよう強いられたため、自害して辱しめを免れた。

帝政後期ギリシアの数学者ニーカイア*のスポロス（240頃〜300頃）は別人。
⇒ドリュポルス、ピュータゴラース❷
Suet. Ner. 28〜29, 46, 48〜49/ Dio Cass. 62-28, 63-12〜13, -27, 64-8, 65-10/ Plut. Galb. 9/ Aur. Vict. Caes. 5-16/ Oros. 7-7/ Zonar. 11-12/ etc.

スミュルナー　Smyrna, Σμύρνα,（または、ズミュルナー Zmyrna, Ζμύρνα）（イオーニアー*方言：スミュルネー Smyrne, Σμύρνη）,（ラ）スミュルナ（ズミュルナ）Smyrna (Zmyrna),（仏）Smyrne,（伊）Smirne,（西）Esmirna,（現ギリシア語）Smírni

（現・イズミル İzmir）小アジア西岸、イオーニアー*地方の都市。ギリシア人の到来以前からある古い町で（前3千年紀に遡る）、創建者はタンタロス*とも、名祖のアマゾーン*女族のスミュルナーとも伝える。前1015年頃レスボス*とキューメー❶*からアイオリス*系ギリシア人が植民し、アイオリスの12市の一員となった。が、やがてコロポーン*のイオーニアー系ギリシア人に占領・奪取されて、前690年頃にはイオーニアー連合に加盟。交通の要衝に位置するため貿易都市として大いに繁栄し、堅固な城壁や規則的な街路が建設された。富強を誇ったこの町も前7世紀末リューディアー*王アリュアッテース*によって破壊され（前600頃）、以来300年間にわたりギリシア的都市 polis ではなくなってしまう。のちアレクサンドロス大王*がこの地を訪れた時（前334）、ネメシス*女神の夢告に従ってスミュルナー市を再建、古市のあったヘルモス Hermos（現・Gediz）河口からパゴス Pagos 丘（現・Kadife Kale）の斜面へと場所を移し、大王の後継者たちアンティゴノス1世*とリューシマコス*によって計画的な大都市が完成された（前300頃）。ペルガモン*王国の支配を経てローマの属州アシア*に編入された（前133）後も自由港として発展を続け、帝政期には第2の繁栄時代を迎えて、「あらゆる都市の中で最も美しい」と評されるようになる。主要な輸出品は、葡萄酒、衣類、香料、車海老などで、科学、医術、弁論術、哲学が盛行し、第2ソフィスト*時代の立役者アイリオス・アリステイデース*（後118〜180頃）らがこの地で活躍した。

スミュルナーは詩人ホメーロス*の生地を主張する七市の1つで、メレース Meles 河（現・Kemer Çayı）畔には彼を祀るホメーレイオン Homereion が建っていた。その他、ミムネルモス*やビオーン❶*、コイントス*（クィントゥス*）らの詩人を輩出。またユダヤ人の居住区があったせいで、新興のキリスト教が早くから浸透し、後188年には主教ポリュカルポス*が殉教している。古来町は豪華な建造物と奢侈の風潮で名高く、ヘレニズム・ローマ時代の大アゴラー*や神殿、劇場（テアートロン*）、城壁、ギュムナシオン*、スタディオン*、立派に舗装された有蓋歩道付き大通りなどが発掘されている。

ローマ共和政末期にはカエサル*暗殺者の1人C.トレ

ボーニウス*が、この町でP. ドラーベッラ*によって謀殺されており（前43）、また大プリーニウス*に従えば、前1世紀にスミュルナーのある少女が性転換をとげて少年になるという事件が起きたとのことである。
⇒エペソス、キンナ（ヘルウィウス）、ポーカイア
Herodot. 1-14〜, -94, -149〜, 2-106/ Paus. 4-21, 7-5, 9-29/ Strab. 14-633〜, -646/ Mela 1-17/ Lucan. 9-984/ Plin. N. H. 5-31, 7-4/ Cic. Phil. 11-2, Arch. 8, Flac. 30, 71/ Tac. Ann 3-63, 4-65/ Liv. 35-42, 37-16, -54, 38-39, 47-29, Epit. 119/ Dio Cass. 47-29, 71-32/ etc.

スムマーヌス　Summanus
⇒スンマーヌス

スメルディス　Smerdis, Σμέρδις, (別名・Tanaoksarēs, Τανaοξάρης, Tanyoksarkēs, Τανυοξάρκης), (西) Esmerdis, (伊) Smerdi, (露) Смердис, (〈古代ペルシア名〉バルディヤ Bardiya, Br̥diya, 〈ペルシア語〉Bardiyā, 〈露〉Бардия)

（?〜前525頃）アカイメネース朝*ペルシア*の大王キューロス2世*（大キューロス）の子。カンビューセース*（2世）の同母弟（⇒巻末系図024）。兄カンビューセースのエジプト遠征に従うが、エティオピア*王の贈った強弓を彼だけが引けたので、嫉妬にかられた兄によってペルシアへ送還される。さらにカンビューセースは、スメルディスが玉座に坐り、その頭が天に触れているという夢を見て、家臣に命じ秘かに弟を謀殺させる——毒殺とも、狩に誘い出して殺したとも、海中で溺死させたともいう——。ところが真相を知るマゴス*僧のガウマータ Gaumāta は、自分がスメルディスに瓜二つなのをよいことに、スメルディスになりすまし玉座に即く（前522）。間もなくカンビューセースが嗣子を残さずに急死したおかげで、事もなく7ヵ月間君臨し得た。が、やがて彼に耳のないことを後宮の側妃に発見されて一切が露顕し、ダーレイオス❶*（のちの大王）ら7人の大貴族に誅殺され、この偽スメルディスは首をさらされた。続いてペルシア人によるマゴス僧（メーディアー*人に属する）の大殺戮が展開され、以後この日は「マゴス殺しの祭り Magophonia, Μαγοφόνια」として盛大に祝われることとなった（前521）。次いでキューロス大王の子を自称する男によって第2の偽スメルディス事件が起こったが、ほどなくこの人物もダーレイオスに捕らえわれて処刑されている。
Herodot. 3-30, -61〜79/ Ctesias 8-10〜14/ Xen. Cyr. 8-7/ Aesch. P. V. 780/ Just. 1-9/ etc.

スラ　Sulla
⇒スッラ（独裁官*）

スルト湾　Khalīj Surt
⇒シュルティス湾

スルピキア　Sulpicia, (ギ) Sūlpikiā, Σουλπικία, (仏) Sulpicie

ローマの2人の女流詩人。

❶（前1世紀後半）Ser. スルピキウス・ルーフス*（前51年の執政官*）の娘で、M. ウァレリウス・メッサーラ❷*・コルウィーヌス（前31年の執政官）の姪（⇒巻末系図060）。前1世紀末、アウグストゥス*治下にケーリントゥス Cerinthus なる美しい若者に対する情熱的な恋愛詩を書いた。6篇の作品がティブッルス*の『詩集』第4巻に含まれている。また彼女の歌から着想を得て他の詩人が創作した『スルピキア名歌選（ラ）Sulpiciae Satira』というものもある。
Tib. 4-7〜12

❷（後1世紀後半）ドミティアーヌス*帝（在位・後81〜96）治下に、夫カレーヌス Calenus にあてた甘い恋愛詩（94〜98頃）で知られる。2行のみ残存。マールティアーリス*から称賛され、後世彼女に仮託した詩が作られた。
Mart. 10-35, -38/ Auson. Cent. Nupt./ Sidon. Carm. 9-261/ Anth. Lat. 3-251/ Fulg. Myth. 1-4/ etc.

スルピキウス氏　Gens Sulpicia〔← Sulpicius〕, (ギ) Sūlpikios, Σουλπίκιος, (仏) Sulpice, (独) Sulpiz, (伊)(西) Sulpicio

ローマの古い氏族名。本来パトリキイー*（貴族）系の氏族で、のちにはプレーベース*（平民）系の諸家も繁栄した。共和政初期より執政官*はじめ傑出した人物を出し、ガルバ*、ルーフス*、他たくさんの家に分かれて繁栄した。ネロー*の死（後68）後、帝位に即いたガルバによれば、遠祖はユーピテル*大神であるとのこと。

なお、ローマ帝政末期には、アクィーターニア*出身でノーラ*のパウリーヌス*の友人にして師トゥール Tours, (ラ) Caesarodūnum のマールティーヌス*の伝記で名高い史家スルピキウス・セウェールス Sulpicius Severus（後363頃〜420／425）が、この氏族名を称している。
Suet. Galb. 2/ Liv. 3〜/ Cic./ Caes./ Tac./ Augustin. Ep. 205/ Dion. Hal. Ant. Rom. 5-52〜/ etc.

スルピキウス・ルーフス、セルウィウス　Servius Sulpicius Lemonia Rufus, (伊)(西) Servio Sulpicio Rufo, (露) Сервий Сулъпиций Руф

（前106頃〜前43年1月）ローマ共和政末期の政治家、法律家。P. スルピキウス・ルーフス*の遠縁に当たる。

キケロー*とほぼ同年齢の友人。若い頃、2人はともにローマやロドス*で弁論術を学ぶ。キケローによれば、彼は最も高潔な人格者でローマ第一級の法学者・雄弁家であるという。政界では用心深く中立を守り、前51年の執政官*在職中は、相役 M. マルケッルス❷*の激越なカエサル*攻撃を牽制した。前49年に勃発した内乱の折にはカエサルに与し、パルサーロス*戦（前48）後、アカーイア*（ギリシア）の属州総督 Proconsul に任命される。総督として赴任中（前46／45）、かつての同僚執政官マルケッルス

がペイライエウス*で殺害され、彼はその遺体をアテーナイ*のアカデーメイア*の体育館(ギュムナシオン*)に埋葬した（前45）。前43年はじめ、ムティナ*（現・モデナ）でD.ブルートゥス❸*の軍に包囲されているアントーニウス*のもとへ使節として派遣され、病を押して出かけて行き、アントーニウスの陣営にて没した。妻のポストゥミアPostumiaは、当時の上流階級の婦人たちの御多分に漏れず、浮薄で多情な女性で、カエサルも大勢の恋人の1人とされている（⇒巻末系図060）。
⇒スルピキア❶

Cic. Brut. 40〜41, Fam. 4-3, -5, -12, Mur. 7, 8, Phil. 9-7, Top. 8/ Suet. Iul. 29, 50/ Gell. 4-1, -3/ Ov. Tr. 2-1/ Plin. Ep. 5-3/ Quint. 10-1, 7/ Macrob. Sat. 3/ Dig./ etc.

スルピキウス・ルーフス、プーブリウス　Publius Sulpicius Rufus,（ギ）Pūplios Sūlpikios Rhūphos, Πούπλιος Σουλπίκιος Ῥοῦφος,（伊）Publio Sulpicio Rufo,（露）Публий Сульпиций Руф

（前124頃〜前88）ローマの政治家・雄弁家。M.リーウィウス・ドルースス❷*やL.アウレーリウス・コッタ*らとともに弁論家L.リキニウス・クラッスス*に学ぶ。若くして頭角を現わし、前93年の財務官(クアエストル*)を経て、同盟市戦争*には執政官(コーンスル*)Cn.ポンペイユス・ストラボー*の副官(レーガートゥス)Legatusとして参戦した（前89）。はじめ閥族派（オプティマーテース*）に属していたが、前88年護民官(トリブーヌス・プレービス*)に選ばれるとにわかに民衆派（ポプラーレース*）に転向し――マリウス*に買収されたためという――、新たにローマ市民権を与えられたイタリア人に旧来のローマ市民と同等の投票権を賦与する法案や、対ミトリダテース*戦争の指揮権をスッラ*（L.コルネーリウス・スッラ*）から奪ってマリウスに与える法案などを提出。反対派との市街戦のさなか、強硬に通過させた。そのせいで、スッラのローマ進軍を招き（ローマ人によるローマ侵攻の初例）、彼はマリウスとともに逃亡を余儀なくされる。ほどなくラウレントゥム*の別荘に隠されているところを発見され、容赦なく殺害された。彼を裏切った奴隷は、報酬として自由を与えられたのち主人を売り渡した罪でタルペイヤ*の岩から突き落とされた。
⇒M.リーウィウス・ドルースス❷

App. B. Civ. 1-58, -60/ Plut. Sull. 8, 10/ Cic. De. Or. 1-7, Amic. 1, Off. 2-14, Har. Resp. 20, Brut. 63, 89/ Liv. Epit. 77/ Vell. Pat. 2-18/ etc.

スルモー　Sulmo,（ギ）Sūlmōn, Σουλμῶν

（現・スルモーナSulmona）中部イタリアのサビーニー*系パエリグニー族の町。コルフィーニウム*市に近く、詩人オウィディウス*の生地（前43）として知られる。名祖(なおや)はアエネーアース*（アイネイアース*）の部下のソリュムスSolymus。第2次ポエニー戦争*中はカルターゴー*の名将ハンニバル❶*に抵抗し（前211）、カエサル*対ポンペイユス*の内乱が勃発した時には前者を支持（前49）。穀物、葡萄、オリーヴを産し、帝政期も自治都市として存続した。北郊にはイタリア有数の宏壮なヘルクレース*神殿があり、その遺跡は今なお残っている。

Sil. 8-511, 9-70〜76/ Caes. B. Civ. 1-18/ Ov. Am. 3-15, Fast. 4-79〜, Tr. 4-10/ Liv. 26-11/ Flor. 3-21/ Cic. Att. 8-4/ Plin. N. H. 3-12/ Strab. 5-241/ Ptol. Geog. 3-1/ etc.

スルラ　Sulla*
⇒スッラ（独裁官(ディクタートル*)）

スーレーナース　Surenas, Σουρήνας, Surena(s),（仏）Suréna,（伊）（西）Surena

（前80頃〜前53／52）パルティアー*の名将。前53年カッライ*（カッラエ*）においてローマの将軍クラッスス*を破り、その首を斬った武勲で名高い。彼の属するスーレーンSuren家は、パルティアー第一の権門で、世襲的に帝国の軍司令官の要職を占め、新たに即位した君主に冠を戴かせる特権を有していた。前55年、彼は若くしてミトリダテース3世*（アルサケース13世*）をバビュローン*に包囲し、兵糧攻めの末にこれを降(くだ)して、オローデース2世*（アルサケース14世*）の帝権を安泰ならしめた。次いでローマの三頭政治家クラッススが4万2千の兵とともに進撃して来ると、騎馬軍団を率いてこれを迎え撃ち、カッライ近郊の戦闘で潰滅させた。セレウケイア*に華々しく凱旋するが、ほどなく、そのあまりの有能ぶりに危険を感じたオローデース2世により30歳に達せぬ若さで殺された。彼は長身の美男子で、習慣に従って化粧をし髪を結っていたといい、私用の旅行でも常に千頭の駱駝(らくだ)に荷物を運ばせ、200人の妻妾を乗せた車400輛を引き具し、鎧で身を固めた千人の騎兵など総勢1万を下らぬ騎馬隊を従えていたと伝えられる。スーレーン家はサーサーン朝*ペルシアの治下に入っても、東ローマとの戦闘において重要な役割を果たしている。
⇒パコロス❶

Plut. Crass. 21, 23〜33/ Tac. Ann. 6-42/ Dio Cass. 40-16, -21/ Flor. 1-46/ Polyaenus. 7-41/ Amm. Marc. 24-2, -3/ App./ etc.

スンマーヌス　Summanus

（「至高なる者」の意）エトルーリア*の古い神格で、ローマ人は夜の雷電の神として崇拝した。ロームルス*の共治王ティトゥス・タティウス*によってローマにもたらされた神々のうちの一柱。コーンセンテース・ディー*の1人にも数えられる。カピトーリウム*のユーピテル*神殿内に祀られていたが、前278年、落雷で神像の首が飛ばされてティベリス*（現・テーヴェレ）河に落ちたため、これはスンマーヌス神が別個の神殿を望んでいるものと解釈され、キルクス*・マクシムスに独自の神殿が建立された（前276頃）。その奉献記念日たる6月20日に、毎年スンマーヌスの祭りが開かれるようになった。後代には冥界の神

ディース・パテル*と同一視され、黒い犠牲獣が生贄に捧げられた。
Cic. Div. 1-10/ Ov. Fast. 6-729〜/ Plin. N. H. 2-53, 29-14/ Liv. 32-29/ Augustin. De. civ. D. 1-10, 4-23/ Varro Ling. 5-74/ Festus/ Arn./ Martianus Capella 2-161/ etc.

セイアーヌス Seianus
⇒セイヤーヌス

聖山（モーンス・サケル） Mons Sacer, （ギ）Hieron oros, Ἱερὸν ὄρος, （英）Sacred Mount, （仏）Mont Sacré, （伊）（西）Monte Sacro

ローマの北東 10 km、アニオー*河対岸の丘。貴族（パトリキイー*）の圧政に不満を抱く平民（プレベース*）たちが、前 494 年と前 449 年に大挙してこの山に立て籠もるという事件（聖山事件）が起こったことで名高い。最初の集団退去 sēcessiō 事件は、平民の権利を擁護するため護民官（トリブーヌス・プレービス*）という役職の設置によって解決が図られ、アッピウス・クラウディウス*の専横から生じた 2 度目の籠城 —— 異説では、この折民衆たちが立て籠もったのは、アウェンティーヌス*丘だという —— は、護民官の権限強化と監察官（ケーンソル*）職の新設、ならびにクラウディウスの失脚で決着を見た。こうした「身分闘争」を繰り返すことによって、平民たちは貴族に譲歩を迫り、徐々に権利を勝ち取っていったとされている。
⇒クラウディウス・サビーヌス・レーギッレーンシス、メネーニウス・アグリッパ、ウィルギニア、アンナ・ペレンナ
Liv. 2-32, 3-52/ Plut. Coriol. 7/ Cic. Rep. 2-37/ Dion. Hal. Ant. Rom. 6-45/ Plin. N. H. 19-19/ Festus/ Flor./ etc.

セイヤーヌス、ルーキウス・アエリウス Lucius Aelius Seianus (Sejanus), （ギ）Seiānos, Σεϊανός, （仏）Séjan, （独）Sejan, （伊）Lucio Elio Seiano, （西）Lucio Elio Sejano, （葡）Lúcio Élio Sejano, （露）Луций Элий Сеян

（前 20 頃〜後 31 年 10 月 18 日）ローマの政治家。

ティベリウス*帝の寵愛を蒙り、近衛隊長官（近衛軍司令官）に任ぜられて権勢をほしいままにし、大勢の貴族・有力者を破滅させていったローマ史上悪名高い奸臣。エトルーリア*のウォルシニイー*（現・ボルセナ）出身で、父はローマ騎士セイユス・ストラボー L. Seius Strabo。母は貴族ユーニウス氏*の出とされる。若い頃、アウグストゥス帝*の孫ガーイウス・カエサル*の従者を務め、金持ちの放蕩者アピーキウス*（かの名高い美食家）に自らの肉体を売っていたという。後 14 年ティベリウスが即位すると、養父アエリウス・ガッルス* Aelius Gallus（地誌学者ストラボーン*の友人）の同役として近衛隊長官に就任、養父がエジプト領事 Praefectus Aegypti に任命されてからは、単独で近衛隊を指揮した。さまざまな術策を弄してティベリウスを籠絡すると、それまで分散駐屯していた近衛隊をすべてローマ市東北ウィーミナーリス*丘の大兵舎に集め、武力を背景に絶大な勢力を獲得（23）、ついには自ら皇帝たらんとする野心まで抱きはじめる。まず手はじめに、自分の娘をクラウディウス*（のち第 4 代皇帝）の息子ドルースス❹*と婚約させると、帝位簒奪の障碍となる皇族の人々を順々に謀殺していく。最初の犠牲者はティベリウス帝の長子・小ドルースス❷* —— その妻リーウィッラ❶*（リーウィア・ユーリア*）や寵童リュグドゥス*らと不倫の関係を結び、緩慢な毒を飲ませて小ドルーススを殺害（23）—— 。彼はこのように、犠牲にしようとする相手の妻や愛人と密通し、その情交を通じて相手方の動向を探り出す方法を得意とした。この後も同じ手口で多くの有力貴族を打倒。リーウィッラとの場合は、彼女に未来の皇后の地位を約束し、すでに 3 子を産んでいた自分の妻アピカータ Apicata を追い出して彼女をすっかり安心させている。リーウィッラとの婚姻は、ティベリウスがしぶったため、実現には至らなかった（25）が、リーウィッラの娘でネロー*・カエサルの妻であったユーリア❽*との婚約は、のちに正式に承認されている（30）。彼はこのユーリアとも先に道ならぬ関係を結んで、夫ネローを裏切り破滅させるために不利な証拠をひき出させているし（29）、同様にネローの弟ドルースス❸*の妻アエミリア・レピダ❸*とも姦通して、夫を告発させている（30）。ティベリウスをカプレアエ*（現・カープリ）島に隠退させた（26）後は、全権を一手に握り、皇帝の名において命令を下すようになる。ティベリウスの猜疑心を刺激して大アグリッピーナ*（ネロー、ドルースス

系図 219　セイヤーヌス、ルーキウス・アエリウス

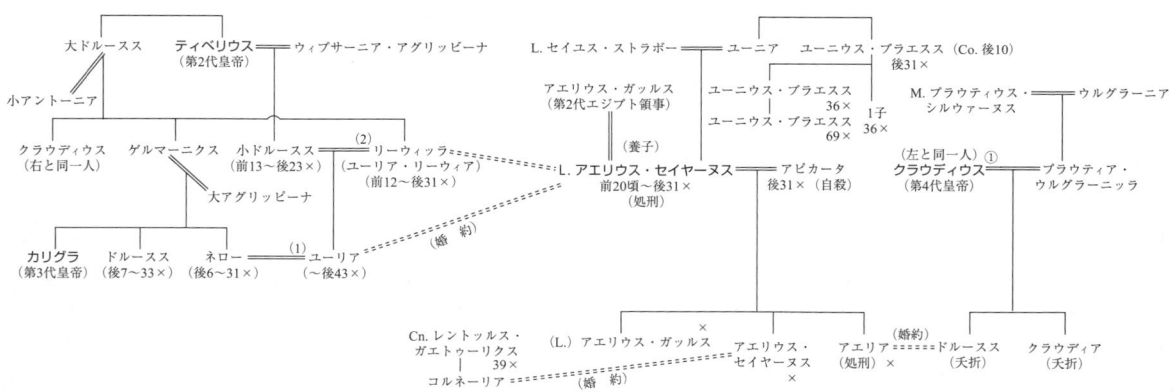

兄弟の母）一家を断罪させ、元老院（セナートゥス*）から種々の栄誉を贈られた頃が彼の勢力の絶頂であった（29～30）。強大な力をもち過ぎたこの側近に対し、次第に疑いを深めた皇帝は、31年彼を自らの同僚執政官（コーンスル*）に任命、ローマに送り返すと、以後あれこれ口実をつけて2度と面会しようとしなくなる。しかし表面上は相手を安心させるため、以前に勝る名誉を授与、他方で小アントーニア*からセイヤーヌス謀反の通報を受けるや、新たにマクロー*を近衛隊長官（近衛軍司令官）に抜擢、元老院に親書を持たせて派遣し、セイヤーヌスを告発、彼を牢内で処刑するように命じる。すぐさま命令は実行に移され、セイヤーヌスはその日のうちに首を刎ねられた。全市民は歓喜の声を挙げ、いたる所に建てられていた彼の像を叩き壊し、ゲモーニアエ*に投げ捨てられた彼の屍を3日間にわたってさんざん凌辱し、八つ裂きにしたあげく、ティベリス*（現・テーヴェレ）河にほうり込んだ。セイヤーヌスの家族、友人、および一味の者は、ことごとく処刑された。クラウディウスの息子と婚約していた幼い娘も、首を締められたのち、ゲモーニアエにさらされた。ローマの法律では処女を死刑にすることは認められていなかったため、獄吏らは彼女を強姦してから、絞首縄にかけたという。離婚された妻アピカータも、小ドルースス毒殺の顛末を白状したのち、自殺して果てた（31年10月26日）。
⇒ウェッレイユス・パテルクルス
Tac. Ann. 1-24, -69, 3-16, -29, -35, -66, -72, 4-1～6-51/ Suet. Tib. 48, 55, 61～62, 65, Calig. 12, 30, Claud. 6, 27/ Dio Cass. 57～58/ Vell. Pat. 2-127/ Philo In Flacc. 1-1, Leg. 6-37, 24-159～160/ Joseph. J. A. 18/ Sen. Ad Marciam 22, Tranqq. 11/ etc.

セイユス、グナエウス Gnaeus Sejus (Cn. Seius), （伊）Gneo Seio

（前1世紀後半）共和政末期ローマの役人、書記官。比類なく立派だが所有者を必ず破滅させる定めの名馬の持ち主として名高い（当代無比のこの駿馬は、伝説上のトラーケー*王ディオメーデース❶*の馬の末裔だという）。セイユスはこの馬を持っていたがために、三頭政治家*のM. アントーニウス*に惨殺され、次にこの馬を手に入れたドラーベラ*はシュリア*でカッシウス*に敗死する。カッシウスもまたセイユスの馬を我が物としたせいで、ピリッポイ*の戦いに敗れて自殺（前42）。新たな所有者となったアントーニウスもやはり、アクティオン*の海戦（前31）で敗北を喫して翌年エジプトで自刃した。この来歴に因んで、不運に取り憑かれた人のことを、「セイユスの馬の持ち主（ラ）Ille homo habet equum Seianum」と呼ぶようになったという。

同時代には他にも、キケロー*の友人の政治家M. セイユス（～前45）や、屋敷を売ることを拒んだためにクローディウス*に毒殺された騎士Q. セイユス・ポストゥムス Postumus らがいた。
⇒トロサ

Gell. N. A. 3-9/ Cic. Off. 2-17, Fam, 9-7, Att. 5-13, Dom. 44, Har. resp. 14/ Varro Rust. 13-2-7/ Plin. N. H. 15-1/ etc.

セイレーネス Seirenes, Σειρῆνες, （ラ）シーレーネース Sirenes, （英）Sirens, （仏）Sirènes, （独）Sirenen, （伊）Sirene, （西）Sirenas, （葡）Seireias, （露）Сирены, （現ギリシア語）Sirínes
セイレーン*（の複数形）

セイレーノス Seilenos, Σειληνός, Silenus
⇒シーレーノス

セイレーン Seiren, Σειρήν たち（セイレーネス*），（ラ）シーレーン Siren, （仏）Sirène, （独）Sirene, （伊）（西）Sirena, （葡）Sereia, （露）Сирена, （現ギリシア語）Sirínas

ギリシア神話中、海に住む半人半鳥の女怪。ポルキュス*の娘たち、あるいはアケローオス*河神とムーサイ*の1人との間に生まれた娘たち。乙女の頭と鳥の体をしているとも、上半身が女で下半身が鳥の形をしているともいわれ、その絶妙な歌声で、近くを通過する船乗りを引きつけては殺したと伝えられる。『オデュッセイア*』によれば、セイレーネスはスキュッラ*とカリュブディス*の近くの島に居住しており、その傍を航海したオデュッセウス*はキルケー*の忠告に従い、自分を帆柱に縛りつけさせ、部下の耳を蜜蝋で塞いで、無事に通り過ぎたという。また、アルゴナウタイ*（アルゴナウテース*たち）が遠征の帰途、この付近にやって来た時には、楽人オルペウス*が堅琴を奏し彼女らの歌に対抗して仲間たちの危難を救い、敗れたセイレーンたちは海中に身を投げて岩に化した ── アルゴー*号の乗組員のうち唯1人ブーテース Butes, Βούτης だけは彼女らの美声に魅せられて海に飛び込んだが、愛の女神アプロディーテー*に救われてリリュバイオン*に連れて行かれ、女神との間にエリュクス*（同名の市の名祖）を儲けた ── とされている。セイレーネスの数は2人、3人、4人、あるいは8人など諸説があり、その住処もシケリアー*（現・シチリア）島東北のペローロン Peloron 岬、カプレアエ*（現・カープリ）島、またはスッレントゥム*（現・ソレント）近くの小島シーレーヌーサイ Sirenusai（現・Galli）その他が候補地に挙げられる。彼女らはもとはペルセポネー*に従う乙女だったが、ペルセポネーがハーデース*にさらわれた時に、その後を追跡するべく神々によって翼を与えられたとか、ペルセポネー誘拐を逃げなかった罰としてデーメーテール*によって変身させられたとか、愛の歓びを無視してアプロディーテーの怒りを買い、奇怪な姿に変えられたとかさまざまに伝えられる。ムーサイに歌競べを挑んで敗れ、羽毛をむしり取られたという所伝も残っている。セイレーンたちの1人パルテノペー*の遺体はカンパーニア*の海岸に打ち上げられ、その墓が建てられた場所にネアーポリス*（現・ナーポリ、旧名パルテノペー）市が起こったという。彼女らは死者を冥界に送る女神とも考

えられ、墓石の装飾に好んでその姿が刻まれた。下半身が魚の形をした海の精、いわゆる「人魚」の姿で想像されるようになったのは、中世初期以降のことでしかない。船の汽笛や霧笛、号笛、警報器などを意味するサイレンの語源となった他、巧言で人を誑(たぶら)かす妖婦を「セイレーンのような女」、危険な誘惑を「セイレーンの歌声」などと表現する譬え言葉をも派生。さらに海牛目の水生哺乳類やサンショウウオの1種にまで Siren の名がつけられるに至った。
Hom. Od. 12-1〜/ Paus. 9-34, 10-5, -6/ Hyg. Fab. 125, 141/ Apollod. 1-3, -7, -9, Epit. 7/ Ap. Rhod. 4-895〜/ Ov. Met. 5-512〜/ Pl. Resp. 10-617b, Cra. 403e/ Libanius Narrationes 1-31/ Plut. Mor. 745c〜/ Eust. 1709/ Schol. ad Lycoph. Alex. 653/ Tzetz. ad Lycoph. 712/ Serv. ad Verg. Aen. 5-854/ Verg. Aen. 5-864/ etc.

セウェールス（2世）、フラーウィウス・ウァレリウス　Flavius Valerius Severus（Ⅱ），（ギ）Sebēros, Σεβῆρος, （仏）Sévère Ⅱ, （伊）（西）Severo Ⅱ, Flavio Valerio Severo, （露）Флавий Валерий Север

（?〜後307年9月16日）ローマ皇帝（在位・306年7月25日〜307年3／4月）。属州イッリュリクム*の下層民の出身。軍隊で累進し、飲酒癖のある遊蕩児として知られていたにもかかわらず、ガレーリウス*帝への忠実さを買われて、305年5月1日帝国西方の副帝(カエサル)に任ぜられ（⇒マクシミーヌス・ダイヤ）、翌年7月コーンスタンティウス1世*の死をうけて西方の正帝(アウグストゥス)位に挙げられる。しかし、これを快しとせぬマクシミアーヌス*先帝の子マクセンティウス*がローマで擁立された（306年10月）ため、その鎮定に向かうが、部下の軍隊に裏切られてラウェンナ*へ退却、その地で逆にマクシミアーヌスおよびマクセンティウス父子軍に攻囲され、降服・退位する。その際、「生命の安全は保証する」旨の誓約をとりつけてはいたが、ローマ近郊 Tres Tabernae へ連行・監禁されたのち、おそらくマクセンティウスの命令で、死の方法を選ぶよう強要され、自ら血管を開いて事切れた。遺骸はガッリエーヌス*帝の墓廟に葬られ、彼の訃報に接した東方正帝ガレーリウスは弔い合戦に及ぶべくイタリアへ進攻したが果たせなかった（異説によると、セウェールスの殺害はガレーリウスのイタリア攻撃中の出来事であるという）。遺児セウェリアーヌス Severianus も、313年、リキニウス*帝の毒牙にかかって処刑された。
⇒巻末系図104
Aur. Vict. Caes. 40/ Eutrop. 10-2/ Zosimus 2-8, -10/ Lactant. Mort. Pers. 18〜20, 25〜26/ etc.

セウェールス（3世）、リービウス（リーウィウス）　Severus Ⅲ, Flavius Libius (Livius) Severus Serpentius, （ギ）Sebēros, Σεβῆρος, （仏）Sévère Ⅲ, （伊）Libio Severo Serpenzio, （西）Libio Severo Serpencio

（?〜後465年11月14日）西ローマ皇帝（在位・461年11月19日〜465年11月14日）。ルーカーニア*の出身。マイヨリアーヌス*帝の殺害後、有能な皇帝に懲りた実力者リーキメル*によって即位させられた。無力な傀儡帝で、追従的なローマ元老院からは認められたものの、東ローマ皇帝レオー1世*からは西ローマ帝として承認されなかった。全権はリーキメルの掌中にあり、名ばかりの帝の出自・治績については記録さえなく、ただ先帝マイヨリアーヌス殺害に加担していたことが知られるに過ぎない。4年間虚位にあったのち、リーキメルの都合でローマにおいて抹殺された（毒殺という）。その後17ヵ月の空位期間を経てアンテミウス*が西ローマ皇帝に迎えられた。
⇒オリュブリウス
Idatius Chronicon/ Evagrius 2-7/ Jordan. Get. 45/ Theophanes/ Priscus Frag./ Cassiod. Chron./ etc.

セウェールス、アレクサンデル（セウェールス・アレクサンデル）　Marcus Aurelius Severus Alexander, （ギ）Seuēros (Sebēros) Aleksandros, Σεουῆρος (Σεβῆρος) Ἀλέξανδρος, （仏）Sévère Alexandre, （伊）Alessandro Severo, （西）Alejandro Severo, （葡）Alexandre Severo, （露）Александр Север

前名・Marcus Julius Gessius Bassianus Alexianus（後208年10月1日〜後235年3月18日（異説あり）ローマ皇帝（在位・222年3月13日〜235年3月18日頃）。フェニキアのカエサレーア* Arca Caesarea に生まれる（⇒巻末系図103）。母はユーリア・マンマエア*（ユーリア・ドムナ*の姪）。221年、母と祖母ユーリア・マエサ*の計らいで、従兄に当たる皇帝エラガバルス*の養嗣子となり、「副帝(カエサル)」の称号を帯びる（6月26日、異伝あり）が、寵臣ヒエロクレース*に帝位を譲りたく思うエラガバルスによって繰り返し命を狙われる（アレクサンドロス大王*にちなんでアレクサンデルと称し、またエラガバルスと同様に彼もカラカッラ*の庶子とされていた）。翌222年エラガバルスが暗殺されると、母后摂政の下、満13歳で帝位に即き、法学者ウルピアーヌス*の補佐を受けて善政を布く。実権は母ユーリア・マンマエアに掌握され、嫉妬深い彼女の意のままに后サッルスティア・オルビアーナ Gnaea Seia Herennia Sallustia Barbia Orbiana を流刑に処し（227）、キリスト教を優遇、オーリゲネース*を宮廷に招くなど宗教的寛容策を用いた。文治主義をとり、元老院議員16名から成る顧問団を設立、元老院とはよく協調し諸政の改革を進めたものの、軍隊には厳格な規律で臨もうとして失敗し、近衛軍によるウルピアーヌス殺害を黙認させられる（228）。パルティアー*を滅ぼしたサーサーン朝*ペルシアの始祖アルダシール1世*がメソポタミア*に侵入し、シュリア*を脅(おびや)した（230）時には、母マンマエアとともに出征し（231〜232）、かろうじてペルシア軍の西進を阻んだのち、帰国して凱旋式(トリウンプス)*を祝った（233）。ガッリア*へ侵攻したゲルマーニア*人に対しては、やはりマンマエアを連れて兵を進めた（234〜235）が、母の助言に従い償金を与えて和約を結ぼうとしたため、軍

隊の反感を買い、対立皇帝として推戴されたマクシミーヌス・トラークス*によってモーゴンティアクム*（現・マインツ）近くのウィークス・ブリタンニクス Vicus Britannicus（現・ブレッツェンハイム Bretzenheim）で殺害された（満26歳）。軍隊が叛乱を起こした理由は、帝の軟弱さばかりでなく、兵士給与の切り下げを断行した帝母マンマエアの強欲さにも端を発しており、アレクサンデルの天幕へ兵士が乱入した時、若き帝は泣きながら母に取り縋って彼女の失策を非難していたという。彼と一緒にマンマエアや側近・友人たちもことごとく惨殺され、ここにセウェールス朝（193～235）は断絶、以後ローマは各軍団が帝権を左右する軍人皇帝時代（235～285）に突入する。

アレクサンデル・セウェールスは終始母親に国政を牛耳られた優柔不断な君主ではあったが、学問を好み、粗衣粗食に甘んじ、「己れの欲せざるところを他人に為すことなかれ」というユダヤの箴言を標榜する善良な好青年であった。母や妻から「陛下はあまりにも穏和に統治し、皇帝の権威を弱めている」と指摘された時には、「でも、それによって皇帝の座をより安泰かつ永続性のあるものにしています」と答えたと伝えられる。また毎朝祈りを捧げる祭壇には、神格化された皇帝やローマの神々と並んでキリスト（クリストス*）やアブラーハーム Abrāhām の像まで合祀されていたといい、彼自身も死後間もなく元老院決議によって神列に加えられている（238）。
⇒ユーリウス・アーフリカーヌス
Herodian. 5～6/ Dio Cass. 78-30, 79～80/ S. H. A. Alex. Sev./ Aur. Vict. Caes. 24/ Eutrop. 8-14/ Zosimus 1-11～13/ etc.

セウェールス、セプティミウス　Lucius Septimius Severus, Pertinax, （ギ）Septimios Seuēros (Sebēros), Σεπτίμιος Σεουῆρος (Σεβῆρος), （仏）Septime Sévère, （伊）Settimio Severo, （西）Septimio Severo, （葡）Septímio Severo, （露）Септимий Север

（後145年4月11日～211年2月4日）ローマ皇帝（在位・193年4月13日～211年2月4日）。アーフリカ*の都市レプティス・マグナ*の出身。セウェールス朝*（193～235）の創建者（⇒巻末系図103）。フェニキア（カルターゴー*）系の騎士身分(エクィテース*)に生まれ、マールクス・アウレーリウス*、コンモドゥス*両帝の治下に累進して、執政官(コーンスル)（190）次いでパンノニア*総督に任ぜられる。193年ペルティナクス*帝が近衛兵に暗殺されるや、その復讐を名としてカルヌントゥム*で皇帝に即位し（4月13日）、パンノニアおよびイッリュリクム*の軍団を率いてローマへ進撃。帝位を買収していたディーディウス・ユーリアーヌス*を葬り去って首都に入城した（6月9日。元老院による帝位承認は6月2日）。ヨーロッパ以外の出身で初めて皇帝になった彼は、堕落した近衛軍を解体して麾下の軍団から新近衛軍を再編し、自らをマールクス・アウレーリウス帝の養子と称して権威を確立（196）、要職をアーフリカ出身者で固める一方、兵士給与の増額や現役兵の結婚を認めるなど軍隊優遇策を講じて帝国の防衛力を強化した。競争者たる2人の僭帝ペスケンニウス・ニゲル*とクローディウス・アルビーヌス*を次々に撃滅し（それぞれ194と197）、彼らを支持した政敵には容赦なく弾圧を加え、大勢の元老院議員や有力者を殺して財産を没収、ニゲルに味方した都市ビューザンティオン*（現・イスタンブル）は3年間の包囲（194～196）ののち、徹底的に破壊された。さらにニゲルを応援したといってパルティアー*へ侵入し、首都クテーシポーン*を占領（197年12月）、オスロエーネー*とアラビア*、メソポタミア*を併合して国境をティグリス*河にまで拡げた（199）。独裁権を確立すると、騎士身分を登用して元老院の権威を失墜させ、パーピニアーヌス*、パウルス*、ウルピアーヌス*らの法学者を近衛軍司令官という要職に就け、官僚制を推進。フォルム*に今も残る有名な凱旋門(アルクス)（伊）Arco di Settimio Severo など荘麗な建築物を造営したが、増大する軍事費を補うために経済の統制化を始めなければならなかった。故郷アーフリカを訪問した（203～204）のち、208年には皇后ユーリア・ドムナ*ならびに2人の息子カラカッラ*とゲタ*を伴ってブリタンニア*へ渡り、北方のカレードニア*（現・スコットランド）人に対する遠征を企てたが、痛風と長男カラカッラの陰謀に悩まされた末、エブラークム*（現・ヨーク York）で息をひきとった（65歳。在位18年）。死の間際に彼は自らの骨壺を持って来させて、「お前は全世界にも入りきらなかった1人の男を入れるのだよ」と語りかけ、最期に息子たちに向かって「心を合わせよ、兵士らには金を与えておけ、それ以外のことは気にかけるな」と言ったと伝えられる。一説に帝の死は、背後から彼を刺殺せんとして失敗したカラカッラが、医師に命じて毒害させたものだともいう。遺骨はローマへ運ばれてハドリアーヌス*の霊廟(マウソーレーウム*)に葬られ、元老院によって神格化の栄誉が決議された。

有能かつ冷酷な統治者で、強靭な肉体に恵まれ粗衣粗食にもよく耐えたが、他方きわめて迷信深く、魔法や夢判断、とりわけ占星術に凝っていて、最初の妻の死後、再婚相手にユーリア・ドムナを択(え)んだのは、星回りによって彼女が帝王の配偶者になることが約束されていたからだという。またオリエント風の壮麗な儀礼を採り入れ、セラーピス*神を想わせる美髯をたくわえ、豪華な玉座を用いて、皇帝の専制君主化・神格化の傾向を進めた。とはいえ、晩年には「余はすべてであったが、何一つ得られなかった」と絶対君主の虚しさを述懐してもいる。時に彼は混乱したローマ帝国を粛正・改革した中興の英主のごとくに評されている。しかし他方、寵臣プラウティアーヌス*に権力を委ねて、その専横を許したり、対立派への酷烈な弾圧のゆえにニゲル僭帝配下の多数の軍勢を敵国パルティアーへ走らせるなど、失政のあったことは否めない。風貌は小柄でポエニー*系の暗褐色の肌をし ── 一説には黒人だったとも ──、晩年には痛風で苦しんだが頑丈な体軀と鋭利活発な精神を保ち、無教育だったため寡黙で終生北アフリカのアクセントを保ちつつ話したという。

⇒ディオーン・カッシオス、アルサケース 28 世（ウォロゲーセース 4 世）

Herodian. 2-11～4-1/ Dio Cass. 73～76/ S. H. A. Sev./ Eutrop. 8-10/ Aur. Vict. Caes. 20/ Oros. 7-17/ Euseb./ etc.

セウェールス朝　Severus　(英) The Severi, The Severan (Severian) Dynasty, (仏) La dynastie des Sévères, (独) Severer, Syrische Dynastie, (伊) La Dinastia dei Severi, (西) La Dinastia Severa, (葡) A Dinastia Severa, (露) Династия Северов

（後 193～235）コンモドゥス*帝の暗殺（192 年末）後の内乱をおさめたセプティミウス・セウェールス*帝（在位・193～211）が創始したローマ帝国はじめての非ヨーロッパ人系の王朝。"暴君"カラカッラ*や放埒な少年皇帝エラガバルス*らの治世を経たのち、アレクサンデル・セウェールス*帝の暗殺（235 年 3 月）まで続いた。その間ユーリア・ドムナ*をはじめとする帝室の女性たちが政治に容喙し権勢をふるったり、シュリアー*の太陽神の御神体をローマへもたらして最高神として崇拝するよう強制したりするなど、オリエント的専制君主政への傾向が強まって行った。

　セウェールス朝が断絶したのちは、帝国各地の軍隊が恣に皇帝を推戴する混迷を極めた「軍人皇帝時代」（235～285）に突入する。

⇒巻末系図 103

Herodian./ Dio Cass. 73～80/ S. H. A. Sev., Caracall. Geta, Heliogab., Alex. Sev./ Eutrop. 9 etc.

セウェールス（ローマ皇帝）　Severus

⇒セプティミウス・セウェールス、ないしアレクサンデル・セウェールス

ゼウクシス　Zeuksis, Ζεῦξις, Zeuxis, (伊) Zeusi (露) Зевксис

（前 430 頃～前 390 頃に活躍）南イタリアのヘーラクレイア❶*出身のギリシア人画家。一説に小アジアのヘーラクレイア❺*生まれで、好敵手パッラシオス*と同じくイオーニアー*派の巨匠ともいわれる。若い頃アテーナイ*に移り（前 430 頃）、アポッロドーロス❶*の陰影画法 skiagraphia, σκιαγραφία を高度に発展させ、写実的な描出に成功、大いに名声を博した。彼の技量に感服した師のアポッロドーロスは、「ゼウクシスは教師から芸術を盗み、それを持ち去ってしまった」という詩を作って嘆いたとされる。虚栄心の強いゼウクシスは、画業で莫大な財産を築くと、華美かつ贅沢に着飾り、オリュンピア競技祭*の折には碁盤縞模様の衣裳の上に金文字で刺繍した自分の名前を見せびらかしつつ意気揚々と闊歩したという。また「どんなに高額であろうと私の絵にふさわしい値をつけることは不可能だ」と公言して作品の売却を拒み、自分の傑作を無料で贈与した。「神々を随えて玉座に坐すゼウス*」、「2 匹の蛇をしめ殺す幼いヘーラクレース*」、「貞節なペーネロペー*」など主として神話伝説を題材にした作品を描いたが 1 つも現存しない。クロトーン*市の依頼で「裸のヘレネー*」を描いた時、彼はクロトーンの処女たちを全裸で練り歩かせ、そのうち最も美しい娘 5 人をモデルに選ぶと、1 人 1 人の一等優れた部分を組み合わせて理想的な美女の絵姿をつくり出したと伝えられる。ゼウクシスの自信の強さは有名で、お気に入りの作品の下に「とやかく言うことはできても、これを模写することはできまい」という文句を記入、「葡萄を持つ少年」を描いた時に小鳥たちが飛来して葡萄を本物と錯覚して啄もうとしたところ、彼は「葡萄と同じくらい少年の絵が真に迫っていたなら鳥どもも恐れて近寄らなかっただろうに」と不満気に述べたといわれる。後年マケドニアー*王アルケラーオス*の宮廷に招聘されて新しい王宮の装飾画制作に従事、最期は自ら描いた滑稽な老女の絵を見て笑い過ぎたあまり息が詰まって死んだとのことである。パッラシオスとの間で行なわれた絵の競技に関しては、パッラシオスの項を参照。ある日ペルシアの高官メガビュゾス Megabyzos がゼウクシスの工房にやって来て画家の絵を批評した時、彼はこう答えたという。「黙っていらした間は貴方の御立派な衣裳から相当な方かと思いましたが、お話をお始めになるとまるでいけません。世の評判を落とさぬよう、おやめになった方がよろしい」と。また別の画家アガタルコス*との応酬については、同項を参照されたい。

　他にヘレニズム時代の医師タラース*のゼウクシス（前 2 世紀頃）や、セレウコス朝*の大王アンティオコス 3 世*（在位・前 233～前 187）に仕えた将軍ゼウクシスなど何人かの同名人物が知られている。

⇒アペッレース

Plin. N. H. 35-36/ Pl. Grg. 453c～d, Prt. 318b～/ Ar. Ach. 991～2/ Xen. Mem. 1-4, Oec. 10-1/ Plut. Per. 13/ Quint. 12-10/ Val. Max. 3-7/ Ael. V. H. 2-2, 4-12, 14-17, -47/ Polyb. 5-45～60, 16-1, 21-16～, -24/ Liv. 37-41, -45/ Strab. 12-580/ Gal./ etc.

ゼウグマ　Zeugma, Ζεῦγμα

（現・Gaziantep 東郊約 50 km の遺跡 Belkıs）北シュリアー*、コンマーゲーネー*王国の都市。エウプラーテース*（ユーフラテス）河の右岸、サモサタ*の下流 112 km に位置。セレウコス 1 世*によって対岸のアパメイア*（現・Bırecik）と共に建設され（前 301～前 281）、セレウケイア*と名付けられた。橋でアパメイアと結ばれていたので、やがてゼウグマ（「橋」「軛」の意）と呼ばれるようになった。前 221 年セレウコス朝*のアンティオコス 3 世*は、この都市で花嫁となるラーオディケー*（ポントス*王ミトリダテース 2 世*の娘）と出会って婚儀を挙げており、前 69 年にはプトレマイオス 8 世*の娘クレオパトラー❻*・セレーネーが、町を占領したアルメニアー*大王ティグラーネース 2 世*に殺されている。ローマ時代には属州シュリア*のパルティアー*に対する軍事的要地として盛えた。

　アクロポリス*丘上にあったゼウス*神殿は残らないが、ヘーラクレース*の 12 功業などを描写したモザイク舗床、

アポッローン*神像、フレスコ壁画、ギュムナシオン*、浴場施設（テルマエ*）の類が発掘されている。
Plin. N. H. 5-21/ Tac. An. 12-12/ Polyb. 5-43/ Luc. 8-237, Theodoretu

ゼウス Zeus, Ζεύς, （別形・Deus, Δεύς, Zas, Ζάς, Sdeus, Σδεύς）, （露）Зевс, （現ギリシア語）Zévs, Dhías

ギリシアの最高神。オリュンポス*12神中の主神。「神々と人間の父」と称され、天界に君臨し、神々の長として絶大な支配権をもつと考えられた。ローマのユーピテル*（ユッピテル*）に相当。元来はインド＝ヨーロッパ語族に共通の天空神で、雷・雨・嵐など気象現象を司り、「雨を降らせる者」「雲を集める者」「雷を投げる者」などと形容された。北方から侵入したギリシア人の主神であったが、先住民族・クレーター*（クレーテー*）系の神格を吸収し、全ギリシアの守護神・神々の王者としての地位を確立。氏族制度を反映して父系制家長の最大の者と見なされ、平和と秩序の維持者ともなった。

神話においては、クロノス*とレアー*の息子で、ハーデス*、ポセイドーン*、ヘスティアー*、デーメーテール*、ヘーラー*の兄弟とされる（⇒巻末系図002）。王座を奪われることを恐れたクロノスが生まれて来る子供たちを次々に呑み込んでしまったので、レアーは母ガイア*（大地）の助言でクレーター島へ赴き、イーダー❷*（ないしディクテー*、アイギオン Aigaion とも）山の洞窟でゼウスをひそかに出産すると、産衣を着せた石を赤児だと偽って夫に嚥下させた。ゼウスは雌山羊アマルテイア*の乳を飲み、クーレースたち*（クーレーテス*）に守護されながら養育されたが、彼の生地については、この他トロイアー*、アルカディアー*、ボイオーティアー*、メッセーネー*など、諸説がある。長じてのちゼウスは、父に呑み込まれていた兄弟たちを助け出し、クロノスらティーターン*神族と戦ってこれを破り、彼らをタルタロス*（奈落）に幽閉、父に代わって世界の支配者となった。ついで宇宙を3分し、籤引きにより自らは天界を、兄弟のポセイドーンは海域を、ハーデスは冥界を得、大地は共有とした。

ゼウスは姉妹のヘーラーを正妃として娶ったが、それ以外にも数多くの女神やニュンペー*（ニンフ*）や人間の女たちと交わって、夥しい数の子女を儲けた。最初にメーティス*（思慮）によってアテーナー*を、次いでテミス*によってホーライ*（季節）とモイライ*（運命）を、エウリュノメー*によってカリテス*（優雅）を、デーメーテールによってペルセポネー*を、ムネーモシュネー*によってムーサイ*（詩歌）を、レートー*によってアポッローン*とアルテミス*を、ディオーネー*によってアプロディーテー*を、正妻ヘーラーによって軍神アレース*、鍛冶の神ヘーパイストス*、青春の女神ヘーベー*、出産の女神エイレイテュイア*を得た他、マイア*によってヘルメース*の、セメレー*によって酒神ディオニューソス*の父となった。彼と交わった最初の人間の女はニオベー❷*（アルゴス❹*の母）で、多情な大神はなおまた、雲に変身してイーオー*（エパポス*の母）を、雄牛に変じてエウローペー*（ミーノース*らの母）を、黄金の雨に変じてダナエー*（ペルセウス*の母）を、白鳥に変じてレーダー*（双子神ディオスクーロイ*や美女ヘレネー*の母）を、サテュロス*に変じてアンティオペー*（ゼートス*とアンピーオーン*の母）を誘惑。さらにトロイアー王家の祖ダルダノス*（母はエーレクトラー❷*）、アルカディアー*王家の祖アルカス*（母はカッリストー*）、英雄アイアコス*（母はアイギーナ*）、ヘーラクレース*（母はアルクメーネー*）らもゼウスの子として名高い。これらの系譜は、ギリシア各地の都市や旧家名門、英雄諸家が競ってその始祖をゼウスの落胤に求めたために生じたものである。また女色以外に、美少年ガニュメーデース*やパ

系図220　ゼウス

母		子
メーティス	より	アテーナー
テミス	〃	ホーライ, モイライ
エウリュノメー	〃	カリテス
デーメーテール	〃	ペルセポネー（コレー）
ムネーモシュネー	〃	ムーサイ
レートー	〃	アポッローン, アルテミス
ディオーネー	〃	アプロディーテー
ヘーラー	〃	アレース, ヘーパイストス, ヘーベー, エイレイテュイア
マイア	〃	ヘルメース
セメレー	〃	ディオニューソス
ペルセポネー	〃	ザグレウス
カッリストー	〃	アルカス，（パーン）
アイギーナ	〃	アイアコス
エーレクトラー	〃	ダルダノス, イーアシオーン, ハルモニアー,
ターユゲテー	〃	ラケダイモーン
プルートー	〃	タンタロス
アンティオペー	〃	アンピーオーン, ゼートス
イーオー	〃	エパポス
ニオベー	〃	アルゴス, ペラスゴス, （ポローネウス）
エウローペー	〃	ミーノース, ラダマンテュス, サルペードーン, （カルノス, ドードーン）
レーダー	〃	ヘレネー, ディオスクーロイ（ポリュデウケースとカストール）
ラーオダメイア	〃	サルペードーン
プロートゲネイア	〃	アエトリオス, オプース
イオダマー	〃	テーベー
エラレー	〃	ティテュオス
マイラ	〃	ロクロス
ネアイラ	〃	アイグレー
テューイアー（デウカリオーンの娘）	〃	マグネース, マケドーン, ピーエロス
タレイア	〃	パリコイ（パリキー）
ヒュブリス（テュンブリス）	〃	パーン
ディーア	〃	ペイリトオス
カルメー	〃	ブリトマルティス
カッシオペイア	〃	アテュムニオス
アルクメーネー	〃	ヘーラクレース
ガイア	〃	マネース
エウリュメドゥーサ	〃	ミュルミドーン
アナクシテイア（ダナイデスの1人）	〃	オーレノス
ヘーシオネー（ダナイデスの1人）	〃	オルコメノス

イノーン Phainon、クリューシッポス*らを愛して誘惑した話も知られる —— とはいえ、有翼の若者エウポリオーン Euphorion（アキッレウス*とヘレネーの子）には求愛を拒まれたので、怒って雷霆を投げつけてメーロス*島へ撃ち落とし、その遺骸を葬った島のニュンペーたちをも蛙に変えてしまったという ——。またトロイアー最後の王プリアモス*も若い頃はゼウスの愛人であったとされている。

ゼウスは神々とともにオリュンポス山頂に宮居を定め、雷霆と神楯（アイギス*）を武器とし、ディケー*（正義）、テミス（掟）、ネメシス*（応報）の助力を得ながら世界を支配すると想像されていた。彼の神鳥は鷲（⇒アーエトス）、聖樹は樫（オーク）の木で、山の頂きが特に神聖視された。犠牲獣として主に山羊や牛が捧げられた（⇒ヘカトンベー）が、アルカディアーではローマ帝政期に入ってからも、なお少年の人身供犠と食人の風習が残っていたという。ゼウスはまた、人類の営む政治、経済、社会、道徳生活の全域を管掌する神と見なされ、クセニオス Ksenios, Ξένιος（客人の守護神）、ヒケシオス Hikesios, Ἱκέσιος（祈願者の守護神）、ソーテール Soter, Σωτήρ（救世主）、エレウテリオス Eleutherios, Ἐλευθέριος（解放者）、ポリエウス Polieus, Πολιεύς（国家 polis の守護神）、メイリキオス Meilikhios, Μειλίχιος（寛大なる者）、クテーシオス Ktesios, Κτήσιος（財産の守護者）、ホルキオス Horkios, Ὅρκιος（誓言の守護者）等々、無数の形容詞・異称で呼ばれた。全ギリシア世界で崇拝されたが、最も有名な聖域は、神託所のあるドードーナー*（ドードーネー*）と、エーリス*のオリュンピアー*であった。後者においては、4年ごとに大神を讃えてオリュンピア競技祭*が盛大に開かれ、その主神殿には名匠ペイディアース*の手になる黄金象牙製の巨大なゼウス坐像が安置されていた。詩人や哲学者の中には、ゼウスを漁色家として描く神話を非難する者もあり、ストアー*学派に至っては彼を全能なる唯一至高の神と見なす一神教的傾向を帯びるようになった。（⇒クレアンテース）。芸術作品では、美髯を蓄え王笏を片手に玉座に腰掛けた威風堂々たる姿で表わされる場合が多い。全裸像は比較的少なく、雷霆、ニーケー*（勝利の女神）、時にコルヌーコーピア*（豊饒の角）を持物とし、伝令の鷲を足下に従え、樫の葉の冠（ペイディアースの作品では橄欖樹（オリーヴ）の葉冠）を戴くこともある。巨人族（ギガンテス*）と闘う場面や、ガニュメーデースを攫う情景を表現した作例も少なくない。

ゼウス＝ユーピテルがアンモーン*やベーロス*（バアル Ba'al）など異民族の主神と混同されたほか、天文学上「木星」の呼称となったことはよく知られている —— ただし神話中では、木星に変身したのは、ゼウスに寵愛された美少年パイノーンであるとされている ——。

Hom. Il. 1-396～, -503～, 8-13～, 24-527～, Od. 1-45～, 9-270/ Hes. Th. 468～/ Callim. Jov./ Paus. 4-33, 5-10～, 6-8, 8-2, -38/ Apollod. 1-1, -2/ Diod. 5-70～/ Ov. Fast. 4-207～, Met. 6-103～/ Verg. G. 4-153/ Hyg. Fab. praef. 7～, Astr. 2-42/ Schol. ad Hom. Il. 15-229, 24-615/ Clem. Al. Strom. 5-12～/ Serv. ad Verg. Aen. 3-104/ Lucr. 2-629/ Pind. Ol. 1-42～/ Strab. 7-327～, 8-353～/ Thuc. 1-126/ etc.

セウテース　Seuthes, Σεύθης,（仏）Seuthès,（伊）Seute,（西）Seutes

トラーキアー*（トラーケー*）のオドリュサイ*族の君主。同名の人物が幾人かいるが、最も著名なのは、シータルケース*の甥で、その王位を継いだセウテース（在位・前424頃～前410頃）である（⇒巻末系図027）。彼はマケドニアー*王ペルディッカース2世*の妹（一説に娘）ストラトニーケー Stratonike と結婚し、広大な版図を築き巨額の富を貯え、オドリュサイの最盛期をもたらした。先王シータルケースの横死に関与したと非難されたが、長期にわたって支配の座にあり、友邦アテーナイ*の市民権も得ている。別のセウテース（位・前405頃～前391頃）は、父マイサデース Maisades が位を追われたため、同族のアマドコス Amadokos 王の許で養育されたが、長じてのちクセノポーン*らギリシア兵の助力を得て父の領土を回復（⇒エピステネース）、さらにアマドコスをも攻撃した（前393）野心的な首長として知られる。前325年アレクサンドロス大王*に謀反を起こしたトラーキアー王もまたセウテース（位・前330頃～前300頃）と呼ばれている。

⇒コテュス

Thuc. 2-97, -101, 4-101/ Arist. Pol. 5(1312)/ Xen. An. 5-1, 7-1～, Hell. 3-2/ Diod. 18-14, 19-73/ Nep. 7-8/ Curtius 10-1/ etc.

セークァニー（族）　Sequani,（ギ）Sēkūanoi, Σηκουανοί,（英）Sequanians,（仏）Séquaniens, Séquanes, Séquanais,（独）Sequaner,（西）Sécuanos, Sequanes,（葡）Sequanos,（露）Секваны

外ガッリア*（ガッリア・ケルティカ*）のケルト*系部族。セークァナ Sequana（現・セーヌ）河上流域、のちのフランシュ・コンテ Franche-Comté、および、アルザス Alsace、ブルゴーニュ Bourgogne の一部に居住。首邑はウェソンティオー Vesontio（現・ブザンソン Besançon）。前71年、有力部族アルウェルニー*と結んで、共通の敵ハエドゥイー*族を倒すべく、ゲルマーニア*からアリオウィストゥス*を招き入れる。しかし、ハエドゥイー族を粉砕したアリオウィストゥスが、褒賞としてセークァニー族の土地3分の1（今日のアルザス地方）を得たうえ、もう3分の1をも要求して彼らを脅かしたため、セークァニーはローマのカエサル*に援助を求めた（前58）。カエサルはアリオウィストゥス軍を潰走させたが、他方セークァニーがハエドゥイーから奪った土地を没収してしまい、そのせいでセークァニー族を前52年に勃発したウェルキンゲトリクス*の大乱に参加させることとなる。アウグストゥス*の時代に、彼らの居住地セークァニア Sequania はガッリア・ベルギカ*の一部に編入され、のちディオクレーティアーヌス*（在位・後284～305）の治下に、セークァニアはヘルウェーティア Helvetia（現・スイス）やゲルマーニア・スペリオル*の一部と合併して、属州マクシマ・セークァノー

ルム Provincia Maxima Sequanorum を形成した。セークァニー族はネロー*帝の治世末期に起きたウィンデクス*の反乱を支持したが，ウェソンティオー近くの戦闘でウィンデクスは敗北を喫して自刃（後68）。交通の要衝に位置するウェソンティオー（のち Bisontii, Besançon）の町には，ローマ帝政期の記念門 Porte Noire（2世紀後半）やフォルム*，円形闘技場アンピテアートルム*などの遺跡が今日も残されている。

Caes. B. Gall. 1-1～54, 4-10, 6-12, 7-66～90/ Plin. N. H. 4-17/ Cic. Att. 1-19/ Mart. 4-19./ Strab. 4-186, -192～/ Tac. Ann. 3-45/ Dio Cass. 38-32, 63-24/ Liv. Epit. 104/ Oros. 6-7/ etc.

セグーシオー Segusio, （ギ）Segūsion, Σεγούσιον, （別名・Segusium，古くは Scingomagus）

（現・〈伊〉Susa,〈仏〉Suse）リグリア*地方北部，アルプス山麓の町。コッティウス王国*の首都。初代ローマ皇帝アウグストゥス*を称えてコッティウス❶*が建設した凱旋門 Arco di Augusto（前8年）の他，円形闘技場アンピテアートルム*市壁，城門の遺跡が残る。後312年，セグーシオーは，マクセンティウス*帝に向かって進軍中のコーンスタンティーヌス1世*により占領されている。

Plin. N. H. 3-17/ Amm. Marc. 15-10/ Strab. 4-179, -204/ Caes. B. Gall. 1-10/ It. Ant./ Ptol. Geog. 3-1/ etc.

セクスティウス・ラテラーヌス，ルーキウス Lucius Sextius Lateranus, （伊）Lucio Sestio Laterano, （西）Lucio Sextio Laterano (Letrán), （葡）Lúcio Sextio Latrão (Laterano).

⇒リキニウス＝セクスティウス法

セクストス・エンペイリコス Sekstos Empeirikos, Σέξτος Ἐμπειρικός, Sextus Empiricus, （伊）Sesto Empirico, （西）（葡）Sexto Empírico, （露）Секст Эмпирик

（後2世紀末頃）ギリシアの医師・哲学者。経験主義の医者であると同時に，懐疑学派の哲学をも奉じ，アレクサンドレイア❶*やローマ*で教えた。数多くの書物を著わし，とりわけ過去のすべての懐疑論者の教説を集大成した全10巻に及ぶ作品は，偏向のない詳細な記述で有名。現在はそのうち，『ピュッローン*思想概説 Pyrrhōneioi Hypotypōseis, Πυρρώνειοι ὑποτυπώσεις』（3巻）および『諸学者論駁 Pros Mathematikūs, Πρὸς μαθηματικούς』（11巻）が残存し，懐疑主義のみならず古代哲学諸学説に関する資料として重視されている。「知ることができないということも知ることはできない」と断言し，あらゆる教説や論理を明快に，時には皮肉なユーモアをとばしながらことごとく抹殺。不可知論さえも独断であると見なした。

⇒アイネシデーモス

Sext. Emp. Pyr., Math./ Diog. Laert. 9-116/ etc.

セゲスタ Segesta, （ギ）Σέγεστα

⇒エゲスタ（のラテン語形）

セゴウィア Segovia, （ギ）Segūbiā, Σεγουβία, （仏）Ségovie, （葡）Segóvia, （露）Сеговия, （アラゴン語）Segobia, （カタルーニャ語）Segòvia, （アラビア語）Šiqūbiyyah

（現・セゴービア Segovia）ヒスパーニア・タッラコーネーンシス*の都市。イベーリアー*半島中央部の標高1005mの高原に位置。ケルティベーリアー*人の創建した町で，ローマの支配に対して抵抗したため破壊されたが，のちローマ都市として再興された。城塞（後代のアルカサル Alcázar）や立派な水道橋アクェエドゥクトゥス*が建設され，特に約17km離れた給水所から分配地点まで上水を運ぶ水道橋（現・Acueducto Romano）はおよそ800mにわたって今日のセゴービア市に現存。最高29mに達する2層アーチ式で，セメントや漆喰といった着合材の類は一切用いられておらず，19世紀末まで実際に上水道として使用されていた。これはウェスパシアーヌス*帝（在位・後69～79）またはトライヤーヌス*帝（在位・98～117）の時代に建造され，アーチの上には1520年までヘーラクレース*像が立っていたという。

なおセゴウィアの西方には，やはりケルティベーリアー人の町サルマンティカ Salmantica（現・サラマンカ Salamanca）があり，前217年ハンニバル❶*に征服されたのち，ローマの軍事都市として再建されたが，当時の遺跡はローマ橋の一部などわずかしか残っていない。

またヒスパーニア・バエティカ*にも同名の町セゴウィアがあった。

⇒カエサル・アウグスタ

Plin. N. H. 3-3/ Frontin. Str. 4-5/ Polyaenus 7-48/ Ptol. Geog. 2-6/ Florus 3-22/ Hirt. B. Alex. 57/ It. Ant./ etc.

セーストス Sestos, Σηστός, Sestus, （仏）Sèstos, （伊）Sesto, （現ギリシア語）Sistós

（現・Akbaşı，または，Ecebat, Yalowa とも）トラーケー*のケルソネーソス*（現・ゲリボル）半島の都市。ヘッレースポントス*海峡を挟んで小アジア岸のアビュードス*に対峙する。神話伝説では女祭司ヘーロー*と若者レアンドロス*の悲恋物語の舞台として知られ，すでにホメーロス*の叙事詩にもその名が見えている。エーゲ海から黒海へと通じる要衝を扼する地点にあるため，レスボス*島からのアイオリス*系ギリシア人植民市として繁栄（前600頃～）。ペルシア帝国*に臣従し，アカイメネース朝*の大王クセルクセース1世*はこの地点に船橋を架けてギリシア遠征の大軍をヨーロッパ側へ渡した（前480）。ペルシア戦争*後アテーナイに占領され（前479～前478），ペロポンネーソス戦争*では対スパルター*艦隊の基地となる（前411～前404）。のちアテーナイに反抗した（前357）ので，カレス❶*率いるアテーナイ軍に攻略され，男性市民は全員殺され，女子供は奴隷に売られた（前353）。土地はアテーナイ市民の間でクレーロス*として分配された（前352）。二

重の防壁で港湾につながる要塞が設けられ、前334年アレクサンドロス大王*は、この地からペルシア東征の途に上っている。ローマ帝政期にビューザンティオン*の隆盛につれて衰頽した。

Hom. Il. 2-836/ Herodot. 4-143, 7-33, -78, 9-114〜/ Arist. Rh. 3-10/ Strab. 13-591/ Mela 1-19/ Thuc. 1-89, 8-62, -102〜/ Xen. Hell. 4-8/ Polyb. 16-29/ Plin. N. H. 4-11/ Ov. Her. 18/ Plut. Alc, Lys./ etc.

セソーストリス Sesostris, Σέσωστρις, (仏) Sésostris, (伊) Sesostri, (葡) Sesóstris, (露) Сесострис (セソオーシス Sesoosis, Σεσόωσις, あるいは、Sesonkhosis, Σεσόγχοσις Sesōnkhis とも呼ばれる) 伝説上のエジプト王。有史以来初めて艦隊を率いてインド洋沿岸を征服、さらにエティオピア、アラビア、アフリカ、アジアおよびヨーロッパをも併呑し、スキュティアー*人にまでその支配権を及ぼした。またエジプト全土に無数の運河を開鑿、60余年の治世の後、盲目になったので自殺したという。史家ヘーロドトス*によれば、彼はプローテウス*より2代前のエジプト王であったと見なされている。ふつうラーメス(ラームセース) 2世 Ramses II (第19王朝のファラオ) ないしセン・ウスレト(セヌセルト) 3世 Sen・usret (Senwosret) III (第12王朝のファラオ) に比定されている。

⇒セミーラミス

Herod. 2-102〜110/ Diod. 1-53〜59/ Plin. N. H. 6-33, -34/ Manetho./ Strab. 15-686, 16-769, -790/ Joseph. Ap. 1-15/ Tac. Ann. 2-60/ Plut. Mor. 360b/ Diod./ etc.

セッラ・クルーリス Sella Curulis (ローマの高官椅子) (〈ギ〉) Ankylopūs Diphros, Ἀγκυλόπους Δίφρος, (英) Curule Chair, (仏) Chaise Curule, (独) Kurulischer Stuhl, (伊) Sella Curule, (西) Silla Curul, (露) Курульное кресло

ローマの高級政務官(マギストラートゥス*)が坐った象牙を嵌めた床几様の腰掛け。この使用はエトルーリア*から伝わった習慣で、所伝によれば古王タルクィニウス・プリスクス*が導入。共和政期、これに着席する資格があったのは、執政官*、法務官*、監察官*、上級アエディーリス*(貴族*出身の造営官*)およびユーピテル*神官(フラーメン*・ディアーリス)らの高位高官に限られ、非時の大官たる独裁官*がいる場合には、彼とその補佐官たる騎兵総監 Magister Equitum にも認められた。帝政期に皇帝や皇后たちが着席したことは言を俟たない。これは折りたたみ式の台座で、背もたれはなく、元来、政務官の乗る戦車に据えられた座席に由来するものであったと考えられる。

⇒クルスス・ホノールム

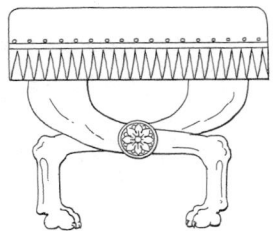

セッラ・クルーリス

Cic. Verr. 2-5-14(36)/ Liv. 1-8, 9-46, 27-4/ Quint. 6-3/ Suet. Aug. 26/ Plut. Mar. 5/ Gell. 3-18/ Serv. ad Verg. Aen. 11-334/ etc.

セーティア Setia (〈ギ〉セーティアー Sētiā, Σητία) (現・Sezze) ラティウム*地方のウォルスキー*族の町。伝承では英雄ヘーラクレース*(ヘルクレース*)の創建にかかるという。ポンプティーヌム*沼沢地を見渡す丘上に位置。前382年にラテン植民市となり、のちマリウス*派に与したためスッラ*によって占領された(前82)。ローマ帝政期には葡萄酒の産地として名高く、アウグストゥス*はファレルヌス*の銘酒よりもセーティア産の方を愛好したという(⇒ラエティア)。市壁やローマ時代の別荘 villa、円形闘技場(アンピテアートルム*)などの遺跡が残る。

Plin. N. H. 14-8, 23-21/ Liv. 6-30, 7-42, 8-3, 27-9/ Mart. 13-23/ Ptol. Geog. 3-1/ Strab. 5-237/ Dion. Hal. 5-61/ Vell. Pat. 1-14/ App. B. Civ. 1-87/ Juv. 10-27/ etc.

ゼーテース Zetes, Ζήτης, (仏) Zétès, (露) Зет

ギリシア神話中、ボレアース*(北風)の息子で、カライス*の双生兄弟。カライスの項を参照。

ゼートス Zethos, Ζῆθος, Zethus, (仏) Zéthos, (伊)(西) (葡) Zeto, (露) Зеф, (現ギリシア語) Zíthos

ギリシア神話中のアンピーオーン*の双生兄弟。同項を参照。兄弟は死後、テーバイ❶でひとつ墓の下に埋葬されたという。なおゼートスの妻は、アエードーン*とも、テーバイの名祖テーベー Thebe (アーソーポス*河神の娘) ともいわれる。

Hom. Od. 11-260〜, 19-523/ Apollod. 3-5, -6, -10/ Hyg. Fab. 7〜9, 155/ Paus. 2-6, 9-5/ Ap. Rhod. 1-738〜/ etc.

セナートゥス(元老院) Senatus, (ギ) Synklētos, Σύγκλητος, Gerūsiā, Γερουσία, (英) Senate, (仏) Sénat, (独) Senat, (伊) Senato, (西)(葡) Senado, (露) Сенат

(senex「年老いた、老人」の意より派生)ローマの政治機関。伝承によれば、建祖ロームルス*が設けた氏族 Gens の長老から成る王の諮問機関に始まり、定員は最初100名。サビーニー*族との合流により200名に増員されたという。次いでタルクィニウス・プリスクス*が300名とし、共和政時代には元老院が実質上の支配機構となる。はじめは貴族*だけで構成されていたが、身分闘争の結果、前4世紀には平民*にも門戸が開かれた。元老院議員は古くは王が、共和政期には当初は執政官*が任命し、前443年頃か

らは監察官が5年ごとに補充したり、不適任者を除名したりするようになった。任期は終身で、前3世紀頃から高級政務官（マギストラートゥス*）が任期終了後、自動的に議員となったため、彼らは次第にローマの最上層身分を形成。政治・外交の中心として常に指導的地位を占めた。元老院決議 Senātus cōnsultum は国法の重みをもち、民会の議決すら元老院の批准なくしては法としての効力を発しなかった。アテーナイ*のブーレー*やスパルター*のゲルーシアー*に該当する。ローマ支配の拡大期に国政の全分野を動かした元老院は、外国の使節から「王者の集まりだ」と敬意をもって評されている（Plut., Pyrrh. 19）。特に元老院首席 Princeps senatus を筆頭とする顕職経験者は、上級議員として権力を独占し、イタリアに大土地を所有、属州においては搾取をほしいままにして専横を極めた。共和政末期にスッラ*は定員を600名に、次いでカエサル*は900名に増員したが、アウグストゥス*は再び600名に削減。最低年齢（26歳以上）や資格財産（100万セーステルティウス以上）も定められた。帝政の成立とともに権限は縮小し、次第に無力化していったものの、皇帝は元老院の承認を得てはじめて正統な支配者たり得るという形式だけは踏襲された。

元老院議員は幅の広い緋紫の縁取りのトガ*をまとい、特別製の靴を履き、劇場では最前列の特別席 orchestra に坐る特権を享受。西ローマ帝国の滅亡（後476）後も元老院は名目上残ったが、東ローマ帝ユースティーニアーヌス1世*軍の占領（579）以降、もはや歴史の表舞台に登場することはなくなった（ただし「元老院」「元老院議員」の名称は、東ローマ帝国が滅亡するまでコーンスタンティーノポリス*に存続した。また、現代の欧米の上院を指す senate なる言葉はこのローマの元老院に倣って名付けられたものである）。セウェールス朝*時代（193〜235）に女子元老院がアウグスタ*（女皇）によって主宰されたという記録も残っている。

元老院の会議は通常、フォルム・ローマーヌム*の北西部にあるクーリア*で開かれたが、カストル*とポッルクス*神殿やベッローナ*神殿、ユービテル*・スタトル Stator 神殿、クィリーヌス*神殿などの諸神殿においてもしばしば開催された。特にポンペイユス*がカンプス・マールティウス*に建てた議場 Curia Pompeia は、前44年3月15日、登院したカエサルが暗殺された場所として名高い。なお、ローマ国家の正式名称「ローマ元老院および人民 Senatus Populusque Romanus」という語は、前367年カミッルス*が貴族・平民両身分の協和を祈念してコンコルディア*神殿を奉献した時に始まり、S. P. Q. R. なる略号で表記されることが多く、今日もなおローマ市の紋章などに用いられている。
⇒エクィテース（騎士身分）、デクリオー、クルスス・ホノールム

Cic./ Polyb. Liv./ Caes./ Varro/ Dion. Hal./ Tac./ Suet./ Plut./ App./ Dio Cass./ Quint./ Aur. Vict./ Gell./ Val. Max./ Sall./ Macrob./ Dig./ Cod. Theod./ Zonar./ Symmachus/ Festus/ etc.

セナートル Senator,（〈複〉セナートーレース Senatores),（ギ）Gerōn, Γέρων,（仏）Sénateur,（伊）Senatore,（西）（葡）Senador
ローマの元老院議員。セナートゥス*（元老院）の項を参照。

セナートーレース Senatores
⇒セナートル（の複数形）

セネカ Seneca（哲学者の）
⇒セネカ❷

セネカ Seneca,（ギ）Senekās, Σενέκας,（仏）Sénèque,（伊）Sèneca,（西）（葡）Séneca,（葡）Sêneca,（露）Сенека,
ローマ帝政期のヒスパーニア*出身の文人。
❶**大セネカ** Seneca Major。ルーキウス・アンナエウス・セネカ Lucius (Marcus とも) Annaeus Seneca (Major),（英）Seneca the Elder, Seneca the Rhetorician,（仏）Sénèque l'Ancien, Sénèque le Rhéteur,（独）Seneca der Ältere, Seneca der Rhetor,（伊）Seneca il Vecchio, Lucio (Marco) Anneo Seneca,（西）Séneca el Viejo, Séneca el Orador, Séneca Padre, Lucio (Marco) Aneo Séneca,（葡）Séneca, o Velho, Séneca, o Orador, Lúcio (Marco) Aneu Séneca,（露）Сенека Старший, Луций (Марк) Анней Сенека（前54頃〜後39頃）修辞学者。コルドゥバ*（現・コルドバ）の裕福な騎士身分の家に生まれ、若い頃ローマで弁論術を学び、ヒスパー

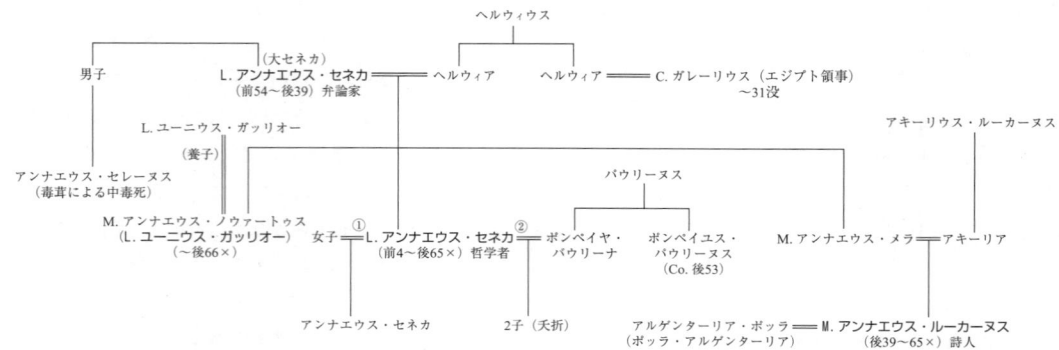

系図221　セネカ

ニア*の婦人ヘルウィア Helvia と結婚、3人の息子 M. アンナエウス・ノウァートゥス Annaeus Novatus（⇒ガッリオー）、哲学者 L. アンナエウス・セネカ❷*（哲学者セネカ）、M. アンナエウス・メラ*（詩人ルーカーヌス*の父）を儲けた。驚くべき博覧強記の人物で、後年記憶力をたよりに息子たちに雄弁術の訓練を施すべく編んだ『論判演説集（法廷練習演説集）Controversiae』（10巻）と『説示演説集（説得練習演説集）Suasoriae』（7巻）は、弁論術の教科書として評判を呼んだ。前者は論争形式の法廷弁論練習で、架空の訴訟問題を扱っており、全体のうち半数（第1、2、7、9、10巻）が現存する（残余は摘要のみ）。後者は歴史または神話上の事件を想定した議会演説の練習で、著名な弁論家の抜粋から成る独演形式をとっているが、わずか1巻分しか伝存しない。ともに弾劾と弁護の双方の立場から考えられた仮想演説集であり、当時の修辞を凝らした練習演説 declamatio の実例を知る上で貴重である。

なお彼の「奴隷や解放奴隷が主人に性的奉仕をすることは義務だが、自由身分の者が受け手の役割をつとめて勇徳を喪失するのは罪である」という言葉は、ギリシア人とローマ人の男色観の相違を明示していて興味深い。
Sen. Con. Ex., Controv., Suas./ Sen. Helv./ etc.

❷**哲学者セネカ**（小セネカ Seneca Minor）。ルーキウス・アンナエウス・セネカ Lucius Annaeus Seneca "Philosophus"、(ギ) Lūkios Annaios Senekās, Λούκιος Ἀνναῖος Σενέκας、(英) Seneca the Younger、(仏) Sénèque le Jeune, Philosophe、(独) Seneca der Jüngere, Philosoph、(伊) Seneca il giovane, Filosofo, Lucio Anneo Seneca、(西) Séneca el Joven, Filósofo, Lucio Aneo Séneca、(葡) Séneca, o Jovem, o Filósofo, Lúcio Aneu Séneca、(露) Сенека Философ, Луций Анней Сенека

（前4年頃5月21日～後65年4月19日）。❶の次男。ストアー*派の思想家、政治家、劇作家。コルドゥバ*（現・コルドバ）に生まれ、幼少の頃ローマへ連れて行かれて叔母（母の継妹）に預けられ、修辞学と哲学を学ぶ。政界を志したものの、自ら「私の罹らなかった病気はない」と言うくらい蒲柳の質だったため、数年間エジプトでの療養生活を余儀なくされる（後25頃～31）。ローマ帰還後、財務官として公生活にのり出し（後33頃）、元老院議員となって、学識と雄弁の故に名声を博した。その噂々たる声望を嫉妬したカリグラ*帝（在位・37～41）により処刑されそうになるが、「病弱で余命いくばくもない」と取りなされて、あやういところを救われたこともある。クラウディウス*帝治下の41年、皇后メッサーリーナ*の不興を買い、帝の姪ユーリア❼*（ユーリア・リーウィッラ*）との不義密通の廉でコルシカ*島に流され、追放を解かれんと阿諛に充ちた嘆願の手紙をローマへ送ったにもかかわらず、8年余りも失意の生活を強いられる。49年新たに皇后となった小アグリッピーナ*（ネロー*帝の母）の尽力で召還され、ネローの師傅に任ぜられて、哲学を除く諸学問を教えた。法務官（50）を経て補欠執政官（55／56）へ累進、ネローの即位（54）後は同郷の近衛軍司令官ブッルス*とともに、若き皇帝の後見として大きな政治的影響力をもつに至った（ネロー帝初政5年間の優れた善政は主に彼の功績に帰せられる）。種々の書物を著わし、高い道徳的理念や清貧を説きながら、実生活においては高利貸しなどで3億セーステルティウスにのぼる巨富を築き、高価この上ない家具・調度品に囲まれた豪邸に暮らしていた。一説には、その貪欲さから巨額の未払い金を即座に返済するよう強要したため、ブリタンニア*の大乱を惹き起こしたという（60末、⇒ボウディッカ）。また盛大な婚礼をあげて20歳も年下の女と結婚したが、若妻よりも盛りを過ぎた若者たちを性愛の対象として好み、ネローにも男色を指南したとか、ネローの母后アグリッピーナ殺害を見て見ぬふりをし、帝が公表した実母殺し弁明文の草案を作成した（59）という。しかしながら、ネローとの間にしだいに疎隔が生じ、ブッルスの変死（62）後は勢力を失なって引退、以来自らの菜園からとれた野菜・果物を食べ、流水を飲んで生命を支えたため、ネローも彼を毒殺しようとして果たせなかった。だが遂に65年、セネカはC.ピーソー*（41年の執政官）の陰謀事件に加担したとの嫌疑を受け、ネローによって自殺を強いられた。「母を殺し、弟を殺した皇帝には、もはや旧師を殺す以外に何も残っていないではないか」と言いつつ血管を切り開かせ、毒人参を飲んだうえ、風呂場で熱気を浴びて息を絶った。夫とともに死なんとした妻のパウリーナ Pompeia Paulina は、ネローの命令で出血を止められて生きながらえたが、その後は終生青白い顔をしていたという。

セネカは多作な著述家で、現存するのは、『怒りについて De Ira』『神慮について De Providentia』『人生の短さについて De Brevitate Vitae』『心の平静について De Tranquillitate Animi』『幸福な人生について De Vita Beata』『恩恵について De Beneficiis』『仁慈について De Clementia』などストアー派的な思想を説いた「道徳論集」12篇の他に、友人たる小ルーキーリウス*（ルーキーリウス・ユーニオル*）に宛てた『道徳書簡 Epistulae Morales』、（現存20巻124通）」、ギリシア悲劇を翻案した朗唱 recitatio 用（上演用ではなく）と推測される9篇の悲劇『狂えるヘルクレース Hercules Furens』『トロイアの女たち Troades』『フェニキアの女たち Phoenissae』『メーデーア Medea』『パエドラ Phaedra』『オエディプース Oedipus』『アガメムノーン Agamemnon』『テュエステース Thyestes』『オエタ山上のヘルクレース Hercules Oetaeus』── その他『オクターウィア Octavia』と題された現存唯一のローマ史劇＝プラエテクスタ劇（ファーブラ❹*・プラエテクスタ）も、彼の名の下に伝わるが偽作 ── 、自然現象にも倫理的意義を与えた『自然研究 Naturales Quaestiones』、また死後神格化されたクラウディウス帝を徹底的に嘲弄したメニッポス*風の諷刺詩『アポコロキュントーシス Apocolocyntosis（瓢箪化）』、などである。彼の文体は同時代のカリグラ帝から「石灰の混ざらぬ砂（脆いセメント）」と評されたものの、その処世訓的な倫理哲学書は、ラテン文学の白銀時代を代表する作品として中世以降もキリス

ト教徒の間で盛んに読みつがれた。わけても悲劇作品はシェイクスピアはじめマーロー、コルネイユ、ラシーヌなど近世ヨーロッパの演劇に絶大な影響を及ぼした（ルネサンス期には、イタリアやフランス、イギリスで、おもに残酷な復讐を主題とした「セネカ風悲劇（英）Senecan tragedy」が流行した）。さらに、古代末期にはヒエローニュムス*のようにセネカをキリスト教の聖人の列に加えようとする者も現われ、『セネカとパウロス*の往復書簡 Epistolae Senecae ad Paulum et Pauli ad Senecam』（4 世紀中頃）といった偽書も捏造された。
⇒ルーカーヌス、コルヌートゥス

Tac. Ann. 12-8, 13～15/ Suet. Calig. 53, Ner. 7, 35, 52/ Dio Cass. 59-19, 60-32, 61-3～62-25/ Hieron. De Vir. Ill. 12/ Lactant. Div. Inst. 6-24./ Quint. Inst. 8-5/ etc.

セネカ、ルーキウス・アンナエウス　L. Annaeus Seneca

⇒セネカ❶、❷

セネキオー、ヘレンニウス　Herennius Senecio

（？～後 93 年末）ローマ帝政期の文人。ヒスパーニア・バエティカ*の出身。小プリーニウス*の友人で、ストアー*哲学の信奉者。財務官（クァエストル）より高い官職に就こうとせず、ヘルウィディウス・プリスクス*の伝記を書いたため、悪名高い職業的告発者（デーラートル）delator の 1 人メッティウス・カールス Mettius Carus に訴えられ、ドミティアーヌス*帝の命令で死刑に処された。

Dio Cass. 67-13/ Tac. Agr. 2, 45/ Plin. Ep. 1-5, 4-7, -11, 7-19, -33, etc.

ゼーノー　Zeno

⇒ゼーノーン（のラテン名）

ゼーノー　Zeno（東ローマ皇帝）

⇒ゼーノーン

ゼーノドトス　Zenodotos, Ζηνόδοτος, Zenodotus,（仏）Zénodote,（伊）Zenodoto,（西）Zenódoto,（露）Зенодот

（前 325 頃～前 265 ／ 260 頃）ギリシアの文法家・批評家・文献学者。エペソス*の出身。コース*のピリータース*の弟子。師とともにプトレマイオス 2 世*の教育に当たり、のちアレクサンドレイア❶*図書館の初代館長となる（前 285 ／ 284）。アイトーリアー*のアレクサンドロス*やリュコプローン*らを指揮して写本の蒐集・分類・編纂に従事し、自らはギリシアの叙事詩と抒情詩を研究、とりわけホメーロス*の原典批判で名高く、『イーリアス*』と『オデュッセイア*』を初めて 24 巻ずつに分かち（⇒アリスタルコス❷）、写本（テキスト）の比較によって両詩篇を根本的に改訂した。ホメーロスの難語を釈義した『語彙集 Glōssai, Γλῶσσαι』を刊行、また本文校合に際しては独断的に詩行を改変・挿入することもあったというが、彼の仕事はその後、ホメーロスの学問的研究の模範とされた。孫弟子ビューザンティオン*のアリストパネース*や、さらにその弟子サモトラーケー*のアリスタルコス❷と並んで、3 大ホメーロス学者と称される。ヘーシオドス*やアナクレオーン*、ピンダロス*らの作品を校訂したことも、パピューロス断片などから知られている。

⇒ロドスのアポッローニオス、リアーノス

〔アレクサンドレイア図書館長〕
（1）ゼーノドトス（前 285 ／ 284 ～前 265 ／ 260 頃）
　　カッリマコス（前 270 頃～前 260 頃）
（2）ロドスのアポッローニオス（前 265 ／ 260 頃～前 245 ／ 235 頃）
（3）エラトステネース（前 245 ／ 235 頃～前 204 年 1 月）
（4）ビューザンティオンのアリストパネース（前 204 年 1 月～前 189 年 6 月）
（5）アポッローニオス・エイドグラポス Eidographos（前 189 年 6 月～前 175 ／ 153 頃）
（6）サモトラーケーのアリスタルコス（前 175 ／ 153 頃～前 145）

Ath. 3-96, 10-412/ Schol. ad Ap. Rhod. 2-1005/ Schol. ad Theoc. 5-2/ Suda/ etc.

セ（ー）ノ（ー）ネース　Senones,（〈ギ〉セノネス Σένονες, Sennones, Σέννονες, または、セーノーネース Σήνωνες）,（英）Senonians,（仏）Sénonais, Sénons, Séноniens,（独）Senonen,（伊）Sènoni,（露）Сеноны

外ガッリア*（ガッリア・ケルティカ*）の強大なケルト*系部族。カエサル*が進攻した前 1 世紀中頃には、パリ盆地南部の都市アゲンディクム*（現・サンス Sens、アゲディンクム*とも）を中心に居住していた。前 400 年頃、セノーネース族の一派はアルペース*（アルプス）山脈を越えてイタリアへ南下し、半島東岸のアリーミヌム*（現・リーミニ）からアンコーン*（現・アンコーナ）にわたる一帯（⇒アゲル・ガッリクス）に定住、前 391 年にはエトルーリア*へ侵入してクルーシウム（現・キウージ）*を占領し、さらにアーッリア*河畔にローマ軍を破って、ローマ市を略奪した（前 390。⇒ブレンヌス❶）。その後もウンブリア*人やエトルーリア人らと結んでローマを脅かし続けたが、ついに前 283 年、P. コルネーリウス・ドラーベッラ Cornelius Dolabella によって征服され、虐殺・追放されてイタリアから姿を消した。なお、外ガッリアに留まっていたセノネース族も、侵略者カエサルに対して 2 年間の抗戦を試みた（前 53～前 51）ものの、ついに屈伏し、指導者ドラッペース Drappes は捕らえられて餓死して果て、セノネースの名はガッリア史上より消滅。彼らの首都アゲンディクムはローマの属州ガッリア・ルグドゥーネーンシス*の都市となり、セノネースの名でも呼ばれた（後世転訛してフランス語のサンス Sens となる）。今日も同市にローマ時代の要塞の遺構を見ることができる。

⇒アールーンス、カミッルス
Caes. B. Gall. 2-2, 5-54, -56, 6-2〜5, -44, 7-4〜, 8-30〜/ Plut. Cam. 15〜/ Polyb. 2-17〜/ Diod. 14-113〜/ Liv. 5-34 〜35/ Plin. N. H. 4-18/ Strab. 4-195/ Ptol. Geog. 2-8/ Steph. Byz./ etc.

ゼーノビア Septimia Zenobia, Julia Aurelia Zenobia, （〈ギ〉ゼーノビアー Ζηνοβία), （仏）Zénobie, （葡）Zenóbia, （露）Зенобия, （アラム語＝シリア語）Bath Zabbai, （アラビア語）Zainab, Bat-Zabbai, Al-Zabbā' bint 'Amir ibn al-Ẓarib ibn Ḥassān ibn 'Adhīnat ibn al-Samīda', 「神の贈り物の娘」の意。

（？〜後274以降）パルミューラ*の女王（在位・267〜273頃）。カルターゴー*の女王ディードー*やプトレマイオス朝*の女王クレオパトラー（7世*）の末裔を誇称。パルミューラ王オダエナートゥス*の後妻となるが、夫が先妻腹の嫡男ヘーローデース Herodes (Septimius Herodianus, 〜267) を可愛がることに憤慨して、夫もろともヘーローデースをも殺害（266／267）、自らの幼い息子ウァバッラートゥス L. Iulius Aurelius Septimius Vaballatus Athenodorus（アラビア語）Wahballāt を王位に即け、その摂政として国政を壟断した。野心家でローマからの独立を宣言し、ガッリエーヌス*帝の派遣した軍隊を撃退、シュリア*を確保したのみならず、大軍を擁してエジプトを征服し、住民の半数を殺す猛攻の後にアレクサンドレイア❶*を占領。次いで小アジアの大部分をも併呑して広大な版図を領有し（269〜270）、「オリエントの女王」という称号を帯びた。修辞学者ロンギーノス*を重用し、またサモサタ*のパウロス*ら学者・詩人・芸術家を宮廷に招聘、首都パルミューラを東方の文化・経済の中心地としてこの上なく繁栄させた。271年ウァバッラートゥスにローマ帝国正帝の称号アウグストゥス*を名乗らせ、彼女自身もアウグスタ*（女皇）を号するに及んで、ローマ皇帝アウレーリアーヌス*の東征を受ける。アンティオケイア❶*、エメサ*で敗北を重ねた。いったん降伏して許された（272）ものの、翌年ローマ守備隊を虐殺して叛いたため、ついにパルミューラを破壊され、彼女はローマへ連行されるに至る。「なぜローマ諸皇帝に対し不敵な刃を向けたか」とアウレーリアーヌスから問われた時、ゼーノビアは「ガッリエーヌスその他の人物を皇帝として仰ぐことに堪えられなかったからです。征服者また君主として承認しますのは、ただ貴方だけ」と答えたという。274年の盛大な凱旋式（トリウンプス*）では、黄金の重い鎖を頸にかけられ宝石ずくめの姿で帝の戦車の前を歩かされ、ローマ市街をひき回されたのち、一命を赦されティーブル*（現・ティーヴォリ）の別荘で元老院議員と再婚して余生を送った —— 異説では、ローマへ連行の途中、病死ないし自殺したという ——。息子は殺されたとも、母と運命を共にしたとも伝えられ、5世紀頃まで女王の血統はローマ貴族社会に残っていたとされる。

ゼーノビアは美貌をもって知られ、黒い瞳、真珠のように白い歯、浅黒い肌の持ち主であると同時に、優れた知性と男まさりの胆力にも恵まれていた。ギリシアの文学・哲学に通じていたのみならず、ラテン語・シュリア語・エジプト語を話し、オリエント史の書物をも執筆。ペルシア風の豪奢な生活を送りながらも、柔弱に流れず、男装して騎馬また徒歩で軍隊の先頭に立って行進したという。その反面、無慈悲にして無節操、個人的野望のために王国を滅亡させたうえ、責任をすべてロンギーノスら側近に転嫁して愧（は）じなかった。

⇒巻末系図046、本文系図123
S. H. A. Tyranni triginta 30, Gallien. 13, Aurel. 30, 32, 38/ Zonaras 12-27/ Eutrop. 9-9, -13/ Zosimus 1-50, -51〜, -55, -59/ etc.

ゼノファン Xenophon
⇒クセノポーン（の英語訛り）

ゼーノーン Zenon, Ζήνων, （ラ）ゼーノー Zeno, （仏）Zénon, （伊）Zenone, （西）Zenón, （葡）Zenão, （露）Зенон, （現ギリシア語）Zínon
ギリシアの男性名。

ゼーノーン Zenon, Ζήνων, Zeno, （仏）Zénon, （伊）Zenone, （西）Zenón, （葡）Zenão, （露）Зенон, （現ギリシア語）Zínon
ヘレニズム期のギリシア系学者たち。

❶（ラ）Zeno Sidonius（シードーン*の）ゼーノーン。エピクーロス*派の哲学者（前150頃〜前78以後）「庭園（エピクーロス学園）の独裁者 Kēpūtyrannos, Κηπουτύραννος」と渾名されたアポッロドーロス Apollodoros の弟子で、師と同じく大変な多作家であった。彼の講筵にはキケロー*をはじめとする当時の著名人が大勢連なったという。癇癪持ちで、ソークラテース*を「アッティケー*の道化師」と呼ぶなど、他の哲学者連を侮蔑したことで知られる。
⇒巻末系図115
Diog. Laert. 7-35, 10-25/ Cic. Nat. D. 1-21, -33, -34, Tusc. 3-17/ Procl./ etc.

❷（ラ）Zeno Tarsius（タルソス*の）ゼーノーン。ストアー*派の哲学者（前3世紀末）。クリューシッポス*の弟子で、師の後を継承してストアー派の4代目の学頭になった（前204頃）。著作は少ないが、大勢の弟子を残した。
⇒巻末系図115、ディオゲネース（バビュローンの）
Diog. Laert. 7-35, -41/ Euseb. Praep. Evang. 15-13, -18/ Suda/ etc.

❸（ロドス*の）ゼーノーン。『ロドス史』1巻（散佚）を執筆した歴史家（前2世紀初頭）。同時代の史家ポリュビオス*は、彼の述述を引用しつつも、その過度の愛国心を批判し、また作中の誤謬を訂正する書簡を送ったりもしている —— ただし、写本がすでに公刊されてしまったので、訂正には間に合わなかったが ——。

他にも、ヘレニズム時代の医学者ゼーノーン（前2世紀）

や、彫刻家のゼーノーン（後100年頃）ら同名人物が幾人も知られている。
Diog. Laert. 7-35/ Polyb. 16-14～, -20/ Diod. 5-56/ Strab. 7-578, 14-660/ Plin. N. H. 34-19/ Gal./ Celsus Med. 5/ Julian. Ep./ Eunap./ Phot. Bibl./ etc.

ゼーノーン Zeno(n), （ギ）Ζήνων, （ラ）ゼーノー Zeno, Flavius Zeno Perpetuus Augustus, （仏）Zénon, （伊）Zenone, （西）Zenón, （葡）Zemão, （露）Зенон, （現ギリシア語）Zínon

（後426／427～491年4月9日）東ローマ帝国の皇帝（在位・474年2月9日～491年4月9日）。イサウリコス Isaurikos。本名・Tarasicodissa（Trascalissaeus とも）。イサウリア*住民軍の首長であったが、レオー1世*帝に登用され、皇女アリアドネー Aelia Ariadne（？～515）と結婚し（467頃）、ギリシア風にゼーノーンと改名する。レオー帝に説いて政敵アスパル Flavius Ardaburius Aspar を宦官たちの手で暗殺させ（471）、まだ幼い自分の息子レオー2世*を即位させると、共治帝*として実権を掌握（474年2月）。次いでレオー2世の夭逝により単独帝となったものの悪評はなはだしく、太后ウェーリーナ Aelia Verina（レオー1世の寡婦）とその兄弟バシリスクス*らの陰謀にかかり、一時帝位を追われる（475年1月）。しかし間もなく逃亡地イサウリアから帝都コーンスタンティーノポリス*に戻り、無能なバシリスクスを廃位・追放して復辟（476年8月）。以後十数年にわたって帝位にあったが、優柔不断で政務を顧みず、自身は快楽に耽ったため、終始裏切りや反乱、キリスト教徒同士の対立抗争が絶えなかった。とりわけ宮廷内の権力闘争は凄絶で、ウェーリーナや皇后アリアドネー、イサウリア人の将軍イッルス Illus（～488、斬首される）らは、臆病で猜疑心の強い皇帝を操りつつ相互に刺客を放ち合った。レオー1世の女婿マルキアーヌス Marcianus（479）やシュリア*人僭帝レオンティウス Leontius（在位・484。488、斬首される）の謀叛も勃発。また、マケドニア*、テッサリア*、トラーキア*（トラーケー*）など帝国領内各地を東ゴート*族に劫掠された。その間イタリアでは西ローマ帝位が廃止され（⇒ロームルス・アウグストゥルス）、名目上、ゼーノーンが西ローマ皇帝を兼ねた（476）が、のちに東ゴート王テオドリークス*（テオドリック大王）を嗾けてイタリアへ侵寇させ（487～）、オドアケル*を滅ぼした（493）。宗教論争に関しては、コーンスタンティーノポリス総主教アカキオス Akakios（～489）の勧めで「統一令 Henotikon, Ἑνωτικόν」を発布して収拾を図ろうとした（482）が、単性論問題の解決にはならず、その後三十数年間ローマ教会と断絶するに至った（アカキオスの分裂 schisma、～519）。ギリシア史家に従えば、帝は容貌醜いうえに放埒、吝嗇、暴虐な圧政者で世人に憎まれ、帝位継承の際には暴動が生じたので、やむなく息子レオー2世を即位させ、その後すぐに息子を亡き者にして —— 殺害には妻のアリアドネーも関与していたという ——、ようやく登極にこぎつけたとされている。所伝では生き埋めにされて死んだ（納棺後に息を吹き返し三日間叫び続けたが、無視されて葬り去られた）という。
⇒アナスタシウス（1世）、本文系図411
Zonar. 14-2/ Evagrius 3-13/ Marcellin./ Jordan. 47/ Theophanes/ Candidus/ Malchus/ Damascus/ Cod. Iust./ Malalas/ Suda/ etc.

ゼーノーン（エレアー*の） Zenon ho Eleates, Ζήνων ὁ Ἐλεάτης, Zeno Eleates, （仏）Zénon, （伊）Zenone, （西）Zenón, （葡）Zenão, （露）Зенон, （現ギリシア語）Zínon

（前490頃～前430頃）エレアー*派の哲学者。パルメニデース*の高弟にして愛人、かつ養子。南イタリアのエレアーに生まれ、長身で容姿端麗、また勇敢で立派な人物だったと伝えられる。政治的にも活躍し、エレアーの僭主ネアルコス Nearkhos（あるいはディオメドーン Diomedon）に対する陰謀を企てて捕らえられ、拷責を受けても口を割らずに壮烈な最期を遂げたという。一味徒党の名前を訊き出すべくネアルコスから極度の拷問を加えられた時、僭主の知人たち全員の名を挙げ、さらに「もう他にいないか」と念を押されて、「いますとも。それは国家に仇なすあなただ」と答えたあと、自身の舌を噛み切って僭主に吐きかけたとも、ネアルコスに内密に伝えることがあると称して、僭主が顔を近づけたとたん、その耳（もしくは鼻）に噛みつき、刺し殺されるまで放さなかったとも、「私は自らの舌の支配者であるごとく、自らの肉体の支配者でもある」と言ったきり頑として口を開かず、石臼の中に投げ込まれて搗き砕かれたとも、様々に言い伝えられている —— 彼の英雄的な死にざまを見て市民たちは奮い立ち、僭主のところへ殺到し、石を投げつけて殺してしまったといわれる ——。
ゼーノーンは師パルメニデースの一元論を支持し、その説に反対する者を矛盾に陥らせる一種の帰謬法を用いて相手を論破。「アキッレウス*は亀に追いつけない」（駿足のアキッレウスも亀が今までいた所に達した時には、亀はその時間内に必ずより先の地点に進んでいるはずだから）や「飛ぶ矢は静止している」（矢が飛んでいるときは、いつでも空間のある一点を必ず占めているはずだから）などの、いわゆるゼーノーンの論法 paradoksos, παράδοξος を展開したことで知られる。このため彼はアリストテレース*によって「弁証法（問答法）dialektike, διαλεκτική」の創始者とされた。40歳近くの頃、師とともにアテーナイ*を訪れ、講義を開いてペリクレース*や若きソークラテース*に感銘を与え、後者の問答法やソフィスト*の論争術に影響するところ甚だ大であった。
ある人がペリクレースのことを「人気とりのために謹厳な顔をしているに過ぎない」と貶したところ、ゼーノーン

系図222　ゼーノーン（⇒本文系図411）

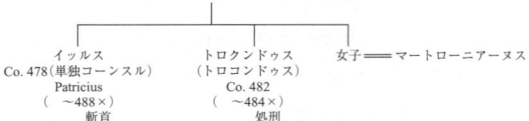

は「君たちも同じようにして人気を集めるように心がけるがよい。まじめな顔をしていれば、だんだん本当に謹厳な人間になっていくだろうから」と答えたという話や、悪口を言われて怒り出したことを咎められた時に、「もし悪口を言われても何でもないふりをしているなら、褒められたときにだって、それに気付かないことになろうからね」と答えたという話などが残っている。のちに彼の流派に属するある学者が、「運動は不可能である」というゼーノーン説を熱心に論じていたところ、皮肉屋の哲学者シノーペー*のディオゲネース*は、黙って立ち上がると、そこらを歩き回って見せたという話も伝わっている。
⇒レウキッポス、アナクサルコス、ゴルギアース
Pl. Prm., Soph. 216〜, Alc. 1-119, Phdr. 261/ Arist. Ph. 6-9/ Plut. Per. 4/ Diog. Laert. 9-25〜/ Cic. Tusc. 2-22, Nat. D. 3-33/ Val. Max. 3-3/ Strab. 6-252/ etc.

ゼーノーン（キティオン*の） Zenon ho Kitieus, Ζήνων ὁ Κιτιεύς, Zeno Citiensis,（仏）Zénon,（伊）Zenone,（西）Zenón,（葡）Zenão,（露）Зенон,（現ギリシア語）Zínon
（前335頃〜前263頃）ギリシアの哲学者。キュプロス*島のキティオン*市の出身。ストアー*学派の創始者。「キュプロスのゼーノーン」、「ストアーのゼーノーン」とも呼ばれる。裕福なフェニキア*人貿易商の子。20歳の頃、ペイライエウス*付近で船が難破してアテーナイへ赴き、書店でクセノポーン❶*の『ソークラテース*の想い出』を読んで以来、哲学に魅了されたという（前314／313頃）。キュニコス（犬儒）派のクラテース❸*を皮切りに、メガラ*派のスティルポーン*やディオドーロス・クロノス、アカデーメイア*派のクセノクラテース*、ポレモーン❶*など様々な哲学者に師事したのち、独立して一派を開設（前301／300頃）。来し方を振り返って「私の難船はよい航海だった」と述懐したと伝えられる。異説では、「最善の生を送るのにはどうしたらよいか」と神に伺いを立てて、「死者たちと交われ」との答えを得、神託の意味するところを推察して、古人の書物を読むことにし、ヘーラクレイトス*ほかの哲学に触れたのだともいう。アテーナイの中央広場（アゴラー*）にあった「絵画館柱廊 Stoa Poikile（⇒ストアー）」なる公共列柱廊を行きつ戻りつしながら講義を行なったので、彼の学派は建物にちなんでストアー派 Stōïkoi, Στωϊκοί と称され、ヘレニズム・ローマ時代の主要な哲学派として長く栄えた。彼は長身痩躯で浅黒かったので、「エジプト産の葡萄蔓（ぶどうづる）」と渾名され、また虚弱な体質で頭が一方に傾き、脚は肥大し、肉はたるんでいたという。マケドニアー*王アンティゴノス2世*との親密な関係は有名で、王から尊敬されるとともに寵愛も受けていたが、宮廷へ招聘された折には自ら出向かず、代わりに愛弟子で同棲相手のペルサイオス*を派遣したという。絶大な名声を博したゼーノーンは、アテーナイ市民から「城壁の鍵」を託されたうえ、黄金の冠の贈呈や銅像の建立などの栄誉を授かり、祖国キュプロスやフェニキアのシードーン*においても同様にその功績を称えられた。ゼーノーンは倫理学・自然学・論理学からなる体系を築き、唯一の真の善と幸福は「徳」にあり、「不徳（道徳的欠陥）」のみが唯一の真の悪であって、貧困・苦痛・死を含めた他のすべては無関係なものでしかないと主張、「自然に従って生きる」ことを目標とし、いかなる感情にもわずらわされない不動心 apatheia, ἀπάθεια（アパティア）（不安のない心境）の獲得を賢者の理想として説いた。著書は断片が伝わるのみだが、節欲と堅忍を教えるその倫理説は、当時の混乱した世界に生きる人々に大きな慰めを与えた。また彼自身、己れの教説に一致した厳格・質素な生活を送ったので、「ゼーノーンよりも、もっと自制心のある」という言葉が一つの諺になったほどである。四十余年間教えたのち、老齢のゆえに自ら食を断って死んだとも、躓いて転んだ拍子に足指を折り、大地を拳で叩きながら「すぐ行く。なぜそんなに呼ぶのか」と悲劇の一行を口ずさみ、自分で息の根を止めて死んだとも伝えられる（72歳、90歳、98歳説もあり）。アテーナイ市民ではなかったにもかかわらず、アテーナイの国費でケラメイコス*地区に葬られ、訃報に接したアンティゴノス2世は「余は何という見物人を失なったことだろう」と嘆いたという。

ゼーノーンは饒舌を嫌って寡言を尚び、意味のないおしゃべりをしている青年に対して、「我々に耳が2つあって口が1つしかないわけは、より多くを聞いて、より少なく話すためなのだよ」と語り、弟子のアリストーン❶*が得意気に長広舌をふるっていると、「君の親御さんは、君を生んだ時に酔っ払っていたに違いないね」と窘（たしな）めたといわれる。また雑踏を避けて、散歩の折にも2、3人以上の伴を連れて行くことはなく、講演を聴こうと押し寄せた群衆から時々金をせびっては、後で「投げ銭を求めると、下らぬ聴衆がいなくなるのでね」と理由を説明するのだった。男色を好んで美青年の弟子クレモーニデース*に激しい恋心を抱き、「教師といえども、いつも若者たちの間で過ごしていると、分別を失うものだ」と語っていたことは有名。とはいえ、女色を蔑視していると思われたくないために、生涯に一度だけ女と交わったことがあるという。また、盗みを働いた奴隷を鞭打とうとした時、主人の哲学説を聞き齧っていた奴隷から「私は盗みをする運命に定められていたのです」と口答えされて、「お前が鞭打たれるのも運命の決めたことだよ」と言い返しつつ、これを打ったという話もよく知られている。

彼の大勢の門弟の中には、後継者となったクレアンテース*の他、カルターゴー*のヘーリッロス*や後にキューレーネー*派に転向したヘーラクレイア❹*のディオニューシオス*、別に一学派を樹立したアリストーン、コリントス*の支配者となったペルサイオスらがいる。
⇒巻末系図115
Diog. Laert. 7-1〜/ Cic. Acad. 1-11〜, 2-4, -6, -24, Orat. 32, Nat. D. 1-14, 2-6〜, -22, -24, -39, 3-14, Fin. 3-4, -6, -10, -14, 4-3, -4, -10, 5-27, Tusc. 1-9, 4-15/ Sen. Tranq. 14/ Plut. Mor. 87a, 1034a/ Arr. Epict. Diss. 3-13/ Ael. V. H. 9-26/ Sext. Emp. Math. 7-228, -230, -236, -242〜, 9-104,

−191, Pyr. 3−245/ Sen. Ep. 9/ Stob. Ecl. / Clem. Al. Strom. 2−413/ Suda/ etc.

ゼピュロス　Zephyros, Ζέφυρος, Zephyrus, （英）Zephyr, （仏）Zéphire, Zéhyr, （独）Zephir, （伊）Zefiro, （西）Céfiro, （葡）Zéfiro, （露）Зефия, （現ギリシア語）Zéfiros

ギリシア神話中、西風の擬人神。ローマのファウォーニウス*に相当。曙の女神エーオース*とアストライオス*の子。ボレアース*（北風）、ノトス*（南風）、エウロス*（東風）の兄弟（⇒巻末系図002）。美少年ヒュアキントス*に恋し求愛したが、少年がアポッローン*神の方を選んだため、ゼピュロスは嫉妬のあまり、彼らが円盤投げに興じている時に、アポッローンの投げた円盤を吹いてヒュアキントスの頭に当たるように仕向けた。また彼は雌馬の姿に化けていたハルピュイアイ*の1人ポダルゲー Podarge と交わって、アキッレウス*の神馬バリオス Balios とクサントス*を儲けた他、花の女神クローリス Khloris との間に1子カルポス Karpos（「果実」の意）を得た。カルポスは美しい若者に育ち、マイアンドロス*河神の息子カラモス Kalamos（「葦」の意）に愛されたが、競泳中に溺死して果実と化し、念者（恋人）erastes カラモスは葦に変身したという。西風は一般に、春の花を開かせる優しい風だと見なされ、ルーシーターニア*の駿馬を孕ませて名馬を産ませると信じられていた。虹の女神イーリス*の夫とされることもあり、美術では頭髪を花々で飾られた有翼の若い男の姿で表わされる。

Hes. Th. 379, 870/ Hom. Il. 9−5, 16−149, Od. 5−295/ Verg. Aen. 1−135, 2−417, 4−233/ Ov. Met. 1−64, Fast. 5−195〜/ Serv. ad Verg. Ecl. 5−48/ Plin. N. H. 8−67/ Paus. 1−37/ Arist. Pr. 26/ Lucian. Dial. D. 14/ Plin. N. H. 18−77/ Palaephantus 46/ etc.

セプティミウス・セウェールス　L. Septimius Severus
⇒セウェールス、セプティミウス

ゼフュロス　Zephyros
⇒ゼピュロス

ゼプュロス　Zephyros
⇒ゼピュロス

セミーラミス　Semiramis, Σεμίραμις, （サメーラミス Sameramis, Σαμήραμις），（仏）Sémiramis, （伊）Semiràmide, （西）（葡）Semíramis, （露）Семирамида, （現ギリシア語）Semíramis

なかば伝説上のアッシュリアー*の女王。バビューロン*市の創建者。伝承によれば、シュリアー*のアスカローン*市近くの湖に住む半人半魚の女神デルケトー Derketo が、ある時アプロディーテー*の怒りに触れて青年カユストロス Kaystros に恋し、これと交わって女児を出産。しかしデルケトーは自らの行ないを恥じて若者を殺し、赤子を棄てて湖底に身を隠した。子供は鳩に育てられているところを牧人に発見され、セミーラミス（シュリアー語で「鳩から来た者」の意）と名づけられ、絶世の美女に成長した。やがて彼女はニノス*（ニーノス*）王の宰相オンネース Onnes に見初められて、その妻となるが、王のバクトリアー*遠征時に男装して武勲を立てて以来、王に恋慕されるようになる。やがて夫が王の脅迫に耐えかねて縊死したため、ニノスの妃に迎えられ、息子ニニュアース Ninyas を出産。夫王の死後（あるいは夫王を謀殺したのち）、自ら王位に即いて42年の長きにわたりオリエントに君臨した。バビュローンをはじめ数々の都市を建て、古代七不思議の1つに数えられる「空中庭園（ギ）ho kremastos kēpos, ὁ κρεμαστὸς κῆπος, （ラ）Horti Pendentes Babylonis」など多くの壮麗な建築物を造営、エジプトやエティオピア*、アルメニアー*、インドへも遠征軍を率いた。自分の支配権を奪われるのを怖れて正式の結婚はせず、王室の男子をことごとく去勢し、また兵士の中から際立って美しい男を選んでは交わり、関係をもった男はすべて処刑ないし去勢していた ── よって彼女は、去勢術および宦官制度の創始者とみなされている ── 。ある馬に惚れこんで、これと結婚したという話も伝えられており、さらに息子ニニュアースにも言い寄り、ためにインド征服に失敗した後間もなくニニュアースと宦官たちの謀叛に遭い、我が子の手にかかって果てた。62歳。死後彼女は鳩に転身して昇天し、神格化されたという。セミーラミスの伝説は、アッシュリアーの王シャムシ・アダド5世 Shamshi-Adad V の妃シャンムラマト（サンムラマト）Šammu-ramat (Sammu-ramat) が夫の死後、幼君アダド・ニラーリ3世 Adad-nirari III を擁して異例の女性摂政の地位にあった（前810頃〜前806頃）史実を潤色したものと見なされている。

なおロシアの女帝イェカチェリーナ（エカテリーナ）2世が「北方のセミーラミス」と渾名されたことは有名。またセミーラミスの伝説は、ダンテの『神曲』やヴォルテールの悲劇、ロッシーニのオペラなど後世ヨーロッパの文芸作品にくり返し取り上げられている。

⇒ニトークリス❶、サルダナパーロス

Herodot. 1−184, 3−155/ Diod. 2−1〜20/ Strab. 16−737〜/ Plut. Amat. 753d〜e/ Val. Max. 9−3/ Plin. N. H. 8−64/ Just. 1−1/ Curtius 5−1/ Ael. V. H. 7−1, 12−39/ Ov. Am. 1−5/ Lucian. Syr. D. 14, 39〜/ Ctesias/ Hyg. Fab./ etc.

セムナイ　Semnai, Σεμναί, Semnae
⇒エリーニュエス

セムノ（ー）ネース（族）　Semnones, （ギ）Semnōnes, Σέμνωνες, Semnōnes, Σέμνονες, （英）Semnonians, Semnoni, （仏）Semnoniens, Semmons, （独）Semnonen, （伊）Semnoni, （アレマン語）Semnone

ゲルマニア*人のスエービー*（スエーウィー*）系の中

核を構成する部族。アルビス*（現・エルベ）河の東方（後世のブランデンブルク Brandenburg 地方）に居住し、スエービー諸族中でも最古にして最も高貴な血統を誇る。鳥占いや人身犠牲などの祭式で知られ、一定の時日にスエービー系の全支族の代表がこの地の聖なる森に参集して、血腥い儀式を行なったという。また、この森には神の下僕として体を鎖で縛ってからでないと入れず、林中で倒れたとしても起き上がることは許されず、地面を転がって外へ出なければならなかったと伝えられる。後 17 年にランゴバルディー*族とともに、マルボドゥウス*王に叛いてアルミニウス*側に奔ったことが知られる。
⇒アラマンニー
Tac. Germ. 39, Ann. 2-45/ Vell. Pat. 2-106/ Strab. 7-290/ Ptol. Geog. 2-11/ Dio Cass. 67-5, 71-20/ etc.

セムプローニア　Sempronia
⇒センプローニア

セムプローニウス氏　Gens Sempronia
⇒センプローニウス氏

セメレー　Semele, Σεμέλη, Semela, Semele,（仏）Sémélé,（伊）Sèmele,（西）Sémele,（葡）Sémele, Sêmele,（露）Семела,（現ギリシア語）Seméli

ギリシア神話のディオニューソス*（バッコス*）の母。テーバイ*❶王カドモス*とハルモニアー*の娘（⇒巻末系図 006）。元来ギリシア起源ではなく、トラーケー*＝プリュギアー*系の大地母神ゼメロー Zemelo が転訛したものと推測される。大神ゼウス*に愛されて懐妊したが、嫉妬深いヘーラー*女神に欺かれ —— 女神はセメレーの乳母ベロエー Beroe に変装して彼女に近づいたという ——、ゼウスに「いかなる願いであれ必ず叶える」と固く約束させたうえで、「ヘーラーの許を訪ねる時と同じ大神本来の姿で来てください」と切に求めた。やむなくゼウスが電光と雷霆を伴った真の姿で現われると、彼女はその熱火に撃たれてたちまち焼け死んだ。ゼウスが 6 ヵ月の胎児を救い出して不死とし、自らの腿に縫いこんでおいたところ、やがて月満ちてディオニューソスが誕生したという。のちにディオニューソスは冥界に降り、母を助け出してオリュンポス*へ連れて行き、彼女は天上に迎えられてテュオーネー Thyone と呼ばれる女神になったとされる。他方、彼女の姉妹たるアガウエー*、アウトノエー*、イーノー*は、ディオニューソスを人間の男との密通によって生まれた子と主張し、その神性を認めようとしなかったために、いずれも神罰を受けて非業の死を遂げている。古代のテーバイには、ゼウスが訪れたセメレーの内室が廃墟となって残っていたという。ラコーニアー*地方の伝承によれば、セメレーとその子はカドモスの命令で箱に入れて海へ流され、ラコーニアーの東北端に漂着、すでに息絶えた母親は丁重に葬られ、ディオニューソスはこの地で育てられたといわれる。
Apollod. 3-4, -5, Hes. Th. 940～/ Eur. Bacch./ Diod. 4-2, -25, 5-52/ Paus. 3-24, 9-12/ Ov. Met. 3-259～, Fast. 3-715～/ Hyg. Fab. 167, 179, Poet. Astr. 2-5/ Pind. Ol. 2-25～, Pyth. 11-1～/ Lucian. Dial. D. 9/ Schol. ad Hom. Il. 14-325/ Herodot. 2/ Nonnus Dion./ Cic. Tusc. 1-12(28)/ etc.

セーモーニデース　Semonides, Σημωνίδης,（シモーニデース* Simonides とも呼ばれる）,（仏）Sémonide,（伊）Semonide,（西）（葡）Semónides,（葡）Semônides,（現ギリシア語）Simonídhis

（アモルゴス*の）（前 7 世紀中頃に活躍（異説あり））ギリシアの抒情詩人。サモス*島に生まれ、のち植民団を率いてアモルゴス島（ナクソス*の東に位置する）へ移住、エレゲイオン調詩『サモス史 Ἀρχαιολογία τῶν Σαμίων』2 巻とイアンボス調詩 2 巻を書いたと伝えられる。古代ではアルキロコス*と同時代人とされ、2 人のうちいずれがイアンボス調詩の創始者であるかという議論もなされたが、今日ではセーモーニデースはアルキロコスより 1 世紀以上後の人であったと見なされている。人生の儚さを歌った厭世的な詩が多いものの、ユーモアと諷刺の才にも恵まれており、現存する 42 のイアンボス調詩断片（イオーニアー*方言）のうち、種々の女の性質を狐や豚・猿・犬・驢馬などの動物に喩えて辛辣に攻撃した作品（『断片 7・女について』118 行）は特に名高い —— こうした女性嫌悪 mīsogyniā, μισογυνία ないし女性蔑視は男性優位のギリシア世界において一般的な風潮であった ——。
Semonides Fr./ Strab. 10-487/ Clem. Al. Strom. 1-333/ Cyril. Adv. Iul. 1-12/ Eus. Chron./ Stob./ Suda./ Steph. Byz./ Tzetz. Chil. 12-52/ etc.

セヤーヌス　Sejanus
⇒セイヤーヌス

セーヤーヌス　Sejanus
⇒セイヤーヌス

セラ・クルーリス　Sella Curulis
⇒セッラ・クルーリス

セラーピス　Serapis, Σέραπις, または、サラーピス* Sarapis, Σάραπις（仏）Sérapis,（伊）Serapide,（西）Sérapis, Sárapis,（葡）Serápis,（露）Серапис,（古エジプト語）Wsjr-Ḥp

ヘレニズム・ローマ（グレコ・ローマン）期エジプトの神。プトレマイオス 1 世*が、ギリシア人とエジプト人との宗教的融合を図り、共通の礼拝神として創出した神格。古都メンピス*で崇拝されていた聖牛アーピス*と死者の神オシーリス*とが一体化したオソラーピス Osorapis, Osiris-Apis（〈古代エジプト語〉Asarhapi, Aser-hapi, User-hapi

<wsi'r ḥp〉神を母胎とし、それに、ギリシアのゼウス*、ハーデース*、アスクレーピオス*など諸神の属性を摂り入れて成立。プトレマイオス王朝の国家神と見なされ、首都アレクサンドレイア❶*はじめ各地に建立された神殿セラーペイオン Serapeion, Σεραπεῖον（サラーペイオン Sarapeion, Σαραπεῖον とも、〈ラ〉セラーペーウム Serapeum）に祀られて、主にギリシア系の住民の尊崇をあつめた。霊夢による予言の神、奇跡と治癒の神（⇒パレーロンのデーメートリオス）、運命の力をも超越した世界の支配者とされ、オシーリスとの同化から、妃イーシス*と子ハルポクラテース*（ホーロス*）とともに三神一座を成すと信じられた。豊饒の冠を戴き王笏を手に玉座に腰かけた姿で表現され、その脚元には地獄の番犬ケルベロス*を従えていた。アレクサンドレイアの壮麗な寺院に安置された神像は、この神から夢告を受けたプトレマイオス１世が、小アジアのシノーペー*から運ばせたものだといわれている（⇒マネトーン）。セラーピス信仰はギリシア・ローマ世界に広く伝播し、ハドリアーヌス*帝（在位・後117～138）のティーブル*（現・ティーヴォリ）の別荘にも壮大な神殿を設けられたが、その後、漸次衰えを見せ、４世紀末にはアレクサンドレイアの主教テオピロス*の徹底的な略奪・破壊を被って息の根を止められた（後391）。

なお一説によると、セラーピスはバビュローニアー*の神シャルアプシ Sharapsi に由来するとされる。また死の床にあるアレクサンドロス大王*が祈った唯一の神がこのセラーピスであったともいう。

Apollod. 2-1/ Tac. Hist. 4-83～84/ Plut. Mor. 361～362/ Callim. Epigr. 39/ Cic. Div. 2-59(123), Verr. 2-60(160)/ Varro Ling. 5-57/ Plin. N. H. 37-19/ S. H. A. Hadr./ Paus. 1-18-4, 2-4-5/ etc.

ゼーラ（または、ゼーラー、ゼラー） Zela, Ζῆλα, (Ζῆλᾱ, Ζέλᾱ),（露）Зела

（現・Zile）小アジアのポントス*地方南部の都市。前47年8月2日、カエサル*がわずか4時間の激突でボスポロス*王パルナケース２世*（ミトリダテース大王*の子）を撃滅させた古戦場として有名。カエサルはローマにいる腹心の C. マティウス*に「来た、見た、勝った Veni, Vidi, Vici」と戦勝の様子を３語で報告し、この簡潔な文言は翌前46年8月の大凱旋式（トリウンプス*）の行列にも高札に記して運ばれ、後代に至るまで迅速な勝利を形容する言葉として広く知れわたることになった。

ゼーラ市はアッシュリアー*の女王セミーラミス*の創建と伝えられる古い町で、女神アナイーティス*（アナーヒター Anahita）を始めとするペルシアの神々の壮麗な聖域があり、１人の大祭司が大勢の神殿奴隷（ヒエロドゥーロイ）hieroduloi, ἱερόδουλοι にかしずかれながら君臨する宗教都市として、コマーナ*と並ぶ重要な地であった。

Strab. 11-512, 12-559/ Plut. Caes. 50/ Dio Cass. 42-47/ Ptol. Geog. 5-6/ Suet. Iul. 35, 37/ Plin. N. H. 6-3/ Steph. Byz./ etc.

セリーヌース Selinus, Σελινοῦς,（仏）Sélinous, Sélinonte,（独）Selinunt,（伊）Selinunte,（露）Селинунт,（現ギリシア語）Selinús

（現・セリヌンテ Selinunte,〈シチリア語〉Silinunti。Marinella かつての Pileri）シケリアー*（現・シチリア）島南西岸の都市。メガラ・ヒュブライア*およびその母市たるギリシアのメガラ*によって創建され（前651年あるいは前628年）、その西方を流れる河の名にちなんでセリーヌース（「野生セロリ」の意）と命名された。シケリアー島最西部のギリシア植民市として急速に発展を遂げ、カルターゴー*への葡萄酒やオリーヴ油の輸出で大に繁栄。同島沿岸に自らの植民市ミーノーア Minoa（ヘーラクレイア❸*）を建設した。北部のエゲスタ*（セゲスタ*）市と久しく対立し、両市の抗争からペロポンネーソス戦争*（前431～前404）中に前415年のアテーナイ*のシケリアー出兵や、前409年のカルターゴーの侵略を招来、後者の折にセリーヌース市は破壊され、住民は虐殺された（⇒ハンニバル❷）。翌年シュラークーサイ*（現・シラクーザ）の将軍ヘルモクラテース Hermokrates（？～前407）の率いる避難民が城壁を再建したが、ほどなくヘルモクラテースは暗殺され、以来セリーヌースはカルターゴー勢力圏内の都市として留まった。次いで、エーペイロス*王ピュッロス*のカルターゴー人放逐作戦に加わった（前276頃）ために、カルターゴーはついにセリーヌースの住民をリリュバイオン*（リリュバエウム*）へ移し、町を破壊した（前250）。現今は前408年に再建された城壁や直交する道路網からなる格子状の計画都市の遺構、アクロポリス*丘上のアポッローン*神殿、および郊外の幾宇もの神殿、墳墓などの遺跡が発掘されている。また、２人のヘタイライ*（遊女）と思われる女性同士の性愛関係を譬喩的に表現した初期ギリシア・アルファベット碑文（前７世紀）も発見されている。

Herodot. 5-46/ Thuc. 6-4～, 7-1, -57～/ Xen. Hell. 1-1/ Diod. 11-21, 13-54～59, -63, -114/ Paus. 6-19/ Strab. 6-272/ Hieron. Chron./ etc.

セリフォス Seriphos
⇒セリーポス

セリーポス（セリポス） Seriphos, Σέριφος, Seriphus, Seriphos,（仏）Sériphe, Sérifos,（独）Serifos,（伊）Sérifo, Serfanto,（西）Sérifos,（葡）Sérifo, Sérifos,（露）Серифос

（現・Sérifos, Sérifo, Serfo, または, Serpho, Serphanto）エーゲ海のキュクラデス*群島に属する岩がちの小島（75.2 km²）。ギリシア神話中、ダナエー*とペルセウス*母子の閉じ籠められた箱が漂着した地として名高い（⇒ポリュデクテース）。前２千年紀以来、銅の採掘が行なわれており、のちアテーナイ*からイオーニアー*人が植民（前千年紀前期）。ペルシア戦争*の際にはアカイメネース朝*の大王クセルクセース１世*に服従せず、ギリシア連合艦隊に水軍を提供した（前480）。ローマ領となってからは流刑地とされ、ティベ

リウス*帝の治下、公然と売春の自由を宣言した貴婦人ウィスティリア Vistilia（後 19）や身分高い紳士淑女の醜聞を暴き立てた弁論家カッシウス・セウェールス Cassius Severus（24）がこの島に配流された。また古代においては、「この島に棲む蛙は鳴かぬが、他所に移されると普通の蛙よりも大声を立てて鳴く」との俗信が流布していた。鉄鉱山を有し、今日もメドゥーサ*の首によって石に変わった島民だと伝える奇妙な形の岩が残っている。
⇒メーロス、シプノス

Herodot. 8-46, -48/ Tac. Ann. 2-85, 4-21/ Plin. N. H. 8-83/ Ael. N. A. 3-37/ Apollod. 1-9, 2-4/ Ptol. Geog. 3-15/ Pind. Pyth. 12-21/ Ar. Ach. 542/ Strab. 10-485, -487/ Juv. 6-564/ etc.

セルウィウス Maurus (Marius) Servius Honoratus, （伊）（西）Mauro (Mario) Servio Onorato, （葡）Mauro (Mário) Sérvio Honorato

（後 4 世紀末期～後 5 世紀前期）ローマ帝政末期の文法学者。ウェルギリウス*の注釈書の著者として有名。ローマで文法および修辞学を教え、マクロビウス*の『サートゥルナーリア』にも若き俊秀として登場する。非キリスト教徒であったらしく、彼の名のもとに伝わる長短 2 種のウェルギリウス注解のうち、文法上の問題をもっぱらとする短い方はセルウィウス自身の筆になると考えられる（「ダニエル古注 Schola Danielis」と呼ばれる長い方は、もっと後のキリスト教徒による偽作）。
⇒ドナートゥス（アエリウス）、アウィエーヌス、シュンマクス

Serv. ad Verg. Aen., Ecl., G./ etc.

セルウィウス・トゥッリウス Servius Tullius
⇒トゥッリウス、セルウィウス

セルウィウス・トゥルリウス Servius Tullius
⇒トゥッリウス、セルウィウス

セルウィーリア Servilia, （ギ）Serūiliā, Σερουιλία, （仏）Servilie, （露）Сервилия

ローマの名門セルウィーリウス氏*出身の婦人。なかでも著名なのは、Q. セルウィーリウス・カエピオー（前 90 年戦死。⇒カエピオー）とリーウィア Livia（M. リーウィウス・ドルースス❷*の姉妹）との間に生まれた娘（前 104 頃～前 42 以降）で、小カトー*の異父姉に当たる女性（⇒巻末系図 056）である。彼女は、はじめ M. ユーニウス・ブルートゥス❶*に嫁いで、カエサル*暗殺者のブルートゥス*（M. ユーニウス・ブルートゥス❷*）の母となり――本当の父親はカエサル自身だというもっぱらの噂だったが――、次いでデキムス・ユーニウス・シーラーヌス D. Junius Silanus（前 62 年の執政官）に再嫁し、息子マールクス・ユーニウス・シーラーヌス M. Junius Silanus（ガッリア*でカエサルの副官を務める）と 3 女を産んだ。20 年以上にわたってカエサルのお気に入りの愛人であり続け、600 万セーステルティウスもする高価な真珠や広大な地所など数々の贈物を受け取り、自らの色香が衰えてくると、すでにカッシウス*（カエサル暗殺者の 1 人）の妻となっていた娘ユーニア❶*・テルティアを、身がわりにカエサルに提供したという。娘たちを三頭政治家のレピドゥス*はじめ有力者と結婚させ、こうした閨閥を通じて、また自らの鞏固な性格によって、政界に少なからぬ影響力を及ぼした（～前 42 頃まで）。

彼女の妹のセルウィーリアは、大富豪ルークッルス*将軍の継室となったが、姉に輪をかけて身持ちが悪く、子を 1 人生したのち、不品行がたたって離別されている（ルークッルスの先妻クローディア*もまた名うての姦婦で、実の兄弟クローディウス*と密通していたため、やはり離縁されていた）。
⇒巻末系図 072, 069

Suet. Iul. 50/ Plut. Cat. Min. 24, 54, Brut. 1～2, 5, 53, Luc. 38/ App. B. Civ. 2-112, 4-135/ Cic. Fam. 12-7, Brut. 5, Att. 13-, 14-21, 15-11～12/ Varro Rust. 3-2/ etc.

セルウィーリウス・ウァティア・イサウリクス、プ（ー）ブリウス Publius Servilius Vatia Isauricus, （ギ）Pūplios Serūilios, Πόυπλιος Σερουίλιος, （伊）Publio Servilio Vatia Isaurico, （西）Publio Servilio Vatia Isaúrico

（ウァティアは「わに足」の意）（前 134 頃～前 44）ローマの政治家、将軍。メテッルス❷*・マケドニクスの外孫。スッラ*により前 79 年の執政官に立てられ、翌年キリキア*の総督に就任するや、強力な艦隊を率いて跋扈する海賊の掃討にとりかかった。小アジア南部のイサウリア*を征服して、イサウリクスの異名をとり、軍隊から最高司令官 Imperator の称号を与えられ、ローマに戻って華々しく凱旋式トリウムプス*を祝った（前 74。2 度目。最初の凱旋式は前 88 年）。元老院の名士として監察官（前 55）にまでなったが、前 63 年の大神祇官長職の選挙では、はるかに年少のかつての部下カエサル*に敗れている。90 歳で没（⇒巻末系図 051）。

同名の息子 P. セルウィーリウス・イサウリクスは、父と同じく閥族派の要人と目されていたが、前 49 年の内乱が勃発するや同派を見限り、翌 48 年にはカエサルと並んで執政官に就任、前 46 年度のアシア*州総督となる。前 44 年カエサルが暗殺されると、再びキケロー*および元老院＝閥族派を支持、M. アントーニウス❸*に対立してムティナ*（現・モデナ）包囲戦を推進させた。ところがほどなくして、またもや元老院＝閥族派を見捨て、アントーニウスと和解、よって第 2 回三頭政治*時代に処罰者名簿 proscriptio に載せられずに済んだ。その変節ぶりに業を煮やしたキケローは、ある書簡の中で彼のことを「傲り高ぶる乱心者」と呼んでいる。彼は娘セルウィーリア Servilia をオクターウィアーヌス*（のちのアウグストゥス*）と婚約させていたが、オクターウィアーヌスはアントーニウスの継娘クラウディア Claudia（⇒フルウィア❷）と結婚するため、この婚約を解消し（前 43）、その埋め合わせとして、

イサウリクスを前41年度の執政官に就けている。
⇒パセーリス
Liv. Epit. 90, 93/ Dio Cass. 41-43, 42-17, -23, 45-16, 48-4, -13/ Val. Max. 8-5/ App. B. Civ. 2-48/ Caes. B. Civ. 3-21/ Suet. Aug. 62, Tib. 5/ Cic. Verr. 2-1-21, -3-90, 5-26, -30, Brut. 2/ Amm. Marcell./ Flor./ Oros./ etc.

セルウィーリウス・カエピオー　Servilius Caepio
⇒カエピオー、Q. セルウィーリウス

セルウィーリウス氏　Gens Servilia〔← Servilius〕, Servilii, （ギ）Serūilios, Σερουίλιος, Servilii, （独）Servilier, （伊）Servili

ローマのパトリキイー*（貴族）系の名門氏族。古王トゥッルス・ホスティーリウス*によってアルバ*からローマへ移された一族の子孫で、共和政初期より帝政期中頃まで約700年間にわたり国家の要人を輩出、アハーラ*、カエピオー*、カスカ Casca、ウァティア*、プリ（ー）スクス Priscus、ゲミヌス Geminus、等々の諸家に分かれて繁栄した。
Liv. 1-30/ Plin. N. H. 34-38/ Florus 1-14/ etc.

セルトーリウス、クィ（ー）ントゥス　Quintus Sertorius, （ギ）Kointos Sertōrios, Κοῖντος, Σερτώριος, （伊）（西）Quinto Sertorio, （葡）Quinto Sertório, （露）Квинт Серторий, （カタルーニャ語）Quint Sertori

（前126／122頃～前72）共和政末期のローマの政治家・将軍。反ローマ運動の指導者。サビーニー*族の町ヌルシア Nursia（現・ノルチャ Norcia）の出身。前102年、マリウス*麾下の部将として対キンブリー*＝テウトネース*族戦争に出征し、アクァエ・セクスティアエ*（現・エクス・アン・プロヴァンス）の戦いではガッリア*人に変装して敵情を偵察、武勲章を得た（前102）。次いで前97年、内ヒスパーニア*の総督ティトゥス・ディーディウス T. Didius（ヒスパーニア先住民の虐殺で著名。前98年執政官。前89年戦死）の麾下で軍団司令官 Tribunus Militum を勤めヒスパーニアで活躍、栄冠 Corona Graminea を得る。前91年には財務官となるが、同盟市戦争*中に流れ矢に当たり片目を失う。閥族派対民衆派の内乱では後者に与し、マリウス、キンナ*とともにローマを占領した（前87）が、反対派殺戮には同調しなかった。法務官職（前85）を経て、前83年ヒスパーニア総督となったものの、スッラ*のローマ帰還後、放逐されてマウレーターニア*へ逃れ、スッラ派の軍を破ってその地を掌中に納める（前81）。前80年にはルーシーターニア*人に招かれてヒスパーニアへ渡りイベーリアー*半島のほぼ全域を征服し、300名からなる独自の元老院*を組織、ローマ風の政務官を任命するなどスッラ政権の対抗政府を作り上げる。その徳望と武勇により大勢力を糾合し、ポントス*の大王ミトリダテース6世*とも攻守同盟を結ぶ構えを見せ、ローマから派遣された征討軍をゲリラ戦でさんざん悩ませた（⇒メテッルス❹）。しかし次第に専横を募らせたため、遂に前72年、野心に燃える幕僚のペルペルナ❷*に暗殺されて、8年間続いた（前80～前72）反ローマ政権もたちまち瓦解、ポンペイユス*に平定された。

セルトーリウスは高潔にして寛大な名将と伝えられるが、同時に智略・策謀にも長けた老練な人物で、迷信深いヒスパーニア（ケルティベーリア*）人を心服させるために全身真白な仔鹿を手懐けて「女神ディアーナ*の使いが自分についている」と称したり、若者にギリシア・ローマの学問を教育することを名として各種族の上流子弟を集めさせ、事実上の人質にとったり —— のち彼らの中にローマ側と内通する者がいると疑って皆殺しに —— している。

彼を題材にした文学作品の中では、近世フランスの悲劇作家コルネイユの『セルトリユス Sertorius』（1662）が名高い。
Plut. Sert./ App. B. Civ. 1-108～115/ Vell. Pat. 2-30/ Liv. Epit. 90/ Aur. Vict. De Vir. Ill. 63, 67/ Flor. 3-21～/ Frontin. Str. 1-2, -11, 2-5, -7/ Polyaenus 8-22/ Gell. 15-22/ Val. Max. 1-2/ etc.

セルラ・クルーリス　Sella Curulis
⇒セッラ・クルーリス

セレウキーア　Seleucia
⇒セレウケイア

セレウケイア　Seleukeia, Σελεύκεια, Seleucia (Seleucea), （仏）Séleucie, （伊）（西）Seleucia, （葡）Selêucia, （現ギリシア語）Seléfkia

ヘレニズム時代にセレウコス*王家が各地に建設した都市。13市以上あったというが、そのうち主要なものは以下の通りである。

❶ティグリス*河畔のセレウケイア Σελεύκεια ἡ ἐπὶ τῷ Τίγρει, （ラ）Seleucia ad Tigrin, 別名・大セレウケイア（ラ）Seleucia Magna,（現・Al-Madai'in の Tell Umar）　前307年頃、セレウコス1世*によって王国の首都として創建される。ティグリス河中流の沃地にあって、交通の要衝を占めるため、古都バビュローン*に代わって大いに繁栄した。整然たる都市計画に基づいて造営され、城壁の伏図は翼を広げた鷲の形をしていたという。マケドニアー*人、ギリシア人、バビュローニアー*人、シュリアー*（シリア）人、ユダヤ*人が住み、アレクサンドレイア❶*、アンティオケイア❶*と並んでオリエントにおけるヘレニズム文明および東西貿易の一大中心地となる。ストアー*派の哲学者ディオゲネース❸*や同名のエピクーロス*派の哲学者ディオゲネース Diogenes（前144没）、天文学者カルダイアー*Khaldaia（カルデア）のセレウコス Seleukos（前2世紀中頃）らの諸学者の出身地。前141年パルティアー*に占領され、対岸に軍事基地クテーシポーン*が築かれたが、その後もパルティアーから自治を認められ、通商によって殷賑を極めた。後1世紀にはパルティアー王室の内紛に乗じて7年

間に及ぶ反乱を起こし (35～42)、それが鎮定された後も、なお60万の人口を擁したといわれる。しかし、ローマ皇帝トライヤーヌス*の遠征で焼き討ちと略奪を被り (116)、次いで164年、アウィディウス・カッシウス*麾下のローマ軍に破壊されて、30万の住民は皆殺しとなり、市は事実上滅亡した。防壁や運河、神域、劇場(テアートロン*)、英雄神廟 Hērōon などの遺構が発掘されている。
⇒ドゥーラ・エウローポス
Strab. 16-738～, -743～/ Plin. N. H. 6-30, 10-67/ Tac. Ann. 11-9/ Dio Cass. 68-30, 71-2/ Plut. Luc. 22/ Polyb. 5-45～/ Ptol. Geog. 5-18/ App. Syr. 55～/ Joseph. J. A. 18-9/ Amm. Marc./ etc.

❷ セレウケイア・ピーエリアー Σελεύκεια Πιερία, (ラ) Seleucia Pieria (現・Samandağ 近くの遺跡)　前300年頃、セレウコス1世*によってシュリアー*のオロンテース*河口北方に創建された港湾都市。ゼウス*の祭壇に捧げられた肉を鷲が運んで行った地点に、シュリアー王国の首都たるべく造営されたといい、セレウコス1世はこの地に葬られた。しかし、やがて首都機能はアンティオケイア❶*に移り、セレウケイアはその外港としての役割を果たすようになった。前246年、アンティオコス2世*の殺害後に起きた王位継承戦 (第3次シュリアー戦争) で、エジプト王プトレマイオス3世*に占領され、前219年にようやくアンティオコス3世* (大王) によって奪回された。前108年には、アンティオコス8世*と同9世*の争闘の間、セレウケイアは独立を宣言。のちアルメニアー*王ティグラーネース*に抗戦したことを多として、ローマの将ポンペイユス*からも自治を認められた (前64)。ローマ帝政期には海軍基地に用いられ、ウェスパシアーヌス*帝 (在位・後69～79) の治下、港湾施設が改修された。古代には雷神ゼウスの聖域で名高く、ハドリアーヌス*帝やユーリアーヌス*帝が、その神殿に参詣している。今日もヘレニズム時代以来のドーリス*式神殿の基礎部分や、ローマ時代の劇場 (テアートロン*)、モザイク装飾の施された別荘(ウィッラ) villa、岩を刻んで造った海へと達する道路などの遺構が見られる。

なお、オロンテース河中流東岸にもセレウケイア (ベーロスの) Σελεύκεια πρὸς Βήλῳ, (ラ) S. ad Belum のち Seleucopolis という都市があった。
⇒アパメイア❶、ラーオディケイア❷、ベロイア
Plin. N. H. 5-13/ Strab. 16-749～/ Cic. Att. 11-20/ Diod. 20-47/ App. Syr. 63/ Polyb. 5-58～60/ Ptol. Geog. 5-15/ Malalas/ Steph. Byz./ Paus./ Nov. Test. Act./ etc.

❸ (ラ) Seleucia ad Calycadnum, Seleucia Isauria, Seleucia Tracheotis (または Trachea) (現・シリフケ Silifke) 　セレウコス1世*によって前300年頃に建設された小アジア南部キリキアー*地方の都市。カリュカドノス Kalykadnos 河 (現・Gök Su) の右岸、河口より約4マイル遡った所にあった。アポッローン*の神託や、オリュンピアー*のゼウス*神に捧げる年毎の競技祭などで知られる。のち最初のキリスト教殉教聖女テクラ Thekla (パウロス*の女弟子) が隠れ棲んだ洞窟で有名になり、彼女にまつわる数々の奇跡物語が作り出された。神々しいまでの美男で、ローマ皇帝マールクス・アウレーリウス* (在位・後161～180) の秘書官となり、年老いても常に美容に気づかっていたソフィスト*のアレクサンドロス* Aleksandros Pēloplatōn (通称「粘土のプラトーン*」、後2世紀) の出身地。現在はゼウス神殿址やアクロポリス*丘麓の劇場 (テアートロン*)、スタディオン* (競技場)、末期ローマ時代の貯水池 (現・Tekirambarı) などの遺跡が残っている。なお市の北郊には、トロイアー戦争*の勇士・大アイアース*の創建に成ると伝えられるオルベー Olbe (〈ラ〉オルバ Olba) 市 (現・Uğura) があり、今日もゼウス神殿址や市門、道路の遺構を見ることが出来る。また市の東方には、ゼウスが怪竜テューポーン*を閉じ込めた鍾乳洞および冥界への入口とされる洞窟がある (ジェンネットとジェヘンネム Cennet ve Cehennem)。

その他、アカイメネース朝*ペルシア*の帝都スーサ*の地に建てられたセレウケイアやエウプラーテース* (ユーフラテス) 河畔に建設されゼウグマ* Zeugma (「橋」の意) とも称されたセレウケイア、伝説上の予言者モプソス*が創建した都市モプスーエスティアー Mopsuestia を改称したピューラモス*河畔のセレウケイア、バクトリアー*地方オークソス* (現・アム・ダリヤ) 河畔のセレウケイアなどの同名諸市が知られている。
Plin. N. H. 5-22/ Strab. 14-670/ Amm. Marc. 14-2/ Philostr. V. S. 2-5/ Zosimus 1-57/ Sozom. 4-16/ Socrates 2-39/ Basil. Vita Thecla/ Oros. 7-12/ Eutrop. 8-2/ Ptol. Geog. 5-5/ Polyb. 5-43/ Theodoret./ etc.

セレウコス　Seleukos, Σέλευκος, Seleucus, (仏) Séleucos, Séleucus, (伊) (西) (葡) Seleuco, (葡) Seleucas, Seleucos, (露) Селевк, (トルコ語) Selevkos, (現ギリシア語) Sélevkos
セレウコス朝*シュリアー*の諸王。巻末系図039～042を参照。

❶ 1世 S. I　ニーカートール Nikator Νικάτωρ (前358年頃～前281年) (在位・前312～前281)　セレウコス朝*シュリアー*の創建者。マケドニアー*王ピリッポス2世*の部将アンティオコス Antiokhos とラーオディケー❶*の子。実父は神アポッローン*で、その証拠として生まれつき太腿に錨の印がついていたとの伝承もある。アレクサンドロス大王*の東征に幕僚(ヘタイロイ*)として加わり、大王の死 (前323) 後、その後継者 (ディアドコイ*) の1人として活躍。はじめ帝国宰相(キーリアルコス) Khiliarkhos ペルディッカース*に従い、エジプト遠征に随行するが、軍部の反乱に乗じ天幕にペルディッカースを襲って殺害する (前321 / 320)。帝国再編成に当たっては、要地バビュローニアー*の太守(サトラペース) Satrapes に任ぜられる (前320)。一時アンティゴノス1世*の強勢に圧されてエジプトへ逃れた (前315年春) ものの、ガーザ*の戦いでプトレマイオス1世*がデーメートリオス1世* (アンティゴノス1世の子) を破ると、寡兵をもってバビュローンを奪回 (前312年10月1日)、セレウコス王朝を樹

立したこの年を記念して新しい暦年『セレウコス暦』(英)Seleucid Era を始めた。次いでイーラーン、バクトリアー*、インド北西まで東征し、サンドロコットス*（チャンドラグプタ）と交戦、戦象500頭と引き換えにインドス*（インダス）河周辺を譲渡した。前305年から正式に王号を称し、プトレマイオス1世、リューシマコス*、カッサンドロス*らと連合して、前301年イプソス*でアンティゴノス父子を撃破、シュリアー全土と小アジアの大半を確保した。第2妃としてデーメートリオス1世の娘ストラトニーケー❶*を娶ったが、長男のアンティオコス1世*が彼女に懸想しているのを知ると、妻をこれに譲って結婚させたばかりか、王号をも与えてエウプラーテース*（ユーフラテス）河以東の全領土を統治させた（前292、⇒エラシストラトス）。しかるに、彼女の父デーメートリオス1世がマケドニアー*王位に即き、小アジアに侵入するや、これを破って捕らえ（前286）、続いてかつての盟友リューシマコスとも争って、これを敗死させた（前281）。リューシマコス亡き後、空位となったマケドニアーの王座を得るべくヘッレースポントス*を渡ったところ、随行していたプトレマイオス・ケラウノス*（プトレマイオス1世の長男）に暗殺された（前281年9月）。

セレウコスはディアドコイ中、最も有能・有力な王とされ、旧アレクサンドロス大王領のほとんどを回復し、広大な王国にアンティオケイア*、セレウケイア*など59市を建設、「戦勝王 Nikator, Νικάτωρ,（ラ）Nicator」の尊号を与えられた。また彼はスーサ*の集団結婚式（前324）で迎えた先妃アパメー Apame（バクトリアー貴族スピタメネース Spitamenes（前328年に暗殺される）の娘）を、他のマケドニアー武将のごとく離縁せずに、最期まで正室として扱い、彼女の名を冠した町アパメイア*を各地に設けている。

⇒巻末系図 040

Just. 13-4, 15-4, 16-3, 17-1〜, 41-4/ App. Syr. 53〜55, 57, 59〜63/ Diod. 18〜21/ Strab. 12-578, 15-724, 16-738, -749〜750/ Paus. 1-16/ Arr. Anab. 5-13, 16, 7-22/ Ael. V. H. 12-16, 14-47/ Plut. Demetr. 7, Alex. 42/ Oros. 3-23/ etc.

❷2世 S.Ⅱ カッリーニコス Kallinikos, Καλλίνικος（前265頃〜前226／225）（在位・前246〜前226／225）❶の曾孫。アンティオコス2世*の長子。母はラーオディケー❷*。父王がプトレマイオス2世*の娘ベレニーケー❸*・シュラーと結婚した時（前252）、母とともに放逐され小アジアへ逃れる。のちエペソス*で父から王位継承者として指名されるが、それを不服としたベレニーケーは、幼い実子を登極させるべく、実兄プトレマイオス3世*に援軍を要請。母ラーオディケーが夫王アンティオコス2世を毒殺し、ベレニーケー母子も殺害してセレウコスを即位させた（前246）ため、プトレマイオス3世はシュリアー*に侵攻（第3次シュリアー戦争・前246〜前241）、ティグリス*河以東の諸地域をも制圧し、セレウコスの艦隊を撃破して、自らシュリアー王を号した。小アジア内部に雌伏していたセレウコス2世は、プトレマイオスがエジプトの暴動平定に帰国した後、失地回復に努めたものの、今度は母の援助を受けた実弟アンティオコス・ヒエラクス*と内戦状態になり、ために小アジアを一時失った（兄弟戦争・前239〜前236、⇒ストラトニーケー❷）。弟の横死（前226）後、単独支配者となりはしたが、小アジアの大半をペルガモン*王国に蚕食され、東方ではバクトリアー*、パルティアー*両王国が名実ともに独立していた。東征したセレウコスはパルティアー王アルサケース❷*に敗れ（一説には捕虜にされたという）、会戦の日はパルティアーの独立記念日として永く祝われることになった。さらに小アジアを奪回せんとアッタロス1世*に向かうが、落馬して一命を失った。美髯をたくわえていてポーゴーン Pogon, Πώγων（「ひげ」）という異名をとっていた彼は、このように絶えず戦争に敗けてばかりいたのに、「麗しき勝利者 Kallinikos, Καλλίνικος,（ラ）Callinicus」という美称を奉られた。

⇒巻末系図 040

Just. 27-1〜, 41-4〜/ App. Syr. 66/ Ath. 13-593/ Strab. 16-750/ Polyb. 5-83/ Polyaenus 4-17, 8-50/ etc.

❸3世 S.Ⅲ ソーテール Soter, ケラウノス Keraunos, Σωτήρ, Κεραυνός（前243頃〜前223）（在位・前226／225〜前223）❷の長子にして後継者。小アジアの回復を企図してペルガモン*王アッタロス1世*討伐の軍を起こすが、プリュギアー*の陣中で部下に暗殺された。虚弱で怯懦・優柔不断だったにもかかわらず、「救世主」なる尊号や「雷霆」Keraunos, Κεραυνός,（ラ）Ceraunus なる異名で呼ばれた。王位は弟のアンティオコス3世*（大王）が継いだ。

⇒巻末系図 039〜040

Polyb. 4-48, 5-34, -40/ App. Syr. 66/ Just. 29-1/ etc.

❹4世 S.Ⅳ ピロパトール Philopator, Soter, Φιλοπάτωρ Σωτήρ（前218頃〜前175）（在位・前187〜前175）アンティオコス3世*（大王）の次子。したがって❷の孫。❸の甥。兄アンティオコス Antiokhos が若死した（前195）ため王位継承者となり、マグネーシアー*の敗戦（前190年12月）以後、父と共治する（前189〜）。父王の客死により登極し（前187）、諸国と友好関係を保ったが、ローマに対する貢金支払いのため、ユダヤのイェルーサレーム*（エルサレム）神殿を略奪せんとして失敗（前176頃）。領土縮少と財政悪化に国力は衰退した。のち支配権を奪取しようとした宰相ヘーリオドーロス❶*に毒殺され、王位はペルガモン*王国の介入で、弟アンティオコス4世*が継承、セレウコスの子デーメートリオス（のち1世*）は人質としてローマに留められた。尊称は「愛父王」ならびに「救世主」。

⇒パルナケース1世（ポントス王）、巻末系図 039〜042

Polyb. 18-51, 21-6, 22-1, -7, 23-5, 28-20, 31-2/ Liv. 33〜41, 35-15, 36-7, 37-8〜, 38-13-, 42-12/ App. Syr. 3, 26, 45, 66/ Diod. 29-24/ Euseb. Arm. Hienon./ etc.

❺5世 S.Ⅴ Philomator, Φιλομήτωρ（？〜前125）（在位・前125）❹の曾孫。デーメートリオス2世*の長子。父が母クレオパトラー❹*・テアー*（プトレマイオス6世*の娘）に殺されるや、すぐに王座に登ったが、自分の許しなくして即位したことに立腹した母によって間もなく暗殺

された。尊称は「愛母王〔ピロメートール〕」。
⇒アンティオコス8世
App. Syr. 68, 69/ Just. 39-1/ Liv. Epit. 60/ Euseb. Arm./ etc.

❻6世　S. VI　Epiphanes Nikator, Ἐπιφάνης Νικάτωρ（前120頃〜前95）（在位・前96〜前95）　アンティオコス8世*の長男。したがって❺の甥。父が殺されると、すぐに王位を継ぎ、父の殺害者たる叔父アンティオコス9世*と対戦し、これを敗死させた（前95）。しかし間もなく、アンティオコス9世の子アンティオコス10世*に追われてキリキアー*へ逃げ、その地に圧政を布いたため、住民に宮殿を放火され、廷臣ともども虐殺された、あるいは逃げ込んだ体育場（ギュムナシオン*）に放火され、焼死を免れようとして自殺した。
⇒アンティオコス11世、巻末系図039〜042
Joseph. J. A. 13-13/ App. Syr. 69/ Porph./ Euseb. Chron./ etc.

❼セレウコス・キュビオサクテース S. Kybiosaktes, Κυβιοσάκτης, Cybiosactes エジプト王（在位・前58）　セレウコス朝*の王子を自称し、アレクサンドレイア❶*市民に迎えられて、女王ベレニーケー4世*と結婚するが、その品性下劣さを嫌悪する女王により、新婚3日目に絞め殺された。彼は野卑な性格ゆえに「細切れ塩魚行商人〔キュビオサクテース〕」と呼ばれ、下賤の生まれだったとされている。しかし、彼をアンティオコス10世*とクレオパトラー❻*・セレーネーの子で、アンティオコス13世*の弟とする説もある。

ちなみに、ヘレニズム時代に活躍した紅海沿岸のセレウケイア*出身の天文学者セレウコス（前150頃の人）や、アンティオコス3世*の治世（前223〜前187）に少年愛詩を書いた詩人セレウコス、ティベリウス帝のローマ宮廷でギリシア詩に関する注釈を著したアレクサンドレイア❶のセレウコス（後1世紀前期）（ラ）Seleucus Homericus ら幾人ものセレウコスなる人物がいたことが知られている。
⇒巻末系図041〜042、043〜044、046
Dio Cass. 39-57/ Strab. 17-796/ Suet. Vesp. 19/ Cic. Verr. 2-4-27〜31/ etc.

セレウコス　Seleukos, Σέλευκος, Seleucus,（仏）Séleucos,（伊）（西）（葡）Seleuco,（露）Селевк

ギリシアの男性名。

❶（前2世紀初頭）セレウコス朝*の大王アンティオコス3世*治下に創作した詩人。父は宮廷史家のムネーシプトレモス Mnesiptolemos。少年愛（男色）を讃美した詩で名高く、彼の歌は万人が口遊ずさんだという。
⇒ストラトーン
Ath. 15-697d/ Anth. Pal. 3-5, 13-951.

❷（後1世紀初頭）（ラ）Seleucus Homericus（アレクサンドレイア❶*の）
ギリシアの殆ど全ての詩人に関して注釈を施した文献学者。ギリシア語の文体研究、校本批判、哲学史、伝記など多方面の著作（散逸）があった。またローマで教鞭をとり、ティベリウス*帝の宮廷に仕えたが、皇帝が読んでいる書物を密かに帝室奴隷から聞き出していたことが発覚して失寵し、のち同帝により自殺を強制された。
Suet. Tib. 56/ Diog. Laert. 3-109, 9-12.

❸（前150頃に活躍）紅海岸のセレウケイア*出身の天文学者・哲学者。カルダイアー*（カルデア）人占星術師。潮汐の研究をし、アリスタルコス*の太陽を中心とする地動説を支持した。

その他、同名の人物として、パルティアー*史などを執筆したタルソス*（エメサ*とも）のセレウコス（後1世紀初頭頃）や、ボスポロス*王国の王セレウコス（在位・前433〜前429）、セレウコス朝*の王アンティオコス7世*の次男でアンティオコス9世*の兄のセレウコス（前129年の戦闘でパルティアーの捕虜となる）など大勢の人々が知られている。
Strab. 1-1-9, 16-739/ Ath. 7-320 a/ Diod. 12-36/ Plut./ Suda.

セレウコス朝　Seleukidai, Σελευκίδαι, Seleucidae,（英）Seleucid Dynasty, Seleucids,（仏）Dynastie Séleucide, Séleucides,（独）Seleukiden, Seleuziden（伊）Dinastia Seleucide, Seleucidi,（西）Dinastía Seléucida, Seleúcidas,（葡）Dinastia Selêucida, Selêucidas

（前312〜前63）ヘレニズム時代にセレウコス1世*が創始したシュリアー*を中核とする王朝（⇒巻末系図039）。小アジアからメソポタミアー*、ペルシア*、インドにまで及ぶ広大な領土を支配し、アンティオケイア*、セレウケイア*など多数のギリシア風都市を各地に建設してオリエントのヘレニズム化を推進した。しかし、インド（前303）、バクトリアー*（前250頃）、パルティアー*（前248）、ペルガモン*（前241）が次々と独立離反し、またパレスティナ*の領有をめぐってエジプトのプトレマイオス朝*と6度にわたるシュリアー戦争（前274〜前271、前260〜前253、前246〜前241、前221〜前217、前202〜前195、前170〜前168）を繰り返したため、国力は著しく疲弊。さらに王位継承をめぐる内訌やユダヤ*の反乱と独立（前142）、アルメニアー*の侵攻（前83〜前69）も続いて衰退を極め、ついにローマの将ポンペイユス*によって廃絶されるに至った（前64〜前63）。各セレウコス、アンティオコス*、デーメートリオス*の項を参照。
⇒アンティゴノス朝、アッタロス朝、ハスモーン朝
App. Syr./ Diod./ Just./ Paus./ Strab./ Ath./ Polyb./ Liv./ Joseph./ Plut./ Plin. N. H./ etc.

セーレス　Seres, Σῆρες,（ラ）セーレース,（仏）Sères,（伊）Seri,（漢）塞里斯

（「絹の民」の意。〈蒙古語〉Sirghek,〈満州語〉Sirge など「絹」を意味するアルタイ語より派生）インドより東北方のアジア人（支那人・ティベット人）。プトレマイオス*らギリシア・ローマ人学者によれば、ガンゲース*（ガンジス）河と東のオーケアノス*（太平洋）との間に住む長命（一説に200歳以上）で穏和な人種で、絹糸を作る虫「蚕 sēr〔セール〕, σήρ」にちなんでセーレスと呼ばれる。彼らの国土へは、食人種スキュタイ*

の居住地の向こうに広がる砂漠を越えて、ようやく到達することができ、ヘレニズム時代以来シルクロード（絹の道）を通じて産物の交流が盛んになった。ローマ帝政期の後97年には、後漢の甘英がアンティオケイア❶*まで訪れ、166年にはマールクス・アウレーリウス*・アントーニーヌス（安敦）の使節が海路、後漢に入貢している。ローマ人の間で支那の奢侈品は大いに愛好されたが、特に絹織物sērika, σηρικά（〈ラ〉sērica）は、貴婦人やエラガバルス*帝など透き通った衣服を見せびらかしたい柔弱な富裕層によって甚だ珍重された。しかし、実際に蚕卵が帝都コーンスタンティーノポリス*にもたらされるのは、東ローマ帝ユースティーニアーヌス1世*の治世を俟たなければならなかった（550頃）。なお「万里の長城」に関する言及は、4世紀末のローマ史家アンミアーヌス・マルケッリーヌス*が「セーレスの城壁 Aggeres Serium」と記しているのが初出。絹を意味するヨーロッパ系諸語（〈英〉silk,〈仏〉soie,〈独〉Seide,〈伊〉seta,〈西〉〈葡〉seda, etc.）は、ギリシア・ラテン語のセーリカ（〈単〉sērikon, σηρικόν, sēricum）に由来している。セーレスの広大な帝国セーリケー Serike,（ラ）Sērica の首都セーラー Sera は、おそらく洛陽（ないし長安）を指すものと推定される。またこれら支那人のうち、東南アジア方面に住む商人たちは、インド系旅行者との間で無言貿易を行なう習慣があった、と大プリーニウス*は伝えている。
⇒シーナイ

Ptol. Geog. 6-16, 7-2, 8-24/ Paus. 6-26/ Plin. N. H. 6-20, -24, 34-41, 37-78/ Mela 1-2, 3-7/ Amm. Marc. 23-6/ Strab. 11-516, 15-693, -701～/ Verg. G. 2-121/ Hor. Carm. 3-29/ Ctesias/ Peripl. M. Rubr. 39, 64/ Phot./ Flor./ etc.

セレーヌス・サンモーニクス　Quintus Serenus Sammonicus,（伊）Quinto Sereno Sammonico,（西）Quinto Sereno Samonico

（?～後212）ローマ帝政期の医学者。セプティミウス・セウェールス*帝の時代における最も博識な人物で、宮廷でも重んじられたが、ゲタ*と親交があったため、212年カラカッラ*帝に招かれた宴席で殺害された。その蔵書6万2千巻を相続した同名の息子は、ゴルディアーヌス1世*の知友で、ゴルディアーヌス2世*の師となり、235年以前に死去。セレーヌスの名の下に現存する『医学書 De Medicina Praecepta（Liber Medicinalis）』（1115行）は、民間療法やミトリダテース大王*の解毒剤、アブラカダブラ Abracadabra の護符などの呪術的治療を含む六脚韻 hexameter 詩で、おそらく息子の方のセレーヌスによって書かれたものと思われる。

なお、この他、アーフリカ*出身の詩人テレンティアーヌス・マウルス Terentianus Maurus（後2世紀末頃）とほぼ同時期のラテン抒情詩人セレーヌス A. Septimius Serenus や、4世紀前半の数学者アンティノオポリス*のセレーヌス（300頃～360頃）らの作品が、今日まで伝えられている。
S. H. A. Geta 5, Macrinus 3, Alex. Sev. 30, Caracalla 4, Gordian. 18/ Sid. Apoll. Carm. 13-21/ Macrob. Sat. 2-13, 3-9/ Arnobius/ etc.

セレーネー　Selene, Σελήνη,（ラ）Selena,（仏）Séléné,（伊）Selène,（露）Селена,（現ギリシア語）Selíni, Selána

（「月」の意）ギリシアの月の女神。別名・メーネー Mene, Μήνη。ローマのルーナ*に相当。ヘーシオドス*によれば、ヒュペリーオーン*とテイアー*の娘で、ヘーリオス*（太陽）とエーオース*（曙）の姉妹であるが、父はパッラース❶*ともヘーリオスともゼウス*ともいわれる（⇒巻末系図002）。ゼウスとの間にヘルセー*（露）らの娘を産んだとか、白い雄羊（または牛）の一群を贈られてパーン*と情を交したといった話が伝えられる。が、最も有名な神話は美青年エンデュミオーン*との恋物語であろう。彼女はこの若者の肉体の美しさを不滅にするべく、彼を永遠の眠りに陥らせ、夜な夜な訪れてはその抱擁を楽しんだという。ルーキアーノス*によれば、エンデュミオーンに懸想してまとわりついたミュイア Myia（「蠅」の意）なる女を、嫉妬にかられて蠅に変えてしまったとされている。セレーネーは手に炬を持ち、2頭の白い駿馬がひく白銀の戦車に乗った有翼の女神として描写されるが、時には牛や馬、驢馬や鹿に騎っている姿で表わされることもある。月の女神は動植物の繁殖と性生活に強い影響力をもつと信じられ、また常に魔術とも関係づけられており、やがてアルテミス*（ローマのディアーナ*）やヘカテー*、さらにはイーシス*などの神格と同一視・混淆されていった。

月光が人間の精神を冒すという俗信は、古代ギリシアにもインドと同様早くからあり、「狂気に陥る」とか「癲癇症になる」を意味する動詞セレーニアゾー seleniazo なる語は、セレーネーから派生した言葉である。さらに、セレーネーは月学（英）selenology、月面図（英）selenograph など科学用語の語源ともなっている。

Hes. Th. 19, 373/ Apollod. 1-2, -6, -7/ Hymn. Hom. Merc. 100/ Eur. Phoen. 175/ Verg. G. 3-391/ Schol. ad Theoc. 3-49/ Nonnus Dion. 7-244, 44-191/ Schol. ad Ap. Rhod. 4-57/ Quint. Smyr. 10-337/ Paus. 5-1, -11, 6-24/ Cic. Tusc. 1-38/ Callim. Dian. 114, 141/ Soph. O. T. 207/ Plut. Mor. 659b/ Strab. 14-1-6/ etc.

僭主（ギリシアの）　Tyrannos
⇒テュランノス

センティーヌム　Sentinum,（ギ）Sentīnon, Σεντῖνον,（伊）（西）（葡）Sentino

（現・Sassoferrato 近郊の Sentino）ウンブリア*のアエシス*川

系図223　セレーネー

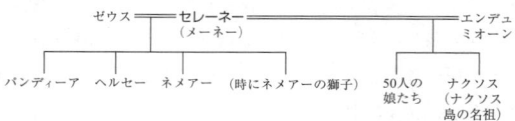

近くの町。第3次サムニウム*戦争中の前295年、この地でローマ軍が、サムニウム人（サムニーテース*）、ガッリア*人らの連合軍に大勝利を収めた（⇒ファビウス・マクシムス❶）。イタリアの覇権を確定したこの決戦で、執政官のデキウス・ムース❷*は自らを冥界の神々の犠牲に捧げて倒れたという。

センティーヌムは前41年ペルシア*（現・ペルージャ）戦役の折に、オクターウィアーヌス*（のちの初代ローマ皇帝アウグストゥス*）軍に破壊されるが、帝政期初頭に自治都市ムーニキピウム*として再興された。後5世紀初めの西ゴート*族の侵略で滅亡し、現今はアウグストゥス時代の城壁や浴場施設テルマエ*、工業地区の遺構などが発掘されている。

Liv. 10-17～, -27～30, -31/ Plin. N. H. 3-14/ Polyb. 2-19/ Frontin. Str. 1-8/ Strab. 5-227/ Ptol. Geog. 3-1/ Dio Cass. 48-13/ App. B. Civ. 5-30/ Zosimus. 5-37/ etc.

セントール　Centaur

⇒ケンタウロス（の英語形）

センプローニア　Sempronia,〈ギ〉Semprōniā, Σεμπρωνία,（仏）Sempronie

ローマのセンプローニウス氏*出身の婦人。

❶（前170頃～前101以降）ティベリウス・センプローニウス・グラックス❷*とコルネーリア❶*の娘（⇒巻末系図053）。グラックス兄弟*の姉妹に当たる。スキーピオー・小アーフリカーヌス*（小スキーピオー*）に嫁ぐ（前152頃）が、容姿すぐれず不妊だったため、夫婦仲は疎遠だった。そこで前129年スキーピオーが急死した際には、彼女と母コルネーリアが謀殺したのではないかと疑われた。

その姪にあたるセンプローニア（前123頃～前63、C. グラックス*の1人娘）は、吃りのM. フルウィウス・バンバリオー Fulvius Bambalio（前125年の執政官 M.フルウィウス・フラックス*の息子）に嫁ぐも、長らく子宝に恵はれず、ようやく生まれた1人娘が、権力欲旺盛な悍婦として悪名高いフルウィア❷*である。

App. B. Civ. 1-20/ Liv. Epit. 59/ Plut. Gracch/ Sallust. Cat. 25/ Val. Max./ etc.

❷（前1世紀前半）デキムス・ユーニウス・ブルートゥス❷*（前77年の執政官コーンスル*）の妻。血統や美貌、多彩な才能に恵まれ、ギリシア・ラテン文学に通暁、巧みに詩を書き、堅琴 kithara を弾き、優雅に舞うなど、きわめて教養豊かな女性として知られる。世間体や旧弊な倫理観に捕らわれず、欲望の赴くまま、自由奔放にカティリーナ*はじめ大勢の恋人たちと情事を重ねたという。史家サッルスティウス*は彼女を「その情熱ははなはだ熾烈で、男に口説かれるよりも、男を口説くほうがずっと多かった」と評している。カティリーナの陰謀計画にも夫に内緒で加担していたとされる。息子のD. ユーニウス・ブルートゥス・アルビーヌス*はカエサル*暗殺者の1人として著名。なお、このセンプローニアの父トゥディターヌス* Sempronius Tuditanus（トゥディターヌス❷*の息子）は、キケロー*によ

れば、悲劇用の衣裳を着てフォルム*の演壇ローストラから民衆に金をばらまく癖のある半狂人であったという。

Sall. Cat. 25, 40/ Cic. Phil. 3-6, Acad. 2-28/ Val. Max. 7-8/ Asc. Mil. 41/ Asconius/ etc.

センプローニウス氏　Gens Sempronia〔← Sempronius〕,（Sempronius,〈ギ〉Semprōnios, Σεμπρώνιος）,（ラ）Sempronii,（独）Sempronier,（伊）Semproni,（西）Sempronios,（露）Семпронии

ローマ共和期に活躍した氏族 gens の名。うちアトラティーヌス Atratinus 家はパトリキイー*（貴族）系で、古く前497年に執政官コーンスル*を出したとされる。他はプレーベース*（平民）系で、グラックス*やトゥディターヌス*、アセッリオー*、ルーフス Rufus、ロングス Longus など諸家に分かれて繁栄した。

Dion. Hal. 10-41, -42/ Liv. 4～/ Plut. Galb. 26, Mor. 267c/ Cic./ App./ Gell./ Festus/ etc.

ソアエミア（ス）、ユーリア　Julia Soaemia(s) Bassiana

⇒ユーリア・ソアエミアス

ゾーイロス　Zoïlos, Ζωΐλος, Zoïlus,（仏）Zoïle,（伊）（西）（葡）Zoilo,（露）Зоил

（前400頃～前320頃）ソフィスト*、キュニコス（犬儒）派の哲学者。アンピポリス*の出身。アテーナイ*の弁論家ポリュクラテース Polykrates（ソークラテース*の告発文の起草者）の弟子。ランプサコス*のアナクシメーネース❷*の師。毒舌家で人の悪口雑言を並べることを好み、ホメーロス*、プラトーン*、イソクラテース*など誰彼の区別なしに酷評。とりわけホメーロスの叙事詩を攻撃したため、ホメーロマスティクス Homeromastiks, Ὁμηρομάστιξ（ホメーロスを鞭打つ者）と呼ばれた。アレクサンドレイア❶*に図書館が建設された時、プトレマイオス2世*の宮廷を訪れて自作を披露し報酬を求めたところ、王は「とっくの昔に死んだホメーロスは長年月にわたって大勢の人々を養っている。その大詩人を凌駕すると公言する者が他人はおろか自身を養うこともできぬのか」と答えて何も与えなかったばかりか、ゾーイロスを磔刑に処したという。異説では、彼はキオス*で投石を受けて殺されたとも、スミュルナー*で生きたまま火刑台に投げこまれて果てたとも伝えられる。また彼は顎鬚あごひげを伸ばし放題にし、頭をつるつるに剃り、上衣は膝までしかないという風体だったので、「野良犬学者キュオーン・レートリコス kyōn rhētorikos, κύων ῥητορικός」とも渾名されていたといわれる。文人・哲学者らを非難した書物の他に、神代からピリッポス2世*の死（前336）までを扱った史書などの著作があったが、ほとんどすべて散佚した。

Strab. 1-6/ Ael. V. H. 11-10/ Vitr. 7-praef. 4/ Quint. 9-1-14/ Plut. Mor. 677e～f/ Dion. Hal. Isoc. 20, Pomp. 4-16/ Schol. ad Hom. Il. 5-4, -7, 10-274, 18-22, 22-209, 23-100/ Suda/ etc.

ソグディアーナ Sogdiana
⇒ソグディアネー

ソグディアネー Sogdiane, Σογδιανή, (ラ) ソグディアーナ* Sogdiana, (仏) Sogdiane, (露) Согдиана, (古代イーラーン語) Sug(u)da, (アヴェスター語) Sughda, (アラビア語) Mā warā' al-Nahr, (漢) 粟特, 粟弋

(現・〈ペルシア語〉Sōgd, ブハーラー Bukhara, Bokhara, Boukhara 地方) ペルシア帝国*の東北部、オークソス*河 (アム・ダリヤ Amu Dar'ya) とイアクサルテース*河 (シル・ダリヤ Syr Dar'ya) の間の地方。イーラーン系のソグドイ Sogdoi 族が居住し、彼らは東西交易に活発に従事した他、マーニー*教やソグド文字を伝えるなど中央アジアの政治・文化に大きな影響を及ぼした。またこの地はオークソス河の向こう側に広がることから、ラテン語でトランス・オークシアーナ Trans Oxiana とも呼ばれた。中心都市はマラカンダ Marakanda, Μαράκανδα, Maracanda (現・サマルカンド Samarqand)。ソグディアネーは、ダーレイオス1世*の治世 (前522〜前486) にアカイメネース朝ペルシア*の太守 Satrapes 領となり、のちアレクサンドロス大王*がこれを征服 (前328〜前327)、有力豪族オクシュアルテース Oksyartes の娘ロークサネー*を娶り、イアクサルテース河畔に中央アジアの要衝都市「最果てのアレクサンドレイア❹*」(〈ラ〉Alexandria Eschata, のち Khojend, Khujand) を建設 (前327頃)、マケドニアー人・ギリシア人らを植民させた。この地はやがてセレウコス朝*の支配を経てバクトリアー*王国の一部となった (前255頃)。
⇒マッサゲタイ, サカイ

Herodot. 3-93, 7-66/ Curtius 3-2, 4-5, -12, 6-3, 7-4, -8, -10, 8-1, 9-2, 10-10/ Arr. Anab. 4-16/ Plin. N. H. 6-18/ Strab. 2-73, 11-511〜/ Ptol. Geog. 6-12/ etc.

ソークラテース Sokrates, Σωκράτης, Socrates, (仏)(伊) Socrate, (西) Sócrates, (露) Сократ

(前469年6月4日頃〜前399年4月27日) ギリシアの哲学者。アテーナイ*の生まれ。父は石工 (彫刻家) ソープロニスコス Sophroniskos、母は産婆パイナレテー Phainarete といい、若い頃は家業を継いで彫刻を造ったこともあると伝えられる。イオーニアー*学派の哲学者アルケラーオス❼*に師事し、その愛人 eromenos になったともいわれる (前450頃) が、やがて自然哲学から離れて、もっぱら人間自身の問題を研究するに至った。中程度の資産を有し、重装歩兵 (ホプリーテース*) としてペロポンネーソス戦争*に従軍、ポテイダイア*の戦い (前432〜前429) で若きアルキビアデース*の命を助け、デーリオン*の戦い (前424) ではクセノポーン*を救出、アンピポリス*の戦い (前422) においても沈着な勇士ぶりを見せた。肉体の鍛錬に励んで異常なまでに健康で疫病にも罹らず、のちに赤貧の生活を送ったが、寒中でも靴を履かず、跣足 (はだし) で氷の上を歩いたという。禿頭で獅子鼻、とび出た眼にぶ厚い唇のうえ、背は低く太鼓腹といった魁偉な容貌であったにもかかわらず、古代ギリシア人の常として美しい若者に目がなく、アルキビアデース、パイドロス*、カルミデース*、等々、大勢の青年を熱愛し、また彼らから慕われた — 男色を「ソークラテース風の愛 (ラ) Amor Socraticus, (英) Socratic love, (仏) Amour socratique」と称するのは、これに由来する。事実彼は根っからの男性好きであったらしく、医学の知識を得たのも、ある美貌の青年を苦しめている病気の治療法を学ぶためであったという —。志操堅固で、五百人評議会の委員を務めた折には、アルギヌーサイ*島沖海戦の件で告発された将軍たち (⇒小ペリクレース) のために、唯1人無罪の投票をして譲らず (前406)、ペロポンネーソス戦争敗北 (前404) 後に成立した三十人僭主* (⇒クリティアース) の圧政や威迫にも屈しなかった。「ソークラテース以上の賢者はいない」とのデルポイ*の神託を得時には、自分自身が無知であることを知っている、という点で余人より賢いのだと解釈。"ソークラテースの皮肉" (英) Socratic irony と呼ばれる独特の「問答法 (ディアレクティケー) dialektike, διαλεκτική」によって相手の無知を自覚させる方法をとり、人々を普遍的真理と徳の探究に導こうとした。このように倫理学を哲学に初めて導入したソークラテースによれば、徳は知であり、真の知識によって初めて善く生きることが可能なのであった。また、霊魂の不滅、および、夢告やダイモーン* (ダイモニオン daimonion, δαιμόνιον 神霊) の啓示なども説き、政治的には民主政を批判・攻撃したという。アリストパネース* (『雲』、前423春初演) ら喜劇作家に揶揄嘲弄されても、観衆とともに哄笑しつつ見物して拘 (こだわ) らず、アテーナイの青少年の間で尊敬の的となり、大勢の共鳴者・弟子に支持された。しかし、美男子アルキビアデースをめぐる恋のもつれから、民主派の指導者アニュートス*の恨みを買い、ついに前399年晩春、アニュートスおよび詩人メレートス Meletos, 民衆煽動家リュコーン Lykon の3人により、「国家の認める神々を認めず、他の新奇な神霊の類を導入

系図224 ソークラテース

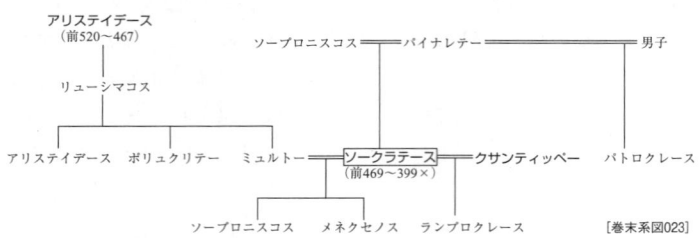

[巻末系図023]

し、かつ青年たちを堕落させた」という罪名で告訴された。雄弁家リューシアース*が書いてくれた秀逸な弁明文を、彼は「自分にはふさわしくない」と言って断り、法廷において毅然たる弁説を開陳。だが陪審員は281票対219票で有罪と決定した。さらに、ソークラテースが自分にふさわしい刑罰として「今後、国家の他の功労者のように貴賓館 prytaneion〔プリュタネイオン〕において国費で饗応されること」を要求したため、陪審員の憤激を買ってしまい、圧倒的大差をもって死刑の宣告を下される結果となった。時あたかもデーロス*島の祭礼デーリア Delia の期間中で、それが済むまで処刑は延期されることになっていたが、ソークラテースは友人たちのお膳立てしてくれた脱獄計画を拒否し（⇒クリトーン）、法律はいかなる場合でも守らなければならず、また死は恐れるべきものではないことを説いた。そして、執行吏が来るまで弟子たちと「魂の不死」について問答をしたり、アポッローン*讃歌パイアーン*を作ったりして時を過ごしたのち、手渡された毒盃を仰いで従容として死に赴いた（70歳）。最期の言葉は、「私はアスクレーピオス*神に鶏1羽の借りがある。どうか忘れずに捧げておいてくれ」というものであったとされる。また死刑の判決を下された折に、「別れの時が来た。互いにそれぞれの道を行こう。私は死へ、諸君は生へ。いずれがよいかは、神のみが知っている」と市民に語ったといい、弟子の1人が「あなたが罪なくして死刑に処せられるのを見るのは堪え難い限りです」と歎くと、「愛するアポッロドーロス Apollodoros よ、ではお前は私に罪があって死刑に処せられるのを見る方がよいのかね」と慰撫。さらに毒人参汁を飲もうとした際に、弟子から「どうぞこれを着て死んで下さい」と立派な晴れ着を差し出されると、「私の着物は生きている分にはふさわしいが、死んでいくにはお粗末過ぎるというのかね」と答えたという。彼の刑死後、アテーナイ人はこれを後悔して、ソークラテースの告発者たちを石打ちによる死刑や追放刑に処し、あるいは彫刻家リューシッポス*にソークラテースの銅像を制作させて、その功を賛えたと伝えられている。

彼自身は著述を残さなかったが、その思想は門下のプラトーン*やアンティステネース*、アリスティッポス*、エウクレイデース*（メガラ*の）、パイドーン*らによって継承・発展され（ソークラテース学派）、その後の哲学の流れに多大の影響を与えた。ソークラテースの教説は、高弟プラトーンの対話篇、とりわけ『饗宴』『パイドーン』『クリトーン』『ソークラテースの弁明』等から、うかがい知ることができる。とはいえ、ソークラテースがプラトーンの作品を読んで「ああ、この青年は私について嘘ばかり書いている」と叫んだという話も残っている。性格は忍耐強く、議論で相手の無知をあばいたため殴られたり髪の毛を引きむしられたりする破目にもあったが、いつも平然としており、足蹴にされた時には、呆れ顔の人々に向かって「驢馬〔ろば〕に蹴られたからって、驢馬を訴えることもなかろう」と答えたといわれる。また、人相見から「情欲深く知見に乏しい性質」と占われた時には、激昂する弟子たちを制して、「いやまったく当たっている。私は生来そういう傾向にあるが、理性によってうち克っているのだ」と語ったといい、「アテーナイ市民があなたに死刑の宣告を下したのですよ」と告げられた時にも、落ち着き払って「彼らだって、もう自然から死刑を宣告されてるさ」と答えたという。2人の妻ミュルトー Myrto（義人アリステイデース*の孫娘）とクサンティッペー*がいたが、後者は「悪妻」の典型として人口に膾炙されている。なお、英語の Socratic method や Socratic elenchus, Socratism などの語は、いずれもソークラテース式問答法、ないしソークラテース哲学を意味する言葉である。

⇒エウテュデーモス❷、クレイニアース、カイレポーン、ディオティーマー、テアイテートス、ディオゲネース❷、シミアース❶、ゾーピュロス

Pl. Symp., Ap., Phd., Cri., Chrm., Alc., Phdr., Euthphr., Grg., Resp./ Xen. Ap., Mem., Symp., Oec./ Ar. Nub., Av. 1555, Ran. 1491/ Arist. Metaph., Eth. Nic., Mag. Mor./ Diog. Laert. 2-18〜47/ Paus. 1-22, 9-35/ Ael. V. H. 1-16, 2-13, 8-1/ Cic. De Or. 1-54, Tusc. 1-41, 5-4, Fat. 5/ Val. Max. 3-4/ Plut. Mor. 575a〜/ Apul. De deo Soc./ Nep. Alcibiades./ Clem. Al. Strom. 1-301/ Sext. Emp. Math. 10-360〜/ Porph./ etc.

ソークラテース・スコラスティコス　Sokrates Skholastikos, Σωκράτης ὁ Σχολαστικός, Socrates Scholasticus

（後380頃〜後450頃）ギリシアの教会史家。コーンスタンティーノポリス*生まれの法律家〔スコラスティコス〕。カイサレイア*のエウセビオス❶*の『教会史』の続編として、ディオクレーティアーヌス*帝退位の年（305）から439年に至るまでを扱った『教会史 Ekklēsiastikē Historiā, Ἐκκλησιαστικὴ Ἱστορία, （ラ）Historia Ecclēsiastica』（7巻）を執筆。神学上の問題にさほど関心を示さず、党派的偏向もなく、「異端」に対しても寛容な姿勢で臨んでいる。彼の著作はアタナシオス*、ナジアンゾスのグレーゴリオス*らの著作を資料としており、ソーゾメノス*他の教会史家に利用された。現存するのは書き改められた改訂版のみである。女哲学者ヒュパティアー*惨殺の記事は、主に彼の史書に見出される。

⇒テオドーレートス、ピロストルギオス

Socrates Hist. Eccl./ Sozom. Hist. Eccl./ etc.

ソ（ー）シウス、ガーイウス　Gaius Sosius, （ギ）Gāios Sos(s)ios, Γάιος Σόσ(σ)ιος, （伊）Gaio(caio) Sosio, （西）Cayo Sosio

（前1世紀後半）三頭政治家マールクス・アントーニウス❸*の部将。カエサル*の暗殺（前44）後、アントーニウスに随いて東方へ赴き、前38年ウェンティディウス*の後任としてシュリア*およびキリキア*の総督に任命される。ユダヤ*のハスモーン朝*の王アンティゴノス*（位・前40〜前37）に対立するヘーローデース（1世*、ヘロデ大王）に助勢してイェルーサレーム*（エルサレム*）を陥れ、アントーニウスの命でヘーローデースをユダヤ王位に即けた（前

37)。ローマへ帰還して凱旋式(トリウンプス*)を挙げた（前34年9月）のち、Cn. ドミティウス・アヘーノバルブス❹*とともに執政官(コーンスル*)に就任（前32）。元老院でアントーニウスを称賛しオクターウィアーヌス*（のちのアウグストゥス*）を痛罵したため、後者がローマに戻って来るやイタリアを脱出してアントーニウスのもとへ渡った。翌前31年のアクティオン*の海戦では、艦隊の左翼を指揮し、敗走後、隠れているところを見つけられたが、L. アーッルンティウス Arruntius のとりなしでオクターウィアーヌスの赦免を得た。

Dio Cass. 49-22, -41, 50-2, -14, 51-2, 56-38/ Joseph. J. A. 14, J. B. 1/ Plut. Ant. 34/ App. B. Civ. 5-73/ Vell. Pat. 2-85〜86/ Suet. Aug. 17/ Tac. Hist. 5-9/ etc.

ソシウス・セネキオー Q. Sosius Senecio
⇒セネキオー

ソーシゲネース Sosigenes, Σωσιγένης, （仏）Sosigène, （伊）Sosigene, （露）Созиген

（前1世紀）プトレマイオス朝*末期のギリシア人天文学者・数学者。ユーリウス・カエサル*に委託されてローマの暦法を改正し、エジプトのアレクサンドレイア❶*暦に基づく新しい暦「ユーリウス暦*」を作成した（前47）。大プリーニウス*によれば、水星が太陽の周囲を公転する軌道を観測するなど優れた業績を残したらしい。

同名のペリパトス（逍遙）学派の哲学者ソーシゲネース（後2世紀）は、アプロディーシアス*のアレクサンドロス*の師の1人で、その著作が後6世紀のアリストテレース*研究家シンプリキオス Simplikios の解説書に、引用断片として伝えられている。
⇒エウドクソス

Plin. N. H. 2-6, 18-57/ Dio Cass. 43-26/ Suet. Iul. 40/ Plut. Caes. 59/ App. B. Civ. 2-648/ Simpl. in Cael. 488〜/ etc.

ソーシテオス Sositheos, Σωσίθεος, Sositheus, （仏）Sosithée

（前3世紀初頭に活躍）ヘレニズム時代のギリシア詩人。シュラークーサイ*に生まれ、主にトローアス*のアレクサンドレイア❸*で暮らし、時にはアテーナイ*へ赴いて著作活動を行なった。プレイアデス詩人*たちの1人に数えられる。悲劇詩を発表したほか、サテュロス*劇を再興、そのうち田園を舞台にした『ダプニス*』の断片21行が伝存する。ストアー*派の哲学者クレアンテース*を嘲弄する詩を口にしたため、聴衆によって劇場から追い出されたこともあったという。

Diog. Laert. 7-173/ Anth. Pal. 7-707/ Ath. 10-415/ Tzetz. Chil. 2-595/ Schol. ad Theoc. 10-41/ Suda/ etc.

ゾーシモス Zosimos, Ζώσιμος, Zosimus, （仏）Zosime (Zozime), （伊）（西）Zosimo, （葡）Zósimo, （露）Зосима

（後5世紀〜6世紀初頭）古代末期のギリシア系歴史家。コーンスタンティーノポリス*の行政官として、東ローマ皇帝テオドシウス2世*に仕える。アウグストゥス*からアラリークス*のローマ劫掠（410）に至るまでのローマ帝国史『新史 Historia Nea, Ἱστορία Νέα』（6巻）を著わし、帝国衰退の主因をキリスト教の蔓延に帰した。本書はエウナピオス*やオリュンピオドーロス*ら他の史家に多く依拠するが、事実を歪曲せずに伝統的宗教の立場から執筆、東方世界の事情に通じ文体も優れている。またキリスト教著作家の記述の誤りを訂正し、コーンスタンティーヌス1世*（大帝）の醜聞事件など4世紀の世俗史の重要資料となっている（一部を除いて現存する）。

Zosimus Historia Nova/ Evagrius Hist. Eccl. 3-40, -41/ Phot./ etc.

ソーストラトス Sostratos, Σώστρατος, Sostratus, （仏）Sostrate, （伊）Sostrato, （西）（葡）Sóstrato

ギリシア人の男性名。

❶（前4世紀後半〜前3世紀初頭）クニドス*出身の建築家。アレクサンドレイア❶*のパロス*島に造営された大燈台を設計した他、故国クニドス市に見事な列柱廊を建設した。大燈台を建造した際に、「汝の名を刻み込んではならぬ」と国王プトレマイオス*から厳命された彼は、自らの名を建物に銘記した上に王名を書いた軟らかい石板を嵌めて、自己の業績を王に独占させなかったという。

Plin. N. H. 34-19/ Strab. 17-791/ Lucian. Amores 11/ etc.

❷（〜前327晩春）アレクサンドロス大王*の小姓。同じく大王の近習を務める若者で、同い年の恋人ヘルモラーオス*の大王暗殺計画に加わり、発覚して他の陰謀仲間たる小姓たちと共に石打ちの刑に処された。

Arr. Anab. 4-13〜14/ Curtius 8-6〜8/ etc.

❸（前4世紀）シキュオーン*のパンクラティオン*選手。オリュンピア競技祭*などギリシアの4大競技祭で17回も優勝。相手選手の指を捉えて反らせ降参するまで放さなかったので、「指わざ師」の異名をとった。

その他、アレクサンドレイア❶*で活躍した外科医のソーストラトス（前1世紀頃？）や、タルテーッソス*との交易で巨満の富を得たアイギーナ*のソーストラトス（前7〜6世紀頃？）、また伝説中の英雄ヘーラクレース*に愛された若者ソーストラトスなど多くの同名人物が知られている。

Paus. 6-4, 7-17/ Herodot. 4-152/ Ael. N. A. 5-27, 6-51/ etc.

ソーゾメノス Salamanes Hermeias Sozomenos, Σαλαμάνης Ἑρμείας Σωζόμενος, Salamanes Hermias Sozomenus, （英）Sozomen, （仏）Sozomène, （独）Sozomen(os), （伊）（西）（葡）Sozomeno

（後376／400頃〜後450頃）古代末期のギリシア系キリスト教史家。パレスティナ*のガーザ*近郊に生まれ、諸国を旅したのちコーンスタンティーノポリス*で法律家となる（5世紀初頭）。カイサレイア*のエウセビオス❶*著『教会

史』の続編として、324年から439年までを扱った『教会史 Ekklesiastike Historia, Ἐκκλησιαστικὴ Ἱστορία』（9巻）を執筆し（439～450）、テオドシウス2世*帝に献呈した（425年以後の部分を除いて現存）。内容は同時代の教会史家ソークラテース・スコラスティコス*の書に依拠する部分が多い。他にキリストの昇天から324年までを概観した『教会史』2巻を著わしたが、散逸した。
⇒テオドーレートス、ゾーシモス、ピロストルギオス
Sozomenus Hist. Eccl./ Phot. Bibl./ etc.

ソータデース　Sotades, Σωτάδης,（仏）Stadès,（伊）Sotade

（前3世紀前半）ギリシアの諷刺詩人。トラーケー*（トラーキアー*）のマローネイア Maroneia, Μαρώνεια（現・Marónia）市出身だがエジプトのアレクサンドレイア❶*で活躍（前280頃）。イオーニアー*方言のイアンボス iambos 調で詩を書き「ソータデース風 Sotadeioi, Σωτάδειοι」と呼ばれる一派を確立、淫蕩な作品が多かったため "男色詩人 kinaidologos, κιναιδολόγος" とか "男倡 kinaidos, κίναιδος" と渾名される。プトレマイオス2世*が姉アルシノエー❷*と近親結婚した時、王を痛烈に諷刺したことから投獄の憂き目に遭い、いったん脱出したものの再度捕らえられ、鉛の箱に閉じ込められて海中に投じられた（異説あり）。作品は断片がわずかに残るのみで、それも「汝は一物を不浄な穴にぶち込んでいるぞ」（Fr.1）といった露骨に性的な描写を行なったものが多い。

なお、ヘレニズム・ローマ時代に流行したキナイドス詩を創始したのは、このソータデースであり、饗宴（シュンポシオン*）その他の席で、キナイドロゴスと呼ばれる演じ手によって身振りよろしく男色やスカトロジーを伴うエロティックな詩文が発表された（ペトローニウス*著『サテュリコーン Satyricon』23-3 を参照）。

同名の人物では、アテーナイ*の中期喜劇詩人のソータデース（前4世紀）が名高い。
⇒アイトーリアーのアレクサンドロス、パーノクレース、ピライニス、ティーモーン❷（プリーウースの）
Ath. 7-293a, 9-368a, 14-620e～621b/ Strab. 14-648/ Mart. 2-86/ Plut. Mor. 11a/ Socrates Hist. Eccl. 1-9/ Aristides Quintilianus 1-13/ Stob./ Heph./ Suda/ etc.

ゾーティクス　Aurelius Zoticus Avitus,（ギ）ゾーティコス、Zotikos, Ζωτικός,（伊）（西）Zotico,（葡）Zótico

（後3世紀前半）ローマの少年皇帝エラガバルス*（ヘーリオガバルス*）の寵臣にして「夫」。父の職業によりマゲイロス Mageiros, Μάγειρος（料理人）と渾名される。スミュルナ*の運動選手だったが、非常な肉体美のうえ、衆に抜きん出て雄偉な陽物の持ち主だったため、巨根愛好家の皇帝の知るところとなり──帝は公衆浴場（テルマエ*）を建てて、巨大な性器の男たちを情夫とするべく物色していたのみならず、密偵を放って帝国全土から立派な男根の所有者をかき集めていた──、ローマへ招かれて大歓迎を受ける（220頃）。一目彼を見るや帝は狂喜して躍り上がり、ゾーティクスが「皇帝陛下、御機嫌よう」と挨拶すると、帝は媚態をつくって「皇帝だなどと呼ばないで、私は女なのだから」と返答。早刻ともに入浴して評判の巨陽を確認し烈しい欲情にかられるがままに、彼と結婚して床入りを行なった。ゾーティクスは皇帝の夫として権勢をふるい巨富を成したが、嫉妬に狂った他の寵臣ヒエロクレース*に不能となる薬を飲まされたせいで、勃起不全となり、たちまち栄誉を剥奪されてイタリアから追放された。だが皮肉なことに、そのおかげでエラガバルスの失脚（222）に連座することなく、命拾いしたという。

この他、プローティーノス*の弟子で新プラトーン派の哲学者かつ詩人のゾーティコス（後3世紀）や、コマーナ*の主教で殉教者のゾーティコス（～204）ら幾人もの同名人物がいる。
Dio Cass. 79-16/ S. H. A. Heliogab. 10/ Porph. Vita Plotin. 7/ etc.

外ガッリア　Gallia Ulterior

⇒ガッリアⅡ.

外ヒスパーニア（ヒスパーニア・ウルテリオル）　Hispania Ulterior,（英）Further Spain

ローマがヒスパーニア*南部、バエティス Baetis（現・グアダルキビール Guadalquivir）河流域に設けた属州。バエティカ*ならびにヒスパーニアの項を参照。

ソピスタイ　Sophistai, Σοφισταί, Sophistae（〈単〉ソピステース Sophistes, Σοφιστής, Sophista,〈英〉〈独〉Sophist,〈仏〉Sophiste,〈伊〉〈西〉Sofista,〈和〉ソフィスト）,（複）（英）Sophists,（仏）Sophistes,（独）Sophisten,（伊）Sofisti

ソピステース*（ソフィスト*）は元来、「賢者」「知恵ある人」を意味し、ソローン*らギリシア七賢人*はもとより、ピュータゴラース*やソークラテース*、プラトーン*すら、世人から「ソピステース」の名で呼ばれることがあった。しかし、狭義のソフィストというのは、前5世紀中頃から前4世紀にかけて、ギリシア各地を遍歴しつつ、弁論術はじめ処世に役立つ諸知識を授けて多額の報酬を得ていた職業的教師を指す。プロタゴラース*やゴルギアース*、プロディコス*、ヒッピアース❷*らが名高い。すべての知識が主観的なものに過ぎず、絶対的知識は存在しないと説き、当時行き詰まっていたイオーニアー*学派の自然哲学を打開、批判精神の養育に寄与し啓蒙的役割を果たした。他方、民主主義という時代と社会の要求に応じて、ことの真偽・正邪を問わず、ただ議論に勝つための術を教える傾向に走っていったせいで、やがてソフィストといえば、道徳や真理を無視する詭弁の徒を意味するようになった。「詭弁学派」と称されることもあるが、1つの思想上の流派を組織したものではない。ローマ帝政下にあっても、ソフィ

ストの活動は盛んで —— とくに後2世紀に生じた第2次ソフィスト運動（新ソフィスト運動）——、キリスト教の最終的勝利と「異教」弾圧の時に至るまで（後529、アカデーメイア*学園の閉鎖）、彼らは修辞学の教師として活動を続けた。

「弁論術の創始者」とされるシケリアー*（現・シチリア）のコラクス Koraks（〈ラ〉Corax、前5世紀前半）とその弟子テイシアース Teisias（〈ラ〉ティーシアース Tisias）に関して、次のような話が伝わっている。「授業料の半分は裁判で初めて勝った時に支払う」という約束の下、テイシアースはコラクスから弁論術を学んだにもかかわらず、その後もいっこうに残金を支払おうとしなかった。そこで師は弟子を約束不履行の廉で告訴、「いずれにせよテイシアースは金を支払わなければなりません。もし彼がこの訴訟に負ければ、裁判所の命令に従って。また、もし彼が勝ったなら、私との約束に従って」と弁じたてたところ、テイシアースはすかさず「いえ、そうではありません。もし私が勝てば裁判の決定に従って支払う必要はありませんし、もし負ければ初めの約束に従って支払う義務はありません」と反論。すると裁判長はしばし絶句してから、「悪いコラクス（「鴉」の意）から悪い卵が生まれたものだ」と呟いたという。

後代の「詭弁、（英）sophism, sophistry」や、形容詞「曲論を並べる、詭弁を弄する、（英）sophistic, sophistical」、さらには「世慣れた、洗練された、（英）sophisticated」といった言葉は、このソピステース（ソピスタイ）から派生したものである。
⇒アンティポーン❷、トラシュマコス、エウテュデーモス❶、ピロストラトス
Herodot. 1-29, 2-49, 4-95/ Pind. Isthm. 5-28/ Eur. Rhes. 924/ Thuc. 3-38/ Xen. Mem. 1-6～, Symp. 4-4, Cyn. 13-8/ Pl. Prt., Soph. Phdr. 267/ Isoc. 15-148, -159/ Cic. De Or. 1-20, Nat. D. 1-23/ Gell. 5-10/ Philostr. V. S./ Eunap. V. S./ Diog. Laert. 9-50～/ Ath. 14-632c/ Ar. Nub. 1111, 1309/ Suda/ etc.

ソピステース Sophistes
⇒ソピスタイ（の単数形）

ゾーピュロス Zopyros, Ζώπυρος, Zopyrus, （仏）Zopyre, （伊）Zopiro, （西）Zópiro
(?～前482)（前520年頃活躍）アカイメネース朝*ペルシア*の貴族。大王ダーレイオス1世*のバビュローン*包囲（前521～前519）の際、20ヵ月経っても攻略できなかったので、彼は自らの耳と鼻を切り落とし体に鞭打たせて脱走者のごとくに見せかけ町に潜入。ダーレイオスに虐待されたと訴えて巧みにバビュローン市民を信用させておき、計画通り城門を開いてペルシア軍を市内に導き入れた。よってバビュローンは占領され、主だった市民3千人は串刺しの刑に処された。ダーレイオスはゾーピュロスの功績を多として、その後手厚く遇したという（バビューローンの太守 Satrapes となる）。息子メガビュゾス Megabyzos は、クセルクセース1世*の娘アミティス Amitys を妻に迎えたとされている。

その他、ソークラテース*を見て「知見狭く情慾に傾く性質」だと見立てた人相学者のゾーピュロス（前5世紀後半）や、アレクサンドレイア❶*の医学者ゾーピュロス（前1世紀初頭）ら幾人かの同名人物がいる。
⇒サタスペス
Herodot. 3-153～160, 4-43/ Just. 1-10/ Diod. 10-19/ Polyaenus 7-13/ Frontin. 3-3/ Plut. Mor. 173a/ Cic. Tusc. 4-37, Fat. 5/ Ctesias/ etc.

ソピスタイ Sophistai
⇒ソピスタイ

ソピステース Sophistes
⇒ソピステース

ソフィスト Sophist たち
⇒ソピスタイ

ソポクレース Sophocles
⇒ソボクレース

ソポニスバ Sophonisba
⇒ソポニスバ

ソープローン Sophron, Σώφρων, （伊）Sofrone
(前470頃～前400頃)ギリシアのミーモス mimos 劇作家。シケリアー*（現・シチリア）のシュラークーサイ*出身。擬曲と称する卑俗な日常生活を主題にした短い笑劇の創始者。当時の喜劇の形式たる韻文体を棄て、リズミカルな散文を用いて下層民の風俗を滑稽に描き出し、大変な好評を博した。哲学者プラトーン*は彼の作品を愛読すること甚だしく、初めてこれらをアテーナイ*にもたらしたうえ、対話篇を書くに当たっては人物の性格描写の手本とし、その死後枕頭に発見されたのはソープローンの著作であったという。引用断片しか知られなかったが、近代になってエジプトのオクシュリンコス*から、かなり長いパピューロス断簡が発見された。『漁夫と農民』『義母』『女神（ヘカテー*）を追い払うと言い張る女』『イストミア祭を見物する女たち』『稚児 paidika』などがあり、後代のテオクリトス*やヘーローンダース*らに影響を与えた。ソープローンのミーモスは「男もの andreioi」と「女もの gynaikeioi」とに分けられ、おのおのその写実的な会話で構成されていたと伝えられる。

ミーモスは一般に不義密通など好色な題材を扱ったものが多く、南イタリアを経てローマに入り、猥雑な物真似狂言として大いに盛行を見た。
⇒エピカルモス
Arist. Poet. 1 (1447b) 8/ Ath. 11-505c/ Diog. Laert. 3-18/

Quint. 1–10/ Xen. Symp. 9/ Plut. Mor. 712e/ Suda/ etc.

ソポクレース　Sophokles, Σοφοκλῆς, Sophocles,（仏）Sophocle,（伊）Sòfocle,（西）Sófocles,（露）Софокл

（前496頃〜前406末頃）ギリシアの悲劇詩人。アッティケー*三大悲劇詩人の1人。アテーナイ*の西郊コロ―ノス*の出身。父は裕福な騎士身分に属する武器製造業者ソーピロス Sophilos。幼時から優れた教育を受け、容貌・才能とも衆に秀で、とりわけ音楽と体育に傑出。前480年サラミース❶*海戦後の祝勝祭には、選ばれて裸体の青年舞唱隊の指揮者を務め、その美しい姿はのちにストアー・ポイキレー*の壁画中に名匠ポリュグノートス*の彩管で描かれた。前468年、ディオニューシア*祭の悲劇競技で処女作『トリプトレモス*』によって師アイスキュロス*を破り優勝、以来少なくとも123篇の悲劇を書き、存命中に1等の栄冠をかち得ること24回、声が衰えるまでは自らも舞台に立ち、アテーナイの演劇界を30年にわたって完全に支配した。彼はまた政治活動にも参画し、前443〜前442年にデーロス*同盟財務長官 Hellēnotamiās に任命されたほか、前440年には友ペリクレース*の同僚の将軍（ストラテーゴス*）としてサモス*島へ遠征、ペロポンネーソス戦争*（前431〜前404）中の危機においてもニーキアース*とともに再び将軍となり、シケリアー*（現・シチリア）遠征失敗後には最高評議会員（十人最高政治委員）Probūlos, Πρόβουλος の1人に選ばれる（前413）など要職を歴任。さらに神官職を帯び、医神アスクレーピオス*の神殿が完成するまでの間、彼は自分の家にこの神を祀り、死後自身もデクシオーン Deksion なる名の下に英雄神 heros として市民の崇敬を受けた。洗練された社交人で資性温厚、政治家ペリクレースやキモーン*、史家ヘーロドトス*、詩人イオーン*らと親交を結び、また無類の男色家で終生デーモポーン Demophon ら美しい若者への愛に惑溺したことでも名高い。調和のとれた魅力的な人柄のゆえに、世人の賞讃の的となり最高の栄誉を捧げられたソポクレースは、ペリクレースと並んでアテーナイ黄金時代の理想を体現した人物とされている。90歳以上の長寿を保ち、後輩のエウリーピデース*にも先立たれたが、彼はこの競敵（ライヴァル）の死を悼んで、俳優と合唱隊 khoros,（ラ）chorus の花冠を外し、自らも喪服に改めてディオニューシア祭に臨み、弔意を表明、並み居る人々の感涙をしぼらせたという。ソポクレースの最期に関しては、オリュンピア競技祭*で自作の悲劇が優勝したとの朗報に接して歓喜のあまり急死したとも、未熟な葡萄を口に放り込み喉に詰めて窒息死したとも、自作の『アンティゴネー*』を朗読中に長く息を引きのばし過ぎて絶命したとも、まちまちに伝えられている。彼の葬儀の際、アテーナイはスパルター*の将軍リューサンドロス*に包囲されていたが、夢で何度も演劇の神ディオニューソス*の命令を受けたリューサンドロスは、故人の埋葬のために通行禁止の道を解除して死者に敬意を払ったという。

　ソポクレースは舞台の背景に改良を加え、合唱隊（コロス）の数を12人から15人に増やし、第3の俳優を初めて用いてより複雑な演劇を可能にし、またアイスキュロス流の三部作構成を棄てて各作品を独立した劇として完結させる等、さまざまな改革を行なってギリシア悲劇の完成者となった。失われた劇のうち90余篇の題名と、アキッレウス*やガニュメーデース*らの衆道に取材する作品などの多くの断片（千行以上）、および1907年にオクシュリンコス*から発見された約400行のパピューロス断簡（サテュロス*劇『追跡者 Ikhneutai』）が残っている。今日まで完全な形で伝存するのは、次の7篇の悲劇のみである。

　○『アイアース* Aias,（ラ）Ajax（上演年代不明・前442以前。前445頃か）』
　○『アンティゴネー* Antigone』（前442／441頃）
　○『トラーキース*の女たち Trakhiniai,（ラ）Trachiniae』（前438以後）
　○『オイディプース*王 Oidipus Tyrannos,（ラ）Oedipus Tyrannus (Rex)』（前428／427頃）
　○『エーレクトラー* Elektra,（ラ）Electra』（年代不詳・前418／417頃か）
　○『ピロクテーテース* Philotetes,（ラ）Philoctetes』（前409）
　○『コロ―ノス*のオイディプース Oidipus epi Kolonoi,（ラ）Oedipus Coloneus』（前401年に遺作として上演）

　ソポクレースは他の二大作家に較べて人間性の強調に力点を置き、神々の支配の中にあって恐るべき苦悩や危機に直面し、これを自由意志をもって克服せんとする人間の偉大さ崇高さを描出。とりわけ『オイディプース王』は、アリストテレース*以来、多くの学者・批評家から全ギリシア悲劇中の白眉として称賛されている。晩年は息子のイオポーン*によって経済的無能力の廉で訴えられたが、陪審員たちの前で執筆中の『コロ―ノスのオイディプース』を朗読してみせた結果、無事に放免されたばかりか、彼らに家まで送り届けられたと伝えられる。ソポクレースはまた65歳の頃、ある美少年と町の外で交わったのち、高価な外套をその若者に盗まれてしまい、エウリーピデースから「私もその少年と寝たが何もとられなかった。ソポクレースは鼻の下をのばして鼻毛を抜かれたのだ」と揶揄されたが、巧みな短詩でエウリーピデースの不義密通を仄めかし、逆にこの好敵手詩人をやりこめたという話も残っている（将軍職にあった時、サモス攻めの船中で目のさめるほど美しい若者に見とれてペリクレースからたしなめられたこととか、酒宴の席で巧みに美しい酌童の接吻をかすめ取って、まんまとペリクレースの鼻をあかしたことなど、ソポクレースの美男好みに関する話題には事欠かない）。ほかにも、幼時その唇に蜜蜂が止まって将来の才能を予言したとか、長じて「ア

系図225　ソポクレース

```
              ソーピロス
                 │
ニーコストラテー━━ソポクレース━━テオーリス
  （妻）            │         （シキュオーンの）
                    │           （妾）
              ┌────┴────┐
           イオポーン    アリストーン
```

テーナイの蜜蜂」と渾名され、死後彼の墓には一群の蜂の姿が刻まれたという伝承もある。

同名の孫ソポクレース（前5〜前4世紀）も劇詩人となり、祖父の遺作『コローノスのオイディプース』を前401年のディオニューシア祭で上演させている。

Ar. Ran. 76〜, Av. 100, Pax 695〜/ Arist. Poet. 11, Rh. 3-18, Metaph. Δ-5/ Ath. 1-20, 4-184, 13-603〜/ Vit. Soph./ Plut. Cim. 8, Per. 8, Nic. 15, Num. 4, Mor. 785a〜 Diod. 13-103/ Lucian. Macr. 24/ Paus. 1-21/ Plin. N. H. 7-29, -53, 18-12/ Diog. Laert. 3-56/ Ath. 13-603e〜/ Cic. Off 1-40-144/ Marm. Par. 57, 65/ Suda/ etc.

ソポニスバ　Sophonisba, Σοφόνισβα,（Sophoniba, Σοφόνιβα, Σοφωνίβα, Sophōnis, Σοφωνίς とも）正しくは、（ポエニー語）Saphanba'al,（仏）（独）Sophonisbe,（伊）（西）Sofonisba,（露）Софонисба

（?〜前203）カルターゴー*の将ハスドルバル❸*（ギスコー❷*の子）の娘。初めヌミディア*の王子マシニッサ*と婚約していたが、第2次ポエニー戦争（前218〜前201）中、父ハスドルバルはマーサエシューリー Masaesyli 族を味方に付けるべく、その王シュパークス*に彼女を娶わせた（前206頃, ⇒巻末系図035）。前203年ローマ＝マシニッサ連合軍にシュパークスが敗れ、王都キルタ*が陥落すると、ソポニスバは毒を仰いで命を絶った。あるいは、捕らわれの身となったものの、彼女の美貌に心惹かれたマシニッサと時を移さず結婚。ところがこれを不快とするローマの将軍スキーピオー・大アーフリカーヌス*（大スキーピオー*）は、捕虜とするべく彼女の身柄引き渡しを要求、マシニッサは煩悶の末ソポニスバに毒杯を送ったところ、彼女は従容としてそれを飲み干したという。

ソポニスバの最期は、古代よりも近世以降の文学・美術・音楽（コルネイユ、レンブラント、ヘンリー・パーセル）の主題としてよく知られている。

⇒巻末系図 034 〜 035

Liv. 29-23, 30-3, -7, -12〜15/ Polyb. 14-1, -7/ App. Pun. 10, 27, 28/ Diod. 27-7/ Dio Cass. 17-57/ Zonar. 9-11〜13/ etc.

ソムヌス　Somnus,（仏）Sommeil,（伊）Sonno,（西）Sueño,（葡）Sono

ローマの「眠り」の神。ギリシアのヒュプノス*に相当する。同項を参照。なお、ソムヌス（睡眠）から、「不眠（症）insomnia」や「夢遊症 somnambulism」、「寝言（癖）、（英）somniloquy」、「眠気、（英）somnolence」などの言葉が派生した。

ソーラ　Sora,（ギ）Sōra, Σῶρα,（伊）（仏）Sora

（現・Sora）ラティウム*地方のウォルスキー*系の町。ローマの東南60マイル、アルピーヌム*の近く、リーリス Liris（現・Garigliano）川を見下ろす要衝に位置。前345年、ローマ人に占領されるが、その後サムニウム*人との間で帰属をめぐる争いが繰り返され、前303年ラテン植民市の建設によって、ようやくローマの支配が確立した。のちアウグストゥス*は退役軍人の植民市（コローニア*）を築いた。デキウス・ムース*、アティーリウス・レーグルス*、L. ムンミウス*らの生地。ソーラの住民は卜占術を好むことで知られていた。多角形の要塞にめぐらされたアクロポリス*の遺構が残っている。

Plin. N. H. 3-5/ Liv. 7-28, 9-23〜24, -43〜44, 10-1, 27-9/ Vell. Pat. 1-14/ Sil. 8-396/ Diod. 20-80/ Strab. 5-238/ Ptol. Geog. 3-1/ Juv. 3-223/ etc.

ソーラクテ　Soracte

（現・Soratte または Monte S. Oreste）エトルーリア*の高山（標高691m）。ローマの北方26マイルに聳える石灰質の山で、頂上にローマ人がアポッロー*と同一視したソーラーヌス Soranus の神殿があった。その祭司ヒルピー Hirpi 一門は、毎年の祭礼の折に、灼熱する炭火の上を歩いて渡る儀式を行なっていたことで知られる。

Varro Rust. 2-3/ Plin. N. H. 7-2/ Hor. Carm. 1-9/ Verg. Aen. 7-696, 11-785〜/ Serv. ad Verg. Aen. 11-787/ Strab. 5-226/ Sil. 8-494/ etc.

ソーラーヌス、バレア　Servilius Barea Soranus,（ギ）Sōrānos, Σωρανός

（?〜後66）ローマ帝政期の政治家。52年度の補欠執政官（コーンスル*）。ルベッリウス・プラウトゥス*やウェスパシアーヌス*（のち皇帝）の友人。アシア*の属州総督 Proconsul（プローコーンスル）として良心的に統治したため、ネロー*帝の憎悪を買い、トラセア・パエトゥス*と同時に反逆罪で告発されて自殺した。娘のセルウィーリア Servilia（50頃〜66）も、魔法使いに相談した廉で訴えられ、父親とともに自殺するよう命じられた。ネローの死（68）後、この父娘に対する死刑判決は誤審と宣言された。なお彼は、ティトゥス*帝の2度目の妻マ（ー）ルキア・フルニッラ Marcia Furnilla（64年頃に離婚）の伯父に当たると考えられている（⇒本文系図89）。34年の補欠執政官となった Q. マ（ー）ルキウス・バレア・ソーラーヌス Marcius Barea Soranus（41〜43年の間アーフリカ*の属州総督）とは別人である。その他、独裁官スッラ*に処刑された共和政末期の護民官* Q. ソーラーヌス Valerius Soranus（前130頃〜前82）らの存在が知られる。

⇒巻末系図 101

Tac. Ann. 12-53, 16-21, -23, -30〜33, Hist. 4-10, -40/ Dio Cass. 62-26/ Schol. ad Juv. 1-33, 6-551/ etc.

ソーラーノス　Soranos, Σωρανός, Soranus,（伊）Sorano,（露）Соран

（後1世紀末〜後2世紀前半の人）ローマ帝政期のギリシアの医学者（方法学派 Methodistai）。エペソス*の出身。アレクサンドレイア❶*で教育を受け、トライヤーヌス*帝とハドリアーヌス*帝の治下（98〜138）、アレクサンドレイア、

のちにローマで活躍した。当時を代表する傑出した医師で、初めて本来の症状と発病後の付随的症状とを明確に区別し、鑑別診断学の祖とされる。20篇に及ぶ著書のうち、『産婦人科論 Gynaikeia, Γυναικεῖα』(4巻)、『急性病と慢性病(ラ) De Morbis Acutis et Chronicis』(8巻)などが残っている ── 後者は5世紀のカエリウス・アウレーリアーヌス Caelius Aurelianus によるラテン語敷衍訳で ──。前者においては、婦人病や出産と妊婦の世話について詳述し、膣鏡や特殊な助産椅子の使用、異常胎位の矯正法、死産が避けられない時の切胎術、子宮の優れた解剖所見などを論説、膣の薬物処理を主とする50ほどの避妊法、さらには種々の堕胎薬に関しても言及している。古代最大の婦人科医と評され、著作はラテン語に翻訳されて、西ヨーロッパでも広く読まれた。また彼は、受け手の男色家の欲望を遺伝性のものとするなど様々な興味深い考察を行なっている。
⇒ガレーノス、アスクレーピアデース❶、ケルスス、ルーポス
Soranus (Caelius Aurelianus) Gynaecia, De Morbis Acutis et Chronicis/ Tertullian. De Anim. 6, 8, 15, 25, 44/ Suda/ etc.

ソリー Soli
⇒ソロイ*（のラテン語形）

ソーリーヌス Gaius Julius Solinus,（仏）Solin,（伊）（西）Solino
(後3世紀前半)ローマ帝政期の著作家。主に大プリーニウス*の『博物誌』から抜粋した地誌 Collectanea Rerum Memorabilium を編纂(後200年代初頭)、世界各地の民族の歴史や風習、産物などを記した。内容は珍奇な事物や現象に富み、多くをプリーニウスに依拠していたので、彼は「プリーニウスの猿」と渾名された。本書は後6世紀頃、"ポリュヒストル Polyhistor" と改題されて刊行、中世の西ヨーロッパで愛読された。「地中海* Mare Mediterraneum」なる名称や、アイルランド(ヒベルニア*)に蛇が棲息しないことは、本書に初めて見られる。
⇒メラ
Solin.

ソール Sol,（仏）Soleil,（伊）Sole,（西）（葡）Sol
ローマの太陽神。その崇拝は、月の女神ルーナ*のそれと同時に、サビーニー*王ティトゥス・タティウス*によってローマにもたらされたと伝える。ソール・インディゲス S. Indiges という名称のもとに、毎年8月9日に犠牲が捧げられ、12月11日にも祭祀がとり行なわれた。ギリシアのヘーリオス*、さらにポイボス＝アポッローン*とも同一視され、4頭の白馬に戦車をひかせて天空を駆ける姿で表現されるようになった。オリエント風の太陽神崇拝が本格的にローマに移入されたのは、エラガバルス*(ヘーリオガバルス*)帝の治世(後218～222)のことで、エメサ*の太陽神司祭だったこの少年皇帝は、シュリア*から神体たる円錐形の黒石を、絢爛たる儀式で首都へ迎え入れた。次いでアウレーリアーヌス*帝(在位・270～275)が、「不敗の太陽神」Sol Invictus をローマの国家神に据え、以来コーンスタンティーヌス1世*の時代まで、ソール・インウィクトゥスはローマ帝国の主神的存在となる。壮麗な神殿と固有の神官団 Pontifices Solis を擁し、その生誕日は12月25日と定められ、この降誕節は後にキリスト教徒によって踏襲された。マクロビウス*の『サートゥルナーリア』(5世紀初頭)においてもなお、太陽は最高神と見なされている。

　ソールの形容詞 solaris から「太陽の」を意味する solar なる語が生じている ── 日蝕 solar eclipse, ソーラーハウス solar house, 日時計（のちに日光浴室）solarium,…… ──。
⇒ミトラース
Varro Ling. 5-74/ Dion. Hal. 2-50/ Augustin. De civ. D. 4-23/ Lydus Mens. 4-155/ Hor. Carm. Saec. 9/ S. H. A. Heliogab. 6, 17, Aurel. 5, 35/ Macrob. Sat. 1-17/ etc.

ソール・インウィクトゥス Sol Invictus,（仏）Soleil Invaincu,（伊）Sole Invitto,（西）（葡）Sol Invicto
⇒ソール

ゾロアスター Zoroaster
⇒ゾーロアストレース

ゾーロアストレース Zoroastres, Ζωροάστρης,（または、Zathraustes, Ζαθραύστης, Zaratos, Ζάρατος),（古代ペルシア語・アヴェスター語）Spītama Zarathushtra, Zaraθuštra, Zaratuštra, ザラスシュトラ（「黄金の駱駝らくだ」の意），（英）Zoroaster,（仏）Zoroastre, Zarathoustra,（独）Zarathustra,（伊）Zoroastro, (Zarathustra),（西）Zoroastro, Zaratustra,（葡）Zaratustra, Zoroastro,（露）Заратустра,（現ペルシア語）Zartošt, Zardosht, Zerdusht, Zartosht,（クルド語）Zerdest,（トルコ語）Zerdüşt
(前630頃～前553頃)イーラーンの民族宗教ゾロアスター教(ラ) Zoroastrianismus の開祖。伝承によれば、東イーラーンのドランギアネー Drangiane, Δραγγιανή,（ラ）Drangiana (現・シースターン Sistan 地方)シースターンに生まれ、誕生するや否や笑ったので、不吉に思った父親に棄てられるが、雌羊に哺乳されたという。30歳で天啓を受けて預言者となり、種々の奇蹟を起こし、42歳の時にバクトラ❶*の王(一説にダーレイオス大王*の父ヒュスタスペース Hystaspes)の庇護を得て布教。77歳で侵入した遊牧民により神殿内で殺戮されたと伝える。ギリシア人の記述に従えば、彼自身がバクトラの王で、のちアッシュリアー*王ニノス*およびセミーラミス*に征服されたとされている。その教義は、善神アフラ・マズダー Ahura Mazda,（パフラヴィー語）(中世ペルシア語) Ohrmazd (〈ギ〉Ōromasdēs, Ὠρομάσδης)と悪神アンラ・マンユ Angra Mainyu,（パフラヴィー語）(中世

ペルシア語) Ahriman (〈ギ〉Areimanios, Ἀρειμάνιος) との対立を説く二元論、近親間の性交とりわけ母子・父娘・兄弟姉妹間などの最近親婚の称揚、鳥葬の推奨と聖火の尊崇などで名高い。アカイメネース朝*ペルシア*のダーレイオス1世*(大王)が帰依して以来、サーサーン朝*がイスラーム教徒に滅ぼされる(後651)まで、永く(なが)イーラーン人の精神生活を支配し、またユダヤ教やマーニー*教、キリスト教のグノーシス*派など他の宗教にも大きな影響を及ぼした(善悪の二元論や最後の審判、復活、天国と地獄、天使など)。ゾロアスター教は、主神の名にちなんで一般にマズダー教(ラ) Mazdaismus とも呼ばれ、支那には後5世紀頃伝わって祆教(けん)、また拝火教の名で知られた。

ギリシア・ローマ人の間では、ゾーロアストレースは占星学や魔術、神学、自然科学について多数の書物を著わした賢者 sophos, σοφός、ないしマゴス*僧と見なされていた。
⇒マゴイ、ミトラース

Diog. Laert. 1-2, -8/ Ctesias 79, 91/ Pl. Alc. 1-122a/ Amm. Marc. 13-6/ Plut. Mor. 369e/ Just. 1-1/ Plin. N. H. 7-16, 11-97, 30-2/ Apul. Flor. 2-231/ Diod. 1-94/ Porphyr. Vita Pythag. 12/ Clem. Al. Strom. 1-357, -399/ Arn. 1-12, -52/ Dio Chrys. Or. 36/ Euseb. Praep. Evang, 1-10/ Suda/ etc.

ソロイ Soloi, Σόλοι, Soli (Soloe), (仏) Soles, (露) Солы, (現ギリシア語) Sóli

ギリシア系の都市名。

❶(現・Viranşehir, Mezitli)小アジア南東部、キリキアー*地方のタルソス*西南方にあった沿岸都市。前8世紀後半にロドス*島のリンドス*から来たドーリス*人がアルゴス*出身のアカーイアー*人とともに建設したギリシア植民市。前4世紀までにすでに富裕な都市となっており、前333年にはアカイメネース朝*ペルシア*帝国を支持した廉でアレクサンドロス大王*から200タラントンもの罰金を科せられている。ミトリダテース*戦争(前88〜前63)中、ソロイ市はアルメニアー*のティグラーネース*大王に破壊され無人の廃墟と化した(前83)が、のちローマの大ポンペィユス*が海賊掃蕩戦(前67)で捕らえたキリキアー人を移住させ、新市ポンペーイウーポリス Pompēīupolis, Πομπηϊούπολις, (ラ) Pompeiopolis(「ポンペイユスの町」の意)として再興した(前66)。哲学者クリューシッポス*やクラントール❷*、詩人アラートス*や、ピレーモーン*らの出身地として有名。なおソロイに植民したギリシア人が正しいギリシア語を忘れてしまったことから、誤った言葉遣いを意味するソロイキスモス Soloikismos, Σολοικισμός, (ラ) Soloecismus という表現が生じ、現代ヨーロッパでも文法違反や無作法を指す用語として用いられている(〈英〉Solecism, 〈仏〉solécisme, etc.)。

沈泥化した港湾に向かう長い列柱大通りや2つの並行した防波堤跡、劇場(テアートロン*)の遺構などが発掘されている。

Xen. An. 1-2/ Arr. Anab. 2-5/ Strab. 14-671/ Plin. N. H. 5-22/ Liv. 33-20, 37-56/ Mela 1-13/ Curtius 3-17/ Ptol. Geog. 5-8/ App. Mith. 105/ Diog. Laert. 1-51/ Steph. Byz/ Suda/ etc.

❷(アッカド語)Sillu(現・Karavostasi 西郊の Solia, または Pendeia) キュプロス*島北西岸の都市。トロイアー戦争*の直後にテーセウス*の子アカマース*ないしデーモポーン❶*によって創建されたと伝えられる。もとアイペイア Aipeia といったが、ソローン*の助言で3マイル東南の平地に移されてから繁栄したので、彼にちなんでソロイと改名されたという。アカイメネース朝*ペルシア*帝国の支配下にあり、古典期には政治的な重要性はなかったものの、銅山を所有していた点で注目された。ソロイの王パーシクラテース Pasikrates は、アレクサンドロス大王*およびその遺将プトレマイオス1世*に味方したため、キュプロス島で唯一人王位を廃されずに済み(前4世紀末)、息子で後継王のエウノストス Eunostos は、プトレマイオス1世の娘エイレーネー Eirene(生母は遊女ターイス*)を妻として与えられている。

アクロポリス*上のアルカイック期の神殿や、海に臨む野外劇場(テアートロン*)、城壁、舗装された大通り、ガラス工場などの遺跡が発掘されている。ペリパトス(逍遥)派の哲学者クレアルコス❸*の出身地。
⇒サラミース❷

Plut. Sol. 26, Alex. 29/ Strab. 14-683/ Herodot. 5-110〜/ Plin. N. H. 5-35/ Ptol. Geog. 5-14/ Diog. Laert. 1-51/ Diod. 14-98/ Ath. 13-576e/ Gal./ etc.

ソローン Solon, Σόλων, Solo(n), (伊) Solone, (西) Solón, (葡) Sólon, (露) Солон, (現ギリシア語) Sólon

(前639頃〜前559頃) アテーナイ*の立法者。ギリシア七賢人*の1人。コドロス*王の後裔を称するエクセーケスティデース Eksekestides を父とする名門の出。母は僭主ペイシストラトス*の母と従姉妹同士に当たる(⇒巻末系図023)。父が他人への援助で財産を減らしてしまったので、若い頃から貿易で身を立て、また各地へ航海して見聞を広めた。詩才に秀で、美少年たちに捧げた恋愛詩や、教訓詩、政治活動をうたった簡潔な作品を残し、それらは現存するアテーナイ最古の文学として知られている。

サラミース❶*島の領有をめぐるメガラ*市との戦いにおいて、市民を激励して、絶望視されていた島の獲得に成功し、名声を博する(前600頃)。その折、彼は狂気を装ってアゴラー*へ駆け込み、「『愛しい島(いと)』を取り戻そう」と士気を鼓舞するエレゲイア elegeia 詩を発表したとも、女装した若者たちに短剣を隠し持たせてメガラの男たちを刺殺させたとも、戦争が長期化したのでスパルター*(スパルテー*)が調停に入った時、『イーリアス*』の中に自作の詩句(第2巻558行)を竄入させて、アテーナイの正当性を主張したともいわれている。次いで前595年頃には、デルポイ*のために隣保同盟(アンピクテュオニアー*)を動かしてクリーッサ*に対する戦争(第1次神聖戦争*)を決議させ、ギリシア全体から称讃を受けた。

前594年、筆頭アルコーン*および調停者 aisymnetes, αἰσυμνήτης に選ばれて、当時激しくなっていた貧者と富者の抗争を打開するべく、「ソローンの改革（ラ）Solonis reformatio」と呼ばれる大改革を行なった。まず負債の全面帳消しを断行し、人身を抵当とする借財を禁止、債権者の奴隷になっていた人々——隷属農民 hektemoroi, ἑκτήμοροι——を解放した（「重荷おろし seisakhtheia, σεισάχθεια」）。次いで土地財産の大小によって市民を4等級に区分し、各等級に応じて国政参与の程度を規定、財産政治 timokratia, τιμοκρατία の原理を導入した。また、旧来のアレイオス・パゴス*会議の他に、各部族から100人、計400人から成る評議会（四百人評議会）を新たに設けたとも伝えられる（のちクレイステネース❷*が500人に増員する）。苛酷なドラコーン*の法を、殺人に関するもの以外は全廃し、姦通や男性売春などに関する道徳法を含む新しい法律「ソローンの法 Solōnos nomoi, Σόλωνος νόμοι」を定めて回転板 akson, ἄξων（〈複〉aksones, ἄξονες）に記載させた。「アテーナイ人に最良の法律を与えたか」と問われて、彼は「いや、彼らが受諾できる最良のものを与えたに過ぎぬ」と答えたといい、友人のアナカルシス*も、「法律は小さな虫を捕らえ大きな虫は逃がしてしまう蜘蛛の巣だ」と評した。さらにソローンは、度量衡や暦法を改正し、オリーヴ油以外の農産物の輸出を禁止、他国から手工業者を誘致するなどの経済的諸改革も行なった。

ところが、彼の中庸を保った改革には、富者も貧者も不満をいだいたので、「大事業において万人に気に入られるのは難しいものだ」と言って、法を変更せぬようアテーナイ市民に誓わせたのち、10年間外遊の旅に出た（前572）。エジプトでは神官からアトランティス*大陸の話を聞き、キュプロス*ではソロイ❷*市を創建、伝えるところでは小アジアのリューディアー*に赴いて王クロイソス*（在位・前560頃〜前546）や寓話作家アイソーポス*（イーソップ*）とも会談したという（⇒ビトーンとクレオビス）。

帰国後もアテーナイでは党争が激しく、アルコーン選出不能（アナルキアー anarkhia, ἀναρχία）の年がでるほどの異常事態が出来、彼の警告にもかかわらず、やがてペイシストラトスが民衆の支持を得て僭主政を樹立するに至る（前560頃）。高齢に達していたソローンはもはや政治に参与せず、かつての愛人 eromenos だったペイシストラトスの相談役を務め、80歳で死去。遺灰はサラミース島に撒かれたといわれる。ソローンはギリシア人の常として男色を非常に重んじ、ヒッタイト人が奴隷身分の男と自由人の少年との婚姻を認めていたのに反して、奴隷には衆道（パイデラスティアー paiderastia, παιδεραστία）は高尚過ぎるからと称して少年との情交を禁止、女色のみを認める一方、公娼制度を創始して国営の売春宿を設け、合法的に税金を徴収した事蹟でも知られている。「何事も度を過ごすことなかれ」、「友は急いでつくるな。しかし、一旦友とした人たちは見限らないようにせよ」、「理性を道案内人とせよ」、「その最期を見るまでは、いかなる人も幸福とは言えない」などが彼の有名な言葉である。また、周囲から独裁者となってアテーナイを支配するよう勧められた時に、「独裁者の座は結構だが、ひとたびそこへ登ると降りる道がない」と言って断ったという話も伝えられている。またある時、甥が竪琴を奏でつつサッポー*の詩を歌うのを聞いて、「その歌を教えてくれ。それを覚えてから死にたいから」と願ったという。

⇒テスピス

Solon Fr./ Plut. Sol., Mor. 751b/ Herodot. 1-29〜/ Diog. Laert. 1-45〜/ Paus. 1-16, 10-24, -37/ Arist. Ath. Pol. 5〜13, Pol. 1315b, Rh. 1-15/ Lys./ Strab. 9-394/ Ael. V. H. 8-16/ Ath. 6-226, 11-508, 13-569, 15-687/ Polyaenus 1-20/ etc.

タ行

大アイアース Aias Telamonios, Αἴας Τελαμώνιος, (ラ) Ajax Telamonius
⇒アイアース❶

大アグリッパ M. Vipsanius Agrippa
⇒アグリッパ、マールクス・ウィプサーニウス

大アグリッピーナ Agrippina Maior, (英) Agrippina the Elder, (仏) Agrippina l'Aînée, (独) Agrippina die Ältere, (伊) Agrippina Maggiore, (西) Agripina la mayor, (葡) Agripina a maior, (露) Агриппина Старщая
⇒アグリッピーナ❶

ダイアナ Diana
⇒ディアーナ（の英語訛り）

大アーフリカーヌス、スキーピオー P. Cornelius Scipio Africanus Maior
⇒スキーピオー・アーフリカーヌス・マイヨル（大アーフリカーヌス）

大アルメニア Armenia Maior
⇒アルメニアー

大アントーニア Antonia Maior
⇒アントーニア❶

大アントーニウス Marcus Antonius Triumvir
⇒マールクス・アントーニウス❸

大カエサル Caesar
　ローマの政治家・将軍（⇒カエサル、ガーイウス・ユーリウス）。

大カトー Cato Maior, (英) Cato the Elder, Cato the Censor, (仏) Caton l'Ancien, Caton le Censeur, Caton de Tusculum, (独) Cato der Ältere, (伊) Catone il Censore, Catone Maggiore, (西) Catón el Viejo, Catón el Censor, (葡) Catão, o Antigo, Catão, o Velho, (露) Катон Старший
⇒マールクス・ポルキウス・カトー❶

ターイス Thaïs, Θαΐς, Thais, (伊) Taide, (西) Tais, (露) Таис
（前4世紀後半）アテーナイ*の高級娼婦（ヘタイラー*）。アレクサンドロス大王*のアジア遠征に加わり、アカイメネース朝*ペルシア*帝国の首都ペルセポリス*が占領された時（前330初）、饗宴の席で酔余の戯れに大王の名声欲を刺激し、放火をそそのかした。彼女は真っ先に松明で壁布に火を放つことを許され、乱酔した大王と彼の部下がそれに続いた。そのため豪華絢爛たる宮殿は炎上して灰燼に帰してしまい、多くの文化遺産が潰滅した。アレクサンドロスの死後、彼女はプトレマイオス1世*の愛妾となり（一説に結婚し）、2男（レオンティスコス Leontiskos とラーゴス Lagos）1女（エイレーネー Eirene）を出産、子供たちは王宮で大切に育てられた。ターイスは容色優れた美妓であったのみならず、当意即妙の会話のうまい機智に富んだ女性でもあったという。
⇒ラミアー、ロドーピス、ラーイス、アガトクレイア
Ath. 13-576d～e, -585/ Diod. 17-72/ Plut. Alex. 38/ Curtius 5-7/ etc.

大スキーピオー Scipio Maior
⇒P. コルネーリウス・スキーピオー・アーフリカーヌス・マイヨル

大セネカ Seneca Maior
⇒セネカ❶

ダイダラ Daidala, Δαίδαλα, Daedala, (仏) Daedales
　ギリシアのボイオーティアー*で開催された女神ヘーラー*の祭礼。大・小の2種があり、大祭は60年ごと。伝承によると、その由来は大神ゼウス*が妻ヘーラーと仲違いした時、プラタイアイ*の古王キタイローン*の助言に従って、女人の木像を作り、これをヴェールで蔽い牛車に乗せて、あたかも新しい花嫁を迎えるかのごとくに仕立てた。すると女神ヘーラーは、大急ぎで飛んできてヴェールを剥ぎ取り、それが単なる木像だったので、笑って夫と仲直りしたという。この故事を記念して、人々は櫟（オーク）の木で両神の像（〈単〉ダイダロン Daidalon）を作ると、婚礼行列のようにしてアーソーポス*河畔へ運び、最後はキタイローン山頂で犠牲を捧げたのち、木製の大祭壇もろとも燃やし尽くして、その「聖婚」を祝うのを例としたのである。ボイオーティアー最大の櫟樹林に肉片を置いておき、それを掠（かす）め取った鴉（からす）の止まった木が、神像を刻む材木として伐り倒される習いであったという。
Paus. 9-3/ Plut. Mor. Frag. 157/ Euseb. Praep. Evang. 3-83/ etc.

ダイダリオーン Daidalion, Δαιδαλίων, Daedalion, (仏) Dédalion, (伊) Dedalione, (西) Dedalión
　ギリシア神話中、暁の明星ヘオースポロス*（エオースポロス*）の子。ケーユクス❷*の兄弟。乱暴者で狩猟や闘争を好んだが、のち娘キオネー❶*の横死を嘆くあまり、パルナッソス*山頂から身を投じ、アポッローン*によって鷹（ないし鸇（はいたか））に変身させられた。鳥と化したのちも獰猛か

つ兇暴な性質は失わず、他の鳥たちに脅威を与え続けているという。
Ov. Met. 11-291〜/ Hyg. Fab. 200/ Paus. 8-4/ etc.

ダイダロス　Daidalos, Δαίδαλος, Daedalus, Daedalos, （仏）Dédale, （独）Dädalus, （伊）Dèdalo, （西）（葡）Dédalo, （露）Дедал

（「巧みな工人」の意）ギリシア伝説中、天才的な名工。建築や彫刻・木工の技術に優れ、斧・錐・鋸・水準器などの道具類や、膠、舟の帆柱・帆桁などを発明、また神像を初めて造り出したという。アテーナイ*王家の出身とされるが、父母の名は伝承によってまちまちである（⇒巻末系図 020）。のち甥ペルディクス*（タロース❷*）の優れた才能を嫉んで殺害し、アレイオス・パゴス*丘の裁判で有罪を宣告されて、クレーター王*ミーノース*の宮廷へ逃れた。その地で彼は、ポセイドーン*の雄牛に恋した王妃パーシパエー*のために木製の雌牛をつくり、王妃はこの中に入って心ゆくまで雄牛と交わった。彼女が牛頭人身の怪物ミーノータウロス*を産むと、ミーノース王はダイダロスに命じて、誰も出口を見つけられない宏壮複雑な結構の迷宮ラビュリントス*を造営させ、この中に牛人を住まわせて人肉で養った。アテーナイの英雄テーセウス*がミーノータウロス退治にやって来た時、彼が無事迷宮から出てこられるよう王女アリアドネー*に糸玉を用いる策を授けたのは、ダイダロスであったという。この裏切りを怒ったミーノースは、ダイダロスとその子イーカロス*を迷宮内に幽閉したが、彼ら父子はパーシパエーによって救出され、船でクレーター島を脱出した、あるいは一般によく知られている説では、名工は自分と息子のために鳥を模した翼を作り、これを用いて天空へ飛翔し海原を越えて遁走、途中イーカロスは墜落死したものの、父親は西方シケリアー*（現・シチリア）島へ辿り着き、コーカロス*王の許へ身を寄せたことになっている。執拗に彼を追跡してきたミーノースは、コーカロスの娘たちに浴室で熱湯を浴びせられて暗殺されたという。ダイダロスはシケリアーや南イタリアに数々の建物や彫刻を残し、アルカイック期のギリシア世界の木像や神殿は、しばしば彼の製作に帰せられた（ダイダロス様式〈英〉daedalic）。闘えば必ず勝つというペーレウス*の魔法の剣や、眼も手を動かし歩行する活人形、エジプトのピラミッドをも、彼が作ったと伝えられる。

ギリシア・エトルーリア*・ローマの美術において、ダイダロスは通常イーカロスやパーシパエーとともに、浮彫や絵画に表現されている。技術者の祖神として、特にアッティケー*（アッティカ*）で尊崇を受けていた。
⇒トロポーニオス
Apollod. 3-15, Epit. 1-8, -12〜/ Hyg. Fab. 39, 244, 274/ Paus. 1-21, -26, 7-4, 9-3, 10-17/ Diod. 1-91, -97, 4-76〜/ Ov. Met. 8-244〜/ Serv. ad Verg. Aen. 6-14/ Herodot. 7-170/ Plut. Thes. 18/ Sil. 12-102/ Pl. Meno 97d, Euthphr. 11c, Alc. 1-121/ etc.

タイタン　Titan, （複数 Titans, 女性複数 Titanesses）
⇒ティーターン*（の英語訛り）「巨大な」を意味する形容詞 titanic, titanesque がここから派生した。

ダイドー　Dido
⇒ディードー*（の英語訛り）

大ドルースス　Drusus Senior, Drusus Maior, （英）Drusus the Elder
⇒ドルースス、ネロー・クラウディウス

タイナロン　Tainaron, Ταίναρον, （Tainaros, Ταίναρος）Taenarum, （仏）Ténare, （独）Tänaron, （伊）Tènaro, （西）Ténaro

（現・Ténaro または、Mani, Matapan）ペロポンネーソス*半島南端に位置するラコーニアー*（ラコーニケー*）地方の岬。ポセイドーン*の神域があり、その近くの洞窟は冥界に通じていて、英雄ヘーラクレース*は地獄の番犬ケルベロス*を連れて、ここから地上へ戻って来たと伝えられる（第12の功業）。また楽人アリーオーン*が水夫たちの裏切りで海に投身した時、1頭の海豚が彼を救ってタイナロン岬まで運んだという話は有名。タイナロン周辺は美しい黒緑色大理石や上質の羊毛の産地として知られる。なお、岬の神域には死者を呼び寄せる神託所もあったとされ、ここへ逃げ込んだ者は生命を保護されるという避難所（アシューロン、〈ギ〉asȳlon,〈ラ〉asȳlum）の特権を有していた。冥府への通路はこのタイナロンの洞窟の他、アルゴリス*のヘルミオネー Hermione の裂け目や、レルネー*の底無し沼、ポントス*のヘーラクレイア❸*、イタリアのクーマエ*の洞窟、アウェルヌス*湖など各地にあったと伝えられる。
Hymn. Hom. Ap. 412/ Herodot. 1-23〜/ Thuc. 1-128, -133, 7-19/ Strab. 8-363, -373/ Paus. 3-25, 2-35, -36/ Plin. N. H. 27-2, 36-29, -43/ Ptol. Geog. 3-16/ Pind. Pyth. 4-44, -174/ Ar. Ach. 510/ Diod. 11-45/ Ael. V. H. 6-7/ Steph. Byz./ etc.

タイバー　Tiber
⇒ティベリス（の英語形）

大ハンニバル　Hannibal Magnus
⇒ハンニバル❶

大ハンノー　Hanno Magnus
⇒ハンノー❷

大フォルム　Forum Magnum
⇒フォルム・ローマーヌム

大プリーニウス　Plinius Maior
⇒プリーニウス❶

タイベリアス　Tiberius
⇒ティベリウス*（の英語訛り）

大ポンペイユス　Pompeius Magnus,（ギ）Πομπήιος ὁ Μέγας,（英）Pompey the Great,（仏）Pompée le Grand,（独）Pompejus der Große,（伊）Pompeo il Grande,（西）Pompeyo el Grande,（葡）Pompeu, o Grande
⇒Cn. ポンペイユス・マグヌス❶

タイモーン　Timon
⇒ティーモーン*（の英語訛り）

ダイモーン　Daimon, Δαίμων, Daemon,（英）Demon,（仏）Démon,（独）Dämon,（伊）Demone,（西）Demonio,（葡）Demónio, Demônio, Demo,（露）Демон（または、**ダイモニオン** Daimonion, Δαιμόνιον, Daemonium）

ギリシア人の信じた「神霊」。ローマ人のヌーメン Numen に相当。ホメーロス*においては、神的な力一般を意味していたが、ヘーシオドス*では黄金時代の死者たちが化した地上の善き精霊、人間の守護神を指すようになる。のちには神と人間の中間にあって仲介者の役割を果たす下位の神的存在、個人の運命を司る守護霊と見なされ（⇒ゲニウス）、各人それぞれに善悪2種のダイモーンがついていて、その営為を見張っているという観念が定着した。ソークラテース*が自己の内なる一種の「良心の声」をダイモーンと呼んでいたことは有名。神格化された英雄 heros の霊もダイモーンと称されていた。やがて、「異教（非キリスト教）」の神格・神霊をすべて一律に非難攻撃するキリスト教徒たちによって、ダイモーンは悪霊ないし悪魔・鬼神 Demon（デーモン）を示す言葉に変質させられた。dämonisch（デモーニッシュ）（独）などの語源。

ちなみに、悪魔 Devil（デヴィル）（英）の語源となったのは、「中傷者」を意味するギリシア語ディアボロス Diabolos である。
⇒アガトダイモーン

Hom. Il. 3-420, Od. 12-295/ Hesiod. Op. 121～/ Pl. Symp. 202d～203a, Ap. 27d, Phd. 107d～e, Resp. 10-617d～e, -620d～e/ Cic. Tusc. 1, Div. 1-54/ etc.

大ユーリア　Julia Maior
⇒ユーリア❺

タイラント　Tyrant
⇒テュランノス（の英語形）

ダウヌス　Daunus,（ギ）ダウノス Daunos, Δαῦνος または、ダウニオス Daunios, Δαύνιος,（伊）（西）（葡）Dauno, Daunio,（現ギリシア語）Dávnos, Dávnios

ギリシア・ローマの神話伝説中、イッリュリアー*からイタリア半島東南部へ渡ってアドリア海*沿岸に王国を築いたとされる人物。リュカーオーン*の息子とも、ピールムヌス Pilumnus とダナエー*の子ともいう。2兄弟イアーピュクス Iapyks とペウケティオス Peuketios と共に南イタリアのアープーリア*地方に侵入し、先住民アウソニア*人を追ってダウニアー Daunia、メッサピアー Messapia、ペウケティアー Peuketia の3王国を建てた（総称がイアーピュギアー*）。祖国を追われてイタリアへ辿り着いたディオメーデース*を歓待し、娘エウヒッペー Euhippe と領土を彼に与えたというが、一説にはディオメーデースと不和になり、この女婿の手で殺されたとも伝えられている。ダウニイー Daunii（ギ）ダウニオイ Daunioi 族の名祖であり、またアルデア*王トゥルヌス*や泉のニンフ*（ニュンペー*）・ユートゥルナ*の父に擬されてもいる。
⇒メッサーピイー

Verg. Aen. 8-146, 10-616～, -688, 12-22, -90, -785, 934/ Ov. Fast. 4-76/Strab. 5-242/ Serv. ad Verg. Aen. 8-9, Met. 14-408～, -510～/ Ant. Lib. Met. 31, 37/ Plin. N. H. 3-11/ Hor. Carm. 3-30, 4-14/ etc.

タウマース　Thaumas, Θαύμας,（伊）（西）（葡）Taumante,（露）Тавмант,（現ギリシア語）Thávmas, Thávmantas

ギリシア神話の古い海神。ガイア*（大地）とポントス*（海）の子。海の驚異 thauma の擬人化。オーケアノス*の娘（オーケアニス*）のエーレクトラー❶*との間に、ハルピュイアイ*と虹の女神イーリス*を儲けた。一説にテーテュース*の子とも伝えられる。いわゆる「海の老人」の1人。
⇒巻末系図 001，次頁系図 227

Hes. Th. 237, 265～, 780/ Apollod. 1-2/ Callim. Del. 67/ Ov. Met. 4-479, 14-845/ Cic. Nat. D. 3-20/ etc.

タウリケー　Taurike, Ταυρική, Taurica,（仏）Taurique,（独）Taurien,（西）Táurica,（葡）Táurida,（露）Таврика,（現ギリシア語）Tavrikí

黒海北岸、タウロイ*族の居住していた地方。イーピゲネイア*（アガメムノーン*の娘）の伝説で名高い。
⇒ケルソネーソス❷

Eur. I. T. 30, 85, 1454/ Herodot. 4-20, -99, -100/ etc.

系図 226　ダウヌス

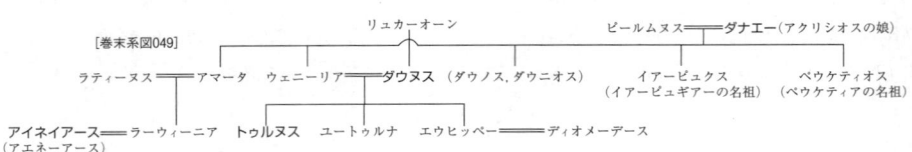

タウリス Tauris
⇒（タウリケー*の）ケルソネーソス❷

タウロイ Tauroi, Ταῦροι,（ラ）タウリー Tauri,（英）Taurians,（仏）Taures,（独）Tauren,（西）Tauros,（露）Тавры,（現ギリシア語）Taúri
　黒海北岸、ケルソネーソス・タウリケー*（クリム Krym（クリミア）半島）に住んでいた種族。スキュタイ*系とされ、伝承によると、異邦人を「処女神」の生贄に供する風習があり、ギリシア人はこの女神をアルテミス*と同一視していた（⇒イーピゲネイア）。犠牲者は頭を棍棒で強打されて殺され、胴体は神殿の建っている断崖の上から突き落とされ（異説では地中に埋められ）、首は高い棒の上に梟されることになっていたという。
Herodot. 4-20, -99～103/ Paus. 1-43/ Mela 2-1/ Plin. N. H. 4-12/ Cic. Rep. 3-9/ Ov. Pont. 3-2, Tr. 4-4/ etc.

タウロボリオン Taurobolion, Ταυροβόλιον,（ラ）タウロボリウム Taurobolium,（仏）Taurobole,（伊）（西）（葡）Taurobolio,（露）Тавроболиум
　女神キュベレー*の秘教（ミュステーリア*）で、地下にいる入信者の上で雄牛を屠殺して、その全身に鮮血を浴びさせる「血の洗礼」儀式。ミトラース*教でも行なわれた。碑文に記録されている。
⇒クリーオボリオン
Prudent. Perist. 10-1011～/ S. H. A. Heliogab. 7/ etc.

タウロメニオン Tauromenion, Ταυρομένιον,（ラ）タウロメニウム Tauromenium,（タウロミニウム Taurominium とも),（仏）Tauroménium,（露）Тавромения
（現・タオルミーナ Taormina,〈シチリア語〉Taurmina）シケリアー*（現・シチリア）島東岸の都市。メッサーナ*（現・メッシーナ）の南西 51 km、エトナ（アイトネー*）火山を望む風光明媚な地に位置する。はじめカルターゴー*の将軍ヒミルコーン❷*によって創建された（前396）が、ほどなくシュラークーサイ*の僭主ディオニューシオス1世*が占領し（前392）、ギリシア都市として再建した。前358年には、アンドロマコス Andromakhos（史家ティーマイオス*の父）が、ナクソス❷*からの避難民をこの地に集め、僭主として市に君臨した。次いで同市はコリントス*のティーモレオーン*（前344）やエーペイロス*王ピュッロス*（前278）を受け容れ、アガトクレース*やシュラークーサイのヒエローン2世*の支配を受けたのち、ローマの統治下に入った（前211）。前1世紀末にアウグストゥス*の退役兵らによる植民市（コローニア*）となり、帝政期にも良質の葡萄酒の産地として繁栄し続けた。ローマ人によって再建されたギリシア式劇場（テアートロン*）はじめ浴場、水道（アクァエドゥクトゥス*）、オーデイオン*（音楽堂）などいくつかのローマ時代の遺跡を、今なお見ることができる。
Diod. 14-58～, -87～, 16-7, -68, 19-102, 22-7～, -13/ Strab. 6-266～267/ Plin. N. H. 3-8/ Cic. Att. 16, Verr. 2-2-66/ Ov. Fast. 4-475/ Plut. Tim. 10/ Oros. 5-9/ App. B. Civ. 5-106～/ Dio Cass. 49-5/ Ptol. Geog. 3-4/ etc.

ダエダルス Daedalus
⇒ダイダロス*（のラテン語形）

ダーキー Daci,（ギ）Dakai, Δάκαι,（英）Dacians,（仏）Daces,（独）Daker,（西）Dacios,（葡）Dácios,（露）Даки
　ダーキア*人。

ダーキア Dacia,（ギ）Dakia, Δακία,（仏）Dacie,（独）Dakien,（葡）Dácia,（露）Дакия
　ヨーロッパ東部、ドーナウ（イストロス*）河北岸の地域。現在のルーマニア周辺に相当。ダーキア人（ダーキー*）はトラーキアー*（トラーケー*）系の農耕民族であったが、前4世紀頃にケルト*（ガラティアー*）人の侵入を受け、以来その文化的影響下にカルパティア山脈の金・銀・鉄などの採掘に従事、ギリシア人やイタリア人とも交易を行なった（⇒ゲタイ）。好戦的な民族で、前60年頃ビューレビスタース*（ブーレビスタース*）王（?～前44年暗殺される）の下に統一されると、周辺諸地域を征服し、ローマの属州マケドニア*をも脅かした。その後一時内訌で乱れ、アウグストゥス*の時代に公式にローマの宗主権を認めたけれど、冬になると凍ったドーナウを渡って、しばしばローマの属州モエシア*やパンノニア*を荒らし続けた。

系図227　タウマース

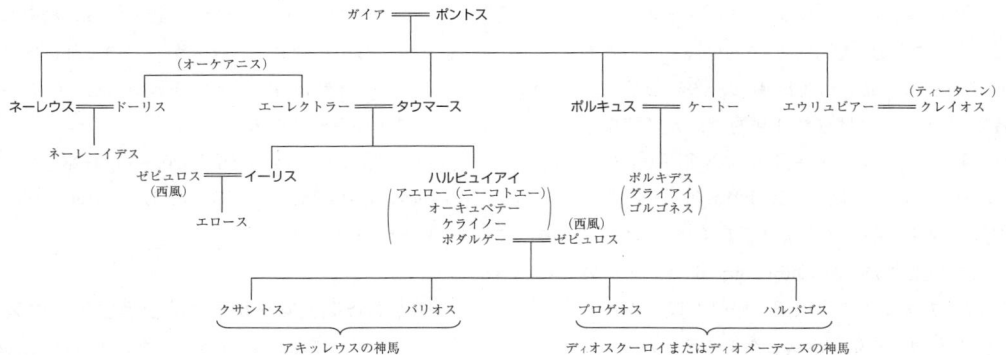

有能な王デケバルス*（？〜後106）が立つに及んで、ローマ皇帝ドミティアーヌス*と干戈を交え（85〜89）、有利な条件で和約を締結、毎年莫大な償金を受けとることとなる。しかし、トライヤーヌス*帝の2度にわたる親征（101〜102、105〜106）により、ついに王都サルミゼゲトゥーサ Sarmizegethusa を攻略・破壊され、デケバルスは自害して果てた。この遠征の模様はローマに建てられたトライヤーヌス記念柱の浮彫に刻まれて今日に伝えられている。王国はローマ帝国の属州ダーキアとなり（106）、住民は追い払われ、新しい植民市 Colonia Ulpiana Traiana が建設され、イタリア移民が送りこまれた。帝政期に都市化が進んだが、3世紀にゴート*人の侵寇のため、アウレーリアーヌス*帝はダーキアの放棄を余儀なくさせられ（271頃）、以来ドーナウ河が帝国の国境線となった。ダーキア地方はローマ帝政後期に、男色を尚ぶ古制を保持した部族タイファリー Taifari が居住していたことで有名。西部トランシルヴァニア Transylvania のサルミゼゲトゥーサなど幾つかの都市遺跡が発掘されている。また、ローマ時代のラテン語に淵源するロマンス諸語の1つルーマニア語が現在もこの地域で話されている。

⇒カルピー、スコルディスキー

Suet. Iul. 44, Aug. 63/ Dio Cass. 68-6〜14/ App. Ill. 23/ Luc. 2-53/ Amm. Marc. 31-3/ Just. 32-3/ Plin. N. H. 4-12/ Plin. Ep. 8-4/ S. H. A. Aurel. 39/ Strab. 7-298〜/ Ptol. Geog. 3-5, 8-11/ Paus. 1-12/ etc.

タキトゥス　P.（または C.）Cornelius Tacitus,（仏）Tacite,（伊）Tacito,（西）（葡）Tácito,（露）Тацит

（後56頃〜後120頃）ローマ帝政期の歴史家。ガッリア・ナルボーネーンシス*のケルト*系の家系に属す。ローマ騎士だった父コルネーリウス・タキトゥス Cornelius Tacitus の任地ガッリア・ベルギカ*で生まれる（異説あり）。若い頃から修辞学を修め、やがてウェスパシアーヌス*帝に認められて元老院身分に列せられる。77年執政官アグリコラ*の眼鏡に叶って、その娘と婚約し、翌年に結婚。以来、財務官（クァエストル*）（81／82）、法務官（プラエトル*）（88）、執政官（97）、そしてアシア*の属州総督 Proconsul（プロコーンスル）（112〜113）を歴任し、その間に弁論家としての名をも高めた。小プリーニウス*と親しく交わり、2人は協力して不正な属州総督マリウス・プリ（ー）スクス Marius Priscus を元老院で弾劾（99〜100）、また小プリーニウスの書簡のうち11通がタキトゥス宛てのものとなっている。こうした輝かしい公的生涯を送ったものの、ドミティアーヌス*帝の恐怖政治（93〜96）を体験した彼は、元首政治（帝政）に対して批判的で、元老院を中心とする共和政を理想とした。タキトゥスの演説や詩はすべて散佚し、現存する作品は以下の通りである。

（1）『アグリコラ Agricola』——より正しくは、『ユーリウス・アグリコラの生涯 De Vita Julii Agricolae』——（98年の春に公刊）岳父アグリコラの伝記。中庸と武勇の徳を貫いたこの高潔な人物を罷免・冷遇したドミティアーヌスを痛烈に非難し、「悪い元首（皇帝）の下でも人は偉大であり得る」という政治哲学を世に問うた。歴史や地理への言及も多く、当時のブリタンニア*（現・グレート・ブリテン島）を知る上で欠かせぬ史料となっている。

（2）『ゲルマーニア Germania』——より正しくは、『ゲルマーニー*人の起源と位置（および風俗）De Origine et Situ Germanorum』——（98年に執筆）ゲルマーニア*の風土と民族を扱った小品。ローマ帝国に脅威を与えていたゲルマーニー人に関する最古の統一的記述で、その生活や習俗を丹念に誌（しる）しており、古代ゲルマーニア研究上最も重要な文献である。原始的だが自由で素朴な新興民族の活力を、爛熟し頽廃しつつあるローマの奢侈・悪徳と対照的に描き出し、自国民に道徳的な警告を与えている。

（3）『弁論家に関する対話 Dialogus de Oratoribus』（100〜105頃に執筆）社会史的な見地から文学と政治の関係を論じたキケロー*風文体の対話篇。帝政期に入って雄弁が衰退したのは、独裁体制下において共和政時代の自由が失われたことに起因すると説く。

（4）『同時代史（歴史）Historiae』（106〜108に執筆）ネロー*帝死後の内乱勃発（69）からドミティアーヌス帝の暗殺（96）までを扱った「平和ですら血腥（なまぐさ）かった時代」の歴史。全14（ないし12）巻のうち第1〜4巻と第5巻の一部が伝存する（96〜97年分）。戦闘と殺戮の繰り返された時代を描いた本書の随所に、タキトゥスの厭世的な気質と辛辣な諷刺が克明に現われている。

（5）『年代記 Annales』（116〜118に執筆）アウグストゥス*帝の死（14）からネロー帝の自害（68）に至るローマ史を扱った畢生の大作。タキトゥスは（4）（5）の両史書をもって、独自の簡潔で迫力ある文体を確立するとともに、彼自身の歴史文学をも完成させた。全18（ないし16）巻中、第7〜10巻（カリグラ*帝とクラウディウス*帝の初政）、ならびに第5・11巻の一部、第16巻の途中以下を欠く。陰謀・毒殺・処刑・近親姦、等々、人間の欲望や残虐さを物語るエピソードを満載した本書は、腐敗堕落したローマ上流社会の暗黒面を容赦なく剔抉（てっけつ）し、冷酷・邪悪な専制政治を弾劾してやまない。

帝政憎悪という偏向があるにもかかわらず、彼はその圧倒的な文才と、優れた劇的描写、人間の本性と心理的動機を究明する炯眼（けいがん）などのゆえに、ローマ第一の史家と評価されている。彼と小プリーニウスの親密な交友ならびに2人の学識の深さは当時名高く、ある日キルクス・マクシムス*でタキトゥスと学問の話をいろいろ交した1人の騎士が「あなたはタキトゥスか、でなければプリーニウスでしょう」と言い当てたという話が伝えられている。

⇒スエートーニウス

Plin. Ep. 2-1, -11, 6-16, 7-20, -33, 9-23/ Plin. N. H. 7-16/ Oros. 7-10/ Tac. Agr., Germ., Dial., Hist., Ann./ Sid. Apoll. Epist. 4-14, -22/ etc.

タキトゥス、マールクス・クラウディウス　Marcus Claudius Tacitus,（ギ）Mārkos Klaudios

Takitos, Μᾶρκος Κλαύδιος Τάκιτος

(後200頃～276) ローマ皇帝 (在位・275年9月25日～276年4月9日または4月13日、6月頃など諸説あり)。

　史家タキトゥス*の後裔を称する。アウレーリアーヌス*帝の横死後、6週間 (8週間とも) の空位期間を経て、軍隊の要請により元老院から皇帝に指名される。富裕な筆頭元老院議員だったタキトゥスは、すでに75歳という高齢だったため、この名誉ある危険な職を辞退しようとしたが、国民の強い要望に応えてやむなく登位 (275秋)。元老院の権威回復に努めたが、軍隊指揮権は元老院議員の手に戻されなかった。高潔な人柄で、即位するや巨額の私有財産を国家に献納、異父弟フローリアーヌス*を執政官(コーンスル*)に任命しようとして元老院に反対されると、「元老院は自ら選立した君主の人となりを実によく知っている」と言って彼らの意見に従った。風紀の粛正にも意を用い、ローマ市内における売春宿の経営を禁止、また公共浴場(テルマエ*)は日没までに閉館するよう命じた。即位の翌年、東方に出征して小アジアを侵略したゴート*族、アラーニー*族を撃退したが、テュアナ*で部下の軍隊に暗殺された (過労による病死ともいう。在位6ヵ月と20日間ほど)。

　学問を好んで毎日一定の時間を読書や執筆に捧げる一方、迷信深いところもあって占いにより不吉とされた毎月の第2日目には、決して研究に従事しなかったという。
⇒プロブス
S. H. A. Tac./ Aur. Vict. Caes. 36/ Zonar. 12-28/ Eutrop. 9-10/ Oros. 7-24/ Zosimus 1-63/ Malalas 12/ etc.

タークィン　Tarquin
⇒タルクィニウス* (の英語形)

タクシレース (または、タクシラース)　Taksiles, Ταξίλης, Taxiles, (Taksilas, Ταξίλας, Taxilas) (本名・Omphis または Mōphis。古代インド名 Ambhi), (仏) Taxilès, (伊) Tassile, (露) Таксил

(前4世紀後半) インド北西部の王。タクシラ Taksila, Ταξίλα, Τάξιλα, Taxila (サンスクリット語・タクシャシラー Takṣaśilā、パーリ語・Takkasilā、現・ラワルピンディの西北郊35.5km の都市遺跡 Bhir丘, Sirkap, Sirsukh, (漢) 呾叉始羅, (和) タキシラ) を首都として、インドス* (インダス) 河からヒュダスペース* (現・Jhelum) 河に及ぶ広大な領域を支配していた。前327年インドへ迫り来たアレクサンドロス大王*を莫大な贈物で迎え入れ、翌前326年ヒュダスペース河で大王と共に旧敵ポーロス*王を撃破した。アレクサンドロス大王の死 (前323) 後、王国は独立したが、程なくマウリヤ Maurya 朝初代の王サンドラコットス* (チャンドラグプタ) に征服された (前4世紀末頃)。ギュムノソピスタイ* (裸体苦行者) の1人カラーノス*を説得して、アレクサンドロス大王に随行させたのは、このタクシレースであるという。タクシレースは歴代の支配者が帯びたタクシラ国王の称号であったと見なされる。その国土は豊沃で法制が極めて整備されていたが、女性たちは象1頭と引き換えに喜んで身を任せたとか、適齢期に達した娘は全員公開の場に立たされて比武競技の勝者に与えられる習慣 (花婿択びの競技会スヴァヤンヴァラ Svayaṃvara のことか) であったと伝えられている。
⇒バクトリアー
Arr. Anab. 4-22, 5-3, -8/ Curtius 8-12/ Diod. 17-86/ Plut. Alex. 59, 65/ Strab. 15-69/ Just. 13-4/ Phot. Bibl./ etc.

ダクテュロスたち　Daktylos, Δάκτυλος, Dactylus, (英) Dactyl, (仏) Dactyle, (独) Daktyle, (伊) Dattilo (Dactilo), (西) Dáctilo, (露) Дактиль, (複) ダクテュロイ Daktyloi, Δάκτυλοι, Dactyli, (仏) Dactyles, (独) Daktylen, (伊) Dattili, (西) Dáctilos, (露) Дактили

(「指」の意) ギリシア神話中、イーデー* (イーダー*) 山中に住んでいた精霊たち。魔法に通じ冶金術を開発したという。女神レアー*ないしキュベレー*の従者で、クレーター*島で幼いゼウス*の番をしたとされ、コリュバンテス*やクーレーテス*、テルキーネス*、カベイロイ*と混同される。小人とも巨人とも伝えられ、その数も3人、5人、10人、100人などまちまちである。一説にはヘーラクレース Herakles を長男とする5人兄弟で、オリュンピア競技祭*を創始したといわれる。レアーがゼウスを産んだ時、苦痛のあまり土を手指で摑んで投げたところ、そこから彼ら――右手から男5人、左手から女5人――が生まれ出たので、ダクテュロイと呼ばれたと言い伝えられる。初めて鉄を発見して加工し、その精練を通して優れた器具を製造。呪術に通じ、ローマ時代になっても多数の女人が彼らの魔術の呪文に従って護符を作っていたという。クーレーテスとコリュバンテスをダクテュロイの子孫と見なす説もある。

　別伝によると、彼らはプリュギアー*のイーデー山のダクテュロスたちで、トロイアー*の王子パリス*に音楽を伝授、のちサモトラーケー*島へ移住し秘教(ミュステーリア*)に従事。弟子となった楽人オルペウス*は密儀や入信儀礼をギリシア人の間へ広めたという。
Strab. 10-473～/ Paus. 5-7, -8, -14, 8-31, 9-19/ Diod. 5-64 ～/ Ap. Rhod. 1-1129/ Plut. Mor. 1136/ etc.

タクファリーナース　Tacfarinas, (ベルベル語) Tiqfarin, (露) Такфаринат

(?～後24) ヌミディア*出身の軍人。アーフリカ*の反乱軍の指導者。ローマ陣営に援軍として奉仕していたが、ティベリウス*帝の治世に脱走して軍隊を組織すると (後17)、マウリー*族を糾合して大勢力をなし、各地で略奪や殺戮を行ないつつ執拗なゲリラ戦術でローマの支配権を脅かした (17～24)。カミッルス❸*をはじめとするローマの将軍に3度撃退されたのち、名目上のマウレータニア*王プトレマイオス⓲*の率いる帝国側の軍隊に奇襲を受け、槍の中にとび込んで討死を遂げた (24)。8年にわたる頑強な

反ローマ闘争を展開したために、後世「アーフリカのアルミニウス*（ゲルマーニア*の解放者）」と評されている。
Tac. Ann. 2-52, 3-20〜21, -73〜74, 4-23〜26./ etc.

タゲース　Tages, （仏）Tagès, （伊）Tagete, （露）Tarec
　エトルーリア*の予言の神。ユーピテル*（エトルーリアのティニア Tinia）の孫。タルクィニイー*（現・タルクィーニア）の近くで農夫（タルクィニイーの創建者タルコーン*だとも）が畑を耕している時、畝の中から白髪の少年の姿で出現し、エトルーリアの人々に予言の術 ── とりわけト腸・内臓占い（⇒ハルスピケース）── を教えたのち、再び土中に消え去った。その言葉は口伝で伝えられ、後に『タゲースの書』Libri Tagetici に書き記されて、エトルーリアのト占者たちの知識の源となった。一説にタゲースは、ギリシアのエロース*と同じく、性愛を司る美しい少年神だとされている。
Cic. Div. 2-23/ Ov. Met. 15-553/ Serv. ad Verg. Aen. 1-2/ Amm. Marc. 17-10/ Arn. 2-69/ Columella 10-344〜/ Isid. Orig. 8-9/ etc.

タコース（または、テオース*）　Takhos, Ταχώς, Tachos (Tachus), Teos, Τεώς, （露）Taxoc, （古エジプト名）Djedhor, Irmaatenrā（即位名）
　エジプト第30王朝の王（在位・前362頃〜前360頃）。ネクタネボス1世*の子。父在世中より共同統治を始め、アカイメネース朝*ペルシア*のアルタクセルクセース2世*の軍隊と交戦した。ギリシア人傭兵を率いてパレスティナ*へ攻め込むが、その不在中に甥（一説に孫）のネクタネボス2世*に裏切られ、王位を奪われた。ペルシアの宮廷へ亡命し、贅沢な食生活に染まったため、たちまち痼病を発して死んだという。王座を失ったのは、尚武の国スパルター*から王アゲーシラーオス2世*を傭兵隊長に招いておきながら、その小柄で見すぼらしい姿に失望し、「大山鳴動して鼠一匹よ」と評して、全軍の指揮官に任命しなかったので、それを不満に思ったアゲーシラーオスが、ネクタネボス側へ寝返ったせいだと伝えられる。
⇒カブリアース
Diod. 15-90, -92〜93/ Xen. Ages. 2-27〜31/ Plut. Ages. 36〜40/ Ael. V. H. 5-1/ Ath. 14-616/ Manetho/ etc.

タソス　Thasos, Θάσος, Thasus, （伊）Taso, （西）（葡）Tasos, （露）Tacoc（旧称・Odonis）
（現・Thásos）エーゲ海北端、トラーケー*（トラーキアー*）対岸の島（面積 380 km²）。伝説上の名祖タソスは、フェニキア*の王子で、兄カドモス*と一緒に姉妹エウローペー*を捜しに出かけて、この島に留まることになったといわれる。歴史的にも古くはトラーケー人やフェニキア人がこの地に植民して金銀の鉱山を発掘しており、次いで黄白欲にかられたパロス*島のギリシア人が来住し（前708）、フェニキア人と争闘を重ねつつ植民市を築いたものと見られている（異説あり）。この植民団の中には、詩人アルキロコス*も含まれていた。ギリシア系タソス人は、やがて対岸トラーケーのパンガイオン*山の金脈をも獲得し、一時は年間300タラントンに及ぶ鉱山収入をもつエーゲ海域有数の富強を誇った（前6世紀〜前5世紀初頭）。島自体も肥沃で植物に覆われ、葡萄酒や大理石の産地として知られていた。画家ポリュグノートス*や運動家テアーゲネース❸*の出身地でもある。アカイメネース朝*ペルシア*に征服され、城壁を取り壊された（前491）が、ペルシア戦争*後帝国の軛から解放され（前479）、アテーナイ*を盟主とするデーロス同盟*の一員となる（前477）。ところが今度はアテーナイが野心を露わにしてトラーケーの金山を奪おうとしたので、前465年タソスは同盟から離反、そのため2年余りの包囲攻撃を受けたのち、アテーナイ軍に屈服させられた（前463）。ペロポンネーソス戦争*中の前411年に再度反旗を翻すが、トラシュブーロス❶*によって再びアテーナイの傘下に引き戻された（前409）。スパルター*の提督リューサンドロス*がアテーナイ守備隊を殺戮してくれた（前404）にもかかわらず、タソスはまたもやアテーナイと同盟を結び（前389）、アテーナイ第2次海上同盟（前378〜前355）に最後まで加盟。マケドニアー*の支配（前340〜）を経て、前196年ようやくローマ軍により解放された。
　前6〜前5世紀の城壁およびシーレーノス*門の遺構の他、アゴラー*、アクロポリス*、劇場（テアートロン*）などローマ帝政期に至るいくつかの建造物の遺跡が発掘されている。島にはフェニキアの神メルカルト Melkarth, Melqart (Milk-quart) が、ヘーラクレース*と同一視されて祀られていたと伝えられる。タソス島からはまた、念者（エラステース）が愛する若者を称賛した58もの碑文が1か所から見つかっており（前5世紀後半頃）、当時の男色風俗を識るうえで興味深い。
⇒レームノス、サモトラーケー
Herodot. 2-44, 6-28, -44〜, 7-108, -118/ Thuc. 1-100〜, 4-104〜, 5-6, 8-64/ Mela 2-7/ Paus. 5-25/ Ael. V. H. 4-3/ Strab. 9-487/ Diod. 11-70, 12-68/ Plut. Cim. 14/ Xen. Hell. 1-1, -4/ Polyb. 15-24, 18-44, -48/ Liv. 33-30, -35/ Plin. N. H. 4-12/ etc.

ダタメース　Datames, Δατάμης, （仏）（伊）Datame, （西）Datame(s),
（前405頃〜前362）アカイメネース朝*ペルシア*のアルタクセルクセース2世*に仕えたカーリアー*人の将軍。王宮の護衛兵を務めたのち、父カミサレース Kamisares（カミッサレース Kamissares）の戦死をうけてキリキアー*属州の太守 Satrapes（サトラペース）となる（前385）。パープラゴニアー*をはじめ各地を平定して神速の名将と謳われたが、廷臣の讒謗により生命を脅かされたため、カッパドキアー*で反旗を翻した（前360年代）。アルタクセルクセースの派遣した圧倒的多数のペルシア軍を巧妙な戦術で破り、大王との間に和約を締結したものの、アリオバルザネース❶*の子ミトリダテース❶*の策略で暗殺された。所伝によれば、大王と密約を交したミトリダテースは、反乱に加担するかのようなふりをして

ダタメースと友好関係を保ち、会談の場所に前もって埋めておいた剣で彼の背面を刺し貫いて殺したという。伝記作家ネポース*は、ダタメースを「ハミルカル・バルカ*とハンニバル❶*を除くすべての異民族のうち、最も勇敢で最も聡明な」能将である、と評している。カッパドキアー*王家は彼の子孫と称される（⇒巻末系図032）。
⇒アリアラテース
Nep. Datames/ Diod. 15-91/ Polyaenus 7-21/ etc.

磔刑 Crucifixio
⇒クルキフィ（ー）クシオー

タッラキーナ（エ） Tarracina(e), （ギ）Tarrhakina, Ταρρἁκινα, Tarrhakēna, Ταρρἁκηνα

（古称・アーンクスル* Anxur, 現・テッラチーナ Terracina）イタリア中部ラティウム*の古都。ローマとネアーポリス*（現・ナーポリ）の中間に位置する港町で、ひげのない青年姿のユーピテル J. Anxurus が祀られていたことで有名。かつてはウォルスキー*族の要塞都市でアーンクスルと呼ばれていたが、前406年頃ローマに占領され、前329年には植民市（コローニア*）となり、アッピウス街道（ウィア・アッピア*）沿いの要衝として重視された。皇帝ガルバ*の生地。ローマの東南およそ110kmの地に、海に臨むユーピテルの大神殿（前1世紀）をはじめ、フォルム*、浴場施設（テルマエ*）、円形闘技場（アンピテアートルム*）などの遺跡が現存する。
⇒ポンプティーヌム沼沢地
Liv. 4-59, 5-8, 8-21/ Hor. Sat. 5-26/ Verg. Aen. 7-799/ Plin. N. H. 3-5/ Polyb. 3-22/ Ptol. Geog. 3-1/ Vell. Pat. 1-14/ Strab. 5-233/ Luc. 3-84/ Mart. 5-1, 6-42, 10-58/ etc.

タッラコー Tarraco, （ギ）Tarrhakōn, Ταρρακών, （フェニキア語）Tarkhon, （仏）Tarragone, （独）（伊）（西）（葡）Tarragona, （露）Таррагона

（現・タラゴーナ Tarragona かつてのキッサ Kissa, Κίσσα, Cissis）ヒスパーニア*東北部、地中海に臨む古い都市。バルキノー Barcino（現・バルセロナ）の西南86km。第2次ポエニー戦争*中の前218年、ローマのスキーピオー*兄弟（グナエウスとプーブリウス）によって建設され、内ヒスパーニア*州の重要な拠点となる――特に前155～前133年の対ケルティベーリア*戦争のとき――。前46年カエサル*のもとでローマ植民市（コローニア*） Colonia Iulia Victrix Triumphalis として拡張され、次いでアウグストゥス*の時、属州ヒスパーニア・タッラコーネーンシス*の州都と定められ（前27）、カルターゴー・ノウァ*（現・カルタヘナ）を凌ぐ大都市に発展。生前のアウグストゥスのために祭壇を築き、死後は神殿を造営して皇帝崇拝を始めた。葡萄酒の名産地として知られる。全盛期の人口100万を誇るヒスパーニア最大の都市となったが、後264年にフランク*族（フランキー*）の劫掠を被り、西ゴート*の支配（476～）を経て、イスラーム教徒に征服された（713）。今日もタラゴーナ市の内外に、前6世紀に遡る先住イベーリアー*人の城壁をはじめ、ローマ時代の水道橋（アクアエドゥクトゥス*）Acueducto（後100頃。全長217m。通称「悪魔の橋 Puente del Diablo」）、凱旋門 Arco de Bará、円形闘技場（アンピテアートルム*）Amfiteatre,（西）Anfiteatro、キルクス*、劇場（テアートルム*）、市壁の一部と城門、総督の官邸 Torréon de Pilatos、バシリカ*、墓地など数多くの遺跡が残っている。石棺やモザイク画をはじめとする出土品の多くは、市内の考古学博物館 Museu Arqueològic で見ることが出来る。
⇒サグントゥム、イレルダ
Plin. N. H. 3-3, 14-8, 19-2/ Cic. Balb. 11 (28)/ Liv. 22-22, 26-19/ Strab. 3-159/ Tac. Ann. 1-78/ Ptol. Geog. 2-6/ Mela 2-6/ Flor. 1-2/ Solin. 23/ Polyb. 10-34/ Mart. 1-49, 10-104, 13-118/ Sil. 3-369, 15-177/ It. Ant./ Auson./ etc.

タッラコーネーンシス、ヒスパーニア Hispania Tarraconensis
⇒ヒスパーニア

タティウス、ティトゥス Titus Tatius, （ギ）Titos Tatios Títos Τάτιος, （伊）Tito Tazio, （西）TitoTacio, （葡）Tito Tácio

（？～伝・前742）ローマの伝説上の古王（在位・伝・前747～前742）。もとサビーニー*族の町クレース*の王だったが、ロームルス*らによるサビーニーの女略奪の後、軍を指揮してローマを攻め、タルペイヤ*の裏切りでカピトーリウム*占領に成功。しかるに女たちの懸命なとりなしによりロームルスと和睦して（⇒ヘルシリア）、サビーニー人を率いてローマへ移り住み、ロームルスはパラーティーヌス*丘、彼はカピトーリーヌス*丘にあって市を共同統治することになる。5年後に、同族の者たちがラウレントゥム*からの使者を殺したため、犠牲を捧げている最中にラウレントゥム人に暗殺されたという。一説に彼の殺害にはロームルスが関与していたという。
⇒巻末系図050
Liv. 1-10～/ Plut. Rom. 17～/ Cic. Rep. 2-7, Balb. 13/ Ov. Met. 14-804/ Flor. 1-1/ Strab. 5-228, -230, Ennius Ann. 109/ Varro Ling. 5-46/ Prop. 4-2, -4/ Dion. Hal. 2-50, -52/ etc.

ダーティス Datis, Δᾶτις,（Datus）,（仏）Datte le Mède, Datis,（伊）Dati,（西）Datis,（葡）Dátis,（古代ペルシア語）Dâtiça,（エラム語）Datiya,（ペルシア語）Dâtish,（現ギリシア語）Dhátis

（前6世紀末～前5世紀初）アカイメネース*朝ペルシア*の大王ダーレイオス1世*の将軍。メーディアー*出身。前494年イオーニアー*の反乱を鎮定し、前490年にはアルタペルネース❷*とともにペルシア軍の司令官に任命されギリシア遠征に進発。エーゲ海の島々を征服したあと、エウボイア*のエレトリア*を包囲し陥落させた。しかるに、元アテーナイ*僭主ヒッピアース*（ペイシストラトス*の長男）の導きでマラトーン*に上陸したところ、アテーナイを中心とするギリシア勢に撃退され（前490年9月）、ペル

シアへ退却した。彼はギリシアの神々に対する尊崇のジェスチャーを忘れず、聖なるデーロス*の島民を寛大に遇したり、麾下のフェニキア*海軍が奪ったアポッローン*像を聖所へ戻させるなどしたという。ギリシア文化を重んじる姿勢を示したにもかかわらず、アリストパネース*の喜劇中で、真昼間から自慰をしつつ文法上の間違いだらけのギリシア語で歌をうたう滑稽な姿に戯画化されている。
Herodot. 6-94〜98, -118/ Nep. Milt./ Paus. 10-28/ Diod. 10-27, 11-2/ Ar. Pax 289〜/ etc.

タナイス河　Tanaïs, Τάναϊς, Tanais,（露）Танаис

（現・ドン Don, Дон）（旧称・Amazon）ギリシア・ローマ人によって、アジアとヨーロッパとの境界を流れると見なされたロシア西南部の大河（全長1970km）。ヘーロドトス*の説に従えば、西岸にスキュティアー*人、東岸にサルマティアー*人が住むとされ、いくつかの支流を受け入れたのち、マイオーティス*湖（現・アゾフ海）に注いでいた。前500年頃には、その河口にギリシア人都市パンティカパイオン*からの植民市タナイス（現・Nedvigovka近郊）が建設され――前300年頃からはボスポロス*王家の再興によって――、アジアと黒海を繋ぐ交易地として栄えた。前1世紀末にポントス*王ポレモーン1世*に劫掠され、その後やや上流の地点に町が再建された（後1世紀）ものの、もはや往時のごとくにはふるわなかった。タナイス河は旧名をアマゾーン Amazon 河といい、伝承では実母を恋した青年タナイス（アマゾーン*族の女王リューシッペー Lyssippe の息子）が絶望して河に投身自殺して以来、彼の名にちなんで呼ばれるようになったとされている。
⇒ボリュステネース
Herodot. 4-20〜21, -45, -57, -100, -115〜116, -120〜/ Strab. 2-107, 7-310, 11-490〜/ Arist. Mete. 1-14/ Ptol. Geog. 3-5, 8-18/ Polyb. 3-37/ Plin. N. H. 6-7/ Steph. Byz./ etc.

ダナイデス　Danaïdes, Δαναΐδες,（英）Danaids,（仏）Danaïdes,（独）Danaiden,（伊）Danaidi,（西）（葡）Danaidas,（露）Данаиды または、ダナイスたち　Danaïs, Δαναΐς〈英〉Danaid,〈仏〉〈独〉〈西〉Danaide,（葡）Dânais, Danaide）

ギリシア神話中、アルゴス*王ダナオス*の50人の娘たち（⇒巻末系図 004, 017）。ダナオスの双生兄弟アイギュプトス*の50人の息子たちと結婚したが、父の策に従い初夜の床で各人の花婿を刺殺した。ために彼女らは死後、奈落（タルタロス*）に堕ち、穴のあいた容器で永久に水を汲み続けるという劫罰を科せられたといい、ここから"果てしない労役"を意味する言葉「ダナイデスの容器」が生じた（⇒オクノス）。ただ1人長女のヒュペルムネーストラー*（ヒュペルメーストラー*）だけは、夫リュンケウス❶*を助け、2人はその後のアルゴス＝ミュケーナイ*王家の祖となったとされる。一説にはゼウス*の命を受けたヘルメース*とアテーナー*によって、ダナイスたちは夫殺しの罪を浄められたとも伝えられる。悲劇詩人アイスキュロス*の作品に、彼女らを主題とする『救いを求める女たち』が現存する。テスモポリア*の秘祭は、彼女たちによってエジプトからもたらされたともいう。
⇒アミューモーネー
Apollod. 2-1〜/ Paus. 2-16, -19, -25, -37/ Hyg. Fab. 168〜170/ Aesch. Supp./ Hor. Carm. 1-11/ Ov. Her. 14/ Pind. Nem. 10-1, Pyth. 9-111〜/ etc.

ダナエー　Danae, Δανάη,（英）（独）Danaë,（仏）Danaé,（西）Dánae,（葡）Dânae,（露）Даная

ギリシア神話中、アルゴス*王アクリシオス*の一人娘。男子のないアクリシオスが神託を伺ったところ、「ダナエーの産む息子がアクリシオスを殺すであろう」との答えが返ってきた。そこでダナエーは父王によって青銅の部屋に監禁されたが、彼女を見初めた大神ゼウス*が黄金の雨に変身してこれと交わり、ペルセウス*を身籠もらせた。一説には、アクリシオスの双生兄弟プロイトス*が彼女を犯したのだともいい、ペルセウスをゼウスの胤と信じぬアクリシオスは、母子ともに箱に入れて海に投じた。しかし箱はセリーポス*島に漂着し、2人は島の王ポリュデクテース*の兄弟ディクテュス*に救われた。ダナエーに恋したポリュデクテースは、邪魔になるペルセウスを除くため彼にゴルゴーン*＝メドゥーサ*の首を取りにいかせ、その不在中に彼女を犯そうとした（結婚したとの説もあり）。ディクテュスとともに神域に避難していたダナエーを、無事帰還したペルセウスが救い、メドゥーサの首を見せてポリュデクテースとその取り巻き連中を石に変じ、ディクテュスを王位に据えた。後世の異伝によれば、ダナエーはイタリアのラティウム*に流れ着き、その地で結婚してアルデア*市を創建、息子ダウヌス*を儲け、トゥルヌス*の祖母になったという。ソポクレース*とエウリーピデース*の作に彼女を扱った悲劇『ダナエー』があったが、いずれも散逸して伝わらない。
Hom. Il. 14-319/ Apollod. 2-2, -4, 3-10/ Hyg. Fab. 63, 155, 224/ Diod. 4-9/ Ov. Met. 4-611〜/ Serv. ad Verg. Aen. 7-371/ Plin. N. H. 3-5/ Strab. 10-487/ etc.

ダナオス　Danaos, Δαναός, Danaus,（伊）（葡）Danao,（西）Dáno,（露）Данай

ギリシア神話中、イーオー*の子孫でベーロス*の息子。アイギュプトス*の双生兄弟（⇒巻末系図 004, 017）。ホメー

系図228　ダナエー

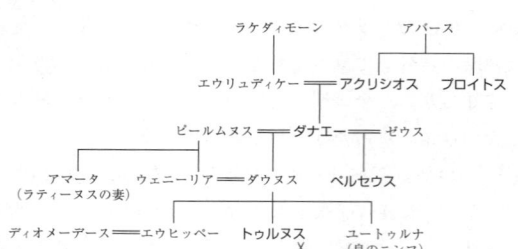

ロス*などに見えるダナオイ Danaoi 人（ギリシア人の総称）の名祖。父よりリビュエー*（リビュア*）の支配権を譲られたが、兄弟アイギュプトスと争い、アテーナー*の助けで世界最古の大型船を造ると、50人の娘たちダナイデス*とともにギリシアへ逃れた。ロドス島*を経てペロポンネーソス*に到着すると、アルゴス*王ペラスゴス*またはゲラーノール Gelanor を追って即位した（あるいは、前兆によって王位を譲られた）。あとを追ってきたアイギュプトスの50人の息子たちが、従姉妹たるダナオスの娘たちとの結婚を強要したので、彼は50人の娘たちに短剣を与え、新床の中で各人の花婿を殺害させた。長女ヒュペルムネーストラー*（ヒュペルメーストラー*）のみ夫のリュンケウス❶*を救い、のちダナオスはリュンケウスと和解し、彼にアルゴス王位を継承させたとも、リュンケウスはダナオスおよび妻以外のダナイデスを皆殺しにして王権を奪取したともいう。ダナオスはまた、娘たちを徒競走の勝者に妻として与え、これらの交わりから生まれたダナオイ人が、やがて先住民族ペラスゴイ人*にとってかわったという伝承もある。

Herodot. 2-91/ Apollod. 2-1～/ Paus. 2-19, -20, -38, 10-10/ Hyg. Fab. 168～/ Pind. Pyth. 9-112～/ Strab. 1-23, 8-371, 14-654/ Diod. 5-58/ etc.

タナクィル Tanaquil,（ギ）Tanakyl(l)is, Τανακυλ(λ)ίς,（エトルーリア語）Thanachvil

（前7世紀後半〜前6世紀前半）ローマ伝説中の人物。第5代の王タルクィニウス・プリ（ー）スクス*（伝・在位前616〜前578）の妻。エトルーリア*のタルクィニイー*（現・タルクィニア）の貴婦人で、卜占に通じ、ルクモー*（のちのタルクィニウス）と結婚後、夫を説得してローマへ移住、その地でタルクィニウスと改名した夫は、アンクス・マルキウス*のあとを襲って王座に即く（前616頃）。夫が暗殺された時（前578頃）、野心的な彼女は義子のセルウィウス・トゥッリウス*（伝・在位前578〜前534）を王位に登らせて、アンクス・マルキウスの息子たちの手に権力が移らないように謀った。ためにその後もタナクィルは宮廷に重きをなし、彼女の手仕事になる織物類は、神殿内に永く大切に保存された。彼女はガーイア・カエキリア Gaia Caecilia とも呼ばれることもある。

⇒オクリーシア

Liv. 1-34～41/ Dion. Hal. Ant. Rom. 3-59/ Plin. N. H. 8-74/ Flor. 1-5/ Fabius Pictor Fr./ Ennius Ann./ etc.

タ（ー）ナグラ Tanagra, Τάναγρα,（露）Танагра,（現ギリシア語）Tanágra

（現・Tanágra または Grimadha）（古名・グライア Graia, Γραῖα,〈ラ〉Graea）ギリシア中部ボイオーティアー*地方の主要都市。同地方の東南部、アーソーポス*河の畔に位置する。ペルシア戦争*（前492〜前479）後、一時はボイオーティアー同盟を指導したが、アッティケー*地方に近いため、ペロポンネーソス戦争*（前431〜前404）中はアテーナイ*軍の攻撃を被った（前426）。しかし、それに先立つ前457年のタナグラの戦いでは、ドーリス*地方からの帰途にあったスパルター*軍が、アテーナイ軍を破っている。タナグラは美貌の女流詩人コリンナ*の生地として名高く、またヘレニズム時代にテラコッタ製彩色人形「タナグラ人形 Tanagra figurine」（日常生活を主題にした7〜30cmの小さな奉納用人形）が造られたことでもよく知られている（前350頃〜前200頃）。タナグラには伝説上の巨人オーリーオーン*の墓や半人半魚トリートーン*の遺骸と称するものがあったと伝えられ、ヘルメース*の祭礼では最も容姿の美しい青年が仔羊を肩にのせて市壁を廻る行事が催されていたという。伝承上の名祖はアイオロス*（ないしアーソーポス*）の娘タナグラー Tanagra で、彼女は類を見ないほど長生きをしたため、「老女（グライア）」とも呼ばれ、そこからタナグラ市の異名グライア Graia が生じたといわれる（通常グライアは、オーローポス*近くのエウリーポス*海峡沿岸にある別の町とされている）。城壁や劇場（テアートロン*）など若干の建造物の遺構が残っており、出土品は隣村 Skhimatárion (Schēmatarion) の博物館に保存されている。

⇒デーリオン、アウリス

Herodot. 5-55〜61, 9-15/ Thuc. 1-107〜108, 3-91/ Xen. Hell. 5-4/ Paus. 9-20〜/ Strab. 9-404/ Hom. Il. 2-498/ Diod. 11-80〜/ Plin. N. H. 4-7/ Varro Rust. 3-9/ Steph. Byz./ Suda/ etc.

タナトス Thanatos, Θάνατος,（ラ）Mors,（伊）Tanato,（西）Tánatos,（葡）Tânatos,（露）Танатос,（現ギリシア語）Thánatos

「死」の擬人神。夜の女神ニュクス*の息子で、ヒュプノス*（眠り）の兄弟。ホメーロス*では、トロイアー*の戦場で仆れたサルペードーン*の亡骸を、埋葬のためヒュプノスとともにリュキアー*へ運んでおり、エウリーピデース*の悲劇『アルケースティス』では、夫アドメートス*の身替りになって死ぬアルケースティス*を冥界（ハーデース*）へ連れ去ろうとしたところ、ヘーラクレース*に阻まれ、格闘の末敗れて彼女を奪い戻されている。また狡猾なシーシュポス*に騙されて捕らえられ、土牢に閉じ込められたという話も伝わっている。ローマにおける「死」モルス*は女神である。

⇒ケール

Hom. Il. 11-241, 14-231, 16-671〜/ Paus. 3-18, 5-18/ Hes. Th. 211〜, 756/ Eur. Alc./ Hor. Carm. 1-4, Sat. 2-1/ etc.

ダーヌウィウス Danuvius

⇒ダーヌビウス

ダーヌビウス（河） Danubius,（正しくは、ダーヌウィウス Danuvius),（ギ）Danūbios, Δανούβιος,（英）（仏）Danube,（独）Donau,（伊）（西）Danubio,（ハンガリー語）Duna,（ルーマニア語）Dunçrea,（ブルガリア語）Дунав, Dunav,（露）Дунай

ドーナウ河の上～中流部分（「鉄門」より上流）のラテン名。下流は古くからギリシア人によってイストロス*（（ラ）イステル* Ister）河と呼ばれ、前7世紀にはその河口に植民市が建設されていた。ヘーロドトス*は、ピューレーネー*山脈に水源をもち、ヨーロッパを横断して黒海に注ぐ大河と見なしていた。異なった名称をつけられていた両河が同一河川だとわかったのは、ローマ人のイッリュリアー*進出の結果によってであり（前1世紀）、ティベリウス*（後の第2代ローマ皇帝）は前16年にその水源を発見。帝政期にはおおむねダーヌビウス河がローマ北方の国境線を形成することになる。この河はスキュティアー*人の間では神聖視されていたという。帝政期にウィンドボナ* Vindobona（現・ウィーン）やアクィンクム* Aquincum（現・ブダペシュト）といった都市が発達し、ゲルマーニア*人を中心とする異民族の侵入を防ぐべく河畔では幾度も戦闘が繰り返された。
⇒ラエティア、ノーリウム、パンノニア、デクマーテース・アグリー
Plin. N. H. 4-12/ Tac. Germ. 1/ Amm. Marc. 22-9/ Plin. Pan. 16-2/ Herodot. 2-33, 4-47～/ Strab. 4-207, 7-289～/ Hes. Th. 338/ Sall. Hist. 3-79/ Ptol. Geog. 2-11～/ etc.

タプソス Thapsos, Θάψος, （ラ）タプスス Thapsus, Tapsus（カルターゴー*語の Tapsah に由来）、（仏）Thapse、（伊）Tapso、（露）Тапс
（現・Ras Dimas, Ed-Dimas ないし Baltah）アーフリカ*（北アフリカ）の沿岸、カルターゴー*の南南東150㎞の都市。ハドルーメートゥム*の南方、地中海と内海の間の地峡部に位置す。前46年4月6日（ユーリウス暦*で2月7日）、カエサル*がメテッルス❺*・スキーピオーやユバ2世*、小カトー*麾下のポンペイユス*派軍を破った古戦場として有名。スキーピオー側が最も恃みとしていたアーフリカの象軍も、この時には何の役にも立たず、投石の凄まじさに恐れをなし、味方の兵を踏み躙りながら逃げ失せてしまう有様。猛り狂うカエサル軍は、潰走する敵兵を襲って大殺戮に移り、助命を説くカエサルの面前で最後の一兵まで殺し尽くす凄絶さだった。よってポンペイユス派軍の死者5万、カエサル側の死者50人という圧勝に終わったが、一説にカエサル自身は開戦の直前に癲癇の発作に襲われ、近くの塔の中へ運ばれて戦闘が行なわれている間中、安静にしていなければならなかったという。この決戦に続くウティカ*の陥落でポンペイユス派軍は壊滅し、アーフリカ戦役に終止符が打たれた。
タプソスはかつて第3次ポエニー戦争*（前149～前146）で、カルターゴーに敵対してローマ側に与したおかげで「自由市」の地位を認められており、帝政期には植民市*（コロ－ニア*）に昇格。現在も円形闘技場（アンピテアートルム*）や貯水場の遺構が残っている。
⇒ムンダ、シュルティス
Plin. N. H. 5-3/ Liv. 33-48/ Plut. Caes. 53/ Dio Cass. 42-9～/ Hirt. B. Afr. 28～/ Strab. 17-831, -834/ App. Pun. 94/ Scylax./ etc.

ダプナイ Daphnai
⇒ペールーシオン

ダプニス Daphnis, Δάφνις, （伊）Dafni, （西）Dafnis, （露）Дафнис
（「月桂樹*の男」の意）ギリシア伝説中、シケリアー*（現・シチリア）の美男の牧人で、牧歌（田園詩）の創始者。神ヘルメース*の息子とも愛人ともいう。月桂樹の林で生まれた、ないし生後すぐに月桂樹の森に遺棄されたことからこの名前がつけられた。自らの美貌に心傲って、あらゆるニュンペー*（ニンフ*）の求愛を無視したため、愛の女神アプロディーテー*の怒りを買い、盲目となってシューリンクス*笛に合わせつつ牧歌を歌っていたが、過って川へ落ちて死んだ、あるいはヘルメースによって天上へ連れ去られたと伝えられる。異説では、ナーイアス*（水のニュンペー）のエケナーイス Ekhenaïs に愛され、変わらぬ誠実を誓わせられたものの、シケリアーの王女キマイラ Khimaira に酩酊させられて、これと交わったため、怒ったナーイアスによって視力を奪われた、または岩に変えられてしまったという。牧歌 bukolika（ブーコリカ）の発明者として、その事蹟はテオクリトス*やウェルギリウス*ら幾多の詩人たちによって歌われている。牧神パーン*に愛されたという話も、アレクサンドレイア❶*の詩人らの作品中に見出される。なお、ローマ帝政期の牧人風恋愛譚『ダプニスとクロエー』も、この物語に想を得たものと思われる（⇒ロンゴス）。
Ael. V. H. 10-18/ Theoc. Id. 1-64～, 7-72～, 8-92～/ Parth. Amat. Narr. 29/ Verg. Ecl. 5-20～, 8-68～/ Ov. Met. 4-276～/ Diod. 4-84/ etc.

ダプネー Daphne, Δάφνη, （仏）Daphné, （伊）（西）（葡）Dafne, （露）Дафна

系図229　ダプネー

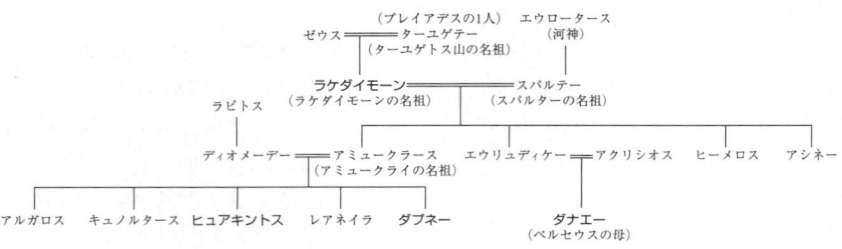

(「月桂樹」の意) ギリシア神話中、アポッローン*の求愛から逃れるために月桂樹に変身した乙女。テッサリアー*のペーネイオス*河神の娘とも、アルカディアー*のラードーン*河神と大地(ガイア)との間の娘ともいわれる。女神アルテミス*のお気に入りで、狩りを好み男女の恋愛を避けていたが、ある日アポッローンに見初められ (この神に嘲笑されたエロース*の悪戯によるものというが)、追跡を受けて、まさに捕まりそうになった時、父の河神ないし母なる大地(ガイア)に願って月桂樹に変身したという。以来、この木はアポッローンの聖樹となり、後世まで優れた詩人や英雄、わけてもデルポイ*のピューティア競技祭*の勝利者は月桂冠を贈られることになった —— 月桂樹は清浄・不滅・勝利の象徴と見なされ、ローマでは凱旋将軍の頭や皇帝の邸前を飾った ——。

別伝によると、ダプネーはアミュークラース Amyklas (アミュークライ*市の名祖(なおや))の娘で、アポッローンとレウキッポス*(エーリス*王オイノマーオス*の子)の双方から恋されたが、アルテミスに随伴して男には一切見向きもしなかった。レウキッポスが女装して彼女に近づいたところ、これを同性と思い込んで好きになったダプネーは、常にその傍らに付き添うようになる。しかし、嫉妬したアポッローンの策で、レウキッポスは女たちの水浴に無理矢理ひき入れられ、衣服を剝がされてしまい、男性であることが露顕、怒ったダプネーらにより槍や剣で滅多斬りにされた。アポッローンはダプネーを手に入れようと迫ったが、彼女は嫌がって逃げ出し、ゼウス*に祈って木に変えられたという。また、大地母神に救われてクレーター*(クレーテー*)島へ連れていかれ、パーシパエー*と名乗ったという伝承もある。

ダプネーの変身場面はポンペイイー*の壁画に描かれた作例が残るが、もっぱらルネサンス期以降の西ヨーロッパ世界で絵画や彫刻の主題として好んで取り上げられるようになる。またのちには性愛一般を恐怖する若い娘の心理を表わす精神分析学用語ダプネー・コンプレックス Daphne complex も登場するに至った。
⇒テンペー渓谷、ダプネー (地名)
Ov. Met. 1-452〜/ Hyg. Fab. 203/ Parth. Amat. Narr. 15/ Paus. 8-20/ Plin. N. H. 15-40/ Libanius Narr. 19/ Diod. 4-66/ etc.

ダプネー (アンティオケイア*の) Daphne, Δάφνη, (仏) Daphné, (伊)(西)(葡) Dafne
(現・Harbiye) シュリアー*のアンティオケイア❶*南郊の地名。豊かな森と泉に恵まれ、オロンテース*河を臨む景勝の地として名高い。セレウコス1世*によって、豪華な施設と神殿を備えたアポッローン*の神域が造営され、別荘や浴場、劇場、スタディオン*などの建ち並ぶ美しい庭園となった。伝承ではヘーラクレース*の、もしくはエウリュステウス*に追放されたヘーラクレースの子供たちの手で創建されたといい、トロイアー戦争*の原因となったパリス*の審判が行なわれたのもこの風光明媚な避暑地においてであったとされる。聖林には、アポッローンに追われた乙女ダプネー*が変身した月桂樹や、アポッローンに寵愛された若者キュパリッソス*が身を変じたという糸杉の木が保存されていた。ローマの将軍ポンペイユス*によって拡張され、帝政初期には特別のオリュンピア競技祭*が設けられた。快適な避暑地として、また放縦な遊楽地として評判高く、後4世紀には皇帝たちの宮殿が威容を誇っていた。ユーリアーヌス*帝の命で修復が試みられたが、キリスト教徒に放火されて完全に焼け落ちた。劇場や別荘(ウィラ) villa、公共浴場(テルマエ)*の遺構が発掘されている。
Liv. 33-49/ Strab. 16-750/ Paus. 8-20/ Amm. Marc. 19-12/ Joseph. J. B. 1-12/ Dio Cass. 51-7/ Libanius/ etc.

タープロバネー (島) Taprobane, Ταπροβάνη, (Taprobana) (英)(独)(伊) Ceylon, (仏) Ceylan, (西) Ceilán, (葡) Ceilão, (露) Цейлон, (アラビア語) Serendib, (サンスクリット語) Siṃhala, (パーリ語) Sīhaḷa, (漢) 錫蘭、(和) セイロン
(現・スリ・ランカ、〈シンハラ語〉シュリー・ランカー Sri Lanka) (旧称・〈サンスクリット語〉〈パーリ語〉ランカー Laṅkā) インドの南に浮かぶ大島。面積6万5607 km²。かつてギリシア人の間では、地球の裏側にある反対国人アンティポデス Antipodes (逆様(さかさま)に歩く民族)の住む地と想像されていたが、アレクサンドロス大王*の東征によってインド洋(エリュトラー海*)上の島であることが判明。オネーシクリトス*やメガステネース*以来のヘレニズム〜ローマ時代の記述に従えば、インドより多くの金と大きな真珠、鼈甲(べっこう)、貴石・宝石の類を産するため、住民は極めて富裕で奢侈に耽り、かつ平均100歳くらいは生きる長寿の持ち主。ヘーラクレース*を主神とし、王は年輩の未婚男性たちから選ばれ、父親となるや否や廃位される習慣であったという。王都 (ラ) Palaesimundum の他500の都市があり、ローマ皇帝クラウディウス*の許(もと)へ使節を派遣したことが記録されている。タープロバネーの名はサンスクリット語のTāmraparṇī もしくはパーリ語の Tambapaṇṇi の音訳で、後世のギリシア・ラテン名サリケー Salike, (ラ) Salice (または Sērinda, Serendivi) から、アラビア語や近代ヨーロッパ諸語の島名が派生したと思われる。なお、同島の古代別名パライシムーンドゥー Palaisimūndū は、サンスクリット語の Pālisīmanta (「聖法の頭」の意)に由来している。
Plin. N. H. 6-24/ Peripl. M. Rubr. 61/ Ael. N. A. 16-18/ Mela 3-7/ Strab. 15-690〜/ Ptol. Geog. 7-4/ Amm. Marc. 22-7./ Ov. Pont. 1-5/ Proc. Goth. 4-17/ etc.

ダマスコス Damaskos, Δαμασκός, Damascus, (仏) Damas, (独) Damaskus, (伊)(西)(葡) Damasco, (露) Дамаск, (ヘブライ語) Damäshäq, (アラム語) Darmešeq, (アラビア語) Dimašq, (トルコ語) Şam, (ペルシア語) Damešgē, (アッカド語) Dimashqa, (フェニキ

ア語）Dmšq, （古エジプト語）Tjmsqw, （和）ダマスコ、ダマスカス

（現・〈アラビア語〉ディマシュク Dimashq, 別称：エッシャーム Esh Shām, Ash-shām, または Al-Shām（「美しい市」の意）、古くは Al-Fayah, Al-Fayhaa）シュリアー*の中心都市。地中海より内陸へ 90 km、アンティ・レバノン山脈の東麓に当たり、標高 660 m の高地、シュリア砂漠西縁のオアシスに位置する。現存する世界最古の都市の 1 つで、東西交通路の要衝であるため、早くから隊商貿易によって大いに繁栄した。エジプト第 18 王朝（前 1570 頃〜前 1345 頃）やヒッタイトの支配を受けたが、前 10 世紀以降、先住アラム人の王国の首都となる。前 732 年アッシュリアー*に滅ぼされ、次いでアカイメーネース朝*ペルシア*に臣従。前 333 年イッソス*の戦いののち、アレクサンドロス大王*の将パルメニオーン*によって占領され、この町に保管されていたダーレイオス 3 世*の莫大な財宝はアレクサンドロスの掌中に帰した。セレウコス朝*シュリアーの統治下、何度か王都に定められ、ヘレニズム的な整然たる都市街が付け加えられた。ナバタイアー*王アレタース 3 世*（前 85 頃）やアルメニアー*のティグラーネース*大王の支配を経て、前 64 年ローマの将ポンペイユス*により征服され、以来ローマの版図に併呑された。町の東西両端を一直線に貫く街路は「真っすぐな道（ラ）Via Recta」という名で知られ、またローマ時代には新市街のアゴラー*と旧市街の神殿とを結ぶ列柱廊付きの大通りが開かれた。

羊毛産業や亜麻織物、葡萄酒、無花果をはじめとする各種果実、テレビン油、刀剣の刃などの産地として名高く、その後も交易で殷賑を極め、ウマイヤ朝時代（661〜750）にはイスラーム大帝国の首都となり、政治・経済・文化の中心たる地位を誇った。今日もゼウス*（＝セム系の神ハダド Hadad）の神殿城壁をはじめ、ローマ記念門、劇場跡などの遺跡を見ることができる。ユダヤ人パウロス*（パウロ）がこの町で視力を回復し、以来熱狂的な新興宗教キリスト教の伝道者に転じた話は著名。また同教ならびにイスラーム教の伝承によれば、洗礼者ヨハネ（イオーアンネース❶*）の首が市の教会（旧・ユーピテル*＝ハダド神殿、現・ウマイヤ・モスク）内に安置されていたといい、現在も礼拝堂内にその墓が残っている。

同市は史家ニーコラーオス❶*やローマ帝政期の建築家アポッロドーロス❹*の出身地として知られる。
⇒デカポリス

Plut. Alex. 20/ Theophr. Hist. Pl. 3-15/ Strab. 16-756/ Mela 1-11/ Plin. N. H. 5-16, 13-12/ Curtius 3-12〜/ Just. 36-2/ Joseph. J. A. 1-6/ Ptol. Geog. 5-14, 8-20/ Vet. Test. Gen. 14-15/ Nov. Test. Act. 9-1〜/ etc.

ダマスス（1世） Damasus（Ⅰ）, （仏）Damase, （伊）Damaso, （西）Dámaso, （葡）Dâmaso, （露）Дамасий

（後 305 頃〜384 年 12 月 11 日）ローマ司教＝37 代「教皇」（在任・後 366 年 10 月 1 日〜384 年 12 月 11 日）。ヒスパーニア*人の父をもちローマに生まれる。リーベリウス*の死（366 年 9 月 24 日）後、ローマ司教職をめぐりウルシーヌス Ursinus（Ursicinus とも。「対立教皇」・在任 336〜367、385 没）との間に醜い抗争を展開。自派の聖職者のみならず剣闘士・墓掘人・馭者まで動員しておびただしい死傷者を出す乱闘 —— ある日、某教会内では 137 人の死体が転がったという —— の果てに、異教徒（非キリスト教徒）のローマ市長官プラエテクスタートゥス*の支援を得てウルシーヌスを放逐、流罪に処し、富と権力をもたらす司教座につく。就任後もウルシーヌス一派の虐殺を続け、王侯さながらの虚飾に満ちた豪華な生活を送り、自らの権威を誇示、横柄な人となりで知られた。殉教者を崇拝してその墓を美しい碑銘で飾り、書記のヒエローニュムス*が訳出したラテン語聖書「ウルガータ」を出版、富裕な貴婦人連と交際しては莫大な寄進で財を成したために「女に媚びる名人」と嘲られる。殺人や姦通の嫌疑で裁判にかけられたりしたが、アレイオス*（アリーウス*）派を排斥、国家権力と結ぶなどしてローマ司教職の強大化に貢献した。ローマ・カトリック教会では聖人とされる。
⇒シュンマクス

Amm. Marc. 27-3/ Hieron. De Vir. Ill. 103/ Ambros. adv. Symmach. 2/ Augustin. Serm. 49/ Cod. Theod./ Suda/ etc.

ダーマラートス Damaratos, Δαμάρατος, Damaratus
⇒デーマラートス

タミュリス Thamyris, Θάμυρις, または、タミュラース Thamyras, Θαμύρας, （伊）Tamiri, （西）Tamiris, （露）Фамирид, Тамирид, （現ギリシア語）Thámiris

伝説的なトラーキアー*（トラーケー*）の音楽家。ピランモーン*（アポッローン*神の子）と、ニュンペー*（ニンフ*）のアグリオペー Agriope との間に生まれる。ただし両親に関しては諸説あり。彼は美少年ヒュアキントス*に恋し、男色（衆道）の魁となった。美青年で知られるヒュメナイオス*の恋人ともいう。師リノス*に学んで歌と堅琴の技に傑出し、ムーサ*たち（ムーサイ*）に挑戦するまでに慢心するが、敗れて視力および音楽の才能を奪われた。後世の美術では、彼は壊された堅琴で表象されている。ホメーロス*の父親と看做す説もある。

ドーリス*調の創始者で、宇宙生成論 kosmogonia（天地の創世）や神統紀 Theogonia（神々の系譜）などの作品を残したといい、その霊魂は小夜鳴鳥に化したと伝えられる。
⇒オルペウス

Hom. Il. 2-594〜/ Apollod. 1-3/ Diod. 3-67/ Paus. 4-33, 5-7, 9-30/ Eur. Rhes. 925/ Hyg. Astr. 2-6/ etc.

タムガディ、（タムガディス） Thamugadi, Tamugadi, （Thamugadis, Tamugadis）

（現・ティムガード Timgad）北アフリカ、ヌミディア*にあったローマの軍事植民市。ランバエシス*（Lambèse）の東お

よそ14マイル、豊沃な高原に位する。後100年トライヤーヌス*帝により軍団退役兵の植民市（コローニア）として戦略的見地から創建された（正式名称：Colonia Marciana Traiana Thamugadi）。セプティミウス・セウェールス*帝とその子カラカッラ*帝の治世（193～217）に繁栄を極め、門外の道路沿いにも住宅地が拡大した。その後ヴァンダル*族やサハラ砂漠の遊牧民の劫掠を受けて衰退した。今日、アルジェリア北東部に残る遺跡は、フォルム*、劇場（テアートルム*）、神殿、図書館、公衆便所、凱旋門、上下水道施設、十数軒の公共浴場（テルマエ*）など、レプティス❶と並んで非常によく保存されており、「北アフリカのポンペイー*（ポンペイ）」とも呼ばれている。特にローマ陣営に倣って、東西に走るデクマーヌス decumanus と南北に走るカルドー cardo という2本の大通りが町の中央で直交する厳密な設計は、軍事植民市の都市計画の典型例として興味深い。
⇒キルタ
Augustin. Ep. 64, 87, 108/ It. Ant./ etc.

ダーモクレース Damokles, Δαμοκλῆς, Δημοκλῆς, Democles, Damocles, （仏）Damoclès, （伊）Damocle, （葡）Dâmocles, （露）Дамоклес
（前4世紀）シュラークーサイ*の僭主のディオニューシオス1世*（正しくは2世*）の廷臣。ある日、僭主の富と権力を賞讃し、「今までにこれほど幸福な方はなかったでしょう」と阿諛したところ、ディオニューシオスは「では、そち自ら余の幸福を味わってみるがよい」と言って、贅を尽くした饗宴に彼を招いた。ダーモクレースは黄金の臥床に横たわり、選り抜きの美少年らに給仕されて悦に入っていたが、ふと頭上を見ると、そこには抜き身の剣が1本の馬の毛で吊るされていた。これによってディオニューシオスは、支配者の幸福が常に危険にさらされていることを、ダーモクレースに悟らせたという。この話から「ダーモクレースの剣（英）Sword of Damocles」という諺が生じた。
Cic. Tusc. 5-21(61～62)/ Hor. Carm. 3-1-17/ etc.

ダーモポーン Damophon, Δαμοφῶν, （伊）Damofonte, （西）Damofón, （葡）Damofon, （露）Дамофон
（前2世紀前半）ギリシアの彫刻家。メッセーネー*出身。メッセーネーにアルテミス*やアスクレーピオス*、アポッローン*ら諸神の像を、メガロポリス*にヘルメース*とアプロディーテー*像を造り、オリュンピアー*ではペイディアース*作ゼウス*坐像の象牙部分を修理して特典を贈られるなど、ペロポンネーソス*半島各地で活躍した。アルカディアー*のリュコスーラ Lykosūra（リュカーオーン*創建という古市）からデスポイナ Despoina（ペルセポネー*）神域に置かれていた群像の断片が、メッセーネーからアポッローン像の頭部が発見されている。
Paus. 4-31, 8-31, -37

ダモーン Damon, Δάμων, （伊）Damone, （西）Damón, （露）Дамон
（前5世紀）アテーナイ*の音楽家、ソフィスト*。ペリクレース*やソークラテース*の教師。音楽に名を借りて実は政治活動を行なっていたとされ、のち陶片追放（オストラキスモス*）に処された（前5世紀中頃）。各種の音楽が与える倫理的な効果について論述したという。
⇒アリストクセノス、アリステイデース❺
Plut. Per. 4, Arist. 1/ Diog. Laert. 2-19/ Pl. Resp. 3-400, 4-424, Lach. 180, 197, 200/ Arist. Ath. Pol. 27-4/ Isoc./ etc.

ダーモーン Damon, Δάμων, （伊）Damone, （西）Damón, （露）Дамон
（前1世紀）カイローネイア*の美青年。両親を早くに喪ったが、非常な肉体美で評判となる。冬営中のローマ大隊長に言い寄られて靡かなかったので、強姦されそうになる。そこで仲間を語らって大隊長らを殺して逃亡。死刑の宣告を受けたため、野盗と化して近隣を荒らしまわった。のちルーキウス・ルークッルス*の勧告に従って投降し、町へ帰還（前74頃）。体育場の長に任命されたものの、浴場で全身に油を塗っている最中に暗殺され、以来亡霊として現われたという。
⇒デーモクレース❶
Plut. Cim. 1

ダーモーンとピンティアース Damon, Δάμων と Phintias, Φιντίας（俗にピューティアース Pythias）, （伊）Damone e Finzia, （西）Damón y Fincias, （露）Дамон и Финтий
（前4世紀）友愛で名高い2人のピュータゴラース*学徒。シュラークーサイ*の僭主ディオニューシオス1世*（または2世*）からピンティアースが、陰謀のかどで死刑を宣告され、身内の者の後事を知人に依頼するため数日の猶予を乞うた時、親友のダーモーンがその間、人質として身柄を提供し、もし期日までにピンティアースが戻らなければ代わりに自分が殺されることを願い出て、認められた。約束通りの日時にピンティアースが処刑されるべく帰ってきたので、2人の信義に感じ入った僭主は、ピンティアースを赦したばかりか、そのかたい友情の仲間入りをさせてくれるよう頼んだという。類似の話が、モイロス Moiros とセリーヌーンティオス Selinuntios の名のもとに伝えられている（⇒ヒュギーヌス）。いずれもドイツの詩人シラーの詩『人質』や太宰治の『走れメロス』の原話である（メロスはモイロスの訛語）。ほかにも、ポリュアイノス*が『戦術書』の中で、ディオニューシオスと2人のピュータゴラース派の友愛譚として、類話を記している。
⇒ハルモディオスとアリストゲイトーン
Diod. 10-4/ Cic. Off. 3-10(45), Tusc. 5-22(63), Fin. 2-24(79)/ Val. Max. 4-7/ Hyg. Fab. 257/ Iambl. De Vita Pythagorica 234～/ Polyaenus. 5-22/ etc.

ターユゲテー Taÿgete, Ταϋγέτη, (Taygeta), （仏）Taygète, （伊）（葡）Taigete, （西）Táigete, （露）

Тайгета, (現ギリシア語) Taiyéti

ギリシア神話中、プレイアデス*姉妹の1人。アトラース*とプレーイオネー Pleïone（オーケアノス*の娘）の娘。アルテミス*に仕え処女を守っていたが、大神ゼウス*に犯されてスパルター*人の祖ラケダイモーン*を産んだ。このことを恥じてターユゲトス*山脈に身を隠し――あるいは山頂で縊れて死に――、この山に名を与えた。また、ゼウスの求愛を避けていた時、アルテミスによって雌鹿に変身させられて難を逃れ、のち感謝のしるしとして女神に黄金の角をもつ雌鹿を捧げた。これがヘーラクレース*が生け捕りにしたケリュネイア Keryneia の鹿であるという（第3の功業）。一説にターユゲテーは、タンタロス*と交わってペロプス*の母になったとも伝えられる。

Apollod. 3-10/ Hyg. Fab. 82, 154, 192, Astr. 2-21/ Paus. 3-1, -18, -20, 9-35/ Schol. ad Eur. Or. 615/ etc.

ターユゲトス（ターユゲトン）山脈　Taÿgetos, Ταΰγετος, (Taÿgeton, Ταΰγετον), (ラ) ターユゲトゥス Taygetus, (仏) Taygète, (独) Taygetos, (伊) Taigeto, (西) Taÿetos, (露) Тайгет

(現・Taíyetos) ラコーニカー*（ラコーニアー*）地方を南北に走る山脈。伝承上の名祖はプレイアデス*の1人ターユゲテー。アルカディアー*山脈から発して南へ向かい、ラコーニカー地方とメッセーニアー*地方の境界をなしつつ、ペロポンネーソス*半島の南端タイナロン*（現・Matapan）岬に達する。主峰はタレートン Taleton 山。鉄・大理石などの鉱物を産し、森林も豊かで山羊・猪・鹿・熊といった野生動物が多くとれる。ラケダイモーン*の女たちはこの山で酒神ディオニューソス*の躁宴 orgia（オルギア）を開き、またスパルター*市民は健康ではないと判定された乳児を山中の深い穴に棄てる習慣で知られていた。

⇒エウロータース

Hom. Od. 6-103/ Herodot. 4-145～/ Ar. Lys. 1297/ Paus. 3-1, -20/ Plut. Lyc. 16, Cim. 16/ Strab. 8-362～/ Pind. Pyth. 1-63～/ Ptol. Geog. 3-14/ Cic. Div. 1-50/ Plin. N. H. 2-81/ Solin. 7-9/ Prop. 3-14/ Luc. 5-52/ etc.

タラオス　Talaos, Ταλαός, Talaus, (伊) Talao, (西) Tálao, (葡) Talau

ギリシア伝説中、アドラストス❶*の父。アルゴス*の領主で、アルゴナウタイ*の勇士の1人でもあったが、メランプース*家のアンピアラーオス*に殺された。

Apollod. 1-9/ Hyg. Fab. 70/ Pind. Nem. 9-14/ Paus. 2-21, 8-25/ Ap. Rhod. Argon. 1-118/ etc.

タラキーナ　Tarracina
⇒タッラキーナ

タラコー　Tarraco
⇒タッラコー

タラコーネーンシス　Tarraconensis
⇒タッラコーネーンシス

タラース　Taras, Τάρας, (ラ) タレントゥム Tarentum, (英)(伊) Taranto, (仏) Tarente, (独) Tarent, (西)(葡) Tarento, (露) Таранто, (現ギリシア語) Tárandas, (シチリア語) Tàrantu, Tàruntu

(現・ターラント Taranto〈ターラント方言〉Tarde) 南イタリア、マグナ・グラエキア*の港湾都市。カラブリア*半島の西海岸、タラース（タレントゥム）湾（現・Golfo di Taranto）の沃地に、前706年、パラントス*率いるスパルター*（ラケダイモーン*）人によって、ギリシア人植民市として建設される（⇒ヘイロータイ）。貴族政体ののち、前475年頃、メッサーピイー*人に敗れた貴族層の没落とともに民主政となり、クロトーン*市の衰退後はマグナ・グラエキアにおけるギリシア諸市同盟の盟主として栄華を極める（前5世紀後期）。ヘーラクレイア❶*（前433建設）などの植民市をもち、前4世紀前半、ピュータゴラース*派の哲学者アルキュータース*の統治下にその全盛期を迎え、タラースで造られた貨幣や工芸美術品がアドリア海沿岸からイタリア南部にかけて広く流通する。国民は遊惰で贅沢に溺れていたことで名高く、「タラース（タレントゥム）の快楽」という言葉さえ生じたほどである。所伝によれば、彼らは頭部を除く体中の毛を取り除き、透けて見える紫の縁どりの衣裳をまとう奢侈淫佚の風に染まっており、また征服した町の若い男女をことごとく神殿で全裸にしてさらし、誰でも好むがままに彼らを犯して快を貪ったという。しかるに、前4世紀後半にルーカーニア*人その他周辺のイタリア系種族らの攻撃に対抗するべく、外国から傭兵軍および司令官を招聘するようになり、スパルター王アルキダーモス3世*（前338）やエーペイロス*王アレクサンドロス1世*（前334～前331）らが来援したが、ともに斃れた（⇒クレオーニュモス）。アレクサンドロス大王*の死（前323）後、

系図230　ターユゲテー

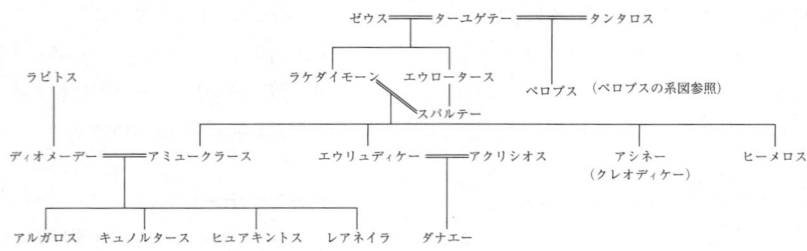

— 732 —

巨匠リューシッポス*が招かれてゼウス*とヘーラクレース*の巨像を制作、建築・工芸などの造形芸術が開花した。前282年、ローマの南進に脅威を覚えたタラース（タレントゥム）市は、ローマの挑発に乗せられてその船隊を攻撃したことから、戦争にひきずり込まれる（タレントゥム戦争、前282〜前272）。エーペイロス*王ピュッロス*の出馬を求め、当初は勝利を収めたものの、10年後ついに降伏し、3万人の捕虜を出してローマ領に併呑された（前272、⇒リーウィウス・アンドロニークス）。第2次ポエニー戦争*中の前213年、ハンニバル❶*に占領されてカルターゴー側についたため、前209年、ローマに奪回され、徹底的に略奪を受けた。以降、競争港ブルンディシウム*ができたことも相俟って、次第に衰亡していったが、アウグストゥス*時代にはなお詩人たちに歌われる瀟洒な町であった。ローマ帝政期にも、葡萄酒・羊毛織物・貴金属細工や紫貝による緋紫染め、梨・無花果・栗などの果実類、良馬の産地として有名だった。伝説上の名祖タラースは海神ポセイドーン*の子で、船が難破した時、父神の送った海豚に救われて漂着した地に町を創建したという。

今日、アクロポリス*にポセイドーン神殿（前575頃）が、旧市街からは無数のテラコッタ像や陶器類、埋葬品の見事な金細工類などが発掘されている（主に市内の国立考古学博物館 Museo Archeologico Nazionale 蔵）。
⇒メタポンティオン
Strab. 6-278〜/ Herodot. 1-24, 3-136/ Thuc. 6-34, -44, -104/ Mela 2-4/ Plut. Pyrrh. 13〜/ Hor. Carm. 2-6, 3-5/ Ov. Met. 15-50/ Paus. 10-10, -13/ Val. Max. 2-2/ Ath. 12-522d/ Arist. Pol. 5-3, 6-5/ Iambl. Vita Pyth. 262, 266/ Diod. 15-66/ Just. 3-4/ Polyb. 8-30, 10-1/ Liv. 8-20〜/ Flor. 1-18〜/ etc.

ダーリーウス Darius（または、ダーレーウス Dareus）
⇒ダーレイオス（のラテン語形）

タルクィニイー Tarquinii,（ギ）Tarkyniā, Ταρκυνία, Tarkūinai, Ταρκουίναι,（仏）Tarquinies,（露）Тарквинии,（エトルーリア語）Tarchnal, Tarch(u)na
（現・タルクィーニア Tarquinia。かつてのコルネート Corneto）
エトルーリア*の古都。エトルーリア12都市連合の盟主。ローマの古王タルクィニウス*（⇒ルーキウス・タルクィニウス❶❷）らの本貫の地。伝説上の創建者はタルコーン*。ローマの北方56マイル、海から3.5マイルの地に位置し、エトルーリア最古の都市（前12世紀頃建設）と伝えられる（⇒タゲース）。鉱物資源に恵まれ、交易によって長く繁栄。華麗な彩色壁画の残るおびただしい墳墓群（前6世紀半頃〜前5世紀前半に全盛期）が発掘されている。前6世紀にはラティウム*地方を支配するほど富強を誇った同市も、ローマとの血腥い闘争（前359〜前351、前310〜前308）を経て、前3世紀に独立を失い、ローマの植民市、次いで自治都市となった —— その間エトルーリア系住民の大半は虐殺され、ローマへ送られた358人の上流階層の捕虜もフォルム*で鞭打たれた末、全員斬首されている（前354）——。

墓室内の壁画は、宴会や競技会、音楽・舞踊、男色性交など日常生活の模様を活写していて興味深い。前3世紀の神殿 Ara della Regina から出土した2頭の有翼馬の高浮彫（テラコッタ製）をはじめとする優れた作品の数々は、現在主に国立タルクィーニア博物館 Museo Nazionale Tarquiniese（旧・ヴィテッレスキ宮 Palazzo Vitellesci）に収蔵されている。
⇒カエレ、ウェイイー、スプーリンナ
Cic. Rep. 2-19〜, Div. 2-23/ Strab. 5-219/ Plin. N. H. 2-96, 3-5/ Liv. 1-34, 6-3〜, 7-15〜19, 9-35〜, 27-4/ Just. 20-1/ Dion. Hal. 3-46〜/ Ptol. Geog. 3-1/ etc.

タルクィニウス・スペルブス Tarquinius Superbus,（英）Tarquin the Proud
⇒タルクィニウス、ルーキウス❷

タルクィニウス、セクストゥス Sextus Tarquinius,（ギ）Sekstos Tarkynios, Σέξτος Ταρκύνιος,（仏）Sextus Tarquin,（伊）Sestio Tarquinio,（西）Sexto Tarquinio,（葡）Sexto Tarquínio
（前6世紀後半）ローマ最後の王 L. タルクィニウス❷*・スペルブスの息子。父王がラティウム*の町ガビイー*攻略に難渋した折、苦肉の策をもって町を占領した。自らの体を傷つけ、父王から虐待されたと偽ってガビイーへ亡命した彼は、市民の信頼を得て軍司令官に任ぜられる。それから密かに使者を父のもとへ送り、指示を仰いだところ、王は何も言わずに杖で庭の罌粟の花を打ち落として見せる（⇒ペリアンドロス❶）。花に託した謎を解したセクストゥスは、ガビイーの主だった市民を殺し、いともたやすく町を征服して、父に明け渡した。彼はガビイーの支配権を委ねられたが、親族コッラーティーヌス*の妻ルクレーティア*を強姦したことから、ローマ市民の不興を招き、その結果、内紛が生じて（⇒L. ユーニウス・ブルートゥス）、王一家は国外追放となり、ローマの王政は打倒されるに至った（前510）。ガビイーへ逃れたセクストゥスは、かつてこの町を占領した際に彼が殺害した人々の友人・縁者の手にかかって、間もなく暗殺された。
⇒巻末系図050
Liv. 1-53〜60, 2-19〜/ Ov. Fast. 2-685〜/ Florus 1-7/ Dion. Hal. 4-55〜, 5-1〜/ Polyaenus 8-6/ etc.

タルクィニウス・プリ（ー）スクス Tarquinius Priscus
⇒タルクィニウス、ルーキウス❶

タルクィニウス、ルーキウス Lucius Tarquinius,（ギ）Lūkios Tarkynios, Λούκιος Ταρκύνιος,（英）（仏）Tarquin,（伊）Tarquinio,（西）Tarquino,（葡）Tarquínio,（露）Тарквиний,（漢）樽金
エトルーリア*系のローマ王の名。王政後期にエトルス

キー*人のローマ支配が行なわれた史実に基づくなかば伝説上の人物と考えられている（⇒巻末系図050）。

❶**プリ（ー）スクス**（『先王』）L. Tarquinius Priscus　ローマ第5代目の王（在位・前616～前578頃）。本名ルクモー（ン）*。父のデーマラートス（ダーマラートス）Demaratos (Damaratos)はコリントス*の貴族バッキアダイ*家の出身だが、僭主キュプセロス*の専横を逃れてエトルーリア*へ移り、タルクィニイー*に定住（前657頃）。土地の貴婦人と結婚して、ルクモーとアールーンス Aruns の2子を儲けた。ルクモーは父の莫大な財産を継いだが、その富や権勢にもかかわらず、外国人のゆえに志を得られず、妻タナクイル*の進言に従いローマへ移住。一族を引き連れてヤーニクルム*の丘まで来た時、1羽の鷲が彼の帽子をつかみ取り、空高く舞ってから再びそれを彼の頭上に戻すという予兆が起きた。卜占術に長じたタナクイルは、これを夫が将来王位に登る瑞兆だと巧みに解釈してみせた。ローマ人に歓迎されたルクモーは、ルーキウス・タルクィニウスと名乗り、その才幹によって王アンクス・マルキウス*（伝・前640～前617頃在位）の信任を受け、王子の後見人となるよう定められる。ところが、王が死ぬや、彼は王子たちを狩猟に出しておき、その留守中に雄弁をふるって元老院と人民の同意を得、まんまと王位をせしめてしまう。新王となった彼は、エトルーリアの習俗をもたらし、ラティーニー*人やサビーニー*族を征服（⇒コッラーティーヌス）、ローマ大祭（ルーディー・マグニー*）の開催や大競走場キルクス・マクシムス*の創設などの公共事業を営んだ。大排水溝クロアーカ・マクシマ*を掘って丘の間の低湿地を干拓し、カピトーリーヌス*丘上のユーピテル*神殿造営に着手、フォルム・ローマーヌム*を建造した業績も、彼に帰されている。砥石割りの伝説に関しては、ナウィウス*（⇒アッティウス・ナウィウス）の項を、クーマエ*（キューメー❷*）のシビュッラ*（シビュッレー*）の予言書を高額で購入した話については、シビュッレーの項を参照。タルクィニウスは38年間王座にあったのち、先王アンクス・マルキウスの2王子が放った刺客により斧で頭を割られて殺された。妃タナクイルは、王は負傷しただけだと偽って、義子セルウィウス・トゥッリウス*の王位継承を確定し、アンクス・マルキウスの2王子が追放されて初めて、王の死を公表したという。
⇒シビュッラ
Liv. 1-34～41/ Dion. Hal. 3-46～73, 4-1/ Cic. Rep. 2-20/ Florus 1-5/ Val. Max. 1-4, 3-2/ Varro Rust. 1-2/ Strab. 5-219～/ Macrob. Sat. 1-6/ Aur. Vict. De Vir. Ill. 6-2/ Flor. 1-6/ Tac. Hist. 3-72/ etc.

❷（前585頃～前495）**スペルブス** Superbus（『傲慢王』）❶の子ないし孫。ローマ第7代にして最後の王（伝・前534～前510在位）。6代目の王セルウィウス・トゥッリウス*を、その娘トゥッリア❶*の嗾しによって殺害し、王位に即く。前王の埋葬を拒み、その支持者らを殺害、元老院議員たちの財産を没収し、邪魔者をことごとく追放したり、前王が平民（プレーベース）に与えた権利を剥奪したりしたので、スペルブスという異名をとる。市民を宮刑（去勢刑）に処するなど粗暴・冷酷であったが、同時に有能な支配者でもあり、ウォルスキー*族やエトルーリア*人などの近隣諸部族を征服して、ローマの領土を拡張、大いに国威を高め、ローマをラティウム*同盟の盟主とした。また詭計を用いてガビイー*の町を占領し（⇒セクストゥス・タルクィニウス）、戦利品でカピトーリウム*のユーピテル*神殿を完成させ、その地下室にシビュッラ*の託宣集を保管。さらに大下水道クロアーカ・マクシマ*の竣工などの土木事業も、彼の功績に帰せられている。しかし、息子のセクストゥス・タルクィニウス*が惹き起こしたルクレーティア*凌辱事件を契機に、甥のL. ユーニウス・ブルートゥス*らが圧政に反抗して起き上がり、ついにローマから追放されて、王政の廃止（前510）ならびに共和政の樹立（前509）を見るに至った。王子セクストゥスはガビイーに逃れたが殺され、廃王は他の2子とともにエトルーリアのカエレ*へ身を寄せて再起を図り、ウェイイー*とタルクィニイー*両市を味方に付けてローマと戦闘を交えたものの、僅差で敗北を喫した——森の神シルウァーヌス*の神秘的な声がローマ軍の勝利を告げたのは、この戦いの折の出来事であるという——。次いでクルーシウム*（現・キウージ）の王ポルセンナ*の支援を得たが、やはりローマ奪還は叶わず（⇒ホラーティウス・コクレス、ムーキウス・スカエウォラ、クロエリア）、ついで女婿たるトゥスクルム*のオクターウィウス・マーミリウス*の協力で、ラティウム諸市を率いてローマへ進撃したものの、レーギッルス湖*畔の戦い（伝・前496年7月15日）で敗れ去った。タルクィニウス・スペルブスはカンパーニア*のクーマエ*（キューメー❷*）に落ちのび、その地で90歳の高齢をもって悲運のうちに没したと伝えられる（前495）。
⇒アールーンス❸、アリストデーモス❸
Liv. 1-49～2-21/ Dion. Hal. 4-41～6-21/ Cic. Rep. 2-24～25/ Flor. 1-7～8/ Ov. Fast. 2-687/ Val. Max. 9-11/ Plin. N. H. 3-5, 13-27, 34-13/ Serv. ad Verg. Aen. 8-345/ Tac. Hist. 3-72/ etc.

タルゲーリア（祭）　Thargelia, Θαργήλια,（仏）Thargélies,（伊）Targelie,（西）Targelias,（露）Таргелии, Фаргелии

イオーニアー*系ギリシア人の間で行なわれたアポッローン*神の祭礼。この神が誕生したというタルゲーリオーン Thargelion 月（5～6月）の7日に祝われた。なかでもアテーナイ*市の例祭が有名で、町を清めるために人身御供が捧げられた点で名高い。パルマコス*として選ばれた2人の男は、頸（くび）に無花果（いちじく）をつないだ数珠をかけられ、市中を引き回されたあと犠牲に供され、死体は焼かれて遺灰を海中に投げ棄てられていた。のちに彼らは追放されるに留められたが、笛の伴奏つきで町の外へ引き出されたあと、海葱（かいそう）を投げつけられ、無花果の枝で性器を打たれたあげく、時には死に至ることもあったという。この他、アポッローン、アルテミス*に対する最初の収穫物の奉納や祭礼行列、

男性と少年との合唱コンテストなども催された。アテーナイではこの祭典はタルゲーリオン月の6日と7日の両日（今の5月下旬）にわたって挙行された。
⇒デーリア祭、カルネイア祭、ピュアネプシア祭
Archil. 113/ Ath. 9-370a, 10-424/ Plut. Mor. 717d/ Diog. Laert. 2-44/ Lys. 6-53/ Dem./ Antiphon/ Isae./ Tzetz. Chil. 5-25/ Hesych./ Schol. ad Ar. Eq. 1405/ Suda/ etc.

タルコーン　Tarkhon, Τάρχων, Tarcho(n), （伊）Tarconte, （西）Tarcón, （葡）Tarcão, （露）Тархон, （現ギリシア語）Tárhonas, Tárkonas

エトルーリア*のタルクィニイー（現・タルクィーニア）市の創建者。またコルトーナ*やマントゥア*（現・マントヴァ）、ピーサエ*（現・ピーサ）などエトルーリア諸都市の建設者ともされる伝説上の人物。エトルーリア人の祖テュッレーノス*の息子もしくは兄弟。アエネーアース*（アイネイアース*）と同盟を結んで、ルトゥリー*人（⇒トゥルヌス）と戦った。
⇒タゲース、カークス、巻末系図049
Verg. Aen. 8-503～, 10-147～/ Strab. 5-219/ Sil. 8-474/ Serv. ad Verg. Aen. 10-179, -198/ Lycoph. 1248/ Steph. Byz./ etc.

タルソス　Tarsos, Ταρσός, Tarsus, （仏）Tarse, （伊）（西）（葡）Tarso, （露）Тарсус, （アルメニア語）Darson, Tarson, （現ギリシア語）Tarsós, （ヘレニズム時代に「キュドノス河畔のアンティオケイア」、ローマ時代にユーリオポリス Juliopolis、アントーニーノポリス Antoninopolis と改名される）

（現・Tarsus ないし Tersos）小アジア南東部、キリキアー*の中心都市。キュドノス*河（現・Tarsus Çayı）の両岸に跨り、沃野や良港に恵まれ、交通の要衝に位するため、早くから繁栄した。ギリシア神話では天馬ペーガソス*の翼 tarsos の落ちた場所に当たり、創建者はトリプトレモス*、ペルセウス*、ヘーラクレース*、あるいはサルダナパーロス*（アッシュルバニパル Ashurbanipal?）と伝える。おそらくシュリアー*人ないしキリキアー人の建てた町で、前9世紀頃にはイオーニアー*系ギリシア人（一説にアルゴス*出身者とも）も来住し、進んだオリエント文明を学び始めたものと思われる。キリキアー王国の首都であったが、アッシュリアー*王に占領され（前840頃）、のちアカイメネース朝*ペルシア*帝国の支配下、その太守 Satrapes の官邸所在地となる。アレクサンドロス大王*の征服（前333）を経てセレウコス朝*シュリアー領となり、前171年アンティオコス4世*によって自治を認められた。前1世紀にはアルメニアー*のティグラーネース*大王やキリキアーの海賊団の攻撃を受け、ポンペイユス*の占領（前66）後、ローマの属州キリキアの州都に定められた（前64）。アントーニウス*とクレオパトラー*の劇的な邂逅の舞台（前41）となったことで有名。その時クレオパトラーは女神アプロディーテー*に扮し、金銀で飾り立て紅の帆を張った豪華船で来港し、薫香の妙なる匂いと楽の音が周辺一帯に漂ったという。次いで自由市だったタルソスに初代ローマ皇帝アウグストゥス*が免税特権をも賦与したが、それには帝の師であったこの町出身の哲学者アテーノドーロス❶*の影響が与って力あったといわれている。後72年ウェスパシアーヌス*帝が新たに属州キリキア Cilicia を編成した折にも州都とされ、アテーナイ*、アレクサンドレイア❶*に匹敵する哲学や文学など諸学問の府として、また香料や亜麻織物産業の中心地として栄え続けた。なお、この町の天幕造りを業とするユダヤ人の家庭から、原始キリスト教を改変して一躍普遍的な新興宗教に仕立て上げた使徒パウロス*（パウロ）が生まれている。タルソスは市民権を500ドラクメーで買うことができる金権政治の都市としても有名。サーサーン朝*ペルシアのシャープール1世*（在位・後241～後272）に焼き滅ぼされた（260）のち、次第に衰えていった。タルソスの人々は反抗的な性質で知られ、雄弁家ディオーン・クリューソストモス*は現存する2つの演説で、そのことを非難している。

同市にはハドリアーヌス*帝の愛した美青年アンティノウス*を祀る神殿や壮麗な城門があったが、今日では「クレオパトラー門 Kleopatra Kapısı」や「パウロスの井戸 Paul Kuyusu」と称される遺跡がわずかに古代の面影を残しているに過ぎない。
⇒ソロイ❶
Strab. 14-673～/ Plut. Demetr. 47, Ant. 25～/ Xen. An. 1-2/ Plin. N. H. 5-22/ Mela 1-13/ Luc. 3-225/ Dio Chrys. Or. 33, 34/ Arr. Anab. 2-4～/ Curtius 3-5/ Hirt. B. Alex. 66/ Dio Cass 47-24/ Flor. 4-2/ Ptol. Geog. 5-8/ Diod. 14-20/ Steph. Byz./ etc.

ダルダノス　Dardanos, Δάρδανος, Dardanus, （伊）（葡）Dardano, （西）Dárdano, （露）Дардан

ギリシア神話中、トロイアー*王家の祖。ゼウス*とエーレクトラー❷*（プレイアデス*の1人）の子。兄弟のイーアシオーン*とともにサモトラーケー*島に住んでいたが、デウカリオーン*の大洪水のせいで（あるいは、イーアシオーンがゼウスの雷霆に撃たれて死んだために）小アジアのプリュギアー*地方へ渡り、トローアス*王テウクロス❶*の娘を娶って、岳父の死後その王国を継承した。イーデー（イーダー）❶*山中に都市を創建し、サモトラーケーの秘教（ミュステーリア*）（⇒カベイロイ）やアルカディアー*にあった神像パッラディオン*を導入、彼の領土は以来ダルダニアー Dardania と呼ばれた。子孫のアイネイアース*（アエネーアース*）を通じて、ローマ人の遠祖に当たる。トロイアー人の別称ダルダノイ Dardanoi や、ヘッレースポントス*海峡の異名ダルダネルス Dardanelles などは、彼の名に由来する。ダルダノスの子イーロス*がイーリオン*の、孫トロース*がトロイアーの名祖である。
⇒エリクトニオス❷、次頁系図231
Diod. 5-48/ Conon Narr. 21/ Hom. Il. 20-215～/ Apollod. 3-

12, -15/ Verg. Aen. 3-167〜, 7-206〜, 8-134〜/ Dion. Hal. 1-61〜/ Lycoph. Alex. 72〜/ Serv. ad Verg. Aen. 3-167/ etc.

タルタロス Tartaros, Τάρταρος, Tartarus, (仏) Tartare, (伊) Tartaro, (西)(葡) Tártaro, (露) Тартар, (現ギリシア語) Tártaros

　ギリシア神話中、冥界の最下底にある「奈落」の擬人神。ガイア*（大地）の子で、母と交わって巨人族ギガンテス*や巨竜テューポーン*、竜女エキドナ*らの父となる（一説に死神タナトス*やゼウス*の鷲も彼の子とされる）。タルタロスは神々に叛いた大罪人の落とされる地獄で、天が大地から離れているのと同じほど地下はるかに隔った場所にあった——天と地の間は、鉄床が9日9夜落ち続けて10日目に大地に届くほど離れていると考えられていた——。ゼウスとオリュンポス*神族に敗れた巨神族ティーターン*たちがここに投げられた他、巨人のアローアダイ*とティテュオス*、またイクシーオーン*、タンタロス*、シーシュポス*、サルモーネウス*、ダナイデス*、オクノス*らの人間たちがこの暗黒の領域で永遠の劫罰を受けているという。青銅の壁と三重の夜の闇に取り囲まれているとされるが、後年タルタロスなる語は、ハーデース*（冥界）そのものの同義語として用いられるようになった。中性複数形のタルタラ Tartara もよく用いられ、のちにピュータゴラース*派哲学の影響を受けて、罪人が転生するまでの間さまざまな責め苦を受ける地獄一般を指す言葉となった。

　ちなみに、後世のタタール（韃靼）人の通称タルタル Tartar の語源は、このタルタロスだと言われている。
⇒ステュクス
Hom. Il. 8-13〜, -478〜/ Hes. Th. 119〜, 713〜, 820〜/ Apollod. 1-1, -6, 2-1, 3-10/ Paus. 9-27/ Hyg. Astr. 2-15/ Verg. Aen. 6-577〜/ Hor. Carm. 3-7/ Lucr. 3-42/ Ov. Met. 1-113/ etc.

タルテーッソス Tartessos, Ταρτησσός, Tartessus, (伊) Tartesso, (西) Tartéside, (露) Тартесс, Таршиш

（現・El Rocadillo, San Roque）イベーリアー*（ヒスパーニア*）半島の南部、バイティス Baitis（現・グアダルキビル Guadalquivir）河下流域の地方名、およびその河口にあった港湾都市の名。銀その他の鉱物資源に富み、古くから富裕な国として地中海世界に知られていた。ヘブライ語聖典（俗称「旧約聖書」）に見るタルシシ Tarshish（アッシリアー*碑文の Tarsisi）に当たると考えられる。フェニキア*人が早くに植民を始め（前12世紀頃）、王国を形成して大いに繁栄、前638年頃この地に漂着したサモス*の船主コーライオス Kolaios は莫大な財を得て帰国したという。ブリタンニア*（ブリテン）との交易にも従事し、フェニキア人・カルターゴー*人の商業活動のおかげで殷賑を極めたものの、前500年頃おそらくカルターゴー人によって町を破壊され、歴史から姿を消した。神話伝説の中では世界の西涯の地とされ、太陽神（ヘーリオス*）が戦車に繋いだ馬を毎夕ここで休ませ、またゲーリュオーン*の牛を求めてやって来たヘーラクレース*（第10の功業）が記念に柱を建てたところ（⇒ヘーラクレースの柱）と想像されている。ガデイラ*（ガーデース*）としばしば混同され、前171年に4千名以上のローマ兵によって設立された植民市カルテイヤ*はタルテーッソスの故地に当たると見なされていた。のちの詩人たちは、ガーデース海峡（ラ）Fretum Gaditanum（ジブラルタル海峡）より西側のスペイン全域を、時には西方ヨーロッパ全体をも、タルテーッソスの名で呼んでいる。一説には、ギリシア人のうち最初にこの地に到達したのは、イオーニアー*地方のポーカイア*人で、タルテーッソスの120歳になる王アルガントーニオス Arganthonios は、彼らを歓迎して祖国に大城壁を築く資金を気前よく与えたという（前600頃）。また食通の間でタルテーッソスは珍奇な御馳走である八目鰻 myraina,（ラ）murena の産地として名高かった。
⇒カルペー
Herodot. 1-163, 4-152, -196/ Strab. 3-148〜151/ Mela 2-6/ Plin. N. H. 3-1/ Paus. 6-19/ Ov. Met. 14-416/ Apollod. 2-5/ Just. 44-4/ Ar. Ran. 475/ Sil. 3-399, 13-674/ Claud. Epist. 3-5/ App. Hisp. 2/ Gell. 7-16/ Avienus/ etc.

系図231　ダルダノス

```
                    （オーケアノスの娘）
         アトラース ══ プレーイオネー
                                                      （ニンフ）
         ゼウス ══ エーレクトラー          スカマンドロス ══ イーダイアー
                                              （河神）
         （コリトス）  パッラース（リュカーオーンの子）
                                              テウクロス
                                            （トロイアー古王）

ハルモニアー  イーアシオーン  クリューセー ══ ダルダノス ══ バティエイア
（カドモスの妻）（イーアシオス）                          （またはアリスベー）

         イーダイオス  デイマース   シビュッレー         ネーソー    ポセイドーン
                                  （シビュッラ）                （またはアゲーノール）

ザキュントス  イーロス  エリクトニオス ══ アステュオケー  イーダイアー ②══ ピーネウス ══①（ボレアースの娘）
                                     （シモエイス河神の娘）         （トラーキアー王）  クレオパトラー
              トロース ══ カッリッロエー
                       （スカマンドロス河神の娘）    テューノス  マリアンデューノス  プレークシッポス  パンディーオーン
              〔トロイアー王家〕                   （テューニオス）
```

タルテュビオス Talthybios, Ταλθύβιος, Talthybius, (露) Талфибий, (現ギリシア語) Talthívios

ギリシア伝説中、トロイアー戦争*におけるアガメムノーン*の伝令。スパルター*で外交使節や伝令使を守護する英雄神 heros として祀られ、その子孫を称する一家タルテュビアダイ Talthybiadai は代々、スパルターの使い番の役職を担当した。

Hom. Il. 1-320, 3-118, 4-192～/ Herodot. 7-134/ Paus. 3-12, 7-23/ Ov. Her. 3-9/ etc.

タルペイア Tarpeia
⇒タルペイヤ

タルペイヤ Tarpeia, Tarpeja, (ギ) Tarpeia, Τάρπεια, (仏) Tarpéia, (伊) Tarpea, (西) Tarpeya, (葡) Tarpéia, (露) Тарлея

ローマの建国伝説中の女性。ロームルス*時代のカピトーリウム*防衛隊長スプリウス・タルペイユス Spurius Tarpeius の娘。サビーニー*の女略奪事件 (伝・前 750 年 8 月 21 日) の結果、ティトゥス・タティウス*率いるサビーニー軍がローマに攻め寄せた折、サビーニー人が左腕につけている黄金の腕環に魅せられた彼女は、「あなた方が左の腕につけておられるものと引き換えに」との条件で、ローマを裏切り敵軍を引き入れた。タルペイヤが約束の報酬を求めると、タティウス以下のサビーニー軍は左手に持っていた楯を投げつけて、タルペイヤを圧し潰してしまった。一説に、タルペイヤはタティウスの娘で、ロームルスにさらわれたが、父親のためにローマを開け渡そうとしたのだともいう。敵の王タティウスに恋したタルペイヤが、「王が自分と結婚してくれるならば」という交換条件の下に祖国を裏切ったという所伝もある。彼女の埋葬されたカピトーリウム南西の地は、タルペイヤの岩山 Mons Tarpeius (Saxum Tarpeium, Rupes Tarpeia) と呼ばれ、国事犯や近親姦を行なった者がここから突き落とされて処刑される場所となった。本来タルペイヤはこの断崖に祀られていた冥界の女神で、タルペイユス氏 Gens Tarpeia の守護神だったと思われる。M. テレンティウス・ウァッロー*によると、彼女はウェスターリス*(ウェスタ*の巫女)の1人で、毎年その霊をなだめるために灌奠式が営まれていたという。古くはこの岩壁で人身供犠が行なわれており、それが後に処刑場となったものだとも考えられている。

Plut. Rom. 17～18/ Liv. 1-11, 7-10/ Dion. Hal. 2-38～/ Serv. ad Verg. Aen. 8-348/ Ov. Met. 14-776～, Fast. 1-261～/ Varro Ling. 5-41/ Val. Max. 9-6/ Festus/ etc.

タルペーヤ Tarpeja
⇒タルペイヤ

ダルマティアー Dalmatia, Δαλματία, Dalmatike, Δαλματική, (ラ) ダルマティア, (仏) Dalmatie, (独) Dalmatien, (伊) Dalmazia, (西) Dalmacia, (葡) Dalmácia, (露) Далмация (現・ダルマチア、ダルマツィア〈クロアティア語〉Dalmacija)

アドリア海の東海岸、イッリュリアー*地方の一部。ダルマティアー族 Dalmatai は、なかばケルト人*の影響を受けた好戦的な種族で、略奪を事としていた。イッリュリアー王国に服属していたが、前2世紀前半に叛旗を翻し、イッリュリアーがローマに平定された (前 168) のちも、独立を維持して絶えずローマ軍と戦闘を繰り返した。オクターウィアーヌス*(のち初代ローマ皇帝アウグストゥス*)によって征服された (前 34～前 33) ものの、騒擾が絶えず、大反乱 (後 6～9) を起こした末、ティベリウス*に制圧され、正式にローマの属州イッリュリクム*に併合された (後 9)。ほどなくイッリュリクムはダルマティアとパンノニア*の2州に分割され (後1世紀後半)、ダルマティアはサローナエ*を州都とする皇帝属州となった。ダルマティアの貧民出身のローマ帝ディオクレーティアーヌス*(在位・284～305) の時、さらにダルマティアは2分されて、属州ダルマティアとプラエウァリターナ Praevalitana となり、それぞれパンノニア管区とモエシア*管区に含められた (293 頃／300 頃)。ローマ人の間では、この地域は大量の黄金を産出することで名高かった。

先住のダルマティアー族はローマ帝政期に入っても通貨を用いず、8年ごとに土地を分配し直す慣習で知られ、また彼ら特有の貫頭衣形式の衣裳は 190 年頃ローマへ移入され、ダルマティカ Dalmatica と呼ばれて大いに流行し、今日のキリスト教諸国の君主や聖職者の式服にその名をとどめている。

⇒リブルニア、イアーピュディアー

Strab. 7-314～/ Ath. 9-369d/ Plin. N. H. 3-22/ S. H. A. Comm. 8/ Suet. Aug. 21, Tib. 9/ Mart. 10-78/ App. Ill. 11, 13/ Polyb. 32-9～/ Stat. Silv. 1-2/ Liv. Epit. 47, 62/ Flor. 4-12/ Dio Cass. 49-38, 55-29～32, 56-11～17/ Vell. Pat. 2-110～115/ Zonar. 10-37/ Procop. Vand. 1-6/ Cassiod. Var. 3/ Ptol. Geog. 1-16, 2-16, 3-9, -12/ etc.

ダルマティウス Dalmatius (または、デルマティウス Delmatius), (伊) Dalmazio, (西) Dalmacio, (露) Далмаций

ローマ皇帝コーンスタンティーヌス1世 (大帝)*の親族 (⇒巻末系図 104)。

❶ Flavius Dalmatius (?～後 337) コーンスタンティウス1世*とテオドーラ Theodora との間に生まれた長子。333年に執政官および監察官職に就任するが、337 年異母兄コーンスタンティーヌス1世*の没後、その息子らに煽動された軍部の乱により、弟や息子たちとともに虐殺される (337 年9月頃)。

❷ Flavius Julius Dalmatius, Dalmatius Caesar (?～後 337) ❶の息子 (小ダルマティウス)。ハンニバリアーヌス❷*の兄。なかば流人のごとくトローサ*(現・トゥールーズ) で養育された後、335 年9月 18 日、伯父コーンスタンティーヌス1世*(大帝) から副帝の位に即けられ、アカーイア*、

マケドニア*、トラーキア*の統治を委ねられる。気性が伯父の大帝にきわめて似ていたというが、337年大帝没後に生じた虐殺の犠牲となり、父や弟、叔父、4人の従兄弟たちと運命をともにした。
Aur. Vict. Caes. 41/ Theophan. Chronograph./ Eutrop. 10-9/ Libanius Or. 1/ Auson. Prof. Burd./ Zonar. 13-4/ Philostorgius/ Cod. Theod./ etc.

タルラキーナ　Tarracina
⇒タッラキーナ

タルラコー　Tarraco
⇒タッラコー

タルラコーネーンシス　Tarraconensis
⇒タッラコーネーンシス

タレイア　Thaleia, Θάλεια,（Thaliā, Θαλία）,（ラ）タリーア Thalia,（仏）Thalie,（伊）Talia,（西）Talía,（葡）Tália,（露）Талия,（現ギリシア語）Thália
ギリシア神話中、ムーサイ*（ムーサ*たち）の1人で喜劇および牧歌を司る。アポッローン*と交わってコリュバンテス*を産んだ他、羊飼ダプニス*の恋人になったとも伝えられる。
Hes. Th. 77/ Apollod. 1-3/ Diod. 4-7/ Plut. Mor. 745a～/ Tzetz. ad Lycoph. 78/ Serv. ad Verg. Ecl. 8-68/ etc.

ダーレイオス　Dareios, Δαρεῖος,（ラ）ダーリーウス Darius,（ラテン語別形）Dareus,（伊）（葡）Dario,（西）Darío,（露）Дарий,（古代ペルシア語）Dārayava(h)uš, Dārayaw(a)uš,（近世ペルシア語）Dārī(y)ūsh, Dâriûsh,（古ヘブライ語）Dāreyāwesh,（アラム語）Dāreyāweš,（エラム語）Dariyamauiš,（サンスクリット語）Darāyu
（「善をもつ者」の意）アカイメネース朝*ペルシア*の帝王。巻末系図024を参照。

❶ 1世　D. I（「大王」Μέγας Βασιλεύς とも称される）（ラ）Darius Magnus（前558頃～前486年10月）（在位・前522～前486）。アカイメネース家一門に属するヒュスタスペース Hystaspes（Vishtâspa）の子。前522年、カンビューセース*（2世）の死後、王弟スメルディス*になりすまし王位を簒奪していたマゴス*僧ガウマータ Gaumata を、他の6人の大貴族と協力して殺した（9月29日）。キューロス*大王の血統が絶えていたので、彼ら7人の大貴族は、各人の馬のうち夜明けとともに最初に嘶いた馬の持ち主を新しいペルシア王に選ぶことにしたが、ダーレイオスは自分の乗る馬に雌馬の陰臭を嗅がせて、他のどの馬よりも先に嘶かせた ── 彼の馬手が雌馬の陰部に手を触れておき、朝日が昇りはじめるやいなやダーレイオスの乗馬の鼻先にその手を近づけて匂いを嗅がせ、興奮させて首尾よく嘶かせたという ──。かくて彼は玉座に登り、バビュローニアー*など各地の反乱を鎮定し（前519、⇒ゾーピュロス）秩序を回復したのち、王権の強化を図って帝国を再組織、財政を整備した。広大な全土を二十あまりの州に区分し、太守（サトラペース Satrapes, Σατράπης, 古代ペルシア語名・Khšaçapāvā, Khshathrapāvan）を任命して各州の統治にあたらせ、「王の耳」「王の目」と呼ばれる大王直属の監視官を派遣して行政を巡察させた。州単位に税額を割り当てて巧みに徴収（ただしペルシア人のみ免税）したので、「商売人（カペーロス Κάπηλος, Kapelos）」という異名をつけられた。「王の道」で知られる大道路を設け、駅伝制度を定め、ダーレイコス Dareikos 金貨などの貨幣を新鋳、ナイル河と紅海を繋ぐ運河を開鑿するなど広範囲の通商・交流を活発ならしめるとともに、中央集権を推し進め帝国の最盛期をもたらした。自らはゾロアスター*教の熱心な信者だったにもかかわらず、被征服民族の宗教や伝統には寛大な宥和政策で臨んだ。また新しい都ペルセポリス*を建設し、これを主に新年祭など儀式用の都、従来のスーサ*を実務政治上の都と定めて、大規模な後宮と中央官僚を擁する壮麗な宮廷を営んだ。

対外的には大規模な遠征を行ない（前518～前510）、東はインドのパンジャーブ地方、南はヌービアー Nubia、北はスキュティアー*人（スキュタイ*）を討って黒海からイストロス*（ドーナウ）河方面（⇒ビューティオス）、西はトラーケー*（トラーキアー*）、マケドニアー*（⇒アミュンタース1世）、そしてキューレーネー*（⇒ペレティーメー）を服属させた。イオーニアー*のギリシア植民市の反乱（前500～前493）は、結局は鎮圧されたものの（⇒アリスタゴラース）、アテーナイ*が干渉してサルデイス*焼き打ちを敢行したため、威信を傷つけられたダーレイオスはギリシア本土の討伐を決意。食事のたびに「陛下、アテーナイ人を忘れ給うな」と従者に言わせたという。最初の派遣軍は暴風雨によりアトース*岬で顛覆し（前492）、再度の遠征軍もマラトーン*の戦いで敗走（前490年9月）。そこで第3の大遠征を計画中、エジプトに反乱が起こり（前487）、これを平定すべく準備中に、満たされぬ思いを残してこの世を去った。彼には6人の后妃があり、十余人の息子たちがいたが、跡を継いだのは、最も勢力のあった妻アトッサ❶*の産んだクセルクセース1世*であった。

なおダーレイオスは、他に匹敵するものがいないほどの美男だったが、ただ一つ腕が膝に触れるくらい長いという欠点があったと伝えられている。また彼は、ビーストゥーン Bistun（ビーソトゥーン Bisotun, Behistun,〈ギ〉Bagistanon）の戦勝記念浮彫や古代ペルシア語・エラム語・アッカド語3種の楔形文字で刻まれた摩崖碑文、ペルセポリス北郊ナグシェ・ロスタム Naghs-e Rostam の王墓などで、よく知られている。
⇒マルドニオス、デーモケーデース、アルタプレネース、ヒスティアイオス、ダーティス、アリアビグネース、アルタバノス、スキュラクス
Herodot. 3-38, -70～, 4-1～7-4/ Ctesias 14～19/ Just. 1-9～10, 2-3～10, 7-3/ Diod. 1-33, 2-5, 10-19, 11-2, -57/ Polyaenus 7-10～/ Aesch. Pers./ Strab. 15-735～/ etc.

❷ 2世 D. Ⅱ（在位・前 424 ／ 423～前 405 ／ 404）オーコス Okhos, Ὦχος, Ochus

アルタクセルクセース1世*の妾腹の子だったので、ノトス，Nόθος, Nothos（庶子）と渾名される。叔母にして姉妹のパリュサティス❶*と結婚し、ヒュルカニアー*の太守 Satrapes に任ぜられる。前424年、クセルクセース2世*を暗殺した兄弟のソグディアーノス Sogdianos を打倒。玉座に即いたが、残忍狡猾な后パリュサティスおよび3人の宦官たちに政権を壟断され、治世中は陰謀と腐敗が絶えなかった。ためにシュリアー*やリューディアー*、メーディアー*など各地に反乱が頻発し、エジプトを失った（前410頃離反、⇒アミュルタイオス）。とはいえ、対ギリシア政策では、諸将ティッサペルネース*やパルナバゾス*、王子の小キューロス❷*らが巧みにペロポンネーソス戦争*に干渉して、諸都市を離間し外交上優位を保った。また王は密偵を初めて置いたことでも知られる。彼自身は首都を離れず、軍隊の指揮を執ることもほとんどなかった。
⇒アルタクセルクセース2世、デーモクリトス
Ctesias. 44～56/ Diod. 12-71, 13-36, -70, -104, -108/ Xen. Hell. 1-2, 2-1, An. 1-1/ Just. 5-1～/ etc.

❸ 3世 D. Ⅲ（前380頃～前330年7月）（在位・前336～前330）コドマンノス Κοδομαννός, Kodomannos (Codomannus)。本名・Artashata。アカイメーネース朝*ペルシア*最後の帝王。王家の血をひくアルサメース Arsames とシシュガンビス*の子。武功のゆえにアルメニアー*の太守 Satrapes に任命されていたが、嫡系の王族を皆殺しにした大宦官バゴーアース❶*によって王に推戴された。一説には、先王アルセース*（アルタクセルクセース4世*）の暗殺に彼も関与していたといわれる。登極して間もなく、バゴーアースが自分を毒殺しようとしているのを知って、逆にその毒をバゴーアースに飲ませて殺した。エジプトの反乱を平定した（前336／335）後、前334年に侵略を始めたマケドニアー*のアレクサンドロス大王*（3世）の軍と対峙。ペルシアの習慣に従って豪華な供揃えや調度、従者、宦官、後宮の女人たちを戦場に帯同し、イッソス*の険で迎え撃ったものの大敗を喫し、母や妻子らを捕虜にされる（前333年11月）。次いでガウガメーラ*の決戦（前331年10月）にも惨敗し、ペルセポリス*を略奪されて（前330年春）、再挙を図るべくバクトリアー*まで逃走。しかし、その地の太守ベーッソス*に裏切られ、捕われて馬車の中で刺殺された。彼の遺体を見出したアレクサンドロスは、王家の霊廟に手厚く葬らせたという。なおダーレイオスは、ペルシア人中もっとも容貌の優れた人物とされ、その后にして姉妹のスタテイラ❶*も当代きっての美女との評判が高かった。2人の間に生まれた長女は、アレクサンドロスの正室に迎えられている（⇒スタテイラ❷、バルシネー❷）。ギリシア側の史料の中には、ダーレイオスはアカイメーネース王家の出身ではなく、もと奴隷ないし伝令官で、不正な手段によって王権を纂奪した「臆病にして無定見な」人物だったなどと故意に貶下したものが少なくない。
Diod. 17-5～/ Just. 10-3, 11-4～/ Plut. Alex. 16～, Mor. 326, 337/ Curtius Anab./ Arr. Anab./ Ael. V. H. 12-43/ Strab. 15-736/ etc.

タレース　Thales, Θαλῆς もしくは Θάλης,（仏）Thalès,（伊）Talete,（西）（葡）Tales,（露）Фалес,（現ギリシア語）Thalís

（前636／624頃～前546頃）ギリシア最初の哲学者。イオーニアー*のミーレートス*出身。フェニキア*人の名門の家柄に生まれ、カドモス*の末裔を称す。ギリシア七賢人*の1人。オリエント先進諸国を旅して幾何学や天文学などの自然科学を学び、それらをギリシア世界に導入した。エジプトではピラミッドの高さをその影の長さから測定、また1年を365日・1ヵ月を30日とする暦法を採り入れ、前585年5月28日に起こった日蝕を的確に予言した（⇒アリュアッテース）。万物の始原 arkhe, ἀρχή,（ラ）archē について考察し、それを「水（湿気）」であると説いて、従前の神話的世界観を斥けた。政治的には、アカイメーネース朝*ペルシア*の脅威に対抗してテオース*を首都とする全イオーニアー*諸市の連合を呼びかけ、リューディアー*王クロイソス*のために運河を開いてハリュス*河の流れを変え、無事に渡河した王の軍をペルシア帝国*攻めへ向かわしめた。

ある年オリーヴの豊作を見込んですべてのオリーヴ搾油機を借り占め、油づくりの季節に思い通りの値をつけてそれらを貸し与えて、莫大な財富を獲得、哲学を軽侮した者たちに「金儲けぐらい、その気になれば哲学者にとってたやすいものだ」ということを証明して見せたとか、逆に、星の観測に気を奪われるあまり溝に落ちてしまい、老女から「天上のことを知ろうとなさる貴方が、足もとのことにはお気づきにならないのですか」とからかわれた、等の逸話が残されている。母親に結婚を押しつけられそうになった時には「まだ早い」と逃げ、年頃を過ぎて再び強く促されると「もう遅い」と言って生涯独身を貫いた。アテーナイ*の立法家ソローン*から「なぜ子供をつくらぬのか」と問われると「子供を愛するからだ」と返答。「何が一番難しいか」という質問には「自分自身を知ること」と、「何が一番易しいか」という質問には「他人に忠告すること」と答えた。常々「死と生の間には本質的な差異がない」と口にする彼に対して、「ではなぜ生きているのか」と意地の悪い問いかけをした人には、「少しも差異がないからである」と答えたという。90歳（異説あり）の高齢に達して体育競技の見物中に死去。著作は残さなかったようだが、イオーニアーの自然哲学 physiologia, Φυσιολογία 派＝ミーレートス学派の祖として、その遺業はアナクシマンドロス*やア

系図232　タレース

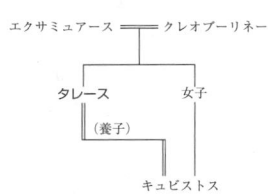

ナクシメネース*らに継承された。
Herodot. 1-74〜75, -170/ Arist. Pol. 1-11, Metaph. A-3, De An. 1-5/ Diog. Laert. 1-22〜44/ Plut. Sol. 2〜7, 12/ Cic. Amic. 2/ Plin. N. H. 36-17/ etc.

ダレース（プリュギアー*の） Dares, Δάρης, （ラ）Dares Phrygius, （英）Dares of Phrygia, （仏）Darès de Phrygie, Darès le Phrygien, （伊）Darete Frigio, Darete il Frigio, （西）Dares Frigio, Dares el Frigio, （露）Дарет Фригийский

ギリシア伝説中、トロイアー*のヘーパイストス*神殿に仕える神官。のちになって、ホメーロス*以前に、トロイアー戦争*に関する詩を書いた人物に擬されるようになった。このトロイアー側から描いた、いわば『プリュギアー版イーリアス』（ギリシア語）は散逸したが、そのラテン訳と称する散文の『ダレースのトロイヤ陥落物語 Daretis Phrygii de Excidio Troiae Historia』が現存。ネポース*がアテーナイ*で発見した文書をもとに翻訳した体を装ってはいるものの、後5世紀〜6世紀頃の偽作と思われる。中世ヨーロッパにおいて、クレーター*のディクテュス*の著書とともに、トロイア物語の手本として大いに利用された。⇒コイントス（クィントゥス）

Hom. Il. 5-9/ Ael. V. H. 11-2/ Verg. Aen. 5-369〜/ etc.

タレータース Thaletas, Θαλήτας (Thales, Θαλῆς とも), （露）Фалет

（前7世紀頃）ギリシアの音楽家・抒情詩人。クレーター（クレーテー*）*島のゴルテューン*に生まれる。デルポイ*の神託に従ってスパルター*へ招かれ、詩歌によって悪疫を祓い住民を教化。クレーター音楽をこの地に移入したという。アポッローン*神への讃歌パイアーン paian を作り、前665年には、クセノクリトス Ksenokritos（南イタリアのロクリス*出身の音楽家・詩人）とともに裸体の少年たちによる競技ギュムノパイディアイ*祭を創始。一説ではリュークールゴス❶*の同時代人で、彼に説得されてスパルター*へ赴き、立法の仕事を援けたとも伝えられる。真作は現存しない。

⇒オリュンポス、テルパンドロス、クセノダーモス、ポリュムネーストス

Plut. Mor. 1134d〜f, Lyc. 4/ Paus. 1-14/ Ael. V. H. 12-50/ Arist. Pol. 2-9/ Strab. 10-480〜482/ Sext. Emp. Math. 2-292/ etc.

タレントゥム Tarentum
⇒タラース（のラテン語形）

タロース（タロス） Talos, Τάλως, (Τάλος), （ラ）Talos (Talus), （伊）Taro, （露）Талос, （現ギリシア語）Tálos

ギリシア神話中の男性名。

❶クレーター*（クレーテー*）の巨人。元来は神格（牛頭人身の太陽神?）であったらしく、ヘーパイストス*は時に彼の息子とされる。最も有名な伝承では、タロースはヘーパイストスの造った青銅人間で、1日に3回クレーター島を巡って見張り番をし、侵入者には大石を投じたり、自分の体を灼熱させてから彼らを抱いて焼き殺したりしていた。アルゴナウテース*たち（アルゴナウタイ*）がこの島に寄航した時、メーデイア*が魔法で彼を眠らせて、または毒薬で彼を発狂させて、もしくは不死身にしてやると約束して、急所たる踵の釘を抜いたため、全身の霊血（イーコール）ikhor, ἰχώρ が流出して巨人は死んだ。一説によると、ピロクテーテース*の父ポイアース Poias が彼の踵を射て殺したのだともいう。

❷ダイダロス*の甥。ペルディクス*の項を参照。

❸ラダマンテュス*に愛されたクレーター*の美少年。アリアドネー*の孫。

Paus. 1-21, -26, 7-4, 8-53/ Apollod. 1-9, 3-15/ Ap. Rhod. 4-1636〜/ Diod. 4-76/ Ov. Met. 8-183〜/ Ibyc. Fr. 28/ Pl. Minos 320/ Hyg. Fab. 39, 244, 274/ Serv. ad Verg. G. 1-143, Aen. 5-14/ etc.

タンタロス Tantalos, Τάνταλος, Tantalus, （仏）Tantale, （伊）Tantalo, （西）Tántalo, （葡）Tântalo, （露）Тантал, （現ギリシア語）Tántalos

ギリシア神話中の男性名。⇒巻末系図015

❶ゼウス*とプルートー Pluto（クロノス*またはアトラス*、オーケアノス*の娘）の子。小アジアのプリュギアー*ないしリューディアー*の富裕な王。シピュロス Sipylos 山（現・Spil Dağı）に宮殿を構え、神々の殊遇を蒙っていたが、のち地獄タルタロス*へ堕ちて永劫の罰を受けた。その原因は、自らの息子ペロプス*を殺し、その肉を料理して神々に供したためとも、神々の食卓に招かれて、その時に聞いた秘密を人間に漏らしたためとも、神酒ネクタル*と神食アンブロシアー*を神界から盗んで人間に与えたためとも種々に伝えられる。いずれにせよ神々の怒りに触れたタンタロスは、奈落の池中に首まで漬けられながら、喉が乾いて水を飲もうとすればたちまち水が退いて無くなり、頭上には枝もたわわに果実が垂れているのに、取ろうとすると枝が遠ざかってしまい、限りない飢渇に苦しめられている —— この故事に由来して「焦らして苦しめる」意味の動詞（英）tantalize, （仏）tantaliser, 等が派生した ——。別伝では彼は、頭上に巨石が吊り下げられているので、常に圧し潰される恐怖におののき続けているともいわれる（その他、諸説あり）。なお、タンタロスがトロイアー*の絶世の美青年ガニュメーデース*を誘拐したため、この若者

系図233　タロース（タロス）❶

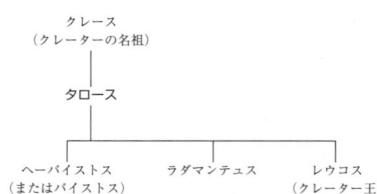

の兄イーロス❷*によって追放されたという話も残っている。女神レートー*に対する不敬な言動ゆえに石となったニオベー❶*の父としても名高い。
⇒パンダレオース
Hom. Od. 11-582〜/ Apollod. 3-5, Epit. 2/ Pind. Ol. 1-55〜, Isth. 8-10/ Eur. Or. 4〜/ Paus. 10-31/ Ov. Met. 4-458〜, 6-174/ Pl. Cra. 395d〜/ Lucian. Dial. Mort. 17/ etc.

❷テュエステース*（またはタンタロス❶の子プロテアース Broteas）の子。伯父アトレウス*に殺されて料理され、その肉を父テュエステースに食われた。異伝では彼はクリュタイムネーストラー*（クリュタイメーストラー*）の最初の夫だったが、幼い子供とともに甥のアガメムノーン*に殺されたという。
Paus. 2-18, -22/ Hyg. Fab. 88, 244, 296/ Eur. I. A. 1150/ Sen. Thyestes 718/ etc.

チェルシー　Cherusci
⇒ケルスキー

チグリス　Tigris
⇒ティグリス

チチェローネ　Cicerone
⇒キケロー（のイタリア語形）

地中海　（ギ）hēde hē thalassa, ἥδε ἡ θάλασσα, または、hē par' hēmīn thalassa, ἡ παρ' ἡμῖν θάρασσα; hē thalassa hē kath' hēmās, ἡ θάλασσα ἡ καθ' ἡμᾶς; hē esō thalassa, ἡ ἔσω θάλασσα, hē entos thalassa, ἡ ἐντὸς θάλασσα, （現ギリシア語）Mesógios thálassa, （ラ）Mare Internum, Mare Nostrum, Mare Mediterraneum, （英）Mediterranean Sea, （仏）Mer Méditerranée, La Méditerranée, （独）Mittelmeer, Mittelländisches Meer, （伊）Mar(e) Mediterraneo, （西）Mar Mediterráneo, （葡）Mar Mediterrâneo, （露）Средиземное Море, （ヘブライ語）Yãm Haggadôl, Ha-Yam Ha-Tikhon, （アラビア語）Al-Baḥr Al-Abyaḍ Al-Muttawāsiṭ, Baḥr al-Rûm, （トルコ語）Akdeniz, （古エジプト語）Wat-ur, （アッシリア語）Ti-Hamti-Rabiti, Ti-Hamti Sa Mat Acharri

ヨーロッパ（エウローペー*）、アジア（アシアー*）、アフリカ（リビュエー*）の3大陸に囲まれた海域。古代オリエント＝エジプト文明の影響を受けて、早くからクレーター*（クレーテー*）島を中心とするエーゲ海*（ラ）Mare Aegeum に青銅器文化（ミーノース*文化）が開花し、前2千年紀末からはフェニキア*人、次いでギリシア人が盛んに貿易・植民活動を行なった。ギリシアおよびローマ人は、「ヘーラクレースの柱*（ジブラルタル海峡）」より内側の海を、"内海"ないし"我らの海（ラ）Mare Nostrum"と称した。「地中海（ラ）Mare Mediterraneum」なる表記は、後200年頃ローマの地誌作家ソーリーヌス*によって初めて用いられた。地中海世界の統一は、前1世紀ローマ帝国の成立で達成され、約200年にわたって「ローマの平和 Pax Romana」が享受されたが、文化面では東方ギリシア語圏が常に西方ラテン語圏よりも優位にあったといってよい。
　なお地中海は、外洋オーケアノス*とは異なり、潮の干満の差がほとんど認められない点で特筆される。
⇒エリュトラー海、黒海（ポントス・エウクセイノス）
Herodot. 1-1, 4-39/ Pl. Phd. 109b〜/ Arist. Mund. 3, Mete. 1-13/ Polyb. 1-3, 3-57, 16-29/ Dio Chrys. Or. 32/ Caes. B. Gall. 5-1/ Sall. Jug. 17/ Plin. N. H. 2-68, 6-30/ App. Mith. 93/ Mela 1-1/ Liv. 26-42/ Flor. 4-2/ Strab. 2-121〜/ Solin. 13-1/ Isid. Orig. 13-6/ etc.

チプリアーノ　Cipriano
⇒キュプリアーヌス

チャンドラグプタ　Chandragupta
⇒サンドロコットス

チレニア　Tyrrhenia
⇒テュッレーニアー

チレーネ　Cirene
⇒キューレーネー*（のイタリア語形）

系図234　タンタロス

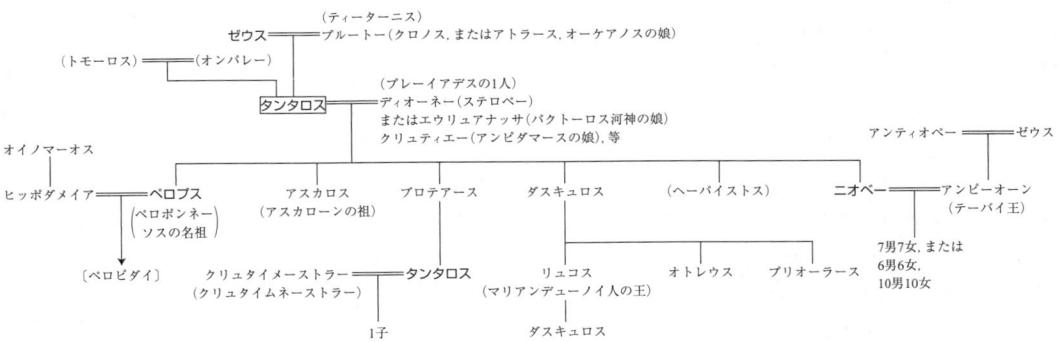

ヅェウス Zeus
⇒ゼウス

ツキディデス Thucydides
⇒トゥーキューディデース

テアイテートス Theaitetos, Θεαίτητος, Theaetetus, (仏) Théétète, (伊)(西)(葡) Teeteto, (露) Теэтет
(前414頃～前369) ギリシアの数学者。アテーナイ*の人。幾何学者テオドーロス❷*の愛弟子。後見人に財産を濫費されても金銭に執着せず、美少年ではなかったにもかかわらず (鼻は上向き目は飛び出ていて、幾分ソークラテース*に似ていたという)、その人柄と才能ゆえにテオドーロスに目をかけられた。ソークラテースとも交流があり、プラトーン*の対話篇『テアイテートス』『ソフィスト (ソピステース*)』に話者として登場、哲学はアカデーメイア*でプラトーンに学んだ。エウクレイデース❷*の『幾何学原論』第10巻の資料となった無理数の理論を発展させた功績で知られる。コリントス*近郊の戦闘で勇敢に戦って負傷し、痢病に苦しんで死んだという。

　その他、ピュータゴラース*の門下でレーギオン*市の立法家となったテアイテートス (前500頃) や、親ローマ派のロドス*の政治指導者テアイテートス (前3世紀～前2世紀前半) ら幾人かの同名人物が知られている。
Pl. Tht., Soph., Plit. 257～258/ Diog. Laert. 2-29/ Euseb. Chron./ Polyb. 22-5, 27-14, 28-2, -16, 29-11, 30-5, -21/ Iambl. Vita Pyth. 30/ Diog. Laert. 4-25/ etc.

テアーゲネース Theagenes, Θεαγένης, (仏) Théagène, (伊) Teagene, (西) Teágenes, (現ギリシア語) Theayénis
ギリシア人の男性名。

❶ (前7世紀) メガラ*の僭主 (在位・前650頃～前620頃)。富裕者たちの家畜の群れを殺して貧しい民衆の人気を得、護衛隊の力を利用して寡頭政を打倒、自ら独裁者 tyrannos*（テュランノス）となる。娘をアテーナイ*のキュローン*に嫁がせて、その権力奪取計画に協力したが不首尾に終わる (前632頃)。芸術を保護し、メガラに今日も遺構の残る立派な泉屋を建てるなどの業績で知られ、同市の最盛期をもたらした。のち政変が起きて追放された。
Arist. Pol. 5(1305a), Rh. 1-2(1357b)/ Paus. 1-28, -40, -41/ Thuc. 1-126/ Plut. Mor. 295c～d/ Ar. Pax 927/ etc.

❷ (前6世紀後半) レーギオン*出身の詩人・批評家。前525年頃に活躍。ホメーロス*の作品に関して、初めて寓意的解釈 ── たとえば、ヘーラー*は空気、アプロディーテー*は愛欲を象徴するという風に ── を施した人として知られる。
Tatianus Ad Gr. 105/ Euseb. Praep. Evang. 10-11/ Suda/ etc.

❸ (前5世紀前半) (テオゲネース Theogenes とも) タソス*島の運動選手。9歳の時に学校からの帰途、市の広場（アゴラー*）にあった青銅の神像を肩に担いで家へ運び去ったという怪力の持ち主。オリュンピア競技祭*はじめピューティア*、ネメア*、イストミア*などギリシア各地の祭典競技に出場し、拳闘（ボクシング）、パンクラティオン*他さまざまな種目で合計1400もの栄冠を獲得 (前480、前476、他)。故郷タソスのみならず広くギリシア世界に記念像を建てられ、神のごとくに崇められた。一説に彼の実父はヘーラクレース*神だという。

　その他にも、カイローネイア*の戦い (前338) で討ち死にしたテーバイ❶軍の将テアーゲネースや、『マケドニアー史 Makedonika, Μακεδονικά』(散逸) を書いた歴史家のテアーゲネースら何人かの同名人物が知られている。
⇒エウテューモス、ミローン、ディアゴラース❷、オルシッポス、ラーダース
Paus. 6-6, -11/ Plut. Alex. 12, Mor. 259d, 260c/ Philostr. V. S. 13/ Tzetz. ad Lycoph. 176/ Schol. Pind. Nem. 3-21/ Phot./ Suda/ etc.

デア・ディーア Dea Dia, (露)(マケドニア語)(ブルガリア語) Деа Диа
ローマの大地の恵みを司る女神。アルウァーレース神官団*の主神で、毎年5月にローマ市郊外の聖林で祭祀が行なわれた。ケレース*やアッカ・ラーレンティア*と同一視される。
CIL 6-2023, -2030/ Cic. Nat. D. 3-22/ Hyg. Fab. 155/ etc.

テアートルム Theatrum
⇒テアートロン (のラテン語形)

テアートロン Theatron, Θέατρον, 〈ラ〉テアートルム Theatrum, (英) theatre, theater, (仏) théâtre, (独) Theater, (伊)(西)(葡) teatro, (露) Театр, (ペルシア語) Taatr, (現ギリシア語) Théatro
「劇場」(元来は扇形の「観客席」を指す語)。ギリシアの演劇は、酒神ディオニューソス*の祭礼における宗教行事として発達したもので、劇場の中心となる円形の舞踏場（オルケーストラー）orkhestra (〈ラ〉orchēstra「オーケストラ」の語源) には必ず祭壇が備わっていた。合唱隊 khoros (〈ラ〉chorus。「コーラス」の語源) の歌い舞うこのオルケーストラーを取り囲むように、斜面を利用して観客席が擂り鉢状に設けられており、オルケーストラーの反対側には俳優のための衣裳小屋（テアートロン）（楽屋） skene (〈ラ〉scaena, scēna。「シーン scene」の語源) が建っていた。古くは簡素な木造建築物だったが、前496年頃アテーナイ*のディオニューソス劇場でプラーティーナース*の作品を上演中、木組みの観客席が壊れて幾人もの負傷者が出たため、アクロポリス*南麓の傾斜地を削って安全な石造の劇場 (1万5、6千人収容) を築いたという話が伝わっている (前342～前326にリュクールゴス❸*が大理石で改修・拡大す)。一段と高くなった舞台（プロスケーニオン） proskenion は後から付け加えられたもので、描かれた背景はソポクレース*が初めて使用、幕はなく、神や英雄を高く引き上げる宙吊り機など機械仕掛け（メーカネー） mekhane (〈ラ〉māchina。「メカニック」等の

語源）が漸次工夫・案出されていった。各地に現存するギリシア劇場はすべて前4世紀以後の改築によるものだが、いずれも露天で屋根は設けられなかった（⇒オーデイオン）。出演者は全員男性に限られ、俳優は仮面をかぶり、悲劇の場合は高靴 kothornos を履き豪華な長袍を着用、喜劇の場合は巨大な男根模型を股間につけ肉襦袢をまとって登場した。アテーナイやエピダウロス*といったギリシア本土のみならず、シケリアー*（現・シチリア）、小アジアなどへレニズム世界の多くの都市遺跡に石造の劇場が残されている。

ローマでは演劇は宗教的意義を失い、劇場（テアートルム）はもっぱら娯楽と社交の場として利用された。優れた劇作家を輩出し、各種ファーブラ*劇やギリシアの演劇が人気を博していた。にもかかわらず、ポンペイユス*がカンプス・マールティウス*に劇場を建設する（前55）まで、ローマ市には恒久施設としての劇場はなかった。建築様式はギリシアのそれを踏襲してはいたものの、土木技術の発達により、平地に巨大な段床式観客席を構築、舞台と背景建物には屋根をつけ、客席に日除け vela（「ヴェール veil」の語源）を設けることもあった。半円形のオルケーストラ orchestra は演技に使われずに元老院議員らの坐る貴賓席となり、それにつれて扇状の観客席 auditorium も半円形に変化、舞台の幅も広がり、豪華な装飾が施されるようになった。前58年にはM.アエミリウス・スカウルス❷*が壮麗な3層舞台の大劇場（8万席）を、前53年には小クーリオー*が回転して円形闘技場（アンピテアートルム*）となる仕掛けの双つ1組の劇場を建立。その後 L. コルネーリウス・バルブス*の劇場（前13）やマルケッルス*劇場（前11。現存、〈伊〉Teatro di Marcello）がローマに設けられ、帝国属州の諸都市にも次々と大規模な劇場施設が造営されていった。

ギリシアでは劇作家たる詩人自ら主役を演じるなど俳優の地位は高く評され、また富裕市民がレイトゥールギアー*として一切の上演費用を負担していた。他方ローマにおいては俳優は主に奴隷身分で、女性も舞台に立つ場合があり、女神フローラ*の祭礼では観衆が女優らに一切の衣服を脱ぐことを要求。アエソープス*、ロスキウス*ら巨万の産を成す者もあったが、職業俳優の地位は低かった。さらにローマ共和政末期には、淫靡な物真似劇ミームス mimus がもてはやされるようになり、姦通など露骨な場面を迫真的に上演。次いで帝政初期からは、神話を主題とする無言劇パントミームス pantomimus（「パントマイム」の語源）が登場し、優美な姿態をもった女方俳優のエロティックな演技が、全ローマ市民を熱狂させた。歴代皇帝、特にネロー*の耽溺ぶりはすさまじく自らパントミームスに出場し、無言劇役者のパリス*を寵愛。同様にカリグラ*帝も無言劇役者ムネーステール*を男色相手とし、自身も女装して舞台で踊っている。帝政期には古来の悲劇・喜劇はあまり上演されなくなり、セネカ❷*の例に見られるように、もっぱら朗読用として教養人の間に広まった。

ギリシア・ローマ人にかくも愛好された演劇も、キリスト教の国教化によって攻撃の対象となり、劇場の破壊や荒廃が進んで中世にはまったくの廃墟と化した。
⇒テスピス、アイスキュロス、ソポクレース、エウリーピデース、アリストパネース
Herodot./ Thuc./ Pl./ Arist./ Ar./ Aesch./ Dem./ Theophr./ Diog. Laert./ Plut./ Vitr./ Plin./ Tac./ Suet./ Dio Cass./ Cic./ Juv./ Mart./ Lucian./ Ath./ Suda/ etc.

テアーノー Theano, Θεανώ,（仏）Théano,（伊）Teano,（西）Téano,（露）Феано,（現ギリシア語）Theanó

ギリシア伝説中の女性名。

❶トラーキアー*王キッセウス*の娘。アンテーノール*の妻。トロイアー*のアテーナー*女神に仕え、同市陥落後も夫とともに助命されたが、それはトロイアーを裏切ったためだともいう。
Hom. Il. 5-69～, 6-297～, 11-221～/ Apollod. Epit. 3/ Paus. 10-27/ Dict. Cret. 5-8/ etc.

❷メタポントス Metapontos（メタポンティオン*市の名祖）の妻。子を産まぬため離別されんとし、羊飼いから手に入れた双生児（アイオロス❸*とボイオートス Boiotos）を我が子と称して夫王を欺いた。しかるに、自分に実子2人が生まれると、貰った子を憎むようになり、我が子に彼らを殺すよう命じたところ、逆に実子の方が殺された。事実が露顕して彼女は追い出され（または殺され）、代って双生児の母メラニッペー Melanippe（アイオロス❷*の娘）がメタポントスの妻となった。
Hyg. Fab. 186/ etc.

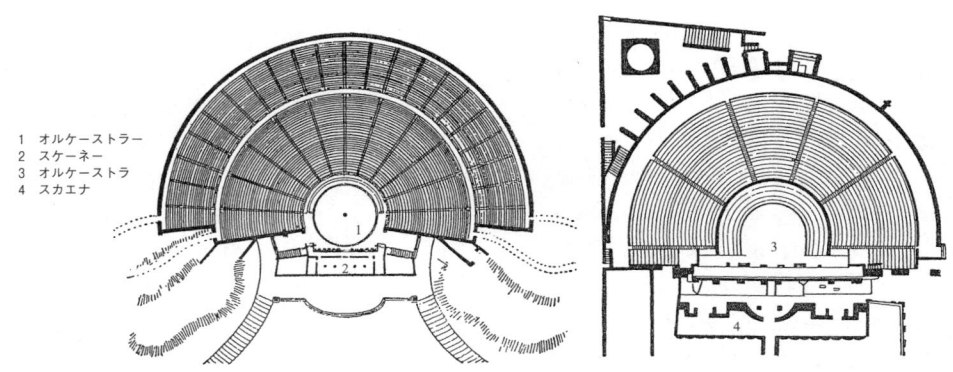

ギリシアのテアートロン　**古代の劇場**　ローマのテアートルム

1　オルケーストラー
2　スケーネー
3　オルケーストラ
4　スカエナ

テアーノー Theano, Θεανώ, (仏) Théano, (伊) Teano, (西) Téano, (葡) Theano, (露) Феано, (現ギリシア語) Theanó

(前6世紀頃) ピュータゴラース*学派の女哲学者。ピュータゴラースの妻（または娘）といわれる。幾篇かの書物と7通の書簡が彼女の名の下に伝えられていた（現存するものは偽書とされる）。

ピュータゴラース学派（教団）には少なからぬ数の女弟子がおり、その中にはシュラークーサイ*の僭主ディオニューシオス2世*から拷問を加えられても教派の秘義を口外せず、自ら舌を噛み切り、僭主に向かって吐き出してみせる烈婦もいたという。
⇒ピュータゴラース❶
Diog. Laert. 8-42～43, -50/ Clem. Al. Strom. 4/ Iambl. De Vita Pyth./ Porph. Vita Pyth./ Suda/ etc.

テイアー Theia, Θεία, (ラ) ティーア Thia, (仏) Théia, (伊)(葡) Teia, (西) Tea, (露) Тейя, Фейя

(「神々しい女」の意) ギリシア神話中、ウーラノス*（天空）とガイア*（大地）の娘。ティーターン*神族（ティーターニデス*）の1人。兄弟ヒュペリーオーン*との間に、太陽神ヘーリオス*、月の女神セレーネー*、曙の女神エーオース*を産んだ。『ホメーロス諸神讃歌集』では、エウリュパエッサ Euryphaessa, Εὐρυφάεσσα と呼ばれている。
⇒巻末系図 002
Hes. Th. 135, 371～/ Apollod. 1-1, -2/ Catull. 66-44/ Hym. Hom. 31-3～/ Pind. Isthm. 5-1～/ etc.

ディアゴラース Diagoras, Διαγόρας, (伊) Diagora, (西) Diágoras

ギリシアの男性名。

❶（メーロス*の）（前5世紀後期に活動）ギリシアの抒情詩人・ソフィスト*。メーロス島陥落（前416）の折にアテーナイ*軍の捕虜となるが、哲学者デーモクリトス*により多額の身代金と引き換えに釈放され、以来デーモクリトスの弟子になったという（異説あり）。「無神論者 Atheos, Ἄθεος」として名高く、伝統宗教とりわけエレウシース*の秘教（ミュステーリア*）を嘲弄したため、前411年アテーナイで死刑を宣告され、その首に1タラントンの賞金をかけられた（生け捕りの場合は2タラントン）。アテーナイを逃れた彼はギリシア各地を放浪したのち、コリントス*で没したとされるが、作品はわずかな断片を除いて伝存しない。彼が無神論を奉ずるようになったのは、誓約を破った者どもを神々が一向に罰しなかったからだといい、中世アラビア語圏でもその名は無神論者として広く知られていた。また彼が愛人で拳闘家（ボクサー）出身の政治家ニーコドーロス Nikodoros のために、その祖国マンティネイア*に法律を作ってやったという話も残されている。
⇒ヒッポーン、アナクサゴラース、クリティアース
Ar. Av. 1073, Ran. 320/ Cic. Nat. D. 1-23(63)/ Diod. 13-6/ Ael. V. H. 2-23/ Sext. Emp. Pyr. 3-218/ Tatianus Ad Gr./ etc.

❷（ロドス*の）（前5世紀中頃）ギリシアの著名な体育競技者。古代最大の拳闘（ボクサー）選手として知られ、オリュンピア競技祭*はじめギリシアの4大祭典競技すべてに優勝を重ねた（前464, 他）。ピンダロス*は彼のために祝勝歌を書き、この詩は大理石に黄金の文字で刻まれて、ロドス島の首都リンドス*にある女神アテーナー*の神殿に奉納された。ディアゴラースは伝説上のアルカディアー*王アルカス*の末裔で、母系はメッセーニアー*の英雄アリストメネース*に遡る名族の出身とされ、一説にはヘルメース*神の落胤であったともいわれる。2.5 mの長身と立派な体軀の持ち主で、その息子たち孫たちも傑出した運動選手に育ち、彼ら一族は当時のギリシアで最も多くの勝者を輩出した家系として賞賛された。オリュンピア競技祭で彼と息子、または彼と孫が同日に勝ったという記述も伝わっており、前448年には2人の息子が同日に優勝を収めるのを目の当たりにし、感極まった彼はそのまま息を引き取ってしまったという。

息子たちの中で最大の成績を残したのは、末子ドーリエウス❷*で、パンクラティオン*選手としてギリシアの4大祭典競技に何度も優勝したため、ペロポンネーソス戦争*中に敵国アテーナイ*と戦って捕虜となった時（前407）にも、その輝かしい肉体美と名声ゆえに無事釈放されている —— しかし、12年後の前395年にはスパルター*で処刑される ——。またディアゴラースの娘カッリパテイラ Kallipateira は、男の体育教師の姿をして息子に訓練を施していたが、オリュンピア競技祭で息子が優勝すると喜びのあまり柵を跳び出し、その折に衣がめくれて女性たることを暴露してしまった。男性の全裸競技を観た女はすべて崖から突き落とされて殺されることになっていたにもかかわらず、彼女の場合は一族の栄光のおかげで無罪放免となり、以後は付き添いの教師（コーチ）も裸体で出場しなければならない、という規則が作られたという。
⇒ミローン、エウテューモス、オルシッポス、テアーゲネース❸
Pind. Ol. 7/ Paus. 4-24, 5-6, 6-7/ Cic. Tusc. 1-46/ Plut. Pelop. 34/ Thuc. 3-8, -35, -44/ Xen. Hell. 1-5/ Ael. V. H. 10-1/ etc.

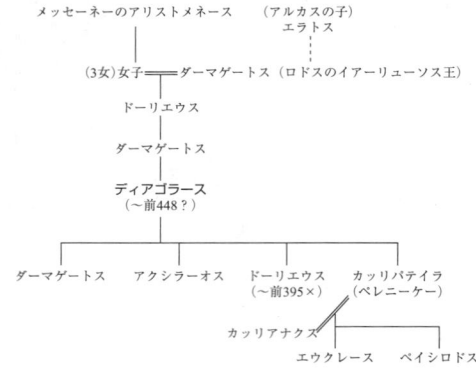

系図235　ディアゴラース❷

ディアドゥーメニアーヌス（または、ディアドゥーメヌス） Diadumenianus,（ギ）Diadomenianos, Διαδομενιανός, Marcus Opellius Antoninus,（Diadumenus）,（英）Diadumenian,（仏）Diaduménien（Diadumène）,（伊）（西）Diadumeniano,（露）Диадуменнан

（後208年9月14日（19日とも）～218年6月）。ローマ皇帝（在位・218春～218年6月）。

マクリーヌス*帝の息子。217年、父帝により副帝ならびにアントーニーヌス*の添名を授けられ、翌年には父と同じ正帝（カエサル*）の尊号をも与えられたが、間もなくエラガバルス*を戴く反乱軍に敗れ（218年6月8日）、パルティアー*へ逃走中、捕われて殺された（満9歳）。際立った美少年だったが、幼時より残酷な性格を露わし、即位式の日どりを十分大声で知らせなかったからといって衛兵らの性器をゆっくり鋸（のこぎり）で挽かせたなどといった話が伝えられている。

Dio Cass. 78-4, -17, -19, -34, -38～40/ Herodian. 5-5/ S. H. A. Diadumen., Macrinus 10/ Eutrop./ Aur. Vict./ etc.

ディアドコイ Diadokhoi, Διάδοχοι, Diadochi,（仏）Diadoques,（独）Diadochen,（西）Diádocos,（露）Диадохи,（《単》ディアドコス Diadokhos, Διάδοχος, Diadochus）

（「後継者」の意）アレクサンドロス大王*の死後、その後継者たらんとして角逐抗争した（主にマケドニアー*人の）遺将たち。通常、アンティゴノス1世、アンティパトロス❶*、カッサンドロス*、リューシマコス*、プトレマイオス1世*、セレウコス1世*らを指すが、さらにカルディアー*のエウメネース*やデーメートリオス1世*ポリオルケーテース、ペルディッカース*、クラテロス*等を含むこともある。大王の死（前323）からセレウコス1世の暗殺（前280）までの約40年あまりを、ディアドコイ時代と呼び、その間の戦をディアドコイ戦争という。前301年のイプソス*の合戦で、帝国再統一を志すアンティゴノス1世、デーメートリオス1世の父子が敗れて以来、ほぼ形勢が定まり、勢力均衡に基づいて大王の遺領は4つの王国に分割された──エジプトのプトレマイオス、マケドニアーのカッサンドロス、トラーケー*（トラーキアー*）・小アジアのリューシマコス、シュリアー*のセレウコスの4王朝──。

続く第2世代をエピゴノイ*と称し、上の4王朝が分割し直されて、マケドニアーのアンティゴノス朝*、エジプトのプトレマイオス朝*、シュリアー・メソポタミアー*のセレウコス朝*の3つのヘレニズム王国が鼎立した。

系図236　ディアドゥーメニアーヌス（または、ディアドゥーメヌス）

```
              ディアドゥーメヌス
マクリーヌス ── ノーニア・ケルサ
              │
        ディアドゥーメニアーヌス×
```

〔ディアドコイ戦争〕

前323年～前280年にかけて展開されたディアドコイ間の争覇戦。

最初、ペルディッカースに対して他の将軍たちが同盟して対抗し、前321年エジプトでペルディッカースが部下に殺され、またクラテロスも小アジアでエウメネースに敗死。翌前320年、シュリアーのトリパラデイソス Triparadeisos において軍会が開かれ、帝国の再編成が行なわれる。

次いで、帝国の摂政アンティパトロス亡きあと（前319）、無能なポリュペルコーン*に代わってカッサンドロスが台頭、アテーナイ*に寡頭政を立て、大王の遺族を殺害してマケドニアーに政権を樹立。他方ディアドコイ中で最大の勢力をもったアンティゴノス1世は、息子デーメートリオス1世とともに、大王の帝国再統一を企図、これに対してプトレマイオス1世、リューシマコス、カッサンドロス、セレウコス1世は連合して当たり、帝国の分割支配を志向した。デーメートリオスはいったんガーザ*の戦いでプトレマイオスに敗れる（前312）が、アテーナイをカッサンドロスから解放して民主政を復活させ（前307）、名高いロドス*島攻囲に活躍（前305～前304）、コリントス*同盟を再建した（前302）。しかるに、前301年イプソスの戦いに惨敗、父アンティゴノスは戦死し、その王国は勝利者間で分割され、なかでもセレウコスがその大半を得た。

ディアドコイ戦争の最終段階は、カッサンドロスの死（前297）に始まる。3年後、デーメートリオス1世がマケドニアー王位に登ったものの、やがて追われて女婿セレウコスに降伏（前285）、そして病死する（前283）。同じ年エジプトのプトレマイオスも死亡、2年後にはリューシマコスもセレウコスに敗死し（前281）、ディアドコイ中唯1人残ったセレウコスも、翌前280年、プトレマイオス・ケラウノス*（プトレマイオス1世の子）に暗殺されて果てた。

Diod. 1-3, 18-1～/ Just. 13～/ Paus. 1-6/ Plut. Demetr., Eum./ etc.

ディ（ー）アーナ Diana,（仏）Diane,（露）Диана

古代イタリア＝ローマの月の女神。本来は林野の女神だったが、農民の間で崇拝されるうちに、多産の女神となり、おそらくはエトルーリア*の影響を通じて、ギリシアのアルテミス*と同一視されるようになった。ディアーナの最も有名な聖域は、アルバーヌス山*麓のアリーキア*の湖岸にあった「森のディアーナ Diana Nemorensis」（⇒ネモレーンシス湖）の神域で、森の神ウィルビウス*とともに祀られ、その祭司（「森の王」Rex Nemorensis）は逃亡奴隷で、代々その前任者を殺すことによって、この職に就ける慣例であった。ディアーナの崇拝は、ローマではセルウィウス・トゥッリウス*王がアウェンティーヌス*丘に神殿を建立したのをもって嚆矢とする。出産の女神（⇒ルーキーナ）として婦人たちの信仰を集め、またアルテミスと同化して月や狩猟の女神とも見なされた。なおカプア*にはディアーナに捧げられた非常に長寿の雌鹿がいて、その存在が市の命運を決定づけていると信じられていた。

ディアヌ

後世になると、もっぱら純潔と月光の女神と見なされて、前額部に三日月を飾った狩猟服姿の美女として表現されるようになる。やがてディアーナは性的誘惑を悉く峻拒する頑なな女性の代名詞となり、そこから冷感症的な男根ペニス羨望を意味する精神医学用語ディアーナ・コンプレックス Diana complex などの言葉が派生した。
⇒ルーナ

Strab. 5-3-239/ Ov. Met. 15-497～, Fast. 3-265～, 6-735～/ Apollod. 3-10/ Sil. 13-115～/ Liv. 1-45, 2-32, 3-51, -54/ Prop. 2-32/ Vell. Pat. 2-25/ Dion. Hal. Ant.Rom. 4-26/ Varro Ling. 5-74/ Hor. Epist. 2-1/ Plut. Mor. 264c/ etc.

ディアヌ　Diane
⇒ディアーナ（のフランス語形）

デーイアネイラ　Deïaneira, Δηϊάνειρα, Deianira（または、デーアネイラ Deaneira, Δηάνειρα）,（英）Dejanira, Deïanira,（仏）Dïjanire,（西）Deyanira,（葡）Dejanira,（露）Деянира,（現ギリシア語）Dhiianira

ギリシア神話中、英雄ヘーラクレース*の2番目の妻。カリュドーン*王オイネウス*とアルタイアー*の美しい娘。メレアグロス*の姉妹。一説に彼女の実父はディオニューソス*であるともいう。ヘーラクレース*は冥界に降った際、メレアグロスの霊からデーイアネイラと結婚するように頼まれ（第12の功業）、地上に戻ってのち、競争者たるアケローオス*河神と格闘をした結果、勝利を得て彼女を妻にした。のちデーイアネイラは夫とともにトラーキース*へ向かう途上、増水したエウエーノス Euenos 河をケンタウロス*のネッソス*の手で渡されたが、ネッソスが彼女を犯そうとしたため、ヘーラクレースは水蛇ヒュドラー*の毒に浸した矢でネッソスを射殺した。瀕死のネッソスは、悔悛を装ってデーイアネイラに「もしヘーラクレースの愛が冷めることがあれば、私の流した精液と傷口の血を用いるがよい」と言い残して死んだ。これを信じた彼女は、その通りに血と精液を保存しておき、後年ヘーラクレースがイオレー*という若い女に心を移した時、夫の愛を取り戻すべく下着にこれを塗りつけて送った。ヘーラクレースがこの下着を身につけたところ、毒血が皮膚を腐蝕して体中に回り、苦悶の果てに火葬壇上で焚死を遂げ、デーイアネイラは絶望のあまり縊死ないし自刃して果てた。ソポクレース*の作品『トラーキースの女たち』（現存）は、この悲劇を扱っている。

Apollod. 1-8, 2-7/ Hyg. Fab. 31, 33, 34, 36, 129, 162, 174, 240, 243/ Ov. Met. 8-542～, 9-5～, Her. 9/ Bacchyl. 5-165～/ Soph. Trach./ Cic. Tusc. 2-8（20）/ etc.

ディイー・コーンセンテース（デイー・コーンセンテース）　Dii（Dei）Consentes
⇒コーンセンテース・ディイー

ディオエケーシス　Dioecesis,（ギ）ディオイケーシス Dioikesis, Διοίκησις,（英）Diocese,（仏）Diocèse,（独）Diözese,（伊）Diocesi,（西）Diócesis,（露）Диоцез

（管理の意）ローマ帝政後期の「管区」。ディオクレーティアーヌス*帝（在位・後284～305）の属州再編によって帝国全土は94の州プローウィンキア*に細分化され、それらは行政上、12の管区に統合された（最大のディオエケーシスは東方のオリエーンス Oriens 管区。最小のそれはブリタンニア*管区）。帝国の行政改革はその後、コーンスタンティーヌス1世*の手で完成され、州の数は100を超え、各管区はプラエフェクトゥス・プラエトーリオー*近衛軍司令官、属州総督、プロコーンスル*管区代官ウィカーリウス Vicarius に統治された。なお、この管区制度はキリスト教会によって踏襲され、各司教の統轄する「教区」を指す語としてディオエケーシスは今日も用いられている（〈伊〉diòcesi）。
⇒プローウィンキア

Amm. Marc. 17-7/ Cod. Theod. 7-6/ Sid. Apoll. Epist. 7-6/ Dig./ Cod. Iust./ etc.

ディオー・カッシウス　Dio Cassius
⇒ディオーン・カッシオス

ディオー・クリューソストムス　Dio Chrysostomus
⇒ディオーン・クリューソストモス

ディオクレース　Diokles, Διοκλῆς, Diocles,（仏）Dioclès,（伊）Diocle,（露）Диокл

ギリシア人の男性名。

❶半ば伝説上のメガラ*の古王。テーセウス*と同時代とされる。アテーナイ*の生まれだが、追放されてメガラに移る。戦闘中、自分の愛する若者を楯で守り、ために命を失ったという。以来メガラではこの勇者を讃えて、毎年早春に祭礼ディオクレイア Diokleia を祝っていた。この祭礼では少年たちの接吻コンテストが行なわれ、最も甘美な口づけをした者に優勝の栄冠が授与されたことで名高い。

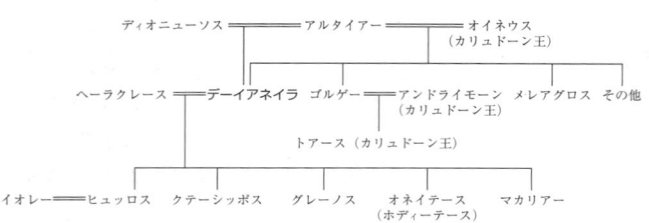

系図237　デーイアネイラ

Theoc. 12-27〜/ Ar. Ach. 774/ Plut. Thes. 10/ etc.

❷（前5世紀後期）シュラークーサイ*の立法家。前413年捕虜となったアテーナイ*の2将デーモステネース❶*とニーキアース*を処刑させ、翌年政変を起こして祖国シュラークーサイに民主政を確立。政敵を放逐し、後世までシケリアー*（現・シチリア）諸ポリスで模倣された立派な法典を定めた。のち追放され（前408）、最後は自らの法を破って帯剣のままアゴラー*に現われ、そのことを指摘されるや否や、剣で自刃して果てたという（⇒カローンダース、ザレウコス）。

なお、ほかにもテーバイ❶*の立法家ピロラーオス❷*の恋人たる運動選手のディオクレース（前8世紀末頃）や、ローマ草創期の歴史を最初に書いたギリシア人史家のディオクレース、ヘレニズム時代の数学者ディオクレース（前240頃〜前180頃）、前4世紀頃の名医カリュストス Karystos のディオクレースなど多くの同名人物が知られている。

Diod. 12-19, 13-19, -33, -59〜, 19-6/ Arist. Pol. 2-12 (1274) / Plut. Rom. 3, 8/ Polyaenus 5-3/ etc.

ディオクレーティアーヌス Gaius Aurelius Valerius Diocletianus,（ギ）Dioklētiānos, Διοκλητιανός,（英）Diocletian,（仏）Dioclétien,（独）Diokletian,（伊）Diocleziano,（西）（葡）Diocleciano,（露）Диоклетиан,（本名・ディオクレース Diocles）

（後245年12月22日〜311年12月3日、異説あり）ローマ皇帝（在位・284年11月20日〜305年5月1日）。イッリュリクム*属州ダルマティア*のサローナ*近郊に生まれる。解放奴隷の子という貧賤な出自であったが、軍隊に身を投じ、その卓越した才幹により累進、ヌメリアーヌス*帝の暗殺後、東方軍に推戴されてカルケードーン*で即位し（⇒アペル）、首都を小アジアのニーコメーデイア*に遷した（284、「ディオクレーティアーヌス紀元」元年）。翌年、カリーヌス*帝を倒して支配権を確立すると、ローマ帝国の再建に乗り出し、以後20年という長期間にわたって在位、旧同僚マクシミアーヌス*を共治帝として西方の守りを委ね（286）、293年3月1日には広大な帝国領の統治を強化するべく、自身を東方正帝、マクシミアーヌスを西方正帝とし、ガレリウス*とコーンスタンティヌス1世*クロルスをおのおのの東西の副帝（カエサル*）に任じて、四帝分割統治体制 Tetrarchia（テトラルキア）を成立させた（ただし法律を制定したり執政官（コーンスル*）を指名する権限は第一正帝たる彼のみが保有した）。

優れた政治力で他の皇帝を統率し、各地の内乱を鎮圧、ゲルマーニア*人など国境周辺を侵す諸民族を撃退し、296年にはブリタンニア*支配を回復（⇒カラウシウス）、東方ではエジプトの反乱を平定し（296）、またサーサーン朝*ペルシア軍を破ってアルメニア*を奪い返した（297）。皇帝の権威を神聖化するため、豪華な宝冠や衣裳を身に着けて大神ユーピテル*の化身ヨウィウス Jovius を自称、ペルシア風の宮廷儀礼を導入して周囲に宦官の群れを侍らせ、臣下には跪拝礼を強要。ここにオリエント風の専制君主政 Dominatus（ドミナートゥス）を樹立した。彼はまた帝直属の厖大な官僚層をつくり、文官と武官を截然と区別、軍隊を拡充・強化して軍団数を40から約60（総勢約50万人）に増やした（4倍にしたとも伝えられる）。さらに属州を細分化して、これらを12の「管区」（ディオエーシス*）と呼ばれる地域群にまとめ、管区代官 Vicarius（ウィカーリウス）という官吏に各管区を統治させた。また財政の建て直しを図るべく、税制 (capitatio = jugatio)・貨幣制の改革を断行したが、物価騰貴はとどまるところを知らず、301年に発布した最高公定価格（商品の上限価格）を規定する「価格勅令」も全くの失敗に終わった。経済の計画化、産業の国有化が行なわれ、国民の身分は固定化され、職業の世襲化、農民の農奴 colonus（コロ-ヌス）化が進んだ。

ローマ古来の伝統を重んじて、ラテン語教育の復興や巨大な公共建築物の造営を推し進め、303年には治世20年祭を祝うとともに、ローマ市で最後のものとなった凱旋式（トリウンプス*）を催した。多くの神殿を建立して伝統宗教の再興も図り、マーニー*教（297）やキリスト教を禁止、晩年には帝国全土で大規模なキリスト教迫害に踏み切った（303年2月23日〜、⇒ヒエロクレース❸）。305年、重病から回復した彼は、僚帝マクシミアーヌスと同時に自発的に退位し（5月1日）、故郷サローナの宮殿に隠栖、野菜作りなどをして余生を過ごした。退位後に生じた内乱期に、マクシミアーヌスから復位して紛争を収拾するよう懇願された時にも、「キャベツ栽培の邪魔をしないでくれ」と拒絶し、妻や娘が非業の死を遂げるのも力無く傍観していたという（⇒ウァレリア）。彼の最期は自殺だとする説も伝わっている。また、初めて錬金術を禁止し、それに関する書物を焼却させた皇帝としても知られている。

なお、ディオクレーティアーヌスの即位した284年を起点とする紀年法は、その後キリスト教徒の間で「殉教者紀元」として採用され、現代でもエジプトのコプト暦に受け継がれている。

Aur. Vict. Caes. 39/ Eutrop. 9-13〜/ Zonar. 12-31/ Euseb. Hist. Eccl. 7〜9/ Lactant. Mort. Pers. 12〜/ Cod. Theod./ etc.

デーイオケース Deïokes, Δηϊόκης, Deioces,（仏）Déjocès,（伊）Deioce,（西）Deyoces,（露）Дайукку, Дейок, Деиок,（古アッシリア語）Daiukku, Dayukku,（メーディアー*語）Dayaukku,（ペルシア語）Dayuka, Diyako, Diako

メーディアー*王国の創始者（在位・前708〜前655頃）。プラオルテース Phraortes の子。ヘーロドトス*によれば、デーイオケースは公正の誉れ高く、当時の社会的無秩序を防ぐため選ばれて王位に即き、華麗な国都エクバタナ*（現・ハマダーン）を建設。アッシュリアー*風の宮廷儀礼を導入し、密偵をめぐらせて峻厳に支配したという。しかるに、アッシュリアー側の史料によれば、彼は独立王国メーディアーの君主ではなく、一地方の首長でしかない。なおクテーシアース*に従えば、メーディアー王国の初代は

ディオゲネース　Diogenes, Διογένης, (仏) Diogène, (伊) Diogene, (西)(葡) Diógenes, (露) Диоген

ギリシアの哲学者の名。

❶（アポッローニアー*の Apollōniatēs, Ἀπολλωνιάτης）（前499頃～前428頃）プリュギアー*（ないしトラーケー*）のアポッローニアー出身。折衷主義の自然哲学者。「ソークラテース*以前の哲学者」のうち最後の人と見なされている。アナクシメネース*の弟子。万物の始源 arkhe を「空気 aer」と見なす師の学説と、アナクサゴラース*、レウキッポス*らの学説とを融和させ、アルケーたる空気が濃化ないし稀化することによって万物が生成され、精神（知性）の素もまた空気であると主張。著書『自然について Peri Physeōs, Περὶ φύσεως』は断片のみ伝存。アテーナイ*に住み、青年時代のソークラテースの師の1人であったと考えられる。空気と五感の活動との関係について述べた彼の所説は、喜劇詩人アリストパネース*の作品で揶揄の対象とされている（『雲』227行～。籠に乗って宙吊りになったソークラテースが空気即精神を論ずる条）。彼はまた、呼吸や生殖、血管などに関する論究を残したことでも知られている。
Diog. Laert. 9-57/ Ar. Nub. 227～, -828/ Arist. Hist. An. 3-2 (511b) / Theophr. De Sensu 39～/ Cic. Nat. D. 1-12 (29) / Simpl. in Phys./ Eur. Tro. 884～/ etc.

❷（シノーペー*の Sinōpeus, Σινωπεύς）（前412頃～前323頃）キュニコス Kynikos（犬儒）派の代表的哲学者。黒海沿岸の市シノーペー（現・Sinop）の両替商の子に生まれる。貨幣を改悪した廉で故国を追われ（父親は獄死したという）、アテーナイ*へ来住、アンティステネース*に師事した。初めアンティステネースから「弟子はとらないことにしているから」と拒まれたが、執拗に頼み込み、杖で撲られても頭をさし出して、「先生、打って下さい。私を追い出せるほど堅い木は、どこを探しても見つけられませんよ」と答えて入門を認められたという。彼は師の教えを徹底させて、世俗的な習慣・形式などを無価値なものとして軽蔑し、富・名誉・地位などあらゆる物質的欲望を放棄、身心の鍛練を説き、年じゅう跣足でボロを身にまとい頭陀袋と杖を携え、神殿にあった大甕（酒樽）を住居とする等、反文明的・反社会的な赤貧生活を実行した。

彼によれば、何も必要としないのが神の特徴であり、必要なものが少ないほど神に近い自由な人間であった。ある日、子供が手で水を掬って飲んでいるのを見て、「簡素な暮らしぶりでは幼児にも及ばなかった」と言って袋の中からお椀を取り出して投げ捨てたといい、無欲の徳を主張しつつ実践面で不徹底な師アンティステネースを、「自分の声を聞かないラッパだ」と批評。「自然の必要を満たすのは何ら不都合なことではない」と称して衆人環視の中、広場で平然と飲食したり、自慰などの性行為を行なって恥じなかった。このため「犬 kyōn」と渾名され、その一派はキュニコス（犬のごとき）派 Kynikoi, Κυνικοί, (ラ) Cynici と呼ばれるようになったといわれる。彼はまた、結婚制度を認めず女の共有を主張、さらに既存の宗教・道徳を否定して、難船から救われた人々が神殿に捧げた供物を見た時には、「もし助からなかった者が奉納品を供えていたなら、はるかに沢山の量になったろうに」と述べ、神殿の管理者が宝物を盗んだ男を引き立てていくのを見た時には、「大泥棒がこそ泥を引き立てていくよ」と言ったと伝えられる。

諧謔と機智に富んだ数々の奇行で名高く、白昼ランプに火をともして「私は人間を探しているのだ」と言いつつ街中をさまよったとか、「おおい！　人間どもよ」と叫んで人々が集まってくると、「私が呼んだのは人間だ、ガラクタなんぞではない」と杖を振り上げて皆を追い払ったとか、広場で哲学を説いたところ立ち止まって聴く者はなく、不意に奇声を発してみると群衆が駆けつけたので、「諧言を聞くためには大急ぎでやってくるくせに、真面目なことにはのろのろする阿呆どもめ！」と一喝したとか、広場で朝飯を食っている彼を人々が「犬だ犬だ」と取り囲んで囃し立てたところ、「飯を食っている人に群がってくるお前たちこそ犬だよ」とやり返したとか、興味深い逸話には事欠かない。彼はまた物乞いもし、「もしすでに他の人に与えたことがあるなら、私にも是非。まだないのなら私から始めてくれ」と施しを求め、なかなかくれぬ吝嗇家には、「私が欲しいのはパン代であって葬式代ではない」と催促、「なぜ人々は乞食には恵むが、哲学者には恵みたがらないのか」と訊いた人には、「それは人々が、自分たちも跛者や盲人になり、いつか乞食になるかもしれないと予想しても、哲学者になるだろうとは夢にも思わないからだ」と返答。「もし君が私を説き伏せることができたらやろう」と言った気難し屋に対しては、「もし私が君を説き伏せられるなら、私は君の首をくくるように説得するよ」と応じたという。「哲学は私には向いていない」と言った人には、「では、なぜ君は生きているのかね、よく生きることに心を用いないというのなら」と言い返した反面、他の哲学者、とりわけプラトーン*に対する敵愾心は烈しく、たとえばプラトーンが、「人間とは二足、無羽の動物なり」と定義づけて好評を博していると、羽をすっかりむしりとった鶏をさげて講義中のプラトーンのところへ押しかけていき、「これがプラトーンの人間だ」と言い放ったり —— 以後、上の定義に「扁平の爪をもつ」という語句が付加されたという ——、来客を迎えているプラトーンの家へ入っていき、立派な敷物を踏みつけて廻りながら、「プラトーンの虚栄心を踏みつけてやっているのだ」と言ったり —— これに対してプラトーンは、「いかにも、ディオゲネースよ、君はもう1つ別の虚栄心でもってそうしているのだ」と応酬したとか ——、彼が野菜を洗っている最中にプラトー

ンから「もし君が僭主ディオニューシオス*に仕えていたなら、野菜など洗っていることもなかったろうにね」と言われて、「君ももし野菜を洗っていたなら、僭主などに仕えていなくともよかったろうにね」とやり返した話などが残っており、プラトーンはディオゲネースのことを「狂えるソークラテース*」と呼んでいたとも伝えられる。

権力や国家をも否定し、「どこの人か」と問われると、「世界市民 Kosmopolites, Κοσμοπολίτης だ」と彼は答え、カイローネイア*の戦い（前338）の後で捕虜としてマケドニアー*王ピリッポス2世*の前に引き出され、「汝は何者か」と尋ねられた時には、少しも臆せず「汝の欲の深さを探る偵察兵(スパイ)だ」と返答、この答えに感心した王によって放免されたという。後年ギリシアを征討したアレクサンドロス大王*が自ら彼のもとを訪れた折にも（前336）、「余は王のアレクサンドロスである」と名乗る大王に対して、「余は犬のディオゲネースである」と応じ、「何なりと望みを申すがよい」と促されると、日光浴の最中だった彼は、「陽光を遮らないでもらいたい」と答えただけであった ── これに感服した大王は、「余がもしアレクサンドロスでなかったならば、ディオゲネースでありたい」と語った ── という挿話はあまりにも有名である。

「哲学によっていかなる運命に対しても心構えができることを学んだ」と断言するディオゲネースは、海賊に捕えられて奴隷として売られた際にも全く動ぜず、「特技は何だ」と訊かれると、「人を支配することだ」と答え、コリントス*の人クセニアデース Kseniades に買い取られて以来、死ぬまで奴隷の身に甘んじつつコリントスで過ごしたが、傑出した当意即妙の言論の力で人々を魅了し、クセニアデースの息子たちの教育や家政一切を任せられた。およそ90歳で生蛸を食べてコレラに罹り病死、または自ら息を詰めて窒息死を遂げ（奇しくもバビュローン*でアレクサンドロス大王が急逝した日と同日だったとされる）、「死んでも埋葬せずに、動物の腹を肥やすよう放り出しておくか、川にでも放り込んでくれ」という本人の遺志に反して、コリントスの城門近くに手厚く葬られ、墓石の柱上には大理石の犬が置かれた。彼の教えは、弟子のクラテース❸*やスティルポーン*らに継承されてヘレニズム時代にストアー*学派の基礎をなし、ローマ帝政末期に至るまでキュニコス風の「乞食哲学者」の伝統は続いたものの、明確に組織立った「学派」を形成することは決してなかった。

「言論の自由」を社会的善の最大のものと見なすディオゲネースは、その歯に衣を着せぬ奔放かつ辛辣な毒舌で世に聞こえていた。売春婦の息子が群衆に石を投げているのを見た時には、「お父さんに当てないように気をつけることだ」と窘(たしな)め、数人の女がオリーヴの樹に縊れているのを見た折には、「どの樹にもこんな実が成っていればよいのになあ」と呟き、性悪な去勢者が自分の家の戸口に「悪者は入るべからず」と書きつけていると、「では、この家の主人はどうやって入るのかね」と不審がり、ある人が子供を連れてきて、「この子は生来たいそう利発で性質もよい子ですから弟子にしてやって下さい」と自慢気に頼んだ

ところ、「それなら、どうして私が必要なのかね」と拒否。「シノーペーの人たちが君に追放を宣告したのだね」と彼を揶揄した人に向かっては、「というより、私が彼らに禁足を宣告したのだ」と応じ、彼をさんざん罵倒した禿頭の男に対しては、「私は君の悪口など言わないさ。それどころか君の髪の毛を賞賛するよ。彼らは悪い頭からさっさと逃げ出したんだからね」と答えた、等々の話が伝えられている。彼のこうした皮肉な冷笑的言動から、後世のシニック、シニカル cynic(al) という言葉が派生。なおディオゲネースが酒樽を住処としていた故事にちなんで、ヤドカリ科は Diogenidae という学名をつけられている。
⇒キュノサルゲス
Diog. Laert. 6-20〜81, -103〜105/ Plut. Alex. 14, Mor./ Sen. Ep. 99/ Cic. Nat. D. 3-36, Tusc. 1-43(104), 5-32(92)/ Dio Chrys. 8-4/ Julian. Or. 7-212/ Lucian. Hist. conscr. 2-364/ Ael. V. H. 3-29, 4-11, 8-14, 9-19, -28, -34, 10-11, -16/ Paus. 2-2/ Val. Max. 4-3/ Arr. Anab. 7-2/ Juv. 14-308/ etc.

❸（セレウケイア❶*の）（前240頃〜前152)

ストアー*学派の哲学者。ティグリス*河畔のセレウケイア市の出身。バビュローニアー*のディオゲネースとも呼ばれる。クリューシッポス*の弟子で、タルソス*のゼーノーン Zenon の後を継いで（前180頃）、第5代のストアー学派の学頭となる。後年、非常な高齢に達していたにもかかわらず、3人の「哲学者使節」の1人としてアテーナイ*からローマへ派遣され（前156〜前155）、この地で講義を開き、その厳正な学説によりローマ人の間にストアー哲学への関心を深めた。論理学や文法論についての著作を幾篇か残したが、ことごとく失われて伝わらない。その死（88歳）後、弟子のアンティパトロス*（タルソス*の）が後継者となり、さらにその弟子で第7代学頭となったのが、名高いパナイティオス*である。
⇒アポッロドーロス❸❻、クリトラーオス、カルネアデース
Cic. Acad. 2-30, -45, Off. 3-12〜, De Or. 2-38, Fin. 3-10, -15/ Gell. 7-14/ Ath. 4-168, 12-526/ Gal./ etc.

❹（タルソス*の）（前150〜前100頃に活躍）エピクーロス*学派の哲学者。各市を歴訪しながら巧みに学校を運営し、また課題を出させては半ば神がかり状態になって詩を作った（ほとんどが悲劇詩）という。エピクーロスの講義選集や詩論、その他を著わしたが、すべて散逸した。

なお彼は、女役を演じる男優に恋して、セレウコス朝*シュリアー*の王アレクサンドロス・バラース*より貰い受けた緋紫の衣と黄金の冠をその役者に贈り物として与えてしまった等といった逸話でも知られている。

その他、同じくエピクーロス学派の哲学者で、リュキアー*地方の町オイノアンダ Oinoanda のディオゲネース（後2世紀）や、ロドス*島で講義を行なっていた文献学者のディオゲネース（前1世紀後期〜後1世紀前半）等々、数多くの同名人物がいる。
Strab. 14-675/ Diog. Laert. 10-26, -97, -118/ Ath. 5-211/ Suet. Tib. 32/ Ael. V. H. 2-31/ Clem. Al. Strom. 1, Protr./ etc.

ディオゲネース・ラーエルティオス   Diogenes Laërtios, Διογένης ὁ Λαέρτιος, Diogenes Laertius, (仏) Diogène Laërce (de Laërte), (独) Diogenes von Laerte, (伊) Diogene Laerzio, (西) Diógenes, Laercio, (葡) Diógenes Laércio, (露) Диоген Лаэртский

(後3世紀初頭に活躍) ギリシアの伝記作家・哲学史家。キリキアー*のラーエルテース Laertes の出身 (異説では、彼の副名 signum(シグナム) は、ローマのラーエルティウス氏(パトローヌス*)を庇護者にしていたことに拠るという)。今日も現存する『ギリシア哲学者列伝 (〈ギ〉Φιλόσοφοι Βίοι, 〈ラ〉Vitae Philosophorum)』10巻をギリシア語で執筆したこと以外に、その生涯や事蹟についてはほとんど何も知られていない。本書はローマ帝国セウェールス*朝時代 (193〜235) に編纂され、ユーリア・ドムナ* (セプティミウス・セウェールス*帝の后) に献呈されたと推測されている。タレース*よりエピクーロス*に至る82人の哲人・賢人の興味深い逸話や奇行・所説・著書目録を丹念に収録。学問的伝記というよりは、面白おかしい言動やさまざまな警句の雑然たる集成に過ぎないとのそしりは免れないが、古代ギリシア哲学史の研究上、貴重な資料であることに変わりはない。250人にのぼる数多くの著者による350以上の書物を典拠として用いており、また個人的には、エピクーロス学派および懐疑学派にとりわけ深い関心を抱いていたように思われる。

Diog. Laert. De clarorum philosophorum vitis/ Anth. Pal./ Suda/ Steph. Byz./ Phot. Bibl./ etc.

ディオー・コッケイヤーヌス   Dio Cocceianus
⇒ディオーン・クリューソストモス

ディオスクーリー   Dioscuri
⇒ディオスクーロイ (のラテン語形)

ディオスクーリデース   Dioskurides, Διοσκουρίδης, Dioscurides, (仏) Dioscuride または、ディオスコリデース Dioskorides, Διοσκορίδης, Dioscorides

ギリシアの男性名。

❶ペダーニオス・ディオスクーリデース Pedanios D., Πεδάνιος Δ., Pedanius D.

(後40頃〜90頃に活躍) 植物学者、医師。キリキアー*内陸の町アナザルバ Anazarba の出身。若い頃から薬草に興味をもち、広く各地を旅行して植物の知識を蓄え、『薬物誌 Peri Hȳlēs Iātrikēs, Περὶ ὕλης ἰατρικῆς, (ラ) Materia Medica』5巻を執筆。約700種の植物と千近い薬効成分を見事に列挙し、この書はラテン語やアラビア語に翻訳されて、16世紀まで薬学・本草学の権威として重んじられた。迷信をはなれた冷静かつ犀利な観察眼の持ち主で、避妊に薬剤を塗ったペッサリーの使用を勧め、マンドラゴラ Mandragoras の根から採れる外科手術の麻酔剤の製法を記述、蛇毒・劇薬などに対する各種の解毒剤やテーリアカ Thēriakē, (ラ) Theriaca (⇒ニーカンドロス) の材料についても言及している。ローマ帝国の軍医としてクラウディウス*、ネロー*、ウェスパシアーヌス*諸帝 (41–79) に仕えていたと思われる。そのほか、毒薬や薬草に関するいくつかの著書が彼の名に帰せられている。

同名の医者の中では、ヘーロピロス*の流派に属し、顔に黒子(ほくろ)ないし痣 phakoi のあったことからパカース Phakas, Φακᾶς と渾名されたプトレマイオス朝*末期の侍医アレクサンドレイア❶*のディオスクーリデース (前1世紀後半) が名高い。

⇒テオプラストス、大プリーニウス、ケルスス

Dioscorides Materia Medica, De Venenis, De Venenatis Animalibus, Ex Herbis Femininis/ Caes. B. Civ. 3-109/ Gal./ Suda/ etc.

❷ (前230頃に活躍) エピグラム詩人。プトレマイオス3世*の治下にアレクサンドレイア❶*で暮らし、奔放で官能的な恋愛詩や少年愛の詩をうたった。

⇒『ギリシア詞華集』

Anth. Pal. 5-52, 12-14, -169〜171/ etc.

❸ (前4世紀後半) イソクラテース*の弟子で歴史家。ラコーニアー* (スパルター*) の国制に関する著作があった。ホメーロス*の叙事詩中に見られる習慣について論じ、その本文(テクスト)に改竄の手を加えたといわれている。ほかにもホメーロスの英雄たちの伝記や、歴史上の著名人の言行を録した覚え書など数篇が、ディオスクーリデースの名の下に伝えられるが、これらは前1世紀ないし後1世紀頃にいた同名異人の手になる作品とも考えられている。

Ath. 1-11, 4-140, 11-507/ Plut. Lyc. 11, Ages. 35/ Diog. Laert. 1-63/ Suda/ etc.

ディオスクーロイ   Dioskuroi, Διόσκουροι, (ラ) ディオスクーリー Dioscuri, (仏) Dioscures, (独) Dioskuren, (伊) Diòscuri, (西) Dioscuros, (露) Диоскуры

(「ゼウス*の息子たち」の意) ギリシアの双生兄弟神カストール*とポリュデウケース* (〈ラ〉ポルクス*)。古くホメーロス*などでは、スパルター*王テュンダレオース*とレーダー*の子供と見なされ、テュンダリダイ* (テュンダレオースの息子たち) と呼ばれていたが、のち白鳥に化した大神ゼウス*とレーダーとの交わりから生まれたという伝承が普及し、ディオスクーロイの名で知られるようになった。美女ヘレネー*やクリュタイムネーストラー* (クリュタイメーストラー*) と同腹の兄弟。彼らはみなレーダーの産ん

系図238　ディオスクーロイ

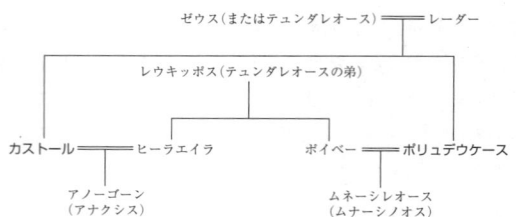

だ卵から生まれ、ポリュデウケースとヘレネーはゼウスの胤だが、カストールとクリュタイムネーストラーは同夜に契ったテュンダレオースの胤であるとする説もある。兄弟はヘルメース*神に教育され、特にポリュデウケースはその稚児として愛されたといい、長じてのちカストールは競走および馬術の名人となり、ポリュデウケースは優れた拳闘家となった。2人は常に緊密な友情で結ばれており、カリュドーン*の猪狩りなど数々の冒険にあって必ず行を共にした。妹ヘレネーがテーセウス*に誘拐されてアピドナイ*に幽閉された折には、アッティケー*地方へ攻め込んで彼女を救い出し、テーセウスの母アイトラー*を捕えたうえ、アテーナイ*を占領してテーセウスの息子らを追い出した（テーセウスが冥界へ降って不在中の出来事）。彼らはアルゴナウテースたち*（アルゴナウタイ*）の遠征にも加わり、途上ポリュデウケースは乱暴なベブリュケス❶*人の王アミュコス*を拳闘の試合で撃ち殺し、また嵐が船を襲った時には星が2人の頭上に現われて導いたことから、のちに兄弟は航海の守護神として崇拝されるようになった（暴風雨の夜、船の檣頭で光る「聖エルモEloの火」の起源譚）。兄弟はその後、叔父レウキッポス*の娘たちを掠って妻とし、ために彼女らの許婚者たるもう1組の双子イーダース*とリュンケウス❷*兄弟との間に争いが生じた。別説によれば、彼らの抗争の原因は略奪してきた牛群の分配にあったといわれる（分配を任せられたイーダースは、1頭の牛を4分して、「自分の分け前を最初に食い尽くした者が獲物の半分、第2の者が残りの半分を所有する」との取り決めを定めるや否や、たちまち自分の分け前と弟の分け前を貪り食い、牛群すべてをメッセーネー*に連れ去ったという）。いずれにせよ、この交戦中にポリュデウケースはリュンケウスを討ったが、他方カストールはイーダースによって致命傷を受けた。不死身であったポリュデウケースは、カストールの遺体に寄り添って嘆き悲しみ、自分も一緒に死ぬことを祈った。その兄弟愛に感動したゼウスは、両人に不滅性の特権を分与し、1日おきに天上と冥界（ハーデース*）に揃って暮らせるように計らい、また天の星々の間に彼らの像を置いて「双子座（ラ）Gemini」としたという。

ディオスクーロイはドーリス*系の都市スパルターをはじめシケリアー*（現・シチリア）、南イタリアに及ぶギリシア世界各地で神として祀られ、ポセイドーン*から風と波の支配権を与えられていると信じられたため、やがてカベイロイ*とも同一視されるに至った。彼らの信仰はローマへも早くから導入され、伝承によればレーギッルス*湖の戦い（前494）にローマ軍の先頭に騎馬姿で顕われて敵軍を撃破したといい、この勝利を記念して前484年にフォルム*に双生神を祀る神殿が建立された。同様の奇跡は他のいくつかの戦闘に関しても伝えられており、彼らはローマでは騎士身分（エクィテース*）の守護神と見なされていた。

美術作品においてディオスクーロイは、頂に星を戴いた卵形の帽子ピーロスpilosを被り、手には槍を携えた若々しい全裸の勇者ないし騎馬武者の姿で表現されることが多い。

⇒シモーニデース

Hom. Il. 3-236〜 Od. 11-298〜/ Apollod. 1-8, -9, 3-10, -11, -13, Epit. 1/ Hymn. Hom. 17, 33/ Pind. Pyth. 11-61〜, Ol. 3-35, Nem. 10-59〜/ Herodot. 4-145, 5-75, 9-73/ Eur. Hel. 16〜/ Plut. Thes. 31〜/ Paus. 3-18, -24, 4-31/ Hyg. Fab. 80, Poet. Astr. 2-22/ Theoc. 22-137〜/ Diod. 4-43, 8-32/ Lucian. Dial. D. 25/ Ov. Met. 8-301〜, Fast. 5-699〜/ Plin. N. H. 2-37/ Ap. Rhod. 2-1〜/ etc.

ディオスコリデース Dioskorides, Διοσκορίδης, Dioscorides,（仏）（伊）Dioscoride,（西）（葡）Dioscórides,（露）Диоскорид

ギリシアの男性名。より正しくは、ディオスクーリデース*。

デーイオタロス Deïotaros, Δηϊόταρος, Dejotarus, Deiotarus,（仏）Déiotaros,（伊）（西）Deiotaro,（露）Дейотар,（ケルト*語）Deiotarix

（前120頃〜前40）ガラティアー*王（在位・前52〜前40）。もと小アジアの内陸部、ガラティアー地方の領主Tetrarkhes（ラ）Tetrarches の1人に過ぎなかったが、第3次ミトリダテース*戦争（前74〜前64）においてローマを支持したため、前63年にはポンペイユス*からポントス*の東部を与えられ、次いでローマ元老院から小アルメニアー*およびガラティアーの大部分と「ガラティアー王」の称号を贈られた（前52／51）。幼くして孤児となった彼は、早くから野心的に活動し、カエサル*対ポンペイユスの内乱（前49〜前45）が勃発すると、首鼠両端を持したものの、パルサーロス*の決戦（前48）には騎兵600を率いてポンペイユス側についた。翌前47年カエサルの赦しを得、王号の保持は許されたが、小アルメニアーをカッパドキアー*王アリオバルザネース3世*に奪われるなど、領土は大幅に削減された。前45年、孫のカストール Kastorから「カエサルの来訪中に、その暗殺を図った」と告訴され、友人のキケロー*に弁護を依頼、その折のキケローの演説『デーイオタロス弁護 Pro Rege Dejotaro』は今日も伝存する。怒った王は、カストールをその妻（王自身の娘でもあった）とともに処刑したといい、裁判は結審を俟たずにカエ

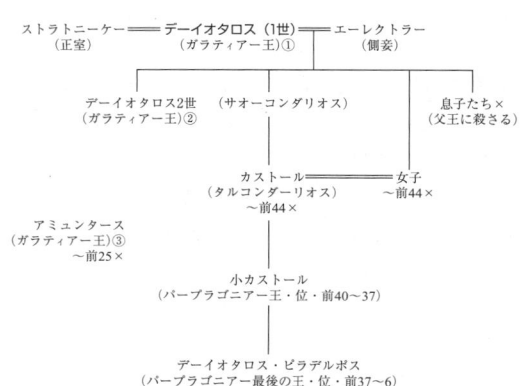

系図239　デーイオタロス

サルが暗殺された（前44）おかげで難を免れた。失った領土を巨額の金でアントーニウス*から買い戻し、続く内戦時にはブルートゥス*とカッシゥス*に加担したが、ピリッポイ*の決戦（前42）直前に三頭官（三頭政治家）側に寝返ったため、事無きを得た。その後、平和裡に長寿をまっとうし、相続争いを避けるべく彼自ら息子たちを殺しておいたので、ただ1人残った同名の子デーイオタロス2世が無事に王国を継承した（前40）。

　キケローによれば、王は敬神の念きわめて篤く、特に鳥占いには深く意を用いたといい、またその軍隊は精強なことで評判が高かったと伝えられる。息子のデーイオタロス2世も父に似て変わり身が早く、アントーニウス対オクターウィアーヌス*（のちのアウグストゥス*）の内戦では前者の味方をしていたにもかかわらず、アクティオン*の海戦（前31）直前に変節して敵側へ移り、懸命に保身を図っている。その跡を襲ったアミュンタース Amyntas は、近隣の僭主アンティパトロス・デルベーテース Antipatros Derbetes らを攻め殺して領土を次々に広めたが、のちアンティパトロスの妻による偽計にかかって命を落とした（前25）という。

　なお1世の孫にして女婿のカストールは、オリエントおよびギリシア・ローマの年表一覧 Khronika を著わしたロドス*のカストールと同一人物と見られている。

Strab. 12-547, -567～/ Plut. Crass. 17, Cat. Min. 12, 15, Pomp. 38, 73, Caes. 50/ Cic. Deiot., Phil. 2-37, Fam. 8-10, 15-1～/ App. Mith. 114, B. Civ. 2-71, -91/ Serv. ad Verg. Aen. 9-546/ etc.

ディオティーマー　Diotima, Διοτίμα, （仏）Diotime

（前5世紀）ギリシアの女哲学者。アルカディアー*のマンティネイア*でゼウス*に仕えた巫女（女神官）。ピュータゴラース*学派に属し、一時アテーナイ*に滞在してソークラテース*の師の1人になったという。プラトーン*は恋愛を主題とする対話篇『饗宴（シュンポシオン）』において、彼女に、「エロース*はポロス Poros（豊満充足の神）とペニアー Penia（貧困欠乏の女神）との間の子で、両親の性を享けて常に善・美を求める中間的存在である」と説かせている。また彼女がアテーナイで犠牲式を挙げて、疫病を退散させたという話も伝わっている。

Pl. Symp. 201d～/ Lucian. Eunuch. 7, Imag. 18/ Max. Tyr. Dissert. 8/ etc.

ディオドトス　Diodotos, Διόδοτος, Diodotus, （仏）Diodote, （伊）（西）Diodoto, （露）Диодот

バクトリアー*（ギリシア・バクトリア王国）の王。「ゼウス*の申し子」の意。巻末系図036を参照。

❶1世　D. I 救世主 Soter, Σωτήρ（在位・前256頃～前248頃、異説あり）

バクトリアー*（バクトリアネー*）王国の創建者。セレウコス朝*シュリアー*のバクトリアー太守 Satrapes（サトラペース）だったが、国王アンティオコス2世*がエジプトのプトレマイオス2世*と交戦（第2次シュリアー戦争・前260～前253）している隙に乗じて、反旗を翻し独立政権を樹立した（前256／255）。これに続いて、パルティアー*のアルサケース❶*も独立を果たし勢力を広げたので、脅威を感じたディオドトスは再びセレウコス朝との繋がりを強化し、婚姻同盟を結んだと考えられる。息子ディオドトス2世*が跡を継いだ。なお彼の独立の時期を、第3次シュリアー戦争（前246～前241）中、ないしはそれ以降（前239／238頃）に遅らせるなど諸説入り乱れて一致を見ない。

Just. 41-4/ Strab. 11-515/ Polyb. 11-34/ etc.

❷2世　D. II（在位・前248頃～前235頃、異説あり）

❶の子にして後継者。父の政策とは異なり、パルティアー*のティーリダテース1世*と結んで、セレウコス2世*の東征軍を撃破し、バクトリアー*の独立を確実にした。しかるに、義弟に当たるエウテュデーモス1世*に殺され、王位を簒奪された（前226頃とも）。

このほか、前428年に反旗を翻したレスボス*島の同盟市ミュティレーネー*の全市民処刑を主張したクレオーン*に対抗して寛容論を唱え（前427）、死刑執行寸前のきわどいところで彼らの生命を救ったアテーナイ*の政治家ディオドトス（前5世紀後半）や、セレウコス朝*シュリアー*の王位僭称者ディオドトス・トリュポーン*（在位・前142～前137）、ストアー*派の哲学者でキケロー*の師となり、失明してからも研究を続けたディオドトス（？～前59）ら、幾人かのディオドトスの名が伝えられている。

Just. 41-4/ Thuc. 3-41～/ Cic. Brut. 90（309）, Tusc. 5-39（113）, Att. 2-20, Fam. 9-4, 13-16, Nat. D. 1-3（6）/ Diog. Laert. 9-15/ Ath. 10-434/ Polyb. 11-34/ etc.

ディオドトス・トリュポーン　Diodotos Tryphon, Διόδοτος Τρύφων, Diodotus Tryphon, （仏）Diodote Tryphon, （伊）Diodoto Trifone, （西）Diodoto Trifón, （露）Диодот Трифон

（？～前137）セレウコス*朝シュリアー*の王位簒奪者（在位・前142～前137）。デーメートリオス2世*の悪評に乗じて、前144年、幼いアンティオコス6世*（アレクサンドロス・バラース*の遺児）をアラビアー*から迎えて王位に据え、デーメートリオスを放逐、幼王の後見人として政務を執る。間もなく6世を廃して王位を奪う（前142）が、6世を殺害するなど悪辣な行状にはしったため人心が離反し、アンティオコス7世*に敗れて捕らえられ、処刑された ── ローマ軍に包囲されて自害を余儀なくされたとも ── 。ディオドトス（「ゼウス*の申し子」の意）の異名をとる。

⇒アパメイア❶、ベーリュートス、巻末系図039, 041, 042

Joseph. J. A. 13-5～7/ Strab. 14-668, -752/ Just. 36-1, 38-9./ Diod. 32-9, 33-4, -28/ Liv. Epit. 55/ etc.

ディオドールス・シクルス　Diodorus Siculus

⇒ディオドーロス（シケリアー*の）（のラテン語形）

ディオドーロス Diodoros, Διόδωρος, Diodorus, （仏）Diodore, （独）Diodor, （伊）（西）（葡）Diodoro, （露）Диодор

ギリシアの男性名。同名の人物が大勢知られるが、文献上はシケリアー*（現・シチリア）島出身の史家ディオドーロス（〈ラ〉ディオドールス・シクルス*）を指す場合が多い。

ディオドーロス・クロノス Diodoros Kronos, Διόδωρος Κρόνος, Diodorus Cronus, （伊）（西）Diodoro Crono

（？～前284頃）ギリシアのメガラ*学派の哲学者。カーリアー*のイーアソス Iasos 市の出身。エウブーリデース*の孫弟子で、論争や問答競技を得意とし、巧みに詭弁を弄したという。「現に真であること、ならびに将来真になるであろうことを除いて、何事もあり得ない」と主張、またエレアー*のゼーノーン*の「運動は不可能である」という論題を推し進めた。プトレマイオス１世*の宮廷で同じメガラ学派のスティルポーン*から議論を挑まれた時、すぐに解答できず、ために「老いぼれ」という綽名をつけられ、失意のあまりに死んだと伝えられる。ストアー*学派の祖ゼーノーン*や、中期アカデーメイア*派の祖アルケシラーオス*らが、その弟子の中に数えられている。

Diog. Laert. 2-111～112/ Plin. N. H. 7-53/ Cic. Acad. 2-24, -47/ Strab. 14-658, 17-838/ Gell. 11-12/ Sext. Emp. Math./ etc.

ディオドーロス（シケリアー*の） Diodoros ho Sikeliotes, Διόδωρος ὁ Σικελιώτης, Diodorus Siculus, （英）Diodorus the Sicilian, （仏）Diodore, d'Agyrium (de Sicile), （伊）Diodoro Siculo, （シチリア語）Diodoru Siculu, （西）Diodoro Sículo (de Sicília), （葡）Diodoro da Sicília, （露）Диодор Сицилийский

（前90頃～前27頃）カエサル*およびアウグストゥス*時代のギリシア系歴史家。シケリアー*（現・シチリア）島のアギュリオン Agyrion（現・Agira）の人。エジプト、ローマなど各地を旅行し、全40巻から成る大著『世界史（歴史図書館）Bibliotheke, Βιβλιοθήκη, （ラ）Bibliotheca Historica』を30年を費して執筆（前60～前30頃）。世界の始まりからカエサルのガッリア*遠征（前54）に至るまでの諸事件を、主にアポッロドーロス❸*の『年代記』に依拠しつつ編纂した。エポロス*やヘカタイオス*、ティーマイオス*、クテーシアース*、メガステネース*、ポリュビオス*、ポセイドーニオス*ら先行する大勢の史家の作品を無批判に引用しているため、独創性に欠け、伝承および年代処理に混乱が生じてはいるが、大衆向けに平明かつ面白く書かれた歴史書として、また散逸した古代の史書を忠実に採録・保存した点で価値がある。内容は第１巻がエジプト、第２巻がメソポタミアー*からインドに及び、その後ギリシア・ヨーロッパを経て、第７巻以降はトロイアー戦争*よりアレクサンドロス大王*、そして作者の同時代のカエサルまでを扱っている。第１～５巻と第11～20巻が完全に伝わり、その他は抜粋と断片のみが残存する。数々の神話物語の異伝や、当時知られていた世界各地の習俗、歴史、産物、地誌が詳細に満載されていて興味深い。

このほか、シノーペー*出身の新喜劇詩人ディオドーロス（前３世紀初頭）やペリパトス（逍遥）学派の哲学者テュロス*のディオドーロス（前２世紀後期）、アレクサンドレイア❶*の数学者にして天文学者のディオドーロス（前１世紀）、文法学者タルソス*のディオドーロス（前１世紀）、旅行家・地誌学者のディオドーロス D. Periegetes（前４～前３世紀）など大勢のディオドーロスの存在が知られている。
⇒ディオニューシオス（ハリカルナッソスの）、ストラボーン、ニーコラーオス❶

Euseb. Chron., Praep. Evang./ Phot. Bibl. 244/ Suda/ Cic. De Or. 1-11, Tusc. 5-30, Fin. 2-6, -11, 4-18, 5-5, -8, 25/ Ath. 5-180, 6-235, -239, 10-431, 12-541～542, 13-591, 14-646/ Clem. Al. Strom. 1, 2/Strab. 14-675/ etc.

ディオニューシア祭 Dionysia, Διονύσια, （仏）Dionysiaques, （独）Dionysien, （伊）Dionisie, （西）Dionisias

ディオニューソス*神の祭。アテーナイ*を中心とするアッティケー*（アッティカ*）地方で毎年営まれたものが最も名高い。

❶大ディオニューシア祭（都のディオニューシア祭）Dionysia ta megara (Dionysia ta en astei) エラペーボリオーン Elaphebolion 月（現代暦の３月～４月）の９日～13日（３月末の５日間）。僭主ペイシストラトス*（在位・前560～前527）によってアテーナイに導入され、祭神の像や巨大なパッロス phallos（男根）像などを運ぶ行列が盛大に繰り広げられ、アクロポリス*南麓のディオニューソス劇場では男性と少年の合唱（酒神讃歌 dithyrambos）ならびに劇の競演が開催された。悲劇は３人の詩人が１日に４篇ずつ（３部作の悲劇と１篇のサテュロス*劇 satyrikon）、喜劇は５人（戦時中は３人）の詩人が１篇ずつの作品で競い合い、各部門の最優秀作者に褒賞が与えられた。現存する古代ギリシア劇詩の大半が、この祭典の折に上演された作品である。
⇒テスピス、プリューニコス、スーサリオーン

❷小ディオニューシア祭（田園のディオニューシア祭）Dionysia ta mikra, Διονύσια τὰ μικρά (Dionysia kat' agrūs, Διονύσια κατ' ἀγρούς) ポセイデオーン Poseideon 月（12月～１月）。非常に古くからあった葡萄酒祭で、アッティケー各地区（デーモス）において好色な男根歌 Phallika を歌いながら長大な男根（パッロス）像が持ち運ばれ、また芝居が上演された（12月末頃）。喜劇はこの男根歌から生じたと伝えられる。

❸レーナイア*祭 Lenaia ガメーリオーン Gamelion 月（１月～２月）の12日～15日（１月末）。アテーナイのディオニューソス神の神殿で挙行された葡萄搾りの祭。常春藤の冠をつけて新酒を汲み、行列をおこない、前450年からは劇場（テアートロン*）で芝居の競演が開催された。

❹アンテステーリア*祭 Anthesteria　アンテステーリオーン Anthesterion 月（2月〜3月）の11日〜13日（2月末）。❸と同じくイオーニアー*系の諸都市で盛んに祝われた早春の祭。アテーナイでは「甕開け祭 Pithoigia」「酒注ぎ祭 Khoes」「壺の祭 Khytroi」の3日間にわたって催され、特に2日目（初日の夜）にはディオニューソス神殿で葡萄の豊饒を祈願してアルコーン*・バシレウス Arkhon Basileus の妻と酒神との"聖婚"の儀が挙行された。

❺オ（ー）スコポリア祭 Oskhophoria　ピュアネプシオーン Pyanepsion 月（10月〜11月）の7日目（10月末）。テーセウス*がクレーター*島から帰還した日を記念して創設したという葡萄の収穫祭（⇒ピュアネプシア）。実のついた葡萄の枝 oskhos を持った20人の青年（エペーボス*）がディオニューソス神殿からパレーロン*のアテーナー*神殿まで競走を行ない、次いで2人の女装した若者に先導された合唱隊が、パレーロンからアテーナイまで行列を繰り広げた（⇒カルネイア）。

　また上記のほか、ボイオーティアー*地方のオルコメノス*では、古く少年を生贄として酒神に供するアグリオーニア Agrionia 祭が営まれており、キオス*島やレスボス*島でも人身御供が行なわれていたが、後には鞭打ちに変わったという。一説に、巨大な男根像（パッロス）をかついで回るディオニューソスの祭典は、予言者メランプース*がエジプトからギリシアに初めてもたらしたものであると伝えられる。

⇒バッカーナーリア

Ar. Ach. 241〜, Ran. 212〜/ Thuc. 2-15, 5-20/ Herodot. 2-48〜/ Pl. Resp. 5-475d/ Arist. Ath. Pol. 54, 56, 57/ Plut. Thes. 22〜, Nic. 3/ Eur. Bacch./ Schol. ad Ar. Ran. 219〜/ Ath. 10-437/ Suda/ Harp./ Hesych./ Phot./ Ael. V. H. 2-41/ Procl./ Poll./ etc.

ディオニューシウス　Dionysius
⇒ディオニューシオス（のラテン語形）

ディオニューシオス　Dionysios, Διονύσιος, Dionysius,（仏）Denys,（Denis）,（伊）Dionigi,（Dionisio）,（西）Dionisio,（葡）Dionísio,（シチリア語）Dionisu,（露）Дионисий

シュラークーサイ*の僭主。巻末系図026を参照。

❶1世　D. I（前430頃〜前367）（ラ）Dionysius Maior,（英）Dionysius the Elder,（仏）Denys l'Ancien,（独）Dionysios I von Syrakus,（伊）Dionigi I di Siracusa (il Vecchio),（シチリア語）Dionisiu lu Vecchiu,（西）Dionisio I el Viejo,（葡）Dionísio I, o Antigo（在位・前405夏〜前367初春）名門の出身とも、驢馬の御者ないし書記の息子だったともいう。前406年末の冬、民衆煽動策を弄して将軍の1人に選ばれ、間もなく狡猾な手段で他の将軍たちを排し、合法的に「全権将軍（ストラテーゴス・アウトクラトール Strategos Autokrator）」となって（前405春）自己の護衛隊を手に入れると独裁的な支配にのり出した。オルテュギアー*島に巨大な城塞を築いて居住し、過酷な政策で反対者らを弾圧（⇒ダーモーンとピンティアース）。軍備を整えて強国策を取り、周辺に勢力を拡大して、シケリアー*（現・シチリア）島からカルターゴー*の勢力を排除しようとした（前398〜前392）。前397年カルターゴーの将ヒミルコーン❷*に敗れ、11ヵ月間包囲されたが（前396）、カルターゴー陣中にひろまった疫病のおかげで危機を免れ、有利な条件で和議を締結（前392）。西北部を除く島の4分の3を確保し、シケリアーの支配者を自称した。さらに南イタリア*やエトルーリア*地方、アドリア海方面に野心を伸ばし、前388年にはイタリアのギリシア諸都市連合軍を撃破、レーギオン*（前386）やクロトーン*（前379）を占領して、いくつかの植民市を建設した。レーギオンを占領した時には、自由を与える約束の下に住民の全財産を差し出させておきながら、その富を手に入れるや、住民たちを奴隷に売ったという。カルターゴーと再び敵対関係に入った（前383〜前378、前368）が、大敗し苦戦のうちに死去した（ほぼ64歳）。

　専断的・圧制的ではあったが、シュラークーサイを偉大な都市国家 polis とし、マグナ・グラエキア*はおろかギリシア本土の諸都市にも勢力を及ぼした点で卓越した僭主と評価されている。ギリシア流に幾人かの若者を恋人にもつ一方、学芸を愛して哲学者プラトーン*そのほか著名な文人や学者を宮廷に招き、アイスキュロス*の使った机や書板、エウリーピデース*の堅琴などを蒐集、また熱心な音楽家であり、自らも悲劇詩を書いてアテーナイ*やオリュンピアー*で上演させた（⇒ピロクセノス）。彼の死因は、自作の悲劇がアテーナイの大祭で受賞したと聞いて、喜びのあまり宴会で飲み過ぎたためだという。異説では、病床にあった時に、息子のディオニューシオス2世*の意を受けた医師によって毒薬を盛られたせいだと伝えている。

　彼は猜疑心が強く、親戚縁者や男色相手の愛人らの誰をも信用せず、特別に選び出した奴隷や幾人かの難民、「未開の蛮族」の者に身辺警護を一任。理髪師に剃刀を当てることを許さず、自分の娘たちに命じて炭火で毛を焼き切らせていたという。また、最初の妻が自殺したあと同時に2人の婦人と結婚したが、彼女らの閨房のまわりに広い濠をめぐらせ、取りはずしのきく橋を架け、泊まる時には橋を取り払って寝首をかかれぬよう用心していた。自室には、たとえ兄弟や息子であろうと、いったん裸になってからでなければ入らせず、謀叛を警戒して息子に番人をつけて閉じ込め、人と接触させず、ただ大工仕事に専念して育つように計らった。さらに、ある人物が自分を殺す夢を見ると、早速その人を処刑したし、一方の妻がなかなか子を産まないのはもう一人の妻の母親が毒を服ませたからだと疑って、この母を殺したりした。今なお残る「ディオニューシオスの耳」という洞窟を掘らせて、政治犯を幽閉し、彼らの会話を盗み聞きしたばかりか、この仕掛けの秘密を保つため、工事に携わった者を皆殺しにしたともいう。演壇ではなく高い塔から演説するのが常であったことや、プラ

トーンを奴隷として売り払った話もよく知られている（⇒アンニケリス）。

そのうえ、貪欲かつ冷酷で、あらゆる神殿から財物を略奪し、デーメーテール*女神の夢告だと称して婦人たちの宝石をすべて神殿に預けさせたのち、自らの軍資金としてそれを用いたり、ゼウス*神像の黄金の外套を、「夏には暑すぎるし冬には寒すぎよう」と言って剥ぎとったり、運動をしようと服を脱いだ時、寵愛の少年レオーン Leon に帯剣を持たせたところ、ある人に「この子には命をお預けになるんですね」と言われて、その人物と少年を2人とも処刑したりした。嫉妬心に駆られて自身の兄弟を敵の手に渡し、また老いた実母を絞殺したともいわれている。

なお、医術や軍学にも長じ、投石器（カタパルテース katapartes）の発明は彼に帰されている。
⇒ダーモクレース、ディオーン、ピリストス、ニューサイオス、ヒッパーリーノス、アリスティッポス、レプティネース❷、アンティポーン❸

Diod. 11-68, 13～16, 20-78/ Just. 20-1～/ Xen. Hell. 6-2, 7-1～/ Nep. Dion 1, Timol./ Plut. Dion 3～/ Ael. V. H. 1-20, 4-8, 13-34, -45/ Ath. 15-693e/ Cic. Tusc. 5-20～/ Polyaenus 5-2/ Arist. Oec. 2, Pol. 5-5(1305), -10(1310)/ Isoc. 4/ Lucian. Ind. 15/ Strab. 5/ Tzetz. Chil./ etc.

❷2世 D. II（前396頃～前338以降）（ラ）Dionysius Minor,（英）Dionysius the Younger,（仏）Denys le Jeune,（独）Dionysios II von Syrakus,（伊）Dionigi II di Siracusa,（西）Dionisio II de Siracusa（在位・前367～前356、前347／346～前344頃）❶の長男にして後継者。母はロクロイ*のドーリス Doris。異母妹のソープロシュネー Sophrosyne と結婚し、一説によると父を毒殺して位に即いたという。粗野な放蕩家で、父王の存命中にも市民に乱暴を働き、「余はそんな所業は決してせぬぞ」と父から窘められたこともあった。その時、彼が「あなたは僭主を父としておもちでないから」と言い返すと、父1世は「確かにそうだが、そんな真似をしていると、そなたは僭主を子としてもてぬぞ」と叱責したという話も伝えられている。また父1世は、息子が野心的になって、おのれに対する陰謀を企てたりしないように、彼を家に幽閉し番人に見張らせて政務には一切携わらせなかったといい、そのため2世は柔弱で放縦、非常な美食家にして大酒呑みとなり、即位するや際限のない贅沢に耽る一方、父以上の残忍さを発揮して千人以上を流刑にし、さらに自らの兄弟たちやその係累など大勢を処罰した。阿諛追従する多数の廷臣に取り巻かれつつ、その宮廷にアイスキネース*、アリスティッポス*、スペウシッポス*ら文人・哲学者を各地から招聘、自身もその1人と称して詩や哲学論書などを著わした。

即位後、重臣のディオーン*がプラトーン*を招いて（前367）、ディオニューシオスを理想的君主に仕立てようとしたが、結局失敗に終わり、ディオーンは財産没収のうえ追放され、その妻も別の廷臣に与えられた（前366、⇒ピリストス）。のち帰国したディオーンに追われて、ディオニューシオスは南イタリアのレーギオン*、次いでロクロイへ亡命した（前356）。その後ディオーンが暗殺されたのに乗じてシュラークーサイを奪回した（前347／346）が、その専横と淫行を憎む市民らは、母市コリントス*から名将ティーモレオーン*を推し立て、僭主をオルテュギアー*島に幽閉した（前345）。降伏したディオニューシオスはコリントスに逃れ（前344）、ここで極貧のうちに余生を送り、高齢で世を去った。学校の教師をして生計を立てたとも、キュベレー*女神の乞食僧になったとも、過度の飲酒で視力を失い窮死したともいう。なお、僭主政打倒と同時に彼の家族は全員、生きながら火炙りにされたり体を切り刻まれたりして惨殺された。特に妻と娘たちはロクロイ市民によって輪姦されたうえ、爪の下に針を刺し込まれ、骨から肉を剥ぎとられて食われ、骨は臼で搗き砕かれたあと、海中に投ぜられたと伝えられている。

Plut. Dion., Tim./ Dem. 20 Nep. Dion/ Strab. 6-259～/ Arist. Pol. 5-10(1312)/ Ath. 6-249～, 10-437, 11-507, 12-541/ Just. 21-1～5/ Diod. 15～16/ Ael. V. H. 4-8, 6-12, 9-8/ Polyaenus 5-2/ Diog. Laert. 3-21, -23/ etc.

ディオニューシオス・"ペリエーゲーテース"

Dionysios Periegetes, Διονύσιος Περιηγητής, Dionysius Periegeta,（英）Dionysius "Periegetes",（仏）Denys le Périégète (le Geographe),（独）Dionysios der Periget (von Alexandria),（伊）Dionigi di Periegeta,（西）Dionisio Periegeta

（後3～4世紀、異説あり）ギリシアの著述家。おそらく300年頃、アレクサンドレイア❶*に居住し、エラトステネース*の地理書にしたがって、六脚律（ヘクサメトロス）で教訓叙事詩『世界案内記 Periēgēsis tēs Oikūmenēs, Περιήγησις τῆς Οἰκουμένης』1185行を執筆、当時知られていた3大陸と地中海、島嶼、大洋などの地誌を記述した。本書は教科書として長いあいだ用いられ、アウィエーヌス*や文法学者プリスキアーヌス*らによってラテン語にも翻訳された。彼の異名「案内人（ペリエーゲーテース）」はこの作品の題名に由来しており、ほかにもディオニューソス*神のインド遠征をテーマとする韻文『バッサリカ Bassarika, Βασσαρικά（またはディオニューシアカ Dionysiaka, Διονυσιακά）』（断片のみ残存）などが、同じ筆者の作と見なされている。生存年代については諸説あるが、『案内記』にフン*族（フンニー*）に関する言及のあることから、通常3世紀後半から4世紀初頭の人と考えられている。
⇒ノンノス

Dionys. Per./ Suda/ Eustathius/ Schol. ad Dionys. Per./ etc.

ディオニューシオス・トラークス

Dionysios Thraks, Διονύσιος Θρᾷξ, Dionysius Thrax,（仏）Denys de Thrace (Denys le Grammarien, Denys d'Alexandrie),（独）Dionysios der Thraker,（伊）Dionigi Tracio,（西）Dionisio Tracio,（葡）Dionísio de Trácia

(前170頃～前90頃) ヘレニズム時代のギリシアの文法学者。アレクサンドレイア❶*に生まれるが、父親がトラーケー*（トラーキアー*）の出身であるため、トラークス（トラーケー人）の副称を添えて呼ばれる。サモトラーケー*のアリスタルコス❷*の弟子。初めアレクサンドレイア、のちにロドス*で（前145頃～）文法および修辞学の教師として活躍、幾多の著作のうちギリシア語の文法に関する便覧、『文法技法 Tekhnē Grammatikē, Τέχνη Γραμματική, (ラ) Ars Grammatica』が伝存する（前100頃）。ストアー*哲学の影響を受けた本書は、最初の体系的な文法の教科書として世に広く迎えられ、弟子のテュランニオーン*によってローマに紹介されて、ラテン語文法書の手本ともなり、ルネサンス期に至るまで長きにわたって用い続けられた。おびただしい注釈が付けられ、また各国語に翻訳されて、その影響は近代ヨーロッパ諸言語の文法のみならず、シュリアー*やアルメニアー*を通じてさらに広大な地域に及んでいる。彼の他の作品は断片しか残らないが、師の衣鉢を継いでマッロスのクラテース❹*と対立した。
⇒アポッローニオス・デュスコロス、スティロー
Dion. Thrax/ Strab. 14-655/ Ath. 11-489, -492, -501/ Suda/ etc.

ディオニューシオス（トラーケー*の） Dionysios Thraks
⇒ディオニューシオス・トラークス

ディオニューシオス（ハリカルナッソス*の）
Dionysios Halikarnasseus, Διονύσιος Ἁλικαρνασσεύς, Dionysius Halicarnassensis, （英）Dionysius of Halicarnassus, （仏）Denys d'Halicarnasse, （独）Dionysios von Halikarnassos, （伊）Dionigi di Alicarnasso, （西）Dionisio de Halicarnaso, （葡）Dionísio de Halicarnasso, （露）Дионисий Галикарнасский

(前60頃～後7以降) アウグストゥス*時代のギリシア系歴史家、修辞学者。小アジアのハリカルナッソス*市の出身。ローマに移住して文学・修辞学を教え（前30～前8）、前5～前4世紀の古典期アッティケー*（アッティカ*）散文を研究、洗練された鑑識眼で知られた。主著『ローマ古代誌 Rhōmaïkē Arkhaiologiā, Ῥωμαϊκὴ Ἀρχαιολογία, (ラ) Antiquitates Romaenae』は、建国から第1次ポエニー戦争*の勃発する前264年まで（つまりポリュビオス*の起筆する時代まで）を扱ったローマ史で、全20巻のうち前半の10巻と残余の諸巻の断片・抜粋が伝存する。史料の厳密性よりも修辞を重んじたため、批判精神に乏しいと評されるが、著者の該博な知識のゆえにリーウィウス*を補完する興味深い作品となっている。そのほか、デーモステネース❷*ら古典ギリシアの弁論家に関する文学批評『古代アッティケー雄弁家論』や『史家トゥーキューディデース*論』、また文体研究の先駆ともいうべき『言語配置論 Peri Synthēseōs Onomatōn, Περὶ Συνθέσεως Ὀνομάτων, (ラ) De Compositione Verborum』、『模倣について Peri Mīmēseōs, Περὶ Μιμήσεως, (ラ) De Imitatione』（断片のみ伝存）など多くの著書を残した。
⇒ディオドーロス（シケリアー*の）、カエキリウス（カラクテーの）
Dion. Hal. Ant. Rom., Comp., De Imit., Rhet., Dem., Isoc., Lys., Thyc., Pomp./ Strab. 14-656/ Quint. 3-1, 10-1/ Clem. Al. Strom. 1-320/ Phot. Bibl. 83～/ Suda/ etc.

ディオニューシオス（ヘーラクレイア❹*の）
Dionysios, Διονύσιος, Dionysius, （英）Dionysius of Heraclea, （仏）Denys d'Héracleé, （独）Dionysios von Heraclea, （伊）Dionigi di Eracleá, （西）Dionisio de Heraclea

(前328頃～前248頃) ポントス*のヘーラクレイア❹*出身の哲学者。ヘーラクレイデース❷*はじめ何人かの哲学者に学んだのち、ストアー*派の開祖ゼーノーン*の弟子となる。しかるに、年老いて重い眼病を患って以来、「快楽こそ人生の目的である」と主張して、快楽主義を説くキューレーネー*派へ転向、公然と性的悦楽を貪った。ために「転向者（メタテメノス Metathemenos）」と渾名される。80歳で自ら食を断って生涯を終えた。美青年パンカロス Pankalos を愛したことでも知られる。詩人ソロイ❶*のアラートス*とも交流があった。彼の著わした詩や哲学書はすべて散逸した。
⇒ヘーリッロス、アリストーン❶
Diog. Laert. 5-92～93, 7-37, -166～/ Ath. 7-281, 10-437/ Censorinus 15/ Cic. Acad. 2-22, Fin. 5-31, Tusc. 2-11, -25, 3-9/ etc.

ディオニューシオス（ヘーラクレイア❹*の僭主）
Dionysios, Διονύσιος, Dionysius, （英）Dionysius of Heraclea, （仏）Denys d'Héracleé, （独）Dionysios von Heraclea, （伊）Dionigi di Eracleá, （西）Dionisio de Heraclea

(前360～前305) ポントス*のヘーラクレイア❹*の僭主（在位・前338～前305）。僭主クレアルコス❷*の息子で、兄ティーモテオス Timotheos のあとに位を継ぎ、アレクサンドロス大王*の死後、クラテロス*の寡婦アマーストリス❸*と結婚し（前322）、アンティゴノス1世*と結んで、ペルディッカース*に敵対した。前306年には、大王の遺将(ディアドコイ*)らに倣って王号を称した。「史上最も公正な僭主」と言われたほど温厚な人物で、ヘーラクレイデース*やゼーノーン*（ストアー*学派の創始者）の薫育を受けた学殖深い君主でもあった。しかるに、日々の暴飲暴食と贅沢三昧の生活のため、おそろしく肥満してしまい、あまりみっともないので人前に姿を現わさなくなった。やむなく謁見する場合にも、自分の前に箱を置き、顔だけ出して応接したといい、ついには自らの脂肪で窒息死したと伝えられる。在位33年、55歳。
⇒巻末系図031

Diod. 16-88, 20-70/ Ath. 12-549/ Ael. V. H. 9-13/ Phot./ etc.

ディオニューシオス（・ホ・カルクース） Dionysios ho Khalkus, Διονύσιος ὁ Χαλκοῦς, Dionysius Chalcus

（前5世紀中頃）アテーナイ*の弁論家・詩人。アテーナイ人に青銅貨幣の採用を提議したがために、「青銅の」という異名を冠せられた。南イタリアのトゥーリオイ*への植民を指導し（前443）、饗宴 symposion に関連するエレゲイア elegeia 詩を書いた（断片のみ現存）。

ほかにも、ヘカタイオス❶*と同時代の歴史家ミーレートス*のディオニューシオス（前6～前5世紀）や、ペリクレース*と同時代のコロポーン*出身の画家ディオニューシオス（前5世紀中頃）、テーバイ❶*の名将エパメイノーンダース*の音楽の師で詩人のディオニューシオス（前5～前4世紀初頭）、シノーペー*出身の中期喜劇詩人ディオニューシオス（前4世紀）、神話作家のディオニューシオス・スキュトブラキオン Skytobrakhion（前2～前1世紀頃）、ハドリアーヌス*帝の時代にアッティケー*（アッティカ*）方言の辞書を編纂したディオニューシオス（ラ）Aelius Dionysius（後2世紀初頭）、ギリシア各地の情景を描写したローマ帝政期の詩人ディオニューシオス（2世紀頃?）、新プラトーン学派とキリスト教を折衷させ後世に甚大な影響を及ぼしたディオニューシオス・ホ・アレイオパギーテース Areiopagites（ラ）Dionysius Areopagita（500頃）、今日なお使用されているキリスト教暦の紀元を計算したスキュティアー*出身のディオニューシオス（ラ）D. Exiguus（497頃～550）、またアルゴス*出身の彫刻家ディオニューシオス（前5世紀）や、コロポーン*出身の画家ディオニューシオス（前5世紀）以下の芸術家たち及び医学者ら幾人ものディオニューシオスが知られている。

Ath. 13-602b～c/ Plut. Nic. 5, Mor. 1142/ Arist. Rh. 3-2/ Suet. Gram. 7/ Philostr. V. S. 1-20/ Dio Cass. 69-3/ Nep. Epam. 2/ Ael. V. H. 4-3/ Paus. 5-26, -27/ Nov. Test. Act. 17-34/ Suda/ Phot. Bibl./ etc.

ディオニューソス Dionysos, Διόνυσος, Dionysus,（伊）（西）（葡）Dioniso,（露）Дионис,（線文字B）Diwonusos, Di-wo-nu-so-jo,（ホメーロス*叙事詩）Διώνυσος,（アイオリス*方言）Ζόννυσος,（プリュギアー*名）Diounsis

ギリシアの酒神。バッコス*という別名（リューディアー*語か）で知られる。元来はオリエント起源の自然神で、北方のトラーキアー*（トラーケー*）および小アジアのプリュギアー*よりギリシア本土に移入され、各地で——主に女性や農民の間で——熱狂的に崇拝されるに至った。葡萄酒と豊穣を司り、その祭儀は宗教的陶酔と乱舞を特徴としていた。古くは少年犠牲が行なわれたが、やがて雄牛ないし雄山羊を八つ裂きにして生食する儀式に取って代わられた。その恍惚たる情熱的精神のゆえにアポッローン*の対極的存在と見なされることが多いものの、デルポイ*のアポッローン崇拝に取り込まれるに従って、躁宴 orgia 的祭礼は次第に理性化され鎮められていった。ギリシア神話では、ディオニューソスは大神ゼウス*とテーバイ❶*王女セメレー*の息子とされ、母が神火に撃たれて焼け死んだ際に、6ヵ月の胎児として取り出され、ゼウスの太腿の中に縫い込まれたのち、月満ちて再度そこから生まれ出たということになっている。セメレーの姉妹イーノー*、次いでニューサ Nysa 山のニュンペー*（ニンフ*）たち（ヒュアデス*）やシーレーノス*に女装の姿で育てられ、長じてのち冥界ハーデース*へ降り、母を天上へ連れて行って、神々の列に加えた。葡萄の木を発見し、その栽培法を各地で教えたが、ヘーラー*によって発狂させられ、シュリアー*、エジプトなどオリエント諸国を彷徨、プリュギアー*のキュベレー*（レアー*）のもとで浄められ秘教 mysteria を学んだ。サテュロス*やマイナスたち*（マイナデス*）を随伴してインドにまで遍歴し、豹の牽く戦車に乗ってギリシアへ帰還。トラーキアーのリュクールゴス❶*をはじめテーバイのペンテウス*やラブダコス*、ボイオーティアー*のミニュアース*王、アルゴス*のプロイトス*王など各地の支配者から迫害を受けたが、ことごとく報復して組み従え、ギリシア全土にディオニューソス崇拝を確立した（⇒イーカリオス❶、エーリゴネー❶）。彼を神と知らずに奴隷として売ろうとした海賊を海豚に変えて罰し、ナクソス*島に到るや、テーセウス*に置き去りにされたクレーター*王女アリアドネー*と厳かな結婚式を挙げた。また、美少年アンペロス Ampelos やアドーニス*、農民ポリュムノス Polymnos、ケイローン*との間に男色関係を結び、彼の祭礼に巨大な男根 phallos を持ち運ぶ習慣を創始（⇒ディオニューシア）。ギガントマキアー*の折には、霊杖テュルソス Thyrsos で巨人たちの1人エウリュトス Eurytos を撃ち殺した。

ディオニューソスは各地の密儀宗教とも深く係わり、オルペウス教*の主神ザグレウス*や、トラーキアーのサバージオス*らと同一視され、アッティケー*（アッティカ*）地方ではイアッコス*としてエレウシース*の秘教に結びつき、またその祭礼からは仮面を用いた演劇が発達していった。ディオニューソスの乱痴気騒ぎを伴う秘儀は、特にヘレニズム＝ローマ時代に栄え（⇒バッカーナーリア）、イタリアでは酒と田園の神リーベル*・パテルと、エジプトではオシーリス*と同一視されて、広く信仰された。造形上は前5世紀までは蔦の冠をかぶった有髯の成年男子の姿で表わされていたが、その後は髯のない柔弱な美青年となり、裸体もしくは女が着るような長衣をまとった姿に変わった。葡萄樹、常春藤、薔薇を聖なる植物とし、動物では山羊・雄牛・蛇・海豚・虎・豹・山猫・獅子などが神聖なものと見なされていた。酒盃 kanthalos や先端に松毬のついた霊杖テュルソスを持物とし、忘我の入神状態で狂喜乱舞する信女バッケー*たち（バッカイ*）、シーレーノス、サテュロス、パーン*、プリアーポス*、ケンタウロス*ら供奉者たちを伴って表現されることが多い。ディオニューソスの祭礼においては古来、オルコメノス*など各地で少年が生

贄に供せられていたが、のちキオス*島やレスボス*島では鞭打ちに取って代わられた。

　総じて理性によって制御されない激情的・奔放なものは「ディオニューソス的（英）Dionysian, Dionysiac,（仏）Dionysiaque,（独）Dionysisch,……」と呼ばれて、とくにニーチェ以来、文芸思潮の世界で調和・均衡のとれた理性的な「アポッローン型（英）Apollonian,（独）Apollinisch,……」と、しばしば対比させられている。

⇒オイネウス、メランプース、ミュステーリア

Apollod. 2-2, 3-4～5, Epit. 1, 3/ Hes. Th. 940～/ Hom. Il. 6-130～, 14-323～, Od. 11-321～, 24-73～/ Eur. Bacch., Cyc. 3～/ Hymn. Hom. Bacch./ Herodot. 2-48～, -146/ Hyg. Fab. 2, 4, 129, 132, 134, 167, 179, Poet. Astr. 2-17, -21/ Lucian. Dial. D. 9-2/ Diod. 2-38, 3-62～, 4-2～, -15, -25, -50～/ Ov. Met. 3-259～, -581～, 4-512～, 5-39～, Fast. 1-353～, 6-489～/ Paus. 1-44, 2-37, 3-24, 9-5, -34/ Soph. Ant. 1115～/ Nonnus Dion./ Serv. ad Verg. Aen. 1-67, 3-14, -118, 5-241/ Ant. Lib. Met. 28/ Ar. Ran./ Tzetz. ad Lycoph. 273, Chil. 8-582～/ Phot./ etc.

ディオーネー　Dione, Διώνη,（Diona）,（仏）Dioné,（露）Диона

（「神聖な、輝かしい」の意。ゼウス*の女性形）ギリシア神話中、ウーラノス*（天空）とガイア*（大地）の娘、あるいは大洋神オーケアノス*とテーテュース*の娘。大神ゼウスと交わって、愛の女神アプロディーテー*の母となり、よってアプロディーテーはディオーナイア Dionaia（ディオーネーの娘）とも時にはディオーネーとも呼ばれる。元来は天空の女神（ないし大地母神）であったらしく、古くからドードーナー*の神託所においては、ゼウスの正妃として崇拝されていたが、やがてヘーラー*に取って代わられた。一説にディオニューソス*の母または養母とされている。

　またアトラース*の娘プレーイアデス*の1人に同名のディオーネーがおり、タンタロス*に稼いでニオベー*とペロプス*を産んだと伝えられる。

Hom. Il. 5-370～, -405/ Hes. Th. 17, 353/ Apollod. 1-1, -3/ Hymn. Hom. Ap. 93/ Strab. 7-329, 8-346/ Hyg. Fab. Praef., 82～83/ Cic. Nat. D. 3-23/ etc.

ディオパントス　Diophantos, Διόφαντος, Diophantus,（仏）Diophante,（独）Diophant,（伊）（西）（葡）Diofanto,（露）Диофант

（後200／214～284／298）アレクサンドレイア❶*の数学者。ギリシア人で初めて――おそらくエジプト人から学んで――代数学に近いものを考え出した。その著『算数論 Arithmetika, Ἀριθμητικά』は全13巻中6巻が伝存する（アラビア語写本では、さらに別の4巻が残る）。数値の解析的処理法を解き、とりわけ不定方程式の巧妙な解法は、フェルマー Fermat ら近世ヨーロッパの数学者に大きな影響を与えた。今日も不定方程式論に用いられる手法ディオパントス近似などに、その名が残る。「最初の代数学者」と称されることもあるが、古代ギリシア・ローマ時代にはついに真の意味での代数は完成せず、その確立は続くイスラーム圏のアラビア*人学者の登場を俟たねばならなかった（Abū Kāmil, Abū-l Wafā', `Umar al-Khayyāmī ら）。

⇒エウクレイデース、プトレマイオス

Diophantus Arithmetica

ディオメーデース　Diomedes, Διομήδης,（英）Diomede, Diomed,（仏）Diomède,（伊）Diomede,（露）Диомед

ギリシア神話伝説中の男性名。

❶トラーキアー*（トラーケー*）のビストネス Bistones 人の王。軍神アレース*とニュンペー*（ニンフ*）キューレーネー*の子とも、アトラース*とその娘アステリアー*との間に生まれた不義の子ともいう。4頭の獰猛な馬をもち、鉄の鎖で青銅の飼葉桶に繋いで、いつも人間の肉でこれを養っていた。英雄ヘーラクレース*は、番人たちを殺して馬を奪い、追ってきたディオメーデースを倒して、馬の餌にしたという（第8の功業）。また戦闘の間、人喰い馬を託されていた美少年アブデーロス*（ヘーラクレースの愛人）は、馬に曳き摺られて――あるいは食い殺されて――死んだので、英雄は若者を葬ったのち、墓のかたわらにアブデーラ❶*市を建設した。ヘーラクレースがもたらしたこれらの馬は、エウリュステウス*によって女神ヘーラー*に捧げられ、その子孫はアレクサンドロス大王*の時代にも、なお生き残っていたという。

⇒キュクノス❸

Apollod. 2-5/ Diod. 4-15/ Hyg. Fab. 30, 250/ Serv. ad Verg. Aen. 1-756/ Strab. 7/ Paus. 3-18/ etc.

❷アイトーリアー*の英雄 heros。トロイアー戦争*に参加した武将のうちアキッレウス*に次いで偉大なギリシア側の勇士。テューデウス*（カリュドーン*王オイネウス*の子）とデーイピュレー Deïpyle（アルゴス*王アドラストス*の娘）との子。外祖父アドラストスの死後、アルゴス*の王となる。テーバイ❶*遠征で父が殺されていたので、エピゴノイ*の1人として2度目のテーバイ攻めに参加した。またアルクマイオーン❶*とともに密かにカリュドーンへ赴き、王位簒奪者たるアグリオス Agrios の息子たちを殺して、幽閉されていた祖父オイネウスを救い出した。叔母アイギアレー Aigiale（アイギアレイア Aigialeia アドラストスの4女、末娘）と結婚したのち、アルゴスの軍船80隻を指揮してトロイアー*へ出征し（⇒ステネロス❸）、ギリシア軍最強の将の1人として勇猛果敢に奮戦、アイネイアース*を負傷させ、女神アプロディーテー*を槍で突いて敗走

系図240　ディオーネー

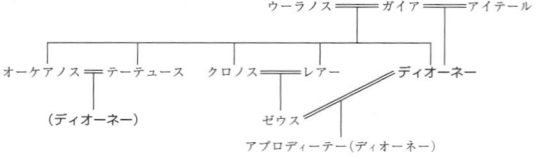

させ、さらにはアテーナー*女神の加護を得て軍神アレース*の下腹部をも傷つけた。トロイアー方の多くの将兵を討ちとったが、リュキアー*勢の大将グラウコス❷*（ベッレロポーン*の孫）と対峙した折には、互いに父祖以来親しい家柄であることを知るや、盟友の誓いを固めて鎧を交換し合った。智将オデュッセウス*と始終行動をともにし、夜陰に乗じて敵陣へ向かい、トロイアー軍の密偵ドローン*を捕殺し、トラーケー*（トラーキアー*）から駆けつけたばかりの王レーソス*を討ちとった。また、ヘレノス*の予言に基づいて、レームノス*島へパロクテーテース*を迎えにいったり、トロイアー城内から神像パッラディオン*を盗み出したりして、トロイアーの陥落を早めた。『オデュッセイア』によれば、ディオメーデースは戦争終結後、航海4日目には無事アルゴスに帰着したことになっているが、難破してリビュエー*（リュキアー*とも）でアレースへの生贄にされそうになった等の冒険談が後付け加えられた。しかも、彼の不在中、妻はコメーテース Kometes（ステネロス❸*の子。ただし情夫の名については、ヒッポリュトス*、キュッラバロス Kyllabaros など異説あり）ら大勢の男と姦通しており（⇒ナウプリオス❷）、帰還したディオメーデースは彼女の魔手をかろうじて逃れ、部下を連れてイタリアへ亡命。アープーリア*王ダウヌス Daunus（トゥルヌス*の父）の娘エウヒッペー Euhippe と結婚し、アルピー*をはじめベネウェントゥム*、ウェヌシア*、カヌシウム*などの諸市を創建した。ところが、やがてダウヌス王と不仲になり、殺されて沖合の「ディオメーデース群島*」の1つに埋葬されたとも、年老いたのち突如地上から姿を消し、アテーナーの手で不死の地位を与えられたともいう。ディオメーデースの部下たちは、彼の死を悲しむあまり、あるいはアプロディーテーの怒りを買って、白鳥に似た水鳥（ラ）aves Diomediae に変えられたと伝える（アホウドリ科の属名 Diomedea はこれに由来する）。一説にディオメーデースは、アルゴスに戻り、この地を征服してから死んだともいい、南イタリアやアルゴリス*では彼は神として崇拝されていた。

Hom. Il. 2-559〜、4-365〜、5-1〜、-84〜、-330〜、6-119〜、8-78〜、10-219〜、14-109〜、23-262〜、-798〜、Od. 3-180〜/ Apollod. 1-8, 3-7, -10, Epit. 3, 4, 5, 6/ Hyg. Fab. 97, 98, 102, 108, 113, 175/ Paus. 2-25, 7-21, 10-31/ Ov. Met. 14-454〜/ Plin. N. H. 10-61/ Ant. Lib. Met. 37/ Conon Narr. 34/ Tzetz. ad Lycoph. 610, 615/ etc.

ディオメーデース　Diomedes,（仏）Diomède,（伊）Diomede

（後4世紀末）ラテン文法家。その著『文法論 Ars Grammatica』3巻が現存する。

⇒カリシウス

ディオメーデース群島　Diomedeae Insulae,（ギ）Diomēdeiai Nēsoi, Διομήδειαι Νῆσοι,（英）Diomed's Islands

（現・Isole Tremiti）イタリア東南部アープーリア*（現・プーリア Puglia）地方のガルガーヌム Garganum（現・Gargano）岬の北、アドリア海沖にある5つの小島（現・San Domenico, San Nicola, Caprara など）。ギリシアの英雄ディオメーデース❷*が葬られたという伝承にちなんで、この名称がある。またここにはディオメーデースの部下が変身したという鳥（鷺の一種）が棲んでいた。群島中最大のトリメルス Trimerus（現・San Domenico）島は、ローマ皇帝アウグストゥス*の孫娘・小ユーリア*（ユーリア❻*）が姦通のゆえに配され（後9）、長い流刑生活の末に没した（28）地として知られる。

なお、これらの島々は日付変更線上に位置するベーリング海峡中の諸島 the Diomede Islands とは異なるものである。

Plin. N. H. 3-26, 12-3/ Mela 2-7/ Tac. Ann. 4-71/ Strab. 6-284/ Ov. Met. 14-482〜/ Ant. Lib. Met. 37/ Ptol. Geog. 3-1/ Steph. Byz./ etc.

ディオーン・カッシオス　Dion Kassios, Δίων Κάσσιος,（ラ）Lucius Claudius Cassius Dio Cocceianus,（英）Dio Cassius,（仏）（独）Dio(n) Cassius,（伊）Dione Cassio,（西）Dion Casio,（露）Дион Кассий

（後155／164頃〜235頃）ローマ帝政期の歴史家。小アジアの属州ビーテューニア*の都市ニーカイア❷*（現・イズニク İznik）に生まれる。マールクス・アウレーリウス*帝の下、ダルマティア*やキリキア*を統治したカッシウス・アプローニアーヌス Cassius Apronianus の子。母方の祖父は雄弁家のディオーン・クリューソストモス*。180年頃ローマへ赴き、元老院議員（セナートル）として官位を昇進、セプティミウス・セウェールス*帝がローマに到着した時（193）、皇帝の登極を予言した霊夢と前兆の書を送呈して、帝の諮問団の一員に抜擢された。その後、帝国各地の属州を統治し、執政官職（コーンスル*）にも2度就任（205年頃と229年。2度目の相役は皇帝アレクサンデル・セウェールス*）、晩年はニーカイアへ引退して、その地で没した。ギリシア語で書いた主著『ローマ史 Rhōmaïka, Ῥωμαϊκά, Rhōmaïkē Historiā, Ῥωμαϊκὴ Ἱστορία』全80巻は、アイネイアース*（アエネーアース*）のイタリア上陸からアレクサンデル・セウェールスの治世（後229）までを詳述した大作。そのうち前68年から前10年までを扱った第36〜54巻が完全に残るほか、多くの断片やビザンティン時代の学者（11世紀のクシフィリノス Ksiphilinos と12世紀のゾーナラース Zonaras）による要約本が伝えられている。彼はトゥーキューディデース*、ポリュビオス*の手法に倣（なら）って、事件の原因と契機の探究に努めており、その浩瀚な作品は「ギリシア語のリーウィウス*」として広く読まれた。準備に10年、執筆に12年をかけて成った本書は、ローマの高官職を歴任して帝国の官僚制度と統治方法を熟知した著書の経験から、特に同時代史に関する正確な資料として、また共和政末期から帝政期にかけての史料として重視されている。

⇒アッピアーノス、ヘーローディアーノス
Dio Cass./ Philostr. V. S. 1-7/ Phot. Bibl. 71/ Suda/ etc.

ディオーン・クリューソストモス　Dion Khrysostomos, Δίων Χρυσόστομος, Dio Chrysostomus, Dio Cocceianus,（英）Dio Chrysostom,（仏）Dion Chrysostome,（独）Dion Chrysostomos,（伊）Dione Crisotomo,（西）Dion Crisóstomo,（露）Дион Хрисостом

（後40頃〜120頃）ローマ帝政期のギリシアの弁論家、ソフィスト*。実名はディオーン・コッケイアーノス Dion Kokkeianos。のちその雄弁ゆえに「黄金の口クリューソストモス」と称された。小アジアのビーテューニア*属州の市プルーサ Prusa（現・ブルサ Bursa）に生まれる。騎士身分に属する旧家の出身で、弁論家としてローマへ赴き、ストアー*派の哲学者ムーソーニウス・ルーフス C. Musonius Rufus（後20頃〜101。エピクテートス*の師）に学ぶ。いったん公職に就くが、ドミティアーヌス*帝により政治的陰謀に加わった廉で追放され（82）、13年間バルカン地方や小アジアの辺境を文無しの哲学者として放浪、講義をしても礼金を受けとらず、もっぱら肉体労働でパンを稼いだ。つぶさに辛酸を嘗めたおかげでかえってその人格が陶冶されたといわれ、新帝ネルウァ*が即位する（96）や復権し、数々の名誉を与えられた。著作や弁論を通じて多くの人々に影響を与え、トライヤーヌス*帝には凱旋行進をする黄金の戦車に同乗して御前講演を行なったが、率直な皇帝は「私にはお前の言うことがわからない。だが私はお前を自分自身と同じように愛している」と答えたという。ストアー派やキュニコス（犬儒）派風の道徳哲学を説き、この時代にあってほとんど唯一人、公然と奴隷制度を攻撃し、売春を軽蔑してやまなかった。その演説のためには戦争もやんだといわれるほど魅力的な能弁の持ち主で、はるかボリュステネース*（ドニエプル）河畔の先住民も彼の弁説を聞くべく参集したと伝えられる。政治的、道徳的、哲学的な主題を論じた80篇の演説が現存するが、そのうち2篇は弟子のファウォーリーヌス*の手になるものと考えられている。彼はまた、古代ギリシア文学を愛好、研究し、プルータルコス*とともに古典文芸を次代へ伝える橋渡し的な役割をも果たした。
⇒ディオーン・カッシオス
Dio Chrys. Or./ Plin. Ep. 10-81, -85, -86/ Philostr. V. S. 1-7/ Phot. Bibl./ Synesius/ Suda/ etc.

ディオーン（シュラークーサイ*の）　Dion, Δίων, Dio,（伊）Dione,（西）Dión,（露）Дион

（前408頃〜前354／353）シュラークーサイ*の僭主ディオニューシオス1世*の義弟にして女婿（⇒巻末系図025）。義兄に重用され、哲学者プラトーン*がシケリアー*（現・シチリア）へ来た時（前387頃）、その教説に傾倒し、彼に師事した。ディオニューシオス1世が死ぬ（前367）と、後継者ディオニューシオス2世*の宰相として政務を輔佐し、プラトーンを再びシュラークーサイへ招いて、放縦な僭主を理想的な哲人王に仕立てるべく努力した。当初は若いディオニューシオスも哲学や幾何学に熱中し、全宮廷もそれに倣ったが、間もなく重臣ピリストス*ら反対党の誹謗を信じた僭主によって、ディオーンはプラトーンとほぼ同時期に追放される（前366）。アテーナイ*へ亡命した彼は、アカデーメイア*学園の人々と交歓し、スパルター*からは市民権を贈られる等の歓待を受けた。前357年、寡兵を率いてシュラークーサイへ戻り、市民の支持を得てディオニューシオスを放逐、代わって自分が支配者となった（前355）。穏健な統治を心懸けたというが、民衆派のヘーラクレイデース❶*と激しく対立してこれを殺害し（前355）峻厳な態度で人々に接するようになったため、野心家のアテーナイ人カッリッポス Kallippos（？〜前351）の裏切りで暗殺された。55歳。その後、ディオーンの妻子や姉妹は生きたまま海に投げ込まれて殺された。僭主となったカッリッポスも、在位13ヵ月で位を追われ、ディオーンを殺害したのと同じ剣で暗殺されたと伝えられる。

ディオーンは若い頃、大変な美少年だったので、プラトーンに寵愛され恋愛詩を捧げられて、その稚児の1人になっていた。長じてプラトーンの理想を政治に反映させようとして挫折したものの、日常生活では節制と不動心を保ち続け、執務の最中に幼い息子ヒッパリーノス Hipparinos が屋根から身投げして死んだ時にも、眉一つ動かさず仕事の手を止めなかったという。また彼は厳格にして傲慢、民主政を見下し、プラトーン哲学に心酔するあまり、プラトーン的な貴族政を確立しようとしたせいで、民衆から疎遠になり、その支持を失う結果となった。彼の統治は、シケリアー島にその後20年にわたる政治的・社会的な混乱を招くに至った。
⇒ヒッパーリーノス、ニューサイオス、スペウシッポス
Plut. Dion, Tim., Aem. 2/ Nep. Dion/ Diod. 16-6〜20/ Ael. V. H. 3-4, -17, 4-21/ Diog. Laert. 3-29/ Ath. 11-508/ Polyaenus 5-2/ Cic. Tusc. 5-35, De Or. 3-34/ etc.

ディカイアルコス　Dikaiarkhos, Δικαίαρχος, Dicaearchus,（仏）Dicéarque,（独）Dikaiarchos, Dikäarchos,（伊）（西）Dicearco,（露）Дикеарх

（前375／350頃〜前285頃）（前326頃〜前296頃活躍）ギリシアのペリパトス（逍遥）学派の哲学者、地理学者、歴史家。シケリアー*（現・シチリア）島のメッセーネー*（現・メッシーナ）出身。アリストテレース*の弟子、またテオプラストス❶*の弟子かつ友人。生涯の大半をギリシア本土、ことにスパルター*などペロポンネーソス*半島で過ごす。ほかのペリパトス学派の哲学者と同様、広範な学問領域に通じ、政治・文学・歴史・地理・哲学等々、多岐にわたる専門的著作を数多く執筆、エラトステネース*やキケロー*、イオーセーポス*、プルータルコス*ら後世の著述家の一大典拠を提供した（断片のみ現存）。ギリシア諸国の風習や国制、太古（黄金時代）以来の『文化史 Bios Hellados, Βίος Ἑλλάδος』、また予言・託宣・占術に関する

著述のほか、ホメーロス*および劇詩人の作品要約、哲学者らの逸話を収集した『諸伝記 Bioi, Βίοι』、さらに世界地図（人類居住地域図）の作成やギリシア中の山岳の高度測定をも試みた。「霊魂は不滅ではない」と説く対話篇『魂について Peri Psykhes, Περὶ Ψυχῆς』もあり、キケローが彼を大いに尊敬し、実践的生活を重んずる典型として、理論的生活者のテオプラストスと対照させたことは有名。
Dicaearchus Fr./ Polyb. 18-10, 34-5/ Cic. Att. 2-2, 6-2, 13-30〜31, Tusc. 1-18, -31 (77), Off. 2-5, Leg. 3-6/ Strab. 2-104/ Ath. 4-141, 13-594, 14-641/ etc.

ティーキーヌス　Ticinus,（ギ）Tikinos, Τίκινος,（仏）（独）Tessin,（伊）Ticino,（西）Tesino,（葡）Tessino,（露）Тичино

（現・ティチーノ Ticino、または Tesino）イタリア半島の北方、ガッリア・キサルピーナ*の川（全長248km）。その畔で第2次ポエニー戦争*中の前218年、カルターゴー*の名将ハンニバル❶*がローマの執政官プーブリウス・コルネーリウス・スキーピオー*（大スキーピオー*の父）を撃破し、ローマ軍に対する最初の勝利を収めた（11月）。なお、この川とパドゥス*（現・ポー）河の合流点付近にある町ティーキーヌム Ticinum（現・パヴィーア Pavia）は、ローマ帝政末期に重要な要塞都市となり、のちランゴバルディー*人に占領され（後570頃）、王国の首府パピーア Papia とされた（6世紀末）。著述家ネポース*の生地としても知られる。現在この町のサン・ピエトロ・イン・チエル・ドーロ San Pietro in Ciel d'Oro 教会の地下納骨所には、524年東ゴート*王テオドリークス*によって処刑されたボエーティウス*や、ランゴバルディー王らの遺骸が保存されている。
Liv. 5-34, 21-39, -45/ Polyb. 3-64, 34-10/ Plin. N. H. 2-106, 3-17, 7-28/ Flor. 2-6/ Tac. Hist. 2-17, Ann. 3-5/ Sil. 4-81〜/ Sid. Apoll. Carm. 7-552/ Steph. Byz/ etc.

ティーキーヌム　Ticinum,（ギ）Tikinon, Τίκινον
⇒ティーキーヌス

ディクタートル（独裁官）　Dictator,（ギ）Diktātōr, Δικτάτωρ,（仏）Dictateur,（独）Diktator,（伊）Dittatóre,（西）Dictador,（葡）Ditador,（露）Диктатор

ローマ共和政期、非常時にのみ設けられた最高官職。1名。任期は当初6ヵ月。軍事および司法の至上権を握り、全官職はその下に服する。国家の危機が過ぎ去れば、その職を退く決まりであった（例えば、前5世紀のキンキンナートゥス*は、わずか16日間で最高権力を返上し、もとの質素な田園生活に戻っている）。伝承では、この職は前501年に創始され、次いで前496年レーギッルス*湖畔の戦いでアウルス・ポストゥミウス・アルビーヌス A. Postumius Albinus が任命されたというが、実際には前430年頃、ラティーニー*人らイタリア諸都市国家にあった同名の最高官職を真似て設けられたものと考えられる。キンキンナートゥスのほか、カミッルス*やT. マーンリウス・トルクァートゥス❶*、Q. ファビウス・マクシムス・クンクタートル*らが名高い。執政官によって指名され、その行動に関しては何ら拘束を受けず、いかなる提訴もされることはなかった。補佐官として「騎兵総監 Magister Equitum」を任命し、これにローマ市内や戦場においてインペリウム imperium（命令権）を代行させることもあった。ディクタートルは24名の先駆警吏をともない、彼らの捧持する束桿にはローマ市内でも斧（生殺与奪権の象徴）が取り付けられていた。のちには選挙・祭典などの政治的・宗教的任務も担当するようになり、第2次ポエニー戦争*中の前216年以降は民会によって選出されることとなった。前202年以来120年ぶりにスッラ*は、危殆に瀕した国家を救うためと称して独裁官職を復活（前82）、無期限で任命されたものの、3年間在職したあと引退した（前79）。ユーリウス・カエサル*（在職・前49、前48、前46、前44）も終身ディクタートル Dictator Perpetuus となり（前44）、君主政に後一歩というところまで近づくが、その死後アントーニウス*の動議で独裁官制度は廃止され（前44）、アウグストゥス*もこの職を受けることを拒絶した。
⇒マギストラートゥス
Liv. 1-23, 2-18, 7-3, 8-16/ Cic. Rep. 1-40, 2-32, Leg. 3-9, Off. 3-31/ Plut. Cam. 18, Marc. 24, Sull. 34, Caes. 37, 57, Ant. 8/ Suet. Iul. 9, 76/ Varro Ling. 5-82/ etc.

ディクテー（山）　Dikte, Δίκτη, Dicte,（仏）Dicté

（現・Díkti, Modi とも）クレーター*（クレーテー*）島東部の山。ギリシアの主神ゼウス*生誕の地として名高い。諸説あるが、通常今日のラシティ Lassithi 高原の主峰（標高2148m）に比定され、中腹にはレアー*が夫クロノス*の目を忍んでゼウスを出産したという「ディクテーの洞窟」（現・Diktéo Ándro）なる礼拝所跡が残っており、エーゲ海文明*（ミーノース*文化）時代以来の祭壇や青銅製の小像、両刃の斧 labrys などが発見されている。
⇒イーダー（イーデー）❷
Strab. 10-472, -475, -479/ Nonn. 13-24/ Plin. N. H. 24-102/ Diod. 5-70/ Dion. Hal. 2-61/ Apollod. 1-1/ etc.

ディクテュス　Diktys, Δίκτυς, Dictys,（伊）Ditti,（西）Dictis

（「網」の意）ギリシア伝説中、セリーポス*王ポリュデクテース*の兄弟。箱に閉じ込められて漂着したダナエー*とペルセウス*母子を保護した。兄王がメドゥーサ*の首によって石と化したのち、セリーポス島の王位に即いた。エウリーピデース*の作品に今は失われた悲劇『ディクテュス』があった。

なお、同名のクレーター*人ディクテュス（ギ）Diktys ek tēs Krētēs, Δίκτυς ἐκ τῆς Κρήτης,（ラ）Dictys Cretensis は、王イードメネウス*に従ってトロイアー戦争*に出陣したとされ、その日記と称するものが後世に流布。伝承による

と、ネロー*帝の治世に地震でディクテュスの墓が開き（後66）、納められていた日記が牧夫に発見されてローマへもたらされたという。おそらく後2世紀頃の偽作（散逸、ギリシア語）であり、L. セプティミウス Septimius によるラテン訳『トロイア戦争日誌』Ephemeris Belli Troiani（4世紀？）なる作品が現存。プリュギアー*のダレース*とともに、中世ヨーロッパで愛読された。
⇒コイントス（クィントゥス）
Apollod. 1-9, 2-4/ Hyg. Fab. 63/ Stat. Silv. 2-1/ Schol. ad Ap. Rhod. Arg. 4-1091/ Tzetz. ad Lycoph. 838/ etc.

ディクテュンナ　Diktynna, Δίκτυννα, Dictynna,（仏）Dictynne,（伊）Dictinna,（西）Dictina
⇒ブリトマルティス

ティグラーネース（または、ティグラネース）
Tigranes, Τιγράνης,（ラ）ティ（ー）グラーネース Tīgrānēs,（仏）Tigrane
（アルメニア語・Dikran, Tigran）アルメニアー*の諸王の名。
　古くはアカイメネース朝*ペルシア*のキューロス大王*の側近で、メーディアー*王国征服に協力したアルメニアー王子にティグラーネースの名前が見える（前550頃）。次いで同王朝の大王クセルクセース❶*のギリシア遠征（前480～前479）に随行して戦死したアカイメネース朝の王族にも、同名の人物がいたことが知られている。
Herodot. 7-62, 9-96, -102/ Xen. Cyr. 3-1～2, 5-1, 8-3, -4, Hell. 4-8/ etc.

　最も重要なのは、アルタクシアース*朝アルメニアー王国の次の王である（⇒アルメニアー王家巻末系図112～114）。

❶ティグラーネース2世（大王）　T. Ⅱ　（時に1世）（ギ）T. ho Megas, ὁ Μέγας,（ラ）Magnus,（アルメニア語）Tigran Mets, Dikran Medz
（前140頃～前55頃）（在位・前100／96頃～前55頃）。アルメニアー*王アルタウァスデース1世*ないしティグラーネース（時に1世）の息子。パルティアー*人の支援で王位に即くと急激に勢力を拡大、ポントス*の大王ミトリダテース6世*の娘クレオパトラー Kleopatra と結婚して同盟を結び、小アジアに干渉した。パルティアー王国に進攻してメーディアー*やアッシュリアー*、北メソポタミアー*を奪取、次いでシュリアー*やフェニキア*、キリキアー*をも支配下におさめ（前83、⇒アンティオコス10世）、新都ティグラーノケルタ*を建設して30万以上の被征服民をここに移住させ、「諸王の王」を号して勢威を誇った。前69年、ローマ軍に敗れて亡命していたミトリダテース6世の引き渡しを拒んだことから、将軍L. ルークッルス*の侵略を招き、敗北してティグラーノケルタを占領・略奪される。大軍を擁した王ティグラーネースはローマ軍の寡兵なのを見て、「もし使節として来たとすれば多過ぎるが、敵として来たのなら少な過ぎるのう」と嘲笑していたが、20分の1にも足りぬルークッルス勢に破られ、王冠も奪い取られて命からがら逃走した（前69年10月6日）。さらにルークッルスの後任として大ポンペイユス*が出征するに及んで、前66年ローマに降伏し、莫大な償金を支払ってアルメニアー*本土のみの領有を認められた（前65）。冷酷非情な面があったといい、ローマに追われてやって来た岳父ミトリダテースを王宮に入れずに沼地に監禁しておき、のちにはその首に賞金をかけたとされている。クレオパトラーとの間に生まれた3人の息子のうち、上の2人は父の命で処刑されたが、末子小ティグラーネースは父王暗殺を企てて失敗し、パルティアー王国へ逃れてプラアーテース3世*（アルサケース12世*）の王女と結婚、のちポンペイユスの手引きをして父王を投降させたものの、アルメニアー王位が自分に与えられなかったのを不満としてポンペイユスに反抗的な態度をとったため、逮捕されてローマへ送られ凱旋式に引き回された（前61）。なお、大王ティグラーネースは、セレウコス朝*の血統を掃蕩することによりシュリアーの王位を獲得（前83）、野心的な王妃クレオパトラー❻・セレーネー*をも捕らえて殺した（前69）が、間もなくローマに亡命していた彼女の子アンティオコス13世*が帰還し、セレウコス朝シュリアー最後の王となっている（前69～前64）。
⇒アルサケース12世（プラアーテース3世）
Plut. Luc. 14～35, Pomp. 28～33, 45, 48/ App. Mith. 15, 67, 85～, 104～105, Syr. 48～/ Dio Cass. 35-3～8, -14～15, 36-33～36, 37-5～6, 40-16/ Liv. Epit. 98/ Just. 40-1/ Strab. 11-532/ Eutrop. 6-9/ Oros. 6-3/ etc.

❷3世　T. Ⅲ　（時に2世）
（在位・前20～前7年頃）❶の孫。アルタウァスデース*（アルタバゾス*）1世（2世）*の子。ローマの将M. アントーニウス*に捕らえられてエジプトへ送られたのち、何年も

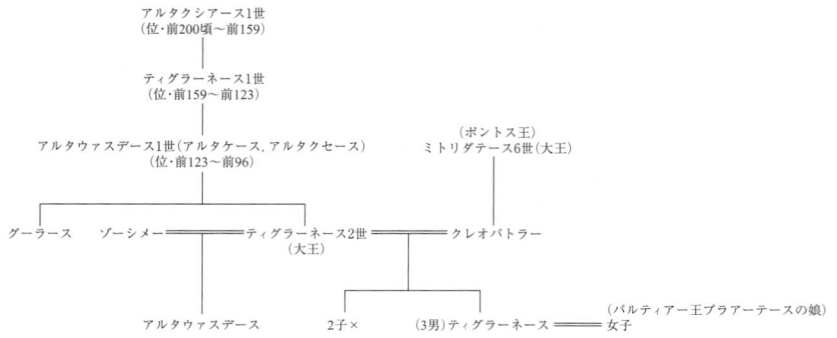

系図241　ティグラーネース（または、ティグラネース）

ローマで生活した。兄のアルタクシアース2世＊が親族の陰謀で殺された（前20）のち、ローマ皇帝アウグストゥス＊によってアルメニアー＊王位に据えられ、ティベリウス＊の手から王冠を授かった。

Tac. Ann. 2-3/ Res Gestae 27/ Dio Cass. 54-9/ Suet. Tib. 9/ Joseph. J. A. 15/ Vell. Pat. 2-94/ etc.

❸4世 T. IV （時に3世）

（在位・前7頃〜後1頃）❷の子。実の姉妹エラトー Erato と結婚し、王座を共有した。ローマによって位を追われるが、間もなくローマが任命した国王候補者が殺害されたため復位した。彼が戦死したのち、エラトーはいったん退位したが再度擁立され、ほどなくしてまた追放されたという（アルタクシアース＊朝の終焉）。同時期にローマ側から、アルタウァスデース2世＊やアリオバルザネース＊らが王に指名されている。彼女の廃位後、しばらくアルメニアー＊の政情は混乱し、空位期間を経て王座は、パルティアー＊を追われたウォノーネース1世＊の掌中に帰し（後12）、新たにアルサケース＊朝が始まることとなった。

Tac. Ann. 2-3〜4/ Dio Cass. 55-10/ etc.

❹5世 T. V （時に4世）

（在位・後6〜後10頃）ユダヤの王ヘーローデース1世＊（ヘロデ大王）の孫（⇒巻末系図026）。アウグストゥス＊によってアルメニアー＊王とされたが、やがて廃された。のちローマ第2代皇帝ティベリウス＊の恐怖政治下に処刑された（36）。彼はカッパドキアー＊王アルケラーオス＊の外孫にも当たり、おそらく母系を通じてアルメニアー王家の血を引いていたものと思われる。

⇒巻末系図032, 112

Tac. Ann. 6-40/ Joseph. J. A. 18/ Mon. Anc./ etc.

❺6世 T. VI

（在位・後60頃〜後62頃）❹の甥。カッパドキアー＊王アルケラーオス＊の曾孫に当たる。アルサケース＊朝のティーリダテース1世＊に代わってアルメニアー王に擁立されるが、間もなくパルティアー＊王ウォロゲーセース1世＊（アルサケース23世＊）の軍と交戦して、都ティグラーノケルタ＊に包囲された（⇒コルブロー）。その結果、彼は廃位され、アルメニアーの王冠はネロー＊帝によって再びティーリダテースに授けられた。

⇒巻末系図032, 112

Tac. Ann. 14-26, 15-1〜6, -24/ Dio Cass. 62-20/ etc.

ティグラーノケルタ Tigranokerta, Τιγρανόκερτα (Τιγρανοκέρτα), Tigranocerta, （仏）Tigranocerte, （露）Тигранакерт, （アルメニア語）Tigranakert, Dikranagerd

（現・Silvan）メソポタミアー＊北部の市。前1世紀の初頭にアルメニアー＊の大王ティグラーネース2世＊の手でヘレニズム風都市として建設され、大王によって征服されたキリキアー＊やカッパドキアー＊他周辺地域の住民が強制移住させられた。前69年、ミトリダテース大王＊（ティグラーネースの岳父）を追ってアルメニアーへ侵攻したローマの将軍L. ルークッルス＊により包囲され、ギリシア系住民の反乱が市内に起こり、彼らがルークッルスに都市を明け渡したため陥落、ローマ兵により略奪された（10月6日）。ルークッルスは宝庫にあった財物のほか、8千タラントンの貨幣など夥しい戦利品を手に入れ、無理やり居住させられていた人々に旅費を与えて帰国させた。その後も要塞都市として重要な位置を占め、アルメニアーの宗主権をめぐってローマ帝国とパルティアー＊、サーサーン朝＊ペルシアの争奪戦の的となった（⇒コルブロー）。後4世紀にサーサーン朝に破壊されるが、5世紀には殉教者を祀るキリスト教都市マルテュロポリス Martyropolis, Μαρτυρόπολις として再興され、ペルシア支配下にゾロアスター＊教に改宗することを拒んで殺された人々の遺骨を祀らた。

⇒アルタクサタ、ニシビス

Plut. Luc. 25〜29/ Strab. 11-522, -532, 12-539, 16-747/ Tac. Ann. 12-50, 14-23〜24, 15-4〜8/ Plin. N. H. 6-10/ App. Mith. 67/ etc.

ティグリス（河） Tigris, Τίγρις, (Tigrēs, Τίγρης), （仏）（葡）Tigre, （伊）Tigri, （露）Тигр, （現ギリシア語）Tígris

（現・〈アラビア語〉）Shatt Dijla, 〈ペルシア語〉Dijle, Dijile, 〈古ヘブライ語〉Ḥîddeqel, 〈トルコ語〉Dicle）（旧称・〈シュメル語〉Idigna, 〈アッカド語〉Idiqlat, 〈古代ペルシア語〉Tigrā, 〈中世ペルシア語〉Tigr, 〈シリア語〉Deqlat, 〈アラム語〉Diglath）西南アジアの大河。アルメニアー＊山中に源を発し、いくつかの支流を併せて東南に流れ、ペルシア湾に注ぐ。全長約1900km。その名称は古代ペルシア語で「矢」を意味し、流れの速いことに由来するという。中・下流では西のエウプラーテース＊（ユーフラテス）河と並走して豊沃なメソポタミアー＊地方を形成し、前4千年紀以来エジプトとともに世界最古の文明を開花させた。古代において両河は運河網で結ばれ、広く灌漑されて幾多の国家がその地に興亡を繰り返した。ティグリス河沿岸にはアッシュリアー＊の古都ニネヴェ Nineveh（ニノス＊）やアッシュール Ashur、セレウケイア❶＊、クテーシポーン＊などの諸市が繁栄した。ローマ帝政期には、おおむねこの河がローマとパルティアー＊との国境とされていた。なおヨーロッパ諸語で「虎」を意味する語（ギリシア・ラテン語ともティグリス tigris、〈英〉タイガー tiger、〈仏〉〈伊〉〈西〉tigre、〈独〉Tiger…….）も、河と同じく素速い動きを指すペルシア語 tigra に語源を発している。

⇒バビュローニアー

Herodot. 1-189, -193, 2-150, 5-52, 6-20/ Plin. N. H. 6-31/ Strab. 11-521, 16-746〜/ Mela 1-11, 3-8/ Just. 42-3/ Xen. An. 2-2, -4/ Arr. Anab. 7-7/ Curtius 5-3/ Ptol. Geog. 5-13/ Diod. 17-67/ etc.

ディケー Dike, Δίκη, Dice, （仏）Dicé, Diké, （伊）Diche, （西）（葡）Diké, （露）Дике, （ラ）ユースティティア Justitia

「正義」を擬人化した女神。ホーライ＊の1人で、ゼウ

ス*とテミス*（またはアイドースAidos「慎み」）の娘。黄金時代には人間とともに住んでいたが、人類が堕落しその悪が大となるにつれて、やむなく天上に戻り「乙女座（ラ）Virgo」となった。アストライアー*とも呼ばれ、ローマのユースティティア*に相当する。

Hes. Th. 902, Op. 256～/ Aratus Phaen. 96～/ Ov. Met. 1-149～150/ Pind. Pyth. 8-1/ Paus. 5-18/ Hyg. Poet. Astr. 2-25/ Eratosth. Cat. 9/ Juv. 6-19～/ etc.

ティゲッリーヌス　Gaius Ofonius (Ophonius, Sophonius) Tigellinus, （ギ）Gaïos Tigellinos, Γάϊος Τιγελλῖνος, （仏）Tigellin, （伊）Tigellino, （葡）Tigelino, （露）Тигеллин

（後15頃～後69年1月）ネロー*帝の寵臣。皇帝の恐怖政治を煽り立てた貪欲・残忍な奸臣として悪名高い。アグリゲントゥム*に生まれ、放埓な少年時代を過ごしたのち、美貌のゆえにカリグラ*帝の妹たち・小アグリッピーナ*（ネローの母）やユーリア❼*と密通したため、カリグラの命令で追放される（39）。魚売りや馬の飼育を営むかたわら、不正な遺産相続（3人の伯父をトリカブトで毒殺して財産を横領したという）を通じて蓄財し、ネローの知遇を得てその快楽に奉仕するようになる。警備隊長官を経て、62年ブルス*亡き後の近衛軍司令官に抜擢されると、叛逆罪を復活させ皇帝の爪牙として暗躍。ルベッリウス・プラウトゥス*、ファウストゥス・スッラ❷*ら帝室の親族をはじめ、C. ピーソー*やペトローニウス*等々、大勢の上流人士を次々と破滅に追いやった。ネローの男色相手もつとめ、皇后オクターウィア❷*の姦通を捏造しようと彼女の侍女を拷問にかけた折には、その中の1人から「オクターウィア様の女陰は汝の口よりずっと清らかです！」と罵倒されている —— ティゲッリーヌスが吸茎者 fellator たる事実を揶揄した科白である —— 。つねに君側にあって、新皇后ポッパエア*とともにネローの悪業を助長し、64年にはカンプス・マールティウス*のアグリッパ池で華麗かつ淫靡きわまりない大饗宴を開催、さらに皇帝にとり入るべくローマに放火したと取り沙汰された。翌65年ピーソーの陰謀事件処断の功績により凱旋式顕章を授与され、ポッパエアの死後はネローの婚礼で「花嫁」美少年スポルス*の父親役を買って出ている（67）。皇帝の愛顧を蒙って権勢を恣にしたにもかかわらず、ネローの没時には逸早く主人を見捨て（68）、新帝ガルバ*の側近T. ウィーニウス*に贈賄して命拾いをする。しかし、民衆の憎悪は烈しく、次に立ったオトー*帝に死刑を宣告され、進退きわまったティゲッリーヌスは不治の労咳に冒されつつも、未練がましい躊躇の末にシヌエッサ*の別荘で咽喉をかき切って自殺したという。

⇒アンナエウス・メラ、ニュンピディウス

Tac. Ann. 14-48, -51, -57, 15-37, -40, -50, -58～, -72, 16-14, -17～20, Hist. 1-72/ Plut. Galb. 2, 13, 17, 19, 23, 29, Oth. 2/ Suet. Galb. 15/ Dio Cass. 62-13, -15, -27～28, 63-11～13, -21, 64-3/ Juv. 1-158～/ Schol. ad Juv. 1-155/ etc.

ティゲリーヌス　Tigellinus
⇒ティゲッリーヌス

ティゲルリーヌス　Tigellinus
⇒ティゲッリーヌス

ティーサメノス　Tisamenos, Τισαμενός, Tisamenus, （仏）Tisamène, （伊）Tisameno, （葡）Tisâmeno, （露）Тисамен, （現ギリシア語）Tisamenós

ギリシア古伝中の男性名。「報復者」の意。

❶オレステース*とヘルミオネー*の子。父の死後、ミュケーナイ*、アルゴス*、スパルター*を支配していたが、ヘーラクレイダイ*（ヘーラクレース*の後裔）一族のペロポンネーソス*半島帰還に際して、彼ら侵略軍と戦って敗死した。あるいは、敗れて同半島北部のアカーイアー*へ退去し、この地でイオーニアー*人と戦って死んだ。壮大な葬礼が営まれ、のち遺骨は神託によってスパルター*へ移されたという。彼の死によってペロプス*家 Pelopidai の王統は断絶した。

Apollod. 2-8, Epit. 6/ Hyg. Fab. 124/ Paus. 2-18, 7-1, -6/

系図242　ティーサメノス❶

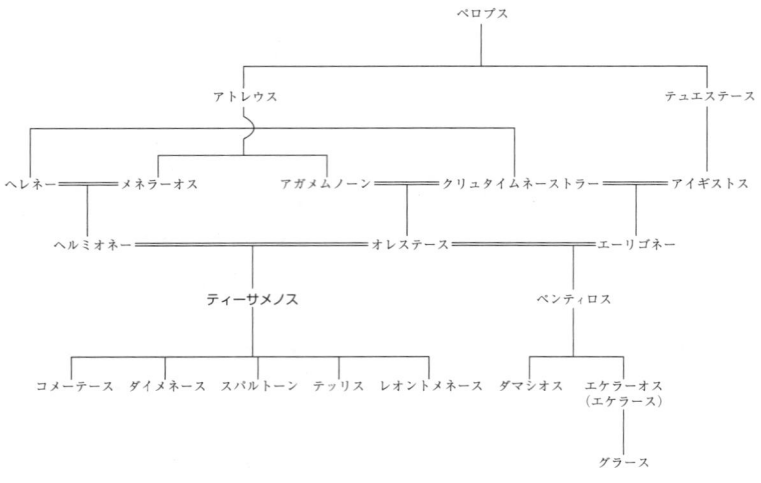

Vell. Pat. 1-1/ Schol. ad Eur. Or. 1654/ etc.

❷テーバイ❶*の王。オイディプース*の曾孫。父はエピゴノイ*の1人テルサンドロス*。子のアウテシオーン Autesion は、神託によってヘーラクレイダイ*（ヘーラクレース*の末裔）の許(もと)へ赴き、彼らドーリス*人のペロポンネーソス*半島侵略に加わった。
Paus. 3-15, 9-5/ Herod. 4-147/ etc.

テイシプォネー（ティーシプォネー） Teisiphone
（Tisiphone）
⇒エリーニュエス

ティーシポネー（または、テイシポネー） Tisiphone, Τισιφόνη,（Teisiphone, Τεισιφόνη, Tisiphone）
（「殺人の復讐をする女」の意）
⇒エリーニュエス

ディース（・パテル） Dis (Pater), Dispater,（伊）Dite
ローマの冥界の神。ディーウェス Dives（「富める者」の意）の縮約形といわれる。ギリシアのハーデース*＝プルートーン*に相当する。ディースとプローセルピナ*の崇拝は、第2次ポエニー戦争*中の前249年、シビュッラ*（シビュッレー*）の予言書に従って公に始められた。ディースはエトルーリア*起源の死の神オルクス*やフェブルウス Februus（2月＝フェブルアーリウス Februarius 月の神）とも同一視され、のちには単なる冥府の代名詞としても用いられた。
Cic. Nat. D. 2-26/ Verg. Aen. 6-127/ Varro Ling. 5-66/ Tac. Hist. 4-84/ etc.

ティスベー Thisbe, Θίσβη,（仏）Thisbé
⇒ピューラモスとティスベー

ティーターニス Titanis, Τιτανίς,（英）Titaness,（仏）Titanide,（〈複〉ティーターニデス Titanides, Τιτανίδες）
ギリシア神話中、巨神族ティーターン*たちの姉妹。同項を参照。

ティーターノマキアー Titanomakhia, Τιτανομαχία, Titanomachia,（英）Titanomachy,（仏）（独）Titanomachie,（西）（葡）Titanomaquia,（露）Титаномахия,（現ギリシア語）Titanomahía
ギリシア神話中、ティーターン*神族とオリュンポス*神族との10年間にわたる戦争。ガイア*（大地）の助言で、地底に閉じこめられているキュクローペス*（キュクロープス*たち）とヘカトンケイレス*（ヘカトンケイル*たち）を救い出して味方につけたゼウス*たちオリュンポス神族の勝利に終わり、オーケアノス*、プロメーテウス*ら少数の例外を除いて、ティーターンたちはタルタロス*（奈落）の奥に幽閉された。この戦いはテッサリアー*を舞台に繰り広げられ、ゼウスらはオリュンポス山に、巨神族はオトリュス Othrys, Ὄθρυς（現・Óthris）山に陣取ったと伝えられる。古代においてすでに、神々と巨人族ギガンテス*との戦争ギガントマキアー*と混同されている。

この戦いをうたった叙事詩『ティーターノマキアー』（前8世紀中頃）は散逸して伝わらない。
Hes. Th. 617～/ Diod. 1-97/ Apollod. 1-1/ Ath. 7-277d/ Pind. Pyth. 4-291/ Hyg. Fab. 150/ etc.

デーイダメイア Deïdameia, Δηϊδάμεια, Deidamia, Deidamea,（仏）Déidamie,（露）Деидамия
スキューロス*島の王リュコメーデース*の娘。アキッレウス*が女装して王宮に匿(かくま)われている間に、英雄と交わり、彼がトロイアー*へ出陣したのち、1子ネオプトレモス*を出産した。

この他、ベッレロポーン*の娘でサルペードーン*の母となったデーイダメイアや、テーセウス*の親友ペイリトオス*の妻のデーイダメイアらの名前が知られている。

系図243　ティーサメノス❷

```
オイディプース                    アドラストス（アルゴス王）
     │                                │
エテオクレース  ポリュネイケース══アルゲイアー        アンピアラーオス
                      │                           （予言者）
     ┌──────┬──────┬──────┐                    │
アラストール ティーメアース アドラストス テルサンドロス══デーモーナッサ
                                              │
        ヘーラクレース                    ティーサメノス
            │                                │
〔ヘーラクレイダイ〕アリストマコス           アウテシオーン
     ┌─────┬─────┐                    │
テーメノス クレスポンテース アリストデーモス══アルゲイアー  テーラース
   ↓        ↓              │                （テーラー島の名祖）
（アルゴス王家）（メッセーネー王家） プロクレース エウリュステネース  オイオリュコス
                              （スパルター両王家の祖）    │
                                                    アイゲウス
                                                 （アイゲイダイ家の祖）
                                                        │
                                                    アイサニアース
                                                        │
                                                    グリーンノス
                                                  （テーラー王家）
```

Apollod. 3-13/ Diod. 5-79/ Plut. Thes. 30/ etc.

ティーターン（神族）　Titan, Τιτάν,〈独〉Titan(e),〈伊〉Titano,〈西〉Titán,〈葡〉Titã,〈露〉Титан,〈複〉ティーターネス Titanes, Τιτᾶνες,〈ラ〉Titani,〈英〉〈仏〉Titans〈独〉Titanen,〈伊〉Titani,〈西〉Titanes,〈葡〉Titãs,〈露〉Титаны), 女性形・ティーターニス* Titanis, Τιτανίς,（〈複〉ティーターニデス Titanides, Τιτανίδες)

ウーラノス*（天空）とガイア*（大地）から生まれた巨神族。したがってキュクロープス*（キュクロープス*たち）やヘカトンケイレス*（ヘカトンケイル*たち）の兄弟姉妹。ふつう男神はオーケアノス*、コイオス*、クレイオス*（クリーオス Krios）、ヒュペリーオーン*、イーアペトス*、クロノス*の6柱。女神はテイアー*、レアー*、テミス*、ムネーモシュネー*、ポイベー*、テーテュース*の6柱だが、ディオーネー*がこれに加えられることもある（⇒巻末系図002）。父ウーラノスが子供たちを母ガイアの奥深くに幽閉したので、ガイアは末子クロノスに大鎌 harpe（ハルペー）を与え、ウーラノスの性器を切り落とさせた（一説にはオーケアノスを除く全員が父ウーラノスに反抗して立ち上がったともいう）。そのおり大地に滴った血からエリーニュス*（復讐の女神）たち、巨人ギガース*たち、およびメリアス*たちが生まれ、海に落ちた男根の周囲に集まる泡から女神アプロディーテー*が誕生した。クロノスは父に代って世界の支配者となり、姉妹のレアーと結婚。キュクロープスとヘカトンケイレスを奈落タルタロス*に投じた。しかしウーラノスとガイアが、「クロノスも自らの子によって支配権を奪われるであろう」と予言したので、レアーの産んだ子供たち ── ヘスティアー*、デーメーテール*、ヘーラー*の3女とハーデース*、ポセイドーン*の2男 ── を次々と呑みこんでしまった。慣ったレアーはゼウス*をみごもるとクレーター*（クレーテー*）島で秘かに出産し、赤児の代りに石を襁褓（むつき）でくるんでクロノスに呑みこませた。成長したゼウスは、女神メーティス*（知恵）の計により、クロノスに薬を飲ませて腹中の子供らを吐き出させることに成功。これら兄弟たちと力を合わせて、ティーターン神族と交戦し、10年におよぶ戦争ののち、ガイアの進言に従いタルタロスからキュクロープスとヘカトンケイレスを解放して味方につけ、ついに勝利を得た。この戦争をティーターノマキアー*という。敗れたティーターンたちは、タルタロスに投獄され、ヘカトンケイレスがその見張りについた。なおティーターンという呼称は、クロノスの兄弟のみならず、彼らの子孫たるプロメーテウス*やアトラース*、ヘーリオス*、レートー*、セレーネー*、ヘカテー*また海神ポルキュス*らにも用いられることがある。

ティーターン神族の名前については、以上に挙げた他、異説も若干伝わるが、いずれにせよギリシア人が先住民族ペラスゴイ*から継承した神々に、抽象概念を擬人化した神格（「掟」テミスや「記憶」ムネーモシュネー）を加えて作り上げたものである。

なおまた、ティーターンを全人類の祖先とする伝承もあり、一説にゼウスはのちに彼らをタルタロスから解放してエーリュシオン*へ配したという。その他、クレーター島のクノーソス*に住んでいたティーターン族はゼウスに敵対したため、牧羊神パーン*によって放逐されたとも伝えられる。

ティーターンの名前は比喩的に巨大な人や学界・芸術界・政界などにおける巨匠・大立物を表わすのに用いられ、「巨大な」を意味する形容詞（英）Titanesque, Titanic,（仏）titanesque,（独）titanisch,（伊）titanico,……を派生。近代に入ると土星の衛星の1つや、金属元素の1つ（チタン）に Titan の呼称が与えられている。
⇒ザグレウス

Hes. Th. 132～208, 531～, 630～/ Apollod. 1-1/ Pind. Pyth. 4-292/ Hom. Il. 5-898, 15-224～/ Aesch. P. V. 201～/ Hyg. Fab. praef. 3/ Verg. Aen. 4-119/ Ov. Met. 1-10, 2-118, 6-438, Fast. 3-797/ Diod. 3-57, 5-66/ etc.

低地ゲルマーニア　Germania Inferior
⇒ゲルマーニア・イーンフェリオル

ティッサペルネース　Tissaphernes, Τισσαφέρνης,（または、ティサペルネース Tisaphernes, Τισαφέρνης),（仏）Tissaphernès,（古代ペルシア語）Čiθrafarnah,（ペルシア語）Tisafern

（前5世紀後期～前395）アカイメネース朝*ペルシア*の将軍。名門貴族の出身で、前413年に小アジア西岸イオーニアー*地方の太守 Satrapes（サトラペース）に任命され、ペロポンネーソス戦争*に介入（⇒アルキビアデース）、スパルター*を援けると見せて実際にはアテーナイ*・スパルター双方を絶えず対立させて疲弊させる政策をとる。その後、兄弟のテーリトゥークメース Teritukhmes, がダーレイオス2世*に陰

系図244　ティーターン（神族）

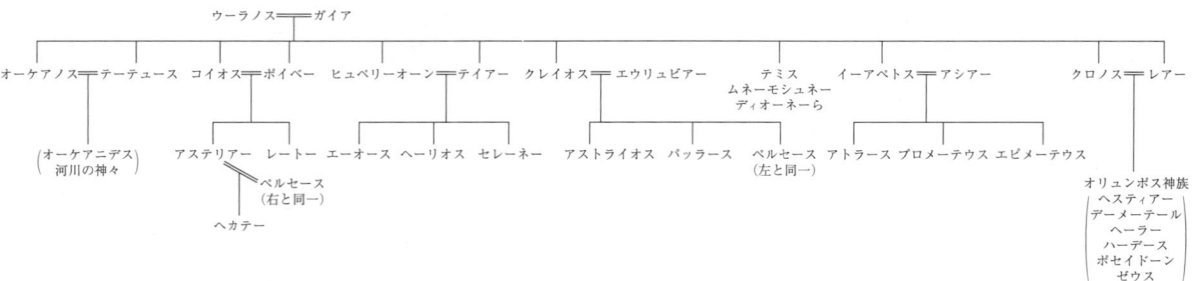

謀を企てたため、彼も王子・小キューロス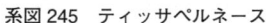*にその地位を取って替わられ、カーリアー*へ追いやられた（前408）。アルタクセルクセース2世*の登極に際して、小キューロスの陰謀を通報したことから、小キューロスおよび母后パリュサティス❶*の憎しみを買うようになる。前401年、小キューロスが兄王に対して叛旗を翻した時には、逸早く王宮へ注進に及び、クーナクサ*の決戦では、攻め上った小キューロス軍を撃破した（⇒クセノポーン）。そして、退却する小キューロス麾下のギリシア傭兵軍を、無事送還するかに装って、その隊長たちを陣内へ招き寄せると、逮捕したうえ斬殺した。この功績により再び小アジア属州の太守に返り咲き、強大な権力を掌中に納めるが、翌前400年以来スパルターの攻撃にさらされ続け、ついにサルデイス*近郊でスパルター王アゲーシラーオス2世*に大敗を喫する（前395）。この機をとらえてパリュサティスは、アルタクセルクセースに彼を誹謗し、謀殺させることに成功した。史家のディオドーロス*らによれば、ティッサペルネースは入浴中に襲われて刎首され、その首級は大王アルタクセルクセースの許へ届けられ、大王から生首を送られた母后パリュサティスは復讐を遂げたことに狂喜したという。

⇒パルナバゾス

Thuc. 8-5～6, -16～, -25～, -35～, -43～, -78～, -108/ Xen. Hell. 1-1～5, 3-1～4, An. 1～/ Plut. Alc., Art., Ages./ Nep. Conon 2～, Agesilaus 2～/ Diod. 14-23, -26～27, -80/ Ath. 11-505a/ Polyaenus 7-16/ etc.

ディーディウス・ユーリアーヌス　Marcus Didius Commodus Severus Julianus, （ギ）Didios Iulianos, Δίδιος Ἰουλιανός, （伊）Didio Giuliano, （西）Didio Juliano, （露）Дидий Юлиан

前名・M. Didius Salvius Julianus（後133年1月30日～193年6月2日）ローマ皇帝（在位・193年3月28日～6月1日）。著名な法学者サルウィウス・ユーリアーヌス*の親族に当たる。メディオーラーヌム*（現・ミラーノ）を本貫の地とする富裕な元老院議員で、ペルティナークス*（のち皇帝）とともに執政官職を務め（175）、属州アーフリカ*など各地の総督を歴任。182年にはコンモドゥス*帝に対する謀叛に加担したと告訴されるが、ちょうどコンモドゥスが大勢の有力者を殺戮して血に飽きていた時だったため、運よく虎口を脱することができたという。193年ペルティナークス帝を暗殺した近衛軍が帝位を競売に付した際、彼は妻や娘に説き伏せられて兵舎へ赴き、近衛兵1人当たりに2万5千セーステルティウスを贈ると申し出て競争相手のスルピキアーヌス T. Flavius Sulpicianus（ペルティナークスの岳父）との競りに勝ち、即位を認められた。だが登極の初日から、まだ先帝ペルティナークスの死骸の横たわっている宮殿内で、豪華な祝宴を開き賭博に興じるなど放蕩生活を始めて国民の憤慨を招き、ブリタンニア*、イッリュリクム*、シュリア*など属州各地で反乱が勃発。とりわけパンノニア*軍団に擁立された勇将セプティミウス・セウェールス*がイタリアへ進撃するに及んで、帝は近衛軍に見棄てられ、元老院からも廃位と死刑を宣言される。ついに宮殿内の浴室へ引き立てられ、涙ながらの哀願もむなしく一兵卒の手で斬首された（享年満60歳と4ヵ月）。在位わずかに66日間。最期の言葉は「余がどんな悪事を働いたのか？　いったい誰を殺したというのだ？」であったと伝えられる。

彼は大食漢で贅沢な遊蕩貴族とされ、自らコンモドゥスの名を帯びて剣闘士に扮し、マルキア*（コンモドゥスの愛妾）ら暴君暗殺の一味を処刑して、コンモドゥスの名誉回復に努めた。またセプティミウス・セウェールス軍急迫と聞くや、魔術の儀式で多数の少年を生贄に捧げる一方、セウェールスに対して刺客団を放ち、その暗殺に失敗すると

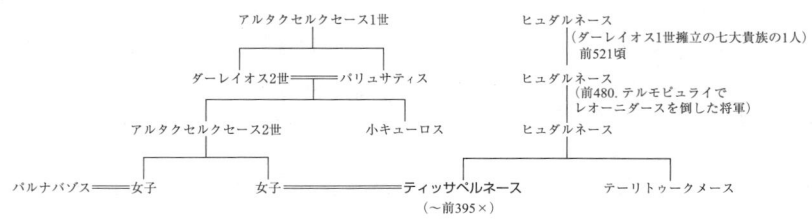

系図245　ティッサペルネース

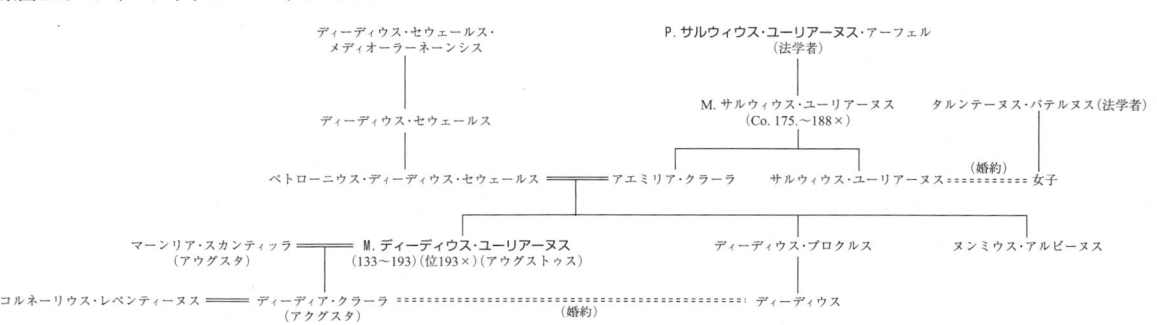

系図246　ディーディウス・ユーリアーヌス

今度は帝権の共有を提案したという。
⇒ペスケンニウス・ニゲル、クローディウス・アルビーヌス、クラウディウス・ポンペイヤーヌス
Herodian. 2-6〜13/ Dio Cass. 73/ S. H. A. Did. Iul./ Eutrop. 8-9/ Aur. Vict. Caes. 19/ Zosimus 1-7/ etc.

ティテュオス　Tityos, Τιτυός, Tityus, （仏）Titye, （伊）Tizio, （西）Ticio, （葡）Tício, （露）Титий

ギリシア神話中、ガイア*（大地）の産んだ巨人（別伝では、ゼウス*とミニュアース*の娘の1人エラレー Elare との間の子）。ヘーラー*に唆されて女神レートー*を犯そうとしたため、ゼウスの雷霆に撃たれたとも、レートーの子供たちアポッローン*とアルテミス*の矢に射殪されたとも、あるいはアルテミスを凌辱しようとして彼女に矢で射殺されたともいわれる。冥界の奥底タルタロス*に落とされ、手足を杭に縛り付けられたまま、絶えず2匹の蛇ないし2羽の禿鷹に肝臓を啄まれるという刑罰を受けているが、いくら貪り喰われても肝臓はすぐさま再生するので、その苦悶は永久に止むことはないという（⇒プロメーテウス）。イクシーオーン*、タンタロス*、シーシュポス*とともに地獄の4大罪人の1人に数えられる。エウボイア*島に彼を祀った祭壇があり、ポーキス*地方にはその巨大な墳墓と称するものが残っていたという。
Hom. Od. 7-321〜, 11-576〜/ Pind. Pyth. 4-90〜/ Apollod. 1-4/ Verg. Aen. 6-595〜/ Ov. Met. 4-457〜/ Hyg. Fab. 55/ Ap. Rhod. 1-759〜/ Strab. 9-423/ etc.

ディデュマ　Didyma, Δίδυμα, （仏）Didymes

（現・Didim または Joran）小アジア西岸、ミーレートス*の南方16kmあまりの地にあったアポッローン*の聖地。ブランキダイ*一族に守られ、デルポイ*と並んで、著名な神託所として栄えたが、前494年アカイメネース朝*ペルシア*軍に破壊され、前480年クセルクセース1世*の命令で、ブランキダイ一門ははるか東方、中央アジアのソグディアネー*へ強制移住させられた。彼らの子孫はのち、アレクサンドロス大王*に虐殺されたものの、アポッローンの神殿はガウガメーラ*における大王の勝利（前331）を予言したことからヘレニズム時代になって、ギリシア世界で第一といわれる規模でディデュマの地に再建された。この神域では、毎年ディデュマイア Didymaia という競技祭が盛大に執り行なわれ（大祭は4年ごと）、ブランキダイ滅亡後、その運営はミーレートス市に引き継がれていった。ローマ時代にハドリアーヌス*帝によって改築・完成されたアポッローン大神殿（118 m × 60 m）の遺跡や浴場、宿泊施設、他の諸神の聖域、ミーレートス方面からの聖道などの址を今も見ることができる。テルマエ*
⇒クラロス
Herodot. 6-19/ Plin. N. H. 5-31/ Strab. 14-634/ Lucian. Alex. 29/ Lactant. Mort. Pers. 11/ Iamb. Myst. 3-11/ Paus. 7-2/ Curtius 7-5/ Steph. Byz./ etc.

ディデュモス　Didymos, Δίδυμος, Didymus, （仏）Didyme, （伊）Didimo, （西）Dídimo, （露）Дидим

（前80／63頃〜前10頃）ギリシアの文献学者・注釈家。アレクサンドレイア❶*の塩魚商人の息子。アリスタルコス❷*の創設した学校に学ぶ。アレクサンドレイアおよびローマにおいて活動し、非常な多作家で、4000作にも上る著述によって、ホメーロス*以下ほぼすべてのギリシア文学に注釈をほどこし、辞書や抜粋・金言集を編纂、文法・綴字法・文学史などの研究を行なった。超人的な勤勉さゆえに「青銅のはらわたをもつ男 Khalkenteros」と渾名され、またあまりに大量の本を執筆したため、以前書いた内容とは矛盾する記述も時折見られたので、「書き物を忘れた男 Bibliolathas」という異名も得た。アピオーン*の師。浩瀚な作品は後代の注釈家やヘーシュキオス*らの辞書編集者によって広く利用されたが、大半が失われてしまいわずかな断片をとどめるのみである。

このほか、音楽研究家のディデュモス（後1世紀中頃？）や、文法学者のディデュモス（後1世紀、〈ラ〉Claudius, Didyms）ら幾人かの同名人物が知られている。
⇒アレイオス・ディデュモス、アポッローニオス❺、ヘルモゲネース❷
Sen. Ep. 88/ Plut. Sol. 1/ Ath. 4-139, 9-371, 11-501/ Macrob. Sat. 5-18/ Ptol. Harm. 2-13〜14/ Stob./ Hesych./ Harp./ Phot./ Suda/ etc.

ディードー　Dido, Διδώ, （仏）Didon, （伊）Didone, （露）Дидона

（「勇敢な女」の意）伝説上のカルターゴー*（アーフリカ*北岸の都市）の創建者、女王。フェニキア*のテュロス*王ベーロス*（メトゲーノス Metogenos、ムットー Mutto など諸説あり）の娘で、本来はエリッサ*と呼ばれていた。叔父に当たる裕福な神官シュカイオス Sykhaios（またはシカルバース Sikharbas,〈ラ〉Sicharbas、アケルバース Akerbas）と結婚するが、父の死後、王位を継いだ彼女の兄弟ピュグマリオーン*が巨富を狙ってシュカイオスを殺したので、ディードーは財宝を船に積み、姉妹アンナ・ペレンナ*や一群の貴族たちとともにテュロスを逃れた。北アフリカに着くと、その地の王イアルバース Iarbas から1頭の牛の皮が覆えるだけの土地を求めて許され、牛皮を細長く切り刻んで、これによって広大な土地を取り囲み、城砦ビュルサ Byrsa（「牛皮」の意）を築いた。これを中心にカルターゴー（「新市」の意）が建設され、大いに繁栄するに至ったが、その富強を嫉んだイアルバースはディードーに求婚し、もし応じなければ都市を攻撃して破壊すると脅した。決して再婚せぬと誓っていた彼女は、3ヵ月の猶予を得ると、亡夫の鎮魂のためと称して火葬壇を築かせたのち、その上に登って自刃し、以来カルターゴーの守護神タニト Tanit として祀られるようになったという。

ウェルギリウス*ら後世のローマ詩人らによると、トロイアー*を脱出したアイネイアース*（アエネーアース*）が

カルターゴーに漂着した時、ディードーと彼は恋に落ち結ばれたが、アイネイアースが神命に従い女王を棄ててイタリアへ出航してしまったため、彼女は火葬壇に身を投じて死んだことになっている（古くはディードーの姉妹アンナが、アイネイアースに恋して自殺したとされていたらしい）。トロイアーの陥落（前1184）とカルターゴーの創建（前853）との間には300年以上の隔たりがあり、この物語が年代上成り立ち得ないことは古代の人々からも指摘されてきたところである。

　ディードーの悲恋と自殺の場面は、もっぱら中世以降の西ヨーロッパ世界で文学や美術、音楽の主題として好んで取り上げられている。

⇒ガエトゥーリア、ガラマンテス

Verg. Aen. 1～4, 6-450～/ Ov. Her. 4/ Just. 18-4～/ Serv. ad Verg. Aen. 1-343, -443, -738, 4-459, -682, 5-4/ Sil. Pun. 1-81/ App. Pun. 1/ Macrob. Sat. 5-17, 6-2/ Eust./ Steph. Byz./ etc.

ティトゥス　Titus Flavius (Sabinus) Vespasianus, （ギ）Titos, Τίτος, （仏）Tite, （伊）（西）Tito, （露）Тит

（後39年12月30日～後81年9月13日）ローマ皇帝（在位・79年6月24日～81年9月13日）。ウェスパシアーヌス*帝の長男。クラウディウス*帝の宮廷で皇子ブリタンニクス*と一緒に育てられ、ブリタンニクスがネロー*帝に毒殺された時（55）、彼も同じ飲物を味わったため重態に陥り、長い間患ったと伝えられる。容姿端麗で学芸に秀で、記憶力は抜群、弁論にも詩歌にも武術にも卓越し、また他人の筆蹟を模倣することに長じていたので、自ら「私なら文書偽造の達人になれるだろう」と語っていた程の腕前であったという。ゲルマーニア*およびブリタンニア*で軍務に就いたのち、財務官（65頃）を経て、67年にはユダヤの反乱（ユダヤ戦争、66～70）鎮圧に当たる父の下で1箇軍団を指揮、武功を立て、父帝の擁立に尽力する（69）。父が即位のためローマへ帰国した後、彼はユダヤ戦争の総指揮を委ねられ、イェルーサレーム*（エルサレム）を包囲・劫掠し、9万7千人のユダヤ人を捕虜にした（70年9月）。しかし、軍隊から「最高司令官」と歓呼され、エジプトで王冠 diadema を戴くなどしたせいで、父帝に対する謀叛を企てているとの噂が立ったため、単身イタリアへ急行して異心なきことを証す。その後、父帝とともに盛大な凱旋式を挙げ（71年6月）、ともに監察官職（73）ならびに7度の執政官職（70、72、74～77、79）を務め、その統治を助けて後継者に指名される。帝位継承までの彼は、男色相手の若者たちや去勢者の一群を蓄えて情欲に耽り、またずっと年長のユダヤの王女ベレニーケー❼*と同棲して度外れに彼女を愛したりしたので放蕩者と見なされていた。さらに収賄や恣意的処刑なども公然と行なったため、強欲かつ冷酷な「第2のネロー」たるべき人物として悪評噴々たるものがあった。ところが、父帝の死後即位するや、不本意ながらベレニーケーをローマから遠ざけ、寵童らとの関係も極力抑制して、後世模範的と謳われる善政を施し、「人類の寵児」とまで称えられるようになる。短い治世（2年2ヵ月と20日間）は、ウェスウィウス*（現・ヴェズーヴィオ）火山の爆発（79年8月24日）や、3日3晩続いたローマの大火、疫病の猖獗（80）など悲惨な大災害に相次いで見舞われたが、私財を投じて罹災者の救出・援護に全力を尽くし、「余は滅ぼされた！」と民の不幸を嘆いたという。「人を殺すくらいなら、自分が死んだ方がよい」と断言して、反逆罪にも死刑を宣告せず、謀叛を企てた者には警告を発するのみで事足れりとし、その母親のもとへは「そなたの息子は無事だ」と報らせて安心させてやった。あまりに気前よく市民の要望に応じたので周囲の者が心配すると、「誰であれ皇帝との謁見から失望して退席するべきではない」と答え、1日中誰にも恩恵を与えなかったことに気付いた宵には、「余は1日を失ってしまった！」という名文句を吐いたと伝えられる。父帝の起工した大円形闘技場コロッセーウム*を80年に奉献し、ティトゥス浴場も完成（81）、壮大な剣闘士試合や模擬海戦、たった1日であらゆる種類の動物5千頭（9千頭とも）が殺される前代未聞の野獣狩り（ウェーナーティオー*）などを惜しみなく開催した。たえず陰謀を企てる弟のドミティアーヌス*（次の皇帝）に対しても、「どうか余の差しのべる愛情に答えてくれるように」と懇願、弟を帝位継承者であると常に言明し続けた。しかし、その寛大さが仇となって、熱病にかかった折にドミティアーヌスによって死を早められた ── 「海ウサギ」の毒を盛られたとも、雪を詰めこんだ箱の中に入れられたとも ── という。「余が悔やむことは生涯にただ1つのみだ」という謎めいた言葉を残して、父と同じレアーテ*近郊の別荘 villa で息をひきとる（満41歳）。弟を除く全国民がその死を哀悼し、すぐさま神格化の栄誉が彼に贈られた。ただしティトゥスには、父帝ウェスパシアーヌスを宴席で毒殺したとか、ドミティアーヌスの妻ドミティア・ロンギーナ*との間に不倫な関係を結んでいたという風評もあり、また短命で仆れなかったならば民衆に嫌われる皇帝になっていたであろうとする説も根強い。

⇒巻末系図101

Suet. Tit., Vesp. 3, 23, Dom. 2, 10, 17/ Dio Cass. 66 -1～/ Joseph. J. B. 3～7/ Zonar. 11-18/ Themistius Orat. 9/ etc.

ティトゥス・タティウス　Titus Tatius

⇒タティウス、ティトゥス

ティトゥス・リーウィウス　Titus Livius, （仏）Tite-Live, （伊）（西）Tito Livio, （葡）Tito Lívio, （露）Тит Ливий

⇒リーウィウス

ティートーノス　Tithonos, Τιθωνός, Tithonus, （仏）Tithon, （伊）Titone, （西）（葡）Titono, （露）Титон, Тифон, （現ギリシア語）Tithonós

ギリシア神話中、トロイアー*王ラーオメドーン*の息

子。プリアモス*の兄。美男子だったので曙の女神エーオース*に愛されて、東方の果てにある彼女の宮殿へ連れ去られ、2人の間にメムノーン*らが生まれた。エーオースは大神ゼウス*に願ってティートーノスを不死にしてもらったが、同時に永遠の若さを乞うのを忘れたために、彼は次第に老衰したあげく、女神によって一室に閉じこめられ、ついに蝉に姿を変えられたという（⇒シビュッレー）。彼の息子たちのうちエーマティオーン Emathion は、ヘスペリデス*の園へ向かうヘーラクレース*（第11の功業）と闘って殺され、メムノーンはトロイアー戦争*でアキッレウス*に討ち取られた。

Hom. Il. 11-1～, 20-237, Od. 5-1～2/ Hes. Th. 984/ Apollod. 3-12/ Eur. Tro. 847～/ Hyg. Fab. 270/ Ar. Ach. 688/ Diod. 3-67, 4-75/ Serv. ad Verg. G. 1-447, 3-48, -328/ Hymn. Hom. Ven. 218～/ Tzetz. ad Lycoph. 18/ etc.

デイナルコス　Deinarkhos, Δείναρχος, D(e)inarchus, （英）Dinarch, Dinarchus, （仏）Dinarque, （独）Deinarchos, （伊）（西）Dinarco, （現ギリシア語）Dhinarhos

（前361頃～前291頃）年代および技倆の点で、アッティケー*（アッティカ*）十大雄弁家*の末席に置かれる人。コリントス*に生まれ、アテーナイ*でテオプラストス*に学ぶ。ハルパロス*事件でデーモステネース❷*弾劾演説を起草して名を挙げ（前324）、在留外国人（メトイコス*）として法廷弁論を代作しては金と評判を勝ち得た。アレクサンドロス大王*の死後、寡頭政下のアテーナイ（前322～前307）に活躍。当時、傑出した雄弁家はたいがい処刑されるか追放されていたので、マケドニアー*の庇護下に彼の名声は絶頂に達した。しかるに前307年、デーメートリオス1世*ポリオルケーテース（アンティゴノス1世*の子）の占領下に民主政が回復した時、死刑を宣告され、処刑を逃れてエウボイア*島のカルキス*に亡命。15年後の前292年、テオプラストスのとりなしによってアテーナイへ戻ったが、ほどなく没した。その演説60ないし61篇中、現存するのはハルパロス事件に関する3篇のみである。デーモステネースらを模倣したその文体は、独創性に欠け、この時代からアテーナイ弁論術は衰頽の色をあらわしはじめた。

Plut. Mor. 843～850, Dem. 31/ Cic. De Or. 2-23(94), Brut. 9/ Dion. Hal. Dinarchus/ Phot. Bibl./ Suda/ etc.

デイノカレース　Deinochares
⇒デイノクラテース

系図247　ティートーノス

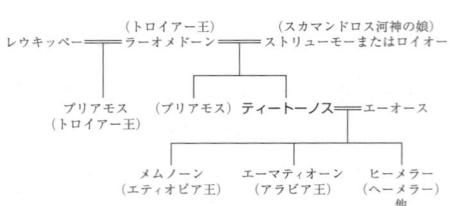

デイノクラテース　Deinokrates, Δεινοκράτης, Dinocrates, （仏）（伊）Dinocrate, （独）Dinokrates

（前4世紀後半～前3世紀前半）ロドス*島出身の大建築家。アレクサンドロス大王*に仕え、エジプトのアレクサンドレイア❶*創建に際して、整然たる都市計画を立案（前331）、また前323年には、大王の念友ヘーパイスティオーン*の壮麗な廟墓（1辺184 m、地上60 m、7段の階層式）をバビュローン*に造営した。さらに、ヘーロストラトス*によって焼かれたエペソス*のアルテミス*大神殿を再建したほか、アトース*山全体を彫刻してアレクサンドロスの巨像を造るという途方もない計画をも立てている。彼は美貌と逞しい肉体の持ち主であったため、全裸になりヘーラクレース*に扮してアレクサンドロスに拝謁したところ、たちまち彼に魅せられた大王のお気に入りとなり高い身分に取り立てられたという。晩年プトレマイオス2世*の妃アルシノエー2世*の神殿建設に着工、天井を磁石で造り鉄製の王妃像を空中に浮かばせる工夫を凝らしたが、死去によって実現を見なかった。なお彼の名はデイノカレース Deinokhares、スタシクラテース Stasikrates、ケイロクラテース Kheirokrates、等々、著述家によってさまざまに表記されている。

Vitr. De Arch. 1-1, 2 Praef./ Plin. N. H. 5-11, 7-37, 34-42/ Plut. Alex. 72, Mor. 335c/ Strab. 14-640～641/ Diod. 17-52, -115/ etc.

ディーピロス　Diphilos, Δίφιλος, Diphilus, （仏）Diphile, （伊）Difilo, （西）Dífilo

（前350頃～前263頃）ギリシアの後期喜劇（新喜劇）詩人。ピレーモーン*、メナンドロス*と並称される新喜劇の代表的作者。黒海沿岸シノーペー*の出身。生涯の大半をアテーナイ*で過ごしたのち、スミュルナー*において長逝。アテーナイでは機智に富んだ名妓（タイラー*）グナタイナ Gnathaina と浮名を流し、嫉妬心から作品の中で彼女をからかうこともあったという。およそ100篇の喜劇を上演し、自らも俳優として舞台に立ったが、60余篇の題名と相当数の断片のみ現存。文体は簡素かつ優美で、その題材は、神話伝説を戯化したものや、サッポー*とアルキロコス*、ヒッポーナクス*の三角関係を想定したもの、少年愛者たちを主人公にしたもの等々、多岐にわたっている。ローマの喜劇作家プラウトゥス*によって少なくとも3篇の戯曲が翻案されており（Casina, Rudens, Vidularia など）、テレンティウス*もまた作中に彼の喜劇の一場面を引用している（Adelphoe 中の幼児誘拐の場面）。

⇒アポッロドーロス❷（カリュストスの）

Ath. 9-401, 11-487, 13-579～, -583～, 15-700/ Strab. 12-546/ Anon. De Com. 30, 31/ Suda/ etc.

ティブッルス Albius Tibullus, （仏）Tibulle, （独）Tibull, （伊）Tibullo, （西）Tibulo, （露）Тибулл（前55／48頃～前19）ローマのアウグストゥス*時代の詩人。ラティウム*の富裕な騎士身分（エクィテース*）の出身。カエサル*暗殺（前44）後の内乱で財産を没収され、ティーブル*（現・ティーヴォリ）とプラエネステ*（現・パレストリーナ）との間ペドゥム Pedum（現・Gallicano）にあった父祖伝来の地所を失う（前41／40）。名門貴族メッサーラ❷*の愛顧を蒙り、彼に随伴して属州アクィーターニア*へ赴き、戦功を立てた（前28）。のちアシア*へ同行したが、コルキューラ*島で病を得、単身ローマに戻り若くして世を去った。ティブッルスは美貌で身のこなしが優雅であったといい、当時のローマ人の常として男女両色を愛好、気紛れな美青年マラトゥス Marathus や娼婦デーリア Delia、ネメシス Nemesis らに対する恋を歌った。また彼はエレギーア elegia（エレゲイア elegeia）詩人中の第一人者と評され、ホラーティウス*の友人で、オウィディウス*とも交流があった。恋愛エレギーア詩に牧歌の要素を取り入れた繊細かつ甘美な作風で名高く、戦争と対比して平和な田園生活への憧憬を歌った。陽物神プリアーポス*に美少年の心を捕らえる方法を問うた詩や、別の男の富に誘惑されてティブッルスを裏切った若者への恨み言を綴った詩などもあり、その温雅平明にして技巧を弄さぬ文体は少なからぬ影響を後世に残した。オウィディウスの物語るところでは、ティブッルスが死んだ時、その葬儀に2人の情婦デーリアとネメシスが姿を現わし、どちらが詩人により愛されたかを言い争ったという。現存する『ティブッルス全集 Corpus Tibullianum』4巻のうち、彼が生前に公刊したのは最初の2巻だけで、その他は同じメッサーラの文人サークルに属するリュグダームス Lygdamus（プロペルティウス*の解放奴隷）やスルピキア*（メッサーラの姪）の作品も混じえて、ティブッルスの死後に出版されたものである。
Tib./ Hor. Carm. 1-33, Epist. 1-4/ Ov. Am. 3-9, Tr. 4-10, Ars Am. 3-334/ Quint. 10-1/ Mart. 8-73/ etc.

ティーブル Tibur, （〈ギ〉Tibūra, Τίβουρα, Tibūr, Τιβούρ, その他）
（現・ティーヴォリ Tivoli）ラティウム*の古い町。ローマの東北32km、アニオー*（現・Aniene）川が美しい段状の滝となって流れ落ちる景勝の地に位置する。伝説ではアンピアラーオス*の子ティーブルヌス Tiburnus（またはティーブルトゥス Tiburtus）が創建したといわれる。ローマより4世紀も早く開け、やがてラティウム同盟*の有力市となる。繰り返しローマと交戦したのち、前338年、敗れて領土の大半を奪われたが、独立は保ち続け、同盟市戦争の頃、ローマ市民権を与えられた（前90）。共和政末期から富裕なローマ人の保養地・別荘地として評判を呼び、詩人カトゥッルス*やホラーティウス*、皇帝アウグストゥス*やハドリアーヌス*らの別荘 villa が建てられたことであまりにも名高い。とりわけハドリアーヌス帝の豪壮な別業（後118～134。現・Villa Adriana）の遺構や、そこから出土したアンティノウス*像その他の発掘物・美術品の類いは、現在もなお見ることができる。また古来、ヘルクレース*やウェスタ*の崇拝の地としても知られ、各種神殿や霊廟（マウソーレーウム*）、水道（アクァエドゥクトゥス*）などの遺跡も残されている。ヌミディア*王シュパークス*（前201）やパルミューラ*女王ゼーノビア*（後273）のように、ローマの捕虜として拉致され、凱旋行列（トリウンプス*）を飾ったのち、この地で余生を送る廃王たちもいた。

古代から建材用の石灰華（ラ）lapis Tiburtinus の産地（トラヴェルティーノ）として有名で、その近代語（英）travertine, （仏）travertin, （独）Travertin, （伊）travertino, etc. はいずれも「ティーブルの石」が転訛してできた言葉である。
Catull. 44/ Prop. 3-16/ Liv. 7～8, 9-30, 30-45/ App. B. Civ. 1-65/ Strab. 5-238/ Plin. N. H. 16-87/ Dion. Hal. 1-16, 5-37/ S. H. A. Tyr. Trig. 30/ Hor. Carm. 1-7, -18, 2-6/ Verg. Aen. 7-630/ Juv. 3-192/ Polyb. 6-14/ Ptol. Geog. 3-1/ Plin. Ep. 8-17/ Stat. Silv. 1-3/ Sen. Ep. 119/ Ov. Am. 3-6, Fast. 4-71/ etc.

ティブルス Tibullus
⇒ティブッルス

ティブルルス Tibullus
⇒ティブッルス

ティブローン Thibron, Θίβρων, （仏）Thibrôn, （伊）Tibrone, （西）Tibrón, （葡）Tíbron, （露）Фиброн
ギリシア人の男性名。ティンブローン Thimbron, θίμβρων は誤り。

❶（？～前391）スパルタ*の将軍。前400年にアジア西岸地方のギリシア都市をアカイメネース朝*ペルシア*のサトラペース太守 Satrapes ティッサペルネース*から救援するべく派遣される。翌前399年春、かつて小キューロス*に従ったクセノポーン*率いるギリシア傭兵軍（⇒一万人の退却）を雇って、ペルガモス Pergamos（のちのペルガモン*）など幾つかの都市を占領するが、母国へ召喚されて、その拙劣な指揮ゆえに追放される。前391年に復帰し、再び小アジアでペルシア軍に対抗するものの、軍務よりも竪笛 aulos（アウロス）奏者のテルサンドロス Thersandros との交わりを好んだため、敵軍の急襲を受けて敗死した。

スパルタのリュクールゴス*体制を賞讃したティブローンなる著述家と同一視する説もある。
Xen. An. 7-6～8, Hell. 3-1, 4-8/ Diod. 14-36～/ Arist. Pol. 7-1333b/ Isoc. Paneg. 70/ Polyaenus 2-19/ etc.

❷（？～前322）スパルタ*の傭兵隊長。アレクサンドロス大王*の主計官ハルパロス*の部下。前324年末ハルパロスを殺して、彼が横領してい巨額の公金と軍勢を獲得。キューレーナイカ*を強奪し、一時はペンタポリス*の支配者となるが、ほどなくして、プトレマイオス1世*の派遣したオペッラース*に敗れ、磔殺された。

Diod. 17-108, 18-19～/ Strab. 17-837/ Just. 13-6, -8/ etc.

ティベリアス　Tiberias, Τιβεριάς, (仏) Tibériade, (伊) Tiberiade, (西)(葡) Tiberíades, (露) Тверия, (現ギリシア語) Tiveriá dha, Τιβεριάδα, (ヘブライ語) טבריה・Tebarya), (アラビア語) Ṭabariyyah, (和) テベリヤ、ティベリア

(現・Tverya, Tewerja, Tevarya, 古称・Thabarie) パレスティナ*のガリライアー*湖西岸の都市。後18年頃ヘーローデース・アンティパース*によって建設され、時のローマ皇帝ティベリウス*の名に因んで命名された。ギリシア風の都市として築かれ、ガリライアー(ガリラヤ)地方の首府となり、ガリライアー湖もティベリアス湖と呼ばれるようになった。ヘーローデース・アンティパースの継娘サロメー❷*が宴席で踊り、その褒美として洗礼者ヨハネ*(イオーアンネース❶)の首を所望したのは、ここの宮殿内においてであったという(28頃)。ユダヤ人の反乱(66～73)時にはローマに服従し、イェルーサーレーム*の陥落(70)後は多くのユダヤ人が来住。ハドリアーヌス*帝は大神ユーピテル*を祀る神殿Hadrianeumを造営した。後2世紀末ユダヤ教の学府がこの地に移り、口伝律法を集大成した『タルムードTalmud(「イェルーサーレーム・タルムード」ないし「パレスティナ・タルムード」)(370頃)などが編纂された。著名なラビーrabbiたちの墓があり、今日もユダヤ教四大聖地の一つとされている。

　ローマ帝政期のバシリカ*や浴場施設(テルマエ*)、劇場(テアートロン*)、神殿、ユダヤ教会堂・シュナゴーゲー(Sevērus synagōgē の名で知られる) synagoge (シナゴーグ) などの遺構が発掘されている。

Plin. N. H. 5-15/ Nov. Test. Johann. 6-1, -23/ Joseph. J. A. 18-2-3, J. B. Vit/ etc.

ティベリウス　Tiberius Claudius Nero, (ギ) Tiberios, Τιβέριος, (仏) Tibère, (伊)(西) Tiberio, (葡) Tibério, (露) Тиберий, (現ギリシア語) Tivérios

(前42年11月16日～後37年3月16日) ローマ皇帝 (在位・後14年8月19日～後37年3月16日。Tiberius Julius Caesar Augustus)。アウグストゥス*の妻リーウィア❶*(リーウィア・ドルーシッラ*)と前夫Ti.クラウディウス・ネロー*の長男(⇒巻末系図055)。9歳で実父を亡くし、フォルム*の演壇ロストラ*から追悼演説を披露(前33)、手厚い教育を受けギリシア・ラテン双方の学問に通じる(⇒テオドーロス❹)。成人後(前20年)アウグストゥスによりオリエントへ派遣され、ティグラーネース3世*をアルメニアー*王に即位させ、パルティアー*人がかつてクラックス*から奪ったローマ軍旗を回収する(前20年5月12日、⇒プラアーテース4世)。法定年齢より早く官職を昇進し、前13年にはP.ウァールス*とともに執政官コーンスル*に就任。また前15年以来弟の大ドルースス*と一緒に外征に従事し、ラエティア*、ノーリクム*両属州の設立(前15)やパンノニア*、ダルマティア*の平定(前13～前9)に活躍(⇒M.プラウティウス・シルウァーヌス)。ドルーススの早世後はゲルマーニア*へ遠征した(前9～前7)。ローマに帰還して凱旋式ならびに凱旋将軍顕章トリウンプス*の栄誉を与えられたものの、宮廷内の不和からロドス*島に隠棲する(前6～後2)。というのも、アウグストゥスの命令で愛妻ウィプサーニア・アグリッピーナ*を離別し、将軍アグリッパ*の未亡人・大ユーリア❺*(アウグストゥスの身もちの悪い娘)との再婚を強いられた(前11)が、彼女の不貞に悩まされたうえ、アウグストゥスが養孫ガーイウス・カエサル*とルーキウス・カエサル*兄弟(大ユーリアとアグリッパの長・次男)に帝位継承の期待をかけ、ティベリウスを冷遇したからであった。妻のユーリアが姦通罪で追放に処された(前2)後も、帰国を認められず、ロドスになかば流謫の身として滞留し続け、学問と占星術に没頭(⇒トラシュッロス❷)。後2年にようやく許されてローマへ戻り、ガーイウスとルーキウス・カエサル兄弟が相ついで夭逝したため、45歳でアウグストゥスの養子となる(後4年6月26日)。再度ゲルマーニア鎮定に出征し(後4～6)、引き続きパンノニア、イッリュリクム*の反乱を制圧(6～9)、練達の将軍として威信を高め再び凱旋式を挙げた(12)。アウグストゥスの臨終(14年8月19日)に際し、母リーウィアの巧妙な策により55歳で即位。競敵となり得るアウグストゥスの外孫アグリッパ・ポストゥムス*を処刑したのち、老獪な謙虚さを装って遅疑逡巡しながら、帝権を受諾した。

　初政は共和制の伝統を重んじてよく国を治め、財政支出を引き締めて国庫に巨富を蓄積、控え目な市民的態度を保持し、元老院が帝の名にあやかってある月の名を「ティベリウス月」と改称したいと申し出た時には、「では、13人目の皇帝カエサル*が現われたら、どうするつもりか」と反問したという。厳格・質素であった反面、冷淡で猜疑心が強く、尊大な母后リーウィアとは終生対立して彼女の葬儀にも赴かず、流刑先の妻ユーリアを衰弱死させ(14)、声望ある養嗣子のゲルマーニクス*を毒殺させた(19)といわれる(⇒Cn.カルプルニウス・ピーソー)。そして実子の小ドルースス*が怪死を遂げる(23)と、側近セイヤーヌス*に政治を委ね、自らはカンパーニア*へ隠退(26)、翌27年にはカプレアエ*(現・カープリ)島へ引き籠もり、以来2度とローマには戻らなかった。その後は残忍冷酷の度を増し、ゲルマーニクスの寡婦・大アグリッピーナ*(大ユーリアの娘)とその一家をほぼ根絶やしにし、次いでセイヤーヌスをも陰謀の廉で断罪、同じくその一族知人もことごとく誅殺した(31)。また密告を奨励して恐怖政治を布き、反逆罪を広範囲に適用し大勢の上流貴族や富裕者層を処刑、その財産を没収し遺骸を「阿鼻叫喚の石段」ゲモーニアエ*にさらした。元旦であれ祝日であれ1日として死刑の行なわれない日はなく、たった1日のうちに女子供を含む20人が殺されたこともあり、何人たりとも罪人を悼み弔うことは許されなかった。少年時代から「血泥」と渾名されて来た帝は、自ら新しい拷問法を案出、その中には被告に大量の酒を飲ませてから急に男根を責め紐で緊縛し、紐が肉に食い込む

痛みと尿が膀胱にたまって出ない痛みとで2重の責苦を加えて娛しむという趣向のものもあった。カプレアエでは犠牲者が長時間にわたる手の込んだ拷責の末、海に投げ込まれる場面を好んで見物し、下で待ち構えていた水兵に櫂で屍体を乱打させ、完全に息の根を断たせていた —— 帝お気に入りのこの処刑場は後にカプレアエの観光名所となる —— 。ある日1人の漁夫が断崖を攀じ登って大きな鯔を献上しに来た折には、絶壁を苦もなく登って来たことに恐れを抱いて、その男の顔を鯔でさんざんにこすらせた。ところがその漁夫が引っ掻かれている最中に、自分が捕えた大蝲蛄（ざりがに）を一緒に持って来なくてよかったと言うと、今度はその蝲蛄（ざりがに）を取りに遣らせて漁夫の顔を引っ掻き回したという。生来放縱だった帝は、この島で様々な性的乱行に耽り、各地から狩り集めた男・女の売春者や放蕩者 spintriae（スピントリアエ）の群を3人ずつ1組にして、彼の面前で替る替る妖しげな交接を実演させて眺め入り、衰えた欲情を蘇らせた（⇒ウィテッリウス）とか、「稚魚 pisciculi」と名づけた年歯も行かぬ少年たちを訓練して、泳ぎながら彼の性器を舐めたり軽く噛んだりさせて快を貪ったばかりか、まだ乳離れしていない赤ん坊にまで男根をしゃぶらせたと伝えられる。また犠牲式の最中、香料筐を捧持する美男の召使に魅せられ、儀式の終わるのも待ち切れずに別室に連れ込み、若者の兄弟の笛吹きも一緒に凌辱。ところが、間もなく彼らが不平を鳴らしたので2人とも脚の骨を折らせてしまった等々、帝の好色と冷血を物語る逸話には事欠かない（⇒プリニウス）。

37年春、荒淫と圧政の果てに帝がミーセーヌム＊の旧ルークッルス＊の別荘で息を引き取った（78歳）時、訃音に接したローマ国民は狂喜して「ティベリウスをティベリス＊河へ投げ込め」と叫び、神々に感謝の犠牲を捧げたという。亡骸はローマに運ばれ、国葬のうちに荼毘に付された（4月3日）が、彼の神格化は元老院で否決された。死因は帝嗣カリグラ＊（ゲルマニクスと大アグリッピーナの遺子）に緩慢性の毒物を盛られたためとも、カリグラにとり入った近衛隊長官マクロー＊によって窒息させられたためともいう。遺言状では孫のティベリウス・ゲメッルス＊とカリグラを共同相続人に指名していたが、カリグラは「この遺書は狂人のもの」と称して、ゲメッルスの相続権を認めなかった。

ティベリウスは長身で頑強な体軀の持ち主で、30歳以降は医者を近寄せぬほど健康に恵まれていた。大きな碧眼は夜間でもよく見えたのに昼間はほとんど見えず、また顔立ちは優美だったが、しばしば吹出物が現われ、膏薬が沢山貼られていたという —— ここから帝が業病に罹っていたとするキリスト教伝説が、後世に捏造される —— 。陰気・寡黙で衒学癖があり、物腰や仕草は傲岸不遜な印象を与えたと伝えられる（ヴォルテール以降、皇帝としての手腕を再評価されるようになった）。

Suet. Tib., Calig. 1～15, Aug. 63, 65, 98, 100～101/ Tac. Ann. 1～6/ Dio Cass. 57～59/ Vell. Pat. 2-94～131/ Joseph. J. A. 18/ Plin. N. H. 2-86, 7-45, 11-54/ Mon. Anc./ Phaedrus 2-5/ Nep. Att. 19-4/ etc.

ティベリウス・ゲメッルス　Tiberius Julius Caesar Nero Gemellus,（ギ）Tiberios Iūlios Kaisar Nerōn Gemellos, Τιβέριος Ἰούλιος Καῖσαρ Νέρων

（後19～後37）小ドルースス＊とリーウィア・ユーリア＊の子（⇒巻末系図078）。夭死したゲルマニクス Germanicus（19～23）の双生兄弟（ゲメッルスは双生児の意）。祖父のティベリウス＊帝により、従兄カリグラ＊と並んで遺産の共同相続人に指名されていたが、ティベリウスが死ぬ（37年3月）と、カリグラは遺言を無視して全権を掌握し、ゲメッルスを自分の養子に迎え「青年の第一人者 Princeps iuventutis」（帝位継承者の称号）と呼ばせたのち、突然兵を向けて自刃させた。ゲメッルスが咳止めの薬を服用していたのを、カリグラに毒殺されるのを警戒して解毒剤を飲んでいるのだと言いがかりをつけて処刑したのである。

ゲメッルスは母親が隠れもなき淫婦だったため、密通の結果生まれた子だと疑われており、他方カリグラは陰険かつ冷酷残忍な蕩児だったので、晩年のティベリウス帝も後継者決定に当たっては頭を悩ませていたという。そこで占いによって神意を問うという方法を採り、先に自分のもとへやって来た者を帝嗣に据えることとし、前もってゲメッルスの教育係にできるだけ朝早く伺候させるよう伝言しておいた。ところが、少年ゲメッルスが食事に手間取っていたため、翌朝先に入室したカリグラに帝国が委ねられることになってしまう。老帝がゲメッルスを抱きしめながらカリグラに向かって発した「お前はこの子を殺すだろう。そして誰かがお前を殺すだろう」という予言はほどなく的中し、ゲメッルスの死後4年を経ずしてカリグラも暗殺されている（41）。

⇒巻末系図 088, 090, 091

Tac. Ann. 2-84, 4-15, 6-46/ Suet. Tib. 54, 62, 76, Calig. 14, 15, 23, 29/ Dio Cass. 58-23, 59-1, -8/ Joseph. J. A. 18/ etc.

ティベリス（河）　Tiberis,（ギ）Tiberis, Τίβερις, または Teberis, Τέβερις, ないし Thymbris, Θύμβρις,（ラテン語別形）Tibrís, Tybris, Thybris,（英）（独）Tiber,（仏）（葡）Tibre,（伊）Tevere,（西）Tíber,（露）Тибр,（現ギリシア語）Tíveris

(現・〈伊〉テーヴェレ Tevere)（古称・アルブラ Albula）イタリア中部を流れ、ローマ市を通り地中海（テュッレーニア＊海）に注ぐ河。全長406km。アーペンニーヌス＊（現・アッペンニーノ）山中、アッレーティウム＊（現・アレッツォ）近くの2つの泉に水源を発し、エトルーリア地方＊とウンブリア＊、ラティウム＊両地方を分かちつつ、南西に走り、ローマの上手でナール Nar（現・Nera）、アニオー＊（現・Aniene）両支流を合わせる。河口の港町オースティア＊から約30km上流のローマ市までは、古来航行が可能であり、左岸に商業取引所 emporium（エンポリウム）や各種の市場（フォルム＊）が発達した。繰り返し氾濫を起こし、水流が黄濁していたため、「黄色いティベリス flavus Tiberis」とも呼ばれた。ローマ帝政

期には、下流両岸に別荘 villa が建ち並んで壮観を呈していたという。伝説上の名祖はティベリーヌス*。造形芸術の世界では、他の河神と同じく、水が流出する甕にもたれかかった壮年の男性の姿で表わされている。
⇒アーッリア、クロアーカ・マクシマ、スブリキウス橋
Strab. 5-218～219, 5-235, -232/ Plin. N. H. 3-5/ Dion. Hal. 1-9, 3-44/ Liv. 1-3, 2-34, 5-54/ Dion. Hal. 1-9/ Verg. Aen. 2-782, 3-500, 9-816～/ Hor. Carm. 1-2/ Plut. Rom. 1, Caes. 58/ Cic. Rep. 2-5～/ Plin. Ep. 5-6/ Flor. 1-1/ etc.

ティベリーヌス Tiberinus, （ギ）Tiberīnos, Τιβερῖνος, （伊）Tiberino

ティベリス*（現・テーヴェレ）河の神。アエネーアース*の後裔でアルバ・ロンガ*の王だったとも、ヤーヌス*神と水のニュンペー*（ニンフ*）カマセーネー Camasene の子だったとも伝える。この河で溺死し、それまでアルブラ Albula と呼ばれていた河の名が、以来ティベリスと改称されたという。またロームルス*の母レア・シルウィア*は、この河に突き落とされて、ティベリーヌスの妻になったとされる。毎年5月14日にウェスターリス*（ウェスタ*女神に仕える巫女）たちは、アルゲーイー Argei なる手足を縛った藺草人形を、スブリキウス橋*から河中に投じる儀式 Sacra Argeorum を行なったが、これは氾濫を予防するための人身供犠の名残であろう。ティベリーヌス神の祭壇はティベリス河の川中島（現・イソラ・ティベリーナ Isola Tiberina）に設けられており、12月8日に祭礼が挙行されていた。
⇒巻末系図050
Verg. Aen. 8-31～/ Serv. ad Verg. Aen. 8-330/ Liv. 1-3/ Varro Ling. 5-30/ Dion. Hal. 1-71/ Diod. 7-5/ Ov. Fast. 2-389～, Met. 14-614～/ Cic. Nat. D. 3-20/ etc.

デーイポボス Deïphobos, Δηΐφοβος, Deiphobus, （仏）Déiphobe, （伊）Deifobo, （西）Deífobo

ギリシア神話伝説中、トロイアー*王プリアモス*とヘカベー*の子。トロイアー戦争*時に勇敢な戦士としてギリシア勢と闘い、パリス*の死後ヘレネー*をめぐって兄のヘレノス*と争って勝ち、彼女を妻とする。トロイアー陥落時にメネラーオス*に殺され、屍体を膾切りにされた。埋葬されぬその亡骸は、憂鬱症に効く薬草に変身したという所伝もある。また一説には、ヘレネー自身がメネラーオスに取り入ろうとして、デーイポボスの背に剣を突き刺したのだという。さらに、彼はパリスとともにアンテーノール*の息子アンテウス Antheus を愛したともされている。
⇒巻末系図019
Hom. Il. 12-94, 13-156～, -402～, 22-223～, Od. 4-274～, 8-517～/ Apollod. Epit. 5-9/ Hyg. Fab. 240/ Paus. 5-22/ Verg. Aen. 6-494～/ etc.

ティーマイオス Timaios, Τίμαιος, Timaeus, （仏）Timée, （独）Timäus, （伊）（西）Timeo, （葡）Timeu, （露）Тимей

ギリシアの男性名。

❶（ロクロイ*の）（ギ）Timaios ho Lokros, Τίμαιος ὁ Λοκρός, （ラ）Timaeus Locrus（前5～前4世紀頃）ピュータゴラース*派の哲学者。南イタリアのロクリー*（ロクロイ・エピゼピュリオイ*）人で、プラトーン*の晩年の対話篇『ティーマイオス』に話者として登場し、宇宙の起源と体系を説明する。プラトーンの師の1人としもいわれるが、実際はプラトーンが自らの宇宙論を語るためにつくった架空の人物でしかなく、今日ティーマイオスの名の下に伝わる『宇宙の霊魂について Peri Physiŏs Kosmō kai Psykhās』も、後1世紀頃の偽作だと見なされている。

なお、対話篇『ティーマイオス』は、創造神デーミウールゴス*と宇宙のイデアー idea に関してティーマイオスが講義する独演の形式をとっており、別の対話篇『クリティアース』とともに、失われた大陸アトランティス*伝説の資料となっていることで有名。
Pl. Ti./ Cic. Fin. 5-29, Rep. 1-10/ Diog. Laert. 3-52/ Suda/ Phot. Bibl./ etc.

❷（タウロメニオン*の）（ギ）Timaios ho Tauromenites, Τίμαιος ὁ Ταυρομενίτης, （ラ）Timaeus Tauromenitanus（前356／346頃～前260／250頃）シケリアー*（現・シチリア）島の歴史家。同島のタウロメニオン（現・タオルミーナ）市の僭主アンドロマコス Andromakhos（在位・前358～前344。ティーモレオーン*の友人）の子。シケリアー東部を制覇したアガトクレース❶*に追放されて（前315頃）、アテーナイ*へ亡命、この地で50年間過ごした。イソクラテース*派の修辞学を修め、ペリパトス Peripatos 派（逍遙学派）の哲学をも学んだのち、おそらくヒエローン2世*の治世にシケリアーへ帰還し、96歳で没した。ときに「シュラークーサイのティーマイオス Timaios ho Syrakosios」と称される。

全38巻を超える著書『歴史 Historiai, Ἱστορίαι（シケリアー史 Sikelika, Σικελικά）』は、神話時代に始まって同時代（前264頃）に至るまでの、シケリアーを中心とするイタリア、カルターゴー*、ギリシアの事蹟を扱っており、その後一般化したオリュンピア競技祭*による年代計算法（オリュンピアス暦年*）を初めて用いている。華麗な修辞に凝った文体や批判力の乏しさを指摘されてはいるものの、本書はその後ポリュビオス*やシケリアーのディオドーロス*ら多くの歴史家に引用され、ローマ時代にも広く読まれて甚大な影響力を保ち続けた。断片のみ伝存する。また彼は、ホメーロス*やアリストテレース*など最も著名な人物をも非難・中傷する傾向があったので、ティーマイオスならぬエピティーマイオス Epitimaios（「他人を批判する者・悪口屋」の意）という渾名をつけられたといわれる。

この他、オリュンピア競技祭の優勝者たちをはじめ、スパルター*の諸王およびエポロイ*（エポロス*たち）、アテーナイ歴代の筆頭アルコーン*たち、アルゴス*の女神ヘーラー*に仕える女神官たちを一覧できる正確なリスト『オリュンピア競技祭優勝者たち Olympionīkai, Ὀλυμπιονῖκαι』（散逸）も作成した。

なお、ローマ帝政期にプラトーン*の用いた難語に関する小辞典（ラ）Lexicon（現存）を編纂した同名のソフィスト*のティーマイオス（後2～5世紀の間）ら幾人かの同名人物がいる。

Polyb. 1-5, 2-16, 12-10～11, -25/ Cic. De Or. 2-14(58), Fam. 5-12/ Plut. Tim. 4, 10, Nic. 1/ Diod. 5-1, 13-90, 16-7, 21-17/ Ath. 6-272/ Lucian. Macr. 22/ Suda/ etc.

ティーマルコス　Timarkhos, Τίμαρχος, Timarchus,（仏）Timarque,（西）Timarco

（?～前346以後）アテーナイ*の政治家、弁論家。デーモステネース❷*とともに反マケドニアー*派に属す。前346年、政敵のアイスキネース*から、大勢の男たちに売春していた廉で告発され、市民権を剥奪された、あるいは裁判が終わる前に自ら縊死したという。彼は美男だったため、13歳の頃から男相手に体を売りはじめ、次から次へと男色家たちに囲われたり、受身の役割を務めたりしては金銭を受け取っていたが、アテーナイの法律では男娼となって他の男に身売りした市民には、あらゆる公的活動が禁止されていたのである。職業的売春夫になることは、在留外国人（メトイコイ*）か隷属身分の者たちにのみ認められていたわけだが、実際にはデーモステネースの『アンドロティオーン*弾劾演説』（前355）などに見出されるように、アテーナイの市民およびその子弟で男娼となる者は少なくなかった。

他にも同名の人物としては、前3世紀のミーレートス*の僭主でシュリアー*王アンティオコス2世*に殺されたティーマルコス（?～前258頃）や、シュリアー王アンティオコス3世*の長子アンティオコス Antiokhos（?～前195）の寵童で、バビュローン*の太守 Satrapes に任ぜられたが、のちデーメートリオス1世*ソーテールに処刑されたティーマルコスが名高い。

⇒ヘーゲーシッポス

Plut. Mor. 840e～f/ Dem. 19/ Aeschin. 1/ App. Syr. 45, 47/ Diod. 13-65/ Harp./ Tzetz./ etc.

ティムガード　Timgad

⇒タムガディー

ティーモクレオーン　Timokreon, Τιμοκρέων, Timocreon,（仏）Timocréon,（伊）Timocreone

（前6世紀後期～前471以降）ロドス*島のイアーリューソス*市出身の抒情詩人。テミストクレース*や競敵（ライヴァル）の抒情詩人シモーニデース*を痛烈に攻撃した詩によって後世に名を残した（断片のみ伝存）。ペルシア戦争*の折に、敵国アカイメネース朝*ペルシア*を支持した廉で追放され（前480頃）、おそらく帝都スーサ*に滞在したと思われる。この時、旧友テミストクレースが彼の追放に賛成したばかりか、のち他の追放者たちから買収されて彼らの帰国を取り計らったのに、ティーモクレオーンの祖国復帰にだけはつよく反対したという。そのせいか、後年テミストクレースが同じくペルシア贔屓だと告発されて（前471頃）追放されてからも、ティーモクレオーンはテミストクレースを辛辣に非難している。

ティーモクレオーンはまた、五種競技 pentathlon（ペンタートロン）の優勝選手でもあり、と同時に鯨飲馬食の大食漢としても知られていた。その墓碑には、「たんと飲み、たんと食い、たんと悪たれ口を叩きしロドスの人ティーモクレオーン、ここに眠る」と記されていたという。

Plut. Them. 21/ Ar. Ach. 533～, Vesp. 1060～/ Ath. 10-415～/ Anth. Pal. 7-348, 13-30～31/ Suda/ etc.

ティーモテオス　Timotheos, Τιμόθεος, Timotheus,（英）（Timothy),（仏）Timothée,（伊）（西）Timoteo,（露）Тимофей

ギリシアの男性名。

❶（前450／446～前360／357）ミーレートス*出身の抒情詩人・音楽家。後期ディーテュランボス dithyrambos 歌の主要な作曲家（⇒ピロクセノス❶）。新傾向の音楽の代表者で、通常7本ある堅琴 kithara（キタラー）の弦を11本にふやす等さまざまの改革を行なった。当初は不評はなはだしく、スパルター*では7本以上の弦は認められずに切り取られたという。またアテーナイ*でもエウリーピデース*に励まされなければ、将来の活動を断念したと思われるほどの悪評を被ったと伝えられる。やがてサラミース❶*の海戦を扱った音楽詩 nomos（ノモス）『ペルシア人 Persai, Πέρσαι』で大成功を収め（前419／416）、以後大変な人気を各地で享受、たとえばエペソス*市からはアルテミス*女神を称えた讃歌 hymnos（ヒュムノス）の報酬として金貨千枚を贈られたという。のちマケドニアー*王アルケラーオス*の許（もと）へ赴き、この地で90歳（97歳とも）で長逝したとされる。彼の作品は18巻にまとめられていたが、いくらかの断片以外は散佚。しかし、1902年にエジプトの前4世紀に属するパピューロス中より『ペルシア人』の大部分（250行）が発見された。その言葉遣いは、誇張や譬喩や同意語による言い換えに充（み）ち、極度に劇的で晦渋なものであり、すでに読まれるための詩へと移行する段階を示している。彼の新技法のうち、特に有名なのは『ナウプリオス Nauplios』で試みた、笛で嵐の音響を表現するといった写実的作曲技法である。

Cic. Leg. 2-15/ Paus. 3-12/ Plut. Phil. 11, Mor. 1141/ Diod. 14-46/ Macrob. Sat. 5-22/ Polyb. 4-20/ Ath. 14-626c/ Arist. Poet. 1～2, Rh. 3-4/ Cic. Leg. 2-15/ Quint. 2-3/ Marm. Par./ Steph. Byz./ Suda/ etc.

❷（前415頃～前354）アテーナイ*の提督。コノーン❶*とトラーケー*（トラーキアー*）の遊女（ヘタイラー）との子。弁論家イソクラテース*の弟子。前378年、将軍（ストラテーゴス*）に選ばれて第2次アテーナイ同盟の結成に活躍、のち再選されてスパルター*と戦いギリシア本土周辺の制海権を確保した（前375～前373）。ついでアカイメネース朝*ペルシア*帝国に仕えてエジプトを攻撃したのち、前366年に帰国したけれど、アンピポリス*占領に失敗（～前360）。同盟市戦争（前357～前355）中の前356年、カレース❶*に反逆罪で告発され、100タラントンもの罰金を科せられてアテーナイを去り、

カルキス*で没した。断罪されたのは、主として彼の強情で尊大な態度が原因であったという。プラトーン*に傾倒し、幸運に恵まれた能将として有名。そこである時、画家たちが、幸運の女神テュケー*が眠っているティーモテオスの傍らで町々を捕獲している絵を描いたところ、彼は憤慨して「私が寝ている間にこんなに多くの都市を占領したのだとすれば、起きていたらどれだけのことをやってのけたと思うかね」と問い返したという。また艦隊の出航準備中に 1 兵士がくしゃみをしたため、これを凶兆と信じた軍隊が乗船をためらうと、彼は苦笑しながら「たかが 1 人の男がくしゃみをしただけなのに、それが一体どういう前兆だというんだね」と問いかけて兵士らの恐怖心を取り除いたといった話も伝えられている。
⇒イーピクラテース、パレーロンのデーメートリオス、ポーキオーン、アリストポーン❶

Xen. Hell. 5-4, 6-2/ Diod. 15-29〜/ Nep. Timoth./ Ath. 10-419, 13-577a/ Paus. 1-29/ Ael. V. H. 2-10, 3-16/ Plut. Mor. 350f/ Isoc. 15/ Dem./ Polyaenus 3-10/ Arist. Oec. 2(1350)/ Cic. Off. 1-32, De Or. 3-34, Tusc. 5-35/ etc.

❸（前 380 頃〜前 340 頃活躍）ギリシアの彫刻家。スコパース*らとともにハリカルナッソス*のマウソーロス*の霊廟（マウソーレイオン*）を制作、その南側の浮彫を担当した（前 350 頃）。またエピダウロス*のアスクレーピオス*神殿の彫像（前 370 頃）や、トロイゼーン*のヒッポリュトス*像、女神アルテミス*、軍神アレース*他の諸神像、運動競技者などの彫刻に腕をふるった。白鳥を抱くレーダー*像とアテーナー*像のローマ時代の模刻が伝存する他、エピダウロスから健康の女神ヒュギエイア*像が発掘されている。
⇒レオーカレース、ブリュアクシス

Plin. N. H. 34-19, 36-4/ Paus. 2-32/ Vitr. 7/ etc.

ティーモレオーン　Timoleon, Τιμολέων, （仏）Timoléon, （伊）Timoleone, （西）Timoeón, （露）Тимолеон

（前 411／390 頃〜前 334 頃）コリントス*の将軍。名士の出身で、際立った愛国者・反僭主主義者として知られる。若い頃、兄のティーモパネース Timophanes が僭主となり、コリントスを独裁しようとすると、同志と計ってこれを暗殺（前 365 頃）。ために母親から「神をも畏れぬ兄殺し」と呪われて義絶され、以来 20 年近く政界を離れ世捨て人として暮らす。前 345 年頃シケリアー*（現・シチリア）島のギリシア諸市は、カルターゴー*軍進攻の脅威を覚えてコリントスに来援を要請、将軍に選立されたティーモレオーンは少数の志願兵を率いて渡海し、一兵も失わずにシュラークーサイ*（コリントスの植民市）から僭主ディオニューシオス 2 世*を逐い（前 344）、寡頭政を再建した。さらに他のギリシア系諸市の協力を得て、カルターゴーの大軍をクリーミーソス Krimisos, Κριμισός 川で撃退（前 341／340 年 6 月）、各市の僭主支配を打倒 ── かつての協力者を含めたシケリアーの僭主たちを、タウロメニオン*（現・タオルミーナ）のアンドロマコス Andromakhos を除いて皆殺しにしたという ──、その後 30 年にわたる平和と繁栄の時代をシケリアーにもたらした。前 337 年頃、失明して隠退したが、重要問題はすべて彼の判断に委ねられた。シュラークーサイで彼が死ぬと盛大な葬儀が営まれ、同市内のアゴラー*に廟墓ティーモレオンティオン Timoleontion, Τιμολεόντιον が建設されて、毎年その命日には各種の競技祭が催された。

彼は人心収攬に長けた能将で、対カルターゴー戦の直前に行軍中、死者に捧げる植物たるセロリを積んだ驢馬（らば）の群れに行き会い、兵士が不吉な前兆だと動揺しているのを察すると、すかさず「案ずるではない。勝利に先立って我々の手に栄冠がひとりでに来たのだ。コリントスではイストミア競技祭*の優勝者にセロリの冠を授けるではないか」と言い放ち、セロリをとって自ら最初に冠として戴き、まわりにいた将校や兵卒たちにも同じようにさせて、士気を昂（たか）めたといった類の話が伝えられている。
⇒アガトクレース❶、マーゴーン❺

Plut. Tim./ Nep. Timoleon/ Diod. 16-65〜90/ Polyaenus 5-3/ Arist. Pol. 5-5/ Cic. Fam. 5-12/ etc.

ティーモーン　Timon, Τίμων, （伊）Timone

ギリシアの男性名。

❶（前 5 世紀中頃〜後半の人）『人間嫌い（ミーサントローポス）Misanthropos, Μισάνθρωπος』として知られたペリクレース*時代のアテーナイ*人。もと裕福だったが、悪辣な友人たちのために財産を蕩尽し、彼らの忘恩と裏切りを憤って、以来他人を寄せつけなくなる。同じく厭人癖のあるアペーマントス Apemantos と 2 人きりで酒を飲んだ時、「愉快だね」とアペーマントスが言うと、彼は「もし君がいなければ」と無愛想に答えたという。またある日珍しく民会*に出席して、「私の所有する無花果の樹で大勢の人が首を吊ったが、このたび伐り倒すことにしたので、縊死を希望する者は急いでもらいたい」と演説した。傾国の美男アルキビアデース*が和約を破って再び戦乱を起こそうとしていると知るや、彼に接吻して、「貴方が成人したのはよい事だ。皆の者に大きな災禍をもたらしてくれるから」と挨拶したとも伝えられている。のちに転倒して大怪我をした際に、手当てにやって来た医者と会うのを拒み通したため壊疽で死んだという。

彼の生涯は後世、シェイクスピアの戯曲『アテネのタイモン Timon of Athens』（1607〜1608）やシラーの悲劇『人間嫌い Menschenfeind』（1790）の題材に採り上げられて現今もよく知られている。
⇒ミュソーン

Ar. Av. 1549, Lys. 805〜/ Lucian. Timon/ Plut. Alc. 16, Ant. 70/ Alciphr. 2-32/ Callim. Epigr. 3-4/ Cic. Tusc. 4-11, Amic. 23/ Libanius Declamatio 12/ Paus. 1-10./ Tzetz. Chil. 7-273/ Suda/ etc.

❷（プリーウース Phlius, Φλιοῦς または、プレイウース Phleius, Φλειοῦς の）（前 320 頃〜前 230 頃）ギリシアの懐疑学派の哲学者、諷刺詩人。ペロポンネーソス*半島東北部の

都市プリーウース（プレイウース）の出身。幼くして両親を失い舞踊家(ダンサー)となって身を立てていたが、のち哲学に転向、故国を離れメガラ*派のスティルポーン*に学び、次いで懐疑論者ピュッローン*に師事し、その高弟となる。さらに黒海近くのカルケードーン*でソフィスト*となって金を儲けたのち、90歳近い高齢で没するまでアテーナイ*で暮らし、マケドニアー*王アンティゴノス2世*やエジプト王プトレマイオス2世*の知遇を得るほど評判を高めた。自分以外の哲学者をことごとくこきおろした『諷刺詩 Silloi, Σίλλοι』(3巻)のほか、叙事詩、悲劇、サテュロス*劇、男色詩(キナイドイ) Kinaidoi, Κίναιδοι、師ピュッローンの教説をはじめとする哲学に関する散文作品など数多くの著述を残した（断片のみ伝存）。彼は片目だったので、自分自身をキュクロープス*（単眼巨人）と呼んでいたといい、また大変な酒豪だったとも伝えられる。機智に富んだ才人で、辛辣な警句を多く残している。
⇒ソータデース、ソロイのアラートス
Diog. Laert. 9-105, -109~115/ Ath. 8-336, 9-406e/ Gell. 3-17/ Ael. V. H. 2-41/ Euseb. Praep. Evang. 14-18/ etc.

ティーリダテース Tiridates, Τιριδάτης,（または、テーリダテース Teridates, Τηριδάτης）,（アルメニア語）Trdat (Tradt), Drtad

Ⅰ．パルティアー*の帝王、および王位僭称者（⇒巻末系図108，110）。

❶1世　T. Ⅰ
⇒アルサケース2世

❷2世　T. Ⅱ　Phiorōmaios, Φιλορώμαιος, Philoromaeus,（在位・前31頃～前25）アルサケース*王家の出自。オローデース2世*（アルサケース14世*）の子か。残忍なプラアーテース4世*（アルサケース15世*）に対する反乱を起こし、いったん王位を奪った（前31）ものの、間もなくスキュタイ*人の援助を得たプラアーテースに追放された。彼はプラアーテースの幼い息子を誘拐すると、オクターウィアーヌス*（のち初代ローマ皇帝アウグストゥス*）の庇護を求めてシュリア*へ逃れ、親ローマ派として再度バビュローニアー*まで進撃してプラアーテースを追い、王座に返り咲いた（前26）。しかし、すぐにまたプラアーテースに敗れて、ヒスパーニア*にいたアウグストゥスの許(もと)に亡命した（前25）。
Dio Cass. 51-18, 53-33/ Just. 42-5/ Hor. Carm. 1-26/ Mon. Anc. 32/ etc.

❸3世　T. Ⅲ　（在位・後35年～後36年）プラアーテース4世*（アルサケース15世*）の孫。幼少時より人質としてローマへ送られ、そこで教育を受ける。ローマ皇帝ティベリウス*によりパルティアー*王に擁立され、L. ウィテッリウス*（後の皇帝ウィテッリウス*の父）率いる軍隊とともにメソポタミアー*へ攻め込み、クテーシポーン*において戴冠した（35）。しかし、間もなくアルタバーノス3世*（アルサケース19世*）の軍勢に追われて、わずかの部下とともにローマ帝国の属州シュリア*へ遁走した。

⇒プラアーテース6世
Tac. Ann. 6-32~/ Dio Cass. 58-26/ Strab. 16-748/ etc.

Ⅱ．アルメニアー*の王名（アルサケース*朝）（⇒巻末系図112~113）。

❶1世　T. Ⅰ　（在位・後54～後58、後66～後80頃）パルティアー*王ウォロゲーセース1世*（アルサケース23世*）の弟。兄王によってアルメニアー王位に推戴されるが、ローマの将軍コルブロー*に攻め込まれて逃亡し、一時玉座をティグラーネース6世*に奪われる。しかし、再度兄の武力でアルメニアー王に復位し（62）、やがてコルブローとの協定により、彼自らがローマへ赴いてネロー*帝の手で王冠を贈られることになる。ティーリダテースは妻子や騎兵3千名を伴い、陸路ローマへと向かい、9ヵ月の旅行の末、盛大な儀式とともにネローからアルメニアーの王冠を正式に授かった（66）。その莫大な費用はすべてローマ側が出資したうえ、帰国の際にネローは王に2億セステルティウスもの巨額の餞別を贈ったという。王はネローをミトラース*教の秘儀(ミュステーリア*)に招待し、ネローは王に多数の技術者をつけて送り返し、アルメニアー帰還後、首都アルタクサタ*を再建させた。一説にアルメニアー人は、この時からローマ人の間で一般的だった男色の習俗を愛好するようになったと伝えられる。72年、北方の遊牧民アラーニー*（アラン）族がアルメニアーに侵攻したが、王は大量の戦利品を与えて、彼らを東方へ転じさせた。このティーリダテースをアルサケース*朝アルメニアー王国の祖とする説もある。
Tac. Ann. 12-50~, 13-34~, 14-26, 15-1~/ Suet. Ner. 13/ Dio Cass. 58-26, 62-19~26, 63-1~/ Joseph. J. B. 7, J. A. 20/ Plin. N. H. 30-6/ etc.

❷2世　T. Ⅱ　（在位・後213～後215頃、後222～後252）アルメニアー王ウォロゲーセース Vologeses の子。ローマの圧迫を嫌ってパルティアー*王ウォロゲーセース5世*の許(もと)へ逃れるが、215年ローマ皇帝カラカッラ*の要請に応じて身柄を引き渡された。しかし、その後脱出に成功したらしく、カラカッラの次の皇帝マクリーヌス*は、友好条約締結を求めて、彼に王冠および人質となっていた母親を送り返している（218）。のちサーサーン朝*ペルシアのシャープール1世*によって王位を追われた（252）。
Dio Cass. 77-12, -19, -21, 78-27/ etc.

❸3世　T. Ⅲ　（後257頃～後314／337）Trdat, Tradt,（在位・282／287～314／337）❶の末裔を称するアルメニアー王。父王コスロエース1世 Khosroes (Khosrov) Ⅰが暗殺された時（258頃）、幼い彼はローマ帝国へ亡命し、宮廷で育てられたのち、ディオクレーティアーヌス*帝の後押しで王座をサーサーン朝*ペルシアから奪回（282頃）、その後ふたたびペルシア帝ナルセース*によって国を追われ、ローマ領へ避難する（293）が、再度ディオクレーティアーヌスの戦力で王位に復した（298）。伝承に従えば、はじめ彼は国内のキリスト教徒を迫害し、37人の女信者を虐殺したが、自分が狼であると思い込む病に罹り、宮殿

を捨てて山野を彷徨していたところ、グレーゴリオス❹*（ラ）Gregorius Illuminator の手でこの狼狂病（リュカントロピア）を癒やされ、以来キリスト教に改宗したという（301／302頃）。よってアルメニアーは最初のキリスト教国となったものの、王は親ペルシア派の貴族の反感を買い、侍従によって殺害された（伝・在位56年間）。「アルメニアーのコーンスタンティーヌス*」と呼ばれ、アルメニアー教会では聖人に祀り上げられているが、国民にキリスト教を強制し伝統的宗教の諸神殿を破壊した点で悪名高い。

Zonar. 12-21/ Moses Chorenensis 2-71, -73, -74/ etc.

ティーリバゾス　Tiribazos, Τιρίβαζος, Tiribazus（または、テーリバゾス Teribazos, Τηρίβαζος, Teribazus）,（伊）（西）（葡）Tiribazo,（露）Тирибаз

（？～前360頃）アカイメネース朝*ペルシア*帝国の高官。大王アルタクセルクセース2世*に寵愛され、相次いで西アルメニアー*と小アジアの太守 Satrapes（サトラペース）に任ぜられる。サルデイス*に在任中、アテーナイ*の将軍コノーン❶*を捕殺（前392）、また前387／386年にはスパルター*のアンタルキダース*と大王との間の交渉を成功させた。次いでキュプロス*王エウアーゴラース❶*の反乱征討中（前385）、讒謗によりペルシア宮廷へ召喚されるが、無罪放免となったのみならず大王の寵愛をも取り戻し、王女アマーストリス❷*のちには王女アトッサ❷*との婚姻を約束される。しかし、両王女とも実の父たるアルタクセルクセース2世の妃として後宮に納（い）れられてしまったため、憤慨した彼は太子ダーレイオス Dareios と共謀して大王の弑逆を計画、宦官の密告により事が露顕すると、逮捕に来た衛兵らと奪戦したのち、投槍に刺し貫かれて斃（たお）れた。

Plut. Artax. 5～29/ Xen. An. 4, 7, Hell. 4～5/ Diod. 14-27, -85, 15-8～/ etc.

ティーリュンス　Tiryns, Τίρυνς, Τῖρυνς,（仏）Tirynthe,（伊）（西）（葡）Tirinto,（露）Тиринф

（現・Tírintha, Tírins、または Paleokastro）ギリシアのアルゴリス*地方にあった古市。ペロポンネーソス*半島東部、アルゴリス湾の湾奥東側、ナウプリアー Nauplia, Ναυπλία（アルゴス市*の外港）の北およそ2kmに位置する。靴底状の低い岩石丘（平野との比高18m）を中心とするミュケーナイ*時代の重要な城壁址が残る。

伝承では、アクリシオス*の双生兄弟プロイトス*が創建し、7人のキュクローブス*たち（キュクローペス*）が巨大な石で城壁を築いたといい、その後ペルセウス*（アクリシオスの外孫）が継承、以下ペルセイダイ Perseidai 王家の居城となる。ヘーラクレース*（ペルセウスの曾孫）はこの地で育ったため、しばしば「ティーリュンスの英雄 heros（ヘーロース）」と呼ばれており、12功業の冒険行に出かけたのはこの町からであったとされている。名祖は大神ゼウス*の子アルゴス❹*の息子ティーリュンスと伝えられる。ホメーロス*『イーリアス*』にも「城壁を高くめぐらすティーリュンス」と歌われ、ミュケーナイ市のものよりも堅固に厚く造られた「キュクロープス様式（英）Cyclopean」の城壁は、往時の富強を物語っている。

新石器時代より居住が始まり、初期青銅器時代（前2800～前2100）以来、直径30mに近い大円形建造物 Rundbau などが築かれて来たが、前16～前13世紀にメガロン Megaron 式宮殿を取り巻く典型的な城砦都市としてミュケーナイ文化の1中心となった。ミュケーナイ時代末期（前13世紀末）には、さらに北側も取り込むように長大な城壁を拡張、しかるに前1200年頃、他のミュケーナイ諸都市と同様、ティーリュンスも炎上焼失した。その後も町は放棄されず、王宮の廃墟上に神殿が建立されるなど居住が続き、ペルシア戦争*時にはミュケーナイとともにプラタイアイ*の戦いに出兵（前479）、やがて前468年頃アルゴス軍の占領・破壊するところとなり、歴史から姿を消した。

後1884～1885年、H. シュリーマンとデルプフェルトによる発掘の結果、王城の構造や設計が明らかにされ、今日も全長1500mに及ぶ長大堅固な城壁をはじめ、前門 Propylon（プロピュロン）、中庭、大小のメガロン、浴室、倉庫、歩廊、墳墓等々の遺構を見ることができる。

なお、古典期ギリシアにおいて、ティーリュンスの住民は大酒飲みということで有名であった。

⇒ピュロス

Hom. Il. 2-559/ Herodot. 6-76～83, 9-28, -31/ Hes. Scut. 81/ Pind. Ol. 7-29, 10-32, -68, Isthm. 6-29/ Paus. 2-16, -25, 7-25, 9-36/ Strab. 8-372～3/ Plin. N. H. 4-5, 7-56/ Ael. V. H. 3-15, -39/ etc.

ディルケー　Dirke, Δίρκη, Dirce,（仏）Dircé,（露）Дирка

ギリシア神話中のテーバイ❶*王リュコス*の妻（⇒巻末系図006）。アンティオペー❷*を虐待したため、その子アンピーオーン*とゼートス*によって雄牛に縛りつけられて惨殺された。その屍体の投げ棄てられた所に、ディルケーの泉が湧き出たとされる。別伝では、彼女はディオニューソス*の信女であったが、嫉妬と猜疑心からアンティオペーを地下牢に幽閉し、また彼女を狂奔する荒牛の角に繋いで虐殺しようとしたところ、アンピーオーンとゼートスに捕われて、同じ方法で酷（むご）たらしい死を遂げたともいう。

⇒アケローオス

Apollod. 3-5/ Paus. 9-17, -25/ Ael. V. H. 12-57/ Hyg. Fab. 7/ etc.

ティルプーサ　Tilphus(s)a, Τιλφοῦσ(σ)α

⇒テルプーサ

ティーレシアース　Tiresias

⇒テイレシアース

テイレシアース　Teiresias, Τειρεσίας,（ラ）ティーレシアース Tiresias,（仏）（葡）Tirésias,（伊）

Tiresia, （露）Тиресий, （現ギリシア語）
Tiresías

ギリシア神話中、テーバイ❶*の盲目の予言者。スパルトイ*の1人ウーダイオス Udaios の子孫。母のニュンペー*（ニンフ*）カリクロー Khariklo は女神アテーナー*のお気に入りで、一緒に水浴する仲だったが、ある日テイレシアースは偶然に女神の裸身を見てしまい、罰として視力を奪われた。嘆くカリクローを慰めるため、女神は彼にあらゆる鳥の言葉を解する予言力と、目の見える人と同様に歩ける水木（みずき）の杖とを授けたという。さらに有名な所伝では、彼は山中で交尾している2匹の蛇を杖で打ったところ、男から女に性転換し、7年後、再び交尾中の同じ蛇を打って男に戻った。ゼウス*とヘーラー*が男と女のいずれが性交に際してより大きな快楽を得られるかについて口論した時、判定者に選ばれたテイレシアースは「男と女の快感の比は1対9である」と答えたので、ヘーラーの不興を被り盲目とされたが、その代わりにゼウスが予言の力と非常な長寿──7世代ないし9世代にわたる寿命──を与えたという。あるいは、アプロディーテー*とカリス*たち（カリテス*）が美を競い合った時に審判を委ねられたが、彼はアプロディーテーを優勝させなかったために老女に変身させられたとも、女だった時にポセイドーン*の男色相手グリュピオス Glyphios に犯されそうになり、逆にこの若者を殺してしまったために再び男に戻されたとも、また元はアポッローン*に愛された少女で、神から音楽を教わったが、のちアポッローンを愛さなくなったので少年に変えられてしまった等さまざまに伝えられる（⇒イーピス❷、カイネウス、シートーン）。テイレシアースはテーバイの近くに手伝いの少年とともに住み、国家の大事に際してたびたび重要な予言を行なったが、とりわけオイディプース*の素姓を透視したことで名高い。テーバイ攻めの七将*が押し寄せた時には、「メノイケウス*が犠牲になれば市は救われる」と助言。10年後のエピゴノイ*の戦いでは市の陥落を予見し、人々に夜陰に乗じて逃亡するよう勧めた。この逃避行の最中、テルプーサ*の泉の水を飲んで死んだとも、娘のマントー*とともに捕虜となり、デルポイ*へ送られる途中、この泉の傍らで息絶えたともいわれる。死後も予言の力を保ち続け、オデュッセウス*はトロイアー戦争*後の漂泊中にキルケー*の忠告に従って冥界へ赴き、彼の霊から将来の出来事について聞き出している。

なおテイレシアースの性転換に関しては、スキュティアー*やシベリア、アメリカ先住民のシャーマンの間に共通して見られる両性具有的・半陰陽的要素と関連付けて考察する説が有力である。

⇒ナルキッソス

Hom. Od. 10-487～, 11-84～151/ Apollod. 2-4, 3-4, -6, -7/ Hyg. Fab. 67～68, 75, 125, 128/ Soph. O. T., Ant./ Eur. Phoen., Bacch./ Paus. 9-33/ Ov. Met. 3-320～/ etc.

ティレニア　Tyrrhenia
⇒テュッレーニアー

ティーロー、マールクス・トゥッリウス　Marcus Tullius Tiro, （仏）Tiron, （伊）Tirone, （西）Tirón, （葡）Tirão, （露）Тирон, （現ギリシア語）Tíron

（前103年頃4月28日～前4）ローマの著述家。雄弁家キケロー*の解放奴隷、秘書。前53年4月28日に自由の身とされ、有能な文学上の助手としてキケローに仕えた。キケローの横死（前43）後、プテオリー*近在に農場を買って引退し、100歳になんなんとする長寿を保ったという。キケローの『知人への書簡 Epistulae ad Familiares』や若干の演説を公刊し、自らも『キケロー伝 Vita Ciceronis』や文法に関する著書 De usu atque ratione linguae Latinae などを執筆したが、自作はいずれも散佚した。彼はまた、エンニウス*の略記法にもとづいてラテン語の速記術 Notae Tironianae を案出したとされている。

ティーローはまた、若い頃に主人のキケローの男色相手をつとめ、解放されてからもキケローに寵愛され続け、この雄弁家からエピグラム詩を献げられている。一説に彼は、キケローの父親と女奴隷との間に生まれた庶子であったという。

Cic. Att. 4-6, 6-7, 7-2, -3, -5, 13-7, 16-5, Fam. 16-17, -18, -20/ Gell. N. A. 6-3, 10-1, 13-9/ Sen. Ep. 90/ Quint. 6-3/ Macrob. Sat. 2-1/ Plin. Ep. 7-4/ etc.

ティンギス　Tingis
⇒ティンギー

ティンギー（ティンゲー、または、ティンギス）
Tingi (Tinge, Τίγγη, Tingis, Τίγγις, Tinks とも), （英）Tangier, （仏）Tanger, Tingè, （独）Tanger, （伊）Tangeri, （西）Tánger, （葡）Tânger, （露）Танжер, （現ギリシア語）Tangéri

（現・〈和〉タンジール, 〈英〉Tangier, 〈アラビア語〉〈ベルベル語〉Ṭanja）アーフリカ*北西端、マウレーターニア*沿岸のジブラルタル海峡に臨む港湾都市。伝説では、巨人アンタイオス*によって創建されたといい、前81年頃ローマの反将セルトーリウス*がこの町を占領した時、墳墓から身の丈27mに達する遺骨が発見されたという。前7世紀以前よりフェニキア*人の交易都市として栄え、前38年オクターウィアーヌス*（のち初代ローマ皇帝アウグストゥス*）にローマ市民権を与えられ、クラウディウス*帝の初政期に属州西マウレーターニア Mauretania Tingitana の州都となった（後44年以前）。ローマ帝国末期にヴァンダル*族（ウァンダリー*）に席捲され（後429）、次いでイスラーム教徒の征服（後711）まで、海軍基地として重視された。

フェニキア・カルターゴー*系の基地や、ローマ帝政期の浴場施設（テルマエ*）、バシリカ*、家屋、墓地などの遺構が発掘されている。

Plin. N. H. 5-1/ Mela 1-5/ Plut. Sertor. 9/ Strab. 3-140, 17-825～/ Dio Cass. 48-45/ Ptol. Geog. 4-1/ It. Ant./ etc.

テーヴェレ　Tevere
⇒ティベリス（のイタリア語形）

デウカリオーン　Deukalion, Δευκαλίων, Deucalion,（伊）Deucalione,（西）Deucalión,（葡）Deucalião,（露）Девкалион

ギリシア神話中、プロメーテウス*の息子。洪水伝説の主人公で、ヘブライ伝説のノア Noah に対応する。従姉妹のピュッラー Pyrrha, Πύρρα（エピメーテウス*とパンドーラー*の娘）を娶り、テッサリアー*地方を統治していた。ゼウス*が青銅時代の人類（あるいはリュカーオーン*）の邪悪さに怒って、地上に大洪水を下した時、彼は父プロメーテウスに教えられて箱船を造り、妻とともに乗り込んで難を避けた。9日9夜の間水上を漂泊したのち、パルナッソス*山頂（アトース*山その他諸説あり）に辿り着き、洪水が退くと船から出てゼウスに犠牲を捧げた。他の人間がすべて死滅していたので、その地にあった女神テミス*の神託を求めると（または、ゼウスから派遣されたヘルメース*に新たな人類の誕生を願うと）、「母の骨を背後に投げよ」と命ぜられた。「母の骨」を母なる大地の骨＝石と解したデウカリオーン夫婦が、肩越しに石を投げると、デウカリオーンの投げた石は男に、ピュッラーの投げた石は女になった（ギリシア語で「人々」を意味するラーオス laos が、「石 laas」から派生したのだとする俗説は、この故事に由来する）。デウカリオーンとピュッラーの長男がギリシア人（ヘッレーネス*）の名祖ヘッレーン*である。

なお、ギリシア各地には、ほかにもボイオーティアー*の英雄オーギュゴス*の洪水や、トロイアー*の建祖ダルダノス*の洪水など、いくつかの洪水伝説が残されており、クセノポーン*によればトロイアー戦争*以前に少なくとも5回の大洪水が人類を襲ったという。

Apollod. 1-5/ Ov. Met. 1-125〜, Her. 15/ Hyg. Fab. 153/ Serv. ad Verg. Ecl. 6-41/ Pind. Ol. 9-41〜/ Paus. 1-18, 5-1, -8, 10-6/ Strab. 9-425/ Schol. ad Hom. Il. 1-126, 13-307/ Lucian. Syr. D. 12〜/ etc.

テウクロス　Teukros, Τεῦκρος, Teucer,（仏）Teucros,（伊）（西）（葡）Teucro,（露）Тевкр,（現ギリシア語）Téfkros

ギリシア神話中の男性名。

❶トロイアー*王家の遠祖。河神スカマンドロス*とイーデー*山のニュンペー*（ニンフ*）イーダイアー Idaia の子。この地にやって来たダルダノス*に、娘バティエイア Batieia を与え、死後彼の王国はダルダノスによって継承された。クレーター*島からトローアス*地方に移住したとする伝承もある。

後世トロイアー人をテウクロイ Teukroi（〈ラ〉Teucri,〈英〉Teucrians,〈独〉Teukrer,……）と表現するのは、彼の名に由来する呼称である。

⇒巻末系図 019

Apollod. 3-12/ Diod. 4-75/ Serv. ad Verg. Aen. 3-108/ Strab. 13-604/ Tzetz. ad Rycoph. 29, 1302, 1306/ etc.

❷サラミース❶*王テラモーン*とヘーシオネー*の子（⇒巻末系図 016）。異母兄の大アイアース*とともにトロイアー戦争*に出征し、ギリシア軍中もっとも優れた射手として活躍、多くの敵将を討ち取った。アイアースが自刃した時、彼はミューシアー*に遠征していたが、戻って来るとアガメムノーン*の決定に反して兄の遺骸を埋葬した。しかるにトロイアー陥落後、サラミースに帰還したテウクロスは、父テラモーンから「兄アイアースを死なせたうえ、その復讐もしなかった」と非難されて上陸を許されず、神託に従ってキュプロス*島に移り、この地に新しいサラ

系図 248　デウカリオーン

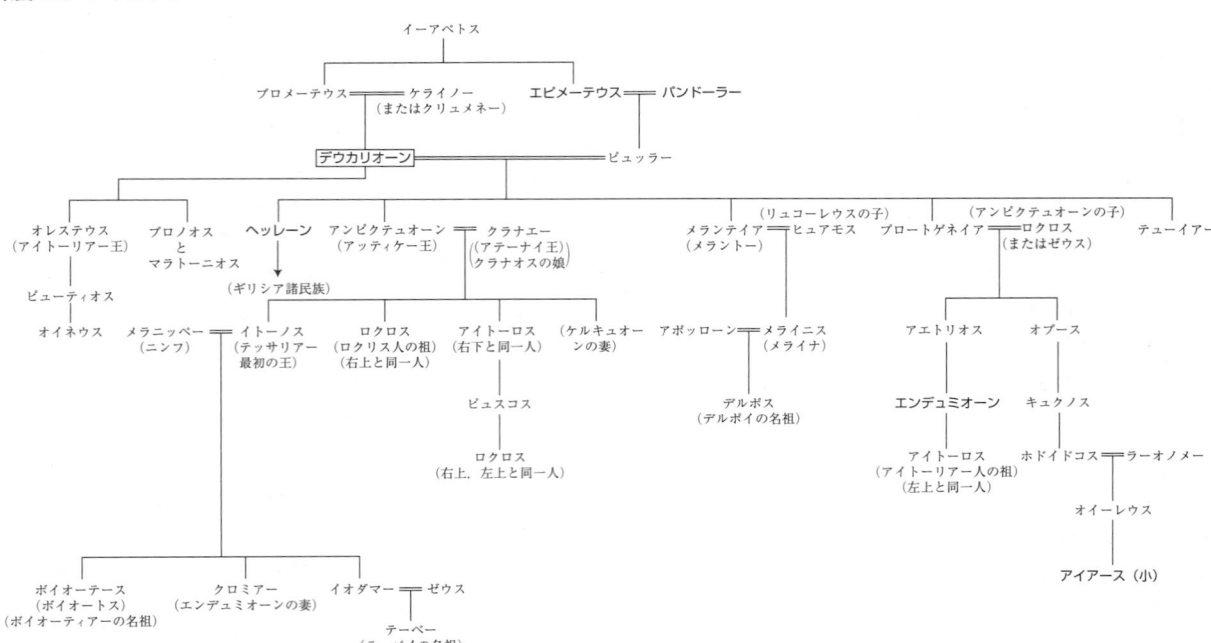

ミース❷*市を建設した。悲劇詩人ソポクレース*の著に今は失われた作品『テウクロス』があった。なお、テウクロスの末裔テウクリダイ Teukridai は、エウアーゴラース*（在位・前411～前374）の代までキュプロスの王位を保ち続けたと伝えられる。またテウクロスがキュプロスに建てたというゼウス*神殿においては、ローマ帝政中期（後2世紀後半）にまで至る長期間にわたって、毎年1人の男が生贄に捧げられていた（⇒パルマコス）。

⇒テクメーッサ、キニュラース

Hom. Il. 6-31, 8-266〜, 12-370〜/ Paus. 1-23, -28, 2-29/ Soph. Aj. 342〜/ Verg. Aen. 1-619〜/ Pind. Nem. 4-46/ Aesch. Pers. 896/ Eur. Hel. 87〜, 146〜/ Hor. Carm. 1-7/ etc.

テウケル　Teucer
⇒テウクロス（のラテン語形）

テウタ　Teuta, 別形（Tefta）, Τεῦτα,（露）Тевта,（現ギリシア語）Téfta

イッリュリアー*の女王（在位・前231～前228）。夫王アグローン Agron が大酒盛りを催して肋膜炎に罹って急死した（前231）あと、継子ピンネース Pinnes の摂政として君臨。水軍にエーペイロス*およびギリシア沿岸を攻撃させる一方、イタリア商船に対して海賊行為を働かせ、抗議に来たローマ使節 L. コルンカーニウス*を殺害した（前230）。そのためローマとの間に戦争が勃発する（前229）が、ほどなく部将に裏切られて降伏を余儀なくされた（前228）。和議の結果、領土の大半を奪い取られ、その後間もなく廃されたらしい。

⇒パロスのデーメートリオス

Polyb. 2-4, -6, -8〜12/ Dio Cass. Fr. 151/ Liv. Epit. 20/ App. Illyr. 7/ Flor. 1-2/ Plin. N. H. 34-11/ Zonar. 8-19/ etc.

テウトネース、もしくは、テウトニー　Teutones, Teutoni,（ギ）Teutŏnĕs, Τεύτονες,（英）（仏）Teutons,（独）Teutonen,（伊）Teutoni,（葡）Teutões,（露）Тевтоны,（現ギリシア語）Téftones,（和）テュートン、チュートン、トイトン

ゲルマーニア*人系の部族名。マッサリアー*（現・マルセイユ）のピューテアース*によって初めて言及され、バルト海沿岸、後世のホルシュタイン地方に居住していたことが知られる。前113年頃から移動を始めた同系のキンブリー*族に伴われて南下し、ローマ領内へなだれ込んだが、前102年夏、アクァエ・セクスティアエ*（現・エクサン・プロヴァンス）の戦いでローマの将軍マリウス*に撃滅された。戦闘前に彼らはローマ軍の陣営の前を通過しながら、「何か女房に伝言はないか？　我々はこれからローマへ向かうんでな」とローマ兵をあざわらっていたといい、その大軍たるや全員が通過するのに丸6日間を要するほどであったと伝えられる。マリウスによって殲滅されたずっと後になって、テウトネース（テュートン人）の名はゲルマーニア人とほぼ同意語としてラテン詩人に用いられるようになり、近代に至っている。またラテン語の「テウトニーの狂乱 furor Teutonicus」という語も、彼らの凶暴な略奪行から生じた言葉である。

Plut. Mar. 11〜21/ Caes. B. Gall. 1-33, 2-4, -29/ Suet. Iul. 11/ Liv. Epit. 67/ Vell. Pat. 2-12/ Flor. 3-3/ Oros. 5-16/ Mela 3-3/ Plin. N. H. 37-11/ Ptol. Geog. 2-11/ Luc. 1-255/ etc.

テウトブルギウム（または、テウトブルグム）の森　Teutburgium (Teutoburgum), Teutiburgium,（ギ）Teutobūrgion, Τευτοβούργιον,（ラ）Teutoburgiensis Saltus,（英）the Teutoburgian Wood (Forest),（独）der Teutoburger Wald,（仏）La Forêt de Teutberg,（伊）La Foresta di Teutoburgo,（西）El Bosque Teutónico,（和）トイトブルクの森

北西ゲルマーニア*の山地名。その位置については異論はあるが、ウィスルギス Visurgis（現・ヴェーザー Weser）河中流とアミーシア Amisia（現・エムス Ems）河上流との中間あたりと想定される（現・カルクリーゼ Kalkriese 近郊）。後9年秋ローマの軍司令官 P. ウァールス*率いる3箇軍団が、ケルスキー*族の首長アルミニウス*の罠にはまり、この地でゲルマーニア諸族の不意討ちに遭って殲滅された（9月）。ウァールスはじめ多数の者は自殺したが、捕虜となった将兵はゲルマーニアの神々へ犠牲として捧げられた。半焼きにされたウァールスの屍体は切り裂かれ、打ち落とされたその首は戦利品としてマルコマンニー*族の王マロボドゥウス*に届けられた後、ローマ初代皇帝アウグストゥス*のもとへ送りつけられた。かくてローマの第17・18・19の軍団兵約2万人、および騎兵隊、援軍、同行したその妻子らはほぼ全滅。ローマ帝国の軍団数は25に減じ、レーヌス*（ライン）河以東の領域が失われた。6年後ゲルマーニクス*によって戦死者の遺骨が拾集され、埋葬された（15）。潰滅した3軍団の番号（17・18・19）は以来、不吉として再び用いられることはなかった。

⇒カッティー

Tac. Ann. 1-60〜62/ Suet. Aug. 23/ Dio Cass. 56-18〜24/ Vell. Pat. 2-105, -118〜/ etc.

テウトラース　Teuthras, Τεύθρας,（伊）Teutrante, Teutra,（露）Тевфрант

系図249　テウトラース

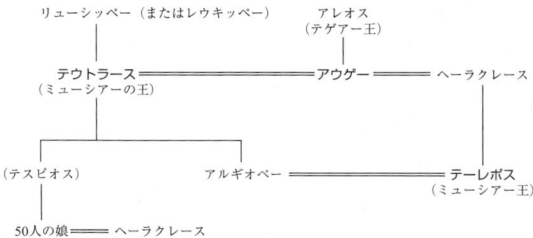

ギリシア神話中、小アジア北西部ミューシアー*地方の王。狩猟中、女神アルテミス*の聖域に逃げ込んだ猪が人語を発して助命を乞うたにもかかわらず、敢えてこれを殺害、ために女神の怒りに触れて、癩病（レプラー）と狂気に取り憑かれた。しかし、彼は母親の尽力のおかげで女神の赦しを得、病いを癒やされた。奴隷として買ったアウゲー*を娶り、のち彼女の息子テーレポス*（父はヘーラクレース*）に王国テウトラーニアー Teuthrania, Τευθρανία を遺贈した。50人の娘をもつテスピオス*王は、一説に彼の息子とされている。

Apollod. 2-7, 3-9/ Paus. 8-4, 10-28/ Diod. 4-33/ Strab. 12-571〜/ Hyg. Fab. 99〜100/ Plin. N. H. 5-33/ etc.

テオクセニア　Theoksenia, Θεοξένια, Theoxenia
⇒レクティステルニウム

テオグニス　Theognis, Θέογνις,（仏）Théognis,（伊）Teognide,（西）Teognis,（葡）Teógnis,（露）Феогнид

（前570頃〜？）ギリシアの教訓詩人（前550〜前540頃に活躍）。メガラ*の名門に生まれるが、貴族対民衆の政争に敗れて財産を没収された上、祖国を追放され、エウボイア*、テーバイ❶*、スパルター*、シケリアー*（現・シチリア）など諸所に流寓した。古代ギリシア人の常として男色を好み、とりわけ他の若者たちの憧れの的となっていた逞（たくま）しい美青年キュルノス*を熱愛し、数多くの詩を彼に献げた。「美男子と恋をしながら肉体を鍛え、帰宅しては日ねもす若者と寝ることのできる男は幸福だ」と歌い、他の詩人に美少年を賭けた歌競べを挑んだり、新しい男のもとへと去っていく若者の後を追い、機嫌をとり、懇願を繰り返した果てに恨み言を述べたりもしている。

彼の名のもとに伝わるエレゲイオン elegeion, ἐλεγεῖον 調詩集（2巻・1389行）は、教訓詩（金言詩）や酒宴歌・政治詩・恋愛歌などを含むが、ソローン*、テュルタイオス*、ミムネルモス*ら別人の作も少なからず混入しており、第1巻はさながら古代ギリシアの名句格言集の観を呈している（第2巻は「少年愛 paiderastia, παιδεραστία（パイデラスティアー）」を主題とする作品集）。亡命者の辛苦をなめたテオグニスの詩は、厭世的でありながら、成り上がりの俗衆を激しく罵る貴族の党派精神に満ちており、前5世紀に滅びつつあったアテーナイ*の貴族社会でもてはやされた。長期にわたる流浪ののち、晩年を迎えた詩人は —— 役人を買収して —— ようやく故郷に帰り得たという。「人間にとって何よりも善いのは生まれて来ないこと、しかし生まれてしまったからにはできるだけ早くこの世を去ること」や、「人それぞれに不幸あり、日の下（もと）に揺るぎなく幸いなる人は絶えてなし」、「恥ずべきは素面（しらふ）の人たちの間で酔いしれること。また酔客にまじって1人素面でいること」、「人の心は酒によって知れる」、「飢餓よりも飽満のほうがはるかに大勢の人々を破滅させた」などの詩句は彼の作品中に見出される。

なお、このエレゲイア詩人の他に、アテーナイの30人僣主*（前404〜前403）の1人でその冷酷さのゆえに「雪」と渾名されていた悲劇詩人テオグニス（喜劇作家アリストパーネース*と同時代）が知られている。

Theog./ Pl. Leg. 1-630a/ Cyril. Adv. Iul. 1-13, 7-225/ Euseb. Chron./ Hieron. Chron./ Ar. Ach. 11〜12, 139〜140, Thesm. 170/ Xen. Hell. 2-3/ Stob. 92-5/ Lys. 12-6〜/ Suda/ etc.

テオクリトス　Theokritos, Θεόκριτος, Theocritus,（仏）Théocrite,（伊）Teocrito,（西）（葡）Teócrito,（露）Феокрит,（現ギリシア語）Theókritos

（前310／300頃〜前260／250頃）ヘレニズム時代の代表的なギリシア詩人。「牧歌（田園詩）Eidyllion, Εἰδύλλιον（エイデュルリオン）」の創始者。シケリアー*（現・シチリア）島のシュラークーサイ*市の出身。つましい家庭に生まれ、若い頃ヒエローン2世*王の庇護を求めて詩を献呈するが望みを果たせず、地中海東部へ旅立ち、コース*、ミーレートス*、アレクサンドレイア❶*などを旅して回った。特にコース島では学匠詩人ピリータース*と交わり、その文学サークルに加わって詩才を磨いた。またエラトステネース*に師事し、相弟子であったミーレートス出身の医師ニーキアース Nikias（詩人としても著名）と親友になり、のちに幾篇かの作品を彼に献げている。文芸愛好家のエジプト王プトレマイオス2世*の寵遇を得て、アレクサンドレイアに居住してからは、カッリマコス❶*と知り合い、その詩論に共鳴しつつも新たに独自の詩のジャンルを開拓、大いに盛名を馳せた。晩年はシュラークーサイへ帰って自適の生活を送ったらしい。作品は主にドーリス*方言で書かれており、『牧歌 Eidyllia, Εἰδύλλια』（30余篇中、真作は23篇）の他、少なからぬエピグラム詩や断片が伝存している。代表作『牧歌』は内容上、シケリアーや南イタリアを舞台にした「田園詩」（第1、3〜7、10〜11）、擬曲 mimos 風の詩（第2、14〜15）、君主を称える讃歌（第16〜17）、神話に取材した小叙事詩 epyllion（エピュッリオン）風の詩（第13、18、22、24、26）、男色ないし少年愛を扱った詩（第12、29〜31）、その他（第28）に分類される。いずれも技巧的に完成された小規模な詩で、叙事詩の韻律ヘクサメトロス heksametros 調を用いながら繊細で抒情性に富み、かつ親しみやすい。とりわけ名高いのは、牧人ダプニス*の死を悼む哀悼歌（第1）や、泉のニュンペー*（ニンフ）にさらわれた美少年ヒュラース*の神話（第13）、不実な恋人を媚薬と魔術で呼び戻そうとする乙女シーマイター Simaitha の物語（第2）などで、その他後世まで御馴染みとなる羊飼いコリュドーン Korydon や少女アマリュッリス Amaryllis（「アマリリス」の語源）らが登場して、田園を背景に男女両色の恋物語を繰り広げる。第7歌において、美少年に焦がれるシーミキダース Simikhidas という名で現われる男性はテオクリトス自身、同じく衆道好きのリュキダース Lykidas なる作中人物は、詩人タラース*のレオーニダース*をモデルにしているという。多くの人々を魅了した彼の『牧歌』は、その後、モスコス*、ビオーン❶*、ウェルギリウス*らを経て、はるか近代ヨーロッパの詩人たちに至るまで大きな影響を与え、模倣者・

追随者を産み続けた。「小さな絵」を意味するエイデュッリオン（〈ラ〉イーデュッリウム Idyllium 田園的・牧歌的な小景詩）から後世の（英）idyll，（仏）idylle，（独）Idyll(e)，あるいは（英）idyllic などの語が生じた。

なお他にも、マケドニアー*王アンティゴノス1世*が片目であることを揶揄ったために殺された弁論家テオクリトス（前4世紀後期に活躍したキオス*出身のソフィスト*）や、詩人カッリマコスに愛された若者テオクリトス（前270頃）、ローマ皇帝コンモドゥス*（在位・180～192）の男色相手サオーテルス Saoterus の稚児でカラカラ*帝（在位・211～217）の宮廷で権力をふるった解放奴隷テオクリトスなど幾人かの同名人物が知られている。

Theoc. Id., Epigr./ Anth. Pal. 9-338, -432～, 13-3/ Quint. 10-1/ Serv. ad Verg. Ecl. 5-55/ Diog. Laert. 5-11/ Plut. Mor. 603c, 633c/ Ath. 6-230f, 12-540a/ Strab. 14-645/ Macrob. Sat. 7-3/ Dio Cass. 77-21/ S. H. A. Caracall. 6-1/ Anth. Pal. 12-230/ Suda/ etc.

テオース Teos, Τέως,（〈ラ〉時に Teus），（仏）Téôs,（伊）Teo,（露）Teoc,（現ギリシア語）Téo

（現・トルコの Sığacık 近くの Bodrun 遺蹟に該当する）小アジア西岸の港湾都市。エペソス*の西北、コロポーン*の西方に位置する。イオーニアー*12都市の1つで、イオーニアー地方のほぼ中央に当たるため、アカイメネース朝*ペルシア*の脅威が迫った時、タレース*はこの町を全イオーニアーの首都として団結するよう呼びかけた（前6世紀中頃）。伝承によれば、オルコメノス*のミニュアース*人（ミニュアイ*）によって創建され、次いで前11世紀頃アテーナイ*王コドロス*の息子たちの指導下にイオーニアー人が移住して来たという。ペルシア帝国*のイオーニアー征服後、住民は一団となってトラーケー*（トラーキアー*）へ移り、この地にアブデーラ*市を建設（前545頃）。一部は再び帰郷してイオーニアーの反乱（前500～前493）に加わった（前494、ラデー Lade, Λάδη の海戦で敗北）。ペルシア戦争*後はデーロス同盟*に加わったが、ペロポンネーソス戦争*中に離反し（前413）、大王の和約（アンタルキダース*の和約）によって再度ペルシア領となった（前387／386）。ヘレニズム時代にはアレクサンドロス大王*の遺将リューシマコス*（前302）やペルガモン*のアッタロス1世*（在位・前241～前197）、セレウコス朝*の大王アンティオコス3世*（前204）に次々と占領され、アパメイア*の和約（前188）で再びペルガモン領となったが、前133年以降はローマの属州アシア*の1都市として編入された。

ディオニューソス*神の崇拝で名高く、前200年頃にはこの市を中心にディオニューソス芸団と称する巡回芸能団体が活躍。詩人アナクレオーン*の、時に史家ヘカタイオス❷*の生地として知られる。南北両側に港を擁する岬にあり、現在も劇場（テアートロン*）、音楽堂（オーデイオン*）、ギュムナシオン*、ディオニューソス神殿などの遺跡が残っている。

⇒サモス

Herodot. 1-142, -168, -170, 2-178, 6-8～/ Thuc. 3-32, 8-16, -19, -20/ Strab. 14-644/ Paus. 7-3/ Ael. V. H. 8-5/ Liv. 37-27～28/ Polyb. 5-77/ Ptol. Geog. 5-2/ Scylax/ Steph. Byz./ etc.

テオース Teos, Τεώς
⇒タコース

テオデクテース Theodektes, Θεοδέκτης, Theodectes,（伊）Teodecte,（西）Teodectes,（露）Теодект

（前375頃～前334頃）ギリシアの弁論家、悲劇詩人。小アジアのリュキアー*地方の町パセーリス*（現・Tekirova）の出身。プラトーン*、イソクラテース*、アリストテレース*に学び、主としてアテーナイ*で活躍。雄弁家として盛名を馳せ、また50篇の悲劇を書いた（13回の競演で8回優勝）。素晴らしい記憶力の持ち主で一度聞いた詩文はことごとく諳んずることができたといい、洗練された文体の演説や修辞学書、謎かけの詩などを著わしたが、わずかな断片を除いてすべて散逸した。非常な美貌に恵まれていたので、アリストテレースから熱愛され、弁論術に関する著作を献呈されたことでも知られている。40歳で父親に先立ったが、東方遠征の途上パセーリスを通過したアレクサンドロス大王*は、彼の肖像におびただしい花環を献げて敬意を表したという（前333）。なお彼がユダヤ人の聖書から悲劇の題材を借用して盲目となり、罪を悔いて再び視力を回復したという話も伝えられている。

⇒ステーシコロス

Arist. Rh. 2-23, Pol. 1-6, Poet. 11, 16, Eth. Nic. 7-7/ Cic. Orat. 51, 57, 64, Tusc. 1-24/ Paus. 1-37/ Plut. Alex. 17, Mor. 837c/ Ath. 10-451e/ Quint. 11-2/ Gell. 10-18/ etc.

テオドシウス Theodosius,（ギ）Theodosios, Θεοδόσιος,（仏）Théodose,（伊）（西）Teodosio,（葡）Teodósio,（露）Feodosij, Феодо́сий,（現ギリシア語）Theodhósios

古代末期のローマ皇帝名（⇒巻末系図105）

❶**テオドシウス1世** Flavius Theodosius I（後347年1月11日～後395年1月17日）ローマ皇帝（在位・379年1月19日～395年1月17日）。大帝 Magnus。父はウァレンティーニアーヌス1世*の治下、ブリタンニア*（367～368）やアーフリカ*（373～375）の反乱鎮圧に活躍した有能かつ残忍な将軍テオドシウス Flavius Theodosius Comes（？～376年処刑さる、⇒ギルドー）。彼も父と同様ヒスパーニア*に生まれ、軍事に長じドーナウ中流域で勲功を立てたが、父の刑死（376）に際して一旦ヒスパーニアへ引退。378年8月のウァレーンス*帝敗死後、西方帝グラーティアーヌス*に召還されて東方統治を委ねられ、間もなくローマ帝国東方の正帝（アウグストゥス*）となる（379年1月）。ひまなく侵寇するゴート*族（ゴトーネース*）などゲルマーニア人*対策に苦慮し、382年には協定を結んで（10月3日）兵力提供を条件に彼らの帝国内定住と自治を認めざるを得なくなる（～

395)。次いでサーサーン朝*ペルシアと和して長年問題となって来たアルメニアー*を両国で分割 (386／387)、アンティオケイア❶*の反乱 (⇒リバニオス) も平定 (387) して東方の守りを固めた後、軍を率いて西方帝国の内戦に干渉。自らの血縁で西方正帝として承認していたマグヌス・マクシムス*を攻め滅ぼし (388) ローマ市に入城 (389年6月13日)、義弟ウァレンティーニアーヌス2世*に西方を統治させる。さらにウァレンティーニアーヌスの変死 (392) 後、再びゲルマーニア*同盟軍を率いてイタリアへ攻め込み、新帝エウゲニウス*を擁立したアルボガステース*軍を破って (394年9月6日)、ディオクレーティアーヌス*帝以来分割統治されていた帝国を再統一、単独支配を回復した (394)。しかしそれも束の間、4ヵ月後には安佚懶惰に耽る不節制な生活がわざわいして水腫に罹り、メディオーラーヌム* (現・ミラーノ) で崩御 (395)。死に先立ち全土を東ローマ帝国と西ローマ帝国に2分して、暗愚無能な息子たちアルカディウス*とホノーリウス*に委ねたため、帝国は以降永久に分裂することとなった。

帝は重患の折に受洗して (380) 以来、熱狂的なアタナシオス*派 (三位一体派) のキリスト教徒となり、アレイオス* (アリーウス*) 派など他のキリスト教諸派を異端として厳禁・弾圧 (380年2月28日のテッサロニーケー*勅令以来)。391年11月8日には異教 (＝非キリスト教) の全面禁止令 (テッサロニーケー*勅令) を出し、「正統 (アタナシオス) 派」キリスト教をいわば国教に昇格 (カトリック Catholicus 信仰の強制は、380年2月28日ともいう)。その功績ゆえにキリスト教徒からは大帝と称された。不寛容かつ残忍な性格の持ち主で激情にはしりやすく、390年テッサロニーケー市で役人と戦車取者との間の美少年争いに起因する暴動が生じた時には、同市の住民全員を大競技場(キルクス*)に招いて老若男女を問わず皆殺しにしたという (7千～1万5千人を虐殺。⇒アンブロシウス)。またギリシア・ローマの伝統宗教に迫害を加えて、あらゆる祭礼や供儀を禁じ、オリュンピア*競技祭 (オリンピック*) も廃止 (394)、加えて、「異教」の全神殿を閉鎖して、その財産を没収し、さらには壮麗な神殿や神像を破壊・略奪することさえ認めた (⇒テオピロス、マルケッロス)。いわゆる「暗黒の」中世キリスト教世界は、彼により準備されたといえよう。
⇒スティリコー、ルーフィーヌス、アラリークス、ウァラフラーン4世

Socrates 5～/ Zosimus 4～/ Cod. Theod. 16-5, -10/ Ambros./ Augustin./ Amm. Marc./ Claud./ etc.

❷**テオドシウス2世** Flavius Theodosius II (後401年4月10日～後450年7月28日) 東ローマ帝国第2代皇帝 (在位・408年5月1日～450年7月28日)。❶の孫。アルカディウス*帝の息子 (実父は母后エウドクシア❶*の情夫ともいう)。生後1年足らずで父帝により正帝(アウグストゥス*)の称号を与えられ (402年1月10日)、父の死 (408) に際してわずか7歳で即位し、近衛軍司令官アンテミウス Anthemius (？～414) や実姉プルケリア*の後見を受けた。女性と宦官の群れに囲まれて育った彼は、父帝に輪をかけた無能・暗愚な君主となり、国事を顧みず重要書類にも目を通さずに署名。自らは絵画や彫刻の技芸に耽り、宗教書の転写を巧みにしたので「能筆家(カルリグラブス) Calligraphus」の異名を得た。コーンスタンティーノポリス*「大学」の設立 (425) や、首都の陸側を強化する新城壁 (テオドシウスの城壁、現・Teodos Suru ないし Surlar) の建造 (413～447)、コーンスタンティーヌス1世*以降制定された勅法を集成した「テオドシウス法典 Codex Theodosianus」(全16巻) —— 西ローマでも実施され、のちのユースティニアーヌス1世*の「ローマ法大全」やゲルマーニア*人の諸法典にも大きな影響を与えた —— の編纂 (429～438) などの大事業は、すべて有能な臣下任せであり、自分の名を冠して編修させたこの法典にさえ、おそらく彼は目を通さなかったと思われる。姉プルケリア、皇后エウドキア❶*、宦官クリューサピウス Chrysaphius (？～450) らに次々に政権を壟断され、嫉妬心を煽られて妻エウドキアを姦通の容疑で追放する (441／442) など、宮廷には陰謀が絶えなかった。意志薄弱な帝は、その時々の実力者の傀儡に過ぎず、神学論争の中でも動揺を繰り返し、自らが首都の総主教に任命した (428) ネストリオス* (ネストリウス*) を、3年後には罷免・放逐する (431) ようなことも珍しくなかった。サーサーン朝*ペルシアとの戦争 (421～422、441～442) にも無関心で、フン*族 (フンニー*) の侵攻には抗う術もなく、その都度、年々巨額の貢納金を支払うなど屈辱的な条約で難を凌がざるを得ず、すこぶる威信を失った (422、433～434、443～449)。フン王アッティラ*の暗殺にも失敗し (449)、翌450年狩猟中に落馬して河中に投げ出され、その時脊椎に負った傷がもとで数日後に崩じた (在位42年あまり)。

若い頃、美貌の青年貴族パウリーヌス Paulinus に熱中して、これを登用するが、のち反逆罪の疑いで処刑し (444)、やがてパウリーヌスに瓜二つでその庶子と噂される宦官クリューサピウスを溺愛、重用して大きな富と権力を与えたものの、帝が事故死するや、このクリューサピウスは帝姉プルケリアの命令で首都の城門前において処刑されて敢えなく果てている。
⇒僭帝ヨーハンネース、ウァレンティーニアーヌス3世、リキニア・エウドクシア、ヤズダギルド❶❷

Socrates/ Sozom./ Cod. Theod./ Priscus/ etc.

テオドーラー Theodora, Θεοδώρα (Theodōrē, Θεοδώρη), (ラ) **テオドーラ** Theodora, (仏) Théodora, (伊)(西)(葡) Teodora, (露) Феодора, (現ギリシア語) Theodhóra

(後497／508～後548年6月28日) 東ローマ皇帝ユースティニアーヌス1世*の皇后 (在位・527年8月9日～548年6月28日)。コーンスタンティーノポリス*の熊使いの娘という下層の出身。幼時に父を喪(うしな)い、早くから売春婦や女優として舞台に登場、あらゆる性技を尽くして一晩に40人以上の男と交わったり、劇場で裸になって横たわり秘部に麦粒を撒かせて鵞鳥に一粒ずつ啄(ついば)ませて見せたりしたという。何度も堕胎を繰り返し、シュリアー*人の妾となる

が素行が修まらずにすぐさま捨てられ、アレクサンドレイア❶*他帝国各地で娼婦生活を送ったのち、首都に戻ってユースティーニアーヌス1世の情婦になる。機知に富み聡明かつたいそうな美人だった彼女は、たちまち勢力をふるい、法律を曲げてユースティーニアーヌスの正妻(524)、次いで皇后となり(527)、事実上の女帝として21年間君臨した(527～548)。男勝りの剛毅な気性と冷静な判断力の持ち主で、ニーカー Nika の乱が起きて夫帝が逃亡を決意した時にも、「落人になってまで生き延びとうありません。『帝衣こそ最高の死装束』と言う格言をお忘れですか」と叱咤して、形勢を逆転させ、大虐殺の末、暴動を鎮圧させてしまった(532年1月)。卓抜した才幹で国事、特に外交と宗教政策を左右し、東方キリスト教を重視して単性論派を支持、ローマ教皇や総大主教を任免したり、敵対者を放逐ないし殺害したりし、夫帝の出した命令を取り消すことさえあった。東ゴート*王テオドリークス❶*の美しい娘アマラスーンタ Amalasuntha を嫉妬心から暗殺させたのも、彼女の指し金によるものであったという(535)。奢侈、虚飾を好み、金銭と権力に貪欲なうえ、冷酷で尊大な策謀家としても知られる。将軍ベリサーリウス Belisarius (505頃～565)の妻アントーニナ Antonina (同じく残忍で淫蕩な卑賤の出の女)とともに、夫の目をかすめて密かに姦通を働いていたという話も伝えられている。また彼女は面前で犠牲者に拷責を加えさせて娯しみ、執行を怠る刑吏には生皮剥ぎの刑を以て臨むことを誓言。ある時は自らの意にそまぬ若者を避難所たる教会から引きずり出すと、裁判もせずに青年の性器を切り落とし、財産を没収してしまったという。万人から無慈悲で血に飢えた女として怖れられながらも、終生夫の信頼を失うことなく、癌のため死亡した。
⇒プロコピオス
Procop. Anecdota. Goth., Aed./ Evagrius 7/ Cod. Iust./ Zonar. 14-6～/ Lydus Mag./ Theophanes/ Paulus Silent. 58～/ etc.

テオドリークス Theodoricus, (Theodericus, Theudoricus), (ギ) Theuderikhos, Θευδέριχος, (英) Theodoric, Theuderic, (仏) Théodoric (Thierry), (独) Theoderich (Dietrich), (伊) (西)(葡) Teodorico, (露) Теодорих, (チェコ語) Theodorik, (和) テオドリック、テオデリヒ
ゴート*族(ゴトーネース*)の王。

❶**大王** Th. Magnus (後453／456頃～後526年8月30日) Flavius Theodoricus Rex。東ゴート*の王(在位・471／474～526年8月30日)。パンノニア*で東ゴートの王族に生まれ(妾腹)、少年時代を人質としてコーンスタンティーノポリス*の東ローマ宮廷で生活、帰国(470)後父テオデミール Theodemir (Theodemer), (ラ) Theodomirus を継いで王となり、バルカン半島を劫掠した。東ローマ皇帝ゼーノーン*(ゼーノー*)から執政官に任ぜられ(484)、さらに帝の委託を受けて族民をつれてイタリアへ進攻し(489)、戦闘の後オドアケル*(オドヴァカル)を手ずから謀殺してイタリアを征服(493)、ラウェンナ*(現・ラヴェンナ)を首都、ウェーローナ*(現・ヴェローナ)を副都とする東ゴート王国を建設した(493年にイタリア王として認められる)。領土をシキリア*(現・シチリア)や北東方面にも広げ、フランク*王クロウィス*の妹と再婚、西ゴート、ブルグンディー*、ウァンダリー*(ヴァンダル族)などゲルマーニア*人諸王室と姻戚関係を結んで同盟政策を進めた。東ローマの宗主権を名目上認め、皇帝の代理官としてローマの旧制を尊重し、学芸・産業を保護、ボエーティウス*やカッシオドールス*らのローマ人を文官に登用したが、アレイオス*(アリーウス*)派のキリスト教を支持したため、カトリック派を奉ずるローマ系住民との間に軋轢が生じた。猜疑心からボエーティウスとその岳父を処刑して以来、亡霊に苦しめられて熱病(痢病とも)に罹り、絶命した後その魂はシキリアの火山にある地獄の入口へと運ばれたと伝えられる。娘アマラスーンタ Amalasuntha (498～535)によってラウェンナに今も残る石造墓(《伊》 Mausoleo di Teodorico)に葬られたが、彼の死後王室に内紛が生じ、アマラスーンタが第2の夫によって幽閉され、浴室で暗殺されるに及んで東ローマ帝ユースティーニアーヌス1世*の討伐軍が攻め寄せ、王国の滅亡をもたらすゴート戦争(535～555)が起きた(⇒テオドーラー)。

テオドリークスは無筆であったので、署名の際には透し彫りになった黄金板を紙にあて、この手本をなぞっていたといわれる。死後もゲルマン系の詩歌にうたい継がれ、『ニーベルンゲンの歌 Nibelungenlied』では、ヴェローナのディートリッヒ Dietrich von Bern として登場している。
Jordan. Get./ Procop. Goth./ Cassiod. Var., Chron./ Sid. Apoll. Epist./ Theophanes/ Cod. Theod./ etc.

❷**1世** Th. (Theoderid) I (?～後451年6月20日)西ゴート*王(在位・418～451)。アラリークス*1世の子(または養子)。アクィーターニア*を本拠とする西ゴート王国を支配し、南ガッリア*の地中海沿岸を奪取するべく、アレラーテ*(現・アルル)やナルボー*(現・ナルボンヌ)を包囲したが、両度とも西ローマの将軍アエティウス*に撃退された(436～439)。しかし、首都トロサ*(現・トゥールーズ)をローマ軍に攻撃された時(439)には、占いを信じて和約を拒む敵将を撃ち破って捕虜とし、凱旋行列に引き廻した(同年、和約を結んだ西ローマから正式に独立国家として承認さる)。その後、フン*族の王アッティラ*がガッリアへ攻め入ると(451)、アエティウスと結んで息子たちとともに西ゴート軍を率いて参戦。カタラウヌム*の平原でフン族に勝利を収めたものの、自らは槍に貫かれて馬から投げ出され、部下に踏み潰されて戦死した。彼は政略結婚によって他のゲルマーニー*王家と姻戚関係を結んだが、ヴァンダル*王ゲイセリークス*の長男に嫁いだ娘は、舅から毒殺の嫌疑をかけられ鼻と両耳をそぎ落とされて、父の許へ送り帰されて来たという(445)。
⇒巻末系図105
Jordan. Get. 34, 36～41/ Sid. Apoll. Panegyricus. Avito, Epist./ etc.

❸**2世** Th II (?～後466)西ゴート王(在位・453～

テオドリークス

系図250　テオドリークス❶（東ゴート王）
アマリー家（アマレル家）

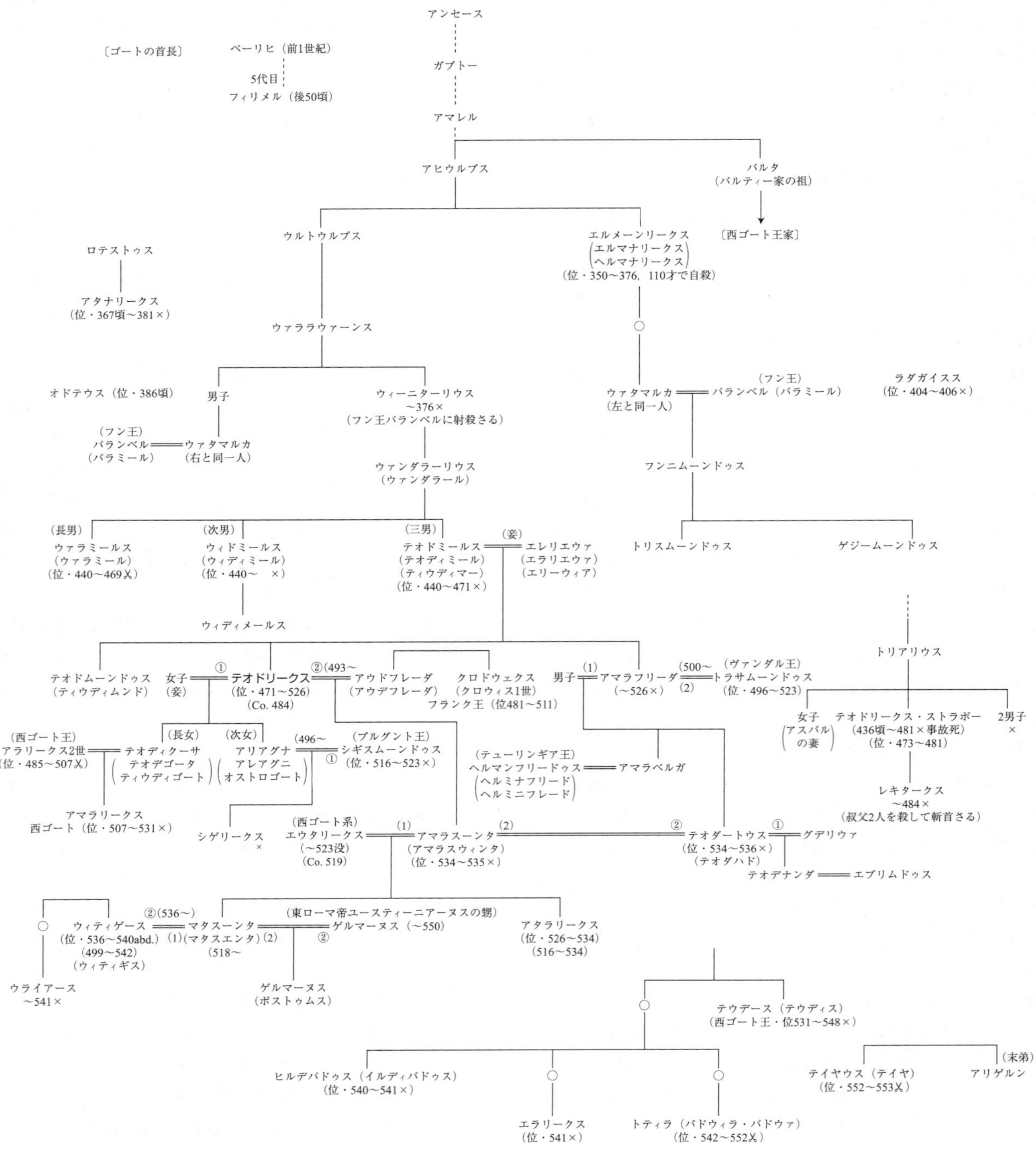

系図251　テオドリークス❷（西ゴート王）
（バルティー家）

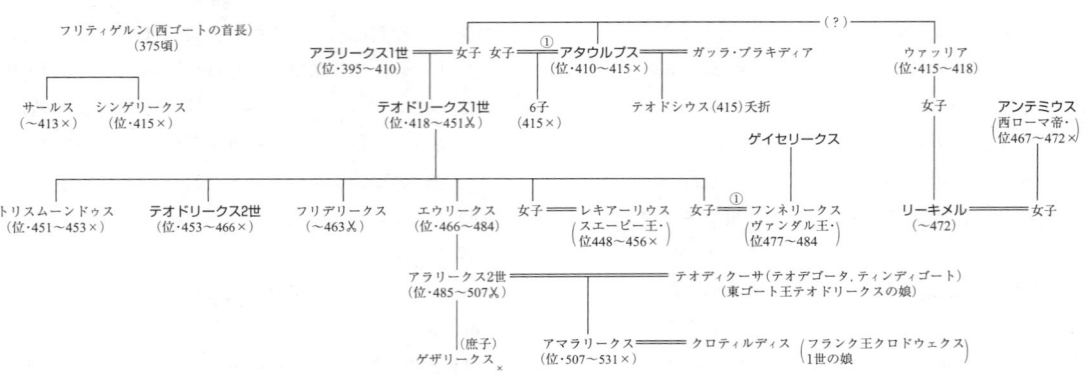

466)。❶の次男。兄王トリスムーンドゥス Thorismundus (Thorismond. 在位・451〜453) を殺して即位し、アウィートゥス*の西ローマ皇帝登極を支持 (455)、ガッラエキア* Gallaecia (現・ガリシア) のスエービー*族を討ってヒスパニア*の大半を征服し (456)、大いに勢力を伸張したが、のち弟エウリークス Euricus (在位・466〜484) に暗殺された。彼は端正な容貌と筋肉隆々たる肉体をもち、文武両道に秀で、シードニウス・アポッリナーリス*ら文人を保護、その食卓は優雅で洗練されていたという。
⇒マイヨリアーヌス
Sid. Apoll. Epist. 1-2, Panegyr. Avito/ Jord. Get. 43〜44/ Greg. Turon. 2-11/ etc.

テオドーレートス Theodoretos, Θεοδώρητος, Theodoretus, (英)(独) Theodoret, (仏) Théodoret, (伊)(西)(葡) Teodoreto, (露) Феодорит, (現ギリシア語) Theodhóritos

(後393頃〜後466頃) 古代末期のキリスト教神学者。シュリアー*のキュッロス Kyrrhos, Κύρρος (現・Nebi Huri, Kūrus) の主教 (在任・423〜466頃)。アンティオケイア❶*に生まれる。ネストリオス*の友人。アレイオス* (アリーウス*) 派、マルキオーン*派には反対したが、公然とネストリオスを支持 (431)、瑣末な神学論争に巻き込まれ、エペソス*の「強盗会議」において免職・追放に処された (449)。しかし、451年のカルケードーン*公会議に召還され、ネストリオスを裏切り弾劾することで復職を認められる。カイサレイア*のエウセビオス❶*の『教会史』の続編として、323年から428年までを扱った『教会史 Ekklesiastike Historia, 'Εκκλησιαστικὴ 'Ιστορία』を著わしたほか、護教論や聖人伝、書簡などを残した。剣闘士試合をやめさせようと闘技場に割り込んだ修道士テーレマコス Telemakhos (?〜391年1月1日) が、激怒した観衆から石を投げつけられて殺され、この事件が契機となってホノーリウス*帝による剣闘士試合禁止令が発布されるに至った話は、彼の『教会史』に見出される。ソークラテース・スコラスティコス*、ソーゾメノス*と彼の史書をあわせて後世、ラテン語訳の3部作 Historia Tripartita が編集された。
⇒ピロストルギオス
Theodoretus Hist. Eccl., Graecarum Affectionum Curatio, Eranistes, Historia Religiosa, Epist./ Nicephorus H. E. 14-54/ Phot./ etc.

テオドーロス Theodoros, Θεόδωρος, Theodorus, (英) Theodore, (仏) Théodore, (独) Theodor, (伊)(西)(葡) Teodoro, (露) Феодор, (現ギリシア語) Theódhoros

ギリシア人の男性名。

❶サモス*の芸術家 (前6世紀中頃に活躍)。名工として知られ、クロイソス*王がデルポイ*に奉納した黄金製と銀製の巨大な混酒器(クラーテール)や、僭主ポリュクラテース*の名高い指環 (黄金の台にエメラルドの印章付きの) の作者とされる。初めて鉄の熔接法と鉄で神像を鋳造する方法を発明し、また人体プロポーションの規範をエジプトから導入した人物とも伝えられる。オリエントの先進技術をギリシア世界にもたらした改革者であったらしい。その他、サモスのヘーラー*大神殿やエペソス*のアルテミス*神殿、スパルター*の集会場 skias (スキアス)、レームノス*の迷宮 (ラビュリントス*) などの建造に携わったといい、一説では定規や旋盤、錠、水準器などの発明も彼に帰せられることがある。
⇒ロイコス、エウパリーノス
Herodot. 1-51, 3-41/ Paus. 3-12, 8-14, 10-38/ Plin. N. H. 7-56, 34-19, 35-43, 36-19/ Diod. 1-98/ Vitr. 7/ etc.

❷ (前460頃〜?) 数学者・ピュータゴラス*派の哲学者。キューレーネー*の出身。プラトーン*やテアイテートス*の師。はじめプロータゴラス*に師事したが、間もなく数学に転じ、幾何学や数論、音楽などの分野で名を知られた。ソークラテース*の友人でもあり、プラトーンの対話篇『テアイテートス』によれば、$\sqrt{3}$、$\sqrt{5}$ など17までの長方形数 (非正方形数) の平方根は無理数 (通約不可能) であることを証明したという —— 弟子のテアイテートスが無理数の一般理論を展開した ——。
Pl. Tht./ Diog. Laert. 2-103, 3-6/ Apul. De dog. Plat. 1/ Iambl. Vita Pyth. 36/ Procl./ etc.

❸ (前340頃〜前250頃) キューレーネー*学派の哲学者。「無神論者 Atheos」と渾名され、また揶揄的に「神 Theos(テオス)」とも呼ばれる。アリスティッポス*の外孫・小アリスティッポスの弟子。故郷リビュエー* (アーフリカ*) のキューレーネーを追放されてアテーナイ*へ向かい、この地において

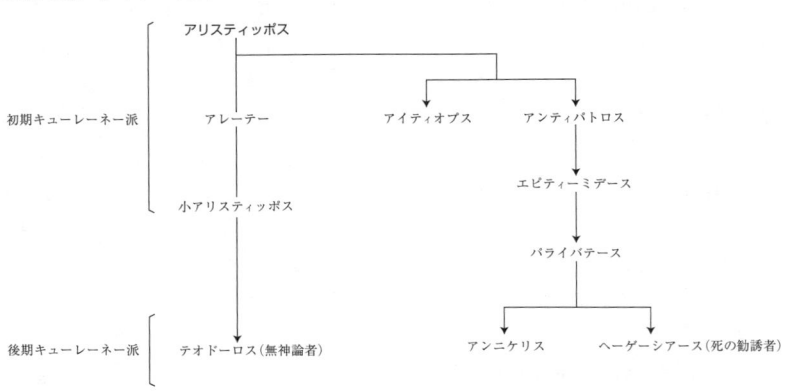

系図252 テオドーロス

も姦淫・窃盗・神殿荒らしを容認する教説のゆえに、あやうくアレイオス・パゴス*法廷に引っ張り出されるところを、パレーロン*のデーメートリオス*に救い出される。最後はキューレーネーに帰り、マガース*（キューレーネーの支配者）と起居を共にしながら、生涯の終わりまで非常な尊敬を受けたとされるが、一説にはアテーナイで有罪の判決を受け毒盃を仰いで死んだともいう。不羈独立の気性で知られ、リューシマコス*王から死をもって脅かされても、「私にはそのような威迫は通じません。屍を埋葬されずとも、ただ地上で腐るか地下で腐るかの違いしかないのですから」と平然と答えたといい、また最初にキューレーネーから追放された時には、「キューレーネーの諸君、リビュエー（アーフリカ）からギリシアへと私を追いやってくれて、ありがとう」と言ったと伝えられる。彼は「世界が我が祖国である」と唱え、「賢者はまったくためらうことなしに、公然と恋人たちと交わりを結ぶであろう」と断言、美少年や美青年や美女は愛の交わりを結ぶために有用な存在である、と説いた。女哲学者ヒッパルキアー*にやりこめられて、彼女の衣服を引きはがそうとした逸話は有名。
⇒アンニケリス、ヘーゲーシアース❷、ビオーン❷
Diog. Laert. 2-85〜86, -97〜103/ Sen. Tranq. 14/ Cic. Tusc. 1-43, Nat. D. 1-1/ Sext. Emp. Pyr. 3-218./ etc.

❹（前1世紀後半）Th. Gadareus, Θεόδωρος ὁ Γαδαρεύς。ガダラ*出身の修辞学者。もと奴隷だったが、解放後ロドス*島で学校を開き、のちに第2代ローマ皇帝となるティベリウス*を教えたことで知られる。早くからティベリウスの残忍な性質を見抜き、まだ少年の彼を「血でこねられた粘土」と呼んでいたという。文法や修辞学に関する多くの著作を記し（すべて散逸）、自ら一学派 Theodorei を樹立。当時有力だったアポッロドーロス❺*学派と激しく対立した。
⇒ヘルモゲネース❷、ディデュモス
Quint. Inst. 3-1-17〜/ Suet. Tib. 57/ Sen. Suas. 3-7/ Juv. 7-177/ Strab. 13-625, 16-759/ Suda/ etc.

❺（後350頃〜後428）（モプスーエスティアー Mopsuestia, Μοψουεστία の）Th. Mopsuestenus。ローマ帝政後期のキリスト教神学者。アンティオケイア❶*の出身で、修辞学者リバニオス*の門下に学んだが、相弟子イオーアンネース・クリューソストモス*（ヨーハンネース・クリューソストムス*）に誘われてキリスト教に転向、のちキリキアー*の町モプスーエスティアー（現・Yakapınar）の主教となる（392〜428）。死後アレクサンドレイア❶*のキュリッロス Kyrillos（⇒テオピロス）らの弾劾を受け、ネストリオス*主義者として異端の烙印を捺された。歴史的・文献学的方法による聖書解釈を行ない、またイエースース・クリストス*（イエス・キリスト）の中に神性と人間性とを認める両性説を主張した。

その他、アスクレーピオス*の子孫と称する医師のテオドーロス（前7世紀頃）をはじめとする多数の同名異人が知られている。
Phot. Lexicon/ Facundus 3-2, -6/ Marius Mercator/ Hippoc./ Plin. N. H./ Ath./ Diog. Laert./ Plut./ etc.

テオピロス（アレクサンドレイア❶の） Theophilos, Θεόφιλος, Theophilus,（仏）Théophile,（伊）Teofilo,（西）Teófilo,（露）Феофил,（現ギリシア語）Theófilos

（？〜後412）アレクサンドレイア❶*の総主教（在任・385〜412）。狂信的なキリスト教徒で、391年テオドシウス1世*の異教禁止令が出るや、キリスト教以外の諸神殿や神像・書庫を破壊・焼却したことで悪名高い。とりわけアレクサンドレイア市にあったセラーピス*（サラーピス*）大神殿と付属図書館の徹底的な破壊・略奪ぶり（391または389とも）は、キリスト教聖職者による古代文化弾圧の実例として普く知られている —— しかも野心的な彼は強奪の成果を派手な記念碑を建てて誇示したという ——。はじめオーリゲネース*の教説を称賛していたが、のちにこれに反対し、エジプトからオーリゲネースの支持者を追放（400）、彼らの一部がイオーアンネース・クリューソストモス*（ヨーハンネース・クリューソストムス*）に迎え入れられると、自派で固めたカルケードーン*教会会議（「樫の木会議」）を開き、（403）、クリューソストモスを不当に罷免・追放した（⇒エウドクシア）。コプト教会やシュリアー*（シリア）の教会では聖人に列せられている。なお甥で後任者のキュリッロス Kyrillos, Κύριλλος（？〜444）も女哲学者ヒュパティアー*虐殺の煽動責任者として歴史に汚名を留めている。

この他、2世紀後半に活躍したアンティオケイア❶*の主教テオピロス（在位・169〜188）や、古くはアテーナイ*の中期喜劇詩人のテオピロス（前4世紀後半）など幾人かの同名人物が知られる。
⇒マルケッロス、シュネシオス、パッラダース
Socrates 5-12, -16, 6-7〜17/ Sozom. Hist. Eccl. 7-14, 8-2, -11〜19/ Hieron. Ep., De Vir. Ill./ Euseb. Hist. Eccl. 4-20/ Ath./ Joseph. Ap./ Dion. Thrax/ Suda/ etc.

テオプラストス Theophrastos, Θεόφραστος, Theophrastus,（仏）Théophraste,（伊）（西）（葡）Teofrasto,（露）Теофраст, Феофраст,（現ギリシア語）Theófrastos

❶（前372／370頃〜前288／286頃）
ギリシアの哲学者、科学者。「植物学の祖」と呼ばれる。レスボス*島のエレソス Eresos, Ἔρεσος 出身。裕福な漂白業者（洗濯業者）の子。アテーナイ*でプラトーン*、次いでアリストテレース*に学ぶ。本名をテュルタモス Tyrtamos といったが、その優雅な語り口ゆえにアリストテレースの勧めで、エウプラストス Euphrastos（巧みに話す人）、さらにテオプラストス（神のごとく話す人）と改名したという。プラトーンの死（前347）後、アリストテレースらと小アジアのアッソス*で共同研究を行ない、以来アリストテレースと行を共にして、リュケイオン*学園の創設にも協力（前335）、きわめて聡明かつ勤勉だったため、ア

リストテレスから「カッリステネース*には拍車が要るが、テオプラストスには手綱が必要だ」と評された。アリストテレスの後を継いでペリパトス Peripatos, περίπατος (逍遥) 学派の学頭となり (前332、⇒エウデーモス、アリストクセノス)、カッサンドロス*やプトレマイオス1世*の好誼を得て、大いに学園を発展させた。「学問一筋の人間」を自称する彼の講義には、2千人に上る学生が集まり、その中には喜劇作家メナンドロス*や医師エラシストラトス*、パレーロン*のデーメートリオス*らも含まれていた。博学多識で総計23万2808行 (あるいは23万2850行) もの広範囲の分野にわたる著作を多数残した。が、現存するのは、詳細な観察と実地経験をもとにした『植物誌 Peri phytōn historiā, (ラ) Historia Plantarum』(9巻)『植物原因論 Peri phytōn aitiōn, (ラ) De Causis Plantarum』(6巻) の植物研究書と、小論『形而上学 Ta meta ta physika (ラ) Metaphysica』、および最も有名な『性格論 (人さまざま) Kharakteres, (ラ) Characteres』(機知と諷刺を交えて種々の人間類型を描いた作品。(英) characters「キャラクター」の語源) などでしかない (以上の他、自然学関係の小論数篇と、ソークラテース*以前の哲学史資料として重要な『自然哲学者の諸学説 Physikōn doksai』、ギリシア諸ポリス polis の法制資料集『法律 Nomoi』の断片が伝わる)。

彼はアリストテレスの息子ニーコマコス Nikomakhos に恋して生涯妻帯せず、85歳の高齢で没するまで学園を主宰――異説では99歳、または107歳ともいう――。ポセイドーニオス*らストアー*学派にも影響を及ぼした。死の床で「我々はいざ生きようと思う時、世を去らねばならないのだ」と人生の短さを嘆き、「だから名声への欲望ほど世に空しいものはない」とか、「人の一生には良いことよりも失意の方が多いのだ」とか語ったとされている。非常に恵み深い人だったので、葬儀には全アテーナイ市民が墓場まで歩いて見送ったという。「時間はたいへん高くつく出費である」「人生を支配するのは運であって知恵ではない」といった言葉も彼のものだと伝えられる。たいそうな酒落者で、体を油でつやつや光らせたうえ、着飾って学校に現われ、俳優か舞踊家のような所作で講義をしたとのことである。彼亡きあと学園はストラトーン*に引き継がれた。

⇒ディカイアルコス、ドゥーリス❶、アペッリコーン、ロドスのアンドロニーコス

Diog. Laert. 5-36～57/ Cic. Tusc. 3-10, -28, 5-9, Off. 1-1, 2-16, Fin. 1-2(6), Orat. 19, Inv. 1-35, -42～/ Strab. 13-618/ Ael. V. H. 4-19, 8-12/ Ath. 1-21, 13-610/ Gell. 1-3, 8-9, 13-5/ Quint. 11-1/ Tzetz. Chil. 9-941/ Plin. N. H. 28-4/ Arist. Pr. 33-12/ etc.

❷⇒テュランニオーン

テオポンポス　Theopompos, Θεόπομπος, Theopompus, (仏) Théopompe, (伊)(西)(葡) Teopompo, (露) Феопомп, (現ギリシア語) Theópompos

ギリシアの男性名。

❶スパルター*のエウリュポーンティダイ*家出身の王 (在位・前720頃～前675／670頃)。彼の治下に、第1次メッセーニアー*戦争が終結 (前710頃)、またスパルターにエポロイ* (監督官) の制度が導入されたと伝えられる。エポロイ職の設置によって王権が縮小されたと妻からなじられた時、彼は「いや、より永続きするものになったのだ」と答えたという。ある外国人が「私は自国ではスパルターびいきで知られています」としたり気に言った時、王が「それより自国びいきで知られた者の方がよい」と答えたという話も残されている。在位47年 (⇒巻末系図021)。

⇒ポリュドーロス❶、テュルタイオス

Herodot. 8-131/ Arist. Pol. 1313/ Diod. 7-8, 12-6/ Plut. Lyc. 6～7, 20, 30, Agis 21/ Paus. 3-7, -16, 4-4, -6/ Polyaenus 1-15, 8-34/ etc.

❷ (前378／377頃～前320頃) キオス*出身の歴史家。アテーナイ*で弁論家イソクラテース*に学んだと考えられる。前334年頃、スパルター*側に立ったとの非難を受けて父ダマシストラトス Damasistratos とともに祖国を追放され、一旦帰還するも (前332) アレクサンドロス大王*の死後、また放逐されて (前323) エジプトのプトレマイオス1世*の宮廷に逃れた。アレクサンドレイア❶*においても処刑されそうになるが、かろうじて執行を免れている。

トゥーキューディデース❷*の史書を受け継いで、前411年から前394年のクニドス*の海戦までを扱った『ギリシア史 Hellēnikai Historiai, Ἑλληνικαὶ Ἱστορίαι』(《ラ》 Hellenica) 12巻、ならびにマケドニアー*王ピリッポス2世*の即位後の歴史を記した『ピリッポス史 Philippika, Φιλιππικά』(《ラ》 Philippica) 58巻はともに有名だったが、いずれも散佚してわずかな引用断片が伝わるのみである。彼が競敵たる歴史家アナクシメネース❷*の謀略によってギリシア諸都市の憎悪を買うに至った経緯については、ランプサコス*のアナクシメネース*の項を参照。

テオポンポスは師イソクラテースに倣って歴史書を政治の具と見なし、その著作は修辞を凝らした毒舌とヘーロドトス*風の幅広い探究とを特徴とする。1906年にエジプトのオクシュリュンコス*から発見された約900行のパピューロス文書を、彼の『ギリシア史』の断片とする説もある (⇒クラティッポス❶)。

⇒エポロス、アルテミシアー❷、ドゥーリス❶

Plut. Mor. 883a, 837c/ Paus. 6-18/ Strab. 14-645/ Diod. 13-42, 14-84, 16-3/ Ath. 3-85b/ Phot. Bibl. 176/ Suda/ etc.

❸アテーナイ*の喜劇詩人 (前410頃～前370頃に活躍)。20の作品名と100ほどの引用断片が知られる。病気を医神アスクレーピオス*によって癒やされたという話が伝えられている。古喜劇～中期喜劇に属する。

⇒リュカベートス

Ath. 7-302e, -308a, -324b, 9-379d, 11-485e～f/ Suda/ etc.

デカポリス　Dekapolis, Δεκάπολις, Decapolis, （仏）Décapole, （伊）Decapoli, （西）Decápolis

（「10の都市ポリス」の意）アレクサンドロス大王*とその部将たちによってシュリアー*、パレスティナ*地方に建てられたギリシア系都市の総称。各市の名と数は文献により異なるが、大半がイオルダネース Iordanes（ヨルダン）河の東方に位置した。ヘレニズム文化を保持し、ローマの将ポンペイユス*に占領された（前63）後も、ローマに協力的で免税特権と自治権を与えられた。周辺の遊牧民ベドウィン Bedouin 族から隊商を守るため、町々は同盟を結び、東西交易の中継地点として繁栄。行政上はローマの属州シュリア*総督の管轄下にあった。大プリーニウス*に従えば、ダマスコス*、ピラデルペイア❶*、ガダラ*、ゲラサ*、ペッラ Pella（現・Tabaqat）、ディオーン Dion（現・Beit Rās）、スキュトポリス Skythopolis（現・Beit She'an）、ラパナ Rhaphana（現・Quwailiba）、ヒッポス Hippos（現・Sussita）、カナタ Kanatha（現・Qanawat）の10都市であるという。
⇒ナバタイアー、ユダヤ、サマレイア
Plin. N. H. 5-16/ Joseph. J. B. 3-8/ Nov. Test. Matth. 4-25, Marc. 5-20, 7-31/ Ptol. Geog. 5-14/ Euseb. Onomast./ Steph. Byz./ etc.

デキウス　Gaius Messius Quintus Traianus Decius, （ギ）Dekios, Δέκιος, （仏）Dèce, （伊）（西）Decio, （葡）Décio, （露）Деций

（後201頃～251年6月6日）ローマ皇帝（在位・249年9月～251年6月6日、異説あり）。属州パンノニア*の出身（ただし母方はイタリアの古い名門の家系）。ローマの首都長官を経て、248年ピリップス・アラプス*帝よりドーナウ方面の軍団司令官に任ぜられる。ところが、意に反して麾下の軍隊から皇帝に推戴され（249年6月6日、7月とも）、イタリアへ攻め上るや、ウェーローナ*（現・ヴェローナ）付近でピリップスを敗死させて即位した。元老院よりトライヤーヌス*の名を贈られ、ローマの伝統再興のため、国家に有害とされるキリスト教を迫害（249秋～251）、全帝国国民に神々への供犠を義務づける勅令を発布した（最初の公的キリスト教徒弾圧。⇒キュプリアーヌス、オーリゲネース）。250年に再びゴート*族（ゴトーネース*）が帝国領に侵入し属州モエシア*を劫略したので、帝は親征を試みるが敗れ、トラーキア*のピリッポポリス Philippopolis 市は陥落、10万の市民が異民族に虐殺された。さらに翌年、重ねてゴート族と交戦し、モエシアで敵を包囲しながら、いかなる和解条件にも応じなかったために、共治帝になっていた長男ヘレンニウス Q. Herennius Etruscus Messius Decius（在位・251年5月5日～6月6日）とともに戦死した。深い湿地帯に入り込み馬の足をとられたからとも、部将ガッルス*（次の皇帝）の裏切りに遭ったからともいい、戦場からは帝の遺骸を見つけ出すことすらできなかった（50歳）。近くで息子が矢に当たって倒れるのを目撃しても、気丈な帝は「兵士1人が死んだくらい何ほどのことはない」と言って、動揺する軍隊を叱咤したという。有能で公正・寛大かつ勇敢な人物だったと伝えられる。次男のホスティーリアーヌス C. Valens Hostilianus Messius Quintus（在位・251年7月～11月）は、父や兄の死後ガッルスと共治の皇帝アウグストゥス*に立てられるが、ほどなく疫病に倒れた（一説にガッルスによる謀殺という）。
Aur. Vict. Caes. 29/ Eutrop. 9-4/ Zosimus 1-21～23/ Zonar. 12-19～20/ Jordan. 18/ Lactant. Mort. Pers. 4-3/ Amm. Marc. 31-5/etc.

デキウス・ムース、プーブリウス　Publius Decius Mus, （ギ）Δέκιος, （伊）Publio Decio Mure, （西）Publio Decio Mus

英雄的自己犠牲で名高いローマの将軍。

❶（？～前340）前343年、第1次サムニウム*戦争で敵軍に奇襲をかけて武功をたてる。ラティウム*戦争が勃発した前340年に同家で最初の執政官コーンスル*となり、カプア*近くウェスウィウス*山麓の戦いで自らを犠牲に捧げることによってローマ軍に勝利をもたらしたと伝えられる。彼の自己犠牲は、「指揮官が冥界の神々 Dii Manes に自らを生贄にささげれば勝利を得るであろう」という夢告に従った行為であり、戦闘の翌朝、全身に矢を受けたその遺骸が敵のラティーニー*兵の積み重なった死体の下から発見されたという。
⇒T. マーンリウス・トルクァートゥス❶
Liv. 7-34～37, 8-3, -6, -9～11/ Frontin. Str. 1-5, 4-5/ Val. Max. 1-7, 5-6/ etc.

❷（？～前295）❶の子。4度執政官コーンスル*を務め（前312、前308、前297、前295）、監察官ケーンソル*（前304）などを歴任。前295年、同僚のQ. ファビウス・マクシムス❶*とともにサムニウム*戦争に出征し、センティーヌム*でサムニウム人・エトルーリア*人・ガッリア*人らの連合軍を大破した。その折自己の生命を神々に捧げる「献身デーウォーティオー devotio」の儀式を執り行なってから、敵軍の中に斬り込んで討ち死にを遂げたという。彼の自己犠牲のおかげで、ローマ軍は勝利を得られたと伝えられる。
Liv. 9-28～29, -40～46, 10-7～9, -14～17, -26～29/ Diod. 21-6/ Aur. Vict. De Vir. Ill. 27/ Val. Max. 5-6/ etc.

系図253　デキウス

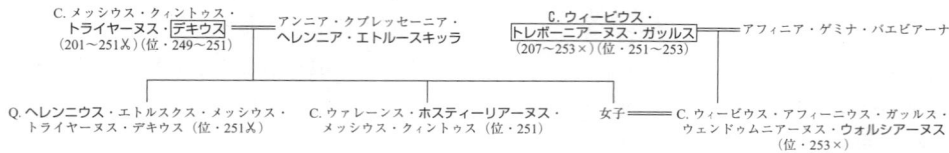

❸（？〜前279）❷の子。前279年執政官（コーンスル*）として、来攻したエーペイロス*王ピュッロス*とアスクルム❶で交戦し、敵の象軍に敗れ去る。この時、彼も父や祖父と同様に「献身 devotio」（デーウォーティオー）という自己犠牲を行なったと伝えられる。異説によれば敗戦後も生き延び、前265年3度目の執政官在職中に攻囲戦で負傷して死んだ、という。
Cic. Tusc. 1-37, 2-24, Off. 3-4/ Plut. Pyrrh. 21/ Dion. Hal. Ant. Rom. 20-1/ Aur. Vict. De Vir. Ill. 36/ Zonar. 8-5/ etc.

デクシッポス Deksippos, Δέξιππος,（ラ）Publius Herennius Dexippus,（仏）Dexippe,（伊）Dexippo,（西）Dexipo

（後200頃〜280頃）ローマ帝政期のアテーナイ*のソフィスト*、史家。エレウシース*の世襲神官職を務めるケーリュケス Kerykes 家に生まれる（⇒エウモルピダイ）。267年〜268年にヘルリー*族がギリシアに侵攻した時、60歳を超えていたにもかかわらず、アテーナイ義勇兵を指揮して敵軍を撃退（269）。この勝利を記念して建てられた像の台座部分が残っている。学者としても高く評価され、今日も3つの著作、『アレクサンドロス大王*論 Ta meta Aleksandron, Τὰ μετὰ Ἀλέξανδρον』、『年代記 Khronike Historia, Χρονικὴ ἱστορία, 12巻』（神話時代から後270年頃までの歴史）、『スキュティアー*記 Skythika, Σκυθικά』（3世紀中頃の対ゴート*族戦史）の断片が伝存。文体はトゥーキューディデース*風の弁論で知られる。
⇒エウナピオス
Eunap. V. S./ Zosimus 1-39/ Phot. Bibl./ etc.

デクマーテース・アグリー Decumates Agri, Decumani Agri,（ギ）Dekumates Agroi, Δεκούματες Ἀγροί

（「十分の一税の土地（田野）」の意。「10の共同体」とする異説あり）

レーヌス*（ライン）河の上流とダーヌビウス*（ドーナウ）河の上流が接近して三角形を成すゲルマーニア*西南隅の地域。元来ケルト*人（ケルタエ*）が占住していたが、ローマ帝国がレーヌス＝ダーヌビウス両方面の軍事連絡路を確保するため、フラーウィウス*朝期にこの地を征服（後74〜85）。ゲルマーニアとの境界には、ドミティアーヌス*帝によって着工された塁壁（リーメス・ゲルマーニクス*）が築かれ（87〜）、この長城は263年頃アラマンニー*族に突破されるまで、2世紀近くにわたり国境線として機能した。
Tac. Germ. 29/ etc.

テクメーッサ Tekmessa, Τέκμησσα, Tecmessa,（西）Tecmesa,（露）Текмесса,（現ギリシア語）Tékmissa

ギリシア伝説中、プリュギアー*の王テレウタース Teleutas（またはテウトラース* Teuthras）の娘。トロイアー戦争*に出征した大アイアース*は、この地域を劫掠してテクメーッサの父王を殺し、捕虜となった彼女を自分の妾とした。2人の交わりから生まれた息子エウリュサケース Eurysakes は、父アイアースの自刃後、叔父のテウクロス❷*（アイアースの異母弟）に伴われてサラミース❶*へ戻り、祖父テラモーン*の王位を継承すると、テウクロスを追放した。エウリュサケースの子ピライオス Philaios の代に、サラミースはアテーナイに引き渡され、彼の子孫はアテーナイの名門ピライダイ Philaidai 家となり、古典期にミルティアデース*、キモーン*、トゥーキューディデース*、アルキビアデース*らの逸材を輩出した。
⇒巻末系図 016, 023
Soph. Aj./ Hor. Carm. 2-4/ Ov. Ars Am. 3-517〜/ Schol. ad Hom. Il. 1-138/ Dictys 2-18/ etc.

デクリオー Decurio,（複）デクリオーネース Decuriones,（仏）Décurion,（伊）Decurione

（元来「十人組 decuria（デクリア）の長」の意）ローマの植民市（コローニア*）・自治都市（ムーニキピウム*）における参事会員。いわば市会議員で、通常その数は100名。各市の名望有力市民から選ばれ、任期は終身。都市の筆頭行政官によって招集され、自治に関する諸事項を議決した。ローマ市の元老院議員（セナートル*）に相当するが、帝政後期になると租税徴収責任を負わされ、割当額に満たない分は自らの財産で補填させられたので、没落する者も多く、参事会員になるのを忌避する傾向が強まった。帝政期には各市の富裕層が議員職を世襲するようになり、クーリアーレース*なる身分を構成した。
Cic. Sest. 4(10), Rosc. Am. 9(25), Clu. 14(41)/ Plin. Ep. 1-19/ Cic. Verr. 2-49-120 Plin. Ep. 1-19-2 Dig. 50-16/ Cod. Just. 10-31/ etc.

テゲアー Tegea, Τεγέα,（イオーニアー*方言）Tegeē, Τεγέη,（仏）Tégée,（葡）Tegeia

（現・Teyéa, 旧称・Piali, ないし Paléa-Épiskopi）アルカディアー*地方東南部の高原平野にあった都市。伝承上の創建者はリュカーオーン*の子テゲアーテース Tegeates。ミュケーナイ*時代からの古い町で、神話伝説で名高い女勇士アタランテー*やテーレポス*、ステロペー❷*らの生地。またオレステース*の墓があったとされる。オレステースの巨大な遺骨をスパルター*人に盗み去られて以来、テゲアーはスパルターに敗北するようになり、やがてその支配下に置かれた（前6世紀中頃、⇒アナクサンドリダース）。レウクトラ*の戦い（前371）でスパルターが敗北して以来、他のアルカディアー諸市と同様に独立し、のち旧敵スパルターもろともローマの属州アカーイア*に併合された。牧神パーン*やアポッローン*の崇拝で知られ、とりわけ前395年に焼失したのち彫刻家スコパース*の設計で再建されたアテーナー* Athena Aleā 大神殿はその壮麗さで有名（前350〜前335頃）。聖域内にはカリュドーン*の猪狩りで討ち取られた大猪の毛皮や巨大な牙が保存されていたという。ローマ帝政末期に西ゴート*の侵略で多くの建物が破壊された（後395頃）。かつてスパルター王レオーテュキダース*（前476）やパウサニアース*（前394）らが亡命したアテーナー大神殿およびカリュドーンの猪狩りを表現した

彫像の断片、アゴラー*、モザイク舗床で飾られたバシリカ*などの遺跡が発掘されている。
⇒メガロポリス（メガレー・ポリス）、マンティネイア
Herodot. 1-60〜, 9-60〜/ Paus. 8-45〜54/ Strab. 8-388/ Thuc. 5-32, -62/ Hom. Il. 2-607/ Xen. Hell. 3-5, 4-2, 7-4/ Polyb. 2-46, -54〜, 5-17, 11-18/ Liv. 41-20/ etc.

デケバルス Decebalus, （ギ）デケバロス Dekebalos, Δεκέβαλος, （仏）Décébale, （伊）Decebalo, （西）（葡）Decébalo, （ルーマニア語）Decebal, （露）Децебал

（？〜後106）ダーキア*人（ダーキー*）の王。有能な首長で、ダーキアを統一すると、ダーヌビウス*（ドーナウ）河を越えてローマ帝国の属州モエシア*に侵入（85）、ローマ軍と戦って将軍たちを次々に敗死させた（86）。ドミティアーヌス*帝自ら遠征に乗り出し、ローマ軍が勝利を収めた（88）が、翌年初めゲルマーニア*に反乱が生じたため、デケバルスに有利な休戦条約を締結、ローマは彼を藩属王と認めるかわりに、毎年巨額の金を支払うこととなる（89）。かくてダーキア王国は富強となり、これに脅威を覚えたトライヤーヌス*帝は2度にわたる親征（101〜102、105〜106）ののち、首都サルミゼゲトゥーサ Sarmizegethusa を攻略。王国の滅亡を目の当たりにしたデケバルスは、虜囚の屈辱を避けるべく自殺した。首級はローマへ送られ、河床の下に埋蔵してあった莫大な財宝は掘り出されて戦利品に加えられ、以来ダーキアはローマの属州と化した。
⇒アルサケース24世（パコロス2世）
Dio Cass. 67-6〜7, -10, 68-6〜15/ Tac. Agr. 41/ Suet. Dom. 6/ Themistius 110/ Euseb. Chron./ Zonar. 11-21/ Oros. 7-10/ Jordan. 13/ Plin. Ep. 8-4/ Juv. 4/ Mart. 5-3/ etc.

デケムウィリー Decemviri (〈単〉Decemvir)
（ローマの）十人委員。
❶**法典編纂十人委員** Decemviri Legibus Scribundis
ローマ最初の成文法「十二表法*」を起草するため、前451年に貴族（パトリキイー*）身分から選出された10人の立法官。1年の任期で全権を委任され、その間他の政務官職はすべて停止された。年末に法律10表が公表されたが、平民（プレーベース*）はなお不満だったので、新たに10人の立法官を選出、今回は平民出身者をもまじえて編纂に当たり（前450〜前449）、さらに2表を追加した。しかるに、先回に引き続き改選後の委員に選ばれたアッピウス・クラウディウス*の専横が目に余るものとなり、ウィルギニア*（ウェルギニア*）事件を起こすに及んで、十人委員は期限前に廃止され、彼らは追放されたとも自殺したとも伝えられる。
Liv. 3-32〜/ Cic. Rep. 2-36(61)〜/ Gell. 20-1/ Tac. Ann. 1-1/ Dion. Hal. Ant. Rom. 10-53/ etc.

❷**国有地分配十人委員** Decemviri Agris Dandis Adsignandis (Decemviri Agris Dividundis とも)
ローマの公有地 ager publicus を市民に分配するために選ばれた委員たち。C. グラックス*（前123〜前122の護民官〔トリブーヌス・プレービス*〕）の改革の折には、農地分配に当たって特別に三人委員 Triumviri が設けられた。
Cic. Leg. Agr. 1-6〜, 2-7〜/ Liv. 31-4, 42-4/ etc.

❸**陪審法廷十人委員** Decemviri Stlitibus Judicandis
自由民か奴隷かといった個人の身分・資格に関する訴訟を、法務官（プラエトル*）主宰のもとに取り扱うため、臨時に招集された陪審団。帝政期には常設となり、民会（コミティア*）によって選出される独立の委員会となった。これに対して、同じく常設の「百人法廷 Centumviri」は、財産や相続問題など親族関係の裁判を扱った。
Cic. Or. 46, Caecin. 33/ Suet. Aug. 36/ Dio Cass. 54-26/ Dig. 1-2/ etc.

❹**祭事執行十人委員** Decemviri Sacris Faciundis
前367年、シビュッラ*の予言書を管理し、アポッロー*の祭礼（ルーディー・アポッリナーレース*）や世紀祭*（ルーディー・サエクラーレース*）の開催を担当するために設けられた神官団。貴族（パトリキイー*）、平民（プレーベース*）各5名から成る（スッラ*の時には15名、帝政期には60名まで増員される）。この委員団設立以前は、2名の祭事執行官 Duumviri Sacrorum がシビュッラの予言書の管理に当たっていた。
Liv. 6-37, -42, 7-27, 10-8, 21-62, 25-12, 31-12/ Dion. Hal. Ant. Rom. 4-62/ Cic. Fam. 8-4/ Tac. Ann. 11-11/ Val. Max. 1-1/ etc.

デケレイア Dekeleia, Δεκέλεια, Decelea, Decelia, （仏）Décélie, （露）Декелея, （現ギリシア語）Dhekélia

アッティケー*（アッティカ*）の地名。デーモス demos（地区）の1つ。アテーナイ*北方、パルネース Parnes 山脈の南麓に位置する要衝の地。名祖はデケロス*。ペロポンネーソス戦争*中の前413年、スパルター*軍は、アルキビアデース*の忠告に従って、王アーギス2世*の指揮下にデケレイアを占領、ここに要塞を築いて絶えずアテーナイを圧迫した（⇒ラウレイオン）。よって、前404年のアテーナイの降伏に至るまでのペロポンネーソス戦争最後の期間（10年間）を、デケレイア戦争（前413〜前404）とも称する。
Thuc. 6-91, -93, 7-18〜, -27〜28, 8-3/ Paus. 1-29, 3-8/ Diod. 13-9/ Strab. 9-397/ Xen. Hell. 1-1/ Herodot. 9-15/ Nep. Alc. 4/ Polyaenus 1-40/ Frontin. Str./ etc.

デケロス Dekelos, Δέκελος, Decelus, （伊）Decelo
ギリシア伝説中、アッティケー*の町デケレイア*の名祖。双生兄弟ディオスクーロイ*（カストール*とポリュデウケース*）がテーセウス*に誘拐された妹のヘレネー*を奪い返しにきた時、この地の王であった彼がアピドナイ*に彼女が隠されていることを教えたという。デケレイアとスパルター*（ディオスクーロイの祖国）との友好関係は、ここに起因するとされ、ためにペロポンネーソス戦争*時にもこの町だけはスパルター軍の劫略を免れている。
⇒アカデーモス
Herodot. 9-73/ Steph. Byz.

テスピアイ Thespiai, Θεσπιαί, Thespiae, (仏)(伊) Thespies, (西) Tespias, (葡) Téspias, (露) Феспии, 別称・テスペイア Thespeia, Θέσπεια, テスピア Thespia, Θέσπια, (露) Феспия

(現・Erimokastro ないし Erémo 近く Lefka 村の遺跡) ヘリコーン*山東麓にあったボイオーティアー*地方の主要都市。伝説上の創建者テスピオス*が名祖。毎年、巨蛇に対して人身御供を捧げていたことで知られるが、ある時生贄に美青年クレオストラトス Kleostratos が選ばれると、彼に恋していたメネストラトス Menestratos なる男が進んで身替りとなり、巨蛇を殺しつつ自らも事切れたという (⇒クラティノス❷)。新石器時代から人が居住し、ミュケーナイ*時代後期にはコリントス*湾に臨む外港を擁する交易都市として重視された。ペルシア戦争* (前492～前479) において、テスピアイはボイオーティアー諸市の中で唯一、テルモピュライ* (前480) とプラタイアイ* (前479) の両戦闘に参加、前446年以後はボイオーティアー同盟で中心的役割を果たした。ペロポンネーソス戦争* (前431～前404) では東隣の都市テーバイ❶側に立ってデーリオン*の戦闘に加わった (前424) にもかかわらず、翌前423年テーバイ軍によって城壁を取り毀され、次いで町そのものをも破壊された (前372)。テーバイの勇将エパメイノーンダース*の死 (前362) 後、復興し再びボイオーティアー同盟の有力都市となり (前338)、今度はアレクサンドロス大王*とともにテーバイ市を破壊 (前335)。ヘレニズム時代にはペルガモン*のアッタロス朝*、次いでローマと友好関係を結び、免税および自由市の特権を享受した。

テスピアイ市民はエロース*神を最も熱心に崇拝していたことで知られ、盛大なエロースの祭典エローティディア Erotidia では汎ギリシア的な体育競技会や音楽の競演が催されていた。名匠プラークシテレース*やリューシッポス*の手になるエロース神像を所有していたことでも名高く、ローマ時代にはプラークシテレースの傑作を見るべく旅行者がテスピアイを訪れたという。また同市は、アスクラー*の衰亡後、ムーサイ*信仰の地としても重きをなし、4年ごとに詩歌競技祭 Museia が開かれた。

前5世紀頃のアポッローン*神殿の遺構や城壁に刻まれた碑文などが発掘されている。

Paus. 9-13～14, -26～, -31/ Herodot. 7-202, -222～, 8-25, -50, -66, 9-30/ Xen. Hell. 5-4, 6-3/ Cic. Verr. 2-4-2, -60/ Strab. 9-403, -410/ Hom. Il. 2-498/ Plut. Mor. 748f～771d/ Ath. 13-561/ Diod. 4-29, 15-46/ Thuc. 4-93～, 6-95/ Polyb. 27-1/ Liv. 42-43/ Varro Ling. 7-2/ Ptol. Geog. 3-14/ Steph. Byz/ etc.

テスピオス Thespios, Θέσπιος, Thespius, (伊)(西) Tespio, (露) Феспий, (現ギリシア語) Théspios

ギリシア神話中、ボイオーティアー*のテスピアイ*市の名祖。アッティケー*の王エレクテウス* (一説にミューシアー*の王テウトラース*) の子で、テスピアイを創建した。18歳の若き英雄ヘーラクレース*がキタイローン*の獅子狩りに来た時、テスピオスは彼を歓待し、自分の50人の娘たち (テスピアデス Thespiades) を毎夜英雄と交わらせて、多くの男児をみごもらせた。一説にヘーラクレースは50人の王女全員と唯一夜のうちに性交したとされ、長女と末女は双生男子を、その他は各1名の息子を産んだという。のちヘーラクレースが妻子を殺した時 (⇒メガラー)、テスピオスはその罪を浄めてやった。大勢の孫息子たちテスピアダイ Thespiadai は、やがて英雄の甥イオラーオス*に率いられてサルディニア*島へ移住したと伝える。

Apollod. 2-4, -7/ Paus. 1-29, 7-2, 9-23, -26～27, 10-17/ Diod. 4-29/ Ov. Met. 5-310/ Sen. Herc. Oet. 369/ Schol. ad Soph. Trach. 460/ Steph. Byz./ etc.

テスピス Thespis, Θέσπις, (伊) Tespi, (西) Tespis, (葡) Téspis, (露) Феспис, (現ギリシア語) Théspis

前6世紀に活躍した悲劇詩人。アッティケー* (アッティカ*) のイーカリアー Ikaria, Ἰκαρία (現・Dhiónisos) 出身。「ギリシア悲劇の祖」と称さる。前534年の大ディオニューシア*祭で行なわれた最初の悲劇競演に優勝したとされ、初めて合唱隊 khoros (〈ラ〉chorus) から俳優 (1人) を独立させたことで知られる。彼自ら考案した亜麻布の仮面をつけたり葡萄酒の澱で隈取りして俳優となり、序詞 prologos を述べ、合唱隊と問答し、一作品中でいくつかの役を演じ分けたという。テスピスの興行を観たソローン*は、演劇を公衆を欺くものだと非難し、「嘘偽りを大衆の前で語るのは有害である」と断じて彼の悲劇を上演することを禁じたと伝えられている。作品は散逸して僅かな断片と題名しか現存しない。

⇒プリューニコス、(ポントスの) ヘーラクレイデース❷、アリーオーン

Plut. Sol. 29/ Diog. Laert. 1-59, 5-92/ Hor. Ars P. 275～/ Ar. Vesp. 1479/ Arist. Poet./ Marm. Par./ Themistius 26/ Suda/ etc.

テスモポリア Thesmophoria, Θεσμοφόρια, (仏) Thesmophories, (独) Thesmophorien, (伊) Tesmoforie, (西) Tesmoforias, (露) Тесмофории

ギリシア世界各地で女神デーメーテール*のために行なわれた女だけの祭礼。創始者はトリプトレモス*、オルペ

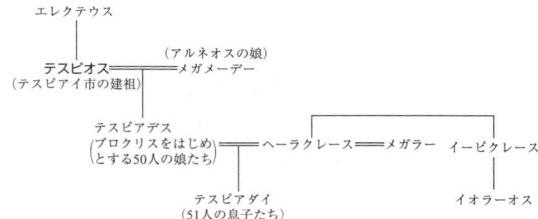

系図254　テスピオス

ウス*、ダナイデス*など様々に伝えられる。その由緒はきわめて古く、前2000年前後にギリシア人がバルカン半島に入って来てから各地に分散移住する以前、おそらくは先住民ペラスゴイ*の時代に遡るもので、オリエント＝エジプト起源とも考えられる。豊穣を祈る農耕祭儀を中心とし、毎年秋の播種期に「掟 thesmos」をもたらす女神デーメーテール・テスモポロス Demeter Thesmophoros を記念して催されていたが、次第に多産と子孫繁栄をも祈願するようになっていった。アテーナイ*ではピュアネプシオーン Pyanepsion 月（今の10〜11月）の第11日から13日までの3日間にわたり、プニュクス*丘の近くにあったデーメーテールとペルセポネー*の聖所で行なわれた。祭式に先立つ9夜の間、女たちは身を浄めて白い衣裳をまとい、死者の果実たる柘榴を食べることを控え、性行為を断たねばならず、夫との交接も禁じられた。10日目の夜、海岸へ行くと、4ヵ月前のスキロポリア Skirophoria, Σκιροφόρια 祭（やはりデーメーテールとペルセポネー両女神の祭礼）の折に地下の洞窟に投げこまれていた仔豚の肉をとり出して祭壇に供える。11日目に女たちは行列をつらねて聖所 Thesmophorion, Θεσμοφόριον まで登り行き、翌第12日には、娘ペルセポネーを失った悲しみのあまり断食したデーメーテールに倣って食を断ち、互いに猥褻な雑言を浴びせ合う。そして最後の13日目には、女神に供物を捧げ、舞踊し、歓楽を尽くして終わるのであった。なお、アリストパネース*の喜劇『女だけの祭 Thesmophoriazūsai』はテスモポリア祭を祝う女たちという意味である。

⇒ミュステーリア、タルゲーリア

Herodot. 2-171, 6-16/ Ar. Av. 1518, Thesm. 80〜, 276〜, 535, Pax 820, Ran. 390/ Xen. Hell. 5-2/ Ov. Met. 10-431〜/ Paus. 10-33/ Hyg. Fab. 147/ Diod. 5-5/ Apollod. 1-5/ Ath. 3-109, 14-647/ Ael. N. A. 9-26/ Plut./ Hesych./ Steph. Byz./ Phot./ Suda/ etc.

テーセウス　Theseus, Θησεύς, （仏）Thésée, （伊）（西）Teseo, （葡）Teseu, （露）Тесей, Тезей, （現ギリシア語）Thiséas, （線文字B）Te-e-u

ギリシア神話中、アテーナイ*の国民的英雄 heros。アテーナイ王アイゲウス*（または海神ポセイドーン*）とアイトラー*（トロイゼーン*王ピッテウス Pittheus の娘）の子。トロイゼーンでアイトラーと交わったアイゲウスは、もし男児が生まれたならば、誰の子か告げずに育てるよう命じ、大石の下に剣と履物を隠し、「息子が自力でこの岩を動かして、これらの物を取り出すことができるようになったら、それらの品をもたせてアテーナイへ来させよ」と言い置いた。テーセウスは16歳になった時、アイトラーから素性を知らされて、苦もなく岩を起こし、剣と履物を手に入れると、トロイゼーンから陸路アテーナイへと出発した。途中、シニス*、スケイローン*、プロクルーステース*ら多くの賊を征伐し、クロンミュオーン*では凶暴な雌猪パイア Phaia, Φαῖα を退治した。アイゲウスは当時妻としていた妖婦メーデイア*への愛に溺れ、我が子とは知らずにテーセウスを亡き者にしようと計り、マラトーン*の荒牛（⇒ヘーラクレースの第7の功業）を退治にやるが、若者は難なく雄牛を屠って帰還。さらにメーデイアに唆されたアイゲウスが、宴席でテーセウスを毒殺せんとしたところ、テーセウスの帯びている例の剣に気づいて、息子の手から毒盃を叩き落とし、これを後継者として迎え、メーデイアを追い払った。若き英雄は、彼の王位継承に反対するパッラース*の息子たちの乱を鎮圧すると、アテーナイを悩ませていたクレーター*（クレーテー*）島の牛頭人身の怪物ミーノータウロス*退治に赴いた。クレーター王ミーノース*は息子アンドロゲオース*がアッティケー*で殺害された代償として、毎年（3年または9年ごとともいう）7人の若者と7人の乙女をミーノータウロスの餌食に送るようアイゲウスに命じていたが、テーセウスは自ら進んで犠牲者の中に参加。詩人バッキュリデース*の伝えるところでは、船中ミーノース王と争論したテーセウスは、王が海中に投じた黄金の指環を求めて水底に潜り、奇蹟的に指環を持ち帰って海神の落胤たる証拠を示したという。クレーターに到着した彼をミーノースの娘アリアドネー*が

系図255　テーセウス

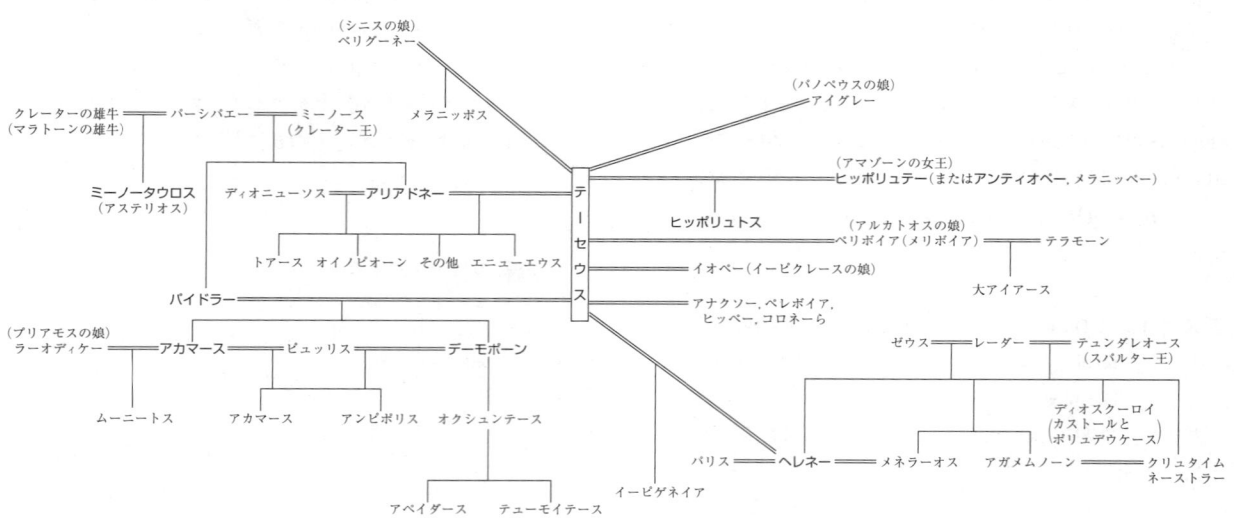

見初め、工匠ダイダロス*の知恵を借りて糸玉を与えたので、テーセウスは牛人の住む迷宮ラビュリントス*の入口に糸玉の端を結わえつけ、奥へ進んで怪物を殺害したのち、この糸をしるべに無事外へ出ることができた。仲間の若者たちとアリアドネーを伴って船で逃れた彼は、帰途ナクソス*島に立ち寄り、ディオニューソス*神の命令に従ってアリアドネーをこの島に置き去りにした（異説多し）。アテーナイに近付いた時、「成功の暁には船に白い帆を上げる」という父王との約束をうっかり忘れて、黒い帆のまま帰港したため、これを見たアイゲウスは息子が死んだものと思い込み、失神して墜落死した（または投身自殺を遂げた）。

父の王位を継いだテーセウスは、アッティケー各地に散在した諸邑を集めてアテーナイへ統合し、4年ごとの大パンアテーナイア*祭を開始、隣国メガラ*を征服し、コリントス*には父ポセイドーンを称えてイストミア競技祭*を創設したと伝えられる。また女人国アマゾーン*の地へ遠征し、女王アンティオペー*（あるいはヒッポリュテー*）を連れ去って息子ヒッポリュトス*を儲けたが、彼女の誘拐が因でアマゾーンたちの来寇が起こり、アテーナイ軍は4ヵ月の苦戦の末ようやく女武者らを撃退することができたという（アマゾーン戦争 Amazonomakhia）。その他テーセウスは、アルゴナウタイ*の冒険やカリュドーン*の猪狩りにも加わり、アルゴス*王アドラストス*を助けてテーバイ❶*攻めの勇士らの死体を埋葬。亡命して来たオイディプース*を保護するなど広く活躍し"ヘーラクレース*の再来"と謳われた。冒険の多くには、互いにその姿を見て一目惚れし永遠の友愛を誓い合ったという仲のペイリトオス*が同行しており、そのペイリトオスがヒッポダメイア❷*を娶った婚礼の席でケンタウロイ*（半人半馬）族とラピタイ*族との間に戦闘が生じた際は、ペイリトオスに味方してケンタウロス*たちを討ち取っている（ケンタウロス戦争 Kentauromakhia）。その後ミーノースの娘パイドラー*（アリアドネーの妹）と結婚したところ、彼女が継子のヒッポリュトスに懸想し、その申し出を拒まれたことから起きた悲劇はあまりにも名高い。しかしながら、元来ヒッポリュトスはテーセウスとは無関係の地方神で、後にアテーナイ王家の物語に組み入れられたものと思われる。

50歳になったテーセウスは、親友ペイリトオスの援けを得て、当時10歳（ないし12歳）の美少女ヘレネー*をスパルター*から略奪し、次いでペイリトオスのために冥王ハーデース*の妃ペルセポネー*を得るべく黄泉の国へ降った。ところが2人はハーデースに欺かれて忘却の椅子に坐らされ、捕らわれの身として地獄に留まらざるを得なくなる。4年後テーセウスのみ冥界へやって来たヘーラクレースによって救出された。不在中にアテーナイはヘレネーの兄弟たるディオスクーロイ*（カストール*とポリュデウケース*）に攻略され、ヘレネーとともに母アイトラーはスパルターへ連れ去られ、王位にはエレクテウス*の曾孫メネステウス Menestheus が即いていた。亡命を余儀なくされたテーセウスは、スキューロス*島の王リュコメーデース*の許へ身を寄せたが、裏切られ断崖から突き落とされて、もしくは自ら誤って落ちて、非業の最期を遂げた。アテーナイの王権は、トロイアー戦争*でメネステウスが死んだ後、テーセウスの子デーモポーン❶*が奪還したという（⇒巻末系図020）。

テーセウスの伝説は、ドーリス*人の英雄ヘーラクレースに対抗して形成され、アテーナイの国威発揚につれて次第に発達していった。とりわけペルシア戦争*中、マラトーンの闘い（前490）に彼の亡霊がギリシア軍の先頭に現われて敵を撃破したと取り沙汰されて以来、その崇拝熱は急速に昂まり、デルポイ*の神託（前476）に従って前469年には将軍キモーン*の手で遺骨がアテーナイ市内にもたらされ、神殿テーセイオン Theseion（〈ラ〉Theseum）が建立され —— アゴラー*に現存するヘーパイストス*神殿・通称テーセイオンとは別物 ——、さらにはテーセイア Theseia 祭が祝われるに至った。美術作品においてテーセウスはひげの無い逞しい青年の姿で表わされ、特にアマゾーンたちやケンタウロイとの戦闘の場面が文芸の主題として広く愛好された。なおテーセウスは、数多くの女性と交渉をもった他、ミーノース王に愛されたり、美少年クリューシッポス*を拐かしたりと男色関係でもよく知られている。また彼は、誘拐した美少女ヘレネーがまだ膣性交するのに若すぎたので肛門性交を行ない、よって女性に対する肛交の考案者と見なされている。

Plut. Thes./ Apollod. 3-15～, Epit. 1/ Eur. Supp., Hipp./ Hom. Il. 1-265, Od. 11-322～, -631/ Herodot. 9-73/ Paus. 1-17, -27, -44, 2-32, -33, 5-11, 10-29/ Bacchyl. 16/ Ov. Met. 7-404～, 8-174～/ Diod. 4-59～/ Hyg. Fab. 37～/ Thuc. 2-15/ Ael. V. H. 4-5/ Gell. N. A. 10-16/ Lycoph. Alex. 494～/ etc.

テッサリアー Thessalia, Θεσσαλία,（または、テッタリアー*,〈テッサリアー方言〉Petthalia, Πετθαλία),（英）Thessaly,（仏）Thessalie,（独）Thessalien,（伊）Tessaglia,（西）Tesalia,（葡）Tessália,（露）Фессалия

（別称：ハイモニアー, Haimonia, Αἱμονία, Haemonia）（現・Thesalía）ギリシア東北部の地方名。境界は時代により差異があるが、北はマケドニアー*、西はエーペイロス*、南は中部ギリシアに接するギリシア本土最大の平野地域。四周を山脈に囲まれ、中央部を多くの支流をもつペーネイオス*河が貫流し、テンペー*渓谷を経て東のエーゲ海に注いでいる。伝承上の名祖はハイモーン*（ハイモニアーの名祖）の息子テッサロス Thessalos（ヘーラクレース*の子、あるいはイアーソーン*とメーデイア*の子など諸説あり）とされる。古来、農業と牧畜が盛んで、とりわけ良馬の産地として知られていた。前3500年頃から先住民族ペラスゴイ*の間で新石器文化が開いていたが、前2000年頃にギリシア人が北方から侵入・占住し、ミュケーナイ*系の青銅器文化が栄えた。オリュンポス*山、オッサ*山、ペーリオン*山や、ラーリーサ*市、イオールコス*市など神話の舞台として名高く、伝説ではラピタイ*族やケンタウロイ*

族の居住地とされている。英雄アキッレウス*の領土というプティーオーティス*をはじめ、テッサリオーティス Thessaliotis, Θεσσαλιῶτις、マグネーシアー❷*など、いくつかの地方に早くから分かれ、永きにわたり統一されることはなかった。テッサリアー人はアイオリス*方言を話し、民族移動期にはエーゲ海を渡ってレズボス*島や小アジア西岸へさかんに植民した（前12～前11世紀）。しかるに歴史時代には、古王家の末裔を誇る少数の大貴族が支配する後進地域となり、都市国家 polis の成立が遅れた。特にヘーラクレースの子孫を称する権門アレウアダイ*家は、テッサリアー同盟の最高司令官ターゴス Tagos, Ταγός を輩出し、長い間勢力をふるったが、ペルシア戦争*（前492～前479）ではギリシアを裏切って大帝国ペルシア側に加担。そのため、背信行為は「テッサリアー的欺瞞」と呼ばれるようになった。次いでペライ*の僭主イアーソーン*の治世に、テッサリアーは一時統一を見る（前374）も、ほどなく分裂し、マケドニアー*王ピリッポス2世*の干渉を招き（前354）、前352年には事実上同王の支配下に入る（⇒ペライのアレクサンドロス）。マケドニアー王国の統治を経たのち、キュノスケパライ*の戦い（前197）にローマの将フラーミニーヌス*が勝利を収めた結果、テッサリアーはいったん独立を認められるが、前148年にローマの属州マケドニア*に併合された。馬匹の飼育に長じたテッサリアー人は、優れた騎兵として有名で、アレクサンドロス大王*の東征でも大いに活躍している。

なお後2世紀のポリュアイノス*が伝えるところでは、名祖のテッサロスはヘーラクレイダイ*家の兄妹間の結婚によって生まれた子であるという。「一族のうちアケローオス*河を渡り最初に対岸の地を踏んだ者がその王国の支配権を得るだろう」との神託が下されていたところ、渡河に際して妹ポリュクレイア Polykleia は踝を負傷したふりをして兄アイアートス Aiatos に背負って貰って行き、渡り着く寸前に岸にとび下り支配権を主張。兄は彼女の機智に感心してこれを譲り、2人の間に生まれた息子テッサロスにちなんで国土をテッサリアーと名づけたのだとされている。

またテッサリアーは古来、魔女の本場として名高かった。伝説ではコルキス*の王女メーデイア*が魔法の草の箱をここで失い、やがてその草がこの地に生え出て来たといい、当地の魔女たちは毒薬や媚薬を作り、月を天空から引き下ろすなど様々な妖術を使うことで知られていた。
⇒パルサーロス、ラミアー
Herodot. 3-96, 5-63～, 6-72～, 7-6～/ Ar. Nub. 749～/ Pind. Pyth. 10-2/ Strab. 9-429～/ Paus. 3-7, 4-36, 10-1/ Ael. V. H. 3-1/ Mela 2-3/ Nonnus Dion. 44-2/ Apul. Met. 1～/ Juv. 6-610/ Hor. Epod. 17-77/ Ov. Met. 7-159～, Am. 3-7-27/ Luc. 6～8/ Pl. Cri. 45c, 53d～54a, Grg. 513a, Meno 70/ Polyaenus 8-44/ Plut. Them. 20/ Thuc. 1-12/ etc.

テッサロニーケー Thessalonike, Θεσσαλονίκη, Thessalonica,（仏）Thessaloniké,（伊）Tessalonica,（西）Tesalónica,（露）Фессалоника

（前350頃～前296）マケドニアー*王ピリッポス2世*と5番目の妻（ないし側室）ニーケシポリス Nikesipolis の間に産まれた娘。したがってアレクサンドロス大王*の異母妹。

前317年、アレクサンドロス大王の母オリュンピアス*とともにマケドニアー*へ戻り、ともにピュドナ*へ逃れ、ともにカッサンドロス*（のちのマケドニアー王）に捕らえられる（前316）。が、オリュンピアスが石打ちの刑に処せられたのに反して、彼女はカッサンドロスと結婚し、大王の遺族が皆殺しに遇ったのち、夫の即位によってマケドニアー王妃となる（前304）。3人の息子ピリッポス4世*、アンティパトロス*、アレクサンドロス*5世を産み、夫王の病死後、母妃として大いに勢威をふるったものの、末子を偏愛したことが祟って、哀願もむなしく次男アンティパトロスに殺害された（⇒巻末系図027）。

なお、カッサンドロスは彼女にちなんで、マケドニアーの要港をテッサロニーケー*と名づけている（前315）。
Paus. 8-7, 9-7/ Diod. 19-52/ Just. 16-1/ Ath. 13-557/ etc.

テッサロニーケー（または、テッタロニーケー）

Thessalonike, Θεσσαλονίκη,（Thettalonike, Θετταλονίκη）（ラ）テッサロニーカ Thessalonica,（英）Thessaloniki, Thessalonica, Salonica,（仏）Thessalonique, Salonique,（独）Thessalonike, Saloniki,（伊）Tessalonica, Salonicco,（西）Tesalónica, Salónica,（露）Фессалоники, Салоники,（トルコ語）Selanik,（現代マケドニア語）（ブルガリア語）Solun, Солун

（現・テッサロニキ Thessaloníki, またはサロニカ Saloníka, Saloníki）旧名・テルメー* Therme, Θέρμη, Therma（「温泉」の意）マケドニアー*の港湾都市。テルメー湾（現・テルマイコス湾）の北東奥に位置する。古くからマケドニアーの要港で、ペルシア戦争*中の前480年、ギリシアを征服するべく大軍を率いたアカイメネース朝*ペルシア*の大王クセルクセース1世*は、途中この町に滞陣。そのためペルシア軍の飲料用とされた近くの河は水量が足らず、涸れ上がってしまったという。前432年にはアテーナイ*軍に占領されるが、ほどなくマケドニアー王ペルディッカース2世*に奪回される。のちアレクサンドロス大王*の遺将カッサンドロス*がテルメー湾沿岸の26市を破壊した時、その住民をここに集住 Synoikismos させて再興、市名を自らの妻テッサロニーケー*にちなんで改称させた（前315）。堅固な城壁に囲まれ、ピュドナ*の戦い（前168）後のローマ軍の攻撃にもよく耐えた。マケドニアー王国が滅びて、ローマの属州マケドニア*となると、同市は王都ペッラ*に替わって州都とされ（前146）、以来エグナーティウス街道*（ウィア・エグナーティア*）の要衝を占めるその地理的条件から大いに栄えた。前58年には亡命中のキケロー*がしばらくテッサロニーケーに滞在している。次い

で前42年には自由市の特権が与えられ、帝政期にも自治が認められて、ユダヤ人ほか様々な民族が集まり、軍事・商業・歓楽の絶好地として賑わった。新興キリスト教の伝道者パウロス*（パウロ）もここを訪れた（後50頃）が、ユダヤ系住民の間に騒擾を起こしたため、逃走を余儀なくされている。デキウス*帝によりローマ植民市となり（250頃）、さらに半世紀後にはガレーリウス*帝の広大な宮殿やキルクス*（ヒッポドロモス*）、帝自身のマウソーレーウム*（霊廟）などが市外に造営された。ローマ皇帝テオドシウス1世*は対ゲルマーニア*人戦争の基地としてこの都市を用い、異教（非キリスト教）およびアレイオス*（アリーウス*）派を禁止するテッサロニーケー勅令を発布した（380年2月28日）。390年には花形戦車駁者の男色関係のもつれが原因となって暴動が勃発、テオドシウス1世帝の命令で、テッサロニーケーの住民は老若男女を問わず大競技場（キルクス）へ招き寄せられたうえ、物陰に隠れていた兵士たちにより鏖殺（おう）された。その後町は再興されて、東ローマ時代には帝都コーンスタンティーノポリス*に次ぐ大都市となった。

現在も市の中心部、エグナーティウス街道沿いにガレーリウスの凱旋門（アルクス）arcus（後303年、Apsida Galeriu）や霊廟Rotonda（現・ゲオールギオス*教会）、音楽堂（オーディオン*）などローマ帝政期以来の建造物が、比較的よい保存状態で残っている。
Herodot. 7-121〜/ Thuc. 1-61, 2-29/ Strab. 7-330 Fr./ Mela 2-3/ Plin. 4-10/ Liv. 29-17, 40-4, 44-10, -45, 45-29/ Polyb. 34-7/ Cic. Planc. 41/ Dio Cass. 41-20/ Plut. Brut. 46/ App. B. Civ. 4-118/ Zonar. 12-26/ etc.

デ（ッ）ダラス　Daedalus
⇒ダイダロス（の英語形）

テッタリアー　Thettalia, Θετταλία
⇒テッサリアー

テッラ　（ラ）土地、陸地の意。大地の女神。
テッルース*の項を参照。

テッラ・インコ（ー）グニタ、（ギ）アグノーストス・ゲー　Terra Incognita, （ギ）Agnōstos Gē, Ἄγνωστος Γῆ
「未知の地（大陸）」の意。

ギリシア・ローマ人に知られていなかった最果ての地域。後2世紀中頃の地理学者プトレマイオス*の時代にも、なおスカンディナヴィア半島はサルマティアー*海（バルト海）に浮かぶスカンディアー Skandia, Σκανδία 島と見なされ、極北の地は"未知の世界"となっていた。また東アフリカの南岸も、エリュトラー*海（インド洋）を内海として東南アジア南端につながる"未知の陸地"を形成するものと考えられていた。ローマ時代の地誌によれば、そうした極遠の地域にはヒュペルボレオイ*やスキアーポデス*など想像上の人種や幻獣の類が住んでいたとされている。
⇒アトランティス、トゥーレー

Ptol. Geog./ Plin. N. H./ Pl. Ti., Cri./ Strab./ Marcianus/ Schol. ad Dionys. Per./ etc.

テッラ・シギッラータ　Terra Sigillata, （ギ）Gē Lēmniā, Γῆ Λημνία, （仏）Céramique Sigillée
（「封印された土」の意）レームノス*島特産の薬用粘土。蛇毒をはじめとするありとあらゆる毒に対する解毒効果があるとされ、医薬としてきわめて珍重された。
Plin. N. H. 35-14/ Nic. Ther./ etc.

テッルース　Tellus, （露）Теллус
（ラテン語で「大地」の意）ローマの大地の女神。男性神テッルーモー Tellumo と対をなし、また「母なる大地」テッラ*・マーテル Terra Mater とも呼ばれて、ギリシアのガイア*やデーメーテール*などと同一視された。その祝祭フォルディキーディア Fordicidia は4月15日に執り行なわれ、妊娠中の雌牛が犠牲として捧げられた。ローマでは大地は赤児の生命の源と見なされ、子供が生まれると地面に置く習慣があった——この時、父親が抱き上げて認知した子は養育されたが、それ以外の子は棄てられた——。女神の神殿はエースクィリーヌス*丘に建てられていた（前268）。
⇒ケレース

Varro Rust. 1-1/ Macrob. Sat. 3-9/ Liv. 2-41, 8-9, 10-29/ Dion. Hal. 8-79/ Ov. Fast. 1-657〜, 4-629〜/ etc.

テティス　Thetis, Θέτις, （仏）Thétis, （伊）Tetide, （西）Tetis, （葡）Tétis, （露）Фетида

ギリシア神話中、英雄アキッレウス*（アキレウス*）の母。海の女神で、ネーレウス*の娘たち（ネーレーイデス*）の1人。女神ヘーラー*に育てられ、彼女たち二人は互いに深く愛し合っていたので、ヘーパイストス*（ヘーラーの息子）が天から投げ落とされた時にテティスは彼を介抱し、9年間海の底に匿った（かくま）。彼女はたいそう美しく、2人の神ゼウス*とポセイドーン*から求愛されたが、「テティスの産む子は父より偉大になる」というテミス*の予言が明らかにされたため、両神とも彼女を諦めざるを得なかった（⇒プロメーテウス）。別伝によると、テティスはヘーラーに遠慮して大神ゼウスの求愛を拒み、それを快からず思った大神は彼女を人間の男に与えることに決定したという。これを知ったペーレウス*は、賢者ケイローン*の助言に従って、海辺で休んでいるテティスを捕らえると、嫌がる彼女が火や水や獅子（ライオン）や大蛇に変身して逃れようとしても決して離さなかったので、ついに自分の妻となることに同意させた。2人の結婚式にはすべての神々が贈物を携えて列席したが、唯1人招待されなかった争いの女神エリス*は、婚宴におしかけて来てトロイアー戦争*の原因となった黄金の林檎（りんご）を投げ込んだ。テティスは夫との間に7人の息子を産み、彼らを不死身にせんとして火の中で焙っては次々に焼き亡ぼしてしまった。が、末子のアキッレウスのみ父が発見したため、救い出されたという。アキッレウスがトロ

イアー*遠征に参加すれば戦死する運命にあることを知った彼女は、息子を女装させてリュコメーデース*王の許(もと)へ送り、王女たちの間に隠れさせた。トロイアー戦争中はアキッレウスのためをはからってゼウスに請願したり、新しい鎧兜をヘーパイストスに造らせるなどさまざまな母親らしい気配りをしている。愛する息子が死ぬと、彼女はその遺骨をディオニューソス*から贈られた壺に納めてシーゲイオン*の岬に埋葬した。

テティスがペーレウスに捕らえられる場面は陶画に描かれており（前500頃）、2人の華やかな婚礼の情景は、ローマのカトゥッルス*ら大勢の詩人に歌われている。
⇒ステュクス
Hom. Il. 1-348〜, -493〜, 6-135, 9-410〜, 18-22〜, -368〜, 24-77〜, Od. 24-92/ Hes. Th. 244, 1006/ Apollod. 1-2, -3, -9, 3-5, -13, Epit. 3, 6/ Hyg. Fab. 54, 92, 96, 97, 106, 270, Astr. 2-18/ Ov. Met. 11-423〜/ Ap. Rhod. 4-790〜/ Eur. Andr. 1226〜, I. A. 701〜/ Catull. 64/ Pind. Nem. 4-50, Pyth. 3-92, Isthm. 8-27〜/ Paus. 3-14, -22, 8-18/ Strab. 9-431/ Schol. ad Ap. Rhod. 1-558, 4-816/ Aesch. P. V. 767/ Serv. ad Verg. Ecl. 6-42/ etc.

テーテュース　Tethys, Τηθύς,（仏）Téthys,（伊）Teti, Tetide,（西）Tetis,（葡）Tétis,（露）Тефида,（現ギリシア語）Tithís

ギリシア神話中、ウーラノス*（天空）とガイア*（大地）の娘で、ティーターニデス*（ティーターン*女神たち）の末妹（⇒巻末系図002）。長兄の大洋神オーケアノス*と結婚して、3千の息子たる河神たちPotamoiと同じく3千の娘たちオーケアニデス*を産んだ。ティーターノマキアー*の間は、姉レアー*に託されて女神ヘーラー*（クロノス*とレアー*の娘）の世話をし、のち夫オーケアノスと不和になった時には、ヘーラーが2人を和解させた。テーテュースは夫とともに極西の涯にある宮殿に住んでいて、ゼウス*とヘーラーの結婚式はここで行なわれたと伝えられる（異説あり）。なお、エトルーリア*の地にテーテュースの託宣所があったという所伝も残っている。古代以来、名前の発音上の類似から外孫テティス*（英雄アキッレウス*の母）と混同されることがあったので注意を要する。

ちなみに、太古の大海テテュスTethysや、土星の第3衛星テテュス（テティス）は彼女にちなんで名づけられている。
Hom. Il. 14-201〜/ Hes. Th. 136, 237〜/ Apollod. 1-1, -2, 2-1/ Hyg. Fab. 177, Astr. 2-1/ Ov. Fast. 2-191, Met. 2-509, -527〜, 9-950〜/ Pl. Ti. 40/ Verg. G. 1-31/ etc.

テトリクス　Gaius Pius Esuvius Tetricus,（伊）Tetrico,（西）（葡）Tétrico,（露）Тетрик

（後3世紀後期）ローマの「30僭帝*」最後の人物（在位・270〜274）。元老院議員の血筋に生まれ、アクィーターニア*総督を務める（〜270）。ポストゥムス*の築いた「ガッリア帝国*」をテトリクスの親族のウィクトーリーヌスVictorinusが継ぎ（269）、そのウィクトーリーヌスが部下に暗殺されると（270）、摂政として立った母后ウィクトーリーナVictorina (Victoria, Vitruviaとも)を葬り去って、テトリクスが自ら正帝(アウグストゥス*)として即位した。彼は廃立めまぐるしいこの時代にあって3年あまりも玉座に坐ってガッリア*、ヒスパーニア*、ブリタンニア*を支配、息子のテトリクス2世を副帝(カエサル*)に任じていたが、実質的には軍部の傀儡でしかなかった。そこで彼はアウレーリアーヌス*帝にガッリアへ攻め寄せるよう懇請、カタラウヌム*（現・Châlons-en-Champagne）の戦場では、自軍を見捨ててアウレーリアーヌス側に投降（274）。息子とともに凱旋式(トリウンプス*)に引き廻されたのち、元の位階・財産を返され、高官職にも就任、またカエリウス*丘の邸宅にアウレーリアーヌスを招いて晩餐会を開いてもいる。
⇒ゼーノビア、ポストゥムス
S. H. A. Tyr. Trig. 24〜, Aurel. 32, 34, 39, Cl. 4/ Aurel. Vict. Caes. 35, Epit. 35/ Eutrop. 9-9〜/ Zonar. 12-27/ etc.

テネース　Tenes, Τένης,（または、テンネースTennes, Τέννης）,（露）Тенес,（現ギリシア語）Ténnis

ギリシア伝説中の人物。テネドス*島の名祖。トロイアー*近くの王キュクノス❺*の子。継母に冤罪を着せられ、妹ヘーミテアーHemitheaとともに箱に入れて海へ流されたが、無事にレウコプリュスLeukophrys, Λευκόφρυς（のちのテネドス）島へ漂着、住民によって王とされた。やがて真実を知った父王が和解のために到来したものの、テネースは父の船のもやい綱を斧で絶ち切って拒絶、「テネースの斧」という頑固に拒む行為を意味する諺はこれに由来するとされる。トロイアー*遠征の際、この島にやって来たアキッレウス*がヘーミテアーを犯そうとするのを阻止せんとして、アキッレウスに胸を刺し貫かれて死んだ。一説にテネースはアポッローン*の子とされ、アキッレウスは「アポッローンの子を殺せば、自分もアポッローンの手にかかって死ぬことになる」という母テティス*の予言通り、後にこの神の矢で射殺されたという。ヘーミテアーはアキッレウスに凌辱される寸前、神々に祈って、地中に呑まれ姿を消したと伝えられる。
Paus. 10-14/ Diod. 5-83/ Apollod. Epit. 3/ Strab. 13-604/ Conon Narr. 28/ Tzetz. ad Lycoph. 232/ Cic. Nat. D. 3-15/ Plut. Mor. 297d〜f/ etc.

テネドス　Tenedos, Τένεδος, Tenedus,（英）Bozca Island,（仏）Ténédos,（伊）Tenedo,（西）（葡）Ténedos,（露）Тенедос,（現ギリシア語）Ténedhos

（現・ボズジャーダBozcaada）エーゲ海北東部、ヘッレースポントス*海峡入口付近の島。トローアス*地方の沖合いに位置し、旧名レウコプリュスLeukophrys, Λευκόφρυς。神話上の名祖はテネース*。トロイアー戦争*では、木馬の計を用いた折、ギリシア軍は撤退したと見せかけて、この島かげに隠れていた（⇒シノーン）。アポッローン*崇拝

が盛んで、海神パライモーン*（メリケルテース*）に対する幼児犠牲でも知られる。古典期にはレスボス*島とともに美人コンテスト開催の地として有名。ペルシア戦争*時には、キオス*、レスボスなどの島々と同様、「曳き網式」と呼ばれる人間狩りで全土を掃蕩され（前490）、クセルクセス❶*艦隊の基地に利用される（前480）。その後デーロス同盟*に加入したが、前386年アンタルキダース*の和約（大王の和約）で再びペルシア帝国*の属領となり、アレクサンドロス大王*の東征によって、ようやく解放された（前334）。古代世界においてテネドスの陶器は高い評価を受けていた。また、テネースが妹とともに海に捨てられた伝説に因んで、少年と少女を海中に投げ入れる供犠が、この島では永きにわたり行われていたという。
⇒アイオリス（地方）
Hom. Il. 1-38, Od. 3-159/ Herodot. 1-151, 6-31, -41/ Thuc. 3-28/ Xen. Hell. 5-1/ Ath. 13-610/ Strab. 8-380, 13-604/ Paus. 10-14/ Diod. 5-83/ Ptol. Geog. 5-2/ etc.

テーノス Tenos, Τῆνος, Tenus（Tenos），別名・Ophiūssa, Hydroessa,（伊）Tine,（露）Тинос, Тенос
（現・Tínos）エーゲ海のキュクラデス*諸島に属する島（195 km²）。ミュケーナイ*文化時代のトロス tholos 墓が残っており、前950年頃にイオーニアー*系ギリシア人が定住、独自の浮彫で装飾された陶器類を制作した（主に前750〜前650頃）。アカイメネース朝*ペルシア*帝国に服属し、大王クセルクセス1世*のギリシア遠征に加わったが、サラミース❶*の海戦（前480）の前日に寝返ってペルシア軍の策略をギリシア側に知らせた。戦後アテーナイ*を盟主とするデーロス同盟*に加わり、ペロポンネーソス戦争*ではアテーナイのシケリアー*（現・シチリア）遠征（前415〜前413）に軍船を提供している。

ヘレニズム時代には海賊の襲撃を再三被むったが、ローマ帝政期に復興し、現在も、ヘレニズム時代のポセイドーン*とアンピトリーテー*の聖域（前4世紀後半）や、ギリシア世界で最大の列柱廊（前2世紀頃）、城壁と塔（前5〜前3世紀）などの遺跡を見ることが出来る。緑色大理石、葡萄酒、オリーヴ油の産地。風の神アイオロス*の島として知られる。
Herodot. 4-33, 6-97, 8-66, 82〜83/ Aesch. Pers. 885/ Strab. 10-487/ Ov. Met. 7-469/ Liv. 36-21/ Tac. Ann. 3-63/ Plin. N. H. 4-22-65/ Steph. Byz./ etc.

『テーバイス』 Thebaïs, Θηβαΐς.
⇒『テーバイ物語』

テーバイ攻めの七将 （ギ）Hoi hepta epi Thebas, Οἱ ἑπτὰ ἐπὶ Θήβας,（ラ）Septem contra Thebas,（英）The Seven against Thebes,（仏）Les Sept contre Thèbes,（独）Die Sieben gegen Theben,（伊）I Sette contro Tebe,（西）Los siete contra Tebas

ギリシア神話・伝説に名高い7人の勇士（⇒巻末系図006、本文系図256）。双子の兄エテオクレース*に王座を独占されたうえ、追放されたポリュネイケース*が、テーバイ❶*の王位に復するべく兵を起こした時、この出征に参加したアルゴス*軍の英雄たち。ふつうアドラストス*、アンピアラーオス*、カパネウス*、ヒッポメドーン*、パルテノパイオス*、テューデウス*、およびポリュネイケースの7人とされるが、エテオクロス Eteoklos（カパネウスの甥・義弟）やメーキステウス Mekisteus（アドラストスやパルテノパイオスの兄弟）を入れる作者もある。戦闘の結果、アドラストスを除く全員が殺され、テーバイ攻撃は失敗に終わったが、10年後、彼らの息子たち（エピゴノイ*）によって復讐が果たされた。この題材を扱ったアイスキュロス*の同名の悲劇（前467）が現存する。『テーバイ物語*』の項を参照。
⇒アンティゴネー、ヒュプシピュレー、エリピューレー
Aesch. Sept./ Apollod. 3-6〜/ Stat. Theb./ etc.

テーバイ（テーベー）❶ Thebai（Thebe），Θῆβαι（Θήβη），（ドーリス*方言）Thēbā, Θήβα, Thebae Boeotiae,（英）Thebes,（仏）Thèbes,（独）Theben,（伊）Tebe,（西）（葡）Tebas,（露）Фивы
（現・Thíve または、Thíva, Thíví, Thívai）ギリシア中東部ボイオーティアー*地方の主要都市。同地方の南部平野の中心で、山に囲まれて防備に適し、農産物に恵まれる。南北交通の要衝に位置するため、前3000年頃から先ギリシア民族が居住。前2000年以来、第1波のギリシア人がこの地に入った。伝承では、かつて先住民の王オーギュゴス*が支配していたが、のちにフェニキア*の王子カドモス*が神託に従って丘上に市を創建し、アルファベットをギリシア人に教えたといい、城市は彼にちなんでカドメイアー Kadmeia, Καδμεία と呼ばれた。城壁はアンピーオーン*とゼートス*兄弟の手で完成されたといわれ、オイディプース*の悲劇や「テーバイ攻めの七将」、エピゴノイ*らの伝説の舞台としても有名。酒神ディオニューソス*や英雄ヘーラクレース*もこの町の生まれと伝えられる。「カドモスの館」と称されるミュケーナイ*時代の宮殿（前13世紀に滅亡）の発掘が、「七門の都」と呼ばれた当時のテーバイの繁栄を示唆している。

歴史時代には、北部平野のオルコメノス*を圧してボイオーティアーの中心市となり、王政廃止後は共和政体をとり、ピロラーオス❷*によって法律が制定された。ペルシア戦争*ではアカイメネース朝*に臣従し、マルドニオス*にプラタイアイ*攻撃の基地を与えた（前480〜前479）。また前7世紀以来、ボイオーティアー同盟の盟主となり、のちにスパルター*と結んで（前457）アテーナイ*と対立。前431年テーバイがプラタイアイを占領しようと企てたことからペロポンネーソス戦争*（前431〜前404）が勃発した。前424年にはデーリオン*の戦いでアテーナイ軍を粉砕したが、ペロポンネーソス戦争終結後は国境の些細

テーバイ（テーベー）❷（エジプトの）

な紛争からスパルターと対立し、コリントス*戦争（前395〜前386）ではアテーナイ側についた（⇒ハリアルトス）。前382年に城砦カドメイアーをスパルター軍に占領されたものの、ペロピダース*ら亡命者たちの帰還によって解放され（前379）、ペロピダースとその盟友エパメイノーンダース*の下で急速に勢力を増大。恋人同士から成る「神聖部隊*」の活躍のおかげで、前371年レウクトラ*の地にスパルタ軍を斜形陣戦法を用いて破り、ギリシアの覇権を掌握した（⇒パンメーネース、パランクス）。スパルターからメッセーニアー*を独立させ、アルカディアー*人には同盟の結成を促して首邑メガロポリス*（メガレー・ポリス*）を創建させた他、力を北方にも伸ばしてテッサリアー*地方の一部を領有、マケドニアー*からは王子ピリッポス2世*が人質として送り込まれた（前368）。しかるにマンティネイア*の戦い（前362）の後、にわかに勢威が衰え（⇒第3次神聖戦争）、アテーナイと結んで北方の強国マケドニアーに対抗したが、前338年8月初めカイローネイア*の決戦でマケドニアー王ピリッポス2世に敗れた。次いで前335年にはマケドニアーの新王アレクサンドロス3世*（アレクサンドロス大王*）に叛いたため、詩人ピンダロス*の生家を残して徹底的に破壊・劫掠され、1日のうちに6千人以上の市民が虐殺され ── 神殿内に逃れていた大勢の女性や病人たちも容赦なく惨殺されて ── 、3万人が奴隷に売られた。前316年カッサンドロス*によって再建されたが、前290年デーメートリオス❶*・ポリオルケーテースに占領されて衰退。のちミトリダテース*戦争でローマの将スッラ*は、テーバイ領の半分を削ってデルポイ*などに与え（前86）、以来この町は極度に弱体化した。

伝説上の名祖はアーソーポス*河神の娘テーベー（ゼートスの妻）。市内にはかつてディルケー*の泉や、アルクメーネー*の新床、セメレー*の寝室、アンピーオーンとゼートスの合葬墓など神話伝説で馴染み深い旧跡が残っていたという。なお古くテーバイでは、美しい盛りの少年をディオニューソスに生贄に捧げる習慣があったと伝えられ、またヘーラクレースの聖域ではローマ帝政期に入ってからも汎ギリシア的な運動競技祭ヘーラクレイア Herakleia が挙行され続けていた。

⇒『テーバイス（テーバイ物語）』、クラテース❸

Hom. Il. 4-378〜, Od. 10-492, 11-263〜/ Herodot. 1-52, 5-58〜, 6-108/ Paus. 9-5〜/ Thuc. 2-2〜, 4-91〜, 5-81〜/ Arist. Pol. 2-9(1274a)/ Strab. 9-401〜/ Plut. Alex. 11, Pel., Sull. 19/ Apollod. 3-4〜/ Mela 2-3/ Stat. Theb./ Ael. V. H. 12-57/ Pind./ Nep. Epam., Pelopidas, Alc./ Aesch. Sept./ Diod. 4-65〜, 11-81, 19-53〜/ Just. 3-6, 6-4, -6〜/ Xen. Hell./ Callim. Del./ Plin. N. H. 4-7/ Steph. Byz./ etc.

テーバイ（テーベー）❷（エジプトの） Thebai (Thebe), Θῆβαι (Θήβη), Thebae Aegypti, （英）Thebes, （独）Theben, （仏）Thèbes, （伊）Tebe, （西）（葡）Tebas, （露）Фивы, （現ギリシア語）Thíve, （アラビア語）Ṭībah

（現・ルクソール Luxor およびカルナク Karnak 周辺の遺蹟）、（古代エジプト名）ウァセト Waśet、（古代ヘブライ名）ノ・アモン No- Amon、（コプト語）ⲬⲎⲘⲈ。上エジプトのナイル河畔にあった古代都市。中王国時代（第11王朝）に再統一されたエジプトの首都となり（前2040頃）、次いで新王国時代（第18〜20王朝）に再び首都となって最盛期を迎えた（前1570頃〜前1070頃）。その後も主神アメン Amen, Amun（⇒アンモーン）信仰の中心地として永く繁栄し続け、またオシーリス*神の生地とも称された。ホメーロス*はこの大都市の富強を、「あの家ごとにとても沢山財宝を納蔵する、百の城門を備えた」町と歌っており、その門からは「各々200人ずつの武将が多くの馬や車を率いて出て行ける」ほどであったという。前664年頃アッシュリアー*の侵略と占領を被り、さらにペルシア大王カンビューセース*に征服されて（前525）、さしもの古都テーバイもようやく衰退の色を濃くした。ギリシア人からは、アメンと同一視された大神ゼウス*の町ディオスポリス Diospolis, Διόσπολις（〈ラ〉Diospolis Magna）とも呼ばれ、エジプト全体の母市と見なされていた（ギリシア名テーバイは、ボイオーティアー*の都市テーバイ❶*にちなんで名づけられたもの（異説あり））。プトレマイオス朝*下においても神官勢力は残存し、神殿の営造なども引き続き行なわれたが、しばしばギリシア＝マケドニアー*系の支配者に対する大規模な反乱の温床となり甚大な損害を被った（前206、前88）。C. コルネーリウス・ガッルス*率いるローマ軍に略奪・破壊され（前30／29）、続く前27年の地震ですっかり廃墟と化し、地理学者ストラボーン*が訪れた時には遺跡の間にいくつかの集落を留めるのみとなっていた。以後ローマ帝政期には観光名所として人気を集めた。とりわけ評判の高かったのはナイル西岸にあるメムノーン*の巨像で、ゲルマーニクス*（後18〜19）やハドリアーヌス*帝（後130）をはじめ大勢の著名人士が、朝陽が昇るたびにこの石像から響くという鳴音を聞くべく足を運んでいる。パピューロス文書や陶片記録が多数出土した他、ナイル河の東西に今日なおファラオ時代以来の大規模な諸神殿や葬祭殿、「王家の谷 Wadī al-Mulūk」等々、往時の壮麗さを物語る記念建造物の遺構が多く残っている。

⇒メンピス、ヘーリオポリス❷、アビュードス❷

Hom. Il. 9-381〜, Od. 4-126/ Herodot. 1-182, 2-3〜, 3-10/ Strab. 17-815〜/ Tac. Ann. 2-60〜/ Paus. 1-42/ Juv. 15-6/ Plin. N. H. 5-9, 36-11/ Ptol. Geog. 4-5/ Diod. 1-45〜, -50/ Steph. Byz./ etc.

テーバイ伝説 （ギ）Φήμη Θηβαῖς, Μῦθος Θηβαῖος, （ラ）Legenda Thebana, （英）Legend of Thebes

ギリシアのテーバイ❶*王家に関する神話物語。アルゴス*＝ミュケーナイ*やトロイアー*の伝説と並んで、ホメーロス*以来、叙事詩や悲劇の題材として非常に愛好された。カドモス*による建国に始まり、ディオニューソス*にまつわる伝承（⇒セメレー、イーノー、ペンテウス）、アンティオペー*の子供たちの王位簒奪と築城（⇒アンピーオー

ンとゼートス）、オイディプース*と彼の一族を襲った数々の不幸（⇒エテオクレース*、ポリュネイケース*、アンティゴネー*、テーバイ攻めの七将*）、そしてエピゴノイ*の遠征の結果、テーバイが破壊されるに至るまでの長大な物語である。各項目を参照されたい。
⇒『テーバイ物語』（テーバイス）
Apollod. 3-4〜7/ Paus. 9-5〜/ Stat. Theb./ Diod. 4-64〜/ etc.

『テーバイ物語』（テーバイス）　Thebaïs, Θηβαΐς, Thebais, （英）Thebaid, （仏）Thébaïde, （伊）Tebaide, （西）Tebaida

ギリシアのテーバイ❶*にまつわる神話伝説をうたった叙事詩。オイディプース*の不幸な生涯やテーバイ攻めの七将*、およびその子供らの再度の遠征（エピゴノイ*）を扱った悲劇的な英雄物語で、これらは一連の叙事詩圏* Θηβαϊκὸς Κύκλος を形成していた。通常『テーバイ物語（テーバイス）』の題名を冠する作品は、オイディプースが盲目となって王位を追われた後に起きた2回にわたるテーバイ戦争に取材したもので（⇒カッリーノス*）、伝ホメーロス*作（7,000行）やコロポーン*のアンティマコス*作（24巻）などがあったが、いずれも散佚。はるか後世、ローマ帝政期にラテン語で書かれたスターティウス*の叙事詩『テーバイス』（12巻、9,700行余）が今日、伝存するに過ぎない（後92年公刊）。

中世の西ヨーロッパでも、『テーバイ物語』が書かれるようになり（仏）Le Roman de Thèbes（1150〜1155頃）、降って近世フランスの悲劇詩人ラシーヌは処女戯曲『ラ・テバイッド La Thébaïde』を執筆している（1644）。
⇒テーバイ伝説
Paus. 8-25, 9-9/ Herodot. 4-32/ Ath. 10-465e/ Stat. Theb., Silv. 3-5-36/ Juv. 7-83/ etc.

テーベー　Thebe, Θήβη
⇒テーバイ❶、テーバイ❷

テベレ（河）　Tevere（テーヴェレ）
⇒ティベリス

デーマーデース　Demades, Δημάδης, （仏）Démade, （露）Демад

（前380頃〜前319頃）アテーナイ*の弁論家、政治家。水夫から身を起こし、教育を受けていないにもかかわらず、天性弁舌に秀でていたため、雄弁家として名声を馳せる。熟考型のデーモステネース❷*に比べて、即興演説に優れていたので、テオプラストス*はデーモステネースを「アテーナイにふさわしい」と評価する一方、デーマーデースを「アテーナイには過ぎた者だ」と称讃。デーマーデース自身も「デーモステネースが私に教えるなど、豚がアテーナー*女神に教えるようなものさ」と広言していたという。カイローネイア*の敗戦（前338年8月）でマケドニアー*の捕虜となるが、王ピリッポス2世*に気に入られ、交渉の結果アテーナイとマケドニアーの間に同盟を成立させた。以来、親マケドニアー派として、ポーキオーン*とともにアテーナイの国政を指導。アレクサンドロス大王*の神格化を市民に承認させ、前322年には、反マケドニアー派のデーモステネースやヒュペレイデース*に死刑の判決を下させた。ポーキオーンが廉直にして清貧に甘んじたのとは対照的に、デーマーデースは貪欲で繰り返し法律を破って市民権を失いながらも富を誇っていたといわれる―― ハルパロス*の贈賄事件にかかわっていたことが露顕して、前323年〜前322年の間追放され、またアレクサンドロス大王を13番目の神にすると発議した時には10タラントンもの罰金を科せられている ――。のち裏切っ

系図256　『テーバイ物語』（テーバイス）

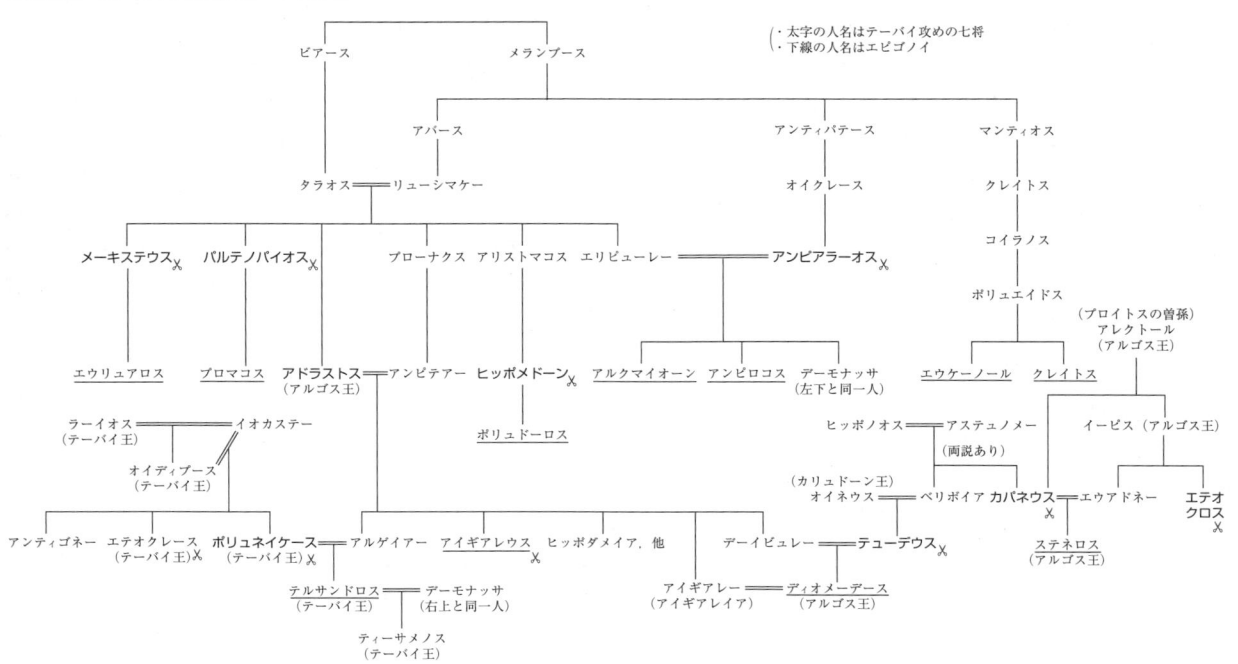

てペルディッカース*を支援したことが発覚したため、息子 Demeas ともどもカッサンドロス*によって殺された。作品はすべて散逸したが、一般に才智横溢する警句を多用した弁論は「デーマーデース風 Demadeia」と呼ばれ、後世の金言名句集やアイソーポス*(イーソップ)寓話集にも採録された。

Plut. Dem. 8, 10～11, 13, 23, 28～29, Phoc. 1, 20, 22, 26, 30/ Diod. 16-87, 17-15, 18-18, -48/ Quint. 2-17/ Sext. Emp. Math. 2-16/ Cic. Brut. 12/ Ael. V. H. 5-12, 12-43, 14-10/ Ath. 6-251b/ Aesopus 96/ Philogelos 149/ Suda/ Phot. Bibl./ etc.

デーマラートス　Demaratos, Δημάρατος, Demaratus, (仏) Démarate, (露) Демарат, 〈ドーリス*方言〉ダーマラートス Damaratos, Δαμάρατος, Damaratus

スパルター*王(在位・前515／510頃～前491)。エウリュポンティダイ王家のアリストーン*王の一人息子(⇒巻末系図021)。母はアゲートス Agetos なる男の妻だったが、スパルターに並ぶ者のない美女だったので、王が奪って妻としたもの。伝承によれば、彼女は幼時世にも醜い娘だったのを、ヘレネー*への信仰によって最高の美人に変貌させられたという。デーマラートスは月足らずで生まれたため血統を疑われ、父の跡を継いだものの、共治王クレオメネース1世*の策謀により王位を剥奪され、代わって再従兄弟のレオーテュキダース❶*が即位した。アカイメネース朝*ペルシア*のダーレイオス1世*(大王)の許へ亡命したデーマラートスは、ペルガモン*ほかの諸都市を与えられ、前4世紀に至るまで彼の子孫がその地を支配した。ペルシア帝国*の王位継承争いにあって、デーマラートスはクセルクセース1世*の登極に協力し、前480年のペルシア遠征に随行。サラミース❶*の戦いに際してはエレウシース*から神秘的な叫び声を聞いて、ペルシア海軍の敗北を予知したと伝えられる。なお彼がスパルターに密使を立てて、あらかじめペルシア軍の侵攻を知らせたという話については、ゴルゴー*の項を参照。彼はスパルター人らしく寡言を尚んで饒舌を嫌い、質問好きで口うるさい人から「スパルターで一番すぐれているのはどんな人ですか」と問われた時には、「君に一番似ていない人だ」と答えたといい、また、「スパルターの人口はどのくらいあるのか」と訊いた人に対しては、「悪人どもを追い払うのに十分なだけだ」と言ったと伝えられている。

その他、ローマの古王タルクィニウス・プリスクス*の父親で、エトルーリア*へ移り住んだコリントス*の名門バッキアダイ*出身のギリシア貴族デーマラートス(ダーマラートス)の名がよく知られている(前7世紀中頃)。

Herodot. 5-75, 6-50～84, 7-3, -101～104, -209, -234～, 8-65/ Xen. Hell. 3-1, An. 7-8, -17/ Plut. Lyc. 20/ Ath. 1-29f/ Polyb. 6-11/ Dion. Hal. Ant. Rom. 3-46/ Liv. 1-34/ Paus. 3-4, -7/ Diod. 11-6/ Sen. Ben. 6-31/ Polyaenus 2-20/ etc.

デーミウールゴス　Demiurgos, Δημιουργός, Demiurgus (Damiurgos), (英) Demiurge, (仏) Démiurge, (独) Demiurg, (伊)(西)(葡) Demiurgo, (露) Демиург, 〈〈複〉〉デーミウールゴイ, Demiurgoi, Δημιουργοί, Demiurgi, 〈ドーリス*方言〉Dāmiorgoi, Δαμιοργοί

(「共同体 demos のために働く人」の意)ホメーロス*では、石工・金工・陶工や医者・詩人・予言者など、農民以外の特殊技能者を意味したが、プラトーン*哲学においては、「宇宙の創造者」がデーミウールゴスと称され、グノーシス*主義や新プラトン派の間では、最高神と区別される「物質的世界の造物主」が、この名称で呼ばれるようになった(⇒デーモゴルゴーン)。

なお、エーリス*、アカーイアー*をはじめペロポンネーソス*半島を中心とするギリシア各地(主にドーリス*系)で、デーミウールゴイ(複)は、しばしば最高級の官職を指すことがあった。古典期のアテーナイ*などでは一般に「職人」ないし「芸術家」という意味で用いられていた。

Hom. Od. 17-383/ Pl. Plt. 298c, Grg. 452, 467d, Symp. 186d, Ti. 41c, 42e, Resp. 7-529e/ Thuc. 5-47/ Arist. Pol. 3-2/ Liv. 38-30/ Cic. Fam. 9-22/ Xen. Mem 1-4/ Plut. Thes. 25/ Lucian. Nigr. 22/ Diod. 1-28/ Plotinus Enn./ Porph./ Iambl./ etc.

テミス　Themis, Θέμις, (仏) Thémis, (伊) Temi, (西) Temis, (葡) Têmis, (露) Фемида

(「正義・秩序」の意)ギリシア神話中、慣習として定まっている「掟」を擬人化した女神。ウーラノス*(天空)とガイア*(大地)の娘。初め兄弟のイーアペトス*と交わってプロメーテウス*の母となり、のちゼウス*の2番目の配偶者となって季節の女神ホーラー*たち(ホーライ*)や運命の女神モイラ*たち(モイライ*)を出産。ティーターン*神族(ティーターニデス*)中、唯一人オリュンポス*にあって

系図257　テミス

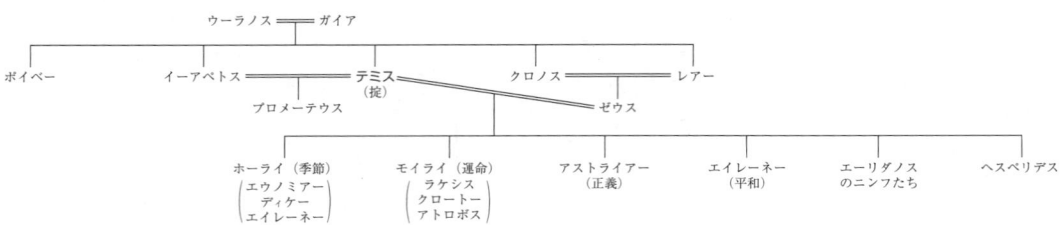

大神ゼウスの助言者という高い地位を保ち、神々を会議に召集し、その宴席を差配。またアポッローン*やアテーナー*、さらにはゼウスをも養育したと伝えられる。予言の能力に優れ、ガイアを継いでデルポイ*の神託所を有し、大洪水のあとデウカリオーン*とピュッラー Pyrrha 夫妻に新しい人類を生じさせる方法を教えた。アポッローンには予言の術を授け、巨蛇ピュートーン*を退治した彼に神託所を譲ったとも、自らの姉妹ポイベー*に引き継がせたともいう。巨人族ギガンテス*との戦争（ギガントマキアー*）の折には、ゼウスに雌山羊アマルテイア*の皮を神楯アイギス*として使用するように勧め、巨神アトラース*には、いつかゼウスの息子（ヘーラクレース*）がヘスペリデス*の林檎を盗みに来るだろうと警告。またゼウスが女神テティス*と交わろうとした際には、「テティスの子は父親より偉大な者になるであろう」と予言した。一説にトロイアー戦争*は、人口過剰問題を解決する方法として、彼女が最初に提唱したものだとされている。

なお、アルカディアー*のニュンペー*（ニンフ*）に同名のテミスがおり、ヘルメース*と交わってエウアンドロス*（エウアンデル*）の母になったとされる。後者はローマのカルメンタ*と同一視ないし混同されている。

⇒巻末系図 002, 049

Hes. Th. 135, 901～/ Hom. Il. 15-87～, 20-4, Od. 2-68/ Hymn. Hom. Ap. 121～/ Diod. 5-66/ Apollod. 1-1, -3/ Hyg. Fab. praef. 3, 25/ Aesch. Eum. 2, P. V. 18, 209～210, 874/ Pind. Isthm. 8-34～/ Puas. 5-14, 9-25/ Ov. Met. 1-321, 4-642/ Gell. 14-4/ Ap. Rhod. 4-800/ Plut. Mor. 278c/ Dion. Hal. 1-31/ Tzetz. ad Lycoph. 129/ etc.

テミスティオス　Themistios, Θεμίστιος, Themistius, (仏) Thémiste (Thémistios), (伊)(西) Temistio, (葡) Temístio, (露) Фемистий, (現ギリシア語) Themístios

（後317頃～後388頃）後期ローマ帝政時代の宮廷で活躍したギリシア系弁論家・哲学者。父はパープラゴニアー*出身の哲学者エウゲニオス Eugenios。若くしてアリストテレース*研究で名を成し、コーンスタンティーノポリス*に学校を開設（345）、雄弁のゆえにエウプラデース Euphrades, Εὐφραδής（能弁な）と呼ばれる。熱心な異教徒（非キリスト教徒）であったにもかかわらず、コーンスタンティウス2世*以来、テオドシウス1世*に至る歴代皇帝の殊遇を蒙り、各帝に頌辞を献呈。コーンスタンティーノポリスの元老院議員となり（355）、テオドシウス帝からは同市の首都長官にとり立てられ（384）、皇子アルカディウス*（のち東ローマ皇帝）の教師にまで任ぜられた。穏健な人柄で、ユーリアーヌス*帝に異教の再興を献策した他は、宗教に関してすこぶる寛容中正な態度を持し、要職を歴任、10回以上使節を務めた末コーンスタンティーノポリスに没した。ギリシア語で記された34篇の演説やアリストテレース註釈などが伝存、独創的な思想には欠けるものの、後者は中世を通じてよく読まれ、前者は4世紀の史料としても重視されている。

Themistius Orationes, Paraphrases/ Socrates 3-26, 4-32/ Sozom. 6-36/ Phot. Bibl./ etc.

テミストクレース　Themistokles, Θεμιστοκλῆς, （イオーニアー*方言）Themistokleēs, Θεμιστοκλέης, (ラ) Themistocles, (仏) Thémistocle, (伊) Temistocle, (西)(葡) Temístocles, (露) Фемистокл, (現ギリシア語) Themistoklís

（前524頃～前459頃）アテーナイ*の民主派の政治家、将軍（ストラテーゴス*）。ペルシア戦争*中のサラミース❶*の海戦の立役者。裕福な旧家リュコミダイ Lykomidai 一族の父ネオクレース Neokles と外国女性との間に生まれる。子供の頃から権勢欲や名誉心が強く、また美少年ステーシラーオス Stesilaos をめぐる恋の鞘当てから、「義人」アリステイデース*とは終生対立する。一説に、放蕩者だったため、父親からは勘当され、母親は世をはかなんで自害したという。前493年、アルコーン*となり、ペイライエウス*の軍港建設に着手し、海軍力の増強に努める。前490年にミルティアデース*がマラトーン*の戦いでアカイメネース朝*ペルシア*軍に対して大勝を収めると、功名にはやるテミストクレースは夜も眠れなくなったという。翌年ミルティアデースが死に、次第に勢力を強めた彼は、アリステイデースらの政敵を陶片追放（オストラキスモス*）にかけて斥け、前483年ラウレイオン*銀山に新しい鉱床が発見されるや、市民に均等に分配する従来の慣習に反して、200（100とも）隻の艦隊（三段櫂船*）を建造させアテーナイをギリシア第一の海軍国とした。次いで、ペルシアの大王クセルクセース1世*が大軍を率いて攻め寄せて来る（前480）と、ギリシア内部の訌争を終熄させ、アテーナイ海軍を指揮してアルテミーシオン*岬でペルシア艦隊と会戦。「木の壁によれ」というデルポイ*の神託を、軍船に乗り込めという意味に解して、市民に国土を棄てて乗船させ、老人婦女子を疎開させたうえで、狭いサラミース湾内に敵艦隊を誘導して撃破した。この折、知謀に富んだテミストクレースは様々な策を弄してペルシア軍を海戦に誘いこみ、かたやコリントス*地峡での陸戦を主張するスパルター*の意見を封じたと伝えられる（⇒エウリュビアデース）。おまけに、ヘッレースポントス*の船橋を破壊してペルシア軍の退路を断つという作戦を中止したと称して、撤退するクセルクセースに恩を売ることも忘れなかった。この戦勝のおかげで、アテーナイはギリシア第一のポリス polis に台頭、民主化も進み、無産者層までが政治に参与するようになる。さて一躍救国の英雄に祀り上げられたテミストクレースは得意満面、かつて自分の求愛をすげなくあしらった美青年が今度は逆に向こうから機嫌を取りだしたのを見て、「我々は2人とも遅まきながら正気に返ったわけだね」と冷たく言い放ち、またセリーポス*島の男が「貴方が名声を得たのは自力ではなくアテーナイのおかげだ」と言ったのに対しては、「そうとも、だが君はたとえアテーナイに生まれても有名にはならなかったろう」と答えた。自分の息子には、「お前はギ

リシア第一の権力者だ。ギリシアを支配するのはアテーナイ、そのアテーナイを支配するのは僕だ。僕は妻の言いなり放題、そして彼女の上に立つのがお前だからな」とからかったという。

　ペルシア戦争後、スパルターの抗議を押し切って、アテーナイの城壁再建やペイライエウス港の強化拡充に尽力、そのために自らスパルターに乗りこんで行き、交渉を手間取らせて巧みに時間稼ぎをし、その間に工事を首尾よく完成させてしまったといわれる。ところが、やがて、反ペルシア親スパルター派のキモーン*らに圧迫され、ペルシア大王との内通の嫌疑を受けて陶片追放(オストラキスモス)の憂き目に遭う(前471頃)。しばらくアルゴス*に亡命していたが、スパルターのパウサニアース*の陰謀事件との関係を問われて欠席裁判で死刑の宣告を下され(前468頃)、ケルキューラ*からエーペイロス*、シケリアー*(現・シチリア)、小アジアへと逃避行を続け、ついに婦人用の垂れ幕付きの車に乗って、ペルシアの大王アルタクセルクセース1世*の懐にとびこむ。大王はテミストクレースを捕らえた者に高額の賞金を約束していたが、「そなた自ら出頭したのだから」と彼にその金を与えたばかりか、小アジアの数都市を所領として下賜し、いたく彼を優遇した(前465以降)。テミストクレースもまた、ペルシアの言語・風習をよく学んで君寵に応え、数年後に領地マグネーシアー*で没した。一説に毒薬ないし雄牛の血を飲んで自殺を遂げたという。享年65歳。また、彼の遺骸はアテーナイの人々に暴き出され、撒き散らされたという伝えもある。

　祖国のために立ち働きながら放逐されたせいか、「もし私に2つの道が示され、1つは冥界(ハーデース*)へ行く道、もう1つは演壇に通ずる道であったなら、私は冥界へ進む道を選ぶだろう」と述べたとか、詩人シモーニデース*から記憶術を教示しようと言われた時には、「むしろ忘れたいことを忘れ去るための忘却術を手に入れたい」と答えたといった厭世的な言葉が残されている。

Plut. Them., Arist. 2～, 7～, 22, 24～26/ Nep. Them./ Herodot. 7～8/ Thuc. 1-74, -93, -135～138/ Ar. Eq. 83/ Paus. 1-1～2, -26, -36, 8-50, -52/ Arist. Ath. Pol. 22 -7, -8/ Diod. 10-32, 11-2, -12, -15～, -39～, -54～/ Ael. V. H. 2-12, -28, 3-21, -47, 9-5, -18, 10-17, 12-43, 13-40, -44./ Polyaenus 1-30/ Frontin. Str. 1-1, 2-2, -6/ Ath. 1-29f～, 12-533d～, 13-576c/ Just. 2-9, -12, -14～/ Cic./ etc.

テムペー　Tempe
⇒テンペー

デーメーテール　Demeter, Δημήτηρ, (仏) Démèter, (伊) Demetra, (西) Démèter, (葡) Deméter, (露) Деметра

ギリシアの穀物および豊饒を司る女神。「母なる大地」の意。オリュンポス*の十二神中の1柱。クロノス*とレアー*の娘で、大神ゼウス*の姉(⇒巻末系図002)。のちローマのケレース*と同一視された。ゼウスとの間に娘ペルセポネー*(コレー*)を産み、エレウシース*はじめギリシア各地において、通常ペルセポネーとともに「両女神」として祀られていた。冥界の王ハーデース*に娘を連れ去られた時、デーメーテールは炬火(たいまつ)を手に娘を求めて諸所を巡り、10日目に太陽神ヘーリオス*から真相を聞き出し、またこの誘拐にゼウスも合意していたことを知ると、憤怒のあまりオリュンポスを立ち去った。老女に身をやつした彼女は、地上をさすらいつつエレウシースに来(また)り、王ケレオス❶*の館で歓待され、その子デーモポーン❷*またはトリプトレモス*の乳母となる(⇒メタネイラ)。ところが、幼児を不死身にするべく火の中に入れているところを発見され、女神の本身を顕わして秘儀(ミュステーリア*)を伝授、さらにトリプトレモスに穀物栽培法を教え、世界中に農耕技術を広めさせた。一方、いかなる神々の慰めも、娘を失った彼女の悲しみを鎮め得ず、大地は不毛となったので、ゼウスはヘルメース*を冥界へ遣わして、ペルセポネーを母親のもとへ返すようハーデースを説得させた。これに応じてハーデースはペルセポネーを地上へ送り帰したが、その前に彼女に柘榴(ざくろ)の実を食べさせたため、掟に従って、ペルセポネーは再び黄泉の国へ戻らなければならなくなる(⇒アスカラポス)。レアーのとりなしで、妥協が成立して、ペルセポネーは1年のうち3分の1をハーデースの妃として冥府に留まり、残る期間を母神と一緒に過ごすこととなった。この物語は穀物の年ごとの再生を象徴する神話であるが、やがて人間の生命の復活という意味をも付与され、秘教の入信者には来世での幸福が約束されるに至った。

　デーメーテールが娘を探して諸国を放浪していた時、アルカディアー*の地でポセイドーン*に犯されそうになり、雌馬に身を転じて逃れようとしたところ、ポセイドーンも雄馬に変身して思いを遂げ、この交わりから人語を解する神馬アレイオーン*(またはアリーオーン*)と女神デスポイナ Despoina(「女主人」の意＝ペルセポネー)が生まれた。また女神は、テーバイ❶*市の建祖カドモス*とハルモニアー*の結婚式の際に、イーアシオーン*を見初め、クレーター*(クレーテー*)島の畑で彼と交わって、富の神プルートス*の母になったともいう。

　デーメーテールは長衣をまとった威厳のある女性の姿で表わされ、麦の穂や王笏、松明を手にし、罌粟(けし)や水仙などの持物を伴なうこともある。犠牲には雌牛ないし雌豚が捧げられ、密儀においては蘇生の表象たる蛇が用いられた。エレウシースの秘教のほか、アテーナイ*などギリシア世界の各地で営まれたテスモポリア*祭も、彼女の祭礼として重要(⇒イアッコス)。後代、デーメーテールは、ガイア*やレアー、キュベレー*、イーシス*等の諸神格と混同されるようになった。

　なお、既婚婦人の中でオリュンピア競技祭*の見物が許されたのは、デーメーテールの女神官ただ1人であった。
⇒エリュシクトーン、デーメートリア

Hes. Th. 453～, 912～/ Apollod. 1-1, -5/ Hymn. Hom. Cer./ Hom. Il. 14-326, Od. 5-125～, 11-217/ Herodot. 2-171/ Diod. 1-12, 3-62, 5-2～/ Ov. Fast. 4-419～, Met. 5-346～

/ Hyg. Fab. 146〜147, 270, 274, 277/ Nonnus Dion. 6-1〜/ Paus. 1-14, -37, -38, 2-5, -11, -35, 8-5, -15, -25, -37, -42/ Callim. Cer./ Conon Narr. 15/ Arn. Adv. Nat. 5-34〜/ etc.

デーメートリア（祭）　Demetria, Δημήτρια

ギリシアの女神デーメーテール*の祭礼。樹皮の笞で互いに鞭打ち合ったことで知られる。アテーナイ*には、アンティゴノス朝*のマケドニアー*王デーメートリオス1世*・ポリオルケーテースを救世主 Soter（ソーテール）として称えた同名の例祭があった（前307年創設）。

⇒ディオニューシア（祭）

Plut. Demetr. 10, 12, 46/ Ath. 12-536/ Diod. 20-46/ etc.

デーメートリオス　Demetrios, Δημήτριος, Demetrius, （仏）Démétrios, （伊）（西）Demetrio, （葡）Demétrio, （露）Деметрий

アンティゴノス*朝マケドニアー*の王。（⇒巻末系図 047〜048系図）。

❶1世　D. I（前336頃〜前283），（仏）Démétrios 1er Poliorcète, （伊）Demetrio I Poliorcete

ポリオルケーテース Poliorketes, Πολιορκητής, Poliorcetes（「攻城者」）と渾名される。マケドニアー*王（在位・前294〜前287）。アンティゴノス1世*の子。美丈夫で快楽と軍事を好み、若い頃から父を助けて、統一帝国再現のために戦い続けた。前312年プトレマイオス1世*にガーザ*で敗れるが、すぐに挽回し、次いでカッサンドロス*との戦いでは、アテーナイ*に民主政を復活させ、父と並んで神格化され崇拝されるようになる（前307）。続くキュプロス*島近くの海戦でプトレマイオスを破って東地中海一帯を支配、父とともに王号を称する（前306）。これに倣って他の有力者らもおのおの国王を名のるに至る（前305）。プトレマイオスと同盟関係にあるロドス*を攻略した時（前305〜前304）には、征服はできなかったものの、巨大な攻城機 helepolis（ヘレポリス）を使った戦法ゆえに「攻城者（ポリオルケーテース）」の異名をとる（⇒ロドスの巨像（コロッソス*））。ギリシアではアレクサンドロス大王*に倣ってコリントス*同盟を主催（前302）、アテーナイのアクロポリス*神殿に居住して、ラミア*はじめ有名なヘタイラー*（遊女）や美少年らと乱行に耽る（⇒デーモクレース❶）。

勢威を増すデーメートリオスとその父アンティゴノスに対して、プトレマイオス、セレウコス1世*、リューシマコス*らは結束し、前301年プリュギアー*のイプソス*において、父子はセレウコス＝リューシマコスの連合軍に敗れ、父は戦死、子はエペソス*へ逃れた。いったんデーメートリオスの野心は挫かれたかに見えたが、程なく彼は娘ストラトニーケー❶*をセレウコスに嫁がせ、自らはプトレマイオスの娘を娶って姻戚関係を築き、さらにマケドニアー王カッサンドロス死後の内訌に乗じて、王位にあったその息子たちを謀殺（⇒アンティパトロス❷、アレクサンドロス5世）、代わって自らがマケドニアー王位に即いた（前294）。次いでギリシアにも勢力を伸ばし（前293〜前289）、尊大で贅沢な暮らしをすると同時に、旧領回復を図った。しかるに、前288年リューシマコスやエーペイロス*王ピュッロス*らに敗れ、ギリシア本土を追われて小アジアに渡り（前287）、やがて自軍の兵に見棄てられ、女婿セレウコスの捕虜となり（前285）、3年近く幽閉されたのち、大酒と不節制がもとで病死した。彼は活動的な武将であると同時に、遊惰な生活を好む放蕩家でもあり、芝居がかった豪華な衣裳をまとい、化粧・美容に凝っては、男女両色に溺れたという。マケドニアーは数年後、長男アンティゴノス2世*が奪還した。

⇒カレース❷、プロートゲネース、ディアドコイ

Plut. Demetr., Pyrrh. 4〜/ Diod. 18-23, 19-29, -69, -80〜85, -93, -96〜98, -100, 20-19, -45〜54, -73〜76, -81〜88, -91〜100, -102〜103, -106〜113/ Just. 15〜16/ Paus. 1-6, -10, -25, 9-7/ Ael. V. H. 9-9, 12-14, -17/ Polyaenus 4-7, -9/ Ath. 4-128, 6-253, 13-577, 15-697/ Euseb. Arm./ etc.

❷2世　D. II（前276頃〜前229）アイトーリコス Aitolikos, Αἰτωλικός, Aetolicus

マケドニアー*王（在位・前239〜229）。❶の孫。アンティゴノス2世*ゴナタースとピラー Phila（セレウコス1世*とストラトニーケー❶*の娘）との息子。若くしてエーペイロス*王アレクサンドロス2世*を放逐し（前264頃）、父王の位を継ぐ（前239）や、嗣子を産まぬ妃ストラトニーケー❷*（母ピラーの異父妹）を離縁して、エーペイロスの王女プティアー Phthia（アレクサンドロス2世とオリュンピアス❷*の娘）を娶り、息子ピリッポス5世*を儲ける ── 彼はそれ以前に、コリントス*を占領するため、前245年頃コリントスの僭主アレクサンドロス Aleksandros の寡婦ニーカイア Nikaia とも結婚ないし婚約していた ──。治世の間、アイトーリアー同盟*・アカーイアー同盟*を相手に戦い（デーメートリオス戦争、前238〜前229）、のち北方から侵入したイッリュリアー*系のダルダノイ Dardanoi 人を防戦中、敗死した。

⇒アラートス（シキュオーンの）、アンティゴノス3世（ドーソーン）

Just. 26-2, 28-1〜3/ Polyb. 2-2, -44, -46, 20-5/ Liv. 31-28/ Plut. Arat./ Strab. 10-451/ Joseph. Ap. 1-22/ Euseb. Arm./ etc.

デーメートリオス　Demetrios, Δημήτριος, Demetrius, （伊）（西）Demetrio, （葡）Demétrio, （露）Деметрий

セレウコス朝*シュリアー*の諸王。系図巻末 039〜042 を参照。

❶1世　D. I ソーテール Soter, Σωτήρ，救世主（前187〜前150）（在位・前162〜前150），（仏）Démétrios 1er Sôter

セレウコス4世*の次子。父王により人質としてローマへ送られていたが、叔父アンティオコス4世*の死（前164）後も釈放されず、狩猟に行くと見せかけてローマを脱出し、シュリアー*へ帰国、従弟の幼王アンティオコス

5世*とその与党を殺害して25歳で即位した。苛酷な圧政を布いたので各地に反乱が蜂起、王位僭称者アレクサンドロス・バラース*やエジプト王プトレマイオス6世*、カッパドキアー*王アリアラテース5世*、ペルガモン*王アッタロス2世*、さらにユダヤ*のハスモーン*家との抗争に苦戦を強いられた。息子デーメートリオス2世*をローマに人質として差し出したが効なく、アレクサンドロス・バラースとの戦いで敗北、沼地で馬が転倒したところを周囲から槍を浴びせられて死んだ。彼の異名「救い主」(ソーテール)は、バビュローニアー*で圧政をしいていた太守 Satrapes(サトラペース) ティマルコス Timarkhos を除いた功績（前161～前160）に由来するという。

デーメートリオスは16年間におよぶローマでの人質生活の間に史家ポリュビオス*と親しくなり、その助けを得て密かにローマからの脱出に成功（前162）。そのためローマの支持を得た内外の敵対者たちと戦闘を繰り返す結果となり、公式にローマ元老院からセレウコス朝*の正統な王として認められることはなかった。またカッパドキアー王アリアラテース5世との不和は、デーメートリオスの妹ラーオディケー Laodike（マケドニアー*王ペルセウス*の寡婦）との結婚をアリアラテースが拒否したので、怒ったデーメートリオスがカッパドキアーの王位僭称者ホロペルネース Holophernes（在位・前158～前156）を支持したことにはじまっている。

⇒イウーダース・マッカバイオス

Polyb. 31～33/ App. Syr. 46～47/ Just. 34-3, 35-1/ Joseph. J. A. 12-10, 13-2/ Liv. Epit. 46～47/ Diod. 31-18, 27～29, -32, 32-15, 33-4, -20, 40-2/ Zonar. 9-25/ Euseb. Arm./ etc.

❷**2世** D. II ニーカートール Nikator, Νικάτωρ, 戦勝王（前161頃～前125）Theos Nikator Philadelphos, Θεὸς Νικάτωρ Φιλάδελφος（在位・前145～前139, 前129～前125）

❶の長子。父が王位僭称者アレクサンドロス・バラース*に殺されると、クレーター*（クレーテー*）島へ逃れ（前150）、のちエジプト王プトレマイオス6世*の援助を得て王位を確保、6世の王女でバラースの妻だったクレオパトラー❹*・テアーを娶り、バラースを敗死させる（前145）。しかるに、国政を寵臣たちに任せて奢侈と快楽に耽り、またその冷酷さのゆえに臣民の憎しみを買い、程なく幼いアンティオコス6世*（バラースの遺児）を擁するディオドトス・トリュポーン*に首都アンティオケイア❶*を追われ、トリュポーンと分割統治することになる（前144）。バビュローン*へ赴いたデーメートリオスは、西進するパルティアー*と交戦するが、謀略にかかって惨敗し、講和の見せかけに騙されて捕えられ、10年以上にわたって俘虜の身となる（前139～前129）。その間彼がパルティアー王女ロドグーネー Rhodogune（ミトリダテース1世*の娘）と結婚したことを知った妃クレオパトラー・テアーは、憤って義弟アンティオコス7世*（夫デーメートリオス2世の実弟）と再婚し、これを王位に即ける（前138）。パルティアーへ侵攻したアンティオコス7世が敗死すると、デーメートリオスは監禁を解かれ、帰国して復位した（前129）。夫プトレマイオス8世*を憎むクレオパトラー2世*の「エジプト王位を進ぜましょう程に」との誘いで、エジプトへ出征するが、その隙を狙ってプトレマイオス8世は、新たなシュリアー王*アレクサンドロス・ゼビナース*を擁立（前128）。敗れたデーメートリオスは妃クレオパトラー・テアーのいるプトレマーイス*へ逃れようとして入城を拒まれ、やむなくテュロス*へ避難したところを捕われ、拷責を加えられた末悶死した。一説には、彼とロドーグネーとの結婚を赦さぬ妻テアーによって殺害されたという。

なお彼は、当初ユダヤ人を弾圧したが、騒乱が起きたため、ハスモーン*家による自治権を認めている（前142）。

⇒セレウコス5世、アルサケース6世、7世

Just. 35-2, 36-1, 38-9, -10, 39-1/ Liv. Epit. 52, 60/ Polyb. 33-18/ App. Syr. 67, 68/ Joseph. J. A. 13-4～5, -8～9/ Diod. 32-9, 33-4, 34-15/ Euseb. Arm./ etc.

❸**3世** D. III エウカイロス Eukairos, Εὔκαιρος, Theos Philopator Soter, Philometor Euergetes Kallinikos Θεὸς Φιλοπάτωρ Σωτήρ, Φιλομήτωρ Εὐεργέτης Καλλίνικος（?～前77頃）、（ラ）Eucaerus（在位・前95／93頃～前88）

アンティオコス8世*の第4子。父の横死（前96）後、支配者が分立し混乱と衰頽を深めるシュリアー*に、当時キュプロス*王だったプトレマイオス9世*の後援で送り込まれ、ダマスコス*で即位、「時宜を得た者」と綽名される。兄ピリッポス1世*と共治したが間もなく対立し、パルティアー*人の助勢を得た兄の軍に幕舎を包囲され水を断たれて降伏（前88）、捕虜としてパルティアー王ミトリダテース2世*（アルサケース9世*）の許(もと)へ送られ、その地で病死した。

⇒アンティオコス9世、10世、セレウコス6世

Joseph. J. A. 13-13～14/ etc.

デーメートリオス Demetrios, Δημήτριος, Demetrius, (英)Demetrius of Bactria, (仏)Démétrios de Bactriane

バクトリアー*（バクトリアネー*）の王。（⇒巻末系図036）。

❶**1世** D. I（前230頃～前171頃）（在位・前200／186頃～前171頃）

エウテュデーモス1世*の子。父王在世中、東征したセレウコス朝*シュリアー*王アンティオコス3世*（大王）と和議の交渉に赴き、セレウコス朝の宗主権を認めて、アンティオコス3世の娘と婚約した（前206）。しかるに即位後、北インドとアフガーニスターンの大半を征服して版図を拡大。前190年、シュリアーがマグネーシアー*の戦いでローマに敗北を喫すると、インドス*（インダス）河西域に拡がるアラコーシアー Arakhosia,（ラ）アラコーシア Arachosia やドランギアネー Drangiane,（ラ）ドランギアーナ Drangiana などセレウコス朝の東方領土を占領した。一説にガンゲース*（ガンジス）河にまで侵攻して「インド王（ラ）Rex Indorum」と称されたが、その後エウクラティデース1世*（セレウコス朝シュリアー王アンティオコス4世*の従

兄弟）に敗れて殺されたという。次項を参照。
Polyb. 11-34/ Strab. 11-516/ Just. 41-6/ etc.

❷2世 D. Ⅱ（在位・前180～前165または前145頃～前140頃）

❶の子、あるいはアンティマコス1世*の子ともいう。インドス*（インダス）河を越えて東征し「インド王」と称される。のちエウクラティデース1世*が反乱を起こしたので、軍を巡らし、長期にわたって抗争を続けたが、ついに敗死した。あるいは、これは❶の事績であって、2世はバクトリアー王国の一部オークソス*河流域を支配した君侯であったともいう。
Just. 41-6/ etc.

デーメートリオス（キュニコス派の） Demetrios, Δημήτριος, Demetrius, （英）Demetrius the Cynic

（後1世紀）ローマ帝政期のギリシア人哲学者。スーニオン*に生まれ、コリントス*でキュニコス（犬儒）派の教師として名声を確立し、テュアナ*のアポッローニオス❼*と対立。ピラミッドやメムノーン*の巨像を見るためにエジプトへ旅行したといわれる。ローマに出てトラセア・パエトゥス*やストアー*系哲学者セネカ❷*らと親交を結ぶが、カリグラ*帝から大金をもって招聘された折には「皇帝が私を買収したいのなら冠をよこすことだ」と言って拒絶、専制政治を率直に非難した。66年トラセアがネロー*帝に自殺を命じられた際にも、臨終に立ち会い、奸臣ティゲッリーヌス*によってギリシアへ追放される。のちローマに戻ったが、帝政を攻撃し続けたため、ウェスパシアーヌス*帝の命令で再度流された（71）。謫居の貧窮と不遇に陥っても決して怯むことなく、旅行中のウェスパシアーヌスに出会っても起き上がりも挨拶もせず、ただ口汚く罵ったところ、皇帝は「犬め」と呼んで取り合わなかったという。

⇒デーモーナクス、ファウォーリーヌス
Tac. Ann. 16-34～, Hist. 4-40/ Suet. Vesp. 13/ Dio Cass. 66-13/ Sen. Ben. 7-1, -8/ etc.

デーメートリオス（キューレーネー*の） Demetrios, Δημήτριος, Demetrius（美公 ho Kalos, ὁ Καλός）, （英）Demetrius the Fair, （仏）Démétrios le Beau

（前286頃～前248頃）「美男子 Kalos」の異名をとるマケドニアー*の王子。デーメートリオス1世❶*ポリオルケーテースとその5番目の妻プトレマイス Ptolemaïs（プトレマイオス1世*とエウリュディケー❸*の娘）の間に生まれる。したがってアンティゴノス2世*ゴナタースの異母弟にあたる（⇒巻末系図047～048）。キューレーネー*の支配者マガース*の死後、寡婦アパメー Apame（アルシノエー Arsinoe とも）は、娘ベレニーケー（のち2世*）の婿に彼を迎え、その地を統治させた（前250頃）。自らの美貌を誇るデーメートリオスは不遜な態度で君臨し、妻ベレニーケーを顧みず岳母アパメーとの情交を続けたので、程なく彼女の腕の中でベレニーケーにより暗殺された。なお、彼と先妻ラーリーサ*のオリュンピアス Olympias との間に生まれた子アンティゴノスが、のちにマケドニアー王位に即いて、アンティゴノス3世*ドーソーンとなる。また孫のアンティゴノス*は、マケドニアー王ピリッポス5世*（デーメートリオス2世*の子）が死ぬ前に、王子ペルセウス*の陰謀を暴いた功により、継嗣に冊立されんとするが、ペルセウス登極と同時に殺されて果てている（前179）。
Just. 26-3/ Diod. 25-18/ Euseb./ Plut. Aem. 8/ etc.

デーメートリオス（パレーロン*の） Demetrios, Δημήτριος (Φαληρεύς), （ラ）Demetrius Phalereus, （英）Demetrius of Phalerum, （仏）Démétrios de Phalère, （伊）Demetrio del Falero, （西）Demetrio de Falero, （葡）Demétrio de Falero, （露）Деметрий Фалерский

（前350／345頃～前283頃）アテーナイ*の政治家にして著述家、弁論家、ペリパトス（逍遥）派の哲学者。アテーナイの外港パレーロン*に生まれ、テオプラストス*に師事する。微賤の出でコノーン❶*の家に仕えていた奴隷の息子だったが、若くして政界入りを果たし（前325頃）、親マケドニアー*派に所属したため欠席裁判で死刑を宣告される（前318）。前317年、カッサンドロス*からアテーナイの支配者に任ぜられ、寡頭政府を樹立、10年にわたりマケドニアー占領下のアテーナイに善政をしく（前317～前307）。彼の栄誉を称えてわずかの間に360の銅像が建てられたが、前307年デーメートリオス1世*ポリオルケーテース（アンティゴノス1世*の子）がアテーナイを陥落させ、民主政を復活させると、またもや欠席裁判で死刑を宣告され、ボイオーティアー*のテーバイ❶*へ亡命、彼の像は打ち壊されて海中に投げられたり尿瓶として使われたりしたという。のちエジプトのプトレマイオス1世*のもとへ赴き、アレクサンドレイア❶*図書館や学堂ムーセイオン Museion の建設に尽力し、書籍収集や学術研究に貢献した（前297～）。しかし、プトレマイオスの後継者選びに際し、先妃エウリュディケー❸*の子供たちを薦めたため、後妃ベレニーケー1世*の子プトレマイオス2世*の怨みを買い、2世が即位するに及んで上エジプトに放逐され、その地で失意のうちに没した。居眠りしている時に腕を毒蛇に咬まれて死んだとされている。

多作の人で、歴史・弁論・政治・倫理・文学批評に関する論文と書簡のほか、金言集やアイソーポス*（イーソップ）の寓話集など多方面にわたる書物を著わしたが、すべて失われた。また彼は、美しい眼の持ち主として知られ、エジプトに来てから失明したものの、セラーピス*神のおかげで視力を回復したと伝えられる。喜劇詩人メナンドロス*の友人でもある。

アテーナイオス*に従えば、アテーナイを統治していた頃、香油を塗ったり紅で化粧をしたり、髪を金色に染めたりして容色を魅力的に保ち、夜ごとディオグニス Diognis

を筆頭とするお気に入りの若者らと情交していたため、美しい青少年たちが連日、彼の目にとまるように集まってきたという。

なお、現存するギリシア語の論考『文体について』Peri hermeneias, Περὶ ἑρμηνείας は、このパレーロンのデーメートリオスの名のもとに伝えられているが、実際はヘレニズム時代末期ないしローマ時代（前1世紀〜後1世紀頃）のペリパトス派の著作家の手になるものと見なされている（タルソス*の文法学者デーメートリオス執筆説あり）。
⇒ピローン（エレウシースの）

Diod. 18-74, 19-68, -78, 20-27, -45, 31-10/ Plut. Demetr. 8〜9/ Diog. Laert. 5-75〜/ Ath. 6-272, 12-542〜543, 13-567, 14-620/ Ael. V. H. 3-17, 12-43/ Strab. 9-398/ Polyaenus 3-15, 4-7/ etc.

デーメートリオス（パロスの）　Demetrios, Δημήτριος, Demetrius (Pharos, Φάρος の)，(英) Demetrius of Pharus，(仏) Démétrios de Pharos，(独) Demetrios von Pharos

（？〜前214）イッリュリアー*の君主（在位・前228〜前219）。パロス出身のギリシア人。前229年に愛人たるイッリュリアー人の女王テウタ*を裏切ってケルキューラ*（コルキューラ*）島をローマに引き渡し、その報償としてアドリア*海のパロス島（現・フヴァル Hvar, もとの〈伊〉レジーナ Lésina）を中心とする王国の支配を認められた。女王テウタの後継者ピンネース Pinnes の後見人となり勢威を増すと、マケドニアー*のアンティゴノス3世*と結んで、スパルター*王クレオメネース3世*をセッラシアー Sellasia で撃破した（前222）。前220年以来、ローマとの条約を破り、イッリュリアーの首長スケルディライダース Skerdilaidas（？〜前205頃）とともにキュクラデス*諸島やギリシア沿岸、エーゲ海*など各地を略奪。ローマの庇護下にあるイッリュリアー諸市を攻撃したため、前219年ローマ軍に放逐されてマケドニアー王ピリッポス5世*のもとへ亡命し、王にローマと敵対するよう助言した。前214年ペロポンネーソス*半島のメッセーネー*（旧・イトーメー*）に襲撃をかけたが敗死した。史家ポリュビオス*は彼を無思慮で信義に悖る暴戻な人物に描いている。

なお、以上の他にも、古喜劇詩人のデーメートリオス（前400頃の人）やアテーナイ*の彫刻家のデーメートリオス（前400頃〜前370頃活躍）、イクシーオーン*と渾名された文献学者のデーメートリオス（前2世紀）、エピクーロス*派の哲学者ラコーニアーのデーメートリオス（前100年頃の人）、タルソス*の文法学者デーメートリオス（後1世紀）、アパメイア*の医者デーメートリオス（前2世紀頃？）等々、大勢の同名異人がいる。

Polyb. 2-10〜11, 3-16〜19, 5-101〜108, 7-12/ Just. 29-2/ Quint. 12-10/ Diog. Laert. 5-83〜85/ Liv. 32-21/ Aët. 1-18/ Sext. Emp. Math./ Dion. Hal./ Plut. Cat. Min. 65〜, Mor. 410a/ Lucian./ Suda/ etc.

テーメノス　Temenos, Τήμενος, Temenus, (仏) Téménos，(伊) Temeno，(西) Témeno，(露) Темен，(現ギリシア語) Tímenos

ギリシア伝説上のアルゴス*王。ヘーラクレイダイ*（ヘーラクレース*の末裔）の1人。弟たちクレスポンテース*とアリストデーモス❷*とともにペロポンネーソス*に侵入し、ティーサメノス*（オレステース*の子）を撃破して、アルゴスの支配者となった。しかし、自分の息子たちよりも娘婿のデーイポンテース Deïphontes を愛したため、河で水浴している最中に実子らによって殺された。エウリーピデース*の著作に今は失われた悲劇『テーメノス』があった。なお、アルゴスの王権は十余代にわたって継承されたのち、民会により剥奪された（⇒ペイドーン）。

系図258　テーメノス

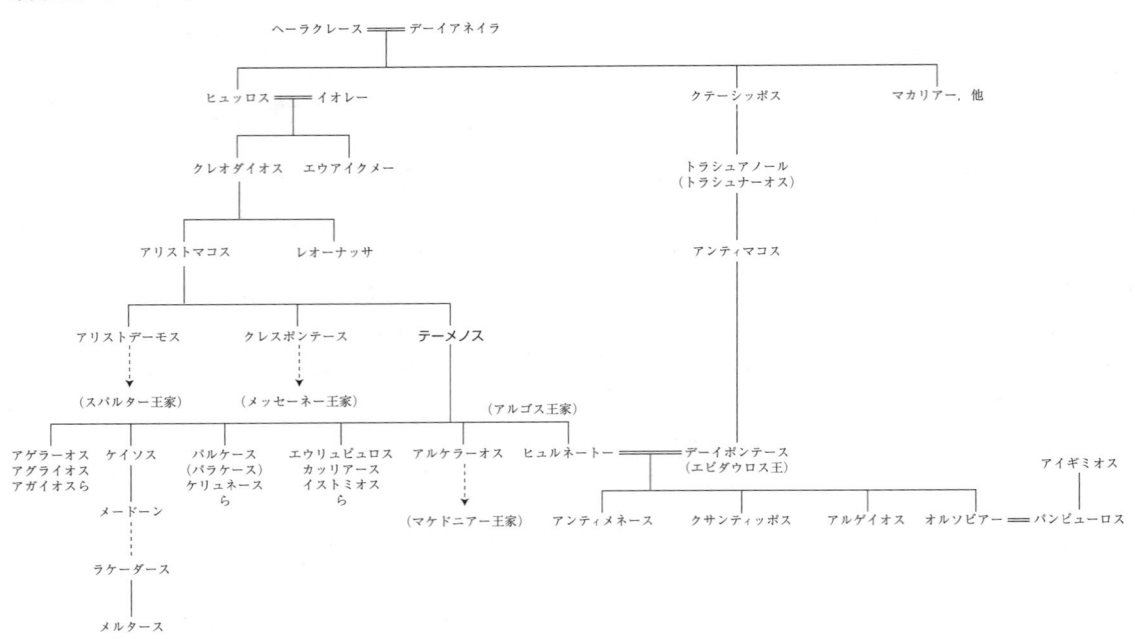

⇒カラーノス❶、ペルディッカース❶、アルケラーオス❷
Herodot. 8-137/ Apollod. 2-8/ Hyg. Fab. 124, 219/ Paus. 2-6, -11, -12, -18〜19, 3-1, 4-3/ Strab. 8-389/ Pl. Leg. 3-683d/ Thuc. 2-99/ etc.

デーモカレース　Demokhares, Δημοχάρης, Demochares, （伊）Democare, （西）Democares

（前360／355頃〜前275）アテーナイ*の弁論家で民主派の政治家。雄弁家デーモステネース❷*の甥（姉妹の子）。若くして頭角を現わし、使節の一員としてマケドニアー*へ赴いた時、王ピリッポス2世*から「わしにできることでアテーナイ人が喜ぶことがあれば、何なりと申すがよい」と言われて、「では首をくくりなさい」と答えたという逸話の持ち主。前322年には、反マケドニアー派の政治家たちをアンティパトロス*へ引き渡すことに反対したため、亡命を余儀なくされる。デーメートリオス1世*ポリオルケーテースによる民主政の再興（前307）後、アテーナイへ帰国し、対カッサンドロス*戦（前307〜前304）ではアテーナイ市防衛に奮闘するが、前303年デーメートリオス1世に阿附するような法案を揶揄して、再び追放の身となる。前298年に召喚されて、城壁の修築などアテーナイ防衛に活躍したものの、ボイオーティアー*と同盟を締結したことで不評を買い、またもや祖国を放逐される（前296頃）。しかるに翌年（もしくは前288頃）帰還して、マケドニアーから聖地エレウシース*を奪回し、リューシマコス*やプトレマイオス1世*らより財政的な援助を獲得、亡き伯父デーモステネースの名誉回復を実現した（前280）。演説のほかに同時代史（21巻以上）、アガトクレース*の伝記などを著わしたが、すべて散逸した。なお彼は、口で男を悦ばせる吸茎行為 fellatio に耽っていたため「聖火を吹くに適していない」と非難されたことがある。
⇒デーモクレース❷
Plut. Demetr. 24, Mor. 840〜851/ Ath. 5-187, -215, 11-508, 13-593, -610/ Polyb. 12-13/ Ael. V. H. 3-7, 8-12/ Sen. Ira 3-23/ Cic. Brut. 83, De Or. 2-23/ Diog. Laert. 5-38/ Lucian. Macr./ Euseb. Praep. Evang./ etc.

デーモクリトス　Demokritos, Δημόκριτος, Democritus, （仏）Démocrite, （独）Demokrit, （伊）Democrito, （西）（葡）Demócrito, （露）Демокрит

（前470／460頃〜前371／356頃）
ギリシアの哲学者。トラーケー*（トラーキアー*）南岸のアブデーラ*市の人。師レウキッポス*の原子論を継承発展させて、唯物論の哲学体系を完成したとされる。資産家の父がアカイメネース朝*ペルシア*のクセルクセース*大王を歓待した返礼に王が残していった予言者や占星学者から神学と天文学を学び、父親の死後、当時ある限りの知識を求めてエジプト、バビュローニアー*、エティオピアー*、インドにまで広く遊学。莫大な遺産を旅費に蕩尽してしまい、帰国後はきわめて質素に暮らしていた。が、未来の出来事を予言したり、市民の前で『大宇宙体系 Megas diakosmos』という著作を朗読したりして、使った財産に数倍する大金を稼いだうえ、銅像を建ててもらって神にも等しい栄誉を享受。長寿を全うしたのち（109歳、または90歳とも）、——「相続財産を使い果たした者は祖国に埋葬される資格はない」という法律があったにもかかわらず——、国葬の礼をもって葬られたと伝えられる。博学で名高く、倫理学、自然哲学、数学、音楽、天文学、医学、農業、美術、神話学、歴史、文法、詩学、等々さまざまな分野にわたる浩瀚な著書（72作品）が彼に帰せられているが、その後、ソークラテース*の流派に属する人々に無視されたため、今日ではおよそ300の断片しか残存していない（イオーニアー*方言で書かれた彼の作品は、キケロー*によると、散文の最高峰と見なさるべきものであったらしい）。

　彼の原子論はレウキッポスのそれと区別しがたく、万物の始源 arkhe（アルケー）を同質・不変不滅にして極微・無数の原子 atomon（アトモン）（分割されぬもの）に求め、虚空（空間）内を運動するこれらの離合集散によってあらゆるものが生成・消滅すると主張。霊魂 psyche（プシューケー）（＝知性 nūs（ヌース））も球状の原子で構成された一種の火であり、肉体とともに死滅すると説いた。また、激情や恐怖や迷信から自己を解放し、中庸と節度ある享楽によって得られる「快活さ euthymia（エウテューミア）」を倫理的な理想の境地と見なした。彼はアナクサゴラース*にも師事したといい、ピュータゴラース*派のピロラーオス❶*と同棲。世俗の名声を軽蔑して隠遁生活を好み、時折1人で墓地に過ごした。アリストテレース*に比肩する学殖のゆえに「知恵 Sophia（ソピアー）」と渾名され、また人間の営みの虚しさを常に笑っていたところから「笑う哲学者 Gelasinos（ゲラシーノス）」とも呼ばれた（⇒ヘーラクレイトス）。プラトーン*が哲学界の王座を将来デーモクリトスと争うことになるだろうと見越して、できるだけ多くの彼の著書を集めて焼き捨てようとした話は有名。

　「ペルシア大王になるよりも、ただ1つの定理を発見した方がよい」と言っていた探究心旺盛なデーモクリトスは、研究の妨げになるとして反射鏡で自らの目を焼き潰し、ために狂疾の廉で訴えられたが、名医ヒッポクラテース*が診察に赴いた結果、「彼を狂人扱いする者たちこそ狂人だ」と断言したという。デーモクリトスは観察力もきわめて鋭く、出された乳汁（ミルク）を一目見るなり「これは初子を産んだ黒山羊の乳だ」と言い当てたとか、若い女を見て最初の日には「こんにちは、娘さん」と呼びかけ、次の日には「こんにちは、奥さん」と挨拶して、一夜のうちに彼女が処女を喪失した事実を見抜いたといった話が伝わっている。さらに、妻を亡くしたダーレイオス2世*の傷心を癒やすべく、「もしこの世で生涯不遇を被ったことのない人物を3人見つけ出すことがおできになるなら、妃を蘇らせてさしあげましょう」と申し出て、それが不可能事たることを王に悟らせ、その失意を慰めた話や、「亡霊は存在しない」と断言するデーモクリトスを驚愕させるべく、見るも恐ろしい幽霊に変装した若者たちが深夜、墓場に籠もって著述に勤しむ彼の前に出現したところ、一向に動ずる気色もな

く、愚かな真似はやめるよう彼らを叱責した話なども残されている。彼はまた、銀河を多くの小さな星の集まりであると初めて考えた人でもあり、そのほか、人工エメラルドを造り、自在にその色を変えてみせるなどしたため、魔術師と思われることもあった。十分長生きしてしまうと、食事の量を少しずつ減らしていき、緩慢な餓死を遂げたとされるが、一説には虱症という奇病に罹り、全身をこの虫に食われて死んだとも伝えられる。
⇒メートロドーロス❶
Democr. Fr./ Arist. Cael. 1-7, 3-4, Metaph. M-4, Ph. 2-2/ Theophr. Caus. Pl. 1-8-2, De Sensu 49～82/ Diog. Laert. 9-34～49/ Cic. Fin. 5-19, Tusc. 1-11/ Plut. Mor. 521b/ Ael. V. H. 4-20/ Marc. Aurel. 3-3/ Val. Max. 8-7/ Strab. 15-703/ Diod. 1-98/ Gell. 10-17/ Sen. Ir. 2-11/ Plin. N. H. 24-99, -102, 30-2/ Juv. 10-34/ etc.

デーモクレース　Demokles, Δημοκλῆς, Democles, （伊）Democle, （西）Democles

ギリシア人の男性名。

❶（前4世紀末）アテーナイ*の美しい若者。「美男子 Kalos, Καλός」と渾名され、デーメートリオス1世*ポリオルケーテースら大勢の男たちに言い寄られたが誰にも靡かず、ある日1人で入浴している最中、忍び込んだデーメートリオスに手籠めにされんとして、煮えたぎる熱湯に身を投げて自殺した。これに対してクレアイネトス Kleainetos なるアテーナイの青年は、自らデーメートリオスに体を委ねて、父親に科せられた巨額の罰金を免除して貰ったという。
⇒ダーモーン
Plut. Demetr. 24

❷（前4世紀後半～前3世紀初頭）アテーナイ*の弁論家。テオプラストス*の弟子の1人。デーモカレース*と同時代に活動した。
Plut. Mor. 842d～e/ Diod. 19-17/ Dion. Hal. Dinarchus/ Suda/ Harp./ etc.

デーモケーデース　Demokedes, Δημοκήδης, Democedes, （仏）Démocède, （伊）Democede di Crotone, （西）Democedes de Crotone

（前6世紀後半の人）前520年頃に活躍したギリシア人医師。イタリア半島最南部の都市polisクロトーン*の出身。気難しい父親に耐えかねて出奔し、アイギーナ*、アテーナイ*で開業したのち、サモス*の僭主ポリュクラテース*の侍医に迎えられる。医術にかけては当代一との名声を馳せたが、前522年、ポリュクラテースがアカイメネース朝*ペルシア*帝国の太守 Satrapes に誘殺された折に、捕われてスーサ*のダーレイオス1世*（大王）の許へ送られる。他の名医に癒せなかったダーレイオスの足の脱臼を完治させて以来、宮廷医として登用され大王の殊遇を蒙る。しかし、望郷の念を制し得ず、大王の正室アトッサ❶*の乳房にできた腫物を治療した時に、寝所において彼女の口からダーレイオスにギリシア遠征をけしかけるよう約束させ、目論見通りうまく先遣視察団の案内役に指名される。そして、ギリシア偵察後、南イタリアのタラース*（タレントゥム*）でまんまと同行のペルシア人から逃れ、クロトーンへ帰郷。その地でかの闘技士ミローン*の娘と結婚した。のち政変が起きてギリシア本土ボイオーティアー*地方のプラタイアイ*へ移住したという。
⇒ヒッポクラテース❶、アルクマイオーン❷
Herodot. 3-125, -129～137/ Ael. V. H. 8-17/ Iambl. Vita Pyth. 35-257/ Dio Chrys./ Dio Cass. 38-18/ Tzetz./ Suda/ etc.

デーモゴルゴーン　Demogorgon, Δημογοργῶν, （伊）Demogorgone

ローマ帝政期に考え出された宇宙の創造神。原初の最高神とされたが、後世になると冥界に住むダイモーン*のごとくに見なされるようになった。スターティウス*の『テーバイス*』に「三重の世界の至高神」として言及されるのが、デーモゴルゴーンの初見という。造物主デーミウールゴス*との混同・訛伝が考えられる。
Stat. Theb./ Schol. ad Stat. Theb. 4-516/ etc.

デーモステネース　Demosthenes, Δημοσθένης, （仏）Démosthène, （伊）Demòstene, （西）（葡）Demóstenes, （露）Демосфен

ギリシア人の男性名。

❶（前460頃～前413）アテーナイ*の将軍ストラテーゴス*。ペロポンネーソス戦争*中、主戦派を支持して各地に出征し、特にギリシア北西部における2度の大勝利（前426、⇒アンブラキアー）と、ペロポンネーソス*半島西岸ピュロス*のスパクテーリアー*島占領（前425）に偉功を立てた（⇒クレオーン、ブラーシダース）。しかし、その後メガラ*占領に失敗し（前424）、さらに彼のボイオーティアー*侵攻の不首尾がデーリオン*におけるアテーナイ軍の敗北につながった（前424夏）ため、しばらくの間、彼は大軍の指揮を委ねられなくなる。前413年、シュラークーサイ*を攻囲するニーキアース*を援助するべく軍を率いて遠征するが、夜襲に惨敗の末、退却途上スパルター*軍に包囲されて降伏を余儀なくされた（10月）。彼自身は剣を抜いて自殺を図ったが死にきれず、シュラークーサイ市民の決定で、ニーキアースとともに処刑された（⇒ディオクレース❷）。
Thuc. 3-91～, 4-2～, 7-16～/ Diod. 12-60～, 13-10～, -64/ Plut. Nic. 6～8, 20～28/ Ar. Eq. 242/ Just. 4-4～5/ etc.

❷（前384～前322）アテーナイ*の雄弁家、政治家。古代ギリシア最大の弁論家、アッティケー*（アッティカ*）十大雄弁家の最高峰といわれる。刀剣と椅子の大工場を営む同名の父デーモステネース Demosthenes と、スキュタイ*人の母クレオブーレー Kleobule との間に生まれる。前378年、幼くして父に死なれ、3人の後見人に財産を横領されたため、イーサイオス*に弁論術を学び、成人してから後見人らを相手に勝訴したが、父の遺産は蕩尽されていてほとんど戻ってこなかった（前363～前361）。以来、職

業的弁論家として身を立て、法廷訴訟演説の代作や雄弁術の教授をするかたわら、自らにさまざまの訓練を課して自己の弱点を矯正 ── 俳優に演技を学んで地下室で練習したり、口中に小石を含んで発音を明瞭にするよう努めたり、駆け足で坂を登りながら詩句を一気に述べ立てて息遣い(いぶき)を整えたり、海の怒濤に向かいながら演説の稽古をして声量を豊かにしたり、またトゥーキューディデース*の史書を8度も筆写して文体を改善するなど切磋琢磨 ── した（⇒エウブーリデース）。

「その弁論にはランプの灯芯の匂いがする」とからかわれるほど研鑽を重ね、しだいに名声を得た彼は、前355年頃から公的問題を扱うようになり、政界に乗り出していく（『アンドロティオーン*弾劾演説』(前355)、『レプティネース*弾劾演説』(前354) など)。対外的には、終始反マケドニアー*の立場を堅持、当たるべからざる勢いで南下しつつあったこの北の強国に対して、アテーナイを盟主とする諸都市の団結を訴え続けた（『メガロポリス*市民のために』他）。マケドニアー王ピリッポス2世*に対する一連の弾劾演説(前351、前343、前341等)および、3つの『オリュントス*演説』(前349～前348)、『ケルソネーソス*論』(前341) を通じてアテーナイ市民を奮起させ、親マケドニアー派のアイスキネース*と十数年にわたる論戦を展開 (⇒ピロクラテース)。弁説の力でアテーナイの旧敵テーバイ❶*を味方に引き入れて同盟軍を組織させることに成功したが、前338年カイローネイア*の合戦でピリッポスに敗れ、彼自身は武器を棄てて逃げ去るという醜態を演じた。

ピリッポスの死(前336)後、新王アレクサンドロス3世* (アレクサンドロス大王*)を掣肘するため、アカイメネース朝*ペルシア*帝国と通じたが果たせず、前336～前330年の間には、彼の功績に報いて授与された黄金の冠をめぐりアイスキネースと大論争を続け、ついに仇敵(ライヴァル)をアテーナイから放逐した(この折の演説『冠について』(前330)は、アッティケー雄弁術の粋とされる)。

前324年、ハルパロス*事件に連座して、収賄罪に問われ、科せられた罰金が支払えず投獄され、脱走してアイギーナ*およびトロイゼーン*に亡命。大王の死(前323)により帰国し、反マケドニアー運動を再開したものの、翌年クランノーン Krannon (テッサリアー*の町)の戦いでギリシア連合軍がアンティパトロス*に敗れるに及んで、死刑を宣告され、ヒュペレイデース*らとともにアイギーナへ逃れる。さらに単身カラウレイア*島のポセイドーン*神殿に避難したところ、追手が迫るのを知って服毒死した。ものを書こうと思案するふりをして、筆尖に含ませた毒を飲んだとも、腕環ないし指輪に仕込んでおいた毒薬を嚥下したともいわれる。

デーモステネースの名の下に61篇の作品が伝存するが、かなりの偽作が混入しているものと推定される。アッティケー散文の範を示す精巧な彼の文章は、キケロー*その他後代の人々に大きな影響を与えた。

なお、彼は生来痩せて病身だったので、子供の頃からその軟弱さをからかわれて「尻の穴 Batalos(バータロス)」と渾名され、また受動的男色を好んで何人もの若者と交わったため、政敵アイスキネースから「青年の家庭を破壊した」とか、「尻ばかりか口まで不浄な男だ」、「3万人もの男娼 kinaidos(キナイドス)に匹敵するデーモステネースよ」と非難されている。妻帯してからも美青年たちを自宅に囲っていたので、嫉妬した妻が若者の一人を誘惑したという話も残っている。ちなみに彼の甥デーモカレース*も、男たちを吸茎(フェッラーティオー) fellatio する習慣があったので、喜劇の中でからかいの対象となったという。デーモステネース作と伝える『恋愛論 Erōtikos』も、古代ギリシア人の好尚に投じて、女色を扱っておらず、アテーナイの美青年エピクラテース Epikrates を賞賛する内容となっている。

⇒デーマーデース、ティーマルコス、ヘーゲーシッポス、レプティネース❶, イソクラテース

Plut. Dem., Mor. 833～849/ Paus. 1-8, 2-33/ Cic. Brut. 31, 38, Orat. 4, De Or. 3-56, Tusc. 5-36(103)/ Quint. Inst. 11-3, 13-2, -10/ Diog. Laert. 6-34/ Ael. V. H. 4-16, 7-7, 8-12, 9-17, -19/ Aeschin. 1, 3/ Just. 11-2, 13-5/ Gell. 1-5, 3-13, 8-9, 11-9, 15-28/ Dion. Hal. Dem./ Diod. 16-54, -84, 17-3～, 18-13/ etc.

デーモーナクス　Demonaks, Δημώναξ, Demonax, (仏) Dèmônax, (伊) Demonatte

(後80頃～180頃)ローマ帝政期のギリシア人哲学者。キュプロス*の名家に生まれる。キュニコス(犬儒)派のデーメートリオス*やストアー*派のエピクテートス*に学び、ソークラテース*を理想としながらアテーナイ*で生涯を送った。人々から敬愛されつつ終生妻帯せず、約100歳にして自ら食を断って死去。彼本人は「死体は犬や鳥の餌にして役立ててほしい」と望んだにもかかわらず、公費で盛大に葬られた。最期の言葉は「皆さん行きなされ、競技は終わった」というものであった。ある日、師のエピクテートスから結婚するよう勧められた時、彼は「では先生のお嬢さんの1人を私に下さい」と答えて、エピクテートス自身の独身を辛辣に皮肉ったという。「木材を燃やした時に生じる煙の重さを量ってみよ」と難問を仕掛けられた折には、「灰を秤にかけよ。初めの材木の重さから灰の重さを差し引いたものが煙の重さである」と即答し、また息子の死をいつまでも深く悼んでいる男に対しては、「子供の亡霊を呼び出してあげよう。ただしこれまで死者を弔ったことのない者を3人教えてくれるのならば」と言って、自分だけが耐え難い不幸を味わっているのではないことを諭した等々、いくつもの逸話が伝えられている。ルーキアーノス*の師として名高い。

⇒ペレグリーノス・プローテウス、ヘーローデース・アッティクス

Lucian. Demon.

デーモポーン（または、デーモポオーン）

Demopho(o)n, Δημοφῶν, (Δημοφόων), (仏) Démophon, (伊) Demofoonte, (西)

Demofonte, (露) Демофонт

ギリシア神話中の男性名。

❶テーセウス*とパイドラー*（またはアンティオペー*、アリアドネー*）の子。アカマース*の兄弟（⇒巻末系図020）。ヘレネー*に奴隷として仕える祖母アイトラー*を連れ戻そうとトロイアー戦争*に出征。同市の陥落後ギリシアへの帰還途上、トラーケー*（トラーキアー*）の王女ピュッリス*に愛されるが、所用のためと称してアッティケー*へ帰国したまま約束を破って戻らなかったとも、キュプロス*に定住してしまったともいう。絶望したピュッリスは自害して果て、デーモポーンもまた、彼女から「私のもとに帰る気持ちを失うまでは開けないで」と託されていた箱を開いたため、不意に恐怖に襲われて、馬を駆り立てたあげく、自らの剣の上に落ちて死亡した。彼はまたアテーナイ*にパッラディオン*（アテーナー*女神像）をもたらしたと伝えられる。兄弟のアカマースと混同されることが多い。

なおデーモポーンは通常、王位簒奪者メネステウス Menestheus の死後、アテーナイ王となり、ヘーラクレース*の子供たちをエウリュステウス*から守ったというが、彼の王統は孫のテューモイテース Thymoites の代で終わっている（⇒コドロス）。

⇒ヘーラクレイダイ、ソロイ❷

Apollod. Epit. 1-18, -23, 5-22, 6-16/ Ov. Ars Am. 3-38, Her. 2/ Paus. 1-28, 10-25/ Diod. 4-62/ Ath. 10-437c/ Eur. Heracl. Quint. Smyrn./ Hyg. Fab. 59/ Suda/ etc.

❷エレウシース*王ケレオス❶*の末子。トリプトレモス*の弟。女神デーメーテール*が老女に変装して彼の乳母となり、この赤児を不死にするべく、昼は神々の食物アンブロシアー*を肢体に塗りつけ、夜は火中に置いてその死すべき部分を焼き消そうと試みた。おかげで彼は速やかに成長したが、ある夜そのありさまを覗き見た実母メタネイラ*が悲鳴を上げたせいで、デーモポーンはそのまま焼け死んだという。異伝では、彼は火中から取り出されて事なきを得たものの、死すべき人間として生涯を終えたとされる。

他にも南天のコップ座（ラ）Crater の縁起譚中の人物として、疫病を避けるべく毎年1人の身分ある家柄の娘を生贄に捧げていたトラーケー*（トラーキアー*）のケルソネーソス*半島の王デーモポーンの伝説が知られている。王は籤びきで犠牲者を択ぶ際に自分の娘だけ外しておいたので、貴族のマストゥーシオス Mastusios が異議を唱えると、すぐさまマストゥーシオスの娘を人身御供として屠殺。そのため後に娘たちとともに、マストゥーシオスの催した儀式に招かれ、先に到着して殺された自らの娘たちの血を葡萄酒に混ぜた飲物を供され、それを飲んでから真相を知り、マストゥーシオスと酒盃を海中に投じたところ、盃は星座のコップ（正しくは混酒器 Krater）座になったという。

Apollod. 1-5/ Hymn. Hom. Cer. 231~/ Ov. Fast. 4-549~/ Hyg. Fab. 147, Poet. Astr. 2-40/ Serv. ad Verg. G. 1-19, -163/ etc.

❸トラーキアー*のケルソネーソス*半島の町エライウース Elaius の王。国土が疫病に見舞われた折、「毎年、高貴な生まれの処女を1名生贄に捧げない限り、この災厄を免れることは出来ぬであろう」との神託が下った。以来、王は神託を守り、籤引きで貴族の娘を毎年1人ずつ選んでは犠牲に供していたが、自分の娘たちは人身御供にしなくてもよいように外しておいた。ある年、貴族のマズーシオス Mazusios（〈ラ〉Mastusius）が王のやり方に異を唱え、「王女たちも籤を引くべきだ」と主張したところ、憤慨した王はマズーシオスの娘を、抽籤もさせずに、すぐさま生贄として屠らせた。その場は王の蛮行を黙って受け容れるふりをしたマズーシオスだったが、後日王とその娘たちを荘厳な犠牲式に招くと、先にやって来た王の娘たちを皆殺しにし、混酒器 krater でその血と酒を混ぜ合わせて、後から到着した王に飲ませた。真相を知った王は、マズーシオスと混酒器をともに港に投げ込ませ、以来その岬はマズーシアー Mazusia（〈ラ〉Mastusia）と、港はクラーテール Krater と呼ばれるようになった。また、この混酒器は人間の悪行に対する誡めとして、天空に掲げられ「コップ座（ラ）Crater」なる星座にされたという。

Hyg. Poet. Astr. 2-40/ etc.

テュアナ Tyana, Τύανα,（別名・エウセベイア Eusebeia, Εὐσέβεια また、Thyana, Thiana とも。古くは Thoana, Dana),（仏）Tyane,（ヒッタイト語）Tuwanuwa

（現・Kemerhisar 近くの遺跡 Tuvana Krallığı）カッパドキアー*地方の都市。タウロス Tauros（現・トロス）山脈の麓、「キリキアー*の門」に通ずる交通の要衝に位置する。女王セミーラミス*が築いたという立派な土塁の上に建てられており、近くのアルテミス*神域は巫女たちが裸足で炭火の上を歩く火渡りの行事で知られる。後1世紀に活躍した哲学者アポッローニオス❼*の生地として有名。後272年ローマ皇帝アウレーリアーヌス*は、この地でパルミューラ*の女王ゼーノビア*を破り、彼の後継者タキトゥス*帝はこの都市で死去した（276）。帝政期の水道（アクァエドゥクトゥス*）などの遺跡が残る。伝説上の建祖はトラーケー*の王トアース*。

Strab. 12-537/ Plin. N. H. 6-3/ Amm. Marc. 23-6/ S. H. A. Aurel. 23/ Ptol. Geog. 5-6/ Philostr. V. A. 1/ etc.

テュエステース Thyestes, Θυέστης,（仏）Thyeste,（伊）Tieste,（西）（葡）Tiestes,（露）Фиест,（現ギリシア語）Thiéstis

ギリシア神話中、ペロプス*とヒッポダメイア❶*の子。アトレウス*の弟（⇒巻末系図015）。兄の妻アーエロペー*（カトレウス*の娘）と密通し、王位の徴たる黄金の仔羊を奪い取って、ミュケーナイ*の王座に即く。しかし、太陽が西から東に逆行するという異象が生じてその不正が発覚すると、アトレウスはテュエステースの3人の息子を殺して料理し、その肉をテュエステースに食わせたのち、彼を追放した。テュエステースは報復のため神託に従って自ら

の娘ペロピアー*を犯して1子アイギストス*を儲け、曲折を経たのち、この息子と協力してアトレウスを殺害、ミュケーナイの王位に復辟した。とはいえ後年、アトレウスの遺児アガメムノーン*とメネラーオス*によって王座を奪われ、キュテーラ*島へ逃れて、そこで客死した。悲劇詩人ソポクレース*およびエウリーピデース*に今は失われた同名の作品『テュエステース』があった。ラテン語で書かれた哲学者セネカ❷*の悲劇『テュエステース』1篇のみが現存する。またテュエステースが、実の姉妹と交わって、一子エノルケース Enorkhes (「睾丸を持てる者」の意) の父親になったという伝承も残っている。
⇒プレイステネース、タンタロス❷
Hom. Il. 2-106〜/ Apollod. 2-4, Epit. 2/ Hyg. Fab. 86〜88, 258/ Aesch. Ag. 1242/ Eur. Or. 1008/ Paus. 2-18/ Sen. Thyestes/ Tzetz. ad Lycoph. 212/ Hesych./ etc.

テュケー Tykhe, Τύχη, Tyche, (仏) Tuchè (Tyché), (伊) Tiche, (西) Tique (Tiqué), (葡) Tyche, (露) Тюхе

ギリシアの「運」を擬人化した女神。僥倖や偶然の機会をもたらす。ゼウス*もしくはオーケアノス*の娘 (オーケアニス*)。ネメシス*の姉妹。だが、ピンダロス*は彼女を運命を司るモイライ* (モイラ3姉妹) の中で最も有力な者と見なしている。ホメーロス*には登場しないが、後世とりわけヘレニズム時代以降、急速に重視されるようになり、ローマ帝政期にはイーシス*など他の女神と混淆された。アンティオケイア*、アレクサンドレイア*はじめ各市は固有のテュケーを崇拝し、都市の守護神としての彼女は塔の形をした冠を戴き、笏を手にした姿で表現された。また、ローマではフォルトゥーナ*と同一視され、豊饒の角 (コルヌーコーピア*) や舵、車輪などを持物としていた。個人の運勢を司る女神としては、その気紛れな点から球を玩ぶ盲目かつ有翼の娘で表わされることもあり、ヘレニズム諸王やローマ皇帝のテュケーは崇拝の対象とされた。古くからアルゴス*、エーリス*、シキュオーン*、テーバイ❶*、スミュルナー*ら諸方で信仰されていたが、特に神話は伝えられていない。偶然が宇宙の形成や進化を司るとする哲学理論 Thychismus, (英) Thycism, (仏) Thycisme (偶然主義) は、この女神の名前に因んでつけられたものである。
⇒ディケー、カイロス、エウテュキデース
Hes. Th. 360/ Hymn. Hom. Cer. 420/ Pind. Ol. 12-1〜, Isth. 8-66/ Paus. 4-30, 5-15, 6-25, 7-26/ Aesch. Ag. 664/ Eur. I. A. 1136/ Pl. Leg. 4-709a〜b/ Artem. 2-37/ Ael. V. H. 9-39/ etc.

テュスドルス Thysdrus, (ギ) Thysdros, Θύσδρος, (現・エル・ジェム El Djem)
⇒ハドルメートゥム

デューッラキオン Dyrrhakhion, Δυρράχιον, (ラ) デューッラキウム Dyrr(h)achium, (伊) Dirrachio, Durazzo, (西) (葡) Dirrachio, (露) Диррахий

(現・ドゥラス Durrës) (古くはエピダムノス*) イッリュリアー*の港湾都市。アドリア海を挟んで、ほぼイタリアのブルンディシウム* (現・ブリンディジ Brindisi) と相対する。前627年、ケルキューラ* (コルキューラ*) とコリントス*とが共同で建設したギリシア人植民市で、古くはエピダムノスと呼ばれた。前435年この町をめぐって生じたコリントスとケルキューラとの紛争が、ペロポンネーソス戦争*勃発の導火線の1つとなった。アレクサンドロス大王*の死 (前323) 後、エピダムノスはカッサンドロス*、次いでピュッロス*に支配され、前300年頃からは町の位置する半島の名をとってデューッラキオンと呼ばれるようになる。前229年イッリュリアー人の攻囲を受けるが、ローマ軍によって解放され、以後その支配下に入る。アポッローニアー❶*とともにギリシア方面に対するローマの軍事基地の役割を果たし、前48年にはここに立て籠もったポンペイユス*を4ヵ月にわたってカエサル*が包囲した (4月〜7月) が、結局打ち破ることができず敗退している。この折にポンペイユスが追討ちをかけなかったので、カエサルが側近たちに述懐した「敵は勝つ術(すべ)を知らない」という言葉は名高い。その後も軍事上の要地として重視され、アウグストゥス*は古参兵をここに植民させており (前30頃)、町はやがて自由市と認められた。
⇒アポッローニアー❶、エグナーティウス街道 (ウィア・エグナーティア)
Herodot. 6-127/ Thuc. 1-24〜/ Caes. B. Civ. 3-41〜72/ Cic. Fam. 14-1/ Arist. 2-4, 3-11, 4-33, 5-1, -3/ Polyb. 2-9〜/ Liv. 29-12, 44-30/ App. B. Civ. 2-61/ Plut. Caes. 35〜, Pomp. 62〜, Cat. Min. 53/ Suet. Iul. 36, 58, 68/ Mela 2-3/ Strab. 7-316/ Dio Cass. 41-44〜51/ Luc. 6-29〜/ etc.

テュッレーニアー Tyrrhenia, Τυρρηνία, (ラ) テュッレーニア Tyrrhenia, (仏) Tyrrhénie, (伊) (西) Tirreno

エトルーリア*のギリシア名。ラテン語でもテュッレーニアと呼ばれる場合があり、イタリア半島西側のテュッレーニア海 (ラ) Tyrrhenum mare, (伊) Mar Tirreno, (英) Tyrrhenian Sea (ティレニア海) にその名を留めている。
⇒テュッレーノス
Strab. 5-218〜/ Ov. Met. 14-452/ Mela 1-3/ Plin. N. H. 3-5/ Thuc. 4-42, 6-62/ Polyb./ Plut./ Diod./ Cic./ Hor./ Liv./ etc.

テュッレーノス、または、テュルセーノス Tyrrhenos, Τυρρηνός, Tyrrhenus, Turrenus, (伊) (西) Tirreno Tyrsenos, (露) Тиррен, Τυρσηνός, Tyrsenus

テュッレーニアー* (エトルーリア*のギリシア名) の名祖。トロイアー戦争*後、あるいは大飢饉の折に、リューディアー*人を率いてイタリアへ移住した伝説上の人物。エトルーリア人はこの移民の後裔であると信じられていた。

テュッレーノスはトランペットの発明者とされ、異説ではヘーラクレース*の子ないし孫（父はテーレポス*）と伝えられる。
⇒タルコーン、トゥルヌス

Dion. Hal. Ant. Rom. 1-27〜/ Herodot. 1-94/ Hyg. Fab. 274/ Hes. Th. 1015〜/ Strab. 5-219/ Diod. 5-40/ Paus. 2-21/ Tzetz. ad Lycoph. 1239, 1249/ Serv. ad Verg. Aen. 10-179, -198/ etc.

テューデウス　Tydeus, Τυδεύς, （仏）Tydée, （伊）（西）Tideo, （葡）Tideu, （露）Тидей

ギリシア神話中のカリュドーン*王オイネウス*の息子。母はオイネウスの2度目の妻ペリボイア Periboia（カパネウス*の姉妹）とも、オイネウスの実娘ゴルゲー Gorge ともいわれる。兄弟もしくは親族を殺害したため祖国を追放され、アルゴス*王アドラストス*のもとへ逃れて、王の娘デーイピュレー Deïpyle を娶り、ディオメーデース❷*（トロイアー戦争*の勇将）の父となる。アドラストスは2人の女婿ポリュネイケース*とテューデウスを、各々の祖国の王位に即けるべく、まずテーバイ❶*に軍を進めた。テューデウスもテーバイ攻めの七将*の1人として出陣し、使者となってエテオクレース*の宮廷へ赴き、協約通りポリュネイケースに王位を譲るよう談判。テーバイ側の武将すべてを多くの運動競技で打ち負かした。交渉は決裂したが、陣地へ戻る途中、待ち伏せしていた50名のテーバイ人のうち49名を殺した。戦役中、テーバイの勇士メラニッポス Melanippos と相討ちになり、腹部に致命傷を受けて倒れた。女神アテーナー*がゼウス*の許しを得て彼を不死にするべく霊薬をもたらしたが、半死の状態のテューデウスがメラニッポスの頭を割って脳味噌を啜るのを見て嫌悪感を催し、霊薬を与えずにそのまま立ち去った。七将の1人で予言者のアンピアラーオス*が、自分の意見に反してテーバイ遠征を強硬に主張したテューデウスを恨むあまりに、メラニッポスの首を斬り取って彼に喰わせ、女神の意図を阻んだのだという。
⇒イスメーネー、本文系図256

Hom. Il. 4-372〜, 5-126, -800〜, 6-222〜/ Apollod. 1-8, 3-6, -10/ Hyg. Fab. 69〜71, 97, 175, 257/ Paus. 3-18, 9-18, 10-10/ Aesch. Sept. 377〜/ Diod. 4-65/ Stat. Theb. 1-401〜/ etc.

テューポーン、または、テュフォーエウス　Typhon, Typhoeus
⇒テューポーンまたは、テュポーエウス

テューポーン、または、テュポーエウス　Typhon, Τυφών, Typho, Typhoeus, Τυφωεύς、テューポース Typhos, Τυφώς, Typhaon, Τυφάων, （仏）Typhée, （伊）Tifone, Tifeo, （西）Tifón, （葡）Tifão, （露）Тифон,（「暴風」の意あり）(týphō, τύφω（テューポー）「煙を上げる」より)

ギリシア神話中、ゼウス*に挑戦した巨神。ティーターン*たち（あるいはギガンテス*）がオリュンポス*の神々に敗れたのち、怒った大地ガイア*がタルタロス*（奈落）と

系図259　テュッレーノス、または、テュルセーノス

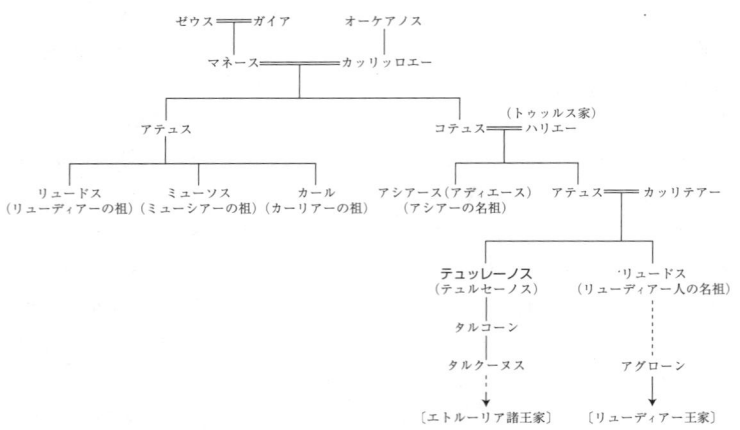

系図260　テューデウス

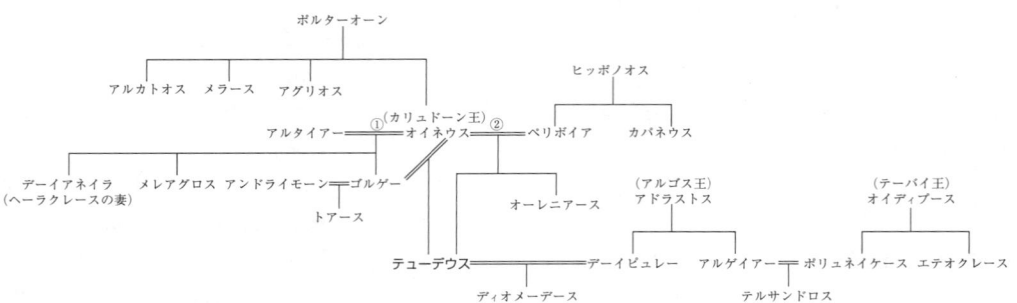

交わって産んだ最後の怪物。頭は星を摩し、両腕を開いて伸ばすと、一方は東の涯に、他方は西の涯に達するという途方もない巨大な体軀をもつ。また、肩からは百の竜の頭が生え、下半身は巨大な2頭の毒蛇が絡まり合う形をしており、全身を翼がおおっていたという。蓬々たる頭髪と髯を靡かせ、両眼から火焔を放ち、凄まじい咆哮と轟音を発しながら、テューポーンが天に攻め寄せると、神々は恐れをなしてエジプトへ遁走し、おのがじし動物の姿に変身して身を隠した。大神ゼウスは雷霆と金剛の鎌harpe（ハルペー）で邀撃し、相手に傷手を負わせると、シュリアー*まで追跡して組み合ったが、とぐろに巻かれて鎌を奪われ、手足の腱を切り取られたうえ、キリキアー*の洞窟に幽閉されてしまう（⇒デルピュネー❶）。しかし、ヘルメース*らに救出されて力を取り戻し、再び戦いを交えて雷火でテューポーンの百の頭を焼き尽くすと、地獄の底（タルタロス）へこの巨竜を投げ込んだ（⇒モイライ）。あるいは、シケリアー*（現・シチリア）へ逃れるテューポーンの上にアイトネー*（現・エトナ）山を投じて、これを圧伏したともいい、そのため今日なおエトナ山は火を噴き続けているのだという（その他、エジプト、シュリアー、イタリアのカンパニア*地方など、テューポーンの埋められた地には諸説あり）。異伝によれば、ゼウスの浮気に憤慨したヘーラー*が、クロノス*の精液を塗った卵を貰い受け、それによってゼウスに対抗し得る強力な怪物テューポーンを孕んだという（⇒デルピュネー❷）。系譜上、テューポーンは女怪エキドナ*と交わって、双頭犬オルトロス*、レルネー*のヒュドラー*、ケルベロス*、キマイラ*、スキュッラ❶*などの怪物たちを儲け、一説にはハルピュイアイ*ほか有害なすべての風の父になったともされている（⇒巻末系図001）。「台風typhoon」「チフスtyphus」などの言葉の由来も、遠く彼の名に遡ることができる。しかし時に、テューポーンはテュポーエウスと区別され、後者がエキドナと交わってテューポーンその他の怪物を産ませたが、後に両者は混同されるようになったのだと説かれることもある。また、エジプトの砂漠と嵐の神で兄弟のオシーリス*を殺して切り刻んだセートSeth, Σήθ,（古エジプト語）Sw-t-ḫも、ギリシア人の間ではテューポーンと同一視された。

なお、彼の来襲を恐れて神々がエジプトで動物に変身した物語は、エジプト人が多くの神格を種々の動物の形で崇拝していることの説明譚となっている。たとえば、ゼウス＝アンモーン*が雄羊の姿で表わされているのは、この時ゼウスが雄羊に化したからである、といった具合である。ちなみに、アプロディーテー*（とエロース*母子）が変身した魚の姿や、パーン*が化けた上半身が山羊で下半身が魚の姿は、それぞれ「魚座（ラ）Pisces」、「山羊座（ラ）Capricornus」として、記念に夜空に掲げられた（⇒ブーバスティス）。

古代の作例としては、アテーナイ*のアクロポリス博物館所蔵のアテーナー*古神殿破風を飾っていた「青ひげのテューポーン」と称されるアルカイック期の石造彫刻（前7〜前6世紀）がよく知られている。

Hom. Il. 2-782〜/ Hes. Th. 820〜/ Pind. Pyth. 1-15〜/ Apollod. 1-6/ Aesch. P. V. 351〜/ Ov. Met. 5-321〜/ Hyg. Fab. 152/ Nonnus Dion. 1-481〜/ Hor. Carm. 3-4/ Verg. Aen. 9-715〜716/ Plut. Mor. 351f〜380e/ Herodot. 2-144, -156, 3-5/ Strab. 16-751/ Hymn. Hom. Ap. 306〜, 352〜/ etc.

デューラキウム　Dyrrhachium
⇒デューッラキオン

テュランニオーン　Tyrannion, Τυραννίων, Tyrannio,（伊）Tirannione

（前1世紀前半〜前25頃）ギリシアの文法学者。ポントス*のアミーソス*市の出身。本名はテオプラストス❷*といったが、同輩に対する傲岸不遜な態度のゆえにテュランニオーン（「尊大な」の意）と渾名された。ロドス*島でディオニューシオス・トラークス*に師事する。ミトリダテース*戦争中に将軍L. ルークッルス*の捕虜となり（前72）、ローマへ連行されるが、L. ムーレーナ*によって解放され、ポンペイユス*の庇護の下（もと）、ローマで最初にアリスタルコス❷*派の文献学を教えた。キケロー*やカエサル*、アッティクス*らとも交友関係をもち、ラテン語はギリシア語のアイオリス*方言から派生した言語だとする仮説を発表。また、将軍スッラ*がローマに持ち帰った（前83頃）アリストテレース*とテオプラストス❶*の写本の整理に取り組んだことでも知られる（⇒アペッリコーン、ロドスのアンドロニーコス）。非常な愛書家で、3万巻もの蔵書を有し、キケローからもその学才を高く評価されていたが、彼自身の著作はすべて失われた。たいそう長寿を保ったのち、中風で死んだという（前25頃）。

彼の弟子の1人で本名をディオクレースDioklesというフェニキア*人も「テュランニオーン」の異名で知られ、師と区別するため小テュランニオーンと一般に呼ばれている（前1世紀後期に活躍）。アントーニウス*とオクターウィアーヌス*（のちのアウグストゥス*）との内戦中に捕虜となってローマへ連れて来られた小テュランニオーンは、キケローの寡婦テレンティア*によって解放され、大テュランニオーンの門下で頭角を現わし、ローマで文法学の教師となった。正字法やアクセント問題など文法に関する68の書物を著したとされ（散佚）、地誌学者ストラボーン*も彼の下（もと）で学んだという。さらに、鳥占いの本を書いた第3のテュランニオーンなるメッセーネー*出身の文法学者の存在も記録されており（前1世紀〜後1世紀の人）、三者はしばしば混同されることがある。

Plut. Sull. 26, Luc. 19/ Cic. Att. 2-6, 4-4, -8, Q. Fr. 2-4/

系図261　テューポーン、または、テュポーエウス

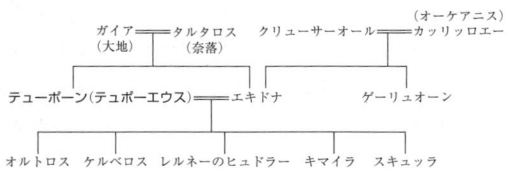

Strab. 12-548, 13-609/ Schol. ad Hom. Il. / Suda/ etc.

テュランノス（僭主） Tyrannos, Τύραννος, Tyrannus, （英）Tyrant, （仏）Tyran, （独）Tyrann, （伊）Tiranno, （西）（葡）Tirano, （露）Тирания

ギリシアの非合法的手段で権力を獲得した支配者。リューディアー*語の「王」を意味する言葉からの借用語と考えられる。元来は世襲的・合法的な支配者バシレウス Basileus Βασιλεύς, （王）とほぼ同義で、「暴君」という意を含まなかったが、民主政の確立後は「独裁者」「専制君主」など悪しき意味に解釈されるようになった。通常は前7〜前6世紀の貴族政から民主政への過渡期に、政治的に未熟な民衆を支持者として各地の都市国家 polis に出現した一人支配者を指し、アルゴス*のペイドーン*、サモス*のポリュクラテース*、コリントス*のペリアンドロス*、シキュオーン*のクレイステネース❶*、アテーナイ*のペイシストラトス*らに代表される。多くは暴力で独裁権を握ったが、商工業を発達させ、文化面の振興に努めるなど善政をしいた者も少なくない。またペロポンネーソス戦争*（前431〜前404）後の民主政の混乱に乗じ、強力な軍事力を得て独裁権を握った者たちを、「後期僭主」と呼び、シュラークーサイ*のディオニューシオス*父子、アガトクレース*、ペライ*のイアーソーン*らがその代表者とされる。僭主政は世襲されたものの、ほとんど2代目で倒れており、彼らの打倒者はハルモディオス*とアリストゲイトーン*のように英雄視された。

　僭主政を意味する近代ヨーロッパ語（〈英〉tyranny, （仏）tyrannie など）は、暴政や専制ないし暴虐を意味する言葉となっており、そこから「圧制的な、非道な（英）tyrannical」という形容詞や、「暴威をふるう、虐げる（英）tyrannize」といった動詞が派生。また白亞紀の巨大な肉食恐竜には「暴君竜（ティラノサウルス Tyrannosaurus Rex）」などの学名がつけられた。

Archil. Fr. 22/ Alc. Fr. 37/ Herodot./ Thuc./ Pind./ Pl. Grg. 510b, Resp. 8-545, Leg. 4-710〜/ Arist. Pol. 1295, 1310〜/ Xen./ Plut./ Polyb./ Cic./ Liv./ Paus./ Diod./ Ath./ Isoc./ Ael./ etc.

テュルタイオス Tyrtaios, Τυρταῖος, Tyrtaeus, （仏）Tyrtée, （伊）（西）Tirteo, （葡）Tirteu, （露）Тиртей,

（前7世紀）ギリシアのエレゲイオン elegeion, ἐλεγεῖον 調詩人。スパルター*の将軍として第2次メッセーニアー*戦争（前7世紀中葉）に活躍、その雄々しい詩によって将兵を鼓舞し勝利に導いたという。後代の伝承に従えば、スパルター人がメッセーニアー勢に敗れかけていた時、「アテーナイ*人の指揮者を迎えよ」というデルポイ*の神託が下ったが、アテーナイはスパルターを援助することを望まず、無分別で軍事に疎く片足の不自由な一介の読み書き教師テュルタイオスを派遣した。しかしながら、彼はスパルター人に尚武の気に満ちた勇ましい軍歌を歌って聞かせることで——戦闘には一切加わらなかったにもかかわらず——戦局を逆転させ、危殆に瀕したスパルターを救ったという（⇒アリストメネース）。テュルタイオスの作品はアレクサンドレイア❶*時代に全5巻の詩集に編まれたが、今日では3つのエレゲイア elegeia（エレジー〈英〉elegy の語源）以外にわずかな断片が伝存するに過ぎない。いずれもホメーロス*の影響を受けたイオーニアー*叙事詩の言辞を用いており、祖国のために戦って死ぬことの名誉を称え、軍隊の士気を高揚させる詩が多い。以来スパルター人は出陣の際に彼の進軍歌に合わせて行進し、彼の作った勝利の詩を歌うようになったとされる。その他、彼はスパルターの政治組織に関する詩『エウノミアー Eunomia, Εὐνομία（秩序ある統治）』も書いている（散逸）。伝存する断片の中には、ギリシア人通有の青年の美を称賛する男性愛に関する詩行もある。
⇒カリーノス

Pl. Leg. 1-629a/ Arist. Pol. 1306b/ Paus. 4-15〜/ Ath. 14-630/ Diod. 8-36, 15-66/ Ael. V. H. 12-50/ Hor. Ars P. 402/ Just. 3-5/ Plut. Cleom. 2/ Strab. 8-362/ Lycrg./ Poll./ Suda/ etc.

デュールラキウム Dyrrhachium
⇒デューッラキオン

デュールラキオン Dyrrhakhion
⇒デューッラキオン

テュルレーニア Tyrrhenia
⇒テュッレーニアー*（のラテン語形）

テュルレーニアー Tyrrhenia
⇒エトルーリア

テュレーニアー Tyrrhenia
⇒エトルーリア

テュレーノス Tyrrhenos
⇒テュッレーノス

テューロー Tyro, Τυρώ, （伊）（西）（葡）Tiro, （露）Тиро

ギリシア神話中、サルモーネウス*（アイオロス❷*の子）の娘。父の兄弟クレーテウス*に育てられる。テッサリアー*を流れるエニーペウス Enipeus 河神に恋したが、ポセイドーン*が河神に姿を変えて波の天蓋の中で彼女を犯し、この交わりから双子ペリアース*とネーレウス*が生まれた。テューローは継母のシデーロー Sidero（サルモーネウスの後妻）から虐待されていたが、やがて成人した2子がこのことを知り、ヘーラー*神殿に逃れたシデーローを容赦なく殺した。テューローは養父である叔父クレーテウスに嫁ぎ、アイソーン*（イアーソーン*の父）らの母となった。この他、父の兄弟シーシュポス*と交わって双子

を産んだという話も伝わっている。悲劇詩人ソポクレース*に彼女を主人公とする作品『テューロー』があったが散佚した。
⇒巻末系図 011
Hom. Od. 2-120, 11-235～/ Apollod. 1-9/ Diod. 4-68/ Hyg. Fab. 60, 239, 254/ Strab. 8-356/ Prop. 1-13/ Men. Epit. 325～/ etc.

テュロス Tyros, Τύρος, Tyrus, (英) Tyre, (仏) Tyr, (伊)(西)(葡) Tiro, (露) Тир, (アッシュリアー*語) Ṣurru, Ṣurri, Ẓār, (ウガリット語) Ṣr, (フェニキア語) Ṣur, (古ヘブライ語) Zōr, Tsōr, Ṣōr, (アラビア語) Sūr, (トルコ語) Sur
(現・スール Ṣūr, Es-Ṣūr)「岩」の意。フェニキア*(ポイニーケー*)の主要な港湾都市。シードーン*の南 36 km、地中海に臨む地点に位置する。伝承に従えば、前 2750 年頃シードーンからの植民市として創建された。古くから海上貿易で繁栄をきわめた。もとは本土に市街 Ushu (Usu), (ラ) Palaetyrus があったが、攻撃を避ける安全性、船舶を扱う利便性、通商交易の独占などの諸点から、本土より 800 m 離れた岩島の上に移された。前 10～前 9 世紀に全盛期を迎え、緋紫染料・金属細工・ガラス器などを生産、キュプロス*島をはじめエーゲ海諸島、北アフリカ (カルターゴー*、レプティス*、ウティカ*)、スペイン (ガーデース*) の地中海沿岸各地に植民市を建設した。フェニキアの中心地として富強を誇り、「銀を塵埃のように、金を街の泥のように、積み上げた」といい、壮麗な高層住宅が建ち並んでいたと伝えられる。古来エジプト、アッシュリアー*、バビュローニアー*、ペルシア*などオリエントの大国の勢力下に次々と置かれたが、天然の要害にあったため猛攻を受けても陥落することはなかった。しかし、前 332 年 8 月、アレクサンドロス大王*の 7 ヵ月にわたる包囲攻撃に抵抗した末、ついに落城の憂き目をみ、市民は虐殺され、生き残った 2 千人は磔刑に処された。この攻略戦の折、アレクサンドロス大王は島と陸地との間を堤防で埋めてしまい、以後テュロスは島ではなく半島と化した。ヘレニズム時代に急速な復興を遂げ、王政から共和政と変じ (前 274)、セレウコス朝*治下の前 126 年以来「自由市」と認められた。ローマ帝政期にもなお重要な海港都市クラウディオポリス Claudiopolis として栄え続け、ヨルダン河上流域に及ぶ広い地域を領有、フェニキア地方の首府と見なされた。法学者ウルピアーヌス*の生地。

かつてテュロスは 50 m 近い高さに達する堅固な城壁に囲繞され、強力な艦隊を擁してペルシア戦争*にも参加 (前 480)、市はギリシア人にヘーラクレース*と同一視された主神メルカルト Melkarth, Melqart (ミルクァルト Milquart, Milk-quart) の崇拝とその幼児犠牲の儀式で名高く、聖所には純金製とエメラルド製の巨大な記念柱が 2 本屹立し、夜間も光り輝いていたという。ヘレニズム時代にはすっかりギリシア化され、全裸競技やギリシア的祭祀が行なわれ、5 年ごとに大がかりな競技祭が開催されたことが知られている。東ローマ帝国領を経て、イスラーム教徒のアラブ軍に征服され (後 636)、のち西ヨーロッパのキリスト教徒が侵略した「十字軍時代」に荒廃し、破壊された (1291)。主にローマ時代に属する列柱付き街路やバシリカ*、劇場 (テアートロン*)、戦車競走場 hippodromos、凱旋門、墓域 nekropolis などの遺跡が発掘されている。
⇒トリポリス❷、プトレマーイス❶、ベーリュートス
Herodot. 1-2, 2-44, -112, -161, 8-67/ Strab. 16-756～/ Plin. N. H. 5-17/ Arr. Anab. 2-15～24/ Plut. Alex. 24～/ Curtius 4-2～/ Mela 1-12/ Diod. 17-40～, -60/ etc.

テュンダレオース Tyndareos, Τυνδάρεως, Tyndareus, (仏) Tyndare, (伊) Tindaro, (西)(葡) Tíndaro (露) Тиндарей

ギリシア神話伝説中のスパルター*王で、レーダー*の夫。父王オイバロス Oibalos の死後、異母兄ヒッポコオーン Hippokoon とその息子たちによって王座を奪われ、弟のイーカリオス❷*とともにカリュドーン*王テスティオス Thestios の許へ逃れた (一説にイーカリオスはヒッポコオーンと共謀して実兄テュンダレオースを追放したという)。テスティオスの娘レーダーと結婚し、英雄ヘーラクレース*がヒッポコオーンとその 12 人の息子を皆殺しにした後、この英雄によってスパルターの王位に返り咲いた。ディオスクーロイ* (カストール*とポリュデウケース*) やヘレネー*、クリュタイムネーストラー*らの父 (ないし養父) として知られ、ディオスクーロイ亡き後、王位を女婿メネラーオス* (ヘレネーの夫) に譲ったという。しかし彼はまた、女神ア

系図 262　テュンダレオース

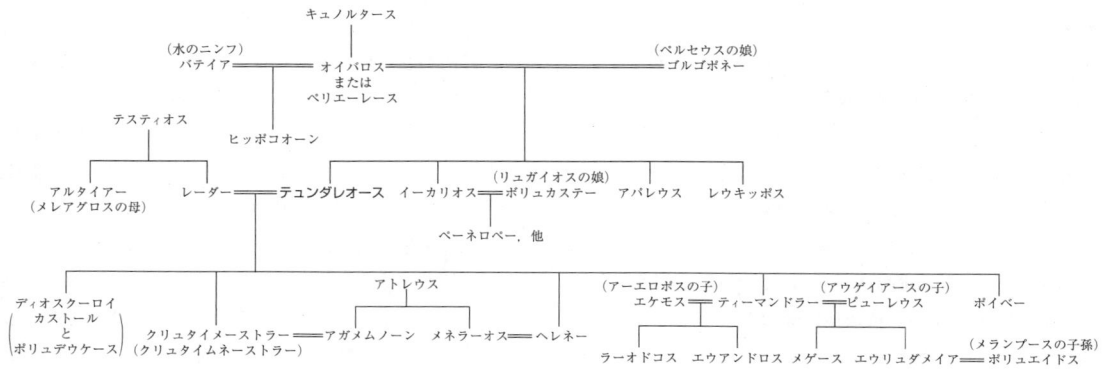

プロディーテー*を蔑ろにしたため、妃レーダーのみならず娘たちも有夫の身でありながら不義を働くという罰を加えられた —— ヘレネーは夫を捨ててトロイアー*へ出奔し、クリュタイムネーストラーは情夫アイギストス*とともに夫アガメムノーン*を殺害、別の娘ティーマンドラー Timandra はアルカディアー*全土の王エケモス Ekhemos の妻であったにもかかわらず、アウゲイアース*の子ピューレウス Phyleus のもとへはしった等 ——。テュンダレオースは、ある所伝によると、アスクレーピオス*の手で死から蘇らされた者の１人とされており、娘の１人ピューロノエー Phylonoe も女神アルテミス*が不死にしたと伝えられる。なおディオスクーロイはテュンダリダイ Tyndaridai（「テュンダレオースの息子たち」の意）とも呼ばれる。

Hom. Od. 11-298〜, 24-199/ Eur. Hel., Or./ Hyg. Fab. 77〜80, 92, 117, 119/ Apollod. 1-9, 2-7, 3-10, Epit. 2/ Paus. 1-17, -33, 2-1, -18, -34/ Diod. 4-33/ Strab. 10-461/ etc.

テラ　Terra
⇒テッラ

テーラー　Thera, Θήρα,（イオーニアー*方言）Thērē, Θήρη,（露）Tepa

（現・Thíra あるいは、Sandoríni, Santoríni）エーゲ海南部、スポラデス*群島の主島（現・面積 76 km²）。クレーター*島の北方およそ 100 km、キュクラデス*諸島の最南端に位置し、古来、火山活動の激しいことで有名。ミーノース*文明時代、クレーター系の華麗なエーゲ海文化が栄えたが、前 16 世紀中頃の火山の大噴火によって、島の中心部が陥没して海となり、残った部分は三日月形の島になった（⇒アトランティス）。永くフェニキア*人の領するところであったが、のちスパルター*からの植民が行なわれ、ドーリス*系の島となった（前 850 頃）。カッリステー Kalliste, Καλλίστη（「こよなく美しい」の意）と呼ばれた島名も、植民活動の創始者テーラース Theras（伝承ではオイディプース*の末裔、ティーサメノス❷*の孫）にちなんでテーラーと改称された（⇒エウペーモス）。さらに前 630 年代には、この島からアフリカ北岸へ移民団が派遣され、植民市キューレーネー*が建設された（⇒バッティアダイ）。火山灰の下からミーノース文明時代の優美な壁画類が数多く出土している（現・Akrotíri）ほか、東の岩地の岬からはプトレマイオス朝*〜ローマ時代を主とする都市遺跡が発掘されている。特にアポッローン*聖域内のギュムナシオン*（体育場）の石壁に刻まれた念者 erastes の美少年への愛や男色行為を告白した前 8〜前 6 世紀頃の碑文はギリシア人の風俗を知るうえで、また最古期のギリシア式アルファベットの史料として興味深い。古代にはスパルターのギュムノパイディアイ*に似た全裸の若者たちによる舞踏祭がアポッローン神に奉納されていたといい、祭典が執り行なわれたテラスの跡がある。テーラー島は葡萄酒で名高く、ヘレニズム時代にはプトレマイオス朝の海軍基地に利用され（前 3 世紀〜前 2 世紀前期）、プトレマイオス 3 世*の息子たちはこの島で養育されたという（前 260 頃）。
⇒メーロス

Herodot. 4-147〜/ Paus. 3-1, -15, 7-2/ Thuc. 2-6/ Strab. 8-347, 10-484/ Plin. N. H. 2-89, 4-12/ Pind. Pyth. 9〜/ Ap. Rhod. 4-1762/ Ptol. Geog. 3-15/ Just. 30-4/ Plut. Mor. 399c/ Sen. Q. Nat. 2-26, 6-21/ Dio Cass. 60-29/ Amm. Marc. 17-7/ Aur. Vict. Caes. 5-14/ etc.

テラプナイ（または、テラプネー）　Therapnai, Θεράπναι, Therapnae,（Therapne, Θεράπνη）

（現・Therápne, Therápnes）スパルター*の東南近郊、エウロータース*（現・Evrótas）川左岸に位置するラコーニカー*（ラコーニアー*）地方の町。名祖はレレクス Leleks（レレゲス*人の祖）の娘テラプネー。双生兄弟神ディオスクーロイ*（カストール*とポリュデウケース*）の生地として名高く、また彼らの妹ヘレネー*とその夫メネラーオス*の墓があったことでも知られる。歴史時代には、この地でヘレネーは「美の女神」として崇拝され、ディオスクーロイやメネラーオスとともに聖域メネラーイオン Menelaïon, Μενελάϊον 内に祀られていた。前 5 世紀のヘレネーの祭壇、メネラーオス神殿の遺構などが発掘されている（後 1909〜後 1910）。

Polyb. 5-18/ Paus. 3-19〜20/ Pind. Pyth. 11-95, Nem. 10-106/ Herodot. 6-61/ Isoc. 10-63/ etc.

テーラメネース　Theramenes, Θηραμένης,（仏）Théramène,（伊）Teramene,（西）Terámenes,（葡）Terâmenes,（露）Терамен,（現ギリシア語）Thiraménis

（前 455 頃〜前 403 年 2 月頃）アテーナイ*の政治家。ペロポンネーソス戦争*中の前 411 年、四百人寡頭政治*（⇒アンティポーン）の樹立に尽力するが、4 ヵ月後にはこれを打倒するべく活躍し、9 千人が政権を担当する穏和寡頭政 —— 切り捨てられた人数でもって「五千人会」と呼ばれる —— を実現させる（前 411 年 9 月）。8 ヵ月後に再建された過激民主政においても巧みに身を処して将軍（ストラテーゴス*）となり（前 410）、エーゲ海方面に活躍。前 406 年のアルギヌーサイ*の海戦に軍船艤装奉仕者 Trierarkhos（トリエーラルコス）として出動したものの、難破により 4 千人の水死者が出ると、帰国後その責任は指揮を執った 6 人の将軍にあるとして告訴、処刑させた。前 405 年、スパルター*へ派遣されてペロポンネーソス*戦争の降伏条件の交渉に当たり、冬の 3 ヵ月間わざと無為に過ごしてアテーナイ市民が飢餓に苦しんで敗北を甘受せざるを得なくなってから講和条約を結んだ（前 404）。敗戦直後、今度はスパルターの勢力を背景に成立した三十人僭主*の１人となるが、これが恐怖政治に傾くに及んで、過激派のクリティアース*らと対立。その秕政に抗議したため、死刑に処せられた。悠揚迫らぬ態度で毒杯を干すと、最後の息で「クリティアースに乾杯」と冗談を言って笑ったと伝えられ、その言葉が讖を成して間もなくクリティアースは戦死を遂げたという。テーラメネー

スはその変節ぶり、反覆つねない無定見な態度からリューシアース*らに批判され、「悲劇役者の靴」Kothornos という渾名をつけられた。コトルノスは左右どちらの足にも合うようにできていたからである。またソフィスト*のプロディコス*に師事し弁論に巧みだったため、「実は彼も師プロディコスと同じくケオース*人で、のちにアテーナイの将軍ハグノーン Hagnon（テーラメネースの実父、アンピポリス*市の建設者）の養子となったのだ」とさえ噂された。古代より彼を単なる無節操で友を売ることも辞さぬ変節漢とする説と、先見の才ある賢明な大政治家と評価する説とが、2つながらに行なわれている。

Thuc. 8-68, -92/ Xen. Hell. 1-1, -7, 2-3/ Cic. De Or. 3-16, Tusc. 1-40/ Plut. Alc. 31, Lys. 14, Nici. 2/ Ar. Ran. 541, 967/ Arist. Ath. Pol. 28, 33, 37/ Lys./ etc.

テラモーン　Telamon, Τελαμών, Telamo(n)（仏）（葡）Télamon,（伊）Telamone,（西）Telamón,（露）Теламон,（現ギリシア語）Telamónas

ギリシア神話中、アイギーナ*王アイアコス*の息子で、ペーレウス*（アキッレウス*の父）の兄弟。大アイアース*の父（⇒巻末系図016）。ペーレウスとともに異母弟のポーコス*を殺害したため、アイギーナから追放されてサラミース❶*島の王キュクレウス Kykhreus の許へ亡命、王の娘グラウケー❷*を娶って岳父の死後サラミースの王位に即いた。妻が夭逝すると、今度はメガラ*王アルカトオス*の娘ペリボイア Periboia と結婚し、大アイアースの父となった。カリュドーン*の猪狩りやアルゴナウタイ*の遠征に参加した他、第一の親友ヘーラクレース*のトロイアー*攻めに同行し、この時には城内に一番乗りを果たした。そのため優位を傷つけられたヘーラクレースが抜剣して彼に迫ったところ、機転のきくテラモーンは手近の石を集めて積み、「勝利者ヘーラクレースの祭壇を築いているのだ」と説明した。これに気をよくしたヘーラクレースは、市を陥落させるや、トロイアー王ラーオメドーン*の娘ヘーシオネー*を褒美として彼に与えた。テラモーンはヘーシオネーによって息子テウクロス❷*を儲けたが、のちテウクロスが異母兄アイアースを伴わずにトロイアー戦争*から帰還したのを怒って、これを追い払った。さらにテラモーンは、ヘーラクレースのアマゾーン*遠征やエーリス*王アウゲイアース*討伐戦にも加わり、一説によると後者の闘いで戦死したという。歴史時代にはサラミースにおいて英雄神 heros として崇敬されていた。なおローマ人の間では、建築物を支える男像柱は、テラモーネース Telamones（テラモーンの複数形）と呼ばれており —— テラモーンが語源的に「担い手」とか「持ちこたえる者」を意味していることに由来する ——、今日もシチリアのアクラガース*（現・アグリジェント）の神殿を飾っていた古代の人像柱はテラモーネ Telamone と名付けられている（⇒アトラース、カリュアイ）。

⇒テクメーッサ

Hom. Il. 11-465, -591, Od. 11-553/ Soph. Aj. 202, 433〜/ Eur. Tr. 799/ Apollod. 1-8, -9, 3-12/ Hyg. Fab. 14, 89, 173/ Diod. 4-41, -72/ Paus. 1-42, 2-29, 3-19, 8-15/ Ov. Met. 7-476〜, 8-309〜, 11-216〜, 13-151〜/ Pind. Isthm. 6-37〜/ Serv. ad Verg. Aen. 1-741, 4-246/ etc.

デーリア（祭）　Delia, Δήλια,（仏）Dèlies

デーロス*島で4年ごとに神アポッローン*のために開かれたイオーニアー*系ギリシア人の祭典。英雄テーセウス*がクレーター*から帰還する途中に創始したと伝えられ、ギリシア世界の諸都市から使節が派遣された。古くは毎年5月頃アポッローンとアルテミス*の生誕を称えて行なわれた例祭で、運動競技や音楽競演が催され、優勝した者には棕櫚の枝が授与されていた。のち頽れたが、前426年にアテーナイ*市によって再興、4年ごとの大祭と毎年の祭礼が設けられ、馬術競技が新たな種目として付け加えられた。タルゲーリオーン Thargelion 月（今日の5月〜6月）に行なわれた例祭の間、アテーナイでは罪人の処刑が許されなかったため、ソークラテース*も使節の帰還するまで死刑を延期された（前399）。

⇒タルゲーリア祭

Hymn. Hom. Ap. 147/ Thuc. 3-104/ Xen. Mem. 4-8/ Plut. Thes. 21/ Pl. Phd. 58/ etc.

デーリオン　Delion, Δήλιον, Delium,（伊）（西）Delio,（葡）Délio,（露）Делия

（現・Dhilesi）ギリシア中部、ボイオーティアー*地方東岸の町。その名前はデーロス*の神アポッローン*の聖域があったことに由来する。

ペロポンネーソス戦争*中の前424年冬、アテーナイ*軍はこの地のアポッローン神域を占領し防塞を築いたが、攻め寄せたボイオーティアー軍に惨敗を喫し、さらに火攻めにあって降伏した。この戦いには、ソークラテース*やアルキビアデース*、クセノポーン*らも参加していたことが知られている。

Thuc. 4-76, -89〜90, -93, -96〜97, -100〜101/ Herodot. 6-118/ Xen. Mem. 3-5/ Liv. 31-45, 35-51/ Paus. 9-6, -20/ Strab. 9-403/ Plut. Alc. 7/ Pl. Ap. 28, Lach. 181, Symp. 221/ etc.

テーリュス　Telys, Τῆλυς

（前6世紀末）南イタリアの都市シュバリス*の僭主。民衆を煽動して、最も富裕な市民500人を追放、その財産を没収した。放逐された人々はクロトーン*へ赴き、ピュタゴラース*によって庇護され、これが因でシュバリス、クロトーン両市の争いとなる。その結果、シュバリスは滅亡した（前510）といわれるが、異伝によると、市の敗北以前にテーリュスの政権は打倒され、その党類は祭壇上で皆殺しにされた。この殺戮が行なわれた時、ヘーラー*の神像が顔をそむけ、地面から血が泉のように噴き上るという異兆が現われ、その後間もなくクロトーン軍に敗れて、町は滅び去ったとのことである。

Herodot. 5-44, -47/ Diod. 12-9/ Ath. 12-521/ Ael. V. H. 3-45/ etc.

テルキーネス Telkhines, Τελχῖνες, Telchines, (独) Telchinen, (伊) Telchini, (西)(葡) Telquines, (露) Тельхины, (現ギリシア語) Telhínes

ギリシア神話中、海から生まれ、冶金術に長じた神霊たち。ロドス*島に住み、ポセイドーン*を養育したという。クロノス*が父ウーラノス*を去勢した大鎌 harpe やポセイドーンの三叉戟、神々の最初の像を鋳造し（⇒キュクローペス）、リンドス*などの諸市を創建したが、魔法を使い邪視や毒物で動植物を害したため、ゼウス*の起こした大洪水で滅ぼされてしまった。あるいは、ロドスを追われて、リュキアー*やキュプロス*、クレーター*、ギリシア本土へ離散したと伝えられる。ギリシア人の侵入する以前にエーゲ海域に住んでいた民族が崇拝する神格であったらしい。
⇒ダクテュロイ、カベイロイ、クーレーテス（クーレースたち）
Strab. 14-653〜654/ Diod. 5-55〜56/ Ov. Met. 7-365〜/ Paus. 9-19/ Ath. 7-282/ Nonnus Dion. 14-40/ Steph. Byz./ etc.

テルサンドロス Thersandros, Θέρσανδρος, Thersander, (仏)Thersandre, (伊)(葡) Tersandro, (露) Ферсандр, (現ギリシア語)Thérsandros

ギリシア伝説中のエピゴノイ*の1人。ポリュネイケース*とアルゲイアー Argeia（アドラストス*の娘）の子（⇒巻末系図006、本文系図303）。テーバイ❶*攻略を実現するべく、エリピューレー*（アルクマイオーン❶*の母）にハルモニアー*の長衣 peplos を贈って買収し、彼女を通してアルクマイオーンを遠征に参加させた。彼らエピゴノイは勝利を収め、かくてテルサンドロスはテーバイ王となったが、町の大半が破壊されてしまったため、すっかり弱体化した国家を建て直さなければならなかった。のちテルサンドロスはトロイアー戦争*に出陣し、小アジア西北部のミューシアー*でテーレポス*（ヘーラクレース*の子）によって殺された。
⇒ティーサメノス❸
Pind. Ol. 2-43/ Paus. 2-20, 3-15, 7-3, 9-5, -8, 10-10/ Apollod. 3-7/ Herodot. 4-147/ Verg. Aen. 2-261/ Hyg. Fab. 69/ Schol. ad Ap. Rhod. 4-1764/ Stat. Theb. 3-683/ etc.

系図263　テルキーネス

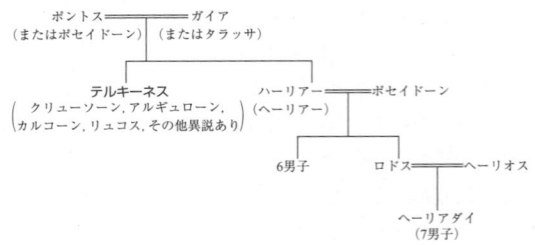

テルシーテース Thersites, Θερσίτης, (仏) Thersite, (伊) Tersite, (西) Tersites, (露) Терсит, (現ギリシア語) Thersítis

ギリシア伝説中、トロイアー戦争*に参加したギリシア1番の醜男。禿頭で跛者で僂傴のうえ、武将たちに悪態をつく横柄な性格の持ち主。ホメーロス*以後の伝承によると、オイネウス*をカリュドーン*の王位から追ったアグリオス Agrios の息子の1人とされ、トロイアー*戦争の末期に、アマゾーン*の女王ペンテシレイア*の屍体に恋したアキッレウス*を嘲笑したため、英雄に打ち殺されたということになっている。

後世の俗語で「意地悪く口汚い男」を形容する（英）thersitical といった形容詞が造られた。
Hom. Il. 2-211〜/ Apollod. 1-7, Epit. 5/ Ov. Pont. 3-9, Met. 13-232〜/ Quint. Smyrn. 1-770〜/ Diod. 2-46/ etc.

テルース Tellus
⇒テッルース

テルトゥッリアーヌス Quintus Septimius Florens Tertullianus, (ギ) Tertyllianos, Τερτυλλιανός, (英)(独) Tertullian, (仏) Tertullien, (伊) Tertulliano, (西)(葡) Tertuliano, (露) Тертуллиан, (現ギリシア語) Tertillianós, (和) テルトゥリアーヌス

（後 150／170 頃〜後 222／240 頃）初期キリスト教ラテン作家、護教論者。アーフリカ*のカルターゴー*に百人隊長の子として生まれる。法律、修辞学を学びローマへ渡って法律家となるが、やがてキリスト教に転向（194／197）、カルターゴーへ帰って護教家として活躍した。ヒエローニュムス*によれば、テルトゥッリアーヌスは「カルターゴー市の司祭」であったという。多作家で主にラテン語で著述し、彼の用いた「神学用語」は後世の西方教会において使用されることとなった。短気かつ強情・狷介な人柄で知られ、圧縮された力強い文体でヘレニズム思想に真向うから対立、プラトーン*を「異端者たちの頭領」として攻撃した。偏狭なまでに厳格な禁欲主義からモンターノス*派の異端に加わり（207頃）、女性を「悪鬼（ダイモーン*）の入ってくる門」と罵倒、兵士や官吏や教師となって国家に仕えるキリスト教徒を、娘にヴェールをつけさせない親たちを、また懺悔した罪人たちを再び教会に受け容れる聖職者らを、ことごとく非難排撃し、ついにはローマ司教（教皇）をも「不義者どもの指導者」と呼んで憚らなかった。彼の「マリアー❶*は耳を通してイエースース*を受胎した」とする処女懐妊説や、「不合理なるゆえに我信ず（ラ）Credo quia absurdum」という理性を放擲した盲目的信仰の表明はつとに有名である。30以上伝存する著作中、主要なものとして、以下のものが挙げられる。

『護教論 Apologeticus』（197年）

『見世物について De Spectaculis』（197／202 の間）

『ウァレンティーヌス派駁論 Adversus Valentinianos』（207頃）

『マルキオーン*駁論 Adversus Marcionem』(207／211頃)
『偶像崇拝論 De Idolatria』
『霊魂論 De Anima』(210／213頃)
⇒ミヌキウス・フェーリークス、キュプリアーヌス、アルノビウス
Lactant. 5-1/ Euseb. Hist. Eccl. 2-2/ Hieron. De Vir. Ill. 53/ Tertullian./ etc.

テルトゥリアーヌス　Tertullianus
⇒テルトゥッリアーヌス

テルトゥルリアーヌス　Tertullianus
⇒テルトゥッリアーヌス

テルパンドロス　Terpandros, Τέρπανδρος, Terpander, (仏) Terpandre, (伊)(西)(葡) Terpandro, (露) Терпандр, (現ギリシア語) Térpandros

(前7世紀初期〜中頃) ギリシアの詩人・音楽家。レスボス*島のアンティッサ Antissa, Ἄντισσα の生まれ。ギリシア古典音楽の父と呼ばれる。伝承によれば、喧嘩で1人の男を殺したために追放され、スパルター*へ招かれて、その地で自身の作り出した新形式の歌 (序歌と結びの歌とを前後に附すもの) を教えたという。竪琴 Kitharā の弦の数を7本に増やし (七竪琴の起源は実際ははるかに古い)、これを伴奏に歌うノモス nomos という旋律を考案・命名し、竪琴吟遊詩人 kitharōdos として活躍。詩歌の力で疫病を祓ったり争乱を鎮めたりしたとされる。酒宴の席で歌われるスコリオン*をも作曲し、スパルターで創始されたカルネイア*祭において竪琴吟遊詩人として初めて優勝した (前676)。のみならず、ピューティア競技祭*では4回続けて優勝。宴会で歌っている最中に聴衆の投げた無花果が口に入り、気管を詰まらせて死んだ、と伝えられる。種々の抒情詩を作り、アルキロコス*より高く評価されることもあったが、作品はことごとく湮滅して、現在彼の名の下に伝えられている断片も真作ではないと見なされている。
⇒タレータース、クロナース
Terpander Fr./ Pind. Ol. 13-22〜23/ Strab. 13-618/ Timoth. Pers. 240/ Plut. Mor. 1132c/ Ath. 14-635/ Ael. V. H. 12-50/ Marm. Par./ Clem. Al. Strom./ Steph. Byz./ Suda/ etc.

デルピー　Delphi
⇒デルポイ (のラテン語形)

デルピーニア (祭)　Delphinia, Δελφίνια
アテーナイ*で毎年ムーニュキオーン Munykhion 月 (今日の4月〜5月) の6日に行なわれていたアポッローン*の祭礼。伝説では、英雄テーセウス*がクレーター*島へ渡航するに先立って創始したという。アイギーナ*やシキュオーン*その他ギリシア各地でも同様の祭礼が営まれていたことが知られている。
ちなみにアテーナイをはじめ、クノーソス*、ディデュマ*、マッサリアー* (現・マルセイユ) などの諸都市には、アポッローンを祀る神殿デルピーニオン Delphinion があった。
Plut. Thes. 12, 18/ Paus. 1-28, 2-7/ Thuc. 8-38/ etc.

デルピュネー　Delphyne, Δελφύνη, (仏) Delphyné
ギリシア神話中の竜女。
❶上半身は女で下半身は蛇の怪物。大神ゼウス*が巨竜テューポーン* (テューポエウス*) によって手足の腱を切り取られ、キリキアー*の洞穴に幽閉された時、その番人として看守したが、ヘルメース*とパーン*が腱を盗み出し、ゼウスを救出。その結果テューポーンは撃ち破られた。
⇒エキドナ、カドモス
Apollod. 1-6/ Ap. Rhod. 2-705〜707/ etc.
❷デルポイ*の古い神託所の泉を護っていた竜女。アポッローン*が彼女を打ち負かして、神託を己が物とした。大蛇ピュートーン*の妻とか、ヘーラー*の産んだテューポーン*を養育したなどといわれるが、その伝承はピュートーンの物語よりも古層に属すると考えられる。
Suda/ Steph. Byz.

デルフィー　Delphi
⇒デルポイ

デルフォイ　Delphoi
⇒デルポイ

テルプーサ　Telphusa, Τέλφουσα, Thelphusa, Θέλφουσα, Thelpusa, Θέλπουσα, (または、ティルプーサ Tilphusa)
ボイオーティアー*地方のハリアルトス*近くにあった泉。コーパーイス*湖の南方、ハリアルトスからコローネイア*へ向かって約9kmの地に位置し、ヘリコーン*山の岩間を水源としていた。伝承によると、アポッローン*神がここに自らの神託所を築こうとした時、泉のニュンペー* (ニンフ) テルプーサは自身の崇拝がないがしろにされることを懼れて、彼にデルポイ*へ赴くよう勧めた。巨蛇ピュートーン*退治の後、彼女の策略に気づいた神は、怒ってこの泉を岩で塞ぎ、すぐ傍らに自分のための祭壇を設けた。ゆえに泉は岩の下から流れ出しており、予言者テイレシアース*はこの泉の冷水を飲んで世を去り、近くに埋葬されたという。
なお、アルカディアー*に同名の市テルプーサがあり、こちらの名祖はラードーン*河神の娘のニュンペーで、エウアンドロス*の母カルメンタ*と同一視されるテルプーサである。
Hymn. Hom. Ap. 244〜, 377〜/ Paus. 8-25, 9-33/ Diod. 16-39/ Polyb. 2-54, 4-60, -73, -77/ Steph. Byz./ etc.

テルプシコラー Terpsikhora, Τερψιχόρα, Terpsichora
⇒テルプシコレー

テルプシコレー Terpsikhore, Θερψιχόρη, Terpsichora, (英)(仏)(独) Terpsichore, (伊) Tersicore, (西)(葡) Terpsícore, (露) Терпсихора, (現ギリシア語) Terpsihóri

ギリシア神話中、ムーサイ*（ムーサ*たち）の1人で合唱隊抒情詩・同舞踏を司る。時に伶人リノス*やレーソス*、またセイレーン*たち（セイレーネス*）の母といわれる。彼女の名は現在でも英語などで踊り子・踊り妓を意味する言葉として用いられることがある（英）terpsichorean。Hes. Th. 78/ Apollod. 1–3/ Pl. Phdr. 259/ Pind. Isthm. 2–7/ etc.

デルプュネー Delphyne
⇒デルピュネー

デルポイ Delphoi, Δελφοί, Delphi, (仏) Delphes, (伊) Delfi, (西)(葡) Delfos, (露) Дельфы

(現・デルフィ Dhelfi) ギリシア中部ポーキス*地方にあったアポッローン*の聖地、都市。パルナッソス*山の西南麓、深い峡谷に臨む急斜面に位置し、古くから神託所として知られた。ミュケーナイ*時代以前（前2千年紀）に遡る遺物が発見されており、旧称はピュートー Pytho と呼ばれていた。悠久の昔よりこの地には大地の女神ガイア*（ゲー*）の神託所があって、巨蛇ピュートーン*に守護されていたが、のちアポッローンがこの巨蛇を退治して、神託の主神になったと伝えられる。異説では、ガイアに次いで娘のテミス*、さらにポイベー*、そしてアポッローンへと神託所が引き継がれていったという。古代においてデルポイは世界の中心であると信じられ、伝承によると大神ゼウス*が2羽の鳥を世界の東と西の果てから放ったところ、ちょうどこの地で両者がぶつかったといい、ゼウスは父クロノス*の吐き出した石をここに置き、その石灰岩をオンパロス Omphalos（「臍」の意）と呼んだと伝えられる。デルポイの名は、アポッローンの子デルポス*にちなむとも、海豚 delphis に変身したアポッローンがクレーター*から祭祀をもたらした故事に由来するとも、「子宮」を意味するギリシア語デルピュス delphys に基づくとも、さまざまに解釈されている（⇒デルピュネー❷）。

歴史時代には、古代地中海世界で最も有名な神託所として絶大な信頼を集め、ギリシア人のみならず、リューディアー*王など他民族からも深く尊崇を受けた。巫女ピューティアー*の口を通して下される託宣は、主に植民や開戦など政治的決定に関する助言を与え、絶対的な権威をもつものと見なされた。神域は諸国が奉納した記念碑や宝物庫、寄進の彫像などで埋め尽くされ、各地からの参詣人を集めて隆盛を極めた。またアポッローンの大蛇ピュートーンに対する勝利を称えて4年ごと（古くは8年ごと）に全ギリシア的な祭典ピューティア競技祭*が開催され、音楽・文芸のほか各種裸体運動の試合が盛大に執り行なわれた。神殿領の管理やピューティア競技祭の運営は、中部ギリシア諸国を主体に結成された隣保同盟*（アンピクテュオニアー*）が担当したが、聖域の莫大な財富をめぐって近隣のポーキス人らとの間に幾度か神聖戦争*が勃発した。

アポッローン神殿は最初月桂樹の木と枝で建てられ、次に蜜蝋と羽で、3度目にヘーパイストス*の手で青銅で、4度目に伝説上の名匠トロポーニオス*とアガメーデース*によって建設されたことになっており、発掘の結果、前7世紀中頃にポロス石でドーリス*式の神殿が再建された事実が明らかにされている（その後前548年に火災を被り、前6世紀後半にアルクマイオーン家*により壮大に建立された。ただし現存の遺跡は前4世紀中頃の造営）。神殿の前室には「汝自身を知れ」とか「度を過ごすなかれ」といったギリシア七賢人*の格言が刻まれていて、奥殿（至聖所）にはアポッローンの黄金像やディオニューソス*の墓、「臍石（大地の臍）」オンパロスが安置されていた。巫女ピューティアーは月桂樹の葉を噛みながら「臍石」のそばの三脚台に登り、忘我状態のまま予言を口走り、それを神官が鉛板に書き写して祈願者に与えたが、その内容は曖昧で謎めいたものが多かった。聖域はペルシア戦争*の時も（前480）、ケルト*人ブレンノス❷*の来襲の時も（前279）、神アポッローンの起こした奇蹟で略奪を免れたと伝えられる。しかし、神聖戦争で繰り返しポーキス人に占領され、のちローマの将スッラ*によって宝物を劫略され（前86）、次いでネロー*帝の命で多数の美術品が奪い去られた（後67）。さらにコーンスタンティーヌス1世*は、プラタイアイ*の戦勝（前479）を感謝してギリシア諸国が奉納した黄金の鼎を支える青銅の蛇の柱などの優れた記念品類を、新都コーンスタンティーノポリス*へ移送させている（後4世紀初め）。デルポイの神託は、その後もユーリアーヌス*帝（在位・361〜363）に迫る凶運を予言したりしていたが、391年ついにキリスト教ローマ帝テオドシウス1世*によって廃止され、その子アルカディウス*帝の命で聖所は破壊された（398）。

今日もアポッローン神殿をはじめ、参道沿いに並ぶ記念碑の台座や20棟に及ぶ宝物庫の遺構を見ることができるほか、保存状態のよい劇場や聖域外のスタディオン*、体育場、パライストラー*などの体育施設、またアテーナー*神殿や円形神殿 Tholos 等々の遺跡が発掘されている。なお、デルポイにはこの地で殺されたという勇士ネオプトレモス*の墓をはじめ、ポセイドーン*の祭壇やカスタリアー*の泉、さらに東郊にはオイディプース*が父王ラーイオス*を殺害した三叉路など神話伝説で知られる旧跡が残されていた。「クレオビス*とビトーン*像」と称される1対の青年像（前600頃）やギガントマキアー*を表わしたシブノス*人の宝庫の浮彫（前525頃）、高さ1.8mのブロンズ製戦車駁者像（前473頃）、リューシッポス*原作のパンクラティオン*選手像の大理石模刻（原作は前340頃）、ローマ皇帝ハドリアーヌス*によって神格化された青年アンティノウス*像（後130頃）などの出土品は、現在デルフィ美術館に展示されている。

⇒コーリュキオン洞窟（またはコーリュキオスの洞窟）、クリーサとキッラー

Hom. Il. 2-519, 9-404〜, Od. 8-80/ Hymn. Hom. Ap./ Herodot. 1-13〜, 7-178, 8-35〜39, 9-81/ Thuc. 1-103, -132, 3-101/ Paus. 10/ Strab. 9-417〜/ Diod. 5-77, 9-10, 11-14, 16-24〜, 38-7/ Plut. Mor. 394〜409, 435d, 292〜293/ Cic. Div. 2-57/ Ov. Met. 10-168/ Suet. Ner. 40/ Pind. Pyth./ Just. 24-6/ etc.

デルポス　Delphos, Δελφός, Delphus

ギリシア神話中、アポッローン*の聖地デルポイ*の名祖。父母については諸説あるが、ふつう海豚に変じたポセイドーン*とデウカリオーン*の娘メラントー Melanthoとの間に生まれた子で、海豚 delphis にちなんでデルポスと名づけられたとされる。アポッローンが巨蛇ピュートーン*を退治した時に、デルポイ周辺を治めていたという。

Paus. 10-6/ Ov. Met. 6-120/ Hyg. Fab. 161/ Aesch. Eum. 16/ Schol. ad Ap. Rhod. 4-1405/ etc.

テルマイ（ヒーメライオーン）　Thermai, Θέρμαι, （Himeraion, αἱ τῶν Ἱμεραίων)

⇒ヒーメラー

テルマエ　Thermae, （ギ）Thermai, Θέρμαι, （仏）Thermes, （独）Thermen, （伊）Terme, （西）（葡）Termas, （露）Термы

ローマの公共浴場。共和政期にも富裕層の邸宅 domus（「ドーム」の語源）には浴室が造られ、公衆浴場 balneae も存在していたが、本格的な公営大浴場が建てられるのは帝政期に入ってからのことである。アウグストゥス*の腹心アグリッパ*が先例となり、その後は歴代の皇帝たちによって豪華な大浴場が次々と建造されていった。主なものはネロー*帝（後65）、ティトゥス*帝（80）、トライヤーヌス*帝（110）、コンモドゥス*帝（185）の浴場施設で、さらにセプティミウス・セウェールス*帝のとき着手され、カラカッラ*帝を経てアレクサンデル・セウェールス*帝の治下に完成した「アントーニーヌスの大浴場」（通俗・カラカッラ浴場、（伊）Terme di Caracalla. 面積11万㎡）（211〜216）や、ディオクレーティアーヌス*帝（302）、コーンスタンティーヌス*帝（326）の宏壮な結構の巨大浴場が造営された。ローマ市の他にも帝国属州の諸都市に同様の施設が陸続と建てられていった。ネローの浴場には1600人分の大理石づくりの席があって、1度に1600人を入浴させる設備が整い、男女混浴が許されていたという。カラカッラの浴場とディオクレーティアーヌスの浴場はいずれも3千人を収容、入場料金は1クァドラーンス quadrans という無料同然の安価で、その中に化粧用の香油代やマッサージや脱毛などの各種サーヴィス料が含まれていた。衣服を脱ぐ更衣室 apodyterium、蒸気で汗を出す発汗室 laconicum、温浴室 tepidarium、熱浴室 caldarium、冷浴室 frigidariumの他、レスリング・ランニング・球技などあらゆる種類の運動ができるパラエストラ*（パライストラー*）や競技場、ギリシア語・ラテン語の図書室、芸術作品の並ぶ遊歩道、詩人・音楽家・哲学者らの集う講堂、談話室、美容室、等々、様々な広間や部屋が完備し、市民の綜合娯楽施設としての機能を果たしていた。女性だけは腰布をつけたが、男性はふつう全裸で入浴、娼婦や男娼も出没して乱交が目に余るようになり、エラガバルス*のごとく浴場で巨根の持ち主を物色する皇帝も現われた。

Plin. N. H. 33-54, 34-19, 35-9, 36-64/ Mart. 3-36, -51, 7-34, 11-47, 12-84/ Sen. Ep. 56, 122/ Suet. Tit. 8/ Petron. Sat./ S. H. A. Hadr. 17/ Amm. Marc. 28-4/ etc.

デルマティウス　Delmatius
⇒ダルマティウス

テルミヌス　Terminus, （伊）Termino, Termine, （西）Término, （葡）Términus, （露）Термин,

（「境界、境標石」の意）ローマの境界を司る神。この神の崇拝はヌマ*王によって導入されたと伝えられ、各市民は地所の境界標として大神ユーピテル*に捧げられた石を置き、毎年2月23日のテルミナーリア Terminalia 祭にこれら境界石に犠牲を供えた。国家のテルミヌス神は、古くからカピトーリウム*にあった神聖な境界石で、ユーピテルの神殿が創建された時に他の神々は場所を譲ったにもかかわらず、テルミヌスのみ移動を拒んだので、そのままユー

系図264　デルポス

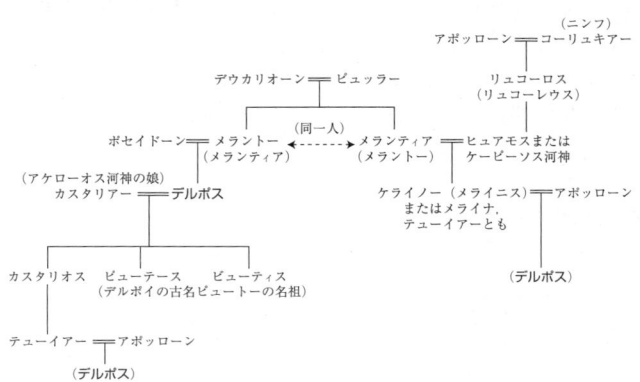

ピテル神殿内に席を保ち続けたという。テルミヌスはのち
ユーピテルに同化され、後者はテルミナーリス Terminalis
の異名を帯びた Jupiter Terminalis。
　英語の terminal やイタリア語の termini などの言葉は、
テルミヌスから派生したものである。
⇒ヘルマイ
Varro Ling. 5-21, -74/ Dion. Hal. 2-74, 3-69/ Liv. 1-55, 5-54/ Plut. Num. 16, Mor. 267c/ Ov. Fast. 2-638〜/ Hor. Epod. 2-59/ Serv. ad Verg. Aen. 2-575/ etc.

テルメー　Therme, Θέρμη, Therma, (Thermai, Θέρμαι, Therma, Θέρμα), (現代マケドニア語) Терма
(「温泉」の意) テッサロニーケー*市の旧名。前7世紀後期にエレトリア*もしくはコリントス*の植民市として創建。付近に温泉が湧出することにちなんで名づけられた。
　ちなみに、テルメーは「熱」「温泉」を意味する語で、現代の「温度計 thermometer」や「サーモグラフィー thermography」など thermo-「熱の」ではじまる言葉の語源となっている。
⇒テルモピュライ
Herodot. 7-121, -123〜, -127〜, 130〜,-179, -183/ Thuc. 1-61, 2-29/ Aeschin. 2-27/ Strab. 7-330 Fr./ Suda/.

テルモピュライ　Thermopylai, Θερμοπύλαι, Thermopylae, (仏) Thermopyles, (独) Thermopylen, (伊) Termopili, (西)(葡) Termópilas, (露) Фермопилы, (現ギリシア語) Thermopíles
(現・Thermopíles)「熱門」の意。テッサリアー*と東ロクリス*を結ぶ隘路。単にピュライ Pylai, Πύλαι (門) とも呼ばれる。近くの山麓に「ヘーラクレース*の風呂」と呼ばれる硫黄泉が湧き出ているところからテルモピュライと名付けられた。海と断崖に挟まれた天然の関門を成していたため、軍事上の要所として古来重視されて来た。前480年、北方より侵入したクセルクセース1世*率いるアカイメネース朝*ペルシア*の大軍を、スパルター*王レオーニダース*指揮下のギリシア軍が、この関門に拠って3日間にわたり阻止。しかるに間道を教える内通者エピアルテース❶*が現われたため、雲のように空を覆い尽くす敵の飛矢と投げ槍の猛攻を受けて、ついにスパルター兵300、テスピアイ*兵700の精鋭は全員玉砕した (8月11日)。戦場跡にはシモーニデース*の哀悼詩を刻んだ墓碑が、スパルター兵のために建てられた。なお、テルモピュライの戦闘と同じ日に、アルテミーシオン*の沖合いではペルシア軍対ギリシア軍の海戦が行なわれていた。

その後も何度か戦場となったが、とりわけ前279年のケルト人*の襲来と、前191年のローマ軍とセレウコス朝*シュリアー*のアンティオコス3世*(大王)の戦闘は著名 (後者の戦いでは、大王は口に石を当てられて歯を砕かれ、馬首をめぐらせて遁走している)。
　かつて隣保同盟 (アンピクティオニアー*) の集会が開かれた女神デーメーテール*の聖域や、ストアー* (列柱廊)、スタディオン*、ユースティーニアーヌス1世*が築かせた防壁 (後539／540) などの遺跡が残っている。
⇒大カトー、グラブリオー❶、ブレンヌス❷
Herodot. 7-176〜/ Paus. 3-4, 7-6, 9-15, 10-20〜22/ Plut. Cat. Mai. 13, Mor. 409a/ Liv. 36-15〜19/ Strab. 9-428〜/ Polyb. 10-41/ Suda/ etc.

テルラ　Terra
⇒テッラ

テルルース　Tellus
⇒テッルース

テーレウス　Tereus, Τηρεύς, (仏) Térée, (伊)(西) Tereo, (露) Терей, (現) Tiréas
ギリシア神話中、軍神アレース*の息子でトラーキアー* (トラーケー*) 人の王。アテーナイ*王パンディーオーン❷*の娘プロクネー*と結婚し、1子イテュス*を儲けた。のち妻の妹ピロメーラー*に恋して、「プロクネーが死んだ」と偽って彼女を呼び寄せ、犯したうえ口封じのため、その舌を切り取った。口がきけなくなったピロメーラーは、事の次第を長衣 peplos の刺繍に織り込んで姉のもとへ送り届けた。夫の所業を知ったプロクネーは、幽閉の身の妹を救い出すと、息子イテュスを殺して切り刻み、その肉を料理してテーレウスの食膳に供した。テーレウスは血まみれのイテュスの首を投げつけられて息子の肉を食ったことを覚り、斧 (または剣) を手に彼女ら2人を殺そうと追ったが、姉妹があわや捕らえられんとした時、神々に救いを祈ると、プロクネーは小夜鳴鳥に、ピロメーラーは燕に、テーレウスは戴勝に変身した。異説では、テーレウスは鷹に、プロクネーは燕に、ピロメーラーは夜鶯になったと (一伝にイテュスは蘇り五色鶸に変身したという)。またテーレウスは2人に追いつけなくて自害し、メガラ*に葬られたとも伝えられている。ラテン詩人リーウィウス・アンドロニークス*の作品に今は失われた悲劇『テーレウス』があった。この伝承に従って、ヨーロッパ文学ではナイチンゲール nightingale を Philomela, Philomèle 等と表現することがある。

系図265　テーレウス

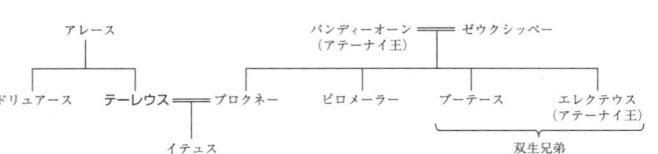

⇒アエードーン、クリュメノス❷、巻末系図020
Apollod. 3-14/ Aesch. Supp. 61〜/ Thuc. 2-29/ Ov. Met. 6-427〜/ Hyg. Fab. 45, 246/ Paus. 1-41/ Ael. V. H. 12-20/ etc.

テーレクロス　Teleklos, Τήλεκλος, Teleclus, （伊）（西）（葡）Teleclo, （露）Телекл, （現ギリシア語）Tíleklos

アーギアダイ*家のスパルター*王（在位・前760頃〜前740頃）。西隣メッセーニアー*地方の沃野を略取しようと企てたため、メッセーネー*人との争乱のうちに殺された。つまり、女神アルテミス*の祭礼の折に、若者たちを女装させておいて、神域に集まったメッセーニアー貴族たちを襲撃させたが、若者たちと一緒に返り討ちにあったというのである。しかし、スパルター人は逆に、メッセーニアーの男たちが、祭礼にやって来たスパルターの娘たちを犯したことから乱闘が生じ、その最中に王が殺されたのだと主張している。いずれにせよ彼の死が原因となって、第1次メッセーニアー戦争（前735頃〜前715頃）が勃発、たとされている。
⇒アミュークライ、巻末系図018
Herodot. 7-204/ Paus. 3-2, 4-4/ Diod. 7-8/ Strab. 6-279/ etc.

テーレゴノス　Telegonos, Τηλέγονος, Telegonus, （仏）Télégone, （伊）Telegono, （西）Telégono, （露）Телегон, （現ギリシア語）Tilégonos

ギリシア伝説中、智将オデュッセウス*とキルケー*の子。長じてのち母によってオデュッセウスを探すべく送り出されたが、イタケー*島に上陸した時、家畜を荒らしたため、海賊の襲来と思って防衛に来た父と交戦。猛毒のある赤鱏の棘をつけた槍でオデュッセウスを殺した。相手が父であると知った彼は驚き悲しみ、遺骸を継母ペーネロペー*（ペーネロペイア*）とともにキルケーの島へ運んで埋葬。のちペーネロペーと結婚し、キルケーは2人を幸福の島マカローン・ネーソイ*へ送ったという。テーレゴノスはまた、イタリアのトゥスクルム*市やプラエネステ*（現・パレストリーナ）市の創建者とも伝えられる。彼の物語を扱った叙事詩『テーレゴネイア Telegoneia, Τηλεγόνεια』があったが、伝存しない。
Hes. Th. 1014/ Hyg. Fab. 125, 127/ Apollod. Epit. 7/ Prop. 2-32/ Hor. Epod. 1-29〜, Carm. 3-9/ Liv. 1-49/ etc.

テレシッラ　Telesilla, Τελέσιλλα, （仏）Télésille, （西）Telesila, （露）Телесилла

（前6〜前5世紀）アルゴス*の女流詩人。名家の出であったが、病弱だったので「ムーサイ*に仕えよ」という神託に従い、詩と音楽に身を捧げた。おかげで病気はたちまち癒え、彼女の詩作は人々の称讃の的になったという。

前494年、スパルター*王クレオメネース1世*がアルゴスを攻撃し、成人男子の大半を殺した時、彼女は女たちを指揮して武器を執り、スパルター勢を押し返した。この勇敢な行為を記念して、アプロディーテー*神殿内にテレシッラの肖像が建てられ、毎年この戦闘の行なわれた日には祭礼が催され、その日には女たちは男装し男たちは女装する習慣になった。なお、スパルターとの戦争の結果、男性市民が少なくなったため、在留外国人(ペリオイコイ*)や奴隷たちが暫時アルゴスの国政を牛耳り、婦人たちと交わったが、戦死者の遺児らが成人するに及んで放逐されたという。
⇒サッポー、プラークシッラ、コリンナ
Herodot. 6-83, 7-148/ Plut. Mor. 245c〜d/ Paus. 2-20, -28, 3-35/ Lucian. Amor. 30/ Ath. 11-467/ etc.

テーレプォス　Telephos
⇒テーレポス

テーレポス　Telephos, Τήλεφος, Telephus, （仏）Télèphe, （伊）Telefo, （西）（葡）Télefo, （露）Телефос, Телеф, （現ギリシア語）Tílefos

ギリシア伝説中、英雄ヘーラクレース*とアウゲー*（テゲアー*の王女）の子。小アジアのミューシアー*の王。赤児のときアルカディアー*のパルテニオン Parthenion,

系図266　テーレゴノス

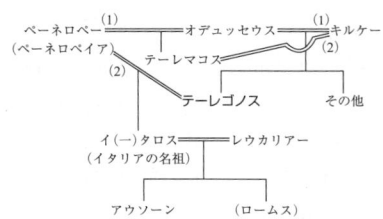

系図267　テーレポス

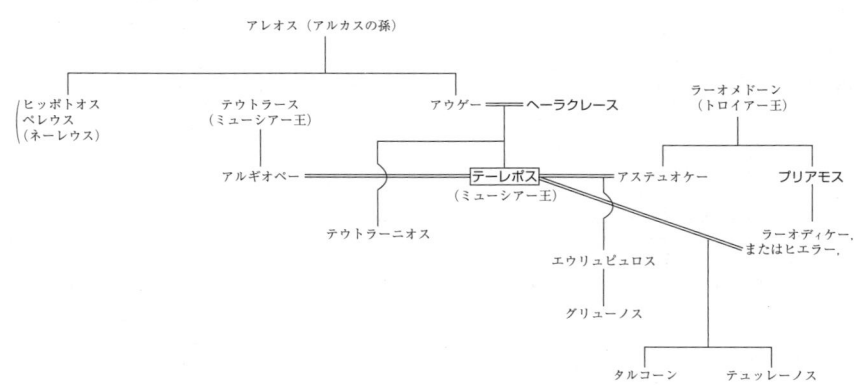

Παρθένιον山中に棄てられるが、雌鹿に哺乳され、次いで牛飼いに拾われて、パルテノパイオス*とともに育てられた。長じてのち知らずして母方の親族2人を殺害し、デルポイ*の神託に従って一言も口をきかずにミューシアーへ渡る。その地の王テウトラース*を援けて敵を退けたため、王の養女になっていた母アウゲーと結婚することになるが、新床で2人は互いの関係を認知し、母子婚は回避された。テウトラースの養子として迎えられ、その死後、王位を継承したテーレポスは、トロイアー戦争*の勃発時にミューシアーをトロイアー*と間違えて攻め寄せたギリシア軍を迎撃。テルサンドロス*（ポリュネイケース*の子）を殺したものの、アキッレウス*の槍で腿に傷を負わせられた。「傷をつけた者のみがこれを癒やすことができる」とのアポッローン*の神託を得て、ギリシア陣営へ赴きアキッレウスに治療を要請、アキッレウスは槍先の錆で傷を癒やした。というのも、ギリシア軍にも「テーレポスが道案内をしなければトロイアーを占領できない」という託宣が下っていたからである。約束通りテーレポスはギリシア勢にトロイアーへの進路を教えたが、妻がトロイアーの王女だったため戦争には参加しなかった。しかるに、彼の妻はプリアモス*から黄金の葡萄樹で買収されて息子エウリュピュロス Eurypylos を出陣させ、その結果息子はネオプトレモス*（アキッレウスの子）に討ち取られた（⇒アレオス）。後世テーレポスは、ミューシアー地方のペルガモン*王室により、国家的英雄として尊崇されるようになる。アイスキュロス*、ソポクレース*、エウリーピデース*の3大悲劇詩人に、彼の物語を扱った諸作品があったが、いずれも散佚した。なお妻のヒエラー Hiera は、ヘレネー*よりも美しいといわれた稀代の麗人で、ギリシア軍がミューシアーへ侵攻した折に、女たちを率いて果敢に戦い、ニーレウス*に討たれたという。テーレポスの物語は、テゲアーの神殿やペルガモンの祭壇などに表現されている。
Apollod. 2-7, 3-9, Epit. 3, 5/ Hyg. Fab. 99〜101, 162, 244/ Arist. Poet. 13(1453a)/ Strab. 12-571, 13-615/ Paus. 1-4, 3-26, 8-4, -47, -48, 10-28/ Diod. 4-33/ Dictys 2-10/ etc.

テーレマコス　Telemakhos, Τηλέμαχος, Telemachus, （仏）Télémaque, （独）Telemachos, （伊）Telemaco, （西）Telémaco, （葡）Telêmaco, （露）Телемах, （現ギリシア語）Tilémahos

ギリシア伝説中、智将オデュッセウス*とペーネロペー*（ペーネロペイア*）の息子。生後間もなく父はトロイアー戦争*に出征を余儀なくされたため（⇒パラメーデース）、父の親友メントール*に教育されて成長。20年近いオデュッセウスの不在の間、母ペーネロペーに求婚する大勢の貴族たちに館を荒らされ、生命まで脅かされたが、女神アテーナー*に保護されて事無きを得た。父の消息を知るべく船出して、ピュロス*のネストール*やスパルター*のメネラーオス*のもとを訪問、イタケー*島へ戻ったのち、忠実な豚飼いエウマイオス Eumaios の小屋で父と再会した。次いで父を援けて求婚者たちと闘い、彼らを皆殺しにして復讐を遂げた。『オデュッセイア*』には、彼が内気な若者から意志の強い勇敢な青年へと成長していく過程が描き出されている。

ホメーロス*以後、テーレマコスにまつわる様々な物語が作られた。一説では「我が子に殺されるであろう」との神託を得たオデュッセウスによってケルキューラ*（コルキューラ*）島に幽閉されたが、父を探しに来たテーレゴノス*（オデュッセウスとキルケー*の子）が知らずしてオデュッセウスを殺したため、帰国してイタケーの王位を継いだとされている。あるいはまた、異母妹カッシポネー Kassiphone（オデュッセウスとキルケーの娘）と結婚したものの、岳母キルケーを殺したがために、妻の手で仇を討たれたという話や、父の死後、継母キルケーと結婚して不死の身にされたという話なども残っている。

彼の冒険譚は、近世ヨーロッパの文学者フェヌロンの作品『テレマック』(1699) や、音楽家 A. スカルラッティ、グルックらの歌劇の主題とされている。
Hom. Od. 1〜4, 15〜24/ Apollod. Epit. 3, 7/ Serv. ad Verg. Aen. 1-273/ Plut. Mor. 985b/ Hyg. Fab. 95/ Ael. V. H. 13-12/ Tzetz. ad Lycoph. 384/ etc.

テレンス　Terence
⇒テレンティウス（の英語形）

テレンティア　Terentia, （ギ）Terentiā, Τερεντία, （仏）Térentia, （伊）Terenzia, （西）Terencia, （葡）Terência, （露）Теренция

ローマのプレーベース*（平民）系の名族テレンティウス氏 Gens Terentia 出身の女性。

❶（前98頃〜後4頃）雄弁家キケロー*の妻。裕福な家門の出で、権高で浪費家だった反面、その断固たる性格に

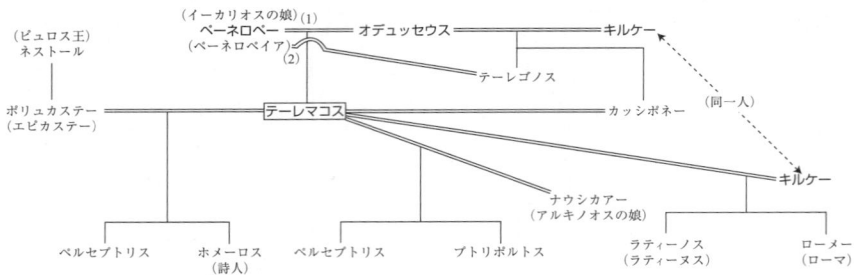

系図268　テーレマコス

よって優柔不断な夫を何度か危機から救うという内助の功もあった。夫と同名の息子マールクス・トゥッリウス・キケロー❷*と娘トゥッリア*を産むが、癇癪持ちで嫉妬深く、夫を支配したがる悪妻の典型といわれる。30 年あまりの結婚生活の後、金銭上の争いから離縁され（前 47）、すでに 50 歳を過ぎていたにもかかわらず、莫大な資産に恵まれていたので、キケローの政敵で史家として名高いサッルスティウス*と再婚、次いではるかに年少のメッサーラ・コルウィーヌス❷*と 3 婚し ── 一説には 4 回嫁いだともいわれる ──、103 歳の長寿を完うした。彼女の異父姉妹のファビア Fabia は、独身を誓ったウェスタ*の巫女（ウェスターリス*）だったが、政治家カティリーナ*の情婦の 1 人に数えられている。

テレンティアと離婚した後、キケローはヒルティウス*から「私の妹と再婚する気はないか」と問われて「二度と結婚はしないよ。哲学と妻を同時に相手にすることはできないからね」と答えたという。

⇒巻末系図 068

Plut. Cic. 8, 20, 29〜30, 41, Cat. Min. 19/ Sall. Cat. 15/ Val. Max. 8-13/ Plin. N. H. 7-48/ Dio Cass. 37-35, 57-15/ Cic. Att. 6-6, 11-16, Fam. 5-6, 14-2, -12/ Sen. Fr./ etc.

❷（前 1 世紀後期）テレンティッラ Terentilla とも。マエケーナース*の妻。アウルス・テレンティウス・ウァッロー A. Terentius Varro の娘（⇒本文系図 390）。たいへん美人であると同時にたいへんな我儘女でもあり、不羈奔放に男性と交遊、初代ローマ皇帝アウグストゥス*の情婦の 1 人となる。兄弟ムーレーナ❸*の陰謀事件発覚を夫から知らされ、帝に助命嘆願したため、夫と帝との仲が冷却する。彼女の気難しい高慢な性格のせいで、夫婦仲には終始波風が立ち、別居や離婚寸前まで行ったことも再三だったが、その都度マエケーナースが彼女をなだめすかして、邸に呼び返した。妻の気まぐれに翻弄されて喧嘩と仲直りを際限なく繰り返したせいで、「マエケーナースは同じ細君と実に千回も結婚したではないか」と揶揄われている。アウグストゥスも彼女を溺愛し、美人コンテストを開いて妻のリーウィア❶*と妍を競わせたり、外地で同棲するべくガッリア*へ旅立ったこともあった（前 16）。

Dio Cass. 54-3, -19, 55-7/ Hor. Carm. 2-12/ Sen. Ep. 114/ Suet. Aug. 66, 69/ Dig. 24-1/ etc.

テレンティウス Publius Terentius Afer,（ギ）Terentios, Τερέντιος,（英）Terence,（仏）Térence,（独）Terenz,（伊）Terenzio,（西）Terencio,（葡）Terêncio,（露）Теренций

（前 195／185 頃〜前 159）ローマ共和政期の喜劇詩人。カルターゴー*生まれのアーフリカ*人（彼の渾名アーフェル Afer は「アーフリカ人」の意）。少年時代に奴隷としてローマへ連行され、元老院議員テレンティウス・ルーカーヌス C. Terentius Lucanus に仕えて十分な教育を受けた。主人からその才能と美貌を愛されて解放され、氏族名を貰ってテレンティウスと名乗る。やがてギリシア文化を愛好する小スキーピオー*や C. ラエリウス*ら文人貴族サークル（現代の学者は文芸サークルの存在に懐疑的だが）に迎えられ、その眷顧を蒙ったため、競争相手の喜劇作家ルスキウス Luscius Lanuvinus から嫉視・非難され、「スキーピオーとラエリウスがテレンティウスの作品を代筆しているのだ」とか、「テレンティウスは若々しい肉体に魅力のゆえに、もっぱら男色相手としてスキーピオーら上流人士に受け入れられたのだ」などという噂も広まった。他のラテン劇作家と同様に、メナンドロス*やアポッロドーロス❷*らのギリシア新喜劇を翻案・改作し、次の 6 篇の作品を残した（すべて伝存す）。

1. 『アンドリア（アンドロス*島の女）Andria』（前 166 初演）
2. 『義母 Hecyra』（前 165 初演、次いで前 160 再演・三演）
3. 『自虐者（我と我身を責める者）Heauton Timorumenos』（前 163）
4. 『去勢奴隷 Eunuchus』（前 161）
5. 『ポルミオー Phormio』（前 161）
6. 『兄弟 Adelphi, Adelphoe（〈ラ〉Fratres）』（前 160）

最初の作品『アンドリア』は、当時の老大家カエキリウス C. Caecilius Statius（前 220 頃〜前 168。ガッリア*出身の喜劇詩人。エンニウス*の友人）の前で朗読して褒められたが、次作『義母』は上演中に観客が綱渡りと熊対剣闘士（グラディアートル*）の見世物の方へ行ってしまったために初演・再演とも失敗。大成功を収めたのは『去勢奴隷』だけで、同じ日に 2 度上演されたおかげで作者は大儲け。最後の『兄弟』は L. アエミリウス・パウルス❷*の葬礼競技の折に上演され（前 160）、翌前 159 年テレンティウスは、作品を取材・研究するべくギリシアへ渡ったが、その地で奴隷も持てない貧乏生活のうちに客死した（25〜35 歳くらい）。アテーナイ*からの帰途、書き上げた新作を載せた船が沈没したと知って悲嘆のあまり病を得てアルカディアー*ないしレウカディアー*で没したとも、嵐に遭って乗っていた船が難破し、名作とともに波に呑まれて果てたともいう。外見はほっそりとした中背の美男子で、浅黒い肌の色をしていたと伝えられている。

彼は性格描写や細やかな感情表現に優れ、その彫琢された文体は軽妙で洗練されていたが、プラウトゥス*のような哄笑を喚起するたくましさを欠いていたので、生前は大衆的な人気を博することは少なく、もっぱら上流の教養ある知識人の間でのみ歓迎されていた。ところが死後、作品にみなぎる人道主義的な雰囲気や、正しい上品な語法、優雅で格調の高い形式のゆえに熱烈に愛好されはじめ、たびたび上演されたばかりか学校でも教科書として採用されて重んじられた。キケロー*、カエサル*、ホラーティウス*ら多くのローマの詩人に甚大な影響を与え、さらに降（くだ）ってはエラスムス、モンテーニュ、モリエール、ボーマルシェ他、近世ヨーロッパの文学界においても高く評価された。

「人の数だけ意見がある Quot homines tot sententiae」「運命は勇気に依怙贔屓する Fortes fortuna adjuvat」「私は人間である。およそ人間に関することで、私と無縁と思えるものは何もない Homo sum, humani nihil a me alienum puto」

等々、百を越える名句格言が彼の作品から引用されて人口に膾炙した。
⇒エンニウス、アッキウス
Suet. Poet. 11 apud Donat./ Cic. Att. 7-3/ Quint. 10-1/ Hor. Epist. 2-1/ Vell. Pat. 1-17/ Gell. N. A. 7-14, 15-24, 17-21/ Hieron. Chron./ Fenestella/ etc.

デーロス　Delos, Δῆλος, Delus,（仏）Délos,（伊）Delo,（露）Делос, Дилос

（現・ディロス Dhílos）キュクラデス*諸島の中心をなす小島。約5km²。旧名アステリアー*（星島）、ないしオルテュギアー*（鶉島）。古くからアポッローン*の聖地として有名。神話によれば、この島で女神レートー*がアルテミス*とアポッローンの両神を産んだとされる。レートーの分娩の際、大神ゼウス*はそれまで海上を漂っていた浮島を4本の柱でしっかりと地底につなぎとめ、爾来その名称はデーロス（輝く島）に変わったという。エーゲ文明*時代（前2000頃）からの居住址が認められ、前1000年以前にギリシア民族が本土からやってきて、歴史時代にはイオーニアー*系ギリシア人の信仰の地となり、託宣所や神域などが次第に整備されていった。毎年初夏にはアポッローンの祭礼で賑わい、特に前426年以後は裸体運動や音楽の競技を含む4年ごとの大祭デーリア*が荘厳な儀式とともに開催された（オリュンピアス*暦の第3年目）。ペルシア戦争*中にアカイメネース朝*ペルシア*の艦隊に占領された折にも、提督ダーティス*は敬神の態度を表明し、祭壇に300タラントンもの香木を焚いたという（前490）。ペルシア戦争後この島でアテーナイ*を盟主とするデーロス同盟*が結成され（前477）、同盟の金庫と本部もここに置かれてエーゲ海の政治的中心地ともなった。ほどなく金庫はアテーナイへ移され（前454）、デーロスもアテーナイの支配下に入ったが、年貢金の支払いは免除された。島内では出産と死亡が一切禁じられ、お産間近の女と死にかかった人は近くの島へ運び出されることになっていた。またアテーナイ人は毎年デーロスに祭典使節団を派遣し、これが帰国するまでは公の死刑を一切執行せぬ決まりで、ために哲学者ソークラテース*の処刑は30日間延期される結果となった（前399）。ペロポンネーソス戦争*後デーロスは一時独立するが（前404～前338）、アテーナイ第2次海上同盟に再び加盟し（前337～）、マケドニアー*のギリシア制圧とともにまたもや独立（前332）。その間しだいに貿易都市としての重要性を増していき、ヘレニズム時代には諸王朝の保護の下、金融と商業の中心地となった。とりわけ奴隷中継貿易が盛んで、1日に1万人の奴隷が売買されていたという。前166年ローマ人はデーロスをまたしてもアテーナイの従属国としたが、当時海上権を握っていたロドス*を圧迫するため、ここを自由港と認めたので、東西各地からの出先機関や商館が建ち並び、非常な殷賑を呈するにいたった（特に前146年のコリントス*破壊以後）。しかしながらミトリダテース*戦争中、デーロスはローマへの忠誠を守ったがために、ポントス*方の軍隊や海賊の劫掠を受け（前88、前69）、通商路の変更も重なって急速に衰退し、ローマ帝政初期にはほとんど無人島と化していた。

1873年より遺跡の発掘が開始され、アポッローン神殿やアゴラー*、劇場（テアートロン*）、列柱廊（ストアー*）、店舗、住宅、キュントス Kynthos 山（標高113 m）の諸神域などが明らかにされた。就中、前7世紀末にこの島を支配していたナクソス*人が建てた大理石の獅子像の並ぶ参道（ライオン）と、ディオニューソス*神殿址の両脇に屹立する勃起した男根（パッロス）Phallos 像（前300頃）は名高い。

神託は夏季に巨蛇の姿をしたアポッローン神像から下されたと伝えられ、また、アポッローンが4歳の時、アルテミスの射とめた山羊の角で、手ずから造ったと伝える祭壇は、古代世界の七不思議の1つに数えられることもあったという。なお島での犬の飼育や鳩の殺生の禁止については、アニオス*およびオイノトロポイ*の項を参照。
⇒ブリゾー、アンピクテュオニアー
Hom. Od. 6-162/ Hymn. Hom. Ap. 16, 146～/ Herodot. 1-64, 4-33～, 6-97～, 8-132～/ Thuc. 1-8, 2-8, 3-104, 5-1, 8-108/ Callim. Del./ Strab. 8-373, 10-485～, 14-668/ Paus. 3-23. 4-27, 10-5/ Plin. N. H. 4-12/ Polyb. 30-20/ Diod. 2-47, 5-58, 11-34, -47, 12-38, -58/ etc.

デーロス同盟　（ギ）Ἀθηναῖοι καὶ οἱ ξύμμαχοι, Ἀθηναῖοι καὶ σύμμαχοι,（英）Delian League,（仏）Ligue de Délos,（独）Delisch-Attischer Seebund, Attischer Seebund,（伊）Lega delio-attica,（西）Liga de Delos, Confederación de Delos,（葡）Liga de Delos,（露）Делосский союз,（現ギリシア語）Dhiliaki Symmahia

（前477～前404）ペルシア戦争*後、アテーナイ*を盟主として結ばれたギリシア諸市の対ペルシア同盟（第1次アテーナイ海上同盟）。アテーナイのアリステイデース*の提唱により、アカイメネース朝*ペルシア*帝国の来襲に備えて締結された海上同盟で、イオーニアー*地方を中心とする小アジア沿岸、エーゲ海の島々などの多くの都市国家 polis が加盟（最盛期には400以上）、軍船を出せる市は軍船を、軍船を提供し得ぬ市は艦隊維持費として年賦金を供出した。前477年夏デーロス島に会した加盟国は、鉄塊を沈めてこれが浮上するまでの結束を約し、島のアポッローン*神殿内に同盟金庫を置いたが、これを管理したのは「ギリシア財務官 Hellenotamiai（ヘッレーノタミアイ）」と称するアテーナイの役人（10名）であった。前449／448年のペルシアとの和約で公式にペルシアの脅威が消失してからも同盟は解散されず、すでに前454年には金庫は「フェニキア*艦隊の難を避けるため」と称してアテーナイのアクロポリス*に移され、この頃からアテーナイは盟主として横暴に振る舞いはじめ、同盟諸市を政治的・経済的に支配するようになっていた。共同の資金はアテーナイの財政に流用されて私物化され、同盟諸市からの年賦金はアテーナイへの貢納のごとき性格を帯び、その金額もアテーナイの命令によって次第に増額されていった。さらにアテーナイは各市に民主政

を強制し度量衡を統一、貨幣鋳造権や司法権をも奪って紛争事件はアテーナイの法廷で処理させる等、帝国主義的支配を強めた。そのためナクソス*、タソス*をはじめ諸市は次々と離反を企てたが、武力鎮圧を受けて独立を失い、アテーナイ市民の入植団が送り込まれた（⇒クレーロス）。デーロス同盟を海上制覇の具としたアテーナイが急速に勢力を増大したせいで、スパルター*の危惧と同盟諸市の反感を招き、ペロポンネーソス戦争*（前431～前404）が勃発するに至ったのである。

　前404年アテーナイの敗北とともに同盟は解散させられるが、その後今度はスパルターの強圧の軛からギリシアを解放するべく第2次海上同盟（前377～前338）が結成される。アテーナイは前回の非を改め、加盟国の自治や政体に干渉せず、駐留軍や役人も派遣せず、年賦金も徴収しなかった。そのため加盟国は増大し、アテーナイは再びエーゲ海の主となるかに見えたが、名将エパメイノーンダース*のもとテーバイ❶*市が興隆して脱退（前373）、スパルターとアテーナイが和約を締結するに及んで存在理由を失った（前371）。

⇒サモス

Thuc. 1-96～, 2-8, 3-2～/ Arist. Ath. Pol. 23/ Plut. Arist. 24～, Cim. 11/ Xen. Hell./ Diod. 11-47, -70, -78, 12-38, -54, 13-21/ etc.

テーローン　Θήρων, Theron,（仏）Théron, Thèrôn,（伊）（葡）Terone,（西）Terón,（露）Терон

（前540／530頃～前472）アクラガース*（《ラ》アグリゲントゥム*）の僭主（在位・前488～前472）。英雄カドモス*の末裔と称するアイネーシデーモス Ainesidemos の子（⇒巻末系図025）。娘デーマレテー Demarete（ダーマレテー Damarete）をゲラー*の僭主ゲローン*に嫁がせ、また自らもゲローンの姪と結婚して勢力を高め、前482年頃ヒメラー*を征服して、その僭主テーリッロス Terillos, Τήριλλος（レーギオン*の僭主アナクシラースの岳父）を追放、代わりに己が子トラシュダイオス*に統治を委ねた。2年後にはゲローンに協力して、テーリッロスらと組んで攻め寄せたカルターゴー*のハミルカル*軍を破った（前480。ヒメラーの合戦）。テーローンは芸術や文学のよき保護者となり、彼の治下アクラガースは繁栄の極致を迎えた。詩人シモーニデース*やピンダロス*の庇護者（パトロン）として知られる。ピンダロスはその頌詩で、テーローンのオリュンピア競技祭*における優勝を称えており、またテーローンの若き甥トラシュブーロス Thrasybulos, Θρασύβουλος を恋して詩にうたい、生涯2人の友愛は続いたと伝えられている。

　死後、息子のトラシュダイオスが跡を継いだが、アクラガースの栄光は急速に衰えていった。またゲローンの妻となっていた娘のデーマレテーは夫と死別した（前478）後、夫の兄弟ポリュザーロス*（ポリュザーロス*）と再婚している。テーローンは死後、英雄神（ヘーロース）heros としてアクラガース市民の崇敬を受けた。

⇒ヒエローン1世

Herodot. 7-165～167/ Diod. 11-20～26, -48～, -53/ Pind. Ol. 2～3, Isthm. 2/ Ath. 11-480c/ Schol. ad Pind. 2-29/ etc.

テンクテーリー族とウーシ（一）ペテース族　Tencteri (Tenctheri),（ギ）Tenkteroi, Τέγκτεροι, Τέγκτηροι,（仏）Tenctères,（独）Tenkterer,（西）Ténctoros,（露）Тенктеры, et Usipetes,（ギ）Ūsipetai, Οὐσίπεται, Ūsipai, Οὔσιπαι,（ウーシピイー Usipii）,（仏）Usipètes,（独）Usipeter,（伊）Usipeti, Usipi,（西）Usípetes,（露）Узипеты

レーヌス*（現・ライン）河東岸に住んでいたゲルマーニア*人の2部族。前55年はじめ、スエービー*族に圧迫されてレーヌス河下流を渡りガッリア*へ侵入したが（⇒メナピイー族）、講和中にカエサル*軍の奇襲を受けて、老若男女を問わぬ43万人が虐殺された。カエサルは唯1度の交戦で蛮族（バルバリー）barbari の大軍を粉砕したことを誇り、ローマ元老院ではこの勝利を祝って20日間もの感謝祭（スップリカーティオー）Supplicatio が決議された。が、小カトー*だけは休戦協定を破って敵の不意を襲ったカエサルの背信行為を声高に弾劾した。両部族のうち、かろうじて生き残った人々がスガンブリー*族の許へ逃れたため、彼らの身柄引き渡しをめぐってカエサルは第1回ゲルマーニア遠征に乗り出すことになる。

Caes. B. Gall. 4-1～16/ Plut. Caes. 22, Cat. Min. 51/ Dio Cass. 39-47～48, 54-20～/ Tac. Germ. 32, 33, Ann. 13-55～, Hist. 4-21, -37, -64, -77/ Flor. 3-10/ Oros. 4-20/ etc.

デンタートゥス、マーニウス・クリウス　Manius Curius Dentatus,（ギ）Manios Kūrios Dentatos, Μάνιος Κούριος Δεντάτος,（伊）（西）Manio Curio Dentato,（葡）Mânio Cúrio Dentato,（露）Маниус Куриус Дентатус

（前330頃～前270）ローマの将軍。生まれながらに歯が生えていたので、「歯のある（デンタートゥス）」の異名をとる。平民（プレーベース*）出身の新人（ノウス・ホモー）novus homo で、4度執政官（コーンスル）（前290、前284、前275、前274）を務め、3回凱旋式（トリウンプス*）を挙げ、前272年には監察官（ケーンソル*）になった国民的英雄。質素な生活で名高く、最初の執政官在職中（前290）に、サムニウム*人（サムニーテース*）を打ち破って3次にわたるサムニウム戦争*を終了させた。和平条約締結のためにサムニウム人の使節がやってきた時、彼は粗末な館で竈（かまど）の前に腰を下ろして蕪（かぶ）を煮ているところであったが、使節が彼に黄金を贈って籠絡しようとすると、「わしに黄金は無用だ。黄金を貰（もら）うより黄金を持っている人々を征服する方が名誉あることだからな」と拒絶したという。次いでサビーニー*族を征服（前290）、3度目の執政官のときに（前275）、エーペイロス*王ピュッロス*にベネウェントゥム*（現・Benevento）の近くで大勝し、王をイタリアから駆逐、戦利品としてローマに初めて象をもたらした。翌前274年には、サムニウム人とルーカーニア*人を最終的に服属させ、イタリア半島におけるローマの覇権を決定づけた。監察官在任時（前272）に、ローマ第2の

水道 Anio Vetus 建設工事に着手したが、完成を見ずして逝去した。清廉・寡欲な有徳のローマ人の典型として、ファブリキウス・ルスキーヌス*と並び称されている。

　サムニウム人の贈物を拒む彼の姿は後世、「節制 Temperatia」を表わす寓意 allegoria 図として描かれるようになり、イタリア系のバロック絵画などの主題にもしばしば取り上げられている。
⇒コルンカーニウス
Cic. Orat. 1–39, Brut. 14, Mur. 8, Sull. 7, Sen. 13, 16, Rep. 3–28, Amic. 5, 11/ Plut. Cat. Mai. 2, Pyrrh. 25/ Plin. N. H. 7–16/ Aur. Vict. De Vir. Ill. 33/ Frontin. Aq. 1–6/ Polyb. 2–19/ Liv. Epit. 11～14/ Val. Max. 4–3, 6–3/ Flor. 1–18/ etc.

デンタートゥス、ルーキウス・シッキウス（または、シキニウス） Lucius Siccius (Sicinius) Dentatus,（ギ）Leukios Sikkios Dentatos, Λεύκιος Σίκκιος Δεντάτος,（伊）Lucio Siccio Dentato,（露）Пучий Сикчий Дентат

(?～前449頃) ローマ共和政初期の半ば伝説的英雄。「ローマのアキッレウス*（アキッレース*）」と称される。平民出身で、40年間に120回の戦闘に加わり、一騎討ちで8名の敵を撃ち破り、体の前面に45の傷痕を受けたが背面にはまったくなく、おびただしい戦利品と無数の栄冠を勝ちとったという。貴族に対する平民の闘士として活躍した (⇒十二表法) けれど、アッピウス・クラウディウス*の罠にかかり殺害された。暗殺の密命を受けた100人の兵士のうち、15人は切り倒され、30人は手傷を負い、石や飛道具を雨と浴びせて、ようやく彼を亡き者にすることができたと伝えられる。
Val. Max. 2–3/ Dion. Hal. Ant. Rom. 10–36～, –48～52, 11–25～27/ Plin. N. H. 7–28/ Gell. 2–11/ Liv. 3–43/ etc.

テンテュラ Tentyra, Τέντυρα (Tentyris),（コプト語）Tentoré, Nitentōre,（古エジプト語）Ta-ynt-netert

(現・デンデラ Dendera (Dandarah)) エジプトのナイル (ネイロス*) 河左岸の都市。アビュードス❷*の上流、テーバイ❷*（現・ルクソール）の下流に当たる。ギリシア人によってアプロディーテー*と同一視された牛角をもつ愛欲の女神ハトホル Hathor 崇拝の中心地。プトレマイオス朝*後期に再建されたハトホル神殿は、のちアウグストゥス*によって完成され、さらにドミティアーヌス*帝 (在位・後81～96) の治世に周壁や門がつけ加えられた。この神殿は保存状態がきわめて良く、プトレマイオス朝最後の女王クレオパトラー7世*とカエサリオーン*母子の浮彫りやネクタネボス1世*の誕生殿、黄道12宮 (獣帯 Zodiakos, Ζῳδιακός) など星座を描いた天体図 (実物はパリ、ルーヴル美術館蔵) などが残っていることで名高い。また他のエジプト諸市とは異なり、テンテュラ市民は鰐を憎むことこの上なく、徹底的に虐待・殺戮し、ローマで鰐を見世物にする時にはここの住民がついて行って観客によく見えるよう網で巧みにあしらったという。テンテュラは宗教的な対立から南方のオンビー Ombi 市 (現・コム・オンボ Kom-Ombo) と争い、相互に住民を殺し合い捕虜をズタズタに引き裂いて死体を骨まで喰い尽くす事件すら生じたことがユウェナーリス*の詩に伝えられている (後90頃)。
Strab. 17–814～/ Juv. 15–35～/ Plin. N. H. 5–11, 8–38, 19–2/ Sen. Q. Nat. 4–2/ Ptol. Geog. 4–5/ Ael. N. A. 10–24/ Steph. Byz./ etc.

テンペー Tempe, Τέμπη,（仏）Tempé

(現・Témbi, または Lykostomo, Dereli とも) テッサリアー*北部の渓谷の名。ペーネイオス*河沿いに北のオリュンポス*、南のオッサ*両山地の間を抜ける狭い谷間で、その長さは約5マイル。古来、景勝の地として知られる。古代ギリシア人は地震によって山地に生じた破断箇所だと考えたが、実際は浸食によるもの。マケドニアー*とギリシアを結ぶ交通の要路として、戦略上大いに重視された地。前480年早春、アカイメネース朝*ペルシア*帝国の大軍が攻め寄せた時、ギリシア連合軍は1万の守備隊を峡谷の守備に派遣 (⇒テルモピュライ)。前336年には即位したばかりのアレクサンドロス大王*が強行軍でこの谷を抜き、反抗の色を示すテッサリアーを圧服している。美しい景観に恵まれ、神話においても神々のお気に入りの地とされる。特にアポッローン*が巨蛇ピュートーン*退治の後、ここで身を潔め、次いでこの神に恋された乙女ダプネー*が月桂樹に変身した所として名高い。渓谷の東入口にアポッローン神祠があり、8年ごとにデルポイ*から使節がやって来て、ここの聖なる月桂樹の枝を摘み取り、それを持ち帰る儀式が行なわれていた。さらに後世の詩人たちにより、テンペーなる語は、涼し気な緑蔭の多い谷間を指す代名詞のごとくに用いられるようになった。ローマ皇帝ハドリアーヌス*もテンペーに心惹かれて、ティーブル*（現・ティーヴォリ）の離宮にこの谷間の光景を再現させたという。
Herodot. 7–173/ Strab. 9–430～443/ Ov. Met. 1–569, 7–222/ Ael. V. H. 3–1/ Verg. G. 2–469, 4–317/ Catull. 64–285/ Plin. N. H. 4–8/ Liv. 44–6/ Diod. 4–58/ Luc. 6–345/ Plut. Mor. 293c, 1136a/ etc.

トアース Thoas, Θόας,（伊）Toade, Toante,（西）Toante,（露）Фоант,（現ギリシア語）Thóas, Thóantas

ギリシア神話中の男性名。

❶カリュドーン*の王。アンドライモーン❶*とゴルゲー Gorge (オイネウス*の娘) の子。美女ヘレネー*の求婚者の1人で、トロイアー戦争*には40隻の船を率いて参加し、木馬の勇士 (⇒シノーン) の中にも数えられる。トロイアー*遠征から帰還後、アイトーリアー*もしくは南イタリアのブルッティウム*に住み、のちにイタケー*から亡命して来た智将オデュッセウス*を迎え入れたという。
⇒ニーレウス
Hom. Il. 2–638～, 4–527～, 7–168, 13–216～, 15–281～/

Apollod. 1-8, Epit. 7/ Paus. 5-3/ Hyg. Fab. 97/ etc.

❷レームノス*島の王。ディオニューソス*とアリアドネー*の子（父をテーセウス*とする説あり）。クレーテウス*の娘ミュリーネー Myrine（レームノスの同名の市の名祖）を娶って、娘ヒュプシピュレー*を儲ける。レームノスの女たちが一致団結して島の男たち全員を殺戮した時、彼だけが娘によって匿われ、無事海外へ亡命した ── 神像のように仕立てられたのち、海辺で舟に乗せられ辛うじて逃れ去った ── という。漂着先はキオス*島、シキノス Sikinos, Σίκινος 島（キュクラデス*諸島の１つ）、タウリケー*（⇒トアース❸）など異伝が多いが、トラーケー*で孫の小トアースとエウネオース（エウネーオス）Euneos に巡り逢ったという話も残っている。一説では、レームノスを脱出する寸前に、島の女たちに見つかって殺されたといわれる。

Ap. Rhod. 1-634～, 4-424～/ Apollod. 3-6, Epit. 1-9/ Stat. Theb. 4-768, 6-342/ Eur. Hyps./ Hom. Il. 14-230/ etc.

❸タウリケー*（黒海北方クリミア半島）の王。ボリュステネースの息子。彼の治世にイーピゲネイア*が女神アルテミス*によってこの地に運ばれ、女神を祀る女神官となった。のちオレステース*（イーピゲネイアの弟）とピュラデース*がやって来た時、王は習慣に従って２人を生贄に捧げようとしたが、彼らの素姓を知ったイーピゲネイアは策を案じて、女神像を携えたまま海路オレステースらとともにタウリケーを脱出する。トローアス*で３人に追いついたトアース王は、イーピゲネイア姉弟の異母弟クリューセース Khryses（アガメムノーン*とクリューセーイス*の子）により殺された。❷と同一人物と見なされることもある。

その他、イーカリオス*の子でペーネロペー*（ペーネロペイア*）の兄弟トアースや、シーシュポス*の孫でコリントス*王となったトアースなど幾人もの同名人物がいる。

Hyg. Fab. 120～121/ Eur. I. T./ Ant. Lib. 27/ Apollod. 3-10/ Paus. 2-4/ Hom. Il. 16-311/ Schol. ad Eur. Or. 1087/ etc.

トイトブルク Teutoburg, （仏）Teuteberg
⇒テウトブルギウム（のドイツ語形）

ドゥイーリウス、ガーイウス Gaius Duil(l)ius（ドゥエーリウス Duel(l)ius とも）Nepos, （仏）Caius Duilius, （伊）Caio Duilio, （西）Cayo Duilio（前３世紀）第１次ポエニー戦争*（前264〜前241）中のローマの将軍。前260年、執政官^{コーンスル*}となり、143隻の軍艦を率いて、ミューライ*（現・Milazzo）沖でほぼ同数のカルターゴー*海軍と会戦、これを撃破し約50隻の敵艦を拿捕した（⇒ハンニバル❸）。この折に彼が率いたローマの軍船は、イタリア沿岸に漂着したカルターゴー船を手本に60日間で建造

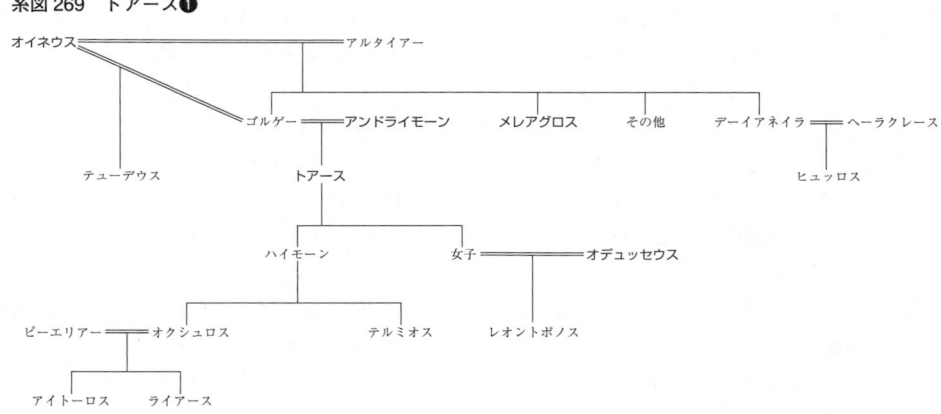

系図269　トアース❶

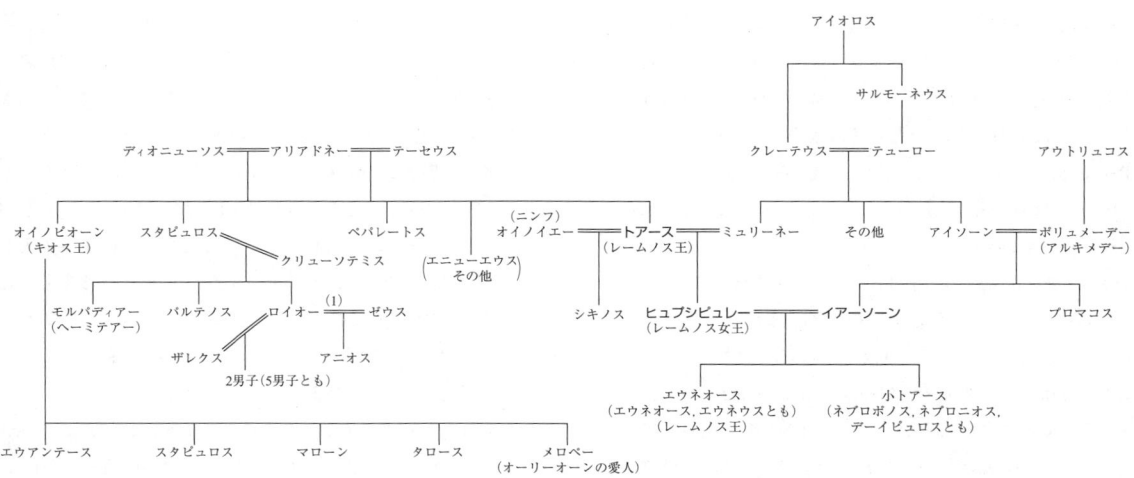

系図270　トアース❷

されたローマ最初の艦隊で、各船首にコルウス corvus (「カラス」の意) という鉄鉤付きの跳ね橋が装備されており、これを伝って兵士は敵甲板に渡り、海戦をローマ軍の得意な陸戦の状態に近づけて闘うことができたという。この勝利のおかげで、翌年帰国した彼はローマ最初の海戦による凱旋式（トリウンプス*）を祝い、夜に帰宅する時にはいつも松明と音楽で見送られるという特権を認められた (⇒コルムナ・ロストラータ)。戦利品でヤーヌス*神殿を野菜市場 Forum Holitorium に建立し、次いで監察官（ケーンソル*）(前 258)、さらに独裁官（ディクタートル*）(前 231) に選ばれている。

⇒イッサ

Polyb. 1-22～/ Liv. Epit. 17/ Aur. Vict. De Vir. Ill. 38/ Cic. Sen. 13, Orat. 45/ Frontin. Str. 2-3, 3-2/ Flor. 2-2/ Zonar. 8-10/ Oros. 4-7/ etc.

トゥキディデス　Thucydides

⇒トゥーキューディデース

トゥーキューディデース（のちに、トゥーキュディデース）　Thukydides, Θουκυδίδης, Thucydides, (仏) Thucydide, (伊) Tucidide, (西) (葡) Tucídides, (露) Фукидид, (現ギリシア語) Thukidhídhis

ギリシア人の男性名。

❶ (前 500 頃〜前 423 頃) アテーナイ*の政治家。父はミーレーシオス Milesios またはメレーシアース Melesias。名門キモーン*の娘を娶り、貴族派（寡頭派）の指導者となって、民主派の領袖ペリクレース*と対立する (⇒巻末系図 023)。しかし、前 443 年、汎ギリシア的植民市トゥーリオイ*の建設に反対したとして陶片追放（オストラキスモス*）にあい、スパルター*もしくは、アカイメネース朝*ペルシア*帝国の大王アルタクセルクセース 1 世*のもとへ亡命した。追放中、スパルター王アルキダーモス 2 世*から、「そなたとペリクレースでは、いずれがレスリングが強いか」と問われて、彼は「たとえレスリングで私が投げ倒しても、ペリクレースは倒れなかったと言い張り、観衆まで言いくるめて勝ちを制してしまいましょう」と答えたという話が伝えられている。

前 433 年アテーナイに帰国すると、アスパシアー*やペイディアース*、アナクサゴラース*らペリクレースに親しい人物を告発し、ペロポンネーソス戦争*を始めるようペリクレースに圧力をかけたとする説もある。

Plut. Per. 6, 8, 11, 14, 16, Nic. 2/ Ar. Vesp. 947, Ach. 702～/ Thuc. 1-117/ Arist. Ath. Pol. 28/ Pl. Lach. 179/ Diog. Laert. 2-12/ Ath. 6-234/ etc.

❷ (前 464 頃／前 455 頃〜前 401／395 頃) ギリシアの歴史家。しばしば「実証的歴史学の祖」と呼ばれる。大アイアース*の子孫を称するアテーナイ*の名家に生まれる。父はオロロス Oloros、母はヘーゲーシピュレー Hegesipyle。キモーン*の親族に当たるといわれる (⇒巻末系図 023)。アンティポーン*より弁論術を、アナクサゴラース*より哲学を学び、トラーケー*（トラーキアー*）の資産家の娘と結婚して金鉱を獲得し富豪となる。前 431 年、ペロポンネーソス戦争*(前 431〜前 404) 勃発と同時に、事態の重大さを予測して、その歴史を記述することに着手。アテーナイを襲った疫病に冒されたが恢復し、前 424 年、将軍（ストラテーゴス*）としてタソス*、トラーケー方面へ赴いたものの、植民市アンピポリス*救援という任務を果たし得ず (⇒ブラーシダース*)、クレオーン*の糾弾に遇って追放され、以後 20 年間亡命生活を送った。トラーケーの地に暗殺されて果てたとも、アテーナイ敗北後の大赦によって帰国（前 403）してから非業の死を遂げたともいう。

彼の『ペロポンネーソス*戦史』(『歴史 Historiai, Ἱστορίαι』) 8 巻は、前 411 年の夏季までを叙述し、未完ではあるが、国民心理への深い洞察や科学的な史料批判、循環論的歴史観、晦渋で荘重な独自の文体などで評価が高く、批判的歴史叙述の祖とされている（8 巻に分割されたのはヘレニズム時代）。この作品を執筆するに当たってトゥーキューディデースは、あらゆる資料の入手に努め、自ら歴史の舞台を実地に踏査、できる限り中立の立場を心がけ、正確に事件を記述。しかし戦争に関係のないことがらはことごとく省略したので、一見無味乾燥の感を免れない。とはいえ、前 429 年にアテーナイを襲った疫病流行の惨状や、ペリクレース*の戦没者追悼演説、ハルモディオス*とアリストゲイトーン*による「僭主殺し」の真相、などを語る場面には、彼の卓越した文才が遺憾なく発揮されていて、読む者を惹きつけずにはおかない。また事件の真の原因と直接の誘因とをはっきり識別したことは、史学上の大きな進歩といえよう —— 例えば、ペロポンネーソス戦争勃発の直接の誘引は、ケルキューラ*（コルキューラ*）とポテイダイア*両地をめぐる紛争が主たるものであるが、真の原因はペルシア戦争*後のめざましいアテーナイの勢力伸張に対するスパルター*側の恐怖心と警戒心にあったとする分析 —— 。

彼は思慮深げな容貌をしており、額の毛髪が尖って生えていたと伝えられる。また若い頃、ヘーロドトス*が自作の『歴史』を読むのを聞いて落涙し、それを見たヘーロドトスはトゥーキューディデースの父親に向かって、「汝の子供は学問に飢えている」と言ったという。

なおトゥーキューディデースの史書は当初、世に知られていなかったのを、クセノポーン*が公刊して以来、名声を博するようになったといわれ、またその続きは、テオポンポス❷*とクセノポーンが補って 1 つのヘッラス*（ギリシア）史 Hellēnika, Ἑλληνικά としてまとめ上げたとされている。客死した彼の遺骨は、秘かにアテーナイへ運ばれて、キモーン一族の墓地に埋められたという伝承もある。その厳正な文体は、クセノポーンをはじめとする多くの後代ギリシア史家の模範とされたのみならず、サッルスティウス*やタキトゥス*らローマ史家にも強い影響を与えた。

⇒クラティッポス❶

Cratippus/ Dion. Hal. Thuc./ Marcellinus Thuc./ Cic. Brut. 12/ Ael. V. H. 12-50/ Gell. 15-23/ Diod. 12-37/ Paus. 1-23/

Plut. Cim. 4/ etc.

トゥ(ー)スクルム　Tusculum, (ギ) Tūskūlon, Τούσκουλον, Tūsklon, Τούσκλον, Tysklon, Τύσκλον, (伊) Tuscolo, (葡) Túscolo, (露) Тускул

(現・フラスカーティ Frascati 付近 Tuscolo 丘の遺跡) ローマの東南約 25 km の地にあったラティウム*の古い町。伝説によると、テーレゴノス*(オデュッセウス*とキルケー*の子)の創建になるといい、古ラティウムでは有力な都市であった(⇒オクターウィウス・マーミリウス)。アルバ・ロンガ*の植民市として造られたという伝承もあるが、その名前からエトルーリア*起源の町であったことが推測される。前 381 年、ラティウム諸市の中で初めてローマ市民権を獲得し、ローマ領に併合されるとともに、マーミリウス氏*はじめフルウィウス氏*、フォンテイユス Fonteius 氏、ユウェンティウス Juventius 氏、ポルキウス Porcius 氏等名流の人材をローマ政界に送り出した。天候と景観に恵まれ、ローマからも近いので、富裕な人々お気に入りの避暑地となり、ルークッルス*やマエケーナース*、キケロー*、ティベリウス*帝らの瀟洒な別荘 villa が近郊に建ち並んだ。とりわけ、キケローが『トゥスクルム談論』(Tusculanae Disputationes、前 45) 5 巻を執筆したこの地の別荘はよく知られている。大カトー*の生地としても有名。アクロポリス*上にあったというディオスクーリー*(ディオスクーロイ*) 神殿やユーピテル*神殿は残っていないが、市壁や野外劇場、円形闘技場、いくつかの別荘跡が発掘されている。

Strab. 5-237, -239/ Liv. 1-49, 2-15～, 3-7～, 4-33～, 6-21, 8-7～, 26-9/ Dion. Hal. 6-4～, 10-20/ Cic. Att. 2-11, Font. 18, Div. 1-43(98), 2-45(94)/ Hor. Epod. 1-29/ Ptol. Geog. 3-1 Joseph. J. A. 18/ Plut. Cat. Mai. 1/ Nep. Cato 1/ Val. Max. 3-4/ Steph. Byz./ Mart. 4-64, 7-31/ etc.

トゥッガ　Thugga (現・Dougga)
⇒ヌミディア

トゥッキア　Tuccia

(前 2 世紀中葉) ローマのトゥッキウス Tuccius 氏出身のウェスターリス*(ウェスタ*の女神官)。前 145 年、不貞の廉で告発されたが、篩にティベリス*(現・テーヴェレ)河の水をすくい入れ、一滴もこぼさずにフォルム*のウェスタ神殿まで運んで身の潔白を証明したという(一説によると、前 230 頃の出来事とされる)。

　アウグスティーヌス*以来、彼女は処女なる聖母マリアー❶*(キリストの母)の予型 praefiguratio と見立てられ、篩を持つその姿は後代の「貞潔 Castitās, (英) Chastity, (仏) Chasteté, ……」の寓意像として表現された。
⇒クラウディア・クィーンタ
Plin. N. H. 28-3/ Val. Max. 8-1/ Liv. Epit. 20/ Dion. Hal. 2-69/ Augustin. De civ. D. 10-16/ etc.

トゥッリア　Tullia, (ギ) Tulliā, Τουλλία, (仏) Tullie, (露) Туллия

ローマの女性名。トゥッリウス Tullius 氏 (Gens Tullia) に属する。

❶(前 6 世紀) ローマ第 6 代の王セルウィウス・トゥッリウス*(伝・前 578～前 534 頃在位)の娘。姉とともに 5 代目の王タルクィニウス・プリスクス*の息子たち(孫たちとも)のもとに嫁いだ(⇒巻末系図 050)が、野心満々で冷酷な彼女は、同じく権力欲の強い姉婿のルーキウス(のちの第 7 代ローマ王タルクィニウス・スペルブス*)と結婚するべく夫アールーンス❷*を殺害。ルーキウスにも妻(つまり彼女自身の姉)を殺させて、2 人は正式に夫婦となる。トゥッリアはさらに王妃の座を得んとして、父王暗殺をルーキウスに唆す。元老院を占拠したルーキウスは、岳父セルウィウス・トゥッリウスを王座から突き落としたうえ、街路で刺殺させて政権を奪取。野望を遂げたトゥッリアは、凱歌を挙げつつ馬車を走らせて実父の遺骸を轢き去ったといい、以来この街路は「邪悪の通り Vicus Sceleratus」と呼ばれるようになった。後年、彼女は夫王タルクィニウス・スペルブスと一緒にローマを追放された(前 510)。
Liv. 1-46～48, -60/ Ov. Fast. 6-581～/ Dion. Hal. 4-28～/ Val. Max. 9-11/ etc.

❷(前 79 年頃 8 月 5 日～前 45 年 2 月中旬) 愛称・トゥッリオラ Tulliola。雄弁家キケロー*と最初の妻テレンティア❶*との間に生まれた娘。父親が執政官の時(前 63) に C. カルプルニウス・ピーソー Calpurnius Piso Frugi (前 58 年に財務官) と結婚するが、前 57 年に死別し、翌年フーリウス・クラッシペース Furius Crassipes (前 51 年に財務官) と再婚した(前 56) ものの、やがて離別される(前 51 頃)。次いで父の不在中に名うての蕩児 P. コルネーリウス・ドラーベッラ*と三婚した(前 50) ため、不幸そのものといった夫婦生活を送る破目に陥いる。キケローの訓戒も空しくドラーベッラの放縦と浪費癖はおさまらず、ついに前 46 年末、トゥッリアは夫と離婚し、翌年はじめトゥスクルム*にある父の別荘で男児を出産したのち、間もなく没した。愛娘を喪ったキケローは異常なまでの悲嘆にくれ、彼女を祀る社を建立しようという計画さえ立てている――そこから父娘が近親姦の関係にあったとする噂も生ずる――。彼女はドラーベッラとの間に 2 男子を産んだが、いずれも夭死した。
⇒巻末系図 068
Plut. Cic. 41/ Cic. Att. 1-3, -8, 6-6, 10-8, -16, 12-28, Fam. 4-5, 14-1, 16-11, Sest. 24, 63, Q. Fr. 1-3/ etc.

トゥッリウス、セルウィウス　Servius Tullius, (ギ) Tūllios, Σερούιος Τούλλιος, (伊) Servio Tullio, (西) Servio Tulio, (葡) Sérvio Túlio, (露) Сервий Туллий

ローマ第 6 代の王(伝・前 578～前 534 在位)。伝承によれば、第 5 代タルクィニウス・プリスクス*王の妃タナクィル*の侍女オクリーシアが、ウルカーヌス*神と交わって

トゥッルス・ホスティーリウス

産んだ子という。不思議な予兆（睡眠中に頭部から火焔が立ち昇るという奇瑞）が彼の身に起きたため、占術に通じたタナクィルによって王の子として養育される。長じてのちタルクィニウスの娘の1人と結婚し、国政への参与すら認められる。タルクィニウス王が第4代アンクス・マルキウス*王の息子たちに暗殺された時（前578）、タナクィルは夫王の死を秘してセルウィウス・トゥッリウスに王位継承権を確保してやった。王座に即いた彼は、賢明な統治を行ない国制改革に着手、人口と財産の調査の結果、市民を生まれではなく財力によって5等級に区分し、各級の兵役義務と兵員会 comitia centuriata における投票権とを定めた。またローマ市の境界線 pomerium を拡大し、クィリーナーリス*丘、ウィーミナーリス*丘、エースクィリーヌス*丘を市域に編入、その周縁に防壁を築いた（セルウィウスの城壁 Murus Servii Tullii。ただし現存部分は前378年頃の構築）。ローマ市内を4つの行政区 tribus に分割した他、ラティウム*諸市との間に同盟を締結、ラティーニー人の女神ディアーナ*やフォルトゥーナ*の崇拝をローマにもたらした――一伝によれば、女神フォルトゥーナは王を愛人とし、夜ごと天窓を通って彼のもとへ忍び降りたという――。これらの改革は、しかしすべて王の手になるものではなく、前6世紀から前3世紀にかけて徐々に整えられていったものが、彼1人の名に帰せられたのであろうと推測される。王は商人や一般民衆の間で評判がよかったが、貴族層の反感を買い、ついに女婿タルクィニウス・スペルブス（⇒ L. タルクィニウス❷）によって暗殺された。この凶行は、王の末娘トゥッリア❶*が夫のタルクィニウスを嗾したための弑逆であるとされ、あまつさえ彼女は路上に横たわる父王の亡骸を見つけると、馬車を駆り立てて屍体を轢き去ったと伝えられる。葬儀が禁じられたので、王妃タルクィニア Tarquinia は夫を密かに埋葬し、その翌日、痛哭の果てにみまかったという（⇒ 巻末系図050）。

クラウディウス*帝はこの王をエトルーリア*の英雄マスタルナ Mastarna と同一視している。マスタルナはウィベンナ Vibenna 兄弟とともにエトルーリアからローマへやって来て、カエリウス*丘を占拠し、タルクィニウス王を暗殺したという人物である。

Liv. 1-39～/ Varro Ling. 5-61/ Dion. Hal. 4-1～/ Arn. Adv. Nat. 5-18/ Flor. 1-6/ Val. Max. 1-6, -8, 3-4, 7-3/ Ov. Fast. 6-573～/ Cic. Rep. 2-21/ Macrob. Sat. 1-13/ Plut. Mor. 273b～/ etc.

トゥッルス・ホスティーリウス　Tullus Hostilius,（ギ）Tūllos Hostíllios, Τοῦλλος Ὀστίλλιος,（伊）Tullio Hostilio,（西）Tulio Hostilio,（葡）Túlio Hostílio,（露）Тулл Гостипий

ローマの第3代目の王（伝・前672～前641在位）。ヌマ*の死後、位に即いたとされる好戦的で活動的な王で、アルバ・ロンガ*と交戦して勝利を収めローマの宗主権を確立（⇒ホラーティウス兄弟）、のちアルバ・ロンガの町を破壊してその住民をカエリウス*丘に移住させた（前665頃）。

その折に彼は、アルバの将メットゥス（ないし、メッティウス）・フーフェーティウス Mett(i)us Fufetius を背信の廉で、2台の戦車にくくりつけ逆方向に馬を走らせて引き裂いたという。フォルム*に元老院議事堂 Curia Hostilia、および民会場 Comitium を建造。さらに近隣のサビーニー*族を征服したが、ユーピテル*神を呼び降ろす秘法を誤ったために、雷霆に撃ち殺されて果てた。あるいは、アンクス・マルキウス*（ローマ第4代国王）によって王宮を放火され、焼き殺されたとも伝える（⇒ 巻末系図050）。

⇒マルキウス

Dion. Hal. 3-1～36/ Liv. 1-22～32/ Flor. 1-3/ Val. Max. 3-4, 7-4, 9-12/ Cic. Rep. 2-17, Nat. D. 2-3/ Varro 5-155/ Polyaenus 8-5/ Verg. Aen. 8-642～/ Plin. N. H. 28-4/ etc.

トゥディ（ー）ターヌス　Tuditanus,（ギ）Tūditānos, Τουδιτανός,（伊）（西）Tuditano

ローマのプレーベース*（平民）系名門センプローニウス氏*に属する家名。初祖が木槌 tudēs のような頭をしていたことに由来する。

❶ P. センプローニウス・トゥディターヌス（前204の執政官*）第2次ポエニー戦争*（前218～前201）でカンナエ*の敗北（前216）を経験、わずか600人を率いてカルターゴー*軍を突破・撤退する。累進して監察官となり（前209）、第1次マケドニアー*戦争後の和約（ポイニーケー*の和）締結に派遣される（前205）など各地に転戦・活躍した。前204年には執政官職に就き、一旦はブルッティウム*でハンニバル❶*に敗れるが、ほどなく勝利を収めている。

App. Hann. 26/ Liv. 22-50, -60, 24-43～, 25-3, 26-1, 27-11, -38, 29-11～, 31-2/ Cic. Brut. 15, Sen. 4/ etc.

❷ C. センプローニウス・トゥディターヌス（前129の執政官*）執政官となった前129年に、イッリュリアー*のイアーピュディアー*人を攻めて、何とか勝利を収め、凱旋式を認められる（⇒ホスティウス）。弁論家・歴史家としても名があり、年代記の断片が残る。雄弁家ホルテーンシウス*の外祖父。

⇒センプローニア❷

Cic. Att. 13-30, -32, Brut. 25, Nat. D. 2-5/ App. B. Civ. 1-19, Ill. 10/ Gell. 6-4, 13-15/ Macrob. Sat. 1-16/ Vell. Pat. 2-4/ Liv. Epit. 59/ Dion. Hal. 1-11/ etc.

トゥーベロー　Tubero 家,（伊）Tuberone,（西）Tuberon

ローマのプレーベース*（平民）系の名門アエリウス氏*に属する家名 cognomen。「瘤 tūber のある」の意。トゥーベロー家は共和政期に活躍し、幾人もの高級政務官（マギストラートゥス*）や著名な法律家、歴史家を出した。清貧で知られた Q. アエリウス・トゥーベロー（L. アエミリウス・パウルス❷*の女婿）は、前168年、岳父の対マケドニアー*王ペルセウス*征戦（第3次マケドニアー戦争）に従軍し武勲賞として銀の壺を与えられるまで、その小さな住居には一つも銀器がなかったという。同名の息子 Q. アエリウス・トゥーベロー（前118年の補欠執政官）は、パナイティ

オス*に学んで厳格なストアー*学派の信奉者となり、法律家として高い評価を得た。

また、キケロー*の少年時代からの友人で姻戚でもあったL. アエリウス・トゥーベローは、前49年カエサル*対ポンペイユス*の内戦が勃発するや、息子のQ. アエリウス・トゥーベロー（前74頃〜？）とともに後者に味方をし、パルサーロス*の戦い（前48）に敗れたのち、父子揃ってカエサルに赦されてローマに帰還。アカデーメイア*学派の哲学に関心を寄せ、史書『年代記 Annales』を執筆したが散逸した。息子Q. の方も前46年政敵弾劾した法廷弁論でキケローに敗れて以後、執筆に専念し、ローマ創建以来の歴史書『年代記 Annales』（14巻以上）や法律関係の論述を幾篇か古風な表現で著した（いずれも散逸）。

Liv. 45-7, 8/ Val. Max. 4-4/ Plin. N. H. 33-50/ Plut. Aem. 5, 28/ Cic. Off. 3-15, Brut. 31, Lig, Q. Fr. 1, Planc. 41/ Quint 10-1/ etc.

陶片追放
⇒オストラキスモス

ドゥムノリクスとディーウィキアークス　Dumnorix et Diviciacus（または、ディーウィティアークス Divitiacus）,（仏）Dumnorix et Diviciacos,（伊）Dumnorige e Diviciaco

（前1世紀）アエドゥイー*（ハエドゥイー*）族の有力な首長兄弟。兄ディーウィキアークスが親ローマ派であったのに対して、弟ドゥムノリクスは反ローマ派の首領としてカエサル*に反抗し、ヘルウェーティイー*族らと結んだが、兄のとりなしでかろうじて赦免を得る（前58）。しかるに後、カエサルのブリタンニア*遠征に随行を命じられて拒み、逃亡を試みたために殺された（前54）。兄のディーウィキアークスは先にアリオウィストゥス*の脅威をローマの元老院*に訴えたことがあり（前61）、カエサルは盟邦アエドゥイー族の保護を名として、外ガッリア*の遠征に乗り出したのである。

Caes. B. Gall. 1-3, -9, -16〜20, -31〜32, 2-5〜15, 5-6〜7, -15/ Cic. Div. 1-41/ Plut. Caes. 18/ Dio Cass. 38-31〜32/ etc.

同盟市戦争　Bellum Sociāle,（ギ）ho Polemos Symmakhikos, ὁ Πόλεμος Συμμαχικός,（英）The Social War,（仏）La Guerre Sociale,（伊）La Guerra Sociale,（西）La Guerra Social

（前91〜前88／87）（別名・イタリア戦争）イタリア同盟諸市のローマに対する反乱。ローマと同盟関係にあるイタリアの諸都市国家が、ローマ市民権を要求して起こした戦争で、マルシー❶*族が中心となったため、「マルシー戦争 Bellum Marsicum」とも呼ばれる。前91年、ローマの護民官*M. リーウィウス・ドルースス❷*が、全イタリア同盟市にローマ市民権を与える改革案を元老院に提出して拒否され、しかも暗殺されるという事件が生じた。これを契機に、不利な立場に置かれていた同盟諸市の大半が結束して武装蜂起を起こし、独立政府イタリア連邦（ラ）を組織、首都をイタリカ❷*と改名したコルフィーニウム*に置いた。当初ローマは苦戦を強いられたが、前90年の執政官*、L. ユーリウス・カエサル❶*が、ローマに忠誠を誓う全都市と武器を捨てて降った者すべてにローマ市民権を認める法令を発して以来、同盟諸市は次々に懐柔されて、反乱は鎮圧に向かった。前89年末には、ルーカーニア*人とサムニウム*人が反抗を続けるのみとなったが、Cn. ポンペイユス・ストラボー*（大ポンペイユス*の父）や名将L. コルネーリウス・スッラ*の活躍で討伐され、翌年スッラが反乱軍の本拠地ノーラ*を占拠するに及んで、30万の戦死者を出し半島を荒廃させたこの戦争も終結（前88）。かくてパドゥス*（現・ポー）河以南のイタリア全土にローマ市民権が拡大されたものの、狡猾なローマ政府は新市民を10の地区 tribus に編成、従来の35地区の後に投票させることを許して、実際上その権利を骨抜きにしてしまった。抵抗をやめなかったサムニウム人も、前82年、ローマ城門外の激戦でスッラ軍に掃討された。

ちなみにギリシア史上の同盟市戦争は、アテーナイ第2次海上同盟に加わっていたロドス*、コース*、キオス*、ビューザンティオン*などの諸ポリス polis が、アテーナイの覇権を嫌って離反し、マウソーロス*王の支援のもとに独立を勝ちとった戦争（前357〜前355）、ならびにマケドニアー*のピリッポス5世*とヘッラス*同盟とが、アイトーリアー*同盟とスパルター*、エーリス*を相手に行なった戦争（前220〜前217）をいう。

App. B. Civ./ Dio Cass./ Cic. Off. 2-21/ Polyb. 4-5/ etc.

ドゥーラ・エウローポス　Dura Europos, Δοῦρα Εὔρωπος, Dura Europus,（仏）Doura Europos,（伊）Dura Europo,（露）Дура-Европос

（現・Qalat es-Salihiya 近くの遺跡）エウプラーテース*（ユーフラテス）河中流の右岸に前303年頃、セレウコス朝*の軍事植民市として建設されたヘレニズム都市。旧称ドゥーラ Dura。その後パルティアー*治下に、東西交通の要衝を占めるため、隊商貿易で栄えたが、後256年頃サーサーン朝*ペルシアに破壊された。アゴラー*を中心とする規則的な格子状道路や、ミトラース*をはじめとする諸神殿、現存最古のキリスト教会、羊皮紙文書、壁画ほかの美術品などが発掘されている。

⇒パルミューラ、ニシビス、エデッサ❶

Plin. N. H., 5-21/ Amm. Marc. 23-5/ Zosimus 3-14/ Isid./ etc.

トゥリア　Tullia
⇒トゥッリア

トゥリウス、セルウィウス　Servius Tullius
⇒トゥッリウス、セルウィウス

トゥーリオイ　Thurioi, Θούριοι, または、Thuria, Θουρία, のちに、Thurion, Θούριον,（〈ラ〉・トゥーリイー Thurii, または、Thurium, Thuriae とも）,（西）Turios

（現・Sibari）南イタリア、ルーカーニア*地方のギリシア人植民市。廃墟となったシュバリス*の故地近くに、前444／443年、ペリクレース*の提唱でアテーナイ*以下ギリシア各都市からの入植者により設立された（⇒プロータゴラース）。高名な史家ヘーロドトス*や弁論家リューシアース*、建築家ヒッポダモス*らも、この植民に参加している。イタリア南部で最も繁栄した町となるが、のちルーカーニア人撃退のため進んでローマに帰服した（前282）。ほどなくトゥーリオイ沖でタラース*とローマが交戦したことが引き金となって、エーペイロス*王ピュッロス*のイタリア親征を招く（前280）。第2次ポエニー戦争*（前218～前201）でハンニバル❶*に劫掠された（前204）この都市を再興するべく、ローマは前193年、ラテン植民市コーピア Copia, Copiae を同地に建設した。戦略上の要地を占めるにもかかわらず、町は次第に衰頽して行き、古代末期には放棄されてしまった。一説にオクターウィアーヌス*（のちアウグストゥス*）の曾祖父はこの町の綱作り職人で元奴隷身分であったといい、アウグストゥスは幼名をトゥーリーヌス Thurinus と呼ばれたと伝えられている。

野外劇場（テアートロン*）や市壁、ローマ時代の別荘 villa などの遺構が発掘されている。
⇒タラース（タレントゥム）
Pl. Euthyd. 271c/ Arist. Pol. 5-3/ Plut. Per. 11, Nic. 5, Alc. 22～23/ App. Sam. 7-1, Hann. 57, B. Civ. 1-117, 5-56/ Liv. 25-15, 34-53, 35-9, Epit. 11/ Diod. 12-9～, 14-101, 16-15/ Strab. 6-263/ Suet. Aug. 2～3, 7/ Thuc. 6-61, 7-33, -35, -57/ Polyaenus 2-10/ Ael, V. H. 12-61/ Plin. N. H. 3-11/ Ptol. Geog. 3-1/ etc.

ドゥーリス　Duris, Δοῦρις,（仏）Douris,（伊）Duride
ギリシア人の男性名。

❶（サモス*の）（前340頃～前260頃）ヘレニズム時代初期の歴史家。サモスの僭主（在位・前322以後～前300以後）。アルキビアデース*の子孫で、テオプラストス*の弟子。少年時代にオリュンピア競技祭*の拳闘（ボクシング）部門で優勝し、肖像彫刻を神域に建てられた。アレクサンドロス大王*なき後、故国サモスへ帰って、その地を支配、主著『ギリシア史 Hellēnika, Ἑλληνικά』23巻は、前370年から少なくとも前281年までのギリシアとマケドニアー*の歴史を扱った書物で、その他『サモス年代記 Samiōn Hōroi, Σαμίων Ὧροι』やシケリアー*（現・シチリア）の僭主アガトクレース*伝、ソポクレース*とエウリーピデース*論、運動競技に関する史話など、多くの作品があったが、いずれも失われて今日ではわずかな断片のみ伝存するに過ぎない。シケリアーのディオドーロス*やプルータルコス*ら後代の著述家に引用されており、煽情的・浪漫的な筆致で知られるものの、資料批判に乏しいと評される（例えば、ペリクレース*のサモス占領の折の残虐行為に関する記事には、多分の誇張が含まれていると古代から見なされていた）。
⇒エポロス、テオポンポス❷、ティーマイオス、ピューラルコス
Plut. Alc. 32, Per. 28/ Paus. 6-13/ Diod. 15-60/ Cic. Att. 6-1/ Ath. 4-128, 12-535～, 13-605, 14-636/ Dion. Hal./ Phot./ Suda/ etc.

❷（前510頃～前465頃）アッティケー*（アッティカ*）の陶画家。赤絵式の人体描写を発展させ、作風は軽快で優雅。神話伝説のみならず、日常生活をも題材に用いた。金羊毛皮を守る竜の口から脱出するイアーソーン*を描いた酒杯 kyliks（キュリクス）の図（前490～前485頃）は、文献上の伝承がなく、美術史上でも他に類例のない作品として貴重視されている（ミュンヘン、古代収集館所蔵）。
⇒ブリュゴス、エウプローニオス

ドゥルーシッラ　Drusilla
⇒ドルーシッラ

ドゥルースス　Drusus
⇒ドルースス

トゥルス・ホスティーリウス　Tullus Hostilius
⇒トゥッルス・ホスティーリウス

トゥルヌス　Turnus,（ギ）テュルノス Tyrnos, Τύρνος, Tūrnos, Τοῦρνος, テュッレーノス* Tyrrhenos,（伊）（西）（葡）Turno,（露）Турн,（現ギリシア語）Túrnos

ローマ伝説中、ラティウム*のルトゥリー*族の王。ラティーヌス*王の娘ラウィーニア*（ラーウィニア*）の求婚者であったが、イタリアに来往したアエネーアース*（アイネイアース*）にラウィーニアが与えられたので、憤慨してアエネーアースと戦った。彼はラウィーニアの母妃アマータ*の熱心な支持を受け、また姉妹のユートゥルナ*の手助けもあって、勇戦しアエネーアースの心友パッラース*を討ち取ったものの、ついにアエネーアースとの一騎討ちで刺殺された（⇒巻末図049）。イタリア人の間では第一の美男子であった、とウェルギリウス*は伝えている。トゥルヌスの王都アルデア*は灰燼に帰し、その廃跡から彼の亡骸は蒼鷺（あおさぎ）（ラテン語でアルデア）と化して飛び立ったともいう。

なお、ラティーニー*人の集会でローマ王タルクィニウス・スペルブス*（位・前534～前510）に反対したため、陰謀の濡れ衣を着せられて溺死させられたアリーキア*人もトゥルヌス Turnus Herdonius と呼ばれている。
⇒カミッラ、メーゼンティウス、ニーソス❷
Verg. Aen. 7～12/ Dion. Hal. 1-57～, 4-45～/ Liv. 1-2, -50～51/ Ov. Met. 14-451～, Fast. 4-879～/ Zonar. 7-1/ etc.

ドゥルノウァーリア　Durnovaria

(現・ドーチェスター Dorchester)ブリタンニア*南岸の都市。カッレウァ・アートレバートゥム*の項を参照。

トゥルボー　Quintus Marcius Turbo, (伊) Quinto Marzio Turbo, (西) Quinto Marcio Turba (Turbo)

(?～後136/138頃)ローマ帝政期の軍人。ダルマティア*の出身。一兵卒から身を起こし、トライヤーヌス*帝およびハドリアーヌス*帝の友誼を得て累進、騎士身分(エクィテース*)に昇り、ミーセーヌム*の艦隊指揮官となる(114)。次いでエジプト、パレスティナ、キューレーナイカ*に勃発したユダヤ人の反乱を鎮圧し(116)、翌117年にはマウレーターニア*で起きた暴動を粉砕。さらに異例の職権を帯びてパンノニア*とダーキア*へ派遣され属州の再編成に従事した。その功績を多としたハドリアーヌスから近衛軍指令官に任命され(119)、以来長期間にわたり同職を務めた。夜の目も寝ぬほどの精励勤直ぶりで知られ、病中にあっても床に就こうとしなかったので、皇帝から休むよう告げられたところ、彼は「長官(プラエフェクトゥス*)たる者は立ったま、死ぬべきです」と答えたという。ところが、晩年のハドリアーヌス帝の不興をかったために処刑された、ないし自殺を命じられて果てたという。2人の養子がいたことが分かっている。

S. H. A. Hadr. 4～9, 15/ Dio Cass. 69-18, -19-1/ Euseb. Hist. Eccl. 4-2/ etc.

トゥルリア　Tullia

⇒トゥッリア

トゥルリウス、セルウィウス　Servius Tullius

⇒トゥッリウス、セルウィウス

トゥルルス・ホスティーリウス　Tullus Hostilius

⇒トゥッルス・ホスティーリウス

トゥーレー　Thule, Θούλη, または、テューレー Thyle, Θύλη, Thula, Thile, Thila, Tila, Tula, (仏) Thulé, (露) Туле, (現ギリシア語) Thúli

ギリシア・ローマ人がヨーロッパの最北端に位置するなかば伝説上の島に与えた名。今日のアイスランドかノルウェーあたり、また時にメインランド(シェトランド諸島で最大の島)と想定されている。マッサリアー*(現・マルセイユ)の航海者ピューテアース*が発見したといい、彼によるとブリタンニア*から北方6航海日の大洋中にあり、6ヵ月ごとに夜昼の交替する北極圏の島だという。語源は「最果ての島」を意味するゴート*語のTielないしTiuleのギリシア形かと思われる。グリーンランド北西岸の集落テューレThuleは、この島名にちなんで命名された。

⇒オルカデース

Mela 3-6/ Plin. N. H. 2-77, 4-16/ Tac. Agr. 10/ Ptol. Geog. 2-6, 7-5/ Strab. 1-63, 2-114, 4-201/ Diod. 5-26/ etc.

ドゥロウェルヌム　Durovernum, (ギ) Darūenon, Δαρούενον, Darvenum

(現・カンタベリー Canterbury)ブリタンニア*東南端、カンティウム Cantium (現・ケント Kent)地方の町。ローマ時代の遺跡が多く発掘されている(1950以降)。アングリー*族の若者の美しさに魅せられたローマ司教グレーゴリウス1世*の命で、後596年ブリタンニアへ派遣されたアウグスティーヌス Augustinus (～604)は、この地を中心に土着の習慣儀式を取り入れつつキリスト教を布教。以来ドゥロウェルヌム(カンタベリー)は、現代に至るまでイングランドの宗教的首都として発展することになる。

⇒ロンディニウム

Caes. B. Gall. 5-13, -22/ Ptol. Geog. 2-3/ It. Ant./ etc.

トガ　Toga, (仏) Toge, (露) Tora (〈ギ〉 Tēbennos, Τήβεννος, Tēbenna, Τήβεννα)

ローマ人の市民服。白い毛織りの外衣で、トゥニカtunicaの上から体に緩やかに巻きつける。時代が降るにしたがって、大きくゆったりとしたものになっていき、着付けにも人手を借りなければならないほど複雑で優雅なものへと変化したが、帝政期に入ってもなお公式の場では着用を義務づけられていた。ウェルギリウス*が「世界の支配者、トガをまとえる国民、ローマ人よ」と歌ったように、ローマ人を非市民から区別し、その民族的優越性を示す衣裳、いわば一種の名誉の象徴ともなった。一般成人男性は装飾のないトガtoga virilisをまとい、高級政務官(マギストラートゥス*)および未成年の若者は緋紫の縁取りのあるトガtoga praetextaを着用、政務官職に立候補する者は真白に漂白したトガtoga candidaを、喪中ないし被告として法廷に立つ者は暗色のトガtoga pullaを身に着けた。最も華麗だったのは凱旋式(トリウンプス*)を挙げる将軍が着た金糸の刺繍を施したトガtoga pictaで、アウグストゥス*以来の歴代ローマ皇帝は、テュロス*染めの緋紫色の地に金糸で月桂樹を意匠した贅沢なトガtoga purpurea(いわゆる紫衣)を用い

トガ

た。なお元来は女性もトガを着けていたが、次第に一般婦人の衣裳ではなくなり、共和政末期には売春婦や不義密通を働いた女性のまとう外衣 toga meretricia と化していた。
Verg. Aen. 1-282/ Hor. Sat. 1-2/ Liv. 1-8, 10-7, 27-4/ Suet. Iul. 45, Aug. 40, 73, Claud, 6, 15/ Varro 5-144/ Quint. 11-3/ Plin. N. H. 8-74/ Gell. 7-12/ Mart. 14-124, -125/ Cic./ S. H. A. / Dion. Hal./ Isid. Orig. 19-24/ etc.

トーガ Toga
⇒トガ*の日本特有の誤記

独裁官 Dictator
⇒ディクタートル

ドードーナ Dodona
⇒ドードーネー（のラテン語形）

ドードーネー Dodone, Δωδώνη, Dodona, または、**ドードーナー** Dodona, Δωδώνα, （ラ）ドードーナ*, （仏）Dodone, （西）Dódona, （露）Додона
（現・Dhodhóni）ギリシア北西部、エーペイロス*の山中にあるゼウス*の聖地。ギリシア最古のゼウスの神託所として名高い。先住民ペラスゴイ*人の時代にまで遡るもので、ここではゼウスはナーイオス Naïos という名で呼ばれ、その正妃はヘーラー*ではなくディオーネー*（ゼウスの女性形）とされていた。聖なる樫の木の葉ずれの音によって神託が下され、さらにのちには音響をよくするために青銅の器（一種の銅鑼）が枝から吊されたという。また樫の木に止まった鳩の鳴き声や、近くから湧き出る泉水の流音からも、神意が解釈されることがあった。ヘーロドトス*の伝えるところでは、エジプトのテーバイ❷*を飛び立った2羽の黒鳩のうち、1羽はリビュエー*（〈ラ〉リビュア）へ行ってアンモーン*の神託所を開くよう住民に命じ、もう1羽がドードーネーに来て樫の梢に止まり、ゼウスの神託所を創設するよう指示したのだという。神託の解釈はセッロイ Selloi なる男性神官たちに委ねられ、彼らは地面で眠り、決して足を洗わなかったと伝えられる。また、前5世紀中頃までには「鳩 Peleiades」と呼ばれる3人の高齢に達した女性神官も用いられた。リューディアー*王クロイソス*やスパルター*のリューサンドロス*が託宣を仰いだほか、アテーナイ*人も何度か伺いを立てたが、主たる依頼人はアカルナーニアー*、アイトーリアー*、およびボイオーティアー*の人々であった。1本の樫の神木が霊場の中心を成し、その周囲を三脚鼎 tripus が垣のように取り囲んでおり、神殿はなかったと考えられている。エーペイロス王ピュッロス*の治下、ドードーネーは王国の聖都として繁栄を極め、競技祭ナーイア Naïa も盛大に開催されたが、アイトーリアー人の襲撃（前219）、ローマ人の劫略（前167）を経て漸次衰え、最後にキリスト教徒によって破壊された。19世紀に遺跡の発掘が行なわれ、2万人を収容する劇場（テアートロン*）（前3世紀）や神託所の廃墟を今日見ることができる。

Hom. Il. 2-748, 16-233～, Od. 14-327～, 19-296～/ Herodot. 2-52～/ Strab. 7-327～/ Paus. 7-21/ Soph. Trach. 171, 1167/ Cic. Div. 1-1/ Nep. Lysander 3/ Aristid. Or. 45/ Suda/ Phot./ etc.

ドーナウ Donau
⇒イストロス、ダーヌビウス

ドナートゥス Donatus (Magnus), （英）（仏）（独）Donat, （伊）（西）Donato, （露）Донат
（?～後355）4世紀前半に活躍したキリスト教聖職者。311年以来アーフリカ*で生じた厳格な分派ドナートゥス派の指導者。ディオクレーティアーヌス*の迫害期に教会を裏切った背教者を激しく断罪し、彼らに同調する穏健派に対抗してカルターゴー*の司教（主教）に選出される（在職・313～347）。殉教者を熱烈に崇拝し、裏切りの経験のある聖職者の施す秘蹟（洗礼や叙品）を否定、復帰者の再洗礼・再叙品を強硬に主張した。多くの同調者が出てアーフリカ教会を2分し、相互に醜い応酬を繰り返して、それが大きな社会的・政治的問題にまで発展したため、コーンスタンティーヌス1世*（大帝）の介入を招来（314）、同派は狂信的な異端として弾圧された（316～）が、それでもなお衰えずに勢力を伸張させた。ドナートゥスが迫害の末（⇒コーンスターンス）追放され、ガッリア*に没してからも、同派は長くアーフリカで優位を保持。なかには暴徒の群れと化して、他宗派や富者たちを凌辱・強奪し、彼らの目に鳥もちを塗りこんで盲目にしたり、棍棒で叩き殺したりしたほか、殉教に憧れるあまり、通行人を呼びとめて無理矢理自分を殺させたり、すすんで火中に飛び込んだり崖から投身したりする者も現われた。その後次第に内部的再分裂を繰り返し、ついにイスラーム教徒の征服（670）に遭って「正統派」ともども圧し潰されて消滅した。
⇒ゲイセリークス、キュプリアーヌス
Cod. Theod. 16/ Optatus/ Augustin./ etc.

ドナートゥス、アエリウス Aelius Donatus, （伊）（西）Elio Donato, （露）Элий Донат
（後4世紀中頃）ローマで活躍したラテン語の文法学者、修辞学者。ヒエローニュムス*の師。テレンティウス*とウェルギリウス*の優れた注釈書を執筆したが、後者は散逸し、セルウィウス*の引用断片などの形で一部のみ伝存する。また主著『文法術 Ars Grammatica』は、大小2部から成り（Ars Maior と Ars Minor）、ともに中世西ヨーロッパにおける代表的なラテン文法書として流行。その結果、ドナートゥスの名はプリスキアーヌス*のそれと並んで「文法学」の代名詞とされるに至った。

なお、やや遅れて4世紀末頃に、やはりドナートゥスと呼ばれるラテン文法家ティベリウス・クラウディウス・ドナートゥス（4世紀後半～5世紀初頭）Tiberius Claudius Donatus がおり、ウェルギリウスの『アエネーイス*』の注釈書12巻を著わしている。

⇒マリウス・ウィクトーリーヌス、カリシウス
Donat. Ars Grammatica/ Hieron./ etc.

トミー Tomi
⇒トミス（のラテン語形）

トミス、または、**トモイ** Tomis, Τόμις, Tomoi, Τόμοι,（Tomai, Τόμαι),（ラ）**トミー*** Tomi (Tomoe)、（仏）Tomes,（トルコ語）Köstence, Kustendji,（ブルガリア語）Кюстенджа,（現ギリシア語）Konstántia

（現・コンスタンツァ Constanţa）トラーキアー*（トラーケー*）東部、黒海西岸の港町。イストロス*（ドーナウ）河口の南36マイルに位置。前600年頃、ミーレートス*からの植民によってギリシア都市が創建され、のち M. ルークッルス*（M. ウァッロー・ルークッルス*）に征服されてローマ領となった（前72）。詩人オウィディウス*の流謫の地としてあまりにも有名（後8頃〜後18頃）。ギリシア人、ゲタイ*人などが混住する僻陬の寒村であったが、交易路の要衝に位するところから次第に属州モエシア*の主要都市の1つとなり、コーンスタンティーヌス1世*によって再興され、やがて市名も帝の妹コーンスタンティア*にちなんでコーンスタンティアーナ Constantiana と呼ばれるようになった。トミス（トモイ）は「切断されたもの」の意で、ギリシア伝説中、コルキス*の王女メーデイア*が弟アプシュルトス*を八つ裂きにして殺した際、父王アイエーテース*が肉片を集めてこの地に葬ったという故事に由来する（異伝によると、建祖はスキュティアー*の女王トミュリス Tomyris とされる）。

今日、ローマ帝政期の浴場施設（テルマエ*）やモザイク装飾の残る商館などの遺跡が発掘されている。
Mela 2-2/ Ov. Pont. 4-14, Tr. 1-10, 3-9/ Apollod. 1-9/ Strab. 7-318〜319/ Plin. N. H. 4-11/ Stat. Silv. 1-2/ It. Ant./ etc.

ドミティア Domitia,（ギ）Domitiā, Δομιτία,（伊）Domizia,（西）Domicia,（葡）Domícia,（露）Домиция

（？〜後59）ローマの貴婦人。三頭政治家アントーニウス*の外孫。ネロー*帝の父 Cn. ドミティウス・アヘーノバルブス❺*の姉。富裕な貴族 C. パッシエーヌス・クリスプス*の妻だったが、夫を義妹・小アグリッピーナ*（ネローの母）に奪われる（後44頃）。以来2人の女の間に根深い確執が生じ、のちネロー帝が母親を宮中から放逐した時には、ドミティアはアグリッピーナを「ルベッリウス・プラウトゥス*と組んで謀叛を図ろうとした」と讒言している（55）。しかし、アグリッピーナが殺されると間もなくドミティアも、彼女の財産を狙うネローによって毒殺されたと伝えられる。ひどい便秘で病床にあった伯母を見舞ったネローは、彼女が「陛下が成年式を祝って鬚をお剃りになるなら、いつ死んでも構わない」と言うのを聞くと、「では、すぐに剃ることにしよう」と言って、病人に致死量の下剤を投与させ、彼女の資産を横領、奪った地所に壮麗なギュムナシウム*（ギュムナシオン*）を建造させたという。
⇒ドミティア・レピダ、パリス
Tac. Ann. 13-19, -21, -27/ Suet. Ner. 34/ Dio Cass. 61-17/ etc.

ドミティアーヌス Titus Flavius Domitianus,（ギ）Domitiānos, Δομιτιανός,（英）（独）Domitian,（仏）Domitien,（伊）Domiziano,（西）（葡）Domiciano,（露）Домициан

（後51年10月24日〜96年9月18日）フラーウィウス*朝最後のローマ皇帝（在位・81年9月14日〜96年9月18日）。ウェスパシアーヌス*帝の次男。ティトゥス*帝の弟。ローマに生まれ、貧しい青年時代をもっぱら年上の元老院議員（セナートル*）らとの男色関係に費やし、一説には彼の次に皇帝となったネルウァ*にも犯されていたという。ネロー*帝死（68）後の内乱でウィテッリウス*軍と戦った時には、伯父サビーヌス*とともにカピトーリウム*へ逃避する（69年12月18日）が、翌日神殿が炎上するや、その混乱に紛れてイーシス*女神の信者に変装、巧みに脱走ローマ市内に潜伏、父帝のローマ到着（70）までの間、勝手気儘に権力を行使した。父および兄の統治下（69〜81）では、ほとんど実際上の権限を与えられず、兄ティトゥス帝に対する陰謀をたえず企てて、ついには兄を毒殺して即位したとも伝えられている。若い頃は背がすらりと高く美貌の持ち主だったが、性格は陰鬱で、治世初期にも毎日1人自室に閉じこもり蠅を刺し殺して時間を潰していたという。少年たちのみならず大勢の人妻をも犯し、アエリウス・ラミア L. Aelius Lamia（80年の補欠執政官（コーンスル*））の妻ドミティア・ロンギーナ*を奪ってこれと結婚するが、彼女が俳優パリス*と密通したため離婚（83）、だがすぐにまた「国民の懇望もだし難く」と口実をつけて彼女を連れ戻した。邸内に側姿たち専用の部屋を設けて絶え間なく房事に耽り、手ずから嬖姿の体毛を抜いたり娼婦らと一緒に浴場で泳いだりした。姪のユーリア❾*（ティトゥスの娘）が T. フラーウィウス・サビーヌス*（82年の執政官）に嫁ぐと、すぐさま彼女を誘惑して夫を殺し、公然と熱愛したあげく、妊娠した彼女に堕胎を強いて死なせてしまったという（91）。その他、美貌の酌童エアリーヌス Earinus に血道を上げるなどといった自らの淫行は棚に上げて厳格な風紀粛正に乗り出し、ふしだらな高位の人々を断罪、ウェスターリス*（ウェスタ*の巫女）の不義密通に死刑を科し、男子の去勢や自由身分の少年の売春を禁止、去勢奴隷の価格の抑制などに努めた。対外的には、ゲルマーニア*のカッティー族を討伐（83〜84）、属州モエシア*に侵入したダーキア*人との間に戦争を繰り広げ（85〜89、⇒デケバルス）、国境防衛のために防壁を築いた（リーメス*・ゲルマーニクス*）。凱旋式（トリウンプス*）を2度祝ったが、タキトゥス*の主張するところでは、不首尾に終わった遠征をごまかすため、奴隷を購入して捕虜に仕立て上げたという。85年ブリタンニア*で成功を収めていた勇将アグリコラ*（史家タキトゥスの岳父）を嫉妬心から召還し、89年1月には高地

ゲルマーニアの総督 L. アントーニウス・サートゥルニーヌス Antonius Saturninus が反乱を起こすが、すみやかにこれを鎮圧、以来猜疑心を募らせ元老院議員の有力者を次々と処刑し、叛逆罪を復活させて密告を奨励、陰惨な恐怖政治を行なった (92～96)。微罪でも容赦なく殺し (⇒エパプロディートゥス)、敵対する者には性器の火炙りや両手切断などの拷問を加え、首級をフォルム*に晒したものの、死刑にした者の名前を記録することを禁じ、元老院*に報告さえしなかったので、犠牲者の総数は数え切れないという。自己神格化を推進し「主君にして神 Dominus et Deus」と呼ばせて拝謁者らを足下に跪かせ、10月をドミティアーヌス月と改称。2度にわたってすべての哲学者を追放し (88～89と95、⇒エピクテートス、ディオーン・クリューソストモス、ユーニウス・ルスティクス)、キリスト教徒をローマで迫害 (94～95)、姪ドミティッラ*とその夫フラーウィウス・クレーメーンス*をこの新興宗教に傾倒した疑いで流刑ないし死刑にした (95、⇒グラブリオー❸)。フラーウィウス氏*の神殿やパラーティウム*の宮殿はじめ数々の壮麗な建造物を営み、アルバ*にも豪奢な別荘 villa を造築。88年の百年祭 (世紀祭)*ほか各種祭典競技を開き、派手な宴会や贈物を国民に提供し、大がかりな見世物 —— その中には、女や小人たちの剣闘士試合や夜間照明の下での野獣狩り、正規の軍艦を用いた模擬海戦、1日100レースもの戦車競走、等々も含まれる —— を催すなどした結果、財政の破綻をきたし、帝は資金不足からさらなる大量殺人へとはしり、財産を没収しようと思う相手を秘かに毒殺させたともいう。晩年は暗殺を怖れて自分が歩く柱廊の壁に磨き上げた月長石を張りめぐらせ、背後で起こることがみな映るように工夫し、帝位を脅かす可能性のある者たちを少なからず葬り去ったが、ついに皇后ドミティア・ロンギーナも加わった側近たちの陰謀により、占星術師の予言通りの日時に寝室で刺殺された (満44歳、在位15年。⇒テュアナのアポッローニオス)。元老院はすぐさま彼の肖像を1つ残らず叩き潰し、彫像や碑銘を一切粉砕するよう命令 (記憶の断罪)、暗殺の一味だったネルウァを皇帝に擁立した (⇒パルテニオス❷)。

ドミティアーヌスには、親切にもてなした後で相手を処刑する趣味があり、「帝の優しい態度は恐ろしい最期の確実な前兆だ」と信じられていたという。また高位高官の貴族を嘲弄して娯しむ癖もあって、献上された巨大な鮃 rhombus (ローマ人の愛好したヒラメ・カレイの類〈ギ〉rhombos) をどんな器に盛るべきか討議するために急遽顧問会議 consilium を招集したり、ある夜宮廷に貴顕の客人連を招いて黒ずくめの部屋で饗宴を開き、各人の名前を記した墓石形の板や墓前の灯明を供えた席で、弔いの犠牲と同じ飲食物を黒い器に入れて出し、やはり全身を真黒に塗った美少年たちに死霊のごとき不気味な踊りを舞わせつつ、帝1人が死と殺人について話題を展開、一夜を恐怖の裡に過ごさせて彼らの心胆を玩んだ翌日、銘々のもとへ前夜の宴席で用いた銀製の墓石や高価な食器類、亡霊を演じた少年奴隷を贈り届けて悦に入ったという話も伝えられている。

後年には頭も禿げ、腹も突き出し、長患いのせいで脚はひょろ長く不恰好になり、足指も変形していたという。自らの禿頭を極度に気に病み、『頭髪の手入れについて』という本を執筆して、同じく禿頭の友人に献呈。帝は詩人ユウェナーリス*からも「禿げたネロー」と呼ばれている。
⇒巻末系図 101
Suet. Dom./ Dio Cass. 66～67/ Tac. Hist. 3-59～, 4-2～, Agr. 39, 42, 45/ Juv. 4/ Quint. 4-1, 10-1/ Plin. Pan./ Stat. Silv. 3-4/ Mart. 9-11, -16/ Irenaeus/ etc.

ドミティア・レピダ Domitia Lepida, (伊) Domizia Lepida, (西) Domicia Lepida, (葡) Domícia Lépida, (露) Домиция Лепида
(?～後54) ローマの貴婦人。三頭政治家アントーニウス*の外孫。ネロー*帝の父 Cn. ドミティウス・アヘーノバルブス❺*およびドミティア*の妹 (⇒巻末系図079)。最初 M. ウァレリウス・メッサーラ・バルバートゥス* (アウグストゥス*帝の姪孫) に嫁いで、クラウディウス*帝の后となったメッサーリーナ*を産むが、この娘によって後夫 C. アッピウス・ユーニウス・シーラーヌス* (28の執政官*) を殺され (42)、のちにメッサーリーナが失脚した折には彼女に自刃を勧める (48)。淫蕩かつ驕慢で数々の悪徳に染まり、実兄 Cn. アヘーノバルブスとも密通していたという。小アグリッピーナ* (ネローの母) が追放された (39) のち、幼い甥ネローを引き取って舞踏家と理髪師に世話をさせたものの、後年復帰したアグリッピーナとの間に角逐が激化し、ついに「アグリッピーナを呪詛した」等の罪状で弾劾され、母親に加担したネローが不利な証言をしたため、死刑に処された。アグリッピーナに匹敵するほど美しく裕福で高貴な血統を誇る一方、同様に不貞かつ悪辣で気性が烈しく、互いにネローに対する影響力を競い合っていたという。
Tac. Ann. 11-37, 12-64～65/ Suet. Claud. 26, Ner. 5～7/ Dio Cass. 60-14/ etc.

ドミティア・ロンギーナ Domitia Longina, (伊) Domizia Longina, (西) Domicia Longina, (葡) Domícia Longina, (露) Домиция Лонгина
(後53頃～126頃) ローマの名将コルブロー*の娘。初め L. アエリウス・ラミア Aelius Plautius Lamia Aelianus (80年の補欠執政官*) に嫁ぐが、70年頃ドミティアーヌス* (のち皇帝) に奪われ、その情婦やがて正妻そして皇后になる (81)。前夫ラミアはティトゥス* (ドミティアーヌスの兄) から再婚を勧められた時、「おや、貴方も奥方をお捜しですか?」と答えて、妻を奪い去られたことを皮肉な発言をしていたせいで、帝位に即いたドミティアーヌスに殺された。ドミティアは浮薄な女で、自らの放蕩を公言し、俳優パリス*と密通を続けたため、夫帝に殺されそうになったが、かろうじて離婚だけで一命をとりとめた (83)。しかし、すぐにまた皇帝に呼び戻され皇后*の座に復帰、96年にはパル

テニウス*（パルテニオス❷*）ら夫帝側近の解放奴隷らと組んで夫ドミティアーヌスを暗殺した。皇帝との間に産んだ子は夭逝するが、自身は2世紀まで生きながらえた。義兄ティトゥスとの不倫な関係も噂に上っていたという。
⇒巻末系図 101
Dio Cass. 67-3, 66-3, -15/ Suet. Tit. 10, Dom. 1, 3, 22/ etc.

ドミティウス・カルウィーヌス　Domitius Calvinus
⇒カルウィーヌス

ドミティウス氏　Gens Domitia〔Domitius〕, （ギ）Domitios, Δομίτιος

ローマの平民（プレーベース）系の名門氏族。アヘーノバルブス*家、カルウィーヌス*家、アーフェル*家、等々の諸家に分かれ、共和政末期から帝政初期にかけて大いに繁栄した。第5代ローマ皇帝ネロー*の父系は、この氏族の出身である。
Cic. Phil. 2-29/ Val. Max. 6-2/ Liv./ Plin. N. H./ App. Suet. Ner. 1/ etc.

ドミティッラ、フラーウィア　Flavia Domitilla, （西）Flavia Domicilla, （露）Флавия Домицилла

（後1世紀）フラーウィウス*朝ローマ帝室の貴婦人たちの名（⇒巻末系図 101）。ウェスパシアーヌス*の妻を筆頭に、代々女系を通じてこの名が伝えられた。ウェスパシアーヌスの妻は、もとはアーフリカ*出身のあるローマ騎士の妾だったが、ウェスパシアーヌスに娶られてのち、実父の要請により自由身分のローマ市民権を認められたという低い家系の女性。同名の娘と2人の息子ティトゥス*とドミティアーヌス*を産み、夫の即位を見ずして死亡。ウェスパシアーヌスは彼女亡き後、再婚せずに情婦カエニス Caenis（小アントーニア*の女解放奴隷）と同棲、抜群の記憶力をもつ有能なこの妾に正妻同然の地位を与えたため、カエニスは大変な勢力を築き巨富を蓄えたという。

ウェスパシアーヌスの外孫で、神格化された母や祖母と同じ名のドミティッラ（ティトゥス、ドミティアーヌス両帝の姪に当たる）は、再従兄弟フラーウィウス・クレーメーンス*と結婚したが、95年ドミティアーヌス帝により夫を殺され、自らはパンダーテーリア Pandateria（現・Ventotene）島へ配流された。処罰の理由は彼ら夫婦がともにユダヤの迷信（キリスト教）に耽ったというもので、彼女の解放奴隷ステパヌス Stephanus が皇后ドミティア・ロンギーナ*らと組んでドミティアーヌスを暗殺した（96）後、新帝ネルウァ*によって帰還を許された。後世のキリスト教伝承では、彼女は去勢奴隷たちとともに流刑先で殉教したとされ（100年頃）、また島で火炙りにされたのは彼女の姪のドミティッラであったともいう。ローマ郊外にあるドミティッラのカタコンベは、彼女にちなんで命名され、同じく列聖された2人の去勢者ネーレウス Nereus とアキッレウス Achilleus の墓も同じ場所にあったと伝えられる。
Suet. Vesp. 3, Dom. 12, 17/ Dio Cass. 67-14/ Philostr. V. A. 8-25/ Euseb. Hist. Eccl. 3-18, Chron./ etc.

トモイ　Tomoi
⇒トミス

トモーロス　Tmolos, Τμῶλος, Tmolus, （仏）Tmole, （伊）（西）（葡）Tmolo

（現・Boz Dağı）小アジアのリューディアー*地方の山。肥沃で葡萄やサフランその他の香り高い植物を産し、砂金の流れるパクトーロス*川の水源があった。気候に恵まれ、一帯の住民は非常な長寿（150歳とも）を保ったという。ギリシア神話中、この山の神トモーロスはアポッローン*とパーン*との音楽競技の審判をしたことで名高い（⇒ミダース）。ある地名縁起によると、トモーロスはリューディアーの古王で、女神アルテミス*の祭壇でニュンペー*（ニンフ*）アッリペー Arripe を犯したため、女神の怒りに触れ、雄牛に殺されたのち、この山に葬られたことになっている。また別伝では、プリュギアー*（ないしリューディアー）の山の神シピュロス Sipylos の子で、オンパレー*の夫とも、タンタロス*の父ともいわれる。
⇒サルデイス
Herodot. 1-84, -93, 5-100〜/ Strab. 13-591, -610, -625/ Plin. N. H. 5-30/ Apollod. 2-6/ Ov. Met. 6-16, 11-156〜/ etc.

トライアーヌス　Traianus
⇒トライヤーヌス

トライヤーヌス、マールクス・ウルピウス　Marcus Ulpius Nerva Traianus, （ギ）Traïanos, Τραϊανός, （英）（仏）（独）Trajan, （伊）Traiano, （西）（葡）Trajano, （露）Траян, （現ギリシア語）Traianós

（後53年9月18日〜後117年8月9日）ローマ皇帝（在位・98年1月28日〜117年8月9日）。五賢帝の第2代。先祖はウンブリア*地方の出身だが、ヒスパーニア*のイタリカ❶*へ移住。皇帝と同名の父は、ウェスパシアーヌス*の麾下ユダヤ戦争に活躍し、一族中初めて執政官（コーンスル*）に就任（70頃）、シュリア*やアシア*の属州総督を歴任し、貴族（パトリキイー*）に列せられた成功者である。トライヤーヌスもイタリカに生まれ（母親はヒスパーニア人）、父に従ってシュリアへ赴き、ドミティアーヌス*帝（在位・81〜96）の治下有能な軍人として各地で頭角を現わした。91年1度目の執政官職に昇り、97年にはネルウァ*帝（在位・96〜98）によって上ゲルマーニア*総督に任命され、次いでその軍事力と徳望のゆえに皇帝の養嗣子に迎立された（97年10月27）。即位後もひき続きライン、ドーナウ両河の国境地方を巡視し、リーメス*（防壁）を完成、ネルウァに背いた近衛兵を巧みに処分し、新任の近衛軍司令官には剣を手渡しつつ「これを私のためにふるってくれ。だがもし私が誤ったなら、私に対してふるってくれ」と言ったという。堂々たる風采の持ち主で、剛胆にして冷静沈着、格式ばらず兵士と同様の簡素な衣食に甘んじ、徒歩で行軍する習いであった。飲酒と男色

を好み、皇后プローティーナ*（⇒巻末系図102）との間には子がなく、むしろ肉体のよく発達した一群の若者たちとの同衾を楽しんでいた。99年はじめ歓呼の裡にローマへ帰還し、賛辞をもって元老院に迎えられ（⇒小プリーニウス）、国民の安寧を重視する公正・寛大な善政を布く。2度にわたるダーキア*遠征（101～102、105～106）に大勝利を収めてダーキウス Dacius（ダーキア征服者）と称し、敵王デケバルス*（？～106）を自害せしめ、その王国を属州に改編、首都サルミゼゲトゥーサ Sarmizegethusa を自らの名を冠した植民市*ウルピア・トライヤーナ Ulpia Trajana とした（106）。莫大な戦利品を得てローマに凱旋した帝は、123日間にわたる戦勝祝賀会を開き、1万人の剣闘士を戦わせ、1万1千頭の動物を殺させた。ローマに壮麗なフォルム* Forum Trajani を造営し、現在も残る戦勝記念柱 columna Trajana を建て（107～113）、図書館 Bibliotheca Ulpia や浴場、市場、道路、水道、橋梁、運河、オースティア*などの港湾の新設・改良といった大規模な土木事業を実施した（⇒アポッロドーロス❹）。税を軽減し、救貧のためのアリメンタ Alimenta 制度を拡充、元老院を尊重して有能な人材を起用する（⇒フロンティーヌス）など精神的に「第一の公僕」たる使命を果たし、「最善の元首 Optimus princeps」という称号を獲得した。ヌミディア*にタムガディー*やランバエシス*などの都市を建設、サハラ砂漠の境まで進出して北アフリカの防御を強化、東方ではアラビア・ペトラエア*のナバタエア*王国を併合して属州アラビア*とし（105～106）、さらにアルメニアー*の王位問題をめぐる紛争から大国パルティアー*に向けて出征（113年10月出発、⇒オスローエース）、難なくアルメニアーを占領した（114）後、快進撃を続けてパルティアーの首都クテーシポーン*を落としインド洋に到達、メソポタミアー*とアッシュリアー*を属州として併合した（115～117）。パルティクス Parthicus（パルティア征服者）と号し、ローマ帝国最大の版図を誇ったのも束の間、エジプト、キュプロス*など各地にユダヤ*人の反乱が勃発、パルティアーの反攻にも遭って、帝は「若くしてインドまで進攻したアレクサンドロス大王*が羨ましい」と嘆息しつつ、やむなく東方征服を断念。パルタマスパテース*をパルティアーの属王に任じて帰国の途上、キリキア*のセリーヌース Selinus, Σελινοῦς（のちのトライヤーノポリス Trajanopolis）で急死した。水腫と血管麻痺が死因だとされるが、帝自身は何者かに毒を盛られたと思っていたという（64歳。在位19年半）。荘厳な葬儀ののち、遺骨はローマのトライヤーヌス記念柱の基壇内に、黄金製の骨壺に納めて安置され、その北側に彼を祀る神殿が築かれた。

英主と仰がれた彼は、飾らぬ開放的な人柄でも評判が高かった。「ディオーン・クリューソストモス*から哲学の講義を受けたが、私には何一つわからなかった」と率直に告白し、友人スーラ L. Licinius Sura（？～108没）が陰謀を企てていると噂されているのを知ると、護衛なしにスーラの夕食に出席し、飲食や入浴を共にしたあげく、スーラお抱えの理髪師に平気で自分の顔を剃らせてみせたという。

その公正さゆえにキリスト教時代にも、大グレーゴリウス1世*によって煉獄から天国へ魂を解放されたといった伝説が語られ、7つの美徳の1つ「正義 Justitia」の寓意図にも彼の姿がしばしば描かれた。
⇒ハドリアーヌス
Dio Cass. 68/ Plin. Pan., Ep. 3-13, -18, 4-22, 6-31, 10-1～/ Aur. Vict. Caes. 13-9/ Eutrop. 8/ Oros. 7-12/ etc.

トラーキア　Thracia
⇒トラーケー（トラーキアー）（のラテン名）

トラーキース（または、トラーキーン）　Trakhis, Τραχίς, Trachis (Trakhin, Τραχίν, Trachin),（西）Traquis

テッサリアー*南部プティーオーティス*地方の古い町。テルモピュライ*の西方約5マイル、南北を結ぶ交通の要衝に位置していた。伝説では、英雄ヘーラクレース*がこの地を支配する王ケーユクス❶*の許に暮らしていたことで知られ、この英雄の最期を扱ったソポクレース*の悲劇『トラーキースの女たち』の舞台になっている。一説には、ヘーラクレースが親友ケーユクスのためにトラーキース市を創建したという。ペロポンネーソス戦争*中の前426年、スパルター*人の手で旧市の近くにヘーラクレイア❻*なる城砦植民市が築かれ、次々と支配者を変えたのち、ついに前191年ローマ軍によって劫掠された（〈ラ〉Heraclea Trachinia）。近くにヘーラクレース終焉の地オイテー*山、東にテルモピュライ*の隘路がある。
Hom. Il. 2-682/ Herodot. 7-175～/ Thuc. 3-92～93/ Xen. Hell. 1-2-18/ Liv. 28-5/ Strab. 9-428/ Apollod. 2-7, -8/ Soph. Trach./ Just. 13-5/ Diod. 12-59, -77/ Steph. Byz./ etc.

トラーケー、または、トラーキアー　Thrake, Θράκη, Thrace, Thrakia, Θρακία, Thracia,（イオーニアー*方言）Thrēikē, Θρηίκη,（英）（仏）Thrace,（独）Thrazien, Thrakien,（伊）（西）Tracia,（葡）Trácia,（露）Фракия,（トルコ語）Trákya,（ブルガリア語）Тракия

（現・Thráki）バルカン半島東部、ギリシア東北方の広大な地域。時代によって広狭があるが、おおむねドーナウ（イストロス*）河以南、東を黒海、南をエーゲ海、西をマケドニアー*に囲まれた地方を指す。前1300年頃からインド・ヨーロッパ語族のトラーケー（トラーキアー）人 Thrakes が定着し、歴史時代には20余の部族国家に割拠、彼らは好戦的で入墨や人身供儀、妻の殉死などの風習で知られていた。ディオニューソス*信仰が盛んで、伝承によるとオルペウス*、リノス*、ムーサイオス*、エウモルポス*ら太古の詩人・音楽家・神官はトラーケー（トラーキアー）の出身であったという。前8世紀以降、豊かな森林資源・鉱物資源を求めてギリシア人が沿岸各地に植民（⇒アブデーラ、ペリントス、ビューザンティオン、セーストス）、とりわけプロポンティス*（マルマラ海）一帯は黒海貿易の中継地とし

て栄え、エーゲ海岸からは奴隷・材木・パンガイオン*山の金銀などが輸出された。アカイメネース朝*ペルシア*の大王ダーレイオス1世*に征服され（前513頃）、ヨーロッパからペルシア軍が駆逐されたのち独立を回復（前479）。わけてもオドリュサイ*族の王テーレース Teres が東部地方を中心に強大な王国を築き上げ、92歳で没するまで支配した。次いでペロポンネーソス戦争*の始まった前431年に大半の部族がテーレースの息子シータルケース*王（?~前424）の下に統一された。シータルケースの戦死後、その甥で後継者のセウテース*（在位・前421～前380）の治世に全盛期を迎え、マケドニアー王家と通婚しアテーナイ*と同盟を結んだ（前390／389）。しかるに前4世紀の中頃にはマケドニアー王ピリッポス2世*の侵略を受け、以来マケドニアーの属領となり、アレクサンドロス大王*の遠征軍には精強な軽歩兵を供給した。大王の死（前323）後、その遺将リューシマコス*の支配を経て、アンティゴノス朝*マケドニアー王国に服属した。早くからギリシア世界に接したにもかかわらず、従来通りの一夫多妻制や、未婚の女が好きな男と自由に交合するなど独自の習俗を保持し、ためにギリシア人からは、粗野で酒色に耽る半未開の「異邦人 barbaroi（バルバロイ）」と見なされた。宗教面では、月の女神ベンディース*や王家の先祖とされるヘルメース*神、軍神アレース*、酒神ディオニューソスらの崇拝が盛んで、神霊ザルモクシス Zalmoksis には5年目ごとに人身供犠を行ない、パンガイオン山では伝説上のトラーケー王レーソス*が崇められていた。ピュドナ*の戦い（前168）ののち、西半および沿岸諸市はローマの属州マケドニア*に併合され、残る地域も後46年に正式にローマ帝国の元老院属州トラーキア*となった。帝政期に都市の建設が推進され、小アジアおよびドーナウ河辺境地帯への交通路として重視され、コーンスタンティーノポリス*への遷都（330）後は一層その重要性を増した。

なお、ローマ時代の剣闘士（グラディアートル*）中、トラーケー兵のように小円楯と短剣で武装した者たちはトラーケース Thraces (Thraex, Thrax, Threx, トラーケー人)と呼ばれて、剣闘士の花形の1つに数えられていた（⇒スパルタクス）。

現在ブルガリア中部のカザンリク Kazanlŭk, Казанлък 近郊から、セウテース3世の造営した王都セウトポリス Seuthopolis, Σευθόπολις の遺跡や宮殿、神域、壁画の残る貴族の墓（前300年前後）などが発掘されている。
⇒コテュス、ゲタイ、ダーキア、ビーサルタイ、イスマロス、ケルソネーソス❶

Herodot. 4-80, -99, 5-3~/ Thuc. 2-29, -95~/ Xen. An. 5-1, 7-2/ Strab. 7/ Mela 2-2/ Plin. N. H. 4-11/ Paus. 9-30/ Cic. Pis. 34/ Flor. 1-30/ Tac. Ann. 2-64/ Joseph. J. B. 2-16/ Pl. Chrm. 156d~/ Procop. Aed. 4-11/ etc.

ドラコーン Drakon, Δράκων, Draco,（仏）Dracon,（伊）Dracone (Draconte),（西）Dracón,（葡）Drácon,（露）Дракон

（前7世紀後半）アテーナイ*の立法者。

前621（または前624）年頃、アルコーン*在職中にアテーナイ最初の成文法「ドラコーンの法」を制定した。従来の慣習法を整理・改正し、貴族の専断や私的復讐を抑止したものといわれるが、その苛酷さで名高く、後世「インクではなく血で書かれた」法律だといわれた。ほとんどすべての犯罪に――例えば怠慢といったような微罪でも――死刑が科せられ、何故かくも厳格なのかと問われてドラコーンは、「小さな罪とて死に値すると思うし、大きな罪にはこれよりも重い刑罰がないからだ」と答えたという。30年後に、殺人に関するもの以外はすべてソローン*によって廃止された。くだって前409年に、ドラコーンの殺人に関連する法は1枚の大きな碑文に刻まれて、アゴラー*に立てられ、その一部が19世紀の半ばに出土している（無意志殺人の処置を定めた部分）。

ドラコーンの人気はきわめて高く、のち劇場（テアートロン*）に入っていったところ、民衆から大歓迎を受け、彼らが好意のしるしとして投げかけた数多くの衣類に埋められて、ついに窒息死したと伝えられている。

他にサッポー*やアルカイオス*、ピンダロス*らギリシア詩人の韻律を研究したヘレニズム時代の文法学者ドラコーン（前3~前2世紀）が知られている。
⇒リュクールゴス（スパルターの）、カローンダース、ピローラオス❷、ディオクレース❷

Plut. Sol. 17/ Arist. Pol. 2-10, Rh. 2-23, Ath. Pol. 4/ Ael. V. H. 8-10/ Gell. 11-18/ Suda/ etc.

トラシメーヌス（湖） Trasimenus,（トラスメーヌス Trasumenus, トラシュメーヌス Trasymenus とも）,（〈ギ〉Trasymēnē limnē, Τρασυμένη λίμνη）,（英）Trasimene,（仏）Trasimène,（独）Trasimenischer See,（伊）（西）（葡）Trasimeno,（露）Тразимено

（現・Trasimeno）エトルーリア*の湖。面積128.6 km²。ペルシア*（現・ペルージャ）の西方16 km、コルトーナ*の南、クルーシウム*（現・キウジ）の北東に位置する。第2次ポエニー戦争*中の前217年6月24日頃、その湖畔で、カルターゴー*の名将ハンニバル❶が執政官（コーンスル*）のC. フラーミニウス*率いる3万のローマ軍を破り、1万5千人を敗死させ、それと同数の捕虜を得たことで名高い。

Liv. 22-4~7/ Cic. Div. 2-8(21), Nat. D. 2-3(8), Brut. 57, Rosc, Am, 89/ Strab, 5-226/ Polyb. 3-80, -82/ Ov. Fast. 6-765/ Plin. N. H. 2-86/ etc.

トラシュダイオス Thrasydaios, Θρασυδαῖος, Thrasydaeus,（仏）Thrasydée,（伊）（西）Trasideo

アクラガース*（アグリゲントゥム*）の僭主（在位・前472）。テーローン*の息子にして後継者（⇒巻末系図025）。暴政のゆえに国民の反乱を誘発し、またシュラークーサイ*の僭主ヒエローン1世*に戦闘を挑んで敗れ、ギリシ

アヘ亡命するが、メガラ*で捕らえられ処刑された。

その他、キュプロス*のサラミース❷*王エウアーゴラース*を暗殺した宦官のトラシュダイオス（前4世紀前半）や、エーリス*の民主派の指導者のトラシュダイオス（前400年前後に活躍）らの同名人物が知られている。
⇒エンペドクレース
Diod. 11-48, -53/ Schol. ad Pind. Ol. 2-29/ Arist. Pol. 5-1311b/ Diod, 15-47/ Xen. Hell. 3-2/ Paus 3-8/ etc.

トラシュッルス Thrasyllus
⇒トラシュッロス（のラテン語形）。とりわけトラシュッロス❷

トラシュッロス Thrasyllos, Θράσυλλος, Thrasylos, Θράσυλος, （ラ）トラシュッルス Thrasyllus, （伊）Trasillo, （西）（葡）Trasilo, （露）Трасилл
ギリシア系の男性名。

❶（？〜406）アテーナイの政治家*の政治家・軍人。ペロポンネーソス戦争*中の前411年、アテーナイに四百人寡頭政治*が成立した（5月末頃）ことをサモス*駐留艦隊の間で耳にすると、同じく民主派の指導者トラシュブーロス❶*とともにアテーナイ海軍による民主主義政府をサモスに樹立してこれに対抗。前411／410年の将軍（ストラテーゴス）に選出されて、キュノス・セーマ*とアビュードス*の海戦でトラシュブーロスを助けた（前411年9月）。これらの戦闘に勝利を得たのち、民主政の回復したアテーナイに帰還し、スパルター*王アーギス2世*の攻撃を斥け（前410）、対立するアルキビアデース*の亡命（前406年6月）後、再び将軍職に選ばれた。しかし、同年8月のアルギヌーサイ*の海戦でスパルターに大勝しながら強風のため難破した多数のアテーナイ兵を救い出せず、帰国後その責任を告発されて、小ペリクレース*ら他の5名の同僚将軍と一緒に直ちに処刑された。
⇒テーラメネース
Thuc. 8-73, -75〜76, -104〜105/ Xen. Hell. 1/ Diod. 13-64, -66, -74, -101〜/ Plut. Alc. 29〜31/ etc.

❷（ラ）Tiberius Claudius Thrasyllus メンデース*の（アレクサンドレイア❶*の）（？〜後36）ティベリウス*帝側近の占星術師。アウグストゥス*帝の治下、不遇のティベリウスがロドス*島に隠栖中（前6〜後2）、その登極を予言して信任を得て以来、常にティベリウスに随伴し、毎日彼のために占いを立てて重用された。晩年のティベリウスが恐怖政治を布いて大勢の名門人士を死に追いやった時、トラシュッロスが「陛下には、なお10年の聖寿を保たれることでしょうゆえ」と処刑を急がぬよう説得しなかったならば、さらに多くの人々が殺されていたであろう、といわれている（⇒マクロー）。哲学者・文献学者としても知られ、プラトーン*の著作を4部作集に編集、ローマ市民権を授与され、一族はその後いわば帝室専属の占星学者として活躍した。彼の息子バルビッルス*はネロー*帝誕生の折に「この児は政権を掌握するでしょう。さりながら母親を殺すことになるでしょう」と正しく予言したという（⇒小アグリッピーナ）。

なお、トラシュッロスがティベリウスの信頼をかち得たのは、初めて招聘された折に、ティベリウスの未来ばかりではなく自分自身の運命を的確に予言することができたからであるとされている。すなわち、当時ロドスの城館の塔に1人で閉じこもって占星術に耽っていたティベリウスは、占星術師を呼び寄せては自らの隠し事を打ち明けた後で必ず相手を崖下の海に突き落として抹殺していたのだが、トラシュッロスだけが「汝自身の今日の運勢を知っているか」と問われて、星位を計算したとたん、恐怖と驚愕にとらわれて顔面蒼白となり、我が身に迫る危険を察知し得たからであるという。
⇒ベーロースス、マーニーリウス、巻末系図033
Tac. Ann. 6-20〜22, 14-9/ Dio Cass. 55-11, 58-27, 61-2/ Suet. Aug. 98, Tib. 14, 62, Calig. 19/Juv. 6 -576/ etc.

トラシュブーロス Thrasybulos, Θρασύβουλος, Thrasybulus, （仏）Thrasybule, （伊）Trasibulo, （西）Trasíbulo, （露）Фрасибул, （現ギリシア語）Thrasívulos
ギリシア人の男性名。

❶（前445頃〜前388）アテーナイ*の政治家・軍人。リュコス Lykos の子。アテーナイで一番大きな声の持ち主とされ、民主派の指導者。ペロポンネーソス戦争*中の前411年、四百人寡頭政治*（⇒アンティポーン）が成立すると、トラシュッロス❶*とともにこれに反対して、サモス*島にアテーナイ海軍による民主主義政府を樹立した。同年9月、海軍の提督（ストラテーゴス*）としてキュノス・セーマ*とアビュードス*の戦闘で勝利を収めた。また美男子アルキビアデース*の召還を提案し、翌年にはキュージコス*の海戦でアルキビアデースがスパルター*海軍を破るのを助けた（前410）。前404年に三十人僭主*（⇒クリティアース）に追放されてテーバイ❶*へ逃れたものの、亡命者の一隊を組織して三十人僭主の軍隊を破り、祖国に民主政を回復

系図271　トラシュブーロス

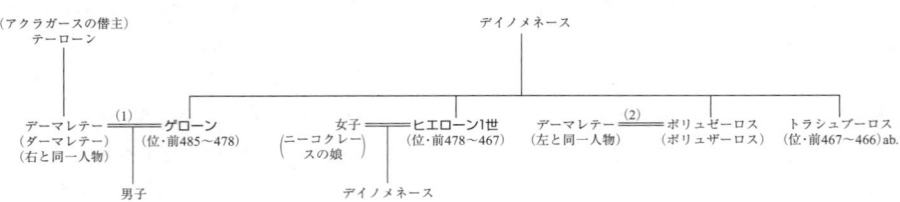

させる（前403）。以来、民主政の卓越した指導者としてコリントス*戦争（前395〜前387）などに活躍、またエーゲ海にアテーナイの勢力を再興させるべく艦隊を率いて周航した（前390〜前389）。が、その途中、パンピューリアー*のアスペンドス*で、彼の部下から略奪を受けた先住民に夜襲をかけられ、テントの中で殺された（前388）。

　彼と、ノティオン Notion, Νότιον（イオーニアー*の町）の海戦の敗北（前406）後、アルキビアデースを告発した同時代のアテーナイ人トラシュブーロスとは別人である。
⇒コノーン、タソス（島）、アギュッリオス
Thuc. 8-73〜/ Xen. Hell. 1〜4/ Diod. 13〜14/ Plut. Alc. 1, 26, 36, Lys. 27〜/ Paus. 1-29, 3-5/ Nep. Alc. 5, Thrasybulus/ Polyaenus 1-40/ Arist. Ath. Pol. 37〜/ Isoc. 18-23/ etc.

❷シュラークーサイ*の僭主（在位・前467〜前466頃）。ゲローン*やヒエローン1世*の兄弟。ヒエローン1世の死後、ゲローンの遺児を押しのけて支配権を掌握したが、その残忍さと暴政のゆえに臣下の反乱を招き、敗れて南イタリアのロクロイ*へ亡命した。在位11ヵ月。ここにゲローン以来の僭主政は倒れた。
⇒巻末系図 025
Arist. Pol. 5-1312b, -1315b/ Diod. 11-66〜/ Plut. Mor. 403c/ etc.

❸ミーレートス*の僭主（在位・前625〜前600頃）。コリントス*の僭主ペリアンドロス*と懇意な関係にあり、リューディアー*との11年にわたる戦争の末、ペリアンドロスの忠告に従って敵軍の包囲を解かせ、リューディアー王アリュアッテース*と講和を結んだ（前612年）。またペリアンドロスが使者を通して、国をうまく統治する方法を訊ねて来た時、麦畑の長く伸びた穂をことごとく刈り取って見せて、「出過ぎた穂は摘みと取るべし」と仄めかし、有力市民を処分することを忠告した話も伝えられている。
⇒タルクィニウス・スペルブス
Herodot. 1-20〜22, 5-92/ Diog. Laert. 1-100/ Arist. Pol. 3-13(1284a), 510(1311a)/ Dion. Hal. 4-56/ Polyaenus 6-47/ etc.

トラシュマコス　Thrasymakhos, Θρασύμαχος, Thrasymachus,（仏）Thrasymaque,（伊）Trasimaco,（西）（葡）Trasímaco
（前460頃〜前4世紀前半）ギリシアのソフィスト*・弁論家（前430〜前400頃活躍）。ビーテューニアー*のカルケードン*の出身。ソークラテース*より10歳くらい年少の同時代人。烈しい気性の人物で、プラトーン*の『国家』によれば、「正義とは強者の利益にほかならない」という過激思想を主張。また句読点やリズムを文法的に分析し、聴衆の感情を巧みに誘い出す技法を研究、弁論術ならびにアッティケー*散文の発達に貢献した。一説にイソクラテース*やプラトーン*に学び、アテーナイ*で修辞学教師をしていたが、のち食に窮して縊死して果てたという ── ただし信憑性に欠ける ──。『偉大な技巧 Megale Tekhne, Μεγάλη Τέχνη』などの著書があったものの、わずかな断簡しか伝存していない。

　この他、メガラ*学派の哲学者コリントス*のトラシュマコス（前4世紀）がいる。
Pl. Resp., Phdr./ Cic. De Or. 3-32/ Juv. 7-204/ Quint. 3-1/ Plut. Mor. 616d/ Ath. 10-416, -454/ Diog. Laert. 2-113/ Suda/ etc.

トラシュッロス　Trasyllos
⇒トラシュッロス

トラシュロス　Trasyllos
⇒トラシュッロス

トラセア・パエトゥス　Publius Clodius Thrasea Paetus,（ギ）Pūplios Thraseās Paitos, Πούπλιος Θρασέας Παῖτος,（仏）Thraséa Pétus
（後15頃〜後66）ローマ帝政期の元老院議員・ストアー*派の哲学者。パタウィウム*（現・パドヴァ）の出身。56年度の補欠執政官。ローマの放埒な世相に反感を覚え、執拗に君主制（帝政）を批判した硬骨漢。小カトー*を称讃し、その伝記を執筆したが、これは後にプルータルコス*が『対比列伝』を記す際の史料となる。ネロー*帝が実母・小アグリッピーナ*を暗殺した直後、元老院が彼女の死を祝う決議をした折に、トラセアは憤然として議事堂を立ち去り（59）、また皇后ポッパエア*が死後神格化された時にも、

系図272　トラセア・パエトゥス

	A. カエキーナ・パエトゥス（〜後42×）クラウディウスに殺さる	＝	アッリア（大）（〜後42×）夫と共に自殺	
C. ラエカーニウス・バッスス（養子）‖ラエカーニウス・バッスス・カエキーナ・パエトゥス（Co. 後70）			カエキーナ・アッリア（小）（〜後107頃）クルウィウス ＝ P. クローディウス・トラセア・パエトゥス（〜後66×）（Co. 56）ネローに殺さる	
P. アンテイユス（〜後66×）ネローに殺さる ＝ 女子 ①	ヘルウィディウス・プリスクス（養子）　C. ヘルウィディウス・プリスクス（〜後75×）（Pr. 70）ウェスパシアーヌスに殺さる ② ＝ ファンニア			
アンテイア ＝ C. ヘルウィディウス・プリスクス（〜後93×）（Co. 86）ドミティアーヌスに殺さる				
ヘルウィディウス　　2女（夭折）				

これを無視し葬儀に欠席する（65）など、とかくネローに反抗的な態度をとり続け、ために姦臣ティゲッリーヌス*一派に告発されて自殺した（⇒バレア・ソーラーヌス）。カエキーナ・パエトゥス*と大アッリア*の女婿で、ヘルウィディウス・プリ（ー）スクス*の岳父に当たる。キュニコス（犬儒）派のデーメートリオス*と親交があり、詩人ペルシウス*やポンポーニウス・セクンドゥス、ウェスパシアーヌス*（のち皇帝）の友人でもあった。

なお、名家の出だという理由でカラカッラ*帝に殺されたL. トラセア・プリ（ー）スクス Thrasea Priscus（160頃～212）は、彼およびヘルウィディウス・プリ（ー）スクス*の後裔に当たる。
⇒ Q. ユーニウス・ルースティクス
Tac. Ann. 13-49, 14-12, -48～49, 15-20, -23, 16-21～35, Hist. 2-91, 4-6～8, Agr. 2/ Plut. Cat. Min. 25, 37, Mor. 810a/ Dio Cass. 61-15, 62-26/ Suet. Ner. 37, Dom. 10/ Plin. Ep. 3-16, 7-19, 8-22/ Mart. 1-8/ Juv. 5-36/ etc.

トラッリース　Trallis
⇒トラッレイス

トラッレイス　Tralleis, Τράλλεις,（ラ）トラッレース Tralles, トラッリース Trallis,（西）（葡）Trales

（現・Aydın 近郊の Güzel Hisar）小アジア西部、リューディアー*ないしカーリアー*地方の古代都市。エペソス*の東方、マイアンドロス*渓谷北側の肥沃な土地に位置し、伝承ではアルゴス*の人トラッレウス Tralleus によって建設されたという（異説あり）。前4世紀中頃にはハリカルナッソス*の君主マウソーロス*の支配を受け、前334年アレクサンドロス大王*に進んで降伏したため掠奪を免れる。ヘレニズム時代には重要な交易市となり、セレウコス朝*の統治下にはアンティオケイア*とも、セレウケイア*（ラ）Seleucia ad Maeandrum とも改名された。ペルガモン*領（前188～前133）を経てローマに併呑され、前26年の震災後アウグストゥス*帝の援助によって再興。以来カイサレイア*（カエサレーア*）と名づけられた。要塞堅固で富裕な町として知られ、ポントス*の女王ピュートドーリス*の父ピュートドーロス Pythodoros が居住、帝政期の著述家プレゴーン*や、古代末期の医学者アレクサンドロス*らの名士を出した。主神ゼウス*に捧げるオリュンピア競技祭*が開催されギュムナシオン*の一部や野外劇場（テアートロン*）などの遺跡が残っている。コーンスタンティーノポリス*の聖ソピアー Hagia Sophia（現・Aya Sofya）教会の建築家アンテミオス Anthemios（後6世紀前半）の出身地。
Strab. 14-648～/ Xen. An. 1-4, Hell. 3-2/ Cic. Flac. 57, 71/ Caes. B. Civ. 3-105/ Liv. 37-45/ etc.

トラペズース　Trapezus, Τραπεζοῦς,（英）Trebizond,（仏）Trapézonte,（独）Trapezunt,（伊）（西）Trebisonda,（葡）Trebizonda,（露）Трапезунт,（現ギリシア語）Trapezúnda

（現・トラブゾン Trabzon）黒海南東岸、小アジア東北部コルキス*地方の港湾都市。前8世紀頃、シノーペー*市のギリシア人植民市として建設される（伝・前756）。前400年、クセノポーン*率いるギリシア部隊は、メソポタミアー*からの退却後、ようやくこの地で黒海に辿り着き、「海だ、海だ！」と歓声をあげたという（⇒一万人の退却）。小アルメニアー*、次いでポントス*王国に服属し、ローマとの戦い（ミトリダテース*戦争）では中立を保ち、ポンペイユス*によって「自由市」と認められた（前64頃）。ローマ帝政期には、艦隊の基地が置かれ、通商上、軍事上の要衝を占めることから大いに発展。トライヤーヌス*帝はここを属州カッパドキア＝ポントゥス Cappadocia-Pontus の州都とし、ハドリアーヌス*帝は新たな港を造営した（後131頃）。3世紀中頃ゴート*族の侵略を被った（257／260）ものの再建され、ユースティーニアーヌス1世*の頃にもなお繁栄が続いた。さらに降って13世紀初頭、コーンスタンティーノポリス*が西ヨーロッパのキリスト教徒によって劫掠された時（1204）、東ローマ帝室の一族が、ここに移ってトレビゾンド帝国を築き、オスマン・トルコ軍の手で東ローマ帝国が滅ぼされた（1453）のちも、なおしばらく余喘を保っていた地として名高い（1204～1461）。

ヘレニズム時代およびハドリアーヌス治下の防波堤など若干の古代遺跡が残っている。なお市名はテーブル（ギリシア語でトラペザ trapeza）状の山に由来する。
Xen. An. 4-8, 5-1～/ Strab. 7-320, 11-497～, 12-548/ Plin. N. H. 6-4/ Tac. Ann. 13-39, Hist. 3-47/ Diod. 14-30/ Ptol. 1-15, 5-6, 8-17/ Mela 1-19/ Scylax/ Arr. Peripl. M, Eux./ etc.

ドラーベッラ、プーブリウス・コルネーリウス　Publius Cornelius Dolabella,（ギ）Dolobellās, Δολοβέλλας,（伊）（西）Publio Cornelio Dolabella,（露）Публий Корнелий Долабелла

（前70頃～前43年7月）共和政末期ローマの政治家・軍人。貴族（パトリキーイー*）の家柄に生まれ、若年よりさまざまの不品行や犯罪に染まり、キケロー*の熱心な弁護のおかげで、かろうじて死刑を免れたこともある。訴訟に勝つためとあらば躊躇なく女房を取り代え、前50年にAp. クラウディウス・プルケル❸*を告訴した折には、キケローが被告に有利な証言をしないようにと、妻ファビア Fabia を離別し、要領よくキケローの娘トゥッリア❷*と再婚している ―― 実を言うとキケロー自身は、娘を Ti. クラウディウス・ネロー*（ティベリウス*の実父）に嫁がせたかったのだが、妻のテレンティア*がドラーベッラから賄賂をもらって、勝手に縁談をとりまとめてしまったのだ ――。女婿の放蕩癖を改めさせようとするキケローの努力も甲斐なく、ドラーベッラはますます放恣で自堕落な生活に沈淪。翌前49年には巨額の負債に追われて二進も三進も行かなくなり、債権者から逃れる便法としてポンペイユス*派からカエサル*派へと鞍替えする。内戦中はアドリア海でカエサル軍の艦隊を指揮し、パルサーロス*やタプソス*、ムンダ*の戦いに

も参加。また、平民のレントゥルス Lentulus 家の養子となり、前48年度の護民官(トリブーヌス・プレーベス*)職を獲得すると、カエサルの不在に乗じて、あらゆる負債を帳消しにする法案を提出、ローマに大騒動を惹き起こした。M. アントーニウス❸*は、もともと彼に対して敵意を懐いていなかったが、2度目の妻アントーニア Antonia が彼と密通している事実を知ると、即刻彼女と離婚し、フォルム*を占拠するドラーベッラの一党を襲撃・敗走させた（⇒アントーニア❹）しかるに、帰国したカエサルはドラーベッラを赦したばかりか、25歳のこの若者に前44年度の執政官(コーンスル*)職まで約束する。憤慨したアントーニウスは大声で「鳥占いが不吉だ！」と叫んで、この決定を阻止し、カエサルもその妨害を認めてしまう。以来ドラーベッラは、カエサルに怨みを含むようになり、その暗殺（前44年3月）後、直ちに執政官の権標を己が手に奪い取るやブルートゥス*ら陰謀家側に加担して、民衆がカエサルのために築いた祭壇や円柱を引き倒し、あくまでもカエサル崇拝を望む人々をタルペイヤ*の崖から突き落とすか、磔刑に処して意趣返しをする。ところが、アントーニウスに買収されると、またもや党派を替え、執政官の任期終了を待たずして、シュリア*属州へ出発。慢性的な資金不足を補おうと、途中ギリシア、マケドニア*、トラーキア*、小アジアなど各地であくどい収奪を続けた。スミュルナー*ではアシア*州総督トレボーニウス*に入城を拒まれ、夜陰に乗じて侵入し、ベッドの中でトレボーニウスを殺害した（前43年2月）。ついに元老院(セナートゥス*)から国家の敵と宣言され、彼と同じくシュリア総督の資格を主張していた L. カッシウス❶*の攻囲を受け、ラーオディケイア*で部下の兵に介錯させて自らの命を絶った。

2度目の妻トゥッリア（キケローの娘）は結婚生活4年足らずで彼のもとを去り、トゥスクルム*の父の別荘(ヴィッラ) villa で産褥死を遂げる（前45年2月）が、先妻腹の子孫は皇帝に阿諛追従しつつ帝政期にも家系を存続させている（後10、86、113年度に執政官）。

ドラーベッラは背が低かったので、ある日キケローは、剣を帯びてやってくる彼を見て、こう尋ねたという。「一体誰なんだ、君を剣に結わえつけてくれた賢明な人は？」
Dio Cass. 41-40, 42-29〜, 43-51, 44-22, -51, 45-15, 47-29/ Suet. Iul. 36/ App. B. Civ. 2-41, -122, -129, 3-3, -7〜, -24, -26/ Liv. Epit. 113, 119/ Vell. Pat. 2-58, -60, -69/ Plut. Ant. 9〜11/ Tac. Ann. 4-66/ etc.

トラーヤーヌス Trajanus
⇒トライヤーヌス

トラリース Trallis
⇒トラッレイス

トラルリース Trallis
⇒トラッレイス

トラルレイス Tralleis
⇒トラッレイス

トラルレース Tralles
⇒トラッレイス

トラレイス Tralleis
⇒トラッレイス

トラレース Tralles
⇒トラッレイス

ドーリア人 Dorians
⇒ドーリス人

トリウムウィリー Triumviri (Tresviri),（単）トリウムウィル Triumvir,（英）(仏) Triumvirs,（独）Triumvirn
ローマの三人委員。共和政期に3名から成る公職がいくつか設けられたが、最も著名かつ歴史上意味のあるものは、第2回三頭政治*を行なった国家再建三人委員 Triumviri Reipublicae Constituendae である。三頭政治の項を参照。
Liv./ Varro/ Val. Max./ Cic./ Suet./ Tac./ Gell./ Dig./ etc.

トリウンプス（凱旋式） Triumphus,（英）(独) Triumph,（仏）Triomphe,（伊）Trionfo,（西）(葡) Triunfo,（露）Триумф,（＜〈エトルーリア*語〉Triumpe,〈ギリシア語〉Thriambos, Θρίαμβος)
ローマの将軍が大勝利を得た後、元老院(セナートゥス*)の許可を得て挙行した行列式典。伝承ではロームルス*によって創められた王の凱旋行進を継承したものといい、共和政期には独裁官(ディクタートル*)・執政官(コーンスル*)・法務官(プラエトル*)命令権(インペリウム) imperium をもつ高官が外敵遠征に成功し、少なくとも1回の戦闘で5千人の敵を殺した場合に限って認められた。凱旋式が始まるまで戦勝将軍はローマの市域外に待機しなくてはならず、当日になると元老院議員らがカンプス・マールティウス*にある戦争の女神ベッローナ*の神殿まで将軍を迎えに出る。行列は凱旋門(アルクス) arcus（「アーチ、arch」の語源）をくぐって、華やかに飾られたローマ市内に入り、キルクス・マクシムス*など町の中を練り歩き、聖道*（サクラ・ウィア*）からフォルム・ローマーヌム*を行進、最後にカピトーリウム*に登り、ここで将軍は戦利品を最高神ユーピテル*に供え、白い雄牛を犠牲に捧げた。この時、ユグルタ*、ウェルキンゲトリクス*など敗れて捕虜となった敵王たちは、牢獄内で殺される習いであった。行列の先頭には執政官ら元老院議員が立ち、次に角笛吹奏者の一団、その後に敵から奪った武具や金銀など夥しい戦利品を載せた車の列が続き、ユーピテルの生贄となる白牛の群れに次いで、鎖に繋がれた敵の王族・武将ら捕虜の一団が引き立てられて行く。リークトル*（先駆警吏）・楽隊・香料持ちに続いて、凱旋将軍 triumphator の乗った4頭立ての豪華な戦車が威

風堂々と登場。戦車の下には魔除けのための男根像ファスキヌス*などが取り付けられており、将軍は頬を鉛丹で赤く塗り、金の星を鏤めた緋紫のトガ* toga picta を纏い、手には月桂樹の枝と鷲飾りのついた象牙の笏を持つ。また背後から国有奴隷が彼の頭上に大きな黄金の冠をかざしつつ、歓呼の声で迎えられる将軍の耳元で、「汝が人間に過ぎぬことを忘れる勿れ」と繰り返し囁く。将軍の息子たちが騎馬で戦車の周囲をかため、親類縁者、副官、書記や部下たちが随行。そして最後に月桂冠を被り勲章をつけた兵士たちが、将軍をからかう猥雑な冗談や悪口を声高に歌い上げつつ進んだ ── カエサル*の凱旋式では、彼とニーコメーデース*王やクレオパトラー*との情事を揶揄した露骨な文句が浴びせられている ── 。

ローマで最初に豪奢な凱旋式を挙げたのは、第5代王タルクィニウス・プリスクス*とされ、以来エトルーリア*式の壮麗な儀礼的行進が定着。史家オロシウス*によれば、前753年から後71年までの間に320回のトリウンプスがローマで祝われたという。凱旋式は大変な名誉とされたため、政務官たちは元老院に対して懇願や強迫、贈賄などを盛んに行ない、その決定に当たっては政治的な力関係が大きく物をいった。前81年マリウス*派の残党を掃討したポンペイユス*は、まだ若くて元老院議員ですらなく凱旋式を要求する資格がなかったにもかかわらず、強引にスッラ*から許可を得ると、盛大なトリウンプスを行なった。また前143年、執政官だったアッピウス・クラウディウス・プルケル*のように、元老院が許可しなかったにもかかわらず、自費で凱旋式を強行した者もある。戦功がトリウンプスに及ばぬ場合は、オウァーティオー*（小凱旋式）と呼ばれる小規模な略式凱旋式に留められ、元老院がトリウンプスを拒否した場合には、私財を投じてアルバーヌス*山のユーピテル・ラティアーリス Latiaris に供犠を行ない、翌日ローマに入城するという自前の凱旋式を挙げる将軍もいた。帝政期に入ると、凱旋式を祝う権利は、皇帝および帝位継承者などに限られるようになり、帝室以外の将軍には凱旋将軍顕章 triumphalia ornamenta を授与するだけとなった。ローマ市で最後の凱旋式は、後303年ディオクレティアーヌス*帝によって挙げられ、その後コーンスタンティウス2世*（後357）やテオドシウス1世*（389）らのトリウンプスの記録もあるが、これらはキリスト教に転向した皇帝の行なったものであるため、古来の正式な凱旋式とはまったく変質した戦勝祝賀行列に化していた。
⇒インペラートル、スポリア・オピーマ
Suet. Iul. 4, 18, 37, 49, 51, Tib. 2/ Plut. Rom. 16, 25, Publ. 9, Cam. 7, Aem. 32〜, Caes. 52, Pomp. 14, 44〜/ Joseph. J. B. 7/ Dio Cass. 43-19〜, 54-24/ Tac. Ann. 1-72, 3-72, -74/ App. B. Civ. 2-418〜/ Plin. N. H. 28-7, 33-4, -19, -36/ Liv. 1-38, 28-38, 31-20, 33-22, 45-40/ Diod. 4-5/ Val. Max. 2-8, 8-15/ Oros. 5-4/ Zosimus Epit. 7/ Zonar. 7-21/ etc.

ドーリエウス　Dorieus, Δωριεύς,（仏）Doriée,（伊）（西）（葡）Dorieo

❶スパルター*の（前6世紀後半）。スパルター王アナクサンドリダース*（アナクサンドリデース*）と第一夫人との間に生まれる。レオーニダース*やクレオンブロトス*の兄。父王の死後、第二夫人所生のクレオメーネース1世*が即位した（前519頃）ことを不服として、植民市開拓のために出国（前514頃）。初めリビュエー*（リビュア*）へ到着するがカルターゴー*人に追われ、次いでシケリアー*（現・シチリア）島西部ヘーラクレイア❸*近くに移住。ここでもカルターゴー人との間の戦いにまきこまれ、敗れてあえない最期を遂げた。彼の遺児エウリュアナクス Euryanaks は、のちパウサニアース❶*とともにスパルター軍を指揮して、プラタイアイ*でマルドニオス*麾下のアカイメネース朝*ペルシア*軍と戦った（前479）。
⇒巻末系図 021
Herodot. 5-41〜66, 9-10, -53, -55/ Diod. 4-23/ Paus. 3-16/ etc.

❷ロドス*の（？〜前395）。ディアゴラース❷*の末子。

トリエーレース　Trieres
⇒三段櫂船

ドーリス人　Dorieis, Δωριεῖς, Dores,（英）Dorians,（仏）Doriens,（独）Dorier,（伊）Dori,（西）Dorios,（葡）Dóricos,（露）Дорийцы

古代ギリシア民族の一派。イオーニアー人*、アイオリス人*、などと並称される。西部ギリシア方言群に属するドーリス方言を話し、伝説ではヘッレーン*の子ドーロス*を祖とする。従来、前1200〜前1100年頃、ギリシア民族のうち最後に南下・侵入してきて、ミュケーナイ*文化を滅ぼし、数世紀に及ぶ「暗黒時代」をもたらした種族と見なされてきたが、近年ではミュケーナイ文化は内部から崩壊したのであり、ドーリス人も早くからミュケーナイ文化圏の周縁に居住していて、ミュケーナイ宮廷文化の消滅後に各地を占領したとする説が、また方言の分離はギリシア諸族の本土定着後に形成されたとする説が有力になってきている。ドーリス人のペロポンネーソス*半島占領（伝承では前1104年）は、ギリシア人の間では「ヘーラクレース*の末裔（ヘーラクレイダイ*）の帰還物語」として広く伝えられていた（⇒ヒュッロス）。いずれにせよドーリス人はこの時期に、中部ギリシアのドーリス*地方のみならず、アルゴス*、スパルター*、メッセーネー*、シキュオーン*、コリントス*などペロポンネーソスの大半を占領、次いで海上に進出してクレーター*島をはじめテーラー*、メーロス*などエーゲ海の島々、さらには小アジア西岸（ヘクサポリス*）、ロドス*島、パンピューリアー*地方へ拡大。その植民範囲は西方のシケリアー*（現・シチリア）島と南イタリアに、南方では北アフリカのキューレーネー*に及んだ。

彼らは古くから特有の3部族制をもち、どこに定着しても必ず3つの部族 Hylleis, Dymanes, Pamphyloi に編成された。その文化はアルカイック期に建築・陶芸・彫刻・

合唱抒情詩に独自の発展を見せ、とりわけ荘重で男性的なドーリス式建築様式は、イオーニアー式・コリントス式と並んで名高い。武勇を尚ぶ気風が強く、そのため男色がきわめて重視され、クレーターやスパルターでは少年愛の制度化がみられ、またエーリス*などにおいては男性美コンテストが開かれた。古典的にはアテーナイ*を中心とする大族イオーニアー人との対立が激化し、ペロポンネーソス戦争*（前431～前404）を経てヘレニズム時代に至るまで両族間の抗争が続いた。

ドーリス方言は上記のごとくペロポンネーソス半島の大部分とメガラ*、アイギーナ*、およびクレーター、ロドスなどエーゲ海南方の島々、小アジア南西沿岸地方、シケリアーや南イタリアのドーリス系植民都市で話され、ステーシコロス*やイービュコス*、ピンダロス*らに代表される合唱抒情詩の用語・措辞に絶大な影響を与えたが、ヘレニズム時代にアッティケー*方言を基底とするコイネー koine が全ギリシア人の共通語として普及するにつれて、単なる地方語と化した（ドーリス方言を意味する英語 Doric には「田舎弁」の含意あり）。音楽のドーリス施法は荘重かつ勇勁と評され、アリストテレース*は「青年は皆、ドーリス音楽の訓練を受けるべきだ」と主張している。
⇒アカーイアー人
Herodot. 1-6, -28, -56～, -144, 5-87, 8-31, -73, 9-26/ Thuc. 1-1～, -12, 2-9, 6-80, 7-57/ Hom. Od. 19-177/ Paus. 1-41, 3-1, 5-3, 8-5/ Apollod. 1-7, 2-8/ Pind./ Steph. Byz./ etc.

ドーリス（地方）　Doris, Δωρίς, （仏）（伊）Doride, （西）Dórida, （露）Дорида

（現・Dhorídha）ギリシア中央部、テッサリアー*とポーキス*の間にある地域。オイテー*山とパルナッソス*山とに挟まれた小平野で、ケーピーッソス❷河の水源を含む。いわゆるドーリス人*の故地とされ、伝説上の名祖ドーロス*（ヘッレーン*の子）がテッサリアーよりこの地方へ移住したと伝えられる。ピンドス*などわずか4つの町を擁する狭い地方でしかないが、南北交通の要衝を扼し、アカイメネース朝*ペルシア*軍やガラティアー*（ケルト系）人はこの地を通ってギリシア南部へ侵入した。ドーリス系の大国スパルター*の支援を受けて、第2次神聖戦争*その他の折に他国家からの占領を退けたものの、前4世紀中頃にはポーキスのオノマルコス*、次いでマケドニアー*のピリッポス2世*の支配するところとなった。

なおドーリス人の移住・植民した各地のうち、特にハリカルナッソス*を中心とする小アジア西岸南部は、同じくドーリス地方と呼ばれて、歴史上名高い（⇒ヘクサポリス）。
Herodot. 1-56, -144, 8-31, -43/ Thuc. 1-107, 3-92/ Strab. 8-362, -373, 9-417, -427, 10-475～/ Plin. N. H. 4-7/ Liv. 27-7/ Ptol. Geog. 3-14, 5-2/ etc.

トリートーン　Triton, Τρίτων, （伊）Tritone, （西）Tritón, （葡）Tritão, （露）Тритон

ギリシア神話中、半人半魚の海神。ポセイドーン*とアンピトリーテー*の子。海の奥底にある両親の宮殿に住み、法螺貝を吹き鳴らして波を高めたり鎮めたりする。上半身が人間で下半身が魚（または海豚、蛇）の形をしており、髪の毛は緑色で、予言の力をもつという。ヘレニズム時代には、リビュエー*（北アフリカ）のトリートーニス Tritonis, Τριτωνίς 湖の神とされ、娘パッラス*と一緒に女神アテーナー*を養い、またアルゴナウタイ*（アルゴナウテースたち*）の船がこの地に漂着した時には、美青年エウリュピュロス Eurypylos に変身して彼らを援けたとされる（⇒エウペーモス）。ボイオーティアー*地方のタナグラ*には、水浴中の女たちを犯そうとしてディオニューソス*に追い払われたとか、家畜を奪って人々を悩ましたので酒に酔い潰れたところを斧で斬首されたとかいった話が伝わっている。美術の主題に好まれ、浪間に戯れる複数のトリートーンたち（トリートーネス Tritones）として描写されたり、馬の前脚をもった姿で表現されることもあった（⇒イクテュオケンタウロス）。またトリートーンたちは、好色で、娘や若者たちの略奪者として知られている。

近代に入って、海王星の第1衛星や、ヨーロッパ産のイモリ、法螺貝の学名などにトリートーンの名がつけられるようになった。
⇒ミーセーノス
Hes. Th. 930～/ Herodot. 4-179, -188/ Pind. Pyth. 4-19～/ Ap. Rhod. 4-1588～/ Paus. 7-22, 9-20～21, -33/ Apollod. 1-4, 3-12/ Eur. Cyc. 263～/ Verg. Aen. 6-171～/ Hyg. Fab. praef. 18/ Diod. 4-56/ etc.

トリーナキエー　Thrinakie, Θρινακίη, トリーナキアー Thrinakia, Θρινακία, （ラ）トリーナクリア Trinacria, （英）（西）Trinacia

ギリシア神話中、太陽神ヘーリオス*が牛群を放牧していたという島。のちシケリアー*（現・シチリア）と同一視された。トロイアー戦争*からの帰途、オデュッセウス*とその一行が辿り着いた。
⇒メラース❶
Hom. Od. 11-105～, 12-127～, -261～, -353～, 19-275～/ Ap. Rhod. 4-965～/ Thuc. 6-2/ etc.

トリブス　Tribus, （英）Tribe, （仏）（西）Tribu, （伊）Tribù, （葡）Tribo

ローマの部族、のち行政区。伝承によると、初代王ロームルス*はローマ人を種族的に3つのトリブス、ルーケレス Luceres・ティティエース Tities・ラムネース Ramnes に区分、各トリブス（部族）は10ずつのクーリア*から成り、各クーリアはさらにいくつかの氏族 gens から構成されていた。しかるにセルウィウス・トゥッリウス*王はこの血縁的トリブスに代わって新たに地縁的トリブスを制定、ローマ市民を居住地域に基いて計20のトリブスに編成し直した（都市トリブス4と農村トリブス16）。共和政期にはトリブスが人口調査・納税・兵役・投票の単位となり、行

政区画として民会構成上、重要な役割を果たした（⇒コミティア）。前241年以来トリブスの数は35に確定し（都市トリブス4と農村トリブス31）、その後ローマがいかに拡大しても、またローマ市民がいかに増大しても、その数は改変されず、1票の格差は広がる一方となった。
⇒トリブーヌス，ピューレー
Cic. Rep. 2-7〜9, Verr. 1-8(22)/ Liv. 1-36, 2-16, -56, 8-37, 9-46/ Plut. Gracch. 12, Luc. 37, Cat. Min. 42/ Varro Ling./ Vell. Pat./ App./ Festus/ etc.

トリプトレモス Triptolemos, Τριπτόλεμος, Triptolemus, （仏）Triptolème, （伊）Trittolemo, （西）Triptólemo, （露）Триптолем, （現ギリシア語）Triptólemos

ギリシア神話中のエレウシース*王。ふつうケレオス❶*とメタネイラ*の子で、デーモポーン❷*の兄とされるが、出自に関しては異伝が多い。デーメーテール*の寵児で、農業ならびに鋤や車輪の発明者。女神から与えられた有翼竜の引く戦車に乗って、麦の栽培法を世界各地の住民に教え広めた。旅行中、スキュティアー*では王リュンコス Lynkos に殺されそうになったが、リュンコスが大山猫 lynks に変身させられたので助かる。パトライ*では王子アンテイアース Antheias が彼の睡眠中に竜車を乗り回したところ、墜落して死に、ゲタイ*人の国では王カルナボーン Karnabon に幽閉されたうえ1頭の竜を殺されたけれど、デーメーテールに救出されて代わりの竜を与えられ、カルナボーンは罰としてへびつかい座 Ophiukhos Ὀφιοῦχος に変えられた。エレウシースに帰国後、ケレオスから王位を譲られて、デーメーテールの崇拝を確立しテスモポリア*祭を創始。死後は英雄神 heros として祀られ、アテーナイ*の伝承によると、冥界でミーノース*やラダマンテュス*らとともに死者を裁く裁判官になったという。エレウシースの秘儀（ミュステーリア*）では、デーメーテール、ペルセポネー*に次ぐ存在として重視され、また古典期以降はデーモポーンの役割を吸収して、デーメーテールに養育された子供はトリプトレモスであるとする説がしばしば行なわれるようになった。その姿は浮彫や陶画に表現されており、悲劇詩人ソポクレース*も『トリプトレモス』という作品（わずかな断片のみ伝存）を著わしている。
⇒エウモルポス、アルカス
Hymn. Hom. Cer. 153, 474/ Paus. 1-14, -38, -41, 7-18/ Hyg. Fab. 147, Astr. 2-14/ Ov. Fast. 4-549〜, Tr. 3-8/ Apollod. 1-5/ Pl. Ap. 41a./ Serv. ad Verg. G. 1-19, -163/ etc.

トリブーヌス Tribunus, （英）Tribune, （仏）（独）Tribun, （伊）（西）（葡）Tribuno, （露）Трибун

「トリブス*（部族・区）の長」の意。ローマにはトリブーヌスを冠するいくつかの役職があったが、そのうち最も重きをなしたのが、トリブーヌス・プレービス T. plebis（護民官*）で、ローマ共和政初期の身分闘争の時代に貴族*の横暴から平民*の権利を守るために選出された。伝承によれば、平民がローマから離脱した「聖山*（モーンス・サケル*）事件」（前494）の結果、前493年、平民の利益を擁護するべく創設され、定員は当初2名、のち次第に増えて前449年以降10名となった。その身体は神聖不可侵とされ、独裁官*を除く政務官や元老院の決定また民会*における立法・選挙などに対して拒否権を行使できた。平民会を召集し議決を行なうこともできたため、グラックス*兄弟は護民官職権を改革の手段として利用（前2世紀後半）。保守的なスッラ*はその権限を制限したが、ほどなくポンペイユス*とコッタ*によって回復（前70）、アウグストゥス*が終身の護民官職に就いて以来、歴代ローマ皇帝がそれに倣ったため、護民官本来の意義が失われた —— コーンスタンティーヌス1世*の時に廃止さる —— 。共和政期に護民官は毎年平民*身分からのみ選出され、よってP. クローディウス*のようにわざわざ貴族から平民の養子となって、この職に就く者もいた（前58）。

その他ローマには、軍団司令官たるトリブーヌス・ミーリトゥム T. militum（当初3名。のち各軍団に6名ずつ配属され、単なる「軍団副官」となる）や、軍隊の給与支払いを監督した国庫担当員トリブーヌス・アエラーリウス T. aerarius（元老院議員・騎士*層に次ぐ第3位の身分を構成した）、ローマ王の親衛隊を指揮した騎兵隊長トリブーヌス・ケレルム T. Celerum, 市民への見世物提供を準備した娯楽担当員トリブーヌス・ウォルプタートゥム T. voluptatum, 近衛軍将校たる大隊長トリブーニー・コホルティウム・プラエトーリアールム Tribuni cohortium praetoriarum などの役職があった。また前444年〜前367年の間に執政官*の代わりに最高位の官職として設けられ、カミッルス*らが在任した"執政官権限の軍事護民官" Tribunus militum consulari potestate（3〜6名）も有名。

Liv. 2-33, -56, 3-13, 4-6〜7/ Cic. Rep. 2-33, Leg. 3-7(16),

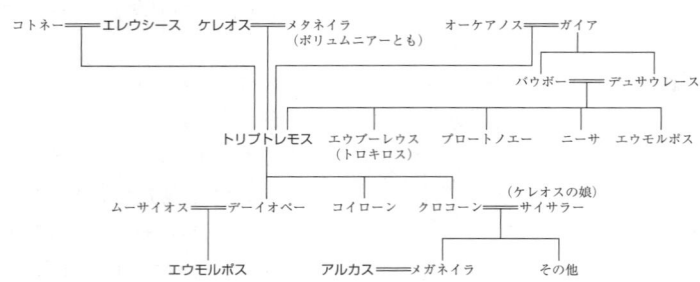

系図273　トリプトレモス

Fam. 15-4/ Caes. B. Gall. 1-39, 2-20/ Suet. Iul. 41/ Tac./ Varro/ Cato/ Gell./ Plin./ Val. Max./ Dion. Hal/ App./ Dio Cass./ Polyb./ Plut./ Vell. Pat./ Festus/ Diod./ etc.

トリブーヌス・プレービス（護民官） Tribunus plebis
（〈複〉Tribuni plebis）
⇒トリブーヌス

トリボキー（または、トリボケース）、ネメーテース、ウァンギオネース Triboc(c)i (Triboces)
Tribokoi, Τρίβοκοι, Nemetes, Nemētes, Νέμητες, Vangiones, Ūangiones, Οὐαγγίονες

ゲルマーニア*系の3部族。レーヌス*（現・ライン）河上流域、今日のストラスブール Strasbourg（〈ラ〉アルゲントラートゥス Argentoratus）からマインツ Mainz（〈ラ〉モーゴンティアクム* Mogontiacum）一帯に居住していた。前58年スエービー*族の王アリオウィストゥス*の下に、カエサル*麾下のローマ軍と戦って敗れ、潰走した。この折ゲルマーニア人の間では女たちの籤占いによって「新月が光を放つまで交戦してはならない」との予言が下っていたのだが、ウェソンティオー Vesontio（現・ブザンソン）の地でカエサル軍に挑発されて戦闘に踏み切ったのだという。

Caes. B. Gall. 1-51, 4-10, 6-25/ Tac. Germ. 28, Ann, 12-27, Hist, 4-70/ Strab. 4-193/ Plin. N. H. 4-17/ Ptol. Geog. 2-9/ etc.

トリポリス Tripolis, Τρίπολις
（「3つの都市」の意）地中海周縁に同名の都市がいくつかあったが、そのうち主要なものは以下の通り。

❶（アーフリカ*の）（現・トリポリ Tripoli を中心とするトリポリターニア Tripolitania）前7世紀にフェニキア*人が北アフリカ沿岸に建設したオエア Oea（〈ポエニー語〉Wy't、現・〈和〉トリポリ、〈アラビア語〉Ṭrāblus、〈リビア方言〉Ṭrābləs ないし Ṭarābulus al- Gharb）、サーブラタ*、レプティス❶*の3市連合。サハラ砂漠の交易市として重視され、長い間カルターゴー*に服属。ヌミディア*王マシニッサ*に併合されて以来、ユグルタ*戦争（前112～前105）の頃までヌミディア王国の宗主権を認める。アウグストゥス*の治下にローマ帝国の元老院属州アーフリカに編入され、のちディオクレーティアーヌス*帝によって新たなトリポリターナ Tripolitana 州として分立された（州都レプティス・マグナ*）。ヴァンダル*族（後455）、東ローマ（533）に相次いで占領されたのち、イスラーム教徒アラブ人の軍門に降った（643～644）。オエアにはマールクス・アウレーリウス*帝の凱旋門（163）やローマ時代の城壁跡などが残っている。

⇒ガラマンテス、キューレーナイカ

Plin. N. H. 5-3～4/ Apul. Apol. 73/ Tac. Hist. 4-50/ Solin. 27-8/ S. H. A. Sev. 18/ Sall. Jug./ It. Ant./ etc.

❷（フェニキア*の）（アラビア語）Ṭarābulus esh Shām, Ṭrābulus aš-Šām, (レバノン方言) Ṭrāblos, Ṭreblos, (トルコ語) Trablussam, (フェニキア語) Ṭarpol

（現・El-Mina）リバノス*（レバノン）山麓に位置する港湾都市。フェニキア艦隊の主要基地。前1400年頃からフェニキア人が居住し、貿易拠点として繁栄（前9世紀～）。ペルシア帝国*統治下の前358年に、シードーン*、テュロス*、アーラドス* Aradosa, Ἄραδος（現・Arwad）3市連合の中心都市となる。前351年アカイメネース朝*ペルシア*の帝王アルタクセルクセース3世*に対して反乱を起こし、やがてマケドニアー*のアレクサンドロス大王*によって征服される（前333）。セレウコス朝*シュリアー*の王アンティオコス9世*から自由市と認められ（前104～前95頃）、海上貿易で栄えた。のち僭主ディオニューシオス Dionysios に支配されたが、ローマの将ポンペイユス*がその首を刎ねて、市に自治権を取り戻してやった（前63）。領土は葡萄酒の産地として有名。東ローマ帝国領を経て、イスラーム教徒アラブ軍に征服された（後638）。ベーリュートス*（現・ベイルート）の北65kmの地に、城壁など一部の古代遺跡が残る。

なお、他にもプリュギアー*やアルカディアー*、ラコーニアー*、テッサリアー*など各地に同名の都市ないし地名トリポリスがあった。
⇒プトレマーイス❶

Strab. 16-754/ Plin. N. H. 5-17/ Joseph. J. A. 12, 13, 14, J. B. 1./ Mela 1-12/ Diod. 16-41, 17-48/ Arr. Anab. 2-13/ Curtius 4-1/ Ptol. Geog. 5-15/ It. Ant. Steph. Byz./ etc.

ドリュアスたち（ドリュアデス） Dryas, Δρυάς たち,
（複）Dryades, Δρυάδες, （英）Dryads, （独）Dryaden, （伊）Driadi, （西）Dríades, （露）Дриады, （単）（英）Dryad, （仏）（独）Dryade, （伊）Driade, （西）Dríade, （露）Дриада

ギリシア神話中、木を司る森のニュンペー*（ニンフ*）。元来は「樫の木 Drys」の精で、特定の木の中に住み、その木が枯れると同時に死ぬ定めにあった。ハマドリュアス*とも呼ばれる。オルペウス*の妻エウリュディケー*やアルカス*の妻となったエラトー Erato らが名高い。木の葉の冠を被り、斧を手にした若い女性の姿で表わされている。

Paus. 8-4, -39/ Prop. 1-20/ Verg. Ecl. 5-59, G. 1-11/ Ov. Met. 3-507/ Plut. Caes. 9/ etc.

ドリュオペー Dryope, Δρυόπη, （伊）（西）Driope, （葡）Dríope, （露）Дриопа

ギリシア神話中の女性名。

❶ペラスゴイ*系の先住民ドリュオペス Dryopes 族の王女。アンドライモーン❷*の妻。アポッローン*に愛されてアンピッソス*の母となる。オイテー*山で父の畜群の番をしているうちに木の精ハマドリュアス*たちと親しくなり、アポッローンの変身した亀をそれと知らずに玩弄するうちに、突如蛇と化した神に犯されてアンピッソスを孕んだという。のちニュンペー*（ニンフ*）たちに連れ去られてハマドリュアスの1人となり、彼女のさらわれた場所

には1本のポプラの木が生え、泉が湧き出たと伝えられる。異説では、幼児のアンピッソスを連れて湖畔に来た彼女が、ロートスの花を摘んだところ、それはプリアーポス*の求愛を逃れたニュンペー、ローティス Lotis の変身した木であったため、その怒りを買って彼女もたちまち黒ポプラの木に変えられてしまったという。また、雄山羊に化けたヘルメース*と交わってパーン*を産んだドリュオプス Dryops 王の娘とも同一視されている。
Ov. Met. 9-331～/ Ant. Lib. Met. 32/ Verg. Aen. 10-550～/ Steph. Byz./ etc.

❷ミューシアー*の泉のニュンペー*（ニンフ*）。ヘーラクレース*の愛人の美青年ヒュラース*が水を汲みに来た時、その容姿に魅せられて、姉妹らとともに彼を水中に引き込んだといわれる。
Ap. Rhod. 1-1220～

ドリュポルス　Doryphorus,（ギ）ドリュポロス　Doryphoros, Δορυφόρος,（仏）Doryphore,（伊）Doriforo,（西）Doríforo

（？～後62）ネロー*帝の寵愛した解放奴隷。野獣の毛皮をまとい檻から放たれた帝は、杭に縛られた男たちや女たちの陰部を責めつけて欲情を充たしたのち、ドリュポルスに組みしだかれる慣いであった。ネローはまた、この解放奴隷と結婚し、初夜には破瓜される処女の叫び声やすすり泣きの真似をしたという。ドリュポルスは財務総監に任ぜられて巨額の金を贈られたが、帝とポッパエア*との結婚に反対したため毒殺された。
⇒ピュタゴラース❷、スポルス
Suet. Ner. 29/ Tac. Ann. 14-65/ Dio Cass. 61-5/ etc.

トリュポーン　Tryphon
⇒サルウィウス、ディオドトス・トリュポーン

トリレーミス　Triremis
⇒三段櫂船

ドルイデース　Druides または、ドルイダエ Druidae,（ギ）ドリュイダイ Dryidai, Δρυΐδαι,（英）Druids,（仏）Druides,（独）Druiden,（伊）Druidi,（西）Druidas,（葡）Druidas,（露）Друиды

古代ケルト*＝ガッリア*人の神官たち。ドルイド僧。非常な権威を有し、宗教上の指導のみならず、公私の裁判や君主の推戴なども行ない、兵役・納税ほか一切の義務を免除されていた。修行期間は7年から12年だが、膨大な教義の詩句を暗記しなければならないため、中には20年間も学校に残る者もいたという。霊魂の不滅を信じ、樫や宿り木など樹木を崇拝し、毎年ガッリアの中心地たるカルヌーテース*族の領土で会合を開いた。最高位の神官長は投票で選ばれ、時には武力に訴えてこの地位を争う場合もあったと伝えられる。彼らは占いに通じた予言者であると同時に強力な魔術師であると信じられ、秘密の森で捕虜の生血を生贄に捧げ、その内臓から未来を予知したとか、犠牲者を刺し殺して、その倒れ方や四肢の痙攣、流血の状態を観察して、予言や占いを行なっていたという。人身供犠は聖なる義務とされ、人肉嗜食は健康によいと信じられていたので、数多くの犠牲者を、矢で射殺したり、杙で刺し殺したり、腹または背を短刀でえぐったりして盛大に屠ったが、とりわけ有名なのは、木の枝で編んだ巨大な人像の中に生きた人間をぎっしり詰めこんで、これに火をつけて焼き殺す方法であった。のちにローマ皇帝ティベリウス*やクラウディウス*の迫害を受けて、ガッリアからブリタンニア*（ブリテン島）へ逃れたが、さらにネロー*帝の将軍スエートーニウス・パウリーヌス*によって大量虐殺され聖域を破壊されて壊滅的打撃を被った（後61）。

なお、ケルト人社会には、ドルイド僧以外にバルダイ Bardai,（ラ）Bardae ないしバルドイ Bardoi と呼ばれる権威ある吟唱詩人の集団がいたことが知られている。
⇒ケルタエ
Caes. B. Gall. 6-13～/ Plin. N. H. 16-95, 24-62, 30-4/ Tac. Ann. 14-30, Hist. 4-54/ Suet. Claud. 25/ Luc. 1-1, -422～/ Cic. Div. 1-41（90）/ Strab. 4-197/ Diod. 5-31/ Mela 3-2/ Diog. Laert. 1/ etc.

ドルイド　Druids
⇒ドルイデース

トルクァートゥス、アウルス・マ（ー）ンリウス　Aulus Manlius Torquatus,（ギ）Torkūātos, Αὖλος Μάνλιος Τορκουᾶτος,（伊）Torquato,（西）Torcuato,（露）Торкват

（前1世紀中頃）ローマの政治家。雄弁家キケロー*の友人。前52年、法務官*としてミロー*の贈収賄裁判に当たる。前49年、カエサル*とポンペイユス*との間に内乱が生じると、後者の側に就き、その敗北後、アテーナイ*で亡命生活を送った（前45）。キケローの書簡中、彼に宛てたものが4通伝存する。夕食後ケーキを食べている最中に急死した同名の人物アウルス・マ（ー）ンリウス・トルクァートゥス（前164年の執政官*）は、ティトゥス・マ（ー）ンリウ

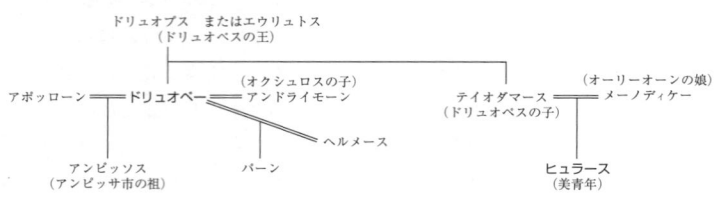

系図274　ドリュオペー❶

ス・トルクァートゥス❸*の弟と思われる。

⇒巻末系図 058

Cic. Fam. 6-1～4, Att. 5-1, -4, -21, 6-1, 7-14, 9-8, Fin. 2-22/ Plin. N. H. 7-53/ Liv. 45-16/ etc.

トルクァートゥス、ティトゥス・マ（ー）ンリウス

Titus Manlius Torquatus,（ギ）Torkūātos, Τίτος Μάνλιος Τορκουᾶτος,（伊）Torquato,（西）Torcuato,（露）Торкват

ローマの貴族マ（ー）ンリウス・カピトーリーヌス*家出身の将軍、政治家。厳格な家系で有名。巻末系図 058 を参照。

❶（前4世紀）前361年、ガッリア*人との戦闘で、巨大な敵の戦士を一騎討ちで倒し、その鎖頸環 torques を奪ったので、トルクァートゥスの副名 cognomen を得た勇者（⇒ M. ウァレリウス・コルウス）。言語に障害があったため、厳格な父 L. マ（ー）ンリウス・インペリオスス Imperiosus（前363年の戦時独裁官）に冷遇されていたが、父が兵士虐待の廉で護民官から告発されると、短剣を護民官に突きつけて訴訟を取り下げるよう強請、その孝心ゆえに民衆から大変な人気を得たという（前362）。彼は執政官を経ずして独裁官職に就いた最初の人物で（前353と前349）、のちに3回執政官を務めた（前347、前344、前340）。最後の執政官職の時、相役の P. デキウス・ムース❶*とともにローマ軍を指揮し、ウェスウィウス*（現・ヴェズーヴィオ）山麓の戦いでラティーニー*人を撃破。しかるに、彼の同名の息子ティトゥス・マ（ー）ンリウスが軍令に違背して抜け駆けの功名を立てたため、容赦なく斬刑に処した（⇒ L. ユーニウス・ブルートゥス）。凱旋式を挙げたが、その苛酷峻厳さのゆえにローマの若者たちから終生憎まれ、「マ（ー）ンリウス式の厳命 Manliana imperia」という成語が生まれたほどである。後年、監察官に選ばれたものの、彼は「人々は私の厳格さに耐えられぬであろうし、私は人々の悪徳に我慢できぬだろうから」と言って辞退したという。前320年に3度目の独裁官を務めたとされている。

Liv. 7-4～5, -10, -19, -26～28, 8-3～12/ Cic. Off. 3-31, Fin. 1-7, 2-19, -22, Tusc. 4-22/ Val. Max. 6-9/ Gell. 1-13/ Aur. Vict. De Vir. Ill. 28/ Sall. Cat. 52/ Dion. Hal. 8-79/ etc.

❷（前270頃～前202）❶の曾孫。同名の父は執政官としてエトルーリア*へ進軍中に落馬死を遂げる（前299）。子のティトゥスは前235年に執政官となり、サルディニア*の住民を征服し、凱旋式を挙行。平和回復の象徴としてヤーヌス*神殿の扉を閉ざしたが、これは古王ヌマ*の時代からアウグストゥス*の時代に至るまでの間の歴史で前後に例のない唯一の出来事であった。前224年、再度執政官職に就き、相役の Q. フルウィウス・フラックス*とともにガッリア*人を攻撃、パドゥス*（現・ポー）河を越えた最初の将軍となる。峻厳な人柄で、第2次ポエニー戦争*（前218～前201）中は、カンナエ*の敗戦（前216）後、ハンニバル❶*の捕虜となったローマ人を身代金を払って買い戻すとの案に強硬に反対。翌前215年、サルディニアへ渡り

カルターゴー*の遠征軍を破った。前208年の独裁官に選ばれる。

Liv. 22-60, 23-34, -40～41, 25-5, 26-22, 27-33, 30-39, Epit. 20/ Vell. Pat. 2-38/ Polyb. 2-31/ Oros. 4-12, -13/ etc.

❸（前2世紀前半～中頃）❷の孫。前165年度の執政官。父祖譲りの峻厳さで知られる人物。属州マケドニア*を搾取した息子デキムス Decimus（⇒ユーニウス・シーラーヌス❶）を裁き、追放刑に処す（前140）。悲観したデキムスが縊死して果てても、その葬儀に出席しなかったという。

Cic. Fin. 1-7/ Liv. 43-11, Epit. 54/ Val. Max. 5-8/ Polyb. 31-10, -17/ etc.

トルクァートゥス、ルーキウス・マ（ー）ンリウス

Lucius Manlius Torquatus,（ギ）Torkūātos, Λούκιος Μάνλιος Τορκουᾶτος (Τουρκουᾶτος),（伊）Torquato,（西）Torcuato,（露）Торкват

ローマの閥族派（オプティマーテース*）の政治家。巻末系図 058 を参照。

❶（前108頃～前56頃）前65年、ルーキウス・アウレーリウス・コッタ*とともに執政官職に就き、カティリーナ*一党の暗殺計画の対象となる。属州マケドニア*の総督 Proconsul を務めた（前64）のち、健康を害していたにもかかわらず、カティリーナの陰謀鎮圧でキケロー*に協力する（前63）。のちにキケローが追放された時（前58～前57）にも彼を支持し、帰国できるよう取りなしを試みている。優雅で洗練された都会人だったという。

Dio Cass. 36-27/ Sall. Cat. 18/ Cic. Sull. 4, 10, 12, 29, Att. 12-21, Brut. 68, Div. 1-12, Leg. Agr. 2-17/ Liv. Epit. 101/ etc.

❷（前90頃～前46）❶の子。前66年、翌年度の執政官に選ばれていた2名（P. コルネーリウス・スッラ*と P. アウトローニウス・パエトゥス Autronius Paetus）を選挙民買収の廉で告発し、代わりに父と L. アウレーリウス・コッタ*を前65年度の執政官とする。法務官に在職中（前49）、カエサル*とポンペイユス*との間に内乱が勃発、閥族派に属してカエサルに敵対するが、部下の兵士らが寝返ってしまったので、ギリシアへ向かいポンペイユスに合流。翌前48年いったんカエサルに捕らわれるが釈放され、パルサーロス*の会戦後アーフリカ*で敗れ（⇒タプソス）、ヒスパーニア*へ逃れんとするところを P. シッティウス*に捕らえられ、殺された。キケロー*やカトゥッルス*の友人で、エピクーロス*派の哲学を奉じ、ギリシアの学問に通じた教養人だったという。

Cic. Brut. 76, Fin. 1-5, Att. 7-12, -23, 9-8, 13-5, -19, -32, Sull. 1, 8, 10, 12, Q. Fr. 3-3/ Caes. B. Civ. 1-24, 3-11/ Hirt. B. Afr. 96/ Oros. 6-16/ etc.

ドルーシッラ Drusilla,（ギ）Δρούσιλλα, Δρουσίλλη,（西）Drusila,（露）Друзилла

ローマ時代の女性名。元来リーウィウス氏*のドルースス*家出身の女性名である。

ドルースス

❶ユーリア・ドルーシッラ Julia Drusilla (後16／17年〜後38年6月10日) ゲルマーニクス*と大アグリッピーナ*の次女。兄ガーイウス・カリグラ*と一緒に、父方の祖母・小アントーニア*の許で養育され、まだ少年だった兄に処女を奪われる。カリグラと交わっているところを、祖母に見つけられたこともあるという。33年、ティベリウス*帝の命令で名門のL. カッシウス・ロンギーヌス❷*に嫁ぐが、即位したカリグラ (在位・37～41) に連れ去られ、皇帝の正妻として遇せられる (37)。カリグラは自らの妹全員と情を交していたものの、とりわけドルーシッラを愛すること甚しく、大病を患った折には彼女を帝位継承者に指名したほどである。次いで世間の目を眩ますため、彼女は形式的に従兄弟のM. アエミリウス・レピドゥス❹*と再婚させられるが、このレピドゥスはカリグラの男色相手であると同時に、帝妹全員と関係をもつ美貌の青年貴族であった。38年、彼女が夭逝すると、悲嘆にくれるカリグラは華麗きわまりない葬儀を行ない、女神パンテアー Panthea として彼女を崇拝させ —— ローマで最初の女性の神格化 ——、服喪期間中に家族と談笑したり入浴するなど、哀悼の態度を十分に表わしていない者を容赦なく死刑に処した。そして傷心を癒すべくローマを脱出して南イタリアを彷徨、翌39年ドルーシッラの誕生日を祝う競技大会に帰還するまで、髭も髪も一切切ろうとしなかったという。
Tac. Ann. 6-15/ Suet. Cal. 7, 24/ Dio Cass. 59-3, -11, -13, -22/ Joseph. J. A. 19-71/ Sen. Consol. ad Polyb. 17/ etc.

❷ (後38～?) ユダヤの王女 (⇒巻末系図026)。ヘーローデース・アグリッパ (ース) 1世*の末娘。初めコンマゲーネー*の王子 (のち王) アンティオコス Antiokhos 5世 (アンティオコス4世*の子) と婚約する (44) が、許婚者がユダヤ教に改宗しなかったので、エメサ*の王アジゾス Azizos と結婚する (54)。美人だったため、実姉ベレニーケー❼*から虐待を受け、ローマから派遣されてきたユダヤ属州管理官 Procurator フェーリークス*に求愛されると、律法に反して夫と離別、フェーリークスの3番目の妻となる。この結婚から男子アグリッパ Agrippa が生まれるが、79年のウェスウィウス*山噴火の折、アグリッパは妻と一緒に若くして落命している。ドルーシッラがフェーリークスの「ユダヤ人妻」として、使徒パウロス*の審判法廷に臨席したことは、『使徒言行録』24章24節に記されている通りである。
Joseph. J. A. 19-20/ Suet. Claud. 28/ Nov. Test. Act. 24-24/ etc.

❸リーウィア・ドルーシッラ Livia Drusilla (前58～後29) ティベリウス*帝の母にして、アウグストゥス*の妻。リーウィア・ドルーシッラの項を参照。

❹ユーリア・ドルーシッラ Julia Drusilla (後39～後41年1月24日) ガーイウス・カリグラ*帝とカエソーニア*の娘。彼女の出生により、カリグラはカエソーニアを正妻として認め、「たった1日のうちに、神である余は夫となり父となった」と公言。赤児に亡妹の名ドルーシッラ❶*を名乗らせると、カピトーリウム*のユーピテル*神像の膝に乗せて、「この児には余とユーピテルという2人の父がいるが、どちらの父がより偉大な存在であろうか」と問いかけたという。またミネルウァ*神殿に参詣して女神に育児を委ね、国民からは娘の養育費として莫大な寄付金を強要した。ドルーシッラは早くも嬰児の頃に兇暴性を発揮、敵意をこめた指で遊び友達の眼や口を突いて、残忍な父親の血統を立証してみせた。カリグラが暗殺された時、彼女も母后と運命をともにした。スエートーニウス*によれば、壁に頭を叩きつけられて死んだという。
Suet. Cal. 25, 42, 59/ Dio Cass. 59-23, -28/ Joseph. J. A. 19-2/ etc.

ドルースス Drusus, (ギ) ドルーソス. Drusos, Δροῦσος, (伊)(西) Druso, (露) Друз
ローマの平民系（プレーベース*）リーウィウス*氏の一門。ドルースス家の祖は、前283年セノネース*族征戦において、敵の首将ドラウスス Drausus と1対1で渡り合い相手を倒したため、この家名を帯び、子孫にも伝えることにしたという。同家からは、マールクス・リーウィウス・ドルースス*父子はじめ、傑出した人物が輩出しており、リーウィア・ドルーシッラ* (リーウィア❶*) がアウグストゥス*の妻に迎えられるに及んで、ローマ帝室の中にもドルーススの名が受け継がれていった。
Suet. Tib. 3/ Aur. Vict. De Vir. Ill. 6/ Vell. Pat. 2-13～14/ Verg. Aen. 6-824/ etc.

ドルースス・カエサル Drusus Julius Caesar, (伊) Druso Giulio Cesare, (西) Druso Julio César, (葡) Druso Júlio César, (露) Друз Юлий Цезарь
ローマ帝室カエサル*家の男性名。

❶ドルースス・ユーリウス・カエサル Drusus Julius Caesar (小ドルースス Drusus Junior)，初名・ネロー・クラウディウス・ドルースス Nero Claudius Drusus (前13頃～後23年9月14日)。

ティベリウス*帝の一人息子。母はウィプサーニア・アグリッピーナ* (大アグリッパ*の娘)。通称の小ドルーススは、叔父の大ドルースス* (⇒ドルースス、ネロー・クラウディウス) と区別するため、近代の史家により命名。父ティベリウスの帝位継承時にパンノニア*で生じた軍隊の暴動を鎮圧し (後14)、翌15年に執政官（コーンスル*）、17～20年にかけてイッリュリクム*を統治し、帰国後に小凱旋式（オウァーティオ*）を挙行、21年に再度執政官職に就いた (同役は父ティベリウス)。22年には護民官職権 Tribunica Potestas を獲得し、正式の帝位継承者の地位を認められるが、翌年妻リーウィア・ユーリア* (大ドルーススの娘) とその情夫セイヤーヌス*の奸策によって毒殺された (⇒リュグドゥス)。

父帝の老獪きわまりない韜晦趣味とは正反対に、粗野なまでに率直な人柄で、その男色女色を問わぬ放蕩三昧の生活や、血を好む残忍酷薄な性癖は世評の的となり、ローマでは一等鋭利な剣を彼の名にちなんでドルーシアーナ Drusiana と呼んでいたし、一流の騎士身分（エクィテース*）の人をも平気

で殴りつける彼にはカストル Castor（当時の有名な剣闘士(グラディアートル)*の名）という渾名が奉られていた。ドルーススはまた大酒飲みとして知られ、客人に対しても深酒を強いたため、側近は酔いどめを服してから宴席に臨まなければならなかったという。父帝から公然と譴責を受けたこともあり、彼が夭折してもティベリウスはさほど嘆かず、長期の国喪を禁じて、葬式が済むや否や日常の執務に戻っている。

彼の遺児ティベリウス・ゲメッルス*はカリグラ*帝に殺され（37）、娘ユーリア❸*はクラウディウス*帝に処刑され（43）、外孫ルベッリウス・プラウトゥス*はネロー*帝の命で殺されて果て（62）、一族はほぼ根絶やしにされている。

Tac. Ann. 1-24～4-11, 6-27, 13-32, 14-57/ Suet. Aug. 100, 101, Tib. 7, 15, 23, 25, 39, 52, 54, 55, 62/ Dio Cass. 56-25, -28, -32～34, 57-2, -4, -13～15, -20, -22, 58-11, -23/ Zonar. 10-38/ Plut. Mor. 624/ etc.

❷ ドルースス・ユーリウス・カエサル Drusus Julius Caesar（後7～33）。

ゲルマーニクス*と大アグリッピーナ*の次男。後23年にティベリウス*帝の息子・小ドルースス*が殺されると、兄ネロー（ネロー・カエサル*）に次ぐ帝位継承権の持ち主として注目される。無思慮で激しい性格の若者だったため、ティベリウスの権臣セイヤーヌス*から「兄上を除けば、帝位はあなたのものです」と野心をたきつけられて、兄の敵に回る（25）。29年に母と兄が断罪されて島流しにされると間もなく、アエミリア・レピダ❸*という性悪女と結婚するが、セイヤーヌスの術策にはまり、翌30年叛逆罪を宣告されてパラーティウム*の地下牢に投獄される（⇒L. カッシウス・ロンギーヌス❷）。セイヤーヌスが斬首されて（31）からも釈放されず、脱走を試みて奴隷に殴られ鞭打たれ、ついに食物を断たれて、寝台の敷布団に詰めた藁まで貪り食う状況で獄死。死後もティベリウスから破廉恥な情欲や皇帝に対する敵愾心を公然と非難され、その遺骸は兄と同様細切れにされてばらまかれたため、後日拾い集めることがほとんど不可能であったという。なお彼の生前に、偽ドルーススがギリシアに現われ、東方属州を騒然とさせたが、間もなく正体を暴かれて取り巻き連中から見捨てられるという事件が起きている（31）。

Tac. Ann. 4-4, -8, -17, -36, -60, 5-10, 6-23～24, -40/ Suet. Tib. 54, 65, Calig. 7, 12, Claud. 9, Otho 1/ Dio Cass. 57-22, 58-3, -13, -22, -25/ etc.

❸ ドルースス Claudius Drusus（？～後20末）。

クラウディウス*（のち第4代皇帝）とプラウティア・ウルグラーニッラ*の息子。成人に達しようとする頃、ポンペイイー*（ポンペイ）の地で、戯れに梨を抛り上げて口を開けて受けとったところ、それが咽喉(のど)につまって窒息死してしまったという。この数日前に彼はセイヤーヌス*の娘と婚約したばかりだったが、それでも「セイヤーヌスの奸策で謀殺されたのだ」と見なす人々が後を絶たなかった。

Suet. Claud. 27/ Tac. Ann. 3-29/ etc.

ドルースス、ネロー・クラウディウス Nero Claudius Drusus,（大ドルースス Drusus Senior）,（ドルースス・ゲルマーニクス Drusus Germanicus）,（伊）Nerone Claudio Druso,（西）Nerón Claudio Druso,（葡）Nero Cláudio Druso,（露）Нерон Клавдий Друз, 初名・デキムス・クラウディウス・ネロー Decimus Claudius Nero

（前38年4月、または1月14日～前9年）ローマの将軍。前9年の執政官(コーンスル)*。ティベリウス・クラウディウス・ネロー*とリーウィア・ドルーシッラ*（リーウィア❶*）との間に生まれた次男。ティベリウス*帝の弟。大ドルーススというのは、甥の小ドルースス*と区別するため、後代の史家によってつけられた便宜上の名称に過ぎない。母がアウグストゥス*（オクターウィアーヌス*）と再婚した後3カ月を経ずして誕生したので、世人から実は以前より交渉のあったアウグストゥスの胤ではないかと疑われた。実父の死（前33）後、継父アウグストゥスの下で育ち、法定年齢より5年早く官職に就く特権を得（前19）、兄ティベリウスとともにラエティー*族、ウィンデリキー*族を征服（前15）、彼らの居住地域一帯をローマ帝国に併合した。次いでガッリア*全土の総督となる（前13末）や、同地の騒擾を鎮圧し、ガッリア初の戸口調査(ケーンスス) census を行なう。前12～前9年にかけては4回にわたりゲルマーニア*に侵攻し、各地に堅塁を築き、ウーシペテース*族やスガンブリー*族ら諸部族を討伐、レーヌス*（ライン）河から北海へ達するドルースス運河 fossa Drusiana（現・オランダのエイスル Ijssel 運河）を開鑿して、ローマの将軍として初めて北海を航行した（⇒フリーシイー族）。小凱旋式を祝い凱旋将軍顕章(オウァーティオー)* ornamenta triumphalia を授けられて、前9年には執政官となり、カッティー*、スエービー*、マルコマンニー*、ケルスキー*族らと戦って、ついにアルビス*（エルベ）河に到達。しかるに帰国途上、病いに倒れ夏期陣営で死去した（29歳）。アルビス河を渡ろうとした時、巨大な異民族の女の霊が現われて前進を断念させたと伝えられ、レーヌス河へ取って返すさなか、落馬して脚を骨折したのが原因でその1ヵ月後に落命したという。一説では、アウグストゥスに共和制再興の政変を企てていると疑われて毒殺されたのだとも伝えられる。弟危篤の報に接したティベリウスは、臨終に間に合うようにとティーキーヌム*（現・パヴィーア）から日夜馬を疾駆させ、3日間で960 km近い距離を走破して、いまわの際のドルーススに対面したという。遺骸はローマに運ばれ、アウグストゥスの霊廟(マウソーレーウム)*に埋葬され、記念碑や凱旋門など多くの名誉とともにゲルマーニクス Germanicus（ゲルマーニア征服者）の称号が贈られた（ゲルマーニクスの名はドルースス本人のみならず彼の子孫にも認められる）。

ドルーススは軍事的才能のみならず、魅力ある容姿や人柄によっても評判が高く、その点陰険かつ老獪な兄ティベリウスとは対照的であったとされている。妻の小アントニア*（アントーニア❷*）から生まれた子女のうち、ゲルマーニクス*、リーウィッラ（リーウィア・ユーリア*）およびクラウディウス*（のち第4代皇帝）の2男1女が、彼亡

き後に残された。大ドルーススはまた、妻アントーニア以外の誰とも交わらぬという当時のローマ人の間では珍しい一穴主義者として知られる。
Suet. Claud. 1, Tib. 7, 50/ Tac. Ann. 1-3, -33, 2-41, -82, 3-5, 4-72, 6-51, 13-53, Germ. 37/ Dio Cass. 48-44, 54-32～55-2/ Plin. N. H. 7-20/ Liv. Epit. 140, Per. 142/ Val. Max. 4-3, 5-5/ Flor. 2-22, -30/ Consolatio ad Liviam/ Euseb. Chron./ etc.

ドルースス、マールクス・リーウィウス　Marcus Livius Drusus,（伊）（西）Marco Livio Druso

ローマの政治家。平民(プレーベース*)系の名門リーウィウス*氏の出身（⇒巻末系図056）。パウルス❶*やサリーナートル*の子孫に当たる。

❶（？～前109）改革者ガーイウス・グラックス*失脚の立役者となった元老院派の政治家。前122年、C. グラックスらとともに護民官(トリブーヌス・プレービス*)となり、元老院派に説得されてグラックスを排斥するべく、より徹底した人気取り政策を打ち出す。イタリアに12の新しい植民市(コローニア*)を建設し、おのおのに3千人の貧しい市民を送り出す法案や、公有地を分配された人々からは地代を一切免除する法案などを通過させて大衆に迎合、その結果、元老院の思惑通り翌年度の護民官選挙にグラックスは敗れた。おかげでドルーススは前112年の執政官(コーンスル*)に立てられ、「元老院の保護者(パトローヌス・セナートゥス)」Patronus Senatusと称された。翌前111年マケドニア*の属州総督(プロコーンスル*)Proconsulとなり、ローマの将軍として初めてダーヌビウス*（ドーナウ）河に達した。ローマに凱旋（前110）後、スカウルス❶*とともに前109年の監察官(ケーンソル*)に選ばれたが、在任中に死亡した —— 死去は翌前108年ともいう ——。⇒M. スカウルス❶
Plut. Gracch. 2, 29-32, Mor. 276/ App. B. Civ. 1-23/ Suet. Tib. 3/ Cic. Brut. 28, Fin. 4-24/ Flor. 3-4/ Liv. Epit. 63/ etc.

❷（前124頃～前91）❶の子。俊秀の辣腕家で、未成年の頃から法廷で活躍し、前91年の護民官(トリブーヌス・プレービス*)に選ばれると、公有地の貧困者への分配、騎士身分(エクィテース*)300名の元老院への編入、穀物価格の引き下げ、全イタリア同盟市民へのローマ市民権賦与などの諸法案を発議、多くの難問の解決に努めんとした。しかし、特に同盟市民にローマ市民権を与える法案は、元老院の猛烈な反対を招き、イタリア全土の要望にもかかわらず、鳥占いに反して提議されたものとして無効を宣せられる。ついでドルーススが自宅で怪死を遂げるや、彼の法案はすべて拒否されたので、イタリア同盟諸市は武器をとってローマに対抗、ここに同盟市戦争*が勃発した（前90）。彼の急死は、刺客に股の付け根を貫かれて暗殺されたとも、癲癇(てんかん)の発作で倒れた時に義兄弟のカエピオー*から山羊の血を飲まされて毒殺されたとも、自らの手で命を絶ったとも区々(まちまち)に伝えられている。彼が癲癇を病んでいたことは事実で、これを癒すべくアンティキュラ❶*島まで航海し、薬草ヘッレボロスHelleborosを服用したという話が知られている。また彼の妻セルウィーリアServiliaの兄弟Q. セルウィーリウス・カエピオーとは、富・血統・権勢の点で好敵手であり、もとは仲が良かったのだが、競売に付された一つの指環をめぐって争いが始まり、それが終生の敵対関係に発展、ひいては同盟市戦争の遠因となったという。なお彼の養嗣子M. リーウィウス・ドルースス・クラウディアーヌスLivius Drusus Claudianus（前50年の法務官(プラエトル*)）は、自ら自由身分の少年を凌辱していたにもかかわらず、同じ行為の故に告訴された男性の審理を主宰したことで知られている。小カトー*は彼の甥に当たる。⇒リーウィア❷、リーウィア・ドルーシッラ、P. スルピキウス・ルーフス
Vell. Pat. 2-13～15/ Cic. Nat. D. 3-33, Mil. 7, Brut. 62, Fam. 8-14, Arch. 3/ Sen. Brev. Vit. 6/ Suet. Tib. 3/ Flor. 3-17～18/ Plin. N. H. 25-21, 33-6/ Aur. Vict. De Vir. Ill. 66/ etc.

トルムヌス、または、ラールス・トルムニウス　Tolumnus, Lars Tolumnius,（伊）Tolumnio

（？～前437／前428）エトルールア*の町ウェイイー*（現・Veio）の王。フィーデーナエ*がローマから離叛してウェイイー側に移った時、ローマから送られた外交使節は王の命令で全員殺されてしまうという事件が起きた（前438）。その結果勃発した戦争で、王はローマ軍のA. コルネーリウス・コッスス Cornelius Cossus（前428年の執政官(コーンスル*)）と一騎討ちの闘いを演じ敗死した（⇒スポリア・オピーマ）。史家リーウィウス*の伝えるところでは、ローマから使節がやって来た時、王は骰子(さいころ)遊びをしている最中で、たまたま王が発した歓声を、フィーデーナエの人々が処刑命令と誤解して使節を殺害。そこから長期間にわたるローマとウェイイーの興亡を賭した戦争が始まったのだという。
Liv. 4-17～19/ Plut. Rom. 16/ Cic. Phil. 9-2/ Plin. N. H. 34-11/ Verg. Aen. 11-429, 12-258, -460/ etc.

トレーウェリー（または、トレーウィリー Treviri）

（族）Treveri,（ギ）Trēūiroi, Τρηοὓροι, Trēbēroi, Τρηβηροί),（仏）Trévères, Trévires,（独）Treverer,（伊）Treveri,（西）Tréveros,（露）Треверы

ガッリア・ベルギカ*東部、モセッラ Mosella（現・モゼル Moselle, Mosel）川周辺地域にいた有力なケルト*系部族。ゲルマーニア*人との混血種族で、騎兵の強力なことで知られる。カエサル*に征服されたものの、帝政期に入ってからも繰り返し不穏な動きを続けた（前29、後21、後70）ため、自由民たる特権を失った。その後、レーヌス*（現・ライン）河に駐屯するローマ軍との商取引や農業などで次第に興隆し、3世紀末から4世紀初頭にかけて彼らの首邑アウグスタ・トレーウェロールム*（現・トリーア）は、帝都の1つとなった（285～）。5世紀初頭からフランク*族（フランキー*）の攻撃を受け、やがてメロヴィング朝フランク王国によって征服された。
Caes. B. Gall. 1-37, 2-24, 3-11, 4-10, 5-2～4, -53～, 6-2～9, 7-63, 8-45/ Plin. N. H. 4-17/ Mela 3-2/ Tac. Ann. 3-42, Hist. 4/ Cic. Fam. 7-13/ Suet. Calig. 8/ Cod. Theod./ etc.

ドレパヌム　Drepanum
⇒ドレパノン（のラテン語形）

ドレパノン　Drepanon, Δρέπανον,（または、ドレパネー Drepane, Δρεπάνη, ドレパナ Drepana, Δρέπανα),（ラ）ドレパヌム Drepanum または、ドレパナ Drepana,（仏）Drépanè,（露）Дрепане
「鎌刀」の意

❶（現・トラーパニ Tràpani）シケリアー*（現・シチリア）島西端の港湾都市。先住のシーカノイ*人、またはカルターゴー*人によって築かれ、伝承によればトロイアー*からイタリアへ向かう途中、アイネイアース*（アエネーアース*）の父アンキーセース*がこの地で没したという。エリュクス*市の外港として繁栄した。天空神ウーラノス*を息子のクロノス*が去勢した時に用いた鎌が、この地に埋められたために、ドレパノンの地名がつけられたと伝えられる。

第1次ポエニー戦争*（前264〜前241）の初期にカルターゴーの将軍ハミルカル*に占領され（前260頃）、城砦として防備を強化された。ドレパノンはこの戦争中、カルターゴーの重要な海軍基地となり、とりわけローマの執政官プーブリウス・クラウディウス・プルケル*率いる水軍が、ドレパノン湾でカルターゴー艦隊に大敗した海戦（前249）で名高い。この惨敗は彼が鳥占いを侮り、凶兆を無視して交戦したせいだと取り沙汰された。

その後もドレパノンは交易で栄えたが、ローマ時代に入ってからは、近くのリリュバイオン*（リリュバエウム*）市に圧せられて、次第に衰えていった。

Ptol. Geog. 3-4/ Verg. Aen. 3-707/ Cic. Verr. 2-57/ Liv. 28-41/ Polyb. 1-49〜51, -59/ Diod. 24-1, -8/ Plin. N. H. 3-8/ Flor. 2-2/ Sil. 14-269/ Zonar. 8-11, -16〜/ Steph. Byz./ etc.

❷ビーテューニアー*の町。コーンスタンティーヌス1世*（大帝）の母ヘレナ*がこの地で生まれたため、以後彼女にちなんでヘレノポリス Helenopolis と呼ばれた。

なお、ローマ時代の文献には、エジプト東端の紅海沿岸にも、ドレパノンと呼ばれる岬の名が記録されている。

It. Ant./ Ptol. Geog. 4-5/ Plin. N. H. 6-34/ etc.

❸ペロポンネーソス*半島北岸アカーイアー*地方にある岬。鎌の形に似ていることから、この名がついたとも、この地でクロノス*神が鎌で父神ウーラノス*を去勢したことから、こう呼ばれるようになったともいう。

他にも形状の類似から、クレーター*島、コース*島、キュプロス*島、キューレーナイカ*などの岬がドレパノンの名称で呼ばれていた。

Strab. 8-335〜336/ Paus. 7-22, 23/ Ptol. Geog. 3-14, -15, 4-4, 5-13/ Plin. N. H. 6-34/ etc.

トレビア　Trebia,（ギ）Trebias, Τρεβίας,（葡）Trébia,（露）Треббия

（現・Trebbia）イタリア北方、ガッリア・キサルピーナ*を流れる小川。アーペンニーヌス*（アペニン）山脈に発しパドゥス*（現・ポー）河に注ぐ。第2次ポエニー戦争*中の前218年12月18日頃、この川辺でカルターゴー*の名将ハンニバル❶*は、両執政官の P. コルネーリウス・スキーピオー*（大アーフリカーヌス*の父）と Ti. センプローニウス・ロングス Sempronius Longus 麾下のローマ軍と干戈を交え、巧みな伏兵戦術で、ティーキーヌス*の戦いに続く2回目の勝利を収めた。かろうじて落ちのびたローマ兵は近くの町プラケンティア*（現・ピアチェンツァ）へ逃げ込んだという。

なお、トレビアという名の町は、ラティウム*やウンブリア*、カンパニア*などにもあった。

Liv. 21-48〜, -52, -54, -56/ Polyb. 3-66〜/ Strab. 5-217/ Nep. Hannibal 4/ Plin. N. H. 3-14/ Sil. 4-495/ Flor. 2-6/ Luc. 2-46/ etc.

トレボーニアーヌス・ガッルス　Trebonianus Gallus
⇒ガッルス、トレボーニアーヌス

トレボーニウス、ガーイウス　Gaius Trebonius,（ギ）Trebōnios, Γάϊος Τρεβώνιος,（伊）Gaio Trebonio,（西）Cayo Trebonio

（？〜前43年2月）ローマ共和政末期の政治家。騎士身分エクィテース*出身の新人 novus homo。はじめ閥族派（オプティマーテース*）に属していたが、のち変心して第1回三頭政治*家の手先となり、前55年の護民官トリブーネス・プレービス*としてトレボーニウス法 Lex Trebonia を通過させ、大ポンペイユス*に両ヒスパーニア*属州の、クラッスス*にシュリア*属州の、各5年間にわたる統治権を委ね、またカエサル*のガッリア*支配権を5年間延長させた。この功により、カエサルの幕下に加えられ、補佐官 Legatus レーガートゥスの一員としてガッリア平定に協力した（前54〜前50）。カエサルとポンペイユスとの間に内乱が生じると、マッシリア*（現・マルセイユ）攻略をカエサルから任され（前49）、翌前48年に法務官プラエトル*職を与えられたのち、外ヒスパーニアへ派遣されたが、ポンペイユス派に与した軍隊によって属州から追い出された（前47）。こうした失態があったものの、カエサルの眷顧に変わりはなく、前45年には補欠執政官コーンスル*（10〜12月のみ就任）に任ぜられ、翌年のアシア*州総督の地位をも約束された。にもかかわらず、恩人を裏切って陰謀計画に加わり、前44年3月のカエサル暗殺の折にはアントーニウス*を場外にひき留めておく役割を演じた。凶行後ほどなくローマを去り、属州総督 Proconsul プローコーンスルとしてアシアへ赴いたが、翌前43年スミュルナー*に滞在中、ドラーベッラ*の夜襲を受けて、ベッドの中で暗殺された。一説には、2日間じっくり拷問にかけられてから惨殺されたともいい、いずれにせよカエサル殺害者たち（全員が非業の死を遂げた）の中では一番早く破滅した人物だとされている —— 最も後まで生き延びたのは、カッシウス・パルメーンシス* ——。また彼は、友人たるキケロー*の機知に富んだ言葉を収集して公刊したが散逸した。

Caes. B. Gall. 5-24, 6-40, B. Civ. 1-36, 2-1〜16, 3-20〜21/ Dio Cass. 39-33, 41-19, 43-26, -49, 44-14, -19, 47-21, -26, -29/ Cic. Att. 4-8, 8-3/ App. B. Civ. 2-113, -117, 3-2, -26, Fam, 10-28, 12-12, Phil. 2-11/ etc.

トレーポレモス　Tlepolemos, Τληπόλεμος, Tlepolemus, （仏）Tlèpolème, （伊）Tlepolemo, （西）（葡）Tlepólemo, （露）Тлеполем, （現ギリシア語）Tlipólemos

ギリシア伝説中、英雄ヘーラクレース*の息子の1人。母はアステュオケー Astyokhe またはアステュダメイア Astydameia。彼は父の死後、異母兄弟ヒュッロス*らと行を共にしたが（⇒ヘーラクレイダイ）、奴隷を杖で折檻している最中、それを制止しようとした大叔父リキュムニオス Likymnios を誤殺してしまった。そこでアポッローン*の助言に従い、妻ポリュクソー*や大勢の部下を連れてロドス*島へ移住、リンドス*、カメイロス*、イアーリューソス*の3市を創建したという。のち美女ヘレネー*の求婚者の1人となり、トロイアー戦争*に出陣したが、サルペードーン*に討たれた。彼の死後、妻のポリュクソーが領地を支配し、夫の死の遠因となった美女ヘレネー*が逃れて来た時、復讐の女神エリーニュエス*に変装した侍女らに入浴中のヘレネーを襲わせて彼女を縊死に追いやった。

Hom. Il. 2-653〜, 5-627〜/ Pind. Ol. 7-27/ Apollod. 2-7, -8, Epit. 3/ Hyg. Fab. 81, 97, 162/ Diod. 4-36, -57〜/ etc.

トレミー　Ptolemy
⇒プトレマイオス（の英語形）

トローアス　Troas, Τρῳάς, （英）Troad, （仏）Troade, （伊）Troade, （西）Tróade, （葡）Trôade, （現ギリシア語）Troádha, （ヒッタイト語）Wiluša

（現・Biga Yarımadası）小アジア西北部、ヘッレースポントス*（ダルダネルス）海峡の入口を扼する地方。旧称ダルダニアー Dardania Δαρδανία（⇒ダルダノス）。ミューシアー*の一部を成し、イーダー（イーデー）❶*山やスカマンドロス*河、シーゲイオン*岬などで知られる。中心都市はトロイアー*。美少年ガニュメーデース*の誘拐や、ラーオメドーン*王の娘ヘーシオネー*の人身御供、ギリシア軍のトロイアー遠征（いわゆる「トロイアー戦争*」）など、数々の神話伝説の舞台として馴染み深い。

Herodot. 5-122/ Plin. N. H. 5-32〜33/ Strab. 13-581〜/ Hom. Il. 24-544/ Xen. An. 5-6/ Mela 1-2/ Nep. Pausanias 3/ etc.

トロイ　Troy
⇒トロイアー（の英語形）

トロイアー　Troia, Τροία, Troja (Troia)（イオーニアー*方言：トロイエー Troie, Τροίη），（ドーリス*方言：トローイアー Troia, Τρῶϊα），（ラ）トロ(ー)イア Troia（トロイヤ，トローヤ Troja），（英）Troy, （仏）Troie, （独）Troja, （伊）Troia, （西）Troya, （露）Троя, （現ギリシア語）Tría, （トルコ語）Truva, （ヒッタイト語）Truwisa, Taruisa

（現・ヒッサルルク Hissarlık, Hisarlık）小アジア北西部トローアス*地方の主都。別名イーリオン*（《ラ》イーリウム*）。ヘッレースポントス*海峡に近いスカマンドロス*河流域の丘上に位置する。伝承上の名祖はダルダノス*の孫トロース*、建祖はイーロス*。ホメーロス*の『イーリアス*』に謳われたトロイアー戦争*の舞台として有名。海上貿易の要衝に当たることと、周囲の平野の農産物、後背地の鉱産物に恵まれていたため、早くから繁栄した。ギリシア神話によれば、ポセイドーン*とアポッローン*が城壁を築き、ラーオメドーン*王の治世に王の違約を怒った英雄ヘーラクレース*に征服されたことがあるという。

1871年ドイツ人 H. シュリーマン Schliemann が発見して以来、W. デルプフェルト Dörpfeld らによって遺跡の発掘が続けられ、重なり合う9層の住居址が明らかにされた。極めて古い城塞都市で、第1市は前3千年頃に遡り、すでに城壁をめぐらし青銅器文化を有していた。殷賑を極めたのは第2市（前2500〜前2200頃）の時代で、シュリーマンの発見した豪華な「プリアモス*の財宝」に代表される独自の高い文化をもち、この文化は対岸のトラーキアー*（トラーケー*）、レスボス*島、小アジア内陸地などエーゲ海北東域に広まった。その後興亡を重ねて、ミュケーナイ*文化圏に属する第6市（前1800〜前1300頃）に再び隆盛期を迎え、それに続く第7市A（前1300〜前1260頃）が今日ではホメーロスのトロイアーであろうと推測されている（したがって市の陥落はミュケーナイ時代末期の前1260年頃。伝承では前1184〈異説あり〉）。やがてアルカイック期に

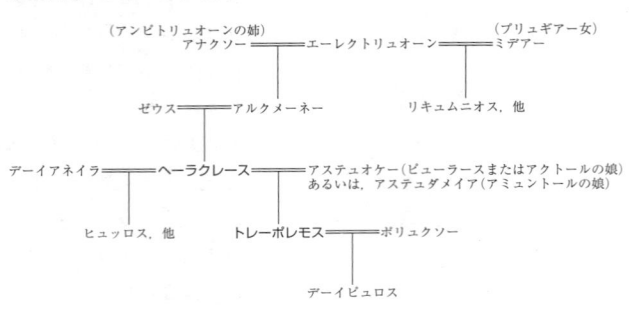

系図275　トレーポレモス

ギリシア人の植民が行なわれ、ヘレニズム・ローマ時代の最上層（第9市）に至り、アレクサンドロス大王*やカエサル*らの手で復興が試みられるが、ストラボーン*の頃には再び荒廃に帰していたという（後1世紀初頭）。今日、チャナッカレ Çanakkale の南方約30 kmの地ヒサルルクの丘 Hisarlıktepe に、城壁に囲まれたトロイアー遺跡 Truva Örenyeri を見ることができる。後世「トロイアー人（英）Trojan」は、勇気ある好漢・奮闘家などの意味で用いられ、天文学上では木星軌道に近い2つの小惑星群（トロイ小惑星群）にその名がつけられている。

Hom. Il./ Herodot. 1-5, 2-118〜, 5-94, 7-42/ Strab. 13-581〜/ Plin. N. H. 5-33/ Liv. 1-1, 39-12/ Dion. Hal. 1-11/ Suet. Claud. 25/ Verg. Aen. 1-38/ etc.

トロイアー戦争 Trōikos Polemos, Τρωϊκὸς Πόλεμος, Trōika, Τρωϊκά, （ラ）Bellum Troianum, （英）Trojan War, （仏）la guerre de Troie, （独）der Trojanische Krieg, （伊）le guerre troiane

　ギリシア伝説中、トロイアー*の王子パリス*がスパルター*王メネラーオス*の妃ヘレネー*を誘拐したことを口実に、ミュケーナイ*王アガメムノーン*（メネラーオスの兄）を総大将とするギリシア勢（アカイオイ*）が行なったトロイアー遠征。10年にわたる包囲でギリシア側・トロイアー側双方に大勢の死者を出した末、「木馬の計」によってトロイアーは落城。かろうじて逃れた者を除き、老王プリアモス*以下、男子は皆殺し、女子はギリシア軍の捕虜となった（一説に戦争は10年6ヵ月と12日間つづいたという）。

　この英雄伝説は、ミュケーナイ時代のギリシア人（アカイアー*人）が、交易の要路に当たるトロイアーを、おそらく通商上の争いから海賊的に攻略・占領したという歴史的事実に基づいていると思われる。トロイアーの陥落は古代ギリシア人の年代記以来伝統的に前1184年とされて来た（前1159年、前1334年、前1250年など異説あり）が、トロイアー遺跡の考古学的発掘調査の結果、今日では、侵略による全般的破壊の痕跡が認められる前1260年頃（第7市A層）の出来事と推測されるようになっている。この戦争はホメーロス*の『イーリアス*』と『オデュッセイア*』をはじめ、一連の叙事詩圏*の主題となり、様々な文学作品に扱われて流布した。さらに近代に至るまで絵画や彫刻、演劇、音楽など多分野にわたる芸術に大きな影響を与えて来た。

　伝承に従えば、戦争の原因は世界の人口が増え過ぎたことにあり、大神ゼウス*は女神テミス*の提案により大きな戦争を起こして人類の数を減らそうと決意。折しも争いの女神エリス*の投じた不和の林檎(りんご)をめぐって3女神ヘーラー*、アテーナー*、アプロディーテー*の間に美の競争が生じ、ゼウスはその審判をトロイアー王プリアモスの子パリスに委ねた。アプロディーテーに賞を与えたパリスは、その報酬として絶世の美女ヘレネーを獲得したが、彼女はスパルター王メネラーオスの妻であったため、その返還を名分にミュケーナイ王アガメムノーンを総帥とするギリシア連合軍が結成され、千数百隻の船と数万の将兵がトロイアーへ遠征した。ギリシア側の主要な武将は、アガメムノーンとメネラーオス兄弟の他、第1の勇者アキッレウス*とその念友パトロクロス*、大小2人のアイアース*、智将オデュッセウス*とディオメーデース*、老将ネストール*らであり、迎え撃つトロイアー勢にはヘクトール*を筆頭にパリス、デーイポボス、アイネイアース*らの王子や、トラーキアー*王レーソス*、白鳥の騎士キュクノス❷、アマゾーン*の女王ペンテシレイア*、エティオピア*の王メムノーン*らがいた。オリュンポス*の神々も、アポッローン*やアプロディーテーはトロイアー方、美人競技に敗れたヘーラーとアテーナー、およびポセイドーン*はギリシア方という風に敵味方に分かれて応援し、ときには参戦した。9年におよぶ攻防戦ののち双方の勇将ヘクトールとアキッレウスが戦死し、ギリシア軍がヘレノス*（またはカルカース*）の予言に従ってピロクテーテース*とネオプトレモス*（アキッレウスの子）を招き寄せ、トロイアー城内から守護神像パッラディオン*を盗み出し、木馬の謀り事をめぐらせるに及んで遂にトロイアーは陥落した（⇒シノーン、ラーオコオーン）。ギリシア軍による虐殺と略奪が行なわれ、王妃ヘカベー*をはじめアンドロマケー*、カッサンドラー*ら王族の女たちは捕虜として連行されたが、この時アイネイアースは老父アンキーセース*を肩に背負い炎上する町から脱出、遠く西方へ逃れてイタリアに定住しローマ人の遠祖となった。

⇒トローイロス、アンテーノール、ポリュドーロス、アステュアナクス、テーレポス、パラメーデース、プローテシラーオス、イードメネウス、ナウプリオス❷、イーピゲネイア、ポリュクセネー、ラーオコオーン、ダレース（プリュギアーの）、ディクテュス（クレーターの）、コイントス（スミュルナーの）

Hom. Il,. Od./ Apollod. Epit. 3〜/ Verg. Aen. 2/ Aesch. Ag./ Soph. Aj., Phil./ Eur. Hec., Hel., I. A., Tro. Rhes./ Herodot. 1-3〜4/ Thuc. 1-3, -9/ Hyg. Fab. 92〜/ Quint. Smyrn./ Dict. Cret./ Dares Phrygius/ Colluthus/ Triphiodorus/ etc.

トロイゼーン Troizen, Τροιζήν, Troezen, （仏）Trézène, （伊）Trezene, （西）Trecén, （現ギリシア語）Trizína, （別名・ポセイドーニアー Poseidonia, Ποσειδωνία, Posidonia）

　（現・Trizína）ペロポンネーソス*半島東端アルゴリス*地方の町。極めて古い都市で、アテーナイ*の英雄テーセウス*の生まれた地として有名。テーセウスの後妻パイドラー*が継子ヒッポリュトス*を恋慕して、この若者が裸体運動の練習をする姿を垣間見ていたという競技場(スタディオン*)や、オレステース*が母親殺しの罪を浄めてもらったという幕舎など神話伝説で馴染み深い旧跡があった。名祖トロイゼーンはペロプス*の子でピッテウス Pittheus（テーセウスの外祖父）の兄弟。伝承によれば、ポセイドーン*とアテーナー*がこの地の領有をめぐって争った時、ゼウス*の裁定で両神の共有になったという。ヘーラクレイダイ*（ヘーラクレース*の後裔）の帰還後はドーリス*系ギリシア人が居住、

のちにハリカルナッソス*など小アジアへ植民者を送り出し、南イタリアのシュバリス*市創建（前720頃）にも加わった。また外港ポーゴーン Pogon, Πώγων の前にある小島カラウレイア Kalaureia, Καλαύρεια はポセイドーンの神領で、この聖域は命乞いに駆け込んだ人々を助けたとされる。このあたりの海域をサローニコス Saronikos, Σαρωνικός（サローン Saron）湾と呼ぶのは、トロイゼーンの狩猟好きの古王サローン Saron が、雌鹿を深追いするあまり波に呑まれて溺死した故事に由来するという。

トロイゼーン市は、ペルシア戦争*中、大王クセルクセース1世*に占領されたアテーナイの町から逃れてきた人々を受け入れた（前480）。が、ペロポンネーソス戦争*（前431～前404）では終始スパルター*側についたため、アテーナイ軍の攻撃を受けている。

現在、ヒッポリュトスの聖域や、医神アスクレーピオス*がヒッポリュトスを蘇らせた所と伝えられるアスクレーピエイオン Asklepieion, Ἀσκληπιεῖον、ヘレニズム時代の塔（城壁の一部）、アクロポリス*丘上のパーン*神域などの遺跡を見ることができる。

⇒アイトラー

Hom. Il. 2-561/ Herodot. 8-41～/ Paus. 1-25, 2-30～/ Strab. 8-373～/ Thuc. 1-115, 2-56, 4-21, -45, -118/ Xen. Hell. 6-2./ Ptol. Geog. 3-16/ Diod. 18-11/ Steph. Byz./ etc.

トローイロス Troilos, Τρωΐλος, Τρῶιλος, Troilus,（仏）Troile,（伊）（西）（葡）Troilo,（露）Троил,（現ギリシア語）Troílos

ギリシア伝説中、トロイアー*王プリアモス*とヘカベー*との子（父はアポッローン*神だとも）。「彼が20歳に達すればトロイアーは陥落しない」との予言があったが、その年令に至る直前にアキッレウス*に殺された。一説によると、アキッレウスはトローイロスを見初めて手ごめにしようとしたが、彼が応じなかったので、アポッローンの祭壇の側で殺害。のちにアキッレウス自身も同じ場所で射殺されたという（⇒ポリュクセネー）。トローイロスはトロイアー戦争*に参加した勇士のうち、ギリシア軍のキュアニッポス Kyanippos（アルゴス*王アドラストス*の孫）に勝るとも劣らない随一の美男子であったという。悲劇詩人ソポクレース*の作品に『トローイロス』があったが散逸して伝わらない。

なお中世ヨーロッパでは、トローイロスとクリューセーイス*を主人公に仕立てた物語"Troilus et Cressida (Criseyde)"が成立・流布し、イタリアのボッカッチョやイギリスのチョーサーらがこれを題材に執筆。シェイクスピアも悲劇『トロイラスとクレシダ Troilus and Cressida』（1602）を著わしている。

⇒ニーレウス、アンティロコス

Hom. Il. 24-257/ Apollod. 3-12, Epit. 3-32/ Lycoph. Alex. 307/ Tzetz. ad Lycoph. 307/ Verg. Aen. 1-474～/ Dio Chrys. Or. 11-77/ Dict. Cret. 4-9/ Ibyc. Fr. 282/ etc.

トローグス、ポンペイユス Pompeius Trogus,（仏）Trogue-Pompée,（伊）Pompeo Trogo,（西）Pompeyo Trogo,（葡）Pompeu Trogo

⇒ポンペイユス・トローグス

トローグロデュタイ（族）Troglodytai, Τρωγλοδύται, Troglodytae, Troglodyti,（英）（仏）Troglodytes,（独）Troglodyten,（単）トローグロデュテース Troglodytes, Τρωγλοδύτης

「洞窟に入る者たち」「穴居生活者」の意。エティオピア（アイティオピアー*）にいた穴居族。洞穴を掘って住居とし、蛇・蜥蜴など爬虫類の肉を食べ、その言語は蝙蝠の啼声のような雑音を発するだけで、他のいかなる民族の言語にも似ていない。馬よりも速く走る地上で最も駿足の種族で、首長以外は妻子を共有し、死者を葬る際には陽気に笑い騒ぎながら遺体に石を投げ続けて埋めてしまうという。割礼ないし性器の先端を切り取る風習もあり、夏は全裸、冬はその上に毛皮をまとうに過ぎないとされる。ストラボーン*の時代（前1世紀）には、遊牧生活を送っていたといわれる。

後世、「穴居人（英）troglodyte」という語は、野蛮な人間や原始人を示す言葉となったが、今日も北アフリカなどに見られる洞窟住居は、乾燥した地域においては最も快適な居住形態だと評されている。

⇒ガラマンテス、ロートパゴイ、ブレミュエース、イクテュオパゴイ、アントローポパゴイ

Herodot. 4-183/ Diod. 1-30, 3-14, -32～33/ Strab. 16-775～776, 17-786, -819, -828/ Plin. N. H. 5-8, 6-34～35, 7-2/ Ptol. Geog. 3-10, 4-7/ Joseph. J. A. 1-15/ etc.

トローサ Tolosa (Tholosa),（ギ）Tolōs(s)a, Τολώσσα, Τολῶσσα, Tolos(s)a, Τόλοσα, Τολόσσα

（現・トゥールーズ Toulouse）ガッリア・ナルボーネーンシス*南西部の都市。アクィーターニア*盆地を流れるガルムナ Garumna（現・ガロンヌ Garonne）河の転向点に位置し、地中海と大西洋を結ぶ交通の要衝。ローマ征服以前はハルシュタット Hallstatt、ラ・テーヌ La Tène などケルト*系の文化が栄えたが、前106年に執政官 Q. セルウィーリウス・カエピオー*に占領され、徹底した略奪を被った。そのため、カエピオーは戦利品横領の廉で告発されて悲惨な末路を辿り、残された娘たちは娼婦に身を落とした。「トローサの黄金 aurum Tolosanum」なる成語はこの故事に由来する――この財宝は、かつてガッリア*人がデッポイ*から強奪して来たもので、呪いがかかっていたと信じられている――。再建されたトローサの町はイタリアへ輸出する葡萄酒で栄え、帝政期にはラテン権を認められ、植民市の肩書を保有。文学や弁論術の学校で名高く、またネロー*帝死後の内乱期（後68～後70）に暗躍した武将 M. アントーニウス・プリームス*を生んだ。418年以来、西ゴート*王国の首都とされた（regnum Tolosanum 418～507）が、遺蹟は今日トゥールーズの町の下に埋没して

ほとんど残っていない。
⇒セイユス
Caes. B. Gall. 3-20, 7-7/ Mela 2-5/ Cic. Nat. D. 3-30/ Strab. 4-188/ Just. 32-3/ Gell. N. A. 3-9/ Ptol. Geog. 2-10-6/ Dio Cass. 27-90, 38-32/ Plin. N. H. 3-4/ Auson./ etc.

トロース　Tros, Τρώς,（伊）Troo,（露）Трос
　ギリシア神話中、トロイアー*王家の祖。エリクトニオス❷*の子。スカマンドロス*河神の娘カッリッロエー❸*と結婚し、イーロス❷*や美少年ガニュメーデース*らの父となった。トロイアー*は彼の名に由来する。
（⇒巻末系図019）。
Hom. Il. 20-230/ Apollod. 3-12/ Paus. 5-24/ Verg. G. 3-36/ Ov. Fast. 4-33/ Sil. 11-297/ etc.

ドーロス　Doros, Δῶρος, Dorus,（伊）（西）Doro,（露）Дор
　ギリシア神話中、ドーリス人*の名祖。ヘッレーン*（デウカリオーン*の長男）の子で、アイオロス❷*とクストース*の兄弟。あるいは、クストースとクレウーサ❸*の子で、イオーン*やアカイオス*の兄弟。彼とその子孫は、テッサリアー*の故地からオリュンポス*山・オッサ*山方面へ移住、さらにピンドス*に向かったのち、オイテー*山周辺（のちのドーリス*地方）へ南下、最後にペロポンネーソス*半島へ侵入・定住し、一部はさらにクレーター*島に渡った。ヘーラクレース*およびその一族（ヘーラクレイダイ*）と関連づけられており、ドーロスの子アイギミオス Aigimios はラピタイ*族との戦いでヘーラクレースに助けられたことを多として、その長男ヒュッロス*を養子に迎え、領土を分かち与えたという。
Apollod. 1-7/ Herodot. 1-56/ Conon Narr. 14/ Strab. 8-383/ Diod. 4-58, 5-80/ etc.

トローネー　Torone, Τορώνη
（現・Toróni）マケドニアー*のカルキディケー*地方の中央部シートーニアー Sithonia 半島南西岸の都市。前650年より以前に、エウボイア*島のカルキス*市の植民市となり、良港に恵まれて大いに富み栄えた。ペルシア戦争*でアカイメネース朝*の大王クセルクセース1世*がギリシアへ親征した折には、大王に服属した（前480）が、戦後はアテーナイ*を盟主とするデーロス同盟*に加わり、多額の年賦金を納めた。ペロポンネーソス戦争*中の前423年、スパルター*の将軍ブラーシダース*に占領されたものの、翌年にはアテーナイのクレオーン*によって奪回され、七百名の男性市民はアテーナイへ連行され、残る婦女子らは奴隷として売り払われた。その後、再興されてオリュントス*市を中心とするカルキディケー同盟に加盟（前5世紀末）、前349年には謀略によりマケドニアー王ピリッポス2世*の支配するところとなる。前167年ローマ領に併合されてからも繁栄し続けており、堅固に要塞化されたアクロポリス*や墓域、広い家屋、バシリカ*などの遺跡が今日発掘されている。伝説上の名祖は海神プローテウス*の妻トローネー。
Herodot. 7-22, -122, 8-127/ Thuc. 4-116～120, 5-2～3/ Xen. Hell. 5-3/ Isoc. 15-113/ etc.

トロフォーニオス　Trophonios
⇒トロポーニオス

トロポーニオス　Trophonios, Τροφώνιος, Trophonius,（伊）（西）Trofonio,（葡）Trofônio,（露）Трофоний
　ギリシアの英雄神 heros。ボイオーティアー*地方西部のレバデイア*の洞窟に名高い神託所をもつ。オルコメノス*王エルギーノス*の子でアガメーデース*の兄弟。別伝では、アガメーデースの妻エピカステー Epikaste と予言の神アポッローン*との子。女神デーメーテール*に育てられ、アガメーデースとともに傑出した建築家となり、数々の名建造物を手がけたが、のちアガメーデースの首を切り取って逃げる途中レバデイアで大地に呑み込まれてしまったという。彼はこの地においてゼウス*・トロポーニオスの名で神託を述べ、古代末期に至るまでデーメーテールと結びついて相当の崇拝を受けた。託宣を伺う人々は、入念かつ不気味な儀式ののち、冥界に通じるという深い洞窟内に降りて行ったとされ、出て来る時には意気消沈して蒼白になっていたので、笑いを忘れた憂鬱な人のことを「トロポーニオスの神託を聞いた人」と呼ぶようになった。
　異伝によれば、彼は兄弟のアガメーデースとともに、デ

系図276　ドーロス

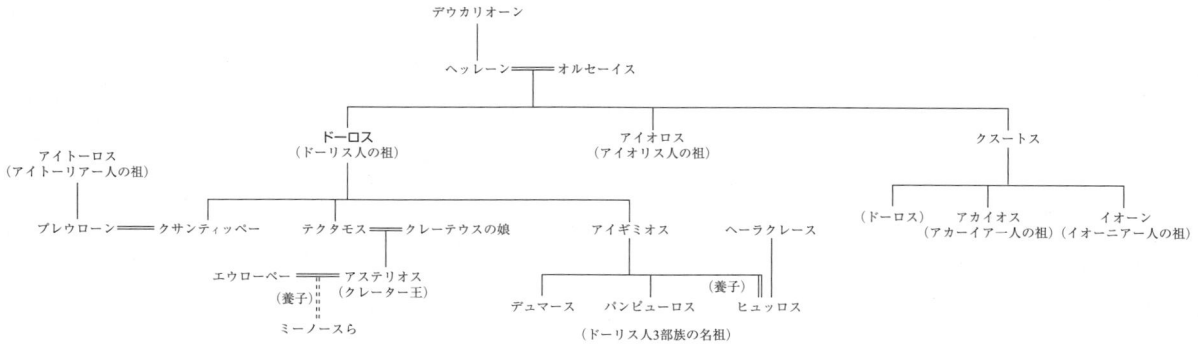

ルボイ*で最初のアポッローン神殿を造営した折、その報酬を神に求めたところ「最高の贈り物である」として死を賜ったという（⇒ビトーンとクレオビス）。
⇒ムネーモシュネー、レーテー、アンピアラーオス
Herodot. 1-46, 8-134/ Hymn. Hom. Ap. 295～297/ Paus. 8-10, 9-11, -37, -39, 10-5/ Eur. Ion 300～, 404～/ Philostr. V. A. 8-19/ Ael. V. H. 3-45/ Schol. ad Ar. Nub. 508/ Strab 9-421/ Cic. Tusc. 1-47, Div. 1-34, Nat. D. 3-19/ Liv. 45-27/ Lucian. Dial. Mort. 10/ etc.

トロヤ Troja
⇒トロイアー

ドローン Dolon, Δόλων, （伊）Dolone, （西）Dolón, （露）Долон

　ギリシア伝説中、トロイアー*の伝令官エウメーデース Eumedes の子。トロイアー戦争*の末期に、ヘクトール*の指示でギリシア軍の偵察に出かけたが、敵将オデュッセウス*とディオメーデース❷*に捕われ、トラーキアー*（トラーケー*）王レーソス*の来援など味方の情報を白状させられてから殺された。狼の皮を頭に被ったドローンが生け擒りにされる場面が、古典期以来しばしば陶画の主題として採り上げられている。
Hom. Il. 10-314～/ Hyg. Fab. 113/ Eur. Rhes./ Verg. Aen. 346～/ etc.

ナ行

ナーイアスたち Naïas, Ναϊάς, (英) Naiad, (仏) Naïade, (独) Najade, (伊) Naiade, (西) Náyade, (露) Наяда, (複) ナーイアデス Naïades, Ναϊάδες, (英) Naiads, (仏) Naïades, (独) Najaden, (伊) Naiadi, (西) Náyades, (露) Наяды

ギリシア神話中、泉・河川・湖水のニュンペー*（ニンフ*）。ゼウス*の娘とも、オーケアノス*ないし河神の娘とも伝えられる。その水を飲む者の病気を癒やす力をもち、彼女らの怒りに触れた者は発病したり狂気にかられたりするという。ダプネー*やアレトゥーサ*、アイギーナ*（アーソーポス*河の娘）、サルマキス*らが名高い。ヘーラクレース*の寵童ヒュラース*の美しさに恋して、彼を水中に引き込んだドリュオペー❷*姉妹も、やはり泉のニュンペーである。
⇒アケローオス
Hom. Il. 20-8, Od. 13-103/ Verg. Ecl. 6-20, 10-62/ Paus. 3-25, 8-4, 10-33/ Ov. Met. 2-441, 5-576～/ Apollod. 1-9-19/ Auson. Mos./ etc.

ナーイアデス Naiades
⇒ナーイアスたち

ナイキー Nike
⇒勝利の女神ニーケー*（の英語訛り）

ナイッスス（ナイスス） Naïs(s)us, Naesus, (のち Nissa), (ギ) ナイッソス Naissos, Ναισσός, Naisos, Νάϊσος, Ναϊσος, (伊) Naisso, (西) Naiso, (現ギリシア語) Nessós

（現・ニシュまたはニーシ Niš, Nish,〈セルビア語〉Ниш）モエシア*の町。ドーナウ（イストロス*）河の南方90 kmあまり、マルグス Margus（現・Morava）河の東支流に位置。前75年頃にローマ軍の陣営が築かれて以来、交通・商業の要地として発達。小アジアやギリシアからヨーロッパ中部への道路が交わり、軍事上も大いに重視された。後269年、ローマ皇帝クラウディウス2世*がこの近くでゴート*族（ゴトーネース*）の大軍を撃破したことで有名。コーンスタンティーヌス1世*（大帝）の生地。441年フン*族（フンニー*）によって略奪・破壊され、死体の断片が散らばる廃墟と化した。6世紀中頃に東ローマ帝ユースティーニアーヌス1世*の命で再建され、再び栄えた（新市名ナイソポリス Naisopolis）。596年にアヴァール Avar族の劫掠を受け、その後スラヴ人の町となった。

城壁の一部や浴場施設の遺跡が残っており、郊外の宮殿も部分的に発掘されている。

Ptol. Geog. 3-9/ Amm. Marc. 21-10, 26-5/ Procop. Goth. 3-40/ Zonar. 1-45, 3-2/ Zosimus 1-45, 3-11/ Jordan./ Steph. Byz./ Priscus/ Hierocl./ etc.

ナイル（河） Nile
⇒ネイロス

ナウィウス、アットゥス、または、アッティウス（アッキウス） Attus Navius, Attius (Accius) Navïus, (ギ) Attos Naūios, Ἄττος Νάουιος, (伊) Atto Navio, (西) Ato Navio

（前600年頃）ローマの古王*タルクイニウス・プリスクス*時代に鳥卜官（アウグル*）を務めたとされる伝説上の人物。王が占術を嘲弄しようとして、「今余の考えていることが実現するか否か占ってみよ」と言った時、ナウィウスは鳥占いの結果、「必ずや実現するでしょう」と答えた。王は「余が考えていたのは、砥石を剃刀で真二つにすることなのだ」と笑って、ただちに彼にそれを実行して見せるよう命じた。そこで、ナウィウスが剃刀を砥石に当てると、難なく石は2つに割れたという。この奇蹟のおかげで占術の信用度は回復、民会場 Comitium にナウィウスの像が建てられ、砥石と剃刀は祭壇の下に埋められ、以来長年にわたり裁判で証言する者はこの近くに立つ習わしとなった。ハリカルナッソス*のディオニューシオス*の伝えるところでは、ナウィウスはのち、王の怒りを買って殺されたという。
Liv. 1-36/ Aur. Vict. De Vir. Ill. 6/ Dion. Hal. Ant. Rom. 3-70～72/ Cic. Div. 1-17, Nat. D. 2-3, 3-6, Rep. 2-20/ Flor. 1-5/ etc.

ナウクラティス Naukratis, Ναύκρατις, Naucratis, (伊) Naucrati, (葡) Náucratis, (露) Навкратида, Навкратис, (現ギリシア語) Náfkratis, (古代エジプト名) Piemro

（現・Ityāi el Bārūd 西郊の遺跡 Kōm Gi'eif）エジプトのネイロス*（ナイル）河デルタ分流西岸にあったギリシア人植民市。第26王朝（サイス朝）のプサンメーティコス1世*治下、前640年頃、ミーレートス*等イオーニアー*諸都市からの植民団によって建設され、以来エジプト唯一の開港市として繁栄。とりわけ同王朝のギリシア贔屓の王アマシス*（在位・前570～前526）に優遇され、神殿や祭壇が築かれてエジプトにおけるギリシア文化の中心地となり、大いに賑わった。交易や陶器の生産で知られ、名妓ロドーピス*ら莫大な産を成した妖艶な遊女（ヘタイラ*）の住地としても著名。ヘレニズム時代に国際貿易の主役はアレクサンドレイア❶*市に取って代わられたが、ローマ帝政期に入ってからもギリシア的国制を維持する商業都市としてなお栄え続けた。ハドリアーヌス*帝は新市アンティノオポリス*造営に当たり、ギリシア都市ナウクラティスを模範にしたという。著述家アテーナイオス*の生地。1884年以降、発掘が行なわれ、アポッローンやアプロディーテー*、ディオスクーロイ*な

どを祀ったギリシア諸神殿の遺構や大量の陶片が出土している。
⇒クレオメネース❶

Herodot. 2-97, -135, -178〜/ Strab. 17-801/ Pl. Phdr. 274c/ Thuc. 4-119/ Plin. N. H. 5-9/ Ptol. Geog. 4-5/ Callim. Epigr. 41/ Philostr. V. S. 2-12/ Ath. 13-596, 15-676/ Sappho Frag. 82/ Steph. Byz./ Suda/ etc.

ナウシカアー Nausikaa, Ναυσικάα, （ラ）ナウシカア Nausicaa, ないし, **ナウシカエー** Nausicae, （英）Nausicaä, （西）Nausica(a), （葡）Nausícaa, （露）Навсикая, （現ギリシア語）Nafsiká

ギリシア神話中、パイアーケス*人の王アルキノオス*の娘。難船したオデュッセウス*がスケリアー Skheria 島に漂着した時、浜辺で侍女らと鞠遊びをしていたナウシカアーは、全裸の彼を見つけて衣服と飲食物を与え、父の王宮へ導いて歓待した。『オデュッセイア』第6巻の2人の出会いの場面は、ホメーロス*の叙事詩の中で最も魅力的な描写で知られ、画家ポリュグノートス*らの作品の主題にもなっている。美男のオデュッセウスに心惹かれたナウシカアーは、彼との結婚を願い、父アルキノオスも娘を嫁がせたく思ったが、故郷に妻ペーネロペイア*（ペーネロペー*）をもつオデュッセウスは、この申し出を辞退した。

ホメーロス以後の史家ヘッラーニーコス*らの説によれば、ナウシカアーはのちにテーレマコス*（オデュッセウスの子）の妻となり、ペルセプトリス Perseptolis やプトリポルトス Ptoliporthos を産んだという。

Hom. Od. 6〜8/ Paus. 1-22, 5-19, 8-48/ Apollod. Epit. 7-25/ Dictys Cretensis 6-6/ Gell. N. A. 9-9/ Hyg. Fab. 125〜/ Mart. 12-3/ etc.

ナウパクトス Naupaktos, Ναύπακτος, Naupactus, Naupactos, （仏）Naupacte, （伊）Naupatto, （西）Naupacto, （トルコ語）İnebahtı

（現・Náfpaktos, かつてのレパント〈伊〉〈西〉〈葡〉Lepanto, 〈仏〉Lépante）コリントス*湾北岸、西ロクリス*地方の港湾都市。戦略的要地として古くから重視された。伝承によると、ヘーラクレイダイ*（ヘーラクレース*の後裔）がこの地で軍船 naus を建造し、ドーリス人*を率いてペロポンネーソス*半島へ南渡したため、ナウパクトス（「軍船建造」の意）なる市名がついたという。ペルシア戦争*（前492〜前479）後はアテーナイ*の勢力圏下に入る。前456年アテーナイは、第3次メッセーニアー*戦争でスパルタ*によって故国から追放されたメッセーニアーの人々を、ロクリス人を排除してこの市に入植させた。ペロポンネーソス戦争*（前431〜前404）の間、ナウパクトスはアテーナイ側の重要な海軍基地として利用された（⇒ポルミオーン）。戦争終結後メッセーニアー人入植者はスパルタ軍に追い出され（前399）、市は再びロクリス人の占住するところとなる。やがてアカーイアー*人が植民した（前367）ものの、前338年新たな征服者マケドニアー*王ピリッポス2世*の裁定で市はアイトーリアー*に帰属することになる。アイトーリアー同盟*の凋落（前191）後、ナウパクトスはその重要性を失った。

ナウパクトス市東郊のアスクレーピオス*神域は、神の夢告によって視力を回復した男性の話で名高い。今日、城壁の一部や広大なバシリカ*の遺跡を見ることができる。

なお、後世ヴェネツィア人からはレパント Lepanto の名で呼ばれ、1571年に港のはるか西方パトライ*湾入口沖で繰り広げられたレパントの海戦（10月7日）は、西ヨーロッパ・カトリック諸国軍が、イスラームを奉ずるオスマン帝国の拡大を、ようやく阻止し得た戦闘として重視されている。

Paus. 4-24〜, 10-38/ Strab. 9-426〜/ Thuc. 1-103, 2-83〜/ Mela 2-3/ Xen. Hell. 4-6/ Apollod. 2-8-2/ Diod. 15-75/ Plin. N. H. 4-2/ Liv. 36-30〜/ Polyb. 5-103/ Ptol. Geog. 3-15/ Procop. Goth. 4-25/ etc.

ナウプリオス Nauplios, Ναύπλιος, Nauplius, （伊）（西）Nauplio, （露）Навплий

ギリシア神話中の男性名。「航海者」の意。

❶ポセイドーン*とアミューモーネー*（ダナオス*の娘）の子。アルゴス*の外港ナウプリアー Nauplia（現・Náfplio）市の建祖。航海術の創始者という。

Paus. 2-38, 4-35, 8-48/ Strab. 8-368/ Eur. Or. 767, El. 451/ etc.

❷ ❶の5代目の子孫だが、両者はしばしば混同される。エウボイア*島の王、著名な航海者。アルゴナウタイ*（アルゴナウテース*たち）の1人で、アルゴー*号の舵取りを務める。人身売買に従事し、テーレポス*の母アウゲー*や、クレーター*王カトレウス*の2人の娘アーエロペー*とクリュメネー❹*らを売るべくその手に委ねられた（ただし、クリュメネーは売らずに自らの妻とした）。トロイアー戦争*中には、息子パラメーデース*の横死に対する報復として、出征中のギリシア軍武将の妻たちに姦通するよう説いてまわり、さらに帰国するギリシア艦隊をエウボイア島南端のカペーレウス Kaphereus 岬で待ち受け、偽りの烽火を上げて岩礁で難破するよう仕向けて多くの者を殺した（⇒小アイアース）。のち自身も偽りの烽火で死ぬ破目になったとも、ペーネロペイア*（オデュッセウスの妻）に不貞を働かせようと試みた時、オデュッセウスの母アンティクレイア*の機転で、息子たちの虚偽の訃報に接して入水自殺したともいわれる。悲劇詩人ソポクレース*の著作に今は失われた悲劇『ナウプリオス』があった。

なお、パラメーデースとともにトロイアー*遠征に参加

系図277　ナウシカアー

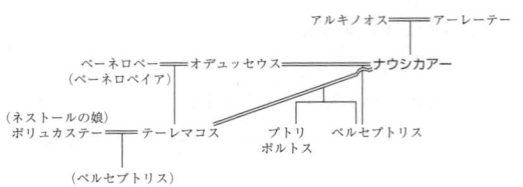

した別の息子オイアクス Oiaks, Οἴαξ（「舵」の意）は、パラメーデースがギリシア軍に石で撃ち殺された折、櫂にその次第を彫って海に流し父親に通報、またギリシア軍総大将アガメムノーン*の妻クリュタイムネーストラー*をけしかけて、帰還した夫を殺害させたが、後年オレステース*（アガメムノーンの息子）の手にかかって果てたという。
⇒本文系図40
Apollod. 2-1, -7, 3-2, Epit. 6-7/ Ap. Rhod. 1-134～, 2-826～/ Hyg. Fab. 116～117, 169, 249, 277/ Eur. I. A. 198, Or. 432, Hel. 767～, 1126～/ Soph. Aj. 1295～/ Ov. Met. 14-472～, Tr. 1-1, 5-7/ Diod. 4-33/ Lycoph. Alex. 381～, 1093～/ Plut. Mor. 298d/ etc.

ナウマキア Naumachia（〈複〉Naumachiae）,（ギ）ナウマキアー Naumakhia, Ναυμαχία,（仏）（独）Naumachie,（西）（葡）Naumaquia,（露）Навмахия, Наумахия

模擬海戦。ローマ時代、水を張った円形闘技場（アンピテアートルム*）もしくは特別に造られた人工湖で催された海戦ゲーム。最初の大掛かりな模擬海戦は、前46年カエサル*がティベリス*（現・テーヴェレ）河左岸に掘らせた人造湖におけるものであった（1日に1万人の剣闘士が参加）。次いでアウグストゥス*も同様にティベリス右岸（現・San Cosimato 付近）に湖（約550 m × 365 m）を開鑿し、ペルシア軍とアテーナイ*軍の激突するサラミース❶*の海戦（前480）を再現、3000人以上の闘士を動員している（前2）。この人造湖そのものもナウマキアと称され、アウグストゥスはこれに給水する目的で33 kmに及ぶ水道（アクァエドゥクトゥス*）Aqua Alsietina を建設。後4世紀末になっても、この人造湖はまだ存在していたという。クラウディウス*帝はフーキヌス*湖の隧道の完成を祝って、少なくとも100隻以上の艦隊と1万9千人を超す戦士を動員、シキリア*軍とロドス*軍を模した史上に名高いナウマキアを行なわせた（後52）。この見せ物では、湖の中央から銀製の海神トリートーン*が機械仕掛けで姿を現わし、合図の喇叭（ラッパ）を吹いたといわれる。ティトゥス*帝はコロッセウム*奉献の折に、闘技場（アレーナ）arena に水を張り、ペロポンネーソス戦争*の発端となったコルキューラ*軍とコリントス*軍との海戦を再現（80）。さらにエラガバルス*帝はキルクス・マクシムス*の外濠を葡萄酒で満たし、本物の軍艦を浮かべて海戦を演じさせたという。ナウマキアの戦闘員は、戦争捕虜か囚人で、相手を皆殺しにするまで徹底的に闘わねばならず、開戦前に皇帝に対して「陛下万歳！ 我ら死に行く者たちから最後の挨拶を送ります」と一斉に叫ぶ習慣であった。
⇒グラディアートル（剣闘士）、ウェーナーティオー
Suet. Iul. 39, 44, Aug. 43, Tib. 72, Claud. 21, Ner. 12, 27, Tit. 7, Dom. 4, 5/ Tac. Ann. 12-56～, 14-15/ Dio Cass. 42-23, 55-10, 60-33, 61-9, 62-15, 66-25, 67-8/ Vell. Pat. 2-56, -100/ App. B. Civ. 2-423/ S. H. A. Heliogab. 23/ Aur. Vict. Caes. 28/ Frontin. Aq. 1-11, 2-71/ Mart. Spect. 24～/ etc.

ナウロクス Naulochus,（ギ）ナウロコス Naulokhos, Ναύλοχος,（ナウロコイ Naulokhoi, Ναύλοχοι, ナウロカ Naulokha, Ναύλοχα）,（仏）Nauloque,（伊）（西）Nauloco,（現ギリシア語）Návlohos

「錨泊地」の意。シケリアー*（現・シチリア）島東北部、ペロールス Pelorus 岬西岸の小港ないし投錨地。ミューライ*（現・Milazzo）の東方に位置する（現・Venetico Marina 地区内）。前36年9月3日、この沖合において、M. アグリッパ*が総司令官を務めるオクターウィアーヌス*（のちの初代ローマ皇帝アウグストゥス*）の艦隊が、セクストゥス・ポンペイユス*の海軍に決定的な勝利を収め、長年にわたって交わされたシキリア*（シチリア）戦争（前43～前35）を事実上、終熄させた。開戦直前に睡魔に襲われたオクターウィアーヌスが眠り込んでしまったので、幕僚たちは彼を呼び起こして何とか戦闘開始の号令を下させたといい、政敵のアントーニウス*は、「部下のアグリッパが敵艦を潰走させてくれるまで、彼は起き上がろうともしなかった」と嘲笑している。敗れたポンペイユスは、17隻の船を率いてレスボス*島へ遁走したが、翌年アントーニウスの部将に殺された。

なお、トラーケー*地方の黒海沿岸にも、ナウロコス Naulokhos と呼ばれる小さな港町があった。
⇒メラース❶
Suet. Aug. 16/ Sil. 14-265/ App. B. Civ. 5-116～122/ Strab. 7-319, 9-440/ Plin. N. H. 4-11-45/ etc.

ナエウィウス Gnaeus Naevius,（伊）Gneo Nevio,（西）Cneo Nevio,（露）Гней Невий

（前270／265頃～前201頃）ローマ共和政期のラテン詩人。カンパーニア*のカプア*近郊の出身。第1次ポエニー戦争*（前264～前241）に従軍し、復員後、市民の間に演劇が流行するや、多くの戯曲を作って名声を博した（初演は前235）。ギリシア悲劇や喜劇の翻案を発展させ、新たにローマの歴史的事件を扱う「プラエテクスタ劇 fabula praetexta」を創始した（⇒ファーブラ❹）。平民（プレベース*）の出であったといわれ、その作品で大スキーピオー*やメテッルス*家の人々など当時の政治家を攻撃し、そのため投獄された（前206）が、のち許されて出獄。しかるに相変わらず詩で貴族を鋭く諷刺したので、ローマから追放されて北アフリカのウティカ*へ逃れ、同地で客死した。代表作は自ら経験した第1次ポエニー戦争を題材とする叙事詩『ポエニー戦争 Bellum Poenicum』（7巻）で、これはローマ最初の国民的叙事詩として人々に称賛され、ウェルギリウス*ら後世の詩人に少なからぬ影響を与えた。真に独創的なラテン語による詩文学は彼に始まるといわれる。今日伝存するのは43の題名と200行あまりの断片だけでしかない。
⇒リーウィウス・アンドロニークス、エンニウス、プラウトゥス、パークウィウス
Ter. An. 9～21/ Gell. 1-24, 3-3, 4-3, -18, 7-8, 17-21/ Cic. Tusc. 1-1, Brut. 15, 18(73), 72, Sen. 6, 14/ Liv. 38-56/ Varro Ling. 7-39/ Val. Max. 2-1/ Macrob. Sat. 3-18, 6-2/ Hor.

Epist. 2-1/ Hieron./ etc.

ナクソス　Naksos, Νάξος, Naxos (Naxus), （伊）Nasso, （西）Náxos, （露）Наксос, （トルコ語）Nakşa

❶ （後世の Naxia, Axia, 現・Náksos）エーゲ海南部キュクラデス*諸島中、最大の島（427 km²）。旧名ディーアー Dia。伝説上の名祖ナクソスは、カーリアー*人で、エンデュミオーン*とセレーネー*の子とも、アポッローン*とアカカッリス Akakallis（ミーノース*の娘）の子ともいう。キュクラデス諸島のうち最も肥沃で、葡萄酒と白大理石を産出し、またディオニューソス*崇拝の一大中心地として名高い（⇒アンドロス）。神話ではテーセウス*に置き去りにされたアリアドネー*が、この島で酒神ディオニューソス（バッコス*）と結婚したことになっている。また双生巨人アローアダイ*（オートス*とエピアルテース*）は、ナクソスで死んだとされ、この島で崇拝を受けていた。古くはカーリアー人、トラーキアー*人、クレーター*人らが居住し、後期ミュケーナイ*時代以後、イオーニアー*系ギリシア人がアテーナイ*からやってきて（前 1025 頃）、アルカイック期になるとイオーニアー様式の建築や彫刻が栄えた。前 900 年頃にはアモルゴス*に植民し、次いでシケリアー*（現・シチリア）島のナクソス❷*市建設にも参加した（前 735）。前 6 世紀には僭主リュグダミス Lygdamis（在位・前 540 頃〜前 524 頃）のもと富強をもって鳴ったが、イオーニアーの反乱（前 500〜前 493）に関与したため、前 490 年アカイメネース朝*ペルシア*軍の攻撃を受け、市街を焼き払われた。前 480 年のサラミース❶*の海戦では大王クセルクセース 1 世*の命令で水軍を派遣したものの、裏切ってギリシア陣営に走り、ペルシア戦争*終結後はアテーナイを盟主とするデーロス同盟*に加わった。しかし前 468 年、他の諸市に先んじて同盟から離反したため、アテーナイ軍に包囲されて降伏（前 467）、その属国と化し、前 450 年頃にはアテーナイ人の植民者に土地が分配された（⇒クレーロス）。これが先例となって、以来デーロス同盟を離脱しようと試みる諸ポリス polis は、アテーナイから報復を受けてその覇権の下に隷属を強いられることとなる。なお前 376 年、ナクソス島沖の海戦で、スパルター*海軍はカブリアース*麾下のアテーナイ艦隊に敗北を喫している。

　古代の都市遺跡の上に現在のナクソス（Hóra）市が建っているが、ヘレニズム時代のアゴラー*や諸神域の跡が確認されており、東南郊外には、やはりヘレニズム時代の塔 Pyrgos, Πύργος がよく保存されている。また、島の北東端にある大理石の採石場にはアポッローン*神に献げられた巨大なアルカイック期のクーロス*（青年）像（前 7 世紀頃。約 9 m）を見ることができる。さらに、デーロス*島やデルポイ*の聖域にナクソス市民が納めたアポッローン像や神殿、スピンクス*を頂いた円柱、等々の遺構から往時の島の繁栄が偲ばれる。

⇒メーロス、タソス

Herodot. 1-64, 5-28〜, 6-95〜, 8-46/ Hom. Od. 11-325/ Thuc. 1-98, -137/ Pind. Pyth. 4-156/ Plin. N. H. 4-12/ Diod. 5-50〜52/ Arist. Pol. 5-6(1305)/ Paus. 1-27, 5-12/ Xen. Hell. 5-4/ Steph. Byz./ etc.

❷ （現・スキソ岬 Capo Schisò, または Punta di Schisò）シケリアー*（現・シチリア）島に建設された最古のギリシア植民市。前 735 年頃、島の東北岸にカルキス*人が創始し、そのアポッローン*神域は永く同島のギリシア移民に崇敬された。ナクソスそのものは強大な都市ではなかったが、新たにレオンティーノイ*やカタネー*等の植民市を設立して勢力を拡げて行った。前 495 年頃ゲラー*の僭主ヒッポクラテース❷*に占領され、続いてゲローン*やヒエローン 1 世*の支配下に置かれた。ペロポンネーソス戦争*（前 431〜前 404）中に、シュラークーサイ*からの独立を目指してアテーナイ*らと同盟を結んだが、前 403 年ディオニューシオス 1 世*に破壊されて滅びた。避難民たちの子孫は前 358 年、旧市の丘上にあるタウロメニオン*（現・タオルミーナ）に移り住んだ。今なおナクソスの市壁の跡が残っているほか、神殿や居住区、埋葬地域、陶工地区などが発掘されている。

Thuc. 4-25, 6-3, -50/ Diod. 11-49, 13-56, 14-14, -88/ Plin. 3-8/ Herodot. 7-154/ App. B. Civ. 5-109/ Strab. 6-268, -272/ Euseb. Chron./ etc.

ナサモーネス　Nasamones, Νασαμῶνες, （〈単〉ナサモーン Nasamon, Νασάμων）, （英）Nasamonians, （仏）Nasamoniens, （独）Nasamonier, （伊）Nasamoni

リビュエー*（アーフリカ*）の北部、大シュルティス*湾の近くの砂漠に住む種族。ヘーロドトス*に従えば、マッサゲタイ*族と同様、妻を共有する習慣があり、男はどの人妻であれ構わず、戸口に杖を立てておいて女と交わっていた。また婚礼の折には、初夜に花嫁が全部の客と次々に性交する風俗も見られたという。彼らに隣接して住んでいたプシュッロイ*（〈ラ〉プシュッリー）族は、イタリアのマルシー*族と同じく、蛇に咬まれた人から毒を吸いとって癒やす特技をもっていたとされ、一説には男ばかりで、女が生まれることがないという奇妙な人種であったと伝えられる。さらにその近くに住むマクリュエス Makhlyes, Μάχλυες 族は、みな両性具有者であって、交互にどちらかの性に転換したとも、左半身が男で右半身が女であったとも伝えられる。ナサモーネスより南の奥地には、ガラマンテス*が、海辺には「蓮の実食い」伝説で名高いロートパゴイ*が居住していた。

⇒スキアーポデス、トローグロデュタイ

Herodot. 2-32〜, 4-172〜/ Plin. N. H. 5-5, 7-2/ Strab. 17-836/ Suet. Aug. 17/ Dio Cass. 51-14/ Ptol. Geog. 4-5/ Diod. 3-3/ Luc. 9-439〜/ Solin. 27/ Curtius 4-7/ Scylax/ Ap. Rhod. Argon. 4-1492〜/ Hyg. Fab. 14/ etc.

ナーシーカ、スキーピオー　Cornelius Scipio Nasica

⇒スキーピオー・ナーシーカ

ナパイアーたち Napaia, Ναπαία, Napaea, （仏）Napée, （独）Napaie, （葡）Napeia, （複）**ナパイアイ** Napaiai, Ναπαῖαι, Napaeae, （仏）Napées, （独）Napaien, Napäen, （葡）Napéias

ギリシア神話中、山の谷間の森や丘陵に住むニュンペー*（ニンフ*）たち。

Verg. G. 4-535/ Stat. Theb. 4-259, 9-385/ etc.

ナバタイアー Nabataia, Ναβαταία, Nabatene, Ναβατηνή, （ラ）**ナバタエア** Nabataea (Nabathaea), （英）Nabatea, （仏）Nabathée, Nabatée, （独）Nabatäa, （露）Набатея, （現ギリシア語）Navatéa, （和）ナバテヤ、ナバテア

アラビア系遊牧民ナバタイオイ*の定住した地域。ペトラー*を首都とする王国を建て、ヘレニズム＝ローマ時代に香料・絹・没薬・真珠などの隊商貿易によって繁栄した。後106年、トライヤーヌス*帝の治下にローマ帝国に併合され、その属州アラビア・ペトラエア*を構成した。

〔ナバタイアー王国・王名表〕（年代については諸説あり）
アレタース1世 Aretas (Ḥāriṯat) I（在位・前169頃～前144頃）
　：
アレタース2世 Aretas II（在位・前110頃～前96）
オボダース1世 Obodas I（在位・前96頃～前87）
アレタース3世 Aretas III Philellenos（在位・前87頃～前62）
オボダース2世 Obodas II（在位・前62頃～前47）
マリコス（マルコス）1世 Malikhos (Malkhos) I（在位・前47頃～前30）
オボダース3世 Obodas III（在位・前30～前9）
アレタース4世 Aretas IV Philopatris（在位・前9～後39／40）
マリコス（マルコス）2世 Malikhos (Malkhos) II（在位・後40頃～71）
ラビーロス2世 Rabilos (Rabel, Rabbel, Rabb'īl) II（在位・71～106）
⇒アレタース、ボストラ

Strab. 16-777/ Plin. N. H. 6-32, 21-72/ Plut. Ant. 61/ Joseph. J. A. 14～, J. B. 1-/ Ptol. 6-7/ Steph. Byz./ etc.

ナバタイオイ Nabataioi, Ναβαταῖοι, Nabataei (Nabathaei), （英）Nabataeans, （仏）Nabathéens, Nabatéens, （独）Nabatäer, （伊）Nabatei, （西）Nabateos, （葡）Nabateus, （現ギリシア語）Navatéi, （アラビア語）Al Anbāṭ, （和）ナバテヤ人、ナバテア人

アラビアー*人の一派で、かつては遊牧生活を送っていたが、やがてアラビア半島の北西部（現・ヨルダン南部）に定住、前4世紀頃からペトラー*を首都とするナバタイアー*王国をつくり上げた部族。彼らは一説によると、イシュマーエール Ismael, Yishmā'ē'l（ヘブライ人の族長アブラーハーム 'Abrāhām の子でアラビアー人の祖〈アラビア語〉'Išmā'īl）の長子ネバーヨート Nebāiōth の末裔とされている。前312年にはアンティゴノス1世*の侵攻を撃退し、セレウコス朝*時代にも独立を保持、パレスティナ*、シュリアー*、シナイ半島、紅海両岸地域へと版図を拡大し、支那の絹・インドの香辛料・ペルシアの真珠・南アラビアの没薬および香料など奢侈品を扱う隊商貿易を通じて莫大な富を蓄えた。マッカバイオス*の乱（前166～）に味方してセレウコス朝に抗したものの、その後はユダヤ*のハスモーン*王家と敵対。ナバイタアー王アレタース*3世は一時ダマスコス*を占拠（前85頃）、イェルーサーレーム*（エルサレム*）をも包囲した（前66）。これがローマのパレスティナ干渉を招き（前65）、ナバタイアーはローマの藩属王国となった（前62）。後106年、トライヤーヌス*帝の治世にナバタイオイ人は征服され、古来の王政は廃止、その国土はローマ帝国の属州アラビアに編入された（アラビア・ペトラエア*）。

ナバタイオイ人はアラム語系の字母（アルファベット）（ナバタイ文字。のちのアラビア文字の源となる）を用い、宗教はセム系で、黒石形の太陽神ドゥーサレース Dusares (Duš-Šara) や月の女神アッラート Allat（イスラーム教のアッラー〔アッラーフ〕Allah はその男性形。〈ギ〉Alilat, Ἀλιλάτ）などを崇拝。美術建築は東西融合したヘレニズム様式、天然の砂岩に彫刻して宮殿風の墳墓や神殿を築くなど独自のナバタイアー文化を創り出した。しかし、オアシス国家パルミューラ*の興隆により、ローマ帝政中期以降すっかり繁栄を奪われ、急速に衰退。7世紀にはイスラーム圏に包含されるに至った。その後、アラビア語で「ナバート naḇaṯ」といえば、アラム語を話す土着の先住農民を指すようになった。
⇒ボストラ、イドゥーマイアー

Strab. 16-767～/ Joseph. J. A. 14～/ Diod. 2-48, 3-43, 19-94～/ Plut. Pomp. 67, Ant. 36/ Plin. N. H. 6-32/ Tac. Ann. 2-57/ Amm. Marc. 14-8/ Ptol. Geog. 6-7-21/ Suda/ Steph. Byz./ etc.

ナビス Nabis, Νάβις, （伊）Nabide, （露）Набис, （現ギリシア語）Návis

スパルター*の独裁者（在位・前207～前192）。エウリュポンティダイ*王家の血統をひくと考えられるダーマラートス Damaratos（デーマラートス Demaratos）の子。マカニダース*の死後、若き王ペロプス Pelops（在位・前210～前207）の摂政となり、間もなく王を亡き者にして自ら王位に即く（⇒巻末系図022）。その残忍と圧政によって悪名高く、密偵を放って恐怖政治をしき、スパルター市民の財産を収奪したという。自分の妻アペーガー Apega の姿に似せた像を造り、その腕や胸に無数の鉄釘を仕込ませ、犠牲者を抱擁させて拷責を加えた話は有名。政敵は容赦なく追放ないし惨殺され、その妻女は隷農ヘイロータイ*に再嫁することを強いられたという。クレオメネース3世*の社会改革を推進してスパルターを再び強国にしようと企て、傭兵軍を率いてペロポンネーソス*に領土を拡大した

が、結局はアカーイアー同盟*軍の将ピロポイメーン*やローマのフラーミニーヌス*に敗れ、ローマ軍の捕虜となる（前195）。しかし、殺されずに講和を結び、のち味方をよそおったアイトーリアー*人に謀殺された（前192）。

歴史家ポリュビオス*の筆誅によって暴虐無道な人物に描かれてはいるものの、他方ナビスが時代に適合しなくなったリュクールゴス*体制を打破して土地の再分配を行なうなど国政を一新させ、多数の支持者を得た"革命家"であった事実は否めない。

Polyb. 13-6～, 16-36～, 18-17, 21-11/ Liv. 29～35/ Paus. 4-29, 8-50/ Plut. Phil. 12～15, Flam. 13/ etc.

ナーポリ　Napoli
⇒ネアーポリス

ナルキッスス　Tiberius Claudius Narcissus, （ギリシア名・ナルキッソス Narkissos, Νάρκισσος), （伊）（西）Tiberio Claudio Narciso

（？～後54年10月）ローマ帝室の解放奴隷。クラウディウス*帝の信寵あつく、文書担当秘書官 ab epistulis として絶大な勢力をふるった（⇒カッリストゥス、パッラース）。横領や収奪などによって蓄えた財産は、4億セーステルティウスを超えるという。最初は皇后メッサーリーナ*と共謀して Ap. シーラーヌス❿*はじめ大勢の身分高い人々を破滅に陥れていたが、同じく有力な解放奴隷ポリュビウス Polybius（皇后の数多い情夫の1人）がメッサーリーナに殺される（47）に及んで、皇后から離叛し始め、彼女の重婚事件を機についにこれを処刑に追いやってしまう（48）。メッサーリーナ失脚に主導的役割を果たしたことで、宮廷第1の有力者に台頭。しかるに、次期皇后選立に当たってクラウディウスの2度目の妻アエリア・パエティーナ Aelia Paetina（アントーニア❸*の母）を支持したため、新皇后・小アグリッピーナ*（ネロー*帝の母）の烈しい憎しみをかう破目になる（⇒フーキヌス湖）。帝位継承者の座にクラウディウスの実子ブリタンニクス*を据えんとして果たせず、アグリッピーナが夫帝を毒殺した直後に湯治場のシヌエッサ*で捕われ、自害を強制された。ナルキッススが殺された場所は、奇しくも彼が滅ぼしたメッサーリーナの墓の傍らであったと伝えられる。

この他、コンモドゥス*帝に寵愛された屈強な闘技者で、側妾マルキア*らの皇帝暗殺計画に加わり、192年12月末に入浴中のコンモドゥスを襲って扼殺したために、ほどなく新帝セプティミウス・セウェールス*の命令で獅子（ライオン）の餌食として投げ与えられたナルキッス（？～193頃）等、何人かの同名人物がいる。

⇒L. ウィテッリウス、ウェスパシアーヌス

Tac. Ann. 11-29～38, 12-1～, -57, -65, 13-1/ Suet. Claud. 28, 37, Vit. 2, Vesp. 4, Tit. 2/ Dio Cass. 60-14～16, -19, -34, 64-3, 72-22, 73-16/ Juv. 14-329/ S. H. A. Comm. 17, Sev. 14/ Aur. Vict. Caes. 18/ Herodian. 1-17/ Sen. Apocol./ etc.

ナルキッソス　Narkissos, Νάρκισσος, Narcissus, （仏）Narcisse, （独）Narziβ, （伊）（西）（葡）Narciso, （露）Нарцисс, Наркисс

ギリシア神話中、ボイオーティアー*のケーピーソス*河神とニュンペー*（ニンフ*）のレイリオペー Leiriope の子。ナルキッソスが生れた時、予言者テイレシアース*は「自分自身を見ない限り長生きできるだろう」と、その未来を占った。やがて美少年に成長した彼に、大勢の男や女が言い寄ったが、ことごとく斥けられた（⇒パーン）。森のニュンペー、エーコー*もその中の1人で、叶わぬ恋に憔悴し果て、ついに声だけの存在「木霊（こだま）」と化してしまう。またアメイニアース Ameinias という男は、ナルキッソスに拒まれたばかりでなく、刀まで贈られたので、ナルキッソスの家の前で自刃する。こうした受け容れられない男女の祈りをネメシス*女神が聞きとがめて、16歳のナルキッソスは泉の水面に写った自らの美貌に恋慕し、叶わぬ恋の苦悩に煩悶したあげく、息絶えて同名の花（水仙）に化した。

「自己愛」「自己陶酔」を意味する精神分析学者 S. フロイト Freud の造語 Narzissismus（〈英〉narcissism）は、ナルキッソスの名にちなんでつけられた言葉である。

Paus. 9-31/ Ov. Met. 3-339～/ Conon Narr. 24/ Nonnus Dion. 68-582/ Strab. 9-404/ Hyb. Fab. 271/ Tzetz. Chil. 1-9/ etc.

ナー（ル）シサス　Narcissus
⇒ナルキッソス*（の英語形）

ナルシス　Narcisse
⇒ナルキッソス*（の仏語形）

ナルセース　Narses, Νάρσης, Narsaios, Ναρσαῖος, Narsi, Nerseus（または Narsah, Nerseh), （仏）Narsès, （伊）Narsete, （西）Narsés, （露）Нарсес, （ペルシア語）Narsī, （アラビア語）Narisā, （パフラヴィー語）Nrshy

サーサーン朝*ペルシアの帝王（在位・後293～302頃）。シャープール1世*の末子。姪孫ウァラフラーン3世*を廃して即位。ローマ帝国と交戦し、シュリアー*やアルメニアー*へ進撃（296）、アルメニアー王ティーリダテース3世*を追放したが、ガレーリウス*（ディオクレーティアーヌス*の副帝（カエサル*））に敗れ、妻子を捕われたうえ、財宝を略奪された（297）。メソポタミアー*とアルメニアーを割譲するという条件で家族の身柄を取り戻し、この和約締結ののち約40年にわたって両国の間に戦端は開かれなかった。彼は失意のうちに息子ホルミスダース2世*に譲位し、ほどなく息を引きとった（⇒巻末系図111）。

同名異人の中では、東ローマ皇帝ユースティーニアーヌス1世*の治下に将軍ベリサーリウス Belisarius（505頃～565）の後任者として対ゴート*戦を指揮し、イタリアの再征服に目ざましく活躍したペルシア・アルメニアー系の宦官ナルセース Narses, Νάρσης（478頃～574頃）が最も名高

い。
⇒シャープール 2 世
Euseb. Chron./ Eutrop. 9-24〜/ Procop. Goth. 2-13〜, 3〜4/ Amm. Marc. 28-5-11/ Aur. Vict. Caes. 39-33〜/ Zonar. 2-63〜/ Agathias 1〜2/ Malalas 12, 18/ Marcellin./ Paul. Diacon./ Procl./ Tabari/ etc.

ナルニア　Narnia, (ギ) Narniā, Ναρνία, Narneia, Νάρνεια, (露) Нарния

(現・ナルニ Narni) イタリア中部、ウンブリア*地方の都市。もとはサビーニー*族の町、ネクィーヌム Nequinum。前 299 年、ローマに占領されてラテン植民市となり、近くを流れるナール Nar (現・Nera) 川にちなんでナルニアと改名された。ウィア・フラーミニア*(フラーミニウス街道*) 沿いの小高い丘陵上に位置し、帝政期に自治都市(ムーニキピウム*)として繁栄、ローマ五賢帝の最初の人物ネルウァ*帝の生地としても知られる。アウグストゥス*時代の立派な石造の橋 Ponte di Augusto や、水道橋(アクアエドゥクトゥス*)の遺跡を今も見ることができる。

Liv. 10-9〜, 9-29/ Tac. Ann. 3-9, Hist. 3-58〜/ Plin. N. H. 3-14/ Mart. 7-93/ Aur. Vict. Caes. 12/ Strab. 5-227/ Plut. Flam. 1/ Ptol. 3-1/ Procop. Goth. 1-16〜17/ Claud. Cons. Hon./ Steph. Byz./ etc.

ナ (一) ルボー　Narbo, のち、ナ (一) ルボーナ Narbona, (ギ) Narbōn, Νάρβων, (伊)(西)(葡)(オック語)(カタルーニャ語) Narbona

(現・ナルボンヌ Narbonne) ガッリア*西南岸の港湾都市。地中海沿岸から少し奥まった潟湖ルブレースス Rubresus に注ぐアタクス Atax (現・オード Aude) 河口の近くに位置する。ケルティベーリア*人の王国の中心地だったが、やがてケルト*系のウォルカエ Volcae 族の占拠するところとなり (前 3 世紀)、その主要交易都市 Naro となる (主にブリタンニア*からの錫の輸入で賑わう)。のちローマの属州ガッリア・トラーンサルピーナ*の州都とされ、次いでアウグストゥス*の時代以来、ガッリア・ナルボーネーンシス*の州都に定められた (⇒ガッリア)。前 118 年、ローマの執政官(コーンスル*)、Q. マールキウス・レークス❷*によって外ガッリアで最初の植民市(コローニア*)ナルボー・マールティウス N. Martius (Marcius) が建設され、間もなく海港としてマッシリア* (現・マルセイユ) に匹敵するまでに発展。クラウディウス*帝により拡張され、ローマからアクィーターニア*およびヒスパーニア*へ向かう軍道の分岐点として、またガッリア南部におけるローマ文明の 1 大拠点として繁栄した。後 2 世紀の大火 (後 145) 以来、衰退し始め、属州の首府たる地位をネマウッス* (現・ニーム) に譲った。462 年には西ゴート*の掌中に落ちている。カールス*、カリーヌス*、ヌメリアーヌス*ら諸帝の生地として知られる。

市内に壮大なカピトーリウム*や柱廊付きフォルム*、126 室もある地下の穀物貯蔵庫、市壁外に円形闘技場(アンピテアートルム*)や公共浴場(テルマエ*)などのあったことが明らかにされている。

⇒アレラーテ

Mela 2-5/ Plin. N. H. 3-4/ Vell. Pat. 1-15. 2-8/ Cic. Brut. 43, Font. 13/ Strab. 4-181〜/ Eutrop. 4-3/ Diod. 5-22/ Caes. B. Gall. 3-20, 7-7, 8-46/ Suet. Tib. 4/ etc.

ニオベー　Niobe, Νιόβη, Nioba (Niobe), (仏) Niobé, (伊) Niobe, (西)(葡) Níobe, (露) Ниоба

ギリシア神話中の女性名。

❶リューディアー*王タンタロス*の娘。テーバイ❶*王アンピーオーン*に嫁いで、大勢の子供を産んだ (通常 7 男 7 女だが、6 男 6 女、9 男 9 女、10 男 10 女など諸説あり)。子宝に恵まれていることを誇るあまり、「アポッローン*とアルテミス*の 2 子しかもたぬ女神レートー*よりも、この私の方が優れている」と公言し、ために女神の怒りを買って、子供たちを皆殺しにされた。母レートーの求めに応じて、アポッローンは男の子を、アルテミスは女の子を射殺したが、子供たちの父親アンピーオーンも神を侮った科(とが)で殪(たお)されたという説もあれば、男女 1 人ずつの子が助命されたという説もある (生き残った娘メリボイア Meliboia は、殺戮の恐怖で蒼白になったため、以来「青緑色の」を意味するクローリス Khloris という名で呼ばれ、のちピュロス*王ネーレウス*と結婚した)。悲嘆にくれるニオベーは、その場で、あるいは父タンタロスの住居たる小アジアのシピュロス Sipylos, Σίπυλος 山 (現・Spil Dağı) 上で、ゼウス*によって石に変えられ、後世まで初夏になるとこの石が涙を流すのが見られたという。ソポクレース*に今は散逸した悲劇『ニオベー』があり、死に瀕した息子の 1 人が自分の恋人(エラステース) erastes たる若者に対して救いを求めて呼びかける台詞(せりふ)などが断片として伝存する。また梅毒 Syphilis の病名の淵源は、アポッローンの矢で殺された息子の 1 人シピュロス Sipylos にまで遡ることができる。

なおパルテニオス*の所伝に従えば、ニオベーはリューディアー人アッサーオーン Assaon, Ἀσσάων の娘で、アッシュリアー*のピロットス Philottos の妻となるが、子供たちの数と容姿を鼻にかけ、レートーを蔑んだため、夫は狩猟中に惨死し、父は実の娘に恋して言い寄り、ニオベーに拒絶されると、20 人の孫を饗宴に招いて焼き殺してから自害、彼女も断崖から身を投げて果てたという。ニオベーの悲劇、特に射殺されるニオベーの子供らニオビデス Niobides, Νιοβίδες の情景は、彫刻・陶画など美術の主題として好んでとりあげられた (遺品はローマの国立博物館、フィレンツェのウフィッツィ美術館、コペンハーゲンの彫刻館、パリのルーヴル美術館などに所蔵される)。

⇒巻末系図 006, 014, 015

Hom. Il. 24-599〜/ Apollod. 3-5-6/ Hyg. Fab. 9, 11, 14/ Ael. V. H. 12-36/ Diod. 4-74/ Paus. 1-21, 2-21, 5-11, -16, 8-2/ Ov. Met. 6-146〜/ Parth. Amat. Narr. 33/ Stat. Theb 3-191/ Plut. Mor. 760d/ Ath. 13-601b/ etc.

❷アルゴス*の伝承によれば、最初の人間ポローネウス*の娘で、大神ゼウス*と交わった最初の人間の女。ゼウスとの間にアルゴス❹* (アルゴス*の地の名祖)、および一説ではペラスゴス* (ペラスゴイ*人の名祖) をも、産んだとい

う。
Apollod. 2-1-1/ Paus. Bibl. 2-1-1/ Hyg. Fab. 145/ Diod. 4-14/ etc.

ニーカイア Nikaia, Νίκαια, 〈ラ〉ニーカエア Nicaea, (または、ニーケーア Nicea)

ギリシア系都市の名。「勝利の町」の意。

❶(現・ニース Nice)(オック語)Niça, Nissa,(独)(伊)Nizza,(西)Niza,(露)Ницца

リグリア*地方南岸、地中海に臨む港湾都市。フェニキア*人によって開かれ、前4世紀の中頃マッサリアー*(現・マルセイユ)からギリシア人が植民し、ニーケー*(勝利)にちなんでニーカイアと命名した。周辺のリグリア人から攻撃を受けたが、前154年ローマの将Q. オピーミウス Opimiusに解放され、ローマ帝政期には北郊に新市ケメネルム Cemenelum(現・シミエ Cimiez)が栄えた。円形闘技場*や浴場*、店舗などローマ時代の遺跡がケメネルムから発掘されている。

⇒モノイコス(現・モナコ)

Strab. 4-184/ Plin. N. H. 3-5/ Mela 2-5/ Ptol. Geog. 3-1/ Polyb. 33-8〜/ Liv. Epit. 47/ Amm. Marc. 15-11/ Steph. Byz./ etc.

❷(現・イズニク İznik)(仏)Nicée,(独)Nicäa, Nizäa, Nikäa,(伊)(西)Nicea,(露)Никея,(古代における別称・Olbia, Prusias, 旧くは Ankore, Helikore)

小アジア北西部ビーテューニアー*地方の都市。前316年頃アンティゴノス1世*の創建にかかり、アンティゴネイア❸と呼ばれたが、ほどなくリューシマコス*が再建し(前301)、その妻ニーカイア(アンティパトロス*の娘)にちなんで改名した。典型的なギリシア式都市計画に従って建てられたこの町は、方形にめぐらした城壁の内側に街路が格子状に直交しており、市の中心にあるギュムナシオン*の基準石に立つと東西南北各方位の4つの門を望見することができたという。前282年以降、ビーテューニアー王国の領土に含まれ、しばしば王宮の所在地となった。前1世紀にポンペイユス*から広い領土を与えられて(前63頃)以来、州都ニーコメーデイア*(現・イズミト İzmit)と勢力を競い合うようになり、ローマ帝政期を通じて重要な都市であり続けた。後325年コーンスタンティーヌス1世*(大帝)によって最初のキリスト教会公会議がここに召集され、2ヵ月あまりにわたって神学論争が繰り返された結果、アタナシオス*(アタナシウス*)派を正統、アレイオス*(アリーウス*)派を異端と断じ、後者を帝国から追放する決定が下されたことは有名(5月20日〜7月25日。ニーカイア公会議〈ギ〉Synodos tēs Nikaias, Σύνοδος τῆς Νίκαιας,〈ラ〉Concilium Nicaenum)。しかし同帝はすぐに態度を変えて追放されたアレイオス派の聖職者を復任させ、2年後には第2回ニーカイア公会議を開いてアレイオス派的な信条を採択(327)、さらにアタナシオスを破門した(335)うえ、追放処分とした(336)。

ヘレニズム時代の天文学者ヒッパルコス*の生地。ギュムナシオンや劇場(テアートロン*)、水道(アクァエドゥクトゥス*)、城砦、ローマ時代の市壁などの遺構が今日も残っている。また神話上の名祖(なおや)は、サンガリオス*河神の娘で水浴中に裸身を覗き見たディオニューソス*に犯されたニュンペー*(ニンフ*)のニーカイアとされている。

Strab. 12-565〜/ Plin. N. H. 5-43/ Plin. Ep. 10-39, -40, -48/ Mela 2-5/ Curtius 9-3/ Catull. 47/ Nonnus Dion. 15-169〜/ It. Ant./ Steph. Byz./ Suda/ Phot. Bibl./ etc.

❸同名の都市は他にも、アレクサンドロス大王*がインドのポーロス*王に対する勝利(前326)を記念して戦闘の行なわれた地点に創建したニーカイアや、ギリシア本土東ロクリス*のテルモピュライ*近くのニーカイア、またトラーキアー*(トラーケー*)、ボイオーティアー*、テッサリアー*、コルシカ*島、イッリュリアー*などの各地にもあった。

Curtius 9-3, -23/ Just. 12-8/ Liv. 28-5, 32-32/ Arr. Anab. 4-22, 5-19/ Strab. 9-246/ Mela 2-4/ Ptol. Geog. 3-1/ Dem. 6-22, 11-4/ etc.

ニーカーノール Nikanor, Νικάνωρ, Nicanor,(伊)Nicanore,(露)Никанор

(前360頃〜前317)アリストテレース*の従弟にして女婿。スタゲイラ*の出身。マケドニアー*の宮廷でアレクサンドロス大王*とともにアリストテレースから教育を受けたと思われる。アレクサンドロス大王の東征に随行し、前

系図278 ニオベー❷

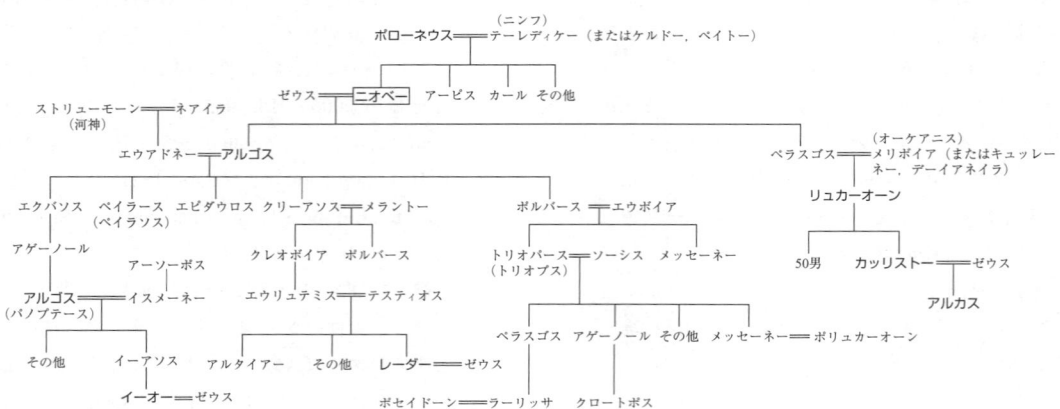

324年には追放中のギリシア人の帰国を許す王令をオリュンピア競技祭*で宣言するべくアレクサンドロスによってギリシアへ派遣された。大王の死（前323）後はカッサンドロス*の陣営に属し、アテーナイ*の外港ペイライエウス*の守備隊長（前319）やボスポロス❶*艦隊の提督（前318）として活躍したが、のちにカッサンドロスの猜疑と不興を買い、マケドニアー軍の集会において謀叛の廉で断罪され処刑された。

他にも、ホメーロス*の2大叙事詩やカッリマコス*の作品に句読点を打った文法学者のニーカーノール（後2世紀前半）やアレクサンドロス大王の老将パルメニオーン*の息子ニーカーノール（〜前330）など幾人もの同名異人が知られている。

Diog. Laert. 5-12〜16/ Diod. 18-8, -65, -68, -72, -75/ Arr. Anab. 1-18/ Plut. Eum. 17, Phoc. 31〜33/ Polyaenus 4-6/ App. Mith. 8, Syr. 55/ Just. 14/ Curtius 3-24, 4-50, 5-37, 6-22/ Polyb. 16-27, 18-7, 32-21/ Liv. 33-8/ Ath. 7-47/ Steph. Byz./ Suda/ etc.

ニーカンドロス Nikandros, Νίκανδρος, （ラ）ニーカンデル Nicander, （仏）Nicandre, （独）Nikander, （伊）（西）（葡）Nicandro, （露）Никандр

（コロポーン*の）（前185〜前135頃に活動）ヘレニズム時代のギリシアの叙事詩人。イオーニアー*のコロポーン市近郊にあったクラロス*のアポッローン*神官の家に生まれる。2篇の教訓叙事詩『テーリアカ Theriaka』（958行）と『アレクシパルマカ Aleksipharmaka』（630行）が、完全な形で現存している。前者は毒蛇をはじめとする有毒生物の記述とそれらに咬まれた時の治療法を説明したもので、後者は植物・鉱物・動物の毒およびそれらに対する解毒剤を列挙した作品である。両篇とも前3世紀はじめにアレクサンドレイア❶*のアポッロドーロス Apollodoros Iologos という人物が散文で記した実用書を韻文化したものに過ぎず、詩的価値に欠けると言わざるを得ない。しかるに、晦渋な用語のゆえに注釈家や文献学者の注目を惹き、また自然科学書を門外漢が叙事詩化したという点がソロイ*のアラートス*の場合と類似しているところから、2人を同時代人に設定する伝承も生じた。神話を題材にした『変身物語 Heteroiūmena, Ἑτεροιούμενα』や、『農耕詩 Geōrgika, Γεωργικά』その他の引用断片も若干残されている。

なお、前3世紀中頃にニーカンドロスという、やはりコロポーン出身の同名の叙事詩人がおり、両者はしばしば混同されることがある。

ちなみに、"テーリアカ Theriaca"なる語は、ローマ皇帝ネロー*の侍医アンドロマコス Andromakhos が60余種の薬物に毒蛇の肉を加えて調合した解毒剤にこの名をつけたことで、よく知られている。のち名医ガレーノス*がこれを改良して以来、しだいに万病の特効薬であるかのごとくに伝説化され、オリエント、ヨーロッパはもとより遙かインド、支那、日本にも広まり（アラビア語の Tiryak、漢籍の底野迦、底也伽など）、いわば「万能の霊薬」として19世紀末頃まで永く珍重された。

⇒ディオスコリデース、アエミリウス・マケル

Cic. De Or. 1-16(69)/ Plin. N. H. 20-13, -96, 21-106, 22-15, -32, -35, 26-66, 32-22, 37-11/ Ath. 3-76, 11-496, 14-649, 15-678/ Strab. 17-823/ Macrob. Sat. 5-21, -22/ Ant. Lib. Met. 12, 35/ Dioscurides/ Plut. Mor./ Gal. De Antid./ Harp./ Steph. Byz./ Suda/ etc.

ニーキアース Nikias, Νικίας, Nicias, （伊）Nicia, （葡）Nicías, （露）Никий

ギリシア人の男性名。

❶（前470頃〜前413）ペロポンネーソス戦争*（前431〜前404）時代のアテーナイ*の政治家・将軍。ペリクレース*没後に台頭した商工業経営者身分の政治家の1人。ラウレイオン*銀山の経営に携わり、1000人もの鉱山奴隷を所有する資産家で、その富を使って豪華な演劇や競技を開催し、人心を収攬した。前428年以来たびたび将軍（ストラテーゴス*）に任ぜられて各地に出陣した ── メガラ*の小島ミノーアー Minoa 占領（前427）やスパルター*南方のキュテーラ*島奪取（前424）など ── が、彼自身は和平論者で、クレオーン*率いる極端民主派の好戦主義に反対し、スパルターとの停戦を推進。政敵クレオーンが敗死する（前422）や、ただちに機を捉えて和平交渉に入り、前421年いわゆる「ニーキアースの和約」を締結。スパルターとの間に50年間の停戦と捕虜の釈放、占領地の返還などを取り決めた。彼は平和の維持に努力したが、ほどなく主戦論者のアルキビアデース*が頭角を現わし、スパルターと敵対関係にあるアルゴス*他の諸国とアテーナイとの間に防禦同盟が成立（前420）。前415年には、アルキビアデースの提案したシケリアー*（現・シチリア）遠征に反対したにもかかわらず、ニーキアースの慎重論は斥けられて、不本意ながらアルキビアデースやラマコス*とともに司令官に選ばれる。当初は優勢だったアテーナイ軍も、アルキビアデースは瀆神罪で召還され、ラマコスは戦死したため、優柔不断で病身のニーキアースだけがシュラークーサイ*包囲戦の指揮者として残された。同市の陥落寸前にギュリッポス*麾下の援軍がスパルターから到来し、たちまち形勢逆転。ニーキアースはアテーナイから派遣されたデーモステネース❶*の助勢を得たものの、撤退を余儀なくされる。しかるに、撤退前夜（前413年8月27日）に起きた月蝕のため、小心で迷信深い彼はその機を逸し、退却にも失敗したあげく、潰走中に将兵もろともギュリッポスの捕虜となる。彼とデーモステネースの両将は処刑され（一説に獄中で自決とも）、部下は全員石切場に幽閉されて、辛酸を嘗めた末に死んでいった。遠征軍全滅の報は、正式の使者よりも早く、床屋の噂話を通じて、アテーナイに届いたという（前413年10月）。

ニーキアースは穏厚、敬虔で気前がよく、またギリシア人男性の常として若者を愛することに吝かではなかった。ある演劇の催しでディオニューソス*神に扮した美少年奴隷を登場させたところ、市民たちがその容姿に魅せられて

長い間拍手喝采を送ったので、彼はその少年をすぐさま奴隷身分から解放してやった等、いくつかの逸話が伝えられている。
⇒ヘーゲーモーン
Thuc. 3-51~/7-87/ Plut. Nic., Alc. 14/ Nep. Alcibiades/ Diod. 12-65, -83~/ Xen. Mem. 2-5-2, Vect. 4-14/ Ar. Eq. 28~, 80, 112, 358/ Paus. 1-29/ Ath. 6-272/ etc.

❷（前 4 世紀後半）アテーナイ*の画家。エウプラーノール*の孫弟子。主に彫刻家プラークシテレース*の作品を彩色、また巧みな陰影法で絵が画板から浮き出て見えるよう工夫した。初めて辰砂（朱）を用いて女性を造形的に描き（「アンドロメダー*の救出」「ダナエー*」「イーオー*」「カリュプソー*」など）、感情の劇的表出に優れていた。画技に精励するあまり食事を摂るのも忘れることがよくあり、召使いに何度も「僕（わし）はもう朝飯は食ったか」と尋ねたという。騎兵や海戦などの主題を好み、「ヒュアキントス*」「ディオニューソス*」「冥界で死霊と語るオデュッセウス*」といった神話画も多く描いた（このうち最後の作品をプトレマイオス1世*が60タラントンで買おうとしたが、裕福な彼は王の申し出を拒んでアテーナイ市に贈呈した）。プラークシテレースは「ご自身の作品でどれを最上の出来と思われますか」と問われると、「ニーキアースが手をつけた作品だ」と答えるのが常であったという。臘画 enkausis, ἔγκαυσις の技法の発明者と目される。作品はすべて失われた。

その他、哲学史関係の著述を記したニーカイア❷*のニーキアース（後1~2世紀頃）、インド＝バクトリアー*の王ニーキアース（在位・前95頃~前85頃）など幾人もの同名異人が知られている。
Plin. N. H. 35-10, -40/ Paus. 3-19/ Ael. V. H. 3-31/ Plut. Mor. 1093e./ Ath. 6-273, 11-505, 13-592, -609/ Thuc. 2-58, -85/ Polyb. 5-71/ Strab. 14-658/ Liv. 44-10/ Cic. Fam. 9-10, Att. 7-3/ Suda/ etc.

ニギディウス・フィグルス　Publius Nigidius Figulus, （ギ）Poplios Nigidios Phigūlos, Πόπλιος Νιγίδιος Φίγουλος, （伊）Publio Nigidio Figulo, （西）Publio Nigidio Fígulo

（前98頃~前45）ローマ共和政末期の博識な学者。キケロー*の友人で、当時ウァッロー*に次いで博学な人物と目された。前58年に法務官（プラエトル*）を務めたが、内乱時にポンペイユス*を積極的に支持したため、パルサーロス*の敗北（前48）後、カエサル*に追放されて流謫の地に没した。ピュータゴラース*派哲学を熱心に信奉し、占星術や魔法を自ら行ない、オクターウィアーヌス*（のちアウグストゥス*）誕生の時には出産時刻を聞いて「世界の支配者が生まれた！」と予言したという。文法学書 Commentarii Grammatici、天文学書 Sphaera、宗教学書 De Diis の他、魔術、占星学、動物学、等々、多岐にわたる豊富な著作があったがことごとく散逸。エトルーリア*の卜占術の影響を受けた前兆に関する論文の断簡などが残るに過ぎない。超自然現象に通じたオカルト学者として名声を博した。

⇒テュアナのアポッローニオス❼、イアンブリコス、ペレグリーノス
Cic. Sull. 42, Att. 2-2, 7-24, Fam. 4-13/ Apul. Apologia 42/ Luc. 1-639~/ Suet. Aug. 94/ Dio Cass. 45-2/ Gell. N. A. 4-9, 5-2, 10-11, 11-11, 13-10, -25, 19-14/ Quint. Inst. 11-3/ Apul. Apologia 42/ Macrob. Sat. 3-4-6/ Hieron. Chron./ etc.

ニーケー　Nike, Νίκη, Nice, （仏）Niké, Nikè, Nikê, Nika, （西）Niké, （露）Ника

（「勝利」の意）ギリシアにおける勝利の女神。ローマのウィクトーリア*に相当する。ティーターン*神族のパッラース❶*とステュクス*（オーケアノス*の長女）の娘で、クラトス Kratos, Κράτος（支配）、ゼーロス Zelos, Ζῆλος（競争心）、ビアー Bia, Βία（暴力）の姉妹（⇒巻末系図002）。ティーターノマキアー*の折には、母や兄弟姉妹とともにいち早くオリュンポス*神族に味方し、ティーターンたちと戦ったため、大神ゼウス*に賞せられ、つねに大神の玉座の側に席を占める栄誉を与えられた。通常、有翼の若い女神の姿で表現され、オリュンピアー*、アテーナイ*はじめギリシア各地に神殿をもち、崇拝を受けていた。とりわけペルシア戦争*（前492~前479）の勝利を機に彼女の人気は急激な高まりを見せる。戦闘のみならず運動・音楽など各種競技の勝利をも司り、優勝者に栄冠を授けるべく地上に降る（くだ）神々の使者として描写されることも多い。神像はアルカイック期から造られていたことが知られており、かのペイディアース*作のアテーナー*・パルテノス像やオリュンピアーのゼウス巨像にも付随していたが、いずれも失われた。今日残存する中では、オリュンピアー出土のパイオーニオス*の作品（前5世紀後期）とサモトラーケー*島出土のヘレニズム時代の作品（ルーヴル美術館蔵。Nikê de Samothrace, 前2世紀初頭）が最も名高い。アッティケー*では女神アテーナーと深く結びつき、ニーケーという名はアテーナーの呼称の1つに過ぎなくなっていた —— カッリクラテース❶*の建造したアテーナー・ニーケー神殿や、その浮彫り「サンダルの紐を解くニーケー」（前5世紀末葉）など ——。アレクサンドロス大王*以降、ヘレニズム時代には、政治的意図をもってニーケーの姿が貨幣や印章などに表わされるようになる。
Hes. Th. 383/ Apollod. 1-2-2/ Dion. Hal. Ant. Rom. 1-33/ Pind. Nem. 5-42/ Paus. 1-42, 3-15, 5-14/ Ar. Eq. 581/ Serv. ad Verg. Aen. 6-134/ Eur. Ion 1529/ Schol. ad Ar. Av. 574/ etc.

ニケア　Nicea
⇒ニーカイア

ニゲル、ペスケンニウス　Gaius Pescennius Niger Justus, （ギ）Peskennios Nigros, Πεσκέννιος Νίγρος, （伊）Pescennio Nigro, （西）Pescenio Niger, （露）Песценний Нигер

（後135／140頃~194年10月）ローマ僭帝（在位・193年4

月～194年10月）。ラティウム*の都市アクィーヌム*（現・アクィーノ）の騎士身分_{エクィテース}*の家に生まれる。軍人として頭角を現わし、コンモドゥス*帝の治世に元老院入りを果たす。執政官職_{コーンスル}（188）を経てシュリア*総督に任ぜられ（191～193）、ペルティナークス*帝の横死後アンティオケイア❶*において軍団兵から帝位に擁立された（⇒ディーディウス・ユーリアーヌス）。ビューザンティウム*を中心とする東方諸属州に勢力を広げたが、セプティミウス・セウェールス*に機先を制せられ、一連の敗北を繰り返した末、イッソス*の戦いで惨敗を喫し、アンティオケイアから逃走中、捕われて斬首された。首は新帝セプティミウス・セウェールスの命令に従い槍先に梟されてからローマへ送られ、彼の妻や息子たちはじめ多数の要人が殺され財産を没収された。

ニゲルは長身で秀逸な容姿に恵まれていたが、首だけが際立って黒かったので「黒い_{ニゲル}」の異名を得たと伝える（異説あり）。禁欲的な性格の持ち主で、妻との性交も嫡出子を儲ける目的以外には一切抑制し、軍規も厳しく陣営における金銀器の使用を禁じ贅沢な料理人を追放、自ら兵士と同じ粗食に甘んじた。飲酒も認めず、エジプト駐留軍がワインを求めた時には、「ナイル河があるというのに、なぜ葡萄酒が必要なのか」と一蹴。パルティアー*軍に敗れた部隊が「ワインを飲まなければ闘えない」と不平を鳴らすと、「恥を知れ。お前たちを打ち負かした敵は水しか飲んでおらぬわ！」と一喝したという。1羽の鶏を盗んで食った10人の兵卒を刎首しようとしたところ、軍隊のとりなしによってかろうじて思いとどまったという話も知られている。

⇒クローディウス・アルビーヌス

Dio Cass. 72-8, 73-13～14, 74-6～8/ Herodian. 2～3/ S. H. A. Pescennius Niger/ Aur. Vict. Caes. 20/ Eutrop. 8-10/ etc.

ニーコポリス　Nikopolis, Νικόπολις, Nicopolis,（伊）Nicopoli,（西）Nicópolis,（露）Никополъ

（「勝利の市_{まち}」の意）。（ラ）Actia Nicopolis,（現・Nikópoli。または Paleopréveza）エーペイロス*南部の都市。前31年オクターウィアーヌス*（のちローマの初代皇帝アウグストゥス*）によりアクティオン*海戦の勝利を記念して建設された（前29年頃に奉献）。エーペイロス地方の西南端、アンブラキアー*湾入口の北側に位置する（アンブラキアー市の西43km）。アイトーリアー*など近隣地域から多数の住民が移住させられ、市の美観が整えられたうえ、アポッローン*神に捧げる競技祭アクティア Aktia,（ラ）Ludi Actiaci が4年ごとに盛大に開催された。またアクティオンの海戦当日の早朝、オクターウィアーヌスの陣営に勝利を約束するかのように出現した驢馬と驢馬曳_{ろば}きの銅像も建てられた。自由市ニーコポリスはローマ帝政期に、エーペイロスおよびアカルナーニアー*地方の中心市として栄え、隣保同盟_{アンピクテュオニアー}*に5人もの委員を出す権利を与えられた。属州エーピールス*の州都となり、ドミティアーヌス*帝が哲学者をローマから追放した時（後89）には、ストアー*派のエピクテートス*が来住して、終生この町で教鞭を執った。今日も劇場_{テアートロン}*や音楽堂_{オーデイオン}*などの遺跡が良く保存されている。

なお同名の市ニーコポリスは他にも、アレクサンドロス大王*がイッソス*の戦い（前333）の勝利を記念してキリキアー*のイッソス湾に建設したニーコポリスや、大ポンペイユス*がミトリダテース*戦争の勝利（前66）を祝して創建したポントス*のニーコポリス（のち小アルメニア*の中心市。現・Pürk）、トライヤーヌス*帝がダーキア*戦役後にイストロス*（現・ドーナウ）河南側に築いたモエシア*のニーコポリス、オクターウィアーヌスがプトレマイオス朝*エジプト王国征服（前30）を記念してアレクサンドレイア❶*の近くに建てたエジプトのニーコポリスなど、東地中海世界にいくつかあった。

Suet. Aug. 18, 96/ Dio Cass. 51-1, -18/ Plut. Ant. 62, 65/ Strab. 7-325, 14-676/ Tac. Ann. 2-53/ Plin. N. H. 4-1/ Paus. 5-23, 7-18, 10-38/ Procop. Goth. 4-22, Aed. 4-2/ It. Ant./ Ptol. Geog. 3-13/ etc.

ニーコマコス　Nikomakhos, Νικόμαχος, Nicomachus,（仏）Nicomaque,（独）Nikomachos,（伊）Nicomaco,（西）Nicómaco,（葡）Nicômaco,（露）Никомах

ギリシア系の男性名。

❶（前4世紀後半）哲学者アリストテレース*の息子。母親は父の内妻ヘルピュッリス Herpyllis。アリストテレースの倫理哲学書『ニーコマコス倫理学』は、彼にちなんで名づけられた。父の弟子で後継者テオプラストス*から恋慕されたが、若くして戦死した。

Diog. Laert. 5-1, -12, -39, -52, 8-88/ Euseb. Praep. Evang 15-2/ Suda/ etc.

❷（前3世紀中頃）アッティケー*新喜劇の作者。引用断片のみ伝存する。

Ath. 7-290e, 11-781f/ etc.

❸ゲラサ*の（後60頃～120頃）（ラ）N. Gerasenus

ローマ帝政期の新ピュータゴラース*派哲学者、数学者、音楽理論家。その著『ピュータゴラース伝』などは失われたが、『数学序説 Arithmētikē Eisagōgē』2巻は早くからラテン語やアラビア語に訳されて、中世に広く読まれ大きな影響を及ぼした。

他にも、ソローン*の法文を筆記・公刊したニーコマコス（前5世紀末）や、エウリーピデース*と同時代の悲劇詩人ニーコマコス（前5世紀後半）、テーバイ❶*の画家ニーコマコス（前4世紀）、アレクサンドロス大王*に対する陰謀を念兄のディムノス Dimnos から打ち明けられたマケドニアー*人青年ニーコマコス（前330）など幾人もの同名人物がいる。

⇒イアンブリコス

Lysias contr. Nicomach./ Plin. N. H./ Curtius 6-7/ Vitr. De Arch./ Suda/ etc.

ニーコメーデイア　Nikomedeia, Νικομήδεια, Nicomedia,（仏）Nicomédie

（現・イズミト İzmit）ビーテューニアー*の都市。ビューザンティオン*から数マイル東南、マルマラ海（プロポンティス*）のアスタコス*湾の東端に位置する。前264年ニーコメーデース1世*によって建設される。ビーテューニアー王国の首都となり、ローマの支配下では「属州ビーテューニア＝ポントゥス」の州都として繁栄、壮麗な建造物が輪奐の美を競い合った。たびたび震災に見舞われ、ゴート*人の侵略（後256／257）や市民間の内訌、財政の混乱などがあったにもかかわらず、良港と沃土に恵まれ東西交通の要衝に位するため、284年ディオクレーティアーヌス*帝は帝国の政府をここに遷した（東方帝国の首都）。コーンスタンティーヌス1世*（大帝）および彼の後継者たちも、ニーコメーデイアの皇宮に滞在している。カルターゴー*の名将ハンニバル❶*の終焉の地、また史家アッリアーノス*の生地としても知られる。

属州総督を務めた小プリーニウス*（110～112・在任）が意を用いた水道施設(アクァエドゥクトゥス*)や広い貯水槽、泉屋（ニュンパエウム Nymphaeum）、および古代末期の城塞が残っているが、ディオクレーティアーヌスの皇宮などの建造物の遺跡はほとんど見出すことができない。
⇒ニーカイア❷

Paus. 5-12/ Amm. Marc. 17-7, 22-9, -12, -13/ Plin. N. H. 5-43/ Plin. Ep. 10-42/ Mela 2-1/ Strab. 12-543, -563/ Ptol. Geog. 5-1, 8-17/ Euseb. Chron. Ol. 129/ Libanius Or. 62/ Procop. Aed. 5-1/ etc.

ニーコメーデース Nikomedes, Νικομήδης, Nicomedes, （仏）Nicomède, （伊）Nicomede, （露）Никомед
ビーテューニアー*の4人の王。巻末系図031を参照。

❶ 1世 N. I （在位・前279～前255／250頃）ビーテューニアー*王ジポイテース Zipoites, Ζιποίτης（在位・前326頃～前279。前298年に王号を称す。76歳で没）の長子。父のあとを継いで即位するや、2人の弟を殺害し、国内で侮り難い勢力を振るう末弟を倒すため、ケルト*人を小アジアに侵攻させた（前277、⇒ガラティアー）。首都ニーコメーデイア*を創建（前264）、セレウコス朝*と対抗するため、マケドニアー*王アンティゴノス2世*と同盟を結んだ。先妻が飼犬に咬み殺されたのち、継室を迎えるが、彼女の懇願により、王位を後妃の子に譲るべく遺言した。しかるに、その死後、先妃の子ジーアエーラース Ziaëlas, Ζιαήλας ないし、ゼーイラース Zeilas, Ζηΐλας（在位・約前255／250頃～前228頃）は、武力で異母弟を排して即位した。
Plin. N. H. 8-61/ Paus. 5-12/ Euseb. Chron. Ol. 129/ Just. 25-2/ Liv. 38-16/ Strab. 12-563/ Tzetz. Chil. 3-950/ Memnon/ etc.

❷ 2世エピパネース N. II Epiphanes, Ἐπιφανής（在位・前149年～前127年）ビーテューニアー*王プルーシアース2世*の息子、後継者。❶の玄孫。父王を王座から放逐、殺害して即位、ローマ*の忠実な同盟者として統治した。ペルガモン*のアリストニーコス❶*の反乱が起きた時にも、ローマを援助して、その鎮圧に協力している（前133～前129）。ところが、彼のプリュギアー*領有権要請は認められず、この地はローマによってポントス*王ミトリダテース5世*に与えられた。一説に、彼が殺された時、その愛馬は絶食して死んだという。
Liv. 45-44/ Polyb. 32-16/ Plin. N. H. 8-64/ App. Mith. 4～7/ Strab. 13-624, 14-646/ Diod. 32-20, -21/ Zonar. 9-8/ Just. 34-4/ Oros. 5-10/ Eutrop. 4-20/ etc.

❸ 3世エウエルゲテース N. III Euergetes, Εὐεργέτης （在位・前127年～前94年）❷の子にして後継者。前104年、対キンブリー*戦への助勢を求めるマリウス*の要請を、「国内の成年男子はことごとくローマ人によって奴隷に売られてしまったから」と言って拒絶。ポントス*の大王ミトリダテース6世*と結んで、パープラゴニアー*分割を計ったり、カッパドキアー*王アリアラテース6世*の死後、その未亡人ラーオディケー Laodike（ミトリダテース6世の姉妹）を娶って、その王国を乗っ取ろうと企てた。
Diod. 36-3-1/ Just. 37-4, 38-1～2/ Phot. Bibl./ etc.

❹ 4世ピロパトール N. IV Philopator, Φιλοπάτωρ（在位・前94年～前74年初頭）❸の妾腹の子。母は踊り子という。ポントス*の大王ミトリダテース*6世に支援された兄弟のソークラテース Sokrates により、一時王国を逐われるが、ローマ*の援助で復辟（前92）。やがてローマの圧力下に、彼がポントスの領地を侵したことから、第1次ミトリダテース戦争が勃発（前88）、ニーコメーデースは敗走してローマへ亡命する。前84年、スッラ*率いるローマ軍のおかげで再度復位がかない、以来、ローマとの平穏な関係のうちに、贅沢な宴会と享楽の生活を送る。若きカエサル*が訪問した折、美青年に目のない王は、彼に惚れ込んで寝室に迎え入れ、その肉体を愛して同棲（前80～前79）、ためにカエサルは晩年になってもローマ国民から「ビーテューニアー*の王妃」「ニーコメーデースの男妾」等とからかわれた。王は継嗣のないまま没し、その王国は遺言によってローマに贈られた。
⇒ M'. アクィッリウス
Just. 38-3～5/ Suet. Iul. 2, 49/ Plut. Sull. 22, 24, Caes. 1/ App. Mith. 7, 10～19, 60, 71/ Liv. Epit. 74, 76, 83, 93/ Strab. 12-562/ Syncellus/ etc.

ニーコラーオス Nikolaos, Νικόλαος, Nicolaus, （英）Nicholas (Nicolas), （仏）Nicolas, （独）Nikolaus, （伊）Nicola, Niccolò, （西）Nicolás, （葡）Nicolau, （露）Николай, （和）ニコラオ
ギリシア系の男性名。

❶ ダマスコス*の。Nīkolāos ho Damaskēnos, Νικόλαος ὁ Δαμασκηνός,（前64頃～後1世紀前期）(ラ) Nicolaus Damascenus ユダヤ王ヘーローデース1世*（ヘロデ大王）の顧問。ギリシア系の著名な家柄に生まれ、歴史、哲学など広範囲にわたる教養を身につける。ヘーローデースの宮廷にあって外交官的な役割りを果たし、3度にわたりローマを訪問、アウグストゥス*のもとへ使いした。前4年のヘーローデースの死までを扱った『世界史 Historiai, Ἱστορίαι』

144巻は失われたが、アウグストゥスの若い時代に関する伝記 Bios Kaisaros や、自叙伝の断片が伝存する。その他、悲劇や喜劇、ペリパトス（逍遙）学派の哲学書、植物誌、異民族の風俗誌集成など多くの著作があった。痩せて長身の赤ら顔の人物で、謙虚かつ公正な愛すべき性格の持ち主であったと伝えられる。
⇒イオーセーポス、エポロス
Ath. 6-249, 14-652/ Plut. Symp. 8-4/ Joseph. J. A. 12-3, 16-15, -16, -17, 17-7, -11/ Isid. Orig. 17-7/ Phot. Bibl./ Suda/ etc.

❷ ミュラ Myra, Μύρα の（後 270／280 頃～345／352 年 12 月 6 日）（ギ）Μυρεύς、（ラ）Nicolaus Myranus (Myrensis) 小アジアのリュキアー*地方の町ミュラ（現・Kale の Myra）の主教（司教）。ビザンティン帝国で広く崇敬され、11 世紀末に遺骨がミュラからイタリアの港町バーリウム Barium（現・バーリ Bari）へ盗み出されて（1087）以来、西方ヨーロッパでも大いに崇敬されるようになった。食用に屠殺された 3 人の少年を奇跡によって生き返らせたなどといった伝説が次々と創り出され、子供・水夫・旅行者の守護聖人に祀り上げられ、ついには近代のサンタ・クローズ Santa Claus に変貌した。なお、彼がミュラの主教に選ばれたのは、「翌朝一番早く入堂する者を新主教にせよ」との神の啓示があった次の日、彼がたまたま誰よりも先に教会へやってきたからだと伝えられている。

その他、5 世紀後半にコーンスタンティーノポリス*で活躍したソフィスト*のニーコラーオスや、医師のニーコラーオスら何人もの同名人物がいる。
Suda/ Procl./ Polyb. 5-61, -66, -68, -69, 10-29/ Diod. 13-19～27/ Gal./ etc.

西ゴート族　（ラ）Visigothi、（英）Visigoths (Western Goths)、（仏）Wisigoths、（独）Westgoten, Wisigoten、（伊）Visigoti、（西）（葡）Visigodos、（露）Вестготы
⇒ゴトーネース

ニシビス　Nisibis, Νίσιβις, Νισιβίς、（ラ）Nesebis (Nisibis)、（仏）Nisibe、（シリア語）Nṣibin, のちに Ṣōbā、（アッシリア語）Naṣībīna
（現・〈トルコ語〉Nusaybin,〈クルド語〉Nisêbîn,〈アラビア語〉Naṣībīn) メソポタミアー*北部にあった古代都市。ティグリス*、エウプラーテース*（ユーフラテス）両河上流の交通の要衝に位置し、古くアッシュリアー*時代から重視された。ヘレニズム時代には、セレウコス朝*シュリアー*によってマケドニアー*系の植民市が築かれ、ミュグドニアー Mygdonia, Μυγδονία のアンティオケイア❹*（ラ）Antiochia Mygdonica の名で知られた。前 2 世紀後半にはパルティアー*に併呑され（前 129）、次いでアルメニアー*の大王ティグラーネース*の居城が営まれ（前 80 頃）、のちローマの将軍ルークッルス*に占領された（前 68）。帝政期にはローマとパルティアー、サーサーン朝*ペルシアとの間で争奪戦が繰り返され、後 198 年にはローマの属州メソポタミアの州都と定められ、時の皇帝セプティミウス・セウェールス*にちなんでセプティミア Septimia と改称された。ユーリアーヌス*帝の戦死（後 363）後、ペルシアの支配下に入り、5 世紀末以来ネストリオス*派のキリスト教徒が学校を開いたことで名高い。
⇒ティグラーノケルタ、エデッサ❶、ドゥーラ・エウローポス
Strab. 11-527, 16-747/ Plin. N. H. 6-16/ Tac. Ann. 15-5/ Plut. Luc. 32, 36/ Dio Cass. 35-6～7, 68-23, 75-2～3/ Polyb. 5-51/ Amm. Marc. 25-7, -8/ Zosimus 3-33/ etc.

ニーシューロス　Nisyros, Νίσυρος, Nisyrus (Nisyros)、（伊）Nisiro、（西）Nisiros、（露）Нисирос
（現・Níssiros, Nizzaria）小アジア沿岸、カーリアー*地方沖合のエーゲ海上に浮かぶ火山島（面積 37 km²）。コース*島の南に位置し、スポラデス諸島*に属す。伝説では、もとはコース島につながっていたが、ギガントマキアー*の時、海神ポセイドーン*が巨人のポリュボーテース Polybotes, Πολυβώτης を追ううちに、三叉戟でコースから土塊を裂き取って巨人に投げつけて退治。その土塊がニーシューロスとなり、今でも島はこの巨人を下に敷いているという（⇒ギガンテス）。島には島と同名の市ニーシューロス、港、温泉、ポセイドーン神殿があった。
Apollod. 1-6/ Mela 2-7/ Strab. 10-488～, 14-656/ Herodot. 7-99/ Plin. N. H. 5-36/ Paus. 1-2/ Diod. 5-54/ Hom. Il. 2-676/ Steph. Byz./ etc.

西ロクリス　Locris Ozolis
⇒ロクリス、ロクロイ

ニーソス　Nisos, Νῖσος、（ラ）ニースス Nisus、（伊）（西）（葡）Niso、（露）Нис
神話・伝説上の男性名。
❶メガラ*の王。パンディーオーン❷*の子で、アテーナイ*王アイゲウス*の兄弟。スキュッラ❷*の父（巻末系図 020）。頭髪の中に彼の生命や王位がかかっている紫色の一房の毛があったが、クレーテー*王ミーノース*が攻め寄せた時に（⇒アンドロゲオース）、娘スキュッラの裏切りでその一房の毛を切り取られ、ために死亡した。あるいはミーノースに捕われ、船の艫につながれて溺死させられたという。彼は尾白鷲に変身し、同じく海鳥に姿を変えられた娘に襲いかかったという。メガラの古名ニーサ Nisa, Νῖσα は、彼の名に負っている。
Strab. 9-392/ Hyg. Fab. 198, 242/ Apollod. 3-15-5～/ Verg. G. 1-404～/ Ov. Met. 8-8～/ Plut. Mor. 295a/ Paus. 1-19-5, -39-4～5/ etc.

❷アエネーアース*（アイネイアース*）に従ってイタリアへ移住したトロイアー*の部将。美青年エウリュアルス Euryalus（エウリュアロス Euryalos, Εὐρύαλος）の恋人（念者）。ルトゥリー*王トゥルヌス*との戦いで、エウリュアルス

とともに敵陣に夜討ちをかけ、捕われた愛人を救いに戻り、もろともに殺された。
Verg. Aen. 5-286〜361, 9-176〜502/ Hyg. Fab. 257, 273/ Ov. Tr. 1-5, -9, 5-4/ etc.

ニトークリス　Nitokris, Νίτωκρις, Nitocris
オリエント系女性のギリシア名。

❶（前6世紀頃?）バビュローン*のなかば伝説上の女王。エウプラーテース*（ユーフラテス）河の堤防や運河開鑿などの土木事業で知られる。城門の上に自らの墓を作らせ、そこに「財貨に窮する王があれば、墓を開いて欲するがままに金子を取るべし」と刻ませた。後年ペルシアのダーレイオス❶*大王が墓を開けてみると、屍骸の他にあったのは次の文句だけだった。「汝が恥知らずの貪欲な者でなければ、死者の棺を開くことなどなかったであろうに」。彼女は新バビュローニアー*王国最後の王ラビュネートス Labynetos, Λαβύνητος（ナボナディオス Nabonadios, Ναβονάδιος Nabonnēdos, Ναβόννηδος〈在位・前556頃〜前539。Nabû-naʼīd, Nabonidus と同一人?）の母とされているが、史家ヘーロドトス*の記す女王の業績は、実のところネブカドネザル（ネブカドネツァル）Nebuchadnezzar（〈ギ〉Nabūkhodonosōr, Ναβουχοδονόσωρ）2世（在位・前605〜前562）の事蹟である。
⇒セミーラミス、巻末系図024
Herodot. 1-185〜189/ Joseph. Ap. 1-20/ etc.

❷（前22世紀後期?　第6王朝）(Nikaure, Nikauris とも〈古エジプト語〉Nitiqreti (Nt-iqrti)) 古代エジプト歴代で唯一の女王とされる（在位・前2184〜前2181頃）。兄弟だった王が殺されたのち即位し、王の殺害者たるエジプト人たちを、巨大な地下室の落成祝賀会に招き、秘密の水道管から河水を流し込んで皆殺しにした。復讐を遂げると、彼女は焼灰の中に投身して自殺したという。
Herodot. 2-100/ Dio Cass. 62-6/ Joseph. J. A. 8/ Manetho/ etc.

ニノス、または、ニーノス　Ninos, Νίνος, Νῖνος, Ninus,（伊）（西）Nino,（露）Нин
アッシュリアー*の首都ニネヴェ Nineveh（〈アッカド語〉Ninua,〈ヘブライ語〉Nīnewē, ギリシア名・ニノスないし、ニーノス Ninos, Νῖνος, ニネウエー Nineue, Νινεύη,〈ラ〉Ninive, Ninus)の伝説上の名祖。ベーロス*ないしクロノス*の息子で、アッシュリアー建国の祖とされる。ティグリス*河畔にニネヴェ市を創建（前2182頃）、初めて軍隊を組織してアジアの大半を征服。バクトリアー*攻略の折、部将オンネース Onnes の美しい妻セミーラミス*を見初め、オンネースを死に追いやったのち、彼女と結婚した。在位52年で死去、王位は妃セミーラミスが継承したとも、セミーラミスの「1日だけ玉座に坐って統治したい」という願いを聴き容れて王位に即かせたところ、彼女の命令で捕われたうえ、弑殺されたともいう。セミーラミスはニノスの壮麗な霊廟をニネヴェに建てたが、のち息子のニニュアース Ninyas（父はニノス）の手にかかって果て、王位を簒奪されたと伝えられる。青年王ニノスと従妹との愛を主題とする散文作品『ニノス物語（独）Ninos-Roman』（前2世紀頃）のパピュロース断片が現存する。
⇒サルダナパーロス
Herodot. 1-7, -102〜, 2-150/ Diod. 2-1〜, -20〜/ Conon Narr. 9/ Plut. Mor. 753d〜e/ Pl. Leg. 3-685c./ Ael. V. H. 7-1/ Strab. 16-737/ Ptol. Geog. 6-1/ Ctesias/ Berossus/ Steph. Byz./ Syncell./ etc.

ニュクス　Nyks, Νύξ, Nyx,（ラ）ノクス Nox,（英）Night,（仏）Nuit,（独）Nacht,（伊）Notte,（西）Noche, Nix,（葡）Noite,（露）Ночь,（現ギリシア語）Níks

系図280　ニーソス❷

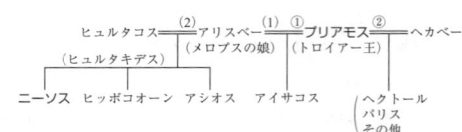

系図281　ニュクス(1)

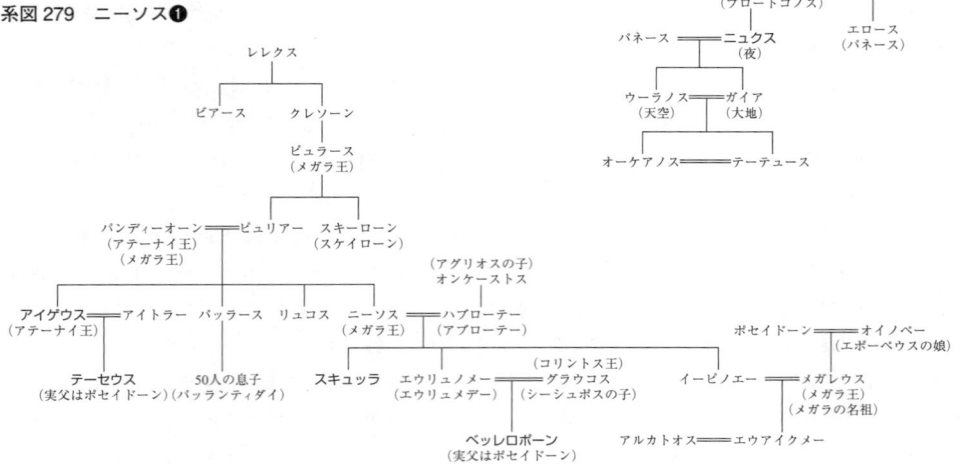

ギリシア神話中、「夜」を擬人化した女神。原初のカオス*から生まれ、兄弟のエレボス*（幽冥）と交わって、アイテール*（澄明）とヘーメラー*（昼日）の母となる。さらに、タナトス*（死）やヒュプノス*（眠り）、オネイロス*（夢）たち、モイラ*（運命）たち、ヘスペリス*たち、ネメシス*、エリス*、ケール*、モーモス*その他多くの神格をも産んだとされている（⇒巻末系図001）。ホメーロス*によると、主神ゼウス*ですら畏敬の念を覚える女神であるという。オルペウス教*の創世神話 kosmogonia においては、宇宙卵から生まれた光り輝く神パネース Phanes の娘で、父との間にウーラノス*（天空）とガイア*（大地）を産んだ、あるいは、「夜」が風によって銀色の卵を孕み、ここから孵ったエロース*（＝パネース）が世界を創り出した、ということになっている。ニュクスは極西の地の果てに住み、万物形成の助言者として、洞窟内で予言を行なったともいう。芸術作品では、黒衣をまとい、「死」と「眠り」の2児を抱く有翼の婦人の姿で表現されることが多い。ローマ名ノクス Nox「夜」は、nocturne「夜想曲」、nocturnal emission「夢精」などの語源として知られる。

Hom. Il. 14-259〜/ Hes. Th. 123〜, 211〜/ Cic. Nat. D. 3-17/ Paus. 5-18, 10-38/ Eur. Ion. 1150〜, Or. 174〜/ Aesch. Cho. 660〜/ Hyg. Fab. praef./ Ar. Aves 693〜/ Verg. Aen. 5-721/ etc.

ニュクティメネー　Nyktimene, Νυκτιμένη, Nyctimene, （伊）Nittimene, （露）Никтимена

ギリシア伝説中、父親に愛されて交わったことを恥じ、森に隠れているうちに女神アテーナー*によって梟に変えられた王女。父はレスボス*王エポーペウス*またはエティオピア*王ニュクテウス*とされ、彼女は父王に強姦されたとも、その誘いに応じて同衾したともいわれる。

ギリシアの神話伝説に父娘相姦を含むインセスト（近親間性交）の話柄は多く、ニュクティメネーに似た例としては、父のアルカディアー*王クリュメノス❷*に犯されて夜鳥カルキス khalkis に変身したハルパリュケー Harpalyke, Ἁρπαλύκη の話が挙げられる（ただしハルパリュケーの場合は、父王との間に生まれた子供を料理して、父の食卓に供し、復讐を遂げている）。

⇒ミュッラー

Ov. Met. 2-590〜/ Hyg. Fab. 204, 206, 253/ Parth. Amat. Narr. 13/ Serv. ad Verg. G. 1-403/ Ant. Lib. Met. 34/ Lactant. etc.

ニュクテウス　Nykteus, Νυκτεύς, Nycteus, （仏）Nyctée, （伊）Nitteo, （西）Nicteo, （葡）Nicteu, （露）Никтей

ギリシア神話中のテーバイ❶*王ないし摂政。リュコス*の兄。アンティオペー❷*（アンピーオーン*とゼートス*の母）の父。彼の父母に関しては諸説行なわれて一致しない。弟とともにオルコメノス*王プレギュアース*を殺してボイオーティアー*へ亡命し、王ペンテウス*によってテーバイ市民となり、のち外孫ラブダコス*（娘ニュクテーイス Nykteïs の子）の摂政を務めた。娘アンティオペーがシキュオーン*王エポーペウス*の許へ出奔した時、不名誉を恥じて自殺したとも、エポーペウスを攻めて戦死したとも伝えられる（⇒巻末系図006）。

なお同名のエティオピア*王ニュクテウスは、実の娘ニュクティメネー*を犯し、ためにこれを恥じた娘は森に隠れ、女神アテーナー*によって夜の鳥梟に変えられたという。⇒ポリュクソー

Apollod. 3-5, -10/ Strab. 9-404/ Hyg. Fab. 14, 157, 204, 253, Poet. Astr. 2-11/ Paus. 2-6, 9-5/ Ov. Met. 2-590〜/ Phaedrus Aesopica 566/ etc.

ニューサイオス　Nysaios, Νυσαῖος, Nysaeus, （伊）（西）Niseo

シュラークーサイ*の僭主（在位・前350年頃〜前346年）。ディオニューシオス1世*の息子。兄弟のヒッパーリーノス*が暗殺されたのち、独裁権を握ったと思われるが、男女両色を好み、鯨飲馬食の快楽に溺れたあげく、異母兄ディオニューシオス2世*に放逐された。

⇒巻末系図025

Plut. Tim. 1, Mor. 559e/ Ael. V. H. 2-41/ Diod. 16-6/ Ath. 10-435〜436/ Nep. Dion 1/ etc.

系図283　ニュクティメネー

系図282　ニュクス(2)

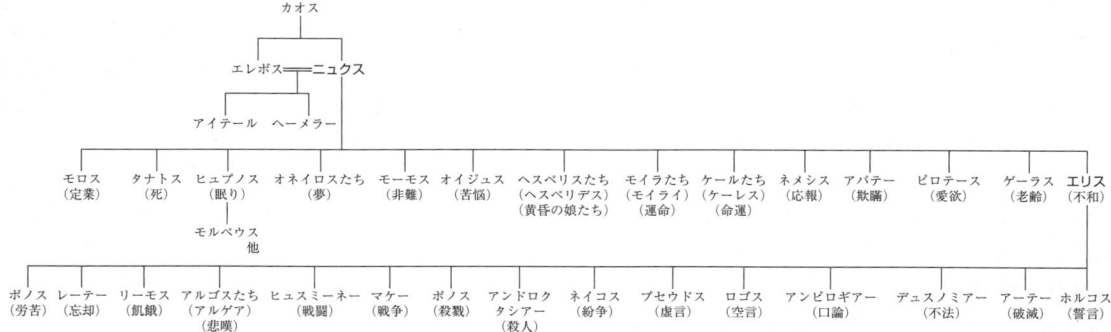

ニュムフィディウス Nymphidius
⇒ニュンピディウス

ニュムペー Nymphe
⇒ニュンペー

ニュンパイ Nymphai, Νύμφαι, Nymphae,（英）Nymphs,（仏）Nymphes,（独）Nymphen,（伊）Ninfe,（西）（葡）Ninfas,（露）Нимфы
⇒ニュンペー*（の複数形）

ニュンピディウス Gaius Nymphidius Sabinus,（ギ）Gāios Nymphidios Sabīnos, Γάιος Νυμφίδιος Σαβῖνος,（伊）Gaio Ninfidio Sabino,（西）Cayo Nimfidio（Ninfidio）Sabino

（後35頃～68）ネロー*帝時代の悪名高い近衛軍司令長官（在任・65～68）。C. ピーソー*の陰謀事件鎮圧にネルウァ*とともに活躍する（65）。母ニュンピディア Nymphidia はカエサル家の解放奴隷カッリストゥス*が針女に産ませた美貌の娘で、実父は彼女の数多い情夫の1人だった格闘士マールティアーヌス Martianus と思われるが、ニュンピディウス自身はカリグラ*帝の落胤を詐称する。68年、兵士に莫大な賜金を約束してネローを裏切らせて破滅させ、いったん新帝ガルバ*に忠誠を誓ったものの、自ら帝位を窺い謀叛を企てて失敗。部下の近衛兵に殺害され屍体はさらしものにされた。彼が皇帝となるべく、ネローの「皇后」たる美少年スポルス*を、ネローの遺骸がまだ焼かれている火葬壇の傍らから奪い去り、自らの「妻」としてポッパエア*と呼ばせた話は有名。

Tac. Ann. 15-72, Hist. 1-5, -25, -37/ Plut. Galb. 8～15/ Suet. Galb. 11/ Joseph. J. B. 4/ etc.

ニュンペーたち Nymphe, Νύμφη, Nympha,（〈複〉ニュンパイ* Nymphai, Νύμφαι, Nymphae）,（英）Nymph,（仏）（独）Nymphe,（伊）（西）（葡）Ninfa,（露）Нимфа,（和）ニンフ

（「花嫁、年頃の娘」の意）ギリシア神話中、山野・河川・樹木・洞穴・井泉などの妖精。若く美しい女性の姿で現われ、歌と踊りを好み、森や山を守護する。ホメーロス*によれば彼女らは大神ゼウス*の娘たちであり、不死ではなかったが、きわめて長命である —— プルータルコス*に従えば、9720歳の寿命を保つ —— という。予言力をもち、彼女たちの住む泉の水を飲む者は霊感を与えられるともされている。アルテミス*やディオニューソス*ら神々に随伴し、サテュロス*やシーレーノス*らと戯れ、人間の男たちとも恋し交わることがある（⇒ダプニス、ヒュラース）。彼女たちには、乳・蜜・油、時に山羊が捧げられ、固有の神殿は建てられなかったが、後代にはニュンパイオン Nymphaion, Νυμφαῖον（〈ラ〉ニュンパエウム Nymphaeum）なる華麗な祠堂が築かれるようになった。

ニュンペー（ニンフ）らはその住み処によって、さまざまに区別される。主だったものとしては、

　ナーイアス*たち（ナーイアデス*）……泉・河川・湖など淡水のニュンペー。

　ドリュアス*たち（ドリュアデス*）、ハマドリュアス*たち（ハマドリュアデス*）……樹木、とりわけ樫（オーク）の木のニュンペー。

　オレイアス*たち（オレイアデス*）……山や洞窟のニュンペー。

　メリアス*たち（メリアイ*）……秦皮（とねりこ）のニュンペー。

　ナパイアー*たち（ナパイアイ*）……山の峡谷のニュンペー。

その他、海の女精たるオーケアニス*たち（オーケアニデス*）やネーレーイス*たち（ネーレーイデス*）を含む場合もある。

なお、女子色情狂 nymphomania, 小陰唇 nymphae, 蠱惑的な娘 nymphet, 性的恍惚（エクスタシー）nympholēpsis,（英）nympholepsy, 小陰唇切除手術 nymphectomē,（英）nymphectomy, ……の派生語がある。

Hom. Il. 6-420, 20-8～, 24-615, Od. 6-105～, 10-348～, 12-318, 17-240/ Hes. Th. 346～, -364/ Ap. Rhod. Argon. 3-1219, 4-1414/ Callim. Dian. 13～/ Paus. 1-31, 4-27, 5-5, 8-4, 9-3/ Theoc. 7-92, -137/ Pind. Ol. 12-26/ Ov. Met. 1-320, 5-412, 9-651/ Verg. Aen. 8-71, 10-551/ Dion. Hal. Ant. Rom. 7-72/ etc.

ニールス Nilus
⇒ネイロス（ナイル）（のラテン語形）

ニーレウス Nireus, Νιρεύς,（仏）Nirée,（伊）（西）Nireo,（葡）Nireu,（露）Нирей

ギリシア神話中、トロイアー戦争*に参加した武人の1人。ホメーロス*によれば、ギリシア軍中アキッレウス*に次ぐ稀有の美男子だったといい、後世その美貌は諺言にまでなった。ミューシアー*で女人軍を率いた絶世の美女ヒエラー Hiera, Ἱερά（テーレポス*の妻。ヘレネー*より美しかった）を討ち取ったが、のちトロイアー*の戦場でテーレポスの子エウリュピュロス Eurypylos, Εὐρύπυλος に殺された。別伝ではトロイアー陥落後、トアース❶*とともに各地を流浪したという。

なお、この他、英雄ヘーラクレース*に愛された美青年の1人にも同名のニーレウスなる人物がいる。

⇒アンティロコス、トローイロス

Hom. Il. 2-671～/ Lucian. Dial. Mort. 9/ Hyg. Fab. 81, 97, 113, 270/ Diod. 5-53/ Eur. I. A. 204/ Ptol. Heph. 7, 8/ Hor. Carm. 3-20, Epod. 15-22/ Prop. 3-18/ Ov. Ars Am. 2-109/ etc.

系図284　ニーレウス

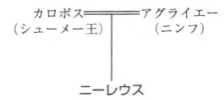

ニンフ（ニムフ） Nymph
⇒ニュンペー

ヌーケリア Nuceria Alfaterna,（ギ）Nūkeriā, Νουκερία ἡ Ἀλφατέρνη
（現・Nocera Inferiore, Nucæra）イタリア南部、カンパーニア*地方の都市。ネアーポリス*（現・ナーポリ）の東南、スッレントゥム*（現・ソレント）岬の付け根部分に位置する。もとはオスキー系のアウソニア*人（アウルンキー*）の都市で、交通の要衝に位し、第2次サムニウム*戦争まで独立を保っていたが、前308年にローマ軍に征服された。第2次ポエニー戦争*（前218〜前201）中にハンニバル❶に破壊され（前216）、アウグストゥス*の治下、ローマ植民市（コロニーア*）となった。ネロー*帝の治世に、剣闘士（グラディアートル*）の見世物をめぐってポンペイイー*（現・ポンペイ）市と乱闘を演じ、大勢の死者を出したことで知られる（後59）。P. シッティウス*、およびウィテッリウス*帝の先祖の出身地。

他にもイタリア中部、ウンブリア*地方にも、フラーミニウス街道*（ウィア・フラーミニア*）の大きな町ヌーケリア（現・Nocera Umbra）があった。

Liv. 9-41, 23-15, 27-3/ Tac. Ann. 13-31, 14-17/ Cic. Leg. Agr. 2-31/ Strab. 5-247/ Suet. Vit. 1〜2/ Strab. 5-247/ Diod. 19-65/ App. Pun. 63, Hann. 49, B. Civ. 1-42/ Polyb. 3-91/ Plin. N. H. 3-5-62/ etc.

ヌマ・ポンピリウス Numa Pompilius,（ギ）Nomās, Νομᾶς, Nūmās, Νουμᾶς,（伊）（西）Numa Pompilio,（露）Нума Помпилий
ローマ第2代の王（伝・在位・前715頃〜前672頃）。サビーニー*族のクレース*市の出身だが、ロームルス*の没後、その敬虔さと優れた人格ゆえに、ローマ人から統治を依頼される。ニュンペー*（ニンフ*）エーゲリア*の助言に従って、ローマの宗教上の諸制度を確立、大祭司やウェスタ*の巫女（ウェスターリス*）、サリイー*神官団などの祭司職を設けた。また、酒に酔わせて捕えたファウヌス*とピークス*の2神から、雷神ユーピテル*を天より招き降ろす魔法を教わり、ユーピテルと巧みに交渉して、以後人間の犠牲を供さなくてもよいようにしたともいう。彼が建立したヤーヌス*神殿の門扉は、その平和な治世のあいだ常に閉ざされたままであったと伝えられる。さらに暦を改正して、1年が12ヵ月（360日）から成るヌマ暦を制定するなど、さまざまな事蹟が彼に帰されている。哲人ピュータゴラース*の教えを受けたという説も流布していたが、年代的にはピュータゴラースの方が後代に属する（⇒巻末系図050）。

Plut. Num./ Liv. 1-18〜21/ Dion. Hal. Ant. Rom. 2-58〜76/ Cic. Rep. 2-13〜15/ Plin. N. H. 13-27/ Verg. Aen. 6-808〜/ Val. Max. 1-1/ Augustin. De civ. D. 7-34/ Eutrop./ Or. Met. Fast./ etc.

ヌマンティア Numantia,（ギ）Nūmantiā, Νουμαντία, または Nomantiā, Νομαντία,（仏）Numance,（伊）Numanzia,（西）Numancia,（葡）Numância,（露）Нуманциа
（現・ソーリア Soria 北郊の Cerro de la Muela, Garray, Numancia）北部ヒスパーニア*、ドゥーリウス Durius（現・〈西〉ドゥエロ Duero,〈葡〉ドウロ Douro）河上流の町。急峻な丘陵上の要害の地に位置し、ローマ軍の征服に対するケルティベーリア*（ケルト・イベーリア）人の抵抗運動の拠点として重要な役割を果たした。前195年の大カトー*をはじめ、Q. フルウィウス・ノービリオル*（前153）や、M. クラウディウス・マルケッルス*（前152）、Q. ポンペイユス*（前140）、ポピリウス・ラエナース*（前139〜前138）などローマ諸将の攻撃を排して抵抗を続けたが、前134年からスキーピオー・アエミリアーヌス・小アーフリカーヌス*（小スキーピオー*）の兵糧攻めにあい、9ヵ月間の攻囲ののち、ついに陥落した（前133年晩夏）。ヌマンティアの人々は飢餓に苛まれ、人肉を貪り食うまでになっており、降伏に際しては建物に放火し自ら生命を絶ったという。町はスキーピオーによって破壊され、後年アウグストゥス*治下に居住が再開されたが、次第に衰退して街道沿いの宿駅と化した。ケルティベーリア人の町の痕跡や、その上に建てられたローマ人の都市の遺構、市外に築かれたローマ攻囲軍の陣営跡などが発掘されている。
⇒ウィリアートゥス

App. Hisp. 48〜/ Cic. Off. 1-11/ Liv. Epit. 47/ Flor. 2-18/ Vell. Pat. 2-1〜/ Mela 2-6/ Ptol. Geog. 2-6/ Strab. 3-162/ Plin. N. H. 3-3/ Gell. N. A. 16-1/ Oros. 5-7/ Eutrop. 4-17/ It. Ant./ Dio Cass./ etc.

ヌミディア Numidia,（ギ）ノマディアー Nomadiā, Νομαδία または、Nūmidiā, Νουμιδία, Nomadikē, Νομαδική,（仏）Numidie,（独）Numidien,（伊）Numìdia,（露）Нумидия
北アフリカの地名。今日のアルジェリア北部に相当。ベルベル系の遊牧民ヌミディア人（ラ）Numidae,（ギ）Nomades, Νομάδες の住地。ポエニー戦争*が行なわれた前3世紀には、カルターゴー*領の西境からマウレーターニア*のムルカ Mulucha（現・モロッコの Muluya）河までの地中海沿岸全域を占め、2大部族マッシューリー Massyli,（ギ）Massylioi, Μασσύλιοι とマサエシューリー（マッサエシューリー）Mas(s)aesyli,（ギ）Massaisylioi, Μασσαισύλιοι とが東西に王国を分立。第2次ポエニー戦争（前218〜前201）では、前者の王マシニッサ*がローマ側に、後者の王シュパークス*がカルターゴー側についた。その結果、ローマの大スキーピオー*と結んだマシニッサが、シュパークス領をも併合してヌミディア全土を統一（前202）、以後その子孫がローマの藩属王として統治した（⇒ソポニスバ）。ヌミディアは穀物・葡萄酒・オリーヴ油・良馬・大理石を産し、夜戦に長じた精強な騎兵隊で知られた。王ユグルタ*の敗北（前106）後、ローマはアンプサーガ Ampsaga（現・Rummel）河以西の領土をマウレーターニア*王ボックス*に与え、残余の地域のみをマシニッサの後裔の手に委ね、

引き続き王号を称することを許した（⇒巻末系図035）。前46年カエサル*はポンペイユス*派に与したユバ1世*を倒すと、ヌミディアを正式にローマ領に併呑し、属州新アーフリカ* Africa Nova とした（初代総督はサッルスティウス*）。次いで前30年、ユバ2世*（1世の遺児）がオクターウィアーヌス*（のちのアウグストゥス*）によってヌミディア王位に復されたものの、5年後にはマウレーターニア王とされた（前25）ため、かつてのヌミディア全域はローマ帝国属州アーフリカとして統合された。のちセプティミウス・セウェールス*帝治下に皇帝属州ヌミディアが独立、ディオクレーティアーヌス*の帝国再編の折にさらに分割されたが、いずれもアーフリカ管区（ディオエケーシス*）に含まれた。ヌミディア人は鞍も手綱もつけぬ裸馬を巧みに乗りこなす馬術の達人で、他のアーフリカ先住民と同様、妻女を共有する習慣をもっていた（⇒ナサモーネス）。またマシニッサの発明と伝えるリビュア文字やフェニキア文字を使用し、バアル Baʿal 神および先祖伝来の神々を崇拝。早くから農耕に従事していたけれど、ローマ人の入植によって耕地を追われ、再び遊牧民化を余儀なくされた。

彼らのギリシア語名ノマデスは一般に「遊牧民」を意味する語彙であり、近代ヨーロッパ諸語にも同義の言葉として伝わっている（〈英〉nomad,〈仏〉nomade,〈独〉Nomade……）。また、その別称であるマウルーシオイ Maurusioi, （ラ）Maurusii から後世のマウリー Mauri 人（〈英〉Moors,〈仏〉Maures,〈独〉Mauren,〈伊〉Mori,〈西〉Moros,〈葡〉Mouros, etc.）という言葉が生じた（⇒マウレーターニア）。主要都市は、キルタ*、ヒッポー・レーギウス*、タムガディー*、ブッラ・レーギア*など。

⇒ガエトゥーリア、ランバエシス

Plin. N. H. 5-2/ Strab. 17-832～/ Sall. Jug./ Mela 1-4/ Flor. 2-15/ Verg. Aen. 4-41/ Ptol. Geog. 4-3/ App. B. Civ. 2-44, Pun. 106～/ Polyb. 1-31, 3-33, -44, 36-16/ Liv. 24-48, 28-17/ Dion. Hal. 187/ Sil. Pun. 16-170/ Amm. Marc. 29-5/ Procop. Vand. 2-4/ Plin. N. H. 5-1～/ etc.

ヌミトル Numitor,（ギ）Nūmitōr, Νουμίτωρ,（伊）Numitore,（露）Нумитор

ローマ伝説中のアルバ・ロンガ*王。レア・シルウィア*の父に当たる。弟のアムーリウス*に王位を奪われ、息子ラウスス Lausus を殺されるが、のち外孫ロームルス*とレムス*兄弟によって復辟。その死後アルバはロームルスに統治された。

⇒巻末系図050

Liv. 1-3～6/ Plut. Rom. 3～9, 27/ Ov. Fast. 4-55, Met. 14-773～/ Dion. Hal. Ant. Rom. 1-76～85/ Strab. 5-229/ Verg. Aen. 6-768/ Juv. 7-74/ Conon Narr. 48/ etc.

ヌーメーニオス Numenios, Νουμήνιος, Numenius Apamensis,（仏）Numénius,（伊）（西）Numenio

（後2世紀後半）ローマ帝政期のギリシアの哲学者。シュリアー*のアパメイア❶*の人。新ピュータゴラース派の代表的人物。エジプト、バビュローニアー*（カルデア）、ペルシア、インドなど東方各地の思想に知恵の源泉を求め、ギリシア哲学にオリエント的神秘主義を結合させた。プラトーン*を高く評価し、その後の哲学者たちがピュータゴラース*やプラトーンの教説から離れてしまったことを批判。ほぼ同時代のプラトーン主義者アルビーノス Albinos, Ἀλβῖνος（2世紀中頃）とともに、グノーシス*派の影響を受けて、第1の神→第2の神（世界形成者）→第3の神（世界）という3段階説（アルビーノスの場合は、第1の神→知性 nūs→魂）を唱えた。プロ―ティーノス*、ポルピュリオス*、イアンブリコス*ら新プラトーン主義者のみならず、オーリゲネース*やエウセビオス*などキリスト教徒にも大きな影響を及ぼした。著作は断片が伝存。

Origen. c. Cels. 1-1, 4/ Euseb. Praep. Evang. 11-10, -17～18, 14-5/ Porph. De Ant. Nymph., Plot. 2, 14, 17/ Clem. Al. Strom. 1-372/ Suda/ etc.

ヌメリアーヌス Marcus Aurelius Numerius Numerianus,（ギ）Nūmeriānos, Νουμεριανός,（英）（独）Numerian,（仏）Numérien,（伊）（西）Numeriano

（後254頃～284年11月頃）ローマ皇帝（在位・283年7月頃～284年11月頃）。カールス*帝の息子。カリーヌス*の弟。282年、父帝から副帝（カエサル*）に任ぜられ、父の東方遠征に同行。弁論や詩作の才はあったが軍事には通ぜず、父の死（283）後、兄カリーヌスと共治の正帝（アウグストゥス*）位に即くものの、ペルシア軍に敗北し、帰国途上、ニーコメーデイア*で謎の死を遂げた（在位は8ヵ月とも）。ひどい眼病を患い輿（こし）で運ばれている最中、岳父で近衛軍司令官のアッリウス・アペル*に暗殺されたのだという。その死はアペルによって秘せられていたが、遺骸から発する腐臭のせいで発覚し、新たに皇帝に擁立されたディオクレーティアーヌス*がアペルを刺殺することで事件は一応の決着を見た。

S. H. A. Numerian./ Aur. Vict. Caes. 38/ Eutrop. 9-12/ Zonar. 12-30/ Festus/ etc.

ネアーポリス Neapolis, Νεάπολις,（英）（仏）Naples,（独）Neapel,（西）（葡）Nápoles,（露）Неаполь,（現ギリシア語）Nápoli

（現・ナーポリ Napoli,〈ナーポリ方言〉Napule）（「新しい都市」の意）イタリア西南岸、カンパーニア*のギリシア人港湾都市。古名パルテノペー*は、この地に墓のあったセイレーン*の1人の名に基づく。まず前650年ないし前600年頃、キューメー❷*（クーマエ*）の植民市として建設され、肥沃なカンパーニア地方の中心都市として繁栄、次いでカルキス*およびアテーナイ*からの入植者が来住して（前450頃）、先の古市パライオポリス Palaiopolis に隣接する整然たる格子状プランの新市ネアーポリス Neapolis を設立した。前327年サムニウム*戦争にまきこまれ、古市はローマに占領されて史上から消滅、すすんで投降した新

市はその後ローマの同盟市となり、ピュッロス*戦争（前280～前275）やハンニバル❶*戦争（第2次ポエニー戦争*）の際はローマに海軍力を提供、前89年には自治都市になる。前82年スッラ*の劫掠を受けたが、すみやかに復興し、風光明媚なギリシア文化都市として帝政末期に至るまで栄え続けた。ネアーポリスは詩人スターティウス*の生地であり、ウェルギリウス*やシーリウス・イタリクス*が好んで暮らした町として名高い。ウェルギリウスはここで『農耕詩』Georgica を執筆し、死後その遺志によりネアーポリスに埋葬された —— ただし現在「ウェルギリウスの墓 tomba di Virgilio」と呼ばれているのは、無名の一家の遺骨安置所（コルンバーリウム*）でしかない ——。ギリシア風の裸体競技の伝統が永く続いていたことでも知られ、アウグストゥス*は晩年、彼のために4年ごとに催される体育競技祭（前2年に創設）を心ゆくまで娯しんで見物している。ギリシア文化愛好家の皇帝ネロー*が芸術家として初舞台を踏んだのはこの都市においてであり（後64）、各種ギリシア競技祭に優勝してイタリアへ帰還した折にも、まずネアーポリス市へ凱旋入城を果たしている（68）。また西ローマ帝国最後の皇帝ロームルス・アウグストゥルス*は、廃位後この地に幽閉された（476）。廃帝が隠栖した旧ルークッルス*邸 Castrum Lucullanum は、後世「卵城 Castel dell'Ovo カステル・デッローヴォ」として改築されて現存、市内の諸教会堂の地下にはギリシア・ローマ時代の神殿や石畳、水道管などの遺跡が見られるほか、パライオポリス時代に遡る古代都市の周壁や道路網の痕跡を確認することもできる。

　他にも、アーフリカ*の小シュルティス*湾のフェニキア*人植民市（現・Nabeul）や、パレスティナ*のサマレイア*（サマリヤ）にあったヘブライ人の古市シェケム（和）シケム Shekhem（現・ナーブルス Nābulus）、サルディニア*島西南岸の港湾都市（現・Nabui）、またイオーニアー*地方、マケドニアー*、スキュティアー*、エジプトなど地中海世界の各地に同名の都市ネアーポリスがあった。
⇒カプレアエ、スッレントゥム、ノーラ、カプア
Strab. 5-246/ Liv. 8-22～, 23-1, -14～, 24-13, 35-16/ Mela 2-4/ Plin. N. H. 3-5/ Suet. Aug. 98, Ner. 20, 25, 40/ App. B. Civ. 1-89/ Procop. Goth. 1, 3/ Strab. 5-246/ Vell. Pat. 1-4/ Stat. Silv. 1-2, 2-2, 3-5/ Zonar. 8-4/ Polyb. 1-20/ Varro L. L. 5-85/ Ptol. 3-1/ Dion. Hal. 15-6/ Diod. 16-18/ Cic. Off. 1-10/ Amm. Marc. 14-8-11/ etc.

ネアルコス　Nearkhos, Νέαρχος, Nearchus, （英）Nearch(us), Neärch(us), （仏）Néarque, （独）Nearch, Nearchos, （伊）（西）Nearco, （露）Неарх

（前360頃～前312頃）アレクサンドロス大王*の部将。クレーター*（クレーテー*）出身。大王の少年時代からの学友で、その東征に従い、インダス（インドス*）河口からペルシア湾まで艦隊を指揮してインド洋を航海した（前325～前324）ことで名高い（⇒オネーシクリトス）。彼の『沿海航海記 Paraplūs（原題不詳）』はアッリアーノス*の『インド誌』やストラボーン*の『地誌』などに引用されている。大王の死後、彼はアンティゴノス1世*とデーメートリオス1世*父子のもとでディアドコイ*戦争に参加（前317～前312）、おそらくガーザ*の戦い（前312）で戦死したものと思われる（⇒バルシネー❶）。また彼はアレクサンドロス大王の東征中、リュキアー*とパンピューリアー*の太守 Satrapes 職（在任・前334～前329）に任じられている。

　ちなみに、やや遅れてヘレニズム時代前期には、カスピ海からインド方面を探険した（前285～）セレウコス朝*の軍事司令官パトロクレース Patrokles（前330頃～前275頃）の存在が伝えられるが、その著書は散逸し、わずかな引用断片の形でしか残っていない。
⇒スキュラクス、ピューテアース、メガステネース、クテーシアース
Arr. Anab. 3-6, 6-2, -19～, 7-5, Ind. 18/ Curtius 9-10, 10-1, -20/ Just. 13-4/ Plut. Alex. 10, 68, 73～/ Plin. N. H. 6-26/ Strab. 15-721, -725～726/ Diod. 17-104, -112/ etc.

ネイロス（ナイル）（河）　Neilos, Νεῖλος, （ラ）ニールス Nilus, （英）Nile, （仏）（独）Nil, （伊）（西）Nilo, （露）Нил, （アラビア語）Bahr en Nīl, an-Nīl, または Al-Bahr, （ペルシア語、トルコ語）Nīl, （漢）尼児, （古代エジプト語）Itrw, Iteru, Ḥ°py, Ḥapi, （コプト語）Piaro, Phiaro, （和）ナイル

アフリカ大陸北東部の大河川（全長約6,690 km）。エティオピア*からエジプトを南北に貫流し、河口に大デルタ（三角州）を造りつつ地中海に注ぐ。定期的氾濫と自然灌漑によって河畔に肥沃な農業地帯を形成したため、世界最古の文明の1つ古代エジプト文明が花開いた。ギリシア人にも早くから知られ、ホメーロス*は、「天空から流れ出るエジプトの河」と呼んでいる。史家ヘーロドトス*は「エジプトはナイル河の賜物」という有名な言葉を記し（⇒ヘカタイオス❶）、その氾濫の原因や上流地方の地誌などにも言及した。ギリシア神話では、ネイロス河神は大洋神オーケアノス*の子とされ、その娘たちを通じてエジプト、オリエント、ギリシア諸王家の祖となっている（⇒巻末系図004）。ギリシア人の間には、この河がインダス（インドス*）河に通じているとか、海底を流れてデーロス*島に泉となって湧き出ているなどといった俗信が流布していた。ナイルの水源を求める探検隊の派遣は、ファラオの時代から試みられ、ローマ皇帝ネロー*も送り出したが果たせず、ようやく後100年頃の旅行家ディオゲネース Diogenes に至って、ほぼ正確な報告がなされている（⇒アガタルキデース）。
Hom. Od. 4-477/ Hes. Th. 338/ Herodot. 2-5～/ Apollod. 2-1/ Ptol. Geog. 1-9/ Strab. 17-786～/ Plin. N. H. 5-10/ etc.

ネオプトレモス　Neoptolemos, Νεοπτόλεμος, Neoptolemus, （仏）Néoptolème, （伊）Neottolemo, （西）（葡）Neoptólemo, （露）

ネオプトレモス

Неоптолем

「若き戦士」の意。ピュッロス*とも呼ばれる。ギリシア伝説中、トロイアー戦争*の英雄アキッレウス*とデーイダメイア*（リュコメーデース*王の娘）との子（⇒巻末系図016）。アキッレウスの死後、オデュッセウス*やポイニクス❷*に説得され、わずか12歳でギリシア陣営に加わる。というのも、ヘレノス*の予言により、彼が参戦しない限りトロイアー*は陥落しないとされていたからである。木馬の勇士（⇒シノーン）の１人となってトロイアーを攻略、老王プリアモス*を殺害し、幼いアステュアナクス*（ヘクトール*の遺児）を城壁から投げ落として虐殺。さらに父アキッレウスの霊が命ずるままにポリュクセネー*（プリアモスの末娘）を生贄に供した。捕虜のうちアンドロマケー*（ヘクトールの寡婦）を得、彼女からモロッソス Molossos, Μολοσσός（モロッソイ*人の祖）、ペルガモス Pergamos, Πέργαμος（ペルガモン*市の名祖）らの子が誕生したが、正妻のヘルミオネー*（メネラーオス*とヘレネー*の娘）には子供ができなかった。祖国プティーアー*に戻り、アカストス*の息子らに追い出されていた祖父ペーレウス*を復辟させたのち、エーペイロス*へ移住、同地の王家の祖となったと伝えられる。彼の最期に関しては諸説あり、妻ヘルミオネーが――自分に子ができぬのを恨みに思って――元の許婚者オレステース*（アガメムノーン*の息子）を煽動して夫を暗殺させたとも、デルポイ*へ赴いた折に神殿を略奪・放火して、神官ないしオレステースに殺害されたともいう。ネオプトレモスは神殿の敷居の下に埋葬され、実際にデルポイで英雄神 heros として崇拝されていた。前３世紀にケルト人*が侵攻した時には、彼の霊が出現してデルポイを守護したといわれている。

陶画にその姿がしばしば描かれ、とりわけゼウス*祭壇前でプリアモスを殺す場面や、アステュアナクスを投げ落とす情景が画題として好まれた。

Hom. Il. 19-326〜, Od. 4-5／Pind. Nem. 7-35〜／Apollod. 3-13, Epit. 5-10〜, 6-5, -12〜, 7-40〜／Paus. 1-11, -13, -33, 2-5, -23／Soph. Phil.／Eur. Or. Andr. Hec. 523〜／Verg. Aen. 2-526〜, 3-330〜／Hyg. Fab. 97, 108, 112〜114, 122〜123, 193／Tzetz. ad Lycoph. 82／etc.

ネオプトレモス Neoptolemos, Νεοπτόλεμος, Neoptolemus,（仏）Néoptolème,（伊）Neottolemo,（西）Neoptólemo,（露）Неоптолем

エーペイロス*地方、モロッソイ*人王家の男性名。英雄アキッレウス*（アイアコス*の孫）の子ネオプトレモス*（ピュッロス*）の末裔を称す（アイアキダイ Aiakidai 朝）。巻末系図028を参照。

❶１世　N. I（在位・前370頃〜前360頃）アルケタース１世*の息子。オリュンピアス*とアレクサンドロス１世*の父。父王の死後、兄弟のアリュッバース Arybbas との内訌の末、王国を二分して統治する。分割支配は彼の死まで続いた。

Paus. 1-11／Just. 7-6, 17-3／etc.

❷２世　N. II（在位・前303〜前296頃）❶の孫。アレクサンドロス１世*の息子。父王が死んだ時（前330）には、まだ幼児だったため、王位を従兄アイアキデース Aiakides, Αἰακίδης（ピュッロス*の父）に奪われるが、のちピュッロスの不在中に、王座に迎えられる。しかし、苛烈かつ暴悪な君主だったので、前297年ピュッロスが再度擁立され、２人は共同統治をすることになる。とはいえ、双方の猜疑心は解けず、ネオプトレモスは、家臣のゲローン Gelon, Γέλων がピュッロスの酌童ミュルティロス Myrtilos, Μυρτίλος と男色関係にあるのを知ると、この美少年を使ってピュッロスを毒殺しようと画策する。が、秘密が洩れてしまい、逆にピュッロスから招かれて出かけた宴席で暗殺された。

Plut. Pyrrh. 4〜5／Diod. 19-36／etc.

❸（？〜前321）同じくアイアキダイ（アイアコス*の裔）の家系につらなり、アレクサンドロス大王*の側近（ヘタイロイ*）の１人として東征に随行した武将。ガーザ*市の攻略（前332）では城壁に一番乗りを果たし、大王の死（前323）後、アルメニアー*の太守 Satrapes（サトラペース）となる。クラテロス*の支持を得て、エウメネース*（カルディアー*の）を攻撃するが、ヘッレースポントス*近くの闘いでクラテロスは戦死し、自らもエウメネースと一騎討ちの末、殺されて武具を剥ぎとられた。ディアドコイ*の一員に算えられる。

他にも、ヘレニズム時代の文法学者パリオン Parion, Πάριον（現・Kemer）のネオプトレモス（前３世紀）を含む同名異人が少なからず知られている。

Arr. Anab. 2-27／Diod. 18-29〜／Plut. Eum. 4〜／Just. 13-6, 8／Strab. 2-73, 7-306〜／Ath. 10-454, 11-476／Phot. Bibl.／etc.

ネカウ Necau

⇒ネコース

ネクタネボス Nektanebos, Νεκτάνεβος, Nectanebus,（ネクタナビス Nektanabis, Νεκτάναβις, Nectanabis または、ネクタネベース Nektanebes, Νεκτανέβης）, Nectabis, Nectenebis, Nect(h)ebis,（古代エジプト名・Nakht-neb-ef, Nḫt-nb-f）,（英）（伊）（西）Nectanebo,（仏）Necta(na)bis, Nectanébo

エジプト第30王朝の王の名。

❶１世　N. I（在位・前380頃〜前362頃）。即位名・ケペルカラー Kheperkare。第29王朝最後の王ネペリテース２世 Nepherites II（在位・前381頃〜前380頃、王アコーリス Akhoris の子。在位４ヵ月）を廃位して、エジプト最後の独立王朝を創始。翌年、パルナバゾス*およびイーピクラテース*の指揮下に侵入したアカイメネース朝*ペルシア*軍（⇒アルタクセルクセース２世）に一旦は敗北するが、体勢を立て直して侵略軍をエジプト外へ撃退する（前373）。荒廃していた多数の神殿を修復させ、芸術・文化の振興に意を

注ぐ。在位 18 年。子のタコース*（テオース Teos）があとを継いだ。
⇒エウドクソス❶
Diod. 15-41〜43/ Nep. Iph. 2/ Plin. N. H. 36-14, -19/ Euseb. Chron./ etc.

❷ 2 世　N. Ⅱ（在位・前 360 頃〜前 343）❶の曾孫（古代エジプト名・Nakht-ḥor-ḥeb, Nakhtḥarheb, 即位名・Snedjemibre Setepeninḥur）。伯父タコース*（テオース Teos）をペルシア*へ放逐して即位し、各地の神殿を修築・造営した。アカイメネース朝*ペルシアの帝王アルタクセルクセース 3 世*の侵入を、一度は撃退した（前 351）ものの、第 2 次遠征軍に敗れて、財宝とともにエティオピア*（ヌービアー Nubia）へ逃亡。ここに古来の伝統的エジプト王朝（いわゆるファラオ朝）の歴史は幕を閉じた。

後代の伝承によると、彼はその後マケドニアー*へ赴き、国王ピリッポス 2 世*の不在中に王妃オリュンピアス*と交わって、アレクサンドロス大王*を身ごもらせたといわれる。

Plut. Ages. 37〜40/ Diod. 15-92〜93, 16-40〜51/ Xen. Ages./ Nep. Agesilaus 8, Chabrias 2/ Ath. 14-616/ Paus. 3-10/ Ael. V. H. 5-1/ Polyaenus 2-1/ Callisthenes/ Manetho/ etc.

ネクタネーボーン　Nektanebon
⇒ネクタネボス

ネクタル　Nektar, Νέκταρ, Nectar,（伊）Nettare,（西）Néctar

ギリシア神話中、神々の飲物。芳香を放つ甘美な赤い神酒で、オリュンポス*の神々に青春の女神ヘーベー*（彼女がヘーラクレース*と結婚してからはガニュメーデース*）が注いでまわったという。
⇒アンブロシアー
Hom. Il. 4-3, 19-38, Od. 5-93, -195/ Hes. Th. 640/ Pind. Ol. 1-62/ Ath. 1-29f., 2-39a〜/ Ov. Met. 10-161/ etc.

ネコー　Necho, Neco
⇒ネコース

ネコース　Nekhos, Νέχως, Νεχώς, Nekōs, Νεκώς または、ネカオー（ス）Nekhao(s), Νεχαώ(ς)、ネカウス Nekaus, Νεκαῦς,（ラ）ネコー、Neco または Necho,（英）Necho, Nekau,（仏）Néchao, Nékao,（伊）（西）Neco, Necao,（露）Hexo,（アッシュリアー*語）Nikū,（和）ネコ
（古代エジプト名・ネカウ Nekau, Nk'w）

エジプトの王侯。サイス Σάϊς, Saïs（第 26）王朝初代プサンメーティコス*1 世の父ネコース 1 世（在位・前 672〜前 663 頃）と、息子 2 世が知られる。1 世はアッシュリアー*に叛いたサイス公で、下エジプト・デルタ地方の盟主。アッシュリアー王がエジプトの高位貴族を皆殺しにした折に、唯一人処刑を免れたという（前 665 頃）。のち北上して来たエティオピア*王サバコース Sabakos（第 25 王朝最後の王タヌトアメン Tanutamun）に殺された（前 663 頃）。

孫のネコース 2 世（在位・前 609 頃〜前 594 頃。即位名はウァヘムイブラー Waḥemibre）は、父プサンメーティコスを継いで即位すると、新バビュローニアー*王国の初代ナボポーラサロス Nabopōlasaros（ナボポラッサル Nabopolassar, Nabū-apal-uṣur, 在位・前 626 頃〜前 605）に宣戦を布告し、積極的にシュリアー*・パレスティナ*へ進攻、手向うユダ王国の王ヨシヤ Josiah、（ヘブライ語）Yōšiyáhū をメギドー Megiddō の丘（《ギ》ハルマゲドーン Harmagedon, Ἁρμαγεδών）近くで敗死させ（前 609）、一時はエウプラーテース*（ユーフラテス）河にまで領土を拡大した。イオーニアー*系ギリシア人を雇ってエジプト海軍を作り、多数の三段櫂船*を建造、紅海とナイル河を結ぶ運河（いわばスエズ運河の前身）に着手した。また、フェニキア*船団を傭ってアフリカ大陸を一周させた事蹟も名高い。
⇒巻末系図 024
Herodot. 2-152, -158〜159, 4-42/ Diod. 1-33, 3-43/ Joseph. J. A. 10-5〜6/ Strab. 1-56, 17-804/ Plin. N. H. 6-165/ Vet. Test. Ⅱ Reg. 23-29〜, Ⅱ Chron. 35-20〜24/ etc.

ネストリウス　Nestorius
⇒ネストリオス（のラテン語形）

ネストリオス　Nestorios, Νεστόριος,（ラ）ネストリウス Nestorius,（伊）（西）Nestorio,（露）Несторий
（後 381 頃〜451 頃）キリスト教の神学者。北シュリアー*に生まれ、アンティオケイア❶*の修道院でモプスーエスティアーのテオドーロス❺*から教育を受ける。名説教家として頭角を現わし、テオドシウス 2 世*によりコーンスタンティーノポリス*の総主教に抜擢される（在任 428 年 4 月 10 日〜431 年 6 月 22 日）。ところが、教会内の派閥争いに巻き込まれ、「イエースース*の母マリアー*を"神の母 Theotokos, Θεοτόκος"ではなく"キリストの母 Khristotokos, Χριστοτόχος"と呼ぶべきだ」と主張したため、アレクサンドレイア❶*の総主教キュリッロス Kyrillos, Κύριλλος に言いがかりをつけられ、エペソス*宗教会議で異端の烙印を捺されたうえ、破門放逐の処分を受けた（431）。さらに 436 年には、反対勢力の言いなりになった皇帝の命でリビュア*奥地の砂漠に追放され、この地で死んだ（東方アッシリア教会では聖人に列せらる）。ネストリオス派（ギ）Nestorianismos, Νεστοριανισμός,（ラ）Nestorianismus の祖。

その一派 Nestorianoi はエデッサ❶*に学校を開いていたが、やがてゼーノー*帝の迫害でサーサーン朝*ペルシア領内へ移住し（498）、ニシビス*およびセレウケイア*・クテーシポーン*に新たな学校を設立、盛んな研究活動を通じてギリシアの科学や哲学、占星術、錬金術を後世に伝える役割を果たした。さらにアラビア・インド・中央アジア・支那にまで教説を広め、支那では唐代に景教あるいは

波斯経教の名で各地に教会を建設した。その後イスラーム教による弾圧などで教勢は衰えたものの、西アジアではクルディスターン山地に隠れ住んだ人々の間で近代に至るまで伝えられ（アッシリア教会、カルデア教会）、今日に及んでいる。

Socrates H. E. 7-29～34/ Theodoret./ Evagrius H. E. 1-2～7/ Cyrill. Contra Nestor., Epist./ Cod. Just. 1-5/ etc.

ネストール　Nestor, Νέστωρ, （伊）Nèstore, （西）Néstor, （露）Нестор

　ギリシア神話中、ピュロス*王ネーレウス*の末子。英雄ヘーラクレース*がピュロスを攻略した時、彼のみは他所で育てられていて不在だったために、またはゲーリュオーン*の牛を父と兄たちが英雄から奪おうとしたのに彼だけがこれに反対したために、12人の兄弟のうち唯ひとり助命された。一説にネストールはヘーラクレースの愛人（稚児）であったといい、英雄によってピュロスの王位に即けられ、人間の3世代にわたって支配を続け、200歳を超える長寿を保ったことになっている。若い頃から武勇に秀で、アルカディアー*人との戦いでは巨漢エレウタリオーン Ereuthalion を討ち取り、エーリス*人との戦闘においては敵王アウゲイアース*の女婿ムーリオス Mulios を殺害、ポセイドーン*が深い靄に隠して救出しなかったならばモリオネ*（モリオニダイ*）兄弟をも仆すところであった。ラピタイ*族とケンタウロス*族との戦い（⇒ペイリトオス）にも活躍し、アルゴナウタイ*の遠征やカリュドーン*の猪狩りにも参加。老いてなお息子たちとともに90隻の船を率いてトロイアー戦争*に出征し、ギリシア軍の大将たちの相談役・長老格として重きをなした。トロイアー陥落後、公正で敬虔なネストールだけが恙なく帰国し、妻子に囲まれて幸福な老後を享受、10年後には父オデュッセウス*の消息を求めて来訪したテーレマコス*をピュロスの宮殿に迎えている。その驚くべき長命は、彼の母クローリス Khloris（アンピーオーン*とニオベー❶*の娘）の兄弟姉妹を射殺したアポッローン*が、その代償として彼に贈ったものであるという。歴史時代にも彼の墓と称するものがピュロスに存在し、またメタポンティウム*やピーサエ❷*などイタリアのいくつかの都市は、トロイアーからの帰途ネストールによって創建されたものであると主張していた。なお、ネストールの長男アンティロコス*（アキッレウス*の愛人）は、トロイアー戦争中、父の危難を救おうとして敵将メムノーン*に討たれている。

Hom. Il. 1-247～, 2-76～, -336～, 7-123～, 11-670～, 23-630～, Od. 1-284, 3-165～, -452～, 11-285～, 24-47～/ Hyg. Fab. 10/ Apollod. 1-9, 2-7, Epit. 6/ Paus. 2-2, -18, 3-26/ Ov. Met. 8-313, 13-210～/Gell. N. A. 19-7/ Cic. Sen. 10/ Hor. Carm. 2-9/ Quint. Smyrn. 3-516/ etc.

ネッソス　Nessos, Νέσσος, Nessus, （伊）（葡）Nesso, （西）Neso, （露）Несс

　ギリシア神話中、半人半馬のケンタウロス*族（ケンタウロイ*）の1人。英雄ヘーラクレース*の妻デーイアネイラ*を犯そうとして射殺されたが、その毒血を媚薬だと偽ってデーイアネイラに渡し、死後長くたってから彼女の手を通して英雄を悶死に至らせ、復讐を果たした。デーイアネイラの項を参照。

⇒ロクリス

Hyg. Fab. 34/ Apollod. 2-5, -7/ Soph. Trach. 580～/ Diod. 4-36/ Ov. Met. 9-98～/ etc.

ネプェレー　Nephele
⇒ネペレー

ネプテューン（ネプチューン）　Neptune
⇒海神ネプトゥーヌス*（の英・仏語形）

ネプトゥーヌス　Neptunus, （英）（仏）Neptune, （独）Neptun, （伊）Nettuno, （西）（葡）Neptuno, （葡）Netuno, （露）Нептун, （エトルーリア語）Nethun(u)s, Neθun(u)s

　ローマの水域の神。ギリシアのポセイドーン*と同一視されて以来、海神となったが、本来のこの神の性格は不詳。神殿がキルクス・マクシムスにあったため、コーンスス*との関係が考えられる。その祭礼ネプトゥーナーリア Neptunalia は7月23日に行なわれ、市民は木の枝で天蓋をつくり、その下で飲食する習慣であった。アウグストゥス*時代に将軍アグリッパ*は、セクストゥス・ポンペイユス*およびM.アントーニウス❸*に対する海戦勝利を記念して、カンプス・マールティウス*にネプトゥーヌス神殿を奉献している（前25）。

　なお、近代になって発見された海王星 Neptunus は彼にちなんで命名され、その衛星には海洋に深い関係のあるトリートーン* Triton やネーレーイス* Nereis の呼称がつけられている。

⇒サラーキア

Varro Ling. 5-72, 6-19/ Cic. Nat. D. 2-26(66)/ Liv. 1-9, 5-13, 29-27/ Hor. Carm. 3-28/ Tertullian. De Spect. 6/ Gell. N. A. 13-23/ etc.

ネペレー　Nephele, Νεφέλη, （仏）Néphélé, （伊）Nefele, （西）Néfele, （露）Нефела

（「雲」の意）ギリシア神話中の女性名。

❶アタマース*の妻で、1男プリクソス*と1女ヘッレー*の母。

Apollod. 1-9/ Hyg. Fab. 1～3/ etc.

❷ゼウス*が雲から創り出したヘーラー*の似姿（⇒イクシーオーン）。

Diod. 4-12/ Ar. Nub./ etc.

ネポース、コルネーリウス　Cornelius Nepos, （ギ）Kornēlios Nepōs, Κορνήλιος Νέπως, （仏）Cornélius Népos, （伊）（西）Cornelio Nepote,

（露）Корнелий Непот

（前109頃～前24頃）ローマ共和政末期の文筆家・伝記作者。ガッリア・キサルピーナ*のティーキーヌム*（現・パヴィーア Pavia）出身。生涯の大部分をローマで過ごし、キケロー*やアッティクス*、ウァッロー*、詩人カトゥッルス*らと交流があったものの、政治には関与せず、共和政末期の内乱を生き抜いてアウグストゥス*時代に没した。世界史の概略を時代順に辿った『年代記 Chronica』（3巻）や、古来伝わる著名人の言行逸話を集めた『範例集 Exempla』（少なくとも5巻以上）のほか、大カトー*やキケローの伝記、恋愛詩や地理誌などさまざまな作品を著したが、若干の断片以外はすべて散佚。現存するのは、友人アッティクスに献じた『名士伝（著名人物録）De Viris Illustribus』（少なくとも16巻以上）（前35／32 初版）中の24篇余りでしかない。これは将軍・歴史家・王・詩人、等々各分野の偉人を選び、彼らの伝記を外国人（大半がギリシア人）とローマ人とを対比させながら紹介したもので、そのうち今日「外国名将伝 De Excellentibus Ducibus Exterarum Gentium」22篇、および「カトー伝（失われた『大カトー伝』の簡略版）」「アッティクス伝」だけが残されている。人物の性格描写に主眼を置き、エピソードを語りながら道徳的教訓を導き出すという叙述形式のものが多く、ハンニバル❶*やハミルカル*らギリシア人以外の外国人も称賛をもって扱っている。この種の伝記集としては現存最古の作品で、プルータルコス*（プルターク）の『対比列伝（英雄伝）』の先蹤を成すが、内容に誤りが多く、また文体がぎこちないために、史料的・文学的価値はあまり高くない。とはいえ、その英雄讃美の記述と文体の簡明直截さのゆえに、近代に至るまでヨーロッパにおいてラテン語教本として広く愛読されてきた。

Cic. Att. 16-5/ Catull. 1/ Gell. N. A. 6-18, 15-28, 17-21/ Suet. Aug. 77/ Plin. N. H. 5-1/ Plin. Ep. 5-3/ etc.

ネポース、ユーリウス Julius Nepos
⇒ユーリウス・ネポース

ネポーティアーヌス Flavius Iulius Popilius Virius Nepotianus Constantinus（英）（独）Nepotian,（仏）Népotien,（伊）Nepoziano,（西）Nepociano

（？～後350年6月30日）ローマ帝国の僭帝（在位・350年6月3日～30日）。コーンスタンティーヌス1世*（大帝）の異母妹エウトロピア❷*の息子（⇒巻末系図104）。350年マグネンティウス*が帝位を簒奪すると、それに対抗する勢力によって皇帝に推戴され、剣闘士や逃亡奴隷から成る軍隊を率いてローマを占領した。しかし、在位28日間にしてマグネンティウスの軍隊に捕殺され、母や大勢の元老院議員も運命をともにした。

Julian. Or. 1, 2/ Aur. Vict. Caes. 42/ Eutrop. 10-6/ Zosimus 2-43/ etc.

ネマウスス Nemausus, または、ネマウスム Nemausum,（ギ）Nemausos, Νέμαυσος,（英）Nismes,（伊）（西）Nemauso

（現・ニーム Nîmes,〈プロヴァンス語〉〈オック語〉Nimes）ガッリア・ナルボーネーンシス*南部の都市。ロダヌス*（現・ローヌ）河西方の平野に位置する。元来ケルト*系のウォルカエ Volcae 族の主要都市で、近くの聖林 nemus（ネムス）で彼らの集会が行なわれていたことから、この名がつけられた（異説あり）。前121年ローマの版図に入り、アウグストゥス*（オクターウィアーヌス*）によって植民市（コロー二ア*）とされ（前28）、ヒスパーニア*やアクィーターニア*へ向かうローマ軍道の中継点として繁栄、ガッリア*屈指の大都市に発展した。アウグストゥスの頃から帝国有数の貨幣を鋳造し、アントーニーヌス・ピウス*帝の父祖ら幾多の著名人士を輩出。後2世紀中頃には、ナルボー*（現・ナルボンヌ）に代わってガッリア・ナルボーネーンシスの州都となる。また長きにわたって南ガッリアの陽物神プリアーポス*信仰の中心地として知られた。4世紀以降、徐々に衰えを呈し、473年に西ゴート*族によって占領された。

今日も円形闘技場（アンピテアートルム*）Arènes（後70頃）をはじめ、浴場や聖域、アグリッパ*ならびにアウグストゥスの孫たち（ガーイウス・カエサル*とルーキウス・カエサル*）に奉献されたコリントス*式神殿メゾン・カレ Maison Carrée（後2～5）、アウグストゥス時代の城門 Porte d'Auguste（前16～前15）、女神ディアーナ*や水神ネマウススの神殿、丘上の塔 Tour Magne、そして水道橋（アクァエドゥクトゥス*）の一部ポン・デュ・ガール Pont du Gard（前19頃。高さ49 m、長さ275 m）など、ローマ時代の優れた遺跡を見ることができる。

⇒アレラーテ

Mela 2-5/ Plin. N. H. 3-4/ Ptol. Geog. 2-10, 8-5/ Suet. Tib. 13/ S. H. A. Hadr. 12, M. Ant. 1/ Strab. 4-178, -186～/ etc.

ネメアー Nemea, Νεμέα（イオーニアー*方言・ネメエー Nemee, Νεμέη),（仏）Némée

（現・Arhéa Neméa）ギリシアのアルゴリス*北部の地名。名祖はアーソーポス*河神の同名の娘ネメアー。近くの谷に棲む獅子（ライオン）をヘーラクレース*が退治したことで有名（12功業中の「第1の功業」）。この獅子はテューポーン*の子（ないし孫）で、どんな武器によっても傷つかない怪物だったが、洞窟に追い込まれて締め殺され、のち天に昇って獅子座（ラ）Leoなる星座になったという（⇒巻末系図001）。ヘーラクレースはこの獅子退治を記念して、ゼウス*のためにネメア競技祭*を創設したと伝えられる（異説あり）。前4世紀のゼウス神殿（ドーリス*式周柱建造物）、大祭壇、パライストラー*、ギュムナシオン*、スタディオン*、競技参加者の宿泊施設などの遺跡が発掘されている。なおコリントス*とシキュオーン*の境界を流れる同名の川ネメアーも、コリントス戦争（前395～前387）中の戦場として知られる（前394）。

Thuc. 3-96/ Xen. Hell. 4-2/ Soph. Trach. 1092/ Ov. Met. 9-97/ Apollod. 2-5, 3-6/ Paus. 2-15/ Diod. 14-83/ Strab. 8-

377, -382/ Pind. Nem./ Steph. Byz./ etc.

ネメア競技祭
Nemea, Νέμεα, Nemeia, Νέμεια, （ラ）Ludi Nemei, （英）Nemean Games, （仏）Jeux néméens, （独）Nemëische Spiele, （伊）Giochi di Nemea, （西）Juegos Nemeos

ギリシアのアルゴリス*地方のネメアー*で開催された祭典競技。伝承によると、テーバイ❶*攻めの七将*を率いるアルゴス*王アドラストス*が、この地を通りかかった時に、巨蛇に殺されたネメアー王子オペルテース*（アルケモロス*）を記念して創設したとも、ヘーラクレース*が第1の功業としてネメアーの獅子を退治した折に、ゼウス*を称えて始めたともいう。ネメアーのゼウス神域において、2年ごとに（各オリュンピア期*の第2・4年目に）行なわれ、前573年以降はギリシアの全民族的祭典となった（4大競技祭の1つ）。主宰は近くのクレオーナイ Kleonai, Κλεωναί 市、のちアルゴス市が担当し、徒競走・競馬・拳闘・レスリング・戦車競走などの運動種目が競われ、男子のみが参加できる裸体競技であった。アルケモロスの故事に由来して、葬送演説が披露され、黒い喪服をまとった審判者の手から、追悼のしるしであるセロリ（野ゼリ）selīnon, σέλινον で編んだ冠が優勝者に授けられたという。
⇒オリュンピア競技祭、ピューティア競技祭、イストミア競技祭
Pind. Nem., Ol. 13/ Paus. 2-15, 8-48/ Apollod./ Plut. Phil. 11, Tim. 26/ Strab. 8-377/ Polyb. 10-26/ Liv. 27-30〜, 34-41/ etc.

ネメシアーヌス
Marcus Aurelius Olympius Nemesianus, （ギ）Nemesianos, Νεμεσιανός, （仏）Némésien, （独）Nemesian, （伊）（西）Nemesiano

（後3世紀後半）カルターゴー*出身のラテン詩人。ウェルギリウス*の影響を受けた4篇の短い『牧歌 Eclogae』（⇒カルプルニウス・シクルス）および未完の狩猟の手引書『狩猟術 Cynegetica』（325行伝存）などの作品で知られる。ヌメリアーヌス*帝（在位・283〜284）とカリーヌス*帝（在位・283〜285）の頃に活躍。
⇒グラー（ッ）ティウス
S. H. A. Carus 11-2/ Nemesian. Cynegetica/ etc.

ネメシス
Nemesis, Νέμεσις, （仏）Némésis, （伊）Nemesi, （西）Némesis, （露）Немесида

ギリシア神話中、義憤の女神。人間の倨傲 hybris, ὕβρις に対する神々の怒りと応報天罰の擬人化で、不遜な者・不義にして富む者などを見逃さずに懲らしめた。夜の女神ニュクス*の娘とされる（異説あり）。ローマのフォルトゥーナ*に相当し、有為転変の象徴たる車輪と林檎の枝とを手にした有翼の女神の姿で表わされた。大神ゼウス*がネメシスと交わろうとしてあとを追った時、彼女は種々の動物や魚の姿をとって逃がれようとしたが、ついに鶖鳥に変身したところを、白鳥と化したゼウスに犯された──ある いは、鶖になったアプロディーテー*に追われるふりをした白鳥のゼウスが、ネメシスの膝下に逃げ込み、油断を見すまして彼女と交わったともいう──。その結果、彼女は卵を産み落とし、これをレーダー*（テュンダレオース*の妻）に与えたところ、卵から美女ヘレネー*とディオスクーロイ*が生まれたと伝えられる（白鳥座〈ラ〉Cygnus と鶖座〈ラ〉Aquila はゼウスがこれを記念して設けたという説もある）。

ネメシスの最も有名な神殿は、アッティケー*北東岸の小市ラムヌース*にあり、その大理石像は巨匠ペイディアース*の手になるものであった（ペルシア軍がアテーナイ*占領を祝って戦勝記念碑を建てるつもりで用意し、サラミース❶*で艦隊が撃破されたため退却を余儀なくされた折（前480）に残して行ったパロス*島の白大理石から造られたという。⇒アゴラクリトス）。またボイオーティアー*では、アルゴス*王アドラストス*がテーバイ❶*攻めの際に創始したネメシス＝アドラステイア Adrasteia, Ἀδράστεια（「逃れることのできぬ」の意）の崇拝が行なわれていたが、彼女はここではゼウスとアナンケー Ananke, Ἀνάγκη（「必然」の女神）の間に生まれた娘とされている。ネメシスは元来、「配給者」の意で、人間の行為の正邪に応じて幸・不幸を分配する正義の女神であったが、後代にはすべての不正を罰する復讐の女神のように見なされるに至った。
⇒テュケー、ディケー、エリーニュスたち
Hom. Il. 3-156, 6-335, Od. 1-350, 2-136, 23-40/ Hes. Th. 223/ Ath. 8-334b〜/ Apollod. 3-10/ Aesch. P. V. 936, Sept. 233〜/ Soph. Phil. 601〜, El. 792〜/ Paus. 1-33, 7-5, 9-35/ Herodot. 1-34/ Pl. Resp. 5-451a/ Nonnus Dion. 48-375/ Hyg. Fab. praef., Poet. Astr. 2-8/ Tzetz. ad Lycoph. 88/ etc.

ネメーテース
Nemetes, Nemeti, （ギ）Nemētai, Νεμῆται, Nemētes, Νέμητες, （英）Nemetians, （仏）Némètes, （独）Nemeter, （伊）Nemeti

ガッリア・ベルギカ*にいたゲルマーニア*系部族。トリボキー*の項を参照。
Caes. B. Gall. 1-51, 6-25/ Tac. Germ. 28/ Plin. N. H. 4-17/ Tac. Ann. 12-27/ Amm. Marc. 15-11/ etc.

ネモレーンシス湖
Lacus Nemorensis, （英）Lake Nemi, （仏）Lac de Nemi, （独）Nemisee, （西）Lago de Nemi

（現・Lago di Nemi ネーミの湖）別名「ディアーナの鏡 Speculum Dianae」。ラティウム*のアリーキア*（現・Ariccia）近郊、アルバーヌス*山の森 nemus にある小さな湖。東北岸にあったディアーナ*女神の聖所で名高い。伝説では、オレステース*がタウリケー*のアルテミス*崇拝をこの地にもたらしたものとされ、人身供犠を伴う祭祀が行なわれていたという。歴史時代には、「森の王 Rex Nemorensis（レークス・ネモレーンシス）」と呼ばれる特異な神官職の存在で知られていた。この職は、森の中のある木の枝を折りとったのち、先任者の神官を殺した逃亡奴隷に与えられることになっており、同様にして次に自分が殺さ

れるまで在職を許されたものである。この習慣はローマ帝政期になっても続けられ、気まぐれなカリグラ*帝が刺客を放って、長くここの聖職を独占していた神官を殺させた話は有名。また伝承によると、アエネーアース*（アイネイアース*）は巫女シビュッラ*の指示に従って、冥界へ降る前に金の葉をつけた枝をこの森から挽ぎとったという —— 英国の人類学者ジェイムズ・フレイザーの著『金枝篇 The golden bough』（1890～1915）の書名は、これに由来する ——。聖域の遺構が発掘調査されたが、その後、神殿の跡は再び埋め戻されている。

Strab. 5-239/ Verg. Aen. 6-136～/ Serv. ad Verg. Aen. 6-136, 7-515～/ Suet. Calig. 35/ Prop. 3-22, -25/ Ov. Fast. 3-261～/ Vitr. De Arch. 4-8/ Paus. 2-27/ Stat. Silv. 3-1/ etc.

ネーリーテース（ネーレイテース） Nerites, Νηρίτης, （Nereites, Νηρείτης）, （伊）Nerito

ギリシア神話中、海神ネーレウス*とドーリス Doris（オーケアニデス*の1人）の子。あらゆる神々・人類の中で最も美しい若者だったので、ポセイドーン*に愛され、それに応えて恋人のあとをすばらしい速さで従っていたが、ヘーリオス*に嫉まれて貝殻に変えられてしまった。別伝では、女神アプロディーテー*がまだ海中に住んでいた頃、彼を愛していた。のち女神がオリュンポス*に昇るに際して、一緒に連れて行こうと翼を贈ったにもかかわらず、拒絶されたため、怒って彼を動けない貝殻に変え、代わりにエロース*を同伴者に選び、これに翼を与えたという。

⇒ヒュアキントス、本文系図286
Ael. N. A. 14-28/ Etym. Magn./ etc.

ネルウァ（マールクス・コッケイユス） Marcus Cocceius Nerva, （ギ）Mārkos Kokkēios Nerūās, Μᾶρκος Κοκκήιος Νέρουας, （伊）Marco Cocceio Nerva, （西）Marco Coceyo Nerva

（後35〈後30、後32とも〉年11月8日～98年1月28日）ローマ皇帝（在位・96年9月18日～98年1月28日）。いわゆる五賢帝の初代。同名の祖父（後22の執政官）はティベリウス*帝の友人でともにカンパニア*へ隠栖したが、33年ティベリウスの圧政に耐えかね、自ら食を絶って死んだ著名な法律学者。孫のネルウァはイタリア中部ウンブリア*地方のナルニア*（現・ナルニ Narni）に生まれ、文学を好んでネロー*帝の友人となり、「当代のティブッルス*」と称される。ネローの詩句の本当の作者だとも噂され、ティゲッリーヌス*とともに C. ピーソー*の陰謀事件（65）の鎮圧に当たり、赫々たる栄誉を授かる。当時の大半の貴族と同様、酒色の快楽に耽り、嘔吐しては食事を繰り返す習慣があった。また若き日のドミティアーヌス*らとの男色関係でも知られていた。ウェスパシアーヌス*帝やドミティアーヌス帝の執政官同僚となり（71、90）、ドミティアーヌスによってタレントゥム*へ追放されたともいうが、占星術師が「ネルウァは放っておいても間もなく死ぬでしょう」と予言したので、殺されずに済んだと伝えられる。彼はドミティアーヌス暗殺計画に関与し（⇒P. ユウェンティウス・ケルスス）、皇帝弑逆の直後、その高齢と無嗣のゆえに元老院によって帝位に擁立された（96）。穏厚な老人で独裁政を廃し、元老院議員を殺さぬことを誓って陰謀が発覚してもその約束を守り通し、追放されていた人々を呼び戻して没収財産を返還、先帝の専制時代に跳梁した密告者 delator らを処刑した。男子の去勢や姪＝伯叔父間の婚姻を禁じ、税金を軽減、巨費を投じて救貧制度を確立し、帝室資産を売却して自らは節倹に努めた。国事の一切を元老院に諮り、フロンティーヌス*ら優れた人材を起用して道路・水道を整備。植民市を再建するなど、帝国の秩序と伝統の回復に意を注いだ。「帝位を退いてのち余生を静かに送る妨げとなるようなことは何一つしていない」とは彼の言葉である。しかし、行政とりわけ軍政の経験がないため、97年近衛軍の暴動が勃発、宮殿に乱入した兵士らにネルウァが自らの首を差し出したところ、彼らは先帝ドミティアーヌスを暗殺した側近たちを惨殺しただけで帝には害を加えなかったという（⇒パルテニオス❷）。苦慮したネルウァは、親族があったにもかかわらず、有能なゲルマーニア*駐屯軍司令官トライヤーヌス*を養子に迎え、カエサル*と呼んで帝権を共有（97年10月27日）、これが五賢帝時代の養子相続制の

系図285　ネルウァ（マールクス・コッケイユス）

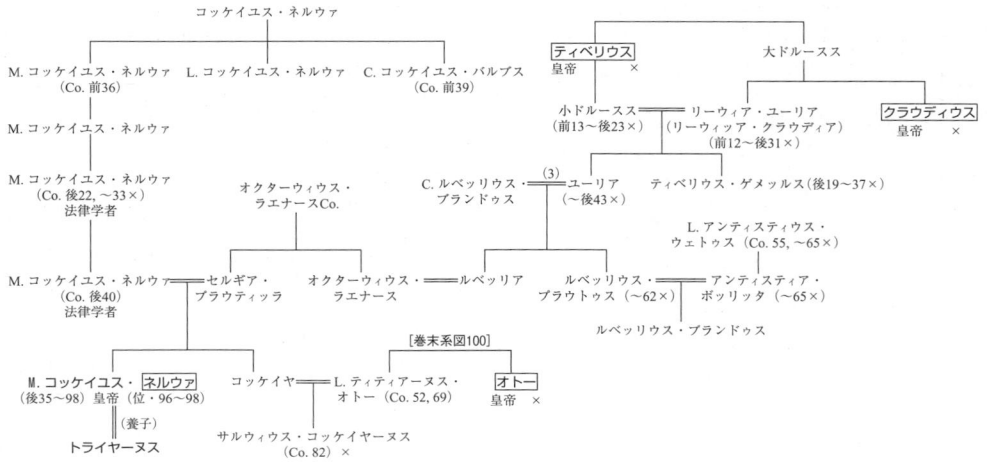

先蹤を成した（⇒巻末系図102）。その3ヵ月後、ある人物を大声で怒鳴りつけたことが原因で発病し、在位わずかに16ヵ月で崩御、アウグストゥス*の霊廟(マウソーレーウム*)に葬られ、ほどなく神格化された。秀でた容貌の持ち主だったが、病弱で無気力な老人で、称賛される養子縁組もトライヤーヌスが強大な軍隊を擁して人望も厚かったため、これを後継者と定めざるを得なかったからだという。
Dio Cass. 67〜68/ Plin. Pan., Ep./ Aur. Vict. Caes. 12〜13, Epit. 12/ Eutrop. 8/ Tac. Ann. 15-72/ Mart. 5-28, 8-70/ Suet. Dom. 1, 5/ Frontin. Aq. 2/ Philostr. V. A. 7-8/ Plin. Ep. 2-1, 7-33/ etc.

ネルウィイー（族） Nervii,（ギ）Nerūioi, Νερούιοι, Nerbioi, Νέρβιοι,（英）Nervians,（仏）Nerviens,（独）Nervier,（伊）Nervi,（西）Nervios

ガッリア・ベルギカ*にいた勇猛な部族。今日のエノーHainautおよびフランドルFlandre（現在のベルギー南部からオランダ）の一部に居住していたが、前57年カエサル*との激戦の末にほぼ全滅、600名の長老会が3名に減り、6万もいた戦闘員がわずか500人しか生き残らなかった。トレーウェリー*族と同様、ゲルマーニア*人系の出自を誇っていたという。
⇒ベルガエ
Caes. B. Gall. 2-15〜28/ Plin. N. H. 4-17/ Tac. Germ. 28, Hist. 4-15, -33/ Strab. 4-194, -197/ Liv. Epit. 104/ etc.

ネーレ（ー）イス Nereis, Νηρηΐς, Νηρεΐς,（英）Nereid,（仏）Néréide,（独）（伊）Nereide,（西）Nereida
⇒ネーレーイデス（の単数形）

ネーレイテース Nereites
⇒ネーリーテース

ネーレーイデス（ネーレーイスたち） Nereïdes, Νηρηΐδες,（英）Nereids,（仏）Néréides,（独）Nereïden,（伊）Nereidi,（西）Nereidas,（露）Нереиды, ネーレ（ー）イスたち Nereis, Νηρηΐς, Νηρεΐς,（英）Nereid,（仏）Néréide,（独）Nereïde,（伊）Nereide,（西）Nereida,（露）Нереид

ギリシアの海の女神・ニュンペー*（ニンフ*）。海神ネーレウス*とドーリスDoris（オーケアノス*の娘）との間に生まれた50人（ないし100人）の娘たち。海底にある父神の宮殿で暮らす美女で、時おり海辺の洞窟で過ごしたり、海豚(いるか)やヒッポカンポス*に跨って波間を戯れたりした。ポセイドーン*の妃アンピトリーテー*やアキッレウス*の母テティス*、アーキスの愛人ガラテイア*らが特に有名。
⇒グラウケー❶、クリュメネー❷
Hes. Th. 243〜/ Hom. Il. 18-31〜, Od. 24-47/ Herodot. 2-50/ Apollod. 1-2/ Hyg. Fab. Praef. 8, 59, 64, 96, 106/ Pind. Isthm. 6-6/ Paus. 2-1-8/ etc.

ネーレウス Neleus, Νηλεύς,（仏）Nélée,（伊）（西）Neleo,（葡）Neleu,（露）Нелей

ギリシア神話中のピュロス*王。ポセイドーン*とテューロー*（サルモーネウス*の娘）の子。ペリアース*の双生兄弟。2人は生後間もなく母に棄てられたが、ネーレウスを雌犬が、ペリアースを雌馬が哺乳したのち、馬飼いに拾われて育てられた。長じて母と再会するも、やがて兄弟は相争うようになり、ネーレウスは放逐されてメッセーネー*地方へ赴き、海沿いにあるピュロス*市を征服ないし創建した。アンピーオーン*の娘クローリスKhloris, Χλῶρις と結婚して、12人の息子と美しい娘ペーローPero, Πηρώ（ビアース*の妻）を儲けた。しかるに、英雄ヘーラクレース*がイーピトス*を殺した時に、その殺人の罪を浄めることを拒んだがため、ヘーラクレースの攻撃を受けて一家皆殺しにされた。ただ1人末子のネストール*だけは、ピュロスを不在にしていたおかげで、あるいはヘーラクレースの

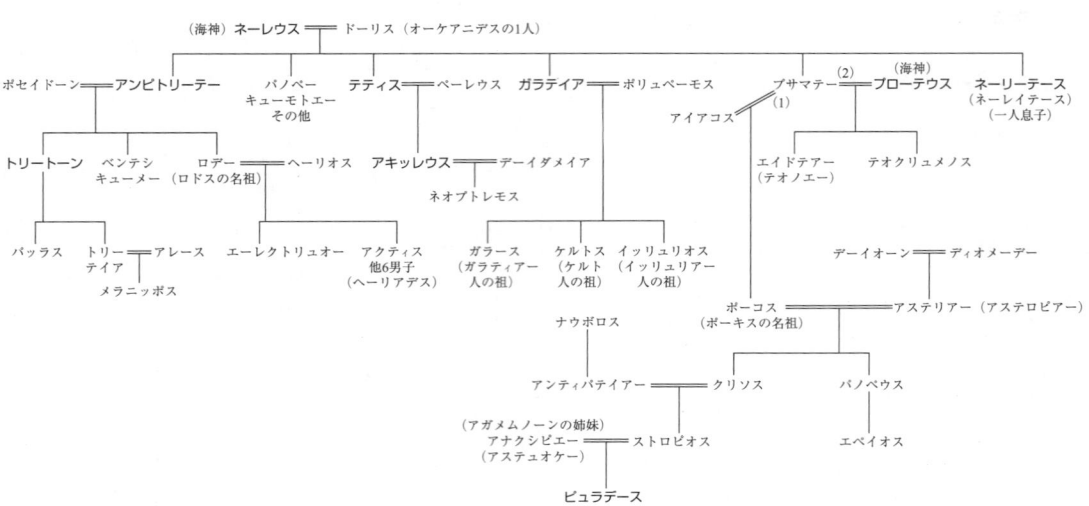

系図286 ネーレーイデス（ネーレーイスたち）

愛人（稚児）だったために、死を免れた。11 番目の息子（または長男）ペリクリュメノス Periklymenos, Περικλύμενος（アルゴナウタイ*の１人）は、ポセイドーンから自在に姿を変える力を与えられていたので、獅子(ライオン)、蛇、蜜蜂などに変身したにもかかわらず、英雄の手にかかって果てたとも、鷲と化して逃れるを得たともいう。一説にネーレウスは、オリュンピア競技祭*を再興したのち、コリントス*で息を引きとり、その地の王シーシュポス*によって秘密の墓に葬られたとも伝えられる。アテーナイ*の名門アルクマイオーン家*や、ミーレートス*らイオーニアー*12 市の建設者ネーレウス（アテーナイ王コドロス*の次男）は、このネーレウスの末裔と見なされている。
⇒巻末系図 011
Hom. Il. 7-132～, 11-671～, Od. 11-235～, 15～229～/ Apollod. 1-9, 2-6, -7/ Hyg. Fab. 10/ Diod. 4-31, -68/ Paus. 2-2, 4-2, -3, -15, -36, 7-2/ Strab. 8-337, 14-633/ Polyb. 16-12/ Herodot. 5-65, 9-97/ Ael. V. H. 8-5/ Ov. Met. 2-689/ etc.

ネーレウス Nereus, Νηρεύς, （仏）Nérée, （伊）（西）Nereo, （葡）Nereu, （露）Нерей

ギリシア神話の古い海神。大地（ガイア*）と海（ポントス*）の長男。オーケアノス*の娘（オーケアニス*）のドーリス Doris, Δωρίς との間に 50 人（一説に 100 人）の娘ネーレーイス*たち（ネーレーイデス*）と息子ネーリーテース*を儲けた。賢明・正直な「海の老人」で、地中海とくにエーゲ海の深奥に娘たちとともに住んでいた。他の海神と同様、予言の才と姿を自在に変える力をもち、パリス*にヘレネー*誘拐の結果トロイアー*が滅亡することを予言した。英雄ヘーラクレース*は、ヘスペリデス*の園へ行く道を知るために、火や水などさまざまなものに変身するネーレウスを捕えて離さず、強引に園のある場所を開き出したという（第 11 の功業）。ネーレウスは美術作品において、青緑の髪と長い鬚（しばしば白鬚）をたくわえ、三叉戟を持ち、トリートーン*に跨った姿で表わされる。アプロディーテー*を海中で養育したという伝承も残っている。彼はまた、同じく海神で美男のグラウコス❹*を愛したといわれる。
⇒ポルキュス、タウマース、プローテウス、巻末系図 001
Hom. Il. 18-35, -49, -141～, Od. 24-58/ Hes. Th. 233～/ Apollod. 1-2, 2-5/ Ap. Rhod. 4-772/ Verg. Aen. 2-418/ Paus. 21-9/ Schol. ad Ap. Rhod. Argon. 4-1396～/ etc.

ネロー、ガーイウス・クラウディウス Gaius Claudius Nero, （ギ）Gaios Klaudios Nerōn, Γάϊος Κλαύδιος Νέρων, （仏）Caius Claudius Nero, （伊）Gaio Claudio Nerone, （西）Cayo Claudio Nerón, （葡）Caio Cláudio Nero

（前 3 世紀後半）共和政期ローマの将軍・政治家。第 2 次ポエニー戦争*中の前 207 年に M. リーウィウス・サリーナートル*とともに執政官職(コーンスル*)に就き、メタウルス*河畔の戦いで敵将ハスドルバル❷*（ハンニバル❶*の弟）を討ち取る。彼はこの青年の首を切り落として剥製にすると、城壁越しにハンニバルの陣営に投げ込ませた。この戦勝ゆえにリーウィウスと一緒に凱旋式(トリウンプス*)を挙行し、前 204 年には 2 人揃って監察官職(ケーンソル*)に就いている。
Liv. 27-41～51, 29-37/ App. Hann. 52/ Hor. Carm. 4-4/

系図 287　ネーレウス（ピュロス王）

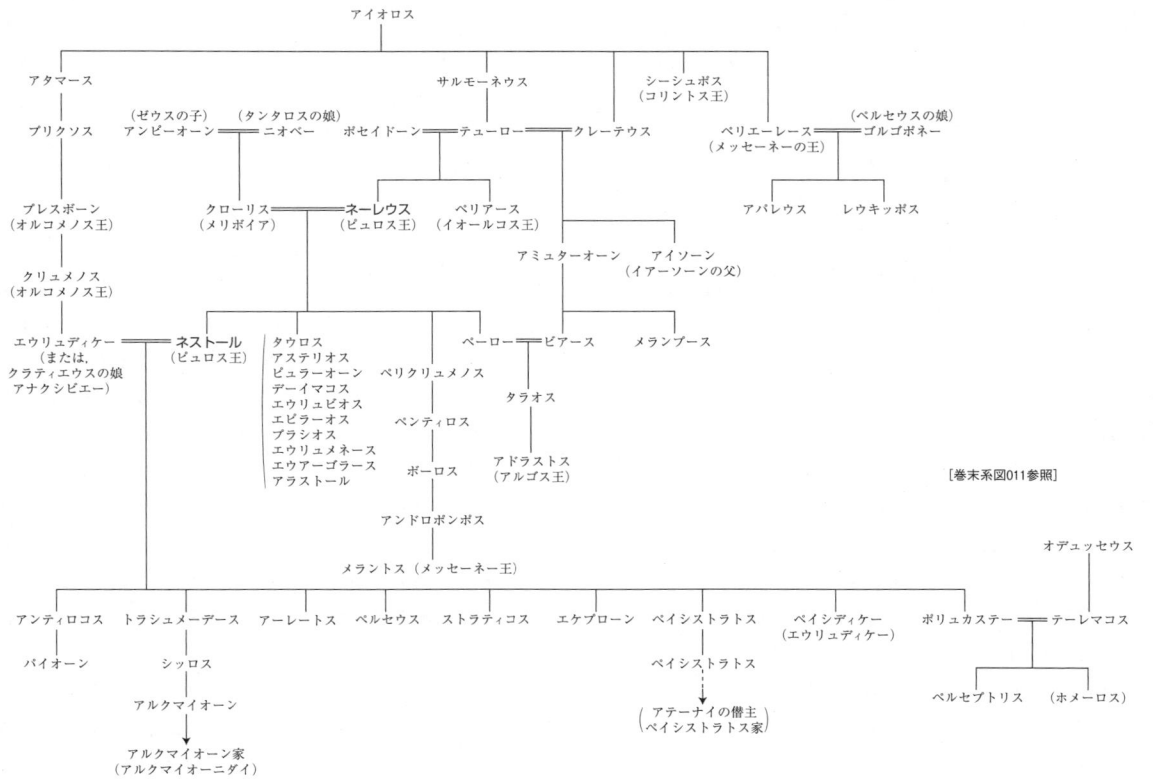

ネロー・カエサル Nero Julius Caesar Germanicus, (ギ) Nerōn Iūlios Kaisar, Νέρων Ἰούλιος Καῖσαρ, (伊) Nerone Giulio Cesare, (西) Nerón Julio César

(後6～31) 初代ローマ皇帝アウグストゥス*の曾孫。ゲルマニクス*と大アグリッピーナ❶*の長男。皇帝ネロー*の母方の伯父にあたる(⇒巻末系図076, 078, 088)。ティベリウス*帝の息子・小ドルーススの死(23)後、若くして帝位継承者に擬せられ、数々の栄誉を付与されたが、奸臣セイヤーヌス*の策動により次第に老帝ティベリウスとの仲を裂かれていく。妻のユーリア❽*(小ドルーススの娘)をはじめとする間諜たちに一挙手一投足まで監視され、悪意をもって報告されたので、ティベリウスも猜疑心を深め、29年母后リーウィア❶*が死ぬと、ついにネローを過度の男色や淫行のゆえに非難し、母の大アグリッピーナとともに弾劾、鎖で縛り上げて流刑に処した。公敵宣言を受けポンティア Pontia (現・Ponza ラティウム*沿岸の流刑地)島に流されたネローは、セイヤーヌスの失脚寸前に餓死させられた、あるいは獄吏に処刑道具を見せつけられて自殺のやむなきに至ったという(31)。
⇒ドルースス❸
Tac. Ann. 2-43, 3-29, 4-8, -17, -59～60, -67, -70, 5-3～4/ Suet. Tib. 24, Calig. 7/ Dio Cass. 57-18, -22, 58-8/ etc.

ネロー(家) Nero, (ギ) Nerōn, Νέρων, (仏) Néron, (伊) Nerone, (西) Nerón, (露) Нерон

ローマのパトリキイー*(貴族)系クラウディウス氏*の家名 cognomen。ネローとはサビーニー*族の言葉で「勇敢な」とか「力強い」を意味する。アッピウス・クラウディウス・カエクス*の息子ティベリウス・クラウディウス・ネロー Ti. Claudius Nero を始祖とし、その子孫からはティベリウス*帝やクラウディウス*帝、ネロー*帝などが出ている。

また第2次ポエニー戦争*(前218～前201)中、メタウルス*河畔の闘い(前207)で相役の執政官、M. リーウィウス・サリーナートル*とともにハスドルバル❷*軍を破り、討ち取ったハスドルバルの首をその兄ハンニバル❶*の陣営へ投げ込んだ C. クラウディウス・ネロー*(前204年度の監察官)も名高い。
Suet. Tib. 1～/ Gell. N. A. 13-22/ Liv. 22/ Tac. Ann./ Dio Cass./ etc.

ネロー(帝) Nero Claudius Caesar Augustus Germanicus, (ギ) Nerōn, Νέρων, (仏) Néron, (伊) Nerone, (西) Nerón, (露) Нерон (初名・ルーキウス・ドミティウス・アヘーノバルブス❽* Lucius Domitius Ahenobarbus)

(後37年12月15日～68年6月9日)ローマ皇帝(在位・54年10月13日～68年6月8日)。

グナエウス・ドミティウス・アヘーノバルブス❺*と小アグリッピーナ*(アグリッピーナ❷*)の子(⇒巻末系図076, 079)。アンティウム*で逆児として生まれ、3歳のとき父を失う(40)。母も実兄のカリグラ*帝によって追放刑に処されていたため、叔母ドミティア・レピダ*の家で舞踏家と理髪師に養育される。母アグリッピーナの召還(41)後、民衆の人気を集めたので、クラウディウス*帝の后メッサーリーナ*が幼いネローを暗殺しようとしたが、彼の身辺を守る1匹の蛇のおかげで、刺客らも手が出せなかったという(47)。母がクラウディウスと結婚した翌年、母の策謀でクラウディウスの養子に迎えられ(50年2月25日、入籍後は Tiberius Claudius Nero Caesar Drusus Germanicus と名のる)、皇女オクターウィア❷*と結婚(53)、翌54年にクラウディウスがアグリッピーナによって毒殺されるや、皇帝に推戴される。

初政の5年間は師傅の哲学者セネカ❷*や近衛軍司令長官ブッルス*らの補佐を得て、後世「最良の御代」と謳われることになる善政を布く(54～58)。死刑囚に対する処刑令状に署名を求められた時には、「余は文字が書けなければよかったのに」と嗟嘆、すべての間接税を廃止するよう提案し、また元老院の権限の回復に努めた。しかし間もなく、政権をめぐって母后アグリッピーナと対立し、義弟ブリタンニクス*(クラウディウスの子)を毒殺(55)、帝室につらなる親族をほぼ根絶やしにしたあげく(⇒シーラーヌス❹～❼、ルベッリウス・プラウトゥス、ファウストゥス・スッラ❷、ドミティア、アントーニア❸)、肉体関係のあった母后をも暗殺させて、その日を祭日として祝わせた(59、⇒アニーケートゥス)。62年に後見人のブッルスが変死し(ネローによる毒殺という)、セネカが引退するに及んで、もはや彼を制肘するものなく、皇后オクターウィアを離婚したうえ、追放・処刑し、情婦だった美女ポッパエア・サビーナ*と再婚、奸臣ティゲッリーヌス*らを近づけて放縦暴虐を募らせた。他面、ギリシア文化に心酔して、2つの祭典ユウェナーリア Juvenalia (59年10月18日)とネローニア Neronia (60年、65年)を創始し、音楽・詩・戦車競走などの競技を愛して自らも出場、上流社会の男女にもすすめて演技に参加させた。皇帝が女装して舞台の上で出産場面を演じたり、芸人の真似をして竪琴を弾きながら歌を披露したりすることは、当時のローマ人の眼には破廉恥な奇行に映ったという(後出)。64年7月にローマ市が大火に見舞われた時にも、彼は高所で見物しながら、火焔の美しさに魅せられて、自作の叙事詩『トロイアー*の滅亡』を歌っていたと伝えられ、そのため「ネローが火を放った」という風評が広まった。そこで責任を世人に憎悪されていたキリスト教徒に転嫁し、彼らを放火犯として迫害、猛犬の餌食にしたり、生きながら焼き殺したりして処刑した。有産者に多額の義捐金を強要してローマ再興計画に着手し、自身のために善美を尽くした壮麗な大宮殿「黄金の館 Domus aurea」を造営、奉献式をあげた時「ついに余も人間らしい生活をすることができるのだ」と嘯いたという。65年にはC. ピーソー*を頭目とする大がかりな陰謀計画が発覚し、これを好機に帝の意に反する大勢の有力者たちを粛清、その中に

は旧師セネカやその甥の詩人ルーカーヌス*らも含まれていた。翌66年になっても犠牲者は絶えず、「趣味の審判者」ペトローニウス*や哲学者トラセア*、将軍コルブロー*ら有能な人物が次々と処刑された。その間に后ポッパエアが急死すると（妊娠中、ネローによって蹴り殺されたという）、先に生後4ヵ月足らずで夭折した娘(63)と同様に、彼女を「女神」として祀り大規模な葬儀を行なった(65)。次いでスタティリア・メッサーリーナ*を3度目の「女の」皇后として迎える(66)一方、ポッパエアに生き写しの美少年スポルス*を去勢・女装させて、正式にこれを娶り、ギリシアへ「蜜月旅行」に出かけた（66年9月〜68年1月）。

若年よりネローは奢侈淫迭に耽ること度なく、男色相手のオトー*（のち皇帝）らとともに夜ごと微行しては、市民に略奪や暴行をはたらき、自由身分の少年や貴婦人を犯したばかりか、ウェスタ*の聖女（ウェスターリス*）をも凌辱。義弟ブリタンニクス強姦や母子相姦、男女両性に対する嗜虐行為を含むあらゆる種類の乱行を実演し、自ら花嫁に扮して解放奴隷ドリュポルス*やピュータゴラース❷*に嫁いだこともあったという（⇒パリス）。また法外な濫費家としても知られ、どんな高価な衣裳でも2度と着ることはなく、賽子遊びでは1回の勝負に40万セーステルティウスをも賭け、魚釣りには紫染めと紅染めの組み糸で織られた金の網を用い、旅行の折にはつねに千輛を越える四輪車と美しく装った伴回りを帯同、華麗な饗宴を繰り返し開き、寵愛する佞人や楽師、剣闘士奴隷らには巨額の富を惜しみなく下賜してやまなかった。66年にアルメニアー*王ティーリダテース*が入城した時には、毎日80万セーステルティウスもの国庫金を散財し、王の帰国に際しては2億セーステルティウスにのぼる莫大な餞別を贈ったと史書は伝えている。その他、際限のない贅沢のせいで手許不如意になると（晩年だけで30億セーステルティウスを蕩尽）、帝は政治的陰謀にひっかけて貴族や富豪から土地や財産を没収しはじめ、アーフリカ*州の半分を所有していた6人の大地主を殺してその土地を残らず手に入れ、全国の神殿からは金・銀製の神像や奉納金を召し上げ、果てはカルターゴー*の洞穴に眠るという伝説の女王ディードー*の埋蔵金を採掘させるありさま(65)。反逆罪 majestas を復活させて恐怖政治をしき、占星術師の告げる凶兆を真に受けて元老院議員の皆殺しを計画、血まみれの肉であろうと何でも貪り食うエジプトの怪人に、生きたまま敵どもを切り刻んで投げ与えようと欲したという話も伝わっている。

66年には「ただギリシア人のみが余の芸術に価する」と称して、「皇后」スポルスやティゲッリーヌスをはじめとする廷臣を伴い、ローマの管理は解放奴隷ヘーリウス Helius に委ねて、ギリシア旅行へ出発。各地で催されるあらゆる競技祭に参加し、優勝を総嘗めにして1808個の栄冠を獲得、オリュンピアー*では10頭立て戦車から振り落とされ、競走を断念したにもかかわらず、勝者の冠は彼の頭上に輝いた。帝の上演中は劇場から出ることは絶対に禁止され、何人かの婦人が客席で出産する騒ぎとなり、なかには死んだふりをして棺架で場外へ運び出された人たちもいたという。67年ギリシア出発に当たって帝は、ギリシア（アカーイア*）全土に自由を与えることを宣言（11月28日）、またコリントス*地峡の運河開鑿工事に着手し、自ら金の鍬で最初の一撃を加えた（9月）が、不吉な異象の出現や翌年に起こった混乱でこの大事業も放棄された。68年イタリアへ戻るとネアーポリス*（現・ナーポリ）やローマなど各地で盛大な凱旋行進を繰り広げ、ギリシアでの勝利を誇示した。ところが、属州ガッリア・ルグドゥーネーンシス*の総督ウィンデクス*が叛旗を翻し、その反乱にヒスパーニア・タッラコーネーンシス*の総督ガルバ*も合流したため、たちまちネローは元老院と近衛軍から見捨てられ（⇒ニュンピディウス）、わずか4人の従者とともにローマ郊外の解放奴隷パオーン Phaon の別荘へ逃亡。そこで自分が公敵宣言を受けたことを知り、「何と素晴らしい芸術家が失われることか！」と嘆きつつ、短剣を喉に突き刺して自殺した（30歳と6ヵ月、⇒エパプロディートゥス）。遺骸は愛妾アクテー*と2人の乳母の手でドミティウス氏*の墓地に葬られ、世人はその死を喜んで自由を象徴する帽子をかぶってローマ市内を走り回り、暴政の手先となったネローの寵臣らを殺害した。彼の死でアウグストゥス*以来5代続いたユーリウス＝クラウディウス朝（前27〜後68）は滅亡し、続くガルバ、オトー、ウィテッリウス*の目まぐるしい帝位交替と内戦を経たのち、ウェスパシアーヌス*の即位によって、新たにフラーウィウス朝（69〜96）が開かれることになる。しかし、一方ではネローの生存と再来を待ち望む民衆も多く、その後数十年にわたって第2・第3の「偽ネロー」が、繰り返し登場しては歴史の頁を賑わせて消えていった（⇒アルサケース24世）。

ネローの容貌は金髪碧眼で端正だったが、頸は太く腹が突き出ており、また視力が弱かったので、剣闘士試合を緑玉石板（エメラルド）に映して観覧していた。髪形は段々をなして積み上げるようにカールさせ、後方に長く垂らしていたという。
⇒ボウディッカ、ネルウァ

Tac. Ann. 13〜16, Hist. 1-4〜, Agr. 6, 45/ Suet. Ner., Galb. 8〜9, Otho 2〜, Vit. 4, Vesp. 4〜, Claud. 27, 39, 43, 45, Rhet. 1, Poet. Lucanus/ Dio Cass. 61〜63/ Plut. Galb., Mor./ Plin. N. H. 7-8, 11-54, 18-7, 37-16/ Sen. Apocol./ Juv. 8-223, 12-129/ Joseph. J. B., J. A. 20〜/ Euseb. Hist. Eccl. 1/ Augustin. De civ. D. 20-19/ Tertullian./ etc.

ネロー、ティベリウス・クラウディウス　Tiberius Claudius Nero,（ギ）Tiberios Klaudios Nerōn, Τιβέριος Κλαύδιος Νέρων,（伊）Tiberio Claudio Nerone,（西）Tiberio Claudio Nerón

（前85頃〜前33）共和政末期ローマの政治家。リーウィア・ドルーシッラ*（リーウィア❶*）の前夫。ティベリウス*帝の実父。もとカエサル*の部下としてアレクサンドレイア❶*戦役（前48〜前47）に活躍したが、前44年にカエサルが暗殺されると「暴君を倒した人たちには褒賞を与えてしかるべきだ」と提案。法務官（プラエトル*）の時にはL. アントーニウス*に加担してペルシア*（現・ペルージャ）に立て籠もり、オ

クターウィアーヌス*（のちのアウグストゥス*）に対立した（前42）。翌年はじめカンパーニア*へ脱出し、他の人々がすべて降伏したのちも彼1人節を曲げず、妻子を連れて各地を逃げ回り、ギリシアのM. アントーニウス❸*陣営に身を投じた。前40年末アントーニウスとオクターウィアーヌスの間に一時的な妥協が成立したのでローマへ帰還するが、妻リーウィアの美貌がオクターウィアーヌスを惹きつけ、ためにその強要に従ってやむなく身重の妻を譲り渡すことを余儀なくされた。オクターウィアーヌスとリーウィアの婚礼はネローの家で盛大に執り行なわれ、彼は花嫁の父親役を果たした（前38年1月17日）── 少年奴隷が花婿をとり間違える珍妙な出来事が起きたのは、この日の宴席においてのことであった ── 長男がのちの第2代皇帝ティベリウス、離婚後に生まれた次男が大ドルースス❶*である。
⇒巻末系図 076, 078, 081, 087, 091
Suet. Tib. 4, Aug. 62/ Dio Cass. 42-40, 48-15, -34, -44/ Tac. Ann. 1-10, 5-1/ B. Alex. 25/ etc.

ネロン Néron
⇒ネロー（の仏語形）

ノウィウス Quintus Novius, （伊）（西）Quinto Novio
（前1世紀）ローマ共和政末期のアーテッラーナ*劇作家。前30年前後に活躍。悲劇をパロディ化した作品など44の題名と百行余りの断片が残っている。
⇒L. ポンポーニウス
Gell. N. A. 15-13/ Macrob. Sat. 1-10/ Cic. De Or. 2-63-255, -69-279, -70-285/ etc.

ノウィオドゥーヌム Noviodunum, （ギ）Noūïodūnon, Noουïοδουνόν, （伊）（西）Novioduno
（現・ソワソン Soissons）ガッリア・ベルギカ*の町。スエッシオーネース*族の首邑。ローマ帝政初期にアウグスタ*・スエッシオーヌム Suessionum と改称され、ガッリア・ベルギカ州でレーミー*（旧・ドゥーロコルトルム Durocortorum。現・ランス Reims）に次ぐ第2の都市となる。交通の要衝にあるため、急速に発展した。フランク*族の王クロウィス*1世がシュアグリウス Syagrius（後430～487×）に勝利を収めた戦場として知られる（後486）。

この他、外ガッリア*には、アエドゥイー*族の町ノウィオドゥーヌム（現・Nevers）や、ビトゥリゲース*族の町ノウィオドゥーヌム（現・Neung-sur-Beuvron）など同名の城市があったが、いずれもカエサル*のガッリア遠征中、その軍門に降っている。
⇒ベルガエ
Caes. B. Gall. 2-12, 7-12～, -55/ Ptol. Geog. 2-15, 3-10/ Dio Cass. 40-38-2/ Amm. Marc. 27-1/ Procop. Aed. 4-11/ It. Ant./ etc.

ノウム・コームム Novum Covum
⇒コームム

ノクス Nox
⇒ニュクス*（夜）（のラテン語形）

ノッシス Nossis, Νοσσίς, （伊）Nosside, （西）Nosis, （葡）Nóssis, （露）Носсида
（前4世紀末頃～前3世紀初期の人）イタリア半島南端ロクロイ*（ロクリー*）出身の女流詩人。恋愛抒情詩を書いたが、メレアグロス*編の『花冠 Stephanos』に収められた12篇のエピグラム詩しか伝存しない。その大半が女性に関する奉献詩で、彼女自身「南イタリアのサッポー*」を誇称している。
⇒プラークシッラ、エーリンナ、コリンナ
Anth. Pal. 5-170, 7-718, 9-332/ etc.

ノトス Notos, Νότος, Notus, （伊）（西）Noto
ギリシア神話中、南風の擬人神。ローマのアウステル*。曙の女神エーオース*とアストライオス*の子で、ボレアース*（北風）やゼピュロス*（西風）らの兄弟。湿った南雲をもたらす風で、露に濡れた翼を持ち、額に雲霧の漂う有髯の男性として表現された。
⇒巻末系図 002
Hes. Th. 380, 870/ Ov. Met. 1-262～/ Verg. Aen. 2-416～/ Hom. Il. 3-10, 11-306, 21-334/ etc.

ノーナエ Nonae
⇒イードゥース

ノービリオル（家）Nobilior, （伊）Nobiliore
ローマのプレーベース*（平民）系の名族フルウィウス氏*に属する一家。最初にノービリオル（「より高貴な」の意）を名のったセルウィウス・フルウィウス・ノービリオル Ser. Fulvius Paetinus Nobilior（前255年の執政官）は、第1次ポエニー戦争*（前264～前241）に活躍した人物で、レーグルス*の敗北後、ローマ水軍を率いてアーフリカ*へ向かい、カルターゴー*艦隊を撃破した（前255）が、帰途嵐に遭って難船し、ほうほうの態で帰国したのち凱旋式を挙げたという（前254）。その子孫から幾人もの執政官が輩出しており、ギリシア美術略奪で名高いマールクス・フルウィウス・ノービリオル*（前189の執政官）は、彼の孫に当たる（⇒次頁系図288）。
Liv. 8-38, 9-21, -44/ Polyb. 1-36～37/ Diod. 23-14/ Zonar. 8-14/ Eutrop. 2-22/ etc.

ノービリオル、マールクス・フルウィウス Marcus Fulvius Nobilior, （伊）Marco Fulvio Nobiliore, （西）Marco Fulvio Nobilior
（前2世紀初頭）ローマ共和政期の政治家・将軍。フルウィウス氏*の出身。前189年の執政官となり（相役は Cn. マー

ンリウス・ウルソー*)、ギリシア方面へ出征してアイトーリアー同盟*軍と交戦、敵の首都アンブラキアー*を占領して勝利を収めた。前187年ローマに帰還して盛大に凱旋式（トリウンブス*）を祝い、10日間にわたって野獣狩り（ウェーナーティオー*）やギリシア式裸体競技などの見世物を開いた。アンブラキアーの降伏後、戦争の掟に背いてこの町にあったエーペイロス*王ピュッロス*の美術品を徹底的に略奪した（影像だけでも1015体）が、のち監察官職（ケーンソル*）にあった時ローマにヘルクレース*とムーサ*たちの神殿を建てて絵画や彫刻で飾り、市民に芸術の価値を教えた（前179）。彼はギリシアの文学や芸術に心酔し、詩人エンニウス*をアイトーリアー*遠征に随伴、そのため保守主義者の大カトー*から非難されている。彼はまた、M. アエミリウス・レピドゥス*（？～前152）の政敵として知られるが、監察官の相役となったとき（前179）、和解して兵員会の改革に着手した。息子2人はどちらも執政官職に昇進した。

Liv. 33-42, 34-54～, 35-7, 36-21, 37-47～, 38-3～, 39-4～, 40-45～/ Polyb. 22-8～/ Cic. Tusc. 1-2, Arch. 11, Brut. 20, De Or. 2-63, Prov. Cons. 9/ Val. Max. 4-2/ Plin. N. H. 35-36/ Aur. Vict. De Vir. Ill. 52/ etc.

ノービレース Nobiles, (仏)(西) Nobles, (伊) Nobili
（「著名な人々」の意）ローマ共和政期の高級官職（⇒マギストラートゥス）を輩出した権門貴族。官職貴族。貴顕貴族 前5世紀から前3世紀前半にわたるパトリキイー*（貴族）対プレーベース*（平民）の身分闘争の結果、両身分は同権とされ、ローマ市民であれば誰でも政務官職に選ばれる権利をもつようになった（⇒リキニウス・セクスティウス法）。しかしながら、実際に高官の椅子に坐ることができたのは、プレーベースの中でも有力な資産家の家柄の人たちのみに限られた。顕職を経て元老院*入りを果たしたこれら一部のプレーベースたちは、従来のパトリキイー有力者と手を結び、婚姻関係も結んで、自分たちの間だけで政権を独占。ここに昔の血統による貴族に代わって、新たな官僚貴族層ノービレース（執政官（コーンスル*）・法務官（プラエトル*）を出したことのある名門）が形成された。ローマが地中海世界に勢力を拡大していった間、国政を指導したのはこのノービレースたちであり、彼らの寡頭支配の下、マリウス*、キケロー*のように権門に属さぬ「新人 novus homo（ノウス・ホモー）」の執政官就任は、きわめて困難なものとなっていた。なお、ノービレースから後世西ヨーロッパ諸語の「貴族」を指す言葉（〈英〉〈仏〉Nobles）が生じた。
⇒オプティマーテース

Cic. Verr. 2-2-71, Cat. 1-11(28), Mur. 7(16)/ Liv. 6-42, 22-34, -58/ Sen. Ep. 44-5/ Sall. Jug. 63, 85/ Plin. Ep. 5-17/ etc.

ノーラ Nola, Νῶλα
（現・Nola）カンパーニア*の古い都市。ネアーポリス*（現・ナーポリ）の東方20マイル、カプア*の東南17マイルに位置する。アウソニア*人（アウルンキー*）によって創建され（前8世紀）、のちエトルーリア*人に征服され（前471頃）、次いでエウボイア*のカルキス*系の植民を受け容れ、最後にローマの支配下に入った（前313）。第2次ポエニー戦争*（前218～前201）中はハンニバル❶*に包囲されたが、ローマの将軍M. クラウディウス・マルケッルス❶*の奮闘で敵軍は撃退された（前216～前214）。同盟市戦争*ではサムニウム*人の本拠地として頑強にローマに抵抗（前90）、前88年スッラ*がこの町を占領して、同戦争を終結させた。前73年には剣闘士奴隷スパルタクス*の反乱軍に略奪され、その後アウグストゥス*の治下にローマの植民市（コローニア*）となった。詩人ウェルギリウス*はノーラを通りかかった時、一杯の水を求めて拒まれたため、『農耕詩（ゲオールギカ）』からこの町の名前を抹消してしまったという。アウグストゥスはローマへの帰途、ここで病床に就き、父親が亡くなったのと同じ部屋で息を引きとっている（後14）。なお、キリスト教会の鐘は後5世紀初頭にノーラの司教パウリーヌス*によって発明され、以来鐘をノーラ nola(e) とかカンパーナ campana(e) と呼ぶようになったと伝えられる。410年、町はアラリークス*（アラリック1世）率いる西ゴート*軍に略奪され、さらにゲイセリークス*（ガイゼリック）麾下のヴァンダル*軍の手で破壊された（455）。詩人アウソ

系図288 ノービリオル（家）

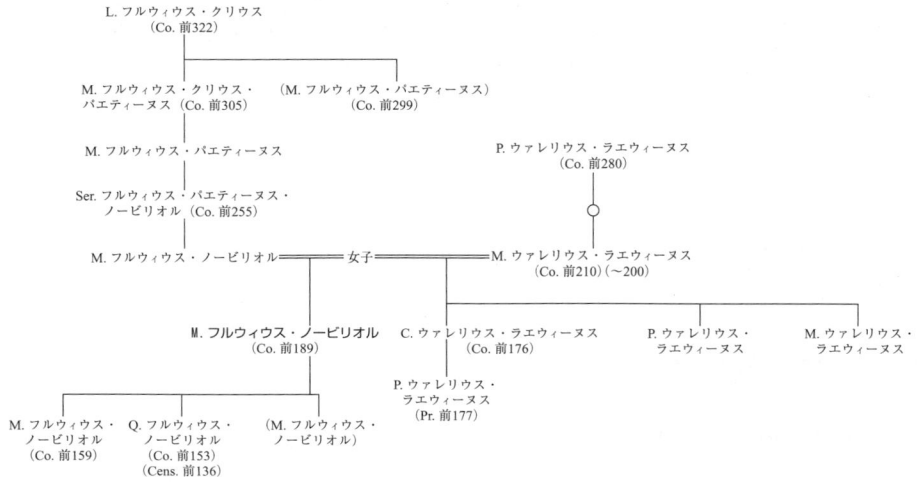

ニウス*の言に従えば、ノーラの市民たちは淫奔なことで名高く、自慰や肛門性交のみならず、吸茎 fellatio（フェッラーティオー）などのオーラル・セックスを好んだという。

　12の城門があったという古代の都市は、部分的に発掘されており、アテーナイ*製の黒絵式・赤絵式の陶器が大量に出土。また円形闘技場（アンピテアートルム*）や劇場（テアートロン*）の遺構を確認することができる。

Liv. 8-23, -25～, 9-28, 23-14, -39, -42～, 24-13, Epit. 73, 89/ Plin. N. H. 3-5/ Cic. Brut. 3(12)/ Vell. Pat. 1-7, 2-17～/ Suet. Aug. 98～/ Sil. 12-161, -270～280/ Polyb. 2-17/ Plut. Marc. 10～/ Diod. 37/ App. B. Civ. 1-42, -50/ Dio Cass. 56-29, -31/ Tac. Ann. 1-5/ Ptol. Geog. 3-1/ Strab. 5-247, -249/ Augustin. De civ. D. 1-10/ etc.

ノーリクム　Noricum,（ギ）Nōrikon, Νωρικόν,（仏）Norique,（伊）Norico,（西）Nórico

　中央ヨーロッパのダーヌビウス*（ドーナウ）河とアルペース*（アルプス）山脈との間の山岳地帯。東西をそれぞれパンノニア*とラエティア*にはさまれ、今日のバイエルン Bayern とオーストリア Österreich 周辺に相当する。イッリュリアー*系の先住民は、前3世紀頃からケルト人*の勢力圏に入り、独自の貨幣を発行するケルト風連邦国家を形成、南のローマとも交易を行なった。ノーリクム人（ノーリキー Norici,〈ギ〉Nōrikoi, Νωρικοί）は剽悍な民族で、古くからの都ノーレイヤ Noreia（現・Neumarkt in Steiermark）を中心に王を戴き、ローマ共和政末期の内乱時にはカエサル*を支持した（前49～）。が、前16年パンノニア人とともにローマ領イストリア*へ侵攻したため、イッリュリクム*総督 P. シーリウス・ネルウァ Silius Nerva によって征服され、以来ローマの支配するところとなった。平和裡に属州ノーリクムが編成され（前15）、国王はローマに臣従することを条件に王号を保持することを認められた。ディオクレーティアーヌス*帝の属州再編でノーリクムは南北に分割され（南の Noricum Mediterraneum と北の Noricum Ripense）、2州ともパンノニア管区（ディオエケーシス*）に所属することとなる（後310頃）。5世紀以後、ゴート*族、フランク*族などゲルマーニア*人の侵略が相次ぎ、さらにスラヴ人やアヴァール族に蹂躙されて、荒廃に帰した（535頃にフランク王国により消滅す）。ノーリクムは古来、鉄や黄金、塩、甘松（ナルド）（香料の素材）を産し、特に良質な鉄はローマで高く評価され、「ノーリクムの剣 Noricus ensis」という語は名刀の代名詞として用いられた。

Caes. B. Gall. 1-5, B. Civ. 1-18/ Plin. N. H. 3-24, 21-20, 34-41/ Tac. Hist. 1-70, 3-5, Ann. 2-63/ Ptol. Geog. 2-13/ Strab. 4-208～/ Hor. Od. 1-16/ Polyb. 34-10/ Vell. Pat. 2-39/ Isid. Orig. 14-4/ etc.

ノ（ー）ルバーヌス、ガーイウス　Gaius (Junius) Norbanus Balbus (Bulbus),（ギ）Gaios Nōrbanos, Γάϊος Νωρβανός,（伊）Gaio Norbano,（西）Cayo Norbano

（?～前82）ローマ共和政後期の民衆派（ポプラーレース*）の政治家。権門の家系に属さない、いわゆる「新人 novus homo」（ノウス・ホモー）の1人。前103年に護民官（トリブーヌス・プレービス*）となり、反元老院の立場から Q. カエピオー*（前106年の執政官）（コーンスル*）を国事犯として断罪、ために後年閥族派（オプティマーテース*）によって告訴されたが、M. アントーニウス❶*の弁護を得て無罪をかちとる（前94）。同盟市戦争*中、法務官（プラエトル*）としてシキリア*（現・シチリア）を死守したのち、内乱期にはマリウス*派に属して前83年の執政官職に就任。ギリシアから帰還したスッラ*と対戦するが、翌年メテッルス❹*・ピウスらの軍に敗北し（⇒ Cn. カルボー）、ロドス*島へ逃亡、スッラからの身柄引渡し要求に応じるべきか否かロドス人が討議している最中に、広場の真中で自殺した。渾名のバルブスは「吃る人」の意。

App. B. Civ. 1-82, -84, -86, -91/ Liv. Epit. 85/ Vell. Pat. 2-25/ Plut. Sull. 27/ Cic. De Or. 2-48, -49, 3-21, -25, -39, -40, Part. Or. 30, Verr. 2-5-4/ Val. Max. 8-5/ Oros. 5-20/ Flor. 3-21/ etc.

ノンノス　Nonnos, Νόννος, Nonnus,（伊）Nonno,（西）Nono

（後5世紀中頃）古代末期のギリシアの叙事詩人。上エジプトのパーノポリス Panopolis, Πανόπολις（現・Akhmīm）出身。酒神ディオニューソス*のインド遠征をうたった大作『ディオニューソス譚 Dionysiaka, Διονυσιακά』（48巻、約2万4千行）は、アレクサンドロス大王*に擬せられた酒神のあらゆる事蹟を盛り込んでおり、宗教研究の資料として重視される他、母音の長短よりもアクセントの強弱に基づいて韻律（六脚律）（ヘクサメトロス）が構成されていることで注目に値する。またこの叙事詩は、ディオニューソスと美少年アンペロス*や、カラモス*とカルポス*といった古代世界の悼尾を飾る男色譚を歌いあげている点でも興味深い。のちキリスト教に転向したのか、『ヨハネ（イオーアンネース❷*）による福音書』を韻文化した作品 Paraphrasis, Παράφρασις も残している。
⇒ムーサイオス❷、ディオニューシオス・ペリエーゲーテース、コイントス（スミュルナーの）

Agathias 4-128/ Synesius Epist. 43, 102/ Anth. Pal. 9-198/ Suda/ Steph. Byz./ Agathias/ etc.

ハ行

バアルベク Baalbek
⇒ヘーリオポリス

バーイアエ Baiae, (ギ) Bāiai, Βαῖαι, (仏) Baïes, (西) Bayas

(現・Baia) イタリアのカンパーニア*沿岸、ネアーポリス*(現・ナーポリ)の西方10マイルの地、バーイアエ湾 Sinus Baianus (プテオリー*湾)に臨む港町。名祖はオデュッセウス*の舵手(なおや)バイオス Baios。クーマエ*とプテオリー(現・ポッツォーリ)の中間に位置し、温暖な気候と硫黄泉の湧く風光明媚な地勢に恵まれ、ローマ時代には有数の保養地として賑わった。共和政末期には、マリウス*や大ポンペイユス*、ユーリウス・カエサル*、キケロー*ら富裕層の別荘(ヴィラ) villa が建ち並び、帝政期になると、カリグラ*をはじめ、ネロー*、アレクサンデル・セウェールス*らの諸帝が宮殿にも見紛う豪奢な別業を造営、病を得たハドリアーヌス*帝はこの地に引退し、かつてカエサルの所有していた別荘で崩じている (後138)。前1世紀中頃から放埒な歓楽郷として悪名が高く、淫婦クローディア*は破目をはずした生活をここに送り、プロペルティウス*やウァッロー*らは「堕落の町」「快楽と肉慾がどこよりも制約されぬ悪徳の避難所」「ここの女は万人の共有財産だし、少年たちは女と同様である」と、バーイアエにおける官能的情事のありさまを描写している。

また39年、カリグラ帝が帝国中から船舶を集めて、バーイアエ湾を横切る壮大な船橋をかけ、アレクサンドロス大王*の胸甲をまとって華々しい凱旋行列を繰り広げた話は有名。これはかつて占星術師トラシュッロス*から「カリグラが帝位に即くことは、彼が馬に乗り靴を濡らさずにバーイアエ湾を渡るのと同様あり得ないことです」と予言されたことがあったからで、橋の落慶祝賀パーティーで酩酊したカリグラは、来客全員を海につき落とし、彼らが這い上がろうとすると、オールで叩いて水中に沈めては面白がったという。59年の春には、ネロー帝が実母の小アグリッピーナ*を暗殺するべくバーイアエの晩餐会に招待しており、同じ年に彼はまた叔母ドミティア*のバーイアエの地所を入手するために彼女を毒殺し、その地に美麗な体育場(ギュムナシオン)*を建設している。

その後バーイアエは、マラリアと地震で徐々に廃墟と化し、今日では皇帝の離宮附属の宏壮な浴場(テルマエ)*などの遺跡に往時の繁栄が偲ばれるにすぎない。
⇒バウリー

Strab. 5-376/ Cic. Cael. 16, Fam. 9-12/ Prop. 1-11, 3-18/ Hor. Carm. 2-18, 3-4, Epist. 1-1, -15/ Sen. Ep. 57/ Mart. 1-62/ Varro Rust. 3-17/ Suet. Calig. 19, 32/ Tac. Ann. 14-4/ S. H. A. Hadr. 25/ Ov. Ars Am. 1-255/ Lycoph. Alex. 694/ etc.

パイアーケス人 Phaiakes, Φαίακες, Phaeaces, (Phaiēkes, Φαίηκες), (英) Phaeacians, (仏) Phéaciens, (独) Phaiaken, Phääken, (伊) Feaci, (西) Feacios, (葡) Feácios, (露) Феаки, (現ギリシア語) Féakes, (単) Phaiaks, Φαίαξ, Phaeax, (Phaiēks, Φαίηξ, Phaeēx)

ギリシア神話に登場する伝説的な海洋民族。豊饒なスケリアー Skheria, Σχερία (のちケルキューラ*島と同一視される)島に住み、航海術に優れ、快楽と平和を好んで、異邦人に親切であった。『オデュッセイア』中、この島に漂着したオデュッセウス*を王女ナウシカアー*が救い、父王アルキノオス*が歓待し、意のままに海を渡る魔法の船で彼を故郷のイタケー*へ送り届けてやった話で名高い。彼らは去勢されたウーラノス*の血汐から生まれ、はじめヒュペレイエー Hyperie, Ὑπερείη に住んでいたが、近隣の単眼巨人キュクローペス*族に追われ、その王ナウシトオス Nausithoos, Ναυσίθοος (アルキノオスの父)に率いられてスケリアーに移って来たという。名祖パイアークス Phaiaks, Φαίαξ はポセイドーン*とニュンペー*(ニンフ*)ケルキューラ(アーソーポス*河神の娘)の息子。彼らはのちにポセイドーンの怒りに触れ、オデュッセウスを運んだ船は岩と化せられ、その都は高い山脈で囲まれてしまったと伝えられる。

Hom. Od. 6~8, 13-128~/ Ap. Rhod. Argon. 4-982~/ Diod. 4-72/ Apollod. 1-9-25, Epit. 7-25/ Conon Narr. 3/ Schol. ad Hom. Od. 13-130/ Schol. ad Theoc. 4-32/ Steph. Byz./ etc.

パイアーン Paian, Παιάν, Paean (パイオーン Paion, Παιών のドーリス*、アイオリス*方言形)、(イオーニアー*方言) Paieon, Παιήων, (仏) Péan (Péon), (独) Pään, Pän, (伊) Peàna, (西) Peán

アポッローン*神の頌歌。元来、治癒神としてのアポッローンに対する聖歌だったが、早くからゼウス*やポセイドーン*、アスクレーピオス*ら他の神々にも用いられ、また戦勝や饗宴などの際にも歌われるようになった。ヘレニズム期に入るとスパルター*のリューサンドロス*やローマの将ティトゥス・フラーミーニーヌス*といった有力者にもパイアーンが献(ささ)げられた。

Hom. Il. 1-472~474, 22-391/ Xen. Hell. 4-7, 7-4, Symp. 2-1, An. 3-2/ Pl. Symp. 176a/ Plut. Lys. 18, Flam. 16/ Pind./ Bacchyl./ etc.

パイエーオーン Paieon, Παιήων, (または、パイオーン Paion, Παιών), (ラ) Paeon, (英) Paeon, Paeeon, (仏) Paeèôn, Péon, (独) Päon, Paieon, (伊) Peone, (西) Peón

ギリシア神話中、神々を治療する医神。ヘーラクレース*に傷つけられたハーデース*や、ディオメーデース❷*の槍で負傷したアレース*を手当てした。のちパイエーオーンの名は、医術と関わる神アポッローン*やアスクレーピオ

ス*の別称として用いられるようになった。

ちなみに、芍薬・牡丹の類を、英語で paeony, peony と呼ぶのは、この植物が薬用とされたことに由来する（ラテン語では paeōnia）。
⇒パイアーン
Hom. Il. 5-401, -899, Od. 4-232/ Pind. Pyth. 4-481/ etc.

パイオニアー Paionia, Παιονία, （ラ）パエオニア Paeonia, （仏）Péonie, （独）Pänoien, （伊）（西）Peonia

マケドニアー*北部の地方名。トロイアー*人の末裔を称するパイオニアー族 Paiones, Παίονες の住地で、イッリュリアー*の東、ストリューモーン Strymon（現・Struma）河に至る一帯。名祖パイオーン Paion, Παίων はエーリス*王エンデュミオーン*またはポセイドーン*の子で、王位継承争いに敗れて、この地へ逃れたと伝えられる。アクシオス Aksios（現・Vardar）河流域の沃土に恵まれ、その名はすでに『イーリアス*』にも登場。住民パイオネス Paiones Παίονες は数部族に分かれつつも1人の君主を戴いており、この体制はマケドニアー王ピリッポス2世*に服属してからも保持された。前280年ケルト*人の王ブレンヌス*の劫掠を被り、前168年のローマによる征服後は、アクシオス河の東側と西側とが各々マケドニア州の第2、第3区域を形成した。もっぱら野牛の群れなす地として知られていた。
Hom. Il. 2-848, 17-350, 21-154/ Herodot. 5-13～/ Paus. 5-1, 10-13/ Strab. 7-329～/ Plin. N. H. 4-10/ Plut. Alex. 39/ Liv. 14-29/ etc.

パイオーニオス Paionios, Παιώνιος, Paeonius, （仏）Pæonios, （独）Pänoios, （伊）（西）Peonio

（前5世紀中頃）ギリシア古典期の彫刻家。トラーキアー*（トラーケー*）のメンデー*出身。オリュンピアー*のゼウス*神殿の破風彫刻をアルカメネース*（ペイディアース*の弟子）とともに制作したという。またペロポンネーソス戦争*中、メッセーニアー*人とナウパクトス*人がスパルター*に勝利を収めた（前425）記念にオリュンピアーに奉献した女神ニーケー*像をも造り、著しく破損してはいるものの、その真作がゼウス神域から発見されている（前420頃。オリュンピアー博物館蔵）。自由でのびやかな肉体と写実的で美しい衣紋の表現は高い評価を得ている。

エペソス*出身の建築家で、ディデュマ*のアポッローン*神殿や、エペソスのアルテミス*大神殿を完成させた同名の人物パイオーニオスがいる（前420～前380頃）。
Paus. 5-10-6, -26-1, 7-5/ Vitruv. De Arch. 7/ Strab. 14-634/ etc.

パイストス Phaistos, Φαιστός, Phaestum, （英）Phaestus, （独）Phästos, （伊）Festo, （西）（葡）Festos

（現・Festós）クレーター*島南部にあった都市。王ミーノース*によって創建されたと伝えられ、ミーノース文明時代にはクノッソス*に次ぐ重要な位置を占めていた。最初の宮殿は前1700年頃に地震で倒壊し、同じ場所に旧にも増して立派な宮殿が再建されたが、前1450年頃再び破壊された。西方約3 kmの海岸近くには夏の離宮に使われたアヤ・トリアダ Hagia Triada（古代名不明）があって、いずれも1900年以後その遺跡が発掘されている（象形文字を刻んだ「パイストスの円盤」等が出土）。古典期のドーリス*系ギリシア人のポリス polis パイストスは貨幣鋳造で名高かったが、前200年には仇敵ゴルテューン*市によって破壊された。
⇒エーゲ文明
Hom. Il. 2-648, Od. 3-296,/ Strab. 10-479/ Plin. N. H. 4-12/ Paus. 2-6-7/ Diod. 5-78/ Ath. 6-261e/ Steph. Byz./ Dion. Per./ Scylax/ etc.

パイソン Python
⇒ピュートーン（の英語訛り）

ハ（ー）イデース Haides, Ἅιδης
⇒ハーデース

ハーイデース Haïdes, Ἀΐδης
⇒ハーデース

ハイドラ Hydra
⇒ヒュドラー（の英語訛り）

パイドラー Phaidra, Φαίδρα, Phaedra, （仏）Phèdre, （独）Phädra, （伊）（西）（葡）Fedra, （露）Федра, （現ギリシア語）Fédra

ギリシア伝説中、クレーター*王ミーノース*とパーシパエー*の娘。アテーナイ*王テーセウス*の後妻。テーセウスを恋した父王ミーノースによって、彼に妻として与えられたという。デーモポーン❶*とアカマース*の母となるが、夫の留守中、継子ヒッポリュトス*に道ならぬ恋をしかけて拒まれ、意趣返しに「ヒッポリュトスに辱められた」と夫に讒訴して継子を破滅させ、後悔して罪を自白してから縊死した。エウリーピデース*の悲劇『ヒッポリュトス』では、彼女はヒッポリュトスを讒言した書き置きを残して自殺したことに、セネカ❷*の『パエドラ』では死ぬ前に己が罪を告白したことになっている。パイドラーの墓が残るトロイゼーン*には、ヒッポリュトスが全裸で体育競技に励む様彼女が覗き見ていたというアプロディーテー*神殿があり、愛欲に身悶えしながら彼女がヘアー・ピンを繰り返し突き刺したため、後世になっても小穴のたくさんあいた葉をつけた銀梅花（ミュルトゥス）の木が立っていたと伝えられる。悲劇詩人ソポクレース*に今は失われた作品『パイドラー』があった。

パイドラーとヒッポリュトスの物語は、古典期ギリシアの陶画の主題となったばかりではなく、ラシーヌの悲劇や

ラモーの歌劇、リューベンスの絵画等々、数多くの文芸作品の題材として永く愛好された。パイドラー・コンプレックス（英）Phaedra complex という心理学用語も、この伝説にちなんで造られたものである。
Apollod. 3-1-2, Epit. 1-17～18/ Eur. Hipp./ Sen. Phaedra/ Diod. 4-62/ Paus. 1-22, 2-32/ Ov. Met. 15-497～, Her. 4/ Hyg. Fab. 43, 47, 243/ Ath. 13-601f/ Schol. ad Hom. Od. 11-321/ Serv. ad Verg. Aen. 6-445, 7-761/ Tzetz. ad Lycoph. 1329/ Nonnus Dion. 48-536/ etc.

パイドロス Phaidros, Φαῖδρος, （ラ）パエドルス*
Phaedrus, （仏）Phèdre, （独）Phädrus, （伊）
（西）（葡）Fedro, （露）Федр, （現ギリシア語）
Fédros

古代ギリシアの男性名。

❶（前450頃～前400頃）アテーナイ*の人で、プラトーン*の愛人の1人。ソークラテース*と交流があり、プラトーンの対話篇『饗宴（シュンポシオン）』や『パイドロス』などで知られる。『饗宴』の中で彼は少年愛 paiderastia, παιδεραστία を絶賛し、「若い時によき恋人（念兄）を得、恋人にとって愛すべき少年を得ること以上に善なるものがあるだろうか」と語り、「こうした感情なしには、国家も個人も大いなる善を行なうことは不可能である」と続けている。また、パウサニアース❶*と同様、若者とその恋人たちで構成される軍隊が最強の理想的軍隊となる、とも述べている。
⇒神聖部隊、パウサニアース❶、パンメネース
Diog. Laert. 3-29/ Pl. Prt., Symp., Phdr./ Cic. Nat. D. 1-33/ Andoc. 1-15/ Gell. N. A. 2-18/Suda/ etc.

❷（前140頃～前70頃）エピクーロス*学派の哲学者。アテーナイ*の人。彼の講義をローマで聴いたキケロー*は、大いにその人となりに傾倒し、のちアテーナイにおいて親交を新たにしている（前80）。エピクーロス派の学頭を務め、著作『神々について Peri Theōn, Περὶ Θεῶν』があったが散佚した。
Cic. Fam. 13-1, Att. 13-39, Phil. 5-5, Nat. D. 1-21, -33, Fin. 1-5, 5-1/ Phot. Bibl./ etc.

パイドーン Phaidon, Φαίδων, Phaedo(n), （英）Phaedo, （仏）Phédon, （独）Phädon, （伊）Fedone, （西）Fedón, （葡）Fédon, （露）Федон, （現ギリシア語）Fédhon

（前417頃～前4世紀中頃）エーリス*出身の哲学者。良家の出であったが、捕らわれてアテーナイ*に奴隷として売られ（前401頃）、際立った美少年だったので男倡をさせられていた。ソークラテース*によって自由の身とされ、その愛弟子となる。師の獄死（前399）に立ち会ったのち、祖国へ戻りエーリス学派を創始した（⇒メネデーモス）。彼の教説は倫理学の分野に限定されており、ソークラテースを主人公とする対話篇をいくつか著わしたが、題名とわずかな断片しか伝えられていない。また彼は、死に臨んだソークラテースの議論を扱ったプラトーン*の対話篇『パイドーン』によっても知られている。毒盃を仰ぐ前にソークラテースは、この若者の髪を撫でながら、「パイドーン、明日はこの美しい髪を切ることになるのだな」と痛ましそうに呟いたという。
⇒ケベース
Diog. Laert. 2-105/ Pl. Phd./ Macrob. Sat. 1-11/ Cic. Nat. D. 1-33, Fat. 5, Tusc. 4-37/ Ath. 11-505, -507/ Sen. Ep. 94-41/ Gell. N. A. 2-18/ Suda/ etc.

ハイペリオン Hyperion
⇒ヒュペリーオーン

ハイメン Hymen
⇒ヒュメーン（の英語形）

ハイモス（山脈） Haimos, Αἷμος, Haemus (Aemus, Hemus), （仏）Hémos, （伊）Emo, （露）Гем,〔←（トラーキアー語）Saimon「山脈」の意〕

（現・バルカン Balkan、ないし〈ブルガリア語〉〈セルビア語〉スタラ・プラニナ Stara Planina）トラーケー*（トラーキアー*）北部を東西に連なる山脈（標高1500～2000 m、長さ600 km）。伝承によると、同名のトラーケー王ハイモス（北風ボレアース*の子）が名祖で、彼は妻のロドペー Rhodope とともにゼウス*とヘーラー*を僭称したため、罰として山に化せられたという。ポリュビオス*はこの山頂から黒海とアドリア*海の双方が見渡せると書いたが、ストラボーン*はこれを否定している。
Strab. 7-313/ Herodot. 4-49/ Thuc. 2-96/ Ov. Met. 6-87～/ Serv. ad Verg. Aen. 1-317/ Plin. N. H. 4-11/ Mela 2-2/ Arr. Peripl. M. Eux./ etc.

ハイモーン Haimon, Αἵμων, Haemon, （仏）Hémon, （独）Hämon, （伊）Emone, （西）Hemón, （葡）Hêmon, （露）Гемон

ギリシア神話伝説上の男性名。同名異人が多いが、最も有名な者はテーバイ❶*のクレオーン❷*の息子（⇒巻末系図006）。テーバイ中で最も美しく優しい青年だったが、怪物スピンクス*に食い殺されたため、クレオーンはスピンクスを退治した者に王位を与えることを約束したという。しかし、ソポクレース*の悲劇『アンティゴネー』によると、彼はオイディプース*王の娘アンティゴネー*の許婚者で、彼女が地下墓に閉じ込められて縊死した時に、自刃してその亡骸に折り重なるように死んだとされている。一説には、アンティゴネーとの間に息子マイオーン Maion を儲けたといい、またアンティゴネーを殺すように父から命ぜられて、ひそかに匿（かくま）っていたが、2人の間に生まれた息子がテーバイの裸体競技に参加した時に、スパルトイ*の血統に特有の母斑が認められたことから、その身元が発覚したという話も伝わっている。

他にも、ペラスゴス*の子でハイモーニアー Haimonia（テッサリアー*）の名祖（なおや）となったハイモーンや、テーバイ

市の建祖カドモス*の孫で、アクラガース*（アグリゲントゥム*）の僭主テーローン*の遠祖ハイモーンらの同名人物がいる。
Apollod. 3-5/ Soph. Ant./ Eur. Phoen. 994/ Hom. Il. 4-394/ Hyg. Fab. 72/ Strab. 9-443〜/ Dion. Hal. 1-17/ Paus. 8-44/ Prop. 2-8/ etc.

ハイラース　Hylas
⇒ヒュラース（の英語訛り）

パイリーアス　Piraeus
⇒ペイライエウス（の英語訛り）

バウィウスとマエウィウス　M. Bavius et Maevius (Mevius)，（伊）Bavio e Mevio，（西）Bavio y Mevio
（前1世紀末）ローマ帝政初期、アウグストゥス*時代の2人のへぼ詩人。ウェルギリウス*やホラーティウス*に非難されたばかりに、後世に名が残った。
Verg. Ecl. 3-90, 5-36/ Hor. Epod. 10-2/ Serv. ad Verg. G. 1-210/ Hieron. Chron./ etc.

バウキス　Baukis, Βαῦκις, Baucis
⇒ピレーモーンとバウキス

パウサニアース　Pausanias, Παυσανίας，（伊）Pausania，（露）Павсаний，（現ギリシア語）Pafsanías
スパルター*のアーギアダイ王家の人名。（⇒巻末系図 021〜022）

❶（前515／510頃〜前467頃）スパルター王レオーニダース1世*の甥。クレオンブロトス❶*の息子。従弟に当たる幼君プレイスタルコス*の摂政（在任・前480頃〜前467頃）。彼を「王」とするのは誤り。前479年、ギリシア連合軍を指揮してプラタイアイ*でアカイメネース朝*ペルシア*軍を破り、敵将マルドニオス*を敗死させて武名を馳せ、戦利品で作った黄金の鼎に自分の名を記してデルポイ*に奉納した。翌年、ギリシア連合艦隊を率いてキュプロス*島の大半とビューザンティオン*をペルシア帝国*から奪回、ビューザンティオンを連合艦隊の根拠地にした（前478）。ところが戦功に驕って尊大な態度をとりはじめ、粗暴な言動が目立つようになったので、次第に連合軍諸市の間に反感が募り、主導権はアテーナイ*へ移っていった（⇒アリステイデース）。僭主のごとくにふるまう彼は、すっかりペルシア風の生活に馴染み、あまつさえ大王クセルクセース1世*と気脈を通じて、王女との結婚を条件に全ギリシアをペルシアに臣従させようと画策しているとの嫌疑をかけられ、2度にわたり本国スパルターへ召還された。いずれも裁判の結果放免されたが、再びビューザンティオンに戻って私兵を蓄え、クセルクセースと内通工作を継続。アテーナイの提督キモーン*にビューザンティオンを追い出されてからは（前475頃）、今度はスパルターのヘイロータイ*（隷農）を唆して反乱を起こさせようとした廉で、またもや本国に呼び戻される。それまで確定的証拠がなかったのに、今回は彼の寵童 paidika 上がりの家来がペルシア大王宛ての密書を暴露した。というのも、以前に遣わされた使者が誰1人帰ってこないことを不審に思ったこの家来が、託された手紙を秘かに開封してみると、「これなる使者も他の者と同様に殺害するように」と書かれていたからである。逮捕を免れぬと覚ったパウサニアースは、聖域たるスパルターのアテーナー*神殿内に逃げ込んだが、周囲を包囲され社内に閉じ込められたまま餓死に追いやられた。死亡寸前に神域が汚れぬよう運び出され、間もなく息を引き取ったという。別伝では、父クレオンブロトスが神殿を煉瓦で塞いで息子を餓死させ、さらに母親がその遺骸を国境の外に捨てて野晒しにした、とされている。また彼は、ビューザンティオンで寝所に呼び寄せた身分ある乙女クレオニーケー Kleonike, Κλεονίκη を斬殺したため、彼女の亡霊の祟りで非業の死を遂げたとも伝えられる。かつてパウサニアースが詩人シモーニデース*に「叡知ある言葉を言ってみよ」と求めたところ、「わが身が人間たることをお忘れあるな」という言葉が返って来た。その時はつまらぬことを言うと軽んじていたが、いまわの際になってシモーニデースのことを思い出し、「汝の言った言葉は真に名言であった」と繰り返し叫んだという。

のちにスパルター人によって肖像を建てて顕彰され、伯父レオーニダースとともに英雄神 heros として崇敬されるようになり名誉を回復した。
Herodot. 4-81, 5-32, 8-3, 9-10〜/ Thuc. 1-94〜, -128〜134/ Nep. Pausanias/ Diod. 11-29〜, -44〜46/ Paus. 3-4, -17/ Plut. Arist. 23, Them. 28, Cim. 6/ Ael. V. H. 9-41/ Polyaenus 8-51/ Arist. Pol. 5-1, 7-1/ etc.

❷スパルター王（在位・前445〜前426、前408〜前395／394）。プレイストアナクス*王の子。❶の孫。時にパウサニアース2世と呼ばれる。父王がアテーナイ*攻略に失敗し、一時スパルターを追放されていた間、叔父クレオメネース Kleomenes, Κλεομένης の後見下に幼くして王位に即いた（前445頃〜前426頃）。父の死（前408）後、重祚した彼は、将軍リューサンドロス*の勢威がギリシア各地で高まり過ぎていることに不安と嫉妬を覚え、その野心を挫くべくアテーナイへ出動（前405）。リューサンドロスの影響下に成立した三十人僭主*（⇒クリティアース）に表向きは味方するかに見せて、実際はリューサンドロスの息のかかった僭主たちの力を弱め、アテーナイに民主派を帰国させた（前403、⇒トラシュブーロス）。前395年、リューサンドロスとともにボイオーティアー*を攻めることになったが、彼が到着する前にリューサンドロスが戦死していたため、休戦を乞うて軍隊を引き揚げた。スパルター人は、王が戦闘に遅れ敵と交戦せずして退いたことを憤り、これを死刑にしようとした。そこで彼は法廷へ向かわずにテゲアー*のアテーナー*神殿に逃れ、この地で余生を送った。前385年以後に没。
Thuc. 3-26/ Diod. 13-75, -107, 14-17, -81, -89/ Xen. Hell.

2-4-28〜39, 3-5-5〜7, -5-17〜25, 5-2-3〜6/ Paus. 3-5-3〜7/ Plut. Lys. 21, 28〜31/ Arist. Ath. Pol. 38/ etc.

パウサニアース　Pausanias, Παυσανίας,（伊）Pausania,（露）Павсаний,（現ギリシア語）Pafsanías

ギリシア人の男性名。

❶（前5世紀後半）ソークラテース*と同時代のアテーナイ*市民。美男の悲劇作家アガトーン*の恋人。典型的なギリシア人らしく男同士の恋愛を最高の愛として絶賛し、若者 eromenos（エロメノス）とその念者 erastes（エラステース）から成る軍勢こそが最強のものとなるだろうと述べたという（⇒パイドロス）。プラトーン*の対話篇『饗宴（シュンポシオン*）』『プロータゴラース*』の登場人物として有名。

⇒パンメネース、神聖部隊

Pl. Symp. 176a, 180c〜, Prt. 315/ Xen. Symp. 8-32/ Ael. V. H. 2-21/ Ath. 5-216/ etc.

❷（？〜前336年6月）王ピリッポス2世*を暗殺したマケドニアー*の青年貴族。その美貌ゆえに男色を好む王に愛されていたが、君寵をめぐる若者同士の訌争から弑逆に及んだとされる。すなわち彼が王の男寵の競争相手で同名の美青年パウサニアースを侮蔑したところ、屈辱に耐えられなかった美青年は、数日後イッリュリアー*人との交戦中に王の前に立ちはだかり、敵の矢をことごとく自らの体に受けて絶命した。彼の友人で将軍のアッタロス*は、これに報復するべく、件のパウサニアースを饗宴に招いて泥酔させると、自らこれを犯したうえ、下僕や馬丁らに輪姦させて情欲の餌食とした。恥辱を受けたパウサニアースは、王ピリッポスに訴えたにもかかわらず、とりあって貰えなかったので、王に対して遺恨を懐くようになったというのである。またソフィスト*のヘルモクラテース Hermokrates Ἑρμοκράτης（前4世紀後半）に「どうしたら有名になれるか」と問うて、「大事業を成した人物を殺すことだ」と教わり、さらに王妃オリュンピアス*の使嗾も手伝って、王を劇場（テアートロン*）で刺殺したという。彼はその場で殺害されたが、王と同じ火葬壇で荼毘に付され、1つの墓に合葬された。

⇒ヘタイロイ

Arist. Pol. 5-10/ Diod. 16-93〜94/ Just. 9-6〜7/ Plut. Alex. V. H. 10/ Joseph. J. A. 11, 19/ Ael. V. H. 3-45/ etc.

❸ Pausanias Periegetes, Παυσανίας Περιηγητής（後115頃〜180頃）リューディアー*出身のギリシア人旅行家、歴史家、地誌学者。ローマのアントーニーヌス・ピウス*ならびにマールクス・アウレーリウス*帝の治下（138〜180）に、小アジア、シュリア、パレスティナ、エジプト、イタリア、特にギリシアを旅行し、10巻から成る『ギリシア旅行記 Periēgēsis tēs Hellados, Περιήγησις τῆς Ἑλλάδος』を執筆した（160〜176頃、伝存）。自ら見聞したギリシア各地――ただし北部ギリシアを除く――の都市とその周辺の歴史・地誌・習俗などを、先人の著書をも利用しつつ、詳細かつ簡潔に記述。風景描写は乏しいものの、神殿・美術品・記念碑、古戦場などかつての栄光の面影を留める宗教的・歴史的遺跡を愛し、他の文献には見られない興味深い神話伝説を多く集録している。とりわけ、古物・旧伝の豊かなアテーナイ*、オリュンピアー*、デルポイ*の記事は貴重で、その正確さは近代以降に発掘された現存遺物によって確証済みである。本書は古代ギリシアに関する宗教学・神話学・歴史学・考古学・美術史学などの分野では、欠くべからざる基礎資料とされている。一説に、このパウサニアースは、カッパドキアー*のカイサレイア*市出身のソフィスト*で、ヘーローデース・アッティクス*に師事し、のちローマに移って（170頃）修辞学を教えたパウサニアース（アイリアーノス*の教師）と同一人物であるという。

他にも、哲学者エンペドクレース*の愛人 eromenos（エロメノス）でゲラー*出身の医師パウサニアース（前5世紀後半）や、アゲドニアー*の対立王で在位わずか1年にしてアミュンタース3世*に暗殺されたパウサニアース（在位・前394頃〜前393頃）ら幾人もの同名人物がいる。

⇒ストラボーン

Paus. Graeciae Descriptio/ Ael. V. H. 12-61/ Philostr. V. S. 2-13/ Diog. Laert. 8-60〜61, -67, -72/ Anth. Pal. 7-508/ Diod. 7-15-2, 14-84-6, -89-2/ Suda/ etc.

パウシアース　Pausias, Παυσίας,（伊）Pausia,（現ギリシア語）Pafsías

（前360頃〜前330頃活動）ギリシアのシキュオーン*の画家。アペッレース*と同じくパンピロス Pamphilos, Πάμφιλος に師事。焼付蝋画 enkaustikos, ἐγκαυστικός（エンカウスティコス）で有名になり、とりわけ天井の装飾画に傑出、花環作りの婦人グリュケラー Glykera, Γλυκέρα を愛し、精妙な彼女の花環を描いて焼付絵の技術を進めた。グリュケラーをモデルにした『花環売りの娘』なる作品は、その模写でさえ2タラントンでルークッルス*に買われたという。競争者（ライヴァル）から「細密画を好んで描くのは手が遅いからだ」と批判されると、たった1日で少年の絵を仕上げてみせて反証、その絵は「1日少年」の名で知られるようになった。また女人が酒をあおる『酩酊』という作品では、ガラスの酒杯を透かして女人の顔が巧みに表現されていたという。彼の死後、シキュオーン市が負債に苦しんだ時、その作品はことごとく M. アエミリウス・スカウルス*に買い取られて、ローマへ持ち去られた。

⇒エウプラーノール

Plin. N. H. 21-3, 35-40/ Paus. 2-27/ etc.

パウソーン　Pauson, Παύσων,（伊）Pausone,（現ギリシア語）Páfson

（前4世紀初頭）アテーナイ*で活動した画家。ポリュグノトス*が人間を理想化して描いたのに対して、彼は実物より劣った姿に描いた一種の諷刺画家。騙し絵（だまし）の巧者としても知られ、作品『ヘルメース*』は画面から立体的に浮き上がって見えたという。ある人から、寝そべって転がり廻っている馬を描いてくれと依頼された時には、走っている馬を描き、「約束が違う」と文句をつけられると、「絵を上下逆にしてごらん、走っている馬が転がり廻るから」と答え

たとの話も残っている。タソス*出身の諷刺詩人ヘーゲーモーン*と交際し、またアリストパネース*からは断食を好んだ貧乏絵師として喜劇中で揶揄されている。アリストテレース*は彼の絵を、若者の教育にふさわしくない下品な写実主義的作品と見なした。
⇒パウシアース
Arist. Poet. 2(1448a), Pol. 8-5(1340a), Metaph. Θ-8 (1050a)/ Ar. Ach. 854, Thesm. 949〜, Plut. 602/ Ael. V. H. 14-15/ Plut. Mor. 396e/ etc.

パウッルス Paullus
⇒パウ（ッ）ルス

パウ（ッ）ルス、アエミリウス Aemilius Paul(l)us,（ギ）Aimilios Paulos, Αἰμίλιος Παῦλος,（仏）Émile Paul, Paul Émile,（伊）Emilio Paolo,（西）Emilio Paulo,（葡）Emílio Paulo,（露）Эмилий Павел

ローマの名門貴族アエミリウス氏*の一門。L. アエミリウス・パウ（ッ）ルス❷*・マケドニクスの2子が、ともに他家の養子となったので、いったん家系は絶えるが、後に同じアエミリウス氏の門葉レピドゥス*家の中からパウ（ッ）ルスの家名を継承する者が現われ（三頭政治家マールクス・アエミリウス・レピドゥス*の兄ルーキウス・アエミリウス・パウッルス❸*）、再興する。同家では特に次の4名のルーキウスが名高い。
⇒巻末系図061, 083, 本文系図289, 290
Polyb. 1〜/ Liv. 10-1〜/ Dio Cass./ Suet./ App./ Plut./ etc.

パウ（ッ）ルス、ルーキウス・アエミリウス Lucius Aemilius Paul(l)us,（ギ）Leukios Aimilios Paulos, Λεύκιος Αἰμίλιος Παῦλος,（伊）Lucio Emilio Paolo,（西）Lucio Emilio Paulo,（葡）Lúcio Emílio Paulo,（露）Луций Эмилий Павел

ローマの政治家・将軍。本文系図289, 巻末系図061, 083 を参照。

❶（？〜前216年8月2日）前219年、M. リーウィウス・サリーナートル*とともに執政官職に就き、イッリュリアー*人征伐に武勲をたて凱旋式を認められるが、戦利品を不正に分配した廉で告訴され、かろうじて放免される。第2次ポエニー戦争*（前218〜前201）中の前216年に再度執政官となり、ファビウス・マクシムス❷*に倣って慎重論を説いたにもかかわらず、相役の執政官C. テレンティウス・ウァッロー*の主戦論に引きずられ、カンナエ*においてカルターゴー*の名将ハンニバル❶*に惨敗、部下が逃走を勧めたのを拒み、無数の矢に射られて討ち死にした。

彼の3女アエミリア・テルティア Aemilia Tertia は、スキーピオー・大アーフリカーヌス*（大スキーピオー*）に嫁ぎ、コルネーリア❶*（グラックス*兄弟の母）を産んだ。
⇒巻末系図054
Polyb. 3-16〜19, -107〜116/ Liv. 21-18, 22-35〜49, 23-31/ App. Ill. 8/ Val. Max. 1-3/ Hor. Carm. 1-12/ Zonar. 8-20/ etc.

❷（前228頃〜前160）副名 agnomen マケドニクス Macedonicus。❶の息子。高等造営官（前193）、法務官（前191）を経て、前182年に執政官職に就任、翌年リグリア*人に勝利を収めて凱旋式を挙げた（前181）。その後しばら

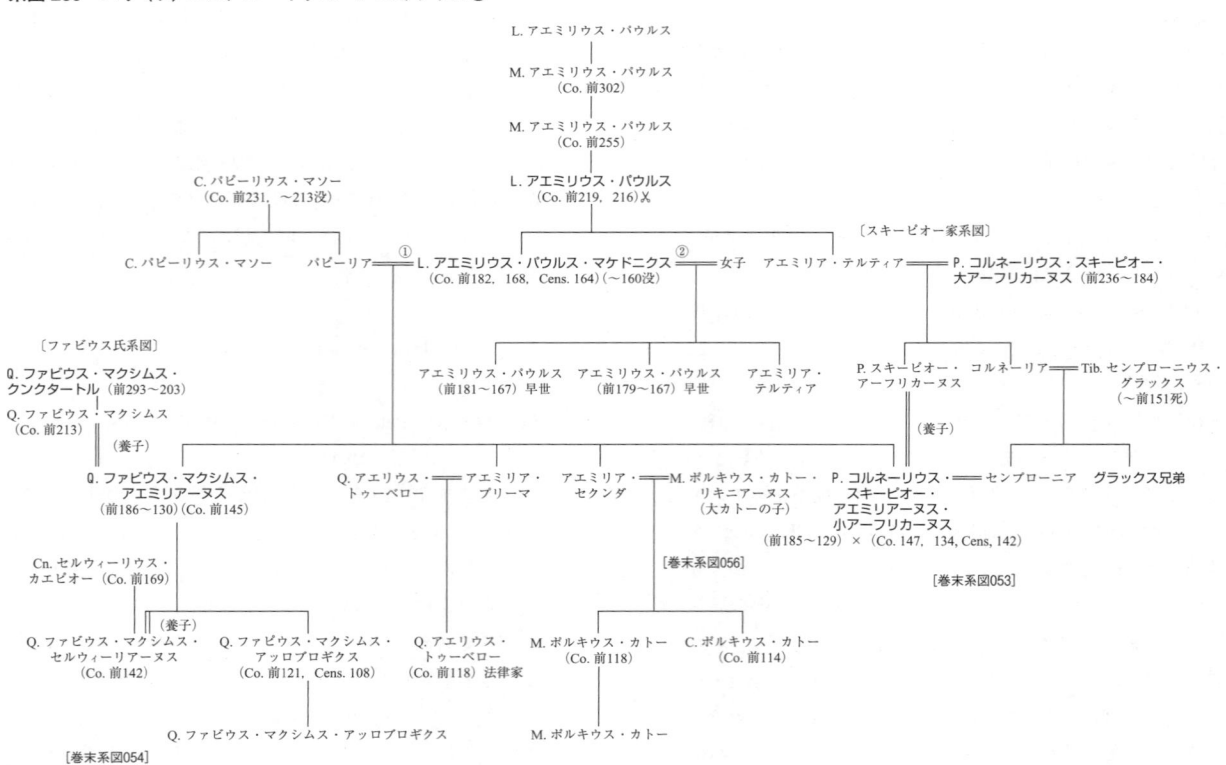

系図289　パウ（ッ）ルス、ルーキウス・アエミリウス❶

く政界を退いていたが、第3次マケドニアー*戦争（前171～前167）が難航したので、前168年、60歳にして2度目の執政官に選ばれ、精力的に軍隊を指揮してピュドナ*の戦いでマケドニアー王ペルセウス*を撃破（6月22日）、2日後には全マケドニアーをローマの支配下に置いた。70のマケドニアー都市を破壊し、上流階層をイタリアへ放逐、王国全土を4つの属国に分割して、マケドニクス（「マケドニア征服者」の意）のアグノーメンを得た。またマケドニアーを助けたエーペイロス*を、元老院命令に従って却掠し、15万人を奴隷とした（前167）。帰国後3日間にわたって盛大な凱旋式を行ない、奪ってきた夥しいギリシアの芸術作品などを披露、捕虜となったペルセウス王一家を行列に引き廻した（前167年11月）。マケドニアー王家の蔵書だけを自らの所有とし、残る莫大な戦利品を国庫に納めたため、以来、前43年に至るまでの長きにわたりローマ市民は一切の直接税を免除されることになった。スキーピオー・大アーフリカーヌス*（大スキーピオー*）と親しく、貴族的な気位の高い人物だったにもかかわらず、民衆の絶大な人気を博し、前164年には監察官に選ばれ、穏和に職責を果たした。前160年に長患いの後病死した時には、国民からのみならず敵方だった人々からも惜しまれ、追悼競技の催しとしてテレンティウス*の劇『兄弟 Adelphi』が上演された。

有能な武将、廉直正義の士として評判が高く、一方ギリシア的教養の持ち主としても知られていた。長年連れ添った妻パピーリア Papiria とは、性格の不一致ゆえに離婚し、後妻を迎えて2人の息子を得たが、2子とも前167年に相ついで早世した。先妻との間に生まれた子供たちのうち、長男はハンニバル❶*戦争の名将 Q. ファビウス・マクシムス❷*・クンクタートル家の養子となり（⇒ファビウス・マクシムス❸）、次男はスキーピオー・大アーフリカーヌスの長男の養子となった（⇒スキーピオー・小アーフリカーヌス）。継嗣がいなくなったため、アエミリウス・パウルス家はいったん断絶する。彼がパピーリアと別れた時、友人たちから「賢夫人で金持ちで美人の奥方を離縁するとは何事か」と詰られたところ、彼は自分の履いている靴を指し示して、「この靴は見たところ美しいし新しい。だが、この靴のどこが足に当たって痛いか、誰も分りはしない」と答えたという。

⇒メートロドーロス❸、C. スルピキウス・ガッルス

Plut. Aem./ Liv. 34-45, 35-10, -24, 36-2, 37-46, -57, 39-56, 40-25～28, -34, 44-17～45-41, Epit. 46/ Polyb. 18-35, 29～32/ Aur. Vict. De Vir. Ill. 56/ Val. Max. 5-10/ Vell. Pat. 1-9/ etc.

❸（前1世紀）L. Aemilius Lepidus Paullus 前78年のコーンスル*執政官 M. アエミリウス・レピドゥス*（⇒レピドゥス家）の子。三頭政治家レピドゥス❶*の兄。レピドゥス家の継嗣だが、かつてのマケドニア*征服者アエミリウス・パウルス❷*の栄誉を記念して、パウルス家の名跡を継ぐ。高等アエディーリス*造営官の時、フォルム*のバシリカ・アエミリア Basilica Aemilia の再建に着手（前56）、その後法務官（前53）を経て前50年の執政官となる。元来、閥族派オプティマーテース*に属していたが、民衆派ポプラーレース*のカエサル*から莫大な賄賂を受け取って信用を失い（前50）、翌前49年から始まった内乱時には首鼠両端を持して、ポンペイユス*側にもカエサル側にもつかなかった。カエサル暗殺（前44）後は元老院派に加わり、実弟レピドゥスを公敵と宣言。次いで第2回三頭政治が結成される（前43）と、今度は一転して自分が弟の手で処罰者名簿 proscriptio に載せられる。兵士につかまって一時は殺されそうになるが、かろうじて見逃され、アシア*のブルートゥス*のもとへ渡る。ピリッポイ*の戦い（前42）の後、ミーレートス*に隠棲、帰国を許されたが、終生ローマへは戻らなかった。

系図290 パウ（ッ）ルス、ルーキウス・アエミリウス❷

〔レピドゥス家〕

彼と一緒に追放された息子ルーキウス（前13年没）は、のちオクターウィアーヌス*（アウグストゥス*）の幕下に移り、前34年の補欠執政官、次いで前22年の監察官に選ばれ、父が着工したバシリカを完成させている。
⇒巻末系図 061
App. B. Civ. 2-26, 5-2/ Dio Cass. 47-6, 49-42, 54-2/ Vell. Pat. 2-67, -95/ Suet. Aug. 16/ Cic. Att. 4-16/ etc.

❹（前37頃～後8）❸の孫。三頭政治家レピドゥス*の姪孫。母コルネーリア Cornelia はスクリーボーニア*（アウグストゥス*の2度目の妻）の娘で、皇女・大ユーリア❺*の異父姉に当たる。彼は従妹の小ユーリア❻*（大ユーリアの娘）と結婚し、後1年には妻の兄ガーイウス・カエサル*とともに執政官に就任するが、帝室との重縁にもかかわらず、8年アウグストゥスに対して謀叛を企み、処刑された。妻の小ユーリアも乱行がたたって流刑に処され(8)、ために娘のアエミリア・レピダ❷*はクラウディウス*（のち第4代皇帝）との婚約を解消されてしまう。息子の M. レピドゥス❹*もまた、後年カリグラ*帝に対する陰謀の廉で処刑されている(39)。
⇒巻末系図 061
Suet. Aug. 19, 64, Claud. 26/ Prop. 4-11/ Dio Cass. 55, 54-/ etc.

バウリー Bauli,（ギ）バウロイ Bauloi, Βαῦλοι,（仏）Baules
（現・Bacolo）カンパーニア*のバーイアエ*に隣接するローマ人の保養地。ポンペイユス*をはじめとする上流富裕層の別荘 villa が多く建ち並び、帝政期には皇帝の所領となった。カリグラ*帝はここからプテオリー*（現・ポッツォーリ）の間 3.6 マイルにわたって船橋をかけ、その上を盛装して凱旋行列さながらに往復したという(後39)。後59年にネロー*帝は実母の小アグリッピーナ*をこの地の別荘で暗殺している（⇒アニーケートゥス）。
ギリシア人は、この地名の由来を、英雄ヘーラクレース*がゲーリュオーン*から奪った牛の群をここに隠したという伝説（第十の功業）で説明している —— 牛 bus + 棲処・家畜小屋 aule ——。
Sil. 12-155～156/ Varro Rust. 3-17/ Cic. Fam. 8-1, Acad. 2-3/ Plin. N. H. 3-5, 9-81/ Tac. Ann. 14-4～/ Suet. Calig. 19, 32, Ner. 34/ Dio Cass. 59-17, 62-13/ Serv. ad Verg. Aen. 6-107, 7-662/ Symmachus Ep. 1-1/ Mart. 4-63/ etc.

パウリーヌス、ガーイウス・スエートーニウス Gaius Suetonius Paulinus (Paullinus),（ギ）Gāios Suētōnios Paulīnos, Γάιος Σουητώνιος Παυλῖνος,（伊）Gaio Svetonio Paolino,（西）Cayo Suetonio Paulino
（後1世紀）ローマの将軍、政治家。後41年、叛したマウレーターニア*人を討伐し、ローマの将軍として初めてアトラース*山脈を越える。ネロー*の治世にブリタンニア*総督となり(59～62)、ドルイデース*（ドルイド）神官団の本拠地モナ*（現・アングルシー Anglesey, Anglesea）島を攻略(61)、同年勃発したボウディッカ*の反乱を鎮圧したが、叛徒に対する苛酷さゆえに更迭された。コルブロー*に匹敵する名将と謳われ、66年度の執政官となったのち、オトー*帝の将軍としてウィテッリウス*の軍隊に対抗するも、慎重さから翻意してウィテッリウスに降った(69)。オトーの敗北は彼のこの背信に負うといわれる。
⇒プトレマイオス⓲（マウレーターニア王）
Tac. Ann. 14-29～37, 16-14, Agr. 5, 14～16, Hist. 1-87, -90, 2-23～44, -60/ Dio Cass. 60-9, 62-1～12, 63-1/ Plin. N. H. 5-1/ etc.

パウリーヌス（ノーラ*の） Pontius Meropius Anicius Paulinus, Paulinus Nolanus,（仏）Paulin,（伊）Paolino,（西）（葡）Paulino,（露）Павлин
（後353／354～431年6月22日）ローマ帝政末期のラテン詩人。ガッリア*のブルディガラ*（現・ボルドー Bordeaux）出身。イタリア、ヒスパーニア*に領地をもつ富豪の家に生まれ、詩人アウソニウス*の教えを受けた。元老院議員身分に属し、若くしてローマの補欠執政官(378)、カンパーニア*の総督(381)などの高職を歴任した。にもかかわらず、390年頃キリスト教に転向して財産を売り払い、カンパーニアに隠遁、師アウソニウスらをいたく落胆させた。35年間にわたり肉食と飲酒を避け、妻テーラシア Therasia とも交接せず、ノーラにある聖フェーリークス Felix（？～後260頃）の墓の傍で貧しい懺悔生活を送った。アウソニウス、アンブロシウス*、ヒエローニュムス*、アウグスティーヌス*らと親交を保ち、彼らに宛てた書簡約50通や35篇の詩 Carmina を残したが、文学的には大して重要ではない。409年以来ノーラの司教（主教）職にあって、教会の鐘を発案したことで知られる。
⇒プルーデンティウス
Paulinus Epistulae, Carmina/ Auson. Epist. 19, 23, 24/ Augustin. De civ. D. 1-10/ Hieron. Ep. 13, 58/ etc.

パウルス、L. アエミリウス Lucius Aemilius Paulus
⇒パウ（ッ）ルス、ルーキウス・アエミリウス

パウルス、アエミリウス Aemilius Paulus
⇒パウ（ッ）ルス、アエミリウス

パウルス、ユーリウス Julius Paulus Prudentissimus,（ギ）Iūlios Paulos, Ἰούλιος Παῦλος,（英）（仏）Paul,（伊）Giulio Paolo,（西）Julio Paulo,（露）Юлий Павел
（後2世紀後半～222以後）ローマ帝政期の高名な法学者。Q. ケルウィディウス・スカエウォラ*の門弟。セプティミウス・セウェールス*帝およびカラカッラ*帝の時、顧問団の一員としてパーピニアーヌス*の補佐役を務める。その後エラガバルス*帝によって放逐される(後220)が、アレクサンデル・セウェールス*帝に召喚され(222)、ウ

ルピアーヌス*とともに近衛軍司令官に就任したと考えられる。先人の業績の集大成を行ない、320部に上るその著述のうち『告示法註釈 Ad Edictum』(80巻)、『問題集 Quaesiones』(26巻)、『解答録 Responsa』(23巻)などの代表作70点以上が、ユースティーニアーヌス*帝の『学説彙集ディーゲスタ』に抜萃引用され、後世の法学に大きな影響を及ぼした。

なお、エラガバルスの最初の后(219〜220の間)で、結婚の翌年、体に痣があるという理由で離婚されたユーリア・コルネーリア・パウラ Julia Cornelia Paula は、彼の娘ないし親戚に当たると推測されている。

Paulus Sententiae, Filium/ Modestinus/ Aur. Vict. Caes. 24/ S. H. A. Alex. Sev. 26〜27/ Dig./ etc.

パウロ Paulos
⇒パウロス

パウロス
Paulos, Παῦλος, Paulus, (英)(仏) Paul, (独) Paulus (Paul), (伊) Paolo, (西) Pablo, (葡) Paulo, (カタルーニャ語) Pau, (ルーマニア語)(チェコ語) Pavel, (ポーランド語) Pawel, (露) Павел, (アルメニア語) Pol, (トルコ語) Pavlus, (漢) 保祿、保羅, (和) パウロ

(後3/7頃〜65/67頃) 原始キリスト教時代の主要な伝道者。「異邦人への使徒」と称される。ヘブライ名サウル(シャーウール Šā'ûl)。キリキアー*のタルソス*にローマ市民として生まれた離散ディアスポラー diaspora のユダヤ人。ギリシア的教養を身につけ、当初は熱心なパリサイ派(ギ) Pharisaioi ユダヤ教徒として、ステパノス Stephanos, Στέφανος (?〜33頃)らキリスト信者を迫害・殺戮していたが、ダマスコス*への途上失神してクリストス*(キリスト)の啓示を受け回心(35頃)。アンティオケイア❶*を中心に活躍したのち、3回にわたる伝道旅行(44頃〜58頃)を通して小アジア、マケドニアー*、ギリシア各地に宣教した。異邦人への布教を重視し、数々の困難に耐え天幕テント造りを業としながら、コリントス*、エペソス*など諸都市に教団を設立(⇒ガッリオー)。ローマ、さらにはヒスパーニア*への伝道も志したが、ユダヤ人に憎まれ、イェルーサーレーム*(エルサレム*)で捕縛されて(59, ⇒フェーリークス)、カエサレーア*(カイサレイア*)に2年間拘留されたのち、裁判のためローマへ送られ(⇒フェストゥス、ヘーローデース・アグリッパ2世)、再び監禁されること2年(61〜63頃)、その後の消息は不明。伝承によれば、ペトロス*(ペトロ)と同じくネロー*帝の治世に捕らえられ、オースティア*街道で斬首されたという。彼の墓所とされる地にはコーンスタンティーヌス1世*(大帝)によって聖堂が創建され(324頃)、のちテオドシウス1世*がこれを大規模なバシリカ*様式教会(ラ) Basilica Sancti Pauli extra moenia, (伊) Basilica di San Paolo fuori le mura に改築(386着工、395完成)、パウロスを繋いでいた鎖や彼の使った杖などの聖遺物が保存されていたが、1823年の火災で大部分が焼失した。パウロスの名のもとに伝わる書簡のうち幾篇かは真作と見なされ、ユダヤ的律法主義を脱し信仰による義認を主張するその教説は、以降のキリスト教史に決定的な影響を及ぼした。パウロスと哲学者セネカ❷*との間の往復書簡なども偽作され、彼がネローの愛妾や寵童らを改宗させて皇帝を怒らせたとか、イタリアでウェルギリウス*の墓上に涙を注いだ等といった物語もキリスト教徒の間で形成された。パウロスの風采は冴えず、短身矮軀で禿頭、がに股であったという。

⇒マールコス、ルーカース、シーモーン・マゴス、クレーメーンス❶

Nov. Test. Actus Apostolorum(『使徒言行録』), Epist. ad Ⅰ Ⅱ Corinth., Rom., Galat., Philipp./ Augustin. De civ. D. 18-52/ Euseb. Hist. Eccl. 2/ Acta Pauli(『パウロ行伝』)/ Epistolae Senecae ad Paulum et Pauli ad Senecam(『セネカとパウロの往復書簡』)/ etc.

パウロス(サモサタ*の)
Paulos ho Samosateus, Παῦλος ὁ Σαμοσατεύς, Paulus Samosateus, (英) Paul of Samosata, (仏) Paul de Samosate, (独) Paul von Samosata, (伊) Paolo di Samosata

(後200頃〜275頃) アンティオケイア❶*のキリスト教主教(在任・後260年〜268年)。サモサタ*の出身。微賤に生まれ、ゼーノビア*(パルミューラ*の女王)の寵を得てアンティオケイアの主教職に就き、また州管理長官 Procurator ducenarius をも兼任して莫大な富を蓄えた。イエースース=クリストス*(イエス・キリスト)は人間であって神ではないと主張(養子説)、教会会議(264, 268)で異端の烙印を捺され主教の座を奪われた(268)が、ゼーノビアの支持のもと、272年まで主教館に居座った。その教説は、アンティオケイアのルーキアーノス*やアレイオス*(アリーウス*)に影響を与えた。カイサレイア*のエウセビオス*らパウロスの反対者は、強慾・貪婪・淫蕩な悖徳漢として彼を非難、ゆすりや恫喝はじめ不正な手段で私腹を肥やし、豪華な衣裳をまとい親衛隊を従えて尊大にふるまい、教会内に玉座を設置し自己を讃美する歌を女たちに唱わせたばかりか、無聊時の相手を務める娘たちをも常に侍らせていたと伝えている。

この他、デキウス*帝の迫害時に荒野を逃れ、以後約100年の間洞窟での禁欲生活を続けて、130歳で往生を遂げたというキリスト教伝承最初の隠修士テーベー❷*のパウロス(?〜後342頃)や、アレイオス派との訌争でコーンスタンティーノポリス*主教の座を奪われたり復帰したりを繰り返しながら、最後は追放されてアルメニアー*で絞殺されたコーンスタンティーノポリスのパウロス(?〜351頃)らが名高い。

Euseb. Hist. Eccl. 7-27〜30/ Athanasius Historia Arianorum/ Epiph. Adv. Haeres. 65/ Hieron. Vita Pauli/ etc.

パエストゥム
Paestum, (〈ギ〉) パイストン Paiston, Παῖστον, Paistos, Παῖστος), (伊) Pestum, (ギ)

ポセイドーニアー *Poseidonia, Ποσειδωνία, Posidonia

（現・Pesto）南イタリア西岸、ルーカーニア*の町。ネアーポリス*（現・ナーポリ）の東南およそ60 km、パエストゥム湾（Sinus Paestanus、現・サレルノ湾）に面し、カンパーニア*との境界近くに位置する。前625～前600年頃（もしくは前650年頃とも）、シュバリス*市によりギリシア人植民市ポセイドーニアーとして創建され、農業と交易で間もなく隆盛を見た。前410年ルーカーニア*人に占領されパイストン Paiston と改名、次いでローマ人に征服されてラテン植民市となり、以降市名もポセイドーニアーからパエストゥムに変わった（前273）。ハンニバル❶*にも頑強に抵抗し、帝政期に至るまで自治都市（ムーニキピウム*）として繁栄。1年に2度咲く薔薇の産地としても知られた。その後、河川の泥土堆積で居住に不向きな環境と化したため、次第に衰亡していった。ヘーラー*とゼウス*、アテーナー*、ポセイドーン*らに献げられた前6～前5世紀のドーリス*式諸神殿や全長3マイルに及ぶ市壁、アゴラー*（のちフォルム*）、円形闘技場（アンピテアートルム*）などの、ほぼ完全な遺構を見ることができる。

1968年、南郊の墓域 nekropolis から前5世紀初頭の箱状墓「跳び込み男の墓（伊）La Tomba di Tuffatore」が発見された。特に内部壁面上に描かれた有髭の男性と若者のカップル幾組から成る男ばかりの饗宴図や、高所から水へ向かって跳び込む全裸の青年図など（前480年代頃）は、古典初期ギリシア絵画の稀れなる遺品として貴重視されている。

Verg. G. 4-119/ Ov. Met. 15-708, Pont. 2-4/ Strab. 5-251/ Prop. 4-5/ Cic. Att. 11-17, 16-6/ Liv. 37-10/ Plin. N. H. 3-5/ Ptol. Geog. 3-1-8/ Scylax/ Steph. Byz./ etc.

バエティカ、ヒスパーニア Hispania Baetica,（ギ）Baitike, Βαιτική,（仏）Bétique,（伊）Betica,（葡）Bética,（露）Батика

ローマの属州ヒスパーニア・バエティカ*。バエティス Baetis（現・グァダルキビル Guadalquivir）河流域を中心とする地方で、もと外ヒスパーニア（ヒスパーニア・ウルテリオル*）と呼ばれた（前197～）が、前27年アウグストゥス*によって元老院属州ヒスパーニア・バエティカとして再編された。州都コルドゥバ*（現・コルドバ Córdoba）。羊毛・葡萄酒・オリーヴ油・小麦・蜂蜜・魚（ローマ人の好んだソース「魚醤 garum」の材料）、また銀・銅・鉛・辰砂などの鉱物資源をローマへ輸出。古くからフェニキア*＝カルターゴー*人、ギリシア*人の植民市が建設され、ローマ文化もすみやかに浸透し、多数の都市でラテン語が普及した。豊かな地方であったため収奪の対象となり、アーフリカ*から海賊団も来襲（後178）、のちヴァンダル*族（ウァンダリー*）に長く占拠された（409頃～）結果、後世にはヴァンダルの国土（現・アンダルシーア Andalucía）として知られている。

⇒ヒスパリス、イタリカ、ガーデース

Plin. N. H, 3-1, 11-76/ Strab. 3-151/ Mela 2-3, 3-1, -6/ Tac. Hist. 1-78/ Mart. 14-133/ Plin. Ep. 1-7/ Ptol. Geog. 1-12/ Juv. 12-40/ Liv./ Avienus/ Steph. Byz. etc.

ハエドゥイー Haedui
⇒アエドゥイー

ハエドゥイー族 Haedui
⇒アエドゥイー

パエトゥス、カエキーナ A. Caecina Paetus,（ギ）Kaikinas Paitos, Καικίνας Παῖτος,（仏）Pétus,（伊）Cecina Peto,（西）Cécina Peto
⇒アッリア

パエトゥス、セクストゥス・アエリウス Sextus Aelius Paetus Catus,（仏）Pétus,（伊）Sesto Elio Peto Catone,（西）Sexto Elio Peto Cato,（葡）Sexto Élio Peto Cato

（前200年前後）ローマの法律学者。前198年の執政官（コーンスル*）。前193年の監察官（ケーンソル*）。その明敏さゆえに「カトゥス Catus（利発者）」と渾名される。ローマ最古期の法学者で、「十二表法*」「その解釈」「法律訴訟」の三部から成る法学書『トリペルティータ Tripertita』（散佚）を著わした。

甥のクィントゥス Q. Aelius Paetus（L. アエミリウス・パウッルス❶*の女婿）は、執政官在任中（前167）に、アイトーリアー*の使節から銀の食器を贈られたが、受け取らず、相変わらず焼物の器で食事を摂り続けたという倹素な人物として有名。また、一族のアエリウス・パエトゥス（Sex. または P. の息子）は、ハンニバル❶*戦争（第2次ポエニー戦争*）の最中、1羽の啄木鳥（きつつき）が彼の頭上にとまり、占い師から「その鳥を大切に保護すれば、ローマは衰えるが貴方の家は栄え、もしも殺せば、その逆のことが起こるだろう」と予言されて、即座に鳥の頭を切断。その結果、彼の家の若者は全員カンナエ*の戦闘（前216）で敗死したものの、ほどなくローマはカルターゴー*にうち勝ったという。

Cic. De. Or. 1-45, 3-33, Brut. 20/ Liv. 28-21, 30-17, -40, 31-4, 32-2, -7, 34-44, 35-9/ Plin. N. H. 33-50/ Val. Max. 5-6/ etc.

パエドラ Phaedra
⇒パイドラー（のラテン語形）

パエドルス Gaius Julius Phaedrus (Phaeder),（ギ）パイドロス Phaidros, Φαῖδρος,（仏）Phèdre,（独）Phädrus,（伊）（西）（葡）Fedro,（露）Федр

（前18／15頃～後50／55頃）ローマ帝政初期の寓話作家。トラーキア*ないしマケドニア*の生まれで、奴隷としてローマへ連行され、アウグストゥス*帝（在位・前27～後14）に仕えて、その孫ルーキウス・カエサル*にギリシア語を教える家庭教師に取り立てられ、のち解放されたと推測される。ティベリウス*帝（在位・後14～37）の治下、権

臣セイヤーヌス*から迫害されて苦しんだ（諷刺詩が原因で投獄されたと思われる）が、殺されずにすんだ。イアンボス iambos 詩形のラテン語で書かれた『アエソープス風寓話集 Fabulae Aesopiae』（不完全な5巻本と付録の32話）が伝存する（後30頃）。ギリシアのアイソーポス*（イーソップ）の動物寓話を翻案・韻文化したものを中心に、他の寓話集からの抜萃や自己の創作を含めて、元来200余話から成っていたと考えられる。簡潔で諷刺に富んだその作品は、中世のロームルス Romulus 集（9〜11世紀）を経て西ヨーロッパの寓話集に多大の影響を与えた
⇒バブリオス、アウィアーヌス。
Mart. 3-20-5/ Avianus/ Hor. Sat. 2-6, Epist. 1-7/ etc.

パエトーン
Phaëthon, Φαέθων,（仏）Phaéthon, Phaéton,（独）Phaethon,（伊）Fetone,（西）Faetón, Faetonte,（葡）Faetonte,（現ギリシア語）Faéthon, Faéthontas

「輝ける者」の意で、元来太陽神ヘーリオス*の称呼の1つ。ギリシア神話中では、ヘーリオス（ポイボス*＝アポッローン*）とクリュメネー❷*の子。東方の父の宮殿を訪ね、せがんで1日だけ日輪の戦車を駆る許可を得たが、荒馬を制する力なく、天空の軌道を外れて地上を焼き焦がしたので、ゼウス*の放った雷霆により撃ち殺された。パエトーンの体は炎をひきつつエーリダノス*河に墜ち、戦車に馬を繋いだ彼の姉妹たちヘーリアデス Heliades, Ἡλιάδες は、岸辺でその死を嘆き悲しむうちに白楊樹（ポプラ）の木と化し、彼女たちの流す涙は河底に沈んで琥珀（こはく）となったという。彼を愛していたリグリア*王キュクノス❶*は哀悼に沈むあまり白鳥に変身して星辰（白鳥座〈ラ〉Cygnus）となったとされる。一説に夜空の馭者座〈ラ〉Auriga はパエトーンを記念して設けられたものだと伝えられる（⇒エリクトニオス、ミュルティロス、ヒッポリュトス）。パエトーンが太陽の戦車を暴走させた時に、その炎熱でエティオピア*人の皮膚は黒くなり、地表が乾燥して砂漠を生じたといい、ゼウスはこの大惨事のあと地上を冷ますべくデウカリオーン*の大洪水を送ったのだとする伝承も残っている。パエトーンの物語は自己の力量を越えた野望を抱く無謀者の象徴として、後世好んで美術や音楽の主題にとり上げられた。エウリーピデース*に悲劇『パエトーン』が、アイスキュロス*に『ヘーリアデス』があったが、いずれも散逸した。

この他、エーオース*（曙）とケパロス*の間に生まれた美少年のパエトーンも知られており、女神アプロディーテー*は彼をシュリアー*へさらって行き、彼女に仕える神官となし、その子孫にアドニス*が生まれたとされている。また時にパエトーンは、プロメーテウス*によって造られた人類の中で際立って美しかったために秘蔵されていたが、ほどなくエロース*からそれを報らされたゼウスの招きで伝令神ヘルメース*とともに天へ昇り、不滅の星（木星ないし土星）になった若者パイノーン Phainon（「光り輝く者」の意）と混同されることもある。

⇒本文系図348

Hes. Th. 986〜/ Apollod. 3-14/ Paus. 1-4, 2-3/ Ov. Met. 2-19〜/ Hyg. Fab. 152, 154, 156, 250, Poet. Astr. 2-42/ Diod. 5-23/ Pl. Ti. 22c/ Ap. Rhod. Argon. 4-598〜/ Lucian. Dial. Deor. 25/ Eur. Hippolyt. 737〜/ Lucr. 5-396〜/ Serv. ad Verg. Aen. 10-189/ etc.

パエリ（ー）グニー（族）
Paeligni または、ペ（ー）リ（ー）グニー Peligni,（ギ）Pailignoi, Παίλιγνοί, Pelignoi, Πελίγνοι,（英）Pelignians,（仏）Péligniens, Pélignes,（独）Päligner, Peligner,（伊）Peligni,（西）Pelignos

中部イタリアのサビーニー*系の部族。マルシー❶*族やマールーキーニー*族、サムニウム*人、フレンターニー*族などに囲まれた地域（現・Abruzzo citeriore）に居住。前300年以前にローマと同盟を締結したが、のち同盟市戦争*（前91〜前88）に参加し、彼らの中心都市コルフィーニウム*が反ローマ独立政府の首府に定められた。古来、同系のマルシー族と同様、パエリグニー族も魔術に通じていると信じられていた。前90年以降、急速にローマ化が進んだ。彼らの町スルモー*は詩人オウィディウス*の生地として有名。

Liv. 8-6, 9-41, -95, 10-3/ Caes. B. Civ. 1-15/ Hor. Carm. 3-19, Epod. 17/ Ov. Fast. 3-95, Am. 3-15/ Diod. 20-90, -101/ Ptol. Geog. 3-1/ etc.

パオーン
Phaon, Φάων,（伊）Faone,（西）Faón,（露）Фаон,（現ギリシア語）Fáon

レスボス*島の伝説上の渡し守り。老婆に化した女神アプロディーテー*を対岸に渡した時、船賃を取らなかったので、これを嘉（よみ）した女神により老いたパオーンは世界一の美青年に変えられた。以来ミュティレーネー*中の女たちの求愛を受けたが、のち人妻と通じて捕らえられ、処刑されたという。また女流詩人サッポー*がパオーンに恋して拒まれ（あるいは捨て去られ）、絶望のあまりレウカス*（レウカディアー*）の断崖から海に身を投げて果てたという話も残っている。

Ael. V. H. 12-18/ Lucian. Dial. Mort. 9/ Ov. Her. 15/ Serv. ad Verg. Aen. 3-275/ Plin. N. H. 22-9/ Ath. 2-69d/ Palaephatus 49/ etc.

バカウダエ
Bacaudae
⇒バガウダエ

バガウダエ（または、バカウダエ）
Bagaudae (Bacaudae),（仏）（独）Bagaudes,（伊）Bagaudi,（西）（葡）Bagaudas

ケルト語の Bagad, Bagud（「戦士・闘士」の意）に由来。ローマ帝政後期〜末期に反乱を起こしたガッリア*の農民たち。後270年代から圧政に苦しむコロヌス colonus（小作人）らは集団となって武装蜂起に立ち上がり、2人のキリスト教徒指導者アエリアーヌス Aelianus とアマンドゥ

ス Amandus を戴いて諸市を放火・略奪し、各地で残虐の限りをきわめたが、286年頃マクシミアーヌス*帝により鎮圧された。その後も匪賊行為を繰り返し、407年には独立政権を樹立するに至り、ティバットー Tibatto の指揮下に公然と反抗（435〜437）、西ゴート*王テオドリークス1世*と結ぼうとしたものの、437年西ローマの将軍アエティウス*に撃破され、カタラウヌム*の野ではローマ側に付いてアッティラ*率いるフン*族（フンニー*）と戦った（451）。ヒスパーニア*へ拡大したバガウダエ運動も、ほどなく平定され（441〜454）、5世紀後半には鎮静化した。
Aur. Vict. Caes. 39/ Eutrop. 9-20/ Zonar. 12-21/ Oros. 7-25/ Salvianus De Gubernatione Dei 5-5〜/ Panegyrici Latini/ etc.

バキス Bakis, Βάκις, Bacis, （露）Бакид（Бакис）

ボイオーティアー*の伝説的な占者・予言者。海のニュンペー*（ニンフ*）たちから霊感を得て託宣を下し、彼の予言書はシビュッレー*（シビュッラ*）のそれと同様、大いに重視された。またバキデス Bakides なる複数形で予言者の普通名詞のごとくにも示されることがある。アリストテレース*は、バキスが狂乱状態になって予言を発したと記している。しかし本来バキスは、神がかりの予言者の通称であったと覚しく、アルカディアー*やアテーナイ*などにも、バキスと呼ばれる占者がいたという。
Herodot. 8-20, -77, -96, 9-43/ Paus. 4-27, 9-17, 10-12, -14, -32/ Ar. Pax 1070〜71/ Arist. Pr. 30(954a)/ Lucian. Peregrin. 30/ Ael. V. H. 12-35/ Clem. Al. Strom. 1/ Tzetz. ad Lycoph. 1278/ Suda/ etc.

ハーキュリーズ Hercules
⇒ヘルクレース（ヘーラクレース）（の英語形）

バキュリデース Bacchylides
⇒バッキュリデース

パークウィウス Marcus Pacuvius, （ギ）Pakūūios, Πακούυιος, Pakūbios, Πακούβιος, （伊）（西）Marco Pacuvio

（前220頃〜前130頃）ローマ共和政期のラテン悲劇詩人。エンニウス*の甥（姉妹の子）にして弟子。ブルンディシウム*のオスキー*人の家に生まれる。ローマで小スキーピオー*の文芸サークルに入り（現代の学者は文芸サークルの存在に対して否定的だが）、詩人兼画家として名を馳せた。高齢に達して健康を損なったためブルンディシウムへ帰り──あるいは、タレントゥム*（タラース*）へ隠栖し──、この地においてほぼ90歳で長逝、エンニウスと同じ墓に葬られたという。作品は主にギリシア神話に取材しながら、新奇な主題を求める衒学的な傾向があった（よって「学者 Doctus」と渾名される）が、彼の死後も長期間にわたって繰り返し上演され、一般大衆でさえ長い台詞の幾つかを暗誦できるほど人気が高かったと伝えられる。430余行の断片と13の題名のみ現存（代表作は『アンティオパ Antiopa』『テウケル Teucer』など）。C. ラエリウス❷*との交友のほか、はるかに年下の詩人 L. アッキウス*とも親交を結び、この新進気鋭のライヴァルと隔意なく作品を発表し合ったことで知られる。また彼の描いた絵画は帝政期に入っても評判高く、ローマのフォルム*・ボアーリウム（家畜広場）内の神殿に掲げられていた（亡失）。
⇒ファビウス・ピクトル
Gell. N. A. 1-24, 13-8, 17-21/ Plin. N. H. 35-7/ Cic. Tusc. 2-21(48)〜, Amic. 7(24), Brut. 64, De Or. 1-58/ Quint. Inst. 10-1/ Hor. Epist. 2-1, Sat. 1-10/ Varro Sat. Men. 356/ Fulgentius Serm. ant. 12/ etc.

パークス Pax, （英）Peace, （仏）Paix, （伊）Pace, （西）（葡）Paz, （現ギリシア語）Páks

ローマの「平和」の女神。ギリシアのエイレーネー*に相当する。この女神に関する建造物としては、前13年にアウグストゥス*が奉献した「平和の祭壇」Ara Pacis（アーラ・パーキス）（前9年完成）が名高く、16世紀以来の発掘の結果、ローマ帝室の人々や神官団などの大理石浮彫をカンプス・マールティウス*の地に見ることができる。またパークスの最も壮麗な神殿 Templum Pacis は、ウェスパシアーヌス*帝が後75年に竣工させたものだが、コンモドゥス*帝の治世に、保管されていた無数の書籍や貴重な宝物・美術品もろとも焼亡した。パークスの祭は4月30日で、サルース*（健康と安全の女神）やコンコルディア*（和合一致の女神）らとともに祝われた。
Ov. Fast. 1-711, 3-881/ Juv. 1-115/ Gell. N. A. 16-8/ Tac. Ann. 1-2/ Tib. 1-10/ Dio Cass. 54-35, 56-25, 65-15/ Suet. Vesp. 9/ Paus. 6-9-3/ etc.

パクソス Paksos, Παξός, Paxos, Paxus, （〈複〉パクソイ Paksoi, Παξοί, Paxi）, （仏）Paxes, Paxos, （伊）Passo, （露）Паксос

（現・Paksí, Paxo と Antipaxo）イーオニアー海*沿岸、ケルキューラ*（コルキューラ*）島とレウカス*島の間の小島。ケルキューラの南方8マイルに位置する岩がちの島嶼。海神ポセイドーン*がアンピトリーテー*と愛を営むべく、三叉戟でケルキューラ島を撃って造り出したと伝えられる。プルータルコス*によれば、ローマ皇帝ティベリウス*の治世（後14〜37）にこの近くを航海していたある船乗りが、「大いなるパーン*は死んだ（ギ）Pan ho megas tethnēke, Πὰν ὁ μέγας τέθνηκε」と呼ばわる不思議な声を聞き、報告を受けた皇帝は事の真相を調べさせたが、ついに判明しなかったという。後世のキリスト教徒は、この話を「異教」の滅亡とキリスト教の勃興を意味する予言と解釈したが、今日では航海者がアドーニス*（＝タンムーズ Tammūz）の祭儀における哀悼の声をたまたま耳にしたに過ぎないことが論証されている。
Plut. Mor. 419b/ Polyb. 2-10/ Plin. N. H. 4-12/ Dio Cass. 50-12-4/ It. Ant./ etc.

バクトラ　Baktra, Βάκτρα, Bactra

中央アジア、「絹の道（英）Silk Rood」上の地名。

❶（現・バルフ Balḫ, Balkh）（旧称）Vahlika,（アヴェスター語）Bakhdi,（サンスクリット語）Bhakri,（仏）Bactres,（伊）Battra, Battria,（露）Балх,（チベット語）Bagla,（漢）藍子城・縛喝・班勒紇・拔底延・婆佉羅・八剌黒。古イーラーン名・Bāxtri. 古称・Zariaspa（「馬の町」の意）。

バクトリアー*（バクトリアネー*）地方の中心都市。オークソス*（現・アム Amu）河の支流バクトラ川に臨み、東西交易路の要衝に位置していたため、アカイメネース朝*ペルシア*時代から繁栄した。アレクサンドロス大王*の死（前323）後、セレウコス朝*が支配していたが、前3世紀中頃にディオドトス1世*・2世*父子が独立してバクトリアー王国を建てるに及んで、その首都となり、ギリシア・ヘレニズム文化が大いに栄え、後世「町々の母」とか「地上の楽園」などと言い伝えられた。ゾロアスター*教の祖ゾーロアストレース*が埋葬された地といわれる。

アフガーニスターン北部、マザール・イ・シャリーフ Mazār-i-Sharīf (Mazar-e Sharif) 西北の村 Wazirābād に廃墟と化した城郭都市の遺跡が残っている。

Arr. Anab. 4-1, -7, -22/ Strab. 11-514, -516/ Curtius 7-4/ Plin. N. 6-18/ Ptol. Ge 6-11/ etc.

❷バクトリア*（ラ）のギリシア名。バクトリアー*（バクトリアネー*）の項を参照。

バクトリア　Bactria

⇒バクトリアー*（バクトリアネー*）のラテン語形

バクトリアー　Baktria, Βακτρία, Bactria,（仏）Bactrie,（独）Baktrien,（伊）Battria,（葡）Báctria,（露）Бактрия より正しくは、バクトラ❷*ないし、バクトリアネー Baktriane, Βακτριανή, Bactriana（バクトリアーナ）,（アラビア語）Bhalika,（ペルシア語）Bākhtar,（サンスクリット語）Yavana,（パーリ語）Yona, Yonaka-loka,（漢）大夏

（現・Tokharistan, Afgán Turkistan）（古イーラーン名・Bāxtriš）。パロパミーソス Paropamisos（現・ヒンドゥー・クシュ Hindu Kush）山脈とオークソス* Oksos（現・アム Amu）河との間を占める地方の古名。ほぼ今日のアフガーニスターン北部に相当する。肥沃な土地で交通の要衝に当たり、早くから文化が開けた。主邑はバクトラ*（現・バルフ Balkh）。ゾロアストレース*（ゾロアスター）の生地と伝えられる。神話伝説では、アッシュリアー*王ニノス*がバクトリアーを征服した際、セミーラミス*の奇襲によって要害堅固な都市バクトラを陥落させることができたという。

アカイメネース朝*ペルシア*帝国の1州をなしたが、アレクサンドロス大王*に征服され（前329）、次いでセレウコス朝*の領有するところとなり、ギリシア風都市が多数建設された。セレウコス朝がエジプトのプトレマイオス朝*と争っている隙に乗じて、前255年頃この地の太守 サトラペース Satrapes だったディオドトス1世*が離反し独立王国を建てた。その後、マウリヤ朝の崩壊（前180頃）に乗じてインダス（インドス*）河流域に侵入するなど急速に大勢力となり、一時はアフガニスターンのほぼ全域、中央アジア南部、パーキスターン西部をおおう広大な版図を擁し、ガンジス（ガンゲース*）河流域に侵攻を試みたこともあった。しかしながら、やがて西隣のパルティアー*王国や北方のスキュティアー*人の圧迫を被るようになり、さらに王国内部の抗争も加わって弱体化して行き、ついに前138年、遊牧民トカラ Tokhara 族（ギ）Tokharoi の侵入を受けて滅びた。

100年以上もの間、東西交易によって栄えたバクトリアー王国は、オークソス河流域の沃土に恵まれ、一千もの都市を擁したと伝えられており、またギリシア系の国家として東方にヘレニズム文化を移植・開花させる役割を果たした点で重視されている。北方のギリシア・バクトリアー Greco-Bactria 王国の滅亡後は、北西インドに拠るギリシア人のインド・バクトリアー Indo-Bactria 諸王が分立し、仏教などインド文化の影響を蒙りつつ存続したが、中央アジア方面から南下したサカイ*族らに圧倒され、前1世紀半ば頃に滅び去った（⇒ディオドトス、エウクラティデース、エウテュデーモス、メナンドロス王）。

バクトリアーの地では、古くから老衰者や病人を生きたまま犬の群に投げ与えて食い殺させる風習があったが、アレクサンドロス大王の命令で廃止されたという。領域内には、アレクサンドレイア*と呼ばれる都市がいくつか建てられ（現・カンダハール Kandahar、ヘラート Herat など）、ギリシア式の劇場や神殿、体育場（テアートロン*）（ギュムナシオン*）を含むヘレニズム都市遺跡 Ai Khānoum (Alexandria Oxiana?) がフランスの考古学者らの手で発掘されている（1965〜1978）。

⇒巻末系図 036

Herodot. 6-9, 7-64, 9-113/ Diod. 2-2, -5〜, -26, 18-5/ Just. 1-1, 13-4, 41-1, -4, -6/ Strab. 11-516〜518/ Mela 1-1/ Plin. N. H. 6-18/ Ptol. Geog. 6-11/ Arist. Mete. 1-13/ Theophr. Hist. Pl. 8-4/ Ael. N. A. 4-55/ Eur. Bacch. 15/ Curtius 3-2, 4-6, 6-6, 7-4/ Ctesias/ Peripl. M. Rubr. 47/ Arr. Anab. 3/ Polyb. 11-34/ Plut. Mor. 499d/ Phot./ etc.

バクトリアネー　Baktriane

⇒バクトリアー

パクトーロス　Paktolos, Πακτωλός, Pactolus,（仏）Pactole,（伊）Pattolo,（西）Pactolo

（現・Sart Çayı または Sarabat）小アジアのリューディアー*を流れる川。トモーロス*山に源を発し、サルデイス*市を通った後ヘルモス Hermos, Ἕρμος 河（現・Gediz Nehri）に合流する。砂金を産する川として名高く、また沐浴する人々の諸病を癒やす霊力も具えていたという。伝承によれば、触れるものすべてを黄金に変えてしまうプリュギアー*王ミダース*が水源近くで身を洗い浄めたため、以来この川床から砂金が採れるようになったとされる。かのクロイソ

ス*に至る歴代リューディアー王の巨富は、この流れに由来するものと信じられていた。
Herodot. 5-101/ Xen. Cyr. 6-2, 7-3/ Soph. Phil. 394/ Strab. 13-625〜/ Verg. Aen. 10-142/ Ov. Met. 11-140〜144/ Nonnus Dion. 12-127/ Ptol. Geog. 5-2/ etc.

ハグノ（一）ディケー　Hagnodike
⇒アグノディーケー

ハゲーサンドロス　Hagesandros, Ἀγήσανδρος
⇒アゲーサンドロス

ハゲライダース　Hagelaidas
⇒アゲラーダース

バゴーアース　Bagoas, Βαγώας,（伊）Bagoa,（露）Багой,（または、バゴーオス Bagoos, Βαγῶος, Bagous）,（古代イーラーン語・Bago(h)i）

アカイメネース朝*ペルシア*帝国の宦官の名。古代イーラーン語で「宦官」を意味する普通名詞ともいう。

❶（？〜前336）アルタクセルクセース3世*の寵臣。エジプト出身の宦官で、実権を掌握し、王の残忍さが臣下の不評を買うようになると、これを毒殺。その肉を猫に投げ与え、骨からは短剣の柄を作った（前338頃）。一説に、この弑逆はアルタクセルクセースがエジプトの聖牛アーピス*を殺した復讐だったといわれる。次いでアルタクセルクセースの王子たちを末子アルセース Arses を除いて皆殺しにし、アルセースをアルタクセルクセース4世*として即位させたが、間もなくこれをも殺害した（前336）。つづいてダーレイオス3世*を擁立したところ、彼の指示に素直に従おうとしないので、これまた毒殺しようと計って、逆にその毒を飲まされて死んだ。
Diod. 16-47〜51, 17-5/ Ael. V. H. 4-8, 6-8/ Strab. 15-736/ Curtius 6-3, -4/ Arr. Anab. 2-14/ Plut. Mor. 337e/ Joseph. J. A. 11-7/ etc.

❷（前4世紀後半）アレクサンドロス大王*に鍾愛された美貌の青年宦官。もとダーレイオス3世*の寵童だったが、ペルシア征服後アレクサンドロスが入手し、その際立った美しさに惚れ込んで性愛の対象とした。大王のこの若者への惑溺ぶりは度外れのもので、劇場の全観客が見ている中で身をかがめて彼を抱き寄せ接吻をするほどだった。観衆が拍手喝采を送ると、アレクサンドロスは要望に応えて再び彼を抱いて口づけをしたという。また、バゴーアースを「女のように売春する者」として十分な敬意を払わなかったペルシア人太守オルシネース Orsines は、バゴーアースの讒言によって大王の逆鱗に触れ、死刑に処せられている（前324）。

ちなみに、ローマ時代の作家ルーキアノース*の『エウヌーコス Eunuchus』に登場する半陰陽の哲学者はバゴーアースと名づけられている。
Curtius 6-5, 10-1/ Plut. Alex. 67/ Ath. 13-603/ Plin. N. H. 13-9/ Lucian. Eunuch./ Ov. Am. 2-2/ Quint. 5-12/ Heliodorus 8-2/ etc.

パコーミオス　Pakhomios, Παχώμιος, Pachomius,（英）Pachome,（仏）Pacôme, Pachôme,（独）Pachomios,（伊）（西）Pacomio,（葡）Pacômio,（露）Пахомий,（アラビア語）Pakhōm,（エジプト名・Paḥōme）

（後292頃〜346／348年5月9日）最初のキリスト教修道院長。エジプトのテーバイ❷*地方の出身。マクシミーヌス・ダイヤ*の軍に入隊し、退役（313）後間もなく受洗してキリスト教に転じた。320年頃ナイル河東岸タベニシ Tabennisi に最古の本格的な修道院を建て、弟子たちとともに原始共産制を思わせる共同生活を開始。多くの共鳴者を得て、その晩年には9つの男子修道院と2つの女子修道院を監督し、支配下の修道士の数は7千人に達したという。コプト語で書かれた彼の修道院規則は、ギリシア語やラテン語に翻訳され、バシレイオス*、ヒエローニュムス*らを通じて、小アジア、シュリアー*、パレスティナ*から、さらには西ローマ帝国へも伝えられ、後代に大きな影響を及ぼした。東西両教会のみならず、コプト教会においても聖人に列せられている（祝日・5月9日。東方教会では5月9日もしくは5月15日。西方ラテン教会では5月14日）。
⇒アントーニオス
Orsisius Doctrina de Institutione Monachorum/ Vita Pachumii/ Socrates Hist. Eccl./ Epist. Ammonis/ Palladius/ Sozom. H. E. 3-14/ etc.

パコ（一）ロス　Pakoros, Πάκορος, Πάκωρος, Pacorus,（伊）（西）Pacoro,（葡）Pácoro

パルティアー*の王族。巻末系図108〜109を参照

❶1世　P. I（前67頃〜前38年6月9日）パルティアー*の帝王オローデース2世*（アルサケース14世*）の嫡子。父の寵愛を受け、スーレーナース*亡きあと若くして帝国の軍事権を委ねられると（前53）、ローマ領シュリア*へ進撃を試みた。2度にわたりカッシウス❶*によって阻止された（前52、前51）ものの、前40年春にはローマの内乱に乗じてシュリア全土を征服、ユダヤ*ではアンティゴノス*を即位させヒュルカノス2世*を捕虜とした。共同指揮官となっていた Q. ラビエーヌス*の敗死（前39）後も、大軍を率いてアントーニウス*の副官 Legatus P. ウェンティディウス*と交戦し、北シュリアで打ち破られて遂に戦死、その首を諸都市に晒された。彼が斃れたのは奇しくもクラッスス*がカッライ*でパルティアー軍に敗死したのと同月日であったという。パコロスは前41年以前から父帝の共同統治者と見なされていたと考えられる。
Plut. Crass. 33, Ant. 34/ Dio Cass. 40-28〜, 48-24〜, 49-/ Tac. Hist. 5-9/ Vell. Pat. 2-78/ Joseph, J. A. 14-/ J. B. 1-/ etc.

❷2世　P. II
⇒アルサケース24世

パサルガダイ　Pasargadai, Πασαργάδαι, Pasargadae, Passagarda, Parsagada,（英）Pasargad(ae),（仏）Pasargades,（伊）Pasargad(a)e,（西）Pasargada, Pasargadas,（葡）Pasárgada,（露）Пасарады,（古代ペルシア語）Pâthragâda,（エラム語）Batrakataš

（現・パーサールガード Pasargad, またはモルガーブ Morghab）ペルシア湾北東部ペルシス*（現・ファールス Fars）地方北東の山地にあった古都。「ペルシア人の本営 Parsa gada」の意。前550年、大王キューロス❶*がメーディアー*王アステュアゲース*を撃破した地に、勝利を記念して築かれた（前546～）。帝都の座はダーレイオス大王*（1世）の時代に約45km西南のペルセポリス*に取って替わられたものの、アカイメネース朝*の帝王が即位の儀式を行なう都として、その後も重んじられた。歴代の君主は大統を継ぐにあたって、この地の"戦争の女神"の神殿に参詣し、そこに保存されているキューロス大王の上衣をまとい、無花果の菓子を食べ酸乳を飲む等の秘儀を執行したと伝えられる。また、この町には帝室の莫大な財宝が保管されていたが、前330年アレクサンドロス大王*によって占拠・略奪された。郊外にキューロス大王の遺骸を納めた墓廟があり、現在もイスラーム教徒から「ソロモーン（シュレイマーン）の母の墓（ペルシア語）Ghabr-e Mādar-e Soleymān」と呼ばれるその石造遺跡を見ることができる。

なお、ダーレイオス2世*の次男（小）キューロス❷*は、兄アルタクセルクセース2世*（在位・前405～前358）がこの神殿で即位式を挙げる折に暗殺しようと計画したという。

Herodot. 1-125/ Strab. 15-728～/ Plin. 6-26/ Plut. Alex. 69, Artax. 3/ Arr. Anab. 6-29/ Curtius 5-6-10, 10-1-22/ Ptol. Geog. 6-4/ Tac. Ann. 2-1/ Dio Cass. 40-21/ etc.

パーシパエー　Pasiphae, Πασιφάη, Pasiphaë,（仏）Pasiphaé,（伊）Pasifae,（西）Pasífae,（葡）Pasífae,（露）Пасифая

（「すべてに輝ける女」の意）ギリシア神話中、クレーター*王ミーノース*の正妃。太陽神ヘーリオス*とペルセー*の娘。本来は神格（月の女神）であったらしい。夫王との間に数人の子女を産んだが、さらにポセイドーン*が海から送った雄牛に恋し、名工ダイダロス*に作らせた木製の雌牛の中に入って、これと交わり、牛頭人身の怪物ミーノタウロス*を出産した。事の顛末は、クレーター王位をめぐる兄弟間の争いが起きた折に、ミーノースの請願に応じてポセイドーンが海底より見事な雄牛を遣わしたにもかかわらず、王権を掌握したミーノースが誓約に反して雄牛を犠牲に捧げなかったため、怒った海神が罰として王妃にこの牛に対する情慾を吹きこんだからであると伝えられている（異説あり）。パーシパエーはまた嫉妬深く、夫の度重なる情事に腹を立て、彼が他の女と性交する時には精子の代わりに蠍や蛇を射出して、相手の女を殺してしまうよう魔法をかけたことで知られている（⇒プロクリス）。人造の雌牛を作らせる場面を描いた壁画や浮彫などの作例が残る。
⇒巻末系図005
Apollod. 1-9, 3-1, -15/ Diod. 4-60～, -77/ Ap. Rhod. Argon. 3-999/ Hyg. Fab. 40/ Ant. Lib. Met. 41/ Verg. Aen. 6-447～/ Ov. Met. 8-155～/ Paus. 7-4-5, 8-53-2/ etc.

パーシプアエー　Pasiphae
⇒パーシパエー

バシリーウス　Basilius
⇒バシレイオス

バシリカ　Basilica,（ギ）Basilike, Βασιλική,（仏）Basilique,（独）Basilika,（西）（葡）Basílica,（露）Базилика

（「王の建物」の意）ローマ時代に法廷、市民集会、商取引などに用いられた公共建築物。公会堂。通常は巨大な長方形の広間を主体とし、内部は柱列で分けられており、中央の身廊の奥に半円形の突出部アプシス apsis（後陣）を持つものもあった。ギリシア都市にあった同様の建物を手本にしたと推定され、ローマ市で最初のバシリカは大カトー*によってフォルム・ローマーヌム*に造られた建物 Basilica Porcia（前184頃）であった。その後、数々のバシリカがフォルムに設けられ――前179年の Basilica Aemila、前170年の Basilica Sempronia、前120年の Basilica Opimia など――前54年にはユーリウス・カエサル*が新しいバシリカ建設に着工（前46年献堂、Basilica Iulia）、今日もフォルム*にその基壇の遺構が残っている（49m×101m。現・Basilica Giulia）。特に雄大なものは、マクセンティウス*帝が着手し、コーンスタンティーヌス1世*（大帝）が完成させたフォルム東南部のバシリカ Basilica Nova（306頃～313頃完成）で、東西100m、南北76m、天井までの高さ35mに及んだといい、そのアプシスにはコーンスタンティーヌス帝の巨像（一部現存）が安置されていた（煉瓦製のアーチから成る身廊部が残る。現・Basilica di Massenzio o di Constantino）。のちのキリスト教徒は、バシリカ建築を教会堂に流用し、またその様式を模倣した聖堂を「バシリカ」と呼んで重視、ビザンティンおよびロマネスク、ゴシック期の教会建築の基礎とした。

Cic. Verr. 2-2-2(5), -4-3(6), Att. 2-14, 4-16/ Liv. 39-44/ Vitr. 5-1-5, 6-5/ Tac. Ann. 3-72/ Suet. Aug. 31, Calig. 37/ Sid. Apoll. Epist. 2-2/ Vegetius/ etc.

バシリスクス　Flavius Basiliscus,（ギ）バシリスコス Basiliskos Βασιλίσκος,（仏）Basili(s)c(us),（独）Basilisk(os),（伊）（西）（葡）Basilisco,（露）Василиск

（?～後477末）東ローマ帝国の皇帝（在位・475年1月9日～476年8月）、レオー1世*帝の皇后ウェーリーナ Aelia Verina（?～484頃没）の兄弟。宮廷内で栄進し、執政官職コーンスル*

(465) 他の栄誉を受けたのち、467／468 年には 10 万と称する大艦隊を率いてヴァンダル*族（ウァンダリー*）に対する遠征を指揮。しかし無能かつ強欲な性質のため、敵王ゲイセリークス*（ゲンセリック）の計略にかかり、ボナ Bona（現・Bon）岬で —— 休戦中に焼き打ち船の夜襲を受けて —— 大敗（468 年夏）、コーンスタンティーノポリス*へ逃げ帰った。レオー 2 世の死（474 年 11 月）後、権勢欲の強い姉妹ウェーリーナと共謀して新帝ゼーノーン*（ゼーノー*）を放逐、イサウリア*人を虐殺して帝権を奪取した（475 年 1 月）が、キリスト単性論派（⇒エウテュケース）を支持して宗教界に混乱を惹き起こすなど失政が相次ぎ、またもやウェーリーナ（彼女は情夫プリ（ー）スクス Priscus を帝位に据えようと画策していた）の仕組んだ陰謀により失脚。ゼーノーンが復位するや、妻子とともにカッパドキアー*へ流され、食物を拒まれて、寒気と飢餓に苦しんだ末、家族揃って獄死した。なおウェーリーナはその後繰り返し追放されながらも権力に執着し続け、軍を集めて執拗にゼーノーンに反抗。僭帝レオンティウス Leontius（在位・484、488 斬首）を擁立したが、ついに果たせずに客死した。
Zonar. 14-1〜2/ Procop. Vand. 1-6〜7, 3-6/ Theophanes/ Jordan./ Fasti Consulares/ Evagrius Hist. Eccl./ etc.

バシリスコス　Basiliskos, Βασιλίσκος,（ラ）バシリスクス Basiliscus,（英）（独）Basilisk,（仏）Basilic,（伊）（西）（葡）Basilisco,（露）Василиск
（「小さな王」の意）北アフリカのキューレーナイカ*に産する伝説上の怪蛇。頭部に王冠のような白い斑紋があり、そのシューという鳴き声であらゆる蛇を逃走させ、またその匂いで蛇たちを殺してしまうこともある。他の爬虫類のように体をうねらせて進むのではなく、体の前半分を高く持ち上げて進み、その呼気に触れるだけで灌木は枯れ、草は焼け、石は砕けてしまう。すさまじい猛毒を持ち、かつて馬に乗った男が槍でバシリスコスを刺し殺したところ、その毒素が槍を伝わって上って行き、男のみならず馬までもが死んでしまったという。天敵はイタチで、焼けただれたバシリスコスの穴にイタチをほうりこむと、イタチはその臭気でバシリスコスを殺し、自分も同時に死んでしまうと信じられていた。この「蛇の王」は、眼からも毒を放ち、その一睨みで人を殺すことができるとされ、アレクサンドロス大王*は、インドでバシリスコスに遭遇した時、楯に鏡をとりつけ、鏡の反射によって危険な蛇の視線を撥ね返したという。

バシリスコスは他のリビュエー*（リビュア*）砂漠に棲む毒蛇と同様、ゴルゴーン*のメドゥーサ*の血から生じたとされるが、一説では、蛇を餌にするナイルの水鳥イービス Ibis（トキの一種）が、呑み込んだ蛇の毒によって孕み、その卵から生まれるのだとも伝えられている。中世動物誌の原典『ピュシオロゴス Physiologos』（後 4 世紀頃成立）以来、ヨーロッパにおいてはさらに荒唐無稽な伝承が付け加わり、バシリスコスは蛇または蟾蜍（ひきがえる）に温められた〝雄鶏〟の卵から孵化した半鶏半蛇の怪物であるとされ、コッカトリス Cockatrice、Cocatrix、コッカドリーユ Coquadrille、あるいはバジルコック Basilecoq などの別名で呼ばれるようになった。
⇒サラマンドラー、カトーブレパース、ポイニクス
Plin. N. H. 8-33, 29-19/ Solin. 27-50/ Luc. 4, 9-726/ Ael. N. A. 3-31, 5-50/ Amm. Marc. 28-1/ Gal./ Isid. Orig. 12-4/ etc.

バージル　Virgil
⇒ウェルギリウス

バシレイオス　Basileios, Βασίλειος, Basilius (Magnus),（英）Basil,（仏）Basile,（独）Basilios,（伊）（西）Basilio,（葡）Basílio,（露）Василий
（後 329 頃〜後 379 年 1 月 1 日）東方ギリシア教会の四大教父の 1 人。カッパドキアー*のカイサレイア*（カエサレーア❸*）の出身。実弟ニュッサのグレーゴリオス❷*、学友ナジアンゾスのグレーゴリオス❶*とともに「カッパドキアーの三星」と呼ばれる。コーンスタンティーノポリス*でリバニオス*から修辞学を学んだのち、アテーナイ*で哲学を修得し、のちの皇帝ユーリアーヌス*や同郷のグレーゴリオス❶らと知り合う。帰郷して修辞学を教えていたが、姉マクリネー Makrine（327 頃〜379）の感化で受洗し（356）、エジプト*、パレスティナ*、シュリア*、メソポタミアー*の隠修士たちを歴訪、彼らの内向的な禁欲主義を拒否し、小アジア最初の新しい修道院をポントス*地方ネオカイサレイア Neokaisareia に建てて修道生活を送った（358〜364）。370 年カッパドキアーのカイサレイアの主教となり、アレイオス*（アリーウス*）派と戦い、教会政治家としても手腕を発揮、ウァレーンス*帝の信任を利用してアレイオス派からの迫害を緩和させた。窮民救済のためにカイサレイア郊外に病院・養老院・宿泊所などの施設を建設、また現在も東方正教会の修道生活を律しているバシレイオス会会則を制定した。

多数の説教、講話、365 通の書簡を残し、後代に広く影響を与えたので、西方ラテン教会でも聖人の 1 人に祀り上げられている。のち封印された教会の扉を祈祷によって開けたとか、ウァレーンス帝に追放され、それが因で皇太子が急病に罹った時すぐさま召還されて病気を治癒したなどの奇跡伝説がつくられた。ナジアンゾスのグレーゴリオス、イオーアンネース・クリューソストモス*とともに「三大成聖者」と呼ばれ、これにアタナシオス*を加えて東方教会の四大教父（教会博士）と、さらにアレクサンドレイア❶*の総主教キュリッロス Kyrillos（テオピロス*の甥。？〜444 年 6 月 27 日）を加えて五大教父と称する。
⇒パコーミオス
Basilius De Spiritu Sancto, Adversus Eunomium, Epist./ etc.

バシレイデース　Basileides, Βασιλείδης,（バシリデース Basilides, Βασιλίδης）,（ラ）Basilides（バシリーデース）,（仏）（伊）Basilide,（西）（葡）Basílides

(後85頃～150頃)キリスト教の神学者。おそらくシュリアー*の生まれ。最初期のキリスト教グノーシス*派たるバシレイデース派の祖。アレクサンドレイア❶*で教え(125～150頃)、独自の福音書を編纂、これに関する『釈義Eksēgētika』(24巻)を著わした(断片のみ伝存)。彼によると、クリストス*は磔刑に処せられる直前に人間イエースース*から離れ、十字架を担ったキューレーネー*人シーモーン Simon に入り、イエースースを十字架につけたユダヤ人を嘲笑しつつ天の父の許へ帰昇したという。また彼はお抱え預言者を擁し、弟子たちには5年間の沈黙を命令、迫害時には殉教を蔑み、信仰のために死なねばならぬ義務などないと教えたと伝えられる。

アレクサンドレイアのクレーメンス*に従えば、バシレイデース派の人々は最も淫らな非キリスト教徒よりも放縦な生活を送っていたとのことである。

ちなみに、同時代に活動したウァレンティーノス Ūalentinos, Balentinos (ウァレンティーヌス Valentinus, 100頃～165以後)は、アレクサンドレイアで教育を受けた後、ローマに来住し(136頃)、多くの信奉者を得て、最大級のキリスト教グノーシス派(ウァレンティーノス派)を発展させている。

⇒マルキオーン、シーモーン・マゴス
Euseb. Hist. Eccl. 4-7/ Clem. Al. Strom. 3-1, 4-81～88/ Irenaeus Adversus Haereses/ Tertullian. Adv. Valent./ Epiph. Adv. Haeres./ Theodoret. Haer. Fab./ etc.

バスタルナエ (族) Bastarnae, (ギ) Bastarnai
Bastarnai, Βαστάρναι, バステルナイ Basternai, Βαστέρναι, Basternae, (仏) Bastarnes, (独) Bastarnen, Bastarner, (伊) Bastarni, (西) Bastarnos, (露) Бастарны

東ヨーロッパのカルパティア山脈からドーナウ河下流域にいた好戦的な部族集団。ゲルマーニア*人系とされるが、サルマタイ*人との混血が進んでおり、またいくつかの支族に分かれていたという。前2世紀初頭、マケドニアー*王ピリッポス5世やペルセウス*に雇われてトラーケー*へ侵入したが、暴風雨に遭って帰北した(前179)。しかし一部はイストロス*(ドーナウ)河口の島ペウケー Peuke に留まり、ペウキーノイ Peukinoi (ペウキーニー*)族として知られるようになる。バスタルナエ族はのちミトリダテース*大王に与してローマ軍と戦い、C. アントーニウス❶*を破る(前62頃)が、M. クラッスス❸*に征服され(前28)、以来ローマに臣従した。後3世紀にゴート*族(ゴトーネース*)の圧迫を受け、プロブス*帝によって10万人がイストロス河を南渡してローマ領トラーキア*州へ移住することを許され(後279)、次いでディオクレーティアーヌス*帝が残余のバスタルナエ族をパンノニア*に定住させた。史家タキトゥス*によれば、「彼らはすべて不潔で、貴族たちも無精者。雑婚のせいで容貌はサルマタイ人に似て卑しい」とのことである。

Liv. 40-5, -57～58, 41-19, -23, 44-26/ Plin. N. H. 4-12/ Tac. Germ. 46, Ann. 2-65/ Strab. 7-306/ S. H. A. Prob. 18/ Dio Cass. 34-17, 51-23～27/ Polyb. 25-6/ App. Mith. 69, 71/ Just. 32-3/ Ptol. Geog. 3-5/ etc.

ハスドルバル Hasdrubal, (ギ) アスドルーバース
Asdrubas, Ἀσδρούβας, (仏) Asdrubal, (伊) Asdrubale, (西)(葡) Asdrúbal, (露) Гасдрубал

(「救い主はバアル Ba'al」ないし、「バアルの手を伸べるもの」の意)カルターゴー*の将軍の名。巻末系図034を参照。

❶ (英) Hasdrubal the Fair, (仏) Hasdrubal le Beau, (独) Hasdrubal der Schöne, (伊) Asdrubale il Bello, (西) Asdrúbal el Bello (前270頃～前221) ハミルカル・バルカ*の女婿。岳父とともにヒスパーニア*へ渡り、その死(前229/228)後、指揮権を継承し、カルターゴー・ノウァ*(新カルターゴー、現・カルタヘーナ)市を建設(前228)、婚姻政策を通じてヒスパーニアの地方領主との関係を深めた。前226年にはローマと条約を締結し、イベールス*(現・エブロ)河をもってカルターゴー*、ローマ両国の勢力範囲の境界と定め、これを遵守した。前221年、もとの主人を処刑されたことを怨みに思ったケルト*人奴隷によって暗殺され、そのあとを義弟ハンニバル❶*が継いだ。彼を殺害した奴隷は、捕われてのち、酸鼻をきわめた拷問を加えられたうえ、処刑されたという。

ハスドルバルは銀山からの収入で傭兵隊を強化し、カルターゴー・ノウァに宮殿を築き、王冠をつけた自分の横顔を表わした貨幣を鋳造するなど、ヘレニズム的君主を範とした行動をとっており、祖国カルターゴーの国制を顚覆して、その独裁者たらんと企図したこともあったと伝えられる。また彼は若い頃、大変な美青年だったため、ハミルカル・バルカに熱愛され、その過度の交際を世評からかわすべく、バルカの娘婿となってヒスパーニアへ同行したという。後年、今度はハミルカル・バルカの息子で、義弟のハンニバルを自らの男色相手として寵愛したという話も残っている。

Polyb. 2-1, -13, -36, 3-8, -27, -29, 10-10/ Liv. 21-2, -18, -19/ App. Hisp. 4～8/ Diod. 25-10～/ Nep. Hamilcar 3, Hannibal 3/ Zonar. 8-19/ etc.

❷ (前245頃～前207年6月23日) ハミルカル・バルカ*の次子。名将ハンニバル❶*の弟。前218年、兄のハンニバルがイタリア遠征に出発したのち、ヒスパーニア*に留まって軍隊を指揮し、数年間プーブリウス・コルネーリウス・スキーピオー*(大スキーピオー*の父)らと干戈を交えた。アーフリカ*へ渡って本国カルターゴー*を脅かしたヌミディア*の領主シュパークス*を撃破したこともある。前208年、兄ハンニバルの要請により、救援するべくアルプスを越えてイタリアへ進軍したが、兄宛ての密書が敵ローマ側に奪われたため、メタウルス*河畔で迎撃されて敗死した ── 自軍の惨敗を知るや、馬で敵陣中に突っ込み戦死したとも、己が剣で自害して果てたともいう ──(前207年6月)。斬りとられた彼の首は剥製にされたのち、ハンニバルの陣営に投げ込まれた。兄弟再会の約束がこの

ような形で実現したと知ったハンニバルは、「今やカルターゴーの命運は極まった」と嘆いたといわれる。
Polyb. 3-33, -76, -95~99, 10-7~20, -34~40, 11-1~3/ Liv. 21-61, 22-19~22, 23-26~29, -32, 24-41~42, 25-32~39, 26-7, -20, -41~48, 27-17~20, -36, -39, -43~49/ App. Hisp. 16~/ Zonar. 9-5~/ Nep. Hannibal 3, Cato 1/ Diod. 25-10, 26-24/ etc.

❸ (?~前202頃) ギスコー❷*の息子。第2次ポエニー戦争*中、マーゴー❸*らとともにヒスパーニア*で転戦した (前214~前206) が、スキーピオー・大アーフリカーヌス* (大スキーピオー*) に敗れて、アーフリカ*へ逃げ帰る。野心家の彼は、美貌の娘ソポニスバ*をヌミディア*のシュパークス*に与えて、これを味方につけ、カルターゴー*の実力者としての重みを加えたものの、アーフリカにおいてもスキーピオーに連敗し、祖国から死刑の宣告を受け、ついに服毒自殺を遂げた。
⇒イリパ
Liv. 24-41, 27-20, 28-1~3, -12~18, 29-23, -31, -35, 30-3~8, -28/ Polyb. 9-11, 10-35~36, 11-20~24, 14-1~8/ App. Hisp. 24~28, 30, Pun. 10~24, 29~30, 36, 38/ Zonar. 9-11~13/ etc.

❹ (?~前146以降) 第3次ポエニー戦争* (前149~前146) 時のカルターゴー*の将軍。侵略を繰り返すヌミディア*の王マシニッサ*と戦って敗れ (前150)、この機に乗じたローマ*から強引に宣戦を布告される。当初ローマ軍を破ったものの、3年間にわたってカルターゴーを包囲された (前148~前146) 末、スキーピオー・アエミリアーヌス* (小アーフリカーヌス) に降伏。彼の妻は2人の子供を連れて燃えさかる炎の中に身を投じて果てたが、命乞いをしたハスドルバルは、ローマへ連れていかれ凱旋式(トリウンプス*)に引き回されたのち、余生をイタリアで過ごした。
App. Pun. 70~74, 80, 93~94, 97, 102~104, 114, 118, 120, 126~131/ Liv. Epit. 49, 51/ Polyb. 38/ Diod. 32-3, -6, -8, -22~/ Zonar. 9-29~/ Flor. 2-14/ Oros. 4-22/ etc.

❺ 前2世紀のギリシア哲学者 (⇒クレイトマコス)。

ハスモーナイオス Hasmonaios
⇒アサモーナイオス

ハスモーン Hasmon
⇒アサモーナイオス

ハスモーン家 (ハスモーン朝) (英) Hasmoneans, (仏) Hasmonéens, (独) Hasmonäer
⇒アサモーナイオス

ハスモーン朝 Hasmonaean Dynasty, Hashmonaiym
⇒アサモーナイオス

パセーリス Phaselis, Φασηλίς, (仏) Phasèlis, (伊) Faselide, (西) Faselis, (露) Фаселис

(現・Faselis, Tekirova) 小アジア南西部リュキアー*地方東岸の港湾都市。タウロス Tauros (現・トロス Toros) 山脈の麓、パンピューリアー*との境界近くに位置する。前690年頃ロドス*島からの移民によるドーリス*系ギリシア植民市として建設された。良港に恵まれていたため、交易によって栄え、エジプトのナウクラティス*にも植民を送り出した。ペルシア戦争*後、デーロス同盟*に加わり、次いでハリカルナッソス*の君主マウソーロス*とも盟約を締結 (前360頃)。前334年にはアレクサンドロス大王*を歓迎した。翌前333年、大王がここからペルゲー*へ向かおうと、断崖の迫った危険な海沿い道を、強硬に進軍した話は名高く、これより波でさえ彼におとなしく従ったという伝説が後代に広まることになった。ヘレニズム時代末期、パセーリスは海賊の本拠地となったが、P. セルウィーリウス・イサウリクス*率いるローマ軍に制圧された (前75頃)。アゴラー*、浴場、ハドリアーヌス*門などの遺跡が残る。
Herodot. 2-178/ Strab. 14-666~/ Plut. Alex. 17/ Thuc. 2-69/ Polyb. 30-9/ Liv. 37-23/ Paus. 3-3/ Cic. Verr. 2-4-10/ Ptol. Geog. 5-3/ Ath. 14-688/ Scylax/ Steph. Byz./ etc.

パタウィウム Patavium, (ギ) Pataūion, Παταούϊον, Patabion, Πατάβιον, (英)(独) Padua, (仏) Padoue, (伊) Padova, (西) Pádua

(現・パドヴァ Padova, 〈ヴェネツィア方言〉Pàdoa) ガッリア・キサルピーナ* (ガッリア・トランスパダーナ*) の都市。アドリア海に近く、トロイアー*人アンテーノール*の創建と伝える (伝・前1183)。実際はウェネティー❷*族の建設した都市と思われ、やがてウェネティア* Venetia の首邑となる (前350頃~)。前303/302年にはスパルター*の将クレオーニュモス*の攻撃をよく防ぎ、彼の遺骸をユーノー*神殿に保存して、毎年競艇を催してはこの勝利を祝ったという。前174年以前にローマに服属し、交通の要衝として、また羊毛業の中心地として、アウグストゥス*時代には北イタリアで最も富裕な都市となる。史家リーウィウス*や文法学者アスコニウス・ペディアーヌス*、政治家でストアー*派哲学者のトラセア・パエトゥス*らを輩出。次第にメディオーラーヌム* (現・ミラーノ) やアクィレイヤ*が抬頭して、繁栄に翳りが生じたものの、フン*族 (後452) やランゴバルディー* (601) の劫略を被ったのちも、相変わらず重要な町であり続けた。なお近郊にゲーリュオーン*の託宣所があり、若きティベリウス*はそこの神籤を引いて、将来自分が大位に登ることを知ったという。今日古代の遺構は殆ど残っておらず、わずかに劇場(テアートルム*)とアンピテアートルム*円形闘技場の痕跡、ならびに周辺の土地分割の軌跡を留めるに過ぎない。
Strab. 5-212~/ Plin. N. H. 3-19/ Mela 2-4/ Liv. 10-2, 12-27, 41-27/ Macrob. Sat. 1-11/ Verg. Aen. 1-247/ Suet. Tib. 14/ Mela 2-4/ Solin. 2-10/ Tac. Ann. 16-21, Hist. 3-6/ Ptol. Geog. 3-1/ Cic. Phil. 12-4(10)/ Dio Cass. 62-26/ It. Ant./ etc.

バターウィー（族） Batavi, Batavii, （ギ）Bataūoi, Βατάουοι, Batūoi, Βατούοι, （英）Batavians, （仏）Bataves, （独）Bataver, （西）（葡）Batavios, （蘭）Bataven, （露）Батавы

ゲルマーニア*人のカッティー*系の部族。内訌のためカッティー族から分かれて、レーヌス*（ライン）河口付近の中洲 Insula Batavorum（後代のオランダ周辺一帯。バターウィア Batavia はオランダの古称）に移り住んだ。前12年、大ドルーッス*の西ゲルマニア征服に協力して以来、保護国としてローマ領に入り、長大な体躯と騎馬・水泳に秀でた能力でしばしばローマ帝国に援軍を提供、また皇帝の身辺護衛隊にも採用された。彼らは税の貢納を課せられず、ただ自らの主将の下にローマ軍に協力する義務を負うに過ぎなかった。後69〜後70年ユーリウス・キーウィーリス*に率いられて大乱を起こしたが、鎮圧されて後、昔日の勢力を失い、4世紀にはフランク*族（フランキー*）に吸収された。

⇒ヘルリー

Caes. B. Gall. 4-10/ Tac. Germ. 29, Ann. 2-6〜, Hist. 4-12〜, 5-14〜, Agr. 36/ Suet. Calig. 43/ Juv. 8-51/ Luc. 1-431/ Dio Cass. 69-9/ Zosimus 3-35/ etc.

バチカン Vatican
⇒ウァーティカーヌス

バッカイ Bakkhai, Βάκχαι, Bacchae, （英）（仏）Bacchantes, （独）Bakchen, Bacchantinnen, （伊）Bacchanti, （西）Bacantas, （〈単〉バッケー*）

酒神ディオニューソス*（バッコス*）の供をする半狂乱の信女たち。マイナデス* Mainades（単；マイナス* Mainas.「狂女」の意）、テュイアデス Thyiades（単；テュイアス Thyias.「神に憑かれた女」の意）などとも呼ばれる。彼らは家や町を捨てて山野を駆け巡り、恍惚状態のうちに乱舞し、酒と音楽に熱狂しつつ酒神の祭儀を行なった。蔦・樫・樅の葉の頭飾りをつけ、蛇や松明、霊杖テュルソス Thyrsos（先端に松毬をつけた大茴香の茎）を振りかざし、豹や鹿などの毛皮をまとっただけの半裸の姿でさまよい歩きながら、大木を引き抜いたり、動物や人間の小児を引き裂いて生肉を貪り食ったりしたという。ディオニューソスの東方遠征に随従し、小アジア（リューディアー*、プリュギアー*）からトラーケー*（トラーキアー*）経由で酒神崇拝をギリシアにもたらして、これに反抗するオルペウス*やペンテウス*らを八つ裂きにした。エウリーピデース*の現存する悲劇『バッカイ』（前405初演）は、酒神によって狂気に陥りバッケーたちの仲間入りをしたテーバイ❶の女たちの様子を描いている。半裸のバッカイがサテュロス*たちと踊り狂う姿は、絵画・浮彫など美術の主題に好んで用いられた。バッカイは一般に酒宴に耽る女たち、転じて淫奔な女性たちを指す言葉となった。男性複数形はバッコイ Bakkhoi。

Eur. Bacch./ Aesch. Eum. 25/ Soph. Ant. 1121, 1129, O. T. 212/ Ath. 5-198/ Diod. 3-64〜, 4-3/ Nonnus Dion./ Plaut. Amph. 2, Cas. 5, Bacch. 3/ Ov. Met. 4-25, 6-587〜, 9-642, 11-89, Tr. 1-1, 4-1/ Catull. 23/ Hor. Carm. 2-19/ Tac. Ann. 11--31/ Varro Ling. 7-87/ etc.

バッカス Bacchus
⇒酒神バッコス*（ディオニューソス*）の英語形

バッカーナーリア祭 Bacchanalia, （英）Bacchanal(ia), （仏）Bacchanales, （独）Bacchanalien, Bacchanal, （伊）Baccanale, （西）（葡）Bacanal, （露）Вакханалия

酒神バックス*（バッコス*＝ディオニューソス*）の躁宴 orgia 風祭礼のラテン名。バックスの密儀は前3世紀頃ローマ市に伝わり、初めは年に3度行なわれる女だけの祭礼であった。やがて男の参入が認められ、昼の祭りが日没後に変更、礼拝の回数も毎月5回に増えると、参加者たちはありとあらゆる放埒な快楽に耽るようになり、祭式は酒池肉林の大饗宴へと一変した。前188年から20歳以下の若者しか入会を許されなくなり、男女入りみだれての乱交が繰り広げられたが、男同士の肉交の方が男女間ないし女同士のそれよりも甚しく、淫行を拒んだ男たちは皆、生贄として屠られてしまったという。

彼らは官能的欲望に溺れたのみならず、殺人などさまざまな犯罪に手を染め、また政治的陰謀をも企てるようになったため、前186年、ローマ元老院はバックス礼拝の信者たちの一斉検挙を開始、上流人士を含む7千人以上の男女を逮捕し、数百名を死刑に処した。さらに元老院決議 Senatus consultum de Bacchanalibus をもって、バッカーナーリア祭を全面禁止とし、ローマおよびイタリア全土のバックス神殿を破壊、ただし特別の許可を得た5人（男2人・女3人）以下の信者の会合だけは例外として認めることとした（10月7日）。ローマ共和政史上有数のスキャンダルとなったこの事件は、再婚した母親が先夫との間の息子を暗殺しようとした奸計の発覚に端を発したものだが、実際は宗教活動を名に政変を目ざす秘密結社の成立を懸念した元老院が、息子の訴えを利用して弾圧に踏み切ったというのが真相だったらしい。

禁令が公布され厳罰が科せられることになったにもかかわらず、その後もローマをはじめ全イタリアにおいてバックスは熱心に崇拝され続けた。前1世紀以来、富裕層の間では石棺にディオニューソス神話を主題とした浮彫彫刻を施すことが流行し、また壁画にも密儀の情景などが好んで描かれた（ポンペイイー*の「秘儀の館」他）。

⇒ディオニューシア祭、リーベル

Liv. 39-8〜18, -41/ Cic. Leg. 2-15/ Tac. Hist. 2-68/ Sall. H. 3-79/ Juv. 2-3/ Macrob. Sat. 1-4/ Aur. Vict. Caes. 3/ Plaut. Mil. 3/ Val. Max. 1-3/ etc.

バッキアダイ（または、バッキダイ*） Bakkhiadai, Βακχιάδαι, Bacchiadae, （仏）Bacchiades, （独）Bacchiaden

バッキダイ

(「バッキス Bakkhis, Βάκχις, Bacchis 一族」の意) 前834年頃から前657年頃までコリントス*を支配したドーリス*系の名門貴族。ヘーラクレース*の子孫 (ヘーラクレイダイ*) たる王バッキス Bakkhis (伝在位・前926〜前891) を祖とし、歴代長子が王位を継承。前748年の王政廃止後も、一門全員が一丸となって国家を支配し、王に等しい地位を享受する執政長官 Prytanis 職を90年にわたって独占した (前747〜前657)。彼らは富裕で人材も多く華麗なる一族だったので、同族間でしか婚姻関係を結ばない習慣を保ち続けた。交易によってコリントス繁栄の土台を築き上げ、シケリアー* (現・シチリア) のシュラークーサイ*やケルキューラ*など西方に進出して植民市を建設した (前733頃) 反面、一族の過度の贅沢や専横、放埓さは目に余るものとなったため、ついにキュプセロス*によって政権を奪われ、彼らは国外へ追放された (前657頃)。そしてイッリュリアー*やマケドニアー*北部へ亡命して、その地の王家を開いたり、イタリア*のタルクィニイー*へ渡って、エトルーリア*文化に影響を与えたりした。また植民市ケルキューラがバッキアダイを受けいれたため、ほどなくコリントスとケルキューラの関係は険悪になり、戦闘状態に突入したという。なお伝承によると、美少年アクタイオーン❷*が殺されたのは、彼らが夜間に開く躁宴 orgia めいた祭礼の最中の出来事であったといい、一説にはこの事件を契機にバッキアダイの国外退去が起きたともされている。
⇒エウメーロス、アルキアース❶
Herodot. 5-92/ Pind. Ol. 13-17/ Paus. 2-4/ Strab. 8-378/ Arist. Pol. 2-12, 5-10, -12/ Schol. ad Pind. Nem. 7-155/ Liv. 1-34/ Ael. V. H. 1-19/ Diod. 7-9/ Plut. Mor. 773, Lys. 1/ Dion. Hal. Ant. Rom. 3-46/ Cic. Rep. 2-34/ etc.

バッキダイ Bakkidai, Βακχίδαι, Bacchidae
⇒バッキアダイ

バッキュリデース Bakkhylides, Βακχυλίδης, Bacchylides, (仏) Bacchylide, (独) Bakchylides, (西) Baquílides, (露) Вакхилид

(前520頃〜前450以後) ギリシアの抒情詩人。大詩人シモーニデース*の甥 (姉妹の息子)。ケオース*島のイウーリス Iulis (現・Iulída) 出身。父方の祖父は同名の運動選手バッキュリデース。ピンダロス*と並称される合唱抒情詩の大家。シモーニデースと同様、報酬目当てにテッサリアー*、マケドニアー*など各地の王侯貴族に仕え、ディーテュランボス歌をはじめパイアーン歌 (アポッローン*讃歌)、行列歌 prosodia、舞踏歌、乙女歌、恋愛歌、祝勝歌 epinikion、頌歌 enkomion、讃歌 hymnos 等々、さまざまな種類の抒情詩を作った。シモーニデース、ピンダロスとともにシュラークーサイ*の僭主ヒエローン1世*の宮廷にあって活動し、特に競争相手のピンダロスとは君寵をめぐって烈しく対立し合ったという。

作品はわずかな引用断片以外は湮滅していたが、1896年エジプト出土のパピューロスから彼の詩集を収めた1巻が発見され (⇒オクシュリュンコス)、15篇の祝勝歌と6篇のディーテュランボスが復元されている。後者はヘーラクレース*やテーセウス*など神話伝説を主題にしたものであり、また前者の祝勝歌の中では、ヒエローン1世がオリュンピア競技祭*やピューティア競技祭*で得た競馬の勝利 (前476、前470、前468) を称えた作品が有名。ヒエローンからも高く評価され、ついに前468年にはピンダロスを排してバッキュリデースのみが僭主の優勝を寿ぐ栄誉を獲得、ためにピンダロスから罵倒の言葉を浴びせられる破目に陥った。年代の判明する最後の作品は、前452年故郷の島の少年ラコーン Lakhon のための祝勝歌で、その後追放されてペロポンネーソス*に居住したと伝える。詩風は平明流暢で絵画的だが、ピンダロスのもつ荘厳さや深みに欠けるとされる。古代ギリシアを代表する九大抒情詩人の1人。

作中、自身を「ケオースの小夜啼鶯 (ナイティンゲール)」と呼んではいるものの、「死すべき者 (人間) にとり、いちばん良いのは、生まれず、陽の光をも見ないでいること」とか「人生は短く苦悩多きもの、希望も何ら当てにならぬ」といった格言風の詩句は、ソローン*やテオグニス*らの人生観を踏襲した二番煎じ的な印象を拭えない。
Bacchyl./ Strab. 10-486/ Plut. Mor. 605, 1136/ Anth. Pal. 9-184, -571/ Ael. V. H. 4-15/ Euseb. Chron./ Amm. Marc. 25-4/ Schol. ad Pind. Ol. 2, Pyth. 2, Nem. 3/ Suda/ Steph. Byz./ etc.

バックス Bacchus
⇒バッコス* (ディオニューソス*) のラテン名

バッケー (たち) Bakkhe, Βάκχη, Baccha, (Baca, Bacca), (英)(仏)(伊) Bacchante, (独) Bacchantin, (西)(葡) Bacante
⇒バッカイ

バッコス Bakkhos, Βάκχος, Bacchus, (独) Bakchos, (伊) Bacco, (西)(葡) Baco, (露) Вакх
⇒ギリシアの酒神ディオニューソス*の別名

バーッサイ Bassai, Βᾶσσαι, Bassae, (別形；ベッサイ Bessai, Βῆσσαι, ベーッセー Besse, Βήσση), (独) Bassä, (伊) Bassi, (西) Basas

(現・Vásses)(「峡谷」の意) アルカディアー*南西部、ピガレイア*市から約7km離れた山中にあるアポッローン*の聖地 (標高1130m)。ペロポンネーソス戦争*中に悪疫が流行した時 (前430〜前429)、ピガレイアの住民が除病加護を感謝してアポッローンに捧げたという神殿が今日もよく保存されている。神殿は灰色がかった石灰岩製で、設計はアテーナイ*のパルテノーン*神殿の建築家イクティーノス*。ドーリス*、イオーニアー*、コリントス*の3様式の列柱を持ち、フリーズ (帯状装飾壁) は内室の内側に飾られるなど独特のプランで知られる。ラピタイ*族とケンタ

ウロイ*との戦闘場面を表わしたフリーズ彫刻はイギリス人に剥がされて、現在ロンドンの大英博物館に収蔵されている。
Paus. 8-30, -41/ Polyb. 4-3～, -79/ Ath. 4-149, 10-442/ Steph. Byz./ etc.

パッシエーヌス・クリ（ー）スプス、ガーイウス・サッルスティウス　Gaius Sallustius Crispus Passienus,（ギ）Gaios Sallūstios Krispos Passiēnos, Γάϊος Σαλλούστιος Κρίσπος Πασσιῆνος,（伊）Gaio Sallustio Passieno Crispo,（西）Cayo Salustio Crispo Pasieno,（露）Гай Саллюстий Крисп Пассиен

(?～後48年) ローマの雄弁家・富豪。サッルスティウス❷*・クリスプスの養子となって、莫大な財産を相続し、後27年および44年度の執政官職に就く。初めネロー*帝の父方のおばドミティア*と結婚し、次いで彼女を離別して小アグリッピーナ*（ネローの生母）と再婚する(44)が、ほどなく急死(48)。妻アグリッピーナを相続人に指名したのち、彼女に謀殺されたのだという。歴代皇帝に阿諛追従し、カリグラ*帝の旅行には徒歩で従い、帝から「そなたも余と同じく自らの姉妹と関係を結んでおるのか？」と問われた時には、「いいえ、まだ今のところは」と答えたという。後に彼がカリグラを評した言葉「彼ほどよい奴隷もいなかったが、彼ほど悪い主人もいなかった」は、広く人口に膾炙した。
⇒巻末系図079
Tac. Ann. 6-20/ Suet. Ner. 6, Vita Passieni Crispi/ Sen. Ben. 1-15/ Quint. Inst. 6-1, -3/ Dio Cass. 60-23/ Schol. ad Juv. 4-81/ etc.

バッスス、アウフィディウス　Aufidius Bassus
⇒アウフィディウス・バッスス

バッスス、カエシウス　Caesius Bassus（伊）Cesio Basso,（西）Cesio Baso,（露）Цезий Басс

(後34頃～後79年8月) 1世紀中葉ネロー*帝の治下に活躍したローマの抒情詩人。わずかな断片しか伝存しないが、クィンティリアーヌス*は彼をホラーティウス*に次ぐ抒情詩人だと称讃している。散文の要約のみ残る『韻律について De Metris』なる作品が、時に彼に帰せられることもあるが、おそらく同名の文法家の手になるものであろう。少年時代からの友人ペルシウス*は『諷刺詩(サトゥラエ)』の第6歌を彼に宛てており、バッススはペルシウスの早世(62)後、その遺稿を公刊している。のち彼は別荘(ウィッラ) villa 滞在中、ウェスウィウス*火山の噴火によって落命したという。
Quint. 10-1/ Pers. 6-1/ Mart. 5-53/ Prisc. 10-897/ Schol. ad Pers. 6-1/ etc.

バッスス、サレイユス　Saleius Bassus,（伊）Saleio Basso,（西）Saleio Baso

(後1世紀後半) ローマ帝政期の叙事詩人。夭逝したため作品はすべて失われたが、タキトゥス*によって「完成の域に達した詩人」と評され、またウェスパシアーヌス*帝からは50万セーステルティウスもの金を贈られたという。
Tac. Dial. 9-2～5, 10-2/ Juv. 7-80～/ Quint. 10-1/ etc.

閥族派（ローマの）　Optimates
⇒オプティマーテース

バッティアダイ　Battiadai, Βαττιάδαι, Battiadae,（英）Battiads,（仏）Battiades,（独）Battiaden,（伊）Battiadi,（西）Batiadas,（露）Баттиды, バットス*朝 Battos, Βάττος, Battus

前630年頃から前440年頃まで8代にわたり、キューレーネー*を支配した王家（巻末系図029）。

❶バットス1世　B. I（在位・前630頃～前590頃）テーラー*島の名士ポリュムネーストス Polymnestos（アルゴナウタイ*の英雄の1人エウペーモス*の裔）とクレーター*島出身のプロニメー Phronime との間に生まれる。母プロニメーは継母に虐待され海に沈められるところを救われて、ポリュムネーストスの妾になり、バットスを産んだという。言語障碍のゆえにバットス（「吃音者」の意。しかしリビュエー*語では「王」の意）と名付けられ、デルポイ*の神託に従ってアフリカ北岸へ移住し植民市キューレーネーを建設（前630頃）、40年間統治したと伝えられる。また彼の吃音は、獅子(ライオン)に会って叫んだ時以来すっかり治ったという。

❷アルケシラーオス1世（またはアルケシラース1世）Arkesilaos, Ἀρκεσίλαος (Arkesilas, Ἀρκεσίλας) I（在位・前590頃～前574頃）。❶の子。在位16年。

❸バットス2世　B. II（在位・前574頃～前560頃）「幸福王（エウダイモーン Eudaimon, Εὐδαίμων）」。❷の子。彼の治下に、デルポイ*の神託によりギリシア人が大挙してキューレーネー*へ移住、近隣の先住民との摩擦から大乱が生じた（⇒アプリエース）。

❹アルケシラーオス2世　A. II（在位・前560頃～前550頃）「冷酷王（カレポス Khalepos, Χαλεπός）」。❸の子。苛酷な圧政者だったため弟たちと不和を生じ、結局弟たちはキューレーネー*を去って西方に新しい町バルケー（バルカ）を建設する。王はリビュエー*（リビア）人との戦いに大敗したのち、弟のレアルコス Learkhos に暗殺された（絞殺ともウミウサギの毒を盛られて緩慢な衰弱死を遂げたとも）。レアルコスは王妃エリュクソー Erykso と結婚して支配権を掌握しようと画策したが、彼女の寝室で謀殺され、死体は壁の外へ投げ棄てられた。

❺バットス3世　B. III（在位・前550頃～前530頃）「跛者（コーロス Kholos, Χωλός）」。❹の子。生来足が不自由で普通に歩くことができず、キューレーネー*市民はデルポイ*の神託によって、マンティネイア*からデーモーナクス Demonaks を招き国政改革に当たらせた。よって市民は3部族(ピューレー*)に分けられ、王権は大幅に削減された。

❻アルケシラーオス3世　A. III（在位・前530頃～前

519頃）。❺の子。母はペレティーメー*。王権の回復を計って敗れ、サモス*へ亡命し、のち軍勢を率いてキューレーネー*を奪還。敵対する人々を大きな塔の中へ追い込み、周りに薪を積んで焼き殺して報復を遂げた。デルポイ*の神託「水に囲まれた所へ入るな」を、キューレーネーのことだと信じて、岳父アラゼイル Alazeir の治めるバルケー*へ赴いたところ、この地で岳父もろとも暗殺されて果てた。「水に囲まれた所」とは実はバルケーの町を指していたのであった。

❼バットス4世　B. Ⅳ（在位・前519頃～前465頃）「美男王（カロス Kalos, Καλός）」。❻の子と思われるが、詳細は不明。

❽アルケシラーオス4世　A. Ⅳ（在位・前465頃～前440頃）同王朝最後の王。ピューティア競技祭*の戦車競走で優勝し、詩人ピンダロス*に称讃される（前462）。有力貴族を放逐して専制君主たらんと試みるが、家臣の謀叛にあって王位を失い、彼の息子バットスも亡命先で殺され、首を海中に投ぜられたという。

なお、ヘレニズム時代の詩人カッリマコス❶*は、このバットス家の後裔であると考えられている。
Herodot. 4-150～, -159～167, -200～205/ Pind. Pyth. 4～5/ Plut. Mor. 260～261/ Arist. Pol. 3-10, 5-10～/ Callim. Ap. 65～, Epigr. 37/ Ov. Tr. 2-367, Ib. 55/ Catull. 65-16/ Ap. Rhod. 4-1750/ Strab. 17-837/ Just. 13-7/ Diod. 8-29～/ Polyaenus 8-41, -47/ Sil. 2-61, 3-252, 8-57, 17-592/ Stat. Silv. 5-3/ Euseb./ etc.

バットス　Battos, Βάττος, Battus, （伊）Batto, （西）（葡）Bato, （露）Батт

ギリシア神話中、ヘルメース*によって石に変えられたアルカディアー*の老人。ヘルメースがアポッローン*の牛群を盗み出した時、それを目撃したバットスに他言をせぬ約束で雌牛を1頭与えた。しかるにヘルメースが別人に変装して戻って来て、「牛の行方を教えてくれるなら、雌雄1つがいの牛を与えよう」と言うと、バットスはすぐさま事実を口外したので、罰として「密告の石」に変えられたという。アルカディアー地方にあった石の由来を説明する一種の縁起譚であろう。
Ov. Met. 2-676～707/ Ant. Lib. Met. 23/ Hymn. Hom. Merc. 188/ etc.

バットス　Battos, Βάττος, Battus, （伊）Batto, （西）（葡）Bato, （露）Батт

キューレーネー*諸王の名（⇒バッティアダイ）。「吃音者」の意。養蜂の祖アリスタイオス*の末裔を称す。ヘーロドトス*によると、バットスはリビュエー*語で「王」を意味する言葉であるという。
Herodot. 4-150, -153～157, -159～/ Paus. 3-14, 10-15/ Just. 13-7/ etc.

バットス朝　Battiadai
⇒バッティアダイ

パッポス　Pappos, Πάππος, Pappus, （仏）Pappe, （伊）Pappo, （西）Pap(p)o, （露）Папп

（後290頃～350頃。後2世紀後半～3世紀頃。320年頃ないし4世紀末に活躍ともいい、年代には諸説あり）

ローマ帝政期のギリシアの数学者。アレクサンドレイア❶*派最後の幾何学の大家。主著『数学論集 Synagōgē, Συναγωγή』全8巻（340頃）は、古代ギリシア数学の提要で、主として難問の解説を企てており、失われた諸文献からの引用も多く、学問上貴重な史料である（第3～8巻と第2巻の一部が伝存）。エウクレイデース❷*の『幾何学原論』やプトレマイオス・クラウディオス*の天文学書などの注解を書いたほか、プトレマイオスの世界地図に基づく地理学書なども著わしたことで知られる。「パッポスの定理 Theōrēma Pappū, Θεώρημα Πάππου」にその名を残している。
⇒アポッローニオス❸（ペルゲーの）
Pappus Mathematicae Collectiones, Comment. in Eucl./ Suda/ etc.

パッラシオス　Parrhasios, Παρράσιος, Parrhasius, （伊）（西）Parrasio, （露）Парразий

（前430頃～前390頃に活躍）小アジアのエペソス*出身のギリシア人画家。エウエーノール Euenor, Εὐήνωρ の息子にして弟子。好敵手ゼウクシス*とともにイオーニアー*派の巨匠。主としてアテーナイ*で制作し、名声を得てアテーナイ市民権を与えられたらしい。作品は現存しないが、感情表現にすぐれた写実的描写のゆえに名を高め、特に輪郭線を描くことにかけては第一人者だとの定評があった。神話伝説に題材を取った作品が多く、『プロメーテウス*』を描く時には奴隷を買って拷問にかけ、その苦悶する表情を研究したという。豪奢かつ尊大な気質の人で、アポッローン*の血統を誇称し、紫衣をまとい、黄金の冠を被り、自分のことを絵画芸術を完成させた「美術界の王者」と呼んで憚らなかった。画業にかかる時は極めて上機嫌で、楽々と絵筆を運びながら歌を口ずさんでいたとされる。彼の大画面『アテーナイの人々』は多種多様な人間の性格を巧みに描き分けたことで評判となり、『武装競走者』の絵は走者が実際に汗をかき息を切らしているかと思われるほど真に迫って表現されていたという。ペイディアース*の女神アテーナーの青銅巨像に『ラピタイ*族とケンタウロイ*の闘争図』を描いた（⇒ミューズ）ほか、ローマのカピトーリウム*にあった『テーセウス*』や、彼自身の夢中に出現した英雄の姿を写したという『ヘーラクレース*』、また後年ローマ皇帝ティベリウス*の寝室を飾った『メレアグロス*を吸茎（フェラーティオー）fellatio するアタランテー*』などの性戯画をも制作。ゼウクシスと画技を競った折には、まずゼウクシスの描いた葡萄の絵が本物そっくりだったので小鳥たちが騙されて啄もうとし、審判者たちもすっかり感嘆したけれど、勝ったつもりのゼウクシスがパッラシオスに「君の絵に掛けてある幕（カーテン）を早く揚げて作品を見せてくれ」と促したところ、実は本物と見えたこの幕（カーテン）こそパッラシオスの描い

た絵であることが判明。これを知ったゼウクシスは「私の絵は鳥を欺いたが、君は画家の私を欺いた」と言ってパラシオスに勝ちを譲ったという。
⇒アペッレース、エウプラーノール
Plin. N. H. 35-36/ Paus. 1-28/ Xen. Mem. 3-10/ Ath. 12-543c〜/ Plut. Thes. 4/ Ael. V. H. 9-11/ Suet. Tib. 44/ Diod. 26-1/ Quint. Inst. 12-10/ Sen. Controv. 10-5/ etc.

パッラス Pallas, Παλλάς, （伊）Pallade, （西）Palas, （露）Паллант

ギリシアの女神アテーナー*の呼称。もとはアテーナーと一緒に育てられたトリートーン*の娘の名であったが、ある時パッラスは女神と諍いを起こして殺され、これを後悔したアテーナーは以来彼女の名を形容辞として帯び、また神楯アイギス*をつけたパッラスの像（パッラディオン*）を造ったという。このパッラス＝アテーナー女神はリビュエー*のトリートーニス Tritonis, Τριτωνίς 湖岸に生まれ、海神トリートーンに養育されたため、トリートゲネイア Tritogeneia とも呼ばれてもいる。

ちなみに近代になって発見された第2番目の小惑星（ラ）Pallas は、女神パッラス＝アテーナーにその名を負っており、白金属元素の1つパラジウム palladium の名も、パッラスから派生したものである。
⇒パッラース❷
Apollod. 1-6, 3-12-3/ Hom. Il. 1-200, Od. 1-125/ Pind. Ol. 5-21/ Herodot. 4-180/ Verg. Aen. 1-59/ Tzetz. ad Lycoph. 355/ etc.

パッラース Pallas, Πάλλας, （伊）Pallante, Pallade, （西）Palas, （露）Паллант

ギリシア神話中の男性名。

❶ティーターン*神族の1人。クレイオス*（ウーラノス*とガイア*の子）とエウリュビアー Eurybia, Εὐρυβία（海神ポントス*の娘）との間の子。したがって、アストライオス Astraios, Ἀστραῖος（曙女神エーオース*を娶り風や星の父となる）やペルセース❶*の兄弟に当たる（⇒巻末系図002）。ヘーシオドス*によれば、彼はステュクス*と交わって4人の子・ニーケー*（勝利）、クラトス Kratos, Κράτος（支配）、ゼーロス Zelos, Ζῆλος（競争心）、ビアー Bia, Βία（暴力）を儲けた。別伝では、曙の女神エーオースも、パッラースの娘といわれる。
Hes. Th. 376〜, 383/ Paus. 7-26, 8-18/ Apollod. 1-2, 2-4/ Ov. Met. 9-421, 15-191, Fast. 4-373/ etc.

❷巨人族ギガンテス*の1人。オリュンポス*神族と巨人族とが戦ったギガントマキアー*の最中、女神アテーナー*に殺され、女神はその皮を剥いで鎧とし、翼を奪って自らの足につけた。アテーナーの異名パッラス*はこれに由来するという。一説にパッラースは女神の父であったが、彼女を犯そうとして殺されたと伝えられる。
Apollod. 1-6/ Cic. Nat. D. 3-23(59)/ Tzetz. ad Lycoph. 355/ Clem. Al. Protr. 2-28/ etc.

❸アテーナイ*王パンディーオーン*の末子。兄アイゲウス*の子テーセウス*の王位継承に反対し、50人の息子（パッランティダイ Pallantidai, Παλλαντίδαι）とともに殺された。（⇒巻末系図020）
Apollod. 3-15/ Strab. 9-392/ Plut. Thes. 13/ etc.

❹ローマのパラーティーヌス*（パラーティウム*）丘の名祖。アルカディアー*のエウアンドロス*（エウアンデル*）の子で、トゥルヌス*に討ち取られ、アイネイアース*（アエネーアース*）によってパラーティーヌス丘に葬られた人物とも、ヘーラクレース*（ヘルクレース*）とエウアンドロスの娘との間に生まれた息子とも、アルカディアー王リュカーオーン*の子パッラース（パッランティオン Pallantion, Παλλάντιον の名祖）の子孫とも、さまざまに伝えられる。
Verg. Aen. 8-104, 10-441〜/ Dion. Hal. Ant. Rom. 1-32〜/ Apollod. 3-8/ Paus. 8-3, -44/ etc.

パッラース Marcus Antonius Pallas, （ギ）Πάλλας, （伊）Marco Antonio Pallante, （西）Marco Antonio Palas

（後1頃〜62）ローマ帝室の解放奴隷。初め小アントーニア❷*（クラウディウス*帝の母）に仕え、セイヤーヌス*失脚事件の時には女主人の密書をティベリウス*帝の許へ届ける役目を果たした（後31）。クラウディウスの宮廷では財務担当秘書官 a rationibus として重きをなし、カッリストゥス*やナルキッスス*と並んで権勢をふるう（⇒L.ウィテッリウス）。特に皇后メッサーリーナ*の処刑（48）後、小アグリッピーナ*（ネロー*帝の母）をクラウディウスの4番目の妻に推挽してからは、飛ぶ鳥を落とす実力者となり、新皇后と情交を結んで国政を牛耳り、彼女の連れ子ネローを皇帝の

系図291 パッラース

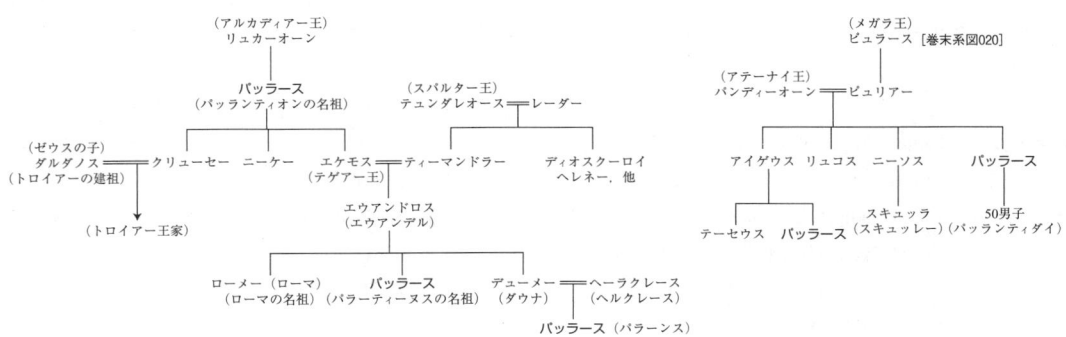

養子に迎立せしめ（50）、数々の栄誉と3億セーステルティウスを超える厖大な資産を獲得、「アルカディアー*王家の後裔」を称して王侯のごとき豪奢な暮らしに耽った。不正な致富と倨傲の故に悪評高く、クラウディウスの毒殺（54）後も国政を壟断しようとしたが、55年新帝ネローによって罷免され、ついで62年その巨額の財産に目をつけたネローの命で毒殺された。

彼の巨万の富は後々までも語り種になったほどで、ある日クラウディウスが皇帝金庫 fiscus の不如意をかこった時、「陛下があの2人の解放奴隷パッラースとナルキッススの財産共有者におなりになれば、十分に金庫もうるおい、なお余りあることでしょう」という答えが返ってきたという。またパッラースの尊大な態度も有名で、大勢の召使を頤使し、「何かを命ずる際には頷くか手振りで合図を与えるだけで、じかに言葉をかけることはなかった」と自ら語っている。なお、キリスト教の使徒パウロス*（パウロ）の裁判を行なったユダヤの統治者フェーリークス*は、彼の兄弟に当たる。

⇒巻末系図 097

Tac. Ann. 11-29, 12-1～2, -25, -53, -65, 13-2, -14, -23, 14-2, -65/ Suet. Claud. 28, Vit. 2/ Dio Cass. 60-30, -33, 61-3, -10, 62-14/ Joseph. J. A. 18, 20/ Plin. Ep. 7-29, 8-6/ etc.

パッラダース　Palladas, Παλλάδας または Παλλαδᾶς,（伊）Pallada,（西）Paladas

（後319年頃～？）ローマ帝政末期のギリシアのエピグラム詩人。アレクサンドレイア❶*で文法教師を務めていたが、「異教徒（非キリスト教徒）」であったため、テオピロス*（アレクサンドレイアの総主教）らキリスト教徒から迫害を受け、72歳で辞職に追いやられた（391）。生活は貧窮し、がみがみ女房にも悩まされていたせいか、その作品は典雅ながらも、厭世的な憂愁の気を漂わせている。辛辣な諷刺詩など150余篇を『ギリシア詞華集*』に寄せており、「最後の異教詩人」と呼ばれることもある。人間嫌い・女嫌いでもあり、前6世紀の乞食詩人ヒッポーナクス*と相似た「あらゆる女は呪わしい。でも2度だけはよいときもある。一度は新婚の床の上、もう一度は臨終の床の上」といった言葉も残っている。

⇒ヒュパティアー

Anth. Pal. 9-168～, -380, -400, -733, 10-45, -58, -87, 11-255, -340, -381, -383～, -489/ etc.

パッラディウム　Palladium
⇒パッラディオン

パッラディオン　Palladion, Παλλάδιον,（ラ）パッラディウム*Palladium,（伊）Palladio,（西）Paladio, Paladión,（葡）Paládio,（露）Палладиум

女神アテーナー*の古い神像。それを保有する限り町を守護する霊力があると信じられていた。神話伝説中では、トロイアー*のアテーナー神殿に安置されていたものが有名。その由来は以下の通りである。

少女の頃アテーナーは過って遊び友達のパッラス*（トリートーン*の娘）を殺してしまい、彼女の死を嘆いてその木像を造ると、神楯（アイギス*）を像に掛けて大神ゼウス*の玉座の傍に立てておいた。その像は高さ約1.4メートル、両足を閉じ、右手に槍、左手に糸巻棒と紡錘（または楯）を持っていたが、のちゼウスがエーレクトラー❷*を犯そうとした時、彼女がこの像のもとへ逃れたため、大神は像を地上へ投げ落とした。それは、折しもトロイアー市を建設中のイーロス*の目前に落ち、以来この都市の存続を約束する神像として大切に保管された。異説では、これはペロプス*の肩の骨から彫られ、ヘレネー*がパリス*とともにスパルター*から持ってきたとも、イーロスの祖先ダルダノス*が岳父のパッラース❸*から与えられたとも、その他、さまざまに伝えられる（⇒巻末系図 019）。トロイアー戦争*の末期に、ギリシア軍の将ディオメーデース❷*とオデュッセウス*によって神像は盗み出され、ためにトロイアーは陥落した。その後ディオメーデースがアルゴス*へ持ち帰ってアテーナー神殿に奉納した、あるいはデーモポーン❶*（テーセウス*の子）がこれを奪ってアテーナイ*に安置した、またはディオメーデースがイタリアへ渡ってラウィーニウム*でアイネイアース*（アエネーアース*）に与えたという。一説にはパッラディオンは2体あって、残る1体をトロイアー炎上の折にアイネイアースが救い出し、ローマへもたらしたとされる（ギリシア人に盗まれた方は模刻（レプリカ）であったともいう）。ウェスタ*神殿にあったローマの神像は、前390年にガッリア*（ケルト*）人の侵寇から町を救い、前241年に神殿が火災に遭った時にはL. カエキリウス・メテッルス❶*の手で救出されて事なきを得たが、帝政後期にコーンスタンティーヌス1世*により新都コーンスタンティーノポリス*へ移された（のちに焼亡す）。イタリアではローマ以外に、ラウィーニウム、ルーケリア*、ヘーラクレイア❶*などの諸市が、いずれもこの像の所有を主張していた。

Apollod. 3-12, Epit. 5/ Dion. Hal. Ant. Rom. 1-68～/ Eur. Rhes. 501～/ Ov. Met. 13-1～, Fast. 6-419～/ Sil. Ital. 13-30～/ Strab. 6-264/ Paus. 1-28/ Conon Narr. 34/ etc.

バティカン　Vatican
⇒ウァーティカーヌス

ハーデース　Hades, Ἀΐδης,（ホメーロス*では、アイデース*),（エトルーリア*語）Aita,（仏）Hadès,（伊）Ade,（露）Аид

（「眼に見えぬ者」「隠された者」の意）正しくは、ハーイデース*（アッティケー*方言形）。ギリシアの下界の神。死者の国の支配者。アイドーネウス*、プルートーン*、その他の別名で呼ばれることが多い。ローマでは、プルート Pluto（プルートーンのラテン語形）、ディース*、オルクス*などの名で知られていた。ハーデースはクロノス*とレアー*の息子で、ゼウス*、ポセイドーン*、ヘスティ

アー*、デーメーテール*、ヘーラー*の兄弟（⇒巻末系図002）。ティーターノマキアー*の折に、キュクロープス*から贈られた隠れ帽（被る者の姿を見えなくする革帽子）を被って巨神族ティーターン*たちと戦い、勝利の暁には籤引きで地下の世界を引き当て、幽冥界に君臨することとなった。ゼウスの承認を得て姪ペルセポネー*（デーメーテールの娘）を誘拐し、自らの妃とした話については、ペルセポネーおよびデーメーテールの項を参照。妻とともに冥界を支配し、4頭の黒い馬が曳く黄金の車を駆るか、あるいは黄泉の国の鍵を持ち玉座に腰かけた姿で表わされる。糸杉と水仙を聖なる植物とし、生贄には黒色の羊が捧げられた。ニュンペー*（ニンフ*）のメンテー Menthe（またはミンター Mintha）を愛したが、彼女はペルセポネーに踏みにじられて薄荷に変身し、別の愛人レウケー Leuke（オーケアニデス*の1人）は冥府に連れて行かれるや息を引き取り白いポプラ樹と化したという。また、彼が冥府に降ったヘーラクレース*から矢傷を負わされ、天上へ駆け登って医神パイエーオーン*の治療を受けたという話も伝わっている（⇒ヘーラクレース・第十二の功業）。

　ハーデースなる語は、彼の領する死界そのものをも意味していた。タイナロン*岬やアウェルヌス*湖畔など各地に見られる深い洞窟がその入口とされ、死者の魂はヘルメース*の導きで冥府へと降った。そこはステュクス*河（ないしアケローン*河）によって現世と隔絶しており、渡し守カローン*が舟で亡者を彼岸に渡すことになっていた。ハーデースの館にはケルベロス*という猛犬がおり、死者が決して現世に戻らないよう門番をしていた。冥途で死者は3人の裁判官ミーノース*、ラダマンテュス*、アイアコス*（時にトリプトレモス*）によって裁かれ、神々の恩寵を得た者は極楽エーリュシオン*の野に送られるが、罪人は奈落タルタロス*へ追いやられ責苦を受けた。
Hom. Il. 5-395〜, 9-569〜, 15-187〜, 20-61〜, Od. 10-491, 11-47〜/ Hymn. Hom. Cer./ Hes. Th. 311, 455, 768, 850, Op. 153/ Aesch. Eum. 269〜/ Soph. Ant. 777〜/ Apollod. 1-1, -2, -5/ Diod. 4-25, -4, -68/ Ov. Fast. 4-419〜, Met. 5-346〜/ Strab. 3-147/ Cic. Verr. 2-4/ Hyg. Fab. 79, 146/ Pl. Cra. 403a/ Steph. Byz./ etc.

バテュッルス　Bathyllus,（ギ）バテュッロス Bathyllos, Βάθυλλος,（伊）Batillo,（西）（葡）Batilo
（前1世紀後半）ローマ帝政期の俳優・舞踏家。マエケーナース*に寵愛された解放奴隷。アレクサンドレイア❶*出身の美青年。アウグストゥス*時代のローマに無言劇 Pantomimus をもたらし、大好評をもって迎えられ一世を風靡、大勢の弟子を養成した。以来パントミームスはローマで人気を博し、永く盛行するとともに、役者らは戦車競走の名騎手と同様、熱狂的な贔屓客らと徒党を組み、絶えず騒動や流血沙汰の原因となった。バテュッルスの名も代々「芸名」として人気俳優の間で襲名されていき、ドミティアーヌス*（在位・後81〜96）治下の同名の役者が舞台で踊りだすと、ウェスタ*の巫女（ウェスターリス*）はじめ多くの女性たちが欲情にかられて恍惚たる呻き声を発し、失神せんばかりの状態で、「膀胱の抑えがきかなくなった」とユウェナーリス*は語っている。
Tac. Ann. 1-54/ Juv. 6-63/ Sen. Q. Nat. 7-32/ Suet. Aug. 45/ Dio Cass. 54-17/ Ath. 1-70/ etc.

バテュッロス　Bathyllos, Βάθυλλος, Bathyllus,（伊）Batillo,（西）（葡）Batilo
ギリシアの男性名。
❶（前525頃）サモス*島の美少年。僭主ポリュクラテース*や詩人アナクレオーン*から熱愛され、絶賛された。彼の肖像はしきたりを無視して女性たちの守護女神ヘーラー*の神殿に建てられ、また彼が笛を吹くと誰もがその優美な姿に見とれて踊ることができなかったという。
Anacr. Fr./ Anacreontea 17, 18b/ Hor. Epod. 14-9/ etc.
❷⇒バテュッルス

バテュルロス　Bathyllos
⇒バテュッロス

バテュロス　Bathyllos
⇒バテュッロス

パテルクルス、ウェッレイユス　Velleius Paterculus
⇒ウェッレイユス・パテルクルス

パテルクルス、ウェッレーユス　Paterculus, Vellejus
⇒ウェッレイユス・パテルクルス

パテル・ファミリアース　Pater familias,（ギ）Πατὴρ τῆς πατρίδος,（複）Patres familias
ローマの家父長。共和政初期の頃は、妻や嫁を含む家族 familia の全員に対する無制限な権限（パトリア・ポテスタース*）を有していた。家父長のみが財産を保持し、売買や契約を行なえ、妻の持参金をも自由に処分できた。妻が罪を犯して告発された場合、彼女を裁いて処罰する権限は、家父長たる夫にあり、葡萄酒を飲んだという理由で妻女を処刑することもできた。生まれたばかりの児を棄てて殺すか育てるかの決定権をもち、成長した子供に対しても生殺与奪の権、奴隷として売却する権限をもっていた（十二表法*では3度売られた息子は、以後は父の支配から自由になると定められていた）。息子が入手したものはすべて法的には父の所有に帰し、父の同意がなければ結婚（マートリモーニウム*）もできなかった。娘も父親から夫の手権 manus に委ねられなければ、結婚後も父の権限下に留まった。しかし、この絶大な家父長権も、時とともに弱体化し、共和政末期にはすでに家族という古い組織は崩壊の危機に瀕していた。
Dig./ Cic./ Plin. N. H. 14-14/ Cato Agr./ Gell. N. A. 10-23/ Liv. 34-2-11/ Quint. Inst. / Sen./ Ulpian./ Paul. Dig./ Gai. Inst./ Cod. Theod./ etc.

パドゥス（河） Padus, （ギ）Pados, Πάδος, ないし、エーリダノス*, （リグリア*語）Bodincus, Bo, （仏）Pô, （独）Po, Pfad, （中高ドイツ語）Phât, Pfât, （伊）Po, （葡）Pó

（現・ポー河 Po）イタリア最大の河川。全長652 km。アルペース*（アルプス）山脈 Alpes Cottiae に源を発し、諸支流を集めながら東流してラウェンナ*（現・ラヴェンナ）の北方でアドリア海に注ぐ。かつては内ガッリア*（アルプスの南側のガッリア）地方に属し、同地方はまた、この河を境に南側のガッリア・キスパダーナ*と北側のガッリア・トラーンスパダーナ*に分かれていた。ティーキーヌム Ticinum（現・パヴィーア Pavia）、プラケンティア*、クレモーナ*、マントゥア*など数多くの都市が、肥沃な流域に栄えた。古代には船でアウグスタ・タウリーノールム Augusta Taurinorum（現・トリーノ Torino）まで遡航できたという。ギリシア神話で太陽神の息子パエトーン*が墜落したというエーリダノス*河と同一視され、かつては砂金が採れたと伝えられる。パドゥスの名は、水源地付近にガッリア人の言葉でパディー padi と呼ばれる松が多く生えていたことに由来する。

Polyb. 2-16/ Strab. 4-203〜, 5-212, -217/ Plin. N. H. 3-16, 37-11-32/ Ov. Met. 2-258〜/ Liv. 5-33/ Verg. Aen. 9-680, G. 2-452/ etc.

パトモス Patmos, Πάτμος, （Patmus）, （伊）Patmo, （露）Патмос, Патм

（現・Pátmos, Patino, 近世の Palmosa）小アジア西側スポラデス*諸島の1つ。面積34.05 km²。崖の多い石灰質の不毛の島で、ローマ時代には流刑地として用いられた。キリスト教伝説では、イエースース*の愛弟子イオーアンネース❷*（使徒ヨハネ）が、ドミティアーヌス*帝の治下にこの島へ流され（後94頃）、洞窟内で『黙示録 Apokalypsis, Ἀποκάλυψις』を書いたということになっている。

Thuc. 3-33/ Strab. 10-488/ Plin. N. H. 4-12/ Suda/ etc.

パトライ Patrai, Πάτραι, （Patrees, Πάτρεες）, Patrae, （仏）Patres, Patras, （独）Patras, （伊）Patrasso, （西）Pátrai, Patras, （葡）Pátras, （露）Патры

（現・Pátra, Pátras）ペロポンネーソス*半島北岸の港湾都市。アカーイアー❶*地方の12市の1つ。伝説では、土地生え抜きのエウメーロス Eumelos, Εὔμηλος が町を創建し、トリプトレモス*から教わって農耕を始めたことにちなんで、アロエー Aroe, Ἀρόη（「耕作された」の意）と名づけたという。のちこの地のイオーニアー人*を追い出したアカーイアー人*の首長パトレウス Patreus, Πατρεύς によってパトライと改名された。毎年アルテミス*女神に若くて美しい1組の男女を人身御供に捧げていた習慣で知られる。ペロポンネーソス戦争*（前431〜前404）ではアテーナイ*側に与し、ヘレニズム時代にはマケドニアー*勢に対抗するべく他市を誘ってアカーイアー同盟*を結成した（前280頃）。しかるに間もなくパトライ市民は、アイトーリアー*人とともにガラティアー*（ケルト*）人の侵略者と戦って甚大な損害を受け（前279）、大半の者がこの町を捨て去ることを余儀なくされる。アウグストゥス*がローマ植民市（コローニア*）として再興し（前14頃）、軍団の古参兵を送り込んで以来、イタリアとの通商貿易の中心地となり、繁栄を回復した。デーメーテール*やヘルメース*の病者に対する神託所で有名。アクロポリス*やアゴラー*、ローマ帝政期の音楽堂（オーデイオン*）（ヘーローデース・アッティクス*の建立）などの遺跡が残っている。また町の南西部にあるキリスト教会には、12使徒の1人アンドレアース*の頭部と称される遺物が保存されている。アープレイユス*の代表作『変身物語（通称・黄金の驢馬）』は、パトライのルーキオス Lukios, Λούκιος（後1世紀）の著『驢馬の物語』（散逸）を翻案したものだと言う。

⇒アイガイ❶

Paus. 7-18〜, 10-38/ Thuc. 2-83, 5-52/ Plut. Alc. 15, Demetr. 9/ Strab. 8-387/ Herodot. 1-145/ Polyb. 2-41, 4-6/ Diod. 19-66/ Dio Cass. 42-13〜/ Cic. Fam. 7-28/ Procop Goth. 4-25/ etc.

ハ（ー）ドリア Hadria

⇒アドリア

ハドリアーヌス Publius Aelius Hadrianus, （〈ギ〉）Pūplios Ailios Hadriānos, Πούπλιος Αἴλιος Ἀδριανός）, （英）（独）Hadrian, （仏）Hadrien, Adrien, （伊）（西）Publio Elio Adriano, （葡）Públio Élio Adriano, （露）Публий Элий Адриан

（後76年1月24日〜138年7月10日）ローマ皇帝（在位・117年8月11日〜138年7月10日）。五賢帝の3代目。ローマ帝国の最盛期・黄金時代の支配者。先祖はピーケーヌム*地方のアトリア*（アドリア❷*）出身だが、彼の生まれる200年近く前にヒスパーニア*のイタリカへ移住し、彼も元老院身分の父 P. アエリウス・ハドリアーヌス・アーフェル Aelius Hadrianus Afer（？〜85／86没）とガーデース*生まれの母ドミティア・パウリーナ Domitia Paulina との間にイタリカ（一説にローマ）で誕生した（⇒巻末系図102）。10歳で父を失い、父の従兄弟トライヤーヌス*（のち皇帝）、ならびに同郷の名士アッティアーヌス P. Acilius Attianus（のちプラエフェクトゥス・プラエトーリオー近衞軍司令官）の後見を受け、諸学問とりわけギリシア文学に傾倒する。トライヤーヌスの后プローティーナ*の眷顧を蒙ってサビーナ*と結婚し（100）、ダーキア*戦争（102〜103, 105〜106）に出征、軍事・政治の要職を歴任した（106年の法務官（プラエトル*）、107年の下パンノニア*総督、108年の補欠執政官（コーンスル*）、など）。トライヤーヌス帝のパルティアー*遠征（113〜117）にも副司令官 Legatus（レーガートゥス*）として従い、シュリア*総督（114〜117）に就任、117年アンティオケイア❶*で皇帝の訃報に接し、また自分が後継皇帝として養子縁組されていた旨の文書を受け取る（8月11日）。ところが実際には、トライヤーヌスは帝嗣を定めずに客死しており、ハドリアーヌスは不倫の関係にあったプローティーナの策謀に

よって帝位に擁立されたのだという。また彼は皇后のみならず男色家のトライヤーヌス帝からもいたく愛されており、さらに帝の寵童たちとも情交を重ねていたと信じられている。

登極後すみやかに先帝の征服政策を捨て、パルティアーと和睦、エウプラーテース*（ユーフラテス）河を帝国の東境と定め、属州アルメニア*を再び保護国の地位に戻した。次いでモエシア*でサルマタイ*系ロークソラーノイ*族の乱を鎮定 (118)、不在中のイタリアで執政官級の将軍たち4人が陰謀の廉（かど）で裁判なしに処刑される事件（4元老院議員処刑事件）が生じ、急ぎローマへ帰還して (118年7月9日)減税や賜金分配、剣闘士競技などに10億セーステルティウスもの大金を投入し、人気の回復を図った。その後優れた行政手腕を発揮して官僚君主制を始め、ローマ法の学問研究を促進（⇒サルウィウス・ユーリアーヌス）、文芸・美術を奨励し治安の確保、軍制の整備に努めた（⇒ファウォーリーヌス）。国境線の防衛強化、属州事情の視察のために治世の半ばを全領土の巡遊旅行に費やし (120～134、異説あり)、ブリタンニア*にはハドリアーヌスの城壁*を築造 (122～126頃)、ゲルマーニア*では防衛堤リーメス*を強化し (122)、トラーキア*（トラーケー*）にハドリアーノポリス*（現・エディルネ Edirne）市を創建した (123)。アテーナイ*ではエレウシース*の秘儀に加わり (125)、また六百年以上もの間未完のままだったゼウス*の大神殿オリュンピエイオン Olympieion を落成させている (129～132)。訪れる先々に都市や公共建築物を設けて民政に意を注ぎ、ユダヤ*でバル・コクバ Simeon Bar Kokhba (Barkhōkhebās, Βαρχωχέβας, ?～135) の指揮下に反乱（第2次ユダヤ戦争、132～135）が勃発すると、将軍ユーリウス・セウェールス Sex. Julius Severus (127年の執政官) を派遣、58万のユダヤ人を殺し、イェルーサーレーム*（エルサレム*）を植民市（コローニア*）アエリア・カピトーリーナ*として再建した。

帝はギリシア文化の心酔者で、アテーナイを壮麗な諸建造物で飾り、ローマにも焼失したパンテオン*をギリシア風に再建 (118～133) したほか、巨大なウェヌス*とローマの神殿 (135竣工)、彼自身の霊廟（マウソレークウム*）(132～139、現・カステル・サンタンジェロ Castel S. Angelo) などを造営（⇒アポッロドーロス❹）、晩年は郊外のティーブル*（現・ティーヴォリ）に広大な離宮 villa（ウィッラ）を建てて、美術品を集め高雅な趣味と静養に供した。彼はまた哲学・文学を愛好し、ギリシア・ラテン双方の言語を使って自伝、詩集、文法書などを執筆（わずかな断片を除いて散逸）、国立大学と呼ぶべきものを創立して当代最高の学者を招聘した。武術・乗馬にも長じ、いつも運動をして肉体を鍛え、狩りを好んで何度か素手で獅子（ライオン）を殺したこともあったという。すらりとした優雅な長身と柔らかい捲き毛の持ち主で、顔の傷を隠すべく美髯をたくわえていたため、以来ローマ人の間では顎鬚（あごひげ）を生やすことが流行した。並外れた記憶力を有し、同時に読み、書き、聞き、口述し、友人と語ることができたという非凡な能力に恵まれた帝は、また奇妙に複雑な性格の持ち主で、冷酷にして寛大、厳格にして明朗、頑固にして物わかりがよく、洒脱にして謹厳、理性的で不信心だが迷信深くて魔術や占星術に凝っていたという。犬や馬を愛して立派な墓を建てるほどだったが、妻サビーナには終生嫌悪を抱いて子供を儲けず、もっぱら美しい若者たちとの情交を楽しんだ。とりわけ鍾愛した若者アンティノウス*（アンティヌース）がエジプト旅行中に事故死する (130) と、帝は「女のごとく声を上げて泣きくずれ」、この美青年を神格化し町を建ててアンティノオポリス*（「アンティノウスの都市」の意）市と命名。以後失意と病患のせいで気難しくなり、猜疑心から姉聟セルウィアーヌス L. Julius Servianus (47頃～136) とその孫フスクス Cn. Pedanius Fuscus Salinator (118～136) をはじめとする有能な元老院（セナートゥル*）議員を幾人も処刑し、周囲の反対にもかかわらず美貌の遊蕩貴族 L. アエリウス*（アエリウス・カエサル*）を養嗣子に迎立 (136)、アエリウスが138年に早世すると、アントーニーヌス・ピウス*を帝位継承者と定め、カエサル*（皇嗣・副帝）の称号を与えた。罪なくして殺された老セルウィアーヌスの呪詛のせいか、ハドリアーヌスの病状は募る一方だが容易に死が訪れず、苦痛に耐えかねた帝が自殺を図ると刃物も取り上げられてしまうありさま。「誰の生命でも奪える権力をもつ余が、自らの生命だけは意のままにできぬのか」と嘆きつつ、結核と水腫のためバーイアエ*で崩じた（62歳、在位21年弱）。「さまよえる、いとおしき小さな魂よ……」で始まる著名な詩が残されている。遺骸はいったんプテオリー*のキケロー*が所有していた土地に埋葬されたのち、新帝アントーニーヌス・ピウスによってローマに運ばれ、ティベリス*（現・テーヴェレ）河畔のハドリアーヌス霊廟に納められた (139)。神格化は元老院（セナートゥス*）から強い反対の声が上がったが、アントーニーヌス帝の主張で実現し、神殿や神官団、祭典まで創設されるに至った。

⇒プレゴーン、フロールス、アポッロドーロス❹、エウプラーテース（人名）、トゥルボー

S. H. A. Hadr./ Dio Cass. 69/ Aur. Vict. Caes. 14/ Eutrop. 8-3～/ Zonar. 11-23/ Euseb. Hist. Eccl. 4-6～/ Anth. Lat./ etc.

ハドリアーヌスの城壁　Vallum Hadriani,（英）Hadrian's Wall, または、Wall of Hadrian,（仏）Mur d'Hadrien,（独）Hadrianswall,（伊）Vallo di Adriano,（西）Muro (Muralla) de Adriano,（葡）Muralha de Adriano,（露）Вал Адриана

後120年頃、ブリタンニア*（グレート・ブリテン島）北部のカレードニア*人がローマ駐留軍を襲撃し、ブリガンテース*族をも反乱にひきずりこんだため、属州を訪れた皇帝ハドリアーヌス*の計画で築かれた防御施設 (122～126頃)。現在のタイン Tyne 川河口からソルウェー Solway 湾まで東西に島を横断する全長117kmあまりの長城で、北方からの異民族の侵入に対するべく、1マイル（ローマ・マイル＝約1482m）ごとに要塞が設けられ、さらにそれらの間には監視塔が建てられていた。続くアントーニーヌス・ピウス*帝の治世に、ローマ軍は北進に成功し、新たな防壁を造った（⇒アントーニーヌスの城壁）が、やがて後退を

余儀なくされ、4世紀末まで再びハドリアーヌスの城壁が帝国の境界線となった。今日もその遺構を見ることができる。

S. H. A. Hadr. 11/ It. Ant./ Baeda Hist. Eccl. 1-5/ etc.

ハドリアーノポリス　Hadrianopolis（時にアドリアーノポリス Adrianopolis），（ギ）ハドリアーヌーポリス Adrianupolis, Ἀδριανούπολις，（英）（仏）Adrianople，（独）Adrianopel，（伊）Adrianopoli，（西）（葡）Adrianópolis，（露）Адрианополь，（和）アドリアノープル

（現・エディルネ Edirne）後123年、ローマ皇帝ハドリアーヌス*によって建設された属州トラーキア*（トラーケー*）の都市。378年8月9日、この近郊でローマ皇帝ウァレーンス*は、ゴート*族（ゴトーネース*）と会戦し、全軍の3分の2以上を失ったうえ、自らも敗死した。これはフン*族（フンニー*）に追われてローマ領内に移住した西ゴート族を、腐敗した帝国官吏らがはなはだしく搾取したうえ、美しい若者や娘たちを略奪・奴隷化して虐げたため、ついに堪えかねた西ゴートが反乱を起こした（377）ことに起因するもので、西ゴート軍に東ゴートやアララーニー*族、フン族の一部なども合流してトラーキア全土を劫掠。これを迎撃した東方帝ウァレーンスが功にはやり、西方帝グラーティアーヌス*の来援を待たずして決戦に持ち込んだ結果惨敗を喫したのである。この敗戦を機に、民族大移動の波に呑み込まれたローマ帝国は、いよいよ衰頽の色を濃くしていくことになる。

なお、これよりも前の324年には、コースタンティーヌス1世*（大帝）がリキニウス*帝をこの地で撃破し、ローマ帝国全土の支配権を手に入れている。

ビューザンティオン*（コーンスタンティーノポリス*）市の西北208 kmに位置し、古代遺跡としては今日、市の防壁の一部と郊外の大きな別荘 villa が残るにすぎない。

ほかにも、ビーテューニアー*やプリュギアー*、イッリュリクム*、エジプトなどにもハドリアーヌス帝が創建した同名の町ハドリアーノポリス（ハドリアーヌーポリス）があった。

⇒アンティノオポリス

Amm. Marc. 14-11, 27-4, 31-6, -12, -15/ Eutrop. 6-8/ S. H. A. Hadr. 20, Heliogab. 7/ Procop. Goth. 3-40/ Zosimus 2-22/ Socrates Hist. Eccl. 1-38/ It. Ant./ etc.

ハドリア（ハードリア）　Hadria
⇒アドリア（アードリア）

パトリア・ポテスタース　Patria Potestas,（西）Patria Potestad
ローマの家父長（パテル・ファミリアース*）のもつ権限。

パトリキー　Patrici
⇒パトリキイー

パトリキイー　Patricii（〈単〉パトリキウス Patricius），（ギ）Patrikioi, Πατρίκιοι,（英）Patricians,（仏）Patriciens,（独）Patrizier,（伊）Patrizi,（西）Patricios,（葡）Patrícios,（露）Патриции

ローマの貴族身分。パトリキイー（血統貴族）は建祖ロームルス*によって選定された100人の長老たち Patres の子孫と伝えられ、一般民衆たるプレーベース*（平民）に比して政治的・経済的特権を享受していた。当初、元老院議員（セナートル*）や政務官職（マギストラートゥス*）、神官職を独占したが、長期にわたる身分闘争の果てに、前287年以来パトリキイーとプレーベースとの権利は対等となった。代わって有力なプレーベースとパトリキイーから成る新たな官職貴族（権門貴族）ノービレース*が政権を牛耳るようになり、元老院議員・騎士（エクィテース*）・一般市民の3身分構成が顕著に現われることとなる。共和政末期の相次ぐ内乱も手伝ってパトリキイー氏族の数がはなはだしく減少したため、カエサル*（前45）、アウグストゥス*（前30）らは新しいパトリキイーを創設・追補し、ここにパトリキイー本来の血統的意味は失われた。帝政後期、コーンスタンティーヌス1世*以降は、功労者に対してパトリキウスなる1代限りの名誉称号が授与され、ゲルマーニア*人など異民族（バルバリー*）barbari の首長にさえ贈られるに至った。

ローマ共和政期に活躍したパトリキイーの氏族（ゲーンス）gens では、ファビウス*氏、コルネーリウス*氏、アエミリウス*氏、マーンリウス*氏、ユーリウス*氏、クラウディウス*氏、セルウィーリウス*氏、ウァレリウス*氏、スルピキウス*氏、ホラーティウス*氏などが名高い。

⇒パトローヌス

Plut. Rom. 13/ Liv. 1-8, 2-1, 10-8/ Cic. Rep. 2-12(23), Dom. 14, Mur. 7(15), Brut. 16(62)/ Suet. Aug. 2/ Tac. Ann. 11-25/ Sid. Apoll. 2-90/ Dion. Hal. Ant. Rom. 2-8/ Dio Cass. 43-47, 52-42/ Zosimus 2-40/ Cod. Theod./ Cod. Iust./ etc.

パトリキウス　Patricius,（ギ）Patrikios, Πατρίκιος,（伊）Patrizio,（西）Patricio,（葡）Patrício
⇒パトリキイー

ハドルーメートゥム　Hadrumetum, Hadrumentum（または、アドルーメートゥム Adrumetum），（〈ギ〉ハドルーメートス Hadrūmētos, Ἀδρούμητος, あるいは、アドルーメートス Adrūmētos, Ἀδρούμητος, Adeumēs, Ἀδεύμης, Adeumētos, Ἀδεύμητος, Adrymēs, Ἀδρύμης とも），（仏）Adrumète, Hadrumète,（伊）（西）（葡）Adrumeto（Adrumento），（露）Адрумет，（アラビア語）Sūsa,（トルコ語）Sus

（現・スーサ Sūsa,（仏）スース Sousse）アーフリカ*北岸の港湾都市。カルターゴー*の南南東96 km、肥沃な海岸地域に位置する。前9世紀頃フェニキア*人の交易港としてテュロス*市により建設されたが、のち姉妹市カルターゴーに服属した。前310年シュラークーサイ*（現・シラクーザ）

の僭主アガトクレース*に占領され、次いで第2次ポエニー戦争*（前218～前201）末期の前202年、ザマ*の会戦に敗れたハンニバル❶*とその部下はこの町へ逃げ戻っている。カルターゴー滅亡の前146年にはローマ側に与し、戦後「自由市」の資格を認められ、フェニキア系商業都市として発展を続けた。前46年末、カエサル*はアーフリカ戦役に臨むべくこの港に上陸。地上に降り立とうとする瞬間、つまずいて転倒したが、すかさず大地をかき抱きながら「アーフリカよ、お前をつかまえたぞ」と叫んで、不慮の事故を巧みに吉兆に変えて将兵の士気を鼓吹したという。ローマ帝政期にハドルーメートゥムは属州アーフリカに併合され、トライヤーヌス*帝の治世に植民市 Colonia Concordia Ulpia Traiana Frugifera となり、海運業のみならず農業や馬の飼育などによっても大いに繁栄した。僭帝デキムス・クローディウス・アルビーヌス*（在位・後194～197）の生地。ディオクレーティアーヌス*の帝国再編の際には、ビューザーケーナ Byzacena 州の首府となった。

なお、この都市から南へ向かう街道沿いには、テュスドルス Thysdrus（〈ギ〉テュスドロス Thysdros, 現・エル・ジェム El Djem）というオリーヴ栽培でローマ帝政期に栄えた内陸都市があり、後238年ゴルディアーヌス1世*がこの町で帝位に叩ついたことで名高く、今日もローマ帝国で3番目に巨大な円形闘技場（後3世紀中頃。約5万人の観衆を収容）などの遺跡が残っている。

⇒タプソス

Plin. N. H. 5–3/ Mela 1–7/ Caes. B. Civ. 2–23/ Strab. 17–834/ Suet. Iul. 59/ Liv. 30–29/ Diod. 20–17/ Polyb. 15–5/ S. H. A. Gord. 7～/ Herodian. 7–4～/ Ptol. Geog. 4–3, 8–14/ Procop. Vand. 1–17, 2–23/ etc.

パトロクロス、または、パトロクレース　Patroklos, Πάτροκλος, Patroclus Patrokles, Πατροκλῆς, (仏) Patrocle, (伊)(西) Patroclo, (葡) Pátroclo, (露) Патркл, (現ギリシア語) Pátroklos

ギリシア神話中、英雄アキッレウス*の少し年長の念友。ロクリス*地方オプース*の出身。メノイティオス Menoitios, Μενοίτιος（あるいはアイアコス*）の息子。母に関しては諸説あり。少年の頃、過って友達を殺してしまい、父に連れられてプティーアー*の領主ペーレウス*のもとへ逃れ、彼によって罪を浄められる。その地でペーレウスの息子アキッレウスと一緒に育てられ、両人は無二の親友かつ愛人となる。ともにトロイアー*に出征し、片時も離れず奮戦する。アキッレウスが総大将アガメムノーン*と対立して戦場より退いたのち、ギリシア軍が大敗を喫しつつあるのを見かねたパトロクロスは、愛人の武具を借りて出陣、多くのトロイアー将兵を討ち取るが、ついに勇将ヘクトール*に斃される。念友の死を痛哭・激怒したアキッレウスは、再び戦場に復帰、ヘクトールを殺して仇を討ってから、パトロクロスのために盛大な葬礼を営み、トロイアー人捕虜のうち12名の美青年を犠牲に供した。アキッレウスの戦死後、二人の遺骨は混ぜ合わされて同じ墓に埋葬された（⇒シーゲイオン）。後代の伝承によると両名はレウケー*島で至福の時を過ごしているという。

アイスキュロス*の悲劇『ミュルミドネス Myrmidones, Μυρμιδόνες』の伝存断片では、アキッレウスがパトロクロスの念者 erastes として登場し、戦死した愛人の遺体を前に、かつて交した接吻や性の営みを想い出しつつ慟哭しているが、大方の意見では、パトロクロスの方が念兄であったとされている。美術作品では、ソーシアース Sosias, Σωσίας の画家による「負傷したパトロクロスに包帯を巻くアキッレウス」を描いた陶画（前500頃）、およびフィレンツェのロッジア・デイ・ランツィ Loggia dei Lanzi に陳列されている彫刻「パトロクロスの屍骸を抱くメネラーオス*」（ヘレニズム時代の模刻）が最も名高い。

Hom. Il. 1, 9, 11, 15, 16, 17, 18, 19, 23, Od. 24–79/ Pind. Ol. 9–75, 10–18/ Apollod. 3–10, –13, Epit. 4/ Ath. 13–13–601a, –602e/ Pl. Symp. 180a/ Ov. Pont. 1–3/ Strab. 9–425, 13–596/ Paus. 3–19, 9–5/ Aeschin. Timarch. 142～143/ Hyg. Fab. 1, 97/ Stat. Achill./ etc.

パトローヌスとクリエンテース　Patronus et Clientes (〈単〉クリエーンス Cliens), (英) Patron and Clients, (伊) Patrono e Clienti, (西) Patrono y Clientes

ローマの主従関係 clientela で結ばれた保護者（パトローヌス）と庇護民（クリエンテース）。古く王政期・共和政初期には、貴族（パトリキイー*）が平民（プレーベース*）や隷属民を保護し、法廷で代弁などを務める一方、クリエンテースは保護者を政治的・軍事的・経済的に援助する義務を有した。身分闘争の結果、貴族と平民の法的格差は解消し（前287）、共和政中期以降になるとパトローヌスとクリエン

系図292　パトロクロス、または、パトロクレース

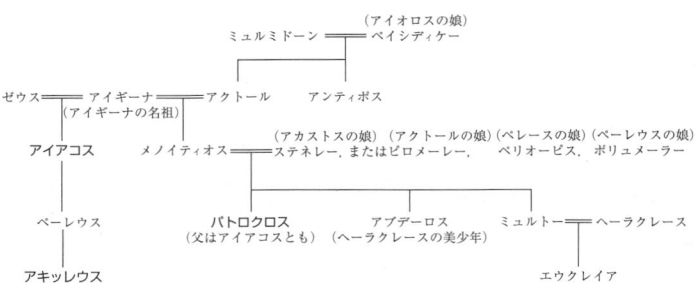

テース両者の関係は、富裕な有力者とその家来・従者・解放奴隷との間に結ばれるようになる。領土の拡大とともにローマの将軍は被征服民との間に主従関係を交し、その関係は子孫にまで世襲され、ローマ世界全体を覆う上下関係と化していった。共和政末期には、権力者は除隊兵や下層市民とこの親分＝子分の関係を結び、選挙を買収し私兵を擁することによって支配権を確立しようと鎬を削り合い、これが帝政樹立の一要因を成した。帝政期の庇護民（クリエンテース）は、単に保護者から食事と金銭を施される食客（パラシートゥス parasitus、〈英〉parasite）、もしくは外出の随伴をしたり、使い走りをしたりする手下となった。

Cic./ Liv./ Dion. Hal./ Plaut./ Hor./ Sen./ Caes./ Mart./ Tac./ Juv./ Gell./ etc.

パナイティオス　Panaitios, Παναίτιος, Panaetius Rhodius, （仏）Panétius, Panaïtios, （独）Panātios, （伊）Panezio, （西）Panecio, （露）Панетий

（前185頃～前109）ギリシアのストアー*学派の哲学者。ロドス*の出身。ペルガモン*でマッロスのクラテース❹*に学んだのち、アテーナイ*へ赴き、セレウケイア*のディオゲネース❸*とタルソス*のアンティパトロス*（ストアー派の第5・6代学頭）に師事。才学を謳われ、アテーナイ人から市民権を贈られるが、「人は自分の祖国に満足すべきである」と答えて拒んだという。前144年頃ローマへ行き、ラエリウス❷*を介してスキーピオー・アエミリアーヌス・小アーフリカーヌス*（小スキーピオー*）の文芸サークルに迎えられ（現代の学者はスキーピオーの文芸サークルの存在に懐疑的だが）、ローマ貴族との交遊を通じてストアー思想を彼らに植えつけた。小アーフリカーヌスのオリエント訪問旅行に随行した（前141～前138）のち、アテーナイとローマで教え、前129年以降は終生ストアー派の学頭を務めた。プラトーン*およびアリストテレース*に傾倒し、従来のストアー思想を改訂して、ペリパトス（逍遙）学派の教説なども採り入れた折衷的な中期ストアー派を興した。またローマ貴族の要求に応じて、初期ストアー派よりも能動的な「高邁」とか「寛仁大度」など政治家や軍人にふさわしい徳を強調した点でも注目される。著作はすべて失われたが、キケロー*の『義務論』に多くが引用されて伝わっている。

⇒ポセイドーニオス、アポッロドーロス❸

Panaetius Fr./ Cic. Off., Fin. 2-8, 4-9, Att. 13-8, Div. 1-3, Acad. 2-2, De Or. 1, Nat. D. 2-46, Leg. 3-6/ Gell. N. A. 12-5, 17-21/ Sext. Emp. Math. 11-73/ Diog. Laert. 2-64, -87/ Strab. 14-/ Suda/ etc.

パナイノス　Panainos, Πάναινος, Panaenus, （独）Panänos, （伊）Paneno

（前5世紀中頃に活躍）アテーナイ*の画家。巨匠ペイディアース*の弟（または甥）にして弟子。キモーン*の頃に、ポリュグノートス*、ミコーン*とともにストアー・ポイキレー*の壁画製作に当たり、彼はマラトーン*の合戦を描いた（前460頃～）。またペイディアースの傑作オリュンピアー*のゼウス*神像の装飾も行ない、神の玉座に神話伝説を主題とする絵などを描いている。作品は全て失われた。

Plin. N. H. 35-34, 36-55/ Paus. 5-11/ Strab. 8-354/ etc.

パナテーナイア祭　Panathenaia

⇒パンアテーナイア祭

パニュア（ッ）シス　Panyas(s)is, Πανύασ(σ)ις, （伊）Paniasi, Paniassi, （西）Paniasis

（?～前454頃）ギリシアの叙事詩人。小アジアのハリカルナッソス*の名門出身（先住民カーリアー*人の血統）。史家ヘーロドトス*の叔父ないし従兄に当たる（おそらくは父方の、別伝では母方の）。ホメーロス*風物語叙事詩の再興者。英雄ヘーラクレース*を歌った『ヘーラクレイア Herakleia』（14巻、9000行）や、イオーニアー*諸都市の建設を主題とした『イオーニカ Ionika, Ἰωνικά』（7000行）などの作品で知られるが、若干の断片しか伝存しない。ハリカルナッソスの僭主政に反対したため、独裁者リュグダミス Lygdamis（アルテミシアー❶*の甥）によって殺された。ヘレニズム時代には、ホメーロス、ヘーシオドス*らと並ぶ大叙事詩人の1人に数えられ、その著作は広く愛読されたという。アンティマコス*の師ともいわれる。

⇒ペイサンドロス❶、コイリロス❷

Quint. Inst. 10-1/ Ath. 2-36, 11-469, -498/ Paus. 10-8/ Strab. 18-22/ Artem. 1-64, 2-35/ Dion. Hal. De Imit. Frag. 6-2-4/ Ath. 2-36, 11-469d, -498c/ Euseb. Chron./ Suda/ etc.

パノクレース　Phanokles, Φανοκλῆς, Phanocles, （伊）Fanocle, （西）Fanocles, （現ギリシア語）Fanoklís

（前3世紀前半の人）ヘレニズム盛期のギリシア詩人。生涯に関しては不明だが、この時代を代表する傑出したエレゲイア詩人と称される。美少年に対する神々や英雄たちの恋の目録（カタログ）をヘーシオドス*風にうたった『恋人たち Erōtes, Ἔρωτες』（ラ）Cupidines（または『美少年たち Kaloi, Καλοί』）は、ギリシア神話伝説中の男色（少年愛）を主題とする興味深い物語集で、韻律の流れるような美しさと選び抜かれた言葉の簡潔さで高く評価された（断片のみ現存）。作風のよく似た同時代人ヘルメーシアナクス*よりはるかに優れており、アポッローニオス・ロディオス*（ロドス*のアポッローニオス❹*）らの詩人に少なからぬ影響を与えた。本書にはオルペウス*、パエトーン*、ガニュメーデース*、ア

系図293　パニュア（ッ）シス

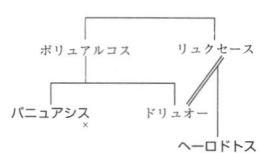

ドーニス*、ディオニューソス*や、タンタロス*、アガメムノーン*など愛人たちのどちらかが不幸な最期を遂げる悲劇的な話が多く、その他トラーキアー*（トラーケー*）人の間における男色の起源についての縁起物語も含まれていた。彼はこの作品ゆえに「好色な男 Erōtikos anēr, Ἐρωτικὸς ἀνήρ」とプルータルコス*から呼ばれている。

⇒ソータデース、ストラトーン

Plut. Mor. 671b/ Clem. Al. Strom. 6-750, Protr. 32/ Stob. Flor. 64-14/ Ath. 13-603d/ Prop. 3-7/ Oros. 1-12/ Steph. Byz/ etc.

パノルモス　Panormos, Πάνορμος, Panormus (Panhormus),〈フェニキア語〉Ziz〈現・パレルモ〈伊〉Palermo,〈シチリア語〉Palermu,〈仏〉Palerme）

シケリアー*（現・シチリア）島北西部の港町。前7世紀初頭にフェニキア*人が創始し、短期間エーペイロス*王ピュッロス*が占領した時期（前276）を除いては、終始フェニキア＝カルターゴー*系の都市であり続けた。第1次ポエニー戦争*（前264〜前241）中は、カルターゴーの海軍基地となったが、前254年ローマ*軍に占領され、以後ローマ治下の自由市 civitas libera et immunis として繁栄を保った。アウグストゥス*の治下にローマの植民市に昇格し（前20頃）、ウェスパシアーヌス*帝やハドリアーヌス*帝により植民者が繰り返し送り込まれた。良港と肥沃な後背地に恵まれて、次第に島の首府として重視されるようになるが、東ローマ帝国領を経て後831年イスラーム教徒のアラブ人に征服された。

フェニキア系碑銘のある墓地やカルターゴー人の築いた市壁が、今なお残っているものの、ギリシア・ローマ人の遺跡は少ない。

⇒メテッルス❶

Diod. 22-10, 23-18, -19, -21, 24-1/ Polyb. 1-38/ Thuc. 6-2/ Mela 2-7/ Sil. 14-261〜/ Zonar. 8-14/ Oros. 4-9/ Cic. Verr. 2-3-6/ Strab. 6-272/ etc.

バハラーム　Baharam

⇒ウァラフラーン

ハーピー　Harpy,〈複〉Harpies

⇒ハルピュイア（の英語形）

パーピニアーヌス　Aemilius Papinianus,〈ギ〉Papinianos, Παπινιανός,〈英〉〈独〉Papinian,〈仏〉Papinien,〈伊〉〈西〉〈葡〉Papiniano,〈露〉Папиниан

（後142頃〈140／148／150／153／〉〜212）。ローマ帝政期の代表的な古典法学者。シュリア*ないしアーフリカ*の出身。Q. ケルウィディウス・スカエウォラ*の弟子。セプティミウス・セウェールス*帝の信任を得、205年には近衛軍司令官に昇進、パウルス*やウルピアーヌス*を補佐役とする。一説に皇后ユーリア・ドムナ*（セウェールス帝の継室）の親戚で、同じくエメサ*の生まれだという。カラカッラ*帝が共同支配者たる弟ゲタ*を殺した時、帝からその暗殺を法的に弁護するよう求められたパーピニアーヌスは、「弟殺しをするよりもそれを正当化する方が難しい」と答えて拒絶、そのため帝の面前で斧で斬首され、死骸は街路をひきずり回された。財務官職（クァエストル*）にあった息子もまた、カラカッラの命令で殺されたという（212）。

当代法学者中の第一人者として、パーピニアーヌス派（ラ）Papinianista を創始し、その著書『問題集 Quaestiones』（37巻、198以前）、『解答録 Responsa』（19巻、204以後）などは、古代末期の法学者に大きな影響を与え、ユースティーニアーヌス*帝の『学説彙集 Digesta』にも数多く抜萃・収録されている。彼の文章は明晰かつ流麗なことで際立っており、コーンスタンティーヌス1世*はパウルスやウルピアーヌスら他の法学者を彼より優位に置くことを許さなかった。

なお、処刑される直前に彼が口にした言葉、「誰であれ私の職務を引き継ぐ者は、私の仇を討つことだろう」は果たして讖を成し、新たに近衛軍司令官となったマクリーヌス*は、数年後メソポタミアー*でカラカッラを暗殺したのだった。

S. H. A. Sev. 21, Caracall. 4, 8/ Dio Cass. 76-10, 77-1, 78-4/ Dig. 20-5, 22-1/ Cod. Theod. 1-4-1/ Cod. Iust. 6-42/ etc.

バビュローニアー　Babylonia, Βαβυλωνία,（ラ）バビュローニア,（仏）Babylonie,（独）Babylonien,（伊）（西）Babilonia,（露）Вавилония,（別称；〈ヘブライ語〉Shinar）,（和）バビロニア

（現・'Irāq 'Arabī）ティグリス*、エウプラーテース*（ユーフラテス）両河下流地方のギリシア名。肥沃な三日月地帯の東端の地域で、メソポタミアー*南部の沖積平野を占める。南のシュメルと北のアッカドの2地方に分かれ、前4千年紀以来、世界最古のメソポタミアー文明の中心地として栄えた。生産性の高い農業地帯であったため諸民族の争奪の対象となり、地名の源たるバビューロン*市を首都とする古バビューローニアー王国（前1894頃〜前1595頃）の時代にとりわけ殷賑を極め、領土を四周に拡大。第6代ハンムラピ Hammurapi（ハムラビ）大王は「世界の王」を称した。その後アッシュリアー*など異民族に圧せられて弱体化していたが、前626年新バビューローニアー Neo-Babylonia（カルダイアー*）王国が興ってアッシュリアー帝国を滅ぼし（前612）、シュリアー*、フェニキア*、パレスティナ*を併合、再びバビューローンを首都とするオリエント第1の強国をつくり上げた。前539年アカイメネース朝*ペルシア*の大王キューロス*に征服され、以来その属州（サトラペイアー）Satrapeiā となり、毎年銀1000タラントンと去勢した少年500人をペルシア宮廷へ貢献することを義務づけられた。アレクサンドロス大王*の東征（前331）後、セレウコス朝*シュリアー（前309〜前127）を経てパルティアー*の領土となった（前126〜）が、従来通り商業・行政の重要な中枢であり続け、サーサーン朝*時代に至るまで独自の高度な文化を保持し

た。

　バビュローニアーは法律・文学・宗教・芸術・数学・天文学などオリエント文明の中心地として名高く、特にギリシア・ローマ人には12進法と度量衡、暦法、占星学を教えた点でよく知られている。売買結婚や神殿売春の風習も古来有名で、すべての女は一生に1度、アプロディーテー*＝ミュリッタ Mylitta の聖域に坐って見知らぬ男と交わらねばならなかった。洗練された若者たちは化粧をして体に香料をふりかけ、髪を染めたり縮らせたりし、頸飾り・耳輪などおびただしい装飾品で身を飾った。男色も盛んだったが、少年に対する強姦や近親間の同性愛、隣人の息子との性交は禁止されていた。裕福なバビュローニアー人は妻妾を奥向きに隔離し、去勢奴隷に監視させていたものの、結婚前の男女の交接には大幅な自由が認められていたという。そのせいか彼らは、ギリシア人やユダヤ人ら他民族から、並み外れた奢侈と放恣な快楽に耽る淫蕩な民と見なされるに至った。なおバビュローニアーは、ギリシア・ローマ人からしばしばアッシュリアーと混同されている。
⇒セレウケイア❶、クテーシポーン、ベーローソス
Herodot. 1-178〜200, 3-150〜159, -183/ Strab. 16-736〜/ Plin. N. H. 6-30/ Xen. Cyr. 1-1, 7〜8, An. 1-5, 2-3/ Diod. 2-1〜, 18-6/ Just. 1〜/ Curtius 5-1, 8-3/ Ptol. Geog. 5-20/ Berossus Fr./ Plin. N. H. 6-31/ Amm. Marc. 23-6, 24-3/ Euseb. Chron./ Oros. 2-6/ Joseph. J. A./ etc.

バビュローン　Babylon, Βαβυλών, (仏) Babylone, (伊)(西) Babilonia, (葡) Babilónia, Babilônia, (露) Вавилон, (ヘブライ語) Bābel, (古バビロニア語) Babilim, (シュメル語) Ká-dingir-ra「神の門」の意, (アッカド語) Bāb-ili「神の門」の意), (漢) 巴比倫, (和) バビロン

(現・Bâbil) バビュローニアー*の首都。エウプラーテース*(ユーフラテス)河を挟んで両岸にまたがる古代オリエント最大の都市。今日のヒーラ Hira (または、Al-Hīrah, Al-Hillah) の北方およそ6kmの地に遺跡が発掘されている。前3千年紀シュメル時代から都市国家として存在し、古バビュローニアー王国(前1894頃〜前1595頃)の首都となって以来、政治・宗教・通商の中心として大いに繁栄。アッシュリアー*時代に入って一旦破壊される(前689)が、間もなく再興され(前681〜)とりわけ新バビュローニアー(カルダイアー*)王国の統治下、その栄光は頂点に達した(前626頃〜前539)。アカイメネース朝*ペルシア*に征服された(前539)のちも、4都の1つ冬宮の所在地と定められ、メソポタミアー*文明継承の中心都市であり続けた。前331年バビュローンに入城したアレクサンドロス大王*は、ここを全帝国の首府にする計画を抱いたが、宮殿で大酒を飲んで急逝(前323)。ヘレニズム時代にはセレウコス1世*に占領され(前312)、新首都セレウケイア❶*がティグリス*河畔に建設されたため、以降しだいに衰えた。ギリシア人史家ヘーロドトス*によると、バビュローンは他に類のないほど美しく整備された大都会で、百の城門はすべて青銅造り、広い街路は格子状に直交し、3階・4階建ての建築物がぎっしりと並んでいた。いくつもの神殿や王宮のほかに、古代世界七不思議の一たる女王セミーラミス*の空中庭園や、主神ゼウス*＝ベーロス*の黄金巨像(高さ6m)がある大神殿、「バーベルの塔」で名高い8層の高塔神殿 Ziggurat (ジッグラート)(高さ90m余り)などが聳え、高塔神殿の頂上にある社殿では夜ごと選ばれた女性が神と交合するべく豪奢な寝台に横たわったという。ヘレニズム時代にはギリシア風の野外劇場(テアートロン*)や体育場(ギュムナシオン*)も造営された。ローマ皇帝トライヤーヌス*がパルティアー*を侵略した時には、すでにこの町は半ば廃墟の地と化していた(後116)が、その後もバビュローンの名は奢りと快楽に耽る華美な魔都の代名詞として永く人口に膾炙した。19世紀以来、主にドイツの考古学者によって発掘が進められている。

　なお、ギリシア神話中、この町の建祖はベーロスの息子バビュローンであるとされている。
⇒サカイ、サルダナパーロス
Herodot. 1-178〜, 3-152〜/ Plin. N. H. 5-21, 6-30/ Strab. 16-738〜, 17-807/ Just. 1/ Diod. 1-56, 2-7〜/ Mela 1-3/ Joseph. J. A. 2/ Ptol. Geog. 4-5/ Ctesias Fr./ Arr. Anab. 3-16/ App. Syr. 58/ Xen. An. 1-4〜, Cyr. 2-1/ Curtius 2-1〜/ Vet. Test. Gen.10/ etc.

パピーリウス・クルソル　Papirius Cursor
⇒クルソル、L. パピーリウス

パピーリウス氏　Gens Papiria〔← Papirius〕, (ギ) Papeirios, Παπείριος, Papirii

　ローマの氏族名。王政時代のパトリキイー*(貴族)に発し、クルソル*その他の諸家に分かれ、のちプレーベース*(平民)系のパピーリウス氏 ── カルボー*家など ── も現われた。

　共和政初期のあるパピーリウス Papirius Praetextatus は妻の饒舌のせいで名高くなっている。というのも、元老院で何日間も秘密会議が続けられた時、好奇心の強い彼の妻は審議の内容を夫の口から聞き出すことができなかったので、「決して他言はしないから」と誓いつつ、夫に同伴していた息子から秘密を聞き出そうと強くせがんだ。母の執拗さに断念したふりをして、息子は「1人の男が2人の妻をもつことと、1人の女が2人の夫をもつことのいずれが国家に益するか、という問題を論じているのです」と巧みに偽った。これを聞いて驚いた母親は早速よその主婦たちに通報、翌日婦人たちが大挙して元老院に押し寄せ、「1人の女が2人の夫をもつようにして欲しい」と懇願したところ、今度は元老院議員が驚く始末。パピーリウスの息子から経緯を知らされた議員たちは、向後何人(なんぴと)たりとも未成年の息子を連れて会議に臨んではならない旨の法律を定めた、というのである。

　なお、ローマ市民を借金の質に奴隷とすることを禁じた法律の制定(前326)の因をなしたL. パピーリウスに関しては、クルソルの項を参照。

Cic. Fam. 9-21/ Dion. Hal. Ant. Rom. 3-36, 5-1/ Gell. N. A. 1-23/ Macrob. Sat. 1-6/ Liv. 8-17, -28/ Dig. 1-2, 50-16/ etc.

バビロニア　Babylonia
⇒バビュローニアー

バビロン　Babylon
⇒バビュローン

パフォス　Paphos
⇒パポス

パフラゴニア　Paphlagonia
⇒パープラゴニアー

パープラゴニアー　Paphlagonia, Παφλαγονία, （ラ）パープラゴニア Paphlagonia, （仏）Paphlagonie, （独）Paphlagonien, （伊）（西）Paflagónia, （葡）Paflagónia, （露）Пафлагония

（現・Paflagonya, Penderachia）小アジア北部、ポントス*とビーテューニアー*との間の黒海に面した地方。主要都市は、沿岸地域に建設されたギリシア人植民市シノーペー*やヘーラクレイア❹*など。リューディアー*王国、アカイメネース朝*ペルシア*帝国、アレクサンドロス大王*、セレウコス朝*に次々と帰属したが、ポントス王国に漸次併呑されてしまうまで（前300頃～前183）、神官王など多くの諸侯が各地を統治していた。ヘレニズム時代にパープラゴニアーは、ポントスとビーテューニアーとに分割されたものの、ポントス大王ミトリダテース6世*の死（前63）後、ローマの将ポンペイユス*によって沿岸部は属州ビーテューニア・ポントゥスの一部とされ（前62）、内陸部は現地の藩属王たちの手に委ねられた。しかるに前6年、ローマ皇帝アウグストゥス*の治下、この内陸部は属州ガラティア*に併合され、ディオクレーティアーヌス*帝の時代に至って、ポントゥス管区のもと、パープラゴニアはガラティア、ビーテューニアと同様、おのおの1つの州に分けられた。良馬と木材の産地として有名。ギリシア神話伝説では、『イーリアス*』中、トロイアー*方の将としてパープラゴニアーの王ピュライメネース Pylaimenes, Πυλαιμένης が登場しており、ヘレニズム時代にも同じくピュライメネースを名乗る王が何人かこの地に君臨している。

⇒アレクサンドロス（パープラゴニアーの）

Herodot. 1-6, -28, -72, 3-90, 7-72/ Strab. 12-533, -542～544, -562/ Plin. N. H. 6-2/ Mela 1-19/ Xen. An. 5-2, -6, 6-1/ Diod. 18-3, -16/ Just. 37-4/ Hom. Il. 2-851～, 5-576, 13-658/ Scylax/ App. Mith. 11/ Steph. Byz./ etc.

バフラーム　Bahram
⇒ウァラフラーン

バブリオス　Babrios, Βάβριος, Valerius Babrius（または、バブリアース Babrias, Βαβρίας），（伊）（西）Babrio, （露）Бабрий

（後1～後2世紀）ローマ帝政期の詩人・寓話作家。中・北部イタリアの出身と思われるが、小アジアないしシュリアー*に居住し、当時アイソーポス*（イーソップ）の名のもとに伝えられていた散文の寓話集をギリシア語韻文（イアンボス詩形）に翻訳、さらにオリエント系の作品をも加えて編纂・集成した（"Mȳthiamboi Aisōpeioi" 約200話、10巻、1世紀後半）。4世紀の末頃アウィアーヌス*（アウィエーヌス*）によって彼の著作の一部は再びラテン韻文に翻案された（400頃、42篇）が、その後1844年にギリシアのアトース*山上の1修道院から123篇の寓話を含むバブリオス写本2巻が発見されて世の注目を浴びた（冒頭の単語のアルファベット順に配列されており、2巻目は未完のまま）。バブリオスはユダヤのヘーローデース1世*（大王）の曾孫たるキリキアー*の小王アレクサンドロス Aleksandros に仕え、王の師傅であったと考えられている。

⇒パエドルス

Suda/ Avianus/ Julian. Ep. 90/ Auson. Epist. 16/ Fabulae Aesopicae/ etc.

パポス　Paphos, Πάφος, Paphus, （伊）Pafo, （西）（葡）Pafos

ギリシア神話中、キュプロス*島の都市パポス*の名祖(なおや)。曙の女神エーオース*とケパロス*の息子で、キニューラス*の父、パポス市の創建者という。別伝によると、ピュグマリオーン*王と象牙像ガラテイア❷*との間に生まれた子で、息子キニューラスを儲けたが、のち女神アプロディーテー*によって女に変えられた人物とされる。

一説では、パポスはアポッローン*と交わってキニューラスを産んだニュンペー*（ニンフ*）の名ともいわれる。

Hyg. Fab. 242, 270, 275/ Schol. ad Pind. Pyth. 2-15/ Apollod. 3-14-3/ Schol. ad Dionys. Per. 509/ etc.

パポス　Paphos, Πάφος, Paphus, （伊）Pafo, （西）（葡）Pafos, （露）Пафос

（現・〈現ギリシア語〉Páfos,〈トルコ語〉Baf）キュプロス*島西南岸の都市名。伝説上の人物パポス*が名祖。前14、13世紀にギリシア人が入植し、ミュケーナイ*時代の遺跡が今も残っている。伝承では、トロイアー戦争*に参加したテゲアー*王アガペーノール Agapenor, Ἀγαπήνωρ（アルカス*の子孫）が植民団を率いたという。豊饒の女神アプロディーテー*の大神殿で名高く、沖合の海泡から生まれた女神はこの地に上陸したと伝えられる。聖域の創建者キニューラス*の子孫は、前295年まで王権を継承し、前58年に至るまで神官職を務め続けた。神体は円錐形の白石で、生贄には雄山羊など雄の犠牲獣のみが捧げられ、その祭壇は屋外にあったにもかかわらず、不思議にも雨に濡れることはなかったという。毎年4月の祭礼アプロディーシア Aphrodisia, Ἀφροδίσια では、各種競技や宴会、夜の海

での水浴のほか、処女の破瓜や若者の神殿売春者との性交などの宗教儀式が行なわれた。またパポスの娘たちは、オリエント古来の伝統に従って、結婚する前に社殿において春を鬻ぐ習いであった。神殿は幾度も地震に見舞われて破壊を被り、前15年に地震で倒壊した折には、アウグストゥス*帝によって再興され、帝政期にも大勢の巡礼で賑い続けた。

ヘレニズム初期にキニュラース朝最後の王ニーコクレース Nikokles, Νικοκλῆς（？〜前306）が、10マイル西北方の港町に王都を遷し（前312頃）、この新パポス Nea Paphos, Νέα Πάφος（現・Kato-Páfos, Baffo）は前3世紀には重要な交易都市として繁栄、古パポス Palaipaphos, Παλαίπαφος（現・Kuklia,〈トルコ語〉Kukla, Konuklia）を圧倒するまでになった。その後、新パポスはプトレマイオス*王朝下にキュプロスの首都となり、次いでローマの属州総督の滞在する州都となった。現在、古パポスでは「百もの部屋がある」といわれた大神殿の遺構を、新パポスでは劇場（テアートロン*）や音楽堂（オーデイオン*）、モザイク舗床のある家屋、地下墓地などヘレニズム・ローマ時代の建造物の廃墟を見ることができる。
⇒アマトゥース、サラミース❷

Hom. Od. 8-363/ Hymn. Hom. Ven. 59/ Herodot. 7-195/ Strab. 11-505, 14-683/ Tac. Ann. 3-62, Hist. 2-2〜/ Verg. Aen. 1-415/ Ptol. Geog. 5-14, 8-20/ Plin. N. H. 5-35/ Paus. 1-14/ Mela 2-7/ Luc. 8-456/ Nov. Test. Act. 13-6/ etc.

ハーマイオニー Hermione
⇒ヘルミオネー（の英語訛り）

ハマドリュアス Hamadryas, Ἁμαδρυάς たち（〈複〉ハマドリュアデス Hamadryades, Ἁμαδρυάδες）
（英）Hamadryad, （仏）（独）Hamadryade, （伊）Amadriade, （西）（葡）Hamadríade, （露）Гамадриада

ギリシア神話中、樹木のニュンペー*（ニンフ*）。ドリュアス*たち（ドリュアデス*）に同じ。一説にオクシュロス Oksylos とその姉妹ハマドリュアスとの間に生まれた娘たちという。彼女らの中では、黒ポプラになったドリュオペー❶*が名高い。また、ディオニューソス*に愛されて胡桃（くるみ）の木に変身させられたラコーニアー*の王女カリュアー Karya も、ハマドリュアデスの1人とされることがある（⇒カリュアイ）。

Ath. 3-78b/ Nonnus Dion. 2-92〜/ Verg. Ecl. 10-62/ Ov. Met. 1-690, 14-624, Fast. 4-231/ Hymn. Hom. Ven. 259〜/ Callim. Hymn. 4-79〜/ Ant. Lib. Met. 32/ Ap. Rhod. 2-47/

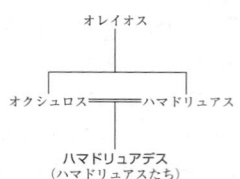

系図294　ハマドリュアス

Prop. 2-32/ etc.

ハーミオニ Hermione
⇒ヘルミオネー（の英語形）

ハーミーズ（ハーミス、ハーミズ）Hermes
⇒ヘルメース*（の英語形）

ハミルカル Hamilcar, （ギ）アミルカース* Amilkas, Ἀμίλκας, ときに、アミルカール Amilkhar, Ἀμίλχαρ, （仏）（西）Amilcar, （独）Hamilkar, （伊）Amilcare, （西）（葡）Amílcar, （露）Гамилькар, （ポエニー名）Abd-Melqart（「メルカルト神が守護する」ないし「メルカルト神の僕（しもべ）」の意）

カルターゴー*の「王」（在位・前510頃〜前480）。アンノーン Annon（ハンノー Hanno）の子。マーゴー❶*の孫（⇒巻末系図034）。母親はシュラークーサイ*（現・シラクーザ）出身のギリシア女。カルターゴー軍を率いて、アクラガース*の僭主テーローン*やシュラークーサイの僭主ゲローン*と戦うが、前480年9月末に敗れた後、行方不明になった。一説には、犠牲獣を捧げる聖火に身を投じて果てたという。このヒーメラー*の合戦は、アカイメネース朝*ペルシア*の大王クセルクセース1世*のギリシア侵入（サラミース❶*の海戦）と時を同じくして行なわれたと伝えられる。およそ70年ののち、ハミルカルの孫ハンニバル❷*が、ヒーメラーを占領し3千人のギリシア人捕虜を虐殺して、祖父の仇を報じた（前409）。

このほか、アレクサンドロス大王*の許へ派遣されて、大王にアーフリカ*征服計画の意図があるか否かを偵察したにもかかわらず、帰国後カルターゴー人によって処刑されたハミルカル・ロダヌス Rhodanus（？〜前320頃）や、ギスコー❶*の兄弟で数々の遠征で輝かしい武勲をたてたために、「王」になろうと企てているとして処刑されたハミルカル（前4世紀）、前339年シケリアー*（現・シチリア）でティーモレオーン*に大敗を喫した将軍ハミルカル、対アガトクレース❶*戦で将軍として派遣され、シケリアー島の大半を征服したが、シュラークーサイに夜襲をかけて捕われ、惨殺されて首を刎ねられたハミルカル（？〜前309頃）、マーゴー❹*と並び称される農事作家のハミルカル（著書は散逸して伝わらない）など、同名のカルターゴー人が少なからずいる。
⇒ハミルカル・バルカ、ドレパノン

Herodot. 7-165〜/ Diod. 11-20〜, 13-43, -59, -62, 19-5〜, -71, -106〜, 17-113, 20-15〜, 23-9,-24-12/ Just. 19-1〜, 21-6, 22-2〜/ Polyaenus 5-3, -11, 6-41/ Plut. Tim. 25〜/ Polyb. 1-24/ Val. Max. 1-7/ Cic. Div. 1-24/ Oros. 4-6/ Zonar. 8-10〜/ etc.

ハミルカル・バルカ Hamilcar Barca, （ギ）アミルカース・バルカース* Amilkas Barkas, Ἀμίλκας Βάρκας, （独）Hamilkar Barkas, （伊）

Amilcare Barca, （西）（葡）Amílcar Barca, （露）Гамилькар Барка

（前280頃～前229／228）カルターゴー*の将軍。副名のバルカ（ース）は「稲妻（フェニキア*語）Baraq」の意。ハンニバル❶*兄弟の父（⇒巻末系図034）。第1次ポエニー戦争*（前264～前241）では、カルターゴー艦隊の指揮官に任命され（前247）、南イタリアのブルッティウム*沿岸を略奪、シケリアー*（現・シチリア）島のパノルモス*近郊に上陸し、エリュクス*山を占領（前244）。イタリア西岸を北上してキューメー❷*（クーマエ*）に至るまでを攻撃するなど、ローマ軍をしばしば悩ませた。前241年、カルターゴー軍がアエガーテース*諸島の海戦で敗れ（⇒C.ルターティウス・カトゥルス）、第1次ポエニー戦争が終結すると、彼は全権を委ねられてローマとの和平交渉を行なった。次いで本国で勃発した傭兵の反乱（前241～前238）の鎮圧に向かい、血腥（なまぐさ）い戦闘の後、これを平定した（⇒ギスコー❷、ハンノー❷）。前237年、息子のハンニバルらを伴ってヒスパーニア*へ渡り、ガーデース*を根拠地にヒスパーニア南部・東部を征服、銀山を開発して、祖国の復興に寄与した。ローマがこれに抗議すると、彼は第1次ポエニー戦争で負った賠償金を確保するためだと答えたといい、実際このヒスパーニア経営によってカルターゴーは3200タラントンもの莫大な償金をローマに支払うことができたとされている（前231）。先住のウェットーネース Vettones 族（ヒスパーニア・ウルテリオル*に居住していた種族）との戦闘中、水嵩の増した河で部下を助けようと囮（おとり）になって溺死。3人の息子、ハンニバル、ハスドルバル❷*、マーゴー❸*をのこしたが、彼はつねづね「不倶戴天の敵ローマを食い尽くすべく、私は3頭の獅子を養っている」と公言していた。また後にヒスパーニアを訪れた大カトー*は、彼の業績に感嘆して、「いかなる王もハミルカル・バルカに比すれば王と呼ぶに値しない」と絶賛したという。ヒスパーニアの市名バルキノー Barcino（現・バルセローナ Barcelona）は彼に由来している。なお彼は愛人たる見目麗しい若武者ハスドルバル❶*に実の娘を嫁がせ、義理の父子となってヒスパーニアへ同伴、その後も交際を続けたという。

Nep. Hamilcar/ Liv. 21-1～3, 24-41/ Polyb. 1-56～3-11/ App. Hisp. 4, Hann. 2/ Diod. 23～26/ Zonar. 8-16, -17, -19/ Strab. 3-139/ Cic. Off. 3-26/ Val. Max. 6-6/ Sil. 1-72～/ Oros. 4-13/ etc.

パムピュリア Pamphylia
⇒パンピューリアー

パムピリア Pamphylia
⇒パンピューリアー

パムフィリア Pamphylia
⇒パンピューリアー

パムプューリアー Pamphylia
⇒パンピューリアー

パムメネース Pammenes
⇒パンメネース

パユッロス Phayllos, Φάϋλλος, Phayllus, （西）Failo
ギリシアの男性名。

❶（前5世紀前期）南イタリアのクロトーン*市の運動選手。ピューティア競技祭*で3度優勝し（五種競技（ペンタートロン*）で2回、短距離走で1回）、ペルシア戦争*の際には自費で軍船を支度してイタリア、シケリアー（現・シチリア）*から唯1人サラミース❶*の海戦（前480）に馳せ参じ勇名を轟かせた。一説に彼は走り幅跳びで55フィート（約16.8m）も跳んだという。
Herodot. 8-47/ Paus. 10-9/ Plut. Alex. 34/ Ar. Ach. 215, Vesp. 1206/ Suda/ etc.

❷（？～前351）第3次神聖戦争*（前356～前346）時のポーキス*の将軍（ストラテーゴス*）。兄オノマルコス*の戦死（前352）後、その跡を継ぐや、傭兵の給料を2倍に増やし、スパルター*やアテーナイ*らの協力を得て、テルモピュライ*でマケドニアー*王ピリッポス2世*の南進を防いだ。しかるに、デルポイ*に奉納されていた財宝を奪って妻や愛人に贈与、とりわけ所有者に不幸をもたらすという伝説的な名宝ハルモニアー*の頸飾りを情婦に与えたため、彼女の息子は発狂して家に放火し母もろとも焼死、パユッロスもまた肺結核に取りつかれて間もなく悶死した。後継者には甥のパライコス Phalaikos, Φάλαικος（オノマルコスの子）が立ったが、まだ年若く、神域の財貨を着服した廉で廃され（前347）、翌年身の安全を交換条件に祖国をピリッポスの手に委ねた（前346）。その後、パライコスは傭兵隊長としてクレーター*島で戦闘中、落雷によって生じた火災事故で焼死した（前342頃）。
Diod. 16-35～40, -56, -59, -61～63/ Paus. 10-2/ Harp./ Aeschin. de F. Leg./ Dem. 19/ etc.

ハライサ（または、アライサ*） Halaisa, Ἄλαισα, Halaesa（Halēsa, Alēsa）, （伊）Alèsa Arconidèa, （西）Halesa

（現・トゥーザ Tusa 近くの遺跡）シケリアー*（現・シチリア）島北岸の町。前403年、同島の市ヘルビタ Herbita の僭主アルコニデース Arkhonides により建設。第1次ポエニー戦争*（前264～前241）で最初にローマ軍に降伏し（前263）、以後交易港として繁栄した。
Cic. Verr. 2-2-7, -3-6, Fam. 13-32/ Sil. 14-218/ Strab. 6-272/ Plin. N. H. 3-8/ Diod. 14-16, 22-13, 23-4/ Solin. 5-20/ Ptol. Geog. 3-4/ etc.

パライスティーネー Palaistine
⇒パレスティナ

パライストラー　Palaistra, Παλαίστρα, （ラ）パラエストラ Palaestra, （英）Palestra, Palaestra, （仏）Palestre, （独）Palästra, （伊）（西）Palestra, （露）Палестра

ギリシアの格闘競技用体育場。レスリング（パレー pale, πάλη）教習場。もとは専門の教師が開設・運営した私的な格闘訓練場で、市民の子弟らが通ってレスリングその他の運動競技を習った。通常、列柱をめぐらした四角の建物で、中央が露天の練習場（砂場）になっており、周囲に脱衣場や浴場、塗油室などが付属していた。若者たちはここで全裸になり、オリーヴ油を塗ってレスリングなど格闘競技の訓練に励んだ（⇒エペーベイオン）。富裕な市民は私用のパライストラーを所有し、また公立のギュムナシオン*（体育場）にも普通パライストラーと呼ばれる格闘技場（一般に屋内）が併設されていた。ソークラテース*とカルミデース*の例に見るように、こうした体育施設は少年愛 paiderastia（パイデラスティアー）の花開く温床となっていた。
⇒パンクラティオン、ペンタートロン
Herodot. 6-126/ Eur. El. 528/ Pl. Grg. 456, Chrm. 155/ Vitr. De Arch. 5-11/ Varro Rust. 3-13/ Paus. 6-21/ etc.

パライパトス　Palaiphatos, Παλαίφατος, Palaephatus, （伊）Palefato, （西）（葡）Paléfato, （露）Палефат

（前4世紀後期の人）アリストテレース*の愛弟子。ペリパトス（逍遙学）派の神話学者。エジプト人ともアテーナイ*人とも言われ、出自については諸説区々（まちまち）である。美男子テオデクタース Theodektas らと共にアリストテレースの稚児 paidika（パイディカ）となる。ギリシア神話を合理的に解釈した『信じ難い物語 Peri Apistōn, Περὶ Ἀπίστων』五巻を著したが、真偽とり混ぜて50余話の摘要しか伝存しない。

その後ヘレニズム時代に入ると、ギリシア神話の集成本が幾つも編まれるようになる。星辰への変身物語『カタステリスモイ Katasterismoi, Καταστερισμοί, （ラ）Catasterismi』を書いたエラトステネース*（但し現存するのは後世の摘要のみ、Pseudo-Eratosthenes, 前1世紀頃）や変身神話を編纂したニーカンドロス*（散逸）、様々な恋愛譚を集めたパルテニオス*、縁起物語など50篇の神話集 Diēgēseis, Διηγήσεις をカッパドキアー*王アルケラーオス*（在位・前36～後17）に献呈したコノーン Konon（散逸）らを経て、ローマ時代の神話作家へと継承されて行った。
⇒アポッロドーロス❸、ヒュギーヌス、アントーニーノス・リーベラーリス、オウィディウス
Suda/ Phot. Bibl/ Ps.-Eratosth. Cat./ Parth. Amat. Narr./ Anth. Pal. 1-27/ Ath. 14-660e/ etc.

パライモーン　Palaimon, Παλαίμων, Palaemon, （仏）Palémon, （伊）Palemone, （西）Palemón, （露）Палемон

ギリシアの海神。メリケルテース*（アタマース*とイーノー*の子）が死後に神格化されたもので、テネドス*島では嬰児たちが犠牲として彼に捧げられていた。また、海豚（いるか）に運ばれてきたパライモーンの遺骸を、シーシュポス*が見つけて埋葬し、それを記念してイストミア競技祭*を創設したと伝えられる。
Eur. Med. 1284～/ Paus. 1-44, 2-1/ Lycoph. Alex. 229, 662/ etc.

パラエスティーナ　Palaestina
⇒パレスティナ

パラエストラ　Palaestra
⇒パライストラー*（のラテン語形）

パラエモーン、クィ（ー）ントゥス・レンミウス　Quintus Remmius Palaemon, （仏）Quintus Remmius Palæmon (Palémon), （伊）Quinto Remmio Palemone, （西）Quinto Remio Palemón, （露）Квинт Реммий Палемон

（後1世紀前半に活動）ローマ帝政初期の文法学者 grammaticus（グランマティクス）、教師。ウィーケーティア Vicetia, Vicentia（現・ヴィチェンツァ Vicenza）の奴隷身分の出。解放されて後、ローマで教室を開き、当代随一の文法家としての名声を得、たちまち莫大な財産を築く。ペルシウス*やクィンティリアーヌス*の師で、ローマ最初の体系的な文法書（散逸）の著者として知られる。しかし、傲岸不遜・贅沢にして好色な人物だったため、ティベリウス*帝やクラウディウス*帝をして「彼ほど青少年を安心して任せられない者はいない」と嘆かせた。40万セーステルティウスの年収があったにもかかわらず、浪費癖のせいで生活を支えるに足りず、既製服の販売や葡萄園の経営にも乗り出して稼いでいたという。尊大な言動は評判で、大学者M.ウァッロー*を「豚」呼ばわりし、「文学は余とともに生まれ、かつ死ぬのだ」とか「盗賊団に襲われたが、我が名声ゆえに彼らは何の害も加えなかった」などと放言。また婦女に対する啜陰行為（クンニリングス cunnilinctus, cunnilingus）に惑溺していたため、弟子でさえ彼の接吻を避けようとしたという挿話も伝えられている。
⇒ドミティウス・アーフェル
Suet. Gram. 23/ Mart. 2-86-11/ Juv. 6-451, 7-215～219/ Ars Palaemonis/ etc.

パラシオス　Parrhasios
⇒パッラシオス

パラス　Pallas
⇒パッラス

パラース　Pallas
⇒パッラース

パラーティウム　Palatium, （〈ギ〉Palation, Παλάτιον, または Pallantion, Παλλάντιον）

ローマのパラーティーヌス*丘 Mons Palatinus、およびそこに造営された皇帝たちの宮殿。初代皇帝アウグストゥス*が丘上に邸宅を構えて以来、次のティベリウス*以下歴代皇帝が居館を建設・拡大していった。3代目のカリグラ*帝は宮殿を延長して、フォルム・ローマーヌム*にあるカストル*とポルックス*の神殿を玄関とし、この双子神の像の間に立って参詣者に自分も拝礼させた。ネロー*帝はパラーティウム宮とエースクィリーヌス*丘上のマエケーナス*の庭園とを結ぶ通廊宮殿 Domus Transitoria を建設（後64年の大火で焼失）。ドミティアーヌス*帝は皇宮を増築して宏壮華麗な大宮殿 Domus Augustana を造営した。トライヤーヌス*やハドリアーヌス*の拡張を経て、セプティミウス・セウェールス*帝の宮殿と高層のセプティゾーニウム Septizonium (203) 建立によりパラーティウムの建築はほぼ完了した。威容を誇った大建造物群も中世以降、キリスト教徒の略奪と破壊を被って無惨な廃墟と化し、もはや昔日の面影を失っているが、パラーティウムの名はその後のヨーロッパ諸語において「宮殿」を意味する用語として伝えられている（〈英〉palace,〈仏〉palais,〈独〉Palast,〈伊〉palazzo,〈西〉palacio, ……）。
Varro Ling. 5-53/ Suet. Aug. 72, Calig. 27, Ner. 31/ Tac. Hist. 1-27/ Ov. Ars Am. 3-119/ Dio Cass./ Stat. Silv. 4-/ etc.

パラディウム　Palladium
⇒パッラディウム

パラディオン　Palladion
⇒パッラディオン

パラーティーヌス（丘）　Palatinus,（ギ）Palātīnos, Παλατῖνος,（英）Palatine,（仏）（独）Palatin,（伊）（西）（葡）Palatino,（露）Палатин

（現・パラティーノ Palatino）ローマ七丘*の1つ。フォルム・ローマーヌム*の南側、キルクス・マクシムス*の北に位置し、ローマ市の中心部、国家揺籃の地をなす。伝説では、最初にエウアンデル*（エウアンドロス*）が丘上にパッランティオン Pallantion, Παλλάντιον 市を創建し、次いでロームルス*がローマ市の基礎となる居住地「四角形のローマ Roma Quadrata」を築いたという。ロームルスとレムス*の双生兄弟が雌狼によって養われたとされるルペルカル Lupercal の洞穴や、都市建設に当たってロームルスが鳥占いを行なった場所、建国後ロームルスの住んでいたカークス*の階段などが、その一角にあった。また勝利の女神ウィクトーリア*（前294）や小アジアの大地母神マグナ・マーテル*（前204）、ユーピテル*、アポッロー*らの神殿も建てられ、共和政期には有力市民の住む高級住宅地区となった。ここに居を構えた著名な人物としては、フルウィウス・フラックス*、ルターティウス・カトゥルス*、雄弁家キケロー*、クラッスス*、ミロー*、P.スッラ*、マールクス・アントーニウス❸*、リーウィウス・ドルースス*、ホルテーンシウス*らの名が挙げられる。初代皇帝アウグストゥス*がホルテーンシウスの邸宅を買収して、そこに住んで以来、歴代ローマ皇帝がこの丘に宮殿（⇒パラーティウム）を造営・拡張し、後6世紀の東ゴート*王テオドリークス*の頃まで使用され続けた。現在も「リーウィア❶*の館（伊）Casa di Livia」やティベリウス*宮殿、フラーウィウス*宮殿、ドミティアーヌス*のスタディウム*（伊）Stadio palatino、アウグスターナ宮殿 Domus Augustana などの遺構が残っている。

なお、パラーティーヌスなる語は、末期ローマ帝国の「宮内官」を指す言葉を経て、中世フランク王国の「大宰相」、さらに神聖ローマ帝国の7選帝侯の1人プファルツ Pfalz 伯の称号となった。プファルツ伯が数代にわたって収集した古典文献類の蔵書をパラーティーナ Palatina 文庫と呼ぶのは、このためである。
⇒パッラース❹
Liv. 1-5, -7, 8-19, 20-8/ Varro Ling. 5-54/ Tac. Ann. 12-24, Hist. 1-27/ Dion. Hal. Ant. Rom. 1-87/ Verg. Aen. 8-54, -341/ Plut. Rom. 1〜/ Ov. Met. 15-560/ Suet. Aug. 72/ Vell. Pat. 2-81/ Dio Cass./ etc.

バラメース　Barames
⇒ウァラフラーン

パラメーデース　Palamedes, Παλαμήδης,（仏）Palamède,（伊）Palamede,（露）Паламед

ギリシア神話中、トロイアー戦争*に参軍した智勇兼備の武将。エウボイア*王ナウプリオス❷*とクリュメネー❹*（クレーター*王カトレウス*の娘）の子。ケンタウロス*の賢者ケイローン*に育てられ、聡明な人物に成長、鳥の飛行から字母のYを発明したほか、Θ・Ξ・Φ・Xなどの文字や骰子・将棋といった遊戯、歩哨の配置法や合言葉などの戦術、また秤・物差し、灯台、円盤、等々を発明したという。トロイアー*出征を厭うオデュッセウス*が狂気を装い、驢馬と牛とを1つの軛につけて畑を耕し、麦の代わりに塩を播いてみせた時、その佯狂たるを逸早く看破ったパラメーデースは、オデュッセウスの幼い息子テーレマコス*を鋤のすぐ前に置いて彼の狂言を暴いた。よってオデュッセウスはやむなく従軍させられたが、以来パラメーデースを怨むこと一通りではなく、トロイアー戦争中に数々の軍功のあった彼を、謀略を用いて死に至らしめ、復讐を遂げた。最もよく知られている説では、オデュッセウスが、パラメーデースの奴隷を買収して、トロイアー王プリアモス*の贋手紙と黄金とをパラメーデースの寝台の下に隠させておき、「トロイアー側に寝返っている」と称して彼を告発。密書と金とが発見されるに及んで、総大将アガメムノーン*は激昂する軍隊にパラメーデースを引き渡し、裏切者として投石刑に処させたという。あるいは、オデュッセウスとディオメーデース*が、深い井戸の底に財宝があると偽ってパラメーデースをその中に下ろし、頭上から大石を投じて殺したとも、同じくこの2人が魚釣りの最中に舟を転覆させて溺死させたとも、種々に説かれて

いる。かつてパラメーデースは、男装してトロイアー遠征軍に加わっていたエウボイア出身の娘エピポレー Epipole の正体を見抜き、彼女を石打ちの刑で死に追いやっていたとの因果譚めいた物語も伝えられている。彼の非業の死は、父ナウプリオスによって報復された。悲劇詩人ソポクレース*に今は失われた作品『パラメーデース』があった。
Apollod. 1-1, 3-2, Epit. 3, 6/ Cic. Off. 3-26/ Ov. Met. 13-36～, -308-/ Ael. V. H. 13-12/ Hyg. Fab. 95, 105, 277/ Paus. 2-20, 10-31/ Plin. N. H. 7-56/ Tac. Ann. 11-14/ Verg. Aen. 2-81～85/ Pl. Apol. 41b/ Xen. Mem. 4-2, Apol. 26/ Dict. Cret. 2-15/ Dares Phryg. 28/ etc.

パラリス　Phalaris, Φάλαρις, （伊）Falaride, （西）Falaris, （露）Фаларид

（前6世紀中葉に活躍）シケリアー*（現・シチリア）島アクラガース*（〈ラ〉アグリゲントゥム*）の僭主（在位・前570／565頃～前554／549頃）。ロドス*系の農夫出身だったが、大神殿を築くと称して工人たちの支援で政権を奪取し、その残虐な弾圧政治で名を馳せた。とりわけよく知られているのは、ペリッロス*という彫刻家に造らせた真鍮の雄牛による拷責で、空洞になった牛の胴体に囚人を入れて下から火で炙ると、犠牲者の叫喚が牛の吃哮そっくりに響くという趣向を凝らしたものであった。この像が完成すると、パラリスは真先にペリッロスをその中へ押し込んで蒸し殺したといい、さらに後年、アクラガース市民の反乱が起こり、パラリス自身も同じ装置の中で焼き殺されたと伝えられている。この雄牛像はのち、ハミルカル*によってカルターゴー*へ運び去られ、スキーピオー・小アーフリカーヌス*（小スキーピオー）の手でアクラガースへ戻されたという。

パラリスはまた、カリトーン*とメラニッポス*という2人の若者の恋をさまたげ、美少年の方を犯そうとしたので、念者を叛逆にはしらせてしまった。2人は捕らえられて拷問を加えられたものの、ついに陰謀の仲間について口を割らなかったため、僭主は却ってその勇気と愛情に心うたれ、彼らを釈放し、いたく称賛したと伝えられている。

アリストテレース*らによれば、パラリスは人肉食、わけても子供の肉を焙って食べることを好んだが、無法な性的快楽と同様に、この欲望をも抑制するよう努めていたという。また、パラリスがアクラガースの支配権を奪取できたのは、アクロポリス*のゼウス*神殿の建設を委託された折、大勢の奴隷を集めたうえで彼らに自由を約束して武装させ、郊外で祭礼が祝われている隙に都市を占領し、全市民の武装解除に成功したからだといい、政敵をアイトネー*（エトナ）山の噴火口に突き落とす等して粛清。傭兵を支えとしつつ軍事政治を布き、先住民やフェニキア*人と戦いながら島の北岸ヒーメラー*にまで領域を拡張し、大いに勢威を誇ったとされている。在位16年にして、テーローン*の曾祖父の手にかかり倒されたという。

パラリスの名の下に148通の書簡が現存するが、それらは後2世紀末ローマ帝政時代の偽作と考えられている。

⇒ステーシコロス

Pind. Pyth. 1-95～98/ Arist. Pol. 5-10(1310b), Rh. 2-20 (1393b), Eth. Nic. 7-5(1148b～1149a)/ Ath. 13-602/ Ael. V. H. 2-4/ Lucian. Phalaris/ Iambl. Vita Pyth./ Oros. 1-20/ Polyaenus 5-1/ Plin. N. H. 7-56/ Cic. Off. 2-7, Att. 7-20, Rep. 1-28/ Polyb. 7-7, 12-25/ Diod. 13-90/ Plut./ Suda/ etc.

パランクス　Phalanks, Φάλαγξ, Phalanx, （仏）Phalange, （伊）（西）（葡）Falange, （現ギリシア語）Fálanga, （複）Phalanges, Φάλαγγες

ギリシアの密集方陣。古典期以降、陸上戦闘の中核を成す。スパルター*起源といわれ、その発展により市民身分の重装歩兵（ホプリーテース*）が戦闘の主力となり、おもに騎兵をつとめる貴族層の没落を早めた。重装歩兵の戦列を幾列か（ふつう8列）重ねて密集隊形を組むと、強力な破壊力を発揮し、馬や戦車に乗った騎士も立ち迎えなかった。しかし、側面と後方に弱点があったので、テーバイ❶*の名将エパメイノーンダース*は斜形陣法を用いてこの弱点を衝き、スパルター軍を撃破した（前371）。マケドニアー*王ピリッポス2世*（在位・前359～前336）は密集方陣を改良し、その精強な軍隊を率いてギリシアを制圧。次いでマケドニアー軍は、ピリッポス2世の息子アレクサンドロス大王*（在位・前336～前323）のアジア遠征で無敵を誇るに至る。このマケドニアーのパランクスは、5～6mに及ぶ長槍 sarisa, σάρισα を構える歩兵が16重もの戦列を組んだ大部隊で、軽騎兵が側面と背面を守り、機動性にも優れたものであった。ヘレニズム時代の諸王にも用いられたが、前168年ピュドナ*においてついにローマ軍団の前に敗退。その後ローマ帝政期に入り、異民族 barbaroi との戦闘においてカラカッラ*ら諸帝によりパランクス戦法は、再び返り咲いた（後200頃）。ローマ人も古く共和政前期、カミッルス*の頃までは、パランクスを採用していたと伝えられる。ネロー*帝（在位・54～68）がカスピ海遠征のために、巨漢のみから成る軍団を新設して、これを「アレクサンドロス大王のパランクス」と呼んだ話は有名。

後世この語は、「同志の集まり、結社」の意から、フーリエ主義の共産的自治団体、さらにはスペインのファシズム政党「ファランヘ Falange 党」を指す言葉に転用されていった。

⇒ペルタステース

Xen. An. 1-2, 6-3, 8-10, Cyr. 6-3, Ages. 2-9, -15, Hell. 4-2, 6-2, -4/ Polyb. 18-24～, 29-17/ Plut. Crass. 23/ Nep. Eumenes 7/ Curtius 3-2/ Liv. 31-39/ S. H. A. Alex. Sev. 50/ Suet. Ner. 19/ Thuc. 4-93/ Diod. 16-3/ etc.

パラントス　Phalanthos, Φάλανθος, Phalanthus, （仏）Phalante, （伊）（西）Falanto, （露）Фаланф, （現ギリシア語）Fálantos

（前8世紀末）イタリア南部のドーリス*系植民市タラース*（タレントゥム*）の建設者。スパルター*（ラケダイモーン*）の出身。第1次メッセーニアー*戦争に出征しなかった、

あるいはその他の理由で断罪され、完全な市民権を認められないスパルター の人々を率いて、イタリアに移住した（その移住は彼の恋人（念者）erastes アガタイダース Agathaidas の助言に従ったものだとされている）。所伝では到着前に船が難破したが、彼は1頭の海豚(いるか)によって無事陸地まで運ばれたという。また、出発前にデルポイ*から「晴天(アイトラー)の下で雨にあう時、国土も都市も手に入るであろう」との神託が届いたけれど、南イタリアで先住民を撃破しても一向に土地も町も占領することができなかった。不可能事を実現することはできない、と彼が妻の膝に頭をのせて落胆していると、アイトラー Aithra という名のその妻が愛しさのあまり涙をこぼした。刹那、神託の意味を解した彼は、勇躍その日の夜のうちに沿岸先住民都市で最大のタラースを襲って占領したという（前706頃）。

Strab. 6-278〜280, -282/ Just. 3-4, 20-1/ Paus. 10-10, -13/ Arist. Pol. 5-7(1306b)/ Ath. 6-271/ Diod. 15-66/ Dion. Hal. Ant. Rom. 17-1〜/ Serv. ad Verg. Aen. 3-551/ Hor. Carm. 2-6/ etc.

ハリアルトス Haliartos, Ἁλίαρτος, Haliartus, （仏）Haliarte, （伊）Aliarto, （西）（葡）Haliarto

ギリシア中部ボイオーティアー*地方の小都市(ポリス)polis。コーパーイス*湖の南岸にあった。伝説上の名祖(なおや)ハリアルトスは、シーシュポス*の孫でアタマース*の甥にして後継者（⇒巻末系図010）。ペルシア戦争*の折に市はギリシア陣営に加わったため、大王クセルクセース1世*の軍に焼き払われたという（前480、異論あり）。前4世紀初頭にはコローネイア*らの都市と結んでボイオーティアー同盟を形成（前395）。コリントス*戦争中の前395年、スパルター*の勇将リューサンドロス*は、テーバイ❶勢とアテーナイ*勢の立て籠もるこの町を攻撃したが、逆に奇襲を受けて戦死した。その後ハリアルトス市は、第3次マケドニアー*戦争（前171〜前167）においてマケドニアー王ペルセウス*に味方し、ために敗北後ローマ軍によって破壊された（前171）。市の西郊には予言者テイレシアース*の墓があったという。またハリアルトス地方を流れるロピス Lophis 川は、デルポイ*の神託に従って父親の手で屠られた少年ロピスの血から湧き出したと伝えられる。一伝によると、ハリアルトス市の住民はその性愚鈍であることで知られていたという。

⇒コローネイア

Hom. Il. 2-503/ Xen. Hell. 3-5/ Paus. 9-32〜/ Plut. Lys. 28〜/ Strab. 9-411/ Diod. 14-81/ Thuc. 4-93/ Polyb. 30-20/ Liv. 42-63/ etc.

バリオス Balios, Βαλίος, Balius
⇒クサントス❸

ハリカルナッソス（ハリカルナーソス）
Halikarnas(s)os, Ἁλικαρνασ(σ)ός, Halicarnassus, （仏）Halicarnasse, （独）Halikarnass(os), （伊）Alicarnasso, （西）Halicarnaso, （葡）Halicarnasso, （露）Галикарнас, （トルコ語）Halikarnas

（現・ボドルム Bodrum、または Budrun）小アジア西南岸カーリアー*地方の海港都市。コース*島とは狭い海峡で隔てられ、東西交易路の要地として古くから栄えた。前900年頃、アルゴリス*のトロイゼーン*から移住したドーリス*系ギリシア人の植民市が建設され（前7世紀前後ともいう）、ロドス*島の諸市などとともにヘクサポリス*を形成。地元のカーリアー人やイオーニアー*人を加えて次第に拡大し、古典期には文化面ではイオーニアー圏に属するようになっていた（風俗習慣などは、最近親婚を重んずる等ペルシア風）。伝説で名高いサルマキス*の泉が西南郊外にあり、この水を飲む男は女性化し柔弱になったという。アカイメネース朝*ペルシア*に臣従し、太守(サトラペース) Satrapes のリュグダミス Lygdamis が僭主として権力を握り（前6世紀後半）、ペルシア戦争*当時はその娘アルテミシアー❶*が艦船を率いてクセルクセース1世*の遠征軍に参加、サラミース❶*の海戦では抜群の活躍ぶりを見せている（前480）。戦後アテーナイ*を盟主とするデーロス同盟*に加わったが、前386年、アンタルキダース*の和約（大王の和約）で再びペルシア帝国の宗主権下に入った。カーリアー太守となったマウソーロス*は、事実上の独立君主として一帯のギリシア諸市を併せると、この天然の要害の地に首都を遷し（前370頃）、王宮や神殿、港湾施設、アゴラー*、大城壁などの公共建築物を造営、劇場のような地勢を利用して地中海世界屈指の美観を誇る都市に仕立て上げた。彼の死後、その妃にして実の姉妹アルテミシアー❷*は、ギリシア芸術界の巨匠を招いて、市の中心部に壮麗この上ない霊廟マウソーレイオン*を建立、これは古代世界七不思議の1つに数えられた。全盛期を迎えたハリカルナッソスも、ほどなくアレクサンドロス大王*に抵抗したため、攻囲ののち占領され（前334）、ヘレニズム諸王国の支配を経て、前129年にはローマの版図に併呑された。史家ヘーロドトス*とディオニューシオス*の出身地。後15世紀初頭にトルコの内乱に乗じたキリスト教騎士団の手で徹底的に破壊されたせいで、遺跡は乏しく、石材を流用して建てられた聖ペトロス*城塞の中から、かろうじて古代の天才たちの傑作の破片が発掘されている（大英博物館に多く収蔵）。

Herodot. 1-144, -175, 2-178, 3-4〜, 7-99, 8-104/ Vitr. De Arch. 2-8/ Strab. 14-656/ Mela 1-16/ Plin. N. H. 5-29/ Paus. 2-30/ Ptol. Geog. 5-2/ Diod. 15-90, 17-23, -24/ Arr. Anab. 1-20〜/ Steph. Byz./ Suda/ etc.

パリーキー Palici
⇒パリーコイ

パリーコイ Palikoi, Παλικοί, （ラ）パリーキー*Palici, Palaci, （仏）Palices, （独）Paliken, （伊）Palici, （西）Palicos, （露）Палики

ギリシア神話中、シケリアー*（現・シチリア）島の双生

兄弟神。ゼウス*とニュンペー*（ニンフ*）のアイトネー❶*（異伝ではヘーパイストス*の娘タレイア Thaleia）との息子たち。懐妊したアイトネーはヘーラー*の嫉妬から逃れるべく、自ら願って大地に呑まれ、誕生した双生児はエトナ（アイトネー）山近くのデッロイ Delloi, Δέλλοι という温泉湖（現・Lago Naftia）から地上に現われた。彼らの託宣所が湖の近くにあり、逃亡奴隷の避難所となったほか、湖から発する硫黄を含んだ毒気は被疑者の試罪法にも用いられた。誓いを立ててからこの湖沼の縁に触れると、罪ある者はたちどころに死んだとも、誓言を記した板を湖中に投じ、偽りの内容であれば沈み、真実であれば浮かんだともいう。兄弟は豊穣を司る農耕神とされ、かつては人間の生贄が祭壇に捧げられていた。

Macrob. Sat. 5-19/ Diod. 11-88～/ Serv. ad Verg. Aen. 9-581/ Ov. Met. 5-406/ Strab. 6-275/ Verg. Aen. 9-584～5/ Steph. Byz./ etc.

パリーシイー（族） Parisii, （独）Parisier, （伊）Parisi, （西）Parisios

⇒ルーテーティア

パリス Paris, Πάρις, （仏）Pâris, （伊）Pàride, （葡）Páris, （露）Парис, （現ギリシア語）Páris

（別名・アレクサンドロス*）

　ギリシア神話中、トロイアー*王プリアモス*とヘカベー*の子（ふつう次男とされる）。彼が生まれる直前に、母妃ヘカベーは全市を焼き尽くす燃木を産むという凶夢を見、占者アイサコス*の進言により、赤児はイーデー（イーダー）❶*山中に遺棄された。ところが、棄てられた嬰児パリスは5日間雌熊に乳を与えられて養われたのち、これを発見した牧人に拾われ、その子として育てられた。長ずるに及び美貌・勇気・知恵において衆に抜きんでた若者となり、牛泥棒の一群を打ち負かしたので、アレクサンドロス（「人々の守護者」の意）の別名で呼ばれた。次いでプリアモスの開いた葬礼競技に参加し、長兄ヘクトール*を含むすべての王子たちに対して勝利を収め、嫉妬した彼らにあやうく殺されかけたが、王女カッサンドラー*が逸早く彼の素性を認知し、パリスは王子としてトロイアーの宮殿に迎えられることになった。

　ペーレウス*とテティス*の婚礼に神々が参集した時、ただ1人招かれなかった争いの女神エリス*は黄金の林檎に「最も美しい女神へ」と記して宴席へ投じた。これをめぐってヘーラー*、アテーナー*、アプロディーテー*の3女神が競い合ったところ、大神ゼウス*はヘルメース*に命じて3女神をイーデー山へ伴い行かせ、パリスに美の審判役を委ねた。その折、女神たちは彼を買収しようとして、ヘーラーは全世界の支配権と富を、アテーナーは常勝と智を、アプロディーテーは人間の中でいちばん美しい女ヘレネー*を、それぞれ与えることを約束した。パリスはアプロディーテーを選び、彼女に林檎を贈ったが、このため他の2女神の怨みを買わねばならぬ運命となった。

アプロディーテーの庇護を得た彼は、それまで妻としていたニュンペー*（ニンフ*）のオイノーネー Oinone, Οἰνώνη（ケブレーン Kebren 河神の娘）を捨て去り、ギリシアへ渡るとスパルター*王メネラーオス*を訪問、その妃ヘレネーを誘惑して交わり、彼女と共にトロイアーへ出奔した（委細に関しては諸説あり）。これが原因で10年に及ぶトロイアー戦争*が勃発。弓術に巧みなパリスは、メネラーオスとの一騎打ちでは危いところをアプロディーテーに救われるが、ギリシア軍中最大の勇者アキッレウス*を、その唯一の急所たる踵を射て討ち取り、兄ヘクトールの仇をとった（⇒ポリュクセネー）。アポッローン*が彼の矢を導いて命中させたとも、アポッローン自身がパリスに姿を変えてアキッレウスを射殺したのだとも伝えられる。やがてパリスは、ピロクテーテース*にヘーラクレース*伝来の毒矢で射られて致命傷を負い、治療法に通じたオイノーネーのもとへ運び込まれるが、彼女がヘレネーへの憎しみから手当てを拒んだため、彼はトロイアーへ連れ戻される途中で絶命、後悔したオイノーネーが薬草を手に駆けつけた時にはすでにパリスは死んでおり、悲嘆のあまり彼女は城壁から投身、または彼の火葬壇で身を焼いて、あるいは自ら縊れて果てたという。パリスの死体はメネラーオスにさんざん辱しめられたのち、これを奪還したトロイアー人の手で鄭重に葬られたともされている。彼の死後ヘレネーはデーイポボス*（パリスの兄弟）の妻となったが、かつてパリスとデーイポボスの2人はアンテーノール*の息子アンテウス Antheus, Ἄνθεύς への少年愛をも共有する仲だったという。またパリスと前妻オイノーネーとの間に生まれた子コリュトス Korythos, Κόρυθος は、父パリスよりもさらなる美男で、ヘレネーに愛されたため、嫉妬に逆上した父によって殺されたという話も残っている。造形芸術ではパリスはプリュギアー*帽を被った鬚のない美しい若者の姿で表わされる。悲劇詩人ソポクレース*とエウリーピデース*に彼を主題にした同名の作品『アレクサンドロス』があった（いずれも散逸）。

⇒巻末系図 019

Apollod. 3-12/ Hom. Il. 3-15～, -310～, 6-312～, -503～/ Hyg. Fab. 91～92, 107, 110, 113/ Cic. Div. 1-21(42)/ Eur. Andr. 284, I. A. 573～, 1284～, Hel. 676～, Tro. 924～, Rhes./ Ov. Her. 16, Met. 12-598～/ Lucian. Dial. D. 20/ Isoc./ Quint. Smyrn. 10-/ etc.

パリス Paris, （ギ）Paris, Πάρις, （伊）Paride

（後1世紀）ローマ帝政期の2人の有名な黙劇役者(パントミームス) pantomimus。その1人ルーキウス・パリス L. Domitius Paris はネロー*帝の伯母ドミティア*の解放奴隷で、男色のゆえに皇帝の寵愛を蒙り、帝母小アグリッピーナ*讒訴に一役買い（55）、またネローから「生まれながらの自由身分」を認められて、旧主ドミティアに支払った解放代金の返済を迫っている（57）。しかし後年、俳優気取りのネローに舞台での手強い競争相手(ライヴァル)と見なされて殺された（57）。

　もう1人のパリスはエジプト生まれの名優で、ドミティ

アーヌス*帝治下のローマにおいて花形役者として名を馳せ、淫蕩な貴族・貴婦人連の情事の対象となる。宮廷にも影響力をもち、彼を諷刺した詩人ユウェナーリス*はエジプトに追放されたという。だが83年、皇后ドミティア・ロンギーナ*との密通が発覚し、パリスはドミティアーヌスの命により街路で殺され、彼によく似た若弟子もまた処刑された。パリスが斃れた場所を民衆が花や香油で飾ってその死を悼むと、怒った帝はそれらの人々をも殺してしまったと伝えられる。

Tac. Ann. 13-19〜22, -27/ Dio Cass. 63-18, 67-3/ Suet. Ner. 54, Dom. 3, 10/ Juv. 6-82〜87/ Mart. 11-13/ etc.

ハリッロティオス Halirrhothios, Ἁλιρρόθιος, Halirrhothius, （英）Halirrhot(h)ius, （仏）Halirrhotios, （伊）Alirrozio, （西）Halirrocio, Halirrotio, （露）Галиррофий

ギリシア伝説中、ポセイドーン*とニュンペー*（ニンフ*）のエウリュテー Euryte との息子。アテーナイ*のアクロポリス*の近くで、アレース*とアグラウロス❷*（ケクロプス*の娘）の娘アルキッペー Alkippe を犯そうとしたため、アレースに殺された。アレースはポセイドーンによってアレイオス・パゴス*の法廷に訴えられ、オリュンポス*の神々に裁かれた（最初の殺人事件に関する裁判）。異説ではハリッロティオスは、父ポセイドーンがアテーナイの領有をめぐりアテーナー*と争って敗れたことを憤り、父の命令でアテーナーの神木たるオリーヴ樹を伐り倒さんとしたところ、過って斧で自分の体を撃って死んだという。

Apollod. 3-14/ Paus. 1-21, -28/ Eur. El. 1261, I. T. 945/ Suda/ Schol. ad Ar. Nub. 1006/ Marm. Par./ etc.

パリヌールス Palinurus, （ギ）パリヌーロス Palinuros, Παλίνουρος, （伊）（西）（葡）Palinulo, （露）Палинур

イタリア南部ルーカーニア*西岸の岬の名（現・Capo Palinuro, （ラ）Palinuri Promontorium, （ギ）Palinūros akrōtērion, Παλίνουρος ἀκρωτήριον）。名祖パリヌールスはアエネーアース*（アイネイアース*）の船の舵取りだったが、睡魔に襲われて海中に落ち、この地に漂着したところを土着民に殺されたという（航海の安全とひきかえに海神ネプトゥーヌス*の求める人身御供に当たったためとされる）。

ローマ史上、この岬の沖合いで2度にわたりローマの艦隊が嵐によって遭難している。1度は第1次ポエニー戦争*中の前253年、北アフリカからの帰途、両執政官(コーンスル*)率いる艦隊が暴風に襲われて150隻以上の船舶を失い、2度目は前36年セクストゥス・ポンペイユス*と交戦するためオクターウィアーヌス*（のちのアウグストゥス*）の建造した艦隊が、やはり同じ海域で烈しい突風に見舞われて大きな被害を出している。

Verg. Aen. 5-779〜871, 6-337, -381/ Mela 2-4/ Dion. Hal. 1-53/ Luc. 9-42/ Solin. 2-13/ Plin. N. H. 3-5/ Strab. 6-252/ Oros. 4-9/ Dio Cass. 49-1/ App. B. Civ. 5-98/ Vell. Pat. 2-79/ Serv. ad Verg. Aen. 3-202/ etc.

パリュサティス Parysatis, Παρύσατις, Παρυσάτις, Phariziris, Φαρίζιρις とも。（バビュローニアー*語）Puru-'-šatiš, （古代ペルシア語）Purušš ātu, Paru-šiyāti-, （伊）Parisatide, （西）（葡）Parisátide

アカイメネース朝*ペルシア*帝室の女性たち（⇒巻末系図024）。

❶（前478頃〜前398頃）アルタクセルクセース1世*の娘。甥にして異母兄弟のダーレイオス2世*と結婚し、13人以上の子供を産むが、4人の息子のみ成人する。夫王の弱気をよいことに権力を牛耳り、宮廷内のあらゆる陰謀に加担、夫をそそのかして王の兄弟2人を処刑させるなど次々に要人を殺害。そのため各地に叛乱が勃発し政情は不安定を極めた。長男アルタクセルクセース2世*よりも次男のキューロス❷*（小キューロス*）を偏愛し、これを玉座に即けようと画策。夫王が病死（前405）してアルタクセルクセース2世が即位したのち、兄を暗殺しようとしたキューロスの計略が発覚した時にも、一心に愛する息子の助命を嘆願してやまなかった。前401年、再度帝位簒奪を試みたキューロスが戦死すると、愛息を破滅させた軍人や宦官らを生皮剥ぎ、両目を抉り抜き灼熱した青銅を両耳に注ぐなど念入りな方法で惨殺して報復した。さらに息子アルタクセルクセース2世の妻スタテイラ❸*を憎むこと一通りではなく、その一族を皆殺しにしただけではおさまらず、スタテイラ本人をも毒殺 ── 片側にのみ毒を塗ったナイフで巧みに鳥肉を切り分けて無害な方を自ら食べてみせ、有毒の方を嫁に食べさせるという狡獪な手段で ── 。ついにバビュローン*へ追放されるが、ほどなく宮廷に返り咲き、天寿をまっとうしたものと思われる。

Plut. Artax. 1〜3, 6, 14〜19, 23/ Ctesias Pers. 57, 59〜62/ Xen. An. 1-1, 4-9, -27/ Diod. 14-80/ Polyaenus 7-16/ etc.

❷（前4世紀中頃〜後期）アルタクセルクセース3世*の末女。史家アッリアーノス*によると、アレクサンドロス大王*が前324年にスーサ*の大集団結婚式で妻にした相手。彼はこの折ダーレイオス3世*の長女バルシネー*（通称スタテイラ❷*）とも結婚している。いずれにせよアレクサンドロスの死（前323）後の政局混乱期に抹殺されたと覚しい。

Arr. Anab. 7-4/ Curtius 3-13/ etc.

ハリュス（河） Halys, Ἅλυς（ときに、アリュス Alys, Ἄλυς）, （西）Halis, （葡）Hális, （露）Галис

（「塩の河」の意）（現・Kızıl Irmak, Kızılırmak〈トルコ語〉「紅き河」の意）小アジアで最長の河川（全長1151 km）。カッパドキアー*東端、アルメニアー*との境界近くに源を発し、西南流したのち北東方向へ大きく彎曲してアミーソス*付近で黒海に注いでいる。上流に塩泉が湧き出ており、河水に塩分が含まれているため、この名がある。前546年、リューディアー*王クロイソス*は、「ハリュス河を越えて

攻め込めば、大国を滅ぼすことができよう」との神託を信じて、軍隊を率いて渡河したところ、アカイメネース朝*ペルシア*のキューロス大王*に敗れ、自国を滅ぼしてしまった。彼がペルシア帝国と解釈した「大国」とは、実はリューディアーのことだったのである。
Herodot. 1-6, -28, -53, -72, -75, 5-52/ Strab. 12-533～/ Cic. Div. 2-56/ Just. 1-7/ Ptol. Geog. 5-4/ Plin. N. H. 6-2/ Arr. Peripl. M. Eux./ Luc. 3-272/ etc.

ハリロティオス　Halirrhothios
⇒ハリッロティオス

パルカエ　Parcae（パルカ Parca たち），（仏）Parques, （独）Parzen, （伊）Parche, （西）（葡）Parcas, （露）Парки

ローマの運命の女神たち。ギリシアのモイライ*（モイラたち）と同一視されるが、元来は出産の女神であったらしい。ファータ Fata（「運命」の意）たちとも呼ばれ、フォルム・ローマーヌム*には彼女ら3姉妹の像が建てられていた。名前はラテン語でノーナ Nona、デクマ Decuma（デキマ Decima）、モルタ Morta の3人とされている。ちなみにファータは、後代の「妖精」（〈仏〉fée など）の語源となっている。
Gell. N. A. 3-16/ Hyg. Fab. 171/ Cic. Nat. D. 3-17/ Verg. Ecl. 4-47/ etc.

ハルキュオネー　Halcyone
⇒アルキュオネー

ハルキュオネー　Halkyone
⇒アルキュオネー

バルケー　Barke, Βάρκη, Barce（バルカー Barka, Βάρκα, Barca），（英）Barca, （仏）Barcé, （西）Barqua, （露）Барка, （アラビア語）Barqā, （トルコ語）Barqah

（現・Al-Marj 北郊の遺跡）北アフリカ、キューレーナイカ*地方の都市。キューレーネー*の西方、地中海沿岸から11マイルほど離れた丘陵に位置。もとはリビュエー*のバルカイオイ Barkaioi 族の居住する町であったが、前554年頃キューレーネー王アルケシラーオス2世*（⇒バッティアダイ）の苛政を逃れた人々が移り住み、ギリシア系植民市となる。前512年アカイメネース朝*ペルシア*帝国に劫略され、住民は奴隷として遙か東方の地バクトリアー*へ強制移住させられた（⇒ペレティーメー）。プトレマイオス朝*の統治下には、すっかり衰微し、代わって外港プトレマーイス❷*市（現・Tolometa, Tolmetha）がペンタポリス*の1つとして栄えた。
⇒ベレニーケー❶（市）
Herodot. 3-91, 4-160～, -200～/ Strab. 17-837/ Plin. N. H. 5-5/ Serv. ad Verg. Aen. 4-42/ Ptol. Geog. 4-4/ Polyaenus 7-28/ Steph. Byz./ etc.

パルサーロス　Pharsalos, Φάρσαλος, Pharsalus, （仏）Pharsale, （伊）Farsàlo, （西）Farsalia, （葡）Farsália, （露）Фарсала, （トルコ語）Farsala, オスマン時代の Chatalja

（現・Fársala, Φάρσαλα, ないし Fársalos）ギリシア北部テッサリアー*のプティーオーティス*地方の町。ラーリーサ❶*の南67 km。南北交通の要衝を占め、古来その領有をめぐって闘争が繰り返された。古代には伝説中の英雄ペーレウス*（アキッレウス*の父）ゆかりの地プティーアー*と見なされていた。貴族支配が続いたのち、ラーリーサやペライ*の僭主に占領されたが、マケドニアー*王ピリッポス2世*（在位・前359～前336）に征服されて以来、テッサリアー最強の都市となった。前192年マケドニアー王国の支配からセレウコス朝*シュリアー*の領土へと移り、翌年にはローマのマーニウス・グラブリオー*によって占領された。近郊にパルサーリアー Pharsalia, Φασαλία 平野が広がり、ローマ共和政末期の前48年8月9日、ローマの名将ポンペイユス*とカエサル*の覇権を賭した決戦（ラ）Pugna apud Pharsalum, （ギ）Μάχη τῶν Φαρσάλων が行なわれた地としてあまりにも有名。カエサルは約2万3千の兵をもって、倍以上のポンペイユス側の大軍に完勝、エジプトへ逃亡したポンペイユスは、プトレマイオス13世*によって暗殺された。その結果、共和政ローマは事実上崩壊し、カエサルの単独支配が確立され、元首政＝帝政への途が展がることになった。この戦闘でカエサルは敵軍の騎兵隊の顔面を狙って斬り込むよう兵士たちに命じたが、彼の作戦は奏功して、美々しく飾り立てたポンペイユスの青年騎兵たちは、顔を無傷に守るべく面を覆って逃げ回ったという。ローマ帝政期の詩人ルーカーヌス*はカエサルとポンペイユスのこの内乱を題材に叙事詩『パルサーリア』（『内乱記』の通称）を著わしている。パルサーロスはまた、勇者クレオマコス❷*の生地でもある。城壁や墓地などの遺跡が発掘されている。
Thuc. 1-111, 4-78/ Xen. Hell. 6-1, -4/ Plut. Caes. 42～, Pomp. 68～/ Caes. B. Civ. 2-65, -75～82, 3-85～/ Suet. Iul. 35, 75/ Strab. 9-431～/ Diod. 14-82/ Liv. 44-1/ Polyb. 5-99/ Dio Cass. 41-58～62/ Vell. Pat. 2-49-4/ Frontin. Str. 2-3/ Scylax/ Oros. 6-15/ etc.

バルシネー　Barsine, Βαρσίνη, （露）Барсина

アカイメネース朝*ペルシア*の貴婦人名。巻末系図024, 本文系図295を参照。
❶（前363頃～前309）ペルシアの太守 Satrapes アルタバゾス❷*の娘。ロドス*島出身の傭兵隊長のメントール❸*（前385頃～前340頃）とメムノーン*（前380頃～前333）兄弟の、初めは前者の、その死後は後者の妻となる。アレクサンドロス大王*のアジア侵略が始まると、忠誠の証としてアレクサンドロスのもとに子供たちとともに、ダーレイオス3世*の許へ人質に送られた（前334）。夫メムノーンがペルシア海軍を指揮し

ているうちに病死した（前333年春）ため、寡婦となった彼女は同年末、ダマスコス*でアレクサンドロスに捕えられ、その側妃となって、1子ヘーラクレース Herakles を出産（前327）。ところが大王が美姫ロークサネー*を娶ったので、息子とともにペルガモン*に退去した。大王没後、ネアルコス*（バルシネーの娘婿）がヘーラクレースを即位させるべく肩入れしたが成功せず（前323）、アレクサンドロス4世*が殺されてマケドニアー王室の血統が他に誰もいなくなってから、今度はポリュペルコーン*にかつぎ出された（前310）。しかし、カッサンドロス*は巧みにポリュペルコーンを説得し、100タラントンで買収して、彼にバルシネー母子を暗殺させた（前309）。毒殺とも、宴会に招き寄せたうえでの扼殺だともいう。

なお、彼女の姉妹のうち、アパメー Apame はプトレマイオス1世*に、同名のバルシネー Barsine はエウメネース*（カルディアー*の）に妻として与えられた（前324）。
Plut. Alex. 21, Eum. 1, Mor. 530c/ Diod. 17-23, 20-20, -28/ Curtius 3-13, 10-6/ Paus. 9-7/ Just. 11-10, 13-2, 15-2/ etc.

❷（前346頃〜前323）ダーレイオス3世*とその后にして姉妹のスタテイラ❶*との長女。ふつう母と同じくスタテイラ❷*と呼ばれる。前324年スーサ*でアレクサンドロス大王*と結婚するが、大王の死後間もなく、嫉妬深いロークサネー*（大王の側室）に誘い出されて謀殺され、死体を井戸に投げこまれた。
Plut. Alex. 70, 77/ Arr. Anab. 7-4/ Diod. 17-104/ Just. 11-10/ etc.

ハルスペクス　Haruspex,（仏）Haruspice, Aruspice,（伊）Aruspice,（西）（葡）Arúspice,（複）ハルスピケース Haruspices,（独）Haruspexe, Haruspizes,（伊）Aruspici,（西）（葡）Arúspices
腸卜師。エトルーリア*系の内臓占い師（⇒タゲース）。生贄に捧げた動物の内臓の状態から神意を伺う占術は、他の占卜法と同じく古代オリエントに起源を発し、ギリシアやイタリアにも伝えられた。ローマ人は早くからこの占術を修得させるため子弟をエトルーリアの諸都市に留学させており、鳥占い（⇒アウグル）と並んで帝政末期に至るまで、事あるごとに神意を伺うべく執行した。ハルスペクスは羊・牛などの犠牲獣の主として肝臓の様子を調べて吉凶の判断を下し、軍事遠征にも随行、帝政時代には60人から成る腸卜師の組合コッレーギウム collegium が組織されていた。カエサル*暗殺の直前には凶兆が現われていたといい（⇒スプーリンナ）、アウグストゥス*が権力の座に就いた日には生贄の腹中から通常の2倍もある雄偉な肝臓が発見されて、彼の未来の栄達を約束したと伝えられる。またギリシア世界では、スパルター*王アゲーシラーオス❷*が、掌に「勝利」と大書しておいて生贄の内臓を摑み、それに写った文字を兵士に示して、「勝利はわが方にあり」と勇気を鼓舞した話が名高い。なお、テュアナ*のアポッローニオス❼*（後1世紀）は、「未来の秘密を占うには若い内臓によらねばならぬ」と言って少年を犠牲に供した廉で告発され、ローマで審問を受けている。
⇒神託（オーラークルム）
Cic. Div. 1〜, Nat. D. 1-20, Leg. 2-9/ Plin. N. H. 11-71〜/ Suet. Iul. 63, Aug. 95, Calig. 1/ Sall. Cat. 3-19/ Dio Cass. 46-35/ Plut. Alex. 73, Caes. 63/ Val. Max. 1-1/ Plaut. Amph. 5-2/ Gell. 4-5/ etc.

パルティアー　Parthia, Παρθία, Παρθυαία, Παρθυηνή,（ラ）Parthia,（仏）Parthie,（独）Parthien,（伊）（西）Partia,（露）Парфия,（現ギリシア語）Parthía,（古代ペルシア語）Parthava, Parthawa,（アッシュリアー*語）Partukka または、Partakka,（漢）安息國、番兜、樸桃

イーラーン高原東北部、カスピ海東南の草原地帯。後世のホラーサーン Khorasan にほぼ相当する地方名。すでにアカイメネース朝*ペルシア*時代にパルタウァ Parthava の名で知られ、一太守 Satrapes 領として帝国の行政区域を構成していた。アレクサンドロス大王*の征服（前330）後、セレウコス朝*の統治下にあったが、前250年頃イーラーン系遊牧民族パルノイ Parnoi, Πάρνοι の首長アルサケース❶*が、この地のマケドニアー*人太守を殺して独立を宣言、パルティアー王国を建設した（伝・前247年春＝ニーサーン月1日）。その後、歴代君主が「アルサケース」を称したため、この王国はアルサケース朝*とも呼ばれ、支那の史書では『史記』以来これを「安息」と音写している。次第に南進して勢力を伸ばし、ミトリダテース1世*（アルサケース❻*）のとき、西はエウプラーテース*（ユーフラテス）河から東はインドス*（インダス）河に及ぶ大帝国に発展（前2世紀中葉）、さらにミトリダテース2世*（アルサケース❸*）の治下にアルメニアー*と北方インドをも征服した。帝王はアカイメネース朝にならって「諸王の王 Khshāhān-Khshāh (Xšāhān-Xšāh)」と号し、首都もヘカトンピュロス Hekatompylos, Ἑκατόμπυλος からエクバタナ*（現・ハマダーン）へ遷され、前1世紀の半ばにはティグリス*河畔のクテーシポーン*に置かれた。その頃からアルメニアーの帰属問題など西アジアの主導権をめぐってローマと抗争を繰り返すようになり、前53年にはカッライ*（現・ハラン）でクラッスス*の軍隊を壊滅させ、続く M. アントーニウス❸*の遠征軍をも撃退（前36〜前34）、ローマの侵略をよく防いだ。しかし、そのために国力は漸次疲弊し、絶え間ない陰謀や簒奪・内訌によって政情は混乱、特に後2世紀以来、たびたびローマ軍の戦禍を被り（115〜116、165、197〜198、ほか）、衰退の一途を辿った果てに、ついにサーサーン朝*ペルシアの反乱（224〜229）で滅ぼされた（226）。

パルティアー王国は東西交通の要衝に位置することから、支那・インドとローマを結ぶ中継貿易によって大いに繁栄し、470年余のまれな長期政権を維持した。軍隊は騎兵から成り、後ろ向きに矢を放つ独特の背射法は「パルティアー射法」と呼ばれて、ローマ人に非常に恐れられた。

国内統治に当たっては、貴族に土地を与えて君侯に封じる一種の「封建制」ないし「臣従王国制」を採ったが、行政制度の多くは主としてセレウコス朝のものを踏襲、強力な中央集権制は発達せず、スーレーナース*家を筆頭とする半独立的領主が各地に割拠し、これがパルティアー国家組織の弱点となった。文化面ではヘレニズムの強い影響下にあり、セレウケイア*などギリシア都市に特別の地位を認め、ギリシア文学を愛好。また極めて寛容な宗教政策を採り、太陽神ミトラース*や女神アナイーティス*(アナーヒター Anahita)の信仰がギリシア諸神の崇拝やマゴイ*僧の伝統的宗教と並んで全土に行なわれた。とはいえ王国の後期に入ると、ゾロアスター*教の保護強化などイーラーン的要素の抬頭が顕著となり、貨幣にもギリシア語と並んでパフラウィー Pahlavi 語が表記されてますますペルシア色の度を深めた。風俗面では男たちも化粧して髪を結い、王はティアーラー tiara, τιάρα というペルシア式の宝冠を用い、またイーラーン風の伝統に従って兄弟姉妹や母子間の近親結婚を行なっていたことが知られる。ローマ時代の文学作品に見いだされる「パルティアー人」なる語は、しばしばメーディアー*人やペルシア人をも区別なく含んでいることがある。

⇒巻末系図 108〜109、パルミューラ、バクトリアー、メソポタミアー

Herodot. 3-97, -117, 7-66/ Aesch. Pers. 984/ Plin. N. H. 6-17/ Strab. 11-514〜, 15-732/ Plut. Crass., Ant./ Ptol. Geog. 6-5/ Polyb. 5-44, 10-28〜/ Dio Cass. 40-15, -21〜/ Tac. Ann. 2-1/ Arr. Anab. 3-21/ Just. 41-1/ Amm. Marc. 13-6/ Verg. G. 3-31/ Hor. Carm. 1-19, 2-13/ Diod, 2-34, 18-5/ Steph. Byz./ etc.

パルテニウス Parthenius
⇒パルテニオス*(のラテン語形)

パルテニオス Parthenios, Παρθένιος, Parthenius,（仏）Parthénios,（伊）（西）Partenio,（現ギリシア語）Parthénios

ギリシアの男性名。

❶(前 1 世紀初頭〜後 1 世紀初頭)ニーカイア❷*出身の詩人、文献学者。ミトリダテース*戦争でローマ軍の捕虜となり、イタリアへ送られた(前 65 頃)が、その学識のゆえに解放された。ネアーポリス*(現・ナーポリ)に滞在してウェルギリウス*にギリシア語を教え、またカトゥッルス*や C. ヘルウィウス・キンナ*、C. コルネーリウス・ガッルス*(ローマにおけるエレギーア恋愛詩の祖)らとの親交を得て、アレクサンドレイア❶*風の詩をローマの地に伝えた。詩作のための素材としてガッルスに献呈した神話・史伝の恋愛譚の摘要『悲恋物語集 Erōtika Pathēmata, Περὶ ἐρωτικῶν παθημάτων』(36 話・散文)が伝存 —— 僭主ペリアンドロス*に恋した実母クラテイア Krateia, Κράτεια の物語や海辺に打ち寄せられた美女の溺死体と交わったディモイテース Dimoites の屍姦譚などが含まれている —— する。

そのほかエジプトのパピュロース文書から詩の断片がいくつか発見されている(⇒ヘルモポリス、オクシュリュンコス)。非常な長寿を保ち、ティベリウス*帝の治世(後 14〜37)まで生きながらえたという。

⇒エウポリオーン、リアーノス

Suet. Tib. 70/ Macrob. Sat. 5-17/ Gell. N. A. 9-9, 13-26/ Anth. Pal. 11-130/ Suda/ etc.

❷パルテニウス Ti. Claudius Parthenius (? 〜後 97 年) ドミティアーヌス*帝の侍従、解放奴隷。帝から大変な寵遇を蒙っていたにもかかわらず、その暗殺計画の首謀者となり(⇒ドミティア・ロンギーナ)、ステパヌス Stephanus ら他の解放奴隷と組んでドミティアーヌスを刺殺した(96 年 9 月)。彼は前もって皇帝の剣から刃を抜き取っておいた上で、帝を寝室へ誘き寄せると、陰謀仲間と共に襲撃を加え、その股間など 7 カ所に傷を加えて息の根を絶ったという。次いでネルウァ*を説得して即位させるが、翌年に起きた近衛軍の暴動により、他の先帝弑逆者と一緒に惨殺された。その際、兵士らは彼の性器を切り落とすと、それを無理やり口に押しこんでから扼殺したとされている。

Dio Cass. 67-15, -17/ Suet. Dom. 16/ Aur. Vict. Caes. 11/ etc.

パルテニオス Parthenios, Παρθένιος, Parthenius,（伊）（西）Partenio,（現ギリシア語）Parthénios

ギリシア語の地名。

❶(現・Parthéni) アルカディアー*の山。パルテニオン Parthenion 山 τὸ Παρθένιον ὄρος ともいう。アルゴリス*との境界に位置し、パーン*の神獣たる亀の棲息地として知られる。英雄ヘーラクレース*の子テーレポス*が棄てられ、雌鹿に養育されたという伝説の地でもある(⇒パルテノパイオス)。また、マラトーン*の戦い(前 490)の折に、パーン神がこの山中で伝令ペイディッピデース*に現われて、「わしはアテーナイ*軍の助勢にいくぞ」と語ったとも伝えられている。

Herodot. 6-105/ Apollod. 2-7-/ Paus. 1-28, 8-6, -48, -54/ Strab. 8-376, -389/ Polyb. 4-23/ Liv. 24-26/ etc.

❷(現・Bartın) パープラゴニアー*の河。ビーテューニアー*地方との境界近くを流れたのち、黒海へ注いでいる。処女神アルテミス*が水浴をしたため、この名で呼ばれるようになったと伝えられる。また歴史家ヘーロドトス*によると、河畔に住むシュリアー*人は、古典期近くになってコルキス*人から割礼の風習を採り入れたという。

Hom. Il. 2-854/ Hes. Th. 344/ Herodot. 2-104/ Xen. An. 5-6/ Plin. N. H. 6-2/ Strab. 12-543/ Ptol. Geog. 5-1/ etc.

パルテノパイオス Parthenopaios, Παρθενοπαῖος, Parthenopaeus,（英）Parthenop(a)eus,（仏）Parthénopée, Parthénopaeos,（伊）（西）Partenopeo

ギリシア伝説中、テーバイ攻めの七将*の 1 人。母アタランテー*が長い間処女 parthenos を守ったため、もしく

は赤児の彼をパルテニオン❶*山中に棄てたため、パルテノパイオスと命名されたという。父はメラニオーン*、メレアグロス*、またはアレース*神などと伝えられる。別伝では、彼はアルゴス*王アドラストス*の兄弟とされている。英雄ヘーラクレース*の子テーレポス*と同じ山中に棄てられ、共に羊飼たちに養育されて、その親友となった。勇敢な美青年だったが、母アタランテーの忠告に反してテーバイ❶*へ出征し、城壁前で敵方の武将の投げた巨石に圧し潰されて死んだ。息子のプロマコス Promakhos, Πρόμαχος はエピゴノイ*の一員として、テーバイ攻略に成功した。
⇒巻末系図 007、本文系図 57
Soph. O. C. 1320/ Apollod. 1-9, 3-6, -9/ Paus. 3-12, 9-18/ Eur. Supp. 888, Phoen. 150, 1153～/ Hyg. Fab. 70～71, 99～100, 270/ Verg. Aen. 6-480/ Aesch. Sept. 547/ etc.

パルテノペイア Parthenopeia
⇒パルテノペー

パルテノペー、または、パルテノペイア Parthenope, Παρθενόπη (Parthenopeia, Παρθενόπεια),（仏）Parthénope,（伊）Partenope,（西）（葡）Parténope

イタリアの港湾都市ネアーポリス*（現・ナーポリ）の旧称。伝承上の名祖はセイレーン*たち（セイレーネス*）の1人パルテノペーで、姉妹たちとともに海に投身し、彼女の亡骸がこの地に流れ着き、葬られたことから命名されたという。
Serv. ad Verg. G. 4-563/ Anth. Pal. 14-118, -120/ Strab. 5-4-7/ Eust. 1079/ Lycoph. Alex. 717～/ Steph. Byz./ etc.

パルテノーン Parthenon, Παρθενών,（仏）Parthénon,（伊）Partenone,（西）Partenón,（葡）Partenão, Partenon,（露）Парфенон,（トルコ語）Partenon,（現ギリシア語）Parthenónas

「処女の宮居」の意。アテーナイ*のアクロポリス*丘上にある守護女神アテーナー*の大神殿。ペリクレース*の時代に彫刻家ペイディアース*の総監督のもと、イクティーノス*とカッリクラテース❶*の設計で建造された。前 447 年頃に起工、前 438 年に奉献され、前 432 年にすべてが完成した。石材は従来のドーリス*式神殿とは異なり、ほとんど全部ペンテリコーン*産の白大理石を使用。外観は長さ 69.5 m、幅 30.9 m のドーリス式周柱堂プランだが、内部装飾にはイオーニアー*式が採られている。正面入口の東破風には「女神アテーナー誕生」の場面、西破風には「アテーナーとポセイドーン*2 神によるアッティケー*の支配権争い」の場面を表わす群像彫刻が据えられ、外壁四面を取り巻くメトペー metope, μετόπη（メトープ）には「ラピタイ*族とケンタウロイ*族の争い」「アテーナイ人とアマゾーン*女族の争い」などの戦闘場面の厚浮彫 92 枚が、内陣の外側上方にはパンアテーナイア*大祭の行列を扱った全長 163 m の浅浮彫（パルテノーン・フリーズ Parthenon frieze）が配されていた。内室 naos, ναός にはペイディアースが黄金と象牙で造った高さ 12 m に及ぶ本尊「アテーナー・パルテノス Athena Parthenos, Ἀθηνᾶ Παρθένος（処女神アテーナー）」の像が安置されていたが、後年キリスト教徒によってコーンスタンティーノポリス*へ持ち去られたのち焼亡した。基壇の隆起や外側の柱の内傾など、さまざまな視覚上の補正が細心に考慮され、力の安定と形の美とが見事に結合した古典期ギリシア神殿の典型と評される。中世にマリアー・パルテノス Maria Parthenos（処女マリアー）聖堂なるキリスト教会に変えられ、次いでイスラーム教聖堂（モスク）となって存続したが、1687 年ヴェネツィア軍の砲撃によって大破、残った浮彫彫刻の多くはイギリスの駐トルコ公使エルギン卿 Earl of Elgin（1766～1841）が運び去り（1801～1812）、今日ロンドンの大英博物館に陳列されている（Elgin Marbles）。
⇒エレクテイオン、プロピュライア
Plut. Per. 13, Demetr. 23, Mor. 349d/ Paus. 1-24, 8-41/ Strab. 9-396/ Plin. N. H. 34-19, 36-4/ Vitr. De Arch. 3-1, -3/ etc.

パルテノーン神殿復元図

パルナケース Pharnakes, Φαρνάκης, Pharnaces, (仏) Pharnace, (伊) Farnace, (西)(葡) Farnaces, (露) Фарнак

ペルシア*系の男子名。カッパドキアー*やポントス*王の名前に認められる。巻末系図 030 を参照。

❶ パルナケース 1 世　Ph. I

ポントス*王 (在位・前 189 ／ 185 頃〜前 169 ／ 155 頃)。ミトリダテース*3 世の子にして後継者。野心家で前 183 年シノーペー*を占領し、小アジア各地に侵攻、ペルガモン*王エウメネース 2 世*、カッパドキアー*王アリアラテース 4 世*、ビーテューニアー*王プルーシアース 2 世*らと対戦するが、ローマの干渉も加わって、ついに征服地の大半を放棄せざるを得なくなる (前 179)。しかし、その後もシノーペーを首都として確保し、周辺に勢力を拡大。ローマの盟友となってポントス王国の地歩を固めた。
Just. 38-6/ Polyb. 23〜27/ Strab. 12-545/ Liv. 40-2/ Diod. 29-23/ etc.

❷ パルナケース 2 世　Ph. II (前 97 頃〜前 47)

ポントス*王ミトリダテース 6 世* (大王) の息子。父王を自害に追いやって以来、大ポンペイユス*からボスポロス*王国を与えられていた (在位・前 63〜前 47) が、ローマの内乱 (前 49〜前 48) に乗じて領土を拡大し、カエサル*とポンペイユスとの間を勝利が往き来しているうちに、小コルキス*、アルメニアー*、カッパドキアー*、ポントスを侵略して、父の版図再現をはかった。デーイオタロス*王の要請に応じてカエサルの副官 Cn. ドミティウス・カルウィーヌス*が兵を向けたものの、ニーコポリス* Nikopolis (現・Pürk) に敗北 (前 48 年 12 月)。勝ち誇るパルナケースは多くの都市を略奪し、自己の快楽に奉仕させるため美しい若者と見ると手当たり次第に去勢した。しかし、翌前 47 年、急報に接して進撃して来たカエサルにより、ゼーラ*の戦いで壊滅的な惨敗を喫し (8 月 2 日)、ボスポロスへ逃げ帰る途上、家臣アサンドロス*の裏切りにあって暗殺された。
Plut. Caes. 50/ Suet. Iul. 35/ Dio Cass. 37-12, 42-45〜/ App. Mith. 110〜120/ Strab. 11-495, 12-547/ Hirt. B. Alex. 34〜/ etc.

パルナーソス (または、パルナッソス*) Parnasos, Παρνασός, Parnasus (イオーニアー*方言), Parnēs(s)os, Παρνησ(σ)ός, (仏) Parnasse, (独) Parnaß, (伊)(西) Parnaso, (西) Parnassós, (葡) Parnas(s)o

(現・Parnassós) ギリシア中部、ポーキス*地方の山地。ピンドス* Pindos 山系のうち、ドーリス*地方から東南へ走り、キッラ*とアンティキュラ*の間のコリントス*湾に達する山脈を指すが、単にパルナーソスといえば、通常その中の最高峰 (標高 2,457 m) を意味する。伝説上の名祖(なおや)は、ポセイドーン*とニュンペー* (ニンフ*) クレオドーラー Kleodora の子パルナッソスで、この山の南麓デルポイ*の地に神託所を開設、鳥の飛翔に基づく占い方を考え出したという。古来、アポッローン*とムーサイ*の聖山として名高く、大洪水の後デウカリオーン*の舟はこの地に漂着、山裾の崖下にカスタリアー*の泉が湧き、中腹には牧神パーン*に捧げられたコーリュキオス*の洞窟があった。山頂は 2 峰に分かれており、このあたりでバッコス* (ディオニューソス*) の信女らは忘我の状態になって踊り狂ったとされている。

後世パルナッソスなる語は、詩歌・文芸活動の中心を意味する言葉として用いられ、「パルナッソスに登る」といえば「詩歌の道にいそしむ」ことを指し、またパリ市内の地区名モンパルナス Montparnasse や、近代のパルナシアン Parnassiens (高踏派詩人) などもここから生じている。
⇒ヘリコーン、オリュンポス
Hom. Od. 19-432/ Hymn. Hom. Ap. 269〜/ Paus. 10-6, -32〜/ Herodot. 8-27, -32, -35〜37/ Mela 2-3/ Plin. N. H. 4-3/ Ov. Met. 1-317/ Apollod. 1-7-2/ Strab. 9-417/ etc.

パルナッソス Parnassos, Παρνασσός, Parnassus
⇒パルナーソス

パルナバゾス Pharnabazos, Φαρνάβαζος, Pharnabazus, (仏) Pharnabaze, (伊)(西) Farnabazo

(前 435 頃〜前 370 頃) アカイメネース朝*ペルシア*の高官・将軍。ヘッレースポントス*およびプリュギアー*地方の太守(サトラペース) Satrapes (前 413〜前 388 頃)。イオーニアー*地方の太守ティッサペルネース*と対立した結果、ペロポネーソス戦争* (前 431〜前 404) の後半期、彼らは交互にスパルター*とアテーナイ*に肩入れした。また彼は、スパルターのリューサンドロス*の依頼を受けて、亡命して

系図 295　パルナバゾス

いたアテーナイ貴族アルキビアデース*を暗殺したという (前404)。前400年以後、スパルターが太守領 Satrapeia, Σατραπεία を寇掠したのに悩み、スパルター王アゲーシラーオス2世*と会見して苦情を訴えた (前395) が、翌年クニドス*の海戦でスパルター軍を撃破して雪辱を遂げた (⇒コノーン❶)。前392年、スーサへ召還され、アルタクセルクセース2世*の娘と結婚、2度にわたりエジプトの大乱鎮圧に向かう (前385〜前383、前374) が失敗 (⇒イーピクラテース、ネクタネボス1世)、その後ほどなくして没した。アルタバゾス❷* (プリュギアーの太守) は彼の息子である。また別の息子 (アルタバゾス❷の異母兄) は、若い頃美男子だったので、衆道好きのスパルター王アゲーシラーオス2世に寵愛されており、後年家を追われてギリシアへ亡命した折にはアテーナイ生まれの少年格闘士と恋仲になり、アゲーシラーオスに頼みこんでこの愛人をオリュンピア競技祭*に出場させてやっている。

なおパルナバゾスの後任の太守となったアリオバルザネース* Ariobarzanes は、やがてアルタクセルクセース2世に対して大規模な反乱を起こしたが、実子のミトリダテースに裏切られて処刑されている (前362頃、⇒ポントスのアリオバルザネース)。

⇒巻末系図024
Thuc. 8-6, -8, -39, -58, -62, -80, -99〜109/ Xen. Hell. 1〜5, An. 6-4, -5/ Plut. Alc., Ages., Artax./ Diod. 13-46, -49〜, 14-11, -35, -79〜80/ Just. 6-1, -6/ Nep. Alc. 9〜/ Isoc. 16-40/ Arr. Anab. 2-1/ Curtius 3-3, 4-1/ etc.

ハルパゴス Harpagos, Ἅρπαγος, Harpagus, (仏) Harpage, (伊) Arpago, (西) Harpago, (ペルシア語) Hārpāg, (アッカド語) Arbaku

(前6世紀) メーディアー*王アステュアゲース*の廷臣。生まれたばかりの王孫キューロス* (のち大王) を殺すように王から命ぜられるが、自ら手を下すのを厭い、牛飼ミトラダテース Mithradates に赤児を託して、人気(ひとけ)のない山中に遺棄させる。しかるに牛飼は、妻が死産したばかりだったので、自らの死児とキューロスをすりかえ、彼を我が子として育てる。10年後に事実が明らかになり、祖父王は孫の生きていたことを喜んだものの、王命に叛いたハルパゴスに対しては激しく憤慨し、ハルパゴスの息子を殺して料理したうえで、その肉をハルパゴスに食べさせた。王の残忍な仕打ちを怨んだハルパゴスは、キューロスが成人すると、彼を擁立して反乱を起こさせ、ついにアステュアゲースを捕虜にしてメーディアー王国を滅亡させた (前550)。

なお同名の人物に、ダーレイオス1世* (大王) に仕えて小アジア沿岸諸国を征服したアカイメネース朝*ペルシア*軍の大将ハルパゴス (前6世紀末頃〜前5世紀初頭) がいる。後者はギリシア人諸都市国家polis(ポリス)や島々を「曳き網式」と呼ばれる人間狩りで掃蕩し、捕えた美少年たちを去勢して美少女らとともに大王の宮廷へ送ったことや、イオーニアー*の反乱の首謀者ヒスティアイオス*を捕縛して処刑した (前494/493) ことで知られる (⇒アルタブレネース)。

Herodot. 1-80, -108〜113, -117〜120, -162〜, -174〜177, 6-28〜/ Diod. 9-35/ Just. 1-5〜/ etc.

ハルパロス Harpalos, Ἅρπαλος, Harpalus, (仏) Harpale, (伊) Arpalo, (西) Harpalo, (露) Гарпал

(前355頃〜前323) マケドニアー*の貴族。王ピリッポス2世*の姻戚 (義理の甥)。幼少の頃からのアレクサンドロス大王*の学友。身体障害者であったが、アレクサンドロスのアジア遠征に随行し、バビュローン*の太守 Satrapes(サトラペース) に任ぜられ、旧ペルシア帝国*の莫大な財宝管理を委ねられる (前330)。大王がインドへ向けて出陣すると、アテーナイ*の娼婦(ヘタイラー)ピューティオニーケー Pythionike や、グリュケラー Glykera らを次々と宮殿に囲い、前代未聞の放蕩三昧の生活に耽る。自ら王を気取り、愛人に女王の冠を戴かせて、属僚たちにオリエント風の跪拝礼を強いたり、情婦が死ぬと女神として祀るべく神殿を建立させ、豪華きわまりない墓を営ませるなど常軌を逸した行為にはしった。財貨を不正に浪費したあげく、前325年、大王が無事インドから帰還しつつあると知ると、5千タラントンの公金と傭兵6千を携えてギリシア本土へ逃亡。雄弁家デーモステネース❷*らアテーナイの政治家たちを買収して、アレクサンドロスに対する反乱を煽動しようとした (前324)。しかるに、大王の実力を知るアテーナイ市民は、ハルパロスを逮捕し金を没収することを決定。ハルパロスはクレーター* (クレーテー*) 島へ亡命したものの、部下のティブローン❷*に殺害されて果てた。

Arr. Anab. 3-6, -19/ Curtius 9-3, 10-2/ Plut. Alex. 8, 10, 35, 41, Phoc. 21〜22, Dem. 25, Phoc. 21, Mor. 846/ Paus. 1-37, 2-33/ Ath. 13-586, -594〜596/ Diod. 17-108/ Phot./ etc.

バルビッルス Tiberius Claudius Balbillus (〈ギ〉Barbillos, Τιβέριος Κλαύδιος Βάρβιλλος, Barbillus), (伊) Tiberio Claudio Balbillo, (西) Tiberio Claudio Balbilo

(後20年頃〜79年) ローマ帝室お抱えの宮廷占星術師。トラシュッロス*の息子と考えられる。クラウディウス*帝と小アグリッピーナ*后に気に入られ、帝のブリタンニア*遠征に随行し (43)、勲章を贈られた。属州アシア*やエジプトの統治も任せられたらしく (但し55年〜59年にエジプト領事(プラエフェクトゥス)を務めた C. バルビッルスは別の人物)、ネロー*帝の治世に君主の死の前兆とされる彗星が出現した際には (60、または64)、「最も有力な人々を殺してこの凶兆を転嫁なさっては如何ですか」と進言。よってネローはローマの貴紳を皆殺しにしようと決心したという (⇒ C. カルプルニウス・ピーソー)。次いでウェスパシアーヌス*帝の信任も受け、エペソス*市では彼の栄誉を称える競技祭が創始された。娘カピトーリーナ Claudia Capitolina はコンマーゲーネー*のアンティオコス5世 Antiokhos V に嫁ぎ、その結果、彼はアンティオクス・ピロパップス Antiochus Philopappus (109年の補欠執政官(コーンスル)) の外祖父となった (⇒巻末

系図033)。著書は全て散逸した。
⇒マーニーリウス、フィルミクス・マーテルヌス
Suet. Ner. 36/ Dio Cass. 66-9/ Tac. Ann. 12-22/ Sen. Q. Nat. 4-2/ etc.

バルビーヌス Decius Caelius Calvinus Balbinus, (仏) Balbin, (伊)(西) Balbino, (露) Бальбин

(後178頃~238年7月29日頃(実際は5月上旬頃))ローマ皇帝(在位・238年4月22日頃(実際は2月上旬頃)~7月29日頃(実際は5月上旬頃))。

ヒスパーニア*系の名門貴族の出身。L. コルネーリウス・バルブス*の後裔。トライヤーヌス*帝、ハドリアーヌス*帝の親族にも当たるという。裕福で洗練された快楽を好む人物で、早くに顕職に上り(203年と213年の執政官コーンスル*)、アシア*、アーフリカ*など諸属州の総督を歴任。238年にはププィエーヌス*と並ぶ共治帝として元老院から選出・推戴された。行政官としての手腕に秀でていた彼は、主に内治を管掌し、軍事を分担したププィエーヌスより評判はよかったが、群衆の要求で少年ゴルディアーヌス3世*を副帝カエサル*に立てることを強いられ、次いで生じた近衛軍の反乱によって失脚。在位わずか99日間でププィエーヌスとともに衣服を剥ぎ取られ、宮殿からひきずり出されローマ市街で滅多斬りに切り刻まれて惨殺された。長身で秀逸な肉体に恵まれ、優雅な衣装をまとい情事や美食に耽溺。雄弁家・詩人としても傑出していたと伝えられる。

Herodian. 7~8/ S. H. A. Max. et Balb., Max. 20, 24, Gordian. 10, 19, 22/ etc.

ハルピュイアたち Harpyia, Ἅρπυια, (英) Harpy, (仏) Harpie, (独) Harpyie, (伊) Arpìa, (西) Arpía, (葡) Harpia, (露) Гарпия, (複) **ハルピュイアイ** Harpyiai, Ἅρπυιαι, Harpyiae, (英)(仏) Harpies, (仏) Harpyes, (独) Harpyien, Harpien, (伊) Arpie, (西) Arpías, Harpías, (葡) Harpias, (露) Гарпии

(「掠める女」の意)ギリシア神話中、人頭鳥身ないし半人半鳥身の女怪。海神タウマース*とエーレクトラー❶*の娘たちで、虹の女神イーリス*の姉妹(⇒巻末系図001)。疾風の精ないし死者の霊で、人や物を奪い去り、ホメーロス*では、パンダレオース*の娘たちをさらって冥府のエリーニュエス*の侍婢にしている。アルゴナウテース*たち(アルゴナウタイ*)の遠征譚においては、盲目となったトラーケー*(トラーキアー*)王ピーネウス*を苦しめ、王に供された食物を摑んで飛び去り、また悪臭と排泄物で汚して口にできなくしてしまう醜悪な怪鳥とされていた。アルゴー*号の乗組員ゼーテース*とカライス*兄弟に追跡され、ストロパデス*群島で疲労のあまり墜落したとも、イーリスの仲介でピーネウスを悩ますことをやめたともいう。またハルピュイアイの1人は、ペロポンネーソス*の上まで来て、ティグレース Tigres 川に落ち、以来この川はハルピュース Harpys と呼ばれるようになったとも伝える。ウェルギリウス*は彼女らをストロパデス群島に住まわせ、アエネーアース*(アイネイアース*)たちの食事を荒らしたあと、彼らの行手に待ち構えている冒険と苦難を予言させている。飢えて蒼白で猛禽の爪をもち、クレーター*(クレーテー*)島のディクテー*山の洞窟に棲むともいう。その数も一定せず、ポダルゲー Podarge(足の速い女)、アエッロー Aello(アエーッロプース Aellopus、疾駆する風)、オーキュペテー Okypete(速い翼をもつ女)、ニーコトエー Nikothoe(素速い勝利すばや)、ケライノー❶*(暗い女)らの名前が伝わっている。そのうちポダルゲーは、西風ゼピュロス*と交わって、アキッレウス*の戦車を牽く不死の名馬バリオス Balios とクサントス❸*、さらには双生兄弟神ディオスクーロイ*の神馬プロゲオス Phlogeos とハルパゴス Harpagos を産んだ。

造形芸術では、リュキアー*のクサントス❷*出土の『ハルピュイアの墓』に、パンダレオースの娘たちをさらう場面が浮き彫りされた作例が名高い。

後代の寓意図像ではキリスト教の七つの大罪の1つ「貪欲 Avaritia」の象徴として、ハルピュイアの姿がしばしば添えられた。

なおハルピュイアなる語は今日も強欲なあばずれ女を指す言葉としてヨーロッパ系諸国で用いられている。

⇒ケール

Hom. Il. 16-149~151, Od. 20-66~78/ Hes. Th. 265/ Apollod. 1-2, 3-15/ Hyg. Fab. 14/ Verg. Aen. 3-209~, 6-289/ Ap. Rhod. 2-285, -1089/ Serv. ad Verg. Aen. 3-252/ Valerius Flaccus 4-428/ etc.

バルブス、ルーキウス・コルネーリウス Lucius Cornelius Balbus, (伊)(西) Lucio Cornelio Balbo, (葡) Lúcio Cornélio Balbo

(前1世紀) 大バルブス Balbus Major。外ヒスパーニア*の町ガーデース*(現・カディス)の名門出身。大富豪。前72年セルトーリウス*を攻めるローマ軍に加わって頭角を現わし、ポンペイユス*からローマ市民権を授けられる。その後ローマに移って、ポンペイユスやカエサル*との親交を保ち、ミュティレーネー*のテオパネース Theophanes(ポンペイユスの友人たるギリシア人歴史家)のもとに養子として迎えられ(前59頃)、有力人物の仲間入りをする。次いでカエサルの工兵監督官プラエフェクトゥス・ファブルム Preafectus fabrum としてヒスパーニアおよびガッリア*に同行(⇒マームッラ)、後にはローマでカエサルの財産を管理した。前56年、ローマ市民権を不法に獲得した廉かどで告訴されたが、キケロー*が弁護の労をとってくれたおかげで無罪判決を勝ちとることが出来た(『バルブス弁護演説』Pro Balbo)。内乱中はカエサル

系図296　バルブス、ルーキウス・コルネーリウス

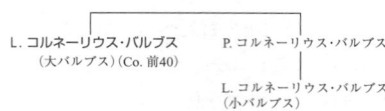

派の立場から和平工作に尽力し、ローマ市政長官筆頭として常にオッピウス❷*と並称される。カエサル暗殺（前44）後、オクターウィアーヌス*（のちのアウグストゥス*）のもとへ馳せ参じて彼を支持し、その恩顧を蒙って前40年には属州民出身者として初めての執政官(コーンスル*)となる。死に際して彼は、ローマ市民全員に1人頭25デーナーリウス（＝100セーステルティウス）を遺贈した。

文筆活動でも名を成し、その日記は同時代の記録として重要であったが惜しくも散逸。『ガッリア戦記 De Bello Gallico』第8巻の序文で、ヒルティウス*は彼に献辞を記している。近代の史家の中には、彼を『ヒスパーニア戦記 De Bello Hispanensi』の筆者に擬する者もある。

小バルブス Balbus Minor と呼ばれる同名の甥も、ローマ市民権を得てカエサルおよびオクターウィアーヌスの傘下で活躍し、アウグストゥス時代には属州総督 Proconsul(プロコーンスル)となってアーフリカ*へ赴任（前21～前20頃）、ガラマンテス*族を打ち破った功で凱旋式(トリウンプス*)を祝われ（前19年3月27日）、のちローマにバルブス劇場を造営（前13年奉献）したことで知られる。なお、後238年にプピエーヌス・マクシムス*とともに皇帝に推戴されたバルビーヌス*は、このバルブス家の子孫だと主張している。

Dio Cass. 48-32, 54-25/ Vell. Pat. 2-51/ Plut. Caes. 60/ Suet. Iul. 78, 81, Aug. 29/ Cic. Balb., Att. 8-15, 9-6, -13/ S. H. A. Max. et Balb. 7/ Plin. N. H. 5-5, 7-43, 36-12/ Strab. 3-169/ Macrob. Sat. 3-6/ etc.

バールベク Baalbek
⇒ヘーリオポリス

ハルポクラティオーン Harpokration, Ἁρποκρατίων, Valerius Harpocration, （独）Valerius Harpokration, （伊）Valerio Arpocrazione, （西）Valerio Harpocración

（後2世紀？）アレクサンドレイア❶*出身のギリシア系文献学者。一説にウェールス*帝の師。彼の編纂した『アッティケー十大雄弁家*辞典 Leksikon tōn deka rhētorōn, Λεξικὸν τῶν δέκα ῥητόρων』が伝存し、古典期アテーナイ*の法律・宗教・社会・歴史・文化を知るうえで貴重な資料となっている。

また、この他カエサル*と交流のあったアルゴス*出身のプラトーン*派哲学者ハルポクラティオーン（前1世紀）や、ローマ時代のソフィスト*で弁論学者のハルポクラティオーン C. Aelius Harpocration、菓子に関する著述を書いたというメンデース*のハルポクラティオーンらの名が知られる。
⇒ヘーシュキオス、ポリュデウケース❷、ヘーパイスティオーン❷、スーダ

S. H. A. Verus 2/ Libanius Epist. 367/ Ath. 14-648/ Stob. Ecl. 1-2/ Suda/ etc.

ハルポクラテース Harpokrates, Ἁρποκράτης, Harpocrates, （仏）Harpocrate, （伊）Arpocrate, （西）（葡）Harpócrates, （露）Гарпократ, （古代エジプト語）Harpa-khruti, Harpa-khered, または Ḥeru-p-khart, Ḥor-pa-hered

エジプトの神「幼児ホーロス*」のギリシア的呼称。オシーリス*とイーシス*の子で、顔の横に捲毛を垂らし、指を口に当てた子供の姿で表現された。暗闇の力と戦う者として、アポッローン*と同一視され、ギリシア・ローマ人の間でも崇拝されたが、彼らは指を口に当てている姿を誤解して、ハルポクラテースを沈黙の神と見なした。ローマ帝政後期に至るまで、神秘主義的な哲学思想の中で重要な地位を保った。初期キリスト教徒たちは、イーシスとハルポクラテースに聖母子の姿を重ね合わせて見ていた。
Herodot. 2-144/ Varro Ling. 4-17/ Catull. 75/ Plut. Mor. 358d～e/ Ov. Met. 9-691/ Auson. Epist./ Anth. Pal. 11-115/ etc.

パルマ Parma, （ギ）Parma, Πάρμα, （仏）Parme
（現・パルマ Parma,〈エミリア・ロマーニャ方言〉Pärma）ガッリア・キサルピーナ*（ガッリア・キスパダーナ*）の町。クレモーナ*に近く、ウィア・アエミリア*（アエミリウス街道*）沿いの交通の要衝。ガッリア*（ケルト*）人が建設し、エトルーリア*人が開発、前183年にローマの植民市(コローニア*)となる。羊毛の産地として知られ、前43年マールクス・アントーニウス❸*に劫掠されるが、アウグストゥス*の治世に再興された。詩人カッシウス・パルメーンシス*の生地。
Plin. N. H. 3-15/ Liv. 39-55, 41-17/ Mart. 14-155/ Varro Ling. 7-31/ Strab. 5-216/ Ptol. Geog. 3-1/ Cic. Fam. 10-33, 12-5/ It. Ant./ etc.

パルマコス Pharmakos, Φαρμακός, Pharmacus, （仏）Pharmaque, （伊）Farmaco, （西）Fármaco, （現ギリシア語）Farmakós

ギリシアの宗教儀式で、人身御供として捧げられた一種の「贖罪の山羊 scapegoat(スケープゴート)」。飢饉・旱魃・疫病など災禍に見舞われた折に、神の怒りを解くべく、共同体の罪穢れを一身に負わされて殺された生贄。これはギリシア人に限らず、地中海周辺の諸民族の間で古くから行なわれていた習慣だったと考えられている。イオーニアー*系ギリシア人の祭事では、パルマコスに選定された者は、ある期間公費で養われたのち、市外に曳き出されて犠牲に供された。アテーナイ*のタルゲーリア祭*においては、毎年2人のパルマコスが、無花果(いちじく)の頸飾りをかけられ、町の周りを引き回されたあげく、葉のついた杖で撃たれて殺害（後世になると追放）された。小アジアではパルマコスは、無花果など野生の樹の枝で男性器を7度叩かれたのち、焼き殺され、その灰は海へ投げ棄てられた。トラーキアー*（トラーケー*）のアブデーラ*市でも、毎年1度、市全体を潔めるために、公民の1人が石で打ち殺されていた。マッサリアー*（現・マルセイユ）においては、疫病の際に1人の男

を、町じゅう曳き回してから城外で石を投げて殺す風習があった。またレウカス*島民は、毎年アポッローン*に対する祭儀の時に、1人の犯罪者を断崖から突き落としたのち、小舟で救い上げて境界の外に運び出すことをもって厄除けとしていた。時代が下るにつれて、人身供犠に代わってパルマコスをかたどったパンを用いる傾向が生じた。

なお、パルマコスなる語は、一般に「犯罪者」「悪党」また「毒殺者」「妖術使い」などといった意味でも使われていた。その中性形パルマコン pharmakon, φάρμακον は薬物、毒薬を指し、後代ヨーロッパ諸語の薬局や薬学を意味する言葉（英）pharmacy,（仏）pharmacie,（独）Pharmazie 等を派生している。

Ar. Ran. 733, Lys. 108, Eq. 1405/ Tzetz. Chil. 5–726〜/ Serv. ad Verg. Aen. 3–57/ Ath. 9–370a/ Strab. 10–452/ Plut. Mor. 297b〜/ Ov. Ib. 467/ Philostr. V. A. 4–10/ Lactant./ etc.

パルミューラ Palmyra（パルミーラ Palmira とも），（ギ）パルミューラー Παλμύρα (Παλμίρα), Πάλμυρα,（仏）Palmyre,（伊）（西）（葡）Palmira,（露）Пальмира,（現ギリシア語）Palmýra,（アッカド語）Tadmir, Tadmur, Tadmar,（ヘブライ語）Tamōr, Tamār, Thamār, Tatmōr, Tadmōr,（アラム語）Tadmr, Tdmwr, Tadmōr,（アラビア語）Tadmūr, Tadmōr, Tedmōr, Tadmer,（和）パルミラ

「棕櫚ないし棗椰子（ラ）パルマ Palma の都市」の意。

シュリアー*の砂漠に栄えた古代都市。前19世紀の楔形文書にすでにその名タドミル Tadmir が現われる。ダマスコス*の東北約215 km、シュリアーとメソポタミアー*間のオアシスに位置し、東西交易の中継都市として早くから繁栄した。伝承ではソロモーン Solomon 王の創建ないし再建になるといい、ヘブライ聖典（俗にいう「旧約聖書」）にも登場。セム系の主神バアル Ba'al 崇拝の一大中心地となり、また硫黄温泉地としても知られた。ヘレニズム時代末期から、絹・香料・ガラス器・宝石・真珠などの奢侈品を扱う隊商貿易によって殷賑を極め、東のパルティアー*と西のローマとの勢力争いを巧みに利用して独立を保持。弓騎兵を主体とする強大な軍事力を擁し、関税の徴収を通じてオリエントで最も裕福な都市の1つに発展した。ローマ帝政初期にはその宗主権を認め（後15以前）、属州シュリア*に組み込まれた（後18頃）が、自治を許されたため、インドと地中海を結ぶ貿易国家として変わらず隆盛を誇った。絶頂期は130年から270年にかけての頃で、王オダエナートゥス*とその妃ゼーノビア*の支配下に版図はエジプトにまで達するオリエントの大半を覆うに至った。しかし273年のアウレーリアーヌス*帝の親征の結果、パルミューラは略奪・破壊され、翌274年、部分的に再建されたものの、かつての栄光は二度と訪れなかった。哲学者ロンギーノス*の活躍した地。文化面ではアラム＝シュリアー系とギリシア系、さらにパルティアー系など種々の要素が混淆していたが、宗教面ではおおむねセム系の諸神を祀っていた。東ローマ帝国領を経て、634年にイスラーム教徒のアラブ軍に征服された（634／636）。今日も壮大なベール Bēl 神殿（後32）をはじめ、記念門から1 kmも続く華麗な列柱付大通り、劇場（テアートロン*）、四面門 Tetrapylon、ディオクレーティアーヌス*帝の浴場と兵営施設、アゴラー*、等々、ローマ時代の広大な都市遺跡が残っており、西郊のネクロポリスには立派な塔墓や壁画・彫刻・浮彫の施された地下墓室などを見ることができる。

⇒ペトラ、ヘーリオポリス❶

Plin. N. H. 5–21, 6–32/ Martianus Capella 6–680/ S. H. A. Tyr. Trig. 15〜30, Aurel. 26, 31/ Zonar. 12/ Ptol. Geog. 5–15, 8–20/ App. B. Civ. 5–9/ Joseph. J. A. 8–2/ Procop. Pers. 2–5/ Zosimus 1–44/ Vet. Test. I Reg. 9–18, II Chron. 8–4/ Plut. Ant./ etc.

パルミラ Palmyra
⇒パルミューラ

パルメニオーン Parmenion, Παρμενίων, Parmenio,（仏）Parménion,（伊）Parmenione,（西）Parmenión（前400頃〜前330）ピリッポス2世*およびアレクサンドロス大王*に仕えたマケドニアー*貴族出身の有能な将軍。アンティパトロス*と並ぶ重臣。アッタロス*の岳父。王妃オリュンピアス*がアレクサンドロス（のちの大王）を出産した日に、イッリュリアー*軍に勝利を収めており、これは生まれた王子が不敗の将となる吉兆として歓迎された。

大王の東征には副司令官として従軍（前334〜）、アカイメネース朝*ペルシア*との対戦に数々の功績をたてる。イッソス*の戦い（前333）の後、ダーレイオス3世*から和議の申し入れがあり、エウプラーテース*（ユーフラテス）河以西の領土割譲や巨額の償金支払い、ペルシア皇女と大王の婚姻等の有利な条件が示された時、彼は「もし私がアレクサンドロスならば、これに応ずるだろう」と言った。すると、大王は「予もきっとそうするだろう。もし予がパルメニオーンならば」と答えたという。また、ガウガメーラ*の決戦（前331）に当たっても、パルメニオーンが夜襲を勧めたのに、アレクサンドロスは「予は勝利を盗まぬ」と言ってこれを却けた。

前330年、大王がなおも東進した時、パルメニオーンはペルシアの財宝を保管するためにエクバタナ*に残留したが、同年秋、長子ピロータース*が大王の暗殺事件に加担していた嫌疑で処刑され、彼も息子の自白により巻き添えを食う。アレクサンドロスは老将が息子の処刑を知るよりも早く、急使を立てて彼を刺殺させ、その首を届けさせた。

なお、パルメニオーンの若い末子ヘクトール Hektor, Ἕκτωρ は大王の寵童の1人であったが、前331年にネイロス*（ナイル）河で溺死し、これを深く嘆いたアレクサンドロスは壮麗な葬儀を営んで厚く弔っている。

⇒ピリッポス❶

Arr. Anab. 1〜3/ Curtius. 3〜7/ Plut. Alex. 3, 16, 19, 21, 29,

31～33, 48～49/ Diod. 16-91, 17-16, -54, -56, -118/ Just. 9-5, 11-8, -10, -13, 12-1/ Strab. 15-724/ etc.

パルメニデース
Parmenides, Παρμενίδης, （仏）Parménide, （伊）Parmènide, （西）Parménides, （葡）Parmênides, （露）Парменид, （現ギリシア語）Parmenídhes

（前515／510頃〜前450以降、あるいは、前540／535頃〜前483／475頃）ギリシアの哲学者。エレアー*学派の祖。形而上学の父。南イタリアのエレアー市の富裕な名門に生まれる。クセノパネース*に師事し、またピュータゴラース*派のアメイニアース Ameinias, Ἀμεινίας の教えも受けて、貧しい師アメイニアースの没後、彼のために英雄神廟 Hērōon, Ἡρῷον を建立したという。上品で端麗な容姿の持ち主で、政治家としても活動し、エレアー市民のために法律を制定、彼とその弟子ゼーノーン*（エレアーの）のおかげでエレアーの町は善く治められたといわれる。パルメニデースは「在るものは在り、無いものは無い」という命題から出発して、厳密な演繹を行ない、「在るもの」は永遠に不生不滅・不変不動・不可分で等質の完結した球体であると主張。生成消滅を説くイオーニアー*派の自然哲学（タレース*、アナクシマンドロス*、アナクシメネース*らのミーレートス*学派）やヘーラクレイトス*の「万物流転」説を斥け、理性のみが真理の基準であり、感覚で捉え得るものは虚偽であるとした。叙事詩の韻律であるヘクサメトロス, Heksametros, Ἑξάμετρος 詩型で綴った主著『自然について ペリ・ピュセオース Peri Physeōs, Περὶ Φύσεως』が断片（160行ほど）のみ現存する。また彼は「アキッレウス*は亀に追いつけない」という議論を最初に問題提起した人だとされ、その論説は彼の弟子で愛人（稚児）でもあったゼーノーンによってさらに有名となった。前450年頃、養子に迎えたゼーノーンを伴ってアテーナイ*を訪れ、若きソークラテース*らに深い感銘を与えた。プラトーン*によれば、後年ソークラテースは、パルメニデースを「あらゆる点で高貴な深さを湛えた人」「尊敬すべき、また畏怖すべき人」であった、と述懐している。パルメニデースはひとり独自のエレアー学派を確立したというに留まらず、その鋭い論理的思考によって当時の思想界に鮮烈な衝撃を与え、以後のギリシア哲学に影響するところ甚大であった。また、初めて地球が球形であると宣言し、月がその明るい面をつねに太陽に向けていることを観測したという。一説によると、若き哲学者エンペドクレース*を愛人にしたとも伝えられる。
⇒メリッソス

Parmenides Fr./ Pl. Prm., Tht. 152e, 180e/ Speusippus Fr. 1/ Diog. Laert. 9-21〜23, -25/ Cic. Nat. D. 1-11/ Arist. Ph. 1-3, Metaph. A-5(986b)/ Sext. Emp. Math. 9-1/ Plut. Mor. 1126a〜b/ Simpl./ Hippol./ Suda/ etc.

ハルモディオスとアリストゲイトーン
Harmodios, Ἁρμόδιος, Harmodius, （伊）Armodio, （西）Harmodio, （葡）Harmódio, （露）Гармодий／Aristogeiton, Ἀριστογείτων, Aristogiton, （伊）Aristogitone, （西）（葡）Aristogitón, （露）Аристогитон

（？〜前514年8月頃）ペイシストラトス*家の僭主政打倒を試みたアテーナイ*市民。2人は恋人同士で、アリストゲイトーンは中流階級の男性、ハルモディオスは「当時若い男盛りにあった」美青年。僭主ヒッピアース*（ペイシストラトスの息子）の弟ヒッパルコス*がこの若者に横恋慕し、しきりに言い寄ったものの拒絶されたので、ハルモディオスに侮辱を加えた。アリストゲイトーンは愛人を力ずくで奪われるのではないかと恐れ、友人らと語らって僭主政打倒の陰謀を計画。大パンアテーナイア*祭の日にヒッピアースとヒッパルコス兄弟を殺害することに決定した。ところが当日、共謀者の1人がヒッピアースと親し気に話しているのを見て、てっきり密告されたものと思ったハルモディオスとアリストゲイトーンは、激情に駆られるままヒッパルコスの方へ突進し、彼を斬り殺した。ハルモディオスはその場で護衛兵に殺され、いったん逃れたアリストゲイトーンもほどなく捕えられて拷問にかけられ、ついにヒッピアースに刺殺された（前514）。

この事件を契機に僭主政は苛酷さを増し、多くの市民が殺害されたので、数年後にはヒッピアースは追放され（前510）、アテーナイに民主政が樹立された。かくて2人の恋人たちは、僭主殺し（ギ）Tyrannophonoi, Τυραννοφόνοι, （ラ）Tyrannocidae、祖国の解放者（ギ）Eleutherioi, Ἐλευθέριοι, （ラ）Liberatores、自由のための殉教者として絶讃されたばかりか、アゴラー*にその像が立てられたばかりか、詩にも歌われて英雄視され、彼らの墓には毎年、犠牲が捧げられるに至った。

一説には、ハルモディオスに求愛したのはヒッパルコスではなく、その末弟テッサロス Thessalos だったともいう。またアリストゲイトーン（あるいはハルモディオス）の情婦レアイナ Leaina は、この折拷問にかけられて仲間の名前を言うよう迫られたが、決して口を割らず、自分の舌を噛み切ってヒッピアースに吐きつけたと伝えられている。
⇒アンテーノール（彫刻家）、カッリストラトス❶、カリトーンとメラニッポス

Herodot. 5-55〜56, 6-109, -123/ Thuc. 1-20, 6-54〜59/ Pl. Symp. 182/ Arist. Pol. 5-10, Rh. 1-9, Ath. Pol. 18/ Paus. 1-8, -29/ Ath. 15-695/ Plin. N. H. 7-23, 34-19/ Ael. V. H. 11-8/ Plut. Mor. 760, 770/ Cic. Tusc. 1-49/ Gell. 9-2/ Diod. 9-1, 10-17, 20-46/ Aeschin. 1/ Dem. 20/ Polyaenus 1-22, 8-45/ etc.

ハルモニアー
Harmonia, Ἁρμονία, （英）Harmony, （仏）Harmonie, （独）Harmonia, Harmonie, （伊）Armonia, （西）Armonía, Harmonía, （露）Гармония

（「調和」の意）ギリシア神話中のカドモス*（テーバイ❶*の建祖）の妻。アレース*とアプロディーテー*の娘（時にゼウス*とエーレクトラー❷*の娘）。カドモスとの結婚の祝宴に

はオリュンポス*の神々が残らず列席し、さまざまな贈り物をしたが、その中にはヘーパイストス*の造った頸飾り(くびかざり)と華麗な長衣(ペプロス) peplos が含まれており、これらの品はやがてテーバイ王家、ならびにそれを所持する者に大きな災禍をもたらすことになった（⇒アンピアラーオス、アルクマイオーン、パユッロス）。異なる伝承によると、長衣はハルモニアーを憎むアテーナーとヘーパイストスが媚薬に浸してから贈ったものだとも、頸飾りとともにゼウスがエウローペー*（カドモスの姉妹）に与えたものを、カドモスが貰いうけてハルモニアーに贈ったのだともいう。和解・調和の女神ハルモニアーと同一視されることもある。その他アレースと交わってアマゾーン*女族（アマゾネス*）の祖となったニュンペー*（ニンフ*）もハルモニアーと呼ばれている。
⇒巻末系図 006
Hes. Th. 937, 975〜/ Pind. Pyth. 3-88〜/ Theog. 15/ Hyg. Fab. 148/ Paus. 3-18, 9-12/ Diod. 4-2, 5-48, -49/ Eur. Phoen. 822〜/ Apollod. 3-4, -5/ Stat. Theb. 2-266/ etc.

パルラシオス　Parrhasios
⇒パッラシオス

パルラス　Pallas
⇒パッラス

パルラース　Pallas
⇒パッラース

パルラダース　Palladas
⇒パッラダース

パルラディオン　Palladion
⇒パッラディオン

バレアーレース（古くはバリアーレース）諸島
Baleares (Baliares) Insulae, (ギ) ギュムネーシアイ Gymnesiai, Γυμνησίαι, Gymnesiae 諸島。Bal(l)iareis, Βαλ(λ)ιαρεῖς, Bal(l)iarides, Βαλ(λ)ιαρίδες, (別名) Aphrodisiades, Hyasūsai, Khoirades

（現・〈西〉Islas Baleares,〈カタルーニャ語〉Illes Balears,〈アラゴン語〉Islas Balears,〈英〉Balearic Islands,〈仏〉Îles Baléares,〈独〉Balearische Inseln,〈伊〉Isole Baleari,〈葡〉Ilhas Baleares,〈露〉Балеарские острова）地中海西部、ヒスパーニア*沖合の島々。大島マイヨルカ Maiorca（現・マリョルカ Mallorca、もと Columba）、小島ミノルカ Minorca（現・メーノルカ Menorca、もと Nura）など6島からなり、フェニキア*人、イベーリアー*人、ギリシア人、カルターゴー*人の占領を経て、第2次ポエニー戦争*（前218〜前201）の結果、ローマの領土と認められた。しかし実際にローマの支配に服したのは、前122年 Q. カエキリウス・メテッルス*・バレアーリクス Balearicus（前123年の執政官(コーンスル*)）に征服されて以来のことで、その後は行政上、内ヒスパーニア*州に併合された（ディオクレーティアーヌス*帝の時に独立の1州となる）。島民は洞窟に住み、土葬や一妻多夫の風習をもち、結婚の祝宴の席では、親族、友人たちが年齢順に次々と花嫁と交わり、最後に新郎が彼女と床を共にすることができたという。古来彼らは投石器の名手として知られ、早い時期からカルターゴー軍の傭兵部隊となって活躍していた（前480、前409 ── 子供たちは毎日投石器で的を射当てないうちは食事を与えられなかったと伝えられる ──）。ギリシア名ギュムネーシアイは、住民が夏の間は衣服を身にまとわないで生活していることからつけられたものである ── ギュムノス gymnos「裸の」に由来 ──。良質の葡萄酒や美味な蝸牛(かたつむり)などの産地としても知られていた。

また蛇が一切棲まないことで名高いエブスス Ebusus（現・イビサ Ibiza）など西方の群島は、ピテュウーッサイ（ギ）Pityussai, (ラ) Petyussae と呼ばれて区別されていた。ピテュウーッサイは古く前7世紀中頃からフェニキア＝カルターゴー系の植民地として発展し、その名称は島に松（ピテュス pitys）が多く群生することにちなんで、ギリシア人がつけたものである。

両諸島とも後5世紀にはヴァンダル*族（ウァンダリー*）に征服された（455、467）が、534年頃に東ローマ帝国に奪回されている。
⇒サルディニア、メリタ
Plin. N. H. 3-5, 15-21, 35-59/ Strab. 3-167〜, 14-654/ Diod. 5-16〜18/ Caes. B. Gall. 2-7/ Flor. 3-8/ Ptol. Geog. 2-6/ Procop. Vand. 1-1, 2-5/ Liv. Epit. 60/ Sil. 3-364〜365/ Mela 2-7/ Tzetz. ad Lycoph. 633/ Steph. Byz./ etc.

パレース　Pales, (仏) Palès, (伊) Pale
ローマの家畜および牧人の守護神。男神とも女神ともされ、時に男女複数で表わされる。4月21日に祝われるパリーリア Parilia (Palilia) 祭では、乳と菓子が供えられ、家畜の浄めが行なわれた。この日はまたロームルス*によってローマの町が創建された記念日 Natalis Urbis と見なされていた。ローマ7丘の1つパラーティーヌス*丘の語源となっているが、神話は伝えられていない。
Varro Ling. 6-15, Rust. 2-1/ Serv. ad Verg. G. 3-1/ Ov. Fast. 4-776/ Cic. Att. 2-8, Div. 2-97/ Vell. Pat. 1-8/ Plut. Rom. 12/ Tibull. 2-5/ Flor. 1-15/ Arnob. Adv. Gent. 3-40/ etc.

パレスタイン　Palestine
⇒パレスティナ*（の英語形）

パレスチナ　Palestine
⇒パレスティナ

パレスティナ　Palestina,（ギ）パライスティーネー Palaistine, Παλαιστίνη, Παλεστίνα,（ラ）パラエスティーナ Palaestina, Palaestīnē,（英）（仏）Palestine,（独）Palästina,（伊）（西）Palestina,（古ヘブライ語）Pᵉléšeth,（ペルシア語）Falastīn,（アラビア語）Filastīn, Falastīn, Filistīn

（古称・カナアン Kana'an,〈ギ〉Khanaan Χαναάν「緋紫の地」の意）地中海東岸の南部地方。レバノン山脈の南、アラビア砂漠の西、シナイ半島の北に位置。ヨルダン Iordanēs 川、死海*などの低地を含み、メソポタミアー*からエジプトに及ぶ肥沃な半月地帯の一角をなす。早くから農耕生活が営まれ、イエリコー*（前5000頃）など人類最古級の都市が築かれた。交通上の要地であるため、太古よりさまざまな民族によって占拠・領有され、前3000年頃セム系カナアン人が先住民を追い出して来住、エジプトとの間で抗争を繰り返した。パレスティナの地名は前12世紀頃この地に定着した海洋民族ペリシテ人（ギ）Philistīnoi, Φιλιστῖνοι,（ラ）Philistīnī,（古エジプト語）Palasati,（古ヘブライ語）Pᵉlištím に由来し、ギリシア人が"ペリシテ人の地 Philistia"と呼んだことから、ヘレニズム時代以降この名称が一般化した（⇒アスカローン、ガーザ）。前1200年頃ヘブライ人 Hebraioi, Ἑβραῖοι が侵略・定住し、やがて統一イスラーエール Israel, Ἰσραήλ 王国をつくり上げた（前1020頃）が、ほどなく北イスラーエールと南のユダの2王国に分裂（前922頃）、それぞれ強大なアッシュリアー*、新バビュローニアー*に滅ぼされた。アカイメネース朝*ペルシア*の支配（前538〜前333）を経て、アレクサンドロス大王*に征服され（前332）、大王の死後、プトレマイオス朝*とセレウコス朝*との争奪の的となる。一時ハスモーン朝*ユダヤ王国が独立した（前142〜前63）ものの、前63年ポンペイユス*によってローマ領に併合された。女神アスタルテー*や主神バアル Ba'al、ダーゴーン Dāghôn, Δαγών、モロク Molokh, Μολόχ (Μολόχ)、ヤハウェ Yahwe など種々の神格が崇拝され、男女両性の神殿売春や幼児犠牲の儀式、男子割礼の習慣 —— ただし非セム系のペリシテ人は割礼を行なわなかったため、しばしばイスラーエール（ユダヤ）人に虐殺されて包皮を戦利品として剥ぎ取られている —— などで知られる。なお古くこの地には、族長アブラーハム 'Abraham の甥ロート Lôṭ が自らの娘たちとの間に儲けた息子たちの子孫たるモアブ Moab 人やアンモーン 'Ammôn 人、またエーサウ Esau（ヤーコーブの兄）の後裔と伝えられるエドーム 'Edôm 人などが居住していた。

⇒ユダヤ、フェニキア、カエサレーア❶、❷、イドゥーマイアー、サマレイア

Herodot. 1-105, 2-104, 3-5, -91, 7-89/ Plin. N. H. 5-14/ Mela 1-11/ Strab. 16-759〜/ Tac. Hist. 1/ Joseph. J. A. 1-, J. B./ Ptol. Geog. 5-15, -16, 8-20/ Vet. Test. Gen. 10-14, 19-30〜, Exod. 13-17,/ etc.

パレストラ　Palaestra
⇒パライストラー

ハレタース　Haretas
⇒アレタース

パレーロン　Phaleron, Φάληρον,（ラ）パレールム Phalerum,（仏）Phalère,（伊）（西）Falero,（露）Фалер

（現・Fáliro）アテーナイ*の外港。伝説上の名祖は、アルゴナウタイ*の1人パレーロス Phaleros。アテーナイの南西、ケーピーソス❶*河口の東側、サローニコス Saronikos 湾の東北岸に位置する。アテーナイから最も近い港町であったが、前5世紀初頭以来、より立地条件のすぐれたペイライエウス*にアッティケー*の主港としての地位を譲った。ペルシア戦争*（前492〜前479）後、ペイライエウスと同様にアテーナイ市との間に長壁が築かれたが、ペロポンネーソス戦争*（前431〜前404）の末期には放棄された。パレーロンのデーメートリオス*の出身地。なおアテーナイの古王テーセウス*は、クレーター*島のミーノータウロス*退治に、ここから出帆し、また帰港したと伝えられ、その折の航海に使った船は、ヘレニズム時代まで保存されていたという。

⇒ムーニュキアー

Paus. 1-1〜2/ Herodot. 5-63, -85, 6-116, 8-66〜67/ Thuc. 1-107, 2-13/ Strab. 9-400/ Plut. Thes. 17/ Diod. 11-41/ Nep. Themist. 6/ Ap. Rhod. Argon. 1-96〜/ Steph. Byz./ etc.

パレンターリア　Parentalia
⇒マーネース

パロス　Paros, Πάρος,（Parus）,（伊）Paro,（露）Парос

（現・Páros）エーゲ海南部キュクラデス*諸島中第2の島（196㎢）。良質の白大理石の産地として古来名高い。神話上の名祖は英雄イアーソーン*の子パロスと伝える。古くはフェニキア*人が、次いでクレーター*人が居住していたが、のちアルカディアー*人が植民し、さらに前10世紀頃アテーナイ*からイオーニアー系ギリシア人がやって来て占有したという。詩人アルキロコス*の生地。エーゲ海貿易の一中心地として栄え、前8世紀末には北方のタソス*島へ植民団を送り出している。以来タソスの豊富な地下資源（金・銀）によって富み栄え、前6世紀後半からは大理石の需要の急増で一躍キュクラデス諸島屈指の富強を誇るに至った。ペルシア戦争*ではダーレイオス1世*およびクセルクセース1世*に臣従し、アカイメネース朝*ペルシア*の提督ダーティス*の麾下マラトーン*戦に加わった（前490）。そのためアテーナイ*の将軍アリステイデース*の包囲攻撃を受けたが陥落せず、次のサラミース❶*戦（前480）では洞が峠を決めこみ、戦後、テミストクレース*の強要でアテーナイに多額の償金を支払わせられた。デーロス同盟*に加わり、どの島よりも高額の貢納

金を義務付けられる。ペロポンネーソス戦争*（前431～前404）中に同盟からの離反を試みて失敗、前385年にはシュラークーサイ*の僭主ディオニューシオス1世*と協力してダルマティアー*沖のパロス Pharos, Φάρος（現・Hvar）島に植民市を建設している。次いでアテーナイ第2次海上同盟にも参加し（前378）、彫刻など文化面では繁栄し続けたものの、国力は衰微の一途を辿った。プトレマイオス*王家の支配を経て、最後はポンペイユス*によりローマの属領に併呑された。

後1627年に発見された大理石碑文『パロス島年代記*』（ラ）Marmor Parium』は、アテーナイ最古の王ケクロプス*の時代（前1581）から前263年までの政治・軍事・宗教上の記録表で、著名な詩人たちの生没年なども誌されており、文学史上の資料としても貴重である。

島の首都パロス（現・Parikía）には、イオーニアー式のアテーナー*大神殿や、アスクレーピオス*、アポッローン*らの諸神殿、詩人アルキロコスを祀る英雄神殿 Hērōon, Ἡρῷον（前6世紀）などの遺跡が残っている。
⇒ナクソス、メーロス、シプノス

Herodot. 3-57, 5-28～, -62, 6-133～, 8-67, -112/ Thuc. 4-104/ Strab. 10-487/ Plin. N. H. 4-12, 36-4/ Nep. Miltiades 7/ Ptol. Geog. 3-14/ Ath. 3-76, 5-205/ Diod. 2-52, 13-47/ Steph. Byz./ etc.

パロス　Pharos, Φάρος, Pharus,（仏）Phare,（伊）（西）Faro,（現ギリシア語）Fáros

エジプト北岸アレクサンドレイア❶*沖合いの小島。ギリシア神話では、海神プローテウス*の支配する地で、トロイアー戦争*の帰途、メネラーオス*とヘレネー*が漂着したとされ、乗船の舵取りパロスがここで毒蛇に咬まれて死んだため、以来島は彼の名で呼ばれるようになったという。前331年アレクサンドロス大王*が、老ホメーロス*がパロス島をうたった『オデュッセイア*』の1節を吟じる夢を見て、新都市アレクサンドレイアを建設する場所を決めた話は有名。アレクサンドレイア市と島とはヘプタスタディオン Heptastadion, Ἑπταστάδιον と呼ばれる全長1.5 kmの突堤で結ばれ、その東西に大港と小港 Eunostos, Εὔνοστος を擁し、船舶は突堤に設けられた2ヵ所の通過路を経て両港を往来できるようになっていた。船の航行の安全と標識を与える目的で、島の東端に高さ135 mに及ぶ大燈台が、建築家クニドス*のソーストラトス❶*の設計で造営された。完成は前279年頃、プトレマイオス2世*の治世のことで、総工費800タラントンを要し、その巨大さと常時消えることのない燈火のゆえに、古代世界の七不思議の1つに数えられた（⇒ピローン）。燈台は白大理石と花崗岩造りで3層より成り、最上層の屋根の上には高さ7 mの青銅製ポセイドーン*像がそびえ、複数の大きな金属鏡の反射で光は海上を100マイル（約56 km）にもわたって照らしていたという。島の西北部からは先史時代（ミーノース*文化の頃）の港の遺跡が発見されており、永く島に人が居住していたが、前48年カエサル*に敵対したため街は破壊され、以来わずかの舟人を除いて住む者はなくなった。パロスの大燈台に倣ってオースティア*やラウェンナ*など地中海世界の各地に類似の建造物が築かれ、パロスという島名は後世のヨーロッパ諸語において「燈台」を意味する普通名詞に転じるに至った（〈英〉pharos,〈仏〉phare,〈伊〉〈西〉faro,〈葡〉Farol など）。アレクサンドレイアのパロス燈台は、ローマ帝国の分裂後も長い間威容を誇っていたが、後796年の地震で大破し、次いで1326年の大地震で倒壊。資材の一部はカーイト・ベイ Qāit Bey の城塞に用いられた（1477）。近年の海底探査で燈台の回廊の一部と思われる柱身・石像などが発見されている。

なお、アドリア海のダルマティアー*沖に、前385年キュクラデス*諸島中のパロス*からの植民団によって創建された同名の港町と島パロス Pharos（現・Hvar,〈伊〉Lésina）があった。

Hom. Od. 4-355～/ Eur. Hel. 5/ Thuc. 1-104/ Strab. 17-791/ Plin. N. H. 5-31-128, 36-18/ Mela2-7/ Ael. N. A. 9-21/ Suet. Tib. 74, Calig. 46, Claud. 20/ Plut. Alex. 26/ Joseph. J. B. 4-613/ Lucian. Hippias 2/ Euseb. Chron./ Polyb. 2-11/ Diod. 15-13/ Steph. Byz./ Suda/ etc.

『パロス島年代記』　（ギ）Marmaron tēs Parū, Μάρμαρον τῆς Πάρου,（ラ）Marmor Parium,（英）Parian Marble,（仏）Marbre de Paros,（独）Parischer Marmor
⇒パロス

パーン　Pan, Πάν,（葡）Pã,（露）Пан

ギリシアの牧羊神。もとアルカディアー*地方の牧人と家畜の守護神。ふつうヘルメース*の子とされ、生まれながらに雄山羊の脚・角・髯を備えており、アイギパーン*

パロス島の燈台

（山羊のパーン）とも呼ばれる。快活・奔放で音楽や舞踏を好み、山野を自在に駆けめぐってはニュンペー*（ニンフ*）や美少年らに戯れ（⇒ダプニス）、求愛に失敗すると自慰を行なった。マイナロス Mainalos 山中の洞窟に住み、午睡を妨げられると怒って人畜に突然の恐怖——「恐慌（英）panic」——を送って混乱を起こさせると信じられていた。前490年マラトーン*の戦いの折に、アテーナイ*の伝令ペイディッピデース*の前に出現して援助を約束し、戦闘中にペルシア軍を恐慌状態に陥れて潰走させた。以来、アテーナイのアクロポリス*山麓の洞窟に祀られ、速かにパーン崇拝がギリシア全土に弘まって行ったという。彼は家畜の繁殖のみならず狩猟の収穫をも掌り、出産や獲物が少ない場合には、その神像が海葱なる植物で打たれる習俗があった。パーンは予言の神でもあり、また人間に悪夢を送るとも考えられていた。

美しいニュンペー*（ニンフ*）シューリンクス*を追ったが思いを遂げられず、以来彼女の変身した葦からつくったシューリンクス笛（パーンの葦笛）を常に携え奏でたという話は名高い。別のニュンペー、ピテュス Pitys, Πίτυς（「松」の意）は彼の抱擁から逃れるべく松の樹に変身してしまった（一説にはパーンとボレアース*から同時に求愛されて、パーンを択んだため、ボレアースに岩上から突き落とされて松の木になったという）。その後パーンは松の枝でできた冠を頭に戴くようになり、松は彼の聖木とされるに至った。またパーンは美青年ナルキッソス*に言い寄って失恋し、さらに森のニュンペー、エーコー*に拒まれた折には憤慨して羊飼たちを狂わせ、彼女を八つ裂きにさせてしまったと伝えられる（⇒イユンクス）。情欲が満たされない時に父ヘルメースから自慰行為を教わり、牧人たちにこの技を伝授したともいう。好色なパーンは、酒神ディオニューソス*の信女マイナス*たち（マイナデス*）とは1人残らず交わっており、白い雄羊に化けて月の女神セレーネー*と情を交すことに成功したという伝承も残っている。

ヘレニズム期の神話学者や哲学者の間では、パーンなる神名を「すべて」πᾶν と結びつける解釈が受け入れられ、彼は全宇宙を象徴する神と見なされるようになった。その両親についても、アポッローン*とペーネロペー*、ゼウス*とカッリストー*（ないし、ヒュブリス*）、クロノス*とレアー*、ウーラノス*とガイア*、とするなど異説が多い。一伝では、貞女のはずのペーネロペーが夫オデュッセウス*の留守中、自分に求婚した「すべての」男129人と通じてパーンを産んだとされる。彼はローマではファウヌス*あるいはシルウァーヌス*と同一視された。「パーンの死」の物語に関しては、パクソス*島の項を参照。後世の絵画や彫刻では、妻パーネー Pane や子供パーニスコス Paniskos らを伴った、サテュロス*やシーレーノス*に近い姿で表現された。とりわけ、パーンが愛する少年ダプニス*（またはオリュンポス*）をかき口説く場面を扱ったヘレニズム時代の群像の大理石模刻（ローマ国立博物館所蔵）は有名。なお、プリュギアー*王ミダース*の耳が驢馬の耳に変えられたのは、パーンとアポッローンが音楽競技を行なった時に、審判者となった王がパーンの方に勝利を与えようとしたためだという（⇒マルシュアース）。

チンパンジーの属名パーンは、この神にちなんでつけられたものである。

⇒ドリュオペー❶、トモーロス、ルペルカーリア、オンパレー、クロコス

Hymn. Hom. Pan./ Pind. Pyth. 3-78/ Paus. 8-36, -38, -42/ Herodot. 6-105/ Ov. Fast. 2-267〜, 4-762, Met. 1-705/ Apollod. 1-4, Epit. 7/ Theoc. 1-15〜, 7-107/ Verg. G. 3-392/ Hyg. Fab. 224/ Nonnus Dion. 14-92/ Pl. Cra. 400d, 408b/ Plut. Mor. 419b〜d/ Dio Chrys. 6-20/ etc.

パンアテーナイア祭　Panathenaia, Παναθήναια, Panathenaea,（英）Panathenaic Festival,（仏）Panathénées, Jeux panathénaïques,（独）Panathenäen, Panathenäische Spiele,（伊）Panatenee, Giochi Panatenaici,（西）Panateneas, Jugeros Panateneas

アテーナイ*の守護神アテーナー*の祭礼。女神の誕生日と伝えられるヘカトンバイオーン Hekatombaion の月（現在の7〜8月）の28日に、毎年行なわれたアテーナイ最大にして最古の祝祭。伝承では、古王エリクトニオス*によって創始されたアテーナイア Athenaia 祭が、のちにアッティケー*全土を統合したテーセウス*により整備され、パンアテーナイア祭と改名されたという。前566年にはペイシストラトス*が4年に1度の大祭（大パンアテーナイア祭 Megala Panathenaia, Μεγάλα Παναθήναια）を確立、各オリュンピアス暦年*の第3年に8日間にわたって一層盛大に催されるようになった（ヘカトンバイオーン月の21〜28日）。祭典では競馬・吟詩・音楽や各種運動競技のほかに、全裸の男性美コンテストも開かれ、優勝者にはオリーヴ油を満たしたパンアテーナイアの壺（アンポレウス*）と栄誉の楯が贈られた。最後の日には女神に捧げる聖衣 peplos（ペプロス）を守って乙女たち・騎士・エペーボイ*（青年）・戦士らの壮麗な行列が繰り展げられた。アクロポリス*に登ってパルテノーン*に行進する有様は、かの名高いペイディアース*作の浮彫（パルテノーン・フリーズ）によって今日に伝えられている。祭は雄牛100頭を生贄に捧げるヘカトンベー*の儀式で終わりを告げたが、前5世紀にはアッティケー地方のみならずアテーナイの同盟諸国もこぞって参加し、ほとんど国際競技祭の様相を呈した。毎年の小パンアテーナイア祭 Mikra Panathenaia, Μικρά Παναθήναια（ヘカトンバイオーン月の28〜29日）にも、競技や行列、供犠が執り行なわれたが、大祭の時ほど華々しくはなかった。ローマ時代になると、ミネルウァ*女神の祭礼の影響を受けて、春に開催されるようになり、剣闘士試合なども加えられた。

⇒カネーポロイ、テスモポリア、ディオニューシア、タルゲーリア

Plut. Thes. 24/ Paus. 1-29, 8-2/ Ael. V. H. 8-2/ Hom. Il. 2-550〜/ Apollod. 3-14/ Thuc. 6-56/ Pind. Nem. 10-35/ Arist. Ath. Pol. 18, 43, 49, 54, 60, 62/ Andoc. 1-28/ Hyg. Poet. Astr.

2-13/ Diod. 4-60/ Schol. ad Ar. Nub. 385, 971/ Procl./ Harp./ Suda/ Marm. Par./ etc.

パンイオーニア祭　Panionia, Πανιώνια, （仏）Paniōnia
　全イオーニア祭。小アジアのイオーニアー*地方の諸市同盟が、毎年ミュカレー*山麓のポセイドーン*神域 Paniōnion, Πανιώνιον,（ラ）Paniōnium で催した祭礼。パニオーニア祭とも表記される。
Herodot. 1-148, 6-7/ Paus. 7-24/ Strab. 8-384, 14-/ Diod. 15-49/ Thuc. 3-104/ etc.

パンガイオン　Pangaion, Πάγγαιον, Παγγαῖον, Pangaeum 山,（ラ）Mons Pangaeus,（英）Pangaean mountain,（仏）mont Pangée,（伊）（西）Monte Pangeo
（現・Óros Pangéo パンイエオ Παγγαίο,（ブルガリア語）Кушница）トラーケー*（トラーキアー*）南西部、エーゲ海岸近くに位置する（標高 1,956 m）。ディオニューソス*神の聖山と見なされ、伶人オルペウス*は毎日この山を登って太陽神ヘーリオス*に挨拶していたという。金・銀の鉱脈に豊み、伝説中のフェニキア王子カドモス*やトロイアー戦争*の英雄レーソス*は、この山地から富を得ていたとされている。前 463 年タソス*を制圧して以来、アテーナイ*が鉱山を支配していたが、やがてマケドニアー*王ピリッポス 2 世*に征服されて（前 357）、近くの都市ピリッポイ*で年間 1 千タラントンもの金貨が鋳造されるようになった。この山はまた、ディオニューソスの神託所と薔薇の産地としても知られていた。ホメーロス*叙事詩のニューサ Nysa。
Herodot. 5-16, 7-112〜, -115/ Aesch. Pers, 494/ Thuc. 2-99/ Xen. Cyn. 11-1/ Plin. N. H. 4-11/ Verg. G. 4-462/ Luc. 1-679/ Strab. 7-8/ Arist. Ath. 15/

パンクラティオン　Pankration, Παγκράτιον, Pancratium,（Pammakhiā, Παμμαχία）,（仏）Pancrace,（伊）Pancrazio,（西）Pancracio,（葡）Pancrácio,（露）Панкратион
　ギリシアの格闘競技。「全力格闘技」と訳されることもある。レスリングと拳闘（ボクシング）とを合わせた上に、さらに荒っぽさを加えたような激しい種目で、オリュンピア競技祭*には第 33 回（前 648）から登場し、ネメア競技祭*、イストミア競技祭*にも採用された。他の運動種目と同じく全裸で行なわれたが、殴る・蹴る・首を締める・指を折る、男性器を攻撃する等、相手に勝つためにはどんな方法でも使うことを許されていた。格闘の末、死に至ることも珍しくなく、オリュンピア競技祭で喉を締められながらも相手を破り、すでにこと切れた屍骸に優勝冠が授けられたアッラキオーン Arrakhion, Ἀρραχίων の話（前 564）は有名。ペロポンネーソス戦争*（前 431〜前 404）の頃になって、睾丸を蹴り上げることと、指で相手の目や肛門を掘ることが禁止された。伝承では、英雄テーセウス*がパンクラティオンの創始者で、この技を用いてクレーター*の牛人ミーノータウロス*を退治したという。
⇒ディアゴラース❷、ドーリエウス❷、アウトリュコス❶、ソーストラトス❸、ペンタートロン
Paus. 5-8, 6-4, 8-40/ Herodot. 9-105/ Thuc. 5-49/ Ar. Vesp. 1191/ Pl. Leg. 7-795b/ Hyg. Fab. 273/ Schol. ad Pind. Nem. 5-89/ Luc. 4-613/ Arist. Rh. 1-5/ Philostr. Imag. 2-6/ Dio Cass. 59-13/ Suda/ etc.

パーンサ、ガーイウス・ウィービウス　Gaius Vibius Pansa Caetronianus,（ギ）Pansās, Πάνσας,（伊）Gaio Vibio Pansa,（西）Cayo Vibio Pansa
（前 89 頃〜前 43）ローマの政治家。カエサル*の忠実な腹心の 1 人で、属州ビーテューニア*（前 47〜前 46）次いでガッリア・キサルピーナ*（前 45）の総督。アウルス・ヒルティウス*とともに前 43 年度の執政官（コーンスル*）に任命され、数々の凶兆が出現したにもかかわらず、ムティナ*（現・モデナ）の戦いに出征、オクターウィアーヌス*（後のアウグストゥス*）に協力して M. アントーニウス❸*を敗走させ、籠城する D. ブルートゥス・アルビーヌス*を救った（前 43 年 4 月 27 日）。しかし、パーンサは決戦に先立つ闘いで投槍に脇腹を貫かれて深傷を負い、ボノーニア*（現・ボローニャ）に退去したまま陣没、実のところ死因はオクターウィアーヌスが医者グリュコーン Glykon に命じて傷口に毒を流しこませたためであるという。この戦いで相役のヒルティウスも戦死し（これもオクターウィアーヌスの姦策によるといわれる）、両執政官の遺骸はローマで国葬の栄誉を受けた。なお、パーンサという家名 cognomen（コグノーメン）は、「扁平足」を意味するラテン語に由来している。
Dio Cass. 45-17 〜46-39/ Plut. Ant. 17, Cic. 43, 45/ Suet. Aug. 10〜11/ App. B. Civ. 3-50〜76/ Cic. Fam. 8-8, 10-33, 15-17, Phil. 5-19/ Plin. N. H. 11-105/ etc.

パンダレオース（パンダレオス）　Pandareos, Πανδάρεως（Πανδάρεος）, Pandareus,（伊）Pandareo,（西）Pandáreo,（葡）Pandareu
　ギリシア神話中、人類の始祖メロプス Merops, Μέροψ の子で、クレーター*（ないしリュキアー*）の王。クレーター島からゼウス*神殿の番をする黄金の犬を盗んで隠したため、罰として妻ハルモトエー Harmothoe, Ἁρμοθόη とともに殺されたとも、岩に変えられたともいう。この魔法の犬を彼から預かっていたタンタロス❶*は、「そんな霊獣は見たこともない」と偽誓したため、ゼウスによって小アジアのシピュロス Sipylos 山の下敷きにされた。両親を亡くしたパンダレオースの娘たちは、これを憐れんだアプロディーテー*ら女神たちの手で養育されたが、婚期に達した頃、女神の不在中にハルピュイアイ*にさらわれ、冥界でエリーニュス*たち（エリーニュエス*）の婢女とさせられてしまった。パンダレオースはまた、デーメーテール*から"いくら大食しても壊れない胃"を与えられていたといい、長女アエードーン*の悲劇に巻き込まれて、妻や娘ともども水鳥に変身させられたとも伝えられる。

なお、トロイアー戦争*でリュキアー人の将としてトロイアー側に味方して参戦し、ギリシアの勇将ディオメーデース*と闘って討たれたパンダロス Pandaros, Πάνδαρος は別人である。
Hom. Od. 19-518〜, 20-66〜/ Paus. 10-30/ Ant. Lib. Met. 11, 36/ Eust. ad Hom. 1875/ Schol. ad Pind. Ol. 1-57〜/ Apollod. Epit. 3, 4/ Hyg. Fab. 112/ Verg. Aen. 5-495〜/ etc.

パンディーオーン　Pandion, Πανδίων,（伊）Pandione,（西）Pandión,（葡）Pandião, Pandíon

ギリシア神話中のアテーナイ*（アッティケー*）の古王。巻末系図 020 を参照。

❶エリクトニオス*王とナーイアス*（水のニンフ*）のプラークシテアー Praksithea, Πραξιθέα との子。母の姉妹ゼウクシッペー Zeuksippe, Ζευξίππη と結婚して、2 男エレクテウス*とブーテース Butes, Βούτης（エレクテイオン*神殿の世襲神官家の祖）、2 女プロクネー*とピロメーラー*を儲けた。トラーキアー*（トラーケー*）王テーレウス*の援軍を得て、テーバイ❶*のラブダコス*を破ったので、娘プロクネーをテーレウスと結婚させたが、後年この女婿が惹き起こした惨劇を嘆いて世を去った。パンディーオーンの治世に女神デーメーテール*と酒神ディオニューソス*が親しくアッティケーを訪れ、以来 2 神の崇拝が始まったという（⇒ケレオス❶、イーカリオス）。
Apollod. 3-14/ Paus. 1-5, 4-1, 10-10/ Hyg. Fab. 48/ Ov. Met. 6-426〜/ Conon Narr. 21/ Tzetz. Chil. 1-174〜, 5-671〜/ etc.

❷❶の曾孫。父ケクロプス*（2 世）の跡を継いでアッティケー*王となるが、叔父メーティオーン Metion, Μητίων の息子たちによって王座を追われた。メガラ*王ピュラース Pylas, Πύλας のもとへ逃れ、その娘と結婚したパンディーオーンは、岳父が親族殺害のゆえに亡命した時に、メガラ王位を譲られた。後年、長男のアイゲウス*が弟たちと協力してメーティオーンの息子たちをアテーナイ*から追い出し、アッティケー王となった。❶と❷のパンディーオーンはしばしば混同される。また、両者ともに本来はメガラの英雄 heros（ヘーロース）であったが、のちにアテーナイ王に改変されたものと考えられている。
⇒ニーソス❶
Apollod. 3-15/ Paus. 1-5, 4-1, -2/ Strab. 9-392, 12-573, 14-667/ Diod. 4-55/ Schol. ad Ar. Ach. 961/ Euseb. Chron./ Suda/ etc.

パンティカパイオン　Pantikapaion, Παντικάπαιον, Παντικαπαῖον, Panticapaeum,（仏）Panticapée,（伊）Panticapeo,（西）Panticapea

（現・ケルチ、〈ウクライナ語〉Керч,〈ロシア語〉Керчь,〈トルコ語〉Kerç, Kerch', Kertsch）黒海北部タウリケー*のケルソネーソス❷*半島の東端にあったギリシア系都市。キンメリアー*のボスポロス❷*海峡に臨む。前 7 世紀末にミーレートス*の植民市として建設され、漁業やタナイス*（現・ドン）河を通じての北方交易、特に豊富な穀物の輸出によって栄えた。前 5 世紀来、ボスポロス王国*の首都となり、独自の金貨を発行、今日も近郊に有力市民の立派な墳墓群（前 4 世紀〜後 2 世紀）を見ることができる。のちポントス*大王ミトリダテース 6 世*の南ロシア領の王都となり（前 115 頃）、息子パルナケース 2 世*に裏切られた大王は、この地で自害して果てた（前 63）。前 47 年以降ローマを宗主国とする藩属王国の首都として繁栄し、アクロポリス*には大理石の立派な建築物が造営されたが、後 3 世紀にサルマタイ*やゴート*族の手に落ち、急速に衰退した。特産物は葡萄酒と塩漬魚であった。
Plin. N. H. 4-12/ Strab. 7-309, 11-494/ Ptol. Geog. 3-6/ App. Mith. 107/ Diod. 20-24/ Procop. Aed. 3-7/ Amm. Marc. 22-8/ Steph. Byz./ etc.

パンテオン　Pantheon, Πάνθεον, Pantheum (Pantheon),（仏）Panthéon,（独）（伊）Pantheon,（西）Panteón,（葡）Panteão

「万神殿」の意。ローマのカンプス・マールティウス*に現存する円堂形式の神殿（現・la Rotonda, la Rotonna）。マールス*、ウェヌス*ら諸神に献げられた神殿で、M. アグリッパ*の創建になり（前 27〜前 25）、浴場や泉水などテルマエ*が付属していた。後 80 年の火災で焼失し、ドミティアーヌス*帝が再建するが、110 年の落雷によって再び焼失。今なお残るものはハドリアーヌス*帝が 115〜125 年に完成した円形プランの建造物である。近代に至るまで世界最大を誇った円蓋建築（円蓋の直径 39.5 m）の傑作で、均斉の美と斬新、大胆な技術により、史上不朽の名建造物と謳われている。パンテオンという名称はギリシア語の「すべての神々の pantōn tōn theōn, πάντων τῶν θεῶν（神殿）」に由来する。アグリッパの碑銘が残る北側正面の柱廊玄関（間口 34.2 m、奥行 13.6 m）は、16 本のコリントス*式列柱に支えられ、その背後にある円形本堂は高さ 43.3 m、内径 43.3 m（外径は 57 m）で、半球状のドームの中心に直径 9 m の天窓 oculus（オクルス）が開く。内陣を取り巻く壁には 7 つの壁龕が設けられており、かつては天空を支配する神々の像が安置されていた。パンテオンの前面にはさらに幅 60 m、奥行 100 m の列柱回廊がめぐらされ、壮麗な神域を形成していたという。その後、キリスト教徒によって、金鍍金（めっき）の青銅屋根を剥ぎ取られるなど強奪を受けたにもかかわらず、609 年に東ローマ皇帝ポーカース Phocas（在位・602〜610）からローマ司教ボニファーティウス Bonifatius 4 世（在任・608〜615）に建物ごと贈与されたため、キリスト教会（ラ）Sancta Maria ad Martyres,（伊）Santa Maria dei Martiri, Santa Maria Rotonda に転用されて破壊を免れ、古代建築のうち今日最もよく保存されている。アウグストゥス*帝の晩年に 1 羽の鷲がパンテオンの三角破風に止まって、帝の崩御が近いことを知らせたという話が伝わっている。
Plin. N. H. 36-4/ Dio Cass. 53-27/ Suet. Aug. 29, 97, Dom. 5/ S. H. A. Hadr. 19/ Amm. Marc. 16-10/ Paul. Diacon./ etc.

パントオス（または、パントゥース） Panthoos, Πάνθοος, Panthous (Panthus, Πάνθους),（仏）Panthée,（伊）Pantoo,（西）Pántoo

ギリシア伝説中、アポッローン*に仕える司祭。もとはデルポイ*の神官だったが、あまりにも美しい若者だったので、神託を伺いにきたプリアモス*王の使者（アンテーノール*の息子）に見初められ、トロイアー*へ連れ去られた。プリアモスによってアポッローンの大祭司に任命され、トロイアー戦争*の頃には長老として重きをなし、その息子たちはギリシア軍との戦闘に活躍した。彼らの1人ポリュダマース Polydamas はヘクトール*と同夜に生まれたといわれ、その親友となり、またトロイアー随一の智将として知られた。もう1人の息子エウポルボス*は、メネラーオス*に殺されたが、その後転生を経て哲学者ピュータゴラース*に生まれ変わったと伝えられ、よってピュータゴラースはパントイデース Panthoides, Πανθοΐδης（パントオスの子）と呼ばれることがある。パントオス自身はトロイアー陥落の際に、ギリシア人に殺されたという。
Hom. Il. 3-146, 14-450, 15-522, 16-808, 17-40/ Verg. Aen. 2-319~, -429/ Lucian. Gallus 17/ Serv. ad Verg. Aen. 2-318/ etc.

パンドーラー Pandora, Πανδώρα,（仏）Pandore,（露）Пандора,（現ギリシア語）Pandhóra

（「すべての贈物」の意）ギリシア神話中、人類最初の女。大神ゼウス*は、プロメーテウス*が天上の火を盗んで人間に与えたことを憤り、復讐するべくヘーパイストス*に命じて土と水から女人パンドーラーを造らせ、これを地上へ送り込んだ。その折、パンドーラーは神々からさまざまな贈物を —— アプロディーテー*からは色気と愛嬌を、ヘルメース*からは不実と狡猾を、というふうに —— 与えられ、あらゆる不幸を封じこめた甕とともに、エピメーテウス*（プロメーテウスの弟）のもとへ送り届けられた。思慮浅いエピメーテウスは兄の警告を忘れてパンドーラーを妻に迎え、ほどなく彼女が好奇心から甕の蓋を開けてしまったために、病苦災厄など一切の禍いが人間界に飛散、慌てて彼女が蓋を閉めたところ、唯一「希望 Elpis, Ἐλπίς」だけが手許に留まることになったという（⇒スペース）。後代の伝承では、甕にはプロメーテウスによってすべての幸が入れられていたが、禁を破って彼女がそれらを天上へ逃がしてしまったのだ、という話になっている。いずれにせよ、「女性が諸悪の根源である」という主旨の説話であり、その意味でパンドーラーはヘブライ神話の最初の女エウァ Eua,（英）イヴ Eve,（ヘブライ語）ハウアー Ḥawwāh に対応する。彼女の物語は美術の主題にも用いられ、ルネサンス期に人文主義者エラスムスが甕を箱 pyxis に変えて以来、「パンドーラーの箱」として一般に流布するようになった。なお、パンドーラーは元来、豊穣をもたらす大地の女神の名称であったと考えられている。
⇒デウカリオーン
Hes. Th. 571~, Op. 60~/ Hyg. Fab. 142/ Apollod. 1-7/ Paus. 1-24/ Plin. N. H. 36-4/ Babrius Fab. 66/ etc.

ハンニバ（ッ）リアーヌス Hannibalianus（または、Hanniballianus）,（仏）Hannibalien, Annibalien,（伊）Annibaliano,（西）（葡）Anibaliano,（露）Ганнибалиан

ローマ皇帝コーンスタンティーヌス1世*（大帝）の親族（⇒巻末系図 104）。

❶ Flavius Hannibalianus（？～後337年9月）コーンスタンティウス1世*とテオドーラ Theodora との息子。コーンスタンティーヌス1世*（大帝）の異母弟。父帝の死亡時（306）にまだ若かった彼は、2人の同母兄弟とともにトローサ*（現・トゥールーズ Toulouse）で育てられ、成人するや異母兄コーンスタンティーヌスから栄誉称号を贈られるが、337年大帝の死後に起きた首都コーンスタンティーノポリス*駐留軍の乱の犠牲となって虐殺される。一説に彼はダルマティウス❶*と同一人物であるという。
⇒ユーリウス・コーンスタンティウス
Zonar. 12-33/ Zosimus 2-39, -40/ Auson. Prof. Burd. 17/ Libanius Orat. 15/ Theophanes/ etc.

❷ Flavius Claudius Hannibalianus（？～後337年9月）コーンスタンティーヌス1世*（大帝）の甥。ダルマティウス❶*の子で、小ダルマティウス*の弟。兄とともになかば流刑者のごとくトローサ*（現・トゥールーズ）で養育される。大帝の娘コーンスタンティーナ*を娶り、栄誉称号ノービリッシムス Nobilissimus（335）を贈られ、ポントス*、カッパドキアー*、小アルメニアー*を統治、「王の中の王」という尊号まで与えられるが、337年9月の虐殺で近親の男子皇族たちと運命をともにした。
⇒コーンスタンティウス2世
Amm. Marc. 14-1/ Aur. Vict. Epit. 61/ Julian. Ep. ad Athenienses/ Zosimus 3-40/ etc.

ハンニバリアーヌス Hannibalianus
⇒ハンニバ（ッ）リアーヌス

ハンニバル Hannibal,（仏）Annibal,（伊）Annibale,（西）（葡）Aníbal,（露）Ганнибал

カルターゴー*人の男性名。通常、第2次ポエニー戦争*（前218～前201）で活躍した武将の大ハンニバル*（ハンニバル❶*）を指す。

ハンニバル Hannibal,（ギ）アンニバース Annibas, Ἀννίβας,（仏）Annibal,（伊）Annibale,（葡）（西）

系図297 パントオス（または、パントゥース）

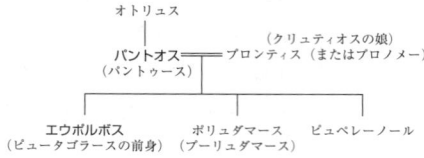

Aníbal, （露）Ганнибал
（「バアル Ba'al の恩寵」ないし「バアル神の愛でるもの」の意）カルターゴー*人の名。巻末系図 034 を参照。

❶（前 247 頃～前 183）カルターゴー*の名将、政治家。ハミルカル・バルカ*の長男。9 歳の時、父に伴われてヒスパーニア*へ渡るが、その折にバアル Ba'al 神殿でローマから受けた恨みを晴らす誓いを立てさせられたという。卓抜した軍人に育ち、父の死（前 229 ／ 228）後、姉婿ハスドルバル❶*の下で数々の武功を立て、前 221 年ハスドルバルが暗殺されると、ヒスパーニアのカルターゴー全軍の総司令官となる。2 度の遠征でイベールス*（現・エブロ）河以南のヒスパーニアの全域を制覇、次いでローマの同盟市サグントゥム*を 8 ヵ月に及ぶ包囲ののちに陥落させた（前 219）ために、ローマとの間に第 2 次ポエニー戦争*（前 218～前 201）が勃発する。

前 218 年 5 月、大軍を率いてカルターゴー・ノウァ*（現・カルタヘーナ）を出発し、ピューレーネー*（ピレネー）山脈を越え南ガッリア*を経て、イタリアへと進撃。多大の犠牲を払って雪のアルペース*（アルプス）山脈を越えると、ガッリア・キサルピーナ*に侵入。ティーキーヌス*、トレビア*両河畔の戦いでローマ軍を破り（⇒ P. スキーピオー）、さらにイタリア半島を南下。途中眼炎で右眼を失うが、トラシメーヌス*湖畔の勝利で執政官のガーイウス・フラーミニウス*麾下のローマ軍を殲滅する（前 217 年 6 月）。次いでローマの独裁官となったクィントゥス・ファビウス・マクシムス❷*・クンクタートルの遷延作戦のため決戦に至らず、南イタリアへ下ったところで、史上名高いカンナエ*（カンネー）の戦いを行ない、用兵の妙を発揮してローマ軍に大勝を博した（前 216 年 8 月 2 日、⇒ L. アエミリウス・パウルス❶、C. テレンティウス・ウァッロー）。その結果、カプア*はじめ南イタリアの諸都市はローマから離反したが、ハンニバルはローマを衝かず遊惰で名高い地カプアで越冬した。そこで副官の 1 人は、「ハンニバルよ、貴方は勝つすべは知っていても、その用い方を知らない」と語ったという。

前 203 年に本国へ召還されるまでの 15 年間、ハンニバルはイタリアに踏み留まって善戦したが、戦争の長期化に伴って次第に消耗も激化し、マケドニアー*王ピリッポス 5 世*やカルターゴー本国からの援助も得られず（⇒ ハンノー❷）、従っていたイタリア諸市も次々に離反。彼と合流するべくヒスパーニアを進発した弟ハスドルバル❷*がメタウルス*河畔で全滅する（前 207）と、ハンニバルは半島南端のブルッティウム*に退いた（前 207～前 203）。この間ローマは徐々に勢力を挽回し、カルターゴーと結んだシュラークーサイ*（現・シラクーザ）を攻略（⇒ アルキメーデース）、また雄将スキーピオー・大アーフリカーヌス*（大スキーピオー*）の活躍でヒスパーニアからカルターゴー勢を駆逐し、アーフリカ*へと侵攻していた。前 203 年末、ハンニバルは大スキーピオーの攻撃からカルターゴー市を守るために呼び戻されるが、翌前 202 年ザマ*の会戦で大敗を喫し、第 2 次ポエニー戦争はカルターゴーの敗北に終わった。その後、内政の改革に手腕を発揮したものの、政敵の策動によりローマの嫌疑を受けて、夜間ひそかに亡命（前 195 頃）、シュリアー*のアンティオコス 3 世*の許に身を寄せ、その顧問としてローマ征討を勧めた。しかるにマグネーシアー*の戦い（前 190）でシュリアーに勝ったローマが、ハンニバルの身柄引き渡しを講和条件として求めたので、彼はビーテューニアー*のプルーシアース 1 世*の宮廷へ逃避、何本もの地下脱出道をもつ館に引きこもったが、ローマの執拗な追及（⇒ T. クィンクティウス・フラーミニーヌス）により、ついに常々指環に隠し持っていた毒を仰いで自殺した。死に臨んで、「今こそローマ人に長らくつきまとっていた不安を取り除いてやることにしよう」と言い放ったという。

アレクサンドロス大王*らと並ぶ古代地中海世界最大の英傑の 1 人とされ、敵将スキーピオーからも、「史上第 1 位を占める将軍はハンニバル、次がエーペイロス*のピュッロス*、第 3 位が自分である」と称賛されている。奇計を用いる点でも秀逸で、ローマ軍に隘路に封じこめられた時には、2 千頭の牛の角に松明を結び付け、これに火をともして夜討ちをかけさせ、狼狽する敵兵を尻目に悠然と行軍したという話も伝えられている。子々孫々に至るまでローマ人は「門口にハンニバル」と聞いただけで震え上がったほど彼を恐れたが、つねに将兵とともに寝、一兵卒のごとく戦うその人柄は部下の信望を大いに集め、15 年ものイタリア転戦中、どんな苦境にあっても、その雑多な傭兵軍からは 1 人の脱走兵も出なかったという。勇敢な武将の常として、男色を好んだことでも有名。第 2 次ポエニー戦争は大立者たる彼にちなんで、別名「ハンニバル戦争 Bellum Hannibalis」と呼ばれることがある。
⇒ アルタクシアース 1 世

Nep. Hannibal/ Liv. 21～30, 33～39/ Polyb. 1-3, 2-1, -24, -36～, 3-6～, 7-1～, 8-24～, 9-3～, 10-33～, 11-3～, 15-1～/ App. Hann, Hisp., Pun., Syr./ Plut. Fab. 5～, Marc. 9～, Flam. 20～/ Cic. De Or. 1-48, Fin. 4-9/ Vell. Pat. 2-18/ Val. Max. 9-3/ Diod. 25-6～, 26-24/ Just. 29～/ Zonar. 8-21～/ Strab. 4-209, 11-528/ Gell. 5-17/ Macrob. 1-16/ Polyaenus 6-38/ Dio Cass./ Frontin. Str. 2-2, 3-2/ etc.

❷ カルターゴー*の「王（スーフェス Sufes 最高官）」（在位・前 440～前 406）。ハミルカル*の孫。「ギリシア人嫌い」として名高く、前 409 年シケリアー*（現・シチリア）島に侵略を開始、セリーヌース*を破壊し市民を虐殺ないし手足切断にしたのち、ヒーメラー*を占領して 3 千人の捕虜を生贄に捧げて祖父の霊を慰めた。次いでシケリアー全土を征服せんと試み、アテーナイ*と同盟を結び、アクラガース*（アグリゲントゥム*）を攻囲したが、陣中に広がった疫病に罹って死んだ。
⇒ ヒミルコー❷

Diod. 13-43～, -54～62, -80, -85～/ Xen. Hell. 1-1/ etc.

❸ カルターゴー*の将軍（？～前 258 頃）。ギスコー Gisco の子。第 1 次ポエニー戦争*（前 264～前 241）の間、アクラガース*（アグリゲントゥム*）籠城戦を指揮してローマ*

軍に抜かれ（前262）、次いでミューライ*岬の海戦にも大敗して、祖国へ逃げ帰る（前260）。翌年、サルディニア*防衛に派遣されるが、またもやローマに撃破され、ついに暴動を起こした自軍の兵士に捕われ、磔刑に処された。

他にもカルターゴーには、ハンニバルを名のる同名異人が数多くいたことが知られている。
Polyb. 1-17～24/ Oros. 4-7～8/ Zonar. 8-10～/ Liv. Per. 17/ Just. 19-2/ Diod. 22-13, 23-4, 24-1, 25-5/ Polyaenus/ Dio Cass./ etc.

ハンノー Hanno，(ギ)アンノーン Annon, Ἄννων, Anno，(仏)Hannon，(伊)Annone，(西)Hannón (露)Ганнон

カルターゴー*人の名。「慈悲深い」の意。

❶（ギ）Annōn ho Kakhēdonios, Ἄννων ὁ Καρχηδόνιος, （ラ）Hanno Navigator（前6世紀末～前5世紀初頭に活躍）前480年より以前に、アフリカ大陸西岸を探検した航海者。60隻の船に3万の男女を乗せて、大西洋沿岸を南下、今のカメルーンないし北緯7度あたりまで巡航したと考えられる。帰国後バアル Ba'al 神殿の石碑に自らの冒険談を刻ませたが（前480頃）、それが前4世紀頃にギリシア語に翻訳され、『周航記 Periplus』として伝存する。西アフリカでゴリラを捕獲し、その毛皮を持ち帰ったことなどが記されている。

⇒ヒミルコーン❶、エウドクソス❷、スキュラクス
Plin. N. H. 2-67, 5-1, 6-36/ Mela 3-9/ Herodot. 4-43/ etc.

❷大ハンノー。Annōn ho Megas, Ἄννων ὁ Μέγας, Hanno Magnus，(英)Hanno the Great，(仏)Hannon le Grand，(独)Hanno der Große，(伊)Annone il Grande，(西)Hannón el Grande

（前3世紀）ハミルカル・バルカ*の政敵。第1次ポエニー戦争*（前264～前241）の折に兵站の役に当たり、カルターゴー*のアーフリカ*における領土拡大に成功し名声を得た。敗戦後、給与支払いをめぐって傭兵の反乱*（前241～前238）が勃発すると、神聖部隊*を率いて討伐に向かうが、勝利に恵まれず、対立するハミルカル・バルカが登用された（前240）。ハンノーは、ローマとは友好関係を保ちつつアーフリカ本土の経営を重視しようとする大土地所有層の代表的人物で、第2次ポエニー戦争（前218～前201）には終始反対し、ハミルカル・バルカのヒスパーニア*遠征からハンニバル❶*のイタリアからの帰還に至るまで、35年間にわたり、バルカ一族の活動を妨害し続けた。ザマ*の敗戦（前202）後、ローマの雄将大スキーピオー*のもとへ使節団の一員として派遣されている。

⇒巻末系図 034
Polyb. 1-67, -72～/ Liv. 21-3, -10～11, 23-12～13/ App. Hisp., Pun./ Val. Max. 7-2/ Zonar. 8-22/ Diod. 24-10/ etc.

❸（年代不明）獅子を飼いならしたり、小鳥に「アンノーンは神様じゃ」と囀ることを教えて、至上権を握ろうとした野心家。しかし小鳥たちは放たれるや、教えこまれた言葉を忘れて飛び去ってしまい、彼本人はカルターゴー*を追放される破目になったという。
Plin. N. H. 8-21/ Ael. V. H. 14-30/ etc.

❹カルターゴー*の「元首 Princeps（＝最高官 Sufes）」（在位・前373頃～前350頃）。彼もまた大ハンノー Hanno Magnus と呼ばれる。「国家を凌ぐほどの」と称される莫大な資産をもつ野心家で、独裁権を掌握せんとして、婚宴の席でカルターゴー元老院議員らの毒殺を謀ったり、奴隷たちに反乱を唆したりした。企てに失敗すると、2万の軍勢を駆り集めて城塞に立て籠もり、アーフリカ*先住民らにも加勢を求める。しかるに、間もなくカルターゴー政府軍に捕われ、息子らをはじめとする一族郎党とともに磔刑に処せられた。

ハミルカル*やハンニバル*と同じく、カルターゴー史上ハンノーを名のった人物は他にも大勢知られている。
⇒巻末系図 034
Just. 20-5, 21-4, 22-7/ Polyaenus 5-9/ Oros. 4-6/ Herodot. 7-165/ Diod. 16-67, 20-10, 23-1/ etc.

パンノニア Pannonia，(ギ)パンノニアー Pannoniā, Παννονία, (仏)Pannonie，(独)Pannonien，(西)Panonia，(マジャル語)Pannónia

中央ヨーロッパ、ドーナウ河中流右岸を占める肥沃な地方。ノーリクム*の東、ダルマティア*の北、モエシア*の北西に位し、今日のハンガリー盆地およびセルビア、ボスニアなどその周辺地域に相当する。パンノニア人（〈ギ〉Pannonioi, Παννόνιοι,〈ラ〉Pannonii）はイッリュリアー*系に属するが、前4世紀以来ケルト*人に制圧されて、その影響を大きく蒙った。前119年にローマ軍の侵略を受け、前35年にはダルマティアー*人とともにローマに対する反旗を翻したものの、アウグストゥス*（オクターウィアーヌス*）およびアグリッパ*によって撃破され、前9年についにローマの属州イッリュリクム*に併合された。次いで後6年、再びダルマティアー人とともに大規模な反乱を起こし（イッリュリクムの乱、後6～9）、ティベリウス*（のち第2代ローマ皇帝）の手で征服され（後9）、徹底的な破壊を受けたのち、イッリュリクム（ダルマティア）とは別のローマ帝国の1属州パンノニアとして編成された（後10）。アウグストゥスが死んだ時、パンノニアに駐屯中のローマ諸軍団が暴動を起こしたが、月蝕という凶兆が現われたため、小ドルースス*（ティベリウスの子）により容易に鎮圧された話は名高い（後14）。トライヤーヌス*帝の治下、属州パンノニアは東西に2分され、西半分の上パンノニア Pannonia Superior 州はカルヌントゥム*を、東半分の下パンノニア Pannonia Inferior 州はアクィンクム*を、それぞれ州都とした（103／106頃）。ディオクレーティアーヌス*帝の時、さらに各属州の細分化が行なわれ、旧パンノニアは4つに区分されたが、4州とも旧ノーリクムやダルマティアと併せて、パンノニア管区（ディオエケーシス*）を形成した。東部のシルミウム*市は、帝政後期にガレーリウス*以下の諸帝が宮廷所在地とし、首都としての役割を果たした。4世紀以来、パンノニアは異民族 barbari の侵寇にさらされ、

5世紀の東ゴート*族(405)、フン*族(441)の襲来で、大勢のローマ人がイタリアへ避難し去った。パンノニア人 Pannonii は独特の寄せ布をつぎはいだ衣裳 pannus で知られ、また古くは流血沙汰を好む戦闘的種族であったといわれている。
⇒スコルディスキー
Strab. 7-313～/ Plin. N. H. 3-25/ Tac. Ann. 1-16～/ Suet. Aug. 20, Tib. 16～20/ Dio Cass. 49/ Ptol. Geog. 2-1, -15/ Res Gestae Divi Augusti/ App. Ill. 14, 22/ Herodian. 1-6/ Amm. Marc. 26-8/ Aur. Vict. Caes. 37, 40/ etc.

パンピューリアー Pamphylia, Παμφυλία, (〈ラ〉パンピューリア), (仏) Pamphylie, (独) Pamphylien, (伊)(西) Panfilia

小アジア南部の地中海に面した地方。西はリュキアー*、東はキリキアー*、北はタウロス(現・トロス)山脈で割されている。伝承ではトロイアー戦争*後、予言者モプソス❷*やカルカース*、アンピロコス*に率いられた混成ギリシア人によって植民されたという。名祖はモプソスの姉妹パンピューリアー(異説あり)。主要都市はアッタレイア*、アスペンドス*、シーデー、ペルゲーなど。リューディアー*王国、次いでアカイメネース朝*ペルシア*帝国に長く臣従し、アレクサンドロス大王*の征服(前333)を経て、プトレマイオス朝*そしてセレウコス朝*の支配下に入る。アンティオコス3世*の敗北(前190末)の結果、ローマによってペルガモン*王国の統治に委ねられ、その後ローマの属州アシア*(前44頃～前36)、ガラティア*(前25～)など転々と改変を受けた末、クラウディウス*帝の治下に属州リュキア・パンピューリア Lycia-Pamphylia として編成された(後43)。帝政期にローマ古参兵の植民市が建設され、開発が進められた。隣接するイサウリアー*地方と同様、古来群盗・匪賊の根拠地として悪名高く、後2世紀後期になっても、犠牲者の両脚を切断するのを習いとする盗賊が跋扈していたという。
⇒ピシディアー、エウリュメドーン(河)
Herodot. 1-28, 3-90, 7-91, 8-68/ Strab. 14-667～/ Thuc. 1-100/ Mela 1-2/ Plin. 5-26/ Ptol. Geog. 5-5/ Polyb. 21-35/ Paus. 7-3/ App. B. Civ. 2-71, 4-60/ Liv. 44-14/ etc.

パンプュリア Pamphylia
⇒パンピューリアー

パンメネース Pammenes, Παμμένης, (仏) Pamménès, (伊) Pammene, (西) Pamenes

(前4世紀中頃に活躍)テーバイ❶*の将軍。エパメイノーンダース*の友人。ギリシア人の常として男色を非常に重んじ、マケドニアー*の王子ピリッポス(のちの2世*)が人質としてテーバイに送られてきた時、これを自分の邸内に住まわせて寵愛した(前368～前365)。また「愛される者を愛する者の傍らに配されねばならない」と称して、男性の恋人同士からなる無敵の「神聖部隊*」を編成し、テーバイの強大化に尽力した。
⇒パイドロス、パウサニアース❶
Paus. 8-27/ Diod. 15-94, 16-34/ Plut. Pel. 18, 26, 27, Mor. 761b, 805e～/ Polyaenus 5-16, 7-33/ Dem. 23-183/ Frontin. Str. 2-2, 3-2/ Libanius Or./ etc.

ハンモーン Hammon
⇒アンモーン

ビアース Bias, Βίας, (伊) Biante, (西) Bías (露) Биант, (現ギリシア語) Vías

ギリシア神話中、予言者メランプース*の兄弟。ピュロス*王ネーレウス*の娘ペーロー Pero を、メランプースの力で妻として、また同様にメランプースの病を治す術のおかげで、アルゴリス*王プロイトス*の3分の1の領土を貰い受けた。テーバイ❶*攻めで名高いアルゴス*王アドラストス*の祖父に当たる(⇒本文系図256)。しかし、ビアースの王統はキュアニッポス kyanippos (アイギアレウス*の子)の代で絶え、アルゴリス全土は再びプロイトスの子孫キュララベース Kylarabes の手に復した(⇒本文系図331)。
Hom. Od. 15-242～/ Herodot. 9-34/ Apollod. 1-9/ Paus. 2-18, -21, 4-34, -36/ Diod. 4-68/ etc.

ビアース Bias, Βίας, (伊) Biante, (西) Bías, (露) Биант, (現ギリシア語) Vías

(プリエーネー*の)(前600/590頃～前530頃)ギリシア七賢人*の1人。イオーニアー*のプリエーネーに入植したテーバイ❶*人の子孫。テウタメース Teutames の子。政治家、哲学者。プリエーネーがリューディアー*王アリュアッテース*から兵糧攻めを受けた時、わざと肥らせた騾馬を敵陣へ送り込んだり、砂の山の上に穀物をふりまいて敵の使者に見せるなどの策を案じて、食物に困っていないかのごとくに見せかけ、巧みに和議を締結。アリュアッテースの後継者クロイソス*との交渉にも活躍した(⇒ピッタコス)。のち小アジア全土がキューロス❶*大王のアカイメネース朝*ペルシア*帝国に征服されると、彼は「イオーニアー人は一団となってサルディニア*島へ移り、新たな都市を建設するべし」と主張。雄弁と品性の高潔さで知られ、非常な高齢に達しても依頼人のために弁護演説を行ない、弁論を終えて裁判に勝った時、法廷で孫の腕に抱かれつつ息絶えたと伝えられる。「たいていの人間は劣悪である」というのが、彼の最も有名な格言である。航海中、嵐にあった時、ふだんは神々を信じない人々までが祈っているのを見て、「静かに！君たちが今この船に乗っていることを神々に気付かれるといけないから」とたしなめたという話が伝わっている。また、酒宴の席でビアースが一言も口をきかずにいるので、あるお喋りが「お前さんは馬鹿なのか」と冷やかしたところ、彼は「馬鹿が酒を飲んで黙っていられるか」と一蹴したという話も残っている。
Herodot. 1-27, -170/ Arist. Rh. 2-13/ Cic. Amic. 16/ Diog. Laert. 1-82～88/ Plut. Mor. 146～160, 296a, 503/ Strab. 14-

636/ Diod. 9-13, -25～/ Gell. 5-11/ etc.

ヒエラーポリス　Hierapolis, Ἱεράπολις (Hiera Polis, Ἱερὰ Πόλις), (仏) Hiérapolis, (伊) Ierapoli, (西) (葡) Hierápolis, (露) Иераполь, Хиераполис, (現ギリシア語) Ierápoli

(「聖なる都市」の意)

❶ (現・Al-Manbej, Manbij, Membij, Manbiǧ), 別名・バンビュケー Bambyke, Βαμβύκη, Bambyce

シュリアー*北東部の古代都市。女神アタルガティス*(⇒シュリア・デア)の聖域があったことで名高く、ここでは300人以上もの去勢神官が仕え、躁宴 orgia 的な儀式を行なっていた。毎年春の大祭では、熱狂的な男性信者の集団が自宮し、以後彼らガッロイ Galloi (〈ラ〉ガッリー Galli) と呼ばれる去勢神官たちは女装して密儀を執行。供犠においては豚を除く畜獣のほか、人間の子供までもが生贄として捧げられ、神像は汗をかき体を動かしつつ託宣を下したという。また神殿の正面に屹立する長大な陽根 phallos 像には、年に2度1人の男が登り、てっぺんで7日間眠らずに過ごすことになっており、こうした「柱頭行者」の風習はキリスト教にも採り入れられて長く続いた (⇒シュメオーン)。別名バンビュケー Bambyke (シュリアー名・Mabog, Mabbog, Mabbogh)。セレウコス朝*シュリアーの支配下に、市名はマケドニアー*王国の古都エデッサ❷*にちなんで、一時的にエデッサ Edessa と改称された。ただしエデッサ❶*(現・ウルファ Urfa)とは別の都市である。現在アレッポ Aleppo (古代ギリシア名・ベロイア*、現・ハラブ Ḥalab) の北東約80kmの地に廃墟が残る。

Strab. 16-748/ Ptol. Geog. 1-11, -12, 5-14, 8-20/ Plut. Mor. 14b, Crass. 17/ Lucian. Syr. D./ Plin. N. H. 5-19/ Ael. N. A. 12-2/ Libanius Ep. 27/ Amm. Marc. 23-2/ Procop. Pers. 2-6/ etc.

❷ (現・〈トルコ語〉パムッカレ Pamukkale 近くの古代都市遺跡)

大プリュギアー*地方の都市。スミュルナー*の東南東180kmに位置する。エピクテートス*の生地。大地母神キュベレー*の崇拝で名高く、この地のギリシア人の間で女神はレートー*と呼ばれていた (⇒シュリア・デア)。都市は前2世紀初頭ペルガモン*王エウメネース2世*によって建設され、ローマ帝政期、さらに東ローマ時代まで繁栄した。染織業の盛んな所であり、早くからユダヤ人も居住、後1世紀パウロス*(パウロ)の伝道時に初期キリスト教の教会が設立されたという。薬効著しい温泉によっても有名。また有害な蒸気を噴き出す冥王プルートーン*の穴 Plutonion もあり、そこに入った人間や動物は即死したが、キュベレーに仕える去勢神官だけは例外で、平気で出てきたと伝えられる。今日も台地の上に、浴場や体育施設、墳墓群、劇場など大規模なローマ時代の遺跡が残っている。

キリスト教の伝説によれば、12使徒の1人ピリッポス Philippos (ピリポ) が磔刑 (逆さはりつけ) に処された地という。

Strab. 13-629～630/ Plin. N. H. 2-95, 5-29/ Vitr. De Arch. 8-3/ Dio Cass. 68-27/ Amm. Marc. 23-6/ Nov. Test. Col. 4-13/ etc.

ピーエリアー　Pieria, Πιερία, Pierie, Πιερίη, (仏) Piérie, (独) Pierien, (葡) Piería, Pierias, (露) Пиерия, (現ギリシア語) Pieria

マケドニアー*南部、オリュンポス*山北麓の地域。ピエロス Pieros, Πίερος 山地。詩神ムーサ*たち(ムーサイ*)の聖地として名高い。名祖ピエロスはマケドニアーのペッラ*の支配者で、ムーサイ崇拝を自国に導入したとされる。彼の9人の娘ピーエリス Pieris, Πιερίς たちは詩歌に優れていたのでムーサイに挑戦し、競争に敗れて鵲に変えられてしまい、以来ムーサたちは彼女たちの名をとってピーエリデス Pierides, Πιερίδες (ピーエリスの複数形) と呼ばれるようになったという。この地からの移住民がヘリコーン*にムーサイの祭式をもたらしたと伝えられる。

なお、ピーエリアーの地名にちなんで、「学問や詩的霊感に関する」という意味の形容詞 (英) Pierian が生じた。

Hom. Il. 14-226, Od. 5-50/ Hymn. Hom. Merc. 70/ Hes. Th. 53/ Paus. 9-29/ Ap. Rhod. Argon. 1-23/ Ov. Met. 5-302, -669～/ Ant. Lib. Met. 9/ etc.

ヒエロクレース　Hierokles, Ἱεροκλῆς, Hierocles, (仏) Hiéroclès, Hiéroklès, (伊) Ierocle, (葡) Hiérocles, (露) Гиероклес

ギリシアの男性名。

❶ (後2世紀前半) 後期ストアー*派の哲学者。カーリアー*出身のもと運動選手。哲学に転じて、アレクサンドレイア❶*で学び、ハドリアーヌス*帝の治世に『倫理学原論 Ēthikē Stoikheiōsis, Ἠθικὴ Στοιχείωσις』や『義務論 Peri Kathēkontōn, Περὶ Καθηκόντων』などを著わした。多くの断片が伝存する。

Stob. Flor. 8-19, 84-20, -23, 85-21/ Steph. Byz./ Gell. 9-5/ Phot. Bibl./ etc.

❷ (？～後222年3月)

ローマの少年皇帝エラガバルス*の寵臣・「夫」。カーリアー*出身の奴隷。もと帝の放蕩仲間ゴルディウス Gordius の寵童で馭者だったが、金髪の類稀れな美青年だったため、エラガバルスに見初められて宮殿へ連れ去られ、帝の男色相手として溺愛される (220頃)。夜のおつとめを通してたちまち帝自身よりも強大な勢力をもつに至り、奴隷だったその母はローマに迎えられて執政官夫人と同列の殊遇を受けた。皇帝はこの「夫」の逞しい手で打擲や折檻を受けるのを好み、そのため敢えて他の男との密通現場を彼に見つけられるようにし向け、荒々しく扱われれば扱われるほど彼に対する情欲を烈しく燃えさからせたという。さらにヒエロクレースを愛するあまり、帝は従弟のアレクサンデル・セウェールス*を廃して彼を副帝の地位に就けようと企てた (221) が、この事件が契機となって帝自身が失脚 (222)。ヒエロクレースをはじめとする帝の情夫らは、性

器を引き千切られたり、肛門を刺し貫かれたりして虐殺された。
⇒ゾーティクス
Dio Cass. 79-15, -19〜21/ S. H. A. Heliogab. 6, 15/ etc.

❸（後300前後）Sossianus Hierocles ディオクレーティアーヌス*帝時代の政治家、新プラトーン主義哲学者。ポルピュリオス*の弟子。キリスト教を批判し、ディオクレーティアーヌス帝のいわゆる大迫害（303〜）着手について助言した人物。ビーテューニア*総督（303〜307）、エジプト総督（308〜）を歴任して、自らもキリスト教徒の弾圧・棄教運動を推進。聖書中の矛盾点を指摘し、キリストよりテュアナ*のアポッローニオス❼*の奇跡の方を称揚した。
⇒ピロストラトス
Lactant. Div. Inst. 5-2, Mort. Pers. 16/ Euseb./ etc.

❹（アレクサンドレイア❶*の）（？〜後431／432）
新プラトーン学派に属する哲学者。アンモーニオス・サッカース*の弟子を称し、アレクサンドレイアで哲学を講じて好評を博したが、コーンスタンティーノポリス*滞在中には、キリスト教徒に告訴され、虐待を受けたのち、追放された。子孫を残すためにのみ妻帯し、節度ある生活を送り自己を厳しく制した。ピュータゴラース*の黄金律に関する注釈のほか、『摂理について Peri Pronoiās, Περὶ Προνοίας』7巻（散逸）などいくつかの書物を著わした。

その他、兄弟のメネクレース Menekles とともに「アシアー*風弁論家の第一人者」と並び称されたカーリアーのアラバンダ Alabanda 出身のヒエロクレース（前2世紀末）や歴史家のヒエロクレース（後3世紀頃）など同名人物が幾人も知られている。
⇒ガーザのアイネイアース❸
Phot. Bibl. 292/ Cic. Brut. 95, Orat. 69, De Or. 2-23/ Strab. 14-661/ Tzetz. Chil. 7/ Steph. Byz./ Suda/ etc.

ヒエロソリュマ　Hierosolyma, Ἱεροσόλυμα,（仏）Hiérosolyme, または、イェルーサーレム Ierusalem, Ἰερουσαλήμ, Jerusalem,（Hierusalem），イェルサレム（エルサレム），（仏）Jérusalem,（伊）Gerusalemme,（西）Jerusalén,（葡）Jerusalém,（露）Иерусалим,（アラビア語）Al-Quds, または、El-Kuds, Bayt al-Maqdis, Zaitum-yah, Ūrshalīm（旧称・Salem, Jebus）ヘブライ語イェルーシャーレーム Yᵉrûšālēm、ないしイェールーシャーライム Yᵉrûšālaim のギリシア語形（ヒエロス「神聖な」にかけて作られた語。「平和の都市」の意）パレスティナ*の古い町。東・南・西の3面を谷に囲まれた天然の要害に位置する。ユダヤ*の中心市。長い間カナアン Kanaan 人の町であり、アマルナ文書（前14世紀）にもウル・サリム Ur-Salim として言及され、エジプトの軍隊が駐留していたことが知られる。ヘブライ人 Hebraioi の伝承によれば、ここは世界の中央に位し、族長アブラーハーム 'Aḇrāhām が息子イースハーク Yiṣḥāq（イサク）を生贄に捧げようとしたモリヤ Moriah 山の地にあたり、のちダーウィード Dāwîd（ダビデ）王がエブス Jebus 人から奪い取ってイスラーエール王国の首都としたという（前1000頃）。次王シェローモー Sᵉlōmōh（ソロモーン）がフェニキア*風の王宮・神殿を建設して以来、ユダヤ人の宗教生活の中心地としても賑わったが、前586年バビュローニアー*により破壊され、王ゼデキヤ Zedekiah は両眼をくり抜かれたうえバビュローン*へ捕囚の身となった。前538年、アカイメネース朝*ペルシア*のキューロス*大王の支配下に帰国を許されたユダヤ人によって、神殿と都市が再建され（前520頃〜）、アレクサンドロス大王*の占領（前332）を経て、プトレマイオス朝*（前323〜前198）、次いでセレウコス朝*（前198〜前143）の諸王に統治される。アンティオコス4世*がギリシア化政策を推進し、市名をアンティオケイア*と改め、神殿をオュリンピアー*のゼウス*に奉献（前167）、割礼や安息日などユダヤの習慣を厳禁したため、イウーダース・マッカバイオス*（ユーダース・マッカバエウス*）の反乱が勃発（前166）。闘争の結果、ユダヤは独立をかちとり、ハスモーン家*の祭司王国が成立した（前142〜）。やがて王室内の権力争いが昂じてローマの将ポンペイユス*の干渉を招き、前63年6月、町はローマ軍に占領され、1万2千のユダヤ人が殺され、城壁は破却された。以来ローマの属領となり、その宗主権下にヘーローデース*王家が統治（前37〜後7）、とりわけヘーローデース1世*の治世には劇場（テアートロン*）や戦車競走場（ヒッポドロモス*）、円形闘技場（アンピテアートルム*）、宮殿、アントーニア Antonia 要塞など壮麗な建造物が建てられ、神殿も大規模に改築された（前20〜後64完成）。ローマの圧政下、偽預言者や自称救世主（メシア） Messiah が現われては騒動を起こし、何人かは処刑された（⇒イエースース・クリストス）が、後66年「熱心党（ゼーロータイ） Zelotai」の指揮下に大乱が生じ、ローマの将ウェスパシアーヌス*とティトゥス*父子が鎮圧に下向、イェルーサーレームは5ヵ月間の包囲の末、70年9月26日ティトゥス軍によって陥落。飢餓に苦しむ市内では母親が自らの子供を焼いて食べる光景も見られたという。攻囲中に死んだユダヤ人は実に110万、捕われて奴隷として売られた者は9万7千人に及んだと伝えられる。3年後にマサダ Masada の要塞が玉砕して第1次ユダヤ戦争（66〜73）は終結した。その後ハドリアーヌス*帝が焼失した神殿跡にゼウス＝ユーピテル*を祀る神殿を建てることを決定。これを契機に自称メシアのバル・コクバ Bar Kokhba（ギ）Barkhōkhebās, Βαρχωχέβας（「星の子」の意）の指導の下、再び反乱が起こったが、58万人の死者を出し、人相食む悲惨な滅亡のうちに終わった（第2次ユダヤ戦争、132〜135）。以来イェルーサーレームはアエリア・カピトーリーナ*と名を変え、ユーピテルやウェヌス*の神殿、ギュムナシオン*、浴場（テルマエ*）などの建ち並ぶヘレニズム・ローマ風の都市に一新。ユダヤ人の立ち入りは死をもって禁じられ、ここに祖国を喪失した「離散（ディアスポラー） diaspora」の民ユダヤ人の世界各地への流出が広まっていった。

イェルーサーレームは326年、コーンスタンティーヌス1世*（大帝）の母ヘレナ*が聖地巡礼をして以来、キリスト教の聖都として重視されるようになり、638年にアラビ

アー*軍に征服されてからは予言者ムハンマド Muḥammad の昇天にちなむイスラーム教の聖地ともなった。現在も旧市街周辺に3宗教の真偽とり混ぜた旧跡が数多く残されている。
⇒イエリコー、イオペー、カイサレイア、カパルナウーム
Joseph. J. A., J. B./ Strab. 16-759〜/ Plin. N. H. 5-15/ Tac. Hist. 2-4, 5-1〜/ Suet. Ner. 40, Tit. 5/ Dio Cass. 66-4〜/ Ptol. Geog. 5-15, 8-20/ Euseb. Hist. Eccl./ Paus. 8-16/ Vet. Test. Gen. 22, 1 Reg. 5〜, 2 Reg. 24, 2 Chron. 6/ Nov. Test. Matth. 21〜, Marc. 11〜 Luc. 19〜/ etc.

ヒエロニムス　Hieronymus
⇒ヒエローニュムス

ヒエローニュムス　Eusebius Sophronius Hieronymus, （ギ）Eusebios Sōphronios Hieronymos, Εὐσέβιος Σωφρόνιος Ἱερώνυμος, （英）Jerome, （仏）Jérôme, （伊）Girolamo, （西）（葡）Jerónimo, （露）Иероним, （ポーランド語）Hieronim, （マジャル語）Jeromos, （オランダ語）Jeroen, （バスク語）Jerolin, （和）ヒエロニムス

（後341／348頃〜419／420年9月30日）古代末期のラテン系キリスト教学者・論争家。アクィレイヤ*に近いダルマティア*の町ストリドーン Stridon（現・Štrigova）に生まれる。ローマで文法学・修辞学を学び（⇒アエリウス・ドナートゥス）、受洗してキリスト教徒となったが、生涯ギリシア・ラテンの古典文学を愛好した。放蕩生活の反動として禁欲主義的な暮らしを自らに課し、特に夢の中で神から「汝は聖書よりキケロー*を好む」と非難され鞭打ちの刑に処されるという脅迫的な体験をして以来、シュリアー*の砂漠に隠棲し、肉欲との葛藤に悩みつつ、ユダヤ教のラビ rabbí にヘブライ語を習った（375〜377）。やがて他の隠修士たちと争ってアンティオケイア❶*に帰り、司祭に叙階されたのち、コーンスタンティーノポリス*へ移ってナジアンゾスのグレーゴリオス*に師事した（380〜382）。382年にはローマへ戻り、司教ダマスス1世*（37代「教皇」）に秘書として仕え、その依頼に応じて聖書をラテン語に翻訳。パウラ Paula（347〜404）をはじめとする貴婦人たちと交わり、上流社会や聖職者の奢侈と堕落を口を極めて非難した（382〜384）。そのため多くの敵をつくり、ダマススの死後間もなく、彼はパウラとエウストキウム Eustochium（370頃〜419頃）母娘を同伴してローマを去り（385）、エジプト、シュリアーを訪問後、ベートレヘム Bethlehem（ベツレヘム）に定住（386）、以来34年間この地の洞窟内に独居して研究や執筆に没頭し、またパウラの創設した修道院の指導に当たった。

彼はきわめて短気で激昂しやすく、皮肉屋で辛辣な毒舌家として知られる。自分と意見の合わない者には容赦なく罵倒と侮蔑の言葉を浴びせたのみならず、論争中に暴力を振るったこともあるという。アレイオス*（アリーウス*）派、ペラギウス*派、オーリゲネース*派などと激しく対立し、アンブロシウス*を「不具のカラス」とののしり、旧友ルーフィーヌス Tyrannius Rufinus（345頃〜410）とも敵対、故人となったオーリゲネースを非難し強引にこれに異端者の烙印を捺しつけた話（400）は有名。神学・言語学のほか、歴史学・考古学・哲学の知識も豊かであったが、聖書解釈に関しては性急に過ぎてアウグスティーヌス*の深みには至らず、また聖母崇拝や聖遺物崇敬を重んじる迷信深い面もあった。最大の業績は18年の歳月をかけて原典から訳し直したラテン語聖書（通称ウルガータ Vulgata）の完成（405頃）で、モーセ Moses の額に光の代わりに角を生やさせるなど誤訳があったにもかかわらず、のちに本書はローマ・カトリック教会の標準聖書に公認された。スエートーニウス*を模倣したキリスト教作家の伝記集成『著名者列伝 De Viris Illustribus』、カイサレイア*のエウセビオス*の『年代記』や『聖書地誌』といった歴史書の加筆翻訳、数多くの聖書注解書など彪大な著作が残るが、とりわけ150余篇の『書簡集 Epistolae』は、異民族の侵略と教会内の分裂抗争などで崩壊寸前のローマの世相を示す生きた史料として重要。のちにアンドロクルス*の物語を真似て、そばが1頭の獅子（ライオン）の足から棘を抜いてやり、以来その獅子はそばに仕えるようになったという話が作られた。西方ラテン教会の4大教父（教会博士）の1人に数えられており（他はアンブロシウス、アウグスティーヌス、グレーゴリウス1世*）、また聖人とも見なされている。
⇒パコーミオス
Hieron. De Vir. Ill., Ep., Chron./ Cassiod. Inst. 2〜/ etc.

ヒエローニュモス　Hieronymos, Ἱερώνυμος, Hieronymus, （仏）Hiéronymos, Jérôme, （西）（葡）Jerónimo, （露）Иероним

ギリシア人の男性名。

❶（カルディアー*の）（前364頃〜前260）ヘレニズム時代の歴史家・行政官。トラーキアー*のケルソネーソス*半島の都市カルディアー出身。同郷の将軍エウメネース*の友人。アレクサンドロス大王*の東方遠征に随行し、大王の死（前323）後はエウメネースの軍事活動に加わり、アンティゴノス1世*と戦ってともに捕われの身となった（前316）。負傷した彼は、しかし、アンティゴノスに助命されたうえ、寵遇を得てシュリアー*の死海*地方の長官に任ぜられた（前312）。その後も終生アンティゴノス朝*マケドニアー*王家に仕え、部将としてイプソス*の戦いにも出陣（前301）、前293年にはデーメートリオス1世*ポリオルケーテース（アンティゴノス1世の子）によってボイオーティアー*総督 Polemarkhos（ポレマルコス）に任命された。104歳という高齢でアンティゴノス2世ゴナタース*の宮廷において没したが、最期まで身体のあらゆる機能が衰えなかったと伝えられる。自ら体験したアレクサンドロス大王亡き後のディアドコイ*（後継者たち）およびヘレニズム諸王国の歴史（前323〜前272ないし前263頃）を記し、シケリアー*（現・シチリア）のディオドーロス*やアッリアーノス*、プルータルコス*ら多くの史家に重要な資料を提供した（断

片のみ伝存）。

なお、同名の人物として、同じくアンティゴノス2世の庇護を得たペリパトス（逍遙）学派の哲学者で文学史家のヒエローニュモス（前290頃～前230）が、よく知られている。このロドス*出身の哲学者は、のちに学園を去って、折衷的な学派をつくり、ペリパトスの学頭リュコーン*とは犬猿の仲であったという。

Diod. 18～20/ Plut. Eum. 12, Demetr. 39, Pyrrh. 17, 21/ Paus. 1-9, -13/ Diog. Laert. 1-26, 4-41, 5-68/ Lucian. Macr. 22/ Ath. 5-206, 13-557, -604, 14-605/ Strab. 8-378, 9-443, 10-475/ etc.

❷シュラークーサイ*の王（在位・前216秋～前215末）。ヒエローン2世*の孫。15歳で祖父の位を継ぎ、取り巻きの追従者らの傀儡となる。祖父の政策を排して、シケリアー*（現・シチリア）全土の支配権を条件にカルターゴー*と組み、ローマと対立、出陣しようとしたところ、暗殺者らの凶刃に斃れた（前215末、在位13ヵ月）。彼はその圧政と残忍冷酷さにおいて悪名高く、また一介の娼婦を正妃にするなど後年のローマ皇帝エラガバルス*に類する放蕩無頼の生活でも不評を買っていた。その死とともに彼の一族縁者も皆殺しにされた。

Liv. 24-4～7/ Polyb. 7-2～7/ Val. Max. 3-3/ Diod. 26-15/ Ath. 6-251, 13-577/ etc.

❸⇒ヒエローニュムス

ヒエローン Hieron, Ἱέρων, Hiero,（仏）Hiéron,（伊）Gerone,（西）Hierón,（葡）Hierão, Híeron,（露）Гиерон

シュラークーサイ*の僭主の名。巻末系図025を参照。

❶**1世 H. I**（在位・前478～前467頃）デイノメネース Deinomenes の息子。兄ゲローン*がシュラークーサイ*の僭主になった時、ゲラー*の統治を委ねられ（前485～前478）、兄の死後、その独裁権を継ぎ弟ポリュザーロス*（ポリュゼーロス*）を追放した。当初は残忍・強欲な支配者で、アクラガース*の僭主テーローン*やレーギオン*の僭主アナクシラース*と争い、勢力を大いに伸長した。ナクソス❷*やカタネー*の住民を、レオンティーノイ*へ強制移住させ、前475年にアイトネー❷*という名でカタネーを再建、また前474年には、キューメー❷*（クーマエ*）付近でカルターゴー*の同盟国エトルーリア*艦隊に大勝した。前476年以来のオリュンピア競技祭*およびピューティア競技祭*で彼の戦車がたてつづけに3つの栄冠を勝ちとり、詩人ピンダロス*やバッキュリデース*らに称えられたこともよく知られている。

病を得て学問に目覚めて以来、比類ない文芸愛好家となり、シモーニデース*やアイスキュロス*、ピンダロス、バッキュリデース、エピカルモス*といった大詩人たちと親交をもち、その気前のよい招聘を受けた文人らによって宮廷はにぎわった。またヒエローンはギリシア人の常として男色を好み、特に絶世の美青年ダーイロコス Dailokhos との恋愛で名高い。前472年頃、アクラガース軍を破ってシケリアー*（現・シチリア）島全体の主導権を獲得。アナクシラースの娘やテーローンの姪（ないし妹）らと3度の政略結婚を繰り返し、ピテークーサイ*（現・イスキア Ischia）島へ植民団を送るなど南イタリア各地に覇権を拡げていった。前466年頃、アイトネーで逝去し、市の創建者として栄誉を贈られ、その地に埋葬された。兄のゲローンより猜疑心が強く専制的な人となりであったが、名声を追い求める願望も人一倍強く、巨万の富と権勢をほしいままにし、当代一流の文人たちを集めて華やかな宮廷を開き、クセノポーン*の対話篇『ヒエローン』ではその主人公に擬せられている。

彼の死後、末弟トラシュブーロス❷*が跡を継いだが、その秕政ゆえに1年後には追放され、ゲローン兄弟の僭主政は崩壊した（前466）。

ヒエローン夫妻と老詩人シモーニデースとの間に交わされた問答はよく知られている。ヒエローンの妃が「金持ちになるのと賢人になるのとどちらが良いか」と聞いた時、智者の誉れ高い詩人は「金持ち。なぜなら、富者の門前には賢人が集まるから」と返答。また、王が「神の本性とは何か」と問うた時、同じ詩人は答えに1日の猶予を乞い、翌日は2日の猶予を乞い、そのつど日数を倍にして思索の時間を請求。待ちわびたヒエローンが説明を促すと、シモーニデースは「日数をかけて考えれば考えるほど、問題はますますわからなくなるからです」と答えたという。

⇒クセノパネース

Herodot. 7-156/ Arist. Pol. 5-11/ Xen. Hieron/ Pind. Ol. 1, Pyth. 1/ Bacchyl. 3, 5/ Ael. V. H. 4-15, 6-13, 9-1, -5, 12-25/ Diod. 11-38, -48～, -67/ Paus. 1-2, 4-12/ Ath. 1-28, 3-121, 6-231～2, 14-656/ Plut. Mor. 403b/ etc.

❷**2世 H. II**（前306頃～前216）（在位・前270頃～前216）

ゲローン*およびヒエローン1世*の末裔を称する。父ヒエロクレース Hierokles が女奴隷に産ませた子で、森に棄てられたが、蜜蜂に養育されたという話が伝わっている。長じてエーペイロス*王ピュッロス*の軍隊に将校として仕えて頭角を現わし、前275年頃、シュラークーサイ*国民から将軍（ストラテーゴス*）職に選立される。前269年、無頼の傭兵隊マーメルティーニー*を大破して、今度はシュラークーサイ「王 Basileus」の称号を贈られる。

前264年、マーメルティーニーの占拠するメッセーネー*（メッサーナ*）に攻撃を加えたが、この事件が引き金となって第1次ポエニー戦争*（前264～前241）が勃発する。初めカルターゴー*側についていたヒエローンも、ローマの執政官（コーンスル*）、アッピウス・クラウディウス・カウデクス*にシュラークーサイを包囲され、余儀なく和約を結んで以来、ローマの忠実な味方となった（前263～）。彼の支配圏はシケリアー*（現・シチリア）東南部（東海岸ではタウロメニオン*以南）に制限されたものの、54年間に及ぶ長く穏健な統治の下、シュラークーサイは最後の繁栄を謳歌した。同盟国ローマの傘下にあって、強力な艦隊を擁し、商業を振興させる一方、「ヒエローン法典（ラ）Lex Hieronica」を制定して農

産物に十分の一税を課した。学芸を保護育成し、自らも農業書を執筆、科学者アルキメーデース*の才能を市の防衛に利用した。また古代ギリシア・ローマ史上最大といわれた巨艦を、造船技術の粋を集めて造らせたが、シケリアーの港には大き過ぎたので、積荷ともどもアレクサンドレイア❶*のプトレマイオス*王家への贈り物とした。穏健で公正な人柄、秀麗にして強靭な肉体、愛想がよく、なおかつ王者たるにふさわしい威厳の持ち主であったという。詩人テオクリトス*は『牧歌』の中で、ヒエローンの治世を讃美している。ギリシア文化を奨励したヒエローンは、劇場(テアートロン*)を拡張し、古代ギリシア世界最大の祭壇(ラ)Ara Hieronis (22.8 m × 198 m) を建造するなどシュラークーサイ市を善美を尽くした建築物で荘厳に飾り立てた。

90歳(92、94歳とも)で死去し、一人息子ゲローン Gelon に先立たれていた——一説には、ゲローンはカルターゴーと手を組もうとしたので、父王によって葬り去られたともいう——ので、孫のヒエローニュモス❷*が跡を継いだ。

Polyb. 1-8〜/ Theoc. Id. 16/ Liv. 16〜/ Just. 23-4/ Ath. 5-206〜/ Val. Max. 4-8/ Paus. 6-12/ Diod. 22-13〜26-15/ Plut. Marc. 8/ Lucian. Macr. 10/ Cic. Verr. 2-2-13, -3-8, -51/ Zonar. 8-6, -9〜/ Oros. 4-7/ etc.

ヒエンプサル Hiempsal, (ギ) Hiempsas Ἱέμψας, または、Hiampsas, Ἱάμψας, Hiempsalas, Ἱεμψάλας, Hiampsamos, Ἱάμψαμος, (伊) Iempsale, (露) Гиемпсал

元来は Hicemsbal か。
ヌミディア*王の名。巻末系図 035 を参照。

❶ **1世** H. I (在位・前118〜前116頃)
ミキプサ*の子。父王亡き後、兄アドヘルバル*や従兄弟ユグルタ*と共治するが、気性の烈しさからユグルタと対立。三者間で王国と財宝を分割することに合意した後、間もなくユグルタに偽りの約束でおびき寄せられ、寝込みを襲われて、女中部屋へ身を潜めているところを見つけ出され斬首された。

Sall. Jug. 5, 9, 11〜13/ Liv. Epit. 62/ Diod. 35-1/ etc.

❷ **2世** H. II (在位・前106頃〜前60頃)
マスタナバル*の孫(父はガウダ Gauda)。ユバ1世*の父。ユグルタ*の甥で、その次に王位に登る。前88年、ローマから逃れてきたマリウス*一派を、受け容れるふりをして軟禁したが、側室の1人が小マリウス❷*に恋して彼らを逃亡させた。ためにヒエンプサルは前81年、マリウス派の将 Cn. ドミティウス・アヘーノバルブス*(Cn. ドミティウス・アヘーノバルブス❷*の息子)によって、自らの王国から追放された。しかし同年、ドミティウスの軍を破ったポンペイユス*の手で復位し(前81)、以後長く王位にあった。カルターゴー*の言語でアーフリカ史を著述し、サッルスティウス*もこれを引用しているが、原著は散逸して伝わらない。

Sall. Jug. 17/ Plut. Mar. 40, Pomp. 12/ App. B. Civ. 1-62, -80/ Suet. Iul. 71/ Caes. B. Civ. 2-25/ Gell. 9-12/ Hirt. B. Afr. 56/ Cic. Leg. Agr. 1-4/ Dio Cass. 41-41/ etc.

ビオーン Bion, Βίων, Bio(n), (伊) Bione, (西) Bión
ギリシア人の男性名。

❶ (前145頃〜前100頃に活動か)(スミュルナー*の)ヘレニズム時代の牧歌詩人。小アジア西岸スミュルナー近郊 Phlossa の出身。故郷を去って、後半生をシケリアー*(現・シチリア)島の田園風景の中で過ごし、最後は毒殺されたという(伝モスコス*の『ビオーン哀悼歌』)。現存する少数の作品の中では、『アドーニス*哀悼歌 Epitaphios Adōnidos』が最も有名で、アドーニスの祭礼の折に朗唱されるためのものと考えられる。そのほか、17の小篇がストバイオス*によって伝えられており、テオクリトス*に較べれば生気に欠けるものの、文体・用語は平明単純で、恋愛や季節の魅惑を優美に表現している。テオクリトス、モスコスに次ぐ代表的な牧歌詩人と評価されている。

Moschus Epitaphius Bionis/ Stob. Flor./ Suda Theocritus/ etc.

❷ (前325頃〜前255頃)(ボリュステネース*の Borysthenitēs, Βορυσθενίτης) 黒海北岸の町オルビアー*出身の哲学者。解放奴隷の父と元売春婦の母との間に生まれ、若い頃ある弁論家に男色奴隷として売られたが、その主人の死後、全財産を相続した。遺産を焼却してアテーナイ*へ赴き哲学に専念、1流派に飽き足らずアカデーメイア*学派、キュニコス(犬儒)派、キューレーネー*学派、ペリパトス(逍遥)学派など諸学派を転々とした。かくて彼は種々の教説を折衷した議論を展開したので、「哲学に彩り豊かな衣を着せた最初の人」と呼ばれることになったが、特にクラテース❸*(キュニコス派)とテオドーロス❸*(キューレーネー学派)から強い感化を受けたと見られている。粗衣と頭陀袋を身につけて放浪していたかと思うと、派手な身なりで各地を巡り、アンティゴノス2世*の宮廷にも滞在、講義を行なって報酬を得、無神論と快楽主義を唱えては、何人かの若者を養子に迎えて性愛の相手として利用することも憚らなかった。ロドス*で哲学を教えたのち、エウボイア*島のカルキス*で重病に罹り、アンティゴノス2世も見舞いに駆けつけたが、この地で没した。一説では、死に臨んだ彼は、つねづね神々を蔑する発言をしていたにもかかわらず、護符を頸にかけ祭壇に犠牲を捧げて恢復を祈願したという。

機智に富んだ鋭い諷刺作品(散逸)の著者として知られ、ホラーティウス*ら後世ローマの諷刺文学に大きな影響を及ぼした。「吝嗇家は財産を所有しているのではなく、財産に所有されている人間だ」とか、「良い奴隷は真に自由であり、悪い自由人は真の奴隷である」、「醜女を娶ると浮気にはしって金がかかるし、美女を娶ると浮気をされて自分だけのものにはしておけない」、等々といった彼の言葉が残されている。

その他、神話書の著者プロコンネーソス*のビオーン(前6世紀中頃)や、アブデーラ*出身の数学者でデーモクリトス*に師事したビオーン(前4世紀)、アイスキュロス*の息

子で同じく悲劇詩人だったビオーン（前5世紀）など、幾人もの同名人物の存在が確認されている。
Diog. Laert. 4-46〜58/ Strab 1-15, -29, 14-674/ Cic. Tusc. 3-26/ Hor. Epist. 2-2-60/ Ath. 13-591f, -592a/ Clem. Al. Strom. 6-267/ Varro Rust. 1-1/ Suda/ etc.

東ゴート族　（ラ）Ostrogothi, （英）（仏）Ostrogoths, （独）Ostrogoten, Ostragoten, Oostgoten, Ostgoten, （伊）Ostrogoti, （西）（葡）Ostrogodos, （露）Остготы
⇒ゴトーネース

東ロクリス　Locris Opuntia
⇒ロクリス、ロクロイ

ヒカティー　Hecate
⇒ヘカテー（の英語形）

ヒカビー　Hecabe
⇒ヘカベー（の英語形）

ピガレイア（または、ピガリアー）　Phigaleia, Φιγάλεια, (Phigaliā, Φιγαλία, Phigaleā, Φιγαλέα), （仏）Phigalie, （伊）（西）Figalia, （現ギリシア語）Figália
（現・Figalía, かつてのΠαύλιτσα, Pavlitza）アルカディアー*南西部、ネダー Neda, Νέδα 川近くの町。建祖は古王リューカーオーン❶*の子ピガロス Phigalos, Φίγαλος と伝える。先ギリシア時代に遡る古い信仰を残し、腰から下が魚の姿で表わされる女神エウリュノメー*の神域および、娘ペルセポネー*を失って悲しみにくれる母神デーメーテール*が引き籠ったという洞窟で名高い。特に後者の洞内においてデーメーテールが、馬に変身してポセイドーン*と交わったとの伝承から馬頭人身の姿で表わされており、古典期の神像はアイギーナ*の彫刻家オナタース Onatas, 'Ονάτας（前5世紀前半）の作であったという。ピガレイアの市民は、また疫病撃退を感謝してアポッローン*の神殿をバーッサイ*に建造したことで知られる。前564年オリュンピア競技祭*のパンクラティオン*の試合で、相手に喉を絞められ息絶えつつも最後まで闘い抜いて敵を降伏させ既にこと切れた屍体に優勝の栄冠を贈られた選手アッラキオーン Arrakhion, Ἀρραχίων は、ピガレイアの出身である。
Paus. 8-39〜42/ Strab. 8-348/ Polyb. 4-3, -79〜/ Diod. 15-40/ Ath. 4-149, 10-442/ Philostr. Imag. 2-6/ Ptol. Geog. 3-4-40/ Steph. Byz./ etc.

ヒキューバ　Hecuba
⇒ヘクバ（の英語形）

ピークス　Picus, （ギ）Pīkos, Πῖκος, （伊）（西）（葡）Pico, （露）Пик, （現ギリシア語）Píkus

ローマの古い自然神。「啄木鳥（きつつき）」の意。伝説によれば、サートゥルヌス*（もしくは、ステルケース Sterces、ステルクルス Sterculus）の息子で、ラティウム*を支配した王であったが、魔女キルケー*の求愛を拒んだために、啄木鳥に変身させられたという。この鳥はマールス*神の聖鳥とされ、占術・予言に重要な役割を果たすものと見なされていた。ピークスは果実の女神ポーモーナ*の愛人としても知られ、またファウヌス*の父、ラティーヌス*の祖父とも伝えられている。ピーケーヌム*地方に住んでいたピーケーニー Piceni 人の遠祖に擬せられることもある。
⇒巻末系図 049
Verg. Aen. 7-47〜, -189〜/ Serv. ad Verg. Aen. 7-190, 10-76/ Dion. Hal. Ant. Rom. 1-31/ Ov. Met. 14-312〜, Fast. 3-37, -291〜/ Diod. 6-5/ Plut. Mor. 268f/ Tzetz. ad Lycoph. 1232/ Festus/ etc.

ピクティー（族）　Picti, （英）Picts, （仏）Pictes, （独）Pikten, （伊）Pitti, （西）（葡）Pictos, （スコットランド語）Pechts, （露）Пикты
今日のスコットランド（カレードニア*）およびアイルランド（ヒベルニア*）北部にいたケルト*系部族。この名称は後3世紀末には、スコットランド北部と中部に居住するカレードニア人にのみ適用されるようになる。かつては敵を威嚇するため身体を彩色ないし刺青していた習俗にちなんでピクティー（ラテン語で「彩色された人々」の意）と呼ばれたと説かれていたが、現在では原地語の音訳であろうと考えられている。ローマ帝国との和約を破って、しばしば南へ侵入し、セプティミウス・セウェールス*帝の親征（後208〜後211）を招いたこともある。中世のデーン人 Dani などと同様、人肉を食べる習慣のあったことが伝えられている。
ガッリア*西部の大西洋岸に住んでいたケルト系部族ピクトネース Pictones（のちピクターウィー Pictavi）とは別種である。
Amm. Marc. 20-1, 27-8/ Claud. III Cons. Hon. 54/ Mela 2-1/ Serv. ad Verg. Aen. 4-146/ Baeda H. E. 1-1, 3-4/ Nennius/ Caes. B. Gall. 3-11, 7-4, -75, 8-26〜27/ Luc. 1-436/ Ptol. Geog. 2-7/ etc.

ピグマリオン　Pygmalion
⇒ピュグマリオーン

ピグミー族　Pygmies
⇒ピュグマイオイ

ヒケート　Hekat
⇒ヘカテー（の英語形）

ピーケーヌム　Picenum, （ギ）Pīkēnon, Πικηνόν, Pīkentinē, Πικεντίνη, （伊）（西）Piceno, （カタルーニャ語）Picè, （現ギリシア語）Pikénon

(現・Piceno) 中部イタリア東側、アーペンニーヌス*山脈とアドリア海に挟まれた地方。北はセノネース*族（⇒アゲル・ガッリクス）の、南はオスキー*系のウェースティーニー Vestini 族の領土に接し、ほぼ今日のマルケ Marche 州およびアブルッツィ Abruzzi 州に相当する。好戦的なサベッリー*系のピーケーニー Piceni（ピーケンテース Picentes とも）人が居住していたが、前3世紀初頭にローマ人に征服された（前268年に全土を征服され、次いで前232年ローマ人移住者によって土地が分割された）。前1世紀末アウグストゥス*によってイタリアの第5地区とされ（⇒イタリア）、降ってコーンスタンティーヌス1世*（在位・後310～337）がピーケーヌムを拡大し、後2世紀以来フラーミニア Flaminia と呼ばれていたウンブリア*東北沿岸部をも、この地区に編入した。果実や良質の植物油の産地として知られる。
⇒アンコーナ、アトリア❷、アースクルム❷、ピークス
Mela 2-4/ Plin. N. H. 3-13/ Varro Rust. 1-50/ Cic. Att. 7-21, 8-8/ Liv. 21-6, 22-9, 27-43/ Sil. 10-313/ Hor. Sat. 2-3/ Ptol. Geog. 3-1/ Polyb. 2-21/ Strab. 5-240～/ Diod. 37-2/ Plut. Pomp. 6/ Caes. B. Civ. 1-11～/ Gell. N. A. 15-4/ etc.

ピーサ Pisa, Πῖσα, (仏) Pise
(現・Písa, Frangonisi) ペロポンネーソス*西部エーリス*のピーサーティス Pisatis, Πισᾶτις 地方の中心市。アルペイオス*河北岸、オリュンピアー*のやや東方に位置していた。神話上の名祖ピーソス Pisos, Πῖσος は、ペリエーレース Perieres, Περιήρης（アイオロス*の子）とオリュンピアーの子と伝える。ピーサは古来オリュンピア競技祭*を主催していたが、北からの侵入者エーリス*人にその権限を奪われ、以来主催権をめぐる両者の抗争が続いた（前8世紀前半～）。アルゴス*の僭主ペイドーン*を招き入れ共同で競技会を開いてから（前748、前668とも）は、しばらくの間ピーサが主催権を行使した（前580頃まで）ものの、前572年エーリス軍に敗北し、町を完全に破壊された。前364年アルカディアー*同盟によって競技主催権がピーサに返還された記録もあるが、ローマ時代にはすっかり町は葡萄畑の中の廃墟と化していたという。オイノマーオス*王とペロプス*の伝説で名高く、後世の詩人たちはピーサとオリュンピアーをしばしば混同している。
⇒ピーサエ
Paus. 6-22/ Strab. 8-355～/ Xen. Hell. 7-4/ Herodot. 2-7/ Pind. Ol. 1-28, 2-3/ Ptol. Geog. 2-17/ Lucian. Peregrin. 35/ etc.

ピーサエ Pisae, (ギ) Pisai, Πῖσαι, Pissai, Πίσσαι, Pissa, Πίσσα, (仏) Pise, (露) Пиза, (現ギリシア語) Píza
(現・ピサ Pisa) エトルーリア*北西端に位置するアルヌス Arnus（現・アルノ Arno）河口の都市。伝説では、トロイアー戦争*から帰国する途中、この地に漂着したピーサ*出身のギリシア人によって創建されたというが、元来はリグリア*人の町であったと思われる。早くから要港として注目され、ローマはこの町をリグリア人に対する橋頭堡と見なして、前180年にラテン植民市 Portus Pisanus を設立した（⇒ルーナ）。近郊の森から造船用の良材が伐採されたことで知られる。アウグストゥス*時代にはローマ植民市として栄え、今日も帝政期の劇場や円形闘技場、浴場、ウェスタ*神殿、エトルーリア*人の墓地などの遺構が残存している。
Dion. Hal. Ant. Rom. 1-20/ Serv. ad Verg. Aen. 10-179/ Polyb. 2-16～/ Liv. 21-39, 33-43, 40-43/ Strab. 5-222/ Verg. Aen. 10-179/ Cic. Q. Fr. 2-6/ Ptol. Geog. 1-15, 3-1/ Plin. N. H./ Mela/ It. Ant./ etc.

ビーサルタイ Bisaltai, Βισάλται, Bisaltae, (西) Bisaltios, (葡) Bizáltios
トラーキアー*（トラーケー*）系の部族名。ストリューモーン Strymon（現・Strimónas）河下流の肥沃な地方に居住。トロイアー戦争*の頃には王レーソス*（ストリューモーン河神とムーサイ*の1人との子）に支配されていたという。その版図には銀鉱脈もあり、長くマケドニアー*に服属した（前460頃～前168）のち、ローマ領となった。伝説上の名祖ビーサルテース Bisaltes はこの地の王で、王女のテオパネー Theophane は雄羊に変身したポセイドーン*と交わって、金毛の雄羊（⇒プリクソス）を産んだとされている。
ビーサルタイ族の住地ビーサルティアー Bisaltia は、ペルシア戦争*後マケドニアー*王アレクサンドロス1世（在位・前498～前450頃）によって征服され、住民の一部はカルキディケー*の半島アクテー*（アトース*）へ移住した。
Verg. G. 3-461/ Liv. 45-29/ Ov. Met. 6-117/ Strab. 7/ Herodot. 7-115, 8-116/ Thuc. 2-99, 4-109/ Liv. 45-29/ Hyg. Fab. Pontos Euxeinos 188/ etc.

ビザンツ Byzanz
⇒ビューザンティオン

ビザンティン Byzantine
⇒ビューザンティオン

ピーサンデル Pisander
⇒ペイサンドロス*（のラテン語形）

ピーシストラトス Pisistratus
⇒ペイシストラトス

ピシディアー Pisidia, Πισιδία, (Pisidikē, Πισιδική), (ラ) ピシディア, Pisidia, (仏) Pisidie, (独) Pisidien, (葡) Pisídia, (露) Писидия, (現ギリシア語) Pisidhía, (和) ピシデヤ
小アジア南西部の内陸にある地方。境界は時代によって異なるが、大略プリュギアー*の南、リュカーオニアー*の西、パンピューリアー*の北、リュキアー*の東に位置

する（⇒巻末小アジアの地図）。住民は剽悍・粗野な山岳民族で、周辺地域に略奪を働き、前401年にペルシアの王弟・小キューロス*が兄のアルタクセルクセース2世*に対する反乱軍を集めた時も、ピシディアー人の無法行為を膺懲するための募兵というのがその名目であった。彼らは地の利のおかげで長く独立を保ち、アレクサンドロス大王*には臣従したものの、ヘレニズム時代には事実上、他者の支配を受けることがなかった。アウグストゥス*の治世になって、ようやくローマの属州ガラティア*に編入され（前25〜前6年頃）、イタリア古参兵の手で幾多の植民市（コローニア*）が建設された。その後急速にローマ化され、今もテルメーッソス Termessos, Τερμησσός 市などに残る劇場（テアートロン*）、城壁をはじめとする都市遺跡が、往時の繁栄を彷彿させている。
⇒イサウリアー、アンティオケイア❷
Xen. An. 1-1, -2, 2-5, 3-1, -2, Hell. 3-1/ Plut. Them. 30/ Strab. 13-630〜/ Plin. N. H. 5-24/ Ptol. Geog. 5-5/ Mela 1-14/ Liv. 35-13, Epit. 77/ Cic. Verr. 2-1-38（95）/ Nov. Test. Act. 13, 14/ Dion. Per./ etc.

ヒスティアイオス Histiaios, Ἱστιαῖος, Histiaeus,（仏）Histiée,（伊）Istieo,（西）Histieo
（？〜前493）ミーレートス*の僭主（在位・前515頃〜前505頃）。ペルシア戦争*の原因となったイオーニアー*の反乱（前500〜前493）の首謀者。前513年、宗主国アカイメネース朝*ペルシア*の大王ダーレイオス1世*のスキュティアー*遠征に、イオーニアー艦隊を率いて参加、イストロス*（ドーナウ）渡河の船橋警護の任に当たり、橋の破壊を阻止した（⇒ミルティアデース）。その功によりトラーケー*（トラーキアー*）に領土を与えられるが、ダーレイオスは次第に彼の野心を警戒するようになり、スーサ*に招き寄せると、大王の相談役として宮廷に留め置いた（前505頃）。帰国を願うヒスティアイオスは、使者の頭皮に入墨で反乱の指令を記し、髪が伸びるのを待って、自分の不在中にミーレートスの統治を委ねておいた親族のアリスタゴラース*の許（もと）へ派遣した（前500頃）。そして、イオーニアー諸市がペルシアから離反すると、「騒擾鎮撫のためには是非とも私の出馬が必要です。各地を平定し、目的を遂げるまで私は肌着を取り換えぬ覚悟をしております」と大王を説得して、帰国の許しを得た。前496年、ミーレートスの僭主に返り咲こうとするが、武力で追い返され、しかもサルデイス*のペルシア人太守（サトラペース）Satrapes アルタプレネース*からは異心を見抜かれて、ビューザンティオン*へ逃れ、海賊として自己の勢力を保持する。ミーレートスの陥落（前494）後、小アジア沿岸の島々を攻略しているところを、ペルシアの将軍ハルパゴス*に捕らえられ、サルデイスに護送される。アルタプレネースはハルパゴスと心を合わせ、即刻彼を処刑すると、胴体を磔刑にし、首は塩漬けにしてスーサへ送った。ダーレイオスは彼の死を惜しんで、盛大な葬儀を営んだという。
Herodot. 4-137〜141, 5-11, -23〜36, -106〜108, 6-1〜6, -26〜30/ Polyaenus 1-24/ Gell. 17-9/ Tzetz. Chil. 3-512, 9-228/ etc.

ヒストリア Histria
⇒イストリア

ヒストリア・アウグスタ Historia Augusta,（英）Augustan History,（仏）Histoire Auguste,（伊）Storia Augusta,（葡）História Augusta,（露）История Августа
『ローマ皇帝物語*（ヒストリア・アウグスタ）』なる作品は、ハドリアーヌス*からヌメリアーヌス*に至る諸帝（後117〜284）76名の伝記集成で（うち4名分は散逸）、スエートーニウス*の『皇帝伝』の形式に倣って記述されている。古来3世紀末から4世紀前期にかけて、6人の史家アエリウス・スパルティアーヌス Aelius Spartianus、ユーリウス・カピトーリーヌス Julius Capitolinus、アエリウス・ランプリディウス Aelius Lampridius、ウルカーティウス・ガッリカーヌス Vulcatius Gallicanus、トレベッリウス・ポッリオー Trebellius Pollio、フラーウィウス・ウォピースクス Flavius Vopiscus によって書き継がれたと伝承されてきたが、今日ではもっと後の1人のラテン著述家の手になる作品（4世紀末〜5世紀頃）だと見なされている。ヘーローディアーノス*やマリウス・マクシムス Marius Maximus（3世紀初）ら多数の文献資料を用いており、話題は宮廷生活のゴシップ（毒殺や近親姦・男女両色の荒淫、等々）が豊富で、興味深い読物となっている。記録の乏しい2〜3世紀の主要史料ではあるものの、作者の創作部分や誤謬も多いため、歴史書としての評価はさほど高くない。
⇒アウレーリウス・ウィクトル
S. H. A. (Scriptores Historiae Augustae)

ピストーリアエ Pistoriae または、ピストーリウム Pistorium, Pistoria,（ギ）Pistōriā, Πιστωρία,（仏）Pistoie,（西）Pistoya,（露）Пистойя
（現・ピストーイア Pistoia）エトルーリア*北部の町。フローレンティア*（現・フィレンツェ）とルーカ（現・ルッカ）の中間に位置する。前62年1月、この近郊でカティリーナ*率いる反乱軍が、C. アントーニウス❶*・ヒュブリダの部将M. ペトレイユス*に敗れ、討ち滅ぼされた。
　ちなみに、拳銃のピストル pistol は、古くこの地で製造されていた短剣にもとづいて付けられた名称であるという。
Sall. Cat. 57/ Plin. N. H. 3-5/ Ptol. Geog. 3-1/ Amm. Marc. 27-3/ It. Ant./ etc.

ヒスパーニア Hispania,（ギ）イベーリアー*, Hispāniā, Ἱσπανία, または Spāniā, Σπανία,（英）Spain,（仏）Hispanie, Espagne,（独）Hispanien, Spanien,（伊）Spagna,（西）España,（葡）Hispânia, Espanha,（露）Испания,（アラビア語）Al-Andalus,（古ヘブライ語）Sᵉphārádh,（漢）

ヒスパーニア・ウルテリオル (外ヒスパーニア)

西班牙．(フェニキア語・Hispanないし Shapan に由来する)
(現・スペインとポルトガルを含むイベリア半島全域) 古代ギリシア・ローマ人のイベリア半島に関する知識は、第2次ポエニー戦争*(前218〜前201)以前にはまだ乏しく、最初に言及したヘカタイオス*は東岸地域をイベーリアー*と呼んでおり、「ヘーラクレース*の柱(ジブラルタル海峡)」より外側の西岸地域はタルテーッソス*と呼んで区別していた。アフリカとヨーロッパの通路に当たるイベリア半島には、古く旧石器時代から人類が居住し(アルタミラ Altamíra 洞窟遺跡など)、前3千年代にはハム語族系のイベーリアー人が北アフリカより渡来、次いで中部ヨーロッパからインド・ヨーロッパ語族系のケルト*人が来住し(前1000年以後)、両族は半島中部で混血してケルティベーリア*人を形成した。また地中海沿岸地方は前2千年紀末より海洋民族フェニキア*人の植民するところとなり、特にテュロス*市はタルテーッソスを発見したのち、ガデイラ*(ガーデース*)を建設(前1100)、さらにヒスパリス*(現・セビーリャ)などの商業基地を設け、先住民に文字を教えた。次いで前7世紀末以来、ギリシア人特にポーカイア*系市民の入植が活発になり、サグントゥム*やエンポリアイ Emporiai(現・Ampurias)などの交易市が創建された。続いて始まったカルターゴー*の征服によって、前3世紀には大半のギリシア植民市は一掃され、代わってカルターゴー・ノウァ*(現・カルタヘーナ)やバルキノー Barcino(現・バルセローナ)がハミルカル・バルカ*の支配のもとに栄えた(前238〜)。前219年ハンニバル❶*がローマの同盟市サグントゥムを攻撃したことから第2次ポエニー戦争(前218〜前201)が勃発、13年にわたる攻防の末大スキーピオー*によりカルターゴー勢はヒスパーニアから駆逐された(前206)。前197年ローマはヒスパーニアを2分し、内ヒスパーニア*(ヒスパーニア・キテリオル*)と外ヒスパーニア*(ヒスパーニア・ウルテリオル*)の2属州を設置、各1名の属州総督を派遣して統治に当たらせた。とはいえ内陸地域の先住民たちは独立のために戦闘を続け、大カトー*(前195)やTib. センプローニウス・グラックス❷*(前179)のケルティベーリア征討が繰り返されたにもかかわらず、総督 Ser. ガルバ*(⇒ガルバ家)らの冷酷非道な圧政のため、またもやウィリアートゥス*率いるルーシーターニア*人の蜂起が生じ、さらにヌマンティア*を根城とする抵抗運動も行なわれた(ケルティベーリア人の反乱、前154〜前133)。ルーシーターニアは D. ユーニウス・ブルートゥス❶*によって平定され(前137)、ヌマンティアも小スキーピオー*の兵糧攻めの結果ついに陥落(前133)、前132年からローマの組織的統治が開始した。その後セルトーリウス*の乱を経て、カエサル*の北部ルーシーターニア遠征(前60)やヒスパーニア戦役(前49〜前45)の舞台となるが、全土が征服されたのはアウグストゥス*の治世に入ってからのことであった(⇒カンタブリー、アストゥレース)。前27年、アウグストゥスはヒスパーニアを3つの属州ヒスパーニア・タッラコーネーンシス*(州都タッラコー*)、ヒスパーニア・バエティカ*(州都コルドゥバ*)、ルーシーターニア(州都エーメリタ・アウグスタ*)に再編成し、バエティカのみ元老院領(元老院属州)、他の2州は皇帝領(元首属州)とした。

ヒスパーニアは農産物(オリーヴ油・葡萄酒・蜂蜜)や名馬の他、特に金・銀・錫・鉛・鉄・銅など鉱物資源が豊富で、銀山では4万人の鉱山労働者が働いていたといい、「ガッリア*よりも裕福である」とプリーニウス*に評されている。カエサル、アウグストゥス以来、多数のローマ植民市(コローニア*)が設けられ、都市生活が進展し、ラテン語が広く普及していった。後1〜2世紀が全盛期で、セネカ*父子、ルーカーヌス*、クィンティリアーヌス*、コルメッラ*、マールティアーリスらの文人・学者を輩出、さらに属州出身最初の皇帝トライヤーヌス*をも送り出した。しかし、3世紀にフランク*族の侵略に苦しみ、ディオクレーティアーヌス*の帝国再編では属州を細分化されてガッリア管区(ディオエケーシス*)に併合され、5世紀には再びヴァンダル*族、スエービー*族らゲルマーニア*人諸族の侵入を被った。次いで西ゴート*族がガッリアとヒスパーニアにまたがる王国を建て(415〜)、534年に首都をトローサ Tolosa(現・トゥールーズ)からトレートゥム Toletum(現・トレード)へ遷し、スエービー王国を滅ぼして(585)、なおしばらく栄えたが、北アフリカから渡ってきたイスラーム勢力に征服されて潰え去った(711)。

⇒アストゥリア、カンタブリア、ガッラエキア、バレアーレース、イベールス

Plin. N. H. 3-1〜, 4-20〜, 37-77/ Strab. 3-136〜/ Ptol. Geog. 1-12, 2-3〜5, 8-4/ Mela 1-3, -5, 2-6/ Herodot. 1-163/ Cic. Tusc. 1-37/ Caes. B. Gall. 1-1, 3-23, 5-1, B. Civ. 1-39/ Liv. 21-27, 28-38, 34-13, 38-58/ Polyb. 3-37/ Just. 44-1〜/ Scylax/ App. Hisp./ Steph. Byz./ Ennius Ann. 503/ Avienus/ etc.

ヒスパーニア・ウルテリオル (外ヒスパーニア*)
Hispania Ulterior, (英) Further Spain
⇒ヒスパーニア

ヒスパーニア・キテリオル (内ヒスパーニア*)
Hispania Citerior, (英) Hither Spain
⇒ヒスパーニア

ヒスパーニア・タッラコーネーンシス Hispania Tarraconensis
⇒ヒスパーニア、タッラコー

ヒスパーニア・バエティカ Hispania Baetica
⇒バエティカ、ヒスパーニア

ヒスパリス Hispalis, (または、ヒスパル Hispal), (ギ) Hispalis, Ἴσπαλις, (露) Испалис, Гиспалис
(現・セビーリャ、〈西〉Sevilla, 〈英〉Seville, 〈仏〉Séville, 〈独〉

Sevilla,〈伊〉Siviglia,〈アラビア語〉Ishibiliya)ヒスパーニア*南部、バエティス Baetis（現・グアダルキビル Guadalquivir）河下流左岸の都市。コルドゥバ*（現・コルドバ）の西南約 132 km。当初ローマの属州ヒスパーニア・ウルテリオル*（外ヒスパーニア）に、次いでアウグストゥス*の時からヒスパーニア・バエティカ*に属した。共和政末期の内乱（前49～前45）ではポンペイユス*側についていたが、のちカエサル*軍に占領され、ムンダ*の戦いに敗れた Cn. ポンペイユス❷*（ポンペイユスの長男）の首が町の広場（フォルム*）に梟された（前45）。カエサルはヒスパリスを退役兵の植民市（コローニア*）とし、ユーリア・ローㇺラ Julia Romula と改称。帝政期には大船の遡航できる河港都市として発展を続け、コルドゥバと競い合い、ガーデース*（現・カディス）港を衰えさせるまでに至った（後2世紀）。ローマ時代の主要な遺跡としては、410のアーチから成る水道橋（アクアエドゥクトゥス*）（西）Aqueducto Romano が残る。西ゴート*王国時代に、キリスト教徒にして博学なイシドールス Isidorus（後 560 頃～636）が、司教および百科全書家として活躍した。
⇒イタリカ❶
Caes. B. Civ. 2-18, -20/ Plin. N. H. 2-100, 3-1/ Sil. 3-392/ Strab. 3-141～/ Dio Cass. 43-39/ Mela 2-6/ Hirt. B. Alex. 51, 56/ Philostr. V. A. 5-3/ Ptol. Geog. 2-4, 8-4/ It. Ant./ etc.

ピーソー、ガーイウス・カルプルニウス Gaius Calpurnius Piso，（ギ）Gaios Kalpūrnios Pisōn，Γάϊος Καλπούρνιος Πίσων，（伊）Gaio Calpurnio Pisone，（西）Cayo Calpurnio Pisón，（葡）Caio Calpúrnio Pisão，（露）Гай Калъпурний Пизон

（?～後65年4月19日）ネロー*帝に対する陰謀計画の指導者。婚礼の席で新婦リーウィア・オレスティッラ❷*をカリグラ帝*に奪い去られ、さらにのち彼女と通じたとして追放される（40頃）。クラウディウス*帝の治世に召還され、執政官職にも就く（41, 45）が、快楽に耽溺して政治的野心を示さなかった。高貴な血統と美しい容貌、愛想のよい振舞いで衆望を集め、65年ネロー帝暗殺計画の名目上の首謀者にまつり上げられ、陰謀達成の暁には帝位に擁立されることとなる。これは元老院議員や騎士から軍人、婦女までを加えた大掛かりな企てであったが、決行の前日に密告者が現われて露顕、ピーソーは何ら抵抗することなく両手の血管を開いて自殺した。事件に連座して大勢の人々が処刑され、粛清の波はネローの師たる哲学者セネカ❷*にも及んだ。

なお、ピーソーの子カルプルニウス・ガレーリアーヌス Calpurnius Galerianus は、世の評判になるほど美しい若者だったが、その血筋ゆえに、70年、ウェスパシアーヌス*の部将ムーキアーヌス*により、帝位をうかがう可能性のある者として殺されている（⇒巻末系図 095）。

ちなみに、「執政官在職中に妻のホスティーリア Quarta Hostilia に毒殺された」と取り沙汰された同名の政治家 C. カルプルニウス・ピーソー（前180年の執政官、同年没）は、その先祖にあたると思われる。
⇒カルプルニウス・シクルス、ルーカーヌス、アンナエウス・メラ、ティゲッリーヌス、ペトローニウス（・アルビテル）、ムーソーニウス・ルーフス
Dio Cass. 59-8, 62-24～/ Tac. Ann. 14-65, 15-48～59, Hist. 4-11, -49/ Suet. Ner. 36/ Calpurnius Siculus Laus Pisonis/ Schol. ad Juv. 5-109/ Liv. 39～40/ etc.

ピーソー・カエソーニーヌス、ルーキウス・カルプルニウス Lucius Calpurnius Piso Caesoninus,（ギ）Lūkios Kalpūrnios Pisōn Kaisōninos, Λούκιος Καλπούρνιος Πίσων Καισωνῖνος，（伊）Lucio Calpurnio Pisone Censorino，（西）Lucio Calpurnio Pisón Cesonino，（葡）Lúcio

系図 298　ピーソー、ガーイウス・カルプルニウス

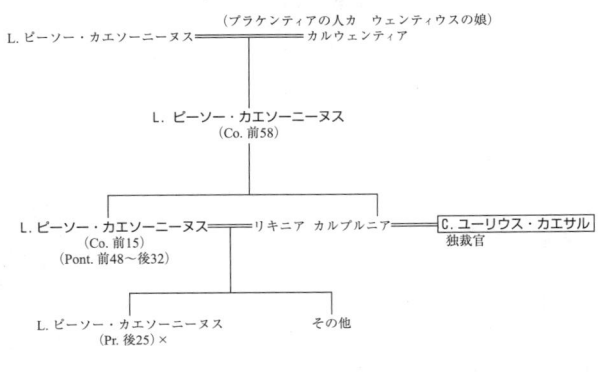

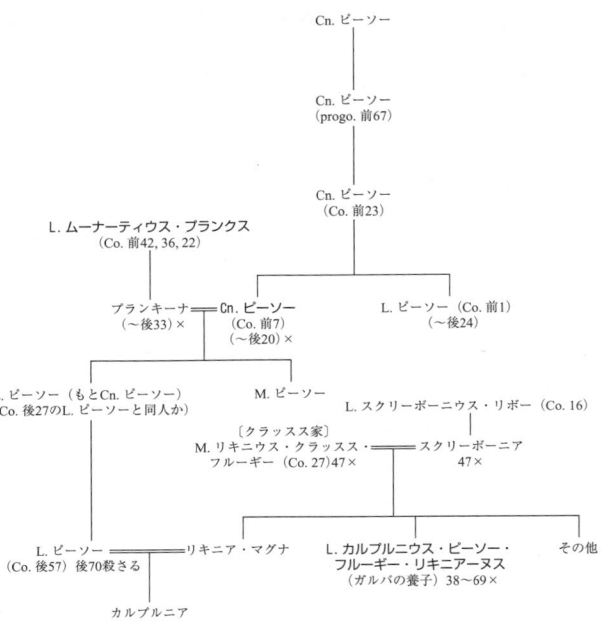

ピーソー・カエソーニーヌス、ルーキウス・カルプルニウス
Calpúrnio Pisão Cesonino

ローマ共和政期の政治家。

❶（？～前107）前112年の執政官（相役はM.リーウィウス・ドルースス❶*）。前107年、執政官のL.カッシウス・ロンギーヌス Cassius Longinus の幕下に加わり、南下するキンブリー族*に対抗したが、ガッリア*で執政官もろともヘルウェーティイー族*に敗死した。同名の父ルーキウス（前148年の執政官）は、第3次ポエニー戦争*（前149～前146）でカルターゴー*攻略に派遣されたものの、無為無能のゆえに評判を落とし、スキーピオー・アエミリアーヌス*（小スキーピオー）に指揮権を奪われた人物。なお、属州での悪辣な収奪ゆえに告発されて有罪判決を下されんとした時、地面にひれ伏し審判人たちの足に接吻して同情をかい、まんまと無罪放免されたルーキウス・ピーソーは、彼ないし同名の孫❷のことであろうとされている。
Caes. B. Gall. 1-7, -12/ App. Hisp. 56, Pun. 110～112/ Val. Max. 8-1/ Oros. 5-15/ Cic. Piso 23, 26～/ etc.

❷（前105／100頃～前43頃）❶の孫。カエサル*最後の妻カルプルニア*の父。前59年、第1回三頭政治と結託し、カエサルと娘を政略結婚させることで、翌前58年度の執政官職を手に入れる。そして執政官となるや、相役のアウルス・ガビーニウス*（ポンペイユス*の腹心）とともに、クローディウス*のキケロー*排撃訴訟を支援、さしもの雄弁家もローマ退去を余儀なくされる（前58）。キケローの財産は没収、屋敷は取り壊しとなったが、そのどさくさに紛れて、ピーソーは家財道具を盗みとり自分の家へ運ばせるという悪辣な真似をする。前57年から前55年にかけてはマケドニア*州の属州総督 Proconsul として赴任し、徹底的な収奪を行なって属州民を塗炭の苦しみに陥し入れたという。ために、恨みを抱くキケローから猛烈な筆誅を加えられるが、その背後に控えるカエサルの威勢を憚って、キケローも彼を審理にかけることは断念しなければならなかった。ピーソーは終始、女婿カエサルの従順な手先として行動した凡庸な人物だったが、稀代の雄弁家を宿敵にもったせいで、同時代に数多くいた悪徳貴族の代表者のごとくに仕立て上げられたきらいがある。前50年には監察官（相役はアッピウス・クラウディウス・プルケル*）を務め、翌年勃発した内乱においては中立を保持、カエサルの死（前44）後はアントーニウス*の野心を制するべく努めた。エピクーロス*派の哲学者ピロデーモス*と交友があり、自らも快楽主義を奉じていた。ヘルクラーネウム*から彼の豪華な別荘 villa「パピューロス荘」Villa Papyrorum が発掘されている。

⇒巻末系図 073～074

Cic. Prov. Cons., Pis./ Caes. B. Civ. 1-3/ Dio Cass. 40-63, 41-16/ App. B. Civ. 2-14, -135, -143, 3-50, -54～/ Suet. Iul. 21, 83/ Val. Max. 8-1-6/ etc.

❸（前48頃～後32）❷の子。同名のL.ピーソー（Cn.ピーソー*の弟、鳥卜官）と区別するため、「神祇官 Pontifex」と呼ばれる。前15年の執政官を経て、属州パンピューリア*の総督となり、次いでトラーキア*へ赴任し3ヵ年にわたる征戦の末この地の叛乱を平定（前12～前10）、凱旋将軍顕章を授与された。アウグストゥス*およびティベリウス*両帝の寵遇を蒙り、特に後者からはともに2日2晩ぶっ通しで飲み騒いだおかげで、第3代の首都長官に任命される（在職・後13～後32）。夜はほとんど宴会を開いて過ごし、昼は正午ごろまで眠りから醒めないという暮らしをしながら、職務を誠実かつ公正に行使し、皇帝に阿諛追従しなかったにもかかわらず、殺されずに80歳の長寿をまっとうした世にも稀な人物である。文芸の保護者としても知られ、ホラーティウス*の『詩論』は彼とその2人の息子に宛てて書かれている。20年間の長きにわたって首都長官職を務め上げたのちに没すると、その功績により元老院から国葬の栄誉が認められた。同名の息子ルーキウスは、統治の属州・内ヒスパーニア*を旅行中、一介の農夫に暗殺されて父に先立っている（後25）。

Dio Cass. 54-21, -34, 58-19/ Vell. Pat. 2-98/ Tac. Ann. 4-45, 6-10～11/ Suet. Tib. 42/ Plin. N. H. 14-28/ Sen. Ep. 83/ Flor. 4-12/ Hor. Ars Poet. 366/ etc.

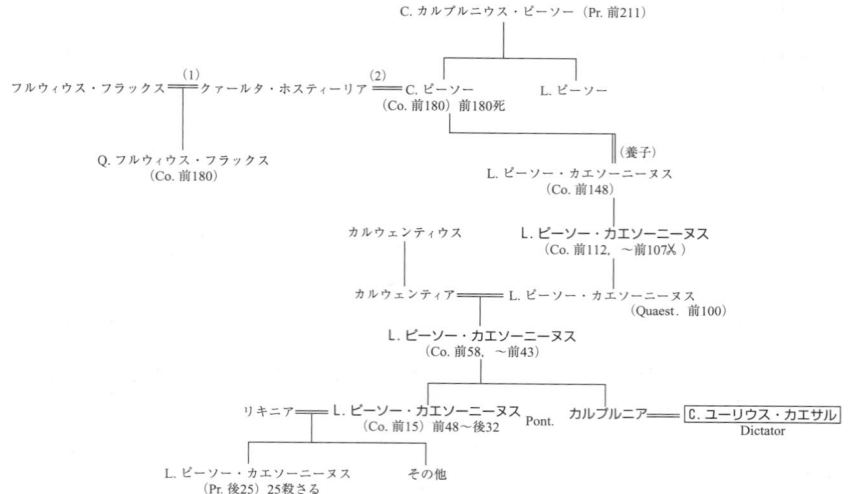

系図299　ピーソー・カエソーニーヌス、ルーキウス・カルプルニウス

ピーソー、グナエウス・カルプルニウス　Gnaeus Calpurnius Piso, （ギ）Gnaios Kalpūrnios Pisōn, Γνάϊος Καλπούρνιος Πίσων, （伊）Gneo Calpurnio Pisone, （西）Cneo Calpurnio Pisón, （葡）Cneu Calpúrnio Pisão

（前44／43頃～後20）ローマ帝政初期の政治家。同名の父グナエウス Cn. Calpurnius Piso（前23年の補欠執政官）の息子。前7年の執政官（相役は後の皇帝ティベリウス*）。生来の癇癖と父親譲りの頑固・狷介な性格の持ち主といわれ、属州アーフリカ*や内ヒスパーニア*を統治したが、その残忍さと貪婪さとで怨嗟の的となる。後17年オリエントへ赴任した有能なゲルマーニクス*（ティベリウス帝の甥）を監視するため、ティベリウス帝によってシュリア*総督に任命され、妻のプランキーナ*とともにゲルマーニクス夫婦をことごとに妨害・牽制した（18～19）。ゲルマーニクス急死の折には、彼が毒殺したと取り沙汰され、呪文を記した鉛板や墓穴から掘り出された屍体などゲルマーニクス呪詛の証拠が発見された。置毒事件はプランキーナの寵愛する女毒薬調剤師マルティーナ Martina の変死で迷宮入りになるかと思われたが、ローマ国民の疑惑は拭われず、帰還したピーソー夫妻は告訴される（20）。ティベリウスに見放され形勢不利となったピーソーは、ある朝喉を突き刺して息絶えた姿で発見される。結審を待たずに自殺したとも、刺客に殺害されたともいわれ、一説には彼がティベリウス自筆の秘密の書簡を法廷に提出しようとしたところ、皇帝に欺き取られて死に追いやられたのだ、とも伝えられている。プランキーナは、大アグリッピーナ*（ゲルマーニクスの妻）を憎む帝母リーウィア❶*（リーウィア・ドルーシッラ*）の介入で赦され、父と同名の長男はグナエウスからルーキウス L. Calpurnius Piso に改名させられるに留まった。

名門の家系に生まれたピーソーは、アウグストゥス*から後継者候補の1人に挙げられたほどの人物だったにもかかわらず、傲岸不遜かつ非情冷酷な人となりで悪評高く、弟のルーキウス L. Calpurnius Piso（前1年の執政官、鳥卜官 Augur の呼び名で知られる）もまた高慢な言動のゆえに叛逆罪で告発されている（後24）。なお、孫のルーキウス L. Calpurnius Piso（57年の執政官）は70年、アーフリカ属州総督 Proconsul に在任中、新帝ウェスパシアーヌス*に謀叛を企てたとして殺されており、その従弟にして女婿のカルプルニウス・ガレーリアーヌス Calpurnius Galerianus（C. ピーソー*の子）も同じ年の初めに、やはり同様の理由から処刑されている。

⇒C. カルプルニウス・ピーソー、ピーソー・フルーギー

Tac. Ann. 1-13, -74, 2-43, -55～82, 3-7～18, 4-21, -62, Hist. 4-38, -48～50/ Suet. Tib. 52, Calig. 2～3, Vit. 2/ Dio Cass. 53-30, 57-18, 59-20/ Sen. Ira 1-18/ Val. Max. 6-2-4/ Plin. Ep. 3-7/ Strab. 2-5-33/ etc.

ピーソー家　Piso, （ギ）Pīsōn, Πίσων, （仏）Pison, （伊）Pisone, （西）Pisón, （葡）Pisão, （カタルーニャ語）Pisó, （露）Пизон

ローマのプレーベース*（平民）系の名門カルプルニウス氏*に属する家柄。この家名 cognomen は穀物を搗く pi(n)so ピー（ン）ソーという動詞に由来する。第2次ポエニー戦争*（前218～前201）の頃より台頭し、顕職を占める人材を輩出、カエソーニーヌス*やフルーギー*（「篤実な者」の意）などの副名 agnomen を帯びる支脈に分かれて、共和国で最有力の門葉の1つとして繁栄した。帝政期に入ってからも帝室たるユーリウス＝クラウディウス氏に次

系図300　ピーソー、グナエウス・カルプルニウス

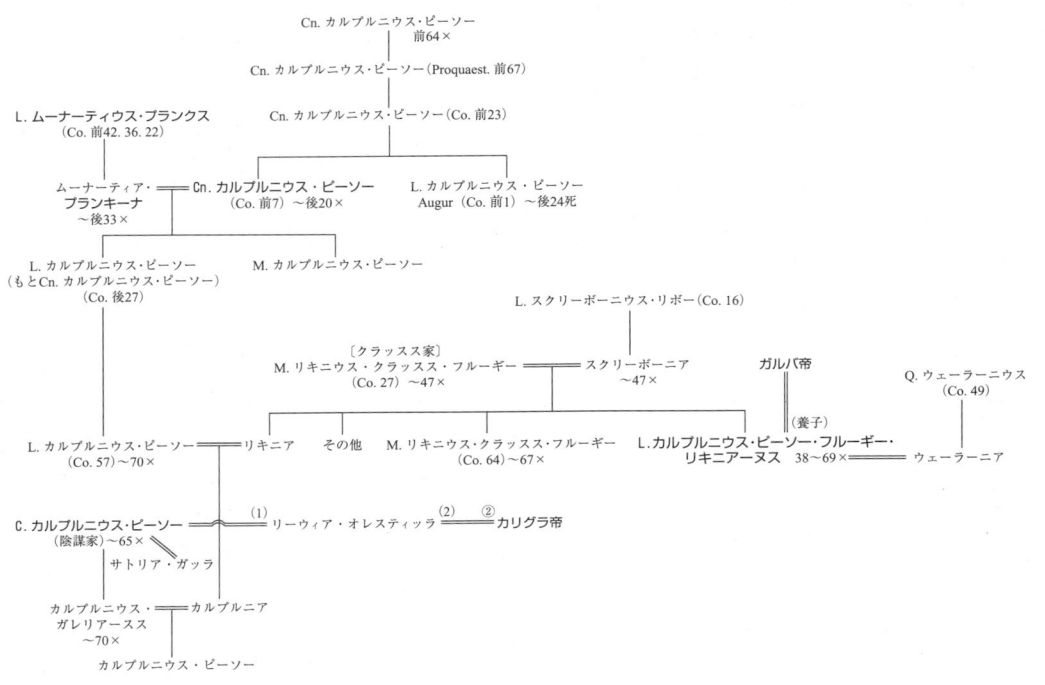

ぐ家格の高さを誇り、相次ぐ上流貴族の没落・断絶の中にあっても、例外的にただ1家3世紀まで存続し、三十僭帝*の1人 L. Calpurnius Piso Frugi（在位・後261。同年に殺される）を出している。

⇒本文系図298

Plin. N. H. 18-3/ S. H. A. Tyr. Trig. 21/ Liv. 22-61, 25-41, 26-10/ Tac. Ann. 15-48/ Val. Max./ etc.

ピーソー・フルーギー、ルーキウス・カルプルニウス

Lucius Calpurnius Piso Frugi, （ギ）Lūkios Kalpūrnios Pisōn Phrūgi, Λούκιος Καλπούρνιος Πίσων Φρούγι, （伊）Lucio Calpurnio Pisone Frugi, （西）Lucio Calpurnio Pisón Frugi, （葡）Lucio Calpurnio Pisão Frugi

（前2世紀後半）ローマの政治家・史家。副名フルーギーは「廉直な人」というほどの意。前149年の護民官（トリブーヌス・プレービス*）となるや、ルーシーターニア*人を虐殺・略奪したヒスパーニア*総督ガルバ Ser. Sulpicius Galba（前194頃～前134頃。前144年の執政官（コーンスル*）。皇帝ガルバ*の先祖）の事件に関して、不法取得返還請求法 Lex Calpurnia Repetundis を提案し、ローマの政務官が属州等において犯した強奪などの不正行為を裁く法廷を常設させた（⇒ウィリアートゥス）。法務官（プラエトル*）（前136）を経て、前133年の執政官職に就き、奴隷蜂起を鎮圧するべくシキリア*（現・シチリア）へ派遣されるが、目的を完遂するには至らなかった（⇒エウヌース）。グラックス*兄弟の改革に反対し閥族派（オプティマーテース*）を支持、監察官（ケーンソル*）（前120）に選ばれたことからケーンソーリウス Censorius という添名でも呼ばれる。その著『年代記』Annales は、少なくとも7巻から成り、建国から彼の時代（前146）までのローマ史を扱っていた。文体は平明で、神話伝説に合理的解釈を試み、当代の弊風を過去の美俗と対比させており、その権威はキケロー*、ウァッロー*、リーウィウス*らに認められていたが、断片以外は伝存しない。

なお、彼の玄孫ガーイウス C. Calpurnius Piso Frugi（？～前57年夏）は、キケロー*の娘トゥッリア❷*と結婚し、前58年に財務官（クァエストル*）となり、同年追放された岳父が召還されるよう手を尽くした人物として知られる。

Cic. Tusc. 3-18, -20, Brut. 27, Verr. 2-3-84, -4-25, Off. 2-21, Font. 13, Att. 1-3, 2-24, Sest. 24, 31, Q. Fr. 1-4, Fam. 14-1/ Val. Max. 2-7/ Oros. 5-9/ Flor. 2-7/ Gell. N. A./ Plin. N. H. 17-38-244/ etc.

系図301 ピーソー・フルーギー、ルーキウス・カルプルニウス

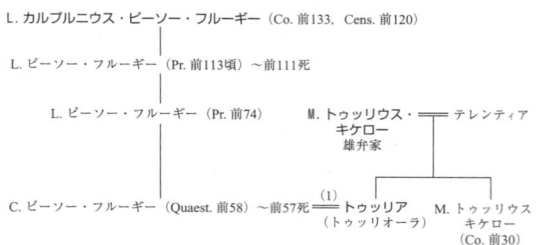

ピーソー・リキニアーヌス、ルーキウス・カルプルニウス

Lucius Calpurnius Piso Frugi Licinianus（初名・L. Licinius Crassus Frugi Libo）, （ギ）Lūkios Kalpūrnios Pisōn Phrūgi Likiniānos, Λούκιος Καλπούρνιος Πίσων Φρούγι Λικινιανός, （伊）Lucio Calpurnio Pisone Frugi Liciniano, （西）Lucio Calpurnio Pisón Frugi Liciniano, （葡）Lúcio Calpúrnio Pisão Frugi Liciniano

（後38～69年1月15日）M. リキニウス・クラッスス❺*・フルーギー（三頭政治家クラッスス*の子孫）とスクリーボーニア Scribonia（大ポンペイユス*の玄孫）の末子、ピーソー家の養子となる（⇒巻末系図052）。両親と長兄 Cn. ポンペイユス・マグヌス❸*をクラウディウス*帝に殺され（47）、次兄 M. リキニウス・クラッススをネロー*帝に殺された彼は、永い間追放刑に処されていたが、後68年帝位に登ったガルバ*によって召還され、翌69年1月10日、朝の伺候に出向いた際、だしぬけに皇嗣に迎立された。ガルバの寵愛を享けてカエサル*と呼ばれたのも束の間、5日後には皇帝の養子の座を狙っていたオトー*により、ガルバとともに殺害された。彼は負傷しながらも一旦ウェスタ*神殿に逃げ込んだが、潜んでいるところを兵士に引きずり出されて戸口で斬られ、その首はオトーの命で槍先に突き刺されさらしものとなった。なお、生き残った兄のスクリーボーニアーヌス Licinius Crassus Scribonianus は、70年にウィテッリウス*帝を弑殺した将軍アントーニウス・プリームス*から帝位を提供されるが、危険かつ不安定な玉座につく愚を悟って、すげなく拒絶している。名門の血統ゆえに2度にわたって流刑に処されたうえハドリアーヌス*帝（在位・後117～138）の治世に殺されて果てた C. クラッスス・フルーギー・リキニアーヌス*は、この兄弟の甥に当たる人物だと推測される。

⇒巻末系図052, 099

Tac. Hist. 1-14～15, -34, -43, -48, 4-39/ Dio Cass. 64-5～6/ Suet. Galba 17, Otho 5/ Plut. Galb. 23, 28/ Plin. Ep. 2-20/ etc.

ピタゴラス Pytagoras

⇒ピュータゴラース

ピ（ー）タネー Pitane, Πιτάνη, （アイオリス*方言・ピ（ー）タナー Pitana, Πιτάνα）

（現・Çandarlı, Sandarlik）小アジア西岸、アイオリス*地方の港湾都市。キューメー❶*の北方、アルギヌーサイ*諸島の近くに位置する。アイオリス12市の1つ。伝説上の名祖（なおや）はアマゾーン*女族のピタネーで、彼女はキューメーやプリエーネー*の創建者にも擬されている。ここで製造される煉瓦は非常に軽くて、水に浮く性質があるという。天文学者アウトリュコス❷*や哲学者アルケシラーオス*の生地。

Herodot. 1-149/ Lucan. 3-305/ Vitr. De Arch. 2-3/ Strab. 13-581, -607, -614/ Mela 1-18/ Plut. Luc. 3/ Diod. 3-55, 17-7/

Plin. N. H. 5–/ Ov. Met. 8-357/ Oros. 7-12/ Ptol. Geog. 3-2/ Scylax/ Steph. Byz./ etc.

ビチュニア　Bithynia
⇒ビーテューニアー

ピッタコス　Pittakos, Πιττακός, Pittacus,（仏）Pittacos,（伊）Pittaco,（西）Pítaco,（露）Питтак,（現ギリシア語）Pittakós

（前650頃～前570頃）ギリシア七賢人*の1人。レスボス*島ミュティレーネー*の政治家。前609年頃、詩人アルカイオス❶*の兄たちの力を借りて、ミュティレーネーの僭主メランクロス Melankhros, Μέλαγχρος（在位・前612頃～前609頃）を打倒。次いでシーゲイオン*の地をめぐってアテーナイ*人との間に戦争が起きた時には、アテーナイ側の猛将プリュノーン Phrynon, Φρύνων と一騎打ちの闘いで決着をつけることにし、楯の背後に網を隠し持って、それで敵将を巻き込んで殺し、見事その土地を取り戻した（前606）。僭主政が崩壊したのち、ミュティレーネーでは支配権をめぐって貴族と平民の争いが絶えず、一旦追放された貴族たちがアンティメニダース Antimenidas, Ἀντιμενίδας とアルカイオス兄弟を頭に武力で祖国回復を計った際に、彼は「執政者（調停者）Aisymnetes, Αἰσυμνήτης」に選ばれてこれに対抗（前591頃）。以来10年間この職にあって法と秩序を整えたのち、自発的に退任した。貴族の勢力を挫いたため、貴族出身の詩人アルカイオスから口汚く罵られている。ピッタコスの定めた法律のうち最も興味深いのは、「飲酒の上で罪を犯した場合、その罰は二倍に加重されるべし」というものである。彼は扁平足の持ち主で、肥満して腹が突き出ていた上、足を引き摺らなくては歩けず、だらしなくて不潔だったといわれている。またその妻は名門の出であることを鼻にかけ、出自の低い夫に対して大層横柄に振る舞い、客人をもてなしている最中に夫のテーブルをひっくり返すこともあったという。彼はきわめて忍耐強く、一人息子が殺された折にも、捕らえられた犯人（アルカイオスだったともいう）を「報復するよりも赦してやる方がよい」と言って放免してやった、とのことである。非常に寡欲で、市民から広大な土地を贈られたにもかかわらず、自ら槍を投げて届く範囲の地所しか受け取らなかった、という話も伝えられている。イオーニアー*征服を目論むリューディアー*王クロイソス*との折衝にも活躍。「執政者（調停者）」の地位を退いて10年後、70歳を越える高齢で没した。

なお、ペロポンネーソス戦争*（前431～前404）中に、自らの妻の手で殺されたトラーケー*（トラーキアー*）のエードーネス Edones 人の王で同名のピッタコス（？～前424）なる人物のいたことが知られている。

Herodot. 1-27/ Pl. Prt. 340c/ Arist. 2-12(1274b), 3-14(1285a)/ Diog. Laert. 1-74～/ Thuc. 4-107/ Strab. 13-600, -617/ Diod. 9-11–/ Cic. Leg. 2-26/ Val. Max. 6-5/ Polyaenus 1-25/ Plut. Mor. 858a～b/ Lucian. Macr. 18/ Suda/ etc.

ヒッパソス　Hippasos, Ἵππασος, Hippasus,（伊）Ippaso,（西）Hipaso

（前5世紀前期）ギリシアの哲学者。南イタリアのメタポンティオン*（メタポントゥム*）の人。ピュータゴラース❶*の最も旧くからの弟子の1人。のちピュータゴラース学派の1分派 Mathēmatikoi を立て、数学上の秘密を公表したため――あるいは、無理数を発見したため――、不敬の廉で教団から追放され、海で溺れて死んだという。なお、アリストテレース*によれば、彼はヘーラクレイトス*の教説を承けて、「万物の始源 arkhe は火である」と見なしていたという。

⇒アルクマイオーン

Diog. Laert. 8-84/ Arist. Metaph. A-3/ Iambl. Vita Pyth. 18, 81, 104/ Suda/ etc.

ヒッパーリーノス　Hipparinos, Ἱππαρῖνος, Hipparinus,（伊）Ipparino,（西）（葡）Hiparino

（前385頃～前350）シュラークーサイ*の僭主（在位・前352～前350）。ディオニューシオス1世*の息子（⇒巻末系図025）。ディオーン*を暗殺したカッリッポス Kallippos を追って即位するが、酒に溺れて独裁支配したので、アカイオス Akhaios という寵愛する若者に殺された（⇒ニューサイオス）。つまり、出陣に際してアカイオスに「もしも宮殿内で凌辱されそうになったら贈り物として与えた短剣で刺し殺せ」と言い含めて戦場に赴きながら、勝利を得て有頂天になり酩酊したまま自らの正体を隠して夜中に若者のもとへ忍び込んだために、激昂した若者に殺されたというのである。

なお、同名の人物に、その姻戚で裕福なシュラークーサイ市民のヒッパーリーノス（ディオーンの父）や、その孫で癇癪をおこして屋根から身を投げて死んだヒッパーリーノス（ディオーンの息子）、またヘーラクレイア❶*の美少年で、同市の僭主に言い寄られ力ずくで拐かされそうになったため、憤慨した念兄のアンティレオーン Antileon が恋敵を殺害して僭主政を打倒。市民によって念兄と並ぶ青銅像を建てられて称賛された若者ヒッパーリーノスがいる。

Diod. 16-6, -36/ Ael. V. H. 2-41, 3-4/ Parth. Amat. Narr. 7, 24/ Ath. 10-436/ Polyaenus 5-4/ Arist. Pol. 5-6/ Plut. Dion 3, 55, Mor. 119, 760/ Nep. Dion 4, 6/ etc.

ヒッパルキアー　Hipparkhia, Ἱππαρχία, Hipparchia,（伊）Ipparchia,（西）Hiparquía,（露）Гиппархия

（前4世紀末頃）ギリシアの女哲学者。トラーケー*（トラーキアー*）のマローネイア Maroneia（現・Marónia）出身。裕福な名門に生まれ、良い縁談も数多あったにもかかわらず、貧しく醜悪な容姿をしたキュニコス（犬儒）派の哲学者クラテース❸*にぞっこん惚れ込み、「彼と結婚させてもらえなければ自殺します」と言って両親を脅した。ヒッパルキアーの両親から頼まれたクラテースが諦めるように説得に努め、彼女の目前で襤褸を脱ぎ捨てて裸になり、自分の奇形の肉体を示しながら、「これが貴女の花婿だ。そして

財産はここにあるだけだ。さあ、これを見て心を決めなさい。それにまた、私と同じ仕事に生きるのでなければ、私の配偶者にはなれませんぞ」と言ったが、彼女は迷わず彼と結婚。同じように粗末な衣服をまとって故郷と財産を棄(す)て、夫と一緒に終生、各地を歩き廻り、人前で公然と夫と性交し、また詭弁を展開して他の哲学者をやりこめたという。
⇒メートロクレース、テオドーロス❸(無神論者)
Diog. Laert. 6-96〜98/ Apul. Flor. 2-49/ Suda/ etc.

ヒッパルコス Hipparkhos, Ἵππαρχος, Hipparchus, (仏) Hipparque, (独) Hipparchos, Hipparch, (伊) Ipparco, (西)(葡) Hiparco, (露) Гиппарх
ギリシア人の男性名。

❶(前560以後〜前514)アテーナイ*の僭主ペイシストラトス*の息子(⇒ペイシストラティダイ)。ヒッピアース❶*の弟。父の死後、兄とともにアテーナイを統治(前527〜前514)。好色で遊蕩に耽る一方、文芸を愛好しアナクレオーン*やシモーニデース*ら一流詩人をアテーナイに招いた。アッティケー*全域に道祖神像ヘルマイ*を建て、アテーナイのゼウス*大神殿 Olympieion 造営に関与、パンアテーナイア祭*ではホメーロス*の叙事詩全巻を朗誦させたという。美青年ハルモディオス*に懸想し、彼をめぐる恋愛関係のもつれから暗殺される(⇒ハルモディオスとアリストゲイトーン)。ヒッパルコス自身の念者 erastes は、アテーナイの有力市民プロクレイデース Prokleides であったという。なお、遠縁に当たる同名のヒッパルコスは、オストラキスモス*(陶片追放)によって最初にアッティケーを追放された(前488／487)人物である。プラトーン*の名のもとに『ヒッパルコス』という作品が伝存するが、これは真作ではないと見なされている(前4世紀後半の成立)。
⇒オノマクリトス、ラーソス、巻末系図023
Herodot. 5-55〜, 6-123, 7-6/ Thuc. 1-20, 6-54〜/ Arist. Ath. Pol. 18, 22/ Plut. Nic. 11/ Pl. Hipparch./ Suda/ etc.

❷(ニーカイア❷*の)(前190頃〜前125／120頃)古代ギリシア最大の天文学者。ビーテューニアー*のニーカイア❷(現・イズニク İznik)出身。アレクサンドレイア❶*を何度か訪れたが、主にロドス*島で天体観測や研究に専念した(前161〜前126)。アリスタルコス❶*の地動説(太陽中心説)をしりぞける失策をおかしたにもかかわらず、組織的観測と数学的処理の点で古代世界随一と評され、「真理を愛する人」と呼ばれた。バビュローニアー*の模範にのっとって観測器具を改良し、1年を365日5時間55分($365\frac{1}{4} - \frac{1}{300}$日)と定め、カッリッポス*の周期を改良(304年周期の提唱)、天体の距離と大きさを測定するために視差の概念を導入し、特に月の大きさや距離について極めて正確な数値を算出した。太陽軌道の歪みや月の運動の不均等性などを発見し、アポッローニオス❸*の考えを採り入れ、周転円・離心円・導円などを用いて、地球を中心とする太陽や月、惑星の運行を巧みに説明。太陽と月の運行表を作り、日蝕や月蝕の予言も行なった。

前134年に蠍(さそり)座に新星を見つけ、それを契機に恒星目録(星表)の作成を思い立ち、49星座・1080箇の恒星の位置を天球上の経度(黄経)と緯度(黄緯)によって図示。また星の明るさに従って1等星から6等星までに分類する方法を考え出した。さらに、古人の星表との比較から、春(秋)分点が黄道上を2万6千年かかって1周する「歳差」現象を発見し、驚くべき精密さをもって歳差常数を計算した。彼はこれら天文学上の計算の必要から三角法の基礎を築き、球面三角法を創始、正弦関数表を作るなど、数学上にも偉大な功績を残した。天体図のみならず、世界地図や地球儀をも製作し、経度・緯度の体系を考案。製図法として天空の描写には平射図法を、土地の描写には主に反射図法を用いるなど、科学的地図学の進歩にも少なからず貢献した。残存する著作は、『エウドクソス*とアラートス*の"天象(パイノメナ)"についての注解 Tōn Aratū kai Eudoksū phaīnomenōn, Τῶν Ἀράτου καὶ Εὐδόξου φαινομένων, (ラ) In Eudoxi et Arati phaenomena』だけだが、その主要学説はプトレマイオス・クラウディオス*の『天文学大系(アルマゲスト)』に採録されて、後世に決定的な影響を及ぼした。その他、エラストテネース*を批判した地理学の著書や、占星術・天文現象などに関する作品があった(散逸)。

同名の人物が幾人もいるが、なかでも前260年頃に活動したアッティケー*新喜劇詩人ヒッパルコスが有名(断片のみ伝存)。
Ptol. Alm. 7/ Plin. N. H. 2-9, -24, -188/ Strab. 1-2, -7, -62/ Pappus/ Dem. 9, 18/ Plut. Ant. 67/ Ath. 3-101/ Diog. Laert. 5-12, -51, -56〜, 8-42/ Suda/ Iambl. Vita Pyth. 17/ etc.

ヒッパレクトリュオーン Hippalektryon, Ἱππαλεκτρυών, Hippalectryon, (西) Hipalectrion
馬の頭部と前脚に、鶏の胴・脚・尾がついた空想上の怪物。雄山羊と鹿の合成されたトラゲラポス Tragelaphos と同様、オリエント＝ペルシア起源の幻獣で、壺絵(陶画)や壁掛織物などの装飾紋様に用いられた。特に神話はない。
⇒ヒッポケンタウロス、ヒッポカンポス
Aesch. Fr. 137/ Ar. Ran. 937〜938/ Pl. Resp. 6-488a/ etc.

ヒッパロス Hippalos, Ἵππαλος, Hippalus, (伊) Ippalo, (西)(葡) Hipalo
(前2世紀〜前1世紀頃)ギリシアの航海者・貿易商人。季節風の現象に気づき、これを利用してインド洋(エリュトラー海*)を航海することを始めた(前150年頃ないしそれ以降)。以来ギリシア人の間で、インド洋に吹く南西の季節風はヒッパロスと呼ばれるようになった。大海横断による航路発見のおかげで、それまでの沿岸航海の時代とは一変して、南海貿易が飛躍的に盛んになったとされる。しかし実際にはヒッパロス以前に、この季節風はフェニキア*人やインド人、アラビアー*人によって利用されていたと考えられている。
⇒エウドクソス❷、ピューテアース

ヒッピアース　Hippias, Ἱππίας, （伊）Ippia, （西）Hipias, （葡）Hípias, （露）Гиппий

ギリシア人の男性名。

❶ （前560頃～前490）アテーナイ*の僭主（在位・前527～前510）。ペイシストラトス*の長子。ヒッパルコス❶*の兄（⇒巻末系図023）。若い頃、父の恋人（男色相手）だったカルモス Kharmos に愛され、彼からアテーナイで初めてエロース*（愛の神）の祭壇を捧げられた。父の死後、僭主となるが、前514年に弟ヒッパルコスが暗殺されて以来、暴政に転じ大勢の市民を追放・処刑した。ペイシストラトス一家に放逐されていたアテーナイの名門アルクマイオーン*家の一統は、デルポイ*の巫女を買収し（⇒クレイステネース❷）、スパルター*を味方につけることに成功。スパルター王クレオメネース*の率いる軍隊の力を借りて、僭主の一族をアクロポリス*に包囲、その子女を捕虜にしてついにこれを降した（前510）。失脚したヒッピアースは一門とともにアッティケー*（アッティカ*）を退去、シーゲイオン*に移り住み、復辟の試みが失敗すると、アカイメネース朝*ペルシア*の大王ダーレイオス1世*のギリシア遠征に望みを託し、ペルシア軍をマラトーン*の地へ先導した。有名な戦いの前夜、彼は実母と同衾する夢を見、それを母国で主権を回復できる予兆と解釈したが、翌日咳とともに1本の歯が抜け落ち、砂中に紛れてとうとう見つからなかったので、「夢告はすでに果たされた。かつて余のものだった祖国は所詮、余の歯が占める土地しか戻って来ぬであろう」と落胆、マラトーンの戦いで敗死したとも、海路逃げ帰る途上レームノス*島で没したともいう。

僭主としての初政は穏健なもので、アテーナイの名門貴族（エウパトリダイ*）を筆頭アルコーン*職に就けて懐柔をはかり、弟ヒッパルコスとともに文芸を保護、アテーナイの有名な梟を刻んだ貨幣を鋳造し、オリュンポス*のゼウス*神殿 Olympieion の建設を進め、アクロポリスやアゴラー*などに記念建造物を築くなど、見るべき治績があった。

⇒ペイシストラティダイ

Herodot. 5-62, -91～, 6-102, -107/ Thuc. 1-20, 6-54～/ Arist. Pol. 5-11～, Ath. Pol. 19-1/ Ar. Eq. 447, Vesp. 502, Lys. 619, 1153/ Ath. 13-609/ Plut. Sol. 1/ etc.

❷ （エーリス*の）（前481頃～前411頃）ギリシアのソフィスト*。ペロポンネーソス*のエーリスに生まれる。プロータゴラース*やソークラテース*の同時代人。博識の大学者で、政治学・数学・天文学・音楽・歴史・文法・詩歌、など諸学に通じ、教師・弁論家としてスパルター*、アテーナイ*などギリシア各地を巡歴、大いなる財産と名声を築いた。驚嘆すべき記憶力に恵まれ、ソフィストとしてシケリアー*（現・シチリア）島へ赴き、そこにいた老プロータゴラースの向こうを張って多額の収入を得たことは有名。オリュンピア競技会*優勝者の一覧表（リスト）を作成し、幾何学の分野でも創意に富んだ貢献を果たした（円積曲線（ラ）quadratrix の発見）という。また、あらゆる工芸技術に巧みなことを誇り、自身で作った指環や衣服、履き物を身に着けてオリュンピアー*の祭典に登場。ゴルギアース*と同じく虚栄心が強く、高価な緋紫の衣裳をまとって外出していたとも伝えられる。著作はわずかな断片しか残っておらず、むしろプラトーン*の対話篇『ヒッピアース（大）』と『ヒッピアース（小）』の話者としてよく知られている。彼はまたアテーナイで政治学・数学・音楽・天文学の4科目を講義したことから自由学芸教育の祖と見なされている。

前3世紀末頃に活動した同名の幾何学者ヒッピアースがおり、やはり曲線に関する論文 tetragōnizūsai, Τετραγωνίζουσαι,（《ラ》quadratrices）を著わしたため、両者の業績はしばしば混同されている。

Pl. Hipp. Mai., Hipp. Min., Prt. 315c/ Arist. Metaph. Δ-29/ Cic. De Or. 3-32, Brut. 85/ Ael. V. H. 12-32/ Philostr. V. S. 1-11/ Plut. Num. 1/ Ath. 3-609/ Dio Chrys. Or. 71/ Paus. 5-25/ etc.

ヒッポー　Hippo

⇒ヒッポー・レーギウス

ヒッポカンポス　Hippokampos, Ἱππόκαμπος, Hippocampus,（英）Hippocamp,（仏）Hippocampe,（伊）Ippocampo,（西）Hipocampo,（露）Гиппокампус, Гиппокамп

馬の前半身に魚ないし蛇の尾がついた空想上の海獣。ポセイドーン*の車を牽いたり、海の神々を乗せて波間を泳ぎゆく姿が美術作品に見られる。のちにこの名称は、海馬すなわちタツノオトシゴを指す語となった。

⇒イクテュオケンタウロス、ヒッペレクトリュオーン、ヒッポケンタウロス

Strab. 8-384/ Plin. N. H. 32-23, -30, -53/ Ael. N. A. 14-20/ Hom. Il. 13-24～/ Paus. 2-1/ etc.

ヒッポクラテース　Hippokrates, Ἱπποκράτης, Hippocrates,（仏）Hippocrate,（伊）Ippocrate,（西）（葡）Hipócrates,（露）Гиппократ,（アラビア語）Buqrāṭ または Bokrāṭ,（中世ラテン語）Ypocras

ギリシア人の男性名。

❶ （コース*の）（前460頃～前375頃）ギリシアの医学者。「医学の父」「科学的医学の祖」と呼ばれる。医神アスクレーピオス*の子孫と称するコース島の治療神官団アスクレーピアダイ Asklepiadai の出身（伝承では医神の17代目の末裔）。親友デーモクリトス*と同じ年に生まれ、かつ同じ年に没したとか、病気から恢復した人々が神殿に納めた罹患と平癒の経過を記した奉納板を読んで種々の疾病の治療方法を学んだとか、医師としての名声が高まったのち、ペルシア帝国*のアルタクセルクセース1世*に招かれたが、「祖国の敵を助けるつもりはない」と答えて莫大な謝礼を突き返

したとか、マケドニアー*王子ペルディッカース2世*の容態を診て、王子が父王アレクサンドロス1世*の愛妾に対する恋患いにおちいっている事実を看破した（⇒エラシストラトス）とか、アテーナイ*が疫病に襲われた折に解毒剤によって、もしくは全市を焼却することによって、その蔓延を防いだとかいった話がいくつも伝えられている。しかしながら、彼については、短軀であったこと、父ヘーラクレイデース Herakleides やヘーロディコス Herodikos（トラーケー*出身の名医、体育教師、ソフィスト*）、ゴルギアース*らに学び広くギリシア世界各地を旅行したこと、主に祖国で医業に従事し、かつ教えていたが、最期はテッサリアー*のラーリーサ*で長逝したこと（85歳、90歳、104歳、109歳など諸説あり）以外に確実な事蹟はわからない。イオーニアー*方言で著わされた多くの論述が彼に帰せられ、『ヒッポクラテース集典（ギ）hē Hippokvatikē Syllogē, ἡ Ἱπποκρατικὴ Συλλογή,（ラ）Corpus Hippocraticum』全170篇の名で伝存してはいるものの、それらは前3世紀初頭にアレクサンドレイア❶*で諸家の稿本を雑然と編纂してできた医学集成でしかなく、どれがヒッポクラテース本人の真作であるかという問題に関しては定説を見ない。『箴言』中の「人生は短く（技）術は長し」や、医師としての倫理を宣誓した『ヒッポクラテースの誓い』は有名。一般に信じられるところでは、彼は臨床的経験を重んじ、あらゆる病気には生理的な原因があると考えて、「神聖病」と称された癲癇(てんかん)を脳の病気に帰するなど宗教的・迷信的医療を排斥。また人体は血液・粘液・黄胆汁・黒胆汁の4主液で成り立っており、それらの調和が健康を、不調が疾病をもたらすとする体液病理説を主張し、食餌療法と気候の影響を強調したとされる。その偉業ゆえにギリシア人からヘーラクレース*と同じ栄誉をもって尊崇され、死後は聖なる人物としてなかば神のごとくに扱われた。ローマ帝政期の医学者ガレーノス*は彼の見解を神託の言葉であるかのように尚(たっと)んだという。

⇒アルクマイオーン❷、メートロドーロス❶、ピリスティオーン

Hippoc. Opera (Opera magni Hippocratis)/ Pl. Phdr. 270c～d, Prt. 311b～c/ Arist. Pol. 7-4 (1326a)/ Soranus Vita Hippocratis/ Cic. De Or. 3-33, Nat. D. 3-38/ Plin. N. H. 7-37/ Ael. V. H. 4-21/ Gal./ Tzetz. Chil./ Suda/ etc.

❷ゲラー*の僭主（在位・前498頃～前491／490）。暗殺された兄クレアンドロス Kreandros（在位・前505～前498）を継いで独裁者となり、ゲローン*を長官とする騎兵隊を強化し、シケリアー*（現・シチリア）島東半をほぼ征服し尽くした。ただしシュラークーサイ*だけは、撃破したものの隷属化し得ず、カマリーナ*市の譲渡を受けて和約を結んだ。次いで先住民族シケロイ*人と交戦し、ヒュブラー*市攻囲中に戦死した。彼には2人の息子がいたが、支配権はゲローンが簒奪した。

その他、アクラガース*の僭主テーローン*の親族で兄弟のカピュス Kapys とともに僭主打倒を謀ったヒッポクラテースや、ペリクレース*の外祖父のヒッポクラテースら大勢の同名異人がいる。

Herodot. 6-23, 7-154～155/ Thuc. 6-5/ Schol. ad Pind. Ol. 2-173, 5-19, Pyth. 6-4, Nem. 9-95/ Polyaenus 5-6/ Diod. 10-28, 12-66～/ etc.

❸（キオス*の）（前470頃～前400頃）ギリシアの数学者。

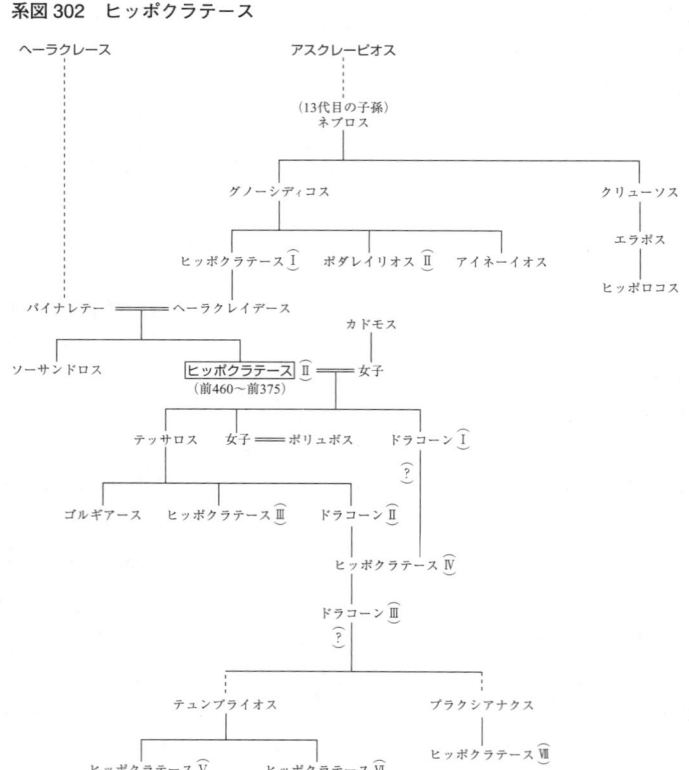

系図302　ヒッポクラテース

もと貿易商を営んでいたが、海賊に全財産を奪われて、アテーナイ*に滞在中、ソフィスト*たち（ソビスタイ*）に学び、ピュータゴラース*派の数学に惹きつけられる。報酬を受け取ってピュータゴラースの教説を教えたために、同教団から破門されたとも伝えられる。弧形の面積および立方体の倍積を研究し、「ヒッポクラテースの月形」定理を樹立。当時最大の数学者とうたわれ、彼の著わした『幾何学原論』（散逸、最初の幾何学に関する教科書）は、エウクレイデース*（ユークリッド）の幾何学の先駆をなすものとされる。
⇒オイノピデース
Arist. Eth. Eud. 7-14, Soph. El. 11, Mete. 1-6/ Plut. Sol. 2/ Simpl. in Phys. 1-2/ Procl./ etc.

ヒッポクレーネー　Hippokrene, Ἱπποκρήνη, Hippocrene (Fons), （伊）Ippocrene, （西）Hipocrene, （露）Гиппокрене

（「馬の泉」の意）ギリシアのヘリコーン*山上にある泉。ムーサ*たち（ムーサイ*）とアポッローン*に捧げられた神聖な泉で、この傍で詩神ムーサたちが歌い踊ったことから、泉の水を飲む者に詩的霊感を与えるといわれる。トロイゼーン*にあった同名の泉やコリントス*のペイレーネー*の泉と同様、天馬ペーガソス*（〈ラ〉ペーガスス*）によって湧出したという。伝承によると、ムーサイとピーエロスPierosの娘たちが詩歌の競技をした時（⇒ピーエリアー）、ヘリコーン山が楽しさのあまり膨れ上がり、天に迫ろうとしたため、ポセイドーン*の命を奉じたペーガソスが蹄で山を打ったところ、ヘリコーン山はもとの大きさに戻り、神馬の打った岩場からヒッポクレーネーの泉が迸り出たとされる。
⇒アガニッペー
Hes. Th. 6/ Strab. 8-379, 9-410/ Paus. 9-31, 2-31/ Ov. Met. 5-256〜, Fast. 5-7〜/ Ant. Lib. Met. 9/ etc.

ヒッポケンタウロス　Hippokentauros, Ἱπποκένταυρος, Hippocentaurus, （英）Hippocentaur, （仏）Hippocentaur, （独）Hippokentaur, （伊）Ippocentauro, （西）（葡）Hipocentauro, （露）Гиппокентавр

半人半馬の怪物（⇒ケンタウロス）。プリーニウス*によれば、クラウディウス*帝の治世にエジプトから蜂蜜漬けにされたヒッポケンタウロスがローマへ送られてきたといい、また、クラウディウス自身も、ギリシアのテッサリアー*で生まれて即日死んだ半人半馬について記録していたとされる。プルタルコス*の伝えるところでは、ペリアンドロス*の宮廷に雌馬から生まれた半人半馬の子（頭と腕までは人間で他の部分は馬だが、赤ん坊の泣き声を出す）がもたらされた時、皆は何か不吉な前兆として恐れたが、賢者タレース*は唯1人笑って、若い牧人たちが獣姦に耽っている事実を素っ破抜いたという。

このほか、オノケンタウロスOnokentauros（半人半驢）やイクテュオケンタウロス*、さらに降ってはレオントケンタウロスLeontokentauros（半人半獅子）などさまざまな双形の怪物が創り出された。
⇒ヒッパレクトリュオーン、ヒッポカンポス
Xen. Cyr. 4-3/ Pl. Phdr. 229d/ Plin. N. H. 7-3/ Plut. Mor. 149/ Ar. Ran. 939/ Diod. 4-70/ etc.

ヒッポダメイア　Hippodameia, Ἱπποδάμεια, （ラ）ヒッポダミーア Hippodamia, Hippodamea, （仏）Hippodamie, （伊）Ippodamia, （西）Hipodamía, （葡）Hipodâmia, Hipodámia, （露）Гипподамия

ギリシア神話中の女性名。

❶エーリス*の王オイノマーオス*の娘（⇒巻末系図015, 014）。ペロプス*の妻となった次第については、同項を参照。ペロプスとの間にアトレウス*、テュエステース*ら何人かの息子を産む。美貌の継子クリューシッポス*を憎んで、ラーイオス*（オイディプース*の父）に彼を誘惑させ、これに失敗すると今度は実の息子たちにクリューシッポスを殺害させたため、処刑ないし追放されたという。

のちペロプスは神託に従って彼女の遺灰をオリュンピアー*へ持ち帰り、またその栄誉を記念して女神ヘーラー*の4年ごとの祭典を創めたと伝えられている。
Pind. Ol. 1-70〜/ Ap. Rhod. Argon. 6-21, 8-14/ Apollod. 3-10, Epit. 2-3/ Soph. El. 504〜/ Eur. Or. 988〜/ Diod. 4-73/ Paus. 5-10, -14, -17, 6-20, -21, 8-14/ Hyg. Fab. 84, 253/ Parth. Narr. 15/ Ov. Her. 8/ etc.

❷ペイリトオス*の妻。同項参照。
❸ブリーセーイス*の本名。

ヒッポダモス　Hippodamos, Ἱππόδαμος, Hippodamus, （伊）Ippodamo, （西）（葡）Hipódamo, （露）Гипподам

（前5世紀）ミーレートス*出身の高名な都市計画者、建築家。アテーナイ*の外港ペイライエウス*（前5世紀中葉）や汎ギリシア的植民市トゥーリオイ*（前443）、3都市の集住シュノイキスモスsynoikismosから成るロドス*市（前408）などの設計に携わったといわれ、明快で整然と統合された都市を建設した。髪を長くして高価な飾りをつけたり、着物に贅沢な装飾品を帯びたりするなど、外見に凝る洒落者だったと伝えられる。
Arist. Pol. 2-8(1267b), 7-11(1330b)/ Strab. 14-654/ Diod. 12-10/ Schol. ad Ar. Eq. 327/ Hesych./ Phot./ etc.

ヒッポドロモス　Hippodromos, Ἱππόδρομος, Hippodromus, （英）（仏）Hippodrome, （独）Hippodrom, （伊）Ippodromo, （西）（葡）Hipódromo, （露）Гипподром

ギリシアの競馬および戦車競走用の建築施設。ローマのキルクス*に相当。200m以上の側面をもつ長大な建物で、（ラ）アレーナarena（砂地競技場）の周囲を観客席が取り囲

み、一方の端が半円形になっている。ギリシア世界の諸市に建造されたが、最もよく知られているのは、ビューザンティオン*（のちコーンスタンティーノポリス*）のもので、後203年ローマ皇帝セプティミウス・セウェールス*によって設立され、330年コーンスタンティーヌス1世*の命で大規模な拡張が施されたヒッポドロモス（現・イスタンブルの Atmeydanı）である（長さ400 m、幅120 m、収容人員4万以上）。東ローマ時代に入っても、戦車競走がここで行なわれ続け、5世紀以降は皇帝即位の式場にも用いられるようになる。ユースティーニアーヌス*帝の治世には青党と緑党との対立からニーカー Nika の乱が勃発、1日に3万人の市民がこのヒッポドロモスで虐殺されている (532)。その後も東ローマ帝アンドロニーコス1世が群衆によって八つ裂きにされる (1185) など数多くの惨劇が同じ場所で繰り返された。このヒッポドロモスでは、1204年にコーンスタンティーノポリス市がラテン人の攻撃を受けて陥落するまで（いわゆる「第4回十字軍によるコーンスタンティーノポリス占領」）、九百年近くにわたって戦車競走が開催されていたという。現在もアレーナ中央部の（ラ）スピーナ spina に建つ2基のオベリスクとプラタイアイ*戦勝記念碑の胴部（蛇の円柱）などを見ることができる。
Hom. Il. 23-330/ Pl. Criti. 117c/ Plaut. Bacch. 3-3/ Plin. Ep. 5-6/ Ath. 9-377e/ Mart. 12-50/ Sid. Apoll. 2-2/ Pind. Ol. 3-33, 6-74, Pyth. 5-33/ Procop./ Paus. 5-15, 6-20/ etc.

ヒッポーナクス Hipponaks, Ἱππῶναξ, Hipponax, （伊）Ipponatte, （西）Hiponacte, （露）Гиппонакт

(前550頃～前500頃) ギリシアの諷刺詩人。跛行イアンボス調詩の創始者。イオーニアー*のエペソス*市に生まれたが、同市の僭主アテーナゴラース Athenagoras に追放されて（前540頃）、クラゾメナイ*市に逃れ、跛行しつつ乞食の生活を送った。背が低く痩せていたうえ、極めて醜い容姿の持ち主で、最期は貧困のあまり窮死したとも伝えられる。パロディ詩を発明したとされ、辛辣な跛行イアンボス調詩で敵対する相手や婦人たちを罵倒（⇒ヘーゲーモーン）。彼の姿をありのままに制作したキオス*の彫刻家ブーパロス Bupalos とアテーニス Athenis 兄弟を痛烈に攻撃し、ついには彼らを自殺に追いやった―― 一説にブーパロスの娘に求愛して拒まれた腹いせに嘲罵・揶揄の詩を作ってやりこめたとも ―― という。寒い時に「外套が欲しい」と歌ってまわっていくつも贈られ、困って返却したという話や、アルキロコス*とともにサッポー*の愛人であったという説も伝えられている。ブーパロスが就寝中の実母を犯した詩など、わずかな断片のみ現存。「女は男に2日の幸福をもたらす。1つは女と結婚する日、もう1つは彼女を埋葬する日」など。
⇒パッラダース
Ar. Ran. 661/ Plin. N. H. 36-4/ Strab. 14-642/ Ath. 9-370～375, 12-552, 13-599, 15-698/ Ael. V. H. 10-6/ Hor. Epod. 6-14/ Lucian. Pseudol. 2/ Euseb. Chron./ Suda/ Marm. Par./ etc.

ヒッポニーコス Hipponikos, Ἱππόνικος, Hipponicus, （伊）Ipponico, （西）Hiponico, （露）Гиппоник

アテーナイ*の名流市民。
⇒カッリアースとヒッポニーコス

ヒッポマネス Hippomanes, Ἱππομανές, （伊）Ippomane, （西）Hipomanes, （露）Гипподамия

(「馬の狂気」の意) ギリシア・ローマで愛用された媚薬。諸説あって、(1) 交尾期の雌馬の陰部から滴り落ちる粘液、(2) 生まれたばかりの仔馬の頭についている胎便、(3) アルカディアー*に自生する植物で、茎から白汁を出し、これを食った馬を狂気にする、という風にいくつかの解釈が行なわれている。古来、愛の妙薬として用いられ、ギリシア神話中の英雄ベッレロポーン*はこの薬草をアテーナー*から貰って天馬ペーガソス*を捉えることに成功したと伝えられる。過度に服すると狂死するとされ、よって継母はこれを他の薬草と混ぜて継子に飲ませたといい、ローマ皇帝カリグラ*も妻カエソーニア*の盛ったヒッポマネスによって発狂したといわれている。
⇒イユンクス
Arist. Hist. An. 6-18, -22/ Theophr. Hist. Pl. 9-15/ Pind. Ol. 13-68～/ Theoc. Id. 2-48～/ Paus. 5-27-3/ Plin. N. H. 8-66, 28-80/ Verg. G. 3-280～/ Juv. 6-132～/ Ov. A. A. 1-8-8, 2-100/ Ael. N. A. 3-17/ Tib. 2-4/ Prop. 4-5/ etc.

ヒッポメドーン Hippomedon, Ἱππομέδων, （伊）Ippomedonte, （西）Hipomedonte, （露）Гиппомедонт

ギリシア伝説中、テーバイ❶*攻めの七将*の1人。アドラストス*の甥で、レルネー*の城主。巨躯の持ち主だが、テーバイの城門前で戦死する。息子ポリュドーロス❸*はエピゴノイ*の1人。
Apollod. 3-6-3/ Diod. 4-65/ Aesch. Sept./ Soph. O. C. 1318/ Eur. Phoen. 125～/ Paus. 10-10, -38/ Hyg. Fab. 70/ etc.

ヒッポメネース Hippomenes, Ἱππομένης, （仏）Hippomène, （伊）Ippomene, （西）Hipómenes, （葡）Hipomene, （露）Гиппомене

ギリシア神話中、メガレウス Megareus の息子で、駿足の女狩人アタランテー*の夫。アプロディーテー*から黄金の林檎（りんご）3個を授かり、これを用いてアタランテーとの競走に勝ち彼女と結婚した。しかし、女神に対する感謝の念を表わさなかったので、狩の途中で抑え難い情欲を吹き込まれ、キュベレー*の神域内で妻と交わった。その不敬の行為により2人とも獅子（ライオン）に姿を変えられ、キュベレーの戦車を牽く役目を命じられた。一説にヒッポメネースの男振りに惚れたアタランテーは、彼を勝たせたかったので、競走中に投げられた林檎を1箇ずつ拾ったのだという。
⇒メラニオーン
Apollod. 3-9-2/ Ov. Met. 10-560～/ Hyg. Fab. 185/ Eust. Il. 23-683/ Schol. ad Hom. Il. 2-764/ Schol. ad Theoc. 3-40/

Verg. Catal. 11-25/ etc.

ヒッポメネース　Hippomenes, Ἱππομένης, (仏) Hippomène, Hippoménès, (伊) Ippomene, (西) Hipómenes, (葡) Hipomene

(前8世紀末頃) アテーナイ*の古王コドロス*の子孫。前752年以来10年任期となったアルコーン*の4代目を務めたが、自らの娘とその恋人を不義の廉（かど）で馬の餌食にしたため、アッティケー*貴族（⇒エウパトリダイ）の反乱が生じ、廃位されたうえ、その居館は破壊された。彼は10年任期のアルコーン職に就いた最後の人となり、前683年以後は同職に1年任期制が導入され、貴族たちが就任。ここにアテーナイの王政は名実ともに終焉を告げた。
⇒巻末系図020
Ov. Ibis 459/ Heraclid. Pont. De Pol. 1/ Nic. Dam. Fr. 51/ etc.

ヒッポリュテー　Hippolyte, Ἱππολύτη, Hippolyta (Hippolyte), (英)(独) Hippolyta, Hippolyte, (仏) Hippolyté, (伊) Ippolita, (西)(葡) Hipólita, (露) Ипполита

ギリシア神話中、アマゾーン*（アマゾネス*）女族の女王。軍神アレース*とオトレーレー Otrere の娘。父神から黄金の帯を与えられていたが、英雄ヘーラクレース*がエウリュステウス*の娘の望みによりその帯を取りにきた時（第九の功業）、彼に殺された。彼女はヘーラクレースに愛のしるしとして帯を贈ったが、アマゾーンに姿をやつしたヘーラー*が、「彼は女王を攫って行こうとしている」と言い触らしたため、女戦士たちは武装して来襲し、これを裏切りと解した英雄の手で討ち取られたとも、女王は最初から帯を与えることを拒み、ヘーラクレースと戦って斃（たお）れたともいう。別伝では、テーセウス*に捕えられてヒッポリュトス*の母となったとされ、あるいはテーセウスに奪われたのは彼女の姉妹アンティオペー❶*で、その報復に女王はアマゾーン軍を率いてアッティケー*へ攻め込んだが、テーセウス麾下のアテーナイ*軍に敗北を喫し、悲嘆のあまりメガラ*の地で没したとも伝えられる。テーセウスとの戦闘中に、姉妹のペンテシレイア*に誤って殺されたといういう所伝もある。
Schol. ad Hom. Il. 3-189/ Hyg. Fab. 30, 163, 223/ Apollod. 2-5/ Paus. 1-41/ Plut. Thes. 27/ Ap. Rhod. 2-775/ Diod. 2-46, 4-16/ etc.

ヒッポリュトス　Hippolytos, Ἱππόλυτος, Hippolytus, (仏) Hippolyte, (独) Hippolyt, (伊) Ippolito, (西)(葡) Hipólito, (露) Ипполит

ギリシア神話中、アテーナイ*王テーセウス*とアマゾーン*女王ヒッポリュテー*（または、アンティオペー❶*）の子。馬術に優れた青年で狩猟や運動競技を好み、処女神アルテミス*を崇拝して女色を避けていた。父王の不在中、彼を恋した継母パイドラー*に言い寄られたが、にべもなく拒んだため、彼女によって逆に「ヒッポリュトスが私に邪恋を抱いて強姦（ごうかん）した」と父に讒訴（ざんそ）された。これを信じたテーセウスはヒッポリュトスを追い出したうえ、かつて3つの願いを叶えてやると約束してくれた父神ポセイドーン*に、息子の死を祈った。ヒッポリュトスがトロイゼーン*の海岸を戦車で疾駆していた時、ポセイドーンが海から怪物を送って馬を嚇し、ために馬車から振り落とされたヒッポリュトスは、馬に引きずられて絶命した。死後彼は天に昇って「馭者座（ぎょしゃざ）（(ラ) Auriga）」になったとも（⇒ミュルティロス、エリクトニオス、パエトーン）、アルテミスの願いで医神アスクレーピオス*によって蘇らせられたともいう。トロイゼーンではヒッポリュトスは神格化されており、結婚を前にした乙女はみな自分の髪を1房切り取って神殿に奉納する習慣があった。イタリアの伝承では、彼はアルテミスの手でラティウム*のアリーキア*へ運ばれ、ウィルビウス*なる名のもとに、ディアーナ*（＝アルテミス）とともに、神として祀られたという。悲劇詩人エウリーピデース*の

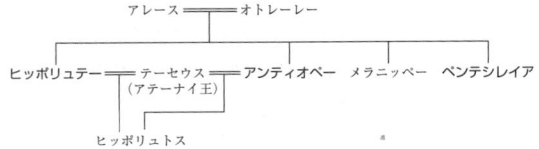

系図304　ヒッポリュテー

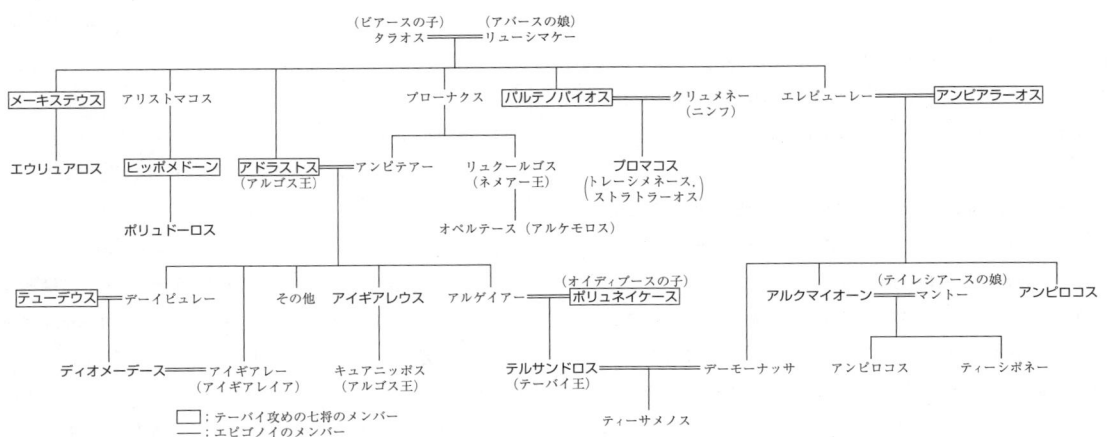

系図303　ヒッポメドーン

傑作『ヒッポリュトス』(前428)の他、ソポクレース*にも同じ題材を扱った悲劇『パイドラー』(わずかな断章のみ伝存)があり、ローマのセネカ❷*を経て近世のガルニエやラシーヌなどに至るまで、彼の物語は多くの文学者に愛好され、作品の主題に取り上げられてきた。元来ヒッポリュトスは、アプロディーテー*に対するアドーニス*のごとく、地中海周域の大女神アルテミスの配偶神であったと考えられる。巻末系図020を参照。

なおこの他、アポッローン*に愛されたシキュオーン*の同名の王ヒッポリュトスがいる。

Eur. Hipp./ Diod. 4-62/ Schol. ad Hom. Od. 11-321/ Ov. Her. 4, Met. 15-497～, Fast. 6-737～/ Verg. Aen. 7-765～/ Paus. 1-22, 2-6, -27, -32/ Cic. Nat. D. 3-31, Off. 1-10/ Hyg. Fab. 47, 49/ etc.

ヒッポー・レーギウス　Hippo Regius,（ギ）Hippōn Basilikos, Ἱππῶν Βασιλικός,（仏）Hippone,（伊）Ippona,（西）（葡）Hipona,（露）Гиппон

(現・アンナバ・アナーバ Annaba (かつての Bône,〈仏〉Bona) 南部の古代遺跡。)たんにヒッポー*とも呼ばれる。アーフリカ*北岸のヒッポー岬(ギ) Hippū Akra, Ἵππου Ἄκρα,(現・Ras el Hamrah)にあった港湾都市。古くはフェニキア*系の植民市として建設され(前6世紀頃)、前4世紀以前よりカルターゴー*の港湾都市として発展した。ヌミディア*王国の首都となったのち、アウグストゥス*の頃にはローマの自治都市ムーニキピウム*、やがてローマ植民市コローニア*へと昇格した。史家スエートーニウス*の出身地。後2世紀にはアーフリカ属州総督プロコーンスル Proconsul の軍団駐屯地の1つとされ、後年ヴァンダル*人(ヴァンダリー*)が侵寇した時、アウグスティーヌス*がこの町の司教職にあった(396～430)ことで名高い。14ヵ月以上にわたる攻囲ののち、431年8月ヴァンダル人によって陥落、炎上させられた。

ローマ時代の大規模な劇場テアートルム*やフォルム*、モザイク舗床で飾られた富裕層の別荘ウィラ villa などの遺跡が発掘されており、穀物やオリーヴ、葡萄の輸出で賑わった往年の繁栄ぶりを偲ばせてくれる。

なお、この都市から東南へ向かう街道上にアウグスティーヌスの生地タガステー Tagaste の町があった(現・Tagilt 遺跡)。

⇒ブッラ・レーギア

Mela 1-7/ Sall. Jug. 19/ Plin. N. H. 5-2/ Liv. 29-3/ Diod. 25-3/ Hirt. B. Afr. 96/ Augustin. Conf. 2-3, Ep. 209/ Strab. 17-832/ Mela 1-7/ Sil. 1-3, 3-259/ It. Ant./ etc.

ヒッポーン　Hippon, Ἵππων,（伊）Ippone,（西）Hipon,（あるいは、ヒッポーナクス Hipponaks, Ἱππῶναξ, Hipponax）

(前5世紀後半)サモス*出身の折衷主義哲学者。主にペリクレース*時代のアテーナイ*で生活。タレース*に倣って、万物の始源アルケー arkhe を水と見なしたが、この推論は精液の性質から導き出したものである。彼はまた、五感で認知し得るもの以外の存在を否定、その物質主義ゆえに無神論者だと非難され、喜劇詩人クラティーノス*から「ディアゴラース❶*の徒」として揶揄されている。著作は散逸。「神々とはもとは偉人で、民衆の尊崇によって不滅化したものに過ぎない」と主張、自身の墓碑銘に「余は神になった」と記したという。

なお、同名の人物では、メッセーネー*(メッサーナ*)の僭主でティーモレオーン*に捕られ、市民の手で嬲り殺しにされたヒッポーン(?～前338)が知られる。

Arist. Metaph. A-3, De An. 1-2/ Sext. Emp./ Simpl. in Phys. 23/ Clem. Al./ Plut. Tim. 34/ Ath. 13-610/ etc.

ピーディアース　Phidias

⇒ペイディアース(のラテン語形)

ビティニア　Bithynia

⇒ビーテューニアー

ピテークー(ッ)サイ　Pithekus(s)ai, Πιθηκοῦσ(σ)αι, Pithecus(s)ae,（別名・Inarime, Arime）,（仏）Pithécuse,（伊）Pitecuse,（西）Pitecusas

(現・イースキア Ischia) カンパーニア*沖合い、ネアーポリス*(現・ナーポリ)湾北西方の火山島群アエナーリア*のギリシア名。伝説では、大神ゼウス*が野盗ケルコープス*たちを猿に変えて、この2島に住まわせて以来、「猿ピテーコス pithekos, πίθηκος」にちなんだ名で呼ばれるようになったという。一説に巨人テューポーン*が島の下敷きになっていて、巨人が寝返りを打つたびに火炎が噴出し地震が起こると伝える。

ミュケーナイ*時代(前1400頃)のギリシア陶器など早くから東方との交易があったことを証明する品が出土している。前8世紀前半にカルキス*とエレトリア*両市から植民が行なわれ、肥沃で金鉱があったため、ギリシア人の島として栄えた。

Strab. 5-247～/ Pind. Pyth. 1-32/ Ov. Met. 14-90/ Diod. 14-92/ App. B. Civ. 5-69/ Plin. N. H. 3-6/ Hom. Il. 2-783/ Schol. ad Lycoph. 1356/ Hesych./ Steph. Byz./ etc.

ビーテューニアー　Bithynia, Βιθυνία,（ラ）ビーテューニア Bithynia,（仏）Bithynie,（独）Bithynien,（仏）（西）Bitinia,（葡）Bitínia,（露）Вифиния,（トルコ語）Bitinya

(現・Ejalet Anadoli) 小アジア北西部の地方名。元来カルケードーン*半島に限定されていたが、しだいに北は黒海(ポントス・エウクセイノス*)に臨み、東はパープラゴニアー*に、西はプロポンティス*(マルマラ海)とミューシアー*に、南はプリュギアー*やガラティアー*に隣接する地域の名称となる。古くはベブリュキアー Bebrykia (ベブリュケー❶*人の国)と呼ばれ、トラーケー*(トラーキアー*)系民族が居住。伝承ではゼウス*の子ビーテューノス Bithynos がトラーケー人を率いて来住・建国し、この地に名を与え

たという。リューディアー*王国、次いで前546年以後はアカイメネース朝*ペルシア*帝国に服属していたが、前4世紀にトラーケー系の王朝が独立し —— 前297年、ジポイテース Zipoites（在位・前328頃～前280頃）の治世に王号確立 ——、とくにニーコメーデース1世*、2世*やプルーシアース1世*、2世*ら諸王の下でギリシア文化を積極的に採り入れて大いに繁栄した（⇒系図巻末031）。前74年ニーコメーデース4世*が王国をローマに遺贈したため、ポンペイユス*によってポントス*と統合させられて「ビーテューニア＝ポントゥス Bithynia-Pontus 属州」を形成（前63）。帝政ローマ初期には元老院属州だったが、東方へ向かう軍事・交易上の要衝に位置することから、歴代皇帝に重視され、トライヤーヌス*帝の治世以降は小プリーニウス*ら別格の総督 Legatus が派遣された（後110～）。マールクス・アウレーリウス*帝の治世以後、元首（皇帝）属州となる。

良港を有し、木材や大理石を産出、各種果実や穀物、牧畜に恵まれた地として知られる。主要都市としては、王都だったニーコメーデイア*（現・イズミト）、ニーカイア❷*（現・イズニク）、プルーサ Prusa（現・ブルサ Bursa）などが挙げられるが、諸都市は対抗意識を燃やして華美で無謀な建築物の造営を競い合い、また市民内部の不和や官吏の公金横領などもわざわいして、帝政後期には頽唐の色を濃くしていたという。

なおビーテューニアーはハドリアーヌス*（在位・117～138）帝の溺愛した美少年アンティノウス*の出身地であったため、同帝から特別の恩顧を享受していたことでも名高い。
⇒サンガリオス、プルーシアース、ニーコメーデース
Strab. 7-295, 12-541～544, -563～566/ Herodot. 7-75/ Plin. N. H. 5-43/ Plin. Ep. 10/ Tac. Ann. 1-74, 16-18/ Liv. 38-16, Epit. 76, 93/ Xen. An. 6-4/ Thuc. 4-75/ App. Mith. 71/ Dio Cass. 38-10～12/ Mela 1-2/ etc.

ビトゥリ（ー）ゲース族　Bituriges, （ギ）Bitūriges, Βιτούριγες, （独）Biturigen

外ガッリア*にいたケルト*系部族。早い時期に次の2派に分かれた。

❶ビトゥリゲース・クービー B. Cubi, （ギ）B. Kuboi, Κοῦβοι クーボイ

アウァーリクム*（現・ブールジュ Bourges）を首邑とし、前52年ウェルキンゲトリクス*の乱に加わり、この町に籠城したが、カエサル*に劫略され、住民は老若男女を問わず殲滅された（約4万人）。かろうじて生きのびた人々も翌年降伏し、前28年に彼らの領土はローマの属州アクィーターニア*に併合された。

❷ビトゥリゲース・ウィウィスキー B. Vivisci, B. Ubisci, （ギ）B. Uiskoi, Οὐίσκοι ウーイスコイ

大西洋岸からガルムナ Garumna（現・ガロンヌ Garonne）河の間の地域に居住し、首邑はブルディガラ*（現・ボルドー Bordeaux）。❶と同様、アウグストゥス*によって属州アクィーターニア*に編入された。ローマ帝政期からこの地方では比較的質の良い葡萄酒がとれたことが記録されている。
Caes. B. Gall. 1-18, 7-5～15, -21, 8-2～4/ Plin. N. H. 4-19, 14-4/ Frontin. Str. 2-11/ Liv. 5-34/ Columella 3-2, -7, -9, -21/ Strab. 4-190～191/ Auson. Mos. 5-438/ etc.

ヒドラ　Hydra
⇒ヒュドラー

ビトーンとクレオビス　Biton, Βίτων, Bito(n), （伊）Bitone, Kleobis, Κλέοβις, Cleobis, （伊）Cleobi

（前7世紀以前）アルゴス*の兄弟。母は女神ヘーラー*の女祭司キューディッペー*。2人とも体育競技に優勝した若者で、母をヘーラーの祝祭へ連れて行こうとした時、牛が間に合わなかったので、彼ら自身が母の乗った車を引いて45スタディオン（約8 km）の距離を走破した。人々は彼らの体力を賞讃し、喜んだ母は女神に「人間として得られる最高のものを息子たちに与え給え」と祈った。願いは容れられて、2人の若者はその夜、社殿で眠っているうちに息をひきとったという。アルゴスの人々は2人の徳を記念して、その立像をデルポイ*に奉納したと伝えられるが、実際に彼らの肖像とされる1対のクーロス*（青年）裸像が出土している（前600頃、大理石製、高さ216 cm。現・デルフィ美術館蔵）。この話は、賢者ソローン*がリューディアー*王クロイソス*に語った最も幸福な人々の例に挙げられていて、よく知られている。

ちなみにクロイソスの先祖で、当時最も裕福だった王ギューゲース*が、「この世でいちばん幸せな人間は誰か」とデルポイの神託に問うたところ、神は祖国のために戦死した某と、アルカディアー*の一隅で黙々と働く一介の農民の名とを答えたという話も伝わっている。

なお今日、ビトーンという名のヘレニズム時代の著述家が記した戦闘と攻城に用いる機械に関するギリシア語論文（前3～前2世紀頃）が現存する。
⇒アガメーデースとトロポーニオス
Hdt. 1-31/ Paus. 2-20/ Cic. Tusc. 1-47/ Val. Max. 5-4/ Plin. N. H. 7-46/ Vitr. 10-22/ Serv. ad Verg. G. 3-532/ Stob./ Hesych./ etc.

ビーナス　Venus
⇒ウェヌス

ピーネウス　Phineus, Φινεύς, （仏）Phinée, （伊）（西）Fineo, （葡）Fineu, （露）Финей, （現ギリシア語）Finéas

ギリシア神話中の男性名。

❶トラーキアー*（トラーケー*）のサルミュデーッソス Salmydessos, Σαλμυδησσός の王で予言者。父はポセイドーン*とも、アゲーノール*とも、その子ポイニクス❶*ともいう。神々の秘密を人間たちに暴露したために（異説あり）、

大神ゼウス*の怒りを被り、盲目にされたうえ、食事の度に女面鳥身の怪物ハルピュイア*たちに食物を汚され、かつ奪われてしまい、飢餓に瀕して苦しんでいた。アルゴナウテース*たち（アルゴナウタイ*）がコルキス*へ向かう途上、この地を訪れて、一行の中のカライス*とゼーテース*兄弟がハルピュイアイ*を退治してやり、その返礼としてピーネウスは英雄たちに目的地コルキスまで航行する方法を教えた。よく知られた説では、ピーネウスは後妻イーダイアー Idaia, Ἰδαία（ダルダノス*の娘）の讒言を信じて、先妻クレオパトラー Kleopatra, Κλεοπάτρα（ボレアース*の娘）が産んだ2人の息子たちの両眼を潰して投獄したせいで、上記の罰を神々から科せられたという ── イーダイアーは自分を強姦したと偽って継子たちを陥れたうえ、手ずから彼らの両眼を梭で抉り出したと伝えられる ──。クレオパトラーの兄弟たるカライスとゼーテースが、彼女とその息子たちを獄中から救い出すと、ピーネウスを殺して（または盲目にして）、その王座を甥たちに与えたとする所伝もある。それによると、実家に送り返されたイーダイアーは父ダルダノスによって処刑されたという。アスクレーピオス*はクレオパトラーの2子の視力を回復させてやったが、そのゆえにゼウスの雷霆に撃ち殺されたとの話も残っている。悲劇詩人ソポクレース*に今は失われた作品『ピーネウス』があった。

Ap. Rhod. Argon.1-211～, 2-273～/ Paus. 3-18, 5-17/ Soph. Ant. 969～/ Apollod. 1-9, 3-15/ Diod. 4-43～/ Ov. Met. 6-424～/ Hyg. Fab. 19/ Schol. ad Ap. Rhod. 2-181, -296～297/ Serv. ad Verg. Aen. 3-209/ Hesiod. Frag./ Schol. ad Pind. Pyth. 13-96/ etc.

❷エティオピア*王ケーペウス❶*の兄弟。姪アンドロメダー*（ケーペウスの娘）の婚約者だったが、怪物 Ketos, Κῆτος を退治したペルセウス*に彼女が与えられようとした時、これに反対して婚礼の式場に乱入、ためにペルセウスの見せたメドゥーサ*の首によって200人の部下とともに石と化せられた。なお、この乱闘の折に、美少年アティス Athis, Ἄθις（ガンゲース*河神の外孫）と念者のリュカバース Lykabas, Λυκάβας が、相次いでペルセウスに討たれ、折り重なって死んでいく場面を、オウィディウス*は美しく描き出している。

Apollod. 2-1, -4/ Ov. Met. 4-669～/ Aesch. Supp. 317/ Schol. ad Ap. Rhod. 2-178/ Hyg. Fab. 64/ etc.

ビバークルス、マールクス・フーリウス Marcus Furius Bibaculus, （伊）（西）Marco Furio Bibaculo

（前103頃～?）ローマ共和政末期のラテン詩人。クレモーナ*の出身。イアンボス調の風刺詩で、カエサル*やアウグストゥス*ら当時の有力者を揶揄する作品を書き、カトゥッルス*と並び称された。ガッリア戦争*を扱った大袈裟な詩（11巻以上）のゆえにホラーティウス*から非難され、また友人のカトゥッルスからは、「好色な陰間のフーリウスよ、男根を肛門に挿入してやるぞ、そして口にも含ませてやろう」などと詩中でからかわれている。作品はわずかな引用断片のみ伝存。

Suet. Gramm. 11/ Tac. Ann. 4-34/ Quint. 10-1/ Hor. Sat. 1-10, 2-5/ Catull. 11, 16, 23, 26/ Macrob. Sat. 6-1/ etc.

ビブラクテ Bibracte, （露）Бибракта

（現・Mont-Beuvray）外ガッリア*のケルト系アエドゥイー*（ハエドゥイー*）族の首邑。標高2500フィートの丘陵上の要塞都市で、前58年カエサル*率いるローマ軍は、この近郊においてヘルウェーティイー*族を不意打ちし、老若男女を問わず殺戮して（25万人と伝える）ほぼ潰滅させた。前52年には、ここで開かれたガッリア諸部族の代表会議によって、ウェルキンゲトリクス*に対ローマ戦争の統帥権が確認された。のちアウグストゥス*は、住民を平地の新しい町アウグストドゥーヌム*（現・オータン Autun）へ移し、ここをアエドゥイー族の首都とした。

　全長5kmもの防塁に囲まれていたビブラクテの丘上要塞の跡が発掘調査されており、聖所や店舗、住宅などの所在が明らかにされている。

Caes. B. Gall. 1-23, 7-55, -63, -90, 8-1/ Tac. Ann. 3-43/ Mela 3-2/ etc.

ビブルス、マールクス・カルプルニウス Marcus Calpurnius Bibulus, （ギ）Mārkos Bibūlos, Μᾶρκος, Βίβουλος, （伊）Marco Calpurnio Bibulo, （西）Marco Calpurnio Bíbulo, （葡）Marco Calpúrnio Bíbulo

（前103頃～前48初頭）ローマ共和政末期の閥族派の政治家。カエサル*の政敵の1人。前65年の高等造営官、前62年の法務官、前59年の執政官のいずれにも、ユーリウス・カエサル*の同僚として出馬するが、いつの場合も強

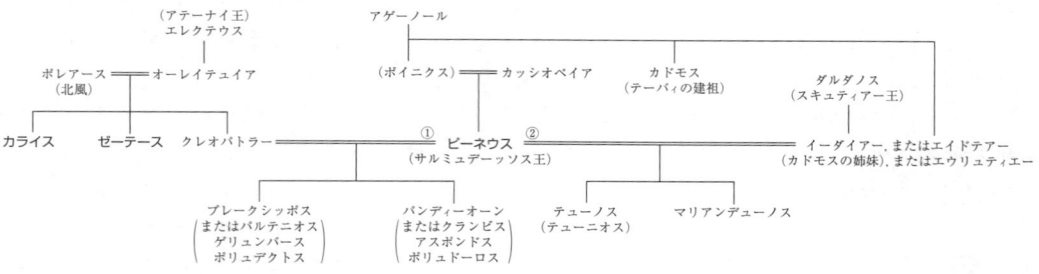

系図305　ピーネウス

力なカエサルには敵し得ず、その引き立て役に終始する。執政官在職中は、カエサルの農地法案が通過するのを阻止しようとして叶わず、糞尿の入った袋を群集から投げつけられて逃げ帰って以来、任期の終了するまで自宅に閉じこもり、ただひたすら毎日のように占いを立てて凶兆を宣言、カエサルに抵抗し続けた（前59年3～12月。凶兆が宣言されると、政務は中断され、一切が無効となる定めであった）。よって世人から「今年の執政官はビブルスとカエサルではなく、ユーリウスとカエサルだ」などと嘲弄され、執政官職終了後も属州総督（プロコーンスル）に任命されなかったため、ローマに留まってカエサルの妨害工作を続行、前52年にはますます増大するカエサルの勢力を削ぐべくポンペイユス*を異例の単独執政官に選出するよう提案する。前51～前50年にシュリア*総督として赴任、その到着までにカッシウス*が属州内に侵攻したパルティアー*軍を撃退していてくれたので、労せずして20日間の感謝祭を祝われる。内乱の勃発した前49年に帰国すると、ポンペイユスからイーオニアー海*の艦隊を指揮するよう委ねられ、カエサルがギリシアへ渡航するのを阻もうとして失敗。約30隻の船団を拿捕するにはしたが、それらがカエサルの軍団を輸送しおえた帰途のほぼ空っぽの船ばかりであったので、激昂した彼はこれら全船に火をつけ、船もろとも水夫や船長を焼き殺してしまった。航海の困難な冬のさなかにカエサル軍によって逆に上陸を阻まれ、寒気と必需品の欠乏に悩まされたあげく、軍中に発生した疫病に罹って前48年の初めに満たされぬ念（おも）いを残して死んだ。

生来ひどい癇癪持ちであったとされるが、他方、公正な判断力ももち合わせており、その一例として、2人の息子がエジプトでガビーニウス*の兵に殺された時、断腸の思いであったにもかかわらず、女王クレオパトラー7世*が送ってよこした殺害犯たちを、「処罰するのは私の務めではなく、元老院の仕事だ」と言って送り返したことがあげられる。

妻のポルキア*は小カトー*の娘で、3人の息子を産んだが、夫の病死後、末子ルーキウスLuciusを連れてM.ブルートゥス❷*（カエサル暗殺者）に再嫁した（⇒巻末系図056）。若くして父を亡くした末子ルーキウスは、カエサルの死（前44）後、継父ブルートゥスに与したため処罰者名簿proscriptio（プロスクリープティオー）に載せられたが、ピリッポイ*の戦（前42）後、アントーニウス*の側に移って復権し、艦隊の指揮官を経てシュリアの統治者（前34～前32）に任命され、オクターウィアーヌス*（のちのアウグストゥス*）とアントーニウスの和解を図りつつも、アクティオン*の海戦（前31）直前に没した。

⇒L.ルッケイユス

Suet. Iul. 9～10, 19～21, 49/ Plut. Caes. 14, Pomp. 47～48, 54, Brut. 13/ Caes. B. Civ. 3～5～18, -110/ Dio Cass. 41～48/ Cic. Att. 2-19～20, 12-32, Dom. 15, Brut. 77/ Oros. 6-15/ Val. Max. 4-1/ etc.

ビブロス Biblos
⇒ビュブロス

ヒベーリアー Hiberia
⇒イベーリアー

ヒベールス（河） Hiberus
⇒イベールス

ヒベルニア Hibernia, Hybernia（または、イベルニア Ibernia, Ivernia,（ギリシア名・イエルネー* Ierne, Ἰέρνη、または、イウーエルニアー Iuernia, Ἰουερνία),（仏）Hibernie,（独）Hibernien

（現・アイルランドIreland島）マッサリアー*（現・マルセイユ）の航海者を通じて早くからギリシア人に知られていた（前525）が、なかば伝説的な未開の島とされ、その住民は人肉を食い公然と母子間・兄弟姉妹間で交接すると信じられていた。この島はローマ人に占領されることなく、逆に後3世紀半頃から帝国の内乱に乗じて、住民スコーティー*族のブリタンニア*侵入が行なわれ、彼らはその地でローマ式の軍隊組織や防衛設備の構築法を習得した。なお、アイルランドの守護聖人パトリキウス Patricius,（英）（仏）（独）Patrick,（伊）Patrizio,（西）（葡）Patricio（後387頃～461頃）が全島から蛇を放逐したというキリスト教伝説があるが、それよりもずっと前にすでに蛇がこの地に棲息せぬことが報告されている。現代もアイルランドを指す雅語として、この名称が用いられることがある。

Strab. 4-201/ Mela 3-6/ Plin. N. H. 4-16/ Ptol. Geog. 2-2, 7-5, 8-3/ Caes. B. Gall. 5-13/ Tac. Agr. 24/ Arist. Mund. 3/ Diod. 5-32/ Avienius/ etc.

ヒポクラテス Hippocrates
⇒ヒッポクラテース

ヒポクラテース Hippocrates
⇒ヒッポクラテース

ヒミルコーン Himilkon, Ἰμίλκων,（ラ）**ヒミルコー** Himilco,（伊）Imilcone,（西）Himilcón,〔←（フェニキア語）Khimilkât〕

カルターゴー*人の男性名。

❶（前500頃）ガーデース*（現・カディス）から出航してヨーロッパ西岸を4ヵ月間、探索調査した航海者。ハンノー❶*と同時代の人物で、前480年より以前の出来事であろうと推定される。一部の学者は彼が難船で名高い大西洋の海域サルガッソーSargasso海に達したと考えている。

⇒エウドクソス❷、アウィエーヌス、ピューテアース

Plin. N. H. 2-67/ Avienius Ora Maritima 114～135, 380～389, 402～415/ etc.

❷（?～前396／395）カルターゴー*の将軍。ハンニバ

ル❷*の跡を受けてシケリアー*（現・シチリア）遠征軍の将となり（前406）、自らの息子を生きながら焼き殺して神に捧げたのち、アクラガース*を攻囲、陥落させ、続いてゲラー*、カマリーナ*を占領。シュラークーサイ*のディオニューシオス1世*と講和条約を結んで、シケリアー島南部すべてをカルターゴー領とした。前397年、再度シュラークーサイを攻めディオニューシオス1世を撃退してシケリアー島各地に軍を進めたが、陣中に疫病が広まったため、やむなく撤退し、故国へ帰ってのち邸内に閉じこもり自ら食を断って死んだ。

その他、若くして第3次ポエニー戦争*（前149〜前146）に活躍したヒミルコーン H. Phamaias ら同名の人物が幾人も伝えられている。

⇒レプティネース❷、マーゴーン❷、巻末系図034

Diod. 13〜14/ Just. 19-2/ Xen. Hell. 1-5, 2-2/ Polyb. 1-41〜/ Liv. 22-19〜, 23-12, -20, -30, 24-35〜, 28-20/ App. Hann. 29, Pun. 97, 100〜/ Zonar. 8-15〜, 9-27/ Eutrop. 4-10/ etc.

ヒーメラー Himera, Ἱμέρα（仏）Himère,（伊）Imera,（西）（葡）Hímera

（現・Imera）シケリアー*（現・シチリア）島北岸のギリシア都市。前649年頃、ザンクレー*在住のカルキス*人およびシュラークーサイ*からの亡命者らによって建設され、近くを流れる小川ヒーメラー Himera（現・Grande, または Imera Settentrionale）にちなんで名づけられた。抒情詩人ステーシコロス*やシケリアー王アガトクレース❶*の生地として知られる。

前483年、ヒーメラーの僭主テーリッロス Terillos は、アクラガース*の僭主テーローン*に追われて、女婿アナクシラース*（レーギオン*の僭主）の許へ逃れたのち、カルターゴー*の援助を求めたところ、総勢30万と称する大軍がハミルカル*の指揮のもと、シケリアー島へ派遣された。前480年、シュラークーサイの僭主ゲローン*は岳父テーローンを支援するべく、策略を用いてカルターゴーの艦隊を焼き払い、ヒーメラーの戦いで敵軍を殲滅。この日は奇しくもギリシア連合軍がサラミース❶*の海戦でアカイメネース朝*ペルシア*の大艦隊に勝利を収めたのと同じ日であったと伝えられる（9月29日）。前461年来、ヒーメラーはアクラガースから独立していたが、前409年にハミルカルの孫ハンニバル❷*率いるカルターゴー軍が報復のために攻め寄せ、町は劫掠され徹底的に破壊されて、捕虜となった3千人も虐殺された。かろうじて生き延びた市民は川の対岸、旧市の西方11kmの地に新しい町を築いた。ここは近くに温泉が湧いたので、テルマイ・ヒーメライアイ Thermai Himeraiai（Thermai Hīmeraiōn,〈ラ〉Thermae Himerenses）と呼ばれ（現・Termini Imerese）、次第にギリシア人が移り住むようになった。こうして第1次ポエニー戦争*（前264〜前241）までカルターゴー領であったにもかかわらず、町はすっかりギリシア化し、前361年にはのちにシケリアー王となるアガトクレースがこの地に呱々の声を上げている。

河口の港近くに位置する旧ヒーメラーの地からは、前480年のヒーメラーの戦勝を記念して建立されたと思われるドーリス*式神殿（55.91 m × 22.45 m）をはじめとする諸神殿や市壁の一部、直交する街路からなる計画的都市（前5世紀中頃）の遺構が発掘されている。

⇒巻末系図025

Herodot. 6-24, 7-165/ Pind. Ol. 12-2, Pyth. 1-79/ Thuc. 6-5, -62, 7-1, -58/ Strab. 6-272/ Diod. 11-20〜, -48〜, 13-4, -12, -59〜/ Plin. N. H. 3-8/ Mela 2-7/ Xen. Hell. 1-1/ Polyb. 1-24/ Paus. 3-19/ Ptol. Geog. 1-15/ Cic. Verr. 2-2-35〜/ It. Ant./ Scylax/ Suda/ etc.

ヒーメロス Himeros, Ἵμερος, Himerus,（伊）Imero,（西）Hímero,（露）Гимерот

ギリシアの「恋心」の擬人神。エロース*と同じく、女神アプロディーテー*の子で、優美の女神カリテス*（カリス*たち）らとともにオリュンポス*に暮らしている。プラトーン*によれば、ヒーメロスは恋する男が美少年を見つめる時に、歓喜とともに魂のうちに溢れ出る「恋慕の情」であるという。メガラ*のアプロディーテー神殿には、エロース、ポトス Pothos（欲情）と並んでヒーメロスの像が祀られていた（スコパース*作）。

⇒アンテロース

Hes. Th. 64, 201/ Paus. 1-43/ Pl. Phdr. 251c〜/ Lucian. Dial. D./ Anth. Pal. 12-54/ etc.

ヒュアキントス Hyakinthos, Ὑάκινθος, Hyacinthus,（英）Hyacinth,（仏）Hyacinthe,（独）Hyazinth,（伊）Giacinto,（西）（葡）Jacinto,（露）Гиацинт

ギリシア神話中、アポッローン*に愛された美青年。系譜はまちまちであるが、ふつうスパルター*の王子とされる。伶人タミュリス*の寵愛を受け、これがギリシア少年愛の最初の例となったという。また、アポッローンと西風の神ゼピュロス*（ないし北風の神ボレアース*）から求愛され、ヒュアキントスがアポッローン神との交わりを択んだため、嫉妬に狂った風神は、恋人たちが円盤投げに興じている最中、アポッローンの投じた円盤を吹き飛ばし若者の額に命中させて殺した。この時ヒュアキントスの流した鮮血から同名の花ヒアシンス（実はアイリス iris の一種）が咲き出で、その花弁にはアポッローンの嘆息の詞 AI AI（ああ！）、もしくはヒュアキントスの頭文字 Y（ユープシロ

系図306 ヒュアキントス

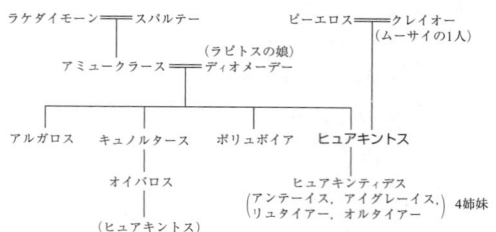

ン）が模様となって現われたという（⇒大アイアース）。

ヒュアキントスは元来ギリシア先住民の尊崇した植物の精霊神であり、のちアポッローン信仰に吸収され、毎年7月の初め3日間にわたりスパルター市南方のアミュークライ*でヒュアキンティア Hyakinthia,（ラ）Hyacinthia 祭が盛大に祝われるようになった。この祭礼はローマ帝政期に至るまで永く挙行され、英雄神 heros ヒュアキントスの墓における服喪や、アポッローン神に捧げる音楽、行列、競技などが開催された。

なお、ヒュアキントスの父とされるアミュークラース Amyklas や、兄に当たるキュノルタース Kynortas もまた、アポッローンから愛されたという。
⇒キュパリッソス、クロコス
Apollod. Bibl. 1-3-3, 3-10-3/ Paus. 3-1, -19/ Herodot. 9-7/ Eur. Hel. 1469〜/ Ov. Met. 10-163〜219/ Hyg. Fab. 271/ Serv. ad Verg. Ecl. 3-63, Aen. 11-69/ Lucian. Dial. D. 14/ Nonnus Dion. 19-101/ Philostr. Imag. 1-24/ etc.

ヒュアデス Hyades, Ὑάδες,（独）Hyaden,（伊）Iadi,（西）Híades,（露）Гиады,（〈単〉ヒュアス Hyas, Ὑάς）

（「雨をもたらす女たち」の意）雄牛座（ラ）Taurus の頭部にあるV字形の星団。ラテン名・スクラエ Suculae（漢名・畢宿、和名・雨降り星）。太陽とこの群星の出が同時刻になった10月17日頃に雨季が始まり、没が同時刻の4月12日頃に雨季が終わると信じられていた。ギリシア神話では、通常アトラース*とオーケアニデス*の1人（プレーイオネー Pleïone、またはアイトラー Aithra）の間に生まれた5人ないし7人の娘たちで、幼いディオニューソス*をニューサ Nysa 山で養育したことになっている。ヘーラー*の怒りを怖れて、幼神をイーノー*に託し、祖母テーテュース*の許へ逃れたという。魔女メーデイア*によって若返らされたが、のち兄のヒュアース Hyas が狩猟中に獣（雌獅子、毒蛇ともいうが、ふつう野猪）に殺されたことを悼んで自殺し、ゼウス*の手で星に変えられた。一説では、彼女らはアテーナイ*王エレクテウス*の娘たちで、1人が父王によって生贄に供されたため、他の姉妹らも自害して星になったと伝えられる。（⇒巻末系図 014）
⇒プレイアデス、コローニス❹
Hom. Il. 18-486/ Apollod. Bibl. 3-4-3/ Hyg. Fab. 182, 192, 248, Poet. Astr. 2-21/ Ov. Fast. 5-164〜, Met. 3-314, 7-295/ Cic. Nat. D. 2-43/ Hes. Op. 615/ Serv. ad Verg. Aen. 1-748/ etc.

ピュアネプシア（ピュアノプシア）祭 Pyanepsia, Πυανέψια,（Pyanopsia, Πυανόψια）,（仏）Pyanepsies,（独）Pyanepsien,（伊）Pianepsie,（西）Pianepsias

アテーナイ*でピュアネプシオーン Pyanepsion の月（現在の10〜11月）の7日に行なわれるアポッローン*の祭礼。テーセウス*一行がクレーター*島から帰還した日を記念して創設された収穫祭で、その名称は、彼らがこの折、豆類 pyanos を煮て食べたことに由来する。初穂として神前に供えた煮豆を家中の者が食べ、また様々な種類の初実・初穂を吊したオリーヴの枝エイレシオーネー Eiresione, Εἰρεσιώνη を持ち歩いて、アポッローン神殿の門扉や家々の戸口に掲げた。一説にこの祭式は、ヘーラクレイダイ*一族がアテーナイ人から豆料理でもてなされたことにちなんで起こったのだともいう。
⇒ディオニューシア（❺オースコポリア）、タルゲーリア
Plut. Thes. 22/ Ath. 9-408a/ Clem. Al. Strom. 4-474/ Eust. Il. 22/ Hesych./ Harp./ Suda/ etc.

ヒュエレー Hyele
⇒エレアー

ヒュカラ Hykara, Ὕκαρα, Hycara
⇒ヒュッカラ

ヒュギエイア Hygieia, Ὑγίεια,（イオーニアー*方言）Hygieïē, Ὑγιείη, Ὑγεία, Ὑγία, Hygiea, Hygea, Hygia,（英）Hygeia,（仏）Hygie,（独）Hygeia,（伊）Igea,（西）（葡）Higía,（露）Гигиея

ギリシアの「健康」を擬人化した女神。アスクレーピオス*（〈ラ〉アエスクラーピウス*）の娘（時に妻）とされ、彼とともに崇拝されていた。古くはシキュオーン*近郊で信仰が始まり、アテーナイ*には前420年頃に導入され、それまでは女神アテーナー*の称号の1つとされ、アクロポリス*にアテーナー・ヒュギエイアの神像が祀られていた。これは前門プロピュライア*建築中（前437〜前433）に工人が墜落して重態に陥り医者にも見放された時に、ペリクレース*の夢に女神が現われて治療法を教えたので、工人は奇跡的に癒え、その記念に建てられた青銅像という。ヒュギエイアはやがてアスクレーピオスの眷属中第1の位を占めるようになり、前293年にはアスクレーピオスと一緒にエピダウロス*からローマへその崇拝が伝えられ、ほどなくサルース*と同一視されるに至った（前180頃）。「ヒッポクラテース*の誓い」の冒頭には、アスクレーピオスに次いでヒュギエイアの名が見え、また彼女の他にパナケイア Panakeia（すべてを癒やす女神）やイアーソー Iaso（治癒・医療の女神）らもアスクレーピオスの娘として信仰された。美術ではヒュギエイアはヴェールを被り、蛇と盃を手にした姿で表わされることが多い。彼女の名から後世、衛生学を意味する語（〈英〉hygiene,〈仏〉hygiène,〈独〉Hygiene,〈伊〉igiène,〈西〉igiene）が派生した。
⇒マカーオーン、ポダレイリオス、サルース
Paus. 1-23, 2-11, 3-22, 5-20/ Plut. Per. 13/ Liv. 40-37/ Plin. N. H. 34-19, 35-40/ Herond. 4-4, -19/ Vitr. De Arch. 1-2-7/ Ath. 15-692〜693/ Orph./ etc.

ヒュギーヌス

ヒュギーヌス Gaius Julius Hyginus, (仏) Hygin, (伊) Igino, (西) Higino, (露) Гигин

(前64頃～後17頃) ローマ帝政初期の学者。ヒスパーニア*の出身、あるいは若い頃カエサル*によってローマに連れて来られたアレクサンドレイア❶*の人。アウグストゥス*帝の解放奴隷。詩人オウィディウス*の親友。皇帝によってパラーティウム*の図書館の司書に任ぜられる。博識で歴史、宗教、農業、伝記、考証学に関する書物の他、ウェルギリウス*の注釈書など広範囲にわたる多数の作品を著わしたが、わずかな引用断片を除いてすべて失われた ── 著書の中には、トロイアー*以来の古いローマ人の諸家についての研究や、イタリア諸都市の起源と故事にまつわる論考などが含まれていた ── 。一説に皇帝の不興をかい、友人たちの援助を蒙りながら貧窮のうちに死んだという。

彼の名のもとにギリシア・ローマ神話伝説に関する次の2作が伝存するが、いずれもローマ帝政中・後期 (2～4世紀) の別人の手になったものと見なされている (ただし両書とも同一人物 Hyginus Mythographus の著作)。

○『神話集 Fabulae (または『系譜集』 Genealogiae)』277篇。ギリシア語文献から翻案・編集した神話伝説の概説書。モイロス Moiros (ラ) Moerus とセリーヌーンティオス Selinuntios (ラ) Selinuntius の友情譚 (太宰治『走れメロス』の種本。⇒ダーモーンとピンティアース) をはじめ、七賢人や七大不思議の話、肉親殺害者や近親姦を犯した人たちの話、動物に養育された者たちの話、冥界から許しを得て現世に戻った人々の話等々、興味深い物語が多く集められている。

○『星学 De Astronomica (または『天文詩』 Poetica Astronomica)』4巻。エラトステネース*らギリシア語資料をもとに編纂した天文学・星宿についての手引書 (未完)。43の星座リストとそれらの星座にまつわる数々の神話伝説が語られている。

なお、他にもトライヤーヌス*帝の治下に土地測量などに関する諸作品を書いたヒュギーヌス・グローマティクス Gromaticus (後103年頃に活動) がいるが、彼に帰せられる要塞築城術などの本は、やはり後代の別人の作である (3世紀頃)。

Ov. Tr. 3-14/ Suet. Gram. 20/ Macrob. Sat. 1-7, 3-4, -8, 5-18/ Serv. ad Verg. Aen. 1-281, -534, 5-389/ Gell. 1-21, 5-8/ Columella. Rust. 1-2/ etc.

ピュグマイオイ (族) Pygmaioi, Πυγμαῖοι, Pygmaei, (英) Pygmies, (仏) Pygmées, (独) Pygmäen, (伊) Pigmei, (西) Pigmeos, (露) Пигмеи, 〈単〉ピュグマイオス Pygmaios, Πυγμαῖος, Pygmaeus)

(「1 ピュグメー pygme = 約33cmしか背丈のない者」の意) ギリシアよりはるか南方のアフリカ奥地、エティオピア、インド、あるいはスキュティアー*に住むとされた矮小な人種。古くから鶴 (ないし鸛) との戦闘で名高く、『イーリアス*』によると、鶴 (鸛) の群れは毎年、冬になると南のオーケアノス*(大洋)へ向かって飛び去り、ピュグマイオイ族の国に渡って彼らを殺戮するという。後代の伝承では、ピュグマイオイの王妃オイノエー Oinoe は自分の美貌を誇るあまりに女神ヘーラー*とアルテミス*を蔑したため、その報いとして鶴 (鸛) に姿を変えられ、同族の小人たちと戦うよう運命づけられたということになっている。ピュグマイオイ族はまた大地 (ガイア*) から生まれたとされ、巨人アンタイオス*を倒したあと眠りこんでいた英雄ヘーラクレース*を目がけて攻撃をかけたところ、目を覚ました英雄は笑いながら獅子の皮に矮人たちをくるむと、エウリュステウス*王のもとへ持ち帰ったとの話も伝わっている。史家ヘーロドトス*はサハラ砂漠を越えたアフリカ奥地 (現・ニジェール付近) に住む小人族について言及し、ヘカタイオス❶*は彼らの居住地を南エジプトに、クテーシアース*やメガステネース*らは中部インドに置いている。ピュグマイオイは羽毛と卵の殻を混ぜ合わせた泥で小屋を建て、小形の羊に変装したり、羊や山羊に跨って鶴 (鸛) と闘いを交え、その卵や巣を破壊すると一般に信じられていた。アリストテレース*は、「彼らはナイル河の水源に近い地下の洞穴に住み、小麦を刈り取るのにあたかも森を伐り倒そうとするかのように斧をふるった」と述べている。大プリーニウス*は、アジアとアフリカに住む小人族について語っており、それらはいわゆる近代のネグリート Negrito およびネグリロ Negrillo (ピグミー*) に相等すると考えられる。前3千年紀のエジプト美術にすでに彼らは登場し、ギリシアの陶画などでは矮軀だが巨大な男根の持ち主として表現されている。

⇒ブレミュエース、キュノケパロイ、トローグロデュタイ
Hom. Il. 3-5～/ Herodot. 2-32/ Arist. Hist. An. 8-12 (597a)/ Ov. Met. 6-90～/ Ant. Lib. Met. 16/ Ath. 9-393e/ Plin. N. H. 4-11, 5-29, 6-35, 7-, 10-30/ Mela 3-8/ Strab. 1-35, 17-821/ Eust. Il. 3-3～/ etc.

ピュグマリオーン Pygmalion, Πυγμαλίων, (伊) Pigmalione, (西) Pigmalión, (葡) Pigmaleão, (露) Пигмалион, (現ギリシア語) Pigmalíon, 〔←フェニキア語・Pumay'elyon〕

ギリシア伝説中のキュプロス*島の王。アマトゥース*の女たちの乱行を見て女性を嫌悪し、ながく独身を保っていたが、やがて自分の造った象牙製の女人像に深く恋着するようになる。祭礼の折に愛の女神アプロディーテー*に祈ったところ、女神は彼の願いを聞き届けて彫像に生命を与えた。そこで王はこれと結婚して1子パポス* (同名の市の名祖) を儲けたという (⇒ガラテイア❷)。一説に彼が彫ったのはアプロディーテーの像であったとされる。また近代の心理学、性科学用語 Pygmalionismus (人形愛・偶像愛・自作物質愛、ピグマリオニズム) は彼の名前に由来している。この神話は殊に18世紀以降の西欧文芸の世界で好んで採りあげられ、絵画や彫刻の主題となったほか、『ピュグマリオン』と題するルソーの音楽劇 (1770) やジョージ・バーナード・ショーの戯曲 (1913) が作られて成功を収めた。ピュグマリオーンはおそらく、キニュラース*と同様

に、アプロディーテー・アスタルテー*を奉ずる神官王で
あったと思われる。
　なお、ベーロス*の息子で、姉妹ディードー*の夫を殺し
た残忍・強欲なテュロス*王も、ピュグマリオーン（〈フェ
ニキア語〉Pū'mayyatōn）と呼ばれている（在位・前831頃～前
785頃）。
Ov. Met. 10-243～/ Apollod. 3-14-3/ Clem. Al. Protr. 4-57/ Verg. Aen. 1-343～/ Hyg. Fab. 142/ Just. 18-4/ Joseph. Apion 1-18, J. A. 8-5/ etc.

ビューザンティウム　Byzantium
⇒ビューザンティオン（のラテン語形）

ビューザンティオン　Byzantion, Βυζάντιον, Byzantium, 〈仏〉Byzance,〈独〉Byzanz,〈伊〉Bisanzio,〈西〉Bizancio,〈葡〉Bizáncio, Bizâncio,〈露〉Цариград,（古くはリュゴス Lygos, Λύγος）

（のち〈ラ〉コーンスタンティーノポリス*, 現〈トルコ語〉イスタンブル İstanbul,〈現代ギリシア語〉Konstandhinupolis）ヨーロッパの東端、トラーキアー*（トラーケー*）のボスポロス❶*海峡に臨むギリシア系植民市。伝説上の名祖ビューザース Byzas は、ポセイドーン*とケロエッサ Keroessa（ゼウス*とイーオー*の娘）の子で、父神とアポッローン*神の助けを得て、ビューザンティオンを創建したという。前668年（前659年など異説あり）、メガラ*市は「盲人の町の向かいに新市を築け」とのデルポイ*の神託にしたがって、カルケードーン*の対岸に当たるこの地にドーリス*系ギリシア人の植民市を建設。ビューザンティオンは黒海の入口を扼する戦略上、また交易上きわめて重要な場所に位置していたため、めざましい発展を遂げた。アカイメネース朝*ペルシア*に臣従したが、イオーニアー*の反乱（前500～前493）に与した罰としてダーレイオス1世*の命で破壊され、前478年スパルター*の提督パウサニアース*の指揮下に再び植民が行なわれて、アテーナイ*とスパルターから多数が移住。以来この2大ポリス polis の勢力角逐の舞台となる。前472年頃アテーナイのキモーン*（ミルティアデース*の子）によって占領されたものの、2度にわたりデーロス同盟*からの離反を企て（前440～前439、前411～前408）、スパルター側に復帰。アテーナイの美丈夫アルキビアデース*は策略で町を取り戻した（前408）が、3年後には再びスパルターの提督リューサンドロス*の手に渡った（前405）。

　スパルター支配下の前400年には、1万人の退却*軍の略奪を被りそうになるも、クセノポーン*の巧みな説得でかろうじて事無きを得ている。前390年トラシュブーロス*が民主政を回復して以降、アテーナイの影響下に入り、再びこれと同盟を締結（前378／377）。エパメイノーンダース*のスパルター側に呼び戻そうとの試みに抵抗したのち、市はロドス*、キオス*らと組んでアテーナイ第2次海上同盟からの独立を企図（前357）。しかるにマケドニアー*王ピリッポス2世*の攻撃を受けるや、アテーナイに救助を求め、将軍ポーキオーン*の来援でマケドニアー軍は余儀なく包囲（前340～前339）を解いた。この時に出現した奇蹟的な閃光にちなんで、市は松明を持つ女神ヘカテー*の祭壇を築き、三日月と星を貨幣に刻印、この象徴はのちイスラーム圏に伝わり、トルコの紋章などに用いられて今日に及んでいる。

　アレクサンドロス大王*の死（前323）後、ビューザンティオンは自治を獲得し、続く前3世紀にはスキュタイ*やケルト*人（ガラティアー*人）の侵寇をもよく阻んだ。前2世紀以来ローマの盟邦となったため、帝政期に入ってからも自由市という特権的地位を享受したが、ペスケンニウス・ニゲル*を支持したせいで、セプティミウス・セウェールス*帝の震怒を買い、後193年夏から3年近くに及ぶ攻囲を受けたのち、人肉相食む惨状の裡に降伏。虐殺と劫略の末、市は灰塵に帰した（196）。しかし、すぐに新しい都市が再建され、市域も拡大されて往年の繁栄を回復、アントーニア・アウグスタ Antoninia Augusta と称する競技祭も3世紀のはじめから開催されるようになった。次いでゴート*族らの来襲（268）を海戦で撃退し、4世紀初頭には防壁も強化。コーンスタンティーヌス1世*に至り、ローマ帝国の新都に選定され（324年11月）、330年5月11日の遷都以降、壮麗な建造物の林立する大都市コーンスタンティーノポリス*として面目を一新するのである。

　古代ギリシア時代の遺跡は、その後も都市として発展し続けたので、ほとんど残っていないが、メガラ人が建てた当初のアクロポリス*は現在のトプカプ宮殿の後宮（ハレム）あたり、アゴラー*はアヤ・ソフィア Aya Sofya 教会の近辺であったであろうと推定されている。
⇒メセーンブリアー、プロポンティス（マルマラ海）
Herodot. 4-87, -144, 5-26, -103, 6-5, -26, -33/ Xen. Hell. 1-3, 2-2, An. 7-1/ Diod. 4-49, 12-82, 13-67/ Plin. N. H. 4-11/ Thuc. 1-94, -117/ Plut. Alc. 31/ Dio Cass. 75-12/ Vell. Pat. 2-15/ Just. 9-1/ Lydus Mag. 3-70/ Strab. 7-320/ Polyb. 4-39/ Tac. Ann. 12-62～/ Euseb. Chron./ Auson. Ordo Nob. Urb. 13/ Zosimus 2-30/ Steph. Byz./ etc.

ピュータゴラース　Pythagoras, Πυθαγόρας,〈仏〉Pythagore,〈伊〉Pitagora,〈西〉〈葡〉Pitágoras,〈露〉Пифагор,〈現ギリシア語〉Pithaghóras,〈和〉ピタゴラス

❶（前582／581頃（または前572頃）～前497／496頃）
ギリシアの哲学者・数学者・宗教家。イタリア派哲学の創始者。サモス*の名門の出身。アポッローン*神の落胤で、容姿きわめて端麗、黄金の腿をもち、同日同時刻に遠く離れた場所に姿を現わすことができたと伝えられる。エジプトはじめオリエント各地を旅行して先進文明を修得、自らを「愛知者 philosophos, φιλόσοφος（ピロソポス）（＝哲学者）」と名乗る最初の人物となった。サモスに帰国するが、前530年頃、僭主ポリュクラテース*の暴政を厭い、南イタリアのクロトーン*へ移住。自身の教説に基づく宗教的結社ピュータゴラース教団 Pȳthagoreioi, Πυθαγόρειοι を組織し、多数の

門弟を擁して政治を左右するほどの勢力を築いた。霊魂の不滅や輪廻転生、死後の応報を説き、解脱を得るために肉食の禁止や無言の行などの戒律を課した。彼は自己の前生を記憶しており、ヘルメース*の子アイタリデース*やトロイアー戦争*時のエウポルボス*、哲学者ヘルモティーモス❶*らの肉体に生まれ変わって来たと主張、また別の生では売春婦、漁師、雄鶏、孔雀だったこともあると語った。打たれている犬の鳴き声から、その犬が死んだ友人の転生した姿であると認知したともいう（⇒オルペウス教）。教義は秘伝で書物を著わさなかったが、数学や音楽を深く研究し、「ピュータゴラースの定理（ラ）Theorema Pythagorae」や音階のもつ数的関係を発見（「ピュータゴラースの定理」は早くよりバビュローニアー*人の間で用いられており、彼はそれをギリシア世界へ導入したに過ぎないが）、万物の根源 arkhē, ἀρχή を「数」に求めるに至った。天文学の分野では、地球は球体で自転しており、なおかつ宇宙の中心たる火の周囲を一定の数学的法則に従って回転していると説いた（前532頃）。友愛をきわめて重んじ、「友のものは共有」、「友は第2の自己」という言葉をはじめて揚言、その慈愛で熊や牛などの動物をも教化し、渡河の際には河神から「ようこそ、ピュータゴラース」との挨拶を受け、漁師たちにはまだ網が海中から大漁の獲物を引いている最中に魚の数をぴたりと予言してみせたと伝えられている。のち、ミローン*の屋敷で会合中、政敵の焼き討ちを受け、弟子たちが体を組み合わせて作った人橋を渡って火中を逃れたが、行く手をさえぎる豆畑を踏み荒らすのを拒否、「むしろここで死のう」と言って、弟子たちもろとも捕らわれ、殺されたという（80歳ないし90歳）。異伝では、メタポンティオン*（メタポントゥム*）へ移った後、その地で40日間食を断って自ら餓死したとされている。ピュータゴラース教団は、師の没後、反対党の陰謀により離散し、各地へ亡命（前5世紀中頃）、やがてタラース*（タレントゥム*）を中心として活動を続けるようになったものの、学派と教派に分裂し漸時弱体化、前300年頃消滅した。なお彼らは、幾何学よりも数論を重視し、数学的理論を音響学や天文学説に適用、発展させた。ローマ帝政期に新ピュータゴラース派 Neopythagoreioi が再興され、数秘学や降神術 theūrgiā の分野で活躍、グノーシス*主義を通してキリスト教思想にも大きな影響を及ぼした。

なお、ピュータゴラースにはテアーノー*という妻（女弟子とも）があったが、ある時彼女から「男と交わって何日たてば清浄な体になりますか」と問われて、彼は「夫とならばすぐさま、他の男とならばいつまでたっても」と答えたという。また彼がトラーケー*（トラーキアー*）のザモルクシス Zamolksis なる若者を愛して、天文学や秘儀を伝授したため、この青年はゲタイ*人の間で神のごとく崇拝されるようになり、5年目ごとに1人の男を彼のために槍で貫いて犠牲にささげる風習が行なわれていたことが知られている。

同名の弟子サモスのピュータゴラースは、貧しいが肉体美の運動選手だったのを、体育館で師に見初められ、生活の面倒一切をみて貰いつつ学問を教わり、師と一緒にサモスを出国。のち肉体の鍛錬法や体育選手の肉食食餌法の指南書を著わしたという。

⇒ピロラーオス、アルキュータース、ヒッパソス、ダーモーンとピンティアース、ペレキューデース、エンペドクレース、ティーマイオス❶、アルクマイオーン、リューシス❷

Herodot. 4-95/ Diog. Laert. 8-1〜/ Euc. 1-47/ Cic. Tusc. 5-3, Nat. D. 1-5/ Hyg. Fab. 112/ Ov. Met. 15-60〜/ Gell. 9-11/ Plin. N. H. 2-20, 25-5/ Ael. V. H. 2-26, 4-17/ Iambl. De Vita Pythagorica/ Porph. De Vita Pythagorica/ etc.

❷（後1世紀）ローマ皇帝ネロー*の寵愛した解放奴隷。後64年、アグリッパ*池畔の盛宴が終わって数日後、ネロー帝は正式の手続をふんでピュータゴラースと結婚。緋色のヴェールで頭をおおい持参金を携えて、公然とこの男色相手の花嫁となった。

⇒ドリュポルス、スポルス、ティゲッリーヌス

Tac. Ann. 15-37/ Dio Cass. 62-28, 63-13/ etc.

❸（前490頃〜前448頃活躍）ギリシアの彫刻家。サモス*島に生まれ、のち南イタリアのレーギオン*（レーギウム*）へ移住（前494年のサモス陥落時に）。青銅彫刻家として名を馳せ、筋肉や血管、頭髪などを写実的に表現、競作ではかの巨匠ミュローン*をも破ったという。ギリシア本土からも注文を受け、「巨蛇ピュートーン*を射殺すアポッローン*」はじめ、「林檎を持つ男の裸像」、各種の運動競技者像など数多くの名作を残したが、彼自身の手になる作品は今日1つも伝存しない。古代において彼は、リズムとシンメトリーの法則を最初に発見し、彫刻の中に写実主義を採り入れた人と評されていた。

⇒カラミス

Plin. N. H. 34-19/ Paus. 6-4, -6, -7, -13/ Diog. Laert. 8-46〜47/ Dio Chrys. Or. 37/ etc.

ヒュダスペース（河）　Hydaspes, Ὑδάσπης,（仏）Hydaspe,（伊）Idaspe,（サンスクリット語）Vitastā, Vetastā,（カシミール語）Vyeth（現・〈ヒンディー語〉Jhelam, Jhelum ないし Jehlam,〈パンジャーブ語〉Shahmukhi）インドス*（インダス）河の5大支流のう

系図307　ピュータゴラース

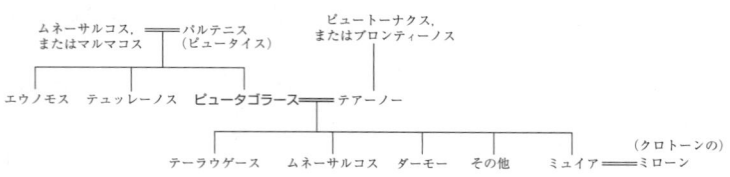

ち最大の河川。全長 774 km。前 326 年 5 月、東征を続けるアレクサンドロス大王*は、この河畔で象軍を率いるポーロス*王と戦って勝利を収め、ポーロスを生け捕りにした（ヒュダスペース河畔の会戦）。

この河畔には巨大な樹木や蛇、猿、鰐など大型の動植物が育ち、住民たちは姿形のいちばん美しい者を王に選ぶ慣例があって、男はできるだけ美しく見せようと髪や衣服に気をつかい、鬚や着衣を色とりどりに染めていたという。また当時から夫が死ぬと妻も同じ荼毘の火中に投身して殉死する風習があったことも伝えられている。
⇒ブーケパレー、タクシレース
Mela 3-7/ Plin. N. H. 6-23/ Curtius 4-5, 8-12～14/ Strab. 15-691～/ Plut. Alex. 60～/ Arr. Anab. 5-3～, Ind. 3～4, 18～19/ Mela 3-7/ Ptol. Geog. 7-1/ Dionys. Per./ Hor. Carm./ Nonnus 26-350/ Diod. 17-96/ etc.

ヒュッカラ Hykkara, Ὕκκαρα, Hyccara, (Hykara, Ὕκαρα, Hycara), (独) Hykkara

（現・Carini）シケリアー*（現・シチリア）島北岸の港湾都市。パノルモス*（現・パレルモ）の西 24 km。シカノイ*族によって建設さる。ペロポンネーソス戦争*中の前 415 年、アテーナイ*軍に占領され、市民は奴隷として売り払われた。その中にアルキビアデース*の情婦で名妓ラーイス*の母たるティーマンドラー Timandra も含まれていた。伝説上の建祖は、王コーカロス*。
Thuc. 6-62, 7-13/ Plut. Alc. 39, Nic. 15/ Ath. 13-589/ Paus. 2-2/ Diod. 13-6/ Steph. Byz./ It. Ant./ etc.

ピュッリス Phyllis, Φυλλίς, (伊) Filide, (西) Filis, (葡) Filis, (露) Филлида

ギリシア神話中、トラーケー*（トラーキアー*）の王シートーン*もしくはリュクールゴス❷*の娘。テーセウス*の子アカマース*あるいはデーモポーン❶*がトロイアー戦争*から帰国する途上、同地に辿り着きピュッリスと愛し合う仲となったが、一定期日までに戻ると約束してアテーナイ*へ帰国したまま戻って来なかったので、捨てられたと思った彼女は自殺（縊死もしくは投身）し、神々によって巴旦杏の木に変えられた。その後トラーケーへ帰って来た恋人がその木を抱擁したところ、時ならず緑の葉が芽生え、花が咲いたという。デーモポーン❶の項を参照。
Lucian. De Saltat. 40/ Tzetz. ad Lyc. 495/ Ov. Her. 2, Ars Am. 3-57/ Hyg. Fab. 59, 243/ Apollod. Epit. 6-16/ etc.

ヒュッロス Hyllos, Ὕλλος, Hyllus, (伊) Illo, (西)(葡) Hilo, (露) Гилл

ギリシア伝説中、英雄ヘーラクレース*とデーイアネイラ*との長子。イオレー*の夫。父の死後、ミュケーナイ*王エウリュステウス*の迫害を受けて、他の兄弟とともに諸方をさまよい、アテーナイ*王テーセウス*（またはその子デーモポーン❶*）の許へ身を寄せた。ためにエウリュステウスはアテーナイに向かって進軍したが、ついに敗れてヒュッロスに討ち取られ、その首はアルクメーネー*（ヘーラクレースの母）の所へ送り届けられた。その後ヒュッロスは一家の長としてペロポンネーソス*への帰還を企図、しかるにデルポイ*の神託を誤って解釈し、再度半島への侵入を試みて、テゲアー*王エケモス Ekhemos との一騎討ちで斃れた。彼の子孫からスパルター*、メッセーネー*、アルゴス*などの諸王家が出た。なお彼がドーリス*王アイギミオス Aigimios の養子となり、アイギミオスの 2 人の息子デュマース Dymas、パンピューロス Pamphylos とその領土を分有したことから、ドーリスの 3 部族ヒュッレイス Hylleis、デュマーネス Dymanes、パンピューリオイ Pamphyloi の編成が生じたという（⇒巻末系図 017, 008）。
⇒ヘーラクレイダイ、イオラーオス
Paus. 1-32, -35, -41, 8-5/ Ap. Rhod. 4-538～/ Apollod. Bibl. 2-7-7, -7-8, -8-1～2/ Herodot. 6-52, 8-131, 9-27/ Thuc. 1-9/ Diod. 4-57～58/ Pind. Pyth. 1-62/ Eur. Heracl. 45/ Soph. Trach. 1114～/ Ant. Lib. Met. 33/ etc.

ピュッロス Pyrrhos, Πύρρος, Pyrrhus (Pyrrus), (伊)(西) Pirro

「赤毛の男」の意。

ギリシア伝説に登場するネオプトレモス*の別名。アキッレウス*（ネオプトレモスの父）も時にこの名で呼ばれることがあり、また彼が女装していた頃にはピュッラー Pyrrha（赤毛の女）と称していたと伝えられる。

なお、ギリシアの戦闘舞踏ピュッリケー Pyrrhikhe, Πυρρίχη（〈ラ〉Pyrrhicha）は、ネオプトレモスがトロイアー戦争*でテーレポス*の息子を討ち取った時に踊ったのが始まりだとされる。が、別伝ではこの舞踊の発明者は、幼児ゼウス*の番をしていたクーレース*たちの 1 人ピュッリコス Pyrrhikhos, Πύρριχος、またはコリュバンテス*、あるいはダクテュロイ*だともいう。
⇒アリストメネース
Paus. 1-4, 3-25/ Apollod. 3-13/ Serv. ad Verg. Aen. 2-469/ Just. 17-3/ Ov. Her. 8-3, Met. 13-155/ Hyg. Fab. 97, 123/ etc.

ピュッロス Pyrrhos, Πύρρος, Πύρρος, Pyrrhus (Pyrrus), (伊)(西)(葡) Pirro, (露) Пирр, (現ギリシア語) Píros

（前 319～前 272）エーペイロス*王（在位・前 307 頃～前 303 頃、前 297～前 272）。アイアキデース*の息子。したがってアレクサンドロス大王*の再従弟（⇒巻末系図 028）。

大王の死後、彼の父アイアキデースがマケドニアー*の内訌に介入したことから、カッサンドロス*（マケドニアーの摂政アンティパトロス*の子）の侵入に遭い、2 歳の彼は臣下に擁されて辛うじてイッリュリアー*に逃れた。その地の王グラウキアース Glaukias に養育され、12 歳の時、同王の支援で帰国し即位したが、再び追われて義兄デーメートリオス 1 世*（姉デーイダメイア Deidameia の夫）の許へ身を寄せた（前 302）。イプソス*の戦い（前 301）に従軍

して敗れ、プトレマイオス1世*の人質となりエジプトへ渡る。王妃ベレニーケ1世*の知遇を得て、その娘アンティゴネー Antigone と結婚、プトレマイオス1世の後援でエーペイロスに帰り、再従兄弟ネオプトレモス2世*と共同統治するも、ほどなくこれを暗殺して単独支配者となる（前296頃）。さらにマケドニアー王室の内紛（⇒アレクサンドロス5世）に干渉して勢力を扶植し、マケドニアーの支配者ともなる（前294～前286）。西部ギリシアにおける領土拡大を計り、義兄デーメートリオス1世を追って7ヵ月間、リューシマコス*（アレクサンドロス大王の遺将）とマケドニアーを共治した（前287～前286）── 姉デーイダメイアが死に、妻ラーナッサ Lanassa, Λάνασσα（シュラークーサイ*王アガトクレース*の娘）がデーメートリオス1世と再婚して以来、元の義兄弟は不仲になっていたのである（巻末系図047，028）── 。

前283年、リューシマコスの策謀でマケドニアーを去り、エーペイロスへ帰るが、天性武事を好み「第二のアレクサンドロス」たらんと志す王は、前281年ローマ*に圧迫されたタラース*（タレントゥム*）市の要請に応じてイタリアへ渡り、ヘーラクレイア❶*で執政官（コーンスル）の P. ワレリウス・ラエウィーヌス Valerius Laevinus が率いるローマ軍を破った（前280）。この戦勝のために莫大な犠牲を余儀なくされ、由来、引き合わない勝利のことを「ピュッロスの勝利（英）Pyrrhic Victory」と呼ぶようになる。王はローマへ賢臣キーネアース*を派遣したが、講和は成立せず、翌年アスクルム❶*でローマ軍を再度撃破、しかし今回も損害がはなはだしく、「もう1度ローマ軍に勝つならば、我々は壊滅するであろう」と呟いたという。

次いでシケリアー*（現・シチリア）島でローマの同盟国たるカルターゴー*軍と戦い（前278）、これを駆逐してギリシア人諸市からシケリアーの王と称された。ところが前276年に再びイタリアへ渡り、ベネウェントゥム*で執政官の M'. クリウス・デンタートゥス*率いるローマ軍に大敗（前275）、やむなく当初の三分の一以下に減った軍隊を連れてエーペイロスへ帰った（前274）。

さらにギリシアの覇権をめぐってマケドニアー王アンティゴノス2世*と争い、これを敗走させて再びマケドニアーの王となる（前273）。ペロポンネーソス*半島に出征したが（⇒クレオーニュモス）、スパルター*攻撃に失敗した後、アルゴス*へ攻め入って市街戦の最中、老女の投げつけた瓦に命中してあえない最期を遂げ、首級はアンティゴノス2世のもとへ届けられた。彼の死後、疲弊したエーペイロスは衰えた。

ピュッロスは美貌で勇敢な君主であり、優れた将器であった。軍事に関する書物を著し（散逸）、政略結婚を数回繰り返した。彼の右足の親指には脾臓を癒す霊力があり、遺骸を火葬にしてもその指だけは焼けなかったという。また彼の上顎の歯は分かれておらず一続きの骨になっていたとも伝えられる。外征に熱心であった反面、エーペイロスのギリシア文明化を完成させ、ドードーナー*の大劇場（テアートロン*）などの建築物を造営した。

長男プトレマイオス Ptolemaios（前295～前272。母はアンティゴネー）はアルゴスで戦死したので、ラーナッサの産んだ息子アレクサンドロス2世*が王位を継いだ。
⇒ファブリキウス・ルスキヌス、巻末系図027
Plut. Pyrrh./ Just. 17～18, 23-3～, 25-3～/ Liv. Epit. 13～14/ Paus. 1-10, -11, -13, 4-35/ Plin. N. H. 7-2, 8-6, 11-71, -77, 28-7, 37-3/ Vell. Pat. 1-14/ Diod. 19-88～/ Zonar. 8-4～/ Flor. 1-13, -18/ Eutrop. 2-7, -12～/ Aur. Vict. De Vir. Ill. 35/ Oros. 4-1/ App. Sam. 12/ Dion. Hal. 19-9～/ Dio Cass, Frag. 40/ Polyb. 7-4, 21-30/ Ael. V. H. 12-33/ etc.

ピュッローン　Pyrrhon, Πύρρων, Πύρρων, Pyrrho,（伊）Pirrone,（西）Pirrón,（葡）Pirro,（現ギリシア語）Píron

（前365／360頃～前275／270頃）ギリシアの哲学者。懐疑学派（ピュッローン主義）の祖。ペロポンネーソス*半島のエーリス*出身。はじめは貧しく、画家を生業としていたが、デーモクリトス*の書物を読んで哲学に惹かれ、スティルポーン*のメガラ*学派を学んだのち、アナクサルコス*の弟子となる。師とともにアレクサンドロス大王*の東方遠征に従い（前334～）、インドの裸形の賢人たち（ギュムノソピスタイ*）やペルシアのマゴス*僧（マゴイ*）らから懐疑論哲学を修得、帰国後エーリスにおいて隠遁生活を送りつつ学を講じた。人間の認識は相対的であり、真理を把握することはできないとし、「どんな主張にも必ず反対の主張が成立する」と論じて、事物に対する善悪・美醜・真偽の判断を中止すること（判断保留 epokhe, ἐποχή）を説いた。こうした独断論の放擲によって、人生の目的たる魂の平安アタラクシアー ataraksia ἀταραξία（「心のかき乱されない状態」）が得られると述べ、ギリシアにおける懐疑学派 Skeptikoi, Σκεπτικοί の創始者となった。航海中に嵐に遭って人々が狼狽していた時、船上で仔豚が無心に餌を食べ続けているのを見て、「賢者はこの仔豚のように平静な心をいつも保たなければならない」と言って乗客を元気づけたといい、負傷して切開や焼灼の処置がとられた際にも顔色ひとつ変えずに常に同じ平静な態度を保持。話をしている途中で相手が立ち去ってしまうことがあっても、彼は自分自身のために最後まで話をし続けたと伝えられている。すべては不確実と称して、路上で馬が突進して来ても動こうとはしなかったので、付き添っている友人たちが彼の身の安全を守らなくてはならず、また師のアナクサルコスが沼に落ちた時にも、彼は助けようとはせずに、そのまま通り過ぎて行った ── 後でアナクサルコスは彼の無関心ぶりをかえって賞讃した ── という。「死は確実な悪ではなく、生は不確かな善でしかない」と語った彼に、弟子の1人が「ではなぜ先生は死の方を択ぼうとなさらないのですか」と訊いた時には、「生と死の間に確実な違いがないからだ」と答えたという話も残っている。エーリス市民から深く尊敬されて神官長に任ぜられ、また彼の高徳のおかげで同市の哲学者は全員税金を免除されたという。90歳の長寿を完うして没したのち、エーリス市の広場（アゴラー*）にその肖像

が建てられたとされている。著作を残さなかったため、彼自身の教説は高弟のティーモーン❷*らの著述を通して伝えられ、ピュッローン主義の名で伝えられることになった。なお、彼の弟子の1人ナウシパネース Nausiphanes, Ναυσιφάνης は、エピクーロス*に哲学を教えて、デーモクリトスの原子論を紹介した人物として知られる。

　ギリシア懐疑論哲学は、ピュッローンやティーモーンらの古懐疑学派の後、アルケシラーオス*、カルネアデース*のアカデーメイア*学派（中期懐疑学派）を通じてローマのキケロー*にも影響を及ぼし、さらにアイネシデーモス*、セクストス・エンペイリコス*らの後期懐疑学派に至っている。

⇒アブデーラのヘカタイオス❷
Diog. Laert. 9-61～/ Cic. De Or. 3-17, Tusc. 2-6, Off. 1-2, Fin. 2-11, Acad. 2-42/ Paus. 6-24/ Gell. 11-5/ Euseb. Praep. Evang. 14-8/ Sext. Emp. Pyr./ Ath. 4-160, 9-419/ Quint. 12-2/ Suda/ etc.

ピューテアース　Pytheas, Πυθέας,（仏）Pythéas,（伊）Pitea,（西）Piteas,（葡）Píteas,（露）Пифей,（現ギリシア語）Pithéas

（前325頃〜前306頃活躍）ギリシアの航海者・天文学者・地理学者。マッサリアー*（現・マルセイユ）の出身。前325年頃、ヨーロッパの大西洋岸を探検し、ブリタンニア*（大ブリテン島）を周航してこの島の住民や気候などを記録。さらにバルト海方面まで航海して、琥珀の産出地や前人未踏の極北の島トゥーレー*に関する報告を伝えた。実際に彼は北極圏にまで到達したと思われ、夏季に夜が短くなることや、潮の干満に月が関係していること等を観測している。ヨーロッパ北部の事情をはじめて記述した人物として重視されるが、その著作『大洋 Okeanos, Ὠκεανός』と『周航記 Periplus, Περίπλους (Periodos Gēs Περίοδος Γῆς)』は引用断片しか伝存しない。

⇒スキュラクス、ネアルコス、エウドクソス❷、ヒッパロス
Strab. 1-63～64, 2-102～104, 3-148, -157～158, 4-195/ Plin. N. H. 2-77, -99, 4-13, -16, 37-11/ etc.

ピューティアー　Pythia, Πυθία,（仏）Pythie,（伊）Pizia, Pitia,（西）Pitia,（露）Пифия,（現ギリシア語）Pithía

デルポイ*のアポッローン*神に仕える巫女（女神官）。カスタリアー*の泉で沐浴した後、神殿内の三脚台の上に坐り、大地の裂け目から立ち昇る霊気を吸って譫妄状態に陥りつつ、神託を述べ伝えたという。もとはうら若い処女が務めたが、凌辱事件が起きて以来、最低年齢が50歳となり、人数も2名ないしそれ以上に増員された。神託は半狂乱になったピューティアーが口にした言葉を、男性の神官が人語に訳し、韻文の形で答えるのが普通であった。その内容は曖昧で両義的なものが多く（⇒クロイソス）、買収によって左右されることも珍しくなかった。アレクサンドロス大王*が東征出発前にデルポイを訪れ、予言してはならない日に当たっていたにもかかわらず、ピューティアーを無理やり神託所へ引きずって行ったところ、彼女が思わず「あなたは負けない人（不敗の人）aniketos, ἀνίκητος だ」と叫んだので、大王が「もう他の予言はいらない」と言って立ち去った話は有名（前335）。

Herodot. 1-13, 5-63/ Thuc. 5-16/ Paus. 10-5/ Plut. Mor. 394d～, Alex. 14/ Diod. 14-13, 16-26/ Strab. 9-419～/ etc.

ピューティア競技祭　Pythia, Πύθια,（英）Pythian Games, Delphic Games,（仏）Jeux Pythiques,（独）Pythische Spiele, Pythien, Delphische Spiele,（伊）Giochi pitici,（西）Juegos Píticos

ギリシアのデルポイ*（古名ピュートー Pytho, Πυθώ）で主神アポッローン*を称えて催された祭典競技。伝承によると、巨蛇ピュートーン*を退治したのち、アポッローン自身がその葬送競技として創始したという。古くから堅琴伴奏によるアポッローン讃歌（パイアーン）Paian, Παιάν の音楽競技会があり、8年に1度営まれていた ── ホメーロス*やヘーシオドス*も参加しようとしたが、前者は盲目のゆえに、後者は堅琴 kithara, κιθάρα が弾奏できぬため、資格を認められなかったという話が伝わっている ──。前582年からデルポイ隣保同盟*（アンピクテュオニアー*）が主宰し、4年毎つまり各オリュンピア期*の第3年目の8〜9月に開催されることになり、種目も新たに各種の裸体運動競技や戦車競走が加わった（4大競技祭の1つ）。パルナッソス*山麓にスタディオン*が設けられ、優勝者にはテンペー*渓谷からもたらされた月桂樹の冠が授与された。音楽部門では、堅琴や笛の演奏、唱歌、演劇、詩と散文の朗誦が行なわれたが、笛 aulos, αὐλός 伴奏歌唱は音色が物哀しく不吉だという理由で中止された。ピューティア競技祭は、神託霊場としてのデルポイの人気と相俟って、オリュンピア競技祭*に次いで重要なギリシアの全民族的祭典となった。

⇒ピンダロス、ネメア競技祭、イストミア競技祭
Pind. Pyth./ Paus. 10-7, -37/ Strab. 9-421/ Ov. Met. 1-447/ Arist./ Hor. Ars P. 414/ Plin. N. H. 35-35/ Ath. 15-701/ Strab. 9-421/ Diod. 15-60/ Thuc. 5-1/ Plut. Mor. 638b, 704c/ etc.

ピューティアース　Pythias
⇒ダーモーンとピンティアース

ピューティオス　Pythios, Πύθιος, Pythius またはピューテース Pythes, Πύθης,（伊）（西）Pitio

（前5世紀前半）リューディアー*の大富豪。一説にリューディアー最後の王クロイソス*の孫（父はアテュス Atys, Ἄτυς）。金鉱脈を掘り当てて、そこから上る富を異常に愛したため、ある日妻は食卓にすべて黄金製の御馳走を出して彼の黄白欲を諫めたという。また彼はアカイメネース朝*ペルシア*のダーレイオス1世*（大王）に黄金造りのプラタナスと葡萄の樹を献上し、前480年にクセルクセース*（1世）がギリシア親征を行なった時には、ゲライナイ*で

その全軍隊78万8千人を饗応したうえ、自分の所持する莫大な財産のすべてを献上しようとした。クセルクセースは彼の申し出を謝辞し、逆に金貨を与えて厚遇した。しかるに、日蝕の予兆に怖れをなしたピューティオスが「私の5人の息子のうち、長男だけは軍務を免除して頂きたい」と願い出ると、クセルクセースは赫怒して「では願いを叶えてやろう」と答え、彼の長男の胴体を真っ二つに断ち、その各々を道の両側に置いて、軍隊にその間を行進させたのであった。遠征に連れて行かれた他の4人の息子も皆戦死したので、すっかり意気消沈した彼は、以後墓の中に籠もって誰も寄せつけなくなったという。

　ピューティオスと息子の話に類似の例が、ペルシア貴族オイオバゾス Oiobazos, Οἰόβαζος とダーレイオス1世との間にあった出来事として伝えられている。3人の息子が揃ってスキュティアー*遠征に駆り出された時（前512）、オイオバゾスは「1人だけ私のもとに残しておいて下さい」と大王に哀願した。するとダーレイオスは、「いや3人とも残してやろう」と言って、オイオバゾスの息子たちをことごとく殺し、約束通り3人の死骸をその場に残して進軍したというのである。

⇒巻末系図024

Herodot. 4-84, 7-27～29, -38～39/ Plut. Mor. 262d～/ Sen. Ira 16/ Plin. N. H. 33-47/ Polyaenus 8-42/ etc.

ピューティオス Pythios
⇒ピューテオス

ピューテオス Pytheos, Πύθεος, Pytheus,（ピューティオス*Pythios, Πύθιος, Pythius, または Pythis, Phileos, Phiteus とも）,（伊）Piteo, Pitide,（西）Piteo, Pitio
（前4世紀中頃～後半に活躍）ギリシアの建築家・彫刻家。小アジア西方プリエーネー*の出身。ハリカルナッソス*のマウソーレイオン*（マウソーロス*霊廟）を設計・建造し、その頂上に据える大理石製の四頭立ての戦車を作った（前350頃）。またアレクサンドロス大王*が献じたプリエーネーのアテーナー*神殿（前334年献堂）も、彼が霊廟と同じくイオーニアー*様式で建設した（前325頃）。神殿やマウソーレイオンに関する建築書を著わしたが伝存しない。

⇒サテュロス❷

Vitr. De Arch. 1-1, 4-3, 7-Preaf./ Plin. N. H. 36-4-/ etc.

ピュートドーリス Pythodoris, Πυθοδωρίς,（伊）（西）Pitodoris,（現ギリシア語）Pithodorídha
（前34／29～後38／39頃）Philometor, Φιλομήτωρ。ポントス*の女王（在位・前8～後38頃）。トラッレイス*（小アジアの都市）の富豪ピュートドーロス Pythodoros の娘。母アントーニア❹*は三頭政治家 M. アントーニウス❸*の長女（⇒巻末系図075, 084）。前14年頃ポントスおよびボスポロス*の王ポレモーン1世*（⇒巻末系図030）に嫁ぎ、夫の横死（前8）後、ボスポロスは奪われたものの、ポントスとコルキス*を支配した。次いでカッパドキアー*王アルケラーオス❺*（⇒巻末系図032）と再婚し、その死（後17）後、自国の領土を拡大、高齢で没するまで善政を布いた。2人の息子（ないし孫息子）のうち、ゼーノーン Zenon はアルメニアー*王位に登り（後18）（⇒アルタクシアース3世）、ポレモーンは母王の死後ポントス王位を継いだ（後38。このポレモーン2世*は、彼女の娘アントーニア・トリュパエナ Antonia Tryphaena とトラーケー*の王コテュス*（？～後19）との息子であると今日では見なされることが多い）。ストラボーン*の『地誌』は、彼女のために執筆されたと考えられている。

⇒アサンドロス

Strab. 11-499, 12-555～557, -560, 14-649/ Dio Cass. 59-12/ etc.

ピュドナ Pydna, Πύδνα,（伊）（西）Pidna,（現ギリシア語）Pídna
（現・Pídna, Κίτρος, Kitros）マケドニアー*の市名。メトーネー*の南およそ7km、テルメー*湾の西岸に位置する。前316年、アレクサンドロス大王*の母妃オリュンピアス*はこの町で、大王の遺将カッサンドロス*の計略により石打ちの刑で殺された。この前317年末からのカッサンドロスの包囲戦で、ピュドナ市内は食料難に陥り、籠城兵たちは駄獣や馬を殺して食べたばかりか、餓死した人々の肉を集めて食べる惨状を呈したという。ピュドナは特に前168年6月22日、L. アエミリウス・パウルス❷*麾下のローマ軍がマケドニアー王ペルセウス*を撃破した決戦の地として名高い（⇒C. スルピキウス・ガッルス）。戦闘は1時間足らずのうちに決着し、マケドニアー兵およそ2万人が殺され、11万人以上が奴隷として売られた。この大敗によってアンティゴノス朝*マケドニアー王国は7代で滅亡、ピュドナほか70のマケドニアー都市が破壊され、上流階層はイタリアへ追放、国土は4分割された。

⇒メトーネー、キュノスケパライ

Thuc. 1-61, -137/ Plut. Aem. 16～/ Liv. 44-10, -32～43/ Just. 14-6/ Vell. Pat. 1-9/ Dem. 1-5/ Diod. 13-49/ Strab. 7-330/ Plin. N. H. 4-10/ Ptol. Geog. 3-13/ Polyb. 29-17/ Steph. Byz./ etc.

ヒュドラー Hydra, Ὕδρα,（ラ）ヒュ（ー）ドラ Hydra,（仏）Hydre,（伊）Idra,（西）（葡）Hidra,（露）Гидра
（「水蛇」の意）特にヘーラクレース*に退治されたレルネー*沼沢地帯のヒュドラーを指す。ギリシア神話中、この巨蛇はテューポーン*とエキドナ*の間に生まれ、ヘーラー*によって育てられた9つの頭（50、または100頭とも）をもつ毒蛇で、後代の伝承では真中の1つは不死であったという。1つの首を切り落とされると、新たにそこから2つの首が生え出るという怪物だったが、ついに英雄ヘーラクレースによって退治され、地中深く埋められて、その上に大石を置かれた（第二の功業）。その後ヒュドラーはヘー

ラーの手で天上の星座「海蛇座（ラ）ヒュドラ Hydra」とされ、またこれに加勢してヘーラクレースの踵を挟んだ巨大な蟹 Karkinos は、英雄に踏み潰されたのち、同様に「蟹座（ラ）カンケル Cancer」として星々の間に置かれた。なおヘーラクレースは、ヒュドラーの胴体を引き裂いて、矢を胆汁に浸し、以来その毒に染まった矢を武器とした（⇒ネッソス）。ヒュドラーは一説に、女怪キマイラ*の母とされることもある。ヨーロッパ諸語では比喩的に「根絶し難い災厄」、「絶やそうとすればするほどひどくなる害悪」をヒュドラーと呼んでいる。

⇒ヘーラクレースの十二功業、イオラーオス、巻末系図001

Hes. Th. 313～/ Eur. H. F. 419～, Ion 194/ Paus. 2-37, 5-5, -10, -17/ Apollod. Bibl. 2-5-2, -5-11, -7-7/ Hyg. Fab. 30, 34, 151, Poet. Astr. 2-40, 3-39/ Diod. 4-11/ Ov. Met. 9-69～/ Eratosth. Cath. 41/ etc.

ピュートーン　Python, Πύθων,（伊）Pitone,（西）Pitón,（葡）Píton,（露）Пифон,（現ギリシア語）Píthon

ギリシア神話中、アポッローン*に退治された大蛇。デルポイ*の古名ピュートー Pytho, Πυθώ の名祖。ガイア*（大地）の子で、デウカリオーン*の大洪水が引いた後の泥濘から生まれ、パルナッソス*山麓の洞窟に棲息、ガイアないしテミス*が司っていたデルポイの神託所を護っていた。「女神レートー*の子によって殺される」との予言があったため、ゼウス*により懐妊したレートーをつけ狙って苦しめたが、生まれて間もないアポッローン（レートーの子）にデルポイで射殺された。神託所を我がものとしたアポッローンは、ピュートーンの灰を石棺に納め、大蛇退治を記念してピューティア競技祭*を創始、またこの蛇に対する勝利にちなんでピューティオス Pythios, Πύθιος という称号で呼ばれるようになった。異伝では、ピュートーンはデルポイの泉に棲んでいて動物や人々を殺して食べていたために、アポッローンに退治されたとも、あるいは、パーン*から予言の術を学んだ若き神アポッローンが、デルポイに神託所を開くべくやって来たところ、聖なる大地の裂け目に近づくのを遮られたので、ピュートーンを殺したともいう。さらに、アポッローンが退治したのは雄蛇ピュートーンではなく、雌蛇デルピュネー❷*であったとする説もあり、この伝承の方が古層に属すると考えられている。なお、ピュートーンはデルポイの神殿内のオンパロス Omphalos, Ὀμφαλός（「臍」の意で、世界の中心とされる石）の下に埋葬されているという。

⇒ピューティアー、デルポス

Hymn. Hom. Ap. 372～/ Callim. Ap. 100～/ Apollod. 1-4/ Hyg. Fab. 140/ Ov. Met. 1-438～/ Eur. I. T. 1245～/ Paus. 10-6/ Ael. V. H. 3-1/ Varro Ling. 7-17/ Strab. 9-422/ Nonnus Dion. 9-251/ Stat. Achill. 1-563/ etc.

ヒュパティアー　Hypatia, Ὑπατία,（仏）Hypatie,（伊）Ipazia,（西）Hipatia, Hipacia,（葡）Hipátia, Hipácia,（露）Гипатия

（後370頃～415年3月）アレクサンドレイア❶*の女哲学者。新プラトーン学派（⇒プローティーノス）に属し、シュネシオス*の師。父テオーン Theon は著名な数学者・天文学者で、記録に残る最後のアレクサンドレイア博物館 Museion の教授。父から教育を受けたヒュパティアーは、幾何学・天文学に通じ、プトレマイオス*やペルゲーのアポッローニオス❸*の注解書を執筆（すべて散逸）、さらに公的教育機関でプラトーン*、アリストテレス*らについて講義を行ない、当代第一級の哲学者としての盛名を馳せた。優雅で洗練された美女で徳高く、世人の尊敬と称賛を集めていたが、生涯結婚せずに処女で通したという。しかるに、異教徒（非キリスト教徒）であったため、アレクサンドレイア総主教キュリッロス Kyrillos（在任・412～444）の憎悪を招き、415年、彼の配下のキリスト教徒たちに街路で襲われ、馬車から引きずりおろされて教会内に運び込まれたのち、裸にされて殴りつけられたうえ、貝殻で肉を骨から細かくそぎ落とされて惨殺された。暴徒と化したキリスト教徒たちは、さらに彼女の死体をズタズタに切り刻んで、残忍な乱舞のうちに遺骸を焼きすててから河に投じた。かくてアレクサンドレイアにおける哲学の伝統は終焉を迎えたが、この事件で処罰を受けた者は誰もなく、それどころか首謀者たるキュリッロスは、異教撲滅に功があったというので、今日もなお東西両キリスト教会において聖人に列せられている。ヒュパティアーの虐殺後、ギリシア哲学者はアテーナイ*の学園で、なおしばらく活動を続けたが、キリスト教徒からたびたび迫害を被り、ついに529年、ユースティーニアーヌス*帝の命令で学園が閉鎖され、数多くの知識人は国外へ難を逃れた（⇒プロクロス❷）。かつてヒュパティアーは、ある若者から執拗に言い寄られた時、経血の付いた生理用ナプキンを投げつけて、「あなたが愛しているのは、美しからぬ生殖の象徴でしかないのです」と相手を諭したという話が残っている。

Socrates Hist. Eccl. 7-15/ Nicephorus 14-16/ Suda/ Anth. Pal. 9-400/ Theodoret./ Synesius/ etc.

ヒュプシピュレー　Hypsipyle, Ὑψιπύλη,（Hypsipyleia, Ὑψιπύλεια）,（伊）Ipsipile,（西）（葡）Hipsipile,（露）Гипсипила

ギリシア神話中のレームノス*島の女王。父はレームノス王トアース❷*。同島の女たちがアプロディーテー*の祭祀をおろそかにして女神に罰せられ、体から悪臭を放つようになった時、男たちは彼女らを無視して、トラーケー*（トラーキアー*）から捕えてきた女奴隷たちと交わるようになった。これを怒った女たちは、一夜の間に男という男を皆殺しにしてしまったが、ヒュプシピュレーのみは父王トアースを助けて国外へ脱出させた。それから彼女は女王としてレームノスを支配、間もなくコルキス*へ向かうアルゴナウテース*たち（アルゴナウタイ*）一行が島に立ち

寄ると、彼らの隊長イアーソーン*と床を共にして、双生児エウネオース Euneos と小トアース（名に関しては諸説あり）を産んだ。しかし、アルゴナウタイの出帆後、父王を逃がしたことが発覚し、ヒュプシピュレーは島から追われて、海賊に捕えられ、奴隷としてネメアー*王リュクールゴス❷に売られた。リュクールゴスの幼子オペルテース*（アルケモロス*）の世話をさせられている間、ネメアーを通ったアドラストス*らテーバイ❶攻めの七将*の求めに応じて、彼らを泉へ案内している留守に、王子は大蛇に殺されてしまう。激怒したリュクールゴスにあやうく殺されんとした時に、エウネオースと小トアースが母を探してネメアーを訪れ、アンピアラーオス*（七将の1人）の仲介で彼女に再会、七将の口添えのおかげでヒュプシピュレーは2子と一緒にレームノスへ帰還することを許された。トロイアー戦争*の頃には、エウネオースがレームノスを統治し、出征はしなかったもののギリシア軍に協力している。なお彼女を主題にしたエウリーピデース*の悲劇『ヒュプシピュレー』の断片が、1908年にエジプトのオクシュリュンコス*から発見されている。
⇒ポリュクソー
Hom. Il. 7-468/ Ap. Rhod. 1-609～/ Pind. Ol. 4-22/ Val. Flacc. Arg. 2-242～/ Stat. Theb. 4-715～, 5-28～/ Apollod. Bibl. 1-9-17, 3-6-4/ Hyg. Fab. 15, 74, 120, 254, 273/ Eur. Hyps./ Ov. Met. 13-399, Her. 6, Fast. 3-82/ etc.

ヒュプノス　Hypnos, Ὕπνος,（ラ）Somnus,（伊）Ipno,（西）（葡）Hipnos,（露）Гипнос

「眠り」の擬人神。夜の女神ニュクス*の息子で、タナトス*（死）の双生兄弟。父はエレボス*ともいう。ローマのソムヌス*に相当。地下の幽冥界もしくは極北の果てに住む（ただしホメーロス*ではレームノス*島の洞穴）。有翼の青年の姿で表わされ、木の枝で疲れた者の額に触れたり、角笛から液を滴らせつつ人々を眠りの世界に誘なった。トロイアー戦争*中は、メムノーン*やサルペードーン*ら戦場で倒れた勇士の亡骸を兄弟のタナトスとともに埋葬するべく運んでいる。また美青年エンデュミオーン*に恋し、その瞳をいつも見つめていられるように、眼を開けたまま彼を永遠の眠りに就かせたという。トロイアー戦争では、ヘーラー*の求めに応じてゼウス*を眠らせ、その褒賞として優美の女神カリス*たち（カリテス*）の1人を妻に与えられたという話が知られている。モルペウス*ら千人に及ぶ夢の精の父とされる。

　後世の hypnosis「催眠」や、hypnotism「催眠術」、hypnology「睡眠学」、hypnotic「眠り薬」などの言葉は、ギリシア語のヒュプノスから派生している。
⇒オネイロス
Hom. Il. 14-230～, -270～, 16-672/ Hes. Th. 211, 758/ Paus. 10-35/ Ov. Met. 11-592～/ Ath. 13-564/ Hyg. Fab. praef./ Verg. Aen. 6-278, -390/ Catull. 63-42～/ Sen. H. F. 1073～/ etc.

ヒュ（一）ブラー　Hybla, Ὕβλα,（あるいはヒュブレー Hyble, Ὕβλη）, ラテン名・ヒュブラ Hybla

シケロイ*人によって建設されたシケリアー*（現・シチリア）島の幾つかの町。しばしば混同される。

❶大ヒュブラー（ラ）Hybla Major, Hybla Magna, ギリシア名・ヒュブラー・ヘー・メイゾーン（メガレー）Hyblā hē meizōn (megalē), Ὕ. ἡ μείζων (μεγάλη), もしくはヒュブラー・ゲレアーティス H. Geleatis, Ὕ. ἡ Γελεᾶτις (Γερεᾶτις)。

アイトネー*（現・エトナ）山南麓、シュマイトス Symaithos（現・Simeto）河畔に位置し、蜂蜜で名高い都市（現・Paternò,〈シチリア語〉Patennò）。異説によれば、蜂蜜の名産地は❷の方だともいう。前728年頃に創建されて早くから栄え、第2次ポエニー戦争*中に背いてカルターゴー*側に与した（前211）が、ほどなくローマ軍に鎮圧され、のちローマ帝政期に入ってようやく衰えた。

❷小ヒュブラー（ラ）Hybla Minor、ギリシア名・ヒュブラー・ヘー・ミークラー Hybla he mikra, Ὕ. ἡ μικρά（現・Augusta）

島の東岸、シュラークーサイ*（現・シラクーザ）の北方に位置し、のちにドーリス*系植民市メガラ・ヒュブライア*が建てられた所。

❸ヒュブラー・ヘーライアー Hybla Heraia Ὕ. Ἡραία, Hybla Heraea (Hybla Hera)、もしくはヒュブラー・エラットーン Ὕ. ἐλάττων あるいは、（ラ）ヒュブラ・パルウァ Hybla Parva

（現・Ragusa Ibla,〈シチリア語〉Raùsa）。島の南方、シュラークーサイ*からアクラガース*（アグリゲントゥム*）へ向かう途中にあったとされる町（現・Melilli,〈シチリア語〉Miliddi 説もあり）。

また、シケリアー島には、多種の香草を産する同名の山ヒュブラー（ヒュブレー）H. Megara,（ギ）Hybla meizōn, Ὕβλα μείζων があった。
Strab. 6-267/ Herodot. 7-155/ Thuc. 6-4, -49, -62, -94/ Plut. Nic. 15/ Liv. 24-30, 26-21/ Paus. 5-23/ Diod. 11-88/ Mela 2-7/ Plin. N. H. 3-8/ Cic. Verr. 3-43, Att. 2-1/ Ptol. Geog. 3-4/ Verg. Ecl. 1-35, 7-37/ It. Ant./ Steph. Byz/ etc.

ヒュブリス　Hybris, Ὕβρις,（伊）Hýbris,（西）Híbris,（葡）Híbris, Húbris,（露）Гибрис

「傲慢」を擬人化したギリシアの女神。ヒュブリスは神々に対する人間の過度の不遜を示す言葉でもあり、シーシュポス*やイクシーオーン*、タンタロス*らは、この罪のゆえに死後タルタロス*（奈落）で永遠の劫罰を受けているという。ヒュブリスはコロス Koros（飽満）の娘ないし母とされ、一説にゼウス*と交わってパーン*を産んだとも伝えられている。「戦争」の擬人神ポレモス Polemos は、全ての神々が結婚相手を決めた時、皆に遅れて行ったため、唯一人残っていたヒュブリスを娶ったが、彼女を恋い慕うこと一通りならず、この女神の行くところへはどこにでも随いて行くようになったといわれる。

　なお、ヒュブリスは暴行や凌辱をも意味し、ここから

「雑種・混血児」を指す言葉（ラ）ヒ（ュ）ブリダ hybrida (hibrida)、（英）ハイブリッド hybrid、（仏）hybride —— が生じた。
Aesch. Eum. 532/ Hyg. Fab. Praef./ Apollod. Bibl. 1-4-1/ Pind. Ol. 13-10/ Herodot. 8-77/ Cic. Leg. 2-11/ Aesopica. 367/ Aeschin. contr. Timarch./ Dem./ etc.

ビュブリス　Byblis, Βυβλίς, (Biblis, Βιβλίς), （伊）Biblide, Biblis

ギリシア神話中、ミーレートス*（同市の名祖）の娘。双生の兄弟カウノス*に烈しく恋し言い寄ったが、彼は近親性交を拒んで逃れ去ったので、悲嘆のあまり狂乱状態となってカウノスを追い求めつつ小アジアを彷徨い、ついに同名の泉に変身したという。一説では、恋したのはカウノスの方で、彼は故郷を去ってカーリアー*へ行き、ビュブリスは縊死して果てたとも伝える。彼女をビュブロス*市の名祖とする説もある。
Ov. Met. 9-451～665/ Ant. Lib. Met. 30/ Paus. 8-5/ Parth. Amat. Narr. 11/ Hyg. Fab. 243/ Conon Narr. 2/ Steph. Byz./ etc.

ビュブロス　Byblos, Βύβλος, Byblus, （または、ビブロス Biblos, Βίβλος, Biblus)、（仏）Djebeïl, Jebeil、（フェニキア語）G-b-l、（アッカド語）Gubla、（ヘブライ語）Gebal「山」の意、（露）Библ (Библос)、（和）ビブロス、ゲバル（キリスト教聖書中の訳語）

（現・ジュバイル Jubayl）シュリアー*沿岸に繁栄した商業都市。ベーリュートス*（現・ベイルート）の北方32kmの地に位置する。前5千年紀に遡る世界最古の都市の1つで、早くからエジプトと関係があり、レバノン杉など木材輸出を中心とする交易活動と優れた航海技術・造船業などで殷賑を極めた。伝承に従えば、世界のはじめに大神クロノス*（セム人のエール El）によって創建されたといい、エジプトのオシーリス*とイーシス*の神話にも登場。ギリシア人の間ではキュプロス*の王キニュラース*がこの地にアプロディーテー*=アスタルテー*崇拝をもたらしたと信じられていた。青銅器時代のクレーター*やギリシア、メソポタミアー*とも交流を保ち、前12世紀頃からはフェニキア人の主港として活発に商業活動を行なった。最古のフェニキア文字たる22種の子音を刻んだアルファベット碑文アヒラム Ahiram 王の石棺（前10世紀頭）が出土（現・ベイルート国立博物館蔵）。また古代においては、アドーニス*崇拝の中心地として知られていた。市の南郊で地中海に注ぐアドーニス川（現・Nahr Ibrahim。全長23km）は、毎春大雨によって流入した赤土で血の色を呈し、この頃アドーニスの死を悼む祭礼が荘厳に営まれ、女神アスタルテーの聖域では神殿売春が行なわれた。シードーン*やテュロス*の台頭により次第に衰えたが、町の名はパピューロスおよび書物一般を指す普通名詞 byblos, biblos としてギリシア語に残り、さらにユダヤ＝キリスト教の聖典の呼称 Biblia （『聖書』〈英〉Bible）となって後世に伝えられた。

アカイメネース朝*ペルシア*、アレクサンドロス大王*、セレウコス朝*シュリアー*に臣従したのち、ローマの将ポンペイユス*によって征服され、市の支配者は刎首された（前64／63）。次いで後背地のイトゥーライアー*人の襲撃に脅かされたので、ユダヤ王ヘーローデース1世*（ヘロデ大王）の援助を得て要塞が再建された（前1世紀末）。

フェニキア人の王墓や城郭、オベリスク神殿、ローマ時代の劇場、神殿、バシリカ*、舗装された街路など、新石器時代以来の各年代の遺跡が見出される。
Strab. 16-755/ Nonnus 3-109/ Lucian. Syr. D. 7/ Mela 1-12/ Plin. N. H. 5-17/ Plut. Mor. 357a/ Arr. Anab. 2-15, -20/ Ptol. Geog. 5-15/ Curtius 4-1/ Vet. Test. Josue 13-5, I Reg. 5-32, Hiezechiel 27-9/ etc.

ヒュペリーオーン　Hyperion, Ὑπερίων, （仏）Hypérion, （伊）Iperione, Iperone, （西）Hiperión, （葡）Hipérion, Hiperião, （露）Гиперион

（「高きを行く者」の意）ギリシア神話中、ティーターン*神族の1人。ウーラノス*（天空）とガイア*（大地）の子。姉妹のテイアー*と交わって、太陽神ヘーリオス*、月の女神セレーネー*、曙の女神エーオース*を儲けた。ヒュペリーオーンは太陽ヘーリオスの別名としても用いられ、しばしばアポッローン*と混同されることもある。

近代ではイギリスの詩人キーツの未完に終わった長詩『ハイピーリオン Hyperion』やドイツの詩人ヘルダーリンの書簡体小説『ヒュペーリオン』の題名に用いられ、また天文学上、土星の第7衛星にその名が付けられている。
Hes. Th. 134, 371/ Apollod. Bibl. 1-1-3, -2-2/ Ov. Met. 8-

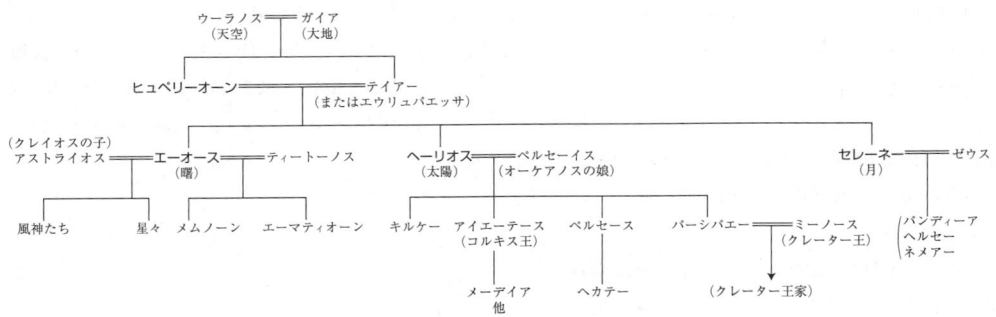

系図308　ヒュペリーオーン

565, 15-406/ Diod. 5-67/ Hom. Il. 8-480, Od. 1-8/ etc.

ヒュペルボレ（イ）オイ（人） Hyperbore(i)oi, Ὑπερβόρε(ι)οι,（ラ）Hyperborei,（英）Hyperboreans,（仏）Hyperboréens,（独）Hiperboreer,（伊）Iperborei,（西）（葡）Hyperbóreos,（露）Гипербореи（〈単〉ヒュペルボレ（イ）オス Hyperbore(i)os, Ὑπερβόρε(ι)ος, Hyperboreus）

極北の地に住むという伝説上の民族。アポッローン*の崇拝で知られ、この神の母レートー*は彼らの間で育ったとされる。誕生後アポッローンは白鳥の車に乗ってヒュペルボレオイ人の許(もと)へ赴き、この地に暮らしたと伝えられ、また毎年寒い冬の季節をここで過ごすことにしているともいわれる（⇒ガレオス）。ヒュペルボレオイ人はアポッローンの聖地デーロス*島へ供物を送るのに、はじめ2人の娘に持たせ、付き添いの男5人とともに派遣したが、彼らがデーロスから戻らなかったので、以来麦藁に包んだ供物を隣国人に託し、次々と諸民族の手を経てギリシアまで転送する方法をとるようになったという。彼らの国は一種の理想郷と見なされ、住民は病苦や悲しみを知らぬ至福の人々で、千年にも至る非常な長寿を保ち、生に飽満すると宴会を開き、花冠をかぶったまま断崖から海に投身して死を迎えたと伝えられる。

ギリシア神話では、ゴルゴーン*の棲処を求める英雄ペルセウス*と、ケリュネイア Keryneia の鹿を追うヘーラクレース*（第三の功業）の2人のみが、ヒュペルボレオイの国に辿り着くことができたとされ、ヘーラクレースがこの地からオリュンピアー*へもたらした聖樹オリーヴから、オリュンピア競技祭*の優勝者へ授与される栄冠がつくられる習いになったという。リューディアー*王クロイソス*は首都サルデイス*陥落（前546）の後、焚刑に処されて果てたのではなく、火葬壇からアポッローンによってヒュペルボレオイ人の許(もと)へ運び去られたと信じられている。形容詞ヒュペルボレアン（英）Hyperborean,（仏）hyperboréen,（独）hyperboreisch は、今日でも「極北の」「極寒の」を意味する言葉として用いられ、また17世紀後半にスウェーデンこそプラトーン*の記した理想郷アトランティス*であると主張したスウェーデンの文学流派は、「北方楽土派（仏）école hyperboréene」と呼ばれている。

⇒アバリス、アリマスポイ、ヘカタイオス❷

Herodot. 4-13, -32〜36/ Pind. Ol. 3-16〜, Pyth. 10-30〜, Isthm. 6-23/ Bacchyl. 3-23〜/ Plin. N. H. 4-12/ Strab. 15-711/ Paus. 1-4, -18, -31, 5-7, 10-5/ Diod. 2-47/ Cic. Nat. D. 3-23/ Ap. Rhod. 4-611〜/ Steph. Byz./ etc.

ヒュペルボロス Hyperbolos, Ὑπέρβολος, Hyperbolus,（伊）Iperbolo,（西）（葡）Hiperbolo,（露）Гипербол

（？〜前411）アテーナイ*の政治家。富裕な燭台(ランプ)製造業者だが、敵対派の筆誅のせいで品性の劣った厚顔無恥な男と伝えられる。一説に父は公共の奴隷で、母はパン売りを生業とし、親の代から高利貸しを営んでいたという。前425／424年度の将軍(ストラテーゴス)*に選ばれ、前421年、クレオーン*のあとを継いで民衆煽動政治家(デーマゴーゴス) demagogos となり、過激民主派の主戦論を推進。ニーキアース*の和約（前421）に反対し、前418年にはニーキアースとアルキビアデース*という2人の有力者のうちいずれかを陶片追放(オストラキスモス)*にかけようと画策した。ところが、その時まで対立していた両人はこれを知るや、にわかに相結び、逆にヒュペルボロスを陶片追放することに成功した。これがアテーナイにおける最後の陶片追放の例となった（前417ないし前415年）。その後ヒュペルボロスはサモス*島へ渡ったが、同地の寡頭派によって暗殺されて果てた。なお彼以降陶片追放が行なわれなくなったのは、元来この制度は有能な著名人が独裁者になろうとするのを防ぐために創設されたもので、こういう卑しい狡猾漢を処分したことにアテーナイ市民も我ながら呆れてしまったからだといわれる。アリストパネース*をはじめとする喜劇作者たちは、彼を「裁判のかけ引きをソフィスト*から学んだ告訴常習者」、「金貸婆の息子」、「助平野郎(マリカース) marikas」等と呼び、こぞって罵詈雑言を浴びせている。

⇒プラトーン・コーミコス、エウポリス、クレオポーン

Thuc. 8-73/ Arist. Pol. 1284/ Plut. Alc. 13, Nic. 11, Arist. 7/ Ar. Ach. 846, Eq. 1304, Nub. 551〜, 1065〜, Vesp. 1007, Pax 681〜, Thesm. 839〜/ Andoc/ Theopomp./ Harp./ etc.

ヒュペルムネーストラー Hypermnestra, Ὑπερμνήστρα（または、ヒュペルメーストラー Hypermestra, Ὑπερμήστρα）,（仏）Hypermestre, Hypermnestre,（伊）Ipermnestra (Ipermestra),（西）（葡）Hipermnestra,（露）Гипермнестра

ギリシア神話中、アルゴス*王ダナオス*の長女（⇒ダナイデス）。新婚初夜に彼女だけは父の命に背いて夫リュンケウス❶*を殺さなかったので、父によって幽閉され審問に付された。逃れたリュンケウスがのち戻ってダナオスおよび王の他の娘たちを殺害、彼女とともにアルゴスを支配し、その子孫からペルセウス*やヘーラクレース*らの英雄(ヘーロース) heros が生まれた。悲劇詩人アイスキュロス*に彼女の裁判を扱った作品『ダナイデス』があったが散逸した。

他にも、アルタイアー*とレーダー*の姉妹で、アンピアラーオス*の母となったヒュペルムネーストラーがいる。

⇒巻末系図 004, 017

Pind. Nem. 10-6/ Hyg. Fab. 70, 73, 168, 250, 273/ Nonnus Dion. 3-308/ Paus. 2-19, -20, -21, -25/ Ov. Her. 14/ Apollod. Bibl. 1-7-10, 2-1-5, -2-1/ Diod. 4-68〜/ etc.

ヒュペレイデース Hypereides, Ὑπερείδης, Hyperides, (仏) Hypéride, (伊) Iperide, (西) Hiperides, (露) Гиперид

（前390/389〜前322）アテーナイ*の雄弁家・政治家。アッティケー*（アッティカ*）十大雄弁家*の1人。イソクラテース*やプラトーン*に学び、さまざまな弁論術の技法を習得、当初は他人のために演説文を起草していたが、やがて政治裁判の告発者となって活躍し、法廷弁論家として名声を馳せる。説得のためには手段を選ばず、愛人たる高級遊女（ヘタイラー*）プリューネー*の弁護に立った時には、彼女の衣服を剥いでその裸身の美しさによって陪審員を眩惑したという。政治的には、デーモステネース❷*と同じく反マケドニアー*派に属していたが、前324年のハルパロス*事件では、デーモステネースを収賄の容疑で容赦なく告訴した。のち再びデーモステネースとともに反マケドニアー派を導き、ラミアー*戦争（前323〜前322）の主たる煽動者となる。前322年クランノーン Krannon における敗北後、アイギーナ*島のアイアコス*の社に逃げ込んだが、引きずり出されてアンティパトロス*の許（もと）へ送られ、舌を切り取られてから処刑された。古代ギリシア人の間では、デーモステネースに次ぐ第2位の雄弁家として高く評価されていた。

その演説77篇はすべて失われていたけれど、近代になってエジプトのパピューロス文書の中から一部が発見された（後1847〜1892）。流暢で都雅な機智に富む、やや浮薄な弁論で、喜劇詩人の台詞を取り入れて口語に近づけた文体は、のちのギリシア世界の共通語コイネー koine の成立にとって重要な意味をもっている。彼はまた女色に溺れやすく、プリューネー以外にも、アテーナイで最も値の張る3人の高級遊女（ヘタイラー*）たちを、それぞれ別の邸に囲っていたと伝えられる。他方、受け手の男色家や男娼には批判的で、「男が自分の肉体を女のように用いることは好ましくない」と語っている。
⇒ピロクラテース
Plut. Mor. 848d〜, Dem. 12, 28, Phoc. 7, 10, 17, 23, 26〜29/ Diog. Laert. 3-46/ Ath. 8-342, 13-590/ Phot. Bibl./ Arr. Anab. 1-10, 7-27/ Longinus Subl. 34/ Diod. 18-3/ Dem. 18/ Just. 13-5/ Suda / etc.

ヒューメーットス（山） Hymettos, Ὑμηττός, Hymettus (ヒューメーッソス Hymessos, Ὑμησσός とも), (仏) Hymette, (伊) Imetto, (西) Himeto

（現・Imittós）アッティケー*（アッティカ*）地方の山。アテーナイ*平野の東南方を南北に連なる山地で、古来、良質の蜂蜜と大理石の産地として名高い。この山から採れる白大理石は、ペンテリコーン*山のものには一歩を譲るものの、建築や彫刻の素材として愛用された。山上にはゼウス*に捧げられた祭壇があり、前8世紀からローマ時代に至る奉納品や碑文類が出土している。
Strab. 9-399/ Paus. 1-32/ Hor. Carm. 2-18/ Sil. 2-228, 14-200/ Plin. N. H. 36-3/ Herodot. 6-137/ Ov. Met. 7-702/ etc.

ヒュメナイオス Hymenaios
⇒ヒュメーン

ヒュメーン Hymen, Ὑμήν, (伊) Imene, (西) Himen, (葡) Hímen, (露) Гимен, (または**ヒュメナイオス*** Hymenaios, Ὑμέναιος, Hymenaeus, (仏) Hyménée, (伊) Imeneo, (西) Himeneo, (露) Гименей)

ギリシアの結婚の神。婚礼の際、「ヒュメーン」「ヒュメナイオス」と歌う習慣から、結婚の行列を先導する神として擬人化された（⇒エピタラミオン）。

アポッローン*とムーサ*たち（ムーサイ*）の1人（テルプシコレー*、ウーラニアー*、クレイオー*、あるいはカッリオペー*）の息子とも、ディオニューソス*とアプロディーテー*の子ともいわれ、その出自については諸説が行なわれている。いずれにせよ極めて美しい若者で、自分の結婚式の最中に急死した、あるいはディオニューソスとアリアドネー*の婚宴で歌っている間に死んだので、以来これを記念して彼の名を結婚式で呼ばわるのだという。また彼はアポッローン、ないしヘスペロス*、またはタミュリス*に愛された美少年で、アポッローンがヘルメース*に牛群を盗まれたのはヒュメナイオスとの恋に我を忘れている間の出来事であったとも伝えられる。アッティケー*（アッティカ*）の所伝では、彼はアルゴス*の若者で、女装してアテーナイ*の娘たちとともにエレウシース*へ供犠に赴いたところ、海賊によって女たちもろとも奪いさらわれ遠くまで連れて行かれたが、海賊たちが眠った隙を狙って全員退治し無事アテーナイに帰還、意中の娘とめでたく結婚したという。

美術作品においては、松明とヴェールを持ち花冠を戴いた有翼の美青年の姿で表わされる。後世の医学ラテン語はじめヨーロッパ諸語で、「処女膜」を hymen と称することはよく知られている。なお、ローマの結婚の神タラッシオー Talassio も、婚礼行列の時に花嫁に対して発せられる祝いの言葉 Talasse にちなんで創り出された神名である。この語はまた、サビーニー*人の女を略奪した折にロームルス*の部下タラッシウス Talassius に格別美しい娘が贈られた故事に由来するという。
Ar. Av. 1736, Pax 1332〜/ Eur. Tro. 311〜/ Schol. ad Pind. Pyth. 3-96, 4-313/ Serv. ad Verg. Ecl. 8-30, Aen. 1-651, 4-99, -127/ Apollod. Bibl. 3-10-3/ Ath. 13-603d/ Plut. Thes. 15/ Catull. 61-4〜, 62-5〜/ Liv. 1-9/ Ant. Lib. Met. 23/ Ov. Met. 4-758/ Nonnus Dion. 4-88〜/ Tzetz. Chil. 13-596/ Suda/ etc.

ヒュラース Hylas, Ὕλας, (伊) Ila, (西) Hilas, (露) Гилас

ギリシア神話中、英雄ヘーラクレース*に愛された美青年の1人（⇒アブデーロス、イオラーオス）。ドリュオペス Dryopes 族の王テイオダマース Theiodamas の子。父王がヘーラクレースに殺されたのち、この英雄の侍童として寵

愛を受け、アルゴナウテース*たち（アルゴナウタイ*）の遠征にも同行。しかし、一行が小アジアのミューシアー*沿岸に上陸した際、水を汲みに泉へ出かけたヒュラースを、泉のニュンペー*（ニンフ*）たちが恋して水底にさらってしまった（⇒ドリュオペー❷）。「ヒュラース！ヒュラース！」とヘーラクレースは気が狂わんばかりに叫びつつ森の中を探し回り、同じく若者を恋していたアルゴナウタイの1人ポリュペーモス Polyphemos（ラピタイ*族の英雄）も一緒に捜索を続けた。その間にアルゴー*号が出帆してしまったので、ポリュペーモスはこの地に1市キオス Kios を創建、またヘーラクレースはミューシアー人にその後もヒュラースを捜し続けるよう命じ、歴史時代になってもキオスでは、毎年ヒュラースに犠牲を捧げて、彼の名を呼ばわりながら探索する儀式が行なわれていたという。

　同様の話が黒海南岸マリアンデューノイ Mariandynoi 人の稀有の美少年ボールモス Bormos に関しても伝えられている。この若者は収穫時に刈り手たちのために泉へ水を汲みに行き、やはり泉のニュンペーたちに水中へ引きずりこまれた。ためにビーテューニアー*地方の人々は、毎年収穫時になると笛の音に合わせつつ彼の死を嘆く祭式を催していたといわれる。

⇒アドーニス

Ap. Rhod. 1-1207～/ Theocr. 13/ Apollod. Bibl. 1-9-19/ Ant. Lib. Met. 26/ Prop. 1-20/ Strab. 12-564/ Hyg. Fab. 14, 271/ Ath. 14-620a/ Val. Flacc. Arg. 3-521～/ Orph. Arg./ Phot./ Suda/ etc.

ピュラデース　Pylades, Πυλάδης,（仏）Pylade,（伊）Pilade,（西）Pílades,（葡）Pilades,（露）Пилад,（現ギリシア語）Piládhis

　ギリシア伝説中、オレステース*（アガメムノーン*の息子）の念友。ポーキス*の王ストロピオス*の息子。母方の従兄弟オレステースと一緒に育てられ、その忠実な伴侶となる。オレステースの仇討ちを助け、それに続く流浪の日々にあっても彼の友愛は変わらず、つねに艱難辛苦を共にした（⇒イーピゲネイア）。タウリケー*からギリシアへ帰着した後、彼はオレステースの姉エーレクトラー❸*を娶ったという。オレステースとピュラデースの関係は、アキッレウス*とパトロクロス*のそれや、テーセウス*とペイリトオス*のそれと並んで、無二の親友の代名詞として用いられている。

　ルーキアーノス*によれば、スキュティアー*人の間でオレステースとピュラデースは互いの友愛ゆえに深く尊崇され、2人に献げられた神殿ではさまざまな祭礼・儀式が執り行なわれたという。

⇒巻末系図 016

Pind. Pyth. 11-15/ Aesch. Cho. 900, Eum./ Soph. El./ Eur. Or., El., I. T./ Paus. 1-22, 2-16, -29/ Apollod. 2-16, 6-13～/ Hyg. Fab. 119～120, 122, 257, 261/ Cic. Amic. 24/ Lucian. Tox./ etc.

ピューラモスとティスベー*　Pyramos, Πύραμος,（ラ）ピューラムス Pyramus,（仏）Pyrame,（伊）Piramo,（西）Píramo,（現ギリシア語）Píramos; Thisbe, Θίσβη,（仏）Thisbé,（伊）（西）Tisbe

　伝説上のバビューローン*に住んでいた男女の恋人たち。オウィディウス*の『変身物語（メタモルポーセース）』に登場する悲恋譚の主人公として名高い。隣同士に暮らす2人は、両親に結婚を禁じられたため、互いの家を隔てる壁の割目を通じてひそかに恋を囁き合っていた。ある夜、市外にあるニノス*（セミーラミス*の夫王。ニネヴェ Nineveh 市の創建者）の墓で逢う約束をし、ティスベーが先に着いたが、牛を喰い殺したばかりの雌獅子（ライオン）に出会ったので、近くの洞窟へ避難した。彼女が逃げる時に落としたヴェールを、雌獅子は血だらけの口で引き裂いてから立ち去った。そこへやって来たピューラモスは、血まみれのヴェールと獅子の足跡を見つけて、彼女が死んだものと思い込み、桑の木の下で短剣を我が身に突き刺して自害。戻って来たティスベーは、ピューラモスの亡骸を発見し、悲嘆のあまり同じ短剣の上に身を伏して彼のあとを追った。2人の返り血を浴びた桑の実は、それまでは白かったのに、以来恋人たちの死を悼んで黒色に変じ、また彼らの遺骨は1つの壺に納められたという。後世の「ロメオとジュリエッタ（伊）Romeo e Giulietta」に至る不運な男女の恋物語の源流をなすオリエント系の説話である。別伝によれば、2人は結婚前に同衾して子供ができたため、絶望したティスベーは自殺し、これを知ったピューラモスも後追い心中を遂げた。神々は彼らを憐れんで、ピューラモスをキリキアー*の同名の河に、ティスベーをこの河に注ぐ泉に変身させたことになっている。

⇒ヘーローとレアンドロス

Ov. Met. 4-55～/ Hyg. Fab. 242～243/ Serv. ad Verg. Ecl. 6-22/ Nonnus Dion. 6-347/ Strab. 12-536/ etc.

ピューラルコス　Phylarkhos, Φύλαρχος, Phylarchus,（仏）Phylarque,（独）Phylarchos,（伊）（西）Filarco

（？～前215頃）（前3世紀後半に活躍）アテーナイ*もしくはナウクラティス*出身のギリシアの歴史家。代表作『歴史 Historiai』28巻は、前272年のエーペイロス*王ピュッロス*の戦死から前220/219年のスパルター*王クレオメネース3世*の殺害に至るまでを扱っており、情事・恋愛沙汰その他の多種多様な逸話、奇妙な動物譚、様々な奇跡的出来事といった興味深い物語を含んでいた。アラートス*およびアカーイアー同盟*を嫌悪していたため、彼と正反対の政治的立場にある史家ポリュビオス*からは、「不正確で煽情的な」作品だと批判されている。本書はプルータルコス*の『アーギスおよびクレオメネース伝』などの史料として用いられたが、僅か60ほどの断片しか伝存しない。また、他の小品数篇も全て散逸した。

⇒ドゥーリス1（サモスの）

Plut. Them. 32, Cam. 19, Pyrrh. 27, Agis 9, Cleom. 5, 28, 30/

Polyb. 2-56〜/ Ath. 2-58e, 8-334a, 12-539b/ Just. 28-4/ Ath. 8-9, 12-55/ Suda./ etc.

ピュリス Phyllis
⇒ピュッリス

ピュリプレゲトーン Pyriphlegethon, Πυριφλεγέθων
⇒プレゲトーン

ヒュルカニアー Hyrkania, Ὑρκανία,（ラ）ヒュルカーニア Hyrcania,（仏）Hyrcanie,（伊）Ircania,（西）Hircania,〔←古代ペルシア*語 Verkâna〕
（現・Gurgan, または Golestān, Māzandarān, Gīlān 周辺）カスピ海*の東南岸、イーラーン高原北西部の地方名。パルティアー*およびメーディアー*の北方にあり、蛇や虎など野獣の棲む山がちの地として知られる。その南部に「カスピ海の門 Kaspiai Pylai,（ラ）Caspiae Portae」と呼ばれる、山脈を横切る峠道があり、ここを通ってアレクサンドロス大王*はインドへ東征軍を進めたと伝えられる。カスピ海*（ラ）Caspium Mare は、しばしば「ヒュルカニアー海 Ὑρκανίη θάλασσα, Hyrcanum Mare」と称される。
⇒アトロパテーネー
Herodot. 3-117, 7-62/ Strab. 11-508〜/ Plut. Pomp. 34/ Plin. N. H. 6-12〜/ Diod. 17-75/ Mela 3-5/ Curtius 6-4/ Arr. Anab. 3-23, -25/ Ptol. Geog. 1-12, 6-2/ Steph. Byz./ etc.

ヒュルカノス、イオーアンネース Ioannes Hyrkanos, Ἰωάννης Ὑρκανός, Johannes Hyrcanus,（ヘブライ語）Yoḥanān Girḥan,（英）John Hyrcanus,（仏）Jean Hyrcan,（独）Johannes Hyrkanos,（伊）Giovanni Ircano,（西）Juan Hircán (Hircano),（葡）João Hircano,（和）ヨハネ・ヒルカノス
ハスモーン*（アサモーナイオス*）朝ユダヤ*王国の支配者・大祭司の名。巻末系図 026 を参照。

❶ **1世** J. H. I（前 175 頃〜前 104）（在位・前 134〜前 104）イウーダース・マッカバイオス*（ユーダース・マッカバエウス*）の甥。前 135 年、父シーモーン Simon らが暗殺された時、1 人危地を脱して、その跡を継ぎ、伯父イオーナータース Ionathas 以来の慣習に従って、大祭司と王を兼任する。以来、ヘーローデース 1 世*（ヘロデ大王）の簒奪に至る約百年間、彼の子孫がユダヤの地に君臨した。セレウコス朝*の王アンティオコス 7 世*に征服されて、再びユダヤはシュリアー*の属国と化し、ヒュルカノスも 7 世のパルティアー*遠征（前 130〜前 129）に同行した。しかるに、前 129 年、アンティオコス 7 世が死ぬに及んで、ユダヤの独立を回復させ、各地に出兵して領土を拡大し、被征服民を強制的にユダヤ教に改宗させて王国に繁栄をもたらした。アンティオコス 7 世に包囲された時、彼がダーウィード David（ダビデ）王の墳墓をあばいて大量の財貨を取り出したことは有名。またパリサイ人 Pharisaioi との軋轢は彼の治下に始まったという。史家イオーセーポス*（ヨーセープス*）によれば、彼は予言能力を具えていたので、自分の年長の 2 子が元首の地位に留まることはできないであろう、と未来を予知したと伝えられている。また、父シーモーンや兄弟たちを謀殺したプトレマイオス Ptolemaios（シーモーンの女婿）を、ある要塞に包囲したものの、敵側に捕われていた母親が拷問を加えられるのを目の当たりにして気力を喪失し、とうとう攻撃を果たし得ず、そのため母は殺され、プトレマイオスには逃げられてしまったという話も知られている。
⇒イドゥーマイアー、サマレイア
Joseph. J. A. 13-7〜14-10, J. B. 1-2, 5-6/ Just. 36-1/ Diod. 34-1/ Plut. Mor. 184f/ Euseb. Arm./ V. T. 1 Macc. 13/ etc.

❷ **2世** J. H. II（前 100 頃〜前 30）（在位・前 67、前 63〜前 40、大祭司在職・前 72〜前 40）

❶の孫。アレクサンドロス・イアンナイオス*とアレクサンドラー*の長男。穏和な性格のため、母のアレクサンドラー女王によって大祭司に任命され（前 72）、また王位継承者に指名されていたが、彼女の死後、弟アリストブーロス 2 世*の攻撃を受け、在位 3 ヵ月で王座からひきずりおろされる（前 67）。やがて、アンティパトロス❹*に煽動され、ナバタイオイ*王アレタース 3 世*の援軍を率いて、弟をイェルーサーレーム*（エルサレム）に攻囲、その後も兄弟は王権をめぐる抗争を続けたため、ローマの介入を招く。両者が、東方遠征中の大ポンペイユス*に支援を求めた結果、イェルーサーレームはローマ軍の手に落ち、ユダヤはその属領と化すに至った（前 63、⇒ M. スカウルス❷）。アリストブーロスはローマへ連行され、ヒュルカノスが復位したものの、実権は宰相アンティパトロスに掌握された（⇒ A. ガビーニウス）。ローマの政変に応じて、カエサル*、カッシウス*、アントーニウス*と巧みに乗り換えて保身を図り、アンティパトロス暗殺後はその子ヘーローデース 1 世*（ヘロデ大王）に孫娘マリアンメー 1 世*を嫁がせて、これを重用した。ところが、前 40 年に甥のアンティゴノス*（アリストブーロスの子）と組んで侵入したパルティアー*人の捕虜となり、復位できぬように両耳を切断され ── 異説では、アンティゴノスに噛み切られ ── たうえ、パルティアーへ拉致される。パルティアー王プラアーテース 4 世*（アルサケース 15 世*）から寛大な処遇を受け、バビュローニアー*在住ユダヤ人の首長とされたが、帰心やみがたく、ユダヤの新王ヘーローデース 1 世の招きに従って帰国（前 36）。しかるに数年後、王位を脅かす存在としてヘーローデースの命令により絞め殺され、次いで彼の一族も根絶やしにされた。
⇒パコロス❶
Joseph. J. A. 13-16〜14-14, 15-2, -6, J. B. 1-5〜13, -22/ Dio Cass. 37-15〜16, 48-26/ Oros. 6-6/ Phot. Diod. 40/ Euseb./ etc.

ピュルギー Pyrgi, ギリシア名・ピュルゴイ Pyrgoi, Πύργοι,（伊）（西）Pirgi
（< pyrgos, πύργος「塔」の意）（現・Santa Severa）エトルーリ

ア*南西岸の港町。カエレ*（現・Cerveteri）の西北9マイルに位置する主要な外港。フェニキア*の女神アスタルテー*の神殿で知られ、聖域内では神聖売春が営まれていた。前384年、シュラークーサイ*の僭主ディオニューシオス1世*に略奪され、のちローマの軍事植民市が設立された（前3世紀）。1964年、2つの神殿遺跡の間から、前500年頃のものと見られる3枚の黄金板（英）Pyrgi Tablets が発見され、うち1枚にはフェニキア（ポエニー*）語で、他の2枚にはエトルーリア語で文字が記されており、当時の国際交流の実態がうかがわれる。なお、ネロー*帝の父 Cn. ドミティウス・アヘーノバルブス*は、この地で水腫に罹って没している（後40）。

Mela 2-4/ Plin. N. H. 3-5/ Liv. 36-3/ Verg. Aen. 10-184/ Suet. Ner. 5/ Mart. 12-2/ Diod. 15-14./ Strab. 5-226/ Ath. 6-224c/ etc.

ピュルリス　Phyllis
⇒ピュリス

ヒュルロス　Hyllos
⇒ヒュッロス

ピュルロス　Pyrrhos
⇒ピュッロス

ピュルローン　Pyrrhon
⇒ピュッローン

ピューレー　Phyle, Φυλή,（〈複〉ピューライ Phylai, Φυλαί, Phylae）,（露）Фила,（現ギリシア語）Filí

ギリシアの氏族制の最大単位。「部族」と訳される。元来は共通の伝説的英雄を先祖とする血縁集団で、スパルター*などドーリス*系の国家は概して3部族、アテーナイ*などイオーニアー*系では4部族から成っていた（⇒イオーン）。それぞれ固有の祭司や役人をもち、行政・軍事単位を成していたが、のちには地縁に基づくものに変貌。クレイステネース*の改革でアテーナイはまったく新しい10部族に再編成された（前510頃）。ローマのトリブス Tribus に相当する。古くアテーナイでは各ピューレーは、3つのプラートリアー Phratria, Φρατρία（兄弟団）に分かれ、プラートリアーはまた、30のゲノス Genos, Γένος（氏族〈ラ〉Genus）から構成されていた。

Arist. Ath. Pol. 21/ Herodot. 5-68, 6-111/ Pl. Leg. 6-753c/ Xen. Hell. 3-4, Hier. 9-5/ Plut. Lyc. 6/ Diod. 14-32/ Strab. 9-404/ Hom. Il. 2-362/ Nep. Thrasybulus 9-2/ Paus. etc.

ピューレーネー山脈　Pyrene,（ギ）Πυρήνη または τὰ Πυρηναῖα ὄρη,（ラ）ピューレーナエイー・モンテース Pyrenaei Montes,（単）ピューレーナエウス・モーンス Pyrenaeus Mons,（現・〈仏〉Pyrénées,〈西〉Pirineos）,（英）Pyrenees,（独）Pyrenäen,（伊）Pirenei,（葡）Pirenéus,（オック語）Pirenèus,（カタルーニャ語）Pirineus,（アラゴン語）Perinés,（バスク語）Pirinioak,（露）Пиренеи,（現ギリシア語）Pirinéa, Piríni,（和）ピレネー（山脈）

ヒスパーニア*とガッリア*の境界をなす山脈。長さ約434 km。平均高2500～3000 m。神話上の名祖は、ヘーラクレース*に犯されて蛇を産み、この山に埋葬された王女ピューレーネー（⇒ベブリュケス❷）。一説には、かつて羊飼いのつけた火（ピュール pyr, πῦρ）が何日も山を燃やし続け、銀鉱を溶かしてしまったことから、ピューレーネーと名づけられたともいう。ヘーロドトス*によれば、山脈の東麓に同名の町があり、この地にイストロス*（現・ドーナウ）河は水源を発すると信じられていた。銀を主とする鉱物資源のほか、ハム、ベーコンなどの畜産業、また木材の産地として知られる。

⇒アルペース（アルプス）

Plin. N. H. 4-20/ Herodot. 2-33/ Sil. 3-414～/ Diod. 5-35/ Polyb. 34-7/ Mela 2-6/ Strab. 2-107, 3-137/ Avienus/ Ptol. Geog./ etc.

ビューレビスタース（または、ボイレビスタース、ボエレビスタース）　Byrebistas, Βυρεβίστας（Boirebistas, Βοιρεβίστας, Boerebistas, Βοερεβίστας）,（ラ）ブーレビスタ（ース）Burebista(s),（伊）Burebista,（西）Berebistas, Birebistas, Burebistas,（露）Буребиста

（前111頃～前44）ダーキア*の王（在位・前82／70頃～前44）。呪術師デカイネオス Dekaineos の助言に従ってすべての葡萄樹を根絶し、ダーキア人の宗教的・軍事的改革を成し遂げると、ボイイー*族をはじめとする周辺の諸部族をすみやかに征服。パンノニア*、トラーケー*、黒海沿岸のギリシア系諸市を制圧して、わずか数年の間に一大王国を築き上げた。パルサーロス*の決戦（前48）後、ローマの独裁官カエサル*はダーキア遠征を決意したが、出陣前にビューレビスタースが暗殺されてしまい（前44）、同じ頃カエサルもローマで刺殺されて果てた（同年3月15日）。ビューレビスタースの死後、彼の大王国は、4つないし5つの王国に分裂した。

⇒デケバルス、ゲタイ、ダーキー

Strab. 7-298, -303, 16-762/ Suet. Iul. 44/ Jordan. 11/ etc.

ピューロー　Pyrrho
⇒ピュッローン

ヒュロス　Hyllos
⇒ヒュッロス

ピュロス　Pylos, Πύλος, Pylus,（伊）Pilo,（西）Pilos,（露）Пилос

（現・Pílos）ペロポンネーソス*半島西岸に同名の町が3つあるが、最も有名なのがメッセーニアー*沿岸のピュロス市（現・Pílos, Paleókastro, 中世の Avarinos,〈伊〉Navarino,〈仏〉Navarin）である。

名祖のピュロス（またはピュラース Pylas）は、メガラ*王レレクス*の孫で、レレゲス*人を率いて来て植民市ピュロスを創建。のちネーレウス*（ペリアース*の双生兄弟）に追われて、エーリス*へ移りいま1つのピュロス市を築いたという。ホメーロス*の叙事詩においてメッセーニアーのピュロスは、老将ネストール*（ネーレウスの子）の王城の地として名高い。メッセーニアーのピュロス市は、スパクテーリアー*（現・Sfaktiría）島が湾の入口を塞ぐように横たわっている要害の地で、ペロポンネーソス戦争*（前431～前404）中の前425年夏、アテーナイ*軍がスパルター*軍に劇的な勝利を得た場所として知られる（⇒クレオーン、デーモステネース❶、ブラーシダース）。なお、市の北方9kmの丘 Ano Anglianos からは、「ネストールの王宮 Anáktora Néstoros」と呼ばれるミュケーナイ*文化時代の遺蹟（前1300頃建設～前1200頃焼失）が発掘されており、城壁をもたぬメガロン Megaron 式の宮殿や穹窿墳墓などのほか、王妃の浴槽や壁画、線文字Bを刻んだ千枚以上にも及ぶ粘土板が出土している。
⇒ティーリュンス、オルコメノス
Hom. Il. 1-248～, 2-77, -591～, Od. 3-4～, 15-215～/ Herodot. 5-65/ Thuc. 4-3～41/ Paus. 4-36/ Strab. 8-339～/ Ar. Eq. 1059/ Diod. 13-64/ Xen. Hell. 1-2/ etc.

ピュロス　Pyrrhos
⇒ピュッロス

ピュローン　Pyrrhon
⇒ピュッローン

ピラー　Phila, Φίλα,（仏）Phila, Philæ,（伊）（西）Fila,（現ギリシア語）Fíla
（前350頃～前288）マケドニアー*の摂政アンティパトロス❶*の長女。聡明で分別ある娘だったので、父親は彼女によく政治の相談をしたという。はじめキリキアー*の太守 Satrapes バラクロス Balakros, Βάλακρος に嫁ぎ、のちクラテロス*と再婚（前322／321）、夫の死後さらに年下のデーメートリオス1世*ポリオルケーテースの妻となった。デーメートリオスとの間には、アンティゴノス2世*ゴナタースとストラトニーケー❶*の1男1女を産み、夫王が次々と妻妾を迎えたにもかかわらず夫を裏切ることなく、前288年デーメートリオスがピュッロス*によってマケドニアーを追い出されると、悲嘆のあまり毒を服して自殺した。

なお彼女の孫娘で同名のピラー（娘ストラトニーケーとセレウコス1世*との間の娘）は、おじのアンティゴノス2世に入輿した（前277）。

この他、マケドニアー王ピリッポス2世*の妻の1人にも同名の貴婦人ピラー（前359頃に結婚）がいる。
⇒巻末系図 027, 048
Diod. 18-18, 19-59, 20-93/ Plut. Demetr. 14, 22, 27, 31, 32, 35, 37～38, 45, 53/ Ath. 6-255, 12-557/ Phot. Bibl./ Suda/ etc.

ピライニス　Philainis, Φιλαινίς,（ラ）ピラエニス Philaenis,（伊）Filenide,（西）Filenis
（前360頃活動）サモス*ないしレウカディアー*出身の女流詩人。好色な作品『性愛について Περὶ Ἀφροδισίων』、（ラ）De Re Amatoria を書いたといわれる。のちには別の女流詩人エレパンティス Elephantis, Ἐλεφαντίς と同じく、あらゆる性交態位を網羅した書物の著者に擬せられ、その作品は性愛の手引きとして愛好され、秘画の題材にも用いられるようになる。ティベリウス*帝がカプレアエ*（現・カープリ）の別荘をこうした壁画で飾り、エレパンティスの春本も常備して、何人もの男女や男娼 Spintriae らに考えられる限りの体位や技法で交接を演じさせて娯しんでいた話は有名。ピライニスはローマ帝政期には淫婦の代名詞のごとくになり、張形を使って少年の肛門を犯したのち、同じ日のうちに11人の女とも交わったとか、名だたる擦淫者 tribas, τριβάς で女たちの陰部を舐める性戯を好んだとか、あるいは、船旅から帰還した情夫ディオドーロス Diodoros, Διόδωρος の男根を吸茎 fellatio した、等々といった話が伝えられている。ルーキアーノス*によれば、彼女は女子同性愛の挿画入り態位指南書を著わした最初の人物であったという。
⇒サッポー、ソータデース
Arist. Div. somn. 2(464b2)/ Papyr. Oxyr. 2891/ Ath. 5-220, 8-335, 10-457/ Polyb. 12-13/ Suet. Tib. 43/ Mart. 7-67, 9-40, 12-43/ Lucian. Amores 28/ Priap. 3, 4/ Clem. Al. Protr. 4-61/ Plin. N. H. 28-81/ Gal. De Compositione Medicamentorum Secundum locos 12-416./ Suda/ etc.

ピーラエ（エ）ウス　Pirae(e)us
⇒ペイライエウス

ピラエニス　Philaenis

系図309　ピラー

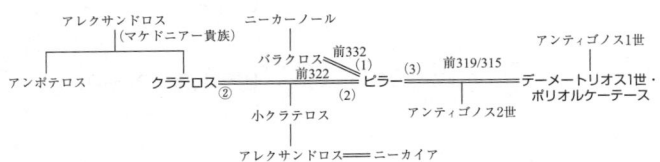

ピラデース
⇒ピュラデース

ピラデース　Pylades
⇒ピュラデース

ピラデルピーア　Philadelphia
⇒ピラデルペイア

ピラデルペイア　Philadelpheia, Φιλαδέλφεια, （ラ）ピラデルピーア Philadelphia, （仏）Philadelphie, （伊）（西）Filadelfia, （露）Филадельфия, （現ギリシア語）Filadélfia

（「兄弟姉妹愛」の意）ギリシア系都市の名。

❶（現・アンマーン 'Ammân）パレスティナ*のデカポリス*の一都市。死海の東北40kmに位置する。前17世紀頃から町があり、セム系アンモーン 'Ammón 人の中心市であった（旧称・Rabbath 'Ammôn）。ヘレニズム時代にマケドニアー*系植民団を受け入れ、エジプト王プトレマイオス2世*ピラデルポス（在位・前285～前246）を称えて改名し、前63年にデカポリスの一員となる。ローマ帝政期トライヤーヌス*の治世（後106）より、ローマの属州アラビア*・ペトラエアの主要都市となり、東西交通の中継地として繁栄。ヨルダンの首都となった今日も、ローマ時代の劇場（テアートロン*）（6千人収容）やオーデイオン*（音楽堂）、ヘーラクレース*神殿、噴泉 Nymphaion, Νυμφαῖον（ニュンパイオン）跡などの遺構が残されている。

同じくプトレマイオス2世を記念して名づけられたエジプトの都市ピラデルペイア（現・Darb El-Gerza）も、古代遺跡やパピュロス資料、ミイラ肖像画の出土などでよく知られている。

Plin. N. H. 5-16/ Joseph. J. B. 1-6-3, -19-5, 2-18-1/ Ptol. Geog. 5-17/ Plin. N. H. 5-16/ Amm. Marc. 14-8-13/ etc.

❷（現・Alâşehir）小アジア、リューディアー*地方東部の都市。サルデイス*の東南約45km、トモーロス*山麓に位置し、前150年頃ペルガモン*王アッタロス2世*ピラデルポスによって建設される（異説では、前189年兄のエウメネース2世*による創建という）。沃土に恵まれ、農業の他、織物や皮革製品を産し、ビザンティン時代まで繁栄を極めた。ゼウス*＝ヘーリオス*神に捧げる競技祭が創建時以来行なわれ、祭典儀式が盛んなところから「小アテーナイ*」とも呼ばれる。地震の頻発する地域で、ローマ帝政期の後17年にも大震災によって破壊されたが、すぐに再建された。市壁や神殿など若干の遺跡が残っている。

Strab. 13-628/ Plin. N. H. 5-30/ Tac. Ann. 2-47/ Ptol. Geog. 5-2/ Nov. Test. Apoc. 1, 3/ Steph. Byz./ etc.

ヒラド　Herod
⇒ヘーローデース（の英語形）

ピラト　Pontius Pilatus
⇒ピーラートゥス

ピーラートゥス、ポンティウス　Pontius Pilatus, （ギ）Pontios Pilatos, Πόντιος Πιλᾶτος, （英）Pontius Pilate, （仏）Ponce Pilate, （伊）Ponzio Pilato, （西）Poncio Pilato, （葡）Pôncio Pilatos, （カタルーニャ語）（オック語）Ponç Pilat, （露）Понтий Пилат, （和）ポンティオ・ピラト

（前10頃～後39頃）ローマ帝政初期の政治家。騎士身分（エクィテース*）に属する。ティベリウス*帝の治下に属州管理官 Praefectus（プラエフェクトゥス）としてユダヤ*を統治（在任・26～36）。苛酷にユダヤ人の抵抗運動を弾圧し、イエースース*（イエス・キリスト）も彼の在任中に磔刑に処されたという（30／33頃）。さらに「終末の預言者」を自称するサマレイア*人とその一派を虐殺したため、シュリア*総督 L. ウィテッリウス*（ウィテッリウス*帝の父）に解任され、皇帝の前で釈明するべくローマへ召還される（36）。翌37年にローマへ帰国した時には、すでにティベリウスは死んでおり、彼のその後の生涯については不詳。後世のキリスト教伝承によれば、カリグラ*帝（在位・37～41）の治世に自殺を強いられたとも、故郷のガッリア*へ追放されて不遇のうちに没したとも、ウィエンナ*（現・ヴィエンヌ）で自害して果てたとも、ネロー*帝（在位・54～68）によって斬首されたともいわれている。かと思うと、イエースースを庇ったからというので聖人に祀り上げられ、コプト教会では殉教者として崇敬を受けていたという（エティオピア教会でも聖人、祝日・6月25日）。同様に妻のクラウディア・プロクラ Claudia Procula も、キリスト教徒となって殉教したとして、ギリシア正教会では聖女と見なされている（祝日・10月27日）。ピーラートゥスの出身地をヒスパーニア*のタッラコー*（現・タラゴーナ）とする伝承もあり、彼の名を冠した総督の官邸（西）Torréon de Pilatos が考古学博物館として今も同市に残っている —— キリストがピーラートゥスに裁かれる際に上った公邸の階段と称するものは、ローマ市内ラテラーノ宮殿（伊）Palazzo del Laterano の斜め向かいに見ることができる（伊）Scala Santa —— 。なお「新約聖書」外典の1つで、クリストス*（キリスト）の裁判を記した『ニーコデーモスによる福音書（ギ）Kata Nikodēmon Euangelion, Κατὰ Νικόδημον Εὐαγγέλιον, （ラ）Evangelium Nicodemi』（4世紀頃の作）は、古くは『ピラト（ピーラートス）行伝（ギ）Prakseis Pilatū, Πράξεις Πιλάτου, （ラ）Acta Pilati』の名で知られていた。

⇒アントーニウス・フェーリークス

Tac. Ann. 15-44/ Joseph. J. A. 18-3～, J. B. 2-9/Philo Leg. 38-299～/ Tac. Ann. 15-44/ Euseb. Hist. Eccl. 2-7/ Nov. Test. Matth. 27, Marc. 15, Luc. 13, 23, Johann. 18～/ Tertullian. Apol. 21-24/ Oros. 7-4/ Orig. Homil. ad Matth./ Inscript. Pilat./ Symbolum Nicaenum/ Mors Pilati/ Evangel. Petri/ etc.

ピラムス　Pyramus
⇒ピューラモス

ピラモス　Pyramos
⇒ピューラモス

ヒラリウス　Hilarius Pictaviensis（ポワティエ Poitiers の），（英）Hilary，（仏）Hilaire，（独）Hilar(ius)，（伊）Ilario，（西）Hilario，（葡）Hilário，（露）Иларий

（後315頃～367年11月1日）ガッリア*中西部ピクターウィー Pictavi, Pictavia, Pictavium（現・ポワティエ Poitiers）の司教（在任・353頃～367）。古典教育を受け妻帯して1女を儲けていたにもかかわらず、新プラトーン主義からキリスト教に転向し、生地ピクターウィーの司教職に就任（353頃、異説あり）。熱狂的にアレイオス*（アリーウス*）派と闘ったため「西方のアタナシオス*（アタナシウス*）」の異名を取る。繰り返しコーンスタンティーヌス1世*（大帝）から追放処分を受け、3度目はアレイオス派の皇帝コーンスタンティウス2世*によって小アジアのプリュギアー*へ流される（356～359）。この地でもアレイオス論争を巻き起こし、ガッリアに帰国（360）後も終生アタナシオス説を擁護、361年には宿敵たるアレラーテ*（現・アルル）司教サートゥルニーヌス Saturninus を罷免に追いやった。小アジア流刑中に学んだギリシア神学を西方に導入し、アウグスティーヌス*以前の代表的ラテン教父となった。トゥールのマールティーヌス*（マルタン）の師。また一説では、オーリゲネース*の先蹤に倣って自らを去勢したという伝承もあるという。

主著：『三位一体論 De Trinitate』12巻、『公会議について De Synodis』、"Liber mysteriorum" 他の聖書注解、『讃歌 Hymni (Liber hymnorum)』（最初のラテン聖歌論）

同名の人物では、西ローマ末期に師ホノーラートゥス Honoratus（350～430）を継いでアレラーテの司教職にあったガッリアのキリスト教会の立役者アルルのヒラリウス H. Arelatensis（401頃～449）がよく知られている。

主著：『ホノーラートゥス伝 Vita Sancti Honorati Arelatensis Episcopi』

ピランモーン　Philammon, Φιλάμμων, （伊）Filammone，（西）Filamón，（露）Филаммон，（現ギリシア語）Filámmonas

ギリシア伝説中の音楽家・予言者・詩人。アポッローン*とキオネー❶*（ダイダリオーン*の娘）との子（異説あり）。アウトリュコス*の双生異父兄弟。美しかったのでニンペー*（ニンフ*）のアルギオペー Argiope, Ἀργιόπη に愛されたが、彼女が妊娠するともはや近づけなくなり、アルギオペーはトラーケー*（トラーキアー*）へ去って息子タミュリス*を産んだ。

ピランモーンはデルポイ*にある父の神殿に仕え、乙女たちから成る合唱団やレルネー*のデーメーテール*の秘教（ミュステーリア*）を創設。のちプレギュアース*が攻め込んだ時、アルゴス*軍を率いて応戦し討ち死にを遂げた。エウモルポス*の父とされることもある。また一説に彼の母とされるクリューソテミス Khrysothemis, Χρυσόθεμις（クレーター*の神官カルマーノール Karmanor の娘）は、音楽競技を発明し、最初の優勝者となった人物であるという。

Ov. Met. 11-301～/ Hyg. Fab. 161, 200/ Conon Narr. 7/ Eur. Rhes. 901/ Paus. 2-37, 4-33, 9-36, 10-7/ Schol. ad Hom. Od. 19-432/ etc.

ピリスティオーン　Philistion, Φιλιστίων, Philistio，（伊）Filistione，（西）Filistio

（前4世紀前期）南イタリアのロクロイ*・エピゼピュリオイ*出身の医学者。プラトーン*の友人で、エウドクソス❶*の師とされる。シケリアー*（現・シチリア）の医学派の代表者。前4世紀初頭に動物の解剖を行ない、心臓を生命の主要な調整者"プネウマ Pneuma, Πνεῦμα の座"と呼んだ（⇒アルクマイオーン、ヘーロピロス）。エンペドクレース*の4元素説に基づいて、疾患は身体中の火（熱）・空気（冷）・水（湿）・土（乾）が均衡を欠いた状態であると主張。著述は断片が残存する。

年少の同時代人でアテーナイ*において活躍したディオクレース Diokles, Διοκλῆς（カリュストス Karystos の人。前4世紀）は、彼の影響を受けて4元素説を採用し、コース*のヒッポクラテース*派やアリストテレース*の学説を折衷。また動物の子宮を解剖するかたわら、人間の胎児の生長を記述し、胎生学・産科学の進歩に寄与した。なお、この頃アテーナイでは、アスパシアー Aspasia, Ἀσπασία なる女医が、婦人科・外科、その他に貢献した点で注目される（前4世紀）。

Gell. N. A. 17-11/ Diog. Laert. 8-86, -89/ Plin. N. H. 26-6/ Gal. De Meth. Med/ Ath. 3-115, 12-516/ Plut. Mor. 699c/ Oribasius De Machin. 4/ etc.

ピリストス　Philistos, Φίλιστος, Philistus，（仏）Philiste，（伊）（西）Filisto，（現ギリシア語）Fílistos

系図310　ピランモーン

```
                    カルマーノール
                         |
         ┌───────────────┴───────────────┐
      エウブーロス                  クリューソテミス ＝ アポッローン ＝ キオネー、ピローニスとも
                                              └──────┬──────┘
                                                  ピランモーン ＝ アルギオペー（ニンフ）
                                                      ┌──────┴──────┐
                                                   タミュリス        エウモルポス
```

ピリータース（コースの）

ギリシア人の男性名。

❶（前440／430頃〜前356）シュラークーサイ*生まれのシケリアー*（現・シチリア）の史家。ディオニューシオス1世*（在位・前405〜前367）を前405年に僭主とするのに与って力があったが、のちに僭主の姪と無断で結婚したというので追放された。前366年、ディオニューシオス2世*（在位・前367〜前344）に呼び戻されると、実力者のディオーン*（ディオニューシオス1世の義兄弟）を排斥するべく暗躍、これをシュラークーサイから放逐することに成功する。しかるに後年、ディオーンがわずかの人数を従えて祖国を奪回した際に、ピリストスは海戦で敗れて自害したとも、生捕りにされ裸にされて侮辱を加えられてから首を刎ねられたとも伝えられる。屍骸は足に綱をつけられ、町の子供たちに市中を引きずり回されたのち、石坑の中に投げ込まれたという。著書『シケリアー史』（シケリカ Sikelika）は、大部分が亡命中に書かれ、全13巻あったが今はわずかな断片しか伝存しない。

⇒巻末系図 025

Plut. Dion 11〜36, Nic. 19/ Diod. 13-91, 14-8, 15-7, 16-11, -16/ Paus. 1-13, 5-23/ Dion. Hal./ Quint. Inst. 10-1/ Cic. De Or. 2-23, Q. Fr. 2-13, Brut. 17/ Nep. Dion 3/ Tzetz. Chil. 10-358/ Suda/ etc.

❷（前6世紀）カルキディケー*の美少年。エウボイア*島のカルキス*とエレトリア*が戦った時、カルキス人を援助するべく派遣された勇士にアントーン Anton, Ἄντων という者がおり、彼が恋するピリストスに口づけされて見事な戦いぶりを示したので、以後カルキス人は男同士の恋を非常に尚ぶようになったという。

⇒クレオマコス❷

Plut. Mor. 761b/ Arist. Fr./ Herodot. 9-97/ etc.

ピリータース（コース*の）　Philitas, Φιλιτᾶς, Φιλίτας（または、ピレータース Philetas），（伊）Filita, Fileta,（西）Filitas, Filetas

（前340頃〜前285頃）ギリシアの詩人、文法学者。コース*島の出身。ゼーノドトス*やヘルメーシアナクス*、テオクリトス*の師。また同じコース島で生まれたプトレマイオス2世*の教育にも当たり、難語・稀語を集めた『雑語集 Atakta, Ἄτακτα』を編纂、アレクサンドレイア❶*学匠詩の先駆者となる（⇒カッリマコス）。世にも珍しいほど痩せていたので、風の強い日には吹きとばされぬよう、鉛の球を両脚に結びつけていた、もしくは鉛の靴底をサンダルに付けていたという。ヘレニズム時代初期を代表する詩人として高く評価され（⇒サモスのアスクレーピアデース❷）、とりわけ恋愛エレゲイア詩に傑出、プロペルティウス*やオウィディウス*らローマの詩人たちに大きな影響を与えた。病身のためコース島に引退し、この地に葬られ銅像を建てて顕彰されたというが、作品はわずかな断片しか伝わらない。

⇒シミアース❷

Ath. 9-401e, 12-552b, 13-598f/ Ael. V. H. 9-14, 10-6/ Plut. Mor. 791e/ Ov. Tr. 1-6, Pont. 3-1/ Prop. 2-34/ Quint. Inst. 10-1/ Strab. 14-653/ Parthen. Amat. Narr. 2/ Suda/ etc.

ピリッピー　Philippi
⇒ピリッポイ

ピリップス・アラブス　Marcus Julius Verus Philippus Augustus "Arabs",（ギ）Φίλιππος Ἄραψ,（英）Philip the Arab,（仏）Philippe l'Arabe,（独）Philipp der Araber,（伊）Filippo l'Arabo,（西）Filipo el Árabe,（葡）Filipe, o Árabe

（後204頃〜249年9月）ローマ皇帝（在位・244年2月25日（3月3日とも）〜249年9月）。アラブ人出身のためにアラブス Arabs（アラビア人）と副称される。追剥ぎの首領（またはアラビア人の首長）の息子に生まれ、ローマ軍に入って累進し、ペルシア遠征中のゴルディアーヌス3世*帝の近衛軍司令官となる（243末）。次いで軍隊を煽動してゴルディアーヌス帝を暗殺させ、自らが即位、息子マールクス M. Julius Severus Philippus（237〜249）を副帝(カエサル*)に指名した。ペルシアと和約を結ぶやローマへ帰還し、たくみに元老院を懐柔して統治。ドーナウ遠征（245〜247）を行なってカルピー*族に大勝を収めると、今度は息子を共治の正帝(アウグストゥス*)とする（247、ピリップス2世、在位・247〜249）。翌248年4月にはローマ建国1千年を記念して記録上最後の世紀祭（ルーディー・サエクラーレース*）を盛大に祝賀、2千人の剣闘士や多数の珍奇な動物たちを出場させて豪華な見世物を開催した（4月21日〜23日）。しかし同年夏にはゴート*族などがモエシア*に侵入し、また属州各地に僭帝が続出したため、ピリップスは部将デキウス*をドーナウ方面に派遣するが、翌年デキウスが軍隊に擁されて造反し皇帝を名のってイタリアへ反撃。それを迎え撃ったピリップスは、ウェーローナ*（現・ヴェローナ）近郊の戦闘で敗死したとも、部下の手にかかって殺されたともいう（45歳）。共治帝だった11歳の息子は、ローマにおいて近衛軍により母の腕の中で虐殺された。

ピリップス帝は折衷主義的な宗教思想の持ち主だったらしく、自室に神々の像とキリスト像を並べていたことから、後世のキリスト教伝承ではローマ皇帝の中で最初にキリスト教に改宗した人物だなどといわれるようになった。また彼は、男倡窟の前に自分の息子に似た若者が佇んでいるのを見て、男性売春の非合法化に踏み切ったといわれる。なお、帝の弟プリ（ー）スクス C. Julius Priscus は、250年マケドニア*でゴート軍の庇護下に皇帝を僭称したが、すぐにデキウス帝に殺されている。

Aur. Vict. Caes. 28/ S. H. A. Gordian. 28〜34/ Euseb. Hist. Eccl. 6〜34〜39/ Eutrop. 9-3/ Zosimus 1-18〜23, 3-32/ Zonar. 12-18〜20/ Hieron. Chron./ etc.

ピリッポイ　Philippoi, Φίλιπποι,（ラ）ピリッピー* Philippi,（仏）Philippes,（伊）Filippi,（西）（葡）Filipos,（露）Филиппы,（現ギリシア語）

Fílippi

(現・Fílipi) マケドニアー*東南部、トラーケー*（トラーキアー*）との境界近くにあった都市。旧称クレーニーデス Krenides, Κρηνίδες（「泉」の意）。元来はトラーケー人が居住していたが、前360年にタソス*人がギリシア都市 Daton を建設。次いでマケドニアー王ピリッポス2世*が近隣の金鉱地帯パンガイオイ*の中心市として防衛を強化し（前356）、以来王名にちなんでピリッポイと呼ばれた。前42年、この近くの平原でローマの将アントーニウス*とオクターウィアーヌス*（のちアウグストゥス*）の連合軍が、カエサル*を暗殺したブルートゥス*とカッシウス*の軍勢と2度にわたり干戈を交え、これらを敗死させた戦場として名高い（10月3日と10月23日）。金・銀鉱で栄え、東南14kmのネアーポリス Neapolis, Νεάπολις（現・Kaválla）を外港とした。前130年頃からローマの支配下に入り、ピリッポイの決戦後はローマ退役兵の軍事植民市（コローニア*）となり、後600年頃まで存続。キリスト教徒の間では、パウロス*（パウロ）がヨーロッパで最初に伝道した都市として知られる。東西交通の要路エグナーティウス街道*（ウィア・エグナーティア*）を中心にフォルム*や諸神殿、城壁、劇場（テアートロン*）、パライストラー*、公衆便所、バシリカ*などの古代遺跡が残っている。

なお、ピリッポイの北方、トラーケー地方のヘブロス Hebros, Ἕβρος（現・Maritza, Meriç）河沿岸には、やはりマケドニアー王ピリッポス2世によって建てられ（前342）、王の名をとって命名されたピリッポポリス Philippopolis, Φιλιππόπολις（現・Plovdiv）なる都市があり、トラーケー系住民とギリシア系住民が混在する町として、独自の発展を遂げた。ちなみにシュリアー*のダマスコス*南方にある同名の都市ピリッポポリス（現・Shahbā）は、ローマ皇帝ピリップス・アラブス*誕生（後204頃）の地であることから、「ピリッポスの町」を意味するこの名称を与えられた。

Plut. Brut. 38／App. B. Civ. 4-103〜131／Strab. 7-331／Dio Cass. 47-35〜49／Suet. Aug. 9／Tac. Ann. 3-38, Hist. 1-50, 2-38／Liv. 45-29／Diod. 16-4〜8／Ov. Met. 15-824／Flor. 4-42／Luc. 1-680, 7-854, 9-271／Nov. Test. Act. 16-25〜, Philipp.／Ptol. Geog. 3-12／It. Ant.／etc.

ピリッポス Philippos, Φίλιππος, Philippus,（英）Philip,（仏）Philippe,（独）Philipp,（伊）Filippo,（西）Filipo, Felipe,（葡）Filipe,（露）Филипп,（現ギリシア語）Fílipos,（アラビア語）Fīlbūs

マケドニアー*の王。巻末系図027を参照。

❶ **1世** Ph. I（前7世紀頃、在位33〜38年間）。
ペルディッカース1世*の孫。父アルガイオス Argaios, Ἀργαῖος 1 世の王位を継ぎ、息子アーエロポス Aëropos, Ἀέροπος 1 世が、彼のあと即位した。
Herodot. 8-139／Just. 7-2／Thuc. 2-100／Euseb.／etc.

❷ **2世** Ph. II（前382〜前336年6月頃。在位・前359〜前336年6月）
アレクサンドロス大王*の父。アミュンタース3世*の子。マケドニアー*をギリシア世界随一の大国とした有能な君主。15歳から3年間テーバイ❶*に人質となり将軍ペロピダース*やパンメネース*に愛され、名将エパメイノーンダース*の感化を受けた（前368〜前365）。帰国後、兄ペルディッカース3世*が戦死すると（前359）、幼主アミュンタース4世*の摂政となり、やがて軍会によって王号を授与されるや、競争相手となる異母兄弟たちをすべて暗殺ないし国外追放にし、野心家の母エウリュディケー❶*をも放逐。軍制改革や軍事植民市の建設などを通してマケドニアーを統一・強化し、イッリュリアー*人、パイオニアー*人を撃ち破って領土を拡大した。パンガイオン*金山を占領して良質の金貨を鋳造、年産1千タラントンを超える莫大な財源を確保し、買収や策略でギリシアの政局を動かす。アンピポリス*はじめピュドナ*やポテイダイア*、オリュントス*、スタゲイロス*等、北方沿岸の主要なギリシア都市を奪取、さらにポーキス*人のデルポイ*占拠に起因する第3次神聖戦争*（前356〜前346）に乗じてギリシアに南下・干渉し、デルポイのアンピクテュオニアー*（隣保同盟）の実権を握る（⇒ピロクラテース）。前338年には、雄弁家デーモステネース❷*の主唱するアテーナイ*＝テーバイの反マケドニアー連合軍を、カイローネイア*の戦いで粉砕（8月2日）、ギリシア世界の覇権を掌中にした（⇒神聖部隊）。翌年コリントス*に、スパルター*を除く全ギリシアの代表を召集し、ヘッラス*連盟（コリントス同盟）を組織・指揮して、ペルシア*遠征を決定したが、前336年初夏、娘クレオパトラーと義弟（妻オリュンピアス*の弟）エーペイロス*王アレクサンドロス1世*との婚礼の祝宴の最中に暗殺された。犯人は王に寵愛されていた美青年の1人パウサニアース❷*という貴族で、背後には権力欲旺盛な王妃オリュンピアスの手が働いていたといわれる。

ピリッポスは、男女両色とも大いに好み、多数の美男美女を愛し、7人の妻と結婚。前357年にエーペイロス王ネオプトレモス❶*の娘オリュンピアスを娶って、アレクサンドロス3世*（大王）およびクレオパトラーの父となったほか、何人かの妻妾に子女を産ませた（⇒ピリッポス3世アッリダイオス）。後のエジプト王プトレマイオス1世*も彼の胤と伝えられる。前337年将軍アッタロス*の姪クレオパトラー❶*と正式に結婚したため、怒ったオリュンピアスとアレクサンドロス母子は一時エーペイロスへ退去した。またピリッポスは妻オリュンピアスが神蛇と交わるのを覗き見たせいで、のちメトーネー*攻囲戦（前355）中に矢で射抜かれて片目を失ったという。

ピリッポスは機知溢れる能弁家で、魅力ある容姿と経綸の才に恵まれ、マケドニアー式の過度の飲酒・宴会を愛好、戦術と謀略に長じて各地に勝利を重ねたため、息子のアレクサンドロスをして「父上は全て先に取ってしまわれて、僕には何も大仕事を残しておいて下さらない」と嗟嘆せしめたほどであったと伝えられている。傑出した勇猛な君主であると同時に、冷酷残忍な面もあって、第3次神聖戦争中には、ポーキスの将軍オノマルコス*を殺してから

屍体を磔刑に処し、その部下3千人をまとめて生きたまま海へ投げ込んで溺死させた（前352）などといった話も残っている。
⇒ヘタイロイ、ピリッポイ
Diod. 16/ Just. 7〜9/ Plut. Alex. 1〜, Dem. 9〜, Pelop. 26, Phoc./ Isoc. Philipp./ Dem. 4, 18/ Aeschin./ Nep./ Polyaenus/ Just. 7〜9/ Ath. 11-476, 13-557, 14-614/ Ael. V. H. 4-19, 6-1, 8-12, -15, 12-53, -54, 13-7, -11/ Gell. N. A. 9-3/ Cic. Off., 2-14, -15, Tusc. 5-14/ Polyb. 2-48, 3-6, 5-10, 8-11〜13, 9-28〜/ Strab. 7〜9/ Dio Chrys. Or. 49-5/ Polyaenus 4-2/ etc.

❸ **3世アッリダイオス** Ph. III Arrhidaios, Ἀρρhιδαῖος, Arrhidaeus（アリダイオス Aridaios, Ἀριδαῖος, Aridaeus）（前357頃〜前317。在位・前323年6月〜前317年10月頃）

ピリッポス2世*とテッサリアー*の踊り子で娼婦のピリンナ Philinna, Φίλιννα との子。アレクサンドロス大王*（3世*）の庶兄。継母オリュンピアス*に毒を盛られて心身ともに害し、精神薄弱者となった。おかげで、父王の死（前336）後、アレクサンドロス大王が即位した時にも殺されずに済む。前323年6月、大王亡き後、その遺腹の児アレクサンドロス4世*と並んで共同統治の王に選ばれ、翌前322年、姪のエウリュディケー❷*と結婚。実権は妻の掌握するところとなる。全権を牛耳ろうとする妃の野心から、幼王アレクサンドロス4世を擁するオリュンピアスと対戦する破目になり、敗れて妻とともに捕らえられ、オリュンピアスの命令で処刑 ── 彼は射殺ないし槍で刺殺、妃は絞殺 ── された。王位に在ること6年と4ヵ月。
⇒ペルディッカース
Plut. Alex. 77/ Just. 9-8, 13-2〜, 14-5/ Diod. 18-2, 19-11, -52/ Paus. 1-6, -10, -11, -25, 8-7/ Ath. 4-155, 13-577/ Phot. Bibl./ etc.

❹ **4世** Ph. IV（在位・前297／296）

カッサンドロス*とテッサロニーケー*（アレクサンドロス大王*の異母姉妹）の長男。父の跡を継いでマケドニアー*王位に即くが、ほんの数ヵ月で不治の病に襲われて、ポーキス*に客死。次弟アンティパトロス❷*が王権を継承した（前296）。
Paus. 9-7/ Just. 15-4, 16-1/ Euseb. Chron./ etc.

❺ **5世** Ph. V（前238〜前179）

アンティゴノス朝*マケドニアー*王（在位・前221〜前179）。デーメートリオス2世*とプティーアー Phthia Khryseïs, Φθία Χρυσηΐς の子。前229年、父王が殺された時には、まだ幼少だったので、父の従弟アンティゴノス3世*が摂政、次いで王となり、彼はその養子に迎えられた。アンティゴノスの死後、即位して（前221年夏）陰謀と戦争に明け暮れるその長い治世を開始。アラートス*およびアカーイアー同盟*の求めに応じて、アイトーリアー同盟*やスパルタ―*を制圧し（同盟戦争・前220〜前217）、次いで前215年カルターゴー*の名将ハンニバル*❶*と盟約して、東進するローマ勢と干戈を交えたが、ギリシア諸都市やペルガモン*王アッタロス1世*が反マケドニアーの立場からローマと結んだため不首尾に終わる（第1次マケドニアー戦争・前215〜前205）。さらにセレウコス朝*シュリアー*王アンティオコス3世*と同盟し（前203）、プトレマイオス5世*が幼少なのに乗じてエジプトの海外領分割を画策するなど東方各地に事を起こした結果、アッタロス1世の要請で再びローマの介入を招く（前200）。ついに、テッサリアー*東部のキュノスケパライ*で、ローマの将軍 T. フラーミニーヌス*に大敗（第2次マケドニアー戦争・前200〜前197）。マケドニアー本国以外の領土とギリシアに対する覇権を放棄させられ、息子デーメートリオス Demetrios, Δημήτριος を人質にとられた（前196）。

王は勇敢で有能な人物ではあったが、陰険・狡猾で猜疑心が強く、アラートスの息子の妻を犯し、それを察知されるとアラートス父子を緩慢な毒で徐々に衰弱させて殺害、他にもアテーナイ*の声望家ら何人かを毒殺した。また毒盃を並べた宴会を開いて邪魔者を葬り去ったこともある。王位簒奪の陰謀を企てた容疑で実子デーメートリオスをも殺し（これも毒殺という。前181）、のちにそれが庶子ペルセウス*の讒言による虚報だったことを知ると、悲痛と消沈のあまりアンピポリス*に没した。王位はペルセウスが継承した。ある予言によると、「マケドニアーは1人のピリッポスの下に隆盛し、別のピリッポスの下に衰亡するであろう」とされていた。前者はピリッポス2世*で、後者がこの5世であるという。
（⇒巻末系図048）
Liv. 21〜40/ Polyb. 2〜24/ Just. 28-3〜29/ Plut. Flam., Arat., Aem./ Val. Max. 4-8/ Paus. 8-8/ App. Mac. 1〜/ Diod. 28/ Polyaenus 4-18, 5-17/ etc.

ピリッポス Philippos, Φίλιππος, Philippus,（英）Philip,（仏）Philippe,（独）Philipp,（伊）Filippo,（西）Filipo, Felipe,（露）Филипп,（現ギリシア語）Filippos

セレウコス朝*末期の王。巻末系図039, 041〜042を参照。

❶ **1世** Ph. I Epiphanes Philadelphos, Φιλάδελφος（前115頃〜前83）（在位・前93〜前84／83）

アンティオコス8世*の子。双生兄弟のアンティオコス11世*とともに、アンティオコス10世*を攻撃するが、オロンテース*河畔に敗北（前93）、11世亡きあと王冠を戴きシュリアー*の一部を支配、弟デーメートリオス3世*と協力して、アンティオコス10世と戦闘を繰り返した。アンティオコス10世の死後、今度はデーメートリオス3世と兄弟戦争を始め、パルティアー*軍の援助で弟を捕らえた（前88）。ところが、次に末弟アンティオコス12世*がダマスコス*と南シュリアーを占領して彼と対立（前87）、またもや兄弟間で抗争した。相次ぐ内乱に倦んだシュリアー人が、国土をアルメニアー*のティグラーネース*大王に提供したため、ピリッポスは廃位ののち処刑されたと思われる。
Joseph. J. A. 13-13〜15/ Just. 40/ Euseb. Arm./ etc.

❷2世 Ph. II Philorhomaios Barypūs Φιλορωμαῖος Βαρύπους（前95頃～前56頃。在位・前67～前65）

❶の子。父の死後、アンティオコス13世*と対戦し、13世がローマからシュリアー*王位を認められた（前69）のちも、アラビアー*の首長アジゾス Azizos, Ἄζιζος に支持されて、攻撃を続けた。アジゾスと、13世を支持する別のアラビアー人首長サンプシケラモス Sampsikeramos, Σαμψικέραμος (Shamashgeram) との間に、王国分割の密約が結ばれた時、計略を察知してアンティオケイア❶*へ落ちのび、なおしばらく王座を保ったものの、やがて追放された。13世の暗殺後ほどなく彼も葬り去られたらしい。
Just. 40-2/ App. Syr. 70/ Diod. 40-1a～b/ Dio Cass. 36-17/ etc.

ピリッポス Philippos, Φίλιππος, Philippus,（英）Philip,（仏）Philippe,（独）Philipp,（伊）Filippo,（西）Filipo, Felipe,（露）Филипп,（現ギリシア語）Fílippos

ギリシア系の男性名。「馬を愛する者」の意。

❶（前4世紀後期）アレクサンドロス大王*の侍医。アカルナーニアー*の人。ペルシア*遠征に随行し、前333年の夏、キリキアー*で大王が熱病に倒れた時、治療に当たった。彼が強い飲薬を調進している間に、大王の許に将軍パルメニオーン*から「その医師はペルシア人に買収されて大王の毒殺を企てております」という警告の文が届いた。しかし大王はその手紙をピリッポスに手渡しつつ、差し出された薬を躊躇せずに飲み干して、侍医に全幅の信頼をおいていることを示した。かくて大王は間もなく病気から回復し、東方への遠征を続けることができたという。
Plut. Alex. 19/ Arr. Anab. 2-4/ Curtius 3-6, 4-6/ Val. Max. 3-8/ Just. 11-8/ etc.

❷（前4世紀中頃）オプース*出身の数学者・天文学者。プラトーン*の弟子。まだ蝋板上にあった師プラトーンの『法律』を筆写・編集し、またその後篇『エピノミス Epinomis, Ἐπινομίς』をも書いたといわれる―― 後者は通常プラトーン晩年の著作であると考えられている――。

他にも、各詩の語頭の文字によってアルファベット順に配列したエピグラム詩集『花冠 Stephanos, Στέφανος』の編纂者、テッサロニーケー*の詩人ピリッポス（後40頃）や、アレクサンドロス大王*の子孫を誇称してマケドニアー*の王位をうかがったメガロポリス*（メガレー・ポリス*）のピリッポス（前2世紀初頭）など幾人もの同名人物が知られている。
Diog. Laert. 3-37, -46/ Anth. Pal. 9-285, 11-33, -36, -173, -321, -347/ Vitr. De Arch. 9-7/ Plin. N. H. 18-31-74/ Liv. 35-47, 36-8, -13～/ App. Syr. 13, 17/ Steph. Byz./ Suda/ etc.

ピリッポス（ユダヤの君主） Philippos, Φίλιππος, Philippus
⇒ヘーローデース・ピリッポス

ピーリトウス Pirithoüs
⇒ペイリトオス*（のラテン語形）

ピリーノス Philinos, Φιλῖνος, Philinus,（伊）（西）Filino
（前3世紀中頃）コース*出身の医学者。ヘーロピロス*の弟子だったが、ピュッローン*の懐疑哲学の影響を受けて師と訣別し、アレクサンドレイア❶*に経験主義医学派を新たに創設した。症状の観察と経験を重視して、ヘーロピロスの弟子たちの教義主義医学派と論争を繰り返した。薬理学に大いに貢献し、植物学の本なども書いたが、著作は全て散逸した。

その他、アクラガース*（アグリゲントゥム*）出身のギリシア人で、ハンニバル❶*のイタリア遠征に随行し、ポエニー戦争*に関する史書（散逸）を著したピリーノス（前3世紀末頃）や、デーモステネース❷*と同時代のアッティケー*の弁論家ピリーノス（前4世紀後半）、オリュンピア競技祭*を筆頭とする四大ギリシア競技祭で24回も優勝したコース出身の徒競走選手ピリーノス（前282頃～）といった同名人物の存在が知られている。
⇒アスクレーピアデース❶
Ath. 15-681～682/ Plin. N. H. 20-91/ Nep. Hanniball 13/ Clem. Al. Strom. 6-748/ Theocr. 2-/ Paus. 6-17-2/ Euseb. Chron./ Polyb. 1-14～/Diod. 24-5, -●/ Dem./ Harp./ Clem. Alex. Strom. 6-2/ Gal. De Compos./ Ps. Gal. Introd.

ヒルカニア Hyrcania
⇒ヒュルカニアー

ピルス Pyrrhus
⇒ピュッロス

ヒルティウス、アウルス Aulus Hirtius,（ギ）Aulos Hirtios, Αὖλος Ἵρτιος,（伊）Aulo Irzio,（西）Aulo Hircio

（前90年～前43年4月21日）ローマの歴史家、政治家。前54年頃からガッリア*においてカエサル*の副官 Legatus を務め、続く内乱（前49～前45）時にも彼に従ってギリシアやヒスパーニア*に転戦、法務官（前46）、外ガッリア総督（前45）を経て、カエサル暗殺（前44）後の前43年にはパーンサ*とともに執政官職に就任。キケロー*に説得されて元老院派に与し、ムティナ*（現・モデナ）でM. アントーニウス*と戦って、勝利を収めながら、討ち死にした。実は乱闘の最中、味方のオクターウィアーヌス*（のちのアウグストゥス*）に殺されたのだと伝えられ、同僚のパーンサも間もなく陣没した（オクターウィアーヌスの毒殺という）ため、両執政官の軍隊はオクターウィアーヌスが独り占めする結果となった。ヒルティウスは美食家・快楽主義者として知られ、性愛の対象としてオクターウィアーヌスの若い肉体を30万セーステルティウスもの大金で購った男色買春でも名高い。また、カエサルの『ガッリア戦記 Bellum Gallicum (De Bello Gallico)』に第8巻を補

充して、これを完結させたほか、『アレクサンドリーア戦記 Bellum Alexandrinum (De Bello Alexandrino)』を執筆したとも見なされている。続く『アーフリカ戦記 Bellum Africum (De Bello Africo)』、および『ヒスパーニア戦記 Bellum Hispaniense (De Bello Hispaniensi)』も、彼の著述ではないが、おそらくその遺志に基づき2人の作者の手で完成されたものと思われる。

なおキケローの言に従えば、ヒルティウスは飲酒や賭博を好み、娼家などで女役者の股ぐらに頭を突っ込んではクンニリングス cunnilingus を娯しむ趣味があったという。⇒C. オッピウス❷、C. マティウス、L. コルネーリウス・バルブス

Suet. Iul. 56, Aug. 10~11, 68, Rhet. 1/ Dio Cass. 45-17, 46-36~39/ App. B. Civ. 3-50~76/ Tac. Ann. 1-10/ Plut. Ant. 17, Cic. 43, 45/ Cic. Att. 7-4, 11-20, 12-2, -37, 13-40, 14-6, Phil. 7-4, 13-11, 14-9~, Fam. 7-33, 9-6, 10-33, 12-25, 16-27/ Vell. Pat. 2-61, -62/ Liv. Epit. 119/ etc.

ヒールピーニー　Hirpini,（ギ）Hirpinoi,（Irpinoi）, Ἱρπινοί, Ἱρπῖνοι,（英）Hirpinians,（仏）Hirpiniens,（独）Hirpiner,（伊）Irpini,（西）Hirpinos

イタリア南部のサムニウム*系部族。ルーカーニア*の北方、カンパーニア*の北東、アープーリア*の西北に居住。伝承では遠祖が狼（オスキー*語で hirpus）に導かれてこの地に来住したという。前4世紀に他の3部族とサムニウム連合を結成、繰り返しローマと交戦した（⇒サムニウム戦争）。⇒アンプサンクトゥス、アエクラーヌム

Liv. 22-61~/ Sil. 8-570/ Cic. Leg. Agr. 3-2(8)/ Vell. Pat. 1-14, 2-16/ App. B. Civ. 1-39, -51/ Plin. N. H. 3-11/ Strab. 5-250/ Polyb. 3-91/ Ptol. Geog. 3-1-71/ Serv. ad Verg. Aen. 11-785/ etc.

ビルビリス　Bilbilis,（Augusta Bilbilis）,（ギ）Bilbi(li)s, Βίλβιλις, Βίλβις

（現・Calatayud Vieja）ヒスパーニア*・タッラコーネーンシス*の町。サロー Salo（現・Jalón, Xalon）川沿いにあり、詩人マールティアーリス*の生地として知られる。もとはイベーリアー*人の町で、前74年にはセルトーリウス*軍がスッラ*の部将 Q. メテッルス❹*・ピウスに敗北を喫した戦場となっている。

Mart. 1-50, 4-55, 10-103, -104, 12-18/ Strab. 3-162/ Ptol. Geog. 2-6/ Just. 44-3/ etc.

ピーレーウス　Piraeus
⇒ペイライエウス

ピレエフス　Peiraievs
⇒ペイライエウス

ピレタイロス　Philetairos, Φιλέταιρος, Philetäerus,（仏）Philétère, Philétairos,（独）Philetärus,（伊）（西）Filetero,（現ギリシア語）Filéteros

（前343頃～前263）ペルガモン*のアッタロス朝*の創建者。"宦官王"として名高い。マケドニアー*人アッタロス Attalos, Ἄτταλος とパープラゴニアー*人遊女との間に生まれる。乳児の頃の事故が因で去勢者（閹人）となるが、有能な人物で、はじめアンティゴノス1世*、次いでリューシマコス*に仕え、ペルガモンの長官としてその地に置かれた莫大な財宝を管理する。しかし、リューシマコス晩年の宮廷内の騒動（⇒アガトクレース❷、アルシノエー2世）から、身の危険を覚えたピレタイロスは、前282年以来、旧主を裏切ってセレウコス1世*に服属するようになる。その後たくみに身を処してセレウコス朝*シュリアー*王国の宗主権の下に、ペルガモンの実質上の君主として20年近く支配し続けた。彼の治世中、ケルト*系ガラティアー*人の小アジア侵入に対してペルガモンを防衛した（前278～前276）ことは特筆に価する。甥たちを養子に迎え、そのうちエウメネース1世*を嗣子に据えて、世襲王国の基礎を固めた（⇒巻末系図037）。

他に喜劇詩人アリストパネース*の息子といわれるアッティケー*中期喜劇作家ピレタイロス（前4世紀）など幾人かの同名人物の存在が知られている。

Strab. 12-543, 13-623~/ Paus. 1-8, -10/ Just. 27-3/ Ath. 13-577b, -587/ Lucian. Macr. 12/ App. Syr. 63/ Liv. 42-55/ Polyb. 38-14/ Suda/ etc.

ピレータース　Philetas, Φιλητᾶς, Φιλήτας
⇒ピリータース

ピレネー（山脈）
⇒ピューレーネー

ピレーモーン　Philemon, Φιλήμων,（仏）Philémon,（伊）Filemone,（西）Filemón,（葡）Filémon

（前368／360頃～前267／263頃）ギリシアの後期喜劇（新喜劇）詩人。いわゆる「アッティケー*新喜劇」の確立者。シケリアー*（現・シチリア）島のシュラークーサイ*、あるいはキリキアー*のソロイ❶*の出身。若い頃アテーナイ*に移住し、市民権を得てこの地で70年にわたり喜劇を執筆。一説によると、プトレマイオス2世*の招聘でエジプトへ赴いたが、嵐に遭ってキューレーネー*に漂着し、かつて舞台上でその無学を嘲笑したことのあるキューレーネーの君主マガース*に捕らわれ、兵士の手にした抜き身の剣で脅されたのち、無事に釈放されるという出来事もあったという。非常な高齢に達してから、舞台の競演に勝った歓喜のあまり急死したとも（⇒アレクシス）、驢馬が無花果を食べる様子を見て笑い始め、笑いが止まらなくなって息絶えたとも、あるいは著作中に静かに息をひきとったとも伝えられる（101歳、99歳、97歳、96歳など諸説あり）。生涯に97篇の作品を書き、生前の人気はメナンド

ロス*を凌いだというが、64の題名と200余の断片しか現存しない。ローマの喜劇作家プラウトゥス*によって幾篇かの戯曲がラテン語に翻案ないし改作されて残っている（Mercator, Trinummus, Mostellaria, Amphitruo など）。同名の息子小ピレーモンも喜劇詩人として54篇の新喜劇を発表したものの、作品はやはり散佚して伝わらない。

　この他、ホメーロス*の叙事詩を編纂した文献学者のピレーモーン（前2世紀初頭）や、ローマ帝政期のアテーナイの文法学者ピレーモーン（後200頃）等、同名の人物が幾人も知られている。
⇒ディーピロス、アポッロドーロス❷（カリュストスの）
Plut. Mor. 449e, 458a, 785b/ Val. Max. 9-12/ Lucian. Macr. 25/ Diog. Laert. 6-87/ Strab. 14-671/ Anon. De Com. 30/ Diod. 23-7/ Apul. Flor. 16/ Quint. Inst. 10-1/ Gell. 17-4/ Suda/ etc.

ピレーモーンとバウキス　Philemon, Φιλήμων, Philemo(n), (仏) Philémon, (伊) Filemone, (西) Filemón, (葡) Filémon, (露) Филемон, Baukis, Βαῦκις, Baucis, (伊) Bauci, (露) Бавкида

　伝説上のプリュギアー*の貧しい農民夫婦。大洪水を起こす前に人間を試すべく大神ゼウス*がヘルメース*とともに旅人に姿を変えて地上へ降りた時、他の人々はことごとく彼らを追い払ったのに反して、粗末な小屋に住むピレーモーンとバウキスだけは神を迎え入れ、貧乏な中にも親切にもてなした。素姓を明かした2神は老夫婦を連れて山に登り、洪水を起こして彼らの小屋を除く全地を水没させ、小屋を壮麗な神殿に変えた。ゼウスから望みを聞かれて、彼らは「余生を神殿の宮守として過ごしたい、そして2人同時に世を去りたい」と答えた。願いは聞き届けられ、両人は非常な高齢に達するまで神に仕えつつ平和に暮らし、死が訪れた時、ピレーモーンは樫の木に、バウキスは菩提樹に変身し、その後も永く神殿の前に連理樹となって姿を留めていたという。敬虔な人物が、旅人に化けて遊行する神ないし聖者を歓待した報いに災厄を免れ、幸福を得るという世界各地に弘布する民間伝承（「神の客人」）の典型的な例である。

　ギリシア神話中、類似の物語として、マラトーン*の雄牛退治に赴く途上の英雄テーセウス*を歓待したため、のちに女神として祀られた小柄な老女ヘカレー Hekale, Ἑκάλη, (ラ) Hecale や、流離える女神デーメーテール*を温かく迎え入れてエレウシース*の初代神官となったケレオス*とその一家などの例が挙げられる。
Ov. Met. 8-616〜725/ Lact. Narr. 8-7〜9/ Callim. Hecale/ Plut. Thes. 14/ Hymn. Hom. Cer./ etc.

ピロー、クィ（ー）ントゥス・プーブリリウス　Quintus Publilius (Poblilius, Poplilius) Philo, (ギ) Πούπλιος (Πόπλιος) Φίλων, (伊) Quinto Publilio Filone, (西) Quinto Publilio Filón

（前4世紀後半）ローマ共和政期の能将、政治家。第2次サムニウム*戦争（前326〜前304）で活躍した将軍。前339年、プレーベース*（平民）として最初の独裁官（ディクタートル*）となり、パトリキイー*（貴族）に独占されていた監察官職をプレーベースにも公開する法律プーブリウス・ピロー法 Leges Publiliae Philonis を制定。前336年には最初のプレーベース出身の法務官（プラエトル*）職に就任し、さらに監察官（ケーンソル*）（前332）を経たのち、3度にわたって執政官（コーンスル*）となった（前327、前320、前315）。特に前320年には、相役の執政官 L. パピーリウス・クルソル*とともにサムニウムへ進撃して勝利を収め、前年カウディウム*でローマ軍が受けた屈辱を雪いだことで名高い。最後の前315年度も、同じく L. パピーリウス・クルソルとともに執政官を務めたが、両名ともローマに留まり、戦争の指揮官は独裁官 Q. ファビウス・マクシムス❶*に委ねられた。2度にわたって凱旋式（トリウンプス*）を挙行（前339、前326）。彼の先祖は選挙制度の改革で知られる護民官（トリブーヌス・プレービス*）（前472と前471年度在任）のウォレロー・プーブリリウス Volero Publilius であるという。
⇒アッピウス・クラウディウス・カエクス
Liv. 8-12, -15〜17, -22〜26, 9-7, -13〜15, -22/ Vell. Pat. 1-14/ Diod. 19-66/ Ulpian. Instit. 1/ 17-87,/ etc.

ピロクセノス　Philoksenos, Φιλόξενος, Philoxenus, (仏) Philoxène, (伊) Filosseno, (西) Filoxeno

ギリシア人の男性名。

❶（前435／434頃〜前380／379）キュテーラ*島生まれのディーテュランボス dithyrambos（ディオニューソス*讃歌）詩人。前424年、アテーナイ*軍がキュテーラを占領した時（⇒ニーキアース）に奴隷となり、のち解放されてディーテュランボスを学んだ。シケリアー*（現・シチリア）島へ渡ってシュラークーサイ*の僭主ディオニューシオス1世*の宮廷に仕えたが、僭主の詩作をけなしたために石切り場へ送られた。やがて後悔したディオニューシオスに呼び戻され、宴席で再び作品を披露した僭主から批評を求められると、彼は侍臣に向かってすぐ石切り場へ連れて帰るよう頼んだという。異説では、彼が石切り場に投獄されたのは、僭主の愛妾を犯している現場を見つけられたからで、監禁中に『キュクロープス*』という作品を作り、片目を失明しかけていたディオニューシオスを単眼巨人ポリュペーモス*に、愛妾をガラテイア*に、自身をオデュッセウス*になぞらえたからとされる。

　彼はまた、たいへんな食道楽で名高く、料理をゆっくりと楽しむために鶴のように長い喉が欲しいと神に祈り、最期は大蛸（だこ）を食べ過ぎて落命したと伝えられている。

　なお、同時代にレウカス*のピロクセノスという抒情詩人がいて、これまた食通として知られ料理の本なども書いたので、しばしば両者は混同されることがある。

　前者の作品は、『キュクロープス』のわずかな断片が残るのみだが、後者に関しては、『饗宴（デイプノン Deipnon, Δεῖπνον）』がかなり伝存する。レウカスのピロクセノスは、エリュクシス Eryksis, Ἔρυξις の息子で、その柔弱な遊蕩

ぶりを喜劇作品中でからかわれている人物と同一視される。
⇒ティーモテオス❶、アンティポーン❸
Diod. 14-46, 15-6/ Ael. V. H. 10-9, 12-44/ Ath. 1-5b～7a, -146/ Ar. Ran. 932～, Plut. 290～/ Schol. ad Ar. Plut. 290/ Plut. Mor. 831/ Suda/ etc.

❷（前316年頃に活躍）エウボイア*のエレトリア*出身の画家。ニーコマコス Nikomakhos, Νικόμαχος（前330年頃に活動）の弟子で、師匠の迅速な筆さばきを学んで、ある種の速記的な描き方を創始した。最大の傑作は、カッサンドロス*王のために描いたアレクサンドロス大王*とダーレイオス3世*の戦闘場面で、これはポンペイー*（ポンペイ）から出土したかの有名なモザイクの原画ではないか、とも考えられている。

その他、インド・バクトリアー*の2王ピロクセノス（位・前125頃～前110頃と前100頃～前95頃）、アレクサンドロス大王*の部将で大王の死後キリキアー*の太守（サトラペース Satrapes）となったピロクセノス（在任・前321～）、医師のピロクセノスらが名高い。
Plin. N. H. 35-36/ Celsus 7-praef./ Gal./ Soran./ Arr. Anab. 3-6, -16/ Plut. Alex. 22/ Paus. 2-33/ Just. 13-6/ Diod. 18-39/ etc.

ピロクテーテース Philoktetes, Φιλοκτήτης, Philoctetes, （仏）Philoctète, （独）Philoktet, （伊）Filottete, （西）（葡）Filoctetes, （露）Филоктет, （現ギリシア語）Filoktítis

ギリシア神話中、トロイアー戦争*に出征した弓の名手。彼（または父のポイアース Poias, Ποίας）は、瀕死のヘーラクレース*の依頼に応じて火葬壇に火を点ける役目を引き受け、その返礼としてヘーラクレースの弓とヒュドラー*の毒を塗った矢を授かった。絶世の美女ヘレネー*の求婚者の1人。テッサリアー*のマグネーシアー❷*地方の兵を率いて、トロイアー*遠征のギリシア軍に加わったが、艦隊がテネドス*島にあった時、アポッローン*に犠牲を捧げていて毒蛇に足を咬まれた、または箙から落ちた毒矢に足を傷つけられた。所伝ではクリューセー❷*島でニュンペー*（ニンフ*）のクリューセー Khryse, Χρύση に言い寄られて拒んだため、怒った彼女の放った水蛇に足を咬まれたとも、ヘーラクレースの死に場所の秘密を守ると誓っておきながら、それを破って口外したせいで罰を受けたともいう（他にもヘーラクレースを助けたことを怒った女神ヘーラー*が毒蛇を送り込んだなど異説あり）。傷口が腐って悪臭を放ったうえに、ピロクテーテースが苦痛に耐えず間断なく大きな叫び声を発したので、知将オデュッセウス*の提案により、彼は独りレームノス*島に置き去りにされた。戦争の10年目に入って、ギリシア軍に捕らえられたトロイアーの予言者ヘレノス*が、「ヘーラクレースの弓矢を持つピロクテーテースが参陣しない限りトロイアーは陥落しないであろう」と告げたため、オデュッセウスはネオプトレモス*あるいはディオメーデース*とともにレームノス

島へ向かい、甘言と詐術を用いて彼をトロイアーに連れて来る。ピロクテーテースは医神アスクレーピオス*の息子マカーオーン*とポダレイリオス*の治療を受け、多くのトロイアー兵を討ち取り、王子パリス*を弓射の一騎討ちで斃した。『オデュッセイア*』によれば、彼は無事に帰国したことになっているが、別伝では南イタリアへ流浪して諸市を建設し、英雄神 heros として崇拝されたとされ、各地に彼の墓と称するものがあった。ピロクテーテースはまたヘーラクレースに愛された若者の1人であったとも伝えられる。3大悲劇詩人アイスキュロス*、ソポクレース*、エウリーピデース*はいずれも彼を主人公とする作品を書いており、そのうちソポクレースの『ピロクテーテース』（前409）が伝存し、傑作の名が高い。

前460年頃の陶画に蛇に咬まれて倒れるピロクテーテースを描いた作例（ルーヴル美術館所蔵）がある。
Hom. Il. 2-716～, Od. 3-190, 8-219～/ Soph. Phil., Trach./ Hyg. Fab. 14, 36, 97, 102, 112, 114, 257/ Paus. 10-27-1/ Quint. Smyrn. 9-325～, 10-11/ Diod. 4-38/ Apollod. 3-10, Epit. 3, 5, 6/ Ov. Met. 9-229, 13-45～, -313～/ Strab. 6-254/ Mart. 2-84/ Philostr. Imag. 17, Her. 5/ etc.

ピロクラテース Philokrates, Φιλοκράτης, Philocrates, （仏）Philocrate, （伊）Filocrate, （西）Filócrates, （現ギリシア語）Filokrátes

（前350～前340年代に活躍）アテーナイ*の政治家。マケドニアー*王ピリッポス2世*に対する数度の使節の首席となり、前346年両国の間に和平条約を成立させた（ピロクラテースの和約）。しかし前343年ヒュペレイデース*の告発で収賄罪に問われ、アテーナイを逃亡したのち、欠席裁判で死刑を宣告された。ピリッポスから受け取った金で、美食や淫蕩に耽ったことが知られている。なお前346年のピリッポスへの使節には、雄弁家のアイスキネース*やデーモステネース❷*も随行している。
⇒ヘーゲーシッポス、エウブーロス
Dem. 5～7, 18-230, -232, -250, -310/ Plut. Mor. 510b, Dem. 20/ etc.

『ピロゲロース』 Philogelos, Φιλόγελως, （伊）Filogelo, （西）Filogelos, （現ギリシア語）Filóyelos

（「笑いを愛する人」の意）後3～5世紀頃に成立した現存する唯一の古代ギリシア笑話集（全265話）。ヒエロクレース Hierokles, Ἱεροκλῆς とピラグリオス Philagrios, Φιλάγριος なる文法学者の名の下に伝わるが、詳しい編纂経緯は不明。うつけ者、けちん坊、法螺吹き、機転噺、など20の類型に分類され、とりわけアブデーラ*やシードーン*、キューメー❶*といった「愚者の町」の話が目立つ。大ふぐりと去勢者の笑話を含むものの、性的な話題は比較的少ない。

ピロス Pyrrhos
⇒ピュッロス

ピロストラトス Philostratos, Φιλόστρατος, Lucius Flavius Philostratus, （仏）Philostrate, （独）Philostrat, （伊）Filostrato, （西）Filóstrato, （露）Филострат, （現ギリシア語）Filóstratos

（後170頃〜245／249頃）ローマ帝政期のギリシアのソフィスト*、修辞学者。レームノス*島のソフィスト一族の出身。アテーナイ*で教育を受け、かつ教えていたが、のちローマへ移住。皇帝セプティミウス・セウェールス*の知遇を得、皇后ユーリア・ドムナ*に庇護されて宮廷文人となる。彼女の奨めに応じて書いた『テュアナのアポッローニオス伝 Ta es ton Tyanea Apllonion, Τὰ ἐς τὸν Τυανέα Ἀπολλώνιον』（8巻、210〜220頃）は、新ピュータゴラス*派の哲学者アポッローニオス❼*を神的人間として理想化した浪漫的伝記で、後年ヒエロクレース❸*のキリスト教批判に用いられた。アテーナイへ戻ったのち、『ソフィスト列伝 Bioi Sophistōn, Βίοι Σοφιστῶν』（238）を執筆、"第2次ソフィスト時代"と呼ばれた当時のソフィストたちの生活ぶりを書き残した。その他、『英雄論 Hērōikos, Ἡρωϊκός』、『体育論 Gymnastikos, Γυμναστικός』などの対話篇や男女両性の恋人に宛てた書簡集が伝わる。『絵画記 Eikones, Εἰκόνες, （ラ）Imagines』は彼の甥で養子のピロストラトス（191〜？）、およびそのまた孫のピロストラトス（3世紀）の著作と見なされている。

Philostr. V. A., V. S., Imag./ Eunap./ Synesius/ Tzetz./ Phot. Bibl./ Suda/ etc.

ピロストルギオス Philostorgios, Φιλοστόργιος, Philostorgius, （仏）Philostorge, （伊）（西）Filostorgio, （露）Филсоторгий, （現ギリシア語）Filostóryios

（後368頃〜425／439頃）古代末期のキリスト教史家。小アジアのカッパドキアー*出身。急進的アレイオス*（アリーウス*）派の指導者エウノミオス Eunomios, Εὐνόμιος（335頃〜394頃、キュージコス*の主教）に賛同し、コーンスタンティーノポリス*で活躍した。主著『教会史 Ekklesiastike Historia, Ἐκκλησιαστικὴ Ἱστορία』（12巻）は、カイサレイア*のエウセビオス❶*の『教会史』を継承した作品で、315年から425年の間を扱っていた。しかし、ローマ帝国崩壊の原因をアタナシオス*（アタナシウス*）の教義を導入したことに求め、バシレイオス*らの「正統派」を攻撃したため、今日では断片とポーティオス Photios（820頃〜891頃）による概要しか伝わらない。彼はアレイオスはじめエウノミオス、ニーコメーデイア*のエウセビオス❷*等々、アレイオス主義者たちをきわめて高く評価。文体・用語法にも優れており、アレイオス派の歴史に関する貴重な史料を提供している。

⇒オリュンピオドーロス、ソークラテース・スコラスティコス

Phot. Bibl. 40/ Philostorgius Hist. Eccl./ etc.

ピロタース Philotas, Φιλώτας, （伊）Filota, （西）Filotas, （露）Филота, （現ギリシア語）Filótas

（前360頃〜前330年秋）マケドニアー*の貴族・将軍。パルメニオーン*の長男。アレクサンドロス大王*の親密な友人で、ヘタイロイ*騎兵隊総指揮官として東征軍においても重きをなした。ところが、次第に大王と疎隔を生じ、「我軍の勝利は自分と父とで得たもので、アレクサンドロスは名誉を独り占めしているに過ぎない」と豪語、尊大な態度で羽振りをきかせた。そして前330年秋、大王の命を狙う陰謀に加担した嫌疑で訴えられ、証拠はなかったものの、厳しい拷問を加えられた末、叛逆罪で投石の刑または投槍に貫かれて処刑される。70歳になる父親も、この疑獄に連座して殺され、大王の東方専制君主化に批判的な有力軍人が幾人か粛清された。

この事件は、元々デュムノス Dymnos, Δύμνος（ディムノス Dimnos, Δίμνος またはリムノス Limnos, Λίμνος とも）なる将校 hetairos, ἑταῖρος が愛する若者ニーコマコス Nikomakhos, Νικόμαχος に暗殺計画を打ち明けた一件に始まり、それをピロタースに密告しても無視されたので、大王の小姓の1人メトローン Metron, Μέτρων に注進したことから発覚したもの。逮捕されそうになったデュムノスが逸早く自害してしまったので、真相は迷宮入りとなり、権勢をふるうパルメニオーン、ピロタース父子打倒のために大王側近らによって利用され、仕組まれた節がある。

⇒ヘルモラーオス、イオ(ッ)ラース

Plut. Alex. 10, 48〜49/ Curtius 5〜6/ Arr. Anab. 1〜3/ Diod. 17-4〜/ Just. 12-5〜/ Strab. 14-676/ etc.

ピロデーモス Philodemos, Φιλόδημος, Philodemus, （仏）Philodème, （伊）（西）Filodemo, （現ギリシア語）Filódhimos

（前110頃〜前37頃）シュリアー*（シリア）のガダラ*出身の詩人、エピクーロス*派哲学者。前75年頃ミトリダテース*戦争を遁れてローマに来たり、L. ピーソー・カエソーニーヌス❷*の庇護を蒙る。優雅でエロティックなエピグラム詩が好評を博し、ホラーティウス*やプロペルティウス*、ウェルギリウス*、オウィディウス*ら多くのローマ詩人に影響を与えた。エピクーロス派の立場からギリシア哲学を体系的、歴史的に紹介することに努め、また芸術は道徳的見地にとらわれることなく、美学的価値によって判断されなくてはならないと主張。恋の歌を中心とする約35篇の短詩が『ギリシア詞華集*』に収録される他、いくらかの著作がヘルクラーネウム*にあるピーソー所有の別荘（「パピュールス荘 Villa Papyrorum」）から18世紀に発見されている。

⇒ガダラのメレアグロス

Diog. Laert. 10-3, -24/ Strab. 16-759/ Hor. Sat. 1-2/ Cic. Pis. 28〜29, Fin. 2-35/ Anth. Pal. 5-124, 11-44/ etc.

ピロポイメーン Philopoimen, Φιλοποίμην, Philopoemen, （仏）Philopœmen, （独）

Philopömen, （伊）Filopemene, （西）Filopemen, （露）Филопемен, （現ギリシア語）Filopímin

（前253頃～前182）メガロポリス*（メガレー・ポリス*）出身のギリシアの将軍、政治家。天性の軍人で、エパメイノーンダース*に私淑し、武略に通じた。容姿は美しく、逞しい肉体に恵まれていたが、腹部が異常に細かったという。アンティゴノス3世*ドーソーンとアカーイアー同盟*が、スパルター*王クレオメネース3世*を破ったセッラシアー Sellasia, Σελλασία の戦い（前222）において頭角を現わし、前208年以降しばしばアカーイアー同盟の将軍となって（前後8回）、その軍制を改革した。スパルターの独裁者マカニダース*をマンティネイア*の戦闘で、手ずから槍で刺し殺し（前207）、次いでスパルターの独裁者となったナビス*をも撃破した（前193）。翌年ナビスが暗殺されると、スパルターを占領し、全ペロポンネーソス*をアカーイアー同盟の傘下に収める（前192～前191）。前182年、メッセーニアー*が同盟から離反したので、病身ながら膺懲すべく進撃したものの、待ち伏せに遭い馬から振り落とされて捕縛され、敵将デイノクラテース Deinokrates, Δεινοκράτης の命で地下牢に投ぜられたうえ、毒盃を仰ぐよう強いられた。その時彼は、部下の大部分が無事逃げおおせたと知らされて、「我々のやった事が何もかも駄目になったのでなければ、まあいい」と言うと、従容として死に就いたという。70歳。訃報に接したアカーイアー*側はメッセーニアーに侵攻し、デイノクラテースを自殺させ、その与党の者たちをピロポイメーンの墓前で石打ちの刑に処して復仇した（⇒メッセーネー）。ローマの介入に頑強に抵抗したピロポイメーン以来ギリシアに傑物は現れず、彼は称讃の念をこめて「最後のギリシア人」と呼ばれている。
⇒カッリクラテース❷、アラートス（シキュオーンの）
Plut. Phil., Flam. 13, 17/ Polyb. 2-40, -67～69, 10-21～, 11-8～, 16-36, 22-3～, 23-12, 24-11～/ Liv. 31～, 35～39/ Just. 30～34, 32-4/ Paus. 8-49～/ etc.

ピロメーラー Philomela, Φιλομήλα, （仏）Philomèle, （独）Philomele, Philomela, （伊）（西）Filomela, （露）Филомела, （現ギリシア語）Filomíla

ギリシア神話中、アテーナイ*王パンディーオーン❷*の娘。プロクネー*の姉妹。テーレウス*の項を参照。

ピロメーロス Philomelos, Φιλόμηλος, Philomelus, （仏）Philomélos, （伊）（西）Filomelo, （露）Филомел

（？～前354年晩秋）第3次神聖戦争（前356～前346）時のポーキス*の将軍。祖国がテーバイ❶*の圧迫を受けるや、独裁的な行動権をもつ全権将軍 Strategos Autokrator, Στρατηγὸς Αὐτοκράτωρ に選ばれ、デルポイ*を占拠（前356年夏）、ここに最後の神聖戦争が勃発した（前355年秋）。アテーナイ*やスパルター*の支援を得、またデルポイ神域の財宝を用いて多数の傭兵を集め、ロクリス*、次いでテッサリアー*軍を撃破、一時は強勢を誇ったが、前354年ポーキス地方ネオーン Neon, Νεών の戦いに敗れ、絶壁から身を投げて自殺した。
⇒オノマルコス
Paus. 10-2/ Diod. 16-23～/ Just. 8-1/ etc.

ピロー・ユーダエウス（ユダヤ人ピローン） Philo Judaeus, （英）Philo the Jew
⇒ピローン（アレクサンドレイア❶の）

ピロラーオス Philolaos, Φιλόλαος, Philolaus, （伊）（西）Filolao, （葡）Filolau, （露）Филолай, （現ギリシア語）Filólaos

❶ （前470頃～前390頃）ギリシアの哲学者。南イタリアのクロトーン*（一説ではタラース*）出身。ソークラテース*と同時代人で、ピュータゴラース*学派に属す。アルキュータース*の師。地球は球体で自転しており、なおかつ宇宙の中心たる火の周囲を一定の数学的法則に従って回転していると主張。地動説を唱えた最初のギリシア人とされる（⇒アリスタルコス）。また同時に、太陽や月も諸惑星と同様に宇宙の中心火の周りを回転する天体であり、月には人が住んでいる、等とも説いた。いわゆる「ピュータゴラースの黄金律」と呼ばれる詩篇も、彼に帰されることがある。前450年頃、ピュータゴラース教団の離散によってテーバイ❶*へ赴き、同派の学説をギリシア本土に広めた（⇒シミアース❶、ケベース）。「肉体は魂の墓場である」という言葉は有名。プラトーン*の『ティーマイオス』は、一説ではピロラーオスの著作からの剽窃であるともいわれる。
⇒デーモクリトス、オイノピデース
Pl. Phd. 61d～e/ Cic. De Or. 3-34, Rep. 1-10/ Diog. Laert. 8-46, -84～/ Plut. Mor. 583a/ Iambl. Vita Pyth. 23, 31, 36/ Gell. 3-14/ Ael. V. H. 1-23/ etc.

❷ （前8世紀頃？）テーバイ❶*の立法家。コリントス*の権門バッキアダイ*家の出身。オリュンピア競技祭*に優勝した若者ディオクレース*の愛人となるが、実母に恋慕されて困ったディオクレースが故国を見捨てた時、ともにテーバイへ赴いて、2人ともその地に生涯を終えた。ピロラーオスはテーバイ人のためにさまざまな法律——特に養子縁組法が著名——を制定、死後、恋人ディオクレースと向かい合う形で葬られたという。
⇒ディオクレース❷、アルキアース❶
Arist. Pol. 2-12(1274a)/ Euseb. Chron./ etc.

ピロー（ン） Pyrrho(n)
⇒ピュッローン

ピローン（アレクサンドレイア❶*の） Philon, Φίλων ὁ Ἀλεξανδρεύς, Philo Alexandrinus, Philo Judaeus, （英）Philo of Alexandria, Philo the Jew, （仏）Philon d'Alexandrie, （独）Philon von Alexandria, （伊）Filone di Alessandria, Filone l'Ebreo, （西）Filón de Alejandría, Filón

el Judío, (ヘブライ語) Pilôn ha-Aleksandrôni
(前30／前20頃〜後45頃) ユダヤ教を奉ずるギリシア哲学者。アレクサンドレイア❶*の名門ユダヤ人の家系に生まれ、ギリシア的教養を身につけ、とりわけ哲学に通じた。後38年秋アレクサンドレイアで皇帝礼拝をめぐってユダヤ人とギリシア人との間に紛争が生じ、エジプト領事 Praefectus フラックス A. Avillius Flaccus (在任・後32〜38) によってユダヤ人が迫害された時、虐殺抗議の使節団代表としてローマへ赴き、カリグラ*帝の前で反ユダヤ主義の論客アピオーン*と対決したが、結局は帝の立腹を招いてしまったという (39〜40)。過度の美食に耽ったため、晩年は糖尿病に苦しんでいたことが伝えられている。

彼はユダヤ思想（ヘブライズム）とギリシア思想（ヘレニズム）との融合を企図して多数の著述をギリシア語で執筆、そのうち36篇の作品が伝存する（ラテン語訳またはアルメニアー*語訳によってのみ伝わるものもあり）。プラトーン*やアリストテレース*、ストアー*学派などギリシア哲学の教説を援用しつつ、ヘブライ語聖典（俗称「旧約聖書」）に比喩的な解釈を施し、神と人間との媒介者たるものとしてロゴス logos, λόγος（理性）なる概念を導入、またギリシア哲学の源泉はユダヤ教にあることを主張した。彼のロゴス思想と比喩的解釈は、のちの新プラトーン主義哲学や、オーリゲネース*、アンブロシウス*、アウグスティーヌス*らキリスト教護教家たちに、きわめて大きな影響を及ぼした。史料としては、『フラックス論駁（ギ）Eis Phlakkon, Εἰς Φλάκκον,（ラ）In Flaccum』と『ガーイウスへの使節（ギ）Presbeia pros Gaion, Πρεσβεία πρὸς Γάϊον,（ラ）Legatio ad Gaium』とが特に重要。クラウディウス*帝（在位・41〜54) の治下に書かれた後者にあっては、カリグラとエジプト領事2人の死を、神罰だと力説してユダヤ教の正統性を唱えている。彼はその見事な文章ゆえに「ユダヤのプラトーン」と称されたという。

甥のティベリウス・アレクサンデル Tiberius Julius Alexander（弟アラバルケース・アレクサンドロス Alabarkhes Aleksandros Lysimakhos の子）は、ユダヤ教を棄てて歴代ローマ皇帝に仕え騎士身分（エクィテース*）に叙せられたのち、第1次ユダヤ戦争（66〜70）の鎮圧に貢献し、エジプト領事職（66）などを経て極官たる近衛軍司令官にまで昇進（70頃）。もう1人の甥マールクス Marcus Julius Alexander は、ユダヤ王ヘーローデース・アグリッパ1世*の娘ベレニーケー❼*と結婚している（41）。

(⇒巻末系図026)
⇒イオーセーポス、プーブリウス・ペトローニウス、アリストブーロス❷

Philo Judaeus De Abrahamo, De Aeternitate Mundi, De Agricultura, De Somnis, De Providentia, De Virtutibus, De Cherubim, De Decalogo, De Gigantibus/ Joseph. J. A. 18-8, 19-5-1, 20-5-2, J. B. 2, 5, 6/ Euseb. Hist, Eccl. 2, Praep. Evang. 8-14/ etc.

ピローン（エレウシース*の） Philon, Φίλων, Philo, (英) Philo(n) of Eleusis,（仏) Philon d'Athènes,（独) Phillon von Eleusis,（伊) Filone di Eleusi (Filone di Atene),（西) Filón de Atenas
(前4世紀後半) ギリシアの建築家。アテーナイ*の外港ペイライエウス*に400隻の軍船を収容できる見事な武器庫を造営し（前330／329竣工）、またパレーロン*のデーメートリオス*の要請に応じてエレウシース*の大神殿 Telesterion の正面に列柱廊を建設した（前318頃）。ペイライエウスの武器庫や神殿建築に関する書物も著わしたが悉く散逸。なお、ペイライエウスの大武器庫は、前86年ローマの将軍スッラ*によって徹底的に破壊された。

同時代人にアレクサンドロス大王*に仕えて、大王の念友ヘーパイスティオーン*の肖像を造った彫刻家のピローンがいる。

Cic. De Or. 1-14/ Plin. N. H. 7-37, 34-19/ Vitr. 7/ Plut. Sull. 14/ Strab. 9-395/ Val. Max. 8-12/ Tatian./ etc.

ピローン（ビューザンティオン*の） Philon, Φίλων ὁ Βυζάντιος, Philo Byzantinus (Philo Mechanicus),（英) Philo of Byzantium,（仏) Philon de Byzance,（独) Philon von Byzanz,（伊) Filone di Bisanzio,（西) Fïlón de Bizancio
(前3世紀末頃) ヘレニズム期ギリシアの技術工学の著述家。発明家クテーシビオス*の弟子で、アレクサンドレイア❶*やロドス*に滞在し、『器械学便覧 Mēkhanikē Syntaksis, Μηχανικὴ Σύνταξις』（9巻？）を執筆した（一部伝存）。包囲攻城戦の諸技術を中心に記した書簡体の本書は、のちにヘーローン*によって大いに活用された。自らも水力や空圧を用いた大がかりな諸機械を発明し、また戦争に毒物を使うことを奨めたばかりか、水源への投毒などを実行したとも述べている。

なお、地中海世界の驚嘆すべき建造物について言及した『世界の七不思議 Peri tōn hepta theamatōn, Περὶ τῶν ἑπτὰ θεαμάτων（ラ) De Septem Orbis Miraculis』（前225頃）の作者にも擬せられており、この書物では後世まで名高いエジプトの大ピラミッド、バビュローン*の空中庭園、オリュンピアー*のゼウス*神像（⇒ペイディアース）、ロドスの巨像（⇒カレース❷）、エペソス*のアルテミス*神殿、ハリカルナッソス*のマウソーレイオン*、バビュローンの城壁（但しのちアレクサンドレイアの大燈台（パロス*）と差し替えられる）が"ピローンの七不思議"として選定されている。

⇒シードーンのアンティパトロス

Tzetz. Chil. 2-152/ Vitr. De Arch. 7/ Eutocius In Arch./ Hyg. Fab. 223/ Ael. N. A. 12-37/ Stob. Eclog./ Suda/ etc.

ピローン（ビュブロス*の） Herennios Philon, Ἑρέννιος Φίλων (ὁ Βύβλιος), Herennius Philo (Byblius),（英) Philo of Byblos,（仏) Philon de Byblos,（独) Philon von Byblos,（伊) Filone di Biblo,

(西) Filón de Biblos
(後64〜141頃) ローマ帝政期のギリシア系史家。フェニキア*の歴史をトロイアー戦争*以前の史家とされるサンクーニアートーン (サンフンヤトン) Sankhuniathon Σαγχουνιάθων (前14〜前13世紀頃のフェニキア人) の著作に依拠しつつギリシア語で執筆 (断片が残存)。今日ではウガリト Ugarit 文献 (前14世紀頃) の発見により、彼の記述の信憑性が証明されている。動詞変化や同義語に関する著作もあったが散逸、その作品は辞書編纂家のヘーシュキオス*や史家エウセビオス*らに利用された。
Euseb. Praep. Evang. 1-9/ Porphyr. Adv. Christ./ Suda/ etc.

ピローン (ラーリーサ*の) Philon (ho Larisaios),
Φίλων ὁ Λαρισσαῖος, Philo Laris(s)aeus, (英) Philo of Larissa, (仏) Philon de Larissa, (独) Philon von Laris(s)a, (伊) Filone di Larissa, (西) Filón de Larisa

(前160/158〜前83/80頃) ギリシアの哲学者。テッサリアー*のラーリーサ*出身。新アカデーメイア*派のクレイトマコス*の弟子。師のあとを継いでアカデーメイアの学頭となり (前110/109)、それまでの懐疑主義からやや離れた折衷的傾向の「第4期アカデーメイア」を創立した (⇒アルケシラーオス、カルネアデース)。前88年にミトリダテース*戦争が始まると、ローマへ避難し、この地で哲学と修辞学の講義を行なって、キケロー*やカトゥルス*父子❶❷らローマ人士を、その雄弁と人柄とで大いに感化した。多数の書物を著わしたが、すべて散逸。近代では教条(ドグマ)的傾向に復帰してストアー*学派に接近したと見られていたが、それはむしろ弟子のアスカローン*のアンティオコス*の方で、ピローン自身は「確実な知識は不可能である」として、ストアー説に反対した穏健な懐疑論者であった。

この他、メガラ*派の哲学者でディオドーロス・クロノス*の弟子だったピローン (前300年頃) ら幾人もの同名人物が知られている。

Cic. Acad. 1-2-4(13), 2-4, -5, -6, -47(143)Tusc. 2-3, Brut. 89, De Or. 3-28, Fam. 13-1/ Stob. Ecl. 2-7-2/ Sext. Emp. Pyr. 1-235. Math. 8-113〜/ Plut. Cic. 3/ Euseb. Praep. Evang. 14-9/ Diog. Laert. 7-16, 9-67/ etc.

ピンダー (ル) Pindar
⇒ピンダロス* (の英語形)

ピンダロス Pindaros, Πίνδαρος, Pindarus, (英)(独) Pindar, (仏) Pindare, (伊) Pindaro, (西) (葡) Píndaro, (露) Пиндар, (現ギリシア語) Píndharos

(前522/518〜前442/438) 古代ギリシア最大の抒情詩人。ボイオーティアー*のテーバイ❶近郊キュノスケパライ*の出身。名門アイゲイダイ Aigeidai, Αἰγεῖδαι家に属す。幼い頃に棄てられたが、蜜蜂が乳の代わりに蜜を与えて彼を養育したとか、少年時代ヘリコーン*山で午睡をとっていると、蜜蜂が飛んで来て彼の唇の上に巣づくりを始めたなど、その天賦の才能を予示する話が伝えられている。幼少時より作詩・音楽の手ほどきを叔父から受け、またアテーナイ*でラーソス*やシモーニデース*らに学んだのち、テーバイへ戻って女流詩人コリンナ*およびミュルティス Myrtis, Μυρτίς から詩作の要諦を教わったという。所伝によれば、コリンナの助言に従って神話を織り込んだ讃歌(ヒュムノス) hymnos, ὕμνος を作ったところ、その中にありとあらゆるテーバイの神話伝説を盛り込んだので、彼女から「物語の種は、手で播くもので、袋ごと播いてしまってはいけません」と忠告されたとのことである。またテーバイの歌競べで5度もコリンナに負けてしまい、憤慨した彼が聴衆の詩趣を解せぬ愚昧さを責めつつ、彼女を雌豚呼ばわりをしたという話も残っている。

弱冠20歳にしてすでに合唱抒情詩人として名声を馳せ、以来80歳の高齢で没するまで、全ギリシア世界の王侯貴族の恩顧を蒙り、彼らの賓客となり数多の頌詩を寄せた。テッサリアー*の豪族アレウアダイ Aleuadai, Ἀλευάδαι 家をはじめ、アイギーナ*島の貴族たち、シケリアー* (現・シチリア) 島の僭主ヒエローン1世*やテーローン*、マケドニアー*王アレクサンドロス1世*、キューレーネー*王アルケシラーオス4世*ら各地の宮廷に招かれ、高額の報酬を得たうえ、デルポイ*の神託により毎年アポッローン*に供えられる初物の半分を贈られるという栄誉にも浴した。ペルシア戦争* (前492〜前479) においては故国テーバイの政策に順って中立を保ち、のち戦勝の立役者アテーナイを称えるディーテュランボス dithyrambos 歌を作曲、ためにテーバイ市の反感をかい、罰金1000ドラクメーを科せられたが、その罰金はアテーナイ市民が支払ってくれたと伝えられる。詩才を自負して自分を天翔ける鷲と呼んで誇る反面、好敵手(ライヴァル)の詩人シモーニデースやバッキュリデース*を鴉と蔑んで攻撃。また古代ギリシア人の常として終生男色を好み、最後はアルゴス*の体育場で、最晩年に寵愛した逞しい若者テオクセノス Theoksenos, Θεόξενος の胸に頭をもたせかけたまま眠るように息をひきとったという。死ぬ10日前に、ゼウス*＝アンモーン*神に「人間にとって最善のものは何か」と問うたところ、その返答として「死」をおくられたのだとも、夢に現われた冥界の女神ペルセポネー*から、「神々のうちで私だけがそなたから讃歌を貰っていなかったが、今や私の所へ来て歌を作ってくれることであろう」と告げられ、ほどなく死の運命に襲われたのだともいわれている。死後もアテーナイに肖像を建てられ、ロドス*島の神殿には黄金の文字で彼の詩が刻みつけられる等、数々の名誉が各地で与えられた。さらに降って前335年、アレクサンドロス大王*がテーバイを破壊した折にも、ピンダロスの家と彼の子孫だけは、大王の命令で難を免れている。

彼の作品はヘレニズム時代に17巻にまとめられ、讃歌・パイアーン*歌・ディーテュランボス歌・行列歌(プロソディオン)・乙女合唱歌・舞踏歌(ヒュポルケーマ)・頌歌(エンコーミオン)・葬送歌・祝勝歌(エピニーキオン)など合唱抒情詩の全種類に及んでいた。そのうち最後の4巻を成す祝勝歌

45篇と、多くの長い引用断片およびパピューロス断片が現存する（全体の4分の1に相当）。祝勝歌はオリュンピア*、ピューティア*、イストミア*、ネメア*4大祭典競技で優勝した若者を称えたもので、これらはローマ帝政期からビザンティン時代にかけて学校の教科書として用いられたおかげで、例外的にほぼ完全に保存されたのである。なかでも「オリュンピア祝勝歌 Olympionikai, Ὀλυμπιονῖκαι」と「ピューティア祝勝歌 Pythionikai, Πυθιονῖκαι」が優れており、荘重雄大かつ華麗な文体で歌われ、詩風は貴族的で力強く、時に晦渋、韻律も複雑を極めている。ドーリス*風の抒情詩を極度に発展させたピンダロスは、後世に至るまで高く評価され、ギリシア・ローマにあって単に「詩人」といえばホメーロス*を指したごとく、「抒情詩人」といえば彼のことを意味するようになった。しかしながら、彼において頂点に達した抒情詩はもはやこれ以上発展することなく、以後急速に衰退していった。なお、その作品ははるか後の近世ヨーロッパの詩人たち、フランスのロンサールや英国のドライデン、トマス・グレイ、ドイツのゲーテ、ヘルダーリーンらにも影響を及ぼしている。サッポー*、アナクレオーン*らとともにギリシアを代表する九大抒情詩人の1人。

Paus. 1-8, 9-16～17, -22～25/ Hor. Carm. 4-2/ Quint. Inst. 10-1/ Ael. V. H. 4-15, 9-1, 12-45, 13-25/ Plut. Alex. 11, Mor. 347f～/ Plin. N. H. 7-29/ Dion. Hal. De Imit. 2/ Pl. Grg. 484～488/ Ath. 13-601/ Val. Max. 9-12/ Arr. Anab. 1-9/ Suda/ etc.

ピンティアース　Phintias, Φιντίας
⇒ダーモーンとピンティアース

ピンドス（山脈）　Pindos, Πίνδος, Pindus, (仏) Pinde, (伊)(西)(葡) Pindo, (マケド・ルーマニア語) Pind, (露) Пинд
（現・Píndhos）ギリシア北西部を南北に連なる山脈。長さ109 km、平均高2,000 m（最高2637 m）。テッサリアー*とエーペイロス*との分水嶺をなす山地で、音楽の女神ムーサ*たち（ムーサイ*）に捧げられていた。

なお、オイテー*山近くのドーリス地方*に同名の町ピンドスとピンドス川がある。
⇒パルナーソス

Thuc. 2-102/ Aes. Supp. 257/ Ov. Met. 1-570/ Herodot. 1-56, 7-129, 8-43/ Mela 2-3/ Strab. 7～8, 9-427～/ Ptol. Geog. 3-13/ Schol. ad Pind. Pyth. 1-/ Plin. N. H. 4-7-13/ etc.

ファイアーケス　Phaiakes
⇒パイアーケス

ファイストス　Phaistos
⇒パイストス

ファイドラー　Phaidra
⇒パイドラー

ファイドロス　Phaidros
⇒パイドロス

ファイドーン　Phaidon
⇒パイドーン

ファウォーニウス　Favonius, (伊)(西) Favonio, (葡) Favónio
ローマの西風の神。春先に吹く優しい風で、花の女神フローラ*の夫。ギリシアのゼピュロス*と同一視される。

歴史上の人物では、小カトー*の熱心な称賛者・模倣家で、「カトーの猿」と渾名されたマールクス・ファウォーニウス M. Favonius（？－前42。ピリッポイ*の戦いで捕われて処刑される）や、アウグスティーヌス*の弟子でキケロー*の『スキーピオーの夢 Somnium Scipionis』に関する『論議 Disputatio』を記したカルターゴー*の修辞学者ファウォーニウス・エウロギウス Favonius Eulogius（後4世紀中頃～5世紀前期）が名高い。

Sen. Q. Nat. 5-16/ Varro Rust. 1-28/ Hor. Carm. 1-4/ Cic. Att. Fam./ Plut. Cat. Min., Pomp., Caes., Brut./ Dio Cass./ Val. Max./ etc.

ファウォーリーヌス　Favorinus, (ギ) Phabōrīnos, Φαβωρῖνος, (仏) Fanus d'Arles, (伊)(西)(葡) Favorino, (露) Фаворин
（後85頃～155頃）ローマ帝政期のソフィスト*、弁論家、懐疑派の哲学者。ガッリア*南部の町アレラーテ*（現・アルル）の出身。生来の半陰陽(ふたなり)ないし閹人(えんじん)（去勢者）だったが、マッシリア*（現・マルセイユ）でギリシア古典教育を受けたのち、ローマにおいてディオーン・クリューソストモス*に師事。修辞演説家としてギリシア・小アジア諸都市で活躍し、大いに名声を博したため、競敵(ライヴァル)ポレモーン❹*とは互いに激しく対立し合った。プルータルコス*やキュニコス（犬儒）派のデーメートリオス*らと相識り、ヘーローデース・アッティクス*、ゲッリウス*、フロントー*らの師となったほか、ローマではハドリアーヌス*帝の殊遇を蒙って騎士(エクィテース)*身分に叙せられた。ある日、帝と議論して「黙れ」と命じられた時、彼は「30軍団の兵を従える人の言は常に正しいと認めねばならない」と悟ったが、間もなく帝の逆鱗に触れてキオス*島に流され、アテーナイ*に建てられていた彼の銅像は市民の手で破壊されたという（130頃）。新帝アントーニーヌス・ピウス*によってローマへ召還され地位と勢力を回復したのち、ヘーローデース・アッティクスに蔵書とローマの邸を遺して死んだ。彼は豊かな学殖で知られ、アイリアーノス*やアテーナイオス*、ディオゲネース・ラーエルティオス*らに材料を提供した『雑録集成 Pantodapē Historiā, Παντοδαπὴ Ἱστορία』24巻や哲学者の逸話集『追想録 Apomnēmoneumata,

Ἀπομνημονεύματα』他、数多くの随筆類、論考、弁論集があったが、3篇の演説（1篇はパピューロス文書から）を除いてことごとく失われた。彼は常々次の3つの点を自慢していたという —— 第1に閹人でありながら姦通の廉で訴えられたこと、第2にガッリア人でありながらギリシア語に精通していること、第3に皇帝を怒らせてもなお生き永らえたこと。半陰陽だった彼の声は終生甲高く、外見からも両性具有者たることは一目瞭然であったが、色恋沙汰に関しては情熱的で、あるときは執政官から姦通罪で告発されたほどであったという。

Philostr. V. S. 1–8/ Gell. 2–22/ Lucian. Eunuchus 7, Demon. 12～13/ Dio Cass. 69–3/ S. H. A. Hadr. 16/ Diog. Laert. 3–24, –40, 8–12, –47/ Dio Chrys. Or. 37, 64/ Suda/ etc.

ファウスタ　Flavia Maxim(ian)a Fausta,（ギ）Phausta, Φαῦστα,（露）Фауста

（後289～326）ローマ帝国の皇后（307～326）。マクシミアーヌス*帝とエウトロピア❶*との間の娘。マクセンティウス*の妹（⇒巻末系図104）。307年春、コーンスタンティーヌス1世*（大帝）と結婚し、コーンスタンティーヌス2世*、コーンスタンティウス2世*、コーンスターンス*ら3男3女の母となった。310年、父マクシミアーヌスの陰謀を夫に密告し、その命を救った（ほどなくマクシミアーヌスは絶望して縊死し、2年後には兄マクセンティウス帝も、コーンスタンティーヌス1世に敗死する）。325年にはアウグスタ*の尊号を贈られ、同じキリスト教徒同士という関係から姑にして帝母のヘレナ*とは親しく交わっていた。淫蕩放埓な女性とされ、継子クリスプス*に言い寄って拒まれ、逆に夫帝に讒訴してクリスプスを殺させた話は名高い。しかし彼女自身、宮中の厩舎に働く奴隷と密通していることが露顕し、沸騰する浴室の熱湯で蒸し殺されたというが、その死にざまについては諸説ある（326頃）。

なお彼女がローマに所有していたラテラーヌス Lateranus邸館（⇒A. プラウティウス）は、夫帝よりローマ司教シルウェステル1世 Silvester I（在任：314～335）に下賜されたと伝えられ、以後アヴィニョン幽囚（1308）に至るまで千年近くにわたり「教皇座所」として用いられたという。

Zosimus 2–10～, –29/ Eutrop. 10–2, –4/ Aur. Vict. Epit. 40～41/ Sozom. Hist. Eccl. 1–5/ Philostorgius 12–4/ Julian. Or. 1–5/ Lactant. Mort. Pers. 27, 30/ Hieron. Chron./ Zonar./ etc.

ファウスタ、コルネーリア　Cornelia Fausta,（露）Корнелия Фауста

（前1世紀）ローマの独裁官（ディクタートル*）スッラ*とその4番目の妻カエキリア・メテッラ❷*との間の娘。ファウストゥス・スッラ*の双生姉妹（⇒巻末系図063）。いつも何人もの情夫を周囲に侍らせ、自由奔放に生きた女性として名高い。最初の夫ガーイウス・メンミウス❷*（ルークッルス*やポンペイユス*らの妻の愛人）に離縁されてからは、いっそう派手な恋愛生活を送った。史家サッルスティウス*も恋人の1人で、ある夜、彼が奴隷に変装して彼女の寝室に忍びこんだところ、2番目の夫ミロー*に見つかり、こっぴどく鞭打たれたうえ、外へ放り出される一幕も見られた。彼女の情夫のリストには、マクラMaculaやフッローFulloらの名も認められたので、兄弟のファウストゥスはこんな駄洒落を飛ばした。「こいつは驚いた。ファウスタは『布晒し屋（フッロー）』とくっついてるのに、『しみ（マクラ）』もくっついているとはね」

Plut. Sull. 34/ Cic. Att. 5–8, Fam. 2–6/ Gell. N. A. 17–18/ Macrob. Sat. 2–2/ Asc. Mil., Scaur./ Hor. Sat. 1–2/ Serv. ad Verg. Aen. 6–612/ etc.

ファウスティーナ、アンニア・ガレーリア　Annia Galeria Faustina,（ギ）Phaustīna, Φαυστῖνα,（仏）Faustine,（露）Фаустина

ローマ帝国の皇后。巻末系図102を参照。

❶（後104頃～140／141）**大ファウスティーナ** Faustina Senior。ローマ帝国の皇后（138～140／141）。アントーニーヌス・ピウス*帝の妻。ヒスパーニア*系の元老院貴族の家に生まれ、結婚後2男2女を産んだが、彼女と同名の末娘ファウスティーナ❷*を除く3人を、夫の登極以前に喪くした。夫の帝位継承が決まった時、彼女は后らしい贅沢な生活を望んだため、夫から「愚か者め。帝国を得た今、私の物は一切捨て去らねばならぬということがわからぬのか」とたしなめられたという。夫の即位に際しアウグスタ*の称号を贈られた（138）ものの、治世初期に37歳で没し（140年12月～141年7月までの間に死去）、神格化された。淫奔な女性で不品行の噂が絶えなかったにもかかわらず、141年、夫帝によりフォルム*に神殿を建立され、のち夫と合祀された（161年、のちのサン・ロレンツォ・イン・ミランダ San Lorenzo in Miranda教会。現今もフォロ・ロマーノの聖道（サクラ・ウィア*）に面して遺跡が残る）。また彼女の死後、その栄誉を称えるべくローマ最古の女子のための養育金制度（アリメンタ）alimentaが夫帝によって創設されている。

S. H. A. Antoninus Pius 1, 4～6, 8/ Marcus Aurelius 8–25/ etc.

❷（後130頃～175／176）**小ファウスティーナ** Faustina Junior。ローマ帝国の皇后（161～175／176）。❶とアントーニーヌス・ピウス*帝の娘。マールクス・アウレーリウス*帝の妻。同名の母とともに淫婦として喧伝されている。初めハドリアーヌス*帝によってルーキウス・ウェールス*（のち皇帝）と婚約させられるが、父帝登極（138）後、新たに母方の従兄マールクス・アウレーリウスと婚約（139）、結婚し（145年春）、14人の子女を出産する（8男6女。うち双生児2組）。アウグスタ*の称号を与えられる（146）が、浮華で奔放な享楽生活を送り、船乗りや剣闘士（グラディアートル*）、俳優らを含む大勢の情夫と密通したという。帝位簒奪を企てたアウィディウス・カッシウス*の乱（175）にも関与していたとされ、夫帝の東征に随行中カッパドキア*のタウロス*山麓の小村で急逝（40余歳）。死因は持病の痛風とも陰謀の発覚を惧（おそ）れての自殺ともいわれる。彼女を愛する帝は元老院（セナートゥス*）に要請して亡妻の神格化と神殿建立を決議させ、母

后❶の例に倣い貧しい女子のための養育基金をファウスティーナの名において設立した。また彼女は、恋人の1人で娘ルーキッラ*の夫でもあったルーキウス・ウェールス帝を、「愛情を自分から娘の方へ移したから」と憤って毒殺した（169）とも、一目惚れした剣闘士を占星術師の進言に従って殺し、その血を浴びた後で夫帝と交わってコンモドゥス*を孕んだとも伝えられる。
Dio Cass. 71/ S. H. A. Marc. 6, 19, 23, 26, 29/ Marcus Aurelius 1-17, 5-31/ etc.

ファウストゥルス　Faustulus,（ギ）Phaustūlos, Φαύστουλος,（伊）Faustulo,（西）（葡）Fáustulo,（露）Фаустул

　ローマ建国伝説中、アルバ・ロンガ*王アムーリウス*の羊飼い。アッカ・ラーレンティア*の夫。王から双生児ロームルス*とレムス*兄弟を棄てるよう命じられた召使だとも、雌狼に乳を与えられる双生兄弟を拾って育てた豚飼いだともいう。彼は兄弟のファウスティーヌス Faustinus と一緒に、エウアンドロス*（エウアンデル*）に率いられてイタリアに来住、パラーティーヌス*（ローマの七丘の1つ）の丘でアムーリウスの羊を飼い、ファウスティーヌスはアウェンティーヌス*（ローマの七丘の1つ）の丘でヌミトル*（アムーリウスの兄）の羊を飼った。兄弟は力を合わせてロームルスとレムスを養育。後年ロームルスとレムスが争った時、2人とも仲裁に入ろうとして殺された。
Plut. Rom. 3〜, 10/ Dion. Hal. Ant. Rom. 1-79〜/ Liv. 1-4〜/ Ov. Fast. 3-55〜/ Tzetz. ad Lycoph. 1232/ Zonar. 7-1〜/ Conon Narr. 48/ Serv. ad Verg. Aen. 1-273/ Solin. 1-17/ etc.

ファウヌス　Faunus（〈複〉ファウニー Fauni）,（〈ギ〉Phaunos, Φαῦνος）,（英）（独）Faun(us),（仏）Faune,（伊）（西）Fauno,（露）Фавн

　ローマの古い田園神・森林の神。農民や牧人の保護神として、また予言力をもつ神として崇拝された。ファウナ Fauna（ファウヌスの女性形）は彼の姉妹で妻とされる（⇒ボナ・デア）。彼はしばしばギリシアの牧羊神パーン*と同一視され、上半身は人・下半身は山羊で、角と蹄をもつ姿で表わされた。さらに複数形ファウニー Fauni と記されて、ギリシアのサテュロス*たちとも同化されるようになる。伝説では、ファウヌスはユーピテル*とキルケー*との子、ないしピークス*とカネーンス Canens（ヤーヌス*の娘）との子とされ、ピークスの跡を継いでラティウム*の王となり、彼の治下にアルカディアー*からエウアンドロス*（エウアンデル*）が来住したという（⇒巻末系図049）。ファウヌスの祭典については、ルペルカーリア*の項を参照。ローマ最古のファウヌス神殿は、前193年にティベリス*（現・テーヴェレ）河中の島に建てられたといい、ローマ皇帝ウィテッリウス*の遠祖はファウヌスと女神ウィテッリア Vitellia との子であると伝えられている。
⇒ラティーヌス、インクブス
Verg. Aen. 7-45〜/ Serv. ad Verg. Aen. 6-775, 8-275/ Cic.

Nat. D. 2-2, 3-6, Div. 1-45/ Lactant. Div. Inst. 1-22/ Ov. Fast. 4-650〜/ Dion. Hal. Ant. Rom. 1-33, 5-16/ Liv. 33-42/ Suet. Vit. 1/ Prop. 4-2/ Varro Ling. 7-36/ Nonnus Dion./ etc.

ファエスラエ　Faesulae,（ギ）Phaisulai, Φαισοῦλαι, Φαίσουλαι,（Phaisola, Φαίσολα）

（現・フィエーゾレ Fiesole。旧称・Visul）エトルーリア*の都市。フローレンティア*（現・フィレンツェ Firenze）の北東8 kmの丘陵に位置。エトルスキー*人の卜占術（⇒アウグル）で名高い。古くからエトルーリア文明の一大中心地として栄え、今日も前6〜前5世紀の墳墓や、前3世紀初頭の市壁、神殿、共同墓地、ローマ時代の劇場テアートルム*、公共浴場テルマエ*などの遺跡が残っている。第2次ポエニー戦争*（前218〜前201）ではローマを支持したが、同盟市戦争*でイタリア諸市とともにローマに叛旗を翻して敗れ（前89）、将軍スッラ*の古参兵たちの植民市コローニアとされた。カティリーナ*の陰謀事件（前63〜前62初）の時には、反乱軍の基地が置かれた。アウグストゥス*時代（前31〜後14）に繁栄を極めたものの、その後しだいにフローレンティアに圧されて衰えていった。
Cic. Cat. 2-6, 3-6, Mur. 24/ Liv. 22-3/ Sall. Cat. 24, 27, 30, 32/ Sil. 8-477〜/ Ptol. Geog. 3-1/ Polyb. Geog. 2-25, 3-80, -82/ App. B. Civ. 2-3/ Flor. 2-6, 3-18/ etc.

ファエドルス　Phaedrus
⇒パエドルス、パイドロス

ファエトーン　Phaethon
⇒パエトーン

ファオーン　Phaon
⇒パオーン

ファスキヌス　Fascinus,（伊）（西）Fascino

　ローマの古い男根神。邪視・妖術・悪霊を防ぎ、勃起した陽物 phallus の形で表わされた。その神像は住宅の入口や農園に立てられ、子供の護符ブッラ*に入れて首に懸けられた。また、凱旋将軍の戦車にも、羨望・嫉視が及ぼす災厄を避けるために取り付けられていた。ファスキヌスの崇拝はウェスターレース*（女神ウェスタ*の巫女たち）に委ねられていたが、キリスト教中世に入り「異教」が撲滅されるようになってからも、なお魔除け・邪視除けの男根像 fascinum ファスキヌムに対する信仰は永く続いた。パッルス像は豊饒神リーベル*の祭礼にも用いられ、市民は巨大な陽物を盛大に飾り立てて街々を練り歩き、この神に捧げられた1ヵ月の間はいちばん好色な言葉を使い続け、最も身分高い家柄の婦人が神像に花冠をかぶせる習慣であったという。「魅惑する（英）fascinate」なる語は、ファスキヌスに由来している〔←（ラ）fascinō, -āre〕。
⇒プリアーポス、ヘルマイ、フェスケンニア
Plin. N. H. 28-7/ Augustin. De civ. D. 8-21/ Hor. Epod. 8-

18/ Petron. Sat. 138/ Verg. Catal. 5-20/ Paul. Diac. 103/ Varro Ling. 7-97/ etc.

ファスケース　Fasces,（仏）Faisceaux,（伊）Fascii,（露）Фасции,（単）Fascis,（伊）Fáscio

ローマの王および高級政務官(マギストラートゥス*)の権威を示す束桿。権標。楡(にれ)もしくは樺の枝を赤い革紐で束ね、その間から斧の刃を突出させたもの（全長1.5 m）で、エトルーリア*人の風習に由来。伝承ではタルクィニウス・プリスクス*王（在位・前616頃〜前579頃）の時に導入されたという。共和政期には、神官職を含む高級政務官の前方を、リークトル*（先駆警吏）らが左肩に担って歩いた。その数は官職に従って異なり、執政官(コーンスル)の場合は、かつての古王と同じく12。ローマ市中を行進する時には、権標から斧が除かれる規定であった（独裁官(ディクタートル*)のみ例外）。軍隊から「最高司令官(インペラートル) Imperator」の歓呼を受けた将軍は、ファスケースに月桂樹の枝を結びつける資格を有し、リークトルたちに先導されて凱旋した。権力の象徴としての両刃の斧(セクーリス) securis は、エーゲ海文明*時代のクレーター*の儀鉞(ぎえつ)（儀式用の鉞(まさかり)）ラブリュス labrys に遡るもので、エトルーリアの神官を経て、西ローマ帝国最後の皇帝に至るまでの長きにわたり、地中海世界の伝統として続いた。

後代の西ヨーロッパでは、「正義(ユースティティア) Justitia」の擬人像の持物や、結束を表わす象徴として描かれるようになった。またファスケースは、ファシズム fascism（(伊)fascismo）の語源となっている。

Cic. Leg. Agr. 2-34(93), Verr. 2-5-9(22), Rep. 2-31(55)/ Caes. B. Civ. 3-71/ Tac. Ann. 3-2, 13-9/ Plin. N. H. 16-30/ Sil. 8-485/ Dio Cass. 54-10, 67-4/ Plaut. Asin./ Val. Max. 4-1/ Liv. 1-8, 2-7, -18, 3-36/ Dion. Hal. Ant. Rom. 5-2, -19/ etc.

ファセーリス　Phaselis
⇒パセーリス

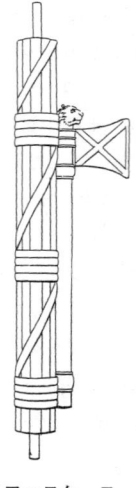

ファスケース

ファーヌム・フォルトゥーナエ　Fanum Fortunae,（ギ）Phanon Phortunai, Φᾶνον Φορτούναι

（現・Fano）イタリア半島東北岸ウンブリア*の海港都市。メタウルス*（現・Metaura）河口に位置し、フラーミニウス街道*（ウィア・フラーミニア*）はここでアドリア海に到達する。後9年、アウグストゥス*帝によりローマの植民市(コローニア*)として建設され、女神フォルトゥーナ*の名高い神殿にちなんで命名された。アウグストゥス神殿やユーピテル*神殿、建築家ウィトルーウィウス*の設計になるバシリカ*などで知られたが、現在はアウグストゥスを記念する凱旋門（伊）Arco di Augusto が、ほぼ完全な姿で残るのみである。なお、エトルーリア*にも同じファーヌムという名の町があるが、こちらはファーヌム・フェーローニアエ F. Feroniae ないし、ファーヌム・ウォルトゥムナエ F. Voltumnae と呼んで区別している。

⇒アゲル・ガッリクス

Caes. B. Civ. 1-11/ Vitr. De Arch. 5-1/ Plin. N. H. 3-14/ Tac. Hist. 3-50/ Mela 2-4/ Procop. Goth. 3-11/ Liv. 4-23/ It. Ant./ Ptol. Geog. 3-1/ Claud. Cons. Hon./ etc.

ファノクレース　Phanocles
⇒パノクレース

ファビア　Fabia,（ギ）Phabiā, Φαβία,（露）Фабия

ローマの名門貴族(パトリキー)ファビウス*氏出身の女性。⇒巻末系図054を参照。

特に名高いのはマールクス・ファビウス・アンブーストゥス M. Fabius Ambustus（前390年に大神祇官長(ポンティフェクス・マクシムス*)になった同名の人物の孫、⇒ファビウス・アンブーストゥス）の2人の娘。姉は貴族に嫁いだが、妹のほうは裕福な平民 C. リキニウス・ストロー*（リキニウス❶*）の妻となる。ある日、姉の住居を訪問した妹のファビアは、高官職にある義兄の権威に吃驚し、羨望と嫉妬に駆られて、夫リキニウスに平民(プレベース*)出身の執政官(コーンスル*)を認めるリキニウス法を提議するようそそのかし、ついにこれを成立させた（前367）と伝えられる。

⇒リキニウス・セクスティウス法

Liv. 6-1, -34〜/ Aur. Vict. De Vir. Ill. 20/ Zonar. 7-24/ etc.

ファビウス・アンブーストゥス、マールクス　Marcus Fabius Ambustus,（ギ）Markos Phabios Ambūstos, Μάρκος Φάβιος Ἄμβουστος,（伊）（西）Marco Fabio Ambusto

（前5世紀後半〜前4世紀初頭）アンブーストゥス（「焼け焦げた」の意）は、先祖が落雷に撃たれて黒焦げになって以来つけられた家名(コグノーメン) cognomen。

マールクス・ファビウス・アンブーストゥス（〜前390）の3人の息子カエソー Kaeso、ヌメリウス Numerius（グナエウス Gnaeus とも）、クィントゥス Quintus は前391年、ローマ代表使節として、当時クルーシウム*（現・キウージ）を攻囲していたガッリア*人の許へ赴くが交渉に成功

せず、血気に逸って戦闘に加わりガッリアの将校らを倒す。そのためガッリア王ブレンヌス❶*は3兄弟の身柄引き渡しをローマに要求、しかし3人は揃って翌前390年のコーンスル*の執政官権を有するトリブーヌス*軍事司令官に選出され、父マールクスは大神祇官長（ポンティフェクス・マクシムス*）に就任する。ローマ側の不正行為に激昂したガッリア人はローマへ進軍し、アーッリア*川でローマ軍を潰滅させ、続いて市を占領した。

ファビア*姉妹の父マールクス・ファビウス・アンブーストゥスは、3兄弟の1人カエソーの息子に当たる。また、執政官を3度つとめ前351年には独裁官（ディクタートル*）となったマールクス・ファビウス・アンブーストゥスは、その従兄弟とされている。

⇒巻末系図 054

Liv. 4-54, -58, -61, 5-10, -24, -35〜36, -41, 6-1, 7-17〜/ Plut. Num. 12, Cam. 17〜/ Diod. 14-113/ etc.

ファビウス・ウァレーンス　Fabius Valens
⇒ウァレーンス、ファビウス

ファビウス・ウィーブラーヌス　Fabius Vibulanus, （伊）Fabio Vibuleno (Vibulano)，（西）Fabio Vibulano

共和政初期に栄えたファビウス氏*の一門。クィ（ー）ントゥス Quintus（？〜前480）、カエソー* Kaeso、マールクス Marcus（〜前477）の3兄弟は、前485〜前479年の7年間、連続して執政官（コーンスル*）の職にあり、近隣部族との戦争に出征し武功をたてた。

⇒巻末系図 054

❶カエソー（？〜前477）Kaeso Fabius Vibulanus　前484、前481、前479年の執政官（コーンスル*）。兄弟のクィ（ー）ントゥス（前485年、前482年の執政官）、マールクス（前483年、前480年の執政官）とともに政界に重きをなし、エトルーリア*人の町ウェイイー*ら周辺の諸部族と戦闘を繰り返した。前479年土地分配に当たり平民（プレーベース*）に有利な動議を提出したため、他の貴族（パトリキイー*）から裏切者として敵視されるようになり、ファビウス一族306人はローマから退去し、ウェイイー領との境界に当たるクレメラ*川の畔に移住。砦を築き2年間ウェイイー軍の攻撃を防いだのち、前477年7月18日に全員討ち死にを遂げた──前390年の同月同日、ローマ軍がガッリア*人に惨敗したことから、以後ローマでは7月18日が凶日と見なされ、公私ともにあらゆる行事を差し控えるようになったことについては、アーッリア*を参照──。

Liv. 2-41〜50, 6-1/ Dion. Hal. Ant. Rom. 8〜9/ Tac. Hist. 2-91/ Plut. Cam. 19/ Val. Max. 9-3/ Gell. 17-21/ Ov. Fast. 2-195〜/ Diod. 11-53/ etc.

❷クィ（ーン）トゥス（前5世紀）Quintus Fabius Vibulanus. ❶*の甥。マールクス Marcus の子。クレメラ*川の決戦（前477）当時、まだ若年だったため出陣せず、ファビウス氏の中でただ1人生き残って家を再興する。3度執政官に選ばれ（前467、前465、前459）、軍功のゆえに凱旋式（トリウンプス*）も認められたが、のちに追放され財産没収の憂き目に遭う。彼の孫クィントゥス（前412年の執政官）の代に、同家の家名（コグノーメン）cognomen はウィーブラーヌスからアンブーストゥス*に改められる。

なお長男のマールクスは、前442年度の執政官となったのち長生きし、ガッリア*（ケルト*）人のローマ占領の際には、大神祇官長（ポンティフェクスマクシムス*）として高齢の元老院議員らを従えて市門で敵軍を出迎え、すすんで自分たちの命を犠牲にしたという（前390頃）。

Liv. 3〜4, 5-41/ Dion. Hal. Ant. Rom. 9〜11/ Diod. 12-34, -58/ etc.

ファビウス氏　Gens Fabia, 〔← Fabius〕, （ギ）Phabioi, Φάβιοι,（《単》Phabios, Φάβιος),（独）Fabier,（伊）Fabii,（西）Fabios,（露）Фабии

ローマで最古の由緒ある貴族（パトリキイー*）の一門。ヘーラクレース*（ヘルクレース*）とエウアンドロス*（エウアンデル*）河神の娘との子ファビウスが始祖とされ、氏族名の由来は、彼が初めて豆（ファバ）faba を栽培したからとも、狼を陥穽（フォウェア）fovea で捕える方法を発明したからともいう。ロームルス*とレムス*兄弟がルペルカーリア*祭を創始した時以来、ファビウス氏とクィ（ー）ン（ク）ティーリウス Quin(c)tilius 氏の両氏族のみがその運営を委ねられるという特権に与（あずか）っていたとも伝えられる。共和政初期には同氏の3兄弟が7年間連続して執政官職に就く（前485〜前479）ほどに繁栄したが、前477年クレメラ*の戦いでウェイイー*軍に敗れ、全滅（7月18日）。ただ1人生き残った遺児 Q. ファビウス・ウィーブラーヌス❷から後世のファビウス氏が出、諸家に分枝しつつ、政治・軍事のみならず文学・芸術の分野でも大いに活躍した（⇒ファビウス・ピクトル）。主に、共和政時代に栄えたが、帝政期の後2世紀に至ってもファビウス氏の名を見出すことができる。なお同氏の家名（コグノーメン）cognomen のうち、ウィーブラーヌスからアンブーストゥス*、そしてマクシムス*へと変遷していった経緯については、各項を参照のこと。

⇒巻末系図 054

Ov. Fast. 2-237, Pont. 3-3, -99/ Juv. 8-14/ Plut. Fab. 1, Rom. 22, Caes. 61/ Plin. N. H. 18-3/ Cic. Phil. 2-34, 13-15, Cael. 11(26)/ Val. Max. 2-2/ Prop. 4-26/ Aur. Vict./ Liv. 2-41〜/ Gell. 17-21/ etc.

ファビウス・ピクトル、ガーイウス　Gaius Fabius Pictor,（伊）Gaio Fabio Pittore,（西）Cayo Fabio Píctor

（前300頃に活躍）ローマ最古の画家。独裁官（ディクタートル*）C. ユーニウス・ブルートゥス・ブブルクス Junius Brutus Bubulcus が前302年に奉献した健康の女神サルース*神殿に装飾画を描き、ピクトル Pictor（「画家」の意）なる副名を得た。おそらくサムニウム*人との戦闘場面を題材にした壁画であったと思われ、文献に記録された最初のローマ絵画の例とされるが、のちクラウディウス*帝（在位・後41〜54）の治

世に神殿が炎上し、作品は亡失してしまった。なお、詩人パークウィウス*は彼に次ぐ絵の名手として評価されている。

Plin. N. H. 35-7/ Val. Max. 8-14/ Dion. Hal. Ant. Rom. 16-6/ Cic. Tusc. 1-2(4)/ etc.

ファビウス・ピクトル、クィ(ー)ントゥス　Quintus Fabius Pictor, (伊) Quinto Fabio Pittore, (西) Quinto Fabio Píctor, (露) Квинт Фабий Пиктор

(前254頃～前201／190頃) ローマ最初期の歴史家、元老院議員(セナートル*)。C. ファビウス・ピクトル*の孫。第2次ポエニー戦争*に参加し、カンナエ*の敗戦(前216)後、デルポイ*の神託を伺いにギリシアへ派遣される。ギリシア語散文で、アイネイアース*(アエネーアース*)のイタリア上陸から同時代に至るまでの古代ローマの年代記を執筆し、前748／747年にローマの建国年次を設定した。彼の史書は政治的意図をもって書かれ、ローマ人特有の偏見を含んでいるにもかかわらず、古代の史家たちに重んじられ、ポリュビオス*の主要資料とされ、リーウィウス*やハリカルナッソス*のディオニューシオス*らに引用されている。断片のみ伝存。

ラテン語の年代記を著わしたとされるセルウィウス・ファビウス・ピクトル Ser. Fabius Pictor は、彼の孫に当たると考えられる。

⇒クァドリガーリウス

Liv. 1-44, 2-44, 22-57, 23-11, 45-44/ Polyb. 1-14, 3-8～9/ Plin. N. H. 10-34, 14-14/ App. Hann. 27/ Dion. Hal. Ant. Rom. 1-6/ Cic. De Or. 2-12/ etc.

ファビウス・マクシムス、クィ(ー)ントゥス　Quintus Fabius Maximus, (伊) Quinto Fabio Massimo, (西) Quinto Fabio Máximo, (露) Квинт Фабий Максим

ローマの将軍・政治家。巻末系図054を参照。

❶ (?～前290頃) 渾名はルッリアーヌス Rullianus (ルッルス Rullus とも)。サムニウム*戦争の英雄。前325年、独裁官(ディクタートル*) L. パピーリウス・クルソル*の副司令官(マギステル・エクゥイトゥム) Magister Equitum として出陣し、サムニウム軍を打ち破るが、命令に反して敵を攻撃した廉(かど)でクルソルから弾劾され、あやうく死罪に問われるところを、国民のとりなしで救われる。5度執政官になり(前322、前310、前308、前297、前295)、2度独裁官(前315、前313)さらに監察官(ケーンソル*)(前304)を歴任。前295年には、サムニウム人(サムニーテース*)、エトルーリア*人、ウンブリア*人、ガッリア*人の同盟軍をセンティーヌム*の決戦で撃滅し、凱旋式(トリウンプス*)を挙げた。同家で初めてマクシムス(「最も偉大な」の意)の副名を帯び、以来アンブーストゥス*に代わって、マクシムスが家名(cognomen)(コグノーメン)として採用されるようになったという。

⇒コルネーリア❹、ポンティウス・ヘレンニウス

Liv. 8～11/ Val. Max. 2-2, -5, -7, 8-1, -15/ Diod. 19-72, -101, 20-27, -44/ Frontin. Str. 4-1/ Aur. Vict. De Vir. Ill. 31, 32/ Oros. 3-10, -22/ Eutrop. 2-8/ Dio Cass./ etc.

❷ (前293／275頃～前203) ❶の曾孫。対ハンニバル❶*戦争(第2次ポエニー戦争*)時の慎重さから、クンクタートル Cunctator「遷延家」と呼ばれる。また唇に疣(いぼ)(ウェッルーカ) verruca があったのでウェッルーコッスス Verrucosus (疣のある人)とも渾名された。幼時、寡黙で鈍重だったため知恵遅れかと思われたが、長じて頭角を現わし、5度執政官(コーンスル*)(前233、前228、前215、前214、前209)、2度の独裁官(ディクタートル*)(前221、前217)、さらに監察官(ケーンソル*)(前230)を歴任、2回凱旋式(トリウンプス*)を挙げるに至る。

第2次ポエニー戦争(前218～前201)中、ローマ軍がトラシメーヌス*湖畔でハンニバルに敗れたのち、2度目の独裁官に選ばれ(前217)、慎重な遷延作戦で敵軍との決戦を避け、持久戦にもちこんで相手の涸渇消耗を図った。しかし敵兵の攻めて来ぬ山地に布陣する彼の消極的態度は、ローマでも軍内でも臆病と誤解され、ついに副司令官(マギステル・エクゥイトゥム) Magister Equitum の M. ミヌキウス・ルーフス Minucius Rufus に同等の指揮権が与えられ、軍勢を2分することを余儀なくされる。功に逸るミヌキウスはファビウスの忠告を無視して進撃し、間もなくハンニバルの罠にはまり、危ういところをファビウスに救出され、己が非を認めて軍隊を彼に返した。翌前216年、ファビウスが独裁官を辞任するや、ハンニバルに挑戦したローマ軍はカンナエ*(カンネー)で潰滅。その牛歩戦術の意義を認められたファビウスは、連続して執政官に任命され、同僚の M. クラウディウス・マルケッルス❶*とともに活躍、マルケッルスが「ローマの剣」と呼ばれたのに対して、「ローマの楯」と呼ばれる。5度目の執政官の時、前212年来ハンニバルが占領していたタレントゥム*を、女人(妾)の色仕掛けを用い守備隊長を寝返らせて奪回、その折、略奪・虐殺のどさくさに紛れて内応に協力したブルッティウム*人たちを亡き者にしようと謀ったのが発覚して、冷血漢の非難を受ける(前209)。スキーピオー・大アーフリカーヌス*(大スキーピオー*)が台頭すると、そのアーフリカ*直撃作戦に執拗に反対し、戦争の終結を見ずして非常な高齢で没した。彼の知謀や冷静沈着は大いに尊敬され、その葬儀は市民銘々が費用を醵出(きょしゅつ)して営んだと伝えられる。持久戦を意味するファビウス式(英)Fabian 戦法や近代英国の社会主義団体フェビアン協会 Fabian Society の漸進戦術は、彼の戦法に由来している。

ちなみに、前218年に最長老の元老院議員としてカル

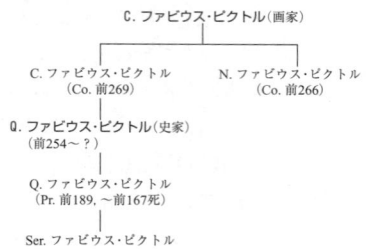

系図311　ファビウス・ピクトル、ガーイウス

```
C. ファビウス・ピクトル(画家)
├── C. ファビウス・ピクトル      N. ファビウス・ピクトル
│   (Co. 前269)                  (Co. 前266)
├── Q. ファビウス・ピクトル(史家)
│   (前254～?)
│   └── Q. ファビウス・ピクトル
│       (Pr. 前189、～前167死)
│       └── Ser. ファビウス・ピクトル
```

ターゴー*へ使いし、ハンニバルの身柄引き渡しを求めたのは、彼ではなく前245年度の執政官 M. ファビウス・ブーテオー Fabius Buteo（前241年の監察官）である。
⇒ Q. フラックス
Plut. Fab./ Liv. 20～24, 26～30/ Polyb. 3-87～/ Cic. Brut. 18, Leg. Agr. 2-33, Tusc. 3-28, Nat. D. 2-23, 3-32, Verr. 2-5-10, De Or. 2-67, Sen. 4, 17, Off. 1-30/ Sall. Jug. 4/ Val. Max. 4-2/ App. Hann. 11～16, 31/ Sil. Pun. 7/ Quint. Inst. 6-3, 8-2/ Sen. Ben. 2-7/ Flor. 1-18/ Frontin. Str. 1-8/ etc.

❸（前186頃～前130）アエミリアーヌス Aemilianus。マケドニアー*王ペルセウス*を打ち破ったL. アエミリウス・パウルス❷*の長男。スキーピオー・小アーフリカーヌス*（小スキーピオー*）の実兄。❷の息子（ないし孫）の養子。前168年、実父に従ってピュドナ*に戦い、ローマへ捷報をもたらす。シキリア*（現・シチリア）で法務官を務めた（前149～前148）のち、前145年の執政官に選ばれヒスパーニア*へ出征、ウィリアートゥス*の反乱に対処したが、芳しい戦果は得られなかった（～前144）。ヌマンティア*の決戦では、弟スキーピオーの副官として活躍（前134～前133）。また彼は史家ポリュビオス*の弟子ならびに保護者でもある。息子アッロブロギクス Allobrogicus は前121年の執政官となり、ガッリア*でアッロブロゲース*族に大勝して凱旋式を祝い、ローマで最初の凱旋門を建立。養子のセルウィーリアーヌス Servilianus は前142年の執政官となり、翌年ウィリアートゥスとの間に一時的ながら和平を締結したことで知られる。
Polyb. 18-35, 29-14, 31-23, -28, 33-7, 36-5/ App. Hisp. 67, 70, 90, Mac. 17/ Cic. Amic. 19, 25, Brut. 28, De Or. 1-26, 2-66/ etc.

❹パウッルス Paullus Fabius Maximus（前46頃～後14）アウグストゥス*の腹心。名門ファビウス・マクシムス家の後裔で、個人名 praenomen パウッルスは偉大な先祖パウッルス❷*・マケドニクスに負っている。前45年度の補欠執政官 Q. ファビウス・マクシムスの子。執政官（前11）、アシア*の属州総督 Proconsul（前10～前9）を経て、内ヒスパーニア*の総督（前3～前2）。詩人オウィディウス*の後援者としても知られる。後14年、アウグストゥスの微行に随伴して皇孫アグリッパ・ポストゥムス*の謫居を訪ねたことを、妻のマルキア❸*（アウグストゥスの継父L. マルキウス・ピリップス*の孫娘）に話したところ、その密事が彼女から皇后リーウィア❶*（リーウィア・ドルーシッラ*）に洩れてしまい、アウグストゥスの不興を買ったマクシムスは自害（他殺説もあり）、妻マルキアも一説では夫とともに自裁して果てたという。帝室の秘密を妻に打ち明け、彼女の饒舌のせいで破滅した男の例として引かれる。

その他、この家系には、「ユーピテル*の愛童 Pullus Jovis」と渾名されていたが、年とってからは自らの息子を不品行の故に処罰するまでに厳格となった Q. ファビウス・マクシムス・セルウィーリアーヌス・エブルヌス Servilianus Eburnus（前116年の執政官）や、カエサル*のヒスパーニア戦役で副官 legatus として活躍し（前45）、その年の9月から4ヵ月足らずの間、執政官職に就いたのち12月31日に没したQ. ファビウス・マクシムス（?～前45年末日）らがいる。
Tac. Ann. 1-5/ Plin. N. H. 7-45, -53/ Plut. Mor. 508a/ Ov. Pont. 2-1～, 3-3, -8/ Val. Max. 6-1/ Cic. Balb. 11, Fam. 7-30/ Dio Cass. 43-42, -46/ Hirt. B. Hisp. 2-41/ Liv. Epit. 116/ etc.

ファーブラ Fabula,（〈ギ〉Drāma, Δρᾶμα),（英）（仏）Fable,（独）Fabel,（伊）Favola,（西）（葡）Fábula
（「話・物語」の意）ローマの演劇。主要なものは、以下の通り。
❶アーテッラーナ劇*。オスキー*族起源の笑劇。
❷ファーブラ・クレピダータ F. Crepidata。
ギリシア悲劇をラテン語に翻案したもの。悲劇俳優の履いた半長靴クレピダ crepida に由来。作者はパークウィウス*、アッキウス*、エンニウス*ら。
❸ファーブラ・パッリアータ F. Palliata。
ギリシア喜劇（特に新喜劇）をローマ風に翻案したもの。俳優の着るギリシア風外套パッリウム pallium に由来。リーウィウス・アンドロニークス*がもたらして以来、ナエウィウス*、エンニウス*、プラウトゥス*、テレンティウス*らが多くの作品を発表した。
❹ファーブラ・プラエテクスタ F. Praetexta。
ローマの歴史や伝説、同時代の国民的事件を題材にした悲劇。登場人物が緋紫の縁取りをしたトガ toga praetexta を着ていたことに由来。ナエウィウス*が創始し、エンニウス*、パークウィウス*、アッキウス*らも執筆。伝セネカ❷*作の『オクターウィア* Octavia』（後1世紀末頃）が現存する。
❺ファーブラ・トガータ F. Togata。
ギリシア新喜劇に倣いつつローマ人の中・下層社会の生活から取材した喜劇。登場人物がローマの市民服トガ*を着ていたことに由来。主な作者はティティーニウス Titinius、ティトゥス・クィ（―）ンティウス・アッタ Titus Quintius Atta、L. アーフラーニウス*ら（前2世紀）。❸よりも人気が高かったが、次第に単なる茶番狂言と化した。
Cic. Brut. 18(72), Sen. 19(70), Amic. 7(24), 26(100), Fam. 9-16/ Hor. Epist. 1-2, 2-1, Sat. 1-2, Ars P. 190/ Quint. Inst. 5-10, 11-3/ Varro Ling. 5-8/ Val. Max. 2-1/ Macrob. Sat. 3/ Sen. Octavia/ etc.

ファ（―）ブリキウス氏 Gens Fabricia〔← Fabricius〕,（独）Fabrizier,（西）Fabricios
ヘルニキー*族の町アレトリウム*を本貫の地（故地）とするローマの氏族名。
Cic. Clu. 16～/ Liv. 9-42～/ Plin./ Val. Max./ Juv. 9-142/ etc.

ファ（―）ブリキウス、ルーキウス Lucius Fabricius,（伊）（西）Lucio Fabricio

（前1世紀）前62年の街道監督官 Curator Viarum となり、ローマ市とティベリス*（現・テーヴェレ）河中の島とを繋ぐ新しい石造橋を架けたことで知られる。以来この橋は彼にちなんでファブリキウス橋 Pons Fabricius（現・Ponte Fabricio, または Ponte dei Quattro Capi）と呼ばれるようになった。これは今日なおローマで使用されている最古の橋である。
Dio Cass. 37-45/ Hor. Sat. 2-3-36/ etc.

ファ（ー）ブリキウス・ルスキヌス、ガーイウス
Gaius Fabricius Luscinus,（伊）Gaio Fabrizio Luscino,（西）Cayo Fabricio Luscino

（前4世紀～前3世紀）ローマの将軍。ルスキヌスは「片目の」という意味の渾名。タレントゥム*戦争（前282～前272）ならびに対ピュッロス*戦の英雄。前282年の執政官となり、トゥーリオイ*（トゥーリイー*）を包囲していたブルッティイー*族とルーカーニア*人を撃破。前280年には、ローマに迫っていたエーペイロス*王ピュッロスの許へ使いし、捕虜交換の折衝に当たったが、王の差し出す黄金の誘惑を斥け、翌日の会議の席で、彼を驚かせようと王が突然巨象を背後から出現させて大声でいななかせた時にも、「昨日は黄金が私を動かさなかったが、今日は象も私を動かさない」と落ち着き払って答えた。ファブリキウスの人柄に魅せられた王が、「余の国に来て将軍の第一人者となってくれ」と勧めると、「それはお為になりません。いま王様を尊敬している人々が私をよく知るようになると、あなたよりも私に王になってもらいたいと思うでしょうから」と言って拒んだという。さらにファブリキウスは、ピュッロスの侍医が「王を毒殺するから多額の報酬をいただきたい」と申し出た時、侍医の密書を王に渡して陰謀を警戒するよう忠告。感じ入った王は、その返礼に無償で捕虜を送り返し、裏切者の侍医を殺してその皮を剥いだと伝えられる（⇒アッピウス・クラウディウス・カエクス）。

2度目の執政官在任中（前278）、彼はピュッロスとの間に和平を結び、その結果、王はイタリアから撤退することになる。ローマへ帰還する前にファブリキウスは、サムニウム*人やルーカーニア人、ブルッティイー族に勝利を収め、凱旋式を認められる。その後、監察官に選ばれ（前275）、峻厳な態度で奢侈を禁圧、10ポンドー pondo（1ポンドー≒327.45 g）もの目方のある銀皿を所有していた元老院議員を除名処分にした。自らは清貧のうちに没し、例外的に市域内に埋葬され、残された2人の娘は国家から婚資を贈られて嫁いでいった。後世、マーニウス・クリウス・デンタートゥス*とともに質実剛健にして廉潔の士として、古き良きローマ的美徳の亀鑑と見なされる。
Val. Max. 1-8, 4-3, -4/ Cic. Off. 1-13(40), 3-4(16), -25(86~87), De Or. 2-66, 3-15, Planc. 25/ Gell. 1-14, 4-8, 17-21/ Flor. 1-18/ Liv. 9-43, Epit. 12~14, 33-42~43, 37-4/ Plut. Pyrrh. 18~21/ Just. 18-2/ Plin. N. H. 33-54/ Juv. 9-142/ etc.

ファーマ　Fama,（英）（仏）Fame
ローマの「噂」を擬人化した女神。ギリシアのペーメー*をラテン化した神格で、大地（ガイア*）がコイオス*や巨人ら（ギガース*）の後に産み落とした末娘とされる。有翼で無数の眼と舌をもち、すみやかに各地を飛び回ると考えられ、後世の寓意図像においては喇叭を持物とするようになった。
Verg. Aen. 4-174~/ Ov. Met. 12-39~/ Hor. Carm. 2-2/ Stat. Theb 3-426~/ Valerius Flaccus 2-116~/ etc.

ファユルロス　Phayllos
⇒パユッロス

ファラリス　Phalaris
⇒パラリス

ファランクス　Phalanx
⇒パランクス

ファランクス　Phalanx
⇒パランクス

ファリスキー（族）　Falisci,（英）Faliscans,（仏）Falisques,（独）Falisker,（西）Faliscos,（露）Фалиски

南部エトルーリア*に居住していた部族。その首邑はファレリイー*。文化的・政治的にはエトルーリアの強い影響下にあったが、言語は異なり、むしろラテン人（ラティーニー*）と近縁関係にあった。この地から発掘された考古学的出土品の数々は、現在ローマのヴィッラ・ジューリア博物館 Museo di Villa Giulia に収蔵・展示されている。
Verg. Aen. 7-695/ Liv. 5-26~, 10-12/ Plut. Cam. 2, 9~10/ Strab. 5-226/ Ov. Am. 3-13, Fast. 1-84/ Plin. N. H. 3-5, 7-2/ Sil. 4-223/ etc.

ファルサーロス　Pharsalos
⇒パルサーロス

ファルサーロス　Pharsalos
⇒パルサーロス

ファルナケース　Pharnaces
⇒パルナケース

ファルナバゾス　Pharnabazos
⇒パルナバゾス

ファルマコス　Pharmakos
⇒パルマコス

ファレリイー　Falerii,（ギ）Phalerioi, Φαλέριοι, (Phalerion, Φαλέριον, Falerium),（仏）

Faléries, （西）Faleria, （露）Фалерии

（現・Civita Castellana, 旧称・Palari）エトルーリア*同盟12都市の1つ。もとはローマ北方約40km、フラーミニウス街道*（ウィア・フラーミニア*）の西方3kmの高台に位置していた。エトルーリア系のファリスキー*族の中心都市で、ウェイイー*に味方した（前396頃）ためにローマ軍の攻囲を受け、前358年タルクィニー*とともにローマに服属することを余儀なくされた（⇒カミッルス）。次いで2度にわたって叛乱を起こしたせいで、破壊され領土の半分を失う破目に陥った（前241）。5km北西の平地に新市ファレリイー・ノウィー Falerii Novi（現・Santa Maria di Falleri）がローマ人によって再建され、その城壁の遺構が保存されている。また旧市 Falerii Veteres からは、4つの木造神殿やエトルーリア人墓地の遺跡が発掘されている。

創建伝説によれば、南隣のウェイイーと同じくアガメムノーン*の庶子ハライソス Halaisos によって旧市が築かれたというが、古来ファレリイーの住民はエトルーリア語とは異なる固有のインド・ヨーロッパ系の言語を用いていたという。

⇒フェスケンニア（フェスケンニウム）

Liv. 5-27, 10-12, -16/ Ov. Fast. 1-84, 4-73, Am. 3-13, Pont. 4-8/ Just. 20-1/ Plut. Cam. 2, 9～10/ Verg. Aen. 7-724/ Serv. ad Verg. Aen. 7-695/ Dion. Hal. Ant. Rom. 1-21/ Plin. N. H. 3-5/ Diod. 14-96/ Flor. 1-12/ Zonar. 8-18/ Ptol. Geog. 3-1/ Strab. 5-226/ Solin./ Steph. Byz./ etc.

ファレルヌス Falernus Ager, （ギ）Phalernos, Φάλερνος, （仏）Falerne, （伊）（西）Falerno

（現・Falerno）カンパーニア*北部の地名。イタリアの名葡萄酒ファレルヌム Falernum の産地として知られる。伝説によれば、この地を通りかかった酒神リーベル*を、農民ファレルヌスが歓待したため、神がこの名酒の原料となる葡萄の木を贈ったという。ウェルギリウス*はファレルヌム酒を最高のワインと見なし、ラエティア*産の葡萄酒をこれに次ぐものと評している。前338年以後はローマ領となり、アッピウス街道*（ウィア・アッピア*）が通り、海に近く沃土に恵まれていたので、数多くの別荘 villa（ウィラ）や町々が建てられた。

⇒セーティア、葡萄酒

Liv. 8-11～, 22-14/ Plin. N. H. 3-5, 14-8/ Mart. 12-57/ Verg. G. 2-96/ Hor. Carm. 1-20, -27, 2-3, 3-1/ Sil. 7-162～/ Strab. 5-234/ Ath. 1-26～27/Diod. 19-10/ etc.

ファレーロン Phaleron
⇒パレーロン

ファロス Pharos
⇒パロス

フィグルス、P. ニギディウス P. Nigidius Figulus
⇒ニギディウス・フィグルス

フィスクス Fiscus, （ギ）Phiskos, Φίσκος, （仏）Fisc, （伊）（西）（葡）Fisco, （露）Фиск

（「籠・箱」の意）ローマの皇帝金庫。アウグストゥス*によって創設され、エジプトなど元首属州（皇帝属州）からの収入を管理。これに対して従来の国庫アエラーリウム*は、イタリアおよび元老院統治の属州からの収入を取り扱った。両者は区別されてはいたものの、アエラーリウムも皇帝の干渉を受けることが多く、時とともにその区別は不明瞭になっていった。他に、皇帝の広大な私領地からの収入を扱う「カエサル*の金庫 Ratio Caesaris」があり、さらに後1世紀後半になると帝室代々の相続財産 patrimonium（パトリモーニウム）が確立、2世紀末のセプティミウス・セウェールス*の治世には、皇帝個人の私有財産 res privata（レース・プリウァータ）が新設されるに至る。こうして帝権の増大につれ、国庫（アエラーリウム）を犠牲にして皇帝は意のままに巨額の金を使えるようになった。

ちなみに、ティベリウス*帝の残した33億セーステルティウスという途方もない遺産を、次のカリグラ*帝はわずか1年で蕩尽し、また食道楽のウィテッリウス*帝は数ヶ月の間に9億セーステルティウスを晩餐のためだけに浪費している。

Suet. Aug. 101, Calig. 37, Claud. 28, Ner. 32/ Tac. Ann. 1-37, 2-47, 6-2/ Dio Cass. 59-2, 64-3/ Sen. Ben. 7-6/ Juv. 4-54/ Dig. 1-2, 3-6, 49-14, -15/ Cod. Theod. 10-1/ Paulus Sent. 5-12/ etc.

フィーディアース Phidias
⇒ペイディアース

フィディウス Fidius, （ギ）Pistios, Πίστιος, （伊）Fidio

「真実」を司るローマの神。"メディウス・フィディウス Medius Fidius"（「真実の神にかけて」、「誓って」の意）という表現で用いられ、誓約の神ユーピテル*ないしサビーニー*系の神サンクス*と同一視された。

Ov. Fast. 6-213/ Varro Ling. 5-66/ Cic. Fam. 5-21/ Suet. Tib. 21/ Plaut. Asin. 1/ Dion. Hal. Ant. Rom./ etc.

フィーディッピデース Phidippides
⇒ペイディッピデース

フィデース Fides Publica, （ギ）ピスティス Pistis, Πίστις, （仏）Fidélité, Foi, （伊）Fede, Fedeltà, （西）Fe, Fidelidad, （葡）Fé, Fidelidade

ローマの「信義」を擬人化した女神。その崇拝はヌマ*王によって導入されたと伝えられ、カピトーリウム*のユーピテル*神殿の近くにA. アティーリウス・カーラーティーヌス*によって奉献された彼女の神殿（前3世紀中頃）があった。毎年10月1日に3人の神官たち Flamines（フラーメン*）Majores が車駕で参詣し、女神に犠牲を供した。彼女は白髪の老婦人の姿で表現され、オリーヴないし月桂樹 laurus（ラウルス）の冠を戴き、麦の穂や果実の入った籠を持物としていた。動物の生贄は用いられず、供物は白布でおおった右手で捧

げられねばならなかった。また、貸借の契約の際にはフィデースの名において誓いが立てられることになっていた。一説には、彼女の最古の神殿はアエネーアース*（アイネイアース*）の孫娘ローマ Roma（ローメー Rhome、ローマの擬人化）によって、パラーティーヌス*丘に建立されたという。

　ちなみに、キリスト教時代に入ってからもフィデース（信仰・信徳）の崇敬は西方ラテン教会に継承され、3つの対神徳の1つとして、十字架や聖杯を手に持つ女性の寓意像で表わされることが多い。

Verg. Aen. 1-292/ Liv. 1-21/ Sil. 2-484/ Varro Ling. 5-74/ Cic. Off. 3-29(104), Nat. D. 2-23, -31, 3-18, Leg. 2-8/ Hor. Carm. 1-35, 4-5/ Dion. Hal. Ant. Rom. 2-75/ Plaut. Cas. Prolog. 2/ etc.

フィーデーナエ　Fidenae（ときに、フィーデーナ Fidena）、（ギ）Phīdēnai, Φιδῆναι,（Phīdēnē, Φιδήνη）、（仏）Fidène、（伊）Fidene、（西）Fidenas

（現・Castel Giubileo）ローマの北方5マイルの地にあったラティウム*の町。ウィア・サラーリア*（塩街道*）沿いに位置し、もとはサビーニー*族の創設した市であったが、エトルーリア*人に占領され、ティベリス*（現・テーヴェレ）河左岸の橋頭堡となった。長い間この町の領有をめぐって、ローマとウェイイー*との間で争いが繰り広げられたが（⇒ロームルス、トルムヌス）、前426年にローマに占領され、その後しだいに衰亡に向かった（前435年、前425年など異説あり）。ガッリア*人のローマ撤退（前387頃）後、反乱を起こしたため、ローマ人によって町は破壊され、建物の石材はセルウィウス・トゥッリウス*の城壁を造築するべくローマへ運び去られた（前378年頃）。ティベリウス*帝の治世に、この地に建てられた円形闘技場（アンピテアートルム*）が倒壊し、2万人を超える死者を出す惨事が起きたことは有名（後27）。

Liv. 1-14〜15, -27, 2-19, 4-17〜33/ Cic. Leg. Agr. 2-35(96)/ Tac. Ann. 4-62/ Suet. Tib. 40/ Verg. Aen. 6-773/ Dion. Hal. Ant. Rom. 2-53, 5-40/ Solin. 2-16/ Plin. N. H. 3-5/ Plut. Rom. 23, 25/ Varro Ling. 6-18/ Strab. 5-230/ Ptol. Geog. 3-1/ etc.

ピーネウス　Phineus
⇒ピーネウス

フィーバス　Phoebus
⇒ポイボス

フィービー　Phoebe
⇒ポイベー（の英語形）

フィムブリア　Fimbria
⇒フィンブリア

フィラー　Phila
⇒ピラー

フィライニス　Philainis
⇒ピライニス

フィラエニス　Philaenis
⇒ピライニス

フィラデルフィア　Philadelphia
⇒ピラデルペイア

フィラデルフェイア（フィラデルフィーア）　Philadelpheia（Philadelphia）
⇒ピラデルペイア

フィラムモーン　Philammon
⇒ピランモーン

フィリスティオーン　Philistion
⇒ピリスティオーン

フィリストス　Philistos
⇒ピリストス

フィリータース　Philitas
⇒ピリータース

フィリッピデース　Philippides
⇒ペイディッピデース

フィリッポイ　Philippoi
⇒ピリッポイ

フィリッポス　Philippos
⇒ピリッポス（「馬を愛する男」の意）

フィールーズ　Firuz
⇒ペーローズ

フィルミクス・マーテルヌス、ユーリウス　Iulius Firmicus Maternus,（伊）Giulio Firmico Materno,（西）Julio Firmico Materno

（？〜後350以後）ローマ帝政後期の占星術者。シキリア*（現・シチリア）のシュラークーサイ*出身。法律家となり、334〜337年頃に『マテーシス Mathesis』と呼ばれる8巻から成るラテン語の占星術書を執筆、「水星の影響下に生まれた人は天文学者に、もし火星であれば軍人に、土星であれば錬金術師になるであろう」と主張した。のちキリスト教に転じて、熱狂的な護教家となり、コーンスタンティウス2世*とコーンスターンス*両帝に、「異教（非キリスト

教）文化」を武力で徹底的に破壊するよう説得しようとした（347 頃）。

なお彼は、その占星術書の中で、プトレマイオス*ら他のローマ時代の天文学者と同様、あらゆる人の一生は誕生（ないし受胎）時の星位で決定されると断じ、職業や運命、気質のみならず、性的嗜好 — レスビアニスム lesbianismus、スカトロギアー scatologia（糞尿愛好）、トラーンスウェスティスム transvestismus（異性装）、ニュンポマニアー nymphomania（女性淫乱症）、クンニリングス cunnilingus（嗽陰）愛好者、コイトゥス・アナーリス coitus analis（肛門性交）に取り憑かれる女性、等々 — も予言できると語っている。
⇒ケーンソーリーヌス、バルビッルス
Firm. Mat. Err. prof. rel., Mathesis/ etc.

フィールムム Firmum Picenum,（ギ）Phīrmon, Φίρμον,（伊）Firmo Piceno,（露）Фермо
（現・Fermo）イタリア半島東側、ピーケーヌム*地方の港湾都市。ローマによるピーケンテース Picentes 族の征服後、前 264 年にラテン植民市として建設され、5 人のクァエストル*に統治されていたが、前 42 年正式にローマ市民権をもつ植民市（コローニア*）となった。アドリア海に臨む軍港 Castellum Firmanorum を擁し、第 4 軍団の駐屯地として戦略上重視された。後 408 年に西ゴート*族の王アラリークス*に占領された。町そのものは海に臨む丘上に位置しており、ローマ時代の市壁や劇場（テアートルム*）、20 以上もの貯水槽などの遺構を見ることができる。
Mela 2-4/ Vell. Pat. 1-14/ Liv. 27-10, 44-40/ Plin. N. H. 3-13/ App. B. Civ. 1-47/ Cic. Att. 8-12/ Strab. 5-241/ Val. Max. 9-15/ etc.

フィレタイロス Philetairos
⇒ピレタイロス

フィレータース Philetas
⇒ピリータース

フィレーモーン Philemon
⇒ピレーモーン

フィロー Philo
⇒ピロー、ピローン

フィロクセノス Philoxenos
⇒ピロクセノス

フィロクテーテース Philoctetes
⇒ピロクテーテース

フィロクラテース Philocrates
⇒ピロクラテース

フィロゲロース Philogelos
⇒ピロゲロース

フィロストラトス Philostratos
⇒ピロストラトス

フィロータス Philotas
⇒ピロータース

フィロデーモス Philodemos
⇒ピロデーモス

フィロポイメーン Philopoimen
⇒ピロポイメーン

フィロメーラー Philomela
⇒ピロメーラー

フィロメーロス Philomelos
⇒ピロメーロス

フィロラーオス Philolaos
⇒ピロラーオス

フィローン Philon
⇒ピローン

フィンティアース Phintias
⇒ピンティアース

フィンブリア、ガーイウス・フラーウィウス Gaius Flavius Fimbria,（ギ）Gaïos Phlabios Phimbrias, Γάϊος Φλάβιος Φιμβρίας,（伊）Gaio Flavio Fimbria,（西）Cayo Flavio Fimbria
（？～前 85）ローマ共和政末期の将軍。前 104 年の執政官（コーンスル*）C. フラーウィウス・フィンブリア（自己の才幹で国家最高の要職に昇った新人 novus homo（ノウス・ホモー）。総督となって属州を強奪したことで知られる）の息子。マリウス*とキンナ*の有力な支持者で、彼らのローマ占領（前 87）後、何人もの反対派を虐殺、マリウスの葬儀の際に Q. スカエウォラ❷*を殺害しようとしたが果たせなかった（前 86）。同年、執政官 L. ウァレリウス・フラックス❶*の副官 Legatus（レーガートゥス）としてアシア*へ派遣されるが、口論の末不服従のゆえに解任されると、兵士らの間で暴動を惹き起こして、フラックスをニーコメーデイア*に追いつめて殺害、その軍隊を奪い取った（前

系図 312 フィンブリア、ガーイウス・フラーウィウス

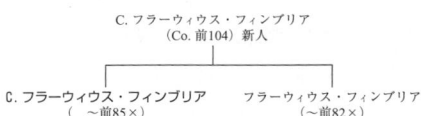

85）。ポントス*のミトリダテース大王*（6世）を攻撃して武勲をたてたものの、スッラ*派の将L.ルークッルス*に協力を拒まれ、今一歩のところで大王を取り逃がしてしまう。さらにスッラが迅速にミトリダテースと和約を結び（前85年8月）、フィンブリアを攻撃してきたため、彼は一旦スッラの暗殺を謀ったが失敗し、ついにペルガモン*のアスクレーピオス*神殿内へ逃げ込んで、そこで自刃して果てた。キケロー*によれば、「このうえなく大胆不敵で、このうえなく凶悪無比な人物」とされ、属州アシア*各地を狂気のごとく荒らし回ったという。
⇒ムーレーナ
Liv. Epit. 82/ Plut. Sull. 12, 23, 25, Luc. 3/ App. Mith. 51〜60/ Vell. Pat. 2-24/ Val. Max. 9-11/ Cic. Brut. 66, De Or. 2-22/ Aur. Vict. De Vir. Ill. 70/ Oros. 6-2/ Frontin. Str. 3-17/ etc.

プェイディアース Pheidias
⇒ペイディアース

プェイディッピデース Pheidippides
⇒ペイディッピデース

プェイドーン Pheidon
⇒ペイドーン

フェーキアーレース Feciales
⇒フェーティアーレース

プェーゲウス Phegeus
⇒ペーゲウス

フェスケンニア Fescennia（または、**フェスケンニウム** Fescennium、（ギ）Phaskenion, Φασκένιον）
（現・Civita Castellana）エトルーリア*にあった古い町。旧ファレリイー*の北西6マイル、ティベリス*（現・テーヴェレ）河畔に位置する。イタリア初期の卑猥で口汚いフェスケンニア式詩形 Fescennini Versus は、この町の名に由来すると考えられている。この露骨な歌は結婚や収穫などの際に、豊饒多産を祈願し邪視・悪霊を防ぐために歌いはやされたもので、一説に魔除けに用いられる勃起した男根像（⇒ファスキヌス*）にちなむともいう。ローマ人はフェスケンニアからこの好色詩を歌う習慣を取り入れ、凱旋式*の時に兵士らによって将軍を揶揄う詩句が盛んに合唱されたが、あまりに下品かつ猥雑だったため、ついには法律の制約を受けるに至った（おそらく十二表法*で）。ことに名高いのは、前46年8月に行なわれたカエサル*の凱旋行列で、兵士らが声高に浴びせた、カエサルが受身役になってニーコメーデース4世*に肛門を犯されたことを当てこすった歌である。またこのフェスケンニア風の好色詩は、ローマ演劇の起源に関係するものと考えられている。
Plin. N. H. 3-5, 28-7/ Sen. Controv. 21/ Verg. Aen. 7-695/ Hor. Epist. 2-1/ Suet. Iul. 49/ Dio Cass. 43-20/ Dion. Hal. Ant. Rom. 1-21/ Solin. 2-7/ Strab. 5-266/ Catull. 61-119〜/ Macrob. Sat. 2-4/ Auson. Cent. Nup. 139/ Sen. Med. 113/ etc.

フェスケンニーニー・ウェルスス（フェスケンニア*式詩形） Fescennini Versus
⇒フェスケンニア

フェ（ー）ストゥス、セクストゥス・ポンペイユス Sextus Pompeius Festus,（ギ）Sextos Pompeïos Phēstos, Σέξτος Πομπήϊος Φῆστος,（伊）Sesto Pompeo Festo,（西）Sexto Pompeyo Festo
（後2世紀後半に活動）ローマ帝政期の文法家。M.ウェッリウス・フラックス*の大著『語義論 De Verborum Significatu』を要約したアルファベット順の辞典『De Verborum Significatione』20巻を作成、ラテン語や古代ローマの文物に関する記録を後代に伝えた（前半は散逸）。さらに、この辞典を8世紀にパウルス・ディアーコヌス Paulus Diaconus が抜粋した摘要書が伝存する。
なお、最下層から身を起こして元老院議員となり、『ローマ史要約 Breviarium Rerum Gestarum Populi Romanum』（現存）を著わした歴史家のフェストゥス Festus Rufus (Ruffus)（？〜後380）は別人である。
Macrob. Sat. 3-3/ Paulus Diaconus/ Festus/ Amm. Marc. 29-2/ Zosimus 4-15/ Suda/ etc.

フェ（ー）ストゥス、ポルキウス Porcius Festus,（ギ）Phēstos, Φῆστος,（伊）（西）Porcio Festo
（後1世紀）ネロー*帝時代に属州管理官 Procurator としてユダヤ*を統治した人物（フェーリークス*を継いで第12代目。在任・60〜62）。ユダヤ着任に際して、王ヘーローデース・アグリッパ2世*の祝賀を受け、この国を荒らしていた盗賊や暗殺団 Sicarii を精力的に制圧、またカイサレイア❶*で新興キリスト教の信徒パウロス*（パウロ）の裁判を行なった（62）。
この他、カラカッラ*帝（位・198〜217）に寵愛された解放奴隷のフェストゥス（？〜215、同帝により毒殺される）や、裁判なしにセプティミウス・セウェールス*帝によって処刑された元老院議員のフェストゥス Pescennius Festus（？〜196／197）ら幾人もの同名人物がいる。
Joseph. J. A. 20-8, J. B. 2-14/ Nov. Test. Act. 24〜26/ Herodian. 3-115, 4-14/ Dio Cass. 78-33, 80-8/ S. H. A. Sev. 13/ Lactant. Div. Inst./ etc.

フェーティアーレース Fetiales（または、**フェーキアーレース** Feciales）,（ギ）Phētiāleis, Φητιάλεις,（仏）Fétiaux,（独）Fetialen,（伊）Feziali,（露）Фециали（〈単〉フェーティアーリス Fetialis, フェーキアーリス Fecialis）
ローマの神官団で、宣戦の布告や和平・条約の締結など

外交面の職務に従事した。古王ヌマ*によって設けられたと伝えられ（異説あり）、定員20名の終身官。開戦に当たっては、折衝が不調に終わってから33日の猶予期間を置いたのち、2人のフェーティアーレースが国境まで赴き、公式の宣戦布告文を唱えながら、敵の領内に槍を投げ込んだ。ローマが版図を拡張するにつれて、国境まで出向くのが困難になったので、対タレントゥム*戦争（前282～前272）の時以来、戦争の女神ベッローナ*神殿の正面に立てられた「戦争円柱」columna bellica から槍を投げる儀式を行なうようになった —— ピュッロス*軍の捕虜に買わせたキルクス・フラーミニウス Circus Flaminius 近くの地所を敵地と見なしたのである —— 。この開戦儀礼は、後2世紀後半マールクス・アウレーリウス*の時代になっても、継承されていたことが知られている。伝令神官団とか外交担当神官団などと訳されることもある。

Liv. 1-24, -32, 4-30, 7-6, -9, 9-5, 30-43, 36-3, 38-42/ Dion. Hal. Ant. Rom. 1-21, 2-19, -72/ Plut. Num. 12, Cam. 18/ Serv. ad Verg. Aen. 9-53/ Dio Cass. 71-33/ Varro Ling. 5-86/ Cic. Leg. 2-9, Rep. 2-17/ etc.

フェードル　Phèdre
⇒パイドラー（パエドラ）（のフランス語形）

フェートン　Phaethon
⇒パエトーン

フェニキア　(ギ) ポイニーケー Phoinike, Φοινίκη, Phoenica, Phoenice, Phoenicia, (ドーリス*方言) Phoinīkā, Φοινίκα, (英) Ph(o)enicia, (仏) Phénicie, (独) Phönikien, Phönizien, (伊)(西) Fenicia, (葡) Fenícia, (露) Финикия, (現ギリシア語) Fínikes

（旧称・カナアン Kana'an）地中海東端、シュリアー*沿岸中部の地。ユダヤ*の北、地中海に臨む細長い沿岸地方で、南北に約200kmあまり、東西の幅は平均30km。古くからセム系のフェニキア人*が移住・定着し、ビュブロス*、シードーン*、テュロス*、ベーリュートス*（現・ベイルート）などの都市国家を建設、前2千年紀中頃から前1千年紀にかけて海上貿易に活躍した。語源はこの海岸に産する巻貝 murex から採れる高価な緋紫色の染料（「赤紫色 phoiniks, φοῖνιξ」）に由来するとともに、フェニキア海岸に多数生える「棗椰子 phoiniks, φοῖνιξ」とも関係する。フェニキア人は航海術に優れ、レバノン（リバノス*）山脈からの木材で船を造ると、地中海・黒海を中心に久しく海上権を掌握、イベーリアー*半島（タルテーッソス*、ガーデース*）、北アフリカ（カルターゴー*、ウティカ*、タプソス*、ヒッポー*）、ガッリア*（マッサリアー*）、サルディニア*、シケリアー*（パノルモス*、エリュクス*）、エジプト（メンピス*）、アフリカ大陸西岸など随所に植民市ないし貿易中継地を設け、通商活動によって繁栄を極めた。西は大西洋を北上してブリタンニア*、ヒベルニア*（現・アイルランド）に達し、東はペルシア*、セイロン（タープロバネー*）にまで及んだ。のみならず、前600年頃にはエジプト王ネコース*2世の命でアフリカ大陸周航を達成した。また前11世紀半ばまでには、最古の字母たるシナイ文字を改良して22文字のフェニキア・アルファベットを完成、それをギリシア人に教えて後世の西洋表音文字の淵源となった —— 東方ではアラム文字・ヘブライ文字となってオリエント世界に広く普及した —— 。

フェニキア地方は古くはエジプト、次いでアッシュリアー*、バビュローニアー*、アカイメネース朝*ペルシア*などの勢力下に置かれたが、アレクサンドロス大王*の東征でヘレニズム世界の版図に含まれ（前333～前332）、以来ギリシア化が進んだ。セレウコス朝*に服属した（前197～前64）のち、ローマの属州シュリアー*に併合された（前63）。フェニキア人は美術工芸にも長じ、透明ガラスを発明、金銀・宝石、象牙、エナメル細工の精巧な装飾工芸品や、各種ガラス製品、緋紫染料とその織物などの特産物を輸出、フェニキアの製品は優美で洗練されている点で定評があった。宗教面では、神殿売春で名高い女神アスタルテー*（アプロディーテー*）の崇拝をギリシアに伝えたことや、人身供犠を伴う主神バアル Ba'al の祭祀などで知られる。フェニキアはまた、エウローペー*やカドモス*らのギリシア神話の舞台としても有名で、伝説上の名祖は古王アゲーノール*の子ポイニクス❶*とされる。ギリシア・ローマ人の間ではフェニキアは性的放縦の地としても評判高く、「フェニキア人のように振る舞う phoinikizein, φοινικίζειν, (ラ) Phoenicissare」という動詞は、「吸茎 fellatio すること」ないし「月経時に啖陰 cunnilingus すること」（口唇が緋色に染まるから）を意味する言葉として用いられた。ストアー*哲学の開祖ゼーノーン*はフェニキア系といわれる。本土フェニキアが衰頽したのちは、植民市カルターゴーが興隆した。

なお、カルターゴー市民はフェニキア人 (ラ) Phoenici ということで、ローマ人からポエニーキー Poenici、ポエニー Poeni と呼ばれ、そこからポエニー戦争*（ラ）Punicum Bellum や柘榴を意味する言葉（〈ラ〉pūnicum,〈英〉Punic apple,〈仏〉punica,〈独〉Punischer Apfel, ……）が生じた。
⇒トリポリス❷、プトレマーイス❶、パレスティナ

Hom. Od. 4-83, 13-272, 14-288～, 15-415～/ Herodot. 1-2～, 2-44, 3-19, 4-42～, 5-58～/ Xen. An. 7-8/ Strab. 16-753～/ Plin. N. H. 5-17, 9-60～, 36-65～/ Thuc. 1-8～, 2-69/ Mela 1-11～12/ Apollod. 3-1/ Just. 18-3/ Theocrit. 17/ Ov. Met./ Ptol. Geog. 5-15/ Suda/ etc.

フェニキア人　Phoinikes, Φοίνικες, Poeni
⇒フェニキア

フェニックス（不死鳥）　Phoenix
⇒ポイニクス

フェネステッラ Fenestella, （ギ）Phenestellas, Φενεστέλλας, （西）Fenestel(l)a

（前52～後19、または、前35～後36）ローマ帝政初期のラテン史家。彼の散逸した『年代記 Annales』（少なくとも22巻）は、ローマの創建から共和政末期（前57）までを扱い、歴史上の事件のみならず、ウァッロー*に倣って百科全書的に古代ローマの法律・国制・宗教・風習の起源や故事来歴、また文学史、農業、等々広い分野にわたって論述していた。大プリーニウス*、ゲッリウス*ら多くの作家に引用されている。ヒエローニュムス*によれば、彼はティベリウス*帝（在位・後14～37）の治世にクーマエ*で没したという（70歳）。

Plin. N. H. 8-7, -74, 9-56, 33-6, -52, 35-46/ Sen. Ep. 108/ Gell. 15-28/ Suet. Vita Terent./ Lactant. De Falsa Rel. 1-6/ Hieron./ Euseb. Chron./ etc.

プェーメー Pheme
⇒ペーメー

プェライ Pherai
⇒ペライ

フェーリーキタース Felicitas, （ギ）エウテュキアー、Eutykhia, Εὐτυχία（仏）Félicité, （伊）Felicità, （西）Felicidad, （葡）Felicidade

（「幸福」、「幸運」、「豊饒」の意）ローマの「幸福」を擬人化した女神。前2世紀の中頃に、その神殿がパラーティウム*とティベリス*（現・テーヴェレ）河の間に建立され、凱旋将軍 L. ムンミウス*（前146年の執政官コーンスル）がコリントス*から持ち帰った戦利品で飾られた。新たな神殿がカエサル*によって計画され、その暗殺（前44）後に三頭政治家の M. レピドゥス❶*の手で大フォルム*に造営された。帝政期に入ると、公式崇拝の対象として重視されるようになり、貨幣などに女神の姿がしばしば刻まれて流布した。フェーリーキタースは豊饒コルヌーコービア*の角ないし伝令神メルクリウス*の杖カードゥーケウス Cāduceus を手にした貴婦人として表わされ、時には勝利のウェヌス* V. Victrix や、栄誉の神ホノース*（ホノル*）、武徳の女神ウィルトゥース*らとともに表現されることもあった。
⇒フォルトゥーナ

Cic. Verr. 2-4/ Suet. Tib. 5/ Augustin. De civ. D. 4-18/ Plin. N. H. 34-8/ etc.

フェーリークス、アントーニウス（または、クラウディウス） Marcus Antonius (Claudius) Felix, （ギ）Pheliks, Φῆλιξ, （伊）Marco Antonio Felice, （西）Marco Antonio Felix, （葡）Marco António Félix, （露）Марк Антоний Феликс, （和）ペリクス

（後5／10頃～62以降）第11代のユダヤ*属州管理官プロークーラートル Procurator（在任・52頃～60）。クラウディウス*帝の寵臣パッラース*の弟で、帝母小アントーニア*の解放奴隷。兄とともに君寵を蒙って、並ぶ者のないほどの威勢を誇り、3人の王女を妻に迎える（⇒巻末系図046, 097）。サマレイア*（サマリヤ）地方の長官プラエフェクトゥス*を務めたのち、ユダヤ州の代官となるが、その統治は残忍貪欲で、大祭司ヨナターン Jonathan はじめ大勢の者を殺害。「奴隷の根性で暴君として振る舞い、あらゆる淫佚と無道を働いた」と、タキトゥス*に評されている。裁判においても不正があり、反乱を招くに至った。『使徒言行録』23～24章で、使徒パウロス*（パウロ）の審理に当たったのが、このフェーリークスである（58）。カエサレイア❶*市民に苛政を訴えられ、裁きを受けるためローマへ帰還させられる（60）が、兄パッラースのとりなしで赦免されたこともある。彼が娶った3王女のうち、2番目はマウレーターニア*王ユバ2世*の娘ドルーシッラ Drusilla（アントーニウス*とクレオパトラー*の孫娘に当たる）で、したがってフェーリークスは、この結婚によりクラウディウスの姻戚に連なったことになる。ところが彼は、ユダヤに着任するやいなや、エメサ*王アジゾス Azizos と結婚していた美しいユダヤの王女ドルーシッラ❷*に一目惚れ。彼女とアジゾスを離別させ、自らも先妻を捨てて、これを娶った。
⇒ポルキウス・フェストゥス、ピーラートゥス

Joseph. J. A. 20-5～8, J. B. 2-12～/ Tac. Hist. 5-9, Ann. 12-54/ Suet. Claud. 28/ Euseb. Hist. Eccl. 2-19～/ Nov. Test. Act. 23～24/ Suda/ etc.

フェルシナ Felsina
⇒ボノーニア（現・ボローニャ）

プェレキューデース Pherecydes
⇒ペレキューデース

プェレティーメー Pheretime
⇒ペレティーメー

フェレンティウム Ferentium
⇒フェレンティーヌム❶

フェレンティーヌム Ferentinu, （ギ）Pherentīnon
イタリアの市名。

❶**フェレンティウム** Ferentium とも。（ギ）Pherentinon, Φερεντῖνον, （現・Ferento, または Acqua Rossa）エトルーリア*南部の町。ローマ皇帝オトー*の生地。ローマ時代の市壁、浴場テルマエ*、劇場テアートルム*、オトー家の墓所、アルカイック期エトルーリア神殿などの遺跡が残る。

Plin. N. H. 3-5/ Suet. Oth. 1/ Tac. Ann. 15-53, Hist. 2-50/ Vitr. De Arch. 2-7/ Strab. 5-226/ Ptol. Geog. 3-1/ etc.

❷（ギ）Pherentinon, Φερέντινον, （現・フェレンティーノ Ferentino）ラティウム*中部、ヘルニキー*族の町。サムニウム*戦争でローマに忠誠を守ったため、永く独立を保った（前306～前90）。ローマ時代の城壁がよく保存されてい

る。
Liv. 4-51, 7-9, 26-9, 34-42/ Plin. N. H. 3-5/ Sil. 8-395/ Strab. 5-237/ Gell. 10-3/ Hor. Epod. 1-17/ etc.

フェーローニア Feronia, （ギ）Pheronia, Φηρωνία, Φερόνια

　古代イタリアの森と泉の女神。エトルーリア*はじめ各地で崇拝され、前217年以前にローマにも公式に移入された。アーンクスル*（タッラキーナ*）の彼女の神殿において、奴隷の解放が行なわれたため、彼女は自由の女神リーベルタース Libertas と同一視されることがある。フェーローニアの祭りには市が立ち、初穂が捧げられたという。エウアンドロス*（エウアンデル*）に殺された3つの生命と3つの肉体をもつ怪人エリュルス Erylus は、この女神の息子とされている。また彼女から霊感を吹き込まれた者は、素足で炭火の上を歩いても傷つかなかったと伝えられる。ローマではカンプス・マールティウス*（マールス*の野）に神殿があった。
Verg. Aen. 7-800, 8-563〜/ Liv. 1-30, 5-26, 22-1, -4, 26-11, 27-4/ Hor. Sat. 1-5/ Strab. 5-226/ Plin. N. H. 3-5/ Sil. 13-84/ etc.

フェンニー（族） Fenni, （ギ）Phinnoi, Φίννοι, （仏）Fennes, （独）Fennen, （西）Fennos, Fennes, （露）Финны

　ヨーロッパ東北端、おそらくはフィンランド辺に住んでいた民族。武具も馬も家屋もなく、草を食い、毛皮をまとい、土に寝るという半未開風の生活を送る。男女とも狩猟に出かけ、骨の鏃のついた矢で獲物をとり、枝を組み合わせただけの粗末な小屋で風雨をしのぐという。後代のフィン（ランド）にその名を残している。ギリシア人地理学者プトレマイオス*は彼らをピンノイと呼んでいるが、今日のスオミ（フィンランド）の住民フィン族（英）Finns との関係は不明。
⇒アエスティー、スイオネース
Tac. Germ. 46/ Ptol. Geog. 2-11, 3-5/ etc.

ポイニクス Phoinix
⇒ポイニクス

ポイニーケー Phoinike
⇒フェニキア

ポイベー Phoibe
⇒ポイベー

ポイボス Phoibos
⇒ポイボス

フォエニーキア Phoenicia
⇒フェニキア

フォエニーケー Phoenice
⇒フェニキア

フォーカイア Phokaia
⇒ポーカイア

フォーカイア Phocaia
⇒ポーカイア

フォーキオーン Phocion
⇒ポーキオーン

フォーキス Phocis
⇒ポーキス

フォーコス Phocos
⇒ポーコス

フォースプォロス Phosphoros
⇒ポースポロス

フォースポロス Phosphoros
⇒ヘオースポロス

フォーラム Forum
⇒フォルム（の英語訛り）

フォルキュス Phorcys
⇒ポルキュス

フォルトゥーナ Fortuna, （ときにフォルス・フォルトゥーナ Fors Fortuna とも）, （英）（仏）Fortune, （露）Фортуна

　古代イタリア＝ローマの女神。元来は豊饒多産をもたらす者と見なされていたが、のちギリシアの運命の女神テュケー*と同一視された。フォルトゥーナの崇拝は古王セルウィウス・トゥッリウス*によってローマに導入され、伝説では夜な夜な女神がこの王のもとへ通って愛を交したという。彼女は大神ユーピテル*の初生児とされ、プリーミゲニア Primigenia（「最初に生まれた者」）と呼ばれていた。この女神の最も重要な神殿はラティウム*のプラエネステ*（現・パレストリーナ）にあり、そこでは籤板 sortes による神託が行なわれていた。スッラ*がこの神殿を拡張し、上段・下段に分かれ柱廊や宝庫などを擁する壮麗な結構にしたことは有名。他にも、ムリエブリス Muliebris（1人の夫だけを守る既婚婦人の保護者）やウィリーリス Virilis（夫の心を妻に繋ぎとめておく女神）など、フォルトゥーナには数多くの異名があった。ローマでは家畜市場 Forum Boarium や、ティベリス*（現・テーヴェレ）河対岸で崇拝されており、帝政期には各ローマ皇帝が自らの個人的な幸運の女神フォルトゥーナをもつようになった。彼女は通常盲目で、

豊饒の角や舵、車輪、球などを持物とした姿で表わされる。コルヌーコーピア*
幸運や富、財産を表わす近代西欧諸語（英）（仏）Fortune
は、このフォルトゥーナに由来している。祝日は6月11日、
祭典は6月24日。
⇒ネメシス、パルカエ
Ov. Fast. 4-145, 6-569～/ Plut. Mor. 273b, 281d～e, 289b～
c, 317d～/ Liv. 10-46, 34-53/ Cic. Div. 2-41～/ Dion. Hal.
Ant. Rom. 4-27/ Macrob. Sat. 1-23/ Tac. Ann. 2-41/ Plin. N.
H. 8-74/ Augustin. De civ. D. 4-11/ Arn. 2-67/ etc.

フォルトゥーナタエ・イーンスラエ Fortunatae Insulae、または、フォルトゥーナートールム・イーンスラエ Fortunatorum Insulae,（英）The Islands of the Blessed, Fortunate Isles,（仏）Îles des Bienheureux, Îles Fortunées,（独）Inseln der Seligen

「幸福な人々の島」の意。
⇒マカローン・ネーソイ

フォルミアエ Formiae,（ギ）Phormiai, Φορμίαι,（仏）Formies,（露）Формия

（現・Formia）ラティウム*南部のカンパーニア*との境界に近い港町。神話中の食人巨人ライストリューゴーン*族の棲処と伝えられる。歴史上はウォルスキー*族の町で、アッピウス街道*（ウィア・アッピア*）沿いのカイエータ*湾西北端に位置する。早くにローマ市民権を獲得し（前338、完全市民権は前188）、名酒やオリーヴなどの果実を産する景勝地であったため、貴顕ローマ人士の保養地として評判を高めた。共和政末期の政治家大ポンペイユス*やマームッラ*、キケロー*らの別荘 villa で賑わい、前43年キケローはアントーニウス*の放った刺客により、この近郊で斬首された。貴族の別荘の他、ムナーティウス・プランクス*の墓所の遺跡なども見出される。ただし、今日「キケローの別荘 Villa Rubino」とか「キケローの墓 Tomba di Cicerone」と称されている遺構は、たんなる推測によるものでしかない。
⇒フンディー
Liv. 8-14, 38-36/ Hor. Carm. 1-20, 3-17/ Cic. Fam. 11-27, 16-10, Att. 2-13, -14, 4-2, 7-8/ Tac. Ann. 16-10/ Plin. N. H. 36-7/ Plut. Cic. 47～/ App. B. Civ. 4-19～/ Val. Max. 1-4/ It. Ant./ etc.

ポルミオーン Phormion
⇒ポルミオーン

フォルム Forum,（ギ）Phoros, Φόρος, Phoron, Φόρον,（伊）（西）Foro,（葡）Fórum,（露）Форум

（〈複〉フォラ Fora）市民生活の中心をなした「広場」のラテン名。元来は市場ないし社交場であったが、しだいに政治的集会場や法廷の性格を強め、裁判や会議の開かれる公的広場 fora civilia と商取引の行なわれる交易市場 fora venalia とに分離し、後者は家畜市場 Forum Boarium や青果市場 Forum Holitorium などへと専門的に発展した。通常は都市の中心部に置かれた矩形の広場で、バシリカ*や列柱廊 porticus、会議場、等々の公共建造物が周囲を取り囲んでいた。最も有名なものはローマ市の心臓部にあったフォルム・ローマーヌム*（大フォルム*）である。なお、ローマ帝国各地に「フォルム」の名を冠する都市が設けられていた。（例）フォルム・ユーリイー*（現・フレジュス Fréjus）、フォルム・トライヤーニー*（現・Fordongianus）、フォルム・アリエーニー Forum Alieni（現・フェッラーラ Ferrara）、フォルム・コルネーリウム Forum Cornelium（現・イーモラ Imola）など。
⇒アゴラー
Cic. Leg. 2-24/ Varro Ling. 5-145～/ Liv. 21-62～/ Tac. Ann. 2-82/ Vitr. De Arch. 5-1/ Suet./ Dion. Hal./ Plin./ Ptol. Geog./ etc.

フォルム・トライヤーニー Forum Traiani (Forum Trajani),（英）Trajan's Forum,（仏）Forum de Trajan,（独）Trajansforum,（伊）Foro di Traiano (Foro di Trajano),（西）Foro de Trajano,（葡）Fórum de Trajano,（露）Форум Траяна

（現・Foro Traiano）トライヤーヌス*帝によって造営されたローマ市内最大のフォルム*。フォルム・ウルピウム F. Ulpium とも呼ばれる。ローマ*の項を参照。

また同名の町がサルディニア*島の温泉地にあり、現在もローマ時代の浴場の遺跡が残っている（現・オリスターノ Oristano より16マイル上流の遺跡 Fordongianus,〈ギ〉Hydata Hypsitana, Ὕδατα Ὑψιτανά,〈ラ〉Aquae Hypsitanae）。テルマエ*
Dio Cass. 68-16, 69-4/ Aur. Vict. Caes. 13/ It. Ant./ etc.

フォルム・ユーリイー Forum Iulii,（ギ）Phoron Iūlion, Φόρον Ἰούλιον,（〈露〉Фрежюс）

（現・フレジュス Fréjus）ローマの属州ガッリア・ナルボーネーンシス*東南沿岸に設けられた植民市。「ユーリウスの広場」の意。当初は前49年にユーリウス・カエサル*により交易都市として、次いでアクティオン*の海戦（前31）後、オクターウィアーヌス*（のち初代皇帝アウグストゥス*）によってローマ軍団古参兵の植民市 Colonia Pacensis Classica として建設された。マッシリア*（現・マルセイユ）から独立した港湾都市として重視され、ローマ帝国艦隊の軍事基地および兵器庫となる。アグリコラ*や C. コルネーリウス・ガッルス*らの生地。今日も巨大な円形闘技場や劇場、水道橋ほか各種の遺跡が残る。
Tac. Ann. 2-63, Agr. 4/ Strab. 4-184/ Cic. Fam. 10-15, -17/ Plin. N. H. 3-4/ Mela 2-5/ Ptol. Geog. 2-10/ Cassiod. Var. 12-26/ Paul. Diacon./ etc.

フォルム・ローマーヌム Forum Romanum,（英）Roman Forum,（仏）Forum romain,（葡）

Fórum Romano, （カタルーニャ語）Fòrum Romà, （露）Римский Форум

（現・フォロ・ロマーノ Foro Romano）ローマ市の中央広場。別名・大フォルム Forum Magnum。カピトーリーヌス*丘とパラーティーヌス*丘との間にある長さ250m、幅50m、面積2ヘクタール足らずの区域。もとは沼沢地でパラーティーヌス丘の住人たちの墓地とされていたが、王政末期に大下水溝（クロアーカ・マクシマ*）によって排水され、市場および集会の場として利用されるようになった。ローマ市民の政治・宗教・商業生活の中心として発展し、石畳で蔽われ、聖所たる「黒い石 Lapis Niger（ラピス・ニゲル）」（前6世紀後半）をはじめ、女神ウェスタ*の巫女（ウェスターレース*）の家、大神祇官長（ポンティフェクス・マクシムス*）が住んだレーギア Regia（故宮）、民会の開かれた集会場コミティウム Comitium（コミティア*）、元老院議事堂（クーリア*）、演壇（ロストラ*）、バシリカ*、諸神殿などの公共建造物が設けられた。凱旋式（トリウンプス*）の行列は広場を貫く「聖道（サクラ・ウィア*）」を通ってカピトーリウム*神殿へ登り、最高神ユーピテル*に生贄を捧げる習いであった。カエサル*以降、帝政期には大理石や煉瓦の壮麗な建築物が造営され、また近くにアウグストゥス*広場 Forum Augusti、トライヤーヌス*広場 Forum Traiani など大規模な諸皇帝のフォルム（現・Fori Imperiali）が次々と建てられて輪奐の美を誇った。ローマ*の項を参照。
⇒ミーリアーリウム・アウレウム
Tac. Ann. 12-24/ Plin. N. H. 3-5/ Varro Rust. 1-2, Ling. 5-145〜/ Dion. Hal. Ant. Rom. 3/ Cic./ Liv. 2〜/ Suet./ Dio Cass./ Plin./ Vitr./ App./ etc.

フォロス Pholos
⇒ポロス

フォローネウス Phoroneus
⇒ポローネウス

フォロ・ロマーノ Foro Romano
⇒フォルム・ローマーヌム（のイタリア語形）

フォーン Faun
⇒ファウヌス*（の英語形）

フーキヌス湖 Fucinus, Lacus, （ギ）hē Phūkina limnē, ἡ Φουκίνα λίμνη, （英）Fucine Lake, （仏）Lac Fucin, （独）Fuciner See, Fucinosee, （露）Фуцино (озеро), Фуцинское озеро

（現・Lago Fucino、または、Lago di Celano）イタリア中央部、マルシー❶*族の居住地にあった湖。周囲37マイル、深さ65フィート、面積約135㎢（ただし1854〜1875年に干拓されて今日ではフチーノ盆地 Conca del Fucino となっている）。しばしば氾濫するので、ユーリウス・カエサル*もその排水を計画したが、果たさなかった。クラウディウス*帝は常時3万人を動員し、11年の歳月（後41〜52）をかけて、長さ5.6kmの排水溝を開鑿、この地下水路を通って近くのリーリス Liris（現・Gargliano）河へ湖水を放出させることに成功した。その貫通記念には大規模な模擬海戦（ナウマキア*）が湖上で催され、続いて流水口付近で饗宴が開かれたが、工事の監督官だった強欲な解放奴隷ナルキッスス*が法外な横領を働いていたせいで、水路が開かれるや否や湖水が奔流となって宴席に襲いかかり、あやうく皇帝たちを溺死させんばかりの状態となった。豪華な金糸の衣装を台無しにされた皇后の小アグリッピーナ*（ネロー*帝の母）は、ナルキッススの巨額の着服と手抜き工事を口を極めて罵り、ナルキッススも彼女の傲岸不遜な態度や飽くことのない野心を声高に攻撃、相互に激しく応酬してやまなかったという（52）。この排水溝はのちにトライヤーヌス*帝やハドリアーヌス*帝によって修理されたが、やがて放置されてしまった。
Suet. Iul. 44, Claud. 20, 21, 32/ Tac. Ann. 12-56〜57/ Dio Cass. 60-33/ S. H. A. Hadr. 22/ Plin. N. H. 2-106, 31-24, 33-19/ Strab. 5-240/ Lycoph. Alex. 1275/ Verg. Aen. 7-759/ Sil. 4-344/ etc.

福音書記者、エウアンゲリステース Euangelistes, Εὐαγγελιστής, （ラ）エウアンゲリスタ Euangelista (Evangelista), （英）（独）Evangelist, （仏）Évangéliste, （伊）（西）（葡）Evangelista, （露）Евангелист, （複）エウアンゲリスタイ Euangelistai, Εὐαγγελισταί, Euangelistae
⇒マッタイオス、マールコス、ルーカース、イオーアンネース❷

ブーケパラース、または、ブーケパロス Bukephalas, Βουκεφάλας, Bucephalas, Bukephalos, Βουκέφαλος, Bucephalus, （仏）Bucéphale, （伊）Bucefalo, （西）（葡）Bucéfalo, （露）Букефал, Буцефал

（「牛の頭をした」の意）（前355頃〜前326年5月末頃）アレクサンドロス大王*の愛馬。テッサリアー*産の名馬で、牛の頭の形をした印が体にあったため、この名で呼ばれた。金貨13ないし16タラントンという高額で購入されたが、大柄なうえ気性が荒いので、マケドニアー*王ピリッポス2世*の側近のうち誰一人乗りこなせなかったところ、当時12歳だった王子アレクサンドロスだけが巧みな手綱さばきでこれを意のままに駆することができた。そのおり父王は「我が子よ、マケドニアーはお前には小さ過ぎる。自分に相応しい王国をさがしに行くがよい」と感に堪えず叫んだという（前344頃）。アレクサンドロス大王お気に入りの乗馬として東方遠征に従い、大王以外の何人もその背に跨らせようとしなかったが、インドの王ポーロス*との戦闘で負傷し、勝利の後に間もなく死亡（ほぼ30歳）、その墓の周りには大王の命で新しい都市ブーケパレー*が建てられた。
Plut. Alex. 6, 32, 44, 61/ Plin. N. H. 8-64/ Arr. Anab. 5-14, -19/ Curtius 6-5/ Diod. 17-76, -95/ Just. 12-8/ Gell. 5-2/

Strab. 15-698〜699/ Festus 32/ etc.

ブーケパレー（または、ブーケパラ、ブーケパリアー）　Bukephale, Βουκεράλη, Bucephale (Bukephala, Βουκέφαλα, Bucephala, Bukephalia, Βουκεφαλία, Bucephalia)、（ラ）Alexandria Bucephala,（伊）Bucefala,（西）（葡）Bucéfala

北インドのヒュダスペース*（現・Jhelum）河西岸の都市。アレクサンドロス大王*が、前 326 年この地で死んだ愛馬ブーケパラース*（ブーケパロス*）を記念して、設立したもの（現・ジャラルプール Jalalpur か）。
Plin. N. H. 6-23-7/ Arr. Anab. 5-19, -29/ Just. 12-8/ Curtius 9-3/ Diod. 17-89, -95/ Strab. 15-698/ Ptol. Geog. 7-1/ Peripl. M. Rubr. 47/ Suda/ etc.

ブーコロイ（の乱）　Bukoloi, Βουκόλοι, Bucoli,（ラ）ブーコリキー Bucolici「牛飼い」の意

（後 172〜後 175）ローマ皇帝マールクス・アウレーリウス*治下のエジプト北部で起こった反乱（英）Bucolic War）。神官イーシドーロス Isidoros に率いられた叛徒は、アレクサンドレイア❶*駐在のローマ軍を虐殺し、一時は帝国軍を撃破して勢力をふるったが、シュリア*総督アウィディウス・カッシウス*によって鎮圧された。以来エジプトは、ローマの重税の下に衰頽の度をいっそう深めた。
Dio Cass. 71-4〜/ S. H. A. Marc. 21, Avid. Cass. 6〜/ etc.

プサッファ　Psappha
⇒サッポー

プサムメーティコス　Psammetichos
⇒プサンメーティコス

プサメーティコス　Psammetichos
⇒プサンメーティコス

プサンメーティコス　Psammetikhos, Ψαμμήτιχος, Psammetichus, Psammitikhos, Ψαμμίτιχος, Psammitichus,（古代エジプト名）Psamêtik, Psmṯk,（英）Psammetic(h)us,（仏）Psammétique,（独）Psammetich,（伊）Psammetico,（西）（葡）Psamético,（露）Псамметих

エジプト第 26（サイス Saïs, Σάϊς）王朝の王（⇒巻末系図 024）。

❶ 1 世　Ps. I （在位・前 664 頃〜前 610 頃）、即位名・Waḥ-ib-Rē (W'ḥ-yb-R')　ネコース*1世の子。サイス（現・Sa el-Hagar）市の出身。エジプト全土を 12 人の諸王が分治していた頃、「青銅の盃で灌祭を行なった者が全土を支配するだろう」という神託が伝えられていた。ある日、諸王が集って犠牲を捧げたところ、盃が 1 個足りなかったので、つまり末席・末尾最後になったプサンメーティコスは、やむなく青銅の兜を脱ぎ、それで献酒を済ませた。神託を思い出した諸王によって彼は沼沢地へ放逐されるが、やがてギリシア人傭兵を用いて勢力を挽回、エジプトからアッシュリアー*人を追い払い、他の諸王を征服して全土を統一し、第 26 王朝を開いた。

彼は人類最古の民族を知ろうと、生まれて間もない嬰児 2 人を、舌を切らせた女たちに養育させて、赤児が最初にどんな言葉を発するかを実験してみたと伝えられている。また、エジプト伝統文化の復興を計る一方、ギリシア人の植民・商業活動を許したため、この頃からエジプトとギリシアの交流が盛んになった。
⇒ナウクラティス、ロドーピス、ペールーシオン
Herodot. 2-2, -28, -30, -151〜157/ Strab. 17-801/ Manetho/ Diod. 1-67/ etc.

❷ 2 世　Ps. II （在位・前 595 頃〜前 589 頃）、別名プサンミス Psammis, Ψάμμις, Psammuthis。即位名・Nefer-ib-Rē (Nfr-yb-R')。❶の孫。ネコース*2世の子。南方ヌービアー Nubia（エティオピア*）方面へ遠征したこと（前 592）と新バビュローニアー*に対するユダ王国の反抗を支援したこと（前 591）が知られる。
⇒アプリエース、アイティオピアー
Herodot. 2-159〜161/ Manetho/ etc.

❸ 3 世　Ps. III （在位・前 526〜前 525）、別名プサンメーニトス Psammenitos, Ψαμμήνιτος。即位名・Anḥ-ka-en-Rē ('nḥ-k'-n-R')。サイス朝最後の王。父アマシス*のあとを継いだが、来攻したアカイメネース朝*ペルシア*のカンビューセース*（2世）にペールーシオン*で敗れ、捕われの身となる。間もなくエジプト人に反乱を嗾かしていることが、カンビューセースに発覚したので、雄牛の血を飲んで自ら生命を絶ったとも、スーサ*で処刑されたともいう。在位 6 ヵ月。以後およそ二百年近くにわたりエジプトはペルシア帝国*に支配されることになる。

史家ヘーロドトス*に従えば、ペルシア軍のエジプト征服は先王アマシスの傭兵ハリカルナッソス*のパネース Phanes, Φάνης が裏切ったためで、エジプトに残されたパネースの息子たち数人は、攻め寄せた父親の目前で咽喉を切り裂かれ、その血は葡萄酒と水に混ぜられてエジプト傭兵の全員がそれを飲んだという。またクテーシアース*によると、エジプト王の寵愛する宦官の 1 人コンバペウス Kombapheus コンバペウスが謀反を企ててカンビューセースに寝返り、その結果コンバペウスはエジプトの太守（サトラペース）Satrapes として、この国を支配したという。
Herodot. 3-3〜4, 10〜15/ Manetho/ Ctesias 9〜/ etc.

不死鳥（フェニックス*）　Phoinix
⇒ポイニクス

プシューケー　Psykhe, Ψυχή, Psyche,（仏）Psyché,（伊）Psiche,（西）Psique,（葡）Psiquê,（露）Психе

（「霊魂」の意）ギリシア・ローマ神話中、人間の魂を擬人

化した女神。古くホメーロス*の叙事詩では、霊魂は鳥のごとき姿で死者の肉体を離れ去り、冥界のアスポデロス Asphodelos（極楽百合）の野を影のように彷徨っていると考えられていたが、古典期以来、軽やかな蝶の姿、ないし蝶の翅をつけた女の姿で表現され、エロース*（愛）と結びつけて寓意的に捉えられるようになった。特にアープレイユス*の『変身物語』（通称、黄金の驢馬）中の物語 —— プシューケーが重なる試練を経たのち、ついにエロース（アモル*、クピードー*）と結ばれるというロマンティックな御伽噺 —— で名高い。それによると、王女プシューケーは美と愛の女神アプロディーテー*の妬みを買うほど美しい乙女であったが、女神から彼女を罰するよう命ぜられた息子のエロース自身が彼女に恋をしてしまう。彼はプシューケーを西風ゼピュロス*に乗せて自分の館へ運び、暗くなってからのみ訪問して彼女と交わった。しかるにプシューケーは、2人の姉の嫉妬と煽動に唆され、エロースとの約束を破って、夜間、彼の美しい寝姿を盗み見る。その時燭台の蠟が相手の肩に落ちたため、驚いて目覚めたエロースは彼女を捨てて逃げ去る。後悔したプシューケーは、彼を求めて世界中を遍歴し、アプロディーテーから課せられた無理難題を次々に解決（たとえば穀類の山の撰りわけは蟻の助力で果たす等）、最後に「美」の入った筐を冥府の女神ペルセポネー*から貰って戻る途中、禁を破って蓋を開けたせいで深い眠りに落ちる。彼女を見つけたエロースは大神ゼウス*に嘆願し、その仲裁で母神アプロディーテーの許しを得、オリュンポス*でプシューケーと結婚、2人の間には1女ヘードネー Hedone Ἡδονή（〈ラ〉ウォルプタース Voluptas「悦楽」）が生まれたという。さまざまな民話モチーフを鏤めたこの物語は、愛と魂の別離と邂逅を比喩的に解釈した寓話として興味深い。

　来世における永遠の幸福を約束する神話として主に新プラトーン主義哲学者に採り上げられたほか、ボッカッチョやコルネイユ、モリエール、リュリら後代の文学者・芸術家たちによっても作品の題材に好んで用いられている。なおプシューケーから今日の psychology（〈英〉心理学）や psychoanalysis（〈英〉精神分析学）等々の用語が造られた

Hom. Il. 23-66, -101, Od. 11-25, 24-6/ Pl. Phd. 81c～d/ Apul. Met. 4-28～6-24/ etc.

プシュッロイ　Psylloi, Ψύλλοι,（ラ）プシュッリー Psylli,（仏）Psylles,（独）Psyller,（西）Psilos

リビュエー*（アフリカ）北岸、大シュルティス*湾の近くに住んでいた部族。蛇に咬まれた人から毒を吸いとって癒す特技をもっていた。所伝によると、彼らは男ばかりで、女が生まれることがないという奇妙な人種で——したがって妻は別の部族である——、子供が誕生するや否や毒蛇の中へほうり込む習慣があった。もし、その児が姦通によって生まれたのでなければ、蛇はこれを害することができないと信じていたからである。彼らの身体の中には、蛇にとって致命的な毒が作り出され、その匂いは蛇を麻痺させ、眠り込ませる力をもっているという。ヘーロドトス*によれば砂嵐で、大プリーニウス*によれば近隣のナサモーネス*人との戦争で、彼らはほとんど殲滅され、故郷を離れて各地に分散してしまったとされる。エジプトの女王クレオパトラー7世*が毒蛇 aspis に咬まれて死んだ時に、アウグストゥス*がプシュッロイ族を呼んで彼女を蘇生させようとした話は有名（前30）。また彼らの他にも、ヘッレースポントス*海峡のオピオゲネイス Ophiogeneis, Ὀφιογενεῖς 族や、イタリアのマルシー*族など、傷口に手を触れるだけで、蛇毒を身体から抜きとることのできる種族がいたと伝えられる。

⇒ガラマンテス

Herodot. 4-173/ Dio Cass. 51-14/ Lucan. 9-893/ Plin. N. H. 5-4, 7-2/ Suet. Aug. 17/ Paus. 9-28/ Ael. N. A. 1-57/ Strab. 13-588, 17-838/ Plut. Cat. Min. 56/ etc.

ブーシーリス　Busiris, Βούσιρις,（仏）Bousiris,（葡）Busíris,（露）Бусирис

ギリシア伝説中のエジプト王。海神ポセイドーン*の子。母はエパポス*の娘リューシアナッサ Lysianassa ともネイロス*（ナイル）河神の娘アニッペー Anippe ともいう。人肉を食う暴君で、プローテウス*をエジプトから追放し、また美人姉妹で名高いヘスペリス*たちを誘拐するべく軍隊を派遣しようとした。9年に及ぶ旱魃に見舞われた時、キュプロス*から来た予言者プラシオス Phrasios（ピュグマリオーン*の子）が「毎年、異邦人をゼウス*の犠牲に供すれば飢饉は止むであろう」と告げたので、王は最初にこの予言者を生贄に捧げた。ヘスペリデス*の林檎を求めてこの地を通りかかったヘーラクレース*（第11の功業）をも縛り上げて祭壇に曳いて行ったが、たちまち英雄の剛力によって息子や家来もろとも殺されてしまった。ナイル・デルタにあったオシーリス*の聖地ブーシーリス（古エジプト語・Pr-Wśjr）の名祖に擬せられている。

　アルカイック期以来、ヘーラクレースに退治される場面が好んで陶画の題材に選ばれている。またアテーナイ*の弁論家イソクラテース*の弁論文『ブーシーリス』は現存するが、エウリーピデース*のサテュロス*劇『ブーシーリス』は散逸して伝わらない。

⇒アンタイオス

Diod. 1-17, -45, -85, -88, 4-18, -27/ Apollod. 2-5/ Pind. Nem. 3-38/ Verg. G. 3-5/ Cic. Rep. 3-9(15)/ Hyg. Fab. 31, 56/ Isoc. 11/ Strab. 17-802/ Ov. Tr. 3-11/ Macrob. Sat. 3-5/ Herodot. 2-45, -59, -61, -165/ Plut. Mor. 359c, 362f/ Ptol. Geog. 4-5/ Plin. N. H. 5-9/ Steph. Byz./ etc.

系図313　ブーシーリス

```
                    （エパポスの娘）    （ネイロス河の娘）
ポセイドーン ━━━━ リューシアナッサ, またはアニッペー
                    ないしリビュエー（初代リビュア女王）
        │
    ブーシーリス
        │
   アンピダマース
   （イーピダマース）
```

プター（ス） Phtha(s), Φθά(ς)

（古代エジプト名）プタハ　Ptaḥ(Ptḥ), Peteh, Tanen, Tathenen, Ta-tenen, （露）Птах

　エジプトの古都メンピス*の守護神。宇宙の創造神と見なされ、長い笏を持つ男性の姿で表わされる。建築・芸術を司る神格でもあるため、ギリシア人からは鍛冶の神ヘーパイストス*と同一視された。メンピスの大神殿には聖牛アーピス*が飼われており、歴代ファラオはこの地で戴冠。プトレマイオス*諸王も慣例に従ってここの神殿で戴冠式を挙行していた。

Herodot. 2-2～, -99, -101, -108～, 3-37/ Manetho.

プタハ　Putah

⇒プター

ブッラ　Bulla, （仏）Bulle, （西）（葡）Bula, （露）Булла

　ローマの自由民の子供たちが頸にかけた魔除けの飾り物。元来はエトルーリア*の習慣で、富裕な家庭においては黄金製の、貧乏な家庭では皮革製の護符の入った小さなハート型の像牌を首のまわりにぶら下げた。本義は「泡、球」。男の子は成年式（14歳から19歳にかけて行なわれる）の日に、女の子は結婚の際に、ブッラをはずして家庭の守護神ラレース*に奉納した。もとはエトルーリアの王や貴族、神官を模して、ローマの凱旋兵士が飾りとして用いていたが、のちローマの貴族の子弟がこれを佩用、さらに一般自由市民の間にも広まった。プルータルコス*は、自由身分の若者たちがブッラをかけるようになったのは、裸体になった時でも少年奴隷と間違えられて男色の相手として弄ばれないように、との配慮からであったのではないかと推測している。

⇒ファスキヌス

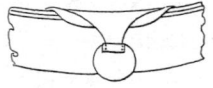

ブッラ

Cic. Verr. 2-1-58(152)/ Plut. Rom. 20, Mor. 277c, 287f～288b/ Pers. 5-30/ Petron. Sat. 60/ Plin. N. H. 33-4/ Suet. Iul. 84/ Juv. 5-164, 13-33/ Macrob. Sat. 1-6/ Liv. 26-36/ Prop. 4-1/ Val. Max. 5-6/ etc.

ブッラ・レーギア　Bulla Regia, （ギ）Būlla Rhēgiā, Βούλλα Ῥηγία, （和）ブラ・レジア

（現・ジャンドゥーバ Jendouba 北郊の Hammon Daradji）ヌミディア*のかつての王都。第3次ポエニー戦争*（前149～前146）後、ローマの属州アーフリカ* Africa Proconsularis に併呑された。カルターゴー*からヒッポー・レーギウス*へ向かう街道沿いに位置し、帝政期に繁栄。ハドリアーヌス*帝の治下にローマ植民市 Colonia Aelia Hadriana Augusta Bulla Regia に昇格した。フォルム*や浴場、劇場、家屋、アポッロー*、ユーピテル*、イーシス*らの神殿、モザイク舗床に飾られたローマ帝政期の住居など多くの遺跡が残されている。

Plin. N. H. 5-2/ Ptol. Geog. 4-3, 8-14/ Procop. Vand. 1-25/ It. Ant./ etc.

ブッルス　Sextus (Lucius とも) Afranius Burr(h)us, （ギ）Būrrhos, Βοῦρρος), （伊）Sesto Afranio Burro, （西）Sexto Afranio Burro, （葡）Sexto Afránio Burro, Sexto Afrânio Burro, （露）Бурий

（前12／前8頃～後62）ローマの近衛軍司令官（在任・51～62）。ガッリア・ナルボーネーンシス*州の騎士身分の出身。片手が不自由であったが、リーウィア❶*、ティベリウス*帝、クラウディウス*帝に仕えて昇進し、51年小アグリッピーナ*（クラウディウスの后）の推挙で近衛軍の単独司令官に任命される。ネロー*（小アグリッピーナの子）の即位に尽力し、哲学者セネカ❷*とともに新帝の初政を補佐、太后アグリッピーナの専横を阻止しようと努めた(54)。しかし55年、アグリッピーナの陰謀（⇒ルベッリウス・プラウトゥス）に関与した疑いをかけられて以来、ネローとの間に疎隔が生じ、帝の母后殺害にも積極的に協力せず(59)、皇后オクターウィア❷*との離婚にも率直に反対したため、彼が死んだ時にはネローによる毒殺だと見なされた。喉を病むブッルスに皇帝は医師をさし向け、治療すると見せかけて、口蓋に劇薬を塗らせて窒息死させたのだという。

Tac. Ann. 12-42, -69, 13-2, -6, -14, -20～, 14-7, -10, -14, -51～52/ Dio Cass. 61-3～, -20, 62-13/ Suet. Ner. 35/ Sen. Clem. 2-1/ etc.

プティーアー　Phthia, Φθία, （イオーニアー*方言）プティーエー　Phthie, Φθίη, （仏）Phthie, （伊）Ftia, （西）Ftía, （現ギリシア語）Fthía

（現・Fthíi）テッサリアー*南部の町。パルサーロス*の古名とされる。伝説では、ペーレウス*がこの周辺の地方プティーオーティス*を支配し、アキッレウス*はここでパトロクロス*とともに育ったという。ローマ時代にはアカーイア・プティーオーティス Achaia Phthiotis に属した。ペーレウスやアキッレウス、パトロクロスらの英雄神 heros 崇拝が行なわれ、彼らを称えて各種の競技が開催されていた。

⇒アカーイアー❷、ヘッレーン

Hom. Il. 1-155, -169, 2-683, 9-253, -363, -484, 11-765～, 19-323, Od. 11-496/ Paus. 6-11/ Ov. Met. 13-156/ Strab. 9-432/ Pl. Cri./ Steph. Byz./ etc.

プティーオーティス　Phthiotis, Φθιῶτις, （仏）Phthiotide, （伊）Ftiotide, （西）Ftiótide, （葡）Ftiótida, （露）Фтиотида, （現ギリシア語）Fthiótidha

（現・Fthiótidha）ギリシアのテッサリアー*南部の地方名。伝説上の名祖プティーオス Phthios, Φθῖος は、ポセイドーン*とニュンペー*（ニンフ*）のラーリッサ*の子（あるいは

アルカディアー*王リュカーオーン*の子）。トロイアー戦争*の英雄アキッレウス*の故郷プティーアー*市の周辺地域を指す。また大洪水後にデウカリオーン*やその子ヘッレーン*は、この地方を支配していたという（⇒ヘッレーネス）。
⇒アカーイアー❷、パルサーロス
Herodot. 1-56, 7-132, -196, -198/ Thuc. 1-3, 8-3/ Eur. Tro. 188/ Strab. 1-45, 9-430〜/ Apollod. 3-8/ Paus. 10-20/ Ptol. Geog. 3-12/ Polyb. 18-20, -46/ etc.

ブーディッカ　Boudicca
⇒ボウディッカ

プテオリー　Puteoli,（ギ）Potioloi, Ποτίολοι, または、Pūteoloi, Πουτεόλοι, ギリシア名・ディカイアルケイア（ディカイアルキアー）Dikaiarkheia, Δικαιάρχεια,（Dikaiarkhia, Δικαιαρχία）, Dicaearchia,（仏）Dicéarchie, Putéoles

（現・ポッツォーリ Pozzuoli）カンパーニア*沿岸、ネアーポリス*（現・ナーポリ）の西北方6マイル、プテオリー湾（現・ナーポリ湾）の東北側に位置するギリシア人植民市。前531／521年頃、クーマエ*（キューメー❷*）から移住したサモス*系ギリシア人によって創建され、ディカイアルケイアと名づけられたが、のちローマに服属して（前338頃）、井戸 puteus が多いためプテオリーと改名された。ハンニバル❶*戦争（第2次ポエニー戦争*）の際は、ローマの守備隊が駐屯してカルターゴー*軍に抵抗し（前214）、前194年以降ローマからの植民をたびたび受け入れた。軍港ミーセーヌム*に近い戦略上の拠点として、交易上重要な港湾都市として、また鉱泉の湧く保養地として繁栄を続け、スッラ*やキケロー*、ハドリアーヌス*帝ら著名人の別荘 villa が建ち並んだ。カリグラ*帝はプテオリーからバウリー*まで3.6マイルにわたる船橋を架けて海上を往来し（後39）、ネロー*帝は来朝したアルメニアー*王ティーリダテース❶*を歓迎して、この町の円形闘技場（アンピテアートルム*）で剣闘士試合など盛大な見世物を開催した（66）。使徒パウロス*（パウロ）がはじめてイタリアに上陸したのも、この港町であったという（61、『使徒言行録』28-13）。相次ぐ火山爆発の災害やアラリークス*（410）、ゲイセリークス*（455）、など異民族 barbari の侵略を被り、次第に衰滅。今日、浴場やテルマエ水道（アクァエドゥクトゥス*）、4万人以上の観客を収容する円形闘技場（アンピテアートルム）（70年代）、カピートリウム*神殿、キルクス*、防波堤、セラーピス*神殿と称する市場 Marcellum（マルケッルム）などの遺跡を見ることができる。

プテオリー周辺は、コンクリート建材に用いられる石灰石 pulvis Puteolanus（〈伊〉pozzolana）の産地として古代から名高く、近くの火山地帯はオリュンポス*の神々と巨人族ギガンテス*とが戦ったプレグライ Phlegrai の野（〈伊〉Campi Flegrei）と呼ばれていた。
⇒アウェルヌス湖、ルクリーヌス湖、バーイアエ
Mela 2-4/ Cic. Att. 15-20, 16-1/ Strab. 5-245〜, 17-793/ Liv. 24-7, 26-17/ Sen. Ep. 77/ Plut. Sull. 37/ Tac. Ann. 14-27/ Suet. Calig. 19, 32/ Dio Cass. 62-3/ Varro Ling. 5-25/ Joseph. J. A. 19-1/ Plin. N. H. 3-5/ Diod. 4-22, 5-13/ Ptol. Geog./ etc.

ブーテース　Butes, Βούτης,（仏）Boutès,（伊）Bute,（露）Бут

ギリシア神話中の男性名。

❶北風の神ボレアース*の子。異母弟リュクールゴス*を亡き者にせんとして発覚し、トラーケー*を追放されてナクソス*島へ逃亡。海賊となり、テッサリアー*のプティーオーティス*地方を襲った時、酒神ディオニューソス*の乳母コローニス*を拉致して犯した。コローニスが救いを酒神に祈ったところ、ブーテースは神罰によって発狂し、井戸に身を投げて死んだ。
Diod. 5-50

❷アテーナイ*王パンディーオーン*の子（⇒巻末系図020）。エレクテウス*の双生兄弟。父の死後、前者が王位を継ぎ、ブーテースはアテーナー*とポセイドーン*を祀る神官となった。以来、彼の子孫ブータダイ Butadai またはエテオブータダイ Eteobutadai 氏が累代アテーナイのエレクテイオン*神殿に仕える世襲神官の家柄を独占するようになったという。異説では彼の父はテレオーン Teleon、あるいはアミュコス*とされている。ブーテースは英雄神 heros（ヘーロース）として、エレクテウス内に祭壇が設けられていたと伝えられる。アルゴナウタイ*の1人ともいい、❸と混同されることがある。
Paus. 1-26/ Apollod. 3-14, -15/ Hyg. Fab. 14/ Plut. Mor. 843e〜f/ Aeschin./ Harp./ Hesych./ etc.

❸アルゴナウテース*たち（アルゴナウタイ*）の1人。ポセイドーン*の子と伝えるが、❷と混同されることも多い。コルキス*の金羊毛皮を手に入れた帰路、アルゴー*船が怪鳥セイレーン*たちの傍らを巡航した際、オルペウス*が堅琴を奏でて勇士たちを船内に引き留めたが、唯一人ブーテースのみがセイレーンの蠱惑的（こわくてき）な歌声に抵抗し得ず、海中に身を躍らせて怪鳥たちの島へ泳ぎ去ろうとした。それを憐れんだ女神アプロディーテー*が、ブーテースを救い出し、シケリアー*（現・シチリア）島の西部リリュバイオン*へ連れて行き、自分の愛人として交わりエリュクス*を産んだ。
Apollod. 1-9/ Eust. Il. 13-43/ Ap. Rhod. 4-912〜/ Serv. ad Verg. Aen. 1-574, 5-24/ Diod. 4-83/ Hyg. Fab. 260/ etc.

プテレラーオス　Pterelaos, Πτερέλαος,（Πτερελέως, Πτερελεώς）, Pterelaus,（英）Pterelaüs,（仏）Ptérélas,（伊）（西）Pterelao,（現代ギリシア語）

系図314　プティーオーティス

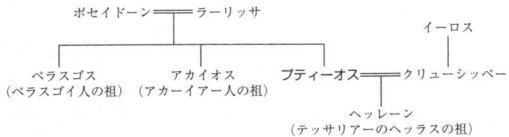

Pterélaos

ギリシア伝説中、ペルセウス*の子孫。タポス Taphos, Τάφος 島の王。父は海神ポセイドーン*で、彼の頭髪中には、それがある限り死ぬことはないという黄金の髪の毛が父神の手で植えつけられていた。彼は外祖父メーストール Mestor, Μήστωρ（ペルセウスの子）の権利を主張して6人の息子をミュケーナイ*王エーレクトリュオーン*（ペルセウスの子）のもとへ送り、領地の分前を要求させた。戦闘が起こって、エーレクトリュオーンの8人の息子は皆殺しとなり、プテレラーオスの子も1人を除いて全員が死んだ。のちエーレクトリュオーンの女婿アンピトリュオーン*（アルクメーネー*の夫）がタポスへ攻め寄せた時、彼に懸想したプテレラーオスの娘コマイトー Komaitho, Κομαιθώ が、父の頭から黄金の毛を取り去ったため、プテレラーオスは死に、島は征服されたが、コマイトーはアンピトリュオーンによって殺された。
⇒スキュッラ❷

Apollod. 2-4-5〜7/ Schol. ad Ap. Rhod. 1-747/ Tzetz. ad Lycoph. 932, 934/ Strab. 10-452/ Herodot. 5-59/ Paus. 9-10-4/ etc.

葡萄酒（ぶどうしゅ）

（ギ）オイノス oinos, οἶνος,（アイオリス方言）Ϝοῖνος,（ヒッタイト語）Wiyana,（リュキアー語）Oino,（ラ）ウィーヌム vinum,（英）wine,（仏）vin,（独）Wein,（伊）（西）vino,（葡）vinho,（露）Вино,（現ギリシア語）Krasí

ギリシア人およびローマ人は、葡萄酒に水ないし湯を混ぜて飲む習慣であった（⇒シュンポシオン）。生のままの酒を飲むことは、スキュティアー*人ら異邦人 barbaroi（バルバロイ）に特有の風習として軽んじられ、立法家ザレウコス*は「医師の処方なしに生酒を飲んだ者は死刑」という法律を制定（前650頃）、スパルター*王クレオメネース1世*は水で割らずに酒を飲んだために発狂して自害したと伝えられる（前487）。水で割る習慣を利用して、ローマ皇帝ネロー*が晩餐の最中に義弟ブリタンニクス*をまんまと毒殺した話は名高い（後55）。

ギリシアで最上と評価されたのはキオス*産の葡萄酒で、ローマの富豪ルークッルス*は宴会の引出物にこの酒千壺以上を分配し、雄弁家ホルテーンシウス*は死後1万壺以上を遺したという。その他、レスボス*、キュプロス*、クニドス*、タソス*、ロドス*の葡萄酒も良質との評判を得ていた。イタリアではファレルヌス*、フォルミアエ*などカンパニア*産の葡萄酒が1級品と評され、またカエクブス*、セーティア*といったラティウム*産のワインも人気の高い銘柄で、初代ローマ皇帝アウグストゥス*は他のいずれにも増してセーティア酒を愛飲。かたや后のリーウィア❶*は86年の生涯を通じてピーケーヌム*酒以外は一切口にしなかったとされる。ヴィンテージ・ワインとしては、前160年のアニキウス*酒と前121年のオピーミウス*酒が有名、特に後者は百数十年を経ても非常に美味であったという。ガッリア*、ヒスパーニア*、ラエティア*、ゲルマーニア*など帝国の西方属州でも盛んに葡萄酒が造られ、対外貿易におけるローマの主要輸出品となった。薔薇ワインを改良したエラガバルス*帝とか、やたらに葡萄畑を帝国各地に造って「ワイン皇帝」の異名を奉られたプロブス*帝らの話もよく知られている。

大酒家で著名な君主は数多く、マケドニアー*王ピリッポス2世*は底なしに飲むことから海綿にたとえられ、シュラークーサイ*の僭主ディオニューシオス2世*は強い酒を飲み過ぎて視力を喪失、彼の兄弟たちも酒に溺れてよく人を殺したので家臣に暗殺されている。セレウコス朝*のアンティオコス2世*は男色相手の寵臣らに国事を委ねて自らはつねに泥酔、同3世*、4世*、7世*も酒浸りであったという。ローマでは、ティベリウス*帝が生酒に耽溺してビベリウス Beberius（大酒呑み）と渾名され、また「帝は生涯たった一度しか酩酊しなかった。なぜなら終生酔っ払い続けていたのだから」とセネカ*に揶揄されている（⇒ L. ピーソー・カエソーニーヌス❸）。アレクサンドロス大王*が酒豪コンテストを開いた時（前324）、プロマコス Promakhos なる男が生酒約13リットルを飲んで優勝したが4日目に頓死、他の参加者41人も全員強い悪寒に襲われて死んでしまったという。翌年には大王自身、乳兄弟プローテアース Proteas と飲み競べをして倒れ、それがもとで崩じたといわれている。ポントス*の大王ミトリダテース6世*は大食大飲のコンテストを催して自らその両方で優勝したが、矍鑠（かくしゃく）たるもので生命に別状なく、ディオニューソス*と渾名された。酒好きが命取りとなって急死した人はペルガモン*のエウメネース1世*ほか少なくな

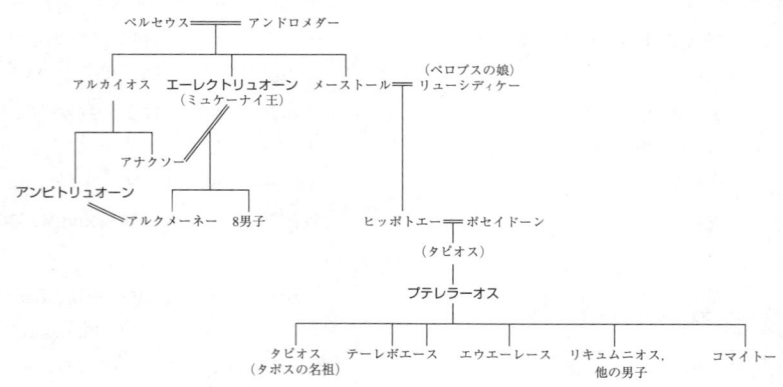

系図315　プテレラーオス

いが、ギリシアにはものすごい蟒蛇女もいたもので、クレオー Kleo なる女性は、酒の飲み競べに参加して、並み居る男女の酒豪連をことごとくうち負かし、一等賞をかっさらってもぴんしゃんしていたという。

なお、ローマでは葡萄の収穫を祝うワイン祭りウィーナーリア Vinalia が年に2回祝われていた（4月23日と8月19日）。

⇒イオーン、ディオニューシオス1世、クリューシッポス（ストアー派の）、デーメートリオス1世（ポリオルケーテース）、ラーキューデース、ヒッパーリーノス、M. アントーニウス❸、アウソニウス

Hom. Il. 5-341, 11-638～, Od. 3-391, 9-203～/ Pl. Leg. 1-645d, 2-666a, Symp. 223b～c/ Xen. Symp. 6-2/ Herodot. 6-84/ Tac. Ann. 13-16/ Ael. V. H. 2-41, 12-26, -30～31, 14-41/ Plin. N. H. 14-1～, 17-25, -35, 23-19～/ Plut. Alex. 70, Dem. 16, Mor. 623～, 655～, 692～/ Suet. Aug. 77, Tib. 42, Dom. 7/ S. H. A. Heliogab. 19, 21/ Petron. Sat. 34/ Ath. 1-10～, 10-423～/ Polyb. 6-2/ Apicius 1/ Columella Rust. 3～5, 12/ Cato Agr./ Varro Rust. 1/ Verg. G. 2/ Ov. Fast. 4-863～/ Theophr. Caus. Pl. 3-11～/ etc.

プトレマイオス　Ptolemaios, Πτολεμαῖος, Ptolemaeus, （英）Ptolemy, （仏）Ptolémée, （独）Ptolemäus, （伊）Tolomeo, （西）Ptolomeo (Tolomeo), （葡）Ptolemeu, （露）Птолемей, （現ギリシア語）Ptoleméos, （アラビア語）Baṭlemos, Baṭlamiyūs, （ヘブライ語・アラム語）Talmai, （古代エジプト語）Ptw3lmys

ギリシア人の男性名。ヘレニズム時代のエジプトの諸王や、ローマ帝政期の天文学者クラウディオス・プトレマイオス*がとりわけ名高い。

プトレマイオス　Ptolemaios

天文学者・地理学者。
⇒プトレマイオス（クラウディオス）

プトレマイオス（エジプト王室の）　Ptolemaios, Πτολεμαῖος, Ptolemaeus, （英）Ptolemy, （仏）Ptolémée, （独）Ptolemäus, （伊）Tolomeo, （西）Ptolomeo (Tolomeo), （葡）Ptolemeu, （露）Птолемей, （現ギリシア語）Ptoleméos

ヘレニズム時代のエジプトを治めたマケドニアー*人王家プトレマイオス朝*の諸王（前323～前30）。巻末系図 043～046 を参照。

❶1世　P. I Lagi ソーテール Soter, Σωτήρ
（前367頃～前283）（在位・前323～前285）マケドニアー人ラーゴス*とピリッポス2世*の側妾アルシノエー❶*との子。プトレマイオス朝*の祖。父の名をとって、この王朝はラーゴス朝（ラーギダイ*）とも呼ばれる。しかし、プトレマイオスの実父はピリッポスであり、アルシノエーがラーゴスに嫁いだ時には、すでに彼を懐妊していたとも伝えられる。

プトレマイオスはアレクサンドロス大王*の学友（ヘタイロイ*）の一人として育ち、部将として東征に従って活躍した。前323年、大王死後の帝国再編成の際には、エジプトを領有し、前任者クレオメネース Kleomenes を殺戮（前321）、西方のキューレーネー*を征服した。大王の遺骸を奪ってエジプトに埋葬したため、帝国宰相ペルディッカース*が攻め寄せたが、巧妙な防戦と宣伝でこれを敗死させる（前321）。

ディアドコイ*（遺将）の1人として領土の拡大を計り、アンティゴノス1世*、デーメートリオス1世*・ポリオルケーテース父子と対立・抗争を続け（前315～前301）、ついにはパレスティナ*、キュプロス*、エーゲ海諸島、そして小アジアをも併合した（前301～前286）。前305年以降、公然と王号を称し、王国の軍事・統治組織の整備を進め、首都アレクサンドレイア❶*にムーセイオン Museion や大図書館、パロス*島大燈台の建設を着工し学問芸術を奨励（⇒エウクレイデース）、また、国家神サラーピス*（セラーピス*）崇拝を創始するなど、エジプトの政治・経済・文化の繁栄を基礎づけた。彼の副名「救済者」は、デーメートリオス1世に攻囲されたロドス*を援助したことから付けられたものである（前304）。

前285年来、末子のプトレマイオス2世*に譲位（ないし共同統治）し、アレクサンドロス大王の伝記（散逸したが、ローマ時代の史家アッリアーノス*によって信憑性の高い資料として用いられる）を著わしたのち、84歳で没して壮麗な墓廟に葬られた（一説に息子プトレマイオス2世に命を奪われたともいう）。彼は外交手腕に秀で通婚政策により対外的立場を確保した。自らも3度結婚し、──ペルシア貴族アルタバゾス*の娘アパメー Apame, Ἀπάμη（アルタカメー Artakame）、次いでアンティパトロス❶*の娘エウリュディケ❸*、そして自らの異母妹とされるベレニーケー1世*を娶る──正妻の他にもヘタイラー*のターイス*をはじめとする側妾から大勢の子女を儲けた。アンティゴノス1世の甥プトレマイオス Ptolemaios を毒殺したり、パポス*の君主ニーコクレース Nikokles 一族を皆殺しにするなど、残忍な面もあったとはいえ、同時代の支配者の中では穏健で思慮深い人物であった。絶世の美少年ガレステース Galestes との男色関係も知られる。

死後、息子プトレマイオス2世によって神格化され（前283）、最後の妻ベレニーケー1世が死ぬと、併せて「救世神」Theoi Sōtēres, Θεοὶ Σωτῆρες として祀られ崇拝を受けた。
⇒エウクレイデース❷、ヘカタイオス❷、プトレマイオス・ケラウノス、パレーロンのデーメートリオス、ネクタネボス2世

Paus. 1-6, 10-7/ Just. 13～16/ Arr. Anab./ Curtius/ Polyb. 2/ Plut. Alex., Demetr., Eum./ Nep. 18, 21-3/ Polyaenus/ Diod. 17～20/ App. Syr./ Ath. 15-696f/ Joseph/ Ael. V. H. 1-30/ Phot./ etc.

❷2世　P. II ピラデルポス Philadelphos, Φιλάδελφος, Philadelphus

プトレマイオス（エジプト王室の）

（前308～前246年1月）（在位・前285年11月～前246年1月）
❶の息子（末男子）。母はベレニーケー1世*。コース*島に生まれる。父王に溺愛されてその共同統治者に立てられ（前285）、ために憤慨した異母兄プトレマイオス⓳・ケラウノス*らをしてトラーケー*王リューシマコス*の許へ出奔せしめた。

前283年に父が死んで ── 史家ネポース*によれば、父を殺して ── 王位を継ぐと、自らの妃アルシノエー1世*（リューシマコスの娘）を追放して実の姉アルシノエー2世*（はじめリューシマコスに嫁ぎ、次いでプトレマイオス・ケラウノスの妻となっていた）と再婚（前280頃）、彼女のエーゲ海所領を併合した（前276／275）。夫婦は生前からは「姉弟愛神」Theoi Philadelphoi, Θεοὶ Φιλάδελφοι として神格化され（前272頃）、その治下にプトレマイオス朝の全盛期を現出した。セレウコス朝*のアンティオコス1世*・2世*父子と戦って（第1次および第2次シュリアー戦争、前274～前271、前260～前253）、領土を小アジアやフェニキアに拡大する一方、東アフリカ・アラビアに遠征隊を派遣して勢力を伸ばし通商路を確保した。また東地中海域では、マケドニアー*のアンティゴノス2世*と交戦（クレモーニデース Khremonides 戦争・前267頃～前261）、キューレーネー*の異父兄マガース*の乱（前275頃）も鎮めた。

国内では強力な経済・行政組織を確立し、産業の国家独占などを通じて、比類ない繁栄を招来した。ナイル河と紅海をつなぐ運河を開鑿、マケドニアー・ギリシア人の入植をも促進した。首都アレクサンドレイア❶*には、パロス*島大燈台を建設、ムーセイオンと大図書館を拡張・整備し、学芸を保護・奨励して著名な学者を多数輩出させた（⇒カッリマコス❶、テオクリトス、ロドスのアポッローニオス、ゼーノドトス、サモスのアリスタルコス、ソロイのアラートス、マネトーン、ソータデース、ヘーゲーシアース❷）。かくして彼の時代にアレクサンドレイアは黄金時代を迎え、ヘレニズム世界の中心地となったのである。

王は蒲柳の質で（したがって自ら軍隊を指揮していない）生来の学問好きだったが、それ以上に快楽を好んで、莫大な富と権力に物言わせて豪華極まりない宮廷生活を営み、美食や色事などこの世のあらゆる楽しみを享受しようとした。晩年は死への恐怖から、永遠の生命を齎す魔法の秘薬を求めたという。

彼の死と同年に女婿のシュリアー王アンティオコス2世も没しており、娘ベレニーケー❸*・シュラーとその幼い王子謀殺をめぐって、第3次シュリアー戦争（ラーオディケー❷*戦争・前246～前241）が勃発した。

なお、ピラデルポス（兄弟姉妹を愛する者）の名は、実の姉を愛して結婚したことにちなんで付けられたもの（「愛姉王」）とされるが、一説には2人の兄弟を殺したことを皮肉ってつけられた渾名だともされている。

⇒ゾーイロス、ストラトーン❶、ピリータース、アイトーリアーのアレクサンドロス、プレイアデス詩人たち

Just. 16-2, 17-2, 18-2, 26-2～3/ Paus. 1-7, 9-31/ Ath. 5-196～, 13-576/ Strab. 17-789, -795/ Nep. 21/ Diod. 1-33/ Plin. N. H. 6-21, -34/ App./ etc.

❸3世　P. III　エウエルゲテース Euergetes, Εὐεργέτης, Tryphon, Τρύφων

（前284頃～前221年2月）（在位・前246年1月～前221年2月）プトレマイオス2世*と前妃アルシノエー1世*（リューシマコス*の娘）の間に生まれる。継母アルシノエー2世*（父の姉にして後妃）の養子となり即位、従姉妹のベレニーケー2世*（マガース*の娘）と結婚してその所領キューレーネー*を再び併合した。第3次シュリアー*戦争（前246～前241、⇒ベレニーケー❸*・シュラー）ではセレウコス2世*治下のバビュローニアー*まで侵攻しシュリアー、小アジア、トラーケー*の要地を獲得、プトレマイオス朝*の版図は最大に達した。かつてアカイメネース朝*ペルシア*のカンビューセース*に拉致されたエジプトの神像3千をはじめ莫大な戦利品を奪還、これにより「善行者」（エウエルゲテース）と呼ばれ、神格化された。スパルター王クレオメネース3世*とマケドニアー*王アンティゴノス3世*との争いでは、前者を支援し、その敗北後はこれを亡命者として受けいれた。

図書蒐集に熱心で、銀15タラントンを投じてアテーナイ*から3大悲劇詩人の自筆原稿をとり寄せ、原典を手元に残して写本を送り返した話は名高い。彼の治下、アレクサンドレイア❶*の文献学・地理学・天文学等は最盛期を迎え、またセラーピス*大神殿 Serapeion, Σεραπεῖον が完成をみた。一説に王は、息子プトレマイオス4世*に毒殺されたという。

⇒アラートス（シキュオーンの）、エラトステネース

Just. 27, 28-4, 29-1/ Polyb. 2-47, -71, 5-58, -89/ Plut. Cleom. 22, 32, Arat. 24, 41/ Paus. 2-8/ Eutrop. 3-1/ etc.

❹4世　P. IV　ピロパトール Philopator, Φιλοπάτωρ

（前244頃～前204）（在位・前221年2月～前204）プトレマイオス3世*とベレニーケー2世*の長子。父を弑逆して登位したので、揶揄をこめて「父を愛する王」（ピロパトール）と渾名される（異説あり）。続いて母ベレニーケーや弟マガース Magas、叔父リューシマコス Lysimakhos らをその党類もろとも殺害 ── 母を毒殺し、弟を火にかけて殺したという ── 、父の代から亡命していた元スパルター*王クレオメネース3世*とその一族をも殺戮し、晩年には妃で実の姉妹でもあるアルシノエー3世*をも殺させた。その間、奸臣ソーシビオス Sosibios, Σωσίβιος やアガトクレース❸*が暗躍し、酒や美しい男女を相手に悦楽に身を委ねる王に代わって国政を牛耳った。第4次シュリアー戦争（前219～前217）では、アンティオコス3世*のパレスティナ*侵入をラピアー Raphia（現・Rafaḥ）の戦いで撃退した（前217年6月22日）が、その折はじめて先住エジプト人兵士が徴募されたという。以来、先住民の勢力が台頭し、しばしばテーバイ❷*を中心とする上エジプトで反乱を起こすようになる。

王は40段櫂船という怪物じみた巨船を造り、飢饉の際にも贅沢や遊蕩をやめなかったので、国民からテューポーン*と呼ばれ、またディオニューソス*の信徒となりキュベレー*の去勢僧を引き連れて街路を練り歩いたので、ガッ

ロス Gallos（宦者）と名づけられた。さらにエジプトのユダヤ人絶滅を企てた王はアレクサンドレイア❶＊の競馬場において、生酒で凶暴にさせた五百頭の象を放って大勢のユダヤ人を片っ端から踏み潰させようとしたとも伝えられる。美妓アガトクレイア＊やその一族を重用し、「果てしない祭典」といわれる放埓な生活を続けたため、宮廷は腐敗し国運は急速に傾いた。寵臣ソーシビオスやアガトクレースらの陰謀で暗殺され、彼の死は数ヵ月間秘匿されたが、やがて露顕し、愛妾や佞臣らは群衆によって惨殺されて果てた。

Polyb. 2-71, 5-34〜40, -58〜71, -79〜87, -100, -106〜107, 9-44, 14-11〜12, 15-25, -33/ Just. 29-1, 30-1〜2/ Plut. Cleom. 33〜37, 54〜, Demetr. 43/ Ath. 5-203〜/ etc.

❺ 5世　P. V　エピパネース Epiphanes, ὁ Ἐπιφανής

（前210年10月9日〜前180）（在位・前204〜前180）父プトレマイオス4世＊が放蕩の果てに急死（暗殺という）、母妃アルシノエー3世＊も侍臣に毒殺され、幼くして即位（5歳）、しばらく父王の喪を秘めていたという。有能な宦官アリストニーコス Aristonikos, Ἀριστόνικος と一緒に育てられる。重臣たちに政権を掌握され、シュリアー＊王アンティオコス3世＊やマケドニアー＊王ピリッポス5世＊に乗じられ海外領の大半を失う（前203〜前202）。第5次シュリアー戦争（前202〜前195）では、アンティオコス3世に敗れ、ようやくローマ元老院の助力で防ぐ ―― エジプトのほか、キューレーネー＊とキュプロス＊島を領有するのみとなる ――。アンティオコスと和を結びその娘クレオパトラー1世＊を娶る（前193）。先住民の反乱を鎮圧し、エジプト神官に特権を与え、古都メンピス＊で旧来の伝統的儀礼に則って戴冠式を挙げたので、神官団により頌徳碑（ロゼッタ石＊碑文）を建てられる（前196）。残忍かつ遊惰な道楽者で、最後は自らも側近に毒殺されて果てた。20年ぶりにテーバイ❷＊を中心とする内陸エジプトを併合し（前186）、荘厳なエジプト伝統の儀式を重んじて「顕現王」（エピパネース）（「神が示現せる者」、「現人神」の意）の異名をとる。

Polyb. 15〜16, 18/ Just. 30-2〜3, 31-1/ Liv. 30〜31, 35〜37/ App. Syr. 1〜/ Joseph. J. A. 12-4/ etc.

❻ 6世　P. VI　ピロメートール Philomētor, Φιλομήτωρ

（前186頃〜前145）（在位・前180〜前145）プトレマイオス5世＊とクレオパトラー1世＊の長子。父の死後、幼くして登位し、母が摂政する（前180〜前176）。母妃への憎悪ゆえに「愛母王」（ピロメートール）という皮肉な副名で呼ばれる。側近の宦官に政治を操られ、その治世は殺人が日常茶飯事となる。実の姉妹クレオパトラー2世＊と結婚し（前176）、プトレマイオス7世＊やクレオパトラー3世＊他の子女を儲ける。前170年に母方の伯父のセレウコス朝＊シュリアー＊王アンティオコス4世＊と戦って敗れ捕われの身となったので、アレクサンドレイア❶＊市民は弟のプトレマイオス8世＊を擁立した。アンティオコス4世の侵寇（第6次シュリアー戦争・前170〜前168）は、ローマの介入でかろうじて阻止し得たものの、今度は共同統治（前170〜前164）者の弟8世との対立が表面化し、一旦は弟により放逐されてローマへ亡命（前164）。帰国後ついに兄弟は王国領の分割統治に合意し、6世はエジプトとキュプロス＊を8世はキューレーネー＊を領有することになる（前163）。しかるに、再びローマ元老院の干渉などもあり、以後10年以上にわたって抗争が続いた。のち女婿のシュリアー王アレクサンドロス・バラース＊（王女クレオパトラー・テアー＊の夫）と戦って潰走させるも、象の咆哮に驚いた馬の背から振り落とされ、ほどなく陣没した。日々の懶惰で贅沢な暮らしのせいで、過度に肥満して精神も鈍重になっていたという。武将ガライステース Galaistes やヒエラクス Hieraks を寵愛したことで知られる。

Polyb. 27〜33, 39-8/ Just. 34-2〜3, 35-1〜2/ Liv. 42-29, 44-19, 45-11〜13/ Joseph. J. A. 13-4/ Ath. 5-195/ Diod./ etc.

❼ 7世　P. VII　ネオス・ピロパトール Neos Philopator, Νέος Φιλοπάτωρ「新愛父王」

（前162／161〜前144年8月）（在位・前145〜前144年8月）プトレマイオス6世＊とクレオパトラー2世＊との子。父の死後、王位を継承するが、叔父プトレマイオス8世＊がエジプトに帰還すると、母妃はこれと結婚、その婚礼の当日、7世は8世によって殺害された。

Just. 38-8/ etc.

❽ 8世　P. VIII　エウエルゲテース2世 Euergetes, Εὐεργέτης II

（前182頃〜前116年6月26日）ピュスコーン Physkon, Φύσκων（在位・前170〜前116、ただし前145年以前は実兄6世との共同統治）歩行が困難なほど肥満して太鼓腹だったので、「でぶ」（ピュスコーン）Physkon とも渾名され、またその狂暴さゆえに「善行王」（エウエルゲテース）ではなく、「悪行王 Κακεργέτης」（カケルゲテース）と呼ばれる。前170年、兄プトレマイオス6世＊がアンティオコス4世＊の捕虜となったので、アレクサンドレイア❶＊市民に推戴され、兄王の帰還後、共同統治の座にあった（前170〜前164）が、兄弟は絶えず対立・抗争を繰り返した（前163〜前145の間はキューレーネー＊王）。兄亡き後、その未亡人で実の姉妹でもあるクレオパトラー2世＊を娶り、王位にあった彼女の子プトレマイオス7世＊を殺し、自ら登極した（前144）。暴虐で冷酷な性質で、大勢の有力市民を処刑しアレクサンドレイアの街路を血で染めたため、人口が激減したほどだった ―― 多くの学者も殺されたり追放されたりしたので、地中海周辺の諸都市や島々は各分野の教師・技術者で溢れた ―― という。そのうえ妻クレオパトラー2世の娘クレオパトラー3世＊（父はプトレマイオス6世＊）をも妃に迎立し（前142）、1夫2妻の重婚生活に入ったことから、宮廷内は母妃・娘妃の2派に分かれて激しく争い、ついに内戦が勃発するに至った。また王と妃クレオパトラー2世との対立が尖鋭化し、彼は2世の産んだ実の息子メンピテース Memphites, Μεμφίστης 12歳を殺害、五体を切り刻んで、彼女の誕生日に贈物として届けさえした（前132／131 クレオパトラー2世がメンピテースを擁立しようとしたためという）。その後も血で血を洗う権力争いを続けた果てに、王国は混乱し衰退の色を一人深めた。またユダヤ人たちを捕らえ裸にして象に踏み潰させようとしたといった話

なお彼の庶子プトレマイオス⓰*. アピオーンは、キューレーネーの支配者となるが、前96年にこの地方をローマに遺贈して没したという。ヘレニズム諸君主のうち、自らの領土をローマに贈与する旨の遺言を作製したのは、前155年、当時キューレーネー王だった父のプトレマイオス8世がはじめてであったとされる。
⇒エウドクソス❷、アリスタルコス❷、アガタルキデース、コルネーリア❶
Just. 34-2, 38-8〜9, 39-1〜5/ Diod. 33〜34/ Liv. Epit. 59/ Ath. 4-184, 6-252, 12-549〜/ Joseph. Ap. 2-5/ Val. Max. 9-2/ etc.

❾9世 P. IX ソーテール2世 Soter, Σωτήρ II「救済者」「救世王」、Philomator, Φιλομήτωρ

（前142頃〜前81年12月）（在位・前116〜前81）プトレマイオス8世*とクレオパトラー3世*の長男。鼻の形がひよこ豆に似ていたところから、ラテュロス Lathyros, Λάθυρος ないしラトゥーロス Lathuros, Λάθορος とも呼ばれ、母に憎まれていたことから「愛母王（ピロメートル）」という皮肉な渾名も奉られる。父を継いで登位するや否や、野心家の母と対立し、彼女の策謀により放逐されて、実弟プトレマイオス10世*に王座を奪われる（前107）。キュプロス*を奪い取り統治している間（前107〜前88）、母の同盟者たるユダヤ王アレクサンドロス・イアンナイオス*と交戦しユダヤ人を虐待（婦女子を惨殺して屍体を切り刻み、大鍋に投じて兵士らにその肉を食わせたという）。セレウコス朝*の内訌にあっても母の対立者側に味方した。弟10世の死後、復位して娘クレオパトラー・ベレニーケー*と共治するも（前88〜前81）、傭兵への支払いに充（あ）てるためアレクサンドロス大王*の黄金の棺を溶かさねばならなかった（異説あり）。王は実の姉妹クレオパトラー4世*とクレオパトラー・セレーネー*の2人と結婚したものの、両者とも離婚。彼女ら2姉妹は、その後次々とセレウコス朝シュリアー*の王たちと結婚した。
⇒巻末系図045
Paus. 1-9/ Just. 39-3〜5/ Joseph. J. A. 13-10, -13/ Plut. Luc. 2〜/ Porph./ etc.

❿10世 P. X アレクサンドロス1世 Aleksandros, Ἀλέξανδρος (Alexander) I

（前140頃〜前88）（在位・前107〜前89、キュプロス*王位・前116〜前107）プトレマイオス9世*の実弟。母クレオパトラー3世*は長子プトレマイオス9世よりも彼を可愛がり、前者を追い出して10世を即位させ、共同統治者とする（前107）。しかるに、彼は次第に母の言いなりにならなくなり、その冷酷さに怖れをなしはじめ、ついに彼女が自分を暗殺しようとしているのに気づいて、先手を打って母を殺害、その直後に姪クレオパトラー・ベレニーケー*（兄9世の娘）と結婚する（前101）。のち軍隊の反乱が起きて追放され（前89）、翌年の海戦で王国を奪回することなく敗死した。この王朝の歴代プトレマイオス王と同じく、彼も甚しい贅沢と快楽に溺れて肥満しており、従者に身体の両側を支えられぬ限りは散歩することも出来なかったという。
Just. 39-4〜5/ Joseph. J. A. 13-13/ Ath. 12-550/ Porph./ etc.

⓫11世 P. XI アレクサンドロス2世 Aleksandros, Ἀλέξανδρος (Alexander) II

（前100頃〜前80）（在位・前80）プトレマイオス10世*アレクサンドロス1世の息子。伯父プトレマイオス9世*の死後、ローマの独裁官（ディクタートル）*スッラ*の後援で登位、共同統治者として継母クレオパトラー・ベレニーケー3世*と結婚するが、19日後に彼女を暗殺し、すぐさま自らも怒ったアレクサンドレイア❶*市民に体育場（ギュムナシオン*）へ引きずり出されて殺害された（在位19日間）。彼の死により嫡系の王統は断絶した。ローマ人がのちに主張したところでは、彼は王国をローマに譲渡する旨の遺言状を残したという。
App. Mith. 23, B. Civ. 1-102/ Joseph. J. A. 13-13/ Cic. Leg. Agr. 1-1, 2-16〜17/ etc.

⓬12世 P. XII アウレーテース Auletes, Αὐλητής, Theos Philopator Philadelphos, Νέος Διόνυσος Θεός, Φιλοπάτωρ Θεός, Φιλάδελφος

（前117／108〜前51春）（在位・前80〜前51春）プトレマイオス9世*の妾腹の子（よって『庶子（ノトス）』Nothos, Νόθος とも呼ばれる）。嫡系のプトレマイオス11世*が殺されたのち、アレクサンドレイア❶*市民によって擁立される。堅笛 aulos（アウロス）を好み音楽競技会を開いて自ら舞台に立ったことから、「笛吹王（アウレーテース）」の渾名を冠せらる。また酒と快楽に惑溺し、いつも酔っ払ってばかりいたので、ネオス・ディオニューソス Neos Dionysos（新ディオニューソス）とも呼ばれた。実姉クレオパトラー5世トリュパイナ Kleopatra V Tryphaina Τρύφαινα（？〜前69頃）と結婚し、かの名高き女王クレオパトラー7世*らの父となる。治世の間、絶えずローマの高官連に賄賂を贈り続け、何とか王位の保全を計ろうとした（前64には先代11世の、王国をローマに遺贈するという遺言書が公表されて、物議をかもした）。そのためには、ローマの大金融家ラビーリウス❷*・ポストゥムスから巨額の借金をしたり、王の統治を望まぬアレクサンドレイア市民の使節団100名を、ローマへの途上で待ち伏せて全員暗殺してしまうことも辞さなかった。しかしキュプロス*をローマに奪取されたことから、自国を追われローマへ亡命（前58〜前55）。またもや貪婪な元老院貴族たちから大金を搾り取られた果てに、見捨てられエペソス*に退去した。その不在中、娘のベレニーケー4世*が夫の大司祭アルケラーオス Arkhelaos と組んで、父に代わって王座に即く。ついに12世は、王国を買い戻すべく1万タラントンを提供して、当時破産に瀕していたシュリア*総督アウルス・ガビーニウス*にエジプト進撃を要請。その結果、アルケラーオスは殺され、12世は再び王位に返り咲く。復辟して最初に彼が命じたのは、王女ベレニーケーの処刑であった（前55末）。その後、位にあること3年半、エジプトを娘クレオパトラー7世と長男プトレマイオス13世*に遺（のこ）して死んだ（前51年3月／5月）。彼は生前より「神（テオス）」の称

号を帯び、王権の神格化を推進したが、その内実エジプト経済は疲弊し、王座はローマの権力に依存するようになっていた。
⇒レントゥルス・スピンテール
Strab. 12-3-34, 17-796/ Dio Cass. 39-12〜16, -55〜58, 42-5/ Suet. Iul. 11, 54/ Plut. Pomp. 49, Cat. Min. 35, Ant. 3/ Cic. Fam. 1-1〜, Q. Fr. 2-2〜, Rab. Post. 2〜, Cael. 10, Pis. 21 (48)/ Caes. B. Civ. 3-103, -110/ Ath. 5-206d/ etc.

⓭13世　P. XIII　ピロパトール・ピラデルポス・ネオス・ディオニューソス 2 世 Philopator Philadelphos Neos Dionysos, Θεός, Φιλοπάτωρ Φιλάδελφος Νέος Διόνυσος II（前 63／61 頃〜前 47 年 1 月 14 日（ユーリウス暦））（在位・前 51〜前 47 年 1 月 14 日（ユーリウス暦））プトレマイオス 12 世*アウレーテースの長男。父の遺言に従い、姉のクレオパトラー 7 世*と結婚し、エジプトを共同統治する。やがて実権を握る宦官ポテイノス*らの後ろ楯で姉と対立、彼女をシュリアー*へ放逐する（前 48 春）。同年、姉弟の後見人たるローマ政界の大立者ポンペイユス*が、カエサル*との戦いに敗れ、庇護を求めてエジプトへ落ちのびて来ると、廷臣たちと計って彼を謀殺、その首級を追撃して来たカエサルに届ける。クレオパトラーに魅せられたカエサルは、再び彼女を共同統治者の位に復し、一旦ローマの属領となったキュプロス*を王の年少の弟妹プトレマイオス 14 世*とアルシノエー*とに譲渡、自分に対するエジプトの負債を大幅に減額してやる。ところがポテイノスや将軍アキッラース Akhillas（？〜前 48 末殺害さる）の煽動で暴動が生じ、アレクサンドレイア❶*戦争（前 48〜前 47）が勃発。カエサルは少数の兵員をもって難局を切り抜け、敵軍の敗北が確実となってから、それまで王宮内に監禁しておいた若き国王をエジプト側へ手渡す。プトレマイオス 13 世は泣き崩れて、自分を送り出さないでもらいたいと懇願するが、頑なカエサルにより宮殿を逐われ、やむなくアレクサンドレイア軍と合流、2 日間にわたるカエサルとの戦闘ののち、ナイル河で溺死した。敗走中、乗り移った小舟がエジプト兵たちの重みで沈没したためという。その屍体は、彼が身につけていた黄金の鎧によって確認された（前 47 年 1 月）。在位 3 年 8 ヵ月。
Caes. B. Civ. 3-103〜112/ B. Alex. 1〜31/ Dio Cass. 42-3〜/ Plut. Pomp. 77〜79, Caes. 48〜49/ App. B. Civ. 2-84〜90/ Strab. 17-797/ Liv. Epit. 112/ etc.

⓮14 世　P. XIV　Philopator, Φιλοπάτωρ（前 59 頃〜前 44）（在位・前 47〜前 44）プトレマイオス 12 世*アウレーテースの末子。兄プトレマイオス 13 世*の戦死後、カエサル*の指示により姉クレオパトラー 7 世*と結婚し、その名目上の共同統治者となる。前 45 年、姉に伴われてローマへ同行するが、翌年カエサルが暗殺されたのち、ほどなく姉によって殺害された（おそらく毒殺）。
Dio Cass. 42-35, -44, 43-27/ Suet. Iul. 35/ B. Alex. 33/ Strab. 17-797/ Joseph. J. A. 15-89/ etc.

⓯15 世　P. XV　プトレマイオス・カイサル（カエサル）P. Kaisar (Caesar), テオス・ピロパトール・ピロメートール Theos Philopator Philometor, Kaisarion, Θεὸς Φιλοπάτωρ Φιλομήτωρ Καῖσαρ, Καισαρίων, (Caesario(n))（前 47 年 6 月 23 日〜前 30 年 8 月末頃）（在位・前 44〜前 30）カエサリオーン*とも呼ばれる。クレオパトラー 7 世*の長子。父はユーリウス・カエサル*とされる。前 44 年 9 月 2 日、母の共同統治者となり、前 34 年には継父アントーニウス*から「王の中の王」の称号を与えられる。アクティオン*の敗戦（前 31 年 9 月）後、王権の維持に絶望したクレオパトラーにより、巨額の財物とともにインドへ逃れるべく送り出されるが、途中で傅役系ロドーン Rhodon, Ῥόδων に裏切られて、引き返して来たところを捕らえられ、アウグストゥス*（オクターウィアーヌス*）の命で殺害された（おそらく絞殺）。彼の異父弟妹 3 人（いずれも父はアントーニウス）は、アウグストゥスに捕らわれローマへ連行された。ここにプトレマイオス朝*の王統は断絶する。テーバイ❷*の北 58 km ほどの地にあるデンデラ Dendera 神殿には、母クレオパトラーと並ぶ彼の浮彫りが残っている。
Dio Cass. 47-31, 49-41, 50-1, -3, 51-6/ Suet. Iul. 52, Aug. 17/ Plut. Caes. 49, Ant. 54, 81〜82/ etc.

⓰プトレマイオス・アピオーン P. Apion, ὁ Ἀπίων（前 154 頃〜前 96),（英）Ptolemy Apion,（仏）Ptolémée Apion,（独）Ptolemäus Apion,（伊）Tolomeo Apione
プトレマイオス 8 世*ピュスコーンと側妃エイレーネー Eirene の子。キューレーネー*王（在位・前 116〜前 96）。父の遺志によりキューレーネーを統治し、死に際して同国をローマに遺贈した。しかし実際にローマがキューレーナイカ*属州を組織したのは、前 74 年になってからのことである。
⇒巻末系図 044
Just. 39-5/ Liv. Epit. 70/ App. Mith./ Eutrop. 6-11/ Amm. Marc. 22-16/ etc.

⓱（キュプロス*の）（英）Ptolemy of Cyprus（？〜前 57 初頭）
プトレマイオス 12 世*アウレーテースの弟。プトレマイオス 9 世*の庶子。キュプロス王（在位・前 80〜前 57）。ローマの貴族 P. クローディウス*・プルケルが海賊に捕われた際に、王は彼のために身代金を出すのを厭がって、その怨みを買い、後に護民官（トリブーヌス・プレービス*）となったクローディウスの提案でキュプロス島はローマの属州と宣言され、これを征服して統治するべく小カトー*が派遣された（前 58）。プトレマイオスはカトーとの交渉を拒否し、服毒死して果てた。王を悪徳の人とするのは、ローマ側の宣伝。7000 タラントンにのぼるその財宝の大半はローマ元老院へ送られ、小カトーは亡き王の財宝競売の時、高額でカンタリス（斑猫）cantharis などの毒物を売ったため、毒薬商人の異名をとったという。
⇒巻末系図 046
App. B. Civ. 2-23/ Dio Cass. 38-30, 39-22/ Plut. Cat. Min. 34〜36/ Plin. N. H. 29-30/ Strab. 14-684/ Liv. Epit. 104/ Vell. Pat. 2-45/ Cic. Sext. 26/ Val. Max. 9-4/ etc.

⓲（前 1 頃〜後 40）マウレーターニア*王（在位・後 23〜

40)、(ラテン語名) プトレマエウス Ptolemaeus

ユバ2世*の子にして後継者。母はクレオパトラー・セレーネー Kleopatra Selene, Κλεοπάτρα Σελήνη (アントーニウス*とクレオパトラー7世*の娘)。若年にして即位したので、国政は解放奴隷らに操られ、国内に叛乱と無秩序が絶えなかった。24年には、ローマ軍による叛乱の鎮圧に尽力し、その恩賞として元老院から象牙の王笏と凱旋将軍服とを贈られている (⇒タクファリーナース)。のち片従兄弟のカリグラ*帝によってローマへ呼び寄せられ、急に捕らえられて処刑された (餓死させられたとも、追放と見せかけて密殺されたともいう)。帝が彼の富や衆目を奪うその豪華な衣装に嫉妬したからだといわれる。財産と王国は没収され、マウレーターニアは皇帝の直轄領となった。
⇒スエートーニウス・パウリーヌス, 巻末系図046, 035
Dio Cass. 59-35/ Suet. Cal. 26, 35, 55/ Tac. Ann. 4-23～26/ Strab. 17-828, -840/ Sen. Tranq. 11/ etc.

❶❾ プトレマイオス・ケラウノス* (前320頃～前279) プトレマイオス1世*の長子。プトレマイオス・ケラウノスを参照。

その他にもマケドニアー*王位に即いたアローロス Aloros のプトレマイオス (在位・前368～前365, 巻末系図027) をはじめとする同名の王侯貴族や将軍、文人、哲学者らがいる。
Plut. Pel. 26～27/ Diod. 15-71, -77/ Nep./ etc.

プトレマイオス (哲学者の)　Ptolemaios, Πτολεμαῖος, Ptolemaeus, (仏) Ptolémée, (独) Ptolemäus, (伊) Tolomeo, (西) Ptolomeo, (葡) Ptolomeu, (アラビア語) Batlemos, (アラム語) Talmai

(前100年頃) キューレーネー*出身の懐疑主義派の哲学者。断絶していたピュッローン*流の懐疑主義学派を再興したといわれる (⇒ティーモーン)。

その他、ケンノス Khennos (「鶉」の意) と渾名されたアレクサンドレイア❶*の文献学者プトレマイオス (後100年頃) や、マラトーン Marathon と渾名されたナウクラティス*出身のソフィスト*、プトレマイオス (後2世紀)、メンデース*の神官でエジプトの歴史を記したプトレマイオス (前1世紀頃)、ヘーローデース1世* (ヘロデ大王) の伝記を書いたアスカローン*のプトレマイオス (前1世紀末)、アリスタルコス*の弟子でホメーロス*やピンダロス*の作品に注解をほどこしたプトレマイオス (前2世紀) 等々、大勢の同名異人が知られている。
Diog. Laert. 9-115～116/ Philostr. V. S. 2-591, -608/ Clem. Al. Strom. 1-138/ Phot./ Suda

プトレマイオス、クラウディオス　Klaudios Ptolemaios, Κλαύδιος Πτολεμαῖος, (Tiberius) Claudius Ptolemaeus, (伊) Claudio Tolomeo, (西) Claudio Ptolomeo, (葡) Cláudio Ptolomeu, (露) Клавдий Птолемей, (現ギリシア語) Klávdhios Ptoleméos, (アラビア語) Baṭlamiyūs

(後83／90頃～後168／178頃) 2世紀中頃にアレクサンドレイア❶*で活躍したギリシアの天文学者・地理学者・数学者。エジプトのプトレマーイス*に生まれ (異説あり)、ハドリアーヌス*とアントーニーヌス・ピウス*帝の治下、アレクサンドレイアで天文観測を行ない (127～151)、ヒッパルコス❷*らの業績に自説を加えて地球中心の宇宙大系を完成、ギリシア天文学を包括的にまとめた『数学大全 Mathēmatikē Syntaksis, Μαθηματικὴ Σύνταξις』(13巻) を著わした (140頃)。のちに『天文学大系 Megalē Syntaksis tēs Astronomiās, Μεγάλη Σύνταξις τῆς Ἀστρονομίας』と呼ばれた本書は、天体の複雑な視運動を、79個もの導円・周転円・離心円を組み合わせることによって計算説明した数理天文学の完結版で、弦長の表や48星座、1028箇の恒星を図示した「星表」を付載。以来コペルニクスが登場するまで14世紀間にわたり、天動説の原典として西方世界において不動の権威を保持した。9世紀にアラビア語に翻訳されて『最も偉大な書 Al-Majistí (<〈ギ〉メギステー Megiste, Μεγίστη), Al-Kitabu-l-Mijisti』と改称され、イスラーム天文学の発展にも貢献。12世紀にアラビア語からラテン語に同名のまま翻訳されたため、後世『アルマゲスト Almagest』という標題で広く知られるようになった。

彼はまた古代地理学の集大成ともいうべき『地理学概要

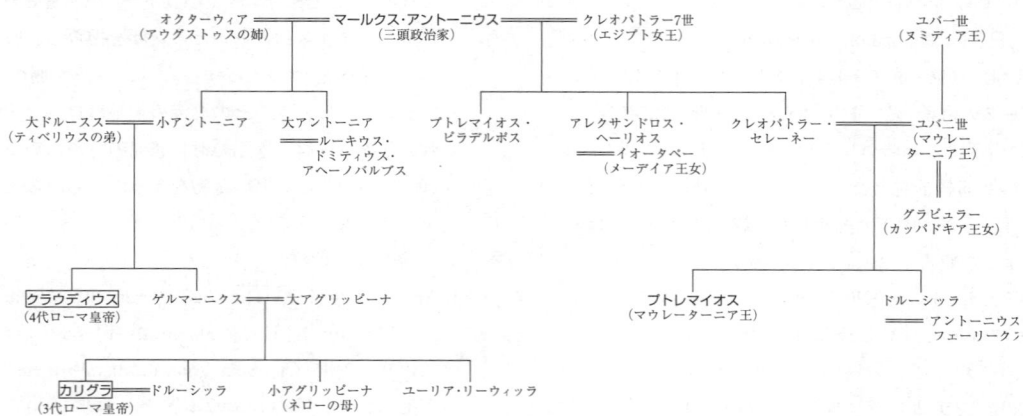

系図316　プトレマイオス❶❽ (エジプト王室の)

Geōgraphikē Hyphēgēsis, Γεωγραφικὴ Ὑφήγησις』(8 巻）を著わし、数学的方法に立脚して地表を経緯に分かち、当時知られていた約 8 千に及ぶ土地を位置づける世界地図を作製（投影図法の使用）。地球の円周を控え目に見積ったポセイドーニオス*の概算に依拠したため、特に経度に関して多くの重大な誤謬を含むことにはなったものの、その後 15 世紀に至るまで地理学の教科書として重んじられた。ヒッパルコスには及ばないながらも、彼は天体測角器を考案し、月の運動の不規則性（出差）や、光の屈折法則および大気差（大気による星の光の屈折）などを実験や観測を通じて発見した。屈折率について論じた『光学（ラ）Optica』の他、『テトラビブロス Tetrabiblos, Τετράβιβλος』の名で知られる 4 部から成る占星学書、さらに音楽や哲学に関する著作も残している（アラビア語によって伝えられた作品が多い）。

主著：『数学大全（天文学大系）Almagest』13 巻
『地理学概要 Geographike Hyphegesis』8 巻
『Planisphaerium（ラ）』（天球の極射影法について）
『Analemma（ラ）』（日時計の正射影について）
『テトラビブロス Tetrabiblos (Tetrabiblion)』（過去の占星術の知識の集大成）
『ハルモニカ Harmonika』3 巻（音階について）
『光学（ラ）Optica』（全 5 巻中第 2〜4 巻が残存）
その他。

⇒ゲミーノス、ストラボーン
Ptol. Alm., Geog., Harm./ etc.

プトレマイオス・ケラウノス Ptolemaios Keraunos, Πτολεμαῖος ὁ Κεραυνός, Ptolemaeus Ceraunus,〈英〉Ptolemy Ceraunus,〈仏〉Ptolémée Kéraunos,〈伊〉Tolomeo Cerauno,〈西〉Ptolomeo Cerauno,〈葡〉Ptolomeu Cerauno（前 320 頃〜前 279）マケドニアー*王（在位・前 281〜前 279）。激情にはやる性質から「雷」（ケラウノス）の異名をとる。プトレマイオス 1 世*の長男。母はエウリュディケー❸*（⇒巻末系図 043〜045）。父王が継室ベレニーケー 1 世*を寵愛して、その子プトレマイオス 2 世*に王位を継がせることにしたので（前 285）、憤慨してリューシマコス*の宮廷へ出奔、その地で王権奪取を志す。リューシマコスが後妃アルシノエー 2 世*（プトレマイオス 2 世の同母姉妹）に唆かされて息子アガトクレース*を殺すと、ケラウノスは実妹リューサンドラー*（アガトクレースの妻）とともに、セレウコス 1 世*の許へ身を寄せて、その援助でアガトクレースの弔い合戦を起こし、リューシマコスを倒す（前 281）。しかし、セレウコスがマケドニアーの王座をも得ようとしたので、これを暗殺し、自ら即位してマケドニアー王となる。異母妹アルシノエー 2 世（リューシマコスの寡婦）に迫ってこれと結婚するや、彼女とリューシマコスとの間の 2 王子リューシマコス Lysimakhos（16 歳）とピリッポス Philippos（13 歳）を母親の腕の中で殺害（長子プトレマイオス Ptolemaios のみイッリュリアー*へ亡命）、アルシノエーもサモトラーケー*島へ追放する。エーペイロス*のピュッロス*やアンティオコス 1 世*、アンティゴノス 2 世*ゴナタースらがマケドニアー王位を要求したが、ケラウノスはたくみにこれらをかわし、侵入したケルト*人を迎え撃った（⇒ブレンヌス❷）。ところが、戦闘中に象の背中から振り落とされたため、敵に捕らわれ、八つ裂きにされて殺された。在位 17 ヵ月。斬りとられた彼の首は槍につけて全前線を引きまわされたという。

王位は同母弟メレアグロス Meleagros, Μελέαγρος が継承したが、2 ヵ月で廃された。
⇒リューシマコス王家関係系図（巻末系図 038〜039）
Just. 17-2, 24-1〜5/ Paus. 1-16, 10-19/ Diod. 22/ Euseb./ etc.

プトレマイオス朝 Ptolemaioi, Πτολεμαῖοι, Ptolemaei,〈英〉Ptolemies,〈仏〉Ptolémées,〈独〉Ptolemäer,〈伊〉Tolomei,〈西〉Ptolemeos（ラーギダイ*家）（前 323〜前 30）ヘレニズム時代のエジプトを支配したマケドニアー*系王朝。アレクサンドロス大王*の死後、遺将（ディアドコイ*）のプトレマイオス 1 世*が建設し、前 305 年から王号を称した。アレクサンドレイア❶*を首都とし、歴代国王がプトレマイオスを名乗る。またプトレマイオス 1 世の父ラーゴス*にちなんでラーゴス朝*（ラーギダイ）とも呼ばれる。エジプトのみならず、キューレーネー*、キュプロス*、フェニキア*、シュリアー*、小アジアの一部を領し、ギリシア、エーゲ海諸島にも勢力を及ぼして、ヘレニズム諸王国中最大の富強を誇った。ところが、次第に王室の内紛や内陸エジプト人の反乱、外征の失敗で衰え、ローマの東方進出の結果、プトレマイオス 15 世*（カエサリオーン*）とクレオパトラー*（7 世）の死をもって滅亡した（前 30）。君主崇拝や近親婚など旧来のエジプトの習慣をとり入れ、中央集権体制の下、国王は絶対君主として君臨した。また学芸を重んじて諸方から文人・学者らを招いたため、アレクサンドレイアは永くギリシア文明の中心地として繁栄した。各プトレマイオス、クレオパトラー、ベレニーケー*、アルシノエー*の項を参照。
⇒巻末系図 043〜046、セレウコス朝、アンティゴノス朝
Polyb./ Just./ Plut./ Paus./ Ath./ Liv./ Joseph./ Diod./ App./ Dio Cass./ Suet./ Strab. 17/ etc.

プトレマーイス Ptolemaïs, Πτολεμαΐς, Ptolemaïs,〈仏〉Ptolémaïs,〈伊〉Tolemaide
プトレマイオス朝*時代に命名された都市。その最も主要なものは以下の通り。

❶（現・アッコー Akko, アクル, アクレ,〈英〉〈仏〉Acre,〈独〉Akers, Akkon,〈伊〉Accho, Acco,〈古代エジプト語〉'A-ka,〈アッシュリアー*語〉Ak-ku-u,〈アラビア語〉'Akkā,〈ヘブライ語〉'Akkhô,〈ギ〉ア(ッ)ケー* Ak(k)e, Ἄκη, Ἄκκη, Ac(c)e, Acca, または、アッコー Akkho, Ἄκχω, Accho〈仏〉Saint Jean d'Acre,〈伊〉San Giovanni d'Acri,〈西〉San Juan de Acre,〈現ギリシア語〉Akra, Ἄκρα）フェニキア*南部（パレ

スティナ*）の港湾都市。テュロス*の南 40 km、地中海に面す。前 2 千年紀よりフェニキア人の海港として繁栄。原語は「暑熱」の意。前 261 年頃プトレマイオス 2 世*によって、プトレマーイスと改名される。通商の要路に当たり、セレウコス朝*シュリアー*の占領期にはアンティオケイア*と呼ばれ（前 175 頃～前 44 頃）、イウーダース・マッカバイオス*らハスモーン*家に率いられたユダヤ人の反乱に対する軍事基地となる。その後、ローマ帝政期にはゲルマーニキア Germanicia と称され、クラウディウス*の治世に植民市が築かれた（後 52～54 頃）。近くのカルメーロス Karmelos（カルメル Carmel）山には有名な神託所があり、ウェスパシアーヌス*の登極をそこの神官が予言したことで知られる（後 69）。現在はイスラエル共和国に占領されている。

ユダヤの王ヘーローデース 1 世*によってギュムナシオン*（体育場）などが建造されたが、古代ギリシア・ローマ時代の遺跡は、ほとんど発掘されていない。
Strab. 16-758/ Plin. N. H. 5-17/ Mela 1-8/ Tac. Hist. 2-78/ Suet. Vesp. 5/ Joseph. J. B. 2/ Nov. Test. Act. 21-7/ Ptol. Geog. 5-14-3/ etc.

❷ Ptolemaïs he Hermeiū (Hermaiū), Πτολεμαῒς ἡ Ἑρμείου (Ἑρμαίου)（現・Sohāg の南 12 km の遺跡 El-Manshā, ないし El-Menshah, El-Minshiye）

上エジプト、ナイル河中流域にプトレマイオス 1 世*によって創建されたヘレニズム都市。アビュードス❷*のやや下流に位置する。内陸エジプトにおけるギリシア文化の中心地で、アレクサンドレイア❶*に次ぐ大都市であったという。王宮 Memnonion や女神イーシス*、プトレマイオス王家の君主らの神殿があり、天文学者プトレマイオス*の生地と信じられていた。

この他、プトレマイオス 2 世*が象狩りの基地として設けさせた紅海西岸のプトレマーイス Pt. Thērōn, Θηρῶν（現・Trinkitat）や、今日のファイユーム Faiyūm 地方、モイリス Moiris 湖近くの都市プトレマーイス（アルシノエー❶*）など同名の町がプトレマイオス朝時代に建設ないし改称された。
⇒ナウクラティス
Strab. 16-770, 17-811～, -813/ Plin. N. H. 5-5, -11/ Cic. Fam. 1-7/ Ptol. Geog. 1-1, -4, -15, 4-5, 8-16/ Liv. 17/ Flor. 2-2/ Peripl. Mar. Eryth. 3/ Ael. N. A. 10-24/ Phot./ etc.

❸（別名）Tolmeitha, Tolmetha, Tolme(i)ta, Tolometa,（現・Addirsiyah）

キューレーナイカ*地方北岸の港湾都市。プトレマイオス 3 世*（位・前 246～前 221）によってバルケー*市の外港として再建され、プトレマーイスと名づけられた（バルケー市民による創建は前 7～前 6 世紀頃）。キューレーナイカのペンタポリス*の 1 市。前 96 年にローマの支配下に入り、その後も繁栄を続けたが、後 365 年の震災で甚大な被害を受け、以来しだいに衰頽。東ローマの史家プロコピオス*の頃には無人の廃墟と化していた。今日、地下の貯水槽や、大理石の列柱街路、凱旋門、アゴラー*、フォルム*、劇場（テアートロン*）、円形闘技場（アンピテアートルム*）、上水道（アクァエドゥクトゥス*）、モザイク舗床のある家屋、道交する道路網など、ヘレニズム・ローマ時代の遺跡を見ることが出来る。
Strab. 17-837/ Plin. N. H. 5-5/ etc.

プニクス　Pnyx
⇒プニュクス

プニュクス　Pnyks, Πνύξ, Pnyx,（伊）Pnice（現・Pníka, Πνίκα, Pníx）アテーナイ*のアクロポリス*西南方の丘。大神ゼウス*の聖域とされ、クレイステネース*の頃（前 507）から民会（エックレーシアー*）の議場として用いられたが、のち会場はアクロポリス南麓のディオニューソス*劇場に移された。今日も演壇 bema に使われた岩と半円形の民会場の遺構を見ることができる。ペロポンネーソス戦争*（前 431～前 404）後に成立した三十人僭主*は、「海上支配は民主政を産み出すが、内陸の農民は少数者支配に対して柔順だ」と称して、この演壇の向きを陸の方へ変えたという。
⇒アレイオス・パゴス、リュカベーットス
Ar. Eq. 165/ Thuc. 8-97/ Plut. Them. 19/ Dem./ etc.

ブーバスティス　Bubastis, Βούβαστις,（古代エジプト名）バスト Bast, バステト Bastet < Bʼśt·t, Ban-en-Aset, Ubasti, Pasht, Bastit,（露）Бacт（Бубастис）

エジプトの古都メンピス*の北およそ 40 マイルに位置する町ブーバスティス（またはブーバストス Bubastos,（古エジプト語）Per-Bast,（古ヘブライ語）Phi-Beseth, 現・Tell-Basta）市の女神。猫頭人身でバスティス Bastis とも呼ばれ、ギリシアの女神アルテミス*と同一視される。オシーリス*とイーシス*の娘で、ブーバスティス市に壮麗な神殿を有し、ヘーロドトス*の時代には、エジプトで最も盛大な祭礼がここで開かれ、各地から 70 万もの人々が参集、淫靡な歌舞や途方もない量の葡萄酒を消費する無礼講が繰り広げられた。メンピス*、ヘーリオポリス*、テーベー❷*など他の諸市でも崇拝されており、女神の聖獣たる猫の遺体は木乃伊として防腐処置を施され豪華に埋葬された。ギリシア神話中、巨竜テューポーン*がオリュンポス*の神々を襲った時、アルテミスは猫に変身してエジプトへ逃れ、ブーバスティス市に身を隠したという。時に彼女はアヌービス*の母とされることがある。
Herodot. 2-59～, -67, -137～138, -156/ Ov. Met 5-329, 9-691/ Ant. Lib. Met. 28/ Joseph. J. A. 13-3/ Diod. 16-51/ Strab. 17-805/ Plin. N. H. 5-9/ Ptol. Geog. 4-5/ Euseb. Chron./ Steph. Byz./ etc.

プピエーヌス・マクシムス　Marcus Clodius Pupienus Maximus，(仏) Pupien Maxime, Maxime Pupien，(伊) Pupieno Massimo，(西) Pupieno Maximo

(後164／178頃〜後238年7月29日(実際は5月上旬頃))ローマ皇帝(在位・238年4月22日(実際は2月上旬頃)〜7月29日(実際は5月上旬頃))。微賤より身を起こし——鍛冶屋ないし馬車作りの子という——、個人的才幹によって顕職に上る(執政官、属州総督、首都長官を歴任)。238年アーフリカでゴルディアーヌス1世*・2世*父子両帝が敗死するに及んで、急遽ローマ元老院によりバルビーヌス*とともに皇帝に選ばれる。軍事を管掌したプピエーヌスは、南進するマクシミーヌス・トラークス*を阻止するべく出陣するが、マクシミーヌスが自らの兇暴さがたたって部下に斬殺されたため、ローマへ帰還・凱旋した(5月頃)。しかし秩序回復に努めたのも束の間、反乱を起こした近衛軍によって宮殿から引きずり出され、バルビーヌスともども裸で街路を引き廻され惨虐な拷責を受けた末、膾斬りにされて果てた(在位3ヵ月、また99日間とも)。両帝のバラバラになった遺骸は路上に放置され、乱兵は新たに少年ゴルディアーヌス3世*を帝位に推戴した。

プピエーヌスは厳格・公正な人物で、学問は身につけていなかったものの、約60歳(異説では74歳)で即位するまで、サルマタイ*人およびゲルマーニア*人討伐などで武功を挙げ、軍人として高く評価されていた。ところが登極後ほどなく、貴族身分の共治帝バルビーヌスとの間に隔意が生じ、互いの嫉視反目から両者は近衛兵の乱にも協力することなく、無用の猜疑心から屈辱的な最期を迎えるに至ったとされる。伝えるところでは、長身で健康に恵まれ食欲も旺盛だったが、酒はほとんど嗜まず、禁欲的なまでに情事を控え、いつも重々しく気難しい顔つきをしていたので、「陰鬱者 Tristis」と渾名されていたという。

Herodian. 7〜8/ S. H. A. Max. et Balb., Gordian./ Zonar. 12-17/ Aur. Vict. Caes. 27/ Zosimus 1-16/ etc.

プーブリカーニー　Publicani (〈単〉プーブリカーヌス Publicanus)，(英) Publicans，(仏) Publicains，(独) Publikanen，(西) Publicanos，(ギ) Τελῶναι, Δημοσιῶναι

ローマの徴税請負人。属州における税の徴収を国家に対して請け負った富裕な騎士身分(エクィテース*)の人々で、税の名を藉りて属州を搾取し、国家には契約した額だけ納め、残った分でせっせと私腹を肥やしていた。また公共土木事業も請け負い、仲間うちで組合ないし会社というべき組織 societates publicanorum を結成、多くは属州統治の役人と結託して莫大な財産を築いた。ティベリウス*(在位・後14〜37)帝の治世に、地租と財産税の徴収権を奪われ、以来ローマの属州は経済的に発展していった。徴税請負人の冷酷無情さを知った若きネロー*帝が、すべての間接税を廃止するよう提案した話は有名(後58)。

Suet. Iul. 20/ Cic. Planc. 9 (23), Leg. Man. 6, Verr. 3-39/ Tac. Ann. 4-6, 13-50〜/ Dio Cass. 38-7/ Liv. 24-18/ Val. Max. 6-9/ Dig./ etc.

プーブリコラ、プーブリウス・ウァレリウス

Publius Valerius Publicola，またはポプリコラ Poplicola，(ギ) ポプリコラース Poplikolās, Πόπλιος Οὐαλλέριος Ποπλικόλας，(伊) Publio Valerio Publicola，(西) Publio Valerio Publícola，(露) Публий Валерий Публикола

(前6世紀末に活躍)伝説的なローマの政治家。L. ブルートゥス*を援けて王政打倒に尽力し、前509年ローマ最初の執政官職に選ばれる(ただしコッラーティーヌス*の後任として)。ローマ最後の王タルクィニウス・スペルブス*の復位を狙うエトルーリア*軍と戦って凱旋式を挙行し、ブルートゥス亡きあとの相役執政官にルクレーティウス Lucretius (貞女ルクレーティア*の父)を任命、平民(プレーベース*)からも元老院議員を増補したほか、民衆の権利を擁護する法律を定め、自らの大きな館を破却して市民の嫉視を避けたため、プーブリコラあるいはポプリコラ(「民衆の友、民衆の世話をする人」)という副名で呼ばれた。4回執政官となり(前509、前508、前507、前504)、2度凱旋式を挙げたのち死去、国費で市内に埋葬され、女たちは1年間の喪に服したという(前503)。

一説にエトルーリア王ポルセンナ*の人質になったけれど、ティベリス*(現・テーヴェレ)河を泳ぎ渡ってローマに戻った勇婦は、プーブリコラの娘ウァレリア Valeria であったと伝えられる(⇒クロエリア)。

Plut. Publ./ Liv. 1-58〜2-16/ Flor. 1-9/ Cic. Rep. 2-31/ Dion. Hal. 4-67, 5-12, -20〜/ etc.

プーブリリウス・シュルス　Publilius Syrus，(伊) Publilio Siro，(西) Publi(li)o Sir(i)o，(葡) Públi(li)o Sir(i)o，(露) Публий Сир

(前1世紀)ローマ共和政末期の物真似劇 mimus 作家。シュリアー*のおそらくアンティオケイア❶*出身で、前1世紀中葉に奴隷としてローマへ連れて来られた(⇒M. マーニーリウス)。その優れた才能ゆえに解放され、俳優としてイタリア中で活躍し、特に人心の機微を捉える鋭い機智とたくみな即興ゆえに大いに人気を博した。前45年には独裁官カエサル*の要請で、騎士身分の老大家 D. ラベリウス*と舞台において競演し、勝利を獲得(10月)。彼の作品は大セネカ❶*やペトローニウス*からも賞讃され、のちには教科書としても用いられた。今日、アルファベット順に並べられた722にものぼる格言的な台詞集 Publilii Syri Sententiae が伝存するが、偽作も多く混入している。金言集の中では、「過度の論争において真理は失われる」「結果が手段を正当化する」「よき評判は第2の相続財産である」といった教訓的な句がよく知られている。

なお帝政期に入るとミームス劇は時代の好尚に応じて、信じ難いほど淫猥で露骨な刺激的見世物に変貌し、姦通は迫真的に演じられ、また死刑の場面では俳優の代わりに

囚人を使って本物の処刑を見せ、観客の期待に応えることもあったという。演技では台詞まわしよりも舞踊の要素・所作事が重視されるようになり、アウグストゥス*（在位・前27〜後14）の時代には無言劇たるパントミームス pantomimus がこのミームスから分かれ、やがてミームスを凌駕するまでに発展していった。
Sen. Controv. 7-3/ Gell. N. A. 17-14/ Hieron. Ep. 107, 128/ Plin. N. H. 35-58/ Macrob. Sat. 2-7/ Sen. Ep. Mor. 8-9〜10/ Petron. Satyr. 55/ etc.

ピュルリス Phyllis
⇒ピュッリス

ピューレー Phyle
⇒ピューレー

プラアーテース Phraates, Φραάτης,（仏）Phraatès,（伊）Fraate,（西）（葡）Fraates,（露）Фраат
パルティアー*の帝王名。巻末系図068〜071を参照
❶プラアーテース1世　Ph. I
⇒アルサケース5世
❷プラアーテース2世　Ph. II
⇒アルサケース7世
❸プラアーテース3世　Ph. III
⇒アルサケース12世
❹プラアーテース4世　Ph. IV
⇒アルサケース15世
❺プラアーテース5世　Ph. V　プラアータケース Phraatakes
⇒アルサケース16世
❻プラアーテース6世　Ph. VI（?〜後35）❹の末子。半世紀近くをローマで人質として過ごし、のちティベリウス*帝によって、アルタバーノス3世*（アルサケース19世*）に対抗するべくパルティアー*へ送り出されるが、シュリア*で急死した。
⇒ティーリダテース3世
Tac. Ann. 6-31〜32/ Dio Cass. 58-26/ etc.

プライアム Priam
⇒プリアモス*王（の英語形）

フラーウィア・ユーリア Flavia Julia
⇒ユーリア❾

フラーウィウス・クレーメーンス Flavius Clemens
⇒クレーメーンス、フラーウィウス

フラーウィウス氏 Gens Flavia〔←Flavius〕,（ギ）Phlāuios, Φλάουιος, Φλάυιος,（独）Flavier,（西）Flavios,（露）Флавии
ローマのプレーベース*（平民）系の氏族名。サビーニー*の出自と考えられ、共和政時代にフィンブリア*その他の家系が知られるが、後1世紀後半にウェスパシアーヌス*がフラーウィウス朝（69〜96）を開いて以来、帝室の家柄として有名になる。3世紀末以降は、コーンスタンティウス1世*（コーンスタンティーヌス大帝*の父）以来一連の皇帝たちが、フラーウィウスの家名 cognomen を称しており、さらにスティリコー*やリーキメル*ら異民族系の功臣、また東ゴート*のテオドリークス*、西ゴート*王家のごとき異民族の首長、なお降ってはカロリング朝フランクのカール大帝 Carolus Magnus までもがフラーウィウスの名を帯びるに至っている。
⇒ティトゥス、ドミティアーヌス、サビーヌス
Suet. Vesp. 1/ Liv. 9-46〜/ Cic./ Joseph./ Tac./ Plin./ Dio Cass./ etc.

プラウティア・ウルグラーニッラ Plautia Urgulanilla
⇒ウルグラーニッラ、プラウティア

プラウティア・ウルグラーニルラ Plautia Urgulanilla
⇒ウルグラーニッラ、プラウティア

プラウティアーヌス Gaius Fulvius Plautianus,（ギ）Plautianos, Πλαυτιανός,（英）（独）Plautian,（仏）Plautien,（伊）Plauziano,（西）Plauciano
（後150頃〜205年1月22日）ローマ皇帝セプティミウス・セウェールス*の権臣。セウェールス帝と同じくアーフリカ*のレプティス・マグナ*出身で、帝の母方の親戚かと思われる。少年時代から帝の男色相手を務め、寵用されて巨大な権力と富を与えられ、近衛軍司令官（197〜205）・執政官コーンスル*（203）に就任。娘プラウティッラ* Publia Fulvia Plautilla をカラカッラ*（セウェールス帝の長男）に嫁がせ（202）、彼女の入輿に多数の宦官を随伴させてやるため百名ものローマ貴族に去勢手術を強いた。国政を壟断し残虐の限りを尽くしたが、女婿カラカッラの憎しみを買い、205年セウェールスとカラカッラの暗殺を謀った罪状で処刑され、死骸を路上に投げ棄てられた。女皇アウグスタ*の尊称を贈られていた娘プラウティッラは兄弟とともに島流しにされ、虐待を受けたのち、カラカッラの命令で殺された（212）。彼女は驕慢な淫婦だったといい、夫から同衾を拒まれたにもかかわらず、1男（夭折）1女（母の腕の中でカラカッラに殺される）を産んだと伝えられる。
⇒巻末系図103
Dio Cass. 75-14〜16, 76-2〜9, 77-1/ Herodian. 3-10, -13, 4-6/ S. H. A. Sev. 6, 14/ etc.

プラウティウス、アウルス Aulus Plautius,（ギ）Plautios, Αὖλος Πλαύτιος,（伊）Aulo Plauzio,（西）Aulo Plaucio
（後1世紀）ローマの将軍、総督。29年度の補欠執政官コーンスル*。パンノニア*の総督だった43年、クラウディウス*帝によりブリタンニア*（大ブリテン島）遠征の総司令官に任命さ

れ、ローマに召還される47年までの間、初代ブリタンニア総督（在職・43〜47）として同地に留まり、数回にわたる戦争で島の南部一帯を平定（⇒カラタクス、ウェスパシアーヌス）。帰国後、皇族以外では異例の略式凱旋式 ovatio を認められ、カピトーリウム*参詣の際には皇帝本人が彼と並んで歩くという非常な栄誉を与えられた（クラウディウス自身、43年から44年にかけてブリタンニアへ親征しているが、陣頭指揮したのは16日間に過ぎず、実際上の立役者はプラウティウスであった。また、これが皇帝以外のローマ市民に与えられた最後の略式凱旋式となる）。57年、妻のポンポーニア・グラエキーナ Pomponia Graecina が異教の迷信（ユダヤ教ないしキリスト教か）に陥っているとして告発された時、古い慣例に従って妻の親戚の前で審理を行ない、彼女を無罪と認定した。なお、帝位をうかがった嫌疑でネロー帝*に強姦されてから殺されたアウルス・プラウティウスなる若者は、将軍の息子ないし親族と考えられる。同じくネローにより C. ピーソー*の陰謀 (65) に加わった廉で斬首されたプラウティウス・ラテラーヌス Plautius Lateranus (？〜65。同年の予定執政官) は、将軍の甥に当たる人物で、かつてメッサーリーナ❶*（クラウディウスの后）の数多い情夫の1人だったことでも知られる。ラテラーヌスがカエリウス丘*に所有していた豪邸は、後にコーンスタンティーヌス1世*（大帝）からローマ司教に与えられたと伝えられ（⇒ファウスタ）、以来永く「教皇座所」として使用された（ラテラーヌス宮 Palatium Lateranense,〈伊〉Palazzo del Laterano. 現・サン・ジョヴァンニ・イン・ラテラーノ San Giovanni in Laterano 周辺）。

Dio Cass. 60-19〜21, -30/ Suet. Claud. 24, Ner. 35, Vesp. 4/ Tac. Ann. 11-30, -36, 13-11, -32, 15-49, -60, Agr. 14/ Arr. Epic. Diss. 1-1/ Juv. 8-140, 10-15〜/ etc.

プラウティウス・シルウァーヌス、マールクス Marcus Plautius Silvanus,（ギ）Plautios Silūānos, Μάρκος Πλαύτιος Σιλουανός,（伊）Marco Plauzio Silvano,（西）Marco Plaucio Silvano

（前35頃〜後9以降）ローマ帝政初期の将軍。前2年の執政官（コーンスル）を経てアシア*の属州総督 Proconsul（後4〜5）。次いでガラティア*州総督となってイサウリア*の山岳民の平定にあたった。アウグストゥス*時代にティベリウス*（後の皇帝）の指揮下、パンノニア*およびダルマティア*の反乱 Bellum Batonianum 鎮圧に活躍し (6〜9)、凱旋式顕章を贈られた (9)。彼の母ウルグラーニア Urgulania は、アウグストゥスの后リーウィア❶*（リーウィア・ドルーシッラ*）の友人で、非常な権勢をふるった。また彼の息子プラウティウス・シルウァーヌス Plautius Silvanus (24の法務官プラエトル) は、先妻の盛った媚薬や呪詛で発狂し、後妻を窓から突き落として殺害、法廷に召喚される前に祖母ウルグラーニアから短剣を送られたので、血管を開いて自殺した (24)。娘のウルグラーニッラ*はクラウディウス*（後の皇帝）に嫁ぐが、のち離別される。なお養子のティベリウス・プラウティウス・アエリアーヌス Ti. Plautius Silvanus Aelianus（実父は後3年の執政官 L. アエリウス・ラミア Aelius Lamia）は、2度の執政官職 (45と74) や凱旋式顕章、首都長官職を与えられた能将である。

プラウティウス氏 Gens Plautia は前4世紀半頃から執政官を出し、とりわけ共和政末期に著しく台頭したローマの名門氏族。前88年の護民官（トリブーヌス・プレービス*）となったマールクス・プラウティウス・シルウァーヌス M. Plautius Silvanus は、同僚のカルボー*とともに、イタリアの全同盟市市民にローマ市民権を賦与する法律 Lex Plautia Papiria を提議通過させ、それまで元老院議員に独占されていた刑事法廷に騎士身分（エクィテース*）の者を陪審裁判官として送り込むことに成功している。また前52年度の執政官職に立候補したプーブリウス・プラウティウス・ヒュプサエウス P. Plautius Hypsaeus (前58年の高等造営官) は、ポンペイユス*の部下として活躍したが、執政官選挙をめぐって騒擾を起こしたためポンペイユスに見放されて断罪された野心家である（前52）。

⇒本文系図94

Vell. Pat. 2-112/ Dio Cass. 55-34, 56-12/ Tac. Ann. 2-34, 4-21〜22, Hist. 4-53/ Cic. Att. 3-8, Arch, 4, Flac. 9, Fam. 1-1/ Joseph. J. A. 14-220/ etc.

プラウティッラ Publia Fulvia Plautilla,（ギ）Plautillā, Πλαυτίλλα,（西）Plautila

（ローマ皇帝カラカッラ*の妻）

⇒プラウティアーヌス

プラウトゥス Titus Maccius Plautus,（ギ）Plautos, Πλαῦτος,（仏）Plaute,（伊）（西）（葡）Plauto,（露）Плавт

（前254頃〜前184）ローマ共和政期を代表する喜劇詩人。イタリア中部ウンブリア*地方のサルシナ*の出身。家は貧しく、少年の頃ローマへ来たり、舞台大工・俳優・一座の監督など演劇関係の仕事に従事、一時は相当の財を成したが、投資に失敗してパン屋の粉挽職人となり、収入を補うべく劇作を始めたという。他のラテン劇作家と同様、ギリシアで流行したメナンドロス*やピレーモーン*、ディーピロス*らの新喜劇を翻案ないし改作し、そこにローマ人の生活・習慣の要素もとり入れて独自の作風を開拓、大いに人気を博し、その作品は死後も永く── ディオクレーティアーヌス*帝（在位・後284〜305）の治下にもなお ── 上演され続けた。生涯に130篇もの喜劇を作ったといわ

系図317　プラウティウス、アウルス

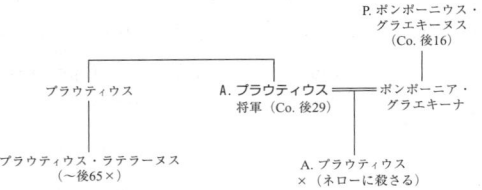

れるが、前1世紀の碩学ウァッロー*はそのうち21篇のみを真作と認め、現在それらが伝存している。題名のアルファベット順に列挙すると，以下の通りである。

1. 『アンピトルオー Amphitruo』（⇒アンピトリュオーン）
2. 『驢馬物語 Asinaria』——「人は人に対して狼である Lupus est homo homini」の名文句が名高い——
3. 『黄金の壺（小鍋）Aulularia』
4. 『バッキデース（バッキス姉妹）Bacchides』
5. 『捕虜 Captivi』
6. 『カシナ Casina』
7. 『手箱（小箱の話）Cistellaria』
8. 『クルクリオー（穀象虫）Curcurio』
9. 『エピディクス Epidicus』
10. 『メナエクミー（メナエクムス兄弟）Menaechmi』
11. 『商人 Mercator』
12. 『法螺吹き兵士 Miles Gloriosus』
13. 『幽霊屋敷 Mostellaria』
14. 『ペルシア人 Persa』
15. 『小カルターゴー人 Poenulus』
16. 『プセウドルス（ぺてん師）Pseudolus』（前191初演）
17. 『綱曳き（大綱）Rudens』
18. 『スティクス Stichus』（前200初演）
19. 『三文銭（3つの銭貨）Trinummus』
20. 『トルクレントゥス（無骨者）Truculentus』
21. 『旅行鞄 Vidularia』（100行足らずのみ存ず）

内容は雑多で喜劇の各種を網羅し、ギリシア神話をもじって好色な大神ユーピテル*に笑いを向けた『アンピトルオー』（英雄ヘーラクレース*の誕生を扱った悲喜劇）や、自分の爪の切り屑を集めている守銭奴を諷刺した『黄金の壺』、誘拐された息子との奇蹟的な邂逅を描く人情劇『捕虜』、双子を見分ける取り違えの喜劇『メナエクミー』、大言壮語する好色で臆病な隊長をからかった『法螺吹き兵士』などが有名。プラウトゥスは日常会話に近い口語的なラテン語を駆使してたくみに人物の性格を描写し、諧謔に富んだ陽気な洒落や騒々しい猥雑さで観客を心から楽しませた。「もし文芸の女神ムーサたち*（ムーサイ*）がラテン語を話すことを望んだなら、プラウトゥスの言葉を話したであろう」とウァッローから評価され、その作風はシェイクスピアやモリエール、ベン・ジョンソン、ドライデン、レッシングら近世ヨーロッパの文学者に大きな影響を及ぼした。プラウトゥス自作と伝える墓碑銘にはこう記されていたという――「プラウトゥスの死後、喜劇は嘆き、劇場はさびれ、そして笑いも戯れも、韻文も散文も、すべてがこぞって涙した」。
⇒テレンティウス、エンニウス、アッキウス、カエキリウス・スターティウス

Gell. N. A. 1-24, 3-3, 7-17/ Quint. Inst. 10-1/ Cic. Brut. 15 (60), Sen. 14(50), Off. 1-1, De Or. 3-12/ Hor. Epist. 2-1, Ars P. 54, 270/ Augustin. De civ. D. 2-9/ Suet./ etc.

プラウトゥス、ガーイウス・ルベッリウス
　　C. Rubellius Plautus
⇒ルベッリウス・プラウトゥス

ブラウローン　Brauron, Βραυρών,（仏）（伊）Braurone,（西）Braurón

（現・Vravróna）ギリシアのアッティケー*（アッティカ*）地方東岸の町。女神アルテミス*の神域で名高く、アガメムノーン*の娘イーピゲネイア*が黒海北岸の地タウリケー*からもたらしたという女神像はこの内部に安置されていた。一説にイーピゲネイアはブラウローンで生贄に捧げられたといい、この地に埋葬されていると信じられていた（⇒アウリス）。毎年ブラウローニア Brauronia 祭が開かれ、黄色い衣をまとった少女たちによる"熊 arktoi（アルクトイ）（アルミテスの神獣）"の舞踏儀礼 arkteia が催されたことで知られる。前3世紀の末頃には神域は洪水で埋没して使用されなくなり、今日ではアルカイック期の神殿（前6世紀～前5世紀初）や、中庭に面して宴会室の並ぶ列柱館（ストアー*）など古典期の建物（前5世紀）、「イーピゲネイアの墓」と呼ばれる遺構、鏡その他の奉納品が発掘されている。ブラウローン出土の壺には、少女たちが「熊のダンス」をしたり、全裸で競走したりしている情景が描かれていて興味深い。

Paus. 1-23, -33, 3-16/ Herodot. 4-145, 6-138/ Ar. Lys. 645～646/ Eur. I. T. 1450～, 1462/ Hymn. Hom. Diana 173/ Nonnus 13-186/ Strab. 9-399/ Steph. Byz./ Phot./ etc.

プラエテクスタートゥス　Vettius (Viventius) Agorius Praetextatus,（伊）Vettio Agorio Pretestato,（西）Vetio Agorio Pretextato

（後310／320頃／後384）ローマの元老院身分に生まれた有力者。学識豊富・人格高潔な異教徒（非キリスト教徒）で、その徳性と愛国心のゆえに万人の尊敬をかち得る。シュンマクス*の友人。マクロビウス*の『サートゥルナーリア』は、彼の主催で開かれた高名な文人たちの知的対談集という体裁をとっており、古代末期の著名な知識人が集う文化サークルの雰囲気を想像するに当たってよい助けとなる。顕職を歴任し、ローマ市長官の時にはリーベリウス*没後の司教職をめぐってキリスト教徒たちが殺し合いを始めたのでやむなく介入、ダマッス1世*をローマ司教（37代「教皇」。在任・366～384）とした（366年10月1日）。この折彼はダマッスに「いっそ私を教皇にしなさい。ならば私はすぐさまキリスト教徒になりましょう」と言ったという。家庭人としても非の打ち所がなく、同じく貴族出身の妻パウリーナ Aconia Fabia Paulina と40年にわたる充実した夫婦生活ののち、385年度の執政官（コーンスル*）に選ばれた年に死んだ。
⇒セルウィウス、アウィエーヌス

Amm. Marc. 22-7, 27-9, 28-1/ Zosimus 4-3/ Macrob. Sat./ Julian. Ep. 35/ Hieron. Ep. 23/ Symmachus Epist. 1-44～, 10-26/ etc.

プラエトーリアーニー（近衛軍）　Praetoriani, （英）Praetorians, （仏）Prétoriens, （独）Prätorianer, （伊）Pretoriani, （西）Pretorianos

　ローマ帝政期に首都ローマに駐屯した皇帝の護衛隊。「近衛軍団」、「近衛隊」など様々に訳される。共和政後期から将軍たちは、個人的な親衛隊を擁していたが、前27年アウグストゥス*はイタリア保護のため、9箇大隊からなる近衛大隊 Praetōriae cohortēs（各大隊千人で、他に騎兵中隊が附属）を創設、前2年以降は騎士身分*の2名の近衛長官（近衛軍司令官 Praefectus Praetōriō）にその指揮を委ねた。主に中部イタリアで集められた近衛兵は、その後もイタリア出身者が大半を占め、給与・除隊金・兵役期間などの勤務条件の点でも一般の軍団兵より優遇された。最初はイタリア各地に分散配備されていたが、後23年セイヤーヌス*によってローマ市北東部の兵営 castra praetōria に集められて以来、皇帝の親衛隊的性格を強め、ついに帝位を左右するほどの勢力をもつに至る（⇒マクロー、ブルス、ディーディウス・ユーリアーヌス、ニュンピディウス）。またカリグラ*をはじめ、ガルバ*、ペルティナークス*、カラカッラ*、エラガバルス*その他、多くの皇帝が、自らの近衛軍に暗殺されて果てている。セプティミウス・セウェールス*（在位・193〜211）は帝位を競売にかけるまでに堕落した近衛軍を解散すると、各地の軍団から選抜した兵士1万5千人による新たな近衛軍を組織。しかし、新近衛軍も間もなく皇帝の廃立に大きく介入するようになり、後312年コーンスタンティーヌス1世*の命で、他の首都駐留軍とともに廃絶された。

　なお近衛隊以外に、皇帝およびカエサル*家の身辺を警護するゲルマーニア*人の護衛兵団 Germānī corporis custōdēs がいたことも知られている（ガルバ帝（在位・68〜69）により解散）。

　共和政期にスキーピオー・小アーフリカーヌス*（小スキーピオー*）がヌマンティア*攻略に際して5百人の私的な一隊を組織したこと（前138）が、その後、筆頭の将軍（最高司令官 インペラートル*）に所属した親衛大隊（司令官付大隊 Praetōria cohors）の先例をなしたとされている。

⇒プラエフェクトゥス❷

Suet. Aug. 49, Tib. 37, Vesp. 6/ Tac. Ann. 1-24, 4-2, -5, 6-3, Hist. 1-74, 2-44/ Dio Cass. 55-10, 57-4, 70-11, 74-1〜/ Plin. N. H. 6-35, 9-5/ Aur. Vict. Epit. 10/ etc.

プラエトル（法務官）　Praetor, （ギ）Praitōr, Πραίτωρ, Stratēgos, Στρατηγός, （英）Pretor, Praetor, （仏）Préteur, （独）Prätor, Prätur, （伊）Pretore, （西）（葡）Pretor, （露）Претор

　ローマで執政官*に次ぐ最高行政官。プラエトルは元来執政官*の正式の称号だったが、前367年リキニウス・セクスティウス法*によって2名の執政官より下位のプラエトル職が創設され、前337年からはプレーベース*（平民）も就任できるようになった（⇒Q. プーブリウス・ピロー）。主たる権能は司法行政の管理で、任期1年。定員はもと1名に過ぎなかったが、前242年頃2名となり、従来のプラエトルが市民係法務官 P. Urbanus（ローマ市民間の係争を司る最高裁判官職）、新設のプラエトルは外国人係法務官 P. Peregrinus（外国人をも含めた裁判を司る役職）と称された。前241年以来、時折 属州 プロウィンキア*の統治を委ねられ、後には執政官と同じく任期の翌年にはプロープラエトル Propraetor（前法務官）として文武の大権 imperium インペリウムを保持したまま属州総督に赴任するようになった。前227年に4名、前197年には6名に増員され、スッラ*の時代からは8名、さらにカエサル*はそれを10名から14名、ついには16名に増やした。のちにアウグストゥス*が12名に削減、帝政初期は通例これが定数となるが、ネルウァ*帝（在位・後96〜98）は再び増員して18名とした。彼らは先駆警吏（リークトル*）6名を伴い、もっぱら司法事務を担当し、陪審法廷の裁判長を務めた。国務長官と訳されることもある。毎年民会（コミティア*）で選出され、最多得票者が市民係法務官に就任したが、帝政期に入ると急速に栄誉職と化し、市民に娯楽競技を提供するのがその重要な職務となった。

⇒マギストラートゥス、クルスス・ホノールム

Cic. Amic. 25, Brut. 93, Mur. 20, Pis. 1, Leg. 3-3/ Suet. Iul. 14〜, Tib. 33/ Plut. Cic. 9, Brut. 7/ Liv. 3-55, 6-42, 7-5〜/ Vell. Pat. 2-89/ Dio Cass. 42-51, 43-47, 53-32, 56-25/ S. H. A. Marc. Aurel. 10/ etc.

プラエネステ　Praeneste, （ギ）Praineste, Πραίνεστε, （仏）Préneste, （伊）Preneste

　（現・パレストリーナ Palestrina）ラティウム*の古い町。ローマの東南36 kmに位置する。伝承ではテーレゴノス*（オデュッセウス*の子）ないしカエクルス Caeculus（ウルカーヌス*の子）の創建といわれ、遅くとも前7、8世紀にはエトルーリア*文化を享受する都市となっていた。早くから銅・青銅の細工職人が多く、甲冑の製作に優れていたことで有名。ラティウム同盟*の強力な一員として、ローマとしばしば戦闘を交え、前338年ついに屈服、領土を奪われ、ローマの盟邦都市となる。同盟市戦争*中の前90年、ローマ市民権を認められ、自治都市 ムーニキピウム*となるが、前82年、この町に逃げ込んだ小マリウス*を匿ったため、スッラ*の軍勢に包囲され劫掠を受けた。近くに退役軍人用の植民市 コロニア*が建設され、帝政期には洒落た別荘地として、また薔薇や堅果の産地として知られた。運命の女神フォルトゥーナ*・プリーミゲニア Fortuna Primigenia の大神殿があり、ここでは籤引きによる託宣が下されていた。この高名な神託所は、ヌメリウス・スッフキウス Numerius Suffucius なる人物が、夢告に従って設立したとされ、祭司の代わりに子供が籤 sortes を引いたという。伝説上の名祖は、ラティーヌス*の息子プラエネストゥス Praenestus。

　壮麗なフォルトゥーナ大神殿をはじめ、フォルム*、列柱廊、モザイク舗床、劇場、墓地などの遺構が発掘されており、近郊には「ハドリアーヌス*帝の別荘」と称される建造物が見られる。

Strab. 5-238/ Verg. Aen. 7-678/ Liv. 2-19, 3-8, 6-21, -22,

-26〜, 8-12〜, 23-19〜/ Diod. 16-45/ App. B. Civ. 1-65, -87〜/ Cic. Div. 2-41〜/ Polyb. 6-14/ Solin. 2-9/ Dio Cass. 48-10/ Plin. N. H. 3-5/ Dion. Hal. 5-61/ Plut. Mar. 46, Sull. 28〜/ Vell. Pat. 2-26〜/ etc.

プラエフェクトゥス　Praefectus,（ギ）Eparkhos, Ἔπαρχος,（英）Prefect,（仏）Préfet,（独）Präfekt,（伊）Prefetto,（西）Prefect,（露）Префект

ローマの各種長官職。

❶騎兵長官 Praefectus Equitum

共和政期の騎兵隊指揮官。帝政期には騎士身分（エクィテース*）の将校職となり、次第に元老院身分の軍団長にとってかわった。この職にある者は時に援軍 Auxilia の騎兵大隊長や歩兵大隊長などを務めた。

共和政期に独裁官（ディクタートル*）によりその副司令官として任命された騎兵総督 Magister Equitum とは別の役職である。

❷近衛軍司令官 Praefectus Praetōriō

アウグストゥス*によって創設された近衛軍の長官（前2年）で、騎士身分（エクィテース*）の極官。皇帝の廃立を左右するほどの勢力をふるったが、後312年、コーンスタンティーヌス1世*の命で廃止され、以来ローマ帝国の4属州行政区 praefectūra の民政を司る近衛都督（ないし民政都督）の称号として用いられた（⇒プラエトーリアーニー）。

❸首都長官 Praefectus Urbī, Praefectus Urbānus, Praefectus Urbis

元来はラティウム*祭などで王（のちには執政官（コーンスル*）ら）が不在の間、都ローマの政務を代行した長官職。帝政期には首都駐留軍 Cohortēs Urbānae を指揮してローマ市の警備に当たる元老院身分の都警長官の称となる。後359年以降は新都コーンスタンティーノポリス*にも置かれた。

❹消防隊長官 Praefectus Vigilum

後6年、アウグストゥス*によって創設された消防隊（夜警隊）Vigilēs を指揮する騎士身分（エクィテース*）の長官職。

❺食管長 Praefectus Annōnae

ローマ市民に穀物を無料で配給する職責を帯びた騎士身分（エクィテース*）の長官職（⇒アエディーリス）。配給を受ける有資格者の数は、前46年カエサル*によって32万人から15万人に減らされたが、前4年にはアウグストゥス*によって20万人に増加され、以後もこの数が維持された。

❻国庫管理長官 Praefectus Aerāriī

前28年、アウグストゥス*によって設けられた国庫（アエラーリウム*）を管理する役職。

❼エジプト領事 Praefectus Aegyptī

アウグストゥス*のエジプト征服（前30）後、皇帝の直轄領たるこの地を統治するべく派遣された属州総督相当職。近衛軍司令官に次ぐ騎士身分（エクィテース*）第2の高職。

⇒クーラートル、トリブーヌス

Varro Rust. 1/ Caes./ Cic./ Liv./ Plin./ Tac./ Suet./ Dio Cass./ Cod. Theod./ Cod. Iust./ Flor./ Dig./ S. H. A./ Cassiod./ Dion. Hal./ etc.

プラオルテース　Phraortes, Φραόρτης,（仏）Phraortès,（伊）Fraorte,（西）（葡）Fraortes,（露）Фраорт,（エラム語）Pirumartiš,（バビュローニアー*語）Parumartiš

古代ペルシア語では、Khshathrita（のち Fravartish, Fravartiš, Frawartiš）。メーディアー*王（在位・前655頃〜前633頃）。デーイオケース*の子（⇒巻末系図025）。父のあとを継いで即位すると、領土の拡張を志してペルシア*を征服、アジア諸民族を次々に属国にしていったが、ついにアッシュリアー*帝国と衝突し、戦死した。彼を『アヴェスター』の Truteno、また『シャー・ナーメ（王書）』の Feridun と同一視する説もある。

ちなみに後年、アカイメネース朝*ペルシア帝国*の内乱期（前522〜前518頃）に、メーディアー王家の末裔を称するプラオルテースなる人物が反乱を起こしたが、捕らえられて鼻・耳・舌を切断され、両眼を抉り取られたあと、エクバタナ*で絞首刑に処せられている。

⇒キューアクサレース

Herodot. 1-73, -102/ etc.

プラキディア、ガッラ　Galla Placidia

⇒ガッラ・プラキディア

プラークシアース　Praksias, Πραξίας Praxias

（前448頃活躍）アテーナイ*出身の彫刻家。カラミス*の項を参照。

Paus. 10-19-4/ etc.

プラークシッラ　Praksilla, Πράξιλλα, Praxilla,（西）（葡）Praxila

（前5世紀中頃）シキュオーン*出身の女流抒情詩人。神々への讃歌やディーテュランボス（酒神讃歌）（ヒュムノス）、酒宴歌 skolion（スコリオン）など各種の詩歌を作曲した。神話に取材した作品が多く、大神ゼウス*による美少年クリューシッポス*の誘拐や、アポッローン*の美青年カルノス Karnos（またはカルネイオス Karneios）に対する恋情（⇒カルネイア）、美しい若者アドーニス*の横死などを歌ったことが知られている（散逸）。最後の『アドーニス讃歌』で、冥界へ降った美青年が「地上に残してきた物のうち最も美しいものは何か」と問われて「陽光、星々、月。熟した瓜、林檎（りんご）、梨（なし）」と答える一節は、その馬鹿気た台詞（せりふ）で一種の俚諺の如くになったという。

⇒エーリンナ、コリンナ、テレシッラ、ノッシス

Ath. 13-603a, 15-694a, -695c/ Paus. 3-13/ Anth. Pal. 1-157/ Zenobius/ Suda/ etc.

プラークシテレース　Praksiteles, Πραξιτέλης, Praxiteles,（仏）Praxitèle,（伊）Prassitele,（西）Praxíteles,（露）Пракситель,（現ギリシア語）Praksitélis

（前400頃〜前326頃）アテーナイ*出身の彫刻家。後期ク

ラシック美術の巨匠。ペイディアース*が「崇高な様式」を代表するのに対し、彼は古典後期（前4世紀）の「優美な様式」の確立者とされる。彫刻家ケーピソドトス*の子。主としてパロス*島産の大理石を用い、官能的だが気品の高い典雅な神像を次々と制作、数多の都市が彼の作品を得ようとして競い合うほどの名声を博した。コース*島から女神アプロディーテー*の彫像を依頼された時には、全裸と着衣の2体の女神像を造り、コース市民に選ばせたところ、彼らは裸身の女神に憤慨して後者を購入。とすぐさまクニドス*の人々が裸像の方を買い取って神殿に祀り、ビテューニアー*王ニーコメーデース*1世から「その像を引き渡せばクニドスの厖大な国家債務を全額肩代わりしてやろう」という申し出があっても拒絶。この像はクニドスの名を高からしめるほどの世評をかち得、ために旅行者が蝟集したばかりか、ある夜1人の若者が欲情に駆られて女神像を抱擁し、"肉慾的な行為を示すしみ"を残して去ったとさえ伝えられている（ローマ時代の模刻がヴァティカーノ博物館などに所蔵されるが、原作はローマ帝政末期、475年の火災で焼失）。プラークシテレースはギリシア人らしく男女両色を好み、特に名妓プリューネー*（ヘタイラー）との交際は有名で、彼女をモデルとして雇用、その返礼に最高傑作「エロース*像」を贈った――というのも、自分の好きな彫刻を1点選ぶことを許されたプリューネーが、ある日一計を案じて、プラークシテレースに「仕事場が火事よ！」と告げたところ、彼が「では私のエロースを救い出さなければ」と叫んだからである――。のち彼女の故郷テスピアイ*の神域に置かれたこのエロース像は、繊細な夢見るような美青年の姿に表現されており、この作品を一目見るべく地中海の隅々から人々がやって来たといい、エロースの裸像に惚れこんだロドス*の男アルケタース Alketas, Ἀλκέταςは、これと交わってやはり精液の痕を大理石の上に留めたという（ナーポリ考古学博物館などに模刻あり）。その他、プラークシテレースの代表作として、青銅の「サテュロス*」や「アポッローン*・サウロクトノス Sauroktonos, Σαυροκτόνος（蜥蜴を殺すアポッローン）」などの諸像があり、いずれもS字状に体を曲げたしなやかなポーズが共通する（両者ともローマ時代の大理石模刻のみ伝存）。1877年オリュンピアー*のヘーラー*神殿跡から発掘された大理石像「ヘルメース*」（高さ2.13 m。オリンピア考古学博物館蔵）は、その優雅で甘美な洗練された作風からプラークシテレースの真作と見なされて来たが、近年では主に技術上の見地から原作説は疑問視されている。彼の様式は一族の間で伝承されて行ったのみならず、ヘレニズム時代の芸術家たちの間にも永きにわたって大きな影響を及ぼすこととなった（⇒画家ニーキアース）。
⇒リューシッポス、ポリュクレース、スコパース
Plin. N. H. 7-38, 34-19, 35-39, 36-4/ Paus. 1-20, 5-17, 8-9, 9-27, 10-14/ Cic. Verr. 2-4-2(4), Div. 2-21(48)/ Vitr. 7 praef./ Diog. Laert. 5-14/ Quint. 12-10/ Zonar. 14-2/ Lucian. Amor. 13〜/ Ath. 13-585, -591/ Ael. V. H. 9-32/ Strab. 14-23-51/ etc.

プラケンティア Placentia,（ギ）Plakentiā, Πλακεντία,（仏）Plaisance,（西）Plasencia,（葡）Placência
（現・ピアチェンツァ Piacenza,〈エミリア・ロマーニャ方言〉Piasëinsa）ガッリア・キサルピーナ*（ガッリア・キスパダーナ*）の町。パドゥス*（現・ポー）河南岸、トレビア*川との合流点付近に位置する。古くはエトルーリア*人、前400年頃からはボイイー*族らガッリア*（ケルト*）人がこの地に居住した。第2次ポエニー戦争*の勃発した前218年、クレモーナ*と同時に、ローマによってラテン植民市として創建された（伝5月31日）。同市はハンニバル❶*の南進に抵抗し、前200年にはボイイー族に破壊され、リグリア*人の攻撃も受ける（前195）が、すぐに再興され（前194）、以来交通の要衝として重視された（⇒アエミリウス街道）。カエサル*の軍隊が反乱を起こした地（前49）、オトー*の軍隊がウィテッリウス*軍に勝利を収めた合戦地（後69）、またアウレーリアーヌス*帝がマルコマンニー*族に惨敗した地（271）として記憶される。初代皇帝アウグストゥス*時代にローマ植民市（コローニア*）に昇格して永きにわたって栄え、住民は長命のゆえに名高かった。後476年には最後の西ローマ皇帝ロームルス・アウグストゥルス*の父オレステース*が、この町で処刑されている。
　480 m四方の周囲をもつ当初の正方形陣営都市 castrum（カストルム）の痕跡は、現在も町の道路網の配置に、そのまま残されている。
Polyb. 2-17, 3-40, -66/ Liv. 16-25, -56, 21-25, 27-39, 31-10, 34-22, 37-46〜/ App. Hann. 5, 7, B. Civ. 1-92, 2-47/ Dio Cass. 41-26, 48-10/ Suet. Otho 9/ S. H. A. Aurel, 21/ Vell. Pat. 1-14/ Tac. Hist. 2-19/ Cic. Att. 6-9, Pis. 23/ Procop. B. Goth. 3-13-8, -16-3/ Plin. N. H. 7-49-163/ etc.

ブラーシダース Brasidas, Βρασίδας,（伊）Brasida,（西）Brásidas
（前472頃〜前422年10月末頃）スパルター*の名将。ペロポンネーソス戦争*（前431〜前404）前半に活躍。前431年アテーナイ*軍の攻囲するメッセーニアー*のメトーネー* Methone を救い、この戦争で最初の武功者として表彰された。次いでピュロス*攻撃戦にも参加（前425、⇒デーモステネース❶）、翌前424年アテーナイに侵略されたメガラ*の急を救った後、トラーケー*（トラーキアー*）遠征に進発、アンピポリス*その他の諸都市を占領し、アテーナイ勢力の粉砕に努めた（⇒トゥーキューディデース❷）。前422年アンピポリスの奪回を目ざすアテーナイ軍に奇襲をかけて、敵将クレオーン*を敗死させたが、自らも重傷を負い、味方の勝利を知ってから息をひきとった。その後、彼は英雄神 heros（ヘーロース）として祀られ、記念碑や祭礼が営まれたという。

　ブラーシダースはアキッレウス*になぞらえられるほど容姿にも膂力にも恵まれた智勇兼備の能将で、前431／430年には筆頭エポロス*を務め、戦闘ではアテーナイを破り続け、その従属都市を次々に解放し、正義と自由を尊ぶ有徳人としての世評を高めたため、かえってスパルター

本国の要職者（上層部）の嫉妬を買って、戦争の遂行を阻まれてしまうことがあったと伝えられる。また多くのスパルター市民がアテーナイとの妥協的和平に傾いた折には「断固攻勢政策を堅持するべし」と主張して譲らず、ヘイロータイ*（隷属農民）やペロポンネーソス同盟の傭兵からなる軍隊を編成してトラーケーへ北進し（前424秋）、カルキディケー*半島の諸ポリスをアテーナイから離反させることに成功。その戦死後スパルターへやって来たアンピポリスの使節らが「あれ以上に立派な人はスパルターにもいないでしょう」と褒めそやすのを聞いた彼の母親アルギレオーニス Argileonis は、「いえ。ブラーシダースは立派な男ですが、もっと立派なスパルター人がたくさん居ます」と断言したという話も残っている。

Thuc. 2-25〜5-11/ Paus. 3-14/ Diod. 12-43, -62, -67〜68, -72〜74/ Pl. Symp. 221c/ Xen. Hell. 2-3/ Plut. Lys. 2, Lyc. 25, Mor. 190b〜, 219c〜/ Arist. Eth. Nic. 5-7 (1134b)/ Polyaenus 1-38/ etc.

プラタイアイ　Plataiai, Πλαταιαί, Plataeae, または、プラタイア Plataia, Πλάταια, Plataea, （仏）Platées, Platée, （独）Plataä, （伊）（西）Platea, （葡）Plateias

（現・Plateés, Kokla）ボイオーティアー*南部の町。キタイローン*山とアーソーポス*河の間に位置する。

前519年頃テーバイ❶*の圧迫を受けたので、アテーナイ*と同盟を結び、ペルシア戦争*の折には、プラタイアイのみがアテーナイに加勢してマラトーン*の合戦に派兵（援軍千名、前490）。次いで前480年のサラミース❶*の海戦においても、アテーナイ艦隊を助けてペルシア*海軍と戦った。翌前479年、テッサリアー*で越冬したペルシア陸軍が、マルドニオス*に率いられて再度ボイオーティアーに侵入すると、スパルター*の摂政パウサニアース*指揮下のギリシア連合軍はプラタイアイ近郊でこれを撃破、マルドニオスを敗死させ、侵入軍を潰走させた（8月20日）。所伝によれば、これはミュカレー*の戦いと同じ日の出来事だったといい、この大勝を記念してギリシア諸国は共同でデルポイ*の神殿に黄金の鼎を奉納し、プラタイアイ市にゼウス*の祭壇を築いて4年ごとに「自由の祭典 Eleutheria, Ἐλευθέρια」を開催することを決定。さらにアリステイデース*の提議で、プラタイアイは神聖不可侵の都市と認められ、市民は毎年戦死者のために犠牲を捧げることになった。

しかるに前431年、プラタイアイに仇敵テーバイ軍が侵入し、これを契機にペロポンネーソス戦争*（前431〜前404）が勃発。町は2年間（前429〜前427）にわたってスパルター王アルキダーモス2世*の軍隊に攻囲され、二重の塁壁で遮断されて食糧が尽き、ついに落城。脱出に成功した者以外は全員処刑され、残る婦女子は奴隷となり、市は完全に破壊された。前387／386年アンタルキダース*の和約成立とともに、スパルターがテーバイの台頭を牽制する目的でプラタイアイの町を再建、アテーナイに避難していた市民も帰還した。ところが前373年、テーバイの急襲を受けて再び陥落の憂き目に遭い、市はまたもや破壊し尽くされ、住民は外衣1枚（女は2枚）のみを携えて、アテーナイへと亡命した。最後にマケドニアー*王ピリッポス2世*およびアレクサンドロス大王*により、カイローネイア*の戦い（前338）の後、町が再建され、ローマ時代に至るまで存続した。ゼウスの祭壇や円形の城壁の遺構が確認されている。

なお、デルポイのアポッローン*神域に奉献された黄金の鼎は、のちローマ皇帝コーンスタンティーヌス1世*の命で新都コーンスタンティーノポリス*（現・イスタンブル）へ運び去られ、今日も鼎を支えていた3匹の蛇のからまる円柱部分が同市内のヒッポドロモス*（競馬場）跡に残っている（Yılanlı Sütun）。

⇒ダイダラ祭

Herodot. 6-108〜, 8-1, -41, -50, 9-25〜85/ Thuc. 2-1〜6, -71〜78, 3-20〜24, -52〜68/ Isoc. 14/ Diod. 11-29, -33, 15-46/ Paus. 4-27, 9-1, 10-13/ Plut. Arist. 11〜21/ Hom. Il. 2-504/ Strab. 9-411〜/ Lycurg. Leocr. 81/ Ar. Ran. 706/ Procop. Aed./ etc.

フラックス　Flaccus, （ギ）Phlakkos, Φλάκκος, （伊）Flacco, （西）（葡）Flaco, （露）Флакк

ローマ人の家名 cognomen。「無力な」「弛んだ」「だれた」「垂れ耳の（人）」の意。共和政初期以来、帝政期に至るまでフルウィウス氏*、ウァレリウス氏*、ウェッリウス氏 Gens Verria、ホラーティウス*氏 Gens Horatia その他多くの氏族 gens の門葉がこの家名を帯びている。各々の項目を参照。

フラックス、ガーイウス・ウァレリウス　C. Valerius Flaccus, （伊）Gaio Valerio Flacco, （西）Cayo Valerio Flaco

⇒ウァレリウス・フラックス、ガーイウス

フラックス、クィ（ー）ントゥス・フルウィウス　Quintus Fulvius Flaccus, （ギ）Koïntos Phūlūïos Phlakkos, Κόϊντος Φουλούϊος Φλάκκος, （伊）Quinto Fulvio Flacco, （西）Quinto Fulvio Flaco

（？〜前204頃）ローマ共和政期の将軍。M. フルウィウス・フラックス（前264年の執政官）の息子。4度にわたり執政官職を務め（前237、前224、前212、前209）、第2次ポエニー戦争*で活躍、その冷酷残忍さで知られた。第1回、2回目の執政官の時、北イタリアにおいてリグリア*人、ガッリア*人と交戦し、彼らを撃破（前237、前224）、パドゥス*（現・ポー）河を越えた最初の将軍となる（⇒T. トルクァートゥス❷）。第2次ポエニー戦争中の前212年、同僚執政官の App. クラウディウス・プルケル*とともにベネウェントゥム*の近くでカルターゴー*軍を破り、6千人を虐殺、7千人を捕虜にした。翌前211年にはハンニバル❶*側に味方したカプア*市を攻撃・占領し、「復讐こそ戦勝から

得られる最も美味な果実だ」と称して、主要な市民80余名を皆殺しにした（うち28人は捕まる前に自殺し、53人のカプア貴族が鞭打たれたのち刎首された）。前209年にはイタリア南部ルーカーニア＊とブルッティウム＊を平定し、のちスキーピオー・大アーフリカーヌス＊（大スキーピオー＊）のアーフリカ＊遠征に反対した（前205）が、間もなく没した（⇒Q. ファビウス・マクシムス❷）。グラックス兄弟＊の改革を支持したマールクス・フルウィウス・フラックス＊は彼の子孫である。なお同名の息子クィントゥス・フルウィウス・フラックス（前179年の執政官）も2度凱旋式を祝うほど有能な人物だったが、クロトーン＊のヘーラー＊神殿を損壊したため、神罰で精神に変調をきたし、ついに寝室で自ら縊れ死んだという（前172）。

Liv. 23-21～34, 24-9, 25-2～, 26-1～, 27-6～/ Polyb. 2-31/ App. Hann. 37, 40～/ Val. Max. 2-3, 3-2/ Zonar. 8-18～/ Oros. 4-13～/ Cic. Leg. Agr. 2-33/ etc.

フラックス、クィ（ー）ントゥス・ホラーティウス　Q. Horatius Flaccus

⇒ホラーティウス

フラックス、マールクス・ウェッリウス　Marcus Verrius Flaccus, （ギ）Markos Berrios Phlakkos, Μάρκος Βέρριος Φλάκκος, （伊）Marco Verrio Flacco, （西）Marco Verrio Flaco

（前55頃～後20頃）ローマ帝政初期の文法学者・辞書編纂者。プラエネステ＊（現・パレストリーナ）出身の解放奴隷。生徒たちに競争させて勝者に古い稀覯書を与えるという教授法によって名を成す。アウグストゥス＊帝の指名で2人の皇孫ガーイウス・カエサル＊とルーキウス・カエサル＊の教師となり、学校ごとパラーティウム＊宮へ移動し、年俸10万セーステルティウスの高収入を得た。主著『語義論 De Verborum Significatu』は、最初の百科全書的なラテン語辞典で、ラテン語のみならずローマの古代文物一般を字母順に配列し、詳細な解説を加えた大作であったが原典は散逸、Sex. ポンペイユス・フェストゥス＊の要約書などの形で伝わるに過ぎない。彼はまた暦にも興味をもっていたらしく、故郷プラエネステのフォルム＊大理石壁面に注解付きの暦 Fasti Praenestini を刻み、今日もその断片が残っている。エトルーリア＊誌 Res Etruscae や正書法（綴字法）De Orthographia など、他の著作はすべて失われた。

⇒Sex. ポンペイユス・フェ（ー）ストゥス

Suet. Gram. 17～, Aug. 86/ Gell. 4-5, 5-17, -18, 16-14, 17-6, 18-7/ Macrob. Sat. 1-4, -10/ Plin. N. H./ Paul. Diacon./ etc.

フラックス、マールクス・フルウィウス　Marcus Fulvius Flaccus, （ギ）Markos Phūlūïos Phlakkos, Μάρκος Φουλούϊος Φλάκκος, （伊）Marco Fulvio Flacco, （西）Marco Fulvio Flaco

（？～前121）ローマの政治家。改革者グラックス兄弟＊の支持者。ティベリウス・グラックス❸＊（グラックス兄弟の兄の方）の暗殺（前133）後、彼が定めておいた農地法を実施する土地分配委員の1人に選ばれる（前130）。次いで前125年度の執政官に就任し、ローマ市民権をイタリアの同盟市の全自由民に賦与せんとして失敗。翌前124年サリュエース＊（サッルウィーイ＊）族を平定するべくガッリア＊へ遠征、勝利を収めたものの戦争終結までには至らなかった。凱旋式を挙行した（前123）のち、前122年の護民官となり、同僚のガーイウス・グラックス＊（グラックス兄弟の弟の方）を助けて元老院と激しく対立、ために翌年アウェンティーヌス＊丘で生じた乱闘で、ガーイウス・グラックスと運命を共にした。味方が潰走した時、彼は浴室に逃げこんだが発見されて上の息子と一緒に殺され、先にL. オピーミウス＊によって投獄されていた容姿端麗な下の息子クィントゥス Quintus も戦闘終了後に抹殺された。彼ら

系図318　フラックス、クィ（ー）ントゥス・フルウィウス

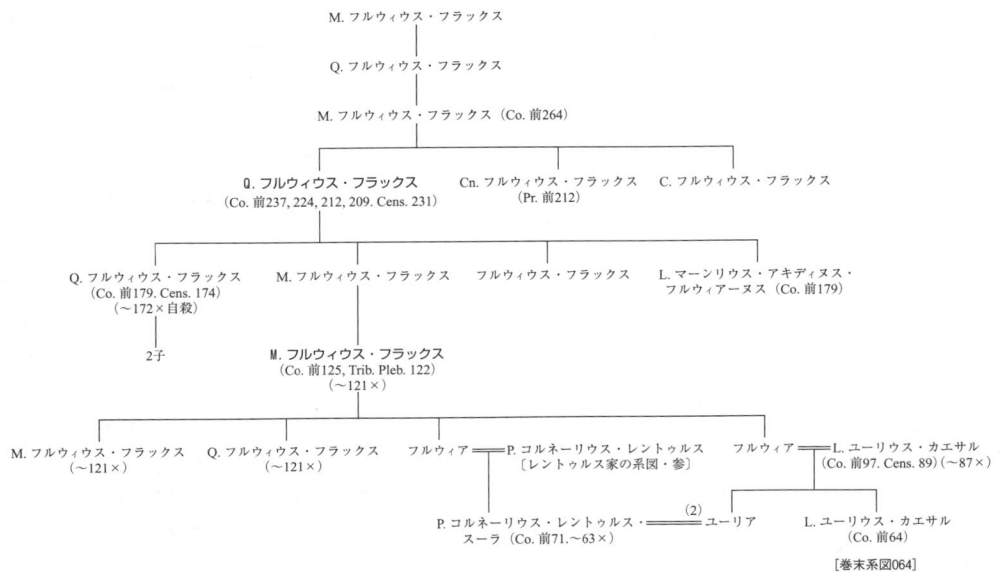

の屍体はティベリス*（現・テーヴェレ）河に投げ棄てられ、妻は喪に服することすら許されなかった。
Liv. Epit. 59, 61/ App. B. Civ. 1-18～/ Plut. Gracch. 18, 31～38/ Vell. Pat. 2-6～7/ Cic. Brut. 28, De Or. 2-70, Cat. 1-2/ Val. Max. 5-3, 6-3/ etc.

フラックス、ルーキウス・ウァレリウス　Lucius Valerius Flaccus, （ギ）Lūkios Balerios Phlakkos, Λούκιος Βαλέριος Φλάκκος, （伊）Lucio Valerio Flacco, （西）Lucio Valerio Flaco

ローマの名門ウァレリウス・フラックス家出身の政治家。

❶（？～前80頃）前100年にマリウス*とともに執政官*（コーンスル）となり、サートゥルニーヌス*の反乱鎮定に協力するが、「マリウスの同僚というよりは奴隷だ」と評される。前97年には、雄弁家 M. アントーニウス❶*と並んで監察官*（ケーンソル）職に就き、多数のイタリア人をローマ市民に編入した（⇒L. クラッスス、Q. スカエウォラ❷）。前86年、元老院首席（プリーンケプス・セナートゥース）Princeps Senatus に選ばれ、のちスッラ*派に転じて、勝利を収めたスッラに無期限の独裁官*（ディクタートル）職を授け、自らその騎兵総監（独裁官副官）（マギステル・エクィトゥム）Magister Equitum となった（前82～前81）。

これとよく混同される L. ウァレリウス・フラックス（？～前85）は、前86年マリウスの死後、キンナ*の相役として補欠執政官*（コーンスル）に選ばれ、ミトリダテース*戦争を終結させるべくアシア*へ派遣された人物。しかし、貪欲と懲罰の残酷さゆえに軍隊の反感を買い、部将フィンブリア*によって殺され、首は海中に投ぜられ胴体は埋葬されずに放置された（前85）。彼は執政官職の初期に、負債の4分の3を棒引きにする棄捐令を発しており、その不正行為の罰として非業の死を遂げたのだと噂されたという。

その息子の L. ウァレリウス・フラックス（？～前54頃）は、父の横死後各地で軍務に服し、前63年に法務官となってカティリーナ*の陰謀摘発にキケロー*を助ける。アシアの属州総督（プロープラエトル）Propraetor 在任（前62～前61）中、悪辣に属州民を搾取したため、前59年に告発されるが、キケローとホルテーンシウス*に弁護を依頼して事無きを得た。現存する『フラックス弁護 Pro Flacco』演説の中でキケローは、原告側の補助訴追人 C. デキアーヌス Decianus が小アジアで見そめた肉体美の青年リューサニアース Lysanias と深い関係を結び、彼に金を貸し付けて担保として地所を没収したうえ、むりやり証人として出廷させた事実などを次々に暴露していき、巧みに被告の無罪をかちとっている。
Liv. Epit. 82/ App. Mith. 51～, B. Civ. 1-75, -97～/ Plut. Sull. 12, 20, 23, Luc. 7/ Cic. Flac. 13～14, 21, 23, 25, 40, 51～, Rab. Perd. 7, Cat. 1-2, Leg. Agr. 3-2, Att. 8-3/ Val. Max. 2-9/ Macrob. Sat. 2-1/ etc.

❷（？～前180）大カトー*の友人。前195年、大カトーとともに執政官*（コーンスル）となり、北イタリアに勢力をもつボイイー*やイーンスブレース*などケルト*系部族を攻撃（前195～前194）、1度の戦闘で1万人の敵兵を殺したという。前191年にはグラブリオー❶*に随伴してギリシアへ出征し、敵のマケドニアー*軍を大いに撃破した。次いで北イタリアのプラケンティア*とクレモーナ*の町を補強し、ボノーニア*（現・ボローニャ）を建設。前184年にはカトーとともに監察官*（ケーンソル）職に就き、スキーピオー・大アーフリカーヌス*の死後、元老院首席（プリーンケプス・セナートゥース）Princeps Senatus となる。押し寄せるギリシア化の波に対して、ローマの保守的な伝統を堅持した。
Liv. 31-4, -49～50, 32-1, 33-42～43, 34-21, -46, 36-17, -19, 39-40～, 40-42/ Polyb. 20-9～/ Plut. Cat. Mai. 3, 10, 16～17/ Nep. Cat. 2/ Oros. 4-20/ etc.

プラーティーナース　Pratinas, Πρατίνας, （伊）Pratina

（前6世紀後期～前5世紀初頭）アテーナイ*で活躍した初期の悲劇詩人。コリントス*近郊のプリーウース Phlius（プレイウース Phleius, Φλειοῦς）出身のドーリス*系ギリシア人で、サテュロス*劇を書いた最初の作家。アイスキュロス*より年長の同時代人として悲劇18篇とサテュロス劇32篇を発表。ディーテュランボス dithyrambos 歌や舞踏歌ヒュポルケーマタ hyporkhemata をも著わした。息子アリスティアース Aristias も劇作家で、前467年父の悲劇を上演して賞を獲得。プラーティーナースの悲劇作品としては2度目の入賞となった。

⇒コイリロス❶、プリューニコス
Paus. 2-13/ Ath. 1-22a, 14-617b/ Suda/ etc.

プラトーン　Platon, Πλάτων, Plato, （伊）Platone, （西）Platón, （葡）Platão, （露）Платон, （アラビア語）Aflāṭūn, （漢）柏拉圖, （現ギリシア語）Plátonas

本名・アリストクレース Aristokles, Ἀριστοκλῆς（前429／427頃～前347年5月頃）ギリシアの哲学者。形而上学の樹立者。両親ともに伝説上の古王コドロス*やソローン*に遡るアテーナイ*の旧家に生まれる。母方の親族にクリティアース*やカルミデース*らがいる（⇒巻末系図

系図319　フラックス、ルーキウス・ウァレリウス

023)。伝承によれば、実父はアポッローン*神自身であったとされ、また乳児の頃、蜜蜂が彼の唇に蜜を滴らせるという奇瑞が現われ、将来の雄弁を約束されたともいわれる。立派な体格の若者に育ち、イストミア競技祭*のレスリング試合にも出場、その肩幅の広さゆえに「プラトーン（広いplatys, πλατύςに由来する）」という渾名で呼ばれるようになる。文学、科学などに興味をもち（⇒クラテュロス）、とりわけ詩作を好んで、想いを寄せるアステール*やアレクシス*、パイドロス*、アガトーン*らの美青年に恋愛詩を献げた。20歳の頃、悲劇の競演に参加しようとしていたところ哲人ソークラテース*と出会ってその教えに惹かれ、自分の悲劇作品を火中に投じて弟子入りをした──その前夜、ソークラテースは1羽の白鳥が胸の中に飛び込んで来る霊夢を見たという──。ペロポンネーソス戦争*（前431～前404）末期に3度出陣し、政治に強い関心を抱いていたが、三十人僭主*の暴政やそれに続くソークラテースの刑死（前399）に遭って政界に失望し、「真の哲学者が統治するか、統治者が真の哲学者にならなければ、人類の災禍はやむことがない」という哲人政治の思想を形成していった。師の死後、相弟子だったメガラ*のエウクレイデース❶*のもとに身を寄せ、次いでエジプト、キューレーネー*、南イタリア、シケリアー*（現・シチリア）など各地を遍歴、ピュタゴラース*派その他さまざまな思想・学問に接し、それらから影響を受けた（⇒アルキュータース、ピロラーオス❶）。第1回シケリアー旅行（前388～前387）では、僭主ディオニューシオス1世*の義弟ディオーン*と恋仲になり、2人の友愛は生涯変わらず続いたという。しかし、ディオニューシオスから「お前の議論は年寄りじみている」と言われた時に、プラトーンは「あなたの議論こそ暴君じみている」と応酬したため、僭主の怒りを買い、「正しい人なら奴隷になっても幸福だろうから」という理由で、アイギーナ*島へ連れて行かれて奴隷として売りに出された。知友アンニケリス*に身代金を払って貰って無事アテーナイに帰りつくと、郊外のアカデーメイア*に学園を創設し（前387頃）、各地から青年を集めて、哲学はじめ法律・数学・天文学など諸学問を研究・教育する生活に専念。前非を悔いたディオニューシオスが「どうか自分を悪く思わないで欲しい」と手紙で頼んで来た時には、「忙しくてあなたのことを気にかけている暇などない」と返事をしたという。前367年ディオニューシオス1世が死んで、若いディオニューシオス2世*が後継者となるや、ディオーンから「『哲人王』の理想を実現する好機到来です」と援助を求められ、再びシケリアーへ赴く。が、新僭主の凡庸さと宮廷内の陰謀のせいで計画はすぐに頓挫を来し、ディオーンは追放され、プラトーンは強制的に引きとめられたあげく、約1年間滞在したのち帰国を許された（前366）。5年後、ディオニューシオス2世の懇望もだし難く、三度シケリアーへ渡った（前361）ものの、追放中のディオーンの財産問題をめぐって話がこじれ、またもや僭主と仲違いして監禁され、生命すら危うくなってギリシア

系図320　プラトーン

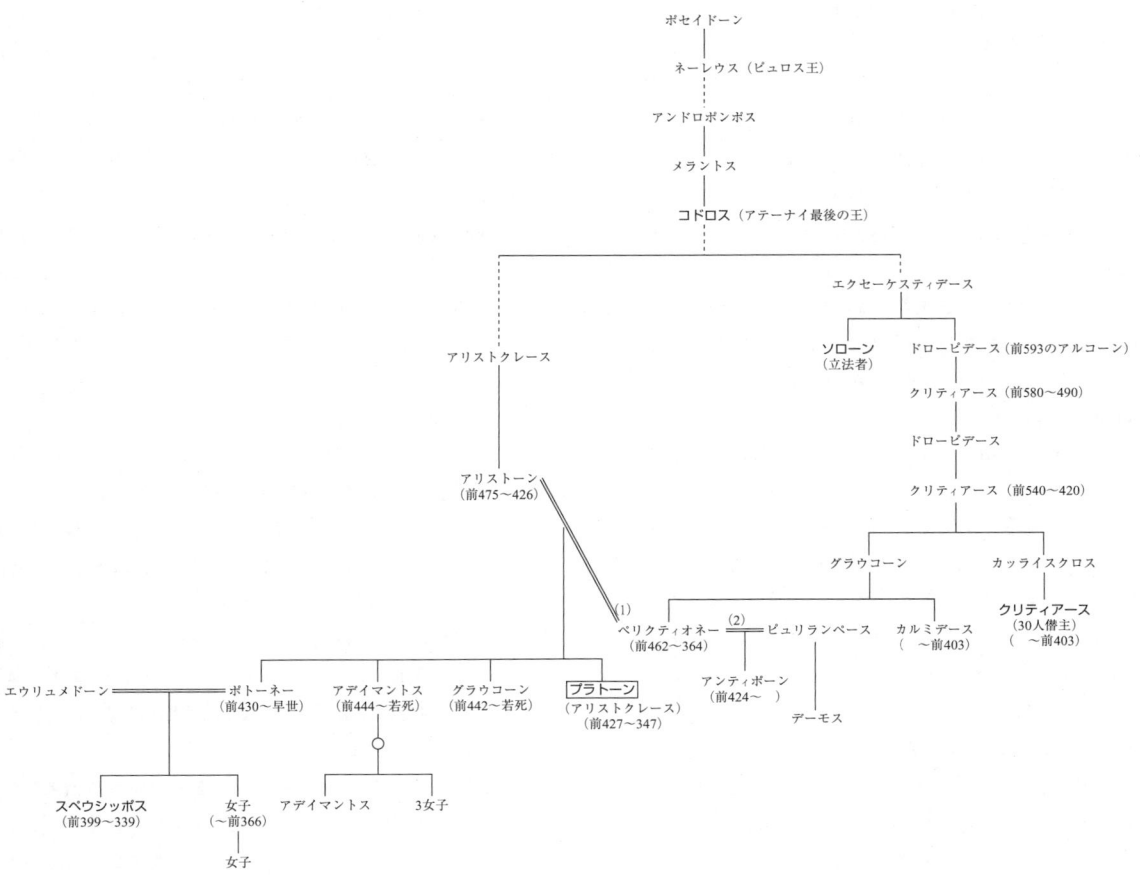

へ帰還（前360）。「今度ばかりは私の悪口を友人たちに言いふらすでしょうね」とディオニューシオスが尋ねたところ、彼は「いや、アカデーメイアではそれほど話の種に事欠いてはいませんよ」と答えたと伝えられる。その後は学園の経営や教授、著述に余生を捧げ、アリストテレース*を筆頭とする優れた門弟を大勢養成、生涯独身のまま、およそ80歳で「書きながら死去」し、アカデーメイアの構内に葬られた。異説では、彼は婚礼の宴に列席中に急逝したとも、虱(しらみ)に全身を食い尽くされる奇病に罹って死んだとも、あるいは、数人の水夫がごく簡単な質問を出したのに答えられなかったので、それを気に病んで死んだともいい、またその命日は誕生日と同一月日（伝・5月21日）であったともいわれている。

彼の著述は、対話篇42、書簡13、エピグラム詩32等々、真作偽作とり混ぜて、古代において知られていた全作品が現存している。とりわけ対話篇は、文学的にもきわめて傑出したものが多く、アリストテレースも評するように「詩と散文の中間物」であり、プラトーンの劇詩人としての本領が発揮されている。今日では通常、執筆年代によって(1)前期（前399～前387頃）、(2)中期（前387～前367頃）、(3)後期（前367～前347）の3期に分けられており、その主要な作品は以下の通りである。

(1) ソークラテースを中心人物にして、主として徳について問答が交され、おおむねアポリアー aporia, ἀπορία（行き詰まり）に陥って終わる前期「対話篇」——『イオーン Ion』『クリトーン Kriton』『リューシス* Lysis』『メノーン* Menon』『ラケース Lakhes』『カルミデース* Kharmides』『プロータゴラース* Protagoras』『ゴルギアース* Gorgias』『ソークラテースの弁明 Apologia』、他。

(2) ソークラテースによってイデアー idea, ἰδέα 論が語られ、霊魂の不滅などが説かれる、文芸作品としては最も円熟した中期「対話篇」——『饗宴 Symposion,（ラ）Convivium』『パイドーン* Phaidon』『パイドロス* Phaidros』『国家 Politeia,（ラ）Respublica』『パルメニデース* Parmenides』『テアイテートス Theaitetos』、他。

(3) ソークラテースを次第に脇役に後退させ、認識論・形而上学・倫理学・政治学などの諸問題に厳密な学問的基礎を与えようとした後期「対話篇」——『ソフィスト* Sophistes』『政治家 Politikos』『ピレーボス Philebos』『クリティアース Kritias』『ティーマイオス Timaios』『法律 Nomoi,（ラ）Leges』、他。

政治・宗教・道徳・教育・自然など多岐にわたる問題を論じているうえ、年代による変遷もあるため、彼の思想を体系的に把握することは困難ではあるが、その中核をなすのは、やはりイデアー論であろう。イデアーとは経験的事実を超えて存在する永遠不滅の真実の存在であり、感覚が捉え得る現象界はイデアー界の不完全な反映（影）でしかないと彼は主張。この両界を遍歴する不滅の魂を通して真実在イデアーを「想起(アナムネーシス)」anamnesis, ἀνάμνησις することが「哲学(ピロソピアー)（愛知）」philosophia, φιλοσοφία の究極の目標であると説いた。また真に恋する者は、恋愛の対象たる美しい若者の肉体を通して「美のイデアー（美そのもの）」を観照するはずだと唱え、この「美の本体（真実在）」に対する天上的 愛(エロース*)という考えから、後世の"プラトーン風恋愛（ラ）Amor Platonicus,（英）Platonic love"なる言葉が生じ、それはやがて異性間の精神的愛を指すまでに平俗化されていった。彼の観念論的理想主義は、アリストテレースの哲学思想とともに、近代に至るまで西洋思想史を貫く二大潮流として、永きにわたりはかり知れない影響を与え続けることになる。

プラトーンは慎み深くて常に節度を保ち、泥酔することも激情に身を委ねることもなく、たとえ召使に対する怒りにかられても決して自ら鞭打って罰することはなかったという。また、高ぶらずざっくばらんな人柄だったため、オリュンピアー*で彼と相宿になった旅人たちは、彼の名前を聞いても大哲学者のプラトーンだとは思いも寄らず、アテーナイにやってくると、プラトーンに「どうか貴方と同名の名高い哲人に会わせてください」と頼んだほどであった。しかし他方、彼は名誉心が強く同時代の著名人に烈(はげ)しい競争心を抱き、弁論家アイスキネース*や同門の哲学者アリスティッポス*、アンティステネース*、クセノポーン*、またシノーペー*のディオゲネース*らとは終始不仲であったといわれる（口汚いアンティステネースからは「男根 Sathon」という卑猥な渾名で呼ばれていた）。さらに、決して哄笑せず、いつも勿体ぶって眉をつり上げ顰めっ面をしながら歩き廻っていたともされ、その怒り肩もろとも彼の崇拝者たちによって模倣されたともいう。晩年は、独立したアリストテレースから攻撃を受けて、教室がわりにしていた歩廊を追い出されてしまい、「仔馬が生みの母親を蹴るように、アリストテレースは私を蹴とばした」と嘆くような場面も見られたと伝えられる。

⇒スペウシッポス、クセノクラテース、ポントスのヘーラクレイデース❷、エウドクソス❶、ディオティーマー、ピリッポス❷

Diog. Laert. 3/ Xen. Mem. 3-6/ Cic. Off. 1, 3, Div. 1-36, Nat. D. 2-12, Tusc. 1-17, Sen. 5/ Paus. 1-30/ Plut. Dion 4～, Mor./ Sen. Ep. 58/ Quint. Inst. 10-1/ Ael. V. H. 2-30, 4-9, -21, 9-10, 10-21/ Apul. De dog. Plat./ Ath. 1-7, 5-219～, 11-504～, 12-547, 13-589/ Nep. Dion 2～/ Olympiod. Vita Plat./ Arth. Pal./ Phot./ Suda/ etc.

プラトーン（コーミコス） Platon (Komikos), Πλάτων (Κωμικός), Plato Comicus,（英）Plato,（仏）Platon le Comique,（伊）Platone (il) Comico,（西）Platón el Cómico

（前427頃～前390頃活動）アテーナイ*の喜劇詩人。前410年に初優勝し、アリストパネース*の競演者の1人として、古喜劇から中期喜劇への過渡期的作品を多く書いた。同時代の政治家ヒュペルボロス*、クレオポーン*、ペイサンドロス❷*らを題名にした個人攻撃や政治諷刺の色濃い作風から、ソフィスト*を槍玉に上げたもの『アドーニス*』や『ラーイオス*』など神話を戯化した内容のものま

で種々の作品を公表したらしく、30篇の題名と300ほどの断片が伝存している。同名の大哲学者プラトーン*と区別するため、「喜劇作者(コーミコス)」を付して呼ばれる。
Plato Com. Fr./ Cyril. Adv. Iul. 1-13/ Euseb. Chron./ Syncellus/ Marcellinus Vit. Thuc./ Schol. ad Ar. Plut. 179/ Suda/ etc.

フラーミニウス、ガーイウス　Gaius Flaminius Nepos, （ギ）Gaῖos Phlāminios Nepos, Γάϊος Φλαμίνιος Νέπος, （仏）Caius Flaminius Nepos, （伊）Gaio (Caio) Flaminio Nepote, （西）Cayo Flaminio Nepote, （露）Гай Фламиний

（？〜前217年6月24日）共和政ローマの民衆派(ポプラーレース)の政治家。無名の家柄に生まれるが、グラックス*兄弟に先立つ最大の民衆指導者として出頭。前232年に護民官(トリブーヌス・プレービス*)となり、元老院(セナートゥス*)や友人、父親の反対を押し切って、ガッリア*人から獲得した北イタリア、ピーケーヌム*の土地アゲル・ガッリクス*を貧困市民に分配する。1度目の執政官(コーンスル*)職の時（前223）、元老院の命令に反して、初めてローマ軍を率いてパドゥス*（現・ポー）河を渡りイーンスブレース*族を討伐、やはり元老院から抗議を受けたが民会(コミティア*)によって凱旋式(トリウンプス*)を認められる。監察官(ケーンソル*)（前220）に選ばれて、カンプス・マールティウス*にフラーミニウス競技場 Circus Flaminius を建設し（⇒キルクス）、フラーミニウス街道*（ウィア・フラーミニア*）をスポーレーティウム Spoletium（現・スポレート Spoleto）からアリーミヌム*（現・リーミニ）まで敷設した。前217年、再度執政官となり、3万の軍隊をもってトラシメーヌス*湖畔でハンニバル❶と戦い、敗死した。この折ローマ側には、カルターゴー*兵の捕虜をあてにした大勢の奴隷商人が従軍していたが、ハンニバルの巧みな伏兵戦術におびき寄せられて完敗の憂き目をみるに至り、鳥占いによる予兆や落馬などの凶兆を無視して出陣したフラーミニウスは、その屍骸さえどこにも見いだされぬ有様だったと伝えられる。

同名の息子C.フラーミニウスは、前193年の法務官(プラエトル*)として内ヒスパーニア*州へ軍隊を率い、前190年までヒスパーニアに留まり、前187年度の執政官となってリグリア*人諸部族を平定し、ボノーニア*（現・ボローニャ）からアレーティウム*（現・アレッツォ）間に道路を築いたことが知られている。

Polyb. 2〜3/ Liv. 21〜22/ Dion. Hal. Ant. Rom. 2-26/ Solin. 11/ Oros. 4-13, -20/ Flor. 2-4/ Plut. Fab. 2〜3, Marc. 5, Gracch. 2/ Sil. 4-704〜/ Val. Max. 1-1, 5-4/ App. Hann. 8〜/ Zonar. 8-24〜/ Cic. Div. 1-35, 2-8, -31/ Ov. Fast. 6-765〜/ Strab. 5-217/ etc.

フラーミニウス街道（ウィア・フラーミニア*）　Via Flaminia, （ギ）Phlaminia hodos, Φλαμινία ὁδός, （英）the Flaminian Way, （仏）Voie flaminienne, （西）Vía Flaminia, （葡）Via Flamínia, （露）Фламиниева дорога

ローマの重要な公道。前220年、監察官(ケーンソル*)のC.フラーミニウス*により、古くからの道路を延長してローマ市からアドリア海岸のアリーミヌム*（現・リーミニ）に至る街道として完成された。ローマ市を北上してエトルーリア*、ウンブリア*を通り、アーペンニーヌス*山脈を越えて、イタリア東北岸に到達。その間ナルニア*、メウァニア*、ヌーケリア*、カレース*などの町を貫いている（全長334km）。アウグストゥス*やウェスパシアーヌス*ら諸帝の手で修復が加えられ、インテラムナ*を経てペルシア*（現・ペルージャ）へ向かう支道も敷設された。フラーミニウス街道はアッピウス街道*（ウィア・アッピア*）やラティーヌス街道*（ウィア・ラティーヌス*）と同じように、沿道に多くの墓が並んでいることで知られていた。

ちなみに、ローマとアッレーティウム*（現・アレッツォ）とを結ぶカッシウス街道*（ウィア・カッシア*）は、小フラーミニウス街道 Via Flaminia Minor の名称で呼ばれている。

⇒アエミリウス街道❶

Liv. Epit. 20, 22-11, 39-2/ Strab. 5-217/ Mart. 8-75/ Juv. 1-171/ Tac. Hist. 1-86, 3-52〜/ Cic. Phil. 12-9/ etc.

フラーミニーヌス、ティトゥス・クィ（ー）ンクティウス　Titus Quinctius Flamininus, （ギ）Titos Koïnktios Phlāminīnos, Τίτος Κοΐνκτιος Φλαμινῖνος, （伊）Tito Quinzio Flaminino, （西）（葡）Tito Quincio Flaminino, （露）Тит Квинкций Фламинин

（前229頃〜前174）ローマのパトリキイー*（貴族）系のクィ（ー）ンクティウス氏*出身の政治家・将軍。同家で最も傑出したティトゥスは、前198年、法定年齢に満たない30歳の若さで執政官(コーンスル*)となり、マケドニアー*王ピリッポス5世*に対する戦争指揮権を獲得、翌197年6月キュノス・ケパライ*の戦いでマケドニアー軍に大勝を博したが、兵士らが略奪に狂奔したためピリッポスを取り逃がした。前196年ピリッポスと和を結んで、マケドニアー本国のみの領有を認め、夏にはコリントス*のイストミア競技祭*において「全ギリシアの自由と独立」を劇的に宣言し、ギリシア人を狂喜させた。この時、聴衆があまりにも大きな歓声を上げたので、折から上空を飛んでいた一群の鴉が地面に墜ちて死んだ、とプルータルコス*は記している。ギリシアの人々から「解放者」「救済者」として感謝され、彼に対する祭儀さえ設立された。スパルター*の独裁者ナビス*

系図321　フラーミニーヌス、ティトゥス・クィ（ー）ンクティウス

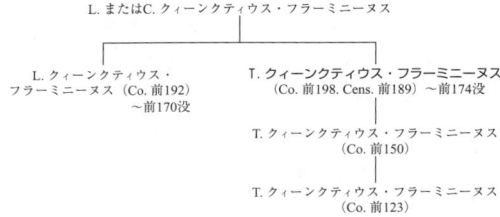

を撃ち破って講和を締結した (前195) のち、ハンニバル*戦争 (第2次ポエニー戦争*) 中にギリシアへ奴隷として売られていたローマ人1千200名を解放し、祖国へ帰還して凱旋式（トリウンブス*）を挙げた (前194)。前192年には、強大化するシュリアー*王アンティオコス3世* (大王) に対処するべくギリシアへ赴き、外交的手腕を発揮、翌前191年執政官グラブリオー❶*の副官（レーガートゥス） Legatus となって、テルモピュライ*の戦いで大王軍を撃退した。次いで前189年の監察官（ケーンソル*）に選ばれたが、兄弟のルーキウス L. Quinctius Flamininus (前192年の執政官) が寵愛する美少年の歓心を買うためガッリア*人貴族を試し斬りにした事件で元老院（セナートゥス*）を除名されて以来、大カトー*と対立するようになり (前184)、しだいに威勢は衰えた。前183年ビーテューニアー*王プルーシアース1世*の許へ使節として赴いた折には、そこにハンニバル❶*がかくまわれているのを不満として執拗に身柄の引き渡しを要求、ついにカルターゴー*の勇将を自殺に追いやった。

彼は名誉心が強く理想家肌のギリシア愛好家である一方、機智に富んだ辛辣な言葉を口にする人物としても知られ、和平会談の際にピリッポス5世から「貴殿は大勢引き連れてきたが、余は1人で来たぞ」と言われて、「貴方（あなた）は親戚縁者も友人知己も皆殺しにしてしまったから自分1人になったのです」と切り返したという。

⇒アカーイアー同盟、アイトーリアー同盟

Plut. Flam./ Polyb. 18, 22-4, 23-3〜/ Liv. 31-4, -49, 32〜36, 37-7〜, 38-28, -36, 39-51, 40-23/ Flor. 2-7/ App. Mac. 4-2, 6〜7, Syr. 2, 11/ Paus. 7-8/ Cic. Phil. 5-17, Sen. 1, 12/ Eutrop. 4-1〜/ Diod. 28-11, 29-1, 30-5/ etc.

フラーメン Flamen, (ギ) Phlāmen, Φλᾶμεν, (仏) Flamine, (伊) Flàmine, (露) Фламен, (複) フラーミネース Flamines, (ギ) Phlāmines, Φλάμινες

ローマの神官・供犠官。特定の神格に仕える聖職者で、毎日犠牲を捧げることを主務とし、任期は終身だが、義務を怠ったり、儀式の最中に凶兆が現われた場合は、退官しなければならなかった。古くはユーピテル*神官 (フラーメン・ディアーリス F. Dialis)、マールス*神官 (フラーメン・マールティアーリス F. Martialis)、クィリーヌス*神官 (フラーメン・クィリーナーリス F. Quirinalis) の3名のみで、パトリキイー* (貴族) 身分の者に限定されていた (⇒フィデース)。のちこれら3名の上級神官 Flamines Majores に加えて、プレーベース* (平民) 出身者から成る12名の下級神官 Flamines Minores が増員されて、ケレース*、フローラ*、ポーモーナ、ウルカーヌス*ら諸神に配された。

彼らのうち最も権威のあるユーピテル神官 (フラーメン・ディアーリス) は、元老院（セナートゥス*）内に席をもち、高級政務官（マギストラートゥス*）と同じく緋紫の縁どりのあるトガ・プラエテクスタ toga praetexta をまとい、象牙を嵌めた高官椅子 (セッラ・クルーリス*) に着席。不浄を避けるために、数多くの禁忌の制約を課せられ、死体や不潔な物はもとより、生肉・酵母入りのパンなどさまざまな食物、雑物や動物に触れることを禁じられていた。鎖の類は身に帯びることができず、特定の種類の指環でなければ嵌めてはならず、着衣や毛髪に結び目をこしらえることも一切許されなかった。その他、馬に乗ることもいけない、軍隊を見ることもいけない、葡萄棚の下を歩いてはいけない、誓いの言葉を口にしてはならない、一晩たりともローマ市外で過ごすことはできない。髪の毛は自由人の手で、青銅の刃物を用いて刈られねばならない、つねにピーレウス pileus と呼ばれる円錐形の白い帽子 (別名・albogalērus) を被らなくてはならず、犠牲を捧げている最中に、これを落とせば、辞職せねばならない。さらに終生、一夫一婦の義務を負わされ、他の官職に就くことも禁止される、等々といった煩雑きわまりない束縛を受け、その妻フラーミニカ・ディアーリス Flaminica Dialis もパトリキイー身分の者でなくてはならず、同様の規定を課せられたうえ、彼女が死ぬと夫は退官を余儀なくされた。前200年頃からフラーメンも他の政治上の職務を兼任できるようになるが、上記の禁止事項はアントーニーヌス*朝 (後2世紀後半) までずっと守られ続けた。ユーリウス・カエサル*以後、神格化されたローマ皇帝たちにも特別のフラーメン職が設けられ、イタリアの自治都市（ムーニキピウム*）にも独自のフラーミネース団が存在した。

⇒ポンティフェクス、アウグル

Gell. 10-15/ Varro Ling. 5-84/ Suet. Iul. 1, 76, Aug. 31, Tib. 26/ Plut. Num. 7, Mor. 276/ Tac. Ann. 3-58, -71, 4-16/ Cic. Phil. 2-43 (110), Leg. 2-8 (20), Brut. 14/ Dion. Hal. Ant. Rom. 2-64〜/ Liv. 1-20〜21, 5-40, -52, 27-8, 37-51/ Val. Max. 1-1, 6-9/ Festus/ Gaius/ etc.

フランキー（族） Franci, (ギ) Phrankoi, Φράγκοι, (英) Franks, (仏) Francs, (独) Franken, (伊) Franchi, (西)(葡) Francos, (葡) Frangues, (露) Франки, (アラビア語) Firanj, Ifranji, Faranji, (漢) 佛朗機、佛郎機、佛狼機

(「自由・勇敢な民」の意) フランク族。ゲルマーニア*人の部族名。後1世紀以降、レーヌス* (ライン) 河中・下流東側にいたカッティー*、ブルクテリー*、カマーウィー Chamavi など西ゲルマーニア諸部族を中核として形成された混成部族。3世紀半頃から西方に移動し、ガッリア*やヒスパーニア*、さらにはアーフリカ*へ侵入した (253〜276) が、プロブス*帝によって撃退される (277)。355年にはフランク族出身の将軍シルウァーヌス*が、ローマ皇帝を僭称、イタリアへ進撃するが在位28日間で暗殺された (355年9月)。5世紀初頭以来、フランク族はガッリア北部に広がり、コローニア・アグリッピーナ* (現・ケルン) を攻略 (463)、西ローマ帝国とあるいは結び、あるいは戦いながら (⇒アエティウス、アエギディウス)、勢力を西南へ伸展させていった。5世紀末にサリイー Salii 支族の首長クロウィス* (クロドウェクス1世*) が台頭してフランク族全体を統一し、ここに中世西ヨーロッパ史上に名高いメロヴィング朝フランク王国 (481〜751) の基礎を築いた。

詩人シードニウス・アポッリナーリス*によると、彼らフランク族は巨大な体軀と力強い手脚をもつ「怪物」で、王族は赤毛の長髪を頭上に結んで背中に垂らし、腕環・指環・飾り玉などの宝飾品を身につけていたという。6世紀に入ってもなお人身供犠の遺風をとどめ、また、部族法典たる『サリカ法典 Lex Salica』から、彼らがゲルマニア人通有の試罪法 ── 被告を縛って川に投げ込んだり、裸足で灼熱した鉄板や焚火の上を歩かせるなどして罪の有無を決める方法 ── を行なっていたことがわかる。

フランス France やフランケン Franken などの地名はフランクに由来する。なお、東方各地では西ヨーロッパ人を指してフランク Frank と総称したため、中世後期に起きた十字軍の遠征（11世紀末〜13世紀）は、通常「フランクの侵略」と呼ばれており、また19世紀まで地中海貿易で共通語のように用いられた混成国際語は、「フランクの言葉（リングア・フランカ lingua franca）」と称されるに至った。

⇒アルボガステース、メロバウデース

Claud. Cons. Hon. 446, Eutr. 1-394, Laud. Stil./ Aus. Idyll. 8-29, 10-434/ S. H. A. Aurel. 7/ Amm. Marc. 17-8/ etc.

ブランキダイ　Brankhidai, Βραγχίδαι, Branchidae, （仏）Branchides, （独）Branchiden

（ブランコス Brankhos, Βράγχος, Branchus 家）伝説上の予言者ブランコスを祖と仰ぐディデュマ*（現・ディディム Didim）の神官の家系。アポッローン*神殿を守り、その神託をも司る。始祖ブランコスは、その母親が、日輪が喉から入って体内を通りぬけ腹から出る夢を見て、彼を孕んだので、こう名づけられた。長じて大変な美少年となり、アポッローンに愛されて予言の力を授けられたといい、彼の始めた神託所は、デルポイ*を除いて、いかなるギリシアの神託所にも劣らないとの評判であった。ブランキダイはゼウス*とレートー*がその傍で交わったと伝える聖なる泉の水を通じて、予言の霊力を得たという。

ペルシア戦争*の折、ブランキダイはギリシアを裏切って神殿の宝物をアカイメネース朝*ペルシア*に引き渡し、ミーレートス*からアジア奥地ソグディアネー* Sogdiane （〈ラ〉ソグディアーナ Sogdiana）へ移住（前480頃）。そのため後年アレクサンドロス大王*によって彼らの住む町ブランキダイは劫略され、女子供を含む全市民が皆殺しにされた（前329）。

Herodot. 1-46, -157/ Strab. 11-517〜, 14-634, 17-814/ Amm. Marc. 29-1/ Plin. N. H. 5-31/ Curtius 7-5/ Paus. 7-5, 8-46, 9-10/ Diod. 17/ Conon Narr. 33/ Lucian. Dial. D. 2/ etc.

プランキーナ　Munatia Plancina, （ギ）Mūnātiā Plankīna, Μουνατία Πλαγκῖνα

（？〜後33）L. ムナーティウス・プランクス*の娘（または孫娘）。Cn. カルプルニウス・ピーソー*（前7年の執政官）の妻。夫の赴任先シュリア*へ同行し、皇帝ティベリウス*と母后リーウィア❶*（リーウィア・ドルーシッラ*）の指示に従い、東方遠征（後17〜19）中のゲルマーニクス*（ティベリウスの甥）とその妻・大アグリッピーナ*を虐待したあげく、ゲルマーニクスを毒殺した（19）といわれる。この件で夫婦そろって告発され、当初は夫と運命を共にするつもりでいたプランキーナも、リーウィアの庇護下に特赦をとりつけると、次第に夫から離れていき、彼が断罪されて死んだ（20）後も安全に生きながらえた。ところが、ティベリウス帝の治世末期の33年に、年に再度14年も前の同じ罪で訴えられて自殺した。傲慢で権高な貴婦人だったという。

Tac. Ann. 2-43, -55〜, -74〜, 3-9, -13〜18, 6-26/ Dio Cass. 57-18, 58-22/ Vell. Pat. 2-83/ etc.

プランクス、ルーキウス・ム（ー）ナーティウス　Lucius Munatius Plancus, （ギ）Plankos, Λούκιος Μουνάτιος Πλάγκος, （伊）Lucio Munazio Planco, （西）Lucio Munancio Planco

（前87頃〜前15頃）ローマの政治家、軍人。元老院身分の家系出身。カエサル*の副官 Legatus（レーガートゥス）として、ガッリア*遠征やポンペイユス*党との内乱に従軍、ガッリア*・コマータの総督 Proconsul（プローコーンスル）（前44〜前43）となり、ルグドゥーヌム*（現・リヨン）などの植民市（コローニア*）を建設し、ラエティア*へ侵略した。前43年12月29日に凱旋式（トリウンプス*）を祝い2度まで執政官（コーンスル*）（前42、前36）を務めた人物だが、無節操で破廉恥な放蕩者として知られた。自己の利益のためには平然と友や実の兄弟を裏切って敵の手に引き渡し、統治を任された各地の属州では悪辣な収奪に励んだ。時の権力者への阿諛迎合を事とし、エジプトの宮廷にあっては女王クレオパトラー7世*とアントーニウス*の宴席で海神グラウコス*に扮して裸踊りを披露、アクティオン*の海戦（前31）が近づくとアントーニウスを見限ってオクターウィアーヌス*（のちのアウグストゥス*）側に走り、前27年には新しい主人に「アウグストゥス」の尊号を奉呈するよう元老院で発議している。おかげで前22年の監察官（ケーンソル*）職に就任し、富と名誉に埋もれて一生を完うした。

皇帝以外のローマ人としてカーリアー*の地で神格化の栄誉を受けた最後の人物としても知られる。墓廟のあるカーイエータ Caieta（現・ガエータ Gaeta）から、その碑文が見つかっている。

甥の M. ティティウス Titius（L. ティティウスの息子）は、若い頃アントーニウスの寵遇を蒙ったにもかかわらず、躊躇なく裏切ってオクターウィアーヌスに与し、前31年の補欠執政官となった変節漢として名高い。

Caes. B. Gall. 5-24〜, B. Civ. 1-40/ Cic. Fam. 10-1〜24, Phil. 3-15, 13-19/ Plut. Brut. 19, Ant. 56, 58/ App. B. Civ. 3〜5/ Dio Cass. 46〜48, 49-18, 50-3/ Vell. Pat. 2-63, -74, -79, -83/ Hor. Carm. 1-7/ Hirt. B. Afr. 4/ Macrob. Sat. 2-2/ Suet. Rhet. 6, Aug. 7, 37/ Sol. 1-75/ Plin. N. H. 7-, 13-/ etc.

フランク族　Franks

⇒フランキー（族）

ブランコス　Brankhos, Βράγχος, Branchus
⇒ブランキダイ

フリアエ（フリアたち）　Furiae,（英）（仏）Furies,（独）Furien,（伊）Furie,（西）Furias,（葡）Fúrias,（露）Фурии,（単）Furia,（英）（仏）Furie,（独）Furie,（伊）（西）Furia,（葡）Fúria,（露）Фурия（単）フリア Furia たち。ギリシアの復讐の3女神エリーニュエス*（エリーニュス*たち）のラテン名。ディーラエ Dirae（〈単〉ディーラ Dira）とも呼ばれる。

　今日でも怒り狂う猛女のたとえに用いられることがある。
Cic. Nat. D. 3-18, Leg. 1-40/ Dion. Hal. Ant. Rom. 2-75/ Verg. Aen. 12-845/ Claud./ etc.

プリアーポス　Priapos, Πρίαπος,（ラ）プリアープス Priapus,（〈イオーニアー*方言〉プリエーポス Priepos, Πρίηπος),（仏）Priape,（伊）（葡）Priapo,（西）（葡）Príapo,（露）Приап,（現ギリシア語）Príapos

　巨大な男根を具えた生殖の神。元来は小アジアの豊饒神で、特にヘッレースポントス*（ダーダネルス海峡）沿岸のランプサコス*市を中心に崇拝されていた。勃起した陽物 phallos を象徴とし、男根像そのものないし巨根を有する男性の姿で表現された（⇒ヘルマイ）。ギリシア神話では、アプロディーテー*と酒神ディオニューソス*（またはヘルメース*、アドーニス*）の子とされ、パーン*やシーレーノス*らと同じく酒神の行列に供奉することがある。彼がニュンペー*（ニンフ*）のローティス Lotis, Λωτίς に恋し、夜間ひそかに寝ているローティスを犯そうと忍び寄ったところ、シーレーノスの驢馬が急に嘶いて酒神の従者たち全員を起こしたため、彼女は逃げてロートス lotos の木に転身してしまったという。異説では彼が襲おうとしたのはヘスティアー*（ウェスタ*）であり、この譚にちなんでプリアーポスには驢馬を犠牲に捧げる一方、女神ウェスタの祭りでは花冠を驢馬にかぶせるようになったのだとされる。別伝によると、プリアーポスはゼウス*とアプロディーテーの子で、嫉妬したヘーラー*の呪いによって、生まれながらに巨大な生殖器をもっていたので、これを恥じた母神に棄てられ、ランプサコス近くに住む牧者らの手で養育されたことになっている。シケリアー*（現・シチリア）のディオドーロス*の伝えるところでは、彼はエジプトの神オシーリス*の男性の力を神格化した存在であり、さらにまた両性具有神ヘルマプロディートス*と同一の者であるともいう。

　彼の崇拝はヘレニズム時代に入ると急速にギリシア全土、次いでイタリアに広まり、農業・牧畜・養蜂・漁業の守護神として田畑や牧場、葡萄園、港などにその立像が置かれた。真赤に塗られた神像は、収穫を羨む邪視除け、また農園を泥棒や雀から守る案山子の役割を負ったほか、庭園の装飾としても用いられた。プリアーポスを称えたエロティックなギリシア・ラテン語の詩『プリアーペイア Priapeia』が数多く残存しており、それらによると果樹園などに忍び込んだ盗人は、吸茎（fellatio）や鶏姦（肛門強姦）を強いられる罰を受けたという。医学用語プリアピズム Priapism（持続勃起症）は、この神名に由来している。

　なお、ギリシア・ローマ世界にはプリアーポス以外にも、パッレース Phalles、オルタネース Orthanes、コニーサロス Konisalos、テュコーン Tykhon、ルーティーヌス Lutinus、ムートゥーヌス・トゥートゥーヌス Mutunus Tutunus、等々、一群の主に豊饒を司る陽物神があった。また中世に入ってからも、陽物神はキリスト教の聖人たちに名前を変えてヨーロッパ各地で勃起した男根（パッロス、〈ラ〉パッルス phallus）の形で崇拝され続けた。
⇒ファスキヌス、アレース
Paus. 9-31/ Ov. Fast. 1-391～, 6-319～, Met. 9-347～/ Diod. 4-6/ Strab. 13-587～/ Hor. Sat. 1-8/ Priap./ Augustin. De civ. D. 4-11/ Festus/ Tertullian. Apol. 25/ Lactant. Div. Inst. 1-20/ Serv. ad Verg. G. 2-84, 4-111/ Tib. 1-4/ Petron. Sat./ Schol. ad Theoc. 1-81/ Tzetz. ad Lycoph. 8-31/ Schol. ad Ap. Rhod. 1-932/ Steph. Byz./ etc.

プリアム　Priam
⇒プリアモス

プリアモス　Priamos, Πρίαμος, Priamus,（英）（仏）（独）Priam,（伊）Priamo,（西）（葡）Príamo,（露）Приам,（エトルーリア*語）Priume,（現ギリシア語）Príamos,〔（ルウィ語）Priimuua〕

　ギリシア神話中、トロイアー*最後の王。本名・ポダルケース Podarkes。ヘーラクレース*がトロイアーを攻略した時、王ラーオメドーン*の息子たちの中で、唯1人彼のみが殺されずに済んだ（⇒ヘーシオネー）。父の王位を継ぐと祖国の復興に努め、プリュギアー*人とともにアマゾーン*女族と交戦、また大神ゼウス*の愛人となって黄金の葡萄樹を授かり、トロイアーに大いなる盛世をもたらした。長期にわたる治世の間、最初の妻アリスベー Arisbe（予言者メロプス Merops の娘）から1子アイサコス*を、2度目の妻ヘカベー*からヘクトール*やパリス*、カッサンドラー*ら多くの子女を儲け、側妾たちとも交わって総計50男50女の父となった（⇒巻末系図019）。パリスが誕生する直前、王は「国を滅ぼす子供が生まれようとしている」という予言を聞いて、赤児パリスをイーデー（イーダー）❶*山中に棄てたとも、同じ頃キッラ Killa, Κίλλα（プリアモスの姉妹）の産んだ子ムーニッポス Munippos, Μουνίππος を母もろとも殺したともいう。トロイアー戦争*勃発時にはすでに高齢に達しており、実戦には加わらなかったが、メネラーオス*とパリスの一騎討ちのための休戦協定の折と、息子ヘクトールの遺骸を受け取りに単身アキッレウス*の陣営を訪れた際にのみ城外へ出向いた。敬虔・温厚な人柄で神々に愛され、戦争の原因たる美女ヘレネー*をつねに庇い、敵のギリシア人たちからも尊敬の念を払われていた。とは

いえ、トロイアーの陥落時、宮殿内のゼウス祭壇のもとに避難した老王は、面前で我が子ポリーテース Polites が殺されるのを目撃したのち、ネオプトレモス*（アキッレウスの子）の手で惨殺され、首を刎ねられた屍体は朽ちるがままに放置された。プリアモスの名はしばしば、卓越した幸運と限りない不運を2つながら味わった人物の代名詞のごとくに用いられる。なお後世、メロヴィング朝フランク王国などゲルマーニア*諸王家は、プリアモスの末裔を僭称ないし仮冒した。

美術作品では、アキッレウスに我が子ヘクトールの亡骸を貰い受ける場面や、ネオプトレモスに殺害される場面などに、白髪の老王の姿で表現されている。

Hom. Il. 3-146〜, 7-635〜, 20-237, 24-143〜/ Apollod. 2-6, 3-12, Epit. 5/ Hyg. Fab. 89〜91, 93, 101, 105〜106/ Paus. 2-24, 4-17, 10-27/ Eur. Hec. 23〜, Tr. 16〜, 48〜/ Verg. Aen. 2-506〜/ Serv. ad Verg. Aen. 2-557/ etc.

ブリアレオース　Briareos, Βριάρεως, Briareus, （仏）Briarée, （伊）（西）Briareo, （葡）Briareu, （露）Бриарей

ギリシア神話中、百手巨人ヘカトンケイル*たち（ヘカトンケイレス*）の1人アイガイオーン Aigaion の別名。ホメーロス*によれば、神々からはブリアレオース、人間からはアイガイオーンと呼ばれたという。ヘーラー*、アテーナー*ら幾柱かの神々が大神ゼウス*を縛り上げようと謀反を起こした時、彼は女神テティス*の願いに応えてオリュンポス*へ登り大神の危機を救った。ティーターノマキアー*の折には兄弟とともにゼウスらオリュンポス神族の味方をして巨神族ティーターン*たちを打ち破っている。その美質ゆえに海神ポセイドーン*の養子に迎えられ、海神の娘キューモポレイア Kymopoleia と結婚。コリントス*地峡の領有をめぐるヘーリオス*とポセイドーン2神の争いの際には調停役に選ばれている。別伝では、彼は巨人族ギガンテス*と同じく天界へ攻め上がろうとして、ゼウスによって海中へ投げ落とされ、アイトネー*（現・エトナ）火山の下敷きにされたことになっているという（⇒テューポーン）。ジブラルタル海峡の両岸に立つ「ヘーラクレースの柱*」は、以前は「ブリアレオースの柱」と呼ばれていたと伝えられる。一説にブリアレオースは、ガイア*とポントス*との間の子だとされている。

Hom. Il. 1-403〜/ Hes. Th. 149, 817〜/ Apollod. 1-1/ Paus. 2-1, -4/ Verg. Aen. 10-565〜/ Ael. V. H. 5-3/ Schol. ad Ap. Rhod. 1-1165/ etc.

プリエーネー　Priene, Πριήνη, のち Naulokhon, （仏）Priène, （露）Приена, （現ギリシア語）Príni

（現・Turunçlar または、Samsūn, Samum Kalesi, Samsun Kale）小アジア西岸、イオーニアー*地方の都市。ミーレートス*の北方、マイアンドロス*河の旧い河口に位置していた。イオーニアー12市の1つ。伝説上の建祖は、キューメー❶*やピタネー*と同じくアマゾーン*女族の1人ピタネー Pitane とされ、古くからカーリアー*人が先住していた。その後アテーナイ*王コドロス*の子キュアレートス Kyaretos が、イオーニアー系ギリシア人植民市を設立し（伝・前11世紀）、やがてテーバイ❶*人も合流、ギリシア七賢人*の1人ビアース*の頃に最も栄えた（前6世紀中葉）。リューディアー*王国に占領されたのち、アカイメネース朝*ペルシア*軍の劫略を被り、多数の市民が奴隷として売り払われた（前540頃）。次いでイオーニアーの反乱（前500〜前493）に加わり、ラデー Lade の海戦に軍船を出した（前494）が、敗北して再びペルシア帝国*に屈服させられる。前4世紀の中頃までにマイアンドロス河が沈泥でふさがったため、ずっと下流のミュカレー Mykale 山麓へ移ることを余儀なくされ、アレクサンドロス大王*の支援もあってヒッポダモス*式の整然とした新い都市が造営された（前4世紀後期）。ヘレニズム時代にはあまりふるわず人口4千人程度の小都市であったが、ローマ時代に再び繁栄を回復。1895年以来の発掘により、前4〜3世紀の城壁やアゴラー*、劇場（テアートロン*）、諸神殿、ギュムナシオン*、パライストラー*、スタディオン*他の立派な公共建造物の遺跡が明らかにされ、直交する格子状街路からなる計画都市のほぼ全容を今日も見ることができる。

⇒エペソス、スミュルナー、サモス

Herodot. 1-15, -142, -161, -170, 6-8/ Paus. 7-2, 8-24, 10-24/ Strab. 8-384, 12-578, 14-639/ Thuc. 1-115/ Xen. Hell. 3-2/ Ael. V. H. 8-5/ Vitr. 4-1/ Plin. N. H. 5-31/ etc.

ブリガンテース（族）　Brigantes, （ギ）ブリガンテス Βρίγαντες, （英）Brigantians, （独）Briganten, （伊）Briganti, （露）Briganти

ブリタンニア*（グレート・ブリテン島）北部にいたケルト*系を主として形成された部族ないし部族連合。この島で最も強大で人口が多く、その住地はブリガンティア Brigantia（現・イングランド北部）と称された。後51年頃クラウディウス帝*と同盟を結んだが、のち王家の内訌からローマの介入を招き（⇒カルティマンドゥア）、総督Q.ペティーリウス・ケレアーリス Petilius Cerealis（在任・71〜74）およびアグリコラ*（史家タキトゥス*の岳父）によって征服された（79）。120年頃反乱を起こして、エブラークム*（現・ヨーク）に駐留するローマ軍団を滅ぼし、アントーニーヌス・ピウス*帝の治世（138〜161）になってようやく鎮圧され、領土の大半を奪われて北方のカレードニア*（スコットランド）地方へ追いやられた。ブリガンテースの1支族は、ヒベルニア*（アイルランド）東南部に移住したと記録されている。名祖はケルト人の女神ブリガンティア Brigantia（〈英〉Brigit）とされる。

Tac. Ann. 12-32〜40, Hist. 3-45, Agr. 17, 20, 31/ Juv. 14-196/ Paus. 8-43/ Ptol. Geog. 2-2, -3/ etc.

フリギア（フリジア）　Phrygia

⇒プリュギアー

プリクソス　Phriksos, Φρίξος, Phrixus, (仏)(独) Phrixos, (伊) Frisso, (西) Frixo, (露) Фрикс

ギリシア神話中、ボイオーティアー*の王アタマース*（アイオロス❷*の息子）とネペレー❶*の子。ヘッレー*の兄弟。継母イーノー*の策謀でゼウス*に対する生贄として捧げられたが、あやういところを生母ネペレーが送った金毛の雄羊に救出された（⇒ビーサルタイ）。この雄羊はヘルメース*神の贈り物で、人語を発し、プリクソスとヘッレー兄妹を背に乗せると、宙に舞い上がり、東方へと飛び去った。ヨーロッパからアジアへ渡る海峡の上に来た時、ヘッレーは眩暈を覚えて波間に墜落し、以後その海はヘッレースポントス*（ヘッレーの海）と呼ばれるようになった。プリクソスは黒海*の東端コルキス*に辿り着き、その王アイエーテース*に迎えられ、王女カルキオペー Khalkiope, Χαλκιόπη と結婚、ゼウスに雄羊を捧げ、その皮を岳父アイエーテースに与えた。王はこれをアレース*神の聖林にある樫（オーク）の木にかけ、眠ることのない竜によって昼夜見張らせた。イアーソーン*らアルゴナウテース*たち（アルゴナウタイ*）が探し求めたのは、この金羊毛皮である。プリクソスはコルキスで老死し、息子らがギリシアへ戻って祖父アタマースの王位を回復したとも、「アイオロスの子孫の手にかかって死ぬであろう」という神託を聞いたアイエーテースが、プリクソスを殺したとも伝えられる。

⇒アルゴス❷、クレーテウス、巻末系図 012

Ap. Rhod. Argon. 2-1140~/ Herodot. 7-197/ Paus. 9-34/ Apollod. 1-9/ Hyg. Fab. 1~, 12, 14, 21~, 188, 245/ Ov. Met. 12-8~, Fast. 3-867~/ Valerius Flaccus 1-281~/ Eratosth. Cata. 14, 19/ Palaephatus 30/ etc.

フリジア（フリギア）　Phrygia
⇒プリュギアー

フリーシイー（族）　Frisii, (ギ) Phrissioi, Φρίσσιοι, または、Phreisioi, Φρείσιοι, (英) Frisians, (仏) Frisons, (独) Friesen, (伊) Frisoni, (西) Frisones, (葡) Frísios, Frisões, (蘭) Friezen, (露) Фризы

ゲルマーニア*人の１部族。レーヌス*（ライン）河口東方、北海沿岸地帯に居住し、勢力に応じて大フリーシイーと小フリーシイーに分かれていた。前 12 年に大ドルース*に制圧されて以来、ローマへ牛皮の貢納を義務づけられていたが、後 28 年、苛酷な収奪に堪えかねて叛乱を起こし、将軍コルブロー*に平定されるまで自由を謳歌した（〜47）。58 年には２人の首長が移住の許可を求めてローマを訪れ、ポンペイユス*劇場の貴賓席に無理やり割り込んで坐るという椿事を起こしている。キーウィーリス*の乱（69〜70）に加わったものの、３世紀にはローマ軍に協力してブリタンニア*で活躍したことが知られている。後世のフリージア諸島やフリースラントにその名を残す。

Tac. Germ. 34, Ann. 1-60, 4-72~, 11-19, 13-54, Hist. 4-15/ Ptol. Geog. 2-11/ Dio Cass. 54-32/ Procop. Goth. 4-20/ Plin. N. H. 4-15/ etc.

プリ（ー）スキアーヌス　Priscianus Caesariensis, (英)(独) Priscian, (仏) Priscien, (伊)(西) Prisciano

（後 5 世紀後半〜6 世紀前期）ラテン語の文法学者。マウレターニア*のカエサレーア*（カエサレーア・マウレーターニアエ*）出身。東ローマ皇帝アナスタシウス 1 世*の治下（491〜518）にコーンスタンティーノポリス*でラテン語を教授した。主著『文法提要 Institutiones Grammaticae』（18 巻）は、体系的なラテン語文法書で、おおむねアポッローニオス・デュスコロス*の著述を基礎としており、古典作家からの引用に富む点で貴重である。中世以降の西ヨーロッパでは最も有名な教科書の１つとして広く読まれ、今

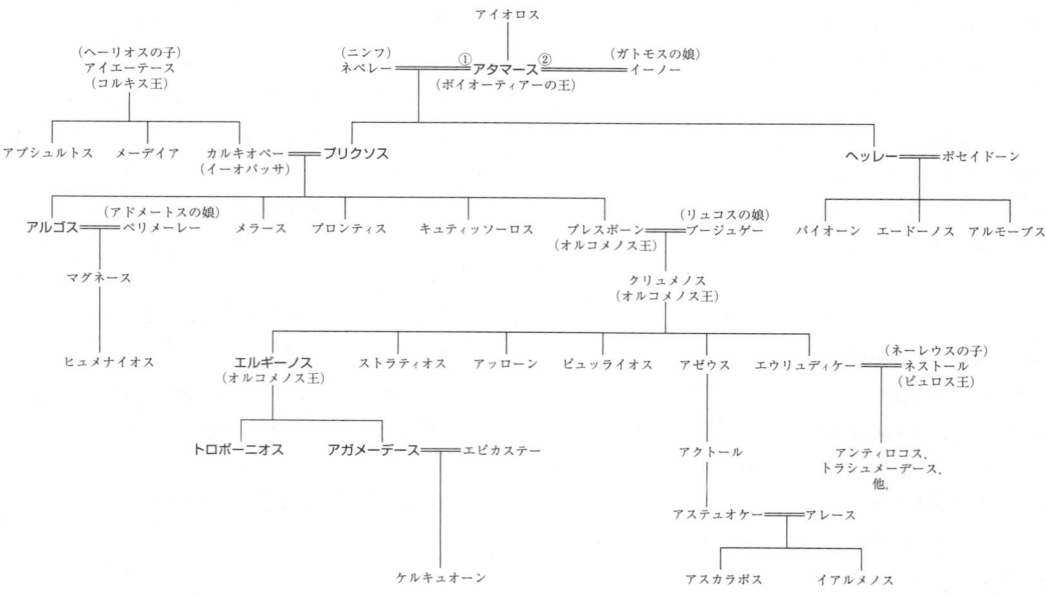

系図 322　プリクソス

日なお千部以上の手写本が残存、多数の注釈書も記され、ラテン文法研究に大きな影響を与えた。彼はドーナートゥス*と並ぶ代表的な文法学者と評価され、また伝承によれば、異教徒（非キリスト教者）で男色家であったという。その他、シュンマクス*（ボエーティウス*の岳父）に献げた著書など数作が伝わる。
⇒ディオニューシオス・ペリエーゲーテース
Priscian. Inst. Gramm., De Laude Imperatoris Anastasii/ Paulus Diaconus De Gest. Longob. 1-25/ Cassiodor./ etc.

ブリーセーイス Briseïs, Βρισηῒς, Briseis, （仏）Briséis, （伊）Briseide, （西）（葡）Briseida, （露）Брисеида

（「ブリーセウス Briseus の娘」の意）ギリシア伝説中、トロイアー*近くのアポッローン*神官ブリーセウス（ブリーセス Brises とも）の娘。本名ヒッポダメイア❸*。ギリシア軍に夫ミュネース Mynes や兄弟を殺され、捕えられてアキッレウス*の奴婢かつ妾となる。父は家を破却された時に縊死を遂げる。こうした事情にもかかわらず、英雄アキッレウスとブリーセーイスはまめやかな愛情で結ばれていたらしく、彼女をアガメムノーン*が横取りした一件から（⇒クリューセーイス）、『イーリアス*』冒頭のアキッレウス激怒の場面が出来し、英雄は部下のミュルミドーン*人を率いて戦場から引き上げてしまう。彼女は長身にして端麗な容姿の持ち主で、その両眉は互いにつながらんばかりに接近していたという。
Hom. Il. 1-318～, 2-688～, 19-291～/ Ov. Am. 2-8, Her. 3/ Paus. 5-24, 10-25/ Quint. Smyrn. 3-552～/ Hor. Carm. 2-4/ Prop. 2-8/ Tzetz. ad Lycoph. 365/ etc.

ブリゾー Brizo, Βριζώ

デーロス*島の女神。船乗りの守護者で、主に女たちに崇拝され、魚を除くさまざまな食物が舟形の容器に入れて捧げられた。彼女は神託をも司り、漁業や航海に関する予言を夢の中で相談者に伝えた。
Ath. 8-335a～b/ Eust. Il. 1720/ Hesych./ etc.

ブリタンニア Britannia（〈ギ〉ブレタンニアー Bretannia, Βρεταννία, ブレッターニアー Brettania, Βρεττανία, 古くはプレタンニアー Pretannia, Πρεταννία）,（アングロ・サクソン語）Bryten,（仏）Bretagne (Angleterre),（独）Britannien,（西）Britania,（葡）Bretaña, Bretanha,（露）Британия

（現・ブリテン Britain）古称アルビオーン*。今日のイングランド、ウェールズ、スコットランド（〈ラ〉カレードニア*）を含むグレート・ブリテン島のラテン名。広義には現アイルランド（〈ラ〉ヒベルニア*）をも含むブリテン諸島（ラ）Britannicae Insulae の総称としても用いられる。すでに前4世紀末、マッサリアー*（現・マルセイユ）のピューテアース*が訪れ、著『周航記』Periplus に記していたが、ローマ人が実際にこの島を知るようになったのは、カエサル*の2度にわたる遠征（前55、前54）を通じてであった（⇒カッシウェッラウヌス）。クラウディウス*帝の治下、将軍アウルス・プラウティウス*率いるローマ軍が、ロンディニウム*（現・ロンドン）やカムロードゥヌム*（現・コルチェスター）を占領（後43）、東南部のケルト*系住民を征服して島の属州化を進めた（⇒カラタクス、オストーリウス・スカプラ、スエートーニウス・パウリーヌス）。女王ボウディッカ*の乱（61）が鎮圧された後、フラーウィウス*朝時代の総督 Q. ペティーリウス・ケレアーリス Petilius Cerealis（71～74）やユーリウス・フロンティーヌス*（74～78）、ユーリウス・アグリコラ*（78～84）らによって、カレードニア（スコットランド）にまで至る島の大半が征服された（⇒シルレース、ブリガンテース、イスカ、モナ）。ハドリアーヌス*帝は名高い防壁（ハドリアーヌスの城壁*）を築いて属州の北境とし（122～127）、彼の後継者アントーニーヌス・ピウス*はさらに北方に長城（アントーニーヌスの城壁*）を建造した（142頃）。が、のちにカレードニア人の侵略が激しくなったため、親征にのり出したセプティミウス・セウェールス*帝が（208～211）、再度ハドリアーヌスの城壁を帝国の辺境防衛線として画定、ブリタンニア全体を南部のブリタンニア・スペリオル B. Superior（州都はロンディニウム（現・ロンドン））と北部のブリタンニア・イーンフェリオル B. Inferior（州都はエブラークム*（現・ヨーク））の2州に分割した。ローマ化された両属州は大いに繁栄し、公共浴場（テルマエ*）や円形闘技場（アンピテアートルム*）、フォルム*、バシリカ*、中央暖房装置などを備えた都市生活を謳歌（⇒アクァエ・スーリス、リンドゥム）、先住民のドルイデース*教に代わってローマの国教をはじめミトラース*、イーシス*、セラーピス*、キリスト教などの東方の宗教がもたらされた。ローマは4（のちに3）箇軍団を駐留させて軍事支配をしき、ロンディニウムを中心とする6本の軍用道路を放射状に敷設、各地にローマ風の都市や多数の別荘 villa（ウィッラ）を建てて統治の強化を計ったが、ケルト人の伝統が根強く残ったことは否めない。4世紀までにブリタンニアはさらに5州（一時的に6州）へと細分化され、3世紀後半からはカレードニア人の襲撃やサクソニー*族の海賊の来寇が激化、カラウシウス*やマグヌス・マクシムス*らの帝位をうかがう動きも起こり、一時コーンスタンティウス・クロルス*によって再征服され（297）、その子コーンスタンティーヌス1世*（大帝）の下に秩序を回復したこともあったが、ついに407年ローマ軍は島から撤退（⇒コーンスタンティーヌス3世）、以後諸市は自衛を余儀なくされた —— 公式には410年のホノーリウス*帝の軍団撤退令によりローマのブリタンニア支配が終焉する ——。

カエサルの記述にしたがえば、ブリタンニアの先住民は乳と肉だけを摂り、獣皮をまとい、敵を恐れさせるため大青（たいせい）で身体を染め、頭と上唇を除く全身の毛を剃るが髪は伸ばし放題、10人か12人ずつの仲間で、それも特に兄弟や父子の間で妻を共有する習慣があったという。古来ブリタンニアは鉄や錫、鉛、真珠の産地として知られ、ローマ

帝政期には羊毛業が盛んになった。カエサルがブリタンニアを攻めたのは一説に真珠が目当てであったとされ、彼は情婦のセルウィーリア*（M. ブルートゥス❷*の母）に600万セーステルティウスもする高価な真珠を贈ったという。

現今までに各地からローマ時代の浮彫や碑文、モザイク画、金銀の細工品、また神殿や宮殿などの遺構が発見されている。

⇒ウェルラーミウム、カッレウァ、ドゥロウェルヌム、オルカデース、トゥーレー

Caes. B. Gall. 4-20～5-23, 6-13/ Plin. N. H. 4-16/ Tac. Agr. 10～, Ann. 2-24, 12-31～40, 14-29～39/ Dio Cass. 59-21, 60-19～23, 76-11～13/ Paus. 1-33, 8-43/ Suet. Iul. 47, Calig. 44, Claud. 17/ Arist. Mund. 3/ Strab. 2-93, 4-199～/ Ptol. Geog. 2-2/ Polyb. 3-57/ Mela 3-6/ Cic. Nat. D. 2-34/ Amm. Marc. 27-7/ Dionys. Per./ Procop. Goth./ Baeda Hist. Eccl./ etc.

ブリタンニクス Tiberius Claudius Caesar Britannicus, （ギ）Brettanikos, Βρεττανικός, （伊）Britannico, （西）（葡）Británico, （葡）Britânico, （露）Британик

（後41年2月12日～後55年2月11日）ローマ第4代皇帝クラウディウス*と后メッサーリーナ*の子（⇒本文系図208）。父帝登位後20日目に生まれ、初名をゲルマーニクス*といったが、43年クラウディウスのブリタンニア*親征を記念して父とともに「ブリタンニクス」なる副名を名乗ることを認められ、以後もっぱら息子の彼の方がこの名で呼ばれるようになる。繊細な神経を持ち、病弱でしばしば癲癇の発作を起こしたとされる。幼い頃は父帝の寵愛を享けていたものの、母后の刑死（48）後、野心家の小アグリッピーナ*（ネロー*帝の母）が継母となり（49）、連れ子のネローをクラウディウスの養子に迎えさせて（50）からというもの、宮廷の日陰者の立場へ追いやられ、彼に同情的な側近は追放ないし処刑される破目に陥った（51）。クラウディウスが晩年に、早まった結婚と養子縁組を後悔しはじめた頃にはもはや手遅れで、老帝自身が妻のアグリッピーナに毒殺され、帝位はネローのものとなる（54年10月）。次いでアグリッピーナが自分の手に合わなくなった息子ネローを抑えつけるためにブリタンニクスを利用しようとしたせいで、彼は満14歳になる直前に晩餐の席上で新帝ネローによって毒殺されてしまう（⇒ロークスタ）。最初に毒の入っていない非常に熱い飲物を試飲係が吟味し、ブリタンニクスにすすめるが、彼には熱過ぎて飲めないので冷水を加えるよう指図が下される。実はその冷水の中に猛毒が仕込んであり、たちまち不幸な皇子は一言も発する間もなく絶命（⇒ティトゥス）。ネローは「いつもの癲癇の発作さ」と事もなげに嘯き、毒殺の痕跡を隠すべくブリタンニクスの死体を石膏で塗りこめ、その夜のうちに茶毘に付させた。彼の若い肉体は死ぬ前にたびたび義兄ネローによって凌辱されていたという。

彼の悲劇的運命を主題（テーマ）にした後代の文芸作品のなかでは、17世紀フランスの古典主義劇詩人ラシーヌの政治悲劇『ブリタニキュス Britannicus』（1669）が最も名高い。

⇒オクターウィア❷

Tac. Ann. 11-4, -26, -32, 12-2, -25, -41, 13-15～17/ Suet. Claud. 27, 43, Ner. 6, 7, 33, Tit. 2/ Dio Cass. 60-12, -22, -34, 61-7/ Sen. Octavia 45～/ Eutrop. 7-13,/ Joseph. J. A. 20/ etc.

ブリトマルティス Britomartis, Βριτόμαρτις, （伊）Britomarti, （露）Бритомартида

（「甘美な処女」の意）クレーター*島の女神。ディクテュンナ*と同一視される。レアー*（レイアー*）と同じく、ギリシア人侵入以前の先住民族によって崇拝されたエーゲ海諸島の大女神であったらしい。ギリシア神話においては、アルテミス*に寵愛された乙女で、クレーター王ミーノース*に9ヵ月間にわたって追跡されたが、王の求愛を拒んで逃げ回り、ついに断崖から海に投身、漁師の網 diktyon（ディクテュオン）にかかって救われ、その純潔をめでたアルテミスにより女神の列に加えられた。以来ブリトマルティスは、ディクテュンナ*（「網の女神」ないし「ディクテー*山の女神」の意）の異称で呼ばれるようになった。また彼女はミーノースを逃れてアイギーナ*島へ渡り、アルテミスの聖なる森で保護を受け、この地でアパイアー*の名のもとに崇拝されたとも伝えられる。女神ブリトマルティス＝ディクテュンナは、遅くとも悲劇詩人エウリーピデース*の頃までに、アルテミスと習合し、同一神格と見なされるに至っていた。

Solin. 11-8/ Paus. 2-30, 3-14, 8-2, 9-40/ Diod. 5-76/ Callim. Dian. 189～/ Ant. Lib. Met. 40/ Eur. Hipp. 146/ Verg. Ciris 285～/ Schol. ad Ar. Ran. 1402/ etc.

プリーニー Pliny
⇒プリーニウス*（の英語形）

プリーニウス Plinius, （ギ）Plīnios, Πλίνιος, （英）Pliny, （仏）Pline, （伊）（西）Plinio, （葡）Plínio, （露）Плиний

ローマ帝政期の文人。

❶ **大プリーニウス** P. Maior, （英）Pliny the Elder, （仏）Pline l'Ancien, （独）Plinius der Ältere, （伊）Plinio il Vecchio, （西）Plinio el Viejo, （葡）Plínio, o Velho（後23／24～後79年8月25日）ガーイウス・プリーニウス・セクンドゥス Gaius Plinius Secundus。博物学者、著述家。イタリア北部のノウム・コームム*（現・コモ Como）出身。騎士身分（エクィテース*）に属し、ローマで教育を受けたの

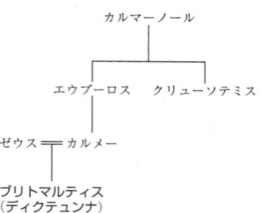

系図323　ブリトマルティス

ち、ゲルマーニア*において軍務に就き騎兵隊を指揮 (47〜57)、のちの皇帝ティトゥス* (在位・79〜81) と相識の仲となる。ウェスパシアーヌス*の即位 (69) 以来、重用されてガッリア*、アーフリカ*、ヒスパーニア*の属州管理官 Procurator を歴任、帝室と親交を保ち、最後はティトゥスによってローマ海軍提督に任命され軍港ミーセーヌム*に勤務、その地で 79 年ウェスウィウス* (現・ヴェズーヴィオ Vesuvio) 火山の大爆発に遭い (8月24日)、視察と住民救助のためスタビアエ*へ急行、有毒ガスと火山灰を浴びて窒息死した —— 異説では、煙と熱気に耐えられず 1 人の奴隷に自らを刺殺させたという ——。

勤勉かつ知識欲の旺盛な人物で、睡眠時間も惜しんで研究や著述に励み、公務の合間に多数の書物を執筆、晩餐や入浴の最中にも読書と口述筆記を続け、「勉学に向けられない時間はすべて浪費された時間だ」と見なしていた。現存する『博物誌 Naturalis Historia』37 巻 (77 年にティトゥスへ献呈) は、3 万 5 千近い項目からなる一種の百科全書で、天文学・地理学・動物学・植物学・鉱物学・医学・薬学・民族学・芸術、等々きわめて多方面にわたっており、4 千人以上の著作家から得られた厖大な知識をたくみに整理・編纂している。学問的正確さの点ではアリストテレース*やテオプラストス*らにはるかに劣り、迷信・呪法など非科学的叙述や誤謬も多い。とはいえ、第 33 巻以下の古代芸術に関する記述は貴重であり、またラーティフンディア*制度に起因する帝国衰亡論や、隔世遺伝・性転換・帝王切開・両性具有の事例、さまざまな動植物の薬用効果など、興味深い情報も満載されている。その他、『アウフィディウス・バッスス*の史書を継承したローマ同時代史 A Fine Aufidii Bassi』(31 巻) や、『ゲルマーニア戦記 Bellorum Germaniae』(20 巻)、『ポンポーニウス・セクンドゥス*伝 De Vita Pomponii Secundi』(2 巻)、『騎兵の投槍術 De Jaculatione Equestri』(1 巻)、弁論家養成のための書『学生 Studiosi』(6 巻・3 書)、文法論『曖昧な言辞 Dubii Sermonis』(8 巻) など百余りの著作のあったことが知られるが、すべて失われた。小プリーニウス* (⇒❷) は、彼の甥 (妹の次男) で養嗣子である。

なお彼の『博物誌』は、広範にわたる知識の宝庫として早くから利用され、ソリーヌス*やイシドールス Isidorus Hispalensis (560 頃〜636。セビーリャのイシドーロ) らによって抜粋・要約されたのち、中世ラテン世界 (西ヨーロッパ) を通じて最も権威ある科学書の地位を保ち続けた。無頭人ブレミュエース*とか犬頭人キュノケパロイ*、1 本足のスキアーポデス*といった奇形人種、怪蛇バシリスクス*、火蜥蜴サラマンドラ*、人頭獅子マンティコーラ*といった後世お馴染みの幻想的な怪獣のイメージは、本書によって西ヨーロッパ人の間に定着したといえよう。
Plin. N. H./ Plin. Ep. 3-5, 6-16/ Suet. Vita Plinii Secundi/ Quint. 3-1/ etc.

❷ **小プリーニウス** P. Minor, (英) Pliny the Younger, (仏) Pline le Jeune, (独) Plinius der Jüngere, (伊) Plinio il Giovane, (西) Plinio el Joven, (葡) Plínio, o Jovem, Plínio, o Nuovo (後 61／62 年 8 月〜後 112／114 頃)

ガーイウス・プリーニウス・カエキリウス・セクンドゥス Gaius Plinius Caecilius Secundus。ローマ帝国前期の政治家、文筆家。❶の甥、のちその養子となる。❶と同じく北イタリアのノウム・コームム* (現・コモ) に生まれる。本名プーブリウス・カエキリウス・セクンドゥス Publius Caecilius Secundus。幼時に実父カエキリウス L. Caecilius Clio を喪い、母プリーニア Plinia の兄プリーニウスに養嗣子として迎えられる。ローマで弁論術の大家クィンティリアーヌス*に師事し、18 歳にして法廷に立ち、弁論家として成功する。シュリア*で軍団副官を務めた (81 頃) のち、元老院入りを果たし (90 頃)、護民官、法務官 (93) を歴任、100 年には執政官職に就き、元老院を代表してトライヤーヌス*帝に『頌辞 Panegyricus』(現存) を献げた。タキトゥス*やスエートーニウス*らの文人と親交を保ち、100 年にタキトゥスとともに属州アーフリカ*の総督マリウス・プリ (ー) スクス Marius Priscus を苛斂誅求の廉で告発、104 年にはフロンティーヌス*死去のあとを受けて鳥卜官となる。次いで属州ビーテューニア*＝ポントゥス*へ総督として派遣され (110 頃)、同地の財政再建に尽力し、任地で客死した (五十余歳)。温厚、裕福で気前がよく、イタリアの諸所に広大な土地や別荘を所有し、生地コームムに神殿・図書館・教育施設・公共浴場などを惜しみなく寄贈した。文学と洗練された快楽を好み、3 度結婚を繰り返し、3 番目の妻カルプルニア Calpurnia との夫婦生活は円満であったが、ついぞ子宝には恵まれなかった。伝存する『書簡集 Epistulae』全 10 巻は、公表を予定して書かれたため、入念な技巧が施されており、また時代の暗黒面に触れることこそ少ないものの、当時の教養あるローマ富裕層の優雅な社交生活を知るうえで重要な史料となっている。生前に公刊された友人宛書簡 (第 1〜9 巻の 247 篇) に、死後加えられたトライヤーヌス帝との往復書簡 (第 10 巻の 122 篇) は、帝国の属州行政の実態、とりわけ国家の宗教に不従順なキリスト教徒の処遇に関する問題を扱っている点で興味深い。なお彼の友人宛書簡は、養父・大プリーニウスのウェスウィウス* (現・ヴェズーヴィオ Vesuvio) 火山爆発による横死や、パエトゥス*とアッリア*の劇的な自害、ヘルウィディウス・プリ (ー) スクス*夫妻の不屈の勇気と不幸な最期、哲学者アテーノドーロス*が泊まったアテーナイ*の幽霊屋敷の怪談など、数々の有名な話を伝えていることで知られている。

⇒マールティアーリス、シーリウス・イタリクス、マッサ
Plin. Ep., Pan., Tra.

プリームス、マールクス・アントーニウス Marcus Antonius Primus, (ギ) Markos Antōnios Primos, Μάρκος Ἀντώνιος Πρῖμος, (伊) (西) Marco Antonio Primo

(後 20 頃〜後 100 頃) ネロー*帝死後のローマ混乱期 (68〜69) に活躍した武将。有能だが貪欲な野心家。ネローの治下に遺書改竄の罪で追放刑に処される (61) が、ガルバ*帝

により元老院に復籍を許され、パンノニア*の軍団指揮権をも委ねられる (68)。翌 69 年夏にはウェスパシアーヌス*側に与し軍隊を率いてイタリアへ進撃、ウィテッリウス*帝を裏切ったカエキナ・アリエーヌス*を受け入れ、ベートリアクム*（ベードリアクム*）でウィテッリウス軍を大破 (10月)、敵の逃げ込んだクレモーナ*の町を落とすと掠奪・殺戮・放火をほしいままにする。次いでローマ入りを果たし、民衆の見物する中、血腥（なまぐさ）い市街戦を展開したのち、ウィテッリウスを惨殺して実権を掌握する (12月)。だが、すぐにムーキアーヌス*が入城して首都を支配したため、その権力は牽制され、新帝ウェスパシアーヌスからも疎（うと）まれたあげく、故郷トローサ*（現・トゥールーズ）への引退を余儀なくされた。

Tac. Ann. 14-40, Hist. 2-86, 3〜4/ Dio Cass. 65-9〜18/ Joseph. J. B. 4/ Mart. 9-99, 10-23/ Suet. Vit. 18/ etc.

ブリュアクシス　Bryaksis, Βρύαξις, （Bryassis, Βρύασσις）, Bryaxis, （伊）Briassi, （西）Briaxis, （葡）Briáxis, （露）Бриаксис

(前 372 頃〜前 312 頃) ギリシア古典後期の彫刻家。アテナイ*の人。前 4 世紀半頃スコパース*、レオーカレース*らとともにハリカルナッソス*のマウソーロス*霊廟（マウソーレイオン*）の装飾彫刻に携わり、北側の浮彫を担当した。クニドス*出土のデーメーテール*女神の座像（現・大英博物館蔵）は、今日彼の作に帰せられるようになっている。数々の神像のほか、シュリアー*王セレウコス 1 世*の肖像などもあり、その卓越した腕前のため彼の作品はペイディアース*のものと間違えられることさえあったという。

⇒ティーモテオス❸

Plin. N. H. 34-18, -19, 36-4/ Vitr. De Arch. 7 praef. 13/ Clem. Al. Protr. 4-48/ Tatianus Ad Gr. 54/ etc.

プリュギアー　Phrygia, Φρυγία, 《ラ》プリュギア Phrygia), （仏）Phrygie, （独）Phrygien, （伊）（西）Frigia, （葡）Frígia, （露）Фригия, （現ギリシア語）Friyía, （トルコ語）Frigya

小アジアの地方名。前 13 世紀頃、トラーキアー*（トラーケー*）方面からインド・ヨーロッパ語族に属するプリュギアー人 Phryges, Φρύγες が侵入し、先住の小アジア人を従えて建国、半島の中央高地から西北方、黒海沿岸にまで及ぶ広範な領域を擁した。プリュギアー王国は前 8 世紀頃を最盛期とし、ゴルディアース*（ゴルディオス*）やミダース*などギリシア伝説でも知られる王を輩出、アッシュリアー*やウラルトゥ Urartu、リューディアー*らと交易し、その莫大な富は近隣諸国の羨望の的となった。サンガリオス*河畔にある首都ゴルディオン*は、独特の岩塞都市で、城壁やアクロポリス*、円形墳墓などの遺跡が見られ、巨大な王墓からは青銅製の大釜ほか数々の副葬品や屹立した男根 phallos（バッコス）形の墓石が発見されている。またプリュギアーは、大地母神キュベレー*崇拝の中心地として名高く、その狂熱的な放逸的な祭祀から「プリュギアー式 hē phrygisti, η φρυγιστί」と称される韻律法（後代のプリュギアー調、キリスト教音楽のプリュギアー旋法）や種々の楽器（とりわけ笛）が生み出され、ギリシア文明に少なからぬ影響を及ぼした。ギリシアの伝承では、プリュギアー人は合金や刺繍の技術、金属に焼きを入れる方法などを発明したといわれ、ホメーロス*によると、トロイアー戦争*の折には駿足の馬を駆りトロイアー*側の同盟軍として参戦している。さしもの富強を誇ったプリュギアー王国も、キンメリオイ*人の侵攻（前 696／695 頃）や前 7 世紀のリューディアー王国の勃興によって衰え、またヨーロッパからミューシアー*人、ビーテューニアー*人らが次々と移住して来るに従って大いに圧迫を受けた。前 7 世紀末にはリューディアーに征服され、次いでアカイメネース朝*ペルシア*の支配下に入り（前 546）、以来独立せず、アレクサンドロス大王*の支配を経てセレウコス*朝シュリアー*、アッタロス朝*ペルガモン*王国の版図に併合された。その間、パープラゴニアー*およびハリュス*河に面した東北地域をガラティアー*（ケルト系）人に奪われ（前 3 世紀前期）、残る大半部も前 116 年にはローマの属州アシア*に編入された（東部は前 25 年に、やはりローマの属州ガラティアに組み込まれる）。帝政期のプリュギアーは、北をビーテューニアー、南をリュキアー*とピシディアー*、東をリュカーオニアー*とガラティアー、西をミューシアー、リューディアー、カーリアー*に取り囲まれた小アジア西部の一地方でしかなくなっていた。その後ディオクレーティアーヌス*帝によってプリュギアーは 2 つの属州に分割され、さらにコーンスタンティーヌス 1 世*の手で再分割を加えられた。独立を失なって久しいこの地は、農村僻地と変じ、ヘレニズム・ローマ世界においてはもっぱら奴隷の供給源として著名な地域と化していた。なお、プリュギアー帽の名で知られるフェルト製の頭巾ピーロス pilos, πῖλος（《ラ》pilleus, pileus）は、ギリシアでは漁師・船乗り・職人の被るものとされたが、ローマでは一般に広く愛用され、また解放された奴隷に与えられたので、近代に至るまで「自由」の象徴となった（ローマ教皇の三重冠（ティアーラ）tiara も、この帽子に由来する）。

⇒アンキューラ、ペッシヌース、ラーオディケイア❶、ケライナイ、ヒエラーポリス❷

Hom. Il. 2-862, 3-184〜, 10-431, 16-719, 24-535/ Aesch. Pers. 770/ Soph. Aj. 1292, Ant. 824/ Xen. An. 2-3, 5-6, Cyr./ Strab. 12-571〜/ Mela 1-19/ Paus. 1-13, 5-25, 10-27/ Plin. N. H. 5-41/ Liv. 37-54〜/ Herodot. 1-72, 2-9, 5-49, -52, 7-72/ Ath. 4-271/ App. Syr. 55, 62/ Diod. 7-13/ Just. 12-7, 13-4/ Joseph. J. A./ etc.

ブリュゴス　Brygos, Βρύγος, Brygus

(前 6 世紀末〜前 5 世紀初頭) アテーナイ*の陶工。彼の作品に陶画を描いた「ブリュゴスの画家」は、赤絵式の最盛期を代表する人物と目され、9 個の杯が現存。トロイアー*落城などの神話的主題のほか、コーモス Komos（酒宴の練り歩き）といった日常生活の風俗を、軽快かつ劇的に活写

している。
⇒ドゥーリス❷、エウプロニオス、アンドキデース❷、エクセーキアース

プリュタネイス Prytaneis, Πρυτάνεις（プリュタニス Prytanis, Πρύτανις の複数形）,（仏）Prytanes,（独）Prytanen,（伊）Pritani,（西）Pritanos

ギリシア諸ポリス polis の高級政務官。特にアテーナイ*の500人評議会の委員をいう。ブーレー*の項を参照。元来プリュタニスは最高行政官を意味し、アテーナイでは公共広場アゴラー*に最高執務官アルコーン*の役所であるプリュタネイオン Prytaneion, Πρυτανεῖον が建っていた。プリュタネイオンには竈の女神ヘスティアー*が祀られていて、不滅の聖火が点り続けており、民主政期以降も中央市庁舎ないし貴賓館として用いられた。アテーナイのプリュタネイオン内には、ソローン*の成文法や平和の女神エイレーネー*像、パンクラティオン*の優勝選手アウトリュコス❶*ら名誉市民の像が安置されていた。
Pind. Pyth. 2-58, 6-24, Arist. Pol. 3-5, 5-5/ Paus. 1-18, -20, 5-15/ Ar. Ach. 125/ Pl. Prt. 338a/ Thuc. 2-15/ Cic./ Plut./ etc.

プリューニコス Phrynikhos, Φρύνιχος, Phrynichus,（仏）（独）Phrynichos,（伊）Frinico,（西）Frínico

ギリシア人の男性名。

❶（前6世紀後半から前5世紀前半に活躍）アテーナイ*の悲劇詩人。ギリシア悲劇の創始者テスピス*の弟子と思われる。前511年には初めて優勝して以来、前476年の『フェニキアの女たち』に至るまで、アイスキュロス*以前の最大の悲劇作家として名声を博し、その作品は後世まで愛好された。甘美な抒情詩の調べと、新たに考案した舞踊で知られ、神話的題材以外に同時代の事件を劇化したことも注目に価する。特に前494年にミーレートス*市がペルシア*軍によって劫略されると、早速これを扱った悲劇『ミーレートスの陥落 Mīlētū Halōsis, Μιλήτου Ἄλωσις』を上演、ところがこの作品があまりに観客を涙にくれさせたため、千ドラクメーの罰金刑を科せられ、以後この劇の上演が禁止された話は名高い（前493）。最初に女性の仮面を使用した（つまり女役を導入した）のも彼であるとされるが、作品はわずかな断片以外伝わっていない。
⇒カルキノス
Herodot. 6-21/ Plut. Them. 5, Mor. 732f, 814b/ Strab. 14-1-7/ Schol. ad Ar. Av. 749, Ran. 910, 1299, Thesm. 164, Av. 749/ Suda/ etc.

❷（前5世紀後半に活躍）アテーナイ*の喜劇詩人。アリストパネース*とほぼ同時代のアッティケー*古喜劇の作家で、十余篇の作品名が伝えられるが、わずかな引用断片以外現存しない。アンドロメダー*伝説を素材にした劇では、海の怪物に食べられてしまう酔っ払いの老婆を登場させたといわれる。
Ar. Nub. 556, Ran. 13/ Anon. De Com. 9～10/ etc.

❸（後2世紀末）ローマ帝政期の文法学者、ソフィスト*。Phrynikhos Arabios, Φρύνιχος Ἀράβιος,（ラ）Phrynichus Arabius。ビーテューニアー*に生まれ、マールクス・アウレーリウス*帝、コンモドゥス*帝治下（161～192）に活躍。アッティケー*（アッティカ*）派の弁論家として知られ、著作『アッティケーの語彙・用語集成 Sophistikē proparaskeuē, Σοφιστική προπαρασκευή』（元37巻）の摘要のみが伝存する。
Phrynicus Soph./ Phot. Bibl. 158/ Suda/ etc.

❹（？～前411）ペロポンネーソス戦争*（前431～前404）時のアテーナイ*の将軍。アルキビアデース*召還に反対し、アンティポーン*らとともに前411年、「四百人会」なる寡頭派政権を樹立したが、ほどなくアゴラー*で暗殺された。
Thuc. 8-25, -47～50, -68, -92/ Ar. Vesp. 1302/ Lycurg./ Schol. ad Ar. Lys. 313/ etc.

プリューネー Phryne, Φρύνη,（仏）Phryné,（伊）Frine,（西）（葡）Friné,（露）Фрина,（現ギリシア語）Fríni

（前4世紀中頃～後半の人）アテーナイ*の有名な高級娼婦（ヘタイラー*）。テスピアイ*のエピクレース Epikles, Ἐπικλῆς の娘。本名ムネーサレテー Mnesarete, Μνησαρέτη（「徳を忘れぬ女」の意）。低い身分の出であったが、その美しさゆえに評判の遊女となり、莫大な私財を貯えた。面紗で顔をおおい、平常は公衆の前に姿を現わさなかったが、祭礼の日には人々の見守るなか、衣服を脱ぎすてて海に入り、一糸まとわずに髪をときほぐしつつ沐浴をして見せたという。これを見て名画家アペッレース*は「海から現われるアプロディーテー* Aphrodite Anadyomeme, Ἀφροδίτη Ἀναδυομένη」を描き、また愛人の彫刻家プラークシテレース*は彼女をモデルに傑作アプロディーテー像をいくつも彫りあげ、そのうち1体の黄金像はデルポイ*のアポッローン*神域に高々と安置された。プリューネーはある時、瀆神罪の廉で告訴され、あやうく生命を脅かされそうになったが、弁護に当たったヒュペレイデース*が彼女の上衣を剥ぎ胸乳を露わにして裁判官一同に見せたところ、感嘆の声が一斉にあがり、すぐさま無罪放免となった（前318頃。以来「判決投票の際に被告が同席することを禁ずる」旨の法令が制定されたという）。しかし、彼女の美しい肉体も官能的な魅力も、哲学者クセノクラテース*だけは屈服させることができなかったと伝えられる。詳細はクセノクラテースの項を参照。テーバイ❶*の町がアレクサンドロス大王*によって破壊された（前335）あと、彼女がテーバイ市に対して「もし『アレクサンドロスが壊したが、遊女プリューネーが再建した』という銘文を刻んでくださるのなら、城壁の再建費用は全額私が引き受けましょう」と申し出たものの、その提案はテーバイ市から拒絶されたという。プリューネーとは元来、「蟾蜍」を意味し、なぜか古来ヘタイラーによく用いられる源氏名であった。
⇒ラーイス、タイス、アスパシアー❶、ラミアー、ロドーピス

Ath. 13-590〜, -558c, -567e, -583b〜, -585e, 591d〜/ Ael. V. H. 9-32/ Paus. 1-20, 9-27/ Diog. Laert. 4-7, 6-60/ Plin. N. H. 34-19/ Prop. 2-5/ Ar. Eccl. 1101/ Val. Max. 4-3/ Plut. Mor. 753f, 849e/ Quint. Inst. 1-5, 10-5/ etc.

フリン（または、フリネ）　Phryne
⇒プリューネー（の英語訛り）

フルウィア　Fulvia，（ギ）Phūlūiā, Φουλουία, Phūlbiā, Φουλβία，（葡）Fúlvia，（露）Фульвия
ローマのフルウィウス氏*出身の貴婦人。

❶（前1世紀）情夫 Q. クリウス Curius から知らされたカティリーナ*の陰謀計画を、キケロー*に密告した女性。
Sall. Cat. 23, 26, 28/ Plut. Cic. 16

❷（前77頃〜前40年8月）Fulvia Flacca Bambula, Fulvia Bambaliae。共和政末期の混乱したローマ政界に影響を及ぼした女性。初めプーブリウス・クローディウス*・プルケルに嫁いで1男1女を産み、夫が殺されると、その屍体を群衆に見せて弁舌を振るい暴動を起こさせた（前52）。次いで小クーリオー*（C. スクリーボーニウス・クーリオー❷*）と再婚し、彼がアーフリカ*で戦死した（前49年8月）あと、三頭政治家*マールクス・アントーニウス❸*の妻となって（前45頃）、2子マールクス・アントーニウス❹*とユッルス・アントーニウス*を儲けた。野望たくましいローマ史上有数の悍婦で、史家ウェッレイユス・パテルクルス*からは「その『性』を除けば何一つ女らしからぬ女」と評されている。とりわけ第2回三頭政治*下に冷酷かつ尊大な性質を発揮し、恐怖政治の犠牲となった夫の政敵キケロー*の首を残忍にあしらった話——彼の首を手で弄び、さんざん罵倒し唾を吐きかけてから、その口をこじあけ舌をひきずり出すと、野卑な冗談をとばしながら、ヘアー・ピンで何度も舌を貫いたこと——は有名（前43）。また彼女に邸宅を譲らなかったルーフス Rufus は、のち贈り物としてそれを提供したにもかかわらず、処罰者名簿 proscriptio に載せられて財産没収のうえ、殺害され、首を玄関に釘づけされたという。

前41年、夫のアントーニウスが東方に出掛けて不在中のイタリアで、彼女は義弟ルーキウス・アントーニウス*を煽動してオクターウィアーヌス*（のちのアウグストゥス*）に対する戦闘を起こさせ（ペルシア*（現・ペルージャ）の戦い）、事破れるやギリシアに逃走、アテーナイ*で再会した夫からは軽挙を非難され、失意のままシキュオーン*で病死した。彼女がオクターウィアーヌスと事を構えた原因は、エジプトで女王クレオパトラー❽*と歓楽の日々を送る夫をローマに連れ戻したかったためとも、そうした夫に対する腹いせにオクターウィアーヌスに情交を迫ったところ、拒絶されて憤慨したがためだとも伝えられる。

彼女がクローディウスとの間に産んだ娘クローディア Clodia（クラウディア Claudia）は、結婚適齢期に達せぬうちにオクターウィアーヌスと政略結婚させられ（前43）、2年後ペルシアの戦いが勃発するや、処女のまま離縁された。また小クーリオーとの間に生まれた息子は、アクティオン*の海戦（前31）の後オクターウィアーヌスによって処刑されている。

⇒センプローニア❶
Plut. Ant. 10, 20, 28, 30/ App. B. Civ. 3-51, 4-29, -32, 5-14, -19, -21, -33, -43, -50, -52, -55, -59, -62/ Dio Cass. 46-56, 47-8, 48-4〜28/ Vell. Pat. 2-74/ Cic. Phil. 2-5, -31, 3-6, Att. 14-12/ Val. Max. 9-1/ etc.

プルーウィウス　Pluvius，（伊）（西）Pluvio
ユーピテル*神の呼称の1つ。「雨 pluvia を降らせる者」の意。ローマのカピートーリウム*に祀られていた。またトライヤーヌス*帝（在位・後98〜117）の遠征軍の乞いに応じて雨を送ったことから、トライヤーヌス記念柱（現・ローマの Colonna Traiana）にも浮彫りで表わされた。ギリシアのゼウス*・イクマイオス Ikmaios, Ἱκμαῖος に相当。
Tib. 1-8/ Tertullian. Apol. 40/ Festus/ etc.

フルウィウス氏　Gens Fulvia〔← Fulvius〕，（ギ）Phūlios, Φούλουιος, Phūlbios, Φούλβιος，（独）Fulvier，（伊）Fulvii，（西）Fulvios
ローマのプレーベース*（平民）系の名門。フラックス*、ノービリオル*、バンバリオー Bambalio 他の諸家に分かれ、共和政期で最も有力な氏族の1つとなる。トゥスクルム*を故地とするという。
Cic. Planc. 8/ Plin. N. H. 7-43/ Liv. / Dio Cass./ etc.

系図324　フルウィア❷

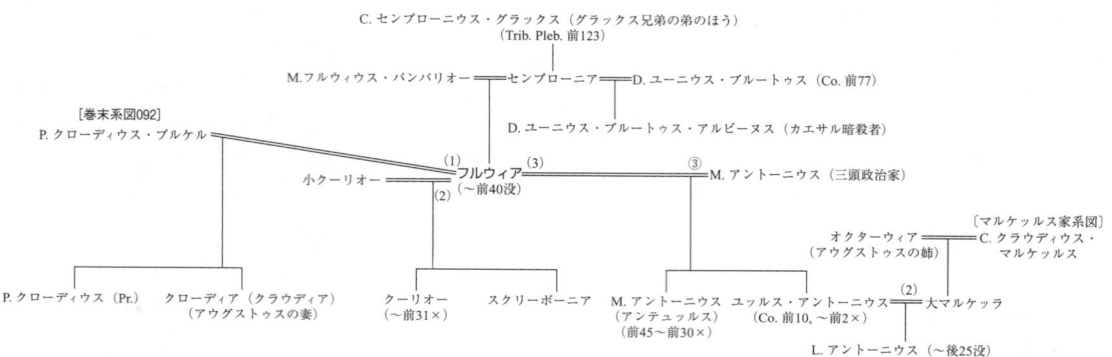

フルギア　Phrygia
⇒プリュギアー

ブルクテリー（族）　Bructeri,（〈ギ〉ブルークテロイ Brukteroi, Βρούκτεροι),（仏）Bructères,（独）Brukterer

ゲルマーニア*人の1部族。レーヌス*（ライン）河東岸、ルピア Lupia（現・リッペ Lippe）河からアミーシア Amisia（現・エムス Ems）河の間に居住。前12年に大ドルースス*率いるローマ軍に制圧されてからも、ケルスキー*族と結んでゲルマーニクス*に抵抗したり、キーウィーリス*の乱（後69～70）に加わって女予言者ウェレダ Veleda を戴くなど依然として強勢を誇ったが、97年頃同じゲルマーニア系のカマーウィー Chamavi 族とアングリウァリー Angrivarii 族に大敗して ── 一説に死者6万以上 ── 以来衰えた。その後ルピア河南に移住したものの、3世紀末にはフランク*族（フランキー*）に同化吸収された。
Tac. Germ. 33, Ann. 1-51, -60, 13-56, Hist. 4-21, -77/ Vell. Pat. 2-105/ Strab. 7-290～/ Ptol. Geog. 2-11/ Plin. Ep. 2-7/ Stat. Silv. 1-4/ Claud. Cons. Hon. 450/ etc.

ブルグンディイー（族）　Burgundii
⇒ブルグンディオーネース（族）

ブルグンディオーネース（族）　Burgundiones, または、ブルグンディイー Burgundii,（ギ）ブールグーンディオーネス Būrgūndiōnes, Βουργουνδιῶνες, またはブールグーンドイ Būrgūndoi, Βουργοῦνδοι,（英）Burgundians, Burgundes,（仏）Burgondes,（独）Burgunder, Burgunden,（伊）Burgundi,（西）Burgundios,（葡）Burgúndios,（露）Бургунды,（和）ブルグント族

ゲルマーニア*人の部族名。スカンディナヴィアを故地とし、バルト海南岸（現・ポンメルン地方）へ移住した東ゲルマーニア系の混成部族とされる。後3世紀前半、ゲーピダエ Gepidae（ゲピド人）に圧迫されて南下し、モエヌス Moenus（マイン Main）川流域へ移り、406年にはレーヌス*（ライン）河を超えてローマ領に侵入、ローマと同盟を結んでウォルマティア Vormatia（現・ヴォルムス Worms）を首都とする王国を建設した（413）。436年頃ベルギウム*進出を試みたが、ローマの将軍アエティウス*に煽動されたフン*族（フンニー*）に惨敗し、王グンディカリウス Gundicarius（Gundicar）と2万の兵が戦死した（436／437）。中世ドイツの叙事詩『ニーベルンゲンの歌 Nibelungenlied』は、この史実を題材にしているという ── 王 Gundicar ないし Gundahar はこの叙事詩では Gunther の名で、北欧伝説では Gunnar の名で登場 ──。443年遺民はアエティウスによってサパウディア Sapaudia（サヴォワ Savoie）地方へ移され、ここに王国を再建して版図を拡大した（～534年フランク王国に併呑されるまで）。詩人シードニウス・アポッリナーリス*によると、彼らは悪臭を放つバターを頭髪に塗り、不味い食事を貪り食っては放歌高吟する粗野で毛深い大男の群れであるという。後世のブルゴーニュ Bourgogne（〈英〉Burgundy,〈独〉Burgund,〈伊〉Borgogna,〈西〉Borgoña,〈葡〉Borgonha）に、その名を伝えている。
Plin. N. H. 4-14/ Amm. Marc. 18-2, 28-5/ Sid. Apoll. Carm. 7-234/ Ptol. Geog. 2-11/ Jordan. 17/ Zosimus 1-27, -68/ Socrates Hist. Eccl. 7-30/ Agathias 1-3/ Oros. 7-32/ Malalas/ Hydatius/ Prosper/ Greg. Turon./ etc.

ブルグント族　Burgundii
⇒ブルグンディオーネース（ブルグンディイー）

ブルケリア　Aelia Pulcheria,（ギ）Pūlkheriā, Πουλχερία,（仏）Pulchérie,（西）Pulqueria,（葡）Pulquéria,（露）Пульхерия

（後399年1月19日～後453年2月18日）東ローマ皇帝アルカディウス*の娘。テオドシウス2世*の2歳年長の姉。マルキアーヌス*帝の皇后（450～453）。父帝の死（408）後、7歳で即位した弟の教育に当たり、414年アウグスタ*の尊号を得（7月4日）、以来40年近くにわたって帝国と宮廷を支配し続けた。熱狂的な「正統派」キリスト教徒で、妹2人とともに終生処女の身を誓願、質素な衣服をまといお気に入りの処女群を率いて断食や祈祷に明け暮れ、去勢されていない男子を閉め出して宮殿を修道院に変貌させた。ネストリオス*派や単性論者エウテュケース*派を異端として弾圧・迫害し、各地に自派の教会堂を建立。霊夢を見たと称して未来の出来事を予言したり、40人の殉教者*の"聖遺物"の埋められている場所を言い当てたりしたという。政治上の術策にも通じ、弟帝の妻となったエウドキア*❶が彼女と同等のアウグスタ号を称し（423）、その勢力を強めて対立するようになると、これを姦通の廉で放逐し（441／442）、弟が450年に落馬死するや、権勢をふるった貪婪な宦官クリューサピウス Chrysaphius を処刑。次いで老将マルキアーヌスと名目上の結婚をして共同統治を始めた（450年8月25日）。以後も実質上の女帝として君臨し、純潔を保ったまま54歳で没したとされるが、一説には彼女は美男のパウリーヌス Paulinus（皇后エウドキアとの密通ゆえに443年に流刑、翌444年に処刑された行政長官）と情交を重ね、実弟テオドシウス2世とも近親相姦の関係にあったという。中世に聖人に列せられ、今日に至っている。祝日は9月10日。
⇒巻末系図105
Theodoretus/ Nicephorus Historia Ecclesiastica/ Sozom. 9-1～/ Theophanes/ Evagrius/ Malalas/ Zonar./ Suda/ etc.

ブルーシアース　Prusias, Προυσίας,（伊）Prusia,（現ギリシア語）Prusías

ビーテューニアー*王家の男子名（⇒巻末系図031）。特に次の2王が名高い。

❶ **1世 P. I** Khōlos, ὁ Χωλός（在位・前228頃〜前182／180）ジアエーラース Ziaëlas, Ζιαήλας（ゼーイラース Zeilas, Ζηίλας または、ジエーラース Zielas, Ζήλας とも）の子にして後継者。ニーコメーデース1世*の孫。彼の治下ビーテューニアーは繁栄し、領土を拡大した。侵攻して来たケルト*系ガラティアー*人を撃退し（前216）、マケドニアー*王ピリッポス5世*と姻戚関係を結んで、ペルガモン*王国とは敵対。第1次マケドニアー戦争（前215〜前205）中はローマに与したペルガモン王アッタロス1世*の領土を侵し、戦後プロポンティス*南岸やミューシアー*、プリュギアー*の一部などを獲得した（前198）。マグネーシアー*の戦い（前190末）では大スキーピオー*の言を信じて中立を保ったにもかかわらず、アパメイア*の和約（前188）においてプリュギアーをペルガモン王エウメネース2世*に奪われたため、両王国は交戦状態に突入した（前188〜前183）。前188年頃には、カルターゴー*の名将ハンニバル❶*が彼の宮廷に亡命して来て、ペルガモン王エウメネース2世に対する戦争に助力したが、のちプルーシアース王がローマの「ハンニバルの身柄を引き渡すように」との要求に屈服したと知って服毒死した（前183、⇒T. フラーミニーヌス）。王はある攻囲戦で負傷して以来、「跛者 Kholos」と渾名されていた。ペルガモンとの海戦において、ハンニバルの助言に従い、多くの毒蛇を詰めた壺を敵船に投げ込んで大勝した話は有名。また、ハンニバルからローマと開戦するよう促された時、犠牲獣の臓腑占いが凶と出たので、王が「生贄が反対している」と言って断ったところ、「つまり、あなたは老将の意見より、羊の意見を重んじるのですね」とハンニバルに言い返されたという逸話も残っている。王は自らの名を冠した都市プルーサ Prusa（現・プルサ Bursa）を、ハンニバルとともに創建したと伝えられる。
Polyb. 4-47〜52, 15-23, 18-4, 21-11, 23-3, 25-2/ Liv. 27-30, 28-7, 29-12, 32-34, 39-51/ Nepos 23-10〜11/ Just. 32-4/ Strab. 12-563/ App. Syr. 11, 23/ Eutrop. 4-5/ Oros. 4-20/ etc.

❷ **2世 P. II** Kynēgos, ὁ Κυνηγός（在位・前182／180〜前149）❶の子にして後継者。妃の兄弟ペルセウス*（マケドニアー*最後の王）の敗北（前168）後、ローマに対し奴隷のごとき卑屈な態度をとって軽侮の的となる（前167／166）。ペルガモン*王アッタロス2世*に戦争をしかける（前156〜前154）が、ローマの介入で和平を結ぶことを余儀なくされる。残忍・臆病な君主で遊蕩に耽り、狩猟を極めて好んだので「猟師」と渾名される。また外見はすこぶる醜く生来の奇形であったといい、よく女装して人々の前に現われたとも伝えられる。息子ニーコメーデース2世*の声望が高まるのを見て嫉妬し、これをローマへ使節として送り亡き者にしようと謀ったが、逆に息子によって包囲され、逃げ込んだニーコメーデイア*のゼウス*神殿の祭壇近くで惨殺された（投石刑に処されたという）。王は生前から贅沢と柔弱をもって名を挙げ、ある種の酒盃は彼の名にちなんで「プルーシアース」と呼ばれるようになったと伝えられている。
Polyb. 30-18, -30, 31-1, -32, 32-1, -15〜16, 33-1, -7, -12〜13, 36-14/ Liv. 42-12, -29, 43-12, -29, 45-44/ App. Mith. 2, 3, 4〜7, 9〜/ Just. 34-4/ Ath. 11-496d/ Diod. 31〜32/ Eutrop. 4-8/ Zonar. 9-24, -28/ etc.

ブルス Burrus
⇒ブッルス

プルターク Plutarch
⇒プルータルコス

ブルータス Brutus
⇒ブルートゥス*（の英語訛り）

プルータルコス Plutarkhos, Πλούταρχος, Lucius Mestrius Plutarchus, Plutarchus Chaeroneus,（英）Plutarch,（仏）Plutarque,（独）Plutarch(os),（伊）（西）（葡）Plutarco,（露）Плутарх

（後46頃〜後120以後）ローマ帝政期のギリシア人著述家・伝記作家。ギリシア中部ボイオーティアー*地方の町カイローネイア*に生まれる。裕福な名門の出身で、アテーナイ*とスミュルナー*において高等教育を受け、プラトーン*哲学をはじめ弁論術、数学、自然科学なども修めた。のちエジプトや小アジアを旅し、祖国カイローネイアの使節として訪れたローマでは哲学を講義、トライヤーヌス*帝の知遇を得てローマ市民権を与えられ、高官のソシウ

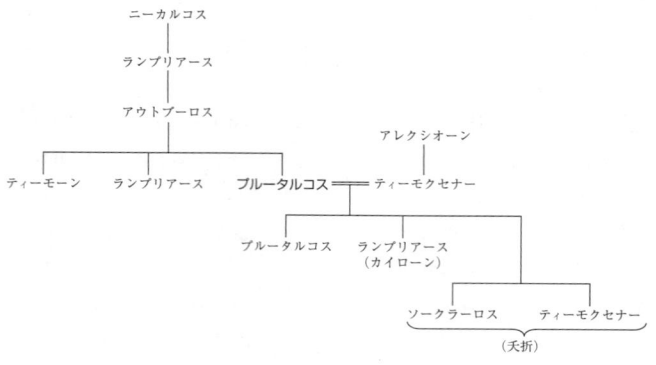

系図325　プルータルコス

ス・セネキオー Q. Sosius Senecio（99年と107年の執政官[コーンスル]）や半陰陽の哲学者ファウォーリーヌス*らと交わった。ハドリアーヌス*帝の好意から属州アカーイア*（ギリシア）の属州管理官[プロークーラートル] Procurator に就任し（119）、アテーナイの名誉市民となったほか、晩年の30年間（20年とも）はデルポイ*の最高神官職を務め、アポッローン*の神託や聖域の復興に尽力した。生涯の大半を故郷の市で過ごし、博（ひろ）い学識と円満な人柄のゆえに名声を得、50歳を過ぎてからは精力的に執筆活動に専念、一説に彼は夢のお告げで自らの死期を知ったという。

驚くべき多作家で、著作目録には227（正しくは260）部に及ぶ書目が掲げられており、現存する作品も量的にはラテン語のキケロー*と並んで古典作家中では第一級である。またその内容も、哲学・宗教・倫理・文学・心理・音楽・天文学・政治、等々、人事百般にわたり、全体の約三分の一が今日残されていて、伝記と倫理的随筆集とに大別される。

1.『対比列伝 Bioi Parallēloi, Βίοι Παράλληλοι,（ラ）Vitae Parallelae』（いわゆる『英雄伝』、105〜115頃）。類似点のあるギリシア人とローマ人（たとえば、テーセウス*とロームルス*、アレクサンドロス大王*とカエサル*、デーモステネース❷*とキケロー*）を対比させた伝記23組46人、および単独の伝記4篇が残存する。「私は歴史ではなく伝記を書く」と称して、人物の性格を重視し、私生活中の言動を詳細に記載。数々の面白い逸話や生き生きとした描写ゆえに、興味深い読物となっている。アリストテレース*派の流儀による叙述で、偉人たちの道徳的側面に重点を置いているが、悪徳や奇癖をも逸してはいない。今日失われた多数の古文献を引用している点で貴重視されるほか、フランシス・ベーコン、シェイクスピア、ドライデン、モンテスキュー、ルソー、さらにフランス革命の闘士たちやナポレオン、フリードリヒ大王、ゲーテ、シラー、ハイネら近世以降のヨーロッパ人に愛読され、計り知れない影響を後代に及ぼした点で重要である。

2.『倫理論集 Ethika, Ἠθικά,（ラ）モーラーリア[エーティカ] Moralia』非常に広範囲に及ぶ講義や随筆の集成で、今日78篇の作品が伝存する。若い頃の弁論術の習作から本格的な哲学論文まで内容は多岐にわたり、「鶏が先か卵が先か」とか「性交に適した時はいつか」「老人は政治に携わるべきか」「いかに敵から利益を得るか」等あらゆることを論じている。代表的な作品としては、「饒舌について」「似て非なる友について」「人から憎まれずに自分を褒めること」「借金をしてはならぬこと」といった処世訓的なもの、食物・酒・恋愛・病気・薬品・音楽・詩・謎々・怪物などよもやまの話題が百出する「食卓歓談集」「七賢人の饗宴」といった雑談集、「デルポイの神託が衰えたこと」「イーシス*とオシーリス*」「神罰が遅れて現われること」といった宗教関係文書が挙げられるが、その他、動物や天体についての自然学的著作、アカデーメイア*派の立場からストアー*派・エピクーロス*派に反対する哲学的著作、教育や政治的著作にも見るべきものがある。また、男色と女色の優劣を説いた「愛をめぐる対話」や歴史上の勇敢な女たちの物語集「烈婦伝」、故事祭式を扱った「ギリシアに関する諸問題」「ローマに関する諸問題」などは、当時の風俗習慣を知るうえで極めて興味深い。彼は心温かく穏和な人となりの常識家で、博覧強記に加えて、話術の名人だったため、絶えず身辺に集まる者が絶えなかったが、その反面たいそう迷信深く、前兆やお告げ、巫術、霊夢を信じており、思想的には曖昧で折衷的な実践哲学を奉じていた。著作はビザンティンの学者に保存され、ルネサンス期に西ヨーロッパへ伝わり、アミヨの仏訳によって紹介されて以来、モンテーニュをはじめ万人に愛読される書物となった。

⇒アテーナイオス、アッリアーノス、巻末系図115

Gell. N. A. 1-1/ Paus. 4-16, -32/ Jul. Or. 7/ Macrob. Sat./ Arn. 4-25/ Tzetz./ Phot. Bibl./ Suda/ Euseb./ etc.

ブルッティウム Bruttium, Brutium,（ギ）Brettiā, Βρεττία,（伊）Bruzio

（現・カラーブリア Calabria）イタリア半島南西端の地方名。ただし、古典期にはブルッティウムという表記は認められない（⇒ブルッティー）。

⇒カラブリア

Mela 2-4/ Plin. N. H. 3-5/ Polyb. 1-56, 9-7, -27, 11-6/ Strab. 6-255/ Steph. Byz./ etc.

ブルッティー（族） Brutti, Bruttii（〈ギ〉ブレッティオイ Brettioi, Βρέττιοι, または、ブルーッティオイ Bruttioi, Βρούττιοι),（英）Bruttians,（仏）Bruttiens, Brutiens,（独）Bruttier,（伊）Bruzi,（西）Brucios

イタリア南西端の半島（⇒ブルッティウム）に居住した種族。サベッリー*系のルーカーニア*人の分派が中枢をなしたと思われる。前390年頃から、トゥーリオイ*（トゥーリイー*）はじめこの地にあったギリシア植民市を次々に征服し、住民に自らの言語オスキー*語を強いて、しだいに混合民族を形成。前356年にルーカーニア人より独立してブルッティー族が生まれた（ブルッティーとはルーカーニアの言葉で「反乱者」「逃亡者」の意）。なかばギリシア化して前3世紀に最盛期を迎えるが、エーペイロス*王ピュッロス*に味方してローマと敵対したため、敗戦後、領土の多くを喪失（前270）。次いで第2次ポエニー戦争*（前218〜前201）でハンニバル❶*側についてローマに叛旗を翻した結果、住民は奴隷とされた。共和政末期の奴隷蜂起の指導者スパルタクス*は、ハンニバルにならってブルッティーの地に拠点を置いたという。初代ローマ皇帝アウグストゥス*により、この地はルーカーニアと併合されて、イタリアの第3地区を成した（⇒イタリア）。家畜、穀物、オリーヴ、果物などの産地として知られ、また材木や瀝青が豊富にとれたのでハンニバル以前は造船の一大中心地でもあった。

伝えるところでは、ブルッティー族は剽悍かつ好戦的で、子供たちを忍苦に絶えられるようスパルター*式に厳しく教練し、都会的な生活を避け、近隣のギリシア人らを放逐。

自らの親族たるルーカーニア人をも容赦なく戦争で撃ち破ったという。名祖はシケリアー*の僭主ディオニューシオス1世*を裏切って城砦を彼らに引き渡した女性ブルッティア Bruttia とされている。
⇒イータロス、クロトーン、コーンセンティア
Liv. 8-24, 22-61, 23-20, -30, 24-1～, 27-51, Epit. 12/ Mela 2-4/ Caes. B. Civ. 1-30/ App. Hann. 61/ Dion. Hal. 20-15/ Zonar. 8-6/ Polyaenus 2-10/ Diod. 12-22, 16-15, 21-3/ Strab. 6-253～/ Just. 12-2, 23-1/ Festus 31/ Cassiod. Var. 8-31/ Flor. 3-20/ Gell. 10-3/ Plin. N. H. 14-25/ Cic. Brut. 85/ Polyb. 1-56, 9-7, -25～/ Jordan./ Steph. Byz./ etc.

ブルディガラ（または、ブルデガラ） Burdigala,

(Burdegala), （ギ）ブールディガラ Βουρδίγαρα, （西）Burdeos, （葡）Bordéus, （オック語）（ガスコーニュ語）Bordèu, （カタルーニャ語）（アラゴン語）Bordeus, （露）Бурдигара

（現・ボルドー Bordeaux）外ガッリア*西南部アクィーターニア*地方の首邑。ガルムナ Garumna（現・ガロンヌ Garonne）河下流部に位置し、古くから海陸交通の要衝として発達した。前3世紀以来、ケルト*系ビトゥリゲース❷*族の中心地であったが、前56年ガッリア総督カエサル*の副官 P. クラッスス❸*によって征服され、ほどなくローマの属州に併呑された（前27）。帝政期には自治都市となって栄え、アクィーターニアの他の主要都市リモーヌム Limonum（現・ポワティエ、ポアティエ Poitiers）やメディオーラーヌム Mediolanum（現・サント Saintes）等と同じく幾人かの元老院議員を輩出。3世紀に港湾施設を護るべく防壁が造営され、4世紀後半にはこの市出身の詩人で政治家のアウソニウス*が近郊の地所に引退した。西ローマ時代にもなお学問の府であったが、413年、西ゴート族の王アタウルプス*に占領され、焼き払われた。その後復興を遂げ、再び葡萄酒の輸出で知られるようになる。今日もローマ時代の円形闘技場 Palais-Gallien や神殿、防壁などの跡を見ることができる。
Mart. 9-32/ Auson. Prof. Burd./ Ptol. Geog. 7-6/ Strab. 4-190/ Eutrop. 9-10/ It. Ant./ etc.

プルーデンティウス (Marcus) Aurelius Prudentius

Clemens, （仏）Prudence, （伊）Prudenzio, （西）Prudencio, （葡）Prudêncio

（後348～405／413頃）ローマ帝政末期のラテン詩人。ヒスパーニア*のカエサラウグスタ*（現・サラゴーサ Zaragoza）に生まれ、修辞学、法律などを学ぶ。ローマで法務官その他の高い地位に就いていたが、56歳にしてキリスト教に転じ、晩年はもっぱらアンブロシウス*の影響下に宗教詩を作った。古典文学の教養を積んでいたので、ラテン語系キリスト教詩人として最大の人となり、18種もの伝統的韻律を駆使して多数の著作を執筆、405年頃に自作品を7部に分けて刊行した。殉教者*に対する最古の長大な賛歌『栄光の冠 Peristephanon』全14歌や、『日々の賛歌 Cathemerinon』全12歌といった抒情的な作品、また『崇神 Apotheosis』『罪の起源 Hamartigenia』などの教訓的叙事詩がよく知られる。その他、勝利の女神ウィクトーリア*の祭壇再建をめぐる『シュンマクス*反駁 Contra Symmachum』なる"異教"を攻撃した六脚律 hexameter 詩や、人間の魂の内における各7つの美徳と悪徳との闘いを比喩的に描いた『霊魂をめぐる戦い Psychomachia』も名高く、特に後者は中世に流行した寓意詩の先蹤として注目される。また、人類の創造から黙示録に至る旧約、新約聖書の各情景を描いた『二重の糧 Dittochaeon』は、当時の教会壁画との関連が考えられ、美術史的に興味深い。彼はホノーリウス*帝に向けて剣闘士試合の禁止を要望した反面、古来の芸術に関する理解も欠いてはおらず、無知で狂信的なキリスト教徒に対して"異教徒"の美術作品を破壊せぬよう呼びかけている。「キリスト教徒のウェルギリウス*かホラーティウス*」とまで過大に評された彼の作品は、その後の西ヨーロッパの文芸に少なからぬ影響を与えた。
⇒ノーラのパウリーヌス、アウソニウス、クラウディアーヌス、マルティアーヌス・カペッラ
Prudent. Perist., C. Symm., Psychomachia/ etc.

プルートー Pluto

ギリシアの冥界の支配者プルートーン*（＝ハーデース*）（のラテン語形）

ブルートゥス（家） Brutus, （ギ）ブルートス Brutos,

Βροῦτος, （伊）（西）Bruto, （露）Брут

ローマのプレーベース*（平民）系の名門ユーニウス氏*に属する家名 cognomen。共和政体の創始者 L. ユーニウス・ブルートゥス*の末裔を称する。ブルートゥスとは「愚者」の意。共和政期に著名人を輩出し、スカエウァ Scaeva やダマシップス Damasippus、ガッラエクス Gallaecus、アルビーヌス Albinus などの副名 agnomen を帯びる者も現われた。
Plut. Brut. 1/ Dion. Hal. 4-67, 5-18, 6-70/ Dio Cass. 44-12/ Cic. Phil. 1-6. Brut. 4/ Tac. Ann. 1-1～2/ Liv. 1-56～/ etc.

ブルートゥス、デキムス・ユーニウス Decimus

Junius Brutus, （ギ）Dekimos Brūtos, Δέκιμος Βροῦτος, （伊）Decimo Giunio Bruto, （西）Décimo Junio Bruto, （葡）Décimo Júnio Bruto, （露）Децим Юний Брут

ローマの政治家・軍人。

❶（前180頃～前110頃）ガッラエクス Gallaecus（カッライクス Callaicus）。閥属派に属し、前138年の執政官となり（同役は、P. スキーピオー・ナーシーカ*）、グラックス兄弟*の改革に反対した。外ヒスパーニア*州の総督 Proconsul に任ぜられ、金鉱の支配を企図してルーシターニア*（現・ポルトガル）へ侵入、奥地のガッラエキア*族を征服して凱旋し、ガッラエクスという異名を得た（前136年に凱旋式*）。この遠征で彼はローマ軍を率いて大西洋岸ま

で到達し、獲得した戦利品を基にマールス*神殿を建てて名匠スコパース*の彫刻でこれを装飾した。弁論にも秀でギリシア文学を愛好、悲劇詩人アッキウス*の保護者としても知られる。

Liv. 51, 55～56, 59/ App. Hisp. 71～73, 80/ Vell. Pat. 2-5/ Val. Max. 3-7, 6-4, 8-14/ Cic. Brut. 28, Leg. 3-9/ Flor. 2-17/ Strab. 3-153/ etc.

❷ (前120頃～前63頃) ❶の子。父と同じく閥属派(オプティマーテース*)に与し、護民官(トリブーヌス・プレービス*)サートゥルニーヌス*の改革に反対した(前100)。前77年の執政官(コーンスル*)。ギリシア・ラテンの文学に通じた知識人で、妻のセンプローニア❷*も才色兼備の貴婦人として名高い。

Cic. Brut. 47, Verr. 2-1-55, -57, Rab. Perd. 7/ Sall. H. 1, Cat. 40/ etc.

❸ (前84／81頃～前43) デキムス・ユーニウス・ブルートゥス・アルビーヌス Albinus。❷の子。母はセンプローニア❷*。カエサル*暗殺者の1人。前99年度の執政官(コーンスル*)アウルス・ポストゥミウス・アルビーヌス A. Postumius Albinus の養子となり、ブルートゥス・アルビーヌスの名を帯びる。若い頃からカエサルに従い、ガッリア*遠征や内乱を通じ、その幕下で活躍。艦隊を指揮してウェネティー*族を撃破(前56)、マッシリア*(現・マルセイユ)を陥落させる(前49)などの殊勲をたて、カエサルに重用された。次いで外ガッリア*州総督(プロープラエトル)Propraetor に任ぜられ、ベッロウァキー*族の反乱を鎮圧(前46)、翌年45年には法務官(プラエトル*)職を与えられた。M. アントーニウス❸*、オクターウィアーヌス*(のちのアウグストゥス*)とともにカエサルの馬車に同乗する特権を授かり、前42年度の執政官職も約束され、遺言ではオクターウィアーヌスに次ぐ第2位の相続人に指定されるなど厚い恩顧を蒙っていた。にもかかわらずカエサル殺害計画に加わり、前44年3月15日当日、ためらうカエサルを言葉巧みに説得して元老院に連れ出し、仲間とともに刺殺した。そののち任地の内ガッリア*州へ赴き(前44年4月)、これをアントーニウスに引き渡すことを拒んで(同年12月)ムティナ*(現・モデナ)に包囲されるが、オクターウィアーヌス及び両執政官ヒルティウス*とパーンサ*の率いる軍隊に救われた(前43年4月)。執政官が2人とも死亡したので、オクターウィアーヌスの勢力が強大になることを恐れた元老院は、軍隊の統帥権をデキムス・ブルートゥスに委任。しかるにアントーニウスは、アルプスの彼方で大軍を集めて南下を始め、オクターウィアーヌスもカエサル暗殺者全員の処罰を定めたペディウス法 Lex Pedia (⇒ Q. ペディウス)を成立させて、北へ向かって進撃を開始する。腹背に敵を受けて窮地に陥ったデキムスは、マケドニア*のマールクス・ブルートゥス❷*のもとへ渡ろうと決意。ところが、たちまち自分の軍隊に見棄てられ、かつて恩恵を施したことのあるガッリアの首長カミッルス Camillus の裏切りで捕われの身となり、アントーニウスの命により処刑されて果てた。

Caes. B. Gall. 3-11, -14, 7-9, -87, B. Civ. 1～2/ Vell. Pat. 2-50～64/ App. B. Civ. 2～3/ Dio Cass. 39-40～42, 44～46/ Suet. Iul. 80～83, Aug. 10/ Plut. Caes. 64, 66/ Cic. Fam. 8-7, Phil./ Liv. Epit. 114, 116/ etc.

ブルートゥス (マールクス) (Marcus) Brutus, (伊) (西) (Marco) Bruto, (露) (Марко) Брут
⇒ M. ユーニウス・ブルートゥス❷ (カエサルの暗殺者)

ブルートゥス、マールクス・ユーニウス Marcus Junius Brutus, (伊) Marco Giunio Bruto, (西) Marco Junio Bruto, (葡) Marco Júnio Bruto, (露) Марк Юний Брут

ローマの政治家、軍人。本文系図208を参照。

❶ (?～前77) 前83年の護民官(トリブーヌス・プレービス*)としてカプア*に植民市を建設。前78年には民衆派の政治家 M. アエミリウス・レピドゥス(第2次三頭政治*で名高い同名の人物 M. アエミリウス・レピドゥス❶*の父)の乱に与して、ガッリア・キサルピーナ*で軍隊を指揮したが、大ポンペイユス*によってムティナ*(現・モデナ)の町に攻囲され、助命の約束を信じて投降、しかるに翌日ポンペイユスの命令で殺された。彼の横死は、かつて神意に背いてカプアに植民市建設を敢行した不敬の報いだといい、この建設計画に参加した者は全員非業の最期を遂げたと伝えられている。彼は小カトー*の異父姉セルウィーリア*と結婚して、独裁官(ディクタートル*)カエ

系図326 ブルートゥス、デキムス・ユーニウス

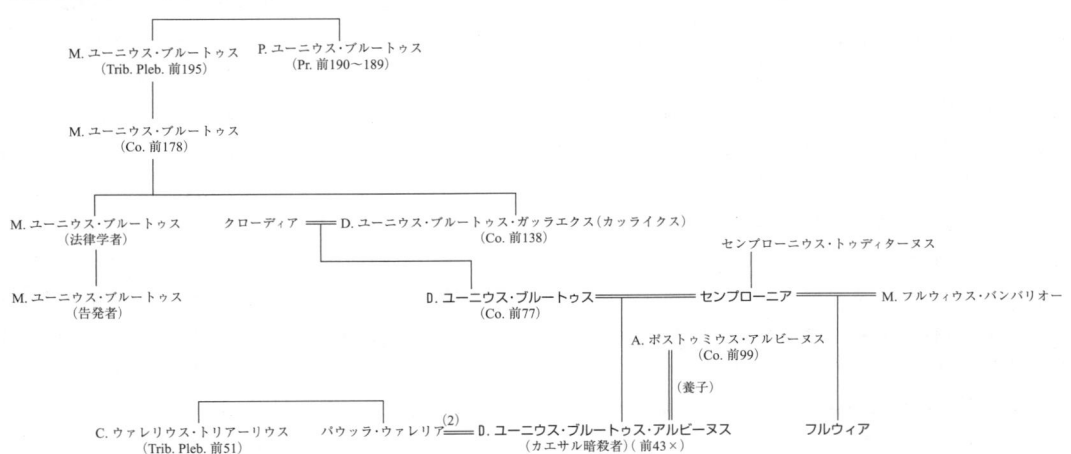

サル*の暗殺で知られる同名の息子（次項❷を参照）を儲けた —— ただし実の父親は、セルウィーリアの情夫たるカエサルその人だともいう ——。
Cic. Leg. Agr. 2–33〜, Quinct. 20, Brut. 31, 36/ Plut. Pomp. 16, Brut. 5/ App. B. Civ. 2–111/ Liv. Epit. 90/ etc.

❷（前85秋〜前42年10月24日暁）養子名 Q. カエピオー・ブルートゥス Servilius Caepio Brutus. カエサル*暗殺の首謀者。❶とセルウィーリア*との子 —— 実父は母の情夫カエサルだともいう ——。父の死（前77）後、母方の叔父小カトー*のもとで養育され、その指導を受けて元老院派＝閥族派（オプティマーテース*）に所属、よってカエサル対ポンペイユス*の内乱時には、父親の殺害者であるにもかかわらずポンペイユスの側についた（前49）。パルサーロス*の敗戦（前48）ののち、カエサルの赦免を得たばかりか、たいへんな殊遇を蒙り、内ガッリア*（ガッリア・キサルピーナ*）州総督（前46）や法務官（プラエトル*）（前44）職に任ぜられた。にもかかわらず、義兄弟カッシウス*（C. カッシウス・ロンギーンヌス❶*）らに説得されて、共和政擁護のためにカエサル暗殺計画に加わり、前44年3月15日元老院議場において23名の同志とともに凶行に及んだ。カエサルの最期の言葉「わが子よ、お前もか」は、ブルートゥスに向けられたものである。間もなく M. アントーニウス❸*（大アントーニウス）の煽動で民心を失い、イタリアを去ってマケドニア*へ赴き、軍隊を集めて勢力を伸展（⇒C. アントーニウス❷）、東方属州民からは1年間に向こう10年分を貢納させるなど重税を徴収した。前42年には、シュリア*総督となっていたカッシウスとともに兵を糾合して、アントーニウス＝オクターウィアーヌス*（のちのアウグストゥス*）連合軍とピリッポイ*において会戦、緒戦に勝利を収めつつも、ついに敗れて自刃した。死の前夜、ブルートゥスの天幕に巨大な亡霊が出現して、無言のまま彼の運命を知らせた話は有名。ブルートゥスの最期の言葉は「美徳よ、汝はただ空しい言葉であるに過ぎない。偶然の奴隷でしかない汝を、私は女神として崇拝したのだ」と伝えられる。その遺灰は母セルウィーリアのもとへ送り届けられたが、首はオクターウィアーヌスがカエサル像の足下に投ずべくローマに運ばせた —— 史家ディオーン・カッシオス*によれば、途中、船が嵐に遭い、首は海へ投げ込まれた —— という。彼の訃報に接して、2度目の妻ポルキア*（小カトーの娘）は、火中から燃えている炭をつかんで嚥みこみ、夫のあとを追った。

なお、彼は最初の妻クラウディア Claudia（前54年の執政官（コーンスル*）Ap. クラウディウス・プルケル❸*の娘）とは、前45年に理由を言わずに離婚し、次いですぐさま従妹ポルキアを娶ったので、世の非難を浴びたことがある。また前58年には小カトーに随行してキュプロス*へ渡り、その島のサラミース❷*市に年間48％もの法外な高利で大金の貸し付けを強要してもいた（前56）。とはいうものの、一般には徳性の高さと温厚な人柄、主義に対する確固たる信念のゆえに、世人の尊敬と好意をかち得ており、知人のキケロー*は何篇かの自作を彼に献げたのみならず、著名弁論家の対話篇を『ブルートゥス』と題してさえいる。ブルートゥス自身、新アッティケー*（アッティカ*）派の雄弁家として名があり、『義務について Peri Kathēkontos』などの著述があったが、作品は伝存しない。彼はまた当時のローマ人のつねとして両刀づかいで、お気に入りの若者はギリシア人彫刻家の手で造像され、この作品は「ブルートゥスの寵童」という名で世に知れわたったという。

ブルートゥスの肖像彫刻や横顔を刻印した貨幣類が残っている他に、カエサル暗殺をめぐる史話が後世ヨーロッパの文学や芸術の主題として好んで取り上げられている。
Plut. Brut., Caes. 46, 57, 62〜69, Cic. 45, Ant. 13〜15, 21〜22/ App. B. Civ. 2–11〜4–132/ Dio Cass. 41〜48/ Vell. Pat. 2–48〜72/ Flor. 4/ Cic. Att. 5–21, 6–1, Tusc., Phil., Brut., Orat., Fin./ Plin. N. H. 34–19/ Mart. 2–77, 9–50, 14–171/ Suet. Iul. 80〜, Aug. 10/ Quint. 10–1/ Tac. Dial. 18, Ann. 1–2/ etc.

ブルートゥス、ルーキウス・ユーニウス　Lucius Junius Brutus,（ギ）Lūkios Iūnios Brūtos, Λούκιος ’Ιούνιος Βροῦτος,（伊）Lucio Giunio Bruto,（西）Lucio Junio Bruto,（葡）Lúcio Júnio Bruto,（露）Луций Юний Брут

（前6世紀末）ローマ共和政の創始者とされる伝説上の人物。マールクス・ユーニウス M. Junius と王妹タルクィニア Tarquinia（タルクィニウス・プリスクス*王の末女で、タルクィニウス・スペルブス*王の妹）との間に生まれる（⇒巻末系図巻末050）。長兄マールクスをはじめとする大勢の貴族が伯父王スペルブスに殺されたのち、生きながらえるために愚者をよそおって「ブルートゥス（愚鈍な）」の異名をとる。前510年、王宮の柱から一匹の蛇が這い出して来た折に、この前兆について神託を問う使節として、王の息子たちティトゥス Titus とアールーンス❸*らとともにデルポイ*へ派遣される。デルポイで王子らが「父王の後、ローマの支配権は誰の掌中に帰するか」と伺いを立てたところ、神託は「最初に母に口づけした者の手に」と出た。タルクィニウス王の2人の息子が、ローマに居るもう1人の兄弟セクストゥス*にはこの答えを知らせずにおこうと誓い合っている隙に、神託の真意を察知したブルートゥスは躓いた（つまずいた）ふりをして倒れ母なる大地に接吻した。次いでタルクィニウス・スペルブスがアルデア*市を攻略中に、ルクレーティア*凌辱事件が発生し、これを機にブルートゥスは「暴君打倒」を呼号して反乱軍を組織、城門を閉じ王一家を市外に追放してローマに共和政を創始した。

前509年 L. タルクィニウス・コッラーティーヌス*（ルクレーティアの夫）と初代の執政官（コーンスル*）に任命され、国民に再び王を戴かぬことを誓わせた。しかるに間もなくブルートゥス自身の2人の息子ティトゥス Titus とティベリウス Tiberius を含む青年貴族たちが、王政復活の陰謀を企てていることが発覚。裁判官席からブルートゥスは犯人に死刑を宣告し、自分の息子らが裸にされて鞭打たれたのち斬首される情景を不屈の精神で見届けた（⇒T. マーンリウス・トルクァートゥス❶、ポストゥミウス・トゥーベルトゥス）。

また王家の財産を没収し宮殿を破却、王室所有地をマールス*神に奉献した（⇒カンプス・マールティウス）。続いてタルクィニウス・スペルブスの軍勢がローマ領内に攻め寄せた時に、ブルートゥスはタルクィニウスの子アールーンスと一騎討ちの闘いを行ない、互いの槍で刺し違えて共斃（ともだお）れになった（前509年2月末日）。盛大な葬儀が営まれ、ローマの婦人たちは1年間の喪に服し、カピトーリウム*には手に剣を持つ彼の像が建てられたという。

なお、彼の戦死によって家系は絶えたとも、彼には幼い3番目の子がいて、カエサル*暗殺で高名なM.ブルートゥス❷*を出すことになるプレーベース*（平民）系ブルートゥス家の祖になったとも伝えられる。

前3世紀後半頃に造られた写実的なブロンズ製肖像彫刻「カピトリーノのブルートゥス像」（ローマ、コンセルヴァトーリ美術館蔵）が残っている。近世の西ヨーロッパではブルートゥスが息子たちに厳格な判決を下した史話が、しばしば絵画の主題として取り上げられた。

⇒ププリコラ

Liv. 1-56～60, 2-1～7/ Dion. Hal. 4-67～85, 5-1～18/ Macrob. Sat. 2-16/ Dio Cass. 42-45, 44-12/ Plut. Publ. 1～10, Brut. 1/ Cic. Phil. 1-6, Brut. 4/ Tac. Ann. 1-1/etc.

プルートス Plutos, Πλοῦτος, Plutus,（仏）（独）Ploutos,（伊）（西）（葡）Pluto,（露）Плутос

ギリシアの「富」を擬人化した神。元来は沃土がもたらす豊かな収穫の神。ヘーシオドス*によれば、大地の女神デーメーテール*とイーアシオーンの息子。豊饒の角コルヌーコーピア*を持った裸の少年ないし青年の姿で表わされ、「両女神」デーメーテールとペルセポネー*とともに崇拝された。やがて財富一般を司る神となり、善人・悪人の見さかいなく気紛れに富を分配するため、ゼウス*によって盲目にされたという。テーバイ❶*、アテーナイ*にはテュケー*（運）ないしエイレーネー*（平和）に抱かれた彼の神像があった。喜劇作家アリストパネース*の作品『福の神（プルートス）』が伝存する。金権政治（英）plutocracy や政治経済学（英）plutonomy といった言葉は、このプルートス（富）から派生したものである。

Hes. Th. 969～/ Diod. 5-49/ Hymn. Hom. Cer. 488～489/ Ar. Plut./ Clem. Al. Protr. 2-15/ Plut. Mor. 693f/ Hyg. Astr. 2-4/ Schol. ad Theoc. 10-19/ Paus. 1-8-2/ Lucian. Timon./ etc.

プルートーン Pluton, Πλούτων, Pluto,（仏）Ploutôn（伊）Plutone,（西）Plutón,（葡）Plutão,（露）Плутон

（「富める者」「富を与える者」の意）ギリシアの地下神ハーデース*の別称。富が地中より生ずるという考えから名づけられたもの。ローマのディース・パテル*に相当する。プルーテウス Pluteus Πλουτεύς ともいう。冥王星（ラ）Pluto や核分裂性の放射性元素プルトニウム Plutonium は彼にちなんで命名された。

Soph. Ant. 1200/ Eur. Alc. 360, H. F. 808/ Pl. Crat. 403a/ Hom. Il. 9-312, Od. 14-156/ Strab. 8-344/ Paus. 6-25/ Cic. Nat. D. 2-26/ Claudian./ etc.

ブルルス Burrus
⇒ブッルス

ブルンディシウム Brundisium または、ブルンドゥシウム Brundusium（〈ギ〉ブレンテシオン Brentesion, Βρεντέσιον, またはブレンテーシオン Βρεντήσιον），（メッサーピイー語）Brention,（仏）Brindes,（露）Бриндизи,（ナーポリ語）Brinnese,（シチリア語）Brindisi

（現・ブリンディシ、ブリンディジ Brindisi）イタリア東南岸カラブリア*の港湾都市。ウィア・アッピア*（アッピウス街道*）の終着点。アドリア海の入江に臨む良港で、ギリシア、オリエント方面への渡航基地として重視された。伝説では、英雄ディオメーデース*ないしテーセウス*の創建というが、歴史的には先住民メッサーピイー*人の都市であったと考えられる。前440年頃にはギリシア人植民市トゥーリオイ*と同盟を締結。前267年にローマ人に占領され、次いで第1次ポエニー戦争*中、そのラテン植民市となる（前245）。前49年の内乱勃発時に、カエサル*はブルンディシウムを攻囲してポンペイユス*の東方撤退を阻止しようと試み、また前40年には東方から帰還したアントーニウス*が、政敵のオクターウィアーヌス*（のちのアウグストゥス*）とブルンディシウムで対峙し、間もなく和睦して支配領域を画定する協定を結んでいる（ブルンディシウム協定）。詩人パークウィウス*の生地（前220頃）。ウェルギリウス*がギリシアからの帰途、死去した地としても知られる（前19年9月）。なおホラーティウス*の『諷刺詩（サトゥラエ）Saturae』1-5は、ブルンディシウムへの旅行を主題としている。

現在もウィア・アッピアの終着点を示す大理石の円柱（伊）Colonne Romane が残っており、考古学博物館には付近で発見された彫刻やアルカイック期以来の青銅器類、赤絵式のアッティケー*陶器などが展示されている。

ちなみにブルンディシウムの名は、枝角のように二つに分かれた入江の形状に因むメッサーピイー人の言葉「雄鹿 biendos」に由来すると考えられている。

Flor. 1-20/ Luc. 2-609～/ Strab. 6-282～/ Gell. 16-6/ Caes. B. Civ. 1-24～, 3-2/ Liv. 23-33/ Dio Cass. 48-28～/ Just. 3-4, 12-2/ Cic. Att. 4-1, 5-5, 9-13～, Phil. 1-3/ Vell. Pat. 1-14/ App. B. Civ. 2-40, 5-56～/ Plin. N. H. 3-11/ Ptol. 3-1/ Mela 2-6/ Varro Rust. 1-8/ It. Ant./ Hesych./ Steph. Byz./ etc.

ブーレー Bule, Βουλή,（〈複〉Bulai, Βουλαί），（仏）Boulè,（伊）Bulè,（西）Boulé,（露）Буле

ギリシア諸ポリスに設立されていた評議会。元来、王の諮問機関で、貴族たちで構成される長老会に由来する。スパルタ*ではゲルーシアー*と呼ばれる。アテーナイ*においては、前594年頃ソローン*がアレイオスパゴス*会議のかたわらに、各部族 Phyle より100人ずつ、計400

プレ（ー）イアデス

人から成る評議会（ブーレー）を創設、次いで前508／507年クレイステネース*の改革によって500人に増員（全10ビューレーから各50人ずつ）され、30歳以上の男性市民から籤引き（くじ）で選出されるようになったという。任期は1年だけで、生涯に2回就任を認められたが、2年続けての重任は禁止。前4世紀には1日5オボロスの手当が支給された。議員は銀梅花（ミルトゥス）の冠をかぶってアゴラー*（広場）の評議会場Buleuterionに参集し、隣接する円形堂（トロス）Tholosにおいて国費で会食し、祭礼の折には特別席に腰掛け、任期中は軍務を免除されるという特権にあずかった。評議会は民会（エックレーシアー）での審議事項を先議し、民会を招集したり、財政を監督するなど独自の司法・行政上の権能を持ち、古典期アテーナイの民主政では枢要の地位を占めた。通常50人1組の当番プリュタネイス*に分かれて、1年の10分の1の期間を担当する輪番制をとり、毎日その中から抽籤で1人が議長に選ばれた。前302年以降600人に増えたが、ローマ帝政期の後2世紀になって再び500人に復した。ブーレーなる語は、ローマの元老院（セナートゥス）Senatusの訳語としても用いられる。
⇒レイトゥールギアー
Arist. Ath. Pol. 8, 20, 43〜49/ Herodot. 7-140, 9-5/ Ar. Vesp. 590/ Xen. Hell. 5-2, Ath. Pol. 3-2/ Thuc. 2-15/ Dion. Hal. 6-69/ Plut. Sol. 19/ Aeschin./ Dem./ Lys./ etc.

プレ（ー）イアデス　Pleiades, Πλειάδες,（Pleïades, Πληϊάδες）, Πελειάδες,（仏）Pléiades,（独）Pleiaden Plejaden,（伊）Pleiadi,（西）Pléyades,（葡）Plêiades,（露）Плеяды,〈単〉プレ（ー）イアス Pleias, Πλειάς, Πληϊάς,（英）Pleiad,（仏）Pléiade,（伊）Pleiade,（西）Pléyade,（葡）Plêiade

牡牛座（ラ）Taurusの肩部にある星団（ラテン名・ウェルギリアエ Vergiliae。アラビア名・al-Thurayya, Suraiya。ペルシア名・Sorayya。トルコ名・Süreyya。サンスクリット名・Kṛttikā。ヘブライ名・כִּימָה。漢名・昴宿。和名・すばる）。ギリシア神話では、アトラース*とプレーイオネー Pleïone, Πληϊόνη（オーケアノス*の娘）との間に生まれた7人の娘たちで、ヒュアデス*の姉妹に当たる。通常その名は、マイア*（ヘルメース*の母）、アルキュオネー❷*、メロペー❶*、ケライノー❷*、エーレクトラー❷*、ステロペー*（アステロペー*）、ターユゲテー*、とされるが、時にメーティス*やカリュプソー*、ディオーネー*（タンタロス*の妻）も加えられることがある（⇒巻末系図014）。7人のうちメロペー以外は皆、ゼウス*やポセイドーン*といった神々と交わって子を産んだ。7姉妹と母プレーイオネーは、ボイオーティアー*の森でオーリーオーン*と出会い、5年または7年の間彼に追われ続けて、ついにゼウスによって鳩に変えられ、星空に列せられた。しかし、オーリーオーンもまた星座となったため、今なお彼女らは天空でオーリーオーンに追われているように見えるという。異説では、兄弟ヒュアース Hyas, Ὕας が毒蛇に咬まれて死んだ時に、ヒュアデスとともに自殺して星と化したとも、父アトラースが天空を支える劫罰を科せられた時に、悲しみのあまり群星に変容したとも伝えられる。7星のうちの1つが肉眼で確認し難いほど朧ろにしか見えないのは、メロペーが死すべき人間シーシュポス*の妻となったことを恥じて影をかすめてしまったから、あるいは、エーレクトラーが我が子ダルダノス*の建てたトロイアー*の城市が滅亡したのを嘆いて彗星と化して姿を隠したからだ、といわれている。プレイアデスの語源に関しては、「鳩 peleiades」、「航行する plein」（七星の出現が航海の季節に合致することに拠る）など諸説が行なわれている。
Hom. Il. 18-486, Od. 5-272/ Hes. Op. 383/ Hyg. Fab. 192, 248, Astr. 2-21/ Apollod. 3-10/ Pindar. Nem. 2-3/ Ov. Fast. 4-175〜, 5-83〜, Met. 2-743/ Aratus Phaen. 262〜/ Paus. 2-4-3, 2-30/ Eratosth. Cat. 23/ Schol. ad Ap. Rhod. 3-225/ Quint. Smyrn./ Strab. 8-3-19/ Nonnus Dion./ Verg. G./ etc.

プレ（ー）イアデス詩人たち　Pleiades, Πλειάδες（Πληιάδες）, Pleïades,（仏）Pléiades,（独）Pleiaden,〈〈単〉〉プレ（ー）イアス Pleias, Πλειάς,（Πληιάς）,（英）Pleiad (Alexandrian Pleiad),（仏）Pléiade

（前3世紀）ヘレニズム時代初期、プトレマイオス2世*（在位・前285〜前246）治下のアレクサンドレイア❶*において活躍した7人の悲劇詩人たち。アイトーリアー*のアレクサンドロス*、リュコプローン*、ビューザンティオン*のホメーロス Homeros, Ὅμηρος（小ホメーロス）、ピリコス Philikos, Φιλίκος、ソーシテオス*の5人は必ず数えられ、その他ディオニューシアデース Dionysiades, Διονυσιάδης、ソーシパネース Sosiphanes, Σωσιφάνης、アイアンティデース Aiantides, Αἰαντίδης、らが有力候補者として挙げられるが、諸説に一致を見ない。いずれも作品の題名やわずかな断片しか伝わらない。なお、16世紀後半のロンサール、デュ・ベレーを中心とした7人のフランス詩人たちは、彼らに倣ってプレイヤド派 la Pléiadeを称している。

系図327　プレ（ー）イアデス

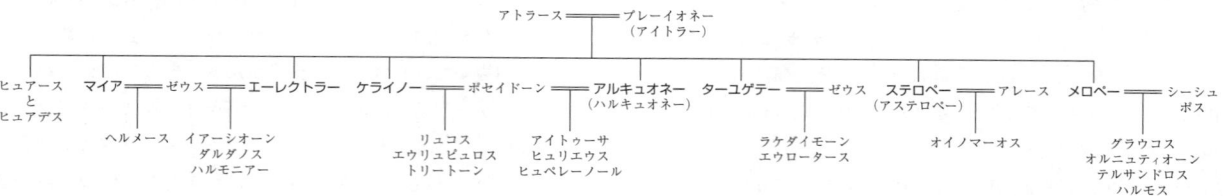

Strab. 14-675/ Scholia ad Hephaest./ Stobaeus Flor. 51-23/ Anth. Pal. 7-707～/ Hyg. Astr. 2-27/ Diog. Laert. 9-/ Parthenius 4/ Ath./ Paus./ Suda/ etc.

プレイスタルコス　Pleistarkhos, Πλείσταρχος, Plistarchus, (英) Plistarch(us), (仏)(独) Pleistarchos, (伊)(西) Plistarco

ギリシア人の男性名。

❶スパルター*の王（在位・前480頃～前458）。アーギアダイ*家のレオーニダース1世*とゴルゴー*（クレオメネース1世*の娘、叔父レオーニダースと結婚する）の子。ペルシア戦争*中の前480年、父王がテルモピュライ*の険で敗死した後、王位を継承したが、まだ幼少だったので、従兄パウサニアース*が後見役として摂政した。

⇒巻末系図 021

Herodot. 9-10/ Paus 3-4, -5/ Thuc. 1-132/ Diod. 13-75/ Plut. Mor. 231/ etc.

❷（前4世紀末）マケドニアー*の摂政アンティパトロス*の子。カッサンドロス*の兄弟。イプソス*の戦い（前301）ののち、キリキアー*を支配したが、翌前300年には、デーメートリオス1世*・ポリオルケーテース*によって撃破され、カッサンドロスのもとへ逃れた。

⇒巻末系図 027

Diod. 19-77, 20-112/ Plut. Demetr. 31/ Paus. 1-15/ Ath. 7-125/ Steph. Byz./ etc.

プレイステネース　Pleisthenes, Πλεισθένης, Plisthenes, (仏) Plisthène, (伊) Plistene, (西) Plístenes, (葡) Plístene

ギリシア伝説中、ペロプス*の子ないし孫（⇒巻末系図 015）。異伝が多く、諸説行なわれて一致を見ないが、通常はアトレウス*（ペロプスの息子）とその姪クレオレーKleoleとの間に生まれた子で、アガメムノーン*とメネラーオス*兄弟の父親とされ、若くして死んだため、2児は祖父アトレウスに養育されたという。一説にプレイステネースは、テュエステース*（アトレウスの弟）に殺されたとも、テュエステースの策略で刺客として実父アトレウス殺害に送り込まれるが、返り討ちにあって果てたとも伝えられる。エウリーピデース*に今は失われた悲劇『プレイステネース』があった。

なお、テュエステースとアーエロペー*の私生児の1人もプレイステネースと呼ばれており、彼は双生兄弟タンタロス❷*とともにアトレウスに殺されて、その肉を実父テュエステースに食われている。

Apollod. 3-2/ Aesch. Ag. 1569/ Sen. Thyestes 726/ Hyg. Fab. 86, 88, 97/ Schol. ad Eur. Or. 4/ Schol. ad Soph. Aj. 1297/ etc.

プレイストアナクス　Pleistoanaks, Πλειστοάναξ, Plistoanax, または、プレイストーナクス Pleistonaks, Πλειστώναξ, Plistonax, (英) Pl(e)istonax, (仏)(独) Pleistoanax, (伊) Pleistoanasse, (西) Plistoanacte

スパルター*のアーギアダイ*家の王（在位・前458～前445、前426～前408）。パウサニアース❶*の長子。プレイスタルコス❶*が嗣子なくして歿したあと、まだ幼年ながら王位を継承した。前446年、アッティケー*へ攻め入ったが、ペリクレース*に買収されて戦わずに兵を引き上げたため、帰国後告発されて罰金刑を科せられた。しかし、支払い能力がなかったので、スパルターを追放され（前445）、デルポイ*の巫女を抱き込み、その託宣を通して、19年後にようやく復位した（前426）。その後、不祥事が出来するつど、彼の巫女買収の一件が持ち出され非難されるのに困り果てて、アテーナイ*と和約を結ぶに至ったという（前421）。あるアテーナイの弁論家がスパルター人を無学だとけなした時、彼はこう答えた。「あなたの言う通りだ。ギリシア人のうちで我々だけが、あなた方から悪いことを学ばなかったのだから」と。

⇒巻末系図 021～022

Thuc. 1-107, -114, 2-21, 3-26, 5-16, -17, -19, -21～, -33, -75/ Diod. 11-79, 13-75, -106/ Plut. Per. 22, Lyc. 20, Nici. 28/ Paus. 1-13/ etc.

プレイトー　Plato

⇒プラトーン*（の英語形）

プレウローン　Pleuron, Πλευρών, (伊) Pleurone, (現ギリシア語) Plevrón

（現・Gyfotokastro 近くの遺跡。（異名）Kástron kirías Irínis, τὸ κάστρον τῆς Κυρίας Εἰρήνης, Iríni の城）ギリシアのアイトーリアー*地方の町、およびその周辺地域。東南のカリュドーン*と並んで神話伝説の舞台としてしばしば登場する。降ってヘレニズム時代に、マケドニアー*王デーメートリオス2世*（在位・前239～前229）に荒廃させられたため、住民は旧市 Palaià Pleurón を去って西北およそ1マイル郊外に新プレウローン市 Neōtéra Pleurón を建設した（前230頃）が、その後町は次第に衰えていった。詩人アイトーリアーのアレクサンドロス*の生地。伝承上の名祖プレウローンは、アイトーロス*の子でカリュドーンの兄弟。彼らの子孫からカリュドーン＝プレウローン王家が出た。また、プレウローンは双生兄弟神ディオスクーロイ*（レーダー*とゼウス*の子）の先祖に当たるため、スパルター*に

系図328　プレイステネース

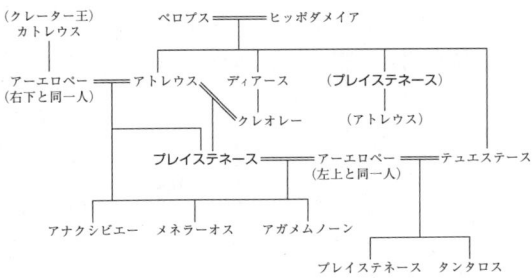

プレギュアース

は彼の英雄神廟(ヘーローオン)が建立されていたという。新市街の円形の城壁や、劇場(テアートロン)*、列柱廊(ストアー)*、ギュムナシオン*などの遺跡が発掘されている。

Hom. Il. 2-638〜, 13-217, 14-116/ Soph. Trach. 7/ Thuc. 3-102/ Ov. Met. 7-382/ Strab. 10-450〜/ Paus. 3-13〜14, 7-11/ Ptol. Geog. 3-14/ Apollod. 1-7/ Auson. Epitaph. 10/ Steph. Byz./ Suda etc.

プレギュアース　Phlegyas, Φλεγύας, (仏) Phlégias, Phlégyas, (伊)(西) Flegias, (葡) Flégias, (露) Флегий, (現ギリシア語) Fleyías

ギリシア伝説中、プレギュアイ Phlegyai, Φλεγύαι 人の名祖(なおや)。軍神アレース*の子。イクシーオーン*やコローニス❶*(アスクレーピオス*の母)の父とされる。オルコメノス*の王となり、好戦的な部族を率いて、デルポイ*へ攻め入り、娘コローニスを殺したアポッローン*の神殿を略奪・放火した(⇒ピランモーン)。そのためアポッローンに射殺され ── 別伝ではニュクテウス*とリュコス*兄弟に討たれ ──、死後タルタロス*へ堕(お)ちたという。

⇒ラピタイ族

Hom. Il. 13-301〜/ Hymn. Hom. Aesculapius 3/ Pind. Pyth. 3-8〜/ Apollod. 2-26, 9-36/ Verg. Aen. 6-618/ Paus. 9-36/ Steph. Byz./ etc.

プレゲトーン(または、ピュリプレゲトーン)　Phlegethon, Φλεγέθων, Pyriphlegethon, Πυριφλεγέτων, (仏) Phlégéthon, Pyriphlégéthon, (伊)(西)(葡) Flegetonte, Piriflegetonte, (露) Флегетон, (現ギリシア語) Fleyéthon

「火焔の川」の意。コーキュートス*とともにアケローン*の支流をなす冥界の河。

系図329　プレウローン

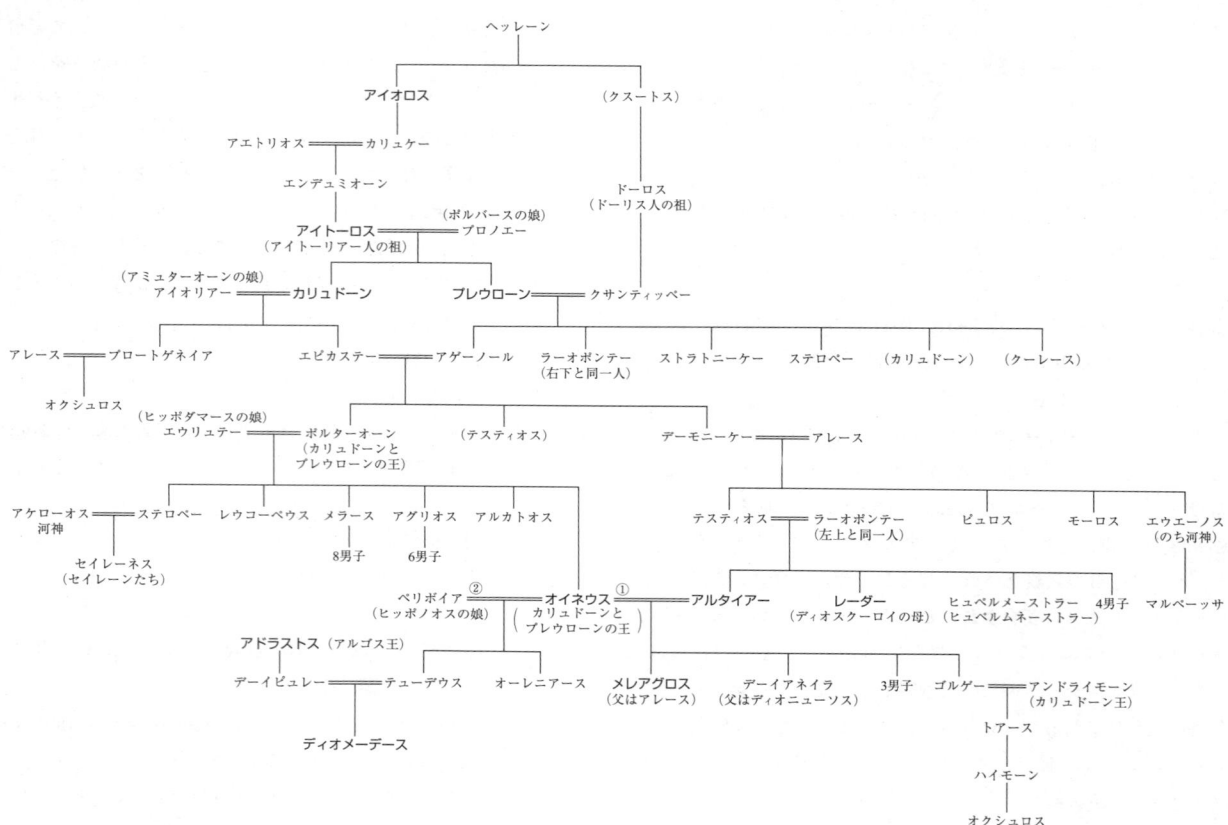

系図330　プレギュアース

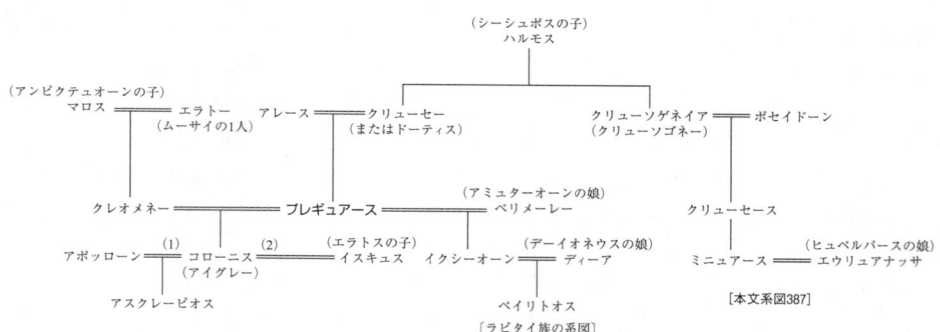

— 1074 —

⇒レーテー、ステュクス
Hom. Od. 10-513/ Verg. Aen. 6-265, -551/ Lucian. Dial. Mort. 20-1/ Pl. Phd. 111〜/ Stat. Theb. 8-21/ etc.

プレゴーン　Phlegon, Φλέγων, P. Aelius Phlegon, （仏）Phlégon,（伊）Flegonte,（西）Flegón

（後2世紀前半）ハドリアーヌス*帝の解放奴隷。リューディアー*の出身。「双頭の怪物」、「子を産む両性具有者（ヘルマプロディーテス*）」、および「コリントス*の花嫁」の原話（墓場から蘇って夜ごと若者と交わるアンピポリス*の吸血女の譚）などの怪異談集や、140年までのオリュンピア競技祭*の優勝者名簿などを、ギリシア語で執筆した。

（作品）Peri Thaumasiōn, Περὶ Θαυμασίων（『怪異談』）
　　　 Peri Makrobiōn, Περὶ Μακροβίων（『長寿者録』百歳以上の長寿を保ったイタリア人のリスト）
　　　 Olympiades, Ὀλυμπιάδες（『オリュンピア史』前776年から後137年までのオリュンピア競技祭の記録）
　　　 他。

S. H. A. Hadr. 16, Sev. 20/ Philostorgius/ Phot. Bibl. 97/ Suda/ etc.

フレトゥム・ガーディーターヌム　Fretum Gaditanum,（ギ）Gadeiraios Porthmos, Γαδειραῖος Πορθμός,（アラビア語）Bāb al Zakak,（英）Strait of Gibraltar,（西）Estrecho de Gibraltar

（「ガーデース*の海峡」の意）今日のジブラルタル Gibraltar 海峡のラテン名。フレトゥム・ヘルクレウム Fretum Herculeum（ヘルクレース*の海峡）、その他多くの異名がある。

⇒ヘーラクレースの柱
Sall. Jug. 17-4/ Plin. N. H. 2-106/ Strab. 3-169〜/ etc.

プレービス（プレープス）　Plebis (Plebs)
⇒プレーベース

プレーベース「平民」　Plebes（プレープス Plebs, プレービス Plebis とも, Plebeii）,（ギ）Plēbeioi, Πληβεῖοι,（英）Plebeians,（仏）Plébéiens,（独）Plebejer,（伊）Plebei,（西）Plebeyos,（葡）Plebeus,（露）Плебс,（和）プレブス（正しくはプレープス）

ローマのプレーベース（平民）は、当初市民権はもつものの、元老院や政務官職、神官職から閉ざされ、パトリキイー*（貴族）との通婚も禁じられていた。しかるに、共和政初期の聖山*事件（前494）の結果、平民の権利を守る護民官職が設けられ、さらなる身分闘争を通して（前367年のリキニウス・セクスティウス法*や前287年のホルテーンシウス*法）、前3世紀の初頭にはパトリキイーとプレーベースとは政治的・社会的に対等となった。政務官職を経て元老院入りを許された富裕なプレーベースは、パトリキイーと結んで新しい貴顕貴族ノービレース* Nobiles という階層を形成し、ローマの国政を襲断した。共和政末期にプレーベースなる語は下層市民を意味するようになり、彼らは有力者をパトローヌス*（保護者）とする庇護民クリエンテース*（〈単〉クリエーンス*）と化し、両者は一種の親分子分の関係クリエンテーラ clientela で結ばれた。

なお、プレーベースで最初に執政官になったのは、前366年のルーキウス・セクスティウス L. Sextius であり、はじめて独裁官になったのは前356年のガーイウス・マルキウス・ルティルス C. Marcius Rutilus（前357、352、344、342の執政官）、最初に監察官職に就いたのも同じく前351年のガーイウス・マルキウス・ルティルスだったと伝えられている。

⇒コミティア
Liv. 1-8, -30, -33, 2-24, 4-4, 6-42, 7-1, -17, -22, 10-8/ Cic. Leg. 1-24, 3-3(10), -17(38), Mil. 35(95), Rep. 2-9/ Hor. Sat. 1-8/ Juv. 11-194/ Plut. Rom. 13, Cam. 42/ Dion. Hal. 1-8, 2-9, 3-29, -31/ Val. Max. 3-4/ Varro Ling. 5-56/ Festus/ etc.

ブレミュエース族　Blemyes（または、ブレ（ン）ミュアエ Blem(m)yae, ブレミュイー Blemyi とも）,（ギ）ブレミュエス Blemyes, Βλέμυες, Blemmyes, Βλέμμυες,（英）Blemyans,（仏）Blemyens,（独）Blemyer

アーフリカ*の内陸部、エジプトの南方に住んでいたエティオピア（アイティオピアー*）系の種族。伝承によれば、彼らには頭部がなく、胸に口と目がついていたという。歴史上のブレミュエース族については、ローマ帝政期に略奪を働くなど不穏な動きを見せたが、後297年ディオクレーティアーヌス*帝によって同盟部族 foederati の特権を認められ、国境周辺ヌービアー Nubia 地方を防衛するかわりに帝国領内に定住を許可されたことが知られている。

⇒キュノケパロイ、スキアーポデス、トローグロデュタイ、ガラマンテス、ロートスパゴイ、ピュグマイオイ
Mela 1-4/ Plin. N. H. 5-8/ Solin. 3-4, 31-6/ Strab. 17-819/ Isid. Orig. 11-3/ Proc Pers. 1-19/ Ptol. Geog. 4-7/ Dionys. Per./ Claud./ Steph. Byz./ etc.

フレンターニー（族）　Frentani,（ギ）Phrentanoi, Φρεντανοί, または Pherentanoi, Φερεντανοί,（英）Frentanians,（仏）Ferentans,（独）Frentaner,（西）Frentanos

イタリア中部東側、アドリア海沿岸に住んでいたサムニウム*（サムニーテース*）系の種族。オスキー*語を話し、部族単位に組織されていた。第2次サムニウム戦争*でローマに服従し（前305／304）、同盟市戦争*で叛旗を翻した（前90）が、その後すみやかにローマ化された。

Plin. N. H. 3-11/ Liv. 9-16, -45/ Sil. 8-520/ Cic. Clu. 69(197)/ Strab. 5-242/ Ptol. Geog. 3-1/ Mela 2-4/ Polyb. 2-24/ App. B. Civ. 1-39/ Plut. Pyrrh. 16/ Flor. 1-18/ Scylax/ etc.

ブレンヌス Brennus, (ギ) ブレンノス Brennos, Βρέννος, (伊) Brenno, (西) Breno

ケルト*＝ガッリア*人の首長の名（原語では Brenhin、Brenn、ブルターニュ語（ブルトン語）の Brenin、ウェールズ語の Bran）。

❶（前4世紀初頭に活躍）ガッリア*のセノネース*族の首長。イタリア半島に南下・侵入し、ローマ軍をアッリア*川で撃破し、ローマ市を占領・掠奪した（前390または前387）。カピトーリーヌス*丘を7ヵ月にわたって包囲したが落とすことができず、黄金1千ポンド―Pondō の貢納を得て退去した。償金の計量に際して秤を誤魔化したとローマ側から指摘されると、彼は剣を投じて「禍なるかな、征服されし者どもよ、Vae victis」（「黙れ、敗者め！」というほどの意味）と一喝したという。伝説では、そこへ救国の英雄カミッルス*が現われ、「ローマは自由を黄金で買いはせぬ。剣でかちとるのだ」と叫ぶや、二度の戦闘でガッリア軍を潰走させ、ブレンヌスはじめ一兵残らず皆殺しにしたことになっているが、ほとんど信ずるに足りない。

⇒ファビウス・アンブーストゥス、マーンリウス・カピトーリーヌス、アールーンス❹

Liv. 5-35～49/ Plut. Cam. 17～29/ Diod. 14-13, -113～117/ Polyb. 2-18/ Strab. 5-220/ Zonar. 2-23/ Dion. Hal. 13-6～/ etc.

❷（？～前278初頭）ギリシアへ侵掠したケルト*人の首長。前279年、マケドニアー*王プトレマイオス・ケラウノス*を敗死させたボルギオス Bolgios 指揮下のケルト人に踵を接し、大軍を率いてトラーケー*（トラーキアー*）、テッサリアー*へ侵入（前279）、テルモピュライ*に集合したギリシア連合軍を蹴散らしたあとデルポイ*を襲撃した（前279冬）が、パルナッソス*山麓の戦いに負傷し、大量の生酒をあおって自害した――単に短刀で自刃したとも――。彼に率いられてギリシアへ南下したケルト軍は、各地で略奪・殺戮をほしいままにし、男子は幼児にいたるまで虐殺、女子は死ぬまで輪姦したばかりか、屍となっても犯しつづけ、赤ん坊の肉を食い血を飲んだと伝えられている（⇒アイトーリアー）。また彼らは大楯のほかは何もつけぬ全裸で戦い、吹雪と厳寒と飢餓に苛まれて敗走に転じ、自軍の負傷者は全員殺して北へ退くも、ギリシア勢の追撃を受けてただの1人も故郷に帰り着かなかったという（ケルト人の死者2万6千人）。なおパルナッソスの戦闘の折、神アポッローン*自身が顕現して崖崩れと嵐を起こし、ケルト軍を打ちのめしたという伝承も残っている。

⇒ガラティアー

Paus. 10-19～23/ Just. 24-6～8/ Diod. 22-9/ Cic. Div. 1-37 (81)/ Strab. 4-187～/ etc.

ブレンノス Brennos, Βρέννος, Brennus
⇒ブレンヌス

プロイトス Proitos, Προῖτος, Proetus, (仏) Proétos, (伊)(西)(葡) Preto, (現ギリシア語) Prítos

ギリシア神話中、ティーリュンス*の初代王。アルゴス*王アバース Abas, Ἄβας（リュンケウス❶*とヒュペムネーストラー*の子）の息子でアクリシオス*の双生兄弟。アルゴスの王位をアクリシオスと争って敗れ、祖国を追放されて小アジアのリュキアー*王イオバテース*のもとへ逃れ、王の娘アンテイア*（またはステネボイア*）を妻に迎えた。岳父イオバテースの援軍を得て帰国し、エピダウロス*でアクリシオスと対戦したが、双子同士の一騎討ちによっても勝敗が決せず、結局国土を2等分して、アクリシオスは南部を占めてアルゴスをそのまま首都とし、プロイトスは

系図331　プロイトス

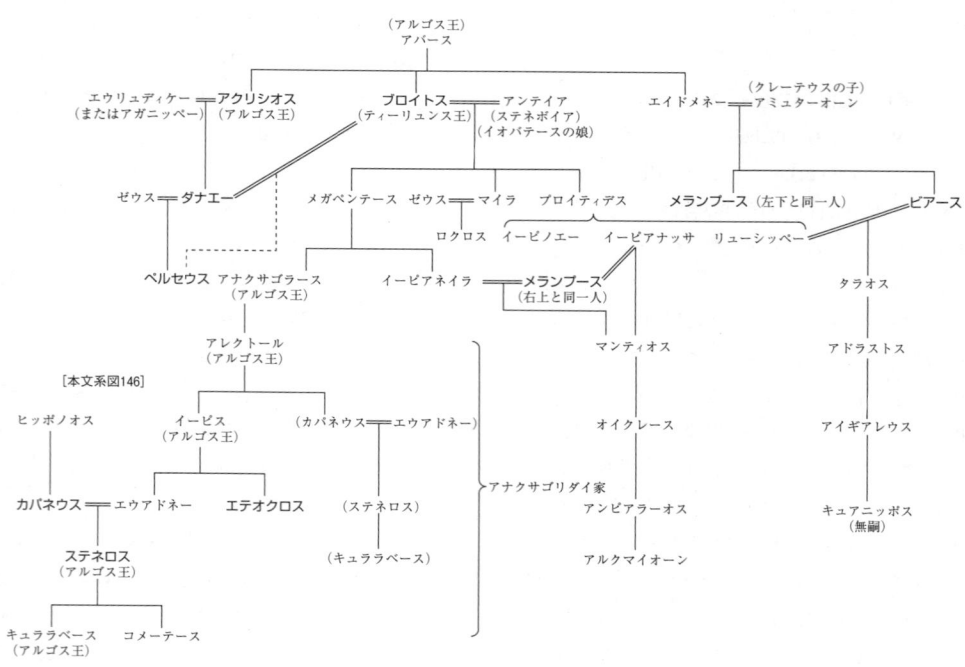

北部に新しい都市ティーリュンスを築いて居城とした。一説にプロイトスは姪に当たるダナエー*（アクリシオスの娘）を犯してペルセウス*を孕ませ、そのため双生兄弟間の争いが生じたともいうが、通常ペルセウスはゼウス*の胤とされている。

プロイトスには3人の娘たち（プロイティデス Proitides, Προιτίδες）があったが、彼女らはディオニューソス*の崇拝を拒んだため、または女神ヘーラー*より自分たちの方が美しいと誇ったため（諸説あり）、発狂させられて自分たちを雌牛だと信じ込み、ペロポンネーソス*中を暴走した。予言者メランプース*が王国の3分の1と引き換えに彼女らを癒そうと申し出たところ、プロイトスがこの法外な報酬を惜しんだので、狂気は一層募り、他の女たちまで乱心して自分の子供らを殺し、見苦しい姿で荒地を彷徨った。そこで王が先の条件を受けいれると、今度はメランプースは兄のビアース*にも同じだけの土地を与えるよう要求して王の同意を得、女たちを治療した。

オウィディウス*によれば、プロイトスは武力でアクリシオスをアルゴスから放逐したため、帰国したペルセウス（アクリシオスの外孫）にメドゥーサ*の首を突きつけられて、石と化したという。遺児メガペンテース Megapenthes, Μεγαπένθης は後にペルセウスを殺して父の仇を報じたとも、ペルセウスの申し出に応じてティーリュンスとアルゴスの領有権を交換したとも伝えられる。なお、女たちの狂気を鎮めた報酬として失った3分の2の領土は、プロイトスの7代目の子孫キュララベース Kylarabes, Κυλαραβης の時に、すべて回復された。

⇒ベッレロポーン

Hom. Il. 6-157〜/ Apollod. 2-2, -3, -4/ Paus. 2-7, -9, -16, -18, -25/ Ov. Met. 5-236〜/ Bacchyl. 10-40〜/ Herodot. 9-34/ Diod. 4-68/ Schol. ad Eur. Or. 965/ Strab. 8-346/ Ael. V. H. 3-42 Ant. Lib. Met. 29/ Ap. Rhod. 1-135〜/ etc.

プローウィンキア Provincia, （ギ）Eparkhiā, Ἐπαρχία, （英）（仏）Province, （独）Provinz, （葡）Província, （現ギリシア語）Provinkía

ローマ統治下の「属州」。ローマがイタリア*以外に領有した海外の支配地。元来は命令権 imperium をもつ高級政務官（執政官と法務官）の権限領域を意味したが、ポエニー戦争*以後はイタリアの外にローマが獲得した征服地を指すようになった。イタリアが軍事的義務だけを負うのに対して、属州は納税の義務を課せられ、総督（前執政官と前法務官）や騎士身分の徴税請負人（プーブリカーニー*）の飽くなき搾取の対象となった。帝政期には元老院属州と皇帝属州（元首属州）に分けられ、重要な属州は皇帝領とされ、軍隊が駐屯した。帝権の増大につれて元老院属州と皇帝属州の区別が失われ、3世紀以降、全属州は皇帝直轄領と化した。ディオクレーティアーヌス*の帝国再編によって、45の属州は94に細分化され、コーンスタンティーヌス1世*の治下さらに百余州に分割された（⇒ディオエケーシス）。

主要なプローウィンキアとその編入年次を列記すると以下の通りである。

シキリア*（前241）、サルディニア*とコルシカ*（前227）、ヒスパーニア・キテリオル*とヒスパーニア・ウルテリオル*（前197）、イッリュリクム*（前167）、アーフリカ*（前146）、マケドニア*（前146）、アシア*（前129〜前128）、ガッリア・ナルボーネーンシス*（前121）、キリキア*（前102）、ビーテューニア*（前74）、キューレーナイカ*（前74）、クレータ*（前67）、ポントゥス*（前65）、シュリア*（前64）、キュプルス*（前58）、ガッリア・コマータ*（前58〜前50）、アエギュプトゥス*（エジプト、前30）、ガラティア*（前25）、ラエティア*（前15）、ノーリクム*（前15頃）、ゲルマーニア*（前12）、モエシア*（後6以前）、ダルマティア*およびパンノニア*（後9以後）、カッパドキア*（後17）、マウレーターニア*（後42頃）、ブリタンニア*（後43）、リュキア*とパンピューリア*（後43）、トラーキア*（後46）、ユーダエア*（ユダヤ*, 後72）、アルメニア（後104）、アラビア*（後106）、ダーキア*（後107）、メソポタミア*（後115頃）。

なお今日もフランス南部の地中海沿岸地方をプロヴァンス Provence,（プロヴァンス語）Provènço, Provença と呼ぶのは、かつてここがローマの属州であったことに由来する。

Liv./ Cic./ Caes./ Tac./ Suet./ Dio Cass./ App./ S. H. A./ Plut./ Festus/ Dig./ Plin. N. H./ Strab./ etc.

プロクセノス Proksenos, Πρόξενος, Proxenus, （仏）Proxène, （伊）Prosseno, （西）（葡）Próxeno, （〈複〉プロクセノイ Proksenoi, Πρόξενοι, Proxeni）

ギリシア各ポリス Polis（都市国家）の賓客接待者。ある特定の外国から特別の待遇を与えられ、自国内においてその外国の市民の利益を守る者。ピンダロス*はテーバイ❶*市におけるアテーナイ*市の利益を代表するプロクセノスであり、キモーン*はアテーナイにおけるスパルター*の、デーモステネース❷*は同じくアテーナイにおけるテーバイのプロクセノスであった。この賓客関係（プロクセニアー Proksenia, Προξενία）は、しばしば先祖伝来の義務として継承された。

これと、アテーナイなどで在留外国人（メトイコイ*）の後見人として、代理に訴訟を行なった市民プロスタテース*とは全く異なるものである。

Pind. Isth. 4-13/ Herodot. 6-57/ Thuc. 2-29, 3-2, -70/ Xen. Hell. 4-5, 5-4, 6-3/ Pl. Leg. 1-642b/ Paus. 3-8/ Diod. 13-27/ Dem./ etc.

プロクネー Prokne, Πρόκνη, Procne, (Progne), （仏）Procné, （伊）Procne, Progne, （露）Прокна

ギリシア神話中、アテーナイ*王パンディーオーン❷*の娘。ピロメーラー*の姉妹。テーレウス*の項を参照。

プロクリス Prokris, Πρόκρις, Procris, （伊）Procri, （現ギリシア語）Prókridha

ギリシア神話中、アテーナイ*王エレクテウス*（一説にはケクロプス*）の娘。美男で名高いケパロス*の妻。黄金の冠を贈られてプテレオーン Pteleon なる男と密通し、情事の現場を夫に見つけられて、クレーター*（クレーテー*）王ミーノース*のもとへ逃げ去った。ミーノースは嫉妬深い妃パーシパエー*の呪いにより、他の女と性交するつど、男根から蛇や蠍（さそり）や毒虫を射精しては相手の女を殺していたので、プロクリスは魔女キルケー*から貰った薬草で王を無害にしたのち彼と同衾、その報酬に必ず的中する槍と必ず獲物を捕らえる駿足の猟犬ライラプス*を王から貰った。間もなく彼女はパーシパエーを怖れ（おそ）てアッティケー*へ戻り、美少年プテレラース Pterelas に変装して夫に言い寄り、誘惑に成功、2 人はここに和解した。が、やがてプロクリスは夫が浮気をしているのではないかと疑うようになり、夫の狩猟に同行して中茂みに潜んでいるところを、獣と間違えられ、夫の放った投槍に刺し殺されて果てた。ソポクレース*に今は失われた悲劇作品『プロクリス』があった。一説に彼女は、実父エレクテウスと交わって娘アグラウロス*を産んだと伝えられる。

⇒ライプラス，巻末系図 020

Apollod. 3-15/ Hyg. Fab. 189, 253/ Ov. Met. 7-670～/ Paus. 10-29/ Schol. ad Hom. Od. 11-32/ Ant. Lib. Met. 41/ etc.

プロクルス学派（プロクリーアーニー） Proculiani (Proculeiani), （英）Proculians, Proculian school

⇒センプローニウス・プロクルス

プロクルス、センプローニウス（または、リキニウス） Sempronius (Licinius) Proculus, （ギ）Proklos, Πρόκλος, （伊）Proculo, Procolo, （西）Próculo

（後 1 世紀中頃）ローマ帝政初期の法学者。アウグストゥス*時代に始まった M. アンティスティウス・ラベオー*の学派を受け継ぎ、その長となって活躍。同派は以来彼の名を冠してプロクルス学派*と呼ばれ、保守的なサビヌス学派*と対立したが、2 世紀後半に後者からサルウィウス・ユーリアーヌス*やガーイウス*らが輩出するに及び、圧せられて事実上消滅し去った。

ラベオーの見解について論じた『書簡集 Epistulae』などの著作があり、後世の法律家によってしばしば引用・抜萃されている。

⇒P. ユウェンティウス・ケルスス

Dig. 18-1, 31-47, 37-14/ Tac. Hist. 1-46, -82/ Suda/ etc.

プロクルーステース Prokrustes, Προκρούστης, Procrustes, （仏）（伊）Procuste, Procruste, （西）（葡）Procusto, Procrusto, （露）Прокруст

（「引き伸ばす男」の意）ギリシア伝説中、エレウシース*の近くに住んでいた強盗。ダマステース Damastes, Δαμάστης ないしポリュペーモーン Polypemon とも呼ばれ、一説にポセイドーン*の子とされている。旅人を捕らえては寝台に寝かせ、もしその人の身長が寝台より短いと無理やり体を引きのばして殺し、長ければ寝台からはみ出た部分を鋸（のこぎり）で切り落として殺していた。一説には大小 2 組の寝台を持っていて、背の低い者を大きな寝台に、高い者を小さな寝台に寝かせては殺していたという。英雄テーセウス*はアテーナイ*へ向かう途中、この悪党を捕らえると、プロクルーステースが旅人にしていたのと同じ手法で寝台に縛りつけ、はみ出した頭部を切り落として退治した。以来、「プロクルーステースの寝台（英）Procrustean bed」は、強引に画一的な規準に合わせようとする方法、情容赦なく杓子定規に型にはめようとする統制を意味する言葉となった。

⇒シニス、スケイローン（スキーローン）

Apollod. Epit. 1/ Diod. 4-59/ Plut. Thes. 11/ Paus. 1-38/ Ov. Met. 7-438, Her. 2-69, Ibis 407/ Hyg. Fab. 38/ Bacchyl. 17-27～/ Schol. ad Eur. Hipp. 977/ Xen. Mem. 2-1-14/ etc.

プロクルス、ユーリウス Julius Proculus, （ギ）Iulios Proklos, Ἰούλιος Πρόκλος, （伊）Giulio Proculo, （西）Julio Próculo

（前 8 世紀頃）ローマのなかば伝説上の人物。アルバ・ロンガ*から来た貴族（パトリキイー*）の 1 人で、ロームルス*と懇意の仲であった。ロームルスが死後、彼のもとへ現われて、「国民に余を守護神クィリーヌス*として祀るよう伝えてくれ、またもし人々が勇気と智慮を実行に移して行くならば、ローマはいずれ世界最高の権力に到達するであろ

系図 332　プロクルーステース

うとも告げて欲しい」と語った。これに応えて、クィリーナーリス*丘に神クィリーヌスのための神殿が建設されたという。
Cic. Rep. 2-10, Leg. 1-1/ Liv. 1-16/ Plut. Rom. 28/ Ov. Fast. 2-499～/ Flor. 1-1/ Lactant. 1-15/ Dio Cass. 56-46/ etc.

プロクレイウス　Proculeius
⇒プロクレイユス

プロクレイユス　Gaius Proculeius Varro Murena, （ギ）Prokūleios, Προκουλέιος, （伊）Gaio Proculeio Murena Varrone
（前1世紀後半）ローマの富裕な騎士身分（エクィテース*）の出で、アウグストゥス*（オクターウイアーヌス*）の信任あつい人物。L. ムーレーナ❷の息子（または甥）だが、プロクレイユス家の養子となる（⇒本文系図390）。前30年アントーニウス*自害の報に接したアウグストゥスにより、C. コルネーリウス・ガッルス*とともに女王クレオパトラー7世*の許へ派遣され、彼女の自殺をとどめた。内乱のために財産を失った2人の兄弟（うち1人はムーレーナ❸）に、自身の財産の3分の1をそれぞれ贈ったという美談で知られる。政治的な仕事から離れて閑雅な私生活を送っていたが、のち激烈な腹痛に苦しみ、石膏を呑み下して自殺した。文人の保護者として名高いマエケーナース*の義兄弟に当たる。
⇒テレンティア❷
Plut. Ant. 77～/ Hor. Carm. 2-2/ Dio Cass. 51-11/ Plin. N. H. 36-59/ Tac. Ann. 4-40/ App. B. Civ. 5-464～/ Quint. Inst. 6-3/ etc.

プロクレース　Prokles, Προκλῆς, Procles, （仏）Proclès, （伊）Procle, （現ギリシア語）Proklís
（前11～前10世紀頃）スパルター*のエウリュポーンティダイ*王家の始祖。有名な立法家リュクールゴス❶*（⇒巻末系図021）は彼の子孫である。
　その他、エピダウロス*の僭主でペリアンドロス*の岳父にあたるプロクレース（前7世紀後半）ら幾人かの同名人物が知られている（⇒巻末系図023）。
⇒エウリュステネース
Herodot. 3-50～52, 6-52, 8-131/ Paus. 2-28-8, 3-1, -7, 7-4-2/ Apollod. Bibl. 2-8-2, -8-4/ etc.

プロクレーユス　Proculejus
⇒プロクレイユス

プロクロス　Proklos, Πρόκλος, Proclus, （仏）Proclos, （独）Proklus, Proklos, （伊）（西）（葡）Proclo, （露）Прокл
ギリシア人の男性名。

❶ Eutykhios Proklos, Εὐτυχίος Πρόκλος（後2世紀または、4～5世紀の人とも）ギリシアの文献学者。その著『文学便覧 Khrēstomatheia grammatikē, Χρηστομάθεια γραμματική』において、トロイアー戦争*を扱った「叙事詩圏*」について言及し、それらの梗概を記している。『文学便覧』は、9世紀のコーンスタンティーノポリス*総主教ポーティオス Photios（815頃～891）による抜粋の形でしか伝わらないが、「叙事詩圏」に関する重要な資料とされる。
Phot. Proclus Chrestomatheia grammatike/ S. H. A. Ant. 2/ Phot./ etc.

❷ P. ho Diadokhos, Πρόκλος ὁ Διάδοχος（後410／412年2月8日～後485年4月17日）新プラトーン主義の哲学者。裕福なリュキアー*人を両親としてコーンスタンティーノポリス*に生まれる。アレクサンドレイア❶*で修辞学・文法などを学んだのち、哲学を志してアテーナイ*のアカデーメイア*学園に入り、プルータルコス Plutarkhos, Πλουτάρχος（？～432頃）およびシュリアーノス Syrianos, Συριανός（？～437頃）に師事。キリスト教徒による迫害を受け、一時小アジアへ追放されたが、アテーナイに戻ってアカデーメイアの学頭となり（437頃～485）、「後継者 Diadokhos（ディアドコス）」と呼ばれた。哲学を教えるかたわら禁欲的修行と降神術 theurgia, θεουργία（テウールギアー）を実践し、キリスト教に反対してギリシア思想や諸学問の価値を強調。プローティーノス*以来の新プラトーン主義哲学を精緻に体系化した他、数学や文学の分野でも貢献した。『神学綱要 Stoikheiōsis theologikē, Στοιχείωσις θεολογική, （ラ）Institutio theologica』『プラトーン神学 Eis tēn Platōnos theologiān, Εἰς τὴν Πλάτωνος θεολογίαν, （ラ）Theologia Platonica』の主著をはじめ、プラトーン*の数篇の対話篇に関する注釈や、エウクレイデース*（ユークリッド）の『幾何学原論』への注釈、など多数の著作が伝存する。プラトーン哲学をビザンティン、イスラーム世界のみならず、中世ラテン（西ヨーロッパ）世界にまで普及させる役目を果たし、後期新プラトーン派の代表的哲学者と見なされている。伝記作者によれば、彼は心身ともにきわめて頑強で、健康にも美貌にも恵まれ、75歳で没するまで驚くべき記憶力を保っていたという。また若い頃には師のシュリアーノスに寵愛され、師の遺言に従って2人は同じ墓に葬られたとも伝えられる。なお、彼の孫弟子ダマスキオス Damaskios, Δαμάσκιος（458頃～？）がアカデーメイア学頭（520頃～529）の時に、ユースティーニアーヌス1世*の勅令でアカデーメイア学園が閉鎖され（529）、少なからぬ哲学者や弁論学者がサーサーン朝*ペルシアへ亡命を余儀なくされた（531頃）。
　ちなみに、少し年長の同時代人に東西キリスト教会において列聖されているコーンスタンティーノポリス総主教のプロクロス（在職・434～446）がいる。
⇒ヒュパティアー
Marinus Vita Procli/ Phot./ Suda/ Socrates 7-48/ Theodoret./ etc.

プロコピウス　Procopius, （ギ）Prokopios, Προκόπιος, （仏）Procope, （伊）（西）Procopio, （葡）Procópio

(後325～後366年5月27日) ローマ帝国東方の対立皇帝 (在位・365年9月28日～366年5月27日)。

ユーリアーヌス*帝の親族（母親同士が姉妹か）といわれるキリキアー*出身の将軍。子のないユーリアーヌスは、対ペルシア戦役に出征中、彼を自分の後継者に指名したといわれるが、帝の死後、新帝に擁立されたのはヨウィアーヌス*であった (363)。身の危険を感じたプロコピウスはカッパドキアー*に隠栖、さらに黒海方面に身をひそめ各地を流浪した末、首都コーンスタンティーノポリス*に潜入。ウァレーンス*帝の東方遠征中、軍隊により帝位に推戴される (365年9月28日)。当初この簒奪は成功、ウァレーンスもあやうく退位するところだったが、僭帝はやがて軍に見捨てられ、プリュギアー*の山地を逃亡中、部下に裏切られウァレーンスに引き渡されて斬首された (366年5月27日)。一説には、2本の曲げた木にくくりつけられ、木のはね返る力で体を引き裂かれて殺されたという。ほぼ42歳、在位期間8ヵ月。子孫に西ローマ皇帝となったアンテミウス*がいる。

⇒巻末系図104

Amm. Marc. 23-2, 26-6/ Socrates 4-3～/ Zosimus 4-4～/ Philostorgius 9-5/ Libanius Or. 18/ etc.

プロコピオス　Prokopios, Προκόπιος, Procopius, Caesariensis, (仏) Procope, (独) Prokop, (伊) (西) Procopio, (葡) Procópio

(後490／500頃～565頃) 東ローマ帝国の代表的歴史家。パレスティナ*のカイサレイア*に生まれ、法律・弁論術を学ぶ。名将ベリサーリウス Belisarius (505頃～565) の秘書として対サーサーン朝*ペルシア、ヴァンダル*、東ゴート*など各地の戦争に随行し、のちコーンスタンティーノポリス*都長官（プラエフェクトゥス❸*）となった (562) が、陰謀によって罷免され、間もなく急死した (70歳余)。トゥーキューディデース*、ポリュビオス*の後継者たらんとし、客観性と正確性を重視する立場から、自ら実見した諸戦争を扱った『戦史 Historiai, Ἱστορίαι』8巻 (545～553) を執筆。その他、ユースティーニアーヌス1世*（大帝）の建築事業を絶賛した『建築論 Ktismata, Κτίσματα』6巻 (560) や、皇后テオドーラー*ら高位の宮廷人の醜聞を暴露した『秘史 Anekdota, Ἀνέκδοτα』7巻（死後の公表）などが伝わる。

なお、少し前にガーザ*に生まれ、ホメーロス*の散文化や多数の弁論、書簡などを残したキリスト教修辞学者のプロコピオス (465頃～528頃) がいる。

Procop. Vand., Goth., Aed., Anecdota/ Phot. Bibl./ Suda/ etc.

プローコーンスル　Proconsul, (ギ) Anthypatos, Ἀνθύπατος, (独) Prokonsul, (伊) Proconsole, (西) Procónsul, (葡) Procônsul

「前執政官」の意。執政官（コーンスル*）の項を参照。

プロスタテース　Prostates, Προστάτης, Prostata

（元来「指導者、守り手」の意）アテーナイ*などギリシアの都市国家polis（ポリス）で、市民権をもたぬ在留外国人（メトイコイ*）や奴隷などの利害を代表する市民。彼らの代理人として訴訟などを行なった保護者。ローマのパトローヌス Patronus（パトロン patron の語源）に相当する。

ちなみに、この言葉は今日では専ら「前立腺」を意味する医学用語（ラ）Prostata として使われている。

⇒プロクセノス

Soph. O. T. 882/ Ar. Pax 684/ Arist. Pol. 3-1/ etc.

プロセルピナ（または、プロセルピナ）Proserpina, 〔マグナ・グラエキア*のアイオリス*方言・ドーリス*方言：プロセルピネー Proserpine, Προσερπίνη より〕, (仏) Proserpine, (露) Прозерпина

ローマの冥界の女神。ギリシアのペルセポネー*と同一視される。元来は穀物の成長を司る農耕神。

⇒ディース、ケレース

Verg. G. 1-39, 4-487, Aen. 4-698/ Hyg. Fab. 146/ Ov. Met. 5-385～, Fast. 4-417～/ Hor. Carm. 1-28, 2-13/ Claudian. De Raptu Proserp./ Augustin. De civ. D. 4-8/ Censorinus 17-8/ etc.

プロータゴラース　Protagoras, Πρωταγόρας, (伊) Protagora, (西)(葡) Protágoras, (現ギリシア語) Protagóras

(前490／485頃～前420／400頃) ギリシアの哲学者。ソフィスト*の始祖。トラーケー*（トラーキアー*）沿岸のアブデーラ*市の出身。ペルシア戦争*後のギリシアで初めて自らをソピステース sophistes（智恵の教師）と称し、高額の授業料とひきかえに弁論術などの諸学問を教えた。一説に彼はもと一介の材木運搬人に過ぎなかったが、薪をたくみに束ねるのをデーモクリトス*に認められて、その弟子（秘書）になったという（実際はデーモクリトスの方がずっと年少である）。30歳頃からソフィストとしての活動を開始し、40年あまりにわたってギリシア各地の都市を巡歴、とりわけアテーナイ*へは頻繁に訪れて（前451～前445、前432、前422、前415）、ペリクレース*やエウリーピデース*ら著名人と親しく交わり、非常な富と名声を得た——彫刻の名手ペイディアース*をはるかに凌ぐ大金を儲け、令名は死後もなお轟いたという——。アテーナイが南イタリアに植民市トゥーリオイ*を建設した際には（前444／443）、ペリクレースに委嘱されて同市の法律を起草した。また文法と言語学の基礎を築いたことで知られ、いくつかの著述が彼に帰せられているが、わずかな断片しか現存しない。「人間は万物の尺度である。在るものについては在ることの、在らぬものについては在らぬことの」（『真理論』Ἀλήθεια の冒頭）と述べて認識の相対性を説き、絶対的な真理の存在を否定。当時の民主政治下にあって各人が自説を雄弁に主張するための"弁論術 rhētorikē（レートリケー）"を伝授し、一般市民に多大の感化を与えた。その反面、「弱き論を強くする詭弁という武器で論争家を武装させた最初の人物」と

して後世からは非難されている。エウリーピデースの家で朗読された「神々については、彼らが存在しているのか否か、私は知ることを得ない。対象は曖昧であり、人生は短いのだから」(『神々について Περὶ θεῶν』の冒頭)という文章のせいで瀆神罪に問われ、アテーナイから追放された上、その著書は焼却された。のちシケリアー*(現・シチリア)島へ向かう航海中、船が沈没して溺死したと伝えられる(70歳、あるいは90歳近くとも)。プラトーン*の対話篇『プロータゴラース』では、彼は率直で温厚、誠実な人物に描かれており、また知識を教えて授業料を取った最初の人であるところから、「有料の講義(ロゴス)」と世人から渾名されたという。

あるとき彼が弟子のエウアトロス Euathlos, Εὔαθλος に弁論術の教授料を請求したところ、その弟子は「いえ、私はまだ論争に勝っていませんから」と拒絶。そこでプロータゴラースは「いや、もし私が君とのこの論争に勝つならば、私は勝ったのだから、当然君から授業料を受け取る。逆にもし君が勝つならば、君は論争に勝ったのだから、やはり私に授業料を払わなければならないのだ」と言い返したという(⇒ソピスタイ)。

⇒テオドーロス❷、ゴルギアース、プロディコス

Protagoras Fr./ Pl. Prt., Tht. 151〜179, Meno 91d〜e/ Arist. Metaph. Γ-4(1007b), -5(1009a)/ Diog. Laert. 9-50〜56/ Ath. 8-354c/ Cic. Nat. D. 1-23, Orat. 3-32, Brut. 12/ Philostr. V. S. 1-10/ Plut. Per. / Sext. Emp. Adv. Math. 7-/ etc.

プロディコス Prodikos, Πρόδικος, Prodicus, (仏) Prodicos, (伊) Prodico, (西)(葡) Pródico, (露) Продик, (現ギリシア語) Pródhikos

(前470/460頃〜前399以降)ケオース*出身の文法家、ソフィスト*(⇒ソピスタイ)。痩身・病弱で声も低かったが、外交使節として各地を旅し、アテーナイ*などで高額の授業料(50ドラクメーという)を取って弁論術や言語学を教え、ソフィストたる評判を高めた。単語の意味の厳密な区別と正確な用語法を主張し、その講義にはソークラテース*やエウリーピデース*、イソクラテース*らも列なったという(ただし金欠状態のソークラテースは1ドラクメー分しか聴講できなかったと伝えられる)。著作はわずかな断片しか現存しないが、クセノポーン*の書中に伝える「岐路に立つヘーラクレース*」の寓話 —— 青年期にさしかかった英雄ヘーラクレースが2人の貴婦人「悪徳 Kakia, Κακία(カキアー)」と「美徳 Arete, Ἀρετή(アレテー)」のうち、安易な前者を避けて骨の折れる後者を選択する物語 —— は有名。一説にプロディコスは無神論者と呼ばれ、アテーナイの青年たちを堕落させた廉で死刑を宣告され、毒人参の杯を仰いで絶命したともいわれる。

⇒プロータゴラース

Xen. Mem. 2-1/ Pl. Prt. 315d〜, 339c〜, Hipp. Mai. 282c, Resp. 10-600c/ Ar. Nub. 361, Av. 692/ Cic. Off. 1-32/ Diog. Laert. 9-50/ Philostr. V. S. 1-12/ Diog. Laert. 9-50/ Suda/ Gal./ etc.

プローティーナ、ポンペイヤ Pompeia Plotina Claudia Phoebe Piso, (仏) Plotine

(後55頃〜123初頭)ローマ皇帝トライヤーヌス*(在位・98〜117)の后。夫の即位前に嫁ぎ、子供は産まなかったが、淑徳の誉れ高く、夫と同じく謙抑で気取らず、なおかつ威厳があったという。トライヤーヌス登極の翌年、はじめて宮殿に入る際に「私はここを離れる時も、今と同じままの女でありたい」と揚言(99)、アウグスタ*の尊称を105年に至るまで拒絶し、また属州管理官 Procurator(プロークーラートル)の収奪を抑制するなど夫帝の善政に与って力があった。夫の親族ハドリアーヌス*を寵愛して、サビーナ*(トライヤーヌスの姪孫)を彼に嫁がせ、夫の急死後、"亡帝の遺志"と称して彼を皇帝に推戴(117)、臨終の床に居合わせた唯一の証人がなぜか急死したため、ハドリアーヌスは終生、「先帝の后との密通によって帝位を得た」と噂されることになる。彼女が死ぬと、ハドリアーヌスは盛大な葬儀を営み、神格化してローマのトライヤーヌス神殿に合祀し、またネマウス*(現・ニーム)に彼女の神殿を建立した。

⇒巻末系図 102
⇒マティディア、マルキアーナ

Dio Cass. 68-5, 69-1, -10/ S. H. A. Hadr. 4, 12/ Aur. Vict. Epit. 42-21/ Plin. Pan. 83, 84/ etc.

プローティーノス Plotinos, Πλωτῖνος, (ラ) プローティーヌス Plotinus, (英) Plotin(us), (仏)(独) Plotin, (伊)(西)(葡) Plotino, (露) Плотин

(後204/205〜後269/270)ローマ帝政後期を代表するギリシア系哲学者・神秘思想家。新プラトーン主義(英) Neoplatonism の創始者。エジプトのリュコポリス Lycopolis, (ギ) Lykūpolis, Λυκούπολις 出身。アレクサンドレイア❶*でアンモーニオス・サッカース*に師事し(232〜243)、ペルシアやインドの哲学を求めてゴルディアーヌス3世*帝の東方遠征に加わる(243)が、翌244年メソポタミアー*で皇帝が暗殺されるに及んでこの計画は挫折。同年ローマに学校を開き、多くの友人・門弟を集め、尊崇を受けるに至った。とりわけガッリエーヌス*帝は、彼を宮廷の寵児にし、カンパーニア*にプラトーン*哲学者の理想都市プラトーノポリス Platonopolis を建設することに同意した(妨害にあって実現は見なかったが)。プローティーノスは自らの霊魂が肉体を有することを恥じ、異性関係・服薬・肉食を一切避け、自身の肖像を描かせることも拒否した。またソークラテース*やプラトーンの伝統的な誕生日を弟子たちとともに祝ったが、自分の誕生日は人に明かさず、祝いもしなかったという。自身の思想をプラトーン哲学の祖述と見なしていたが、内容上、アリストテレース*やストアー*派、新ピュータゴラース派などの影響も大きく、古代ギリシア哲学の一大綜合体系を成している。のち悪性の病気(象皮病の一種)に冒されてカンパーニアに退き、ミントゥルナエ*(プテオリー*とも)で孤独のうちに没した。66歳。最期の言葉は「われわれのうちの神的なものを万有のうちにある神的なもののもとへ引き上げ

ようと努めているところだ」であり、息を引きとるや1匹の竜蛇がベッドの下から抜け出して行ったと伝えられる。

著作は彼の死後、高弟ポルピュリオス*によって編纂された全54篇のギリシア語論稿集『エンネアデス Enneades』（九編集の意）6巻が現存（各巻が9篇ずつの論文から成るためこの名で呼ばれる）。50歳以後の執筆で、眼が悪かったので、一度も返読して手を加えたり書き改めることはしなかったという。彼は宇宙の一切は根源的存在「一者 tò ἕν」より——知性 νοῦς・魂 と段階を経て——流出 aporrhoē, ἀπορροή（〈ラ〉emanatio）するという「流出説」を唱え、人は神秘的「忘我 ekstasis, ἔκστασις」によって源泉たる「一者」と合一することができると主張、時代の宗教的傾向に応じて霊魂の浄化を目指す救済の哲学を説いた（彼自身、生涯に4回エクスタシスを経験したという）。その思想は中世のキリスト教神学、とりわけ神秘主義思想に大きな影響を与えた。彼自身、忘我の状態に繰り返し陥ったとか、人々の運命を予言したとか、頸飾りを盗んだ犯人を言い当てて見せたとか、死後ミーノース*やラダマンテュス*、アイアコス*、ピュタゴラース*とともに暮らしている等といった神秘的な話がポルピュリオスの『プローティーノス伝』に記されている。

⇒オーリゲネース、ヌーメーニオス、アプロディーシアスのアレクサンドロス、巻末系図 115, 116

Plotinus Enn./ Porph. Plot./ Eunap. V. S./ Plotinus/ etc.

プローテウス Proteus, Πρωτεύς, (仏) Protée, (伊)(西) Proteo, (葡) Proteu, (露) Протей, (現ギリシア語) Protéas

ギリシア神話中、古い海洋神で、いわゆる「海の老人」の1人。ポセイドーン*の息子とも臣下ともいい、ナイル（ネイロス*）河口のパロス*島に住み、ポセイドーンのために海の畜群（＝海豹）の番をしていた。他の海神と同様、予言力と自由自在に変身する能力をもっていたが、無理強いされない限り決して未来の知識を語ろうとはしなかった。ホメーロス*によると、トロイアー戦争*からの帰途この地に漂着したメネラーオス*（美女ヘレネー*の夫）は、プローテウスの娘エイドテアー（エイドテエー）Eidothea, Εἰδοθέα (Eidothee), Εἰδοθέη から教わった通り、毎日正午に海から出て来て昼寝をする老人を捕らえると、相手が獅子や大蛇や水や大木に姿を変えようとも断じて離さなかったので、ついに帰国の方法を聞き出すことに成功したという。アリスタイオス*もまた、同じようにして彼から蜜蜂の変死の原因を教わっている。ヘーロドトス*やエウリーピデース*に従えば、プローテウスはエジプトの有徳な王で、ヘレネーがトロイアーの王子パリス*に誘拐された時、ヘルメース*神によってヘレネーの身柄を預けられて彼女を保護したとされ、一方パリスがトロイアーへ連れて行ったのは彼女の幻でしかないということになっている。妻のプサマテー Psamathe, Ψαμάθη は、ネーレーイデス*（海神ネーレウス*の娘たち）の1人で、一説にはプローテウスもネーレウスの息子であるという。後世、彼の名は絶えず意見の変わりやすい人物を指す代名詞として用いられるようになり、また「変幻自在な」とか「一人で幾つもの役を演じる」といった意味の形容詞（英）protean, proteiform も派生した。天文学では海王星の二番目に大きな衛星が、彼に因んでプローテウスと名づけられている。

⇒ブーシーリス、テュアナのアポッローニオス❼

Hom. Od. 4-349〜/ Apollod. 2-5-9/ Eur. Hel. 6〜/ Herodot. 2-110〜/ Diod. 1-62/ Ov. Met. 11-224〜/ Verg. G. 4-387〜/ Conon Narr. 8/ Tzetz. ad Lycoph. 113/ Serv. ad Verg. Aen. 1-651/ Philostr. V. A. 1-4/ etc.

プローテシラーオス Protesilaos, Πρωτεσίλαος, Protesilaus, (英) Protesilaüs, (仏)(西) Protésilas, (伊)(西) Protesilao, (葡) Protesilau, , (露) Протесилай, (現ギリシア語) Protesílaos

ギリシア神話中、トロイアー戦争*に参加したテッサリアー*の勇士。イーピクロス*の長男で、ピュラケー Phylake の王。アカストス*の娘ラーオダメイア❶*を娶った翌日、40隻の船を率いてトロイアー*遠征へ出発し、「最初に上陸したギリシア人は、最初に戦死する運命にある」という予言があったにもかかわらず、その定めを甘受して真っ先に海岸へ降り立ち、奮戦ののちヘクトール*（またはアイネイアース*）に討ち取られた。彼はトロイアーの対岸にあるトラーキアー*（トラーケー*）のケルソネーソス*半島に葬られ、やがて英雄神 heros として尊崇され、その託宣所も設けられた。一説に彼の死は、館を新築する際に神々に犠牲を捧げるのを怠ったせいであるという。残された新妻が亡夫を恋い慕うあまり、彼の似姿を造らせて、これと交わった話については、ラーオダメイア❶の項を参照。⇒本文系図 85

Hom. Il. 2-695〜, 13-681, 15-705/ Apollod. 3-10, Epit. 3/ Herodot. 9-116/ Paus. 4-2-5/ Strab. 9〜432/ Catull. 68/ Prop. 1-9/ Ov. Her. 13/ Hyg. Fab. 103〜104/ Arr. Anab. 1-11/ Plin. N. H. 34-76/ Philostr. Heroic./ Pind. Isth. 1-83〜/ etc.

プロートゲネース Protogenes, Πρωτογένης, (仏) Protogénès, (伊) Protogene, (西) Protógenes

（前375頃〜前300頃）（前330〜前300頃に活躍）小アジア・カーリアー*地方の町カウノス*出身のギリシア人画家。主にロドス*島で制作したが、元は船の塗装師であったという。彼が貧しい暮らしをしていると知った巨匠アペレース*がロドスを訪れ、その作品を50タラントンもの

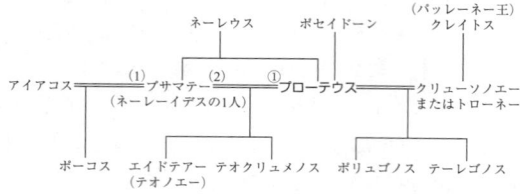

系図333　プローテウス

大金で購入することを申し入れると、ようやくロドス人もプロートゲネースの真価に目覚め、アペッレースよりも高額で彼の絵画を買い入れ、公共の宝物として大切に保存した。またこの折、プロートゲネースとアペッレースの間で1枚の画板の上にどちらがより繊細な線を描けるかを競う技競べが行なわれ、その画板は以後ローマ帝室の所有に帰するまで、いかなる傑作よりも重んじられて伝世された。彼の作品はすべて失われたが、写実的な画風であったらしく、生きた鶉が絵の中の鶉に向かって囀りかけたという話も残っている。代表作『イアーリューソス』(ロドス島のイアーリューソス*市の祖) を仕上げるのに7年を要し、その間彼は水と豆の他は何も口にしなかったが、画中の犬の涎を迫真的に表現できないのにいら立ち、ある日癇癪を起こして海綿を絵に投げつけたところ、海綿の当たったあとに期待通りの犬の涎ができあがっていたという。マケドニアー*王デーメートリオス1世*ポリオルケーテースはロドスを攻囲した時 (前305～前304) に、この絵が焼失するのを惧れて町に火をかけるのを控え、ために勝利の機を逸して立ち去らねばならなかった (前304、⇒カレース❷)。この包囲戦のさなかプロートゲネースは城外の庭園で仕事を続けていたが、デーメートリオス王が彼を呼び出して「なぜ軍隊の進撃も恐れずに市外に留まっているのか」と問うと、彼は「私は王がロドスの人々と戦っているのであって、芸術と戦争しているのではないことを知っているからです」と答えた。同じこの作品を見たアペッレースは、はじめは感心のあまり声も出せなかったが、「実に大した労作で腕も素晴らしい。だが、私の絵より味がない」と評したという。

Plin. N. H. 34-19, 35-36/ Plut. Demetr. 22/ Ael. V. H. 12-41/ Strab. 14-652/ Cic. Verr. 2-4-60 (135), Brut. 18, Orat. 2, 22/ Quint. 12-10/ Suda/ etc.

プローヌバ Pronuba

ローマの女神ユーノー*の称号の1つ。結婚を司る権能を示す。

Verg. Aen. 4-166, 7-319/ Ov. Her. 6-43/ etc.

プロバ Faltonia Betitia Proba, (伊) Faltonia Betizia Proba, (西) Faltonia Beticia Proba

(後322頃～370頃) ローマ帝政後期の女流詩人。351年度のローマ首都長官 Praefectus Urbi アデルピウス Clodius Celsinus Adelphius の妻。アニキウス氏*の一門といわれ、キリスト教の「聖書」から抜粋した寄せ集め詩集 Cento を編んだが、これはウェルギリウス*をつぎはぎしただけの作品に過ぎない (現存)。

彼女の親族に当たるローマの大貴族オリュブリウス Q. Clodius Hermogenianus Olybrius (近衛軍司令官・在任378～379) やその女婿ペトローニウス・プロブス Sex. Claudius Petronius Probus (328頃～388頃) は、不正な徴税によって莫大な資産を成した大土地所有者で、酒色に耽り贅の限りを尽くした放蕩キリスト教徒として悪名高い。後者の未亡人プロバ Anicia Faltonia Proba は、まだ幼くして執政官位に就いた息子たちの経費を私財で支給するほど裕福だったが、西ゴート*のローマ劫略 (410、⇒アラリークス) によって富を失ない、娘ラエタ Laeta や終生処女を誓った孫娘デーメートリアス Demetrias を伴ってアーフリカ*へ逃亡。しかしその地で悪徳督軍 comes ヘーラクリーアーヌス Heraclianus の魔手にかかり、娘たちはシュリア*商人に妾として売りとばされたという。

Proba Cento Virgilianus/ Amm. Marc. 27-11/ Isidor. Etymolog. 1-39/ CIL/ etc.

プロピュライア Propylaia, Προπύλαια, Propylaea, Propylea, (仏) Propylées, (独) Propyläen, (伊) Propilèi, (西) Propíleos, (単) プロピュライオン Propylaion, Προπύλαιον, Propylaeum, Propyleum, (伊) Propileo, (西) Propíleo

ギリシアの神殿・聖域などの前門・表玄関。アイギーナ*やエレウシース*その他各地に建てられたが、最も有名なのはアテーナイ*のアクロポリス*西側の作例。前566年以降アクロポリスの入口は、パンアテーナイア*祭の行列の通路として重視され、前6世紀中に整備が進められたが、この旧プロピュライアはアカイメネース朝*ペルシア*軍によって破壊された (前480)。ペリクレース*時代に建築家ムネーシクレース*の設計で再建され (前437着工)、ドーリス*式にイオーニアー*式を加味し、ペンテリコン*産の白大理石を用いた見事な列柱門が造築された。しかし、ペロポンネーソス戦争*が迫ったため、前432年に工事は中断され、未完成のまま今日に至っている。古代以来このプロピュライアは名建築の評判が高く、特に北翼はポリュグノートス*ら巨匠の手になる名画が納められていたので、「絵画館 Pinakotheke, Πινακοθήκη」と呼ばれている。⇒パルテノーン

Paus. 1-22, -38, 2-3/ Plut. Per. 13/ Ar. Eq. 1326/ Herodot. 5-77/ Thuc. 2-13/ Cic. Off. 2-17/ Dem./ Suda/ Harp./ etc.

プロブス Marcus Aurelius Probus, (ギ) Probos, Πρόβος, (伊)(西) Marco Aurelio Probo, (露) Марк Аврелий Проб

(後232年8月19日～後282年秋 (11月2日、あるいは9月末とも10月とも))。ローマ皇帝 (在位・276年7月頃 (8月29日、その他諸説あり)～282秋頃 (諸説あり))。属州パンノニア*のシルミウム*出身。微賎の生まれで、父は園丁だったと伝えられる。軍人として頭角を現わし、ウァレリアーヌス*、アウレーリアーヌス*、タキトゥス*ら諸帝の下で累進、272年にはエジプトをパルミューラ*軍の手から奪還した (⇒ゼーノビア)。タキトゥス帝の死 (276) 後、東方の軍団の推戴を受け (4～6月頃)、対立皇帝フローリアーヌス*を倒して登極 (44歳)。アウレーリアーヌスの帝国再建策を継承し、ローマの城壁を完成 (276 / 282)、ガッリア*に侵入したアレマンニー*、フランク*、ブルグンド*などゲルマニア*諸族を放逐・撃追し、イッリュリクム*か

らヴァンダル*族を一掃、ラエティア*を平定してライン河からドーナウ河に達する防壁を強化した。これら一連の勝利によって帝は40万人ものゲルマーニア兵を殺戮したという。シュリア*の僭帝サートゥルニーヌス❷*（在位・277〜278）をはじめ何人かの簒奪者を打倒（278〜280）、エジプトの反乱をも鎮圧して（280）、帝国全土に平和を回復した。内外の敵に勝利を収めた帝は、281年にローマで壮麗な凱旋式（トリウンプス*）を開催、大がかりな剣闘士試合や野獣狩り（ウェーナーティオー*）などの血腥（なまぐさ）い見世物を提供した。しかしながら、厳格な軍規と兵士を灌漑工事や葡萄栽培に使役したことから軍の恨みを買い、282年ペルシア遠征の準備中、シルミウムで部下の裏切りにより暗殺された。ラエティアの軍団が彼に扱いて近衛軍司令官カールス*を新帝に擁立した時、プロブスはこれを打破するべく軍隊を派遣したが、彼らも謀反に加担してしまったため、残余の兵が暴動を起こし、鉄の塔に逃げ込んだ帝を惨殺したと伝える（在位6年4ヵ月ほど）。

　後世「葡萄酒皇帝」との異名まで贈られたプロブスは、一部の諫止も聞かず、むやみに葡萄園を作り、葡萄酒造り（ワイン）を奨励、おかげで今日のドイツやハンガリーといった辺境の地にまで葡萄栽培が広まったとされる。典型的な軍人皇帝たる彼は、勇猛剛胆で知られ、サーサーン朝*ペルシアの使節が豪華な贈物を持参して和平を求めに訪れた時には、食事をとりつつ贈り物に目もくれず、「そんな品物は間もなくすべて余の所有に帰することになろう。我らの意に満ぬとあらば、汝らの国土をいつでもこの冠の中味のように不毛にしてくれようぞ」と言いつつ、被り物を取って自らの禿頭を露出。この威嚇が奏功してペルシアとの間に有利な条約を締結し得たという。

S. H. A. Prob./ Zosimus 1-64〜/ Zonar. 12-29/ Aur. Vict. Caes. 37/ Eutrop. 9-11, -17/ Malalas 12-302/ Oros. 7-24/ etc.

プロブス、マールクス・ウァレリウス　Marcus Valerius Probus, （伊）（西）Marco Valerio Probo

（後1世紀後半〜2世紀前期）ローマ帝政期の文献学者・批評家。シュリア*のベーリュートス*（現・ベイルート）出身。テレンティウス*、ルクレーティウス*、ウェルギリウス*、ホラーティウス*らの原典研究および注釈を行なった。著書は多く残さず、むしろ知友との会話でその学殖を披瀝。アウルス・ゲッリウス*や後世の文法家にしばしば引用されるが、彼の名の下に伝存する作品はいずれも真筆ではないと考えられている。

Suet. Gram. 24/ Mart. 3-2/ Gell. 1-15, 3-1, 13-21, 15-30, 17-9/ Appendix Probi/ etc.

プロープラエトル　Propraetor, （仏）Propréteur, （独）Proprätor, （伊）Propretore, （西）Propretor

「前法務官」の意。プラエトル*（法務官）の項を参照。

プロペルティウス　Sextus Aurelius Propertius, （ギ）Propertios, Προπέρτιος, （仏）Propérce, （独）Properz, （伊）Properzio, （西）Propercio, （露）Проперций

（前54／47〜前15頃）ローマ帝政初期のエレギーア（エレゲイア）詩人。イタリア中部ウンブリア*のアシーシウム*（現・アッシージ Assisi）出身。騎士身分（エクィテース）に属したが、前41年の内乱（ペルシア*の戦役）で父を失い、財産没収の憂き目に遇った（前40）。ローマにおいて法律を学んだのち、恋と詩作に没頭し、前28年頃『詩集』第1巻の好評の結果、当代随一の文人保護者マエケーナース*の愛顧を受けるようになる。ティブッルス*に倣って恋愛エレギーア elegia 詩をよくし、主にキュンティア Cynthia という魅力的だが多情な女性に対する熱烈な思いをうたい上げた。キュンティアは本名をホスティア Hostia といい、相当な家柄の出でありながら、自ら安易な生き方を選び、色事を稼業としていた婦人で、プロペルティウスは彼女を通して、喜悦・不安・懊悩・嫉妬・悲哀など愛のあらゆる様相を知ったという。彼は被虐的なまでにキュンティアの不実に耐え、彼女が猛烈な癇癪を起こすと、かえって「僕の髪をむしってくれ、僕の顔に美しい爪の跡を付けてくれ、僕の目を焼き焦がすと脅迫してくれ」と奴隷のようにこの女主人（ドミナ）domina に乞い願い、平手打ちにされ体に痣（あざ）をつくっては喜んでいた。5カ年に及ぶ情痴の果てに破局が訪れたものの、彼女に先立たれると詩人は「ほどなく我々は一緒になり2人の骨は混じり合うだろう」という追悼の詩を書いて、その死を惜しんだ。「ローマのカッリマコス*」を自称する彼は、活き活きとした力強さと、ギリシア以来の神話を織り込んだ技巧的な作風で知られ、情熱的な恋愛詩の他に、想像的書簡をはじめとする種々のテーマを試み、ローマの伝説や故事を扱った作品も残した。現存する全4巻95篇の『詩集』のうち、亡くなった貴婦人コルネーリア Cornelia（アウグストゥス*の妻スクリーボーニア*の娘）に献呈した第4巻第11歌は、「エレギーアの女王」として特に名高い（前16頃）。プロペルティウスは病弱で40歳足らずで死ぬが、生前はオウィディウス*と親しく、また彼に少なからぬ影響を及ぼした。

　なおプロペルティウスは、女色より男色を高く評価しており、「私の敵は女どもに、友は美少年に恋をするように」と祈り、友人ガッルス Gallus の熱愛する若者を神話中の美青年ヒュラース*に勝るとも劣らぬと称賛する歌も残している。

Ov. Tr. 2-465, 4-10, Ars Am. 3-333, Rem. Am. 764/ Quint. 10-1/ Plin. Ep. 9-22/ Mart. 14-189/ Apul. Apol. 10/ etc.

プロポンティス　Propontis, Προποντίς, （仏）Propontide, （露）Пропонтида, （現ギリシア語）Propontídha, （現・〈トルコ語〉）Marmara (Marmora) Denizi, （英）Sea of Marmara (Marmora), （仏）Mer de Marmara, （独）Marmarameer, （伊）Mar di Marmara, Mare di Marmara, （西）Mar de Mármara, （露）Мраморное море, （和）マルマラ海，マルモラ海

ボスポロス*海峡（トラーケー*の）とヘッレースポントス*（ダーダネルス）海峡の間の内海。最大の島プロコンネーソスProkonnesos, Προκόννησος（現・Marmara (Marmora) Adasi）が大理石marmora (marmara)の産地であったことから、後世その島のみならず海域全体がマルモラ（マルマラ）の名で呼ばれるようになった。
⇒ペリントス，ビューザンティオン
Herodot. 4-85/ Strab. 2-125, 13-581～/ Plin. N. H. 4-12, 5-44/ Aesch. Pers. 876/ Ptol. Geog. 5-2, 7-5, 8-11/ Mela 1-1/ Liv. 38-16/ Tac. Ann. 2-54/ etc.

プロマコス　Promakhos, Πρόμαχος, Promachus,（仏）Promaque, Promachos,（伊）Promaco,（西）Prómaco,（露）Промах,（現ギリシア語）Prómahos

ギリシア神話伝説中の男性名。
❶パルテノパイオス*（アタランテー*の子）の息子。エピゴノイ*の1人。アルクマイオーン❶*の指揮の下、テーバイ❶*遠征に参加。のちアルゴス*やデルポイ*に肖像を建てられた。
この他、アイソーン*の息子でペリアース*に殺されたプロマコスや、ヘーラクレース*の息子でアルカディアー*の英雄のプロマコスがいる。
⇒本文系図303
Apollod. 1-9, 3-7/ Paus. 2-20, 8-42, 10-10/ etc.
❷クレーター*（クレーテー*）島の若者。同郷の美青年レウココマース Leukokomas, Λευκοκόμας を恋し、愛人から課せられた数々の難題をやり遂げたにもかかわらず、思いが叶えられなかったので、ついに最も苦労して手に入れた貴重な兜を別の美青年に贈った。これを見て嫉妬に逆上したレウココマースは、その場で剣を取って自害した。異伝によると、レウココマースの愛慕者 erastes はエウクシュンテトス Euksynthetos, Εὐξύνθετος なる男であったという。
⇒メレース，キュクノス❹，エウリュステウス，クラティーノス❷
Conon Narr. 16/ Strab. 10-478/ etc.

プロメーテウス　Prometheus, Προμηθεύς,（仏）Prométhée,（伊）（西）Prometeo,（葡）Prometeu,（露）Прометей, Промефей,（現ギリシア）Promithéas

（「先に考える者」「先見の明ある者」の意）ギリシア神話中、人類に恩恵を与えた文化英雄・トリックスター。ティーターン*神族のイーアペトス*とテミス*（またはクリュメネー❶*、アシアー*とも）の子。アトラース*やエピメーテウス*らの兄弟。デウカリオーン*の父（⇒巻末系図002）。一説には、ボイオーティアー*の泥土をこねて人間を創造したという。ティーターノマキアー*ではゼウス*の味方をしたが、神々と人間とが犠牲獣の分け前を決める際には、ゼウスを欺いて美味な部分を人間が得られるように計らった。怒ったゼウスが人類から火を隠したところ、プロメーテウスはひそかに巨茴香 narthēks（ナルテークス）の茎の中に天界の火を隠し盗り、地上に持ち帰って人間に与えた。加えてさまざまな技術を人々に伝え教化したので、ゼウスは最初の女パンドーラー*を造って人界に送り込み、あらゆる災禍をこの世に生じさせた。その上、プロメーテウスを反逆行為の罰としてカウカソス*（コーカサス）山頂に鎖で縛りつけ、毎日その肝臓を大鷲に食わせたが、肝臓は夜ごと元通りになるので、彼の苦痛は絶え間なく続くのであった。しかし、ついに3万年後（異説あり）、ヘスペリデス*の園へ向かうヘーラクレース*が大鷲を射落として彼を解放し（11番目の功業）、あるいは、自ら当時ゼウスが求愛していた女神テティス*の秘密──「彼女の産む子は父より偉大な者となるであろう」──を明かしてゼウスと和解し、天上の住居に帰ることを許された。異説では、プロメーテウスは、ケイローン*が死を欲した時に、その不死性を譲り受けたとも伝えられている。また彼の造った最初の人間たる美少年パイノーン Phainon がゼウスによって天空へ奪いさらわれ、木星に変身させられたという話も残っている。プロメーテウスは人類の恩人として崇敬され、毎年アテーナイ*では彼が天上から火をもたらした故事に倣って、アカデーメイア*にある祭壇から市内まで松明競走が行なわれていた。アイスキュロス*の悲劇三部作「プロメーテイア Promētheia, Προμήθεια」のうち、『縛られたプロメーテウス Promētheus Desmōtēs』のみ現存する。プロメーテウスの物語、とりわけヘーラクレースによって解放される場面は古来、美術の主題として好まれ、またその神話は古代以来、数多くの哲学者や著述家によって繰り返し取り上げられて今日に至っている。
Hes. Th. 508～, 562～, Op. 50～/ Aesch. P. V./ Hyg. Fab. 54, 142, 144, Astr. 2-15, -42/ Apollod. 1-2, -7, 2-5/ Ap. Rhod. 3-845, -1084～/ Paus. 1-30, 2-19, 9-25, 10-4/ Diod. 5-67/ Pind. Ol. 9-55/ Ar. Av. 686/ Hor. Carm. 1-16/ Ov. Met. 1-82～/ Schol. ad Hom. Il. 1-126/ Pl. Prt. 321c/ Lucian. Prometh./ etc.

フローラ　Flora,（ギ）Phlōra, Φλῶρα,（仏）Flore,（伊）Flòra,（西）Flor(a),（露）Флора,（古代オスキー*語）Flusia

古代イタリアの花と春の女神。ローマではヌマ*王によって定められたという特定の神官 Flamen Floralis をもち、前238年に彼女のための祝祭フローラーリア Floralia（あるいはルーディー・フローラーレース Ludi Florales）が創始、当初は不定期の祭典だったが、前173年以降、毎年開催されるようになった。4月28日から5月3日まで続く祭の期間中、女性が舞台で半裸ないし全裸になるなど、かなり放縦な行事が見られたという。一伝では、フローラはローマに実在した娼婦の名で、その生業によって莫大な遺産を残し、以後彼女を神格化してこの祭礼が開かれることになったとされる。オウィディウス*は、フローラを西風の神ゼピュロス*と結婚したニュンペー*（ニンフ*）クローリス Chloris と同一であるとし、神から花を支配する力を与

えられた彼女が、人類に蜜と花の種を贈ったと記している。女神ユーノー*が夫ユーピテル*の助けなくして子を産もうとした時、フローラから不思議な花を与えられ、これによってマールス*を受胎したという話も伝えられる。神殿はローマのクィリーナーリス*丘に古くからあり、さらにキルクス・マクシムス*の南西端に前3世紀中頃、いま1つの神殿が奉献されている。一般にフローラは花冠を戴き、手に豊饒の角(コルヌーコーピア)を持った姿で表わされる。今日よく用いられる植物相や草花展示会、花屋 florist、等々の花卉(フローラ、フローラーリア、フローリスト)関係の用語は、すべてフローラに由来するものである。

Ov. Fast. 5-183～/ Varro Ling. 5-74, 7-45, Rust. 1-1/ Plin. N. H. 18-69/ Juv. 6-250, 14-262/ Mart. 1-1/ Tac. Ann. 2-49/ Lactant. 1-20/ Quint. Inst. 1-5/ Lucr. 5-736～/ etc.

フローリアーヌス Marcus Annius Florianus, (英)(独) Florian, (仏) Florien, (伊)(西) Marco Annio Floriano, (露) Марк Анний Флориан

(232年8月19日～276年9月9日)ローマ皇帝(在位・276年7月頃～9月9日、異説あり)。タキトゥス*(M. クラウディウス・タキトゥス*)帝の異父弟といわれる。タキトゥス帝の近衛軍司令官(プラエフェクトゥス・プラエトーリオー)を務め、帝の死後元老院(セナートゥス*)の承認を経ずして即位するが、2ヵ月後にタルソス*で部下の軍隊によって殺された(⇒プロブス)。在位80日ないし88日間。質素な兄帝と異なり、贅沢で権勢欲溢れる人物だったという。

S. H. A. Tac. 9, 13～, Prob. 1/ Zonar. 12-29/ Zosimus 1-64/ Aur. Vict. Caes. 36～37/ Eutrop. 9-10/ etc.

フロールス L. Annaeus (または、P. Annius) Florus, (ギ) Phlōros, Φλῶρος, (伊)(西) Floro, (露) Флор

(後70頃～140頃)ローマ帝政期の史家、文人。属州アーフリカ*の出身で、セネカ*やルーカーヌス*一族の遠縁に当たると思われる。ドミティアーヌス*帝治下のローマを訪れたのちイタリアを去ってヒスパーニア*のタッラコー*に定住、ハドリアーヌス*帝の時代になって再びローマで暮らした。その著『ローマ戦史摘要 Epitome Bellorum Omnium Annorum (あるいは Bellorum Romanorum)』は、建国者ロームルス*からアウグストゥス*帝(前25)に至るまでのローマ通史の梗概で、リーウィウス*を主要な資料とし、戦争に重点を置いて書かれている。ローマの悪業や圧政には触れず、版図を拡大し続けて大帝国を築き上げたローマ人の業績をひたすら称揚する極めて修辞的作品である。彼がローマ史を幼年期・青年期・壮年期・衰頽期(アウグストゥス以後)の4代に区分したことは有名。本書は不正確な箇所が散見されるにもかかわらず、中世西ヨーロッパではすこぶる愛読され、17世紀にも教科書として広く用いられた。

彼はハドリアーヌスの詩友でもあり、ある日の座興に「私は皇帝(カエサル*)なんぞになりたくない。ブリタンニア*をうろついて、……(欠文)……にしけこんで、スキュティア*の冬まで我慢するなんて」と4行詩で帝をからかうと、すかさず帝から「私はフロールスなんぞになりたくない。飯屋横町をうろついて、飲食街にしけこんで、丸々太った蚋(ぶよ)まで我慢するなんて」と応酬されたという。幾篇かの詩の断片が伝存するほか、『ラテン詩華集*』所収の「ウェヌスの宵宮*」も、彼の作品と見なされることがある。また、現在その一部しか残らない対話篇『ウェルギリウス*は弁論家かそれとも詩人か Vergilius Orator an Poeta』(122頃)の著者でもある(別人説あり)。
⇒ウェッレイユス・パテルクルス

S. H. A. Hadr. 16/ Anth. Lat. 1-87～89, -245～252/ Pervigilium Veneris/ etc.

フローレンティア Florentia, (〈ギ〉Phlōrentiā, Φλωρεντία), (英)(仏) Florence, (独) Florenz, (西) Florencia, (葡)(オック語) Florença, (カタルーニャ語) Florència, (エミリヤ・ロマーニャ語) Fiuränza, (ナーポリ語) Sciorenza, (シチリア語) Firenzi, (アラゴン語) Florenzia, (露) Флоренция

(現・フィレンツェ Firenze)エトルーリア*のアルヌス Arnus (現・アルノ Arno)河沿いにある町。起源は未詳。史家フロールス*によれば、同盟市戦争*時には自治都市(ムーニキピウム)として存在したといい、第2回三頭政治の頃にローマからの植民を受け容れた(前41頃)——別伝では前59年カエサル*により退役兵のために建設されたという——。帝政末期に城塞都市として現われるが、東ローマの治下、防壁は縮小され(後540頃)、今日ローマ時代の遺跡は劇場(テアートルム)や城砦、ローマ軍の陣営(カストルム) castrum に類似した都市計画(プラン)跡などわずかしか認められない。

Plin. N. H. 3-5/ Flor. 2-8, 3-21/ Tac. Ann. 1-79/ Procop. Goth. 3-5/ Ptol. Geog. 3-1/ It. Ant./ etc.

フロンティーヌス、セクストゥス・ユーリウス Sextus Julius Frontinus, (仏) Frontin, (伊) Sesto Giulio Frontino, (西) Sexto Julio Frontino, (露) Секст Юлий Фронтин

(後30頃～103／104頃)ローマの政治家、著作家。おそらく南ガッリア*の出身。法務官(プラエトル*)(70年元吏)、補欠執政官(コーンスル*)(73)を経てブリタンニア*総督となり(74～78)、任地でシルレース*族を平定、イスカ*の要塞を築き南ウェールズを貫通する軍道を造った後、後任のアグリコラ*と交替した。97年、ネルウァ*帝の下に当時きわめて不備な状態にあったローマ水道の監督官 Curator Aquarum に就任し、役所内の腐敗や私人の不正な水道利用から来る弊害の除去・改革に努め、その優れた実務的手腕のほどを示した。98年と100年(相役はトライヤーヌス*帝)にも執政官職に就き、鳥卜官(アウグル*)ともなった(後任は小プリーニウス*)。タキトゥス*やプリーニウスから「偉大な人物」と賞賛され、マールティアーリス*からは友人と呼ばれた。死に臨んで自分に関するいかなる記念碑も建てぬよう指示し、「もし我が人生がそれに値するなら、人々の記憶の中に生き永らえるであろう」と語ったという。

伝存する彼の著作は、『統帥術 Stratēgēmata』4巻と『水道論 De Aquae Ductu』2巻の2作品。前者は、散逸した彼の『軍事論 De Re Militari』の続編として書かれたもので、ギリシア・ローマの種々の武略を抜粋した便覧書(ただし軍隊の統御に関する逸話を収めた第4巻は真作とは認められない)。ドミティアーヌス*帝の治世に記され、簡潔な戦術要略として将校らに用いられた。後者は別名『ローマ市の水道について De Aquis Urbis Romae』とも称され、彼が水道監督官であった時に、自己の研究と後継者の便宜を図って、ローマの各水道の歴史や給水量、水源地、水質、導水渠の長さ・高さ・構造、改良策、等々について述べた論文で、「この素晴らしい水道設備と、何の役にも立たぬピラミッドやギリシアの芸術作品ごときとを、誰あって比較することができよう」と誇らし気に巻末に記している(トライヤーヌス帝治下に公表)。
⇒ウィトルーウィウス
Frontin. Aq., Str./ Tac. Hist. 4-39, Agr. 17/ Plin. Ep. 4-8, 5-1, 9-19, 10-8/ Mart. 10-4/ etc.

フロントー、マールクス・コルネーリウス　Marcus Cornelius Fronto, (ギ) Markos Kornēlios Phrontōn, Μάρκος Κορνήλιος Φρόντων, (仏) Fronton, (伊) Marco Cornelio Frontone, (西) Marco Cornelio Frontón, (露) Марк Корнелий Фронто

(後95頃～167頃)ローマ帝政期の弁論家・文法学者。ヌミディア*の植民市キルタ*の出身。アレクサンドレイア❶*で学んだのち生涯の大半をローマで過ごし、ハドリアーヌス*帝の世に修辞学の教師として頭角を現わして、元老院(セナートゥス*)入りを果たす。補欠執政官(コーンスル*)(143)を経て、アントーニーヌス・ピウス*帝の養子マールクス・アウレーリウス*とルーキウス・ウェールス*のラテン修辞学の教師となり、キケロー*に次ぐ雄弁家と称された。健康の都合上、属州アシア*の総督として赴任することは辞退した(148)が、帝室の寵遇を蒙って大いなる名声と富を獲得。マエケーナース*の庭園やイタリア各地に別荘(ウィッラ) villa を所有し、豪華な浴場を建てた。晩年は痛風に悩まされたとはいえ、彼の邸宅は当代著名人の集う場所として賑わいを呈し、フロントー派 Frontoniani と呼ばれる修辞学の一派さえ形成された。おそらく166～167年に蔓延した疫病のために没したと思われる。

穏厚かつ感傷的な気質の持ち主で、古風なラテン語を称讃する復帰主義を唱え、広い分野にわたる多くの作品を著わしたが、19世紀初頭に発見されたマールクス・アウレーリウスとの往復書簡を除いては、引用断片しか伝わらない。そのうちの幾通かの書簡は、師弟間の情熱的な恋文(ラヴ・レター)の様相を呈していて興味深い(139頃)。またマールクス・アウレーリウス帝は師フロントーの胸像をつねづね自家の祭壇に祀り、彼が死ぬと元老院議事堂内にその肖像を建てさせたという。
⇒ゲッリウス、クィンティリアーヌス、ファウォーリーヌス、ヘーローデース・アッティクス
Fronto Ep./ Dio Cass. 69-18/ Sid. Apoll. Epist. 1-1/ Marcus Aurelius 1-11/ etc.

フン族　Hunni
⇒フンニー

フンディー　Fundi, (ギ) Phūndoi, Φοῦνδοι

(現・Fondi)ラティウム*の、もとウォルスキー*族の町。前338年、近隣のフォルミアエ*(現・Formia)とともにローマに征服され、限定的な市民権(投票権のない市民権)を認められ、後年完全な市民権を授けられた(前188)。フンディーとフォルミアエに対するこの優遇措置は、両市の領土をローマ軍が自由に通行できる権限の見返りとして与えられたもので、前312年に両市間の隘路にアッピウス街道*(ウィア・アッピア*)が敷設されて以来、この通行権は軍事上さらに重要なものとなった。自治都市(ムーニキピウム*)として繁栄。カエクブス*葡萄酒の産地として知られる。前3～前1世紀の市壁の遺跡や直交する道路網の痕跡などが残っている。
Mela 2-4/ Cic. Att. 14-6/ Liv. 8-14, 38-36, 41-27/ Hor. Sat. 1-5/ Vell. Pat. 1-14/ Strab. 5-234/ Plin. N. H. 3-5/ Suet. Tib. 5, Calig. 23, Galb. 8/ It. Ant./ etc.

フンニー(族)　Hunni (Chunni), (ギ) Khūn(n)oi, Χοῦνοι, Χουνοί, Χουννοί, Ūnnoi, Οὐννοί, (サンスクリット語) Hūna, (英)(仏) Huns, (独) Hunnen, (伊) Unni, (西)(葡) Hunos, (露) Гунны, (アルメニア語) Hon'k

フン族。ウラル=アルタイ系の遊牧騎馬民族の混成部族。支那史上の匈奴と同族といわれる(北匈奴の子孫説)。後4世紀半頃から西方へ移動し始め、アラン*族(アラーニー*)を征服し、370年頃ゴート*族(ゴトーネース*)を破って東ゴートを併合し西ゴートをローマ領内へ駆逐(376)、これを契機として民族大移動が起こった。4世紀末以来カウカソス*(カフカース)山脈を越えてメソポタミアー*、シュリアー*、小アジアを劫略し(395～408)、5世紀初頭には中央ヨーロッパに進んで、パンノニア*を中心に王国を形

系図334　フンニー(族)

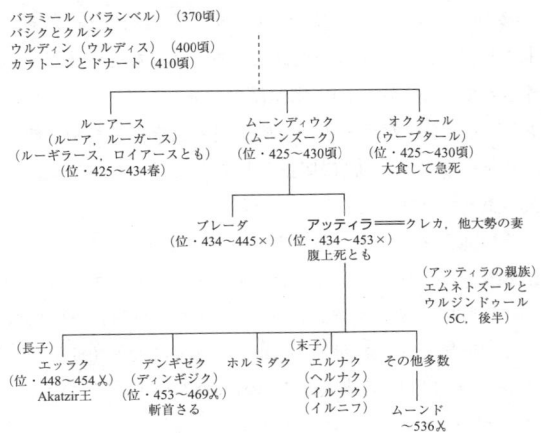

成、アッティラ*の治下に最盛期に達し、レーヌス*（ライン）河からウラル山脈に至る広大な版図を擁した。451年のガッリア*侵入はカタラウヌム*の戦い（6月20日）で退けられた（⇒アエティウス）ものの、翌年にはイタリアに進撃、各地を略奪しローマに迫った（⇒レオー1世）。ところがアッティラの急死（453）後、その大王国は内訌やゲルマーニア*系諸族の蜂起によって、たちまち分裂・瓦解し、微弱化したフン族は、やがてブルガール族、アヴァール族に吸収・混融し去った（6世紀中頃）。

剽悍にして好戦的なフン族は、生まれるや顔を傷つける風習があったため、成人してもひげが生えず、またその異様な外貌ゆえに大いにローマ人に怖れられ、スキュティアー*の魔女と悪鬼との交合から生まれた種族だとさえ言い伝えられた。彼らの名は後世のハンガリー（英）Hungary,（仏）Hongrie,（独）Ungarn に残されているが、マジャル Magyar 人をフンニーの末裔とするのは俗説に過ぎず、ハンガリーの語源もフン族ではなく、中世のウンガリー Ungari（古ロシア語の Ugre「ウゴール族」より）に由来するという説が今日では有力である（テュルク系ブルガール人の部族連合 Onogur がハンガリーの語源だが中世ラテン語形で Hunnī と混同されて〈単〉Hungarus となる）。

⇒イユールカイ

Amm. Marc. 31-2〜/ Jord. 24/ Claud./ Eutrop. 2-238/ Oros./ Priscus/ Agathias/ Procop./ Zosimus/ Sozom./ Julian./ etc.

ペイサンドロス　Peisandros, Πείσανδρος,（ラ）ピーサンデル Pisander,（英）Peisander, Pisander,（仏）Pisandre,（伊）（西）Pisandro

ギリシア人の男性名。

❶（前7世紀または前6世紀）ロドス*島の叙事詩人。ヘーラクレース*伝説を取り扱った代表作『ヘーラクレイア Herakleia, Ἡράκλεια』2巻（散逸）は、同種の作品の中では最も重要なものであり、アレクサンドレイア❶*の学者からも高い評価を受けている。この中で、ヘーラクレースは初めて獅子の皮をまとい棍棒を振るって活躍し、功業の数も12に確定されて、後世の英雄像が確立されたという。

⇒パニュアッシス、コイリロス❷

Paus. 2-37, 8-22/ Ath. 11-469, 12-512/ Strab. 14-655/ Anth. Pal. 9-598/ Steph. Byz./ Suda/ etc.

❷（前5世紀後期に活躍）アテーナイ*の政治家。喜劇の中でしばしばその腐敗や怯懦な性格、極端な肥満体形を嘲弄されている。前411年、寡頭派の首脳としてアンティポーン*らとともに四百人会を設置、民主政を覆したが、間もなくテーラメネース*に阻止されて、スパルター*へ逃れ、欠席裁判で反逆罪を宣告された。

その他、スパルター王アゲーシラーオス2世*の義理の兄弟で、コリントス*戦争時の提督ペイサンドロス（前394年クニドス*沖の海戦で敗死）や、ローマ帝政期に神話時代からの世界史60巻（散逸）を著した叙事詩人ペイサンドロス（後3世紀前期）ら幾人かの同名人物がいる。

⇒プラトーン・コーミコス、四百人寡頭政

Thuc. 8-65〜, -98/ Andoc. 1-27/ Xen. Symp. 2-14, Hell. 3-4, 4-3/ Ar. Pax 389, Av. 1556/ Arist. Ath. Pol. 29, 32, Rh. 3-18, Pol. 5-4/ Ath. 10-415/ Ael. V. H. 1-27, N. A. 4-1/ Plut. Ages. 10/ Paus. 3-9/ Diod. 14-83/ Nep. Conon 4/ Zosimus 5-29/ Suda/ etc.

ペイシストラティダイ　Peisistratidai, Πεισιστρατίδαι, Pisistratidae,（英）Pisistratids,（仏）Pisistratides,（独）Pisistratiden,（伊）Pisistratidi,（西）Pisistrátidas

（前6世紀後半）ペイシストラトス*の息子たち。ヒッピアース*とヒッパルコス*兄弟につけられた呼称。ペイシストラトスの項を参照。さらに孫や親族を加えたペイシストラトス家の人々をいう場合もある。

⇒巻末系図023

Herodot. 5-65, 8-52/ Thuc. 1-20/ Arist. Ath. Pol. 28-2/ Pl. Hipparch. 228b/ Ath. 12-532f, 13-602a/ etc.

ペイシストラトス　Peisistratos, Πεισίστρατος,（ラ）ピーシストラトゥス Pisistratus,（仏）Pisistrate,（伊）Pisistrato,（西）（葡）Pisístrato,（露）Писистрат

ギリシア人の男性名。

❶（前600頃〜前527）アテーナイ*の僭主。（在位・前561頃〜前527）。父は伝説上のピュロス*王ネストール*の苗裔ヒッポクラテース Hippokrates。母はソローン*の母方の従姉妹といわれ、ともに名門の出（⇒巻末系図023）。ヒッポクラテースは、「決して妻帯して子を儲けたりせぬように」と七賢人の1人キーローン*から忠告されていたにもかかわらず、ペイシストラトスを儲けたとの伝承がある。若い頃ペイシストラトスは、ソローンの愛人（男色相手）だったため、長じてのち政治的に対立しても変わらず友愛の念を抱き続けたという。

さてソローンの引退後、アテーナイではメガクレース*率いる海岸党 Paralioi, Παράλιοι, リュクールゴス Lykurgos Λυκοῦργος 率いる平野党 Pedieis, Πεδιεῖς, そしてペイシストラトス率いる山地党 Hyperakrioi, Ὑπεράκριοι（Diakrioi, Διάκριοι とも）の3党派が鼎立・抗争していたが、そのうち山地党が最も民主的だと見なされていた。隣国メガラ*との戦い（前565頃）で名声を上げたペイシストラトスは、機の熟したのを知るや、ある日自ら体を傷つけてアゴラー*に現われ、それを反対派の暴行と称し、まんまと護衛兵の設置を民会*で承認させる。一軍の兵を与えられると、彼は武力でアクロポリス*を占拠、民衆に抗してアテーナイの支配者となる（前561頃）。従来の国制に則って立派な政治をしたが、メガクレースとリュクールゴス両派の結束により、ほどなく追放される。ところが4年後には、リュクールゴスとの対立に倦んだメガクレースが、自分の娘と結婚するならばという条件でペイシストラトスと和解。婚姻が成立すると、堂々たる体軀をしたピュエー Phye, Φύη なる女にアテーナー*女神（アテーナイの守護神）の扮装をさせて車に乗せ、「女神自らペイシストラトスをお連れ戻しに

なる」と触れ回って、芝居がかりで娘婿を再び僭主の座に即けた（前556頃）。ところが新しい妻に子ができぬよう望んだペイシストラトスは、彼女と肛門性交しかしなかったので、憤慨したメガクレースはまたもやリュクールゴスと手を結び、再度ペイシストラトスは亡命を余儀なくされる。トラーケー*（トラーキアー*）のパンガイオン*金山の採掘で富を得、兵を養った彼は、午睡の時刻を見計らって反対派を破り、三たびアテーナイの独裁権を掌握（前546頃）。強大な護衛部隊を組織すると、もはや何ものにも妨げられることなく終生僭主の座に留まり続けた。

彼の政治はソローンの法律を尊重し、中小農民の保護・商工業の育成に努めるなど穏和で親しみ深かったため、その治世はのちに黄金時代と謳われるようになる。おしのびでアッティケー*の田園地帯を巡回し、痩せ地を耕す貧農の不平を聞いて、その男の税を免除してやった話は有名。土木建築事業を起こしてアテーナイ市を整備、パンアテーナイア*祭を拡充し大ディオニューシア*祭を創始した。また文学・芸術を奨励し、ホメーロス*の二大叙事詩を初めて結集・編纂させた（⇒オノマクリトス）。

彼の死後、長子ヒッピアース*が僭主となり、弟ヒッパルコス*とともに統治したが、男色のもつれから前514年に弟が暗殺されて以来（⇒ハルモディオスとアリストゲイトーン）、暴政に転じ大勢の市民を処刑・追放したので、怨嗟の声が高まり遂に一族もろともアテーナイから放逐された（前510）。

⇒ペイシストラティダイ、アルクマイオーニダイ、ミルティアデース

Herodot. 1-59~64/ Thuc. 1-20, 6-53~/ Arist. Ath. Pol. 13~17/ Ael. V. H. 8-2, -16, 9-25, 13-14/ Paus. 1-3, 2-24/ Plut. Sol. 1, 8, 29~, Mor. 858c/ Just. 2-8/ Cic. De Or. 3-34, Brut. 7(27), 10(41)/ Val. Max. 8-9/ Diog. Laert. 1-49~/ Ath. 1-3a, 12-532f~/ Gell. N. A. 7-17-1/ Polyaenus 5-14/ Marm. Par./ Steph. Byz./ Suda/ etc.

❷（前5世紀後半）ペロポンネーソス戦争*（前431~前404）時代のオルコメノス*王。民衆には人気があったが、貴族を冷酷に弾圧したため、彼らの憎悪を買い、集会所で暗殺された。屍体は民衆に気付かれぬよう細切れにされ、貴族らがめいめい自らの衣服に隠して運び去った。この弑逆事件には、彼自身の息子も加担していたという（⇒ロームルス）。

この他、同名の人物の中では、伝説上のピュロス*王ネストール*の末子で、訪れたテーレマコス*を歓迎して同衾し、彼に同伴してスパルター*王メネラーオス*の宮殿へ案内した若者ペイシストラトス（❶の先祖と称される）がよく知られている。

Plut. Mor. 313b/ Hom. Od. 3-400~, 15-44~/ Herodot. 5-65/ Apollod. 1-9-9/ Paus. 4-1/ Liv. 32-27~28/ etc.

ペイディアース Pheidias, Φειδίας,（ラ）ピーディアース Phidias,（伊）Fidia,（西）Fidias,（葡）Fídias,（露）Фидий,（現ギリシア語）Fidhías

❶（前490頃~前417頃）アテーナイ*出身の彫刻家。前465年頃~前425年頃に活躍。ギリシア前期クラシック美術の巨匠であると同時に、古代全般を通じて最大の彫刻家と評されている。アテーナイ人カルミデース Kharmides, Χαρμίδης の子として生まれ、はじめ画家の修業に入るが、やがて彫刻を志し、アルゴス*のアゲラーダース*や、アテーナイのヘーギアース Hegias, Ἡγίας のもとで学ぶ。ペリクレース*と親交を結び、アクロポリス*復興事業の顧問となり、前447年パルテノーン*神殿の造営が始められるや、その総監督 panton episkopos, πάντων ἐπίσκοπος として活躍。前438年に本尊アテーナー*・パルテノス Athena Parthenos, Ἀθηνᾶ Παρθένος（処女神アテーナー）像を奉納し、前432年に破風彫刻の取り付けとともにこの大建築を完成した。アテーナー・パルテノス像は高さ約12 m、黄金と象牙で造られた傑作であったが、彼はその名声と地位ゆえに嫉妬を買い、神像の材料となる黄金を着服したと讒訴された。しかし、前もってペリクレースから忠告された通り、彫刻の黄金部分（純金40タラントン）をすべて取り外しができるようにしておいたので、その重さを量ることによって何なく冤罪を晴らすことができた。ところが、ペリクレースの政敵はさらに、ペイディアースは女神像の楯に自分自身とペリクレースの似姿を彫りこんだとして、彼を瀆神罪で告発、加えて彼がペリクレースと自由身分の女たちを密通させるべく取り持ったという噂も流れていた。有罪を宣告されたペイディアースは投獄され、そのまま病を得て死んだとも、毒を飲まされて果てたとも、エーリス*へ逃れオリュンピアー*のゼウス*神座像 Zeus Olympios, Ζεὺς Ὀλύμπιος を造ってから、同地で没したともいう。このゼウス神座像（前430頃）は彼の最高傑作と謳われ、高さ約14 mの黄金象牙 khryselephantine, χρυσελεφαντίνη 製で、古代世界の七不思議の1つに数えられ世人の絶讃を浴びたけれど、ローマ帝政末期にコーンスタンティーノポリス*へ運び去られたのち、後475年の火災で焼失した。同様にパルテノーンのアテーナー女神像もコーンスタンティーノポリスへ持ち去られ、1203年、同市が第4回十字軍に包囲された折に住民によって破壊されたと伝えられている（ローマ時代の縮小された大理石模刻 Varvakeion Athena が現存）。

ペイディアースの代表作には、他にアテーナイのアクロポリスに設けられた青銅の巨像アテーナー・プロマコス Athena Promakhos, Ἀθηνᾶ Πρόμαχος（前456建立、台座ともで高さ21 m）や、アテーナー・レームニア Athena Lemnia, Ἀθηνᾶ Λήμνια（レームノス*島へ移住したアテーナイ人により前447年に奉献）などがあり、現存するパルテノーン神殿の破風、フリーズ（柱上帯）、およびメトペー（メトープ）の彫刻群にも彼の手が加わっていると見られる。彼はまたギリシア人の常として男色を好み、弟子のアゴラクリトス*やエーリス*の美青年パンタルケース Pantarkes, Παντάρκης らの若者を愛し、当時の習慣に従って恋人の名を作品に刻み込んでいる。古典前期（前5世紀）の「崇高様式」を確立したペイディアースの作風は、しばしば、"高貴な簡素さ

と静謐な偉大さ"という言葉で表現されるように、端正で崇高な精神性をたたえたものであった。その傑作はことごとくキリスト教徒の破壊・略奪・放火によって失われ、いくつかの不精巧な模刻や貨幣などの断片的資料を通して、原作の遠い面影を偲ぶ以外にない。

1972年にイタリアのリアーチェ付近の海底から発見された2体の男性全裸立像（青銅製）Bronzi di Riace（レッジョ・ディ・カラーブリア国立博物館蔵）は、前450年頃の製作で、一部の学者はこれらをデルポイ*神域に奉納されたペイディアースの真作だと主張している（別説では、アルゴスにあったテーバイ攻めの七将*像のうちの2体 (Paus. 2-20-5) だとも、アイギーナ*の造像家オナタース Onatas 作のブロンズ彫刻 (Paus. 5-25-8～10) だともいう）。またオリュンピアーの神域 Altis, Ἄλτις の西側から「ペイディアースの工房」が銘文入りの盃や工具、象牙の破片とともに出土している (1955～1958)。

⇒アルカメネース、パナイノス、ポリュクレイトス、ミューロン、パッラシオス、ポリュグノートス、パイオーニオス、ミュース

Paus. 1-24, -28, 5-10～, 6-10, -15, 9-4, -34-1, 10-10/ Plin. N. H. 34-19, 36-4/ Strab. 8-353/ Plut. Per. 13, 31～32/ Thuc. 2-13/ Quint. Inst. 12-10/ Cic. Fin. 2-34, Brut. 18/ Lucian. Imag. 6/ Val. Max. 1-1-7/ Clem. Al. Protr. 4-/ etc.

ペイディッピデース Pheidippides, Φειδιππίδης, Phidippides（または、ピリッピデース Philippides, Φιλιππίδης）、(仏) Phidippidès, (伊) Fidippide (Filippide)、(西)(葡) Fidípides (Filípides)、(露) Фитипид、(現ギリシア語) Fidipídhis

（?～前490年9月) アテーナイ*の飛脚、伝令。ペルシア戦争*中の前490年、アカイメネース朝*ペルシア*軍がマラトーン*に上陸した時、スパルター*に援軍を要請するべく派遣された。アテーナイを出発した彼は、山道の多い230kmあまり (150マイル) の距離を走りぬいて (⇒パーン)、翌日スパルターに到着、派兵を乞うたが、スパルターでは慣法により満月以前の軍隊出動が禁じられていたため、結局マラトーンの戦いには間に合わなかった (⇒ミルティアデース❶)。

マラトーンの勝利の直後、彼は完全武装のままの姿でアテーナイまで力走し、「喜べ、勝った」と言うなり絶命したといわれ、この故事を記念して近代オリンピックにマラソン marathon 競走なる新種目が設けられたことは名高い。しかし、35km強の山道をひた走ってアテーナイに勝報をもたらしたのは、ペイディッピデースではなく、テルシッポス Thersippos, Θέρσιππος ともエウクレース Eukles, Εὐκλῆς とも伝えられており、一定しない。

ちなみに、プラタイアイ*の戦い (前479) に勝利を収めたのち、1日に約180kmを走破し、デルポイ*の聖火をプラタイアイへ運び戻るや、その場に倒れて息絶えたエウキダース Eukhidas, Εὐχίδας という迅足の持ち主の話も伝わっている。

⇒パルテニオス❶（地名）

Herodot. 6-105～106/ Paus. 1-28, 8-54/ Nep. Milt. 4/ Plin. N. H. 7-20/ Plut. Arist. 20/ Lucian. Solin. 1-98/ Poll./ Suda/ etc.

ペイドーン Pheidon, Φείδων, Phidon, (伊) Fedone, (西) Fedón, (葡) Fédon, (露) Фидон, (現ギリシア語) Fídhon

（前8世紀～前7世紀頃）アルゴス*の王。ヘーラクレイダイ*（ヘーラクレース*の末裔）の1人で、テーメノス*直系の子孫（6代目・10代目とも）を称す。アルゴスの王政を独裁的な僭主政に変貌させ、ペロポンネーソス*半島の大半に勢力を拡大。スパルター*軍を撃破し、オリュンピアー*へ進攻して力ずくでオリュンピア競技際*を主催した（伝・前748）。また当時、交易で栄えていたコリントス*を弱体化させんがために、千人の勇敢で逞しい青年をアルゴスへ送るよう要求し、彼らを殺戮しようと企てた話は名高い。小アジアに倣ってギリシア本土で最初の貨幣を鋳造し、新しい度量衡を制定したが、その時期は今日、前7世紀半ば頃のことと考えられている（⇒アイギーナ❶）。彼はコリントスの内紛に干渉して殺されたと伝えられる（一説に在位・前675頃～前655頃）。その子レオーケーデース Leokedes, Λεωκήδης（またはラケーデース Lakedes, Λακήδης）は、シキュオーン*僭主クレイステネース❶*の娘に求婚したが、なよなよした柔弱な仕草で評判となり、さらにその子メルタース Meltas, Μέλτας の代に王権は剥奪されたという。

ちなみに、美青年アクタイオーン❷*の祖父ハブローン Habron, Ἅβρων がコリントスへ亡命したのは、ペイドーンの圧政を怖れてのことである。なおまた、半ば伝説的なコリントスの立法家もペイドーンという名であったと伝えられている。

⇒ピーサ

Herodot. 6-127/ Paus. 2-19, 6-22/ Arist. Pol. 2-6(1265b), 5-10(1310b) Athen. Const./ Strab. 8-358, -376/ Plut. Mor. 772/ Plin. N. H. 7-56/ Diog. Laert. 8-14/ Ael. V.H. 12-10/ Marm. Par. Frag. 30/ etc.

ペイライエウス Peiraieus, Πειραιεύς, (ラ) ピーラエウス Piraeus（ピーラエエウス Piraeeus, ピーラエア Piraea）、ペイラエウス Peiraeus, (仏) Pirée, (独) Piräus, (伊)(西) Pireo, (葡) Pireu, (露) Пирей, (和) ピレウス

（現・Pireás, Πειραιάς, 〈伊〉Porto Dracone, Porto Leone）アテーナイ*の有名な外港。アテーナイの西南7kmほどのアクテー*岬の東西に築かれた3つの湾港から成る（西側の大港カンタロス Kantharos, Κάνθαρος、および東側の軍港ゼアー Zea, Ζέα とムーニュキアー Munykhia, Μουνυχία）。元来アテーナイの外港は、これより東方のパレーロン*であったが、前493年テミストクレース*はペイライエウスの地勢が優れている点に着目し、ここを主港とすることを提唱、ペルシ

ア戦争*中に海軍基地として要塞化され、その後アテーナイ市との間を結ぶ2重の長壁が建設された（前456と前445に完成、⇒カッリクラテース❶）。ペリクレース*の頃には、幾何学者ヒッポダモス*の都市計画に基づいて整然とした町づくりが進み、港口を閉ざす鎖や兵器庫・防波堤・艇庫などの港湾設備の他に、2つのアゴラー*（広場）や長大なストアー*（列柱廊）、諸神殿が造営された。軍港・商港として大いに発展し、アテーナイ海上帝国の拠点、エーゲ海貿易の中心地となる。革新的な民主主義者や在留外国人（メトイコイ*）が多く居住し、少年たちの男色売春や異邦の神々の祭祀で賑わった。前404年ペロポンネーソス戦争*の敗北でスパルター*の提督リューサンドロス*によって長壁と要塞は破壊されたが、前393年アテーナイに帰還したコノーン*がペルシア帝国*からの資金援助を得てこれを再建。降ってミトリダテース*戦争時代に将軍スッラ*率いるローマ軍の手で劫掠・破壊を被り（前87〜前86）、以来、長壁は再建されず、町は衰退の一途を辿った。近代に復興され、今日ではギリシア第一の商業港として繁栄、コノーンの城壁や軍船を係留した艇庫、大小2つの劇場（テアートロン*）、テミストクレースの墓、ゼウス*その他の諸神域などの遺跡を見ることができる。

⇒ムーニュキアー

Thuc. 1-93, -107, 2-13, -93〜94, 6-25, -31, 8-90/ Paus. 1-1〜2/ Herodot. 8-85/ Plut. Them. 19, 32/ Arist. Pol. 2-8 (1267b), 7-11(1330b)/ Liv. 31-26/ Xen. Hell. 2-2/ Diod. 11-41/ Nep. Them. 6/ Strab. 14-654/ App. Mithr. 30〜/ Ptol. Geog. 3-14-7/ Harp./ etc.

ペイリトオス Peirithoos, Πειρίθοος, ペイリトゥース Peirithus, Πειρίθους, （ラ）ピーリトゥウス Pirithous, （または、ペリトオス Perithoos, Περίθοος, ペリトゥース Perithus, Περίθους），（仏）Pirithoos, Pirithoüs,（伊）Piritoo,（西）Piritoo,（現ギリシア語）Piríthus

「極めて速い男」の意。ギリシア神話中、テッサリアー*のラピタイ*族の王。英雄テーセウス*の念友。イクシーオーン*とディーア Dia, Δία の子、または雄馬と化した大神ゼウス*がディーアと交わって儲けた子とされる。テーセウスの勇名を聞いた彼は、それを試すべくマラトーン*で牛の群れを襲い、防戦に来たテーセウスと相会した。ところが、2人は一目見るや、互いに相手の美貌に心を奪われ、その場で抱擁し合って生涯不変の友情を誓った。一緒にカリュドーン*の猪狩りやアルゴナウタイ*（アルゴナウテースたち*）の遠征に参加、女人族アマゾーン*攻略にも行をともにした。ペイリトオスがヒッポダメイア❷*（アドラストス*の娘）を妻とし、結婚式にケンタウロス*たちを招いたところ、その中の1人エウリュティオーン Eurytion, Εὐρυτίων（あるいは、エウリュトス Eurytos, Εὖρυτος）は酒に酔って花嫁を犯さんとし、ためにラピタイ族とケンタウロス族との間に大乱闘が起こった。これがアテーナイ*のパルテノーン*神殿の浮彫彫刻にも名高いケンタウロマキアー Kentauromakhia, Κενταυρομαχία,（ラ）Centauromachia（ケンタウロイ*との戦闘）で、婚宴に列席していたネストール*やテーセウスもペイリトオスに味方して闘い、双方に多くの戦死者が出たが、ついにラピタイ側の勝利に終わった（⇒リュンケウス）。その後テーセウスとペイリトオスの2人は、おのおのゼウスの娘を娶る誓いを立て、テーセウスはペイリトオスの助けを得て当時10歳の美少女ヘレネー*を誘拐し（⇒ディオスクーロイ）、次いでペイリトオスのために冥界の女王ペルセポネー*を奪おうと企て、一緒に地下の国へ降りていった。しかし、冥王ハーデース*の勧めた忘却の椅子に坐るやいなや、2人の体は椅子にくっついて離れなくなり、大蛇に取り巻かれてしまった。ヘーラクレース*が猛犬ケルベロス*を奪いに冥府に来た時（第12の功業）、テーセウスはこの苛責から救い出されたが、続いてペイリトオスを助けようとすると、大地が震動して神意を知らせたので、彼の救出は断念されたと伝えられる。

ペイリトオスの息子ポリュポイテース Polypoites, Πολυποίτης は、長じてのち父の王位を継ぎ、トロイアー戦争*に参加、さまざまな武勲を立て、かの有名な木馬の計にも加わったとされている。

Hom. Il. 1-262〜, 14-317〜318, Od. 11-631, 21-295〜305/ Apollod. 1-8, 2-5, 3-10, Epit. 1/ Paus. 1-2, -17, -18, -30, -41, 2-22/ Ap. Rhod. Argon. 1-101〜/ Hyg. Fab. 14, 33, 79, 251, 257/ Diod. 4-70/ Plut. Thes. 30〜/ Verg. Aen. 6-393, 7-304〜/ Ov. Met. 8-303, 12-210〜/ Schol. ad Ap. Rhod. 3-62/ etc.

ペイレーネー Peirene, Πειρήνη, Pirene,（仏）Pirène,（露）Пирена

ギリシアのコリントス*市にあった名泉。神話では、アーソーポス*（アケローオス*とも、その他諸説あり）河神の娘で、ポセイドーン*との間に2子レケース Lekhes, Λέχης とケンクレイアース Kenkhreias, Κεγχρείας を産んだが、アルテミス*が後者を誤って殺したのを嘆くあまり、この泉に変身したという。またペイレーネーの泉は、コリントス王シーシュポス*がアーソーポス河神の娘アイギーナ*をさらった犯人（ゼウス*）を教えた返礼として、河神から王に贈られたものとも伝えられる。この泉は詩神ムーサイ*に捧げられており、ペーガソス*はここで水を飲んでいる時にベッレロポーン*に捕えられたとされている。

現在も泉水が湧き出ており、ローマ帝政期の富豪ヘーローデース・アッティクス*が寄進した泉屋に流れ出る様子を見ることができる。

⇒ヒッポクレーネー、グラウケー❸

Paus. 2-2, -3, -5, -24/ Diod. 4-72/ Pind. Ol. 13-62/ Strab. 8-379/ Eur. Med. 69, El. 475/ Ov. Met. 7-391/ Schol. ad Eur. Med. 69/ Anth. Pal. 9-225/ etc.

ヘイロータイ Heilotai, Εἱλῶται, Hilotae (Helotae), (英) Helots, (仏) Hilotes, Ilotes, (独) Heloten, (伊) Iloti, (西)(葡) Hilotas, (露) Илоты, (単) ヘイローテース Heilotes, Εἱλώτης, Helotes, (英) Helot, (仏) Hilote, (独) Helot, (伊) Iloto, (西) Hilota, Ilota, (葡) Hilota

スパルター*の隷属住民。奴隷身分の農民で「隷農」と訳される。スパルター人に征服されたラコーニアー*(ラコーニケー*)地方の先住民。第2次メッセーニアー*戦争(前7世紀)の後は、敗れた西隣のメッセーニアー地方の住民もこの身分に転落させられた。国家に所属し、個々のスパルター人に割り当てられて、その所有地を耕作し、生産物の一部を与えられて生活した。解放の権利は国家のみが有し、スパルター人の主人は彼らを売却したり、解放することはできなかった。戦時には軽装兵(ペルタスタイ*)または船の漕ぎ手として駆り出され、武功を立てれば解放されてネオダーモーデース Neodamodes(新たに市民権を与えられた者)となることもあった。人口は自由人のスパルター人の数を遙かに圧倒していたので、スパルター人は彼らの反乱を絶えず恐れて、毎年監督官(エポロイ*)がヘイロータイに対する宣戦を布告し、彼らを暗殺したり、強すぎる者を殺害することが推奨された。またクリュプテイアー*と呼ばれる青年たちの秘密警察的な組織があって、彼らは夜間、国の中を巡り歩き、その際行きあったヘイロータイを何の理由もなしに、無条件で殺してよいと定められていた。ヘイロータイがその身分を忘れないように鞭打たれる年中行事もあり、その悲惨な境遇のため彼らはしばしば反乱を起こした。ペロポンネーソス戦争*中の前424年には、スパルター人は戦闘で頭角を現わしたヘイロータイ2千名を、自由を与えるとの口実のもとに招き寄せ、神殿内で皆殺しにしている。

テーバイ❶の将エパメイノーンダース*により、前369年メッセーニアーが解放され、メッセーニアー人が独立、よってメッセーニアー系ヘイロータイは消滅した。しかし前2世紀初頭のナビス*王の頃にまだラコーニアーの地にヘイロータイは残っていた(非メッセーニアー人の)。

なお伝承によれば、第1次メッセーニア戦争(前743頃〜前724頃)が長期化しスパルター男性たちの不在が続いたため、残された女たちはヘイロータイと交わって子供を出産。パルテニアイ Partheniai(「処女から生まれた者たち」の意)と呼ばれたこれら庶子たちは、成長するにつれ自分たちの立場に不満をもつようになり陰謀を画策し、それが発覚して南イタリアのタラース*(タレントゥム*)へ植民者として送り出されたという(前706)。
⇒ペリオイコイ

Thuc. 1-101〜, 4-26, -80/ Xen. Hell. 1-2, 3-3, 6-5/ Plut. Lyc. 1, 28, Ages./ Herodot. 6-50〜, 9-33〜/ Paus. 3〜4/ Strab. 6-278, 8-365/ Pl. Leg. 633b/ Arist. Pol. 2-5(1263a) 35〜37/ Liv. 34-27/ Nep. Pausanias 3/ Ath. 6-271e〜f, 14-657d/ Ael. V. H. 12-43/ Hellanicus Fr./ etc.

ペウキーニー(族) Peucini, (ギ)ペウキーノイ Peukinoi, Πευκῖνοι
⇒バスタルナエ

Ptol. Geog. 3-5-19, -10-9/ Strab. 7-305〜/ Plin. N. H. 4-14-28/ Tac. Germ. 46/ Amm. Marc. 12-8-43/ Zosimus 1-42/ Jordan. Get. 16/ etc.

ヘオースポロス Heosphoros, Ἑωσφόρος, Heosphorus, **エオースポロス** Eosphoros, Ἑωσφόρος, Eosphorus または、**ポースポロス** Phosphoros, Φωσφόρος, Phosphorus, (仏) Éosphoros, (伊) Eosforo, Fosforo, (西) Eósforo, Fósforo, (露) Эосфор, Фосфор, (現ギリシア語) Eosfóros

ギリシア神話の暁の明星(金星)。曙の女神エーオース*とアストライオス*の子。ヘスペロス*(宵の明星)の兄弟。2人の息子ケーユクス❷*(アルキュオネー*の夫)とダイダリオーン*は、いずれも鳥に変身した。
⇒ルーキフェル

Hom. Il. 23-226/ Hes. Th. 381/ Pind. Isth. 3-26/ Conon Narr. 17/ Ov. Met. 4-628, 11-271, Her. 17/ Hyg. Fab. 65, 161/ Apollod. 1-7/ etc.

ペガサス Pegasus
⇒ペーガソス(の英語形)

系図335 ヘオースポロス

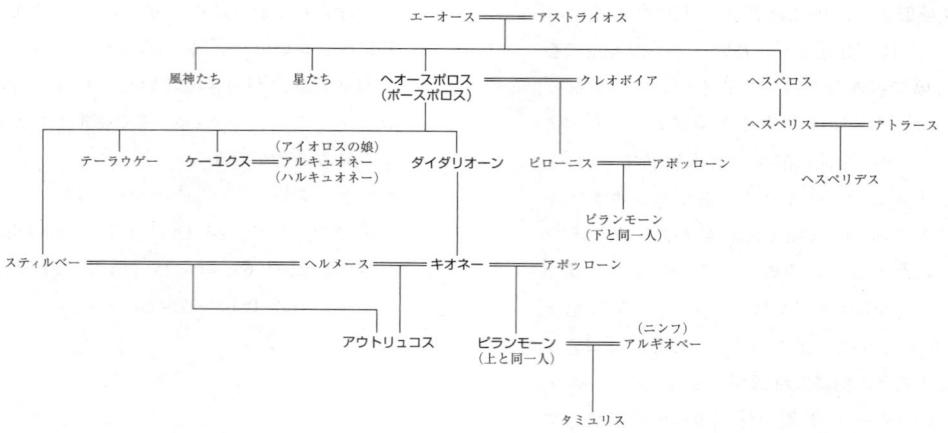

ペーガサス Pegasus
⇒ペーガソス（の英語形）

ペーガスス Pegasus
⇒ペーガソス（のラテン語形）

ペーガソス Pegasos, Πήγασος,（ラ）ペーガスス*
　　　　Pegasus,（仏）Pégase,（伊）（西）Pegaso,（葡）
　　　　Pégaso,（露）Пегас

ギリシア神話中の有翼の天馬。英雄ペルセウス*がゴルゴーン*・メドゥーサ*の首を斬った時、その流れ出る血から生まれたとされる（父はポセイドーン*）。ペルセウスを乗せてアンドロメダー*救出に赴いたのち、オリュンポス*へ上って大神ゼウス*の雷霆を運ぶ役目を務めた。また音楽の女神ムーサ*たち（ムーサイ*）に愛され、その聖山ヘリコーン*を蹄で撃って、ヒッポクレーネー*の泉を湧き出させたところ、由来この水を飲む者は詩的霊感を授かるようになったという。コリントス*のペイレーネー*の泉で水を飲んでいる時に、ベッレロポーン*に捕まり、アテーナー*ないしポセイドーンの支援を受けたこの英雄の乗馬となる。ペーガソスに跨ったベッレロポーンは、天翔けながら怪獣キマイラ*を退治し、アマゾーン*族その他の好戦的部族との闘いに勝利を収めた。さらにベッレロポーンは、自分に邪恋を仕掛けた王妃ステネボイア*を、ペーガソスの背から突き落として殺したが、最後は慢心して天上に昇らんと試み、ペーガソスに振り落とされて、地上に叩きつけられた——ゼウスの送った虻がペーガソスを刺して跳ね上がらせたのだという——。そのまま天へ駆け登ったペーガソスは星空の間に配されたといい（「ペーガスス座（ラ）Pegasus」）、ヘレニズム・ローマ時代以来、この神馬は詩才や名声・不滅の象徴と見なされるようになった。その蹄で幾多の名泉を噴出させたほか、キリキアー*の都市タルソス*（「足、翼」の意）はペーガソスの蹄あるいは羽根の落ちた場所に建てられたと伝えられる。

ペーガソスなる名は、小アジアの先住民の言語ルウィ語に由来すると考えられるが、ギリシア人はこれをペーゲー pege, πηγή（「水源・泉」の意）と結びつけて、オーケアノス*の源たる極西の地に生まれたものの意と解したり、名泉の起源と関連づけたりした。早くからギリシア・エトルーリア*の美術や文学に採り入れられ、絵画・彫刻類の題材として広く好まれ、コリントスでは古い時期にすでに貨幣に刻まれている。時には暁の女神エーオース*や、アポッローン*の馬として表現されることもある。
⇒モノケロース、ヒッポマネス
Hes. Th. 276～、325/ Pind. Ol. 13-60～, Isthm. 7-44/ Apollod. 2-3, 4-2/ Strab. 8-379/ Paus. 2-3, -4, -31, 9-31/ Eur. Ion 988～/ Ov. Met. 4-784～, 5-256～, Fast. 3-451～/ Hyg. Fab. 57, 151, Poet. Ast. 2-18/ Arat. 215～/ Ant. Lib. Met. 9/ Schol. ad Hom. Il. 6-155/ etc.

ヘカタイオス Hekataios, Ἑκαταῖος, Hecataeus,（仏）
　　　　Hécatée,（伊）Ecateo,（西）Hecateo,（葡）
　　　　Hecateu,（露）Гекатей

ギリシアの学者名。

❶（ミーレートス*の）（ギ）Hekataios ho Mīlēsios, Ἑκαταῖος ὁ Μιλήσιος,（ラ）Hecataeus Milesius（前550頃～前478／475頃）初期ギリシアの歴史家、地理学者、散文史家 logographos ロゴグラポス。小アジアのミーレートスの名門に生まれる。前500年にアリスタゴラース*がペルシア帝国*への反乱を企てた時、ダーレイオス1世*（大王）の支配下にある諸民族を列挙し、その強大な軍事力を示して、無謀な蹶起を思い留まるよう主張した。しかし、ひとたびイオーニアー*の反乱（前500～前493）が始まるや、指導者の1人として活動し、ミーレートスの陥落（前494）後も同胞市民を見棄てることなく、代表使節となってペルシア軍の将アルタペルネース❶*との折衝に当たった。エジプトを含むオリエント各地を広く旅行して先進文明に触れ、アナクシマンドロス*の世界地図を改良、地中海や黒海の沿岸地域をかなり正確に描出した。ギリシア最初の地理書『世界周遊記 Periēgēsis, Περιήγησις』を著わし、当時ペルシア人とギリシア人に知られていた世界をヨーロッパとアジア（アフリカを含む）の2大陸に分け、アフリカ西北部から中央アジア、インドに至る広範な領域の地誌を完成、民俗誌・伝説を満載した本書は、ヘーロドトス*によって大いに利用された。また、ギリシア諸家の系図や伝承を集成した『系図学 Geneēlogiai, Γενεηλογίαι』は、叙事詩の神話の合理化を試みた最初の歴史書とされ、その序文で彼は「私は自分が真実と見なすものを記す。なぜならギリシア人の物語には馬鹿げた話が多過ぎるからである」と宣言している。いずれも断片のみ現存する。「エジプトはナイル河の賜物」という有名な句は、ヘーロドトスではなくヘカタイオスの言葉であるという。
⇒スキュラクス、エラトステネース、アクーシラーオス、ペレキューデース❶、カドモス
Herodot. 2-143, 5-36, -125～126, 6-137/ Strab. 1-7, 12-550, 14-635/ Euseb. Praep. Evang. 10-3/ Diod. 1-37, 2-47, 10-25/ Ael. V. H. 13-20/ Steph. Byz./ etc.

❷（アブデーラ*の）（ギ）Hekataios ho Abderītēs, Ἑκαταῖος ὁ Ἀβδηρίτης,（ラ）Hecataeus Abderites（前360頃～前285頃）（前315～前285頃に活躍）歴史家、著作家。トラーケー*（トラーキアー*）のアブデーラ、もしくはテオース*島の出身。懐疑主義哲学者ピュッローン*の弟子。プトレマイオス1世*のシュリアー*遠征やナイル河遡行に随行し、『エジプト誌 Aigyptiaka, Αἰγυπτιακά』を執筆、ファラオ時代の歴史や風俗慣習、宗教、地理などを記し、ギリシア人に古代エジプト文明を広く紹介した（⇒マネトーン）。本書は、シケリアー*（現・シチリア）のディオドーロス*に引用されて、ある程度伝存している。また、ユートピア的な極北の地に住む人々を物語る『ヒュペルボレオイ人*について Peri Hyperboreōn』その他の著作もあった。
⇒エウエーメロス

Diod. 1-46, 2-47, 40-3/ Joseph. Apion 1-22/ Diog. Laert. 9-69/ Strab. 14-644/ Plut. Mor. 666e/ Ael. N. A. 11-1/ Schol. ad Ap. Rhod. 2-675/ Phot. Bibl./ Steph. Byz./ Suda/ etc.

ヘカテー Hekate, Ἑκάτη, Hecate, (Hekatā, Ἑκάτα, Hecata), (英) Hekat, Hecate, (仏)(西) Hécate, (伊) Ècate, (葡) Hécata, (露) Геката

ギリシアの地母神、黄泉の女神。小アジアのカーリアー*ないし、トラーケー*(トラーキアー*)起源の神格と考えられる。ホメーロス*には言及されないが、ヘーシオドス*によって熱烈に称賛され、天・地・海にわたり大いなる権能を有し、人間にあらゆる幸運や名声や勝利を授ける女神と謳われている。ティーターン*神族のペルセース*とアステリアー*の娘で、ペルセーイス*(ペルセースの娘)とも呼ばれる(⇒巻末系図002)。ティーターノマキアー*の後も大神ゼウス*から尊重され、ギガントマキアー*にも活躍、次いでヘーリオス*とともにハーデース*のペルセポネー*誘拐を目撃し、デーメーテール*を助けてペルセポネーの行方を探したという。その後ヘカテーは、地下の冥界と深く関係づけられて、あらゆる魔術・呪法を司る女神と見なされるようになり、月夜には松明を手に一群の亡霊や地獄の犬どもを従えた恐るべき姿で十字路・三叉路に出現すると信じられた。黒い仔犬や黒い雌の仔羊が犠牲に捧げられ、魔除けとして戸口や四つ辻にヘルマイ*のごとくヘカテー柱像 Hekataia が建てられ、毎月供えられる魚と卵は、貧民たちへの施しとなっていた。古くは長衣をまとい手に炬火を掲げた姿で表わされたが、のちには3頭3身を有し、あらゆる方向を見わたす三重のヘカテー像 ── 犬・馬・狼(ないし獅子)の3つの頭をもつこともある ── が広まった。夜の女神・月の女神として、しばしばアルテミス*およびセレーネー*と混同され、冥府の女王としてはペルセポネーと同一視されたりもした。一説に名高い伝説上の魔女キルケー*とメーデイア*の母親に擬せられることもあり、毒薬の研究に熱中し鳥兜草を発見、父王ペルセースを毒殺してタウリケー*の王権を奪い、異邦人を生贄に捧げる風習を創めたという。聖獣はイタチ。去勢神官が彼女の祭祀を司る地方もあった。
⇒エンプーサ

Hes. Th. 404〜/ Hymn. Hom. Cer. 24〜/ Apollod. 1-2/ Diod. 4-45〜/ Apul. Met. 11-2/ Cic. Nat. D. 3-18/ Ar. Plut. 594〜/ Eur. Med. 394〜/ Theoc. 2-12〜/ Ap. Rhod. 3-478/ Paus. 1-22, 2-30/ Schol. ad Ap. Rhod. 3-200, -242, -467, -861, -1035, 4-828/ Strab. 14-641, -660/ Tzetz. ad Lycoph. 1175/ Procl./ Orph. Argon. 975/ etc.

ヘカトンケイルたち Hekatonkheir, Ἑκατόγχειρ, Hecatoncheir, (ラ) Centimanus, (複) **ヘカトンケイレス*** Hekatonkheires, Ἑκατόγχειρες, Hecatoncheires, (ラ) Centimani, (英) Hecatonchires, (仏) Hécatonchires, (独) Hekatoncheiren, (伊) Ecatonchiri, (西) Hecatónquiros, Hecatónqueros, (葡) Hecatônquiros, (露) Гекатонхейры

(「百手」の意)ギリシア神話に登場する100本の腕と50の頭をもつ巨人。ウーラノス*(天空)とガイア*(大地)の3人息子で、コットス Kottos、ブリアレオース*(アイガイオーン Aigaion)、ギューゲース Gyges (ギュエース Gyes またはギュアース Gyas)と呼ばれる。巨神ティーターン*たちや単眼巨人族キュクロープス*の兄弟に当たる(⇒巻末系図002)。その粗暴・強力さと奇怪な姿のゆえに、父神ウーラノスから憎まれ、生まれるごとに大地の奥底へ投げ込まれた。のちティーターノマキアー*では、ゼウス*らオリュンポス*神族の味方をし、多数の手で巨石を敵に投げつけて奮闘。戦争終結後は、タルタロス*(奈落)に閉じこめられた巨神(ティーターン)族の監視をしているという。また、彼らのうちブリアレオースのみは、ヘーラー*、ポセイドーン*、アテーナー*らが大神ゼウスに対して謀叛を起こし、大神を縛り上げた時に、テティス*に呼ばれてゼウスの守護に駆けつけたため、その報酬としてタルタロスにおける番役を免じられたとも伝えられる。
⇒クロノス

Hes. Th. 147〜, 713〜, 811/ Apollod. 1-1/ Hom. Il. 1-400〜/ Plut. Marc. 17, Mor. 93c/ Schol. ad Ap. Rhod. 1-1165/ Palaephantus 20/ Paus. 2-1, -4/ Hor. Carm. 2-17/ Verg. Aen. 6-287, 10-565/ Ov. Met. 2-10/ Philostr. V. A. 4-6/ etc.

ヘカトンベー Hekatombe, Ἑκατόμβη, Hecatombe, (英) Hecatomb, (仏) Hécatombe, (伊) Ecatombe, (露) Гекатомба

100頭の雄牛を捧げる犠牲。盛大な犠牲一般を指す語。特に主神ゼウス*、またその正妃ヘーラー*やアポッローン*など主要な神々に供された。
⇒パンアテーナイア祭、オリュンピア競技祭

Hom. Il. 1-315, 6-115, 23-146, Od. 3-59/ Plut. Mar. 26/ Strab. 8-362/ Ath. 1-3/ Ant. Lib. Met. 20/ etc.

ヘカベー Hekabe, Ἑκάβη, (ラ) ヘクバ* Hecuba, (仏) Hécube, (独) Hekuba, (伊) Ecuba, (西)(葡) Hécuba, (露) Гекуба

系図336　ヘカトンケイルたち

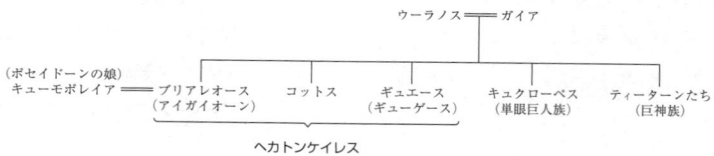

ギリシア神話中、トロイアー*最後の王プリアモス*の正妃。プリュギアー*王デュマース Dymas（またはトラーキアー*王キッセウス*、あるいはサンガリオス*河神）の娘。母親に関しても諸説あって一致しない。プリアモスとの間にヘクトール*、パリス*、デーイポボス*、ヘレノス*、トローイロス*ら19人の息子と、カッサンドラー*、ポリュクセネー*、ラーオディケー❶*、クレウーサ❶*ら12人の娘を産んだ（巻末系図019）。パリスが生まれる直前、彼女は、燃木を産み、その火がトロイアー全市を焼き尽くすという不吉な夢を見、占いの結果、赤児を山中に棄てさせた（⇒アイサコス）。トロイアー陥落時には家族を惨殺されて一切を失い、ギリシア軍の捕虜としてオデュッセウス*に与えられたが、ポリュメーストール*王（トラーキアーのケルソネーソス*の領主）に預けておいた末子ポリュドーロス❶*の死体が海岸に漂着するのを見て、王の裏切りを知り直ちに復讐を決意。アガメムノーン*の許可を得るや財宝のありかを教えると偽って強欲な王をおびき寄せ、その両眼を抉り取って盲目とし、また同行してきた彼の息子たちを殺した。ためにポリュメーストールから「雌犬と化すがよい」と呪詛され、それが成就して彼女は犬に変身し海に身を投じたとも、トラーキアー人に石子詰めにされて雌犬に変わったともいう（⇒キュノス・セーマ）。悲劇詩人エウリーピデース*の現存する作品に『ヘカベー』や『トロイアーの女たち』があり、ホメーロス*の『イーリアス*』におけると同様、彼女は威厳のある貴婦人として描かれている。

Hom. Il. 6-293〜, 16-718, 22-82〜, -405〜, 24-200〜, -746〜/ Apollod. 3-12/ Eur. Hec., Tro./ Ov. Her. 16-43〜, Met. 13-422〜, -533〜/ Hyg. Fab. 90, 111, 249/ Strab. 7-331, 13-595/ Diod. 4-75, 13-40/ Suet. Tib. 70/ Tzetz. ad Lycoph. praef./ Suda/ etc.

ヘクサポリス（ドーリス*の） Heksapolis, Ἑξάπολις, Hexapolis, (英) Dorian (Doric) Hexapolis, (仏) Hexapole, (伊) Esapoli, (西) Hexápolis, (葡) Hexápole

（「6つの都市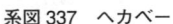」の意）小アジア西南方ドーリス*地方の6市連合。カーリアー*沿岸およびその付近の島々に移住したドーリス系ギリシア人の植民市が、トリオピオン Triopion のアポッローン*神域を本部として結成したもの。ロドス*島のリンドス*、イアーリューソス*、カメイロス*の3市とコース*島の同名の市、クニドス*市、ハリカルナッソス*市から成る。しかし、ハリカルナッソス出身の運動選手が掟に反して優勝の賞品を自宅へ持ち帰ったため、同市は以来参加を禁じられ、連合は5都市ペンタポリス Pentapolis になった（前6世紀頃）。

Herodot. 1-144/ Schol. ad Ar. Plut. 385/ Thuc. 2-9/ Ptol. Geog. 5-2/ Plin. N. H. 5-29/ etc.

ヘクトール Hektor, Ἕκτωρ, Hector, (伊) Ettore, (西) Héctor, (葡) Heitor, (露) Гектор

ギリシア神話中、トロイアー*王プリアモス*とヘカベー*の長子（⇒巻末系図019）。アンドロマケー*の夫。アステュアナクス*（スカマンドリオス*）の父。トロイアー戦争*の時のトロイアー軍の総帥にして第一の勇将。来襲したギリシア連合軍のうち最初にトロイアーの地に上陸したプローテシラーオス*を殺したほか、1日の戦闘で30人のギリシア勢を倒し、敵軍に一騎打ちを挑んで大アイアース*と互角の勝負をする等、英雄的奮戦を続けた。しかし、アキッレウス*の身代わりに出陣したパトロクロス*を討ちとったため、その念友アキッレウスの戦場復帰を招き、彼とトロイアー城下において決戦を繰り広げた結果、ついに喉元を槍で深く貫かれて倒れた。アキッレウスは彼の遺骸を全裸にし紐で戦車に縛りつけてひきずりまわすなどの凌辱を加えたが、アポッローン*とアプロディーテー*が死体を損傷より護った。父王プリアモスは夜中、ヘルメース*に導かれて、アキッレウスの陣営に赴き、莫大な償金と引き換えに亡骸を乞い受けると、12日間の休戦期間中に壮麗な葬儀を営んだ。『イーリアス*』ではヘクトールは節度ある情愛深い勇士として描かれており、後世トロイアーおよびボイオーティアー*のタナグラ*の地では、英雄神 heros と見なされて尊崇を受けていた。彼をアポッローン神の息子とする異伝もあり、また親友のポリュダマース Polydamas とは同じ夜に生まれたといわれている。

古代ギリシアの陶画に戦闘するヘクトールや出陣するヘクトールの図がしばしば表現された。降って中世西ヨーロッパのロマンスにおいて彼はもっぱら敵役として登場

系図337　ヘカベー

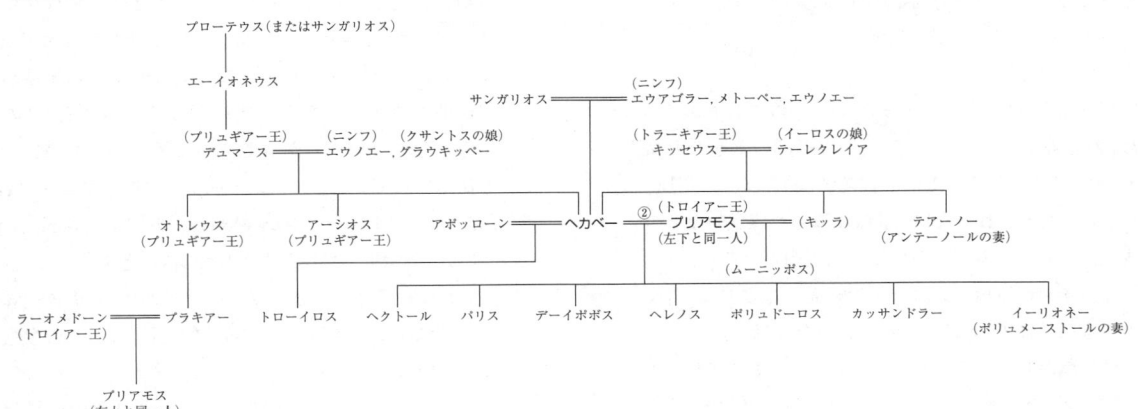

するようになり、今日も英語の動詞 hector（「空威張りする」「弱い者いじめをする」の意）にその名残を留めている。他方、後期中世以来、騎士道精神の理想を体現する「九英傑（仏）Neuf Preux, (英) Nine Worthies」のなかに古典神話の世界から唯一人えらばれて、高い評価を受けることもあった。

ちなみに、彼が妻のアンドロマケーと「茶臼」の体位で交接していたという言い伝えから、後代のヨーロッパでは女性が男性にまたがる騎乗位を「ヘクトールの馬（仏）Cheval d'Hector」と称するようになった。

Hom. Il. 1-242, 2-416, -788〜, 3-76〜, 5-680〜, 6-102〜, 7-11〜, -113〜, 9-352〜, 11〜17, 18-249〜, 22-35〜, -433〜, 24/ Eur. Rhes./ Apollod. 3-12, Epit. 3/ Plin. N. H. 7-49/ Dict. Cret. Bell. Tro. 3-20, 6-12/ Tzetz. ad Lycoph. 266/ Hyg. Fab. 106/ Verg. Aen. 1-484, 5-371/ Paus. 9-18, 10-31/ Mart. 11-104/ Ov. Ars Am. 3-777〜778/ etc.

ヘクバ　Hecuba, (仏) Hécube, (独) Hekuba, (伊) Ecuba, (西) Hécuba, Hecabea, (露) Гекуба

⇒ヘカベー（のラテン語形）

ペーゲウス　Phegeus, Φηγεύς, (仏) Phégée, (伊)(西) Fegeo, (葡) Fegeu, (現ギリシア語) Fiyéas

ギリシア神話中、アルカディアー*のプソーピス Psophis, Ψωφίς（旧・エリュマントス*）王。イーナコス*河神またはアルペイオス*河神の子。実母を殺したアルクマイオーン❶*（アルクメオーン*）が逃れて来た時、その罪を浄めてやったうえ、1女アルペシボイア Alphesiboia, Ἀλφεσίβοια（またはアルシノエー Arsinoe, Ἀρσινόη）を妻として与えた。のち2人の息子に命じてアルクマイオーンを暗殺させたため、娘アルペシボイアから呪いをかけられ、さらに彼女によって下手人たる2人の息子たちを殺された。別伝では、息子たちや妻とともに、アルクマイオーンの子アカルナーン*らに殺害されたという。後代の物語によると、彼の宮廷に滞在した詩人ヘーシオドス*は、王の娘との密通を疑われて、彼女の兄弟たちに殺されたと伝えられる。

⇒本文系図 51, 55, 373

Paus. 6-17, 8-24/ Apollod. 3-7/ Prop. 1-15/ Hyg. Fab. 244〜245/ Ov. Met. 9-412/ Hom. et Hes./ Steph. Byz./ etc.

ヘーゲーシアース　Hegesias, Ἡγησίας, (仏) Hègèsias, (伊) Egesia, (露) Гегесий

ギリシア人学者の名。

❶（前3世紀初頭に活躍）リューディアー*のマグネシアー❶*出身の弁論家、歴史家。ゴルギアース*の華麗な散文を発展させて、さらに装飾的・技巧的な「アシアー*風」文体を創始したとされる人物。誇張に満ちた感覚的なその修辞法は、ヘレニズム期において、簡潔明晰な「アッティケー*（アッティカ*）風」文体を一時駆逐するまでに流行、演説のみならずあらゆる散文体に影響を及ぼした。しかし、一世を風靡した「アシアー風」も、やがてアガタルキデース*をはじめキケロー*、ハリカルナッソス*のディオニューシオス*等の激しい攻撃を受けるようになり、ヘーゲーシアースの演説文も美辞麗句と虚飾に溢れる愚劣な文体と酷評されるに至った。彼の演説はすべて散逸したが、史書『アレクサンドロス大王*伝』の断片がわずかに残っている。なお、ヘーゲーシアースに関しては、アレクサンドロス大王の誕生とエペソス*のアルテミス*神殿の炎上とが同日であったことについて、「女神も大王の分娩で忙しかったから、神殿の火事にまで手が回らなかったのだろう」と洒落を飛ばしたという話が伝わっている。

⇒ヘーロストラトス

Hegesias Fr./ Strab. 14-648/ Plut. Alex. 3/ Cic. Brut. 83, Orat. 67, 69/ Dion. Hal. Comp. 4-28/ Gell. 9-4/ etc.

❷（前3世紀前半）キューレーネー*学派の哲学者（⇒アリスティッポス）。強い厭世観の持ち主で、幸福はまったくあり得ず、不快を含まない快楽はないと考えて、生への無関心と死を軽視することを主張。「死は生より望ましい」と巧みに説き、多くの弟子たちを自殺に駆り立てたため、「死の説得者 Peisithanatos」の異名を取った。その書物はアレクサンドレイア❶*で出版され、市民に多大の影響を及ぼし、われがちに自殺にはしる者が増えたので、プトレマイオス2世*ピラデルポス（在位・前285〜前246）によって出版を差し止められ、ヘーゲーシアースも説教を禁止されたうえ追放の身となった。彼は完璧な利己主義者であり、親切や友情などを「人がつくり上げた妄想」として斥けたという。その教義は、テオドーロス*（無神論者）やアンニケリス*のそれと並んで、後期キューレーネー学派を代表する一派をなした。

Cic. Tusc. 1-34/ Diog. Laert. 2-85〜, -93〜/ Val. Max. 8-9/ etc.

ヘーゲーシッポス　Hegesippos, Ἡγήσιππος, Hegesippus, (仏) Hégésippe, (伊) Egesippo, (西) Hegesipo, (露) Гегесипп

（前390頃〜前324頃）アテーナイ*の弁論家・政治家。かの雄弁家デーモステネス❷*と同時代人で、彼と同じく反マケドニアー*派に属する。アッティケー*地方の南端スーニオン*の生まれ。頭頂部の毛を異様に伸ばした古風な髪型からクローピュロス Krobylos（「鶏冠」の意）と渾名され、また不恰好な体形をしていたので、喜劇作家たちから嘲弄の的となった。マケドニアーと結ぶピロクラテース*の和約（前346）に反対し、前343年にはエウボイア*島北方の小島ハロンネーソス Halonnesos の帰属をめぐって交渉するべくマケドニアー王ピリッポス2世*の許へ使節として赴いた。かつてデーモステネスの第7演説と伝えられていた『ハロンネーソスに関して（ギ）Peri tēs Halonnēsou, Περὶ τῆς Ἁλοννήσου, (ラ) De Halonneso』（現存）は、実は彼の披露した力作である（前342）。また彼は、同じ反マケドニアー派のティーマルコス*が男色売春の廉でアイスキネース*から告発された折には、その弁護に当たっている（前346）。

このほか、彼と同名の人物に、前300年頃に活躍した

新喜劇詩人ヘーゲーシッポスや、それとほぼ同時期のエピグラム詩人ヘーゲーシッポス、さらに降ってローマ帝政期のキリスト教に転向したユダヤ人教会史家ヘーゲーシッポス（？～後180）らがいる。
Dem. 7, 9-72, 18-75/ Plut. Dem. 17/ Aeschin. 1-86/ Schol. ad Dem. 19/ Ath. 7-279a, -290b, 9-405d/ Euseb. Hist. Eccl. 4-21～22/ Dion. Hal. Ant. Rom. 1-49/ Hesych./ Steph. Byz./ Phot./ Suda/ etc.

ヘーゲーモーン　Hegemon, Ἡγήμων,（仏）Hégémon,（伊）Egemone (di Taso),

（タソス*の）（前420頃活躍）。ギリシアの詩人。トラーケー*（トラーキアー*）沿岸タソス島の出身。アテーナイ*に行き、アルキビアデース*の友人となり、古喜劇作家として、とりわけ叙事詩をもじったパローディアー parodia, παρῳδία（パロディ）の創作者として名を馳せる（⇒ヒッポーナクス）。アリストテレース*は彼を最初のパロディ作家としているが、むしろヘーゲーモーンはこの種の作品を劇場におけるコンクールに上演した最初の人と呼ばれるべきであろう。ペロポンネーソス戦争*中シケリアー*（現・シチリア）遠征軍の敗報がアテーナイに届いた時、市民は彼のパロディ詩『ギガントマキアー* Gigantomakhia』を観劇している最中であったという（前413年10月頃、⇒ニーキアース）。また彼は豆類が大好物だったため、パケー phakē（レンズ豆のスープ）と渾名されていたと伝えられる。わずかな引用断片のみ現存。

⇒パウソーン
Hegemon Fr./ Arist. Poet. 2(1448a12)/ Ath. 1-5b, 3-108e, 9-406, -407, 15-698, -699/ etc.

ヘーシオドス　Hesiodos, Ἡσίοδος, Hesiodus,（英）（独）Hesiod,（仏）Hésiode,（伊）Esiodo,（西）（葡）Hesíodo,（露）Гесиод

（前8世紀末頃、一説に前846～前777）古代ギリシア初期の叙事詩人。父は小アジア西岸のアイオリス*系植民市キューメー❶*の人で貿易を営んでいたが、おそらくは事業に失敗してギリシア本土ボイオーティアー*の寒村アスクラー*へ移住、農業で生計を立てた。父の死後、ヘーシオドスとペルセース Perses との兄弟間に遺産分割をめぐる争いが生じ、よこしまなペルセースは貴族たちに賄賂を贈って自己に有利な判決を下させ、大部分の土地を詩人から奪ったという。ヘーシオドスは若い頃ヘリコーン*山麓で羊を飼っていて詩神ムーサ*たち（ムーサイ*）から霊感を授かり、以来農業を営むかたわら詩人としても活躍、エウボイア*島へ渡りカルキス*の王アンピダマース Amphidamas の葬送競技に参加して詩歌部門で優勝を収め、賞として得た両耳付きの鼎をヘリコーン山のムーサイ神殿に奉納したこともある。伝承によれば、オルペウス*の子孫でホメーロス*の年長の親族に当たるとされ、ホメーロスとの歌競べでは主催者たる王の一存でヘーシオドスの方が勝利の栄冠を勝ち得たという。また「ネメアー*の森で横死を遂げるであろう」とのデルポイ*の神託を聞

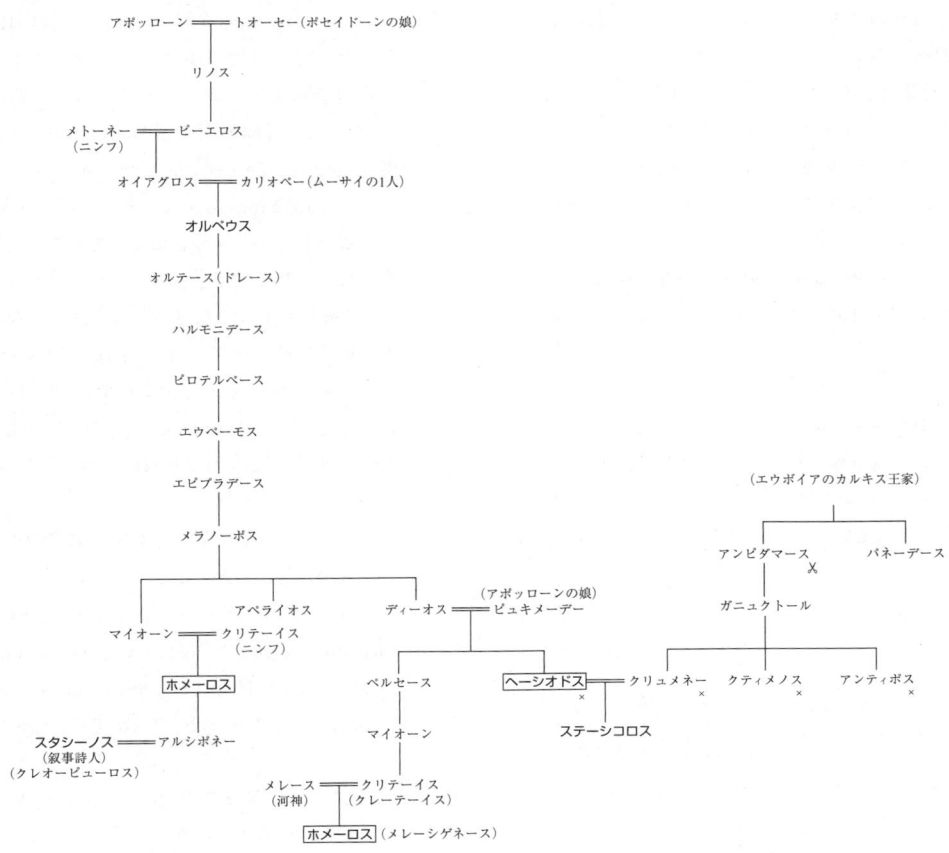

系図338　ヘーシオドス

いて、ペロポンネーソス*のネメアーへ行くのを避けていたが、後年ロクリス*の同名の地へそれと知らずに赴き、泊った宿の娘との密通事件に巻き込まれて殺され――80歳という高齢にもかかわらず、処女を犯してステーシコロス*を孕ませたという――、屍体を海に投げ棄てられた（彼の殺害者らは捕われて生贄に捧げられた）とか、亡骸は海豚によって岸辺に運ばれ、のち神託に従ってオルコメノス*に移葬されたとかいった話も伝えられている（⇒ペーゲウス）。

現存する作品は、『神統記 Theogonia, Θεογονία』と『仕事と日々 Erga kai hemerai, Ἔργα καὶ ἡμέραι,〈ラ〉Opera et dies』の2篇のみで、前者は世界の始源から神々の誕生・系譜をうたい、ギリシアの多数の神格を体系的に整理・統合し、特にオリュンポス*の主神ゼウス*の支配と権能を強調（全1022行）。後者は放埒な兄弟ペルセースに宛てた教訓詩という形式をとり、パンドーラー*神話や金・銀・銅・英雄・鉄の五時代説話などを織りまぜながら、勤労の尊さ、農事暦、日の吉凶を述べている（全828行）。その他、『神統記』の続篇たる伝説の宝庫『名婦列伝 Katalogos, Κατάλογος（または、エー・ホイアイ E hoiai, Ἠ οἷαι）』（神々と交わって英雄諸家の祖を産んだ女たちの話）5巻の断片や、ヘーラクレース*とキュクノス*の戦いの模様を物語った『ヘーラクレースの楯 Aspis Hērakleūs, Ἀσπὶς Ἠρακλέους,〈ラ〉Scutum Herculis』（480行）が伝存するが、今日では真作とは考えられていない（両者とも前6世紀）。『大エー・ホイアイ』（浩瀚な系譜集）、『ケイローン*のアキッレウス*への教訓』、『メランプース*物語』等々、彼に帰せられる作品は多いものの、いずれも散逸。ヘーシオドスは著述の中で自己を語った最初の詩人として知られ、古代においては作風は対照的ながらホメーロスと並称される巨匠と見なされて大いに尊重された（ただしピュータゴラース*によれば、彼はホメーロスと同様、神々について数々の嘘を語ったせいで、死後地獄で罰を受けているという）。美少年バトラコス Batrakhos を愛し、その早世を嘆いてエレゲイア詩を作ったという伝承もある。

Herodot. 2-53/ Thuc. 3-96/ Paus. 9-31, -38/ Plut. Mor. 153f, 162c～/ Gell. 3-11/ Vell. Pat. 1-7/ Tzetz. Vita Hesiod./ Diod. 6-1/ Suda/ etc.

ヘーシオネー Hesione, Ἡσιόνη,〈仏〉Hésioné,〈伊〉Esione,〈西〉〈葡〉Hesíone,〈露〉Гесиона

ギリシア伝説中、トロイアー*王ラーオメドーン*の娘。父王の背信行為のせいで怒ったアポッローン*とポセイドーン*両神が、トロイアーに疫病と海の怪物を送った時、「王女ヘーシオネーを怪物に生贄として与えれば、災いから免れることができよう」との神託が下った。そこで彼女が海岸の岩に縛りつけられて怪物の餌食にされようとしたところ、折よくアマゾーン*の女王の帯を得てギリシアへ戻る途中の英雄ヘーラクレース*が通りかかり（第9の功業）、怪物の喉に跳び込んでいって3日間腹中にいたのち、これを退治した。ところがラーオメドーンは、報酬として約束していたトロイアーの名馬（美少年ガニュメーデース*誘拐の代償にゼウス*から贈られた神馬）もヘーシオネーをも、ヘーラクレースに渡すことを拒んだため、のちに英雄は船団を率いてトロイアーへ攻め寄せ、王とその息子たちを皆殺しにし、ヘーシオネーを親友テラモーン*に賞として与えた。その際、彼女は身内の捕虜の中から1人だけ助命することを許され、幼少の末弟プリアモス*を選んだ。ヘーシオネーはテラモーンとの間に、トロイアー戦争*で活躍した勇士テウクロス*を出産。一方、トロイアー王となったプリアモスはアンテーノール*を使者に立て姉の身柄返還を要求したが、テラモーンらギリシア側に拒絶され、ここにトロイアー戦争にまで至る両民族間の悪感情の1つが胚胎したという。ローマの詩人ナエウィウス*に今は失われた悲劇『ヘーシオネー』があった。

Hom. Il. 5-649～/ Hyg. Fab. 89/ Apollod. 2-5, -6, 3-12/ Diod. 4-42/ Soph. Aj. 1299～/ Ath. 2-42/ Dares Phryg. 4～/ Tzetz. ad Lycoph. 467/ etc.

ヘーシュキオス Hesykhios, Ἡσύχιος, Hesychius,〈仏〉Hésychios, Hésychius,〈独〉Hesychios,〈伊〉Esichio,〈西〉Hesiquio,〈露〉Исихий, Гесихий

（後5世紀頃）古代末期にアレクサンドレイア❶*で活動した辞書編纂家。彼のアルファベット順に配列したギリシア語辞典『語彙総覧』Ho Skholastikos, Ὁ Σχολαστικός (Synagōgē Pasōn Lekseōn kata Stoikeion, Συναγωγή Πασῶν Λεξέων κατὰ Στοιχεῖον) は、方言・稀語・難解な語彙を数多く集録しており、今日に至ってもなお文献学上、言語学上の資料として重視される。アリスタルコス❷*、アピオーン*ら先人の作品に基づいて編まれた浩瀚な辞典であったが、後代にはムースーロス Markus Musuros の校訂した写本（1514）を通じて不完全な形でしか伝わらない。とはいえ、衆道（少年愛）paiderastia や吸茎 fellatio、肛門性交、女子同性愛、張形（模造男根）などの性語・隠語も少なからず残されていて興味深い。

なお、古代の著述家や思想家で同名のヘーシュキオスという人物が他にも幾人か知られている。
⇒ハルポクラティオーン、ポリュデウケース❷、スーダ

Augustin. De civ. D. 20-5, Ep./ Libanius Ep./ Hieron./ Cod. Theod./ Euseb. Hist. Eccl. 8-13/ Sozom. Hist. Eccl. 3-14/ Porphyr. Plot./ Phot. Bibl./ Tzetz. Chil./ Greg. Nazianz./ etc.

ペスケンニウス・ニゲル Pescennius Niger
⇒ニゲル、ペスケンニウス

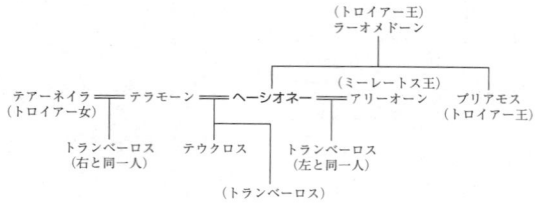

系図339 ヘーシオネー

ベスタ　Vesta
⇒ウェスタ

ヘスティアー　Hestia, Ἑστία, （イオーニアー*方言）Histiē, Ἱστίη, （伊）Estia, （葡）Héstia, （露）Гестия

ギリシアの「炉」を擬人化した女神。クロノス*とレアー*の長女。オリュンポス*12神の1柱。ローマのウェスタ*（ヘスティアーと同語源）に相当する。アポッローン*とポセイドーン*に求婚された時、彼女はゼウス*の頭にかけて永遠の処女を守ることを誓い、ゼウスからあらゆる家庭、諸神殿において祀られる特権を得た。以来ヘスティアーは、神々の間で常に上位を保ち、家の中心に座を占め、供犠の際には、最初にその頒前に与ることになった。また彼女は、家庭の守護神であったのみならず、共同体＝国家の保護者とも見なされ、各都市国家 polis の貴賓館 prytaneion に市の炉として祀られており、その聖火は絶えることなく燃え続けていた。市が植民市を設ける場合も、移住者たちは母市の聖火の一部を携えて新市に赴くのを常とした。とりわけ、デルポイ*の火炉は、世界の中心に位置するというこの町の伝承に従って、ギリシア公共の炉と見なされ、特別な信仰の対象になった。その後ヘスティアーは、哲学者らによって大地の中心にある火、さらに大地そのものを象徴する神格と考えられるに至り、キュベレー*やデーメーテール*と同一視されるようになった。彼女の崇拝はこのように宗教的国家的な性格を帯びていたので、――眠っているところを陽物神プリアーポス*に犯されそうになったが、驢馬の鳴き声で眼を覚まし、かろうじて逃れることができたといった物語を除いては――、ほとんど神話が伝わらない。神殿は円形で、神像はヴェールをまとい笏を手にした厳かだが穏健な婦人の姿で表わされている。

⇒プリュタネイス

Hes. Th. 453〜454/ Hymn. Hom. 24, 29, Ven. 22〜/ Pind. Nem. 11-1〜/ Diod. 1-13, 5-68/ Ov. Fast. 6-319〜/ Ath. 1-149/ Callim. Del. 325, Cer. 129/ Apollod. 1-1/ Paus. 1-18, -34, -35, 3-11, 5-11, -14, -26/ etc.

ベスティア、ルーキウス・カルプルニウス　Lucius Calpurnius Bestia, （伊）（西）Lucio Calpurnio Bestia

（前2世紀末〜前1世紀初）ローマのプレーベース*（平民）系カルプルニウス氏*出身の政治家・軍人。前121年の護民官 として、追放中のP.ポピーリウス・ラエナース❷*の召還を実現し、閥族派の支援で前111年の執政官職を獲得、ヌミディア*王ユグルタ*に対する戦争指揮権を委ねられた。副官 Legatus としてM.スカウルス❶*らを伴って出征するが、敵王ユグルタから莫大な賄賂を贈られて、元老院に相談なく和平を締結、そのためローマへ帰還後、裁判にかけられ、他の多くの高官連とともに断罪された（前110）。有能な人物だが強欲さが命取りになって追放されたのだと評されている。

同名の孫と思われるルーキウス・カルプルニウス・ベスティア L. Calpurnius Bestia は、前63年のカティリーナ*の陰謀に加担しキケロー*の生命を狙ったが、のち彼と和解し、前57年に翌年度の法務官に立候補して買収の廉で告訴された折には、キケローによって弁護された（ただし翌前56年に有罪宣告を下される）。カエサル*暗殺（前44）後はM.アントーニウス❸*に与して執政官職を手に入れようとしたが空しかった（前43）。また、指にトリカブトの毒を塗って女陰を愛撫し、何人もの妻を殺した罪で、M.カエリウス・ルーフス*から告訴されたのは、このL.カルプルニウス・ベスティアである。

ベスティアはラテン語で「動物、野獣」を意味する。
Sall. Jug. 27〜29, 40, 65, Cat. 17, 43/ App. B. Civ. 1-37, 2-3/ Val. Max. 8-6/ Plut. Cic. 23/ Cic. Brut. 34, Q. Fr. 2-3, Sull. 31, Phil. 13-12/ Plin. N. H. 27-2/ Vell. Pat. 2-7/ Plut. Cic. 23/ etc.

ベスパシアーヌス　Vespasianus
⇒ウェスパシアーヌス

ベズービオ　Vesuvio
⇒ウェスウィウス

ヘスペリス　Hesperis, Ἑσπερίς, （仏）Hespéride, （独）Hesperide
⇒ヘスペリデス（の単数形）

ヘスペリデス　Hesperides, Ἑσπερίδες（ヘスペリス*たち）, （仏）（西）（葡）Hespérides, （独）Hesperiden, （伊）Esperidi, （露）Геспериды

（「黄昏の娘たち」の意）ギリシア神話中、宵の明星ヘスペロス*の娘たち。世界の西の果て、大洋オーケアノス*の流れに臨む園に住み、ヘーラー*がゼウス*との結婚祝いに祖母ガイア*（大地）から贈られた黄金の林檎を護っていた。彼女らは3人（または4人、7人とも）姉妹で甘美な声で歌い、その両親に関してはニュクス*（夜）とエレボス*（幽冥）、ケートー*とポルキュス*、ヘスペリス（ヘスペロスの娘）とアトラース*、テミス*とゼウス等々、諸説が伝えられている。園の所在についても、アトラース山脈の彼方とか、極北のヒュペルボレオイ*人の国、エティオピアの岬近くの島など所伝によってまちまちである。英雄ヘー

系図340　ヘスペリデス

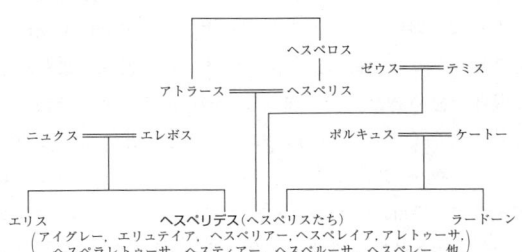

ラクレース*はエウリュステウス*王からこの林檎の実を取ってくるよう命じられ（第11の功業）、樹の番人たる巨蛇ラードーン*を殺して目的を果たしたとも、アトラースに代わって天空を支え、彼に果実をもいできてもらって入手したともいう。アタランテー*の求婚者ヒッポメネース❶*またはメラニオーン*が女神アプロディーテー*から授けられたのも、トロイアー戦争*の原因となったパリス*の審判の賞品とされたのも（⇒エリス）、ヘスペリデスの林檎である。

Hes. Th. 215～/ Eur. Hipp. 742～, H. F. 394～/ Apollod. 2-5/ Diod. 4-26～/ Hyg. Fab. 30, Poet. Astr. 2-3/ Paus. 5-18/ Verg. Aen. 4-484/ Ap. Rhod. 4-1399～/ Plin. N. H. 6-36/ Mela 3-10/ etc.

ヘスペロス Hesperos, Ἕσπερος, Hesperus, （ラ）ウェスペル* Vesper, （伊）Espero, （西）Héspero, （露）Геспер

（「夕べの星」の意）ギリシア神話の宵の明星（金星）。エーオース*とアストライオス*ないしケパロス*の子。アトラース*の子または兄弟で、ヘスペリス*（ヘスペリデス*の母）またはヘスペリデスの父となったともいう。星を眺めるべく初めてアトラース山に登ったところ、風に吹きさらわれて姿を消し、夜の平安をもたらすこの星に化したと伝えられる。神話の中でヘスペロスは、美少年ヒュメナイオス*を愛したことが語られる程度で、あまり重視されていない。美術作品では炬火を手にした若者の姿で表現されている。

なお、「西方の地」を指すギリシア語ヘスペリアー Hesperia は、のちにイタリアを意味するようになり、ローマ時代にはヒスパーニア*のことを指すようになった。今日もなお、イタリア語で西方を espero、宵の明星を Espero と称するのは、このギリシア名に由来している。

⇒ヘオースポロス、ポースポロス

Hom. Il. 22-317, 23-226/ Diod. 3-68, 4-27/ Hyg. Poet. Astr. 2-42, Fab. 65/ etc.

ヘタイラー Hetaira, Ἑταίρα, Hetaera, （仏）Hétaïre, （独）Hetäre, （伊）Etèra, （西）Hetera, （露）Гетера, （複）**ヘタイライ** Hetairai, Ἑταῖραι, Hetaerae, （仏）Hétaïres, （独）Hetären, （伊）Etére, （西）Heteras, （露）Гетеры

（「女友達」の意）アテーナイ*、ミーレートス*などギリシア諸都市 polis にいた高級な売春婦。文芸上の教養を積み、宴席に侍って男たちと才智に富んだ会話を交す遊女で、単に売春窟で肉体をひさぐ下級娼婦ポルネー Porne や笛吹女アウレートリス Auletris とは区別された。外国生まれや解放奴隷身分の者が主で、独立して居を構え、名士を顧客にもって令名を馳せ、巨万の財を築いた者もいる。アカイメネース朝*ペルシア*帝国の女スパイだったというタルゲーリアー Thargelia（前7世紀末～前6世紀初）や、ペリクレース*の妻となった才色兼備のアスパシアー*、艶容並ぶ者なきラーイス*にプリューネー*、名妓ロドピス*、ターイス*、ラミアー*、そして王国を左右したアガトクレイア*らがとりわけ名高い。またコリントス*にはオリエント伝来の風習に従って、女神アプロディーテー*に仕える千人以上の神殿娼婦ヒエロドゥーロイ Hieroduroi がいて、外国からの客を待ちもうけていたことが知られている。降ってアルキプローン*の『遊女の書簡』、ルーキアーノス*の『遊女の対話』などの文学作品から、遊女たちが用いた媚薬や張形（模造男根）olisbos、化粧法、性交の体位書、愛の魔術、等々の手練手管や、女同士の同性愛の「夫婦」、男色家に恋人を奪われた娼婦、生活苦から娘を遊妓にする寡婦、取り持ち女として辣腕を振るう母親といった彼女らの生活実態をうかがい知ることができる。ギリシアでは女たち以外に男倡 Pornos や陰間 Kinaidos も多く、高級売春夫 Hetairekos の存在も知られ、アテーナイや外港ペイライエウス*、コリントス、クレーター*、ヘーラクレイア❹*など各地で男色楼が活況を呈していた（⇒リュカベーットス、ケラメイコス）が、アテーナイ市民は売春夫となることを禁じられていた（⇒ティーマルコス）。ローマにおいても男女両性の売春を生業とする人々がいて、身分は低く女はトガ*の着用を義務づけられていた。とはいえ、帝政期に入ると身分ある女性が売春の自由を宣言したり、カリグラ*やメッサーリーナ*、エラガバルス*のように宮殿内に妓楼を設けたり自ら娼婦ないし男倡となる帝后が出現した。

ちなみに、レスボス*の女流詩人サッポー*は自らの主宰するティアソス Thiasos というサークルの娘たちを、作品の中でヘタイライと呼んでいる。また、「遊女は快楽のため、妾は日々の身のまわりの世話のため、妻は嫡子を産み家事を見させるために我々は養うのだ」という偽デーモステネース❷*の法廷演説『ネアイラ Neaira 告発』中の文章が、古典期アテーナイの女性観を簡潔に言い表わしている。

⇒ヘタイロイ

Herodot. 2-134, -135/ Ar. Plut. 149～, Lys. 952～/ Xen. Symp./ Aeschin. 1/ Polyb. 14-11/ Ath. 13-567a, -571～572, -586～/ Dion. Hal. Ant. Rom. 1-84/ Plut. Sol. 23, Per. 24, Mor. 759e～f/ Lucian. Dial. Meret./ Dem. 59/ Alciphr./ Diog. Laert. 2-31/ Clem. Al./ Anth. Pal. 12/ Suda/ etc.

ヘタイライ Hetairai
⇒ヘタイラー（の複数形）

ヘタイロイ Hetairoi, Ἑταῖροι, Hetaeri, （仏）Hétaïres, （独）Hetairen, （伊）Eteri, （西）（葡）Eteros, （露）Гетайры, （単）ヘタイロス Hetairos, Ἑταῖρος, Hetaerus, （伊）（西）（葡）Etero, （露）Гетайр

（「仲間、友」の意）古く『イーリアス*』では、英雄アキッレウス*が率いる2500人のミュルミドーン*人の軍勢を指した。一般にヘタイロスは戦友や食卓仲間、また男の恋人を意味したが、歴史上はマケドニアー*王ピリッポス2世*

が貴族を中心に編成した騎兵隊の呼称として知られる（前340頃）。彼らは征服地を所領として与えられ、その数は当初800名、のちアレクサンドロス大王*によって1700名に増員され、アジア系諸民族をも編入、ヘレニズム時代にも引き続き用いられた。彼ら「戦友隊」ヘタイロイは、王の護衛に当たり、戦場では長槍歩兵隊 Pezetairoi と連繋して、重装備で馬上から勇敢に攻撃した。

史家テオポンポス*によると、ピリッポス2世のヘタイロイは、王の男色相手をつとめる「ヘタイライ*（男妾）」であったばかりか、髭を蓄えた者同士で相互に交わり合う性愛で結ばれた仲間たちであったという。またアレクサンドロス大王の東征中には、彼のヘタイロイの1人ディムノス Dimnos が大王暗殺計画を企てたものの、愛する若者ニーコマコス Nikomakhos に計画を打ち明けたため、発覚して殺されるという事件（前330年初冬）も起こっている（⇒ピロータース）。なお、古典期アテーナイ*などの政治的・職業的・宗教的な結社ないし組織の各員もヘタイロス（女性はヘタイラー*）と呼ばれていた。

Hom. Il. 1-179, 17-577/ Theog. 753/ Arr. Anab. 2-12, 3-8, -16, 4-24, 5-12, 7-6, Tact./ Curtius 3-11/ Ath. 6-260〜/ Plut. Alex. 49/ Arist. Eth. Nic. 8-5/ Herodot. 5-95/ Pl. Grg. 482/ Diod. 17-17, -57/ Polyb. 6-25/ Liv. 31-34/ etc.

ペダーニウス・セクンドゥス　Lucius Pedanius Secundus,（伊）Lucio Pedanio Secondo,（西）Lucio Pedanio Segundo

（？〜後61）ネロー*帝時代の首都長官。43年の補欠執政官コーンスル*。男色のもつれから自分の奴隷に殺害され、慣例に従って事件当時、同じ屋敷にいた女子供を含む約400人の奴隷が、主人殺しを阻止しなかったという理由で処刑された。ローマ市民の間からは同情の声が高まったが、有力な法学者で元老院議員のC. カッシウス❷*・ロンギーヌスの主張が通って、奴隷たちは全員殺された（61）。

ローマには同様の裕福な放蕩貴族が数多くおり、たとえばアウグストゥス*帝の治世に自らの奴隷の手で暗殺された富豪ホスティウス・クァドラ Hostius Quadra は、男女両色の快楽に耽ったのみならず、あらゆる公衆浴場テルマエ*へ出かけて行っては巨根の男たちを漁り、鏡をめぐらせた部屋に連れこんで、彼らの逸物を口や肛門で貪りつつ周囲の鏡に映し出された淫らな姿態を眺めて楽しんでいたという。
⇒エラガバルス
Tac. Ann. 14-42〜45/ Sen. Q. Nat. 1-16/ Plin. N. H. 10-16-35/ etc.

ペッシヌース　Pessinus, Πεσσινοῦς,（または、ペシヌース Pesinus, Πεσινοῦς),（仏）Pessinonte,（伊）（西）Pessinunte

（現・Ballıhisar, または Balhisar）小アジアのプリュギアー*地方にあった古い都市。サンガリオス*（現・Sakarya）河の上流近くに位置し、大地母神キュベレー*（アグディスティス*）崇拝の中心地として名高い。神域が聖山ディンデュモン Dindymon, Δίνδυμον の麓にあったところから、女神の呼称ディンデュメーネー Dindymene, Δινδυμήνη が生じた。伝承では女神に愛された美少年アッティス*はこの地で自ら去勢して死んだといい、彼に倣って母神に仕える神官たちは皆、同じように自宮した閹人えんじん（去勢僧）であった。前204年、ローマの勧請を容れて神体がパラーティーヌス*丘に分祠された話は有名。ヘレニズム時代（前164以前）にペッシヌースは、侵略者ガラティアー*（ケルト）人の占領地域に含まれ、ローマ時代にも属州ガラティア*に配された（前25〜）が、帝政期に入ってもなお神官団がこの地一帯を支配し続けていた。交易地としても重要。アウグストゥス*期以来の神殿や、ハドリアーヌス*帝に捧げられた劇場テアートロン、墓域 nekropolis などが発掘されている。

Strab. 12-567/ Herodian. 1-11/ Paus. 1-4, 7-17/ Herodot. 1-80/ Amm. Marc. 22-9/ Liv. 29-10〜/ Polyb. 21-37, 30-28/ Amm. Marc. 22-9/ It. Ant./ etc.

ベーッソス　Bessos, Βῆσσος, Bessus,（伊）Besso,（西）Besos,（露）Бесс

（？〜前329春）アカイメネース朝*ペルシア*最後の帝王ダーレイオス3世*の近親。バクトリアネー*の太守サトラペース Satrapes。前331年ガウガメーラ*におけるペルシア軍の敗北後、彼はダーレイオスを擁して逃走中、これを拘禁・暗殺し（前330夏）、バクトリアネーに逃れると、自らアルタクセルクセース5世*を名乗り、アレクサンドロス大王*に抵抗する姿勢を示した。しかるに翌年、部下のスピタメネース Spitamenes らに裏切られてアレクサンドロスに引き渡され、ダーレイオスの復讐と称して処刑された。伝える所では、首枷をはめられ裸で引き廻されてから鞭打たれ、鼻と耳を削がれたうえ、2本の曲げ寄せた樹に腕と脚を結びつけられ、木のはね返る力で真二つに引き裂かれたという。単に矢で射られた後ずたずたに切り刻まれて殺されたとか、拷責を受けた末に刎首されたとか、ダーレイオス3世を殺した場所で磔刑に処されたとする説もある。

Curtius. 4-6, -12, -15, 5-9, 6-3〜6, 7-3〜5, -10/ Arr. Anab. 3-8, -21〜, 4-1, -8, -30/ Plut. Alex. 42〜43/ Diod. 17-73〜, -83/ Strab. 11-513/ Just. 12-5/ etc.

ペッラ　Pella, Πέλλα, ペッレー Pelle, Πέλλη,（西）（葡）Pela

（現・Péla. Yiannitsá の東南東10kmに位置する遺跡）。マケドニアー*王国の首都（前400頃〜前167）。すでにヘーロドトス*やトゥーキューディデース*の史書にマケドニアーの町として言及されているが、アルケラーオス*王（在位・前413〜前399）の治世にアイガイ❹*（エデッサ❷*）に代わって首都とされ、以来マケドニアー最大の都市となった。名君ピリッポス2世*の時代に繁栄し、アレクサンドロス大王*はこの王宮で誕生（前356）。悲劇詩人エウリーピデース*は晩年ここで過ごし、近郊にその墓があった。アンティゴノス2世*の宮廷には、ソロイ*のアラートス*やビオン❷*らの詩人、哲学者が蝟集。その後もローマに征服さ

れる前168年まで、商業上の中心としても殷賑を極めたが、前146年以降その重要性はテッサロニーケー*市によってとって替わられた。のちペッラはローマの植民市 Iulia Augusta と化した。遺跡は後1957年に発見され、美しいモザイク床に飾られた貴族の館や、整然たる格子状に計画された道路網、アクロポリス*上の宮殿建築などが掘り出されている。

なお、アレクサンドロス大王の征服地に建設されたマケドニアー系植民市のうち、いくつかは大王の故郷にちなんでペッラと名づけられている（シュリアー*のアパメイア*や、パレスティナ*のペッラ（現・Fahl）など）。

⇒テッサロニーケー

Herodot. 7-123/ Thuc. 2-99～100/ Xen. Hell. 5-2-13/ Mela 2-3/ Liv. 42-41, 44-46, 45-45/ Strab. 7-320, -323, 330/ Plin. N. H. 4-10-34/ Lucian. Alex. 6/ Plut. Aem. 23/ Juv. 10-168/ Luc. 10-20/ Joseph. J. B. 3-3/ Polyb. 5-70/ It. Ant./ Steph. Byz./ etc.

ヘッラス Hellas, Ἑλλάς,（和）ヘラス、ヘッラス

（現・Elládha，あるいは Ellás）ギリシア*。ギリシア人が自国を呼ぶ名称。元来はドードーナー*周辺の地域を指したといわれるが、ホメーロス*ではギリシア北部のテッサリアー*地方の地名となっており、前7世紀以降ギリシア本土全体、さらには小アジアなどの植民地をも含めたギリシア世界の一般的呼称となった。

⇒ヘッレーネス

Hom. Il. 2-530, -683, 9-395, -447～, 16-595, Od. 1-344, 4-726, -816, 11-496, 15-80/ Paus. 3-20/ Hes. Op. 651/ Pind. Ol. 13-161/ Herodot. 1-2, -92/ Plin. N. H. 4-7/ Ptol. Geog. 3-14/ etc.

ヘッラーニーコス Hellanikos, Ἑλλάνικος, Hellanicus,（仏）Hellanicos,（伊）Ellanico,（西）Helánico,（葡）Helânico,（露）Гелланик

（前480頃～前395頃）レスボス*島ミュティレーネー*出身の歴史家。ヘーロドトス*に先立つ散文史家（物語史家）logographos。サラミース❶*海戦の当日に生まれ、85歳で没したと伝えられる。多作家で25の題名が残されており、ペルシア史・エジプト史・スキュティアー*史など民族学的な著作のほか、編年体で書かれた最初の『アッティケー*（アッティカ*）史 Atthis』を執筆、アルゴス*史をまとめるに当たってはヘーラー*の女神官たちの官名表を年代決定の基礎とした。またギリシア神話上の矛盾を整理した英雄諸家の系図学に関する彼の諸書は、ハリカルナッソス*のディオニューシオス*や神話学者アポッロドーロス❸*を大いに裨益するところとなった。断片のみ残存。

なお、同名の歴史家でミーレートス*出身のヘッラーニーコスや、文献学者のヘッラーニーコス（前230頃～前160頃）、シュラークーサイ*のヘッラーニーコス（前4世紀前半）もいる。

⇒カローン（ランプサコスの）、クサントス

Thuc. 1-97/ Dion. Hal. Ant. Rom. 1-22/ Cic. De Or. 2-12 (53)/ Plut. Thes. 17/ Paus. 2-3, -16/ Gell. 1-2/ Ath. 9-411/ Suda/ etc.

ヘッレー Helle, Ἕλλη,（仏）Hellé,（伊）Elle,（西）（葡）Hele,（露）Гелла

ギリシア神話中、アタマース*とネペレー*の娘。兄弟のプリクソス*と一緒に金毛の羊に乗って逃げる途中、海に落ちて溺死した。以来その海は、彼女にちなんで「ヘッレーの海」＝ヘッレースポントス*（現在のダーダネルス海峡）と呼ばれるようになった。岸辺にヘッレーの墓と称するものがあった。

Herodot. 7-58/ Hyg. Fab. 3, Poet. Astr. 2-20/ Apollod. 1-9/ Schol. ad Aesch. Pers. 70/ Steph. Byz./ etc.

ヘッレースポントス（海峡） Hellespontos, Ἑλλήσποντος,（ラ）(Fretum) Hellespontus,（英）（仏）Dardanelles，または Hellespont,（独）Dardanellen，または Hellespont,（伊）Dardanelli，または Ellesponto,（西）（葡）Dardanelos，または Helesponto,（露）Дарданеллы または Геллеспонт（和）ダーダネルス（海峡）

（現・チャナッカレ海峡 Çanakkale Boğazı）エーゲ海*とプロポンティス*（現・マルマラ海）とを結ぶ狭い海峡（幅1.3～6.4 km、長さ65 km）。西側はトラーキアー*のケルソネーソス*（現・ゲリボル半島）となり、プロポンティスを挟んでボスポロス❶*海峡とともに、アジアとヨーロッパの境をなしている。伝説上の名祖は、金毛の羊からこの海に落下したというヘッレー*（プリクソス*の姉妹）で、岸辺に彼女の墓があったという。地中海と黒海とを分かつ要地として、古来、戦略・通商上大いに重視されてきた。東岸の海峡入口にはトロイアー*市が前3千年頃から栄え、アカイメネース朝*ペルシア*の大王クセルクセース1世*は前490年、アビュードス*とセーストス*との間に架けた船橋を渡ってギリシアへ親征。のちマケドニアー*のアレクサンドロス大王*も、この海峡を越えて東征の途に着いている（前334）。ランプサコス*をはじめとするギリシア人植民市が数多く建設され、漁業や交易によって繁栄。古代末期にローマ帝国の首都がビューザンティオン*（コーンスタンティーノポリス*）に遷るに及んで（後330）、帝都の防衛線としていっそう重きをなした。この海峡はまた、ヘーロー*とレアンドロス*の悲恋物語の舞台でも有名。別称のダーダネルスは、ギリシア神話中のトロイアー王家の遠祖ダルダノス*にちなむ。

Hom. Il. 2-845, 7-86, 9-63, Od. 24-82/ Herodot. 1-57, 4-38, -85, 7-33～/ Thuc. 2-9/ Xen. An. 1-1, Hell. 1-7/ Strab. 13-591/ Diod. 5-47, 11-19, 13-38～, 16-71, 17-17/ Aesch. Pers. 722/ etc.

ヘッレーネス Hellenes, Ἕλληνες, (〈ラ〉Graeci), (仏) Hellènes, (独) Hellenen, (伊) Elleni, (西) Helenos, (露) Эллины, (現ギリシア語) Éllines

ギリシア人が自らの民族を呼ぶ際に用いた総称。元来はギリシア北部テッサリアー*地方プティーオーティス*の部族を指す名称で、ホメーロス*の叙事詩においてギリシア人一般は、アカーイアー*人（アカイオイ*）とかダナオス*人（ダナオイ Danaoi）、アルゴス*人などと呼ばれるのが普通であった。ヘッラス*（「ギリシア」の意）と同じく、ヘッレーネスも次第にギリシア人全体を指す言葉に転じ、伝説上の共通の名祖としてヘッレーン*（デウカリオーン*の長子）が考え出された。また、ペルシア戦争*以後の民族意識の高揚につれて、ヘッレーネスなる語は、非ギリシア語を話す諸民族バルバロイ Barbaroi に対する優越的な意味を帯びるようになった。

　Hellenic、Hellenize、Hellenist、Hellenism 等々の語は、いずれもこの言葉から派生したものである。

Hom. Il. 2-684, 9-447～/ Herodot. 1-56/ Thuc. 1-3～/ Paus. 3-20/ Hes. Op. 653/ Strab. 8-370/ Vet. Test. 2 Maccab. 4-13/ etc.

ベッレロポーン（または、ベッレロポンテース） Bellerophon, Βελλεροφῶν, (Bellerophontes, Βελλεροφόντης), (仏) Bellérophon, (伊) Bellerofonte, (西)(葡) Belerofonte, (露) Беллерофонт

ギリシア神話中、天馬ペーガソス*に乗って怪獣キマイラ*を退治したことで名高い英雄。コリントス*王グラウコス❶*（シーシュポス*の子）の息子とされるが、実父はポセイドーン*であるという。本名はヒッポノオス Hipponoos であったが、暴君ベッレロス Belleros を殺して以来、「ベッレロス殺害者」と呼ばれるようになった。彼が殺したのは自身の兄弟であったともいい、いずれにせよティーリュンス*王プロイトス*の許へ逃れて罪を浄めてもらった。しかし美男のベッレロポーンにプロイトスの妃ステネボイア*（または、アンテイア*）が懸想して言い寄り、その申し出が拒まれると、彼女は憤って、逆に彼から犯されそうになった、と夫王に讒訴した。客人に手を下すことを厭った王は、彼を殺すように依頼した密書を持たせて、何も知らぬベッレロポーンを、岳父たるリュキアー*王イオバテース*（ステネボイアの父）の宮廷へ遣わした。イオバテースは彼を亡き者にするべく、国土を荒らしていた怪獣キマイラ退治を命じたが、ベッレロポーンは女神アテーナー*の援助で有翼馬ペーガソスを捕え、これに跨って空からキマイラを射殺した。次いでソリュモイ Solymoi 人やアマゾーン*女族らを命じられるがままに平定し、イオバテースのしかけた選りすぐりの伏兵たちをも皆殺しにしたため、驚嘆した王は彼に例の手紙を見せ、娘の1人と結婚させたうえ、王国の半分を譲った（または王位継承者とした）。その後ベッレロポーンはステネボイアを天馬から突き落として復讐を果たしたものの、心おごってペーガソスに乗ったまま天上に昇ろうとしたせいで神々の怒りを招き、ゼウス*が虻を放って馬を刺させた結果、彼は地に振り落とされて失明し跛者となって流浪のうちに死んだ。ベッレロポーンは英雄神 heros としてコリントスおよびリュキアーで祀られていたと伝えられる。ペーガソスに騎乗してキマイラを退治する光景などが、コリントスやアテーナイ*の陶画その他の題材として好まれた。悲劇詩人エウリーピデース*に今は現存しない作品『ベッレロポーン』があった。

　なお、プルータルコス*はベッレロポーン物語の異伝を書き残しており、それによると、キマイラやアマゾーン女族を退治してもイオバテース王から何ら報われないことに怒ったベッレロポーンが海に入って父神ポセイドーンに祈願すると、津波が起こって王国に襲来。その時リュキアーの女たちが着物の裾をまくり上げ陰部を露わしてベッレロポーンに迫ったところ、彼は恥じ入って海の中へ逃れ、たちまち波も退いたという。

　ベッレロポーンの子供たち2男1女のうち、息子イーサンドロス Isandros はアレース*に、娘ラーオダメイア❷*はアルテミス*に殺されている。なお、リュキアー軍を率いてトロイアー*に加勢するべく馳せ参じたサルペードーン*とグラウコス❷*の両将は、いずれもベッレロポーンの孫に当たる（⇒本文系図172）。

Hom. Il. 6-152～205/ Hes. Th. 319～/ Pind. Ol. 13-60～, Isth. 7-44～/ Apollod. 1-9, 2-3, 3-1/ Hyg. Fab. 56, 157, 243, 273/ Paus. 2-2, -4, -18, -27, 3-18/ Strab. 8-379/ Diod. 6-7/ Plut. Mor. 247～/ Eur. Ion 203/ Tzetz. ad Lycoph. 17, Chil. 7-810～/ Palaephatus 29/ etc.

ヘッレーン Hellen, Ἕλλην, (伊) Elleno, (西) Helén, Heleno, (露) Эллин

系図341　ベッレロポーン（または、ベッレロポンテース）

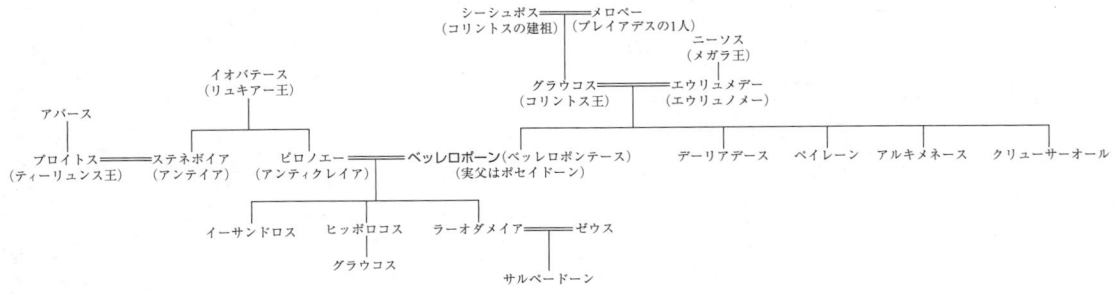

ギリシア神話中、デウカリオーン*の長子で、ギリシア人の総称ヘッレーネス*の名祖(なおや)。一説にはプロメーテウス*の子(すなわちデウカリオーンの兄弟)、ないしゼウス*の子でデウカリオーンの養子ともされる。ドーロス*、クスートス*、アイオロス❷*の父。デウカリオーンの跡を継いでテッサリアー*のプティーアー*(⇒プティーオーティス)を支配、ヘッレーネスなる語は古くはテッサリアー地方の住民だけに用いられていたという。系譜上、全ギリシア民族の祖に位置づけられている。
⇒ヘッレーネス、巻末系図 008
Herodot. 1-56/ Thuc. 1-3/ Strab. 8-383/ Diod. 4-60, -67, -68/ Apollod. 1-7/ Paus. 3-20/ etc.

ベッロウァキー(族) Bellovaci, (ギ) Belloakoi, Βελλοάκοι, Bellūakoi, Βελλούακοι, (仏) Bellovaques, (西)(葡) Belovacos, (露) Белловаки

ベルガエ*人の中で最も優勢な部族。前57年カエサル*軍に惨敗し、人質600人を差し出して降伏した。彼らの首邑カエサロマグス Caesaromagus, (ギ) Kaisaromagos, Καισαρόμαγος, (近世ラテン名)Bellovacum は、後世ボーヴェー Beauvais(パリ北方の都市)と呼ばれ、今日に至るまでベッロウァキーの名を伝えている。
Caes. B. Gall. 2-4〜5, -10, -13〜14, 7-59, -75/ Plin. N. H. 4-17/ Strab. 4-194/ Liv. Epit. 108, 114/ Ptol. Geog. 2-9/ etc.

ベッローナ Bellona, (仏) Bellone, (西) Belona

(古名・Duellona) ローマの戦争の女神。軍神マールス*の妻あるいは姉妹、娘と考えられ、ギリシアのエニューオー Enyo(アレース*の母、娘、または姉妹とされる戦(いくさ)の女神)に対応する。マールスの同伴者ネリオー Nerio(「力」の意)や、時にミネルウァ*とも同一視される。髪ふり乱して戦車を御し、剣や槍、炬火(たいまつ)を手にしながら、戦士らを奮起させる女神として表現される。彼女の信仰は古く、前296年に奉献されたカンプス・マールティウス*のマールス祭壇近くの神殿では、元老院が外国使節を引見したり、戦勝将軍に凱旋式(トリウンプス*)を認めるか否かの討論を行なった。彼女の祭司らは剣闘士(グラディアートル*)の中から選ばれ、自らの肉体を傷つけて流れ出る血を女神に捧げたり、飲み干したりしたという。共和政末期に、躁宴 orgia 風の狂躁的音楽・舞踏を伴う祭礼が小アジアから導入され、帝政期になると、ベッローナはカッパドキアー*の母神マー Ma とも同一視された。兇暴なコンモドゥス*帝がベッローナの信者たちに、各自の片腕を切断するように命じたという話が伝わっている。

サビーニー*起源と思われる古いイタリアの女神ベッローナと前1世紀初頭ミトリダテース*戦争の頃にカッパドキアーよりもたらされたマーとは、元来全く異なる神格である。
⇒フェーティアーレース
Liv. 8-9, 10-19, 28-9, 30-21/ Gell. N. A. 13-23〜/ Augustin. De civ. D. 6-10/ Plaut. Amph. 42/ Stat. Theb. 5-155/ Tib. 1-6/ S. H. A. Comm. 9/ Verg. Aen. 8-703/ Luc. 7-569/ Hor. Sat. 2-3/ Ov. Fast. 6-201〜/ Mart. 12-57/ Tertullian. Apol. 9/ etc.

ペディアーヌス、クィ(ー)ントゥス・アスコーニウス Quintus Asconius Pedianus, (伊)(西) Quinto Asconio Pediano

(前9〜後76、一説に後3〜88) ローマ帝政期のラテン文法学者、史家。パタウィウム*(現・パドヴァ)の出身。ローマでリーウィウス*ら著名な人士と交わり、『サッルスティウス*伝 Vita Sallustii』など各種の著書を残したが、現存するのは、キケロー*の5つの演説に関する注釈書だけでしかない(彼の名が冠せられたキケローの『ウェッレース*弾劾演説』の注釈は後4世紀頃の偽作である)。この作品は彼が自らの息子たちのために執筆したもので、断片的な形でしか伝わらないものの、重要な資料価値をもつ入念な歴史的注釈書である。64年に盲目となり、12年後に85歳で長逝したという。
Quint. Inst. 1-7/ Sil. Pun. 12-212/ Plin. N. H. 7-48-159/ Serv. ad Verg. Ecl. 4-11/ Suda/ etc.

系図342 ヘッレーン

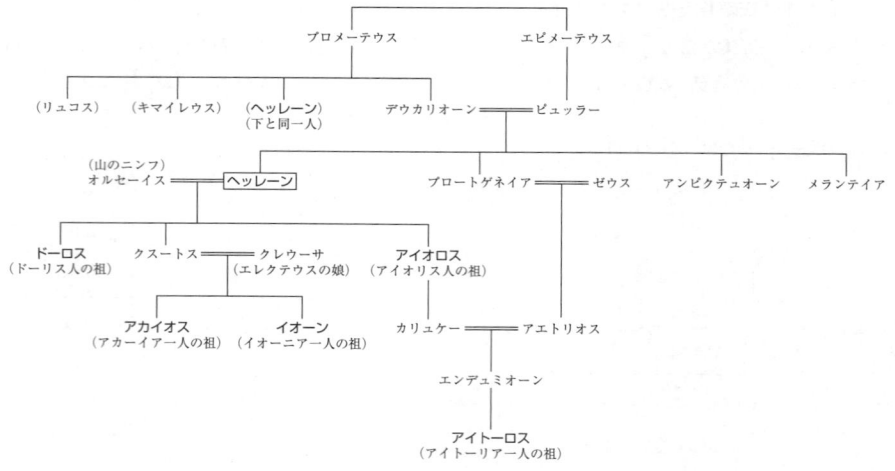

ペディウス、クィ(ー)ントゥス Quintus Pedius,
(ギ) Kuintos Pedios, Κύιντος Πέδιος, (伊)(西) Quinto Pedio

(前88頃〜前43末) ローマ共和政末期の政治家。カンパーニア*出身の騎士身分エクィテース*の家に生まれる。母がカエサル*の姉ユーリア Julia (ユーリア❸*の姉) だった関係から、前58年以来ガッリア*においてカエサルの副官 Legatusレーガートゥス を務め、内乱 (前49〜) 時にもカエサル側について奮戦。前48年にカエサルがポンペイユス*を追ってギリシアへ渡った折には、法務官プラエトル*としてイタリアに留まり、反逆者ミロー*を打ち破り殺害した。前45年には指揮官としてヒスパーニア*戦役 (⇒ムンダ) に出征し、カエサルと共にローマに凱旋。翌年カエサルが暗殺されると、その遺産相続人の1人に指名されていたにもかかわらず、彼および同格の相続人ピーナーリウス L. Pinarius (母ユーリアの前夫との間の子、ないし孫) は、オクターウィアーヌス* (のちのアウグストゥス*) の威勢を憚って、自ら遺産相続権を放棄した。ペディウスはその後、オクターウィアーヌスと並んで前43年度後半の執政官コーンスルに就任 (8月19日)、カエサルの殺害者たちを断罪するペディウス法 Lex Pedia を制定した (⇒アヘーノバルブス❹)。同じ年の終わり頃、ボノーニア* (現・ボローニャ) において第2回三頭政治が発足し、「死刑にされるべき処罰者の名簿が三巨頭の手で作成された」という急報が伝わるや、ローマでは大変な恐慌状態が生じ、ペディウスは一晩中、暴動の勃発を阻止しようと大わらわ、その翌朝には、三頭政治家の決定を知らずして、「処刑されるのは17名だけで、他の者は皆安全である」と宣言、誓約までして見せなくてはならなかった —— 実際には、元老院議員だけで300名、騎士身分に至っては2000名が犠牲となるのだが ——。そして、あまりの心労が身にこたえたのか、その晩、彼は急に息を引き取ってしまった。

なお、彼の同名の孫は先天性の唖者だったので、著名人が議論を重ねた結果、「この少年は画家となるのが最もよい」と決定、アウグストゥスもその案を承認し将来を嘱望していたが、成年に達する前に落命したという。

Caes. B. Gall. 2-11, B. Civ. 3-22/ Cic. Att. 9-14/ Suet. Iul. 83, Ner. 3, Galb. 3/ Dio Cass. 43-31, -42, 46-46, -52/ App. B. Civ. 3-22, -94, -96, 4-6/ Plin. N. H. 35-7/ B. Hisp. 2-2/ Vell. Pat. 2-65/ Tac. Dial. 17/ Liv. Per. 120/ etc.

ペテロ Petrus
⇒ペトロス

ペトラー Petra, Πέτρα, (Petrai, Πέτραι), (仏) Pétra, (露) Πετρα, (アラム語) Reqem, Selah, (ヘブライ語) Joktheel, (アラビア語) Al-Bitrā', Al-Butrā'

(現・Wādī Mūsa 西方の遺跡 Rekem ないし Raqmū) (「岩」の意) 現ヨルダン南部に栄えた古代都市。死海の南約80 km、アカバ湾の北約100 kmの断崖に囲まれた天然の要害の地に位置する。もとエドーム Edôm (イドゥーマイアー*) 人の首府 Sela で、隊商路の要衝に当たるため栄えていたが、前8世紀初頭にユダヤ*人の襲撃を受けて陥落し、1万人のエドーム人が崖から落とされて殺された。のちアラビアー*系のナバタイオイ*人が定住し、前4世紀以来ナバタイアー*王国の首都となり、交易中継都市として、またアラビアーの宗教上の中心地として大いに隆盛を誇った。セレウコス朝*の侵攻を被る (前4世紀末) が、すぐに復興し、ヘレニズム時代を通じて繁栄を続け、ポンペイユス*率いるローマ軍には貢金を支払って和平を結んだ (前62)。ユダヤのヘーローデース1世* (ヘロデ大王) に攻撃されて多くの領土を失い (前31)、後106年にはローマ帝国に併呑され、その属州アラビア・ペトラエア*の母市となった —— 州都はボストラ*に遷される ——。北方のオアシス都市パルミューラ*の興隆に従って、次第に衰微して行き、アレクサンデル・セウェールス*帝 (在位・222〜235) の治下、にわかに凋落、363年の大地震で多くの建物が崩壊し、以来かつての栄光を取り戻すことはなかった。

ペトラーの廃墟は1812年、スイス人 J. L. ブルクハルト Burkhardt によって再発見され、今日も切り立った絶壁の間の隘路を通って、岩山に刻まれた神殿や邸宅、墓所などの遺跡を見ることができる。主に前1世紀から後2世紀頃の建物が多く、ヘレニズム神殿風の入口を掘り出した薔薇色の霊廟 (通称・ファラオの宝物殿 El Khazne) をはじめ、750 あまりの岩窟墓郡、2つの劇場テアートロン*、列柱道路、浴場、ギュムナシオン*、祭壇、諸神殿といった壮麗な遺構の数々が、往時の富と栄華を偲ばせてくれる。

なお同名の町は、マケドニアー*のピーエリアー*やトラーケー* (トラーキアー*) ほか、イタリアのウンブリア*地方、シケリアー* (現・シチリア)、マケドニアー*等々、ローマ帝国の各地にあった。

Plut. Pomp. 41/ Strab. 16-779/ Plin. N. H. 6-32, 12-46/ Liv. 29-26, 40-22/ Diod. 19-94〜/ Dio Cass. 68-14, 75-1/ Diod. 19-94〜/ Joseph. J. A. 4-7/ Euseb. Chron./ Hieron./ Ptol. Geog. 5-16, 8-20/ Liv. 39-26, 44-35〜/ Procop. Pers. 2-15 〜/ Suda/ etc.

ベートリアクム Betriacum
⇒ベードリアクム

ベードリアクム (または、ベートリアクム)
Bedriacum, (ギ) ベードリアコン Bedriakon, Βηδριακόν, (Betriacum, 〈ギ〉 ベートリアコン Betriakon, Βητριακόν), (伊) Bedriaco (Betriaco), (西) Bedríaco (Betríaco)

(現・Calvatone Tornata もしくは Cividale とも) 北部イタリアの村名。クレモーナ*とウェーローナ* (現・ヴェローナ) の間に位置する。ネロー*帝死後の内乱期の後69年4月14日、この近くでオトー*とウィテッリウス*の軍隊が戦い、オトー側が講和が成立するかのごとくに見せかけたウィテッリウス勢に欺かれ惨敗、4万人が戦死したという。屍骸の山を見た新帝ウィテッリウスは、「敵 (非ローマ人) の死臭は甘やかなれど、同胞 (ローマ人) のそれは一層甘美

じゃのう」と嘯いてはばからなかったと伝えられる。しかし同年10月24日、今度は一層クレモナ寄りの地で、ウィテッリウス軍がウェスパシアーヌス*軍と交戦し、昇る朝日にウェスパシアーヌス勢が歓声をあげたのを、相手側の援軍の到着と勘違いして退却、死者3万2千人を出す敗北を喫した。両度の戦闘は「ベードリアクムの戦い pugna Bedriacensis」として知られるが、その交戦地点から見て、「クレモーナの戦い」と呼ぶのがふさわしい。
⇒カエキーナ・アリエーヌス、M. アントーニウス・プリームス、ファビウス・ウァレーンス、C. スエートーニウス・パウリーヌス
Tac. Hist. 2-23～, 3-15～/ Plin. N. H. 10-69/ Suet. Oth. 9, Vit. 10, 15/ Plut. Oth. 8～/ Joseph. J. B. 4-9/ Juv. 2-106/ Eutrop. 7-17/ Dio Cass. 64-10, 65-10～/ etc.

ペトレイウス Petreius
⇒ペトレイユス

ペトレイユス、マールクス Marcus Petreius,（ギ）Markos Petreios, Μᾶρκος Πετρέιος,（伊）（西）Marco Petreio

(前115／110頃～前46年4月) ローマの軍人。前62年、C. アントーニウス❶・ヒュブリダ*の部下として、カティリーナ*の叛乱軍をピストーリアエ*に撃破す。反カエサル*派に属し、前59年小カトー*がカエサルの農地法に反対して逮捕された折には、元老院から出て行きざまカエサルに向かって、「貴方とともにここにいるよりは、カトーと一緒に牢獄にいる方がましだ」と捨て台詞を吐く。ポンペイユス*の総督代理 Legatus（レーガートゥス）として、前55年以後外ヒスパーニア*州を統治し、内戦が勃発すると2箇軍団を率いて、L. アーフラーニウス*とともにイレルダ*でカエサル軍と対陣（前49年6月26日～8月2日）、頑強に抵抗したものの遂に投降を余儀なくされる。カエサルに釈放されたのち、ギリシアへ渡りポンペイユスと合流、パルサーロスの戦いに敗れると（前48）、アーフリカ*のポンペイユス派のもとに逃げ、タプソス*の戦いで3たび敗北（前46）。カエサル軍に捕らわれることを怖れて、ヌミディア*王ユバ1世*と落ち合い、互いに刺し違えて相対死にを遂げる。一説には、決闘をして先にユバが斃れたが、ペトレイユスも赦免の望みがないので、奴隷に自分を突き刺すように命じたといい、また死んだ順序はその逆だったともいう。
Sall. Cat. 59～60/ Dio Cass. 37-39～40, 38-3, 41-20, 42-13, 43-2, -8/ App. B. Civ. 2-42～43, -95, -100/ Caes. B. Civ. 1-38, -63～86/ Suet. Iul. 34, 75/ Sen. Prov. 2-10/ Cic. Att. 8-2, Sest. 5/ Luc. 4-4～/ Vell. Pat. 2-48, -50/ Plin. N. H. 22-6-11/ Bell. Afr. 91, 94/ etc.

ペトレーユス Petrejus
⇒ペトレイユス

ペトロス（ペトロ） Petros, Πέτρος, Petrus,（英）Peter,（仏）Pièrre,（独）Petrus,（伊）Pietro,（西）（葡）Pedro,（露）Пётр, Pyotr,（ルーマニア語）Petru,（蘭）Pieter,（ハンガリー語）Péter,（チェコ語）Petr,（ポーランド語）Piotr,（セルビア・クロアチア語）Petar,（アルメニア語）Bedros,（ペルシア語）Patras,（アラビア語）Būtrus, Bitrūs, Būtros,（漢）伯多祿、彼得,（和）ペテロ、ペトロ、ペトル

(前4頃～後64／67頃）クリストス*（キリスト）の12使徒の1人。本名シメオーン Šim'ôn（ギリシア語形シーモーン Simon, Σίμων, Symeon, Συμεών）。ガリライアー* Galilaia（ガリラヤ）の漁師。兄弟アンドレアース Andreas, Ἀνδρέας とともにイエースース*（イエス）の弟子となり、イエースースよりアラム語でケーファー Kepha（ギリシア語音訳ケーパース Kephas, Κηφᾶας。「岩」の意）と渾名され、それがギリシア語でペトロスと意訳された。パウロス*（パウロ）と並ぶ原始キリスト教会の代表的人物。イェルーサーレーム*（エルサレム）で宣教し、ヘーローデース・アグリッパ1世*に捕らえられたが、処刑前夜に脱獄し、アンティオケイア❶*やローマで伝道したという（⇒シーモーン・マゴス）。ネロー*帝の迫害（64）に際してローマを逃げ出そうとしてクリストスの幻影を視、首都へ戻って捕らわれ、妻と一緒に殉教したと伝えられる（逆さ十字架刑）。のちローマ教会の創始者・初代ローマ司教（主教）（在任・41頃～67頃）に擬せられるようになり、その墓所とされるウァーティカーヌス*には326年頃コーンスタンティーヌス1世*（大帝）によって最初の聖堂（バシリカ*）が建てられ、後世のサン・ピエトロ San Pietro 寺院の基となった。歴代ローマ教皇はペトロスの後継者を自任し、次第に他の主要都市の主教よりも優位を主張し始め、とりわけローマ帝国の東西分裂（395）後は西ヨーロッパで巨大な権力をふるった。ペトロスの著述として伝存する書簡は贋作である。東方正教会などでは、アンティオケイアの初代主教ともされている。
　兄弟のアンドレアース（〈英〉Andrew,〈仏〉〈葡〉André,〈独〉Andreas,〈伊〉〈西〉Andrea,〈露〉Андрей,〈ルーマニア語〉Andrei）は、伝承によると、スキュティアー*ならびにエーペイロス*に伝道し、のちギリシアのパトライ*でX字型十字架につけられて殉教したといい（⇒ルーカース）、またビューザンティオン*（コーンスタンティーノポリス*）の初代主教にも想定されている。
⇒マールコス、イオーアンネース❶❷、イアコーボス❶、12使徒、クレーメーンス❶
I Clemens 5～6/ Euseb. Hist. Eccl. 1～3/ Acta Petri/ Nov. Test. Matth. 10-2, Marc. 3-16, Luc., Johann. 20-1～, 21-15～, Act., I Pet., II Pet./ Evang. Petri/ Apocalyp. Petri/ Tertullian./ etc.

ペトローニウス（・アルビテル） Titus (Gaius または、Publius) Petronius Niger,（ギ）Petrōnios, Πετρώνιος,（仏）Pétrone,（伊）Petronio

Arbitro, （西）Petronio Árbitro

通称・Petronius Arbiter（後20頃～66）ネロー*帝の廷臣。洗練された趣味のゆえにネローの信寵を得、「優美の判定者 arbiter elegantiae（アルビテル・エーレガンティアエ）」と呼ばれた。昼日なか眠り、夜は仕事と享楽に過ごすという懶惰（らんだ）な生活を送っていたにもかかわらず、ビーテューニア*の属州総督 Propraetor（プロープラエトル）（60～61頃）および執政官*（コーンスル）（62年6～8月）を務めて並々ならぬ手腕を発揮した。甘美な快楽の提供者としてネローに重用されたため、嫉妬深い奸臣ティゲッリーヌス*により、C. ピーソー*の陰謀事件（65）に連座させられて自殺に追いやられた。高価な指環や宝石を打ち壊してから血管を切り開かせ、饗宴を催しながら悠然と息を引きとっていったが、ネローのもとへは、帝の性愛の対象となった少年や女の名を列挙し、おのおのの性戯の新奇な趣向を詳述した文章を添えて送り届けたという。

彼の作品とされるヨーロッパ最古の小説『サテュリコーン Satyricon』（本来は『サテュリカ Satyrica』65頃）は、もと16巻はあったと考えられる長篇の諷刺小説、一種の悪漢小説（伊）novela picaresca（ピカレスク・ロマン）で、散文を主とし、所々に韻文を織り混ぜた特異な文体で知られる（うち3巻弱が伝存）。物語は主人公のエンコルピウス Encolpius なる学生が、仲間のアスキュルトゥス Ascyltus、および2人の共有の愛人ギートーン Giton という美少年とともに、南イタリアを主舞台に繰り広げるさまざまな冒険譚から成り、とりわけ奴隷上がりの俗悪な成金トリマルキオー Trimalchio の饗宴の場面 Cena Trimalchionis は、古来その豪奢と悪趣味のゆえに有名。当時の爛熟した無道徳な世相と、俗ラテン語を用いた会話の実態を知る上で、大いに興味深い。男女両色の性愛に溺れ、珍味佳肴の追求に耽る快楽主義的な風俗を描き出した本書には、"愛人を救うために死んだばかりの夫の遺体を磔刑台に吊るす"という「エペソス*の寡婦」の挿話をはじめ、男教師の巧みな手管で誘惑された美少年が情交の悦びを知って自分の方からしきりに愛撫を求めるようになる話、奴隷や剣闘士ら最下層の男たちに情欲を燃やし鞭打ちの傷痕に恍惚として接吻する貴婦人の話、狼人間や魔女の話題、その他、公共浴場で大勢の男色家たちに拍手喝采で歓迎される巨根の青年や、「吸茎 fellatio（フェッラーティオー）」の習慣で吐く息まで匂う無数の陰間 cinaedus（キナエドゥス）たち、美少年狂いの水夫たち、性の玩弄物にするべく去勢された若者たち、放蕩の果てに不能となった青年、自らの葬式遊びに興じる富豪、ほんの数歳の幼女を若いギートーンに破花させて娯しむ遊客たち、遺産を手に入れるため死体を貪り食う相続人たち、張形で若者の肛門を犯す女、そして、女同士の同性愛（レスビアニスム）、媚薬・回春剤、割礼、また呪文・占星術・藁人形など各種の妖術、入り組んだ男色関係、等々、誰もが誰とでも寝る時代のローマ社会の多様な愛欲の諸相が展開されている。

なおペトローニウスの情婦の1人シーリア Silia Calvia Crispinilla は、ネローの色事指南番となり青年男女を皇帝の性的遊戯のためにとり持っていたが、ペトローニウスの死後イタリアから追放され（66）、アーフリカ*へ渡って属州総督 Legatus（レーガートゥス）クローディウス・マケル L. Clodius Macer（？～68年10月）に反乱を指嗾（しそう）、マケルの処刑後も元執政官（コーンスル）と結婚して内乱期を巧みに生き延び、相続人なき金持女としてローマ社交界に隠然たる勢力をもったという。

ちなみに、ネローの治世に2人の実子を毒殺したのち、盛宴を開き、自らの血管を開いて死んだポンティア Pontia なる女性をこのペトローニウスの娘とする説もある（ただし異論も多く、おそらく彼女は37年の執政官 C. ペトローニウス・ポンティウス Petronius Pontius Nigrinus の娘であろう）。
⇒ミーレートスのアリステイデース、アープレイユス、シーセンナ

Petron. Sat./ Tac. Ann. 16-17～20/ Plin. N. H. 37-7/ Plut. Mor. 60e/ Juv. 6-638～/ Mart. 2-34, 4-42/ Hieron. Ep. 130-19/ etc.

ペトローニウス氏　Gens Petronia〔← Petronius〕, （ギ）Petrōnios, Πετρώνιος

ローマのプレーベース*（平民）系の氏族。サビーニー*系を称し王政期からの旧い家柄だと主張するが、共和政期には際立った人物は現われず、帝政期になって執政官（コーンスル）を輩出（⇒プーブリウス・ペトローニウス）。ネロー*帝の優雅な廷臣ペトローニウス*・アルビテルや、同じくネロー治下の政治家でブリタンニア*総督（後61～62）を務めたペトローニウス・トゥルピリアーヌス P. Petronius Turpilianus（61年の執政官。68年ガルバ*帝に殺される）らも、この一族の出身である。さらに降（くだ）って帝政末期には、当代随一の名門アニキウス*氏と姻戚関係を結び、大貴族ペトローニウス・プロブス Sex. Claudius Petronius Probus（328頃～388頃）や西ローマ皇帝ペトローニウス・マクシムス*など錚々たる人物を送り出すことになる。

Val. Max. 1-1/ Dion. Hal. Ant. Rom. 4-62/ Tac. Ann. 14-29, -39, 15-72, Agr. 16, Hist. 1-6, -37/ Plut. Galb. 15/ etc.

ペトローニウス、プーブリウス　Pūblius Petrōnius, （ギ）Pūplios Petrōnios, Πούπλιος Πετρώνιος, （伊）（西）Publio Petronio

（前24頃～後46頃）ローマの政治家。元老院身分の家柄に生まれ、19年の補欠執政官（コーンスル）を経て、アシア*の属州総督 Proconsul（プロコーンスル）（29～35？）、次いでシュリア*の属州総督 Legatus（レーガートゥス）（39～42）を歴任。カリグラ*帝からイェルーサーレーム*（エルサレム）の神殿内に皇帝の像を安置するよう命じられ、唯一神を信奉するユダヤ*人の強硬な反対にあい窮地に陥る。ユダヤ人に好意を示したというので、カリグラから自害を命ぜられるが、彼よりも先に帝自身が暗殺されて、あやういところで命拾いをした（41）（⇒アレクサンドレイアのピローン）。

なお、娘のペトローニア Petronia は、はじめ A. ウィテッリウス*（のち皇帝）に嫁いで、片目の少年ペトローニアーヌス Petronianus を産んだが、この子を相続人に指名したために、息子は強欲な実の父親ウィテッリウスに毒殺され

たという。また彼女の後夫ドラーベッラ Dolabella も、ウィテッリウスが即位すると殺されている (69)。
⇒本文系図88
Joseph. J. A. 18-3-4, -8-3〜, -9-19-6-3, 20-2-5, J. B. 2-10/ Suet. Vit. 6/ Tac. Ann. 3-49, 6-45/ Philo Leg. ad Gaium/ Sen. Apocol. 14/ etc.

ペトローニウス・マクシムス　Flavius Anicius Petronius Maximus, (ギ) Petrōnios Maksimos, Πετρώνιος Μάξιμος, (伊) Petronio Massimo, (西) Petronio Máximo

(後396頃～455年5月31日)。西ローマ皇帝(在位・455年3月17日～455年5月31日)。アニキウス氏*出身の裕福な元老院議員。一説にマクシムス・マグヌス*帝の外孫ともいう。首都長官 (420～421、433)、イタリア道近衛軍司令官 (435、439～441) など要職を歴任し執政官に2度就任 (433、443)。妻をウァレンティーニアーヌス3世*に犯されたことを恨んで、放縦な皇帝を暗殺させ自身が即位。ウァレンティーニアーヌスの皇后リキニア・エウドクシア*を強引に娶り、息子パッラディウス Palladius と后の娘を結婚させた (⇒巻末系図105)。しかし、リキニア・エウドクシアがヴァンダル*族の王ゲイセリークス* (ガイセリック) に救援を求めたため、ローマ市は「蛮族 barbari」の襲撃にさらされ、逃亡を企てた帝は怒った群衆の石つぶてに仆れ、四肢を切断されたうえ、ティベリス* (現・テーヴェレ) 河に投げ棄てられた (在位11週間弱)。3日後ローマに無血入城したヴァンダル族は2週間にわたり掠奪の限りを尽くした。マクシムスは優雅で学芸に通じた有力貴族だったが、帝位に登ったことで未曾有の悲劇を招いたといわれる。なお東ローマは彼を簒奪者と見なし、その帝位を認めていない。
⇒アウィトゥス
Procop. Vand. 1-4～5/ Sid. Apoll. Epist. 1-9, 2-13/ Cod. Theod./ Olympiod./ Joh. Antioch./ etc.

ベーナークス湖　Lacus Benacus, (ギ) Benakos limne, Βήνακος λίμνη, (英) Lake Garda, (仏) Lac de Garde, (独) Gardasee, (西)(葡) Lago de Garda, Lago de Benaco, (露) Гарда озеро

(現・ガルダ湖 Lago di Garda、別名・ベナーコ湖 Lago di Benaco) ガッリア・キサルピーナ* (ガッリア・トラーンスパダーナ*) の湖。アルペース* (アルプス) 山脈南麓に位置し、湖の南端にあるシルミオー Sirmio (現・Sirmione) 岬は、詩人カトゥッルス*がこよなく愛した避暑地として有名。イタリア最大の湖 (面積370km²)。後268年、クラウディウス2世*ゴティクス帝が、侵入南下して来たアラマンニー*族を、湖畔で撃破した戦場としても知られている。
Plin. N. H. 2-106, 3-19, 9-38/ Verg. Aen. 10-205, G. 2-160/ Catull. 32/ Strab. 4-209/ Polyb. 34-10/ S. H. A. Probus 24/ etc.

ペナーテース　Di Penates, (仏) Pénates, (独) Penaten, (伊) Penati

ローマの家と家庭の守護神。食糧棚 penus の神霊 numina で、つねに複数形で表わされ、ラレース*とともに古くから各家庭で祀られていた。国家の守り神たる公的なペナーテース (Di Penates publici, Penates populi Romani) もあり、伝承によれば、アエネーアース*がトロイアー*からイタリアに捧持し、ラーウィーニウム*、アルバ・ロンガ*を経てローマにもたらされたものといわれる。フォルム*のサクラ・ウィア* (聖道) の傍に国家のペナーテースの神殿があり、槍を携えて坐る2体の戦士像がその神体として祀られていた。アウグストゥス*が自分の宮殿にペナーテースの祭壇を設けて以来、皇宮のあるパラーティウム*は国家的祭祀の中心となり、アエネーアースの末裔たるユーリウス氏*の家炉の神は、ローマ帝国の守護神と見なされるようになった。ペナーテースは時にディオスクーリー* (ディオスクーロイ*) やカベイロイ* (カベイロス*たち) ら、他の対をなす神々と同一視された。
⇒ウェスタ
Plaut. Merc. 834～/ Cic. Nat. D. 2-27(68)/ Serv. ad Verg. Aen. 3-12, 2-325, 11-211/ Dion. Hal. Ant. Rom. 1-68/ Solin. 1-22/ Prop. 4-1/ Verg. Aen. 1-371～/ Isid. Orig. 8-11/ Varro Ling. 5-162/ Festus/ etc.

ペーネイオス　Peneios, Πηνειός, (ラ) ペーネーウス* Peneus, (仏) Pénée, (伊) Penéo, (西) Peneo

(現・Piniós, Salamvría, Salambria) ギリシアのテッサリアー*を貫流する河。源をピンドス* Pindos 山脈に発し、テッサリアー平原に入り、北東へうねってラーリーサ❶*を抜け、テンペー*渓谷を経てエーゲ海に注いでいる。全長201km。数多くの支流を受け入れているため、氾濫しやすく、テッ

系図343　ペーネイオス

```
オーケアノス━━テーテュース　　ガイア
        │
     ペーネイオス━━クレウーサ
                 (水のニンフ)
                 (またはピリュラー)
        │
 ┌────┬────┬────┬────┬────┬────┬────┐
アポッローン━スティルベー　アンドレウス　ヒュプセウス━クリダノペー　ダプネー　イービス━アイオロス　メニッペー━ペラスゴス
                                  (またはトリッケー)           サルモーネウス        ラーリッサ
   │                          │
 ┌─┴──┬────┐          ┌─┴────┬────┬────┐
ラピテース　ケンタウロス　アイネウス　アステュアギュイア　キューレーネー　アポッローン　テミストー
(ラピタイ族の祖) (ケンタウロイの祖)　(ペリパースの妻)          │         (アタマースの妻)
        キュージコス                    アリスタイオス
```

サリアーの地味を豊かにしている。この平原は古くは沼沢地であったが、地震によってテンペー渓谷が生じた結果、オリュンポス*山とオッサ*山の間を通って海へ流出するペーネイオス河口ができたと伝えられる。神話中、この河神は、アポッローン*に追われて月桂樹に変身した乙女ダプネー*の父親とされているが、それはこの河畔に月桂樹が多く見られることに由来する。なお、ペロポンネーソス*半島北西部エーリス*地方にも同名の川がある。

Hom. Il. 2-752〜/ Hes. Th. 337〜/ Diod. 4-69/ Paus. 6-22, 9-34/ Strab. 7-327, -329, 9-429〜/ Herodot. 7-20, -128〜130, -173, -182/ Ptol. Geog. 3-12, -14/ etc.

ベネウェントゥム Beneventum,（ギ）Benebentos, Βενεβεντός, Beneūenton, Βενεουεντόν,（仏）Bénévent,（独）Benevent,（西）（葡）Benevento,（露）Беневенто

（現・ベネヴェント Benevento）サムニウム*人（サムニーテス*）のヒールピーニー*族の中心市。イタリア中南部カプア*の東方28マイルに位置し、旧名をマレウェントゥム Maleventumないしマルウェントゥム Malventumといった。前277年頃ローマの手に帰し、エーペイロス*王ピュッロス*撃退の基地とされた（前275）。前268年ベネウェントゥム（「良き風」の意）と改称され、ローマのラテン植民市として繁栄、やがて自治都市（ムーニキピウム*）、次いでローマ植民市（コローニア*）に昇格し（前41）、ウィア・アッピア*（アッピウス街道*）やウィア・トライヤーナ Via Traiana（トライヤーヌス街道*）など交通網の集まる要衝の地として重視された。トライヤーヌス*帝の凱旋門（後114）はじめ劇場（テアートルム*）、イーシス*神殿、石造橋など主としてローマ帝政期の遺跡が残っている。伝承では、オデュッセウス*の仲間ディオメーデース*の創建にかかる町だという。

後4世紀の詩人アウソニウス*によると、当時この町で1人の少年が突如、女に性転換してしまうという奇跡が起きて評判になっていたとのことである。

Vell. Pat. 1-14/ Polyb. 3-90/ Liv. 9-27, 22-13, 27-10/ Strab. 5-250/ Plin. N. H. 3-11/ Ptol. Geog. 3-1/ Auson. Epigrammata 76/ Procop. Goth. 1-15/ Festus/ Solin. 2-10/ Steph. Byz./ etc.

ペーネーウス Peneus
⇒ペーネイオス（のラテン語形）

ペーネロペー Penelope, Πηνελόπη, または、**ペーネロペイア** Penelopeia, Πηνελόπεια, Penelopea,（ラ）Penelope, Penelopa,（英）（独）（伊）Penelope,（仏）Pénélope,（西）（葡）Penélope,（露）Пенелопа,（現ギリシア語）Pinelópi

ギリシア神話中、オデュッセウス*の貞淑な妻。スパルター*王イーカリオス❷*（テュンダレオース*の兄弟）の娘。テーレマコス*の母。オデュッセウスは、テュンダレオースの計らいによって、あるいは徒競争試合に優勝して彼女を得たという。ペーネロペーは夫がトロイアー戦争*へ出征し長期にわたって不在にした間、近隣の大勢の貴族たちに求婚されたが、ひたすら空閨を守り続け、忠実に操を貫き通した。そしてオデュッセウスの館に集まった求婚者たちが、日夜宴を張り傍若無人に振る舞ったあげく、1人を夫に選ぶよう迫ると、彼女は「年老いた舅ラーエルテース*の棺衣を織り終えれば要求に応じましょう」と答え、昼間織っては夜になるとひそかにそれを解きほぐして、3年の間約束の履行を延引した。ところが婢女の裏切りで、この計略を暴露されたため、彼女はやむなく「夫の強弓を引きしぼり12の斧の穴を射抜いた方と結婚しましょう」と宣言。が、誰ひとり弓を引くことさえできなかった折りしも、乞食に変装して20年ぶりにオデュッセウスが帰国し、難なく強弓で斧を射抜き、求婚者たちをことごとく射殺した。その後オデュッセウスが夫婦だけしか知らない2人の寝台の仕組みについて語るのを聞いて、ようやく彼女は夫を認知したという。

ペーネロペーの名は、ナウプリオス❷*から「オデュッセウスはトロイアー*で戦死した」という虚報を聞かされた彼女が、悲観して海に身を投じたところ、鴨 penelops の群れに救われたことにちなんで付けられたものだとする所伝がある。一説に彼女は、求婚者の1人アンティノオス*と交わったため、オデュッセウスによって実家へ送り返され、のちヘルメース*神との間に牧羊神パーン*を産んだともいう。ローマ時代に彼女の墓がアルカディアー*のマンティネイア*にあったという記録が残されている。

ゼウクシス*ら古代の画家が『オデュッセイア*』中に登

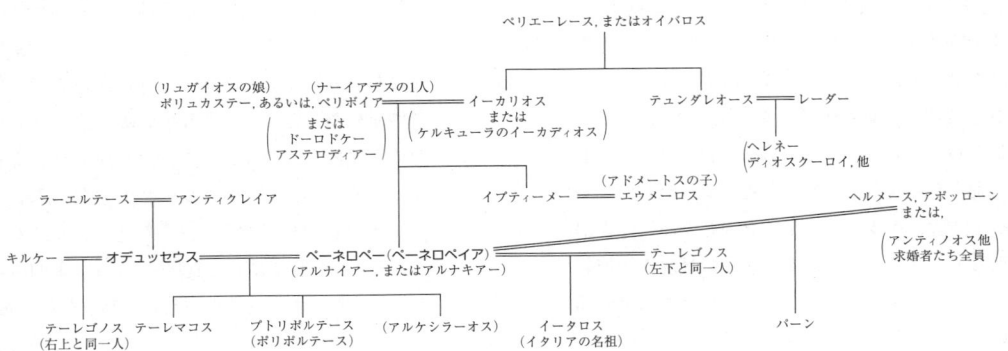

系図344　ペーネロペー

場するペーネロペーの姿を、さまざまに描き出している。
⇒テーレゴノス

Hom. Od./ Apollod. 3-10, Epit. 3, 7/ Paus. 3-1, -12, -20, 8-12/ Serv. ad Verg. Aen. 2-44/ Ov. Her. 1/ Arist. Poet. 25 (1461b)/ Hyg. Fab. 125～127, 224, 256/ Plut. Mor. 302d/ Herodot. 2-145/ Cic. Nat. D. 3-22/ Tzetz. ad Lycoph. 805/ etc.

ヘーパイスティオーン　Hephaistion, Ἡφαιστίων, Hephaestio(n),（英）Hephaestion,（仏）Héphaestion, Héphestion,（独）Hephästion,（伊）Efestione,（西）Hefestión,（葡）Heféstion,（露）Гефестион

ギリシアの男性名。

❶（前356頃～前324年10月頃）マケドニアー*の貴族で、アレクサンドロス大王*の部将にして愛人。大王と同い年で、幼時より一緒に育てられ、無二の親友となる。大王は自らを英雄アキッレウス*に、彼をパトロクロス*（アキッレウスの念友）に擬していた。東征に同伴して常に大王と彼は行をともにし、またどちらも容姿優れ同じ服装をしていたので、2人は見わけがつかなかったくらいである――容姿・背丈ともにヘーパイスティオーンが大王を凌いだという――。捕虜となったアカイメネース朝*ペルシア*の太后シシュガンビス*が、彼をアレクサンドロスと思って挨拶したところ、大王は「貴女は間違いをしたわけではありません。この男もまたアレクサンドロスなのですから」ととりなした話は有名（前333）。また大王は彼とクラテロス*との違いを評して「クラテロスは王を愛しているのだが、ヘーパイスティオーンはアレクサンドロスを愛している」と述べている（前330頃）。

しばしば武功を立て、とりわけバクトリアー*（バクトリアネー*）とインドにおいて諸市の設立を監督、アレクサンドロスとの親密な関係のため副総帥 Khiliarkhos なる高官職に任ぜられ、大王と心を一にして東西融合による大帝国建設に協力した。前324年スーサ*の集団結婚式では、大王と彼はともにダーレイオス3世*の娘を娶り、相婿となった（⇒スタテイラ❷）。しかるに同じ年の秋、暴飲暴食がもとでエクバタナ*に病没。愛する念友の死をいたく嘆いた大王は、遺体に蔽いかぶさり抱擁して離れようとせず、寝食を忘れて昼夜痛哭し続けたばかりか、手当てをあやまったとして医師を処刑し医神アスクレーピオス*の神殿を破却、自らの金髪を剪りすべての馬と騾馬の鬣と尾を剃らせ、町々の城壁上の歯型の部分（胸壁）まで取り除いて、帝国全土に服喪令を発した。バビュローン*に1万2千タラントンもの巨費を投じて建築家デイノクラテース*に火葬壇を築かせ、荼毘の炎に武器はじめ金銀や美衣などの貴重品を投じ、亡き友を英雄神 heros として祀るよう命じて豪華な廟墓や神殿を造営、ペルシアの帝王が崩じた時にしか消されない聖火も消させた。さらに前代未聞の壮麗な追悼競技祭を開催したのち、親友の霊に捧げる供犠と称して人間狩りを行ない、コッサイオイ Kossaioi 人（カッシート Kaššū

人の末裔にあたる）を皆殺しにしたという。そしてヘーパイスティオーンの葬礼が終了せぬうちに、大王自身も友のあとを追って死んでいった。

Curtius. 3-12～, 7-9, 8-14, 10-5/ Arr. Anab. 1-12, 2-12, 3-15, -27, 4-12, 7-4, -13～/ Ael. V. H. 7-8, 12-7/ Plut. Alex. 28, 39, 41, 47, 49, 54～55, 72, 75, Eum. 2/ Diod. 17-37, -61, -91, -93, -96, -110, -114～, 18-3～/ Just. 12-12/ Aeschin. 3-162/ Nep. Eum. 2/ etc.

❷（後2世紀中頃～後半）アレクサンドレイア❶*出身の文法学者。ウェールス*帝（在位・161～169）の頃活躍。『韻律法提要（ギ）Peri Metrōn,（ラ）De Metra』48巻を著わし、ギリシア詩の韻律法を詳細に論じた。抄録が現存し、韻律法に関する重要な文献とされている（『Enkheiridion』1巻）。彼は若きウェールス帝のギリシア語教師の1人でもあった。
⇒ヘーローディアーノス（アイリオス）、ハルポクラティオーン

S. H. A. Verus 2/ Ath. 15-673e/ Suda/ etc.

ヘーパイストス　Hephaistos, Ἥφαιστος, Hephaestus,（仏）Héphaïstos, Héphaistos,（独）Hephästus, Hephäst,（伊）Efesto,（西）（葡）Hefesto,（露）Гефест,（現ギリシア語）Ífestos

ギリシアの火および鍛冶の神。ゼウス*とヘーラー*の息子。オリュンポス*12神の1柱。ローマのウルカーヌス*に相当する。もと小アジアの火山の神で、その崇拝はエーゲ海北部のレームノス*島を中心にギリシア本土へ達し、前600年頃にはアテーナイ*に伝播。さらに、アエオリアエ*諸島、シケリアー*（現・シチリア）、イタリアのカンパーニア*など西方の火山地帯にも広まっていった。一説に彼は、ゼウスが女と交わらずにアテーナー*を産んだのに対して、これに報復するべくヘーラーが男の助けなしに産み出した子とされる。生来姿の醜い跛者だったので、ヘーラーがその障害を憎んで天から投げ落としたところ、海の女神テティス*とエウリュノメー*に救われ、海底の洞窟で9年間育てられた。鍛冶の術を学んだ彼は、ヘーラーに復讐するべく黄金の玉座を造って母神に贈り、彼女がこれに坐ったところ、魔法の仕掛けで立ち上がれなくなってしまう。困りはてた神々が懇願を重ねたあげく、ディオニューソス*の酒に酔ったヘーパイストスは、揚々と天上へ帰還を果たし母を解放した。あるいは、ゼウスとヘーラーが夫婦喧嘩をした際に彼が母神に味方したため、ゼウスに足を摑まれて地上に投げ落とされ、1日中落下しつづけた後にレームノス島に墜落。後世の物語では、この時の負傷で跛足になったことにされている。彼はオリュンポスの自分の宮殿内に鍛冶場をもち、他の神々の宮殿をはじめ、アキッレウス*の武具やハルモニアー*の不吉な頸飾り、ゼウスの神楯*、アリアドネー*の冠、アガメムノーン*の王笏、またひとりでに動く食卓、そして"最初の女"パンドーラー*に至るまで数多くの名器名品を製作。後代には単眼巨人キュクロープス*たち（キュクローペス*）が彼の助手を

務め、その仕事場も天上からレームノス島やアイトネー*（現・エトナ）火山の下などの地に想定されるようになった。妻はふつう美と愛の女神アプロディーテー*（異説では優美の女神カリテス*の1人アグライアー Aglaïa）とされるが、醜男の夫を嫌ったアプロディーテーは、新婚早々に軍神アレース*と密通。太陽神ヘーリオス*から妻の情事を知らされたヘーパイストスは、寝台に目に見えない精巧な網を仕掛けて置き、2人が交接している最中を捕えて諸神の晒しものにした、という話が『オデュッセイア*』に記されている。またヘーパイストスは、女神アテーナーに恋して、マラトーン*の野で彼女を手籠めにしようとしたが果たせず、抱きついた時に零した精液が女神の脚に垂れ、怒った女神が羊毛で拭きとり地に投げたところ、そこからアテーナイ王となったエリクトニオス❶*が生まれ出たとの所伝も残っている。ヘーパイストスは古くは髯のない若者に描かれたが、のちには有髯の逞しい中年男、金槌と鋏を手にした鍛冶匠の姿で表わされるようになり、その形象は一般に定着し、後代にまで永く継承された。金属加工職人の守護神たる彼は、工場の多いアテーナイでも大いに崇拝され、信仰の中心地レームノスでは毎年ヘーパイストスのために荘厳な祭礼 Hephaistia が執り行なわれた。アレクサンドレイア❶*のクレーメンス*によれば、ヘーパイストスは英雄ペーレウス*（アキッレウスの父）の恋人（念兄）erastes であったという。現存するヘーパイストス神殿のうち、アテーナイ市のアゴラー*西北部の丘上に建てられたドーリス*式石造神殿ヘーパイステイオン Hephaisteion（前450以降。通称・テーセイオン Theseion、現・Thisío）が、キリスト教会に転用されていたため、最も保存状態が良い。
⇒カベイロイ
Hom. Il. 1-571～, 14-338, 18-373～, 21-328～, Od. 8-266～/ Hes. Th. 570, 927～, Op. 60, 70～/ Paus. 1-20, 2-31, 8-53/ Apollod. 1-3, -6, -9, 3-14/ Pind. Ol. 7-35～/ Hymn. Hom. Ap. 140, 317/ Diod. 5-72/ Serv. ad Verg. Aen. 3-35, 8-454, Ecl. 4-62/ Ov. Fast. 5-229～/ Hyg. Fab. 158, 166, Praef./ etc.

ヘーパイスティオーン Hephaistion
⇒ヘーパイスティオーン

ヘーパイストス Hephaistos
⇒ヘーパイストス

ベブリュ（ー）ケス（人） Bebrykes, Βέβρυκες, Bebryces,（〈単〉ベブリュ（ー）クス Bebryks, Βέβρυξ, Bebryx),（英）Bebrycians,（仏）Bébryces, Bébrykes,（独）Bebryker,（伊）Bebrici,（西）Bebricos,（露）Бебрики

❶小アジアの黒海沿岸、ビーテューニアー*地方に住んでいたとされる伝説上の民族（トラーキアー*系）。ギリシアからアルゴナウタイ*の一行が訪れた時には、粗暴な巨人アミュコス*（ポセイドーン*の子）に支配されており、この王と多くの部下が彼ら一行と争って殺されたという。
⇒ランプサコス
Apollod. 1-9, 2-5/ Ap. Rhod. 2-2～/ Verg. Aen. 5-373/ Strab. 7-295, 12-541～/ Plin. N. H. 5-33/ Steph. Byz./ etc.

❷ピューレーネー*（ピレネー）山脈の南北両側の地中海沿岸に居住していたイベーリアー*系の民族。伝承上の名祖は、この地方を支配していた王ベブリュクス。彼の娘ピューレーネーは、ヘーラクレース*に犯されて蛇を産んだのち、山中に逃れて野獣に殺され、以降その山地は彼女の名で呼ばれるようになったという。

彼らは牧畜を営む粗野な民族であったと記録されている。
Sil. 3-420～443, 15-494/ Plin. N. H. 3-3/ Zonar. 8-21/ Avienus 483～/ Tzetz. ad Lycoph. 516, 1305/ etc.

ヘーベー Hebe, Ἥβη,（仏）Hébé,（伊）Ebe,（露）Геба
ギリシアの「青春」の女神。ローマのユウェンタース*に相当する。ゼウス*とヘーラー*の娘とされるが、一説には萵苣（レタス）を食べたヘーラーが1人で産んだ子だともいう。神話においては、天上でオリュンポス*の神々に神酒ネクタル*を注いだり、母ヘーラーの戦車の支度を手伝ったり、トロイアー戦争*で負傷した兄アレース*を風呂に入れたり、アポッローン*やムーサイ*の音楽に合わせて舞い踊ったりする役目を引き受けている。宴席で酒間の取り持ちをしている最中、彼女が転んで慎みのない姿をさらした結果、この仕事を免じられ、ゼウスの寵童ガニュメーデース*が代わって神々の酌人になったと伝えられる。ヘーラクレース*が昇天後ヘーラーと和解して神々の列に加わることを許された時、ヘーベーは彼の妻として与えられ、夫を若返らせたうえ、彼の願いに応じてイオラーオス*（ヘーラクレースの甥で愛人）をも1日だけ若返らせてやったという。彼女は青春の美を象徴する神格として、アテーナイ*郊外のキュノサルゲス*やコリントス*西南の町プリーウース Phlius、シキュオーン*などで崇拝されていた。
Hom. Il. 4-2, 5-722, -905, Od. 11-601～/ Hes. Th. 922, 950/ Hymn. Hom. Ap. 195/ Pind. Nem. 1-71, 10-17～, Isthm. 4-65/ Paus. 2-13/ Apollod. 1-3, 2-7/ Diod. 4-39/ Strab. 8-382/ etc.

ペーメー Pheme, Φήμη,（西）Feme,（露）Фама,（現ギリシア語）Fími
ギリシア神話中、「噂」の擬人化された女神。ローマのファーマ*に相当。エルピス Elpis, Ἐλπίς（希望）の娘とされる。ヘーシオドス*以来神格化され、アテーナイ*には

系図345　ヘーベー
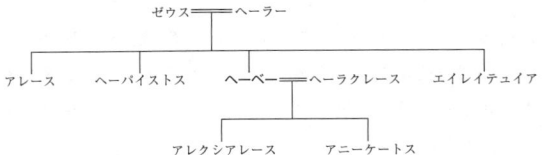

彼女に捧げられた祭壇さえあった。
⇒オッサ
Hes. Op. 705～/ Soph. O. T. 158, El. 1066/ Paus. 1-17/ Bacchyl. 2-1, 9-1/ Anth. Pal. 10-89/ etc.

ヘーメラー Hemera, Ἡμέρα, (イオーニアー*方言) ヘーメレー Hemere, Ἡμέρη, (仏) Héméra, Héméré, (伊) Emera, (露) Гемера

(「日・昼」の意)「昼日」。ギリシア神話中、エレボス*(幽冥)とニュクス*(夜)の娘で、アイテール*(澄明)の姉妹にして妻。昼間の明るさの擬人化。美男のケパロス*に恋して彼を誘拐し、これと交わってパエトーン*の母になったと伝えられるが、このヘーメラーは一般に女神エーオース*の別名と見なされている。
⇒巻末系図 001
Hes. Th. 124, 748～/ Paus. 1-3/ Hyg. Fab. praef. 1/ Cic. Nat. D. 3-17/ Alcm. Fr./ Bacchyl. Fr./ etc.

ヘーラー Hera, Ἥρα, (イオーニアー*方言) ヘーレー Here, Ἥρη, (線数字B) Era, (仏) Héra, Héré, (伊) Èra, (露) Гера, (現ギリシア語) Íra

ギリシアの重要な女神。クロノス*とレアー*の娘(ふつう長女)で、兄弟たる主神ゼウス*の正妻となり、女神の中で最も権力ある者となった。オリュンポス*の12神の1柱。ローマのユーノー*に相当。結婚・出産・育児など女性の生活を司る。ミュケーナイ*時代の遺物にその名がすでに認められ、元来は先住民の偉大な女神であったが、ギリシア人の侵入後、彼らの最高神ゼウスの妃として取り入れられたと考えられる。ヘーラーはギリシア世界全域で崇拝され、とりわけアルゴス*地方とサモス*島では主神の地位を占めていた。伝承によると、アルゴスのヘーラー神殿はポローネウス*の、サモスの神殿はアルゴナウテース*たち(アルゴナウタイ*)の創建にかかるという。

女神は大洋神オーケアノス*とテーテュース*のもとで養育され、ある嵐の日、郭公に変身して飛んできたゼウスを抱いて暖めたところ、彼から求愛されてヘスペリデス*の園で結婚。その祝いにガイア*(大地)は黄金の林檎を贈った(養育者や結婚の場所についてはギリシア各地に諸説が行なわれている)。ゼウスとの間にアレース*、ヘーパイストス*の2男とヘーベー*、エイレイテュイア*の2女を産み、貞節を守り通したが、かたや嫉妬心がきわめて強く、夫ゼウスの恋した他の女性およびその子供たちを迫害する神話がおびただしく伝えられている(⇒レートー、イーオー、セメレー、カッリストー、アルクメーネー、ヘーラクレース)。さらに、ゼウスの寵愛する美少年アーエトス*をも嫉妬して、鷲に変身させてしまったという。ヘーラーがあまり執拗にヘーラクレース*を苦しめるので、怒ったゼウスは黄金の鎖で彼女の両手を縛り、足に鉄床をくくりつけて天空から吊り下げたこともあったという。また女神がポセイドーン*、アテーナー*らと組んで夫に謀叛を企てたとい

う話も伝わっている。ヘーラーは金羊毛皮を求める英雄イアーソーン*を助け、イクシーオーン*の不遜な求愛を拒絶、パリス*の審判にアプロディーテー*、アテーナーと美を競い、トロイアー戦争*にあっては常にギリシア軍の味方をしている。

「白い腕の女神」「雌牛の眼をした女神」と形容され、天上の宮殿では虹の女神イーリス*や季節の女神ホーライ*(ホーラー*たち)らにかしずかれて黄金の玉座に坐し、毎年カナトス Kanathos の泉に舞い降りては沐浴によって処女性を取り戻す、と考えられていた。柘榴と林檎を聖樹とし、神鳥は孔雀・郭公・鴉。美術作品では、王笏を手に携えて冠を戴いた、あるいはヴェールを被った、長身の威厳ある婦人の姿で表わされ、特にアルゴスの大神殿ヘーライオン Heraion (〈ラ〉ヘーラエウム Heraeum) に安置されていた名匠ポリュクレイトス*の手になる黄金・象牙造りの女神像が名高かった。ボイオーティアー*、エウボイア*などギリシア各地において、彼女とゼウスとの「聖婚式 hieros gamos」を祝う祭礼が開かれ(⇒ダイダラ)、アテーナイ*ではヘーラーの月たるガメーリオーン Gamelion(「婚姻の月」、今日の1月～2月)に多く結婚式が執り行なわれた。その他、処女たちの徒競走を伴うヘーライア Heraia 競技祭もオリュンピアー*などで催され、また女神にはゼウスと同じく盛大なヘカトンベー*の生贄が捧げられた。「サモスのヘーラー」と呼ばれるアルカイック期の彫像(前6世紀。現・ルーヴル美術館蔵)や、セリーヌース*のヘーラー神殿軒間の浮彫(前470～前460頃)などの作品が名高い。
⇒テイレシアース
Hom. Il. 1-399～, 5-392～, -721～, -889, 8-400～, 11-270～, 14-153～, 15-14～, 18-119～, 19-96～, Od. 11-603～/ Hes. Th. 921～/ Ar. Av. 1731/ Paus. 2-13, -17, -36, 3-15, 7-4, 8-22, 9-3/ Apollod. 1-3, -4, -6, -9, 3-5, -7/ Ap. Rhod. 4-790～/ Diod. 5-68, -72, 6-1/ Verg. Aen. 1-394, 9-584/ etc.

ペラ Pella
⇒ペッラ

ペライ Pherai, Φεραί, Pherae, (仏) Phères, (独) Pherä, (伊) Fere, (西) Feres

(現・Velestíno, Velestinu) ギリシア東北部テッサリアー*の町。伝説上の建祖は、クレーテウス*とテューロー*の子ペレース Pheres, Φέρης。神話ではペレースの息子アドメートス*の支配する地として名高い。外港パガサイ Pagasai, Παγασαί (現・Volos) を有し、テッサリアーの穀物輸出の要路を扼していた。古典期後半にイアーソーン*(？～前370没)一門が僭主として著しく勢力を伸展させた(前406～前352)が、やがて一家はマケドニアー*の王ピリッポス2世*に放逐され、パガサイ港を奪われて町の繁栄も失なわれた(前344)。僭主政時代に遡ると見られる市壁や、前6世紀創建のアルテミス*神殿(前4世紀の再建)などの遺構が残っている。
⇒パルサーロス、アレクサンドロス(ペライの)

Hom. Il. 2-711～, Od. 4-798/ Hymn. Hom. Ap. 427/ Strab. 9-436/ Plin. N. H. 4-8/ Thuc. 2-22/ Polyb. 18-19/ Liv. 36-9/ Steph. Byz./ etc.

ペラギウス　Pelagius, （ギ）ペラギオス Pelagios, Πελάγιος, （仏）Pélage, （伊）Pelagio, （西）Pelayo, （葡）Pelágio

（後354頃～420頃）古代末期のキリスト教の修道士、神学者。ブリタンニア*の出身。ペラギウス派（ペラギウス主義 Pelagianismus）の祖。4世紀末頃ローマに移り住み、大勢のキリスト教徒の腐敗と堕落ぶりに驚嘆。オーリゲネース*の弟子たちと交わり、深く神学を学び、またギリシア語・ラテン語に通じて卓越した古典的教養をも有した。身を持すること厳しく、禁欲的修道士・魂の導き手として、門閥貴族をはじめ広く世人の尊敬を勝ち得た。410年の西ゴート*族による劫掠の折にローマを離れ、アーフリカ*のヒッポー*、カルターゴー*を経て（411）、パレスティナ*へ赴いたが、人間の自由意志を尊重する教説ゆえに、不寛容なアウグスティーヌス*に烈しく攻撃され、ヒエローニュムス*からも反駁された。何度も異端者としての宣告と正統派としての認定を受けたのち、418年アーフリカ諸司教の圧力でイェルーサーレーム*（エルサレム*）から追放された。原罪と幼児洗礼を否定し、人間は自力で救われると説くペラギウス主義は431年のエペソス公会議によって排斥され、異端の烙印を押されたが、その後も神学上の論争が繰り返され、折衷的な半ペラギウス主義 Semi-Pelagianismus も登場した（⇒カッシアーヌス）。

このほか同名の人物に、2人のローマ司教ペラギウス1世（在任・556～561）と同2世（在任・579～590。ペストで死亡）、コルドゥバ*のカリフ、アブドゥル・ラフマーン 'Addu'r-Raḥman 3世の男色相手になることを拒んで殺された美少年ペラギウス（911頃～926年6月26日）、もとはアンティオケイア❶*の放縦な踊り子だったが悔い改めてイェルーサーレームへ赴きオリーヴ山中の洞窟で数年後に死ぬまで男装姿を貫いたペラギウス、本名ペラギア Pelagia（4世紀頃）、等々がいる。

⇒ドナトゥス、オロシウス

ペラギウスの主著 "Expositiones 13 Epistolarum Pauli"（406～409）, "Epistula ad Demetriadem"（413～414）, "De Libero Arbitrio"（416）, "Libellus Fidei ad Innocentium Papam"（417）, "Epistula ad Claudiam sororem de Virginitate", "De Natura et Gratia"（415）/ Augustin./ Hieron./ Zosimus/ Pathologia Latina/ Bibliotheca Sanctorum/ etc.

ヘーラクレイア　Herakleia, Ἡράκλεια, （ラ）ヘーラクレーア Heraclea（ときに、ヘーラクリーア Heraclia）, （仏）Héraclée, （伊）Eraclèa, （露）Гераклея

英雄ヘーラクレース*によって創建されたと伝える、あるいはヘーラクレースを称えて設立されたギリシア人都市。地中海沿岸を中心に多数あるが、その主だったものは、以下のごとくである。

❶（ルーカーニア*の）（ラ）H. Lucania（現・Policoro）イタリア半島南端部の沿岸都市。マグナ・グラエキア*のギリシア人植民市。前433年頃、タラース*（タレントゥム*）市によって、タラース湾（現・ターラント湾）のアキリス Akiris（現・Agri）河口に建設された。画家ゼウクシス*の生地。前280年、エーペイロス*王ピュッロス*は、この近くで P. ウァレリウス・ラエウィーヌス Valerius Laevinus 率いるローマ軍と交戦し、象軍を用いて勝利を収めたが、多数の戦死者を出した（「ピュッロスの勝利」）。そして、倒れたローマ兵が皆胸に致命傷を受けているのを見て、「このような軍隊をもったなら、世界は余のものになるのだが」と感嘆したという。2年後、ローマはこの都市と和約を締結した（前278）が、第2次ポエニー戦争*（前218～前201）中にハンニバル❶*側に寝返ったため、前89年になってようやく自治都市（ムーニキピウム*）の資格を認めている。ヘーラクレイアはまた、前1世紀のローマ法を記したブロンズ板が発見された地として名高い。

近隣のシーリス Siris（現・Nova Siri）の遺跡とともに発掘が進められており、前8世紀の先ギリシア時代の居住地や、ギリシア陶器製造の一大中心地として栄えた前4～前3世紀の陶工地区、郊外のデーメーテール*とペルセポネー*の神殿跡などが明らかにされている。

⇒ア（一）スクルム、ヒッパーリーノス、シュバリス

Mela 2-4/ Plin. N. H. 3-11/ Liv. 1-18, 8-24/ Cic. Balb. 8, Arch. 4～/ Plut. Pyrrh. 16～/ Diod. 12-36/ Strab. 6-264, -280/ Herodot. 6-127, 8-62/ Flor. 1-18/ Zonar. 8-4/ Oros. 4-1/ etc.

❷ヘーラクレイア・リュンクー H. Lynkū, Ἡ. Λύγκου, （ラ）ヘーラクレーア・リュンケースティス H. Lyncestis（現・Bitola ないし Bitolj 近くの遺跡、Monastir とも）

ローマ時代に東方への交通の要衝として重視されたマケドニアー*の町。前4世紀中頃にピリッポス2世*（アレクサンドロス大王*の父）が建設。エグナーティウス街道*（ウィア・エグナーティア*）の幹線に位置し、ローマが属州マケドニア*を4分割した時、その1つペラゴニア Pelagonia の州都となった。

ローマ時代の浴場（テルマエ*）や円形闘技場（アンピテアートルム*）、城壁などの遺構が発掘されている。

Plin. N. H. 4-10/ Strab. 7-323/ Polyb. 28-13, -17, 34-12/ Caes. B. Civ. 3-79/ Liv. 26-25, 31-39/ Ptol. Geog. 3-12/ etc.

❸ヘーラクレイア・ミーノーア H. Minoa, Ἡ. Μίνωα, （ラ）ヘーラクレーア・ミーノーア H. Minoa（現・Montallegro 近くの Capo Bianco）

シケリアー*（現・シチリア）島西南沿岸、アクラガース*（アグリゲントゥム*）の北西32kmに位置する。伝説ではクレーター*（クレーテー*）王ミーノース*がダイダロス*を追跡中に創建し、王の名にちなんで命名、さらにヘーラクレース*のエリュクス*征服を記念してヘーラクレイアとも呼ばれたという。歴史的には、セリーヌース*の植民市

で、前502年頃、スパルター*王子ドーリエウス*の冒険に同行したラケダイモーン*人エウリュレオーン Euryleon により征服された。のちカルターゴー*に臣属し、第1次ポエニー戦争*（前264〜前241）中はその基地となった。この地のアプロディーテー*神域にあったミーノース王の墓は、アクラガースの僭主テーローン*（在位・前488〜前472）に破却され、遺骨はクレーター島へ移送されたという。

Herodot. 5-43, -46/ Mela 2-7/ Cic. Verr. 2-2-50/ Liv. 24-35, 25-40/ Diod. 4-23, 19-71, 20-56, 22-10/ Paus. 3-16/ Polyb. 1-18, -25〜/ Ptol. Geog. 3-4/ etc.

❹（ポントス*の）（ラ）ヘーラクレーア・ポンティカ H. Pontica（現・Karadeniz Ereğli）前560年頃、メガラ*の植民市としてビーテューニアー*北西部に建てられた黒海沿岸の町。伝承では、アマゾーン*遠征に向かう途中のヘーラクレース*に援けられたマリアンデューノイ Mariandynoi 人の王リュコス*が、英雄を記念して創建したとされている（⇒イドモーン）。天然の良港と沃土に恵まれて早くから賑わい、黒海に沿ってカッラティス Kallatis（現・マンガリア Mangalia）やケルソネーソス*（現・セヴァストポリ Sevastopol）といった植民市を建設していった。前364年クレアルコス❷*が僭主となって以来、アマーストリス❸*の殺害（前288）に至るまで、世襲王朝の支配するところとなり、その治下、黒海貿易で繁栄し、多数の艦隊を擁して富強を誇った（⇒巻末系図031）。リューシマコス*の暗殺（前281）後、民主政が復活した（前280）が、周辺諸国に圧されて次第に衰頽していった。第3次ミトリダテース*戦争（前74〜前64）でイタリア人虐殺に加担したため、M. アウレーリウス・コッタ*率いるローマ軍に2年間にわたる攻囲を受けたのち劫略・破壊された。またこの町は、大勢の神殿男倡を所有していたことで名高い。市の近傍には、冥界に通じるという洞窟があり、ヘーラクレースはケルベロス*捕獲のために、ここから地獄へ降っていったと伝えられている。

Xen. An. 5-6, 6-1〜/ Strab. 12-542〜/ Arist. Pol. 5-4/ Mela 1-19/ Liv. 42-56/ Plin. N. H. 6-1/ Ath. 8-351c〜d/ Paus. 5-26/ Just. 16-3〜/ Diod. 14-31/ Ptol. Geog. 5-1, 8-17/ Schol. ad Ap. Rhod. 2-748/ etc.

❺（ラトモス*山麓の）ヘーラクレイア・ヘー・プロス・ラトモー H. hē pros Latmō, Ἡ. ἡ πρὸς Λάτμῳ, またはヘーラクレイア・ヘー・ヒュポ・ラトモー H. hē hypo Latmō, Ἡ. ἡ ὑπὸ Λάτμῳ,（ラ）ヘーラクレーア・アド・ラトムム H. ad Latmum

（現・Kapıkırı）小アジア西南部、ラトモス*山麓にあるカーリアー*の町。ミーレートス*市の東方およそ25km、イオーニアー*との境界近くに位置し、古くはラトモス Latmos と呼ばれていたが、ハリカルナッソス*の君主マウソーロス*（在位・前377〜前353）によって再建されてのちヘーラクレイアと名づけられた（前4世紀前半）。神話中の美青年エンデュミオーン*が永遠の眠りについている洞窟で名高く、マウソーロスは市の中心にエンデュミオーンを祀る聖所を建設させたという。ヘレニズム時代初期に整然たる都市計画に基づいて新市が建設されたが、マイアンドロス*河の沈泥化が進むにつれて、町は次第に衰退していった。今日も前300年頃に遡る環状の城壁や、アテーナー*神殿、アゴラー*、パライストラー*などの遺跡が残っている。

Strab. 14-635〜636/ Cic. Tusc. 1-38/ Ptol. Geog. 5-2/ Paus. 5-1/ Plin. N. H. 5-3/ Polyaenus 7-23/ Schol. ad Ap. Rhod. 4-57/ etc.

❻（トラーキース*の）ヘーラクレイア・トラーキース H. Trakhis, Ἡ. Τραχίς,（ラ）ヘーラクレーア・トラーキーニア Heraclea Trachinia, Heraclea Tracheia

前426年、オイテー*（オイタ*）山の北麓、テルモピュライ*の西方約8kmの地に、スパルター*の植民市として建設された。詳しくは、トラーキースの項を参照。

❼（ラ）ヘーラクレーア・ペリントゥス Heraclea Perinthus（現・Marmara Ereğli, Marmaraereğlisi）⇒ペリントス

❽その他、イストロス*（ドーナウ）河下流右岸の河港都市ヘーラクレイア（のちアクシオポリス Aksiopolis, 現・Cernavoda）や、シュリアー*のオロンテース*河口南方の地中海沿岸の町ヘーラクレイア、クレーター*（クレーテー*）島の町ヘーラクレイア、ガッリア・ナルボーネーンシス*のロダヌス*（現・ローヌ）河口の町ヘーラクレイア、パルティアー*の町ヘーラクレイア、エジプトのヘーラクレイア三市、等々、40を下らぬ数の同名の都市があった。

Strab./ Plin. N. H./ Ptol. Geog./ Mela/ Scylax/ etc.

ヘーラクレイオン　Herakleion
⇒ヘルクラーネウム

ヘーラクレイダイ　Herakleidai, Ἡρακλεῖδαι, Heraclidae, Heracleidae,（英）Heraclids,（仏）Héraclides,（独）Herakliden, Herakleiden,（伊）Eraclidi,（西）Heráclidas,（露）Гераклиды,（〈単〉Herakleides, Ἡρακλείδης, Heraclides）

ギリシア神話の英雄ヘーラクレース*の後裔。伝説中では、ヘーラクレースの2度目の妻デーイアネイラ*の子供たち、特に長男ヒュッロス*とその家系を指す。ヘーラクレースの死後、一族はエウリュステウス*王の迫害を受けて各地を流浪したが（⇒ケーユクス❶）、やがてアテーナイ*王テーセウス*（ないしデーモポーン❶*）の援軍を得て戦い、ついにエウリュステウスを討ち取った（⇒イオラーオス）。しかし、この勝利を手にするためには、神託に従ってヘーラクレースの一人娘マカリアー Makaria が人身御供にならなければならなかった。すぐさま彼らは父祖の地ペロポンネーソス*半島へ帰還を試みたが、疫病の蔓延で退き、デルポイ*の神託を問うてみると、「3度目の収穫を待て」との答えが返ってきた。そこで3年後にヒュッロスが一族を率いて、再度侵攻したところ、彼はテゲアー*王エケモス Ekhemos との一騎討ちで敗死。すなわち、神託の「3

度目の収穫」とは「3代目の子孫」の意味であったという。ようやくヒュッロスの曾孫たるテーメノス*、クレスポンテース*、アリストデーモス❷*の代に至って、彼らはオレステース*の子ティーサメノス❶*を倒してペロポンネーソス奪還に成功、領土を3分割し籤引きで各々アルゴス*、メッセーネー*、ラケダイモーン*（スパルター*を中心とする地方）の支配者となった。悲劇詩人エウリーピデース*の作品に『ヘーラクレースの子供たち Herakleidai』がある。

歴史時代のギリシアの名門・王家は多くヘーラクレースの末裔を自称したが、とりわけ最後にペロポンネーソスへ南下したドーリス*系諸族は、自らの侵略を正当化するべくヘーラクレースが先祖であることを主張した。こうしてミュケーナイ*文化を破壊し暗黒時代をもたらしたとされるドーリス人*の侵入は、「ヘーラクレイダイの帰還物語」として後世に伝えられることになったのである。

なお、コリントス*の王族バッキアダイ*やリューディアー*のカンダウレース*王家も、これとは別系のヘーラクレースの末裔を自称している。

⇒トレーポレモス

Apollod. 2-8/ Eur. Heracl./ Herodot. 6-52, 7-204, 8-131, 9-26/ Paus. 1-32, -41, 2-6, -7, -18, 3-1, -2, -7, -15, 4-3, -5, 8-5, -29, 10-38/ Diod. 4-57〜58, 7-9, 12-45/ Strab. 8-377, 9-427/ Pind. Pyth. 1-63/ Euseb. Praep. Evang. 5-20/ Polyaenus 1-7/ Ant. Lib. Met. 33/ etc.

ヘーラクレイデース Herakleides, Ἡρακλείδης, Heraclides,（ドーリス*方言）ヘーラクレイダース Herakleidas, Ἡρακλείδας, Heraclidas,（仏）Héraclide,（伊）Eraclide,（西）Heráclides,（葡）Heraclides,（露）Геракли́д

（「ヘーラクレース*の子（孫）」の意（⇒ヘーラクレイダイ））ギリシア人の男性名。

❶（？〜前354）シュラークーサイ*の将軍。僭主ディオニューシオス2世*の傭兵隊を指揮していたが、ディオーン*とともに陰謀を企んでいると疑われて追放された。前357年、ディオーンが政権を奪取すると、提督に任ぜられたものの、今度はディオーンに対してしきりに策動を繰り返したので、ついに彼の命令で殺された。

なお、ペロポンネーソス戦争*（前431頃〜前404）中に、攻め寄せたアテーナイ*軍を迎え撃つべく選ばれたシュラークーサイの将軍の一人ヘーラクレイデースは別人である（前415〜前414）。

Diod. 16-6, -16〜20, 19-2〜4/ Nep. Dion 5, 6/ Plut. Dion 12, 32〜52/ Thuc. 6-73, -103/ Xen. Hell. 1-2/ etc.

❷（ポントス*の）ho Pontikos, ὁ Ποντικός,（ラ）ヘーラクリーデース・ポンティクス Heraclides Ponticus,（仏）Héraclide du Pont,（独）Herakleides von Pontos,（伊）Eraclide Pontico,（西）Heráclides Póntico,（葡）Heraclides do Ponto,（露）Геракли́д Понти́йский（前388頃〜前310頃）ポントスのヘーラクレイア❹*（現・Karadeniz Ereğli）出身のアカデーメイア*派の哲学者・天文学者。前365／364年頃アテーナイ*へ赴き、スペウシッポス*やプラトーン*次いでアリストテレース*らに師事し、帰国後学校を開いた。研究は多岐にわたり、デーモクリトス*の原子論に代わる分子論を説き、コペルニクスを思わせる革新的な地動説（太陽を中心とする惑星の公転と地球の自転）を唱えた点で注目される（⇒アリスタルコス）。彼は裕福で「柔らかい衣服」を愛用、大変肥っていたので、「ポントスの人 Pontikos」ではなく「恰幅のいい人 Pompikos」と呼ばれたといい、また名誉心が強く、飢饉の折に、デルポイ*の巫女を買収して、市民から黄金の冠を贈られるように仕組んだが、それをかぶるや否や卒中で倒れて息をひきとってしまった

系図346 ヘーラクレイダイ

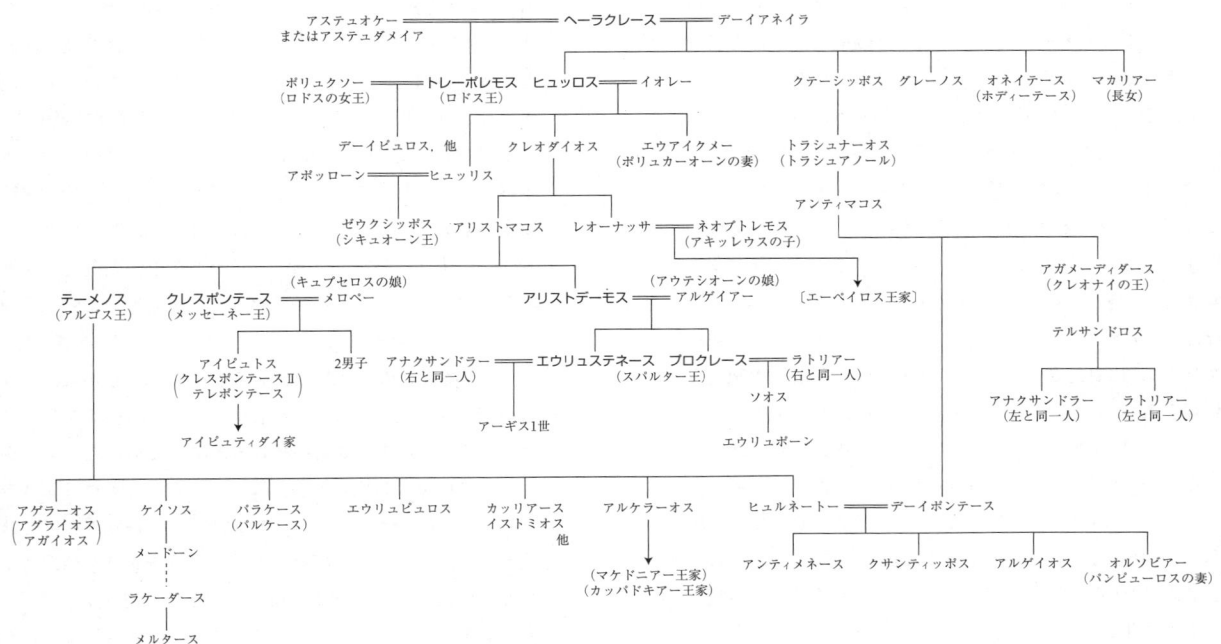

という。さらに、死後自分が昇天したかに見せかけるため、遺骸を蛇とすり替えさせるよう召使に指図しておいたけれど、人声に驚いた蛇が這い出してしまったので、計画は失敗に終わったとも伝えられている。彼は『愛について Erōtikos』(散逸)という作品の中で、ハルモディオス*とアリストゲイトーン*ら英雄的行為の例をいくつか挙げて男色を称え、自らも青年パンカロス Pankalos を寵愛、その他、法律・倫理学・歴史・弁論術・自然学・数学・音楽など広範囲にわたる著作多数があったが、わずかな断片しか残存しない。彼はまた、「悲劇の祖」と称されるテスピス*に帰せられる幾つかの悲劇作品を偽作したともいわれている。

ほかにも、キューメー*(クーマエ*)出身の歴史家で『ペルシア史 Persika』5巻(引用断片のみ伝存)の著者のヘーラクレイデース(前4世紀中頃)や、アレクサンドレイア❶*でプトレマイオス6世*に仕えて「レンボス Lembos(「食客、居候」の意)」と渾名された著述家のヘーラクレイデース(前2世紀中頃)、タラース*(タレントゥム*)出身の医師で経験を重んじたヘーラクレイデース(前85頃~前65頃活動)、ポントスの出身の文法学者でディデュモス*の弟子のヘーラクレイデース(後1世紀中頃。「お喋り屋」と渾名される)など、同名の人物が十数名知られている。
⇒エウドクソス

Diog. Laert. 5-86〜/ Cic. Tusc. 5-3(8), Nat. D. 1-13(34)/ Ath. 4-145, 6-251〜252, 8-333, 10-455, 12-512〜, 14-624〜/ Artem. 4-63/ Diod. 19-2, -3〜/, 20-68〜/ Just. 22-5, -8/ Celsus Med. 1/ Gal./ Plin. N. H./ Phot./ Suda/ etc.

ヘーラクレイトス　Herakleitos, Ἡράκλειτος, Heraclitus, (仏) Héraclite, (独) Heraklit, (伊) Eraclito, (西) (葡) Heráclito, (露) Гераклит

(前540頃~前480頃)ギリシアのイオーニアー*学派の哲学者。エペソス*の王家(同市の創建者アンドロクロス*の末裔)の出身。「王家」の家督を弟に譲り、独学で ── 一説にクセノパネース*に師事して ── 非常な学殖を積み、ヘーラクレイトス派 hoi Hērakleiteioi, οἱ Ἡρακλείτειοι なる哲学の一派を創始(⇒クラテュロス)。志操高邁である反面、傲岸不遜であって、民衆を軽蔑したばかりか、ホメーロス*、ヘーシオドス*、ピュタゴラース*、クセノパネースら先学諸師をも痛烈に非難し、アカイメネース朝*ペルシア*の大王ダーレイオス1世*の招聘も拒んで、沈鬱な孤独の生涯を送ったと伝えられる。暗い人生観をもち、その文章も思想も難解であったところから、「闇の人 Skoteinos」と呼ばれ、後世「泣く哲学者」として、「笑う哲学者」デーモクリトス*に対比された。エペソス市民から法律の制定を依頼されても断り、友人ヘルモドーロス Hermodoros (⇒十二表法)が追放されると、「エペソスの成人は皆縊死してしまうがよい」と罵倒。人間嫌いが嵩じて山中に隠遁し草を食べつつ暮らすようになったが、水腫症に罹ったので町へ戻り、医者たちに「洪水を旱魃に変えることができるか」と謎めいた問いかけをしたものの理解されず、牛舎へ行って牛糞に体を埋め糞の温もりによって体内の水分が蒸発することを期待。しかし、何の効果もないまま翌日には死んでしまった ── 一説に糞まみれの彼を犬どもが喰い殺した ── という(約60歳)。

彼は宇宙の始源 arkhe を「火」と見なし、万物は相反するものの闘争と統一に従って生成するが、絶え間なく変化する事象も、世界を支配するロゴス logos(理法)により全体として調和が保たれていると主張、真の智はこのロゴスを知り、それに従った生活を送ることにあると説いた。「万物は流転す Panta rhei, πάντα ῥεῖ」「同じ河に2度入ることはできない」「太陽は日ごとに新しい」等々、神託に似た箴言風の言葉で知られる。『自然について Peri Physeos』なる初期ギリシア散文体の著作があったが、散逸して短い引用断片130余篇が残存するのみである。晦渋をきわめた内容だったため、ヘーラクレイトスの書物を悲劇詩人エウリーピデース*から贈られたソークラテース*は、「この作品の底を探るには熟練なデーロス*の潜水夫が必要だね」と意見を述べたという。ヘーラクレイトスの思想は、プラトーン*哲学やストアー*学派、さらにキリスト教徒にまで影響を及ぼしている。
⇒パルメニデース、エピカルモス、ヒッパソス

Heraclitus Fr./ Pl. Cra. 401d, Tht. 152e, 160d/ Arist. Mund. 5/ Diog. Laert. 2-22, 9-1〜17/ Strab. 14-642/ Ael. V. H. 8-13/ Procl. In Tim. 101/ Origen. c. Cels. 6-283/ Euseb. Praep. Evang. 8-14/ etc.

ヘーラクレース　Herakles, Ἡρακλῆς (Ἡρακλέης), (ラ) Hercules, (仏) Héraclès, (伊) Eracle, (西) Heracles, (葡) Héracles, (露) Геракл, (現ギリシア語) Iraklís

(「ヘーラー*の栄光」の意)ギリシア神話中、最大の国民的英雄。ギリシア全土で半神 heros として、時にはオリュンポス*の神として崇拝され、地中海世界各地において近似の神格と同一視された。ローマではヘルクレース*と呼ばれている。元来はミュケーナイ*時代の実在の人物(おそらくティーリュンス*の領主)であったと考えられ、その後、彼を始祖と主張する諸王室・名門の人々によっておびただしい伝説が付加され、特にドーリス*人の間で彼の崇敬が普及した。

伝承では、大神ゼウス*とアルクメーネー*の子で、英雄ペルセウス*の曾孫としてアルゴス*ないしテーバイ❶*に生まれたとされている(⇒巻末系図017)。母アルクメーネーは、夫アンピトリュオーン*の不在中、夫の姿に身を変じたゼウスによってヘーラクレースを、次いで帰宅したアンピトリュオーンによってイーピクレース*を懐妊し、2児は1晩違いの双生兄弟として誕生した。しかし、ゼウスの嫉妬深い妃ヘーラー*の策謀の結果、ヘーラクレースは全アルゴリス*の支配者たるべき定めであったにもかかわらず、彼を出し抜いて王位に即いた親族のエウリュステウス*に仕える身となった。まだ嬰児の頃から揺籠に忍び込んだ2匹の蛇を両手で締め殺すという剛胆さを発揮、また欺かれたヘーラーが彼と知らずに乳を含ませたときに、赤児があまりにも強く吸ったので痛さに耐えられずこれを

払いのけたところ、乳が夜空にほとばしって銀河（天の河）になり、女神の乳を飲んだヘーラクレースは不滅性を獲得したともいう。成長するにつれて彼は、養父アンピトリュオーンから戦車の御し方を、アウトリュコス*からレスリングを、カストール*から武器を操る術を、エウリュトスEurytos（イーピトス*やイオレー*の父）から弓術をという風に大勢の達人から武芸百般ならびに文字や音楽を学んだ。が、ある日、竪琴の師リノス*が叱責して彼を打ったところ、逆に少年から竪琴で打ち返され、その怪力のせいで死んでしまうという事件が起こった。同様の変事が再発することを危惧した養父は、彼を牧場にやって牛飼いの暮らしをさせた。ここで彼は肉体を鍛錬しつつ成長し、身長は180 cm以上、眼は爛々と輝き、膂力も衆に卓絶した堂々たる体軀の偉丈夫となった。プロディコス*によれば、この頃ヘーラクレースの前に「美徳 Arete（アレテー）」と「悪徳 Kakia（カキアー）」の2女神が現われて、いずれの道を進むかを決めさせたところ、若者は安楽な後者を捨てて険しいが栄光ある前者の方を選んだという。

18歳の時、彼はキタイローン*山に棲む獅子（ライオン）を退治し、以来その毛皮を身にまとい、頭部を兜の代用とするようになった。この獅子狩りの間、テスピオス*王の館で歓待され、50人の王女たちと一夜のうちに交わって、その全員に男子を孕ませた。次いでテーバイへ戻ると、来襲したオルコメノス*王エルギーノス*を一騎討ちで斃して敵軍を敗走させ、オルコメノスを征服したが、この戦さで養父アンピトリュオーンを失ってしまう（異説あり）。テーバイ王クレオーン❷*はヘーラクレースの戦功を賞して長女メガラー*を彼に妻合わせ、この結婚から3人（ないし7人）の息子が生まれた。しかるに、その後彼は、狂気の発作に駆られて自らの子供たち全員と弟イーピクレースの息子2人を火中に投じて殺害──一説には妻メガラーをも殺したというが、通常彼女は夫の甥にして愛人のイオラーオス*に与えられたことになっている──。正気に戻ったヘーラクレースは、テーバイを逃れ去ってデルポイ*へ赴き、神託を伺ったところ、「ティーリュンスに帰り12年間エウリュステウス王に奉仕し、命じられた苦役を行なえ。その難業を完遂すれば天上の神々の間に列せられるであろう」との答えが返ってきた。またこの時以来、巫女ピューティアー*の言に従って、それまでアルケイデース Alkeides（「アルカイオス Alkaios の孫」の意）と呼ばれていた名をヘーラクレースに改めたという。

〔ヘーラクレースの十二功業*〕

エウリュステウスが課した十二の難題は、オリュンピアー*のゼウス神殿メトペー metope（メトープ）の浮彫（前460頃）など美術作品に表わされており、一般的には次の順序のものがよく知られている。

1. ネメアー*の獅子（ライオン）── 巨竜テューポーン*と魔女エキドナ*の間に生まれたこの猛獣は、ネメアーの谷に棲んで近隣を荒らし、いかなる武器によっても傷つけられない怪物であった。アポッローン*から贈られた矢を射ても効き目のないことを知ったヘーラクレースは、棍棒を振るって獅子を洞窟の中に追い込み、素手で頸を締めつけて倒し、この勝利を記念してネメア競技祭*を創設。獅子をミュケーナイ*へ持っていったところ、エウリュステウスは彼の逞しさに恐れをなして青銅の甕の中に隠れ、以後英雄に市内への立ち入りを禁じ、門前でその獲物を示すよう命じた。一説にヘーラクレースが身にまとっていたのは、ネメアーの獅子皮だといい、またゼウスは彼の勲功を称えて天空に黄道12宮の獅子座（ラ）レオー Leo を設けたとされている。

2. レルネー*のヒュドラー*（ヒュドラー）── テューポーンとエキドナの娘であるこの巨大な水蛇は、9つの頭（首の数については5から100まで諸説あり）を有し、その1つを切り落とすとそこから新たに2つの頭が生え出てくるという怪物であった。ヘーラクレースは甥のイオラーオスを駁者として伴い、その助けを借りて首の切り口を焼かせ新しく頭が生え出ぬようにし、中央の首は不死身だったので大石の下に埋めてこれを退治。怪蛇の有毒な胆汁に自分の矢を浸して毒矢とした。ヒュドラーは海蛇座（ラ）ヒュドラ Hydra に、また怪物に加勢して英雄に殺された巨蟹は蟹座（ラ）カンケル Cancer（カルキノス*）になったという。

3. ケリュネイア Keryneia の雌鹿 ── アルテミス*の聖獣で黄金の角をもつこの鹿を生け捕りにするよう命じられたヘーラクレースは、1年間アルカディアー*の山野を追跡し（一説にはヒュペルボレオイ*人の住む極北の地まで行ったという）、ラードーン*川を渡ろうとするところを軽く射て捕え、肩に担いで帰った（⇒ターユゲテー）。

4. エリュマントス*の猪 ── アルカディアーのエリュマントス山に棲むこの害獣を生け捕りにするよう命じられたヘーラクレースは、その途上ケンタウロス*たち（ケンタウロイ*）と戦ったのち、深い雪の中へ野猪を追い込んで罠にかけて捕獲した（⇒ポロス、ケイローン）。

5. アウゲイアース*の家畜小屋 ── 3千頭の牛を所有するエーリス*王アウゲイアースの厩舎を1日で掃除するよう命じられたヘーラクレースは、アルペイオス*川とペーネイオス*川の流れを変えて、30年間も掃除されなかった小屋の中を通し、指1本汚さずに仕事を成し遂げた。ところがアウゲイアースは、「これはエウリュステウスの言いつけを実行したにすぎない」という口実を構えて、約束した報酬を与えなかったのみならず、英雄を国外に退去させた。ためにヘーラクレースは十二功業完遂後にエーリスを攻略し、アウゲイアースを殺害（⇒モリオネ）、その折にオリュンピア競技祭*を創設した。また牛小屋掃除を果たした帰途、ヘーラクレースはケンタウロスのエウリュティオーン Eurytion を退治して王女デーイアネイラ*（あるいはデクサメノス Deksamenos の娘ムネーシマケー Mnesimakhe）を救い、彼女と結婚したという。

6. ステュンパーロス*の鳥 ── アルカディアーのステュンパーロス湖畔の森に棲み人肉を食う怪鳥ステュンパーリデス*を掃蕩するよう命じられると、ヘーラクレースは女神アテーナー*から与えられた青銅のガラガラ（ヘーパイス

トス*作の鳴子)を打ち鳴らして鳥群を驚かせ、空中に飛び上がったところを矢で射て退治した。

7. **クレーター*(クレーテー*)の雄牛** ── この牛はクレーター王ミーノース*の願いに応じてポセイドーン*が海中から送ったところ、王が約束に反して犠牲として海神に捧げなかったため、神罰によって狂暴化したものとされている(⇒パーシパエー)。クレーター島へ渡ったヘーラクレースは独力で牛を捕えて持ち帰ったが、エウリュステウスがそれを解き放ったため、のちにマラトーン*の野でテーセウス*に退治されることになる。

8. **ディオメーデース❶*の雌馬** ── トラーケー*(トラーキアー*)のディオメーデース王が飼っている4頭の人喰い馬を連れて帰るよう命じられたヘーラクレースは、単身ないし幾人かの友人とともに旅をして馬を捕え、抵抗する王を馬の餌食にした。戦闘の最中にヘーラクレースの愛する少年アブデーロス*が馬に殺されたので、英雄は彼を墓に葬り、その傍にアブデーラ*市を建設した。またヘーラクレースがテッサリアー*の領主アドメートス*の許を訪問し、その妻アルケースティス*を死神(タナトス*)の手から救い出したのは、この往路の出来事とされている。加えて彼が別の愛人たる美少年ヒュラース*と一緒にアルゴナウテース*たち(アルゴナウタイ*)の冒険に参加したのも、この第八の功業(ないし第四の功業)の折のことであるという。

9. **ヒッポリュテー*の帯** ── エウリュステウスの娘アドメーテー Admete のために、女戦士アマゾーン*女族(アマゾネス*)の女王ヒッポリュテーの帯を取ってくるよう命じられたヘーラクレースは、この遠征に参加する勇士たちを率い(その中にテーセウスやテラモーン*、ペーレウス*らもいたという)、船で小アジアへと向かった。途中パロス*島、ミューシアー*(⇒ヘーラクレイア❹)など各地で冒険を重ねたのち、アマゾーン女族の地に入港すると、戦闘の末に女王を殺して帯の奪取に成功(詳細に関しては伝承によって区々である)、その帰路トロイアー*で怪物を退治して、王ラーオメドーン*の娘ヘーシオネー*を救ったが、王が約束の報酬を支払わなかったので、のちに軍勢を従えてトロイアーへ攻め寄せ、市を陥落させて王を討ち果たした。⇒アンドロゲオース、テラモーン

10. **ゲーリュオーン*(ゲーリュオネウス*)の牛** ── 世界の極西の島エリュテイア Erytheia に住む3面6臂の巨人ゲーリュオーンの牛群を捕獲するよう命じられたヘーラクレースは、西方を目指して進み、タルテーッソス*に着くと、記念としてヨーロッパとアフリカ両大陸の山上に巨大な柱(⇒ヘーラクレースの柱)を向かい合わせに建立した(ジブラルタル海峡の両岸にある岩山がそれであるという)。次いで太陽神ヘーリオス*に弓矢を向けて、神が毎夕オーケアノス*(大洋)を渡るのに用いる黄金の大盃を借り受け、これに乗ってエリュテイアへ到着。牛番をする双頭の怪犬オルトロス*らを殺し、さらにはゲーリュオーンをも討ち倒して牛の群れを手に入れた。太陽神に盃を返したのち、スペインからピューレーネー*(ピレネー)山脈を越えてガッリア*、リグリア*、イタリア*、シケリアー*(現・シチリア)、エーペイロス*、トラーキアーを経てギリシアへ帰り着いたが、途中火を吐く怪人カークス*やエリュクス*を殺すなどさまざまな冒険に遭い、各地で人身供儀の風習を廃止させ、ポンペイイー*(ポンペイ)やヘルクラーネウム*(エルコラーノ)といった諸市を創建したと伝えられる。

11. **ヘスペリデス*(ヘスペリス*たち)の園の黄金の林檎(りんご)** ── 極西の地アトラース*山の近くの庭園には、ゼウスとヘーラーの結婚祝いにガイア*(大地)から贈られた黄金の林檎の樹が植えられており、ヘスペリデス姉妹と不死の百頭竜ラードーン*がこれを護っていた。この園へ行く道がまったくわからなかったヘーラクレースは、エーリダノス*河のニュンペー*(ニンフ*)たちの指示に従って、睡眠中の海神ネーレウス*を捉え、海神が変幻自在に姿を変えても、道を聞き出すまでは決して放さなかった。園へ向かう途上、彼は何人もの巨人や怪人と闘ってことごとく打ち勝ち(⇒キュクノス❸、アンタイオス、ブーシーリス、ピュグマイオイ)、カウカソス*(コーカサス)山上では、縛られたプロメーテウス*の肝臓を食っている大鷲を射落として、彼を永年の苦痛から解き放った。その返礼に助言を受けた英雄は、巨神アトラースを説いて林檎を取りに行かせ、その間天空を支えるというアトラースの任務を肩代わりしてやった。そして、3つの果実をもいで戻った巨神が重い蒼穹を再び担うのを厭(いと)い、「林檎は儂(わし)がエウリュステウスの所へ届けるから、天球はそのまま支えていてくれ」と言い出した時には、いかにも理解を示すふりをして「では円座を頭にあてがう間だけ天球をちょっと引き受けてくれ」と言い、騙(だま)されたアトラースが天空を双肩にするや否や、林檎を手に立ち去ってしまったという。別伝ではヘーラクレース自身が竜を退治して林檎を取ったとされている。いずれにせよ林檎の実はヘスペリデスの園以外の地に置いておくことが禁じられていたので、女神アテーナーを介して元の場所へ戻された。

12. **冥界の犬ケルベロス*** ── 3つの頭をもつ地獄の番犬ケルベロスを連れてくるという難題を命じられたヘーラクレースは、エレウシース*の神官エウモルポス*を訪ね、ケンタウロイ族殺戮の罪を浄められてから秘教(ミュステーリア*)に入会。次いでゼウスの命を受けたヘルメース*、アテーナー2神の案内で、タイナロン*岬の洞窟から(異説あり)黄泉路(くろじ)を降った。渡し守カローン*を脅迫して冥府の河を渡ると、メレアグロス*の亡霊と語りその妹デーイアネイラ*を妻とすることを約束、また忘却の椅子に縛りつけられていたテーセウスを救い出すなどした。さてヘーラクレースの要求に対して冥王プルートーン*(ハーデース*)は、「武器を用いずにケルベロスを降参させたならば」という条件付きで許可したので、英雄は素手で猛犬に躍りかかると頸を締めつけてついにこれを屈伏させた。地上へ連れていってエウリュステウスに見せたのち、ケルベロスを再び冥界へ返してやった。

　十二功業を終えたヘーラクレースは、再婚するべくアイトーリアー*地方の町オイカリアー Oikhalia へ赴き、そ

の地の王エウリュトス（彼の弓術の師）を弓の試合で破ったが、王は約束に背いて娘イオレーを彼に与えなかった。王の長子イーピトスだけは違約せぬよう父に進言したものの、再び発狂した英雄はそのイーピトスを殺してしまう。この罪のため大病を患った彼は、デルポイの神託に治療法を伺ったが、巫女(ピューティアー*)に返答を拒絶されて怒り、神殿から三脚台を略奪、憤慨して現われた神アポッローンと争い合うところへ、ゼウスが雷霆を投じて両者を引き分けた。そこでヘーラクレースは神託に従って3年（または1年）間奴隷に身を落とし、リューディアー*女王オンパレー*に奉仕、その間ケルコープスたち*をはじめとする小アジア周域の悪漢どもを掃討し、王宮では女王の男妾となって寵遇を受け、また女装して彼女に仕えたという。年季があけて病も癒えた彼は、神々の味方をして巨人族ギガンテス*と戦う（⇒ギガントマキアー）かたわら、トロイアー王ラーオメドーンやエーリス王アウゲイアース、ピュロス*王ネーレウス*らを攻め滅ぼして復讐を果たした（⇒ケーペウス❷）。次いでカリュドーン*王女デーイアネイラ（メレアグロスの妹）に求婚し、競敵アケローオス*河神を打ち負かして彼女を娶った。しかるに3年後、宴席で誤って妻の親戚に当たる少年エウノモス Eunomos を撃ち殺してしまったため、自ら追放を望んで、デーイアネイラを伴いトラーキース*の王ケーユクス❶*の許へ向かった。その道中、アイトーリアーのエウエーノス Euenos 河で渡し守をしていたケンタウロスのネッソス*に妻を犯されそうになり、これを毒矢で射殺したが、死に瀕してネッソスはデーイアネイラに、「他日ヘーラクレースの愛が冷めることがあれば、私のこぼした精液と血を媚薬として用いるがよい」と言い残した。

その後、オイカリアーを攻略してエウリュトスに報復したヘーラクレースは、ついにイオレーを手に入れ、戦勝を祝してエウボイア*島のケーナイオン Kenaion 岬にゼウスの祭壇を築造、感謝の犠牲を捧げるための祭服を取りに、部下のリカース Likhas をトラーキースのデーイアネイラのところへ遣った。彼女はリカースからイオレーのことを聞き出すと、夫の愛を失うのではないかと恐れ、ネッソスの言葉を信じて、夫の下着にその血をひそかに塗りつけた。ヘーラクレースがこれを着ると、ヒュドラーの矢を受けて流したネッソスの毒血が皮膚を侵しはじめ、衣は体に吸い着いて離れなくなった。英雄は怒ってリカースの両足を掴んで岬から投げ落とし（リカースは石に変じてリカデス Likhades 群島となった）、着物を力ずくで剝がそうと試みたが肉も一緒に引き剝がれてしまうありさま。毒が五体を腐蝕していることを知ると、彼は息子ヒュロス*に命じて自分をオイテー*山上に運ばせ、火葬壇を築かせてその上に横たわった。次いで火をかけるよう命じたが、誰も敢えてその命令に従おうとしなかったところへ、ピロクテーテース*（またはその父ポイアース Poias）が通りかかり、頼まれて火をつけた。英雄はその返礼として常に携えていた必殺の弓矢を彼に与えた。薪の山が燃えている間に、雲が空から舞い降りてきて、激しい雷鳴とともに彼を天上に運び去ったという。長い試練の一生を終わりオリュンポスへ迎えられた彼は、ヘーラーとも和解して彼女の娘ヘーベー*（青春の女神）を娶り、神として祀られるようになった。ゼウスはこの最愛の息子の姿を星座の中に加えた（ヘルクレース座〈ラ〉Hercules）。

ヘーラクレースはソーテール Soter（救世主）、アレクシカコス Aleksikakos（害悪を防ぐ者）、カッリニーコス Kallinikos（輝かしい勝利者）など種々の異称・副名を添えてギリシア各地で崇拝され、なかんずくアッティケー*地方（アテーナイ、マラトーン）やボイオーティアー*地方（テーバイほか諸市）、シキュオーン*、ロドス*島でそれは盛んであった。またオリュンピア競技祭の創始（ないし再興）者、およびその最初の優勝者として（⇒ダクテュロスたち）、力と体育の神、体育場やパライストラー*の守護神(ギュムナシオン)と見なされ、諸市においてヘーラクレイア Herakleia なる運動競技祭が開催された。神話の世界、とりわけ喜劇や民間伝承において、ヘーラクレースは好色な大食漢として取り扱われ、無数の美女や美青年らを犯したとされており、その中には7歳になる実の娘パンダイア Pandaia も含まれている。絶倫の精力によって儲けた子供たちを通じて、彼はアルゴスやスパルター*、メッセーネー*、マケドニアー*などギリシア諸王室の祖となったのみならず、リューディアー、スキュティアー*、ヌミディア*、マウレーターニア*、インド等々の王室の、さらにはケルト*（ガラティアー*）人、サルディニア*人、エトルーリア*人、ラテン（ラティーニー*）人、またファビウス氏*やアントーニウス氏*らローマ名門の始祖にも擬せられている。ヘーラクレース複数説も古くから唱えられ、ローマ時代にはその数は3人から4人、6人、さらに44人にまで及んでいた。キュニコス（犬儒）派とストアー*学派の哲学者は、ヘーラクレースを簡素な生活と悪を滅ぼした勇気ある偉業のゆえに、廉直や剛毅といった徳性の具現者として理想化した。野生のオリーヴと白いポプラが彼の聖木とされており、またコース*島ではヘーラクレースの神官は女性の衣裳をまとう —— 婚礼では花婿も女装する —— 習慣のあったことが伝えられている。

美術作品において、ヘーラクレースは筋骨隆々たる理想の肉体を具えた成人男性の姿で表わされ、獅子皮とオリーヴの棍棒、弓矢を持物とする。古くは有髯、時に無髯であったが、のちには若々しい短髪の青年として描かれることが多くなった。最も有名な彫像は、リューシッポス*原作の「休息するヘーラクレース」を模したグリュコーン*の「ファルネーゼのヘーラクレース像」（ナーポリ国立考古学博物館蔵）である。現存する文学作品では、悲劇詩人エウリーピデース*の『ヘーラクレース（通称・「狂えるヘーラクレース」）』や、ソポクレース*の『トラーキースの女たち』、およびこれらを範としてローマ帝政期の哲学者セネカ❷*がラテン語で記した2篇の悲劇『ヘルクレース』Hercules Furens, Hercules Oetaeus がよく知られている。

⇒テーレポス、ヘーラクレイダイ、トレーポレモス、テュンダレオース

Apollod. 2-4～7/ Hyg. Fab. 29～36, 89/ Hom. Il. 5-395～, -638, 11-690, 14-324, 15-25, 18-117, 19-98～, Od. 11-601, 21-26/ Hes. Th. 289, 317, 332, 527, 943, 951, 982/ Herodot. 2-43～, 4-9/ Pind. Nem., Ol./ Soph. Trach./ Eur. H. F., Alc./ Arr. Anab. 2-16/ Paus. 5-7, 8-31, 9-11/ Diod. 1-24, 4-9～/ Ov. Met. 9-1～/ Cic. Nat. D. 3-16/ Xen. Mem. 2-1/ Theoc. Id. 24/ Sen./ Plut./ Plin. N. H./ Ap. Rhod./ etc.

ヘーラクレースの十二功業　Dōdekāthlos, Δωδεκᾶθλος, Āthloi tū Herakleūs, Ἆθλοι τοῦ Ἡρακλέους, （ラ）Heraclei Labores, （英）Twelve Labours of Hercules, （仏）Travaux d'Héraclès, （独）Die Zwölf Arbeiten des Herakles, （伊）Dodici fatiche di Eracle, （西）Los doce trabajos de Heracles

⇒ヘーラクレース

ヘーラクレースの柱　Herakleioi Stelai, αἱ Ἡράκλειοι Στῆλαι, αἱ Ἡρακλέους Στῆλαι, （ラ）Herculis Columnae, （英）Pillars of Hercules, （仏）Colonnes d'Hercule, （独）Säulen des Herkules, （伊）Colonne d'Ercole, （西）Columnas de Hércules, （葡）Colunas de Hércules

ギリシア神話伝説の英雄ヘーラクレース*（ヘルクレース*）がジブラルタル海峡（フレトゥム・ガーディーターヌム*）の両側に建てたという2本の柱。実際には海峡の東側入口のヨーロッパ岸に標高426 mの岩山カルペー*が、アフリカ岸に標高840 mの岩山アビュレー*がある。伝承によると、ゲーリュオーン*の牛を求めて世界の西の果てまで来たヘーラクレースは（第10の功業）、ガデイラ*（ガーデース*）の地に海峡を開いて大西洋と地中海をつなぎ、その記念に両側に岩柱を築いたとされる。巨神アトラース*がこの柱で天を支えているとも伝えられ、ギリシア・ローマ人にとってこの海峡の内側の地中海が、いわゆる「我らの海（ギ）Thalassa par' hēmīn, Θάλασσα παρ' ἡμῖν, （ラ）Mare nostrum」であった。また「ヘーラクレースの柱」はこの海峡そのものを指す通称として用いられた。

⇒タルテーッソス

Herodot. 4-8/ Mela 1-5, 2-6/ Apollod. 2-5/ Diod. 3-74, 4-18/ Ael. V. H. 5-3/ Strab. 3-170～/ Tac. Germ. 34/ Plin. N. H. 3-1/ Ptol. Geog. 2-4/ Pind. Ol. 3-44, Nem. 3-21, Isthm. 4-12/ Scylax/ Palaephatus 52/ Avienus/ etc.

ヘラス　Hellas
⇒ヘッラス

ペラスゴイ人　Pelasgoi, Πελασγοί, （ラ）ペラスギー Pelasgi, （英）Pelasgians, （仏）Pélasges, （独）Pelasger, （西）（葡）Pelasgos

「海の民」。ギリシアの先住民族。古代において最古の人類の1つと見なされた非ギリシア語を話す人々で、ホメーロス*ではテッサリアー*、トラーケー*（トラーキアー*）、クレーター*（クレーテー*）、小アジアなどに散在。後のギリシア著作家たちによれば、かつてギリシア全土に分布し、次第にエーペイロス*やアルカディアー*、イタリア、エーゲ海諸島の僻地へ駆逐された先住民一般を指す。ドードーナー*の神託やカベイロイ*の秘儀、勃起した陽物神ヘルマイ*の信仰など、ギリシアの宗教祭式の多くは彼らに負っており、「キュクロープス*の城壁」と呼ばれる巨石で造られた遺跡も彼らの手になるものとされている。アテーナイ*のアクロポリス*北西部にもペラスゴイ人の城壁と称されるものがあり、アッティケー*を追われたペラスゴイ人は多数のアテーナイ女を略奪してレームノス*島へ去り、彼女らに子供を生ませたが、言語・習慣の違いから後に母子もろとも皆殺しにしたという。青銅器時代までには北エーゲ海に広く居住していた民族と考えられ、後世にはペラスギアー Pelasgia, Πελασγία（「ペラスゴイ人の住地」の意）なる語は、ギリシアの美称・別名として用いられた。神話上の名祖はペラスゴス*。

⇒レレゲス、ミニュアイ

Hom. Il. 2-681, -840, -843, 10-429, 16-233, 17-288, Od. 19-177/ Herodot. 1-57～58, -146, 2-50～52, 6-136～140, 8-44/ Paus. 8-1/ Strab. 5-221, 7-321, 9-401, 13-621/ Dion. Hal. 1-17～/ Thuc. 1-3/ Aesch. Supp. 250/ Ar. Av. 1355～/ etc.

ペラスゴス　Pelasgos, Πελασγός, Pelasgus, （仏）Pélasgos, （伊）（西）（葡）Pelasgo

ギリシア神話中の男性名。ギリシアの先住民ペラスゴイ人の名祖。特にテッサリアー*とペロポンネーソス*（アルカディアー*とアルゴス*）に幾人かのペラスゴスの伝承が残っていた。ゼウス*とニオベー❷*の子ペラスゴスは、アルカディアー最初の王で、リュカーオーン*の父とされ（したがってアルカディアーの名祖アルカス*の曾祖父）、馬の飼育や毒草と薬草の区別を人々に教えたという（⇒巻末系図 003）。あるいは、大地から生まれた最初の人間で、家屋や衣服を発明したともされる。アルゴスの古王ペラスゴスは、ゼウスとニオベーの子アルゴス❹*の後裔で、ペルセポネー*を捜し求めてやってきた女神デーメーテール*を歓待し、またエジプトから逃げて来たダナオス*を受け入れた。その孫に当たるテッサリアー*のペラスゴスは、兄弟のアカイオス*（アカーイアー*の名祖）とプティーオス Phthios, Φθῖος（プティーアー*の名祖）とともに、当時ハイモニアー Haimonia, Αἱμονία と呼ばれていたテッサリアー*へ移り、先住民を追ってこの地に定着したと伝えられる。

⇒巻末系図 007

Apollod. 2-1, 3-8/ Strab. 5-221/ Hyg. Fab. 145, 176, 225/ Paus. 1-14, 2-22, -24, 8-1/ Dion. Hal. 1-11～/ etc.

ヘラーニコス　Hellanikos
⇒ヘッラーニコス

ペリアース Pelias, Πελίας, (仏)(葡) Pélias, (伊) Pelia, (現ギリシア語) Pelías

ギリシア神話中、ポセイドーン*とテューロー*の子。ネーレウス*と双生の兄弟。継母シデーロー Sidero, Σιδηρώ の怒りを怖れたテューローは、生まれたばかりの双子を棄てたが、2児は雌馬に授乳されたのち、通りすがりの馬飼いに拾われて養育された。兄弟の1人は拾われた時、馬飼いの馬に顔を蹴られて痣 pelion（ペリオン）ができたため、ペリアースと名づけられた。長じてのち2人は、彼らがその中に入れて棄てられた籠によって母テューローに認知されると、彼女を虐待していたシデーローを避難先のヘーラー*神殿で殺戮した。次いでテッサリアー*の支配権をめぐって兄弟間で相争い、ペリアースはネーレウスを放逐、さらにイオールコス*王たる異父弟アイソーン*を廃してその王座を奪った。アイソーンの子イアーソーン*が成長して王位を要求した時には、「コルキス*から金羊毛皮を持って来るならば願い通りにしよう」と約束、彼をアルゴナウタイ*の遠征に赴かせた（⇒プリクソス）。しかし、ペリアースはイアーソーンの不在中に、アイソーンを毒死させ、その妻（イアーソーンの母）を自殺に至らせたうえ、イアーソーンの幼い弟プロマコス Promakhos, Πρόμαχος をも殺害した。帰還したイアーソーンは魔女メーデイア*と復讐計画を練り、ペリアースはメーデイアの奸策に乗せられた自らの娘たちの手により八つ裂きにされて凄惨な最期を遂げた。細切れにされて煮られた彼の屍骸を息子アカストス*が集めて葬り、亡父を追悼する盛大な葬礼競技を開催した。彼の横死は女神ヘーラーをないがしろにしたために下された罰とされ、またその死を記念する葬礼競技は、アルカイック期の叙事詩や陶画など文学・美術の題材としてしばしば取り上げられている。

⇒巻末系図011

Hom. Od. 11-235～/ Apollod. 1-9, 3-9/ Hes. Th. 993～/ Diod. 4-50～/ Hyg. Fab. 12～14, 24, 50, 51, 157, 273/ Ov. Met. 7-297～/ Eur. Med. 502～/ Paus. 2-3, 4-2, 5-8, -17, 8-11, 10-30/ Ael. V. H. 12-42/ Arist. Poet. 16(1454b)/ etc.

ペリアンデル Periander

⇒ペリアンドロス*（のラテン語形）

ペリアンドロス Periandoros, Περίανδρος, (ラ) ペリアンデル* Periander, (仏) Périandre, (伊)(西)(葡) Periandro, (露) Периандр, (現ギリシア語) Períandros

ギリシア人の男性名。巻末系図023を参照。

❶コリントス*の僭主（在位・前627頃～前585頃）。キュプセロス*の子。ギリシア七賢人*の1人。はじめ穏和な支配を行ない、植民市の建設や商工業の振興政策などでコリントスを繁栄させたが、途中から残忍な圧政者に豹変。身辺に護衛兵を置き、有力市民を殺戮追放し、裕福な人々から富を奪った。その契機となったのは、彼がミーレートス*の僭主トラシュブーロス❸*に使者を送って、最もうまく統治する方法を尋ねた時の返答であったという。トラシュブーロスは何も言わずに使者を麦畑に連れて行き、他の穂よりも高く突き出た穂をすべて刈り落として見せた（⇒セクストゥス・タルクィニウス）。使者からこの話を聞いたペリアンドロスは、その意味を解して、国内の有力者を弾圧しはじめたというのである。彼はまた実の母親と密通しており、その事実が暴露されて母親は自害。以来、誰彼の見境なしに冷酷になったとも伝えられる。近親の者にも横暴で、妾たちの讒言を真に受けて妊娠中の妻メリッサ Melissa, Μέλισσα を蹴り殺し、その死を歎いたというので息子リュコプローン Lykophron, Λυκόφρων を追放、これと口をきく者があれば処罰すると厳命した。また妻の父たるエピダウロス*の僭主プロクレース Prokles, Προκλῆς を生捕りにし、エピダウロスを占領、妻の屍体とも性交し続けたばかりか、彼女の霊を慰めるためと称してコリントスの女性全員の衣裳を剥ぎ取り焼却した。次いで妻を中傷した妾たちを焼き殺し、憔悴し果てた息子に戻ってくるよう声をかけたところ、リュコプローンは「私と言葉を交された以上、父上も罰を受けねばなりません」と峻拒。怒ったペリアンドロスは息子をケルキューラ*（コルキューラ*）島へ

系図347　ペリアース

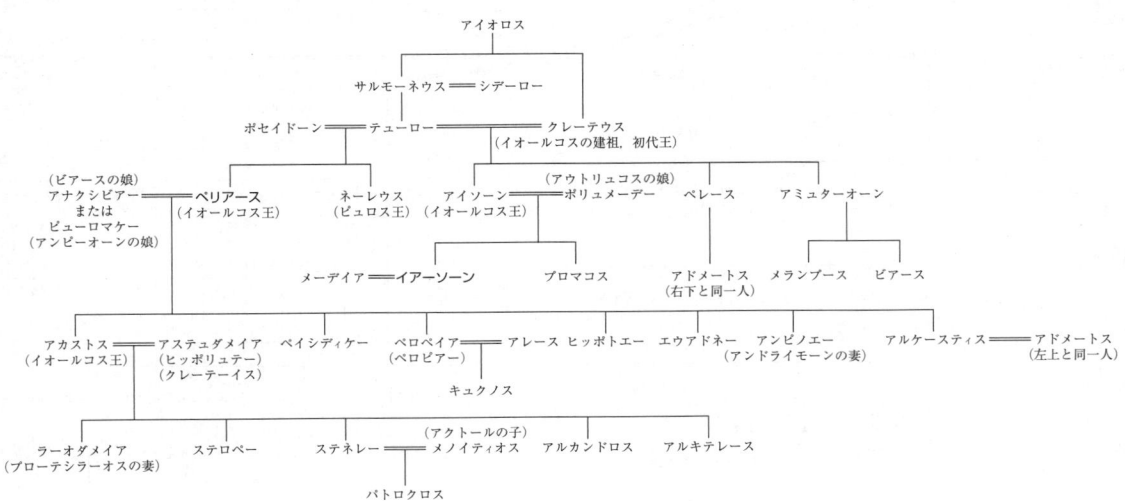

流罪に処した。ところが後年、リュコプローンがケルキューラ人に殺されると、彼は島の上層身分の少年300人を捕え、去勢して宦官にするべくリューディアー*王アリュアッテース*のもとへ送った。通常ペリアンドロスは40年間在位し、80歳で没したとされている。自らの埋葬場所を誰にも知られたくなかったので、巧妙な手段で自分の死に関与した者たちを次々に片っ端から殺させたという話も残されている。なおペリアンドロスは、残虐な暴君であった反面、学術・文芸のすぐれた保護者でもあった（⇒アリーオーン）。イストモス*地峡の開鑿を計画したのも、彼が最初である。その死後、甥のキュプセロス2世*が位を継いだが、ほどなく殺されて、同家の支配は終わりを告げた（前581頃）。

Herodot. 1-20, -23～24, 3-48～53, 5-92, -95/ Arist. Pol. 3-13(1284a), 5-12(1315b), Rh. 1-15(1375b)/ Diog. Laert. 1-94～/ Ael. V. H. 2-41/ Strab. 7-316, 13-600/ Plut. Sol. 4, Mor. 146b～164d/ Parth. Amat. Narr. 17/ Gell. N. A. 16-19/ Pl. Prt. 343/ Hyg. Fab. 221/ Lucian. Dial. D. 8/ Strab. 13-600/ Paus. 1-23, 2-28, 10-24/ Clem. Al. Strom. 351/ Nic. Dam./ etc.

❷アンブラキアー*の僭主（在位・前600頃～前580頃）。❶の甥。ギリシア七賢人*の中に数えられるのは、こちらの方だとする説もある。愛する若者と酒を飲んでいる時、たわむれに「そなたはもう儂の胤で子を孕んだか」と尋ねて相手を憤慨させ、それが原因で暗殺された。民衆によって追放されたともいう。

Arist. Pol. 5-4(1304a), -10(1311a～b)/ Plut. Mor. 768f/ Diog. Laert. 1-98/ Ael. V. H. 12-35/ Strab. 10-2-8 (-452) / Nic. Dam./ etc.

ペリオイコイ　Perioikoi, Περίοικοι, Perioeci, （仏）Périèques, （独）Perioken, （伊）Perieci, （西）（葡）Periecos, （葡）Periocos, （現ギリシア語）Períiki, （〈単〉ペリオイコス Perioikos, Περίοικος, Perioecus）

ギリシアの半自由民。「周辺に住む民」の意。財産の所有権、軍務奉仕と納税の義務、ある程度の地方自治権はもっていたが、国政に参与する権利は認められなかった。アルゴス*、クレーター*、エーリス*などドーリス*系の国家に多く、特にスパルター*のものが有名で、ラコーニアー*の沿岸地域、メッセーニアー*の西岸地方などの辺境に集落を作って分散居住し、小規模農業や商・手工業に従事していた。

⇒ヘイロータイ、メトイコイ

Herodot. 6-58, 9-11/ Thuc. 5-54, 8-6, -22/ Arist. Pol. 2-10(1271b～1272b), 5-2～3/ Xen. Hell. 3-2, 6-1-9, -5-25/ Strab. 8-362/ Steph. Byz./ etc.

ヘーリオガバルス　Heliogabalus, （ギ）ヘーリオガバロス Heliogabalos, Ἡλιογάβαλος, （仏）Héliogabale, （伊）Eliogabalo, （西）（葡）Heliogábalo, （露）Гелиогабал

⇒エラガバルス

ヘーリオス　Helios, Ἥλιος, Helius, （仏）（葡）Hélios, （伊）Elio, （露）Гелиос, （ドーリス*方言）Aelios, Ἀέλιος

ギリシアの太陽神。ローマのソール*に相当。神話中ではティーターン*神族のヒュペリーオーン*とテイアー*の子で、エーオース*（曙）とセレーネー*（月）の兄弟（⇒巻末系図002）。太陽そのものの神格化で、ポイボス*（光り輝く者）とかヒュペリーオーン（高きを行く者）とかパエトーン*（輝ける者）、また単にティーターン（巨神）などと呼ばれる。彼は壮年の美男子であり、毎朝4頭の駿馬に牽かれ

系図348　ヘーリオス

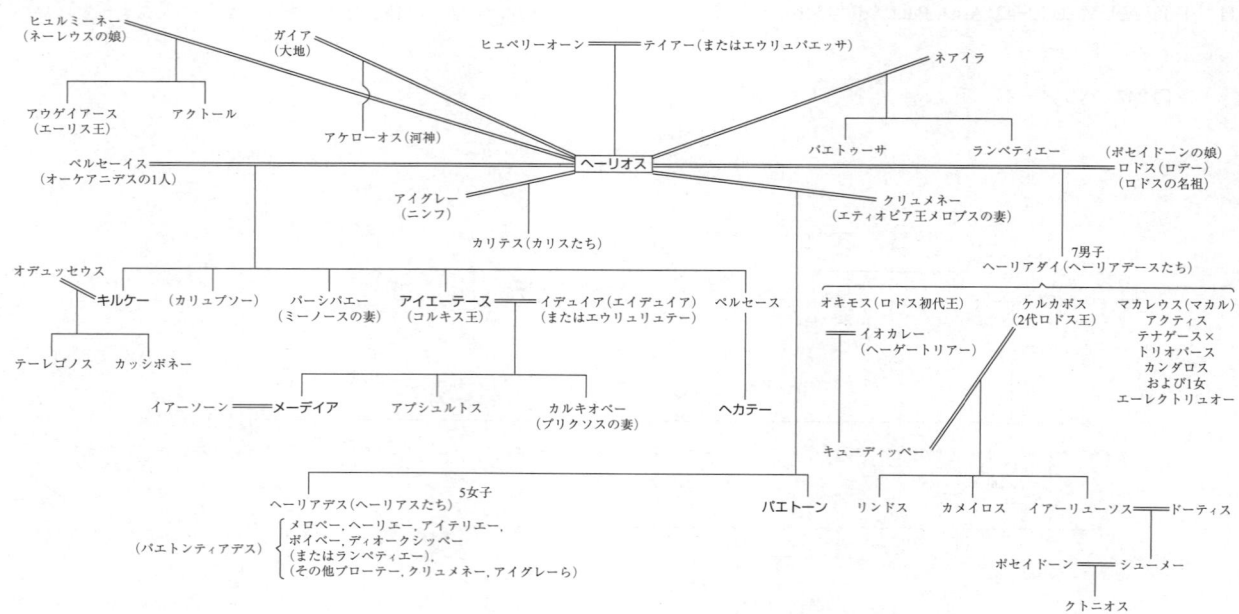

た戦車に駕し、エーオースに先導されつつ東方から天空に昇り、快速で蒼穹を横切ったのち、夕方西の果てに沈むとされている。その地にある「幸福の島〔マカローン・ネーソイ*〕」で馬たちに魔法の草を食（は）ませ、次いで夜の間に黄金の舟または大盃に乗って西から東へとオーケアノス*の流れを渡り、再び元の宮殿に戻ると考えられていた。太陽は「万物をみそなわす」者として、誓言の際などに証人として呼ばれ、また世界のあらゆる出来事を見聞していたため、デーメーテール*に失踪した娘ペルセポネー*の行方を教えたり、ヘーパイストス*に妻アプロディーテー*のアレース*との情事を密告したりした —— もっとも後者の時はアプロディーテーの恨みを買い、よって彼はクリュティエー*、レウコトエー*などを相手に悲恋を繰り返し経験しなければならなかったという ——。

　ヘーリオスは西方海上の島トリーナキエー*（〈ラ〉トリーナクリア Trinacria、シケリアー*（現・シチリア）と同一視される）に牛や羊の群れをもち、パエトゥーサ Phaethusa とランペティエー Lampetie という彼の2人の娘がその番をしていたが、飢えたオデュッセウス*の部下たちによって家畜を食われてしまったと伝えられる。神々が世界を分けあった時に不在だったヘーリオスは、選にもれたことを大神ゼウス*に訴え、折しも海中より現われ出た島を自領として受け取り、これを愛するニュンペー*（ニンフ*）にちなんでロドス*島と名づけた。以来ロドスは彼を主神と仰ぐ太陽神崇拝の中心地となり、港の入口には光線を表わす放射状の冠をかぶったヘーリオスの巨像〔コロッソス*〕が前4世紀に建造された。その他、コリントス*地峡の所有をめぐって彼と海神ポセイドーン*が争った際には、調停役に選ばれた巨人ブリアレオース*（ヘカトンケイレス*の1人）により、地峡は海神に与えられたが、コリントス*市のアクロポリス*（アクロコリントス）はヘーリオスにとっておかれた（のちにこれはアプロディーテーに譲り渡された）。往古はギリシア各地で広く崇拝されていたにもかかわらず、次第に光明神アポッローン*と混同ないし同一視されるようになり、ローマ帝政期にミトラース*教などの太陽崇拝がオリエントから伝播し盛行をみるまで、神界におけるその地位は二次的なものに留まっていた。雄鶏がヘーリオスの霊鳥とされ、白馬や白い羊・猪・牛、および蜂蜜がこの神に捧げられた。パエトーン、アイエーテース*はじめ多数の子女がいた。ヘーリオスから「太陽の」を意味する helio– なる語（例えばヘリオトロープ heliotrope）や、ヘリウム helium などの言葉が派生した。

⇒ペルセーイス、クリュメネー、ロデーまたはロドス、ヘーラクレース（第十の功業）

Hom. Od. 3-1～, -138, 12-260～, -374–/ Hes. Th. 371～, 957/ Pind. Ol. 7-58～/ Apollod. 1-2, -4, -9, 3-1/ Ap. Rhod. 3-209, 4-591, -964～/ Eur. Tro. 439/ Diod. 5-23, -56～/ Ov. Met. 2-119～, 4-167～/ Hyg. Fab. 154, 156, 183/ Ant. Lib. Met. 41/ etc.

ヘーリオドーロス Heliodoros, Ἡλιόδωρος, Heliodorus, （仏）Héliodore, （伊）Eliodoro, （西）（葡）Heliodoro, （露）Гелиодор

ギリシア人の男性名。

❶（前2世紀初頭）シュリアー*王セレウコス4世*の寵臣。セレウコス4世を毒殺して王子アンティオコス Antiokhos を擁立、支配権を奪取しようとしたが、ペルガモン*王エウメネース2世*とアッタロス2世*により追放され、王位はアンティオコス4世*が継承した（前175）。なお彼がセレウコス4世の命令でイェルーサーレーム*（エルサレム*）神殿の財宝を略奪しようとしたという名高い伝承は、イオーセーポス*（ヨーセープス*）も言及しておらず、史実とは認められていない（この神殿略奪譚はヴァティカーノ宮殿内のラファエロの壁画の題材として広く知られる）。
App. Syr. 45/ Liv. 41-24/ Vet. Test. 2 Maccab. 3/ etc.

❷（後3～4世紀頃）ローマ帝政期のギリシア系物語作家、ソフィスト*。シュリアー*のエメサ*に生まれる。太陽神ヘーリオス*の末裔を称し、その神官職に就いていたともいう。現存するギリシア恋愛小説のうち、最も長い『エティオピア物語（アイティオピカ）Aithiopika, Αἰθιοπικά』別名『テアーゲネース Theagenes とカリクレイア Kharikleia, Χαρίκλεια』全10巻の作者。これは美男のテアーゲネースとエティオピア*の王女カリクレイアの2人が、運命の悪戯（いたずら）で生き別れになったり、海難や盗賊・誘拐・投獄・魔術・人身供犠・仮死状態などさまざまな苦難と放浪を体験したのち、最終的にエティオピアでめでたく結ばれるまでの経緯を描いた波瀾万丈の恋愛冒険小説で、アキッレウス・タティオス*ら先行する同系統の作品に倣いつつ、器用な筆致で多数の挿話がまとめられている。新プラトーン主義的な貞潔と自制を重視する倫理観のゆえに、ヘーリオドーロスはのちにキリスト教に転向し、聖職者の独身主義をテッサリアー*の地に導入したという話が作られたが、信憑性は乏しい。また逆に彼は、若者たちに悪影響を与える小説を書いたという理由でキリスト教会から圧力を加えられて視力を奪われ盲人になったとも伝えられている。

　なお、他にもローマ帝政期の外科医ヘーリオドーロス（1世紀）や、ギリシア詩の韻律（メトロン）metron を研究した文法学者のヘーリオドーロス（1世紀）、アテーナイ*のアクロポリス*にある美術作品に関する書物を著したアテーナイの史家ヘーリオドーロス（1世紀？）など少なからぬ同名人物が知られている。

⇒カリトーン、ロンゴス、エペソスのクセノポーン

Socrates Hist. Eccl. 5-22/ Phot. Cod. 73/ Juv. 6-373/ Ath. 2-45, 6-229, 9-406/ Plin. N. H. 34, 36/ etc.

ヘーリオポリス Heliopolis, Ἡλιόπολις, （または、ヘーリウーポリス Heliupolis, Ἡλιούπολις）, （仏）Héliopolis, （伊）Eliopoli, （西）（葡）Heliópolis, （露）Гелиополь, （現ギリシア語）Ilióplis

（「太陽の都市」の意）

❶（ラ）Heliopolis Syriae（現・バアルベク Ba'albek）シュ

リアー*の古代都市。ベーリュートス*（現・ベイルート）の東北86km、アンティ・レバノン山脈の西斜面の台地にある。太陽を象徴とするセム系の主神バアル Baʻal 崇拝の中心地で、交通の要衝に位置するため隊商貿易によって古くから繁栄した。イトゥーライアー*の聖都であったが、ローマの植民市となり（前16頃）、帝政期に世界最大規模のユーピテル*＝バアル Baʻal-Hadad 神殿（長さ150m、幅270m）が建設された（後1～3世紀中頃）。神殿はのちテオドシウス1世*（在位・379～395）の命でキリスト教会に改変され、ユースティーニアーヌス1世*（在位・527～565）によって円柱を運び去られたうえ、十字軍の手で破壊を受けたにもかかわらず、今日も6本の巨大なコリントス*式列柱（高さ約20m）や華麗なバックス*神殿（正面36m、側面68m）、八角形のウェヌス*神殿、市壁外のヘルメース*＝メルクリウス*神殿などヘレニズム・ローマ建築を代表する遺蹟が残っている。
⇒コイレー・シュリアー
Plin. N. H. 5-18/ Strab. 16-753/ Macrob. Sat. 1-23/ Ptol. Geog. 5-14, 8-20/ Sozom. 5-10/ Theodoret. 3-7, 4-22/ Malalas Chron./ Steph. Byz./ etc.

❷（ラ）Heliopolis Aegypti 古代エジプトの都市名。（古代エジプト名）イウヌ Iwunu。ヘブライ聖典（俗称「旧約聖書」）のオーン ʼŌn。
（現・Tell Hisn）ナイル河の右岸、カイロの北東10kmに位置する。古都メンピス*より旧くからあり、太陽神アトゥム＝ラー Atum=Ra（のちギリシア人によってヘーリオス*と呼ばれた）崇拝の中心地として知られた。学問研究の場としても名高く、1太陽暦年の計算法を早くに確立し、プラトーン*やエウドクソス*もこの地に遊学したという。アカイメネース朝*ペルシア*のカンビューセース*によって破壊を被り（前525）、また何基かのオベリスクはローマへ拉し去られた。霊鳥ポイニクス*（不死鳥）が500年に1度、太陽神の神殿に飛来する伝承で有名。メンピス、テーバイ❷*と並んで、エジプトにおける宗教上の3大中心地であった。史家マネトーン*の出身地。
Herodot. 2-3～/ Plin. N. H. 5-9, 36-14/ Strab. 17-805～806/ Diod. 1-57, -59, -75, -96, 5-57/ Ael. N. A. 6-58, 11-7/ Plut. Sol. 26, Mor. 364c/ Diog. Laert. 18-8/ Ptol. Geog. 4-5/ Joseph. J. A. 13-3/ etc.

ペーリオン（山） Pelion, Πήλιον(τὸ Πήλιον ὄρος), Pelium, （仏）Pélion, （伊）Pelio, （西）Pelión
（現・Pílio）ギリシア北東部、テッサリアー*東方の高峰（標高1615m）。エーゲ海近くに聳え、山頂に大神ゼウス*に捧げられた神殿があった。松の茂る山として知られ、伝説上の船アルゴー*号の建材やアキッレウス*の大槍は、ここから伐り出されたという。またケイローン*らケンタウロス*族の居住地とされ、ペーリオンの名祖ペーレウス*（アキッレウスの父）と海の女神テティス*の婚宴はこの山中で催されたと伝えられている。
⇒オッサ山、アローアダイ

Hom. Il. 2-744, Od. 11-316/ Herodot. 4-179, 7-129/ Verg. G. 1-281/ Ov. Met. 1-155, Fast. 3-441, 5-381/ Eur. Alc. 595-/ Strab. 4-208, 9-429, -436, -438, -442～/ Ptol. Geog. 3-12/ etc.

ペリクレース Perikles, Περικλῆς, (Perikleēs, Περικλέης), Pericles, （仏）Périclès, （伊）Pericle, （葡）Péricles, （露）Перикл, （現ギリシア語）Periklís
（前495頃～前429）古代アテーナイ*最大の政治家。父はミュカレー*の戦い（前479）で勝利を収めた民主派の政治家クサンティッポス❶*、母は民主的改革者のクレイステネース❷*の姪アガリステー Agariste, Ἀγαρίστη という両親ともに名家の出身（⇒巻末系図023）。母親が獅子を産む夢を見たのち、間もなく彼を出産したと伝える。ペリクレースは容姿端麗だったが、頭だけは不釣合に長く、名声を得た後も彼の彫像はみな兜を被った姿で表わされた。音楽家でソフィスト*のダモーン Damon, Δάμων をはじめ、哲学者エレアー*のゼーノーン*やアナクサゴラース*らから教育を受け、とりわけアナクサゴラースを通して雄弁と高邁な精神を学んだ。若くして民主派の指導者として頭角を現わし、知友キモーン*の保守的・貴族的な寡頭派と対立、前463年キモーン弾劾で名をあげ、翌462年にはエピアルテース*と協力して、保守派の牙城たるアレイオスパゴス*会議の実権を奪った。その翌年、エピアルテースが暗殺され、キモーンは陶片追放にあったため、彼がアテーナイ政界を主導。役人の抽籤による選出や最高官アルコーン*職への就任資格を第3身分たる農民層にも開放（前457）。役人・陪審員の日当支払い、市民への観劇入場料支給など民主化の徹底に努めた。

軍事・外交面では、アカイメネース朝*ペルシア*帝国とカッリアース*の和約（前449）を結び、スパルター*と30年間の和平条約を締結する（前446）など、強国との間には平和を保つ一方、デーロス同盟*の支配力を強化、前454年、同盟の金庫をフェニキア*艦隊の来襲を口実にデーロス*島からアテーナイへ移し、離反したエウボイア*（前447／446）やサモス*（前441～前439）を鎮定（⇒メリッソス）。海軍力を発展させ、同盟諸国を属国のごとくに扱って加盟領域内の度量衡や貨幣を統一し、「アテーナイ海軍帝国」を現出させた。

政敵トゥーキューディデース❶*の陶片追放（前443）後は、死ぬまで連年、将軍（ストラテーゴス*）職に就き、その強大な権力から「地上のゼウス*」とかオリュンピオス Olympios, Ὀλύμπιος と呼ばれ、「名は民主政だが実は第1人者による単独支配」と言われる「ペリクレース時代」を到来させるに至った。前447年以降、パルテノーン*神殿の造営に着工、デーロス同盟の資金を盛んに転用しつつ、さまざまな公共建築物でアクロポリス*を飾り市の壮麗化を図ったほか、学問芸術を推進・奨励し、アテーナイをギリシア古典文化の中心地とした。

前444年ギリシア全土から植民者を募って南イタリア

にトゥーリオイ*市を建設し、前437年にはトラーケー*（トラーキアー*）にアテーナイの軍事植民市アンピポリス*を設立するなど、植民政策を通じても、アテーナイの海上覇権の確立に努めたが、ギリシアに秩序をもたらすための汎ヘッラス*会議の計画は、スパルターの反対で実現を見なかった。

晩年になると反対派は彼の地位を揺るがすため、その愛人や友人たちに攻撃をかけ、巨匠ペイディアース*は投獄・追放され、アナクサゴラースは巨額の罰金刑を受けたのち国外へ放逐され、アスパシアー❶*はペリクレースの懸命の弁護でかろうじて放免された。一説によると、彼がペロポンネーソス戦争*（前431～前404）へ踏み切った（前431）のは、国難が生じれば自分に対する非難の矛先を逸らせることができると読んだからだという。スパルターとの開戦後は、籠城策を堅持し、海軍力によってペロポンネーソス*半島を奇襲・攪乱するというすぐれた戦略をとった。前431年末に彼が戦没勇士の国葬に際して行なった演説は、古典古代随一の名演説と評価されている。しかし、翌前430年の夏に疾病が流行しはじめ、ペリクレースは2人の嫡出子クサンティッポス❷*とパラロス Paralos（2人とも精神薄弱で「おっぱい吸い」と渾名されていたという）をはじめ、親族・友人をほとんど失ってしまう。嫡子がいなくなったので、自ら提案した「アテーナイ市民権は両親ともアテーナイ人である者に限る」とする法律（前451成立）を破って、アスパシアーとの間に生まれた庶子（❷の小ペリクレース）を正嫡の子と認めさせた。その後間もなく悪疫の蔓延に民心が荒廃する中、ペリクレース自身も病魔の犠牲となって、あえなく世を去った（前429初冬）。

30年にわたる彼の治下（前461～前429）、アテーナイは全盛期を迎え、ソポクレース*やソークラテース*、ヘーロドトス*、ヒッポクラテース*、デーモクリトス*等々といった錚々たる人物が陸続と輩出・活躍し、「全ギリシアの模範」と称されて、その黄金時代を謳歌したことは特筆に価する。

ペリクレースは、友人メニッポス Menippos, Μένιππος の妻を誘惑したとか、息子の妻とも密通したなど数多くの艶聞が伝わっているが、情慾をほしいままにしない分別も備えていたらしく、次のような逸話も伝えられている。ソポクレースが将軍として彼と一緒にサモスへ遠征した時、すばらしい美少年を見て目を細めたところ、ペリクレースは謹厳な面持ちで「ソポクレースよ、将軍職にある者は手だけではなく眼も慎しむのが相応しいですぞ」とたしなめたというのである。また、合理的な精神の持ち主で迷信に惑わされることもなく、ペリクレースが軍艦に乗りこんだ折に偶然日蝕が起こり、人々がこれを不吉の前兆と驚き騒いだところ、彼はやにわに外套を脱いで胆を潰している舵取りの眼前にかざし、「どうだ、これが怖ろしいか」とたずねた。相手が「いいえ」と答えると、ペリクレースは「では、これとあれとどこが違う。日蝕の闇を作り出したものの方が、この外套より大きいというに過ぎないではないか」と言って、将兵の不安を取り除いたという話も伝えられている。

Thuc. 1～2/ Plut. Per., Cim. 16～/ Paus. 1-25, -29/ Xen. Hell., Ath. Const./ Pl. Grg. 455d, 515e, Menexen. 236a, Alc. 1/ Phdr./ Arist. Pol. 2-12(1274a), Ath. Pol. 26/ Diod. 12-7/ Ael. V. H. 4-10/ Quint. Inst. 3-1, 12-9/ Cic. De Or. 2-22, Brut. 7(27), Fin. 5-2, Off. 1-40(144)/ Strab. 9-395/ Ar. Nub. 1001, Ach./ Plin. N. H. 22-19-44/ Suda/ etc.

❷小ペリクレース（前445頃～前406）❶の子。母は才媛アスパシアー❶*。嫡子を疫病によってことごとく失ってしまった父により、国法を枉げて正嫡の後継者と認められ、父の名を引き継ぐ（前429）。ペロポンネーソス戦争*（前431～前404）中、将軍に選ばれ、アルギヌーサイ*の海戦（前406）で敵軍を撃破したにもかかわらず、折からの暴風で味方の漂流者や戦死者の遺骸を海面から拾い上げることができなかったため、アテーナイ*衆愚政治の犠牲となって他の将軍たちとともに死刑に処せられた。この裁判の違法性を最後まで主張したのは、五百人評議会の中でソークラテース*唯ひとりであった。

なお、彼の父方の従兄弟ヒッポクラテース Hippokrates, Ἱπποκράτης は、ペロポンネーソス戦争中のデーリオン*の闘い（前424）で敗死したが、その3人の息子テレシッポス Telesippos, Τελέσιππος、デーモポーン Demophon, Δημοφῶν、ペリクレース Perikles, Περικλῆς は揃いも揃って豚のように愚鈍で有名だったという。

この他、前4世紀初頭に小アジアのリュキアー*を支配した王ペリクレースの存在が知られている。
Plut. Per. 37/ Xen. Hell. 1-5～7/ Ael. V. H. 6-10, 13-24/ Theopomp. Fr. 103/ Schol. ad Ar. Nub. 1001/ Suda/ etc.

ヘリコーン（山） Helikon, Ἑλικών, Helicon, （仏）Hélicon, （伊）Elicóna, （西）Helicón, （露）Геликон, （現ギリシア語）Elikón

（現・Elikón または Zagora）ギリシアのボイオーティアー*西南部の山塊。コーパーイス*湖とコリントス*湾との間、パルナッソス*山の東南方に位置する（標高約1750 m）。音楽の女神ムーサ*たち（ムーサイ*）の聖山として古来名高く、したがってムーサイはヘリコーニアデス Helikoniades とかヘリコーニデス Helikonides と称される。東斜面はムーサイの谷と名づけられ、彼女たちを祀る神殿があり、4年毎に競技祭 Museia が開催されていた（⇒テスピアイ）。イオーニアー*式のムーサイ神殿や劇場（テアートロン*）などの遺跡が発掘されてはいるが、神域を飾っていた優れた彫刻類、ならびに周囲の聖林は、コーンスタンティーヌス1世*（大帝）の命で、新首都コーンスタンティーノポリス*の美観を高めるために運び去られて（後330頃）残っていない。山中に詩人の霊感の源として知られるヒッポクレーネー*とアガニッペー*の2泉が湧き出ており、山頂にはナルキッソス*の泉があったとされる。沃土に恵まれ、有害な植物や蛇が棲息せず、東麓には詩人ヘーシオドス*の故郷アスクラー*の町がある。東南方のキタイローン*山と兄弟であるとする地方伝承も残っている。

Paus. 9-28〜31/ Strab. 9-409〜410/ Hes. Th. 1〜, 23, Op. 637, 656/ Soph. O. T. 1008/ Lucr. 3-1050/ Pind. Isthm. 2-33, 8-57/ Euseb. Vit. Const. 3-54/ etc.

ヘーリッロス　Herillos, Ἥριλλος, Herillus (Erillus),〈伊〉Erillo,〈西〉Herilo

（前3世紀）ストアー*学派の哲学者。カルターゴー*の人。キティオン*のゼーノーン*の弟子。他のストアー派哲学者とは異なり、「徳ではなく知識こそ人生の目的(テロス) telos, τέλος である」と主張。ヘーリッロス派 Herilleioi なる分派を立て、前200年近くまでこの一派は続いた。なお、彼は若い頃、非常な美少年だったので、大勢の男たちに求愛され、この連中を追い払いたく思った師のゼーノーンによって無理やり頭髪を剃り落とされてしまったという話が伝わっている。著作はすべて散逸した。
⇒アリストーン❶、ディオニューシオス（「転向者」）
Diog. Laert. 7-37, -165〜166/ Cic. Acad. 2-42, Fin. 2-11, 4-14〜, 5-8, Off. 1-2, De Or. 3-17/ etc.

ペリッロス　Perillos, Πέριλλος, Perillus, (Perilāos, Περίλαος, Perilaüs),〈伊〉Perillo,〈西〉Perilo,〈露〉Перилл

（前560頃に活動）アテーナイ*出身の彫刻家。アクラガース*（アグリゲントゥム*）の僭主パラリス*のために青銅製の雄牛を造像したことで名高い。これは犠牲者を中に閉じ込めて蒸し焼きにすると、その叫び声が牛の怒号そっくりに聞こえるという仕組みで、僭主の命令によって製作者たるペリッロス自身が最初の犠牲となり、ゆっくりと炙り殺されたという。しかし、彼の考案した残忍な装置は、その後、多少の趣向を変えつつローマ時代にも繰り返し愛好され、拷問刑罰史上、不朽の名を留めることになる。なお、新しい拷責法を案出した者に褒美を与えていたシキリア*（現・シチリア）の僭主アエミリウス・ケーンソーリーヌス Aemilius Censorinus に、「青銅の馬」を造って献上したパテルクルス Paterculus なる男が、まず最初に自らの考案した装置で殺されたという類話も伝わっている。
Plin. N. H. 34-19/ Ov. Ars Am. 1-653, Tr. 5-1/ Prop. 2-25/ Juv. 8-81/ Lucian. Phalaris 1-11〜/ Plut. Mor. 315c/ Diod. 9-18, 32-25/ Schol. ad Pind. Pyth. 1-95/ etc.

ベーリュートス　Berytos, Βηρυτός, Berytus,〈英〉Beirut,〈仏〉Beyrouth,〈独〉〈伊〉〈西〉Beirut,〈葡〉Beirute,〈露〉Бейрут

（現・ベイルート Beirût, Beyrût,〈アラビア語〉Bairūt, Bayrūt）フェニキア*の港湾都市。レバノン山脈の西麓、地中海に臨む岬に位置する。すでに前15世紀の記録に現われ、フェニキア人の貿易都市として大いに繁栄した。ヘレニズム時代にはラーオディケイア*とも呼ばれ、葡萄酒と亜麻布の産地として知られた。市の守護神は海の神ポセイドーン*。前140年ディオドトス・トリュポーン*に破壊されたが再興し、前81年にはアルメニアー*大王ティグラーネース*から自由市と認められる。前16年頃ローマの将アグリッパ*に占領されて軍事植民市となり、ヘーリオポリス*（バアルベク*）などの後背地を領した。ローマ帝政期には、フェーリークス・ユーリア Felix Julia と称され、ユダヤのヘーローデース*王家の手で豪華に装飾された（アグリッパ1世の円形闘技場(アンピテアートルム*)など）。後3世紀以降は学問の府、とりわけローマ法学校の所在地として有名。6世紀の大地震で古代の遺跡はほとんど壊滅した。

なお、キリスト教伝説中の聖人ゲオールギオス* Georgios (〈英〉〈仏〉George) が悪竜を退治したのは、通常ベーリュートス城外の海岸においてであったとされている。
⇒ビュブロス、テュロス、シードーン
Strab. 16-755〜/ Plin. N. H. 5-17/ Tac. Hist. 2-81/ Mela 1-12/ Amm. Marc. 14-8/ Joseph. J. A. 16, 19, J. B. 7/ Ulpian. Dig. 15-1/ etc.

ペリラーオス　Perilaos, Περίλαος, Perilaüs, (Perileos, Περίλεως)
⇒ペリッロス

ペリルロス　Perillos
⇒ペリッロス

ペリロス　Perillos
⇒ペリッロス

ペリントス　Perinthos, Πέρινθος, Perinthus,〈仏〉Périnthe,〈伊〉〈西〉Perinto

（現・Marmaraereğlisi, Marmara Ereğli, Eski Ereğli）トラーキアー*（トラーケー*）のプロポンティス*（マルマラ海）に臨むギリシア人都市。前602年頃サモス*の植民市として建設され、のち伝説上の創建者たる英雄ヘーラクレース*を記念してヘーラクレイア❼*（ラ）Heraclea Perinthus または、Heraclea Thraciae と呼ばれるようになった（後3世紀〜）。アカイメネース朝*ペルシア*帝国に臣従したのち、デーロス同盟*、次いでアテーナイ*第2次海上同盟に加入する（前377）が、前357年に離反し、前355年までに自治を認められた。その後、マケドニアー*王ピリッポス2世*に攻撃されたものの、天然の要害の地に恵まれていたため、これを退けることができた（前340）。マケドニアー王国（前202〜前196）、アッタロス朝*ペルガモン*王国の支配（前189〜）を経て、ローマの属州マケドニア*に併合された（前2世紀末）。ヘーラクレイアと改名したのは、ローマ帝政期に入ってからのことである（後300頃）。
Herodot. 4-90, 5-1/ Xen. An. 2-6, 7-2, Hell. 1-1/ Plut. Mor. 303f/ Diod. 16-74〜/ Polyb. 18-2/ Liv. 32-33, 33-7/ Ptol. Geog. 3-11, 8-11/ Plin. N. H. 4-11/ Procop. Aed. 4-9/ Just. 16-3/ It. Ant./ etc.

ヘルウィウス・キンナ、ガーイウス　C. Helvius Cinna
⇒キンナ、ガーイウス・ヘルウィウス

ヘルウィディウス・プリ（ー）スクス　Gaius Helvidius Priscus,（ギ）Helūidios Priskos, Ἑλουίδιος Πρίσκος,（伊）Elvidio Prisco,（西）Helvidio Prisco,（葡）Helvídio Prisco,（露）Гельвидий Приск

（？〜後75頃）ローマ帝政期の元老院議員（セナートル*）・ストアー*派の哲学者。トラセア・パエトゥス*と小アッリア*の女婿。56年の護民官（トリブーヌス・プレービス*）で、岳父トラセアと同じく熱烈な共和政支持者。岳父がネロー*帝に処刑された時（66）、妻ファンニア Fannia とともに追放され、アポッローニアー*に退去するが、のちガルバ*帝によって召還される（68）。70年度の法務官（プラエトル*）となり、旧知のウェスパシアーヌス*が即位したにもかかわらず、相変わらず帝政を憎んで悪態をついてまわったため、ウェスパシアーヌスから元老院への出席を禁止される。しかし、「議員である以上、登院せねばならぬ」と応酬し、帝が「では沈黙していよ」と命じると、「私は正しいと信ずることを述べる」と拒絶。危険なまでに反抗的な言動のゆえに、ついに妻と一緒に再び追放刑に処される（74頃）。その後間もなくウェスパシアーヌスは彼に死刑を宣告、ところがすぐに翻意し、急使を遣わして死刑執行人を呼び戻したけれど、間に合わなかったという。彼の伝記が寡婦となったファンニアの求めで、セネキオー Herennius Senecio（？〜93末）によって書かれたが、このためドミティアーヌス*帝の命令でセネキオーは殺され、ファンニアは3度追放の憂き目に遭った（彼女は流罪に耐えたうえ、ローマへ帰還を許されたのち、危険な病気に罹っている親戚のウェスターリス*（ウェスタ*の巫女）ユーニア Junia を看病したため病気に感染して死亡する）。先妻腹の息子ヘルウィディウス（小プリーニウス*やタキトゥス*の友人）も、書いた芝居の中でドミティアーヌスの気紛れな離婚を揶揄したとして訴えられ、死刑に処せられている（93頃）。

なお、この息子の方のヘルウィディウスの岳父 P. アンテイユス Anteius（？〜後57）は、ネローの母后・小アグリッピナ*の情夫の1人だったためにネローの憎悪を買い、占星術で不軌を図ったという口実で死に追いやられた（毒を飲み血管を切り開いたうえ、喉に短剣を突き刺して自殺）人物である。
⇒本文系図272
Tac. Ann. 13-28, 16-28, -33〜35, Hist. 2-91, 4-5〜, Dial. 5, Agr. 2, 45/ Dio Cass. 65-7, 66-12, 67-13/ Suet. Vesp. 15, Dom. 10/ Plin. Ep. 4-21, 7-19, 9-13/ Epictetus 1-2/ etc.

ヘルウェーティーイー（族）　Helvetii,（ギ）ヘルーエーティオイ Heluetioi, Ἑλουήτιοι, ヘルベーティオイ Helbetioi, Ἑλβήτιοι,（英）Helvetians,（仏）Helvètes, Helvétiens,（独）Helvetier,（伊）Elvezi,（西）Helvecios,（葡）Helvécios,（露）Гельветы

ヘルウェーティア Helvetia（現・スイス Suisse, Switzerland）に居住していたケルト*系の好戦的な部族。前107年、彼らの一部は L. カッシウス・ロンギーヌス Cassius Longinus 麾下のローマ軍をレーマンヌス Lemannus（現・レマン Léman）湖畔に破り、前102年にはキンブリー*族の北イタリア侵寇に加わったが、ローマの将軍マリウス*に敗れ、かろうじて故土へ逃げ帰った。その後もガッリア*で最も武勇に優れた種族たるを誇り、首長オルゲトリクス Orgetorix は、アエドゥイー*族のドゥムノリクス*らと結んで、全ガッリアに覇を唱えんと企てた（前61）。前58年、ゲルマーニア*人の軍王アリオウィストゥス*に圧迫されたヘルウェーティーイーは、西方の肥沃な平野へ向けて移住を開始するが、ガッリア遠征に乗り出したカエサル*にビブラクテ*付近で潰滅的敗北を喫し、大半を虐殺されて故国へ追い返される。アウグストゥス*の治下、彼らはガッリア・ベルギカ*に、次いでティベリウス*帝によりゲルマーニア・スペリオル*に編入される。ウェスパシアーヌス*帝に始まるフラーウィウス*朝（後69〜98）の時代に繁栄を極め、ローマの習慣や言語を次第に取り入れていった。

260年頃に防衛堤リーメス*が放棄されて以来、彼らの住地は異民族の攻撃にさらされ、460年までには、ブルグンディー*やアラマンニー*の支配するところとなった。
⇒ラエティア、ゲナーウァ
Caes. B. Gall. 1-1〜31, -40, 4-10, 6-25, 7-75/ Tac. Germ. 28, Hist. 1-67/ Plin. N. H. 4-17/ Strab. 4-208, 7-293/ Ptol. Geog. 2-9, -11/ Plut. Caes. 18/ Liv. Per. 65/ etc.

ペルガ　Perga
⇒ペルゲー

ベルガエ（人）　Belgae,（ギ）Belgai, Βέλγαι,（Belgikoi, Βελγικοί）,（英）Belgians,（仏）Belges,（独）Belger,（伊）Belgi,（西）Belgas,（露）Белги

外ガッリア*の北部にいた好戦的な民族。前2世紀頃、レーヌス*（ライン）河下流に居住していたゲルマーニア*人とケルト*系ガッリア人が混血したもの。カエサル*がガッリアに侵攻した当時（前58）、彼らはセークァナ Sequana（現・セーヌ）河およびマートロナ Matrona（現・マルヌ Marne）川以北の、ガッリア全土の3分の1を占める広大な地域を領していた —— 今日のベルギーを中心として北フランス、ライン河以南のオランダに相当 ——。ベッロウァキー*、ネルウィイー*、スエッシオーネース*、エブローネース*、アトレバテース*、アンビアーニー*、レーミー*、メナピイー*などの諸部族に分かれ、その国土はベルギウム Belgium と呼ばれた。アリオウィストゥス*敗北後の前57年、彼らは連合してカエサルに向かったがアクソナ Axona（現・エーヌ Aisne）川の戦いで惨敗、次いでウェルキンゲトリクス*の蜂起に加わって、ついに屈服した（前52）ものの、その後30年近くにわたりローマに対する反抗を繰り返した。

ベルガエ人はガッリアに住む諸民族のうち最も剽悍かつ

精強で、大柄な体躯に釣り合った長い剣や大楯、投げ槍で戦い、前2世紀末に侵入したキンブリー*、テウトネース*（テウトニー*）両族を自分たちだけで迎え討ったという。男たちも髪を長く伸ばし、袖つきの羊毛服とぴったりしたズボンを着用、食料はきわめて豊富で、とりわけ豚肉を好み、木板と小枝を編んで円筒形の家屋を建てるが、ローマ帝政期になっても大半の人々は地面に横たわって眠ったと伝えられている。

ベルガエ人の一部は前150年頃からブリタンニア*へ移住しはじめ、沿岸地方からタメシス Tamesis（現・テムズ Thames）河を越えて北方へ進出し（⇒カッシウェーッラーヌス）、またコンミウス*に率いられた一派はブリタンニア南部に王国を形成した（前50頃）。

ベルギウムの地はアウグストゥス*によってローマの属州ガッリア・ベルギカ*に組織され、レーヌス河の交易に関与して大いに繁栄するに至った（⇒アウグスタ・トレーウェロールム）。今日のベルギー（〈蘭〉ベルヒエ België）の国名は、ラテン語のベルギウムから生じたものである。

⇒モリニー、ノウィオドゥーヌム

Caes. B. Gall. 1-1, 2-1〜33, 5-12, -24〜25, 8-46〜/ Plin. N. H. 4-17/ Strab. 4-192〜/ Mela 3-2/ Tac. Ann. 1-43, 3-40, Hist. 4-17, -76, Agr. 11/ Ptol. Geog. 2-3, -7/ Gesta Treverorum/ etc.

ペルガムム　Pergamum
⇒ペルガモン（のラテン語形）

ペルガモン　Pergamon, Πέργαμον, Pergamum （Pergamos, Πέργαμος, Pergamus）,〈仏〉Pergame,〈伊〉Pergamo,〈西〉〈葡〉Pérgamo,〈現ギリシア語〉Pérgamos

（現・ペルガマ Bergama）小アジア西方ミューシアー*の都市。ヘレニズム時代にアッタロス朝*ペルガモン王国（前282〜前133）の首都として栄え、のちローマの属州アシア*の州都となる。伝説上の初祖ペルガモス Pergamos はネオプトレモス*（アキッレウス*の子）とアンドロマケー*の末子で、父の死後、母とともにエーペイロス*から小アジアに渡り、この地の王を一騎討ちで斃して、その主市をペルガモンと名づけたという。新石器時代から居住の痕跡が認められるが、初期の歴史は不明。アイオリス*系のギリシア人が最初に植民市を建てたという。ギリシア語文献ではクセノポーン*の『アナバシス Anabasis』に初めて登場する（前400年の記事）が、すでに前420年頃には丘陵要塞としてゴンギュロス Gongylos, Γογγύλος 家の領するところとなっていた。アレクサンドロス大王*の死（前323）後、小アジアを支配したリューシマコス*は宦官のピレタイロス*に9千タラントンもの財宝を託し、ペルガモンを守護させたところ、宮廷の内紛に乗じたピレタイロスは主人から離反し、たくみに身を処して事実上の独立国家を築き上げた（前282〜前263）。その甥エウメネース1世*が継承して以来、5代130年にわたってアッタロス朝の支配が続き、ペルガモンはその王都として急速に繁栄した（⇒巻末系図037）。歴代君主は強力な陸海軍をもち、政治的にはローマと結んでセレウコス朝*シュリアー*と戦い、小アジア・北エーゲ海の貿易を一手に押さえ、莫大な利益を上げた。最盛期はエウメネース2世*の治世（前197〜前159）で、対シュリアー戦でローマに協力して功績をたて、前188年には小アジアの大部分に版図を拡大した。ペルガモンには王宮や諸神殿、図書館、体育場（ギュムナシオン*）、劇場（テアートロン*）、ゼウス*の大祭壇などの公共建築物が輪奐の美を誇り、アレクサンドレイア❶*と並ぶヘレニズム文化の中心地として学問・芸術が開花した。蔵書20万巻に達するペルガモン図書館に脅威を覚えたプトレマイオス朝*がパピューロスの輸出を禁じたため、エウメネース2世は羊皮紙（ギ）Pergamene, Περγαμηνή,（ラ）Pergamena を大量生産させてこれに対抗。よって羊皮紙を意味するヨーロッパ諸語はペルガモン王国の名を帯びることになった（〈英〉Parchment,〈仏〉Parchemin,〈独〉Pergament,〈伊〉Pergamena,〈西〉Pergamino, ……）。嗣子のないアッタロス3世*が王国をローマに遺贈して没する（前133）と、王家の落胤を称するアリストニーコス❶*の乱が勃発、これを鎮圧するためにローマは軍隊を派遣し、水源に毒を流して叛徒を屈服させなければならなかった。属州アシアに編入されてからもペルガモンは、政治・経済・文化上の要地として長く繁栄を続け、皇帝らの庇護を得てローマ帝政期には第2の盛期を迎えた。この町は名医ガレーノス*や弁論学者アポッロドーロス❷*、およびペルガモン派の彫刻家たちを輩出。リューシッポス*やスコパース*の影響を強く受けたこのヘレニズム時代を代表する流派の特徴は、「ガラティアー*戦勝記念群像（前3世紀）」（通称"ガラティアー人とその妻""瀕死のガラティアー人"はその一部のローマ時代の模刻。ローマ国立博物館およびカピトリーノ博物館蔵）や「ゼウスの大祭壇浮彫（前180〜前160頃。ベルリン・ペルガモン博物館蔵）Pergamonmuseum」の劇的・激情的な表現の裡に見てとることができる。後3世紀にゴート*人の攻撃を被ったものの、古代末期まで重要な文化都市であり続け、「背教者」ユーリアーヌス*帝は哲学をここで学び、名医オレイバシオス*（オリーバシオス*）もこの町で活躍した。

ペルガモンはまた豊かな穀物や銀鉱に恵まれ、毛織物・羊皮紙・香料・葡萄などの特産物によって富強を謳歌したが、時代が下るにつれて、次第にエペソス*に優位を譲るようになった。現在、急峻な岩山の上に造営された古代都市の全体が発掘されており、アクロポリス*の諸建造物や斜面を利用した大劇場（1万5千人を収容）、3つの体育場（ギュムナシオン）、浴場、神殿、公衆便所、城壁、アゴラー*等々に、ヘレニズム時代の都市計画の頂点を極めたと評されるペルガモンの栄光の面影を偲ぶことができる。市の西南郊外の平野部には前4世紀創設のアスクレーピオス*神域 Asklepieion, Ἀσκληπιεῖον の遺跡があって、患者が仮眠をとりながら夢告を通じて治癒法を教わったという医療施設や附属図書館、列柱廊（ストアー*）、劇場ほかの建築群が発掘されている。

⇒アッタロス、エウメネース

Xen. An. 7-8, Hell. 3-1/ Strab. 13-609, -623〜/ Liv. 29-11, 30〜/ Polyb. 16-1/ Isid. Orig. 6-11/ Plin. N. H. 5-33, 13-21, 35-46/ Mart. 9-17/ Paus. 1-11, 5-13/ Ptol. Geog. 5-2, 8-17/ Tac. Ann. 3-63/ Ath. 1-3, 15-689/ Steph. Byz./ etc.

ヘルクラーネウム　Herculaneum,（ギリシア名・ヘーラクレイオン*Herakleion, Ἡράκλειον）,（西）Herculano

（現・エルコラーノ Ercolano）イタリア半島西南部、カンパーニア*の沿岸都市。ネアーポリス*（現・ナーポリ）から東南約 8 km、ポンペイイー*（ポンペイ）との中間に位置する。英雄ヘーラクレース*（ヘルクレース*）の創建と伝えるが、オスキー*人やエトルーリア*人、ペラスゴイ*人、サムニウム*人などが次々と占住したと思われ、その整然とした都市計画はギリシア人の植民があった（前 6 世紀頃）ことを示唆している。第 2 次サムニウム戦争*（前 326〜前 304）後、ローマの同盟市となり、前 1 世紀初頭の同盟市戦争*（前 91〜前 88）でローマに扱き、前 88 年に降伏、自治都市（ムーニキピウム*）となる。共和政末期からローマ貴族の保養地として繁栄し、数多くの贅沢な別荘 villa が建ち並んだ。後 62 年の大地震で相当の被害を受け、修復工事が完了する頃、79 年 8 月のウェスウィウス*（現・ヴェズーヴィオ）火山の噴火に見舞われ、ポンペイイーやスタビアエとともにすっかり埋没。ポンペイイーが火山礫と火山灰で覆われたのに比して、ヘルクラーネウムは溶岩の下敷きになったため、より深く密閉され、また家具などがより完全な状態で保存されることになった。18 世紀初頭から発掘や盗掘が行なわれ、多数の彫刻や絵画、モザイク装飾等の美術品をはじめ、広大なパライストラー*（パラエストラ*）やバシリカ、浴場（テルマエ*）、列柱廊付きフォルム*などの公共建造物、住宅や店舗などの家屋が出土。特に「パピュールス荘 Villa dei papiri」と呼ばれる邸宅からは、ポリュストラトス*、クリューシッポス*、ピロデーモス*ら哲学者の作品を含む 1803 巻のパピュロスが発見されている。ポンペイイーのような商業都市とは異なり、規則正しい格子状に区画された住宅都市で、郊外は閑静な別荘地となっており、かつては大アグリッピーナ*が監禁されていた華麗な別業（のちに息子のカリグラ*帝が破却）もあった。

⇒クーマエ

Strab. 5-246/ Mela 2-4/ Plin. N. H. 3-5/ Sen. Q. Nat. 6-1, -26, Ira 3-21/ Liv. 10-45/ Vell. Pat. 2-16/ Flor. 1-16/ Dion. Hal. Ant. Rom. 1-44/ Dio Cass. 66-24/ Ov. Met. 15-711/ Tac. Ann. 15-22/ etc.

ヘルクレース　Hercules,（仏）Hercule,（独）Herkules,（伊）Ercole,（西）（葡）Hércules,（露）Геркулес,（エトルーリア*語）Hercle(s),（オスキー*語）Herculis, Her(e)clos

ギリシア神話の英雄ヘーラクレース*のローマ名。サンクス*やフィディウス*、時にシルウァーヌス*とも同一視される。その崇拝は南イタリアのマグナ・グラエキア*を経て早い時期からローマに入り、勝利の神また商業の守護神として主に商人の帰依を受けた。ローマ市内にある大祭壇 Ara Maxima（アーラ・マクシマ）は、彼が巨人カークス*を退治した場所に築かれ、その祭儀に女子の参加は認められなかった。

⇒ボナ・デア、エウアンドロス

Liv. 1-7/ Dion. Hal. Ant. Rom. 1-39〜/ Diod. 4-21〜22/ Strab. 5-230, -245/ Verg. Aen. 8-193〜/ Ov. Fast. 1-543〜/ Prop. 1-11, 3-18, 4-9/ Varro Ling. 6-54/ Sil. Pun. 12-188/ Plut. Mor. 285e〜f/ Macrob. Sat. 3-6/ etc.

ペルゲー　Perge, Πέργη, Perga,（仏）Pergé,（露）Перге,（現ギリシア語）Péryi,（ヒッタイト語）Parha, Parkha（Parcha）

（現・Aksu 近郊の Murtana）小アジア南部パンピューリアー*地方の都市。ケストロス Kestros, Κέστρος 河（現・Aksu Çayı）口から 11 km 遡った東岸に位置する。伝説ではトロイアー戦争*後、予言者のカルカース*、モプソス❷*、アンピロコス*の率いるギリシア混成軍によって創建されたという。前 7 世紀頃からドーリス*系ギリシア人の強力な植民都市として発展。ギリシア 3 大数学者の 1 人アポッローニオス❸*の生地として有名。また、人頭を象（かたど）った円錐形の隕石を神体とするペルゲーのアルテミス*女神（現地名・Vanassa Preiia）の崇拝でも知られ、近くの高台にある神域では毎年、例大祭が開催されていた。ローマ帝政期に繁栄し、キリスト教の使徒パウロス*（パウロ）も第 1 回伝道旅行でこの町に立ち寄っている（『使徒言行録』13-14, 14-25）。ヘレニズム時代の市壁が今日もよく保存されており、また発掘された劇場（テアートロン*）やスタディオン*、パライストラー*、アゴラー*、列柱付きの大通り、ハドリアーヌス*帝の城門（後 120〜122）の遺跡を見ることができる。

⇒アッタレイア

Mela 1-14/ Polyb. 5-72, 21-41/ Arr. Anab. 1-26〜27/ Callimach. Hymn. Dian. 187/ Cic. Verr. 2-4-32（71）/ Liv. 38-37/ Strab. 14-667〜8/ Dion. Per./ Scylax/ Steph. Byz./ etc.

ペルサイオス　Persaios, Περσαῖος, Persaeus,（仏）Persée,（独）Persäos,（伊）（西）Perseo,（葡）Perseu,（現ギリシア語）Perséos

（前 306 頃〜前 243 頃）ストアー*学派の哲学者。同派の祖キティオンのゼーノーン*の弟子にして奴隷。アテーナイ*でゼーノーンの家で育てられ、前 277 年にマケドニアー*王アンティゴノス 2 世*から師が招聘された折には、高齢を理由に辞退したゼーノーンの代りにマケドニアーへ送り込まれた。ペッラ*の宮廷で哲学教師となったペルサイオスは、王子の教育にも携わり、やがて政治的影響力も発揮。前 244 年にはコリントス*の支配者となったが、翌年シキュオーン*のアラートス*に攻撃・放逐されて自殺した。プラトーン*の『法律』批判など様々な作品を著したが、すべて散逸した。彼が富に恬淡とした態度を持っていたので、アンティゴノス王はある時、彼を試すべく、「ペルサイオ

スの所有する地所が敵によって荒らされてしまった」との虚報を届けさせたところ、たちまち彼が悲痛な表情になったので、「ほら御覧なさい、富はどうでもよいものではない、ということが分ったでしょう」とやりこめたという話が伝えられている。
Diog. Laert. 7-6, -13, -36, -162/ Gell. 2-18/ Ath. 4-162d〜, 13-607a〜/ Suda/ etc.

ペルシア (ラ) Persia, (仏) Perse, (独) Persien, (葡) Pérsia, (露) Персия (〈ギ〉ペルシス* Persis, Persikē, Περσική, のち Persía, Περσία), (古代ペルシア語) Pārsa, (サンスクリット語) Pārasya, (漢) 波斯, (和) ペルシャ、ペルシア

ペルシア人の国土。イーラーン高原全体をおおい、西はティグリス*河から東はインダス河、北はカスピ海・カウカソス*(現・カフカース)山脈から南はペルシア湾に及ぶ。ペルシア人はインド・ヨーロッパ語族に属し(いわゆるアーリア人)、前12世紀頃に北西方からこの地域に侵入、その後数世紀の間に各地に分布・定住したと考えられる。前6世紀にペルシス(現・ファールス)地方からアカイメネース朝*ペルシア*が興起し、オリエント世界全土を統一して大帝国を建設、未曾有の版図と繁栄を誇り、ギリシアへも遠征を繰り返したが、やがてアレクサンドロス大王*の率いるマケドニアー*軍に征服された(前330)。その後セレウコス朝*の支配を経て、前3世紀中頃以降同じイーラーン系のアルサケース*朝パルティアー*の勢力下に入り、5百年近くの間その宗主権を認めた。後3世紀に再びペルシス地方からサーサーン朝*ペルシアが興り、パルティアーを滅ぼして(後226)西方のローマ帝国に拮抗し得る大帝国を築いた。

「諸王の王」を号するペルシア帝王の富と権力は、古来ギリシア人の驚嘆の的であり、その征伐軍を退けることができた(⇒ペルシア戦争)のちも、アカイメネース朝の財力に物を言わせた干渉によって絶えずギリシアの政局は左右された。多数の宦官や妻妾を擁する後宮制度や、ゾロアスター*教に基づく近親結婚、鳥葬の風習なども、よく知られている。

今日、果物の桃を意味するヨーロッパ系諸語 (英) peach, (仏) pêche, (独) Pfirsich, (伊) pesca, ……は、ラテン語の「ペルシアの果実 persicum mālum」を語源としており、また、インドのゾロアスター教(拝火教)徒を指すパールシー Parsi という言葉は、古代ペルシア語のパールサ Parsa (=ペルシア)に由来している。
⇒スーサ、メーディアー
Herodot./ Ctesias Persica/ Xen. Cyr., An./ Strab. 11〜17/ Plin. N. H. 6-16〜/ Ptol. Geog. 6-2, -3, -4〜/ Arr./ Aesch. Pers./ Curtius/ Pl./ Ath. Diod./ etc.

ペルシア Perusia, (ギ) Perūsiā, Περουσία, (仏) Pérouse, (伊) Perugia, (西) Perusa, Perugia, (葡) Perúgia, Perúsia, (リグリア語) Peruggia

(現・ペルージャ Perugia) エトルーリア*の12市同盟中の1都市。ティベリス*(現・テーヴェレ)河上流、トラシメーヌス湖*東方の丘陵に位置し、前2世紀後半の城壁や2つの市門、郊外のエトルーリア人墳墓群などが残る。元来はウンブリア*人が居住していたとされ、のちエトルーリア人(エトルスキー*)に占領されて、クルーシウム*(現・キウージ)市民により町が建設された(前6世紀頃)。前295年に第3次サムニウム*戦争に加わり、翌前294年、ローマに降伏する。以来、ハンニバル❶*戦争(第2次ポエニー戦争*)時の折などにも、忠実にローマ側に留まった。前41年末、オクターウィアーヌス*(のちのアウグストゥス*)に挑戦したルーキウス・アントーニウス*(将軍M.アントーニウス❸*の弟)は、この町に包囲され、深刻な食糧不足に陥り少なからぬ餓死者を出したのち、翌前40年3月やむなく降伏(ペルシアの戦い Bellum Perusinum)。オクターウィアーヌスは敵対した300人の元老院議員や騎士身分の人々を、養父カエサル*の祭壇で屠り、大勢のペルシア市民を容赦なく処刑した。町は略奪されたうえ、自焚した貴族の邸から出た焔が全市街に燃え広がったため、市壁と神殿を除いてことごとく焦土と化した。すぐに再建されて、アウグスタ・ペルシア Augusta Perusia の名で繁栄したが、6世紀頃までの記録は乏しい。ローマ皇帝トレボーニアーヌス・ガッルス*(在位・後251〜253)の出身地(エクィテース*)。
Liv. 9-37, 10-30〜31, -37, 23-17, 28-45/ Suet. Aug. 14〜15/ App. B. Civ. 5-32〜49/ Dio Cass. 48-5〜15/ Diod. 20-35/ Vell. Pat. 2-74〜/ Strab. 5-226/ Plin. N. H. 3-5/ Ptol. Geog. 3-1/ Prcop. Goth. 1-16, 3-35/ Sil. It. 6-71/ Steph. Byz./ etc.

ペルシア戦争 Persikoi polemoi, Περσικοὶ πόλεμοι, (単) Persikos polemos, Περσικὸς πόλεμος, (ラ) Bellum Persicum, (ギ) ペルシカ Persika, Περσικά, (メーディカ Medika, Μηδικά), (英) Persian Wars, Greco-Persian Wars, (仏) Guerres médiques, (独) Perserkrieg, (伊) Guerre persiane, (西)(葡) Guerras Médicas

(前492〜前449/448。狭義には前490〜前479)アカイメネース朝*ペルシア*帝国がギリシア本土へ侵攻を試みた戦役。

発端は、オリエント全土を統一したアカイメネース朝ペルシア帝国*に対して、小アジア西岸イオーニアー*地方のギリシア系諸都市 polis が反乱を起こしたことにある(「イオーニアーの反乱」前500〜前493)。ほどなく反乱は鎮定されたものの、ペルシア大王ダーレイオス1世*は、アテーナイ*とエレトリア*両市が乱徒に与(くみ)したことを理由に、ギリシア膺懲(ようちょう)軍の派遣を計画。前492年、甥にして女婿のマルドニオス*指揮下に艦隊をギリシア北方へ送り込んだ(第1回)。艦隊はカルキディケ*半島のアトース*岬で暴風のため大損害を被って帰国したが、トラーケー*(トラーキアー*)とマケドニアー*がペルシアの版図に加えられた。次いで前490年、ダーレイオスはダーティス*とアルタペルネース❷*麾下の遠征軍を海路、ギリシア本土へ派遣(第2回)、エレトリアを破壊し、アッティケー*北部

のマラトーン*の野に上陸するも、アテーナイの将ミルティアデース*の率いる重装歩兵（ホプリーテース*）軍に撃退された。その後ダーレイオスのあとを継いだクセルクセース1世*は、未曾有の大軍を動員し、ヘッレースポントス*海峡に船橋をかけ、アトース岬に運河を開鑿すると、前480年の春、自らギリシアへ遠征（第3回）、北部ギリシアから南下を企て、テルモピュライ*の隘路にスパルタ王レオーニダース*麾下のギリシア軍を粉砕した（テルモピュライの戦い）。アルテミシオン*沖の海戦を経て、アテーナイ市を占領・劫略したものの、同年秋サラミース❶*湾で、アテーナイ艦隊を主力とするギリシア海軍に敗れ、後事をマルドニオスに託して帰国した（⇒テミストクレース）。翌前479年マルドニオス指揮下にペルシア軍は再び南下し、プラタイアイ*においてギリシア連合軍と戦って敗北（プラタイアイの戦い）、同じ日に小アジアのミュカレー*岬でギリシア海軍はペルシア海軍と陸上で交戦して勝利を収めた（第4回）。かくてエーゲ海からペルシア軍は一掃され、イオーニアー諸市は独立を回復、それまでオリエント先進文明国の強い影響下にあったギリシア民族は、にわかに自由と独立を自覚し、世界史上特異な「古典文化」を築き上げることになる。特にアテーナイの興隆はめざましく、デーロス同盟*の盟主となって海上に雄飛、戦闘に参加した一般市民の政治的発言力が一層昂まり、民主化を徹底させて、その「黄金時代」を迎えるに至った。

ペルシアとの交戦状態はその後なお30年ほど続き、前468／467年にはアテーナイの将キモーン*が小アジアのエウリュメドーン*河口の海戦でペルシア勢を大破、さらに前450年にも戦争が再燃した。が、翌前449／448年ついにアテーナイとペルシアとの間に「カッリアース*の和約」が結ばれ、イオーニアー諸市は正式に独立を認められ、デーロス同盟もペルシアの承認するところとなり、ここにエーゲ海は"アテーナイ帝国の湖"と化した。

なお、ペルシア戦争を別名「メーディアー*戦争」と呼ぶのは、アカイメネース朝ペルシアがメーディアー王国を併合するとともに、その文物・制度をも吸収したためで、ギリシア人はペルシア人一般を「メーディアー人、（単）Mēdos」と呼んでいたからである。
⇒ペロポンネーソス戦争
Herodot. 5～9/ Aesch. Pers./ Thuc. 1-93～112/ Diod. 11/ Plut. Them., Arist., Cim./ Isoc./ Paus./ Nep. Milt., Them./ Just. 2～/ Ctesias/ Phot. Bibl./ Suda/ etc.

ペルシウス Aulus (Aules) Persius Flaccus, （仏）Perse, （伊）Aulo Persio Flacco, （西）Aulo Persio Flaco, （葡）Aulo Pérsio Flaco
（後34年12月4日～62年11月24日）ローマ帝政期の諷刺詩人。エトルーリア*のウォラーテッラエ*の出身。富裕な騎士身分（エクィテース*）の家に生まれ、6歳で父フラックス Flaccus を喪い、母シーセンニア Fulvia Sisennia によって養育される。12歳の時にローマへ移り、文法学者パラエモーン*や修辞学者フラーウス Verginius Flavus に就いて学んだのち、16歳でストアー*派の哲学者コルヌートゥス*に師事し、終生その傍から離れなかった。美しい容貌、柔和な性格、処女のような羞じらいの持ち主で、母・姉妹・おばと同居し、詩人ルーカーヌス*はじめ、カエシウス・バッスス*、トラセア・パエトゥス*（その妻アッリア*はペルシウスの親族）らと交わった。ルーカーヌスは彼の詩を高く評価し、その朗読を聞くや、「これぞ真の詩だ。私の作品なぞ児戯に類する！」と叫んだという。ルーキーリウス*の詩に触発されて、ペルシウスは諷刺詩に筆を染めたが、未完のまま胃の疾患のため28歳足らずで早世。およそ200万セーステルティウスにのぼる財産を母と姉妹に残し、コルヌートゥスには10万セーステルティウスと全蔵書を遺贈したが、師は本しか受け取らなかった。死後コルヌートゥスによって整理され、旧友バッススの手で出版された『諷刺詩 Saturae』（サトゥラエ）（6篇および序文）は、ストア主義の道徳観に基づいてネロー*帝治下の世情を批判した一種の訓戒詩で、当初はネローをも驢馬（ろば）の耳をしたミダース*王に譬（たと）えて攻撃していたといい、公刊されるや人々は競ってこれを買い求めたと伝えられる。ホラーティウス*を模倣してはいるが、文体は曖昧かつ晦渋（かいじゅう）でギリシア・ローマの詩文中で最も難解だと評されている。彼は当代の文学趣味の低俗さや「私は自由だ」と主張しながら欲望の奴隷と化している人々を諷し、また同時代に多く見られた「男根や肛門の毛を抜いて色事に耽る」放蕩家たちを揶揄してはいるが、怒りに燃えて世の悪徳を糾弾する激しさは認められない。
⇒ユウェナーリス
Suet. Poet. Pers./ Mart. 4-29/ Quint. Inst. 10-1/ Hieron. Chron./ etc.

ペールーシオン Pelusion, Πηλούσιον, （ラ）ペールーシウム Pelusium, （仏）Péluse, （伊）（西）Pelusio, （葡）Pelúsio, （古代エジプト語）Sainu, Sena, または Per-Amun（「アモンの家」の意），（コプト語）Peremūn, Paramūn, （カルデア語）（ヘブライ語）Sin, （アラム語）Seyân

（現・Tell el-Farama の遺跡）エジプト*北東部にあった古代都市。ナイル（ネイロス*）河下流デルタ地帯の東境に位置し、かつてのヒュクソース Hyksos, Ὑξώς 王朝（エジプト第15・16王朝）の首都 Avaris と推定される。パレスティナ*、シュリアー*地方へ通じる軍事上の要衝に当たるため、古くから要塞が築かれていた。特に第26王朝のプサンメーティコス1世*（在位・前663～前609）は、南郊の町ダプナイ Daphnai, Δάφναι（現・Defenneh）にギリシア人傭兵を駐屯させて、アッシュリアー*の侵略に備えた（前550年頃アマシス*2世がナウクラティス*市にギリシア貿易の独占権を与えて以来、ダプナイはにわかに衰亡）。アカイメネース朝*ペルシア*の大王カンビューセース*は、ペールーシオン近くでエジプト軍を破り（前525）、その後アレクサンドロス大王*（前332）など幾多の君主によって、この地は占領されてきた。カエサル*に敗れたポンペイユス*が、プトレ

マイオス朝*の謀略で暗殺され、葬られた地としても有名（前48）。神話上の名祖はエジプトの女神イーシス*の子ペールーシオス Pelusios と伝えられる。
⇒カノーボス（カノーブス）、メンデース
Herodot. 2-15, -30, -107, -141, -154, 3-10/ Strab. 17-802～/ Plin. N. H. 5-9, 19-1-3/ Arist. Hist. An. 9-27/ Plut. Pomp. 77, Ant. 3, Mor. 357e/ Arr. Anab. 3-1～/ Curtius 4-33/ Ptol. Geog. 4-5/ Polyaenus 7-9/ Diod. 15-42, 16-43, 17-48, 20-74～, 30-18/ Ael. N. A. 6-41/ Nep. Iphicr. 5/ Steph. Byz./ etc.

ペルシス　Persis, Περσίς, （古代ペルシア語）パールサ Pārsa, Parsumash, （アラビア語）ファールス Fârs, （ペルシア語）パールス Pārs, Fārs, Farsistan

（現・ファールス Fārs）元来「辺境、国境の地」の意。イーラーン高原西南部の地方名。ザグロス山脈東南からペルシア湾に至る。アカイメネース朝*・サーサーン朝*ペルシアの故地で、古く前9世紀のアッシュリアー*楔形文書にはパルスア Parsua の形で示されている（前836）。長くメーディアー*王国の支配下にあったが、前6世紀半ばにアカイメネース家（アカイメニダイ*）のキューロス大王*が興り、メーディアーを滅ぼして西南アジア全土を統一するに及んで、この呼称はイーラーンの全域（いわゆるペルシア）を指す地名に転じた。ペルシスなる語は、小アジアのイオーニアー*系植民諸市のギリシア人が、パールサ Parsa の住民をペルサイ Persai, Πέρσαι と呼んだことに由来し、ラテン語ではペルシア*となり、またアラビア語ではファールス Fars と転訛して今日に至っている。ギリシア神話上の名祖はペルセウス*の子ペルセース❷*。
⇒パサルガダイ、ペルセポリス
Herodot. 3-3, -19, -97/ Aesch. Pers. 59, 136/ Strab. 15-726～/ Xen. Cyr. 2-1, 8-2, -5/ Ar. Vesp. 1137/ Plin. N. H. 6-28, -31/ Amm. Marc. 23-6/ Curtius/ etc.

ペルシャ　Persia
⇒ペルシア

ヘルシリア　Hersilia, （ギ）Hersiliā, Ἑρσιλία, （伊）Ersilia, （葡）Hersília, （露）Герсилия

（前8世紀）ローマ伝説上の人物。前753年8月ロームルス*の部下によって略奪されたサビーニー*の女たちの中で唯1人の既婚婦人。ローマ人ホスティーリウス Hostilius と結婚し、のちの第3代ローマ王トゥッルス・ホスティーリウス*を孫にもったといわれる。報復のためサビーニー族がローマ人と闘った折に（⇒ティトゥス・タティウス）、赤児を抱いた彼女は他の女たちの先頭に立って両軍の間に割って入り、「どちらが勝っても私たちは愛する人を失うのです。ローマが勝てば父や兄弟を、サビーニーが勝てば夫を！」と叫んで双方をとりなし、休戦と和睦を実現させた。一説では、彼女はロームルスの妻となり、夫がクィリーヌス*として神格化されたのち、雷火に撃たれて昇天し、その配偶神ホーラ Hora になったという。
⇒巻末系図050
Plut. Rom. 14, 18～/ Dion. Hal. Ant. Rom. 3-1/ Macrob. Sat. 1-6/ Ov. Met. 14-829～/ Liv. 1-11/ Gell. 13-22/ Augustin. De civ. D. 4-16/ etc.

ヘルセー　Herse, Ἕρση, （仏）Hersé, （伊）Erse, （露）Герса

（「露」の意）ギリシア神話中、アテーナイ*王ケクロプス*の娘。ヘルメース*に愛されてケパロス*の母となった。姉妹のアグラウロス*とともに女神アテーナー*から託された箱を、禁を破って開けて見たために、発狂させられてアクロポリス*より投身自殺した。
⇒エリクトニオス、巻末系図020
Apollod. 3-14/ Ov. Met. 2-559, -708～/ Paus. 1-18, -26/ Eur. Ion 23～/ Hesych./ etc.

ペルセー（イス）　Perse(is), Πέρση(ΐς), （仏）Persé, Perséis, Perséïde, （伊）Perseide, （西）Perséia, Perseis

ギリシア神話中、大洋オーケアノス*とテーテュース*の娘。オーケアニデス*の1人。太陽神ヘーリオス*の妻となり、アイエーテース*（コルキス*王）、ペルセース*（女神ヘカテー*の父）の2男子と、魔女キルケー*、パーシパ

系図349　ヘルセー

```
                                    (初代アテーナイ王)
                                    アクタイオス
                                        │
                          ケクロプス ════ アグラウロス
                          (アテーナイ王)
                                        │
        エリュシクトーン    アレース ══ アグラウロス ══ ヘルメース ══ ヘルセー    パンドロソス    (ポイニーケー)
        (夭折)                                                        │
        エウパラモス ══ アルキッペー                        ケーリュクス    プロクリス ══ ケパロス ══ エーオース
        (エレクテウスの子)                                              (エレクテウスの娘)        │
            │                                                                            ティートーノス
  ナウクラテー ══ ダイダロス    メーティアドゥーサ    ペルディクス
                    │                              (ポリュカステー)
                イーカロス                              タロース（カロース）
                                                        (ペルディクス)
```

エー*（クレーター*王ミーノース*の妃）の 2 女子の母となった（⇒本文系図 348、巻末系図 002, 005）。

なお、ペルセーイスの名は、女神ヘカテー（「ペルセースの娘」の意）や、英雄ヘーラクレース*の生母アルクメーネー*（「ペルセウス*の孫娘」の意）の呼称としても用いられる。

Hes. Th. 356, 957～/ Hom. Od. 10-135～/ Apollod. 1-9-, 3-1, Epit. 7/ Ap. Rhod. Argon. 4-591/ Cic. Nat. D. 3-48/ etc.

ペルセウス　Perseus, Περσεύς, Perseōs, Περσέως, (仏) Persée, (伊)(西) Perseo, (葡) Perseu, (露) Персей, (現ギリシア語) Perséas, Περσέας,

ギリシア神話中、ゴルゴーン*退治で名高い英雄。アルゴス*王アクリシオス*の一人娘ダナエー*と大神ゼウス*との間の子（⇒巻末系図 017）。「娘から生まれる男子の手にかかって殺されるであろう」との神託を怖れたアクリシオスは、青銅の塔（または青銅の扉つきの土牢）を造ってダナエーを幽閉したが、黄金の雨に身を変じたゼウスが彼女の膝に注ぎ込み、この交わりからペルセウスが産まれた。これを知った王が娘と孫を箱に入れて海へ投じたところ、箱はセリーポス*島に漂着し、親切な漁師ディクテュス Diktys, Δίκτυς に拾われて、ペルセウスはこの島で成長。ディクテュスの兄弟で島の王ポリュデクテース*は、ダナエーを見初めて結婚を迫り、目障りなペルセウスを除くべく、見る者を石に化するという女怪ゴルゴーン＝メドゥーサ*の首を取って来るよう彼に命じた。ペルセウスはアテーナー*女神とヘルメース*の援助を得て、西方の果てに棲む 3 人で 1 本の歯と 1 つの目しかもたぬ生まれながらの老婆たちグライアイ*のもとへ赴き、彼女らから目と歯を奪って、あるニュンペー*（ニンフ*）たちの所へ行く途（みち）を聞き出した。次いでニュンペーたちから翼のあるサンダル、キビシス kibisis, κίβισις と呼ばれる袋、かぶると姿が見えなくなるハーデース*の帽子を借りうけ、ヘルメースから金剛の鎌（ハルペー）harpe, ἅρπη、アテーナーから青銅の楯を与えられると、空を飛んでオーケアノス*の流れに至り、ゴルゴーンたちが眠っている最中を狙って接近、石にならぬよう楯に映った姿を見ながら、メドゥーサの首を首尾よく切り取り、キビシスの中に収めた（⇒ペーガソス）。隠れ帽のお陰で他のゴルゴーンの追跡を逃れたペルセウスは、帰途海辺で人身御供になっているエティオピア*王女アンドロメダー*（ケーペウス❶*とカッシオペイア*の娘）の裸身を空から認めて恋し、餌食にしようと襲いかかる海の怪物（ケートス）ketos, κῆτος, (ラ) cetus を殺して彼女を救った（メドゥーサの首で怪物を石にしたともいう）。アンドロメダーと結婚して（⇒ピーネウス❷）、しばらくエティオピアに滞在したのち、長子ペルセース❷*を王嗣として留め置き、妻と 2 人でセリーポスへ帰還。ポリュデクテース王とその一味をメドゥーサの首で石に変え、聖域に避難していた母ダナエーを救出、恩人のディクテュスを新王の座に据えた。メドゥーサの首をアテーナーに捧げ（⇒アイギス）、魔法の武器類をヘルメースを通じてニュンペーたちに返すと、彼は母と妻とを連れて祖父アクリシオスに会うべくアルゴスへ急行する。ところが、その途上ラーリーサ*で運動競技会に参加したところ、彼の投げた円盤がたまたま見物に来ていたアクリシオスに当たって、これを死に至らしめ、かくて神託は成就された。祖父を葬ったのち、ペルセウスは自分の手にかけた人の所領を継ぐことを憚り、従弟のメガペンテース Megapenthes, Μεγαπένθης（プロイトス*の子）に領地の交換を申し入れ、アルゴスを譲ってティーリュンス*を支配、新都ミュケーナイ*市とミデアー*の城を造り、ペルセイダイ Perseidai, Περσεῖδαι 王朝の祖となった。ギリシア第 1 の英雄ヘーラクレース*は彼の曾孫に当たる。なおペルセウスは死後、妻アンドロメダーや岳父ケーペウス、岳母カッシオペイアらとともに天空へ上げられ、星座となって記念された。アルゴリス*地方には彼の英雄神廟（ヘーローオン）heroon, ἡρῷον があり、セリーポスやアテーナイ*では彼は神格化の栄誉をもって崇敬されていたという。ペルセウスの冒険行、とりわけメドゥーサ斬首の場面は、美術の主題として好まれ、前 7 世紀からの作例が残っている。

⇒アトラース

Hom. Il. 14-319/ Hes. Th. 276～, Scut. 220～/ Pind. Pyth. 12-9～/ Apollod. 2-4/ Ov. Met. 4-617～/ Hyg. Fab. 63-64, 151, 224, 244, 273, Poet. Astr. 2-12/ Diod. 4-9/ Ap. Rhod. 4-/ Nonnus Dion. 47/ Paus. 1-22-7, 2-15-3～, -16-2～3, -18-1, -20-4, -21-5～, 22-1, -23-7, -27-2, 3-1-4, -2-2, -17-3, -18-11, -20-6, 4-2-4, -35-9/ Herodot. 7-61/ Strab. 10-487/ etc.

ペルセウス　Perseus, Περσεύς, (ラ) ペルセース Perses, (仏) Persée, (伊)(西) Perseo, (葡) Perseu, (露) Персей, (現ギリシア語) Perséas

（前 212 頃～前 165）アンティゴノス朝*マケドニアー*王国最後の王（在位・前 179～前 168）。ピリッポス 5 世*の長子だが妾腹といわれる（流説では生母は針女のグナタイニオン Gnathainion）。親ローマ的な嫡弟デーメートリオス Demetrios, Δημήτριος を、父王に讒訴して処刑させ（前 181）、王位を継承。シュリアー*王セレウコス 4 世*の娘ラーオディケー Laodike, Λαοδίκη を娶り（前 177 頃）、ビーテューニアー*王プルーシアース 2 世*に異母姉妹アパメー Apame, Ἀπάμη を嫁がせるなど、ローマに対する国力回復に努める（⇒巻末系図 047）。しかるに、ローマと友好関係にあるペルガモン*王エウメネース 2 世*に刺客を送ったことから、エウメネースの訴えでローマが出兵、第 3 次マケドニアー戦争（前 171～前 168）が勃発した。結局、前 168 年ピュドナ*の戦い 6 月 22 日でローマの執政官（コーンスル）L. アエミリウス・パウルス❷*に惨敗し、王はサモトラーケー*島へ逃れたが、捕らえられ（⇒ Cn. オクターウィウス）、家族とともにローマに送られて凱旋式（トリウンプス*）に引き廻された（前 167）。その後、断食して果てたとも、睡眠を絶つつつ責めにあって衰弱死したとも、アルバ・フーケーンス*に抑留中に息を引きとったともいう。ここに実質上、マケドニアー王国は滅亡した。

敵対派によれば、彼は強欲・吝嗇で臆病だったとされ、また先妃を自ら手を下して殺したとも伝えられる。2男1女があったが、その1人ピリッポス Philippos, Φίλιππος は異母弟を養子に直したもので、ほどなくイタリアで死に、残った実子アレクサンドロス Aleksandros, Ἀλέξανδρος は指物師や書記をして暮らした。のちにペルセウスの子を称する偽ピリッポスが現われたことについては、アンドリスコス*の項を参照。

⇒巻末系図 047

Liv. 38～45/ Polyb. 22, 25, 27～30/ Plut. Aem./ Diod. 29～31/ App. Mac. 11～16/ Just. 32-3/ Zonar. 9-22/ Eutrop. 4-6/ Oros. 4-20/ Dio Cass. / Vell. Pat. 1-9/ etc.

ペルセース Perses, Πέρσης, (仏) Persès, (伊) Perse, (葡) Perises, (露) Перс

ギリシア神話中の男性名。

❶ティーターン*神族の1人。クレイオス*の子。アストライオス*とパッラース❶*の兄弟。知恵にかけては並外れ、大きな館に住むとされる。コイオス*の娘アステリアー*を娶り、女神ヘカテー*を儲ける（⇒巻末系図 002）。異説では、太陽神ヘーリオス*とペルセー*（オーケアノス*の娘）との間に生まれたタウリケー*王で、兄弟アイエーテース*からコルキス*王国を奪ったが、のち姪のメーデイア*（アイエーテースの娘）に殺されたペルセースが、ヘカテーの父であるともいう。

⇒下記系図 351

⇒メードス

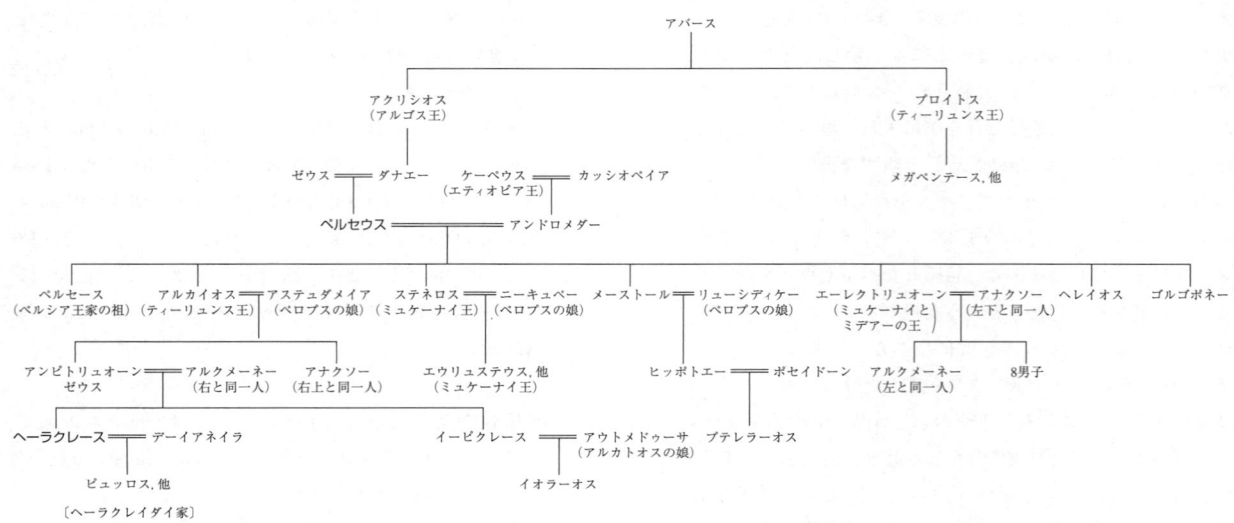

系図 350　ペルセウス

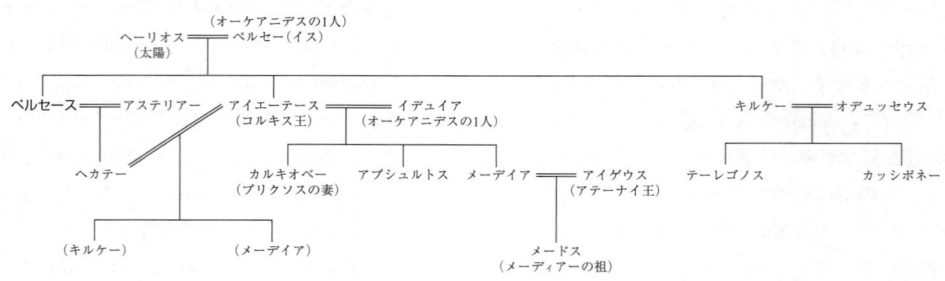

系図 351　ペルセース❶

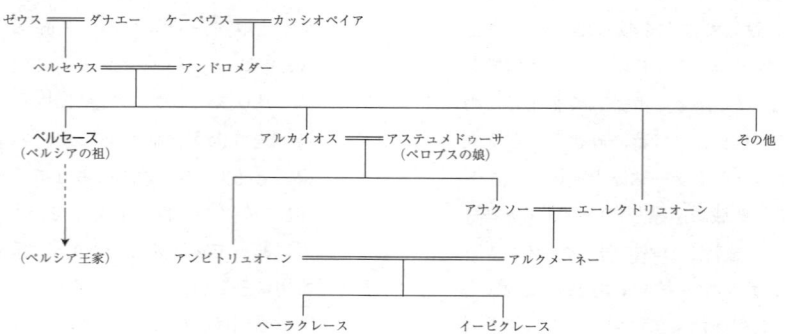

系図 352　ペルセース❷

Hes. Th. 375～, 409～/ Apollod. 1-2, -9/ Hyg. Fab. Praef., 27, 244/ Schol. ad Ap. Rhod. 3-200/ etc.

❷ペルシア*人の名祖。英雄ペルセウス*とアンドロメダー*の長子。母方の祖父ケーペウス*のもとで育てられ、ペルシア王家の始祖となった。
⇒前頁系図352
Herodot. 7-61, -150/ Apollod. 2-4/ Nicol. Damasc./ etc.

ペルセプォネー Persephone
⇒ペルセポネー

ペルセポネー Persephone, Περσεφόνη, (または Phersephone, Φερσεφόνη, ペルセパッサ Persephassa, Περσέφασσα, ペルセパッタ Persephatta, Περσέφαττα, Phersephassa, Φερσέφασσα), (古形) Persophatta, Περσόφαττα, (ホメーロス*叙事詩形) ペルセポネイア Persephoneia, Περσεφόνεια, (ドーリス*方言) Pērephoneia, Πηρεφόνεια, (テッサリアー*方言) Phersephonā, Φερσεφόνα, (マグナ・グラエキア*のアイオリス*、ドーリス方言) プロセルピネー Proserpine, Προσερπίνη, (プラトーン*による形) ペレパパ Pherepapha, Φερέπαφα, (仏) Perséphone, (伊) Persefone, (西)(葡) Perséfone, (露) Персефона, (現ギリシア語) Persefóni

ギリシア神話中、ゼウス*とデーメーテール*の娘。単にコレー*(「娘」の意) とも呼ばれる。ハーデース*の妻。冥界の王妃。ローマのプローセルピナ*と同一視される。彼女が野原で(シケリアー*島のヘンナ、小アジアのニューサ Nysa、など場所については諸説あり) オーケアニス*たちとともに花を摘んでいた時、突然ハーデースが現われてペルセポネーを戦車に乗せ、花嫁にすべく冥府へと奪い去った。娘の拉致を悲憤した母神デーメーテールが、大地に早魃を送ってあらゆる作物を稔らなくしたので、憂慮したゼウスはやむなくハーデースにペルセポネーを母のもとへ返すよう要請。そこで、ペルセポネーは地上に帰ることを認められたが、すでに冥界で柘榴の実を食べていたため、定めに従って毎年一定期間(1年の3分の1、または2分の1)は夫ハーデースとともに地下の宮殿で過ごさねばならなくなる。また、彼女が黄泉の国で柘榴を食べたことを証言したアスカラポス*(アケローン*河神の子) は、デーメーテールの怒りをかって梟に変身させられたという。一般にペルセポネーは穀物の成長力を象徴した女神と考えられ、この神話は地中に隠された穀物の種子が春に芽を出し光明の世界に現われ出ることを寓話化したものと解釈されている。

ペルセポネーは本来、ギリシア先住民族の神格で、母親と同じく穀物の豊饒を司っていたが、侵入者たるギリシア人にも継承されて、エレウシース*をはじめギリシア世界各地で、しばしば母神とともに崇拝されるようになったものと看做されている。オルペウス教*の伝承によると、蛇と化したゼウスと交わってザグレウス*を産んだという。のちに「死者の国の女王 Despoina, Δέσποινα」というその性格から、女神ヘカテー*と混同されることもあった。

オルペウス*の黄泉路下りなど冥府を描いた陶画類で、玉座に腰かけた女王のごとき姿で表現されている。
⇒アドーニス、イアッコス
Hymn. Hom. Cer./ Hom. Il. 14-326, Od. 5-125～/ Hes. Th. 912～/ Paus. 8-37/ Diod. 5-2～/ Hyg. Fab. 79, 141, 146～147, 167, 251/ Ov. Fast. 4-417～, Met. 5-393～, 6-114/ Apollod. 1-3, -5, 2-5/ Nonnus Dion. 5-/ Cic. Nat. D. 2-26/ Claudian. Rapt. Proserp./ Schol. ad Ap. Rhod. 3-467/ Tzetz. ad Lycoph. 708, 1176/ Orph. Hymn./ etc.

ペルセポリス Persepolis, Περσέπολις, (仏)(西)(葡) Persépolis, (伊) Persepoli, (露) Персеполь, (現ギリシア語) Persépoli, (古代ペルシア語) Pārsa, のちに Istakhr, Khehel Minar
(現・Takht-e-Jamshid「ジャムシード王の玉座」の意) アカイメネース朝*ペルシア*帝国の首都(のギリシア語名)。「ペルシア人 Persai, Πέρσαι の都」の意。イーラーン南部ペルシス*地方シーラーズ Shiraz の東北57km。前512年頃、ダーレイオス1世*の命で造営された広大な宮殿で、クセルクセース1世*以下の帝王も増築を続行。アレクサンドロス大王*によって滅ぼされた時(前331)にも、なお城内のある部分では建築が続けられていたという。入城したマケドニアー*軍は、おびただしい金銀財宝を略奪して1万頭の驟馬と5千頭の駱駝で運び出したうえ、住民全員を手当たり次第に虐殺した。さらに酔余の座興から、ヘタイラー*のターイス*のすすめに従って、アレクサンドロス自ら率先して建物に火を放ち、このためさしもの大宮殿も灰塵に帰したと伝えられる(前330春。近年の研究によると、計画的に掠奪・放火されたという)。

今なお謁見の間 Apadana や百柱の広間、宝庫、大階段などの壮麗な遺跡があとを留め、その裏手にはアルタクセルクセース2世*・同3世*・ダーレイオス3世*らの墓が、また北東6kmナグシェ・ロスタム Naghsh-e Rostam(「ロスタムの絵」の意)には、ダーレイオス1世、クセルクセース1世、アルタクセルクセース1世、ダーレイオス2世*らの墓やサーサーン朝*時代の浮彫がある。

ペルセポリスはペルシア帝国*の聖都として古都パサルガダイ*を凌駕し、重要な儀式はすべてこの都で行なわれたが、実際上の政治的首都はスーサ*に置かれた(異説あり)。セレウコス朝*時代およびサーサーン朝時代にも、ペルセポリスは属州ペルシスの州都としての地位を保った。別名ペルサイポリス Persaipolis, Περσαίπολις。
Strab. 15-728～729/ Arr. Anab. 3-18～, -22, 7-1/ Curtius 5-7/ Diod. 17-70～72, 19-21～/ Plut. Alex. 37～38/ Just. 11-14/ Ptol. Geog. 6-4/ Schol. ad Hom. Od. 16-118/ etc.

ペルタスタイ Peltastai
⇒ペルタステース

ペルタステース（〈複〉ペルタスタイ*） Peltastes, Πελταστής, Peltasta, （英）（独）Peltast, （仏）Peltaste, （伊）（西）Pelstasta, 〈複〉Peltastai, Πελτασταί, Peltastae, （英）Peltasts, （仏）Peltastes, （独）Peltasten, （伊）Peltasti, （西）Peltastas）, （和）ペルタスト

ギリシアの軽装歩兵。名称は彼らが左手に持つ柳で編んだ軽い半月形の楯 pelte, πέλτη に由来。重装歩兵（ホプリーテース*）と異なって、胸甲や重い兜・脛当てを用いず、軽い投槍と剣を武器とし、半月形の楯で防禦しながら戦った。前5世紀に北方のトラーケー*（トラーキアー*）から導入され、その機動力で重装歩兵の欠点を補う役割を担い、この2兵種が軍隊の中核を成した。その他、弓兵、投槍兵、投石兵などもあり、これらは軽装部隊 Gymnetes, Γυμνήτης と総称された。前4世紀のはじめアテーナイ*の若き将軍イーピクラテース*は、軽装歩兵の胸当てを一層軽い亜麻布製にし、剣や槍を長くする等、その装備や武器を改良し、彼らを率いてスパルター*軍を撃破（前390）、以来この改革がギリシア全土で模倣されたが、マケドニアー*のパランクス*（密集方陣）が戦闘の主流となるに及んで、軽装歩兵は用いられなくなった。

Eur. Rhes. 311/ Thuc. 2-29, 4-28, -33, -111, 5-10/ Xen. Cyr. 2-1, An. 1-2, -10, Hell. 1-2, 3-2, 4-5, -8/ Diod. 15-44/ Nep. Iph. 1/ Polyb. 5-23/ Herodot. 7-70/ etc.

ペルディクス Perdiks, Πέρδιξ, Perdix, （伊）Perdice

（「鷓鴣」の意）ギリシア伝説中、名匠ダイダロス*の甥。別名タロース❷*、またはカロース Kalos, Κάλως。ダイダロスの徒弟であったが、12歳の若さで蛇の顎骨（または魚の背骨）を真似て鋸を発明し、さらに轆轤台やコンパスを考案するなど、師匠を凌駕する天分を示した。競争心のはげしいダイダロスは、これに嫉妬して、甥をアテーナイ*のアクロポリス*から突き落として殺し、クレーター*島へ逃げ去った。少年の母（ダイダロスの姉妹）は悲嘆のあまり縊死し、息子とともに祀られたが、一説にこの母子は道ならぬ関係を結んでいたとも伝えられる。後世よく知られた物語では、ペルディクスは突き落とされた時、女神アテーナー*によって鷓鴣に変えられ、のちダイダロスの息子イーカロス*が海に墜落して死んだ折には、嬉しそうに鳴いたという。

Apollod. 3-15/ Ov. Met. 8-243～/ Hyg. Fab. 39, 244, 274/ Diod. 4-76/ Ath. 9-388/ Serv. ad Verg. Aen. 6-14/ etc.

ペルディッカース Perdikkas, Περδίκκας, (Perdikaios, Περδίκαιος), Perdiccas, （伊）Perdicca, （西）（葡）Pérdicas

マケドニアー*諸王の名。巻末系図027を参照。

❶1世　P. Ⅰ（前7世紀頃。在位48年間）

アルゲアーダイ朝 Argeadai マケドニアー*王家の創設者。英雄ヘーラクレース*の裔を称し、アルゴス*から2人の兄とともに移住、マケドニアーの沿岸一帯を征服する（前640頃）。嗣子アルガイオス Argaios, Ἀργαῖος に、自分を埋葬するべき場所を示し、「ここに余ならびに余の子孫の遺骸が存する限り、わが王統は絶えぬであろう」と遺言した。異説では、同王家の祖はカラーノス❶*であったという。後年、アレクサンドロス大王*（位・前336～前323）が埋葬の場所を変えたために、大王の代でその血統が絶えてしまった、と古代の人々の間では信じられていた。

Herodot. 5-22, 8-137～9/ Just. 7-2/ Diod. 7-15/ Arist. Pol. 3-14(1285b)/ Hieron. Chron./ etc.

❷2世　P. Ⅱ（在位・前450頃～前413）

アレクサンドロス1世*の子にして後継者。ペロポンネーソス戦争*（前431～前404）の間、先にアテーナイ*と、次いでスパルター*と、のち再びアテーナイと結んでは、双方を裏切りつつ巧みに自国の勢力を伸張。軍隊の先頭に立って勇敢に戦い、近隣の諸部隊を服属させた。王位をめぐって2人の弟ピリッポス Philippos, Φίλιππος とアルケタース Alketas, Ἀλκέτας らと争い、トラーケー*（トラーキアー*）の王シータルケース*の侵入によって一度は追放される（前429）が、ほどなくシータルケースと和議を結んで復位（前428）。一説に前413年頃、反乱が起き、その最中に急死したという。

⇒ヒッポクラテース、セウテース、ブラーシダース

Thuc. 1-56～, 2-29, -80, -95～101, 4-78～, -103, -107, -124～, -132, 5-80, -83, 6-7, 7-9/ Diod. 7-15, 12-34, -50～/ Suda/ etc.

❸3世　P. Ⅲ（在位・前368～前359）

アミュンタース3世*の次男。兄アレクサンドロス2世*が暗殺された時、彼はまだ若年だったので、義兄プトレマイオス Ptolemaios Alorites, Πτολεμαῖος Ἀλωρίτης が、母妃エウリュディケ❶*とともに政務を摂った（前368～前365）。一時、王位僭称者パウサニアース Pausanias, Παυσανίας によって国を追われるが、すぐにアテーナイ*の将軍イーピクラテース*の助力で復位。専権をふるう摂政プトレマイオスを殺して、名実ともに君主となる（前

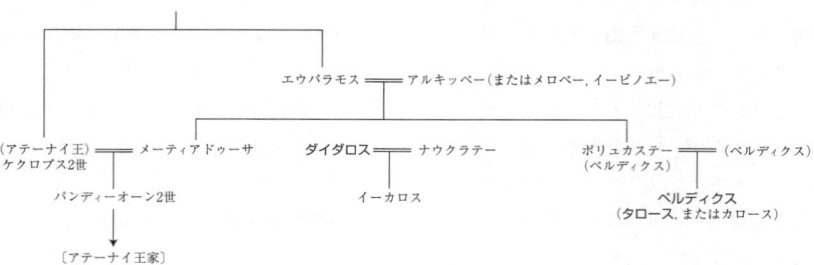

系図353　ペルディクス

365)。のちイッリュリアー*人との戦いで騙し討ちにあって敗死し、幼い息子アミュンタース 4 世*に王位を残したが、国内は混乱状態に陥った。
⇒エウリュディケー❶、ピリッポス 2 世、カッリストラトス❷
Just. 7-4〜5/ Diod. 15-60, -77, 16-2/ Aeschin. 2-28〜/ Dinarch. 1-14/ Hyper. 3-18/ Arist. Oec. 2-2(1350a)/ Polyaenus 3-10, 4-10/ Theoer. Idyll. 22/ Ath. 11-116, -119/ etc.

ペルディッカース Perdikkas, Περδίκκας, Perdiccas, (伊) Perdicca, (西)(葡) Pérdicas, (露) Пердикка

(前 360 頃〜前 321) マケドニアー*貴族オロンテース Orontes, Ὀρόντης の子。アレクサンドロス大王*の後継者(ディアドコイ*)の 1 人。大王の東征に従軍し、クラテロス*に次ぐ名将として活躍、ヘーパイスティオーン*亡き後その跡を継いでヘタイロイ*指揮官ならびに副総帥(千人隊長) Khiliarkhos, Χιλίαρχος となる(前 324)。東征出発に際し大王が王室財産をすべて部下の将軍たちに頒賜したのを見て、彼はアレクサンドロスに「一体御自分には何を残しておかれるのです」と尋ね、大王が「希望だけだ」と答えると、「なれば私もそれを分けて頂きましょう」と言ったと伝えられる。死の床にある大王から玉璽を委ねられた彼は、「帝国宰相」(キーリアルコス)(前 323〜前 322)および摂政として実権を掌握、ロークサネー*の正后虐殺(⇒スタテイラ❷)に手を貸し、妻ニーカイア Nikaia, Νίκαια(アンティパトロス❶*の娘)を離縁して大王の実妹クレオパトラー❷*と結婚しようとしたが、彼の勢力台頭を怖れたアンティパトロス❶、クラテロス、アンティゴノス 1 世*、プトレマイオス 1 世*等は反ペルディッカースの旗印の下に結束(前 322)。大王の遺体をプトレマイオスがエジプトへ持ち去ったので、ペルディッカースはアジアを(カルディアー*の)エウメネース*に託して、自らはピリッポス 3 世*アッリダイオス、ロークサネーらを伴ってエジプトへ遠征、メンピス*まで侵入したものの、大王の亡骸を奪還できず、ナイル渡河に失敗して多数の兵を失い、軍内に暴動が起こって、セレウコス 1 世*をはじめとする自らの部下に謀殺された(前 321 年 5〜6 月)。豪胆で有能な軍人だが、傲慢な性格ゆえに不評であったという。
Diod. 17〜18/ Just. 12-15, 13-2〜/ Curtius 10-7, -9, -10/ Arr. Anab. 1-14〜/ Plut. Alex. 15, 77, Eum./ Ael. V. H. 12-39, -64/ Nep. Eum. 3, 5/ Strab. 17-794/ Phot. Bibl./ etc.

ペルティナ(ー)クス Publius Helvius Pertinax, (ギ) Pertinaks, Περτίναξ, (伊) Publio Elvio Pertinace, (西) Publio Helvio Pertinax

(後 126 年 8 月 1 日〜193 年 3 月 28 日)ローマ皇帝(在位・192 年 12 月 31 日〜193 年 3 月 28 日)。薪炭・材木商を営む解放奴隷ヘルウィウス Helvius Successus の息子。教師を勤めたのち、軍人として頭角を現わし、マールクス・アウレーリウス*帝に認められて元老院議員に栄進、補欠執政官(コーンスル*)(175 年、相役は彼の次に帝位に即いたディーディウス・ユーリアーヌス*)を経て、モエシア*、ダーキア*、シュリア*など各地の属州総督を歴任。コンモドゥス*帝の治下を殺されずに生きのび、ブリタンニア*(185〜186)やアーフリカ*(188〜189)を統治した。次いで首都長官 Praefecus urbi(190〜192)に任ぜられ、192 年には 2 度目の執政官(相役はコンモドゥス帝)となる。同年末日にコンモドゥスが暗殺されると、近衛軍によって皇帝に推戴され、不本意ながら即位したというが、彼自身コンモドゥス殺害計画に加担しており、兇行の直後近衛兵に「皇帝は病死した」と偽り、賜金を約束して彼らの支持を得たと伝えられている(⇒クラウディウス・ポンペイヤーヌス)。即位後は先帝の暴政を廃し、宮廷のおびただしい贅沢品やコンモドゥスの快楽の具であった美男美女の奴隷たちをすべて競売に付して、財政の再建を計り、自らは倹素な生活に甘んじた。元老院の権威の回復に務め、自身「元老院首席 princeps senatus」を名のり、妻と息子にはおのおのアウグスタ*とカエサル*の称号を許さなかった(妻フラーウィア Flavia Titiana の場合は、楽師との姦通など背信行為があったせいだとされる)。公正な統治を志したが、性急に改革を推進しようとしたため、厳格な規律に反感を抱いた近衛軍が謀叛を企て、ついに宮殿に乱入した兵士によって、帝は槍に胸を貫かれ滅多切りにされて絶命した。首は槍の穂先に刺されて、ローマ市街を引き回されたのち、近衛軍兵舎へ運ばれた。かくしてローマ史上初めて解放奴隷の子という微賤の身でありながら帝位に登った彼は、自らを擁立した近衛軍の手にかかって果てたのである(66 年と 7 ヵ月 27 日の生涯、在位 2 ヵ月と 28 日間)。遺骸は新帝ディーディウス・ユーリアーヌスによって葬られ、次いで立ったセプティミウス・セウェールス*帝の命で神格化の栄誉を贈られた。

ペルティナークスは長髯をたくわえた威厳ある老帝だったが、食膳に関しては客嗇と嘲笑されるほど見すぼらしく、またマールクス・アウレーリウスの皇女コルニフィキア Cornificia との醜聞事件を起こしたことも知られている。なお彼の死後、岳父のスルピキアーヌス T. Flavius Sulpicianus は、競売にかけられた帝位をめぐってディーディウス・ユーリアーヌスと競り合うが敗れており(197 年に処刑される)、また帝の遺子ペルティナークス・カエサル Pertinax Caesar は、のちカラカッラ*帝に殺害されている(212)。
⇒ペスケンニウス・ニゲル
Herodian. 2-1〜5/ Dio Cass. 71-3〜19, 72-4〜9, 73-1〜10/ S. H. A. Pertinax/ Aur. Vict. Epit. Caes. 18-1〜/ Eutrop. 8-16/ Zosimus 1-7/ etc.

系図 354 ペルティナ(ー)クス

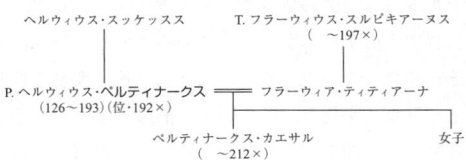

ヘルニキー（族） Hernici, （ギ）Hernikoi, Ἕρνικοι（または、Hernikes, Ἕρνικες）, （英）Hernicians, （仏）Herniques, （独）Herniker, （伊）Ernici, （西）Hernicos, （葡）Hérnicos, （露）Герники

（「岩山に住む人々」の意）イタリア中部、ラティウム*地方に古くから居住していた部族。南はウォルスキー*、北はアエクィー*やマルシー*族と境を接し、ローマと攻守同盟を結んで（前486頃）、アエクィー族やウォルスキー族と戦った。その後、何度かローマと交戦したが、前306年ついに全土がローマの軍門に降り、前225年までには完全なローマ市民権を獲得していた。その首邑はアナグニア*、アレトリウム*など。

Strab. 5-231/ Dion. Hal. Ant. Rom. 4-49, 6-5, 8-64〜/ Liv. 2-22, -41, 3-6, 6-2〜, 7-6〜, 9-42〜/ Sil. 4-226/ Verg. Aen. 7-684/ Juv. 14-180/ Festus / etc.

ペルペルナ Perperna（ペルペンナ Perpenna とも）, （ギ）Perpernās, Περπέρνας

エトルーリア*起源のローマ人の氏族名。次の2人のマールクス・ペルペルナ Marcus Perperna が名高い。

❶（？〜前129）M. Perperna。前130年に非ラテン系の名をもつ最初の執政官となり、小アジアでアリストニーコス*が起こした独立戦争の平定に出征。兵糧攻めにより敵軍を降し、アリストニーコス❶を捕らえたが、ローマへの帰途ペルガモン*の近くで客死した。その死後、彼は正式なローマ市民でなかったことが発覚し、父親が身分を詐称したとして告発されたという話も伝わっているが、信憑性に乏しい。同名の息子マールクス・ペルペルナ（前147頃〜前49）は、執政官（前92）、監察官（前86）をつとめ、98歳の天寿を保ったことで知られる。

⇒M'. アクィーッリウス

Liv. Epit. 59/ Just. 36-4/ Vell. Pat. 2-4/ Flor. 2-20, 3-1, 3-19/ Val. Max. 3-3, -4/ Oros. 5-10/ Tac. Ann. 3-62/ Plin. N. H. 7-48/ Dio Cass. 41-14/ App. B. Civ. 1-40/ Cic. Verr. 2-1-55/ Nep. Cato 1/ Eutrop. 4-20/ Oros Adv. Paganos 5-10/ etc.

❷（前122頃〜前72）M. Perperna Veiento (Vento), （西）Marco Perpena Veiento。❶の孫。同名の父マールクス・ペルペルナ・ウェイエントー（ウェントー）（前147頃〜前49）は前92年の執政官、前86年の監察官。❷のマールクス・ペルペルナ（前82年の法務官）はマリウス*派（民衆派*）を支持し、M. レピドゥス Lepidus（三頭政治家レピドゥス*の父）のスッラ*派（閥族派*）打倒の叛乱に加わる（前78）が、敗れてサルディニア*へ逃れ、次いで残党を率いてヒスパーニア*のセルトーリウス*の反乱軍に合流（前77、⇒L. コルネーリウス・キンナ❷）。しかるに、セルトーリウスの声望に嫉妬して自ら支配者たる地位を望み、悪質な中傷を流してはセルトーリウスの側近たちを陰謀に巻きこんだ。ある日、武将同士の美少年をめぐる恋の鞘当てから陰謀計画が洩れそうになったので、あわてた彼は早速、饗宴を催してセルトーリウスを招き、その席上、酒の入った盃を落とすのを合図に、一味の者とともにセルトーリウスを襲って刺殺した（前73）。間もなくローマから派遣された大ポンペイユス*に惨敗し、捕らわれの身となり処刑された。

App. B. Civ. 1-107, -110, -113〜115/ Plut. Pomp. 10, 20, Sert. 15, 25〜27/ Liv. Epit. 96/ Flor. 3-22/ Vell. Pat. 2-30/ Sall. H. 2〜3/ Cic. Verr. 2-5-58, De Or. 2-65(262), Q Rosc. 1-8/ Plin. N. H. 7-48/ Dio Cass. 41-14/ Val. Max. 8-13/ Nep. Cato 1/ etc.

ヘルマイ Hermai, Ἑρμαῖ, Hermae, （英）Herms, （仏）Hermès, （独）Hermen, （伊）Erme, （西）（葡）Hermas, （露）Гермы, （単）Herma, Ἕρμα, （英）Herm, （独）Herme, （伊）Erma, （露）Герма

ヘルメース*柱像。ヘルメース神の頭部と男性生殖器を備えた石または青銅(ブロンズ)製の角柱。ギリシア各地で古くからヘルメースは陽物 phallos(パッロス) の形で崇拝されていたが、道標や境界を示す石柱も、この神と深く関連づけて考えられていた（⇒テルミヌス）。やがて、これらの石柱の上端に有髯の男子頭像（のち若々しい青年の首も現われる）が載せられ、柱の中程には睾丸と勃起した男根が付けられるようになった。史家ヘーロドトス*によれば、この形式の柱像は先住民族であるペラスゴイ*起源という（⇒カベイロイ）。アテーナイ*近辺に特に多く見られ、広場や街路、四つ辻、聖域、体育場(ギュムナシオン)*、さらに個人の家の前や中庭にも立てられており、僭主ヒッパルコス*（在位・前527〜前514）の時代以後は里程標として街道沿いにも並んでいた。またアクロポリス*西北のアゴラー*には、個人や団体の立てたヘルマイが列柱のごとくひしめいていたため、傍らのストアー*・バシレイオス Stoa Basileios は「ヘルマイのストアー」と呼ばれたという。交通や旅行の守護神たるヘルメースの柱像は、あつく尊崇されており、ために前415年夏、アテーナイのシケリアー*（現・シチリア）遠征の直前に、市内のあちこちに立つヘルマイが一夜にして破壊されるという事件が起きると、市民は大きな衝撃を受け、犯人の首には高額の賞金が懸けられた（⇒アルキビアデース、アンドキデース）。ヘルマイの柱の部分には、警句や謎などの落書が記されることが多く、時に祖国のために戦った人への讃辞も刻銘された。ヘーラクレース*、アポッローン*、アテーナー*、エロース*などヘルメース以外の頭部をもつ柱像も造られた。

⇒プリアーポス、ファスキヌス

Thuc. 6-27〜, -53/ Herodot. 2-51/ Andoc. 1-62/ Dem. 20-112/ Aeschin. 3-183/ Plut. Alc. 18, Mor. 797/ Nep. Alc. 3/ Paus. 1-24/ Cic. Leg. 2-26, Att. 1-8/ Macrob. Sat. 1-19/ Juv. 8-53/ Serv. ad Verg. Aen. 8-138/ Ael. V. H. 2-41/ Diod. 13-2/ etc.

ヘルマプロディートス Hermaphroditos, Ἑρμαφρόδιτος, Hermaphroditus, （仏）Hermaphrodite, （独）Hermaphrodit, （伊）Ermafrodito, （西）（葡）Hermafrodito, （露）Гермафродит

ギリシア神話中の両性具有神。ヘルメース*とアプロディーテー*の息子。別名アトランティオス Atlantios。小アジアのイーデー❶*山中で育てられ、たいそう美しい若者に成長したが、ハリカルナッソス*のサルマキス*の泉で入浴中、その泉のニュンペー*（ニンフ*）から熱愛され、抱擁を逃がれんとしたところ、彼女の祈願によって2人は永遠に一身同体となって融合した。以来、ヘルマプロディートスは男女両性を備えるようになり、またサルマキスの泉で沐浴する男は、すべて性の力を喪失する運命に見舞われたと伝えられる。ストラボーン*によれば前1世紀に至ってもなお、この力は泉に残っていたという。

両性具有神の崇拝は、オリエント起源とも、男女の服装交換を伴う婚姻儀礼に由来するとも説かれるが、キュプロス*島のアマトゥース*では古くから髯の生えたアプロディートス Aphroditos の祭祀が行なわれており、ギリシア本土でも古典期以後、ヘルマプロディートス尊崇が盛んとなり、彫刻や絵画など美術の主題として好んで採り上げられた。前4世紀には乳房をもつ美青年の姿で、のちには男性器を有する女神アプロディーテーとして表現され、次第に女性化・柔弱化の度を強めた。同じく両性具有的な酒神ディオニューソス*の随伴者の1人とされることもある。

ヘルマプロディートスは半陰陽(ふたなり)を指す一般用語として使われるようになり、大プリーニウス*によると、ローマではかつて半男女は凶兆と見なされていたが、帝政初期には快楽の対象として愛好されていたという。ネロー*帝が両性具有の馬ばかりを集めて戦車を牽ひかせた話は有名。「雌雄同体現象 Hermaphroditismus」などの用語は、この神名に由来するが、人間において男女双方の性腺を有する「真性半陰陽者 hermaphroditus verus」はきわめて稀であるとされている。

⇒アンドロギュノス、アグディスティス、プリアーポス

Ov. Met. 4-285～/ Theophr. Char. 16-10/ Hyg. Fab. 271/ Mart. 14-174/ Strab. 14-656/ Plin. N. H. 7-3/ Paus. 1-19/ Macrob. Sat. 3-8/ Diod. 4-6/ Lucian. Dial. D. 15/ Vitr. De Arch. 2-8/ Festus/ Ath. 10-448/ etc.

ヘルミアース Hermias
⇒ヘルメイアース

ヘルミ（ー）アース Hermias
⇒ヘルメイアース

ヘルミオネー Hermione, Ἑρμιόνη, （伊）Ermione, （西）（葡）Hermíone, （露）Гермиона, （現代ギリシア語）Ermióni

ギリシア伝説中、メネラーオス*とヘレネー*の娘。しばしばヘレネーが夫王メネラーオスとの間に産んだ唯一人の子供とされるが、異説あり（⇒巻末系図015）。9歳の時、母がトロイアー*の王子パリス*と駆落ちしたので、母の姉妹クリュタイムネーストラー*に育てられる。そして従兄弟のオレステース*（アガメムノーン*とクリュタイムネーストラーの子）と婚約するが、父メネラーオスがそれを破棄して彼女をネオプトレモス*（アキッレウス*の子）に与えた。というのも、ネオプトレモスの援助がなければトロイアーは陥落しないと定められていたからである。しかし、ネオプトレモスと結婚してもヘルミオネーはいっこうに懐妊せず、それを夫の愛人となったアンドロマケー*（ヘクトール*の寡婦）が呪っているせいだと思い、アンドロマケーとその息子たちを殺そうと企てた。ネオプトレモスがデルポイ*でオレステースに殺されたのち、ようやく彼女はオレステースに嫁いで1子ティーサメノス❶*の母となった。

アテーナイ*の悲劇詩人ソポクレース*に、今は失われた作品『ヘルミオネー』があった。

Hom. Od. 4-4～/ Eur. Andr. 150～, 891～, Or. 107～, 1184～/ Apollod. 3-11-1, Epit. 3-3, 6-14, -28/ Verg. Aen. 3-328～/ Ov. Her. 8-31～/ Hyg. Fab. 129/ Paus. 1-11, -33, 2-18/ etc.

ヘルミッポス Hermippos, Ἕρμιππος, Hermippus. （伊）Ermippo, （西）（葡）Hermipo, （露）Гермиппос

（前5世紀）兄弟のミュルティロス Myrtilos とともにアテーナイ*の古喜劇作家。ペロポンネーソス戦争*（前431～前404）の頃に活躍し、何度か優勝の栄冠を得た（前435ほか）が、伝存するのは10の作品名と94の引用断片に過ぎない。また彼はペリクレース❶*の政敵となり、その愛妾アスパシアー❶*を「ペリクレースに売春婦を周旋しているばかりか、自由身分の女性たちをも彼に差し出している」と公言、彼女を不敬の廉(かど)で告発した（前432頃）と、プルタルコス*は伝えている。

ヘレニズム時代の伝記作家スミュルナー*のヘルミッポス（前3世紀）や、ローマ帝政期の文献学者ヘルミッポス（後2世紀中頃）などの同名人物が知られる。

Plut. Per. 32～33/ Ar. Nub. 553～/ Ath. 7-327, 14-619, 15-699/ Diog. Laert. 5-42～/ Joseph. Ap. 1-22/ Schol. ad Ar. Nub. 535, 537, 542/ Suda/ etc.

ヘルムンドゥリー（族） Hermunduri, Hermunduli (Hermonduri, Hermanduri, Hermonduli, Hermunduruli), （ギ）Hermondūloi, Ἑρμόνδουλοι, Hermondoroi, Ἑρμόνδοροι, （仏）Hermundures, Hermondures, （独）Hermunduren, （伊）Ermonduri, （西）（葡）Hermunduros, Hermonduros, （露）Гермундуры

ゲルマーニア*人のスエービー*系の1部族。アルビス*（エルベ）河上流に居住していたが、アウグストゥス*の時ローマと同盟を結び、バイエルン（バヴァリア）北部＝フランケン地方への移住・占有を認められた。スエービー諸族のうちで彼らのみが、マロボドゥウス*王への臣従を免れ

たと思われる。ローマとの友交関係ゆえに、ゲルマーニア人の中でも唯一、属州ラエティア*の州都アウグスタ・ウィンデリコールム Augusta Vindelicorum（現・アウクスブルク Augsburg）で自由な交易活動を許されていたという。
⇒カッティー
Tac. Germ. 41, Ann. 2-63, 12-29～, 13-57/ Plin. N. H. 4-14/ S. H. A. Marc. 22/ Strab. 7-290/ Vell. Pat. 2-106/ Dio Cass./ Eutrop. 8-13/ Oros. 7-15/ etc.

ヘルメイアース Hermeias, Ἑρμείας, Hermias または、ヘルミ(ー)アース Hermias, Ἑρμίας, (伊) Ermia, (西) Hermías, (葡) Hérmias, (露) Гермий

（？～前341）小アジア西岸ミューシアー*のアタルネウス Atarneus（現・Dikili 北東の Atarna）の僭主（在位・前355頃～前341）。ビーテューニアー*の生まれ。睾丸の圧縮による閹人（去勢者）で、もと両替商の奴隷だったが、アテーナイ*に滞在中プラトーン*やアリストテレース*の講義を聴き、アリストテレースの恋人（念者）erastes となる。のち主人であるアタルネウスおよびアッソス*の僭主エウブーロス Eubulos を殺して、同地方の支配権を得、ペルシア帝国*からなかば独立した勢力を維持。プラトーンの死（前347）後、アリストテレースやクセノクラテース*らアカデーメイア*の哲学者を宮廷に迎え入れた。前344年頃、姪で養女のピューティアス Pythias をアリストテレースに嫁がせたが、一説にはピューティアスは彼の側妾で、彼女がアリストテレースと恋におちていることを知ったヘルメイアースによって妻として授与されたのだともいう。アリストテレースが去って間もなく（前342）、ロドス*のメントール❸*におびき出されて捕われ、ペルシア大王アルタクセルクセース3世*の許へ送られた。マケドニアー*王ピリッポス2世*と内通しているという嫌疑のもとに拷問を受け、磔刑ないし絞首刑に処されて果てた。アリストテレースは恋人の死を惜しんでデルポイ*に肖像を建てたのみならず、彼をなかば神格化する讃歌を作詩したため、後年、瀆神罪に問われてアテーナイから亡命している（前323）。ヘルメイアースはプラトーンの『第六書簡』の名宛人として知られ、また自身も霊魂の不滅に関する著述を書いたといわれる（散逸）。
Strab. 13-610, -614/ Diod. 16-52/ Diog. Laert. 5-3～/ Ath. 15-696/ Ammon. Vit. Aristot./ Suda/ etc.

ヘルメーシアナクス Hermesianaks, Ἑρμησιάναξ, Hermesianax, (露) Гермесианакс

（前4世紀末～前3世紀初頭に活動）ヘレニズム時代初期のエレゲイア elegeia 詩人。小アジアのコロポーン*出身。ピリータース*（ピレータース*）の弟子で、アレクサンドレイア❶*派に属す。自らの情婦たる遊女レオンティオン Leontion に献げた同名の詩集『レオンティオン』3巻は、神話伝説上の人物や古来の詩人・哲学者らの恋愛を主題とした目録風の悲恋物語集で、当時盛んにもてはやされ人々に愛誦された（約100行の引用断片が現存）。この作品には、ギリシア神話中の変身譚や近親相姦など興味深い話柄が含まれており、またホメーロス*のペーネロペー*に対する恋慕の情や、サッポー*をめぐるアルカイオス*とアナクレオーン*の恋の鞘当て、等々といった時代錯誤的な（アナクロニスティック）物語も記されていた。彼は公費で肖像を建ててもらったコロポーンの運動選手ヘルメーシアナクスとしばしば混同されている。
⇒パーノクレース、ミムネルモス、クラロスのアンティマコス
Ath. 13-5976～/ Paus. 1-9, 6-17, 8-12/ Parth. Amat. Narr. 5, 22/ Ant. Lib. Met. 39/ etc.

ヘルメース Hermes, Ἑρμῆς（叙事詩形・ヘルメイアース Hermeias, Ἑρμείας）,（イオーニアー*方言）ヘルメイエース Hermeiēs, Ἑρμείης,（ドーリス*方言）ヘルマース Hermas, Ἑρμᾶς, Hermān, Ἑρμάν, Hermāōn, Ἑρμάων,（仏）Hermès,（伊）Èrmes,（Ermète),（露）Гермес,（現代ギリシア語）Ermís

ギリシア神話中、オリュンポス*12神の1柱。牧畜、商業、運動、雄弁などを司り、ローマのメルクリウス*と同一視される。大神ゼウス*とアトラース*の娘マイア*との息子。古くからアルカディアー*地方を中心に崇拝され、彼の生地とされる同地方のキュレーネー* Kyllene（現・Kilíni）山では大きな男根 phallos 形（パロス）の立石が神体として祀られていた。生まれるや否や亀を捕えて、その甲羅で竪琴（リュラー） lyra を発明し、また同じ日のうちにピーエリアー*へ出かけて行き、異母兄アポッローン*が美少年ヒュメナイオス*に言い寄っている隙に、兄の牛群を盗み出し、足跡を混乱させるため牛を後ろ向きに追い込んで洞窟内に隠した（⇒バットス）。鳥占いによって盗人を知ったアポッローンは、父神ゼウスに訴え出たが、ヘルメースの竪琴の音を聞くと、これが欲しくなり、牛群と交換に手に入れた。さらにヘルメースがシューリンクス*笛を発明すると、アポッローンはこれをも欲しがって、牧人として携えていた黄金の牛追い杖ケーリュケイオン kerykeion（〈ラ〉カードゥーケウス caduceus）を与え、小石による占術をも教えてやり、以来2人は親密な仲となった。オリュンポスへ連れていかれたヘルメースは、すべての神々から気に入られ、嫉妬深いヘーラー*女神でさえ自らの乳を彼に含ませたという。のち彼は神々とくにゼウスの使者に任命され、風のように速く飛び回っては、ペルセウス*やヘーラクレース*、オデュッセウス*ら大勢の英雄たちの冒険を助けた。また自らもギガントマキアー*やテューポーン*との争闘に活躍（⇒デルピュネー❶）、ゼウスの命により、イーオー*の番をしていた百眼巨人アルゴス*を退治してアルゲイポンテース Argeiphontes（アルゴス殺害者）の異名を得た。

ヘルメースは家畜と牧人の守護者であるのみならず、富と幸運、商売、窃盗、賭博、弁論、運動競技をも司り、さらに道路・旅行の神として、広くギリシア世界全域で崇

拝された。その杖であるゆる人々を眠らせると信じられ、また死者の霊魂を冥界へ導く役割を担ったことから、プシューコポンポス Psykhopompos（魂の案内者）とも呼ばれた。堅琴や笛の他に、字母（アルファベット）、数、音階、天文、度量衡、拳闘（ボクシング）・徒競走などの体操種目、等々の発明も彼に帰せられている。古くは勃起した男根をもつヘルマイ*像で表わされていたが、古典期以来、逞しいと同時に優雅な肉体をもつ美青年の姿で表現されるようになり、若者たちの保護神たる彼の彫像は、各地の体育場（ギュムナシオン）*、パライストラー*に安置された（オリュンピアー*出土のプラークシテレース*原作・大理石彫刻「幼いディオニューソス*を抱くヘルメース」は、理想化されたエペーボス*としてのヘルメース像を代表する作例）。また、鍔の広い旅行帽 petasos（ペタソス）を被り、足には有翼のサンダルを履き、手には2匹の蛇が巻きついた伝令杖ケーリューケイオンを持ったこの神の像も、広く普及し後世に至っている。

　ヘルメースは女神アプロディーテー*と通じて陽物神プリアーポス*と両性具有神ヘルマプロディートス*の父となったほか、数多のニュンペー*（ニンフ）や人間の女と交わって、パーン*はじめ大勢の子供を儲けたという。美少年のダプニス*やポリュデウケース*、カドモス*、アンテウス Antheus らを愛したという話も残っている。ヘルメース＝メルクリウスは天文学上、「水星」の呼称とされており、また後世の寓意画の世界においては「雄弁」や「学術」「理性」の擬人像として描かれている。

⇒アウトリュコス、ステントール、クロコス

Hes. Th. 938/ Hom. Il. 5-390〜, 24-333〜, Od. 14-435, 24-1〜/ Hymn. Hom. Merc./ Eur. Ion 1〜/ Apollod. 1-6, 3-10/ Ant. Lib. Met. 23/ Ov. Met. 1-668〜, 2-679〜/ Paus. 7-20/ Diod. 1-16, 5-75/ Ael. V. H. 10-18, N. A. 10-29/ Lucian. Dial. D., Charidemus 9/ Hyg. Fab. 62, 92, 251, 277, Parth. Amat. Narr. 14/ etc.

ヘルメース・トリスメギストス　Hermes Trismegistos, Ἑρμῆς Τρισμέγιστος, Hermes Trismegistus (Hermes Trimaximus, Mercurius ter Maximus), （仏）Hermès Trismégiste, （伊）Ermes Trismegisto (Mercurio Termassimo), （西）Hermes Trismegisto, （露）Гермес Трисмегист

（「3倍偉大なヘルメース*」の意）ギリシアの神ヘルメースとエジプト古来の神トート Thoth（古エジプト名・Ḏḥwty）が習合して生じたヘレニズム・ローマ時代の神格。2神の権能を受け継いで言語・文字・学問を司る。太古の王で3226年間君臨し、自然の原理に関する3万6525巻の書物を記したとされ、彼を著者に擬するギリシア語およびラテン語、コプト語の「ヘルメース文書（ヘルメーティカ*）」（内容は前3世紀〜後3世紀）が作られ（前1世紀頃〜後4世紀頃に形成）、中世イスラーム世界やルネサンス期以降のヨーロッパに至るまで広く流布した。この文書はオリエントの宗教とギリシアの哲学との混淆から生まれた魔術・占星術・錬金術の集成で、グノーシス*思想を一部に含むものの、ユダヤ*教の影響は少なく、キリスト教の痕跡は全く認められない。新プラトーン派哲学者や神秘主義者らの間で重んじられた。キリスト教教父たちによっても一定の権威が認められ、時にこの神はモーセ（モーシェー）Mōsēs と同等の預言者と見なされた。ギリシア語で書かれた14篇の短いテクストとキリスト教徒の著者が保存したいくつかの断片以外はほとんど残っていない。そのうち最もよく引用されるのは『エメラルド板 Tabula Smaragudina』で、伝承によれば、これはアレクサンドロス大王*が大ピラミッド内の埋葬所でヘルメース・トリスメギストスの木乃伊（ミイラ）の掌中から発見されたエメラルドに彫られていた銘文であったという。が、実際はギリシア、シュリアー*を経てイスラーム世界に伝わった一種の聖句がラテン語に訳されて中世ヨーロッパの錬金術師の間で貴重視されるようになったものと思われる。

　なお、ローマにおける錬金術の歴史は浅く、カリグラ*帝が大量の雄黄（鶏冠石）から金を精錬させたものの結局大損失を被ったという記述の後は、3世紀末にディオクレーティアーヌス*帝が錬金術書を容赦なく焼き棄てたという報告までまったく言及されず、本格的に普及したのは東ローマの皇帝ヘーラクレイオス Herakleios（在位・610〜641）以降のことでしかない。ラテン語で錬金術を「ヘルメースの技 ars hermetica（または opus hermeticum）」と呼ぶのは、ヘルメース・トリスメギストスが伝授したという古来の伝承に由来する。英語の hermetic, hermetical（「錬金術の」「魔術の」「秘伝の」の意）などの形容詞も同様。またアラビア人はヘルメース・トリスメギストスを、伝説上の聖賢イドリース Idris、つまりヘブライ神話中の義人エノーク Enōkh と同一視している。

Corpus Hermeticum/ Amm. Marc. 21-14/ Lactant. Div. Inst. 1-6, 6-25, 7-18/ Plin. N. H. 33-22/ Ael. V. H. 12-4, 14-34/ Plut. Mor. 375/ Iambl. Myst./ Clem. Al. Strom. 6-4/ Pl. Phlb. 23/ Cic. Nat. D. 3-22/ Augustin. De civ. D. 8-23〜26/ Papyri Graecae Magicae/ etc.

ヘルメーティカ　Hermetica (Corpus Hermeticum), （ギ）Hermetika, Ἑρμητικά （英）Corpus Hermetica, （仏）livres hermétique, （伊）Corpo Ermetico, （独）（西）（葡）Corpus Hermeticum, （露）Герметический корпус

（ヘルメース*文書）学問の神ヘルメース・トリスメギストス*の著作に擬せられた半宗教的哲学書。

ヘルモカレース　Hermokhares, Ἑρμοχάρης, Hermochares

⇒アコンティオス

ヘルモクラテース　Hermokrates, Ἑρμοκράτης, Hermocrates, （仏）Hermocrate, Hermocratés, （伊）Ermocrate, （西）（葡）Hermócrates, （露）Гермократ

(?～前407)シュラークーサイ*の政治家・将軍。ヘルメース*神の末裔を称する名門の出身。ペロポンネーソス戦争*(前431～前404)中の前424年、ゲラー*の会談でアテーナイ*の脅威を力説してシケリアー*(現・シチリア)のギリシア人諸都市polis(ポリス)を結束させ、実際にアテーナイ艦隊が攻め寄せると選ばれてシュラークーサイの将軍となる(前414)。来援したスパルター*の提督ギュリッポス*に助言を与え、アテーナイ軍の潰滅(前413)後、艦隊を率いてエーゲ海へ出征する(前412)が、キュージコス*の戦いで船団を失った(前410)ため、過激民主派の策動により祖国から追放された。アカイメネース朝*ペルシア*の太守Satrapes(サトラペース)パルナバゾス*の支援でシケリアーへ戻り(前409)、島西部のカルターゴー*勢力圏を劫略したものの追放は撤回されなかった(前408)。そこで娘婿のディオニューシオス1世*らと共に武力で帰国を敢行(前407)。しかしシュラークーサイ市内に入るや否や戦闘で殺されてしまった。史家トゥーキューディデース*やクセノポーン*から高く評価されている。

なお、シュラークーサイの僭主となったディオニューシオス1世の実父もまた同じくヘルモクラテースという名前であったという。
⇒巻末系図025
Thuc. 4-58~, 6-32~, 7-21, -73, 8-26~, -45, -85/ Xen. Hell. 1-1, 2-2/ Diod. 13/ Plut. Nicias 16, 26~, Dion 3/ Longinus Subl. 4-3/ Polyaenus 1-43/ Pl. Ti., Criti., Hermocrates/

ヘルモゲネース Hermogenes, Ἑρμογένης, (仏) Hermogène, (伊) Ermogene, (西)(葡) Hermógenes, (露) Гермоген
ギリシアの男性名。

❶(前200頃～前130頃)小アジアのカーリアー*出身の建築家。マグネーシアー❶(a)*のアルテミス*大神殿(イオーニアー*式擬二重列柱堂)や、テオース*のディオニューソス*神殿(イオーニアー式周柱堂)を設計、荘厳な外観を保ちながら費用と労力を節約する建築法を発明し、アウグストゥス*時代のローマ建築やルネサンス期以降のヨーロッパ建築にも大きな影響を与えた。
Vitr. De Arch. 3-2, -3, 4-3, 7-praef./ Strab. 14-647/ etc.

❷(後2世紀後半)小アジア南岸タルソス*市生まれの修辞学者。マールクス・アウレーリウス*帝を驚かせたほどの夙慧(しゅっけい)の才に恵まれ、少年時代から教師(ソフィスト*)となって頭角を現わし、15歳にして雄弁家として高い名声を得た。その犀利さゆえに「鑢(やすり) Ksystēr」と渾名され、17歳から執筆を始めたが、25歳の時にあらゆる知的能力を喪い、その後長い生涯を記憶力をなくしたまま過ごした。ために彼は「若くして成人、長じて子供」と言われ、また死後解剖でその心臓が異常に大きく、かつ毛におおわれているのが発見されたと伝えられる。18歳の時の著作『修辞法 Tekhnē Rhētorikē, Τέχνη Ῥητορική』(多くの部分が現存)は、驚くべき細目にわたる分類と法則に満ち、修辞学理論の頂点を示している。

その他、古典期アテーナイ*の市民ヒッポニーコス*の庶子で、富者カッリアース❺*の異母兄弟のヘルモゲネース(前5世紀後半～前4世紀前半)ら、幾人もの同名人物が知られる。
⇒アポッロドーロス❺、テオドーロス❹、ディデュモス
Philostr. V. S. 2-7/ Diog. Laert. 3-6/ Pl. Cra./ Xen. Mem. 2-10, Symp. 1-3, Ap. 2/ Suet. Dom. 10/ Hesych./ Suda/ etc.

ヘルモティーモス Hermotimos, Ἑρμότιμος, Hermotimus, (伊) Ermotimo, (西)(葡) Hermotimo
ギリシア系の男性名。

❶(前6世紀頃)クラゾメナイ*の哲学者、予言者。アリストテレース*によれば、精神 nūs(ヌース) が万物の根源であると説いた最初の人物といわれる(⇒アナクサゴラース)。霊魂を自在に肉体から離脱させることができ、浮遊した魂を通じて遠方の出来事をも知り得たと伝えられる。ところがある日、霊魂が身体を離れて飛び回っている間に、妻もしくは敵対者が肉体を焼いてしまったので、ついに魂は戻る場所を失ってしまったという。クラゾメナイの人々は彼を神格化し、その聖域は女人禁制とされた。彼はその後、輪廻を繰り返して哲人ピュータゴラース❶*に転生したと伝えられている。
⇒アリステアース❶、アバリス、エピメニデース、アイタリデース
Plin. N. H. 7-52/ Arist. Metaph. A-3/ Lucian. Encom. Musc. 7/ Diog. Laert. 8-5/ Sext. Emp. Math. 9/ etc.

❷(前5世紀初頭)アカイメネース朝*ペルシア*の大王クセルクセース1世*に重用された宦官長。小アジアのカーリアー*出身。美少年だったため、悪徳商人パニオーニオス Panionios に去勢され、宦官としてサルデイス*で売られた。その後、ペルシア宮廷で栄達を遂げ、前480年クセルクセースのギリシア遠征に随行。途上、パニオーニオスに遭遇し、「そなたのおかげで立身出世が叶った」と甘言をもって彼の一家をおびき寄せ捕縛。パニオーニオスに無理矢理、実の息子4人を去勢させたのち、今度は子供たちの手で父親の性器を切りとらせて復讐を遂げた。
Herodot. 8-104~106/ Ath. 6-266/ etc.

ヘルモポリス Hermopolis, Ἑρμόπολις, Hermopolis Magna (または、**ヘルムーポリス** Hermupolis Megale, Ἑρμούπολις Μεγάλη), (古代エジプト名・Khmnw, Khmunu, Khemenū), (西)(葡) Hermópolis (Magna)
(「ヘルメース*の町」の意)(現・El-Ashmûnein, 〈コプト語〉Shmūnein)古代エジプトの都市名。ナイル河左岸に位置し、ギリシア・ローマ時代には上エジプトとの境界よりやや下流の中部エジプトに属した。極めて古い時代からヘーリオポリス❷*やメンピス*とともに宗教都市として繁栄し、特に知恵の神トート Thoth (ギリシアのヘルメース神と同一

視される）崇拝の中心地であった。近代になってパピューロス文書が出土し、ギリシア文学に貴重な資料を提出した（⇒オクシュリュンコス）ほか、ヘレニズム時代の壁画や碑文などが発掘されている。

なお、下エジプトのデルタ地帯にも、ヘルムーポリス（ヘルメースの町、〈ラ〉Hermopolis Parva）と呼ばれる同名の都市があった（ナウクラティス*の少し下流）。
⇒テーバイ❷（エジプトの）、メンデース、アンティノオポリス
Plin. N. H. 5-9, -11/ Strab. 17-812, -813/ Herodot. 2-67/ Plut. Mor. 371c/ Amm. Marc. 2-16/ Ptol. Geog. 4-5/ It. Ant./ Steph. Byz./ etc.

ヘルモラーオス　Hermolaos, Ἑρμόλαος, Hermolaüs, (伊) Ermolao, (西) Hermolao

（？～前327晩春）アレクサンドロス大王*の近習を務めたマケドニアー*の若者。大王暗殺計画の首謀者として処刑される。バクトリアー*で猪狩りに扈従して、大王の許しなく獲物に初矢を射たため、衆目の前で鞭打たれ、これを遺恨に思って男の愛人ソーストラトス❷*に弑逆の決意を語り、ソーストラトスを同志とする。さらに数人の近習仲間を引き入れ、彼らが揃って大王の天幕警護につく夜に、寝込みを襲ってアレクサンドロスを刺殺しようと謀った。ところが当日は、大王が徹夜で酒盛りをしたせいで、首尾を果たせずに終わる。翌朝、同志の1人エピメネース Epimenes が同性の愛人カリクレース Kharikles に計画を洩らしたことから一切が露顕し、すぐさま全員が逮捕され、拷問にかけられた末、石打ちの刑に処された。この陰謀事件には、ヘルモラーオスと特別に親愛な関係にあったカッリステネース*も連座して、非業の死を遂げた。
⇒イオ（ッ）ラース、ピロータース
Arr. Anab. 4-13～14/ Curtius. 8-6～8/ Plut. Alex. 55/ etc.

ペルラ　Pella
⇒ペッラ

ヘルラス　Hellas
⇒ヘッラス

ヘルラーニコス　Hellanikos
⇒ヘッラーニコス

ヘルリー（族）　Heruli (Eruli, Aeruli), (ギ) Herūloi, Ἔρουλοι, (英) Herulians, (仏) Hérules, (独) Heruler, (伊) Eruli, (西)(葡) Hérulos, (露) Герулы

ゲルマーニア*人の1部族。ユトラント（ユーラン）半島に居住していたが、後3世紀中頃デーン人 Dani に追われて南へ移動。ガッリエーヌス*帝の治世（260～268）にゴート*族（ゴトーネース*）と合流して黒海・エーゲ海へ侵攻し（267）、ギリシア各地を荒らし回った（268～270）。別の一派は289年にレーヌス*（ライン）河口へ進撃したが、4世紀にはバターウィー*族とともに、ローマ軍に騎兵隊を提供するようになる。ヘルリー族はゲルマーニア人古来の風習（妻の殉死や年老いた親の殺害、若者と年長者の男色関係など）を永く留めていたことで知られ、6世紀にもなお人身供犠を続けていたといい、また裸体を青く塗っていたことも伝えられている。512年ローマ人により大部分はイッリュリクム*に置かれ、残りは北ヨーロッパへ戻った。6世紀中頃に歴史から姿を消す。
⇒デクシッポス
Amm. Marc. 20-4, 23-1, 25-10, 27-1/ Sid. Apoll. Carm. 7-236, Epist. 8-9/ Procop. Goth. 2-14～, 3-13, 4-26～, Pers. 1-13～, 2-24～, Vand. 2-4, -17/ Zosimus 1-41/ Jordan. Getica/ S. H. A. Gallien. 13, Claud. 6/ etc.

ヘルレー　Helle
⇒ヘッレー

ヘルレースポントス　Hellespontos
⇒ヘッレースポントス

ヘルレーネス　Hellenes
⇒ヘッレーネス

ベルレロフォーン　Bellerophon
⇒ベッレロポーン

ヘルレーン　Hellen
⇒ヘッレーン

ヘレー　Helle
⇒ヘッレー

ペーレウス　Peleus, Πηλεύς, (仏) Pélée, (伊)(西) Peleo, (葡) Peleu, (露) Пелей, (現ギリシア語) Piléas, (エトルーリア語) Pele

ギリシア神話中、アイアコス*の息子で、アキッレウス*の父（⇒巻末系図016）。プティーアー*王。兄弟のテラモーン*と共謀して異母弟ポーコス*を殺したため、父王によってアイギーナ*島から追放され、ミュルミドーン人*（ミュルミドネス*）を連れてテッサリアー*へ亡命。プティーアー王エウリュティオーン Eurytion, Εὐρυτίων の手で罪を浄められたうえ、王女アンティゴネー Antigone, Ἀντιγόνη と領土の3分の1を与えられた。しかし、カリュドーン*の猪狩りに参加した際、誤って岳父エウリュティオーンを槍で刺し殺してしまい、再び追放の身となってイオールコス*王アカストス*の許へ逃れ、彼によって罪を浄められた。ところが今度はアカストスの妻アステュダメイア Astydameia, Ἀστυδάμεια が美男のペーレウスに懸想し、言い寄って拒まれると、腹いせに「ペーレウスはアカストスの娘ステロペー Sterope, Στερόπη と結婚しようとしてい

る」との虚報をアンティゴネーに送って彼女を縊死に追いやり、さらに夫アカストスに対しても「ペーレウスが私を犯そうとした」と誣告した。よってアカストスはペーレウスをペーリオン*山中に連れ出して、眠っている間に彼の剣を奪って置き去りにし、兇暴なケンタウロイ*族に殺されるように計ったが、ペーレウスは賢者ケイローン*（またはヘルメース*）に救われた。のちペーレウスはイオールコスを攻撃してアカストスを殺害、アステュダメイアを八つ裂きにし、そのばらばらになった四肢の間を通って軍を市中へ導いた。プティーアーに戻って王位を手に入れたのち、彼はケイローンの助言に従って海の女神テティス*を捕らえ、ペーリオン山で彼女と結婚式を挙行、争いの女神エリス*を除くすべての神々から祝福を受けた。（この時婚儀に招かれなかったエリスが祝宴の席へ投げ込んだ不和の林檎がトロイアー戦争*の遠因となる）。テティスとの間に生まれたのが名高い英雄アキッレウスで、のちこの息子がトロイアー*で戦死すると、老いたペーレウスはアカストスの息子たちによってプティーアーを追われ、コース*島へ逃れた。やがて孫のネオプトレモス*（アキッレウスの遺子）が王国を取り戻してくれたものの、そのネオプトレモスにも先立たれ、最後はテティスにより不死の身にされたという（異説あり）。ペーレウスはまた、幾人かの若者のうち従者クラントール Krantor, Κράντωρ を最も愛し、ラピタイ*族とケンタウロイ族の戦闘中にこの青年が殺されると、激怒してすぐさま槍を投じて敵に報復したとされている。悲劇詩人エウリーピデース*に今は失われた作品『ペーレウス』があった。テティスの捕獲やカリュドーンの猪狩りなど彼の生涯のいくつかの場面が、アルカイック期以来、陶画など美術作品の主題として好んで取り上げられた。
Apollod. 3-12, -13/ Hom. Il. 18-83～, -432～/ Pind. Pyth. 3-87, 8-100, Nem. 4-56～/ Eur. I. A. 701～, 1036～, Andr. 1128～/ Ap. Rhod. Argon. 1-90～/ Diod. 4-27/ Paus. 2-29, 5-18/ Hyg. Fab. 14, 54, 92, 273/ Ov. Met. 7-476～, 11-235～/ Schol. ad Eur. Troad. 1123～/ etc.

ペレキューデース Pherekydes, Φερεκύδης, Pherecydes, （仏）Phérécyde, （伊）Ferecide, （西）（葡）Ferécides, （露）Ферекид, （現ギリシア語）Ferekídhis

ギリシア人の男性名。

❶（前6世紀中頃）シューロス Syros, Σῦρος 島（現・Síros、キュクラデス*諸島の1つ）出身の哲学者、宇宙生成神話 kosmogonia 作家。前544年～前541年頃活躍。ピッタコス*の弟子で、自然や神々に関する著述をギリシア語で書いた最初の人とされる。オルペウス教*の影響下に宇宙開闢以来の神々の系譜を著わしたその神話書は、ギリシア最古の散文と伝えられる（散逸）。ピュータゴラース*は彼から霊魂の不滅と輪廻転生説を学んだという。天文学にも通じ月蝕の起こる日時を精確に予言したり、日時計を作ったりした。地震や船の難破の予知など数々の奇跡も彼に帰せられている。85歳で没。デルポイ*へ赴き岩山から身を投げて死んだとも、虱症に罹り体じゅう喰い破られて息絶えたとも伝えられる。後者の説では、ピュータゴラースが見舞いに来た折、彼は戸口の隙間から指だけ差し出して、「皮膚を見れば具合が分かるだろう」と答えたという。ピュータゴラースは師をデーロス*島に葬ったのち、イタリアへ戻り、間もなく食を断って死んだとされる。
⇒アクーシラーオス、ヘカタイオス❶、カドモス
Diog. Laert. 1-116～/ Paus. 1-20/ Plin. N. H. 7-51/ Plut. Sull. 36/ Arist. Metaph. N-4(1091b)/ Cic. Tusc. 1-16(38)/ Suda/ etc.

❷（前5世紀中頃）アテーナイ*で活躍した散文史家 ロゴグラポス

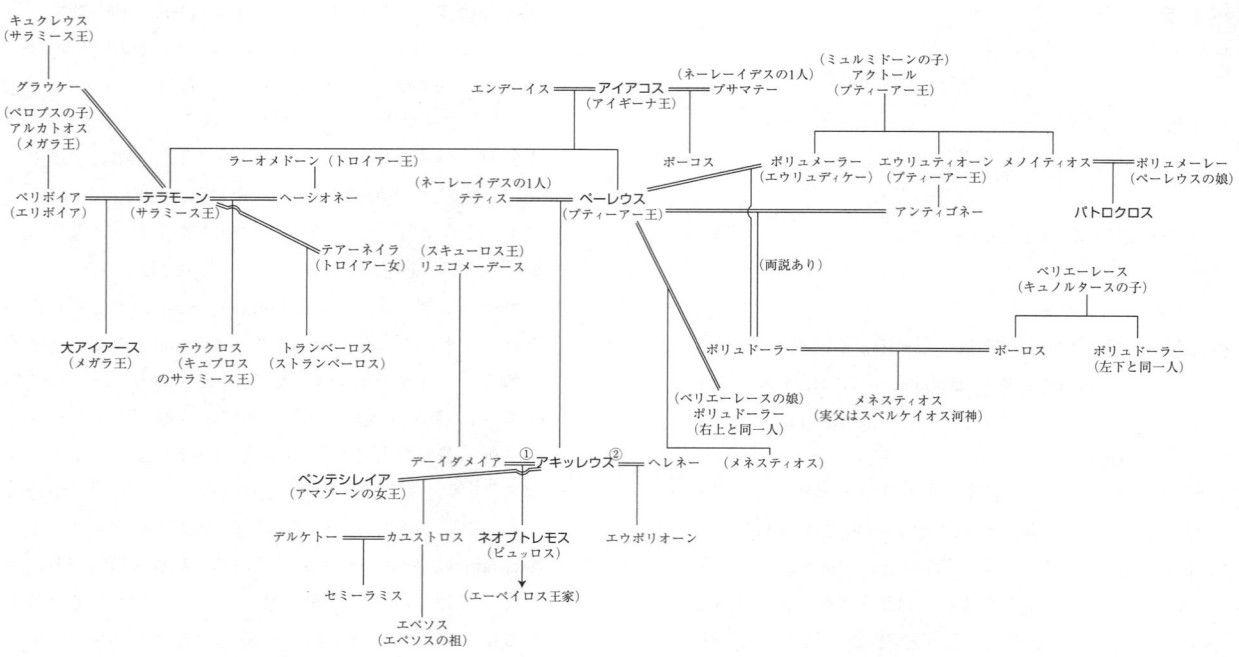

系図355　ペーレウス

logographos. レロス Leros, Λέρος 島の出身。ヘーロドトス*と同時代の人で、アッティケー*（アッティカ*）の歴史を記したというが現存しない。神話学者、系譜学者。イオーニアー*方言で著した神々や英雄たちの歴史 Historiai, Ἱστορίαι 10 巻の断片が残っている。85 歳で没。のちに❶と混同されるようになった。

　他にも、スパルター*人に殺された賢者で、死後さる神託に従ってスパルター王たちにその皮を保存された同名のペレキューデースがいる。

Dion. Hal. Ant. Rom. 1-13/ Isid. Orig. 1-41/ Lucian. Macr. 22/ Plut. Pel. 21/ Strab. 10-487/ Diog. Laert. 1-119/ Euseb. Chron./ Suda/ etc.

ペレグリーノス・プローテウス Peregrinos Proteus, Περεγρῖνος Πρωτεύς, Peregrinus Proteus,（仏）Peregrine, Protée,（伊）（西）Peregrino Proteo,（現ギリシア語）Peregrínos Protévs

（後 100 頃〜165）キュニコス（犬儒）派の哲学者。ヘッレースポントス*に臨むミューシアー*の町パリオン Parion, Πάριον に生まれる。人妻との密通や美少年の強姦など放蕩無頼の青年時代を送ったという。さらに 60 歳になる父親を縊り殺してパレスティナ*へ逃亡しキリスト教に転向。投獄されたが間もなく釈放され、いったん帰国して尊属殺害の罪を免れるべく市に財産を寄付したのち、再び放浪の旅に出た。クリストス*に次ぐ聖賢としてキリスト教徒の間で尊ばれたが、やがて宗教的禁忌をめぐって教団と対立し、エジプトへ赴いてキュニコス派の哲学者アガトブーロス Agathobulos, Ἀγαθόβουλος（デーモーナクス*の師）に師事。次いでイタリアへ渡り、時の皇帝アントーニーヌス・ピウス*を批判して追放されると、今度はギリシアへ移って各地を巡歴した。直言の人という名を得て、エピクテートス*と同格の哲学者として称讃されたが、最期はオリュンピア競技祭*の最中、衆人の前で火葬壇に身を投げて自焚。その変り身の早さゆえにプローテウス*（変幻自在の海神）と呼ばれた。死後は鳥となって昇天したという。

⇒アウルス・ゲッリウス、パープラゴニアーのアレクサンドロス

Lucian. De Morte Peregrini, Ind. 14, Demon. 21/ Gell. N. A. 8-1, 12-1/ Amm. Marc. 29-1/ Philostr. V. S. 2-1/ Athenagoras/ etc.

ヘレースポントス（海峡） Hellespontos
⇒ヘッレースポントス

ペレティーメー Pheretime, Φερετίμη, Pheretima,（仏）Phérétimé,（伊）（西）Feretima

（前 6 世紀後半に活躍）キューレーネー*のバットス*朝（バッティアダイ*）の王妃。跛者バットス 3 世*（在位・前 550〜前 530）の妻。アルケシラーオス 3 世*（在位・前 530〜前 519）の母。息子の代になって国政改革に反対して王権回復を策動するが、敗れてキュプロス*のサラミース*❷へ亡命。サラミース王エウエルトーン Euelthōn, Εὐέλθων に「キューレーネー復帰のため軍勢を与えてほしい」と、しきりに要請したものの、黄金の紡錘や糸巻竿など女の道具しか贈られなかった。いったん帰国を果たしたアルケシラーオス 3 世が、暴政を募らせ再びバルケー*（バルカ）へ逃亡を余儀なくされるや、彼女は怯むことなく実質上の女王としてキューレーネーに君臨した。息子の横死（前 519）を知ると、今度はエジプトを支配するアカイメネース朝*ペルシア*に身を投じ、その武力と奸計を用いてバルケーを占領。主だった市民を城壁のまわりで磔刑に処し、彼らの妻の乳房を切り取って、それらをも城壁に貼り付けさせた。残余の市民は奴隷としてペルシア人に与え、かくて息子の復讐を遂げると、エジプトへ引き上げた。しかし間もなく、生きながら全身に蛆が湧く奇病に罹り、苦悶の裡に死んだという。

⇒巻末系図 029

Herodot. 4-162〜167, -200〜205/ Polyaenus 8-47/ Suda/ etc.

ヘレナ Flavia Julia (Iulia) Helena,（ギ）Phlabia Iūlia Helenē Φλαβία Ἰουλία Ἑλένη,（英）Helen, Ellen,（仏）Hélène,（伊）（西）Elena,（露）Елена

ローマ帝室の女性名。巻末系図 104 を参照。

❶（後 255 頃〜330 頃）。ローマ皇帝コーンスタンティーヌス 1 世*（大帝）の母。ビーテューニアー*の微賤の生まれ。旅亭の酒場女だったが、270 年頃コーンスタンティウス・クロールス*の妾（ないし妻）となり、1 子コーンスタンティーヌスを産む。のちコーンスタンティウス・クロールスが副帝（カエサル*）に任命されるに当たり、正帝（アウグストゥス*）マクシミアーヌス*の継娘テオドーラ Theodora との政略結婚を強いられたため、彼女は離別の憂き目を見る（292〜293）。コーンスタンティーヌスの登極後は帝母として敬われ、やがてアウグスタ*の称号をも授けられる（325 頃）。息子の政策に従ってキリスト教を保護し、326 年にはパレスティナ*を訪れて女神アプロディーテー*の神殿を破壊。イェルーサーレーム*（エルサレム*）ほか各地に教会堂を建築した。後になると彼女が「聖十字架」（クリストス*が磔にされた十字架）を地中から発見したという伝説がつくられた。他方、夫とテオドーラの間に生まれた継子たち（ユーリウス・コーンスタンティウス*、ダルマティウス*、ハンニバリアーヌス*）を虐待し、またコーンスタンティーヌスの妻ファウスタ*（マクシミアーヌスの娘）を不義密通の廉（かど）で告発して処刑させる（326）など、宮廷内の陰謀工作にも関与した（⇒クリスプス）。およそ 80 歳の高齢で、おそらくニーコメーデイア*において没し、ローマ近郊に埋葬された。キリスト教の聖女に列せられ、さらに彼女の低い出自を隠蔽するべく、ブリタンニア*ないしカレードニア*の王女だったとする物語が創作された。

Eutrop. 10-2/ Aur. Vict. Epit. 39〜40/ Zosimus 2-8/ Oros. 7-25/ Euseb. Vita Constantinii 3-41〜47/ Sozom. Hist. Eccl. 2-

1/ Theodoret. 1-18/ etc.

❷フラーウィア・ユーリア・ヘレナ Flavia Julia Helena（？～後360）ユーリアーヌス*（背教者）帝の妻。コーンスタンティーヌス1世（大帝*）の末女。
エウセビア*の項を参照。
Amm. Marc. 15-8, 16-10, 21-1/ etc.

ヘレナ　Helena
⇒ヘレネー（のラテン語形）

ヘレニウス・アークローン　Helenius Acron
⇒アークローン、ヘレニウス

ベレニーケー　Berenike, Βερενίκη, Berenice,（仏）Bérénice,（露）Берника
（ギ）ベレニーケー Pherenike（勝利をもたらす女）のマケドニアー*形。時にベルニーケー Bernike ともいわれる。

　Ⅰ　プトレマイオス朝*エジプト王家のベレニーケー
（⇒巻末系図 043 ～ 046）

❶1世 B. Ⅰ（前340頃～前275頃）エジプトの王妃。マケドニアー*のラーゴス*（プトレマイオス1世*の父）とアンティゴネー Antigone（アンティパトロス❶*の姪）の娘。初めマケドニアー貴族ピリッポス Philippos（アミュンタース Amyntas の子）に嫁ぎ、マガース*（キューレーネー*王）やアンティゴネー Antigone（エーペイロス*王ピュッロス*の妻）、テオクセネー Theoksene（シュラークーサイ*の独裁者アガトクレース*の最後の妻）らの母となった。次いで、アンティパトロスの娘エウリュディケー❸*がプトレマイオス1世に入輿した折（前320頃）、花嫁に随行してエジプトに赴き、プトレマイオスに見初められ、やがてその継妃に冊立される。この異母兄との間には、アルシノエー2世*やプトレマイオス2世*、その他の子供が生まれた。夫王は彼女を鍾愛するあまり、先妃エウリュディケーの子供を無視して、彼女の産んだ末子プトレマイオス2世を王位継承者とした。それに憤慨したエウリュディケーや長男プトレマイオス・ケラウノス*らは、アレクサンドレイア❶*の宮廷を退去した。ベレニーケーはその美貌と聡明さで知られ、王宮内で絶大な権勢を保持、死後は息子によって神格化され、夫王と並んで「神なる救世主たち Theoi Sōtēres, Θεοὶ Σωτῆρες」として崇められた。詩人テオクリトス*によれば、アドーニス*の祭典は彼女の栄誉を称えて祝われたといい、また夫王とともにプトレマイエイア Ptolemaieia 祭で祀られてもいた。
Paus. 1-6, -7/ Just. 16-2/ Diog. Laert. 5-78/ Plut. Pyrrh. 4, 6/ Ael. V. H. 14-43/ Theoc. Id. 15-106, 17-34～, -60～, -123, Epigr. 55/ Ath. 5-202d, -203a/ Schol. ad Theoc. Id. 17-34, -61/ etc.

❷2世 B. Ⅱ（前273頃～前221頃）エジプト王妃（在位・前246～前221）。エウエルゲティス Euergetis, Εὐεργέτις（善行者）。キューレーネー*王マガース*の娘。したがって、❶の孫娘に当たる。幼い頃、従兄プトレマイオス3世*エウエルゲテースと婚約するが、父の死後、母アパメー Apame（アンティオコス1世*の娘）は彼女をデーメートリオス・カロス*（デーメートリオス1世*ポリオルケーテースの子）と結婚させる。しかし、新郎の美男ぶりに惚れ込んだアパメーは、彼を横取りし自分の愛人にしてしまう。怒ったベレニーケーは夫デーメートリオスを母の寝室で殺し、母を追放してキューレーネーを支配、無事プトレマイオス3世と結婚する（前246。以降キューレーネーはプトレマイオス朝*の領有するところとなる）。

夫王がシュリアー*遠征に勝利を収めて凱旋した際、彼女がその美しい頭髪を切って女神アプロディーテー*に捧げ、それを記念して天空に「かみのけ座（ラ）Coma Berenices」が新たに設けられた話は、カッリマコス❶*の詩によってよく知られている。

夫亡き後、彼女は共同統治者となった息子プトレマイオス4世*に毒殺され、神として祀られた。一説にベレニーケーはプトレマイオス3世の実妹だともいうが、❸と混同したものであろう。
Just. 26-3, 30-1/ Polyb. 5-36, 15-25/ Catull. 66/ Hyg. Poet. Astr. 2-24/ Callim. Fr. 110/ Ath. 15-689a/ Plut. Demetr., Cleom. 33/ Ael. V. H. 14-43/ Plin. N. H. 2-71/ Eratosth. Cat. 12/ etc.

❸ベレニーケー・シュラー　B. Syra, Σύρα,（英）Berenice The Syrian（前280頃～前246頃）セレウコス朝*シュリアー*の王妃（在位・前253頃～前246頃）。プトレマイオス2世*ピラデルポスとアルシノエー1世*との間に生まれる。第2次シュリアー戦争（前260～前253）の結果、アンティオコス2世*テオスは妃ラーオディケー❷*を退けて、彼女と結婚し、その所生を継嗣に立てることを決定する（前252）。ところが、プトレマイオス2世が死ぬと（前246）、先妻ラーオディケーは宮廷に返り咲き、まず夫アンティオコス2世を毒殺した後、ベレニーケーとその5歳になる息子を詐術を弄して殺害した。ベレニーケーの兄弟プトレマイオス3世*の援軍は間に合わなかったものの、第3次シュリアー戦争（別名：ラーオディケー戦争・前246～前241）を起こして、国土を蹂躙、略奪をほしいままにした。なおプトレマイオスの到着までの間、ベレニーケーの侍女が彼女になりすまし、王妃は殺されたのではなく負傷しただけだというふりをし続けていたという。
⇒セレウコス朝の系図（巻末系図 039, 040）
Just. 27-1/ App. Syr. 65/ Polyb. 5-58, Frag. 73/ Polyaenus. 8-50/ Ath. 2-45c/ Val. Max. 9-10/ Vet. Test. Daniel 11-6/ etc.

❹3世 B. Ⅲ　クレオパトラー・ベレニーケー Kleopatra, Κλεοπάτρα B. とも呼ばれる。（前120／115頃～前80）エジプト女王（在位・前81～前80）

プトレマイオス9世*ラテュロスの唯一の嫡出子。前88年、父9世の復辟以来、共同統治を行ない、父の跡を継いで即位（前81）。継子プトレマイオス11世*（同10世の子）と結婚するが、その19日後に夫たる11世に暗殺された。
Paus. 1-9/ App. B. Civ. 1-414, Mith. 251/ Cic. Leg. Agr. 2-16/ etc.

❺ 4世 B. IV（前79頃～前55）エジプト女王（在位・前58～前55）。プトレマイオス12世*アウレーテースの長女。父王がアレクサンドレイア❶*市民に追放された後、即位する（前58）。最初シュリアー*の王子セレウコス・キュビオサクテース*（アンティオコス10世*とクレオパトラー❻*・セレーネーの子）と結婚するが、この粗野で厚顔無恥な男を嫌って新婚3日目に絞殺、次いで小アジアの1領主で大司祭のアルケラーオス❸*（ミトリダテース*大王の子を称す）と再婚して共同統治を始めたものの、6ヵ月後には父王がローマの支援で復位したので、夫ともども殺された。プトレマイオス朝*最後の女王クレオパトラー7世*の姉にあたる。
Dio Cass. 39-12～14, -55～58/ Strab. 12-558, 17-796/ Liv. Epit. 104～105/ Plut. Cat. Min. 35, Ant. 3/ App. Mith. 114/ etc.

Ⅱ　ユダヤ王室のベレニーケー（⇒巻末系図026）

❻（前1世紀後半～後1世紀初頭）ヘーローデース1世*（ヘロデ大王*）の姪。サロメー❶*とその2度目の夫コストバロス Kostobaros との間に生まれる。従兄のアリストブーロス❹*（ヘロデ大王の息子）に嫁ぎ、ヘーローデース・アグリッパ（ース）1世*やヘーローディアス*ら3男2女の母となる。奸悪な母サロメーのそそのかしにより、夫に対して憎悪を抱くようになり、その日常を偵察し、ついに夫とその兄アレクサンドロス*を破滅させるに至る（前7）。次いで、アンティパトロス❺*（ヘロデ大王の長子）の母方の叔父テウディオーン Theudion（?～前4頃）と再婚するが、おそらく後夫がアンティパトロスの陰謀に加担して処刑されたため、再び寡婦となる。また彼女はローマ帝室の小アントーニア*と親しく、息子アグリッパ（1世）の保護を彼女に依頼したが、天性放埒なアグリッパは母の死後、法外な浪費癖がたたって、またたく間に全財産を蕩尽してしまったという。
Joseph. J. A. 16～18, J. B. 1-23～/ Strab. 16-765/ etc.

❼（後28～81以降）❻の孫娘。ヘーローデース・アグリッパ（ース）1世*の長女。はじめアレクサンドレイア❶*の裕福なユダヤ人マールコス Markos（哲学者ピローン*の甥）に嫁ぎ（41）、次いで自らの伯父カルキス Khalkis の王ヘーローデース Herodes と再婚（46）して2子を生なし、夫の死（48）後、実兄ヘーローデース・アグリッパ（ース）2世*と同棲。しかし、兄妹が情を通じているという噂が広まったので、醜聞を避けるため、キリキアー*の王ポレモーン2世*を誘って偽装結婚をする（53／54）。とはいえ、この不自然な婚姻は長く続かず、放埒な彼女は程なく夫を見捨てて兄の許へ舞い戻り同居を再開。ユダヤ戦争（66～70）の際には、兄とともにローマ側に味方し、将軍ティトゥス*（後の皇帝）と恋仲になる。終戦後、兄と一緒にローマを訪問し（75）、ティトゥスと夫婦のごとくに同棲するが、ローマ市民の悪評に妨げられて2人は結婚を断念する（79）。なお彼女は、つねづね嫉妬心から、美貌の妹ドルーシッラ❷*を虐待していたという。

ベレニーケーとティトゥスの恋愛は後世の文芸作品の主題として好んで採り上げられている —— 例：17世紀フランスの古典悲劇詩人ラシーヌの『ベレニス Bérénice』（1670）や、コルネイユの『ティトとベレニス Tite et Bérénice』（1670）など ——。
⇒カエキーナ・アリエーヌス
Joseph. J. A. 18～20, J. B. 2/ Juv. 6-156～/ Tac. Hist. 2-2, -81/ Suet. Tit. 7/ Dio Cass. 66-15, -18/ Quint. Inst. 4-1/ Nov. Test. Act. 25～26/ etc.

Ⅲ　その他のベレニーケー

❽（前5世紀後半）ロドス*の運動選手ディアゴラース*の娘。彼女の父親も、兄弟も、息子もオリュンピア競技祭*で優勝したことで名高い。早く夫に先立たれた彼女は、男装して体育コーチになりすまして息子を訓練したが、女人禁制のオリュンピアー*で息子のペイシロドス Peisirodos が優勝した時、歓喜のあまり柵を跳び越えようとして陰部を露出。以来、体育教師も全裸で選手に付き添うことが義務づけられたという。
Paus. 5-6, 6-7/ Ael. V. H. 10-1/ Val. Max. 8-15/ Plin. N. H. 7-41/ etc.

❾（?～前72）ポントス*の大王ミトリダテース6世*の妃の1人。キオス*の出身。第3次ミトリダテース戦争（前74～前63）中、他の妃モニメー Monime や、夫王の未婚の妹たちロークサネー Rhoksane、スタテイラ Stateira らとともに、黒海南岸の町パルナケイア Pharnakeia（現・Farnakya）に隠れていたが、ローマの将ルークッルス*の進撃が迫ったので、王から派遣された宦官バッキデース Bakkhides によって全員自害を強いられた。毒盃を仰ごうとしたベレニーケーは、かたわらにいた母親に頼まれて毒薬を分け与えたため容易に死にきれずにいたところ、バッキデースの手で頸（くび）を絞められて果てた（⇒巻末系図030）。

この他、ペルガモン*王国最後の王アッタロス3世*の妃のベレニーケーなど、幾人かの同名人物が知られる。
Plut. Luc. 18, Mor. 292e/ Plin. N. H. 2-71/ Aur. Vict. Epit. 14/ etc.

ベレニーケー（市）　Berenike, Βερενίκη, Berenice

ギリシア系都市の名。著名なものは以下のとおり。

❶（現・ベンガジ Benghazi,〈アラビア語〉Banġāzī,〈トルコ語〉Bingazi）北アフリカ沿岸、キューレーナイカ*地方の都市。もとヘスペリデス Hesperides、またはエウエスペリデス Euesperides と呼ばれ、大シュルティス*（現・スルト Surt）湾の東岸に位置。前549年頃、キューレーネー*市の植民者によって創建される。豊沃な土壌に恵まれていたが、前510年頃アカイメネース朝*ペルシア*の大王ダーレイオス1世*に征服された。のちプトレマイオス3世*の妻ベレニーケー❷*の名をとって改称され、ペンタポリス*の1つとして栄えた（古エジプト名・Barneek）。ギリシア神話中のヘスペリデス*の園は、かつてこの地にあったとされ、近くには冥界に通じる洞窟から地下水が流れ出ていたと伝えられる。城壁のほか郊外の発掘が進められている。

なお、この市名ベレニーケーは、中世ギリシア・ラテン語を通じてフランス語に入り、ワニス（ニス）（英）varnish の語源となっている。

⇒アルシノエー❸

Herodot. 4-171, -198, -204/ Strab. 17-836/ Plin. N. H. 5-5/ Mela 1-8/ Amm. Marc. 22-16/ Luc. 9-524/ Solin. 27/ Sil. 3-249/ etc.

❷（現・Madinet al-Harras）（ラ）Berenice Troglodytica 紅海に臨むエジプト東岸の港町。前285年プトレマイオス2世*によって建設され、王母の名をとってベレニーケーと命名された。アラビアー*、インド、エティオピア*などを相手とする南海貿易の拠点として賑わい、また近くの鉱山からはエメラルドその他の宝石が採れたという。

ほかにも、同名の都市がアフリカ東部沿岸に幾つか建てられていた。

Strab. 16-769〜, 17-815/ Plin. N. H. 6-26, -34/ Mela 3-8/ Ptol. Geog 8-16/ Peripl. M. Rubr./ It. Ant./ Steph. Byz./ etc.

ヘレネー　Helene, Ἑλένη,（ラ）ヘレナ Helena,（英）Helen,（仏）Hélène,（独）Helena, Helene, Elena,（伊）Elena,（西）Elena, Helena,（露）Елена,（現ギリシア語）Eléni

ギリシア神話中、トロイアー戦争*の原因となった絶世の美女。白鳥の姿に化した大神ゼウス*とレーダー*（スパルター*王テュンダレオース*の妻）との交わりから生まれた娘（実母は女神ネメシス*ともいう）。ディオスクーロイ*（カストール*とポリュデウケース*）やクリュタイムネーストラー*の姉妹（⇒巻末系図014）。ヘレネーは非ギリシア系の名で、元来は先住民族の豊饒の女神であったと考えられている。神話伝説では人間の中で最も美しい女とされ、幼時すでにアテーナイ*王テーセウス*に攫われてアピドナイ*に幽閉されたことがあったが、兄弟ディオスクーロイの手で救出されてスパルターへ戻った（⇒アイトラー）。その後ギリシア中の王侯貴族が彼女に求婚するべく各地から参集したところ、あまりにも多くの求婚者に困り果てた養父テュンダレオースは、そのうちの1人オデュッセウス*の忠告に従い、すべての求婚者に「ヘレネー自身が夫を選択し、将来この結婚に関して婿が誰かから害を被った場合には全員が彼に助力する」と固く誓約させた。その結果、ヘレネーは裕福なメネラーオス*の妻となり、1女ヘルミオネー*を出産、夫はテュンダレオースの譲りを受けてスパルターの支配者となった。ところが、トロイアー*の王子パリス*（プリアモス*王とヘカベー*の子）がスパルターにやってきた時、彼女はその美男ぶりに惚れて情を交わし、夫の不在中に財宝を船に積み込むと、2人は手に手を取りトロイアー目指して駆け落ちした（パリスが力ずくで略奪した等、委細については諸説あり）。ここにアガメムノーン*（メネラーオスの兄弟）を総大将とするギリシア軍がトロイアーへ攻め寄せ、10年に及ぶ戦争が始まることになった。その間、夫パリスが死ぬと、彼女はその弟デーイポボス*と結婚するが、トロイアー陥落の時到るや、先夫メネラーオスに取り入ろうとして、デーイポボスの武器をすべて隠し、これを惨殺させた。メネラーオスはヘレネーをも斬り捨てようとしたものの、彼女の露出した乳房を見て刀を落としてしまい、無事にスパルターへ連れ帰って仲睦まじく暮らしたという。

2人は死後、ラコーニアー*（ラコーニケー*）のテラプナイ*に葬られたとも、女神ヘーラー*によって不死とされエーリュシオン*の野で幸福に過ごしているとも伝えられる。また一説にヘレネーは、「白い島」レウケー*島に運ばれて英雄アキッレウス*と結婚し、1子エウポリオーン Euphorion（ゼウスに愛された有翼の美青年）を産み、永遠にこの島に住んでいるとされている。異伝によれば、メネラーオスの死後、彼女は継子らに追われて、ロドス*島の旧友ポリュクソー Polykso（トレーポレモス*の妻）の許へ逃れたが、自分の夫をトロイアー戦争で失ったポリュクソーの策略で、浴室で復讐の女神エリーニュエス*に扮した婢女たちに威嚇され、木に首を吊って死に至らしめられたという。あるいは、一切の禍いのもととして甥のオレステース*に殺されんとしたところを、アポッローン*に救われ、兄弟ディオスクーロイと同じく航海の守護神になったとも言い伝えられている。さらに抒情詩人ステーシコロス*以来、パリスとともにトロイアーへ出奔したのは雲から造り出されたヘレネーの幻に過ぎず、本物のヘレネーはトロイアー戦争の間、エジプト王プローテウス*に託されていたという彼女の不義を否定する話が創作・流布された。悲劇詩人エウリーピデース*の現存する作品『ヘレネー』（前412）も、この伝承に従っており、トロイアー陥落後メネラーオスがエジプトに漂着し、真のヘレネーを見出してギリシアへ伴い帰るまでの経緯を扱っている。

ヘレネーはスパルター近郊では「美の女神」として崇拝され、その祭礼が行なわれたほか、ロドス島にも彼女のた

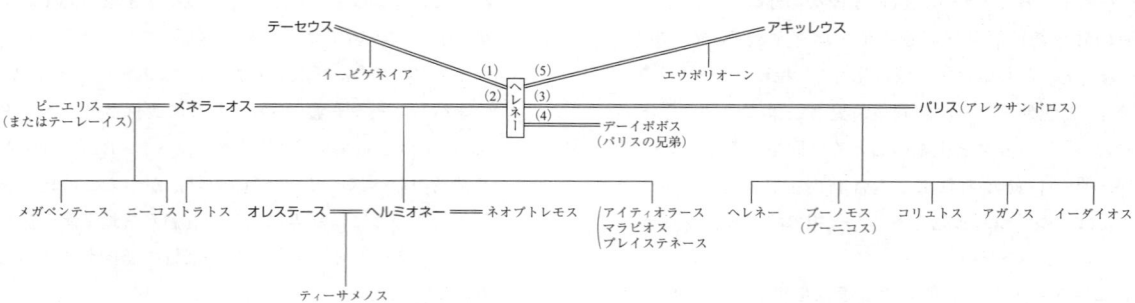

系図356　ヘレネー

めに奉献された神殿のあったことが知られている。アルカイック期以来、彼女の姿は各種の壺絵・陶画に好んで描かれ、また高名な画家ゼウクシス*が幾人もの娘たちを裸にして検分し、それぞれの娘の体で最も欠点のない部分を採り上げ、それらを組み合わせてヘレネーの絵を描いたという話も伝わっている。

Hom. Il. 2-161〜, 3-121, -154〜, -165, -237, 4-276, 6-289〜, 7-350〜, 13-766, 22-114, 24-761, Od. 4-12〜14, -219〜, -296〜, -569, 11-438, 15-58〜, 22-227, 23-218/ Eur. Hel., Or. 57〜, I. A. 57〜, Cyc. 182, El. 1280, Tro. 959〜, Hec. 239〜/ Paus. 1-33, 2-22, 3-19, -20, -24, 5-18/ Apollod. 3-10, -11, Epit. 5/ Hyg. Fab. 77〜, 81, 118, 249, Poet. Astr. 2-8/ Ath. 5-190, 8-334/ Ov. Her. 16, 17/ Plut. Thes. 31/ Ael. N. A. 9-21, 15-13/ Diod. 4-63/ Parth. Amat. Narr. 16/ Ant. Lib. Met. 27/ etc.

ヘレーネス Hellenes
⇒ヘッレーネス

ヘレノス Helenos, Ἕλενος, Helenus, (仏) Hélénos, (伊) Eleno, (西) Héleno, (葡) Heleno, (露) Гелен

ギリシア神話中、トロイアー*王プリアモス*とヘカベー*の子（⇒巻末系図019）。カッサンドラー*の双生の兄弟。アポッローン*の愛人となって、予言の能力と象牙の弓を授かる。『イーリアス*』では予言者であると同時に勇敢な戦士としても描かれている。兄パリス*がスパルターの王妃ヘレネー*をかどわかそうと企てた時、もし強行するなら祖国に災禍がもたらされるであろうと警告。押し寄せたギリシア軍との戦闘でパリスが死んだのち、ヘレネーを得ようと弟のデーイポボス*と争って敗れ、イーデー❶*山中に隠栖する。ところがギリシア側の智将オデュッセウス*が彼を待ち伏せして捕え、トロイアーを護っている秘密の神託をその口から聞き出すことに成功。「もしペロプス*の骨がギリシア軍のもとへもたらされるならば、もしネオプトレモス*（アキッレウス*の息子）が参戦するなら、もしパッラディオン*（アテーナー*神像）が盗み出されるなら、さらにもしピロクテーテース*がヘーラクレース*の弓矢をもって味方するならば、必ずやトロイアーは落ちるであろう」とヘレノスは答えた。木馬の計（⇒シノーン）を教えたのは彼だとする説もある。予言が成就され、市が陥落したのち、ヘレノスは上記の予言ゆえに殺されず、敵将ネオプトレモスに従ってエーペイロス*へ赴き、彼の死後アンドロマケー*（長兄ヘクトール*の寡婦）を妻とし王国を継承。アイネイアース*（アエネーアース*）が立ち寄った時に、一行を歓待した。一説にヘレノスは、デーイダメイア*（ネオプトレモスの母）を娶ったともいい、またアルゴス*に埋葬されたという異伝も残されている。

Hom. Il. 6-76, 7-44, 12-94, 13-576, 24-249/ Apollod. 3-12, Epit. 5-9/ Verg. Aen. 3-294〜/ Hyg. Fab. 273/ Paus. 2-23/ Soph. Phil. 604〜, 1337〜/ Eur. Andr. 1243/ Dict. Cret. 4-18/ Conon Narr. 34/ etc.

ベレロフォーン Bellerophon
⇒ベッレロポーン

ベレロポーン Bellerophon
⇒ベッレロポーン

ヘレン Helen
⇒（ギ）ヘレネー、（ラ）ヘレナ（の英語形）

ヘレーン Hellen
⇒ヘッレーン

ヘレンニウス、ガーイウス・ポンティウス Gaius Pontius Herennius
⇒ポンティウス・ヘレンニウス、ガーイウス

ペーロー Pero
⇒キモーンとペーロー

ベロイア Beroia, Βέροια, Beroea (Beraea, Berea), (仏) Bérée (Béroia), (独) Beröa, (伊)(西)(葡) Beroea, (和) ベレヤ、ベレア

（現・アレッポ Aleppo,〈アラビア語〉ハラブ Ḥalab, Ḥaleb）シュリアー*北部の都市。歴史は古く、遅くとも前18世紀に遡る。古来、東西交通の要衝を占め、商業・貿易の中心地として栄えたが、ヒッタイト、エジプト、アッシュリアー*、ペルシア*などオリエント諸大国の支配を次々に受けた。アレクサンドロス大王*の東征（前333）ののち、セレウコス1世*（在位・前312〜前280）によって拡張され、故国マケドニアー*の都市ベロイア（または、ベッロイア Berrhoia, Βέρροια,〈ラ〉Berroea）にちなんで改名された。アンティオケイア❶*やアパメイア❶*と同じく整然と計画されたヘレニズム都市となり、現在では城壁や上下水道などの遺構が発掘されている。ローマ、ビザンティン時代を経たのち、後637年アラブ軍に征服され、むしろイスラーム時代に一層の繁栄を見た。

なおマケドニアーのベロイア（現・Véria, Verria）は、古都エデッサ❷*やペッラ*の南方に前700年頃に建設された町で、テッサロニーケー*の西80kmに位置し、原始キリスト教の使徒パウロス*が訪れた（50頃）ことで知られる。名祖は伝説上の王ベレース Beres の娘ベロイアとされ、ローマ帝政期に繁栄し市独自の競技祭を催しており、今日バシリカ*やローマ時代の街路などが発掘されている。

⇒ダマスコス、パルミューラ、ヒエラーポリス❶

Strab. 16-751/ Plin. N. H. 4-10, 5-21/ Thuc. 1-61/ Anth. Pal. 7-390, 9-426/ Ptol. Geog. 3-13, 5-15/ Procop. Pers. 2-7/ Liv. 23-39/ Nov. Test. Act. 17-10〜/ It. Ant./ etc.

ベーロス Belos, Βῆλος, Belus, (仏) Bélos, (伊)(西)(葡) Belo, (露) Бел, (アッカド語) Bēlu, (アラム語) Beʻēl

セム系諸民族の最高神バアル Ba'al またはベール Bel（いずれも「主人」の意）のギリシア語形。この神の崇拝は人身（小児）犠牲や男女両性の神殿売春者との性交などといった性的放縦を伴うことで有名。ギリシア神話では、ポセイドーン*とリビュエー*（エパポス*の娘）の子でアゲーノール*の双生兄弟とされる。エジプト王となり、ダナオス*とアイギュプトス*の他、ケーペウス*やピーネウス❷*らの子を得た。オリエント最古の王として神格化され、ギリシア、ペルシア、バビュローニアー*、アッシュリアー*、シュリアー*、フェニキア*、リューディアー*など多くの王家の遠祖と見なされている。バビュローン*の創建者ともいわれ、時にギリシアの大神ゼウス*ないしクロノス*とも同一視される。クセルクセス1世*がベーロスの墓をあばき、ギリシア遠征に失敗したという伝承もある。パルミューラ*やヘーリオポリス*（バアルベク*）に残るローマ帝政期の大神殿遺跡が名高い。

Aesch. Supp. 312〜/ Apollod. 2-1/ Herodot. 1-7, -181, 7-61/ Hyg. Fab. 31, 106, 151/ Ov. Met. 4-213/ Ael. V. H. 13-3/ Diod. 1-28, 6-1, 17-112/ Verg. Aen. 1-620〜, -729〜/ Strab. 16-738/ Paus. 1-16, 4-23, 7-21/ Arr. Anab. 3-16/ Nonnus Dion./ Serv. ad Verg. Aen. 1-733/ etc.

ペーローズ 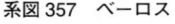 Peroz（または、ピールーズ Piruz、ペイロゼース Peirozes, Perozes）, （ギ）ペロセース Peroses, Περόσης, Perosites, Περοσίτης, Perokses, Περόξης, Peroxes, （ペルシア語）フィールーズ Firuz, フェーローズ Feroz, （漢）卑路斯

サーサーン朝*ペルシア*の帝王（在位・後457／459〜484）。父ヤズダギルド2世*の死後、支配権をめぐって兄ホルミスダース3世*と争い、エフタル族 Ephtalitai, Ἐφταλῖται の協力を得て兄を倒し即位した。東ローマ帝ゼーノー*（ゼーノーン*）とは事を構えなかったが、国内はうち続く旱魃や飢饉に苦しみ、ユダヤ人の迫害やキリスト教徒の分派争いも頻発して荒廃を極めていた。ペーローズはエフタル族に対する遠征軍を2回起こした（469、484）ものの、失敗を重ねた末に、1人の皇子コバーデース*を除いて全滅という惨たる完敗を喫し、自身も落命した。彼の戦死後、弟のパッラース Pallas（またはボロゲーセース Bologeses, Βολογήσης, Balash, Valash, Valens, Vologeses）が玉座に据えられた（484〜488）が、ほどなくエフタルの支持で、その人質となっていたコバーデースが帰国し、即位した。
⇒巻末系図111

Procop. Bell. Pers. 1-3〜6/ Theophan. 122/ Agath. 4-27/ etc.

ヘーロストラトス Herostratos, Ἡρόστρατος, Herostratus（Eratostratus）, （仏）Érostrate, （独）Herostrat, （伊）Erostrato, （西）（葡）Eróstrato, （露）Герострат

（前4世紀中頃）小アジアのエペソス*市民。前356年7月20日に有名なエペソスのアルテミス*大神殿を焼き払った人物。拷問にかけられた結果、「自らの名を不朽にせんがために放火した」と告白、よってエペソスの人々は未来永劫にわたり彼の名を口にすることを禁じたが、結局は後世に伝わってしまうこととなった。なお、神殿焼失の同夜にアレクサンドロス大王*が誕生したと伝えられ、ために弁論家のヘーゲーシアース❶*は、「女神アルテミスはアレクサンドロスの分娩で忙しかったから、自分の神殿の消火にまで手がまわらなかったのであろう」と洒落のめしたという。
⇒デイノクラテース

Strab. 14-640/ Plut. Alex. 3/ Cic. Nat. D. 2-27/ Val. Max. 8-14/ Gell. 2-6/ etc.

ベーローソス Berosos, Βηρωσός, Berosus, または、ベーローッソス Berossos, Βηρωσσός, Berossus, （仏）Bérose, Bérossos, （伊）Berosso, Beroso, （西）（葡）Beroso, （露）Берос, Беросс, （アッカド語）Belreʾušu, Bel-re-ušu

（前290〜前280頃活躍）バビュローン*のベーロス*（ベル Bel）の神官。神殿古文書を用いて『バビュローニアー史』（Babyloniaka, Βαβυλωνιακά, 別名『カルダイアー*史 Khaldaïka』）3巻をギリシア語で著わし、アンティオコス1世*に献上した。第1巻は天地創世から大洪水までを、

系図357　ベーロス

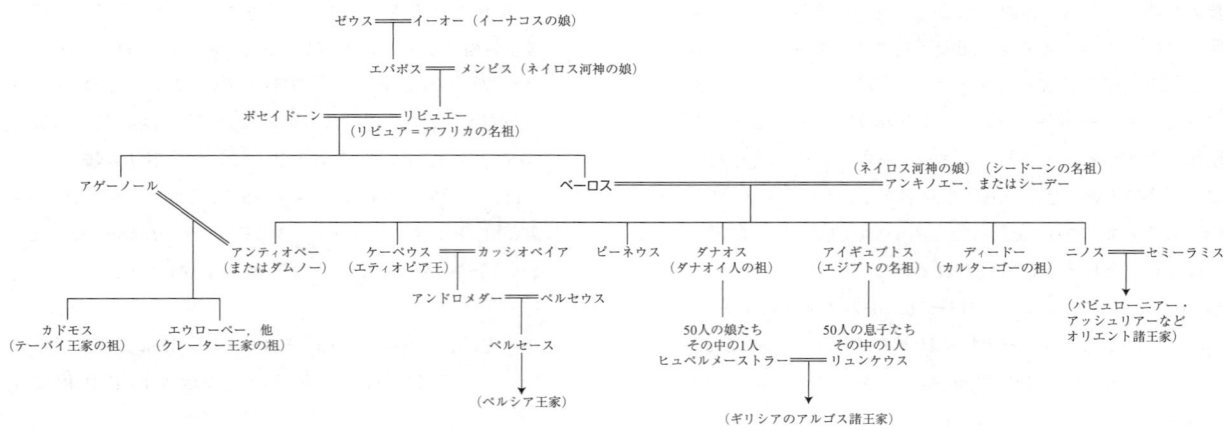

第2巻はナボナッサル Nabonassar の時代（在位前747〜前734）までを、第3巻はアレクサンドロス大王*の死（前323）までを扱い、信憑性の高い史書とされていたが、イオーセーポス*や教父エウセビオス*の引用による断片以外は散逸。古代バビュローニアー*の歴史や天文学・占星術をギリシア・ローマ世界に伝えた点で重視される（⇒トラシュッロス）。彼はまた精巧な日時計の発明者にも擬せられている。
⇒マネトーン
Ath. 14-639/ Plin. N. H. 7-37/ Vitr. 9-2, -8/ Paus. 10-12/ Euseb. Praep. Evang. 10-289/ Joseph. Ap./ Clem. Al. Strom. 1, Protr. 19/ Syncellus/ Suda/ etc.

ヘーローダース　Herodas, Ἡρώδας
⇒ヘーローダース、またはヘーローンダース

ヘーローダース、または、ヘーローンダース
　　　　Hero(n)das, Ἡρώ(ν)δας（Heroidas とも）、（仏）Hérondas,（伊）Eroda,（西）Herodas,（露）Геро(н)д
（前4世紀末〜前3世紀中頃）ヘレニズム時代前期のミーモス mimos 劇詩人。コース*島の出身らしくイオーニアー*方言で擬曲（対話による寸劇）を書いた。その作品 Mimiamboi は僅少の引用断片によって知られるに過ぎなかったが、1890年にエジプトでパピューロス文書の中から9篇が発見された（1891年出版）。『売春宿』『とりもち婆』『嫉妬深い女』『女同士』『靴屋』など、いずれも一般市民の卑俗な日常生活を写実的に描写した滑稽な小品である。張形（模造男根）を買っては競って使用する女たちや、人妻に若い運動選手との密通を勧める老女、自分の抱え女が暴行されたことを法廷で訴える置屋の亭主、情交相手にしている男奴隷が浮気をしたと怒って裸にして鞭打とうとする女主人、等々といった当時の風俗を知る上で興味深い題材が扱われており、人生の醜い面も赤裸々に暴かれている。エピカルモス*やソープローン*の流れを引くが、死滅した語彙をも用いた擬古文で記されており、おそらく上演よりは朗読用に作られたものと思われる。ミーモスはやがてイタリア南部のマグナ・グラエキア*地方を通じてローマにもたらされ、従来の喜劇を駆逐してしまうほどの人気を博し、次第に淫猥で露骨な物真似劇ミームス（ラ）mimus へと変貌していった。
⇒D. ラベリウス、ソータデース
Ath. 3-86b/ Plin. Ep. 4-3/ Stob. Flor. 76-6, 98-28/ Zenobius/ etc.

ヘロット　Helot(s)
⇒ヘイロータイ

ヘロデ　Herodes
⇒ヘーローデース

ヘロデ・アグリッパ　Herodes Agrippa
⇒アグリッパ、ヘーローデース

ヘーローディアス　Herodias, Ἡρωδιάς,（仏）Hérodiade,（伊）Erodiade,（西）Herodías,（葡）Herodíade,（露）Иродиада,（和）ヘロディヤ
（前14頃〜後40以降）ユダヤ王室の女性（⇒巻末系図026）。
　ヘーローデース1世*（ヘロデ大王）の子アリストブーロス❹*の娘。ヘーローデース・アグリッパース1世*の姉妹。叔父のヘーローデース・ピリッポス1世*に嫁ぎ、娘サロメー❷*を産むが、夫の弟ヘーローデース・アンティパース*と恋仲になり、その妻を追い払って彼と結婚する。この重婚に抗議した洗礼者イオーアンネース（ヨーハンネース）❶*を、アンティパースに斬首させた話は名高い。ローマ皇帝カリグラ*によってアンティパースが流罪に処せられると、彼女もルグドゥーヌム*（現・リヨン）へ同行した（後40）。
Joseph. J. A. 18, J. B. 1〜2/ Nov. Test. Matth. 14-3〜, Marc. 6-17〜, Luc. 3-19〜/ etc.

ヘーローディアーヌス、アエリウス　Aelius Herodianus
⇒ヘーローディアーノス、アイリオス

ヘーローディアーノス　Herodianos, Ἡρωδιανός, Herodianus,（英）（独）Herodian,（仏）Hérodien,（伊）Erodiano,（西）Herodiano,（露）Геродиан
（後165／179頃〜250頃）ローマ帝政期のギリシア系歴史家。シュリア*の出身で、ディオーン・カッシオス*の同時代人。マールクス・アウレーリウス*帝の死（180）からゴルディアーヌス3世*の即位（238）に至る58年間のローマ皇帝史を、8巻から成るギリシア語の書物『歴史 Historiai』にまとめた（現存）。さまざまな欠点が指摘されるものの、著者自身の生きた時代の記述であるため、最盛期を過ぎて頽唐の秋を迎えたローマ帝国の史料として重要。特に暴君コンモドゥス*やカラカッラ*、エラガバルス*ら諸帝の残虐、淫逸、放恣な生涯と必ず暗殺で終わるその最期の描写、またディーディウス・ユーリアーヌス*のように帝位を競売でせり落とす皇帝まで出現するという腐敗し切ったローマ社会の状況が、――時にディオーン・カッシオスを訂正しながら、――記されていて興味深い。
⇒ヒストリア・アウグスタ
Herodian./ Phot./ etc.

ヘーローディアーノス、アイリオス　Ailios Herodianos, Αἴλιος Ἡρωδιανός, Aelius Herodianus,（英）Aelius Herodian,（仏）Ælius Hérodien,（独）Älios Herodianos,（伊）Elio Erodiano,（西）Elio Herodiano
（後2世紀中頃〜後半）ローマ帝政期のギリシア語文法学者。

アポッローニオス❶・デュスコロス*の子としてアレクサンドレイア❶*に生まれる。ローマへ移ってマールクス・アウレーリウス*帝の寵遇を得、数多くのギリシア語文法に関する著述を執筆、題名だけでも約30ほどが伝わっている。とりわけ有名なのは、6万語にのぼるギリシア語のアクセントを扱った主著『アクセント大全 Katholikē Prosōdiā』21巻で、その後長い間アクセントに関する権威とされたが、今日では抜粋や抄録しか残っていない。この他、変則語についての論文 Peri Monērūs Lekseōs, Περὶ Μονήρους Λέξεως とアッティケー*（アッティカ*）語小辞典 Philetairos, Φιλέταιρος が現存する。最後の独創的文法家と評される。
⇒ヘーパイスティオーン❷
Amm. Marc. 22-16/ Prisc. Inst./ Schol. ad Hom./ Suda/ etc.

ヘーローデース Herodes, Ἡρῴδης,（英）Herod,（仏）Hérode,（伊）Eròde,（オック語）Eròdes,（ルーマニア語）Irod,（マジャル語）Heródes,（ブルトン語）Herodez,（ヘブライ語）Hordos, הוֹרְדוֹס,（アラビア語）Hīrūdis, Hūrdis,（和）ヘロデ

ユダヤ*王家の男子名。前55年頃から後93年頃にわたってパレスティナ*一帯を治めた王朝に属する。巻末系図026を参照。

❶ 1世 H.I 〈ギ〉Iūlios Hērōdēs, Ἰούλιος Ἡρῴδης,〈ラ〉Julius Herodes（前73頃〜前4年3月／4月頃）「大王」と呼ばれる（〈ラ〉Herodes Magnus,〈英〉Herod the Great,〈仏〉Hérode le Grand,〈独〉Herodes der Große,〈伊〉Erode il Grande,〈西〉Herodes el Grande,〈葡〉Herodes, o Grande,〈露〉Ирод Великий,〈アラビア語〉Hīrūdis l-kabīr, Hīrūld l-kabīr　在位・前37〜前4）。ハスモーン*（アサモーナイオス*）朝の宰相アンティパトロス❶*の次男。前47年、若くして父からガリライアー*（ガリラヤ）の行政を委ねられ、前43年、暗殺された父の復讐を遂げると、兄パサエーロス Phasaelos とともに実権を掌握。兄の横死を知るやローマへ逃れ、アントーニウス*によりユダヤ王に任命される（前40）。翌年、帰国すると、イェルーサーレーム*（エルサレム*）を攻囲し、ローマ軍の援助でこれを陥落させ、対立王アンティゴノス*を殺害、ハスモーン朝の支配に終止符を打った（前37）。次いで王位を安泰ならしめるため、前王ヒュルカノス2世*（前30）やその娘アレクサンドラー❷*（前29／28）、妻の弟アリストブーロス3世*（前35）らハスモーン家の人々を次々と根絶やしにし、同家を支持する多数の有力者を殺して、その財産を没収、ついには中傷を信じて2度目の妻マリアンメー*1世をも処刑させた（前29）。冷酷な反面、有能な支配者であり、領土を奪い取ろうとするエジプト女王クレオパトラー7世*の野心をかわし、アントーニウスの破滅後はアウグストゥス*に巧みに取り入り、軍事的・政治的成功によって王国を拡大・繁栄させた。ユダヤ教を信奉してイェルーサーレーム神殿を修築し、大宮殿を造営、またギリシア・ローマ文化に心酔して劇場（テアートロン*）や競技場を建設し、各地にヘレニズム風の都市を築いた（⇒カエサレーア・パラエスティーナエ、サマレイア、アスカローン）。

姪や従妹を含む10人の妻をもち、大勢の子女を得たが、宮廷は陰謀の巣窟と化し、縁者の多くが王の猜疑心の犠牲となって殺された。長男アンティパトロス❷*の計略に乗せられて、マリアンメー1世所生の2子アレクサンドロス*とアリストブーロス❹*を扼殺し（前7）、アンティパトロスを後継者に指名するが、のちアンティパトロスが叔父ペローラース Pheroras（大王の弟）と組んで自分を毒殺しようとしていたことが発覚すると（前5）、アンティパトロスをも投獄し、アウグストゥスの死刑認可書を求めた。間もなく王は悪疾に罹り、病床からアンティパトロスを処刑させた5日後に、耐え難い苦痛と腐敗のうちに悶死した。史家イオーセーポス*（ヨーセーブス*）は、大王の病状を「発熱したあと全身の皮膚がたまらなく痒（かゆ）くなり、体の内部が腐りはじめ、腸の粘膜がくずれ落ち、足は腫れて化膿し、性器も腐臭を発して蛆虫が湧出、四肢は絶えず痙攣して耐え難い痛みをともなった」と記している。命旦夕に迫っても、彼の残忍な性格は変わらず、国中の主要な人物200名を捕えて競馬場に閉じ込め、「余が死んだら、全員虐殺してしまえ」と妹サロメー❶*夫婦に指示した。国民が誰ひとり自分の死を嘆かないことが明らかだったので、否が応でも彼らを嘆かせてやろうと目論んだのだという。

剛毅かつ賢明な人物であったにもかかわらずイドゥーマイアー*（エドム）人の血統であったために、国粋主義的なユダヤ人からは歓迎されず、時には「狐のように王位を掠め、虎のように支配し、犬のように死んだ」と酷評されることさえある。またキリスト教の伝承では、救世主の降誕を聞いて不安に駆られ、ベートレヘム Bethlehem の2歳以下の男児を皆殺しにした暴君に描かれており（『マッタイオス*による福音書』2）、後世「悪王」の代表とされて、英語の「残忍さにおいてヘロデをしのぐ out-Herod」なる成句も生まれた（シェイクスピアの造語）。

ヘーローデースは冒険心に富んだ美丈夫で、エジプト女王クレオパトラーから誘惑された際には、それを彼女の仕掛けた罠だと考えて、逆に女王を殺そうとした（前34）とか、男色を好んでカロス Kalos ら若者たちを寵愛、特に美貌の宦官3人を愛して国事に参与させていたが、息子のアレクサンドロスにこれら3人をことごとく寝取られたとか、年老いてからも髪を黒く染めて若々しく見えるように苦心していたとか、妃マリアンメー1世を殺したのちもその屍を7年間も抱いて寝ていた等々、さまざまな話が伝えられている。

大王の死後、彼の王国は、その意志により生き残っていた3人の息子ヘーローデース・アルケラーオス*、ヘーローデース・アンティパース*、ヘーローデース・ピリッポス*に分割相続された。

Joseph. J. A. 14〜17, J. B. 1-10〜/ Dio Cass. 48-26, 49-22, 54-9/ App. B. Civ. 5-75/ Strab. 16-765/ Plut. Ant. 71〜, Mor. 723d/ Nic. Dam./ Nov. Test. Matth. 2-1, -16/ Philo Leg. 294〜/ etc.

❷ヘーローデース・アルケラーオス
⇒アルケラーオス❻
❸ヘーローデース・アグリッパ
⇒アグリッパ（ース）、ヘーローデース

ヘーローデース・アグリッパース Herodes Agrippas
⇒アグリッパ、ヘーローデース

ヘーローデース・アッティクス Herodes Atticus（正しくは Lucius Vibullius Hipparchus Tiberius Claudius Atticus Herodes）、（ギ）Herodes ho Attikos, Ἡρῴδης ὁ Ἀττικός,（仏）Hérode Atticus,（伊）Erode Attico,（西）Herodes Ático,（葡）Herodes Attico,（露）Ирод Атик
（後101頃～177頃）ローマ帝政期のギリシアの学者、弁論家。ミルティアデース*の末裔を称するアテーナイ*の大富豪。父ティベリウス・アッティクス Tiberius Claudius Atticus Herodes（104年の執政官*、？～137頃没）は、偶然自宅の床下から莫大な埋蔵金を発見し、さらに裕福な婦人との結婚を通じて家産を成した人物。息子のヘーローデースは優れたソフィスト*、雄弁家として名声を馳せ、アテーナイやローマで教え、ハドリアーヌス*をはじめアントーニーヌス・ピウス*、マールクス・アウレーリウス*、ルーキウス・ウェールス*ら諸帝の知遇を得た。父と同じくローマ元老院議員*となり、143年にはピウス帝によって執政官に任ぜられた。学芸の保護に努めたほか、巨万の私財を投じて多くの土木事業を興し、ギリシア、小アジアなど帝国の各地に立派な公共建築物を造営した。特にアテーナイに築いた総白大理石造りの競技場*と亡妻を記念してアクロポリス*南麓に設けた壮麗な音楽堂*は名高く、今日もその見事な結構を偲ぶことができる。これほど気前のよい慈善活動にもかかわらず、アテーナイでは少からぬ政敵が暗躍し、中傷を喧伝したため、ついに彼は弟子たちを連れてマラトーン*近くの別荘に引退したが、マールクス・アウレーリウス帝の好意は終生失わなかった。しかしアテーナイ人は彼が死ぬや、その恩恵を急に思い出し、彼の遺志に反して亡骸を強引に市内へ運んで来て埋葬したという。彼は明晰で優雅な古典的修辞をよくし「弁舌の王」「ギリシアの舌」と称されたけれど、アウルス・ゲッリウス*がラテン語訳した1篇を除いて、その著述はすべて失われた。ハドリアーヌス帝がトローアス*地方に上水道*建設を計画をした時、実際の費用がヘーローデースの見積もった300万ドラクメーではなく700万ドラクメーを要すると知って困惑していたところ、ヘーローデースは「超過分は全額私が支払わせていただきましょう」と申し出て、帝を安堵させたこともあったと伝えられる。

またヘーローデースが早世した寵童ポリュデウケース Polydeukes（ないしポリュデウキオーン Polydeukion）を悼むあまり、いつも食事や馬車の用意をして美少年があたかもまだ生きているかのように振る舞い続けていたところ、哲学者のデーモーナクス*がやってきて「ポリュデウケースから伝言を預かってきましたよ」と言い、ヘーローデースが喜んで「それで彼は私に何を望んでいるのか」と問うと、哲学者は「貴方がすぐ自分のところへ旅立とうとしないので文句を言っています」と皮肉をこめて答えたという話も残っている。ヘーローデースはほかにも幾人かの若くして死んだ愛弟子の彫像を建てており、ポリュデウケースが夭逝した時には、ハドリアーヌス帝に倣って、この若者を英雄神 heros として祀り、その記念碑や肖像を各地に造らせている。
⇒フロントー、ピロストラトス、ポレモーン❹、ファウォーリーヌス、アリステイデース（アイリオス）
Philostr. V. S. 2-1/ Gell. 1-2, 9-2, 18-10, 19-12/ Lncian. Demon. 24, 33/ S. H. A. M. Ant. 2, Verus 2/ Fronto Ep./ Juv. 11-1/ Suda/ etc.

ヘーローデース・アルケラーオス Herodes Arkhelaos, Ἡρῴδης Ἀρχέλαος, Herodes Archelaüs,（英）Herod Archelaus,（仏）Hérode Archélaos,（独）Herodes Archelaos,（伊）Erode Archelao,（西）Herodes Arquelao,（葡）Herodes Arquelau
⇒アルケラーオス❻

ヘーローデース・アンティパース Herodes Antipas, Ἡρῴδης Ἀντίπας,（英）Herod Antipas,（仏）Hérode Antipas,（伊）Erode Antipa,（西）Herodes el Tetrarca,（露）Ирод Антипа,（和）ヘロデ・アンティパス
（「父に代わる者」の意）アンティパースはアンティパトロス*の短縮形。
（前22頃～後40頃）ヘーローデース1世*（ヘロデ大王）の息子（⇒巻末系図026）。母はサマレイア*（サマリヤ）のマルタケー Malthake。ローマで教育を受け、父王の死後、同母兄アルケラーオス❻*と王権をめぐって争うが、アウグストゥス*の裁断で、ガリライアー*（ガリラヤ）とペライアー Peraia の領主 Tetrarkhes（テトラルケース）に封ぜられる（在位・前4～後39）。ナバタイオイ*人の王アレタース4世*の娘と結婚するが、異母兄ヘーローデース・ピリッポス1世*の妻ヘーローディアス*（ヘロディヤ）と情を通じ、律法に違反して彼女を娶り、先の妻を追い出す。ために洗礼者イオーアンネース❶*（ヨハネ）に非難され、これを投獄したのち処刑（⇒サロメー❷）、また先妻の父アレタースの侵攻を招き敗北する（後36～37）。貧窮に陥ったアグリッパース1世*（ヘーローディアスの弟）を援助したものの、間もなく両者は敵対するようになる。後39年、アンディパースが王号を得るべくカリグラ*帝の許へ赴いたところ、逆に皇帝と親しいアグリッパースの讒訴で、流刑に処される。妻ヘーローディアスと共に流謫の地ルグドゥーヌム*（現・リヨン）へ送られ、領土はアグリッパースの王国に併合された（40）。性格は放縦・狡猾で、ナザレト Nazareth のイエースース*（クリストス*）は彼を「狐」と呼んでいる。ピーラートゥス*（ピラト）から送られてきた磔刑前のイエースース

を審問したことでもよく知られている。のちカリグラによって配流先のヒスパーニア*で処刑されて果てたと伝えられる。しかし、その統治は、ユダヤ＝キリスト教徒の伝承に見られるほど不評なものではなかった。

⇒ティベリアス

Joseph. J. A. 17～18, J. B. 1～2/ Nov. Test. Matth. 14-1～, Marc. 6-14～, Luc. 3-1, -19～, 13-31～, 23-6～/ Strab. 16-765/ Dio Cass. 55-27, 59-8, -27/ etc.

ヘーローデース・ピリッポス　Herodes Philippos,
Ἡρῴδης Φίλιππος, Herodes Philippus,（英）Herod Philip,（仏）Hérode Philippe,（伊）Erode Filippo,（西）Herodes Felipe,（葡）Herodes Filipe

ユダヤ*のヘーローデース*王家の男性名。巻末系図026を参照。

❶1世 H. Ph. I（後1世紀前半）ヘーローデース❶*（ヘロデ大王）とマリアンメー2世*の子。公職には就かなかった。姪のヘーローディアス*（ヘロディヤ）を娶り、娘サロメー❷*を儲けるが、異母兄弟ヘーローデース・アンティパス*に妻を奪い取られた。

Joseph. J. A. 18/ Nov. Test. Matth. 14-3, Marc. 6-17, Luc. 3-19/ etc.

❷2世 H. Ph. II（？～後34）❶の異母弟。母はヘーローデース❶*（ヘロデ大王）の7番目の妻イェルーサーレーム*（エルサレム）のクレオパトラー Kleopatra。父王の死後、その遺領の一部（イトゥーライアー*ほかガリライアー*（ガリラヤ）湖北東地域）を相続・統治した（前4～後34）。姪のサロメー❷*と結婚するが嗣子なくして没し、領土はティベリウス*帝により没収された。生涯を自分の領内で過ごし、その支配は寛容だったという（⇒カエサレーア・ピリッピー）。

なお、この❶と❷の甥にカルキス Khalkis（レバノン峡谷の町）の王となったヘーローデース（在位・後41～48）がいる。

Joseph. J. A. 17～18, J. B. 1/ Dio Cass. 55-8/ Nov. Test. Luc. 3-1/ etc.

ヘーロドトス　Herodotos, Ἡρόδοτος, Herodotus,（仏）Hérodote,（独）Herodot,（伊）Erodoto,（西）（葡）Heródoto,（露）Геродот

（前484頃～前425頃）ギリシアの歴史家。小アジアのハリカルナッソス*（現・ボドルム Bodrum）の名門出身。父は先住民族カーリアー*人系のリュクセース Lykses、母はドリュオー Dryo。叙事詩人パニュア（ッ）シス*の甥または従弟。パニュアシスとともに祖国を僭主リュグダミス Lygdamis（アルテミシアー❶*の孫）の圧政から解放せんとする反乱に加わって敗れ、パニュアシスは処刑され、彼はサモス*島へ亡命（前460頃）。僭主政の打倒後、一時ハリカルナッソスへ帰国するが、市民の嫉視を被って再び故郷を離れた（前447頃）。諸都市を遍歴しつつ講演（自著の朗読）を行ない、やがてアテーナイ*に滞在、ペリクレース*やソポクレース*らと親交を保ち、同市の民主主義を讃美して、1回の講演に10タラントンもの巨額の謝礼を受けたと伝えられる。前444／443年以降ペリクレースの発案により南イタリアに新設された植民市トゥーリオイ*に移り住み、そこの市民となったが、一時アテーナイを再訪してペロポンネーソス戦争*を体験（前430頃）、その数年後に没し、トゥーリオイの市場に墓を設けられたという。この間、個人で世界各地を旅して見聞を広め、その足跡は、東はバビュローン*からペルシアの主都スーサ*、北は黒海北岸のオルビアー*からスキュティアー*の地、南はエジプトの南端エレバンティネー Elephantine（現・アスワーン Aswan 西方の川中島）、西はアフリカ北岸のキューレーネー*およびイタリア南部、シケリアー*（現・シチリア）島にまで及んでいる。

畢生の大著『歴史 Historiai』（ヒストリアイ）は、まとまった形で現存するギリシア最古の史書で、ペルシア戦争*（前492～前479）を中心に、大旅行によって自ら採録した知識を豊かに織り込んでおり、その輝かしい業績のゆえに彼は「歴史の父」と称されている。イオーニアー*方言の散文で記された本書は、おそらく未完であって、ヘレニズム時代にアレクサンドレイア❶*の学者らにより、現行のごとく9巻に分けられ、おのおの9柱の女神ムーサイ*（ムーサ*たち）の名で呼ばれるようになった。ギリシア人と異民族 barbaroi（バルバロイ）との対立抗争という主題が、「繁栄を誇る者の倨傲 hybris（ヒュブリス*）は神々の嫉妬 phthonos（プトノス）によって必ず罰せられる」との独自の史観で貫かれており、他方、世界の地誌や諸民族の風俗習慣、神話伝説や民間伝承、等々の多数の興味深い挿話を満載しているため、物語的歴史の傑作として古来広く愛読されてきた。とりわけ、「カンダウレース*王とギューゲース*の物語」や、「ポリュクラテース*の指環」、「ランプシニトス*王の宝蔵」、「クロイソス*王と賢者ソローン」などの説話は有名。またエジプトの木乃伊（ミイラ）の製造法や、親族の肉を料理して食う諸民族の話、世界各地の人身供犠や割礼などの習俗、エジプトの雄山羊が人間の女と交わった事件、小アジアのある町では凶事が迫ると巫女に長い顎鬚が生え、インド人やエティオピア人の精液は黒い云々といった数多くの情報が随所に記されている。なおヒストリアイなる語は、元来「調査・研究」を意味していたが、ヘーロドトスの著書を境に「歴史」「物語」をも意味するようになった。アテーナイで彼が自作の歴史を朗読した時、聴衆に混じってこれを聴いていた若き日の史家トゥーキューディデース❷*が感涙を流したという話や、ヘーロドトスの男色相手の若者プレーシッロオス Plesirroos が遊女（ヘタイラー*）ニューシアー Nysia に失恋して縊死したので、ヘーロドトスは自らの史書からニューシアーなる名をすべて削ったなどという話も伝えられている。叙事詩人コイリロス❷*も若い頃、ヘーロドトスの愛人となって同棲生活を送っていたという。

⇒ヘカタイオス、クサントス、ヘッラーニーコス、カローン（ランプサコスの）

Cic. Leg. 1-1, De Or. 2-13/ Quint. Inst. 10-1/ Plut. Mor. 785b, 826e/ Dion. Hal. Thuc. 5/ Gell. 15-23/ Lucian. Hist. conscr., Ver. Hist./ Plin. N. H. 12-8/ Steph. Byz./ Suda/ Phot./ etc.

ヘーローとレアンドロス　Hero, Ἡρώ, (仏) Héro, (伊) Ero, (露) Геро / Leandros, Λέανδρος, Leander, (仏) Léandre, (伊)(西) Leandro, (露) Леандр

ギリシア伝説に登場する1組の恋人たち。レアンドロスの項を参照。

ベローナ　Bellona
⇒ベッローナ

ペロピアー（または、ペロペイア*）　Pelopia, Πελοπία, Pelopea, Pelopia, (葡) Pelópia

ギリシア神話中、ミュケーナイ*王テュエステース*の娘。森の中で父に犯されて息子アイギストス*を産む。のち伯父アトレウス*（テュエステースの兄）と結婚したが、かつて森で交わった相手が実父であったことを知って自害したという。
⇒本文系図176
Hyg. Fab. 87〜88, 243, 253〜254/ Ov. Ibis 359/ Ael. V. H. 12-42/ Apollod. Epit. 2-14/ Schol. ad Eur. Or. 14〜/ Juv. 7-92/ etc.

ペロピダース　Pelopidas, Πελοπίδας, (仏) Pélopidas, (伊) Pelopida, (西)(葡) Pelópidas, (露) Пелопид

（前410頃〜前364）テーバイ❶*の名将、政治家。エパメイノーンダース*の親友。名家に生まれ富裕であったが、財産を友人や国事に投じ、エパメイノーンダースの清貧を見ならった。友人たちから金銭に無頓着すぎるといって意見されると、彼は足の悪い盲人を指しながら、「確かにこの男には役に立とう」と答えたという。前382年、スパルター*の支援を得た寡頭派によって追放され、アテーナイ*へ亡命。しかし前379年、農夫に変装して帰国すると、同志と語らって寡頭派を殺害し（⇒アルキアース❷）、スパルター軍をアクロポリス*から駆逐、テーバイに民主政を復活させた。次いで男性同士の恋人たちから成る「神聖部隊*」を率いて（⇒パンメネース）、テギュライ Tegyrai, Τεγύραι（前375）、レウクトラ（前371）でスパルター軍を潰走させ、さらにペロポンネーソス*半島にまで侵攻（前370〜前369）、ギリシアにおけるテーバイの覇権を確立した。その後、北方のテッサリアー*、マケドニアー*に進撃。2度目の遠征（前368）でペライ*の僭主アレクサンドロス*に捕らわれ投獄されるが、エパメイノーンダースに救出される。翌年ペルシア帝国*へ使いし、アルタクセルクセース2世*を説いてスパルター支援をやめさせることに成功（⇒アンタルキダース）。前364年には日蝕の凶兆にもかかわらず、手勢を率いてペライを攻め、キュノスケパライ*でアレクサンドロス軍を撃破しながらも討ち死にを遂げ、盛大な葬儀を営まれた。連年エパメイノーンダースとともに要職にあって祖国テーバイを強大ならしめた業績により名高い。

なお、レウクトラの戦いに際して、「金髪の処女を犠牲に捧げれば勝利を得るであろう」との夢告を得た彼が、あれこれ思案に暮れていたところ、折よく燃えるような金色の毛並みの雌馬が駆けて来たので、これを生贄としてささげ戦闘にうち勝ったという話も伝えられている。
⇒ピリッポス2世（マケドニアー王の）
Plut. Pel., Mor. 93e, 194c〜e/ Nep. Pelopidas/ Xen. Hell. 7-1/ Paus. 9-15/ Diod. 15-25, -62, -67, -75/ Polyb. 6-43/ Ael. V. H. 11-9, 14-38/ etc.

ヘーロピロス　Herophilos, Ἡρόφιλος, Herophilus, (仏) Hérophile, (伊) Erofilo, (西)(葡) Herófilo, (露) Герофил

（前344頃〜前260頃）アレクサンドレイア❶*で活躍したギリシアの医師・解剖学者。小アジア西半部ビーテューニアー*のカルケードーン*出身。解剖学の父。コース*島で医学を修得し、プトレマイオス*王家の護讃下、罪人の生体解剖に励んで、動脈と静脈の区別や、脈搏の律動、神経の機能などを発見、心臓ではなく脳を思考の座と見なした。眼を解剖して網膜や視神経に関する優れた研究論文を執筆し、脳を解剖して大脳・小脳・脳膜について詳述、また神経を運動神経と知覚神経とに分類し、頭蓋の神経を脊椎の神経から区別した。精嚢・前立腺・卵巣・子宮も解剖し、主著『解剖について（ギ）Anatomika, Ἀνατομικά, (ラ) Anatomica』のほか、助産の必携書などの便覧類をも公表（いずれも散逸）、今日なおラテン語形で使われている医学上の専門用語をつくり出した（十二指腸、前立腺など）。薬学にも造詣深く、治療には薬剤以外に食餌および体操をも重視、アレクサンドレイアに医学校を開き、大勢の弟子を擁した。古代ギリシア最大の解剖学者として尊敬を受けたが、その先駆者的業績はのちにキリスト教徒の批判を招き、例えばテルトゥッリアーヌス*は彼を「少なくとも600人もの人体を切り刻んだ、医者というよりは肉屋のヘーロピロス」と呼ぶようになる。
⇒エラシストラトス、ピリスティオーン、ピリーノス
Plin. N. H. 11-89, 26-6, 29-5/ Celsus Med. 1/ Tertullian. De Anim. 10/ Plut. Mor./ Gal./ etc.

ペロプス　Pelops, Πέλοψ, (仏)(葡) Pélops, (伊) Pelope, (西)(葡) Pélope, (露) Пелоп, (現ギリシア語) Pélopas

ギリシア神話中、タンタロス*の息子。巨富を有する驕慢な王タンタロスは、オリュンポス*の神々を試すべく、我が子ペロプスを切り刻んで料理し食膳に供した。神々は皆これに気付いて口にしなかったが、娘ペルセポネー*を失って放心していた女神デーメーテール*だけが肩の肉を食べてしまう。ゼウス*はヘルメース*に命じて、ペロプスの四肢を大釜で煮て蘇生させ、欠けた肩の部分を象牙で

補わせたという —— そのためペロプスの後裔ペロピダイ Pelopidai, Πελοπίδαι は代々、象牙のように白い肩をもっていたとも、肩に星の印をもっていたと伝えられる ——。

輝くばかりの美青年に成長したペロプスは、海神ポセイドーン*に天上へさらわれて行ってその寵愛を受け、酒盃の酌をしたり寝床を共にした返礼に、海神から有翼の戦車を贈られた。その後、地上におりて小アジアを支配していたが、トロイアー*の美少年ガニュメーデース*を誘惑したため、イーロス*によって追放され、ギリシアへ渡った。次いでピーサ*の王オイノマーオス*の娘ヒッポダメイア❶*に求婚し、オイノマーオスの御者ミュルティロス*を買収して戦車競走に勝ち、王を殺して花嫁を得た。死に際して王はペロプスと裏切者のミュルティロスを呪ったが、さらにペロプスはミュルティロスを崖より海中に投じて殺したため、彼からも呪詛されることになり、その子孫は次々と陰惨な悲劇に巻き込まれるに至った（⇒アトレウス、アトレイデース）。オイノマーオスの領土を継いだペロプスは、岳夫の葬礼競技としてオリュンピア競技祭*を創始し、ペロポンネーソス半島を征服して強大な王権を確立（⇒ステュンパーロス）、この半島に自らの名を与えた（ペロポンネーソスは「ペロプスの島」の意）。死後オリュンピアー*に葬られて崇敬され、毎年彼の祭壇の前では青年たちが我れと我が身を鞭打ってその血をペロプスに献げる儀式が行われていたという。

Hom. Il. 2-104〜/ Pind. Ol. 1-25〜/ Apollod. 24, -5, 3-5, -12, -15, Epit. 1-2, 2-3/ Hyg. Fab. 14, 82〜85, 245, 273/ Diod. 4-74/ Paus. 1-41, 2-5, -6, -14, 5-1, -13, 6-21, -8-14/ Ov. Met. 6-403〜/ Soph. El. 504/ Eur. Orest. 1024〜/ Philostr. Imag. 1-30/ Lycop hr. Alex. 152〜/ Prop. 1-3/ Strab. 7-7-1/ Verg. G. 3-7/ etc.

ペロペイア Pelopeia, Πελόπεια, Pelopia, Pelopea
⇒ペロピアー

ペロポネーソス戦争 Bellum Peloponnesiacum
⇒ペロポンネーソス戦争

ペロポンネーソス Peloponnesos, Πελοπόννησος, Peloponnesus,（ドーリス*方言）Peloponnasos, Πελοπόννασος,（英）Peloponnese,（仏）Péloponnèse,（独）Peloponnes,（伊）Peloponneso,（西）（葡）Peloponeso

（旧称・Apia, Ἀπία）（ビザンティン時代の Moreas,〈ラ〉Morea、現・Pelopónisos）ギリシア南部の半島。コリントス*のイストモス*地峡によってギリシア中央部とつながる。ギリシア語で「ペロプス*の島」の意。この名称は『ホメーロス*讃歌集*』の中の「アポッローン*讃歌」に初出。また南部が3つの小半島に分かれ「桑 moron」の葉に似ているところから、中世ビザンティン時代にはモレアス Moreas と呼ばれた（後12世紀に初見。語源に関しては異説あり）。山がち

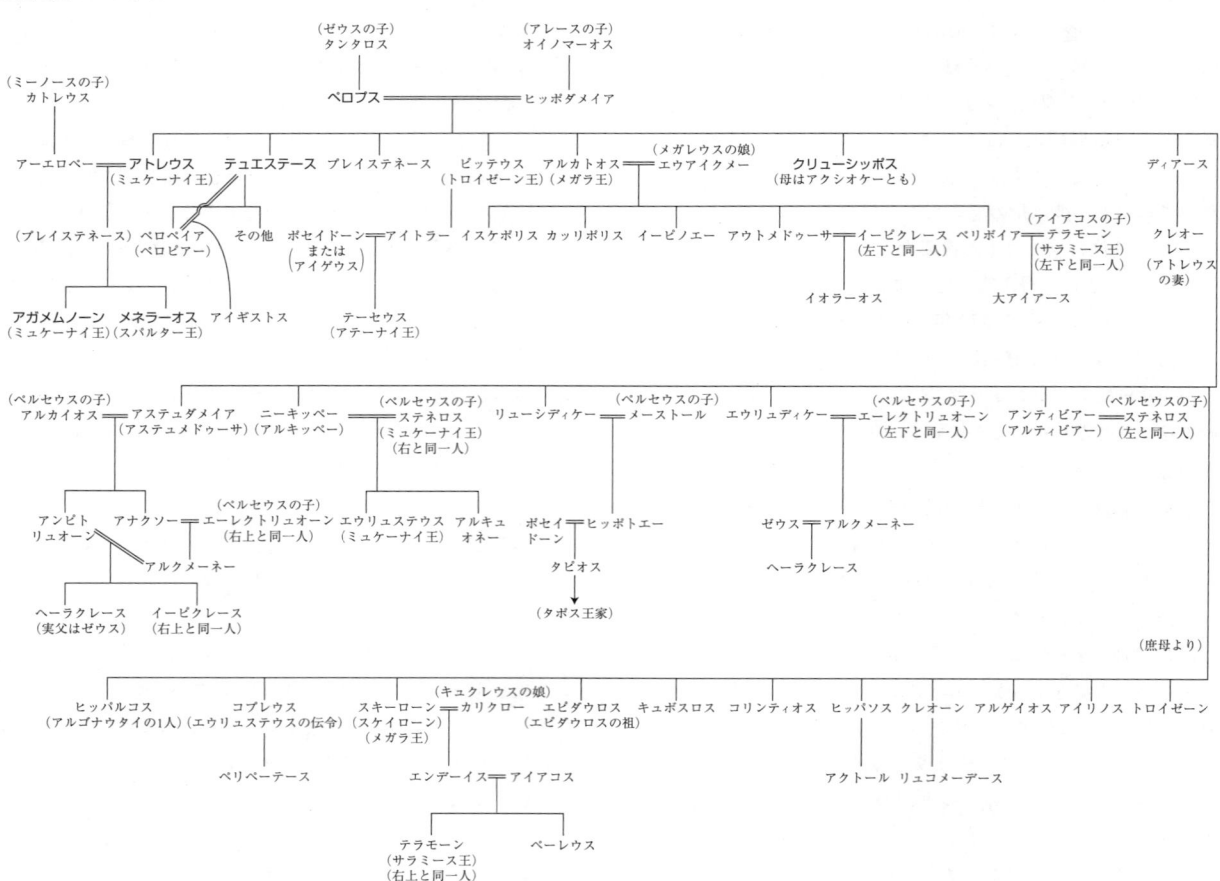

系図358　ペロプス

で複雑な地形をしており、交通が不便であったため、地方色ゆたかな共同体が発生。歴史時代にはアカーイアー*、エーリス*、メッセーニアー*、ラコーニケー*（ラコーニアー*）、アルゴリス*、アルカディアー*の6つの地方に区分されていた。青銅器時代後期にはミュケーナイ*文化が栄え（前1600頃～前1200頃）、前12世紀以降ドーリス人*を主体とする西方方言群のギリシア人が定住した。

伝承に従えば、トロイアー戦争*の頃には、アカーイアー地方にイオーニアー*人が、アルゴリス、ラコーニケー、エーリス、メッセーネー地方にアカイオイ*人が、アルカディアー地方にペラスゴイ*人が住んでいたが、戦後80年目（前1104）にヘーラクレイダイ*（ヘーラクレース*の後裔）が侵入して、アルゴリス、ラコーニケー、メッセーニアーなどを占領。先住アカイオイ人の一部はその支配下に隷属し（⇒ヘイロータイ）、残る一部は北へ移動してイオーニアー人を駆逐しアカーイアー地方に定着したという。スパルター*とコリントスが古代の主要な都市で、前6世紀中頃にはスパルターを盟主とするペロポンネーソス同盟（英）Peloponnesian League を結成、半島はスパルターの覇権の下に入った。ギリシアを二分するペロポンネーソス戦争*（前431～前404）に勝利を得たものの、スパルターの勢力衰退とともに同盟は解体（前366）、前3世紀には代わってアカーイアー同盟*（前280頃～前146）が活躍した。前146年以降ローマの属州アカーイア*の一部となり、ローマ帝国の東西分裂（後395）後は東ローマ帝国に属した。ミュケーナイ文化時代からヘレニズム・ローマ時代に至る豊富な遺跡を各地に残している。なお、ペロプスの来住以前のこの地の古称アーピアー Apia は、半島全土を支配したアルゴス*の王アーピス*（ポローネウス*の子）にちなんで名づけられたものと伝えられる（⇒巻末系図003）。

Hymn. Hom. Ap. 250, 290/ Herodot. 1-56～, 8-43～/ Thuc. 1-2, -9/ Strab. 8-335～389/ Paus. 2～8/ Plin. N. H. 4-4～/ Dion. Per./ Ptol. Geog. 3-14, 7-5, 8-12/ etc.

ペロポンネーソス戦争

Peloponnēsiakos polemos, Πελοποννησιακὸς πόλεμος, Peloponnēsios polemos, Πελοποννήσιος πόλεμος, または、Peloponnēsiaka, Πελοποννησιακά, （ラ）Bellum Peloponnesium, Bellum Peloponnesiacum, （英）Peloponnesian War, （仏）Guerre du Péloponnèse, （独）Peloponnesischer Krieg, （伊）Guerra del Peloponneso, （西）Guerra del Peloponeso, （葡）Guerra do Peloponeso（前431～前404）アテーナイ*とスパルター*がそれぞれの同盟都市を率いて戦ったギリシア世界の戦争。スパルターの勝利に終わったものの、古代ギリシアが衰勢に向かう遠因となった。民主政と寡頭政をそれぞれ代表するアテーナイとスパルターとのギリシアの覇権を賭しての戦いであり、各ポリス polis 内部でも2つの政体をめぐる抗争が繰り広げられた。原因はペルシア戦争*（前492～前479）後デーロス同盟*により発展したアテーナイが、次第に横暴を募らせて帝国主義化し、諸市の自治を侵したり脅かしたことにあり、ペロポンネーソス*同盟の盟主たる旧来の強国スパルターが、アテーナイの急速な勢力増大に危惧と嫉妬を覚えたからでもある──俗説ではメガラ*市がペリクレース*の愛人アスパシアー*の機嫌を損じたためだという──。すでに両国の間には早くから確執が生じていた（前457～前446の間を「第1次ペロポンネーソス戦争」とも呼ぶ）が、直接的にはアテーナイがペロポンネーソス同盟国コリントス*とメガラの権益を圧迫したことが契機となってスパルターが宣戦を布告。ギリシア世界を二分する大戦争に突入した。戦争は次の3期に分けられる。

(1) **アルキダーモス戦争**（前431～前421）

スパルター王アルキダーモス2世*が開戦以来、陸軍を率いてたびたびアッティケー*へ侵入（前431、前430、前428）、これに対してアテーナイはペリクレース*の指導で籠城作戦をとり、海軍を派遣してペロポンネーソス沿岸を襲う戦術に出た。ところが前430年からアテーナイに疫病が蔓延、人口の3分の1が犠牲となるまでに猖獗を極め、ペリクレースもこの病いに倒れた（前429秋）。次いでアテーナイはスパルターの弱点メッセーニアー*地方のピュロス*を占拠（前425、⇒スパクテーリアー*）、スパルターは和平を申し入れるが、アテーナイの煽動政治家 dēmagōgos クレオーン*の強硬論により不調に終わった（⇒デーリオン）。その後スパルターの名将ブラーシダース*がマケドニアー*、トラーキアー*方面のアテーナイ側拠点を次々と制圧、アンピポリス*の戦い（前422）でブラーシダース、クレオーンがともに戦死するに及び、ようやく一時的ながら休戦条約「ニーキアース*の和約」が結ばれた（前421）。

(2) **猜疑に満ちた休戦期間**（前421～前413）

スパルターとアテーナイ両本国に対する直接の武力行使は停止したものの、マンティネイア*など各地で戦火がくすぶり続けた（⇒メーロス）。アテーナイはアルキビアデース*の提案でシケリアー*（現・シチリア）遠征軍を派遣（前415～前413）、悲惨な結末に終わったこの艦隊進発の直前にヘルマイ*像破壊事件が起こった。遠征軍は前413年、シュラークーサイ*・スパルター連合軍によって殲滅させられる。

(3) **デケレイア*戦争**（前413～前404）

戦争を再開したスパルターはアッティケーの要衝デケレイアを占領し（前413春）、そこに要塞を築いてラウレイオン*銀山から上がる収益を奪い、アテーナイを苦しめた。デーロス同盟諸市は次第に離反し、ペルシア帝国*はイオーニアー*諸都市の領有と引き換えにスパルターに海軍の資金を提供する（前412）。敗色濃くなったアテーナイでは、スパルターとの和平の機会を作るべく寡頭政体が樹立された（四百人寡頭政*、のち5千人）が、間もなく打倒され民主政に復した（前411～前410、⇒アンティポーン、テーラメネース）。次いでアルキビアデース率いるアテーナイ船隊が、小アジア海域でスパルター艦隊を撃破したのも束の間、ペルシアの王子・小キューロス❷*の支援を得たスパルターの提督リューサンドロス*の巻き返しに遇う。ア

テーナイ艦隊はアルギヌーサイ*の海戦（前406）には勝ったものの、翌前405年夏アイゴスポタモイ*の海戦で全滅。その秋に始まった海陸よりなる包囲に糧道を断たれたアテーナイは飢餓に苦しんだ末、ついに全面降伏のやむなきに至った（前404春）。降伏条件はデーロス同盟の解散、艦隊の没収、海外所領の放棄、長壁と外港ペイライエウス*の要塞の破壊など、むしろ寛大ともいえる内容であった。しかし、敗戦後のアテーナイにスパルターの武力を背景に君臨した三十人僭主*と呼ばれる寡頭政は、またたくうちに大勢の市民を殺戮・追放し、その財産を没収する苛酷な恐怖政治へと転じた。27年の長きにわたる消耗戦の結果、ギリシア社会は変質を余儀なくされ、ペルシア帝国の金力支配に繰られつつ諸ポリスが対立抗争を続けるうちに、北方の雄マケドニアーがギリシアの覇権を掌握することになるのである。

⇒デーモステネース❶、アーギス2世、コノーン、ギュリッポス、ヒュペルボロス、クレオポーン、ポルミオーン
Thuc./ Xen. Hell. 1〜2/ Diod. 12-30〜14-3/ Plut. Per. Nic., Alc., Lys./ Ar./ Pl./ Lys./ Isoc./ Arist./ Nep./ Strab. 13-1-39, 14-2-9/ Paus. 4-6/ etc.

ヘーローン（アレクサンドレイア❶*の） Heron, Ἥρων, Hero Alexandrinus, （英）Hero(n), （仏）Héron, （伊）Erone, （西）Herón, （葡）Herão, （露）Герон

（前1世紀〜後1世紀？）（前200〜後250の間の人という以外は生没年不詳。後10頃〜75頃、後62頃〜150頃か。異説多し）ヘレニズム・ローマ時代にアレクサンドレイア❶*で活躍したギリシア系数学者・発明家・機械学者。クテーシビオス*の継承者。「機械技師 Mekhanikos」と呼ばれる。幾何学・物理学など自然科学に関する一連の論文集を著わし、ヘレニズム期における機械工学上の諸発見を、いわば集大成した。蒸気機関や圧搾ポンプやサイフォンの原理を応用して、水力時計・風力オルガン・消火器ポンプ・起重機・昇降機・大砲に似た高度な軍用機械・測量用の照準儀ディオプトラ Dioptra のほか、多数の自動装置を発明した。その中には、「祭壇に火をともすと神殿の扉が開く装置」「硬貨を投入すると定量の聖水が出る仕掛け」「蒸気によって球を空中に浮かせる装置」「流れる水で鳴る機械仕掛けの鳥」「材木を伐ったり鋸で挽いたりする人形」「葡萄酒入れの革袋から洗盤へ水を注ぐサテュロス*神像」「圧縮空気によって鳴り響く喇叭を持った人形」「林檎の実を採ると、ヘーラクレース*の矢に射られ、咆哮の音を出す竜」「光の反射によって、自分の背中を見たり、頭が下になったり、目が3つになったり、鼻が2つになったりする鏡」等々が含まれる。数学では、2次方程式の解き方、平方根ならびに立方根の近似値の発見、11辺形に及ぶ正多角形や円・円錐・角錐形の求積、重心の問題、辺から面積を求める有名な「ヘーローンの公式（英）Heron's formula」、斜面における運動の研究、比例中項の求め方、「ヘーローンの泉（英）Heron's fountain」と呼ばれるサイフォン式噴水器の原理などに関し多くの記述を残したが、大半は彼自身の発見ではなく、古代オリエントにまで遡る先人たちの業績の積み重ねである。

主著：『測定論（測量術）Metrika, Μετρικά, （ラ）Metrica』3巻
『照準器について Peri Dioptras, Περὶ Διόπτρας』
『気体装置 Pneumatika, Πνευματικά, （ラ）Spiritalia』
『自動装置製作法について Peri Automatopoietikon, Περὶ Αὐτοματοποιητικῶν, （ラ）Automatorum Fabrica』2巻
『幾何学 Geometrika, Γεωμετρικά, （ラ）Geometrica』
『飛び道具製作術 Belopoiē(ti)ka, Βελοποιη(τι)κά, （ラ）Belopoetica』
『機械学（機械術）（ラ）Mechanica』3巻（アラビア語訳のみ伝存）、ほか。

⇒ピローン（ビューザンティオンの）、アルキメーデース
Heronis Opera/ Pappus 8/ Proclus/ etc.

ヘーローンダース Herondas
⇒ヘーローダース、またはヘーローンダース

ペンタートロン Pentathlon, Πένταθλον, Pentathlum, （仏）Pentathle, （〈独〉Fünfkampf）, （伊）Pèntatlo(n), （西）Pentatlón, （現ギリシア語）Péntathlon

（「五種競技」の意）ギリシアの運動種目のうち、幅跳び halma, ἅλμα と徒競争 podōkeia, ποδώκεια と円盤投げ diskos, δίσκος と拳闘 pygmē, πυγμή （のち、槍投げ akōn, ἄκων）とレスリング palē, πάλη から成る五種競技。（多少の異同はあるが、先の4種目に勝ち残った2名によって最後のレスリング競技が行なわれた）。伝承に従えば、アルゴナウテース*たち（アルゴナウタイ*）を率いた英雄イアーソーン*が考え出し、アキッレウス*の父ペーレウス*が最初にこの競技に優勝したとされている。跳躍力、走る力、投げる力、そして力技というあらゆる体力の調和のとれた完成が要求される優れてギリシア的な競技で、それゆえアリストテレース*のごとき思想家は、1つの技の名人よりも五種競技の選手を「若い男性の美しさ」の代表者として尊重している。オリュンピア競技祭*にとり入れられたのは、前708年からのことで、その時はスパルター*のランピス Lampis, Λάμπις なる選手が勝利の栄冠に輝いた。以来、各地の競技大会で採用され、シキュオーン*のアラートス*も青年の頃、ペンタートロンで優勝を収めている。
⇒パンクラティオン、パユッロス❶
Pind. Ol. 13-41, Pyth. 8-95/ Herodot. 6-92, 9-33/ Xen. Hell. 7-4/ Arist. Rh. 1-5/ Paus. 5-8/ Plut. Arat. 2., Mor. 738a/ Simonides Epig./ Philostr. Gym. 3/ etc.

ペンタポリス Pentapolis, Πεντάπολις, （仏）Pentapole, （伊）Pentàpoli, （西）（葡）Pentápolis

ギリシア語で「5つの都市」の意。ロドス*島と小アジ

ア南西部のドーリス*地方や、パレスティナ*地方など各地にあった5つの都市国家群をいう。最も有名なものは、北アフリカのキューレーナイカ*地方にあったペンタポリスで、キューレーネー*とその外港アポッローニアー❸*、ベレニーケー❶*（現・ベンガジ）、プトレマーイス❸*、アルシノエー❸*（別名・タウケイラ Taukheira）の5市。この5市はキューレーナイカの最も肥沃な地中海沿岸沿いの地域に建てられたギリシア系植民市で、ローマ帝政後期（後4世紀）には独立した1州上部リビュア Libya Superior（ないし Libya Pentapolis）を形成した。今日も各市の古代遺跡を見ることができる。
⇒バルケー

Herodot. 1-144/ Strab. 17-836〜/ Plin. N. H. 5-5/ Ptol. Geog. 4-4/ etc.

ベンディース　Bendis, Βενδῖς, Βένδις,（仏）（伊）Bendide,（露）Бендида

トラーケー*（トラーキアー*）起源の月の女神。前6世紀頃、レームノス*島を経てギリシア本土にその崇拝がもたらされ、「大いなる女神」としてアルテミス*、またはヘカテー*、ペルセポネー*と同一視された。アッティケー*地方ではことに人気が高く、プラトーン*の頃には毎年ペイライエウス*港で大がかりな例祭 Bendideia が開かれ、アテーナイ*人とトラーケー人の荘厳な行列や騎馬での松明競走などが徹夜で繰り広げられた。ベンディースの礼拝の儀式は同じトラーケー起源の女神コテュットー*（コテュス*）やコリュバンデス*の密儀に相似たものであったという。

Pl. Resp. 1-327a〜, -354a/ Xen. Hell. 2-4/ Strab. 10-470〜/ Liv. 38-41/ Lucian. Iupp. Trag. 8/ Procl. In Tim. 9/ Hesych./ Phot./ etc.

ペンテウス　Pentheus, Πενθεύς,（仏）Penthée,（伊）（西）Penteo,（葡）Penteu,（露）Пенфей,（現ギリシア語）Penthéas

ギリシア神話中のテーバイ❶*王。スパルトイ*の1人エキーオーン Ekhion, Ἐχίων とアガウエー*（カドモス*の娘）の子（⇒巻末系図006）。酒神ディオニューソス*（バッコス*）の従兄弟。祖父カドモスを継いで、もしくは叔父ポリュドーロス❷*を王位から追って、テーバイの支配者となる。ディオニューソスが東方遠征ののちテーバイに帰還した時、ペンテウスはその神性を認めることを拒み、彼の崇拝を強硬に阻止しようとした。そして、カドモスやテイレシアース*の忠告を聞かずに神を縛って投獄したところ、鎖はおのずから解け扉も自然に開いて、王宮は炎上・崩壊した。ディオニューソス神は、母セメレー*を姦婦だと中傷したアガウエーとその姉妹たちを、罰として狂乱させ、テーバイの女たちとともに、山中を駆け巡る信者の群れに加わらせた。報告を受けたペンテウスは、女装してキタイローン*山へ赴き、樹上から狂宴 orgia（オルギア）のさまを覗き見ていたが、秘儀を修していた女たちに発見され、彼らの襲撃を受ける。母アガウエーやその姉妹アウトノエー*、イーノー*らは、王を野獣と信じ込んで八つ裂きにし、その首を杖の先に貫いて意気揚々とテーバイに凱旋。やがて正気に戻って悲嘆に暮れ、故国から逃れ去ったという。この物語は、乱舞や生肉食を伴うディオニューソスの祭儀の説明神話であると同時に、その崇拝が導入されるに当たって、ギリシアの支配者層に見られた抵抗の様子をも反映していると考えられる。アイスキュロス*、エウリーピデース*らの悲劇の題材に取り上げられたほか、ギリシア・ローマの文学・美術作品の主題としても好まれている。なお、ペンテウスが登って隠れていたという木は、のちデルポイ*の神託に従って伐り倒され、神像として刻まれてコリントス*市のアゴラー*に祀られたと伝えられる。
⇒ラブダコス、リュクールゴス❶、ミニュアース

Apollod. 3-5/ Eur. Bacch./ Hyg. Fab. 76, 184, 239/ Paus. 1-20, 2-2, 9-2, -5/ Ov. Met. 3-511〜/ Theoc. 21/ Nonnus Dion. 5-210/ Serv. ad Verg. Aen. 4-469/ Aesch. Eum. 24〜26/ Philostr. Imag. 1-1/ Oppian. Cyneg. 4-289/ Hor. Carm. 2-19/ Prop. 3-22/ etc.

ペンテシレイア　Penthesileia, Πενθεσίλεια, Penthesilea, Penthesilia,（仏）Penthésilée,（露）Пентесилея

ギリシア神話中、アマゾーン*の女王。アレース*とオトレーレー Otrere, Ὀτρητή（アマゾーンの女王）の娘。かつて姉妹のヒッポリュテー*を誤って殺した際、トロイアー*王プリアモス*に罪を浄められたことがあったので、ヘクトール*亡き後アマゾーン軍を率いてトロイアーに来援。マカーオーン*はじめ大勢のギリシア人を倒したが、ついにアキッレウス*に右胸を刺されて果てる。後代の伝承では、アキッレウスは死にゆく女王の美貌に心うたれて恋に落ち、その亡骸を犯したともいう（⇒テルシーテース）。彼女がアキッレウスの刃にかかって落命する姿は、しばしば美術の主題として取り上げられた。

Apollod. Epit. 5-1〜2/ Hyg. Fab. 112/ Tzetz. ad Lycoph. 999/ Diod. 2-46/ Serv. ad Verg. Aen. 1-491/ Paus. 5-11, 10-31/ Quint. Smyrn. 1-40〜/ Dict. Cret. 3-15, 4-3/ Dar. Phryg. 36/ etc.

ペンテリコン山　Pentelikon oros, Πεντελικὸν ὄρος, Pentelicon（ペンテリコス Pentelikos, Πεντελικός, Pentelicus）,（ラ）Mons Pentelensis, Mons Pentelicus,（仏）Pentélique,（伊）Monte Pentèlico,（西）Monte Pentélico

（現・Pentelikó óros, Pendelikón, 中世の Mendeli）アッティケー*地方の山。標高1109 m。アテーナイ*の北東に位置し、ブリレーソス Brilesos, Βριλησός 山地の支峰をなす。ギリシア本土最大の良質大理石の産地として古来名高く、ペルシア戦争*後、アテーナイのパルテノーン*神殿をはじめとする建造物や彫刻の製作のため、大量に切り出された。肌理（きめ）のこまかい乳白色の大理石は、ギリシアの彫刻家たちに愛用されたが、前4世紀からはパロス*島の白大理石が

もっぱら好まれるようになった。ペンテリコン山は古来、蜂蜜の産地としてもよく知られていた。頂上には女神アテーナー*の聖域や要塞の遺構を認めることができる。
⇒ヒューメーットス山
Paus. 1-32/ Strab. 9-399/ Cic. Att. 1-8/ Vitr. De Arch. 2-8/ etc.

ヘンナ　Henna, Ἔννα（または、エンナ* Enna, Ἔννα）,（ラ）Henna, Haenna,（伊）（西）（葡）Enna,（露）Энна
（現・Castro Giovanni,〈シチリア語〉Castrugiuvanni, Castrianni, Castrujanni〔←（アラビア語）Qas'r Ianni〕ないし Enna）シケリアー*（現・シチリア）島の中央部に位置するシケロイ*（シクリー*）人の町。前7世紀頃からゲラー*市の影響下にギリシア化が進み、前397年にシュラークーサイ*（現・シラクーザ）のディオニューシオス1世*に降伏、カルターゴー*人の支配を経て、前277年エーペイロス*王ピュッロス*の占領下に入り、ほどなくローマ人の支配するところとなる（前258）。第2次ポエニー戦争*（前218～前201）中にローマに叛旗を翻したものの、劇場（テアートロン*）で大勢の市民を虐殺されて鎮圧され（前214）、次いで第1次奴隷戦争の際には反乱軍の基地となった（前139～前132、⇒エウヌース）。が、いずれの場合も難攻不落の地勢ゆえ調略によって陥れられた。

　エンナ（ヘンナ）は女神デーメーテール*の信仰で名高く、伝承によれば、近くのペルグーサ Pergusa 湖畔でペルセポネー*（デーメーテールの娘）がハーデース*に攫（さら）われたという。また神殿にあったデーメーテール女神の青銅像は、かの悪名高きローマ総督ウェッレース*によって略奪された。今日は前8世紀に遡る墓域と、デーメーテール神殿の遺跡をわずかに留めるに過ぎない。
Arist. Mir. Ausc. 82/ Callim. Cer. 6-3/ Plut. Marc. 20/ Cic. Verr. 2-3-42, -4-48/ Hymn. Hom. Cer./ Strab. 6-272/ Liv. 24-37～/ Plin. N. H. 3-8/ Polyb. 1-24/ Flor. 3-19/ Diod. 5-3, 14-14, 20-31, 23-9, 36-4/ Ov. Met. 5-385～/ Claud. De Raptu Proserp. 2/ Ptol. Geog. 3-4/ Oros. 5-9/ It. Ant./ Phot./ Steph. Byz./ etc.

ボアディケーア　Boadicea
⇒ボウディッカ

ボイイー族　Boii,（ギ）ボイオイ Boioi, Βοῖοι, Βόϊοι, Βοιοί,（仏）Boïens,（独）Boier, Bojer,（伊）Boi,（西）Boios,（露）Бойи
ケルト*＝ガッリア*人の一派で、前5世紀には外ガッリアに居住。前400年頃アルペース*（アルプス）山脈をリンゴネース族*とともに越えて北イタリアへ侵入し、エトルーリア*人やウンブリア*人を駆逐、ボノーニア*（現・ボローニャ）を中心とするパドゥス*（現・ポー）河流域の沃地に定住したため、以来アーペンニーヌス*（アペニン）山脈以北の地方はガッリア・キサルピーナ*（アルプスのこちら側のガッリア）と呼ばれた。ローマとは長期にわたる闘争を繰り返した後、ついに前191年に征服・虐殺されてイタリアから姿を消した（⇒L. フラックス❷*）。外ガッリアにいたボイイー族3万2千人は、前58年ヘルウェーティイー*族とともに西へ移住しようとしたが、侵略者カエサル*によってビブラクテ*で撃破され、生き残った者はハエドゥイー*（アエドゥイー*）族の土地に住むことを許された。また、レーヌス*（ライン）河を渡ってダーヌビウス*（ドーナウ）河流域を占住したボイイー族は、その領土にボイヘームム Boihemum（のちのボヘミア Bohemia ＝（独）ベーメン Böhmen）の名を与えたことで知られるが、前50年頃ダーキア*人により殲滅された。彼らはイタリアを放逐されたのち、この地方へ移住して来たものと推定されている。

　他のケルト系諸族と同じく、彼らボイイー族も首狩りと人頭崇拝の習慣があり、たとえば前216年ローマ軍と闘って勝利を収めた折には、敵将 L. ポストゥミウス・アルビーヌス Postumius Albinus（前234、前229の執政官（コーンスル））の屍骸を丸裸にし、首を刎ねて神殿内で洗い、いつも通りに頭蓋骨に金箔を貼って献酒器ならびに祭司の酒盃として用いたという。

　なお、ローマの名将 T. フラーミニーヌス*の弟ルーキウス・フラーミニーヌス（前192年の執政官）は、自らの許へ亡命して来たボイイー族の貴族を、寵愛する高級男娼ピリップス Philippus に「ガッリア人の死ぬところを見たいだろう」と訊ね、その歓心を買うために手づから剣を執って平然と殺したとされている。
⇒マルコマンニー、ゲルゴウィア
Liv. 5-35, 21～35, 39-42/ Plin. N. H. 4-18/ Polyb. 2-17～, -20～31, 3-40, -67/ Strab. 4-195, 5-213/ Caes. B. Gall. 1-5, -25～29, 7-9～/ App. Hann. 5/ Tac. Hist. 2-61/ Frontin. Str. 1-6/ etc.

ボイオーティアー　Boiotia, Βοιωτία, Boeotia,（仏）Béotie,（独）Böotien,（伊）Beozia,（西）Beocia,（葡）Beócia,（露）Беотия
（現・Viotía）（古くはオーギュギアー Ogygia、アーオニアー* Aonia、カドメーイス Kadmeis）中部ギリシアの重要な地方。北はポーキス*、南はアッティケー*、東はエウボイア*湾、西はコリントス*湾に接する。ギリシアの南北を結ぶ幹線交通路にあたり、中央部に肥沃な平野が広がる。最も重要な都市はテーバイ❶*で、その他オルコメノス*やプラタイアイ*、タナグラ*、テスピアイ*、コローネイア*、カイローネイア*などが有名。石器時代に遡る居住の跡があり、古くは非ギリシア人が領有。伝承上の古王オーギュゴス*にちなんでこの地はオーギュギアー Ogygia と呼ばれていたという（⇒アーオニアー）。ボイオーティアーの名は、英雄ボイオートス Boiotos（デウカリオーン*の曾孫）に負うとも、カドモス*が牛 boos の休んだ場所にテーバイを創建した故事によるとも伝えられる。伝説ではフェニキア*の王子カドモスが来住してアルファベットなど東方の進んだ文明をもたらし、その子孫がテーバイ周辺を支配、悲劇

の王オイディプース*やテーバイ攻めの七将*物語の舞台となったのみならず、酒神ディオニューソス*や英雄ヘーラクレース*の故郷ともされている。またミニュアース*王の統治したオルコメノスも有力で、ミュケーナイ*時代にはテーバイと並んで重要な文化的中心地であった。現在は干拓されているコーパーイス*湖の周辺には青銅器時代の遺跡が少なからず見出されている。

民族移住期には（伝・前1124）、北方から来たアイオリス*系ギリシア人に占拠され、小アジア方面へ移動しなかった先住ギリシア人と混合するうちに、独特のボイオーティアー方言が形成された。歴史時代には、前7世紀までに諸ポリスはボイオーティアー同盟を結成し、デルポイ*隣保同盟（アンピクティオニアー*）にも加わった。アカイメネース朝*ペルシア*帝国にはやむなく服従したものの、前4世紀には名将エパメイノーンダース*とペロピダース*の指導のもと、男性たちの恋人同士からなる無敵の「神聖部隊*」（ヒエロス・ロコス）（⇒パンメネース）を率いてギリシアの覇者となる（前371～前338）。ボイオーティアー同盟は、毎年選出されるボイオタルケース Boiotarkhes たち（各市より1名ずつ選ばれる）によって指導され、参加諸市はそれぞれ60人の議員を任命し同額の軍備を負担したが、古典期にはテーバイが事実上の盟主格にあった。レウクトラ*、プラタイアイ、カイローネイア、コローネイア、ハリアルトス*は戦場として名高い。

ボイオーティアーは古来、ヘーシオドス*、ピンダロス*、プルータルコス*、また女流詩人コリンナ*らの文人・学者を輩出しているにもかかわらず、なぜか粗野で愚昧な人々の住む地といわれるようになり、無作法で無学な者を揶揄する「ボイオーティアーの豚」という諺まで生じた（⇒アブデーラ、キューメー）。宗教面では、ヘリコーン*山のムーサイ*崇拝や、女神ヘーラー*を祀るダイダラ*祭、テスピアイのエロース*信仰、レバデイア*のトロポーニオス*託宣所などで知られる。またキタイローン*山やケーピーッソス❷*河、ヒッポクレーネー*の泉、アウリス*の港等々、神話伝説で馴染み深い場所が多い。陶製小像「タナグラ人形」の産地としても著名。

ボイオーティアー人は他のギリシア人と同様、男色を極めて重んじ、成人男性と若者が同棲して"結婚生活"を送っていたのみならず、戦場では勇敢に闘えるように念兄と念弟を隣同士に配置する習慣であったという。
⇒オーローポス、デーリオン、アスクラー、エウトレーシス

Hom. Il. 2-494～/ Herodot. 2-49, 5-57, 8-40～/ Thuc. 1-12/ Paus. 9/ Strab. 9-400～/ Plin. N. H. 4-7/ Hor. Epist. 2-1/ Diod. 19/ Xen. Ath. Pol. 2-12, Symp. 8-32, Hell./ Plut. Pel., Sull. 20/ Hes. Th., Op./ Hymn. Hom. Ap./ Pind./ Stat. Theb./ Ath./ Mela 2-3/ Apul. Met./ Nep. Epam./ Ptol. Geog. 3-14/ etc.

ポイニクス Phoiniks, Φοῖνιξ, Phoenix, （仏）Phoénix, Phœnix, （独）Phönix, Phoinix, （伊）Fenice, （西）Fénix

ギリシア神話中の男性名。

❶フェニキア*（ポイニーケー*）の名祖。アゲーノール*王の息子。カドモス*、キリクス*、エウローペー*の兄弟。一説にはエウローペーやアドーニス*の父とされる。ゼウス*にさらわれたエウローペーを探しに行き、シードーン*の地に定住した。
⇒巻末系図 004

Apollod. 3-1/ Hyg. Fab. 178/ Hom. Il. 14-321/ Ant. Lib. Met. 40/ etc.

❷ボイオーティアー*の領主アミュントール Amyntor, Ἀμύντωρ の子。母の名についてはヒッポダメイア Hippodameia, Ἱπποδάμεια その他諸説あり。母から父の妾クリュティエー*を誘惑するよう唆され、彼女と一夜を共にしたところ、事が露顕し、国を追われてプティーアー*のペーレウス*のもとへ逃れた。一説には、父の妾が彼に言い寄り、拒絶されたので逆にアミュントールに讒訴し、ために彼は父により盲目にされた（あるいは不能者にされたとも）が、それをペーレウスの願いでケイローン*が癒やしたという。ペーレウスはポイニクスをドロプス人 Dolopes, Δόλοπες の支配者にし、1子アキッレウス*の教育を彼に委ねた。ポイニクスはトロイアー*遠征にもドロプス人を率いて、アキッレウスの後見役として同行。終戦後はネオプトレモス*（アキッレウスの遺子）と一緒に帰途につくも、道中客死したとされる。

Apollod. 3-13, Epit. 6-12/ Hom. Il. 9-168, -430～, 658～, 16-196, 17-555～/ Hyg. Fab. 97, 173, 257/ Ov. Met. 7-/ Prop. 2-1/ Anth. Pal. 3-3/ etc.

ポイニクス Phoiniks, Φοῖνιξ, （ラ）ポエニクス, Phoenix, （英）Phenix, Phoenix, （仏）Phénix,

系図 360　ポイニクス❷

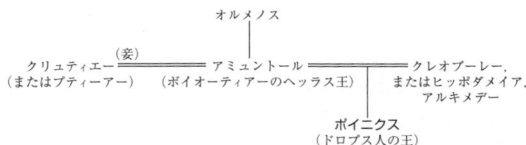

系図 359　ポイニクス❶

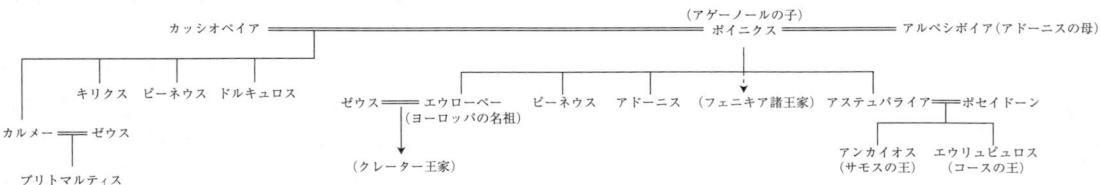

ポイニーケー

（独）Phönix, （伊）Fenice, （西）Fénix, （葡）Fênix, （露）Феникс, （現ギリシア語）Fínikas

不死鳥。伝説上の霊鳥。全世界にたった1羽しか棲息せぬというエジプトの太陽神に仕える聖なる鳥。エティオピア*ないしアラビア*に生まれ、黄金と紅色の羽毛を有する鷲に似た鳥で、500年（540、654、1000年とも）の長寿を保ち、香木・香料で作った巣の中に精液をふりかけた後に死ぬ。巣から生まれた雛鳥は、父鳥の遺骸を没薬の中に塗り籠め、エジプトのヘーリオポリス❷にある太陽神の祭壇へ運び、そこで荼毘に付すといわれる。一説には、塔形の冠毛を持つこよなく豪華な色彩の鳥で、乳香と生姜の汁のみを餌とし、死期が近づくと、自ら甘松・肉桂・没薬・安息香などで作った巣に坐し、火を放って芳香の中で焼け死んだのち、自分の灰から新たに生まれ変わるという。寿命に関しては、上記のほか、大年に合致する1461年、1万2954年など諸説が行なわれている。エジプトにおいては、セソーストリス*王、アマシス*王、プトレマイオス3世*の治下に出現したとされ、ローマ帝政初期の後34年にも飛来し、学者の間にいつ果てるともなき論議の種を提供した。ローマ建国800年に当たる47年には捕獲され、クラウディウス*帝の命で首都ローマに運ばれて、一般の展覧に供されたと伝えられる。灰の中から再生した神ディオニューソス*の持物とされ、後にはキリストの復活の象徴と見なされて、これが姿を現わした34年はキリストの死（磔刑）の年に当たると主張された。ポイニクスは、エジプトの太陽神ラー Ra の魂として尊崇された聖鳥ベンヌ Bennu（青鷺の1種）の転化したものと思われるが、インドの孔雀や錦鶏、または紅鶴 Phoinīkopteros, Φοινικόπτερος, （ラ）Phoenicopterus をその起源とする説もある。南天に「鳳凰座（ラ）Phoenix」が設けられたのは、近世初頭に至ってからのことである。クラウディアーヌス*とラクタンティウス*にポイニクスを扱った詩『ポエニクス』Phoenix がある。

⇒グリュープス

Herodot. 2-73/ Ov. Met. 15-392〜/ Tac. Ann. 6-28/ Mela 3-83/ Ael. N. A. 6-58/ Plin. N. H. 10-2/ Dio Cass. 58-27/ Mela 3-83/ Philostr. V. A. 3-49/ Nonnus Dion. 40-394〜/ Clem. Alex./ Claud./ Lactant. De Ave Phoenice/ etc.

ポイニーケー Phoinike, Φοινίκη, Phoinice (Phoinica)
⇒フェニキア

ポイベー Phoibe, Φοίβη, （ラ）ポエベー Phoebe, （英）Ph(o)ebe, （仏）Phébé, Phœbé, （独）Phöbe, （伊）（西）（葡）Febe, （露）Феба, （現ギリシア語）Fívi

（「光り輝く女」の意）ギリシア神話中、ティーターン*女神（ティーターニデス*）の1人。ウーラノス*（天空）とガイア*（大地）の娘で、兄弟のコイオス*と交わって、2女アステリアー*（ヘカテー*の母）とレートー*（アポッローン*とアルテミス*の母）を産んだ（⇒巻末系図002）。ガイア、テミス*に次いでデルポイ*の神託所の守護者となったが、のちに孫のアポッローンにこれを譲ったという。彼女の名は月神の異名とされ、したがってアルテミス＝ディアーナ*の呼称として後代の詩人たちに用いられた。

この他、太陽神ヘーリオス*の娘で兄弟パエトーン*の死を悼んでポプラの木に変身したヘーリアダイ Heliadai, Ἡλιάδαι の1人ポイベーや、双生兄弟神ディオスクーロイ*（カストール*とポリュデウケース*）に奪い去られたレウキッポス*の娘たちの1人ポイベー（ポリュデウケースの妻）など同名の女性たちが神話伝説に登場する。

Hes. Th. 136, 404〜/ Apollod. 1-3, 3-10, -11/ Aesch. Eum. 1〜/ Eur. I. A. 50/ Diod. 4-16, 5-66〜67/ Paus. 2-22, 3-16/ Prop. 1-2/ Hyg. Fab. praef. 154/ Ov. Met. 2-340, Her. 8-77, 20-229/ Verg. G. 1-43/ etc.

ポイボス Phoibos, Φοῖβος, （ラ）ポエブス Phoebus, （仏）Phébus, （独）Phöbus, （伊）（西）（葡）Febo, （露）Феб, （現ギリシア語）Fívos

（「光り輝く者」の意）アポッローン*神の呼称。光の神・太陽神としての彼の代表的な異名。ポイボス・アポッローンと冠せられることも多かった。

⇒ポイベー、ヘーリオス

Hom. Il. 1-43, -443, 15-221, 16-70, 20-68, Od. 3-279/ Aesch. Eum. 744/ Verg. Aen. 3-251/ Hor. Carm. 3-21/ Ov. Met./ Macrob. Sat. 1-17/ etc.

ボウィアーヌム Bovianum (Undecimanorum), （ギ）Boianon, Βοίανον, ないし Būianon, Βουίανον

（現・Boiano）サムニウム*人（サムニーテース*）のペントリー Pentri 族の中心市。アエセルニア*の南18マイル、ベネウェントゥム*からコルフィーニウム*への街道沿い、アーペンニーヌス*山麓に位置し、サムニウム戦争の際には重要な対ローマ基地をなした。ハンニバル❶*戦争（第2次ポエニー戦争*）ではローマ側に留まったが、同盟市戦争*（前91〜前88）の際に一時的にイタリア同盟諸市の首都になった（前93）ため、前89年ローマの将軍スッラ*によって劫略された。後年、ウェスパシアーヌス*帝が第11軍団 Legio Undecima Claudia の退役兵をこの地に植民させたところから、ウンデキマーノールム（またはウンデクマーノールム）Undecimanorum (Undecumanorum) と呼ばれるようになった。

Strab. 5-250/ Liv. 9-28, -31, -44, 10-12, 25-13/ App. B. Civ. 1-51/ Plin. N. H. 3-12/ Sil. 8-566/ Diod. 20-90/ Ptol. Geog. 3-1/ It. Ant./ etc.

ボウィッラエ Bovillae（または Bobellae, Bovilla），（ギ）Boillai, Βοῦλλαι

（現・Frattocchie, Banco）ラティウム*にあった古代都市。ローマの東南17km、ウィア・アッピア*（アッピウス街道*）沿いに位置し、アルバ・ロンガ*の植民市。ラティウム同盟*の一員で（伝・前493）、母市アルバ・ロンガの陥落後、

遺民がこの地に亡命し、ユーリウス氏*の聖所もここへ移された。その後もボウィッラエとユーリウス氏の関係は深く、よって帝政期には皇帝家（カエサル*）ゆかりの地として重視された。前52年1月、P. クローディウス・プルケル*がミロー*に殺害されたのは、この町においてであり、アウグストゥス*帝の遺骸がノーラ*からローマへ運ばれる途中、騎士身分（エクィテース*）の人々の手に委ねられたのも、この地においてであった（後14）。今なおキルクス*や劇場（テアートルム*）などの建造物の遺跡が残っている。

Tac. Ann. 2-41, 15-23, Hist. 4-2, -46/ Suet. Aug. 100/ Ov. Fast. 3-667/ Plin. N. H. 3-5/ Flor. 1-11/ Dion. Hal. 5-61, 8-20/ Liv. 10-47/ etc.

ボウディッカ Boudicca（ボアディケーア* Boadicea は誤り），Boudica, Boudicea, Boodicia,（〈ギ〉ブードゥーイーカ Buduika Βουδουῖκα），（仏）Boadicée,（伊）Budicca, Boadicca,（西）Baodicea, Boadicea,（葡）Boadicéia,（露）Боудикка

（？～後62）ローマ帝国の宗主権下にブリタンニア*のイケーニー*族の王位にあったプラスタグス Prasutagus（？～60末没）の妃。長身で眼光鋭く、怖ろし気な形相をし、褐色の髪を腰まで垂らしていたという。夫王の死後、ローマ人に鞭打たれ、2人の娘を凌辱されたうえ、財産を没収され領土を略奪されるなどの虐待を受けたので、反乱軍を率いて決起（61）。ローマの圧政と重税に苦しむ先住民12万人を糾合して、カムロドゥーヌム*（コルチェスター）、ロンディニウム*（ロンドン）、ウェルラーミウム*（セント・オールバンズ）の諸市を占領・破壊し、リンドゥム*（リンカーン）から駆けつけたローマ軍団を潰滅させ、総計7万（8万とも）人を殺戮した。娘たちとともに戦車に乗って奮闘したが、ついに総督スエートーニウス・パウリーヌス*の軍隊に敗北、8万人以上のブリタンニア人が殺され、絶望した彼女は毒を仰いで死んだ。

史家ディオーン・カッシオス*によれば、この反乱の原因は当時のローマ皇帝ネロー*の師傅（しふ）たる哲学者セネカ❷*の飽くなき貪婪さにあり、高利で貸し付けていた巨額の金を、突如返済するよう要求し容赦なく取り立てだしたため、苛政に耐えかねてやむなく叛旗を翻したのだという。彼女の悲劇的な運命は、後代ヨーロッパの文芸作品の主題として取り扱われている。

Tac. Ann. 14-31～37, Agr. 16-1～2/ Dio Cass. 62-1～12/ Suet. Ner. 39/ etc.

法務官 Praetor
⇒プラエトル

ボエオーティア Boeotia
⇒ボイオーティアー（のラテン語形）

ボエーティウス Boethius (Boetius), Anicius Manlius Torquatus Severinus,（英）Boece,（仏）Boèce,（独）Boëthius,（伊）Boezio,（西）Boecio,（葡）Boécio,（露）Боэций

（480頃～524夏頃）「最後のローマ人」と呼ばれた哲学者・詩人。ローマの名門アニキウス*氏の出身。幼くして父を喪い、同じく富貴な元老院議員のシュンマクス Q. Aurelius Symmachus（485年の執政官（コーンスル*）、～525刑死）の保護を受けて成人し、のちにその女婿となる（⇒本文系図207）。18年間アテーナイ*に遊学して古典的教養を深め、プラトーン*とアリストテレース*の全作品のラテン語訳と両者の哲学の統一を志した（多忙と刑死のため実現したのはアリストテレースの論理学的著作 Organon 等の訳出に留まる）。イタリアの支配者・東ゴートのテオドーリクス*大王に仕え（506頃～）、執政官（510）など要職に昇進、その雄弁と学殖をもって大いに殊遇を蒙り、522年には息子2人が少年の身ながら揃って執政官職に任ぜられた。しかるに翌523年、東ローマ帝国と内通してテオドーリークスに反逆を企てた嫌疑をかけられて、ティーキーヌム Ticinum（現・パヴィーア Pavia）の牢獄に投ぜられ、弁明の機会も与えられずに財産没収のうえ死刑の宣告を受ける。524年、頭に巻きつけられた綱を両眼が眼窩から飛び出してしまうまで締め上げるという拷責を加えられたのち、棍棒で撲り続けられて悲惨な最期を遂げ、数ヵ月遅れて岳父シュンマクスも同じ運命を辿った（525初頭）。彼らの処刑を後悔したテオドーリークスは、ある夜食卓に出された魚の頭を犠牲者の首だと思い込んで絶叫し、たちまち発病、数日後に絶命したと伝えられ、また寡婦となったボエーティウスの妻ルスティキアーナ Rusticiana は、乞食となって余生をさまよい暮らしたという。

彼の代表作は9ヵ月の獄中生活の間に著わした『哲学の慰め De Consolatione Philosophiae』（全5巻）で、擬人化された『哲学 Philosophia』（ピロソピア）なる婦人と彼自身との対話篇の形式をとっており（韻文まじりの散文体）、その内容は新プラトーン派およびストアー*派的なものである。本書は西ヨーロッパにおいて早くから各国語に訳され、ルネサンス期に至るまで哲学入門書として愛読され広く影響を与えた。ギリシア諸学問に博く通じていた彼は、ピュータゴラス*、エウクレイデース*、アルキメーデース*、プトレマイオス*らの業績をラテン語に翻訳・紹介。しかし、数学・天文学を愛好し、日時計・水時計や天球儀の機構を理解していたことから、「悪魔の学」を修得したとの中傷も受けている。他方『三位一体論 De Trinitate』など4篇の神学的小論が伝存、スコラ哲学の先駆者としても評価されており、近代になってローマ・カトリック教会の「聖人」に列せられている（1883）。祝日10月23日。

⇒マールティアーヌス・カペッラ

Procop. Goth. 1-1～2, 3-20, Anecdota 10/ Cassiod. Ep. 1-10, -45, 2-40/ Jordan. 89/ Paulus Diaconus 7/ Anastasius/ Procop. Goth. 3-20/ etc.

ボエートス Boethos, Βόηθος, Βοηθός, Boethus, (伊)(西) Boeto

（前2世紀中頃に活躍） カルケードーン*出身のギリシア人彫刻家。代々ボエートスとアテーナイオーン（アタルナイオーン）Athenaion (Athanaion) を交互に名乗る青銅鋳造師の家に生まれる。代表作『鵝鳥を抱いてしめ殺す子供』は青銅製であるが、ネロー*帝が黄金宮殿 Domus Aurea に陳列するべくローマへ奪い去ったせいか、ヴァティカーノ、ルーヴル、ミュンヘンなど各地の博物館にローマ時代の大理石模刻が収蔵されている（原作は亡失）。テュニジア沖の沈没船から彼の手になるエロース*やヘルマイ*などの青銅像が発見されている。

なお、同名の人物に、カルターゴー*の彫刻家のボエートス（前3世紀）や、セレウケイア❶のディオゲネース❸*の弟子でストアー*学派の哲学者シードーン*のボエートス（前2世紀）、アウグストゥス*の頃にアテーナイ*でペリパトス派の学頭を務めたシードーン*出身のボエートス（ラ）Boethus Sidonius、アントーニウス*に迎合して横領罪を逃れたタルソス*のエピグラム詩人ボエートス（前1世紀後半）、その他が知られる。

Plin. N. H. 33-55, 34-19/ Diog. Laert. 7-54, -148～149/ Strab. 14-674, 16-757/ Paus. 5-17/ Cic. Div. 1-8, 2-21/ Plut. Mor. 396d, 673c/ Phot./ etc.

ポエニーキア Phoenicia
⇒フェニキア

ポエニー戦争 （ラ）Bella Punica, Bellum Punicum, （英）Punic Wars, （仏）Guerres puniques, （独）Punische Kriege, （伊）Guerre puniche, Guerra punica, （西）（葡）Guerras Púnicas, Guerra Púnica

ローマとフェニキア*の植民市カルターゴー*との戦争。ポエニー Poeni とは、ラテン語で「フェニキア人」の意。地中海の覇権をかけた3度にわたる凄絶な戦争の後、カルターゴーは徹底的に破壊された。より客観的な見地から「ローマ・カルターゴー戦争」とも呼ばれる。

❶第1次ポエニー戦争 Bellum Punicum Primum（前264～前241）

シキリア*（現・シチリア）島の領有をめぐり、この島を主戦場とした戦争。新興ローマ海軍は最初圧倒されたものの、アエガーテース*諸島の海戦（前241）で勝利を収め、シキリアを最初の属州（プローウィンキア*）として獲得。戦後、カルターゴーが傭兵の反乱*に悩むのに乗じて、さらにサルディニア*、コルシカ*をも略取し、第2の属州とした。

⇒ドゥーイーリウス、ヒエローン2世、メッサーナ（現・メッシーナ）、ミューライ、マーメルティーニー、レーグルス、クラウディウス・カウデクス、メッサーラ❶

❷第2次ポエニー戦争 Bellum Punicum Secundum（前218～前201）

「ハンニバル戦争」とも呼ばれる。カルターゴーの名将ハンニバル❶*のイタリア侵入で、一時ローマは殲滅的打撃を被るが、スキーピオー・大アーフリカーヌス*（大スキーピオー*）がカルターゴー本国の虚を衝き、帰還したハンニバルをザマ*の決戦（前202）で大破、翌年カルターゴーに屈辱的な和約を受諾させた。この勝利により、ローマは西地中海の覇権を制し、カルターゴー領だったヒスパーニア*を属州に編入した。

⇒カンナエ、ティーキーヌス、トラシメーヌス、トレビア、ファビウス・マクシムス❷、ハスドルバル❷・❸、マールクス・マルケッルス❶、メタウルス、サグントゥム

❸第3次ポエニー戦争 Bellum Punicum Tertium（前149～前146）

急速に国力を恢復するカルターゴーに脅威を覚えたローマが（⇒大カトー）、西隣ヌミディア*の侵略に余儀なく防戦したカルターゴーに口実を構えて攻撃をかけ、3年にわたる包囲ののち、これを占領して完全に破壊した戦争（⇒スキーピオー・アエミリアーヌス・小アーフリカーヌス）。古代商業帝国カルターゴーはここに滅亡し、その故領はローマの属州アーフリカ❷*となった。

ローマによるカルターゴー撃滅と破壊は、史上稀れにみる理不尽かつ背信的な暴挙として悪名高く、しばしば「歴史にあらわれた最も卑劣で野蛮な征服」の一つに数えられている。

⇒マシニッサ、ハスドルバル❹

Polyb. 1, 3, 7～15, 36～39/ Liv. 21～30/ App. Hann., Pun. 67～135/ Dio Cass./ Diod./ Nep./ Plin./ etc.

ポーカイア Phokaia, Φώκαια, Phocaea, (〈イオーニアー*方言〉ポーカイエー Phokaie, Φωκαίη), （仏）Phocée, （伊）Focea, Fochia, Foggia, （西）Focea, （露）Фокея

（現・フォチャ Foça, Eski Foça）小アジア西岸、イオーニアー*地方の都市。ギリシア本土のポーキス*地方の住民がアテーナイ*人とともに渡海して建設した植民市（前800以前）。イオーニアー12市のうち最北端に位置する。ヘルモス Hermos, Ἕρμος 河（現・Gediz Çayı）を遡ってリューディアー*王国の首都サルデイス*につながり、交易によって大いに繁栄した。またギリシア人の中では遠洋航海の先駆者となり、西地中海方面に進出、イタリア、ガッリア*を越えてイベーリアー*（現・スペイン）へ達し、タルテーッソス*とも交流した。前600年頃からマッサリアー*（現・マルセイユ）をはじめコルシカ*（〈ギ〉キュルノス*）島のアラリアー*やヘッレースポントス*のランプサコス*など各地に植民市を設立。前540年ポーカイアがハルパゴス*麾下のアカイメネース朝*ペルシア*軍に攻囲された時、市民の多くは船に乗って難を逃がれ、南イタリアへ移住し植民市エレアー*を設立した。その後ポーカイアはイオーニアーの反乱に加わり（前499）、ラデー Lade の海戦（前494）では市民ディオニューシオス Dionysios がイオーニアー艦隊を指揮したが敗れ、ディオニューシオスはシケリアー*

（現・シチリア）へ逃亡、町は再びペルシアに服属することになった。

ヘレニズム時代以降、次第に衰頽していったが、ローマ帝政末期まで自由市として存続。アルカイック期の神殿（前575頃〜前550頃）や墓地などが発掘されている。
⇒キューメー、スミュルナー
Hymn. Hom. Ap. 35/ Herodot. 1-80, -162〜, 6-8〜/ Thuc. 1-13, 8-31/ Xen. Hell. 1-3/ Strab. 4-179, 14-647/ Paus. 7-3/ Mela 1-17/ Plin. N. H. 5-31/ Liv. 38-22/ Ptol. Geog. 5-2-5/ etc.

ポーキオーン Phokion, Φωκίων ὁ χρηστός, Phocion,（伊）Focione,（西）Foción,（現ギリシア語）Fokíon
（前402頃〜前318年5月初頭）アテーナイ*の政治家、将軍。所伝によると、杵作りの職人ポーコス Phokos, Φῶκος の子。プラトーン*の弟子。哲学者クセノクラテース*の学友。高潔の士として知られ、45回も将軍（ストラテーゴス*）職に選ばれたが、アテーナイの軍事力の頽勢を知り、新興国マケドニアー*との友好関係を重んじた。無駄を省いた簡潔な語り口で雄弁家としても令名高く、政策上の相違からデーモステネース❷*と対立。ある日デーモステネースから「ポーキオーン、アテーナイの人々は狂気にはしると君を殺すぞ」と言われて、彼は「正気に帰ると君を」と応酬したという。カイローネイア*の敗戦（前338）ののち、アテーナイとマケドニアーの調停を図り（⇒アイスキネース、デーマーデース）、さらにアレクサンドロス大王*に説いてその矛先をギリシアからペルシアへと向かわせた。

いつも渋い顔付きをして喜怒哀楽を面に表わさず、冬でも靴や上衣なしで歩いていたため、兵士らは「ポーキオーンが外套を着ると酷寒なのだと判る」と言い合ったという。清貧に甘んじて買収に応ぜず、アレクサンドロス大王の使者が百タラントンの金をもたらして、「アテーナイ人の中で貴方だけが申し分のない人格者である、と大王がお考えになっているから、これをお贈りになるのです」と言うと、「では、私をそういう人物のままにしておいて頂きたい」と答えて受け取ろうとしなかった。彼の妻も貞淑と廉潔の誉れ高く、イオーニアー*の裕福な婦人が宝石類を見せびらかした時には、「私の誇れる宝物は20年もアテーナイの将軍を務めている夫です」と述べたという。のち民主政が復興する（前318）と、カッサンドロス*の部将ニーカーノール Nikanor, Νικάνωρ（アリストテレース*の弟子で女婿）にペイライエウス*港を占領させたとして捕われ、死刑を宣告された。一緒に死罪となった友人が嘆いていると、彼は「では君はポーキオーンとともに死ぬのが満足ではないのか？」と問いかけ、親友の1人が「ポーキオーン、君は何という不当な罰を受けなければならないのだろう」と言ったのに対しては、「何も予期せぬことではない、これは数多くのアテーナイの偉人たちが被った運命なのだから」と返答。また息子には「決してアテーナイの人々を恨むでないぞ」と言いつつ、従容として毒杯を仰いだ。遺骸の埋葬が禁じられたので、妻は国外で茶毘に付した夫の遺骨を持ち帰り、竈の傍に埋めたが、後日アテーナイ人は、この偉大な指導者を記念して銅像を立て、正式に葬儀を行なった。

ポーキオーンは簡素な生活をかたく守り、アテーナイの政権を牛耳っていた間も、足を洗う水を自ら汲みに行くのを常とし、息子にはスパルター*で厳しい教育を受けさせ、また妻も家で食べるパンを自分で練って焼いていたといわれている。しかるに、息子のポーコス Phokos, Φῶκος は親とは正反対に大変な極道者となり、遊女（ヘタイラー*）を身請けし、酒色に耽って、父親から譲り受けた全財産を放蕩三昧に使い果たしてしまうと、今度は富裕な男に色目を使いはじめるありさまであったという。
⇒イーピクラテース、ティーモテオス❷、カレース❶
Plut. Phoc., Dem. 10, 14, 23/ Nep. Phoc./ Diod. 16-42, -46, -74, 17-15/ Ael. V. H. 1-25, 2-16, -43, 3-17, -47, 4-16, 7-19, 11-9, 12-43, -49, 13-41, 14-10/ Ath. 4-168〜, 10-419/ Val. Max. 3-8/ etc.

ポーキス Phokis, Φωκίς, Phocis,（仏）Phocide,（伊）Focide,（西）（葡）Fócida,（露）Фокида,（現ギリシア語）Fokídha
（現・Fokídha, Φωκίδα）ギリシア中部、聖地デルポイ*（現・デルフィ）を中心とする地方。ボイオーティアー*の西隣、コリントス*湾の北側、西ロクリス*の東隣に位置する。伝説上の名祖はポーコス*。聖山パルナッソス*やケーピーッソス❷*河渓谷で知られ、農耕・牧畜が盛んであった。ホメーロス*の叙事詩にも登場し、前6世紀には諸市は連邦を結成して、南侵するテッサリアー*軍を奇計を用いて撃退している。古くからアポッローン*の神託所デルポイを管理していたが、莫大な富が聖地に集まったため、3次にわたる「神聖戦争*」にまき込まれた。第1次神聖戦争の結果（前590頃）、クリーッサ*の野はアポッローンの神領となり、デルポイはポーキス人の手から独立、デルポイ隣保同盟（アンピクチュオニアー*）の主催するピューティア競技祭*が開催された（前582）。ペルシア戦争*では、はじめは余儀なくアカイメネース朝*ペルシア*軍に味方したが、テッサリアー人に対する敵愾心からプラタイアイ*の決戦（前479）ではギリシア側に寝返った。次いで前457年にアテーナイ*と和約を結び、その支援でデルポイを占領、第2次神聖戦争をひき起こした（前448）。コローネイア*の戦い（前447）以来、スパルター*側に与し、ペロポンネーソス戦争*（前431〜前404）においても忠誠を保ったが、のちテーバイ❶*の圧迫を受けて再びデルポイを占拠（前356）、ために10年に及ぶ第3次神聖戦争が勃発した（前356〜前346）。ピロメーロス*、オノマルコス*、パユッロス❷*らの指導者が出て健闘したものの、ついにマケドニアー*王ピリッポス2世*に敗れて、アバイ*を除くポーキス諸市は徹底的に破壊されたうえ、巨額の賠償金を科せられた（前346）。ほどなくポーキス人は諸市を再建し、ギリシア連合軍の一員としてカイローネイア*の戦い（前338）やラミアー*戦争（前323）に参加。マケドニアー王国、次いでアイトーリアー同盟*

の支配を受けたのち、ローマの属州アカーイア*に編入された。ブレンノス*率いるケルト人*の襲撃（前279／278）に際しては、ギリシア勢随一の働きを示し、除名されていた隣保同盟への復帰を果たしている（前277）。
⇒アンティキュラ❶

Hom. Il. 2-517～/ Herodot. 8-27～, 9-17～/ Paus. 10-1～, 37/ Strab. 9-416～/ Xen. Hell. 3-5, 6-5/ Mela 2-3/ Diod. 16/ Thuc. 1-112, 2-29, 5-18/ Zosimus 5-5/ Ptol. Geog. 3-14/ etc.

ボグド（または、ボグス）　Bogud, Bogus, Bogudes, (ギ) Bogos, Βόγος, Bogūās, Βογούας

（？～前32／31）マウレーターニア*の王。ボックス1世*（ユグルタ*の岳父）の息子。父の死後、兄ボックス2世*とマウレーターニアを共同統治（東西分割統治）し、カエサル*対ポンペイユス*の内乱時には揃ってカエサルに味方し、ポンペイユス派と対立（前49～）。アーフリカ*戦役（前47～前46）では、ポンペイユス側に加担したヌミディア*王ユバ1世*の領土を侵略し、続くヒスパーニア*戦役（前46～前45）でもポンペイユスの息子を相手にめざましい働きを示す。さらに妃エウノエー Eunoe がカエサルの愛人となったおかげで、夫婦ともにカエサルからおびただしい贈り物を授けられた。カエサル暗殺（前44）ののち、兄ボックス2世はオクターウィアーヌス*（アウグストゥス*）側に、ボグドはアントーニウス*側に、それぞれ付いて対峙。前38年、家臣が反乱を起こしたため、弟は兄により王国を追い出されて、ギリシアにいるアントーニウスの許へ逃れ、その地で敵将アグリッパ*との戦闘中に敗死した。彼を放逐して単独支配者となったボックスも、それより早く死亡していた（前33）ので、王国はローマの属州に編入された。
⇒巻末系図035

Dio Cass. 41-42, 43-38, 48-45, 50-11/ Cic. Fam. 10-32/ Suet. Iul. 52/ Hirt. B. Alex. 59, 62, B. Afric. 23, 25/ Plin. N. H. 5-1/ etc.

ポーコス　Phokos, Φῶκος, Phocus, (仏) Phocos, (伊)(西) Foco, (露) Φοκ, (現ギリシア語) Fókos

ギリシア神話中、ポーキス*地方の名祖。アイギーナ*王アイアコス*とプサマテー Psamathe, Ψαμάθη（ネーレーイデス*の1人）の息子。アイアコスに犯された時に、プサマテーが彼の抱擁から逃れんとして海豹 phōkē, φώκη に変身したため、その子はポーコスと名づけられた。彼は運動競技に優れた美少年だったため、これを妬んだ異母兄弟ペーレウス*とテラモーン*により競技中、円盤で頭を割られて殺された。そこでアイアコスは2人の息子を追放したが、プサマテーは我が子が殺されたのを怒り、狼を送ってペーレウスの家畜を喰い荒らさせ、姉妹のテティス*（ペーレウスの妻）の懇願によって、ようやく狼を石と化して騒ぎを鎮めた。ポーキスの地へ赴いて王国を建てたのは、別伝ではシーシュポス*の子オルニュトス Ornytos, Ὄρνυτος の子のポーコスであるという（⇒巻末系図010）。

Paus. 2-4, -29, 9-17, -25, 10-1, -30, -32/ Hes. Th. 1003～/ Apollod. 3-12-6/ Pind. Nem. 5-12/ Ov. Met. 7-476～/ Diod. 4-72/ Hyg. Fab. 14/ Ant. Lib. Met. 38/ etc.

ポシーディップス　Posidippus
⇒ポセイディッポス（のラテン語形）

ポシードーニウス　Posidonius
⇒ポセイドーニオス（のラテン語形）

ポーシャ　Porcia
⇒ポルキア（の英語訛り）

ホスティウス　Hostius, (伊) Ostio, (西) Hostio

（前2世紀）ローマ共和政期の叙事詩人。ナエウィウス*やエンニウス*がしたように同時代の事件に取材。前129年の執政官 C. センプローニウス・トゥディターヌス❷*によるイッリュリアー*のイアーピュディアー*人に対する勝利を扱った『ヒストリア*（イストリア*）戦争 Bellum Histricum』があったが、わずかな断片を除いて失われた。

　なお、同名の人物の中では、男女両色の快楽に溺れ、実物より遙かに大きく映し出す鏡を周囲にめぐらせた中で、巨根者たちに口や肛門を犯されつつ乱交に耽る自らの姿を眺めては愉しんだというアウグストゥス*時代の富豪ホスティウス Hostius Quadra が名高い。

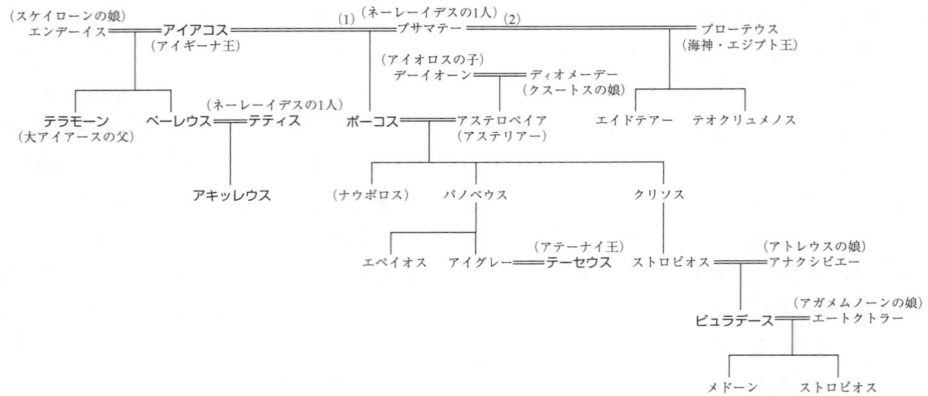

系図361　ポーコス

Festus/ Macrob. Sat. 6-3, -5/ Serv. ad Verg. Aen. 12-121/ Sen. Q. Nat. 1-16/ Sall. H. 4/ etc.

ホスティーリウス、トゥッルス　Hostilius, Tullus
⇒トゥッルス・ホスティーリウス

ポストゥミウス街道（ウィア・ポストゥミア*）　Via Postumia,（ギ）Postūmiā hodos, Ποστουμία ὁδός,（仏）Voie Postumienne

ローマの公道。アルペース*（アルプス）山脈の南麓、ほぼパドゥス*（現・ポー）河沿いに走る軍用道路で、前148年執政官の Sp. ポストゥミウス・アルビーヌス Postumius Albinus によって、内ガッリア*地方征服の意図の下に造られた（前142）。西岸のゲヌア*（現・ジェノヴァ）からベートリアクム*、プラケンティア*、クレモーナ*、マントゥア*、ウェーローナ*を経て東端のアクィレイヤ*に達する。古代の著述家は、これをアウレーリウス街道*（ウィア・アウレーリア*）の一部と見なしていた。
Tac. Hist. 3-21/ It. Ant./ etc.

ポストゥミウス・トゥーベルトゥス、アウルス　Aulus Postumius Tubertus,（ギ）Postūmios, Ποστούμιος,（伊）（西）Aulo Postumio Tuberto

（前5世紀）ローマのパトリキイー*（貴族）身分の政治家、将軍。前431年に独裁官となり、アエクィー*族（一説にウォルスキー*族）を破って（6月18日）凱旋したが、この戦いに加わっていた息子が血気にはやり隊列から飛び出して1人で奮戦したことを咎め、軍律を破った廉で息子の首を斧で打ち落として全軍の見せしめにしたという。
⇒ T. マーンリウス・トルクァートゥス❶、L. ユーニウス・ブルートゥス
Liv. 4-23, -26~-29/ Diod. 12-64/ Ov. Fast. 6-721/ Plut. Cam. 2/ Val. Max. 2-7/ Gell. 17-21/ etc.

ポストゥムス　Marcus Cassianus Latinius Postumus,（仏）Postume,（伊）Postumo,（西）Póstumo,（露）Постум

（?~後268末頃）ローマの簒奪帝（在位・260~268末）。ガッリア*系の下層の出身。ガッリエーヌス*帝の信任を受け、ガッリアおよびゲルマーニア*国境地方の防衛を任されたが、259年に反乱を起こし帝の次男サローニーヌス Saloninus を殺害（260）、自ら皇帝を称した（⇒三十僭帝）。ブリタンニア*やヒスパーニア*をも支配して「ガッリア帝国*」の基礎を固め、ゲルマーニア人の侵入を阻止、広く住民の支持を得たものの、自らの部将ラエリアーヌス*（位・268）に叛旗を翻され、モーゴンティアクム*（現・マインツ）にこれを倒した。にもかかわらず、兵士らに占領したこの都市の略奪を許さなかったため、自軍の手で息子の小ポストゥムスもろとも殺された。

ポストゥムスの死後、もと鍛冶屋だった M. アウレーリウス・マリウス*が帝位に推戴され、在位2日ないし3日で1兵士に暗殺されて、その統治期間の短さで有名になった、（実際は2ヵ月間ほどガッリア帝国の玉座にあったらしい）。次いで帝位の継承者に選ばれた軍人ウィクトーリーヌス*（在位・269初頭~270末頃）は、好色淫乱で人妻を犯す習いがあったため、妻を寝取られた部下によって斬殺された。その母ウィクトーリーナ Victorina（または、ウィクトーリア Victoria、ウィトルーウィア Vitruvia）は、アウグスタ*と称されて権勢をふるい、息子の後継帝として親族のテトリクス*（在位・270末頃~274）を選立したが、他ならぬこのテトリクスの裏切りで殺された（自然死ともいう）。3年余の在位ののち、テトリクスはアウレーリアーヌス*帝に降伏し、ここにガッリアの独立帝国は終焉を迎えた（273末）。テトリクスとその息子は、捕虜の姿で凱旋式に引き回されたのち、平穏に余生を送り天寿を全うした。

〔ガッリア帝国簒奪帝一覧〕
- M. カッシアーヌス・ラティーニウス・ポストゥムス（在位・260~268）
- C. ウルピウス・コルネーリウス・ラエリアーヌス（在位・268）（268年夏ポストゥムスに叛くが4ヵ月後に殺される）
- M. アウレーリウス・マリウス（在位・268末~269初）（268年末ポストゥムスの後を承けて帝位に推されるが、翌年初頭に部下に殺される）
- M. ピアウォーニウス・ウィクトーリーヌス（在位・269~270末頃）（母ウィクトーリーナ）
- C. ピウス・エスウィウス・テトリクス（在位・270末頃~273末）廃位

⇒ゼーノビア
S. H. A. Tyranni Triginta/ Aur. Vict. Caes. 33~35/ Eutrop. 9-7~9/ Zonar. 12-24~27/ Oros. 7-22~/ Zosimus 1-38~/ etc.

ボストラ　Bostra, Βόστρα（ないし、Bossora, Βόσσορα, Bosor, Βοσόρ）,（古ヘブライ語）Bozrah, Botzrah,（和）ボツラ、ボズラ、ボソラ

（現・Buṣrā, Bozra, Bosora, Bosra, Busrah, Boszrah, Bozrah）「砦」の意。（別称・Buṣra ash-Shām,〈トルコ語〉Bosra Eski Shām）シュリアー*南部、アラビア砂漠のオアシス都市。ダマスコス*の南およそ112㎞。古くエジプト第18王朝のトゥートモーシス（トゥートメース）3世の地名表（前15世紀前半）やアマルナ文書（前14世紀中葉）にも記されている。アレクサンドロス大王*の征服（前332）以来、ヘレニズム都市化が進み、前1世紀にはアラビアー*系ナバタイアー*王国の北の主市となり、交易により繁栄。後106年トライヤーヌス*帝がナバタイオイ*を征服した時、町を再興してローマ帝国の属州アラビア*の州都 Nova Traiana Bostra とした。以来大いに隆盛をみたが、のちパルミューラ*の女王ゼーノビア*軍の劫略を被った（271頃）。ローマ帝政期の巨大な劇場がよく保存されているほか、列柱道路や公共浴場、トライヤーヌス宮殿など少なからぬ遺跡を見ることができる。なお市の北郊のピリッポポリス Philippopolis（現・Shahba）はローマ皇帝ピリプス・アラブス*の故郷。

ボストラは 637 年にイスラーム教徒アラブ人に征服されるまで、エウプラーテース*（ユーフラテス）河へ通じる軍事道路の要衝として、またネストリオス*派キリスト教の一大中心地として重視されていた。
⇒ペトラー
Amm. Marc. 14-8/ Cic. Q. Fr. 2-12/ Ptol. Geog. 5-17, 8-20/ Vet. Test. Genesis 36-33, I Maccab. 5-26/ Euseb./ Steph. Byz./ etc.

ボスフォラス　Bosphorus
⇒ボスポロス

ボスプォロス　Bosphoros, Βόσφορος, Bosphorus
⇒ボスポロス

ボスポラス　Bosporus
⇒ボスポロス（の英語形）

ボスポルス　Bosphorus
⇒ボスポロス（のラテン語形）

ポースポロス　Phosphoros, Φωσφόρος, Phosphorus, （仏）Phosphore, （独）Phosphor, （伊）Fosforo, （西）Fósforo, （露）Фосфор

ギリシア神話中、暁の明星の擬人化。「光をもたらす者」の意。ヘオースポロス*と同じ。エーオース*とアストライオス*ないしケパロス*の子。松明を手にした有翼の若者の姿で表わされる。ラテン語ではルーキフェル*と呼ばれる。
⇒ヘスペロス
Ov. Met. 4-628, 11-271, Her. 17-112/ Hyg. Fab. 65, 161, Poet. Astr. 2-42/ etc.

ボスポロス（王国）　Bosporos, Βόσπορος, Bosporus (Bosphorus), （英）Bosporan Kingdom, Kingdom of the Cimmerian Bosporus, （現ギリシア語）Vósporos

キンメリアー*のボスポロス❷*（ボスポロス・キンメリオス*）周辺を支配したトラーキアー*系の王国。アルカイアナクス家 Arkhaianaktidai（前 480〜前 438）、次いでスパルトコス家 Spartokidai（前 438〜前 108 頃）が支配した。ギリシア系植民市パンティカパイオン*を中心に、アゾフ海（マイオーティス*湖（ラ）Palus Maiotis）沿岸諸地域を領有した僭主国家で、前 5 世紀にはアテーナイ*や黒海周縁諸国と交易した。ギリシアの言語や文化をとり入れ、前 4 世紀に最盛期を迎えたが、ヘレニズム時代にはスキュタイ*、サルマタイ*などの遊牧民の攻撃を受けて弱体化し、前 108 年頃ポントス*の大王ミトリダテース 6 世*に服属するに至った。ミトリダテースの子パルナケース 2 世*の死後ローマに臣従し、その藩属王国として存続を許された（⇒アサンドロス）。後 2〜3 世紀に再び繁栄を見たものの、4 世紀以降フン*族、ゴート*、アラン*など異民族 barbaroi（バルバロイ）の侵寇にさらされ、5 世紀中頃に滅亡した。
⇒ケルソネーソス❷
Diod. 12-31/ Strab. 11-493〜/ Plut. Pomp. 38〜/ Plin. N. H. 6-6/ Lucian. Tox. 50〜51/ Polyaenus 8-55/ Dio Cass. 42-44〜/ etc.

ボスポロス（海峡）　Bosporos, Βόσπορος, （ラ）Bosp(h)orus, （仏）Bosphore, （独）Bosporus, （伊）Bosforo, （西）（葡）Bósforo, （露）Босфор

ヨーロッパとアジアの境界線をなす 2 つの海峡。「牛の渡し」の意。

❶（トラーキアー*の）Bosporos Thrakios, Βόσπορος Θράκιος, （ラ）B. Thracius, （英）Thracian Bosporus（現・イスタンブル海峡 İstanbul Boğazı）

黒海の入口を扼する海峡。幅 0.8〜2.5 km、長さ 27 km。ヨーロッパとアジアを分ける水路で、牛に変身したイーオー*がここを渡ったという伝承からこの名（雌牛（ボスポロス）の渡し）がついたとされる。黒海とプロポンティス*（マルマラ海）とを結ぶ水路として、ヘッレースポントス*海峡とともに古来、戦略・通商上重視され、ペルシア大王ダーレイオス 1 世*は、ここに橋を架けてヨーロッパへ進軍しスキュティアー*遠征軍を率いた（前 513）。西岸にビューザンティオン*（コーンスタンティーノポリス*）市、東岸にカルケードーン*市がある。
Herodot. 4-83〜, -89/ Mela 1-1/ Plin. N. H. 4-11, -12/ Apollod. 2-1/ Strab. 12-566/ Diod. 5-47/ Polyb. 4-43/ Steph. Byz./ etc.

❷（キンメリアー*の）Bosporos Kimmerios, Βόσπορος Κιμμέριος, （ラ）B. Cimmerius, （英）Cimmerian Bosporus（現・ケルチ海峡 Kerç Boğazı, 〈露〉Керченский Пролив）

黒海とアゾフ海（マイオーティス*湖〈ラ〉Palus Maeotis）とを結ぶ海峡。幅 4〜15 km、長さ約 41 km。タナイス*（ドン）河とともに、ヨーロッパとアジアとを分ける境界線と見なされていた。西側のケルソネーソス❷*（クリミア）半島には、かつてキンメリオイ*人が住んでいたが、前 7 世紀に来襲したスキュティアー*人によって駆逐されたという。前 7 世紀以来パンティカパイオン*をはじめとするギリシア人植民市が建設され、やがてボスポロス王国*が形成された。
Herodot. 4-12, -45/ Plin. N. H. 4-12, 6-6/ Plut. Pomp. 38/ Strab. 7-309, 11-494〜/ Polyb. 4-39/ Arr. Perip/. M. Eux./ Steph. Byz./ etc.

ボスポロス・キンメリオス　Bosporos Kimmerios, Βόσπορος Κιμμέριος, Bosp(h)orus Cimmerius
⇒ボスポロス❷

ボスポロス・トラーキオス　Bosporos Thrakios, Βόσπορος Θράκιος, Bosp(h)orus Thracius
⇒ボスポロス❶

ボスラ Bosra
⇒ボストラ

ホスロー Khosrau, Khusraw, Khusrō, Khusrū, Khosrū, Khosrew, Khusrau, Khusrow, （中世ペルシア語）Husraw, （近世ペルシア語）Khosrou, （ギ）コスロエース* Khosroes, Χοσρόης, Chosroës, （英）Khosrau, Khosrow, Khusrau, Khosru, （仏）Chosroès, Khosro, （独）Chosrau, （伊）Cosroe, （西）（葡）Cosroes, （露）Хосров, （アラビア語）Kisrā, （トルコ語）Hüsrev, （漢）庫薩和

（「有名な」の意）サーサーン朝*ペルシア*の帝王（⇒巻末系図111）。

❶1世 Kh. I アヌーシルウァーン Anūshirwān, Anuṣiravan（「不滅の魂の具有者」の意）Anūshiravan-e-ādel, Adil Anuṣiravan（在位・後531～579）サーサーン朝*の黄金時代を現出した英主。コバーデース1世*と一庶民の女子との間に生まれる。11万人のマズダク Mazdak 教徒を鏖殺（おうさつ）して即位すると、兄弟とその子供たちを、1人を除いて全員処刑、また自らの長男を反乱の廉（かど）で盲目にした。東ローマをしばしば攻めて莫大な償金を得たうえ、勢力を黒海にまで及ぼし、さらに各地に遠征して版図を四隣に拡大、カウカソス*（カフカース）に長城を築き、バビュローニアー*には運河を開いた。軍制・税制および行政機構を改革し大いに治績を上げたほか、商工業・学芸を保護、ギリシアやインドの古典を翻訳させ、大学を創設した。自身はゾロアスター*教を信奉したが、キリスト教にも寛大であり、またその豪奢な生活は、イスラーム世界においても伝説的に語り継がれていった。
⇒ユースティーニアーヌス1世、ホルミスダース4世
Procop. Pers./ Nicephorus Chron./ al-Tabari/ Firdawsi/

❷Kh. II パルウィーズ Parviz, Parvez, Parwez (Abharvēz)（「勝利者」「征服者」の意）（在位・後591～628）❶の孫。ホルミスダース4世*の長子。東ローマ帝マウリキウス Mauricius（在位・後582～602）の援助で簒奪者ウァラフラーン Varahran VI を逐（お）って即位したが、マウリキウスが暗殺される（602）と、その復讐を名目として東ローマに対する戦いを起こした（603～627）。アルメニアー*、シュリアー*、エジプトを征服し、エティオピア*国境にまで到達、アカイメネース朝*ペルシア*時代の版図を復し、さらにコーンスタンティーノポリス*をも包囲するに至った。しかし、東ローマ帝ヘーラクレイオス Herakleios I（在位・610～641）に撃退され、ホスローは臣下によって捕らえられ、長男コバーデース2世*の手で暗殺された。
Theophanes/ Nicephorus Chron./ al-Tabari/ Nizami/ etc.

❸Kh. III ⇒ホルミスダース5世

ホスロウ Khhosrow
⇒ホスロー

ポセイディッポス Poseidippos, Ποσείδιππος, （ラ）ポシーディップス Posidippus, （仏）Posidippe, （伊）Posidippo, （西）Posidipo

ギリシア人の男性名。

❶（前316頃～前250頃）アテーナイ*で活躍した喜劇詩人。マケドニアー*のカッサンドレイア Kassandreia Κασσάνδρεια（もとポテイダイア*）出身。アッティケー*新喜劇最後の著名な作者で、メナンドロス*の死後間もない前289年以来4回優勝し、作品四十数篇を残したというが、その中には売春窟や男色用の稚児 Paidika パイディカ を主題とした好色な喜劇も含まれていた。今日では題名18と、遊女プリューネー*の裁判を扱ったものをはじめいくつかの断片が伝えられるに過ぎない。また彼の作品は、プラウトゥス*らローマの喜劇作家たちによって大いに模倣され、翻案されている。
Posidippus Fr./ Ath. 14-658f/ Gell. N. A. 2-23/ Suda/ etc.

❷（前310頃～前240頃）ヘレニズム時代のエピグラム詩人。マケドニアー*のペッラ*出身。サモス*島やアレクサンドレイア❶*で活躍したのち、ギリシア本土で没したらしい。アスクレーピアデース❷*やヘーデュロス Hedylos, Ἡδύλος と親交を結び、共同の詩集を編んだとされる。主に性愛と酒宴を題材とした作品で知られ、『ギリシア詞華集』に22篇を収める他、アテーナイオス*らの著述にも引用されている。
Ath. 13-596/ Anth. Pal. 5-209, 7-134, 10-356/ Papyr. Milan./ etc.

ポセイドーニアー Poseidonia
⇒パエストゥム

ポセイドーニオス Poseidonios, Ποσειδώνιος, Posidonius, （仏）Posidonios, （伊）（西）Posidonio, （葡）Posidónio, （現ギリシア語）Posidhónios

（前135頃～前50頃）ギリシアの博学者・中期ストアー*派の哲学者。歴史家、地理学者としても著名。シュリアー*のアパメイア❶*の出身。アテーナイ*でパナイティオス*に学び、ヒスパニア*、イタリア、ガッリア*、アーフリカ*など各地を広く旅行したのち、ロドス*島に落ち着き教室を開いた。きわめて多方面の学問に通じ、ヘレニズム文化を集成綜合したその業績ゆえに、古典期ギリシア文化を大成したアリストテレース*にも比せられている。ロドスの公務にも従って功績があり、使節としてローマへ派遣された折（前87～前86）には、マリウス*ら有力者と交渉をもち、のちキケロー*をはじめとするローマ人はロドスに留学して彼の講筵に連なった。ポセイドーニオスはマリウスを嫌悪した反面、ポンペイユス*を称讃し、その事蹟を記したばかりか、2度目にポンペイユスがロドスを訪れた時には、自ら痛風を病みつつも、「苦痛は悪ではない」という命題について論じたと伝えられる（前62）。ポリュビオス*の擱筆した時点から始まる実証的な史書（前146～前85頃を扱

う『歴史 Historiai』52巻）を著わし、ケルト人*やゲルマーニア*人にも初めて言及、ローマの頽廃と圧政を痛烈に批判しながら、その「帝国」の支配を正統化する歴史哲学を唱えた。詩や修辞学の地、地理学・天文学・博物学など自然研究の分野でも業績をあげ、神々の本性について論じたり、地球の大きさや大気圏の高さを測定しようと試みたり、潮汐現象に及ぼす月の影響を説いたりしたが、著述は断片しか現存しない（⇒プトレマイオス・クラウディオス）。前51年、非常な高齢でローマへ渡り、ほどなく死去。しかし、彼の業績は、その後もサッルスティウス*、カエサル*、タキトゥス*、プルータルコス*らの歴史家や、ストラボーン*、ルクレーティウス*、ウェルギリウス*、セネカ*、大プリーニウス*らの詩人文人に、少なからぬ影響を与え続けた。古代最後の創造的大学者といわれる。
⇒ゲミーノス、アガタルキデース、アテーノドーロス❶
Cic. Tusc. 2-25, 5-37, Nat. D. 1, Div. 2-42/ Diog. Laert. 7-/ Sext. Emp. 7-19/ Att. 2-1, Off. 3-2/ Strab. 3-165, 4-197, 13-614, 14-968, 16-753/ Plut. Mar. 45, Pomp. 42, Cic. 4/ Lucian. Macr. 3-223/ Ath. 4-/ etc.

ポセイドーン Poseidon, Ποσειδῶν,（叙事詩形）ポセイダーオーン Poseidaon, Ποσειδάων,（イオーニアー*方言）Poseideōn, Ποσειδέων,（アイオリス*方言）Poseidān, Ποσείδαν,（ドーリス*方言）Poteidān, Ποτειδάν, Potidās, Ποτιδᾶς, Poseidān, Ποσείδαν,（アルカディアー*方言）Pohoidān, Πο'οιδάν,（ボイオーティアー*方言）Poteidāōn, Ποτειδάων,（線文字B）Po-se-da-wo-ne, Po-se-da-o,（ラ）Posidon,（仏）Poséidon,（伊）Poseidone, Posidone,（西）Poseidón, Posidón,（葡）Posídon,（露）Посейдон,（現ギリシア語）Posidhónas

ギリシアの海および水域を支配する神。オリュンポス*12神の1柱。ローマではネプトゥーヌス*と同一視される。クロノス*とレアー*の息子で、ゼウス*やハーデース*の兄弟。一説に母レアーが身代わりに仔馬をクロノスに与えたので、彼は父神に呑み込まれずにロドス*島で養育されたという（⇒テルキーネス）。クロノスらティーターン*神族を倒したのち、3兄弟で世界の支配権を分かち、彼は海洋を自分の領分として得た。ゼウスに次ぐ偉大な神格で、あらゆる海・河川・泉・井戸の他、馬ならびに地震をも支配。エウボイア*のアイガイ*沖合の深所に宮殿を構え、三叉戟 triaina, τρίαινα,（〈ラ〉tridēns）を手に携え、黄金の鬣と青銅の蹄をもつ白馬に牽かせた戦車に駕して、大勢の海獣やネーレーイデス*（ネーレーイスたち*）を従えつつ海原を駆けめぐると考えられた。アンピトリーテー*を妃に迎え、トリートーン*らの子女を儲けたほか、女神やニュンペー*（ニンフ*）、人間の女たちと交わって数多くの巨人や英雄の父となった（⇒オーリーオーン、キュクノス、アンタイオス、アローアダイ、モリオネ、テーセウス、ペリアース）。女色以外にもペロプス*やネーリーテース*ら美しい若者との男色関係も知られている。

彼はまた大地と関係が深く、馬の姿でデーメーテール*と交わって、ペルセポネー*＝デスポイナ Despoina（「女主人」の意）らを産ませたとする伝承もある。アテーナイ*市の領有をめぐって女神アテーナー*と争った時、ポセイドーンは三叉の戟で岩を打って地中から馬を創り出し、その飼育法を人々に教えたといい、馬術競技の守護神とされている。コリントス*の領有に関して太陽神ヘーリオス*と争った際には、イストモス*地峡を手に入れ、後年この地で彼を祀るイストミア競技祭*が開催されたことは有名。ギリシア各地、とりわけイオーニアー*系住民の間で深く崇拝され、彼らの植民・移住にともない、小アジア沿岸地方にもその信仰が広まった（⇒ミュカレー）。

神話において、彼はヘーラー*やアテーナー、アポッローン*らと共謀してゼウスの主権を奪おうとしたが敗れ、叛逆の罰として1年間トロイアー*王ラーオメドーン*に奉仕、王のために市の城壁を築いてやったが、王が約束の報酬を払わないので、トロイアーに怪物を送って苦しめたという。その後もトロイアー王家を憎み、ギリシア軍が攻め寄せてトロイアー戦争*が勃発した時には終始ギリシア側を助勢。しかるにトロイアー陥落後は、一転してギリシア勢の帰還を妨げ、特に息子のポリュペーモス*を害した智将オデュッセウス*に対しては、その帰国を10年にわたり阻止し続けた。

聖獣は馬・牛・海豚、神木は松の木で、イストミア競技祭の優勝者には松葉冠が贈られた。人身供犠も行なわれたが、もっぱら馬や牛（ことに黒色の）などが生贄にされ、これらの犠牲獣は生きたまま水中に投げ入れられることが多かった。岬や地峡に神殿が築造され、港湾などにその巨像が建てられた。ゼウスと同様、立派な髯をたくわえた厳かな風貌の神として表わされるが、その持物が雷霆ではなく三叉の戟なので容易に区別される。ポセイドーンはまた、エノシクトーン Enosikhthon（「大地を揺らす者」の意）や、ヒッピオス Hippios（「馬の神」の意）などさまざまな異名で呼ばれている。
⇒メドゥーサ、アミュモーネー、アトランティス
Hom. Il. 1-400, 7-442〜, 8-198〜, 12-1〜, 13-1〜, Od. 4-506, 5-291, 11-235〜, 13-151〜/ Hes. Th. 15, 453〜, 732/ Herodot. 8-55, 9-81/ Diod. 5-55/ Ov. Met. 6-70〜/ Apollod. 1-7, 2-1, 3-14/ Paus. 1-14, -24, -26, 2-1, 7-21/ Strab. 9-405/ Hyg. Fab. praef. 13, 3, 10, 12, 14, 17/ Gell. 15-2/ Serv. ad Verg. G. 1-12/ Augustin. De civ. D. 18-9/ Plut. Mor. 741a〜b/ Tzetz. ad Lycoph. 644/ etc.

ポダレイリオス Podaleirios, Ποδαλείριος, Podalirius,（仏）Podalire,（伊）（西）Podalirio

ギリシア伝説中、医神アスクレーピオス*の子でマカーオーン*の弟。内科の名医としてギリシア軍のトロイアー*遠征（トロイアー戦争*）に参加、木馬の戦士にも名を連ねる。兄よりも有能だったとされ、ピロクテーテース*の傷を癒したのは彼だったともいう。医神として父や兄とと

もに崇められた。トロイアー陥落後、予言者のカルカース＊やアンピロコス＊らとともに陸路、小アジアのコロポーン＊へ赴き、次いで「天空が落ちて来ても危害を被らぬ所に住め」という神託を得て山に囲まれたカーリアー＊地方の半島に移住、その地の王女シュルナー Syrna が屋根から落ちて負傷したのを治して、彼女と結婚したと伝えられる。
Hom. Il. 2-729～, 11-833～/ Apollod. 3-10, Epit. 5～6/ Verg. Aen. 2-263/ Diod. 4-71/ Paus. 3-26/ Strab. 6-284/ Hyg. Fab./ Quint. Smyrn. 12-314～/ etc.

ボックス Bocchus, (ギ) ボッコス Bokkhos, Βόκχος, (伊) Bocco, (西) Boco

マウレーターニア＊の国王（⇒巻末系図 035）

❶ 1世 B. I（前2世紀後半～前1世紀初頭）（在位・前110頃～前80頃）ヌミディア＊王ユグルタ＊の岳父。ユグルタ戦争（前111～前105）の際には、貪欲に駆られてローマ側・ヌミディア側の双方に交互に味方する。前108年、女婿ユグルタと結んでローマ軍と戦ったものの、叛服常なくローマの将マリウス＊に協力を申し出たり、ヌミディア領の割譲を条件に再びユグルタに与したりを繰り返したあげく、女婿を裏切ってスッラ＊の手に引き渡した（前106）。その代償として彼は西部ヌミディアを獲得した。

なお異説によると、ボックスのほうがユグルタの女婿となっており、ユグルタ戦争の初期にローマ側へ同盟を申し入れて拒絶されたために、ユグルタに味方して西部ヌミディアを手に入れ、マリウス軍と干戈を交えたのち、ユグルタを裏切ってその身柄をスッラに引き渡したと伝えられている。
⇒エウドクソス❷
Sall. Jug. 19, 80～120/ Liv. Epit. 66/ Vell. Pat. 2-12/ Plut. Mar. 10, 32, Sull. 3/ Flor. 3-1/ App. Numid. 3, 4/ etc.

❷ 2世 B. II（?～前33）❶の子にして後継者。弟ボグド＊と共同統治し（正しくは東西分割統治）、カエサル＊を支持してポンペイユス＊派と対立。カエサルが暗殺される（前44）と、所領はいったん没収されるが、彼はオクターウィアーヌス＊（のちのアウグストゥス＊）に味方して、アントーニウス＊側についた弟と敵対する。そして前38年、ボグドがヒスパニア＊へ渡った折を見て、これを王座から追いマウレーターニア＊の単独支配者となる。死後、王国はローマの属州に編入された。
⇒ P. シッティウス、ユバ❶、❷
Dio Cass. 41-42, 43-3, -36, 48-45, 49-43/ App. B. Civ. 2-96, 4-54, 5-26/ Strab. 17-828/ Hirt. B. Afr. 25/ etc.

ポッパエア・サビーナ Poppaea Sabina, (ギ) Poppaia Sabīna, Ποππαῖα Σαβῖνα (仏) Poppée Sabine, (伊) Poppea Sabina, (西) Popea Sabina, (葡) Popeia Sabina

（後31頃～後65夏）ネロー＊帝の2度目の皇后（62～65）。父はセイヤーヌス＊の友人ティトゥス・オッリウス T. Ollius（?～後31）。母方の祖父ポッパエウス・サビーヌス C. Poppaeus Sabinus（?～後35。後9年の執政官コーンスル＊）は、24年間属州モエシア＊を統治し（12～35）、マケドニア＊およびアカーイア＊の総督職も兼任、皇帝らとの親交ゆえに凱旋式顕章まで授かった（26）人物。同名の母ポッパエア・サビーナ（?～47）は、美人の誉れ高く、メッサーリーナ＊后と放埓な行状を競い、ウァレリウス・アシアーティクス＊の情婦と思われていたため、皇后の差し金で自殺を強いられている。母親から評判の美貌を受け継いだポッパエアは、タキトゥス＊によると、「気高い魂を除けば女として欠けているものは何一つなかった」という妖艶な貴婦人で、はじめ近衛軍司令官のルフリウス・クリスピーヌス Rufrius Crispinus（?～66）に嫁いで息子を産むが、やがて贅沢な放蕩貴族オトー＊（のち皇帝）に魅せられてその恋人となり、離婚した後オトーと再婚した。しかるにオトーが妻の魅力をネロー帝の前で持ち上げたため、彼女は宮廷に招き寄せられてネローの情婦となり、オトーはルーシーターニア＊の属州総督 Legatus として追い払われてしまう（58）。一説では、ポッパエアを恋慕したネローが、男色仲間のオトーに彼女と偽装結婚をさせたところ、オトーもまた彼女に熱中しはじめたので、態よく彼を遠ざけたのだという。野心家のポッパエアはネローを唆して、母后・小アグリッピーナ＊を殺害させ（59）、正妻オクターウィア❷＊を離別・処刑させて、皇后の座に登る（62）。翌63年には1女を儲け（1月21日）、母娘そろってアウグスタ＊の尊称を受けたが、皇女クラウディア・アウグスタ Claudia Augusta は生後4ヵ月足らずで敢えなく夭逝し、女神として祀られた。その後もポッパエアはネローを尻に敷きつつ、奸臣ティゲッリーヌス＊とともに皇帝の残虐行為を助長していたものの、65年、再度懐妊中に急死。ネローに蹴り殺されたとも毒殺されたともいう。遺骨は防腐処置を施し木乃伊ミイラとして霊廟に安置され、盛大な葬儀が営まれた（アラビア全土が産出する1年分以上の香料が1日で使用されたといわれる）のち、神格化されたポッパエアのために神殿が建立された。ポッパエアを忘れられぬネローは、彼女に生き写しの美少年スポルス＊を見出すと、去勢し女装させてこれと結婚し、サビーナと名のらせた。帝はまた彼女の前夫クリスピーヌスを、C. ピーソー＊の陰謀事件（65）にかこつけてサルディニア＊島へ流した上で処刑し（66）、ポッパエアの産んだその息子ルフリウス・クリスピーヌスも魚釣りの最中に溺死させたといわれている。

「容色の衰えぬうちに死にたい」と言っていた彼女の美貌は伝説的で、琥珀色の髪に白皙の肌をし、人妻の頃は外出時には必ずヴェールで顔を覆っていたという。乳風呂に入るため、どこへ行くのにも500頭の雌驢馬ろばを連れて回り、また、お伴の騾馬らばにはすべて黄金の蹄鉄を打たせていた、など彼女の驕奢放逸を物語る話柄は少なくない。ユダヤ教に理解を示し、ローマの大火（64）の折には、民衆の怒りをキリスト教徒らの上に転嫁するようネローを唆そそのかしたという所伝もある。

古代の肖像彫刻が残る他、近世ヨーロッパの美術（フォンテーヌブロー派の絵画 Sabina Poppea）や音楽（モンテヴェル

ディのオペラ L' Incoronazione di Poppea) など、「魔性の女」的なその存在は、後代に至るまで永く文芸の世界を魅了しつづけている。20世紀半ばには、ポンペイイー*近くのオプロンティス Oplontis（現・Torre Annunziata）からポッパエアの別荘 Villa Poppaea が発掘され、保存状態の良いフレスコ画などを今日も見ることができる。
⇒イオーセーポス、巻末系図 079
Tac. Ann. 13-45〜46, 14-1, -60〜61, 15-23, 16-6〜7, -21, Hist. 1-13/ Suet. Ner. 35, Oth. 3/ Plut. Galb. 19/ Dio Cass. 61-11〜12, 62-13, -27〜28, 63-26/ Plin. N. H. 11-96, 12-41, 28-50, 33-49, 37-12/ Joseph. J. A. 20/ Juv. 6-461/ etc.

ポッペーヤ　Poppaea
⇒ポッパエア・サビーナ

ポッリオー、ウェーディウス　Publius Vedius Pollio, （仏）Vedius Pollion, （伊）Publio Vedio Pollione, （西）Publio Vedio Polión

（？〜前15）アウグストゥス*の側近。解放奴隷の子に生まれ、のちローマ騎士（エクィテース*）に叙せられる。莫大な富と残忍な性格で知られ、生きた奴隷の肉を養魚池の食用トラウツボmurenaの餌にしていたという。アウグストゥスが臨席する宴会で、過って水晶の器を割った奴隷をトラウツボの水槽に投げ込もうとしたところ、その奴隷が皇帝の足下に跪いて赦しを乞うたので、アウグストゥスも見かねてとりなしてやったが、ポッリオーは頑として応じなかった。そこで皇帝は命令を発して、ポッリオーの所有する水晶の器すべてを破砕し、養魚池を埋めさせてしまった。ポッリオーは死に臨んで資産の大半をアウグストゥスに遺贈し、エスクィリーヌス*丘の邸宅はアウグストゥスの命で破却され、「リーウィア❶*の柱廊」なる公共建築物に建て替えられた。
Dio Cass. 54-23/ Sen. Ira 3-40, Clem. 1-18/ Plin. N. H. 9-39/ Tac. Ann. 1-10, 12-60/ Cic. Att. 6-1 (25)/ Joseph. J. A. 15-343/ Ov. Fast. 6-639〜/ Tertullian. De Pallio 5-6/ etc.

ポッリオー、ガーイウス・アシニウス　Gaius Asinius Pollio, （ギ）Poliōn, Πολίων, （仏）Pollion, （伊）Gaio Asinio Pollione, （西）Cayo Asinio Polión

（前76〜後4／5）ローマの弁論家、政治家、著述家。ルビコーン*渡河（前49）以前からカエサル*に従い、パルサーロス*の戦い（前48）に参加、ヒスパーニア*にも転戦した（前44）。カエサルの死後はアントーニウス*に与し、第2回三頭政治を支持、前40年の執政官を経て、翌年マケドニア*の属州総督 Proconsul となり、イッリュリアー*のパルティーニー Parthini 族を征服、ダルマティア*の町サローナエ*を占領して凱旋式を挙げた（前39年10月25日）。間もなくアントーニウスに見切りをつけて公的生活から身を引き、文学に専念して詩人たちの庇護者となる。カトゥッルス*、ウェルギリウス*、ホラーティウス*らと親しく交わり、自らも内乱期の事蹟（前60〜前42）を誌した『歴史 Historiae』17巻をはじめ、悲劇や恋愛詩などを執筆したが、作品は残らない。前38年イッリュリアー戦で得た戦利品をもとに、アウェンティーヌス*丘にローマで最初の公共図書館 Atrium Libertatis を建て、そこに各時代の学者たちの肖像を陳列、また自分の作品を聴衆に読んで聞かせる公開朗読会レキターティオー recitatio を創始したことでも知られる。キケロー*亡き後の優れた雄弁家、鋭い文芸批評家としても活動し、ウェルギリウスの詩才をいちはやく認めて彼を苦境から救い、お返しに、詩人から『牧歌』第4（前40）・第8（前39）を献げられている。晩年はトゥスクルム*の別荘に住み、80歳の長寿を保った。

なお同名の孫ガーイウス（後23年の執政官）は、ローマ帝室との血縁ゆえに追放され（後45）、皇后メッサーリーナ*（クラウディウス*帝の妻）の命令で処刑されている。
⇒アシニウス・ガッルス
Hor. Carm. 2-1, -9/ Verg. Ecl. 4, 8/ App. B. Civ. 2〜5/ Plut. Caes. 32, 46, 52, Ant. 9/ Vell. Pat. 2-63, -73, -76, -86/ Dio Cass. 45-10, 48-15, -41/ Val. Max. 8-13/ Plin. N. H. 7-30, 35-2/ Sen. Controv. 4, Suas. 6-50/ Sen. Ep. 100/ Suet. Iul. 30, 55, 56, Aug. 29, 43, Claud. 13/ Cic. Fam. 10-31〜33/ Quint. 1-8, 9-4, 10-1/ Tac. Ann. 4-34/ Hieron. Chron./ etc.

ポッリオー、トレベッリウス　Trebellius Pollio, （仏）Trébellius Pollion, （伊）Trebellio Pollione, （西）Trebelio Polión

（後300頃活躍）ローマの史家。皇帝列伝『ヒストリア・アウグスタ*』の6人の筆者の1人。ピリップス*帝からクラウディウス2世*までの伝記を書いたが、前半部が失われ、今日伝えられているのは、ウァレリアーヌス*帝（一部のみ）

系図362　ポッリオー、ガーイウス・アシニウス

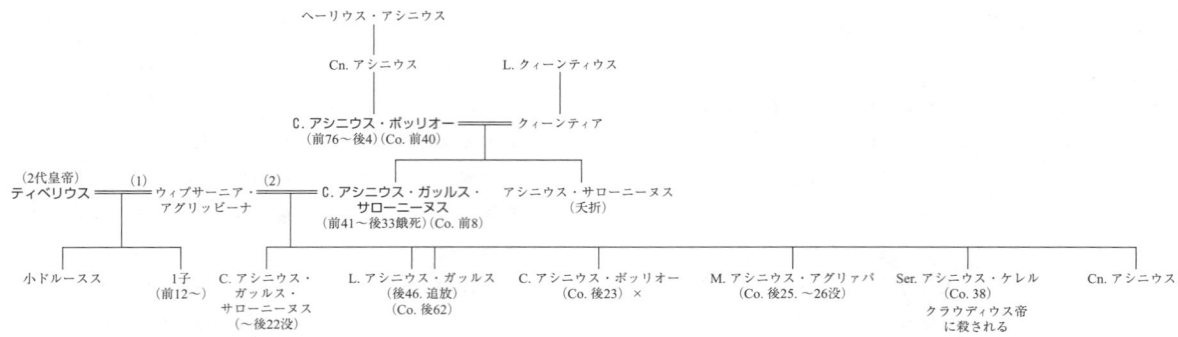

とガッリエーヌス*帝、三十僭帝*、およびクラウディウス2世の伝記だけである。『ヒストリア・アウグスタ』の項を参照。
S. H. A.

ポッルクス Pollux, （伊）Polluce, （西）（葡）Pólux, （露）Поллукс

双生兄弟神ディオスクーロイ*の1人ポリュデウケース*のラテン名。

ポッルクス、ユーリウス Julius Pollux
⇒ポリュデウケース❷

ポテイダイア（または、ポティダイア） Poteidaia (Potidaia), Ποτείδαια (Ποτίδαια), Potidaea, （仏）Potidée, （伊）（西）Potidea, （現ギリシア語）Potídhea

（現・Potídhea）マケドニアー*東南部、カルキディケー*のパッレーネー Pallene 半島の根元に位する都市。前600年頃コリントス*を母市とするギリシア人植民市として建設される。堅固に防御された港町で、ペルシア戦争*時にもアルタバゾス❶*の攻撃を耐え抜く（前480〜前479）。戦後アテーナイ*を盟主とするデーロス同盟*に加わるが、アテーナイの圧迫を嫌って前432年に離反。そのため2年以上にわたるアテーナイ軍の包囲攻撃を受けた。哲人ソークラテース*が美青年アルキビアデース*の命を救ったのは、このポテイダイア攻囲戦中の出来事である。長期の籠城で食糧に窮したポテイダイア市民は、人肉を食べるまでに苦しんだ末、前429年初頭ついに降伏。市はアテーナイ人の入植地となった（⇒クレーロス）。前356年にはマケドニアー*王ピリッポス2世*に占領され、アテーナイ人以外の全住民は奴隷として売られ、次いで町は破壊された（前348）。しかし、アレクサンドロス大王*の死後、遺将（ディアドコイ*）の1人カッサンドロス*が、その廃墟の上に新しい都市を再建し（前316頃）、カッサンドレイア Kassandreia, Κασσάνδρεια と名づけて、旧住民を帰還させた。ポセイドーン*神殿などの遺跡が発掘されている。
⇒オリュントス
Herodot. 7-123, 8-126〜, 9-28/ Thuc. 1-56〜, 2-70, 4-135/ Liv. 44-11/ Paus. 5-23/ Mela 2-2/ Strab. 7/ -330/ Plin. N. H. 4-10/ Xen. Hell. 5-2, -3, 7-16/ Diod. 12-46, 15-81, 16-8, 19-52/ etc.

ポテイノス Potheinos, Ποθεινός, （ラ）ポティーヌス Pothinus, （仏）Pothin, （伊）（西）Potino
（？〜前48年11月17日、ただしユーリウス暦*では9月12日）エジプトの少年王プトレマイオス13世*の師傳にして摂政。宦官でありながら国政を壟断し、王姉クレオパトラー7世*を宮殿から放逐、前48年にはパルサーロス*の会戦に敗れて落ちのびて来たローマの名将ポンペイユス*（Cn. ポンペイユス❶*・マグヌス）を、迎えの小舟の中で暗殺。次いでポンペイユスを追撃して来たカエサル*の毒殺を謀り、アレクサンドレイア❶*市民を煽動して対カエサル戦を起こす（アレクサンドレイア戦争・前48〜前47）。間もなく陰謀が露顕して、カエサルにより処刑された。
Caes. B. Civ. 3-108, -112/ Dio Cass. 42-36, -39/ Plut. Caes. 48〜49, Pomp. 77/ Luc. 10-333〜, -515〜/ etc.

ボナ・デア Bona Dea, （英）the Good Goddess, （仏）la Bonne Déesse, （葡）Boa Deusa

（「善き女神」の意）イタリア、特にローマで崇拝された貞潔と予言、および豊饒の女神。実名は不詳だが所伝によれば、もとファウヌス*神の娘で、父に言い寄られてなびかず、銀梅花（ミュルトゥス）myrtus の枝で打ちすえられたファウナ Fauna ないしファウラ Faula だったといい、のちに父神は蛇と化して思いを遂げることができたとされている。異説によると、彼女はファウヌスの貞淑な妻であったが、ある日葡萄酒（ぶどうしゅ）の壺を見つけて酩酊するまで飲み、夫に銀梅花の枝で激しく打擲されて敢えなく死亡し、後悔した夫の手で神として祀られたのだともいわれる。一説ではファウヌスの姉妹ともされ、ギリシアにおいては「女たちの女神 Gynaikeia（ギュナイケイアー）」と呼ばれており、また小アジアではミダース*王の母に擬されていた。

神殿はローマのアウェンティーヌス*丘にあり、祭礼は毎年12月のはじめに執政官（コーンスル*）ないし法務官（プラエトル*）の家で執り行なわれ、その妻または母が手ずから犠牲の雌豚を捧げ、ウェスタ*の女祭司（ウェスターリス*）によって主宰された。部屋は葡萄の枝その他の草花で飾るが、銀梅花だけは避けられる。葡萄酒も用いられるが、これを乳（ミルク）と称した。この秘儀（ミュステーリア*）には女だけが参列を許され、男はみな家の外へ出なくてはならなかった。のみならず、男にはこの女神の本当の名を明かすことも許されず、儀式の行なわれる邸内ではすべての男性像は覆いで隠される慣いであった。かつてこの秘儀を閉め出されたヘルクレース*（ヘーラクレース*）は、フォルム*に「大祭壇 Ara Maxima（アーラ・マクシマ）」を設け、その儀式に女は参加できないようにしたと伝えられる。なおボナ・デアの託宣は、ファウヌスのそれが男だけに限られていたように、女にしか下されなかった。

前62年12月、法務官カエサル*の屋敷で行なわれた祭儀に、カエサルの妻ポンペイヤ❶*の情夫 P. クローディウス・プルケル*が竪琴弾きの女に扮して潜入した事件は名高い。この醜聞（スキャンダル）以来、男子禁制の風習が次第に淫靡な方向に変化していき、後1世紀には女神の祭礼は女たちの乱行の場となる一方、女装愛好家の男性専用の密儀さえ開かれ逆に女たちを一切閉め出してしまうようになる。詩人ユウェナーリス*は嘆いている。「男たちは眉墨で綺麗に眉をひき、マスカラやアイシャドウで化粧し、長い巻毛をカールさせたうえ、黄金のヘアーネットをかぶり、なめらかな薄物のドレスを着て、すっかり女になりきってしまうのだ。『出て行くがよい、女どもは神を汚すものだ』と叫び、笛吹き女祭司（ティービーキナ）Tibicina も追い出される。そして男ばかりで男根（ペーニス）の形をしたガラスの酒杯から酒を飲み、淫蕩な乱痴気

騒ぎに耽るのだ。……」と。

ボナ・デアは左手に笏を持ち、葡萄樹の葉冠を戴き、酒壺を側にした姿で表わされる。彼女の神殿内には数多くの蛇が飼われ、薬用植物が貯えられていたという。
⇒マイア、オプス
Macrob. Sat. 1–12/ Cic. Har. Resp. 17 (37), Att. 1–13, 2–4, Mil. 31/ Prop. 4–9/ Juv. 2–82〜91, 6–314〜341/ Plut. Caes. 9, Cic. 19, Mor. 268/ Serv. ad Verg. Aen. 8–314/ Ov. Fast. 5–148〜, Ars. Am. 3–244/ Varro Rust. 2–1/ Lactant. Div. Inst. 1–22/ Tertullian. Ad Nat. 2–9/ Dio Cass, 37–45/ Suet. Iul. 6/ Prop. 4–9/ etc.

ボニファーティウス（ボニファーキウス） Bonifatius (Bonifacius)，（ギ）Boniphātios, Βονιφάτιος，（英）（仏）Boniface，（伊）（西）Bonifazio, Bonifacio，（葡）Bonifácio，（露）Бонифаций

（？〜後432）　西ローマ帝国の将軍。名将アエティウス*とともに「最後のローマ人」と称される。西ゴート王アタウルプス*との戦い（413）やアーフリカ*の救援（422）に活躍し、女皇ガッラ・プラキディア*を支持して簒奪帝ヨーハンネース*（在位・423〜425）の追い落としに協力。督軍 Comes として実質的にアーフリカ諸属州を支配したが、アエティウスの陰謀でプラキディアと不仲になり、427年にはついに反乱を起こしてヴァンダル*族（ウァンダリー*）をヒスパーニア*からアーフリカへ招き寄せた（⇒ゲイセリークス）。429年から始まったヴァンダル族の侵入と劫略は、過ちに気付いたボニファーティウスの抗戦も空しく、アーフリカの喪失という結果をもたらした。ヒッポー*を防衛中、友人アウグスティーヌス*の死に立ち会い（430）、その後イタリアへ敗走する（431）が、"軍司令官"の栄誉をもって宮廷に迎えられる（432）。間もなく競敵アエティウスとの私闘で受けた槍傷がもとで死亡、後継者には女婿セバスティアーヌス（？〜450年暗殺さる）が選ばれた。なお2度目の妻ペラギア Pelagia がアリーウス*（アレイオス*）派の信者だったためカトリック派、ドナートゥス*派などキリスト教徒間の対立抗争に巻きこまれ、これがアーフリカにおける混乱を倍加させたことは否定できない。

なおボニファーティウス（ないしボニファーキウス）という名前は、のちにラテン教会（ローマ・カトリック）の聖人に列せられた病身のローマ司教（教皇）ボニファーティウス1世（在任・418〜422）をはじめ幾人もの教皇が帯び、またドイツに宣教して殺されたのち列聖されたボニファーティウス（675頃〜754）らを通じて、後世のキリスト教徒にも親しい男性名となっている。
Procop. Vand. 1–3〜4/ Olympiodorus/ Augustin. Ep. 185, 189, 220/ Bonifatius Ep./ Phot./ Cod. Theod./ etc.

ホノース　Honos，またはホノル Honor，（ギ）Honor, Ὄνωρ，（英）Honour，（仏）Honneur，（伊）Onore，（西）Honor, Honra，（葡）Honra，（露）Гонор

ローマの「栄誉」の擬人化神。古くからコッリーナ門 Porta Collina 外に祭壇があったが、前234年 Q. ファビウス・マクシムス❷*によってカペーナ門 Porta Capena に神殿が建てられ、これは M. マルケッルス❶*の手で武徳の女神ウィルトゥース*神殿と結合され、シュラークーサイ*（現・シラクーザ）占領で得た戦利品たるギリシアの美術品で飾られた（前208）。神官たちは1つの建物に2柱の神格を合祀することを拒んだので、両神殿は隣接して建てられたといい、後年クラウディウス*帝（在位・後41〜54）がこれを修復した。さらに別の神殿が、前101年、キンブリー*族とテウトニー*族を撃破した名将マリウス*によって、カピトーリウム*の近くに設けられた。ホノース（ホノル）は通常、武装した青年の姿で表わされ、右手に槍、左手にコルヌーコーピア*「豊饒の角」を持つ。
⇒フェーリーキタース
Cic. Leg. 2–23/ Liv. 25–40, 27–25, 29–11/ Vitr. De Arch. 7/ Val. Max. 1–1/ Plut. Mor. 266f/ Augustin. De civ. D. 4–21/ etc.

ボノーニア　Bononia，（ギ）Bonōniā, Βονωνία，（仏）Bologne，（西）Bolonia，（葡）Bolonha，（露）Болонья

（現・ボローニャ Bologna, 〈エミリア・ロマーニャ方言〉Bulåggna, 〈エトルーリア語〉フェルシナ Felsina。ガッリア・キサルピーナ*の町。前1050年頃からヴィラノヴァ Villanova 人が定住し、鉄器など金属工業の中心地となっていたが、前8世紀頃にエトルーリア*人が移住して、フェルシナ市を創建（伝承上の創建者はアウクヌス Aucnus）、アーペンニーヌス*（アペニン）山脈北方における交通の要衝として栄えた。のち北方より侵入してきたガッリア*（ケルト*）人の掌中に落ち、ボイイー*族に占領され（前350頃）、ボイイーの名にちなんでボノーニアと呼ばれるようになる。前196年ローマに征服されて、前189年にそのラテン植民市となり、以来ローマ都市として長きにわたり繁栄する（⇒L. フラックス❷）。前187年ウィア・アエミリア*（アエミリウス街道*）によって、アリーミヌム*（現・リーミニ）およびプラケンティア*（現・ピアチェンツァ）と結ばれ、その12年後にはアクィレイヤ*とも繋がれた。前90年にローマ市民権を獲得、前43年11月にはアントーニウス*、オクターウィアーヌス*（のちのアウグストゥス*）、レピドゥス*が町の近くの川中島で会合し、第2次三頭政治*を発足させた。後53年の大火や410年のアラリークス*の攻撃を経て存続し、伝承では425年テオドシウス2世*によって最古の大学がこの市に創設されたという。現在、ローマ時代の遺跡として見るべきものは、ほとんど残っていない。

このほか、ガッリア・ベルギカ*の英仏海峡に面した港町ゲーソリアクム Gesoriacum（現・ブーローニュ Boulogne-sur-Mer）も帝政期にはボノーニアと呼ばれたし、ドーナウ河に面した上モエシア*の城砦（現・ブルガリアの Vidin, Видин）や、下パンノニア*の城砦（現・セルビアの Banoštor, Баноштор）も、同じくボノーニアと名づけられていた。

Liv. 33-37, 37-57/ Cic. Fam. 11-13, 12-5/ Sil. 8-599/ Val. Max. 8-1/ Dio Cass. 46-54〜/ Plin. N. H. 3-15/ Tac. Ann. 12-58/ Strab. 5-216/ App. B. Civ. 3-69/ Suet. Aug. 17, 96/ Festus 155/ Procop. Goth. 3-11/ Vell. Pat. 1-15/ Mela 2-4/ Zosimus. 6-10/ etc.

ボノーネース　Bonones, Βονώνης, Vonones
⇒ウォノーネース

ホノーリア　Justa Grata Honoria, （伊）Giusta Grata Onoria, （露）Юста Грата Гонория

（後417／418頃〜454頃）西ローマ皇帝コーンスタンティウス3世*とガッラ・プラキディア*の娘（⇒巻末系図105）。ウァレンティーニアーヌス3世*の姉。弟の即位（425）後、アウグスタ*の尊号を贈られ西ローマの都ラヴェンナ*（現・ラヴェンナ）の宮廷で暮らしたが、執事エウゲニウス Eugenius と情交を重ねて妊娠し、母后ガッラ・プラキディアによってコーンスタンティーノポリス*（東ローマの都）へ追放される（434年、エウゲニウスは処刑さる）。これを恨んだホノーリアは自分の指環を腹心の宦官ヒュアキントゥス Hyacinthus に持たせてフン*族（フンニー*）の王アッティラ*のもとへ派遣、「私を救出してくれるならば結婚いたしましょう」と申し出た。事は露顕して使者の宦官は拷問の末殺され、彼女はラヴェンナの宮廷へ送り返された。弟帝にあやうく処刑されそうになったところを母后の嘆願で助命され、元老院議員の1人と名目だけの結婚式を挙げさせられたのち、彼女は終生幽閉された。これを奇貨としたアッティラはホノーリアの軽薄な申し出を承諾し、彼女を婚約者と宣言すると、花嫁の"持参金"として西ローマ帝国の領土半分を要求。それが拒絶されるや大軍をもってガッリア*へ雪崩れ込んでいった（451）。
Jordan. Get. 42/ Marcellin. Chronicon/ Priscus 1-7〜8, 2-1/ Merobaudes Carm. 1/ Johann. Antioch./ Olympiodorus/ Theophanes Chronog. 1/ Phot. Bibl./ etc.

ホノーリウス　Flavius Honorius, （伊）Flavio Onorio, （西）Flavio Honorio, （葡）Flávio Honório, （露）Флавий Гонорий

（後384年9月9日〜423年8月15日）西ローマ帝国最初の皇帝（在位・395年1月17日〜423年8月15日）。テオドシウス1世*の次男（⇒巻末系図105, 104）。コーンスタンティーノポリス*に生まれ、兄アルカディウス*と同様、幼くして父帝より正帝の称号を贈られる（393年1月23日）。父の死（395年1月）後、10歳にして、東西に2分された帝国の西方領域の皇帝となる（アルカディウスは東ローマ帝）が、実権はヴァンダル*族の将軍スティリコー*の掌中にあった。暗愚にして無気力なうえ、虚弱で性的にも不能だったらしく、スティリコーの2人の娘マリーア Maria（？〜407／408没）とテルマンティア Thermantia（？〜415）を次々に娶ったものの、いずれも処女妻のまま死去ないし離別している。「異教（非キリスト教）」の祭儀を禁止し、異教徒の市民権を制限するなど偏狭な宗教政策をとり、マーニー*教やドナートゥス*派、ペラギウス*派を弾圧、永きにわたって市民の娯楽であった剣闘士の試合をも禁止した（404末）。東西両帝国の不和が深まり、各地に反乱が頻発する（⇒ギスコー、コーンスタンティーヌス3世）なか、ゴート*族（ゴトーネース*）の進撃に怯えて、宮廷をメディオーラーヌム*（現・ミラーノ）から干潟に守られたラウェンナ*（現・ラヴェンナ）へ移動（404）。以来この港湾都市が西ローマの首都となる。408年奸臣オリュンピウス Olympius（のち刑死）にそそのかされて、これまで国難を防いできた岳父スティリコーを陰謀の廉で処刑し（8月22日）、その眷属・追随者を大量に虐殺。以後も無能な傀儡として宦官や寵臣らに国政を委ね、自らは鶏を飼いながら毎日を過ごした。410年にローマ市が西ゴート王アラリークス*（アラリック1世）によって劫略された時にも、「ローマはもう駄目です」と聞いて一瞬狼狽の色を見せたが、それが可愛がっていたローマという名の雌鶏ではなく、帝都のことに過ぎなかったと知って安堵したとの話も伝えられている。ブリタンニア*を失い（410）、ヒスパーニア*やガッリア*など帝国領内にゲルマーニア*系諸族が大々的に侵入・占住するのを、無関心に拱手傍観（⇒ウァンダリー、スエービー、アラーニー）。418年にはアクィーターニア*地方に西ゴート王国の成立を認めた。西ゴートの捕虜となっていた異母妹ガッラ・プラキディア*を、僭帝打倒の功ある総司令官コーンスタンティウス3世*に嫁がせ（417）、次いで正帝の称号をコーンスタンティウスに授けて西ローマの共治帝に任命（421）。同年彼が死ぬと、ガッラ・プラキディアとの間に近親相姦の関係が生じ、彼女は東ローマへ退去を余儀なくされる。423年ホノーリウスは水腫のため、子供のないまま39歳足らずで、屈辱に満ちた生涯を閉じた。彼の28年7ヵ月の治世の間に、帝国は一段と崩壊の度を深めたことは言うまでもない。
⇒アッタルス、ヨーハンネース、ヨウィーヌス
Zosimus 5-58〜59, 6/ Oros. 7-36〜43/ Cassiod. Chron./ Claud. Cons. Hon., In Eutrop./ Jordan. Get. 29〜32/ Socrates Hist. Eccl. 6-1, 7-10/ Sozom. Hist. Eccl. 8-1, 9-4, -6〜16/ Zonaras 13-21/ Cod. Theod./ Phot./ etc.

ポピリウス街道（ウィア・ポピリア*）　Via Popilia, （仏）Voie Popilienne, （西）Vía Popilia

ローマの公道。前132年、執政官の P. ポピリウス・ラエナース❷*によって建設された街道で、北東イタリアのアリーミヌム*（現・リーミニ）からアクィレイヤ*までアドリア海沿岸を走っていた（全長178マイル）。南西イタリアのカプア*からレーギウム*まで通う内陸の街道（全長321マイル）も同一人物の造営に帰され、同一名で呼ばれることが多いが、こちらは翌年前131年 T. アンニウス・ルーフス Annius Rufus の手で完成されたアンニウス街道 Via Annia というのが正しかろう。
Cic. Leg. 2-22/ Strab. 5-283/ It. Ant./ CIL/ etc.

ポピリウス・ラエナース　Popilius Laenas
⇒ラエナース

ポプラーレース（民衆派）　Populares,（仏）Populaires,（独）Popularen,（伊）Popolari,（単）Popularis
（「国民Populusを喜ばせる人々」、「民衆を煽動する人々」の意）ローマ共和政末期（前2世紀末〜前1世紀中頃）に現われた政治的集団。激増する社会矛盾を国政改革により解決し、かつまた民会（コミティア*）を足がかりに、オプティマーテース*（閥族派）から権力を奪取しようと計った。共和政末期の内乱は、このポプラーレースとオプティマーテースとの政争であったということができる。ポプラーレースは人民派とも訳されるが、決して近代的な民主的政党のごとき存在ではなく、元老院*の保守派による寡頭支配を打倒するため、下層民の権利と利益を守るという口実のもとに大衆の支持を求めたカエサル*、P. クローディウス・プルケル*ら個々の政治家たちの総称に過ぎない。

⇒グラックス兄弟、マリウス、キンナ

Cic. Sest. 45, 49, Off. 1-25(85), Verr. 2-3/ Cic. Comment. Pet. 5/ Plut. Pomp. 46/ Liv. 3-39/ etc.

ポプリコラ　Poplicola
⇒プーブリコラ

ホプリータイ　Hoplitai
⇒ホプリーテース

ホプリーテース　Hoplites, Ὁπλίτης,（〈複〉ホプリータイ Hoplitai, Ὁπλῖται, Hoplitae）,（英）（仏）Hoplite,（独）Hoplit,（伊）Oplita,（西）（葡）Hoplita,（露）Гоплит
ギリシアの重装歩兵。古典期都市国家polisの陸軍の主力。名称は彼らが左手に持つ直径約1mの大きな円楯hoplon（元来、「武器、道具」の意）に由来。青銅製の兜と脛当、革製で胸部に当たる部分を金属で強化した胸甲とで厳重に武装し、左手に円形ないし楕円形の大楯を携え、鉄剣と長さ約2.7mの突槍を武器とした。商工業の発達につれて武器が安価に大量供給されるようになると、中堅市民がそれを自弁して重装歩兵となり、隊列を組んで戦場に活躍した。その集団戦法は、従来の貴族の騎兵による一騎討ちに勝ることを、スパルター*がメッセーニアー*戦争で、アテーナイ*がマラトーン*の戦い（前490）で立証した。以来、重装歩兵となり得る中流市民が政治的発言力を増し、貴族に替わって政権を担うに至った。近年、重装歩兵戦術の始まりを、貴族政初期の前8世紀に遡らせる説が有力となっているが、それでもやはりこの集団戦法の普及が結果的に貴族政没落の原因になったことは否めない。なお機動力に乏しい点は両翼の軽装歩兵（⇒ペルタステース）が補った。

⇒パランクス、ストラテーゴス

Plut. Lys. 29, Nic. 14/ Thuc. 5-6, 6-43, -72/ Pl. Epi. 363a, Resp. 333d, Symp. 221a., Lach. 182〜183/ Xen. An. 1-2, 7-6/ etc.

ポプローニア、またはポプローニウム　Populonia（エトルーリア語・Pupluna、またはFufluna）, Populonium,（ギ）Poplōnion, Ποπλώνιον
（現・Piombino近くのPopulonia）エトルーリア*12市連合中唯一の沿岸都市。遅くとも前9世紀には建設されており、高い丘陵上にあったが突然の沈下で岬と化したと伝えられる。錫・銅・鉛などの鉱物資源に恵まれ、イルウァ*（現・エルヴァ）島の鉄を採掘・精錬し、前205年にはスキーピオー・大アーフリカーヌス*（大スキーピオー*）に鉄器を提供、前1世紀はじめにスッラ*に破壊されて以来、往昔の繁栄は取り戻せなかった。城壁の一部と、前9〜前3世紀の墳墓群Necropolisが残っている。

⇒ウォラーテッラエ

Verg. Aen. 10-172/ Mela 2-4/ Plin. N. H. 3-5/ Strab. 5-223/ Liv. 28-45/ Ptol. Geog. 3-1/ Claudius Rutilius Namatianus De Reditu/ etc.

ホーマー　Homer
⇒ホメーロス（の英語形）

ボミルカル　Bomilcar,（〈ギ〉ボミルカース Bomilkas, Βομίλκας, Boamilkas, Βοαμίλκας）,（独）Bomilkar,（伊）Bomilcare

❶（？〜前308）　カルターゴー*の将軍。ハミルカル Hamilcarの息子または甥。前310年、シケリアー*（現・シチリア）のアガトクレース*がアーフリカ*を侵略した際、犬猿の仲のハンノー（ン）Hanno(n)とともに軍隊を指揮するが、緒戦にハンノーが敗死するや、巧みに撤退してカルターゴーに戻り、機に乗じて祖国の独裁権を握ろうと企図。自ら僭主を称して市街で抵抗する者を皆殺しにした。しかし市民の反対と投石にあってやむなく撤退し、「処罰せぬから降伏せよ」との勧告を信じた麾下の将兵に裏切られ、拷問を受けてから広場の真中で架刑に処せられた（前308）。彼は磔刑台の上で息絶えるまで、あたかも裁判官のごとく、カルターゴー人の罪過を非難する演説を続けたという。

Diod. 20-10, -12, -43〜44/ Just. 22-7/ Arist. Pol. 5-11/ etc.

❷（？〜前109）　ヌミディア*王ユグルタ*の側近。王の諸々の奸計を実行する。前111年には、ローマ元老院にヌミディアの王位を主張するマッシーウァ❷*を暗殺して、ユグルタの競敵を葬り去り、事が露顕するや裁判を逃れるべくアーフリカ*へ還った。のちユグルタを裏切って殺そうと謀ったため、処刑されて果てている（前109）。

その他、第2次ポエニー戦争*（前218〜前201）に活躍した提督ボミルカルや、ハミルカル・バルカ（ース）*の女婿で大ハンニバル❶*の義兄弟に当たる人物ボミルカルなど、同名のカルターゴー人が何人かいる（⇒系図巻末034）。

Sall. Jug. 35, 61〜62, 70〜71/ Polyb. 3-42/ Liv. 21-18, -27, -28, 23-41, 24-36, 25-25, -27, -41/ etc.

ポムプティーヌム Pomptinum
⇒ポンプティーヌム

ポムペーイー Pompēī
⇒ポンペイイー

ポムペーイウス Pompeius
⇒ポンペイユス

ポムペイユス Pomejus
⇒ポンペイユス

ポムペーヤ Pompeja
⇒ポムペイヤ

ポムペーユス Pompejus
⇒ポンペイユス

ポムポーニア Pomponia
⇒ポンポーニア

ポムポーニウス Pomponius
⇒ポンポーニウス

ホメーリダイ Homeridai, Ὁμηρίδαι, Homeridae,（仏）Homérides,（独）Homeriden,（伊）Omeridi,（西）Homeridas
(「ホメーロスの後裔」の意)⇒ホメーロス

ホメーロス Homeros, Ὅμηρος, Homerus,（英）（独）Homer,（仏）Homère,（伊）Omero,（西）（葡）Homero,（露）Гомер,（オック語）Omèr,（シチリア語）（マルタ語）Omeru,（アラビア語）Hōmīrūs, Hōmērōs, Hōmeros
(本名はメレーシゲネース Melesigenes。ホメーロスは「人質」ないし「盲人」の意)
（前8世紀頃か）古代ギリシア最大の叙事詩人。『イーリアス*』と『オデュッセイア*』の作者で、盲目だったと伝えられる。生年・経歴などについては古代より諸説あって一致を見ない。生地に関しても、7都市がその栄誉を競ったが、それらのうちスミュルナー*、キオス*、キューメー*、コロポーン*が有力とされる。彼の年代は、トロイアー戦争*と同時代（前1184／前1159）とする説から前686年頃とする説までまちまちではあるものの、前記2大叙事詩の成立年代は大略前800年～前750年頃に置かれるのが今日では一般的である（伝承では前1184年～前684年の間、諸説あり）。所伝によれば、彼は母クリテーイス Kritheïs（もしくは、クレーテーイス Kretheïs、テミストー Themisto、クリュメネー*とも）がスミュルナー近傍の河神メレース Meles と交わって生まれた子とも、父親不明の私生児ともいい、吟唱詩人 aoidos として各地を遍歴するうちに眼を患って失明し、小アジアではミダース*王のために墓碑銘を作成、キオス島で結婚して2女を儲け、その名声ゆえにアテーナイ*王メドーン Medon（コドロス*の子）から歓待されるなどギリシア諸国で敬意を払われたという。ある伝記では叙事詩人ヘーシオドス*の親族（ヘーシオドスの甥の外孫）とされ、両者が詩の競技を行なった際にはホメーロスがヘーシオドスに敗れたことになっており、のち彼はイオーニアー*の小島イオス Ios で漁師の子供たちの問いかけた謎「捕えたのは捨てたし、まだ捕えないのは持っている」（答えは虱）が解けず、落胆のあまりその場で土に足をとられて転倒し3日目に世を去ったとされている。生前にアルゴス*では青銅像を建てられたうえ、犠牲式まで捧げられ、またイオーニアーでは各都市に共通の市民に選ばれるなどの栄誉を受けた反面、アテーナイでは狂人として罰金を科せられ、キューメーでは市の公費で扶養してくれるよう陳情したが拒まれて怒り、「今後この町から高名な詩人は1人も生まれぬように」と呪いをかけたという話も伝えられている。ただし彼の伝記はいずれも後代の作品であるため、史的信憑性に欠ける。なお、ピュータゴラース*は、ホメーロスをヘーシオドスともども、神々について数々の嘘を語った廉で、地獄に堕としている。古代においてホメーロスの盲目はトロイアー*のヘレネー*を中傷した罪の結果だと信じられていた。

『イーリアス』『オデュッセイア』の他に、『ホメーロス讃歌集*』と呼ばれる一群の諸神頌賛詩（33篇伝存、前8～前4世紀頃）や、滑稽な諷刺詩『マルギーテース Margites』、『蛙鼠合戦 Batrakhomyomakhiā』（前5世紀）、さらに『テーバイス Thebaïs』、『エピゴノイ Epigonoi』、『キュプリア Kypria』等いくつかの叙事詩の作者に擬せられており（ただし真作は『イーリアス』と『オデュッセイア』のみ）、彼の子孫を称するホメーリダイ*なる吟唱詩人たちが、代々の家業としてホメーロスの作品を朗誦し流布していったものと思われる（ホメーリダイはのちには血統とは関係なく吟唱詩人 rhapsodos たちの団体となる）。ギリシア本土へはリュクールゴス*やテルパンドロス*が伝え、アテーナイのソローン*ないし僭主ペイシストラトス*のもとで結集され（前6世紀中頃）、ゼーノドトス*やアリストパネース*（ビューザンティオンの）、アリスタルコス*らアレクサンドレイア❶*学派の文献学者の校訂を経て、2大叙事詩の現行「流布文（ラ）ウルガータ Vulgata」が完成したと見なされている。両詩篇ともトロイアー戦争*に活躍した英雄の世界を優れた構成力と劇的な美しさで謳いあげており、言語は古いイオーニアー方言とアイオリス*方言の混合体で、韻律は軽快なダクテュロス daktylos（長・短・短脚）調六脚律 heksametros,（ラ）hexameter（六脚で1行）詩型を用いている（この詩型はミュケーナイ*時代の宮廷詩人に遡る伝統的な叙事詩律と推定される）。ホメーロスはいわば「詩聖」として全ギリシア世界で深く尊崇され、各都市は神殿や祭壇を設け犠牲を捧げて彼を神として祀り、キオスでは5年ごとに祭典を開催、コース*とキュプロス*の人々は自分たちの島にホメーロスが葬られていると主張した。彼の作品

は、文学・芸術・思想・教育などギリシア文化全般に対して絶大な影響を与えたのみならず、叙事詩の模範と仰がれてローマや後世のヨーロッパ文学にまで永く影響を及ぼした。ヘレニズム時代以来、『イーリアス』と『オデュッセイア』を別人の作とする分離論者 khorizontes, χορίζοντες が登場、現代に至るもなお「ホメーロス問題」は解決を見ていないが、両詩が同一人物の手になるものではないとしても、それぞれの作品は最終的には各1名の詩人によって編まれたとする「統一論」が有力である。

なおヨーロッパでは近世に及ぶまで、「ウェルギリウス*占い（ラ）Sortes Virgilianae」と並んで、ホメーロスの叙事詩で未来を占う「ホメーロス占い（ラ）Sortes Homericae」が、キリスト教徒の「聖書占い Sortes Biblicae」やイスラーム教徒の「コーラン占い Sortes Coranicae (Istikharah)」、「ハーフェズ占い」等と並んで巷間に行なわれていた。

また、ローマの詩人ホラーティウス*の『詩論』中の言葉「立派なホメーロスも時には居眠りする（ラ）Quandoque bonus dormitat Homerus」は、「弘法も筆の誤り」といった意味合いの俚諺として広く定着。さらに今日でもよく用いられる「ホメーロス風の哄笑（英）Homeric laughter」という表現は、『イーリアス』第1巻の終わりの方で、オリュンポス*の神々が片足の不自由な鍛冶神ヘーパイストス*が酌をしてまわる様子を見て呵々大笑したことに由来するものである。

⇒叙事詩圏、カッリーノス、クレオーピュロス、ダレース（プリュギアーの）、コイントス（スミュルナーの）

Herodot. 2-53, -116〜117, 4-32, 5-67, 7-161/ Theoc. Id. 16/ Thuc. 1-12/ Arist. Poet./ Strab. 14-646/ Paus. 2-33, 7-26, 9-30, 10-24/ Cic. Arch. 8, De Or. 3-34/ Diog. Laert. 1-57, 2-43/ Ael. V. H. 13-14/ Procl. Vita Homeri/ Plut. Vita Homeri, Mor. 1132c/ Hor. Ars P. 359/ Lycurg. Leoc./ Joseph. Ap. 1-2/ Libanius/ Eust. Il./ etc.

『ホメーロス讃歌集』

Homērū Hymnoi, Ὁμήρου Ὕμνοι, (Homērikoi Hymnoi, Ὁμηρικοὶ Ὕμνοι), (ラ) Homerici Hymni, (英) Homeric Hymns, (仏) Hymnes homériques, (独) Homerische Hymnen, (伊) Inni omerici, (西) Himnos homéricos

古代ギリシア人の間でホメーロス*の名のもとに伝えられた神々を称える叙事詩体の歌。長短さまざまな33篇が現存し、成立年代も前8世紀頃から前4世紀頃（一部はさらに後世）に至る数世紀間にわたっている。デーメーテール*、アポッローン*、ヘルメース*、アプロディーテー*に捧げられた讃歌は、とりわけ長大で、「四大讃歌」と呼ばれ、文学作品としてのみならず、ギリシア神話の資料としても重視される。ホメーリダイ*（ホメーロスの後裔）と称するキオス*島出身の吟唱詩人 rhapsodos たちが、英雄叙事詩の吟誦に先立って歌ったものとされ、広い意味で「叙事詩圏*」の所産と考えられている。

Hymn. Hom. Ap., Bacch., Cer., Mart., Merc., Pan., Ven./ Thuc. 3-104/ Pind. Nem. 2-1/ Plut. Mor. 1132/ etc.

『ホメーロスの諸神讃歌』

Homērū Hymnoi, Ὁμήρου Ὕμνοι, (ラ) Hymni Homerici, (英) Homeric Hymns

⇒『ホメーロス讃歌集』

『ホメーロス風讃歌』

Homērū Hymnoi, Ὁμήρου Ὕμνοι, (ラ) Hymni Homerici, (英) Homeric Hymns

⇒『ホメーロス讃歌集』

ポーモーナ

Pomona, (仏) Pomone, (露) Помона, (現ギリシア語) Pomóna

（「果実」pōmum,（複）pōma より由来した名）古代イタリアの果実と果樹の女神。ローマでは専属の司祭 Flamen Pomonalis（ポーモーナーリス）がおり、オースティア*へ向かう街道上に聖林ポーモーナル Pomonal があった。ポーモーナに恋したウェルトゥムヌス*（ウォルトゥムヌス*）神が老婆に変身して雄弁に説得した話や、ピークス*がキルケー*の求愛を退けて彼女を愛した話などが伝えられる。彫刻その他の美術作品では、果物と花々を持つうら若い娘の姿で表わされる。果実栽培論ないし果実学を意味する近代語（英）pomology や、果実栽培家を指す言葉（英）pomologist がポーモーナないしポームムから派生している。

Plin. N. H. 23-1/ Varro Ling. 7-45/ Festus 144/ Ov. Met. 14-623〜/ Serv. ad Verg. Aen. 7-190/ Auson. Ecl. 9/ etc.

ポラ

Pola, (ギ) ポライ Polai, Πόλαι, または、ポラー Pola, Πόλα, (独) Polei, (スロベニア語) Pulj, (イストリア語) Puola, (クロアチア語) Pula

（現・Pula）アドリア海北部、イストリア*半島先端に位置する港湾都市。伝承によれば、メーデイア*とイアーソーン*一行を追跡するコルキス*の人々によって創建されたということになっているが、実際はイッリュリアー*系の住民の手で築かれたものと推定される。前178年、ローマの支配下に入り、共和政末期の内乱期にポンペイユス*方に味方したため、アウグストゥス*の命令で一旦破壊されたのち、ほどなくローマ植民市ピエタース・ユーリア Pietas Iulia として再建された。以来、ローマ上流層の保養地となり、また良港に恵まれている点から大いに発展を遂げ、今日なお巨大な円形闘技場（Arena, 2万3千人収容）や凱旋門 Porta Aurea をはじめとする多くのローマ帝政期の建造物が残っている。コーンスタンティーヌス1世*（大帝）の長男クリスプス*が父帝の命令で殺された地（後326）、副帝ガッルス*がコーンスタンティウス1世*により処刑された町（後354）として名高い。

Strab. 1-46, 5-210, -215〜, 7-314/ Liv. 41-13/ Plin. N. H. 3-19/ Mela 2-3/ Amm. Marc. 14-11/ Tzetz. ad Lycoph. 1022/ Ptol. Geog. 3-1/ etc.

ホーライ（ホーラーたち） Horai, Ὥραι, Horae,（英）Hours,（仏）Heures,（独）Horen,（伊）Ore,（西）（葡）Horas,（露）Оры, Горы,（〈単〉Hora, Ὥρα,（伊）Ora）

　ギリシア神話中の季節の女神たち。ゼウス*とテミス*の娘たちで、運命の女神モイライ*の姉妹（⇒巻末系図002）。その数は2人から4人まで諸説あるが、ヘーシオドス*によれば3人で、エウノミアー Eunomia（秩序）、ディケー*（正義）、エイレーネー*（平和）という倫理的な名前がつけられており、後世にはほぼこの3女神に定まった（三柱なのは、古代ギリシアでは秋が明確ではなく、ふつう春・夏・冬の3つの季節で表わされていたためである）。しかし、アッティケー*（アッティカ*）地方においては、タッロー Thallo（開花）、カルポー Karpo（結実）、アウクソー Aukso（生長）の3人が古くから祀られていて、自然界の秩序を司る女神と考えられていた。またホーライは青春の保護者でもあり、アテーナイ*やアルゴス*、オリュンピアー*、そして特にコリントス*で崇拝された。彼女らは花や果物を手にした美しい女性の姿で表わされ、ホメーロス*以来の物語では、天宮オリュンポス*の門口を守り、女神ヘーラー*や太陽神ヘーリオス*が戦車に乗って出かける時に、雲を左右に払い分けたり、アプロディーテー*やアポッローン*、ペルセポネー*など他の神々に随ったりしている。ヘーラーやディオニューソス*の乳母と見なされることもあり、優美の女神カリス*たち（カリテス*）らとともにアポッローンの竪琴やムーサ*たち（ムーサイ*）の歌に合わせて軽やかに踊り、時にカリテスとの混同も見られる。ヘレニズム時代になると、ホーライはヘーリオス（太陽）とセレーネー*（月）の娘たちに擬されるようになり、後に1日が24等分されると、1時間がホーラーと呼ばれるに至った。英語の「時間 hour」や「時間の horal」、「測時学・時計学 horology」、また南天の星座「時計座（ラ）Horologium」などの言葉は、すべてこのホーラーから派生したものである。

　なお四季をアプロディテー（ウェヌス*）、デーメーテール*（ケレース*）、ディオニューソス（バックス*）、ボレアース*の4人の神々で象徴させる別系統の伝承もあり、後者はモザイク画などに表現されている。

Hes. Th. 901〜, Op. 75/ Hom. Il. 5-749〜781, 8-393/ Hymn. Hom. Ven. 5/ Pind. Ol. 13-6〜, Pyth. 9-61〜/ Ov. Met. 2-118, 14, Fast. 1/ Paus. 2-20, 9-35/ Hyg. Fab. 183/ Apollod. 1-3/ Serv. ad Verg. Ecl. 5-48/ Moschus 2-164/ Nonnus Dion./ etc.

ホラース Horace
⇒ホラーティウス

ホーラー（たち） Hora
⇒ホーライ

ホラーティウス Quintus Horatius Flaccus,（ギ）Horatios, Ὁράτιος,（英）（仏）Horace,（独）Horaz,（伊）Orazio,（西）Horacio,（葡）Horácio,（露）Гораций

　（前65年12月8日午前3時頃〜前8年11月27日）ローマの高名な詩人。南イタリアのアッピウス街道*（ウィア・アッピア*）沿いの町ウェヌシア*に生まれる。彼の父は競売の集金役を業として小金を貯えた解放奴隷だったが、教育に熱心で息子にできる限りの学問を施した。おかげで彼は首都ローマでオルビリウス*について文法を学んだのち、18歳の頃アテーナイ*へ渡りアカデーメイア*学園においてギリシア詩や哲学を修めた。カエサル*の暗殺（前44）後、ブルートゥス*がギリシアで兵を募った時、ホラーティウスはその共和派軍に身を投じ、異例の昇進をして軍団副官となった。しかし、ピリッポイ*の戦い（前42）で味方が敗れるや、楯を棄てて命からがら逃走。恩赦を受けて無事にローマへ戻ることはできたものの、財産を没収されて丸裸同然となったため、わずかに残る資金で財務書記の職を買い、何とか生計を立てた。貧困から詩作に手を染め、やがてウェルギリウス*やウァリウス*・ルーフスと親交を結び、彼らの紹介で文人保護者マエケーナース*の知遇を得た（前38頃）。間もなくマエケーナースとは極めて親密な仲になり、ティーブル*（現・ティーヴォリ）にほど近いサビーニー*山中の別荘 villa(ウィッラ)を彼から貰う（前34頃）と、もっぱらこの地に隠棲して詩作に没頭した。1932年の発掘によれば、この別荘は部屋が24室、温水プールが3部屋あり、モザイクの床で飾られ、柱廊に囲まれた大庭園があるという宏壮なもので、その周囲を広い農園が取り巻いており、確実な収入を詩人にもたらしてくれたことが推測される。さらにマエケーナースの推薦で皇帝アウグストゥス*にも引き合わされ、「ローマの平和 Pax Romana」を讃美して、いわば"桂冠詩人"の地位を獲得。とはいえ皇帝から秘書官の地位を提供された時には、これを謝絶して詩人の精神的独立を保った。前8年、恩人マエケーナースの死後、2ヵ月足らずして彼もそのあとを追うように亡くなり、遺言通りにマエケーナースの傍らに葬られた（57歳）。

　ホラーティウスはローマ人の常として男女両色を好み、リュキスクス Lyciscus、リグリーヌス Ligurinus、ほか大勢の美しい若者たちや遊女らを相手に戯れつつ甘美な日を送り、生涯独身を通した。自ら「エピクーロス*学徒の群より出た豚」と称して、美酒美食を愛し、人生が日々提供する快楽を享受、時に鏡をめぐらした室内で性交にうち興じたというが、奔放な当時の風潮から見ればかなり控え目なものであったらしく、アウグストゥスは彼のことを「清潔こよなき男根(ペーニス)」と呼んでいる。ホラーティウスはまた、友情に篤い快活な性格の持ち主で、洗練された洒落者であった反面、風采・健康はすぐれず、背が低くて肥満体のうえ、虚弱で若白髪、のち禿げ上がり、結膜炎を患った眼は目薬で黒ずんでいたという。彼のただれ眼は有名だったようで、ある日の宴席において、彼と喉の悪いウェルギリウスを左右に侍らせたアウグストゥスは、「余は涙と吐息

の間に横臥わっている」と冗談を言ったという話も残っている。

「ローマのピンダロス*」と称されたホラーティウスの現存作品は以下の通りである。

(1)『歌章 Carmina（または、頌歌 Odae, Odes）』4巻103篇。アルカイオス*、サッポー*をはじめとするギリシアの抒情詩人らに範を取り、多様な韻律と広い学識を駆使して作られた記念碑的な歌集。内容は恋愛歌、酒宴の歌、春の歌、政治詩、等々、多岐にわたり、特に第4巻の『世紀祭の歌 Carmen Saeculare』はアウグストゥスの依頼に応じて前17年の国家的祝典で披露された神々への讃歌として知られる。前23年に第1〜3巻が刊行され、第4巻は前13年頃に公刊。

(2)『諷刺詩集 Saturae (Satirae)』2巻18篇。ルーキーリウス*を継承し、金銭や名誉、性欲、食欲に執着する人間の滑稽さを諷刺した文明批評的作品。(4)と合わせて『談論集 Sermones』とも呼ばれる。前35年に第1巻、前30年に第2巻を公刊。

(3)『エポーディー Epodi, (Epodon, Iambi)』17篇。ギリシアの抒情詩人アルキロコス*やヒッポーナクス*を手本とした反抗と批判の詩集。時に猥褻にわたる。前30年公刊。

(4)『書簡詩集 Epistulae (Epistolae)』2巻23篇。人生哲学や文学を論じた随想詩で、とりわけピーソー*父子に宛てられた書簡は、『詩論 Ars Poetica』と呼ばれ、作詩法の手引書として古来尊重され、後世のヨーロッパ文学（特にフランス演劇）に甚大な影響を及ぼした。前20年に第1巻、前13年に第2巻を刊行。

彼の作品は格調の高さと完璧な技巧、機智と諧謔に富んだ軽妙さ、良識と寛容を忘れぬ健康的な明るさなどのゆえに、中世・近世を通じて愛読され、広く西欧文学界に感化を与え、また数多くの詩句が人口に膾炙するに至った ──「捕えられたギリシアが野蛮な勝利者（ローマ）を捕虜にした」「祖国のために死ぬのは美しくかつ誉れなこと」「蒼白き死神は貧者の小屋をも富者の高殿をも、等しき足音もて訪れる」「何事にも驚くなかれ Nil admirari」「黄金の中庸 Aurea mediocritas」「1日の華を摘め（現在を楽しめ）Carpe diem」、などが有名である。

⇒ティブッルス、バウィウスとマエウィウス

Suet. Vita Horati, Gram. 9/ Ov. Tr. 4-10/ Quint./ Sen. Apocol. 13/ Juv. 7-62, -227/ Petron. Sat. 118/ Schol. ad Hor./ etc.

ホラーティウス兄弟（ホラーティイー） Horatius (Horatii), （ギ）Horātioi, Ὁράτιοι, （仏）Horaces, （独）Horatier, （伊）Orazi, （西）Horacios

（前7世紀）ローマのなかば伝説中の3兄弟。3代目のローマ古王トゥッルス・ホスティーリウス*（伝・在位・前674〜前641）が、ラティウム*の支配権をめぐってアルバ・ロンガ*の町と戦った折に、勝敗を決する一騎討ちの代表として選ばれた（前667頃）。ホラーティウス兄弟のうち2人は、アルバ側の代表に立ったクーリアーティウス*3兄弟（クーリアーティイー*）に討ち取られたが、残る1人プーブリウス Publius は逃げるふりをして敵手の3人を巧みに引き離し、全員を倒したという。ところが、彼の妹ホラーティア Horatia はクーリアーティウス兄弟の1人と婚約していたので、戦利品を得て凱旋する兄の姿を見て、許婚者の死を嘆いた。憤ったプーブリウスは、「敵を悼み悲しむ者は誰であれ死んでしまうがよい！」と叫びつつ、その場で妹を刺し殺してしまった。彼は妹殺しの罪により死刑 ──「不吉の木 arbor infelix」に吊す架刑 ── を宣告されたが、父親の嘆願に動かされた国民は恩赦を決定、妹の霊を弔うためにプーブリウスは頭をヴェールで蔽い隠し、父に付き添われて軛の下をくぐらされた。この軛は「妹の梁 tigillum sororium」と呼ばれ、その後永く国費で保存され、ホラーティウス一族は毎年供物を捧げる儀式を代々、執り行なったと伝えられる。この物語は、起源の忘れ去られた宗教的儀礼を説明するべく創作された縁起譚であろうと考えられている。

Liv. 1-23〜26/ Flor. 1-3/ Dion. Hal. Ant. Rom. 3-12〜22/ Val. Max. 6-3/ Cic. Mil. 3, Inv. Rhet. 2-26(78)/ Aur. Vict. De Vir. Ill. 4/ Zonar. 7-6/ etc.

ホラーティウス・コクレ（ー）ス Horatius Cocles
⇒コクレ（ー）ス、ホラーティウス

ポリアス Polias, Πολιάς

女神アテーナー*の称号の1つ。「都市 polis の守護者」の意。ギリシア諸市、わけてもアテーナイ*市のアクロポリス*丘において、女神はこの名のもとで崇拝されていた。またスパルタ*に祀られた都城擁護のアテーナーは、神殿が青銅 khalkos 造りだったのでカルキオイコス Khalkioikos Χαλκίοικος（青銅の宮に住む）・アテーナーと呼び習わされていた。

Paus. 1-27, 2-30, 3-17, 8-47/ Thuc. 1-134/ Arnobius/ etc.

ポリオー Pollio
⇒ポッリオー

ポリビオス Polybios
⇒ポリュビオス

ポリュアイノス Polyainos, Πολύαινος, （ラ）ポリュアエヌス Polyaenus, （仏）Polyen, （独）Polyänos, （伊）（西）Polieno

（後2世紀半頃）ローマ帝政期の文筆家・修辞家。マケドニアー*に生まれ、ローマ軍に身を投じたのち政界に入った。晩年にマールクス・アウレーリウス*とウェールス*両帝に献呈した主著『戦術書 Stratēgēmata Στρατηγήματα』8巻は、ギリシア語で書かれた古今東西の戦争に関する物語集で、ほぼ完全に現存しており、逸話の宝庫として興味深い。ギリシアをはじめ、ローマその他の諸国の将軍たちが（若干の女性も含む）、主として戦争において巡らした計略

を抜粋した作品で、ウェールス帝のパルティアー*遠征（後162）の折に手ばやく編纂され、文章も巧みであるが、多くの古書を無批判に引用しているため、歴史的な資料価値には欠ける。これ以外の彼の著述は、すべて失われた。

同名異人の中では、エピクーロス*の弟子で師よりも先に没したランプサコス*のポリュアイノス（前340頃～前278頃）が名高い。

Polyaenus/ Diog. Laert. 2-105, 10-24/ Cic. Fin. 1-6, Acad. 2-33/ Sen. Ep. 18-9/ Anth. Pal. 9-1/ Stobaeus 48-43/ Suda/ etc.

ポリュエイドス（または、ポリュイードス）
Polye(i)dos, Πολύ(ε)ιδος, Poly(e)idus, （仏）Polyidos, （伊）Polido, Poliido, （西）Poliido, Polidos, （葡）Poliido, （露）Полиид

ギリシア伝説に登場する予言者。メランプース*の子孫。クレーター*王ミーノース*の子グラウコス❸（ポリュエイドスの愛人かつ弟子となる少年）を救い、また英雄ベッレロポーン*にペイレーネー*の泉で天馬ペーガソス*を捕える方法を教えるなどした。

歴史上の人物では、前400年頃に活躍したディーテュランボス詩人のポリュエイドスや、マケドニアー*王ピリッポス2世*に仕えた軍事技師のポリュエイドス（前340頃。破城槌の改良者）が名高い。

Hom. Il. 13-663～/ Hyg. Fab. 128, 136, 251/ Paus. 1-43/ Apollod. Bibl. 3-3/ Pind. Ol. 13-75/ Schol. ad Hom. Il. 5-148/ Plut. Mor. 1138b/ Arist. Poet. 17/ Vitr. 7 praef., 10-13/ etc.

ポリュカルポス
Polykarpos, Πολύκαρπος, Polycarpus, （英）Polycarp, （仏）Polycarpe, （独）Polykarp, （伊）（西）（葡）Policarpo, （露）Поликарп, （和）ポリカルプ

（後68／69頃～後155／167頃）キリスト教の使徒時代の教父。伝承によれば、使徒ヨハネ（イオーアンネース❷*）の弟子で（⇒イグナティオス）、スミュルナー*の主教となった（100頃）が、マールクス・アウレーリウス*帝の治下に捕えられ、火刑に処せられて、非常な高齢で殉教したといわれる（86歳。伝・167年4月25日。伝承では火刑で死ななかったので、刺し殺される）。グノーシス*派やマルキオーン*派を「異端」と決めつけて攻撃し、またローマへ赴いて同地の司教（主教）アニーケートゥス Anicetus I（在任・155～166）と復活祭 paskha πάσχα（パスカ）の日付について論争したこと等が伝えられる。また彼の手になるという『ピリッポイ*の人々への手紙』が現存する。

⇒エイレーナイオス、殉教者

Euseb. Hist. Eccl. 3-36, 4-14～15, 5-5, -20, -24/ Irenaeus Haeres. 3-3/ Tertullian. De praescr. haeret. 32/ Hieron. De Vir. Ill. 17/ Martyr, Polycarp./ Polycarp. Epist. Philipp./ etc.

ポリュクセネー
Polyksene, Πολυξένη, （ラ）ポリュクセナ Polyxena, Polyxene, （仏）Polyxène, （伊）Polissena, （西）Políxena, （葡）Polixena, （露）Поликсена, （現ギリシア語）Polikséni

ギリシア神話中、トロイアー*王プリアモス*とヘカベー*の末娘。トロイアー陥落の際ギリシア人に殺されたとも、落城後アキッレウス*の亡霊が現われて、戦利品の分前として彼女を自分の墓で殺すよう要求したので、ネオプトレモス*（アキッレウスの息子）によって生贄に供されたともいう。さらにアキッレウスが彼女を見初めて求婚し、自らの弱点が踵であることを告白したうえ、素足でアポッローン*神殿に密に出向いたところを、パリス*に射殺されたという伝承もある。兄弟のトローイロス*がアキッレウスに襲われた時に彼女はその場に居合わせたとされ、ギリシア美術の主題として、その情景がしばしば描かれた。

⇒巻末系図019

Apollod. 3-12, Epit. 5-23/ Hyg. Fab. 90-110/ Eur. Hec., Tro. 622～/ Quint. Smyrn. 14-210～/ Ov. Met. 13-439～/ Senec. Troad./ Serv. ad Verg. Aen. 3-321/ Dict. Cret./ etc.

ポリュクソー
Polykso, Πολυξώ, Polyxo, （伊）Polisso, （西）（葡）Polixo, （露）Поликсо, （現ギリシア語）Polyksó

ギリシア伝説中、ヘーラクレース*の子トレーポレモス*の妻。夫がトロイア戦争*で死んだのち、ロドス*島を支配し、戦争の原因たる美女ヘレネー*がやって来た時、浴室でこれを殺して亡夫の仇を討った。別伝では、メネラーオス*とヘレネーが帰国の途中、島に寄航したところ、

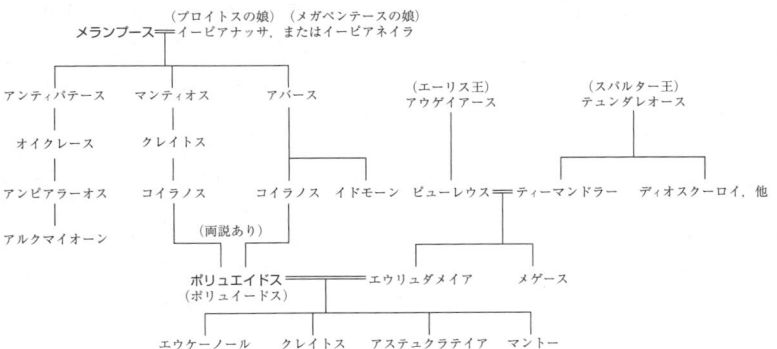

系図363　ポリュエイドス（または、ポリュイードス）

彼女は島民を武装させて海岸に繰り出し、船を焼き払おうとした。そこでメネラーオスが最も縹緻のよい婢女をヘレネーに変装させて甲板に立たせると、ロドス島の女たちは身替わりのヘレネーを殺して攻撃を中止したという。

他にも神話に登場する同名の人物として、テーバイ❶*王ニュクテウス*の妻（あるいは娘）でアンティオペー❷*の母のポリュクソーや、レームノス*島の女王ヒュプシピレー*の乳母で島の女たちに夫殺しを勧めた女神官のポリュクソー、ナーイアス*（水のニンフ*）の1人でダナオス*の妻となったポリュクソーらが知られる。

Paus. 3-19/ Ap. Rhod. 1-668〜/ Bibl. 2-1-5/ Apollod. 3-10/ Polyaenus 1-13/ Hyg. Fab. 15, 192/ etc.

ポリュグノートス　Polygnotos, Πολύγνωτος, Polygnotus,（仏）Polygnote,（独）Polygnot(os),（伊）（西）（葡）Polignoto,

（前500頃〜前440頃）ギリシア古典期を代表する画家。前500年頃タソス*島に生まれ、キモーン*に招かれてアテーナイ*へ渡り（前462頃）、主にこの地で製作し名声を得て、アテーナイ市民権を与えられた。ミコーン*と並んでギリシア絵画の最初の大家と称され、その作風は彫刻・建設など当代の美術界に深い影響を及ぼした。彼は報酬を受け取らず無料で、ストアー・ポイキレー*やテーセイオン Theseion, Θησεῖον などの公共建築物に壁画（木製パネル板画）を描き、またクニドス*人の注文でデルポイ*へ赴き集会所 Leskhe, Λέσχη に代表作『トロイアー*の陥落』と『オデュッセウス*の冥界降り』の大壁画を残した。ここでもやはり報酬を貰わなかったので、デルポイ隣保同盟（アンピクテュオニアー*）は、彼がギリシア領土のどこへいっても国費で生活の保証をするという並々ならぬ特典を贈った。作品はすべて失われたが、アテーナイのディオスクーロイ*神殿に描いた『レウキッポス*の娘たちの略奪』は、衣服を透かして見える肉体の表現で評判となり、ストアー・ポイキレーの壁画『トロイアーの陥落』は、作中に情婦のエルピニケー Elpinike, Ἐλπινίκη（キモーンの姉にして妻）を描き込んだことで噂の種になった。数十ないし数百に及ぶ多数の人物を配した複雑な構図に優れ、黒・白・赤・黄の4色を用いて、人間の表情を生き生きと描きだし、アリストテレース*ら後世の批評家から「内面の性格 ethos, ἦθος」をよく現わした画家として称讚された。また人物を高低に配置した遠近法的手段を用いたことで知られ、"ニオベー*の子 Niobides, Νιοβίδης の画家"などの陶器画にその作風が反映されている。

同名人物では、前450〜前420年頃に活躍した赤絵式陶器の画家ポリュグノートスが名高い。

⇒アポッロドーロス❶、アガタルコス、パナイノス、アリストポーン❷

Plin. N. H. 7-56, 33-56, 34-19, 35-25, -35, -39/ Paus. 1-15, -17, -22, 10-25〜/ Arist. Poet. 2(1448a)/ Pl. Grg. 448b/ Quint. 12-10/ Ael. V. H. 4-3/ Plut. Cim. 4, Mor. 436b/ Dio Chrys. Or. 55/ Harp./ Phot. Bibl./ Suda/ etc.

ポリュクラテース　Polykrates, Πολυκράτης, Polycrates,（仏）Polycrate,（伊）Policrate,（西）（葡）Polícrates,（露）Поликрат

（前574頃〜前522）サモス*島の僭主（在位・前540頃〜前522）。富裕な地主階層の出身。女神ヘーラー*の祭典中、2人の兄弟パンタグノートス Pantagnotos Παντάγνωτος とシュロソーン Syloson, Συλοσῶν と共に政変を起こし、サモスの支配権を掌握（前540頃）、やがてパンタグノートスを殺し、シュロソーンを放逐して、独裁者となる（前535頃）。強力な艦隊を率いて、エーゲ海各地で略奪を働き、近隣の島々や小アジアの町々を占領して、海上の覇者たるを誇った。大規模な水道（⇒エウパリーノス）や港湾施設、ヘーラー大神殿 Heraion, Ἡραῖον などの公共建造物を築き、文芸を愛好しアナクレオーン*、イービュコス*らの詩人や芸術家を招いて、サモスを大いに繁栄させた（⇒ロイコス、テオドーロス❶）。

伝えるところでは、あまりの幸運続きを訝しんだ彼は、盟友のエジプト王アマシス*（在位・前570頃〜前526）の勧告に従い、財宝の中で最も高価な指環をわざわざ海中に投げ捨てたが、5日目に献上された大魚の腹を裂くと、中からその指環が出て来たため、定められた運命からは逃れ得ぬことを悟ったという。しばらくはスパルター*の攻撃をも退け（一説に金を被せた贋金貨をスパルター軍に与えて引きとらせたともいわれる）、ペルシアのエジプト遠征（前525）に加勢するなど、エーゲ海で最大の勢力をほしいままにしていたが、前522年アカイメネース朝*のサルデイス*太守 Satrapes オロイテース Oroites, Ὀροίτης に欺かれて、マグネーシアー*へ赴き、あえない最期を遂げてしまう。太守の「財産の半分を進呈いたしましょう」ということしやかな甘言におびき出されたポリュクラテースは、小アジアに上陸するや否や捕らわれ、「筆にするさえ忍び難い方法で」惨殺されてから、屍を磔柱にかけられて晒されたと伝えられている。その後サモスは、彼の秘書官だったマイアンドリオス Maiandrios, Μαίανδριος に支配されたけれど、ほどなくペルシア軍が襲来して全島民を皆殺しにし、追放されていた弟のシュロソーンがダーレイオス*大王（1世*）のうしろ楯で復帰。他方、オロイテースはダーレイ

系図364　ポリュグノートス

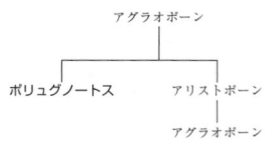

系図365　ポリュクラテース
（太字はサモスの僭主）

オスの命で殺害されて果てた。

ポリュクラテースはギリシア人の常として男色を好み、バテュッロス❶*他たくさんの若者を寵愛。その中の1人スメルディエース Smerdies, Σμερδίης がアナクレオーンと相思相愛の仲になった時には、嫉妬にかられて美少年の髪を刈り落として坊主頭にしてしまったこともある。

衣裳道楽で知られた弟のシュロソーンは、それゆえにダーレイオスの歓心を買い僭主位を贈られたのだが、あまり過酷に統治したため、サモス市の人口は再び激減、さらにその子アイアケース Aiakes は、イオーニアー*の反乱の戦闘中、味方を裏切ってペルシア側に寝返り（前495）、おかげでサモスだけはペルシア軍による破壊と焼却を免れたという。

ちなみに、罰せられたいという願望を意味するポリュクラテース・コンプレックス（英）Polycrates complex なる心理学用語は、僭主ポリュクラテースが、横死を予知した娘の諫止を振り切って、自ら殺戮者を訪ねた故事にもとづいてつけられた言葉である。

なお、同名異人としては、アテーナイ*出身のソフィスト*、ポリュクラテース（前440頃〜前370）が名高い。
⇒デーモケーデース

Herodot. 2-182, 3-39〜59, -120〜149, 6-13〜25/ Thuc. 1-13/ Ath. 12-540/ Strab. 14-637〜/ Ael. V. H. 9-4/ Arist. Pol. 5-11（1313b）/ Polyaenus 1-23/ Diod. 10-15/ Plut. Per. 26/ Papyr. Oxyrh./ Dion. Hal./ etc.

ポリュクリートゥス　Polyclitus
⇒ポリュクレイトス

ポリュクレイトス　Polykleitos, Πολύκλειτος, Polycleitus（またはPolyclitus, Polycletus）、（英）Polycleitus, Polyclitus,（仏）Polyclète,（独）Polyklet,（伊）（西）Policleto,（葡）Polícleto, Policlito

（前480頃〜前410頃）前460年〜前410年頃に活躍したギリシア古典期の著名な彫刻家。ペロポンネーソス*派の大家。シキュオーン*（ないしアルゴス*）の出身で、アルゴスのアゲラーダース*（ハゲラーダース*）に学び、主にこの地で製作してのちに市民権を得たと考えられる。同門のミュローン*、ペイディアース*とともに前期クラシックを代表する3大家と称される。ペイディアースに比肩する前期クラシックの巨匠で、青銅（ブロンズ）彫刻を得意とし、特に裸体の男性運動競技者像に優れていた。厳密な数学的比例をもって理想の肉体美を追求し、『カノーン Kanon, Κανών』（規範）なる研究書を著わして人体各部分の最も美しい均衡関係を理論的に考察した（散佚）。代表作『ドリュポロス Doryphoros, Δορυφόρος（槍を担ぐ青年）』ならびに『ディアドゥーメノス Diadumenos, Διαδούμενος（勝利の紐（リボン）を結ぶ青年）』の像は、その規準に基づいて制作されたもので、律動的で均整のとれた青年立像の典型と見なされた（前者はポリュクレイトス自ら「私の恋人」と呼んで鍾愛したお気に入りの作であり、また後者には100タラントンもの高値がついたという。いずれもローマ時代の大理石模刻のみ伝存する）。ある時ポリュクレイトスは2体の彫像を造り、一方は民衆の意見に従って、他方は芸術の法則に則って制作したところ、前者は嘲笑を後者は称讃を以て迎えられた。とすかさず彼は「前者を作ったのは皆さん方で、後者を作ったのは私です」と答えて、俗衆の無知を嗤（わら）ったと伝えられる。彼はまた、ペイディアース、クレシラースら数人の名匠とともにエペソス*のアルテミス*神殿に奉納するアマゾーン*像の競作を行なったが、でき上った作品の優劣の判定に当たり、どの芸術家も1位は自分で2位がポリュクレイトスと主張したため、最優秀賞はポリュクレイトスに決定したという話が残っている。その他、黄金と象牙で造られたアルゴスのヘーラー*女神巨像（前423以後）も彼の作というが、エピダウロス*の劇場と円堂 Tholos（トロス）を建設したのは、同名の小ポリュクレイトス（前4世紀）であると考えられる。ポリュクレイトスの7頭身半のカノーンは、1世紀後にリューシッポス*によって8頭身に改められることになる。とはいえ、その理想的な人体比例という観念は、ローマのウィトルーウィウス*を経て、ルネサンス期の芸術家たちにきわめて大きな影響を与えた。

なお、同名の人物に、アレクサンドロス大王*に関する『歴史 Historiai, Ἱστορίαι』（散逸）を著わしたラーリーサ*のポリュクレイトスや、ローマ皇帝ネロー*の宮廷で権勢を誇った解放奴隷のポリュクレイトス（後68年に処刑さる）がいる。

Plin. N. H. 34-19/ Paus. 2-17, -27, 6-6, -13/ Quint. 5-12 12-10/ Pl. Prt. 328c/ Strab. 8-372/ Lucian. Philopseudes 18/ Ael. V. H. 14-8/ Plut. Mor. 636c/ Cic. De Or. 2-16, 3-7, Brut. 18, Gal. De Temperament. 1-9/ Philo Mechanicus 4-1/ Tzetz. Chil. 8-319/ Tac. Ann. 14-39/ Diod. 19-62, -64/ etc.

ポリュクレース　Polykles, Πολυκλῆς, Polycles,（仏）Polyclès,（伊）Policle,（西）Policles

（前2世紀前半）アテーナイ*の彫刻家。同じ家系に同名の彫刻家が何人か現われるが、「眠れるヘルマプロディートス*（両性具有神）像」（前155頃）を造ったポリュクレースが最も名高い（ローマ時代の大理石模刻のみ伝存）。初代ポリュクレースは前4世紀、レオーカレース*らと同世代の人（前370頃に活躍）。

Plin. N. H. 34-19, 35-8-, 36-4/ Paus. 6-4-3, -12/ Vitr. 3/ etc.

ポリュクレートス　Polycletus
⇒ポリュクレイトス

ポリュザーロス　Polyzalos
⇒ポリュゼーロス

ボリュステネース（河）　Borysthenes, Βορυσθένης,（仏）Borysthène,（伊）Boristene,（西）（葡）Borístenes,（露）Борисфен

（現・ドニエプル Dnepr, Днепр,〈ウクライナ語〉Dnipro, Дніпро,〈ベラルーシ語〉Dnyapro, Дняпро,〈英〉Dnieper,〈仏〉Dniéper,〈独〉Dnjepr,〈伊〉Dniepr,〈西〉Dniéper) スキュティアー*（サルマティアー*）を流れる大河（約 2285 km）。ヘーロドトス*によれば、イストロス*（ドーナウ）河に次ぐヨーロッパ第 2 の河川で、ギリシア人商人が交易のために遡行し、その東方奥地にはアンドロパゴイ*（食人種）が住むという。黒海へ注ぐ河口の西側、ヒュパニス Hypanis（現・ブーグ Bug）川の近くには、ギリシア人植民市ボリュステネース（オルビアー*）があった（ビオーン❷*の出身地）。またボリュステネース河の遡航可能な限界点に当たる地域には、スキュティアー王の墓陵があり、故王の遺骸は内臓を出して木乃伊化され、殉死した側妾や酌小姓、馬などと一緒に葬られたと伝えられる。

古代末期になると、この河はダナプリス Danapris, Δάναπρις という名で記されるようになり、そこから現代のこの河川名が派生している。
⇒タナイス
Herodot. 4-5, -17〜18, -24, -47, -53〜, -71, -78〜, -81, -101/ Mela 2-1, -7/ Plin. N. H. 4-12, 9-17/ Strab. 7-306/ Curtius 6-2/ Gell. 9-4/ Ptol. Geog. 3-5/ etc.

ポリュストラトス Polystratos, Πολύστρατος, Polystratus,（仏）Polystrate,（伊）Polistrato,（西）（葡）Polístrato
（前 300 頃～前 219 頃）エピクーロス*派の哲学者。エピクーロスの直弟子の 1 人で、ヘルマルコス Hermarkhos, Ἑρμάρχος の後を継いで同学派の第 3 代学頭となる（在任・前 250 頃～前 219 頃）。彼は心友のヒッポクレイデース Hippokleides, Ἱπποκλείδης なる者と同日に生まれ、同じ学園で同じ師から学び、かつ財産を共有し、一緒に学派を支えた末、非常な高齢に達して同じ時間に息を引き取ったという。ヘルクラーネウム*遺跡「パピューロス荘」からポリュストラトスの 2 作品が発見されている。同門のコローテース Kolotes, Κολώτης とともに懐疑派の哲学者を攻撃したことが知られる。
Diog. Leart. 10-25/ Val. Max. 1-8 -ext. 17/ etc.

ポリュスペルコーン Polysperchon
⇒ポリュペルコーン

ポリュゼーロス Polyzelos, Πολύζηλος, Polyzelus,（ドーリス*方言）ポリュザーロス Polyzālos, Πολύζαλος, Polyzalus,（伊）（西）Polizelo,（西）Policelo
（？～前 473 頃）シュラークーサイ*の僭主ゲローン*の弟（⇒巻末系図 025）。兄の死（前 478）後、その寡婦デーマレテー Demarete（ダーマレテー Damarete）と軍隊指揮権を譲られたため、兄弟ヒエローン 1 世*に嫉視され、ついには国外へ追放される。岳父テーローン*（デーマレテーの父）の許へ逃れ、その支援を受けて祖国復帰を計る。テーローンとヒエローンは干戈を交えるが、詩人シモーニデース*の仲裁で和平が成立、以後ポリュゼーロスも兄と和解した。

同名の人物に、前 5 世紀後半に活動したアテーナイ*の古喜劇詩人ポリュゼーロスや、ヘレニズム時代にロドス*島の歴史を著したポリュゼーロス（前 3 世紀頃）がいる（いずれも散逸）。
Diod. 11-48/ Schol. ad Pind. Pyth. 1-155/ Ael. V. H. 9-1/ Ath. 8-361c/ Plut. Sol. 15/ Hyg. Astr. 2-14/ Suda/ etc.

ポリュデウケース Polydeukes, Πολυδεύκης, Polydeuces,（ラ）ポッルクス* Pollux,（仏）Polydeucès,（伊）Polideuce,（西）（葡）Polideuco,（露）Полидевк
ギリシアの男性名。
❶双生兄弟神ディオスクーロイ*の 1 人。
❷（後 2 世紀後半）Iūlios Polydeukēs, Ἰούλιος Πολυδεύκης,（ラ）Julius Pollux,（伊）Giulio Polluce,（西）Julio Pólux ナウクラティス*出身の学者。アテーナイ*で修辞学を教え、58 歳で死去。コンモドゥス*帝（在位・180～192）の治下に編んだ辞典『オノマスティコン Onomastikon, Ὀνομαστικόν（10 巻）』の要約が伝存し、百科全書的内容と古代著述家からの引用のため重視される。

その他、クラウディウス*（のちローマ皇帝）の奴隷で、カリグラ*帝に主人を告発して死刑に処させようと企てたポリュデウケース（後 1 世紀前半）が知られている。
⇒ハルポクラティオーン、ヘーシュキオス
Philostr. V. S. 2-12, -14, -24/ Lucian./ Joseph. J. A. 19-1-13/ Suda/ etc.

ポリュデクテース Polydektes, Πολυδέκτης, Polydectes,（仏）Polydecte, Polydectès,（伊）Polidette,（西）Polidectes,（葡）Polidecto

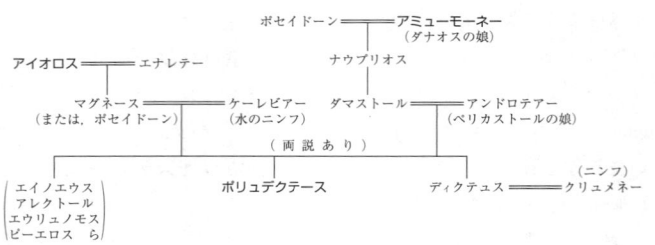

系図 366　ポリュデクテース

ギリシア伝説中のセリーポス*島の王。ダナエー*とペルセウス*母子を助けたディクテュス*の兄弟。ポセイドーン*の子とも子孫ともいうが、系譜に関しては諸説あって一致しない。セリーポス市を創建して島を支配。ダナエーに懸想し、目障りなペルセウスを除くべく ── ヒッポダメイア❶*への求婚の贈物にするからと称して ── 、彼にゴルゴーン*の首を取りに行くよう命じた。帰還したペルセウスによって石と化せられたのち、王位にはディクテュスが即いた。一説に彼はダナエー母子を歓待し、彼女を娶ったともいう。

Apollod. 1-9, 2-4/ Strab. 10-487/ Hyg. Fab. 63〜64/ Pind. Pyth. 12-14/ Ov. Met. 5-242/ Paus. 1-22/ Zenob. 1-41/ etc.

ポリュドーロス Polydoros, Πολύδωρος, Polydorus, (仏) Polydore, (独) Polydor(os), (伊)(西) Polidoro, (露) Полидор, (現ギリシア語) Polídhoros

ギリシア神話中の男性名。

❶トロイアー*王プリアモス*の末子（⇒巻末系図019）。ホメーロス*によれば、母はレレゲス*人の王女ラーオトエー Laothoe とされ、トロイアー戦争*勃発の頃にはまだ若年だったので、父王から戦闘に加わることを禁止されていた。にもかかわらず、迅足を頼んで戦場に出、アキッレウス*によって槍で刺し貫かれて果てたことになっている。悲劇作品などで後世に知られる伝承では、彼はプリアモスと正妃ヘカベー*の息子で、トロイアー陥落に先立って莫大な財宝とともにトラーキアー*（トラーケー*）の王ポリュメーストール*（プリアモスの女婿）に預けられたが、祖国が滅亡するやポリュメーストールによって殺され、財宝を奪われた。海辺に漂着したポリュドーロスの屍体を見つけた母ヘカベーは、ギリシア軍の許可を得たうえで、ポリュメーストールをおびき寄せ、その子供たちを刺し殺したうえ、彼の両眼を抉り取って復讐したという。ポリュドーロスが殺された場所には桃金嬢（てんにんか）の木が生え、アイネイアース*（アエネーアース*）一行がトラーケーに上陸して枝を折ったところ、そこから血が流れ出て、呪われたこの地を早く去るよう警告の声を発したという話も伝えられている。さらに別の説では、ポリュドーロスの養育を委ねられたポリュメーストールの妻イーリオネー Ilione, Ἰλιόνη（プリアモスとヘカベーの長女）は、実子のデーイピュロス Deipyros, Δηΐπυρος と彼とをひそかに取り替えて育て、夫の目を欺いた。そのためトロイアー陥落後、ポリュメーストールは自分の子を誤って殺してしまい、のち真相を知ったポリュドーロスによって盲目にされてから殺されたという。また、ポリュメーストールはギリシア軍に脅されてポリュドーロスの身柄を引き渡し、少年はヘレネー*との交換条件の人質とされたが、プリアモスが交渉を拒否したので、トロイアーの城壁前で石で打ち殺され死体は城内のヘレネーのもとへ送られた、とする異伝もある。

⇒リュカーオーン❷

Hom. Il. 20-407〜, 21-88〜, 22-46〜/ Eur. Hec./ Apollod. 3-12/ Hyg. Fab. 109/ Verg. Aen. 3-40〜/ Ov. Met. 13-434〜/ Quint. Smyrn. 4-154/ etc.

❷テーバイ❶*の王。カドモス*とハルモニアー*の間に生まれた一人息子。ニュクテーイス Nykteis Νυκτηΐς（ニュクテウス*の娘）を娶り、ラブダコス*（オイディプース*の祖父）を儲けた（⇒巻末系図006）。父カドモスがイッリュリアー*へ去ったのち、その王位を継承したとも、父と一緒にテーバイを離れ、王位は甥のペンテウス*が継いだとも、逆にペンテウスの死後に跡を継いだともいわれる。

Hes. Th. 978/ Apollod. 3-4, -5/ Diod. 4-2, 19-53/ Eur. Phoen. 8, Bacch. 43, 213/ Herodot. 5-59/ Hyg. Fab. 179/ Paus. 9-5-3/ etc.

❸テーバイ❶*攻めの七将*の1人ヒッポメドーン*の息子。エピゴノイ*の1人。

Paus. 2-20/ Hyg. Fab. 71/ etc.

ポリュドーロス Polydoros, Πολύδωρος, Polydorus, (仏) Polydore, (伊)(西)(葡) Polidoro

ギリシア人の男性名。

❶スパルター*のアーギアダイ*家出身の王（前8世紀後期〜前7世紀前半）。20年間の在位中、もう1人の王テオポンポス❶*とともに出陣し、第1次メッセーニアー*戦争を勝利のうちに終結させた（前715頃）。南イタリアのクロトーン*とロクロイ*に植民団を派遣、ギリシア全土に盛名を馳せたが、名門貴族の1人に暗殺され、死後数多くの栄誉を贈られた。立法家リュクールゴス*に帰されるスパルターの国法「大レートラー Rhetra」を聖地デルポイ*から持ち帰ったのは彼であるとされている。

⇒巻末系図021

Paus. 3-3, -11, -12, 4-7, 8-52/ Herodot. 7-204/ Plut. Lyc. 6, 8/ Polyaenus 1-15/ etc.

❷（前1世紀中頃）ロドス*の彫刻家。父アゲーサンドロス*を助けて「ラーオコオーン*群像」を製作した。

他にも、テッサリアー*のペライ*に君臨した僭主イアーソーン*の兄弟で、その死（前370）後支配権を握るが、まもなく別の兄弟ポリュプローン Polyphron, Πολύφρων によって暗殺されたポリュドーロスら幾人かの同名人物が知られている。

Plin. N. H. 36-4/ Xen. Hell. 6-4/ Diod. 15-61/ Plut. Pel. 29/ etc.

ポリュニーケース Polynices

⇒ポリュネイケース

ポリュネイケース Polyneikes, Πολυνείκης, (ラ) ポリュニーケース, Polynices, (仏) Polynice, (伊)(葡) Polinice, (西) Polinices, (露) Полиник, (現ギリシア語) Poliníkis

（「多くの闘争」の意）ギリシア伝説上のテーバイ❶*王オイディプース*の子。エテオクレース*の弟。母はふつうイオカステー*（オイディプース自身の母でもある）とされる。盲

目となった父王の呪詛を受けて、ポリュネイケースとエテオクレース兄弟は、テーバイの王位をめぐって争いを始め、追放されたポリュネイケースはアルゴス*王アドラストス*の宮廷へ逃れ、王の娘アルゲイアー Argeia, Ἀργεία を妻とした（⇒テューデウス）。のち岳父やアルゴスの諸将の援けを得て、テーバイへ出征するが（⇒テーバイ攻めの七将）、エテオクレースと一騎打ちの末、相討ちとなり両者ともに斃れた。ポリュネイケースの遺骸の埋葬をめぐって、新たに彼の姉妹アンティゴネー*の悲劇が起きる。
⇒テルサンドロス、クレオーン❷、イスメーネー
Hom. Il. 4-377/ Paus. 9-5/ Eur. Phoen./ Aesch. Sept./ Soph. O. C./ Stat. Theb./ Apollod. 3-5, -6, Epit. 3/ Hyg. Fab. 67～/ etc.

ポリュビオス Polybios, Πολύβιος, Polybius,（仏）Polybe,（伊）（西）Polibio,（葡）Políbio,（露）Полибий

（前200頃～前118頃）ローマ共和政期のギリシア人歴史家。アルカディアー*のメガロポリス*（メガレー・ポリス*）出身。アカーイアー同盟*の有力な政治家リュコルタース Lykortas の子（⇒カッリクラテース❷）。自らも若い頃からアカーイアー同盟のために尽力したが、ピュドナ*の戦い（前168）ののち、ローマの要求で千人の同胞とともに人質としてイタリアへ連行された（前167）。16年にわたって人質たちはエトルーリア*の町々に監禁され、その間7百名が落命したけれど、ポリュビオスはアエミリウス・パウルス❷*の庇護を受けてローマに留まり、その子スキーピオー・アエミリアーヌス・小アーフリカーヌス*（小スキーピオー）の知遇を得た。小スキーピオーに従ってシキリア*（現・シチリア）、ガッリア*、ヒスパーニア*、アーフリカ*などを巡り、ローマの国力の偉大なることを認識。第3次ポエニー戦争*（前149～前146）にも軍事上の助言者としてスキーピオーに随伴し、カルターゴー*の滅亡を目の当たりにする（前146）。同年アカーイアー同盟軍がローマに敗れコリントス*が破壊されるや、急ぎ帰国し、ギリシアとローマとの調停役を務めた（前146～前144）。この功労に感謝してギリシア各地に彼の記念碑が建てられ、その詩銘には「もしギリシアがポリュビオスのいう通りにしていたなら、決して躓くことはなかったろうし、またギリシアが躓いた際、この人だけが助け起こした」といった文言が刻まれた。その後アレクサンドレイア❶*やサルデイス*を訪れ、スキーピオーとの交友を保ちつつ、ヌマンティア*攻略にも同行（前133）、82歳のときに狩猟からの帰途、落馬して死んだ。

彼の主著『歴史 Historiai, Ἱστορίαι,（ラ）Historiae』全40巻は、ティーマイオス*の後を承けて前264～前144年までを扱い、ローマの発展を基軸とした世界史（地中海諸国の歴史）を成している。その中でポリュビオスは、政治家および軍人としての視点から、ローマが世界の覇者となった過程とその原因を考究。叙述の正確さを尊び、ティーマイオスを「目よりも耳に頼った人」と非難している。政体循環史観と混合政体論で名高く、ローマは君主政・貴族政・民主政の融合せる卓越した国制（混合政体）のゆえに世界支配に成功したと説いた。またトゥーキューディデース*に倣って歴史哲学を披瀝し、世界史全体の有機的統一性を強調。「実用的史学 pragmatikē historiā」の名称は彼の作品に由来する。現存するのは最初の5巻と残余の抜萃だけで、他の著作は散佚した。

なお彼の発明した換字式暗号法の一種は「ポリュビオスの暗号表」の名で知られている。
⇒ディオニューシオス（ハリカルナッソスの）、ストラボーン
Cic. Rep. 1-21(34), 2-14(27), Fam. 5-12, Off. 3-32/ App. Pun. 132/ Plut. Phil. 21, Brut. 4/ Paus. 7-10, 8-9, -30, -37, -44, -48/ Lucian. Macr. 23/ etc.

ポリュヒュムニアー Polyhymnia, Πολυυμνία, または、**ポリュームニアー** Polymnia, Πολυμνία, Πολύμνια,（仏）Polymnie,（伊）（西）Polimnia,（露）Полигимния, Полимния,（現ギリシア語）Polimnía

ギリシア神話中、ムーサイ*（ムーサたち*）の1人で讃歌ないし舞踊（あるいは幾何学、歴史、雄弁など）を司る。竪琴と農業の発明者とされ、伶人オルペウス*やトリプトレモス*、また時にエロース*の母といわれる。
Hes. Th. 78/ Apollod. 1-3/ Diod. 4-7/ Schol. ad Ap. Rhod. 3-1/ etc.

ポリュペーモス Polyphemos
⇒ポリュペーモス

ポリュペーモス Polyphemos, Πολύφημος, Polyphemus,（仏）Polyphème,（独）Polyphem,（伊）（西）（葡）Polifemo,（現ギリシア語）Polífimos,（シチリア語）Polifemu,（露）Полифем

ギリシア神話の単眼巨人キュクロープス*の1人。海神ポセイドーン*とニュンペー*（ニンフ*）トオーサ Thoosa, Θόωσα（ポルキュス*の娘）の子。ネーレウス*の娘ガラテイア*を恋慕して叶わず、嫉妬のあまり恋敵の美少年アーキ

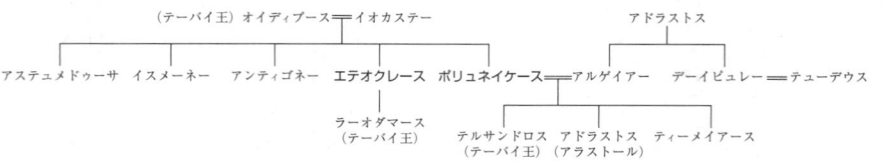

系図367 ポリュネイケース

ス*に岩を投げつけてこれを殺したという。また、オデュッセウス*の一行がトロイアー*からの帰途キュクロープス*たちの棲む島に辿り着いた時、ポリュペーモスはオデュッセウスとその12人の部下とを洞穴に閉じ込め、朝夕2人ずつ貪り喰ったが、ある日オデュッセウスに酒を飲まされ、泥酔して眠っているところを、焼けた棒杭で唯一の目を突き潰された。失明した彼は父ポセイドーンに復讐を祈り、これが聞き入れられたため、以来オデュッセウスは多くの艱難に遭遇、10年かけてようやく故郷イタケー*への帰還を果たしたと伝えられる。その居住地はシケリアー*（現・シチリア*）島に比定された。

なお、エウリーピデース*のサテュロス*劇『キュクロープス』によると、彼は美女よりも美少年に食指を動かされる男色好みの巨人ということになっている。ポリュペーモスがオデュッセウスとその従者によって棒杭で単眼を潰される場面は、アルカイック期以来、陶画や彫刻の主題として好まれ、またこれにちなんで、酔って横たわっている時に他の青年に襲われ、勃起した男根を口中に押し込まれた受動的男色家のティーマルコス*は「キュクロープス」と渾名されたという。

その他、アルゴナウタイ*の1人で、行方不明になった美少年ヒュラース*（ヘーラクレース*の寵童）を探している間に、アルゴー*船が出航したため、ミューシアー*に置き去りにされたラピタイ*族のポリュペーモス（カイネウス*の兄弟）がいる。

Hom. Od. 1-71～, 9-187～/ Eur. Cyc./ Theocr. Id. 11/ Ov. Met. 13-759～/ Lucian. Apophras 27～/ Hyg. Fab. 14, 125, 157/ Schol. ad Ap. Rhod. 1-40/ etc.

ポリュペルコーンまたは、ポリュスペルコーン
Polyperkhon, Πολυπέρχων, Polyperchon, Polysperkhon, Πολυσπέρχων, Polysperchon, （伊）（西）（葡）Poliperconte

（前380／374頃～前303頃）マケドニアー*王ピリッポス2世*とアレクサンドロス大王*（3世）父子に仕えた部将。マケドニアーの貴族出身。一説には、はじめ盗賊だったともいう。アレクサンドロス大王*の東征に従軍。前324年、高齢のゆえにクラテロス*の副官としてマケドニアーへ戻される。大王の死後、ラミアー*戦争（前323～前322）で目ざましい功績を立てたため、前319年アンティパトロス❶*は死の床で帝国総督（摂政）Strategos の職を彼に譲った。これに憤慨したアンティパトロスの息子カッサンドロス*と戦い、ペロポンネーソス*半島を獲保するが、政治力に欠け、大王の遺将ら（ディアドコイ*）を統御することも、マケドニアーの両王——ピリッポス3世*アッリダイオスとアレクサンドロス4世*——を擁護することもできず、王妃エウリュディケー❷*に罷免されてオリュンピアス*（アレクサンドロス大王の母）を頼ったこともある（前317年春）。盟友エウメネース*（カルディアー*の）の死（前316年初頭）後、一旦カッサンドロスの陣営に加わった（前315）ものの、同年、摂政職を隻眼者アンティゴノス1世*に余儀なく譲り、前311年の帝国分割からは排除された。カッサンドロスが幼王アレクサンドロス4世を母親もろとも殺害する（前310）と、彼は大王の庶子ヘーラクレース Herakles を奉じてこれを討たんと志したが、カッサンドロスに懐柔されて逆にヘーラクレースを毒殺、ここにアルゲアーダイ朝マケドニアー王家の男系は断絶する（前309。⇒バルシネー❶）。このように実権のとぼしい老将だったため、マケドニアーを保持することができず、ギリシアで敵対し合うカッサンドロスとアンティゴノス1世とに交互に仕える傭兵隊長さながらの地位にまで落魄した。のちデーメートリオス1世*ポリオルケーテース（アンティゴノス1世の子）との戦いで死んだと思われる。陽気な人柄だったらしく、酒が入るといつも人前で愉快気に踊りだしたという。

息子のアレクサンドロス Aleksandros, Ἀλέκσανδρος は、ディアドコイ戦争で活躍したが、前314年父に先立ってシキュオーン*で殺されている。
⇒ポーキオーン

Diod. 18～20/ Plut. Phoc. 31～34, Eum. 12～13/ Ael. V. H. 12-43/ Just. 12-12, 13-6, -8, 14-5, 15-1./ Paus. 1-11, -25/ Polyaenus 8-58/ etc.

ポリュボス Polybos, Πόλυβος, Polybus, （仏）Polybe, （伊）Polibo, （西）Pólibo

ギリシア神話中のコリントス*ないしシキュオーン*の王。継嗣に恵まれなかったので、牧人が棄てられていたオイディプース*を連れて来た時、これを養子にして育てた。妻の名はメロペー❸*、ペリボイア Periboia、メドゥーサ Medusa など伝承によってまちまちである。死に臨んで王位を外孫アドラストス*に譲ったという。その他、メネラーオス*とヘレネー*を歓待したエジプトのテーバイ❷*王ポリュボスをはじめ、幾人かの同名異人が伝えられる。

歴史上の人物では、ヒッポクラテース*の弟子で四体液説を唱えた医学者コース*のポリュボス（前400頃）が名高い。

Apollod. 3-5/ Soph. O. T. 1016～/ Herodot. 5-67/ Hom. Od. 4-124～/ Paus. 2-6/ Schol. ad Hom. Il. 2-572, Od. 11-271/ Hyg. Fab. 66～67/ Parthenius 27/ Strab. -380/ Gal. Comm. Hippocr. De Nat. Hom./ Clem. Alex. Strom. 6/ Plut. Mor. 908a./ etc.

ポリュムネーストス Polymnestos, Πολύμνηστος, （ドーリス*方言）Polymnāstos, Πολύμναστος, Polymnestus

（前7世紀）ギリシアの詩人・音楽家。小アジアのコロポーン*出身。竪笛 aulos の名手で、タレータース*よりやや遅れてスパルター*で活躍した。好色な歌を作ったともいう。
⇒クロナース、テルパンドロス、ミムネルモス

Paus. 1-14/ Plut. Mor. 1132c/ Ar. Eq. 1287/ Hesych./ Suda/ etc.

ポリュメーストール Polymestor, Πολυμήστωρ または、**ポリュムネーストール** Polymnestor, Πολυμνήστωρ, (伊) Polimestore, Polimnestore, (西)(葡) Polimestor, Polimnestor

ギリシア神話中、トラーケー*(トラーキアー*)のケルソネーソス*の王。トロイアー*王プリアモス*の長女イーリオネー Ilione, Ἰλιόνη の夫。トロイアー戦争*に際して、プリアモスの末子ポリュドーロス❶*を託されるが、金に目がくらんで少年を殺し屍体を海へ投じた。ほどなくヘカベー*らトロイアーの女たちの報復を受け、2 人の子供を殺され、自らは両眼を抉り出されたのち殺害された（異説あり）。

Eur. Hec./ Hyg. Fab. 109, 240/ Verg. Aen. 3-45〜/ Ov. Met. 13-430〜/ Prop. 3-13/ Quint. Smyrn. 11-146〜/ etc.

ポルキア Porcia, (ギ) Porkiā, Πορκία, (仏) Porcie

ローマのポルキウス氏*出身の婦人名。なかでも有名なのが、小カトー*(M. ポルキウス・カトー・ウティケーンシス*)の娘で、カエサル*暗殺者 M. ユーニウス・ブルートゥス❷*の妻（前 70 頃〜前 42 年）。彼女ははじめ M. カルプルニウス・ビブルス*（前 59 年の執政官。相役はカエサル）に嫁ぎ 3 子を出産、夫の死（前 48）後、従兄に当たるブルートゥスと再婚した（前 45）。ブルートゥスがカエサルの殺害計画を企てていた時、彼女はどんな苦痛を受けても口を割らないことを身をもって示そうと、短刀で自らの腿を深く突き刺し、夫から秘密を聞き出すことに成功、女の身でただ 1 人同志に加えられた。密計は洩らさなかったが、暗殺決行の当日になると、心配のあまり乱心状態に陥り、ついには家の外へととび出したまま失神してしまったので、一時は彼女が死んだという噂さえ流れたぐらいであった（前 44 年 3 月）。ブルートゥスのイタリア退去後もローマに留まり、ピリッポイ*の会戦（前 42）で彼が敗死したと聞いて、夫に殉じようとしたが、周囲の者に引きとめられ、自殺せぬよう番人まで付けられた。そこでポルキアは、隙を見はからって、燃える火の中から真赤に灼けた炭をすばやく取り出して嚥み込み、口を固く閉ざしたまま死んだ。

まだビブルスの妻だった頃、父の小カトーに雄弁家ホルテーンシウス*が、「優れた子供が欲しいので、生殖のために彼女を借り受けたい」と申し出た時、カトーは「縁戚関係を結ぶのは結構だが、他家に嫁いだ娘をやるわけにはいかない」と答えて、代わりに自らの妻マルキア Marcia を貸し出したという。

⇒巻末系図 056, 069

Plut. Cat. Min. 25, 73, Brut. 2, 13, 15, 23, 53/ Dio Cass. 44-13, 47-49/ App. B. Civ. 4-136/ Val. Max. 3-2, 4-6/ Cic. Att. 9-3, 13-9, -22/ Polyaenus 8-32/ etc.

ポルキウス氏 Gens Porcia〔← Porcius〕, (ギ) Porkios, Πόρκιος, Porcii

ローマのプレーベース*(平民) 系の氏族名。共和政後半にカトー*家、ラエカ Laeca 家など 3 家に分かれ、帝政期にも存続した。氏族名は豚（ポルクス porcus）に由来し、家畜の飼育にちなんで命名されたと考えられる。

⇒巻末系図 056

Plut. Public. 11, Cat. Mai 1/ Varro R. R. 2-1/ Tac. Ann. 11-24/ Gell. 13-20/ etc.

ポルキュス Phorkys, Φόρκυς, Phorcys（時に、ポルコス Phorkos, Φόρκος, Phorcus, ないし Porkos, Πόρκος, Porcus）, (仏) Phorcys, Phorcos, (伊) Forco, Forci, (西) Forcis, (葡) Fórcis, (露)

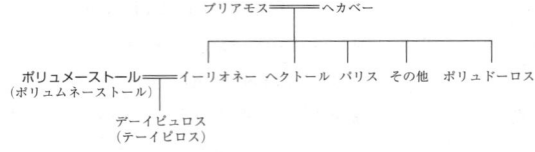

系図 369　ポリュメーストール

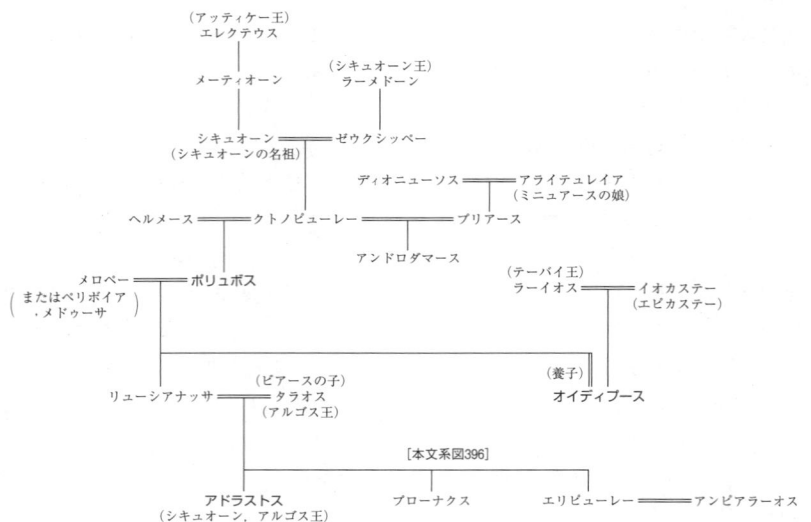

系図 368　ポリュボス

Форкий, （現ギリシア語）Fórkis

ギリシア神話の古い海神。ガイア*（大地）とポントス*（海）の子。姉妹のケートー*との間に、グライアイ*、ゴルゴーン*たちといった女怪たち──ポルキデス Phorkides, Φορκίδες（ポルキュスの娘たち）と呼ばれる──を儲けた。スキュッラ❶*やセイレーネス*、竜女エキドナ*、またヘスペリデス*や黄金の林檎を護る竜ラードーン*等も彼の子とされる。エウメニデス*（エリーニュエス*）の祖父と称されることもある。いわゆる「海の老人」の1人。

⇒ネーレウス、プローテウス、巻末系図001

Hes. Th. 270, 333～/ Apollod. 1-2-6/ Ap. Rhod. Argon. 4-828/ Hom. Od. 1-71, 13-95, -346/ Pl. Symp./ Serv. ad Verg. Aen. 5-824, 10-388/ Schol. ad Ap. Rhod. 4-828, -1399/ Eusth. Hom. 1714/ Tzetz. ad Lycoph. 45/ etc.

ポルクス　Pollux
⇒ポッルクス

ホールス　Horus
⇒ホーロス（のラテン語形）

ポルセンナ（ポルセナ）　Lars Porsenna (Porsena)
Porsina, （ギ）Porsinās, Πορσίνας, Porsennās, Πορσέννας, （西）Porsena, （露）Порсенна

（前6世紀末）ローマ伝説に登場するエトルーリア*の都市クルーシウム*（現・キウージ）の王。ローマから放逐された王 L. タルクイニウス❷*・スペルブスを復辟させるべく、エトルーリア同盟軍を率いて進撃し、ローマを攻囲、ヤーニクルム*丘に陣取るが、ホラーティウス・コクレス*の活躍でローマ市への占領を阻まれる。長びく包囲の結果、飢餓に瀕したローマから、ガーイウス・ムーキウス・スカエウォラ*が、ポルセンナ王の生命を奪おうとエトルーリア軍の陣地に忍び込んで捕らわれた時、王はムーキウスが右手を火中に突っこみ平然と苦痛に耐えるのを見て、その勇気と決意に感じ入り、彼を釈放したうえでローマと協定を締結。クロエリア*ら12人の乙女を人質にし、事実上ローマを服属させて、エトルーリアへ引き上げた。ポルセンナの陵墓と伝える迷宮（ラビュリントス*）やピラミッド数基を含む巨大な記念建造物が、クルーシウム郊外に残されていたという。

また、ウォルシニイー*というエトルーリアの町に怪物が出現した時に、ポルセンナは祈祷によって雷電を落とし怪物を退治したと伝えられている。

Liv. 2-9～15/ Dion. Hal. 5-21～34/ Flor. 1-10/ Plut. Publ. 16～19/ Varro/ Plin. N.H. 2-54, 34-13, 36-19/ Hor. Epod. 16-4/ Serv. ad Verg. Aen. 8-646/ Macrob. Sat. 2-4/ Tac. Hist. 3-72/ etc.

ポルックス　Pollux
⇒ポッルクス

ホルテーンシウス、クィ（ー）ントゥス　Quintus Hortensius, （ギ）Hortēsios, Ὁρτήσιος, （伊）Ortensio, （西）Hortensio, （露）Гортензий

ローマ共和政期の政治家。

❶（？～前287年頃）ローマの政治家。前287年頃、プレーベース*（平民）が負債のためパトリキイー*（貴族）から圧迫を受け、ティベリス*（現・テーヴェレ）河対岸のヤーニクルム*丘へ退去した時、独裁官（ディクタートル*）に選ばれ、平民会の決議が無条件に全ローマ市民を拘束するという法律 ホルテーンシウス法 Lex Hortensia を成立させた（前287）。それまで平民会の決議は平民だけしか拘束せず、前449年のウァレリウス＝ホラーティウス法 Lex Valeria-Horatia 制定以後も、元老院（セナートゥス*）の協賛なしには貴族を含む全市民の国法とはなり得なかった。それを彼は元老院の容認を必要とせずに、ただちに法律となるよう改め、貴族と平民の身分闘争史に終止符を打ったのである。

一説に彼は独裁官在職中に死亡したという。

⇒ M'. クリウス・デンタートゥス、メネーニウス・アグリッパ、リキニウス＝セクスティウス法

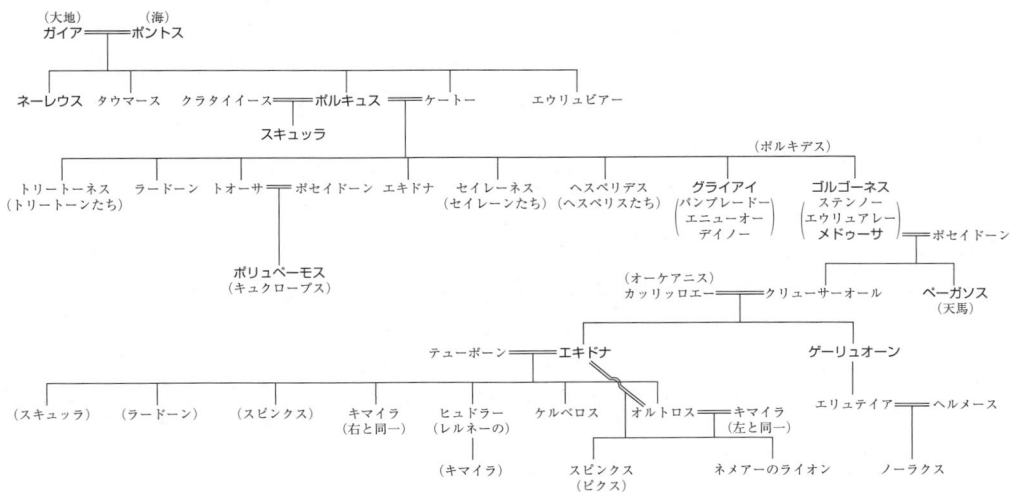

系図370　ポルキュス

ホルテーンシウス氏

Gai. Inst. 1-3/ Dig. 1-2/ Plin. N. H. 16-15/ Gell. 15-27/ Macrob. Sat. 1-16/ Liv. Epit. 11/ etc.

❷（前114～前50）異名・ホルタルス Q. Hortensius Hortalus（〈伊〉Quinto Ortensio Ortalo,（西）Quinto Hortensio Hórtalo）。共和政末期の大雄弁家、閥族派の政治家。弱冠19歳にしてビテューニアー*王ニーコメーデース3世*を弁護し一躍盛名を馳せて以来、前70年友人ウェッレース*の弁護でキケロー*に敗れるまで、法廷の第一人者の地位を堅持。貴族社会の寵児として引っぱりだこになり、巨万の富を築き上げた。法務官（前72）、執政官（前69）。政界にも重きをなし、元老院の権威を擁護。Q. ルターティウス・カトゥルス❶*の女婿で、富豪ルークッルス*の竹馬の友でもあった。演説は伝存しないが、その話し方は華麗な修飾を凝らした「アシア式」と呼ばれるもので、甘美で音楽的な声やいくぶん気取った仕草のために、ディオニューシア Dionysia（同時代の女ダンサーの名）という綽名が彼に冠せられたという。また抜群の記憶力に恵まれ、競売場から出てきた後で、せりにかけられていた品物のリストをすべて諳んずることができたと伝えられる。沢山の豪華な邸宅や別荘 villa をもち──パラーティーヌス*丘にあった屋敷はのちに初代皇帝アウグストゥス*の住居となる──、それらの庭園で催された贅沢な宴会は世の語り草となった。ある庭園にはさまざまの種類の動物が飼われており、夜会では楽人オルペウス*に扮した奴隷が竪琴を奏でつつ、これらの獣たちを引き連れて森の中から登場するのだった。他の別荘には、海水を引いた巨大なプールに魚の群れを飼い、なかでも殊のほか寵愛していたトラウツボ murena が死んだ時には、涙を流して哀悼したという。植木も水の代わりに葡萄酒で育てられ、お気に入りのプラタナスのためには手ずから酒を注いでやる習慣だったので、訪問客は彼のあとについて時折庭へと席を移さなければならなかった。美術品蒐集家や美食家としても知られ、ローマで初めて孔雀料理に舌鼓を打ったのも、彼であった。ラウレントゥム*の別荘からは、その死後、キオス*産の芳醇な葡萄酒1万樽が発見された等々、財力に物言わせた派手な生活については、数多くの逸話が伝えられている。彼が小カトー*の妻を借り受けて、これと交わった話については、マルキア❷*の項を参照。

娘のホルテーンシア Hortensia は父親譲りの能弁の持ち主で、第2回三頭政治*の圧政下に1400名の富裕な婦人たちが財産を奪われそうになった時、弁舌をふるって大勢の貴婦人の危難を救った（前43）。雄弁家の同名の息子は、剣闘士や無頼の徒輩と交わって遊惰な生活に浸り素行が修まらなかったので勘当を受けたが、内乱期にカエサル*に仕えて出世の機会をつかみ、前44年のマケドニア*総督に就任。しかるにカエサル暗殺後、三頭政治家*M. アントーニウス❸*によって処罰者名簿 proscriptio に載せられたことを怨んで、三頭政治家の弟 C. アントーニウス❷*（当時 M. ブルートゥス❷*の捕虜となっていた）を殺害し、ためにピリッポイ*の敗戦後、C. アントーニウスの墓所へ連行されて殺された（前42）。その息子 M. ホルテーンシウス・ホルタルス（兄コルビオー Q. Hortensius Corbio も野卑で残忍な不品行に耽る放蕩貴族）の代になると、すっかり零落し果て、皇帝に物乞いをして露命をつなぐ貧窮ぶりであったという。

Cic. Brut. 64, 89, 90, 92, 95, De Or. 3-61, Leg. Man., Att., Fam, Verr. 1, Off. 2-16, Div. Caec. 7, Mil. 14/ Quint. 1-1, 4-5, 10-6, 11-3, 12-7/ Varro Rust. 3-13, -17/ Gell. 1-5/ Suet. Aug. 41, 72/ Plin. N. H. 9-81, 10-23, 14-17/ Plut. Ant. 22, Cat. Min. 25, Brut. 25～28/ Tac. Ann. 2-37～38/ Dio Cass. 38-16, 39-37, 54-17/ Val. Max. 5-9, 8-3/ App. B. Civ. 4-32～/ Macrob. Sat. 2-9/ Sen. Controv./ Vell. Pat. 2-36, -48, -71/ etc.

ホルテーンシウス氏　Gens Hortensia〔← Hortensius〕

ローマのプレーベース*（平民）系の氏族名。早くから高級政務官を輩出した旧家で、共和政末期には、雄弁家 Q. ホルテーンシウス❷を出した家柄として知られる。

Cic. Quinct. 22/ Liv. 4-42/ Plut. Cat. Min. 25/ etc.

系図371　ホルテーンシウス氏

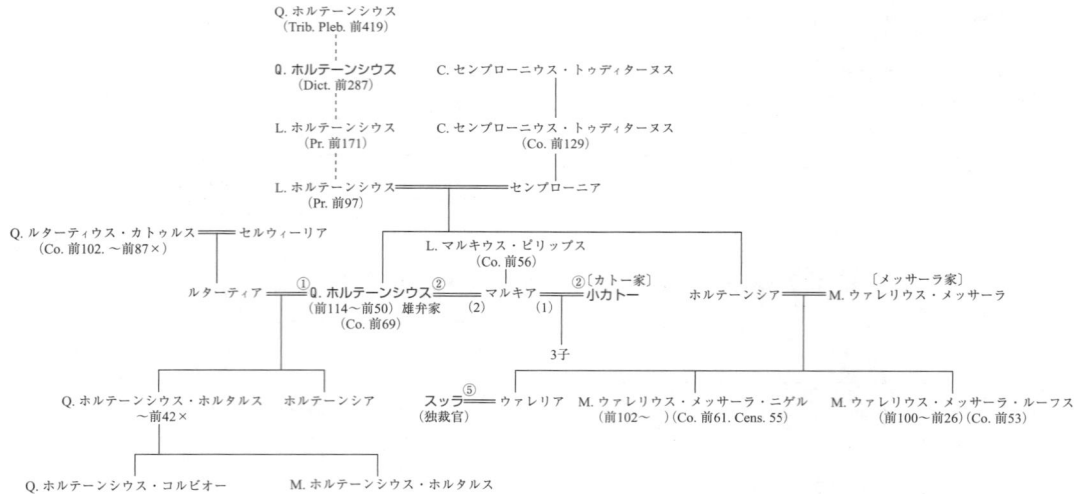

ホルテーンシウス法 Lex Hortensius
⇒ Q. ホルテーンシウス❶*

ポルトゥーヌス Portunus (時に誤ってポルトゥムヌス Portumnus とも),（英）（仏）Portunes,（伊）（西）Portuno

ローマ初期の門扉 (ポルタ porta) の神、のちに港 (ポルトゥス portus) の神となり、ギリシアのパライモーン*と同一視された (⇒マトゥータ)。ローマ市の外港オースティア*近郊に神殿があり、8月17日に祭礼ポルトゥーナーリア Portunalia が行なわれた。ローマ市内アウェンティーヌス*丘の麓、ティベリス*（現・テーヴェレ）河左岸 Forum Boarium にある彼の神殿（前2世紀後半）は、後872年にキリスト教会に転用されたために保存状態がよい（現・Tempio di Portuno。かつてはフォルトゥーナ*・ウィリーリス Fortuna Virilis の神殿（伊）Tempio della Fortuna Virile と誤認されていた）—— そのすぐ東南に現存するヘルクレース*神殿は、円形建築であることから長い間あやまってウェスタ*女神の神殿（伊）Tempio di Vesta と呼ばれて来た（現・Tempio di Ercole Vincitore）——。ポルトゥーヌスにはフラメン・ポルトゥーナーリス Flamen Portunalis と称する独自の神官が奉仕していた。
⇒ヤーヌス
Festus 227/ Hyg. Fab. 2/ Verg. Aen. 5-241/ Varro L. L. 6-19/ Arnobius 3-23/ Ov. Fast. 6-481～/ Serv. ad Verg. Aen. 3-363/ Macrob. Sat. 3-6-10, -12-7/ Festus/ Strab./ etc.

ボルビティネー Bolbitine, Βολβιτίνη,（英）Bolbitine, Rosetta,（仏）Bolbitinè, Rosette,（独）Bolbitine, Rosette

（現・Rashīd）エジプト北部、ネイロス*（ナイル）河口西岸の港湾都市。アレクサンドレイア❶*の東北東に位置。前196年プトレマイオス5世*に捧げたメンピス*の神官たちの頌詞を刻んだ石板（いわゆる「ロゼッタ石」〈英〉Rosetta Stone）は、ナポレオンのエジプト遠征中の1799年、町の北方5kmの地で発見され、仏人シャンポリオン Jean François Champollion (1790～1832) らによる古代エジプト文字解読の鍵となった（1802以来、大英博物館蔵）。
Herodot. 2-17/ Plin. N. H. 5-11/ Mela 1-9/ Diod. 1-33/ Steph. Byz./ etc.

ポルピュリオス Porphyrios, Πορφύριος, Porphyrius,（英）Porphyry,（仏）Porphyre,（伊）（西）Porfirio,（葡）Porfírio

（後234年頃～後305年頃）ローマ帝政後期の新プラトーン学派の哲学者。パレスティナ*のテュロス*出身（本名・Malkhos, Μάλχος, シュリア＝フェニキア系のメレク Melekh「王・君主」に由来）。アテーナイ*で修辞学者ロンギーノス*に学んだのち、ローマに移り大哲学者プローティーノス*の熱心な弟子となる（262～）。プローティーノスの後継者としてローマで教え、菜食主義を説き、キリスト教の矛盾点を鋭く批判。師の著作を編纂・出版し、その伝記を書く一方、新プラトーン派 Neoplatōnismus の思想の普及に努めた。文献学・音楽理論・幾何学・占星学など広範囲にわたる厖大な作品を記した (77 の題名が伝えられる) が、後年キリスト教徒によって焼却されたため、現存するものはわずかでしかない。時代を反映して宗教的関心が強く、ギリシア・ローマの伝統的信仰を擁護、哲学的真理の寓意という観点から神話を新解釈し、台頭するキリスト教に対抗した。アリストテレース*の諸著作に関する注釈書のうち、とりわけ『範疇論入門 Eisagoge eis tas kategorias, Εἰσαγωγὴ εἰς τὰς Κατηγορίας』は、ボエーティウス*によりラテン語に訳されて、中世ヨーロッパにおける標準的な論理学研究の教科書となり、普遍は実在か名目かという問題をめぐる論争（実在論と唯名論の「普遍論争」）の淵源を成した。イエースース*（イエス・キリスト）の神格化を否定しキリスト教を攻撃した全15巻から成る百科全書『キリスト教徒論駁 Kata Khristianon, Κατὰ Χριστιανῶν,（ラ）Adversus Christianos』や代表作『魂の帰昇について（ラ）De regressu animae』等の著述は、448年テオドシウス2世*により公式に焚書に附され、引用断片のみが伝わる。その他、ピュタゴラース*伝を含む『哲学史 Philosophos historia, Φιλόσοφος ἱστορία』4巻やホメーロス*研究書などの他、降神術 theurgia の意義を認めた呪術的・神秘主義的魔神論を記したことが知られている。
⇒イアンブリコス、ヒエロクレース❸
Porph. Abst., Isagoge, Plot., Vita Pythagor, Adversus Christian./ Eunap. Porphyrius/ Euseb. Hist. Eccl. 6-19, Praep. Evang. 3-7/ Socrates 3-23/ Augustin. De civ. D. 10-32, -910/ Hieron. De Vir. Ill., Ep./ Stob. Ecl. 1-25/ Eust. Il. 3-293/ Boethius/ Suda/ etc.

ポルプュリオス Porphyrios
⇒ポルピュリオス

ポルミオーン Phormion, Φορμίων, Phormio,（伊）Formione,（西）Formión

（？～前428年夏頃）アテーナイ*の提督。前440年サモス*の反乱軍平定のため将軍（ストラテーゴス*）の1人に選ばれて出征し（⇒メリッソス）、次いでアカルナーニアー*、ポテイダイア*、カルキディケー*方面で司令官として活躍。前430年冬にはナウパクトス*を基地にするアテーナイ艦隊を指揮してコリントス*を封鎖し、その翌年夏コリントス湾でペロポンネーソス*同盟軍をうち破った（前429）。ところがアテーナイに帰国後、執務報告に対する訴追で罰金刑を科せられ、それが支払えなかったために公民権を剥奪された。前428年にアカルナーニアー人が彼を将軍とする援軍を派遣してくれと要請して来た時、ポルミオーンが公民権喪失を理由にこれを断ったところ、アテーナイの民会*は彼の債務をすべて免除してやったという。その後間もなく、おそらく疫病に罹って死亡したらしい。
Thuc. 1-64～65, -117, 2-29, -58, -68～69, 2-80～92, -102

~103, 3-7/ Paus. 1-23, -29/ Diod. 12-37, 47, 48/ Ar. Eq. 560, Pax. 348, Lys. 804/ Ath. 10-419a/ Suda/ etc.

ホ（一）ルミスダース　Hormisdas, Ὁρμίσδας, Ὠρμίσδας,（またはホルミスデース Hormisdes, Ὁρμίσδης, Ὠρμίσδης），（ラ）Oromastes, Odomastes, Hormizd（ホルミズド），Hormazd, Hurmuzd, Hormuz, Ormazd, Ormizd,（パフラヴィー語）'Wḥrmzdy, Ōhrmazd（オーフルマズド），（近世ペルシア語）Hormoz, Hormuzd, Hormizd,（アラビア語）Hurmuz,（伊）Ormisda,（西）Ormuz,（露）Ормизд, Хвармизд,（和）ホルミズド

サーサーン朝*ペルシアの帝王名。巻末系図 111 を参照。

❶ 1 世　H. I　Ardashir（在位・後 272〜273）

シャープール 1 世*の子。父の跡を継いで登極するが、在位 1 年と 10 日で死亡した。

⇒ウァラフラーン 1 世

S. H. A. Trig. Tyr. 2/ etc.

❷ 2 世　H. II（在位・後 302 頃〜309 頃）

ナルセース*の子・後継者。彼が崩じた（狩猟中に暗殺されたという）時、貴族たちはその長子を殺し、次子を盲目にし、第 3 子は投獄して、まだ母親の腹中にいる胎児シャープール 2 世*に戴冠させた。在位 7 年 5 ヵ月。

Agathias 4/ Zosimus 2-27/ Zonar. 13-5/ Amm. Marc 26-8/ etc.

❸ 3 世　H. III（在位・後 457〜459）

父ヤズダギルド 2 世*の死後に即位するが、弟ペーローズ*の反乱で弑殺された。

Procop. Bell. Pers. 1/ etc.

❹ 4 世　H. IV（在位・後 579 頃〜590）

父ホスロー 1 世*の跡を継いで即位すると、自らの兄弟たちを殺害、盗賊団や無頼の徒を唆して貴族たちを襲わせ、12 年の治世の間に名門の人々 1 万 3 千人を殺した。ために将軍ウァラフラーン Varahran VI（Bahrām Chūbīn, 在位・590〜591）に位を逐われ、目玉を抉り抜かれ、手足を切断されて殺された。

⇒ホスロー 2 世

Theophylact. Simocat. 3-16〜/ Johann. Ephes. 6-22/ Sebeos 10-75/ etc.

❺ 5 世　H. V、6 世　H. VI とする説もある。（在位・後 630 頃〜632 ?）

ホスロー 3 世*とも称さる。❹の孫か。幼君アルダシール 3 世*が暗殺された後、ニシビス*で即位したが、その後 2 年の間に 12 人が玉座を奪い合い、暗殺・逃亡・変死などで次々に姿を消していった。

⇒ヤズダギルド 3 世

Amm. Marc./ Zosimus/ Zonar./ Libanius/ Procop./ Agathias/ Theophanes/ etc.

ポルリオー　Pollio
⇒ポッリオー

ポルルクス　Pollux
⇒ポッルクス

ボレアース　Boreas, Βορέας,（ボッラース Borras, Βορρᾶς ないし、ボラース Boras, Βορᾶς），（仏）Borée,（伊）Borea,（西）Boreo（Bóreas），（葡）Bóreas,（露）Борей

ギリシア神話中、北風の擬人神。ローマのアクィロー Aquilo に相当。星神アストライオス*と曙の女神エーオース*の子で、ゼピュロス*（西風）、ノトス*（南風）、エウロス*（東風）の兄弟。主に荒ぶる冬の暴風をもたらす神で、トラーキアー*（トラーケー）北部のハイモス*山の洞窟に住み、美術では翼ある有髯の（時に双面をもつ）壮年男性の姿で表わされていた。美少年ヒュアキントス*を熱愛したほか、アテーナイ*王エレクテウス*の娘オーレイテュイア Oreithyia をさらって犯し、彼女との間に有翼の双生兄弟ゼーテース*とカライス*や娘キオネー❷*らの子どもたちを儲けた。また馬と化してエリクトニオス❷*（ダルダノス*の子）の雌馬の群れと交わり、12 頭の子馬を得たが、それらは麦畑の上を穂を折ることなく走り、海の波頭の上をも軽快に駆け抜けることができたという。さらにエリーニュス*やハルピュイア*にも馬を孕ませるなど、馬との関係が深い。一説にボレアースは、トラーケーを流れるストリューモーン Strymon 河神の息子とも伝えられている。

ボレアースはペルシア戦争*の折に、クセルクセース*大王の派遣した敵艦を追い散らした（前 480）というので、アテーナイ*人によってイーリーソス Ilisos 河畔に神殿を設けられ、祭礼 Boreasmoi が祝われることになった。トゥーリオイ*やメガロポリス*（メガレー・ポリス*）などの都市で

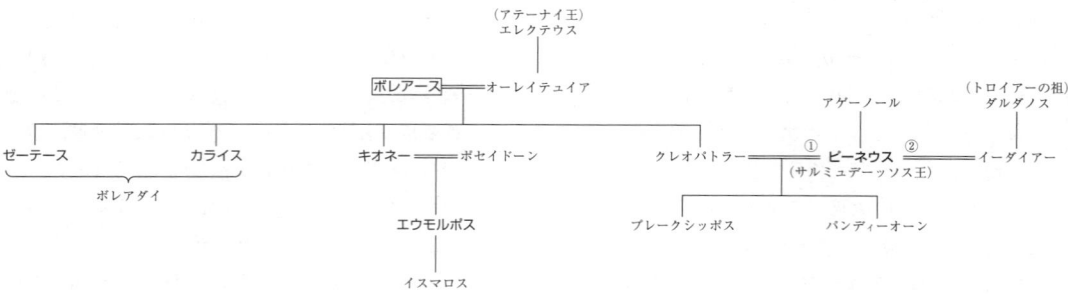

系図 372　ボレアース

も、外敵の攻撃から国家を守ってくれたというので、北風(ボレアース)を崇拝し供物を捧げて祀っていたことが知られている。

またボレアースは、アクィローと同じく北方を意味する普通名詞としても用いられていた。
Hes. Th. 378～, 869～, Op. 506～/ Herodot. 7-189/ Ov. Met. 6-682～, Trist. 3-10/ Hom. Il. 20-219～/ Pl. Phdr. 229b～/ Apollod. 3-15/ Ael. V. H. 12-61/ Paus. 5-19, 8-36/ Nonnus 37-155/ Nepos Miltiades 2-4/ Quint. Smyrn. 8-242/ Hor. Carm. 3-24/ Cic. Nat. D. 2-10, Verr. 2-2-4/ etc.

ボレアダイ Boreadai, Βορεάδαι, Boreadae, (英) Boreades, (仏) Boréades, (独) Boreaden, (伊) Boreadi, (西) Boréades, (露) Бореады
⇒カライスとゼーテース (兄弟)

ホレイショー Horatio
⇒ホラーティウス

ホレイス Horace
⇒ホラーティウス (の英語形)

ポレモーン Polemon, Πολέμων, Polemo, (仏) Polémon, (伊) Polemone, (西) Polemón, (カタルーニャ語) Polemó
ギリシア人の男性名。

❶ (前351頃～前273／269頃) アテーナイ*の哲学者。アカデーメイア*学園の第4代学頭 (前314／313～前273／269)。裕福な家庭に生まれ、若い頃は放蕩の限りを尽くし、結婚してからも美青年たちと同棲したため、妻から虐待の廉で告訴されたこともあったという。ある日、酒に酔って宴会の花冠をかぶったままクセノクラテース*(アカデーメイアの第3代学頭) の学園に押し込んだところ、その節制に関する講義に強い感銘を受け、改心して花冠をはずし、彼の弟子となる (30歳)。以来、水以外の飲物は一切口にせず、他の学生たちを凌ぐほど勤勉な人間となり、師クセノクラテースの寵愛を受ける。理論よりも実行を重んずる彼は、つねに冷静沈着な態度を保ち、狂犬に腿の裏側を咬み切られた時にも、泰然として顔色ひとつ変えなかったと伝えられる。師の死後、学園の後継者となり、高貴なものを愛する性格と洗練された上品な人柄のゆえに、国家においても重んじられ、高齢に達して衰弱のために死んだ。学頭職は高弟にして愛人でもあったクラテース❷*に引き継がれた。
⇒クラントール❷
Diog. Laert. 4-16～22, -24～25/ Hor. Sat. 2-3/ Val. Max. 6-9/ Cic. Fin. 4-6, Acad. 1-9, 2-42, De Or. 3-18/ Plut. 71e/ Clem. Alex. Strom./ Ath. 2-44e/ Val. Max. 6-9/ etc.

❷ ポントス*王 (⇒ポレモーン1世)
❸ ポントス*王 (⇒ポレモーン2世)
❹ (ラ) マールクス・アントーニウス・ポレモー Marcus Antonius Polemo, (ギ) Μᾶρκος Ἀντώνιος Πολέμων (後88頃～後144) ラーオディケイア*出身のソフィスト*・弁論家。ポントス*王家の子孫。トラーイヤーヌス*、ハドリアーヌス*、アントーニーヌス・ピウス*らローマ皇帝の友人。スミュルナー*に暮らし、好敵手(ライヴァル)たる半陰陽の哲学者ファウォーリーヌス*との間に繰りひろげた論争で知られる。晩年は痛風に悩み、ついに先祖の墓廟に閉じ籠もり、自ら餓死して果てた (56歳)。彼は「皇帝も自分より目上だとは考えず、神々を対等に考えて話した」といい、アテーナイ*で講義した時、それに出席した富裕な雄弁家ヘーローデース・アッティクス*が受講の礼として15万ドラクメーもの大金を贈っても礼も言わず、支払いが少ないのではないかと案じたヘーローデースがさらに10万ドラクメーを送って寄越すと、ポレモーンはこれも平然と受け取り、その資金で自分の町を美しく飾ったと伝えられる。
⇒アリステイデース (アイリオス・アリステイデース)
Philostr. V. S. 1-25/ Euseb. Chron./ Anth. Pal. 11-181/ Suda/ etc.

❺ (前2世紀初頭の人) イーリオン*出身のギリシアの地誌学者。ストアー*学派の哲学者パナイティオス*の弟子。広くギリシア世界を旅行し、デルポイ*、スパルター*、アテーナイ*など各地の記念建造物や碑文を熱心に研究。数々の旅行案内記を著わし、エラトステネース*の記述を批判・訂正したことでも知られる。アテーナイオス*ほか後世の著作家に引用されている。
Ath. 6-234d, 10-436d, -442e/ Suda/ etc.

ポレモーン Polemon, Πολέμων, Polemo, (仏) Polémon, (伊) Polemone, (西) Polemón, (露) Полемон
ポントス*およびボスポロス*の王 (⇒巻末系図030)

❶ 1世 P. I Eusebēs, Εὐσεβής, Polemon Pythodoros Πολέμων Πυθόδωρος (在位・前37／36～前8) ラーオディケイア*の富裕な弁論家ゼーノーン Zenon の息子。前39年ローマに協力した功績により、三頭政治家 M. アントーニウス❸*からキリキアー*の一部の支配権を授けられ、次いでその地をエジプトの女王クレオパトラー7世*に譲る代わりに、ポントス*王国と小アルメニアー*を与えられる (前37／36)。アントーニウスのパルティアー*遠征に随行し、捕虜となるが身代金を支払って釈放される (前36)。アクティオン*の海戦でオクターウィアーヌス*(のちのアウグストゥス*)に敵対した (前31) にもかかわらず、宥免されて小アルメニアーを失ったもののポントスの領有は認められる。前15年には将軍アグリッパ*のボスポロス*王国平定に協力して、この王国の統治をも許され、さらにコルキス*など黒海東岸にまで領土を拡大したが、ボスポロスの部族民との戦闘で捕われて殺された。死後、妃のピュートドーリス*が王位を継承した。
⇒アサンドロス
Strab. 11-499, 12-556, -559/ App. B. Civ. 5-75/ Dio Cass. 49-25, -33, -44, 53-25, 54-24/ Plut. Ant. 38, 52, 61/ etc.

❷ 2世 P. II (ラ) Marcus Antonius Polemon Pythodorus, (ギ) Μᾶρκος Ἀντώνιος Πολέμων Πυθόδωρος (前12／11頃～

ホーロス

後74頃)（在位・後38～後64）❶の子または、外孫。母妃ピュートドーリス*の存命中は、一私人としての地位に甘んじつつ政務を補佐していたが、彼女の死後、カリグラ*帝によってポントス*王位、さらにはボスポロス*王位をも授けられる (38)。しかるに41年、クラウディウス*帝の命でボスポロス王国をミトリダテス（ミトリダテス大王*の子孫）に譲り、代替地としてキリキアー*の一部を受け取る。次いで裕福なユダヤの王女ベレニーケー❼*に誘われるがまま、割礼を受けて彼女と結婚した (53/54) ものの、間もなく彼女に見捨てられ、自身も一旦改宗したユダヤ教を棄てた。のちネロー*帝により退位させられ、ポントス王国はローマの属州に併呑された (64)。その後ポレモーンはキリキアーのみを統治し、子女なくして没した (68頃)。

Dio Cass. 59-12, 60-8/ Joseph. J. A. 19-8-1, 20-7-3/ Suet. Ner. 18/ Steph. Byz./ etc.

ホーロス Horos, Ὧρος, Horus, (伊) Horo, (葡) Hórus, (露) Хор, Гор

(古代エジプト語・Ḥr, Ḥrw, Ḥer(w), Ḥrj または Ḥōr。「高く天翔る者」の意) エジプトの主神の1つ。オシーリス*とイーシス*の子で、叔父テューポーン*（セート Seth）を殺して父の仇を討つ。隼または鷹の頭をもつ人物像で表わされ、太陽神・王 Pharao の守護神と見なされた。ヘレニズム時代以降、オシーリス、イーシスとともに3柱1座を成す神とされ、密儀宗教として地中海周縁で広く崇拝された。なお、ファラオ時代のパピューロス文書には、ホーロスがセートに誘われて同衾し、あやうく鶏姦されそうになるが、逆に自分の精液をセートに飲み込ませ、これを妊娠させることによって報復するといった話が記されている。

エジプトのコプトス Koptos Κοπτός (現・Qift) では、かなり早い時期から勃起した男根をもつ豊穣神ミーン Min と同一視されており、さらにギリシア人の間では、ホーロスは時にアポッローン*ないしエロース*、ヘーラクレース*と混同された。

⇒ハルポクラテース

Plut. Mor. 355f～/ Macrob. Sat. 1-21-13/ Artem. 2-36/ Varro Ling. 4-17/ Diod. 1-25～/ Herodot. 2-144, -156/ etc.

ポロス Pholos, Φόλος, Pholus, (仏) Pholos, (独) Phólos, (伊)(西) Folo, (露) Фол, (現ギリシア語) Fólos

ギリシア神話中、半人半馬のケンタウロス*族（ケンタウロイ*）の1人。シーレーノス*と秦皮のニュンペー*（ニンフ*）メリアスとの子。アルカディアー*のポロエー Pholoe, Φολόη 山に居住。エリュマントス*山の猪狩りに赴く英雄ヘーラクレース*を歓待し（第4の功業）、その強請によりディオニューソス*から授けられた酒甕をやむなく開けたところ、匂いにひきつけられた他のケンタウロスたちが武装して洞窟に来襲。ためにヘーラクレースとケンタウロスたちの間に乱闘騒ぎが起き、英雄は彼らをヒュドラー*の毒矢で射、ペロポンネーソス*の南端まで追って行った。ポロスは殺されたケンタウロスの死体から矢を引き抜いて、こんなに小さな武器が大きな馬人を殺したのに感心しているうちに、毒矢が手から滑り落ちて足に刺さり、自らも死んでしまった。ポロエーに戻ったヘーラクレースは彼を手篤く葬ったという。南天のケンタウルス座 (ラ) Centaurus は、ふつうヘーラクレースの愛人だったケイローン*を記念して大神ゼウス*が設けた星座であるとされているが、後代の異伝の中には野獣（近世以降の「狼座 (ラ) Lupus」）を槍で突くポロスの姿であると説く解釈も見出される。

Apollod. 2-5/ Soph. Trach. 1095～/ Diod. 4-12/ Hyg. Fab. 30, Astr. 2-38/ Theoc. 7-149～/ Eratosth. Cat. 40/ Ath. 11-499a/ Ov. Met. 12-306/ etc.

ポーロス Poros, Πῶρος, Porus, (仏) Pôros, (伊)(西) Poro, (露) Пор, (ヒンディー語) Puru

(?～前317) インドの北西部パンジャーブ Punjab の王（前340頃～前317）。Paurava もしくは Pārvata/ Pārvataka, Parvatesha, Paurusha, Pûru のギリシア語形と考えられる。前326年夏（5月下旬あるいは7月）、ヒュダスペース*（現・Jhelum）河畔で、巨象に塔乗し戦象集団を率いて、アレクサンドロス大王*と勇敢に闘い、負傷して捕虜となる。大王から「どのように扱ってほしいか」と聞かれた時、彼は「王として」と答えたという。背丈が2m以上もあり、豪胆で威厳に充ちた人物だったので、大王は彼に元の王国を安堵してやったばかりか、さらに新たな領土を付け加えて統治させた。大王の死後、マケドニアー人太守エウダーモス Eudamos, Εὔδαμος に謀殺された。

⇒タクシレース、サンドラコットス（チャンドラグプタ）

Plut. Alex. 60～/ Arr. Anab. 5-8～6-2/ Curtius. 8-12～10-1/ Diod. 17-87～93, 18-3, 19-14/ Just. 12-8/ Strab. 15-686, -691, -698/ etc.

ポローネウス Phoroneus, Φορωνεύς, (仏) Phoronée, (伊)(西) Foroneo, (露) Фороней, (現ギリシア語) Foronéas

ギリシア神話中のペロポンネーソス*の古王。イーナコス*河神の子。アルゴス*の伝承によれば、最初の人間とされ、大神ゼウス*に愛された最初の（人間の）女ニオベー❷*の父。火を発見し、都市に集住することを人々に教えたという。デウカリオーン*の洪水以前の人で、アルゴス市内にある彼の墓には、後代まで犠牲が捧げられていた。

⇒巻末系図 003

Pl. Ti. 22a/ Paus. 1-39-5～6, 2-15, -19/ Apollod. 1-7, 2-1/ Hyg. Fab. 143, 145, 225, 274/ etc.

ポンティウス・ピーラートゥス Pontius Pilatus

⇒ピーラートゥス、ポンティウス

ポンティウス・ヘ（―）レンニウス、ガーウィウス（ガーイウス） Gavius (Gaius) Pontius Herennius, （仏）Caius Pontius, （伊）Gaio Ponzio, （西）Cayo Poncio, （葡）Caio Pôncio Herénio

（前4世紀末〜前3世紀初頭に活躍）サムニウム*人の将軍。前321年、両執政官（コーンスル*）に率いられたローマ軍を、カウディウム*近くの隘路におびき寄せて兵糧攻めにし、大勝利を収めた。伝承では、降伏した敵兵の処分をめぐって父と相談した結果、全員に裸で軛の下をくぐり抜けさせるという恥辱を与えただけで、無事釈放し（カウディウムの屈辱）、ローマと和平を結んだとされる。前292年、執政官のQ. ファビウス・マクシムス・グルゲス Fabius Maximus Gurges 麾下のローマ軍を撃破したが、同年グルゲスの父Q. ファビウス・マクシムス❶*・ルッリアーヌスに敗れて捕らわれ、凱旋式（トリウンプス*）に引き回されたのち、斬首されたという。なお、前82年にスッラ*軍に敗死したサムニウム勢の将ポンティウス・テレシーヌス Telesinus や、ローマ帝政初期にユダヤを統治したポンティウス・ピーラートゥス*（ポンテオ・ピラト）らは、ポンティウス一族の後裔である。

Liv. 9-1〜, Epit. 11/ App. Sam. 4〜/ Cic. Off. 2-21 (75), Sen. 12/ Oros. 3-22/ Vell. Pat. 2-27/ etc.

ポンティオ・ピラト Pontios Pilatos
⇒ピーラートゥス、ポンティウス

ポンティフェクス Pontifex（〈複〉ポンティフィケース Pontifices, （ギ）Pontiphikes, Ποντίφικες）, （ギ）Arkhiereus, Ἀρχιερεύς, （英）Pontiff, （仏）Pontife, （伊）Pontefice, （西）Pontífice

ローマの国家宗教を掌る祭司。その長をポンティフェクス・マクシムス P. Maximus（大神祇官長・最高神祇官・大神官・大司祭）といい、これはすべての宗教儀式とウェスターレース*（ウェスタ*女神の巫女たち）ら聖職者を監督し、暦と年代記を管轄する栄誉職で、フォルム・ローマーヌム*の一角ヌマ*王の故宮レーギア Regia に公邸を構えていた（終身官、1名）。ユーリウス・カエサル*および歴代ローマ皇帝がこの官職を兼職し、グラーティアーヌス*帝に至って廃止された（後375年頃）。ところが、のちキリスト教会のローマ司教（いわゆる「教皇」）が肩書きとしてポンティフェクス・マクシムスの称号を帯びるようになった（⇒コルンカーニウス）。

祭司団ポンティフィケースはもと3名から次第に増員されて共和政末期には16名に達し、また本来パトリキイー*（貴族）身分の者に限られていたが、前300年以降半数はプレーベース*（平民）からも選ばれるようになった。彼らは語源上、ティベリス*（現・テーヴェレ）河の橋 pōns の造築・管理の任に当たった神官団であったと考えられる（⇒スブリキウス橋）。

⇒フラーメン、アウグル

Varro Ling. 5-83/ Liv. 1-20, 25-5, Epit. 89/ Cic. Leg. 2-20, Rep. 2-26, Att. 4-2/ Plut. Num. 9, Caes. 7/ Suet. Iul. 13/ Plin. Ep. 4-11/ Dion. Hal. 2-73/ Dio Cass. 42-51/ Festus/ etc.

ポンティフェクス・マクシムス Pontifex Maximus
（ローマの大神祇官長）⇒ポンティフェクス

ポントゥス Pontus
⇒ポントス（のラテン語形）

ポントス Pontos, Πόντος, Pontus, （伊）（西）（葡）Ponto, （露）Понт, （現ギリシア語）Póntos

ギリシア神話中、「海」の擬人神。ガイア*（大地）の子で、母神と交わって、3男ネーレウス*、ポルキュス*、タウ

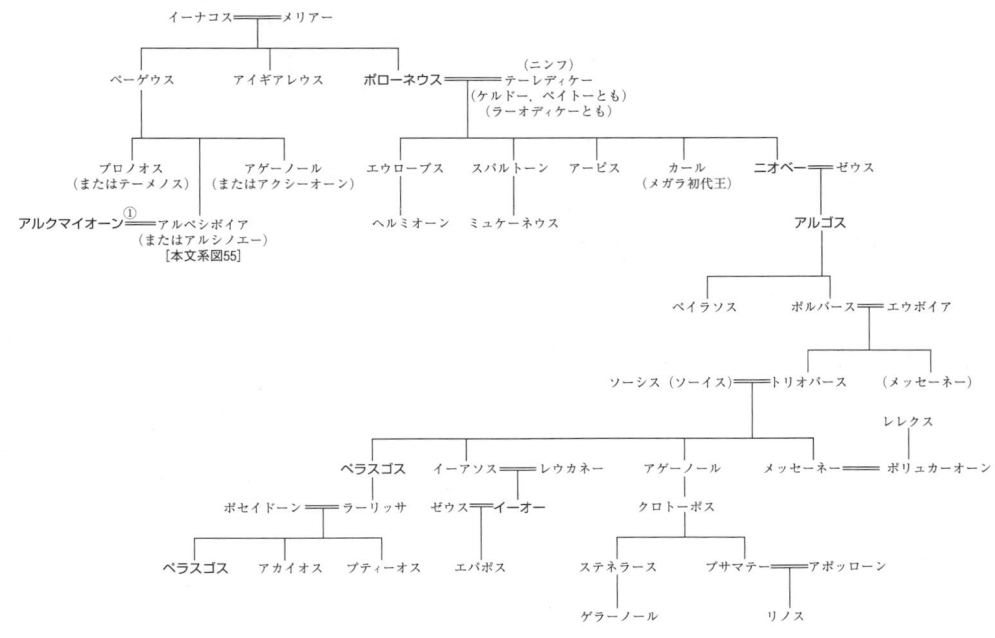

系図373　ポローネウス

ポントス

マース*、および2女ケートー*とエウリュビアー Eurybia Εὐρυβία の父となったとされる。女神タラッサ Thalassa Θάλασσα（「海」の意）の夫ともいう。また彼を、4人のテルキーネス*やヘカトンケイレス*の1人ブリアレオース* Briareos の父とする説もある。太初の大浪荒れる不毛の海原の神格化で、特別の神話や崇拝はない。

⇒巻末系図001

Hes. Th. 135, 233～/ Apollod. 1-2/ Hyg. Fab. praef. 5/ Ap. Rhod. Argon. 1-498/ Bacchylid. Frag. 52/ Schol. ad Ap. Rhod. 1-1165/ etc.

ポントス Pontos, Πόντος, (ラテン名・ポントゥス* Pontus), (仏) Pont, (伊)(西)(葡) Ponto, (露) Понт, (ルーマニア語)(トルコ語) Pontus, (現ギリシア語) Póntos

小アジアの東北部、黒海*（ポントス・エウクセイノス*）沿岸の地方。前4世紀末、アレクサンドロス大王*からこの地域の統治を委ねられたペルシア太守 Satrapes ミトリダテース*（ミトラダテース*）が、分離して独立王国を形成（前301～前266）、以来強大な神官勢力や諸領主、東部山岳民族を押さえて、ミトリダテース6世（大王*）の治下にギリシア本土からアルメニアー*に至る最大版図を達成した（⇒巻末系図030）。主要都邑はアマセイア*、アミーソス*、ケラスース*、コマーナ❷*、トラペズース*、ゼーラ*、などがあるが、ヘレニズム都市文明が広く浸透したとは言い難い（⇒シノーペー）。前65年ミトリダテース大王を破ったローマの将軍・大ポンペイユス*は、ヘーラクレイア❹*からアミーソスに至る王国西半部を、ビーテューニアー*と合併させてローマの属州ビーテューニア＝ポントゥス Bythynia-Pontus に編成した（前63）。東部はポレモーン*（⇒1世、2世）の王国として独立を許された（前36）が、ネロー*帝によってローマ帝国に併合させられ（後64）、ポントゥス・ポレモーニアクス Pontus Polemoniacus（「ポレモーンのポントゥス」の意）の名を残した──これに対し、西部はポントゥス・ガラティクス Pontus Galaticus「ガラティアー*人のポントゥス」と呼ばれた──。小プリーニウス*が111年からビーテューニア＝ポントゥス属州の総督 Legatus として赴任し、この地で没した（113頃）ことはよく知られている。トライヤーヌス*帝（在位・98～117）以後、ポントゥス地方はカッパドキア*と併せて1州となったが、ディオクレーティアーヌス*帝（在位・284～305）が再びこれを分割してディオスポントゥス Diospontus とポレモーニアクスの2州とした。

ポントス一帯は古来、鉄・銅などの鉱物、オリーヴ他の果樹、穀物、木材、海狸（睾丸が高貴薬として珍重される）等々の産地として著名。伝説上のアマゾーン*女人族はこの地に住んでいたとされ、ヘーラクレース*やテーセウス*のアマゾネス*征伐の舞台となっている。またケラスース付近の先住民モッシューノイコイ Mossynoikoi, Μοσσύνοικοι 族は、全身に入墨する習慣や衆人環視の中で性交する風俗で知られていた。

⇒パーフラゴニアー、ピュートドーリス、パルナケース、コルキス

Verg. G. 1-58/ Mela 1-1, 2-1/ Strab. 12/ Xen. An. 5～6/ Ptol. Geog. 5-6/ Serv. ad Verg. Ecl. 8-95, ad Verg. Aen. 3-312, 9-582/ Plin. N. H. 6-1～, 8-47/ Theophr. Hist. Pl. 4-5, 8-4, 9-16, 19-17/ Diod. 2-2, 15-90/ Herodot. 3-94, 7-77/ App. Mith. 110～/ Dio Cass. 41-63, 42-45/ etc.

ポントス・エウクセイノス Pontos Eukseinos (Euksenos), Πόντος Εὔξεινος (Εὔξενος), (ラ) ポントゥス・エウクシーヌス Pontus Euxinus, (英) Euxine Sea, (仏) Pont-Euxin, (伊) Ponto Eusino, (西) Ponto Euxino, (トルコ語) Kara Deniz, Karadeniz

「客に親切な海」の意。黒海*（〈英〉Black Sea,〈仏〉Mer Noire,〈独〉Schwarzes Meer,〈伊〉Mare Nero,〈西〉Mar Negro,〈露〉Чёрное Море,〈現ギリシア語〉Maýri thálassa）の古代ギリシア・ローマ名。古くは沿岸に住む先住民の獰猛な風習から「客あしらいの悪い海 Pontos Akseinos」と呼ばれていたが、交易や植民活動などで開化したのち、このような美称で呼ばれるようになったという（⇒スキュティアー人）。ギリシア伝説中、アルゴー*号の冒険譚の舞台として知られる（⇒アルゴナウタイ）。前7世紀からミーレートス*をはじめとするイオーニアー*系ギリシア人の移住が活発になり、黒海周縁には数多くの植民市や貿易基地が建設され、以降中世に至るまで永くギリシア文化圏に含まれた。古代には黒海とカスピ海*が地下で相通じているとの俗信があった。

⇒ポントス、ボスポロス、コルキス、プロポンティス、スキュラクス、エウクセノス

Herodot. 4-85～86/ Scylax 67～92/ Arr. Periplus Maris

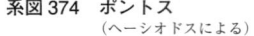

系図374　ポントス
（ヘーシオドスによる）

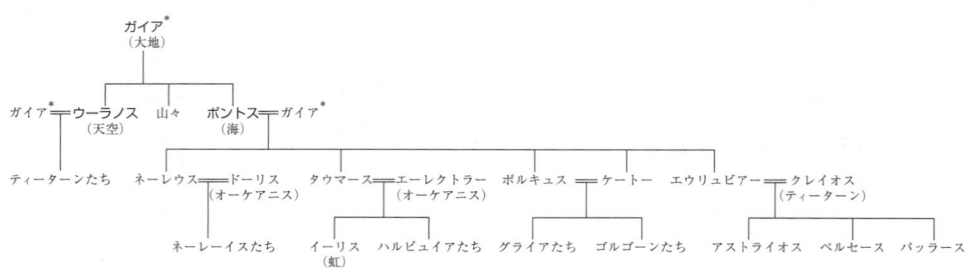

Euxini/ Ov. Tr. 3-13, 4-54/ Strab. 2-126, 7-298〜299/ Plin. N. H. 4, 6/ Mela 1-1, -19, 2-1/ Ptol. Geog. 3-10/ Polyb. 5-44/ etc.

ポンピリウス、ヌマ　Pompilius, Numa
⇒ヌマ・ポンピリウス

ポンプティーヌム沼沢地　Pomptinum, Pomptinae Paludes,（ギ）ta Pomptīna helē,　τὰ Πομπτῖνα ἕλη,（英）Pomptine Marshes,（仏）Marais Pontins,（独）Pontinische Sümpfe,（伊）Paludi Pontine,（西）Lagunas Pontinas

イタリアのラティウム*南部沿岸、ローマの東南方、キルケイイー*の近くに広がっていた沼沢地。かつては24の都市が栄えた地域と伝えられるが、ローマ共和政期には伝染病の発生しやすい瘴気たち罩める湿地帯と化していた。前312年、監察官(ケーンソル)のアッピウス・クラウディウス*・カエクスは、アッピウス街道*（ウィア・アッピア*）建設中に排水を試み、降ってカエサル*もこの沼湖地帯の干拓を計画（前44）、アウグストゥス*は街道沿いに運河を掘って、周辺の有害な湿気や追い剥ぎの害から旅行者を守ろうとした。しかるに古代・中世を通じて完全な排水は達成されず、20世紀のファシスト政権下に至って、ようやく埋め立てと耕地化が実現した。

⇒セーティア

Plin. N. H. 3-5, 26-9/ Suet. Iul. 44/ Liv. 2-34, 4-25, 6-21, 7-15, 9-20/ Mart. 10-74/ Luc. 3-85/ Strab. 5-233/ Juv. 3-307/ Theophr. Hist. Pl. 5-8/ Diod. 20-36/ Sil. 8-380/ etc.

ポンペイ　Pompeii
⇒ポンペイイー（地名）

ポンペイ　Pompey the Great
⇒大ポンペイユス（Cn. ポンペイユス・マグヌス❶）

ポンペーイア　Pompeia
⇒ポンペイヤ

ポンペイイー　Pompeii,（ギ）Pompēiā, Πομπηῖα, または、Pompēioi, Πομπήιοι,（仏）Pompéï, Pompéi,（独）Pompeji,（伊）Pompei,（西）Pompeya,（葡）Pompeia,（露）Помпеи,（和）ポンペイ

カンパーニア*のネアーポリス*（現・ナーポリ）湾にあった都市。ウェスウィウス*（現・ヴェズーヴィオ Vesuvio）山の東南麓、海岸から2マイルに位置する。伝説では、ヘーラクレース*（ヘルクレース*）の創設というが、古くからオスキー*人、エトルーリア*人、ギリシア人、サムニウム*人（サムニーテース*）らが相次いで来住し、軍事・交易上の要港として発展。前8世紀末以来、ギリシア文化（⇒クーマエ）やエトルーリア文化の影響を交互に受け、前3世紀後半からはヘレニズム化が進んだ。町はサムニウム人の治下、かなり拡張されたが、第2次サムニウム戦争（前326〜前304）を経てローマの同盟市となる（前310頃）。のち同盟市戦争*（前91〜前88）でローマに反抗したため、前89年スッラ*の攻撃するところとなり、戦後、ローマ市民権を認められるとともに、その退役軍人用植民市(コローニア) Colonia Veneria Cornelia として再建され（前80）、公用語もオスキー語からラテン語に変わり、急速にローマ化していった。共和政末期以後、キケロー*らローマ貴族の別荘地・保養地となり、また商業都市としても大いに繁栄。後62年2月5日の地震で甚大な被害を受け、修復工事が完了する直前、79年8月24日のウェスウィウスの噴火によって、ヘルクラーネウム*やスタビアエ*ともども埋没、滅亡した。熔岩流は届かなかったものの、4日間にわたって降り注ぐ火山礫と火山灰の下に埋まり、大勢の犠牲者を出した（⇒大プリーニウス）。1748年以降、本格的な発掘が始まり、1861年からはジュゼッペ・フィオレッリ G. Fiorelli の科学的な方法が採用されて、現在では都市の大半を見ることができる。主要な建築物は2万人を収容する円形闘技場(アンピテアートルム)や広大なパライストラー*、公共建造物に囲まれたフォルム*、舗装された遊歩道、ユーピテル*、アポッロー*、イーシス*、ウェヌス*他の諸神殿、大小の野外劇場(テアートロン*)、音楽堂(オーデイオン*)、や剣闘士訓練場に隣接する三角形のフォルム、諸設備の整った3つの公共浴場(テルマエ*)、数々の店舗や妓楼、邸宅(ドムス) domus（ウェッティイー Vettii の家、ファウヌス*の家、サッルスティウス*の家、秘儀荘（伊）Villa dei Misteri、ディオメーデース*荘、他）、など。また、数々の家具・工芸品、彫刻、フレスコやモザイクによる絵画（『アレクサンドロス大王*とダーレイオス*の戦闘』図が代表例）も出土し、大半がナーポリの考古学博物館 Museo Archeologico Nazionale に収蔵されている。なお、遺跡を訪れた英国のブルワー＝リットン Bulwer-Lytton が著わした小説『ポンペイ最後の日々 The Last Days of Pompeii』(1834) も広く読まれている。

⇒ヌーケリア、ノーラ

Cic. Sull. 60〜62, Att. 1-20, Fam. 7-3, 12-20, Acad. 2-3/ Strab. 5-247/ Sen. Q. Nat. 6-1/ Tac. Ann. 14-17, 15-22, Hist. 1-2/ Plin. Ep. 6-16, -20/ Suet. Tit. 8/ Dio Cass. 66-21〜24/ Liv. 9-38/ Plin. N. H. 3-5/ Mela 2-4/ Solin. 2-5/ App. B. Civ. 1-39, -50/ Vell. Pat. 2-16/ Oros. 5-18/ Columella 3-2/ Marc. Aurel. Medit. 4-48/ Solin./ etc.

ポンペイウス　Pompeius
⇒ポンペイユス

ポンペーイウス　Pompeius
⇒ポンペイユス

ポンペーイウス（大）　Pompeius Magnus
⇒ Cn. ポンペイユス・マグヌス❶（大ポンペイユス）

ポンペイ（ポムペイ） Pompey the Great （人名）
⇒ Cn. ポンペイユス・マグヌス❶（大ポンペイユス）

ポンペイ（ポムペイ） Pompeii （地名）
⇒ポンペイイー

ポンペイヤ Pompeia,（ギ）Pompēiā, Πομπηία,（仏）Pompéia,（伊）Pompea,（西）Pompeya,（露）Помпея

ローマの名門ポンペイユス氏 Gens Pompeia の女性たち。その主だった者は、以下の通り。

❶（前1世紀）Q. ポンペイユス・ルーフス❷*の娘。母は独裁官スッラ*の娘コルネーリア Cornelia（⇒巻末系図065）。前67年、ユーリウス・カエサル*の2度目の妻となるが、5年後ボナ・デア*事件を起こし（前62年12月）、女装した情夫 P. クローディウス*・プルケルを家に引き入れた嫌疑をかけられたため離婚される（前61年初頭）。
⇒アウレーリア
Suet. Iul. 6/ Plut. Caes. 5, 10/ Dio Cass. 37–45/ Cic. Att. 1–13/ etc.

❷（前1世紀中頃）大ポンペイユス*と3度目の妻ムーキア*との間の娘（⇒巻末系図071）。独裁官スッラ*の息子ファウストゥス・スッラ❶*と結婚し、夫がアーフリカ*で殺された（前46）のち、子供たちとともにカエサル*の捕虜となるが釈放される。次いでキンナ❷*に再嫁し、前35年以前に死亡。息子のグナエウス・キンナ・マグヌス*はのちに、アウグストゥス*帝に対し謀反を企てたが、后リーウィア❶*（リーウィア・ドルーシッラ*）のとりなしで赦された（後4）。
⇒巻末系図070
Plut. Caes. 14, Pomp. 47/ Dio Cass. 55–14/ Sen. Clem. 1–9/ etc.

❸（前1世紀後半）セクストゥス・ポンペイユス・マグヌス*（大ポンペイユス*の次男）の娘（⇒巻末系図070）。母はスクリーボーニア Scribonia（前34年の執政官 L. スクリーボーニウス・リボー Scribonius Libo の娘）。前39年、M. マルケッルス❸*（C. マルケッルス*とオクターウィア❶*との子）と婚約するが、父親とアウグストゥス*（オクターウィアの弟）との不和から婚姻は成立しなかった。父の敗戦後、ともにアシア*へ逃れた（前38）。
⇒巻末系図071
App. B Civ. 5–73/ Dio Cass. 48–38, 49–11/ etc.

ポンペイヤーヌス、Ti. クラウディウス Pompeianus, Tiberius Claudius
⇒クラウディウス・ポンペイヤーヌス、ティベリウス

ポンペイヤ・プローティーナ Pompeia Plotina
⇒プローティーナ（トライヤーヌス*帝の妻）

ポンペイユス Pompeius (Pompejus),（ギ）Pompēios, Πομπήιος,（英）Pompey,（仏）Pompée,（独）Pompeius, Pompejus,（伊）Pompeo,（西）Pompeyo,（葡）Pompeu
⇒ Cn. ポンペイユス・マグヌス❶（大ポンペイユス）

ポンペイユス氏 Gens Pompeia

ローマのプレーベース*（平民）系の氏族。出自は明らかではなく、前2世紀までその名は史書に見出されない。同氏から最初に執政官（コーンスル*）職に就任したのは、小スキーピオー*の被保護民 cliens クィントゥス・ポンペイユス Q. Pompeius Rufus（前141年の執政官）で、前131年には監察官（ケーンソル*）にまで昇りつめている（ポンペイユス・ルーフス❶*の祖父）。

また、かの名将・大ポンペイユス*（Cn. ポンペイユス・マグヌス❶*）は、クィントゥス・ポンペイユスとは別の家系から出ており、マグヌス（「偉大な」の意）の副名 cognomen は、彼の玄孫の代、帝政前期まで称されていく。
⇒巻末系図070
Cic. Verr. 5–70, Mur. 7, Brut. 25/ Vell. Pat. 2–21/ Plut. Pomp. 1/

ポンペイユス・ストラボー、グナエウス Gnaeus Pompeius Strabo,（ギ）Gnaios Pompēios Strabon, Γναῖος Πομπήιος Στράβων,（伊）Gneo Pompeo Strabone,（西）Cneo Pompeyo Estrabón

（?～前87）大ポンペイユス*の父。前89年の執政官。斜視のためストラボー（「斜視の人」の意）の異名を得る。ピーケーヌム*の名門の出。同盟市戦争*（前91～前88）で武功を立て、この戦争中唯一の凱旋式を挙げる（前89年末）。前88年にも引き続きピーケーヌムに軍隊を擁し、後継者の執政官、Q. ポンペイユス・ルーフス❶*を暗殺した。翌年、キンナ*軍からローマを防御するべく召還されるが、彼は秘かにキンナと交渉して前86年度の執政官職を2人で共有することを提案したという。胴欲や残忍さゆえに世人に憎まれ、前87年、雷に撃たれて死ぬと、兵士らは屍体を柩から出してローマの市街を引きずりまわしティベリス*（現・テーヴェレ）河に投げ捨てた。
⇒巻末系図070
App. B. Civ. 1–40, -47, -52, -66～68, -80/ Vell. Pat. 2–20～21/ Plut. Pomp. 1/ Plin. N. H. 7–12/ Val. Max. 9–14/ etc.

ポンペイユス・トローグス Cn. (T.) Pompeius Trogus,（英）Pompey Trogue,（仏）Pompée Trogue,（伊）Pompeo Trogo,（西）Pompeyo Trogo,（葡）Pompeu Trogo

（前41頃～後1世紀初頭）アウグストゥス*帝時代のラテン語史家。ガッリア・ナルボーネーンシス*の出身。祖父は大ポンペイユス*から市民権を授かり、父はカエサル*の秘書を務めた。彼は古代オリエントから始まってギリシア、マケドニアー*、パルティアー*、カルターゴー*、ガッ

リア*、ヒスパーニア*など諸民族の『世界史 Totius Orbis Historia』（または、ピリッポス*史 Historiae Philippicae）全44巻を、ギリシア史家たちに依拠して執筆したが散佚、わずかにユースティーヌス*（後3世紀）の抜粋によって伝えられるに過ぎない。その他、『動物誌 De Animalibus』（10巻以上）などの著作もあったといわれるけれど、すべて失われた。

⇒フェネステッラ

Just. praef. 1-38, 43-5/ Plin. N. H. 11-114/ Hieron./ Augustin./ etc.

ポンペイユス・マグヌス、グナエウス　Gnaeus Pompeius (Pompejus) Magnus

ローマの政治家、軍人。

❶大ポンペイユス*、（ギ）Gnaios Pompēios ho Megās, Γναῖος Πομπήιος ὁ Μέγας,（伊）Gneo Pompeo Magno,（西）Cneo Pompeyo Magno,（葡）Cneu Pompeu Magno,（露）Гней Помпей Великий（前106年9月29日～前48年9月28日（異説あり）、ユーリウス暦*では7月24日に当たる）

ローマ共和政末期の政治家・軍人。Cn. ポンペイユス・ストラボー*（前89年の執政官*）の息子。若い頃から美貌と風格のゆえに評判が高く、アレクサンドロス大王*にたとえられ、評判の美妓フローラ Flora でさえ恋患いに陥ったという。また当時のローマ人の常として男女両色を嗜んだらしく、カエサル*と同じく一本指を立てて頭を掻く柔弱な仕草をする癖があったので、「女みたいな男だ」と言われていた（中指で頭を掻くのは男娼もしくは受け手の男色家のサインだと看做されていた）。

父の麾下、同盟市戦争*に出陣（前89）。閥族派の将軍スッラ*に属してマリウス*派掃討軍を指揮し、シキリア*（現・シチリア）やアーフリカ*で目ざましい武勲を樹立、「偉大な Magnus」という副名 cognomen を冠せられる。スッラに「沈む陽よりも昇る陽を拝む人の方が多いのですよ」と迫って、強引に異例の若さで凱旋式を挙行（前81。25歳）。スッラは新しい好敵手の出現に顔色を失い、遺産相続人のリストから彼を排除する。しかるに、スッラの病死（前78）後も、ポンペイユスは閥族派を支持し、Q. ルターティウス・カトゥルス*を援けて、民衆派の M. アエミリウス・レピドゥス*の謀反を鎮圧。前77～前71年にはヒスパーニア*でセルトーリウス*の反乱を平定し、ローマへの帰途、剣闘士スパルタクス*の残党を撲滅、2度目の凱旋式を祝った（前71）。翌前70年には、まだ元老院議員ですらなかったのに、富豪クラッスス*と並んで執政官に就任（35歳）、2人はことごとに衝突・反目し合い、クラッススの元老院派に対して、彼は民衆派に転向。前67年には、ガビーニウス*法 Lex Gabinia を成立させて、前代未聞の絶大な権力 imperium を握り、地中海の海賊を3ヵ月という短期間で掃討する。次いでマーニーリウス*法 Lex Manilia（⇒ C. マーニーリウス）により、苦戦を続けるルークッルス*に代わってミトリダテース*戦争指揮の非常大権を獲得（前66）、長年ローマを悩ませて来たミトリダテース大王（6世*）を敗走させ（前64）、その領土を属州ポントゥス*に編成、アルメニアー*を保護国と化し、南下してはシュリアー*王国を征服、さらにイェルーサーレーム*（エルサレム）を攻略しパレスティナ*を併せて、属州シュリア*を設けるなど偉業を成し遂げた（前62年。4属州と4保護国の新設）。

帰国して3度目の凱旋式を盛大に挙げる（前61年9月29日）が、強大になり過ぎた彼の権勢に危惧の念を懐いた元老院は、彼の東方での功績も部下の退役兵への土地分配も認めなかった。憤慨するポンペイユスは、民衆派のカエサルのすすめに従って、クラッススと和解、ここにいわゆる第1回三頭政治*が実現する（前60）。結束を固めるべく彼は、カエサルの娘ユーリア❹*を4度目の妻に迎え（前59）、再びクラッススと並んで執政官職に就任（前55）、ローマ最初の恒久的石造劇場 Theatrum Pompeium を建て、華々しい見世物を催した。

前54年8月、ユーリアが産褥死を遂げ、翌前53年、クラッススがカッライ*で戦死するに及んで、カエサルと疎隔・対立するようになり、前52年には、ガッリア*で目ざましく勢力を伸ばすカエサルを怖れた元老院によって、単独執政官に任ぜられる（前52年2月25日。⇒ビブルス）。名声に心驕った彼は、「イタリアのどこであろうと、私が足で地面をとんと踏めば、たちまち軍勢が躍り出て来るであろう」と豪語。ついに前49年1月、カエサルとの間に内戦 Bellum Civile Alterum が勃発すると、「今こそ約束通りとんと足を踏みならして軍隊を呼び出してくれ」という要求もよそに、快進撃で迫るカエサルとの決戦を避けて、ギリシアへ渡海、翌48年8月9日、テッサリアー*のパルサーロス*で戦うが敗北し、エジプトに逃れて王プトレマイオス13世*に保護を求める。しかるに、後難を恐れるエジプトの廷臣らにより上陸間際に刺殺、斬首された（⇒ポティノス）。彼の首は脳を抜き出され防腐処理を施されてから、槍の穂先に刺し貫かれてアレクサンドレイア❶*市街を運びまわされた。体の方は裸のまま放置されていたが、ほどなく忠実な1解放奴隷の手で茶毘に付されている。

彼は5回結婚した（⇒巻末系図071）。最初の妻アンティスティア Antistia は、父親を夫ポンペイユスに殺され、母親もこれを目撃して自害、自身はアエミリア Aemilia Scaura（スッラの継娘）との再婚を急ぐ夫により、家から追い出されたという薄幸な女性（前82）。2番目の妻アエミリアは、すでに他家に嫁いで身重だったのを、スッラの命で無理強いにポンペイユスと結婚させられ、間もなく産褥死（前82）。3度目の妻ムーキア*（ムーキア・テルティア）は、2男1女を産むが、不貞のゆえに離縁（前60）。4度目の妻がカエサルの娘ユーリア。最後に娶ったコルネーリア❸*（メテッルス❺*・スキーピオーの娘）については、同項を参照。

彼の子女に関しては、グナエウス・ポンペイユス・マグヌス❷*、セクストゥス・ポンペイユス・マグヌス*、ポンペイヤ❷*の各項を参照。

ポンペイユスの主だった部下の中では、L. アーフラー

ニウス*、M. ペトレイユス*、M. ウァッロー*、ミロー*、T. ラビエーヌス*らが名高い。

⇒小カトー、メテッルス❹・ピウス、P. クローディウス・プルケル、キケロー、Q. ルターティウス・カトゥルス❷、巻末系図070

Plut. Pomp., Mor. 89e, 800d/ Dio Cass. 33～42/ Caes. B. Civ./ App. B. Civ. 1～4/ Vell. Pat./ Cic./ Sallust. H./ Suet. Iul./ Joseph./ Plin. N. H. 6-19/ etc.

❷ Gn. Pompeius Minor,（英）Pompey the Younger,（仏）Pompée le Jeune,（独）Pompeius der Jüngere,（伊）Pompeo il Giovane,（西）Pompeyo el Joven,（露）Помпей Младший

(前79～前45) 大ポンペイユス*の長男。母はムーキア*。妻は Ap. クラウディウス・プルケル*の娘クラウディア Claudia（前54頃に結婚）。若い頃から父の海賊掃蕩に加わり、カエサル*との内戦が勃発すると艦隊獲得のためアレクサンドレイア❶*へ派遣される（前49）。その折り若きエジプト女王クレオパトラー7世*に魅せられて彼女に求愛したといわれる。パルサーロス*の戦いで父が敗れる（前48）と、エジプト艦隊から見捨てられ、コルキューラ*を経てアーフリカ*、ヒスパーニア*へと逃避行を続ける。タプソス*から敗走して来た弟セクストゥス・ポンペイユス*や一味の残党とともに、13箇軍団を編成。カエサル側の軍隊に決死の戦いを挑んだものの、ムンダ*で大敗を喫する（前45年3月17日）。重傷を負って海へ逃れるが船団も討滅せられ、やむなく内陸へ遁走し洞窟に隠れていたところを討ち取られ、その首はヒスパリス*の町に梟された（4月12日）。生来、激しやすい性質で、彼に降伏を勧告したキケロー*はあやうく殺されそうになったほどである。特に敗戦の悲運に遭ってからは、冷酷で疑い深い傾向が著しくなっていったという。

⇒巻末系図070～071

Caes. B. Civ. 3-5, -40/ Dio Cass. 42-12, -56, 43-14, -28～40/ App. B. Civ. 2-87, -103～105/ Cic. Fam. 11-19/ etc.

❸ (?～後47) ❶の子孫。父は M. リキニウス・クラッスス❺*・フルーギー。母は大ポンペイユス*の玄孫スクリーボーニア Scribonia（⇒巻末系図070）。カリグラ*帝（在位・後37～41）によって、副名マグヌス（「偉大な」の意）を剥奪されるが、のちクラウディウス*帝（在位・41～54）がこれを復し、帝の長女アントーニア❸の婿となる（後41）。しかるに後年、クラウディウスの后メッサーリーナ*の奸策で、父母ともども殺害された。刺客がやって来た時、彼はお気に入りの若者とベッドで抱擁し合っている最中だったという。

⇒ファウストゥス・コルネーリウス・スッラ❷、ルベッリウス・プラウトゥス

Dio Cass. 60-5, -21, -29/ Suet. Cal. 35, Claud. 27, 29/ Sen. Apocol. 11/ Zonar. 11-9/ etc.

ポンペイユス・マグヌス、セクストゥス

Sextus Pompeius Magnus Pius,（英）Sextus Pompey,（仏）Sextus Pompée,（伊）Sesto Pompeo Magno Pio,（西）Sexto Pompeyo Magno Pío,（葡）Sexto Pompeu Magno Pio

(前67頃～前35) 大ポンペイユス*の次男。母はムーキア*（⇒巻末系図071）。エジプト海岸で父が暗殺される場面を船上から目撃（前48）。ヒスパーニア*で兄グナエウス・ポムペイユス❷*とともにカエサル*と戦うが、前45年に兄が討ち取られると、盗賊団の首領となって実力を蓄え、カエサルの暗殺（前44）後は艦隊を指揮するようになる。第2回三頭政治*が結成される（前43）や、追放処分を受けた人々や逃亡奴隷たちを糾合して大勢力にふくれ上がり、シキリア*（現・シチリア）を占領、この島を根城に海賊活動を展開。350隻の船団を擁してイタリア沿岸を劫略、自ら「海神ネプトゥーヌス*の子」を誇称し、ローマへの穀物輸送を遮断。そのためローマは食糧危機に陥り、前39年ミーセーヌム*において彼とローマの首脳オクターウィアーヌス*（のちのアウグストゥス*）やアントーニウス*との間に和約が結ばれる —— 会談は彼の船上で開かれたが、部下のメーナース Menas（別名メーノードロス Menodoros）が両巨頭の暗殺を進言したにもかかわらず、その策を斥けたため、彼はローマの支配者となる好機を逸する —— 前36年、アグリッパ*率いるところのオクターウィアーヌスの艦隊に敗れ（⇒ミューラエ、ナウロクス）、娘とともにアシア*へ逃れるが、味方に裏切られ、アントーニウス側に引き渡されてミーレートス*で処刑された。勇猛豪胆だが、ひどく無学で正確にラテン語を話すこともできなかったという。

⇒ M. スカウルス❸、巻末系図070

App. B. Civ. 2-105, -122, 3-4, 4-84～117, 5-2～143/ Dio Cass. 46～49/ Vell. Pat. 2-73, -87/ Liv. Epit. 123, 128～131/ Bell. Hisp./ etc.

ポンペイユス・ルーフス、クィ(ー)ントゥス

Quintus Pompeius Rufus,（伊）Quinto Pompeo Rufo,（西）Quinto Pompeyo Rufo,（露）Квинт Помпей Руф

ローマの政治家、軍人（⇒巻末系図065）。

❶ (?～前88) 有能で貪欲な政治家 Q. ポンペイユス（前141年のコーンスル執政官、前131年のケーンソル監察官）の孫。閥族派の政治家。スッラ*とともに前88年度コーンスル執政官に就任。同年、南イタリアで戦闘中の遠縁 Cn. ポンペイユス・ストラボー*（大ポンペイユス*の父）の軍隊指揮権を委ねられるが、意に染まぬストラボーにより暗殺される。

App. B Civ. 1-55～57-63/ Vell. Pat. 2-20/ Liv. Epit. 77/ Plut. Sull. 8/ Cic. Brut. 25, 56, 89/ etc.

❷ (?～前88) ❶の息子。独裁官スッラ*の娘コルネーリア Cornelia（その母はスッラの最初の妻イーリア Ilia）を娶り、同名の息子❸や娘ポンペイヤ❶*（カエサル*の妻）を儲ける。まだ若いうちにマリウス*対スッラの抗争に巻きこまれ、フォルム*でマリウス派に襲われて殺害される（前88）。

App. B Civ. 1-56/ Plut. Sull. 8/ etc.

Pompeius Rufus ポンペイユス・ルーフスの3。

❸（前1世紀中頃に活躍）

❷の息子。スッラ*の外孫に当たる。前54年M. メッサーラ*を贈賄によって執政官（コーンスル*）職を得たとして告発。前52年度の護民官*に選ばれ、大ポンペイユス*に独裁権を与えるべくローマに騒擾と混乱を巻き起こしたため、短期間獄に投じられる（前53）。前52年初頭にP. クローディ・ウス・プルケル*が虐殺されると、彼は同僚のムーナーティウス・プランクス*と共に民衆を焦燥・激昂に駆り立て、かくて大ポンペイユスを単独執政官に就任させる（2月25日）。しかるに、彼は自身が熱心に通過・制定させた当の暴動罪を犯したと訴えられて護民官職を剥奪（12月10日）、断罪されてバウリー*へ亡命した。前51年には、政敵らにより「属州キリキア*の総督として赴くキケロー*を殺害した」という虚報を流されている。

Cic. Q. Fr. 3-2, Att. 4-16/ Dio. Cass. 40-45, -49, -55/ Val. Max. 4-2,

ポンペーヤ Pompeja
⇒ポンペイヤ

ポンペーヤ・プローティーナ Pompeja Plotina
⇒プローティーナ、ポンペイヤ

ポンペーユス Pompejus
⇒ポンペイユス

ポンポーニア Pomponia,（ギ）Pompōniā, Πομπωνία,（仏）Pomponie
ローマの婦人名。（⇒巻末系図068）

❶（前1世紀）T. ポンポーニウス・アッティクス*の妹。兄の親友である雄弁家M. キケロー❶*の仲介で、その弟Q. キケロー*に嫁いだ（前69）が、事を好む烈しい気性がわざわいして、新婚当初から年下の夫と不仲であった。しじゅう諍いを起こし、夫が男色相手の解放奴隷を大事にし過ぎるといって宴席でも大騒ぎを演じるなど、波風の絶えぬ結婚生活を繰り広げたあげく、ついに夫から離縁された（前45末または前44初）。第2回三頭政治*の折に、キケロー兄弟とともに息子のクィントゥスが召使ピロログスPhilologusの裏切りによって殺される（前43末）と、彼女は裏切者を捕えて、この男に自分の手で自らの肉を少しずつ切り取らせて火で焼かせ、それを無理やり食べさせるなど、さまざまな恐しい復讐を加えたという。

Nep. Att. 5/ Plut. Cic. 49/ Cic. Att. 1-5, 5-1, 7-1, -5, 14-10, Q. Fr. 3-1/ etc.

❷ Pomponia Attica（前51～?）❶の姪（別名カエキリア・アッティカ*）。ポンポーニウス・アッティクス*の娘。アッティカ*とかカエキリア Caeciliaとも呼ばれる。将軍M. ウィプサーニウス・アグリッパ*（大アグリッパ）に嫁いだ（前36頃）が、父親の解放奴隷との密通を疑われた。アグリッパとの間に生まれた娘ウィプサーニア・アグリッピーナ*は、未来の皇帝ティベリウス*の最初の妻となった。前28年にアグリッパが大マルケッラ*と再婚しているので、ポンポーニアはそれ以前に死亡したか、夫と離別したことが分かる。
⇒ Q. カエキリウス❷、巻末系図086

Cic. Att. 5-19, 6-1, -2, -5, 7-2/ Nep. Att. 12/ Suet. Tib. 7, Gram. 16/ etc.

❸（前3世紀末）大スキーピオー*の母（⇒巻末系図053）。共和政期のプレーベース*（平民）系の名門出身で、その遠祖は古王ヌマ*の息子ポンポー Pompo,（エトルーリア語）Pompu であるという（⇒巻末系図050）。

Sil. Ital. 13-615/ Gell. N. A. 7-1/ Liv. 26-19/ Polyb. 10-4/ etc.

ポンポーニア・グラエキーナ Pomponia Graecina
⇒アウルス・プラウティウス（の妻）

ポンポーニウス・アッティクス、ティトゥス Titus Pomponius Atticus,（ギ）Titos Pomponios Attikos, Τίτος Πομπώνιος Ἀττικός,（伊）Tito Pomponio Attico,（西）Tito Pomponio Ático,（葡）Tito Pompónio Ático

（前109頃～前32年3月31日）ローマの富裕な騎士身分（エクィテース*）の生まれで、文学・芸術のパトロン。雄弁家キケロー*の親友。マリウス*派とスッラ派の内乱を避けてアテーナイへ移住（前88／85）、以降長きにわたってギリシアに滞在し（～前65）、その地の学者たちと親交を結んだため、アッティクス（「アッティカ*人」の意）の異名cognomen をとる。父および養父Q. カエキリウス*（母方の叔父）から多額の遺産を相続し、エーペイロス*に広大な地所を購入、金融・出版などの事業を営むかたわら、剣闘士や秘書を養成したり、キケローやホルテーンシウス*、小カトー*らの財産を有益に管理して産を成した。党派にかかわりなくローマ政界のあらゆる有力者と親しんで、共和政末期の内乱をたくみに切り抜ける。当時キケローとの間に交わした往復書簡（前68～前43）はこの時代の史料として重視される。妹ポンポーニア❶*は雄弁家の弟Q. キケロー*の妻。アッティクスが53歳で結婚して（前56年2月12日）儲けた1女ポンポーニア❷*は、アウグストゥス*の腹心アグリッパ*の妻となる（前36頃）。洗練された文化人でエピクーロス*派哲学を信奉し、ローマのクィリーナーリス*丘にある彼の邸宅は名士たちの集う文芸サロンを成した。77歳の時に難病に罹り、食を断って死のうとしたところ、一旦恢復しかけたにもかかわらず、「人間一度は死の苦しみを味わうのだから」と初志貫徹して餓死したという。『年代記 Liber Annalis』1巻やローマの名門系図などの史書に筆を染めたが、すべて散佚した。ネポース*による伝記がある。
⇒巻末系図068, 086

Nep. Att./ Cic. Att. 1-3～59, 2-1, 3-20, 4-1, -4, -11, 6-5, 7-1, 12-23, 13-5, -21, Orat. 34, Fin./ etc.

ポンポーニウス、セクストゥス　Sextus Pomponius,（伊）Sesto Pomponio,（西）Sexto Pomponio

（後2世紀中頃）ローマの法律学者。ハドリアーヌス*帝からマールクス・アウレーリウス*帝の治世にかけて活躍し、きわめて大量の書物を執筆・編纂した。『学説要録 Digesta（ディーゲスタ）』にしばしば引用される。サビーヌス*学派に属し、パウルス*やウルピアーヌス*と並んで3大法律家と称せられるが、その学風は創造的というよりも集大成的である。
S. H. A. Alex. Sev. 68/ Dig. 1-2, 3-6, 17-63/ etc.

ポンポーニウス・セクンドゥス、プーブリウス　Publius Calvisius Sabinus Pomponius Secundus,（伊）Publio Pomponio Secondo,（西）Publio Pomponio Segundo

（後10頃～後51年から後57年の間に没）ローマの政治家、詩人。カリグラ*の后カエソーニア*の異父兄弟。ティベリウス*帝の権臣セイヤーヌス*の友人だったため、セイヤーヌスが失脚すると、投獄の憂き目を見（31）、のちカリグラ帝によって釈放され（37）、クラウディウス*帝治下には補欠執政官（コーンスル*）（44）、次いで高地ゲルマーニア*（上ゲルマーニア）の属州総督 Legatus となってカッティー*族を撃退（50）、凱旋将軍顕章を授与された。洗練された文化人で、当代一流の悲劇作家として評判が高く、部下の大プリーニウス*は彼の伝記『ポンポーニウス・セクンドゥス伝 De Vita Pomponii Secundi』（2巻、散佚）を著わした。ポンポーニウスの作品は伝存しない。プリーニウスによれば、彼は終生、決してゲップをしない人であったという。兄のクィントゥス・ポンポーニウス Q. Pomponius（41年の補欠執政官）は不穏を好む性格の持主で、ティベリウス晩年の恐怖政治時代には皇帝の好意を得るため貴婦人を告発して陥れ（33）、のちクラウディウスに対する謀叛（⇒カミッルス❺）を企てて処刑されている（42）。
Tac. Ann. 5-8, 6-18, 11-13, 12-27～28, 13-43/ Dio Cass. 59-6, -29/ Plin. Ep. 3-5, 7-17/ Plin. N. H. 7-19, 13-26/ Quint. Inst. 8-3, 10-1/ etc.

ポンポーニウス・ボノーニエーンシス、ルーキウス　Lucius Pomponius Bononiensis,（伊）（西）Lucio Pomponio

（前100～前85頃活躍）ボノーニア*（現・ボローニャ）出身のラテン詩人。ノウィウス*と同じくアーテッラーナ劇*を作ったことで知られる。70に及ぶ作品のうち十余の題名と引用断片200行のみ伝存。アーテッラーナ劇を文学作品に仕上げた人物と評されている。残存する断片75・76から、当時のイタリアには既に男色相手に用いられる稚児や陰間のみならず、成人男性を犯す仕手役の男娼がいたことがうかがわれる。
Gell. N. A. 12-10/ Vell. Pat. 2-9/ Macrob. Sat. 1-10/ etc.

ポンポーニウス・メラ　Pomponius Mela
⇒メラ、ポンポーニウス

マ行

マイア Maia, Μαῖα, (時にマイアス Maias, Μαιάς)（仏）Maïa,（西）Maya,（露）Майя,（現ギリシア語）Maía

ギリシア神話中、アトラース*とプレーイオネー Pleione の娘（⇒巻末系図 014）。プレイアデス*7 姉妹の長女で最も美しかった。大神ゼウス*と交わり、アルカディアー*のキュッレーネー* Kyllene（現・Killíni）山の洞窟でヘルメース*神を産んだ。彼女はまた、ゼウスに愛されたニュンペー*（ニンフ*）のカッリストー*が雌熊に変身させられた後、赤児のアルカス*を引き取って養育したという（ギリシア語でマイアは「母」「乳母」を意味する）。

ローマ人は彼女を古いイタリアの女神マイア（マイヤ） Maia と同一視した。このマイアは春を司る豊穣神で、ウルカーヌス*神の妻とされ、妊娠した雌豚が 5 月 1 日に彼女に捧げられた。ギリシアのマイアと混同された結果、メルクリウス*の母となり、5 月 15 日（メルクリウスの祭日）にも祀られた。ボナ・デア*やファウナ Fauna、オプス*とも呼ばれている。5 月のラテン名 Maius（〈英〉May,〈仏〉mai,〈独〉Mai,〈西〉Mayo,〈葡〉Maio）はこの女神の名前に由来する。

Hom. Od. 14-435/ Hes. Th. 938/ Hymn. Hom. Merc./ Apollod. 3-8-2, -10-1～2/ Gell. N. A. 13-23/ Macrob. Sat. 1-12/ Verg. Aen. 8-138～/ Ov. Fast. 5-85, -103, -663～/ Diod. 3-60/ Hyg. Fab. 192, 251/ etc.

マイアンドロス（河） Maiandros, Μαίανδρος,（ラ）マエアンデル Maeander,（英）M(a)eander,（仏）Méandre,（独）Mäander,（伊）Meàndro,（西）（葡）Meandro, Menderes,（露）Меандр

（現・Büyük Menderes）小アジア西部の河川名。長さ 548km、源をプリュギアー*に発し、マルシュアース*川やリュコス*川などいくつかの流れを集め、カーリアー*とリューディアー*の境界を画しながらイオーニアー*へ西進し、最後はミーレートス*港でエーゲ海に注いでいた（後世ミーレートス港はこの河の流出土により埋積されてしまうが）。複雑な蛇行・曲流を繰り返しつつ流れていたことで知られ、名匠ダイダロス*はこの河の流路を見てクレーター*のラビュリントス*（迷宮）を造ることを思いついたという。現代も河川の屈曲や雷文形紋様を「メアンダー（英）meander」などと呼ぶのは、このことに由来する。神話では他の河川と同じくオーケアノス*の息子とされるが、プルータルコス*によると、マイアンドロスはもとペッシヌース*の王で、戦争中「もし勝利が得られたならば、最初に祝福に来る者を生贄に捧げる」との誓いを立て、最初に現われた息子を誓約通り犠牲に供したのち、悲嘆のあまり河に身を投げ、以来この河が彼の名で呼ばれるようになったという。

Hom. Il. 2-869/ Hes. Th. 339/ Herodot. 1-18/ Ov. Met. 2-246, 8-162/ Paus. 2-5, 8-41/ Plut. De fluv. 9-1/ Xen. An. 1-2-5～/ Strab. 12-577～/ Thuc. 8-17/ Plin. N. H. 5-31/ Ptol. Geog. 5-2/ etc.

マイオーティス Maiōtis limnē, Μαιῶτις λίμνη,（ラ）マエオーティス Maeotis Palus,（英）Maeotian Lake,（仏）Lac Méotide,（伊）Lago Meotiano,（西）Lago Meotis,（葡）Lago Meótis

（現・アゾフ Azov〈クリミア・タタール語〉, Azaq〈トルコ語〉Azak 海）黒海（ポントス*）とボスポロス❷*（現・ケルチ Kerch'）海峡で結ばれたスキュティアー*の内海。タナイス*（現・ドン）河が流入する。ミーレートス*などイオーニアー*地方のギリシア人が植民し、パンティカパイオン*、タナイスその他の都市を建設。また、トラーキアー*（トラーケー*）系のボスポロス王国*が永くこの地域一帯に栄えた（前 5 世紀初頭～後 342 年頃）。伝説の女人族アマゾネス*はマイオーティスの近くに住んでいたといわれ、そのためアマゾーン*女族はマイオーティスの女たち（ギ）Maiōtidai, Μαιωτίδαι（ラ）Maeotidae と呼ばれている。タナイス河口周辺の低湿地には、マイオータイ Maiōtai, Μαιῶται 族が居住していた。マッサゲタイ*族は、この水域を神として崇拝していたと伝えられる。古代ギリシア・ローマ人の間では一般に「湖」ないし「沼沢地」と見なされていた。

系図 375　マイアンドロス（河）

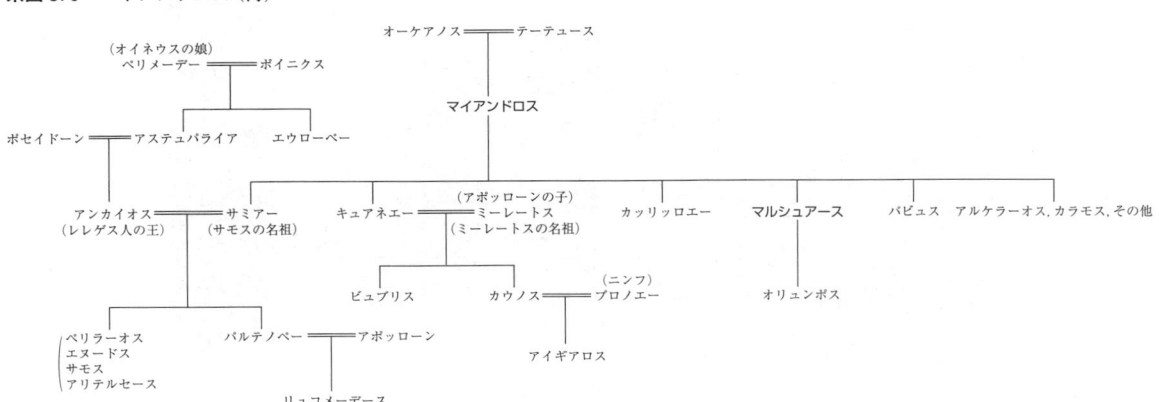

Aesch. P. V. 419/ Herodot. 4-86/ Plut. Pomp. 35/ Mela 1-3, 2-1/ Plin. N. H. 4-12, 6-7/ Luc. 2-641/ Strab. 2-125, 7-307〜, 11-493/ Cic. Tusc. 5-17/ S. H. A. Tacitus/ Ptol. Geog. 1-8, 2-1, 3-5, -6, 5-8, 7-5, 8-10/ etc.

マイオリアーヌス Maiorianus

⇒マイヨリアーヌス

マイダス Midas

⇒ミダース（の英語訛り）

マイナデス（マイナスたち） Mainades, Μαινάδες,（ラ）マエナデース Maenades,（英）Maenads,（仏）Ménades,（独）Mänaden,（伊）Menadi,（西）（葡）Ménades,（露）Менады,（現ギリシア語）Menádhes,（〈単〉Mainas, Μαινάς,〈ラ〉マエナス Maenas,〈英〉Maenad,〈仏〉Ménade,〈独〉Mänade,〈伊〉Mènade,〈西〉〈葡〉Ménade,〈露〉Менада,〈現ギリシア語〉Menás）

⇒バッカイ

マイヨリアーヌス (Flavius) Julius Valerius Majorianus, Maiorianus,（英）（独）Majorian,（仏）Majorien,（伊）Maggioriano,（西）Mayoriano,（葡）Majoriano,（露）Майориан,（和）マヨリアーヌス

（後420年11月〜461年8月7日）西ローマ皇帝（在位・457年4月1日〜461年8月2日）。将軍アエティウス*の麾下、ガッリア*で軍務に従事、その戦功のゆえに一時隠栖を強いられたこともあったという。アウィートゥス*帝の廃位後14カ月以上の空位期間を経て、実力者リーキメル*によってラヴェンナ*（現・ラヴェンナ）で帝位に推戴される（不本意ながら政権を執ったのは12月末になってからだという）。翌458年、数々の新法を発布して疲弊した国家の秩序を回復させようと努め、またガッリアとヒスパニア*の再征服を企図、459年には西ゴート王テオドリークス2世*と戦って勝利を得、これを同盟者の列に加えた。さらにアーフリカ*のヴァンダル*王ゲイセリークス*（ガイゼリヒ）を討伐するべく艦隊を建造するが、味方の裏切りでヴァンダル族の奇襲を受けて船団は潰滅（460）。北イタリアへ戻ったところ、彼が傀儡帝に甘んじることなく精力的に統治しようとしていることを憎んだリーキメルにより、帝位から引きずりおろされて5日後に斬首された（死因は赤痢と公表される）。有為な最後の西ローマ帝と称され（ただし東ローマからは皇帝として承認されず）、冗談を好む癖や、染髪・変装して密かにゲイセリークスの許(もと)を訪れた話などが伝えられる。

Procop. Vand. 1-7〜8/ Evagrius Hist. Eccl. 2-7/ Idatius Chronicon./ Marcellin. Chronicon/ Sid. Apoll. Carm. 4-9〜, 5-126〜, -198〜, -210〜, -441〜, Epist. 1-1/ Cod. Theod./ Priscus Frag./ Greg. Turon. 2-7/ etc.

マウソーレイオン Mausoleion, Μαυσωλεῖον, Μαυσώλειον, Μαυσσωλεῖον,（ラ）マウソーレーウム Mausoleum,（仏）Mausolée,（伊）Mausolèo,（西）Mausoleo

小アジアのハリカルナッソス*に建てられたカーリアー*王マウソーロス*の壮麗な霊廟。王の死（前353頃）後、王妃にして妹のアルテミシアー❷*によって完成された（前353〜前350）。白大理石造りの巨大な記念墓堂で、高い基壇の上に36本のイオーニアー*式列柱が並んでピラミッド形の屋根を支え、その頂上には4頭立て戦車を駆る王と王妃の像がのせられていたという（高さ42.7 m）。設計者はギリシアの建築家ピューテオス*とサテュロス❷*だが、様式上はオリエント＝ペルシア系に属する。秀逸な彫刻や浮彫で豊かに装飾されていたことで名高く、東西南北各側面をそれぞれスコパース*、レオーカレース*、ブリュアクシス*、ティーモテオス❸*という4人の当代一流の彫刻家が担当したと伝えられる（主題は「ギリシア人とアマゾーン*女族の戦闘 Amazonomakhia」）。「古代世界の七不思議*」の1つに数えられたが、地震による損傷を幾度か被ったのち、後15世紀の初めにキリスト教の聖ヨハネ騎士団の手で徹底的に破壊され、その石材は港の入口に築かれた聖ペトロス*城塞の建設資材として流用された（現・

マウソーレイオン（復元図）

Bodrum Kalesi)。マウソーロスとアルテミシアーの立像など主要な発掘物は現在、ロンドンの大英博物館に展示されている。

ローマにおいても、カンプス・マールティウス*のアウグストゥス*霊廟（前28）Mausoleum Augusti,（伊）Mausoleo di Augusto をはじめとして、ティベリス*河対岸のハドリアーヌス*帝の陵墓（後139。現・Castel Sant'Angelo）など、壮大な結構の墓廟一般が、この建造物にちなんで「マウソーレーウム」と呼ばれており、爾来後世ヨーロッパに至るまで豪華な墳墓建築を指す用語としてこの名称が通常使われるようになった。なお、ユーリウス・クラウディウス朝の人々が合祀されたことで知られるアウグストゥス廟は、直径87mの大円筒状基壇の上に建てられていて、その頂上（高さ約45m）には青銅製のアウグストゥス像が置かれ、南面する入口には「アウグストゥスの業績録 Res Gestae」と2基のオベリスクが立っていたと推定される。中世にはコロンナ家の城塞として用いられ、1167年に破壊されてからも、防塞、庭園、闘牛場などに使用され徐々に廃墟と化していった（1936〜1938に発掘される）。
⇒ビューザンティオンのピローン
Strab. 3-236, 14-656/ Vitr. De Arch. 2-8, 7-praef./ Plin. N. H. 36-4-30〜/ Gell. N. A. 10-18/ Mel. 1-16/ Suet. Aug. 100〜101, Calig. 15, Ner. 46, Vesp. 23/ Paus. 8-16-4/ Mart. 5-64/ Prop. 3-2-2/ etc.

マウソーレーウム Mausoleum
⇒マウソーレイオン

マウソーロス Mausolos, Μαύσωλος,（Maussolos, Μαύσσωλος, Μαύσσολος）,（ラ）マウソールス Mausolus,（仏）Mausole,（伊）（西）Mausolo（？〜前353／352年）小アジアのカーリアー*の太守 Satrapes、事実上は独立した国王（在位・前377頃〜前353／352）。ヘカトムノース Hekatomnos の長子。長身で逞しく、容姿端麗な偉丈夫であったという。父の死後その位を継ぎ、実の姉妹アルテミシアー❷*と結婚、宗主国アカイメネース朝*ペルシア*の大王アルタクセルクセース2世*に対する太守たちの反乱に加わり（前362）、アシアー*の混乱に乗じて領土を拡大、リューディアー*、イオーニアー*の大半および隣接する島々を征服した。利害の対立するアテーナイ*に対しては、ロドス*、コース*、キオス*等を煽動して、同盟市戦争*を惹き起こして牽制した（前357〜前355）。また首府を旧来のミューラサ*からハリカルナッソス*（現・ボドルム Bodrum）に遷し（前370頃）、宏壮な宮殿や神殿などを造営、ギリシアの文芸を愛好・保護して、のちのヘレニズム君主（特にプトレマイオス朝*）の先蹤を成した。きわめて狡猾かつ貪婪な君主で、数々の奸策を弄しては住民から金品を搾取し、莫大な財産を蓄えていたが、ハリカルナッソス市の拡張整備や豪華な公共建築物で街の美観を高めるためには、集めた富を惜しみなく投じたという。とりわけ名高いのは、町の中心に屹立するマウソーレイオン*（マウソーロス霊廟）で、サテュロス❷*やピューテオス*ら当代随一の建築家の設計になり、4人の傑出した彫刻家スコパース*、レオーカレース*、ブリュアクシス*、ティーモテオス❸*も参画して、王の死後数年を経ずして完成された（前350頃）。この立派な建物を見たある哲学者が「何と巨額の金が石と化してしまったことであろうか」と感嘆したという話が残っている。これはその後「古代世界の七不思議*」の1つに数えられ、またローマ人が壮大な墓陵をすべてマウソーレーウム Mausoleum と呼んだため、現代ヨーロッパの諸言語の中にまで、その名称が残ることになった（〈仏〉Mausolée,〈伊〉Mausolèo,〈西〉Mausoleo, 他）。
⇒エウドクソス❶、ヘーラクレーア❺
Diod. 15-90, 16-7, -36/ Strab. 14-656/ Vitr. De Arch. 2-8/ Plin. N. H. 36-4-30, -5-47/ Diog. Laert. 2-10, 8-87/ Lucian. Dial. Mort. 24/ Polyaenus 7-23/ Gell. N. A. 10-18/ Paus. 8-16-4/ Harp./ Suda/ etc.

マウリー（人） Mauri,（ギ）マウロイ Mauroi, Μαῦροι, Μαυροί, Maurūsioi, Μαυρούσιοι, Maurēnsioi, Μαυρήνσιοι,（英）Moors,（仏）Maures,（独）Mauren,（伊）Mori,（西）Moros,（葡）Mouros,（〈単〉マウルス Maurus,〈ギ〉Mauros, Μαῦρος,〈英〉Moor,〈仏〉Maure,〈独〉Mohr, Maure,〈伊〉〈西〉Moro,〈葡〉Mouro）

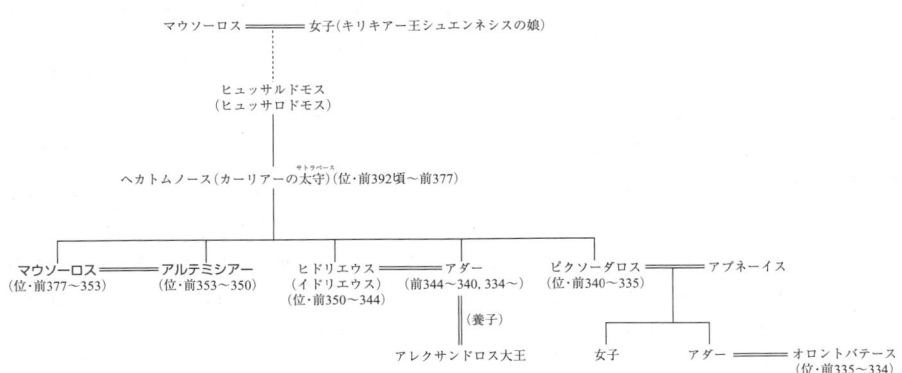

系図376　マウソーロス（ヘカトムニダイ（ヘカトムノース朝）系図）

（アレクサンドレイア❶*方言で「黒い人々」の意。「西方の人」の意味するフェニキア語に由来）マウリーターニア*（マウレーターニア*）の先住民。ベルベル系の遊牧民で、所伝によると、元はインドの住民だったが、ヘーラクレース*に従ってこの地方までやって来たという。裸馬を乗りこなす優秀な騎兵で、短槍をふるって戦い、また歩兵は象の皮を楯とし、獅子・豹・熊の毛皮をまとい、夜はそれにくるまって眠った。マウリー人は黄金の装身具を着け、歯を磨き爪を切り整えて綺麗に見せようと専念し、とりわけ美しく編んだ髪型がくずれないよう互いに距離をおいて歩く習慣があった。

この名称マウリーから、ムーア Moor やモーロ Moro など北アフリカ周辺に住む民族一般を漠然と指す近世ヨーロッパ諸国の言葉が生じた。また同様にこの言葉に関連して、キリスト教伝説中、エジプトのテーバイ❷*軍団の指揮者でマクシミアーヌス*帝の治下に殉教した（後287頃）という聖人マウリティウス Mauritius（マウリキウス Mauricius）から、後世の男性名モーリス（英）（仏）Maurice, モリッツ（独）Moritz, （伊）Maurizio, （西）Mauricio, ……が派生している。

Strab. 17-825～829/ Sall. Jug. 18-10～/ Polyb. 3-33/ Mela 1-4/ Plin. N. H. 5-1/ Juv. 11-125/ Paus. 1-33, 8-43/ Liv. 21-22, 24-49, 28-17/ Tac. Ann. 2-52, 4-5, -23～, 14-28/ S. H. A. Hadr. 5, 12/ Ptol. Geog. 4-1/ etc.

マウリーターニア　Mauritania
⇒マウレーターニア

マウレーターニア（または、マウリーターニア）
Mauretania (Mauritania), （ギ）マウルーシアー Maurusia, Μαυρουσία, （英）Mauritania, （仏）Maurétanie, Mauritanie, （独）Mauretanien, （伊）（西）Mauritania, Mauretania, （葡）Mauritánia, Mauritânia, （露）Мавретания, （アラビア語）Mūrītāniyā, Magh'rib-al-akza, （トルコ語）Moritánya

北アフリカ西部、ベルベル系の遊牧民マウリー*の住地。地中海と大西洋、アトラース*山脈に囲まれた地域で、今日のアルジェリア西部からモロッコにかけての一帯を指す。穀物・オリーヴ・羊毛を産出し、黒檀や象牙、緋紫染めなどの奢侈品、特にローマ人の間で極めて珍重されたシトロン材 citrum ── これで造ったテーブルは1脚100万セーステルティウス以上の高値で取引された ── を輸出した。早くより沿岸地方にフェニキア*人が交易港を建設。カルターゴー*の影響を受けつつ前3世紀までにはマウリー人の王国が形成され、ボックス*やボグド*らの諸王が君臨した。ユグルタ*戦争（前112～前105）の頃からローマとの関係を深め、戦後はヌミディア*王領の西半を獲得。カエサル*対ポンペイユス*の内乱（前49～）時には前者を支持して、優秀な騎兵隊を派遣、ムンダ*の戦い（前45）の勝利に貢献した。前25年アウグストゥス*は、ヌミディア王ユバ2世*をマウレーターニアの王位に据え、この学者王の治下にギリシア＝ローマの文化・生活様式が広まり、イタリア系諸都市が建設された。次の王プトレマイオス⓲*（在位・後23～40）がローマでカリグラ*帝に殺された後、暴動が生じたがスエートーニウス・パウリーヌス*によって鎮圧（41～42）、マウレーターニアは帝国属州に編入され（40）、行政上東西2州に分割された ── 東のマウレーターニア・ティンギターナ Mauretania Tingitana（州都ティンギー*）と西のマウレーターニア・カエサリエーンシス Mauretania Caesariensis（州都カエサレーア❹*）──。以来ローマの植民市（コローニア*）が多く築かれ、ラテン化がますます進行。ディオクレーティアーヌス*の帝国再編では、東マウレーターニア州は分割されてアーフリカ*管区に、西マウレーターニア州はヒスパーニア*管区に所属させられた。現在、モロッコのファス Fas（通称フェズ）の近くに、ローマ時代に栄えたウォルービリス*（現・Walīlā, Walili Oubili）の都市遺跡が残る。今日の西アフリカの国名モーリタニア Mauritania は、このマウレーターニア（マウリーターニア）に由来するが、地理的には全く異なっている。
⇒ガエトゥーリア、巻末系図046。

Plin. N. H. 5-1, 8-1, 13-29/ Verg. Aen. 4-206/ Caes. B. Civ. 1-6/ Strab. 17-825～/ Tac. Hist. 1-11, 2-58/ Suet. Iul. 52, Calig. 26/ Liv. 19-30, 21-22, Epit. 110/ Dio Cass. 43-3, 59-25, 60-9/ Ptol. Geog. 4-1, -6, 8-13, -16/ Mela 1-4/ App. Pun. 9/ Cic. Sull. 20/ Sall. Cat. 21, Jug. 16-5/ etc.

マエウィウス　Maevius, （伊）（西）Mevio
⇒バウィウス

マエオーティス湖　Maeotis Palus, （英）Lake of Maeotis, Maeotian Lake
⇒マイオーティス

マエキアーヌス　Lucius Volusius Maecianus, （伊）（西）Lucio Volusio Meciano
（後110頃～175）ローマ帝政期の法学者。いくつもの著書のうち『分割 Distributio』の一部が現存。アントーニーヌス・ピウス*帝、マールクス・アウレーリウス*帝の治世に数々の行政職を歴任し、エジプト領事（プラエフェクトゥス*）Praefectus Aegypti 職（160～161）にまで累進した。おそらくサルウィウス・ユーリアーヌス*に師事したと思われる。騎士身分（エクィテース*）でオースティア*の出身らしい。

なお、ややのちにエジプトの乱を平定してオリエントの統治者となったアウィディウス・カッシウス*（マエキアーヌスの女婿）の息子に、やはりマエキアーヌス（？～175）という者がいる。後者は父が帝位を僭称して反乱を起こした時に、アレクサンドレイア❶*の統治を任されるが、すぐに部下の軍隊に殺されて敢えなく果てている。

Maecianus Distributio/ S. H. A. M. Ant. 12, Marc. 3, 25, Avid. Cass./ Dig./ etc.

マエケーナース、ガーイウス Gaius Cilnius Maecenas, （ギ）Maikēnās, Μαικήνας, （仏）Mécène, （伊）Mecenate, （西）（葡）Mecenas, （露）Меценат
（前74／63年頃4月13日〜前8年10月頃）ローマの政治家・文人保護者。エトルーリア*王家の末裔という名門に生まれ、前43年以来、若きオクターウィアーヌス*（のちのアウグストゥス*）の信寵を受けて第一の側近となる。顧問として内政・外交の両面に活躍、一度ならずローマとイタリアの管理を託されるが、自らは生涯、顕職に就かず騎士身分に留まった。ウェルギリウス*やホラーティウス*、プロペルティウス*、ウァリウス*など当代一流の文人を気前よく援助し、後世に至るまで、その名は「学芸の保護者」の代名詞とされる。ありあまる富をもち、安佚や放蕩に耽る遊惰な快楽主義者として知られる。大変な美食家で各種料理法に精通、園芸術にも優れ、エースクィリーヌス*丘の邸宅は当世風の庭園の美しさと斬新な温水プールとで評判を呼んだ。柔弱な性癖をいっこうに隠そうとせず、女のような衣裳をまとい、髪には香油を滴らせ、宝石や絹物をひけらかしながら、去勢奴隷たちをひき連れて公然とフォルム*を闊歩。演劇と男色を愛好し、気に入りの解放奴隷でダンサーのバテュッルス*を後援、パントミームス pantomimus（無言劇）という新しい芝居を流行させる。後年、妻テレンティア❷*の情事からアウグストゥスと不和になり隠退。贅沢三昧の暮らしに心身を消耗させたせいか、強度の鬱病と不眠症に罹り、晩年の3年間というものは、毎夜1時間と睡眠がとれたためしがなかったという。またマエケーナースがアウグストゥスの信任を失ったのは、彼が義理の兄弟ムーレーナ❸*（テレンティアの兄弟）の陰謀（前23）に関与していたとの疑惑がかけられたからだともいわれている。彼自身の著述は、解放奴隷の1人ガーイウス・マエケーナース・メリッスス C. Maecenas Melissus が、劇作や笑話集の編纂を行なったけれど、いくつかの引用断片を除いてほとんど伝存しない。マエケーナースの広大な邸宅はアウグストゥスに遺贈され、以来「帝室財産」として継承されて行き、64年の大火災の折に皇帝ネロー*が炎上するローマを見物しつつ自作の「トロイアー*陥落」を歌っていたと伝えられるのは、この庭園の一角に立つ塔屋の上からであったという。

なお、「文化の擁護」を意味するフランス語メセナ mécénat は、彼の名に由来しており、芸術・文学のパトロンのことを、今日なおドイツ語で Mäzen、フランス語で mécène、イタリア語で mecenate、英語で maecenas などと呼んでいる。
⇒アグリッパ
Suet. Aug. 66, 72, 86, Poet. Verg., Hor./ Dio Cass. 48-16, 49-16, 54-9, 55-7/ Sen. Ben. 6-32, Q. Nat. 7-31, Ep. 101, 114/ Tac. Ann. 1-54, 3-31, 6-11/ Hor. Carm. 1-1, 2-17, 3-8, 4-11, Sat. 1-5, -6, 2-1/ Mart. 8-55/ Quint. 9-4/ App. B. Civ. 5-53, -64, -99, -112/ Plin. N. H. 7-51, 37-4/ Verg. G. 3-41/ Prop. 2-1/ Plut. Mor. 760a/ etc.

マエサ、ユーリア Julia Maesa
⇒ユーリア・マエサ

マエニウス、ガーイウス Gaius Maenius, （伊）Gaio Menio, （西）（葡）Cayo Menio
（前4世紀後半）プレーベース*（平民）身分のマエニウス氏 Gens Maenia から執政官職に就いた唯一の人物。前338年の執政官となり、アンティウム*（現・アンツィオ Anzio）を征服し、拿捕した敵艦隊の船嘴 rostra を、戦勝記念としてフォルム・ローマーヌム*の演説台の擁壁にとりつけた（以来、演壇はロートラ*の名で呼ばれる）。のちに子孫が彼を顕彰して、マエニウスの柱 columna Maenia に支えられたマエニアーヌム Maenianum または、マエニアーナ Maeniana という物見用の露台をフォルムに建設し、この記念柱のもとで泥棒や不従順な奴隷が鞭打たれる習慣になったという。C. マエニウスはまた、監察官に選ばれ（前318）、平民出身の確認し得る最初の独裁官にもなっている（前320、前314）。
⇒マルキウス・ルティルス、アリーキア、カミッルス❸
Liv. 8-13〜, 9-26-34, 14-8/ Plin. N. H. 7-60-212, 34-11-20/ Cic. Sest. 58, Caecin. 16/ Suet. Calig. 18/ Plut. Cat. Min. 5/ Val. Max. 9-12/ Vitr. De Arch. 5-1/ Diod. 17-2, 19-76/ Flor. 1-11/ etc.

マエリウス、スプリウス Spurius Maelius（時に Melius）, （ギ）Spūrios Mallios, Σπούριος Μάλλιος, （英）Melius, （仏）Mélius, （独）Mälius, （伊）Spurio Melio, （西）Espurio Melio
（?〜前439）共和政ローマの富裕なプレーベース*（平民）で、前440年の飢饉に際し、エトルーリア*の穀物を大量に買い上げ廉価で民衆に売却、もしくは無償で分配して、人気を博した。ためにパトリキイー*（貴族）らの嫉視を招き、独裁者（＝王）になろうという野望を抱く者として弾劾され、その混乱を収拾するべく独裁官に任命されたキンキンナートゥス*により法廷へ招喚される。しかし、有罪を宣告されることを予期したマエリウスが出頭を拒否して捕吏の手を逃れたので、キンキンナートゥスの副官 C. セルウィーリウス・アハーラ*は武装した一団を率いて、フォルム*で彼を殺害した。彼の財産は没収され、屋敷は破却されて、空地となったその跡地はアエクィマエリウム Aequimaelium（カピトーリーヌス*丘麓にある広場）と呼ばれたという。彼の事跡はなかば伝説視されている。
⇒スプリウス・カッシウス、マールクス・マンリウス
Liv. 4-13〜16/ Val. Max. 5-3, 6-3/ Cic. Cat. 1, Rep. 2-27, Dom. 38, Amic. 8, Sen. 16, Phil. 2-44, Mil. 27/ Dio Cass. 6-20/ Dion. Hal. Ant. Rom. 12-1/ Zonar. 7-20/ etc.

マカーオーン Makhaon, Μαχάων, Machaon, （伊）Macaone, （西）Macaón, （菊）Macáon, （露）Махаон
（「戦士」の意）ギリシア伝説中、医神アスクレーピオス*の

子。ポダレイリオス*の兄。外科の名医としてギリシア軍のトロイアー*遠征（トロイアー戦争*）に、弟ポダレイリオスとともに、テッサリアー*の軍勢を乗せた30隻の船を率いて参加。メネラーオス*やピロクテーテース*らの傷を治療し、木馬に入った戦士（⇒シノーン）の１人にも数えられる。エウリュピュロス Eurypylos（テーレポス*の子）ないしペンテシレイア*（アマゾーン*の女王）に討たれ、その遺骨をネストール*がメッセーニアー*に持ち帰った。彼はその地で父神の聖域に祀られ、永く世人から崇拝されていた。息子たちも医師として知られ、古代ギリシアの大学者アリストテレース*は彼の後裔を称している。
Hom. Il. 2-729〜, 4-193〜, 11-506〜, 14-2〜/ Hyg. Fab. 81, 97, 108, 113/ Apollod. 3-10-8, Epit. 5-1/ Paus. 3-26, 4-3/ Soph. Phil. 1333〜/ Verg. Aen. 2-263/ Prop. 2-1/ Quint. Smyrn. 6/ Diod. 4-71/ etc.

マガース　Magas, Μάγας,（伊）Maga,（西）Magás,（現ギリシア語）Mágas

（前４世紀後半〜前３世紀中頃）キューレーネー*（現・キレーネ。リビア北東部）の君主（在位・前308頃〜前257頃）。ベレニーケー１世*（のちプトレマイオス１世*の妻）と先夫ピリッポス Philippos との子。オペッラース*の死（前309頃）後、継父プトレマイオス１世の命令でキューレーネーを統治し、セレウコス朝*シュリアー*王アンティオコス１世*の娘アパメー Apame と結婚。継父が死ぬ（前283／282）と独立を宣言し（前276頃）、異母弟のエジプト王プトレマイオス２世*と対立したが、娘ベレニーケー２世*とプトレマイオス３世*（プトレマイオス２世の息子）との婚約を取り決めて休戦した。彼は約半世紀間、王位にあったのち没した。死因は、ひたすら贅沢に浸り運動不足と過食のため、あまりにも肥満した結果の窒息死であったという（⇒巻末系図044〜045）。

マガースは抜け目のない支配者で、キューレーネーから出征する都度、自分の不在に乗じて反乱を起こす者がないよう、あらゆる戦闘用具を砦内に仕舞い込み、城壁から胸壁部分を取り除いておいたとか、友好を示す烽火を上げて敵を騙しながら軍を進めて領地を占領して行った等の話が伝わっている。彼はまた、クレーター*（クレーテー*）島の諸都市と同盟を結び、東は遠くインドのマウリヤ Maurya（孔雀）朝の王アショーカ Asóka（阿育。在位・前268頃〜前232頃）とも交流をもったことで知られる。

同名の孫マガースは、プトレマイオス３世とベレニーケー２世の間にエジプトの王子として生まれるが、父王の死後まもなく実の兄弟プトレマイオス４世*によって殺されている（前221頃）。
⇒ピレーモーン（喜劇詩人の）、テオドーロス（無神論者の）
Paus. 1-6-8, -7-1〜3/ Polyaenus 2-28/ Just. 26-3/ Ath. 12-550b/ Polyb. 5-34, -36, 15-25/ Plut. Cleom. 33/ Diog. Laert. 2-103/ etc.

マカニダース　Makhanidas, Μαχανίδας, Machanidas,（伊）Macanida,（西）Macánidas

スパルター*の僭主（在位・前210頃〜前207）。リュクールゴス❷*の死後、まだ若い息子ペロプス Pelops が王位を継いだ（前210）が、実権はマカニダースが掌握し、ほどなく政変を起こし独裁者として君臨した。第１次マケドニアー戦争*では、マケドニアー*王ピリッポス５世*と結んだアカーイアー*勢と対立。オリュンピア競技祭*開催中の平和期間を無視してアルゴス*、エーリス*など近隣諸国を攻撃した（前208）。前207年夏、マンティネイア*の戦いで、アカーイアー同盟*の名将ピロポイメーン*に槍で刺し殺された。
⇒ナビス、巻末系図022
Polyb. 10-41, 11-11〜18, 13-6/ Liv. 27-29〜, 28-5, -7/ Plut. Phil. 10/ Paus. 4-29, 8-50/ etc.

マカビー家　（英）Maccabees
⇒アサモーナイオス（ハスモーナイオス）

マカローン・ネーソイ　Makaron Nesoi, Μακάρων Νῆσοι,（〈単〉マカローン・ネーソス Makaron Nesos, Μακάρων Νῆσος）,（ラ）Fortunatae Insulae, Fortunatorum Insulae,（英）Islands of the Blessed, Fortunate Isles,（仏）Îles des Bienheureux,（独）Inseln der Seligen,（伊）Isole Fortunate, Isole dei beati,（西）Islas de los Bienaventurados

（「至福者の島々」の意）ギリシア神話中、世界の西方の果て、オーケアノス*の流れにあったという極楽諸島。ヘーシオドス*の作品中に初めて言及され、トロイアー*やテーバイ❶*で戦死した伝説上の英雄たちが暮らす理想郷で、クロノス*によって支配されているという。カナリア、マデイラ、アゾレス諸島、また時に謎の大島アトランティス*に比定される。アテーナイ*では「僭主殺し」「解放者」と

系図 377　マカーオーン

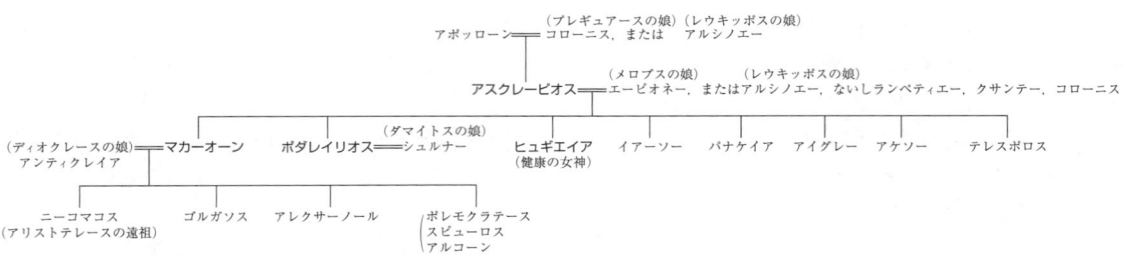

して称讃されたハルモディオス*とアリストゲイトーン*も、アキッレウス*やディオメーデース*らとともにこの島で生き続けている、とされていた。
⇒エーリュシオン、レウケー、テッラ・インコグニタ、カッシテリデス
Hes. Op. 167～/ Pind. Ol. 2-75/ Herodot. 3-26/ Pl. Grg. 523a, Phd. 115d, Symp. 180b/ Ath. 15-695/ Plut. Sert. 8～9/ Plin. N. H. 6-37-202～/ Cic. Att. 2-14/ Flor. 3-22/ Ptol. Geog. 4-6/ etc.

マギー　Magi
⇒マゴイ（のラテン語形）

マギストラートゥス　Magistratus,（英）Magistrate,（仏）（独）Magistrat,（伊）Magistrato,（西）（葡）Magistrado,（露）Магистрат
（政務官）ローマの政務官職には、象牙を嵌めた腰掛け（高官椅子 sella curulis）に坐る権利のある独裁官、執政官、法務官、監察官、上級造営官の高級政務官と、その権利のない平民造営官、護民官、財務官らの下級政務官との別があった。このうち5年に1回選出される監察官と国家非常の際に設けられる独裁官以外は、すべて任期1年の複数同僚制をとり、1人の手に権限が集中するのを阻止、しかも法律の定めた一定の年限を経なければ次の官職に立候補することができなかった。正式に元老院入りが認められる財務官以上をマギストラートゥスと称し、その下には二十人委員 Vigintiviri や、軍団副官 Tribunus Militum と呼ばれる高級将校職などがあった。クルスス・ホノールム*（官職就任順序）の項を参照。
⇒セナートゥス（元老院）
Cic. Amic. 17, Planc. 25, Pis. 15(35), Off. 1-34, Leg. 3-15/ Nep. Hann. 7/ Sall. Jug. 3, 19, Cat. 6-7/ Suet. Iul. 54, Claud. 23/ Liv. 2-56～, 5-17, 6-1, 23-23, 28-37/ Sen. Ep. 108/ Tac. Ann. 11-22/ Gell. 13-14～/ Dio Cass./ Festus/ Polyb. 6-15/ Dig./ etc.

マーキュリー　Mercury
⇒メルクリウス*（の英語形）

マーク・アントニー　（英）Mark Antony
⇒マールクス・アントーニウス❸

マクシミアーヌス　Marcus Aurelius Valerius Maxmianus, Herculius,（〈ギ〉Maksimianos, Μαξιμιανός),（英）（独）Maximian,（仏）Maximien,（伊）Massimiano,（西）Maximiano
（後240／250頃～310年7月頃）ローマ皇帝（在位・286年4月1日～305年5月1日、306年10月28日～308年11月11日、310）。属州パンノニア*のシルミウム*近郊に貧農の子として生まれる。粗野で無学だったが、アウレーリアーヌス*帝およびプロブス*帝の治下、軍人として頭角を現わし、僚友ディオクレーティアーヌス*が登極するに及んで、その副帝に任命され（285年7月21日）、ガッリア*のバガウダエ*の反乱を鎮圧、翌286年4月にはディオクレーティアーヌスから共治の正帝に選立され、首都をメディオーラーヌム*（現・ミラーノ）に遷して帝国西半を統治。レーヌス*（ライン）河国境を守ったものの、ブリタンニア*属州を失った（⇒カラウシウス）。皇帝礼拝に関しては、ディオクレーティアーヌスが主神ユーピテル*の権化ヨウィウス Jovius を称したのに対し、自らはヘルクレース*（ヘーラクレース*）であることに甘んじた（ヘルクリウス Herculius）。293年の四帝分割統治 tetrarchia に当たり、自身の近衛軍司令官だったコーンスタンティウス1世*・クロールスを副帝とし、これにガッリア、ブリタンニアの経略を委ね、自らはイタリア、ヒスパーニア*、アーフリカ*を支配。マウレーターニア*の反乱を平定し（296～297）、ディオクレーティアーヌスとともにキリスト教徒の迫害に着手（303～305）、ともにローマで盛大な凱旋式を祝い（303年11月）、ディオクレーティアーヌスの名で呼ばれる公共浴場（299～306）をはじめとする壮大な記念建造物を築いた。勇将ではあったが統治者としては無能に等しく、305年には不本意ながらディオクレーティアーヌスと同時に退位（305年5月1日）。しかるに、ほどなく息子マクセンティウス*が帝位を簒奪する（306年10月）や、息子を

系図378　マクシミアーヌス

[巻末系図104]

アーフラーニウス・ハンニバリアーヌス ＝(1) エウトロピア (2)＝ M. アウレーリウス・ヴァレリウス・マクシミアーヌス (240～310×)(位・286～305, 306～310)

C. アウレーリウス・ヴァレリウス・ディオクレーティアーヌス (245～316)(位・284～305) ＝ プリスカ (～315×)

(～313×)女子

コーンスタンティウス1世・クロールス (250～306)(位・305～306) ＝②(293結婚) フラーウィア・マクシミアーナ・テオドラ

(305～313)男子　(306～313)女子　マクシミーヌス（2世）・ダイヤ (位・309～313X)

ローマラ(母)

女子　女子 ＝ C. ガレーリウス・ヴァレリウス・マクシミアーヌス (242～311)(位・305～311) ②(293結婚) ＝ ガレリア・ヴァレリア (～315×)

(庶子) カンディディアーヌス (～313×)

ヘレナ　子女たち ＝②(307～326) フラーウィア・マクシマ・ファウスタ (289～326×)　M. アウレーリウス・ヴァレリウス・マクセンティウス (280～312×)(位・306～312) ＝ ヴァレリア・マクシミッラ

コーンスタンティーヌス1世(大帝) (274～337)(位・306～337)

コーンスタンティーヌス2世 (316～340×)(位・337～340)　コーンスタンティウス2世 (317～361)(位・337～361)　コーンスターンス (323～350×)(位・337～350)　娘たち

ロームルス (～309夭折)　男子 (～312×)

支持して隠棲地ルーカーニア*から起ち、対立帝セウェールス2世*を打倒、再度玉座に復して野心満々たるところを示した。のち息子を廃位せんとして失敗し、ローマを追われてガッリアに逃れ、女婿コーンスタンティーヌス1世*（大帝）を頼った（307）。その後、一旦再退位して（308年11月、⇒リキニウス）からも、三たび正帝を号して女婿コーンスタンティーヌスの不軌を計ったため、ついにマッシリア*（現・マルセイユ）で捕われて処刑された。

所伝によれば、彼は娘ファウスタ*に夫コーンスタンティーヌス暗殺の協力をするよう説得し、その手引きで寝室に忍び込んで、彼女の寝台で同衾していた男を刺殺したところ、それは貞順なファウスタにより夫の身替りとして寝かされていた宦官であったという。かくて陰謀は露顕し、コーンスタンティーヌスの命令で自殺の方法を選ぶよう迫られると、自ら縊死して果てたとされる。なおキリスト教伝説にしたがえば、彼はゼウス*神殿に入ることを拒んだ2人のお気に入りの将校セルギウス Sergius とバックス Bacchus がキリスト教信者である事実が発覚するや、震怒してこの2人を投獄したのち斬首したといわれている（303頃。オリエント最大の巡礼地の1つセルギオポリス Sergiopolis の縁起譚）。

⇒ガレーリウス、巻末系図104

Zosimus 2-7, -8, -10, -11, -14/ Zonar. 12-31, -32, -33/ Aur. Vict. Caes. 39〜40/ Eutrop. 9-14, -16, -20, -22〜, -27, 10-1〜3/ Oros. 7-25, -28/ Lactant. Mort. Pers. 8, 17, 18, 26, 28, 29, 30, 42, 43/ Philostorgius Hist. Eccl. 2-16/ Panegyr. Latin. 10-2, -6, -10, 11-5/ etc.

マクシミアーヌス2世　Maxmianus II
⇒ガレーリウス

マクシミーヌス（2世）・ダイヤ　Gaius Galerius Valerius Maxminus (II) Daia, （ギ）Maksiminos Daia, Μαξιμῖνος Δάια, （英）（独）Maximin(us) Daia, （仏）Maximin Daïa, （伊）Massimino Daia, （西）Maximino Daya

（後270年頃11月20日〜後313年8月頃）、ローマ皇帝（在位・309年初頭〜313年5月）。本名・ダイヤまたは、ダザ Daza。イッリュリアー*の牧夫出身。ガレーリウス*帝の甥（姉妹の子）。ガレーリウスの引き立てにより軍隊で昇進し、305年にはその副帝(カエサル*)に任ぜられ（5月1日）、シュリア*・エジプト・小アジア南部の統治に当たる（⇒セウェールス2世）。正帝ガレーリウスに献身的に仕えていたが、308年リキニウス*に西方正帝の称号が与えられると、これを不満として自ら正帝(アウグストゥス*)を名乗り、ローマ世界に6人の正帝が併立するという内戦状態を現出させた（翌309年ガレーリウスによって正帝位を追認される）。ガレーリウスの死（311）後はヘッレースポントス*に至る小アジア全土を併合してリキニウスと対峙。リキニウスが西方のコーンスタンティーヌス1世*と結んだ（311）のに対抗して、彼はイタリアのマクセンティウス*とひそかに同盟を結んだ。マクセンティウスの敗死（312）後、リキニウス不在のトラーキア*へ攻め入り、ビューザンティオン*やヘーラクレイア*を占領した（313）。が、たちまちリキニウスに敗北して（313年4月30日）小アジアへ逃げ帰り、ほどなくタルソス*で死亡した。絶望のあまりの悶死とも、恐ろしい病苦の果ての衰弱死とも、あるいはまた服毒して4日間苦しんだ末に果てたともいう。妻子・眷属はリキニウスによって殺され、帝の遺名・肖像類もことごとく抹殺された。

マクシミーヌス帝は、ローマ古来の伝統的宗教の復興に熱心で、神官を組織化し、文書宣伝・教育活動も行なったうえ、神々への供犠を拒否するキリスト教徒を弾圧。ガレーリウスの寛容令（311）以後も、精力的にキリスト教の迫害を続けた（313年夏頃まで）。そのせいで後世、残忍冷酷な圧政者、酒乱で淫猥きわまる暴君、権力欲たくましい野心家、魔法や占術に耽る迷信家、などといった指弾をキリスト教徒側から浴びせられることになる。

⇒巻末系図104、本文系図378

Zosimus 2-8/ Aur. Vict. Epit. 40/ Oros. 7-25/ Lactant. Mort. Pers. 5, 18, 32, 36, 38, 45〜47/ Euseb. Hist. Eccl. 8-14, 9-1〜, -5, -10, Vit. Const. 1-58/ etc.

マクシミーヌス・トラークス　Maximinus (I) Thrax, 正しくは、Gaius Iulius Verus Maximinus, （ギ）Maksimīnos Thrāks, Μαξιμῖνος Θρᾷξ, （英）Maximinus the Thracian, （仏）Maximin le Thrace （伊）Massimino Trace, （西）Maximino el Traco

（後172／173〜238年4月頃、5月10日とも）ローマ皇帝（在位・235年3月中旬〜238年4月頃）。トラーキア*（トラーケー*）の辺土に、ゴート*人およびアラン*人を父母として生まれ、ために「トラークス（トラーキア人）」と呼ばれる。牧人の出で、2.4mを越える巨軀・怪力の大食漢。無学・粗暴だったが、一兵卒から身を起こし、アレクサンデル・セウェールス*帝の下、部将としてゲルマーニア*親征（234〜235）に同行、叛乱軍によって推戴され、モーゴンティアクム*（現・マインツ）で皇帝を暗殺してセウェールス朝*を亡ぼした（軍人皇帝時代の幕開け）。即位後（元老院の承認235年3月25日）もライン・ドーナウ両河地方に転戦して異民族 barbari(バルバリー) の侵入を防ぎ、各地の道路を整備・再建し、在位3年の間一度もローマを訪れなかった。冷酷・残忍な性質で、自分の賤しい素性を知っている者はたとえ恩人であろうと片端から殺し、陰謀の疑いが生じた時には弁明の機会も与えず4千人以上を処刑、犠牲者を猛獣の餌食にしたり、棍棒で脳天を叩き割ったり、獣の生皮に縫い込むなどの方法で殺したという。また貪婪強欲の悪評高く、財源捻出のために富者の財産没収や課税強化を進め、随所で略奪を始めて人心の離叛を招き、ついには元老院から公敵宣言を受ける（238）。対立皇帝に選ばれたゴルディアーヌス*父子は敗死させ得た（238年4月）ものの、ローマへ向かって進撃する途中、アクィレイヤ*市の包囲戦に手間取り、部下に裏切られて殺された（65歳）。父によって副帝(カエサル*)

に立てられていた息子マクシムス C. Julius Verus Maximus（在位・235～238）も同じ幕舎内で斬殺され、彼らの首は槍先に貫かれて梟されたのちローマへ送られた。

マクシミーヌスは1日に27リットルの酒と20キログラムの肉を平らげる人間離れした食欲の持ち主で、その親指は妻の腕輪が指環になるほど太かったという。かつて彼の精力絶倫たることを聞き及んだ少年皇帝エラガバルス*から好色なからかいを受けたこともあると伝えられる。
⇒バルビーヌス、プピエーヌス

Herodian. 6-8, 7～8/ S. H. A. Max., Alex. Sev. 59, 63, Gord. 7, 10, 11, 13, 14, 18, 22, Tyr. Trig. 31, 32/ Zonar. 12-16/ Zosimus 1-13/ Euseb. Hist. Eccl. 6-28/ etc.

マクシムス、ウァレリウス　Valerius Maximus
⇒ウァレリウス・マクシムス

マクシムス、ファビウス　Fabius Maximus
⇒ファビウス・マクシムス

マクシムス、プピエーヌス　Pupienus Maximus
⇒プピエーヌス・マクシムス

マクシムス、マグヌス　Flavius Magnus Clemens Maximus, Maximianus,（ギ）Magnos Maksimos, Μάγνος Μάξιμος,（仏）Magnus Maxime,（伊）Magno Massimo, Magno Clemente Massimo, Massimiano,（西）Magno Clemente Máximo, Maximiano

（後335頃～388年8月28日）ローマ帝国西方の（対立）皇帝（在位・383年7月～388年8月28日）。ヒスパーニア*出身。テオドシウス1世*（大帝）の親族ともいい、ブリタンニア*で帝位に推戴され、ガッリア*へ侵攻。若き西方帝グラーティアーヌス*を敗死させたのち、その遺骸の引渡しも埋葬も許さなかった（383）。東方帝テオドシウス1世からアルプス以北の正帝と認められ、ガッリア、ヒスパーニア、ブリタンニアを統治。キリスト教皇帝として初めて異端裁判を開き、ヒスパーニアに多くの信者をもつプリスキッリアーヌス Priscillianus（340頃～386）とその一派を貪欲な司教らと組んで苛酷に弾圧、拷問のうえ火刑に処する（⇒マールティーヌス）。野心を逞しうした彼は387年には、アルプスを越えてイタリアへ攻め込み、幼帝ウァレンティーニアーヌス2世*を逐って首都メディオーラーヌム*（現・ミラーノ）に入城。しかし翌388年、テオドシウス1世に敗れて部下にも裏切られ、アクィレイヤ*で刎首されて果てた（⇒アルボガステース）。父から正帝の称号を与えられていた息子ウィクトル Flavius Victor も間もなく落命した（388）。なおマクシムスを正式の皇帝リストに加える場合も多い。ケルト*人の伝承では英雄視されていて、アーサー王 Rex Art(h)urus,（英）King Arthur の先祖に擬せられている（ウェールズ伝説の Macsen Wledig）。
⇒コーンスタンティーヌス3世

Zosimus 4-35～/ Oros. 7-34 / Socrates Hist. Eccl. 5-11～/ Sozom. Hist. Eccl. 7-12～/ Ambros. Epist. 40/ Greg. Turon. 2-9/ Chron. Min./ Cod. Theod./ Gildas/ Nennius/ etc.

マクシモス（エペソス*の）　Maksimos, Μάξιμος, Maximus Ephesius,（英）Maximus of Ephesus,（仏）Maxime d' Ephèse,（独）Maximus von Ephesus,（伊）Massimo di Èfeso,（西）Máximo de Éfeso

（?～後370／371）新プラトーン主義の哲学者。アイデシオス*の弟子。皇帝ユーリアーヌス*の青年時代の師。ユーリアーヌスの登極を予言して重用され、その最期にも立ち会う（363）。続くキリスト教皇帝ウァレンス*の治世に、相弟子のプリスコス Priskos（305頃～396頃）とともに迫害を被り、ウァレンティーニアーヌス*、ウァレーンス両帝を魔術で熱病に罹らせたと告訴され、断罪されて厳しい拷責を受ける（364）。苦痛に堪えかねて妻に毒薬を届けてくれるよう依頼したところ、牢獄にもって来た毒を妻が自ら飲んで死んでしまったという話が伝えられている。哲学者テミステウス*のとりなしで一旦は釈放されたものの、再び魔術とウァレンス帝に対する陰謀に関与した廉で死刑を宣告され、首を刎ねられて果てた。リバニオス*は「彼とともに哲学が死滅した」と嘆いたが、マクシモスは真正の哲学者というよりも降神術 theurgia, θεουργία を実践する一種の魔術師で、ユーリアーヌスをさまざまな密儀に参加させたり、念力で神像を笑わせるなどの奇跡を行なってみせたりしたという。なおプリスコスの方は釈放されたのち、ギリシアで教授活動を続け、長寿を完うしている。

Amm. Marc. 22-7, 29-1/ Eunap. V. S. 7/ Maximus / Julian. Ep. 15, 16, 26, 38, 39, 190, 191/ Libanius Orat. 5, 12, 18, Epist./ Theodoret./ etc.

マクシモス（テュロス*の）　Maksimos ho Tyrios, Μάξιμος ὁ Τύριος, Cassius Maximus Tyrius,（英）Maximus of Tyre,（仏）Maxime de Tyr,（独）Maximus von Tyrus,（伊）Massimo di Tiro,（西）Máximo de Tiro

（後125頃～185頃）ローマ帝政期のギリシア系ソフィスト*、弁論家。フェニキア*のテュロス出身。アテーナイ*やローマなど各地で講演して回り、そのうちコンモドゥス*帝治下のローマで行なった41篇の『講演 Dialekseis（ラ）Dissertationes』が伝存する。平易な文体で、「神性に関するプラトーン*の見解について」とか「自らに加えられた

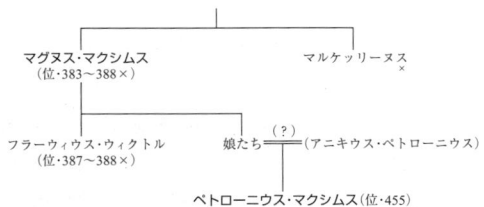

系図379　マクシムス、マグヌス

不正に報復すべきか否か」、「神に対する祈願は適切な行為か」等々、神の本性、摂理と自由意志、悪といった哲学上の伝統的諸問題を論じている。中期プラトーン主義哲学者の1人に数えられ、また自身もソークラテース*やプラトーンに敬意を表し、プラトーン学派の哲人たることを標榜していた。その思想には独創性が乏しく、実際には修辞的著作を事とするソフィストないし巡回演説者であったと考えられる。少年愛・男色やサッポー*の同性愛を論じたエロース*に関する演説も含まれており、2世紀後半のプラトーン主義的風潮を知る手がかりとなる。彼をマールクス・アウレーリウス*帝に影響を与えた教師の1人と見なす説もある。

なお、ほぼ同時代に活動し、占星学風の詩『予兆について Peri Katarkhōn』(現存)を著わしたエーペイロス*の詩人マクシモス Maksimos Ēpeirōtēs (後2世紀頃) の名も伝えられている。
⇒プルータルコス、アルテミドーロス❷、巻末系図 115
Maximus Tyrius Dissertationes/ Libanius Orat. 19/ Euseb. Praep. Evang. 10-3/ Plut. Mor./Suda/ etc.

マクセンティウス Marcus Aurelius Valerius Maxentius, (ギ) Maksentios, Μαξέντιος, (仏) Maxence, (伊) Massenzio, (西) Majencio
(後280頃〜312年10月28日) ローマ皇帝 (在位・306年10月28日〜312年10月28日)。西の正帝マクシミアーヌス*とエウトロピア❶*の子 (⇒巻末系図104)。父の退位 (305) 後、帝位継承から外されて不遇をかこっていたが、翌306年ローマで近衛軍や市民に推されて即位、父を隠棲地から呼び戻し、新しい西方正帝セウェールス2世*を捕えて処刑した (307)。イタリアへ攻め込んだ東の正帝ガレーリウス*をも退け、父マクシミアーヌスに廃されんとすると (308年4月)、父帝をもガッリア*のコーンスタンティーヌス1世* (大帝) のもとへ追い払った。カルヌントゥム*会議 (308年11月11日) では公敵と宣言されるが、なおイタリア、アーフリカ*、ヒスパーニア*を領有し、他帝に先がけてキリスト教徒迫害を停止。アーフリカで帝号を僭称したドミティウス・アレクサンデル Domitius Alexander の乱 (308〜311) を鎮圧し、ローマに凱旋した。その後、西方全土の領有権をかけてコーンスタンティーヌス1世と争うようになり、ついに312年ローマ市北方サクサ・ルブラ*の戦い (10月27日) で敗れ、翌日ティベリス* (現・テヴェレ) 河に架かるムルウィウス Mulvius (現・ミルヴィオ Milvio) 橋で再度敗れて、河中に転落・溺死した (在位6ヵ年)。彼の遺児をはじめ一族は根絶やしにされ、凱旋門やバシリカ*など彼がほぼ完成していたいくつかの公共建造物は、勝者コーンスタンティーヌスの名を冠して呼ばれることとなった。マクセンティウスは、貪欲・残忍で、自己の快楽のために重税を課し、属州アーフリカ全土を略奪、元老院議員の妻女をほしいままに犯して放蕩の限りを尽くしたという。また、怯懦・無能にして安逸に耽り、不様に肥満していたため日陰の遊歩道を歩行することすらままならなかったとか、魔術に熱中し、妊婦の腹を割いたり、乳児の内臓を切り開いて占ったりした等々と伝えられるが、これらの悪評はコーンスタンティーヌス側の宣伝から生じたものと考えられる。
⇒マクシミーヌス2世・ダイヤ
Zosimus 2-9〜18/ Zonar. 12-33, 13-1/ Euseb. Hist. Eccl. 8-14, 9-9, Vit. Const. 1-26, -33〜/ Aur. Vict. Caes. 39, 40/ Lactant. Mort. Pers. 26, 27, 28, 33〜35, 44/ Eutrop. 10-2, -4/ Socrates Hist. Eccl. 1-12/ Panegyr. Latin. 9, 10/ etc.

マグナ・グラエキア Magna Graecia, (ギ) メガレー・ヘッラス Megale Hellas, Μεγάλη Ἑλλάς, (英) Great Greece, Greater Greece, (仏) Grande-Grèce, (伊)(西) Magna Grecia, (葡) Magna Grécia, (露) Великая Греция, (和) 大ギリシア
(「大いなるギリシア」の意) イタリア南部に建設されたギリシア人植民市の総称。前8世紀中葉から約200年にわたってギリシア人が肥沃な沿岸地域に多くの都市国家 polis を建設、農業と交易、商工業を通じて大いに繁栄した。この地方で最初のギリシア人植民市は、前750年頃エウボイア*島のカルキス*によってカンパーニア*地方に築かれたキューメー❷* (クーマエ*) で、この市自らパルテノペイア* (ネアーポリス*) やディカイアルケイア* (プテオリー*) を建設。同じくカルキスからイタリア半島南西端のレーギオン* (レーギウム*) にも植民が行なわれた (前743頃)。ペロポンネーソス*北部のアカーイアー*からはシュバリス* (前720頃)、クロトーン* (前710頃) などが、スパルター*からはタラース* (タレントゥム*) が建設された (前708)。シケリアー* (シキリア*) 島に築かれたギリシア人諸市を含めて称する場合が多く、ピュータゴラース*やパルメニデース*、エレアー*のゼーノーン*らの学者が活躍。文学・芸術から医学・数学、また少年愛 paiderastia などの趣味を含む高度なギリシア文化をローマほかイタリア各地へ伝える役割を果たした。都市相互間の争いが烈しく、次第に衰退して周辺諸国に侵蝕され、ついに前272年タラースの降伏に至って全域がローマに併呑された。マグナ・グラエキアに住むギリシア人は、イータリオーテース* (複・イータリオータイ*) と呼ばれた。
⇒メタポンティオン、トゥーリオイ、ポセイドーニアー (パエストゥム)、ヘーラクレイア❶
Plin. N. H. 3-5, -10/ Strab. 6-252〜/ Ov. Fast. 4-64/ Cic. De Or. 2-37, 3-34, Tusc. 4-1, 5-4/ Serv. ad Verg. Aen. 1-569/ Eur. Med. 439〜/ Pind. Pyth. 1-146/ Just. 20-1〜/ Liv. 31-7/ Val. Max. 8-7/ Diod. 11〜/ Ptol. Geog. 3-1/ Ath. 12-523/ Polyb. 2-39/ Varro/ etc.

マグナ・マーテル Magna Mater, (ギ) メガレー・メーテール Megalē Mētēr, Μεγάλη Μήτηρ, (英) Great Mother (of the Gods), (仏) Grande Mère, (独) Große Mutter, (伊) Grande Madre, (西) Gran Madre, Madre Tierra, (葡) Grande

Mãe
（ラテン語で「偉大なる母」の意）大地母神キュベレー*ないしレアー*（レイアー*）の呼称。

前205年末、ハンニバル❶*戦争（第2次ポエニー戦争*）に悩むローマに夥（おびただ）しい石の雨が降る等の異変が生じ、シビュッラ*の書に伺いを立てたところ、「プリュギアー*の大母神を迎えれば外敵は退散するであろう」との託宣が下った。そこで、ペルガモン*王アッタロス1世*の同意を得て、女神の神体たる黒隕石がペッシヌース*からローマへ移送され、勝利の女神ウィクトーリア*の神殿内に運び込まれた（前204年4月、⇒クラウディア・クィンタ）。その後、パラーティーヌス*丘に神殿が建てられ、毎年4月4日に祭礼メガレー（ン）シア Megale(n)sia が女神に仕える去勢僧（自宮僧）たちガッリー Galli によって開催された（共和政期にはローマ市民が大母神の神官となることは許されなかった）。ローマではオプス*やボナ・デア*と同一視されて広く信仰された。クラウディウス*帝（在位・後41～54）の治下に大規模な祝祭（3月15日～28日）が繰り広げられ、これを機に市民にも神官職への途（みち）が開かれるようになり、以来その崇拝はガッリア*、アーフリカ*など帝国全土に普及していった。女神の密儀（ミュステーリア*）は、男性器切断や血の洗礼を特徴とし、ミトラース*教とは異なり婦人の参加を認めていたので、女性たちの間で人気が高かった。
⇒ルーディー・メガレーンセース、タウロボリウム、アッティス

Liv. 29-14/ Lucr. 2-624～/ Dion. Hal. Ant. Rom. 2-19/ Ov. Met. 10-686, Fast. 4-291～/ Plin. N. H. 18-4-16/ Verg. G. 4-64, Aen. 9-108/ Juv. 9-23/ Firm. Mat. Err. prof. rel. 18/ Clem. Al. Protr. 2-15/ Prudent. Perist. 10-1011～/ Cic. Leg. Sest. 26, 2-9/ Lucian. Syr. D./ Mon. Anc./ etc.

マグヌス・マクシムス　Magnus Maximus
⇒マクシムス、マグヌス

マグネーシアー　Magnesia, Μαγνησία, （仏）Magnésie, （葡）Magnésia, （露）Магнесия, （現ギリシア語）Magnisía, （トルコ語）Magnissia

ギリシア系の地名。

❶小アジアの2都市の名。

(1) （マイアンドロス*河畔の）Μαγνησία πρὸς (ἐπὶ) Μαιάνδρῳ, （ラ）Magnesia ad Maeandrum, （英）Magnesia on the Maeander, （仏）Magnésie du Méandre, （独）Magnesia am Mäander（現・Mäghnisa または Inek-bazar, Aineh Bazar. Ortaklar 近郊の遺跡）

イオーニアー*地方、マイアンドロス*河（現・Büyük Menderes）の下流北側の都市。テッサリアー*のマグネーシアー❷*およびクレーター*島からの移住者によって建設されたと伝える。そのアイオリス*系の出自のためにイオーニアー沿岸のエペソス*などに近かったにもかかわらず、イオーニアー同盟には加わらなかった。伝承上の建祖は英雄レウキッポス*。前7世紀以来、リューディアー*王国、アカイメネース朝*ペルシア*帝国の支配を受け、アテーナイ*の名将テミストクレース*が晩年を大王アルタクセルクセース1世*から贈られたこの地で過ごしたことで有名（前464頃～前457没の間）。アルテミス*と同一視される大母神の聖域があり、前399年に再建されたその神殿が発掘されている（⇒ヘルモゲネース❶）。通商上の要地を占め、ローマ帝政期に至るまで大いに繁栄したが、その後歴史の舞台から姿を消した。弁論家ヘーゲシアース❶*や、男倡や娼婦との愛慾に耽った拳闘選手（ボクシング）クレオマコス Kleomakhos らの生地。現在、アゴラー*のゼウス*小神殿や劇場（テアートロン*）、スタディオン*などの遺構を見ることができ、またアルテミスの奇跡的な顕現（エピパネイア epiphaneia）を記念して新設された祭典（前220頃）に関する碑文も発見されている。
⇒メリボイア

Herodot. 1-161, 3-122, -125/ Thuc. 1-138, 8-50/ Strab. 14-647～648/ Plut. Them. 29～/ Nep. Themistocles 10-2/ Diod. 11-57～58, 14-36/ Ptol. Geog. 5-2/ Liv. 37-45/ Plin. N. H. 5-31-114/ Vitr. De Arch. 7-praef./ Steph. Byz./ etc.

(2) （シピュロス Sipylos 山麓の）Μαγνησία πρὸς (ὑπὸ) Σιπύλῳ, （ラ）Magnesia ad Sipylum, （英）Magnesia beside Sipylus, （仏）Magnésie du Sipyle, （独）Magnesia am Sipylos（現・Manisa）

リューディアー*のシピュロス山（現・Manisa Dağı）北麓、肥沃なヘルモス Hermos（現・Gediz）河流域にあった都市。スミュルナー*の東北ほぼ30km、交通の要衝に位置する。(1)と同じく古い時代にテッサリアー*東部のマグネーシアー❷*の人々マグネーテス Magnetes によって建設された。前190年12月（または前189年1月）、セレウコス朝*シュリアー*の大王アンティオコス3世*が、L. コルネーリウス・スキーピオー・アシアーティクス*（アシアーゲネース）率いるローマ軍に敗れた地として有名。この会戦（マグネーシアーの戦い）の結果、アシアー*風の奢侈と洗練された生活習慣がローマにもたらされることになった。市の近郊に、神話で名高いニオベー*の変身したという岩があったが、おそらくこれは旧（ふる）くからそこに祀られていた女神キュベレー*の石像であったと推察される。他にもギリシア神話中の王タンタロス*の墓や、その子ペロプス*の王座なる物が残っていたという。地誌学者パウサニアース*はこのあたりの出身であると考えられている。

Liv. 36-43, 37-10～, 39-44/ Strab. 12-571, -579, 13-621/ Plin. N. H. 2-93-205/ App. Syr. 30～36/ Ptol. Geog. 5-2, 8-17/ Arr. Anab. 1-18/ Paus. 1-20/ Tac. Ann. 2-47/ Zonar. 9-20/ Eutrop. 4/ etc.

❷テッサリアー*東部の地方。テンペー*渓谷からパガサイ Pagasai 湾に至るエーゲ海に沿った地域で、オッサ*山、ペーリオン*山を含み、南へ半島状に突出している。アルゴー*伝説で名高いイオールコス*市や、僭主の宮廷があったペライ*市などで知られる。首邑は同名の町マグネーシアー。伝承上の名祖（なおや）マグネース Magnes は、ふつうアイオロス❷*の子とされ（⇒巻末系図008～009）、磁石

magnet の語源は、この石の発見者たるマグネースに帰せられている。小アジアの同名の2都市マグネーシアー❶(1)(2)は、ともにこの地の住民マグネーテス Magnetes が建てた植民市である。

Herodot. 7-176〜/ Strab. 9-441〜, 14-647/ Thuc. 2-101/ Plin. N. H. 4-16, 36-25/ Hom. Il. 2-756/ Paus. 10-8/ Pind. Pyth. 2-45, 3-45, 4-80, Nem. 5-27/ Xen. Hell. 6-1-7/ Arist. Pol. 2-9(1269b)/ Diod. 11-3, 12-51, 15-80, 16-29/ Conon Narr. 29/ Ath. 1-15, 4-173/ etc.

マグネーシアーの戦い　（英）The Battle of Magnesia, （仏）Bataille de Magnésie, （独）Schlacht bei Magnesia, （伊）Battaglia di Magnesia, （西）Batalla de Magnesia

マグネーシアー❶*(2)の項を参照。

マグネンティウス　Flavius Magnus Magnentius, （仏）Magnence, （伊）Magnenzio, （西）Magnencio, （葡）Magnéncio, Magnêncio, （露）Магненций

（後303頃〜353年8月10日）ローマ帝国西方の簒奪帝。（在位・350年1月18日〜353年8月10日）

ブリタンニア*人の父親とフランク*族（フランキー*）の母親との間に、アンビアーニー Ambiani（現・アミアン Amiens）に生まれる。もとローマの捕虜であったが、コーンスタンティーヌス1世*（大帝）の麾下、軍人として頭角をあらわし、350年1月18日、アウグストドゥーヌム*（現・オータン）において正帝を僭称。すぐさま惰弱な皇帝コーンスターンス*を暗殺し、その背信と冷酷さで西方の大半を掌握するが、コーンスターンスの兄コーンスタンティウス2世*との決戦に敗れ（351年9月28日、ムルサ Mursa（現・Osijek）の戦い）、2年後ルグドゥーヌム*（現・リヨン）に包囲され、母と弟デケンティウス Flavius Magnus Decentius（副帝。在位・350〜353）を殺してから壁に突き立てた剣の上に身を伏して自刃した。彼は主君を弑殺した最初のキリスト教徒だとされる。なお、妻のユースティーナ*は後にウァレンティーニアーヌス1世*に嫁ぎ（368）、ウァレンティーニアーヌス2世*ら1男3女を産んでいる（⇒巻末系図104）。

⇒ネポーティアーヌス、シルウァーヌス

Julian. Or. 1-38, 2-71〜/ Amm. Marc. 14-5/ Aur. Vict. Caes. 41, 42/ Libanius Or. 10/ Eutrop. 10-6〜7/ Zosimus 2-41〜54/ Zonar. 13-5〜9/ Socrates Hist. Eccl. 2-32/ Sozom. Hist. Eccl. 4-7/ etc.

マクリーヌス　Marcus Opellius (Severus) Macrinus, （ギ）Makrīnos, Μακρῖνος, （仏）Macrin, （伊）（西）（葡）Macrino, （露）Макрин

（後164年秋〜218年6月末頃）ローマ皇帝（在位・217年4月11日〜218年6月8日）。マウレータニア*のカエサレーア*出身。下層身分に生まれ（一説では男娼出身の解放奴隷だったという）、権臣プラウティアーヌス*に仕えたのち、カラッラ*帝の治下に近衛軍司令官（プラエフェクトゥス・プラエトーリオー）に昇進する。しかし、カラカッラから柔弱さをからかわれた挙句、処刑される危険さえ生じたため、パルティアー*遠征中に皇帝を暗殺（217年4月8日）、その3日後に自らが帝位に擁立される（最初の騎士身分（エクィテス*）出身のローマ皇帝）。元老院議員の資格なくして初めて皇帝になった彼は、まだ9歳の息子ディアドゥーメニアーヌス*を副帝（カエサル*）(217)、次いで正帝（アウグストゥス*）(218)にし、2億セーステルティウスもの巨額の償金をパルティアーに支払って和平を購った（⇒アルタバーノス5世）。ほどなく軍隊に反乱が起こり、カラカッラの落胤と称する美少年エラガバルス*（ヘーリオガバルス*）が対立帝に推戴され、アンティオケイア❶*近郊での戦闘（218年6月8日）に敗れたマクリーヌスは、逃走を試みたが捕われてカッパドキアー*で殺された。息子もまた同じ運命を辿り、父子の首は槍尖に突き刺されて梟（さら）された。

マクリーヌスは臆病かつ優柔不断なうえ、尊大で贅沢安逸や鯨飲馬食に耽り、また苛酷な刑罰を好んで罪人を建築中の壁の中に塗りこめたり、姦通を犯した者たちを生きたまま火炙りにしたという。さらに当時のローマ人でも珍しいほど、夥しい宝石などの装飾品を身につけ飾り立てていたと伝えられている。

⇒ユーリア・ドムナ

Herodian. 4-14〜15/ Dio Cass. 78-4〜, -11〜41/ S. H. A. Macrin., Diadumenianus 4/ Aur. Vict. Caes. 22/ Eutrop. 8-12/ Zonar. 12-13/ etc.

マクロー、クィ（ー）ントゥス・ナエウィウス・スートーリウス　Quintus Naevius Cordus Sutorius Macro, （ギ）Makrōn, Μάκρων, （仏）Macron, （伊）Quinto Nevio Sutorio Macrone, （西）Quinto Nevio Sutorio Macro, （葡）Quinto Névio Cordo Sutório Macro, （露）Квинт Невий Корд Суторий Макрон

（前21頃〜後38）低い身分の出であったが、ティベリウス*帝（在位・後14〜37）の信任を得て権臣セイヤーヌス*誅滅に活躍し、セイヤーヌスの後を襲って近衛軍司令官（プラエフェクトゥス・プラエトーリオー）となる（31年10月17日）。元老院の贈る夥しい栄誉を辞退して、君寵の保持に専心、やがて先任者に輪をかけた陰の実力者となり、身分ある人々に対し数々の悪辣な謀略を画策。ティベリウスの晩年、彼は勢力の絶頂にあり、ネロー*帝の父 Cn. ドミティウス・アヘーノバルブス❺*はじめ大勢の上流貴族を陥れつつあった（⇒ヘーローデース・アグリッパ❶）。その猛威は、「もし宮廷占星術師トラシュッロス*の予言がなければ、彼ら全員が処刑されてしまったであろ

系図380　マクリーヌス

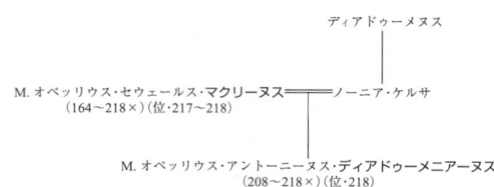

う」といわれるほど凄まじいものだった。マクローはまた、老帝の健康がそこなわれつつあるのを見てとると、妻エンニア Ennia Naevia をカリグラ*の情婦にし、登極のあかつきには彼女と結婚するとの約束を取り付ける。次いでカリグラと共謀してティベリウスを毒殺 (37)、即位したカリグラによりエジプト領事 Praefectus Aegypti 職を与えられたものの、あまりに大きな権勢をもったため、新帝に疎まれて妻エンニアとともに自殺を命じられ、子供たちも処刑されて果てた (38)。
⇒カエレア
Tac. Ann. 6-15, -23, -29, -38, -45〜48, -50/ Suet. Tib. 73, Calig. 12, 23, 26/ Dio Cass. 58-9, -12〜13, -18, -21, -24〜28, 59-1, -10/ Joseph. J. A. 18-6/ Philo Leg. 4, 8, In Flacc./ etc.

マクロビウス　Ambrosius (Aurelius) Theodosius Macrobius, （仏）Macrobe, （伊）（西）Macrobio, （菊）Macróbio, （露）Макробий

(後4世紀後期〜5世紀前期) ローマ帝政末期のラテン著作家。おそらく属州アーフリカ*の出身。ローマの文人、哲学者として名高く、新プラトーン主義の影響を受け、シュンマクス*、プラエテクスタートゥス*ら優れたローマの文化人と親交、430年にはイタリアの近衛軍司令官を務めた。彼自身も非キリスト教徒で古典文学に通じ、数多くの作品を執筆。主著『サートゥルナーリア Saturnalia』全7巻は、384年の12月17日から19日までのサートゥルナーリア*祭の折に、プラエテクスタートゥスによって催された饗宴の席を舞台にした対話論集で、シュンマクス、セルウィウス*、アウィエーヌス*らが会合して、文学・歴史・宗教など諸々の問題について談論した形式をとっている。なかでも、ウェルギリウス*の研究や「全ての神々は太陽（ソール*）の種々相を示すに過ぎない」とする神話の太陽起源説の説明が興味深く、著者の該博な知識と当時の文人サークルの雰囲気がうかがわれる。その他、初期の作品で、『サートゥルナーリア』と同じく自分の息子のために書いた『スキーピオー*の夢 Somnium Scipionis』(キケロー*『国家論』第6巻の一部) の注釈 Commentarii (2巻) も伝存、ポルピュリオス*のプラトーン*論に依拠しつつ霊魂の天界への帰昇の問題を扱い、後世に多大な影響を与えた。また、『ギリシア語とラテン語の差違と類似について De Differentiis et Societatibus Graeci Latinique Verbi』の断簡が残っている。
⇒アウソニウス、シードーニウス・アポッリナーリス、クラウディアーヌス
Macrob. Sat., Commentarii ex Cicerone in Somnium Scipionis/ Cod. Theod./ etc.

マケドニア　Macedonia, （仏）Macédoine, （独）Makedonien, Mazedonien, （葡）Macedónia, （露）Македония, （和）マケドニヤ

(ローマの属州) マケドニアー*王国は前168年6月、ピュドナ*の戦いでローマの将 L. アエミリウス・パウッルス❷*に敗れて滅亡し、4つの共和国に分割された (前167)。しかし、やがてアンドリスコス*の乱が勃発し、前148年に Q. カエキリウス・メテッルス❷*率いるローマ軍によって平定され、以来ローマの属州マケドニアとなった (前146)。前27年アウグストゥス*は、これをさらにマケドニア、アカーイア*、エーピールス*の3属州に分割し、マケドニアは元老院属州とされた。州都はテッサロニーカ* (テッサロニーケー*)。

なお、この地方は当初からケルト*系、イッリュリアー*系、マケドニアー系、ギリシア系、トラーケー*系などさまざまな民族が混住し、さらに後世スラヴ系諸族がこれに加わったことから、雑多な人種・民族の集まる土地の代名詞のごとくに用いられるようになった。種々の果物などを混ぜ合わせたデザートの名マチェドニア macedònia (伊) や、「寄せ集め」「ごたまぜ (料理)」を指すフランス語マセドワーヌ macédoine などの言葉も、これに由来して付けられたものである。
⇒モエシア、トラーキア、ウィア・エグナーティア
Mela 1-3/ Plin. N. H. 4-10/ Liv. 44, 45/ Strab. 7-329〜/ Dio Cass. 53-12, 60-24/ Tac. Ann. 1-76, -80, 5-10/ App. Mac./ Euseb. Chron./ etc.

マケドニアー　Makedonia, Μακεδονία, （ラ）マケドニア Macedonia, （仏）Macédoine, （独）Makedonien, Mazedonien, （伊）（西）Macedonia, （葡）Macedónia, Macedônia, （露）Македония, （マケドニア語）Македонија, （現ギリシア語）Makedonía

(古名：エーマティアー Emathia) ギリシアの北東に接する地方。時代により境界は異なるが、トラーキアー* (トラーケー*)、テッサリアー*、エーペイロス*に挟まれ、エーゲ海に臨む地域を指す。伝説上の名祖（なおや）は、ゼウス*の子マケドーン Makedon。新石器時代から住民がいたが、前1150年頃ドーリス*系ギリシア人がこの地に侵入してのちのマケドニアー人の中核を成した。伝承に従えば、ヘーラクレース*の後裔 (ヘーラクレイダイ*) のアルゴス*王家出身の若者カラーノス❶*ないしペルディッカース1世*がマケドニアーへやってきて世襲王朝を樹立、以来646年間にわたりその子孫が王統を継いだという (アルゲアダイ Argeadai 朝、⇒巻末系図027)。しかし、王権は弱く、住民は好戦的で半独立的な部族が対立抗争を続けていたため、マケドニアー人は古典期のギリシア人からなかば未開の異邦人 barbaroi (バルバロイ) と見なされていた。ペルシア戦争*ではアカイメネース朝*に臣従したが、前5世紀前半のアレクサンドロス1世*の治世以後ギリシア化を推進、さらにペロポンネーソス戦争* (前431〜前404) 末期の王アルケラーオス*のもと軍備の増強や、街道の新設などの諸改革が断行され、新都ペッラ*にはエウリーピデース*ら多くの文化人が招かれた。次いでピリッポス2世*が中央集権化を進め、カイローネイア*にテーバイ❶*＝アテーナイ*連合軍を破ってギリシ

アを制圧（前338）、版図を大いに拡張した。その子アレクサンドロス3世*（アレクサンドロス大王*）は東方へ遠征し、アカイメネース朝ペルシア*帝国を滅ぼし（前330）、長途インド西北部まで進撃。ヨーロッパ、アジア、アフリカ3大陸にまたがる世界帝国をつくり上げ、マケドニアーの黄金時代を現出せしめた。大王の死（前323）後、ディアドコイ*の戦乱によって遺領は分割され、マケドニアー本土はカッサンドロス*を経てアンティゴノス朝*（前276〜前168）の掌中に帰した（⇒巻末系図047）。やがてポエニー戦争*中マケドニアー王ピリッポス5世*がカルターゴー*の名将ハンニバル❶*と結んだことから、4次にわたるローマとの戦争（マケドニアー戦争）が勃発。その結果ピュドナ*の戦い（前168）で敗れた最後の王ペルセウス*はローマへ連行されて獄死。ペルセウスの息子と称するアンドリスコス*の抵抗も鎮圧され、前146年マケドニアーはローマの1属州マケドニアに転落した。マケドニアー人の建てたセレウコス朝*シュリアー*、プトレマイオス朝*エジプトなどのヘレニズム諸王国も、次々にローマの領土に併合されていった。（⇒アミュンタース、ペルディッカース、L. アエミリウス・パウッルス❷、Q. カエキリウス・メテッルス❷）

マケドニアー人は武勇を尚ぶ雄壮な国民の通例として飲酒と男色を好み、これらが原因で王や貴族の殺傷事件がしばしば繰り返されている。ヘタイロイ*なる国王側近の戦友隊やマケドニアー式パランクス*（密集方陣）の戦法でも名高く、またギリシア史上例外的に宮廷の女性たちが権力闘争に積極的に加わった点でも特筆に値する。ローマ帝政期に入ってもマケドニアーには、ギリシア系、トラーキアー系、イッリュリアー*系などの150に及ぶ部族が混住していたという。家畜・農作物の他、金・銀および良質の造船用木材の産地。

〔マケドニアー戦争, （ギ）Μακεδονικοὶ Πόλεμοι,（ラ）Macedonicum Bellum〕

ローマとアンティゴノス朝マケドニアー王国との戦争。
第1次（前215〜前205）ポイニーケー*の和約（前205）で終結。
第2次（前200〜前197／196）キュノスケパライ*の決戦（前197）でマケドニアー王ピリッポス5世の敗北。
第3次（前172〜前167／166）ピュドナの決戦（前168）でマケドニアー王ペルセウスの敗北。
第4次（前149〜前148）アンドリスコスの乱。
⇒アイガイ❺（エデッサ❷）、テッサロニーケー、ピリッポイ（ピリッピー）、アンピポリス、カルキディケー半島、パイオニアー

Herodot. 1-56, 5-17〜, 8-137〜/ Thuc. 1-57〜, 2-99〜/ Xen. Hell. 5-2, -3/ Strab. 7-329〜/ Mela 1-3/ Plin. N. H. 4-10/ Liv. 44〜/ Diod. 1-20, 7-15〜, 14-37, -83〜/ Paus. 8-7/ Ael. V. H. 6-1, 12-64, 13-11/ Just. 7〜/ App. Mac./ Plut. Alex./ Apollod. 3-8-1/ Ptol. Geog. 2-16, 3-9, -11, -12, -13, -14, 8-7, -11, -12/ Steph. Byz./ etc.

マケドニアー戦争 （ラ）Macedonicum Bellum
⇒マケドニアー

マケル Macer,（伊）Macro
（「痩せた、貧弱な」の意）ローマの家名cognomen（コグノーメン）。特に大族リキニウス氏*のマケル家が著名（⇒リキニウス❷・マケル、リキニウス❸・マケル・カルウス）。

マケル、C. リキニウス Licinius Macer
⇒リキニウス❷・マケル
⇒リキニウス❸・マケル・カルウス

マケル、アエミリウス Aemilius Macer,（仏）Emile Macer,（伊）Emilio Macro,（西）Emilio Macer
（？〜前16）ローマ帝政初期の詩人。ウェーローナ*（現・ヴェローナ）の出身。オウィディウス*の年長の友人で、ともにアシア*やシキリア*（現・シチリア）を旅した。ニーカンドロス*を模倣して作った『テーリアカ Theriaca』（蛇咬に対する解毒剤の書）や『薬草について De Herbis』、『オルニトゴニア Ornithogonia』（鳥類に関する書）などの詩があったが、いずれも僅かな断片しか現存しない。小アジアにて没。

なお、同じくオウィディウスの旅友で、トロイアー*陥落をうたった（『トロイア戦争 Bellum Trojanum』）ラテン詩人Cn. ポンペイユス・マケル（または、アエミリウス・マケル）Pompejus Macer Iliacus（後12年頃に活動）とは別人である。
Ov. Tr. 4-10, -43〜, Pont. 2-10, 4-16/ Quint. 6-3, 10-1, 12-11/ Suet. Iul. 56/ Apul. Orthograph. 18/ Hieron. Chron./ etc.

マーゴー Mago
⇒マーゴーン（のラテン語形）

マゴイ Magoi, Μάγοι（〈ラ〉・マギー Magi),（英）Magians,（仏）Mages,（独）Magier,（伊）Magi,（西）（葡）Magos,（単）マゴス Magos, Μάγος, マグス Magus,（英）Magian,（仏）Mage,（独）Magier,（伊）Màgio,（伊）（西）Mago,（古代イーラーン語）Makuš Magush,（アヴェスター語）Moghu, Magu,（アラビア語）Majūs,（漢）穆護

メーディアー*王国の祭祀を司った一部族。古代イーラーン民族伝来のマズダ教（ラ）Mazdaismusを奉持し、アカイメネース朝*ペルシア*帝国においても世襲的な神官階級として強大な権威を有した。託宣・夢占い・供犠・葬礼（鳥葬）などの宗教活動を行なうほか、政治にも容喙し、スメルディス*のごとく王位を簒奪する者も現われた（前522）。次第にゾロアスター*教（⇒ゾーロアストレース）の教義を吸収して、パルティアー*王国、サーサーン朝*ペルシア時代にも存続、いわゆる"拝火教"の聖職者身分として重きをなした。その天文学や予言の知識から、ギリシア・ローマ世界では、次第に妖術師や占星家、各種の占い師、

魔法使いの別語として、この名称が用いられるようになった。キリスト教伝説で、誕生したばかりのイエースース*を訪れた東方三賢人というのもマゴスたちである。英語のマジック magic（魔法）やマジシャン magician（魔法使い）の語源。
⇒ギュムノソピスタイ、シーモーン・マゴス
Herodot. 1-101, -107～108, -120, -128, -132, -140, 3-62～, 7-19, -37, -113, -191/ Xen. Cyr. 4-5, 8-1, -3/ Plin. N. H. 60-29, 30-1～/ Pl. Alc. 1-122a/ Cic. Div. 1-23(46), -41(90), Leg. 2-10(26), Nat. D. 1-16(43)/ Juv. 3-77/ Solin. 55/ Plut. Artax. 3, Mor. 370b～c/ Strab. 15-730～/ Nov. Test. Matth. 2-1～12, Act. 8-9, 13-6/ Euseb. Hist. Eccl. 1-8/ etc.

マーゴーン Magon, Μάγων, （ラ）マーゴー Mago, （伊）Magone, （西）Magón, （葡）Magão, （露）Магон

カルターゴー*の人名（⇒巻末系図034）。

❶（前550頃～前520頃活躍）カルターゴー*を支配した権門マーゴー家の初祖。軍制を整え、サルディニア*島におけるカルターゴー勢力の優位を確保した。以来彼の一族はカルターゴーにおいて非常な権勢を振るうことになる。また彼の軍制改革以来、それまでの市民兵の徴集は廃され、カルターゴー人の将軍が率いる傭兵制が採用されるようになったと言われている。彼の子孫には、ヒーメラー*の合戦でギリシア軍と干戈を交えたカルターゴーの「王」ハミルカル*（？～前480）や、シケリアー*（現・シチリア）遠征を行ったヒミルコー❷*（？～前396頃）らといった有力な指導者が輩出して、地中海から大西洋岸、アフリカのセネガルにまで及ぶ広大な版図を誇るカルターゴーの最盛期（前535頃～前450頃）を現出させた。
Just. 18-7-19, 19-1-1/ Herodot. 7-165～/ Diod. 11-20～, 13～14/ etc.

❷（？～前375頃）シュラークーサイ*の僭主ディオニューシオス1世*と2度にわたって兵火を交えたカルターゴー*の将軍。第1回の征戦（前397～前392）では、ヒミルコーン❷*の指揮下、艦隊を率いてシュラークーサイ軍を撃破したが、結局はディオニューシオス1世と和約を締結。のち2度目の出征（前383頃～前375）において、シケリアー*（現・シチリア）島西部で惨敗を喫し、戦死を遂げた。この敗北では1万人が戦死し、5千人が捕虜となり、あやうくカルターゴーはシケリアーを失いかけたものの、マーゴーの息子ヒミルコー*が休戦中に猛訓練で軍を再建してディオニューシオスを破り版図を回復した（前375末頃）。
⇒レプティネース❷
Diod. 14-59～61, -90, -95～96, 15-15, -16/ Just. 19-2/ etc.

❸（前243頃～前203）ハミルカル・バルカ*の末子。第2次ポエニー戦争*（前218～前201）中、兄ハンニバル❶*のイタリア遠征に従い（前218～前216）、トレビア*やカンナエ*の合戦に活躍した。カンナエの勝利を祖国カルターゴー*へ報らせに行った時には、戦死したローマ騎士から奪った黄金の指環を大量に積み上げてみせたという。前215年からは、次兄ハスドルバル❷*の麾下、ヒスパーニア*（スペイン）各地に転戦し、前211年ローマの将 Cn. スキーピオー*・カルウスと P. スキーピオー*兄弟を敗死させたが、前207年、M. ユーニウス・シーラーヌス Junius Silanus に敗北。さらに翌年、イリパ Ilipa（現・Alcalá del Río）でスキーピオー・大アーフリカーヌス*（大スキーピオー*）に敗れ、バレアーレース*諸島へ退き同地を征服する。前205年、リグリア*侵攻の命を受けるが、C. ケテーグス*およびクィンティーリウス・ウァールス Quintilius Varus 軍により、ガッリア・キサルピーナ*においてうち破られて重傷を負い、カルターゴーへの帰途、死亡した。異説によると、船が難破して死んだとも、自らの召使に暗殺されたともいう。メノルカ島の町マオー Mahó,（ラ）Portus Magonis の名祖。
⇒ティベリウス・グラックス❶
Liv. 21-47, -54～55, 22-2, -46, 23-1, -11, ～13, -32, -49, 24-41～42, 25-32～, -39, 26-20, 28-1～, 12～, 29-4～, 30-18～19/ Polyb. 3-71, -74, -79, -114/ Nep. Hann. 7, 8/App. Hann. 20, 54, Hisp. 24～37, Pun. 9, 31～32/ Diod. 11-26/ Frontin. Str. 2-5/ Zonar. 9-2～/ etc.

❹（年代不詳）『農事誌』28巻を書いたことで名高いカルターゴー*の軍人。カルターゴーの滅亡後、その著作はローマ元老院の命でラテン語に翻訳され、さらにギリシア語にも訳されて、永く斯界の権威として重んじられた。ウァッロー*、コルメッラ*、大プリーニウス*ら後世の著述家も、しばしばその作品から引用している。
Colum. Rust. 1-1-13, 12-4-2/ Plin. N. H. 18-5-22～, -7-35/ Varro Rust. 1-1/ Cic. De Or. 1-58/ etc.

❺（？～前344）カルターゴーの将軍。❷の子か。前344年に艦隊を率いてシケリアー*（現・シチリア）へ向かい、シュラークーサイ*を占領するが、ティーモレオーン*が進撃して来ると、蒼惶として祖国へ逃げ帰った。その臆病な振る舞いのゆえに、自殺したにもかかわらず、彼の屍骸は架刑台に晒された。

その他、エーペイロス*王ピュッロス*がイタリアに攻め込んだ時に将軍としてローマへ赴いたマーゴー（前279）や、第2次ポエニー戦争*（前218～前201）中に大ハンニバル❶*の部将をつとめたサムニウム*人 Samnites と渾名されたマーゴー（ハンニバルの親友）ら大勢の同名異人がいる。
Plut. Timol. 17～22/ Diod. 16-67～/ Just. 18-2/ Liv. 23-41, 25-15～, 26-44～, 27-26～/ Polyb. 7-9, 9-25, 10-7～36-1, -3/ App. Hisp. 19～, Pun. 15/ Val. Max. 1-6-8/ etc.

マーシアル Martial
⇒マールティアーリス（の英語形）

マシステース Masistes, Μασίστης,（古代ペルシア語）Mathišta,（仏）Masistès,（伊）Masiste
（？～前478頃）アカイメネース朝*ペルシア*の王子。ダー

レイオス1世*とアトッサ❶*の子。クセルクセース1世*の同母弟（⇒巻末系図024）。

　前479年頃のこと、兄王クセルクセースはマシステースの妻に恋し、あれこれ言い寄ったものの口説き落とせず、歓心をかうために長男ダーレイオス Dareios とマシステースの娘アルタユンテー Artaynte とを結婚させた。すると今度は、若いアルタユンテーに対する思慕の念に駆られるようになり、ついにこれを息子から奪って自分のものとした。そして正后アマーストリス❶*の織った豪華な上衣を、アルタユンテーに乞われるままに贈り、アルタユンテーもまた常にそれをまとって見せびらかしたので、アマーストリスは激怒。元凶はマシステースの妻に相違ないと思い込んだ后は、彼女を捕えると、両の乳房や鼻・耳・唇・舌を切り落として犬に投げ与えた。バクトリアー*の太守（サトラペース）Satrapes だったマシステースは、変わり果てた妻の姿を見て、兄王に叛旗を翻すべくバクトラ*（現・バルフ Balkh）へ向かうが、途中クセルクセースの軍隊によって息子たちともども討ち果たされてしまった。

　なおクセルクセースの親征に従軍してギリシアで敗死した部将マシスティオス Masistios（？～前479）は別人である。

Herodot. 7-82, -121, 9-20～25, -31, -107～113/ Plut. Arist. 14/ Paus. 1-27/ etc.

マシニッサ（マッシニッサ）　Masinissa（Massinissa, マサニーサ Masanisa）,（ギ）マッサナッセース Massanasses Μασσανάσσης, Masannasas Μασαννάσας,（古ヌミディア語・Massanassa）,（西）Masinisa,（露）Массинисса

（前240頃～前148初頭）ヌミディア*王（在位・前206～前205、前201～前148）。父は東部ヌミディアのマッシューリー Massyli 族の王ガラ Gala（Gaia）。ハンニバル❶*の姻戚に当たり（伯母がハンニバルの姪）、秀逸な容姿と強靱な肉体に恵まれる。カルターゴー*で教育を受け、第2次ポエニー戦争*（前218～前201）が勃発すると、はじめカルターゴーに味方してヒスパーニア*でローマ軍と戦った（前216～前206）が、のちスキーピオー*・大アーフリカーヌス（大スキーピオー*）に款を通じてローマ側に寝返った（⇒マシーウァ❶）。父王の死（前206）後すぐさまヌミディアへ戻り、親族の手から支配権を奪回。しかし、ほどなく西隣マサエシューリー Mas(s)aesyli の王シュパークス*軍に追われ、山岳地帯でのゲリラ活動を余儀なくされる。前204年スキーピオーがアーフリカ*に到着するまでの間、カルターゴーおよびシュパークスの攻撃を、かろうじてもちこたえ、翌年攻勢に転じてシュパークスの首都キルタ*を降（くだ）し、王やその妃ソポニスバ*を捕虜にした（前203）。彼がかつての婚約者ソポニスバを娶り、のち毒死させた話に関しては、ソポニスバの項を参照。前202年ザマ*の会戦においては、ローマ軍の右翼騎兵隊を指揮して活躍し、勝利の後シュパークスの領土の大半を獲得、ローマの庇護下にヌミディア全土の主権を手にした（前201）。その後もしばしばカルターゴーに侵入・略奪して、これを悩ませ、ついに第3次ポエニー戦争を惹起させた（前149）。

　マシニッサはまた、他方ポエニー＝フェニキア*文化の擁護者でもあり、第3次ポエニー戦争（前149～前146）時にもカルターゴー特有の文化を残そうと努めたという。彼はよく倹素な生活に耐え、老いても矍鑠（かくしゃく）として陣頭に立ち、およそ60年にわたって支配し王都キルタを繁栄させた。大ピラミッドの墓を築き、86歳でなお息子を儲け、90年以上生きながらえ、54人ないし44人の子供を儲けたのち長逝した。王国は3人の嫡出子ミキプサ*、グルッサ*、マスタナバル*に共治されたものの、グルッサとマスタナバルが相前後して死んだので、ミキプサ1人の支配するところとなる。

⇒巻末系図035, 034

Liv. 24-49, 25-34, 27-5, -20, 28-13, -16, -34～, 29-23, -29～34, 30-3～9, -11～17, -29, -33～35, -44, 31-11, -19, 32-27, 34-62, 36-4, 40-17, -34, 42-23～24, -29, -35, 45-13～14, Epit. 1/ Polyb. 11-21, 14-3～4, -8～9, 15-4～5, -9, -12～15, -18, 32-2, 36-16, 37-3, -10/ Strab. 17-832～/ App. Hisp. 25, 27, Pun. 10, 14～, 71, 106/ Cic. Sen. 10/ Lucian. Macr. 17/ Diod. 32-16/ Zonar. 9-11/ Val. Max. 8-13/ etc.

マスタナバル　Mastanabal,（時にはマナスタバル Manastabal）,（ギ）Mastanabās, Μαστανάβας,（伊）Mastanabale,（仏）（西）Manastebal

（前2世紀）ヌミディア*王マシニッサ*の死後、生き残った3人の嫡出子のうち最年少の王子。前148年、父王の遺言に順（したが）って、王国は彼ら3人に共同統治された（在位・前148～前140）。マスタナバルは文学を愛好する正義感の強い人物で、スキーピオー・大アーフリカーヌス*（大スキーピオー*）により、王国の司法権を委ねられた。かのユグルタ*は彼の庶子である。

⇒巻末系図035

App. Pun. 106/ Liv. Epit. 50/ Sall. Jug. 5, 65/ Zonar. 9-27/ etc.

マスタルナ　Mastarna
⇒トゥッリウス、セルウィウス

マタイ　Matthaeus
⇒マッタイオス

マダウラ　Madaura
⇒マダウルス

マダウルス（または、マダウロス）　Madaurus,（ギ）Madauros, Μάδαυρος（または、マダウラ Madaura, マダウリー Madauri, メダウラ Medaura）,（仏）Madaure,（独）（伊）（西）（葡）Madaura,（露）Мадавра,（現ギリシア語）Madávra

(現・M'daourouch, ないし Ayedrah) ヌミディア*の都市(今日のアルジェリアとチュニジアの国境近くの町)。前3世紀に創建され、フェニキア*人とベルベル人が混住していた。シュパークス*やマシニッサ*の支配ののち、ローマ領となり(前146)、後1世紀末にはローマ植民市(コローニア*)に昇格する。アープレイユス*の生地。オリーヴの産地、および学問の府として知られ、アウグスティーヌス*も一時期ここで教育を受けている。
Augustin. Conf. 2-3, Ep. 16, 49/ Ptol. Geog. 4-3/ Apul. Apol./ Procop. Aed. 6-6/ It. Ant./ etc.

マダウロス　Madauros
⇒マダウルス

マッカバエウス　Maccabaeus
⇒イウーダース・マッカバイオス

マッサゲタイ(族)　Massagetai, Μασσαγέται, Massagetae, (英) Massagetians, Massaget(a)eans, (仏) Massagètes, (独) Massageten, (伊) Massageti, (西) Masagetas, (露) Массагеты

カスピ海の東方に住んでいたスキュティアー*系の遊牧民族。ヘーロドトス*によれば、彼らは一夫一婦だが妻を共同で使用し、また老人を縁者が殺してその肉を家畜の肉と一緒に煮て食べる習慣があったという。農耕はまったく知らず馬車生活を送り、太陽のみを崇拝して馬を犠牲に供えていた。前529年アカイメネース朝*ペルシア*の大王キューロス❶*は、マッサゲタイを征服しようとして彼らの女王トミュリス Tomyris に求婚したが拒絶され、国境を越えて攻め入り、激戦の末敗死した。女王は人血を満たした革袋にキューロスの首を落とし込み、死骸にも暴行を加えつつ、「血に飽くなきキューロスよ、そなたを血に飽かせてやろう」と叫んだと伝えられる。
⇒サカイ、イッセードネス(エッセードネス)、ナサモーネス、アントローポパゴイ
Herodot. 1-201～216, 4-11, -172/ Strab. 11-507, -511～513/ Plin. N. H. 6-19-50/ Mela 1-2/ Diod. 2-43～44/ Arr. Anab. 4-16～/ Hor. Carm. 1-35/ Just. 1-8/ Ptol. Geog. 6-10, -13/ Polyaenus 8-28/ etc.

マッサ、バエビウス　Baebius Massa, (伊)(西) Bebio Massa
(後1世紀後半) ローマ帝政期の悪名高い政治家。ネロー*帝の治世末期から密告者として暗躍をはじめて君寵を得、立派な人々を誰彼となく破滅させていた。ヒスパーニア・バエティカ*の総督として赴任すると、苛政と搾取で属州民を塗炭の苦しみに落とし入れ、ローマへ帰還後、小プリーニウス*とセネキオー*(?～後94頃)によって苛斂誅求の廉で告発される(93)。しかし彼は、ドミティアーヌス*帝の殊遇のおかげで処罰を免れたばかりか、職業的告発者(デーラートル) delator となってさらに悪事を重ねた。のみならずバエティカ出身のセネキオーは、ほどなくヘルウィディウス・プリスクス*の伝記を書いたからという理由で訴えられ、ドミティアーヌスに処刑されている(94頃)。
Tac. Hist. 4-50, Agr. 45/ Plin. Ep. 3-4, 7-33/ Juv. 1-34/ etc.

マッサリアー　Massalia, Μασσαλία, (ラ) マッシリア* Massilia, (英) Marseilles, (伊) Marsiglia, (西) Marsella, (オック語) Marselha

(現・マルセイユ Marseille) ガッリア*南部、地中海に臨む港湾都市。前600年頃、イオーニアー*のギリシア都市ポーカイア*からの植民によって建設された。伝承では植民団の指導者と先住民リグリア*人の首長の娘とが結婚し、その婚資としてポーカイアの船団が仮泊していた湾の周辺の土地が首長から与えられたという。以来マッサリアーは西地中海における最も重要な交易港として栄え、ニーカイア❶*(現・ニース)、モノイコス*(現・モナコ)など、ガッリアからヒスパーニア*(イベーリアー*)沿岸にかけて多くの植民市を設立、各地にギリシア文化を伝えつつ大西洋へ出てブリタンニア*や西アフリカにまで周航した(前6～前4世紀、⇒ピューテアース)。そのためフェニキア*系の商業都市カルターゴー*とは常に対立関係にあり、第2次ポエニー戦争*(前218～前201)では友好国ローマに艦隊を提供して、その勝利に寄与した。前125年、周辺のサリューエース*族から攻撃を受けた時にはローマに支援を要請し、それに応じて出征したローマはガッリア南部を平定して、その地に属州ガッリア・ナルボーネーンシス*を設けた(前121)。その後もマッサリアーは独立を保持したが、共和政末期の内乱勃発時にポンペイユス*派に与してカエサル*に抵抗したため、半年にわたってカエサルの部将トレボーニウス*に攻囲され(前49年3月～9月)、飢餓と伝染病に苦しんだ末ついに降伏、武装解除させられたうえ、金庫と領土を奪い取られた。以降、ナルボー*(現・ナルボンヌ)や近隣のローマ系諸都市に繁栄を奪われて、漸増衰えていったものの、西方におけるヘレニズム文化・学問の府としての面目は保った。

マッサリアーは有力市民600名から成る元老院によって支配される貴族政をとり、自殺を願う者は元老院を説得することさえできれば、国費で用意された毒人参で作った毒薬を仰いで自殺する権利が認められていた。植民開始時の霊夢に従ってエペソス*のアルテミス*を主神とし、疫病に見舞われると1人の男を贖罪山羊(スケープゴート)とし、神聖な衣服を着せて全市を曳き回してから城壁の外で石を投げつけて殺す習いであったという(⇒パルマコス)。またキオス*と同じく、市民たちは受動的男色を好んだことで名高く、そのことからギリシア人の間では、「マッサリアーへ船出するとよかろう」といった、いささか猥雑な俚諺すら生じた。1945年来の発掘の結果、劇場(テアートロン*)・神殿・アゴラー*・城壁・墓地などギリシア・ローマ時代の遺跡が明らかにされている。
⇒アレラーテ(現・アルル)、ネマウスス(現・ニーム)

Strab. 4-179〜/ Caes. B. Civ. 1-34〜36, 2-1〜16, -22/ Cic. Font. 1, Flac. 26, Rep. 1-27〜/ Herodot. 5-9/ Just. Epit. 37-1, 43-3〜/ Val. Max. 2-6/ Arist. Pol. 5-6, 6-7, 8-6/ Thuc. 1-13/ Plin. N. H. 3-4/ Mela 2-5, -7/ Ptol. Geog. 2-10, 3-1, 8-5/ Paus. 10-8/ Polyb. 3-95/ Liv. 5-34, 21-20, -25〜26, 27-36/ Dio Cass. 41-25/ Diod. 5-32, -38/ etc.

マッシーウァ　Massiva
ヌミディア*王家の人名。巻末系図 035 を参照。

❶（前 3 世紀末〜前 2 世紀）マシニッサ*王の甥。マシニッサがヒスパーニア*でローマ軍と戦った時、まだ少年だったマッシーウァは敵の捕虜となる（前 209）。しかし、ローマの将スキーピオー・大アーフリカーヌス*（大スキーピオー*）は、彼を丁重に扱い、身代金も要求せずに伯父の許へ送り返してやった。寛大な処置に感謝したマシニッサは、密かに敵将スキーピオーの幕舎を訪れ、以来ローマと同盟を結んだ。
Liv. 27-19, 28-35/ Val. Max. 5-1-7/ etc.

❷（？〜前 111）グルッサ*の子。マシニッサ*の孫。王位をめぐってユグルタ*と争い、ローマへ逃れる（前 112）が、のちユグルタの臣下ボミルカル❷*に暗殺された（前 111）。
Sall. Jug. 35/ Liv. Epit. 64/ Flor. 3-2/ etc.

マッシリア　Massilia（現・マルセイユ）
⇒マッサリアー（のラテン語形）

マッタイオス　Maththaios, Μαθθαῖος, Matthaios, Ματθαῖος,（ラ）マッタエウス Matthaeus,（英）Matthew, Mathew,（仏）Matthieu, Mathieu,（独）Matthäus,（伊）Matteo,（西）Mateo,（葡）Mateus,（露）Матфей,（アラム語）Mattay, Maty,（ヘブライ語）Matatyahu, Matityahu,（アラビア語）Mathyu,（漢）馬太,（和）マタイ
（後 1 世紀）キリスト教の共観福音書・第 1 福音書の著者に擬せられるユダヤ人。クリストス*（イエス・キリスト）の 12 使徒*の 1 人で、カパルナウーム*（カペルナウーム*）の税吏レウィ Leui（ヘブライ語）Lēwí と同一視される。伝承によれば、ヘブライ人の間で宣教したのち、パルティアー*、ペルシアなど異邦に伝道し、エティオピア*で斬首されたという。彼の名が冠せられる福音書（80〜90 頃成立）は、人間としてのイエースース*を強調しているため、（有翼の）人間がマッタイオスの象徴として表わされる。祝日（記念日）は東方教会では 11 月 16 日、西方教会では 9 月 21 日。
⇒福音書記者
Nov. Test. Matth., Marc. 2-14, 3-18, Luc. 5-27〜, 6-15, Act. 1-13/ Euseb. Hist. Eccl. 3-24, 5-8/ Clem. Al. Strom. 4-9/ Hieron. Vir. Ill. 3/ etc.

マー（ッ）ルーキーニー（族）　Ma(r)rucini,（ギ）Marrūkīnoi, Μαρρουκῖνοι, Μαρρουκινοί,（仏）Marrucins,（独）Marruciner

中部イタリアの東岸、アドリア海に面した地域にいた部族。首邑はテアーテ Teate（現・Chieti）。マルシー❶*族やパエリグニー*族と近縁関係にあり、信義深い人々として知られた。前 304 年以来ローマに服属したが、同盟市戦争*ではヘーリウス・アシニウス Herius Asinius（前 90 年戦死。C. アシニウス・ポッリオー*の祖父）に率いられて、ローマに叛旗を翻した。以後、急速にローマ化されていった。
Sil. 15-564/ Liv. 8-29, 9-41, 14-40, 22-9, 26-11, 27-43, Epit. 72〜/ App. B. Civ. 1-39〜/ Plin. N. H. 3-12-106/ Strab. 5-241/ Dion. Hal. Ant. Rom. 20-1/ Diod. 19-105, 20-101/ Polyb. 2-24, 3-88/ Ptol. Geog. 3-1/ etc.

マティウス　Gaius Matius Calvena,（伊）Gaio Mazio
（前 1 世紀）カエサル*腹心の友の 1 人。騎士身分（エクィテース*）の出身。禿頭のゆえにカルウェナ Calvena（薬罐頭）と渾名される。文学や隠遁生活を愛し、政争や内乱に加わることがなかった。カエサル暗殺（前 44）ののちは、オクターウィアーヌス*（アウグストゥス*）の友人として、俄然ローマに大きな勢力を築く。キケロー*の文通相手としても知られている。また『料理学大全 Cocus, Cetarius, Salgamarius』（3 巻）を執筆した食通で、ある種の林檎（りんご）や料理法に名前を残し、さらには刈り込み庭園の考案者として有名な C. マティウスとも同一視される（後者は 1 世紀後の人物とする説もあり）。
なお、『イーリアス*』をラテン韻文に訳した業績で知られる Cn. マティウス（前 1 世紀初頭）は、スッラ*の時代の別人物と考えられる。
⇒オッピウス❷、バルブス、ヒルティウス、マームッラ、アピーキウス
Cic. Fam. 7-15, 11-27〜, Att. 9-11〜12, -15, 14-1〜2, -4-5, -9/ Plin. N. H. 12-6-13, 15-15-49/ Suet. Iul. 52, Dom. 21/ Columella Rust. 5-10/ Gell. 6-6, 9-14/ Tac. Ann. 12-60/ etc.

マティディア　Salonia Matidia Augusta,（仏）Matidie
（後 68 年以前 7 月 4 日〜119 年）ローマ皇帝トライヤーヌス*の姪。母はマルキアーナ*。最初の夫ウィービウス L. Vibius Sabinus との間にサビーナ*（ハドリアーヌス*帝の后）と小マティディア Vibia Matidia の 2 女を儲けた。叔父帝夫妻と親しく、母の没（112）後はアウグスタ*の称号を帯び、客死したトライヤーヌスの遺骨を皇后プローティーナ*らとともにローマへ持ち帰った（117）。死後は母と同様に神格化され、ハドリアーヌスによってローマに神殿を築かれた。これはおそらく自らの神殿を首都に造営された最初の女皇（アウグスタ）の例であろう。
⇒巻末系図 102。
S. H. A. Hadr. 5, 9, 19/ etc.

マートゥータ　Matuta, マーテル・マートゥータ Mater Matuta
古代イタリア＝ローマの女神。のちにギリシアの海の女神イーノー*＝レウコテアー*と同一視される。詩人ルクレーティウス*は彼女を暁の女神としているが、一般には

出産と育児を司る女神として崇拝されていた。6月11日の女神の祭礼マートラーリア Matralia は既婚婦人（マートローナ*）たちによって祝われた。また、その神殿は女奴隷禁制で、禁を破って立ち入った女奴隷はひどく鞭打たれた —— もしくは、祭礼時に神殿内で女奴隷を鞭打つ慣例があった —— という。
⇒ポルトゥーヌス
Lucr. 5-655～/ Cic Nat. D. 3-19, Tusc. 1-12/ Ov. Fast. 6-475～/ Liv. 5-19, 25-7, 34-53/ Varro Ling. 5-22/ Hyg. Fab. 2, 254/ Augustin. De civ. D. 18-14/ Plut. Mor. 267d, Cam. 5/ Prisc. Inst. 2-53/ etc.

マートリモーニウム　Matrimonium,（英）Matrimony,（仏）Matrimonie,（伊）（西）Matriminio

ローマ人の「結婚」。かつては花嫁を父親の家父長権 patria potestas から夫の手権 manus の下へ移す3つの婚姻形式があった。(1)コーンファッレアーティオー confarreatio；大神祇官長（ポンティフェクス・マクシムス*）とユーピテル*神官（フラーメン*）と10人の証人の臨席下にスペルト小麦パンを祭壇に供える宗教的結婚。(2)コエーンプティオー coemptio；5人の証人の前で夫が妻を購入する形式売買婚。(3)ウースス usus；1年間の同棲による時効式結婚。

男子は14歳、女子は12歳で結婚適齢と見なされたが、離婚と再婚を繰り返す共和政末期になると、30代、40代の花婿も珍しくはなく、また遺産狙いのため老女に求愛する男たちも現われた。挙式は女神ユーノー*の月「6月」が好まれ、腸占いの厳粛な儀式のほか、新郎新婦をプリアーポス*像の勃起した陽物の上に坐らせたり、猥褻な新床の歌（エピタラミウム*）を囃し立てたりする習慣もあった。

「結婚の」「婚姻に関する」の意味する形容詞（英）（仏）（独）matrimonial は、このラテン語から派生した言葉である。
⇒パテル・ファミリアース
Cic. De Or. 1-56(237), Cael. 14(34), Div. 1-46(104), Top. 3/ Apul. Met. 10-29/ Plaut. Trin. 732/ Tac. Ann. 4-16, 12-5/ Suet. Iul. 27, Claud. 26/ Plin. N. H. 18-11/ Gell. 3-2, 10-10, 17-6/ Val. Max. 2-1/ Tertullian. Apol. 25/ Augustin. De civ. D. 4-11/ Paulus/ Ulpian/ Dig./ Cod. Theod./ Gai. Inst./ etc.

マートローナ　Matrona,（英）Matron,（仏）（独）Matrone

ローマの既婚婦人。ローマでは市民の正妻は、家の奥に閉じ込められていたギリシアの女とは異なり、夫の伴侶として、また家庭の女主人 domina として、かなりの敬意を払われていた。付き添いなしに外出はせず、服装も長い寛衣ストラ stola と婦人用外套パッラ palla によって容易にそれと識別できた。今日もヨーロッパでこの言葉は「上品な年配の既婚婦人」、「奥様・刀自」、また時には「家政婦長・看護婦長・寮母」、さらに「娼家の女主人」や「もぐりの産婆」、「太って下品な年増女」を指す言葉として用いられることがある。

なお夙に喧伝されているローマ貴婦人の姦通や夫殺しは、かなり早い時代から繰り返されていたが、国力の最も盛んな共和政末期～帝政初期の頃ともなると、主婦たちも官能的快楽を求めて自由に情事に耽り、出産や育児を嫌って化粧や装飾に時間を浪費、恣（ほしいまま）に結婚と離婚を重ね、果ては自ら娼婦となって春を鬻いだり、平然と夫を毒殺したりする后妃や名流女性も登場するありさま。放縦な時代にあって「貞節なのは求愛者のいない女だけ」とか「情夫2人で満足している人妻は貞女の鑑」と評されるようになる。密通現場に踏みこまれたある女は驚く夫に対して、こう答えたという。「お互いに好きなことをしましょうって、ずっと前から約束してあったじゃありませんの」
⇒クローディア、ユーリア、メッサーリーナ、小アグリッピーナ、センプローニア
Plaut./ Cic./ Liv./ Ov. Am./ Tac. Ann./ Suet./ Juv. 6/ Mart./ Sen./ Gell./ Hor./ Plut. Mor. 263d～291c/ Val. Max./ Verg./ Plin./ Prop./ etc.

マートローナーリア　Matronalia, Matronales Feriae,（仏）Matronales

ローマで毎年3月1日に、既婚婦人（マートローナ*）たちによって祝われたマールス*およびユーノー*の祭典。ローマにさらわれて来たサビーニー*の女たちが、ローマ軍とサビーニー軍の間に割って入って和平を成就し、その折ロームルス*が見張りに立っていたエースクィリーヌス*丘に、ユーノー・ルーキーナ*の神殿を建てた故事（実際の奉献は前375年）を記念するものという。古くからの年始の風習を伝え、妻が夫から贈り物を貰い、かつ主婦が女奴隷たちに食のもてなしをするなど、サートゥルナーリア*祭との対照が認められる。

このマールスの月 Martius の第1日は、旧ローマ暦の歳首に当たり、前153年に1月1日が公式に元旦とされてからも、一般市民は長きにわたって春の到来する3月を年頭と見なし続けた。
Ov. Fast. 3-229～/ Suet. Vesp. 19/ Plut. Rom. 21/ Hor. Carm. 3-8/ Tib. 3-1/ Mart. 5-84/ Macrob. Sat. 1-12/ Juv. 9-50～/ Plaut. Mil. 3-1/ Tertullian. Idol. 14/ etc.

マーニー　（ペルシア語）Mani,（ギ）Manes, Μάνης, Manikhaios, Μανιχαῖος,（ラ）Manichaeus, Manes,（仏）Manès,（独）Manichäus,（葡）Maniqueu,（露）Мани,（現ギリシア語）Mánis,（漢）摩尼,（和）マニ

（後216年4月14日～277年2月26日午後11時頃）ペルシアのマーニー教（ラ）Manichaeismus,（漢）明経・摩尼教の開祖。パルティアー*王家の子孫としてクテーシポーン*南郊に生まれる。数回の啓示を受けて、ゾロアスター*教にキリスト教・仏教などの要素を加えた混合宗教を唱導（242）、厳格な禁欲主義的二元論を説き、自らを世界における最終の預言者であると称した。サーサーン朝*の帝王シャープール1世*の庇護を得て、エジプトからバクトリ

アー*、インドなど諸方に伝道したが、ウァラフラーン1世*の治下にマゴイ*僧から異端の烙印を捺され、磔刑に処されて受難の死を遂げた。生きながら全身の皮を剥がれ、その皮膚に藁を詰めて城門に吊されたとも、首を梟されたうえ、道に捨てられた血まみれの胴体を細断されたともいう。その福音は世界宗教として東は中央アジア・支那へ、西は北アフリカ・ヒスパーニア*へと広く伝播、アウグスティーヌス*らの信者を得たが、やがてキリスト教側から攻撃を受け迫害されて、衰えていった。
⇒グノーシス派
Prudent. Apoth. 1025/ Augustin./ Isidor./ Cod. Iust./ Codex Manichaicus Coloniensis/ etc.

マーニーリウス Marcus Manilius, （ギ）Mānīlios, Μανίλιος, （伊）（西）Marco Manilio

（前1世紀末～後1世紀初頭に活動）アウグストゥス*・ティベリウス*両帝時代のローマの教訓詩人。ストアー*学派に属する。占星術を主題とするラテン語の六脚律詩（ヘクサメトロス）『アストロノミカ Astronomica』5巻（現存）の著者。本書は宇宙の創成に始まり、「獣帯 zodiacus」の特徴と黄道12宮が人間にもたらす運命、生誕時の「天宮図（星位図）hōroscopium」の作成法などを詳述しているが、惑星の運行とその影響に関する言及がないため、未完成であったと推測されている。作者の学識を示す文献であり、文体は巧妙で修辞に富み、後世ラテン語教本にとり上げられた。一説に彼は、無言劇 mimus 作家プーブリリウス・シュルス*とともに奴隷としてアンティオケイア❶*からローマへ連れて来られたマーニーリウス・アンティオクス Manilius Antiochus と同一人物だという。

　なお、バビュローニアー*起源の占星術は、ローマにおいても共和政期より大いに流行し、繰り返し禁令が発布されたにもかかわらず効果があがらなかった。歴代皇帝も星占い師を追放しておきながら、ティベリウスのトラシュッロス*、ネロー*のバルビッルス*、ウェスパシアーヌス*のセレウクス Seleuchus などのごとく、個人的に占星術師を抱えるのが通例であった。
⇒ベーローソス、プトレマイオス（天文学者）、フィルミクス・マーテルヌス
Plin. N. H. 35-58-199, 10-2-4～/ Tac. Ann. 12-52/ Suet. Aug. 94, Tib. 14, 36, Ner. 36/ Plut. Galb. 23/ S. H. A. Marc. 19/ etc.

マーニーリウス、ガーイウス Gaius Manilius, （伊）Gaio Manilio, （西）Cayo Manilio

（前1世紀）ローマ共和政末期の政治家。前66年度の護民官（トリブーヌス・プレービス）。大ポンペイユス*の党類の1人。前67年の最後の日（大晦日）に、新護民官として、解放奴隷にも投票権を与えるマーニーリウス法 Lex Manilia を発布したが、翌日これは元老院によって廃棄された。次いで彼は、ポンペイユスにミトリダテース*戦争の指揮権を与える法案――同じくマーニーリウス法――を提出、雄弁家キケロー*（同年の法務官（プラエトル））もこれに賛同し政治演説『ポンペイユスの大権論 De Imperio Cn. Pompeii』を公表し、ほぼ全員一致でこのマーニーリウス法は可決された（前66）。その結果ポンペイユスは海軍の指揮権のみならず、ルークッルス*麾下の軍隊および小アジア諸州の支配権をも獲得、前代未聞の絶大な権力 imperium（インペリウム）を掌握することになった。ためにマーニーリウスは翌年早々、ポンペイユスの政敵に弾劾され、有罪宣告を下されている。

　なお、前149年の執政官（コーンスル）で、第3次ポエニー戦争（前149～前146）のカルターゴー*攻撃にも加わった法律家のマーニウス・マーニーリウス Manius Manilius は別人である。
Cic. Leg. Man./ Plut. Cic. 9, Pomp. 30, Luc. 35/ Dio Cass. 36-25, -26, -27/ Vell. Pat. 2-33/ App. Mith. 97, Pun. 75～/ Liv. Epit. 49, 100/ Polyb. 36-11/ Dig./ etc.

マーネース Manes, （仏）Mânes, （独）Manen

（「善き者たち」の意）ローマの死者の霊の総称。神格化されてディー・マーネース Di Manes と呼ばれ、単なる死霊でしかないレムレース*とは区別される。マーネースは古いラテン語で「善き者たち」の意で、つねに複数形で表わされる。家族の死者たち、ディー・パレンテース Di Parentes と同一視され、祖先の祭りたるパレンターリア*祭（2月13日～22日）やレムーリア*祭などで祀られた。パレンターリア祭は、アエネーアース*が亡父アンキーセース*のために行なったのが濫觴と伝えられる。ある年ローマの人々がこの祭りを怠ったところ、亡霊たちが市内にさまよい出て、儀式が行なわれるまで墓に戻らなかったという。またマーネースは地下の神々、ディー・イーンフェリー Di Inferi ―― すなわちディース*、プローセルピナ*、ヘカテー*ら ―― とも同一視され、さらに冥界の総称としても用いられた。
⇒ケール、ムンドゥス
Varro Ling. 6-2, 9-61/ Macrob. Sat. 1-3, -7/ Serv. ad Verg. Aen. 1-139, 2-268, 3-63/ Ov. Fast. 2-523～/ Cic. Pis. 7, Leg. 2-9/ Lucr. 3-52, 6-759/ etc.

マネトーン Manethon, Μανεθών, （または、マネトース Manethos, Μανεθώς）, （ラ）マネトー Manetho, （古代エジプト名・Manethōth）, （仏）Manéthon, （伊）Manetone, （西）Manetón, （葡）Maneton, （露）Манефон, （現ギリシア語）Manéthonas

（前280年頃活躍）エジプトのヘーリオポリス❷*の神官。古代エジプトの原史料に基づいて、ギリシア語で『エジプト年代記』Aigyptiaka, Αἰγυπτιακά を著わし、国王プトレマイオス2世*に献じた。信憑性の高い記述内容であったと思われるが、原本は失われ、イオーセーポス*（ヨーセーブス*）や教父エウセビオス*らの引用により断片的に伝わるに過ぎない。3千年の古代エジプト史を、古・中・新の3王国と30の王朝に分ける彼の時代区分法（アカイ

メネース朝*ペルシア*の支配を第31王朝とするのは後人の付加）は、今日もなお踏襲されている。また彼は、プトレマイオス1世*の命令により、ギリシアの神官ティーモテオス Timotheos と協議のうえ、新たな国家神セラーピス*（サラーピス*）の崇拝を設けたことでも知られる。
⇒ヘカタイオス❷、ベーローソス
Euseb. Praep. Evang. 2/ Diog. Laert. 1-10/ Joseph. J. A. 1-3/ Plut. Mor. 354c〜d, 362a/ Ael. N. A. 10-16/ Syncellus Chron./ etc.

ママエア・ユーリア Julia Mamaea
⇒ユーリア・マ（ン）マエア

マーミリウス、オクターウィウス（ないしオクターウス） Octavius (Octavus) Mamilius Tusculanus,（伊）Ottavio Mamilio Tuscolano,（西）Octavio Mamilio Tusculano
（？〜前496年）トゥスクルム*の支配者（⇒巻末系図050）。ローマ最後の王 L. タルクィニウス❷*・スペルブスの娘を娶り、岳父を復位させるべくラティーニー*人を糾合して新生ローマ共和国軍と戦ったが、レーギッルス*湖畔で敗死したと伝えられる（前496年7月15日）。
　ちなみに、トゥスクルムの独裁官（ディクタートル*）で、前460年にカピトーリウム*を占領していたサビーニー*人の App. ヘルドニウス Herdonius を撃退してローマを救い、2年後にローマ市民権を得たルーキウス・マーミリウス L. Mamilius がいる。
Liv. 1-49, 2-15, -19〜20, 3-18, -29/ Dion. Hal. Ant. Rom. 4-45〜, 5-4〜6-12, 10-16/ Cic. Nat. D. 2-2, Att. 9-10/ etc.

マーミリウス氏 Gens Mamilia〔← Mamilius,（ギ）Māmilios, Μαμίλιος〕, Mamilii
ローマのプレーベース*（平民）系の名門氏族。もとトゥスクルム*の支配者の家柄（⇒マーミリウス、オクターウィウス）で、その祖マーミリア Mamilia はトゥスクルム市の創建者テーレゴノス*（オデュッセウス*＝ウリクセース*の息子）の娘だという。
Liv. 1-49, 3-18, -29/ Dion. Hal. Ant. Rom. 4-45/ Festus 130/ etc.

マーミリウス・リーメターヌス、ガーイウス Gaius Mamilius Limetanus,（伊）Gaio Mamilio Limetano,（西）Cayo Mamilio Limetano
（前2世紀末）ローマの政治家。前109年の護民官（トリブーヌス・プレービス*）となるや、対ユグルタ*戦争の処理に当たった元老院議員の収賄を糾弾し、マーミリウス法 Lex Mamilia を成立させて、腐敗した元老院の首魁を断罪した。グラックス兄弟*の衣鉢を継ぐ改革派の領袖として知られる。
⇒C. メンミウス❶
Sall. Jug. 40, 65/ Cic. Brut. 33〜34/ etc.

マームッラ Marcus Vitruvius(?) Mamurra
（？〜前45年頃）カエサル*に寵愛された騎士身分（エクィテース*）の側近。フォルミアエ*の出身。前60年以後ヒスパーニア*次いでガッリア*においてカエサルの工兵監督官（プラエフェクトゥス・ファブルム）Praefectus Fabrum を務め（⇒バルブス）、その殊遇を蒙って巨万の富を貯えた。大プリーニウス*によれば、ローマで最初に自邸の壁全体を大理石で覆い、円柱すべてに上張りだけでなく大理石の丸柱を使用した人物であったという。彼の致富はカエサルとの性愛関係によるものだとされ、反カエサル派の詩人カトゥッルス*はその作品中で、彼ら2人の男色行為を痛烈に諷刺し、マームッラを好色なメントゥラ Mentula（男根）という仇名で呼んでいる。マームッラはその後、愛人のカエサルを見限り、ローマに帰還してからは、莫大な財力にもの言わせた放蕩生活を送り、世間の耳目をさらった。前45年12月、カエサルはプテオリー*（現・ポッツォーリ Pozzuoli）近郊で静養中、マームッラの訃報に接したが、もはや彼に対する昔年の愛情は失せ、眉一つ動かさなかったという（この折の報告は訃報ではなく、訴訟に関するものであったとする説もある）。
⇒ウィトルーウィウス
Cat. 29, 41, 43, 57, 94, 105, 114, 115/ Cic. Att. 7-7(6), 13-52(1)/ Suet. Iul. 73/ Plin. N. H. 36-7/ Hor. Sat. 1-5-37/ etc.

マーメルティーニー Mamertini,（ギ）Māmertīnoi, Μαμερτῖνοι,（英）Mamertines,（仏）Mamertins,（独）Mamertiner,（西）Mamertinos,（現ギリシア語）Mamertíni
（「マールス*の息子たち」の意）カンパニア*の傭兵軍。シュラークーサイ*の僭主アガトクレース*が対カルターゴー*戦用に、カンパニアのオスキー*族から編成した傭兵隊の自称。軍神マールスのオスキー語の呼び名マーメルス Mamers に由来し、「軍神の眷属」というほどの意味。アガトクレースの死（前289）後、彼らは裏切りによってメッサーナ*（メッセーネー*）を占領すると、市民を殺戮・追放し、女子供や財産を分配、シケリアー*（シキリア*）北東部やイタリア南部を略奪した。前269年シュラークーサイのヒエローン2世*が討伐にのり出すと、大敗を喫した彼らはカルターゴーとローマの双方に援軍を要請（前267頃〜前265頃）。駆けつけたカルターゴーとローマ両軍の間に衝突が起こり、ここに第1次ポエニー戦争*（前264〜前241）の火蓋が切られることになった（前264）。
Plut. Pyrrh. 23〜24/ Polyb. 1-7, -8, -10/ Liv. 21-22, 28-28/ Diod. 21-16, -18/ App. Sam. 9-2/ Dio Cass. frag. 40-8/ Plin. N. H. 3-8-88/ etc.

マ（ー）ヨリアーヌス Majorianus
⇒マイヨリアーヌス

マラトーン Marathon, Μαραθών,（伊）Maratona,（西）Maratón,（葡）Maratona
（現・Marathónas または Plasi）アッティケー*（アッティカ*）

の北東岸地方の名。同名の集落がある。第2次ペルシア戦争*の折、この海岸で史上に名高いマラトーンの戦い Μάχη τοῦ Μαραθῶνος が繰り広げられた。前490年9月12日（異説あり）、ヒッピアース*に導かれてアカイメネース朝*ペルシア*の大軍（総勢20万あるいはそれ以上ともいう（⇒アルタペルネース❷、ダーティス））がこの地に上陸したが、急報に接して出撃して来たアテーナイ*軍（約9千）とプラタイアイ*軍（約千）にうち破られた。祭礼を済ませてから来援したスパルター*軍（2千）が到着した時には、すでに合戦は終わっていた。戦死者の数はペルシア側の6400人に対して、ギリシア兵がわずか192人であったと伝えられる。その後、マラトーンの野では、夜ごと戦闘の響きが聞かれたといい、また合戦中見なれぬ英雄 heros（テーセウス*またはエケトライオス Ekhetlaios だという）が姿を現わし、ペルシア軍と戦ってギリシア側に勝利をもたらしたともいわれる。

　伝説上の名祖マラトーンは、シキュオーン*王エポーペウス*の息子で、父王から追放されてアッティケーに亡命し、最初の法を制定した人物とされている。英雄テーセウスは、この地で猛牛を退治し、また生涯の親友ペイリトオス*と出会ったと伝えられる。エウリーピデース*によれば、テーセウスはエウリュステウス*の手を逃れてやってきたヘーラクレース*の子供たちをマラトーンのゼウス*神域に匿ったという。マラトーンはローマ時代に富豪ヘーローデース・アッティクス*を出し、今日も古戦場の近くにマラトーンの戦死者を埋葬した塚 Tímvos Marathóna や、第1回近代オリンピック（1896年）に創設されたマラソン競技のスタート地点などを見ることができる。
⇒ミルティアデース❶、ペイディッピデース、キュネゲイロス
Herodot. 1-62, 6-102～/ Paus. 1-15, -32/ Nep. Milt. 4～6/ Plut. Arist. 5, Thes. 14, Them. 4, Mor. 861/ Strab. 8-383, 9-399/ Just. 2-9/ Diod. 4-59/ Philostr. V. S. 2-1/ Hom. Od. 7-80/ Ar. Av. 246/ Thuc. 1-18, 2-34/ Plin. N. H. 4-7-24/ Ptol. Geog. 3-14/ Nonnus Dion. 13-84, 48-18/ Hesych./ Phot./ Suda/ etc.

マリアー　Maria, Μαρία,（または、Mariam, Μαριάμ,（ラ）マリーア Maria,（ヘブライ語）Miryám,（アラム語）（アラブ語）Maryām,（ペルシア語）（トルコ語）Meryem,（英）Mary,（仏）Marie,（西）María,（マジャル語）（スロバキア語）Mária,（エストニア語）Maarja,（セルビア・クロアチア語）（ラトビア語）（リトアニア語）Marija,（露）Мария,（漢）馬利亞,（和）マリヤ（マリア）

　セム系の女性名。特に次のユダヤ*女性が有名。

❶（前20年頃・伝9月8日～後62年頃・伝8月15日）イエースース・クリストス*（イエス・キリスト）の生母。ガリライアー* Galilaia（ガリラヤ）の村娘 ── 売春婦とも髪結い女ともいう ── であったが、結婚前にイエースースを孕み（前4年頃・伝3月25日）、性交相手が不明であったことから、イエースースは終生「マリアーの息子」という蔑称で呼ばれた。息子の処刑後、使徒ヨハネ*（イオーアンネース❷*）に連れられて小アジアへ赴き、エペソス*で死んだという（異説あり、62頃）。のちローマ帝国がキリスト教化されてからは、「神の母 Theotokos, Θεοτόκος」として女神のごとく崇拝され、イーシス*やキュベレー*など大地母神の権能を習合した存在となる。またマリアーの両親は性交せずして彼女を儲け、さらに死後3日目にマリアーは被昇天を遂げた、といったさまざまな物語がつくり出された。後世、彼女の乳汁や腰帯、臍の緒、あるいは息

系図381　マリアー❶
（エウセビオスらキリスト教徒伝承による）

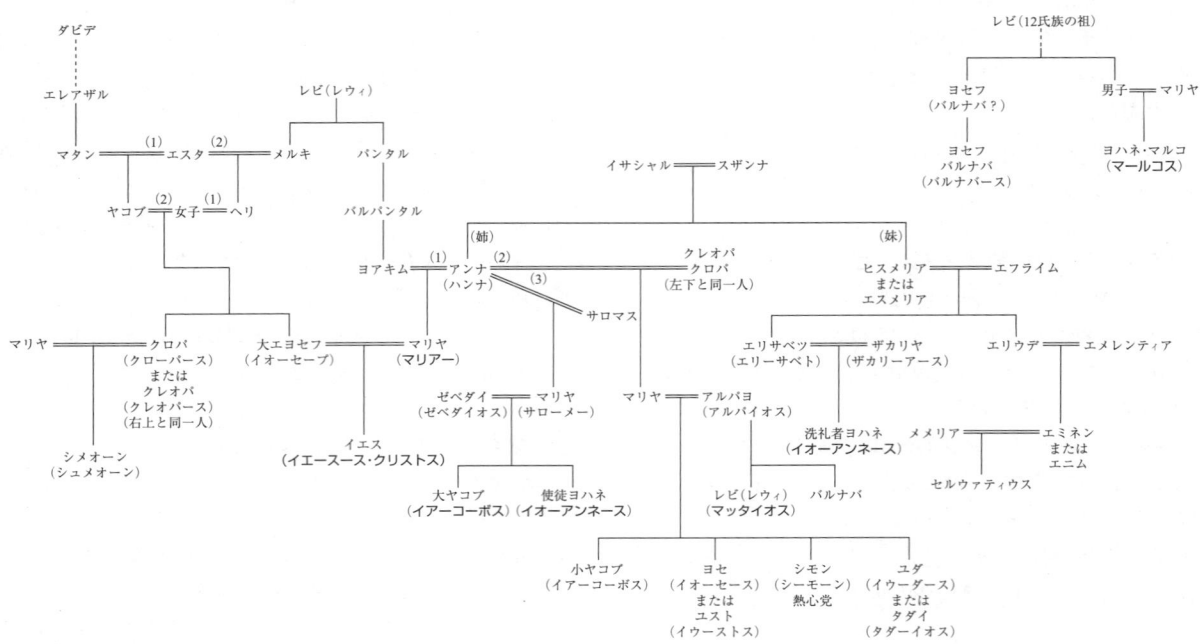

子の割礼の際に切除したというキリストの包皮、等々と称する奇怪な"聖遺物"がヨーロッパ各地で尊崇されるに至った。イスラーム教伝説では、彼女はイムラーンの娘マルヤム Maryam bint ʿImrān と呼ばれ、処女懐胎して預言者イーサー ʿĪsā（イエースース*のアラビア語形）を産んだとされており、イーサーはつねに「マルヤムの息子 ʿĪsā ibn Maryam」と表現されている。
⇒ネストリオス、アウグスティーヌス
Nov. Test. Matth. 1-18～, 2-11～, Marc. 3-31～, Luc. 1-26～, 2-5～, Johann. 2-1～, 19-25～, Ac. 1/ Euseb. Hist. Eccl. 1-7, 6-17/ Origen. c. Cels. 1-28～32/ Irenaeus Adv. Haeres. 3-1/ etc.

❷（マグダラ Magdala, Μαγδαλά の）,（ギ）Maria he Magdalene, Μαρία ἡ Μαγδαληνή,（ラ）マリーア・マグダレーナ Maria Magdalena,（英）Mary Magdalene, Mary of Magdala,（仏）Marie-Madeleine (Magdaleine), Marie de Magdala, La Magdaléenne,（独）Maria Magdalena, Maria von Magdala,（伊）Maria Maddalena, Maria di Magdala,（西）María Magdalena,（葡）María Madalena,（露）Мария Магдалина

（後12頃～60頃）イエースース・クリストス*（イエス・キリスト）の女弟子。伝承によれば、病気をイエースースに癒されて信者となり、彼の処刑と埋葬に立ち会った3日後、復活したイエースースを目撃したという。西方教会では教皇レオー1世*以来、彼女をベータニアー Bethania のマリアー (Luc. 10, Johann. 11) や「罪ある女」(Luc. 7) と同一視するようになり（東方教会では3人を区別）、さらにエジプトのマリアー（344頃～421、47年間砂漠で隠遁生活を送った元娼婦）とも混同されて、中世には痛悔する隠修女としての伝説が形成された。使徒ヨハネ*（イオーアンネース❷*）に伴って小アジアへ赴き、エペソス*で死んだと伝えられるが、南フランス・プロヴァンス地方では、姉マルタ Martha らとともにマッシリア*（現・マルセイユ）に辿り着き、ガッリア*南部で布教したという物語がつくり出された。また、姉のベータニアーのマルタは、イエースースに癒された「長血を患う女」(Matth. 9, Marc. 5, Luc. 8) や、磔刑場へ向かう途上のイエースースの顔を布帛 sudarium （スーダーリウム）で拭ったというベロニーケー Beronike（《ラ》ウェーローニカ Veronica）とも同一人物と見なされるようになり、はては姉妹は王族の出身だとか、マグダレーナは使徒ヨハネの花嫁だった等という荒唐無稽な説話さえ流布されるに至った。
⇒ 12使徒
Nov. Test. Matth. 27-56～, 28-1～, Marc. 15-40～, 16-1～, Luc. 8-2～, 24-10, Johann. 19-25～, 20-1～/ Hippol. Haeres./ Ambros./ Augustin./ etc.

マリアンメー、または、マリアムネー　Mariamme, Μαριάμμη, Mariamne, Μαριάμνη, Mariame, Μαριάμη (Mariam, Μαριάμ, Maria, Μαρία と同語源)

（ヘブライ語）ミリアーム Miryām,（アラム語）（アラブ語）Maryām,（伊）Marianna,（西）（葡）Mariana
ユダヤ王族の女性名（⇒巻末系図 026）。

❶ 1世　M. I（前55年～前29年）ハスモーン朝*ユダヤの王アリストブーロス2世*の子アレクサンドロス Aleksandros の娘。母はヒュルカノス2世*の娘アレクサンドラー❷*。美女の誉れ高く、ヘーローデース1世*（ヘロデ大王）に嫁ぐが、高貴な血統を誇り権高に振る舞ったため、夫王の母や妹のサロメー❶*らと激しく対立する。ヘーローデースは彼女の弟アリストブーロス3世*を嫉妬心から暗殺し、さらには彼女と密通したと疑って自らの叔父イオーセーポス Iosephos をも処刑した。マリアンメーは母親とともに監禁されていたが、のち夫王毒害を謀ったとして死刑に処された。彼女の死後、ヘーローデースは深く後悔して愁嘆に暮れ、その遺骸を7年間保存しておき、しばしばこれと交わったとも伝えられている。彼女の産んだ息子たちアレクサンドロス*とアリストブーロス❹*も、王妹サロメーの中傷で処刑された。
Joseph. J. A. 14-12-1, -15-14, 15-2-5～7, J. B. 1-12-3, -17-8/ etc.

❷ 2世　M. II ヘーローデース1世*（ヘロデ大王）の3度目の妻（妃の位にあった期間・前23～前5）。その美貌に惹かれたヘーローデースは、彼女の父シーモーン Simon に大祭司職を与えて、彼女と結婚し、ヘーローデース・ピリッポス1世*を儲けた。しかるに前5年、彼女はアンティパトロス❺*の父王毒殺計画に加担していたとして離縁され、父は大祭司職を、息子は王位継承権を剥奪された。
Joseph. J. A. 15-3-5～, -9-3, 17-1-2, 18-5-1, 19-6-2, J. B. 1-22-5, -28-2, -30-7/ etc.

マリウス・ウィクトーリーヌス　Gaius Marius Victorinus Afer,（伊）Gaio Mario Vittorino,（西）Cayo Mario Victorino

（後281／291頃～362）アーフリカ*生まれの新プラトーン主義哲学者。その出身地ゆえにアーフェル Afer（アーフリカ人）の異名をとる。340年頃ローマへ赴き、コーンスタンティウス2世*の治下、元老院議員らに哲学・文法・修辞学などを講義。たちまちローマ最大の弁論家と謳われる

系図382　マリアー❷
（中世キリスト教伝説による）

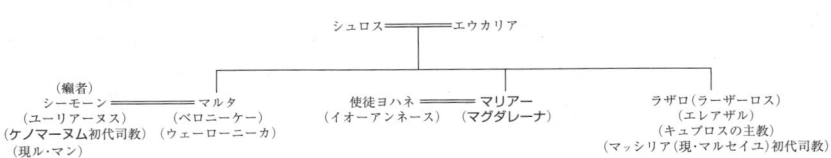

ようになり、トライヤーヌス*の広場に銅像を建てられるという名誉を担った。博学な人物で、プラトーン*、アリストテレス*、プローティーノス*、ポルピュリオス*の諸書をラテン語に翻訳し、論理学や文法・弁論に関する書物を執筆、キケロー*の注釈書なども著わした。しかし高齢に達して突如キリスト教に転向（355）、以来アリーウス*（アレイオス*）派を攻撃する論文 Adversus Arium やパウロス*（パウロ）の書簡についての注解などを書き、361年キリスト教を嫌うユーリアーヌス*が即位すると、その命令に従って学校を閉じた。

この他、3世紀初頭に活躍した伝記作家で、史家スエートーニウス*に倣ってネルウァ*からエラガバルス*に至る12人の皇帝列伝（散逸）を著わしたマリウス・マクシムス L. Marius Maximus Perpetuus Aurelianus（158頃〜235以前）や、三十僭帝*の1人でポストゥムス*の殺害後に「ガッリア帝国*」を支配した M. アウレーリウス・マリウス Aurelius Marius（在位・268〜269）らの名が高い。
⇒ドナートゥス、（アエリウス）

Hieron. De Vir. Ill. 101, Chron./ Augustin. Conf. 8-2, -4, -5/ Amm. Marc. 28-4/ S. H. A. Hadr. 2, Comm. 13, 15, Heliogab. 11, Tyranni Triginta 7/ Aur. Vict. Caes. 23-39/ Eutrop. 9-7/ Tac. Ann. 4-36, 6-19/ Dio Cass. 58-22/ etc.

マリウス、ガーイウス　Gaius Marius,（ギ）Gaios Marios, Γάιος Μάριος,（伊）Gaio Mario,（西）Cayo Mario

ローマの政治家、将軍。巻末系図 068, 064, 062 を参照。

❶（前157頃〜前86年1月13日）ローマ共和政後期の軍制改革を断行した将軍。中部イタリアのアルピーヌム*近郊に、日傭労働者ないし農民の子として生をうけたと伝えられる（実際は裕福な騎士身分出身の「新人 novus homo」ともいう）。無学・無教養ではあったが、スキーピオー・小アーフリカーヌス*（小スキーピオー*）のヌマンティア*攻略（前134〜前133）の頃から頭角を現わし、ユーリウス・カエサル*の伯母ユーリア❶*と結婚、民衆派の領袖と目されるようになる。前111年に起こったアーフリカ*のヌミディア*王ユグルタ*に対する戦争が、権門貴族出身の将軍たちには平定できなかったのに（⇒メテッルス❸、マーミリウス❷、C. メンミウス❶）、マリウスは前107年度の執政官に選ばれると、新たに組織した軍隊を率いて、その鎮圧に成功する（前105）。その際、ユグルタの捕獲に大功あった部下のスッラ*との間には、以後終生、相譲らぬ対立関係が生ずる。

マリウスの行なった軍制改革（前107）は、従来の市民皆兵制度を廃し、無職の貧民プローレーターリイー proletarii を徴集して職業兵を編成するという画期的なもので、次代に大きな影響を与えた。この改革以来、軍隊は自分たちの面倒を見てくれる特定の将軍と親分 patronus ＝子分 clientes の関係クリエンテーラ clientēla で結ばれるようになり、将軍の命令いかんによっては、祖国ローマを攻撃することも辞さぬ一種の私兵と化していったからである。この軍隊をもって、ゲルマニア*から南下して来たテウトネース*族とキンブリー*族の大軍を迎え撃ち、前者を前102年の夏アクァエ・セクスティアエ*（現・エクサン・プロヴァンス Aix-en-Provence）に、後者を翌前101年7月30日ウェルケッラエ Vercellae（現・ヴェルチェッリ Vercelli、ガッリア・キサルピーナ*の町）に破って、およそ三十数万もの敵を殺戮、国家存亡の危機を救った（⇒クィントゥス・ルターティウス・カトゥルス❶、M'. アクィーッリウス）。こうして声望を高めた彼は、「ローマの再建者」とまで呼ばれ、連年たて続けに執政官に就任（前104〜前100）、重ねて凱旋式を挙げ（前104年1月1日、前101年）大所領を擁する富豪となる。民衆派の代表者だったにもかかわらず、前100年には大衆煽動家の護民官サートゥルニーヌス*をやむなく処刑し、貴族からも民衆からも憎まれるようになる。

その後、属州アシア*に侵攻したポントス*大王ミトリダテース*6世討伐のための軍隊指揮権をめぐって、閥族派のスッラと争い（前88、⇒P. スルピキウス・ルーフス）、いったん敗れてアーフリカに逃亡――その途中、泥沼に隠れて捕えられ殺されそうになった事件については、ミントゥルナエ*の項を参照――、惨めな姿でカルターゴー*の廃墟に雌伏する（⇒ヒエンプサル2世）。が、間もなく民衆派の執政官キンナ❶*の協力を得てイタリアに返り咲き（前87）、ローマ市内で多数の反対派市民を虐殺――犠牲となった者数千人、どんな要職にある元老院議員といえども、彼に挨拶して言葉を返されなかった場合は、即座に殺されたという――、復讐の歓びに酔いしれる（⇒フィンブリア、Q. カトゥルス❶）。翌前86年1月、7度目の執政官職に就くが、スッラ帰還の報に戦くあまり、不眠症に悩まされ、酒浸りになったあげく、肺炎に罹り、自己の運命を呪いながら、就任17日目に急逝した。長い亡命生活で、もともと恐ろしかった顔つきが凄まじい形相に変じていたと伝えられる。ある史家は彼を、「執念深く猜疑心が強くて残忍、かつ事に当たっては拙劣」と評している。だが彼の軍法裁判は公正で、自らの甥ガーイウス・ルーシウス C. Lusius が部下の美青年トレボーニウス Trebonius を強姦しようとして殺された時には、マリウスの威勢を憚って誰も弁護する者のなかったこの青年に進んで無罪判決を下したという。有能な軍人、一代の名将ではあったが、政治家としての資質に欠けるところがあったと見なされている。
⇒マリウス・グラーティディアーヌス

Plut. Mar., Sull./ App. B. Civ. 1-29〜31, -40〜46, -55〜74/ Vell. Pat. 2-9, -11〜23/ Sall. Jug. 46, 63〜65, 73〜114/ Liv. Epit. 66〜80/ Cic. Off. 3-20, Mil. 3(8), Leg. 3-17/ Flor. 3-1, -3, -16, -21/ Oros. 5-19/ Polyaenus 8-10/ Val. Max. 6-1-12, 8-15-7/ Aur. Vict. De Vir. Ill. 67/ Eutrop. 4-11, 5-1/ etc.

❷小マリウス　C. Marius Minor（前109頃〜前82）

❶とユーリア❶*の息子。父に似て残忍で復讐心が強く、前82年には法に反した手段で執政官となり、対立するすべての元老院議員の殺害を計画。スッラ*に敗れてプラエネステ*（現・パレストリーナ Palestrina）へ逃れてから

も、なお民衆派の法務官に急使を派して、ローマに残っている閥族派（オプティマーテース*）権門貴族全員の処刑を命じた。命令は忠実に遂行された。口実をもうけて召集された元老院議員たちは、あるいは議席であるいは逃げる途上で殺され、屍体はティベリス*（現・テーヴェレ）河へ投じられた。やがてスッラによって窮地に追いやられた小マリウスは、部下の１人とともに秘密の地下道を抜けてプラエネステから脱出をはかったが、敵方に発覚、２人は互いに刺し違えて果てた。

前44年３月、カエサル*が暗殺されると、小マリウスの子を称する人物が現われて民衆を煽動したが、すぐにM. アントーニウス*に処刑されている。

⇒ Cn. カルボー

Plut. Sull. 28～32, Mar. 46/ App. B. Civ. 1-67, -87～94, 3-2～3/ Liv. Epit. 86～88/ Vell. Pat. 2-26～27/ Flor. 3-21/ Val. Max. 6-8-2/ etc.

マリウス・グラーティディアーヌス、マールクス
Marcus Marius Gratidianus, （伊）（西）Marco Mario Gratidiano

(?～前82年11月) ローマの政治家。マリウス❶*の甥（姉妹の子）。雄弁家キケロー*の姻戚に当たる（⇒巻末系図068）。２度法務官（プラエトル*）を務め（前85、前84）、前85年には同僚を出し抜いて通貨制度の改革を自分の案として単独で公表、大いに民衆の人気を博し、町々には彼の像が立てられ香や燭火で飾られるほどであった。しかるに、あまりの評判の高さがわざわいしてスッラ*の疑惑をかい、執政官（コーンスル*）になれなかったばかりか、恐怖政治の渦中にスッラの命令で惨殺された。彼を殺したのは義兄弟のカティリーナ*で、マリウスをQ. カトゥルス❶*の墓前に連行すると、その両脚を折り、両目をくり抜き、舌と両手を切り取るという風に一節ごとに斬り刻んで死に至らしめた。これはかつて護民官（トリブーヌス・プレービス*）だったマリウス・グラーティディアーヌスがカトゥルスを弾劾して自殺に追いやったことがあった（前87）ためで、彼の首は市中を引き廻されたのち、プラエネステ*の地に投ぜられたという。

Cic. Brut. 62, Leg. 3-16, Off. 3-16, -20, Orat. 1-39, 2-65/ Plut. Sull. 32/ Sen. Ira 3-18/ Sall. H. 1-44/ Plin. N. H. 33-46-132, 34-12-27/ etc.

マリウス、マールクス・アウレーリウス　Marcus Aurelius Marius

(?～後269初頭) ローマの簒奪帝（在位・後268末～269初）。ポストゥムス*の項を参照。

マルキア　Marcia, （ギ）Markia, Μαρκία, （仏）Marcie, （伊）Marzia, Marcia

ローマのマルキウス氏*出身の女性名。

❶ (前３世紀中頃) M. レーグッルス*の妻。第１次ポエニー戦争*で夫がカルターゴー*人に殺されたと聞くと、ローマにいた２人の身分高いカルターゴー人捕虜を縛り上げた上、内側に鋭い鉄釘をいっぱい打ち込んだ樽に入れ、眠れないよう監視しながら時間をかけて惨殺したという（前249頃）。

Sil. 6-403, -576/ Cic. Off. 3-27/ Ial. Max. 9-2/ etc.

❷ (前１世紀後半) 小カトー*の後妻。L. マルキウス・ピリップス*（前56年の執政官コーンスル*）の娘。弁論家ホルテーンシウス*❷が"生殖"のために妊娠中の彼女を借り受けて妻とした話は有名（前56）。その結婚式には小カトーも出席したといい、前50年ホルテーンシウスが莫大な財産をマルキアに遺して死ぬと、カトーは再び彼女を呼び戻して娶ったため、政敵のカエサル*から「金銭目当ての再婚だ」と攻撃された。翌前49年、カエサル対ポンペイユス*の内戦が始まると、カトーは家産の管理をマルキアに委ねてローマから遁走した。

⇒巻末系図056

App. B. Civ. 2-99/ Plut. Cat. Min. 25, 39, 52/ Luc. 2-328～/ etc.

❸ (?～後14頃) ❷の姪。L. マルキウス・ピリップス*（アウグストゥス*の継父）の孫娘。名門のファビウス・マクシムス❹*（前11年の執政官コーンスル*）に嫁ぐが、そのおしゃべりのせいで夫を死に追いやったといわれる（後14）。

Tac. Ann. 1-5/ Ov. Fast. 6-802～, Pont. 1-2/ etc.

❹ Marcia Furnilla (後１世紀) ローマ皇帝ティトゥス*の２度目の妻。名家の出身で、１女ユーリア❾*を産むが、ほどなく離別された（後64、⇒巻末系図101）。

この他、女神ウェスタ*の聖女（ウェスターリス*）の１人で、前114年（前113）同僚のリキニア❷*らと大勢の男と私通していた廉で断罪されたマルキアや、セプティミウス・セウェールス*帝の最初の妻マルキア Paccia Marciana（巻末系図103参照）、コンモドゥス*帝の側室で後192年同帝を暗殺したマルキア（次項参照）ら、何人かの同名人物が知られている。

Suet. Tit. 4/ Liv. Epit. 63/ etc.

マ（一）ルキア　Marcia Aurelia Ceionia Demetrias, （ギ）Markiā, Μαρκία, （伊）Marzia (Marcia)

(?～後193年３月28日) ローマ皇帝コンモドゥス*の愛妾。もとルーキウス・ウェールス*帝の解放奴隷（の娘）で、帝室の一族クァドラートゥス Ummidius Quadratus（マールクス・アウレーリウス*の姪孫）の妾となるが、クァドラートゥスが情婦ルーキッラ❶*（コンモドゥスの姉）の陰謀に連座して処刑された（182）のち、コンモドゥス帝の側室として寵愛され、皇后同然の栄誉を受ける。キリスト教徒だったらしく、皇帝に阿附してその倨傲を増大させていたが、帝の男色相手で彼女の愛人でもあった美少年ピロコンモドゥス Philocommodus から、死刑予定者名簿の筆頭に彼女自身の名前が載っていることを知らされて驚愕。すぐさま侍従のエクレクトゥス Eclectus や近衛軍司令官ラエトゥス Q. Aemilius Laetus と共謀して皇帝暗殺計画を立てた。手ずから帝に毒入りの酒（肉料理とも）を飲ませたものの、直ちに効果があらわれなかったので、屈強な闘士士ナルキッスス Narcissus を買収して入浴中の帝を扼殺させた（192年12

月31日）。そして、皇帝は脳卒中の発作で急逝したとの噂を流し、ペルティナークス*（彼も陰謀の一味という）を新帝に擁立、情夫だったエクレクトゥスと結婚したが、間もなく即位したディーディウス・ユーリアーヌス*帝によって、夫やラエトゥス、ナルキッススともども処刑され果てた（⇒巻末系図102）。

Dio Cass. 72-4, -13, 73-16, -22, 74-16/ S. H. A. Comm. 8, 11, 17, Did. Iul. 6/ Herodian. 1-16〜17, 2-1/ Hippol. Haer. 9-12/ etc.

マルキアーナ、ウルピア　Ulpia, Marciana

（後48年以前8月〜後112）ローマ皇帝トライヤーヌス*の姉。マティディウス C. Salonius Matidius Patruinus（78年没）と結婚し、1女マティディア*（ハドリアーヌス*帝の岳母）を産む。トライヤーヌスやその后プローティーナ*と親しく、アウグスタ*の称号を贈られ（105年以前）。死後は神格化された。また弟帝は2つの町 —— コローニア・ウルピア・マルキアーナ・トライヤーナ Colonia Ulpia Marciana Traiana（⇒タムガディ）とマルキアーノポリス Marcianopolis（現・Reká Dévnja）—— を彼女にちなんで命名している。
⇒巻末系図102。
Plin. Pan. 84/ S. H. A. Cl. 9/ Amm. Marc. 27-4, 31-5/ Zosimus 4-10/ It. Ant./ etc.

マルキアーヌス　Flavius Valerius Marcianus, （ギ）マルキアーノス Markianos, Μαρκιανός, （英）（独）Marcian, （仏）Marcien, （独）Markian, （伊）（西）Marciano

（後392／396頃〜457年1月26日）東ローマ皇帝（在位・450年8月25日〜457年1月26日）。トラーキア*の貧家出身。軍人として頭角を現わし、実力者アスパル Flavius Ardaburius Aspar（？〜471。宦官に暗殺されたアラーニー*族出身の将軍）の引きで元老院議員となる。テオドシウス2世*の死（450年7月）後、女皇プルケリア*と形式上の結婚をして帝位に上げられる（⇒巻末系図105。即位に際してコンスタンティーノポリス*総大主教により「聖別」された最初の皇帝という）。先帝の政策を覆し、フン*族（フンニー*）に対する貢納金の支払いを拒絶した —— フン族の使者に向かって「余には鉄（武器）はあっても、金などはない」と答えたという —— が、フン王アッティラ*の急死（453）で報復を免れる。異民族 barbari（バルバリー）の侵寇や反乱をよく防ぎ、行財政改革にその政治的手腕を発揮。教会政策面でも先帝の開いたエペソス*会議（449）の決定を無効とし、カルケードーン*公会議を召集してエウテュケース*派（単性論者）を弾圧、「正統（カトリック）」派を擁護した（451）。在位6年5ヵ月で病死。嗣子がいなかったので、新帝には再びアスパルの操る傀儡が立てられた（⇒レオー1世）。

なお、マルキアーヌスは、かつてアスパルの部下としてアーフリカ*に出征し（431〜434）、ヴァンダル*（ヴァンダリー*）王ゲイセリークス*（ガイゼリヒ）の捕虜となった時、「決してヴァンダル族を攻撃することはしない」と誓約して釈放されたことがあった —— 王宮の中庭に集められた捕虜のうち、午睡するマルキアーヌスだけを空中の鷲が翼を広げて真夏の陽光から守ってやるのを見て、ゲイセリークスは、彼が将来帝位に登ることを予見したと伝えられる ——、そのため西ローマがヴァンダルの劫掠に遭っても一切手出ししなかったという。
⇒アンテミウス

Evagrius 2-12/ Zonar. 1-45/ Procop. Vand. 1, 4/ Theophanes/ Nicephorus Callistus 14〜15/ Priscus/ Theodoret./ Malalas/ etc.

マルギアネー　Margiane, Μαργιανή, （ラ）マルギアーナ Margiana（マルギアーネー Margiane），（露）Маргиана，（古代ペルシア語）Margu, Marguš（現・ホラーサーンないしコラーサーン Khorāsān, Khurāsān, Türkmenistan, O'zbekiston）

イーラーン東北部の地方。カスピ海*の東方、西をヒュ

系図383　マルキアーヌス

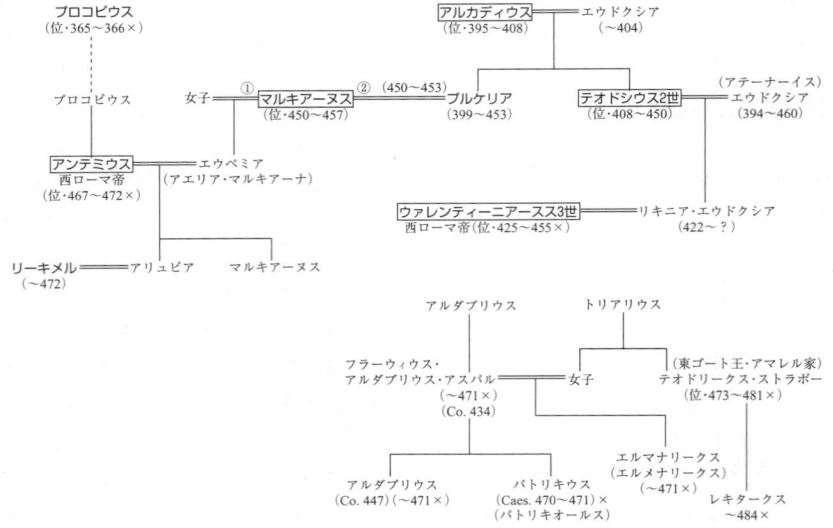

ルカニアー*、東をバクトリアー*（バクトラ❷*）に割された肥沃な平原地帯。前2000年前後の先史時代にオークソス*文明が栄えた。葡萄の栽培で名高い。アカイメネース朝*ペルシア*帝国に服属していたが、前329年アレクサンドロス大王*によって征服され、大王はこの地にアレクサンドレイア*市を建設。町はいったん破壊されたものの、セレウコス朝*シュリアー*の王アンティオコス1世*（在位・前281～前261）の手で再建され、アンティオケイア❺*と改名された。のちパルティアー*領となり、カッラエ*の戦い（前53）で敗れたクラッスス*麾下のローマ軍捕虜約1万人はパルティアー王オローデース2世*（アルサケース14世*）の命でここへ連行されて来た。サーサーン朝*ペルシアの支配を経て、後652年イスラーム教アラビアー人に征服された。
⇒ソグディアネー
Strab. 11-516/ Plin. N. H. 6-18/ Plut. Crass. 24～/ Curtius 7-10/ etc.

マ（ー）ルキウス Marcius Sabinus, （ギ）Markios Sabīnos, Μάρκιος Σαβῖνος, （伊）（西）Marcio Sabino

（前8世紀末～前672）ローマ古王ヌマ*の親族。マルキウス氏*の遠祖。ヌマとともにローマに来住。ロームルス*亡きあとヌマに即位するよう奨めた。ヌマの死後、王位をめぐってトゥッルス・ホスティーリウス*と争って敗れ自殺した。アンクス・マルキウス*王の祖父（⇒巻末系図050）。

ローマには「マルキウスの歌 Carmina Marciana」なる予言書が伝わっており、ハンニバル❶*戦争（第2次ポエニー戦争*）でのカンナエ*（カンネー）の敗北（前216）の予言やルーディー・アポッリナーレース*の創設（前212）の命令などが記されていたという。これは前213年に法務官のM. アティーリウス*によってはじめて発見され、シビュッラ*の予言集と一緒にカピトーリウム*のユーピテル*神殿下に保管されていた。一説にこの予言詩の作者は2人のマルキウス兄弟 Marcii（前3世紀？）であるともいわれている。
Plut. Num. 5～/ Liv. 1-32, 25-12/ Cic. Div. 1-40, 2-55/ Macrob. Sat. 1-17-25/ Plin. N. H. 7-33-119/ Amm. Marc. 14-1-7/ Serv. ad Verg. Aen. 6-72/ etc.

マルキウス、アンクス Marcius, Ancus
⇒アンクス・マ（ー）ルキウス

マ（ー）ルキウス氏 Gens Marcia〔←Marcius〕, Marcii

ローマの氏族名。サビーニー*系のローマ古王アンクス・マルキウス*の末裔を称するが、同氏のうち共和政期に貴族（パトリキイー*）に属したとされるのはコリオラーヌス*家のみで、あとはすべて平民（プレーベース*）の家系でしかない。同氏出身の中で最も著名な人物は、平民最初の独裁官（前356）ならびに監察官*（前351）となったC. マルキウス・ルティルス*であろう。一門のマルキウス・レークス*家からは、共和政後期に何人かの執政官*を輩出、クローディア*（P. クローディウス・プルケル*の長姉）の夫となったQ. マルキウス・レークス❸*や、かの大カエサル*（⇒ガーイウス・ユーリウス・カエサル）の祖母マルキアらも、同家の出である。
⇒マルキウス・ピリップス、レークス
Suet. Iul. 6/ Val. Max. 4-3, 5-10, 6-3/ Ov. Fast. 6-803/ Plut. Coriol. 1/ Liv. 7-16～28, -38～39, 33-25, 43-1/ Dio Cass. 35-4, -14～, 36-26, -31/ etc.

マ（ー）ルキウス・ピリップス家 Marcius Philippus, （伊）Marcio Filippo, （西）Marcio Filipo

ローマのマルキウス氏*に属する家系。エトルーリア*人に対する勝利で凱旋式を挙げたQ. マルキウス・ピリップス（前281年の執政官）はじめ、酒神バックス*の礼拝（⇒バッカナーリア）を禁圧した前186年の執政官Q. マルキウス・ピリップス（前169年に再度執政官、前164年の監察官。第3次マケドニア戦争の発端にも活躍）。およびその孫で前91年度の執政官となり、護民官 M. ドルースス❷*に激しく敵対したL. マルキウス・ピリップス（前86に監察官）など、共和政期の著名人物を輩出。さらに、その同名の息子（前56の執政官）は、カエサル*の姪アティア*と再婚して、オクターウィアーヌス*（初代ローマ皇帝アウグストゥス*）の継父となり、同家はローマ帝室と姻戚関係をもつに至った。
⇒巻末系図077
Liv. 38-35～44-16/ Polyb. 24-9, 27-1, 28-13/ Cic. Brut. 20, 47/ Suet. Aug. 8/ Plut. Cic. 41/ Val. Max. 6-2, -3, 8-13, 9-5/ etc.

マ（ー）ルキウス・ルティルス、ガーイウス Gaius Marcius Rutilus (Rutulus), （伊）Gaio Marcio Rutilo, （西）Cayo Marcio Rutilo

（前4世紀中頃）ローマの政治家、将軍。執政官を4回（前357、前352、前344、前342）つとめ、平民（プレーベース*）出身の最初の独裁官（前356）および監察官*（前351）となる。エトルーリア*人の侵入を撃退し、貴族（パトリキイー*）の反対にあったが、凱旋式を挙行（前356）。外港オースティア*に市民を入植させ、カンパーニア*駐屯のローマ兵が企てた反乱を未然に防ぐなどの功績があった。子孫はケーンソーリーヌス Censorinus の家名を帯び、帝政期に至るまで長くつづいた。
Liv. 7-16～17, -21～22, -28, -38～39, 9-33, -38, 10-9, -47, Epit. 16, 49/ Diod. 20-27/ Val. Max. 4-1-3/ App. Pun. 75～/ Cic. Brut. 15, 27/ Florus 2-15/ etc.

マルキオーン Markion, Μαρκίων, Marcion, （伊）Marcione, （西）Marción

（後85～160頃）キリスト教の分派マルキオーン派の祖。シノーペー*出身の富裕な船主で主教の息子だったが、異端的思想ないし異性問題のゆえに父から破門、放逐される。

140年頃ローマへ赴き、多額の献金により教会内に有力な地位を得る。グノーシス*派に接近して、独自の神学思想を『対論 Antithesis, Ἀντίθεσις』にまとめるが、過激な主張のため再び破門され (144)、ローマに自ら教会を建設。結婚とすべての性の快楽を否定する禁欲団体を形成した。二元的神観に立ち、イエースース*（イエス・キリスト）の示す「新約」の神（愛と福音の神）を至高とし、「旧約」の神 デーミウールゴス*（創造神・律法の神）と峻別。ユダヤ教と「旧約聖書」（ヘブライ聖典）を排除して、『ルーカス*による福音書』とパウロス*（パウロ）の10書簡のみを自派の正典 kanon（マルキオーンのカノーン）とした。キリストの受肉を否定する仮現論（Dokētismos, Δοκητισμός,〈ラ〉Docetismus）を唱え、パウロスに深く傾倒、154年ローマから追放されたものの、彼の反ユダヤ主義的教説は、多くの信者を集め隆盛を極めた。脅威を覚えた既成教会により「異端」として攻撃され──テルトゥッリアーヌス*の『マルキオーン駁論 Adversus Marcionem』など。殉教者イウースティーノス*によれば、マルキオーン派の信徒たちは近親相姦や人肉嗜食を実行したという──、やがてマーニー*教と融合して数世紀後には消滅した。

なお、マルキオーン派の人々は、バシレイデース*の衣鉢を継ぐウァレンティーノス Ūalentinos, Οὐαλεντῖνος, Valentinus（100頃～165以後）の信奉者たちと同様、婚外の放恣な乱交に耽ったと伝えられている。
⇒シーモーン・マゴス

Euseb. Hist. Eccl. 4-10～, -29, 5-13, -16/ Tertull. Adv. Marcion., De praescr. haeret. 30, 51/ Clem. Al. Strom. 3-3/ Origen. c. Cels. 5-62/ Epiph. Adv. Haeres. 42/ Irenaeus Adv. Haeres. 1-29, 3-3～/ Hippol. Haer./ etc.

マールクス・アウレーリウス
Marcus Aurelius Antoninus,（ギ）Markos Aurelios, Μᾶρκος Αὐρήλιος,（仏）Marc-Aurèle,（独）Mark Aurel,（伊）（西）Marco Aurelio,（葡）Marco Aurélio,（露）Марк Аврелий

（前名・マールクス・アンニウス・ウェールス Marcus Annius Verus）（後121年4月26日～180年3月17日）ローマ皇帝（在位・161年3月7日～180年3月17日）。五賢帝の最後に当たる。「哲人皇帝」と称される。ヒスパーニア*系の名門貴族の出身で、トライヤーヌス*、ハドリアーヌス*の親族。またアントーニーヌス・ピウス*帝の后ファウスティーナ❶*の甥でもある（⇒巻末系図102）。ローマに生まれ、幼くして実父と死別するが、天賦の才能と篤実さゆえにハドリアーヌス帝から愛され、本名ウェールス Verus（真実な）をもじってウェーリッシムス Verissimus（最も真実な者）と呼ばれる。フロントー*やヘーローデース・アッティクス*ら25人に及ぶ当代一流の学者や芸術家から薫陶を受け、とりわけ哲学に傾倒して12歳でストアー*派風の簡素このうえない粗衣をまとい床に寝るといった禁欲的な生活様式を採用、長く童貞を保つべく男色女色をともに慎んだという。138年2月ハドリアーヌスの命令で、次期皇帝アントーニーヌス・ピウスの養子に、ルーキウス・ウェールス*とともに迎えられマールクス・アエリウス・アウレーリウス・ウェールス・カエサル M. Aelius Aurelius Verus Caesar と改名、その後若くして養父アントーニーヌス・ピウス帝の同僚執政官(コーンスル*)となり（140）、その娘ファウスティーナ❷*と結婚（145年春）、161年養父帝の死後即位し、10歳年少の放蕩無能な義弟ウェールスを自分と同格の正帝(アウグストゥス*)とした（ローマ帝国最初の共治帝）。静謐を好み、プラトーン*の哲人政治を志して寛容な政策をとったが、治世の大半は相次ぐ外敵との戦争に忙殺され、席の暖まる暇なく各地に出陣を余儀なくされた。対パルティアー*戦争（162～166）には弟帝ウェールスを最高司令官として派遣、能将アウィディウス・カッシウス*らの活躍で敵王ウォロガエセース3世*（アルサケース27世*）を敗走させ、凱旋式(トリウンプス*)が祝われた（166年10月12日）。ところが東方からの帰還兵がもたらした疫病が帝国全土に蔓延し（166～167）、人口が大幅に減少して二度と回復しないまでに猖獗を極めた（イタリアの人口は半減したという）。次いで北方辺境にゲルマーニア*系諸族が侵入（「マルコマンニー*戦争」または「ゲルマーニア戦争」・166～173／175, 177～180）。カッティー*、クァディー*、マルコマンニーやサルマタイ*系のイアージュゲース*族がドーナウ河を越えて北イタリアを蹂躙したため、帝は奴隷や剣闘士(グラディアートル*)、ならず者まで加えた2軍団を新設（168）、帝室の財宝を競売に付して戦費を捻出し、自ら軍を率いて遠征する。その間、ウェールスが急死した（169年1月）ので単独支配者となるが、義弟の死はマールクス帝による毒殺だと噂される。175年、シュリア*でアウィディウス・カッシウスの反乱が勃発すると、帝は「公共のためになるのなら、喜んでカッシウスに譲位したい」と宣言、カッシウスが呆気なく部下に殺された時には、その死を悼み彼の遺族や支持者を寛大に処遇した。アシア*、シュリア、エジプト*など東方属州を巡視したのち、アテーナイ*に4つの哲学の講座（プラトーン*、アリストテレス*、ストアー派、エピクーロス*派）を創設し、エレウシース*の密儀(ミュステーリア*)にも参加。176年11月末ローマに帰還して凱旋式を挙げ、現在も残るアウレーリウス記念柱（伊）Colonna di Marco Aurelio を建造（176頃～193）、翌177年息子コンモドゥス*を共治帝とし、世襲制を復活させる。同年ゲルマーニア諸族が再びパンノニア*を侵すと、コンモドゥスを伴って討伐に向かい（178年8月3日）、ドーナウを渡り苦戦の末大勝利を収め（179）、属州マルコマンニア Marcomannia とサルマティア Sarmatia を併設せんばかりとなったが、病を得てウィンドボナ*（現・ウィーン Wien）もしくはシルミウム Sirmium（現・Mitrovitz）で陣没した（満58歳）。一説に死因はコンモドゥスの意を迎えんとした医師たちによる毒殺だという。

彼は優れた人格の持ち主で、仁政を布いて万人の敬愛をあつめ、死後も永く各家庭で神として祀られ続けた。カピトーリーヌス*丘に現存する帝の青銅騎馬像（伊）Statua equestre di Marco Aurelio は著名な記念物である（現・カピトリーノ美術館内に保存）。またその容貌は端整で美髯をたくわえ、色白で痩身、短軀であったという。若い頃は健

康だったが、後半生には病弱となり、胃と胸を悪くして苦しみ、鎮痛のため阿片を含む薬テーリアカ Theriaca を飲むだけで、食事は夜間にごく少量を摂るに過ぎなかった。死期を悟ると自ら食を断ち、臨終の床では親しい人々に「なぜ私のために歎くのか？ それよりこの疫病と万人に避けられぬ宿命たる死について考えなさい」と言い、意識朦朧とした間にも「戦争とはかくも不幸なことか」と呟いていたと伝えられる。教養高く内省的・思索的だった帝は、ストアー派の思想に深く親しみ、エピクテートス*の書物を愛読、「哲学者 Philosophus」と綽名された。陣中の寸暇にギリシア語で記した『自省録 Ta eis heauton, Τὰ εἰς ἑαυτόν』12巻（現存）は、ローマ帝政期のストアー哲学書の代表作の1つとして知られる。皇后のファウスティーナの不貞と裏切りに耐え、彼女の情夫らを高官に昇進させてやり、妻の死後は2度と娶らず、妾と同棲するに留めた。トライヤーヌス帝以来の法律に順って秩序を乱すキリスト教徒を処罰し、国民の安寧と福祉のために施与を惜しまず、官僚組織の拡充・人材の登用に努めた彼の治下、帝国は繁栄の極に達したかのごとくであった。が一方、相次ぐ戦争や伝染病・洪水などの結果、国力は疲弊し、その後ローマは長い衰頽期に入って行ったのである。

なお、『後漢書』に見える大秦王・安敦とは、彼のことであろうと一般に考えられている。
⇒ガレーノス、ヘーローディアーノス（アイリオス）、ブーコロイの乱

S. H. A. Marc., Verus, Avidius Cassius, Comm./ Dio Cass. 69-21, 71〜72/ Herodian. 1-1〜3/ Fronto Epist./ Euseb. Hist. Eccl. 4〜5/ Aur. Vict. Caes. 16/ Eutrop. 8-9〜14/ Malalas/ Suda/ Marcus Aurelius Meditationes/ etc.

マルケッラ　Marcella, （ギ）Markellā, Μαρκέλλα（仏）Marcelle, （伊）Marcella, （西）Marcela

ローマの名門マルケッルス*家の娘。とりわけ、ガーイウス・クラウディウス・マルケッルス❶*とオクターウィア❶*（アウグストゥス*の姉）との間に生まれた2人のクラウディア・マルケッラ Claudia Marcella 姉妹が名高い。巻末系図 057, 076〜078 を参照。

❶ 大マルケッラ（前41年〜？）はじめ M. ウィプサーニウス・アグリッパ*（大アグリッパ）に嫁いで1女を産んだが、兄マールクス・クラウディウス・マルケッルス❸*の死（前23）後、アウグストゥス*の命で離婚させられ（前21）、次に三頭政治家アントーニウス*の息子ユッルス・アントーニウス*と再婚、息子を産んだものの、夫が大ユーリア*（アウグストゥス*の娘）との不義密通で刑死した（前2）ため、セクストゥス・アップレイユス Sex. Appuleius（後14の執政官）と三婚し、娘アップレイヤ・ウァリッラ Appuleia Varilla（後17年に姦通罪および反逆罪で告訴された貴婦人）を産んだ（巻末系図 076〜078, 086, 090）。

Plut. Ant. 87/ Dio Cass. 53-1, 54-6/ Vell. Pat. 2-93, -100/ Suet. Aug. 63/ Tac. Ann. 2-50/ etc.

❷ 小マルケッラ（前40〜？）❶の妹。M. ウァレリウス・メッサーラ・バルバートゥス Valerius Messal(l)a Barbatus（前12の執政官、同年死亡）と結婚し、何人かの子女を産む。娘クラウディア・プルクラ Claudia Pulchra は、将軍 P. クィンティリウス・ウァールス*の妻となるが、夫はゲルマーニア*で敗死し（後9）、自らは密告者 delator ドミティウス・アーフェル*に姦通およびティベリウス*帝暗殺計画の廉で告発され（26, ⇒大アグリッピーナ）、翌年には息子のウァールス Quintilius Varus まで同じくアーフェルによって断罪されんとした（27）。なお、稀代の淫婦として悪名高いクラウディウス*帝の皇后メッサーリーナ*は、小マルケッラの孫娘 ── 正しくは養子 M. ウァレリウス・メッサーラ・バルバトゥス（Co. 後20）の娘 ── に当たる（⇒巻末系図 076, 077, 090, 096）。

Plut. Ant. 87/ Suet. Aug. 63/ Tac. Ann. 4-52, -66/ etc.

マルケッリーヌス、アンミアーヌス　Ammianus Marcellinus

⇒アンミアーヌス・マルケッリーヌス

マルケッルス　Marcellus, （ギ）Markellos, Μάρκελλος, （仏）Marcel, （伊）Marcello, （西）Marcelo, （露）Марцелл

ローマ共和政期では、ふつう将軍 M. クラウディウス・マルケッルス❶*を、帝政初期では、アウグストゥス*の甥 M. クラウディウス・マルケッルス❸*を指す。

マルケッルス家　Marcellus （ギ）Markellos, Μάρκελλος, （伊）Marcello, （西）Marcelo, （露）Марцелл

プレーベース*（平民）系クラウディウス氏*の名門。

前331年、200名近くの身分ある既婚婦人が夫を毒殺していた事件が発覚した時の執政官、マールクス・クラウディウス・マルケッルス（前4世紀）をはじめ、多くの著名人を輩出。とりわけ、第2次ポエニー戦争*（前218〜前201）中に「ローマの剣」と讃えられた名将マールクス・クラウディウス・マルケッルス❶*が傑出している。この血統はアウグストゥス*の甥で、その後継者に擬せられていたマールクス・クラウディウス・マルケッルス❸*に至るまで綿々と続いた。
⇒次頁系図 384, 巻末系図 057, 077

Liv. 3-18, -23/ Plut. Marc. 1〜/ Val. Max./ Polyb./ Cic./ etc.

マルケッルス、ガーイウス・クラウディウス　Gaius Claudius Marcellus, （伊）Gaio Claudio Marcello, （西）Cayo Claudio Marcelo

ローマの政治家。

❶（前88頃〜前40年5月）シキリア*（現・シチリア）の名総督として称賛された同名の父の嫡男。前51年の執政官マールクス・マルケッルス❷*および前49年の執政官ガーイウス・マルケッルス❷*とは従兄弟に当たる（⇒本文系図 384）。前50年度の執政官。カエサル*の姻戚（オクターウィア❶*の夫）だったが、買収に応ぜず、ポンペイユス*派（＝

元老院派）としてカエサル失脚を目論み、その解任を強硬に主張した（前50、⇒小クーリオー）。しかしながら、内乱勃発の折（前49年1月）には、ポンペイユスと行動をともにせず、イタリアに留まって、カエサルから特赦を得る。前47年には追放中の従兄マールクスのために、カエサルから赦免状をかち取るのに成功。その後もオクターウィアーヌス*（のちのアウグストゥス*）の義兄として高い地位を保つ。彼が死んだ年、オクターウィアはM. アントーニウス❸*のもとへ再嫁するが、その時彼女は先夫の児（次女・小マルケッラ*）を懐妊中であった（前40）。
⇒マールクス・クラウディウス・マルケッルス❸, 巻末系図 057, 077
Caes. B. Gall. 8-54～55/ App. B. Civ. 2-26～31/ Dio Cass. 40-59～64, 48-31/ Plut. Pomp. 58～59/ Suet. Iul. 27, 29/ Cic. Fam. 4-4, -7, -11, Att. 10-15, 15-12, Marcell. 4, 11/ etc.

❷（？～前48頃）　❶の従兄弟。マールクス・クラウディウス・マルケッルス❷*の弟。前49年度の執政官(コーンスル*)（相役はL. コルネーリウス・レントゥルス・クルース*）。兄や従兄弟と同様、カエサル*に敵対しポンペイユス*を支持。内乱に突入するや蒼惶としてローマを逃げ出し（前49年1月）、ポンペイユスとともにギリシアへ渡る（同年3月）。ロドス*艦隊を指揮したが、パルサーロス*の決戦（前48年8月）までに陣歿したと思われる。
Caes. B. Civ. 1-6, -14, 3-5, B. Gall. 8-50/ Dio Cass. 40-66, 41-1～3/ App. B. Civ. 2-33, -37～39/ Plut. Caes. 35, Pomp. 62/ Cic. Att. 7-18, -20, -21, 9-1/ etc.

マルケッルス、マールクス・クラウディウス　Marcus Claudius Marcellus,（伊）Marco Claudio Marcello,（西）Marco Claudio Marcelo

ローマの有力者。

❶（前270年頃～前208年）ローマ共和政期の名将。5度執政官(コーンスル*)職に就任（前222, 前215, 前214, 前210, 前208）。シュラークーサイ*（現・シラクーザ）征服者として名高いローマの将軍。前222年にはじめて執政官となり、ガッリア*のイーンスブレース*族を征討して、その王ブリトマルトゥス Britomartus あるいはウィリドマルス Viridomarus を一騎討ちで手ずから殺害。敵将から剥いだ武具をカピトーリーヌス*丘のユーピテル*・フェレトリウス神殿に奉納し、凱旋式(トリウンプス*)を挙げた。ローマ史上、これがスポリア・オピーマ*（名誉の戦利品）の3度目にして最後の事例であるとされる。

第2次ポエニー戦争*（前218～前201）中は、敵将ハンニバル❶*をたびたび悩ませ、カルターゴー*側についたシュラークーサイを海陸から攻撃（前214～前212）、アルキメーデース*考案の新兵器に苦しめられ、兵糧攻めでようやくこれを陥落させた。同市の豊かな美術品を徹底的に略奪したため非難を受けたが、「ローマ人にギリシアの芸術を紹介し、都を彫像や絵画で飾るための行為だ」と明言する。前208年、5回目の執政官としてハンニバルと交戦中、ウェヌシア*付近で伏兵の奇襲を受け、槍で刺殺された。ハンニバルは彼の遺骸を手厚く火葬にし、遺骨を銀の壺に納めて、息子の許へ送ってやったという。武勇に秀で、「ローマの剣」と讃えられた（⇒ファビウス・マクシムス❷）。

なお彼には同名の美しい息子マールクス・クラウディウス・マルケッルス（前196年の執政官、～前177没）がおり、市民たちの間でもてはやされていたが、そのせいで父の同僚のC. スカンティーニウス Scantinius Capitolinus という放縦な男に手籠めにされそうになり裁判沙汰にまで発展した話は有名である。
⇒ホノース（ホノル）
Plut. Marc./ App. Hann. 27, 45～47, 50/ Polyb. 2-34～35, 8-3, -5～9, -37, 9-10, 10-32/ Liv. 22-35, -57, 23-14～17, -19, -24～25, -30～32, -39, -41～46, 24-9, -13, -19, -27～39, 25-23～31, -40～41, 26-21～32, 27-27/ Val. Max. 1-6, 3-2, -8, 6-1/ Flor. 2-3/ Aur. Vict. De Vir. Ill. 45/ Eutrop. 3-6/

系図 384　マルケッルス家

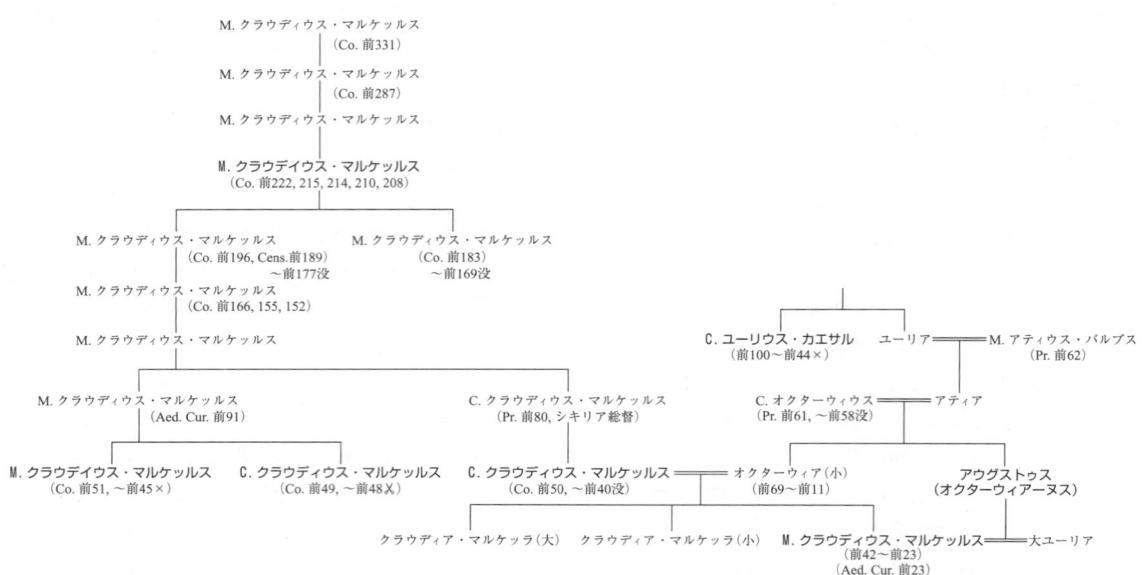

Oros. 4-13/ Zonar. 8-20, 9-4〜/ etc.

❷（？〜前45年5月）前51年度の執政官(コーンスル*)として、カエサル*派と鋭く対立。「即時カエサルをガッリア*から召還し、軍隊を解散させるべきだ」と主張し、またカエサルから市民権を与えられていたノウム・コームム Novum Comum（⇒コームム）の議員を鞭打って辱めた。翌前50年、さらに前49年と、同じく反カエサルの急先鋒たる従兄弟や弟が執政官職を継承した（⇒ガーイウス・クラウディウス・マルケッルス❶と❷）結果、内乱に突入（前49年1月）。ポンペイユス*とともにイタリアを去ることになる。パルサーロス*の敗戦（前48年8月）後、ミュティレーネー*に隠遁していたが、友人キケロー*のとりなしでカエサルに赦(ゆる)される（前46年9月、キケローの『マルケッルス弁護演説』）。しかるに、ローマへ戻ろうと船出してペイライエウス*（アテーナイ*の外港）まで来たところ、随行員のP. マギウス・キーロー Magius Chilo に殺害されてしまう。カエサルの指示による暗殺かとも疑われたが、私怨に基づく報復であったらしい。
⇒ Ser. スルピキウス・ルーフス
Caes. B. Civ. 1-2, B. Gall. 8-53/ Suet. Iul. 28〜29/ Dio Cass. 40-58〜59/ App. B. Civ. 2-25〜26/ Cic. Att. 8-3, 13-10〜22, Brut. 71, Marcell., Fam. 4-4, -7〜, 6-6, 8-13/ etc.

❸（前42〜前23末）C. クラウディウス・マルケッルス❶*（前50年の執政官(コーンスル*)）とオクターウィア❶*（アウグストゥス*の姉）の息子。前39年夏、幼くしてセクストゥス・ポンペイユス*の娘ポンペイヤ❸*と婚約させられるが、ほどなくアウグストゥスとポンペイユスとの間が険悪になったため破談となる。ローマ唯一の支配者となったアウグストゥスは、前25年マルケッルスを養子に迎えると同時に、娘大ユーリア❺*の夫として配し、さまざまの特権を与えて自らの後継者に擬した。前23年マルケッルスは造営官(アエディーリス*)に任ぜられ、養父や母の後援のもと荘麗な競技祭を開催、フォルム*全体を豪華な織物の日除け布で蔽い尽くして見世物を披露した。その祭礼が終了する直前、熱病に倒れ温泉地バーイアエ*で療養。名医アントーニウス・ムーサ*の看護にもかかわらず、享年18をもって世を去った。彼の早世を悼む詩歌がウェルギリウス*やプロペルティウス*らによって献げられたが、皇帝とその姉の深い哀(かな)しみを癒すことはできなかった。アウグストゥス自ら彼の追悼演説を行ない、帝自身のために建造させた霊廟（マウソーレーウム*）に遺骸を埋葬した。皇后リーウィア❶*（⇒リーウィア・ドルースィッラ）が彼を毒殺したのだという非難の声が起こったが不問に附された。一説には、彼に反感を懐(いだ)く権臣アグリッパ*が手をまわして毒を盛らせたのだともいう。しかしながら、この年から翌年にかけては、多くの人が熱病で倒れており、必ずしも他殺説を認めるわけにはいかない。前13年に完成した劇場は、彼の名を冠してマルケッルス劇場と呼ばれ、今日なおローマ市内ティベリス*（現・テーヴェレ）河畔に見ることができる（現・Teatro di Marcello）。
⇒巻末系図 057, 076, 077
Dio Cass. 48-38, 53-26, -27, -28, -30〜33, 54-26/ Suet. Aug. 29, 43, 63, 66, Tib. 6, 10/ Vell. Pat. 2-93/ Plut. Ant. 87/ Tac. Ann. 1-3, 2-41, Hist. 1-15/ Verg. Aen. 6-860〜/ Prop. 3-18/ etc.

マルケッロス Markellos, Μάρκελλος, Marcellus, （仏）Marcel, （伊）Marcello, （西）Marcelo,
（後280頃〜374）アタナシオス*（アタナシウス*）の友人。小アジアのアンキューラ*（現・アンカラ）の主教。ニーカイア*公会議（325）などでアレイオス*（アリーウス*）派を激しく攻撃、父と子（キリスト）が同質であるとするホモウーシオス homoūsios 説に固執するあまり、キリストの個別性を否定するに至る。コーンスタンティーノポリス*教会会議（336）で罷免・追放され（337年に復職するも339年頃に再度追放される）、ローマ司教（主教）ユーリウス1世 Julius I（在位・337〜352）に訴えて擁護されたが、かえってこれが東西両教会の間に混乱を惹起せしめ、その後も彼を異端者として弾劾する声はやまなかった。

また、彼の他にも狂信的なアパメイア❶*の主教で、4世紀末にテオドシウス1世*の勅令に乗じて、兵士や剣闘士らの一群を引き連れ、ゼウス*大神殿はじめ諸神殿を片端から襲撃・破壊して回り、ついには激怒した農民に殺された跛者のマルケッロス（？〜392頃。教会からは聖人に祀り上げられている）や、ハドリアーヌス*とアントーニーヌス・ピウス*の治世（117〜161）に韻文で全42巻の医学書や、狼人間現象 Peri Lykanthrōpū などの作品を著わしたシーデー*出身の医師マルケッロス（ギ）Markellos, Μάρκελλος, （ラ）Marcellus Sidetes（後2世紀）ら同名の人物がいる。
⇒テオピロス
Epiph. Adv. Haeres. 72-1/ Euseb. Contra Marcellum, De ecclesiastica theologia/ Theodoret. 5-21/ Sozom. 7-15/ Procl. In Tim./ Anth. Pal./ Gal./ Suda/ etc.

マルケッラ Marcella
⇒マルケッラ

マルケッルス Marcellus
⇒マルケッルス、マルケッロス

マールコス（マルコ） Markos, Μᾶρκος, Marcus, （英）Mark, （仏）Marc, （独）Markus, （伊）Marco, （西）（葡）Marcos, （セルビア・クロアチア語）Marko, （チェコ語）（ポーランド語）Marek, （露）Марк, （漢）瑪爾谷、馬可
（？〜後62／74頃）キリスト教の共観福音書・第2福音書の著者に擬せられるユダヤ人。ヘブライ名ヨーハーナーン Yôḥānān（ヨハネ）。ヨハネ・マルコ（イオーアンネース・マールコス Iōannēs Mārkos）とも呼ばれる。使徒パウロス*（パウロ）の同労者バルナバース Barnabas（バルナバ。本名・ヨーセーフ Yōsēph）の甥または従弟。イェルーサーレーム*にある彼の母マリアー Maria の家で最後の晩餐がもたれた

といわれる。一説には、イエースース*最愛の弟子で、最後の晩餐の席でイエースースの胸に寄りかかっていたのは、このマールコスであるとされている。彼自身はパウロやバルナバースとともに小アジア、キュプロス*での伝道に従事し、のちローマに滞在、ペトロス*（ペトロ）の口述からギリシア語で福音書を記したと伝えられる。彼の名が冠せられる福音書中最古の作品（66〜70 頃成立）は、クリストス*の王としての威厳を強調しているため、（有翼の）獅子（ライオン）がマールコスの象徴として表わされる（⇒福音書記者）。伝承によれば、彼はユダヤ教の祭司部族レヴィ人（ラ）Levites,（ギ）Leuîtēs に生まれたが、神殿奉仕を免れようとして自らの拇指を切断、後年エジプトへ赴いてアレクサンドレイア❶*の初代主教となり、この地で殉教したという。祝日は東方教会では 9 月 23 日、西方教会では 4 月 25 日。

⇒ロービーゴー

Evangelium secundum Marcum/ Nov. Test. Act. 12-12, -25, 15-37〜39, Col. 4-10, Philem. 24/ Euseb. Hist. Eccl. 2-15, 5-8, 6-14/ etc.

マルコマンニー（マルコマニー）（族）

Marcoman(n)i,（ギ）Markomannoi, Μαρκομάννοι, Μαρκομμάνοι, Μαρκομανοί,（英）Marcomannians,（仏）Marcomans,（独）Markomannen,（西）Marcomanos

「辺境の人々」の意。ゲルマニア*人の大族スエービー*（スエーウィー*）系の一部族。前 100 年頃、キンブリー*およびテウトネース*族に触発されて、故地ザクセン・テューリンゲン地方からレーヌス*（ライン）・ダーヌビウス*（ドーナウ）両河の中間地帯へ移住し、のちアリオウィストゥス*のガッリア*征服（前 71〜）に加わった。前 9 年ローマの大ドルースス*の攻撃を受けて、先住民ボイイー*族の去ったボヘミア（ベーメン）へ遷り、マロボドゥウス*を王に戴く強大な国家をこの地に築いた（前 8 頃）。ボヘミア（ベーメン）およびバヴァリア（バイエルン）、さらにダーヌビウス河にまで版図を拡大し、マールクス・アウレーリウス*帝の治世にはクァディー*族らとともに大挙して北イタリアへ侵入、ローマとの間に 2 次にわたるマルコマンニー戦争（後 166〜173 ／ 175、177〜180）を交え、帝国を危機に陥れた。マールクス・アウレーリウスは親征中に陣没し、後継者コンモドゥス*帝との間に和議が結ばれた（180）が、彼らはその講和条件をいずれも守らなかったという。3 世紀半ばのガッリエーヌス*帝の治下、マルコマンニーはドーナウを渡ってローマの属州パンノニア*に移住（254 頃）、500 年以降はボヘミアを去ってバヴァリアを占領するようになった。

ちなみに、彼らの名・マルコマンニーは、のちの神聖ローマ帝国の辺境伯、さらには「侯爵」を指す言葉（ラ）marchio,（英）marquess,（仏）marquis,（独）Markgraf などと語源を同じくしている（古ゲルマン語の marcha「辺境地」より）。

⇒イアージュゲース

Caes. B. Gall. 1-51/ Tac. Germ. 42, Ann. 2-46, -62/ Vell. Pat. 2-108〜110/ Dio Cass. 55-1, 67-7, 71〜72/ Stat. Silv. 3-3/ Oros. 6-21/ Flor. 2-30, 4-12/ Strab. 7-290/ S. H. A. Marc. 12〜/ Amm. Marc. 19-1, 29-6/ Herodian. 1/ Ptol. Geog. 2-11/ etc.

マ（―）ルシー（族）

Marsi,（ギ）Marsoi, Μάρσοι,（英）Marsians,（仏）Marses,（独）Marser

❶ 中部イタリア、ラティウム*地方に居住していた部族。首都はフーキヌス湖*東岸のマールウィウム Marruvium、またはマールルビウム Marrubium（現・San Benedetto）。湖の南西に病気治療の女神アンギティア Angitia（アナグティア Anagtia）の神殿があり、その信者は薬草の知識に通じていたため、マルシー族は魔術師あるいは蛇毒を免れる妖術使いであるとの評判が高かった（⇒プシュッロイ）。ローマ人とは早くから友好的で、前 340 年に同盟を締結、第 2 次サムニウム戦争*（前 326〜前 304）やハンニバル❶*戦争（第 2 次ポエニー戦争*）においてもローマ側に留まったが、前 91 年に勃発した同盟市戦争*では中心的役割を果たし —— ゆえにこの戦争はマルシー戦争 Bellum Marsicum とも呼ばれる ——、ローマに対してイタリア諸都市が結束して当たるよう煽動した。伝承では、彼らは神話中の魔女キルケー*の子孫とされ、ウェルギリウス*の『アエネーイス』にも、マルシー王ロエトゥス Rhoetus の息子で、継母カスペリア Casperia の情人となったため、追放されてトゥルヌス*のもとへ逃れ、のちアエネーアース*との戦闘で殺されたアンケモルス Anchemolus という王子が登場する。

⇒マールーキーニー、パエリグニー

Plin. N. H. 7-2, 25-5/ Caes. B. Civ. 1-15/ Strab. 5-241/ App. B. Civ. 1-46, -50/ Liv. 8-6, -29, 9-13, -41, -45, 10-3, 28-45/ Cic. Nat. D. 1-44/ Diod. 20-44, 32-12, 37-1〜/ Polyb. 2-24/ Vell. Pat. 2-21/ Verg. Aen. 10-389/ Hor. Epod. 17/ etc.

❷ ゲルマニア*人の一部族、カッティー*族の西北に居住していた。

Tac. Germ. 2, Ann. 1-50, -56, 2-25, Hist. 3-59/ Dio Cass. 60-8/ etc.

マルシュアース

Marsyas, Μαρσύας,（Marsya),（伊）Marsia,（西）（トルコ語）Marsias,（葡）Mársias

小アジアのプリュギアー*地方を流れる同名の河の神。ギリシア神話では、サテュロス*ないしシーレーノス*とされ、キュベレー*やディオニューソス*の随伴者の 1 人と見なされている。二重竪笛 aulos（アウロス）の発明者で、音楽家オリュンポス*の師にして念者（恋人）erastēs（エラステース）。異説によると、竪笛は女神アテーナー*が発明したが、吹くと顔が醜くなるというので嫌ってこれを棄てたところ、マルシュアースが拾ってその技に上達し、アポッローン*に音楽の競技を挑んだ。勝者は敗者にどんな罰を加えてもよいとの約束で、ムーサ*たち（ムーサイ*）の審判下に試合が行なわれた。アポッローンの竪琴 kithara（キタラー）とマルシュアースの竪笛に優

劣の判定はつけ難かったものの、最後にアポッローンが楽器を上下さかさまにして演奏したところ、マルシュアースはこれに応じることができなかったので、勝負に敗れた。アポッローンは彼を松の木に縛りつけて生きたまま皮を剥いで殺した、もしくはスキュティアー*人に全身を切り刻ませたという。その時流れた彼の血、または彼の死を悲しむサテュロスやニュンペー*（ニンフ*）・ドリュアデス*（ドリュアス*たち）の涙が集まって、マルシュアース河（現・Tschinar Tchai）になったと伝えられる。剥ぎとられた生皮は洞窟の入口に吊され、竪笛が演奏されると喜ばし気に揺れたといい、ヘーロドトス*の時代にもプリュギアーのケライナイ*市に「マルシュアースの革袋」が宙吊りにされて保存されていたとのことである。一説にマルシュアースはマイアンドロス*河神の息子で、兄弟にバビュス Babys というこれも笛吹きがいたが、あまりに演奏が下手だったために神の嫉視と処罰を免がれたという。マルシュアースはディオニューソス（＝リーベル*）との親密な間柄から、のちに「自由」の象徴としてその像がローマのフォルム*はじめ各都市の広場に建てられるようになった。ヘレニズム期以来、木の幹に縛られて生皮を剥がれる場面が、彫刻など美術の主題として好んで採り上げられた。マルシュアースの処刑神話は、人身供犠を伴うプリュギアーの農耕儀礼から生じたものであろうと推測されている。
⇒ミダース、サンガリオス、カークス
Herodot. 7-26/ Diod. 3-58〜/ Hyg. Fab. 165, 191/ Apollod. 1-4-2/ Paus. 1-24, 2-7, -22, 10-30/ Plut. Mor. 1132f, 1133e/ Ov. Met. 6-383〜, Fast. 6-696〜/ Hor. Sat. 1-6/ Plin. N. H. 34-19, 35-36/ Xen. An. 1-2-8/ Tzetz. Chil. 1-15/ Ath. 4-184, 14-616/ Phot. Bibl./ Suda/ etc.

マールス　Mars,（伊）（西）（葡）Marte,（エトルーリア語）Maris
（マーウォルス Mavors に由来し、オスキー*族・サビーニー*族の間ではマーメルス Mamers と呼ばれる）

ギリシア神話のアレース*と同一視されるローマの軍神。古くは農耕・牧畜の守護神。女神ユーノー*が1本の花によって懐妊し彼を産んだといわれる。ユーピテル*、クィリーヌス*とともに、ヌマ*王が特別の神官団サリイー*に奉仕させた主神の1人。初期の頃には、田園神シルウァーヌス*と同一視された。戦争の神として、グラーディウス Gradius（進軍する者）という称号をもち、カピトーリウム*丘北方のティベリス*（現・テーヴェレ）河に至る野原はカンプス・マールティウス*（マールスの野）と呼ばれて、練兵場に充てられていた。ローマの古暦は、戦闘行為の開始されるマールティウス Martius（マールスの月・今の3月）から始まり、マールスの主要な祭りは3月と10月（軍事行動の終わる月）に営まれた（⇒アンキーレ）。マールスは神託も司り、その聖獣は狼・馬で、聖鳥は啄木鳥、神木は無花果や柏、月桂樹などであった。女神ネリオー Nerio（「力」の意）ないしベッローナ*を妻とし、またレア・シルウィア*を犯してはロームルス・レムス*双生兄弟の父となった。ミネルウァ*女神に恋してアンナ・ペレンナ*に仲介を頼んだ時には、花嫁姿のミネルウァに化けたアンナ・ペレンナにまんまと一杯食わされて嘲弄の的になったという話も伝えられている。

マールスの主要な神殿には、ローマ市のカペーナ門 Porta Capena 外のアッピウス街道*（ウィア・アッピア*）沿いのものと、カンプス・マールティウスのキルクス*・フラーミニウス Circus Flaminius 近くのもの（前138年建立）、アウグストゥス*が養父カエサル*の暗殺者たちへの復讐を記念して自らのフォルム Forum Augusti に建てたマールス・ウルトル Ultor（「復讐者」の意）神殿（前42年着工）、などがある。なお、前46年にカエサルが、暴動を煽動した2人の兵士を斬首して、マールスへ生贄に捧げた事件は有名。

ちなみに火星は血のように赤い色をしていることから、ギリシア語でアレース、ラテン語でマールスと呼ばれている。火曜日（ラ）dies Martis を指す後世のヨーロッパ諸語（仏）mardi,（伊）martedì,（西）Martes や、春の3月を意味する言葉（英）March,（仏）mars,（独）März,（伊）（西）marzo,（葡）março,（露）Март, ……、また「好戦的な」「勇壮な」「武勇の」といった形容詞（英）（仏）martial,（独）martialisch,（伊）màrzio 等もみなマールスの名に由来する。

ローマ人以外にも、マルシー*やマールーキーニー*、マーメルティーニー*などの諸族が、この神を始祖として仰いでいた。造形芸術においてマールスは槍や楯、兜などの武具を持つ半裸ないし全裸体の若々しい男性の姿で表わされている。
⇒アンバルウァーリア、アルウァーレース兄弟団、マートロナーリア
Ov. Fast. 3-3〜, -677〜, 5-251〜, Tr. 2-296/ Gell. N. A. 4-12, 13-23/ Dion. Hal. Ant. Rom. 1-16, -31/ Strab. 5-229〜/ Cato Rust. Org. 141/ Lucr. 1-33/ Verg. Aen. 1-274〜, 10-542, Ecl. 10-44/ Dio Cass. 43-24/ Liv. 1-4, -20, 6-5, 8-9, 24-10/ Suet. Aug. 29/ Cic. Nat. D. 2-20/ Hyg. Poet. Astr. 2-42/ Varro Ling. 5-52, 8-33/ Macrob. Sat. 1-12-19/ Festus/ etc.

マールティアーヌス・カペッラ　Martianus Minneus Felix Capella,（伊）Marziano Capella,（西）Marciano Capela

（後5世紀前半）古代末期のラテン語著述家。ヴァンダル*族の侵入（439）以前のカルターゴー*に生まれる。法律・修辞学などを学び、ギリシア語にも精通、キリスト教に染まらず、博い古典的教養をもとに百科全書的な著述を行なった。代表作『メルクリウス*とピロロギア（文献学）の婚姻 De Nuptiis Mercurii et Philologiae』9巻は、新プラトーン主義の影響を受けつつ、韻文混じりの散文で書かれた半ば物語風の書物で、7つの自由学芸を従えた女神ピロロギアと雄弁の神メルクリウスとの結合を寓意的にうたっている（410〜439頃）。彼はウァッロー*の教科課程から医学と建築学の2つをあまりにも実用的であるとして排

除し、文法(文学)Grammatica・修辞学 Rhetorica・論理学 Dialectica・算術 Arithmetica・幾何学 Geometrica・天文学 Astrologia・音楽 Musica の7科を自由学芸と制定。この方式はボエーティウス*を経て後世に至るまで、永く西ヨーロッパの学校教育ならびに造形芸術(寓意像 allēgoria)に大きな影響を及ぼした。

ちなみに、自由学芸教育は古代ギリシア、ソークラテース*と同時代のソフィスト*、エーリス*のヒッピアース❷*(前5世紀後期)に始まるとされ、その後イソクラテース*が哲学への予備課程として一般教養を重視、ローマでは哲学者セネカ❷*が絵画・彫刻などの手工芸を「自由人にふさわしくないもの」として除外し、またウァッローが医学と建築学を含めた先の9学科を掲げたという。

⇒プルーデンティウス

Martianus Capella/ Varro Disciplinae/ Cic. De Or. 3-32/ Hieron./ Cassiod./ Isid./ etc.

マールティアーリス　Marcus Valerius Martialis, (ギ) Martiālis, Μαρτιᾶλις, (英)(独)(仏) Martial, (伊) Marziale, (西)(葡) Marcial

(後40年頃3月1日生〜104頃)ローマ帝政期の諷刺詩人。ヒスパーニア*のビルビリス*(現・Calatayud Vieja)出身。64年頃ローマへ移り住み、同じくヒスパーニア人であるセネカ*やルーカーヌス*の庇護を受け、クィンティリアーヌス*、小プリーニウス*、ユウェナーリス*、シーリウス・イータリクス*といった文人・詩人たちと親しく交わった。ピーソー*の陰謀事件(65)に連座してセネカ一族が滅びると、衣食を恵んでくれる金持ち連中に作品を献げる羽目となり、共同住宅 insula の最上階の屋根裏部屋に侘び住まい。見かねたクィンティリアーヌスから定職に就くよう忠告されても「貧しくとも生を楽しみたい」と答えて、詩作の道を歩み続けたという。やがてコロッセーウム*の竣工(80)を祝う『競技場風景 Liber Spectaculorum』(33篇が現存)で認められて、ティトゥス*、ドミティアーヌス*両帝の愛顧を得ると、飽くことなく皇帝を称賛し、阿諛追従の限りを尽くした。特にドミティアーヌスに対しては「神、世界の主」と呼びかけ、「もし大神ユーピテル*と陛下の双方から同じ日に正餐に招待されたなら、私は陛下の御招きをお受け致しましょう」とまで声明、おかげでローマ市内に自宅を、郊外ノーメントゥム Nomentum (現・Mentana)に別荘をもてるほどになり、その作品はゲルマーニア*やブリタンニア*の僻地に及ぶ帝国全土で読まれるに至った。さらに彼は専ら男色を好んで終生妻帯しなかったにもかかわらず、ドミティアーヌスから「三児の父たる特権 ius trium liberorum」と騎士 Eques の地位なども授与された。34年間にわたるローマ在住の後、故郷のビルビリスへ戻り(98頃)、富裕な女性マルケッラ Marcella の庇護を得て農地を贈られ、死ぬまでそこで暮らした。

代表作『エピグランマタ(寸鉄詩) Epigrammata』12巻は、主にエレゲイア elegeia 調を用いた短詩1500余篇より成り、86年頃から102年頃までの間に順次公刊。のちこれに『クセニア(贈り物) Xenia』(84〜85年)と『アポポレータ(引出物) Apophoreta』(84〜85年)の2巻が加えられて、今日では全14巻の詩集として出版されている。彼は驚くべき鋭い観察眼と圧縮された表現力の持ち主で、皮肉と機智に富んだ諷刺詩を得意とし、当時のローマ社会における種々雑多な人物とさまざまな現実生活を簡潔かつ辛辣に描写した。とりわけ生き生きとした性風俗の表現は古来名高く、彼自身の何人もの若者に向けた恋愛詩をはじめ、公共浴場で巨根の所有者を漁る受動的男色家や、鬚が生え始めて以来他の男の一物を咥えては快を貪る "吸茎 fellatio" 愛好家たち、あらゆる催淫剤も効を奏さず少年を買って口で奉仕させている勃起不全の道楽者、情婦らの陰部を舐めてばかりいるので"吐く息も臭い"と評判の女色家、女同士で張形を突っ込み合ったり啜陰 cunnilinctus に耽ったりする擦淫者 tribas (女子同性愛者)たち、200人の情夫に先立たれた後もまだ男が欲しくてたまらない皺だらけの老女、門扉を開放したまま密通の現場を人に見られないと興奮しない淫婦、毎日全身を脱毛し頭髪を丹念にカールさせ香料をきつく匂わせている一群の伊達男たち、遺産狙いのために老婦人と寝る女色家と化してしまった衆道狂いの男、女闘技士として重い唖鈴(ダンベル)を振り回しつつ試合に臨み鯨飲馬食のうえ少年を鶏姦する「男らしい女」、等々の他、男同士の結婚式や数人が数珠つなぎになって同時に性交する態位、汚物嗜好、嗜虐愛好、自慰、去勢、姦通、陰萎、性病、男娼・娼婦の群れる売春宿、といった性に関するありとあらゆる事象が率直な筆致で展開されていく。著者自ら「私の書物は奔放でも私の生活は純真だ」と弁護しているように、いささか淫靡猥雑にわたる作品も少なくはない。しかし、寸鉄人を刺す本書のおかげで、当時流行していた財産目当ての配偶者毒殺や、人妻と男奴隷との日常茶飯と化した情交、便器を黄金で造らせるなど俗悪な限りの成金趣味、売買春や食道楽に財産を蕩尽する遊惰な世相が、今日にいたるまで委細に伝えられている。また虚飾と我欲を揶揄するその作風は、ユウェナーリスを経て後世のヨーロッパ文学に大きな影響を留めてやまない。

Plin. Ep. 3-21/ S. H. A. Ael. Verus 5, Alex. Sev. 38/ Marcus Argentarius Epigram. 116/ Sid. Apoll. Carm. 9-33/ etc.

マルティコラース　Martikhoras
⇒マンティコーラース(マンティコーラ)

マールティーヌス(トゥールの)　Martinus Turonensis, (英)(仏)(独) Martin, (伊) Martino, (西) Martín, (ウェールズ語) Martyn, (マジャル語) Márton

(後315／317頃〜397年11月8日)ガッリア*中部・カエサロドゥーヌム*(現・トゥール Tours)の司教(在任・371頃〜397)。パンノニア*(現・ハンガリー)でローマ軍士官の息子として生まれ、15歳の時に意に反して騎兵隊に入り、皇帝コーンスタンティウス2世*、のちユーリアーヌス*の近衛軍に所属した。伝承では、サマロブリーウァ

Samarobriva（現・アミアン Amiens）に勤務中、乞食に化けたキリスト（クリストス*）に自分の外套を半分切って与え、霊夢を見てキリスト教に転向したという。風采の上がらぬ虚弱な醜男で、戦闘を拒否して軍籍を離れたのち、ヒラリウス*の弟子となり（360）、ガッリアで最初の修道院を創設。カエサロドゥーヌムの司教に選ばれてからも、薄汚い身なりで各地を徘徊し、「異教（非キリスト教）」の神殿や偶像・聖木などを精力的に破壊して回った。マグヌス・マクシムス*の帝位篡奪を支持したが、プリスキッリアーヌス Priscillianus（340頃〜386）の火刑（386）に関しては、異端と弾劾していたにもかかわらず、「俗権の教権に対する介入」だとして、アンブロシウス*とともに処刑反対の抗議を行なった。幻視や予言など異能の持ち主として評判をとり、死後その墓所は中世末期に至るまで西ヨーロッパ・キリスト教徒の有名な巡礼地となった。フランスの保護聖人の1人とされ、彼がキリストに与えたという外套 cappa は、メロヴィング朝フランク王国以来、歴代フランスの国王が出陣の際に、「聖遺物」として携行したと伝えられる。弟子のスルピキウス・セウェールス Sulpicius Severus（360頃〜420／425頃）によって書かれた伝記には、死者の蘇生や癩病人の治癒等々、彼が行なったと称する奇蹟譚が満載されている。また、彼の外套を保存していた聖堂（ラ）カペッラ cappella から、チャペル chapel や礼拝堂付き司祭 chaplain などの言葉が生じた。

Sulpicius Severus Vita Sancti Martini/ Greg. Turon. 1-36/ etc.

マルドニオス　Mardonios, Μαρδόνιος, Mardonius,（伊）（西）Mardonio

（古代イーラーン名・Marduniya）（？〜前479）アカイメネース朝*ペルシア*の将軍、重臣。ダーレイオス1世*（大王）の姉妹を母にもち、また彼の姉妹は大王の妃の1人となる（⇒巻末系図024）。大王の娘アルトゾーストラー Artozostra を娶り、宮廷に重きをなす。イオーニアー*の反乱（前500〜前493）後、トラーケー*（トラーキアー*）、マケドニアー*方面へ遠征を命じられるが、アトース*岬で暴風雨のため艦隊が難破したので撤収した（前492）。次いで、クセルクセース1世*にギリシア征伐を説き、サラミース❶*の海戦（前480）に敗北した後も、ペルシア陸軍を率いてギリシアに残りアテーナイ*を再度占領破壊した（前499年7月）けれど、ほどなくボイオーティアー*地方のプラタイアイ*近くの合戦で奮闘中、スパルター*兵の投げた石に頭を打ち砕かれて死んだ。これは彼の従者がアンピアラーオス*の託宣所で見た夢告通りの最期であったと伝えられる。
⇒アルタバゾス❶、パウサニアース❶（スパルター王家の）
Herodot. 6-43〜45, -94, 7-5〜, -82, -121, 8-67〜, 9-1〜/ Plut. Arist. 5, 10〜19/ Diod. 11-1, -19, -28〜31/ Just. 2-13〜14/ Strab. 9-412/ Nep. Paus.1/ etc.

マルペーッサ　Marpessa, Μάρπησσα,（西）Marpesa,（露）Марпесса

ギリシア神話中、アイトーリアー*の王エウエーノス Euenos の娘（一説に父はオイノマーオス*という）。父王は娘の求婚者たちに戦車競走を挑み、次々に相手をうち負かしてはその首を刎ねていた。しかしついにイーダース*がポセイドーン*から授かった有翼の戦車で彼女を奪い去り、これに追いつけないことを恥じた父王は河に身を投げて果て、以来この河はエウエーノス河と呼ばれるようになった。次いでアポッローン*神がマルペーッサをさらおうとしたため、イーダースとアポッローンとの決闘になったが、大神ゼウス*が仲裁に入り、彼女本人に選択を委ねたところ、マルペーッサは"自分が年老いた時には神から見捨てられるに違いない"と思案して、人間のイーダースを伴侶に選んだという。

Hom. Il. 9-557〜/ Apollod. 1-7-8〜, -8-2/ Paus. 4-2-7/ Hyg. Fab. 242/ Plut. Mor. 315e/ Bacchyl. Dithyramb. 20-6/ etc.

マレオーティス（湖）　Mareotis limne, Μαρεῶτις（あるいは、マレイア（ー）Mareia, Μάρεια, Μαρεία, Marea）λίμνη,（英）Mareotic Lake,（仏）Lac Mariout,（伊）Lago Mareotide

（現・Birket-el-Maryūt, Buhrayat）エジプト北部、ネイロス*（ナイル）河デルタ地帯にある塩湖。三角州の西端、カノーボス*（カノーブス*）河口近くの地中海沿岸に位置する。アレクサンドレイア❶*市は、この湖と地中海との間の狭い砂州に建てられており、市街を貫く運河によって両者は結ばれている。湖岸周辺は上質の葡萄酒の産地で、家々が

系図385　マルペーッサ

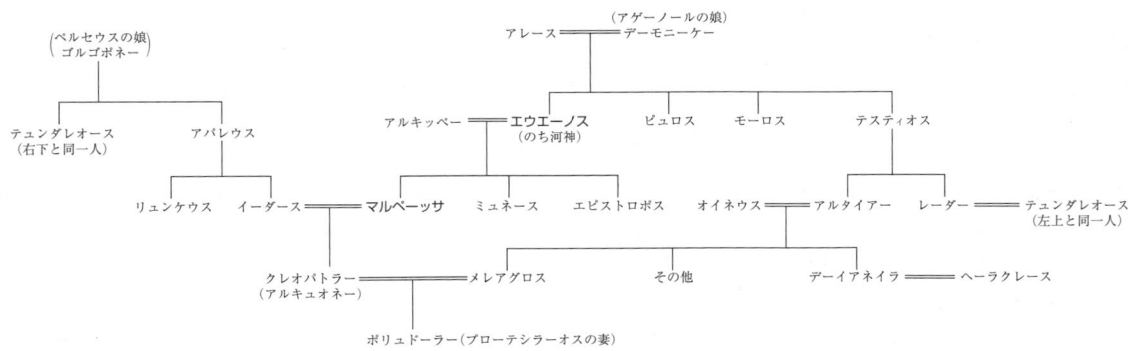

見事に建ち並んでいたという。湖の南方の放牧地帯には、ブーコロイ*（「牧人」の意）と呼ばれる人々が住んでいた。
Strab. 17-799/ Ael. N. A. 6-32/ Plin. N. H. 5-11/ Verg. G. 2-81/ Ptol. Geog. 4-5/ Just. 11-1/ etc.

マロボドゥウス　Maroboduus（古ゲルマン語のMērabadwaz、後代のMarbodのラテン語形），（英）（仏）（独）Marbod，（伊）Marboduo，（葡）Marbóduo

（前35／30頃～後37）ゲルマーニア*の有力な首長。スエービー*系のマルコマンニー*族の王族に生まれ、少年時代に人質としてローマへ送られ、アウグストゥス*帝の殊遇を得て自由教育を施された。長じてのち祖国に帰ると、マルコマンニー族を率いて南ゲルマーニアからボヘミア（ラ）Boihēnumへ移住、その地に王国を建設し、周囲に勢力を広げた（前9以後）。ローマ軍による侵略の危機は、イッリュリクム*に起きた反乱のおかげで回避され（後6）、以後テウトブルギウム*の戦い（後9）の際にも中立の立場を保ち（⇒ウァールス）、安定した統治を続けた。しかし、「王」という称号とローマとの友好関係のため、ゲルマーニア諸部族の不信をかい、ケルスキー*族の首長アルミニウス*の軍に敗れて、勢威を失う（17）。さらにティベリウス*帝の子・小ドルースス*の策略で、ゲルマーニアを放逐され、ローマ帝国に亡命を余儀なくされる（19）。彼を警戒していたティベリウスは、ローマ人の虜としてラウェンナ*に籠居することを許し、死去するまでの18年間ここに留めておいた。
Tac. Ann. 2-26, -44～46, -62～63, -88/ Vell. Pat. 2-108～109, -119/ Suet. Tib. 37/ Strab. 7-290/ Dio Cass. 55-28/ etc.

マンダネー　Mandane, Μανδάνη, (Mandana)

（前6世紀）メーディアー*王アステュアゲースの娘（⇒巻末系図024）。アカイメネース朝*ペルシア*帝国のキューロス2世*（大王）の母。父王はある時、彼女の放尿がアジア全土を浸水するという夢を見て、マゴイ*僧の夢占いに従い、自らの王位を脅かす貴族に王女を嫁がせずに、温厚な一ペルシア人カンビューセースKambyses（1世）に降嫁させた。ところが、彼女が結婚した年に、王はさらに、娘の陰部から1本の葡萄の樹が生え、それが全アジアを蔽い包んでしまう、という夢を見た。再び夢占いの僧から、彼女の産む子がやがて自分にとって代わって王になるであろう、と警告されて、王は孫のキューロスが生まれると、すぐさま廷臣ハルパゴス*に渡して殺害を命じた。関係項目を参照。
Herodot. 1-107～/ Xen. Cyr. 1-2, -3～/ etc.

マンティコーラース　Mantikhoras, Μαντιχώρας, （ラ）マンティコ（ー）ラMantichora，（英）Manticore，（仏）Manduce, Manicore，（独）Mantikor，（伊）（西）（葡）Manticora。より正しくは、マルティコラースMartikhoras, Μαρτιχόρας＜（古代ペルシア語）Martiya-khwar（人食い）に由来する。

インドないしエティオピア*に棲んでいた想像上の動物。人間の顔に獅子の体軀、蠍の尾をもつ怪獣で、非常に速く走り、好んで人肉を食うと伝えられる。学者パウサニアース❸*は、これをインドの人喰い虎のことだと説いている。
⇒カトーブレパース
Arist. Hist. An. 2-1/ Paus. 9-21-4/ Plin. N. H. 8-30-75, -45-107/ Ctesias/ etc.

マンティネイア　Mantineia, Μαντίνεια, Mantinea，（仏）Mantinée

（現・Mandínia）アルカディアー*の都市。5つの集落の集住（シュノイキスモス）synoikismosにより成立する（前500頃）。ペルシア戦争*後はスパルター*と友好関係を結び、アルカディアー諸国の対スパルター戦争（前470頃）に参戦せず、ヘイロータイ*の反乱（前464～455）の際にも大いにスパルターを助けた。穏和な民主政をしき、南のテゲアー*とは絶えず対立関係にあった。次第に力を強め、ペロポンネーソス戦争*中の前420年には、スパルターに敵対するアテーナイ*、アルゴス*、エーリス*などの諸都市と同盟を締結。以後、史上に名高い3度の戦闘がこの町の近郊で開かれた。

(1) 前418年、アルゴス、アテーナイ、マンティネイアの連合軍が、スパルター王アーギス2世*麾下の軍勢に敗走。ギリシア本土で行なわれた陸戦としては空前の規模であったという。

前387～前385年、マンティネイアを包囲したスパルター軍は、オピスOphis河の流れを変え水攻めにして攻略、市を破壊し住民を村落に分散移住させた。レウクトラ*の戦い（前371）ののち、テーバイ❶*のおかげで町が再建された（前370）にもかかわらず、市民はテーバイを恐れてスパルターと同盟を結んだ。

(2) 前362年、スパルターがエパメイノーンダース*指揮するテーバイ軍に敗れた時の戦場となる。マンティネイアはスパルターに味方し、この合戦で敵将エパメイノーンダースは勝利を得ながら戦死を遂げた。

その後、スパルターとの間に不和が生じ、アカーイアー同盟*に移ってスパルターと干戈を交えたが、たびたび同盟を裏切ったため、前223年、アラートス*は町の上流市民を処刑し、他の人々を奴隷としたうえ、市名をアンティゴネイアAntigoneia, Ἀντιγόνεια（マケドニアー*王アンティゴノス3世*にちなむ）と改称した。

(3) 前207年、ピロポイメーン*率いるアカーイアー同盟軍が、スパルターの僭主マカニダース*の軍勢を撃破した折も、この地が戦場となる。

後2世紀前半、ローマ皇帝ハドリアーヌス*の治世になって、ようやく市名は旧に復された（後125）。マンティネイアの伝承上の名祖は、リュカーオーン*の子マンティネウスMantineusといい、また市内には古王アルカス*（ゼウス*とカッリストー*の子）の遺骨が保存されていたと伝えられる。ゼウス*をはじめとする諸神の神殿のほか、ハドリアーヌス帝の寵愛した美青年アンティノウス*を祀った立派な

神殿があって、毎年の密儀と 5 年ごとの競技会が捧げられていた。

　市壁や塔門の基礎部分が残っており、列柱付きのアゴラー*や劇場などの遺跡が発掘されている。
テアートロン
⇒オルコメノス❷、メガロポリス（メガレー・ポリス）
Herodot. 9-35/ Thuc. 5-29, -43～, -64～/ Strab. 8-337/ Xen. Hell. 5-2, 7-18～/ Paus. 8-8～/ Plut. Arat. 45/ Polyb. 2-57～, 11-11～/ Diod. 12-78～, 15-82～/ Hom. Il. 2-607/ Ptol. Geog. 3-14/ Plin. N. H. 4-6-20/ etc.

マントー　Manto, Μαντώ,（露）Манто

　ギリシア伝説上の予言者テイレシアース*の娘。彼女自身も予言の術に秀で、また息子のモプソス❷*も有名な予言者となった。エピゴノイ*によってテーバイ❶*が攻略された時、彼女は戦利品としてデルポイ*のアポッローン*に献げられた。次いで神託に従って、小アジアのコロポーン*近郊にクラロス*の託宣所を創建。さらにイタリアへ移住して、マントゥア*（現・マントヴァ Mantova）市の名祖となったともいう。後代になると、アイネイアース*（アエネーアース*）を冥界へ導いたクーマエ*のシビュッレー*（シビュッラ*）と同一視されるようになる。祖国テーバイの滅亡を嘆くあまり彼女は泉に変身してしまったとする所伝も残っている。
⇒アルクマイオーン❶、モプソス
Apollod. 3-7-4, -7-7, Epit. 6-3/ Hyg. Fab. 128/ Eur. Phoen. 834, 953/ Ov. Met. 6-157, 9-285～/ Paus. 7-3-1～, 9-10-3, -33-2/ Verg. Aen. 10-199/ Diod. 4-68/ Stat. Theb. 7-758, 10-679/ Schol. ad Ap. Rhod. 1-308/ etc.

マントゥア　Mantua,（ギ）Mantūa, Μάντουα,（英）（独）（西）Mantua,（伊）Mantova,（仏）Mantoue,（ロンバルド語）Mantoa,（露）Мантуя

（現・マントヴァ Mantova）ガッリア・キサルピーナ*（ガッリア・トラーンスパダーナ*）の町。クレモーナ*の東方、パドゥス*（現・ポー）河の支流ミンキウス Mincius（現・Mincio）川沿いに位置する。エトルーリア*起源の町と思われ、伝説上の始祖はエトルーリアの英雄アウクヌス Aucnus（マントー*の子）ないし彼の部下だという。ウェルギリウス*の生地とされるが、実際に彼が生まれたのは近隣のアンデース Andes（現・Virgilio, かつての Angors）村である。
⇒マントー
Plin. N. H. 3-19-130/ Liv. 24-10/ Verg. Aen. 10-200～, G. 3-12/ Ov. Am. 3-15/ Sil. 8-595/ Ptol. Geog. 3-1/ Strab. 5-213/ etc.

マンドゥービイー（族）　Mandubii,（ギ）Mandūbioi, Μανδούβιοι,（英）Mandubians,（仏）Mandubiens,（伊）Mandubi,（西）Mandubios

⇒アレシア

マンマエア・ユーリア　Julia Mammaea
⇒ユーリア・マ（ン）マエア

マ（ー）ンリウス　Gens Manlia〔← Manlius〕,（ギ）Mallios, Μάλλιος, Manlios, Μάνλιος, Manlii

　ローマのパトリキイー*（貴族）の名門氏族。カピトーリーヌス*家やキンキンナートゥス*家、トルクァートゥス*家、ウルソー*家などに分かれ、共和政期の全時代を通じて国家の要職を占める人物を輩出。降って 6 世紀のボエーティウス*にまで至っている。
くだ
Liv. 2-43, -47, 6-2/ Dion. Hal. Ant. Rom. 9-5～6, -11～12/ Cic. Rep. 2-27, Off. 3-31/ etc.

マ（ー）ンリウス・ウルソー　Cn. Manlius Vulso
⇒ウルソー

マ（ー）ンリウス・カピトーリーヌス、マールクス　Marcus Manlius Capitolinus,（伊）（西）Marco Manlio Capitolino

（？－前 384）ローマの政治家・軍人。16 歳の時から戦場で武功をたて、前 392 年の執政官に選ばれる。その後、ガッリア*人がローマを占領した折に、部隊を率いてカピトーリウム*丘に籠城（前 390）、敵兵が断崖をよじ登って夜襲を試みた際には、ユーノー*の神殿に飼われていた鵞鳥の鳴き声に眠りを醒まされて、急遽兵士を集め、奮戦の末これを撃退した。こうして 7 ヵ月にわたるガッリア軍の包囲からカピトーリウムを固守したので、彼はカピトーリーヌスの異名を得、またユーノーの聖なる鵞鳥は毎年 8 月の祭礼に盛装して行列に加わることになったという。前 385 年、マンリウスは全財産を投げ出して、負債のために投獄されていた平民 400 人以上を救済し民衆の大変な人気を博した。そのせいで翌年、独裁者になろうとの陰謀を企てていると貴族から弾劾され、有罪判決を下された結果、タルペイヤ*の岩から突き落とされて死んだ（⇒カミッルス）。カピトーリウムにあった彼の家は根こそぎ掘り返され、そこにユーノー・モネータ J. Moneta の神殿が建てられ、以後この丘上には何人たりとも住居を構えることは許されないと定められた。またマンリウス氏*の者は、由来マールクスという個人名 praenomen を名乗らなくなったとも伝えられる。なお、カピトーリーヌスの家名 cognomen は、すでに彼以前から帯びられており、これは同家がカピトーリウム丘に居住していたことにちなんで付けられたもので、上記の異名伝承は作り話でしかない。
⇒ブレンヌス、スプリウス・カッシウス、スプリウス・マエリウス
Liv. 5-31, -47, 6-5, -11, -14～20/ Cic. Rep. 2-27, Phil. 1-13, 2-44/ Gell. N. A. 17-21/ Val. Max. 6-3-1/ Plut. Cam. 27, 36/ Diod. 14-116, 15-35/ Dion. Hal. Ant. Rom. 13-8/ etc.

マ（ー）ンリウス・トルクァートゥス　Manlius Torquatus

ミキプサ

⇒トルクァートゥス

ミキプサ Micipsa,（ギ）Mikipsas, Μικίψας,（ヌミディア語）Mkwsn

ヌミディア*王（在位・前148～前118）。マシニッサ*の嫡男で、父の死後、弟たちグルッサ*およびマスタナバル*と共同統治するが、後二者が相ついで病死したので、単独支配者となる。ローマとの友好関係を維持。死に臨んで王国を、実子ヒエンプサル1世*とアドヘルバル*、並びに甥にして養子のユグルタ*の3者に譲り、紛争の種を播く。⇒巻末系図035
Sall. Jug. 5～11/ Liv. Epit. 50, 62/ App. Pun. 70, Hisp. 67/ Diod. 35-1/ Zonar. 9-27/ Oros. 5-11, -15/ etc.

ミケーネ Mycene

⇒ミュケーナイ

ミコーン Mikon, Μίκων, Micon,（伊）Micone,（西）Micón

（前5世紀の人）アテーナイ*の画家・彫刻家。ポリュグノートス*、パナイノス*とともにストアー・ポイキレー*の壁画制作に当たり、彼は「アテーナイ人とアマゾーン*女族との戦闘図」を描いた（前460～）。とりわけ馬の絵を得意とし、テーセウス*神殿 Theseion の壁面に「馬人ケンタウロイ*族とラピタイ*族の戦闘図」を、ディオスクーロイ*神殿に「イアーソーン*とアルゴナウタイ*の船出の図」を描いたが、ある馬匹の専門家から馬の絵の誤りを指摘されたと伝えられる。
Paus. 1-15, -17, -18, 6-6/ Plin. N. H. 35-35/ Ael. N. A. 4-50/ Varro Ling. 8-12/ etc.

ミーセーヌム Misenum,（ギ）ミーセーノン Misenon, Μισηνόν,（仏）Misène,（伊）（西）Miseno

（現・Miseno）イタリア南西部カンパーニア*地方の沿岸、バーイアエ*の南3マイルに位置する岬および港町の名（⇒ミーセーノス）。神話中の人喰い人種ライストリューゴーン*人の住地と伝えられる。古くはクーマエ*（キューメー❷*）の港湾施設が築かれていたが、第2次ポエニー戦争*時にハンニバル❶*に反抗したため、破壊された（前214）。ローマ共和政期に別荘地として知られ、前39年にはこの近くでアントーニウス*、オクターウィアーヌス*（のちのアウグストゥス*）、セクストゥス・ポンペイユス*（大ポンペイユス*の次子）の巨頭会談が行なわれ、3者間に講和条約が締結された ── その折、前2者を旗艦に招待したポンペイユスは、部下のメーナース Menas の「2人を亡き者にしましょう」という進言を斥けたため、みすみすローマの支配者となり得る好機を逸している ──。前31年に M. ウィプサーニウス・アグリッパ*は、ミーセーヌムに海軍の基地を置き、以来帝政期を通じてこの地は、後400年頃まで、ローマ艦隊の主要な根拠地でありつづけた（⇒ラウェンナ）。元マリウス*の所有で、ルークッルス*の手を経て、帝室のものとなった別荘 villa や、劇場、アウグストゥス神殿などの遺跡を、現在も見ることができる。
Verg. Aen. 6-162～/ Mela 2-4/ Cic De Or. 2-14/ Tac. Ann. 4-5, 14-3～4/ Suet. Aug. 16, 49/ Plut. Ant. 32/ Dio Cass. 48-36/ Liv. 24-13/ Plin. Ep. 6-16/ Strab. 5-243/ etc.

ミーセーノス Misenos, Μισηνός,（ラ）ミーセーヌス Misenus,（伊）（西）Miseno

イタリアのミーセーヌム*岬の名祖。オデュッセウス*もしくはアイネイアース*（アエネーアース*）の従者。いかなる神よりも優れた喇叭手だと自慢したため、法螺貝を吹くトリートーン*神に海中へ突き落とされ溺死。ミーセーヌム岬に埋葬されたという。
Strab. 1-26/ Verg. Aen. 6-163～, -212～235/ Serv. ad Verg. Aen. 3-239/ Prop. 4-18/ Sil. 12-155/ Stat. Silv. 3-1/ etc.

ミダース Midas, Μίδας,（伊）Mida,（露）Мидас,（現ギリシア語）Mídhas,（アッシュリアー*語）Mi-ta-a, Mi-it-ta-a,（プリュギアー*語）Mida

プリュギアー*王国のなかば伝説上の王（在位・前738～前696頃）。ゴルディアース*（ゴルディオス*）の息子。父の跡を嗣いで即位し、キューメー❶*の王女を娶る。キュベレー*やディオニューソス*の秘儀を制定し、アンキューラ*（現・アンカラ）市を創建、国を豪富ならしめたが、のちキンメリオイ*人の侵寇に遭い、雄牛の血を飲んで自殺した。アッシュリアー*の記録では、ミタア Mitaa の名で現われ、前717年アッシュリアー王サルゴン2世 Sargon Ⅱ（Šarru-Kēn, 在位・前722～前705）の遠征軍と交戦したことが知られる。また、歴代プリュギアー王は交互にミダースとゴルディアースを名乗るしきたりになっていたともいう。

ギリシア神話において、ミダースはゴルディアースと女神キュベレーの子とされ、幼い頃に蟻の群が彼の口もとに麦粒を運ぶ異象が起こり、占卜者から「将来、巨万の富が彼の一身に集まるであろう」と予言されたという。オルペウス*に教育され、プリュギアー王となったのち、庭園の泉に酒を混ぜておいてディオニューソスの老師シーレーノス*（セイレーノス*）を泥酔させ、捉えたうえで彼を饗応し、さまざまな知恵や物語を聞き出してからディオニューソスの許へ送り届けた。10日間シーレーノスを歓待した返礼に、ディオニューソスから「何でも望みを1つだけ叶えてやろう」と約束されたところ、王は「私の触れるものがすべて黄金に変わりますように」と願った。その望みは叶えられたものの、彼が触れたものは飲食物までもことごとく金と化したため、空腹に耐えかねた王は間もなくディオ

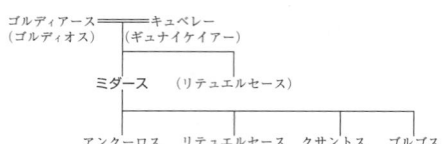

系図386　ミダース

ニューソスに救いを求めた。神はパクトーロス*川の源で身を浄めるように命じ、王はこれを実行して呪いから解放され、以来この川から砂金が採れるようになったという。

また、アポッローン*とパーン*（あるいはマルシュアース*）とが音楽の競技をした時に、審判役のトモーロス*山の神がアポッローンに勝利を与えたところ、ミダースがこの判定に異議を唱えたので、怒ったアポッローンによって王の耳は驢馬の耳に変えられてしまった。ミダースはいつもプリュギアー帽を被って両耳を隠していたが、王の理髪師がこれを知り、死刑をもって口外することを禁じられたため、ある日こっそりと地面に穴を掘って王の秘密を大地に打ち明けた。土をかけて穴を埋めておいたにもかかわらず、やがてその場所に葦が生え、風にそよぐたびに「ミダース王の耳は驢馬の耳」と囁くようになり、王の秘密は万人の知るところになったという（この話柄はAT782「ミダース王と驢馬の耳」としてインド・モンゴル・朝鮮など世界各地の民間伝承に広く伝播している）。

プリュギアーの地に巨大な割れ目が生じた時、「王のもつ最も貴重なものを投ずれば、ふさがるであろう」との神託があったので、ミダースは大量の金銀を割れ目に投じたが、何の変化もなかった。そこで王子のアンクーロス Ankhuros が馬にまたがって大地の裂け目に投身したところ、たちまち亀裂は閉じて元通りになった、という話も伝えられている。一説にミダース王は夢見が悪かったせいで精神に変調をきたし、雄牛の血を飲んで自ら命を絶ってしまったという。ミダース王の物語は後世、美術や文学の主題に好んで採り上げられた。なお、ゴルディオン*（現・Yassıhöyük）の廃墟には、いわゆる「ミダース王の墓」と称される巨大な墳墓遺跡が残っている。
⇒アッティス、オリュンポス（人名）、クルティウスの池
Herodot. 1-14, -35, 8-138/ Ael. V. H. 3-18, 12-45/ Ov. Met. 11-85〜/ Hyg. Fab. 191, 274/ Diod. 3-59/ Xen. An. 1-2/ Cic. Tusc. 1-48(114), Div. 1-36/ Strab. 1-61, 13-568, -571/ Plut. Mor. 168/ Paus. 1-4/ Val. Max. 1-6/ etc.

ミデアー　Midea, Μιδέα,（または、ミデイア Mideia, Μίδεια)

（現・Midhéa または Dendra）ギリシアのアルゴリス*地方にあった町。アルゴス*市の北東5マイル半の丘陵に位置する。伝承によると、ミュケーナイ*初代の王ペルセウス*（大神ゼウス*とダナエー*の子）が創建したという。前468年アルゴスがティーリュンス*市を滅ぼした時に、ミデアーをも破壊したと思われる。ミュケーナイ時代の都市遺跡が発掘されており、一群の岩室墓とアクロポリス*の城壁遺構を見ることができる。神話上の名祖は、ペルセウスの子エーレクトリュオーン*（アルクメーネー*の父）に愛されたプリュギアー*女ミデアーとされている。
Paus. 2-16, -25, 6-20, 8-27/ Xen. Hell. 7-1/ Apollod. 2-4, -5, -6/ Strab. 8-373/ Steph. Byz./ etc.

ミテュレーネー　Mitylene
⇒ミュティレーネー

ミトラース　Mithras, Μίθρας,（ラ）Mithra(s),または、ミトレース Mithres, Μίθρης,（伊）（西）（葡）Mitra,（露）Митра,（現ギリシア語）Míthras,（エラム語）Mi-iš-ša,（古代イーラーン語）（アヴェスター語）Miθra, Mithra,（古代インド・ヴェーダ語）（サンスクリット語）Mitra,（アラビア語）Mihra,（ペルシア語）Mehr,（パフラヴィー語）（アルメニア語）Mihr,（ソグド語）Mīr,（バクトリア語）Miiro

「盟約」「盟友」の意。アーリア系の光明神・太陽神。ゾロアスター*教においては、悪神アンラ・マンユ Angra-Mainyu に対する最高神アフラ・マズダー Ahra-Mazda の闘争における戦士。ゾロアスター以前の多神教イーラーンにおいては、真理・誓約・救済・幸福・光明を司る最も重要な神であった。その信仰は、アカイメネース朝*ペルシア*を征服したアレクサンドロス大王*並びに彼の後継者たるヘレニズム諸王国の下で拡大し、前68年ポンペイユス*の小アジア征服によってローマにも伝播した。とりわけ軍隊の支持を受け、圧倒的な勢いでローマ世界に流行、ヨーロッパやアーフリカ*など帝国領の辺境の地にまで礼拝堂や地下洞窟式の神殿（ラ）Mithraeum,（ギ）Mithraion, Μιθραῖον が建立された。ローマ帝国におけるミトラース教（ギ）Mithraismos, Μιθραισμός は、ペルシア本来の光明神ミスラ崇拝とはかなり異なっており、信徒は男性に限定され、7階梯に分けられて、救済のための密儀に与（あずか）った。ミトラースはプリュギアー*帽を被り、雄牛の背中にまたがって短剣をその首に突き刺して殺している美しい青年の姿で表現された。オリエント・ギリシア系の秘教（ミュステーリア*）の影響を受けて、タウロボリウム*（入信者に屠殺した雄牛の血を浴びせる儀式）なる「血の洗礼」を行ない、また聖餐や洗礼、復活と再臨、審判などの教義を説いた。ギリシア・ローマの太陽神ヘーリオス*＝ソール*の信仰と深く結びつき、12月25日には「無敵の太陽 Sol Invictus（ソール・インウィクトゥス）」ミトラースの生誕が祝われた。コンモドゥス*帝やディオクレーティアーヌス*帝、ユーリアーヌス*帝の治下、ミトラースはローマ軍の至高の守護者と見なされ、帝国の公的宗教の地位にまで高められたが、ほどなくキリスト教の台頭によって衰退（後4世紀）。ローマのアウェンティーヌス*丘に建つミトラース神殿は破却され、その後はわずかにマーニー*教の教説の中に余命を保った。なおコンモドゥスやユーリアーヌスらは、密儀の過程でミトラースに人間を生贄として捧げたといわれている。ミトラースはまた、永遠時間の神アイオーン Aion, Αἰών と習合して、体に蛇を巻きつけて立つ全裸の美青年の姿としても表わされている。後400年頃にローマ帝国内のミトラース神殿は、ことごとくキリスト教徒の手で破壊されたが、今日それらの遺跡が広く各地で発掘されている（ローマのサンタ・プリスカ Santa Prisca 教会やサン・クレメンテ San Clemente 教会の地

なお東方では、ミトラース神の名に由来するとされるマイトレーヤ Maitreya（弥勒菩薩）の崇拝や、阿弥陀佛（〈梵〉Amitāba 無量光佛）信仰など、仏教の救済神思想に影響を及ぼし、中央アジアを経て支那、朝鮮、日本にまで、その伝播のあとを辿ることができる。また、「もしもキリスト教がその拡大を停止していたならば、世界中がミトラース教化していたであろう」というエルネスト・ルナンの言葉も、広く人口に膾炙している。
⇒ミュステーリア、アナイーティス
Xen. Cyr. 7-5, 8-7, Oec. 4-24/ Strab. 15-732/ Stat. Theb. 1-717〜/ Plut. Pomp. 24, Artax. 4, 10, Mor. 174a〜, 369e/ Curtius 4-13/ S. H. A. Comm. 9/ Porph. De Antr. Nymph. 6/ Ael. V. H. 1-33/ Origen. c. Cels. 6-22/ Tertullian./ Hesych./ etc.

ミトラース教　Mithraismus
⇒ミトラース

ミトラダテース　Mithradates, Μιθραδάτης
⇒ミトリダテース

ミトリダテース　Mithridates, Μιθριδάτης, もしくは ミトラダテース Mithradates, Μιθραδάτης, Mitradates, Μιτραδάτης, （仏）Mithridate, Mitradate, （伊）Mitridate, Mitradate, （西）Mitrídates, Mitrádates

メーディアー*、ペルシア*系の男性名。ポントス*やアルメニアー*の諸王の名前にも見られる。

I．〔ポントス王〕

アカイメネース朝*の血統を主張するポントス王家の王のうち、最も重要なのが、ミトリダテース6世である。

❶ミトリダテース6世・エウパトール・ディオニューソス Mithridates VI Eupator Dionysos Εὐπάτωρ Διόνυσος（大王, Megas, Μέγας）,（ラ）Mithridates Magnus,（英）Mithridates the Great,（仏）Mithridate le Grand,（独）Mithridates der Große,（伊）Mitridate il Grande,（西）Mitrídates el Grande（前132頃〜前63）（在位・前120〜前63）ミトリダテース5世*の子（⇒巻末系図030）。父と同じく領土拡張政策を採り、黒海沿岸地域や小アジア各地を征服、前88年にはローマ*に宣戦してギリシアとマケドニアー*に侵入し、以来、3次にわたる対ローマ戦争（ローマ側からは、ミトリダテース戦争。前88〜前85、前83〜前81、前74〜前63）を展開した。ローマの苛酷な搾取に苦しんでいた小アジアやギリシアの大部分からは「解放者」として迎えられ、小アジア各都市では大王の勅令に従って、城壁内にいた全ローマ人およびイタリア人8万人（一説では15万人）が虐殺された。しかし、さしもの威勢を振るった彼も、前86年、味方についていたアテーナイ*の町が、ローマの将軍スッラ*によって凄絶な殺戮と略奪のうちに陥落するに及んで、ヨーロッパ大陸から放逐され、ローマと和平条約を結ばざるを得なくなる（前85年締結）。

大王はギリシア文化に通じた教養人で、数多の宦官や妻妾を擁する宮廷生活を送る一方、ギリシア文学の研究や芸術作品の蒐集に傾倒した。また二十数ヵ国語を話すことができたので、通訳の必要がなかったともいう。当時の男性のつねとして男女両色を好み、謀叛を企てた屈強なガラティアー*人有力者を皆殺しにした際に、最も美しい青年だけは格別のはからいで助命してやったという話も伝えられている。

残忍な母ラーオディケー Laodike（セレウコス朝*シュリアー*王アンティオコス4世*の娘）が夫王ミトリダテース5世を暗殺したため、幼くして即位するが、母や後見人たちから絶えず生命を狙われ、7年間狩人に変装して森に住んだ。しかるのち、母や兄弟を殺して王位の安泰を図り、姉妹のラーオディケー❸*と結婚、大勢の側妾のいる後宮を営んだ。その後も3人の妻妾と3人の息子、3人の娘、そして何人もの近親を殺害、ローマ軍に追撃された時には、妻妾や姉妹ら一族の女たちを宦官に命じて皆殺しにさせた。陰謀の渦巻く物騒な宮廷に生まれ育ったため、少年の頃より毎日少しずつ毒を飲んで、あらゆる種類の毒物に対する免疫性を身につけ、毒薬研究と解毒剤の発見という興味深い分野でも名を成した。ところが、殺さずにおいた息子パルナケース*（2世）の裏切りに遭い、ついに是非なく自ら死を選んだところ、それまで服用し続けていた解毒剤のせいで、刀の鞘に携帯していた毒を飲んでも死にきれず、側近のケルト*兵に命じて刺殺させたといわれる。在位57年。

ミトリダテース戦争に関係した人物については、カッパドキアー王アリオバルザネース*、ビーテューニアー王ニーコメーデース4世*、アルケラーオス❷*、アルメニアー王ティグラーネース1世*、スッラ*、フィンブリア*、ムーレーナ（❶*と❷*）、ルークッルス*、グラブリオー❷*、大ポンペイユス*、アクィーッリウス*、デーイオタロス*を参照のこと。

なお、今日でも毒消しを mithridate（英・仏）、毒物の服用量を次第に増してできる免毒性を mithridatismus 等と称するのは、大王の開発した解毒薬 Mithridatium, Μιθριδάτιον や彼のとった服用法に由来している。
App. Mith./ Plut. Sull., Luc., Mar., Pomp., Mor. 259/ Just. 37〜/ Strab. 7-306〜312, 11-499, 12-540〜/ Liv. Epit. 74〜78, 83, 92/ Diod. 36-15, 37-2, -27/ Dio Cass./ etc.

ポントス王国歴代のうちでミトリダテースを名乗ったのは以下の通りである（⇒巻末系図030）。

❷1世 M. I（前386頃〜前302）ミューシアーのキオス Kios, Κίος, Κείος 王（在位・前337頃〜前302）ダーレイオス❶*大王の裔を称するペルシア貴族。キオスの太守(サトラペース) Satrapes アリオバルザネース*の子にして後継者。84歳でアンティゴノス1世*に殺された。ポントス*王家の初祖と称されることもある。
⇒ダタメース
Xen. Cyr. 8-8, An. 7-8/ Diod. 15-90/ Arist. Pol. 5-10/

Lucian. Macr. 13/ etc.

❸2世 M. II クティステース Ktistes, Κτίστης(「創建者」の意)、(在位・前302～前266) ❶の息子あるいは甥。アンティゴノス1世*から逃れて、ポントス*王位を回復。アマセイア*に首都を定めた。ケルト*人の小アジア侵入を許した(⇒ガラティアー)。息子アリオバルザネース2世*(?～前250頃)が後を継いだ。実質上のポントス王国の確立者。
Diod. 16-90, 19-40, 20-111/ App. Mith. 9/ Lucian. Macr. 13/ Strab. 12-562/ Plut. Demetr. 4/ etc.

❹3世 M. III (在位・前250頃～前185頃) アリオバルザネース2世*の息子。❷の孫。セレウコス2世*の姉妹ラーオディケー Laodike を娶るが、アンティオコス・ヒエラクス*を援けて、小アジアから義兄弟セレウコス2世を駆逐しようとした。また娘のラーオディケー*をアンティオコス3世*に嫁がせた。子パルナケース1世*が後を継いだ。今日では、❷を1世 M. I とし、❸を2世 M. II (在位・前250頃～前220頃)と3世 M. III (在位・前220頃～前189／188。パルナケース1世の父)とに分ける説が有力になっている。
Polyb. 5-43, -74, 8-20, -21/ Diod. 20-111/ Polyaenus 7-29/ Just. 16-4, 38-5/ App. Mith. 9/ Euseb. Chron./ etc.

❺4世 M. IV Philopator Philadelphos, Φιλοπάτωρ Φιλάδελφος (在位・前169～前150頃) 兄弟パルナケース1世*の後継者。❸の息子。妻は自らの姉妹ラーオディケー Laodike。ローマ*と同盟を結ぶ。前150年頃死亡。異説では在位期間は、前155／154年～前152／151年とされる。
Polyb. 33-12/ Just. 38-5/ Euseb./ Memnon/ etc.

❻5世 M. V Euergetes, Εὐεργέτης (在位・前150頃～前120) パルナケース1世*の息子。❹の甥。ローマに協力して、第3次ポエニー戦争(前149～前146)に艦隊を提供、アリストニーコス❶*の乱鎮圧にも助勢し、報奨としてプリュギアー*を贈られた。娘ラーオディケー❺*をカッパドキアー*の少年王アリアラテース6世*と結婚させて、カッパドキアーにも勢力を扶植した。首都シノーペー*で側近に暗殺され、弑逆の黒幕たる妃ラーオディケー Laodike (アンティオコス4世*の娘)に有利な遺言が公表された。かくて、まだ幼い長男ミトリダテース6世(大王)が王位を継承することになる。
Polyb. 25-2, 33-12/ App. Mith. 10, 12, 56, 57/ Strab. 10-477, 12-545/ Just. 37-1, 38-5/ Gell. N. A. 11-10/ Oros. 5-10/ Eutrop. 4-20/ Memnon/ etc.

II. 〔パルティアー*の王〕
❶1世 M. I
⇒アルサケース6世
❷2世 M. II
⇒アルサケース9世
❸3世 M. III
⇒アルサケース13世
❹4世 M. IV (在位・後128／129～147頃)

アルサケース25世*(オスロエース*)の末期および同26世*(ウォロゲーセース2世*)の治世に、イーラーンで王位を主張した対立王。
⇒巻末系図109～110

その他、アカイメネース朝*ペルシア*の大王クセルクセース1世*を暗殺した宦官ミトリダテース(前5世紀中頃)や、小キューロス*の反乱に加担したペルシア帝国の高官ミトリダテース(前5世紀末)、またアカイメネース朝最後の王ダーレイオス3世*の女婿でグラーニーコス*の戦い(前334)でアレクサンドロス大王*の手にかかって斃れたミトリダテース、アルメニアー*の大王ティグラーネース*の女婿でメーディアー*・アトロパテーネー*の王ミトリダテース(前1世紀中頃)、アルメニアー王ミトリダテース(在位・後35～37)、ボスポロス*王ミトリダテース(在位・後41～45)、コンマーゲーネー*王のミトリダテース1世・2世、等々たくさんの同名異人がいる。
⇒巻末系図112, 113, 030, 033
Diod. 11-31, -69/ Xen. An. 2-5, 3-3, -4, 7-8/ Arr. Anab. 1-15, -16/ Polyb. 8-23/ Dio Cass. 35-14, 54-9/ Liv. 33-19/ Plut. Ant. 61, Luc. 31/ Tac. Ann. 12-15～/ Malalas/ etc.

ミトリダテース6世 Mithridates VI
⇒(ポントス王)ミトリダテース大王❶

ミトリダテース大王 Mithridates (Mithradates) the Great
⇒ミトリダテース6世(ポントス王)

ミニュアイ(族) Minyai, Μινύαι, Minyae (〈単〉ミニュアース Minyas, Μινύας)、(英)Minyans、(仏)Minyens、(独)Minyer、(伊)Minii、(西)Minias

先史時代のギリシアに居住していた民族名。南下してきたギリシア民族の最古層をなすと考えられる。神話上の名祖ミニュアース*の子孫を称し、オルコメノス*とイオールコス*両市を中心に、テッサリアー*からボイオーティアー*にわたって広く分布。さらにラコーニアー*(スパルター*周辺)、レームノス*島、テーラー*島、ペロポンネーソス*半島のエーリス*地方やアフリカ北岸のキューレーネー*市などにも領域を広げていった。アタマース*や、イアーソーン*とアルゴナウタイ*(アルゴナウテース*たち)の伝説と関連づけられており、レームノス島の住民が同族を主張するのは、アルゴナウテースたち(彼らはミニュアイとも呼ばれる)と島の女たちが交わって、彼らの先祖が生まれたという名高い伝承(⇒ヒュプシピュレー)によるものである。が、その6代目になって彼らはペラスゴイ人*により島を放逐され、スパルター*へ移住したとされている。
⇒エルギーノス、コーパーイス湖
Hom. Il. 2-511/ Pind. Pyth. 4-69, Ol. 14-5, Isthm. 1-56/ Herodot. 4-145～148/ Paus. 9-36, -38/ Strab. 8-374/ Ap. Rhod. Argon. 1-229～/ Diod. 4-10, -18, 15-79/ Tzetz. ad

Lycoph. 875/ Polyaenus 1–3/ etc.

ミニュアース　Minyas, Μινύας,（伊）Minia,（西）Minias

ギリシア神話中のミニュアイ*族の名祖。ポセイドーン*の子ないし孫で、ボイオーティアー*またはテッサリアー*の王。オルコメノス*を創建し、また初めて宝庫を建てたという。ミニュアデス Minyades, Μινυάδες と呼ばれる3人の娘があったが、彼女たちは酒の神ディオニューソス*の崇拝を軽蔑したため、少女に扮して現われた酒神により発狂させられ、自分たちの息子の1人ヒッパソス Hippasos を籤で選んで八つ裂きにし、その肉を食った（⇒ペンテウス）。次いで3人は蝙蝠に変えられたとも、鴉と蝙蝠と梟になったとも伝えられる。

いわゆる「ミニュアースの宝庫」としてオルコメノスに伝存するものは、ミュケーナイ*時代の大穹窿墓の遺跡である。

Paus. 9–36～, 10–29/ Ov. Met. 4–1～/ Ael. V. H. 3–42/ Schol. ad Hom. Il. 2–511, 22–227/ Ant. Lib. Met. 10/ Plut. Mor. 299e～/ Pind. Isthm. 1–56/ Schol. ad Ap. Rhod. Argon. 1–45, –230/ Tzetz. ad Lycoph. 874/ etc.

ミヌキア　Minucia,（ギ）Minūkiā, Μινουκία,（伊）Minuzia

（？～前337）ローマのミヌキウス氏 Gens Minucia 出身のウェスタ*の聖女（ウェスターリス*）。前337年、不貞の廉でポンティフェクス*（祭司）団に裁かれ、奴隷の証言により有罪を宣せられ、よってコッリーナ門 Porta Collina の傍らで生き埋めの刑に処せられた。由来、この場所は、潰された野 Sceleratus Campus と呼ばれるようになった。

⇒リキニア❷

Liv. 8–15/ Plut. Num. 10/ etc.

ミヌキウス・フェーリークス　Marcus Minucius Felix,（仏）Minucius Félix,（伊）Marco Minuzio Felice,（西）Marco Minucio Félix

（後2世紀後半～3世紀半頃）ローマのキリスト教護教家。属州アーフリカ*に生まれ、ローマで法律家となる。キケロー*の対話形式を模倣したその著『オクターウィウス Octavius』（200／245）は、最初のラテン語によるキリスト教護教論とされる。教養あるローマ人に宛てて記された本書は、古典作家からの引用も多く、優雅な文体で知られている。

⇒テルトゥッリアーヌス、アルノビウス

Arn. Adv. Nat. 8/ Hieron. De Vir. Ill. 58/ Lactant. Inst. Div. 5–1/ etc.

ミネルウァ　Minerva,（古くはメネルウァ Menerva）,（エトルーリア語）Menrva,（仏）Minerve

古代イタリア=ローマの技芸の女神。エトルーリア*起源と思われ、ギリシアのアテーナー*と早くから同一視された。ユーピテル*、ユーノー*とともにカピトーリウム*に三柱一座の形で合祀され、アウェンティーヌス*丘やエースクィリーヌス*丘などで、学問・工匠の守護神として崇拝を受けていた。カエリウス*丘麓の神殿は、前241年にファレリイー*の町を占領した時に建てられたもので、祭神はファレリイーから運んでこられたミネルウァ・カプタ M. Capta（捕えられたミネルウァ）と名づけられていた。3月19日がミネルウァの誕生日とされ、その日から5日間にわたり女神の祭典クィ（ー）ンクァートルース Quinquatrus が開催され、その間学校は休みとなった。パッラディウム*（パッラディオン*）と呼ばれる彼女の神像は、ウェスタ*神殿の内陣に安置され、アエネーアース*（アイネイアース*）がトロイアー*からもたらしたものであると言い伝えられていた。また6月13日は、小クィ（ー）ンクァートルース祭 Quinquatrus minusculae と称されて、3日間にわたり笛吹きの組合によって特に祝われた。

ミネルウァの名は、メーンス mens「知性・精神・勇気」に由来し、美術作品において彼女は武装し聖鳥梟をともない、時にはオリーヴの枝を持つ姿で表現された。後世ヨーロッパの寓意画では、ミネルウァは「知恵」の擬人像とされている。

Varro Ling. 5–74, 6–14/ Serv. ad Verg. Aen. 1–42, 11–259/ Ov. Fast. 3–812, 835～, 6–651～/ Juv. Sat. 10–115～/ Liv. 27–37, 44–20/ Festus 305, 446～448/ Quint. Inst. 1–4/ etc.

ミーノース　Minos, Μίνως,（伊）Minosse,（露）Минос,（現ギリシア語）Mínoas,（線文字A）Mwi-nu

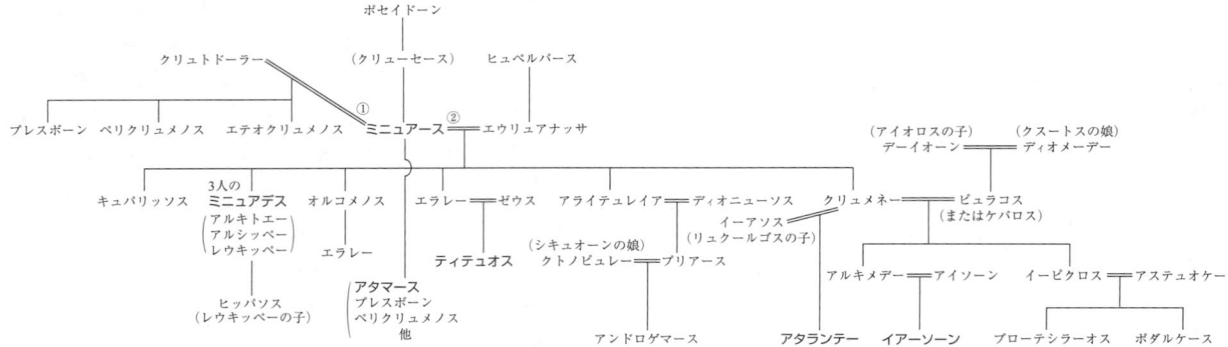

系図387　ミニュアース

伝説的なクレーター*（クレーテー*）王。ギリシア神話によれば、大神ゼウス*とエウローペー*の子で、ラダマンテュス*とサルペードーン*の兄弟。太陽神ヘーリオス*の娘パーシパエー*を妻とし、大勢の子女を儲ける（⇒巻末系図006）。兄弟を放逐してクレーター王位を独占し、艦隊を擁してエーゲ海*とその周辺全域に強大な海上支配権を確立。華麗な宮殿をクノーソス*（クノーッソス*）に営み、賢明な立法を行なって善政を布いたがため、死後も弟ラダマンテュスとともに冥界の裁判官に任ぜられたという。彼に関する伝承は、前2千年紀にクレーター島を中心に栄えたエーゲ海文明*（ミーノース文明（英）Minoan civilization）についてのギリシア人の知識を示しており、ミーノースなる名も、エジプトのファラオ（ギ）Pharaō と同じく、当時のクレーター王の称号、もしくは王朝名ではなかったかと考えられている。

ホメーロス*以来、ミーノースは「ゼウスの友」「最も強力な王者」と謳われ、9年ごとにイーダー*（イーデー❷*）山中の洞窟でゼウス自身から法律を授かり、先ギリシア時代のクレーターの国制を定めたと伝えられる。王位継承に当たって、彼は神意が自分にあることの証拠として、ポセイドーン*に海底から犠牲獣を送り出すよう祈ったが、いざ白い雄牛が波間より姿を現わすと、その美しさに心奪われて生贄に捧げるのが惜しくなり、他の牛を屠って海神の祭壇に供した。怒ったポセイドーンは雄牛を狂乱させ（ヘーラクレース*第7の功業）、さらに王妃パーシパエーの胸にこの牛に対する抑え難い欲情を吹き込んだため、彼女は雄牛と交わって牛頭人身の怪物ミーノータウロス*を産むに至った。王は名工ダイダロス*に命じて迷宮ラビュリントス*を建造させると、ミーノータウロスをその奥に封じ込め、人肉でこの牛人を養った。ミーノースはまた、息子アンドロゲオース*の横死に報復するべくアッティケー*へ膺懲軍を進め、メガラ市を陥落させたうえ（⇒ニーソス❶、スキュッラ❷）、アテーナイ*をも降伏させて、毎年ミーノータウロスの餌食となる若い男女を送るという義務を負わせた。のち逃亡したダイダロスを追跡してシケリアー*（現・シチリア）島まで赴き、その地の王コーカロス*に欺かれて浴室で暗殺されて果てたという。

ミーノースは正妃パーシパエーの他にも大勢の女を愛し、ために嫉妬深い王妃に呪いをかけられ、性交の際精子の代わりに毒蛇や蠍を射出して相手の女を殺してしまうようになったが、やがてプロクリス*（ケパロス*の妻）によってこの奇病を癒やされたという。また王は男色も大いに好み、美少年ミーレートス*ないしアテュムニオス Atymnios（カッシオペイア*の子）をめぐって兄弟と争い、王女アリアドネー*の略奪者たるテーセウス*とも愛を交してこれにもう1人の王女パイドラー*を娶らせた等の話のほか、美男子ガニュメーデース*を誘拐したのもゼウスではなく彼であるという伝承も残っている。王位を継いだ息子のデウカリオーン Deukalion（イードメネウス*の父）は、のちにテーセウスによって殺され、アリアドネーが島の統治に当たることになったといわれる。一説に、アテーナイを攻撃して残忍な朝貢を強いたのは、大王ミーノースではなく、同名の孫ミーノース2世であるといい、あるいはまた、大王は死んだ息子アンドロゲオースを記念して競技を催し、勝者にアテーナイからの若者たちを奴隷として与えたに過ぎないともいう。哲学者プラトーン*の作品に法の定義を内容とする対話篇『ミーノース』（現存）がある。また、シケリアー島に埋葬されたミーノースの遺体は、前5世紀にアクラガース*の僭主テーローン*の手でクレーターに返還されたと伝えられている。

⇒カトレウス、グラウコス❸、ヘーラクレーア❸

Hom. Il. 13-448～, 14-322～, Od. 11-568～, 17-523, 19-178/ Herodot. 1-171～, 7-170～/ Ap. Rhod. Arg. 2-516, 4-1564/ Apollod. 2-5-7, 3-1-1～, -15-7～8, Epit. 1-12～/ Hyg. Fab. 41/ Ath. 13-601e/ Diod. 4-60～/ Paus. 1-1, -17, -19, -22, 3-4, 7-4/ Strab. 10-476～/ Pl. Minos/ Thuc. 1-4/ Ov. Met. 7-456～/ etc.

ミーノータウロス Minotauros, Μινώταυρος, Minotaurus, （英）（独）Minotaur, （仏）Minotaure, （伊）（西）（葡）Minotauro, （露）Минотавр, （現ギリシア語）Minótavros

「ミーノース*の雄牛」の意。ギリシア神話に登場する牛頭人身の怪物。本名アステリオス Asterios, Ἀστέριος。クレーター*（クレーテー*）王ミーノース*の妃パーシパエー*が雄牛と交わって産んだ子。ミーノースは名工ダイダロス*に命じて、一旦入れば出口のわからなくなる迷宮ラビュリントス*をクノーソス*に造らせ、ミーノータウロスをその中に閉じこめ、アテーナイ*から送られてくる青年男女を餌食として与えていた。ところが、のち生贄の一人となってアテーナイからやって来た英雄テーセウス*の手で怪物は息の根を止められたという。

ミーノータウロスの物語は、先史時代、エーゲ海文明*の中心地として栄えたクレーター島に見られた雄牛崇拝の儀式を、遙か後世のギリシア人が誤り伝えたものと思われる。しかしまた、古代地中海世界に広く行なわれていた若者を神に捧げる人身供犠の風習（セム系のバアル＝モロク Ba'al Molokh など）の名残を認めることもできる。

テーセウスのミーノータウロス退治の場面は、古代から彫刻や陶画、フレスコ画、モザイク画などの題材として好まれ、少なからぬ作例が伝存する。

⇒アリアドネー、巻末系図005

Apollod. 3-1-4, -15-8, Epit. 1-7/ Diod. 1-61, 4-61, -77/ Plut. Thes. 15～/ Paus. 1-22, -24, -27, 3-18/ Hyg. Fab. 40～42/ Ov. Met. 8-167～/ etc.

ミムネルモス Mimnermos, Μίμνερμος, Mimnermus, （仏）Mimnerme, （伊）（西）Mimnermo

（前7世紀中頃～後半）ギリシアの詩人・音楽家。イオーニアー*のコロポーン*ないしスミュルナー*の人。アルキロコス*やカッリーノス*と同様にエレゲイオン elegeion 調詩の創始者と呼ばれる。ソローン*よりやや早い時期に活

躍。青春のうつろいやすさと老醜の悲哀・人生の無常を嘆く詩や、スミュルナー市の歴史を扱った長篇詩『スミュルネーイス Smyrneis, Σμυρνηίς』、アルゴナウタイ*（アルゴナウテース*たち）や、ティートーノス*など神話を題材とした詩に多様な才能を発揮。また男女両色の快楽を好む恋愛詩人として知られ、年老いてから笛吹き女ナンノー Nanno に恋したともいい、ヘレニズム時代に伝わっていた彼の詩集2篇のうちの1つには『ナンノー』の名が冠せられていた。「老境に入れば、美少年からも女性からも相手にされない」と嗟歎する作品など、僅かな断片しか残存しない。しばしばテオグニス*に帰せられる「人間にとって一番良いのはこの世に生まれて来ぬこと。次になるたけ早くあの世へ行くこと」といった意味合いの詩は、ミムネルモスの作だともいう。一説に甲高い声をしていたのでリギュスティアデース Ligystiades（またはリギュアスタデース Ligyastades。澄んだ声の持ち主）と渾名されたといわれる。
⇒クラロスのアンティマコス、ヘルメーシアナクス
Mimnermus Fr./ Strab. 1-46, 14-633, -634, -643/ Paus. 9-29/ Plut. Mor. 931e/ Hor. Epist. 2-2-101/ Plop. 1-9-11/ Diog. Laert. 1-60/ Ath. 11-470, 13-597/ Anth. Pal. 12-168/ Suda/ etc.

ミュカレー　Mykale, Μυκάλη, Mycale.（現ギリシア語）Mikáli

（現・Samsun Dağı）小アジア西岸、カーリアー*にある岬の名。山状をなしてサモス*島に向かって伸びており、北斜面のポセイドーン*聖域はイオーニアー*同盟の本部とされ、毎年祭典パンイオーニア Panionia, Πανιώνια（全イオーニアー祭）がこの地で開催された。

前479年、スパルター*王レオーテュキダース*の指揮するギリシア連合艦隊は、ミュカレー岬に上陸していたペルシア海軍を攻撃し、敵陣営のイオーニアー人に反乱を勧告して寝返らせ、大勝をおさめた。奇しくもプラタイアイ*でマルドニオス*が敗死したのと同日（前479年8月20日）の出来事だったと伝えられ、これによりイオーニアー都市は独立を回復し、エーゲ海の制海権はギリシア側にもたらされることになった（⇒ペルシア戦争）。
Herodot. 1-148, 7-80, 9-90～106/ Thuc. 1-14, -89, 8-79/ Hom. Il. 2-869/ Diod. 19-34/ Paus. 5-7, 7-4/ Strab. 12-621, -629/ Ael. V. H. 2-25/ Ptol. Geog. 5-2/ Steph. Byz./ etc.

ミュケーナイ　Mykenai, Μυκῆναι, Mycenae（または、ミュケーネー Mykene, Μυκήνη, Mycene, 時に Mycena),（仏）Mycènes,（独）Mykenä, Mykene,（伊）Micene,（西）（葡）Micenas,（露）Микены,（和）ミケーネ

（現・Mikínes, Mikíne）ギリシア世界最古の都市の1つ。ペロポンネーソス*半島東北部アルゴリス*地方の要害の地にあった古代都市で、新石器時代より先ギリシア人ペラスゴイ*が居住していた。前2000年頃から南下した第一波のギリシア人（アカイオイ*）によって征服された（前1900）が、進んだエーゲ文明*（クレーター*文化）に触れた彼らは、その影響を強く受けながら独自のミュケーナイ文化（後期エーゲ文明）を開花させた（前1600頃～前1200頃）。伝承では英雄ペルセウス*の創建になり、名祖はイーナコス*の娘ミュケーネー（一説にはペルセウスが剣の鞘の先端（鐺）ミューケース mykes の落ちた地に市を建設したことから名づけられたという）。王はアルゴリス全土を支配して富強を誇り、トロイアー戦争*の折にはミュケーナイ王アガメムノーン*がギリシア軍の総帥となって遠征を指揮している。強大な権力を擁したミュケーナイ王国も、ヘーラクレイダイ*（ヘーラクレース*の後裔）の帰還後は、新たにアルゴス*の支配者となったドーリス*系ギリシア人に占領されて俄かに衰えた。歴史時代にはペルシア戦争*の際、ギリシア連合軍に参加した（前480～前479）が、そのことが隣国アルゴスの嫉妬をかい、前468年、アルゴス軍による攻撃を受け、飢餓に苦しんだあげく降伏、町は破壊された。

19世紀後半の1876年にドイツ人ハインリッヒ・シュリーマン Heinrich Schliemann (1822～1890) が発掘を始めて以来、巨石を用いた獅子門やキュクローペス*式の堅固な城壁、"アガメムノーンの仮面" 他のおびただしい黄金製品、"アトレウス*の宝庫" と呼ばれる蜂の巣状の穹窿墓、メガロン Megaron（大広間）を中心とする王宮、円形墳墓、等々おもに前16世紀～前13世紀の遺跡が明らかにされている。「黄金に富める」とホメーロス*にうたわれたミュケーナイは、前1500年頃にはクレーターを圧して東地中海の貿易権・海上権を握るが、その文化はクレーターの開放的で洗練された優美な傾向に比して、好戦的で簡素、いささか武骨な要素が強いと評される。ミュケーナイ文化はペロポンネーソスのティーリュンス*やピュロス*をはじめ、オルコメノス*、テーバイ❶*、アテーナイ*、テッサリアー*地方、さらにはキュプロス*島、ロドス*島、小アジアのトロイアー*などにも広く及んでいる。
Hom. Il. 2-569～, 4-376, 7-180, 11-46, Od. 2-120, 3-305/ Pind. Pyth. 4-49/ Soph. El./ Eur. I. T. 846/ Herodot. 7-202, 9-27, -28, -31/ Paus. 2-15～, 5-23, 7-25, 8-27/ Strab. 8-372, -373/ Mela 2-3/ Verg. Aen. 6-838/ Ov. Met. 6-414, 15-426/ Diod. 11-65/ Steph. Byz./ etc.

ミューシアー　Mysia, Μυσία,（〈ラ〉ミューシア),（仏）Mysie,（独）Mysien,（伊）（西）Misia

（現・Misya）小アジア西北部の地方。エーゲ海東北沿岸およびプロポンティス*（マルマラ海）に面し、東でビーテューニアー*、プリュギアー*と、南でリューディアー*に接している。主要都市はペルガモン*、キュージコス*、ランプサコス*、アビュードス❶*、アッソス* など。ミューシアー人はすでに『イーリアス*』に登場し、トロイアー*に加勢してギリシア軍と戦っている。その起源は不明だが、ヨーロッパ側のトラーキアー*（トラーケー*）地方を征服した好戦的な民族で、モエシア*人と同族とする説と、リューディアー人、カーリアー*人と祭祀を共通にするこ

とから、これらと同系統の種族であるとする説とが古代より行なわれている。ヨーロッパとアジアを繋ぐ要地であるため、旧くから諸民族の侵入が絶えず、歴史時代にはリューディアー王国、次いでペルシア帝国*に臣従し、アレクサンドロス大王*の征服（前334）を経てセレウコス*朝シュリアー*領となり、アパメイア*の和約（前188）後、ペルガモン*王国の支配下に入った。前133年、ペルガモン王国の断絶後、ローマの属州アジア*に編入され、通常北の小ミューシア Mysia Minor (M. Hellespontica プロポンティス側)と南の大ミューシア Mysia Major (M. Pergamene エーゲ海側)に区別されていた。トロイアー周辺のトローアス*地方を含み、イーデー❶*山やオリュンポス*山があり、テーレポス*（ヘーラクレース*の息子）の物語の舞台になるなど、神話伝説でもなじみ深い。ローマ時代にはミューシアー人は、その沈鬱で涙もろい性質から葬儀の際の慟哭者としてよく用いられた。上質の牡蠣や小麦、また石棺に愛用される特殊な石サルコパゴス*などを産した。

⇒グラーニーコス河、テーレポス

Hom. Il. 2-858, 10-430, 13-5, 14-512, 24-278/ Herodot. 1-28, -160, -171, 7-20, -74-/ Strab. 12-564～, 13-1～/ Plin. N. H. 5-33, -40/ Ptol. Geog. 5-2/ Luc. 9-959/ Xen. Ages. 1-14/ Steph. Byz./ etc.

ミュージアム　Museum
⇒ムーセイオン（の英語形）

ミュース　Mys, Μῦς,（現ギリシア語）Mís
（前5世紀中頃）ギリシアの銀細工彫刻師。名匠ペイディアース*が造ったアテーナイ*のアクロポリス*丘上に立つ巨像アテーナー*・プロマコス Promakhos, Πρόμαχος の楯に、ラピタイ*族とケンタウロス*たちの戦いなどの浮き彫りをほどこした（下絵はパッラシオス*）。

なお、この青銅のアテーナー女神像は、マラトーン*の戦い（前490）でペルシア軍から得た戦利品をもとに造られた傑作で、その槍の穂先と兜の頭頂飾りはスーニオン*岬を航行して来る船人に、いち早く望見されたという。

⇒メントール

Paus. 1-28/ Plin. N. H. 33-55/ Ath. 11-782b/ Prop. 3-9/ Mart. 8-34/ etc.

ミューズ　Muse
⇒女神ムーサ*（の英・仏語形）

ミュステーリア　Mysteria, Μυστήρια,（英）Mysteries,（仏）Mystères,（独）Mysterien,（伊）Misteri,（西）Misterios

ギリシアの密儀宗教。入信者 mystai, μύσται のみが参加できる秘密の儀式を伴った祭礼で、ギリシア各地においてさまざまな神格に対して行なわれた。主要なものとしては、ディオニューソス*（⇒オルペウス教）、デーメーテール*、カベイロイ*、キュベレー*などの秘教が知られ、ローマ帝政期になるとさらにエジプトのイーシス*崇拝、ペルシア系のミトラース*教、ユダヤ系のキリスト教がこれらに加わった。古代を通じてとりわけ有名だったのは、アッティケー*地方の豊饒儀礼に由来するエレウシース*の秘儀 Eleusinia Mysteria, ’Ελευσίνια Μυστήρια で、これは歴代エウモルピダイ*家出身の最高神官ヒエロパンテース Hierophantes, ‘Ιεροφάντης が、松明持ちや巫女ら大勢の補佐を得て執り行なう両女神デーメーテールとペルセポネー*の祭事であった。アテーナイ*がエレウシースを併合した前7世紀以降、この秘教は特に盛んになり、前5世紀のペリクレース*時代にはディオニューソスをもイアッコス*の名のもとにとり入れ、汎ギリシア的な宗教へと大発展を遂げていった。毎年、春と秋に小・大のミュステーリアが開かれ、アンテステーリオーン Anthesterion 月（今の2～3月）の小ミュステーリアでは、イーリーソス Ilisos 河畔においてペルセポネーの冥界から地上への帰還が祝われ、ボエードロミオーン Boedromion 月（9～10月）の大ミュステーリアでは、ペルセポネーが冥界へ攫われた故事を記念して、アテーナイとエレウシースで9日間にわたり盛大な祭典が営まれた。この折、アテーナイからエレウシースへ向かって「聖なる道 hiera hodos, ἱερὰ ὁδός」に荘厳な行列が繰り広げられ、エレウシースに到着すると、神域内の聖殿テレステーリオン Telesterion, Τελεστήριον 内において入信者だけに秘儀が伝授された。入信するには水浴と一定期間の断食によって身を浄めたのち、審査に合格しなくてはならず、殺人や瀆神罪を犯した者、ならびに聖呪文をギリシア語で唱えられない者は除外された（そのため母親殺しのネロー*帝は参列できなかった）。密儀の内容は部外者には絶対に極秘とされ、アイスキュロス*は儀式の細部を洩らすかのような数行を歌っただけで処刑されそうになり、アルキビアデース*は宴席で秘儀の一部を演じるという軽率な行為の故に死刑を宣告された。よって詳細は不詳だが、デーメーテールを祀る聖餐式（薄い粥状の飲物キュケオーン Kykeon, Κυκεών を飲み、聖菓を食べる）ののち、多産の呪物たる神聖な陽物 phallos の開示や、死と再生を象徴する典礼劇（そのクライマックスはデーメーテールとゼウス*の聖婚）などが演じられたものと推測される。

デーメーテールのミュステーリアは、この他アッティケーの各地やアルカディアー*、メッセーニアー*においても開催されていた。ヘレニズム時代にはディオニューソスやサバージオス*やキュベレーの恍惚たる宗教的狂乱を伴うミュステーリアがもてはやされ、ローマ時代になると来世の浄福を信者に約束するオリエント起源の密儀宗教が次々と導入されてミュステーリアは盛行を極めた。

なお、ミュステーリアの単数形ミュステーリオン mysterion（〈ラ〉ミュステーリウム mysterium）から、後代の「神秘」「謎」「秘密」を意味する言葉、ミステリー（英）mystery,（仏）mystère,（独）Mystery 等が派生している。

⇒タウロボリウム、グノーシス派

Herodot. 2-51/ Xen. Hell. 1-4/ Thuc. 6-28/ Isoc. 16/ Cic. Nat. D. 2-24, Leg. 2-14/ Tertullian. Apol. 39/ Clem. Al.

Strom. 5, Protr. 2-20/ Suet. Ner. 34/ Paus. 1-36〜, 2-14, 8-15, 9-30-4〜, 10-7-2/ Diog. Laert. 6-39/ Plut. Mor. 217c, 229d, 236d, 611d/ etc.

ミュゼー Musée
⇒ムーセイオン（の仏語形）

ミュソーン Myson, Μύσων,（伊）Misone,（西）Misón,（現ギリシア語）Mísonas

（前7〜前6世紀）ギリシア七賢人*の1人とされる男性。テッサリアー*の山オイテー*地域ないしラコーニアー*地方の村ケーナイ Khenai, Χῆναι（ケーン Khen, Χήν）の出身。同じく七賢人の1人キーローン*もしくはアナカルシス*が、「最も賢い人は誰か」とアポッローン*の神託を問うた折に「それはミュソーンだ」との答えが返って来た。ミュソーンは人間嫌いで、人里離れた場所で笑っているのをある人が見つけて、「誰もいないのになぜ笑っているのか」と訊ねたところ、彼は「誰もいないからだよ」と答えたという。97歳で死んだと伝えられる。

他に「クロイソス*王の処刑」の場面を赤絵式で描いた陶器（現・ルーヴル美術館蔵）の画家ミュソーン（前5世紀初頭の人）が知られている。
⇒ティーモーン❶
Pl. Prt. 343a/ Diog. Laert. 1-106〜/ Paus. 10-24/ Diod. 9 Frag. 5〜7/ Steph. Byz./ etc.

ミュッラー Myrrha, Μύρρα,（仏）（独）Myrrhe,（伊）（西）Mirra（露）Мирра,（現ギリシア語）Mírra または、（アイオリス*方言）**スミュルナー** Smyrna, Σμύρνα, **ズミュルナー** Zmyrna, Ζμύρνα,（伊）Smirna,（西）Esmirna

ギリシア神話中、父親のキュプロス*王キニュラース*（またはアッシュリアー*王テイアース Theias）を愛し、これと交わって美少年アドーニス*を産んだ王女。彼女はアプロディーテー*を崇拝しなかったので、女神の怒りをかって実父に対する烈しい恋に襲われ、乳母の手引きで何も知らぬ父と12夜にわたり床を共にした。最後の夜に父は気付き、刀を抜いて娘を斬らんとしたが、彼女は神々に祈って没薬（スミュルナー）の木に変身した。10ヵ月の後、その樹皮が裂けて生まれたのがアドーニスであるという。

なお、没薬（〈ヘブライ語〉mōr,〈アラビア語〉murr,〈英〉myrrh,〈仏〉myrrhe,〈独〉Myrrhe）は、古代オリエント以来、高価な香料として貴重視され、神殿の祭壇で焚かれたり、大司祭や帝王の頭部に注ぐ聖油に混ぜられたりしたほか、麻薬や媚薬、経通剤、死体防腐剤といった薬用品としても愛好された。
Apollod. 3-14-4/ Ov. Met. 10-311〜/ Plin. N. H. 12-35/ Hyg. Fab. 58/ Ant. Lib. Met. 34/ Lucian. Syr. D. 6/ Lycoph. 829/ etc.

ミュティレーネー Mytilene, Μυτιλήνη,（仏）Mytilène,（伊）（西）Mitilene,（トルコ語）Midilli または、**ミテュレーネー** Mitylene, Μιτυλήνη, ミュティレーナー Mytilēnā, Μυτιλήνα,（ラテン語別形）Mytilenae

（現・Mitilíni）レスボス*島の主邑。島の東南方、小アジア沿岸に向かい合った港湾都市。名祖は同島の古王マカル Makar（または、マカレウス Makareus）の娘ミュティレーネー（メーテュムナー*の姉妹）。アイオリス*系ギリシア人の重要な居住地として知られ、オレステース*の子ペンティロス Penthilos の後裔を称するペンティリダイ Penthilidai 家が支配、ここを母市として小アジアのミューシアー*や北方トラーケー*（トラーキアー*）沿岸に植民市を建設し、海上貿易を通じて大いに繁栄した。前6世紀初頭には、これら植民市の1つシーゲイオン*（現・Yenişehir）の領有をめぐってアテーナイ*と交戦、コリントス*の僭主ペリアンドロス*の調停でシーゲイオンの請求権を放棄したものの、この頃がミュティレーネーの最盛期であった。ペンティリダイ一門が領主の地位を逐われて以来、有力貴族間に政争が絶えず、前591年にはギリシア七賢人*の1人ピッタコス*が民衆に推されて統治者 Aisymnētēs（アイシュムネーテース）となり、内戦を調停。当時ミュティレーネーでは、ギリシア抒情詩を代表するアルカイオス*とサッポー*が活躍し（サッポーの生地はレスボス島西南岸の都市エレソス Eresos）、両者の間に交された歌も残っている。ペルシア戦争*後、デーロス同盟*の一員となる（前477）が、アテーナイの横暴に耐えかねて、前428年6月末レスボス諸市を主導して反乱に起ち上がり、スパルター*軍の来援を期待。しかし、寡頭政に対する下層民の不満から内訌が生じ、翌前427年6月にはアテーナイに降伏した。アテーナイ民会は「ミュティレーネーの全成年男子の死刑と婦女子の奴隷化」を決議したものの（⇒クレオーン）、間もなく命令を撤回し、ミュティレーネー市民がまさに処刑されようとしているところへ、間一髪で赦免の通知が届いたという（⇒メーロス）。城壁と艦隊を失ったミュティレーネーは、同じペロポンネーソス*戦争（前431〜前404）の後半にも再び同盟を離脱した（前412）が、すぐさまアテーナイ軍に占拠されて領土の大半を没収され、破滅の危機に瀕した。前4世紀を通じてアテーナイ、次いでペルシア帝国*（前357〜前333）に屈従を余儀なくされ、ヘレニズム時代以降はアテーナイ、ロドス*と並ぶ学問の府として名を高めた。ローマとの関係は、ミトリダテース*戦争に加わって劫掠された（前80〜前79）とき以外は、良好に保たれ、同市の出身者で史家のテオパネース Theophanes のとりなしで大ポンペイユス*から自由市の特権を与えられた（その功績ゆえにテオパネースは死後神格化され貨幣に肖像を刻印される）。ローマ帝政期に入ると、同市は著名人士の隠栖・遊閑の地となった。

古代の港湾施設やアクロポリス*の城壁、大ポンペイユスがローマ市初の石造劇場（ポンペイユス劇場）を建てる際に範と仰いだ円形の野外劇場（テアートロン*）、ヘレニズム時代の喜劇の情景を表現したモザイク舗床、ローマ時代の水道（アクアエドゥクトゥス*）、墓

地などの遺跡が発掘されている。
Herodot. 5-94～95/ Thuc. 3-2～50, 4-52, -75, 8-22～23/ Strab. 13-599～600, -617～618/ Arist. Pol. 3-14(1285a)/ Tac. Ann. 6-18, 14-53/ Plut. Pomp. 42/ Vitr. De Arch. 1-6/ Paus. 8-30/ Xen. Hell. 1-6/ Ath. 10-425/ Ael. V. H. 7-15/ etc.

ミュラー　Myrrha
⇒ミュッラー

ミューライ　Mylai, Μυλαί, Μύλαι,（ラ）ミューラエ Mylae, ミューレー Myle,（仏）Myles
（現・Milazzo, または Melazzo,〈シチリア語〉Milazzu）シケリアー*（現・シチリア）島北東岸の岬にある町の名。ギリシア神話中、太陽神ヘーリオス*の牛群はミューライの沃野に放牧されていたといい、先史時代以来の遺跡が周辺から出土している。町は前717／716年頃、ザンクレー*（現・メッシーナ）の植民市として創建され、ペロポンネーソス戦争*では一時アテーナイ*軍に占領されている（前426）。

ミューライの沖で、第1次ポエニー戦争*（前264～前241）中の前260年、ローマ*の執政官コーンスル*、ガーイウス・ドゥイーリウス*は、新工夫の跳ね橋 corvus（「鴉」の意）を軍艦の船首に取り付けて、カルターゴー*艦隊に大勝を収め、敵将ハンニバル❸*の船を含め、およそ50隻を拿捕した。この海戦の勝利によって、ローマは一躍、海軍国として擡頭することとなった（⇒コルムナ・ロストラータ）。

降って前36年9月3日、マールクス・アグリッパ*率いるオクターウィアーヌス*（のちの初代ローマ皇帝アウグストゥス*）側の艦隊は、この岬とナウロクス*との間の沖合で、セクストゥス・ポンペイユス*の海軍を撃破、シキリア*戦役（前43～前35）に終止符を打ったのである。
⇒イッサ、メラース❶

Thuc. 3-90/ Plut. Tim. 37/ Plin. 3-8/ Sil. 12-202, 14-264/ Suet. Aug. 16/ Strab. 6-266, -272/ Diod. 12-54, 14-87, 19-65, 22-13/ Polyb. 1-9/ Ptol. Geog. 3-4/ App. B. Civ. 5-95～/ Dio Cass. 49-2～11/ Vell. Pat. 2-79/ etc.

ミューラエ　Mylae
⇒ミューライ

ミューラサ　Mylasa, Μύλασα（ミューラッサ Mylassa, Μύλασσα とも）（旧称・Melassa, Mylasso）,（伊）（西）Milasa,（露）Миласа
（現・Milâs）小アジア西南部、カーリアー*地方の中心都市。エーゲ海岸から8マイルの丘陵（現・Peçin Kalesi）上にあった非ギリシア系カーリアー人の町。アカイメネース朝*ペルシア*帝国に臣従しつつも、半ば独立した王朝が支配。そこに古くからある「カーリアーのゼウス Zeus Karios」神殿には、同族とされるミューシアー*人とリューディアー*人だけが参詣を許されていた。アテーナイ*を盟主とするデーロス同盟*にも加わり（前450／前449）、ティッサペルネース*の横死（前395）後、ペルシア帝国*の新たな州カーリアーの太守 Satrapes となったヘカトムノース Hekatomnos（?～前377）は、前390年4マイル北の崖下に新首都ミューラサ（現・Milas）を建設、息子で後継者のマウソーロス*がハリカルナッソス*（現・ボドルム Bodrum）へ遷都（前360頃）してからも、3社のゼウス*神域を擁するこの町は宗教的首府としての地位を保った。特に重要なのは、北郊のラブラウンダ Labraunda にあった「戦さの神ゼウス Zeus Stratios」の神殿で、舗装された聖道11 km が町から続いており、建築物の窓さえ残るこの神域は、今日の小アジアで最も保存状態の良い遺跡の一つに数えられている。また市の西南には、鷲と棍棒と三叉戟を持物とする、ゼウスとポセイドーン*とが習合した神ゼノポセイドーン Zenoposeidon の聖域があり、壁の一部を今日も見ることができる。ミューラサ市は前40年に Q. ラビエーヌス*率いるパルティアー*軍に劫略・破壊されたが、すぐに復興し、「双斧の浮彫を施した門」やローマ時代のマウソーレイオン*など少なからず遺構が残っている。
Strab. 14-658～/ Polyb. 21-46, 30-5/ Plin. N. H. 5-29/ etc.

ミュルティロス　Myrtilos, Μυρτίλος, Myrtilus,（伊）（西）Mirtilo
ギリシア神話中、ヘルメース*の子で、ピーサ*王オイノマーオス*の馭者。王の娘ヒッポダメイア❶*にペロプス*が求婚した時、領土の半分を貰う約束で王を裏切り、戦車に細工をしておいた（車輪の轂に蠟製の轄を差し込んでおいた）。そのせいで、競走中に王は戦車から投げ出され、手綱に引きずられて死んだ。一説にはペロプスの美貌に惚れたヒッポダメイアが、1夜の契りを約束してミュルティロスを買収したという。死に臨んで王はミュルティロスを呪い「汝もまたペロプスの手にかかって果てるであろう」と言ったが、ほどなく旅行中に、ミュルティロスはヒッポダメイアを犯そうとしてペロプスに断崖から海に落とされて死んだ。彼は波に呑まれつつペロプスとその子孫を呪詛し、また死後は父神ヘルメースによって星辰の間に上げられ「馭者座（ラ）Auriga」となった（⇒エリクトニオス、パエトーン、ヒッポリュトス）。
Soph. El. 508～/ Eur. Or. 988～/ Hyg. Fab. 84, Poet. Astr. 2-13/ Apollod. Epit. 2/ Paus. 8-14/ Diod. 4-73/ Ov. Ib. 369～/ etc.

ミュルミドーン人（ミュルミドネス）　Myrmidon, Μυρμιδών,（独）Myrmidone,（伊）Mirmidone,（西）Mirmidón, （現ギリシア語）Mirmidhón,（複）Myrmidones, Μυρμιδόνες,（英）（仏）Myrmidons,（独）Myrmidonen,（伊）

系図388　ミュルティロス

ヘルメース ═ パエトゥーサ，またはクリュメネー，テオブーレー，クレオブーレーとも
（ダナオスの娘）
（プロイトスの娘）
│
ミュルティロス

Mirmidoni, (西) Mirmidones, (現ギリシア語) Mirmidhónes

ギリシアのなかば伝説上の部族。テッサリアー*の南部、プティーオーティス*地方に住んでいた。『イーリアス*』では、プティーアー*王ペーレウス*の子アキッレウス*に率いられてトロイアー戦争*に参加。伝承に従えば、アイギーナ*島の住民が疫病で死滅した時、王アイアコス*の祈りに応じて、大神ゼウス*が蟻 myrmeks の群れを人間に変えて新しい島民としたため、この名を帯びたことになっている。のちアイアコスの子ペーレウスとともに一部がプティーオーティスへ移住し、アキッレウスやパトロクロス*に伴われてトロイアーへ遠征したという。一説に名祖は、蟻に変身したゼウス神とエウリュメドゥーサ Eurymedusa との交わりから生まれたテッサリアーの古王ミュルミドーンであるとされ、このためテッサリアー地方では蟻が神聖視されていたと伝えられる。悲劇詩人アイスキュロス*に今は散逸した作品『ミュルミドーン人』があり、アキッレウスが戦死したパトロクロスの遺骸に取りすがって嘆きながら二人の間に交した肉体関係をなつかしむ場面など、わずかな引用断片が伝存している。

ちなみに、ミュルメークス Myrmeks というのは、もと女神アテーナー*に愛されたアッティケー*の乙女の名だったとも伝えられる。勤勉な娘だったが、のち慢心して鋤を発明したのは女神ではなく自分だと誇ったために、アテーナーによって蟻に変身させられたという。

⇒ヘタイロイ

Hom. Il. 1-180, Od. 11-495/ Ov. Met. 7-654/ Hyg. Fab. 14, 52, 96/ Serv. ad Verg. Aen. 2-7, 4-402/ Strab. 8-375, 9-433/ Schol. Hom. Il. 16-177/ Steph. Byz./ etc.

ミュルラー　Myrrha
⇒ミュッラー

ミューレー　Myle
⇒ミューライ

ミュローン　Myron, Μύρων, Myro(n), (伊) Mirone, (西) Mirón

(前470頃～前430頃活躍)ギリシア古典期の著名な彫刻家。アッティケー*とボイオーティアー*の境界に当たるエレウテライ Eleutherai の出身。アルゴス*のアゲラーダース*(ハゲラーダース*)に学び、同門のポリュクレイトス*、ペイディアース*とともに前期クラシックを代表する3大彫刻家と称される。3人のうち最年長だった彼は、とりわけ青銅彫刻に優れ、アテーナイ*を中心に活躍、綿密な自然観察に基づく多様なモティーフの傑作を数多く残した。有名な「円盤投げ Diskobolos, Δισκοβόλος(前5世紀中頃)」は、激しい運動中の青年の裸体を、動と静の緊張に満ちた一瞬に捉えて誤たず、その筋肉表現は精妙かつ優美である(ローマ時代の大理石模刻がローマ国立博物館(マッシモ宮 Palazzo Massimo)、他に所蔵される)。その他、「アテーナー*とマルシュアース*の群像」(やはりローマ時代の大理石模刻としてヴァティカーノ博物館、他に伝わる)や、「万能の闘技者ヘーラクレース*」「ペルセウス*」「デルポイ*で優勝した競技者」等々の諸像があったが、すべて早くに失われた。「ラーダース Ladas, Λάδας」像は、オリュンピア競技祭*に優勝した直後に息を引きとった名高い走者ラーダースの疾駆する姿を表わした作品で、あまりに真に迫った出来映えだったので、それを見たギリシアの老人が「お前はラーダースではないか」と思わず呼びかけたという。またアテーナイのアクロポリス*に置かれた青銅の雌牛像も、その卓越した表現力のゆえに、今にも唸り出しそうだったとか、本物の雌牛と間違えて雄牛たちが近寄って来たとか、仔牛がその乳を飲もうとして叶わず遂に餓死した等、さまざまな話が伝えられている。ミュローンは総じて、これら画期的な作品によってギリシア古典美術の真の開拓者となったと高く評されるが、大プリーニウス*だけは「頭髪と性毛の取り扱いが昔ながらの傾向にある」と批判している。息子のリュキオス Lykios も彫刻家としてギリシア各地に作品を残した。一説にミュローンは相続人など不要なほどの貧困の裡に没したという。

⇒ピュータゴラース❸、ラーイス、クレシラース

Plin. N. H. 34-5, -19, 36-4/ Paus. 1-23, 2-19, 5-22, 6-2, -8, -13, 9-30/ Auson. Epig. 58/ Cic. Brut. 18, De Or. 3-7, Verr. 2-4-60(135)/ Quint. Inst. 12-10/ Petron. Sat. 88/ Mart. 4-39, 6-92/ Prop. 2-23/ Strab. 14-637/ Lucian./ etc.

ミーラニオーン(ミーラニオー)　Milanion (Milanio)
⇒メラニオーン*(のラテン語形)

ミラーノ　Milano
⇒メディオーラーヌム

ミーリアーリウム・アウレウム　Miliarium Aureum (Milliarium Aureum), (ギ) Khrysūn Mīlion, Χρυσοῦν Μίλιον, (英) The Golden Milestone, (仏) Milliaire d'or, (独) Goldener Meilenstein, (伊) Miliario aureo, Pietra miliare aurea, (西) Miliario áureo, Piedra miliar áurea

ローマのフォルム*にあった金の里程標。前20年、アウグストゥス*によってフォルム・ローマーヌム*(現・フォロ・ロマーノ)の西北端、ロートラ*(演壇)の後方、サートゥルヌス*神殿の傍らに建立された記念柱。鍍金青銅板で覆われた大理石製で、ローマの各市門を基点とする街道沿いの主要都市までの距離が表面に列記されていた。断片が残存する。後69年1月15日、オトー*がガルバ*帝弑逆のために、共謀者らと待ち合わせをした場所である。のちコーンスタンティーノポリス*(現・イスタンブル)のフォルムにもコーンスタンティーヌス1世*(大帝)によって、ミーリアーリウム・アウレウムが建てられたことが知られている。

Plin. N. H. 3-5/ Suet. Oth. 6/ Tac. Hist. 1-27/ Plut. Galb. 24/

Dio Cass. 54-8/ etc.

ミルティアデース　Miltiades, Μιλτιάδης,（仏）Miltiade,（伊）Milziade,（西）Melquíades, Melcíades, Milcíades,（露）Мильтиад,（現ギリシア語）Miltiádhis

ギリシア人の男性名（⇒巻末系図023）。

❶（前550頃～前489）アテーナイ*の名門出身の政治家、軍人。ペルシア戦争*中のマラトーン*の戦い（前490）の立役者。父キモーン Kimon は大酒家で愚鈍だったので「コアーレモス Koalemos（間抜け）」と渾名され、のち僭主ペイシストラトス*の息子たち（ペイシストラティダイ*）に暗殺される。キモーンの異父兄弟ミルティアデース❷*は、トラーケー*（トラーキアー*）のケルソネーソス*の僭主。

前524年頃、兄ステーサゴラース Stesagoras が殺されて、ケルソネーソスの独裁者の座が空くと、当時アテーナイのアルコーン*職（在任・前524／523）にあった彼は、その地を治めるべく僭主ヒッピアース*の命令で派遣され、先住民の要人たちを一斉に捕えて支配権を確立。前515年頃、トラーケー王オロロス Oloros の娘ヘーゲーシピュレー Hegesipyle を妻とした。前513年、アカイメネース朝*ペルシア*の大王ダーレイオス1世*がスキュティアー*遠征を試みた折には、他のギリシア勢とともにイストロス*（現・ドーナウ）河に架けられた船橋の警護に当てられた。所定の期日が過ぎても大王が戻らなかったため、彼は、イオーニアー*の植民市をペルシアから独立させるべく橋を破壊するよう主張したが、ミーレートス*の僭主ヒスティアイオス*に反対されて実現しなかった。前493年、イオーニアーの反乱が鎮定されると、からくもアテーナイへ逃げ帰り、祖国の指導的政治家となる。次いで、ダーティス*とアルタペルネース❷*の率いるペルシア軍がギリシアへ攻め寄せた際には、10人の将軍（ストラテーゴス*）たちの1人に選ばれ、マラトーンの野で大勝を収めた（⇒ペイディッピデース、キュナイゲイロス）。戦闘に先立って将軍たちの意見が分かれた時、軍事長官 Polemarkhos のカッリマコス❸*に説いて出撃の決定を下させ、事実上アテーナイ軍の指揮を執ったのはミルティアデースであったという（前490年9月）。

マラトーンでペルシア軍を撃破して以来、その名声はますます高まり、後日、戦場に記念碑が彼のために建てられた。しかし、勝利の翌年（前489）、ミルティアデースは、「必ずアテーナイ市民を裕福にしてやるから」と説得して、70隻の艦隊を手に入れると、私怨からパロス*島を攻撃、今回は完全に失敗したうえ、腿に負傷して、さんざんの態で帰国した。国民を欺いた廉でクサンティッポス*（ペリクレース*の父）に告発され、死罪を要求されるが、傷が腐りはじめて弁明に立つことができず、結局、戦費50タラントンの賠償を命ぜられた。とはいえ高額過ぎて支払うことができなかったので、投獄され、間もなく腿が壊疽を起こして腐敗が進み、そのまま牢内で死亡した。負債は娘のエルピニーケー Elpinike に恋慕した富豪カッリアース❷*が支払い、よって彼女はカッリアースと結婚。またミルティアデースの遺骸は無事、息子のキモーン*の手で葬られた。
Herodot. 4-137～138, 6-34～41, -103～110, -132～/ Nep. Milt./ Plut. Cim. 4～8/ Val. Max. 5-3/ Paus. 1-15/ Dion. Hal. 7-3-1/ Diod. 10-19, -27, -30, 15-88/ Just. 2-9/ etc.

❷（前590頃～前530頃）トラーケー*（トラーキアー*）のケルソネーソス*の僭主（在位・前555頃～前530頃）。

アテーナイ*の名門ピライダイ Philaidai 家（大アイアース*の後裔を称する）に生まれる。父キュプセロス Kypselos は前6世紀初頭のアルコーン*。祖母はコリントス*の僭主キュプセロス*の娘で、ペリアンドロス*の姉妹。また、従兄弟にシキュオーン*の僭主クレイステネース❶*の娘アガリステー Agariste に求婚したヒッポクレイデース Hippokleides（テイサンドロス Teisandros の子）がいる（前575頃）。彼自身はアテーナイの僭主ペイシストラトス*と張り合うほどの権勢家だったが、のちケルソネーソスへ移住して、この地を支配した。歴史家ヘーロドトス*の伝えるところによると、トラーケーのドロンコイ Dolonkoi 人がデルポイ*で「帰途、最初に歓待してくれる人物を国家再建の指導者に立てよ」という神託を得たのち、初めて彼らを客遇したのが、このミルティアデースで、ペイシストラトスの支配を嫌っていた彼は、早速希望者を募って植民の旅へ出たのだという。僭主となってケルソネーソスの地峡に城壁を築いて敵軍の侵入を防いだため、死後建国の祖として崇敬を受け、記念競技も捧げられた。

実子がなかったので、甥のステーサゴラース Stesagoras が跡を継いだが、頭を斧で打ち割られて殺され（前524頃）、これまた後継者がなかったので、その弟のミルティアデース❶*がアテーナイから派遣されて統治した。
⇒カルディアー
Herodot. 6-34～38, -103/ Paus. 6-19/ Nep. Milt. 1-1/ Paus. 6-10/ Ael. V. H. 12-35/ Marcellin, Vit. Thuc./ etc.

ミーレートス　Miletos, Μίλητος, Miletus,（仏）Milétos,（伊）（西）Mileto,（露）Милет,（現ギリシア語）Mílitos

ギリシア神話中、イオーニアー*のミーレートス*市の名祖。ミーノース*王の娘アカカッリス Akakallis とアポッローン*神との子（母に関してはデーイオネー Deïone ほか諸説あり）。母親はミーノースの怒りを恐れて森で彼を出産、遺棄したが雌狼が嬰児を育てた。長じてのち彼はその美貌のため、祖父ミーノースに犯されんとしてカーリアー*へ逃れた、あるいは、ミーノースとその兄弟たちサルペードーン*とラダマンテュス*の3者から競って求愛され、その中で最も気に入っていたサルペードーンとともにカーリアーへ渡り、ミーレートス市を創建したともいう。

なお、ミーノースら3兄弟が、その愛をめぐって争った美青年は、ゼウス*とカッシオペイア*の子アテュムニオス Atymnios だとする所伝もある。
⇒カウノス、ビュブリス
Apollod. 3-1-2/ Hyg. Fab. 243/ Ov. Met. 9-443～/ Nonnus

Dion. 13-546/ Parth. Amat. Narr. 11/ Ant. Lib. Met. 30/ etc.

ミーレートス Miletos, Μίλητος, （ドーリス方言）Milatos, Μίλατος, （アイオリス方言）Millatos, Μίλλατος, （ラ）Miletus, （仏）（独）Milet, （仏）Milêtos, （伊）（西）Mileto, （露）Милет, （現ギリシア語）Mílitos, （和）ミレト, ミレトス, （ヒッタイト語）Milawata, Millawanda （現・Milet または Balat）小アジア西岸、マイアンドロス*河口にあったギリシア系都市。イオーニアー*12 市の最南端に位置する。前14世紀頃からエーゲ海文明*圏に含まれ、名祖ミーレートス*は念者（恋人）サルペードーン*とともにクレーター*（クレーテー*）からやってきて先住民カーリアー*人と共住したと伝えられる。その後アテーナイ*王コドロス*の長子ネーレウス Neleus が、イオーニアー系ギリシア人を率いて植民し、町を占領すると、男を皆殺しにし、女を自分たちの妻にしたという（前11世紀末頃）。交通の要衝に位置し、4つの港を擁していたため、早くから海外貿易が盛んで、前7世紀中葉までにはエーゲ海北部・黒海方面に60以上の植民市（アビュードス*、キュージコス*、シノーペー*、パンティカパイオン*、オルビアー*、トモイ*ほか）を建設、次いでエジプトのナウクラティス*、南イタリアのシュバリス*にまで交易路を広げた（植民市の総数は少なくとも60、セネカ❷*によると75に及んだという）。その富強も人口も当時のギリシア世界第一を誇り、特に前7世紀後期の僭主トラシュブーロス❸*（コリントス*の僭主ペリアンドロス*の友人）の治下に全盛期を迎え「イオーニアーの華」と謳われた。

またオリエント先進文明との接触で哲学・科学など諸学問が他のギリシア諸国に先駆けて栄え、特にタレース*、アナクシマンドロス*、アナクシメネース*などの自然哲学者を輩出、イオーニアー哲学のミーレートス学派 Milēsioi, Μιλήσιοι を形成した。カドモス*やヘカタイオス❶*らギリシア最古の歴史家・地理学者も現われて、ミーレートスは文化の中心として隆盛をきわめた。ペリクレース*の愛人アスパシアー*や都市計画者ヒッポダモス*、詩人ティーモテオス❶*もこの町の出身である。前560年頃リューディアー*王クロイソス*が小アジア沿岸のギリシア人植民市を支配下に入れた時にも、ミーレートスのみ辛うじて独立を保持した。しかし、間もなく勃興したアカイメネース朝*ペルシア*の領土に併合され（前546）、その宗主権下に僭主制が存続した（⇒ヒスティアイオス、アリスタゴラース）。ペルシア帝国*に対抗するイオーニアーの反乱（前500〜前493）を指導したが、敗れて市は陥落し（前494秋）、全市民は奴隷としてティグリス*河口へ流された（⇒プリューニコス❶）。ペルシア戦争*のミュカレー*沖海戦（前479）の結果、ミーレートスはペルシアの軛から解放され、アテーナイを盟主とするデーロス同盟*に参加。次いでペロポンネーソス戦争*（前431〜前404）中の前412年、アテーナイに反抗してスパルター*側についたものの、寡頭派と民主派の内紛によって分裂し、再びペルシアの属領となった（前386）。前334年アレクサンドロス大王*に抵抗したため多くの市民が虐殺されたが、ヘレニズム・ローマ時代を通じて商工業の繁栄が続き、整然としたヒッポダモス式の大都市が再建・拡張されていった（前129年にローマの属州アシア*に編入）。

ミーレートスは羊毛業の中心として知られ、その毛織物（ラ）Milesia Vellera は最高級品との定評が広く世に聞こえていた。市民は贅沢と放縦で名高く、好色・淫猥な物語類は「ミーレートス風の話（ラ）Milesiae Fabulae」と称され（⇒アリステイデース❷）、張形 olisbos などの性具が特産品としてアテーナイをはじめとするギリシア各地へ輸出された。とはいえ後1世紀頃、市の女たちの間で自殺が流行した時、「自害した者は全裸にして墓地までさらしものにして運べ」との布告が出されると、たちまち自殺事件はあとを絶ったという。ローマ時代にイオーニアー地方の少年奴隷は高値をよんだが、なかでもミーレートス産の美少年が最も珍重され、彼らは寵童として主人の枕席や酒宴に侍らされる習いであった。また南郊のディデュマ*には、古くからアポッローン*の神殿があり、神託を求める大勢の参詣人で賑わっていた（⇒ブランキダイ）。帝政後期にミーレートスはゴート*族の侵寇を受け（後262）、マイアンドロス河の沈泥の埋積で港湾が機能しなくなったため、往年の栄華を失って凋落の一途を辿った。現在、2つのアゴラー*や2万5千人を収容する大劇場、浴場、体育場、スタディオン*、アポッローン神殿 Delphinion などの遺跡が、規則的な計画に基いた格子型道路網とともに発掘されている。
⇒サモス、エペソス、プリエーネー

Hom. Il. 2-867〜/ Herodot. 1-14〜, -141〜, 5-28〜, 6-5〜22/ Paus. 7-2/ Strab. 14-632〜/ Mela 1-17/ Plin. N. H. 5-31/ Ar. Lys. 108〜/ Thuc. 1-115〜116, 8-25〜/ Arr. Anab. 1-18〜/ Ath. 1-28, 11-428, 12-540, -553, 15-691/ Verg. G. 3-

系図389 ミーレートス

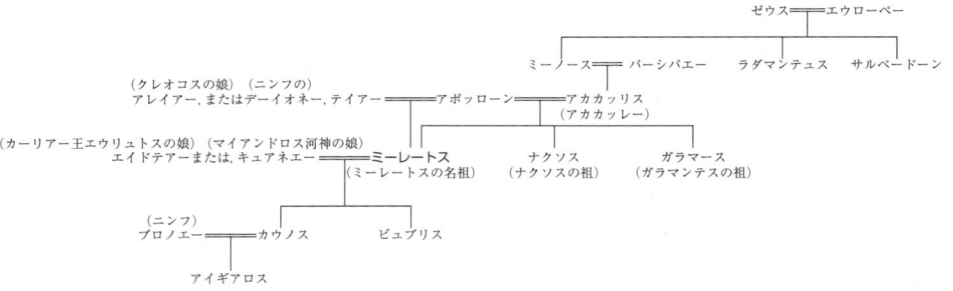

306, 4–335/ Sen. Cons. ad Helv. 7/ etc.

ミロ（島） Milo
⇒メーロス

ミロー、ティトゥス・アンニウス Titus Annius
Papianus Milo，（ギ）Milōn, Μίλων,（仏）Milon,
（伊）Tito Annio Milone,（西）Tito Anio Milón

（前95頃～前48）ローマ共和政末期の政治家。ラーヌウィウム*の有力者パーピウス Papius 家の出身。外祖父ティトゥス・アンニウス T. Annius Luscus の養子となる。ポンペイユス*の部下として、カエサル*の手下 P. クローディウス*と渡り合った（前57～前52）ことで有名。前57年の護民官（トリブーヌス・プレービス*）となり、追放中のキケロー*召還に尽力し、クローディウスを2度にわたって告訴、翌前56年今度は逆に告訴されたが無罪となり、前55年度の法務官（プラエトル*）職に就く。前54年末に100万セーステルティウスもの大金を投じて盛大な見世物を開催し、翌年には前52年度の執政官（コーンスル*）職に立候補、同じ年クローディウスは法務官職を求めてミローの執政官就任を妨げた。彼らは互いに無頼漢や剣闘士を組織した武装集団を率い、ローマ市街で闘争を繰り広げて混乱を助長、ついに前52年初めアッピウス街道*（ウィア・アッピア*）沿いのボウィーッラエ*における乱闘の結果、ミローはクローディウスを暗殺した（1月18日の昼下がり）。騒擾が生じたため、ポンペイユスが異例の単独執政官に選ばれ、ミローは裁判にかけられた（前52年4月上旬）。キケローが弁護に立つも、すでに被告を見放していたポンペイユスがフォルム*に整列させた兵士に脅威を覚え、演説に失敗。ミローは追放されて、マッシリア*（現・マルセイユ）へ逃れた。それでもキケローは、のちに『ミロー弁護演説 Pro Milone』を書き直して公表。それを読んだミローはこう言って皮肉った。「おお、キケローがもしこの通り語っていたならば、私は決してこんなに美味いマッシリアの赤ヒメジ（鯔の仲間）なぞを賞味できなかっただろうよ」

前48年、ミローは破産した法務官（プラエトル*） M. カエリウス・ルーフス*（クローディウスの姉妹クローディア*の情夫の1人）の叛乱計画に加わるように喚び戻され、再び犯罪者や逃亡奴隷を駆り集めるが、味方する者も少なく、エトルーリア*の町コサ*で別の法務官 Q. ペディウス*（カエサルの甥）に殺害されて果てる（城壁から投げられた石に当たってこと切れる）。彼の妻ファウスタ*は独裁官（ディクタートル*）スッラ*の娘で、歴史家サッルスティウス*はじめ何人もの恋人と浮き名を流した多情な女性である。

Cic. Mil./ Caes. B. Civ. 3-21～22/ Dio Cass. 39-6～8, -18～21, 40-54, 41-36, 42-24～/ App. B. Civ. 2-16, -20～24, -48/ Plut. Cic. 33～35, Cat. Min. 47/ etc.

ミ（一）ローン Milon, Μίλων, Milo,（英）Milo of Croton,（仏）Milon de Crotone,（独）Milon von Kroton,（伊）Milone di Crotone,（西）Milón de Crotona

（前556頃～前510以降）ギリシアの有名な体育競技者。優れた運動選手を輩出するクロトーン*（マグナ・グラエキア*の都市）に生まれ、少年の頃からさまざまな祭典競技に優勝し、オリュンピア競技祭*のレスリングで6回、ピューティア競技祭*で7回（または6回）、ネメア競技祭*で9回、イストミア競技祭*で10回など、ギリシア各地で長期にわたって数えきれぬほどの栄冠を勝ち取った。若い頃、毎日1頭の仔牛を抱き上げては体力をつけ、その牛が成獣の雄牛になるまで弛まず鍛錬を続けたという。前510年のシュバリス*市との戦いでは、獅子（ライオン）の皮を羽織り棍棒をふりかざしてクロトーン軍の先頭に立ったとされる。ピュタゴラース*の門弟の1人でもあり、彼らの集会場が今にも崩れんとした時、柱を押さえて天井を支え、仲間を無事に逃れさせたという話も伝えられている。彼の怪力にまつわる逸話はその他多く残されており、例えば、生きた雄牛を肩に担いで120ヤード離れた供犠場まで運んでいき、拳の一撃で牛を殺して、たちまち丸ごと1人で食べて尽くしてしまったという。あるいは彼がしっかと握った柘榴の実は、誰もその指を開いて取り出すことができず、しかもその実は潰れず傷痕1つつかなかった。また油を塗った円盤の上に立ったミローンを、人がそこから踏み外させようと挑戦しても、誰も動かすことができなかった。額の周りを弦で縛り、息を止めて血管を膨ませると、弦を切ることができた、などのエピソードが知られる。引退したのち、クロトーンの名士として暮らしていたが（⇒デーモケーデース）、ある日、森の中で楔（くさび）を打ち込んだ木を自分の力で押し開こうと試みたところ、楔が外れて両手を挟まれ身動きがとれなくなってしまい、ついに狼の餌食となって果てたという。

⇒エウテューモス、ディアゴラース

Diod. 9-14, 12-9/ Paus. 6-14/ Ath. 10-412/ Herodot. 3-137/ Ael. V. H. 2-24, 12-22/ Gell. N. A. 15-16/ Val. Max. 9-12/ Strab. 6-263/ Philostr. V. A. 4-28/ Cic. Sen. 10/ Quint. Inst. 1-9/ Stob. Flor. 29/ Suda/ etc.

民会
市民の議会。ギリシアの民会はエックレーシアーを、ローマの民会はコミティアの項を参照。

民会（ギリシアの） Ecclesia
⇒エックレーシアー

民衆派（ローマの） Populares
⇒ポプラーレース

ミントゥルナエ Minturnae,（ギ）Mintūrnai, Μιντοῦρναι, または Mintūrnē, Μιντούρνη, Mentyrna, Μέντυρνα

（現・Minturno）ラティウム*の町。クーマエ*（キューメー❷*）の北方、カンパーニア*との境界近くにあり、もとは

アウルンキー*族の町であった。前313年ローマ軍に占領され、次いで、前295年にシヌエッサ*とともにローマの植民市(コローニア*)とされた。付近はリーリス Liris（現・Gariglano）河の流れる沼沢地で、前88年、スッラ*から逃れたマリウス❶*は、ここの泥沼の中に身を潜めたが見つかり、キンブリー*人の刺客に殺されんとしたところ、「貴様はガーイウス・マリウスを殺すつもりか」と恫喝、刺客は恐れをなし剣を投げ出して走り去ったといわれる。また、ミントゥルナエは古くからリーリス河のニュンペー*（ニンフ*）、マリーカ Marica（ラティーヌス*の母。キルケー*と同一視される）をリーリス河口近くの聖域に祀っていたことで有名。アッピウス街道*（ウィア・アッピア*）沿いに位置する。ローマ共和政期のフォルム*やカピトーリウム*神殿、帝政期の円形闘技場(アンピテアートルム*)や水道施設(アクァエドゥクトゥス*)などが発掘されている。

Liv. 8-10, 9-25, 10-21, 27-38, 36-3/ Mela 2-4/ Plin. N. H. 3-5/ Vell. Pat. 1-14/ Val. Max. 1-5, 2-10/ Plut. Mar. 37〜39/ Strab. 5-233/ App. B. Civ. 1-61〜62/ Steph. Byz./ etc.

ムーキア　Mucia Tertia, （ギ）Mūkiā, Μουκία

（前1世紀）ローマの貴婦人。

　Q. ムーキウス・スカエウォラ❷*（前95年の執政官(コーンスル*)）の娘。前80年頃、大ポンペイユス*の3度目の妻となり、2男（グナエウス・ポンペイユス❷*とセクストゥス・ポンペイユス*）・1女ポンペイヤ❷*を産むが、夫の留守中にカエサル*その他の情夫たちと不貞行為に耽ったため、前52年に離縁される。その後、M. アエミリウス・スカウルス❷*（スッラ*の継子）に再嫁し、夫と同名の息子 M. アエミリウス・スカウルス❸*を産み、帝政初期まで長寿を保った（⇒巻末系図 051, 063, 071）。

　彼女は名門メテッルス❾*❿*兄弟の異父妹に当たり、また、夫の東方出征中に密通したところから、神話中の姦婦クリュタイムネーストラー*に（夫ポンペイユスはアガメムノーン*に）たとえられている。またカエサル暗殺（前44）後の内乱期には、アントーニウス*から「言うことを聞かぬと、家もろとも貴女を焼き殺しますぞ」と脅迫されて、実子セクストゥス・ポンペイユスのいるシキリア*（現・シチリア）へ赴いて和平の交渉に応じるよう息子を説得したこともある（前40頃）。

Dio Cass. 37-49, 48-16, 51-2, 56-38/ App. B. Civ. 5-69, -72/ Suet. Iul. 50/ Cic. Fam. 5-2, Att. 1-12/ Plut. Pomp. 42/ etc.

ムーキアーヌス、ガーイウス・リキニウス　Gaius Licinius Mucianus, （ギ）Gaios Likinios Mūkianos, Γάϊος Λικίνιος Μουκιανός, （伊）Gaio Licinio Muciano, （西）Cayo Licinio Muciano

（？〜後77以前）ローマの政治家、将軍。名門ムーキウス氏*からリキニウス氏*（クラッスス家*か）の養子となり、3度執政官(コーンスル*)（64頃、70、72の補欠執政官）を務めた。淫奔かつ自堕落な生活で知られ、クラウディウス*帝により半(なか)ば追放のような形で小アジアに送られ、次いでネロー*帝から属州シュリア*の統治を委ねられる（66頃）。はじめウェスパシアーヌス*と不仲だったが、オトー*帝の自刃（69）後、和解して、その即位を慫慂、支持し、彼のために自ら軍隊を率いてローマへ進撃する。ウィテッリウス*帝を破ったアントーニウス・プリームス*の野心を挫き、その後ウェスパシアーヌスの最高顧問格として王者のごとく尊大に振る舞い、帝に勧めてローマからすべての哲学者を追放させた（71）。つねづね「私がウェスパシアーヌスに帝位を授けたようなものだ」と放言し、皇帝に敬意を払おうとしなかったにもかかわらず、ウェスパシアーヌスはただ一言「だが余は男だ」と口にしただけだった（これはすなわち、放縦なムーキアーヌスが「女性的な快楽」に耽っていることを仄めかしたもの）。東方の地理に関する著作『怪異記 Mirabilia』（散逸）があり、アルゴス*の人妻が性転換して男となり、女と結婚した話などが大プリーニウス*の『博物誌』に頻繁に引用されている。

Tac. Hist. 1-10, -76, 2-4〜5, -76〜84, 3-8, -46, -53, -78, 4-4, -11, -39, -80, -85/ Suet. Vesp. 6, 13/ Dio Cass. 65-8〜9, -22, 66-2, -9, -13/ Joseph. J. B. 4/ Plut. Otho 4/ Plin. N. H. 13-27/ etc.

ムーキウス氏　Gens Mucia〔←Mucius〕, （ギ）Mūkios, Μούκιος, Mōkios, Μώκιος, Mucii

ローマのきわめて旧いパトリキイー*（貴族）系の氏族名（⇒C. ムーキウス・スカエウォラ）。しかし、歴史時代にはプレーベース*（平民）系のムーキウス氏しか登場しない。⇒P. スカエウォラ、Q. スカエウォラ

Liv. 2-12/ Dion. Hal. Ant. Rom. 5-25/ Val. Max. 3-3-1, 6-3-2/ Lact. 5-13/ etc.

ムーキウス・スカエウォラ　Mucius Scaevola

⇒スカエウォラ

ムーキウス・スカエウォラ、ガーイウス　Gaius Mucius Scaevola

⇒スカエウォラ、ガーイウス・ムーキウス

ムーサ、アントーニウス　Antonius Musa, （ギ）Antōnios Mūsās, Ἀντώνιος Μούσας, （伊）（西）Antonio Musa

（前1世紀末前63頃〜前14頃）初代ローマ皇帝アウグストゥス*の侍医。アスクレーピアデース❶*の弟子。前23年、アウグストゥスが肝臓の膿瘍に苦しみ重態に陥った時、ガーイウス・アエミリウス C. Aemilius に代わって主治医に任ぜられると、従来の温罨法を冷罨法に切り換えるという画期的な手段によって、危篤の帝を見事に恢復させた。この功績のお陰でムーサは、皇帝と元老院(セナートゥス*)から巨額の謝礼を受け取ったばかりか、解放奴隷の身分から一挙に騎士(エクィテース*)に叙せられ、また彼のみならずすべての医師はその後一切の納税義務を免ぜられることになった。ローマ市民も寄附金を集めて、医神アエスクラーピウス*の像の側に、この

侍医の像を建立。しかし大いなる名声を得たのも束の間、同年、帝の甥マルケッルス*の容態が悪くなった際には、彼の献心的な治療も甲斐なく若者はこと切れている。薬草に関する論述など2作の著書がムーサの名の下に伝存。アグリッパ*やマエケーナース*、ウェルギリウス、ホラーティウス*らの面々も彼の診察を受けている。なお冷水浴で体をひき締める療法は、彼とその兄弟でユバ2世*の侍医エウポルボス*が、初めて導入したとされている。
Suet. Aug. 59, 81/ Plin. N. H. 19–38, 25–38, 29–5/ Dio Cass. 53–30/ Verg. Aen. 12–390〜/ Gal./ etc.

ムーサイオス　Musaios, Μουσαῖος, Musaeus, （仏）Musée, （独）Musäus, （伊）（西）Museo

ギリシアの男性名。

❶ ホメーロス*以前のなかば伝説上の詩人。オルペウス*またはリノス*の子ないし弟子にして愛人とされ、歌を通じて神託や治病を行なったという。トラーケー*（トラーキアー*）の出身。一説には、エウモルポス*とセレーネー*の子で、ニュンペー*（ニンフ*）たちに育てられ、長じて大詩人となり、アッティケー*の地にエレウシース*の秘儀(ミュステーリア*)を導入した人物と伝えられる。彼の作とされる託宣集・詩集が古典期に流布していたが、確実なものはデーメーテール*讃歌のみであるともいわれる（⇒オノマクリトス）。伝承によると、ヘーラクレース*をエレウシースの秘教に入会させたという。
Pl. Resp. 2–364e/ Herodot. 7–6/ Paus. 1–14, –22, –25, 4–1, 10–9/ Diod. 4–25/ Ar. Ran. 1033/ Ath. 13–597/ Suda/ etc.

❷ （後5世紀後半）（ラ）Musaeus Grammaticus

古代末期の叙事詩人・文法学者。伝説上の有名な悲恋物語を扱った小叙事詩(エピュッリオン) epyllion『ヘーロー*とレアンドロス*』（343行）は、クリストファー・マーロー Marlowe やグリルパルツェル Grillparzer、シラー Schiller、バイロン Byron ら近世ヨーロッパの文学者に影響を与えた。

この他、同名の人物として、前3世紀に活躍したエペソス*の叙事詩人ムーサイオスや、ローマの諷刺詩人マールティアーリス*から「こよなく淫蕩な本を書いた」と言われた受動的男色家詩人(キナイドス)ムーサイオスらが知られている。
Musaeus/ Mart. 12–95/ Lucian. Adv. Indoctum 23/ Suda/ etc.

ムーサイ（ムーサ*たち）　Musai, Μοῦσαι, Musae, （英）（仏）Muses, （独）Musen, （伊）Muse, （西）Musas, （露）Музы, （現ギリシア語）Múses

ギリシアの詩歌・文芸を司る女神たち。古くは3柱であったが、ヘーシオドス*以来9柱となり、大神ゼウス*が記憶の女神ムネーモシュネー*と9夜続けて交わった結果、オリュンポス*山麓のピーエリアー*で生まれた娘たちとされた。元来はトラーキアー*起源の神格で、ピーエリアーを経てギリシア本土に導入され、ボイオーティアー*のヘリコーン*山やデルポイ*近くのパルナッソス*山を中心に各地で崇拝されるようになった。とりわけ、ヘリコーン山のヒッポクレーネー*とアガニッペー*の2泉、およびパルナッソス山麓のカスタリアー*の泉は、その水を飲む者に詩的霊感を与える聖泉として名高い。種々の芸術の司神であったほか、自らもオリュンポスの神々の宴席でアポッローン*の竪琴に合わせて歌い踊ったといわれ、次第にその地位は、音楽と予言の主神アポッローンに服属するに至った。各々の担当する学芸の分野もローマ時代には画定され、それによると以下のごとくである。

(1) カッリオペー*……叙事詩（書板と鉄筆を持つ）
(2) クレイオー*……歴史（巻物または巻物入れを持つ）
(3) エウテルペー*……抒情詩（笛を持つ）
(4) タレイア*……喜劇と牧歌（喜劇の仮面、および蔦(った)の冠または羊飼の杖を持つ）
(5) メルポメネー*……悲劇（悲劇の仮面、葡萄の冠、ヘーラクレース*の棍棒ないし剣を持ち、悲劇用の靴コトルノス kothornos を履く）
(6) テルプシコレー*（テルプシコラー*）……合唱隊抒情詩と同舞踊（竪琴と撥(ばち)を持つ）
(7) エラトー*……独吟抒情詩と恋愛詩（小型の竪琴を持つ）
(8) ポリュヒュムニアー*（ポリューム二アー*）……讃歌または舞踊（のちには身振芝居 mimos）（指を1本口に当て瞑想的な姿勢をとる）(ミーモス)
(9) ウーラニアー*……天文学（杖と天球を持物(アトリビュート)とする）

ムーサイに独立の神話は少ないが、音楽の技を挑んだ娘たちピーエリデス Pierides, Πιερίδες を鳥に変え、同じく楽人タミュリス*を盲目にし、セイレーネス*（セイレーン*たち）の翼をもぎ取った物語などが伝えられる。また高名な伶人オルペウス*やリノス*は、ムーサイの1人を母とするといわれている。ムーサイには蜜で練った穀物が供えられ、水や乳の灌奠が注がれた。彼女たちの祭礼ムーセイア Museia では詩歌の競演が催され、ヘレニズム時代にはムーサイの神殿・聖域ムーセイオン* Museion は学問・教育機関の名となった。ローマ人はムーサイをイタリアの水のニュンペー*（ニンフ*）、カメーナエと同一視した。造形芸術の世界では、ヘレニズム時代以降とくに彫刻や石棺の浮彫、モザイク画やフレスコ画の主題としてムーサたちの姿が好んでとり上げられた。なお彼女らの名は後世ヨーロッパ諸語の「音楽（〈英〉music,〈仏〉musique）」や「美術館（〈仏〉musée,〈伊〉musèo）」の語源となり、レスボス*の閨秀詩人サッポー*はその豊かな才能のゆえに古来、「10番目のムーサ」と称されている。
⇒ピンドス、テスピアイ
Hom. Il. 1–406, 2–594〜600, Od. 8–63〜64, –479〜481, 24–60〜61/ Hes. Th. 35〜, 915〜/ Hymn. Hom. Merc. 429, Ap. 189〜/ Pind. Pyth. 3–88/ Paus. 1–2, 5–18, 9–29, –34/ Eur. Med. 834/ Diod. 4–7/ Apollod. 1–3, 3–5/ Juv. Sat. 7/ etc.

ムーサたち　Musa, Μοῦσα (〈英〉〈仏〉〈独〉Muse)
⇒ムーサイ

ムーサエ　Musae
⇒ムーサイ（のラテン語形）

ムース、デキウス　Decius Mus
⇒デキウス・ムース

ムーセイオン　Museion, Μουσεῖον,（ラ）ムーセーウム*（ムーサエウム*），（英）（独）Museum,（仏）Musée,（伊）（西）Museo,（葡）Museu,（露）Музей,（現ギリシア語）Musío

　元来は学芸の女神ムーサ*たち（ムーサイ*）の神域。アテーナイ*の場合はアクロポリス*の南西、市の古い周壁の内側にあるムーサイに捧げられた丘（現・Lófos Filopápu）が、この名で呼ばれていた。のちにムーサイを祀って学問・教育を行なう場所全般を指すようになり、ヘレニズム時代にはペルガモン*、ロドス*、アンティオケイア❶*ら各地に設立された。がなかでも抜きん出て名高いのはエジプトのアレクサンドレイア❶*にあった学術研究機関である。このアレクサンドレイアのムーセイオンは、パレーロン*のデーメートリオス*の示唆によりプトレマイオス1世*が創設した（前283頃）もので、世界の随所から偉大な学者・文人・芸術家などがここに招かれ、税を免除されて研究や創作活動に従事。隣接して大きな図書館（のちには2つ）が設けられ、さらに天文観測所、薬物研究所、解剖学研究所、動・植物園なども完備、すべての経費は国費で賄われ、あらゆる分野の学問、とりわけ自然科学と文献学の研究が目覚ましく進歩した。プトレマイオス2世*の治世に最初の盛期を迎え、数学者エウクレイデース*やアポッローニオス❸*、物理学者アルキメーデース*、天文学者アリスタルコス*、ヒッパルコス❷*、地理学者エラトステネース*、医学者ヘーロピロス*、また発明家クテーシビオス*、ヘーローン*らが活躍した。プトレマイオス8世*の政変（前146頃）時には学者の追放が行なわれ、前48年のアレクサンドリーア戦役 Bellum Alexandrinum ではカエサル*軍の放った火で数十万巻の蔵書を誇った大図書館が焼失した（前47初頭）。しかし、ほどなくアントーニウス*がクレオパトラー*に贈った20万巻に及ぶペルガモン図書館からの書物によって補われ、ローマ時代に入ってからも、クラウディウス*やハドリアーヌス*ら学問好きの諸帝の庇護の下、ムーセイオンは隆盛を保った。ところがついに後4世紀末キリスト教が国教として強制されるに至り、テオピロス*率いる狂信者の群れの手で徹底的に破壊され、学問の伝統はほぼ根絶やしにされた（392）。
Strab. 17-793～/ Paus. 1-25, 2-31, 3-6/ Plut. Sull. 17/ Varro Rust. 3-5/ Suet. Claud. 42/ S. H. A. Hadr. 20/ Dio Cass. 77-22/ Amm. Marc. 22-15～16/ Libanius Or. 58-14, 64-112/ Plin. N. H. 36-42/ Diog. Laert. 8-15/ Suda/ etc.

ムーセーウム（または、ムーサエウム、ムーシーウム）　Museum（Musaeum, Musium）
⇒ムーセイオン

ムーソーニウス・ルーフス、ガーイウス　Gaius Musonius Rufus,（伊）Gaio Musonio Rufo,（西）Cayo Musonio Rufo

　（後30以前～後101頃）ローマ帝政期のストアー*学派の哲学者。ウォルシニイー*（現・ボルセーナ Bolsena）の出身。エピクテートス*やディオーン・クリューソストモス*らの師。騎士身分に属し、皇帝ネロー*の治下、弟子で帝室の血縁ルベッリウス・プラウトゥス*が小アジアに追放された時、これに同行し（60頃）、ルベッリウスの処刑（62）後、いったんローマに帰還するが、65年 C. ピーソー*の陰謀事件に連座してエーゲ海の小島に流される。ネローの死（68）後、ローマへ戻ったものの、ウェスパシアーヌス*帝によって再び追放刑に処せられている。身分や男女の性別にかかわりなく、同等の教育がほどこされるべきだと説き、幾篇かの書物を著したが、断片しか伝存しない。
Tac. Ann. 14-59, 15-71, Hist. 3-31, 4-10, -40/ Dio Cass. 62-27, 66-13/ Plin. Ep. 3-11/ Suda/ Stobaeus Flor./ etc.

ムティナ　Mutina,（ギ）Motinē, Μοτίνη, Mūtinē, Μουτίνη,（仏）Modène,（伊）Modena（〈モデナ方言〉Mòdna）,（西）Módena

　（現・モデナ Modena）ガッリア・キサルピーナ*（内ガッリア*）のパドゥス*（現・ポー）河南岸、交通の要衝にある都市。エトルーリア*人およびボイイー*族の町だったが、前218年以前にローマに服属し、その植民市となる（前183）。前177年リグリア*人に劫掠され、すぐに復興。その後ムティナは2度、有名な包囲戦を経験している。まず前78年、籠城した M. ブルートゥス❶*が大ポンペイユス*の攻囲を受け、長期間もちこたえた後、生命の安全を条件に投降したものの、翌日殺された戦い。次いで前44年末に、M. アントーニウス❸*によって D. ブルートゥス❸*・アルビーヌスがこの町に包囲され、翌年オクターウィアーヌス*（のちのアウグストゥス*）と2人の執政官率いる軍勢が、アントーニウスを破って敗走させた（前43年4月）戦い ── この戦闘中、オクターウィアーヌスは両執政官パーンサ*とヒルティウス*を謀殺したという ── である（ムティナの戦い Bellum Mutinense）。
　帝政期にも製陶業や羊毛の交易で後5世紀に至るまで賑わい続けた。墓碑群や円形闘技場アンピテアートルム*の遺構などが発掘ないし確認されている。
Strab. 5-216, -218/ Polyb. 3-40/ Liv. 21-25～26, 27-21, 39-55, 41-14, -16/ Plut. Pomp. 16, Ant. 17/ App. B. Civ. 3-49～/ Suet. Aug. 10～11/ Dio Cass. 45～46/ etc.

ムーニキアー　Munichia
⇒ムーニュキアー

ムーニキピウム　Municipium,（仏）Municipe,（独）Munizipium,（伊）Municipio

　「自治都市」ないし「自由都市」。ローマの権威下に服しつつ、独自の地方自治権をもっていた都市。元来はイタリアの都市共同体キーウィタース civitas で、住民はローマ市民権を有し、多くの場合は投票権も認められていた。

⇒コローニア
Cic./ Phil. 3-15/ Liv. 6-26/ Tac./ Suet./ Varro Ling. 5-179/ Gell. N. A. 6-13/ Festus/ etc.

ムーニュキアー、または、ムーニキアー　Munykhia, Μουνυχία, Munychia, Munikhia, Μουνιχία, Munichia（仏）Munychie,（西）Muniquia

（現・Kastella ないし Fanari）アテーナイ*の外港の１つ。ペイライエウス*とパレーロン*との間に位置し、アルテミス*の神殿があった。この聖域は避難所 asylon,（ラ）asylum とされ、どんな罪人であれ、ここに逃げ込んだ者は罪を免れることになっていた。アテーナイの３外港のうち最も小さかったが、要塞として重視された。
　名祖ムーニコス Munikhos は、伝説中のアッティケー*の古王。
Herodot. 8-76/ Thuc. 2-13/ Paus. 1-1, -25〜, 2-8/ Ov. Met. 2-709/ Eur. Hipp. 761/ Strab. 9-395/ Ptol. Geog. 3-14-7/ Steph. Byz./ Suda/ etc.

ムネーシクレース　Mnesikles, Μνησικλῆς, Mnesicles,（仏）Mnésiclès,（伊）Mnesicle

（前５世紀後半に活動）アテーナイ*の建築家。ペリクレース*時代のアクロポリス*復興事業において、正門たるプロピュライア*の建設に携わった（前437年起工）。その工事中に１人の熱心な職人が足を踏み外して頂上から落ち、重体に陥って医者にも見放された時、ペリクレースの夢に女神アテーナー*が現われて治療法を教えたので、それに従ってたちどころに職人を癒やすことができたという。
⇒イクティーノス、カッリクラテース❶
Plut. Per. 13/ Plin. N. H. 22-19, 34-19/ Harp./ etc.

ムネーステール　Mnester, Μνήστηρ,（伊）Mnestere

（？〜後48年秋）ローマの黙劇俳優 pantomimus。カリグラ*帝の男色相手として並々ならぬ寵愛を受け、劇場内でも大っぴらに皇帝と接吻を交し、彼の演技中に物音を立てた者は帝自らが処罰するほどだった。カリグラの死後、クラウディウス*帝の皇后メッサーリーナ*が彼に恋着し、夫帝を欺いて「何でもメッサーリーナの指図に服従するように」という命令を出させて、彼を己が意のままに従わせた。ムネーステールはその美貌のゆえにローマ市民からも絶大な人気を博しており、メッサーリーナが彼を劇場から宮殿の寝室に連れ去った時には、民衆は激昂して暴動を起こさんばかりになったという。のちメッサーリーナの重婚事件に連座して捕えられ、体の鞭痕を見せて皇后との情交は強制されたものであることを証したが、処刑された。
　なお小アグリッピーナ*（ネロー*帝の母）の解放奴隷で、女主人の死に殉じたムネーステール（？〜後59）とは別人である。
Suet. Cal. 36, 55, 57/ Tac. Ann. 11-4, -36, 14-9/ Dio Cass. 60-22, -28, -31/ Joseph. J. A. 19/ etc.

ムネーモシュネー　Mnemosyne, Μνημοσύνη,（仏）Mnémosyne,（伊）Mnemosine,（西）Mnemosina, Mnemósine

ギリシア神話中、「記憶」を擬人化した女神。ウーラノス*（天空）とガイア*（大地）の娘（⇒巻末系図002）。大神ゼウス*の５番目の配偶者で、詩の女神ムーサ*たち（ムーサイ*）の母。ゼウスは羊飼に変装し、ピーエリアー*において９夜続けて彼女と交わって、９人のムーサイの父となった。レバデイア*にあるトロポーニオス*の神託所の前に、彼女に捧げられた同名の泉ムネーモシュネーがあった。一説にムネーモシュネーは、大洋神オーケアノス*とテーテュース*との間の娘だとも伝えられる。
⇒レーテー、モネータ
Hes. Th. 54〜, 135, 915〜/ Hymn. Hom. Merc. 429/ Diod. 4-7, 5-67/ Paus. 1-2, 9-39/ Apollod. 1-1-3, -3-1/ Cic. Nat. D. 3-21/ etc.

ムムミウス　Mummius
⇒ムンミウス

ムーレーナ、アウルス・テレンティウス・ウァッロー　Murena, Aulus Terentius Varro
⇒ムーレーナ❸

ムーレーナ（家）　Murena,（ギ）Mūrēnās, Μουρήνας

ローマの名門リキニウス氏*に属する家名 cognomen。食道楽の先祖があらゆる種類の魚の養魚場を発明し、とりわけ「虎鱓 murena」を愛好したため、この家名がついたという。
Plin. N. H. 9-80-170/ Varro Rust. 3-3/ Macrob. Sat. 2-11/ etc.

ムーレーナ、リキニウス　Licinius Murena,（ギ）Likinios Mūrēna, Λικίνιος Μουρήνας,（伊）（西）（Lucio）Licinio Murena

ローマのリキニウス・ムーレーナ*家の男性名。
❶ルーキウス・リキニウス・ムーレーナ Lucius Licinius

系図390　ムーレーナ、リキニウス

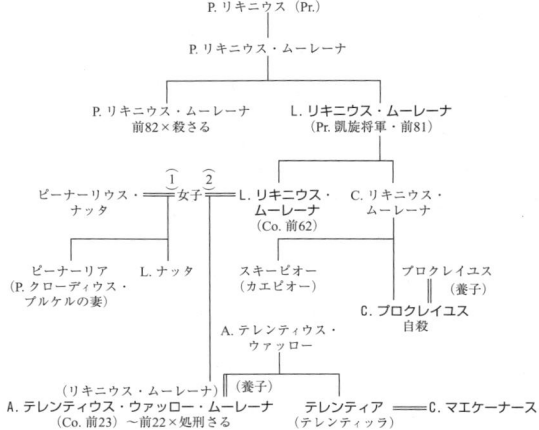

Murena（前1世紀前半）前82年マリウス*派に殺された P. ムーレーナの兄弟。スッラ*に随行してギリシアへ出征し、第1次ミトリダテース*戦争終結（前84）後、アシア*総督として残されるが、軍功にはやってコマーナ❶*の大神殿を略奪し、ミトリダテース大王*との間に戦火を再燃させた（前83〜前81）。小アジア各地を劫略ののち、ハリュス*河畔の戦いでミトリダテース軍に大敗を喫し、スッラによってローマへ召還された（前81）。同年、帰国すると、それに価しないにもかかわらず、凱旋式（トリウンプス*）の挙行を認められている。

Plut. Sull. 17〜/ App. Mith. 64〜/ Cic. Mur. 32/ etc.

❷ルーキウス・リキニウス・ムーレーナ Lucius Licinius Murena（前105頃〜?）❶の息子。第3次ミトリダテース*戦争でルークッルス*の部将として従軍し、アミーソス*を陥落させてテュランニオー*を捕えた（前71）。ローマに戻って前65年度の法務官（プラエトル*）となり、銀の舞台で演技を行なわせる派手な見世物で人心を収攬。属州ガッリア・トランサルピーナ*総督を務めたのち、前62年度の執政官（コーンスル*）に立候補して当選する。しかし、落選した Ser. スルピキウス・ルーフス*や小カトー*らに選挙人買収の廉で告訴され、時の一流弁論家 L. クラッスス*、ホルテーンシウス*、キケロー*といった錚々たる人々に擁護され、かろうじて罪を免れる。この時にキケローが披露した『ムーレーナ弁護演説 Pro Murena』が現存する（前63年11月）。翌年執政官に就任すると、彼は相役の D. ユーニウス・シーラーヌス*とともにカティリーナ*の陰謀仲間を処刑した。おそらくその後起きたローマの内戦中に殺されたらしい。

⇒レントゥルス・スーラ、C. アントーニウス❶

Plut. Luc. 15, 19, 25, Cat. Min. 21, 28/ Cic. Mur., Att. 12-21, 13-6/ Plin. N. H. 33-16/ etc.

❸アウルス・テレンティウス・ウァッロー・ムーレーナ Aulus Terentius Varro Murena。（?〜前22）❷の子。A. テレンティウス・ウァッロー*の養子となり、ウァッローの家名を帯びる。アウグストゥス*の信任あつい C. プロクレイウス*は彼の従兄弟に当たり、アウグストゥスの親友マエケーナース*の妻テレンティア❷*は彼の姉妹である。また彼自身、前25年にはアウグストゥスの命でアルペース*（アルプス）のサラッシー Salassi 族を平定し、前23年には補欠執政官（コーンスル*）に任ぜられている（異説あり）。にもかかわらず、翌前22年ファンニウス・カエピオー Fannius Caepio とともにアウグストゥス暗殺を謀って死刑に処せられた。この事件を契機にアウグストゥスとマエケーナースとの間に亀裂が生じていった。ウェッレイユス・パテルクルス*の人物評によれば、「ムーレーナのほうはこの事件さえなければ善良な人物で通ったであろうが、カエピオーのほうはもともと極悪人であった」とのことである。

Dio Cass. 53-25, 54-3, -15/ Suet. Aug. 19/ Vell. Pat. 2-88/ Hor. Carm. 2-2, -10/ Strab. 4-206/ etc.

ムンダ Munda,（ギ）Mūnda, Μούνδα
（現・Montilla ないし Monda）ヒスパーニア*南部の町。コルドゥバ*（現・コルドバ）の南方、ヒスパリス*（現・セビーリャ）の東方、ウルソー Urso（現・Osuna）市の西10 kmの丘陵に位置。前45年3月17日、カエサル*はこの町の近くでポンペイユス*の息子たちの軍勢を撃破し、敵兵3万3千を殺戮、この勝利によって内乱（前49〜前45）に終止符を打ち、ローマの支配者としての地位を不動のものとした。決戦に先立つ内臓占いで犠牲獣の心臓が見当たらぬという不吉な前兆が報告された時、カエサルは「余の望み次第でいくらでも吉兆になるのだ。動物に心臓がないからとて凶兆と見なすには及ばぬ」と断言。苦戦を強いられて一時は自殺すら考えたものの、徒歩で戦列の間をくぐり抜け「わしをあんな小僧どもの手に引き渡すつもりなのか！」と兵士らを叱咤激励した結果、勝利を獲得。敵将 T. ラビエーヌス❶*は戦死し、ポンペイユスの長男グナエウス・ポンペイユス❷*は斬首されたが、次男セクストゥス・ポンペイユス*は無事に落ちのびた。

⇒イレルダ、タプソス

De Bello Hispaniensi/ Plut. Caes. 56/ App. B. Civ. 2-432〜/ Suet. Iul. 35〜, 56, 77/ Liv. 24-42/ Val. Max. 7-6/ Sil. 3-100/ Vell. Pat. 2-55/ Plin. N. H. 3-1, 4-22/ Strab. 3-141/ Dio Cass. 43-39/ etc.

ムンドゥス Mundus,（〈ギ〉コスモス Kosmos, Κόσμος）
元来、ラテン語で「世界」の意。ローマの伝承では、ロームルス*が町を創建した時にフォルム*のコミティウム*（民会場）の周囲に掘った溝をいう。彼はエトルーリア*の祭儀にしたがって、この溝に農作物の初穂とローマ建設に参加した人々の故郷の土塊を投げ入れたのち、再び溝を土で埋めてから祭壇をその上に築いたとされている。また歴史時代にローマにはムンドゥスの名で呼ばれる石板で蓋をされた穴があって、これが冥界に通じていると信じられ、年に3度（8月24日・10月5日・11月8日）、下界の神々ディー・イーンフェリー Di Inferi を祀る祭日に蓋が外される習いであった。

なお、このラテン語ムンドゥスから、後世ヨーロッパの「世界」を指す諸語（仏）monde,（伊）mondo,（西）mundo 等が生じた。

⇒マーネース

Plut. Rom. 11/ Ov. Fast. 4-821〜/ Macrob. Sat. 1-16-18/ Festus 144〜145/ etc.

ムンミウス Lucius Mummius Achaicus,（ギ）Leukios Mommios Akhaikos, Λεύκιος Μόμμιος Ἀχαϊκός,（伊）Lucio Mummio Acaico,（西）Lucio Mumio Acaico
（前2世紀中頃）ローマの将軍。プレーベース*（平民）系の出自。前153年、法務官（プラエトル*）として外ヒスパーニア*でルーシーターニア*人と戦い、帰国して凱旋式（トリウンプス*）を挙行（前152）。次いで前146年度の執政官（コーンスル*）となるや、ギリシアへ遠征し、メテッルス❷*・マケドニクスを継いで、アカーイアー同盟*軍と交戦、鎧袖一触造作なく撃ち破って、コリントス*

市を占領。見せしめのため男は皆殺し、女子供は奴隷として売りとばし、この繁栄した都市に火をかけて徹底的に破壊し尽くした（コリントス戦争）。以来1世紀以上にわたってコリントスは地上から姿を消すことになり、ギリシア全土はローマの属州アカーイア*に変貌、その軍功ゆえに彼は翌前145年再び凱旋式を盛大に祝い、アカーイクス Achaicus（「アカーイア征服者」）の名で呼ばれた。戦利品として無数の芸術作品を得たが、それら全部をローマ市をはじめとするイタリア諸都市の装飾用に当て、1つとして私物化せず、相変わらず簡素な館に暮らし続けた。しかし、彼のコリントス略奪と美術品破却は悪名高く、兵士たちは貴重な絵画や彫刻を飲み競べや賭博の対象とし、またムンミウス自身、無教養だったので芸術作品の価値がわからず、これらをイタリアに運ばせる際に、搬出請負人らに対して「もし破損したなら、新しい物で取り替えよ」と命じて後世までの笑い種となったという。前142年にはギリシア文化愛好家の小スキーピオー*とともに監察官職（ケーンソル*）に就き、正反対の性格の2人は事々に対立を繰り返した。ムンミウスは当時のローマ人の間では例外的に無欲な人物で、国家に計り知れない富をもたらしておきながら、自分は蓄財せずに貧困の裡に没し、娘の結婚費用は国費によって賄われたといわれる。なお、彼の子孫から皇帝ガルバ*が出ている（曾孫ムンミア・アカーイカ Mummia Achaica がガルバの生母、⇒巻末系図099，本文系図391）。

⇒アリステイデース❸（テーバイ❶の）

Polyb. 393/ Liv. Epit. 52/ App. Pun. 135, Hisp. 56～57/ Dio Cass. 81/ Florus 2-16/ Paus. 7-16/ Cic. De Or. 2-66, Off. 2-22, Tusc. 3-22(53), Brut. 25, 94/ Vell. Pat. 1-13/ Plin. N. H. 35-8/ Just. 34-2/ Tac. Ann. 14-21/ Suet. Galb. 3/ etc.

メーウァーニア　Mevania,（ギ）Mēuaniā, Μηουανία
（現・Bevagna）ウンブリア*の町。クリートゥムヌス*川沿いにあり、白牛の飼養で有名。また詩人プロペルティウス*の生地ともいわれる。

Luc. 1-473/ Prop. 4-1/ Liv. 9-41/ Sil. 6-647, 8-458/ Strab. 5-227/ Ptol. Geog. 3-1/ etc.

メガイラ　Megaira, Μέγαιρα, Megaera
エリーニュエス*（エリーニュスたち）の1人。

メガクレース　Megakles, Μεγακλῆς, Megacles,（伊）Megacle
ギリシア人の男性名。なかでもアテーナイ*の名門アルクマイオーン家*（⇒巻末系図023）に属する政治家❶～❸がよく知られている。

❶（前7世紀）前632年の筆頭アルコーン*（執政官）。キュローン*が僭主政を樹立しようと試みて失敗した際、キュローン側一味の者たちを欺いて殺害した責任者。彼がアルクマイオーン家*の家長であったため、聖域に逃れた人々を騙して殺した瀆神罪の汚名が、一門全員にきせられることになった。

Thuc. 1-126/ Arist. Ath. Pol. 1/ etc.

❷（前6世紀）❶の孫。アルクマイオーン*の息子。アテーナイ*の政治家。シキュオーン*の僭主クレイステネース❶*の娘アガリステー Agariste を娶り（前575頃）、改革者クレイステネース❷*らの父となる（⇒巻末系図023）。ソローン*のアテーナイ退去後、海岸党 Paralioi を率いて活躍、リュクールゴス Lykurgos 率いる平野党 Pedieis と協力して僭主ペイシストラトス*を放逐するが、のち娘をペイシストラトスに嫁がせて再び彼を僭主の座に迎え入れる。ところが彼の娘との間に子を儲けることを望まぬペイシストラトスが、彼女を受胎させぬ方式（肛門性交か素股）でしか性交しなかったので、怒ったメガクレースはまたもやリュクールゴスと結託。女婿を失脚させアテーナイから追放する（前545）。三たびペイシストラトスが独裁者に返り咲いた時、彼は一門の人々とともに亡命を余儀なくされた。彼はかのペリクレース*の外曾祖父に当たる。

Herodot. 1-59～61, 6-126～131/ Arist. Ath. Pol. 13～15/ Plut. Sol. 29～/ Polyaenus 1-21/ etc.

❸（前5世紀前半）❷の孫。アテーナイ*の国政改革者クレイステネース❷*の子。前490年マラトーン*の戦いの折、アカイメネース朝*ペルシア軍が擁するヒッピアース*の僭主復辟に加担したとして、陶片追放*（オストラキスモス*）に処せらる（前487）。

Herodot. 6-131/ Plut. Alc. 1/ Pind. Pyth. 7-17/ Isoc. 16-26/ etc.

❹（？～前280）エーペイロス*王ピュッロス*の部下。タラース*（タレントゥム*）攻めの際、王と衣裳を交換して戦場に臨み、王の身替り＝影武者としてヘーラクレイア❶*でローマ軍に討ちとられた。

その他、友人らとともにミュティレーネー*の僭主政を打倒したメガクレースや、シュラークーサイ*の僭主ディオーンの兄弟メガクレース（前4世紀）、著名人士に関する書物を記したメガクレース、建築家のメガクレースら幾人もの同名異人がいる。

Plut. Pyrrh. 16～17, Dion 28/ Arist. Pol. 5-10(1311)/ Paus.

系図391　ムンミウス

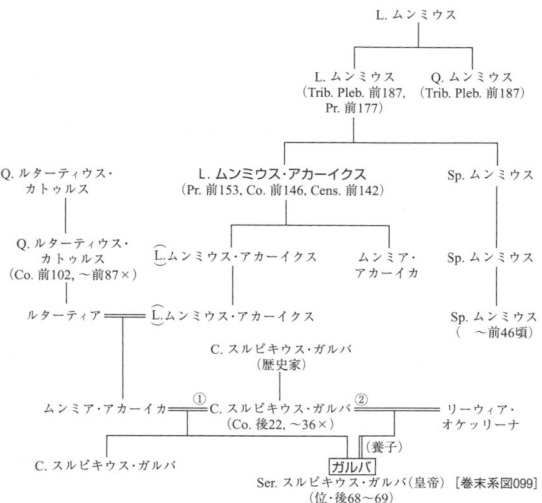

6-19/ Ath. 10-419/ Diod. 16-6, -10, 20-78/ Polyaenus 5-15/ etc.

メガステネース　Megasthenes, Μεγασθένης, （仏）Mégasthènes, Mégasthénès, （伊）Megastene, （西）Megástenes

（前350頃～前282頃）ギリシアの史家。イオーニアー*出身。セレウコス1世*ニーカートールによって、大使としてインド王サンドロコットス*（チャンドラグプタ Chandragupta）の宮廷へ派遣され、マウリヤ Maurya 朝の都パータリプトラ Paṭaliputra（〈ギ〉Palimbothra, Παλιμβόθρα。現・パトナー Patna）に駐在（前302頃～前291頃）、帰国後インドの地誌・習俗・社会・宗教等の見聞を『インド誌 Indika, Ἰνδικά』（4巻）に記した。同書はギリシア・ローマ人にとって貴重なインドに関する知識源だったが散佚し、諸書に引用された断片 ── ストラボーン*や大プリーニウス*、アッリアーノス*、ディオドーロス*（シケリアー*の）らの著作に ── のみ現存する。
⇒ネアルコス、クテーシアース
Strab. 2-70, 15-702/ Arr. Anab. 5-5, -6, Ind. 5, 7/ Plin. N. H. 6-21～24/ Clem. Al. Strom. 1-305/ Diod. 18-3/ Joseph. J. A. 10-11, Ap. 1-20/ Ath. 4-153/ Euseb. Praep. Evang. 9-41/ etc.

メガラ　Megara, Μέγαρα, （仏）Mégare, （葡）Mégara, （旧名・ニーサ Nisa）

（現 Mégara）ta Megara, τὰ Μέγαρα（「神殿」「大きな建物」の意。デーメーテール*の神域に由来）。ギリシアのコリントス*地峡東方にある都市。東のアテーナイ*と西のコリントスからほぼ等距離に位置し、ペロポンネーソス*半島への通路に当たるうえ、サローニコス Saronikos 湾に良港ニーサイア Nisaia,（ラ）Nisaea を擁していたため、早くから海上に活躍した。メガリス*地方の主都。名祖はポセイドーン*の息子でこの地に葬られたという英雄メガレウス Megareus（異説ではゼウス*と水のニュンペー*（ニンフ*）との子メガロス Megaros）。伝説によると、初代の王はポローネウス*の子カール Kar（⇒巻末系図003）で、市壁の建造者はペロプス*の子アルカトオス*（メガレウスの女婿）という。古くはアッティケー*の支配圏にあったが、ドーリス*人の侵入とコドロス*王の死後、集住 synoikismos によりドーリス系の都市 polis として創建された（前1100頃）。交易で力を蓄え、前8～6世紀には多くの植民市を建設。その主なものは、シケリアー*（現・シチリア）のメガラ・ヒュブライア*、ボスポロス*のカルケードーン*とビューザンティオン*、ビーテューニアー*のアスタコス*とヘーラクレイア❹などである。羊毛業も盛んで、都市は前7世紀の僭主テアーゲネース*（アテーナイのキュローン*の岳父）の頃に繁栄を極めるも、その後繰り返された内訌によって国力は次第に衰えた。商業活動においても、ミーレートス*、アテーナイ、コリントス、ケルキューラ*（コルキューラ*）の圧迫を受けるようになり、前600年頃にはサラミース❶*島をアテーナイに奪われ（⇒ソローン）、西部地域はコリントスの領有に帰した。前6世紀末ペロポンネーソス同盟に加入し、ペルシア戦争*でもサラミースの海戦（前480）やプラタイアイ*の戦い（前479）に活躍した。しかし前459年、コリントスの攻撃を受けたためにアテーナイの援助を求めた結果、逆にアテーナイ軍に占拠される破目に陥り（前458）、前447年アテーナイがコローネイア*の戦いで敗れるや、メガラ市民は反乱を起こしてアテーナイ人守備隊を皆殺しにし、アッティケーに迫った（前446）。その後アテーナイのペリクレース*はメガラの経済封鎖令を提案して、エーゲ海や黒海貿易からメガラを締め出した（前432）が、このことはペロポンネーソス戦争*（前431～前404）勃発の要因となった。同戦争中アテーナイに占領されんとしたところをスパルター*の将ブラーシダース*に救われ（前424）、戦後再び往年の繁栄を恢復、ヘレニズム時代にはアカーイアー同盟*に加わった（前243）。教訓詩人テオグニス*やメガラ派哲学の創始者エウクレイデース*の出身地として有名。ギリシア喜劇もこの地に発生したといわれ、学問芸術の一中心地でもあった。また、古王ディオクレース❶*を記念する春の祭礼ディオクレイア Diokleia では、若者たちの接吻コンクールが行なわれていたことが知られている。現在のところ大きな泉屋や防御施設、主要道路、住宅などの遺構が発掘されている。
⇒オルシッポス、ディオクレース❶、ニーソス❶、
Herodot. 5-76, 8-1, -45, -74, 9-21～/ Thuc. 1-67, -103, -114, -139, 2-31, 3-51, 4-66～/ Xen. Hell. 1-1-36/ Strab. 9-391～/ Paus. 1-39～/ Theoc. 12-27～/ Apollod. 3-15-5, -15-8/ Arist. Rh. 1-2, Pol. 5-5/ Plut. Per. 30/ Theog. 771/ Ael. V. H. 6-1, 12-53, -56/ Isoc. 8-117/ Ar. Ach. 533/ Polyb. 2-43/ Tertullian. Apol. 39/ Suda/ etc.

メガラー　Megara, Μεγάρα, （イオーニアー方言）メガレー Megare, Μεγάρη, （仏）Mégara, Mégare, （西）（葡）Mégara

ギリシア神話中、英雄ヘーラクレース*の最初の妻。テーバイ❶*王クレオーン❷*の長女。オルコメノス*のミニュアイ*人（⇒エルギーノス）を破った褒美としてヘーラクレースに与えられ、3人の息子（異説あり）を産む。ヘーラクレースがケルベロス*を生け捕りにするべく冥界へ降っている間（第12の功業）、リュコス*がクレオーンを殺してテーバイの王位を簒奪、メガラーとその子供たちをも殺さんとしているところへ、英雄が帰還して復讐を遂げた。しかるに、ヘーラー*が「狂気 Lyssa」の女神を送って英雄を乱心させたため、彼はメガラー、自分の息子たち、さらには寵愛していた美青年スティキオス Stikhios をも射殺。アテーナー*が巨石を投じて彼を人事不省にさせなかったなら、養父アンピトリュオーン*をも殺してしまうところであったという。メガラーは殺されずに、ヘーラクレースによって、彼の甥で愛人でもあるイオラーオス*の妻にされたという説もある。なお、狂乱するヘーラクレースの悲劇は、ギリシアのエウリーピデース*やローマの哲学者セネカ*らの作品に主題として取り上げられている。

⇒巻末系図 006, 017

Hom. Od. 11-269〜/ Pind. Isthm. 4-63〜/ Paus. 1-41, 9-11, 10-29/ Eur. H. F./ Apollod. 2-4-11〜12, -6-1, -7-8/ Hyg. Fab. 31〜32, 72, 241/ Diod. 4-10〜11/ Sen. Hercules Furens/ etc.

メガラ・ヒュブライア　Megara Hyblaia, Μέγαρα Ὑβλαῖα,（ラ）メガラ・ヒュブラエア Megara Hyblaea,（仏）Mégare Hyblée,（独）Megara Hybläa,（伊）Megara Iblea

前8世紀中葉（伝承では前728）、シケリアー*（現・シチリア）島東岸にギリシア本土の都市 polis メガラ*からの移民によって創建された植民市。シュラークーサイ*の西北22 kmの地に位置する。のち母市メガラから指導者を招いて植民市セリーヌース*（現・セリヌンテ Selinunte）を同島の西南岸に設立した（前651、あるいは前628）。前483年、シュラークーサイの僭主ゲローン*によって破壊されたが、ペロポンネーソス戦争*（前431〜前404）中の前414年、シュラークーサイの人々がアテーナイ*遠征軍に対する砦として再興し、ティーモレオーン*の時代に繁栄をとり戻した（前340頃）。第2次ポエニー戦争*（前218〜前201）中、ローマの将軍マールクス・クラウディウス・マルケッルス❶*に占領・破壊された（前214）ものの、ローマ共和政末期に至るまで人々が居住し続けたものと見られ、前37年頃オクターウィアーヌス*（のちのアウグストゥス*）は、セクストゥス・ポンペイユス*に対する征戦の際に、この町に要塞を築いている。名称の由来は、先住民シケロイ*人の王ヒュブローン Hyblon がこの土地を提供したことによる、と伝えられる。広場アゴラー*や道路、ヘレニズム時代の市壁、郊外の神殿や墓地の遺構などが今日残っている。また当初の道路網や建築跡は、最も早い時期のギリシア植民市の都市計画を代表する実例として重視されている。なお、この都市は古代においては母市と同じく単にメガラと呼ばれており、メガラ・ヒュブライア（ヒュブレー Hyble, Ὕβλη 川畔のメガラ人たち Megareis Hyblaioi, Μεγαρεῖς Ὑβλαῖοι の町）という名称は両者を区別するべく設けられた後代の造語でしかない。

⇒ガレオス（ガレオーテース）

Herodot. 7-156/ Thuc. 6-4, -49, -75, -94, -97/ Liv. 24-30, -35/ Strab. 6-267〜/ Sil. 14-273/ Diod. 20-32, 23-4/ Plut. Marc. 18/ Diog. Laert. 8-3/ Plin. N. H. 3-8-89/ Ptol. Geog. 3-4/ Paus. 5-23-6/ Euseb. Chron./ Suda/ etc.

メガリス　Megaris, Μεγαρίς,（仏）Mégaride,（伊）Megaride

メガラ*を主都とするギリシアの地方名。アッティケー*の西方、アルゴリス*の東方に位置する。英雄ヘーラクレース*の母アルクメーネー*の墓やエウリュステウス*の墓、怪人スケイローン*（スキーローン*）の岩、イーノー*が子メリケルテース*とともに海に投身した岩山、娘スキュッラ❷*の裏切りで滅んだ王ニーソス*の古蹟など、神話伝説に基づく名所があった。

Strab. 9-391〜/ Paus. 1-39〜/ Mela 2-3/ Plin. N. H. 4-7/ Herodot. 9-14/ Thuc. 2-31/ Ptol. Geog. 3-14/ Diod. 4-59, 11-17/ etc.

メガレー・ポリス　Megale Polis, Μεγάλη Πόλις (Megala Polis, Μεγάλα Πόλις), Megalopolis

⇒メガロポリス

メガレーンシア　Megalensia

⇒ルーディー・メガレーンセース

メガロポリス（正しくはメガレー・ポリス*）　Megalopolis, Μεγαλόπολις, Megale Polis, Μεγάλη Πόλις,（仏）Mégalopolis,（伊）Megalopoli,（西）（葡）Megalópolis

（現・Megalópoli）「大きな都市」の意。アルカディアー*南部、アルペイオス*河上流近くの都市。テゲアー*の西南およそ20マイルの地に位置する。ピロポイメーン*およびポリュビオス*の出身市として有名。メガロポリスは、レウクトラ*の戦い（前371）でスパルター*を破ってギリシアの覇者となったテーバイ❶*の名将エパメイノーンダース*が、スパルター*を牽制するために、アルカディアー同盟の中心市として建設（前370〜前367）。パンメネース*率いる神聖部隊*に防衛されつつ、40に及ぶアルカディアー諸市の住民がここに集住シュノイキスモス synoikismos した。ペロポンネーソス*半島の中央部の要地を占めたが、創建当初からスパルター*を筆頭とするペロポンネーソス諸都市の敵意や攻撃を受け、そのため北方の大国マケドニアー*と終始友交関係を保った。アレクサンドロス大王*の死（前323）後は、僭主テュランノス Tyrannos によって支配され、前235年最後の僭主リューディアダース Lydiadas（?〜前227戦死、在位・前244〜前235）の統治下にアカーイアー同盟*に加わった。その後、スパルター王クレオメネース3世*に占領され（前223）、捕虜となった男性市民は皆殺しに、また市は破壊し尽くされたうえで焼き払われた。翌前222年、将軍ピロポイメーンによって再建され、アカーイアー同盟の主導的役割を果たすようになるが、やがてローマに服属するに至った（前146）。ローマ帝政期には、すっかり荒廃してしまっており、「大いなる都市メガレー・ポリスは大いなる廃墟はやだ」という言葉が戯言として流行するほどであった。創建時に市民は哲学者プラトーン*に立法を依頼したが、プラトーンは彼らが所有の平等を望んでいないことを知って招聘を拒否したとか、町がスパルター王アーギス4世*に攻撃された時、強い北風が吹いて敵の攻城兵器を倒壊させたため、市民は北風ボレアース*を崇拝するようになったといった話が残されている。今日、ギリシア最大規模の劇場テアートロン*（約2万1千人収容）をはじめ、ゼウス*神殿、ローマ時代の浴場などの遺跡を見ることができる。現代アメリカ合衆国東北部の巨大都市をメガロポリスと呼ぶのは、このギリシア語名に由来する。

なお、同名の都市としては、前64年にローマの将ポンペイユス*によって小アジアのハリュス*河畔に創建されたポントス*のメガロポリス（帝政期にセバステイアSebasteiaと改名。現・Sivas）市や、小アジア南西部カーリアー*地方の都市アプロディーシアス*Aphrodisiasの別称メガロポリス（現・Geyre近郊の遺跡）市がよく知られている。
Paus. 8-27, -49～/ Strab. 8-388/ Polyb. 2-44, -55, 9-18, -26/ Liv. 28-8, 32-5, 35-36, 36-31, 45-28/ Diod. 15-72, -94, 16-39, 18-56/ Xen. Hell. 7-5/ Plin. N. H. 4-6-20/ Ptol. Geog. 3-14/ Steph. Byz./ etc.

メサームブリアー Mesambria
⇒メセーンブリアー

メサーンブリアー Mesambria
⇒メセーンブリアー

メサーンブリエー Mesambrie
⇒メセーンブリアー

メセームブリアー Mesembria
⇒メセーンブリアー

メ（一）ゼンティウス Mezentius,（ギ）メセンティオス Mesentios, Μεσέντιος,（仏）Mézence,（伊）Mezenzio,（西）Mezencio

伝説上のエトルーリア*の暴君。カエレ*（現・チェルヴェテリ Cerveteri）の支配者だったが、その残忍さゆえに国民から追放され、ルトゥリー*人の王トゥルヌス*に味方してアエネーアース*（アイネイアース*）と闘った。息子ラウスス Lausus とともにアエネーアースに討たれたとも、アスカニウス*（アエネーアースの子）に敗れたとも伝えられる。彼が好んだ、生者を屍体と向かい合わせにくくりつけ、血膿と糜爛した腐臭の裡に悶死に至らしめるという緩慢にして冷酷な処刑法は悪名高い。メッセンティウス Messentius、メーデンティウス Medentius などさまざまに表記される。オスキー*系起源の男性名と考えられている。
⇒巻末系図049
Verg. Aen. 7-647～, 8-470～, 9-586～, 10-768～, 11-1～/ Serv. ad Verg. Aen. 1-259, -267, 4-620, 6-760, 9-742/ Macrob. Sat. 3-5/ Ov. Fast. 4-877～/ Liv. 1-2～3/ Dion. Hal. Ant. Rom. 1-64/ Plut. Mor. 275e/ etc.

メセーンブリアー（または、メサーンブリエー） Mesembria, Μεσημβρία,（Mesambrie, Μεσαμβρίη）,（ドーリス方言）メサーンブリアー Mesambria, Μεσαμβρία,（トラーキア語）Mesabrja,（仏）Mésembrie（Mésambriè）,（独）Mesembrien
（現・Nesebûr, Nesebăr,）トラーキアー*（トラーケー*）東岸、黒海（ポントス*）に臨む都市。ミーレートス*の植民市オデーッソス Odessos（現・オデッサ）の南方に位置。前7世紀にビューザンティオン*とカルケードーン*からの移民によって建設されたが、両市ともメガラ*を母市としていたので、メセーンブリアー自体もメガラの植民市と呼ばれることがある。またビューザンティオン、カルケードーン両市の住民は、アカイメネース朝*ペルシア*海軍を構成するフェニキア*艦隊に攻撃されると、町を捨ててメセーンブリアーへ逃れている（前493）。
⇒トモイ（トミー）
Herodot. 4-93, 6-33/ Mela 2-2/ Ov. Tr. 1-10/ Plin. N. H. 4-11-45/ Strab. 7-319/ Ptol. Geog. 3-10, -11/ Scylax/ etc.

メソポタミアー Mespotamia, Μεσοποταμία,（ラ）メソポタミア Mesopotamia,（仏）Mésopotamie,（独）Mesopotamien,（アラム語）Beth Nahrain, Beynnahīn,（ペルシア語）Miyanrudan
（「両河の間の地」の意）（現・〈アラビア語〉Bilad ma bayn Al-Nahrayn）別称；Aram Naharaïm,（ヘブライ語）Paddan Aram。ティグリス*、エウプラーテース*（ユーフラテス）両河の流域地方。エジプトとともに世界最古の文明が発達し、前4千年紀以来シュメルをはじめ、アッカド、バビュローニアー*、アッシュリアー*などさまざまな民族が次々に王朝を樹立。アカイメネース朝*ペルシア*帝国の滅亡（前330）まで3千年以上にわたって独自の優れたメソポタミアー文化が開花した。北部のアッシュリアー地方（アラビア語）Jazīrah と南部のバビュローニアー地方（アラビア語）'Irâq 'Arabī に分かれる。古いギリシア語の用法では「メソポタミアー」は北部にのみ限定されていたが、後代には南部をも包含した両河地域の総称となった。早くから運河による灌漑が進み、エジプトにまで達する肥沃な半月地帯の大部分を成し、また交通の要衝に当たるため、バビュローン*、セレウケイア*、クテーシポーン*などの大都市が繁栄した。アレクサンドロス大王*の征服以後、ヘレニズム文化が広まり、のちパルティアー*とローマの争奪戦が繰り広げられる場となる。トライヤーヌス*帝の親征（後114～117）でローマ帝国の属州メソポタミアが成立したものの、間もなく放棄され（117）、L. ウェールス*帝（162～165）、次いでセプティミウス・セウェールス*帝（197～199）の征服が行なわれた結果、かろうじて北部メソポタミアーの一部のみが、ローマ領として保持された。
⇒カッライ、エデッサ、ニシビス
Polyb. 5-44/ Strab. 11-521, 16-736～/ Plin. N. H. 6-30/ Mela 1-11/ Diod. 2-11, 18-3/ Ptol. Geog. 1-12, 5-12, -17, -18/ Arr. Anab. 3-7-3, 7-7-3, Ind. 42/ Plut. Luc. 21/ Curtius 3-2, 4-9, 5-1/ Tac. Ann. 6-37/ Dio Cass. 68-26, 75-9/ S. H. A. Hadr. 5/ Amm. Marc. 18-7, 25-8/ etc.

メダウラ Medaura
⇒マダウルス

メタウルス　Metaurus, （ギ）メタウロス Metauros, Μέταυρος, （仏）Métaure, （伊）（西）Metauro

（現・Metauro）ウンブリア*を流れる川の名。アーペンニーヌス*（アペニン）山脈に発し、東へ68マイル流れてファーヌム・フォルトゥーナエ*（現・Fano）の近くでアドリア海に注ぐ。第2次ポエニー戦争*中の前207年、この畔でハスドルバル❷*は、ローマの執政官たち、M. リーウィウス・サリーナトル*とC. クラウディウス・ネロー Claudius Neroに敗死した。斬り落とされたハスドルバルの首は剥製にされて、アープーリア*にいる兄ハンニバル❶*の陣地に投げ込まれた。それを見たハンニバルは、「カルターゴー*の命運ここに極まれり」と嘆いたという。
Polyb. 11-1～3/ Liv. 22-46～51, 27-43～/ Strab. 5-227/ Plin. N. H. 3-14/ Mela 2-4/ Sil. 8-449/ Luc. 2-405/ Aur. Vict. De Vir. Ill. 48/ Hor. Carm. 4-4/ Flor. 1-22/ Val. Max. 7-4-4/ App. Hann. 52/ Oros. 4-18/ Eutrop. 3-18/ etc.

メタネイラ　Metaneira, Μετάνειρα, Metanira, （仏）Métanira

ギリシア神話中のエレウシース*王ケレオス❶*の妻。末子デーモポーン❷*の乳母として女神デーメーテール*を迎え入れたものの、女神がデーモポーンを不死にしようとして火中に置いているのを目撃し、悲痛な叫び声をあげたために、子供を死なせてしまったという。

なお、彼女の息子の1人アバース Abas は、デーメーテールがエレウシースに到着した時、飲物をあまりに勢いよく飲むのを見て嘲け笑ったために、女神の怒りをかい、一匹の蜥蜴に変えられたと伝えられる。しかし、異説では、蜥蜴に姿を変えられた少年の名は、アスカラボス Askalabos, Ἀσκάλαβος（ミスメー Misme なる女の息子）であったという。
⇒トリプトレモス
Hymn. Hom. Cer. 101, 185～/ Apollod. 1-5-1～/ Paus. 1-39/ Ov. Met. 5-444～, Fast. 4-539/ Nonnus Dion. 19-80～/ Ant. Lib. Met. 24/ etc.

メタポンティオン　Metapontion, Μεταπόντιον, Metapontium, （ラテン語名）メタポントゥム*

Metapontum, （仏）Métaponte, （独）Metapont, （伊）（西）Metaponto

（現・Metaponto）イタリア最南部、ルーカーニア*沿岸のギリシア人都市。タラース*（タレントゥム*）の西49km、タレントゥム湾に面する。伝説上の名祖はシーシュポス*の子メタポントス Metapontos（カミラ*の父メタボス Metabos と同一人物。⇒アイオロス❸）。英雄ネストール*の部下の創建になると伝えるが、歴史的には前700年頃（エウセビオス*の所伝では前773年）、シュバリス*とクロトーン*のアカイアー*人系植民市として設立された。沃土に恵まれて栄え、デルポイ*の聖域内に市の宝庫を造営、また哲学者ピュータゴラース*は、この町に隠栖し、40日余りの断食の後に死んだと伝えられる（前497頃）。ペロポンネーソス戦争*（前431～前404）中は、シュラークーサイ*遠征を試みたアテーナイ*を支持し（前415～前413）、次いで前332年には南イタリアへ侵攻したエーペイロス*王アレクサンドロス1世*と同盟を締結、同王はこの町の近くに葬られた（前330）。ピュッロス*戦争（前281～前275）の間、他のマグナ・グラエキア*諸都市とともにローマ人に征服され、第2次ポエニー戦争*では、カンナエ*の合戦（前216）後、ローマに背いてハンニバル❶*に加担し（前212）、前207年には彼の撤退に住民も同行した。かくて盛衰を繰り返した市はほどなく廃墟と化し、再び過去の繁栄をとり戻すことはなかった。アポッローン*やゼウス*らに献げられた幾宇かのギリシア神殿や、劇場、城壁などの遺跡が残る。その他、郊外には植民者に割り当てられた規則的な農地分割の跡が確認されている。

なお、この市の僭主政は、愛する美少年を僭主に力づくで奪われそうになった青年アンティレオーン Antileon が僭主を殺害した結果、打倒されたと伝えられている（⇒ヒッパーリーノス）。
Herodot. 4-15/ Thuc. 7-33, -57, 6-44, 7-33, -57/ Polyb. 10-1/ Liv. 1-18/ Strab. 5-222, 6-264～/ Plut. Mor. 760c/ Just. 12-2, 20-2/ Euseb. Chron./ Iambl. Vita Pyth. 170, 249, 266/ Cic. Fin. 5-2/ Diod. 4-67, 13-3, 16-66/ Mela 2-4/ Hyg. Fab. 186/ Diog. Laert. 8-40/ etc.

メタポントゥム　Metapontum
⇒メタポンティオン（のラテン語形）

メッサー（ッ）ラ　Messal(l)a, （ギ）Messālās, Μεσσάλας, （西）Mesala

ローマの名門ウァレリウス氏*の家名。前3世紀から後6世紀初頭までの間に22回の執政官職と3度の監察官職を得たことが記録に残る。帝政期に皇后メッサーリーナ*（クラウディウス*帝の妻）を出した家柄として名高い。

❶マーニウス・ウァレリウス・マクシムス・コルウィーヌス・メッサー（ッ）ラ M'. Valerius Maximus Corvinus Messal(l)a（前3世紀）第1次ポエニー戦争*勃発の翌年（前263）、執政官としてシキリア*（現・シチリア）へ渡り、カルターゴー*＝シュラークーサイ*の連合軍を撃破。メッサーナ（現・メッシーナ Messina）市を救出したことから「メッサー（ッ）ラ（メッサーナの転訛）」の副名 cognomen を贈られた。カタナ*（現・カターニア Catania）の町からは当時珍しかったギリシア式日時計をローマに持ち帰り、フォルム*に設置して最初の公共用時計とした。凱旋式を祝い、監察官職に就任（前252）、またローマ市民としてはじめて元老院に戦勝記念の壁画を描かれるなどの栄誉を得た。
⇒ヒエローン2世
Polyb. 1-16～17/ Liv. 16/ Sen. Brev. Vit. 13/ Plin. N. H. 7-60-214, 35-7-22/ Zonar. 8-9/ Macrob. Sat.1-6/ Val. Max. 2-9/ Eutrop. 2-19/ Oros. 4-7/ Diod. 23-4-1/ etc.

❷マールクス・ウァレリウス・メッサー（ッ）ラ・コルウィーヌス M. Valerius Messal(l)a Corvinus（前64～後8）❶

の子孫。将軍・政治家・文芸保護者。アウグストゥス*（オクターウィアーヌス*）の有力な側近。はじめ共和政派としてカッシウス*らとともにピリッポイ*の戦いに加わり（前42）、敗北ののちアントーニウス*の幕下に服属、しかしエジプト女王クレオパトラー7世*の影響力が甚だしくなるのを見て、今度は三転してオクターウィアーヌス側に旗幟を変じ、その主要な部将となって活躍した。「私はいつも正しい方の味方をして来た」と揚言し、前31年にはアントーニウスから剥奪された執政官（コーンスル*）の地位を与えられる。前28年から翌年にかけて、アクィターニア*の属州総督 Proconsul として赴任、同属州を平定して凱旋式（トリウンプス*）を認められた（前27年9月）。元老院を代表してアウグストゥスに「国父（パテル パトリアエ） Pater patriae」の称号を贈り、前26年に皇帝から初代の首都長官 Praefectus urbi 職に任じられたが、数日後に辞任した。彼はまた、詩人ホラーティウス*やティブッルス*、オウィディウス*との交友でも知られ、学者や文人のパトロンとして、さらに彼自ら詩人・雄弁家・史家・文法学者としても盛名を馳せている。晩年には老齢と病気のため、記憶力を失い、自身の名前さえ思い出すことができなくなったという。

父はキケロー*の友人で前61年度の執政官となったマールクス・ウァレリウス・メッサーッラ M. Valerius Messalla（前102頃～前50頃）で、前61年の執政官。ルーフス Rufus（「赤い」の意）と渾名された同名の従弟マールクス・ウァレリウス・メッサーッラ M. Valerius Messalla（前100～前26。前53年度の補欠執政官）と区別するために、ニゲル Niger（「黒い」の意）と呼ばれていた人物である。

同名の息子マールクス・メッサーッラ・メッサーッリーヌス M. Valerius Messalla Messallinus も能弁な政治家で、前3年度の執政官を経て後9年にはイッリュリクム*の総督として派遣されパンノニア*およびダルマティア*の反乱を鎮圧、凱旋式顕章を贈られるが、ティベリウス*帝の治世には終始巧みな阿諛追従を行なって皇帝の機嫌をとり結んだ。

⇒スルピキア、巻末系図060, 077

Tac. Ann. 3-34, 4-34, 6-11, 11～6～7, 13-34/ Suet. Aug. 58, 74, Claud. 13/ Plin. N. H. 7-24/ Tib. 1-1, 2-5/ App. B. Civ. 4-38, 5-102～/ Val. Max. 2-9/ Hieron. Chron./ Dio Cass. 56-8, -41/ Gell. N. A. 9-11/ Mart. 8-3, 10-2/ Cic. Brut. 70, Att. 1-12～14, 4-9, -16, Fam. 8-2, -4/ Quint. Inst. 1-5, -7, 9-4/ Ov. Tr. 4-1, Pont. 1-7, 2-2/ Vell. Pat. 2-71/ etc.

❸ルーキウス・ウァレリウス・メッサーラ・ウォレスス L. Valerius Messala Volesus（後1世紀初頭）執政官（コーンスル*）（後5）を経てアシア*の属州総督（プロコーンスル*）となり、任地で1日に300人を斬首して死体の間を歩きながら、「王者のごとき気分だ！」と叫んだという残忍な政治家（12頃）。

Tac. Ann. 3-68/ Sen. Ira 2-5/ Sen. Controv. 7-6/ etc.

メッサーナ Messana, ギリシア名・メッセーネー Messene, Μεσσήνη, （ドーリス*方言）メッサーナー Messana, Μεσσάνα, （仏）Messine, （西）Mesina, （シチリア語）Missina, （前名・ザンクレー* Zankle, Ζάγκλη, Zancle）

（現・メッシーナ Messina）同名の海峡に面したシケリアー*（現・シチリア）島東端の港湾都市。ディカイアルコス*やエウエーメロス*（エウヘーメルス*）の生地として知られる。当初キューメー❷*（クーマエ*）の海賊が築いた町だったが、前725年頃エウボイア*島カルキス*の植民市として建設され、その入江の形状からザンクレー（「利鎌」の意）と名づけられた。まもなくザンクレーは、シケリアー島北岸にミューライ*、次いでヒーメラー*といった植民市を築いていった。前490年頃、海峡対岸の都市レーギオン*の僭主アナクシラース*に占領され、彼がペロポンネーソス*半島のメッセーネー*出身だったため、ザンクレーの町もメッセーネーと改称されて、ほどなくサモス*やメッセーネー本土からの移民を受け入れるようになる（前486）。

前397／396年、ヒミルコーン❷*率いるカルターゴー*軍が町を占領し破壊したものの、シュラークーサイ*のディオニューシオス1世*が奪取するに及んで急速に復興した。にもかかわらず、その後はカルターゴー側について「シケリアー王」を称するアガトクレース*（在位・前304～前289）と対立。アガトクレースが死ぬと、その傭兵軍マーメルティーニー*が町を占領し、市民を殺戮したり女子供を奴隷にするなど暴虐を働いた（前288）。カルターゴーと結んだシュラークーサイのヒエローン2世*が、マーメルティーニー討伐に乗り出すと、大敗した傭兵軍はローマ*に救援を求めた（前264）。これを好機としてローマ軍はシケリアーへ進出、かくてカルターゴーとローマの直接戦・第1次ポエニー戦争*（前264～前241）の火蓋が切って落とされた（⇒メッサーラ❶）。戦争終結後、メッサーナはローマの同盟市となり、前211年には属州シキリア*に組み込まれた。ローマ共和政末期にセクストゥス・ポンペイユス*を支持したせいで、前36年にはオクターウィアーヌス*（のちのアウグストゥス*）軍に劫略されたが、ローマ帝政下に交易都市として繁栄を取り戻した。

考古学上の遺物は1908年の地震で大半が破壊されてしまったが、その後ヘレニズム・ローマ時代の墓地や、アルカイック期の聖域（前8～前7世紀頃）、直交する格子状街路網をもつ整然たるギリシア式都市計画（プラン）、各時代の家屋などの遺構が発掘されている。

Herodot. 6-22～24, 7-164/ Thuc. 6-4～5, 5-1/ Cic. Verr. 2-2-5, -46, -3-6, -4-8, -10/ Strab. 6 -267～/ Arist. Pol. 5-3/ Paus. 4-23/ Liv. Epit. 16, 21/ Diod. 4-85, 11-48, -59, -66, -76, 12-54, 13-61, 14-8, -40, -44, -56～58, -78, -87, -103, 16-9, -69, -110, 21-18, 22-13, -18, 24-1/ Polyb. 1-7～/ Plut. Dion 58, Tim. 20, 34, Pyrrh. 23～/ Zonar. 8-8, -10, -12/ Ptol. Geog. 3-4, 8-9/ Steph. Byz./ etc.

メッサ（ー）ピアー Messapia, Μεσσαπία, （仏）Messapie, （独）Messapien

イタリア東南部の地名。アープーリア*とカラブリア*

を包含する地域の古称（⇒メッサーピイー）。

メッサーピイー（族） Messapii,（ギ）メッサーピオイ
Messapioi, Μεσσάπιοι,（英）Messapians,（仏）Messapes, Messapiens,（独）Messapier,（伊）Messapi,（西）Mesapios

イタリア東南端（靴の踵）にいたイッリュリアー*系の種族。この地域は、イアーピュギアー*、カラブリア*とも呼ばれる。名祖はボイオーティアー*出身の英雄メッサポス Messapos。伝承によれば、住民はクレーター*（クレーテー*）島からの移民とされ、前473年タラース*（タレントゥム*）と交戦して、これを撃破したという。ペロポンネーソス戦争*（前431〜前404）中はアテーナイ*と同盟を締結、しかるに、ピュッロス*戦争（前281〜前275）ではタラースの味方をしたため、ローマの征服するところとなった（前266頃）。
⇒ダウヌス、アープーリア、ブルンディシウム
Herodot. 7-170/ Thuc. 7-33/ Polyb. 3-88/ Strab. 6-281, 9-405/ Liv. 8-24/ Plin. N. H. 3-11/ Ov. Met. 14-513/ Ant. Lib. Met. 31/ Diod. 13-11, 20-104/ Steph. Byz./ etc.

メッサーリーナ、ウァレリア Valeria Messalina
（Messallina）,（ギ）Ūaleriā Messālīna, Οὐαλερία Μεσσαλῖνα,（仏）Messaline,（西）Mesalina,（露）

（後24頃〜48年秋）ローマ皇帝クラウディウス*の3度目の妻（⇒巻末系図096, 076〜077, 079）。名門マールクス・ウァレリウス・メッサーラ M. Valerius Messal(l)a Barbatus とドミティア・レピダ*の間に生まれ、14歳で即位前のクラウディウス（48歳）と結婚し（39頃）、1女オクターウィア❷*と1男ブリタンニクス*を産む。情欲と残忍の権化として悪評高く、帝室に連なる近親や上流身分の人々を大勢破滅させる一方、無数の男たちと情事を重ねて浮名を流した。臆病な夫帝を思い通りに操縦し、ブリタンニア*遠征の凱旋式（トリウンプス*）には有蓋馬車で行進（44）、名誉あるアウグスタ*の称号を得るや一層専横を募らせ、欲望の赴くままに売官・収賄や財産没収、密通などの乱行にはしり、少しでも意に染まぬ者は容赦なく処刑ないし暗殺して憚らなかった（犠牲になった元老院議員35人、騎士は300人以上に及ぶ）。さらに宮殿を売春窟と一変せしめ自ら娼婦となって春を鬻いだばかりか、ローマの貴婦人たちにも彼女らの夫の目前で同じことをやらせて娯しんだという。また当時名うての淫売女に1昼夜続けさまに何度性交ができるか試合を行なわせたとか、自ら最も評判の娼婦と競い合い、1昼夜ぶっつづけに25回の性交を行なって勝利を収めたとか言い伝えられている。放縦を極めた果てに、ローマきっての美青年貴族ガーイウス・シーリウス*に熱中し、クラウディウスのローマ不在中に正式の手続きを踏んで結婚式を挙げ、公然とシーリウスを帝位に即けようと企てた。ところが、帝室の有力な解放奴隷ナルキッスス*は、すぐさま彼女の重婚と反逆計画を通報し、怯えるクラウディウスを励ましてシーリウスら皇后の情夫たちを一網打尽に捕えて迅速に処刑させ、メッサーリーナには弁明も許さず、皇帝が心変わりせぬうちに刺客を派遣して殺害させた（24歳。異説あり）。彼女の名前や肖像は一切抹消され、代わってネロー*の母・小アグリッピーナ*が皇后に冊立（さくりつ）されることになった。

夜ごとメッサーリーナが宮殿を抜け出して売春宿へ通い、リュキスカ Lycisca という源氏名の娼婦になりすまして、どんな客であれ一手に引き受けては金をもらって悦（よろこ）んでいた、という類の風評は広く巷間に流布し、彼女の名は古今に冠絶する淫婦の代名詞とされるに至った。なお、彼女の毒牙にかかった著名人の中には、2人のユーリア❼*・❽*や Ap. ユーニウス・シーラーヌス❿*、M. ウィーニキウス*、M. クラッスス❺*・フルーギー、Cn. ポンペイユス・マグヌス❸*、ウァレリウス・アシアーティクス*、などの皇族・貴族が数えられる。
⇒ムネーステール、A. プラウティウス
Tac. Ann. 11-1〜, -12, -26〜38/ Dio Cass. 60-12, -14〜18, -27〜31/ Suet. Claud. 17, 26, 27, 29, 36, 37, 39, Ner. 6, Vit. 2/ Juv. 6-115〜132, 10-333〜336, 14-331/ Plin. N. H. 10-83/ Aur. Vict. Caes. 4/ Sen. Apocol./ Joseph. J. A. 20-8, J. B. 2-12/ etc.

メッサーリーナ、スタティリア Statilia Messalina,（仏）Statilie Messaline,（西）Estatilia Mesalina

（後35頃〜69以降）ネロー*帝の3度目の皇后（66〜68）。アウグストゥス*の側近 T. スタティリウス・タウルス*の玄孫という名門に生まれ、裕福で美貌で文学趣味をもち、かつ多情なローマ帝政期の典型的貴婦人。65年、4度目の夫でその年の執政官（コーンスル*）だったウェスティーヌス Iulius Vestinus Atticus をネローに殺され（ネローがウェスティーヌスを殺したのは、彼の妻や財産、選り抜きの美少年奴隷らを手に入れるため）、翌年皇帝の最後の「女の」妻となる（⇒スポルス）。ネローの横死（68）後も高い地位を保ち、オトー*帝から求婚されたが、オトーが自殺したため結婚は実現しなかった（69）。
Tac. Ann. 15-68/ Suet. Ner. 35, Oth. 10/ Schol. ad Juv. 6-434/ etc.

メッサールラ Messalla
⇒メッサー（ッ）ラ

メッセーニアー Messenia, Μεσσηνία, メセーニアー Mesenia, Μεσηνία, または、メッセーネー Messene, Μεσσήνη,（仏）Messénie,（独）Messenien,（西）Mesenia

（現・Messinía）ペロポンネーソス*半島南西部を占める地方。伝承上の名祖（なおや）は、アルゴス*王トリオパース Triopas の娘メッセーネー（⇒巻末系図003）。ホメーロス*の叙事詩では、西部をピュロス*王ネストール*が統治し、東部はスパルター*王メネラーオス*の支配に服していたことになっている。ヘーラクレイダイ*の帰還（いわゆるドーリス

人*の侵入）時にメッセーニアーはクレスポンテース*の所領となり、以来その子孫アイピュティダイ Aipytidai が王として君臨した。メッセーニアーは東はターユゲトス*山によってラコーニアー*（ラコーニカー*：スパルター*を首都とする地方）と、北も山脈によってエーリス*およびアルカディアー*と境し、中部と東部地域には河川に灌漑された肥沃な耕地が広がっていた。やがて隣国のスパルターが、その沃土を狙って攻撃を始めたため、3次にわたるメッセーニアー戦争が勃発（⇒テーレクロス）。第1次メッセーニアー戦争（前743～前724、その他、前735～前716など諸説あり）は20年間続き、自らの娘を犠牲に供した王アリストデーモス*の努力奮闘も空しく、ついにイトーメー*の城塞は陥落。スパルターはメッセーニアーを併合し、同じドーリス*人でありながら、メッセーニアー人をヘイロータイ*（隷属民）の地位に落とし、その土地はスパルター人の間で分配された（前8世紀末頃）。39年後、スパルターの圧政に対して、メッセーニアー人は再び蹶起し、英雄アリストメネース*の指導下に死力を尽くして勇戦したが、屈服を余儀なくされ、住民はスパルターの隷属下に置かれることになり離散した者も少なくなかった（第2次メッセーニアー戦争；前685～前668／666、その他前650～前630など諸説あり）。前464年のスパルター大地震を機にメッセーニアー人はまたもや反乱を起こしてイトーメー山に籠城、執拗に抵抗を続けたものの、やはり鎮圧され、住民の一部はアテーナイ*の提供するナウパクトス*やシケリアー*（現・シチリア）島のメッサーナ*へ亡命した（第3次メッセーニアー戦争；前464～前458／456）。ペロポンネーソス戦争*（前431～前404）においてはアテーナイと結んでスパルターに抗し、特にスパクテーリアー*島の占領（前425）にはナウパクトスから加勢したメッセーニアー人が大いに貢献した。しかしながら結局この戦争はスパルターの勝利に終わった。レウクトラ*の会戦（前371）でテーバイ❶*の名将エパメイノーンダース*がスパルターを撃破した後、メッセーニアーはアリストメネースの降伏以来287年ぶりに自由を取り戻し、エパメイノーンダースの助力でイトーメー山麓に新しい首都メッセーネー*市を建設（前369）、以来ローマに服属する前146年まで独立を保った。
Hom. Od. 21-15, -18, Il. 2-581～/ Paus. 4-1～36/ Strab. 8-358～/ Herodot. 3-47, 5-49, 6-52, 9-35, -64/ Thuc. 1-101～, 4-32／ Plut. Cim. 16～, Tim. 30/ Xen. Ages. 2-29/ Pl. Alc. 1-122d/ Pind. Pyth. 4-126/ Liv. 39-49/ Polyb. 24-9～/ Diod. 8-7, -12, 15-66, -81/ Tac. Ann. 4-43/ etc.

メッセーネー Messene, Μεσσήνη, または、メセーネー Mesene, Μεσήνη, Messena (Messene), （ドーリス*方言）Messānā, Μεσσάνα, （仏）Messènè, （西）Mesene
（現・Messíni, Mavromati）ペロポンネーソス*半島南西部メッセーニアー*地方の首都。前369年、テーバイ❶*の名将エパメイノーンダース*の指揮下に、テーバイ軍、アルゴス*軍、および300年に及ぶ海外亡命から帰還したメッセーニアー人らの手によって、イトーメー*山西麓に建設された（わずか85日間で完成したという）。天然の要害に恵まれ、イトーメーをアクロポリス*とし、周囲に堅固な城壁をめぐらせていたため、マケドニアー*やスパルター*の度重なる攻撃を退けた。が、ついに前182年、ピロポイメーン*処刑の報復に押し寄せたアカーイアー同盟*軍の猛攻の前に陥落した。ローマ帝政期にもなお都市としての結構を保ち、今日では発掘の結果、「ギリシア世界第一」とパウサニアース*にうたわれた見事な城壁や劇場（テアートロン*）、神殿、アゴラー*、スタディオン*等々、ヘレニズム・ローマ時代の遺跡を見ることができる。なお古くホメーロス*の頃よりメッセーニアー地方はメッセーネーの名で呼ばれていた。メッセーニアーを参照。
Paus. 4-1, -27, -31～33/ Strab. 8-358, -361～/ Nep. Ep. 8/ Plin. N. H. 4-7/ Hom. Od. 21-15～/ Diod. 15-66, 19-64/ etc.

メッセーネー Messene, Μεσσήνη, Messana
（シケリアー*のギリシア人都市）
⇒メッサーナ

メッセーネー Messene, Μεσσήνη
メッセーニアー*地方の古称。同項を参照。

メデー Médée
⇒メーデイア（のフランス語形）

メーデーア（または、メーディーア） Medea (Media)
⇒メーデイア（のラテン語形）

メディア Media
⇒メーデイア

メーディアー Media, Μηδία, （ラ）メーディア Media, （ペルシア語）Mâda, Mād, （アラビア語）Al-Daylam, （仏）Médie, （独）Medien,
イーラーン北西部の地名・民族名・王国名。メーディアー人 Mēdoi Μῆδοι は言語・民族学的にペルシア*人と親近関係にあり、インド・ヨーロッパ語族のイーラーン語派に属する。前1千年紀初頭にカスピ海方面から南下してウルミア Urmia（現・Shāhī Rezā'īyeh,〈ラ〉Matianus）湖付近に定住し、前9世紀半ば頃のアッシュリアー*文書にすでに現われる（「シャルマナッサル3世の年代記」前836年の条）。前8世紀末には、デーイオケース*が諸部族を統一して王位に即き、エクバタナ*（現・ハマダーン Hamadan）を首都に定め、イーラーン民族最初の政治国家を建設。その子、プラオルテース*は、ペルシア（ペルシス*。現・ファールス Fārs）に出兵して属国とし、アッシュリアーをも攻撃したが敗死した。さらにプラオルテースの子、キュアクサレース*は、スキュティアー*人を排撃し、カルダイアー*（新バビュローニアー*）王ナボポラッサル Nabopolassar, Nabopolassaros と結んで、ついにアッシュリアーを滅亡さ

せた（前612、ニネヴェ陥落）。最盛期にはイーラーンの大半からウラルトゥ Urartu、小アジアのカッパドキアー*、ハリュス*河までを版図とし、新バビュローニアー王国・エジプト王国と強盛を競った。次王アステュアゲース*のとき、バビュローン*に迫ったが、臣下のペルシア王キューロス❶*（大王）に敗れ、アカイメーネース朝*に併合された（前550頃、⇒巻末系図024）。

以後、前330年にマケドニアー*のアレクサンドロス大王*に征服されるまで、ペルシア帝国*の太守 Satrapes が統治する属領となる。前328年、アレクサンドロス大王はこの地を元ペルシアの将軍アトロパテース Atropates に太守として支配させ、アトロパテースの娘を部将ペルディッカース*と結婚させた（前324）。大王の死後、首府エクバタナを含むメーディアー南部は、マケドニアー人の将軍ペイトーン Peithon に委ねられ、他方メーディアー北部はアトロパテースの掌中に残され、独立王国アトロパテーネー*を形成した。単にメーディアーと称された南部地域（大メーディアー〈ラ〉Media Magna）は、ペイトーンからアンティゴノス1世*、次いでセレウコス1世*へ（前310頃）と、所有者を変え、セレウコス朝*シュリアー*の統治下にヘレニズム化された（⇒ラガイ）。のちパルティアー*王ミトリダテース1世*（アルサケース6世*）に征服され（前150頃）、続いてアトロパテーネーとともに、サーサーン朝*ペルシアの支配下に入った（後226）。

メーディアー人はかつては勇敢で素朴な半遊牧民であったが、王国が富強になってからは、バビュローニアー＝アッシュリアー風の宮廷儀礼を採り入れ、奢侈に流れて急速に衰えた。しかし、征服者たるペルシア人に法律や宗教、一夫多妻の家父長的家族制度、建築技術や農耕法、文字の筆記法、華麗な衣裳や洗練された化粧法、諸民族の男たちを大勢去勢して宮廷に用いる宦官制度など多くの文化遺産を伝えたといわれる。ギリシア・ローマ時代のメーディアーは、アルメニアー*、パルティアー、ヒュルカニアー*、アッシュリアーに囲まれた大略カスピ海南西の山岳地帯を指す地名となっていた。アトロパテーネーの項を参照。
⇒メードス、リューディアー

Herodot. 1-72〜/ Strab. 11-522〜/ Just. 1-5/ Plin. N. H. 6-29-113〜/ Diod. 2-1, -24, -31〜, 4-55〜56, 9-31, 10-13, 13-22, 17-19, -64, -110, 18-3, 19-14, -19〜/ Xen. An. 1-7, 2-4, Cyr. 1-3〜/ Aesch. Pers. 236, 791/ Strab. 11-522〜/ Apollod. 1-9-28/ Plut. Ant. 38/ Dio Cass. 49-26/ Ath. 12-514/ Amm. Marc. 23-6/ Cic. Off. 2-12, Div. 1-33/ Mela 1-2-5/ Ptol. Geog. 1-12, 5-12, 6-1, -2, 8-21/ etc.

メーデイア Medeia, Μήδεια,（ラ）メーデーア（または、メーディーア）Medea (Media),（仏）Médée,（露）Медея

ギリシア神話中、コルキス*王アイエーテース*の娘。したがって太陽神ヘーリオス*の孫娘で、魔女キルケー*の姪に当たる（⇒本文系図3, 348）。叔母と同じく魔術に通じたメーデイアは、金羊毛皮を求めてやって来た美男のイアーソーン*に恋し、彼がアイエーテースから課せられた難題を成し遂げるのを助けた。次いで夜間に彼を金羊毛皮のある森に案内し、番をしている竜を薬で眠らせて毛皮を得させ、イアーソーンらアルゴナウテース*たち（アルゴナウタイ*）とともに、アルゴー*号に乗ってコルキスを逃れた。逃走中、父王の船に追いつかれそうになると、彼女は人質として連れてきた弟のアプシュルトス*を殺し、八つ裂きにして海に投げ込んで、まんまと父の追跡を遅らせた。イアーソーンの生国イオールコス*に着くと、彼の父アイソーン*から王位を簒奪していたペリアース*に復讐するべく、メーデイアは単身王宮へ赴くとペリアースの娘たち（ペリアデス Peliades）に「父上を若返らせて差し上げましょう」と約束。老いた羊を細かく切り刻んで薬草の入った大釜で煮たのち、それが仔羊に若返って出て来るという魔法を披露し、彼女らにも同じようにするよう命じた。一説では老衰したアイソーンを霊薬で若返らせてみせたうえで、ペリアースにも同じ処置を受けるよう説得したという。いずれにせよペリアースは自らの娘たちの手で切り裂かれて釜茹でにされたが、メーデイアが偽の薬草しか入れなかったので、生き返らなかった。

その後メーデイアとイアーソーンはコリントス*に逃れ、10年間無事に暮らした。やがてイアーソーンが彼女を棄てて、コリントス王クレオーン❶*の娘グラウケー❸*（またはクレウーサ❷*）と結婚しようとしたため、怒り狂ったメーデイアは猛毒を塗った衣裳を贈って花嫁とその父王を焼き殺したうえ、イアーソーンとの間に生まれた自らの子供たちを刺殺、有翼竜の引く戦車に駕してアテーナイ*王アイゲウス*の許へ駆け去った（一説にメーデイアの息子たちは、彼女の行為に激昂した市民たちの手で石子詰めにされたという）。その後しばらくの間アイゲウスの妃に納まっていたが、継子テーセウス*（アイゲウスとアイトラー*の息子）を毒殺しようとしたため、アテーナイを追放されて、1子メードス*（父はアイゲウス）とともにコルキスへ逃げ帰っ

系図392　メーデイア

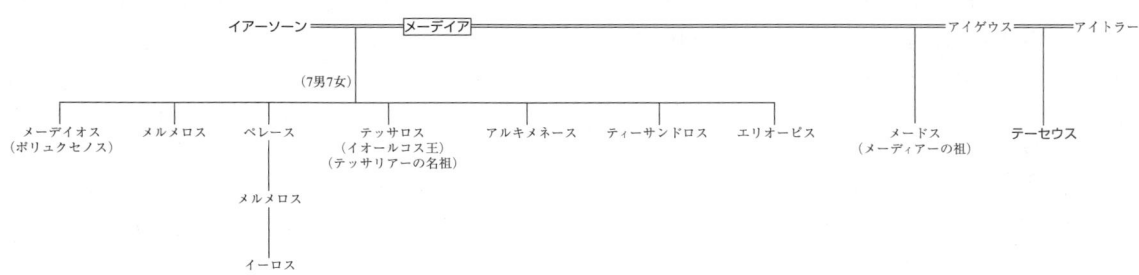

た。彼女の毒殺法は孫のメルメロス Mermeros、その子のイーロス Ilos へと相承されていき、評判が高かったので、オデュッセウス*もトロイアー*へ出征する前に、矢に塗る毒薬をイーロスに求めたという。

　メーデイアは元来、女神として崇拝されていたらしく（コリントスの主女神？）、大神ゼウス*が彼女を妻にしようとした話や、コリントスを飢饉や疫病から救って祀られた話、愛人のシーシュポス*にコリントス王国の支配権を委ねた話、また不死となってエーリュシオン*の野でアキッレウス*と結婚した話などが伝えられている。コリントスにあった彼女の子供たちの墓には、同市の破壊（前146）に至るまで、毎年供物が捧げられていたという。悲劇詩人エウリーピデース*の作品『メーデイア』（前431）や、ローマの哲学者セネカ❷*の悲劇『メーデーア』（後1世紀中頃）が伝存する。美術の主題としては、子殺しの場面をはじめとする彼女の生涯の劇的な情景が陶画やフレスコ画に好んで描かれている。
⇒アルゴナウタイ、エウメーロス、アルキノオス、イデュイア、タロース

Hes. Th. 956～/ Pind. Pyth. 4-9～/ Herodot. 8-62/ Eur. Med./ Sen. Medea/ Ap. Rhod. Arg. 3-3～/ Plut. Thes. 12/ Diod. 4-45～/ Hyg. Fab. 3, 14, 21～27, 239/ Ov. Met. 7-1～, Her. 12/ Apollod. 1-9-16, -9-23～28, Epit. 1-5～6, 5-5/ Paus. 2-3, -12, 5-18, 8-11/ Ael. V. H. 5-21/ Tzetz. ad Lycoph. 175, 1315, 1318/ etc.

メーディアー・アトロパテーネー　Media Atropatene
⇒アトロパテーネー

メディオーラーヌム　Mediolanum, またはメディオーラーニウム Mediolanium,（ギ）Mediolānon, Μεδιόλανον, Mediolānion, Μεδιολάνιον,（伊）（西）Mediolano,（英・仏）Milan,（独）Mailand,（西）Milán

（現・ミラーノ Milano、ケルト語の「平野」を意味する語に由来する）ガッリア・キサルピーナ*（ガッリア・トラーンスパダーナ*）の都市。パドゥス*（現・ポー）河左岸の肥沃な平野（現・ロンバルディーア Lombardia 平野）に位置する。前396年頃、イーンスブレース*族の首邑としてエトルーリア*人の拠点メルプム Melpum（現・Melzo）の西郊に建設された。前222年にローマに占領され、その後ハンニバル❶*戦争（第2次ポエニー戦争*、前218～前201）中にいったんローマに敵対したものの、前194年以降その支配下に置かれた。イタリア北方の交通の要衝として重視され、ディオクレーティアーヌス*帝以来、西方ローマ帝国の首都となり（後286～404）、宮廷や近衛軍本部が設けられて繁栄した。後313年には、この市における会談に因んだコーンスタンティーヌス1世*らの宗教寛容令（通称「ミラーノ勅令〈英〉Edict of Milan」）が発布されている。ディーディウス・ユーリアーヌス*帝およびゲタ*帝の生地、またアンブロシウス*が司教（在任374～397）として活躍した地としても知られる。その後、西ローマ帝国の首都がラヴェンナ*（現・ラヴェンナ）に遷されるに及んで、フン*族（フンニー*）のアッティラ*（452）やオドアケル*（476）、東ゴートのテオドリークス*（493）らが、次々とこの町を占拠、住民を殺戮・奴隷化した。喜劇詩人カエキリウス・スターティウス*の出身地としても知られる。今日までに劇場や円形闘技場、浴場施設、キルクス*、マクシミアーヌス*帝の城壁など前1世紀以来の数々の建造物の遺構が確認されている。

Strab. 5-213/ Plin. N. H. 3-17-124/ Polyb. 2-34/ Liv. 5-34, 34-46/ Strab. 5-213/ Eutrop. 3-6, 9-27/ Aur. Vict. Caes. 39/ Procop. Goth. 2-8/ Just. 20-5/ Ptol. Geog. 3-1/ Oros. 4-13/ Tac. Hist. 1-70/ Just. 20-5/ Plin. Ep. 4-13/ Dio Cass. 73-11/ S. H. A. Did. Iul. 1, Geta 3/ Procop. Goth. 2-8/ etc.

メーティス　Metis, Μῆτις,（仏）Métis,（伊）Meti

ギリシア神話中、「思慮」を人格化した女神。大洋神オーケアノス*とテーテュース*の娘で、ゼウス*の最初の妻――はじめゼウスの求愛を拒んで、さまざまな姿に変身して逃れようとしたが、ついに捕えられて彼と交わったという――。彼女の与えた薬によって、クロノス*は自分の呑み込んだ子供たち（ゼウスの兄弟姉妹たち）を吐き出させられた。しかしゼウスは、ガイア*とウーラノス*の発した「メーティスから汝より強力な子供が生まれるであろう」との警告を懼れ、メーティスが妊娠するや彼女を呑み込んでしまう。やがて月満ちて誕生の時が訪れ、プロメーテウス*（またはヘーパイストス*）が斧でゼウスの頭を打つと、そこから女神アテーナー*が武装した姿で生まれ出たという。以来ゼウスはメーティスの智恵を体内に得、つねにその助言によって玉座を不動のものにした。なお、プラトーン*の伝えるところでは、メーティスにはポロス Poros（財富）という息子があり、貧困の女神ペニアー Penia と交わってエロース*を儲けたとされている。

Hes. Th. 358, 887～/ Apollod. 1-2-1, -2-2, -3-6/ Pl. Symp. 203/ Pind. Ol. 7-/ etc.

メテッラ　Metella,（西）Metela
ローマのメテッルス*家出身の婦人名（⇒カエキリア・メテッラ）。

メテッルス（家）　Metellus,（ギ）Metellos, Μέτελλος,（伊）Metello,（西）Metelo

ローマのプレーベース*（平民）系の名門カエキリウス氏*の家名 cognomen。第1次ポエニー戦争*（前264～前241）の頃から執政官を出し、前2世紀後半以降、ローマで最も有力な権門の1つとして隆盛を極め、兄弟が同日に凱旋式を挙げたり、従兄弟同士が同じ年に監察官を務めることもあった。
⇒巻末系図 051

Vell. Pat. 2-8/ Festus 146～147/ Liv./ Polyb./ Dion. Hal. Ant. Rom./ etc.

メテュッルス家の中で史上著名な人物は以下のごとくである。

❶ **ルーキウス・カエキリウス・メテッルス** Lucius Caecilius Metellus, (ギ) Lūkios Kaikilios Metellos, Λούκιος Καικίλιος Μέτελλος, (伊) Lucio Cecilio Metello, (西) Lucio Cecilio Metelo

(前290頃〜前221) 第1次ポエニー戦争*中の前251年に執政官*となり、シキリア*（現・シチリア）のパノルモス*（現・パレルモ）でカルターゴー*の大軍を撃破し（前250年6月）、ローマ人の恐れた戦象120頭を捕獲、凱旋式*にこれを13人の敵将とともにひきまわした。前247年に2度目の執政官、さらに大神祇官長*（前243〜前221）、独裁官*（前224）などに就任。前241年にウェスタ*神殿が火災に遭った折には、アテーナー*神像パッラディウム*（パッラディオン*）を救い出そうとして、失明したうえ片腕に火傷を負った。元老院はこの功に報いるべく、それまで誰にも許されていなかった車駕での登院を認めたという。

息子のクィントゥス・カエキリウス・メテッルス Q. Caecilius Metellus（前250頃〜前175。前206の執政官。❷の父）は、ハンニバル❶*戦争（第2次ポエニー戦争*・前214〜前201）に活躍し、独裁官を務めた（前205）のち、前201年の戦争終結に当たってはローマがかつての無為な状態に戻るのではないかと危惧したと伝えられる。

Polyb. 1–39〜40/ Liv. 27〜28, Epit. 19/ Cic. Rep. 1–1, Cat. 1–8, Scaur. 2/ Val. Max. 1–4, 7–2/ Plin. N. H. 7–43/ Flor. 2–2/ Dion. Hal. Ant. Rom. 2–66/ etc.

❷ **クィ(ー)ントゥス・カエキリウス・メテッルス・マケドニクス** Quintus Caecilius Metellus Macedonicus, (ギ) Kointos Kaikilios Metellos Makedonikos, Κόϊντος Καικίλιος Μέτελλος Μακεδονικός, (伊) Quinto Cecilio Metello Macedonico, (西) Quinto Cecilio Metelo Macedónico

(前210頃〜前116／115) ❶の孫。前148年に法務官*となり、マケドニアー*において国王ペルセウス*の息子と称するアンドリスコス*の反乱（第4次マケドニア戦争）を平定し、属州マケドニア*の設立を監督した。前146年にアカーイアー同盟*を撃破したが、完勝には至らず後任のL. ムンミウス*に指揮権を委譲。ローマに帰国して凱旋式を挙げ、マケドニクス（「マケドニア征服者」の意）の名で呼ばれる。3年後に執政官の職を手に入れ（前143）、3万の軍勢を率いて内ヒスパーニア*へ赴き、ケルティベーリア*人の反乱をほぼ鎮圧した（前143〜前142）、ローマにメテッルス回廊 Porticus Metelli、ユーピテル*・スタトル Jupiter Stator 神殿、ユーノー*・レーギーナ Juno Regina 神殿などの公共建築物を建立、保守的な閥族派の領袖として、グラックス兄弟*の改革に強硬に反対した。前131年には監察官*として、ローマ人の出生率を高めるため全市民に結婚を義務づけるよう提唱、その折の声明「我々が女なくしてやって行けるのなら、あらゆる災厄を逃れることができるのだが」は、ギリシア・ローマ人の女嫌い misogynia の伝統を代表する言葉として名高い。多くの政敵をつくったせいで翌年、恨みをもつ護民官*の1人にタルペイヤ*の岩から突き落とされて殺されそうになるが、かろうじて免れ財産の没収のみに留められたという。名門に生まれ、軍事上・政治上の栄光のみならず、4人の息子全員が国家の顕職に昇るという稀れなる幸運に恵まれた人物として知られる。

同名の長男クィントゥス Q. Caecilius Metellus Balearicus (Baliaricus)（前123年の執政官、前120年の監察官）は、海賊行為を働くバレアーレース*諸島民を征服して（前123〜前122）凱旋式を祝い、バレアーリクス Balearicus（バリアーリクス Baliaricus、「バレアーレース征服者」の意）の異名 agnomen を取り（前121）、次男ルーキウス L. Caecilius Metellus Diadematus は、前117年の執政官に就任（渾名のディアデーマートゥス Diadematus は彼が腫物のため常に鉢巻 diadema をしていたことに由来）、三男のマールクス M. Caecilius Metellus（前115年の執政官）と四男のガーイウス C. Caecilius Metellus Caprarius（カプラーリウス。前113年の執政官、前102年の監察官）は2人とも外征に功あって同じ

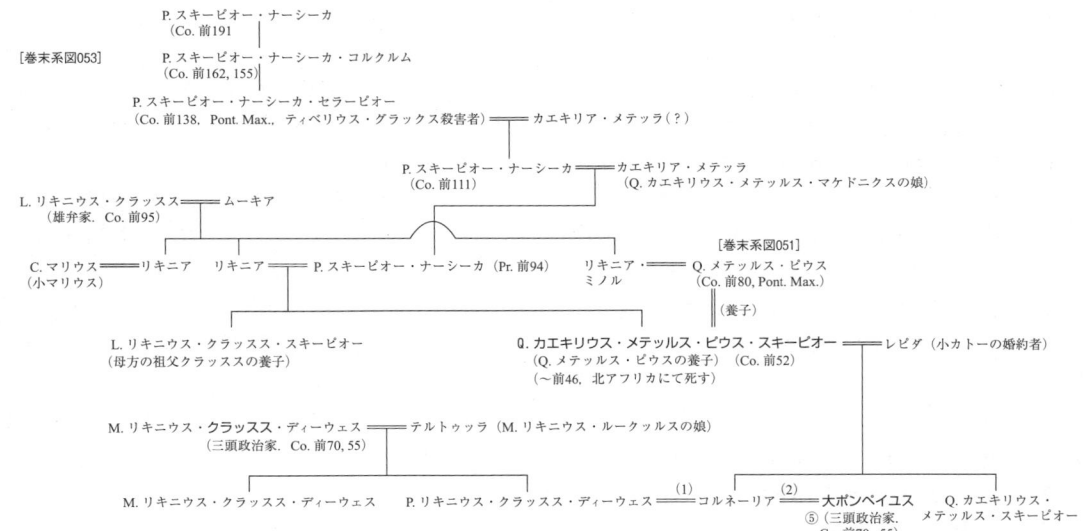

系図393　メテッルス（家）

メテッルス（家）

日に凱旋式を挙行した（前113）。とはいえ、これら4兄弟は年下になるほど愚鈍であったため、小スキーピオー*から「もし5番目が生まれれば人間ならぬ驢馬だろう」と揶揄されている。

Liv. Epit. 49〜50, 52〜53, 59/ Vell. Pat. 1-11, 2-8/ Flor. 2-14, -17, 3-8/ Val. Max. 2-7, 3-2, 5-1, 7-1, -5, 8-5, 9-3/ Plin. N. H. 7-13, -44/ Plut. Coriolanus 11/ Cic. De Or. 1-49, 2-66, Brut. 21, 74, Att. 12-5/ Eutrop. 4-13, -16, -25/ Gell. N. A. 1-6/ etc.

❸クィ（ー）ントゥス・カエキリウス・メテッルス・ヌミディクス Quintus Caecilius Metellus Numidicus,（ギ）Kointos Kaikilios Metellos Nūmidikos, Κόιντος Καικίλιος Μέτελλος Νουμιδικός,（伊）Quinto Cecilio Metello Numidico,（西）Quinto Cecilio Metelo el Numídico

（前160頃〜前91）❷の甥。閥族派の指導的政治家。前109年の執政官としてヌミディア*王ユグルタ*に対する戦争を遂行、副官 Legatus のマリウス*やルティーリウス・ルーフス*の助力で勝利を収めたが、戦争を終結させるには至らなかった。やがて部下マリウスと対立するようになり、前107年には彼に指揮権を譲ることを余儀なくされてローマへ帰国、妨害にあったにもかかわらず凱旋式を挙げ、ヌミディクス（「ヌミディア征服者」の意）の称号を獲得した（前106）。前102年、従兄弟のカプラーリウス C. Metellus Caprarius（前113年の執政官）とともに監察官となり、民衆派の領袖サートゥルニーヌス*とグラウキア*を元老院から追放しようと試みたが、カプラーリウスの反対で断念。2年後には、サートゥルニーヌスがマリウスの支持を得て提出した土地法案に、元老院議員中ただ1人誓約を拒否し、自ら進んでロドス*島へ追放の身となる（前100）。サートゥルニーヌスの死後、息子クィントゥス（⇒❹）を筆頭とするメテッルス一家の尽力で、華々しく帰還を果たした（前99／98）。彼は文芸の保護者で、詩人アルキアース*や弁論学者スティロー*らと親交があり、若い頃は哲学者カルネアデース*の講筵に列なったという。一説にその死は毒殺だとも伝えられる。

彼の兄ルーキウス・カエキリウス・メテッルス・ダルマティクス L. Caecilius Metellus Dalmaticus は前119年の執政官となり、凱旋式の栄誉欲しさに無抵抗のダルマティア*へ侵攻し、前117年帰国して凱旋式を祝いデルマティクス Delmaticus ないしダルマティクス Dalmaticus（「ダルマティア征服者」の意）の異名 agnomen で呼ばれた人物。前115年の監察官（相役は Cn. アヘーノバルブス❶*）、大神祇官長などの顕職を歴任し、前114年には不貞の廉で訴えられたウェスタ*の聖女（ウェスターリス*）を断罪した（⇒リキニア❶）。彼の娘カエキリア❷*は、スカウルス❶*次いで独裁官スッラ*に嫁いでいる。

⇒巻末系図 051, 063

Sall. Jug. 43〜88/ Plut. Mar. 7/ Liv. Epit. 62, 65, 69/ Vell. Pat. 2-11/ Aur. Vict. De Vir. Ill. 62/ Cic. Att. 1-16, Balb. 5, Nat. D. 3-33/ App. B. Civ. 1-28, -30〜33, Ill. 11/ Flor. 3-1/ Gell. 1-6, 17-2/ Val. Max. 2-10, 9-7/ etc.

❹クィ（ー）ントゥス・カエキリウス・メテッルス・ピウス Quintus Caecilius Metellus Pius,（ギ）Kointos Kaikilios Metellos Pios, Κόιντος Καικίλιος Μέτελλος Πίος,（伊）Quinto Cecilio Metello Pio,（西）Quinto Cecilio Metelo Pío

（前130／127頃〜前63初）❸の一人息子。父ヌミディクスを追放から召還するべく尽力し、その孝心ゆえにピウス（「孝行者」の意）と呼ばれる。前89年の法務官となり、同盟市戦争*（マルシー*戦争・前91〜88）に活躍したが、民衆派の領袖キンナ*のローマ進撃を阻止できず、アーフリカ*へ退く（前87〜前84）。その後スッラ*の部将として北イタリアを席捲し（⇒Cn. カルボー、C. ノルバーヌス）、前80年にはスッラとともに執政官に就任。翌年外ヒスパーニア*に盤踞するセルトーリウス*征討に派遣され、当初旗色が悪かった──彼はセルトーリウスの首に巨額の賞金を懸けたという──ものの、ポンペイユス*の協力を得てのち形勢を挽回し、数次の勝利を収めた（〜前72）。前71年に帰還して凱旋式を挙行（12月30日）、以後政界を退いて大神祇官長という名誉職を保持した（同職は彼の死後かのユーリウス・カエサル*が就任する）。父と同じく文芸を保護し、詩人 A. アルキアース*にローマ市民権を与えた（前89）。柔弱で豪奢な生活に身を委ね、悪癖に耽っていたせいで、実際の年齢よりも老けて見えたので、「婆さん」と渾名されていたという。

Sall. Jug. 64/ App. B. Civ. 1-33, -53, -68, -80〜91, -97, -103, -108〜115/ Plut. Mar. 42, Crass. 6, Sert. 12〜27, Caes. 7/ Liv. Epit. 84, 91〜92/ Aur. Vict. De Vir. Ill. 63/ Dio Cass. 27-37/ etc.

❺クィ（ー）ントゥス・カエキリウス・メテッルス・ピウス・スキーピオー Quintus Caecilius Metellus Pius Scipio（前名・Publius Cornelius Scipio Nasica）,（ギ）Kointos Kaikilios Metellos Pios Skipiōn, Κόιντος Καικίλιος Μέτελλος Πίος Σκιπίων,（仏）Quintus Caecilius Metellus Pius Scipion,（伊）Quinto Cecilio Metello Pio Scipione,（西）Quinto Cecilio Metelo Pio Escipión

（前100／98頃〜前46年4月）❹の養子。P. スキーピオー・ナーシーカ*（前94年の法務官）とリキニア Licinia（雄弁家 L. クラッスス*の娘）との間の子。もと P. コルネーリウス・スキーピオー・ナーシーカと名乗っていたが、祖母カエキリア Caecilia（❷のマケドニクスの娘）の縁故でメテッルス❹*・ピウスの養子に迎えられる（⇒巻末系図 051, 053）。前52年度の執政官に立候補し、煽動政治家 P. クローディウス*に支持されて派手な買収活動を展開。混沌たる無政府状態を打開するべくポンペイユス*が単独執政官に選ばれると、彼に娘のコルネーリア❸*を嫁がせて、その同僚執政官の職を手に入れる（前52年7月）。以来、熱烈なポンペイユス贔屓となって、その政敵カエサル*を打倒するべく尽力、前50年には元老院で「カエサルから軍隊指揮権を奪い去り、彼を国家の敵と宣言すべきだ」と提案した。翌前49年内乱に突入するとシュリア*総督に任命され、パルサーロス*の戦いではポンペイユスの中央軍を指揮（前48、⇒レントゥルス・スピンテール）、敗北後アーフリカ*

へ渡り、この地でポンペイユス派の総大将となる（スキーピオー・大アーフリカーヌス*以降、「アーフリカではスキーピオー家の者が勝利を得る」との神託があったので）。しかるにタプソス*の戦いで重ねて敗れ（前46年4月）、ヒスパーニア*へ落ち延びようとしてカエサル軍に襲われ、自刃して波間に身を躍らせた。彼は腐敗した共和政末期にあっても、飛び抜けて冷酷で復讐心が強く、貪婪、陋劣かつ淫蕩な悖徳漢であったと酷評されている。キケロー*も彼が由緒ある家門の名誉を汚したと非難しているが、カエサル軍に捕われそうになった時、「最高司令官は立派に振る舞おうぞ」と言って見事に自殺したという。

なお、妻のレピダ Lepida とは、先に自分の方から婚約を破棄しておきながら、彼女が小カトー*と婚約したと知るや、また考えを変え、あれこれ手を尽くしてついに娶ったという経緯があり、ために彼は許婚者を奪われたカトーから、諷刺詩の中でさんざん罵られている。

⇒本文系図 393

Caes. B. Civ. 1-1〜4, 3-4, -31〜38, -78〜83, -88/ B. Afr./ Plut. Cic. 15, Pomp. 55, Caes. 30, Cat. Min. 7, 60/ App. B. Civ. 2-24〜25, -60, -76, -87, -95〜100/ Cic. Att. 6-1, 8-8/ Liv. Epit. 113〜114/ Val. Max. 1-8/ etc.

❻クィ（ー）ントゥス・カエキリウス・メテッルス・クレーティクス Quintus Caecilius Metellus Creticus,（ギ）Kointos Kaikilios Metellos Krētikos, Κόϊντος Καικίλιος Μέτελλος Κρητικός,（伊）Quinto Cecilio Metello Cretico,（西）Quinto Cecilio Metelo Crético

（前135頃〜前52頃）Q. メテッルス❷*・マケドニクスの孫。前69年の執政官となり（相役は雄弁家ホルテーンシウス*）、地中海に跳梁跋扈する海賊の本拠地たるクレーテー*（〈ラ〉クレータ*）島へ遠征、3年がかりで全島を平定しローマの属州に編成した（前67）。翌前66年ローマに帰国するが、ポンペイユス*派の妨害工作があったため、長い間凱旋式を認められず、城外に待機を余儀なくされる。前62年に至ってようやく凱旋式を許され、クレーティクス（「クレータ征服者」の意）の称号を獲得、以来ルークッルス*とともにポンペイユスの政敵として、その東方における施策に反対し続けた。

Liv. Epit. 98〜100/ Flor. 3-7〜8, 4-2/ Plut. Pomp. 29/ Vell. Pat. 2-34, -38/ Just. 39-5/ Eutrop. 6-11/ Oros. 6-4/ Cic. Verr. 1-9, Att. 1-19/ etc.

❼ルーキウス・カエキリウス・メテッルス Lucius Caecilius Metellus,（ギ）Lūkios Kaikilios Metellos, Λούκιος Καικίλιος Μέτελλος（伊）Lucio Cecilio Metello,（西）Lucio Cecilio Metelo

（?〜前68初）❻の弟。前71年の法務官の後、悪名高いウェッレース*の後任としてシキリア*（現・シチリア）の属州総督 Propraetor となる（前70）。海賊を掃討しウェッレースの暴政を廃して島に秩序と平和を回復させたが、ウェッレース弾劾裁判では兄弟とともに被告の不正を掩護し、シキリア島民が不利な証言をするのを妨害さえした。前68年の執政官に選ばれた（同役はQ. マルキウス・レークス❸*）ものの、年頭に死亡した。

なお内乱が勃発した前49年の護民官で、カエサル*がサートゥルヌス*神殿の国庫を打ち破って軍資金を得たとき、1人敢然と体を張ってそれを阻止しようとしたL. メテッルスは、彼の息子に当たる人物であろうと考えられている。

Liv. Epit. 98/ Dio Cass. 35-4/ Cic. Verr. 1-9〜/ Plut. Caes. 35, Pomp. 62/ etc.

❽マールクス・カエキリウス・メテッルス Marcus Caecilius Metellus,（ギ）Markos Kaikilios Metellos, Μᾶρκος Καικίλιος Μέτελλος,（伊）Marco Cecilio Metello,（西）Marco Cecilio Metelo

（?〜前60頃）❻および❼の弟（ないし従弟）。前69年の法務官として不法取得返還請求の法廷の裁判長となり、属州シキリア*（現・シチリア）を組織的に搾取した総督ウェッレース*の審理に当たった。

Cic. Verr. 1-8〜, Att. 2-1/ etc.

❾クィ（ー）ントゥス・カエキリウス・メテッルス・ケレル Quintus Caecilius Metellus Celer,（ギ）Kointos Kaikilios Metellos Keler, Κόϊντος Καικίλιος Μέτελλος Κέλερ,（伊）Quinto Cecilio Metello Celere,（西）Quinto Cecilio Metelo Céler

（前103頃〜前59年4月）Q. メテッルス❷*・マケドニクスの曾孫。父クィントゥス Q. Caecilius Metellus Nepos（前135頃〜前55。前98年の執政官）は、マケドニクスの長孫に当たるためネポース Nepos（「孫」の意）の異名を得た（その父は前123年の執政官・Q. メテッルス・バレアーリクス）。ケレルはクローディウス*の次姉クローディア*の夫で、ムーキア*（ポンペイユス*の3度目の妻）の異父兄に当たる（⇒巻末系図 051、（本文系図 209）、巻末系図 059、071）。初めポンペイユスの副官 Legatus として東方遠征に従軍し（前66）、法務官を務めた折にはヤーニクルム*丘上の旗を下ろして閥族派の元老院議員 C. ラビーリウス❶*の危難を救った（前63）。キケロー*の要請で特別指揮権を帯びた内ガッリア*の総督に任命され、カティリーナ*の反乱軍鎮圧に協力（前62初）。次いで前60年度の執政官となり（相役はL. アーフラーニウス❷*）、当時すでにムーキアと離婚していたポンペイユスに対抗、翌前59年にはカエサル*の施策に反対したため、かえってカエサルとポンペイユスを結束させることになる。同年、総督として外ガッリア*へ赴任する前に彼が急死したときには、淫蕩な妻クローディアに毒殺されたのではないかと疑われた。終始閥族派の擁護者として立ち働きながら、力量不足の結果、共和政の崩壊を早めたと評価される。

なお渾名のケレル（「素速い人」の意）は、彼が父の死後幾日もたたぬのに葬礼競技を催したため、その手回しのよさをからかって付けられたもの。彼はまた（弟❿とともに）父の従弟 Q. メテッルス・ケレル（前90年の護民官）の養子に迎えられている。

Dio Cass. 36-37, 37〜38/ Sall. Cat. 57/ Cic. Att. 2-9, Red. Sen. 15, Fam. 5-1〜2/ Plut. Rom. 10/ Val. Max. 6-1-8/ etc.

❿ クィ(ー)ントゥス・カエキリウス・メテッルス・ネポース Q. Caecilius Metellus Nepos, (ギ) Kointos Kaikilios Metellos Nepōs, Κόϊντος Καικίλιος Μέτελλος Νέπως, (伊) Quinto Cecilio Metello Nepote, (西) Quinto Cecilio Metelo Nepote

(前100頃〜前55頃) ❾の弟。兄と同じくポンペイユス*(異父妹ムーキア*の夫)の東方遠征に副官 Legatus として従い(前67〜前63)、帰国して前62年度の護民官になる(前63年12月10日就任)や、カエサル*の支援の下にキケロー*排撃に着手し、カティリーナ*事件に対する彼の処置を激しく非難、まだ執政官職にあるキケローに演壇の上から演説することさえ許さなかった。さらに「キケローの専横を打破し、イタリアの秩序を回復するため」と称して、ポンペイユスとその軍隊を急遽呼び戻すよう提案したが、同僚の小カトー*ら閥族派の反撃に遭い(前62年1月3日)、職権を剥奪されたうえポンペイユスのいるアシア*へ亡命を余儀なくされた。ポンペイユスとともにローマへ戻り、法務官(前60)を経て前57年の執政官に就任(相役は P. レントゥルス・スピンテール*)、キケローの追放解除に合意し彼と和解した。翌年、内ヒスパーニア*へ属州総督 Proconsul として赴任するが、ローマ帰還後ほどなく没した。彼は気紛れな性格で知られ、また母親は身持ちの悪いことで定評があったため、キケローから巧みにその事実を揶揄されている。

App. Mith. 95/ Flor. 3-6/ Suet. Iul. 16, 55/ Plut. Cic. 23, 26, Caes. 21/ Dio Cass. 37-38〜51, 39-1〜7/ Joseph. J. A. 14, J. B. 1/ Cic. Fam. 5-2, 5-3〜4, Att. 2-5, -12/ Val. Max. 7-8/ etc.

メーテュムナ(メーテュムネー) Methymna, Μήθυμνα (Methymne, Μηθύμη), (別形・Methymna, Μέθυμνα, Mathymna, Μάθυμνα), (仏) Méthymne, Mèthymna, (伊)(西) Metimna

(現・Míthimna, Mólivos) レスボス*島北岸の港湾都市。ミュティレーネー*に次ぐ同島第2の都市国家 polis として栄えた。名祖は同島の古王マカル Makar (またはマカレウス Makareus)の娘メーテュムナー Methymna, Μηθύμνα(ミュティレーネーの姉妹)。良質の葡萄酒の産地として、また楽人アリーオーン*の生地として名高い。ペロポンネーソス戦争*(前431〜前404)中、レスボスの諸都市が反乱に立ち上がった時にも(前428年6月)、民主政を実現していたこの町だけは、アテーナイ*に忠誠を保ち、そのため前406年スパルター*軍の略奪を被った(⇒カッリクラティダース)。

戦後、第2次アテーナイ海上同盟に加わり、同盟市戦争*(前357〜前355)の終結後は、僭主たちやアカイメネース朝*ペルシア*帝国の短期間支配を経たのち、アレクサンドロス大王*によって解放された(前332)。ヘレニズム時代には長くプトレマイオス朝*の支配を受け、前129年ローマと同盟を締結したが、以降しだいに衰微していった。当初の幾何学的な都市基盤やアルカイック期の街路、建物、墓地、防波堤などが発掘されている。古代には市の領土内にアポッローン*とディオニューソス*の重要な神域があった。

なお、クレーター*(クレーテー*)島には、メーテュムネー Methymne, Μηθύμνη, (ラ) Methymna という町があり、漁師が発見した狂水病の治療薬で知られていたという。

⇒アッソス

Thuc. 3-2〜, 6-85, 7-57, 8-22〜23, 8-100〜101/ Diod. 5-81/ Xen. Hell. 1-6/ Strab. 13-618/ Herodot. 1-23, -151/ Polyb. 33-13/ Liv. 45-13/ Verg. G. 2-90/ Ov. Ars Am. 1-57/ Plin. N. H. 5-39/ Ael. N. A. 14-20/ Hyg. Fab. 194/ etc.

メテルス Metellus
⇒メテッルス

メテルルス Metellus
⇒メテッルス

メトイコイ Metoikoi, Μέτοικοι, (ラ) メトエキー Metoeci, (単) メトイコス Metoikos, Μέτοικος, (ラ) メトエクス Metoecus, (英) Metic(s), (仏) Métèque(s), (独) Metöke(n), (伊) Meteco (Meteci), (西) Meteco (Metecos)

ギリシアのポリス polis における在留外国人。非市民居留民。特にアテーナイ*の例が名高く、単なる外国人 ksenos とは法律上の扱いが異なった。在留外国人税 metoikion という人頭税を支払い、軍務や公共奉仕の義務はあるのに、参政権や市民との通婚権はまったくなく、不動産取得権もほとんど認められることはなかった。とはいえ、アテーナイ市民の1人を後見人(プロスタテース* prostates)に選んで居住権を得た彼らは、生命・財産を法律によって保護され、後見人を通じて訴訟することもできた。多くは商工業に従事し、貿易・海運・金融業を営む富裕者もあり、アリストテレース*、リューシアース*、テオプラストス*に代表されるように学問・文芸に寄与する者も少なくなかった。市民の売春が禁じられていたので、ヘタイラー*(遊女)や男娼となって艶名を謳われる者も多かった。アテーナイ人の主人に解放されて自由人となった奴隷もまた、メトイコイ身分に属した。スパルター*は外国人排斥 ksenelasia が徹底していたので在留外国人を欠いたが、多数のポリスではメトイコイがアテーナイと同様、商工業・文化の面で活躍した。

⇒ペリオイコイ

Arist. Pol. 3-1, Ath. Pol. 43, 57, 58, 59-5, Oec. 2-2/ Thuc. 1-143, 2-13, -31, 4-90/ Ar. Eq. 346, Lys. 580, Pax. 297/ Ath. 1-12, 6-272c, 13-577/ Xen. Vect. 2-1〜7, Ath. Pol. 1-12/ Dem. 4-36, 22-61/ etc.

メトイコス Metoikos, Μέτοικος, Metoecus
⇒メトイコイ(の単数形)

メドゥーサ　Medusa, Μέδουσα, (仏) Méduse, (露) Медуза

ギリシア神話中の女怪ゴルゴーン*たちの1人。3人姉妹のうちの末娘。もとは美しい娘だったが、女神アテーナー*の神殿内で海神ポセイドーン*と（馬ないし鳥の姿で）交わったため、あるいは頭髪を自慢し「アテーナーよりも美しい」と豪語したため、女神によって髪の毛がことごとく毒蛇の怪物に変えられ、その姿を見る者は恐怖のあまり石と化したという。英雄ペルセウス*が彼女の首を斬り落とした時、その身体からポセイドーンの子たる天馬ペーガソス*と黄金の剣を持ったクリューサーオール Khrysaor が生まれ、のち頭部はアテーナーの胸甲ないし楯アイギス*の飾りとされた。死後もなお彼女の首は魔力をもち続け、巨人アトラース*を山（アトラース山脈）に変え、海の怪物（⇒アンドロメダー）その他を石と化せしめ、また滴り落ちた血は砂漠の毒蛇となり、医神アスクレーピオス*に採集されて死者を蘇生させる薬ならびに人を殺害する毒液として用いられた。ペルセウスがメドゥーサの首を木の葉や海藻の上に置くと、たちまちそれらの植物は石化して珊瑚に変わってしまったという。今日もクラゲの仲間を（英）medusa,（仏）méduse,（独）Meduse 等と呼ぶのは、彼女の名に由来する。
⇒巻末系図 001
Hes. Th. 275～/ Apollod. 2-3-2, -4-2～3, -5-12/ Ov. Met. 4-618～803/ Paus. 1-21, 2-21, 8-47/ Luc. 9-626/ Hyg. Fab. 151/ Diod. 3-55/ etc.

メードス　Medos, Μῆδος, Medus,（仏）Médos,（伊）（西）Medo,（別名・メーデイオス Medeios, Μήδειος, Medeius, Medeus）

ギリシア神話伝説中、メーディアー*人（ギ）Mēdoi, Μῆδοι の名祖。魔女メーデイア*とアテーナイ*王アイゲウス*の子。母に連れられてアテーナイを逃がれ、コルキス*の地へ到来、祖父アイエーテース*（メーデイアの父）の王位を奪っていたペルセース*（アイエーテースの兄弟）を殺し、アジア諸方を征服してメーディアー王国の始祖となった。異説では、虎に変身した酒神ディオニューソス*とアジアのニュンペー*（ニンフ*）・アルペシボイア Alphesiboia との間に生まれたとも伝えられる。
Apollod. 1-9-28/ Diod. 4-55～56/ Strab. 11-526/ Plut. De fluv. 24/ Hyg. Fab. 27, 244/ Hes. Theog. 1001/ Cic. Off. 1-31/ Paus. 2-3/ Steph. Byz./ etc.

メトーネー　Methone, Μεθώνη,（Mēthōnē, Μηθώνη）,（伊）（西）Metone

（現・Methóni）マケドニアー*の港町。王都ペッラ*の南方、テルメー*湾の西岸に位置する。エウボイア*島のエレトリア*が建設した植民市（前 730～前 720 頃）。前 355 年マケドニアー王ピリッポス 2 世*がこの市を包囲攻撃中に右眼を失ったことで名高い。矢を放ったのはアンピポリス*のアステール❷*という射手で、彼はかつて王に「私は決して的を外さない」と技倆自慢をしたところ、王から「それはよい、余が椋鳥と戦争をする時にはぜひお前を雇おう」とからかわれたことがあった。メトーネーに移住したアステールは、市が包囲されると「ピリッポスの右眼を必ず射抜く」と書いた矢を放って見事に目的を果たした。片や王も同じ矢に「町を落としたらアステールを吊す」と書いて射返し、ほどなくその言葉を実現させたという。市は前 354 年に陥落し、マケドニアー軍に徹底的に劫略された。

他にもペロポンネーソス*半島メッセーニアー*の港町（モトーネー Mothōnē, Μοθώνη とも。現・Mothóni, Methóni）をはじめ、アルゴリス*、テッサリアー*、マグネーシアー*など各地に同名の市メトーネーがあった。
Just. 7-6/ Strab. 7-330 (fr. 20, 22), 8-359/ Lucian. Hist. Constr./ Thuc. 2-25, 4-45, 6-7/ Diod. 16-31～34/ Plut. Mor. 293b/ Dem. 1-12/ Hom. Il. 2-716, 9-294/ Paus. 4-18, -35/ Ptol. Geog. 3-14/ Steph. Byz./ etc.

メートロクレース　Metrokles, Μητροκλῆς, Metrocles,（仏）Métroclès,（伊）Metrocle

（前 4 世紀後半～前 3 世紀初頭）ギリシアのキュニコス（犬儒）派の哲学者。トラーケー*のマローネイア Maroneia 出身。初めテオプラストス*に師事していたが、弁論の稽古中に放屁してしまい、ために意気沮喪して家に閉じこもり食を絶って死のうとした。それを知ったキュニコス派のクラテース❸*は、豆をたくさん食べてから彼のもとを訪れ、「君は何もへまをやらかしたわけではない」と懸命に説得、最後に自分も屁を高らかにひってみせて彼を慰め元気づけた。以来メートロクレースはクラテースの弟子となり、優れた哲学者として大成、いくつかの書物を著わしたがすべて火中に投じて遺さなかった。高齢に達したのち、みずから息を止めて死んだという。彼の姉妹ヒッパルキアー*はクラテースの妻である。なおエピクテートス*によると、ローマ帝政期に入ってからのキュニコスの徒は、おりおり放屁をする点を除いては何らその元祖に似たところのない、すっかり形骸化した徒輩になってしまっていたという。
⇒メニッポス、メネデーモス❷
Diog. Laert. 6-94～95, 2-102/ Plut. Mor. 468a/ Stob. Serm. tit. 116/ etc.

メートロドーロス　Metrodoros, Μητρόδωρος, Metrodorus,（仏）Métrodore,（伊）（西）Metrodoro

ギリシアの哲学者の名。

❶（前 4 世紀）キオス*島の出身。デーモクリトス*の弟子。師の原子論的宇宙体系を継承し、『自然について Peri Physeos, Περὶ Φύσεως』などの著作があったが散逸した。星は毎日大気中の湿気が太陽の熱に暖められて形成されると説き、エレアー*学派の影響も受けて、宇宙は永遠・無限で全体として不変であると主張、また「自分は何も知らないのだというまさにそのことさえ知らないでいる」とか、プロタゴラース*流に「人間は万物の尺度である」

とも語った。医学にも通じ、名医ヒッポクラテース*や哲学者アナクサルコス*の師とされている。
Cic. Acad. 2-23/ Ath. 4-184/ Euseb. Praep. Evang. 14-765/ Schol. ad Ap. Rhod. 4-834/ etc.

❷（前 331／330～前 278／277）ランプサコス*出身のエピクーロス*学派の哲学者。エピクーロス第一の愛弟子。師のランプサコス滞在時代からの親友で、エピクーロス学派を創立した 4 人の 1 人。ヘタイラー*（遊女）のレオンティオン Leontion を師と共有していたが、のちに身請けして自分の内妻とし、彼女はエピクーロスの弟子となってテオプラストス*に対する反論などを著わした。メートロドーロスは師から 2 作の書物を献げられ、自身も 12 篇の著述を執筆、残存する断片によれば、他学派を駁する論争的内容が多く、独創性には乏しい。メートロドーロスの快楽主義は、「よきものはすべて腹部に関係がある」という命題に要約され、それを認めようとしなかった兄弟を彼は非難したと伝えられる。師よりも 7 年前に死んだため、エピクーロスの学園はミュティレーネー*のヘルマルコス Hermarkhos（のち中風にて没す）が継承したが、学内では毎月 20 日にエピクーロスとメートロドーロスとを記念して集会の式典が催されたという。

なお、アナクサゴラース*の友人で、ホメーロス*の叙事詩に登場する神々を寓意的に解釈するように主張したランプサコス出身のメートロドーロス（？～前 464）という同名異人がいたことも知られている。
Cic. Nat. D. 1-40, Fin. 2-28, -30, -31, Tusc. 5-9, -37/ Diog. Laert. 10-1, -6～7, -22～/ Plut. Mor. 1087a, 1094e/ Ath. 9-391d, 12-546f/ Pl. Ion 530c/ etc.

❸（前 2 世紀）アテーナイ*の哲学者・画家。前 168 年にマケドニアー*王ペルセウス*を征服したローマの将軍 L. アエミリウス・パウルス❷*が、アテーナイ*人に最も卓越した哲学者と画家とをよこすように要求した時――前者は自分の子供たちの教育のために、後者は自分の凱旋行列を飾る絵を描かせるために――、アテーナイ人はメートロドーロスを両方の分野で誰よりも傑出した人物として選定。パウルス将軍も送り込まれたメートロドーロスの才能に満足したという。

その他、ポントス*の大王ミトリダテース 6 世*の臣下で優れた記憶力の持ち主として名高かったミューシアー*出身のメートロドーロス（前 1 世紀前半）や、エピカルモス*の息子でピュータゴラース*派の哲学者コース*のメートロドーロス（前 460 年頃に活躍）、エピクーロス*派からカルネアデース*の主宰するアカデーメイア*派に転じた雄弁な哲学者のメートロドーロス（前 110 年頃に活躍。カーリアー*のストラトニーケイア Stratonikeia（現・Eskihisar）出身）ら幾人もの同名異人がいた。
Plin. N. H. 35-40/ Cic. De Or. 1-11, 2-88, 3-20, Tusc. 1-24, Acad. 2-6, -23/ Diog. Laert. 10-9/ Iambl. Vita Pyth. 34/ Sext. Emp. Math. 1-12/ Plut. Luc. 22/ Strab. 13-609/ Gal./ etc.

メトーン　Meton, Μέτων,（仏）Méton,（伊）Metone,（西）Metón

（前 5 世紀後半）アテーナイ*の天文学者・数学者。エウクテーモーン Euktemon らと共に天体を観測（前 432 年 6 月 28 日）。太陽暦と太陰暦との調整のため、バビュローニアー*人に倣って 19 年の周期に閏月を 7 つ挟む全 6940 日からなる「大年（メトーン周期）Metōnos eniautos, Μέτωνος ἐνιαυτός」を工夫したと伝えられる（前 432 年以後）。ところが、実際にギリシアでこの暦法が使用されたのは、前 342 年になってからだという説もあり、彼の暦法改革については疑問視する向きもある（⇒オリュンピアス暦年）。メトーンはまた測地術にも通じ、アリストパネース*の喜劇『鳥』の中では、円形の都市計画の考案者として戯画的に描かれている。ペロポンネーソス戦争*（前 431～前 404）中の前 415 年、アルキビアデース*の提唱によりシケリアー*（現・シチリア）遠征が決定した時、メトーンは狂気をよそおって自宅に放火し、「こんな災難にあったのだから」と願い出て、艦長として出航する予定だった息子の兵役免除をかちとったという。
⇒オイノピデース、カッリッポス
Ar. Av. 992～/ Diod. 12-36/ Ptol. Alm. 3-1/ Ael. V. H. 10-7, 13-12/ Plut. Alc. 17, Nic. 13/ Vitr. De Arch. 9-7/ etc.

メナード　Ménade
⇒マイナデス

メナピイー（族）　Menapii,（ギ）Menapioi, Μενάπιοι,（英）Menapians,（仏）Ménapiens, Ménapes,（独）Menapier,（伊）Menapi,（西）Menapios

ガッリア・ベルギカ*北部、レーヌス*（現・ライン〈蘭〉Rijn,〈独〉Rhein,〈仏〉ラン Rhin,〈西フリージア語〉Ryn）河の下流地帯にいた部族。前 57 年、侵略者カエサル*に対して他のベルガエ*人とともに蹶起し、7 千人の兵士を提供、連合軍が敗れたのちもカエサルに帰服せず抵抗を続け、亡命して来たエブローネース*族の首長アンビオリクス*を匿ったりしたが、前 53 年ついにカエサルの軍門に降った。またその間、彼らはゲルマーニア*人（⇒テンクテーリーとウーシペテース族）の侵入を被り、レーヌス河右岸から放逐されていた（前 56～前 55 年の冬）。
Caes. B. Gall. 2-4, 3-9, -28, 4-4, -22, -38, 6-2～6/ Plin. N. H. 4-17-106/ Tac. Hist. 4-28/ Strab. 4-194, -199/ Aur. Vict. Caes. 39/ Dio Cass. 39-44/ Ptol. Geog. 2-9, 4-4/ Mart. 13-54/ Notitia Dignitatum/ etc.

メナンデル　Menander
⇒メナンドロス（のラテン語形）

メナンドロス　Menandros, Μένανδρος, Menander,（仏）Ménandre,（独）Menander, Menandros,（伊）（西）（葡）Menandro,（露）Менандр

（前 342／341～前 292／291）ギリシアの後期喜劇（新喜劇）

を代表する詩人。中期喜劇の作者アレクシス*の甥ないし弟子。アテーナイ*の裕福な家庭に生まれ、学者テオプラストス*に師事、パレーロン*のデーメートリオス*や哲学者エピクーロス*らと親交を結び、公事より離れて華やかな私生活を送った。斜視であったが理知鋭く、また女色に溺れやすい性癖の持ち主で、名妓のグリュケラー Glykera との交情は古くから人口に膾炙した。前321年に最初の作品『怒り Orgē』（優勝作）を上演して以来、108（105、109とも）篇の喜劇を執筆し、その名声ゆえにエジプトやマケドニアー*の王たちが使節団と艦隊を送って彼を宮廷に迎え入れようとした。プトレマイオス2世*からアレクサンドレイア❶*へ招聘された時、彼は「ピレーモーン*にはグリュケラーがいないので」と答えて、自らは情婦のためにアテーナイに留まり、代わりにピレーモーンを王の許へ送り出したという。かくて生涯アテーナイを離れず、50歳あまりのころ外港ペイライエウス*で泳いでいる最中、痙攣の発作を起こして溺死したと伝えられる。

生前の人気は競敵ピレーモーンに及ばず、優勝回数も8回に過ぎなかったが、死後の盛名は他の追随を許さず、「ホメーロス*に次ぐ詩人」と称えられ、文献学者ビューザンティオン*のアリストパネース*からは「メナンドロスと人生よ、汝らのうちどちらが相手を模倣したのか」と嘆賞されるに至った。ローマ喜劇に与えた影響も大きく、プラウトゥス*とテレンティウス*によって翻案されたものは、その現存作品中だけでも少なくとも8篇を数える（プラウトゥスの Aulularia, Bacchides, Cistellaria, Stichus。そしてテレンティウスの Andria, Heautontimorumenos, Eunuchus, Adelphoe）。メナンドロスが得意としたのは、優雅で洗練された文体と機智に富んだ会話、複雑な筋立てによる構成の妙、またとりわけ登場人物の緻密犀利な性格描写である。ハッピー・エンドに終わる市井の恋物語など日常生活を題材にした洒落た風俗喜劇を創作、老成した平穏な処世哲学を説き、エウリーピデース*流の警句を作品の随所に鏤めた。およそ900に及ぶ教訓的な引用断片以外は長く失われていたが、19世紀末からエジプトのパピュロス資料を中心に重要な断簡が発見され、特に『気むずかし屋 Dyskolos』（前317／316、優勝作）は今日ほぼ完全な姿に復元されている――他に『サモスの女 Samiā』『髪を切られる女 Perikeiromenē』（前314頃）『調停裁判 Epitrepontes』などの主要部分が見つかっている――。「神々に愛される者は若くして死ぬ」とか「人が人間である時それは何と美しいのであろう」、「目に見える友は目に見えない富だ」といった彼の名句は、後世までよく親しまれて万人の口に上った。またラテン作家の翻案を通じてその作品は、シェイクスピア、モリエール、ベン・ジョンソン等々、近世以降のヨーロッパ文学にも少なからぬ影響を及ぼした。なおパエドルス*によると、メナンドロスは香料をきつく匂わせ、流れるような長い衣を着こなし、尻を振りつつしゃなりしゃなりと歩く男娼まがいの人物であったという。

⇒ディーピロス

Quint. 10-1/ Plut. Mor. 531b, 712b, 853b/ Anon. De Com. 12/ Ov. Tr. 2-370/ Plin. N. H. 7-30-111/ Strab. 7-296～, 10-452, -486, 14-637, -638/ Phaedrus 5-1/ Paus. 1-2-2, -21-1/ Gell. N. A. 2-23, 17-4, -21, -42/ Ath. 13-594d/ Diog. Laert. 5-36, -79/ Alciphr. Ep. 2-3～4/ Mart. 14-187/ Suda/ etc.

メナンドロス（ミリンダ） Menandros, Μένανδρος, Menander, （仏）Ménandre, （伊）（西）（葡）Menandro, （パーリ語）Milinda, （漢）彌蘭陀, （和）ミリンダ

インド・バクトリアー*を支配したギリシア人の王（在位・前155頃～前130頃、異説あり）。バクトリアー王デーメートリオス2世*の東征に従い、王の死後もインドに留まってガンジス（ガンゲース*）河流域まで進攻した。王号を称して首都をサーガラ Sagala（現・Sialkot?）に置き、北はカーブル Kabul,（ギ）(Ortospana, Ὀρτόσπανα) から南はパンジャーブ地方に君臨、一時は北インド一帯に勢力を及ぼした。仏典『ミリンダ王の問い（パーリ語）Milindapañha（〈漢〉彌蘭陀王問経、ないし那先比丘経）』によれば、王は才学優れた能弁家で、仏教哲学者ナーガセーナ Nagasena（那先比丘）と教義問答をした結果、仏教に帰依したとされる。この経典は、ギリシア思想と仏教思想との交流を物語る貴重な資料である。メナンドロスは「救済王 Soter」「正義王 Dikaios」の称号を帯び、都市にはギリシア文化が繁栄、インド・バクトリアーの最盛期を現出した。彼が戦死すると、西北インドの諸都市は王の徳を慕って、その遺灰を競って持ち帰ったという。王位はまだ十代の息子ストラトーン1世 Straton I が継ぎ、母アガトクレイア Agathokleia が摂政となったが、各地に複数の王が分立して勢力争いを展開。そのうえスキュティアー*系のトカラ族 Tokharoi など北方遊牧民族の侵入が相次ぎ、王国は急速に衰えた。仏教史料によれば、メナンドロスは王家の生まれで、父王の死後に即位したとされ、また軍営で陣没したのではなく、若い息子のために自ら退位し、隠遁生活に入ったと伝えられている。

なお「正義王」と名乗ったのは別のバクトリアー王メナンドロス2世 M. II（前2世紀末頃～前1世紀初頭頃）であるともいう。その他ペロポンネーソス戦争*（前431～前404）時にシケリアー*（現・シチリア）遠征などで活躍したアテーナイ*人のメナンドロスや、アレクサンドロス大王*の東征にヘタイロイ*の一員として随ったマケドニアー*人のメナンドロス（前4世紀後期）、フェニキア*諸王の歴史書を編んだエペソス*出身の史家メナンドロス（前2世紀初頭。作品は亡失）、ローマ帝政期に讃歌や祝婚歌に関する著述を表わしたラーオディケイア*出身の修辞学者メナンドロス（後3世紀末頃）など幾人もの同名異人が知られている。

⇒巻末系図036

Strab. 11-516/ Plut. Mor. 821, Eum. 9, Alex. 57, Luc. 17, Nic. 20/ Peripl. M. Rubr. 47/ Thuc. 7-16, -43, -69/ Xen. Hell. 1-2, 2-1/ Arr. Anab. 3-6, 7-23/ Curtius 10-10/ Just. 13-4/ Diod. 13-13, 18-3, -59/ App. Mith. 117/ Joseph. J. A. 8-5,

9-14, Ap. 1-18/ Suda/ Phot. Bibl/ etc.

メニッポス　Menippos, Μένιππος, Menippus, (仏) Ménippe, (独) Menipp(os), (伊) Menippo, (西) Menipo

(前330頃～前260頃)(前3世紀前半～中頃に活躍) ギリシアのキュニコス(犬儒)派の哲学者、諷刺作家。コイレー・シュリアー*の町ガダラ*の出身。フェニキア人で、もとはシノーペー*(ポントス*の町)市民の奴隷だったが、キュニコス派のメートロクレース*に弟子入りし、解放されてテーバイ❶*市民権を得たという。物乞いの生活をやめて金貸しとなり、莫大な財産を築き上げた――1日ごとに利子をつけて金を貸したので、「日歩(ひぶ)で貸す人」と呼ばれたという――ものの、策略にはまって破産し、意気消沈のあまり首をくくって死んだと伝えられる。散文に詩を混じえた文体で、滑稽さと真摯さの相半ばする諷刺文学を作ったとされ(13巻、散逸)、ガダラの詩人メレアグロス*やサモサタ*のルーキアーノス*、ローマの学者M.ウァッロー*の「メニッポス流諷刺詩(ラ)Saturae Menippeae(サトゥラ)」などに模倣者を見出した。なかでもルーキアーノスは、いくつかの対話篇にメニッポスを誇張した姿で登場させ、哲学者をはじめとするさまざまな人間の欲望や虚栄心、愚かさを冷笑・攻撃する道化的英雄に仕立て上げている。

他にも、アウグストゥス*時代の初期に黒海の周遊記(ペリプルース)Periplūs, Περίπλους(一部伝存)を書いたペルガモン*のメニッポス(前1世紀末頃)ら幾人かの同名人物がいる。
⇒メネデーモス❷、(キュニコス派の)デーメートリオス、デーモーナクス
Diog. Laert. 6-29, -95, -99～101/ Cic. Acad. 1-2(8)/ Strab. 16-759/ Gell. N. A. 2-18/ Macrob. 1-11/ Lucian. Menippus, Icaromenippus, Dial. Mort./ Ath. 4-160c, 14-629f, -664e/ Steph. Byz./ Plut. Cic. 4/ Anth. Pal. 9-559/ etc.

メネデーモス　Menedemos, Μενέδημος, Menedemus, (仏) Ménédème, (伊)(西) Menedemo

ギリシアの哲学者。

❶ (前339頃～前265頃) エレトリア*学派の祖。エウボイア*島のエレトリア市の出身。大工の息子に生まれ、自らも天幕造りをしていたが、軍務でメガラ*へ派遣された時にスティルポーン*の弟子となり、のちパイドーン*のエーリス*学派に転向。以来この学派の主導的人物となり、同派は彼の生地にちなんでエレトリア学派と呼ばれるようになった。彼は美男子で、運動選手のように日焼けした逞しい肉体をもち、年長の哲学者アスクレーピアデース❸*と愛し合って終生――両者が妻帯してからも――同棲を続けたという(⇒クラテース❸)。度量の大きい威厳ある人物だったとされ、歯に衣をきせない論争で名高かった。著述を残さなかったため、その思想内容は不詳。市民から尊敬されて国事を託され、マケドニアー*王アンティゴノス2世*とも親密な交際があったが、のち「祖国を売り渡そうとしている」と中傷されてエレトリアから追放され、マケドニアー宮廷へ退去、傷心のあまり7日間食を断って死んだと伝えられる(74歳)。
⇒リュコプローン
Diog. Laert. 2-125～144, 6-91/ Ath. 2-55, 4-168, 10-419～420/ Cic. Acad. 2-42/ Strab. 9-393, -448/ Plut. Mor. 55c./ etc.

❷ (前3世紀中頃) キュニコス(犬儒)派の哲学者。ランプサコス*の出身で、はじめエピクーロス*派のコローテース*に師事したが、のちキュニコス派に転じ、自らを「冥府(ハーデース)から送られた罪業の見張り番」だと称し、復讐の女神エリーニュス*の姿に変装して歩き廻った。
⇒メニッポス
Diog. Laert. 6-102/ Suda/ etc.

メネーニウス・アグリッパ　Agrippa Menenius Lanatus, (ギ) Menēnios Agrippās, Μενήνιος Ἀγρίππας, (伊) Agrippa Menenio Lanato, (西) Agripa Menenio Lanato

(前6世紀末～前5世紀初頭) ローマの将軍。前503年の執政官(コーンスル)。平民たち(プレーベース*)がローマ市から退去して聖山*(モーンス・サケル)に移住するという事件が起きた時(前494)、使節として聖山へ赴き「胃袋と四肢」の寓話――貴族(パトリキイー*)は胃袋、平民は手足――を語り聞かせて、平民たちをローマへ戻るよう説得したと伝えられる。その結果、和解が成り立ち、貴族の譲歩により、平民のみの集会(平民会)と、平民から選出され政務官の行為に拒否権を発動できる護民官(トリブーヌス・プレービス*)の設置が認められることとなった(前493年度以降)。赤貧のうちに没し(伝・前493)、葬儀は公費で営まれ、また民衆の醸出した金で子供たちは結婚できたという。
Liv. 2-16～, -32～33/ Flor. 1-23/ Plut. Coriol. 6/ Dion. Hal. Ant. Rom. 5-44～, 6-83～, -96/ Aur. Vict. De Vir. Ill. 18/ Dio Cass. 4 Frag./ Aesopica 130/ Zonar. 7-13～14/ etc.

メネラーオス　Menelaos, Μενέλαος, Meneleōs, Μενέλεως, (ドーリス方言) Menelās, Μενέλας, Menelaus, (仏) Ménélas, (伊)(西) Menelao, (葡) Menelau, (露) Менелай, (現ギリシア語) Menélaos

ギリシア神話中、アトレウス*の子で、アガメムノーン*の弟(⇒アトレイデース)。スパルター*王テュンダレオース*の娘ヘレネー*を娶り、ディオスクーロイ*(ヘレネーの兄弟たち)亡きあと、岳父に譲られてスパルター王となる(⇒巻末系図015, 018)。トロイアー*の王子パリス*が来訪した時、メネラーオスは神託の警告があったにもかかわらず、外祖父カトレウス*(ミーノース*の息子)の葬儀のためクレーター*島へ出かけ、その不在中にヘレネーはパリスに誘惑されてトロイアーへ出奔した。これが原因で、アガメムノーンを総大将とするギリシア連合軍のトロイアー遠征(トロイアー戦争*)が勃発。メネラーオスは60隻の軍船を率いて出陣したが、10年に及ぶ戦争の間、パリスと一

騎打ちをしたり、パトロクロス*の屍体を庇護したこと以外には、さほど活躍していない。トロイアーが陥落するや、オデュッセウス*とともに、ヘレネーの後夫となっていたデーイポボス*（パリスの弟）の居館を急襲し、彼を殺して切り刻んだ。次いで彼はヘレネーをも屠ろうとしたが、その美しい胸を見て愛欲にとらわれ、「彼女を必ず殺す」と人々に約束しながら、そのまま妻を連れて逸早くギリシアへ出帆した。しかし、航路を誤って8年の間オリエント各地を漂泊し、エジプトで海神プロテウス*から帰国の方法を聞き出したのち、ようやくスパルターへ戻った。以来2人は平穏に余生を過ごし、さらに死後ゼウス*によってエーリュシオン*の野に運ばれて幸福な日々を送っているという。後代の話では、2人はタウリケー*へ赴いて、イーピゲネイア*（アガメムノーンの娘）の手で女神アルテミス*の生贄に捧げられたとも伝えられる。夫婦の墓はテラプナイ*にあり、この地では歴史時代に2人は、ディオスクーロイとともに神として祀られていたという。

⇒ヘルミオネー

Hom. Il. 2-581～, 3-21～, 4-128～, 17-1～, Od. 3-286～, 4-271～, 15-57～/ Soph. Aj. 1295/ Eur. Or. 16, Hel., I. A. 71～, Tro. 864～/ Apollod. 3-10-8～11-2, Epit. 2-15, 3-3, -6, -9, -12, -28, 4-1, 5-22, 6-1, -29/ Hyg. Fab. 78, 88, 95, 97, 108, 112, 116, 118, 122～123, 273/ Herodot. 2-112～/ Paus. 1-33, 2-15～, 3-19, 5-21～, 6-29～/ Tzetz. ad Lycoph. 103, 132, 136, 149, 202, 851/ Ath. 6-232/ Ov. Met. 13-198～/ Quint. Smyrn. 13-293～/ Dict. Cret. 1-1～/ Dares Phryg. 9～/etc.

メネラーオス（アレクサンドレイア❶*の）

Menelaos, Μενέλαος, Menelaus, （英）Menelaus of Alexandria, （仏）Ménélaüs (Ménélaos) d'Alexandrie, （伊）Menelao di Alessandria, （西）Menelao de Alejandría

（後1世紀末）ローマ帝政期のギリシア人数学者・天文学者。アレクサンドレイア❶*の出身。ローマで天体観測を行ない（後98）、幾何学に関する書物をいくつか著わしたが、現存するのはアラビア語に翻訳されて伝わった『球論（ラ）Sphaerica』3巻のみである。

Ptol. Alm. 7-3/ Plut. Mor. 930a/ Pappus/ Procl./ etc.

メノイケウス

Menoikeus, Μενοικεύς, Menoeceus, （仏）Ménécée, Ménœcée, （独）Menökeus, （伊）（西）Meneceo, （葡）Meneceu

ギリシア伝説中のテーバイ❶*の王子。クレオーン❷*の息子（⇒巻末系図006）。アルゴス*からテーバイ攻めの七将*が攻め寄せた時、盲目の予言者テイレシアース*が「スパルトイ*の末裔たる童貞の男子が犠牲にならない限りテーバイは敗れるであろう」と告げたため、自発的に城壁から身を投げて死んだ、もしくは先祖のカドモス*に殺された竜（アレース*の子）の洞穴で自刃した。異説では城壁から飛び降りたのは、クレオーンの別の息子メガレウスMegareusだともいう。メノイケウスは父クレオーンによって犠牲に供されたとも、スピンクス*に食い殺されたとも伝えられ、その墓から血潮の色の実をした柘榴が生え出たといわれる。同名の祖父メノイケウスも、テーバイが疫病に襲われた折に、同様に城壁から投身して悪疫を鎮めたとされている。

⇒ハイモーン

Eur. Phoen. 769, 911～, 1090～/ Paus. 9-25-1/ Apollod. 2-4-5, -4-11, 3-5-7～8, -6-7/ Hyg. Fab. 67, 68, 242/ Diod. 4-

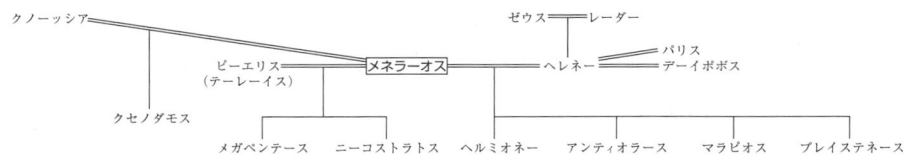

系図394　メネラーオス

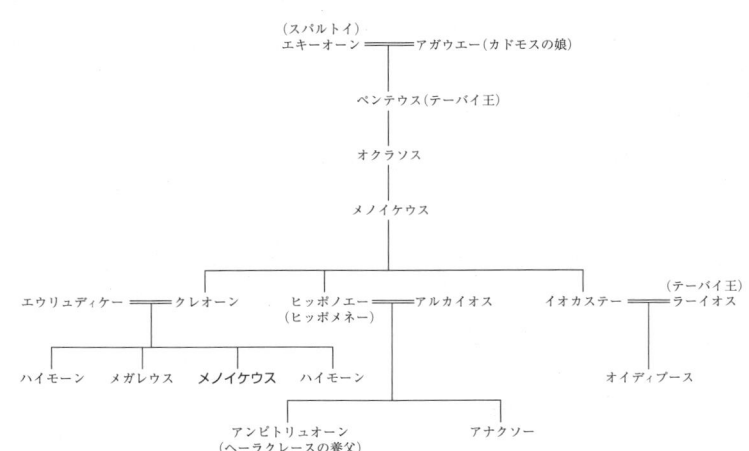

系図395　メノイケウス

67/ Plut. Pel. 21/ Cic. Tusc. 1-48(116)/ Stat. Theb. 10-774～/ Juv. 14-240/ etc.

メノーン　Menon, Μένων, Meno,（仏）Ménon,（伊）Menone,（西）Menón

(？～前400)テッサリアー*の傭兵隊長。美青年だったので、年上の恋人アリスティッポス Aristippos にせがんで軍隊の指揮権を得、アカイメネース朝*ペルシア*の王子小キュロス*の遠征に参加。ペルシアの将軍で美男に目のないアリアイオス Ariaios からも愛されるが、クーナクサ*の戦い（前401）で敗れてアルタクセルクセース2世*に捕われ、1年間拷責を加えられた末に息絶えたという。プラトーン*の対話篇『メノーン』の登場人物として知られる。同じ遠征に加わったクセノポーン*とは折り合いが悪く、メノーンはこの史家の筆により、腹黒い強欲な人物として描かれている。また彼はまだ鬚も生えぬ未成年の頃から鬚のある成人男子を稚児としていたことで有名。

他にも、アリストテレース*の弟子で医学教説摘要を著わしたメノーン（前4世紀末）ら幾人かの同名人物が知られている。

⇒クレアルコス❶、ケイリソポス、エピステネース
Xen. An. 1-2, -4～5, -7～8, 2-1～2, -5～6/ Diog. Laert. 2-50/ Pl. Meno/ Diod. 14-19, -27, 18-15, -17, -38, 21-16/ Plut. Artax. 18, Per. 31, Mor. 733c/ Ath. 11-505, -506/ Thuc. 2-22/ Dem. 13-23, 36-53/ Gal./ Phot. Bibl./ Suda/ etc.

メムノーン　Memnon, Μέμνων,（伊）Memnone,（西）Memnón

ギリシア神話中のエティオピア*王。ふつう曙の女神エーオース*とティートーノス*の子とされる。叔父プリアモス*の援軍としてトロイアー*へ出兵し、ギリシア勢と勇戦するが、アキッレウス*の愛人アンティロコス*を殺したため、ついにアキッレウスに討たれる。この折、両英雄の母エーオースとテティス*は大神ゼウス*に息子の命乞いをし、ゼウスが運命の秤にかけたところメムノーンの皿が下がり、勝敗が定まったという。エーオースが彼の死を悼んで流す涙は、朝ごとに置く露となり、その遺骸を焼く炎の中からは、メムノニデス Memnonides と称する鳥（黒鷹）が翔び立ったと伝えられる。また彼は当代随一の美男とうたわれ、母エーオースの願いでゼウスから不死を与えられたともいう。アルカイック期以来、アキッレウスとの戦闘場面や遺骸となって運び去られる情景などが、好んで陶画の主題に取り上げられている。

エジプトのテーバイ❷*にあるアメンホテプ3世 Amenhotep III（在位・前1386頃～前1349頃）の巨像（コロッソス*高さ約21m。1対の像のうち北側のものがメムノーン像という）は、ギリシア人の間ではこのメムノーンの坐像だと信じられており、毎朝日の出の頃に音を発して母神エーオースに挨拶することで名高かった。ローマ時代になっても、ゲルマーニクス*やハドリアーヌス*帝ら多くの人々がこれを聴きに来たが、後2世紀末セプティミウス・セウェールス*帝が石像の裂目を修復してからは、音が出なくなってしまったという。異説によると、メムノーン（または、その父ティートーノス）はペルシア*の王都スーサ*の創建者であるとも伝えられる。悲劇詩人アイスキュロス*やソポクレース*の作品に今は散逸した『メムノーン』があった（両者とも断片のみ現存）。

なお、メムノーンの兄弟エーマティオーン Emathion は、アラビアー*王であったが、ヘスペリデス*の園へやって来た英雄ヘーラクレース*（第11の功業）と闘い、園の林檎(りんご)を取らせぬよう妨害したがために、英雄によって殺されている（⇒巻末系図019）。

⇒アビュードス❷

Hom. Od. 4-187～, 11-522/ Hes. Th. 984～/ Pind. Ol. 2-83, Pyth. 6-28～, Isthm. 5-41, 8-54～, Nem. 3-62～, 6-48～/ Herodot. 2-106, 5-53～54/ Apollod. 2-5-11, 3-12-4～5, Epit. 5-3/ Ov. Met. 13-576～, Am. 1-8-4/ Diod. 2-4, -22, 4-75/ Hyg. Fab. 112/ Tac. Ann. 2-61/ Plin. N. H. 10-37, 36-11/ Paus. 1-42, 10-31/ Procl. Aethiopis/ Strab. 15-728, 17-816/ Quint. Smyrn. 2-100, 5-19/ Dict. Cret. 4-6/ Juv. 15-5/ Philostr. V. A. 6-4/ Dio Chrys. Or. 11-117/ Moschus 3-41～/ Serv. ad Verg. 4-189/ Tzetz. ad Lycoph. 18/ etc.

メムノーン　Memnon, Μέμνων,（伊）Memnone,（西）Memnón,（独）Mamnon, Memnon

（前380頃～前333夏）（ラ）Memnon Rhodius　ロドス*島出身の傭兵隊長。前356年、義兄アルタバゾス❷*や兄メントール❸*とともに、アカイメネース朝*ペルシア*の帝王アルタクセルクセース3世*に対し反乱を起こし、敗れてマケドニアー*のピリッポス2世*の宮廷へ逃れる（前352）。のちメントールの仲介で赦免を得、ペルシアへ帰参する（前345）。兄の死後、その寡婦バルシネー❶*（のちアレクサンドロス大王*の側妃）を娶り、ダーレイオス3世*に仕えて、侵略して来たアレクサンドロス大王と戦った。グラーニーコス*河畔の合戦（前334）から逃れたのち、艦隊を組織してエーゲ海諸島を占領、ギリシア本土へ攻め入る作戦を練っているうちに、病を得て死んだ。ある日、部下の1人がアレクサンドロスの名に侮辱を浴びせかけるのを耳にした彼は、槍の柄でその者を打って、「お前に金を払っているのは、マケドニアー王と戦うためであって、彼を侮辱するためではないぞ」と言ったという話が残っている。

ちなみに、ポントス*のヘーラクレイア❹*の歴史（少なくとも16巻以上）を書いた同市出身の史家メムノーン（ラ）Memnon Heracleotes（後2世紀頃）は、ローマ帝政期の人物であるが、作品は散逸した。

Arr. Anab. 1-12, -15, -17, -20～23, 2-1/ Diod. 16-34, -52, 17-7, -18, -22～24, -29～31/ Curtius 3-1～2, -3/ Polyaenus 5-44/ Frontin. Str. 2-5/ Phot. Bibl./ etc.

メムピス　Memphis
⇒メンピス

メムピス Memphis
⇒メンピス

メムミウス Memmius
⇒メンミウス

メラース Melas, Μέλας
(「黒い」の意) ギリシア世界各地の河川名。

❶ (現・Nocito) シケリアー*(シキリア*、(現) シチリア) 島北東部を流れ、ミューライ*とナウロクス*との間で海に注ぐ。伝説上の太陽神ヘーリオス*の牛群は、この流域の牧草地で飼われていたという。
⇒トリーナキエー
Ov. Fast. 4-476/ etc.

❷ (現・Mavropotamos, Mavropotami) ボイオーティアー*地方を流れる川。オルコメノス*付近に源を発し、コーパーイス*湖に注ぐ。物の色を黒くする力があり、この水を飲んだ羊の毛は黒く変じた。同じ湖水から流れ出るケーピーソス❷*川の水は、逆に羊を白くしたという。
⇒クサントス❶
Plin. N. H. 2-106/ Paus. 9-38/ Verg. G. 1-4/ etc.

❸ (現・Kavaksu, Kavatch) トラーキアー*(トラーケー*)のケルソネーソス❶*半島の付け根を流れる川。クセルクセース1世*の率いるアカイメネース朝*ペルシア*の大軍は、この川の水を飲み干してなお足りなかったという (前490)。
Herodot. 7-58, -198/ Strab. 7-331/ Ptol. Geog. 3-11/ etc.

その他、パンピューリアー*やキリキアー*、カッパドキアー*など小アジア諸方に同名の河があった。
Paus. 8-28/ Plin. N. H. 5-22, 6-4/ Solin. 43/ Ptol. Geog. 5-5, -6/ etc.

メラニオーン(または、メイラニオーン) Melanion, Μελανίων (Meilanion, Μειλανίων), (ラ) ミーラニオーン* Milanion (Milanio), (仏) Mélanion, (伊) Melanione, (西) Melanión

ギリシア神話中、アルカディアー*のアンピダマース Amphidamas (リュクールゴス❸*の子) の息子。美男子で、女狩人アタランテー*との競走に勝って彼女を娶り、1子パルテノパイオス*を儲けた。ヒッポメネース*の項を参照。
Xen. Cyn. 1-2, -7/ Paus. 3-12, 5-17, -19/ Nonnus Dion. 30/ Apollod. 3-6-3, -9-2/ Prop. 1-1/ Ov. Ars. Am. 2-188/ etc.

メラニッポス Melanippos
⇒カリトーンとメラニッポス

メラ、ポンポーニウス Pomponius Mela, (伊)(西) Pomponio Mela, (葡) Pompônio Mela

(後1世紀中頃) ローマ帝政期の地理学者。ヒスパーニア*南端の港湾都市ティンゲンテラ Tingentera (現・アルヘシラス Algeciras) の生まれ。カリグラ*ないしクラウディウス*の治下に、現存する最古のラテン地理書『地誌 De Chorographia』別名『世界の位置について De Situ Orbis』(全3巻) を執筆 (後41〜44頃)。主にギリシア系の資料に拠りつつアフリカ・ヨーロッパ・アジア3大陸各地の民族・歴史・自然を簡潔に叙述した。マウレータニア* (アフリカ北岸) から出発して、修辞的な筆致で世界の地理を語る本書は、航海者の手引として愛用された。また近世ヨーロッパで再刊されて (1491)、コロンブス Columbus のアメリカ大陸「発見」の動機の1つになったともいわれる。他方、方角と距離の記載がほとんど無いことから、本書は実用書ではなく興味深い奇談を集めた旅行案内書でしかなかったとする説もある。

なお彼を、セネカ*一族のアンナエウス・メラ*と同一視する説もある。
⇒大プリーニウス、ストラボーン
Mela/ Plin. N. H. 19-33-110/ Sen. Controv. 2 praef. 3/ Tac. Ann. 16-17/ Hieron. Chron./ etc.

メラムプース Malampus
⇒メランプース

メラ、ルーキウス(マールクス)・アンナエウス Lucius (Marcus) Annaeus Mela (Mella), (伊) Lucio (Marco) Anneo Mela, (西) Lucio (Marco) Aneo Mela

(?〜後66) 修辞学者・大セネカ❶*の末子。ヒスパーニア*のコルドゥバ*(現・コルドバ) に生まれ、兄セネカ❷*のおかげで元老院議員待遇を受けたが、自ら騎士身分(エクィテース*)に留まり、莫大な財産を築き上げる。詩人ルーカーヌス*の父 (⇒本文系図221)。65年、兄のセネカと息子ルーカーヌスがともに C. ピーソー*の陰謀事件に加わった廉でネロー*帝に殺された後、息子ルーカーヌスの貸金を容赦なく取り立てたので、債務者の1人から陰謀の共犯者として告発され、ネローの毒牙を免れ難いと知って自害。遺産の一部なりとも家族に残そうと思って、その大半を権臣ティゲッリーヌス*とその女婿に遺贈したという。

なお、彼の情婦エピカリス Epicharis (?〜65) は、ピーソーの陰謀に加担していたが、鞭打ち・火責めの拷問に耐えて、1人の名をも明かさず、首を吊って死んだ女丈夫である。
Tac. Ann. 15-51, -57, 16-17/ Dio Cass. 62-25/ Mart. 4-40/ Sen. Helv. 18/ Sen. Controv. 2 praef. 3/ etc.

メランプース Melampus, Μελάμπους, (仏) Mélampe, Mélampous, (伊)(西) Melampo

ギリシア神話中、予言能力を得た最初の人間。クレーテウス*(アイオロス*の子)の孫で、ビアース*の兄弟 (⇒巻末系図011)。薬草の知識・医療の術に通じ、卜占者一族メランポディダイ Melampodidai の祖とされる。生まれた時に日陰に置かれたが、足にだけ陽光が当たって黒くなったこ

メリアス

とから、「黒い足の男(メランプース)」と名づけられたという。殺された母蛇を葬り、その子蛇を憐んで養育してやったところ、仮眠中に子蛇たちに耳を舐められ、その効験で、鳥獣などすべての動物の言葉を理解し、予言の能力をもつに至った。

兄弟のビアースがピュロス*王ネーレウス*の娘ペロー Peroとの結婚を望んだ折、ネーレウスは求婚者が大勢いたので、「ピュラコス Phylakos王の牛群を持参した人に娘を与える」と約束。ビアースを心から愛していたメランプースは代わりに牛を盗みに行ったところ、捕えられて1年間投獄された。しかし、屋根の梁(はり)に棲む虫の問答から牢が崩れ落ちることを的確に予言して以来、ピュラコスの信頼を得、「息子イーピクロス*の性的不能を治してくれるならば、牛群を譲り渡そう」との申し出を受けた。禿鷹の対話から陰萎(インポテンツ)の原因と治療法を知ったメランプースは、イーピクロスの不能を見事に癒して牛を獲得、かくてビアースはペーローを娶ることができた。

後年メランプースは、アルゴス*の王プロイトス*の娘たちを狂気から回復させ、その報酬として自らアルゴス王国の領土3分の1と王女の1人を得たばかりか、兄弟ビアースのためにも同様に王国の3分の1と王女の1人を貰い受けてやった。彼はまた、ディオニューソス*の崇拝とその男根行列の儀式を初めてギリシアに導入したといわれる。アポッローン*から寵愛を受けたおかげで犠牲獣の臓腑を見て占う方法などを教わったとも伝えられている。

メランプースの子孫の中には、アンピアラーオス*やポリュペイデース Polypheides（アポッローンから予言の術を授かる）、ポリュエイドス*（ポリュイードス*）イドモーン*、カルカース*ら多くの予言者のほか、その美貌ゆえに曙の女神エーオース*によって天上へさらわれて行き不死の栄光を与えられたクレイトス Kleitosのような人物もいる。

なお、現存する古代ギリシアの卜占書2作品を著わしたヘレニズム時代の著述家が、メランプースを名乗っている（前3世紀）。

Hom. Od. 11-287〜, 15-225〜, Schol. ad Hom. Il. 13-663/ Apollod. 1-9-11〜, 2-2-2/ Diod. 1-96〜97, 4-68, 6-8/ Stat. Theb. 8-277/ Paus. 1-43, 2-18, 4-36, 5-5, 6-17, 8-18/ Herodot. 2-49, 7-221, 9-34/ Ath. 11-498/ Prop. 2-3/ Strab. 8-346/ Ov. Met. 15-322/ Schol. ad Aesch. Sept. 569/ Schol. ad Pind. Nem. 9-13/ Schol. ad Ap. Rhod. 1-118〜, 1-143/ Serv. ad Verg. Ecl. 6-48/ Schol. ad Theoc. 3-43/ etc.

メリアス　Melias, Μελιάς
⇒メリアデス（の単数形）

系図396　メランプース

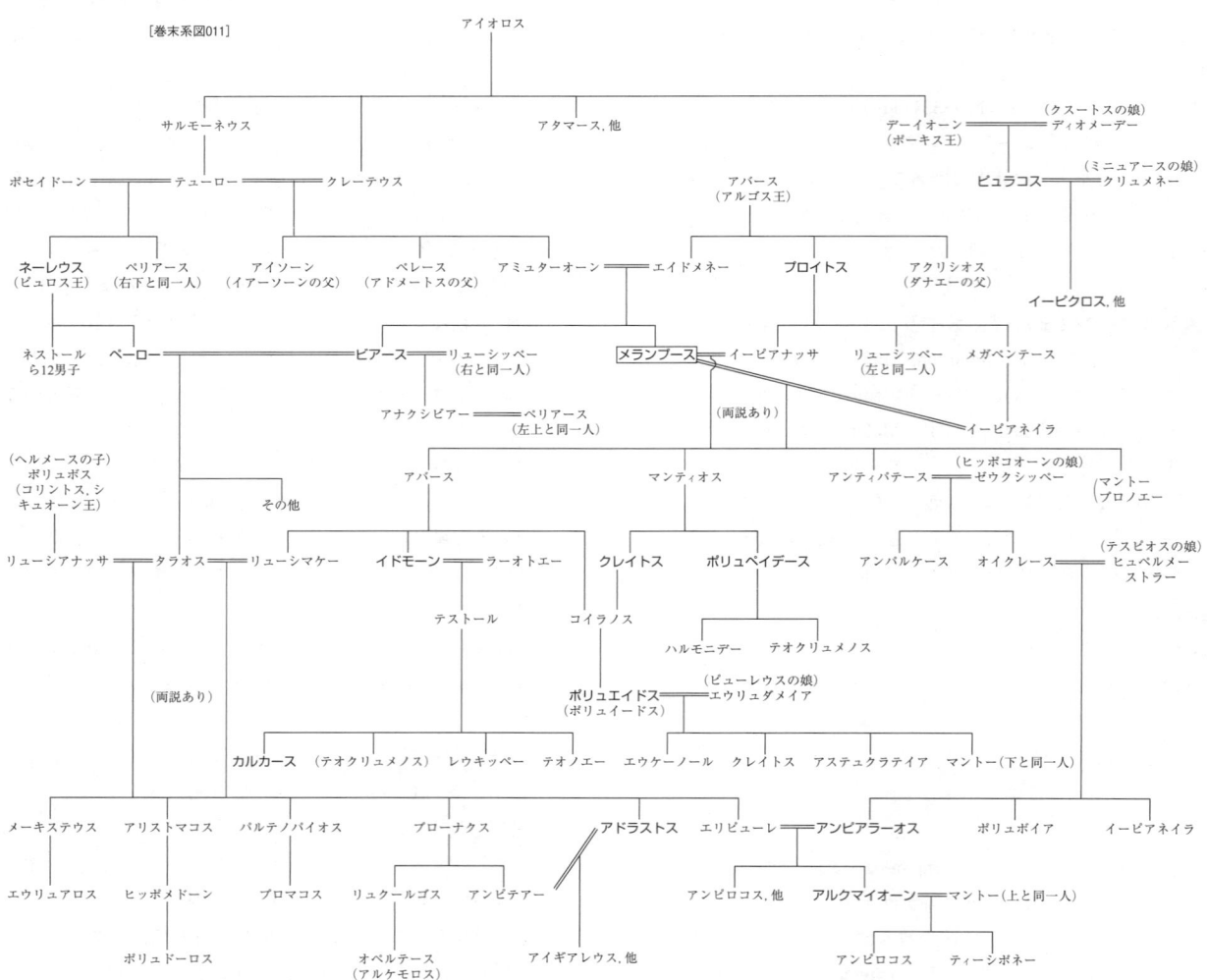

メリアデス Meliades, Μελιάδες, メリアイ Meliai, Μελίαι, Meliae,（仏）Méliades, Mélies,（独）Meliaden,（伊）Meliadi, Melie,（西）Melíades,（単）メリアス Melias, Μελιάς,（仏）Méliade,（伊）Meliade,（西）Melíade

梣（とねりこ）の精。クロノス*が父ウーラノス*を去勢した時、滴り落ちる血から生まれた。詩人ヘーシオドス*によると、凶悪な「青銅時代」の人間は、梣の樹（とねりこ）（槍の柄に用いる）より生じたという。

⇒ニュンペー

Hes. Th. 187～, Op. 143～/ Schol. ad Hes. Th. 187, Hes. Scut. 420/ Soph. Phil. 725/ Callim. Jov. 47, Del. 80/ Apollod. 2-1-1/ Ap. Rhod. Argon. 4-1641～/ Hyg. Fab. 17/ Palaephatus 35/ Eust. Il. 19-321/ Schol. ad Hom. Il. 22-127/ Poll./ etc.

メリケルテース Melikertes, Μελικέρτης, Melicertes,（仏）Mélicerte,（伊）Melicerte

ギリシア神話中のオルコメノス*王、アタマース*とイーノー*の末子。レアルコス*の弟（⇒巻末系図012）。海神パライモーン*の前身。海中に投じたその屍骸は、海豚（いるか）の背に乗ってコリントス*まで運ばれ、シーシュポス*（アタマースの兄弟）の手で葬られたという。

⇒イストミア競技祭、グラコウコス❹

Apollod. 1-9-1～2, 3-4-3/ Paus. 1-44/ Pind. Isthm. 4/ Ov. Met. 4-506～, Fast. 6-485/ Hyg. Fab. 1, 2, 4, 224, 239, 243, 273/ etc.

メリタ Melita,（ギ）メリテー Melite, Μελίτη,（仏）Malte,（フェニキア語）Maleth

（現・マルタ Malta）地中海中央部の島。シケリアー*（シキリア*、現・シチリア）島の南95kmに位置。ヨーロッパとアフリカ、そして東西交通の十字路にあるため、古来さまざまな民族が占住してきた。前9世紀頃からフェニキア*人が植民し、次いでギリシア人も交易の目的で移住（伝・前736）、前6世紀にはカルターゴー*の支配下に入った。第2次ポエニー戦争*（前218～前201）中カルターゴーの課す重税に苦しみ、すすんでローマに投降（前218）。戦後はムーニキピウム*自治都市の資格を認められ、ローマの属州シキリアの一部として総督の管轄するところとなった。その後もセム系の言語が使用され続けたにもかかわらず、ローマ市民権を与えられ、良港を擁するため、商業、とくに優れた羊毛繊維の輸出によって栄えた。キリスト教伝説では、後60年頃、使徒パウロス*（パウロ）がローマに護送される途中、乗船が難破してこの島に上陸し、毒蛇に咬みつかれたが何の害も被らず、また島の有力者の病気を癒して好遇されたという（『使徒言行録』27～28）。ヴァンダル*族（ウァンダリー*）やビザンティンの占領を経て、島は後870年、イスラーム教徒に征服された。先史時代の巨石記念物（前3800頃～前2400頃）以来のさまざまな時代の遺跡（ローマ帝政期の別荘ウィッラ villa や地下墳墓など）が残る。今日もセム語を基礎にイタリア語の混入したマルタ語が公用語として話されている。

Mela 2-7/ Plin. N. H. 3-8-92/ Strab. 6-277/ Cic. Verr. 2-2-2, -4, -72, -4-46～47/ Liv. 21-57/ Ov. Fast. 3-567/ Diod. 5-12/ Procop. Vand. 1-14/ Ptol. Geog. 4-3, 8-14/ Itin. Marit./ Ath. 12-518f/ Sil. 14-251/ Scylax/ Steph. Byz./ etc.

メリッソス（サモス*の） Melissos, Μέλισσος, Melissus,（仏）Mélissos,（伊）Melisso,（西）Meliso

（前490頃～前430頃）エレアー*派の哲学者。パルメニデース*の弟子。他の哲学諸派に対して師の教説を擁護し、エンペドクレース*の多元論やアナクシメネース*の濃化稀化の概念を批判。実体（宇宙）は不変・不動なものであるとしたが、パルメニデースとは異なり、「それは空間的に無限な存在である」と主張した。彼はまた、母国サモスが強圧的なアテーナイ*に対して戦争（前441～前439）を起こした時、艦隊を指揮してアテーナイ海軍を撃破したことがある（前441）。この折サモス人は、先にアテーナイ人がサモスの捕虜に梟（ふくろう）（アテーナイの守護神アテーナー*の使鳥）の烙印を捺したのに倣って、今度はこちらの番とばかりにアテーナイ人捕虜の額にサモス船の烙印を捺したという（結局サモスはペリクレース*の攻囲を受けて降伏を余儀なくされるのではあるが）。なお、かの名将テミストクレース*もメリッソスの下で学んだと伝えられている。

⇒ポルミオーン

Melissus Fr./ Diog. Laert. 9-24/ Plut. Them. 2, Per. 26～27/ Simpl. in Phys./ Philoponus/ Tzetz. Chil. 2-980/ etc.

メリボイア Meliboia, Μελίβοια, Meliboea,（伊）（西）Melibea

（現・Melívia、ないし Kastri）テッサリアー*のマグネーシアー❷*地方東岸、エーゲ海に臨む町。オッサ*山の南麓に位置し、羊毛染色で知られた。伝説上の英雄ピロクテーテース*の出身地。前168年、ローマ軍に征服され掠奪を被った。

なおギリシア神話中、ニオベー❶*の娘たちのうち唯1人アルテミス*に射殺されなかったメリボイアも有名（ピュロス*王ネーレウス*の妻となる）。

Hom. Il. 2-717/ Herodot. 7-188/ Verg. Aen. 3-401, 5-251/ Ap. Rhod. Argon. 1-592/ Liv. 44-13, -46/ Strab. 9-443/ Paus. 2-21-10/ Apollod. 3-5-6/ Lucr. 2-499/ etc.

メルキュール Mercure

⇒メルクリウス*（のフランス語形）

メルクリウス Mercurius,（古形）Mircurius, Mirqurius,（Mirqurio(s), Mircurio(s) Mirquri),（ギ）Merkūrios, Μερκούριος,（英）Mercury,（仏）Mercure,（独）Merkur,（伊）（西）Mercurio,（葡）Mercúrio,（露）Меркурий

ローマの商業の神（メルクス merx は「商品」の意）。ギリ

シアのヘルメース*と同一視され、伝令杖カードゥーケウス caduceus を携え、鍔の広い帽子を被り、手に財布を持った姿で表わされる。メルクリウスの神殿は前495年に、アウェンティーヌス*丘とキルクス・マクシムス*との間、ティベリス*（現・テーヴェレ）河岸の市場からほど遠からぬ所に建てられ、交易とりわけ穀物取引の神として崇拝された。彼の祭日5月15日は商人の祝日とされ、メルクリアーレース mercuriales と呼ばれる商業組合の成員によって、妊娠中の雌豚が捧げられた。ヘルメースに同化されて神々の使神、また旅人・牧者・盗賊の守護神、雄弁・交通などの神となる。固有の神話はないが、ローマでは道路の神ラレース*やエウアンデル*の父とされている。なお、水星や水銀もラテン語でメルクリウスと呼ばれる。後世のロマンス諸語において「水曜日」を指す言葉（仏）mercredi,（伊）mercoledì,（西）miércoles, ……は、すべてラテン語のメルクリウスの日 Mercurii dies が転訛したものである。⇒マイア

Liv. 2-21, -27/ Ov. Fast. 2-607～, 5-669～, Met. 1-668～, 2-682～/ Cic. Nat. D. 2-20, 3-22～/ Verg. Aen. 4-222/ Hor. Carm. 1-10/ Serv. ad Verg. Aen. 1-170, 8-130/ Festus 135/ Val. Max. 2-6-8, 9-3-6/ Apul. Met. 6-8/ Mart. 7-74, 12-67/ Hyg. Fab. 143/ Plin. N. H. 2-6-39/ Macrob. Sat. 1-12, 3-8/ Varro Ling. 7-34/ Schol. ad Pers. 5-112/ etc.

メルポメネー　Melpomene, Μελπομένη,（仏）Melpomène,（西）Melpómene,（露）Мельпомена

ギリシア神話中、ムーサイ*（ムーサ*たち）の1人で悲劇を司る女神。河神アケローオス*と交わってセイレーン*たち（セイレーネス*）を産んだ。ムーサイの項を参照。

なお1852年に発見された小惑星にメルポメネーの名がつけられている。

Hes. Th. 77/ Apollod. 1-3-1, -3-4, Epit. 7-18/ Hyg. Fab. 125, 141/ Hor. Carm. 1-24/ Mart. 4-37/ Diod. 4-7/ etc.

メレアグロス　Meleagros, Μελέαγρος,（ラ）メレアゲル Meleager, Meleagrus,（仏）Méléagre,（伊）（西）Meleagro,（葡）Meléagro,（露）Мелеагр

ギリシア神話中、最も名高い英雄の1人で、カリュドーン*の王子。ふつうカリュドーン王オイネウス*とアルタイアー*との子とされるが、実父は軍神アレース*であるともいう。『イーリアス*』においてすでに彼がカリュドーンの大猪狩りや、アイトーリアー*のクーレース Kures 人との戦争に活躍したこと、および母の兄弟たちを殺したために実母から呪詛されたこと等の話が出ている。その後メレアグロスの物語に御伽噺的な要素が加えられた。最もよく流布している伝承に従うと、次のごとくである。

彼が生まれて7日目にモイライ*（運命の女神たち）がアルタイアーの寝室に現われて、「炉火の上にある薪が燃え尽きればメレアグロスは死ぬであろう」と予言したので、アルタイアーはその木を炉中より拾い上げて箱に保存しておいた。無双の戦士に成長したメレアグロスは、アルゴナウタイ*（アルゴナウテースたち*）の遠征に加わり、コルキス*王アイエーテース*を殺すなどの武勲をたてて勇名を馳せた。ところが、ある年、父王オイネウスが女神アルテミス*に犠牲を供するのを忘れたため、女神は巨大な野猪を送り込んでカリュドーンの地を荒廃させ、多くの人を殺させた。そこで猪を退治するべくギリシア各地から勇者が呼び集められ、ディオスクーロイ*やイーダース*とリュンケウス❷*、イアーソーン*、テーセウス*とペイリトオス*、ペーレウス*とテラモーン*ら大勢の英雄たちが会集したが、その中に紅一点、処女の狩人アタランテー*の姿が見られた。彼女に懸想したメレアグロスは、猪を自ら仕留めておきながら、「第1矢を射込んだのは彼女だから」と言って褒賞たる獲物の皮をアタランテーに与えた。これに反対する母方の伯叔父たちとの間に諍いが生じ、メレアグロスは彼らを殺害。兄弟の凶変を聞いて逆上したアルタイアーが、例の薪を焼いたため、メレアグロスはたちまち絶命した。後悔したアルタイアーおよび妻のクレオパトラー Kleopatra（イーダースとマルペーッサ*の娘）は首を吊って死に、彼の死を嘆く姉妹たちメレアグリデス Meleagrides はアルテミスによって"ほろほろ鳥（〈単〉meleagris）"に変えられた。メレアグロスはギリシアの勇者の常として男色を好んだといわれ、また人間のどんな武器によっても傷を受けなかったので、アポッローン*神が矢で射殺したという言い伝えも残っている。

系図397　メレアグロス

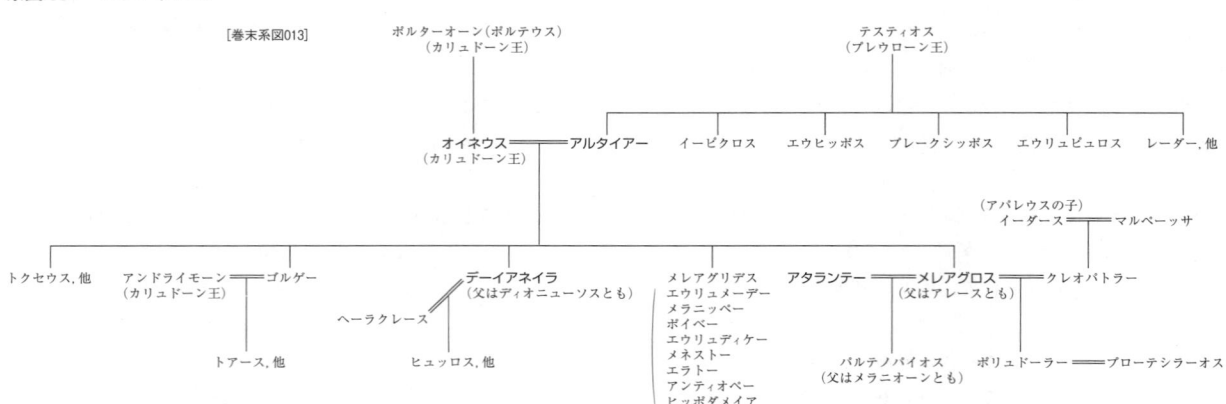

スコパース*の彫刻など美術作品においては、猟犬を従え槍を携えた、筋肉質の美しい肉体をもつ全裸の青年の姿で表わされることが多い。悲劇詩人ソポクレース*とエウリーピデース*に彼を主人公にした作品があった（いずれも散逸）。

また、名匠パッラシオス*の手になる秘画では、アタランテーがメレアグロスの男根を口でくわえて愛撫する場面が描かれており、この絵はローマ皇帝ティベリウス*のいたく愛蔵する作品となり帝の寝室に恭々しく飾られていたという（亡失）。

Hom. Il. 9-529～/ Hyg. Fab. 14, 70, 171～174, 239, 244, 249, 273/ Bacchyl. 5-93～/ Diod. 4-34, -48/ Ov. Met. 8-270～/ Paus. 2-7, 3-18, 8-45, 10-31/ Apollod. Bibl. 1-8-2～3, -9-16, 2-5-12/ Callim. Dian. 260～/ Ap. Rhod. Argon. 1-190～/ Plin. N. H. 10-38/ Suet. Tib. 44/ Ant. Lib. Met. 2/ Ath. 3-95d, 4-172e, 9-402c/ Aesch. Cho. 602～/ Sen. Medea 645～, 779～/ Suda/ Phot./ etc.

メレアグロス（ガダラ*の） Meleagros, Μελέαγρος, ὁ Γαδαρεύς, Meleager, （英）Meleager of Gadara, （仏）Méléager de Gadara, （独）Meleagros von Gadara, （伊）Meleagro di Gadara, （西）Meleagro de Gadara

（前140頃～前70／60頃）ヘレニズム時代のエピグラム詩人。パレスティナ*のガダラ*にシュリアー*人の子として生まれる。テュロス*で教育を受け、ギリシア語・フェニキア語・シュリア語の3ヵ国語に通じる。のちコース*島に隠棲して晩年を過ごし、そこの市民として没した。アルキロコス*から彼自身の時代に至るエピグラム詩選集『花冠 Stephanos』の編者として著名。これは46名の詩人たちをその作風に応じて四季とりどりの花に譬え、自らの詩を各々に配した趣向の選集で、のちの『ギリシア詞華集*』の基礎を成している。伝存する134篇の彼の作品のうち大半が恋愛詩で、数多の少年や少女に対する官能的な情熱を、技巧的かつ華麗にうたい上げており、次代のローマの恋愛詩に少なからぬ影響を及ぼした。その他、同郷人メニッポス*に倣ったキュニコス（犬儒派）流諷刺詩もあったが、散逸して伝わらない。豊饒な独創性と精緻な詩的技巧のゆえに、その作品は高く評価された。

⇒アスクレーピアデース❷、レオーニダース（タラースの）、アンティパトロス（シードーンの）、ピロデーモス、パーノクレース

Anth. Pal. 4-1, 5-8, -96, -144, 7-417～419, -428, 12-125～128/ Ath. 4-157b, 11-502c/ etc.

メレアゲル Meleager
⇒メレアグロス（のラテン語形）

メレース Meles, Μέλης, （伊）Mélès, （伊）Mele

ギリシア伝説上のアテーナイ*の美青年。ティーマゴラース Timagoras なる男から熱愛されたが、彼を冷遇し、「本当に愛しているのならアクロポリス*の断崖から飛び下りてみよ」と難題をふっかけたところ、ティーマゴラースは躊躇なくその通りに実行して墜落死した。これを見て悔恨の念に打ちのめされたメレースも、すぐさま同じ高みから身を投げて後を追った。この事件を記念してアテーナイ市内にアンテーロス*（恋に対する恋）の祭壇が築かれ、人々の崇敬を集めるようになったという。別伝によると、ティーマゴラースの方が求愛された若者で、報われぬ恋に絶望したメリトス Melitos なる愛慕者 erastes（エラステース）が崖の上から投身自殺したところ、これに感動したティーマゴラースは、迷わず身を躍らせて跡追い心中を遂げたことになっている。

ちなみに、小アジアのスミュルナー*市の傍らを流れる川はメレースと呼ばれており、その河神はホメーロス*の父親に擬せられることがある。

⇒キュクノス❹、プロマコス❷

Paus. 1-30-1, 7-5-2, -5-12/ Strab. 12-554/ Stat. Silv. 3-3/ Tib. 4-1/ Suda/ etc.

メロエー Meroë, Μερόη, Meroe, （メロエー語）Medewi, Bedewi, （古代エジプト語）Mrw(e), Brw, （アラビア語）Meruwah, （仏）Méroé

（現・Kabūshīyah 近くの Baharawiga, Begarawije, Bagrawiyah 村の北東6kmの遺跡 Merowe）エティオピア*（アイティオピアー*）の古都。ネイロス*（ナイル）河中流右岸に位置し、合流する3本の河川に囲まれていたため、「メロエー島」とも呼ばれた。セム系の南アラビアー*人が移住して来て建てた町で、彼らの故郷と同じサバ Saba という市名であったが、アカイメネース朝*ペルシア*の大王カンビューセース*がこの地で死んだ自らの姉妹にして妻のメロエーにちなんで改称したという。金・銀の貴金属に富み、商業活動が盛んに営まれ、前6世紀から後4世紀中頃まで大いに繁栄した。カンダケー*と名乗る幾人かの女王が支配したことで知られ、一説にソロモーン Solomon（シェローモー Šᵉlōmóʰ）王を訪ねたサバ（シバ Sheba）の女王ビルキース（アラビア語）Bilqīs は、この地の支配者であったとされる。ピラミッドや神殿、宮殿などエジプト文明の影響を蒙った遺跡群が今日、スーダン北部に残る（大半はヌービアー Nubia のクシュ Kush 王国の建造物）。ユウェナーリス*によると、この地の女たちは異常に巨大な乳房の持ち主であったという。

Herodot. 2-29/ Mela 1-9, 3-9/ Plin. N. H. 6-35-178～/ Strab. 17-786～, -821/ Diod. 1-33～/ Eratosth. 17/ Juv. 6-528/ Ov. Fast. 4-570/ Luc. 4-333, 10-303/ Peripl. M. Rubr. 2/ Ptol. Geog. 1-7, 4-10/ etc.

メーロス Melos, Μῆλος, （ドーリス方言）Mãlos, Mᾶλος, （ラ）Mēlos, （仏）（伊）（西）Milo, （独）Milos, Melos

（現・ミロス Mílos）エーゲ海南西部キュクラデス*諸島の火山島。面積151km²。伝説上の名祖メーロスは、美青年アドーニス*の親友で、アドーニスが不慮の死を遂げた時、悲し

みのあまり林檎（メーロン melon）の木に変身したという。新石器時代から黒曜石の主産地として知られ、前17世紀以来、エーゲ文明*の中心地クレーター*（クレーテー*）と親密な交流があった。前9世紀頃にドーリス*系ギリシア人がラコーニアー*（ラコーニカー*）より移住し、以来スパルター*と近縁の植民市となる。ペルシア戦争*ではギリシア連合軍に艦船を送り出してサラミース❶*で戦った（前480）が、デーロス同盟*には加わらず、ペロポンネーソス戦争*（前431〜前404）においても中立を表明した。にもかかわらず前426年アテーナイ*の将ニーキアース*に攻撃され、10年後の前416年にはアテーナイ軍の包囲を受けて翌年に入り陥落、成年男子は皆殺しにされ、婦女子は奴隷として売り払われた（前415）。無人となった島は代わってアテーナイ市民500名に分配されたが（⇒クレーロス）、戦後スパルターの将リューサンドロス*によって旧に復され、生き残っていた人々が帰還（前400頃）。やがて昔日の繁栄を取り戻して行った。詩人ディアゴラース❶*の生地、また明礬や絵具の材料となるメーロス土の産地でもある。ローマ時代の劇場（テアートロン*）の他、アルカイック期の青年裸体像＝クーロス*諸像（前6世紀中頃）やアスクレーピオス*立像（前4世紀、大英博物館）、ポセイドーン*立像（前3世紀、アテーナイ国立考古学博物館）など数多くの美術品が発掘されている。なかでも1820年に耕作中の農夫がアクロポリス*の麓から発見したヘレニズム時代のアプロディーテー*女神立像（通称「ミロのヴィーナス（仏）la Vénus de Milo」高2.04 m、パロス*産大理石像、前2世紀頃。ルーヴル美術館所蔵）は世界的に有名。

⇒シプノス、セリーポス、ナクソス

Herodot. 8-46, -48/ Thuc. 2-9, 3-91, 5-84〜116/ Mela 2-7/ Strab. 10-484/ Xen. Hell. 2-2, 4-8/ Plin. N. H. 4-12-70/ Isid. Orig. 14-6/ Diod. 12-65, -80/ Ath. 1-4, 2-43/ Ptol. Geog. 3-15/ Solin./ Serv. ad Verg. Ecl. 8-37/ Steph. Byz./ Festus/ Scylax/ etc.

メロバウデース Flavius Merobaudes,（仏）Mérobaud,（伊）Flavio Merobaude,（西）Flavio Merobaudes

ローマ帝政後期の異民族系男性名。

❶（？〜後388）後期ローマ帝国の将軍。フランク*族（フランキー*）の出身。ウァレンティーニアーヌス1世*帝の急死（375）に際して、4歳の皇子ウァレンティーニアーヌス2世*を西方帝として擁立し、ゲルマニア*系「蛮族 barbarus」の出でありながら3回にわたり執政官職（コーンスル*）に就任（377、383、388）。グラーティアーヌス*帝（ウァレンティーニアーヌス2世の異母兄）の宮廷で権勢をふるったが、新たにマグヌス・マクシムス*が帝位に推戴されると、これを支持してグラーティアーヌスを死に至らしめた（383）。終始、首鼠両端を持して保身を計ったものの、388年失脚し自殺を強いられて果てた。

⇒アルボガステース

Amm. Marc. 28-6, 30-5, -10, 31-7/ Zosimus 4-17/ Aur. Vict./ Chron. Min./ etc.

❷（？〜後460以前）ヒスパーニア*のキリスト教徒詩人・軍人。おそらくローマ化したフランク*族（フランキー*）の出身で、ウァレンティーニアーヌス3世*の宮廷に出仕、その青銅像をトライヤーヌス*帝の広場（フォルム*）に立てられた（435年7月29日）ことが知られている。アエティウス*ら権力者に捧げた頌辞やクリストス*（キリスト）讃美の詩など数点の断片が伝存する。

Merobaudes Carmina, De Christo/ Claud./ etc.

メロペー Merope, Μερόπη,（仏）（西）Mérope,（露）Меропа

ギリシア神話中の女性名。

❶アトラース*の娘で、プレイアデス*の1人。コリントス*王シーシュポス*の妻となり、グラウコス❶*を産んだ。プレイアデス星団中、その輝きが最も弱く幽かな星とされる。それは彼女だけが死すべき人間と結婚し、しかも夫シーシュポスが地獄（タルタロス*）に堕ちて劫罰を加えられていることを消え入らんばかりに恥じているからであるという。

⇒巻末系図014

Apollod. 1-9-3, 3-10-1/ Ov. Fast. 4-175/ Diod. 3-60/ Hyg. Fab. 193/ Serv. ad Verg. G. 1-138/ etc.

❷アルカディアー*王キュプセロス*の娘。メッセーネー*王クレスポンテース*の妻。夫の殺害者ポリュポンテース Polyphontes により、無理矢理その妻とさせられるが、のち遺児アイピュトス Aipytos（クレスポンテースの末子）と協力して復讐を遂げた。

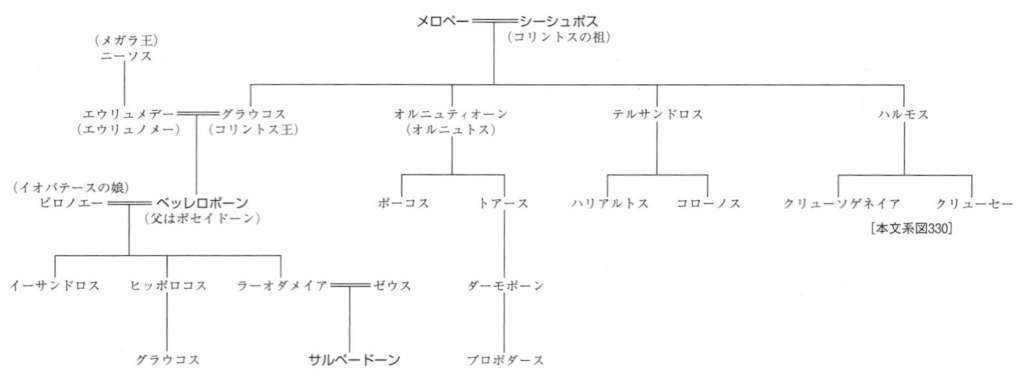

系図398　メロペー❶

Hyg. Fab. 137/ Apollod. 2-8-4/ Paus. 4-3-6/ etc.

❸コリントス*王ポリュボス*の妃。オイディプース*の養母。ペリボイア Periboia とも呼ばれる。
Soph. O. T. 775/ Apollod. 3-5-7/ etc.

❹キオス*島の王オイノピオーン*の娘。オーリーオーン*の項を参照。

他にも、太陽神ヘーリオス*の娘たちヘーリアデス Heliades の1人で、パエトーン*の姉妹にあたるメロペーなど何人かの同名人物が知られている。
Apollod. 1-4-3/ Hyg. Poet. Astr. 2-34, Fab. 154, 185/ Ov. Met. 2-340〜/ etc.

メンデー　Mende, Μένδη, または、メンダイ Mendai, Μένδαι, Mendae (Mendis), Mindē, Μίνδη, (仏) Mendè

（現・Kalandra 近郊の遺跡）マケドニアー*地方の東南沿岸、カルキディケー*半島のパッレーネー Pallene（現・Kassándra）岬にあったギリシア系都市。エウボイア*島のエレトリア*の植民市。アカイメネース朝*ペルシア*に臣従した後、アテーナイ*を盟主とするデーロス同盟*に加わるが、ペロポンネーソス戦争*中の前423年これを離脱、スパルター*軍の司令官ブラーシダース*に寝返ったためアテーナイ軍の略奪を被った。彫刻家パイオーニオス*の生地。良質の葡萄酒の産地としても知られる。ヘレニズム時代に衰退しはじめ、現今は海岸付近からポセイドーン*神殿などの遺構が発掘されている。
Herodot. 7-123/ Thuc. 4-121, -123, -130/ Diod. 12-72/ Mela 2-3/ Liv. 26-45/ Paus. 5-10/ Plin. N. H. 4-10/ Ath. 1-23, -29, 4-129, 7-364, 11-784/ Strab. 7-330/ Polyaenus 2-1/ Scylax/ Suda/ Steph. Byz./ Harp./ etc.

メンデース　Mendes, Μένδης, (仏) Mendès, (伊) Mende(s), (古代エジプト名) Per-Banebdjedet, Anpet

（現・Djedet、ないし El-Mansûra 東南約35 km の Achmûm-Tanah, Tell el-Ruba）エジプト北部、デルタ地帯東北寄りの都市。この町および周辺一帯のメンデース州では、山羊神パーン*をあつく崇拝し、雌山羊より雄山羊を重んじて、特に聖獣とされる1頭の雄山羊が死ぬと、メンデース全地区にわたって盛大な葬儀が営まれた。また市内では古来、美しい女人たちと雄山羊が衆人環視の中で交わる儀式が行なわれ、ローマ帝政期に入ってからもなお、この習慣が続いていたという。市の山羊神そのものも、メンデースと呼ばれていた。オシーリス*神崇拝の聖地としても知られ、歴代ファラオ Pharaō はこの町に表敬訪問し、プトレマイオス朝*の諸王もまた同様にメンデースの神殿を訪れ、州全体に免税特権を認めていた。

前373年頃、ネクタネボス1世*のエジプト軍が、この近郊でアカイメネース朝*ペルシア*軍を破っている。ローマ時代には最高級の香料の産地として名高くなった。
⇒ヘルモポリス（ヘルムーポリス）、オクシュリュンコス

Herodot. 2-42, -46, -166/ Strab. 17-802/ Plut. Mor. 380, 989, Ages. 38/ Pind. Fr. 201/ Diod. 1-84/ Mela 1-9/ Ptol. Geog. 4-5/ Plin. N. H. 5-11, 13-2/ Scylax/ Steph. Byz./ etc.

メントール　Mentor, Μέντωρ, (仏) Méntor, (伊) Mentore

ギリシア人の男性名。

❶ホメーロス*の『オデュッセイア*』に登場するイタケー*島の賢人。オデュッセウス*の親友。トロイアー戦争*へ出征の際、オデュッセウスは彼に後事を託し、息子テーレマコス*の教育を依頼した。メントールはその務めを立派に果たし、忠実にテーレマコスを助けたため、後世「メントール」なる語は賢明な教師とか優れた相談役の代名詞として用いられるようになった（17世紀末フランスのフェヌロン著『テレマックの冒険』など）。女神アテーナー*もメントールに姿を変えて、テーレマコスを激励したり助言を与えたりしている。
Hom. Od. 2-225〜, 3-22〜, -240〜, 22-235, 24-450〜/ Cic. Att. 9-8/ etc.

❷（前4世紀前期）有名な銀細工師・彫刻家。彼の製作した脚付酒盃は、最高級の評価を受けていたが、エペソス*のアルテミス*神殿の炎上（前356）によりその最も精妙な作品がいくつか失われた。ローマ人の間で極めて珍重され、たいそうな高値で取り引きされた。雄弁家の P. クラッスス❶*は10万セーステルティウスも支払って酒盃1対を手に入れたものの、1度も使用しなかったという。作品は伝存しない。
⇒ミューズ
Plin. N. H. 7-38-127, 33-53-147, -55-154〜/ Prop. 1-14, 3-9/ Cic. Verr. 2-4-18/ Mart. 3-41, 4-39, 8-51, 9-59, 14-93/ Juv. 8-104/ etc.

❸（前385頃〜前340頃）ロドス*島出身の傭兵隊長。メムノーン*の兄。姉がアカイメネース朝*ペルシア*の太守 Satrapes アルタバゾス❷*の妻となる。自らの姪でアルタバゾスの娘に当たるバルシネー❶*を娶る。弟や岳父らとともに太守の反乱（前362〜前360）に加わるが、アルタバゾスのマケドニアー*亡命（前353頃）後はエジプト王ネクタネボス2世*に仕えた。しかるに、ほどなくエジプトを裏切ってシードーン*市を明け渡しペルシア帝国*に帰参。アルタクセルクセース3世*のフェニキアおよびエジプト征討に活躍し（前343）、小アジア西岸トローアス*地方の太守に任命される。狡知にたけ謀略を事としたといわれ、奸計をもってアタルネウス Atarneus の僭主ヘルメイアース*（アリストテレース*の恋人）を捕え、拷殺に至らせた話は名高い（前341）。権臣たる宦官長バゴーアース*にも巧みにとりいってペルシア宮廷で高位に昇ったという。彼の3人の娘たちは、のちアレクサンドロス大王*に捕われ、そのうちの1人はネアルコス*の妻となった。
Diod. 16-42, -45, -47, -49〜50, -52/ Arr. Anab. 2-13, 7-4/ Curtius 3-13/ Dem. 23-150〜/ Polyaenus 6-48/ etc.

メンピス

メンピス Memphis, Μέμφις,（古代エジプト名）旧くは Inebu-Hedj, Men-Nefer, Men-Nofer, または Ḥetka-ptaḥ「プター*の魂の家」の意 (Ḥeka-ptaḥ) >（方言形）Ḥikuptaḥ（エジプト* Egypt の語源と考えられる），（コプト語）Menfe, Memfe,（アッシュリアー*語）Mempi,（古ヘブライ語）Noph, Moph,（伊）Mènfi, Menphi,（西）Menfis,（和）メンフィス

（現・Mit Riheina ないし Mit Rahina 村近くの遺跡）中部エジプトにあった古代都市。ナイル河左岸に位置し、第1王朝の初代ファラオ Pharaō メーネース Menes（前3000頃）以来、初期王国および古王国の首都として殷賑を極め、西郊に巨大なピラミッド群が築かれた。新王国（第18王朝）時代にテーバイ❷*へ遷都（前1570頃）されてからも、創造神プター* Ptaḥ（のちギリシア人によってヘーパイストス*と呼ばれた）崇拝の中心地として長きにわたり繁栄し、ギリシア・ローマ時代に至ってもなお聖牛アーピス*の祭祀が続けられた。アレクサンドロス大王*の神格化が始められたのも、大王の遺骸がプトレマイオス1世*によって最初に埋葬されたのも、この地であった。プトレマイオス朝*治下にあっては、セラーピス*（サラーピス*）神殿が建設され、歴代国王の戴冠式が執り行なわれるなど主要な宗教都市としての地位を保ったが、アウグストゥス*によるエジプト征服と対岸の軍団基地バビュローン Babylon の造営により、以後次第に衰微した。ローマ帝政初期にストラボーン*は、メンピスをアレクサンドレイア❶*に次ぐエジプト第2の都市と位置づけている。今日は廃墟と化し、ファラオ時代の神殿建築などの遺構に比して、ギリシア・ローマ時代の遺物はあまり残っていない。ギリシア神話中のネイロス*（ナイル）河神の娘メンピス（エパポス*の妻）を名祖とする。ギリシア人の間では、美女ヘレネー*をかくまったエジプト王プローテウス*の都と見なされ、エウドクソス*やデーモクリトス*、プラトーン*らの学者はこの地の神官に学んだと考えられていた。
⇒ヘーリオポリス❷

Herodot. 2-2〜, 10〜14, -97, -99, -112〜119, -153〜, -175〜, 3-6〜/ Strab. 17-803〜/ Diod. 1-22, -50〜, -57〜, -66〜, 10-14, 11-77, 15-43, 16-48〜/ Joseph. J. A. 2-14, 8-6, 12-5/ Plut. Mor. 354e/ Hyg. Fab. 149, 275/ Apollod. 2-1-4/ Thuc. 1-104, -109/ Tac. Hist. 4-84/ Polyb. 5-62/ Mela 1-9/ Plin. N. H. 5-9-50/ Liv. 45-11〜/ Ath. 1-20/ Heliodorus/ Diog. Laert. 9-34/ Polyaenus 7-3/ Ptol. Geog. 4-5, 8-15/ Manetho/ Steph. Byz./ etc.

メンフィス Memphis
⇒メンピス

メンミウス、ガーイウス Gaius Memmius,（ギ）Gaios Memmios, Γάιος Μέμμιος,（伊）Gaio Memmio,（西）Cayo Memio

ローマのプレーベース*（平民）系の政治家。メンミウス氏 Gens Memmia は、英雄アエネーアース*（アイネイアース*）に従ったトロイアー*人ムネーステウス Mnestheus の末裔だと伝えられる。
Verg. Aen. 5-116〜/ Tac. Ann. 14-47/ etc.

❶ **ガーイウス・メンミウス**（？〜前100年12月）ローマ共和政後期の民衆派の政治家。前111年護民官（トリブーヌス・プレービス*）の時、対ユグルタ*戦争の処理に当たった元老院*の腐敗ぶりを激しく攻撃、この折は同僚の拒否権発動に妨害されて果たせなかったが、のちマーミリウス法（⇒マーミリウス❷）が成立して主導的な元老院議員に有罪判決が下された（前109）。法務官（プラエトル*）（前104）を経て、前100年に執政官（コーンスル*）の候補者となるが、対立派のサートゥルニーヌス*やグラウキア*らによって棍棒で撲殺されて敢えなく果てた。彼はその鋭く辛辣な糾弾ぶりからモルダークス Mordax（「噛みつき屋」の意）と渾名された。
Sall. Jug. 27, 30〜34/ Cic. De. Or. 2-59, -70, Cat. 4-2, Font. 7, Brut. 36/ App. B. Civ. 1-32/ Liv. Epit. 69/ Quint. 6-3/ Flor. 2-4, 3-16/ etc.

❷ **ガーイウス・メンミウス・ゲメッルス** C. Memmius Gemellus（？〜前46以前）独裁官スッラ*の娘ファウスタ・コルネーリア*の夫。のち離婚する。弁論術や文学に秀で、詩人カトゥッルス*や C. ヘルウィウス・キンナ*らと親交があり、ルクレーティウス*からは大作『事物の本性について』を献げられている。放蕩な性格でも知られ、好色な詩を書いたり、ポンペイユス*の妻に言い寄ったり、マールクス・ルークッルス*（M. ウァッロー・ルークッルス*）の妻を誘惑して「パリス*」と呼ばれたりした（メンミウスがルークッルス兄弟の弟マールクスから妻を奪ったのみならず、兄の L. ルークッルス*の凱旋式（トリウンプス*）にも反対して、兄弟両方を怒らせたことを、メネラーオス*とその兄アガメムノーン*をともに憤慨させたトロイアー*の王子パリスに譬えたもの）。護民官（トリブーヌス・プレービス*）（前66）、法務官（前58）を経て属州ビーテューニア*の総督となり、帰国後執政官（コーンスル*）に立候補する（前54、⇒ Cn. ドミティウス・カルウィーヌス*）が、選挙運動中の不正行為を摘発されて、アテーナイ*へ追放の身となる（前52）。はじめカエサル*に敵対し、ビーテューニアー*王ニーコメーデース4世*を相手にカエサルが男倡まがいの奉仕をしていた事実を難詰していたものの、後に和解しその支持さえ得た。また、彼の部下としてビーテューニアへ随行した（前57）詩人カトゥッルスの言によると、彼は相手の口に男根を含ませるのが得意な"イッルマートル irrumator"であったという。ウェーローナ*（現・ヴェローナ）出身のこの詩人は暴露している。「おおメンミウスよ、あんたは随分長い間、じっくりと、私を仰向けに寝かせておいて、その太い男根をまるごと口につっこんでくれたな」

ファウスタとの間に儲けた息子ガーイウスは、シュリア*総督 A. ガビーニウス*の告発者として知られ、前34年に補欠執政官（コーンスル*）となる。
⇒巻末系図 063, 070, 071

Plut. Luc. 37/ Plin. Ep. 5-3/ Ov. Tr. 2-433/ Gell. N. A. 19-9/ Val. Max. 6-1-13, 8-1-3/ Cic. Att. 1-18, 2-12, 4-15〜18, 5-

11, 6-1, Brut. 70, Sull. 19, Fam. 13-1～3, Q. Fr. 1-2, 3-1, -2, Rab. Post. 3/ Suet. Iul. 23, 49, 73, Gramm. 14/ Catull. 10, 28/ Dio Cass. 49-42/ etc.

❸ガーイウス（またはプーブリウス）・メンミウス・レーグルス C. (Publius) Memmius Regulus（前10頃～後61）後31年度の補欠執政官(コーンスル*)に任命され、セイヤーヌス*弾劾裁判を主宰。次いで35年からモエシア*、マケドニア*、およびアカーイア*総督となる。慎重な彼は、控え目な態度とほどほどの家格と資産を保ち、この時代の著名政治家としては珍しく長寿を全(まっと)うしている。ネロー*帝でさえ病床にあった時、彼を「帝国の支柱」と呼んで、自分の臨時継承者に指名したくらいである。メンミウスは属州総督職にあった間（35～44）、娶ったばかりの妻ロッリア・パウリーナ*をカリグラ*帝に奪い取られたり、オリュンピアー*のゼウス*神像をローマへ運ぶよう命じられたり、いろいろな難題をふきかけられたが、いずれも従順に応諾——妻を離別して彼女と皇帝との婚約をとりもつ媒酌人になり（38）、またゼウス神像の運搬は、専用船への落雷や工事現場の崩落、そして神像が不意に呵々大笑するなどの凶兆の続出で実現せぬうちに、カリグラ本人が暗殺されて一件落着（41）——した。次いでクラウディウス*帝の治下に属州アジア*の総督に任命されている（48～49頃）。

Tac. Ann. 12-22, 14-47/ Suet. Calig. 25, 57/ Dio Cass. 58-13, -25, 59-12, -28/ Joseph. J. A. 19-1/ Paus. 9-27/ Euseb. Chron./ etc.

メンミウス・レーグルス、プーブリウス Publius Memmius Regulus
⇒C. メンミウス❸

モイライ（モイラ*たち）Moirai, Μοῖραι, Moerae
（〈ラ〉ファータエ Fatae,〈英〉Fates),（英）（仏）Moires,（独）Moiren,（伊）Moire,（西）（葡）Moiras,（露）Мойры,（現ギリシア語）Míre

ギリシアの「運命」の女神。ローマのパルカエ*に相当。ニュクス*（夜）の娘たちとも、ゼウス*とテミス*（秩序）との間に生まれた3姉妹ともいう。クロートー*（紡ぐ者）、ラケシス*（割り当てる者）、アトロポス*（変え得ぬ者）の3女神で、それぞれ人間の運命の糸を紡ぎ、その長さを割り当て、鋏でそれを断ち切ると考えられていた。主神ゼウス*でさえも彼女らの決定に従わねばならなかったとも、逆にモイライはゼウスの権威に服し、彼の定めたところに従って生命の糸を抽出し、測り断ち切ったともいう。モイライは巨人族との戦争ギガントマキアー*においてオリュンポス*の神々に味方し、青銅の棒で2巨人(ギガンテス*)アグリオス Agrios とトオーン Thoon を撲殺したほか、テューポーン*との闘いの折には、この怪竜に力を強くする薬だと偽って無常の果実を食べさせ、ゼウスに勝利を得させた。人間の誕生時に、彼女らは出産の女神エイレイテュイア*とともにやってきて、生まれて来る各個人の全生涯を決定したとされる（⇒メレアグロス）が、アポッローン*に酒を飲まされて彼の愛人アドメートス*の寿命を条件付きで延ばしてやったこともある。モイライの母は時に「必然」の擬人神アナンケー Ananke, Ἀνάγκη（〈ラ〉ネケッシタース Necessitas）とされ、悲劇など文学作品においてこのアナンケーは神々ですら抗うことのできない超絶的な存在として描かれている。またオルペウス教*では、アナンケーは娘のアドラステイア*と一緒に幼児ゼウスを養育したと伝えられている。

⇒ケール、テュケー

Hom. Il. 4-517, 5-83, -613, 12-116, 16-433～, 19-87, 20-336, 24-49, -209, Od. 3-269, 7-197, 11-292, 22-413/ Hes. Th. 217, 901～/ Pind. Ol. 10-52, Pyth. 4-145/ Aesch. Eum. 956～, P. V. 511～/ Eur. Alc. 12, 52/ Apollod. 1-3-1, -6-2, -3, -8-2/ Pl. Resp. 10-617c～/ Herodot. 1-91/ Paus. 1-40-3, 8-37-1, 10-24-4/ etc.

モイラたち Moira, Μοῖρα, Moera
「割りあて」の意。運命の女神。
⇒モイライ

モエシア Moesia,（〈ギ〉ミューシアー Mysia, Μυσία, Mysis, Μυσίς),（仏）Mésie,（独）Mösien,（伊）（西）Mesia,（ブルガリア語）Мизия, Miziya,（セルビア語）Мезија, Mezija,（ルーマニア語）Moesia

東ヨーロッパの地方名。トラーキアー*（トラーケー*）とマケドニアー*の北、イッリュリクム*とパンノニア*の東、ドーナウ（イストロス*）河の南、黒海の西に位置し、今日のセルビアとブルガリアにほぼ相当する。主にトラーキアー系の種族モエシア人 Moesi（〈ギ〉Mȳsoi, Μυσοί, Moisoi, Μοισοί）が居住し、ダーキア*人など周辺の諸民族と争っていたが、前29年、M. リキニウス・クラッスス❸*（同名の三頭政治家の孫）麾下のローマ軍に征服され、その属領となった。アウグストゥス*帝の死（後14）の少し前に、皇帝属州モエシアとして編成され、ドーナウ河下流域の国境地帯にあるため、軍事・防衛上、大いに重視された。ドミティアーヌス*帝の時に東西に分割され、西の上モエシア Moesia Superior と東の下モエシア Moesia Inferior の2属州が誕生（86）。その後3世紀中頃のゴート*族侵寇でアウレーリアーヌス*帝が属州ダーキアを放棄せざるを得なくなった折（271）、ダーキアの住民はドーナウを南渡してモエシアへ避難し、以来モエシアの中央部は「アウレーリアーヌスのダーキア Dacia Aureliani」という名で呼ばれるようになった。

モエシア北西端のドーナウ河に臨む町シンギドゥーヌム Singidunum は、今日のベオグラード Beograd（〈英〉〈仏〉Belgrade）で、ローマ帝政期の要塞跡や神殿、貯水池、墓地などの遺構が発掘されている。

⇒ナイソス、トミス

Plin. N. H. 3-26/ App. Ill. 6, 30/ Dio Cass. 15-29, 49-36, 51-25～, 53-7/ Tac. Ann. 1-80, 2-66/ Suet. Tib. 41, Vesp.

モ（ー）グンティアクム

6/ Strab. 7-295～/ Liv. Epit. 134～/ Ptol. Geog. 1-16, 3-10/ Eutrop. 6-2/ etc.

モ（ー）グンティアクム Moguntiacum
⇒モ（ー）ゴンティアクム

モ（ー）ゴンティアクム Mogontiacum，あるいは、
モ（ー）グンティアクム Moguntiacum，マ
（ー）ゴンティアクム Magontiacum，（ギ）
Mokontiakon，Μοκοντιακόν，（英）（独）Mainz，
（仏）Mayence，（伊）Magonza，（西）Maguncia
（現・マインツ Mainz）（ケルトの神 Mogon, Mogontia に由来する名称）レーヌス*（ライン）河左岸の町。ゲルマーニア*人の進出を阻止するため、大ドルースス*（ネロー・クラウディウス・ドルースス*）によって城塞が築かれ（前18～前13）、その周辺に町が発達した。後1世紀初頭には対岸にも要塞が造られ、両者は橋で繋がれて、属州ゲルマーニア・スペリオル*の州都に定められ、大きな都市に発展していった。4世紀後半にローマ軍団が一部撤退し、次いで民族大移動により406年末に凍結したレーヌス河を渡って押し寄せたゲルマーニア人の手で占領・破壊され、教会へ避難していた住民も虐殺された。なお235年、この町の近郊でアレクサンデル・セウェールス*帝と母后ユーリア・マンマエア*は、テントに乱入した兵士たちによって血祭りにあげられている。

後1世紀に建てられた水道橋（アクアエドゥクトゥス*）Römersteine のアーチなどローマ帝政期の公共建築物の遺構を今日も見ることができる。
⇒ゲルマーニア
Tac. Hist. 4-15, -24～25/ Amm. Marc. 15-11/ Eutrop. 7-8, -13/ Ptol. Geog. 2-9/ etc.

モスコス Moskhos，Μόσχος，Moschus，（仏）Moschos，（伊）（西）Mosco
（前2世紀中頃）ヘレニズム時代のギリシアの牧歌詩人。シケリアー*（現・シチリア）島のシュラークーサイ*出身。サモトラーケー*のアリスタルコス❷*に師事し、文法学者となる（ビオーン❶*の弟子というのは誤り）。また、同郷の先輩テオクリトス*を範として田園詩を執筆。代表作『エウローペー*』は六脚律（ヘクサメトロス）の小叙事詩 epyllion（エピュッリオン）で、雄牛に乗った少女の像に霊感を受けて作ったといわれ、大神ゼウス*が純白の牛に変身して王女エウローペーをさらって行く物語を優雅に表現している（166行のみ現存）。『逃走したエロース* Erōs Drapetēs，Ἔρως Δραπέτης』は、悪童エロースがいなくなったため母神アプロディーテー*が貼り出した息子の人相書きという体裁をとった軽やかな短篇のエピグラム詩である（30行足らず）。『ビオーンへの哀悼歌 Epitaphios Biōnos，Ἐπιτάφιος Βίωνος』は従来、彼に帰されていたが、真作ではない。華麗で技巧に富むモスコスの作風は、ローマの詩人たちにも大きな影響を与えた。

なお、同名の人物として、ペルガモン*の弁論家で、友人を毒殺した廉で告訴されたモスコス（ホラーティウス*の同時代人）などがいる。
Stob./ Hor. Epist. 1-5/ Ath. 11-485e/ Anth. Pal. 9-440, 16-200/ Suda/ etc.

モナ Mona（〈ギ〉Mona Μόνα，Μώννα）
ブリタンニア*西岸沖、ヒベルニア*（アイルランド）との間にある島の名。
❶（現・アングルシー島 Anglesey，〈ウェールズ語〉Môn）ドルイデース*（ドルイド）神官団の根拠地があったが、ローマの将軍スエートーニウス・パウリーヌス*によって攻撃され、聖所を破壊された（後60～61）。彼らはここで人身御供を行ない、犠牲者の臓物を見て神意を占っていたという。その後間もなくボウディッカ*の反乱の急報が届いたので、この島はローマ軍に放棄され、78年ブリタンニア*総督として着任したアグリコラ*により再度征服された（79）。銅山があることで知られる。
Tac. Ann. 14-29～, Agr. 14, 18/ Plin. N. H. 2-77, 4-16/ Dio Cass. 62-7～/ Ptol. Geog. 2-2-10/ etc.

❷（現・マン Man，〈マン島語〉Vannin, Mannin）別名・モナピア Monapia，（ギ）Monaoida，Μονάοιδα
古代においては、しばしば❶と混同された。
Caes. B. Gall. 5-13/ Plin. N. H. 4-16/ Ptol. 2-2-10/ etc.

モネータ Moneta，（ギ）Monēta，Μονήτα，（西）Moneda，（葡）Moeda，（露）Монета
ローマ神話中、女神ユーノー*の称号。カピトーリーヌス*丘北東の頂上 Arx（アルクス）に神殿があった（伝・前344年奉献。現・Santa Maria d'Aracoeli 教会の下）。ここはマーンリウス・カピトーリーヌス*の屋敷跡と伝えられ、ガッリア*人侵寇の折に聖域に飼われていた鵞鳥（がちょう）が敵襲を告げた話は有名（前390頃）。ユーノー・モネータ神殿には貨幣鋳造所が設けられていたため、モネータなる語は、いわゆる造幣局を意味する言葉となり、後代のヨーロッパ系言語でその関連用語が広く用いられた（〈英〉mint, money など）。ユーノーの項を参照。またモネータは時に、ギリシアの記憶の女神ムネーモシュネー*のラテン名ともされる。
Liv. 4-7, 6-20, 7-4～6, -28, 42-1/ Plut. Rom. 20, Cam. 36/ Ov. Fast. 1-638, 6-183～/ Macrob. Sat. 1-12/ Cic. Div. 1-45, 2-32/ Augustin. De civ. D. 7-11/ etc.

モノイコス Monoikos，Μόνοικος，Monoecus（Monoeci Herculis Portus），（モナコ語）Múnegu，（オック語）Ménegue，（西）（葡）Mónaco，（露）Монако
（現・モナコ Monaco）リグリア*地方南岸、地中海に臨む港湾都市。フェニキア*人の商港にはじまり、のちマッサリアー*（現・マルセイユ）人の植民都市となり、ヘーラクレース*・モノイコスの神域で知られた。伝説によれば、ヘーラクレースは先住民リグリア人を掃討してこの地方で唯一の主（あるじ）となったためモノイコス（独居する者）の異名を得たと

も、あるいは他の神格と一緒に祀る習慣がないのでこのように呼ばれたともいう。ローマ時代には軍事基地とされ、ラテン詩人からも「ヘルクレース*・モノエクス（ヘーラクレース・モノイコスのラテン語形）の港」Portus Herculis Monoeci と称されている。

ちなみに現在ドイツ南部バイエルンの中心市ミュンヘン München（バイエルン語；Minga）をイタリア語で同じくモナコ Monaco と呼ぶが、こちらの語源は修道僧を意味するラテン語モナクス monachus から派生したものである。

⇒ニーカイア❶

Strab. 4-202/ Serv. ad Verg. Aen. 6-829/ Tac. Hist. 3-42/ Plin. N. H. 3-5/ Amm. Marc. 15-10/ Val. Max. 1-6/ Ptol. Geog. 3-1-2/ It. Ant./ etc.

モノケロース（一角獣） Monokeros, Μονόκερως, Monoceros,（ラ）ウーニコルヌウス Unicornuus, または、ウーニコルニス Unicornis,（英）Unicorn,（仏）Licorne, Unicorne,（独）Einhorn,（蘭）Eenhoorn,（伊）Unicorno,（西）Unicornio,（葡）Unicórnio,（露）Единорог,（アラビア語）Karkadan,（ヘブライ語）Rĕ'ēm,（漢）角端

伝説上の四足獣。額の中央に長さ約50cmもの角が生えた白い馬ないし驢馬の形をしており、頭は赤く目は青いとされる。インドないしエティオピア*に棲息し、性獰猛だが、その角は解毒剤や癲癇の薬として珍重された。大プリーニウス*の言によると、胴体は馬に類するものの、頭は雄鹿、足は象、尾は猪に似ていて、深い声で吠え、1mに達する角は黒く、捕獲不可能な動物であるという。古代末期には、3本角を有するとの伝承もあった。他の空想動物と同じく、オリエント伝来の幻獣で、ペルセポリス*の遺跡にすでにその造形が見られる。中世キリスト教ヨーロッパにおいては、「純潔」の象徴とされ、近世に入ってのち、南天に「一角獣座（ラ）Monoceros」が設けられた（もっと古くペルシアの星図にあったというが）。

⇒ペーガソス

Ctesias Indica 25/ Plin. N. H. 8-31-76/ Ael. N. A. 3-41, 4-52, 16-20〜/ Oppianus Cynegetica/ Tertullian./ Ambros./ Phot. Bibl./ Physiologus/ Strab. 15-1-56/ etc.

モプソス Mopsos, Μόψος, Mopsus,（伊）（西）Mopso,（露）Мопс

ギリシア伝説に登場する2人の予言者名。

❶テッサリアー*のラピタイ*族の予言者。アンピュクス Ampyks（ないしアンピュコス Ampykos）とニュンペー*（ニンフ*）クローリス Khloris との子。父はアポッローン*神ともいわれる。ラピタイ族とケンタウロイ*族との闘いや、カリュドーン*の猪狩りに加わり、アルゴナウタイ*（アルゴナウテース*たち）の遠征にはイドモーン*に次ぐ重要な予言者として参加。鳥の言葉を解する彼は、翡翠の飛翔からイアーソーン*に助言を与えたが、ギリシアへの帰途リビュエー*で毒蛇を踏みつけ、踵を咬まれて死去。その地では英雄神 heros として崇拝され、託宣所をもっていた。

Hes. Sc. 181/ Pind. Pyth. 4-191/ Ov. Met. 8-316, 12-456/ Ap. Rhod. Argon. 1-65, -1083〜, 4-1502〜/ Hyg. Fab. 14, 128, 173/ Paus. 5-17/ Strab. 9-443/ etc.

❷テーバイ❶*の名予言者テイレシアース*の娘マントー*とアポッローン*との子。別伝によると、父はクレーター*（クレーテー*）人ラキオス Rhakios で、マントーが「デルポイ*の神殿を出て最初に出会った男を夫とせよ」との神託に従って結婚した相手であったという。モプソスは小アジアのコロポーン*周辺から先住民カーリアー*人を駆逐し、クラロス*のアポッローン神託所に仕える予言者として名を馳せた。トロイアー戦争*後、この地を訪れたギリシアの予言者カルカース*と技競べを行なった話はよく知られている。先にカルカースがおびただしく実っている野生の無花果の木を見て、その実の数を問うたところ、モプソスは「1万と1メディムノスと1個」と正確に言い当てた。次にモプソスが「あの孕んだ雌豚の腹中に何匹の仔腹がいるか」と訊ねたところ、カルカースは「8匹」と答えたが、モプソスは「明朝6時に9匹の雄を産むであろう」と予言し、その通りになったので、カルカースは落胆のあまり死んでしまったという。のちモプソスは、異父兄弟アンピロコス*とともに、小アジアおよびシュリアー*各地に神託を広め、キリキアー*にマッロス Mallos 市を建てた。が、やがてその託宣所をめぐってアンピロコスと相争い、一騎討ちを交えて共倒れとなった。

⇒パンピューリアー

Strab. 14-642, -668, -675/ Conon Narr. 6/ Cic. Div. 1-40 (88)/ Paus. 7-3, 9-33/ Apollod. Epit. 6-3, -19/ etc.

モーモス Momos, Μῶμος, Momus,（伊）（西）Momo

「非難、咎め立て」の意。

ギリシア神話中、夜の女神ニュクス*の子で非難・不平の擬人神（⇒本文系図282）。つねに他者の粗探しをしては皮肉を言う神で、ヘーパイストス*が人間を造った時には「何を考えているかわかるよう胸に窓をつけなかったのは良くない」と冷笑。アテーナー*が家屋を作り出した時には「車輪がついていれば悪しき隣人から逃れられたのに」と文句を言い、ポセイドーン*が牛を創造すると、「角が眼の上についているので肝心の一突きという時、焦点が定まらぬ」と非を鳴らした。女神アプロディーテー*に対しては難癖のつけようがないので、「サンダルの音がうるさい」と批判したという。大神ゼウス*が人口増加の重みで苦しむ大地ガイア*の訴えを容れて、電光と洪水で人類を滅ぼそうとした際には、「それよりも美女ヘレネー*を出

系図399　モプソス

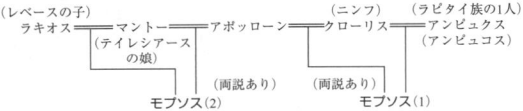

モリオネ（モリオネス）、または、モリオニダイ

生させ、テティス*とペーレウス*を結婚させて、人間同士に殺し合いを演じさせればいい」と忠告、そのためトロイアー戦争*が勃発するに至った。
⇒エリス
Hes. Th. 214/ Callim. Dian. 113/ Lucian. Hermot. 20, Iupp. Trag. 19〜, Nigr. 32/ Schol. ad Hom. Il. 1-5〜/ Cic. Nat. D. 3-17/ Aesopica 253/ Philostr. Epist./ etc.

モリオネ（モリオネス）、または、モリオニダイ
Molione, Μολίονε (Moliones, Μολίονες); Molionidai, Μολιονίδαι, Molionidae,（英）Moliones,（英）（仏）Molionides,（独）Molioniden,（伊）Molionidi,（西）Moliónidas

ギリシア神話中、ポセイドーン*とモリオネー Molione との間に生まれた双生兄弟エウリュトス Eurytos とクテアトス Kteatos。銀の卵から生まれた勇者で、後代には1つの胴体に双頭・四臂・四脚の生え出た二重体双生児と見なされた。ピュロス*王ネーレウス*と闘い（⇒ネストール）、のちアウゲイアース*に味方してヘーラクレース*と交戦、イーピクレース*（ヘーラクレースの双生弟）を殺したが、イストミア競技祭*に赴く途中、待ち伏せしていたヘーラクレースに射殺された。養父アクトール Aktor の名に因んでアクトリオーネ*（またはアクトリダイ*）とも呼ばれることがある。
Hom. Il. 2-621, 11-709〜753, 23-638〜/ Paus. 2-15, 3-18, 5-1, -2, -3, 8-14/ Ath. 2-57〜/ Apollod. 2-7-2/ Ov. Met. 8-308/ Pind. Ol. 10-26〜/ Ael. V. H. 4-5/ etc.

モリニー（族）
Morini,（ギ）Morinoi, Μορινοῖ,（英）Morinians,（仏）Moriniens, Morins,（独）Moriner,（伊）Morini,（西）Morinos

ガッリア・ベルギカ*にいた部族。ブリタンニア*島の対岸、現在の英仏海峡（ラ）Fretum Gallicum に臨むカレー Calais 周辺に居住。前57年のカエサル*に対する蜂起の折には、2万5千の兵を出した。ウェルギリウス*は彼らを「世界の最果てに住む民」とうたっている。
⇒ベルガエ
Caes. B. Gall. 2-4, 3-9, -28, 4-21〜, -37〜, 5-24, 7-75〜/ Verg. Aen. 8-727/ Mela 3-2/ Dio Cass. 51-21/ Strab. 4-194, -199〜/ Ptol. Geog. 2-9/ etc.

モルス
Mors,（仏）Mort,（伊）（葡）Morte,（西）Muerte
ローマにおける「死」の擬人化された女神。ギリシアのタナトス*を参照。

モルプェウス
Morpheus
⇒モルペウス

モルペウス
Morpheus, Μορφεύς,（仏）Morphée,（伊）Morfèo,（西）Morfeo,（葡）Morfeu,（露）Морфей

ギリシア・ローマ神話の夢の神。ヒュプノス*（眠り）の子の1人。「造形者」「形を変える者」の意「形 morphe」から派生する。自在にどんな人間の姿にも化けて夢の中に出現し、ケーユクス❷*が海難で溺死した折には、彼の姿に身を変えて妻アルキュオネー❶*の夢枕に立ち、その運命を告げ知らせた。麻酔・鎮静剤のモルヒネ morphine は彼の名に由来している。
⇒オネイロス
Ov. Met. 11-635〜/ Hes./ etc.

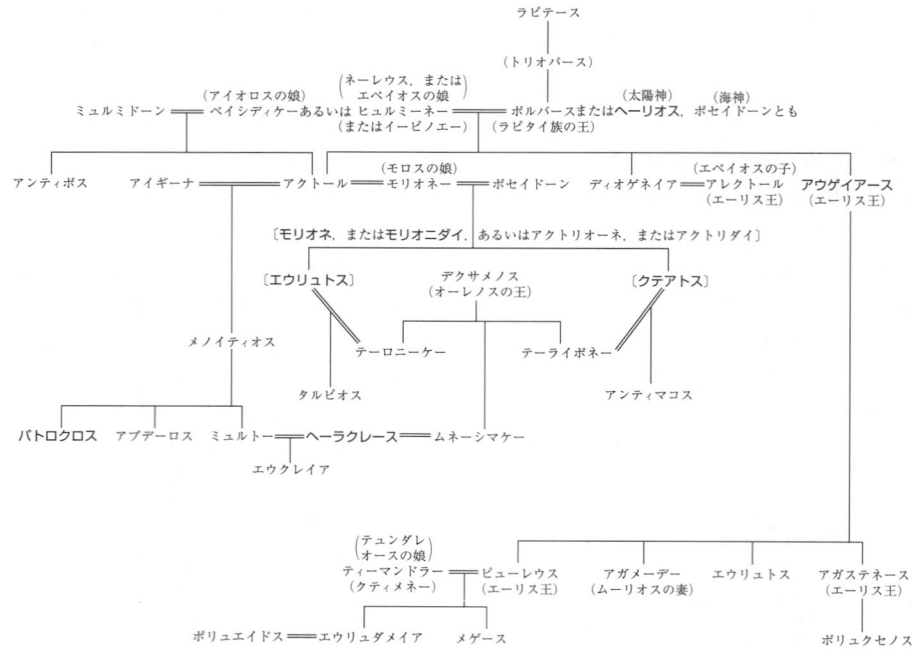

系図400　モリオネ（モリオネス）、または、モリオニダイ

モロッシー Molossi, (〈単〉モロッスス Molossus)
⇒モロッソイ（のラテン語名）

モロッソイ、または、モロットイ（族） Molossoi, Μολοσσοί, (Molottoi, Μολοττοί), (ラ) Molossi, (英) Molossians, (仏) Molosses, (独) Molosser, (伊) Molossi, (西) Molosos

エーペイロス*の主要な種族。伝説上の名祖（なおや）はネオプトレモス*（アキッレウス*の子）とアンドロマケー*の間に生まれた息子モロッソス Molossos。首長はネオプトレモスの末裔を称し（アイアキダイ Aiakidai 朝）、モロッシアー Molossia 地方を支配していたが、次第に勢力を増し、前370年頃にはアンブラキアー*湾に至るエーペイロスの大半に領土を拡大した。ネオプトレモス1世*の息子アレクサンドロス1世*は、マケドニアー*王ピリッポス2世*の愛人となり、その支援を得てエーペイロス全土の王位に即いた（前342）。次いで「第2のアレクサンドロス大王*」たらんと志す王ピュッロス*のときに、国威が大いに振るい、ペロポンネーソス*半島やイタリア、シケリアー*（現・シチリア）島にまで遠征、ローマ軍を打ち破った（⇒巻末系図028）。前232年頃に同王家が瓦解してからは、エーペイロス同盟を組織したが、前170年、マケドニアー王ペルセウス*に同盟諸族中で唯一味方をしたがため、2年後にはローマ軍によって滅ぼされた（前168）。モロッソイの犬は、古代ギリシア・ローマ世界において、猟犬および牧羊犬として評判が高かった。
⇒アンブラキアー

Herodot. 1-146, 6-127/ Thuc. 2-80/ Arist. Pol. 5-10 (1310b), -11(1313a)/ Strab. 7-321, -323〜, 13-594/ Liv. 8-24/ Plin. N. H. 4-1/ Paus. 1-11/ Pind. Nem. 7-38/ Hor. Sat. 2-6-114/ Verg. G. 3-405/ Schol. ad Hom. Od. 3-188/ etc.

モローン Molon, Μόλων, Molo, (伊) Molone
⇒アポッローニオス❷・モローン

モーンス・サケル Mons Sacer
⇒聖山

モンターノス Montanos, Μοντανός, (ラ) モンターヌス Montanus, (伊)(西)(葡) Montano, (露) Монтан

(?〜後175頃) キリスト教の預言者。プリュギアー*派（モンターヌス派 Montanismos）の祖。小アジアで2人の女預言者プリスキッラ Priscilla（プリスカ Prisca）、マクシミッラ Maximilla とともに、聖霊が自分たちに顕現したと称し、「『天のイェルーサーレーム*』が間もなくプリュギアーの地に降臨するであろう」と預言（156〜157頃、もしくは172）、予定された地点へ大勢の群衆を率いて行ったので、人口の減る町さえ生じる状態となった。そのため小アジアの主教たちの憎悪を招き、キリスト教伝承では彼と女預言者は最後に発狂して縊死して果てたとされている。同派はその後哲学的傾向を帯びて北アフリカに広がり、厳格な禁欲主義を実行、結婚を罪悪視し、断食や奇抜な食物規定を設け、迫害からの逃亡を背教と見なした。楽園を切望するあまり多数の信徒が殉教を求めて法廷に群らがったこともあり、手を焼いた属州総督は「死にたいのなら縄や断崖がいくらでもあるではないか」と言って放逐したという。カルターゴー*のテルトゥッリアーヌス*もモンターヌス派に転向し（207頃）、さらにガッリア*、ローマにまでこの運動は勢力を伸ばしたが、脅威を覚えた既成教会により「異端」として禁じられ、弾圧を加えられるに至る（4世紀のエピパニオス Epiphanios によれば、モンターノス派の信者たちは、食人や近親姦を実行したという）。6世紀にユースティーニアーヌス1世*が同派の根絶を命じた時、教会に参集した信者らは建物に火をつけ、生きながら焼け死んだと伝えられる。8世紀に消滅。
⇒グノーシス

Euseb. Hist. Eccl. 4-27, 5-3, -12, -14, -16〜, Chron./ Epiph. Adv. Haeres. 48/ Hippol. Haer. 8-19/ Tertullian. Adv. Prax./ etc.

ヤ行

ヤクサルテース　Yaxartes
⇒イアクサルテース

ヤコブ　Jacob
⇒イアコーボス

ヤズダギルド　Yazdagird, Yazdgard, Yazdgerd, Yazdgird, Yezdijird,（ペルシア語）イェズディギルド Yezdigird, Yazdgerd,（中世ペルシア語）Yzdkrt,（ギ）Isdigerdes, Ἀσδιγέρδης,（ラ）Izdigerdes, Izdegerdes,（英）Yazdegerd,（仏）Yezdegerd,（独）Jesdegerd,（露）Иездигерд

サーサーン朝*ペルシアの帝王名（⇒巻末系図111）。

❶1世　Y. I　Ulathim（「邪悪者」の意）（在位・後399〜後420／421）ウァラフラーン4世*またはシャープール3世*の子（一説にシャープール2世*の子とも）。貴族やマゴイ*僧に牛耳られている政権を取り戻すため、キリスト教徒やユダヤ教徒に対する迫害を停止し、東ローマ帝国との友好関係を維持しようとした。そこで東ローマ帝アルカディウス*は死に臨んで、幼い継嗣テオドシウス2世*の後見を彼に依頼し（408）、ヤズダギルドはその負託に誠実にこたえたという。しかし彼の保護に甘えたキリスト教徒が、特権を濫用してゾロアスター*教を圧迫し、その寺院を破壊し始めたので、やむなく政策を改めた。彼は厳格残忍さゆえに臣民の憎悪を買い、行軍中に馬に蹴殺されたというが、実際は暗殺されたと見なされている。
⇒ウァラフラーン5世
Procop. Bell. Pers./ Agathias/ Sozom. 9-4/ etc.

❷2世　Y. II　Sipahdost（「兵士の友」の意）（在位・後438／439〜後457頃）❶の孫。父帝ウァラフラーン5世*の跡を継いで即位すると、ユダヤ教徒やキリスト教徒に対する迫害を再開し、アルメニアー*地方にゾロアスター*教を布教させた。東ローマのテオドシウス2世*との戦争は、両国の国境地帯に城塞を設けぬことを条件として和平に同意（441〜442）、東方辺境ではエフタル族 Ephthalitai, Ἐφθαλῖται と戦い続けた。
⇒ホルミスダース3世、ペーローズ

❸3世　Y. III　（在位・後632年6月16日〜後651）ホスロー2世*の孫。サーサーン朝*最後の王。アラブ人のイスラーム勢力に敗れ、四千人の廷臣・召使らと共にメーディアー*へ逃れるが、一夜の宿を請うた水車小屋で睡眠中、一粉挽人に暗殺されて果てた（652）。
Theophanes/ Agathias/ etc.

ヤズデゲルド　Yazdegerd
⇒ヤズダギルド

ヤズドガルド　Yazdgard
⇒ヤズダギルド

ヤーソン　Jason
⇒イアーソーン

ヤーヌス　Janus, Ianus,（ギ）Iānos, Ἰανός,（伊）Giano,（西）（葡）Jano（露）Янус

ローマの古神。門の守護神とされ、門扉の内外を見張る者として通常、前後正反対の方向を向いた双頭の姿で表わされる。またすべてのものの開閉者、万事の始まりを司る神格と見なされ、祭事や祈祷において他のあらゆる神々 ── 最高神ユーピテル*よりも ── に先行して扱われ、ローマ暦の第1月は彼の名を冠してヤーヌアーリウス Januarius（〈英〉January,〈仏〉Janvier,〈独〉Januar,〈伊〉Gennaio,〈西〉Enero,〈葡〉Janeiro）と呼ばれた。フォルム*にあった彼の神殿は、ヌマ*王によって創建されたと伝えられ、その扉は神がローマ人を助けに来られるように戦争中には開かれ、平和時には閉ざされることになっていた。この習慣は、ロームルス*によるサビーニー*の婦女略奪ののち、タルペイヤ*の手引きでサビーニー軍がカピトーリウム*に侵攻した際、ヤーヌスが熱泉を噴き出させてその前進を阻止したという伝説に基づくものである。ところが実際にこの扉が閉じられたのは、第1次ポエニー戦争*後（前235、⇒トルクァートゥス、T. マーンリウス❷）とアクティオン*の海戦後（前31）など、ローマ全史を通じてほんの数度でしかなかった。

神話伝説においてヤーヌスは、テッサリアー*から移住してきて、カメセス Cameses 王に迎えられ、ラティウム*を共治した太古の王とされている。彼の築いた市はヤーヌスの名にちなんでヤーニクルム*と呼ばれ、のち彼は、ユーピテルに追われてやってきたサートゥルヌス*を、この地に迎え入れたという。船と貨幣を発明し、住民に農耕を教えて豊かな生活が送れるようにしたため、その治世は人類の黄金時代でもあったとされている。またヤーヌスは妻ユートゥルナ*との間に泉の神フォーンス Fons（またはフォントゥス Fontus）を、ニュンペー*（ニンフ*）のカマセーネー Camasene（またはカミセー Camise）との間にティベリス*河の名祖（なおや）ティベリーヌス*を儲けたと伝えられている。

ヤーヌスの主要な祭典は1月1日とされ、人々は菓子や銅貨などの贈り物を交換し合って幸先の良い1年を言祝ぐ習いであった。

ヤーヌスは左手に鍵、右手に笏を持った有髯の双面神として表現されるほか、地所の境界を示す柱テルミヌス*の上にその頭部が冠せられることが多かった。天文学の世界では、土星の第10衛星にヤーヌスの名がつけられている。
⇒ポルトゥーヌス、カルデア、カルナ、巻末系図049
Liv. 1-19, 8-9/ Varro Ling. 5-165, 7-26〜27/ Ov. Fast. 1-63〜299, Met. 14-785〜/ Verg. Aen. 7-180, -610, 8-357, 12-198/ Plut. Mor. 274e〜/ Macrob. Sat. 1-7/ Cic. Nat. D. 2-27/ Gell. 5-12/ Augustin. De civ. D. 7-4/ Solin. 2-5/ etc.

ヤンナイオス，アレクサンドロス Iannaios Aleksandros
⇒アレクサンドロス・イアンナイオス

ヤンブリクス Jamblichus
⇒イアンブリコス

ヤンブリコス Jamblichos
⇒イアンブリコス

ユウェナーリス Decimus Junius Juvenalis, Iuvenalis, (英)(独)(西)(葡) Juvenal, (仏) Juvénal, (伊) Giovenale, (露) Ювенал

（後55／67頃〜127／140頃）ローマ帝政期の諷刺詩人。ラティウム*の町アクィーヌム*の出身。史家タキトゥス*の同時代人で、詩人マールティアーリス*の年少の友人。閲歴の詳細は不明で、ヒスパーニア*系の富裕な解放奴隷の子とも、騎士(エクィテース*)身分の出ともいう。一説に彼はドミティアーヌス*帝の寵愛する俳優パリス*を揶揄してエジプトの奥地へ放逐され、その地で没したとも伝えられる。生涯の大半をローマで金持ちの保護を受けつつ過ごし、寄食的な生活は窮乏を極めたが、トライヤーヌス*、ハドリアーヌス*両帝の治下に風刺詩人として活動し、後にはティーブル*（現・ティーヴォリ）に農園を所有するまでになったらしい。当時の頽廃した世相を雄弁に描き出した16篇の『風刺詩集(サトゥラエ) Saturae』5巻が現存する（ただし第16篇は断簡）。

　彼はローマ社会の腐敗と堕落を糾弾するべく詩作したと称し、大都会に瀰漫する悪徳と愚行の諸相を剔抉、とりわけ上流層の奢侈と偽善を暴き、「パンとサーカス」によって魂を買収された民衆の遊惰安逸を批判した。最も辛辣で生彩に富むのは、女性を攻撃した第6篇で、著者は結婚を考えている知人に対して、自立したローマの女たちの驕慢と放縦を実例を並べて告発する。彼女らは例外なく利己的で不貞、気紛れ、残忍で虚栄心が強く口論好き、訴訟好き、迷信深く淫奔なうえ浪費家で尊大、性の自由を謳歌して結婚と離婚を繰り返し、役者や奴隷や剣闘士(グラディアートル*)と不義を重ねるばかりか妊娠の心配のない去勢者（睾丸(ろば)を抜かれた男）さらには驢馬などの動物を情交の相手として憚らない、破廉恥なだけではなく何でも男と同じでなければ気が済まず、投槍・剣術・レスリングなどの運動競技に耽り、なお悪いことには学問にかぶれて、政治に口を出し軍略を論じ、文学や哲学を滔々と弁じ立ててやまない、挙げ句の果てには夫が邪魔になれば毒殺することなど朝飯前、こんな悍婦揃いの当節に妻を娶るとは狂気の沙汰、「首吊り用の綱はたくさんあり、高い眼も昏むような窓も多く、身投げするのに恰好な橋だってすぐ近くにあるというのに、どうしてわざわざ結婚する必要があるのか」と驚嘆し、もし官能的な快楽を求めるのなら「男の子と一緒に寝る方がよい」と少年愛を勧めている。

　さらに彼は他の諸篇で、富と平和のせいですっかり柔弱の風に流れた名門貴族たちを批判する。皇帝以下ローマの身分高い人々が、化粧や女装に憂き身をやつし、透き通った衣裳を見せびらかしつつ裁判を行なったり、花嫁に扮して身分賤しい男の「妻」となって入輿したり、巨根の召使いに肛門を犯されて快を貪るのみならず妻に種付けまでさせて"子をもつ父親の特権"を詐取したりする世相を慷慨、なかでも髯をたくわえ髪を短く刈って厳めしい哲学者の外見を装いながら、その実私生活においては根っから若気(にやけ)た陰間(キナイドス) cinaedus 同然の男で、若者たちを吸茎(フェッラーティオー) fellatio したり、受動者として鶏姦されたりして楽しんでいる連中があまりにも多いことに吃驚している。また第4篇では、献上されたとてつもなく巨大な鮃(ひらめ)を盛るだけの大皿がないため、元首顧問会を急ぎ招集して審議したドミティアーヌス帝を嘲弄し、第10篇では、財富や権力、地位、名声など身の破滅の原因となるものを願う人間の欲望の虚(むな)しさを衝く。その他、在職中の不正な収奪により贅沢に暮らす属州総督あがりの俗物や、著名な知人を食い物にして産を成す密告者(デーラートル) delator、法廷弁論でしこたま儲けて臥輿に乗って現われる三百代言、にわかに大金持ちとなって宝石・指輪・豪奢な衣裳を誇示する元奴隷、遺産をせしめるべく裕福な老婦人の陰門に群がる男たち、殺人や文書偽造といった犯罪のおかげで成り上がった人々、娘に淫売させて金を稼ぐ輩、宦官が妻帯し女が男装して狩猟に奔走する時世、等々、あらゆる「風俗の紊乱と悖徳」とを痛烈な筆致で弾劾。その的確な観察力と巧みな修辞的手法、寸鉄人を刺す鋭い警句によって古代地中海世界最大の風刺詩人となった。4世紀以来、中世・近世を通じてヨーロッパ文学に与えた影響は大きく、スウィフトやサミュエル・ジョンソンなど多くの模倣者が後代に現われた。「廉潔は賞賛されるが寒さで凍死す」「健全なる身体に健全なる精神」「恋の矢は持参金より来たる」「文無しの旅人は追い剥ぎの前でも鼻歌を唄うだろう（もたざる者には憂慮なし）」、「情事の現場を押さえられた女たち以上に厚顔無恥なものはない」など、人口に膾炙した名句も少なくない。
⇒ペルシウス

Mart. 7-24, -91, 12-18/ Vita Juvenalis/ etc.

ユウェンタース Juventas, Iuventas（または、**ユウェントゥース** Juventus, Iuventus），(仏) Jeunesse, (伊) Gioventù (Giovanézza, Giovinézza), (西) Juventud, (葡) Juventude

　ローマの「青春」の女神。のちギリシアのヘーベー*と同一視されたが、あくまでも青年男子の守護神に留まった。カピトーリウム*神殿のミネルウァ*の部屋の玄関に祀られ、少年が成年式を挙げる際に、この女神に供物を捧げた。彼女はユーピテル*・カピトーリーヌスの神殿建立以前からここに鎮座していて、テルミヌス*とともに、神殿建造の折にもその場所を退去しなかったという。

　後代の伝承では、ユウェンタースはユーピテルによって泉に変えられたニュンペー*（ニンフ*）で、この泉水に浸かった者を若返らせる霊力を有していたとされる。
⇒スペース

Dion. Hal. Ant. Rom. 3-69, 4-15/ Liv. 5-54/ Flor. 1-1/ Ov. Pont. 1-10/ Cic. Nat. D. 1-40-112, Att. 1-18, Tusc. 1-26-65/ Hor. Carm. 1-30/ etc.

ユークリッド Euclid
⇒エウクレイデース❷

ユグルタ Jugurtha, Iugurtha, （ギ）Iūgŭrthās, Ἰουγούρθας, Iogorthās Ἰογόρθας, （伊）Giugurta, （西）Yugurta, （葡）Jugurta, （露）Югурта

（前160頃～前104年初）ヌミディア*王（在位・前118～前105）。マシニッサ*王の孫。マスタナバル*の庶子（⇒巻末系図035）。早くに父を喪い、伯父ミキプサ*に育てられ、その養子となる。野心的な性質を見抜いた伯父は、彼をヌマンティア*攻囲戦に従事するローマの将軍スキーピオー・小アーフリカーヌス*（小スキーピオー）の許へ遣る（前134）。ところが、ユグルタは目ざましい武勲を立て、ローマの将校らからヌミディアの支配者となるよう勧められる有様。やむなくミキプサは、死に臨んで王国を実子ヒエンプサル1世*、アドヘルバル*とユグルタの3者に譲り、共同統治させる（前118）。しかしユグルタは、たちまちヒエンプサルを暗殺、アドヘルバルを追って国土を独占支配し、ローマから問罪使が派遣されると、これを賄賂で籠絡して、豊かな西部ヌミディアを獲得、アドヘルバルには不毛な東部が分与された（⇒L. オピーミウス）。さらにユグルタはアドヘルバルを挑発して戦争を起こし、前112年キルタ*にこれを攻囲し、約を違えて降伏後の従兄弟を拷責の末殺害、キルタの全住民を虐殺した。大殺戮の犠牲者の中にローマ市民が多数含まれていたことから、ローマとの間に戦端が開かれる（ユグルタ戦争 Bellum Iugurthinum・前112～前105）が、巧みな買収によってローマの干渉を回避。まず膺懲軍を率いてきた執政官（コーンスル*）のカルプルニウス・ベースティア*に贈賄し、和議を結んで全領土の保有を認められる。次いでローマ元老院（セナートゥス*）に召喚され審問を受けたものの、要人連に賄賂を贈って事なきを得、「売り物のローマよ、買い手さえあれば身売りもしようぞ」と憫笑しながら帰途についた（⇒C.メンミウス❶、マーミリウス❷）。しかるにローマ滞在中、ヌミディア王位を要求するマッシーウァ❷*を、家臣ボミルカル❷*に暗殺させた一件（前111）が露顕し、再びローマとの戦争に突入。翌前110年執政官のスプリウス・アルビーヌス Spurius Postumius Albinus 指揮する軍隊に圧勝し、ヌミディアからすべてのローマ人を駆逐、有利な条件で和約に応じる。ところが、Q. カエキリウス・メテッルス❸*（前109年の執政官）との戦いは不利に展開し、前108年末には東部および中央ヌミディアを奪われる。翌年度の執政官、マリウス*は無産市民を徴発し精兵に仕立て上げて、ユグルタとその岳父ボックス1世*の連合軍を、キルタ近郊に大破した（前106）。そしてついにボックス1世の寝返りで、ユグルタはマリウスの部下スッラ*に引き渡され、捕虜としてローマへ連行され（前105）、マリウスの凱旋式（トリウンプス*）（前104年1月1日）の見世物となったのち、間もなく地下牢で餓死させられた。「おお、汝の浴場は何と冷たいことだろう！」これが最後の言葉であった。美丈夫で体力・知力ともに衆に抜きん出、自国民の間で絶大な人気があったという。サッルスティウス*の『ユグルタ戦争』に詳しい。

Sall. Jug./ Liv. Epit. 62, 64～67/ Plut. Mar. 7～10, Sull. 3/ App. Hisp. 89, Numid. 2～4/ Diod. 35/ Vell. Pat. 2-11～12/ Dio Cass./ Oros. 5-15/ Eutrop. 4-26～27/ Flor. 3-2/ Cic. Brut. 33～/ etc.

ユースティティア Justitia, Iustitia, （英）（仏）Justice, （伊）Giustizia, （西）Justicia, （葡）Justiça

ローマの「正義」の女神。ギリシアのディケー*（アストライアー*）に相当する。天秤と剣を手にした姿で表わされた。「貞潔」の女神プーディキティア Pudicitia は彼女の姉妹と見なされている（⇒テミス）。

Ov. Met. 1-149～, Pont. 3-6, Fast./ Gell. 14-4/ etc.

ユースティーナ Justina, Flavia Iustina Augusta, （ギ）Iūstina, Ἰουστίνα, （仏）Justine, （伊）Giustina, （露）Юстина

（?～後388）ローマ皇帝ウァレンティーニアーヌス1世*の2番目の皇后（⇒巻末系図104～105）。同帝は妻のセウェーラ Marina Valeria Severa がユースティーナの裸体美を賞賛するのを聞いて、彼女をも娶り重婚を合法化する（368頃）。彼女は貴族の出で、最初の夫は篡奪帝マグネンティウス*。ウァレンティーニアーヌスとの間には1男ウァレンティーニアーヌス2世*と3女を儲ける。夫帝の死後、野心家の彼女は継子グラーティアーヌス*帝に対抗してわずか4歳の実子ウァレンティーニアーヌスを正帝位（アウグストゥス*）に擁立、首都メディオーラーヌム*（現・ミラーノ）にあって宮廷の実権を握る（375）。しかし公然とアレイオス*（アリーウス*）派を表明したことから同市の司教アンブロシウス*と激しく対立、相互の偏執的狂信から騒擾と混乱を惹き起こした。僭帝マグヌス・マクシムス*の乱が起きると子供らとともに東方帝テオドシウス1世*のもとへ亡命（387）、同帝と娘ガッラ*を結婚させ、彼の助力を得てマグヌス・マクシムス帝殺害に成功する（388）。権力への飽くなき欲望に燃える女性で、アンブロシウスから「妖妃イゼベル Jezebel」だの「ヘーローディアース*」だの悪女呼ばわりされたが、イタリアへ戻ってほどなく没した。
⇒メロバウデース

Amm. Marc. 30-10/ Augustin. Conf. 9-7/ Sozom. Hist. Eccl. 7-14/ Zosimus 4-44/ Rufinus 11-17/ Ambros. Epist. 53/ Philostorgius/ Socrates Hist. Eccl. 4-31, 5-11/ etc.

ユースティーニアーヌス1世 Justinianus I, Flavius Petrus Sabbatius Anicianus Iustinianus, （ギ）Iustinianos, Φλάβιος Πέτρος Σαββάτιος Ἰουστινιανός, （英）（独）Justinian, （仏）

Justinien, (伊) Giustiniano, (西)(葡)
Justiniano, (露) Юстиниан

(後482年5月11日〜565年11月14日) 東ローマ皇帝 (在位・527年4月1日〜565年11月14日)。東ローマ帝国の最盛期をもたらしたとして「大帝 Magnus」と呼ばれる。イッリュリクム*辺境の農民の出身。ユースティーヌス1世*の甥。母親と目に見えぬ悪魔 (⇒インクブス) との交わりから生まれた子だとする伝承がある。コーンスタンティーノポリス*でユースティーヌス1世のもとに教育を受け、子のない伯父の養子となって統治を助け (520〜)、同帝の死 (527) の直前「正帝」の称号を得た。女優出身の妻テオドーラー*とともに戴冠すると、皇帝独裁体制の強化に着手、増税や貴族の特権削減を図り、532年1月15日首都の競馬場で起きた反乱 (ニーカー Nika の乱) を1日に3万人の市民を虐殺する強権発動で鎮圧、叛徒によって帝位に担ぎ上げられたヒュパティウス Hypatius (アナスタシウス*帝の甥) ら20人の有力貴族を容赦なく処刑し死骸を海に投じた (532年1月)。往昔のローマ帝国の版図回復をめざし、名将ベリサーリウス Belisarius (505頃〜565) や宦官ナルセース Narses (475/478〜573/575) らを派遣して、東方のサーサーン朝*ペルシア (528〜532、540〜545。⇒ホスロー1世)、アーフリカ*のヴァンダル* (533〜534、ヴァンダル王国の滅亡)、イタリアの東ゴート* (535〜540、541〜552、553年に東ゴート王国滅亡)、ヒスパーニア*の西ゴート* (554) と交戦。カルターゴー*、サルディニア*、シキリア* (現・シチリア)、イタリア、ヒスパーニア南部など地中海周辺を征服、一時的に大ローマ帝国を復活させた。また、有能な「異教徒」の法学者トリボーニアーヌス Tribonianus (？〜542/546頃) を首班とする法典編纂委員を設け (528)、いわゆる『ローマ法大全 Corpus Juris Civilis Justinianei』を集大成させた (529〜534)。この法典は『学説彙集 Digesta、(ギ) Pandektai』(諸学者の学説抜粋集、50巻・530〜533年)、『法学提要 Institutiones (Elementa)』(法学生の教科書、4巻・533年)、『法典 Codex Justinianus』(12巻・534年完成。529年公刊の旧『法典』10巻の改訂増補版)、『新勅令集 Novellae Leges』(529年公布の『勅令集 Codex Constitutionum』12巻の追加として534年以降ユースティーニアーヌスにより発布された150以上の新勅法集) の4部から成り、実際には1つの法典としてまとめられたことはないが、後代、とりわけ近世ヨーロッパの法制に大きな影響を与えた (新勅法は大部分ギリシア語)。帝はアテーナイ*のアカデーメイア*に閉鎖を命じて学園財産を没収し (529)、ギリシア・ローマ古来の宗教を迫害、よって哲学者・修辞学者ら優れた人材をペルシアなど他国に流出させる結果を招いた。他方、自ら神学者として教会問題の細部にまで介入し、異端諸派を冷酷に弾圧。いわゆる「皇帝教皇主義 Caesaropapismus」を徹底させてローマ教皇・総主教らを意のままに黜陟・廃位ないし処罰した。コーンスタンティーノポリスに公会議を招集し (553〜555) キリスト単性論派と三位一体派(カトリック)の和解に努めたにもかかわらず、晩年は「キリストの肉体は腐敗しない」などと公言して自身が異端の烙印を捺された。

また大規模な建築事業を行ない、なかでもニーカーの乱で焼亡した聖ソピアー Hagia Sophia (現・アヤ・ソフィヤ Aya Sofya) 教会を、アンテミオス Anthemios、イシドーロス Isidoros ら当代随一の建築家に再建させ (532〜537)、その落成式の折に、「ソロモーン王よ、われ汝に勝てり！」と嘆称した話は名高い (537年12月27日)。彼の治下に支那から養蚕技術が伝わり、シュリア*で絹織物の生産が開始されたといい (550年以降)、帝も商工業を育成し交易を盛んにした。が、たび重なる軍事遠征や宮殿造営などで国庫は窮乏し、重税を課せられた人民の不満を招いた。治世末期にはフン*族、アヴァール族、ブルガールなどスラヴ諸族の侵入が激しくなり、数度の疫病流行や地震などの災禍も相次いだため、帝の死後、急速に国力が低下した。彼はしばしば断食を行ない、修道士のごとき倹素・勤勉な生活を送った反面、不誠実かつ狡猾な偽善者で、暗殺と強奪に専心する貪婪な暴君だったと同時代の史家に評されている。また臆病で決して自ら出陣せず、能将に対して猜疑心や嫉妬心を懐き、陰謀の廉で逮捕・投獄されたベリサーリウスは、伝承によると、失明させられて乞食になったという (562年。通説では翌563年釈放され名誉を回復され、死後財産の半分を帝に没収されたことになっている)。ユースティーニアーヌスは在位38年7ヵ月と13日、83歳で崩じた。

ちなみに、一度廃位された際に鼻を削がれ舌を切られたため、「鼻そがれ帝 Rhinotmētos」の渾名で知られる同名の東ローマ皇帝ユースティーニアーヌス2世 J. II (在位・685〜695、705〜711暗殺さる) とは血縁上の関係はない。
⇒プロコピオス、巻末系図107
Procop. Anecdota, Aed., Goth., Vand./ Zonar. 14/ Agathias/ Cedrenus/ Marcellin./ Theophanes/ Evagrius Hist. Eccl. 4-8〜/ Jordan./ Malalas 18/ Lydus/ Agapetus/ Johann. Ephes./ Cod. Theod./ Cod. Iust./ etc.

ユースティーヌス　Marcus Junianus (Junianius)
Justinus, Iustinus, (英)(仏)(独) Justin, (伊)
Giustino, (西)(葡) Justino, (露) Юстин

(後2/3世紀) ローマ帝政期のラテン史家。ポンペイユス・トローグス*の『世界史』44巻を要約した史書『ピリッポス*史 Historiae Philippicae』の著者。本書はマケドニアー*を中心とする諸国家の貴重な史料を含み、中世以来広く読まれた (伝存する)。
Just. Epit.

ユースティーヌス1世　Flavius (Anicius) Justinus,
Iustinus, (ギ) Iustinos, Ἰουστῖνος, (英)(仏)
(独) Justin, (伊) Giustino, (西)(葡) Justino,
(露) Юстин, (現ギリシア語) Iustínos

(後450頃〜527年8月1日) 東ローマ皇帝 (在位・518年7月10日〜527年8月1日)。イッリュリクム*の貧しい農家の出身。豚飼いをしていたが、20歳頃コーンスタンティーノポリス*へ赴き軍人として昇進。アナスタシウス1世*帝の護衛隊長となり、同帝の死 (518) 後、買収によって皇

帝に推戴された（約68歳）。粗野で目に一丁字ない文盲ではあった —— 透かし彫りの板をペンでなぞって署名していたという —— が、有能な財務官クァエストル Proclus を信任し、政敵を謀略や暗殺などの手段で排除。ローマ第一の名門アニキウス氏*の出であると臆面もなく称し、実子がないので甥のユースティーニアーヌス1世*を養子に迎えて（520）、政務をこれに委ねた（しかし、猜疑心から死亡する4ヵ月前に至るまで、甥をアウグストゥス*共治帝には立てなかった）。カトリック派キリスト教を支持してエウテュケース*派（単性論派）などを「異端」と断じ熱狂的に弾圧、よってローマ教会と和解し、30数年にわたる「アカキオスの Akakios, Ἀκάκιος のスキスマ分裂 schisma」（⇒ゼーノーン*（ゼーノー*）帝）を終わらせた（519）。とはいえアレイオス*（アリーウス*）派も禁圧したため、アレイオス派の東ゴート*王テオドリークス*（大テオドリック）と対立（523）。また単性論を信奉するエジプト*・シュリア*・パレスティナ*他東方諸属州の人心離反も招いた。ドーナウ河を越えてバルカンに侵入して来たスラヴ人は撃退したが、数年間続いたサーサーン朝*ペルシアとの戦争は、勝敗を決せぬままに終わった。晩年、大腿部に受けた不治の痛傷のせいで衰弱し、ようやく帝冠を甥の頭上に戴かせることに同意した。なお皇后のエウペミア Euphemia（本名ルーピキーナ Lupicina、？～521）は、もとは奴隷身分の非ローマ人で、別の男の妾を務めたのち、ユースティーヌスと結婚、夫と同じく無学文盲で不作法であったと伝えられている。

ちなみに、ペルシア軍はじめ相次ぐ外敵の侵略に悩まされて発狂したユースティーヌス2世 J. II（在位・565～578）帝は、ユースティーニアーヌス1世の甥、すなわちユースティーヌス1世の姪孫に当たる（⇒巻末系図107）。
Evagrius Hist. Eccl. 4-1～10, -56/ Procop. Vand. 1-9, Aed. 2-6～7, 3-7, 4-1, Pers. 1-11～, 2-15～/ Zonar./ Theophanes/ Malalas/ Lydus/ Zacharias Scholast./ Michael Syr./ etc.

ユースティーヌス（殉教者） Justinus Martyr
⇒イウースティーノス

ユースティーノス Justinos
⇒イウースティーノス

ユーダエア（ローマの属州） Judaea, Iudaea,（英）（西）Judea,（仏）Judée,（独）Judäa,（伊）Giudea,（葡）Judeia,（露）Иудея,（ヘブライ語）Yᵉhûdāh, Yᵉhūdīya,（アラビア語）Yahūdīya,（漢）猶太

ユダヤ*（イウーダイアー*）のラテン名。前63年、ローマの将ポンペイユス*は、ハスモーン朝*の内紛に乗じてイェルーサーレーム*（エルサレム*）を攻略、1万2千人のユダヤ人を殺し、この地をローマの属領とした。ユダヤは北のサマレイア*（サマリヤ）、南のイドゥーマイアー*（イドマヤ＝エドム）とともにローマの属州シュリア*の一部を形成。前37年以来ローマの宗主権下に有能なヘーローデース1世*（ヘロデ大王）が統治したが、アルケラーオス*（ヘロデの息子）がアウグストゥス*に解任・追放される（後6）と、ローマ帝国の属州ユーダエアが形成され、カエサレイア*（カエサレーア・パラエスティーナエ*）に駐留する行政長官プラエフェクトゥス Praefectus（6～44の間。その後は属州管理官プロクーラートル Procurator）に管理されるようになる（⇒ピーラートゥス、フェーリークス）。その後もユダヤ人の騒乱が絶えず、66年には大規模な反乱が勃発（～73。第1次ユダヤ戦争）、イェルーサーレームの陥落（70）でいったん鎮圧されたものの、ハドリアーヌス*帝の治下に再発し（132～135。第2次ユダヤ戦争）、その平定によりユダヤ人は各地に離散。イェルーサーレームは新市アエリア・カピトーリーナ Aelia Capitolina として生まれ変わり、属州ユーダエアはシュリア・パラエスティーナ Syria Palaestina と改称された。
⇒イエースース・クリストス、ティトゥス、カパルナウーム、イエリコー
Plin. N. H. 5-15/ Strab. 16-762～/ Tac. Ann. 2-42, -85, 12-23, -54, Hist. 2-73～, 5-1～13/ Suet. Tit. 4～5, 7/ Joseph. J. B., J. A./ Nov. Test./ Ptol. Geog. 2-1, 4-5, 5-14, -15, -16, 8-15, -20/ etc.

ユーダース・マッカバエウス Judas Maccabaeus
⇒イウーダース・マッカバイオス

ユダ・マカバイ Judas Maccabaeus
⇒イウーダース・マッカバイオス

ユダ・マカベア Judas Maccabaeus
⇒イウーダース・マッカバイオス

ユダヤ Judaea,（ギ）イウーダイアー*,（ラ）ユーダエア*,（英）（西）Judea,（仏）Judée,（独）Judäa,（伊）Giudea,（葡）Judeia,（露）Иудея,（ヘブライ語）Yᵉhûdāh, Yᵉhūdīya,（アラビア語）Yahūdīya,（漢）猶太

（現・イスラエル Israel）パレスティナ*南部の地方。南にエジプト、東にアラビアー*、北にフェニキア*と境を接する。その名はイスラーエール12支族の1つたるユダ Judah 族の祖ユダ（ギ）イウーダース Iūdās,（ラ）Judas（〈ヘブライ語〉イェフーダー Yᵉhūdā）に由来する。伝承に従えば、ユダヤ人はセム系に属するヘブライ人 Hebraioi の族長ヤーコープ Jacob（別名イスラーエール）の子孫で、飢饉の折にエジプトへ移住した（前1700頃）が、やがてエジプトに新王国（第18王朝）が興るに及んで奴隷として使役されるようになったという。さらにユダヤ人の間にレプラーなどの伝染病が流行したためファラオ（パロ）によって追放され（前1290頃）、彼らはレプラー患者のエジプト神官モーウセース Moūses（モーシェー Mōšeʰ＝モーセ）に率いられて40年間シナイの荒野を流浪した末、パレスティナ（カナアン）の地に侵入。先住民族の進んだ農耕文化を摂り入れて定住し、鉄器を独占するペリシテ人（ギ）Phylistiim, Φυλιστιίμ,

（ラ）Philistīnī らと戦いつつ、前 11 世紀末には統一王国をつくる。ダーウィード（ダビデ）Dāwîd 王は首都をイェルーサレーム*（ヒエロソリュマ*）に定め、その子ソロモーン Solomon（シェローモー）は王宮や神殿を建て、700 妻 300 妾の後宮を擁して豪奢な生活を送ったという。ソロモーンの死（前 922 頃）後、北イスラーエール王国と南ユダ王国に分裂し、おのおのアッシュリアー*（前 722）と新バビローニアー*（前 586）に滅ぼされ、人々は捕囚民として連行された。アカイメネース朝*の時代（前 538～前 332）にユダヤはペルシア帝国*の属領となり、帰還を許された人々の手で神殿が再建された（前 515 奉献）が、北の 10 支族ほか多くの民はオリエント各地に四散し去った。アレクサンドロス大王*の征服（前 332）後、プトレマイオス朝*（前 320～前 198）、セレウコス朝*（前 198～前 142）の支配下にあってユダヤもヘレニズム文明の恩恵を蒙り、ヘブライ聖典（俗称「旧約聖書」）のギリシア語訳（ギ）Hebdomēkonta, Ἑβδομήκοντα, （ラ）Septuāgintā も完成（前 250 年頃アレクサンドレイア❶*で 72 名のユダヤ人哲学者が 72 日間で翻訳したという。⇒アリステアース❷）、またギリシア風の少年愛や饗宴、体育競技などの洗練された快楽も広まり、若者たちは割礼された性器に再手術を施して全裸運動競技に参加した。その後イウーダース・マッカバイオス*らの反乱（前 166～前 160）が起こり、ローマの支持を得てハスモーン朝*ユダヤ王国が独立した（前 142）ものの、内紛と混乱を繰り返して弱体化し、前 63 年ポンペイユス*によりローマ領に併合された（⇒ユーダエア）。

ユダヤ人はエジプトから単一神信仰や割礼の習慣をもたらしたというが、パレスティナ定着後も牛や蛇、バアル Ba'al、アスタルテー*など種々の神格を崇拝し、人身供犠や神殿男娼・神殿娼婦との性交といったオリエント通有の儀式を行なっていた。しかし南ユダ王国のヨシア Iōsīās, Ἰωσίας 王の宗教改革（前 621～。申命記改革）の結果、ヤハウェ Yahwe のみが唯一絶対の神とされ、「律法の書 Tōráh（モーセ 5 書）」が編纂されて、安息日や食物に関する煩瑣な禁忌とさらなる細則が付け加えられていき、バビューロン*捕囚からの帰還（前 538）後は、北イスラーエールの子孫を称するサマレイア*人（サマリヤ教徒）との対立・反目が深まった。ローマ時代のユダヤ人は、帝国各地に離散・居住し、頑迷で排他的な「無神論者」としてしばしば圧迫を受け、また新興キリスト教伝道の温床となり騒擾を繰り返したため、追放や殺戮の対象となることもよくあった（⇒トゥルボー）。ヘレニズム時代以来、ギリシア語でユダヤ・キリスト教の宗教文書が記され、哲学者ピローン*や史家イオーセーポス*（ヨーセープス）らユダヤ人著作家の活動にも目ざましいものがあった（⇒福音書記者）。
⇒デカポリス、イトゥーライアー、シュリアー、イドゥーマイアー、サマレイア、死海

Joseph. J. A., J. B., Ap. 1～, Vita/ Strab. 16-760～/ Tac. Ann. 15-44, Hist. 5-1～/ Diod. 40-3/ Luc. 2-593/ Plin. N. H. 5-15/ Suet. Iul. 84, Aug. 43, Tib. 36, Claud. 25, 28, Vesp. 4, 5, Tit. 4～, Dom. 12～/ Quint. Inst. 3-7-21/ Juv. 6-547, 14-101/ Dio Cass./ S. H. A./ Nov. Test./ Cod. Theod./ Cod. Iust./ Tertullian./ Ptol. Geog. 5-14, -15/ etc.

ユッピテル　Juppiter
⇒ユーピテル

ユッルス・アントーニウス　Jullus Antonius
⇒アントーニウス、ユッルス

ユートゥルナ　Juturna, Iuturna, （ギ）Iūtūrna, Ἰουτοῦρνα, （仏）Juturne, （伊）Giuturna, （露）Ютурна, （現ギリシア語）Yiutúrna

ローマ伝説中、治癒力を有することで名高いラティウム*の泉のニュンペー*（ニンフ*）。その水はほとんどすべての供犠に用いられ、前 241 年にはローマのカンプス・マールティウス*に彼女の神祠が設けられて、毎年 1 月 11 日に犠牲が捧げられた。またフォルム*のウェスタ*神殿の近くにもユートゥルナの泉 Lacus Juturnae があり、前 496 年レーギッルス*湖畔の戦いの後、カストル*とポッルクス*兄弟（ディオスクーロイ*）がここで馬を洗ったという。神話では、トゥルヌス*の姉妹とされ、ユーピテル*に愛されて（⇒ラールンダ）不死とラティウムの泉および河川の支配権を与えられたと伝えられる。
⇒ララ、巻末系図 049

Verg. Aen. 12-134～/ Ov. Fast. 1-463～, -706, 2-585, -606/ Varro Ling. 5-71/ Cic. Clu. 101/ Dion. Hal. Ant. Rom. 6-13/ Arnobius 3-29/ etc.

ユーニア　Junia, Iunia, （ギ）Iūniā, Ἰουνία, （伊）Giunia, （露）Юния

ローマのユーニウス氏*出身の女性たち。その主たる人々を挙げる。

❶ユーニア・テルティア Junia Tertia または、テルトゥッラ Tertulla（前 60 頃～後 22）。D. ユーニウス・シーラーヌス Junius Silanus（前 62 年のコーンスル*執政官。前 60 没）とセルウィーリア*の娘の 1 人。カエサル*暗殺者の M. ユーニウス・ブルートゥス❷*の異父妹（⇒巻末系図 056）。カエサル殺害の主犯格カッシウス*の妻となるが、カエサルの情婦だった母のセルウィーリアによって彼女もカエサルと同衾させられていたという。ピリッポイ*の戦い（前 42）で夫が敗死した後も 64 年の長きにわたって生き続け、ティベリウス*帝の治世に死去、莫大な財産をローマ一流の名士のほぼ全員に遺贈したが、ティベリウス帝だけは除外されていたので当時は巷間の評判となった。

Suet. Iul. 50/ Tac. Ann. 3-76/ Macrob. Sat. 2-2/ Cic. Att. 14-20, 15-11/ etc.

❷ユーニア・シーラーナ・カルウィーナ Junia Silana Calvina（後 ?～後 79 頃）。M. ユーニウス・シーラーヌス❸*とアエミリア・レピダ❷*の娘（⇒巻末系図 058, 077）。名門に生まれ、「美しく陽気な少女」との評判が高かったが、L. ウィテッリウス*の息子に嫁いでからも、実の兄弟

L. ユーニウス・シーラーヌス❻*と情を交し続けていたため、舅ウィテッリウスに近親相姦の廉で告発され、イタリア*から追放された（48末）。これは小アグリッピーナ*の野心の犠牲になったもので、アグリッピーナの死（59）後、彼女はネロー*帝によって召還され、長寿を保ったという。姉妹ユーニア・レピダ Junia Lepida（C. カッシウス❷*・ロンギーヌスの妻）は 65 年、甥の L. ユーニウス・シーラーヌス❼*との近親姦ならびに残酷な秘儀を行なった廉で訴えられ、ネローに処罰されている。
Tac. Ann. 12-4, -8, 14-12, 16-8～/ Suet. Vesp. 23/ Sen. Apocol. 8/ etc.

❸ユーニア・シーラーナ Junia Silana（？～後 59 頃）。血統と美貌と放蕩で評判の貴婦人。絶世の美男貴族 C. シーリウス*の妻となるが、クラウディウス*帝の皇后メッサーリーナ*が夫に恋したため、47 年、無理やり離婚を強いられる。かつて彼女は小アグリッピーナ*（ネロー*帝の母）と親しかったとはいえ、新たな結婚をアグリッピーナの中傷で妨害されて以来、憎悪を抱くようになり、55 年、ネローが母后を失脚させたがっているのを知って、彼女を反逆罪で密告させた（⇒ルベッリウス・プラウトゥス）。ところがアグリッピーナの巧みな弁明で形勢逆転し、自らが追放刑に処されてしまう。やがてアグリッピーナの地位が傾き始めると、流謫地からタレントゥム*まで戻っては来たけれど、その地に没したという。
⇒巻末系図 058
Tac. Ann. 11-12, 13-19, -21～22, 14-12/ etc.

ユーニウス氏 Gens Junia,（Iunii）〔← Junius〕,（ギ）Iūnios, Ἰούνιος

古代ローマの著名な氏族。元来はパトリキイー*（貴族）身分であったと思われる（⇒ L. ブルートゥス）が、その後、歴史に登場するユーニウス氏の人物は、ことごとくプレーベス*（平民）身分である。ブルートゥス*家のほか、ノルバーヌス Norbanus 家やシーラーヌス*家など数多くの家系に分かれて栄えた。
Liv. 1-56～/ Tac. Ann. 3-24/ Cic./ Nep. Att. 18/ Dion. Hal. Ant. Rom. 4-68/ etc.

ユニコーン Unicorn
⇒モノケロース（一角獣）

ユーノー Juno, Iuno,（仏）Junon,（伊）Giunone,（露）Юнона,（現ギリシア語）Yiúno

古代イタリア＝ローマの大女神。ギリシアのヘーラー*と同一視され、したがってユーピテル*の妻、神々の女王と見なされた。女性の生活と結婚の守護神で、ユーピテル、ミネルウァ*とともに三主神としてカピトーリウム*（カピトル）神殿に祀られた。出産の女神イーリーテュイア*（エイレイテュイア*）や月の女神ディアーナ*（アルテミス*）と近似した権能を有し、光の女神ルーケティア Lucetia、分娩と新生児を守護するルーキーナ*、結婚を見守るプローヌバ Pronuba、婚礼を司るユガーリス Jugalis などさまざまな名称で呼ばれた。ユーノーの月 = 6 月（Iunius,〈英〉June）は婚姻に最適の月と見なされ、また女たちは自分の誕生日にユーノー・ナタリス J. Natalis（誕生日のユーノー）に供物を捧げた。男性各人にゲニウス genius なる守護霊があるように、個々の女性にユーノーと呼ばれる守護霊がついていると信じられていたからである。国家の守護神たるユーノー・モネータ* J. Moneta（警告者ユーノー）の神殿が、カピトーリウム丘北東の頂上 arx（アルクス）に築かれており、前 390 年ケルト人*が襲来してカピトーリウムによじ登ろうとした時に、危険を知らせたのは女神の聖鳥たる鵞鳥たちであったという（⇒ M. マーンリウス・カピトーリーヌス）。この神殿にローマの貨幣鋳造所があったので、モネータは貨幣を意味する普通名詞と化し、後代のヨーロッパ諸語（英）money,（仏）monnaie,（独）Münze などの語源となった。ユーノーの最も主要な祭礼は、3 月 1 日のマートローナーリア*祭で、この日は女神が男性の力を借りず 1 人でマールス*を産んだ日──あるいは、ローマがサビーニー*族と婦女の仲介で和解した日──とされ、既婚婦人（マートローナ*）たちによって祝われた。また 7 月 7 日のノーナエ・カプロティーナエ Nonae Caprotinae の祭には、かつてローマがフィーデーナエ*に攻略された折に女奴隷の策略で救われた故事を記念して、婢女たちによる模擬戦が行なわれた。

今日でも威厳のある女性を「ユーノーのような」（英）Junoesque と形容することがあり、天文学上 3 番目に大きい小惑星には、彼女の名 Juno がつけられている。
⇒ウェイイー
Varro Ling. 5-65～, -158/ Ov. Fast. 3-167～, 6-18～/ Liv. 5-21～, 6-20, 7-28/ Cic. Nat. D. 2-26, Div. 1-2/ Verg. Aen. 4-166/ Macrob. Sat. 1-12/ Gell. 4-3/ Prop. 4-8/ Ael. N. A. 11-16/ Plin. N. H. 2-5-16/ Serv. ad Verg. Aen. 4-518/ etc.

ユバ Juba, Iuba,（ギ）Iobas, Ἰόβας,（Iūbās, Ἰούβας, Ἰόβα）,（伊）Giuba,（露）Юба,（ベルベル語）Yuba

ヌミディア*およびマウレーターニア*の国王。（⇒巻末系図 035）

❶ 1 世 J. I（在位・前 60～前 46）ヌミディア*王ヒエンプサル 2 世*の子。父を継いでヌミディアおよびマウレーターニア*の一部を支配。残忍冷酷かつ尊大な王として悪名高いが、それは多分に反対派たるカエサル*側の記述に基づいている。前 49 年ローマに内乱が勃発すると、ポンペイユス*側に味方し、カエサルと敵対。小カトー*を追跡して攻め込んできたカエサル軍の部将・小クーリオー*を敗死させる（前 49 年 8 月）。前 46 年タプソス*でカエサルに敗北後、妻妾や子供たちのいる首邑ザマ*で再起を図ろうとするが、カエサル軍の勝利を知った住民は、城門を閉ざして彼の入市を拒絶。その後、麾下の部将サブッラ Saburra も敗れ、小カトーもウティカ*で自害したことを聞いて、王は M. ペトレイユス*と刺し違えて死んだ。その遺領はローマに併合され、最初の総督として赴任したのは、

『ユグルタ戦記』や『カティリーナ*の陰謀』の著者として名高いサッルスティウス*であった。
⇒P. シッティウス、ボックス2世
Dio Cass. 41-41〜42, 42-56〜58, 43-2〜9/ App. B. Civ. 2-44〜46, -95〜97, -100/ Caes. B. Civ. 1-6, 2-25〜44/ Plut. Caes. 52〜53/ Suet. Iul. 35/ Hirt. B. Afr. 25, 48, 52, 55〜57, 66, 74, 80〜86, 91〜94/ Liv. Epit. 110, 113/ Flor. 4-2/ Luc. 4-581〜824, 5-56/ Vell. Pat. 2-53〜54/ Eutrop. 6-23/ etc.

❷2世　J. Ⅱ, C. Iulius Iuba（前50頃〜後23）❶の子。マウレーターニア*王（在位・前25〜後23）。前46年、父の王国が崩壊したため、4歳にして捕虜となり、ローマへ連行されて、カエサル*の凱旋式(トリウンプス*)に引き廻される。イタリアで高度の教育を受けて、歴史や文学の研究で名を轟かせる学者に成長し、ローマ市民権を獲得。アウグストゥス*帝の世話でクレオパトラー・セレーネー Kleopatra Selene（クレオパトラー7世*とアントーニウス*の娘）を妻に迎え、マウレーターニアの王位まで授けられる。ギリシア・ローマ文化に造詣が深く、芸術品を集め、ギリシア語でローマの歴史やアラビアー*、アッシュリアー*史を執筆、その他多数の著作を残したが、断片しか伝わらない。マウレーターニアにギリシア・ローマ文化を普及させ、首都カエサーレーア・マウレーターニアエ*やウォルービリス*に優れた美術品を蒐集、またカナリア諸島にまで遠征隊を派遣したり、ガエトゥーリア*の緋紫染めを発展させるなど産業の振興にも努めた。マウレーターニアでは神として崇敬され、アテーナイ*にも立像が建てられた。継妃にグラピュラー❷*（カッパドキアー*王アルケラーオス❺*の娘）を娶り、死後は先妃の子プトレマイオス⓲*が王位を継いだ。

なお、後世のラテン語文法学者に影響を与えた『韻律論』（散逸）の著者マウレーターニアのユバ（後2世紀頃）は別人とされている。
⇒エウポルボス
Dio Cass. 51-15, 53-26, 55-28/ App. B. Civ. 2-101/ Plut. Caes. 55, Ant. 87, Sert. 9, Mor. 264d〜285d, 972b, 977e/ Strab. 17-828, -829, -831, -840/ Ael. N. A. 7-23, 9-58/ Ath. 3-83b, -83c, -98b, 8-343e/ Paus. 1-17-2/ Philostr. V. A. 2/ Plin. N. H. 5-1-16, -10-51, -10-59/ Eutrop. 7-10/ Solin./ Tatianus ad Gr. 58/ Clem. Al. Strom. 1/ Steph. Byz./ Avienus/ Phot./ Suda/ etc.

ユーピテル（ユッピテル）　Jupiter (Juppiter), （英）Jove, （伊）Giove, （西）（葡）Júpiter, （露）Юпитер

ローマの最高神。元来は天空の神霊(ヌーメン) numen で、のち人格化され、ギリシアの主神ゼウス*と同一視された。ユーピテルの名は Jovis-pater (Dyew-pater「天なる父神」の意) に由来し、収穫に関係する気象現象の神 ── 光の神 Jupiter Lucetius、雨を降らせる神 J. Pluvius、雷電を司る神 J. Tonans ── として崇拝され、落雷した場所は石垣で囲われユーピテルの聖地と見なされた。また戦闘における保護者・勝利の授与者でもあり、ユーピテル・スタトル J. Stator（護持者。敗走を阻止する神。ロームルス*がサビーニー*族と闘った時、味方の敗走をくいとめて勝利を収めた故事に由来）、ユーピテル・ウィクトル J. Victor（征服者）、ユーピテル・フェレトリウス J. Feretrius（勝利をもたらす者。カピトーリウム*丘にあったその神殿はローマ最古の神殿といわれ、ロームルスが戦利品スポリア・オーピマ*を捧げたとされる）の名で呼ばれた。さらに正義・道徳を守る神、偽証者を罰する宣誓の神、その他さまざまな機能をもつ大神と考えられ、ついには国家の最高守護神として祀られるに至った。数ある神殿の中で最も重視されたのは、カピトーリウム丘上のユーピテル・カピトーリーヌス*神殿で、タルクィニウス・スペルブス*王によってエトルーリア*の影響下に建てられ（前509年竣工）、ユーピテル・オプティムス・マクシムス J. Optimus Maximus（至高至善のユーピテル）の名称で、ユーノー*、ミネルウァ*と三神一体の形で合祀されていた（3柱はおのおのエトルーリアの Tinia, Uni, Menrva の3神に相当する）。毎年執政官(コーンスル*)たちは就任に当たって、この神に犠牲を捧げることになっており、また勝利を得て凱旋する将軍たちは荘厳な行列を組んでカピトーリウム神殿へ向かう習慣であった。樫(オーク)を聖木、鷲を聖鳥とし、鳥の飛行その他の予兆で未来を知らせる神と信じられ、祭儀に当たってはヤーヌス*とともに最初に礼拝された。白がユーピテルを象徴する色と考えられ、捧げられる犠牲獣も白ならば、彼の戦車をひくのも4頭の白馬、彼に仕える神官フラーメン*・ディアーリス Flamen Dialis の被る帽子も白色と決まっていた。タルクィニウス・プリスクス*王の創始になると伝える年次競技祭ルーディー・マグニー*（ローマ大祭*）が、ユーピテル・カピトーリーヌスを祝して毎年9月に大競技場(キルクス*)でとり行なわれた。その他ローマでは、ユーピテルの主要な祭典として、4月23日、8月19日のウィーナーリア Vinalia（葡萄の収穫祭）、7月5日のポプリフギア Pop(u)lifugia 祭、12月23日の無名の祭、等々が催され、アルバーヌス山*においては、毎春ラティウム*同盟の祝祭 Feriae Latinae が開かれて、主神ユーピテル・ラティアーリス J. Latiaris (Latialis) に白い雌牛が捧げられた。

なお、木星 Jupiter の名は彼に負っており、近世以降その惑星にはイーオー*（Io）、エウローペー*（Europa）、ガニュメーデース*（Ganymedes）、カッリストー*（Callisto）、またレーダー*（Leda）など、彼に愛された古典神話上の美女や美少年の名前がつけられている。
⇒スンマーヌス、プルーウィウス
Liv. 1-10, -12, -24, 4-20, 6-29, 8-9, 10-37, 30-43, 41-16, 43-55/ Ov. Fast. 3-285〜, 6-793〜/ Plut. Num. 15/ Dion. Hal. Ant. Rom. 2-34, -50/ Plin. N. H. 2-53, 3-5, 12-2/ Verg. Aen. 8-347〜/ Suet. Aug. 29/ Gell. 1-21, 5-12/ Cic. Fam. 7-12, Leg. 2-11/ Augustin. De civ. D. 7-1, 8-11/ Macrob. Sat. 1-15, -16/ Serv. ad Verg. Aen. 6-855/ etc.

ユーフラテス　Euphrates
⇒エウプラーテース

ユーリア Julia, Iulia, (ギ) Iūliā, Ἰουλία, (仏) Julie, (伊) Giulia, (露) Юлия

ローマの名門ユーリウス氏*の生まれの女性たち。そのうち最も著名な人々を挙げる（⇒巻末系図055, 057, 076～079）。

❶（前130頃～前69）名将ガーイウス・マリウス*の妻。小マリウス❷*の母。C. ユーリウス・カエサル*の伯母。（⇒巻末系図057）その死後、甥のカエサルにより追悼演説を捧げられた（前69）。
Suet. Iul. 6/ Plut. Mar. 6, Caes. 5/ etc.

❷（前104頃～前39頃）ルーキウス・ユーリウス・カエサル❷*（前64年度の執政官^{コーンスル*}）の姉妹。マールクス・アントーニウス❸*（大アントーニウス）の母（夫はマールクス・アントーニウス❷*・クレーティクス）。第2回三頭政治の粛清の折、身を挺して兄弟のルーキウス・ユーリウス・カエサルの命を救ったことで知られる（前43）。二度目の夫はP. レントゥルス・スーラ*。
⇒巻末系図057
App. B. Civ. 3-32, -51, 4-37, 5-52/ Plut. Ant. 20/ Cic. Cat. 4-6, Phil. 2-24/ Dio Cass. 47-8, 48-16/ etc.

❸（前101頃～前52）C. ユーリウス・カエサル*の姉。M. アティウス・バルブス M. Atius Balbus（前62の法務官^{プラエトル*}）の妻となり、アティア*（初代ローマ皇帝アウグストゥス*の母）を産む。
⇒巻末系図076～077, 055
Suet. Aug. 4, 8/ Quint. Inst. 12-6/ etc.

❹（前73頃～前54年8月）C. ユーリウス・カエサル*とコルネーリア*（キンナ*の娘）の娘。Q. セルウィーリウス・カエピオー Servilius Caepio と婚約していたが、前59年三頭政治の紐帯を強めるため、父の命により大ポンペイユス*の4度目の妻となる（前59年4月）。父カエサルと夫ポンペイユスを繋ぐ深い絆の役割を果たしていたが、前54年8月、ユーリアは産褥死を遂げ間もなく嬰児も死亡。以来、両巨頭の関係は急速に冷却し、前49年には内乱へと突入していった。

ユーリアの亡骸は執政官^{コーンスル*}らの反対にもかかわらず、民衆の強い要請でカンプス・マールティウス*に埋葬され、後年父カエサルによって壮麗な追悼競技祭がその墓の近くで営まれている（前46）。
Suet. Iul. 1, 21, 26, Aug. 95/ Plut. Caes. 14, 23, Pomp. 53, Cat. Min. 31/ Cic. Att. 2-17, 8-3/ App. B. Civ. 2-14/ Vell. Pat. 2-44, -47/ Dio Cass. 38-9, 39-64/ Val. Max. 4-6/ Luc. 1-113/ Flor. 4-2/ Gell. 4-10/ etc.

❺大ユーリア*（前39～後14）。アウグストゥス*の一人娘。母のスクリーボーニア*は、彼女を出産した当日に、夫から離別を言い渡される。前25年、ユーリアは従兄M. クラウディウス・マルケッルス❸*と結婚。2年後に夫が若死にすると、今度はM. ウィプサーニウス・アグリッパ*（大アグリッパ*）と再婚し（前21）、3男（ガーイウス・カエサル*、ルーキウス・カエサル*、アグリッパ・ポストゥムス*）2女（小ユーリア*と大アグリッピーナ*）を産む。数多くの情夫と密会を重ねていたにもかかわらず、なぜか生まれた子供たちはみんな夫に似ていた。その秘訣を訊ねられて、彼女はこう答えた。「船倉が満載の時しか新しいお客を乗せないことにしているからよ」（つまり、夫によって妊娠したことがわかるまで、愛人と交わらなかった、との意）。

アグリッパが死ぬと、次に彼女は継母リーウィア*の連れ子ティベリウス*（のち2代皇帝）と三婚（前11）。愛妻ウィプサーニア・アグリッピーナ*と無理やり離婚させられて、驕慢な浮気女を押しつけられたティベリウスは、彼女の淫奔さに嫌気がさして、ロドス島*に隠栖（前6）。それをよいことにユーリアは恋人たちを連れて夜な夜な都中を浮かれ歩き、見知らぬ相手とも乱行に耽ったという。前2年、ついに彼女の姦通（さらには父帝暗殺計画も）はアウグストゥスの知るところとなり、カンパニア*沖の小島パンダーテーリア Pandateria（現・Ventotene）へ流され、厳しく監視された。5年後レーギウム*（レーギオン*）に移されたが、終生流刑を解かれず、父帝の死後、ティベリウスの指図で衰弱死させられたとされる。一説には、彼女は父アウグストゥスと交わって大アグリッピーナを身ごもったとも伝えられるが、信憑性に欠ける。

またユーリアは2度目の夫アグリッパとの結婚生活中にさえ、次に夫となるティベリウスを誘惑していたとか、自らが権力者として君臨せんがために貴族の青年たちを愛人にし、実の父親たるアウグストゥスを亡き者にしようと謀ったという話も残っている。
⇒ユッルス・アントーニウス、巻末系図076～078, 081, 088
Suet. Aug. 19, 63～65, 101, Tib. 7, 11, 50, Calig. 7, 23/ Tac. Ann. 1-53, 3-24, 4-44, 6-51/ Dio Cass. 48-34, 53-27, 54-6, 55-9～11, -13, 56-32, 57-18/ Macrob. Sat. 1-11, 2-5, 6-5/ Vell. Pat. 2-100/ Sen. Ben. 6-32/ Plin. N. H. 7-45, 21-6/ Hor. Carm. 2-2/ etc.

❻小ユーリア*（前19～後28）。❺の娘。父はM. ウィプサーニウス・アグリッパ*。L. アエミリウス・パウルス❹*（後1年度の執政官^{コーンスル*}）と結婚し（前4頃）、M. アエミリウス・レピドゥス❹*（後6頃～後39刑死）やアエミリア・レピダ❷*らを産む。母の大ユーリア*に劣らず淫蕩な女性で、目にあまるふしだらな情事を重ねたため、祖父アウグストゥス*によりアープーリア*沖のディオメーデース群島*中の小島トリメルス Trimerus（現・San Domenico）に流され（後8）、20年近い歳月を過ごしたのち、流謫の地で没した。
⇒オウィディウス、シーラーヌス❾、巻末系図077, 088
Tac. Ann. 3-24, 4-71/ Suet. Aug. 64～65, 101/ Schol. ad Juv. 6-158/ etc.

❼ユーリア・リーウィラ J. Livilla（後18～42）。ゲルマーニクス*と大アグリッピーナ*の末女。姉の小アグリッピーナ*と同じく、実兄カリグラ*と情交を重ねていたが、同じく小アグリッピーナと共通の愛人である従兄のM. アエミリウス・レピドゥス❹*の陰謀に加担し（⇒ガエトゥーリクス）、やはり小アグリッピーナと一緒にカンパニア*沖の小島ポンティア Pontia（現・Ponza）に配流される（39）。

のちクラウディウス*帝により、小アグリッピーナとどもローマへ呼び戻されるが、后メッサーリーナ*に嫉まれ、姦通罪のゆえに、またもやパンダーテーリア Pandateria（現・Ventotene）島へ流され、間もなく殺された（42初頭）。貴賤にかかわりなく相手かまわず情交を結んだとされ、哲学者セネカ❷*も彼女との不義のため、コルシカ*へ配流されたという。

なお彼女の夫 M. ウィーニキウス*は、メッサーリーナの誘惑を拒んだため、46年に毒殺されている（⇒巻末系図078、本文系図90）。

⇒ティゲッリーヌス

Tac. Ann. 2-54, 6-15, 14-63/ Dio Cass. 58-21, 59-3, 60-4, -8/ Suet. Calig. 7, 24, 29, 59, Claud. 29/ Zonar. 11-8/ Sen. Apocol. 10, Octavia 946〜/ etc.

❽（後5頃〜後43）。小ドルースス*（ティベリウス*帝の息子）とリーウィア（リーウィッラ）・ユーリア❿*（大ドルースス*の娘）との間に生まれた娘。後20年、従兄弟ネロー*・カエサル（ゲルマーニクス*と大アグリッピーナ*の長男）と結婚し、夫を偵察して母のリーウィアにその寝言や嘆息まで密告し、彼を破滅に追いやる（29）。夫ネローの死後、母の情夫セイヤーヌス*と婚約するが、間もなくセイヤーヌスが失脚、処刑された（31）ので、C. ルベッリウス・ブランドゥス C. Rubellius Blandus と再婚（33）、ルベッリウス・プラウトゥス*を産む。のち新帝クラウディウス*の后メッサーリーナ*の煽動で処刑された（43）。

息子のルベッリウス・プラウトゥスは62年、ネロー*帝によって殺されている（⇒巻末系図078）。

Tac. Ann. 3-29, 6-15, -27, 13-32, -43/ Dio Cass. 58-21, 60-18/ Juv. 8-40/ Suet. Claud. 29/ Sen. Apocol. 10/ etc.

❾ユーリア・フラーウィア J. Flavia、またはフラーウィア・ユーリア*（後65頃（64年9月13日）〜91）。ティトゥス*が2度目の妻マルキア❹*によって得た一人娘。両親の離婚直前に生まれる。親族の T. フラーウィウス・サビーヌス*（82年度の執政官）と結婚するが、父帝存命中から叔父ドミティアーヌス*と密通を続け、堕胎を繰り返していたという。夫が処刑される（84頃）と、公然とドミティアーヌスと同棲しはじめ、やがて堕胎に失敗して死亡し、神格化された（⇒巻末系図101）。

Suet. Dom. 17, 22/ Dio Cass. 67-3/ Juv. 2-32/ Plin. Ep. 4-11/ Philostr. V. A. 7-3/ etc.

❿ユーリア・リーウィア（リーウィッラ・クラウディア）Julia Livia (Livilla Claudia)（後1世紀前半）大ドルースス*と小アントーニア*の娘（⇒リーウィア・ユーリア）

ユーリア・アグリッピーナ Julia Agrippina
⇒小アグリッピーナ

ユーリア・ソアエミアス Julia Soaemias（ソアエミス Soaemis とも）Bassiana, Iulia Soaemias Bassiana,（ギ）Iūliā Soaimis, Ἰουλία Σοαιμίς,（伊）Giulia Soemia Bassiana,（西）Julia Soemia Basiana,（葡）Júlia Soémia Bassiana

（後180〜222年3月11日）ローマ皇帝エラガバルス*の母。ユーリア・マエサ*の娘で、ユーリア・マンマエア*（アレクサンデル・セウェールス*帝の母）の姉。シュリアー*出身の有力者ウァリウス・マルケッルス Sex. Varius Marcellus の妻となるが、淫蕩・放縦な娼婦まがいの生活を送り、218年には母マエサとともに「我が子エラガバルスはカラカッラ*帝の落胤なり」と称して軍隊を煽動督励し、息子を帝位に即けることに成功（⇒マクリーヌス）。アウグスタ*の尊号のみならず、執政官と同等の権限を得、女元老院をも主宰した。しかし、エラガバルスの後見人たる宦官ガンニュス Gannys（？〜218）の情婦となって色事に熱中し、息子の皇帝もまた度外れの乱行に耽ったため、人望を失い、母子ともども近衛軍によって虐殺された。息子にとりすがっていた彼女は首を刎ねられ、裸にされた死骸はローマ市内を引きずり回された末、街の随所に散乱するがままに任された。

⇒巻末系図103

Dio Cass. 78〜79/ Herodian. 5-3, -8/ S. H. A. Macrin. 9, Heliogab./ Eutrop./ etc.

ユーリア・ドムナ Julia Domna, Iulia Domna,（ギ）Iūliā Domnā, Ἰουλία Δόμνα,（伊）Giulia Domna,（葡）Júlia Domna,（露）Юлия Домна

（後170頃〜217）ローマ皇帝セプティミウス・セウェールス*の后。シュリアー*のエメサ*の有力な神官の家柄に生まれる。才色兼備の野心的な女性で、「彼女の夫は帝王となるであろう」という占星術師の予言を信じたセプティミウス・セウェールスは、最初の妻を喪したのち、187（185とも）年彼女と再婚。2人の間にカラカッラ*（188）とゲタ*（189）の2男子（いずれものちに皇帝となる）が生まれ、193年には夫セウェールスの登極が実現し、彼女もアウグスタ*その他の尊号を与えられる。教養に富み、ウルピアーヌス*やガレーノス*、アイリアーノス*らの学者・文人と親しく交わり、ピロストラトス*にテュアナのアポッローニオス*伝を執筆するよう指示。権臣プラウティアーヌス*（？〜205年処刑。カラカッラの岳父）によって一時逼塞を余儀なくされた際（200〜205頃）には、哲学に没頭した。プラウティアーヌスの失脚後、再び勢力を伸ばして国政に参与、ローマ帝政にオリエント的慣習をもちこんだ。淫蕩かつ冷酷で、何度か姦通し、夫帝に多数の政敵を殺戮するよう説得、さらには夫その人を暗殺する計画をも企てたという。夫の死（211）後、共治帝として即位した息子たちから主要な国事を委ねられたが、不仲な息子たちを和解させることには失敗し、カラカッラは弟ゲタを彼女の腕の中で刺殺して単独支配者となる（212）。一説に彼女は長男カラカッラと情を通じたのみならず、彼と結婚したとさえ伝えられる。217年カラカッラが殺害され、暗殺の張本人マクリーヌス*が帝位に即くと、彼女は滞在中のアンティオケイア❶*から放逐され、自ら食物を断って死んだ（乳癌による病死とも）。マクリーヌスを倒して即位したエラガバル

ス*帝とその後継者アレクサンデル・セウェールス*帝は、ともに彼女の姪孫に当たる（⇒巻末系図103）。

なお、彼女が夫帝とともにブリタンニア*へ遠征した折に（208～211）に、カレードニア*人の女たちの乱交習俗を見て揶揄したところ、カレードニアの王妃は「私たちは最も立派な男性と堂々と同衾しますが、貴女方は最も低級な男と隠れて姦通なさいます」と答えて、ローマ婦人の不貞を指摘しドムナをやりこめたという。

Dio Cass. 74-3, 75-15, 76-4, -16, 77-2, -10, -18, 78-4, -23～24/ Herodian. 4-13, -16, 5-3/ S. H. A. Sev. 3, 18, Caracall. 3, 10/ Zonar. 12-13/ Aur. Vict. Caes. 21/ Eutrop. 8-11/ Oros. 7-18/ etc.

ユーリア・ドルーシッラ　Julia Drusilla
⇒ドルーシッラ❶

ユーリアーヌス　Iulianus, Flavius Claudius Julianus,（ギ）Iūliānos, Φλάβιος Κλαύδιος Ἰουλιανός,（英）（独）Julian,（仏）Julien,（伊）Giuliano,（西）（葡）Juliano,（露）Юлиан

（後331／332～363年6月26日）ローマ皇帝（在位・360年2月（361年12月11日）～363年6月26日）古代ギリシア・ローマの伝統的宗教を再興しようとしたため、キリスト教徒からは「背教者 Apostata,（ギ）Apostates, Ἀποστάτης,（英）the Apostate,（仏）l'Apostat,（独）der Apostat,（伊）l'Apostata,（西）el Apóstata」と呼ばれた。ユーリウス・コーンスタンティウス*と後妻バシリーナ Basilina との間にコーンスタンティーノポリス*で生まれ、生後間もなく母を喪う（⇒巻末系図104）。337年、伯父コーンスタンティーヌス1世*（大帝）の死後に生じた帝室の内紛で父や長兄ら大半の男性親族を殺され、異母兄ガッルス*とともに幼少ゆえにかろうじて助命されたものの、厳重な監視のもとカッパドキアー*でアレイオス*（アリーウス*）派のキリスト教教育を施される（342～348）。しかし、スキュティアー*人宦官マルドニオス Mardonios から古典作品を学び、修辞学者リバニオス*（リバニウス）に私淑してギリシア・ローマの神々に傾倒。のちエペソス*やアテーナイ*で新プラトーン派哲学者アイデシオス*や（エペソスの）マクシモス*、プリスコス Priskos（305頃～396頃）に師事、託宣や奇跡など神秘主義思想に興味を向けた。兄ガッルスがコーンスタンティウス2世*に処刑された（354）後、皇后エウセビア*のとりなしで幽閉生活を解かれたうえ、帝妹ヘレナ❷を妻に迎え副帝（カエサル*）に任命される（355年11月6日）。ガッリア*に赴任し、アラマンニー*族、フランク*族（フランキー*）を破ってレーヌス*（ライン）国境を平定（356～359）、減税策で治安を回復し人気を高める。その成功に警戒心を抱いたコーンスタンティウス2世が対ペルシア戦のためガッリア駐屯軍の過半を転用しようとしたところ、軍隊はこれに反抗してルーテーティア*（現・パリ）でユーリアーヌスを正帝（アウグストゥス*）に推戴（360年2月）、コーンスタンティーノポリスへ進撃したが、コーンスタンティウスが熱病で急逝したので、彼は帝都に無血入城、単独帝となった（361年12月11日）。

いまや公然とギリシア・ローマの伝統的宗教への信仰を表明し、神殿・祭礼を復興、神官団の組織再編成に努めた。すべての宗教への寛容策をとり、イェルーサーレーム*（エルサレム*）のユダヤ教神殿再建を企画、アタナシオス*（アタナシウス*）はじめ追放されていたキリスト教諸派の人々を呼び戻した。自身は太陽神ミトラース*の密儀に参加、新プラトーン主義的一神教に心を傾け、哲学者のごとく粗衣粗食に甘んじてあらゆる快楽を斥（しりぞ）けた。キリスト教皇帝の腐敗堕落した宮廷から無数の宦官や料理人、理髪師、密偵たちを放逐し、暖房のない部屋で床に眠り、性行為を蔑視して子を儲けなかった。政務に勤勉で同時に読み、書き、進言を聞き、命令を口述筆記させることができたという。山羊のような髯を蓄え、毛深く短軀で「おしゃべりもぐら loquax talpa」と渾名される。362年7月アンティオケイア❶*へ赴き、翌年ペルシア征討に出陣（363年3月5日～）、会戦に勝利を収めクテーシポーン*に達しながら、戦闘の最中飛来した投槍に脇腹を貫かれ、同夜、哲学者らと霊魂の不滅について語り合いつつ静かに息をひきとった。致命傷を与えた槍はキリスト教徒の手から放たれたものだともいう。30歳。在位1年7ヵ月。なお死に臨んで彼が「ガリラヤ人よ、汝は勝てり」と叫んだというのは、キリスト教側の伝説。彼の著作はすべてギリシア語で書かれ、『髯嫌い Misopogon（ミソポーゴーン）』『シュンポシオン Symposion』等の風刺詩をはじめ8篇の演説、80余通の書簡などが現存する。⇒ヨウィアーヌス、サルーティウス、プロコピウス、テミスティオス、オリバシオス、エウナピオス、エウテリウス、カッパドキアーのゲオールギオス

Amm. Marc. 15-8～25-5/ Socrates Hist. Eccl. 3/ Zonar. 13/ Zosimus 3/ Eutrop. 10-14～/ Libanius Oratio/ Sozom. Hist. Eccl. 5～6/ Aur. Vict. Caes. 38～39/ Gregorius Nazianzenus Orat. 3, 4, 5, 21/ Julian. Or. Mis., Ep., Apophth./ etc.

ユーリアーヌス、サルウィウス　Salvius Julianus
⇒サルウィウス・ユーリアーヌス

ユーリアーヌス、ディーディウス　M. Didius Iulianus
⇒ディーディウス・ユーリアーヌス

ユーリア・フラーウィア　Julia Flavia
⇒ユーリア❾

ユーリア・マエサ　Julia Maesa, Iulia Maesa,（ギ）Iūliā Maisa, Ἰουλία Μαῖσα,（伊）Giulia Mesa,（西）Julia Mesa,（葡）Júlia Mesa

（後165頃5月7日～224年8月3日）ローマ皇后ユーリア・ドムナ*の姉。エメサ*の太陽神神官の娘として、ユーリウス・アウィトゥス Julius Avitus（209年の執政官（コーンスル*））に嫁ぎ、2人の娘ユーリア・ソアエミアス*（エラガバルス*帝の母）とユーリア・マンマエア*（アレクサンデル・セウェールス*帝の母）を産む（⇒巻末系図103）。権力欲の強い老獪な女性

で、宮廷にあって巨富を貯え、カラカッラ*帝の暗殺 (217) 後、孫のエラガバルスをカラカッラの落胤だと称して軍隊を煽動、マクリーヌス*帝を倒してエラガバルスを帝位に即ける (218)。アウグスタ*の尊号 (218 年 5 月 30 日に贈られる) を捧げられた彼女は国政を掌握し、途方もなく放埒なエラガバルスが民心を失うと見るや、これを生母ソアエミアスとともに葬り去り、もう 1 人の孫アレクサンデル・セウェールスを新帝に擁立 (222)。この上ない栄誉を帯びながら終りを完うし、死後間もなく神格化された。

Dio Cass. 79〜80/ Herodian. 5〜6/ S. H. A. Macrin. 9, Heliogab. 10, 13, 14, 31, Sever. Alex./ etc.

ユーリア・マ(ン)マエア Julia Avita Mam(m)aea, (ギ) Iūliā Mamaiā, Ἰουλία Μαμαία, (仏) Julie Mammée, (伊) Giulia Mamea, (西) Julia Mamea, (露) Юлия Мамея, (現ギリシア語) Iulía Maméa

(? 〜後 235 年 3 月 19 日) ローマ皇帝アレクサンデル・セウェールス*の母。ユーリア・マエサ*の娘で、ユーリア・ソアエミアス*(エラガバルス*帝の母) の妹 (⇒巻末系図 103)。222 年、母マエサとともにエラガバルス帝を失脚させ、息子セウェールスを「カラカッラ*帝の落胤」と称してまんまと帝位に即ける。アウグスタ*他の尊号を帯び、とりわけ母マエサの死 (224) 後は実権を掌握して帝国に君臨した。法学者ウルピアーヌス*の補佐を得て元老院との関係もよく保ったが、極めて尊大かつ嫉妬深く、息子の妻サッルスティア・オルビアーナ Sallustia Orbiana をアーフリカ*へ追放し、その父親を処刑させる (227) など、他の権力者の台頭を許さなかった。また、姦策によって財産没収を行なう強欲さのゆえに悪評甚しく、さらに客嗇から兵士の給与引き下げを断行したため、軍隊の反乱を招き息子ともども膾切りにされて果てた。一説にキリスト教徒だったといい (⇒オーリゲネース)、また彼女の名前は乳首が 3 つあったことに由来する (マンマ mamma = 乳房) という話も伝えられている。

⇒マクシミーヌス・トラークス

Herodian. 5〜6/ S. H. A. Alex. Sev., Macrin. 9, Max. 7, 29, Heliogab. 14/ Dio Cass. 79〜80/ etc.

ユーリア・リーウィア Julia Livia
⇒リーウィア・ユーリア (ユーリア❿)

ユーリア・リーウィッラ Julia Livilla
⇒ユーリア❼

ユーリウス・コーンスタンティウス Iulius Constantius
⇒コーンスタンティウス、ユーリウス

ユーリウス氏 Gens Julia, Gens Iulia 〔← Julius,〈ギ〉Iūlios, Ἰούλιος〕, (Iulii), (伊) Gens Giulia, (葡) Gens Júlia, (露) Генс Юлиѫ

古代ローマのパトリキイー*(貴族) 身分の由緒ある名門。アエネーアース*(アイネイアース*。母は女神ウェヌス*) の子ユールス*を始祖に仰ぎ、アルバ・ロンガ*市の王室に連なる家柄と伝える。ローマ第 3 代の王トゥッルス・ホスティーリウス*によってアルバが陥落した際 (前 665)、一族はローマに移住し、その後カエサル*家、ユールス Julus 家などいくつかの門葉に分かれて存続した。とりわけカエサル家からローマ帝室が興起したため、皇室の血縁のみならず、その解放奴隷をはじめとする何らかの関係者が多数、ユーリウス氏を誇称ないし僭称するようになった。

⇒巻末系図 050

Dion. Hal. Ant. Rom. 3-29/ Tac. Ann. 2-41, 4-9, 11-24/ Liv. 1-16, -30/ Suet. Iul. 6/ Val. Max. 5-5-3/ etc.

ユーリウス・ネポース Flavius Julius Nepos, (伊) Giulio Nepote, (西) Julio Nepote, (葡) Júlio Nepote, (露) Юлий Непот

(後 430 頃〜後 480 年 4 月 25 日ないし 5 月 9 日、6 月 22 日) 西ローマ皇帝 (在位・473 / 474 年 6 月 24 日〜475 年 8 月 28 日)。イッリュリクム*の支配者マルケッリーヌス Marcellinus (? 〜468、リーキメル*に暗殺さる。有能な非キリスト教徒の将軍) の甥で、その跡を継いでダルマティア*軍総司令官となる。東ローマ皇帝レオー 1 世*の后ウェーリーナ Aelia Verina の姪と結婚し、この姻戚関係のゆえにレオー帝の後押しで西ローマ皇帝としてイタリアへ送り込まれる。先帝グリュケリウス*を廃位・放逐して、ラウェンナ*(現・ラヴェンナ) で即位。軍事的才能を期待されたが、翌 474 年にはガッリア*のわずかに残ったアルウェルニー*地方 Arverna (現・オーヴェルニュ Auvergne) を西ゴート*に割譲し (⇒シードニウス・アポッリナーリス)、さらに自分がパトリキウス*に任じた将軍オレステース*の謀叛にあってダルマティアへ逃亡 (475 年 8 月末)。その地で 5 年間生き延び、東ローマからはなお皇帝と認められていたものの、480 年グリュケリウスの策謀にかかりサローナ*(現・Solin) 近郊で部下の手によって暗殺された。東ローマからは西ローマ最後の正統な皇帝と見なされている。

⇒ロームルス・アウグストゥルス

Sid. Apoll. Epist. 5-16, 7-1, -6〜, 8-7, 12-2, 16-1〜/ Evagrius Hist. Eccl. 2-16/ Jordan./ Marcellin. Chron./ Cassiod. Chron./ Chron. Min./ Cod. Iust./ etc.

系図 401 ユーリウス・ネポース

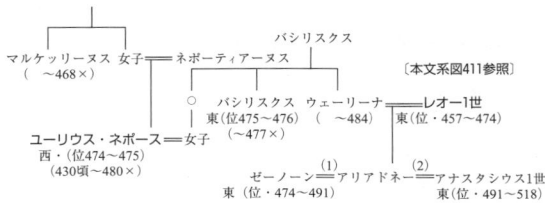

ユーリウス暦

ユーリウス暦 Kalendarium Iulianum,（ギ）Iūlianon hēmerologion, Ἰουλιανὸν ἡμερολόγιον,（英）Julian Calendar,（仏）Calendrier Julien,（独）Julianischer Kalender,（伊）Calendario giuliano,（西）Calendario juliano,（葡）Calendário juliano

ユーリウス・カエサル*が前46年に、エジプトの暦法に基づいて制定した太陽暦。伝承に従えば、ローマで初めて暦を作ったのは、建国の祖たるロームルス*であり、その暦法は月の満ち欠けを基準にした太陰暦（1年が10ヵ月、304日から成る）であったという。次いで第2代の王ヌマ*が2ヵ月を加えて、1年を12ヵ月、355日と改め、隔年毎に閏月を挿入した（前710頃）。ところが、その後、怠慢な祭司（ポンティフェクス*）たちが職権を濫用して、恣意的に閏月を入れた結果、共和制末期には暦日に3ヵ月以上のずれが生じていた。そこでカエサルは、アレクサンドレイア❶の天文学者ソーシゲネース*に委託して、エジプト暦（前239年のプトレマイオス3世*の改暦）を手本としたユーリウス暦（平年は365日。4年ごとに1日の閏日を2月に追加）を作らせ、季節と祭日とを一致させるようにした。調整のため、この前46年は実に計15ヵ月、445日という長い1年になり、「当惑の年 annus confusionis（アンヌス・コーンフーシオーニス）」と呼ばれ、キケロー*から「カエサルは地上の支配だけでは満足せず、いまや星辰をも統制している」と揶揄された。翌前45年1月1日よりユーリウス暦は施行され、またカエサルの誕生した7月は彼の氏族名をとってユーリウス月 Julius（〈英〉July）と改称された。またカエサル暗殺（前44）後に混乱した暦年をアウグストゥス*が再び改正し（前8〜）、プトレマイオス朝*エジプトを征服した8月を自らの名にちなんでアウグストゥス月 Augustus（〈英〉August）と変え、この月を31日に格上げ、代わりに2月を28日に切り詰めた。以後、このユーリウス暦はローマ帝国内で公式の暦法として広く用いられ、やがてキリスト教圏の大半の教会暦にも借用された。

1582年に教皇グレーゴリウス13世（在任・1572〜1585）が、これに若干手を加えた「グレーゴリウス暦」を制定し、ローマ・カトリック圏を中心に広まったが、それより500年以上も前にペルシアの詩人ウマル・ハイヤーム（1048〜1131）らが作った「ジャラーリー暦」（1079）の方がはるかに精度が高い。ギリシア正教など東方キリスト教会では今日でも主にユーリウス暦が用いられている（コプト教会やエティオピア教会ではディオクレーティアーヌス*紀元による暦法を遵守）。
⇒イードゥース、エウドクソス
Suet. Iul. 40, Aug. 31/ Plut. Num. 18〜19, Caes. 59/ Plin. N. H. 18-57/ App. B. Civ. 2-648/ Dio Cass. 43-26/ Macrob. Sat. 1-14/ Ov. Fast. 3-155/ Amm. Marc. 26-1/ Solin. 1-45/ Censorinus 20/ Cic. Fam. 6-14/ etc.

ユ（ー）リシーズ Ulysses
⇒ウリクセース*（ウリッセース*）（の英語形）

ユーリディス Eurydice
⇒エウリュディケー（の仏語形）

ユーリピディース Euripides
⇒エウリーピデース（の英語形）

ユーリピド Euripide
⇒エウリーピデース（の仏語形）

ユールス Julus, もしくはイウールス Iulus,（ギ）Ἴουλος,（仏）Iule,（伊）（西）Iulo
ローマ伝説中の男性名。
❶アスカニオス*（アスカニウス*）の別名。ローマのユーリウス*氏の名祖（なおや）。アスカニオスに与えられた称号・小ユーピテル（イオブス Iobus）に由来するといわれる。
❷ ❶の長子。ラティウム*の王位を、弟のシルウィウス Silvius によって追われ、祭司職のみを司ったとされる。❶と混同されることが多い。
⇒巻末系図 049〜050
Verg. Aen. 1-288, 4-274, 6-364/ Suet. Iul. 81/ Dion. Hal. Ant. Rom. 1-70/ Liv. 1-3/ Juv. 12-70/ Serv. ad Verg. G. 3-35/ Festus/ Arn./ Euseb. Chron./ etc.

ヨアニス・フリソストモス Ioannes Khrysostomos
⇒イオーアンネース・クリューソストモス

ヨウィアーヌス Flavius Claudius Iovianus, Jovianus,（ギ）Iobianos, Ἰοβιανός,（英）（独）Jovian,（仏）Jovien,（伊）Gioviano,（西）（葡）Joviano,（露）Иовиан,（現ギリシア語）Iovianós

（後331〜364年2月17日）ローマ皇帝（在位363年6月27日〜364年2月17日）パンノニア*出身。名将ウァッローニアーヌス Varronianus の息子。ユーリアーヌス*帝の近衛軍副司令官としてペルシア遠征に参加、帝の陣没後、軍隊に推されて登極（363年6月27日）。シャープール2世*との間に屈辱的な和議を結び、ティグリス*河以東をペルシアに割譲、アルメニアー*に対する宗主権も放棄して軍を撤退した。キリスト教徒たることを公言して先帝の方針を覆し、没収財産を教会に返還するよう命令。アンティオケイア❶*にあったトライヤーヌス*神殿とその図書館を焼き払った。優柔不断で酒色に溺れ、首都コーンスタンティーノポリス*へ向かう道中、ガラティアー*で急死した（33歳、在位8ヵ月弱）。死因は葡萄酒の飲み過ぎとも、茸の食べ過ぎとも、暖房用の炭火による中毒死とも、側近による毒殺ともさまざまに取り沙汰されている。
⇒サルーティウス、ウァレンティーニアーヌス1世、プロコピウス
Amm. Marc. 25-5〜10/ Eutrop. 10-17〜18/ Zosimus 3/ Zonar. 2/ Oros. 7-31/ Sozom. 6-3/ Philostorgius 8-5/ Agathias 4/ etc.

ヨウィーヌス Jovinus, Iovinus, （ギ）Iobīnos, Ἰοβῖνος（仏）Jovin, （伊）Giovino, （西）Jovino, （露）Иовин

（？〜後413）西ローマ帝国の僭帝（在位・411〜413）。ホノーリウス*帝の治下、ガッリア*に侵入したブルグンド*族（ブルグンディー*）とアラン人*（アラーニー*）の首長により擁立された傀儡帝。翌412年には兄弟のセバスティアーヌス Sebastianus（在位・412〜413）を同格の正帝アウグストゥス*とするが、間もなく兄弟揃って西ゴート王アタウルフス*に捕われ、ナルボー*（現・ナルボンヌ）で処刑されたのち、2人の首級はホノーリウスのもとへ送り届けられた。
⇒アッタルス
Philostorgius 12/ Olympiodorus/ Marcellin. Chronicon/ Sid Apoll. Epist. 5-9/ Oros. 7-42/ Greg. Turon. 2-9/ etc.

ヨーセーブス、フラーウィウス Flavius Josephus
⇒イオーセーポス

ヨッパ Joppa
⇒イオペー（のラテン語形）

ヨハネ Johannes
⇒イオーアンネース、または、ヨーハンネース

ヨハネス・クリュソストモス Iohannes Chrysostomus
⇒イオーアンネース・クリューソストモス

ヨーハーネース・ヒュルカヌス Johannes Hyrcanus
⇒ヒュルカノス、イオーアンネース

ヨハネ・ヒルカノス John Hyrcanus, Johannes Hyrcanus
⇒ヒュルカノス、イオーアンネース

ヨーハンネース Johannes, Iohannes, （ギ）Ioannes, Ἰωάννης, （英）Joannes, （仏）Jean

（対立皇帝）（後380頃〜425年10月）西ローマ帝国の簒奪帝（在位・423年8月25日〜425年5／6月）。ホノーリウス*帝の秘書官長という要職を務めていたが、帝の死（423）後、空位となった玉座に即き、フン*族（フンニー*）と同盟して東ローマを攻撃しようと図った。東ローマ帝テオドシウス2世*は、この僭帝を討伐するべく軍隊をイタリアへ派遣。捕われたヨーハンネースは右手を切り落とされてから、驢馬に乗せられ衆人の嘲罵にさらされたのち、アクィレイヤ*の大競走場キルクス*で斬首されて果てた（在位は18ヵ月間とも）。コーンスタンティーノポリス*に亡命していた幼いウァレンティーニアーヌス3世*が新たに西ローマ皇帝となり、（425年10月23日）、アウグスタ*であるその母后ガッラ・プラキディア*（ホノーリウスの異母妹）が事実上の女帝として君臨した。
⇒ボニファーティウス、アエティウス
Philostorgius 12/ Socrates Hist. Eccl. 7-23/ Procl. 3-3/ Olympiodorus/ etc.

ヨーハンネース・カッシアーヌス Johannes Cassianus
⇒カッシアーヌス、ヨーアンネース

ヨーハンネース・クリューソストムス Johannes Chrysostomus
⇒イオーアンネース・クリューソストモス（のラテン語形）

ヨルダーネース（イオルダーネース） Jordanes, （ギ）Iordanes, Ἰορδάνης, （ヨルナンデース Jornandes, Jordanis）, （仏）Jordanès, Jornandès, （伊）Giordano, Giordane, （露）Иордан

（後6世紀）南ロシアのゴート*族出身の歴史家。アラン人*（アラーニー*）王の書記を務め、キリスト教に転向、のち南イタリアのクロトーン*司教となったらしい。テッサロニーケー*で551年までの『ローマ民族全史 De Summa Temporum vel Origine Actibusque Gentis Romanorum』（略称 Romana）を著わし、またカッシオドールス*の史書の摘要『ゴート族の起源と活動について De Origine Actibusque Getarum』（略称 Getica）を記述（後551）、文章は拙劣だがカッシオドールスの原作の失われた今日、史料として貴重である。
⇒ゴトーネース（ゴティー）
Jordan. Romana, Getica

ヨーロッパ Europa, （アラビア語）ʿŪrūbbā, （トルコ語）Avrúpa, （ペルシア語）Orūpā
⇒エウローペー

ヨーロッパ （ギ）エウローペー Europe, Εὐρώπη, （ラ）エウローパ Europa, （露）Европа, （現ギリシア語）Evrópi, （アラビア語）ʿŪrūbbā, （ペルシア語）Orūpā, （トルコ語）Avrúpa, （漢）欧羅巴

アッシュリアー*語で「日没」を意味する irib（アッカド語）erebu に由来する地名（異説あり）。神話上の名祖エウローペー*はフェニキア*の王女にしてクレーター*王家の祖とされている。『ホメーロス讃歌集*』にギリシア本土を指す言葉として現われ、やがてこの語はアジア（アシアー*）に対立するギリシア側の大陸名となった（前500頃までに）。南は地中海、西は大西洋、東はエーゲ海・黒海*に囲まれ、アジアとの境界は通常タナイス*（ドン）河に置かれた。地中海周辺および大西洋沿岸地域は、古くから海洋民族フェニキア人によって開発され、次いでギリシア人の活躍する舞台となったが、北欧に関しては、帝政ローマ時代に遠征が行なわれるまで、琥珀交易や植民活動を通じて得られたなかば伝説的な知識しか記録に留められていない（⇒ヒュペルボレオイ人、トゥーレー島）。
Hymn. Hom. Ap. 250, 290/ Mela 2-1/ Plin. N. H. 3-1〜/ Herodot. 4-42〜/ Diod. 11-62/ Strab./ Ptol. Geog. 2〜3/

Steph. Byz./ etc.

四百人寡頭政（アテーナイ*の）（ギ）hoi Tetrakosioi, οἱ τετρακόσιοι,（ラ）Quadrigentī,（英）The Four Hundred,（仏）les Quatre-Cents,（独）die Vierhundert,（伊）Consiglio dei Quattrocento,（西）Los Cuatrocientos

四百人政権、四百人会、四百人評議会とも。

ペロポンネーソス戦争*（前431〜前404）中の前411年、アテーナイ*に成立した寡頭政権。シケリアー*（現・シチリア）遠征の失敗（前413）後、アテーナイでは野心家アルキビアデース*に鼓吹されて寡頭政樹立の動きが激しくなり、民主派暗殺のテロが頻々として勃発。前411年5月末、武力の威圧のもとにアンティポーン*、ペイサンドロス*らを首謀者とする400人の市民から成る寡頭政体が打ち立てられた。しかしこの政権は、スパルタ*との和議に失敗し、海戦に敗れてエウボイア*島を失った結果、わずか4ヵ月で倒れ（同年9月）、重装歩兵たり得る9千人の市民が参政権を握る穏和寡頭政（武具を自弁できぬために切り捨てられた人数を皮肉って「五千人会」と称される。〜前410年6月）がこれに代わった。

⇒テーラメネース、三十人僭主

Thuc. 8-63〜98/ Arist. Ath. Pol. 29〜33/ Plut. Mor. 833/ Diod. 13-34, -36, -38/ etc.

ラ行

ラーイオス　Laios, Λάϊος, Laius, (仏) Laïos, Laïus, (伊) (葡) Laio, (西) Layo, (露) Лай, Лаий

ギリシア神話中のテーバイ❶*王。ラブダコス*の子で、カドモス*の曾孫。イオカステー*の夫（⇒巻末系図006）。悲劇の英雄オイディプース*の父親。父王が死んだ時、まだ1歳だったので、外戚のリュコス*が摂政となって国政を牛耳ったが、のちアンピーオーン*とゼートス*がリュコスを殺して王位を簒奪、そのため追放されたラーイオスはペロプス*の宮廷へ身を寄せた。しかるに、ペロプスの息子クリューシッポス*に戦車の御し方を教えている間に、この若者の美しい容姿に想いを寄せるようになり、やがてテーバイ王として復位する際、彼を強奪して犯したため、ペロプスから呪詛をかけられた（よってラーイオスは名門の少年を愛した最初の男とされ、以来テーバイでは男色は賞賛に価する美事になったという）。一説では、クリューシッポスの愛をめぐって息子のオイディプースと相争った結果、オイディプースに殺されたとされている。「自らの子によって命を失うであろう」というアポッローン*の神託を信じて女色を慎んでいたが、ある時酒に酔って妻と交わり、オイディプースが生まれたので、赤児を山中に棄てさせた。詳しくはオイディプースの項を参照。なおペロプスの呪いのせいで、その後テーバイ王家は数々の惨劇に見舞われることになった。

ちなみに、フランス語で近代以後、演説や仰々しい美辞麗句を意味するlaïusなる単語は、彼の名前から派生したものである。

⇒テーバイ攻めの七将、エピゴノイ

Herodot. 5-59〜/ Apollod. 3-5-5, -5-7〜, -15-7/ Soph. O. T./ Eur. Phoen./ Aesch. Sept./ Hyg. Fab. 9, 66, 76, 85, 242/ Paus. 4-8-8, 9-2-4, -5-5〜, 10-5-3〜/ Ael. V. H. 13-5/ Ath. 13-602f〜/ Diod. 4-64/ Cic. Tusc. 4-33/ etc.

ラーイス　Laïs, Λαΐς, Lais, (伊) Laide

（前5世紀後半〜前4世紀）コリントス*で艶名を謳われた高級娼婦（ヘタイラー*）。同じ源氏名で知られる遊女が何人かいる。最も著名なのがペロポンネーソス戦争*時代（前431〜前404）に名妓の評判の高かったラーイスで、当今並ぶ者のない絶世の美女と称されたが、強欲で気紛れな点でも名高かった。すでに老人となっていた大彫刻家ミュローン*のモデルを務めた時に彼から言い寄られ、翌日ミュローンが若造りに化粧して再び近づいてくると、彼女はさりげなく「私が昨日あなたの父上にお断りしたことを、今度は息子のあなたが聞きにいらしたのですか」とかわしたという。キューレーネー*の運動選手エウボタース Eubotasに一目惚れしたラーイスは、「私も一緒にキューレーネーへ連れて行って」と結婚をせがみ、男から約束をとりつけたものの、男はオリュンピア競技祭*で優勝するや、彼女の肖像画だけを故郷へ持ち帰り、「私は確かにラーイスを連れて帰った」と言って口先だけの約束を果たしたことを主張（前408頃）。以来ラーイスは酒浸りの晩年を過ごし、コリントスに葬られた。

もう1人のラーイスは、美丈夫アルキビアデース*の情婦ティーマンドラー Timandraの娘で、シケリアー*（現・シチリア）島北岸の町ヒュッカラ*の出身。7歳の時（前414）、ニーキアース*麾下のアテーナイ*軍に捕われ、コリントスに売られてきて娼婦となった。かの名妓プリューネー*と同年代の彼女は、画家アペッレース*に見初められてモデルを務めたほか、快楽主義者のアリスティッポス*、弁論家のデーモテネース❷*、キュニコス（犬儒）派のディオゲネース*ら愛人の群れを集めて、プリューネーと張り合った。美貌の点で抜きん出ていたが決して高ぶらず、相手が貧しくても裕福な客と同じようにあしらった（ディオゲネースに対しては彼女自ら呼び入れて無料で肌を許したという）。彼女に大金をつぎ込んでいるアリスティッポスにある人が「ラーイスはその金を貧しいディオゲネースにやって彼といちゃついていますよ」と注意すると、アリスティッポスは「私が彼女にしこたま貢いでいるのは、私が彼女を楽しむためで、他人が楽しむ邪魔をするためではないのだ」と悠然と答え、また「ラーイスはあなたのことなど愛してはいない」と告げ口した男に対しては、「酒も魚も私を愛してくれはしないが、それでも私はありがたく頂戴している」と言ったと伝えられている。のち彼女はテッサリアー*の若者ヒッポロコス Hippolokhosに夢中になり、コリントスの町も大勢の顧客も捨ててテッサリアーへ赴いたが、地元の女たちに嫉妬され、石で打ち殺されて果てたという（前340頃）。

⇒ターイス、ラミアー、ロドーピス、アスパシアー❶

Ath. 4-137d, 12-544b, 13-535c, -570b〜d, -574e, -582c〜d, -584d, -587d〜, -588c〜589c/ Paus. 2-2-4〜5/ Plut. Alc. 39, Mor. 750, 759, 767〜768/ Ael. V. H. 10-2, 12-5, 14-35/ Diog. Laert. 2-74, -84, 4-7/ Clem. Al. Strom. 3-447/ Auson. Epig. 17/ Anth. Pal. 6-1/ Gell. 1-8/ etc.

ライストリューゴネス（人）　Laistrygones, Λαιστρυγόνες, Laestrygones, (〈単〉ライストリューゴーン Laistrygon, Λαιστρυγών, Laestrygon), (英) L(a)estrygonians, (仏) Lestrygons, (独) Lästrygonen, (伊) Lestrigoni, (西) Lestrigones (葡) Lestrigões, (露) Лестригоны

ギリシア伝説中の食人巨人族。その国では夜が極端に短く、首都はポセイドーン*の子ラモス Lamosの築いたテーレピュロス Telepylosであった。オデュッセウス*がトロイアー*からの帰途、この地に寄港したところ、偵察に送った部下を王アンティパテース*に食われてしまい、逃れんとした一行12隻のうちオデュッセウスの乗船を除くすべてが巨人族に破壊され、乗組員たちは銛で突き刺されて食

用にされた。後世の伝承によれば、この国はシケリアー*（現・シチリア）島のレオンティーノイ*の近郊、ないしはイタリアのフォルミアエ*の近くにあったとされている。
⇒ラミア、アントローポパゴイ

Hom. Od. 10-81～, -199, 23-318～/ Thuc. 6-2/ Cic. Att. 2-13/ Apollod. Epit. 7-12/ Hor. Carm. 3-16/ Gell. N. A. 15-21/ Ov. Met. 14-233～/ Hyg. Fab. 125/ Lycoph. Alex. 662, 956/ Hesych./ etc.

ライラプス　Lailaps, Λαῖλαψ, Laelaps (Lelaps), （伊）Lelope, （露）Лелап

（「暴風・突風」の意）ギリシア神話中、追いかけた獲物は必ず捕えるという駿足の猟犬。プロクリス*がミーノース*王ないし女神アルテミス*から得たのち、夫ケパロス*に与えた犬で、後年テーバイ❶*を荒らし回る雌狐を退治するべくアンピトリュオーン*（ヘーラクレース*の養父）に貸し与えられた。このテウメーッサ Teumessa の雌狐は、毎月子供1人を生贄として要求し、追いかけられても決して捉まらない運命をもった不思議な獣で、ライラプスに追われている最中、ゼウス*によって犬ともども石と化せられたという。ライラプスは南天の「大犬座（ラ）Canis Major」として空にあげられたとされ、一説にはアクタイオーン*を食い殺した猟犬の名だとも伝えられる。

Ov. Met. 7-771～/ Hyg. Fab. 189, Poet. Astr. 2-35/ Apollod. 2-4-6～, 3-15-1/ Ant. Lib. Met. 41/ Paus. 9-19-1/ etc.

ラーウィーニア　Lavinia, （ギ）Lauīniā, Λαουινία, （仏）Lavinie, （葡）Lavínia, （露）Лавиния

ローマ伝説中、ラティーヌス*王とアマータ*の1人娘。母方の従兄弟トゥルヌス*と婚約していたが、父王によりアエネーアース*（アイネイアース*）の妻として与えられた。アエネーアースは1市を建設し、妻の名にちなんでラーウィーニウム*と呼んだ。異説では彼女はユールス*（アスカニオス*）の母であるとされるが、ふつうユールスはアエネーアースと先妻との子で、ラーウィーニアの実子はシルウィウス Silvius ということになっている。アエネーアースが没した時、シルウィウスを身籠もっていた彼女は、継子ユールスに害されることを恐れて森に逃れ、そこでシルウィウスを育てたという。ともあれ彼女の子孫が代々アルバ・ロンガ*王位を継承し、さらにはローマの建国者ロームルス*、レムス*兄弟を出したと伝えられる。
⇒巻末系図 049～050

Liv. 1-1～/ Dion. Hal. Ant. Rom. 1-59～/ Verg. Aen. 7～12/ Ov. Met. 14-449～/ Plut. Rom. 2/ Ael. N. A. 11-16/ Strab. 5-229/ Tzetz. ad Lycoph. 1232/ Serv. ad Verg. Aen. 1-2/ etc.

ラーウィーニウム　Lavinium, （ギ）Lauīnion, Λαουῖνιον, Labīnion, Λαβίνιον, （西）Lavinio, （露）Лавиниум

（現・Pratica di Mare）ラティウム*の町。ローマの南方12マイル（19km）ほどのアッピウス街道*（ウィア・アッピア*）沿いに位置する。伝承では、アエネーアース*（アイネイアース*）がラティウムに上陸した土地で、ここに1市を建設（再建とも）し、妻ラーウィーニア*を記念してラーウィーニウムと名命したとされる。歴史時代には、執政官(コーンスル*)や法務官(プラエトル*)らが、官職就任や属州赴任の折に、この地でウェスタ*女神に犠牲を捧げる習いになっており、帝政期になると郊外の森林地帯に象の群れが飼育されていたという。現在も近郊に別荘 villa（ウィッラ）の遺跡がいくらか残っていて、そのうちの1軒はかの小プリーニウス*の所有していたものと同定され、また他の別荘跡からはミュローン*のディスコボロス Diskobolos（円盤を投げる人）の模刻が発見されている。ラーウィーニウムの住民はラウレンテース Laurentes（ラウレントゥム*市民）と呼ばれたが、ラウレントゥムなる町は――かつては実在したと信じられていたが――、現実には存在しなかったと考証されている。

前7世紀にアエネーアースを祀る霊廟が建てられたといい、ラティウム同盟*の聖域だったことを証する一連の祭壇群（前6世紀～前2世紀）や、ギリシア文明伝来の痕跡を留める若者（クーロス*）や乙女（コレー*）のブロンズ像が少なからず発掘されている。
⇒ラーヌウィウム

Liv. 1-1, -3, 8-11/ Ov. Met. 15-728/ Verg. Aen. 1-2, -258, -270, 4-236, 6-84/ Dion. Hal. Ant. Rom. 1-45, -51～, -59, -64/ Strab. 5-229, -232/ Varro Rust. 2-4, Ling. 5-144/ Solin. 2-14/ Juv. 12-71/ It. Ant./ Steph. Byz./ etc.

ラウェルナ　Laverna, （ギ）Labernē, Λαβέρνη

ローマの盗賊や詐欺師を守護する女神。元来イタリアの古い下界の神霊で、暗闇との関係から盗人の女神と見なされるようになったと考えられる。ローマではアウェンティーヌス*丘のラウェルナ門 Porta Lavernalis 近くに祭壇が祀られ、サラーリウス街道*（ウィア・サラーリア*）沿いに聖林が捧げられていた。

Arn. Adv. Nat. 3-26/ Hor. Epist. 1-16/ Varro Ling. 5-163/ Plut. Sul. 6/ Festus/ Plaut./ etc.

ラウェンナ　Ravenna, （ギ）Rhaūenna, Ῥαούεννα, Rhabenna, Ῥάβεννα, Rhūenna, Ῥούεννα, （仏）Ravenne, （西）Rávena, Ravena, （露）Равенна

（現・ラヴェンナ Ravenna,〈ロマーニャ方言〉Ravêna）イタリア半島東北部、ガッリア・キサルピーナ*（ガッリア・キスパダーナ*）のアドリア海岸の都市。テッサリアー*人によって創建されたと伝えられるが、のちエトルーリア*人に支配され（前6～前4世紀）、歴史時代にはウンブリア*人の町となっていた。ガッリア*系ボイイー*族の占領を経て、前191年ローマの版図に併呑される。降ってオクターウィアーヌス*（アウグストゥス*）の時代に、ミーセーヌム*と並ぶローマ海軍の基地が置かれ、250隻の艦隊を擁する港湾施設が都市の南部に建造された（前38～前31頃）。町は6kmの運河 Fossa Augusta で海と結ばれ、パドゥス*（現・ポー）河口に近い交通の要衝として繁栄した。給水の便が

悪く水は葡萄酒よりも高価だったので、トライヤーヌス*帝は約70kmに及ぶ上水道（アクァエドゥクトゥス*）を建設して状況を改善した。干潟や沼地に囲まれて要塞堅固な地勢であったため、ゲルマーニア*人（⇒マルボドゥウス）やパンノニア*人らの著名な捕虜や政治犯が、しばしばこの町に抑留され、また後402年以降は西ローマ帝国の首都となった（⇒ホノーリウス）。西ローマ滅亡後もオドアケル*、東ゴート*王テオドリークス*らの宮廷が置かれ、540年に将軍ベリサーリウス Belisarius (505頃〜565) に征服されてからは、東ローマ帝国の総督府の所在地となった（〜751年まで）。ローマ帝政初期の諸神殿や劇場などは失われてしまったが、5世紀に属する建造物で今なお残るものとしては、華麗なモザイク画の描かれたガッラ・プラキディア*の墓廟（マウソーレーウム*）とアレイオス*（アリーウス*）派の洗礼堂 Baptisterium が有名。その他、6世紀のテオドリークスの霊廟（マウソーレーウム）やサンタポリナーレ・ヌオーヴォ Sant' Apollinare Nuovo 教会、サンタポリナーレ・イン・クラッセ Sant' Apollinare in Classe 教会、サン・ヴィターレ San Vitale 教会などのバシリカ*も重要な歴史遺産として逸することができない。
⇒アリーミヌム
Plin. N. H. 3-15/ Mela 2-4/ Sil. 8-603/ Caes. B. Civ. 1-5/ Suet. Aug. 49, Tib. 20/ Mart. 3-93, 13-21/ Cic. Att. 7-1, Fam. 1-9/ Tac. Ann. 4-5, Hist. 2-100/ Strab. 5-213〜/ App. B. Civ. 1-89/ etc.

ラウレイオン　Laureion (Laurion), Λαύρειον (Λαύριον), Laurium,（伊）Laurio,（西）Laurión,（露）Лаврион

（現・Lávrio）アッティケー*（アッティカ*）地方東南端、スーニオン*岬の北方にある鉱山。エーゲ海域で最大級の銀産地として有名。鉄器時代の初期から採掘が始まり、アテーナイ*の主要な財源となり、多量の銀貨が鋳造されて広くエーゲ海一帯で流通した。ペルシア戦争*以前、余剰分はアテーナイ市民の間で分配する慣行があったが、テミストクレース*は前483年に新しい鉱床が発見されると、市民を説いてそれを分配せずに、大規模な艦隊建設の費用にふり充てて海軍力を強化、そのおかげでサラミース❶*戦の勝利（前480）と後の海上覇権がアテーナイにもたらされることになった。請負人制で多数の奴隷が使役されており、ペロポンネーソス戦争*中の前413年、スパルタ*がデケレイア*を占領した時には、アテーナイは銀山の閉鎖を余儀なくされ、鉱山奴隷の逃亡と国庫収入の減少のせいですこぶる困窮した。前3世紀以降、漸次衰退に向かい、前2世紀末には奴隷の叛乱が勃発（前135／133、前104頃〜前100）、ストラボーン*（前64頃〜後21頃）の時代にはすでに銀鉱脈は枯渇していたらしく、今日はその遺構を留めるばかりである。
Herodot. 7-144/ Thuc. 2-55, 6-91/ Plut. Them. 4/ Strab. 9-399/ Paus. 1-1/ Ar. Av. 1106/ Xen. Mem. 3-6, Vect. 4-2/ etc.

ラウレンティア・アッカ　Laurentia, Acca
⇒アッカ・ラーレンティア

ラウレントゥム　Laurentum,（ギ）Laurenton, Λαύρεντον,（伊）（西）Laurento

（現・Tor Paterno、Torre di Paterno、San Lorenzo）ラティウム*の古都。アエネーアース*（アイネイアース*）が来着した時には、ラティーヌス*王が支配していた。ティベリス*（現・テーヴェレ）河口の東南数マイルに位置する海港市とされるが、近年この町はラーウィーニウム*と同一市であったと考証されている。ラウレントゥムの名は、この地に群生していた月桂樹 laurus に由来し、ラティーヌスはその中で最も立派な木をアポッロー*神に捧げたという。
　ローマの外港オースティア*の南方に当たるこの地は、帝政期に皇帝や富裕層の別荘地として発展し、コンモドゥス*ら諸帝が滞在、小プリーニウス*の別荘 villa（ウィッラ）の遺跡も発掘されている。
Strab. 5-232/ Mela 2-4/ Liv. 1-1/ Verg. Aen. 5-797, 7-59〜/ Plin. Ep. 2-17/ Herodian. 1-12/ Dion. Hal. Ant. Rom. 1-45, -53〜/ etc.

ラエティー　R(h)aeti（ラエティア*人）,（英）Raetians
⇒ラエティア

ラエティア　R(h)aetia,（ギ）Rhaitiā, Ῥαιτία,（仏）Rhétie,（独）Rätien,（伊）Rezia,（西）Recia,（葡）Récia,（露）Реция, Ретия

ヨーロッパ中部、アルプス山脈とドーナウ（ダーヌビウス*）河の間の険しい山岳地帯。ノーリクム*の西、ヘルウェーティア Helvetia（現・スイス一帯）の東、ウィンデリキア*の南に位し、今日のティロル Tirol 地方およびバイエルン Bayern とスイスの一部に相当する。ラエティア人（ラエティー*）は、伝承によると、エトルーリア*系の民族であったが、ガッリア*人に駆逐されてアルプス（アルペース*）の北方へ移住したといい、言葉はエトルーリア語の影響が濃厚である。異説では、好戦的なイッリュリアー*人の一部族で、ケルト*（ガッリア）人と混合し、しばしばアルプスを越えてガッリア・キサルピーナ*に南侵した。そのため前15年、ティベリウス*（のち第2代ローマ皇帝）と大ドルーススス*兄弟の率いるローマ軍に征服され、元首属州（皇帝属州）ラエティアが編成された。次いで後1世紀末頃、ラエティアは北のウィンデリキアを併合、よって史家タキトゥス*はアウグスタ・ウィンデリコールム Augusta Vindelicorum（現・アウクスブルク Augsburg）を「ラエティア州の最も壮麗な植民市」と呼んでいる。ディオクレーティアーヌス*帝（在位・284〜305）の治下、属州ラエティアは南北に分割され、ラエティア・プリーマ R. Prima（本来のラエティア地方）とラエティア・セクンダ R. Secunda（元のウィンデリキア地方）の2州が成立。いずれもイタリア管区に含まれた。4世紀以来アラマンニー*族をはじめとするゲルマーニア*人の侵寇が激しくなり、5世紀中頃に

は完全にゲルマーニア系異民族バルバリーbarbari に占領された。なおローマ帝政初期にラエティア産の葡萄は高い評価を受け、アウグストゥス*は特にラエティア葡萄酒を愛飲したという（⇒セーティア、ファレルヌス）。

Plin. N. H. 3-20/ Tac. Germ. 41/ Suet. Aug. 21, 77, Tib. 9/ Just. 20-5/ Tac. Ann. 1-44, Hist. 1-59, 2-98, 3-5/ Strab. 4-204, -206～, 7-292, -313/ Ptol. Geog. 2-12/ Liv. 5-33/ Polyb. 34-10/ Hor. Carm. 4-4/ etc.

ラエナース、ポピ（ッ）リウス　Popil(l)ius Laenas, （ギ）Popilios Lainās, Ποπίλιος Λαίνας, （仏）Lénas, （伊）（葡）Lenate, （露）Ленат

ローマのプレーベース*（平民）系のポピリウス氏 Gens Popil(l)ia 出身の政治家。初代のマールクス M. Popilius（前359年の執政官コーンスル*）が、犠牲を捧げている最中に暴動の知らせを受け、儀式用の外套ラエナlaena を羽織ったままフォルム*へ急行して騒ぎを鎮めたことから、ラエナースなる家名コグノーメンcognomen がついたと伝えられる（Cic. Brut. 14, Liv. 7-12, etc.）。この一家は残忍と倨傲によって悪名高いが、その最も著名な者は、以下の通り。

❶ガーイウス・ポピリウス・ラエナース Gaius Popilius Laenas（前2世紀前半に活躍。前172年、前158年執政官在任）兄のマールクス M. Popilius Laenas は、前173年の執政官としてリグリア*山岳部族に攻撃をしかけ、彼らを虐殺・劫掠したうえ、元老院の反対を無視して降伏者を奴隷に売り、町を破壊、土地を強奪した。ローマに帰還後、法廷へ喚問されるが一族の勢力のおかげで罪を免れ、あまつさえ前159年の監察官ケーンソル*にまで選ばれて苛酷に振る舞った。

弟のガーイウスは、前172年に執政官となって兄マールクスの暴挙を支持し、その無罪判決獲得に尽力した。セレウコス朝*シュリアー*の王アンティオコス4世*エピパネースがエジプトに侵略した時には、3人の使節の1人として現地へ赴き、元老院の名においてエジプトからの撤退を要求、アンティオコスが即答せず「考慮しておこう」と返事をすると、彼は杖で王の周りの砂に円を描き、その中から出ぬうちに決めるよう命じた。ローマの権威を笠に着たこの威丈高な態度に気圧された王は、即座に服従を約して立ち去ったという（前168）。

系図402　ラエナース、ポピ（ッ）リウス

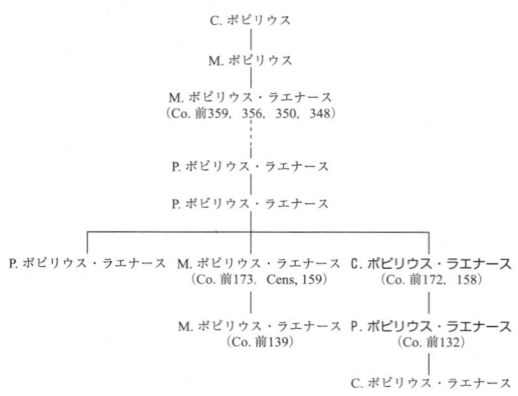

Liv. 42-22, 43-19, 45-12, Epit. 47/ Gell. 4-20/ Val. Max. 6-4/ Vell. Pat. 1-10/ App. Syr. 131/ Polyb. 29-27/ Cic. Phil./ Fast. Capitol./ etc.

❷プーブリウス・ポピリウス・ラエナース Publius Popilius Laenas（前2世紀後半に活動）❶の子。前132年の執政官コーンスル*となり、前年に殺された Ti. グラックス❸*（改革者グラックス兄弟*の兄の方）の支持者らを厳格に処罰、裁判抜きで追放したり、毒蛇のいる檻の中に放り込んで咬み殺させたりした（⇒ルピリウス）。前123年に C. グラックス*（Ti. の弟）の報復を恐れて亡命し、2年後に C. グラックスが暗殺されて閥族派オプティマーテース*が凱歌をあげるまでローマへ帰らなかった（前121、⇒ベースティア）。彼はポピリウス街道*（ウィア・ポピリア*）の建設者と考えられる。

なお、同じラエナースの一門からは、前85年度の護民官トリブーヌス・プレービス*となってマリウス*の反対派粛清に加わり、前任者ルーキーリウス Lucilius をタルペイヤ*の丘から突き落として殺したり、同僚の護民官たちを追放したりしたプーブリウス Publius Popilius Laenas や、前43年に雄弁家キケロー*を殺害し、その首と右手を M. アントーニウス*のもとへもたらして、100万セーステルティウスもの賞金を獲得した軍民官ガーイウス Gaius Popilius Laenas らが出ている。

Cic. Amic. 11, Brut. 25, Verr. 1-13/ Val. Max. 4-7/ Vell. Pat. 2-7, -24/ Plut. Gracch. 20/ App. B. Civ. 2-115～116, 4-19, Mith. 17/ etc.

ラエリアーヌス　C. Ulpius Cornelius Laelianus

（?～後268／269年）ローマの簒奪帝。ポストゥムス*の項を参照。

ラエリウス、ガーイウス　Gaius Laelius, （ギ）Gaios Lailios, Γάϊος Λαίλιος, （伊）Gaio Lelio, （西）Cayo Lelio, （葡）Caio Lélio

ローマのプレーベース*（平民）系のラエリウス氏 Gens Laelia 出身の男性名。

❶（前235頃～前160頃）マイヨル Major（父）。大ラエリウス。ローマの軍人、政治家。スキーピオー・大アーフリカーヌス*（大スキーピオー*）の友人として、ヒスパーニア*遠征（前209～前206）に同行し、カルターゴー・ノウァ*（現・カルタヘーナ）攻略で艦隊の指揮を執るなど活躍。シキリア*（現・シチリア）（前205）、そしてアーフリカ*遠征（前204～前202）にも随伴して、カルターゴー*側のヌミディア*王シュパークス*を捕捉（前203）、ザマ*の戦いでは左翼のローマ騎兵隊を指揮した（前202）。武功を賞して金の冠を贈られ、官職を歴任、前190年には L. スキーピオー・アシアーティクス*（大アーフリカーヌスの弟）と並んで執政官コーンスル*となり、近年征服されたガッリア・キサルピーナ*（⇒ボイイー）の植民地化に従事した（前189～前188）。後年ギリシアの史家ポリュビオス*と会っており、知己大アーフリカーヌスに関する想い出を彼に語ったものと見られている（前160頃）。なおラエリウスは生涯ただ1人の妻

としか交わらなかった一穴主義者として知られる。
Polyb. 10〜11, 14〜15/ Liv. 26-42, -48, -51, 27-7, -18, 28-17〜20, -23, -30, -33, -38, 29-1〜27, 30-3〜6, -9〜25, -33〜35/ Plut. Cat. Min. 7/ Vell. Pat. 2-127/ App. Hisp. 25〜, Pun. 26〜/ Val. Max. 5-5, 6-9/ etc.

❷（前190／186頃〜前125頃）❶の子。ローマの政治家・軍人。雄弁家、文人としての名も高い。スキーピオー・アエミリアーヌス・小アーフリカーヌス*（小スキーピオー*）の美貌の知己。学識深くストアー*派哲学の教説を奉じていたので、サピエーンス Sapiens（賢者）と称された — 異説によると、この渾名がついたのは、有力者の反対と騒擾の出来を恐れて土地改革を思い留まった「政治的賢明さ」の故であるという — 。*

前151年に護民官<small>トリブーヌス・プレービス</small>となり、第3次ポエニー戦争*（前149〜前146）では小スキーピオーに従ってアーフリカ*へ渡りカルターゴー*攻撃に参加、敵市の城壁に一番乗りの功名を立てる。前145年、法務官<small>プラエトル</small>としてヒスパーニア*でウィリアートゥス*との戦闘に従事し、帰国後執政官<small>コーンスル</small>職に就任（前140）、貧富の差を是正するべく国有地の再分配法案を提出したものの、上記の理由から慎重な態度をとる。しかもティベリウス・グラックス❸*（グラックス兄弟*の兄の方）の改革に反対し、その殺害後にはグラックス一党の処刑に協力した（前132）。ラエリウスは小スキーピオーの文芸サークルにおける中心的存在と目され（現代の学者は文芸サークルに対して否定的だが）、ギリシア文化の移入に尽力する一方、流麗なラテン語の文体確立に意を用いた。ためにテレンティウス*の喜劇の本当の作者は彼であるという風説が流れたほどで、ラエリウス自身はこの噂を肯定も否定もしなかった。文事に明るいばかりでなく、友情に篤い英邁な人格者とされ、後年キケロー*はその著『友情論』においてラエリウスを主人公に仕立て上げたほか、『老年論』『国家論』でも話し手の1人にしている。娘ラエリア Laelia Major が Q. ムーキウス・スカエウォラ❶*に嫁いだことから、大ポンペイユス*の3番目の妻ムーキア*や5番目の妻コルネーリア❸*の先祖ともなった（⇒本文系図209）。
⇒パナイティオス、パークウィウス、C. ルーキーリウス、アッキウス
Cic. Amic., Sen., Rep., De Or., Brut., Off., Tusc., Fin., Att.

Nat. D., Phil./ Plut. Gracch. 8/ Sen. Ep. 11, 104, Q. Nat. 6-32/ Vell. Pat. 2-127/ Val. Max. 4-7/ Suet. Poet. 11-1/ Liv. Epit. 59/ Gell. 1-22-8, 16-4-2/ etc.

ラーエルテース Laertes, Λαέρτης, Laërtes,（仏）Laërte,（伊）（葡）Laerte,（露）Лаэрт

ギリシア神話中、イタケー*の王で、英雄オデュッセウス*の父。有名な盗賊アウトリュコス*の娘アンティクレイア*を娶ったが、彼女はすでにシーシュポス*によってオデュッセウスを孕んでいたともいう。ラーエルテースはカリュドーン*の猪狩りやアルゴナウテース*たち（アルゴナウタイ*）の遠征に参加。存命中に支配権をオデュッセウスに譲り、息子のトロイアー*出陣中は田園に退いて農耕に従事していた。オデュッセウスの帰国後、彼は女神アテーナー*の力で若返り、息子とともにペーネロペー*の求婚者たちの親族と戦った。
Hom. Il. 2-173, 3-200, Od. 1-189〜, 11-187〜, 16-138〜, 23-359〜, 24-205〜/ Diod. 4-48/ Ov. Her. 1-98, -113, Met. 8-315/ Hyg. Fab. 95, 125, 173, 189, 201, 251/ Cic. Sen. 15/ Apollod. 1-9-16, 3-10-8, Epit. 3-12, 7-31/ etc.

ラーオコオーン Laokoön, Λαοκόων, Laocoön,（英）（仏）Laocoon,（独）Laokoon,（伊）Laocoonte, Laocoónto,（西）（葡）Laoconte, Laocoonte,（露）Лаокоонт

ギリシア伝説中、トロイアー*のアポッローン*（あるいはポセイドーン*）に仕える神官。トロイアーの王族で、プリアモス*の子とも、アンキーセース*の兄弟とも、アンテーノール*の子ともいわれる（⇒巻末系図019）。アポッローン神像の面前で妻と交わったため神の怒りに触れる。よってトロイアー戦争*の末期にギリシア軍が木馬を置き去りにした際（⇒シノーン）、「たとえ贈り物を持ってこようとギリシア人を信じてはならない」と人々に警告、城内に木馬を引き入れることに反対したが、海辺でポセイドーンに犠牲を捧げている最中、テネドス*島の沖合から現われた2匹の大蛇によって2人の息子ともども締め殺されてしまう。2匹の大蛇はギリシア軍に味方する女神アテーナー*の送ったもので、彼女に捧げられた木馬の腹部にラーオコオーンが槍を投げつけたことに憤って遣わしたも

系図403　ラーエルテース

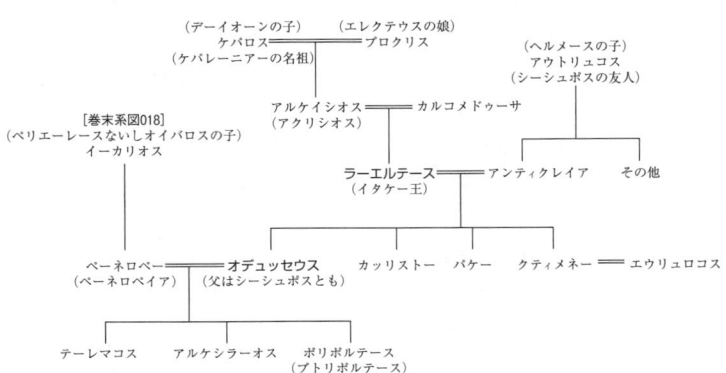

のだという。王女カッサンドラー*も「木馬の体内に軍勢が潜んでいる」と叫んだが、彼女の予言は信用されず、トロイアー市民は町の中に木馬を運び込み、かくてギリシア人の計略通りにトロイアーは陥落するに至った。

　大蛇に巻きつかれて苦闘するラーオコオーン父子の姿は、文学・芸術の主題として古来愛好されて来た。なかでも最も有名な作品がヘレニズム時代末期のロドス*の彫刻家アーゲーサンドロス*、ポリュドーロス❷*、アテーノドーロス❻*の手になる群像彫刻（前1世紀頃）で、1506年ローマのティトゥス*帝浴場遺跡付近から出土した大理石群像（高さ184cm。現・ヴァティカーノ博物館所蔵）は、ミケランジェロ以降何世紀もの間その真作と認められてきたが、近年の新たな発掘や研究により後1世紀半頃の模刻（原作はブロンズ製か）と見なされるようになった。また悲劇詩人ソポクレース*に今は失われた作品『ラーオコオーン』があったほか、はるか降って近世ドイツの評論家レッシングにも同名の美学論文（1766）がある。後代の美術作品ではエル・グレコの絵画（1604〜14頃、現・ワシントン、ナショナル・ギャラリー）が名高い。

Verg. Aen. 2-40〜, -199〜/ Apollod. Epit. 5-17〜19/ Hyg. Fab. 135/ Dion. Hal. Ant. Rom. 1-48/ Plin. N. H. 36-4/ Quint. Smyrn. 12-387〜497/ Macrob. Sat. 5-2/ Petron. Sat. 89-23〜/ Tzetz. ad Lycoph. 347/ etc.

ラーオコーン Laocoon
⇒ラーオコオーン

ラーオダメイア Laodameia, Λαοδάμεια, Laodamia,（仏）Laodamie,（西）Laodamía,（葡）Laodâmia,（露）Лаодамия

ギリシア神話中の女性名。

❶イオールコス*王アカストス*の娘で、プローテシラーオス*の妻。新婚間もなくトロイアー戦争*へ出征した夫が戦死したと知るや、神々に祈って3時間だけ夫を現世に還してもらい、彼が再び黄泉へ戻るべき時が到るや、その腕の中で自殺した。別伝によれば、彼女は夫の像を造らせ、毎夜床の中で抱いて交わっていたが、これを情夫と密会していると誤解した奴隷の注進を受けて、顛末を知った父アカストスが、その像を焼き棄てさせたところ、彼女は火焔の中に身を投じて死んだという。

Hom. Il. 2-698〜/ Apollod. Epit. 3-30/ Ov. Ars Am. 3-17, Her. 13, Tr. 1-6, Pont. 3-1/ Catull. 68/ Hyg. Fab. 103〜104, 243, 251, 256/ Lucian. Dial. Mort. 23/ Tzetz. Chil. 2-52/ etc.

❷英雄ベッレロポーン*の娘。大神ゼウス*と交わってサルペードーン*の母となった。アルテミス*に仕えていたが、純潔の誓いを破ったため女神の怒りに触れて矢で射殺されたという。

Hom. Il. 6-196〜/ Apollod. 3-1-1/ Diod. 5-79/ Nonnus Dion. 7-127/ Serv. ad Verg. Aen. 1-100/ etc.

ラーオディケー Laodike, Λαοδίκη, Laodice,（仏）Laodicé,（葡）Laódice,（露）Лаодика

ギリシア神話伝説中の女性名。

❶トロイアー*王プリアモス*とヘカベー*との間に生まれた娘たちの中で最も美しいとされる王女。アンテーノール*の子ヘリカーオーン Helikaon の妻（⇒巻末系図019）。ディオメーデース*とともに使節としてトロイアーに来たアカマース*（テーセウス*の子）に恋し、情を交わして1子ムーニートス Munitos を産む。トロイアー陥落後、この愛児が夭折したと聞いて塔の上から身を投げて死んだとも、勝利したギリシア人から身を守らんと逃げるうちに大地に呑みこまれたとも伝えられる。一説に彼女はテーレポス*（ヘーラクレース*の息子）の妻だという。

Hom. Il. 3-124, 6-252/ Hyg. Fab. 90, 101/ Apollod. 3-12-5, Epit. 5-23/ Parth. Amat. Narr. 16/ Quint. Smyrn. 13-544〜/ Paus. 10-26/ etc.

❷アガメムノーン*とクリュタイムネーストラー*との娘の1人。しかし、悲劇詩人らは彼女をエーレクトラー❸*と呼んでいる。

Hom. Il. 9-145/ Hesych./ etc.

❸アルカディアー*王アガペーノール Agapenor（キュプロス*島のパポス*市の創建者）の娘。

その他、キュプロス王キニュラース*の娘でエラトス Elatos（アルカス*の子）に嫁ぎ、カイネウス*やステュンパーロス*らの母となったラーオディケー（⇒巻末系図003）などギリシア神話に同名人物がよく見られる。

Paus. 8-5, -53, 10-9/ Apollod. 3-9-1/ Schol. ad Hom. Il. 2-684/ Schol. ad Pind. Pyth. 11-25/ Herodot. 4-33/ etc.

ラーオディケー Laodike, Λαοδίκη, Laodice,（仏）Laodicé,（葡）Laódice,（露）Лаодика

ヘレニズム時代諸王家の女たち。

❶（前4世紀後半）セレウコス1世*の母。マケドニアー*の部将アンティオコス Antiokhos の妻。セレウコスの実父は神アポッローン*だという伝説がのちに作られた。母のためにセレウコスは、ラーオディケイア*と呼ばれる都市を王国内の各地に建設した。伝承に従えば、彼女はアンティオコスと結婚した時、夢中にアポッローンと交わって身ごもり、神から交接の贈り物として錨の絵が刻まれた指環を受け取ったと見たところ、やがて生まれたセレウコスの太腿に錨の模様がついていたのだという。

⇒巻末系図040

Just. 15-4/ App. Syr. 56〜/ Strab. 16-750/ Steph. Byz./ etc.

❷セレウコス朝*シュリアー*の王妃（在位・前261〜前253）。アンティオコス1世*の姪（父は王族のアカイオス Akhaios）で、その子アンティオコス2世*の妃。一説には、アンティオコス2世の異母姉妹にして妃ともいう（⇒巻末系図040, 042）。2男2女（3女とも）の母となったものの、前253年、夫王はプトレマイオス2世*の娘ベレニーケー❸*・シュラーと結婚するために彼女を離縁し、その子供を廃嫡する。前246年プトレマイオス2世が没するや、

アンティオコスはラーオディケーを呼び戻し同居を再開するが、先の冷遇を憤った彼女はほどなく夫王を毒殺し、瓜二つの男を傀儡に立てておいて、後妃ベレニーケー・シュラーとその息子（前251～前246）をアンティオケイア❶*で殺害、自らの産んだセレウコス2世*を即位させる。エジプトから攻め寄せたプトレマイオス3世*（ベレニーケー・シュラーの兄弟）との間に、第3次シュリアー戦争（ラーオディケー戦争 Λαοδίκειος πόλεμος・前246～前241）が勃発し、彼女はこの戦いでプトレマイオスに殺されたとも、生き延びてのち、次男アンティオコス・ヒエラクス*をけしかけて、長男セレウコス2世に対して戦いを挑むよう仕向けたともいわれる。

⇒ラーオディケイア❶

App. Syr. 65～66/ Just. 27-1/ Polyaenus 8-50/ Plin. N. H. 7-12/ Ath. 13-593/ Plut. Mor. 489/ Val. Max. 9-14/ Euseb. Arm./ etc.

❸（？～前105頃）ポントス*の大王ミトリダテース6世*の姉妹にして妻。夫王の留守中、夫の訃報を信じて廷臣たちと情交を結び、王が生還すると今度は夫を毒殺せんと策謀。しかるに侍女の密告で事が露顕して、王命により処刑された。

⇒巻末系図 030

Just. 37-3/ Sall. H. 2/ Val. Max. 1-8/ etc.

❹（前2世紀中頃）セレウコス4世*の王女。カッパドキアー*王アリアラテース5世*の妃。6人の息子を産むが、自ら権力を保持し続けようと、親族に保護されていた末子アリアラテース6世*を除く5人を次々と毒殺。ついに臣下らの蜂起にあって処刑された。

⇒巻末系図 040～042, 032

Just. 37-1/ Diod. 31-28/ Polyb. 25-4/ Liv. 42-12/ App. Mac. 11-2/ etc.

❺（前2世紀末頃）ポントス*大王ミトリダテース6世*の姉妹。カッパドキアー*王アリアラテース6世*の妃。ミトリダテースの煽動で夫が暗殺された時（前116頃）、身の危険を感じて2人の息子とともにビテューニアー*王ニーコメーデース3世*の許へ逃れ、これと結婚しカッパドキアーを回復。息子たちの死後、夫王と謀ってローマに赴き、自分とアリアラテースの間には3人の王子がいたと詐称して、傀儡政権を樹立しようと試みたが失敗する（⇒巻末系図 030～032）。

この他、ポントス王ミトリダテース3世*の娘で、セレウコス朝*シュリアー*の王アンティオコス3世*の妃となり（前221）、生前から夫王とともに神格化されたラーオディケー（⇒巻末系図 030）や、セレウコス2世*と結婚してセレウコス3世*やアンティオコス3世*の母となったラーオディケー（⇒巻末系図 040）、アンティオコス3世*の娘で自らの3人の兄弟アンティオコス（？～前195）、セレウコス4世*、アンティオコス4世*と次々に結婚したラーオディケー（前3世紀後期～前2世紀前半）、アンティオコス4世*の娘で簒奪王アレクサンドロス・バラース*の妃となったラーオディケー（前2世紀中頃、⇒巻末系図 041）等々、大勢の同名人物がいる。

Just. 38-1～2, Polyb. 4-51, 5-43, 8-21, 33-15～18/ Liv. 35-15, 42-12/ Joseph. J. A. 13-13/ App. Syr. 4/ Euseb. Arm. 167/ etc.

ラーオディケイア　Laodikeia, Λαοδίκεια, Laodicea (Laodicia),（仏）Laodicée

セレウコス朝*によって建設された8つのヘレニズム都市。小アジアからシュリアー*、ティグリス*河方面までの王国各地に在する。そのうち5市は、セレウコス1世*が母ラーオディケー❶*を記念して命名したものである。最も重要とされるのは以下の通り。

❶（現・Denizli 近郊の Eski Hissar）Λαοδίκεια πρὸς τοῦ Λύκου（ラ）Laodicea ad Lycum リュコス Lykos 河畔のラーオディケイア（旧名・Diospolis）。小アジア西南部、大プリュギアー*地方の都市。アンティオコス2世*（在位・前261～前246）によって建設され、その妻ラーオディケー❷*にちなんで命名された（父のアンティオコス1世*が夢告に応じて創建し、姉妹のラーオディケーにちなんで命名したという通説は明らかに誤伝）。マイアンドロス*河（現・Büyük Menderes）の上流域、リュコス河（現・Çürüksu Çayı）との合流地点近くに位置し、東西交通の要衝を扼するため、ヘレニズム・ローマ時代に大いに栄えた。とりわけ地味の豊沃なのと、黒い光沢のある最上等の羊毛とその製品、また"プリュギアーの粉薬"と呼ばれる眼薬の産地で知られた。住民は富裕で名高く、ユダヤ人も多かったため、早くにキリスト教が伝わった（『ヨハネの黙示録』の七教会の1つ）。冷泉と温泉との2種の地下水が湧き、近くには大勢の娼婦をかかえる遊女宿があって賑わっていた。いく度か地震で破壊された（前20頃、前17、後60）が、その都度再建され、現在も約3万人を収容する競技場（キルクス*）のほか、2つの野外劇場（テアートロン*）、列柱付きの街路、スタディオン*水道橋（アクァエドゥクトゥス*）などの遺跡が残る。前40年にラビエーヌス*率いるパルティアー*軍を迎撃した市の有力者ゼーノーン Zenon 一家をはじめとする、上流名士を記念した貨幣も数多く出土している。

⇒ヒエラーポリス❷, コロッサイ

Strab. 12-578, -580, 13-629, 14-663/ Plin. N. H. 5-29/ Cic. Fam. 5-20, 13-67, Att. 5-15, -16/ Tac. Ann. 14-27/ Ptol. Geog. 5-2/ It. Ant./ etc.

❷（現・ラタキア Latakia, ラタキヤ Latakiya,〈アラビア語〉Al-Ladhīqiya, Il-Lāz'iyye,〈仏〉Lattaquié, Λαοδίκεια ἐπὶ τῇ θαλάττῃ,（ラ）Laodicea Maritima（Laodicea ad Mare）海辺のラーオディケイア,（英）Latakiyah,（英）（独）Latakia,（仏）Latakieh, Lattaquié,（伊）（西）Laodicea,（葡）Lataquia,（露）Латакия（トルコ語）Lazkiye

セレウコス1世*によって建設され、母ラーオディケー❶*にちなんで名づけられた地中海に臨むシュリアー*の港湾都市。元来はフェニキア*人の創建にかかる（フェニキア名・Romitha, Ramatha または Mazabda）。アパメイア❶*の西方に位置し、葡萄酒の一大産地として知られた。良港に恵まれ、地中海交易の主要都市として繁栄を極め、前2世

紀末には独立を達成、前63年頃ポンペイユス*によってローマ領に併呑されたのちも自治を保障された。前43年、ドラーベッラ*がカッシウス*の包囲攻撃を受けて死んだ町。整然とした計画都市で、城壁や劇場(テアートロン*)、記念門(四面門)、アドーニス*神殿などローマ時代の遺跡が残る。またこの町の女神アテーナー*の聖域では人身供犠が行なわれていたと伝えらるが、その遺構は発掘されていない。北郊にはヘーラクレイア Herakleia の名で呼ばれたウガリット Ugarit の古代都市遺跡(現・Ras Shamra)がある。
Strab. 16-751~/ Mela1-12/ Polyb. 32-3/ App. Syr. 46/ Dio Cass. 47-30/ Cic. Fam. 12-13/ Amm. Marc. 14-8/ Joseph. J. B. 1-21, J. A. 14-10/ Steph. Byz./ etc.

❸ ⇒ベーリュートス(現・ベイルート)

ラーオメドーン Laomedon, Λαομέδων, (仏) Laomédon, (伊)(西)(葡) Laomedonte, (露) Лаомедонт

ギリシア神話中のトロイアー*王。イーロス❷*の子。ヘーシオネー*や、ティートーノス*、アンティゴネー❷*、プリアモス*など多くの子女に恵まれる。ポセイドーン*とアポッローン*の両神がゼウス*の命で1年間彼に仕え、トロイアーの城壁を築いた時 —— 一説に城壁を建造したのはポセイドーンで、アポッローンはその間家畜番となって王に奉仕したといい、また2神は王の正直さを試すつもりで人間の姿に身をやつして仕えたとされている —— 、仕事が完了しても王が約束の賃金を支払うのを拒んだため、怒ったアポッローンは疫病を、ポセイドーンは海の怪物を送って住民を苦しめた。ラーオメドーンが神託を伺ったところ、「娘ヘーシオネーを人身御供として怪物に捧げれば、災厄はやむであろう」との答えが返ってきた。そこで娘を海岸の岩に縛りつけて怪物の生贄に供した折も折、英雄ヘーラクレース*が偶然トロイアーに上陸し、怪物を退治して難儀を救った。しかし、吝嗇な王がまたもや約束の報酬を拒絶したので、ヘーラクレースは復讐を宣言し、十二功業の完遂後すぐさま船団を従えてトロイアーへ来襲、市を陥落させるとラーオメドーンとその息子たちを、末子プリアモスを除いてことごとく射殺し、王女ヘーシオネーを褒賞として親友のテラモーン*に与えた。ラーオメドーンはトロイアーの城門の外に葬られ、その墓が乱されない限り2度と町は陥ることがないと予言されていたが、トロイアー戦争*の際に破壊された。王をゼウスにさらわれた美少年ガニュメーデース*の父とする所伝もある。
⇒アイアコス

Hom. Il. 6-23, 20-237, 21-441~/ Pind. Ol. 8-41/ Diod. 4-49/ Apollod. 2-5-9, -6-4, 3-12-3, -12-7, Epit. 3-24/ Ov. Met. 6-96, 11-196~/ Strab. 13-596/ Hyg. Fab. 31, 89, 91, 250, 270/ Serv. ad Verg. Aen. 2-24/ Tzetz. ad Lycoph. 34/ etc.

ラーギダイ(家) Lagidai, Λαγίδαι, Lagidae, (英) Lagids, (仏) Lagides, (独) Lagiden, (伊) Lagidi, (西)(葡) Lágidas, (露) Лагиды

(「ラーゴス*の子孫」の意)
⇒プトレマイオス朝

ラキーニオン Lakinion, Λακίνιον, (ラ) ラキーニウム Lacinium

(現・Capo Colonna, Capo delle Colonne、Capo Nao) イタリア南部、ブルッティウム*の岬。クロトーン*の東南7マイルに位置し、タレントゥム湾の西端に当たる。海の女神テティス*がヘーラー*に贈った土地であるとの伝説に基づき、ここにヘーラーの神殿が建てられ(前480~前440)後世ユーノー*・ラキーニア Juno Lacinia の神域として知られることになった。名祖ラキーニウス Lacinius は、イタリアの英雄とも、ヘーラクレース*に退治された盗賊の名とも伝える。
Strab. 6-261, -281/ Liv. 24-3, 27-25, 36-42, 42-3/ Diod. 4-24/ Plin. N. H. 3-10~11/ Mela 2-4/ Luc. 2-434/ Scylax/ etc.

系図404 ラーオメドーン

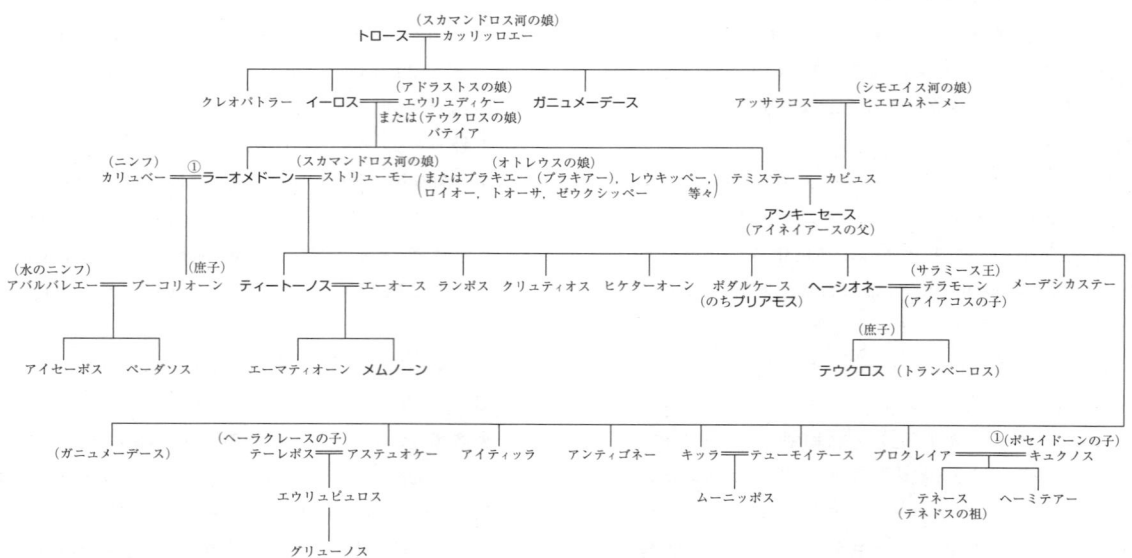

ラーキューデース　Lakydes, Λακύδης, Lacydes (Lacidas), （伊）Lacide, （西）Laquides, （露）Лакид

（?〜前206／205）ギリシアの哲学者。キューレーネー*の出身。アルケシラーオス*を継いで中期アカデーメイア*派の学頭となる（前241／240〜前215／214頃）。若い頃から勤勉で威厳があり、また社交的でもあったので、多くの崇拝者を集めた。特にペルガモン*王アッタロス1世*から深く尊敬され、王によって整備されたアカデーメイア内の庭園は、彼にちなんでラーキューデイオン Lakydeion, Λακύδειον と呼ばれた。26年間学園を主催したのち、過度の飲酒のせいで中風に罹り、歴代学頭の中でただ1人まだ生存中に同職を後継者に譲り渡した。思想的には師アルケシラーオスの懐疑論を受け継いだとされる。貧しかったけれど大まかな人となりで、貯蔵室から召使たちがたびたび物を盗みとっても一向に気づかなかったという。またアッタロス王から招聘された時には、「君主の姿は遠くから眺めているべきものです」と答えて辞謝したとの話も伝えられている。
⇒カルネアデース、エウポリオーン
Diog. Laert. 4-59〜/ Cic. Acad. 2-6/ Ael. V. H. 2-41/ Ath. 10-438a/ Euseb. Praep. Evang. 14-7/ Suda/ etc.

ラクタンティウス　Lucius Caecilius (Caelius) Firmianus Lactantius, （ギ）Lūkios Kaikilios Phirmianos Laktantios, Λούκιος Καικίλιος Φιρμιανός Λακτάντιος, （仏）Lactance, （独）Lactanz, （伊）Lattanzio, （西）Lactancio, （露）Лактанций

（後240／250頃〜320／330頃）ローマ帝政後期の修辞学者。アーフリカ*の出身。キリスト教以外のあらゆる宗教を攻撃した護教家アルノビウス Arnobius（?〜後330頃）に学ぶ。ディオクレーティアーヌス*帝によって新首都ニーコメーデイア*に招かれ、宮廷付きのラテン語修辞学の教師に任命される（290）が、その地でキリスト教に転向（300頃）、ために303年職を解かれてガッリア*へ移り住んだ。のちコーンスタンティーヌス1世*（大帝）の要請で、アウグスタ・トレーウェロールム*（現・トリーア）へ赴き、帝の長男クリスプス*の師となった（317）。数多くの著作を記したが、今日ではキリスト教に関係したものしか残っていない。哲学や神学よりも修辞学にすぐれ、その著作には「聖書」からの引用は少なく、キケロー*、ルクレーティウス*、ウェルギリウス*などの作品を多用、ヒエローニュムス*が彼をキケローに譬えたことから、後世「キリスト教徒のキケロー（ラ）Cicero Christianus」とまで称された。主著『神聖な教理 Divinae Institutiones』7巻（304〜313完）は、教養人を対象としたキリスト教弁護論で、キケローを模した演説風の散文体で書かれている。また『迫害者の死について De Mortibus Persecutorum』（318頃）では、キリスト教を迫害したローマ皇帝たちの末路を記述し、彼らの滅亡を神の復讐によるものだと痛罵（特にガレーリウス*帝の悲惨な最期が印象的）、宗教的偏見に満ちてはいるが、ローマの対キリスト教政策の実情を知るうえで貴重な資料となっている。その他、キリスト教の唯一絶対神は感情をもち憤怒する存在だと説く『神の怒りについて De Ira Dei』（314頃）、霊魂が神の直接的な創造であることを論じた『神の業について De Opficio Dei』（303／304）などが現存。独自のキリスト論（倫理的受肉論）や、千年至福説で知られ、ラテン教父の1人に数えられている。
⇒テルトゥッリアーヌス
Hieron. De Vir. Ill. 79, 80/ Euseb. Chron. 318/ Methodius/ Lactant. Div. Inst., Mort. Pers./ etc.

ラケシス　Lakhesis, Λάχεσις, Lachesis, （伊）Lachesi, （西）Láquesis, （露）Лахесис

（「配給者、割り当てる者」の意）ギリシア神話中、運命の三女神モイライ*（モイラたち）の1人。人間の一生の長さや運命を決定する役目を果たしたとされる。
Hes. Th. 218, 905/ Apollod. 1-3-1/ Ov. Tr. 5-10/ Hyg. Fab. 171, 277/ etc.

ラケダイモーン　Lakedaimon, Λακεδαίμων, Lacedaemon, Lacedaemonia, （仏）Lacédémone, （独）Lakedämon, （伊）Lacedèmone, （西）Lacedemonia, （葡）Lacedaemônia, （露）Лакедемон

ラコーニアー*ないしラコーニカー*（ラコーニケー*）地方の別名。ペロポンネーソス*半島南部、タユゲトス*山麓エウロータース*川渓谷の古名で、同地方の首都スパルター*（スパルテー*）の異称にも用いられる。なおスパルター市民（スパルティアータイ Spartiatai）とペリオイコイ*（参政権はないが、スパルター市民と同じ共同体に属し、この地方周辺の丘陵部に居住）とを総称的にラケダイモーン人 Lakedaimonioi（〈単〉ラケダイモニオス Lakedaimonios）と呼ぶことがある。ラコーニアーおよびスパルターの項を参照。歴史時代のラケダイモーン人は、ドーリス*系のギリシア人集団に属し、尚武の気風を重んじることで名高く、同じドーリス系のクレーター*人と並んで、男色（少年愛）の習慣を特に称揚し制度化していた点で知られていた。

　伝説上の名祖とされる英雄ラケダイモーンは、ゼウス*とタユゲテー*（アトラース*の娘）との間に生まれた息子で、エウロータース王の娘スパルテー Sparte（スパルターの名祖）を娶り、この地を支配したといわれる（⇒巻末系図014, 018）。
Paus. 3-1〜/ Strab. 8-363〜/ Hom. Il. 2-581, 3-239〜, Od. 3-326, 21-13/ Herodot. 1-6, -65〜, 6-58/ Xen. Hell./ Schol. ad Hom. Il. 18-486, Od. 6-103/ Apollod. 1-8-2, 2-2-2, -7-3, -8-4, 3-10-3, -15-8/ Hyg. Fab. 123, 155, 221/ Nonnus Dion. 32-66/ etc.

ラーゴス　Lagos, Λαγός, Lagus, （伊）（西）Lago

（前4世紀）プトレマイオス1世*ソーテール（プトレマイオス朝*エジプト王国の創設者）の（名義上の）父。あまり高い

出自ではないマケドニアー*人であったと思われる。妻アルシノエー❶*を娶った時、彼女はすでにマケドニアー王ピリッポス2世*によって児を身ごもっていた。生まれたプトレマイオスを彼は森に棄てさせたが、鷲が養育するのを見て、手許に引き取り我が子として育てたと伝える。よってプトレマイオス王朝は別名ラーゴス朝*（ラーギダイ*）とも呼ばれる。

なお、プトレマイオス1世とアテーナイ*の遊女ターイス*（ヘタイラー*）との間に生まれた息子も、ラーゴスと名づけられている。

⇒巻末系図 044
Paus. 1-6-2/ Curtius 9-8/ Theoc. Id. 17-13〜/ Plut. Mor. 458a〜/ Ath. 13-576e/ Schol. ad Theoc. Id. 17/ Suda/ etc.

ラーゴス朝（ラーギダイ*） Lagidai, Λαγίδαι, Lagidae, 〈英〉Lagids, 〈仏〉Lagides, 〈独〉Lagiden, 〈伊〉Lagidi, 〈西〉〈葡〉Lágidas, 〈露〉Лагиды

（ラーゴスの子 Lagides, Λαγίδης の複数形）エジプトのプトレマイオス朝*（前305〜前30）を指す。初代プトレマイオス1世*の父ラーゴス*の名から、こう呼ばれる。

ラコーニアー Lakonia, Λακωνία, 〈ラ〉ラコーニア Laconia, 〈仏〉Laconie, 〈独〉Lakonien, 〈露〉Лакония, 別名・ラコーニケー*（ドーリス*方言・ラコーニカー*Lakonika, Λακωνικά, Laconica）, 〈アッティケー*方言・ラコーニケー*Lakonike, Λακωνική, Laconice）

（現・Lakonía）（ラケダイモーン*の形容詞形・ラケダイモニオス Lakedaimonios, Λακεδαιμόνιος の短縮形・ラコーン Lakōn, Λάκων に由来する）ペロポンネーソス*半島南東部の地方名。西はターユゲトス*山脈でメッセーニアー*地方に接し、北も山脈でアルカディアー*ならびにアルゴリス*地方に接する。中央部をエウロータース*川が北から南へ流れ、川沿いに肥沃な平原が広がる。南はラコーニアー湾に臨み、沖合にアプロディーテー*の崇拝で名高いキュテーラ*島がある。中心市はスパルター*（スパルテー*）で、ラコーニアーの歴史はスパルターの歴史であるともいえる。

前1600年頃から始まるミュケーナイ*時代に栄えた王国（⇒メネラーオス）は前12世紀に滅び、その後侵入したドーリス人*が新たにスパルター市を創建（伝・前1104）、強大な都市国家 polis に成長し周辺一帯を征服すると、さらには西隣のメッセーニアーを侵略して、その住民を隷属身分のヘイロータイ*（ヘロット）とした。前195年、スパルターの独裁者ナビス*を破ったローマの将ティトゥス・クィンクティウス・フラーミニーヌス*は、沿海諸都市をスパルターの支配から解放。諸市はアカーイアー*同盟に加わり（前192）、前146年の同盟解体後はローマのアカーイア*属州内の独立都市として留まり、アウグストゥス*帝はこれら諸市を自由ラコーニア連盟 Koinon tōn Eleutherolakōnōn, Κοινὸν τῶν Ἐλευθερολακώνων として認定した。ラコーニアー沿岸地方は、紫染料に適した巻貝の産出で著名。ラコーニアー地方南部からは鉄・銅などの鉱物資源が採掘された。

なお寡言を尚ぶスパルター人のおかげで「ラコーニアー式（ギ）Lakōnismos, Λακωνισμός」の話し方とは簡潔にして要を得た物言いの謂に用いられた（〈英〉Laconic, 〈仏〉Laconique, 〈独〉Lakonisch）——例えば、マケドニアー*王ピリッポス2世*が「もし、余がラコーニアーに進軍すれば、たちまち汝らを蹴散らしてくれようぞ」とスパルター人に手紙を書いてよこした時に、彼らはただ「もし」とだけ返事に記して送り返したし、ピリッポスが「余をスパルター市内に迎え入れるや否や？」と聞いて来たのに対しては、「否」という文字だけを大書して送り返したという。食糧難で困ったキオス*島の人々が空の袋をスパルターに持参して、ただ「袋に麦粉が必要」とだけ言ったところ、スパルターの役人は、「袋に」という語も余計だと答えつつ援助を約束してくれたという話も伝わっている——。またこの地で始められた発汗を促す蒸し風呂は、ラテン語でラコーニクム Laconicum と呼ばれている。なおラコーニアーでは男色が極めて重んじられたので、衆道 paiderastia（パイデラスティアー）を行なうことは、「ラコーニアー風に振る舞う lakonizo（ラコニゾー）」と表現された（⇒カルキス、シプノス）。

⇒アミュークライ、カーリュアイ、テラプナイ、タイナロン

Paus. 3-1〜/ Strab. 8-362〜368/ Ptol. Geog. 1-12, 3-14/ Mela 2-3/ Plin. N. H. 4-5-16/ Herodot. 1-69, 6-58/ Cic. Att. 4-10, Fam. 11-25/ Vitr. De Arch. 5-10/ Pl. Prt. 342b〜/ Xen. Hell. 3-3, 4-7, -8, 6-2, -5/ Ar. Frag. 338/ Plut. Lyc., Lys. Ages. Cleom., Mor. 510〜/ etc.

ラコーニカー Lakonika, Λακωνικά, Laconica

アッティケー*方言のラコーニケー*のドーリス*方言形。ラケダイモニオス Lakedaimonios（ラケダイモーン*の形容詞形）の短縮されたラコーン Lakon（ラコーニカー人）に由来する。スパルター*を首府とするペロポンネーソス*半島南部の地方名。ラコーニアー*の項を参照。

Ar. Pax. 245, Vesp. 1158, 1162, Av. 1281/ Paus. 3-1〜/ etc.

ラコーニケー Lakonike, Λακωνική, Laconice（現ギリシア語）Lakonikí

ドーリス*方言・ラコーニカー*Lakonika, Λακωνικά, Laconica のアッティケー*方言形。
⇒ラコーニアー

ラーソス Lasos, Λᾶσος, Lasus, 〈伊〉〈西〉Laso

（前6世紀後半）ギリシアの音楽家・詩人。アルゴリス*のヘルミオネー Hermione（現・Ermióni）出身（前548／545年頃の生まれ）。ギリシア七賢人*の1人に数えられることもある。詩人ピンダロス*の師として名高い。アテーナイ*の僭主ヒッパルコス❶*の宮廷で活躍し、この地にディーテュランボス dithyrambos（ディオニューソス*讃歌）詩の競技を創始した（前510頃）。ムーサイオス*の託宣集の一節

がオノマクリトス*の捏造であることを指摘したり、抒情詩人シモーニデース*と競い合い、「俺はあんな奴を屁とも思っていない」と言ってのけた等という話が伝えられている。音楽に関する著述を書いた最初の人とされ、ディーテュランボスの発展に貢献、Σ(=S)音をまったく用いない歌を作ったことなどが知られるが、わずかな断片しか伝存しない。

Herodot. 7-6/ Ar. Vesp. 1410〜1411/ Plut. Mor. 1141c/ Ath. 8-338b〜d, 10-455c, 14-624e/ Tzetz, ad Lycoph./ Schol. ad Ar. Av. 1403/ Marm. Par./ Suda/ etc.

ラーダース Ladas, Λάδας, (現ギリシア語) Ládhas
(前5世紀) ギリシアの運動選手。ラコーニカー*(ラコーニアー*) の出身。オリュンピア競技祭*で長距離走 dolikhos を制したが、優勝後間もなく息を引きとった。スパルター*北方のエウロータース*河畔には彼の記念墓碑が築かれ、アルゴス*のアポッローン*神殿内には巨匠ミュローン*の手になる名作ラーダース像が建てられた。またアルカディアー*のオルコメノスへ向かう道沿いには、彼が徒競走の練習をした「ラーダースの競技場」があったという。ローマ時代には彼の名は駿足の代名詞として用いられるようになっていた。

なお同名異人だが、やはりオリュンピア競技祭の徒競走で優勝した(前280) アカーイアー*地方出身のラーダースがいる。その他、短・中・長距離の3種目を1日の午前中に制覇したカーリアー*のポリーテース Polites や、4回のオリュンピア競技祭(前164、前160、前156、前152) で3種目の徒競走の栄冠を独り占めしたロドス*のレオーニダース Leonidas、オリュンピア・ピューティア*・ネメア*・イストミア*の4大競技祭で計24回優勝したコース*の美男ピリーノス Philinos (前3世紀)、駿足の英雄アキッレウス*の生地で長距離走に優勝したタソス*の力士テアーゲネース❸*など、古代ギリシアには名高いランニング選手が大勢いる。

⇒オルシッポス

Paus. 2-19-7, 3-21-1, 6-13-3〜, -17-2, 8-12-5, 10-23-14/ Catull. 55/ Juv. 13-97/ Mart. 2-86, 10-100/ Anth. Pal. 16-54/ etc.

ラダマンテュス Rhadamanthys, Ῥαδάμανθυς, Rhadamanthus, (Rhadamanthos), (仏) Rhadamant(h)e, (伊) Radamanto, Radamante, (西) Radamantis, Radamanto, (葡) Radamanto, Radamanthys, (露) Радамант, Радаманф, (現ギリシア語) Radhámanthis

ギリシア神話中、ゼウス*とエウローペー*の子で、ミーノース*とサルペードーン*の兄弟。正義・廉潔の士として知られ、クレーター*(クレーテー*) 人に卓越した法律を与えたため、死後エーリュシオン*の野を統治したとも、アイアコス*やミーノースとともに冥界で亡者を裁く判官になったともいう。美青年ミーレートス*の愛をめぐって他の2兄弟と争った結果、ラダマンテュスはミーノースによってクレーターから追い出され、キュクラデス*諸島および小アジア西南部へ移住、これらの地域を公正に支配したのち、ギリシア本土ボイオーティアー*へ赴いて、夫に死別したアルクメーネー*(ヘーラクレース*の母) と結婚したとされる。一説では彼はミーノースの前にクレーターを支配した王で、美しい若者タロース*(名工ダイダロス*の甥) を愛人にしていたとも伝えられる。

⇒巻末系図 005

Hom. Il. 14-322, Od. 4-564, 7-323〜/ Paus. 7-3, 8-53/ Diod. 4-60/ Apollod. 3-1/ Ant. Lib. Met. 33/ Pind. Pyth. 2-73, Ol. 2-75/ Ov. Met. 9-435〜/ Verg. Aen. 6-566/ Pl. Grg. 524a/ Hyg. Fab. 155/ Theognis/ etc.

ラティウム Latium, (ギ) Latinē, Λατίνη (Lation, Λάτιον), (伊) Lazio, (西) Lacio, (葡) Lácio, (露) Лачио

(現・Lazio地方南部一帯) ラティーニー*人のいたイタリア*中西部の地方。アーペンニーヌス*山脈とテュッレーニアー*海との間、ティベリス*河から東南一帯(古ラティウム Latium Vetus はキルケイイー*岬まで) を指す。伝説によると、ラティウムの地名の起こりは、子のユーピテル*神に追われた父神サートゥルヌス*がこの地に潜伏した(latens=「隠れた、潜伏している」) ことに由来するという。古代ローマならびにラテン文化発祥の地としてあまりにも有名。北のエトルーリア人*と南のギリシア人との交流地帯をなし、諸部族が都市国家を建設していた(⇒ラティウム同盟) が、前4世紀後半にローマに征服され(前338)、前89年以降ラティウムは単なる1行政区域となった。アウグストゥス*時代に、カンパーニア*と併せてイタリアの第1地区を形成、後292年からは通例カンパーニアの名で呼ばれることになる。うち続く戦乱やラーティフンディア*の増大で、次第に人口は減少し、共和政末期には富裕な人々の別荘 villa が建ち並ぶ閑雅な保養地と化していた。

主要都市としては、ローマやアルバ・ロンガ*、ラウィーニウム*、ラウレントゥム*、ラーヌウィウム*のほか、アンティウム*(現・アンツィオ)、ティーブル*(現・ティーヴォリ)、プラエネステ*(現・パレストリーナ)、トゥスクルム*、ガビイー*、ボウィッラエ*、フィーデーナエ*、アルデア*、オースティア*、コッラーティア*、アリーキア*、アストゥラ*、タッラキーナ*(アンクスル*)、フォルミアエ*、ミントゥルナエ*、シヌエッサ*、フンディー*などが挙げられる。

⇒アクィーヌム、カシーヌム、マルシー❶、ポンプティーヌム沼沢地、アルバーヌス山、アルバーヌス湖

Liv. 1〜8/ Dion. Hal. Ant. Rom. 1〜11/ Strab. 5-228〜/ Verg. Aen. 7〜12/ Plin. N. H. 3-5/ Mela 2-4/ Ov. Fast. 1-238/ App. B. Civ. 2-26/ Herodian. 1-16/ Varro Ling. 5-32, 6-18/ etc.

ラティウム同盟 Foedus Latinum, (英) Latin League, (仏) Ligue latine, (独) Lateinischer Städtebund,

ラティーニー（人）

（伊）Lega Latina，（西）（葡）Liga Latina

　イタリア中部、ラティウム*地方のおよそ30の都市国家が、アルバ・ロンガ*を中心に結成していた同盟。アルバーヌス*山のユーピテル*神 Jupiter Latiaris の信仰など、祭祀を共有する宗教的な性格のものだった（⇒アリーキア）が、やがて政治同盟に変化、レーギッルス湖*畔の戦い（前496）の後はローマの主導権が確立し、前493年にはローマと盟邦諸市との間に防衛条約が結ばれた。しかるに、次第に募るローマ人の横暴に対して、前340年、同盟諸市は反乱を起こす（ラティウム戦争）も、敗れて前338年、同盟は解体させられ、一部はローマ領に併合され、残りの諸都市は領地を一部没収されたうえ、外交権を剥奪された（⇒コローニア）。

⇒ラティーニー、C. マエニウス、カミッルス❸
Liv. 1~8-14, -32~33, -35, 2-33/ Dion. Hal. Ant. Rom. 1~11/ Polyb. 3-22, -24/ etc.

ラティーニー（人）　Latini，（ギ）Latīnoi, Λατῖνοι，（英）（仏）Latins，（独）Latiner，（西）（葡）Latinos，（露）Латины

　イタリアのラティウム*平原に居住した種族。前1000年頃イタリア半島に南下・侵入したインド・ヨーロッパ語族のイタリキー Italici 人の一派。先住民アボリーギネース*と混血し、アルバ・ロンガ*、ローマ、トゥスクルム*などの都市国家を形成。ルトゥリー*、ヘルニキー*ら30の部族に分かれていたが、共通の言語と祭祀を有し、ラティウム同盟*を結んでいた。盟主の座はアルバ・ロンガから、のちそれを征服したローマへと移り（前600頃）、諸部族の抵抗はあったものの、やがて共和政ローマの下に全土が併合された（前338、⇒マーミリウス、レーギッルス湖、タルクィニウス・スペルブス）。これら古ラティウムの諸部族は、後世の「ラテン市民権（不完全なローマ市民権）Jus Latii をもつ人々」── やはりラテン人（ラティーニー）と呼ばれた ──と区別するため、旧ラテン人 Prisci Latini（プリスキー・ラティーニー）と称されている。ちなみに、ラティウム以外の地にその後建設されたラテン市民権しか有せぬ「ラテン植民市」Coloniae Latinae は、同盟市戦争*終結後（前88）、ローマ市民権を獲得している（⇒コローニア）。ラティーニー人の名祖はアイネイアース*（アエネーアース*）の岳父ラティーヌス*と伝えられる。

⇒ウォルスキー、アエクィー、アウルンキー
Liv. 1-2~, -32~, 2-19~, 8-14/ Cic. Off. 1-12, 3-31/ Verg. Aen. 7-367/ Plin. N. H. 3-5/ Juv. 6-44/ Hes. Th. 1013/ Polyb. 3-22/ Ptol. Geog. 3-1/ Dion Hal. Ant. Rom. 1-43~, -57~, -72/ etc.

ラティーヌス　Latinus，（ギ）Latinos, Λατῖνος，（伊）（西）Latino

　ラティーニー*人の名祖。ローマ伝説では、ラティウム*の王で、アマータ*を娶って1女ラーウィーニア*の父となり、トロイアー*陥落後にイタリアを訪れたアイネイアース*（アエネーアース*）に土地と娘を与えたとされる。彼の系譜について、ヘーシオドス*は、オデュッセウス*とキルケー*の子でテュッレーニアー*（エトルーリア*）王であったとし、ウェルギリウス*は、ファウヌス*とニュンペー*（ニンフ）のマリーカ Marica（キルケーと同一視される）の子であったとするなど、諸説が伝えられている。娘ラーウィーニアの婚姻をめぐるトゥルヌス*とアイネイアースとの争いにまき込まれて戦死したとも、優柔不断で両者の戦いを拱手傍観し、トゥルヌスの敗死後、アイネイアースと和したともいい、その王位はアイネイアースが継承したされている（⇒巻末系図049）。

⇒アボリーギネース
Verg. Aen. 7~12/ Hes. Th. 1011~16/ Liv. 1-1~2/ Plut. Rom. 2/ Varro Ling. 5-144/ Dion. Hal. Ant. Rom. 1-43~, -57~, -72/ Hyg. Fab. 125, 127/ Apollod. Epit. 7-24/ Conon Narr. 3/ etc.

ラティーヌス街道（ウィア・ラティーナ*）　Via Latina，（ギ）hē Latīnē hodos, ἡ Λατινὴ ὁδός，（英）Latin Road，（仏）Voie Latine，（独）Lateinische Straße，（西）Vía Latina

　ローマから東南に延びるイタリアの幹線道路。アナグニア*、アクィーヌム*、カシーヌム*、カレース*を経てカシリーヌム*でアッピウス街道*（ウィア・アッピア*）に合流する。全長約135マイル。前4世紀初め頃の建設と思われる。

Liv. 2-39, 10-36, 26-8~9/ Strab. 5-237/ Juv. 1-171/ It. Ant./ etc.

ラーティフンディア　Latifundia，（独）Latifundien（〈単〉 ラーティフンディウム Latifundium），（伊）Latifondi（〈単〉Latifondo），（西）Latifundios（〈単〉Latifundio）

　（「広大な土地」の意）ローマの大土地所有制。領土を拡大していく過程において、ローマは征服した土地を公有地としたが、富裕者層の公有地占有が次第に私有化されていった結果、ラーティフンディアが出現。前3世紀頃から有力者への土地兼併は著しく進み、イタリア半島のみならず属州（プローウィンキア*）各地に波及、戦争捕虜として大量に流入する奴隷を用いて大規模経営を行なったため、ローマ軍事力の担い手たる中小農民層の没落と無産市民 proletarii（プローレーターリィー）化を招いた。グラックス兄弟*の改革以来、土地配分が試みられ、多数の小地主が現われたものの、戦争によってその大半は荒廃に任され、やがてまた富豪の手に買い取られていった。大プリーニウス*に従えば、ネロー*帝の時代に属州アーフリカ*全土の半分が6人の大地主の掌中にあったという（ネローは6人を皆殺しにして土地を没収したが）。穀物・葡萄酒・オリーヴ油が生産されたほか、主に牧草地として用いられた。帝政期に入ってコルメッラ*らが奴隷制経営の非効率性を指摘、奴隷供給源の減少や貨幣危機などの原因により、後3世紀頃から小作人（コロヌス）colonus，（複）coloni を使用

するコローナートゥス colonatus 制へと移行した。
Plin. N. H. 18-7-35/ Sen. Ep. 88-10, 89-20/ Petron. Sat. 77/ Columella Rust. 1-3, -7/ Plin. Ep. 3-19/ etc.

『ラテン詞華集』 Anthologia Latina,（英）Latin Anthology,（仏）Anthologie Latine,（伊）Antologia Latina,（西）Antología Latina

後6世紀初頭にヴァンダル*（ウァンダリー*）王国支配下のアーフリカ*で編纂された約380篇から成る短詩集。大半はローマ帝政期の作品で、哲学者セネカ❷*やペトローニウス*筆とされるエピグラム、フロールス*の作に擬せられる「ウェヌスの宵宮*」などを含む。中世ラテン詩文に与えた影響は大きい。後世さらに増補されて行った。
⇒『ギリシア詞華集』
Anth. Lat.

ラテン人 Latini
⇒ラティーニー

ラテン同盟 Foedus Latinum
⇒ラティウム同盟

ラートーナ Latona,（仏）Latone
ギリシアの女神レートー*のラテン名。アポッロー*とディアーナ*の母。

ラトモス（山） Latmos, Λάτμος, Latmus,（伊）Latmo
（現・Beşparmak, Beş Parmak）小アジア西南カーリアー*地方の山の名。ミーレートス*市の東北に位置し、神話中の美青年エンデュミオーン*は、この山中の洞窟で永遠の眠りに就いていると伝えられ、詩人たちからしばしば「ラトモス山の英雄（ラ）Latmius Heros」と呼ばれている。ほど近いヘーラクレイア❺*の市民たちは、その地にエンデュミオーンを祀る神殿を建てたといい、その遺構が発掘されている。
Theoc. Id. 3-79, 20-39/ Paus. 5-1-4/ Strab. 14-635〜/ Ov. Ars. Am. 3-83, Tr. 2-299/ Ptol. Geog. 5-2/ Nonnus Dion. 48-581〜/ Mela. 1-17/ Ap. Rhod. 4-57/ etc.

ラードーン Ladon, Λάδων,（仏）Ladôn,（伊）Ladone,（西）Ladón,（葡）Ládon,（露）Ладон
ギリシア神話中、ヘスペリデス*（ヘスペリスたち）の園の黄金の林檎を護っていた竜の名。100の頭（数については200、300など諸説あり）をもち、多くの種類の声を発したが、林檎の実を取りにきたヘーラクレース*に殺され（第十一の功業）、のち女神ヘーラー*によって天にあげられて星座「竜座（ラ）Draco」になったという。血統に関しては、海神ポルキュス*とケートー*の子とも、テューポーン*と蛇女エキドナ*（または大地ガイア*）の子ともまちまちに伝えられる（⇒巻末系図001）。
Hes. Th. 333〜/ Apollod. 2-5-11/ Ap. Rhod. 4-1396〜1398/ Hyg. Fab. 30, 151, Poet. Astr. 2-3/ Diod. 4-26/ Paus. 6-19-8/ Serv. ad Verg. Aen. 4-484/ etc.

ラードーン Ladon, Λάδων,（仏）Ladôn,（伊）Ladone,（西）Ladón,（葡）Ládon,（露）Ладон
（現・Ládonas, Rufiás）アルカディアー*を流れる川の名。アルペイオス*河に注ぐ。ギリシア神話では、ダプネー*の父たる河神とされ、この流れの畔でダプネーの月桂樹への変身や、シューリンクス*の葦への変身が起こったという。
⇒テルプーサ
Hes. Th. 344/ Apollod. 2-5-3, 3-12-6/ Paus. 8-20, -25, -43, 10-7/ Ov. Met. 1-702/ Diod. 4-72/ Mela 2-3/ etc.

ラーヌウィウム Lanuvium, Lanivium,（ギ）Lanūion, Λανούϊον, Lanūbion, Λανούβιον
（現・Lanuvio）ラティウム*地方の古い都市。ローマの東南19マイル、アッピウス街道*（ウィア・アッピア*）沿いに位置。女神ユーノー*の神殿と崇拝で名高い。伝説上は英雄ディオメーデース*の創建にかかるとされている。前338年、ラティウム同盟*の解体でローマ領となるが、自治都市（ムーニキピウム*）としてローマ市民権を与えられ、その後永く繁栄。帝政期に入ってからも、市の最高政務官はディクタートル*と、議員の会合はセナートゥス*（元老院）と呼ばれ続けた。スティロー*やミロー*、ロースキウス*、アントーニーヌス・ピウス*帝、コンモドゥス*帝らの生地。しばしばラーウィニウム*と混同されたことから、中世の市名 Civita Lavinia が生じた。

今もアクロポリス*に城砦や女神ユーノー Juno Sospita (Sospes) の神殿の遺跡が、近郊にローマ人の別荘（ウィッラ）villa の遺構が残っている。
Liv. 6-21, 24-10, 29-14, 31-12, 32-30/ 8-14/ Cic. Mil. 27, Div. 1-36, Balb. 13, Mur. 10(27), Nat. D. 1-29(82)/ App. B. Civ. 2-20, 5-24/ S. H. A. Ant. Pius 1, Comm. 1/ Strab. 5-239/ Dion. Hal. Ant. Rom. 5-61/ Suet. Aug. 72/ Tac. Ann. 3-48/ Aur. Vict. Caes. 15/ Plin. N. H. 35-6/ etc.

ラビエーヌス、クィ（ー）ントゥス Quintus Labienus,（ギ）Kūintos Labiēnos, Κούιντος Λαβιῆνος,（伊）（西）Quinto Labieno
（?〜前39）ローマの武将。ティトゥス・ラビエーヌス❶*の息子。カエサル*の暗殺（前44）後、カッシウス❶*の指令でパルティアー*王オローデース2世*（アルサケース14世*）の援助を求めるべく派遣され（前43〜42年の冬）、ピリッポイ*の戦い（前42）でカッシウスらが敗死して以降、パルティアー軍を率いてローマの属州シュリア*に侵攻（前41〜前40の冬）、アントーニウス*配下の総督デキディウス・サクサ*を破り、その部隊を従えて小アジアを席捲した（⇒パコロス❶）。「パルティアーの大将軍 Parthicus Imperator」という称号を名乗り貨幣にも刻印させたが、翌前39年アントーニウスの副官 P. ウェンティディウス*に敗れてキリキアー*へ遁走、変装し潜伏しているところを見

つかり処刑された。父親と同様に傲岸不遜で激情にはしりやすい性質の人物だったという。

Dio Cass. 48-24～26, -39～40/ Strab. 14-600/ Liv. Epit. 127/ Plut. Ant. 30, 33/ Vell. Pat. 2-78/ App. B. Civ. 5-65, -133/ Just. 42-4/ etc.

ラビエーヌス、ティトゥス　Titus Labienus, （ギ）Titos Labiēnos, Τίτος Λαβιῆνος, （伊）（西）（葡）Tito Labieno, （露）Тит Лабиен

ローマの政治家。

❶（前100頃～前45年3月17日）ローマの武将。前63年の護民官（トリブーヌス・プレービス*）となり、大神祇官長（ポンティフェクス・マクシムス*）の選挙権をプレーベース*（平民）の手に戻す法案を提出・通過させ、またカエサル*の意を受けて C. ラビーリウス*を叛逆罪で告訴した。その後カエサルの最も信任厚い副官 Legatus（レーガートゥス）としてガッリア*遠征に従い（前58～前51）、カエサルの不在中は、彼に代わって指揮を執った。ところが、前49年初頭、カエサルとポンペイユス*との間に戦端が開かれると、殊遇を蒙りながらなぜか寝返って敵陣に走り、内乱期にはポンペイユス派の部将として活躍、パルサーロス*、タプソス*の戦いを経て、前45年ヒスパーニア*のムンダの戦いで斃れ、その首級はカエサルのもとへ届けられた。傲慢で頑固かつ己惚れの強い性格の持ち主だったとされ、カエサルの股肱として富と栄光に恵まれながら、さらなる野心に燃えて彼を裏切ったものと考えられている。この背信行為を知ってもカエサルは、ラビエーヌスの金と持ち物を敵陣へ送り届けてやったという。

⇒Q. ラビエーヌス

Caes. B. Gall. 1-10, -21～22, 2-1, -11, -26, 3-11, 4-38, 5-8～, 6-5～, 7-56～, 8-23～24, B. Civ. 1-15, 3-13, -19, -71, -87/ Plut. Caes. 18, 34/ Dio Cass. 40-11, -31, -38, -43, 41-4/ Cic. Att. 7-11～13, Fam. 14-14, 16-12, Div. 1-32/ Hirt. B. Afr. 15～19, B. Hisp. 18, 31/ etc.

❷（？～後12）アウグストゥス*時代のローマの弁論家・歴史家。❶の息子、もしくは孫に当たる。帝政に反対し、アウグストゥスとその取り巻き連中を口を極めて非難したため、「牙をむいた狂犬 Rabienus（ラビエーヌス）」の異名をとる。史書のほか、マエケーナース*の寵愛する俳優バテュッルス*を攻撃する小冊子などを書いたが、自分の作品がことごとく焚書にあったと知って、先祖の墓廟に閉じこもり、自ら命を絶った。後年カリグラ*帝が、彼やクレムーティウス・コルドゥス*、カッシウス・セウェールス Cassius Severus（？～後33／34）らの著書を復刻・再刊することおよび、朗読することを許可した。

Sen. Controv. 10/ Suet. Calig. 16/ Dio Cass. 56-27/ Quint. Inst. 1-5, 4-1/ Tac. Dial. 38/ etc.

ラピタイ（族）　Lapithai, Λαπίθαι, Lapithae, （英）Lapiths, （仏）Lapithes, Laphites, （独）Lapithen, （伊）Lapiti, （西）Lápitas, （露）Лапифы, （〈単〉ラピテース Lapithes, Λαπίθης, または、ラピトス Lapithos, Λάπιθος）

ギリシア北部テッサリアー*の山岳地帯に住んでいたなかば伝説的な種族。先住民ペラスゴイ*人を駆逐してピンドス*、オッサ*、ペーリオン*等の山中を占住。神話中、近隣の洞穴に棲む半人半馬のケンタウロス*族と戦ったことで知られる。名祖ラピテースは、テッサリアーを流れるペーネイオス*河神の娘スティルベー Stilbe とアポッローン*との間の息子という。ラピタイ族の首長の中で有名なのは、イクシーオーン*とその子ペイリトオス*で、後者とヒッポダメイア*との婚宴の最中に、酔っ払ったケンタウロスたち（ケンタウロイ*）が花嫁やラピタイ族の婦女らを犯そうとしたことから闘争が勃発、両族の血腥い戦いの結果、カイネウス*はじめ多くの死者が出たが、ついにケンタウロス族は辺境の地エーペイロス*（または南方ペロポンネーソス*）へ追い払われた。このラピタイとケンタウロイとの戦闘ケンタウロマキアー Kentauromakhia は、美術の主題として大いに愛好され、オリュンピアー*のゼウス神殿の西破風彫刻やアテーナイ*にあるテーセウス*神殿の絵画、パルテノーン*神殿のメトペー metope（フリーズ間の四角い装飾壁面）浮彫、またハリカルナッソス*市のマウソーレイオン*の彫刻、等々の作例があった（特に現存するパルテノーンの浮彫は、ペルシア人に対するギリシア人の勝利を象徴するペイディアース*の力作として重要）。ラピタイ族からは、予言者モプソス❶*他、アルゴナウテース*たち（アルゴナウタイ*）の遠征やカリュドーン*の猪狩り、トロイアー戦争*に参加した勇士を輩出。また彼らは馬術に長じ、手綱や馬銜（はみ）を発明したと伝えられている。

⇒プレギュアース、次頁系図405

Hom. Il. 2-738～, 12-128～, 23-836～/ Pind. Pyth. 9-14～/ Apollod. 2-5-4, -7-7/ Ov. Met. 8-303～, 12-250～/ Strab. 9-439～443/ Hyg. Fab. 33/ Diod. 4-69～/ Paus. 1-7-2, 5-10-8/ etc.

ラビュリントス（迷宮）　Labyrinthos, Λαβύρινθος, Labyrinthus, （英）（独）Labyrinth, （仏）Labyrinthe, （伊）（葡）Labirinto, （西）Laberinto

ギリシア伝説中、クレーター*王ミーノース*が名匠ダイダロス*に命じてクノッソス*（クノーソス*）に造らせた迷宮。数多くの部屋や複雑な廊下を配した建物で、いったん中に入った者は出口がわからなくなり、その奥に住む牛頭人身の怪物ミーノータウロス*に食われたという（⇒テーセウス）。近代に発掘されたエーゲ海文明*（ミーノース文明）時代のクノッソス宮殿は、宏壮複雑を極めた建造物であり、"ラビュリントス"の原型だと見なされている。この語はクレーターで宗教上の象徴とされた「両刃の斧 labrys（ラブリュス）, λάβρυς（リューディアー*の古語からの借用）」に由来するものである。

さらにラビュリントスなる言葉は、クレーター島の宮殿のみならず、エジプトのアメン・エム・ヘト3世 Amen-em-het III（在位・前1842頃～前1797頃）の葬祭殿や、エトルーリア*王ポルセンナ*の墳墓、レームノス*（またはサモ

ス*）の神殿など他の錯綜した構造の大建築物にも用いられている。
⇒ロイコス、テオドーロス❶
Herodot. 2-148/ Diod. 1-61/ Plin. N. H. 36-19-84〜93/ Plut. Thes. 19, Mor. 301f〜302a/ Strab. 10- 477/ Apollod. 3-1-4, -15-8, Epit. 1-8〜9/ Paus. 1-27-10/ etc.

ラビーリウス、ガーイウス　Gaius Rabirius, （ギ）Gāios Rhabīrios, Γάϊος Ῥαβίριος, （伊）Gaio (Caio) Rabirio, （西）Cayo Rabirio

ローマの政治家。

❶（前2世紀末〜前1世紀前半）閥族派*（オプティマーテース*）の騎士身分上りの元老院議員。前100年に護民官サートゥルニーヌス*の殺害に加わったため、37年後になって、カエサル*の意をうけた護民官 T. ラビエーヌス*により国事犯として告発される（前63）。叛逆罪の法廷はカエサルとその親族 L. カエサル❷*の2人が主宰し、容赦なく被告を断罪したが、老ラビーリウスは民会に上訴、キケロー*およびホルテーンシウス*に弁護され、判決が下される前に法務官*の Q. メテッルス❾*・ケレルがヤーニクルム*丘上の旗を下ろしてくれた（民会中止の信号）おかげで、無事に放免されるを得た。彼は実子がなかったので、姉妹の子（⇒❷）を養子に迎えた。

⇒リキニウス❷・マケル
Dio Cass. 37-26〜28/ Suet. Iul. 12/ Cic. Rab. Perd., Pis. 2/ etc.

❷ C. Rabirius Postumus（前1世紀）共和政末期ローマの大金融業者。「ローマ騎士の長」と称された C. クルティウス Curtius の息子で、父親の死後に生まれたところからポストゥムス（「遺腹の子」の意）と呼ばれる。母方のおじ（⇒❶）の養子に迎えられる。エジプト王プトレマイオス12世*アウレーテースに莫大な資金を融資し、前55年に王が王座に返り咲くと、貸金回収のためエジプトの大蔵大臣 Dioiketes, Διοικητής の役職に就いて苛酷なまでに税金を搾り取った。よって、アレクサンドレイア❶*市民の指弾を浴び、逮捕・投獄される破目に陥ったが、王がひそかに国外へ逃亡させてくれたおかげで、ようやくローマへ帰り着く。破産に瀕していたにもかかわらず、不当取得の廉で裁判にかけられ、キケロー*の弁護で無罪をかち取る（前54）。カエサル*の援助を得て、その熱心な支持者となり、前49年までに元老院入りを果たし、内乱時にはカエサルの幕下に連なっている。未回収のエジプトの債権はカエサルに譲渡された。前48年に法務官*に就任。

なお、アウグストゥス*帝時代の叙事詩人に同名のガーイウス・ラビーリウスがおり、アクティオン*の海戦（前31）で帝がアントーニウスに完勝した詩を書いたが、わず

系図405　ラピタイ（族）

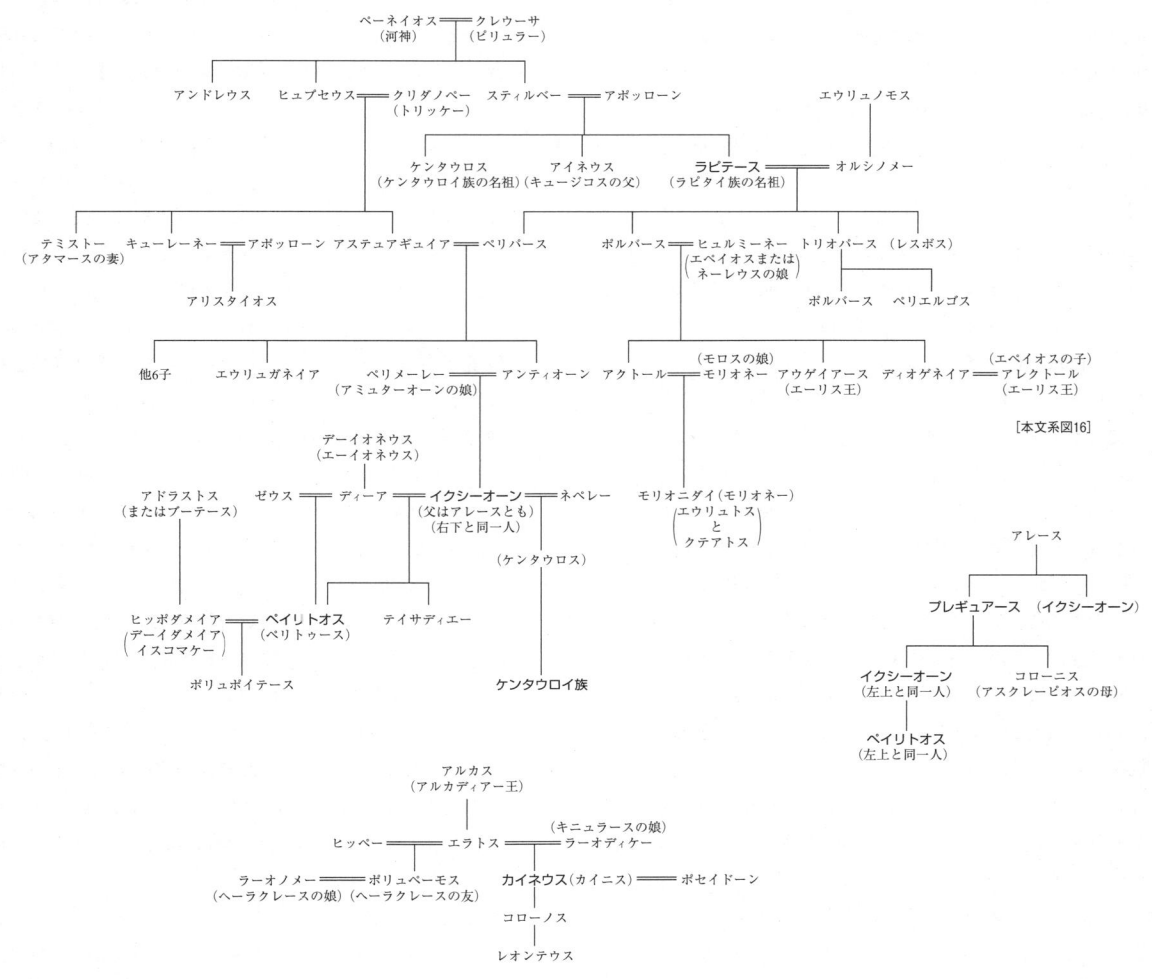

[本文系図16]

か5行の引用断片を除いて作品は佚亡した。
Cic. Rab. Post./ Hirt. B. Afr. 8/ Suet. Claud. 16/ Sen. De ben. 6-3/ Ov. Pont. 4-16/ Vell. Pat. 2-36/ Quint. 10-1/ Vell. Pat. 2-36-3/ etc.

ラビリンス　Labyrinth
⇒ラビュリントス

ラビリント　Labyrinth
⇒ラビュリントス

ラブダコス　Labdakos, Λάβδακος, Labdacus,（仏）Labdacos,（伊）（西）Labdaco,（葡）Lábdaco,（露）Лабдак

ギリシア神話中のテーバイ❶*王。カドモス*の子ポリュドーロス❷*の子。ラーイオス*（オイディプース*の父）の父（⇒巻末系図006）。テーバイ王家ラブダキダイ Labdakidai の祖。幼くして父ポリュドーロスを亡くしたため、王位を継承するも、外祖父ニュクテウス*、次いでリュコス*（ニュクテウスの弟）が摂政を務め、長じてのちようやく支配権を獲得した。国境問題をめぐってアテーナイ*王パンディーオーン❶*と戦って敗れ（⇒テーレウス）、ほどなく没した。アポッロドーロス❸*の伝えるところでは、彼は従兄ペンテウス*と同様、ディオニューソス*崇拝に反対したため狂信女たち（バッカイ*）によって八つ裂きにされたという。その死後、遺児ラーイオスはまだ1歳だったので、再びリュコスが摂政となった。
Apollod. 3-5-5, -14-8/ Herodot. 5-59/ Soph. O. T. 224, O. C. 221, Ant. 594/ Paus. 2-6-2, 9-5-4～5/ Hyg. Fab. 9, 65, 76, 85/ etc.

ラベオー、マールクス・アンティスティウス　Marcus Antistius Labeo,（ギ）Labeōn, Μᾶρκος Ἀντίστιος Λαβεών,（仏）Labéon,（伊）Labeone,（西）Labeón

（前54／48頃～後11／18頃）ローマ帝政初期の高名な法学者。父のクィントゥス・ラベオー Q. Antistius Labeo（？～前42）は、カエサル*の暗殺に加担し（前44）、ピリッポイ*の戦いに敗れてのち、自分の天幕に墓穴を掘らせ、奴隷に喉を貫かせて死亡。父に倣って彼もまた共和政の信奉者で、「カエサルやアウグストゥス*の法令は横領による非合法な政府の作ったものだから無効である」と主張、詩人ホラーティウス*から「ラベオーよりも狂気の」と譬えられるくらい、ことごとに元首政治（帝政）に楯ついた。前18年の元老院議員改選に当たっても、アウグストゥスの旧敵 M. レピドゥス*を推薦、帝から「もっと適当な人物はいないのか」と尋ねられても、「人にはそれぞれ自分の考えがあります」とつっぱねた。アウグストゥスから提供された執政官職（コーンスル*）も拒絶し（後5頃）、また別の機会に、元老院議員が交替で皇帝の寝所の護衛に当たることが決議されそうになると、彼はあからさまに異を唱えるのを避けて、「私は大いびきをかくので、寝所の近くに休んではかえって迷惑となりましょう」と述べたという。当然のことながらアウグストゥスの恩顧を失ったが、それでもなお当代随一の法律家としての盛名をかちとり、いわゆるプロクルス学派*の創始者と見なされている。1年のうち半分は学者たちとの交流を楽しみ、残る半年は執筆に勤しんで約400作にのぼる書物を著わしたけれど、いずれも散逸し、ユースティーニアーヌス*帝の『学説彙集』（ディーゲスタ）に引用されて幾らかが伝存するに過ぎない。法律の改進派の領袖として知られ、保守派の C. アテイユス・カピトー*との対立は後世両者の流れを汲む2学派の対立となって続いた。
Dio Cass. 54-15/ Suet. Aug. 54/ Tac. Ann. 3-75/ Hor. Sat. 1-3-80/ Gell. 13-10, -12, 15-27, 20-1/ Dig./ etc.

ラベリウス、デキムス　Decimus Laberius,（伊）（西）Decimo Laberio,（葡）Décimo Labério,（露）Дечим Лаберий

（前115／106頃～前43年1月）ローマ共和政末期の物真似劇ミーモス mimus 作家。騎士身分*の出身だが、下品で滑稽な笑劇を痛烈な皮肉と鋭い機智をもって執筆、政治批判や社会風刺の手段とした。南イタリアのマグナ・グラエキア*伝来の通俗的な道化芝居ミーモス mimos を新しい文学形式として取り入れ、ローマ演劇で初めて女優を登場させ、淫猥かつ露骨な表現で大衆に親しまれた。しかし、あまりに忌憚なく時の政治を攻撃したため、独裁官（ディクタートル*）カエサル*の不興を買い、前45年10月、すでに60歳を過ぎた身で舞台に立つよう命じられ、奴隷出身の新進作家プーブリリウス・シュルス*と競演させられた。これははなはだ不名誉なことであったが、やむなく彼は舞台の上で奴隷に扮し、「おお大変だ、ローマの皆さん。我々は自由を奪われてしまった！」という台詞を吐いてカエサルに一矢を報い、また「すべての人が恐れている人物、その人こそすべての人を恐れなくてはならぬのだ」と続けると、観客の目はことごとくカエサルの方へ注がれた。それを聞いたカエサルは、競争相手のプーブリリウス・シュルスに勝利の栄冠を授け、ラベリウスには「私としては君に勝たせたかったけれど、何分シュルスが優勝をかっさらってしまったものでね」と言って、大枚50万セーステルティウスを与え、騎士のもつ黄金の指輪（自作自演という恥ずべき行為のためラベリウスはいったん騎士身分を喪失していた）を返してやった。ラベリウスが騎士席に戻ろうとした時、キケロー*から「貴賓席がこんなに混んでさえいなければ、あんたのために場所を空けてあげるんだがなあ」と揶揄われると、すかさず彼は「驚きましたねえ、キケローさん。いつも2つの席に掛けておいでの貴方が、混み合っていてお困りだとは！」と切り返して、キケローの政見が一定せず二股をかけている点を鋭く衝いたという。彼はカエサル暗殺の10ヵ月後にプテオリー*にて没。今日では40余の断片が伝えられているに過ぎない。
⇒ヘーローンダース

Suet. Iul. 39/ Macrob. Sat. 2-3, -7/ Sen. Controv. 3-18/ Sen.

Ira 2-11/ Cic. Fam. 7-11, 12-18/ Hor. Sat. 1-10-6/ Gell. 16-7/ etc.

ラベンナ　Ravenna
⇒ラウェンナ

ラーマコス　Lamakhos, Λάμαχος, Lamachus,（仏）（独）Lamachos,（伊）Lamaco,（西）Lámaco,（露）Ламах

（前470頃〜前414）アテーナイ*の将軍。ペロポンネーソス戦争*において主戦派の有力者として知られる。前437年頃、ペリクレース*とともに黒海*方面に出動し、前425／424年および前416／415年にも将軍職ストラテーゴス*に就き、その好戦的姿勢を喜劇詩人アリストパネース*に諷刺された（『アカルナイの人々』）。貧しいが勇敢な宿将として聞こえ、前415年にはアルキビアデース*やニーキアース❶*とともにシケリアー*（現・シチリア）遠征の指揮官に選ばれて出陣。翌年、シュラークーサイ*の封鎖を企てて市の周囲に城壁を建築中、これを阻止しようとする敵軍との間に生じた小競り合いで戦死した。シュラークーサイの勇士カッリクラテース Kallikrates と一騎討ちをして、共倒れになったと伝えられる。プルータルコス*によれば、ラーマコスは勇敢廉直、質素かつ清貧といった美質の持ち主であったという。

Thuc. 4-75, 5-19, -24, 6-8, -49〜50, -101〜103/ Ar. Ach. 270, 566〜, 960, 1070〜/ Plut. Per. 20, Alc. 18, 20, 21, Nic. 12〜18/ Andoc. 1-11/ Pl. Lach. 197/ Diod. 12-72, 13-2, -7〜8/ etc.

ラミア（ラミアー）　Lamia, Λάμια (Λαμία),（仏）（独）Lamie,（露）Ламия,（ブルガリア語）Ламя

ギリシア伝説中、子供をさらう女の妖怪。ベーロス*とリビュエー*の娘で、ライストリューゴーン*人の女王。美人だったのでゼウス*に愛されたが、出産するたびに子供を嫉妬深いヘーラー*に殺されたため、絶望のあまり他人の子供を奪っては食う怪物になったという。それでも、なお飽き足らずヘーラーが彼女から眠りを奪ったところ、ゼウスは彼女に両眼を自在にはずしたり、はめこんだりする能力を授けてやったとも伝えられる。あるいは、洞窟に棲む半人半蛇の女吸血鬼とされ、ラミアイ Lamiai と複数形で表わされることも多い。ローマ時代には、美女と化して若い男たちと交わり、その新鮮な血肉を貪る女怪ラミアの物語が流布し、ゲーテの『コリントスの花嫁 Die Braut von Korinth』（1797）やキーツの『レイミア Lamia』（1819）など、はるか後世の近代ヨーロッパ文学にまで影響を及ぼすことになった（⇒プレゴーン、テュアナのアポッローニオス、ピロストラトス）。

　デルポイ*の山中に出没したラミアは、一名シュバリス*とも呼ばれ、人身御供を要求したが、生贄に選ばれた美青年アルキュオネウス Alkyoneus に恋した男エウリュバトス Eurybatos に退治されたといい、その場所に湧き出た泉シュバリスは南イタリアのロクリス*人植民市にその名を与えたことで知られる（⇒クラティーノス❷）。

　ギリシア人の間ではラミアのほか、エンプーサ*やゲロー Gelo、モルモー Mormo（モルモリュケー Mormolyke またはモルモーン Mormon）などといった子供をさらう女吸血鬼ないし幽霊の存在が信じられていた。
⇒スキュッラ❶

Diod. 20-41/ Strab. 1-19/ Philostr. V. A. 4-25/ Hor. Ars P. 340/ Apul. Met. 1-110/ Plut. Mor. 515/ Ant. Lib. Met. 8/ Ar. Vesp. 1035, 1177, Pax 758/ Tertullian. Adv. Valent. 3/ Eust. Il. 1714/ Hesych./ Suda/ etc.

ラミアー（ラミア）　Lamia, Λαμία (Λάμια),（仏）Lamie

（前4世紀後半〜前3世紀前期）アテーナイ*の有名な遊女ヘタイラー*。笛吹きの技に秀でており、前306年すでに女盛りを過ぎていたにもかかわらず、ずっと年下のデーメートリオス1世*・ポリオルケーテースの愛人となり、以来長きにわたり、その魅力で彼を擒にし、大きな影響力を保った。ラミアーの贅沢な暮らしぶりと豪奢な饗宴はのちのちまでの語り草となり、アテーナイ市民は彼女の化粧料として巨額の税金を供出させられたばかりか、デーメートリオス王の機嫌を取るために進んで彼女のためにアプロディーテー*・ラミアーの神殿を建立した。デーメートリオスには男女両性の愛人が大勢いたのに、彼女が長い間勢力をふるい得たのは、容貌よりも才智に恵まれていたからだといわれる。ある宴席でデーメートリオスからあらゆる種類の香料を贈られた時、彼女が軽蔑したかのように謝絶すると、王はその場で自らの男根をしごいて射精し、「これはどんな香料より良い匂いがするぞ」と掌一杯の精液を差し出したところ、彼女は大笑いしつつ「何よりも悪臭を放つようですわ」と返答、すかさず王が「だが、これは王の体液なのだ」と言い返したという奇妙な話も伝わっている。なお、これより少し前にアテーナイを支配したパレーロン*のデーメートリオス*にも、ラミアーという名の愛人がいたという。
⇒プリューネー、ラーイス

Plut. Demetr. 16, 19, 24〜25, 27/ Ath. 3-101e, 4-128b, 6-253b, 13-577c〜f, 14-615a/ Ael. V. H. 12-17, 13-8〜9/ Diog. Laert. 5-76/ Alciphr. 4/ etc.

ラミアー　Lamia, Λαμία,（仏）Lamía,（露）Ламия

（後の Zitúnion, Zitúni, 現・Lamía）ギリシア中東部、テッサリアー*地方のプティーオーティス*の町。ラミアー戦争 Lamiakos Polemos, Λαμιακὸς Πόλεμος,（ラ）Lamiacum Bellum（前323〜前322）の舞台として知られる。前323年アレクサンドロス大王*が死ぬと、アテーナイ*を中心とするギリシア諸都市は、マケドニアー*からの独立を求めて解放戦争を開始、プラタイアイ*で常勝マケドニアー軍を破り、摂政アンティパトロス❶*をテルモピュライ*北方にあるこの町に7ヵ月間包囲した。しかし主導者たるアテーナイ出身の傭兵隊長レオーステネース*が頭を石で砕かれて戦死したため、マケドニアー軍は援軍を得て囲みを

逃れ、翌年アテーナイ艦隊をアビュードス*、アモルゴス*の海戦で撃滅、ついにテッサリアーのクランノーン*において、アンティパトロスとクラテロス*の率いる軍隊はギリシア勢を破り、無条件降伏させた（前322夏）。その結果、アテーナイの弁論家デーモステネース❷*とヒュペレイデース*は破滅し、ギリシアの自由は失われた。

その後もラミアー市はアイトーリアー同盟*の一員として繁栄し、セレウコス朝*の大王アンティオコス3世*と結んでローマと交戦した（前191）が、翌前190年ローマ軍に敗れて占領の憂き目を見た。現在、城壁や墓地の遺構、また丘上にアクロポリス*跡などが残っている。
⇒クレイトス❷
Plut. Dem./ Diod. 17～18/ Just. 13/ Strab. 1-60, 9-433～/ Polyb. 9-29, 20-11/ Liv. 27-30, 32-4, 35-43, -49, 36-15, -25, 37-4～5/ Zonar. 9-20/ Plin. N. H. 4-7-28/ Ptol. Geog. 3-12/ Scylax/ Steph. Byz./ etc.

ラムヌース　Rhamnus, ‘Ραμνοῦς, (仏) Rhamnonte, (独) Rhamnous, (伊)(西) Ramnunte

(現・Ramnús, Ραμνούς) アッティケー*地方東北端のデーモス demos, δῆμος (区)。エウボイア*島に面した海沿いの重要拠点に位置する。テミス*とネメシス*両女神を合祀した神殿で著名。特にパロス*大理石製の巨大なネメシス像（本体3.5m以上。台座を合わせると4.4m）は、巨匠ペイディアース*ないしその愛弟子アゴラクリトス*の手になる傑作として知られる（前430頃、頭部断片や台座浮彫の一部は大英博物館蔵）。元々これは、ペルシア戦争*時にマラトーン*へ上陸したアカイメネース朝*ペルシア*軍が造作なくギリシアを征服できると高をくくって運んで来た戦勝記念碑用の大理石であったという（前490）。前300年頃のテミス像が発掘された他、前6世紀末と前5世紀後半の大小神殿跡や丘上の城砦（前5～前4世紀）などが現在、残っている。
Paus. 1-33-2～/ Plin. N.H. 36-5-17/ Strab. 9-396～/ Catull. 66-71/ Dem. De Cor./ Ov. Met. 3-406, Trist. 5-8～9/ Stat. Silv. 3-5-5/ Scylax/ Steph. Byz./ Suda/ etc.

ラムバエシス　Lambaesis
⇒ランバエシス

ラムプサコス　Lampsacos
⇒ランプサコス

ラムプシニトス　Rhampsinitos
⇒ランプシニトス

ララ　Lara
ローマ神話中、アルモー Almo（現・Acquataccia）河神の娘。姉ユートゥルナ*がユーピテル*に執拗に求愛された時、ユーノー*に事の次第を告げたため、お喋りの罰としてユーピテルに舌を引き抜かれたうえ、メルクリウス*によって冥界へ連行された。その途中でメルクリウスに犯されて、双生児ラレース*を出産。ララはそれ以来、唖者の女神ムータ Muta、またはタキタ Tacita（黙せる女）の名で祀られた。ラールンダ*と同一視される。
Ov. Fast. 2-583～/ Lactant. Div. Inst. 1-20/ etc.

ラーリーサ　Larisa, Λάρισα, Lareisa, Λάρεισα（または、**ラーリッサ*** Larissa, Λάρισσα）, (西)(葡) Lárisa, (露) Лариса, Ларисса

ギリシアおよび東地中海地方の市名。「城砦」の意。その主要なものをあげると、以下の通り。

❶ (ラ) Larissa in Pelasgiotis（近世の Yeni-sher、現・Lárisa, Lárissa ないし Larza）ギリシア北部、テッサリアー*地方の中心都市。ペーネイオス*河右岸の肥沃な平野に位置し、交通の要衝を占める。伝承上の名祖(なおや)ラーリッサはペラスゴス*の娘とも母ともいわれるニュンペー*（ニンフ*）で、ボール遊びの最中にあやまってペーネイオス河に落ちたとされている。神話伝説では、英雄ペルセウス*が祖父アクリシオス*（ラーリーサ市の建祖）を誤殺した地として、またアキッレウス*の支配していた町として知られる。歴史時代には、ヘーラクレース*の後裔と称するテッサリアーの王族アレウアダイ*家の拠る首邑となり、ペルシア戦争*ではギリシアに背いて大王クセルクセース1世*側についた（前480）。その首鼠両端を持した政治姿勢で悪評高かったが、ペロポンネーソス戦争*（前431～前404）中は、おおむねアテーナイ*方に味方した。次第にペライ*の僭主イアーソーン*に圧迫され、のちマケドニアー*王ピリッポス2世*に服属（前352）。前196年にはローマ軍によって解放され、以来テッサリアー同盟の首府として繁栄した。名医ヒッポクラテース*（前399頃）やソフィスト*のゴルギアース*（前376頃）終焉の地と伝えられる。ヘレニズム時代の劇場(テアートロン)*の遺跡やアゴラー*、近郊の墓地群（前7世紀後半～前6世紀初頭）などが残っている。
Herodot. 9-1, -58/ Xen. Hell. 6-4-33/ Pl. Meno 97a/ Eur. Alc. 835/ Strab. 9-440/ Thuc. 2-22/ Polyb. 18-27/ Diod. 15-61/ Hyg. Fab. 145/ Paus. 2-24-1/ Steph. Byz./ etc.

❷ (ラ) Larisa Cremaste（現・Gardhiki 近郊）❶と同じくテッサリアー*の都市。プティーオーティス*地方にあった。

その他、やはりテッサリアーのオッサ*山中や、クレーター*（クレーテー*）島、ペロポンネーソス*、小アジア、シュリアー*、など各地に同名の市ラーリーサがあった。また、ダナオス*によって築かれたと伝えるアルゴス*市のアクロポリス*も、ラーリーサと呼ばれていた。
Strab. 9-435, -440, 13-620/ Paus. 2-24/ Liv. 31-46, 42-56～57/ Diod. 20-110/ Hom. Il. 2-841/ Thuc. 8-101/ Xen. Hell. 3-1, An. 3-4/ Ptol. Geog. 3-12, 5-14, 8-12/ Scylax/ Steph. Byz./ It. Ant./ etc.

ラーリッサ　Larissa
⇒ラーリーサ

ラール Lar（または、ラルス Lars），（ギ）Laras, Λάρας, Laros, Λάρος

エトルーリア*語で首領、王、英雄を意味する。クルーシウム*のポルセンナ*王やウェイイー*のトルムニウス*王らエトルーリア系の君主の個人名 praenomen として用いられ、のちローマ人の中にもこの名を帯びる人が現われた。

Val. Max. De Nomin. et Praenom./ Liv. 2-9, 4-17, 3-65/ Plut. Publ. 16/ Dion. Hal. Ant. Rom. 5-21/ etc.

ラ（ー）ルウァエ Larvae
⇒レムレース

ラールたち Lar
⇒ラレース

ラールンダ Larunda (Laranda)，（仏）Larunde，（露）Ларунда

ローマの女神。本来サビーニー*族の大地女神であったらしい。ララ*と同一視される。

Varro Ling. 5-74/ Liv. 1-4/ Ov. Fast. 2-599〜/ Auson. Technop. 8-9/ etc.

ラレース（ラールたち） Lares（古形・Lases），（ギ）Λάρητες，（独）Laren，（伊）Lari，（露）Лары（ラール*の複数形）ローマの下級神。ペナーテース*とともに家庭の守護神として各家の炉の上に祀られていたが、彼らが家の守り神となったのは比較的後代のことである。ラレースの起源については諸説あるも、ふつう田畑を保護する神霊 numina より発し、ここから4つの農場の接する地点、つまり四つ辻の守護神たるラレース・コンピターレース L. Compitales が生じたと見られている。この信仰が家庭内にもたらされて、家を保護する死者の霊としてのラレース・ファミリアーレース L. Familiares となり（⇒レムレース）、さらに、道路の守護神ラレース・ウィアーレース L. Viales や海路を守るラレース・ペルマリーニー L. Permarini、そして国家を保護するラレース・プラエスティテース L. Praestites へと発展していったとされる。ラレースの神殿は聖道の起点にあり、神像には犬の皮が着せられ、犬の像も一緒に祀られていた。犬は彼らと同じように、忠実な家の守り手だったからである。オウィディウス*によれば、ラレースの母は河のニュンペー*（ニンフ*）ララ*であるといい、彼女がユーピテル*の浮気を妃のユーノー*女神に知らせたため、怒ったユーピテルに舌を切られ、冥界に送って行かれる途中、使神メルクリウス*に犯されて産んだ双生児がラールたちであるという。異伝では、ローマ第5代の王タルクィニウス・プリスクス*の妃タナクィル*の侍女が、炉の灰から生じた男根と交わって生まれたのが、ラール・ファミリアーリス Lar Familiaris で、これがのちに第6代の王となるセルウィウス・トゥッリウス*の父であるという。また、死の女神マーニア Mania を彼らの母とする説や、母はアッカ・ラーレンティア*で、彼女は12人の男子を産んだが、その1人が死んだので、代わりに双生児ロームルス*とレムス*を養育したという説もある。のちラレースはディオスクーリー*（ディオスクーロイ*）と同一視された。各戸に祀られていたラレースの神棚は、ララーリウム Lararium と呼ばれていた。

守護神ラレースとは対照的に、横死を遂げて彷徨い続ける恐ろしい形相の亡者の霊ラルウァ Larva（〈複〉ラルウァエ*）の存在も信じられていた。

⇒ブッラ

Ov. Fast. 2-599〜, 5-145/ Varro Ling. 9-61/ Plin. N. H. 28-5, 36-70/ Suet. Aug. 7, 31, Calig. 5/ Plaut. Aulul. prolog., Trin. 39/ Festus 272/ Liv. 1-39/ Arn. Adv. Nat. 5-18/ Serv. ad Verg. Aen. 5-64, 6-152/ etc.

ラーレンターリア Larentalia

ローマの女神アッカ・ラーレンティア*の祭り。毎年12月23日に祝われた。

Ov. Fast. 3-57/ Varro Ling. 6-23〜24/ Macrob. Sat. 1-10/ Cic. Ad Brut. 1-15/ etc.

ラーレンティア Larentia（または、ラウレンティア Laurentia），（ギ）Laurentiā, Λαυρεντία，（伊）Larenzia，（西）Larencia，（葡）Larência，（露）Ларентия, Ларенция

⇒アッカ・ラーレンティア

ランゴバルディー（族） Langobardi，（ギ）Langobardoi, Λαγγοβάρδοι, Langobardai, Λαγγοβάρδαι，（または、ロンゴバルディー*Longobardi），（英）（仏）Lombards, Langobards，（独）Langobarden，（伊）Longobardi，（西）（葡）Lombardos，（露）Лангобарды

（「長髯族」の意）ゲルマニア*人の1部族。前100年頃に源郷スカンディナヴィア南部から北ドイツへ移り、アルビス*（現・エルベ）河下流域*、セムノーネース*族占有地の北方に居住した。アウグストゥス*帝の時、ティベリウス*率いるローマ軍に討伐され（後5）、17年にはセムノーネースとともにマロボドゥウス*に叛いてアルミニウス*側に奔ったことが知られる。好戦的な少数部族だったが、次第に南進して勢力を増し、6世紀前半にはノーリクム*、パンノニア*地方に定着。東ローマ皇帝ユースティーニアーヌス*と結んでその東ゴート*王国征服を援け、568年には北イタリアに侵入して、ランゴバルト王国 Regnum Langobardonum を建設した（〜774）。王国の中心地だったイタリア北部のロンバルディーア Lombardia（〈英〉Lombardy, 〈仏〉Lombardie, 〈独〉Lombardei）地方に、その名を留めている。敗者を男女の別なく強姦した「蛮行」のゆえに悪名高い。

⇒グレーゴリウス1世

Tac. Germ. 40, Ann. 2-45〜46, 11-17/ Ptol. Geog. 2-11/

Vell. Pat. 2-106/ Strab. 7-290/ Suet. Aug. 21/ Procop. Goth. 2-15, 3-33〜/ Paul. Diacon. Hist. Langob./ Isid. Orig. 9-2/ Euseb. Chron./ etc.

ランバエシス（ランベーシス） Lambaesis (Lambēsis), (ギ) Lambaisa, Λάμβαισα, Lambaesa (Lambaese), (仏) Lambèse, (伊) Lambessa

(現・Tazoult, Tazzoult) 北アフリカ、ヌミディア*にあったローマ軍の陣営所在地（後81〜）。タムガディ*（現・ティムガド）の西方38km、軍用道路の要衝に位置する。トライヤーヌス*帝の治下、この地に駐屯する軍団の退役兵のため近くに植民市（コロニア）タムガディが建設された (100)。次いでハドリアーヌス*帝がランバエシスを訪問、その折彼が将兵に向かって語った演説文は円柱に刻まれて今も伝存する。司令部や兵器庫などローマ帝政期の陣営の遺構がよく保存されており、城壁外部に広がる市街地域からは公共浴場（テルマエ*）・凱旋門・円形闘技場（アンピテアートルム*）・諸神殿、等々の都市遺跡が発掘されている。

なおランバエシスの北西、ヌミディアとマウレータニア*を結ぶ幹線道路の山中にも、同じくローマ軍の城砦から発展した軍事植民市クイクル Cuicul (Curculum, 現・Djémila) の遺跡が残っている。
⇒キルタ

Anthologia Latina Epigr. 206/ Ptol. Geog. 4-3-8/ Augustin. adv. Donat. 6-13/ It. Ant./ Tab. Peut./ etc.

ランプサコス Lampsakos, Λάμψακος, Lampsacus (Lampsacum), (仏) Lampsaque, (伊) Lampsaco, (西) Lámpsaco, (露) Лампсак, (旧名) Pityus(s)a

(現・Lapseki, Lamsaki) 小アジア西北岸ミューシアー*地方の都市。トローアス*北部のヘッレースポントス*海峡を扼する港町で、ポーカイア*（異伝ではミーレートス*）からの植民者が設立した。名祖は先住民ベブリュケス❶*の王女で、ポーカイア人を虐殺の危機から救って死んだランプサケー Lampsake。陽物神プリアーポス*崇拝の中心地および上質の葡萄酒の産地として知られ、古代世界において住民は淫蕩の聞こえが高かった。交通の要衝を占めていたので大いに繁栄し、前6世紀以来リューディアー*、アカイメネース朝*ペルシア*、アテーナイ*（デーロス同盟*）、スパルター*の支配を受けたが、前4世紀には独立を回復し、国際的に流通する金貨を発行した。哲学者エピクーロス*の高弟メートロドーロス❷*やコローテース*、歴史家アナクシメネース❷*、ペリパトス（逍遙）学派の哲学者ストラトーン❶*、また史家カローン*らの出身地。アレクサンドロス大王*による破壊を機略を用いて免れた話については、アナクシメネース❷の項を参照。その後ヘレニズム時代からローマ帝政期を通じて、町は富み栄えた。
⇒アビュードス、キュージコス

Herodot. 5-117, 6-37〜38/ Paus. 6-18, 9-31, 10-38/ Cic. Verr. 2-1-63〜/ Mela. 1-19/ Mart. 11-16, -51/ Strab. 13-589/ Plin. N. H. 5-40/ Thuc. 1-138, 6-59/ Diod. 11-57/ Plut. Them. 29/ Ath. 1-29〜/ Diog. Laert. 10-22, -25/ Ptol. Geog. 5-2/ Steph. Byz./ etc.

ランプシニトス Rhampsinitos, Ῥαμψίνιτος, (Rhempis, Ῥέμψις), Rhampsinitus, (仏) Rhampsinite, (独) Rhampsinit, (伊)(西)(葡) Rampsinito, (現ギリシア語) Rampsínitos, (古エジプト語) Raumesisu-sa-Net

エジプトの伝説的な王。第20王朝のファラオ Pharaō ラームセス3世 Ramses Ⅲ（在位・前1182頃〜前1151頃）と同一視される。ヘーロドトス*の伝える所によれば、プローテウス*のあとを継いで即位し、莫大な財宝を所有していたことで名高い。彼が宝蔵を造らせた折、建築家は石に細工をして秘密の抜け道を設けておき、死に臨んで2人の息子にこの仕掛けについて細大洩（も）らさず語り聞かせた。2兄弟は亡父の遺言通り夜な夜な宝物を盗み出していたが、ある時1人が王の仕掛けた罠にかかってしまい、もう1人は捕縛されるのを恐れて兄弟の首を斬り落として持ち去った。王は逃げた盗賊を捕らえようと策を講ずるが、その都度、臨機応変の奇略によってまんまと欺かれ、とうとうこの男の知恵と剛胆さに舌を巻き、王女を妻に与えて賞したという。本話に極めて類似する話が (Stith Thompson, K315.1)、インド・支那の仏教説話を経て我国の『今昔物語』巻十第三十二話にまで伝播しており、説話文学の比較研究上たいへん興味深い（⇒アガメーデース）。またこの王については、生きながら冥界（泉下（くだ））へ降って女神デーメーテール*（イーシス*）と骰子（さい）を争い、黄金の手巾を貰って再び地上に戻って来たという話も伝えられている。

Herodot. 2-121〜122/ Diod. 1-62/ Paus. 9-37/ Manetho/ etc.

リアーノス Rhianos, Ῥιανός, Rhianus, (伊)(西) Riano

(前275頃〜?) ヘレニズム時代のギリシアの詩人、文献学者。クレーター*島の出身。もと奴隷でレスリング学校（パライストラー*）の管理人をしていたという。遅れて教育を受けたにもかかわらず、アレクサンドレイア❶*で学匠詩人として名を上げた。第2次メッセーニアー*戦争の英雄アリストメネース*を歌った主著『メッセーニアカ Messēniaka, Μεσσηνιακά』をはじめ、『ヘーラクレイア Hērakleia, Ἡράκλεια』 (14巻?)、『テッサリカ Thessalika, Θεσσαλικά』、『アカーイカ Akhāika, Ἀχαϊκά』、など地方的な神話・伝説や歴史に取材した長い叙事詩を記した（わずかな断片を除いて湮滅）。カッリマコス❶*とアポッローニオス❹*・ロディオスの文学論争に関しては、明らかに長大な叙事詩を擁護する後者の味方であった。ホメーロス*学者としては、2大叙事詩『イーリアス*』と『オデュッセイア*』の校訂を行ない、それがゼーノドトス*版よりも原典に忠実であったため、後世の注釈家たちから高い評価を受けた。また、少年愛（男色）を主題とするエピグラム詩でも知られ、ローマ帝政初期にはエウポリオーン*、パルテニオス*とともに大いに愛好され、これら3詩人の胸像

と作品はティベリウス*帝の命令で公共図書館に並べ置かれることになった。
Rhianus Fr./ Paus. 4-1, -6, -15, -17/ Anth. Pal. 12-38, -58, -93/ Suet. Tib. 70/ Ath. 11-499d/ Suda/ etc.

リアンダー　Leander
⇒レアンドロス

リヴィー　Livy
⇒ T. リーウィウス (の英語形)

リーウィア　Livia, (ギ) Līuīā, Λιουία, (仏) Livie, (露) Ливия
ローマの名門リーウィウス氏*出身の女性名。

❶アウグストゥス*の3度目の妻。リーウィア・ドルーシッラ*の項を参照。

❷(前2世紀末頃〜前1世紀前半) M. リーウィウス・ドルースス❶*(前112年の執政官コーンスル*)の娘。前91年に暗殺された護民官トリブーヌス・プレービス*M. ドルースス❷*の姉妹に当たる。はじめ Q. セルウィーリウス・カエピオー Servilius Caepio (前90年に戦死、⇒カエピオー) に嫁いでセルウィーリア*姉妹を産み、次いで M. ポルキウス・カトー Porcius Cato (大カトー*の孫) に再嫁して小カトー* (カトー・ウティケーンシス) らを産んだ。姉娘のセルウィーリアは、カエサル*の暗殺で名高い M. ブルートゥス❷*の母であり、妹娘のセルウィーリアは、かの富豪 L. ルークッルス*の後妻となった人物である。
⇒巻末系図 056, 093
Cic. Brut. 62/ Val. Max. 3-1-2/ Plut. Cat. Min. 1, 24, Brut. 2, Caes. 62/ Aur. Vict. De Vir. Ill. 80/ etc.

❸リーウィッラ・クラウディア Livilla Claudia (大ドルースス*と小アントーニア❷*の娘)
⇒リーウィア・ユーリア

❹ユーリア・リーウィッラ Julia Livilla (ゲルマーニクス*と大アグリッピーナ*の娘)
⇒ユーリア❼

リーウィア・ドルーシッラ　Livia Drusilla (のちユーリウス氏*の養女となり、ユーリア・アウグスタ* Julia Augusta を称す), (ギ) Līuīā Drūsilla, Λιουία Δρούσιλλα, (西) Livia Drusila
(前58年1月30日〜後29初頭) 初代ローマ皇帝アウグストゥス*の妻。彼女の父親 M. リーウィウス・ドルースス・クラウディアーヌス Livius Drusus Claudianus (名門貴族クラウディウス氏*の出身。前50年の法務官プラエトル*。M. リーウィウス・ドルースス❷*の養子となる) は、自由身分の少年を犯していたことで名高い人物だったが、カエサル*暗殺後の前42年、第2回三頭政治の粛清に遭い自殺する (⇒巻末系図 093)。

リーウィアは前43／42年、ティベリウス・クラウディウス・ネロー*に嫁ぎ、ティベリウス* (後の2代皇帝) や大ドルースス*らの子を産む。やがてオクターウィアーヌス* (のちのアウグストゥス) に見初められ、その愛人となる。夫ネローは離婚を強いられ、前38年1月17日、彼女はオクターウィアーヌスの3度目の妻に迎えられる。この時リーウィアは既に大ドルーススを懐妊中 (出産直後とも) だったので、胎児の実父はオクターウィアーヌスではないかと噂された。かつてオクターウィアーヌスの政敵だった前夫ネローは、新婦の父親役としてこの盛大な結婚式に出席を余儀なくされ、しかもその婚礼がネローの邸で執り行なわれたため、宴席では少年奴隷が花婿をとり間違えるという珍妙な出来事も起きた。再婚後リーウィアは1度流産して以来、もはや子を生さなかったが、夫帝アウグストゥスの死に至るまで、巧みに彼の心を繋ぎとめた。夫の浮気にも取り乱さず、むしろ彼のために処女を集めて提供したという。実子ティベリウスの帝位継承を確固たるものにしようと、アウグストゥスの親族を次々と謀殺 (⇒ M. マルケッルス❸、ガーイウス・カエサル、ルーキウス・カエサル、アグリッパ・ポストゥムス)。ついには夫の好物の無花果いちじくに毒を仕込んで彼を暗殺したとも伝えられる (後14年)。

アウグストゥスの死後、その遺言で彼女はアウグスタ* (女皇) の称号を贈られ、以降ユーリア・アウグスタ*と名のる。権勢欲がすこぶる強く、ティベリウスの登極後は、自らが支配者であるかのごとく振る舞ったので、今度は息子との間に軋轢が生じ、26年に帝がローマを退去したのも、尊大な母から逃れたかったからというのが第一の理由だったとされる。リーウィアが病床に臥した折にも、ティベリウスは見舞おうともせず、86歳 (異説あり) で彼女が長逝しても、葬儀を営もうとしなかったので、母后の遺骸は腐爛し崩れて来てから、ようやく埋葬された。さらに彼女の遺言は無視され、神格化などの栄誉も剥奪された。

若い頃、彼女は極めて美しかったので、夫帝アウグストゥスの命令で、やはり美貌の誉れ高い彼の情婦テレンティア* (寵臣マエケーナース*の妻) と美人コンテストをさせられたという。また曾孫のカリグラ* (第3代皇帝) から「女ウリクセース* (オデュッセウス*のラテン名)」と呼ばれるほど権謀たくましかった反面、淑徳と威厳のある貴婦人としても知られ、陰謀を企てた廉で処刑されそうになった元老院議員らを助命するよう夫帝に進言することさえあった (⇒キンナ・マグヌス)。史家ディオーン・カッシオス*によると、彼女がアウグストゥスを毒殺したのは、帝が孫のアグリッパ・ポストゥムス*を流刑地から連れ戻して支配権をこれに与えるのではないかと危惧したためで、帝の面前で無花果の実を自ら食べてみせてから、あらかじめ毒を仕込んでおいた実を夫に食べるようすすめたのだという。生前から東方諸属州では崇拝されていたが、彼女の神格化が正式に定められたのは孫の4代皇帝クラウディウス*の治世になってからのことであった (後42)。
⇒大アグリッピーナ、ゲルマーニクス、大ユーリア、巻末系図 078, 080, 081, 087
Tac. Ann. 1-3〜, -10, -13〜, 2-34, 3-17, -64, 5-1〜/ Suet. Aug. 62〜63, Tib. 4, 22, 50〜51/ Dio Cass. 48-15, -34, -44, 53-33, 54-19, 56-30〜, -46〜, 57-3, -12, 58-2, 60-5/ Ov.

リーウィア・ユーリア　Livia Julia, Livia Claudia, Julia Livia, Claudia Livia Iulia（リーウィッラ❶*・クラウディア Livillā Claudiā とも呼ばれる），（ギ）Liūiā Iūliā, Λιουία Ἰουλία，（露）Ливия Юлия

（前13／12頃～後31）大ドルーソス*（ネロー・クラウディウス・ドルースス*）と小アントーニア（アントーニア❷*）の娘。ゲルマーニクス*の妹、クラウディウス*（のち皇帝）の姉に当たる（⇒巻末系図078）。はじめガーイウス・カエサル*（アウグストゥス*の孫で養子）に嫁ぎ、夫の変死（後4）後、従兄の小ドルースス*（ティベリウス*帝の嗣子）と再婚して、ユーリア❽*やティベリウス・ゲメッルス*ら何人かの子女を産む。放恣かつ淫靡な性質の美女で、何人もの情夫と密通したあげく、ティベリウスの権臣セイヤーヌス*と不倫の関係を結び、共謀して夫の小ドルーススを毒殺する（23）。しかるに、ティベリウス帝の反対でセイヤーヌスとの結婚は実現せず（25）、セイヤーヌスの刑死（31）後、毒殺事件の顚末が露顕したため、ティベリウスの命令で処刑された（あるいは母アントーニアにより邸内で餓死させられた）。さらに彼女は「記憶の断罪」処分を受け、肖像は悉く破壊され、その名は全ての記録から抹消された。
⇒リュグドゥス
Suet. Tib. 62, Claud. 1, 3/ Tac. Ann. 2-43, -84, 4-1, -3, -40, 6-2, -29/ Dio Cass. 57-22, 58-11/ Zonar. 10-36/ Plin. N. H. 29-8-20/ etc.

リーウィウス・アンドロニークス　Lucius Livius Andronicus,（伊）Livio Andronico,（西）Livio Andrónico,（露）Ливий Андроник

（前284頃～前204頃）ラテン文学最古の詩人。南イタリアのギリシア系植民市タレントゥム*（タラース*）の出身。自身もギリシア人ないし混血のギリシア人であったが、少年の頃タレントゥムがローマに攻略されたため（前272）、捕虜の1人としてローマへ連行され、M. リーウィウス・サリーナートル*家の奴隷となり、主人の子供たちを教育した。のち解放されて主人の氏族名リーウィウスを帯び、ギリシア語やラテン語を教える学校を開設、ホメーロス*の『オデュッセイア*』をラテン語に翻訳して教科書に用いた。第1次ポエニー戦争*の勝利の翌年、凱旋祭ルーディー・ローマーニー* Ludi Romani において初めて自作の劇を上演し主役をつとめた（前240）。第2次ポエニー戦争中の前207年に凶兆が現われた時には、女神ユーノー*に捧げる讃歌を作ってメタウルス*河畔の闘いを勝利に転じたとされ、以来これを多とした元老院によって詩人たちの組合がアウェンティーヌス*丘上に設けられ、彼はその長に任じられた。主に神話伝説に取材した悲劇や喜劇を作ったが、これらはギリシア劇を翻案したもので独創性に欠ける。とはいえローマ人にラテン語でギリシア文学を伝えた功績は大きく、また自ら俳優として出演し、観衆のアンコールに応えるあまり声をつぶしてからは、所作のみを行ない、後年の「無言劇 pantomimus」の先蹤を成した点でも評価できる。作品は少数の断片と十余の題名しか伝存しない。
⇒ナエウィウス、エンニウス、パークウィウス
Cic. Brut. 18, Tusc. 1-1, Sen. 14, Fam. 7-1/ Liv. 7-2, 27-37/ Quint. Inst. 10-2/ Hor. Epist. 2-1/ Gell. N. A. 17-21/ Suet. Gram. 1/ etc.

リーウィウス・サリーナートル、マールクス　Marcus Livius Salinator,（ギ）Markos Liūios Salinatōr, Μάρκος Λιούιος Σαλινάτωρ（伊）Marco Livio Salinatore,（西）Marco Livio Salinator

（前254～前200頃）第2次ポエニー戦争*（前218頃～前201）前後に活躍したローマの政治家・将軍。前219年に L. アエミリウス・パウルス❶*とともに執政官となり、イッリュリアー*人を征討し凱旋式を認められるが、戦利品分配における不正行為の廉で告訴され、有罪となり隠棲する（～前210）。しかるに前207年には再度執政官に選ばれて、相役のガーイウス・クラウディウス・ネロー*とともに、メタウルス*河畔でハスドルバル❷*（ハンニバル❶*の弟）軍を破り、再び凱旋式を挙げる（前206）。次いで二人は揃って監察官に就任（前204）、特にリーウィウスは悪評高い塩税を新設したので、サリーナートル（「塩商人、塩で儲ける人」）という渾名をつけられる。また彼は監察官に選ばれた時、「ローマ市民は揃いも揃って気紛れな連中ばかりだ。先に執政官を辞任したのち、私を断罪し罰金刑を科しておきながら、再び執政官に選出したばかりか監察官にまでするとは」と憤慨したという。若いころ、ラテン文学の創始者リーウィウス・アンドロニークス*から教育を受けたことでも知られる。息子ガーイウス（前188の執政官）はフォルム・リーウィイー Forum Livii（現・フォルリ Forli）の創建者。
Polyb. 11-1～3/ Liv. 22-35, 27-34～35, -40, -46～49, 29-37/ Suet. Tib. 3/ App. Ill. 8, Hann. 52, 53/ Zonar. 8-20, 9-9/ Aur. Vict. De Vir. Ill. 50/ Val. Max. 2-9-6/ etc.

リーウィウス氏　Gens Livia〔← Livius〕, Livii

ローマのプレーベース*（平民）系の名門氏族。前302年の執政官となった M. リーウィウス・デンテル Livius Denter を筆頭に、一族は計8回の執政官職、2回の観察官職、3回の凱旋式の栄誉を受け、独裁官や騎兵総監（独裁官副官）Magister Equitum の職に就いた者も出ている。サリーナートル*、ドルースス*、リボー*などの諸家に分かれて大いに繁栄した。リーウィア❶*とアウグストゥス*の結婚を通じてローマ帝室にも連なり、リーウィアの息子ティベリウス*は第2代皇帝、孫クラウディウス*は第4代皇帝、曾孫カリグラ*は第3代皇帝、玄孫ネロー*は第5代皇帝となっている。
Suet. Tib. 3/ Liv. 9-8, 10-1/ Tac. Ann./ Dio Cass./ Cic./

Polyb./ etc.

リーウィウス、ティトゥス Titus Livius Patavinus, (ギ) Titos Līuios, Τίτος Λιούιος, Lībios, Λίβιος, (英) Titus Livy, (仏) Tite-Live, (伊)(西) Tito Livio, (葡) Tito Lívio, (露) Тит Ливий, (カタルーニャ語) Titus Livi

(前59頃～後17頃) ローマ帝政初期の歴史家。イタリア北部の町パタウィウム*(現・パドヴァ)に生まれ同地に没した(76歳)が、壮年以降は長くローマで執筆活動に従事した。初代皇帝アウグストゥス*の同世代人で、哲学、修辞学、弁論術などを修めたのち、ローマへ移住。熱烈な愛国心のゆえにアウグストゥスの愛顧をかち得たものの、公職には就かず生涯を文学に献げた。古代ローマの記念碑的な金字塔と称えられる代表作『ローマ建国以来の歴史 Ab Urbe Condita』は、全142巻、40余年の歳月をかけて記された大著で、国初から同時代に至るローマ全史(前753～前9までの)を扱っている。完成後ほどなく梗概や摘要 Epitomae が作られ、またこの浩瀚な史書全体は写字生により10巻1組ずつに分けられた(Decadesと称せらる)。そのうち現存するのは、第1～10(建国から前294まで)、第21～30(前219～前201)、第31～45(前201～前167)の35巻分(ただし1部欠あり)、および摘要の大部分(第136～137巻分を除く)で、総量の約4分の1に相当する。その膨大な内容にリーウィウス自身も途中で断念しようかと思ったこともあるが、すでに歴史家としての名声を得ていたうえ、執筆をやめたら落ちつかない気分にとらわれたので、ついに最後まで書き続けたという。同時代の奢侈と堕落を嘆く彼は、自己を過去の世界に埋没させ、偉大なローマを創り上げた共和政時代の英雄たちの勇気や美徳を顕彰、あくまでも愛国者としての視点から史書を編纂した。古い宗教観や道徳観を奉ずる点でアウグストゥス帝の政策と一致してはいたものの、帝政に都合の良いように事実を歪曲することは拒否し、共和政に強い思慕を寄せたため、皇帝から揶揄されることもあった。

「豊かな乳の流れ」と讃えられたその文体は、ラテン文学の黄金時代を代表する優雅にして明晰・雄弁なものであり、ギリシアのクセノポーン*と比較されて、のちには学校で文章の手本にされたほど見事なものであった(特にポエニー戦争*の記述が力強く秀逸)。その反面、学問的厳密さを欠いており、ポリュビオス*をはじめとする多くの史家を参照しながら、ただ無批判に資料を引用したり、軍事・地理上の無知を露呈したり、伝説と史実を混同したりしている点が目立っている。また極めて迷信深く、乳と血の雨が降ったとか、牛が人語を発したとか、女が突如男に性転換したとかいった前兆や縁起、神託が至るところに述べられている。とはいえ彼の人気には生前から絶大なものがあり、あるヒスパーニア*の人はただ一目彼に会うためだけに、はるばるガーデース*(現・カディス)からローマへ遠路をものともせずにやって来たという。その作品はダンテ以降の西ヨーロッパで広く愛読され、文学・美術・音楽に

留まらず、ルネサンス以降の共和政思想にまで大きな影響を及ぼした。彼はまた、后リーウィア❶*(アウグストゥスの妻)の依頼でクラウディウス*(後の第4代皇帝)の教育に携り、この病弱な少年を励まして史書の記述に専念させた。一説にリーウィウスの死んだのは奇しくも詩人オウィディウス*が黒海沿岸の流謫地で客死したのと同日であったと伝えられる。哲学的論説など他の著作は散佚した。なお彼の遺骨は後にヴェネツィアにもたらされ、さらに16世紀初頭にローマ教皇レオ10世(在任・1513～1521)に賑々しく献上されたという。
⇒フロールス、ウェッレイユス・パテルクルス、クァドリガーリウス
Quint. Inst. 10-1, 2-5/ Tac. Ann. 4-34/ Sen. Suas. 6-16～17/ Mart. 1-61, 14-190/ Suet. Calig. 34, Claud. 41, Dom. 10/ Val. Max. 1-8/ Dio Cass. 67-12/ etc.

リーウィウス・ドルースス M. Livius Drusus
⇒ドルースス、マールクス・リーウィウス

リーウィッラ Livilla, (ギ) Līuillā, Λιουίλλα, (西)(葡) Livila, (露) Ливилла
ローマ帝室の女性名(⇒巻末系図078)。「小さなリーウィア」の意。
❶リーウィッラ・クラウディア L. Claudia (大ドルースス*と小アントーニア❷*の娘)
⇒リーウィア・ユーリア
❷ユーリア・リーウィッラ Julia L. (ゲルマーニクス*と大アグリッピーナ*の娘)
⇒ユーリア❼

リーウィッラ・クラウディア Livilla Claudia
⇒リーウィア・ユーリア

リキア Lycia
⇒リュキアー

リキニア Licinia, (ギ) Likin(n)iā, Λικιν(ν)ία, (仏) Licinie
ローマのリキニウス*氏出身の女性名(⇒巻末系図052)。
❶(前2世紀中葉)三頭政治家クラッスス*の大叔母。騎士身分のTi. クラウディウス・アセッルス Claudius Asellus (前139年の護民官)の妻。プーブリカ Publica (前154年度の執政官 L. ポストゥミウス・アルビーヌス Postumius Albinus の妻)とともに夫毒殺の嫌疑で告発され、親族の裁きで死刑に処せられた(前153)。
Val. Max. 6-3-8/ Liv. Epit. 48/ Gell. N. A. 2-20, 3-4/ etc.
❷(前2世紀後半)前145年度の護民官ガーイウス・リキニウス・クラッスス Gaius Licinius Crassus の娘。ウェスタ*の聖女(ウェスターリス*)となるが、数多くの情夫と私通し、同僚のマルキア*やアエミリア*らと恋人の交換をしていたため、前114年に奴隷の密告で醜聞が露顕し、

訴えられて有罪を宣告された。彼女らの罪穢を潔めるべく、ウェヌス・ウェルティコルディア Venus Verticordia（⇒ウェヌス）の神殿が建立され、2人のギリシア人と2人のガッリア*人の計4名が生き埋めにされた。リキニアの情夫の中には、彼女の弁護に立った雄弁家の M. アントーニウス❶*も含まれていたという。
⇒ L. リキニウス・クラッスス、L. カッシウス・ロンギーヌス❶、ミヌキア
Dio Cass. Fr. 92/ Plut. Mor. 284b/ Cic. Nat. D. 3-30, Brut. 43/ Liv. Epit. 63/ Oros. 5-15/ etc.

❸（前2世紀末）P. リキニウス・クラッスス・ムーキアーヌス Licinius Crassus Mucianus（前131年の執政官*）の娘。❶の姪。ガーイウス・グラックス*（グラックス兄弟*の弟の方）と結婚し、前121年に夫が国制改革に失敗して殺されると、喪に服することを禁じられ、嫁入りの時に持参した婚資まで取り上げられた。なお彼女の同名の姉リキニアは、ヌミディア*王ユグルタ*に買収された廉で前110年に断罪された C. スルピキウス・ガルバ Sulpicius Galba の妻である（⇒巻末系図099）。
Plut. Gracch. 21, 36, 38/ Dig. 24/ Cic. Brut. 26, 33~34, De Or. 1-56/ etc.

リキニア・エウドクシア　Licinia Eudoxia,（仏）Licinie Eudoxie,（伊）Licinia Eudossia

（後422~493頃）東ローマ皇帝テオドシウス2世*とエウドキア❶*の娘。437年10月29日コーンスタンティーノポリス*で西ローマ皇帝ウァレンティーニアーヌス3世*と結婚し、439年にはラウェンナ*でアウグスタ*の称号を与えられる。娘2人を産むが、455年3月、夫帝が暗殺されると、簒奪帝ペトロニウス・マクシムス*によって無理矢理その妻とさせられる。憤慨した彼女はヴァンダル*族の首長ゲイセリークス*に助けを求め、その結果ローマ市は2度目の「蛮族」による劫掠を被り（455年6月）、自身も宝石や衣服を剥ぎ取られたうえ、2人の娘とともに捕虜としてカルターゴー*へ連行される破目に陥った。長女エウドキア❷*はゲイセリークスの長男フンネリークス Hunnericus に嫁ぎ（456）、次女・小プラキディア Placidia はのちに母親と一緒にコーンスタンティーノポリスへ送還され、オリュブリウス*（のち西ローマ皇帝）と結婚した（462）。
⇒巻末系図105
Procop. Vand. 3-4~5/ Evagrius Hist. Eccl. 2-7/ Prisc. Frag./ Chr. min./ Marcellinus Comes/ Socrates Hist. Eccl./ etc.

リキニアーヌス　Licinianus
⇒リキニウス（小）

リキニウス　Licinius,（ギ）Likinios, Λικίνιος,（伊）（西）Licinio,（露）Лициний

ローマのプレーベース*（平民）系の名門氏族。大族でマケル*やクラッスス*、ルークッルス*、ネルウァ*、ムーレーナ*などの諸家に分かれて栄えた。各項を参照。リキニウス氏 Gens Licinia 出身者のうち、共和政期に活躍した著名な人物としては以下の者が挙げられる。

❶ ガーイウス・リキニウス・カルウス Gaius Licinius Calvus（前4世紀前半の人）、ストロー Stolo（「木に生ずる無益の吸枝」の意）と綽名される。護民官（前376~前367）として同僚のルーキウス・セクスティウス・ラテラーヌス*とともに、パトリキイー*（貴族）とプレーベース*（平民）との身分闘争に一時代を画したリキニウス＝セクスティウス法*を提案（前376）、10年に及ぶ論争を経てようやくこれを成立させ（前367）、平民の社会的条件の向上に尽力した。彼が執政官職に平民も就任できるという法律の制定につとめたのは、虚栄心の強い妻ファビア*にせきたてられたのが原因だと伝えられる。そしてリキニウス自身、前364年および前361年の執政官となるが、のち自らの作った土地所有制限法を破ったため、告発を受け高額の罰金を支払わされた（前357）。
Liv. 6-35~, -42, 7-1~2, -9, -16/ Plin. N. H. 17-1, 18-4/ Varro Rust. 1-2/ Flor. 1-26/ Aur. Vict. De Vir. Ill. 20/ Plut. Cam. 39/ Diod. 15-95, 16-6/ Val. Max. 8-6-3/ Zonar. 7-24/ etc.

❷ ガーイウス・リキニウス・マケル Gaius Licinius Macer（前110頃~前66）ローマ共和政末期の政治家、年代記作者。詩人リキニウス・カルウス*の父。マリウス*の子分 cliens で民衆派に属する。前73年の護民官となり、スッラ*の築いた閥族派体制を揺るがすべく民衆の不満を煽動、サートゥルニーヌス*殺害の嫌疑でラビーリウス❶*を告訴した。前68年度の法務官職を経て属州へ赴任するが、帰国後キケロー*により苛斂誅求の廉で訴えられた（前66）。実力者クラッスス*の支持があったので無罪判決を信じて評決中に帰宅し、勝ち誇った気分でフォルム*へ向かおうとしたころ、戸口でクラッススから「全員一致で有罪になった」と報らされ、すぐさま屋内に引き返してベッドに入ったまま死去、財産没収を免れるための自殺だという。ユーノー*神殿内の古文書をもとにローマ建国以来の『年代記 Annales』（少なくとも21巻）を書いたが散逸した。弁論家としても名があった。
Plut. Cic. 9/ Cic. Att. 1-4, Leg. 1-2, Brut. 67/ Val. Max. 9-12-7/ Liv. 4-7, -20, -23, 7-9/ Sall. H. 3-22/ Dion. Hal. Ant. Rom. 2-52, 4-6/ etc.

❸ ガーイウス・リキニウス・マケル・カルウス Gaius Licinius Macer Calvus（前83~前47）❷の子。ローマ共和政末期の詩人・弁論家。カルウス*の項を参照。

リキニウス　Publius Flavius Galerius Valerius Licinianus Licinius,（伊）（西）Flavio Galerio Valerio Liciniano Licinio

（後250／265年頃~325年初頭）ローマ皇帝（在位・308年11月11日~324年12月19日廃位）。ダーキア*属州の貧農の子に生まれる。一兵卒より身を起こし、サーサーン朝*ペルシア遠征（296~297）に参加、308年には戦友だったガレーリウス*帝の推薦で、副帝位を経ずして一挙に

正帝（アウグストゥス*）に抜擢される（セウェールス2世*殺害後の内戦状態を収拾するべく招集されたカルヌントゥム*会談において）。西方の正帝とはいえ、ガッリア*にはコーンスタンティーヌス1世*（大帝）が、イタリアにはマクセンティウス*が皇帝として割拠しており、わずかにパンノニア*とラエティア*を保持するに過ぎなかった。311年にガレーリウスが死ぬと、その遺領をめぐってマクシミーヌス・ダイヤ*帝と争い、ヘッレースポントス*（ダーダネルス海峡）を境界に、小アジアなど東方諸属州をダイヤの領有とし、自らはヨーロッパ側バルカン地方を支配することで妥協する。しかし野心的なリキニウスは、それには飽き足らず、コーンスタンティーヌス1世と結んで、その異母妹コーンスタンティア❶*と婚約、マクセンティウスの敗死（312）後、メディオーラーヌム*（現・ミラーノ）でコーンスタンティーヌスと会見して帝国の分有・共治を取り決め、同時にコーンスタンティアと結婚した（313年2月頃）。次いでダイヤを敗死させて帝国東部を統一、ニーコメーデイア*でキリスト教を公認する勅令を発布し（313年6月13日、俗称「ミラーノ勅令 Edictum Mediolanense, Edictum Mediolanensium」）、伝統的宗教の神官や有力者たちを拷問にかけて惨殺したばかりか、ダイヤの幼い遺児らをはじめ敵方の一族を皆殺しにした。さらに冷酷非情さを発揮して、恩人ガレーリウスの子カンディディアーヌス Candidianus や、ディオクレーティアーヌス*帝の妻や娘ウァレリア*など先帝の血縁は容赦なく死刑に処していった。間もなくコーンスタンティーヌスと不和になり、314年秋、2度の敗北を重ねて、ギリシア・マケドニア*・ダーキア・ダルマティア*・パンノニアの割譲を余儀なくされる（同年12月）。その後しばらく小康状態を保ったが、320年頃からキリスト教徒の迫害を再開したため、コーンスタンティーヌスに攻撃の口実を与えてしまい、324年ハドリアーノポリス*の戦い（7月3日）とカルケードーン*付近の海戦（9月18日）に連敗し、首都ニーコメーデイアも陥落して、ついに降伏、妻のとりなしで一命を赦され、テッサロニーケー*に幽閉の身となる。ところが間もなく、コーンスタンティーヌスから陰謀を企てたとの罪を着せられて殺害され、彼の彫像類はことごとく破毀され遺名には不名誉きわまる烙印が捺されるに至った（325年春）。

リキニウスは有能な統治者であったにもかかわらず、コーンスタンティーヌスに敗れ去ったせいで、キリスト教史家から残忍・貪欲にして傲岸不遜な暴君、無知文盲な学問の敵として非難されることになった（⇒本文系図406，巻末系図104）。

⇒小リキニウス

Zosimus 2-7, -11, -17〜28/ Zonar. 13-1/ Aur. Vict. Caes. 40〜41/ Eutrop. 10-3〜4/ Oros. 7-28/ Lactant. Mort. Pers. 20-3, 29-2/ Euseb. Hist. Eccl. 10-5, -8, Vit. Const. 2-18/ etc.

リキニウス＝セクスティウス法　Leges Liciniae-Sextiae,（仏）Lois licinio-sextiennes,（伊）Leges Licinie Sestie,（西）Leyes Licinias-Sextias

前367年に可決された古代ローマの法。前376年、護民官（トリブーヌス・プレービス*）のガーイウス・リキニウス・ストロー*（リキニウス❶*）とルーキウス・セクスティウス・ラテラーヌス*が提案し、長い論争ののちに通過したもので、パトリキイー*（貴族）対プレーベース*（平民）の身分闘争史上に重要な変革をもたらした。その主たる内容は、(1) 2名の執政官（コーンスル*）のうち1名は必ず平民から選出すること、(2) 債務者がすでに支払った利子は元本から差し引き、残額の3年間分割返済を認めること、(3) 公有地の所有を各人500ユーゲラ（約125ヘクタール）に制限すること等である。所伝によれば、彼ら2人の護民官は平民の利益増進のため、5年間にわたり高級政務官（マギストラートゥス*）の選出を許さなかったという（前375〜前371）。この法の制定により平民と貴族の政治的同権が認められ、初代の平民出身の執政官には上記のL.セクスティウス・ラテラーヌスが就任（前366）、保守派の領袖カミッルス*は「和合（コンコルディア*）」の神殿を建てて両身分の和解を祝った（前366）。しかし経済的には貧民の一時的救済しか達成し得ず、その後貧富の差は拡大する一方となった。

⇒グラックス兄弟、カヌレイユス、ホルテーンシウス法

Liv. 6-35〜, -42, 7-1〜/ Flor. 1-26/ Aur. Vict. De Vir. Ill. 20/ Varro Rust. 1-2/ etc.

リキニウス（小）、リキニアーヌス　Flavius Valerius Licinianus Licinius,（英）Licinius the Younger,（伊）（西）Valerio Liciniano Licinio

（後315〜326）リキニウス帝*とコーンスタンティア❶*との息子。生後1年8ヵ月を経ずして、従兄弟のクリスプス*やコーンスタンティーヌス2世*とともに副帝位（カエサル*）を授かり（317年3月1日）、319年には伯父コーンスティー

系図406　リキニウス（小）、リキニアーヌス

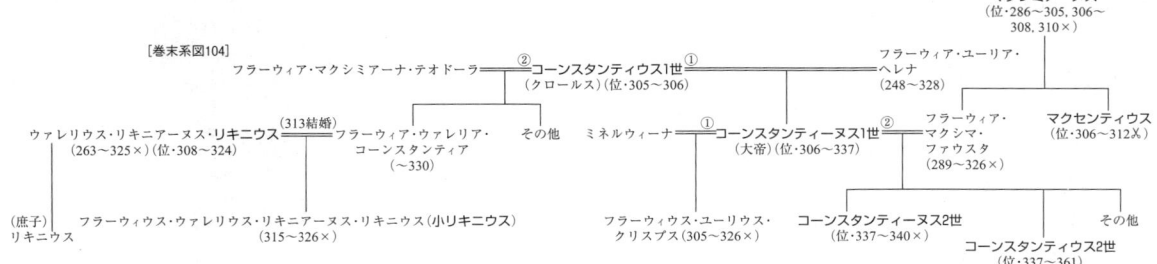

ヌス1世*（大帝）と並んで執政官職（コーンスル*）に就任。しかし、324年、父帝の失墜と同時にあらゆる栄誉称号を剥奪され、次いで —— 陰謀の廉で、といわれるが —— クリスプスと一緒に処刑された。

なお彼の庶出の弟は、父帝の失脚時（324）に、やはり栄誉称号を奪われたうえ、奴隷身分に落とされ、その後カルターゴー*の工場で使役されて生涯を送ったという。
Aur. Vict. Caes. 41/ Eutrop. 10-4/ Zosimus 2-20/ Cod. Theod. 4-6/ etc.

リーキメル Flavius Ricimer (Ricimerus, Recimerus), （ギ）'Ρεκίμερ, （独）Rikimer, （伊）Ricimero, Recimero, （西）（葡）Ricimero, （露）Ричимер

（後405頃～後472年8月18日（8月20日とも））西ローマ帝国の将軍。スエービー*族の首長と西ゴート*王ウァッリア Vallia（在位・415～418）の娘との間に生まれる。ゲルマーニア*系の出自とアレイオス*（アリーウス*）派キリスト教徒のゆえに、帝位には即けなかったものの、16年間にわたって軍総司令官の地位にあり（456～472）、その間5人の皇帝を廃立、実質上西ローマ帝国を支配した。有能な武将で野心と策謀に富み、456年シキリア*・コルシカ*でヴァンダル*族（⇒ゲイセリークス）の船団を撃滅して「イタリアの救世主」と呼ばれ、実権を掌握。アウィートゥス*帝を廃し、翌年東ローマ帝レオー1世*からパトリキウス Patricius の称号を与えられる（457年2月末）。自ら立てたマイヨリアーヌス*帝が諸改革に取り組むのを猜忌して、これを殺し（461年8月）、まったく無能な傀儡セウェールス3世*を推戴（461年11月）。コーンスタンティーノポリス*の宮廷と和解するため、セウェールス帝をも抹殺し（465）、1年半の空位期間の後、東ローマの推すアンテミウス*帝を迎え、その娘 Alypia を妻にした（467）。しかし、間もなくアンテミウスとも不和になり、新たにオリュブリウス*を擁立すると（472年4月）、ローマを攻囲・占領して市民を飢餓と疫病に苦しめ、岳父たる皇帝を惨殺（472年7月）。オリュブリウス新帝を意のままに操りはじめたのも束の間、ローマ陥落から40日後熱病に罹って没した。死に臨んで彼は、軍隊指揮権を甥に当たるブルグント*（ブルグンディー*）王子グンドバドゥス Gundobadus（のち王；在位・473～516）に委ねた。独裁者たるリーキメル亡き後、数年ならずして西ローマ帝国は消滅した。
⇒本文系図62, 411, 巻末系図105
⇒オドアケル
Procop. Vand. 1/ Evagrius 2/ Jordan. 45/ Marcellin./ Sid. Apoll./ Chron. Min./ Theophanes/ Prisc./ etc.

リークトル Lictor (〈複〉リークトーレース Lictores), （ギ）Rhabdūkhos, 'Ραβδοῦχος, Rhabdophoros, 'Ραβδοφόρος, （仏）Licteur, （独）Liktor, （伊）Littore, （露）Ликтор

ローマの先駆警吏。束桿（ファスケース*）を左肩に担って、執政官（コーンスル*）ら高級政務官（マギストラートゥス*）、神官（フラーメン*）の前を歩いた随行員。伝承ではロームルス*が創始したエトルーリア*風の儀杖士の若者たちが起源で、王の伝令役として供奉し、共和政期には執政官に12人、独裁官（ディクタートル*）にはその倍の24人、法務官（プラエトル*）には6人が前駆を務めた。平常はトガ*を、凱旋行進では赤い外套 sagum（サグム）を、葬列では黒衣をまとい、晩年のカエサル*には72名ものリークトルが随伴。帝政初期の皇帝たちは12名のリークトルを先導させたが、ドミティアーヌス*帝はそれを24名に倍増させた。
Liv. 1-8, -26, 24-44/ Polyb. 3-87/ Cic. Q. Fr. 1-1, Leg. Agr. 1-3, Div. 1-28, Verr. 2-3/ Plut. Rom. 26/ Dion. Hal. Ant. Rom. 3-62/ Lucr. 3-996, 5-1234/ Petron. Sat. 65/ Macrob. Sat. 1-6/ etc.

リグリア Liguria, （ギ）Ligystike, Λιγυστική, Ligūriā, Λιγουρία, ないし Ligystine, Λιγυστίνη, （仏）Ligurie, （独）Ligurien, （葡）Ligúria

イタリア半島北西部からガッリア*にかけての地中海岸地方。リグリア人*（ラ）Ligures、（ギ）Ligyes は非インド・ヨーロッパ語系の民族で、古く新石器時代にアフリカからスペインを経て移動し、ガッリア南部よりエトルーリア*に至る広範な地域に定住したものと思われる（異説あり）。伝承上の名祖リギュス Ligys は、ポセイドーン*の子で、兄弟のアルビオーン Al(e)bion（ブリタンニア*の古名アルビオーン*の名祖）とともに、英雄ヘーラクレース*（ヘルクレース*）に襲いかかってゲーリュオーン*の牛を奪おうと試み、逆に英雄に石で撃ち殺されたという。リグリア人はヘカタイオス*以来、ギリシア・ローマの史家に断片的に言及され、剽悍で男女とも粗野だが頑強な肉体に恵まれ、レーヌス*（ライン）河方面とイタリアとの交易に従事、ケルト*人と混血して次第にケルト・リグリア族（ギ）Keltoligyes を形成していったとされている（⇒サリューエース）。ガッリア南岸一帯を制して西のヒスパーニア*との交通を阻止、マッサリアー*（マッシリア*）ら地中海沿

リークトル

いのギリシア諸市を圧迫したため、前238年以来ローマ軍と戦闘を重ね、第2次ポエニー戦争*ではカルターゴー*側についてハンニバル❶*の末弟マーゴー❸*を支援（前205～前203）、陸上と海上の双方で略奪を続けた。前125年ローマは、同盟国マッサリアーからの要請を受けてM.フルウィウス・フラックス*、次いでC.セクスティウス・カルウィーヌス Sextius Calvinus（前124のコーンスル*執政官）率いる遠征軍を派遣、ケルト・リグリア諸族を撃破した結果、この地方に新しい属州ガッリア・ナルボーネーンシス*が設けられることになった（前121）。その後もリグリア人との交戦は繰り返されるが、前117年までにはほぼ全土が平定され、以降は散発的な反乱に留まった。ローマ帝政初期にアウグストゥス*はリグリアをイタリアの第9地区として編成、その版図も大幅に縮小され、パドゥス*（現・ポー）河上流以南のイタリア北西隅に限定された。後126年にはのちのペルティナークス*帝がリグリアで呱々の声をあげている。リグリアは今日もジェノヴァ（⇒ゲヌア）を州都とするイタリア北西部のリグーリア州やリグーリア海に、その名を留めている。

リグリア人は、古代ギリシアでは音楽好きな民族として知られ、戦争の時にも大部分の者は武器を執らずに歌いつづけていたと言い伝えられる。

⇒アクァエ・セクスティアエ、ニーカイア❶、モノイコス、コッティウス王国

Herodot. 5-9, 7-165/ Diod. 5-39, 11-1, 16-73, 25-2/ Strab. 3-165, 4-178～, -202～/ Plin. N. H. 3-5/ Just. 20-1, 43-3/ Apollod. 1-9-24, 2-5-10/ Thuc. 6-2/ Liv. Epit. 20/ Ptol. Geog. 3-1/ Tac. Hist. 2-15/ Polyb. 1-17, 2-16, 33-7～/ Arist. Mete. 1-13/ Mela 2-4/ Dion. Hal. Ant. Rom. 1-10/ Pl. Phdr. 237/ Scylax/ Hecat. Fr./ Avienus/ etc.

リグリア人 Ligurēs,（ギ）リギュエス Ligyes, Λίγυες（のち Ligystīnoi, Λιγυστῖνοι）,（英）Ligurians,（仏）Liguriens,（独）Ligurer,（伊）Liguri

リグリア*に住んでいた非インド・ヨーロッパ語系の民族。

リクルゴス Lycurgos
⇒リュクールゴス

リジア Lydia
⇒リューディアー

リディア Lydia
⇒リューディアー

リーテルヌム Liternum（リンテルヌム Linternum とも）,（ギ）Linternon, Λίντερνον, Leiternon, Λείτερνον（現・Lago di Patria）カンパーニア*の港町。クーマエ*とウォルトゥルヌス Volturnus（現・Volturno）河口の間に位置する。前194年にローマ市民の植民市*として建設されたが、ほどなく廃された。ローマ人士に幻滅したスキーピオー・大アーフリカーヌス*（大スキーピオー）が、この地に隠栖し物故した（前183）ことで知られる。帝政末期にマラリアの猖獗によって衰亡した。

Liv. 32-29, 34-45, 38-52～53, -56/ Sen. Ep. 86/ Strab. 5-243/ Val. Max. 2-10-2/ Mela 2-4/ Plin. N. H. 3-5/ Ptol. Geog. 3-1/ Ov. Met. 15-713～/ It. Ant./ etc.

リノス Linos, Λίνος, Linus,（伊）（西）（葡）Lino,（露）Лин

ギリシア神話中、名だたる美男の楽人。元来はアドーニス*と同じく先ギリシア時代のオリエント（東地中海域）系の穀物神であったと考えられる。アルゴス*の伝承によれば、アポッローン*とプサマテー Psamathe（アルゴス王クロトーポス Krotopos の娘）との間に生まれた子で、母親に棄てられたのを羊飼らが見つけて養育していたが、祖父王に発覚して犬に食い殺され、母もまた処刑された。怒ったアポッローンは疫病ないし怪物ポイネー Poine（「罰」の意）をアルゴスに送って苦しめたので、以来人々は神託に従って母子を祀り、毎年収穫期になると挽歌 linos を歌い、見つけた犬を殺す習慣になったという。テーバイ❶*の伝承では、彼はアンピマロス Amphimaros（ポセイドーン*の子）とムーサイ*の1人（一般にウーラニアー*）との間の子で、偉大な音楽家となったが、アポッローンに歌競べを挑んだため、神の手で殺されたという。さらにもう1人、ヘーラクレース*の教師で、竪琴を英雄に教えている最中、その不器用に立腹して生徒を擲ったところ、逆に楽器または大石で打ち殺されてしまったというリノス（アポッローンとムーサ*のテルプシコレー*の子）がいる。またリノスは音楽の発明者としてタミュリス*やオルペウス*の師と見なされるほか、カドモス*からフェニキア*のアルファベットを習い、ディオニューソス*の遠征や宇宙開闢の叙事詩を作ったとも伝えられる。系譜上も、学問の神ヘルメース*の子とも、オイアグロス Oiagros 河神の子でオルペウスの兄弟とも、さまざまに説かれている。

⇒ムーサイオス❶

Hom. Il. 18-569～/ Paus. 1-43, 8-18, 9-29/ Apollod. 1-3-2, 2-4-9, 3-8-1/ Herodot. 2-79/ Ov. Ib. 478/ Ael. V. H. 3-32, N. A. 12-34/ Diod. 3-67/ Hyg. Fab. 161, 273/ Mart. 9-86/ Stat. Theb. 1-557～/ Serv. ad Verg. Ecl. 4-56/ Theoc. Id. 24-103/ Tac. Ann. 11-14/ Conon Narr. 19/ Schol. ad Eur. Rhes. 347/ Anth. Pal. 7-154/ Ath. 3-99/ etc.

リバニウス Libanius
⇒リバニオス

リバニオス Libanios, Λιβάνιος, Libanius,（伊）（西）Libanio,（葡）Libânio,（露）Либаниий

（後314頃～393頃）ローマ帝政後期の著名なギリシア系弁論家・修辞学教師・ソフィスト*。アンティオケイア❶*の上流階層に生まれ、愛慕する母から引き離されてアテーナ

イ*で教育を受ける（336〜340）。「アテーナイに留まるのなら富豪の女相続人を妻として差し上げよう」との申し出を拒み、コーンスタンティーノポリス*やニーコメーデイア*、ニーカイア*で修辞学を教えて成功、栄誉と財産を手に入れる。354年、健康上の理由からアンティオケイアへ帰り、学校を開設。以後40年間生地にあって著述と教育を通じギリシア古典文化や旧来の宗教を称揚した。名声とみに高まり、アンティオケイア市民中の第1人者と見なされ、一時は4人の助手と80名をこえる学生をもつに至る。当代比類ない学識・高徳ゆえにユーリアーヌス*帝から深い敬意を払われ、帝に対しても不羈独立の姿勢で訓戒や讚辞を与えて親交を保ち、ユーリアーヌスの訃報に接すると（363）いたく嘆いて優れた追悼演説を記した。熱心な異教徒（非キリスト教徒）だったにもかかわらず、テオドシウス1世*らキリスト教支配者の愛顧も蒙り、387年アンティオケイアの暴動事件で有力市民がテオドシウスの逆鱗に触れて投獄された時には、町の代弁者として大胆に彼らを弁護。人望あつく同市のパン屋連中がストライキを決行した折にも、彼は双方から調停者として選ばれている（384頃）。反面、気位が高く虚栄心が強いという欠点のため、ライヴァルの嫉視や策謀にさらされることが多く、若い頃は魔術を使ったと讒訴されて断罪されたこともあった（346）。また病気がちで終生結婚せず、愛弟子の青年や愛人の女奴隷と同棲するにとどまった。キリスト教徒の弟子も多く、門下からイオーアンネース・クリューソストモス*、バシレイオス*、ナジアンゾスのグレーゴリウス*、アンミアーヌス・マルケッリーヌス*、モプスーエスティアーのテオドーロス❺らを輩出。リバニオスの文体はビザンティン時代に高く評価され、その模範として仰がれた。著作は『デーモステネース*の生涯』の他に、多数の『書簡集 'Επιστολαί』（約1545通）、『演説集 Λόγοι』（65篇）、『弁論演習 Μελέται』（51篇）等々が現存し、4世紀の東方ローマ世界の実情を知る重要な史料となっている。
⇒エペソスのマクシモス
Libanius Or. 1〜, Epist./ Eunap. V. S. 16/ Julian. Ep. 3, 14, 27, 44, 74/ Phot. Bibl./ Suda/ etc.

リバノス（山脈） Libanos, Λίβανος, Libanus,（ヘブライ語）Lᵉbhānôn,（仏）Liban,（独）Libanon,（伊）Libano,（西）（葡）Líbano,（露）Ливан（現・Jabal Lubnān）「白い」の意）フェニキア*地方、地中海に沿って南北に連なる山脈（〈英〉Lebanon Mountains,〈和〉レバノン山脈）。常に雪を頂いていることからこの地名を得た。平行して走る2連の山脈のうち、西側のものをリバノス山脈、東側のものをアンティリバノス Antilibanos 山脈（現・Al-Jabal ash Sharqī,〈和〉アンティ・レバノン山脈）と呼び、両連峰の間に肥沃な平原コイレ・シュリアー*がある。山岳部は巨大な香柏（レバノン杉）や櫟・糸杉の森で古来名高く、前3000年頃より建材として愛用され、ことにフェニキア人が巨木で船を造り地中海貿易に活躍したことはよく知られている。

カイサレイア*のエウセビオス*によると、古代末期コーンスタンティーヌス1世*の頃になっても、リバノス山地では月の女神に仕える神官（神殿男娼）たちが、男女両性を相手に様々な性交渉を聖域内で行なっていたという。
⇒ヘーリオポリス（バアルベク）
Strab. 16-754〜/ Ael. N. A. 5-56/ Plin. N. H. 5-17, -18/ Tac. Hist. 5-6/ Ptol. Geog. 5-14-6/ Curtius 4-2, 10-1/ Diod. 19-58/ Polyb. 5-45/ Euseb. Vit. Const. 55/ Hieron. Adv. Iovinian. 4, Onomast./ Vet. Test. I Reg. 5-2, Chron. 2/ etc.

リビア Libya
⇒リビュア、リビュエー

リービウス・セウェールス Libius Severus
⇒セウェールス3世

リビティーナ Libitina,（仏）Libitine
古代イタリアの死者の女神。のちギリシアのペルセポネー*と同一視される。葬儀を司り、ローマでは死者が出ると彼女の神殿に登録され、またそこには葬礼の必需品が備えられていて、借用または購入することができた。葬儀の請負人はリビティーナーリウス libitinarius と呼ばれ、その事務所がやはりリビティーナの神殿に置かれていた。彼女の崇拝はヌマ*王によって創始されたと伝えられ、ラテン詩人の中にはリビティーナの名を「死」そのものを表わす言葉として用いる者もいる。語源を誤まってリビードー libido（「欲情・色慾」）に求めたために、そこからウェヌス*（ヴィーナス）の別称たるリベンティーナ Libentina（肉慾の女神、Lubentina とも）と混同されるに至った。

ちなみにローマには、ギリシアの快楽を擬人化した女神ヘードネー Hedone, Ἡδονή に対応するウォルプタース Voluptas なる神格もあり、彼女はアモル*（クピードー*）とプシューケー*の間に生まれた娘とされている。
Dion. Hal. Ant. Rom. 4-15/ Plut. Num. 12, Mor. 269a/ Varro Ling. 5-6/ Hor. Carm. 3-30, Sat. 2-6, Epist. 2-1/ Juv. 14-122/ Cic. Nat. D. 2-23/ Apul. Met. 6/ Sen. Ben. 6-38/ Val. Max. 5-2/ etc.

リビュア Libya,（仏）Libye,（独）Libyen,（伊）（西）Libia,（アラビア語）Lībiyā,（和）リビア
リビュエー*のラテン形。北アフリカのキューレーナイカ*とエジプトに挟まれた地方名リビュア・マレオーティス Libya Mareotis としても用いられる。このリビュア南西部には、アレクサンドロス大王*も訪れたアンモーン*神の有名な神託所アンモーニウム Ammonium (Hammonium) があった。神話伝説では、太陽神の戦車を駆しそこなったパエトーン*のせいで、リビュアは砂漠地帯になってしまったとされ、またゴルゴーン*を退治したペルセウス*がこの上空を飛行中、メドゥーサ*の首から滴り落ちた血がいろいろの種類の蛇に変じたという。リビュア砂漠には、毒蛇のほか、途方もない巨蛇や、前後どちらにも進める両

頭蛇 Amphisbaena など、なかば架空の爬虫類が多く棲息していたと伝えられる。

なお、フランス語で「張形」「人工男根」をゴドミシェ godemiché と呼ぶのは、古来リビュア砂漠のオアシス都市ガダーメース Ghadāmĕs,（ラ）Cydamus,（アラビア語）Ġadāmis 産の皮革で、この種の性具が製造されていたことに由来する。

Plin. N. H. 5-6-39〜/ Cic. Nat. D. 1-36(101)/ Ov. Met. 2-238, 4-619〜/ Luc. 9-701〜/ Curtius 4-7/ Hor. Sat. 2-3-100/ etc.

リビュエー　Libye, Λιβύη,（ドーリス方言）Libya, Λιβύα,（ラ）リビュア* Libya,（〈アラビア語〉Lībiyā）,（仏）Libye,（独）Libyen,（伊）Lìbia,（西）Libia,（現ギリシア語）Livíi

アフリカ大陸のギリシア名。エジプトとエティオピア（アイティオピアー*）を除く北アフリカ一帯を指すこともある（⇒アーフリカ）。古くからエジプト、フェニキア*、ペルシア*、カルターゴー*らオリエント系諸国民によって、この大陸の周航が試みられていた（⇒ネコース2世、ハンノー❶、ヒミルコーン❶、サタスペース）が、ギリシア人の多くは東アフリカはインド西部に未知の陸地（〈ラ〉テッラ・インコグニタ* Terra Incognita）でつながっているとか、大陸はどこまでも南へ広がっているといった謬見にとらわれていた。ヘレニズム時代以降、ギリシア・ローマ人の探検旅行が行なわれるようになり、大陸奥地に関する知見も深まった（⇒エウドクソス❷）。

伝説上の名祖（なおや）リビュエーは、大洋神オーケアノス*の娘でアシアー*（アジアの名祖）の姉妹とも、あるいはポセイドーン*と交わって多くの王家の祖となったエジプト王女ともいう（⇒巻末系図004）。ギリシア神話中、リビュエーは、ロートパゴイ*人やピュグマイオイ*など珍奇な民族、またバシリスコス*その他、幻獣の棲む地とされている。

なお、リビュエー（リビュア）人は、ヘブライ語宗教文書（俗称「旧約聖書」）では、ハム Ham（〈ギ〉Khām, ノアの次男）の子孫たるルーディーム Ludim の名称で呼ばれている。

⇒キューレーナイカ

Hom. Od. 4-85〜, 14-295/ Herodot. 2-32〜, 4-42〜, -168〜/ Aesch. Supp. 319/ Apollod. 2-1-4, -5-10, 3-1-1/ Plin. N. H. 5-1〜, -6, 7-56/ Polyb. 3-22/ Varro Ling. 4-5/ Sall. Jug. 17/ Luc. 9-411/ Strab. 17-785〜/ Hyg. Fab. 14, 31, 149, 157/ Ptol. Geog. 2-1, 7-5, -7, 8-1/ etc.

リブルニア　Liburnia,（ギ）Libyrniā, Λιβυρνία, Libūrniā, Λιβουρνία,（仏）Liburnie,（独）Liburnien

（現・クロアティア Croatia, Hrvatska）アドリア海の東岸、イッリュリアー*北部の地方。イッリュリアー系のリブルニア人（ギ）Libyrnoi, Λιβυρνοί,（ラ）Liburni は、イストリア*からダルマティアー*に至る沿岸地域に広く居住。海賊行為を働き、すぐれた快走船 Libyrnis, Λιβυρνίς, Libyrnika, Λιβυρνικά,（〈ラ〉Liburna）を発明したことで名高い。強力な衝角（ロストラ*）を備えながら高速で航行できるこの細長い軽快な船は、のちにローマ艦隊の基本的な軍用櫂船となり、アクティオン*の海戦（前31）でオクターウィアーヌス*（のちのアウグストゥス*）が勝利をおさめたのも、リブルニア式の船団の活躍に負うところ大である（他方、アントーニウス*の巨大な旗艦は機敏な動きがとれず、そのうえコバンザメ remora の群れにとりつかれて船脚が一層遅れてしまい、敗北の要因になったという）。

⇒イアーピュディアー

Liv. 10-2, 42-48/ Plin. N. H. 3-21, 32-1/ Strab. 6-315〜/ Plut. Ant. 67, Cat. Min. 54/ App. Ill. 12/ Flor. 2-5/ Mela 2-3/ Ptol. Geog. 2-16, 8-7/ Scylax/ Steph. Byz./ etc.

リーベリウス　Liberius,（ギ）Liberios, Λιβέριος,（仏）Libère,（伊）（西）Liberio,（葡）Libério

（?〜後366）ローマ司教＝36代「教皇」（在任・352年5月17日〜366年9月24日）。アタナシオス*（アタナシウス*）の主張を奉じて、アレイオス*（アリーウス*）派の皇帝コンスタンティウス2世*に執拗に抵抗し、ためにトラーキア*へ放逐される（355）。のち流刑の苦痛に堪えきれずアレイオス派の信条に署名しアタナシオスの追放に同意（357）、翌358年ローマに戻り、皇帝によって立てられていた「対立教皇」フェーリークス2世 Felix Ⅱ（在任・355〜365年11月22日）を追い出して復職する。コーンスタンティウス2世の死（361）後、再びアタナシオス派を宣言し、西方帝ウァレンティーニアーヌス1世*を抱きこんで、東方帝ウァレーンス*の保護するアレイオス派と争い続けた。伝承によれば、彼が「聖母」マリーア*の夢告に順（したが）ってエスクィリーヌス*丘に奉献した教会堂（バシリカ*）Basilica Liberiana（352年8月）が、今日のサンタ・マリーア・マッジョーレ Santa Maria Maggiore 寺院（432〜再建）の前身であるという。リーベリウスは性格の脆弱さから「異端」に転向したとして、聖人に列せられない最初の「教皇」となった（正教では聖人記念日8月27日）。

Amm. Marc. 15-7/ Socrates Hist. Eccl. 4-12/ Hieron. Chron./ Sozom. Hist. Eccl. 4-15/ Theodoret. Hist. Eccl. 2-16, -17/ Ambros./ etc.

リーベルタース　Libertas,（英）Liberty,（仏）Liberté,（伊）Libertà,（西）Libertad,（葡）Liberdade

（「自由・独立」の意）ローマの「自由」の女神。元来は個人的自由、つまり隷属身分ではなく自由市民たる資格を擬人化した女神であったが、帝政期には専制政体に対峙する政治的自由の女神となった。この女神の崇拝は、ヌマ*暦に見えぬことから、あまり古いものではないと考えられている。彼女の神殿は前238年にアウェンティーヌス*丘に創建され、その神像は解放された奴隷の被るピーレウス pileus と呼ばれる縁なしのプリュギアー*帽を手に、月桂冠を載いた姿で表わされていた。

Liv. 24-16, 25-7, 34-44, 43-6/ Dio Cass. 38-17, 39-11, 43-

44, 48-12/ Lucan. 7-432〜/ Ov. Fast. 4-623〜/ Mon. Anc. 4-6/ Cic. Nat. D. 2-23(61), Mil. 22, Att. 4-2, -16/ etc.

リーベル、または、リーベル・パテル　Liber, Liber Pater

イタリアの古い農耕神。豊饒と葡萄酒を司る。伴侶として女神リーベラ Libera を配され、ギリシアのバッコス*（ディオニューソス*）と同一視された。3月17日がその祝祭リーベラーリア Liberalia で、巨大な陽物像 phallus（ファルルス）の行列が繰り展げられ、またこの日ローマの若者たちは少年服を脱いで成年服に着がえる成人式を行なう習慣であった（⇒ブッラ）。伝承によれば、リーベルは貧しい農夫ファレルヌス Falernus に歓待された返礼に、芳醇な葡萄酒のとれる樹を贈り、これがローマ人の珍重する名酒ファレルヌス・ワイン（現・Falèrno,〈仏〉Falerne）の濫觴となったという。

⇒バッカナーリア、ファスキヌス

Cic. Nat. D. 2-24(62), Tusc. 1-12(28) Augustin. De civ. D. 7-21/ Verg. G. 2-385〜/ Ov. Fast. 3-713〜/ Hyg. Fab. 224/ Varro Rust. 1-1-5, -2-19/ Hor. Epist. 2-1-5/ Festus/ etc.

リーメス　Limes。ラテン語で「境界線」「畦（あぜ）」「畝（うね）」の意。

⇒リーメス・ゲルマーニクス

リーメス・ゲルマーニクス　Limes Germanicus,（仏）Limes germanique, Limes de Germanie,（伊）Limes germanico,（西）Limes germánico

ローマ帝国がゲルマーニア*との国境に設けた軍事上の境界線（リーメス）。版図を拡大しつつある共和政時代にローマは厳密な国境線をもたず、ただ属州アーフリカ*にのみ旧来のカルターゴー*の慣習を踏襲して掘割による境界を画定していた。国境制を最初に確立したのは初代皇帝アウグストゥス*で、ゲルマーニアにも防衛堤が築かれたが、永続的な境壁がつくられるようになったのはフラーウィウス*朝以降のことである（後87〜）。上ゲルマーニア*とラエティア*を結ぶ一連の国境防備線がドミティアーヌス*帝によって建造され、続いてトライヤーヌス*、ハドリアーヌス*、アントーニーヌス・ピウス*諸帝の頃に国境線はさらに前進、補強された。カラカッラ*（在位・211〜217）の時代までに石造の見張塔や城壁がつくられ、ヌメリー numeri と呼ばれる要塞守備隊が駐屯した。その後、ゲルマーニア人の侵攻が次第に強まり、3世紀中頃ガッリエーヌス*帝の治下に、ゲルマーニアのリーメスは放棄された（⇒アラマンニー）。ブリタンニア*やダーキア*、マウレーターニア*など他の属州にも、地形に応じて国境防衛設備が築かれていたことが知られる。

なおリーメスは、後世の限界を指す言葉（英）（独）limit,（仏）limite の語源となっている。

⇒デクマーテース・アグリー

Tac. Ann. 1-50, 2-7, Germ. 29/ Vell. Pat. 2-120/ Amm. Marc./ S. H. A./ Dio Cass./ Flor./ Plin./ etc.

リュカイオン（山）　Lykaion, Λύκαιον, Λυκαῖον, Lycaeum, Mons Lycaeus,（仏）Mont Lycée,（伊）（西）Monte Liceo

（現・Dhiafórti）ペロポンネーソス*半島アルカディアー*地方の南西部にある大神ゼウス*に捧げられた山。土地の伝承によると、ゼウスはこの山中で育ったといい、またアルカディアーではこの山をオリュンポス*と呼んでいたとされる。山頂のゼウス・リュカイオス Lykaios の祭壇は、古王リュカーオーン❶*が創設したと伝え、ここでは後2世紀に至るまで人身供犠が行なわれていた。この祭儀に加わった者は、生贄にされた人間を食べて狼に変身し、その後人肉を喰うことを慎めば、9年目に再び人間に戻れるが、人肉を口にした場合は終生、狼の姿で過ごさねばならなかった。オリュンピアー*の拳闘技（ボクシング）で優勝したダマルコス Damarkhos という選手は、生贄の臓腑を食べたことのある元（もと）狼人間であったという。またこの山中には立ち入ると影をなくし、1年以内に死んでしまうとされる不思議な禁苑や、パーン*の聖域もあった。祭礼リュカイア Lykaia には運動競技会も催され、一説にこの祭式は、エウアンドロス*によってローマへもたらされ、ルペルカーリア*祭になったといわれる。

Paus. 6-8, 8-2, -38/ Pl. Resp. 565d/ Plut. Rom. 21, Caes. 61/ Theoc. 5-16, -54/ Plin. N. H. 4-6, 8-34/ Augustin. De civ. D. 18-17/ Xen. An. 1-2-10/ Pind. Ol. 9-96, 13-108, Nem. 10-45/ etc.

リュカーオニアー　Lykaonia, Λυκαονία,（ラ）リュカーオニア Lycaonia,（仏）Lycaonie,（独）Lykaonien,（伊）（西）Licaonia,（露）Ликаония,（トルコ語）Likaonya,（和）リカオニア

小アジア内陸部の地方名。タウロス（現・トロス）山脈の北腹に位置する高台地で、粗暴かつ好戦的なリュカーオニアー人 Lykaones が居住していた。その境界は時代によりまちまちであったが、大略、北をガラティアー*、東をカッパドキアー*、南をタウロス山脈、西をプリュギアー*に囲まれた地域を指す。アカイメネース朝*ペルシア*帝国の版図に含まれていたものの、事実上は独立を保ち、アレクサンドロス大王*の死（前323）後、その遺将ペルディッカース*により征服され、以来セレウコス朝*シュリアー*の支配下にあった（前280〜前189）。アンティオコス3世*の敗戦（前190末）の結果、この地はローマ人によってエウメネース2世*に与えられ、以降ペルガモン*王国の領土となる（〜前133）。前160年頃、一部をガラティアーに蚕食され、次いで東半分がカッパドキアー王国の所有に帰した（前129）。その後、前25年アウグストゥス*帝の治下にローマの属州に編入されたが、土地は不毛で牧畜以外に適さず、後1世紀に入っても住民はローマに馴致せず旧来の言語を使用していたという。首府はイーコニオン*（イーコニウム*、現・コニヤ Konya）。使徒パウロス*（パウロ）が新興のキリスト教を伝道した地としても知られる（『使徒言

行録』14章)。

Ptol. Geog. 5-2, -4, -6/ Xen. An. 1-2-19, Cyr. 6-2-20/ Liv. 27-54, 38-39, -56/ Mela 1-2/ Plut. Luc. 23/ Strab. 12-568〜/ Polyb. 5-57, 21-22/ Diod. 18-5, 20-108, 29-13/ Plin. N. H. 5-29-105/ Dionys. Per./ Avienus/ etc.

リュカーオーン Lykaon, Λυκάων, Lycaon, (伊) Licaone, (西) Licaón, (露) Ликаон

ギリシア神話中の男性名。

❶アルカディアー*の古王。ペラスゴス*の子。カッリストー*の父。アルカディアーを教化し、ゼウス*・リュカイオス Lykaios の信仰を弘めたが、祭壇に男の子を犠牲として捧げたため、ゼウスによって狼 lykos に変えられた。あるいは、ゼウスが訪れた時に、50人の息子たちとともに、人肉を食卓に供したために、末子ニュクティーモス Nyktimos を除いて全員、雷霆で撃ち殺されたといい、このニュクティーモスが王権を継いだ時に、彼らの不敬が因で、デウカリオーン*の大洪水が起こったと伝えられる。リュカーオーンの性格が敬虔と不遜との奇妙な混合となっているのは、リュカイオン*山において古来行なわれて来た人身御供と人肉食を伴う祭儀の解釈が時代によって変遷したからだと考えられる。狼への変身、狼憑きなどの現象は、今日リカントロピア lycanthropia と呼ばれている。

⇒本文系図407, 巻末系図003
⇒アルカス

Apollod. 3-8-1〜2/ Paus. 8-2/ Dion. Hal. Ant. Rom. 1-11/ Ov. Met. 1-196〜/ Hyg. Fab. 176, 225, Poet. Astr. 2-4/ Nonnus Dion. 18-20〜/ Schol. ad Eur. Or. 1642〜/ Eratosth. Cat. 8/ Tzetz. ad Lycoph. 482/ etc.

❷トロイアー*王プリアモス*とラーオトエー Laothoe の子。ポリュドーロス❶*の同母兄。ともにギリシアの将アキッレウス*によって殺された (⇒巻末系図019)。

Hom. Il. 3-333, 20-81, 21-34〜, 22-46〜, 23-746〜/ Apollod. 3-12-5, Epit. 3-32/ etc.

リュカベーットス Lykabettos, Λυκαβηττός, Lycabettus, (仏) Lycabette, (独) Lykabettus, (伊) Licabetto, (西) Licabeto, (露) Ликавит

(現・Likavittós, かつての Hagios Georgios) アテーナイ*の北東近郊の岩山(標高277m)。この山麓では、成人した男娼たちが同年輩の男性に身を任せていたことが、喜劇詩人テオポンポス❸*の作品に見えている。

⇒プニュクス、アレイオス・パゴス

Ar. Ran. 1057/ Xen. Oec. 19-6/ Theopompus Fr. 29/ Strab. 10-454/ Pl. Criti. 112a/ Suda/ etc.

リュキアー Lykia, Λυκία, (イオーニアー*方言: リュキエー Lykie, Λυκίη), (ラ) リュキア Lycia, (仏) Lycie, (独) Lykien, (伊)(西) Licia, (葡) Lícia, (露) Ликия, (トルコ語) Likya, Lykia, Likiya, (和) リキア, (リュキアー語) Trm̃misa

(現・Likya) 小アジア西南部の沿岸地方。地中海に南面し、西をカーリアー*、東をパンピューリアー*で割された山がちの地域。リュキアー人 Lykioi はエーゲ文明*時代にクレーター* (クレーテー*) 島から渡来したとされ、ヒッタイト王国の記録にはルッカ Lukka (Luqqa) という名で見出される。『イーリアス*』ではサルペードーン*とグラウコス❷*の2将に率いられトロイアー*の友軍として参陣、その兵は弓術に長じていることで知られる。名祖リュコス*はアテーナイ*王パンディーオーン*の子で、兄弟のアイゲウス*に追われてサルペードーンの許へ来たり、この地に名前を与えたという。リュキアーは早くからギリシア人植民団を受け容れ、出土品もオリエント=小アジア風とギリシア風との融合を示しているが、29文字から成る独自のアルファベット(言語はインド・ヨーロッパ語族に属する)や通貨を用い、特有の母系制習俗を長く保っていた点で極めて興味深い。前546年にペルシア帝国*に征服されてからも、アカイメネース朝*の宗主権下に自らの君侯を戴き、リュキアー同盟を結成。キモーン*の働きで一旦ペルシアの支配から逃れる(前468頃)が、ほどなくアンタルキダース*の和約(前386)によって再びペルシアの版図に含まれる(一時期カーリアー王マウソーロス*の領土)。アレクサンドロス大王*の死(前323)後、プトレマイオス朝*を経てセレウコス朝*の領土となり(前197〜)、マグネーシアー*の戦い(前190年末)の結果、ローマの手でロドス*の支配下に置かれた(前188〜)。抵抗して前169年独立を達成するが、次第にローマの影響と干渉を受けるようになり、クラウディウス*帝の治下、ローマの属州リュキア・

系図408 リュカーオーン❷

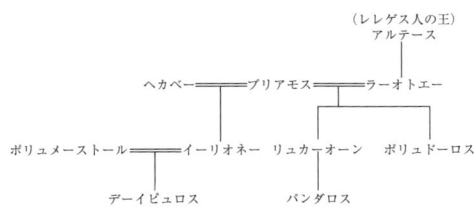

系図407 リュカーオーン❶

パンピューリア Lycia-Pamphylia に併合された（後43）。主要都市はクサントス❷*、パセーリス*、ミュラ Myra（現・Kale、⇒ニーコラーオス❷*）、パタラ Patara（現・Gelemiş 近郊）など。パタラはリュキアーの主神アポッローン*の神託で名高く、温暖な気候を好んで神が冬季の間ここで過すと信じられ、その期間中は巫女が神殿内に閉じ籠もって神と性交するしきたりになっていたという。リュキアーはまた、ベッレロポーン*のキマイラ*退治など神話伝説の舞台としても馴染み深い。

リュキアー地方からは独特の建築様式で築かれた多数の墓所や、ローマ風のアクァエドゥクトゥス*（水道）、浴場施設（テルマエ*）などの公共建造物、アポッローンを象徴する竪琴を刻んだおびただしい貨幣が出土している。

⇒クサントス

Hom. Il. 2-876, 5-172, 17-172/ Herodot. 1-28, -147, -173 ～, -182, 7-92/ Thuc. 2-69, 8-41/ Strab. 14-664～/ Plin. N. H. 5-28/ Ptol. Geog. 5-2, 8-17/ Suet. Claud. 25/ Dio Cass. 47-34, 60-17/ App. Mith. 24, 61, B. Civ. 60, 65, 75/ Arr. Anab. 1-24/ Polyb. 22-5, 24-15, 25-4, 30-5/ Liv. 45-25/ etc.

リュグドゥス　Lygdus, （ギ）リュグドス Lygdos, Λύγδος, （伊）（西）Ligdo

「白大理石」の意。

（後1世紀前半）小ドルースス*（ティベリウス*帝の嗣子）に寵愛された宦官(エウヌークス) eunuchus。若さと美貌のゆえに主人からいたく愛され、召使の中で最も重要な地位についていたが、帝位をうかがう権臣セイヤーヌス*に誘惑されて以来、小ドルーススの毒殺計画に加担。小ドルーススの妻リーウィア・ユーリア*（リーウィッラ*）と不義の関係を結んでいた侍医エウデームス Eudemus が調合した毒薬を、主人に投与して殺害した（後23）。自然の病気と偽れるような効き目の遅い毒物が選ばれたため、事件はしばらく発覚しなかったが、セイヤーヌスの刑死後、セイヤーヌスの妻の暴露で明るみに出、リーウィア・ユーリアはじめ一味は破滅した（31）。

Tac. Ann. 4-8～10/ Dio Cass. 57-22/ Plin. N. H. 29-8-20/ etc.

リュクールゴス　Lykurgos, Λυκοῦργος, Lycurgus, （古くはリュコオルゴス Lykoorgos, Λυκόοργος），（仏）Lycurgue, （独）Lykurg, （伊）（西）Licurgo

ギリシア神話中の男性名。

❶トラーケー*（トラーキアー*）のエードーネス Edones 族の王。酒神ディオニューソス*とその崇拝を排斥しようとしたため、神罰を被り非業の最期を遂げた。王に牛追棒で追われた酒神は海中にとび込んで女神テティス*のもとへ避難し、牢に繋がれた信女（バッケー*）たちの鎖はおのずと解け、王はゼウス*によって盲目にされ程なく死んだという。あるいは彼は酒神により発狂させられ、自らの息子ドリュアース Dryas を葡萄樹と思って斧で切り刻んだとも、酩酊して実母を犯そうとしたのち、錯乱のうちに妻子を殺したともいわれる。そのため領土は凶作に見舞われ、神託が下った結果、王は山中で4頭の馬に縛りつけられて八つ裂きにされた（または野獣の餌食にされた）。別伝では、従者を殺された酒神は、王を捕えると、その両眼を抉り拷責を加えたのち、磔刑に処したという。悲劇詩人アイスキュロス*が『リュクールゴス三部作』で扱ったが散逸して伝わらない。

⇒ペンテウス

Hom. Il. 6-129～137/ Apollod. 3-5-1/ Hyg. Fab. 132, 242/ Soph. Ant. 955～/ Diod. 1-20, 3-65/ Ov. Met. 4-22/ Serv. ad Verg. Aen. 3-14/ etc.

❷ネメアー*の王。リュコス*とも呼ばれる。ネメア競技祭*の縁起譚で知られるオペルテース*（アルケモロス*）の父。一説にテーバイ❶*で戦死したが、アスクレーピオス*が彼を生き返らせたという。

⇒ヒュプシピュレー、アンピアラーオス

Hyg. Fab. 15, 74, 273/ Apollod. 1-9-14, 3-6-4/ Paus. 2-15-3, 3-18-2/ Stat. Theb. 5-660/ etc.

❸アルカディアー*の王。アルカス*の子孫。英雄アンカイオス❶*の父。アタランテー*やメラニオーン*の祖父。ケーペウス❷*の兄弟。筋骨逞しい従者エレウタリオーン

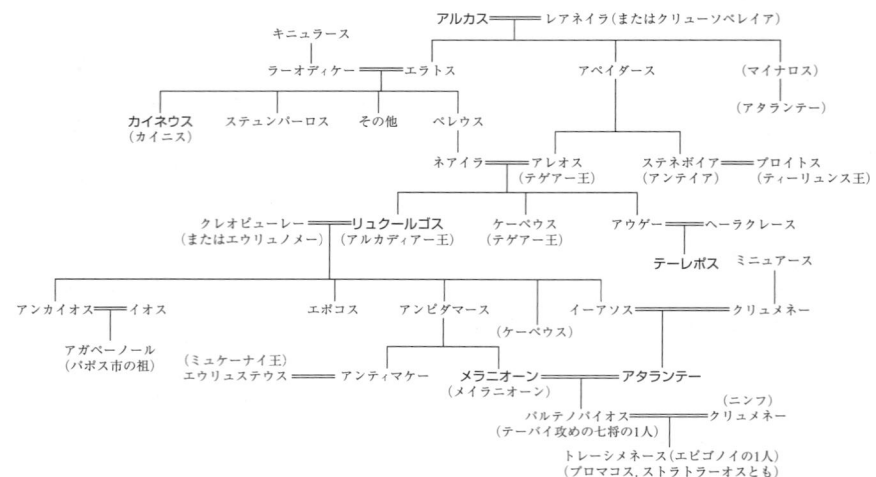

系図409　リュクールゴス❸

Ereuthalion（のちネストール*に殺される）を愛したことで知られる。他にもヘーラクレース*の息子リュクールゴスら何人かの同名人物がいる。

Hom. Il 7-142〜/ Apollod. 1-8-2, -9-16, 3-9-1〜2/ Paus. 8-4/ Hyg. Fab. 14, 248/ Schol. ad Hom. Il. 2-209/ Schol. ad Ap. Rhod. 1-164/ Steph. Byz./ etc.

リュクールゴス　Lykurgos, Λυκοῦργος, Lycurgus,
（仏）Lycurgue, （独）Lykurg, （伊）（西）（葡）Licurgo, （露）Ликурт

ギリシアの男性名。

❶（前9世紀〜前8世紀頃？）スパルター*（ラケダイモーン*）のなかば伝説的な立法家。ギリシア第1のポリス polis スパルター特有の国制や市民の生活規定を定めたとされるが、その年代についても前1100年頃から前600年頃までと諸説まちまちであり、彼の実在性を疑問視し、ペロポンネーソス*各地で崇拝されていた同名の神ないし英雄神 heros と見なす学者もいる。

伝承によれば、彼はスパルター王エウノモス Eunomos の子で、兄王ポリュデクタース Polydektas の死後8ヵ月間王位にあったが、兄の未亡人が男児カリラーオス Kharilaos を出産すると、これに位を譲り自らはその後見役として摂政した。その折、兄の未亡人はリュクールゴスに求婚し、「私を娶ってくれるのなら、胎内の子をなきものにしましょうぞ」と申し出たけれど、彼はその誘惑をしりぞけたという（⇒巻末系図021）。のち外遊の途につき、クレーター*（クレーテー*）、小アジアのイオーニアー*、エジプト、さらにはインドなど各地を遍歴。祖国にホメロス*の写本をもたらし、またデルポイ*の神託を受けて（異説ではクレーターの法を基に）混乱したスパルターに法律レートラー rhetra, ῥήτρα を授けた（⇒タレータース）。土地の均等配分、民会（アペッラ*）と長老会（ゲルーシアー*）の設置、金銀貨の流通禁止、市民の共同会食、軍隊式教育制度、鎖国策と外国人排斥、等々を制定し、のちのスパルター発展の基礎を確立した（「リュクールゴス制度」と総称されるこれら諸制度は、実のところ、前6世紀末までの長期間にわたって形成されたものと考えられる）。彼はスパルター人の生活万般を詳細に規定したといわれ、奢侈を厳禁し、粗衣粗食に甘んずる質実剛健な集団生活を市民たちに営ませた。子供は生まれるとすぐ身体検査をされ、不合格だとターユゲトス*山中の崖から投げ棄てられた。男子は7歳以後30歳になるまで、兵営生活を送り、優秀な戦士となるよう国家によって厳しく教育された。裸体で軍事教練や肉体鍛練に励むかたわら、年上の同性を恋人にもち、恋人から立派な人間になるべく手ほどきを受けた。女子も裸体で体育訓練に従事し、年長の婦人に愛されることもあった。結婚しても夫は同年代の男たちと寝食を共にし、夜こっそりと妻のもとに通うのが常であった。兄弟で妻を共有することも多く、強壮な子供を得るべく弱い夫や老年の夫は妻に若くて強い男をあてがったとも伝えられる。

リュクールゴスは土地を再分配したため富裕者の不評をかい、投石されたり、果ては暴漢に棒で撲られ片眼を抉り取られるという災難に遭った。諸制度を定めたのち、自分が戻って来るまでは法律を変えないよう市民に誓わせてからデルポイへ出発。神によってその立法の正しさを認められたので、自ら食を断って死んだ。遺言により亡骸は火葬にされ、灰は海に撒き散らされたが、これは遺体がスパルターに運ばれて彼が帰って来たと称して人々が国制を改変するような事態が生ぜぬように、との配慮からなされたことであるという。

⇒エポロイ

Herodot. 1-65〜66/ Plut. Lyc., Inst. Lacon./ Xen. Lac., Hell./ Paus. 3-2/ Ael. V. H. 13-23/ Just. 3-2〜/ Strab. 8-365〜366, 10-481〜482/ Arist. Pol. 2-6, -7, -9, 4-11, 5-9/ Pl. Leg. 3-692a/ Diod. 1-94, -96, 7-12/ Cic. Div. 1-43, Rep. 2-1, -9, Off. 1-22/ etc.

❷スパルター*の王（在位・前220末〜前210）。王家の血筋ではなかったが、エポロイ*（監督官）を買収し、アゲーシポリス3世*と並んで王位に即く。前215年、アゲーシポリスを廃して単独支配者となる。一時アイトーリアー*へ亡命するなどしたものの、翌前217年に復位した。死後、公式には息子ペロプス Pelops（在位・前210〜前207）が王位を継承したが、実権はマカニダース*が掌握していた。ペロプスはのち、ナビス*によって処刑された。

⇒巻末系図 022

Polyb. 4-2, -35〜37, -60, -81, 5-5, -17, -21〜23, -29, -91〜92/ Paus. 4-29/ Liv. 34-26/ Diod. 27-1/ etc.

❸（前390年頃〜前324年）アテーナイ*の政治家、弁論家。アッティケー*（アッティカ*）10大雄弁家*の1人。ブーテース Butes（伝説上のアテーナイ王パンディーオーン❶*の子）にさかのぼるアテーナイの名門エテオブータダイ Eteobutadai 家（エレクテイオン*の世襲神官の家柄）に生まれ、哲学をプラトーン*に、修辞学をイソクラテース*に学ぶ。政治家として高い地位を占め、ハルパロス*の事件以前にアテーナイの財政を掌り（前338〜前326）、市街の美化や海軍の拡張、外港ペイライエウス*の改造などに当たった。スタディオン*を建設し、ディオニューソス*劇場に悲劇詩人らの像を建てて立派な石造劇場を完成（⇒テアートロン）。また宗教的祭礼をより豪勢なものに仕立てて威儀を高めた。さらに文芸作品の保存に意を用い、3大悲劇詩人のテクストの公認本を作らせたが、これはのちにプトレマイオス2世*がアレクサンドレイア❶*図書館に借りて行ったまま返還しなかったという。

政治的には、デーモステネース❷*とともにマケドニアー*に対抗してアテーナイの独立を保とうとした愛国者である。正義感が強く、収賄官吏を手厳しく告発し、後世「アテーナイのカトー*」と呼ばれた。法律違反を非難する彼の演説15篇のうち現存する唯一の作品は、カイローネイア*の敗戦（前338）後逃亡して前331年頃に帰国した商人を訴えた『レオークラテース Leokrates 弾劾演説』（前331）である。

リュクールゴスは「エレウシース*の秘儀参詣に女子は

車駕を用いてはならぬ」という法律を制定したが、これを最初に破ったのは彼自身の妻であり、彼女は罰金刑を科せられたという。また妻の違反行為を密告者から報されたリュクールゴスは、彼らに1タラントンを与え、後日そのために追及を受けたが、「私は金を与えたのであって、貰ったのではない」と突っぱねたとの話も伝えられている。彼はディオニューソス劇場の主宰中に没し、国費をもって埋葬されたが、息子たちは父の残した財政赤字を補填できなかったので投獄されたといわれる。
Plut. Flam. 12, Dem. 23, Mor. 841a〜/ Cic. Att. 1-13/ Ael. V. H. 13-24/ Dion. Hal. De Imit. Frag./ Dio Chrys. Or. 18-11/ Harp./ Phot. Bibl./ Suda/ etc.

リュケイオン Lykeion, Λύκειον, (ラ)リュケーウム Lyceum (リュカエウム Lycaeum, より正しくはリュキーウム Lycium), (仏)Lycée, (独)Lyzeum, (伊)(西)Liceo, (露)Лицей

アテーナイ*の東方郊外、イーリーソス* Ilisos (イーリッソス Ilissos) 河の近くにあったアポッローン*・リュケイオス Lykeios 神（牧人の神）に捧げられた聖林。ギュムナシオン*（体育場）や庭園があり、ペイシストラトス*やペリクレース*によって整備が進められ、ソークラテース*らアテーナイ市民にも親しまれた場所であった。前335年アリストテレース*は、この地に学園を創設し、ギュムナシオンに付属したペリパトス peripatos, περίπατος（屋根付柱廊）で教えたので、彼の学派はペリパトス学派（逍遙学派 Peripatetikoi, περιπατητικοί）と呼ばれ、リュケイオンはアリストテレースの学校名として評判を高めるようになった。厖大な文献や標本類が集められ、その進んだ研究組織は、次代のムーセイオン*のモデルにされたといわれる。12年間の広範囲にわたる学問研究ののち、アリストテレースは高弟テオプラストス*に学園を譲り、以来ストラトーン*、リュコーン*、等々が学頭職を継承、主に自然科学に重点を置いた研究・講義が行なわれたが、前3世紀後半頃から衰退。前1世紀にロドス*のアンドロニーコス*が、長年秘蔵されていたアリストテレース著作集を入手・刊行してからは、その注釈が同学派の主要な仕事となった。後529年、東ローマ皇帝ユースティーニアーヌス1世*の勅令で、アカデーメイア*とともにリュケイオンは閉鎖を強いられ、研究の中心はオリエントに移り、やがてイスラーム世界に優れたアリストテレース学者を大勢生み出すに至った。なお、リュケイオンは今日のフランスの高等学校 lycée や、ドイツの女子高等中学校 Lyzeum の語源となっている。
⇒巻末系図115
Ar. Pax 335/ Strab. 9-396〜397, -400/ Paus. 1-19, -29/ Xen. Hell. 1-1-33, 2-4-27, Hipp. 3-6/ Pl. Lysis 203a, Euthphr. 2a/ Cic. Acad. 1-4, Fin. 3-2, De Or. 1-21, Div. 1-13/ Ael. V. H. 9-10/ Plut. Sull. 12/ Diog. Laert. 5-5/ Hesych./ Harp./ Suda/ etc.

リュコス Lykos, Λύκος, Lycus (Lycos), (仏)Lycos, (伊)(西)Lico, (露)Лик

（「狼」の意）ギリシア神話中の男性名。同名の人物が多い。なかでもテーバイ❶*王の摂政を務めたリュコス（ニュクテウス*の弟）が有名で、シキュオーン*王エポーペウス*を打ち倒して兄の仇を討ち、20年間王としてテーバイに君臨した。しかし、姪アンティオペー❷*（ニュクテウスの娘）を、妻のディルケー*と一緒になって虐待したため、のち双生兄弟アンピーオーン*とゼートス*（アンティオペーの息子たち）に殺されたという（⇒巻末系図006）。エウリーピデース*の悲劇『狂乱のヘーラクレース*』によれば、その子（孫）で同名のリュコスは、テーバイの王位を簒奪し、英雄ヘーラクレース*の家族を皆殺しにしようとしたため、難業を終えて帰って来た英雄に殺されたということになっている（⇒メガラー）。

またアテーナイ*王パンディーオーン❷*の息子で、兄弟アイゲウス*に放逐され、小アジアへ移住してリュキアー*の名祖となった予言者リュコス（⇒巻末系図020）や、アルゴナウタイ*一行を歓待したマリアンデューノイ Mariandynoi 人の王リュコスらも、よく知られている。
⇒リュクールゴス❷
Apollod. 1-9-23, 2-5-9, 3-5-5, -10-1, -15-5/ Eur. H. F./ Herodot. 1-173, 7-92/ Hyg. Fab. 7〜8, 14, 15, 18, 31, 32, 74, 248, 273/ Diod. 5-56/ Herodot. 1-173, 7-92/ Paus. 1-19, 4-1, -20, 10-12/ etc.

リュコプローン Lykophron, Λυκόφρων, Lycophron, (伊)Licofrone, (西)Licofrón, (露)Ликофрон

（前330／325頃〜前260頃？）ギリシアの詩人、文法家。エウボイア*島のカルキス*出身。エレトリア*学派の祖メネデーモス❶*に師事し、のちプトレマイオス2世*に招かれてアレクサンドレイア❶*へ渡り（前285／283頃）、ゼーノドトス*の指揮下、大図書館の喜劇作品の整理・編集に従事した（⇒アイトーリアーのアレクサンドロス）。64篇ないし46篇の悲劇を書いたとされ、アレクサンドレイアのプレイアデス*詩人たちの1人に数えられたが、わずかな断片を除いて作品はことごとく散逸した。かつての師を揶揄したサテュロス*劇『メネデーモス』や、同時代史に取材した悲劇『カッサンドレイス Kassandreis』などの作品もあった。彼の名の下に伝存する難解で有名な詩『アレクサンドラー Aleksandra（またはカッサンドラー）』は、やや後の同名異人の作と考えられている。これは1474行から成るイアンボス調の詩で、トロイアー*の王女カッサンドラー*（アレクサンドラー）の予言を父王プリアモス*に報告する使者の口上という形をとっており、その晦渋を極めた語彙語法は古代においても注釈なしには理解し難いもので、アレクサンドレイア期独特の衒学的作風をいかんなく示している（トロイアー人の末裔たるローマ人による世界征服を予言した箇所があり、古来、成立年代に関して議論が繰り返されている）。リュコプローンは戯れて射られた矢に当たり、その傷がもとで死んだと伝えられる。

なお、この他にもテッサリアー*のペライ*の僭主リュコプローン（在位・前406頃～前390）やコリントス*の僭主ペリアンドロス*の息子リュコプローン（？～前586頃）、ソフィスト*のリュコプローンら幾人もの同名異人が知られている。

Ov. Ib. 529～/ Stat. Silv. 5-3/ Diog. Laert. 2-133, -140/ Ath. 10-420b/ Tzetz. ad Lycoph./ Suda/ Xen. Hell. 2-3, 6-4, An. 1-1/ Diod. 14-82, 16-14, -35～/ Herodot. 3-50～/ Thuc. 4-43～44/ Paus. 1-29/ Plut. Nic. 6, Mor. 841a～852e/ etc.

リュコメーデース Lykomedes, Λυκομήδης, Lycomedes, （仏）Lycomède, （伊）Licomede, （西）Licomedes, （別名）リュクールゴス*

ギリシア神話中、スキューロス*島の王。アテーナイ*を追われて逃げて来たテーセウス*を、崖から突き落として殺した。その理由は彼に王位を奪われるのを恐れたためとも、預っていた財宝を返さないためとも、またテーセウスに代わってアテーナイの王座に即いているメネステウス Menestheus（エレクテウス*の曾孫）の意を迎えるためとも見られている。海の女神テティス*がリュコメーデースの許へ息子のアキッレウス*を預けたのは、トロイアー戦争*に出征すれば息子は必ず死ぬ運命にあることを知っていたからである。王はアキッレウスを女装させ、ピュッラー Pyrrha と名づけて（ただし名前については諸説あり）、自分の娘たちと一緒に暮らさせた。その間、英雄は王女の1人デーイダメイア*と交わって、1子ネオプトレモス*を懐妊させたと伝えられている。古代以来、女装したアキッレウスがリュコメーデースの娘たちとともに過ごす情景、ならびに智将オデュッセウス*の策略でその正体を看破される場面が、しばしば造形芸術の主題として好んで採り上げられている。

Apollod. 3-13-8, Epit. 1-24, 5-11/ Plut. Thes. 35, Cim. 8/ Paus. 1-17, 10-26/ Soph. Phil. 243/ Tzetz. ad Lycoph. 1324/ Hyg. Fab. 96/ Hom. Il. 9-84/ etc.

リュコーン Lykon, Λύκων, Lyco(n), （伊）Licone

（前299頃～前225頃）ギリシアの哲学者。小アジアのトロアース*出身。ペリパトス Peripatos（逍遙）学派に属し、ランプサコス*のストラトーン❶*の弟子にして後継者。雄弁で名高く、語り口の甘美さからグリュコーン Glykon（甘美な人）と呼ばれた。師なき後、44年間にわたってリュケイオン*学園を主宰（前269～前225頃）、ペルガモン*王エウメネース1世*やアッタロス1世*、セレウコス朝*のアンティオコス2世*、マケドニアー*のアンティゴノス2世*らヘレニズム諸王との交際で知られる。あらゆる快楽や奢侈を好むかたわら、常に肉体を鍛えて運動選手なみの体格を保ち、祖国トロイアー*（トロイエー*）の祭礼競技においてレスリングの試合などに参加。終生結婚せず若者たちの教育に携り、74歳で痛風に罹って死んだ。特定の人物を後継者として指名せず、親しい友人たち全員に学園を譲り、学頭は彼ら自身の間で選定するよう言い遺した。以来、同学派は長い衰退期に入っていった。『性格論 Kharakteres』などの著作があったが、わずかな断片しか伝存しない。
⇒ケオースのアリストーン、ヒエローニュモス❶

Diog. Laert. 5-62, -65～74/ Cic. Tusc. 3-32, Fin. 5-5/ Apul. Apol./ Clem. Al. Strom. 2/ Rutilius Lupus Fig. 2-7/ etc.

リューサンデル Lysander
⇒リューサンドロス（のラテン形）

リューサンドラー Lysandra, Λυσάνδρα, （伊）（西）Lisandra

（前4世紀末～前3世紀初）プトレマイオス1世*とエウリュディケー❸*の娘。はじめマケドニアー*王アレクサンドロス5世*に嫁ぐが、夫がデーメートリオス1世*（ポリオルケーテース）に暗殺されたのち、トラーケー*（トラーキアー*）へ逃れて、王リューシマコス*の長男アガトクレース*と再婚する。しかるに、前283年、舅リューシマコスが新妻アルシノエー2世*（プトレマイオス1世とベレニーケー1世*の娘）の讒言を信じてアガトクレースを殺したので、彼女は子供たちを連れてセレウコス1世*の許へ逃れる。その結果、リューシマコスはセレウコスと交戦し、敗死した（前281）。
⇒プトレマイオス・ケラウノス、巻末系図044～045

Paus. 1-9-6, -10-3～5/ Plut. Demetr. 31/ Euseb. Chron./ Syncellus/ etc.

リューサンドロス Lysandros, Λύσανδρος, （ラ）リューサンデル Lysnader, （仏）Lysandre, （伊）（西）（葡）Lisandro, （露）Лисандр, （現ギリシア語）Lísandros

（前455頃～前395）スパルター*の将軍・政治家。低い身分の生まれ（一説に農奴の子）だが、ヘーラクレース*の末裔を称す。ペロポンネーソス戦争*末期にスパルター海軍の提督 Nauarkhos, Ναύαρχος（ナウアルコス）に任命され（前408）、艦隊を小アジア沿岸に指揮、アカイメネース朝*ペルシア*の王子・小キューロス❷*の知遇を得、巧みな話術でその心を捉えて、莫大な軍資金の提供を受け、アテーナイ*側の水兵たちを買収した。前405年アイゴスポタモイ*の海戦でアテーナイ艦隊を全滅させ、捕虜3千人を残らず処刑。翌前404年ペイライエウス*に入港、アテーナイを降伏させて、ペロポンネーソス戦争に終結をもたらした。この時、彼がスパルターに「アテーナイは落ちた」と書簡で知らせたところ、寡言を尚ぶ祖国からは「『落ちた』だけで宜しい」という返事が来たという。アテーナイに親スパルター派の三十人僭主*政府を樹立し（前404年秋）、アテーナイと同盟していた諸都市にも配下の者10人ずつから成る寡頭政治を行なわせるも永続きせず、スパルター政府も彼の政策を支持しなかった（⇒パウサニアース❷）。またリューサンドロスは、ギリシアで初めて存命中から神的な崇拝を受けた人物として知られ、彼のために祭壇を築き祭典を催す都市も現われた。前401（または前399）年スパルター王アーギス

2世*が死ぬと、彼は王の息子レオーテュキダース❸*を無視して、自分の愛人たる王の異母弟アゲーシラーオス2世*を強引に即位させた（⇒巻末系図021）。そしてアゲーシラーオスに小アジア遠征を勧めて同行した（前396）が、その声望を新王に嫉まれ、貶遷されたので、憤慨してスパルタ一王位の世襲制の廃止・選挙制の設立を企図。各地の神託所を贈賄したり、アポッローン*神の落胤と称する子供を担ぎ出したりしたものの、目的を達する前に、テーバイ❶*との戦争に敗れ、ハリアルトス*の城壁近くで戦死した。彼は予言で「ホプリーテース*（重装歩兵）に注意せよ」と警告されていたが、ホプリーテースというのは、重装歩兵ではなくハリアルトスの近くを流れる川の名であったといわれる。

死後、その貧困が明らかになったので、彼の娘たちが婚約を破棄されるという事件が起こった。するとスパルタ政府は、それら許婚者を、裕福だと思っている間は相手にとり入っておきながら貧乏とわかると見捨てたとして、罰金刑に処した。なお彼女らの父リューサンドロス当人も、かつて妻を離縁してもっと美しい女と結婚しようと望んだため同様に罰せられたことがある。彼は勇気と才幹に豊むスパルター随一の名将だったが残酷で軽率な面があり、その傲慢不遜ゆえに忌避されたとも評されている。
⇒コイリロス、クリティアース
Plut. Lys., Ages. 2～20, Mor. 229b, 330f/ Nep. Lysander/ Xen. Hell. 1-5～3-5/ Diod. 13-70～, -104～107, 14-10, -13, -33, -81/ Paus. 3-5, -8～9, -11, -17, -18, 5-6, 6-3, 9-32, 10-9/ Ael. V. H. 3-20, 6-4, 7-12, 11-7, 12-43, 13-8, 14-29/ Ath. 6-233, -271, 12-543～550, 15-695/ Polyaenus 1-45, 7-19/ Cic. Div. 1-43, Off. 1-22, -30/ etc.

リューシアース　Lysias, Λυσίας, （伊）Lisia, （西）Lisias, （葡）Lísias, （露）Лисий

（前459／445頃～前380／378頃）アッティケー*（アッティカ*）10大雄弁家*の1人。シュラークーサイ*からアテーナイ*に移住した富裕な在留外国人ケパロス Kephalos の子として生まれ、高度の教育を受ける。前443年、アテーナイの新植民市トゥーリオイ*に移ったが、シケリアー*（現・シチリア）におけるアテーナイ軍全滅の後、前412年アテーナイへ帰還。2人の兄弟とともにペイライエウス*に大きな楯製造所を経営して豊かに暮らしていたものの、アテーナイ人がペロポンネーソス戦争*に敗北した前404年、三十人僭主*により財産没収のうえ投獄され、からくも脱出しメガラ*へ逃れた。翌前403年トラシュブーロス*を助けて帰国を果たし、法廷弁論代作者 logographos として生計を立てた。他人の弁論の草稿のほか、兄ポレマルコス Polemarkhos を獄中で毒殺処刑した三十人僭主の1人エラトステネース Eratosthenes に対する弾劾演説（前403）や、告訴された哲学者ソークラテース*を擁護する弁明文、前388年オリュンピアー*において自己の政見を発表したオリュンピアコス Olympiakos などが名高い。また、美青年テオドトス Theodotos を恋する2人の男が起こした傷害事件を扱った反シーモーン Simon 弁論は、当時の男色風俗を知るうえで興味深い。多作の人で、古代にはリューシアースの作品と称するものが425篇伝えられていたが、そのうち真作は232篇だったとされ、伝存するのは偽作・断片を含めて34篇である。装飾のない簡潔で平明な文体は、アッティケーの日常語を芸術の域にまで洗練させたものと高く評価され、キケロー*やハリカルナッソス*のディオニューシオス*らローマ時代の文人からも称えられている。イーサイオス*の師。リューシアースはまた、プラトーン*の対話篇『パイドロス*』中で少年愛に関する詭弁的なエロース*（恋愛）論を展開しているほか、『少年へ宛てた手紙』（散逸）の作者と伝えられており、後者は書簡文学の嚆矢とも見なされている。

プルータルコス*によると、リューシアースがある係争中の男に法廷演説の原稿を書いてやったところ、しばらくしてその男が訪ねて来て、「最初読んだ時は素晴らしいと思ったのですが、何度も繰り返して読むうちに、これでは生温すぎると感じてならなくなりました」と苦情を言うと、彼は「何だって？　君がこの演説を陪審裁判官たちの前で披露するのは一度だけではないのかね」と答えて一笑に付したという。
Dion. Hal. Lys./ Plut. Mor. 504c, 835c～836d/ Quint. Inst. 3-8, 9-4, 10-1, 12-10/ Pl. Phdr., Resp./ Cic. Brut. 9, 16, 82/ Dem. 59/ Phot. Bibl./ Harp./ Suda/ etc.

リュシアン　Lucien
⇒ルーキアーノス（のフランス語形）

リューシス　Lysis, Λῦσις, （伊）Liside, （西）Lisis
ギリシアの男性名。

❶（前400年頃）哲人ソークラテース*の若い弟子。アテーナイ*の裕福な家庭に生まれ、際立った美少年だったので、皆から愛されたという。プラトーン*の初期の対話篇『リューシス』は、彼を熱愛する青年ヒッポタレース Hippothales らとソークラテースが、リューシスも交えて、パライストラー*で「友愛 philia」について問答する形式をとっている。
⇒カルミデース、パイドロス❶、パイドーン
Pl. Lysis/ Diog. Laert. 2-29/ etc.

❷（前5世紀～前390年頃）タラース*（タレントゥム*）出身のピュータゴラース*派哲学者。のちイタリアを追われてテーバイ❶*へ亡命し、名将エパメイノーンダース*の師となる。ピュータゴラースの書物として流布したものは、実はリューシスの著した作品であったという。一説に彼はピュータゴラースの直弟子だったとも伝えられる。

その他にも、前300年頃に活躍した劇詩人のリューシスといった同名異人が知られている。
Paus. 9-13/ Ael. V. H. 3-17/ Diod. 10-11/ Diog. Laert. 8-7/ Nep. Epam. 2/ Strab. 14-648/ Ath. 14-620/ etc.

リューシストラトス　Lysistratos, Λυσίστρατος,
　　　　　Lysistratus,（伊）（西）Lisistrato

（前4世紀後半）ギリシアのシキュオーン*出身の彫刻家。リューシッポス*の兄弟。肖像彫刻を得意とし、理想美ではなく徹底した写実主義を追究。石膏で生きた人間の顔型を取る手法を確立した。

Plin. N. H. 34-19-51, 35-44-153/ Tatianus Ad Gr. 54/ etc.

リューシッポス　Lyssippos, Λύσσιππος, Lyssipus,（仏）
　　　　　Lysippe,（独）Lysipp,（伊）Lisippo,（西）
　　　　　Lisipo,（葡）Lísipo,（露）Лисипп

（前395頃～前305頃）（前370年頃～前310年頃活動）ギリシア後期クラシックの掉尾を飾る彫刻家。シキュオーン*の出身。プラークシテレース*、スコパース*と並ぶ古典後期の巨匠。もとは低い身分の青銅鋳造工であったが、画家エウポンポス*から「どの芸術家をも模倣せず、ただ自然を範とするのみ」という忠言を得て、大いに発奮し、独学で彫刻の技を修得したと伝えられる。もっぱら青銅像を手がけ、ギリシア本土のみならずシケリアー*（現・シチリア）島、ロドス*、小アジアなど各地で活動し、名声とみに高まった。非常な多作家として知られ、生涯に1500点を完成したが、それらはすべて見事な出来映えであったという。アレクサンドロス大王*は、リューシッポス以外の誰にも自分の肖像を刻むことを許さぬほどその作品が気に入り（⇒アペッレース）、よってしばしば彼は「アレクサンドロス大王お抱えの宮廷彫刻家」と呼ばれている（大王の肖像彫刻はローマ時代の大理石模刻のみ伝存）。オリュンピア競技祭*に優勝した青年裸像をはじめ、大神ゼウス*の巨像やヘルメース*、ヘーラクレース*、エロース*等の諸神像、30を越える人物の躍動する戦闘群像、さらには馬・獅子（ライオン）・犬などの動物像にいたるまで制作は広範囲にわたったが、女神アプロディーテー*は扱わなかったらしい。特に彼が好んだのは男性の肉体で、ポリュクレイトス*の人体比例の研究を進め、より小さい頭部（8頭身）とより引き締まった長身の体躯を、新たな規範として示した。代表作「アポクシューオメノス Apoksyomenos, Ἀποξυόμενος（汗埃を掻き落とす競技者）像」は、この時代の男性美の理想を表わした傑作で、軽快で優雅な肢体、螺旋形の動きと奥行のある構成、細部の精密さと多感な表情を特徴とする。この像は後年ローマに持ち去られ、アグリッパ*の浴場の前に据えられたが、それにすっかり惚れ込んだティベリウス*帝が自分の寝室に移させたところ、市民が劇場内で騒ぎ立てて像の返却を要求したので、帝もやむなくこれを返さざるを得なかったという（1849年にローマ時代の大理石模刻が発見され、現在ヴァティカーノ博物館に展示さる）。その他、「競技者アギアース Agias, Ἀγίας 立像」（ほぼ同時代の大理石模刻あり）や「弓をつがえるエロース像」「憩えるヘーラクレース像」（⇒グリュコーン）などの大理石模刻が残っている。彼は「先人たちは人間をあるがままに造ったが、私は"見える通り"に造った」と語り、その写実主義的な作風はヘレニズム時代の美術に大きな影響を与えた。一説にリューシッポスは1つの彫刻の輪郭にこだわり続けるあまりついに餓死したといわれ、また作品の報酬を受け取るたびに金貨1枚を甕の中に入れておいたので、彼が死んだ時にはその中から1500枚もの金貨が見つかったとの話も伝えられている。その作風はリューシッポス派と呼ばれる一派をなして継承された。兄弟のリューシストラトス*も彫塑家として名があった。

⇒カレース❷、エウテュキデース、ポリュクレース、シーラーニオーン

Plin. N. H. 7-37-125, 34-17-37, -18-40～, -19-51, -19-61～67, 35-44-153/ Paus. 1-43, 2-9, 6-1, -2, -4, -5, -14, -17/ Strab. 6-278/ Hor. Epist. 2-1/ Cic. Brut. 86, Fam. 5-12, -13/ Diog. Laert. 2-43/ Plut. Alex. 4, Fabius 22/ etc.

リューシマコス　Lysimakhos, Λυσίμαχος, Lysimachus,
　　　　　（仏）Lysimaque,（独）Lysimachos,（伊）
　　　　　Lisimaco,（西）Lisímaco,（露）Лисимах

（前361／355頃～前281年1月頃）アレクサンドロス大王*の部将で後継者（ディアドコイ*）の1人。のちトラーケー*（トラーキアー*）王（在位・前306～前281）。

父アガトクレース Agathokles はテッサリアー*出身のギリシア人。リューシマコス自身はマケドニアー*のペッラ*出身で、体力に優れ、アレクサンドロス大王の東征に側近（ヘタイロイ*）の1員として従軍し勇名を馳せる。師カリステネース*に毒を与えて死なせたとして、大王の怒りをかい空腹の獅子（ライオン）の檻に投ぜられたが、片手を外套にくるんで獅子の口に突込みその舌をねじ切って殺害、かかる勇敢さゆえに宥されたという。

大王の死（前323）後、岳父アンティパトロス*の代理としてトラーケーとその周辺を領し、この地に勢力を確立、前306年にはトラーケー王を称した。プトレマイオス1世*、セレウコス1世*、カッサンドロス*らと連合して、後継者（ディアドコイ）中の最有力者アンティゴノス1世*と対立、これをイプソス*に破り（前301）、小アジアの大部分を併合する。その一方、新首都リューシマケイア Lysimakheia, Λυσιμάχεια,（ラ）Lysimachia（現・Baklaburnu の近郊）をケルソネーソス❶*半島に建設（前309）、イストロス*（ドーナウ）河を越えて北侵し一時期ゲタイ*族の捕虜になったこともある（前292）。前287年エーペイロス*王ピュッロス*と結んでマケドニアー*からデーメートリオス1世*（アンティゴノス1世の子）を放逐、7ヵ月間共同統治したのち、調略によりピュッロスをも追い払った（前285）。こうしてマケドニアーおよびテッサリアー、タウロス（現・トロス）山脈以西の小アジアを併せた彼は、後継者（ディアドコイ）のうちでも一頭地を抜きん出た存在となる。

その性質は残忍酷烈で、親友テレスポロス Telesphoros の手足や耳鼻をことごとく切り取って糞尿まみれにさせたり、有能な長子アガトクレース*を3度目の妻アルシノエー2世*（プトレマイオス1世の娘）の中傷を真に受けて殺した（前283）りした。ために民心が離れ、アガトクレースの妻子らはセレウコスの許（もと）へ逃れ、ペルガモン*の宝庫を託さ

れていた宦官ピレタイロス*も叛き去ってセレウコス側に加わった。かくしてかつての同盟者リューシマコス、セレウコス両王は、前281年1月頃リューディアー*のコルーペディオン Korūpedion で合戦し、リューシマコスの敗死、その王国の崩壊という結末を見た。時に80歳とも74歳、70歳とも伝える。

⇒巻末系図038

Curtius 8-1, -2, 10-10/ Plut. Demetr. 12, 18, 20, 25, 27〜31, 35, 44, 46, 48, 51〜52, Pyrrh. 6, 11〜12/ Just. 15-3, -4, 16-1〜, 17-1〜/ Diod. 18〜21/ Paus. 1-9, -10/ Strab. 13-623/ Arr. Anab. 5-13, -24, 6-28, 7-18/ Val. Max. 9-3/ Sen. Ira 3-17/ Plin. N. H. 8-21/ Polyaenus 4-12/ Polyb. 5-67/ App. Syr. etc.

リューディアー Lydia, Λυδία, （ラ）リューディア Lydia, （仏）Lydie, （独）Lydien, （伊）（西）Lidia, （葡）Lídia, （露）Лидия, （アッシュリアー*語）Luddu

小アジア西部の地名・民族名・王国名。リューディアー王国（伝・前797〜前546）。ヘルモス Hermos（現・Gediz）河上流およびサルデイス*（現・Sart）周辺の地を中心とする広大・肥沃な地方。境界は絶えず変化したが、おおむね南はマイアンドロス*河でカーリアー*と接し、北はミューシアー*、東はプリュギアー*と接していた。住民は、マイオニアー Maionia 人と呼ばれる小アジア先住民と、ヒッタイト系インド・ヨーロッパ語族の混血であると考えられる。ギューゲース*によって建設されたメルムナダイ Mermnadai 朝（伝・前718〜前546）の時に強盛を誇り、王アリュアッテース*、クロイソス*父子が領土を拡張、ハリュス*河以西の小アジア全域を支配し、アッシュリアー*崩壊後のオリエントの覇権をメーディアー*・新バビローニアー*・エジプトと争った（⇒巻末系図024）。リューディアー人は世界で最初の貨幣を造った（前700頃）とされ——実際にははるかに古い貨幣がインダス文明のモヘンジョ・ダロ遺蹟から発見されている——、交易と採銀でその首都サルデイスは空前の繁栄を呈した。早くから高度の文明が栄え、ギリシア、とりわけイオーニアー*の人々に与えた影響は大きい。音楽や運動の分野でも知られ、さまざまな娯楽・遊戯が発達、また娘たちが結婚持参金を得るために肉体を売るという風習があった点でも特筆される。国王は後世までの語り種になるほど莫大な財富を貯え、大勢の宦官や若者たちを侍らせつつ洗練された宮廷生活を営んだ。女子を去勢して王宮内で使用したのも、リューディアー王国が最初であったという。古典期に入ってなお、リューディアー人は男子も耳飾りをつけ美々しく身を装う洒落た風俗で知られ、柔弱華奢な民族の代表のごとくに見なされていた。墳墓からの出土品を見ても、金貨や象牙細工の工芸品など、ギリシア人の讃美した華麗なオリエント文化のあとをうかがい知ることができる。なおギリシア音楽にとり入れられたリューディアー旋法は、哀愁に満ちた調べだったため、感傷的で繊弱な人間をつくるなどと評された。

前546年、キューロス大王*治下のペルシア帝国*に併呑され、以後アカイメネース朝*ペルシア*の太守 Satrapes が統治する1属州となった。アレクサンドロス大王*の征服（前334〜）後、ギリシア＝マケドニアー*都市の建設が盛んになり、セレウコス朝*領の時代を経て、前189年以降はアッタロス朝*ペルガモン*王国の領土となる（マグネーシアー*の戦いで、シュリアー*王アンティオコス3世*が敗北し、ローマ人によって小アジアの大半がペルガモン王エウメネース2世*に与えられたため）。前133年、アッタロス3世*が王国をローマに遺贈したことから、リューディアーも以来ローマの属州アシア*の一部に編成された。ストラボーン*の記述に従えば、ローマ帝政初期には既にリューディアー本来の言語は廃れてしまっていたとのことである。

ギリシア・ローマ人の伝承に従えば、リューディアーはエトルーリア*人の原郷の地であり、またリューディアー人は、名祖のリュードス Lydos を通じてカーリアー人、ミューシアー人と同族に当たっていたという。

⇒パクトーロス、トモーロス、キンメリオイ

Herodot. 1-6〜, -93〜, 3-48, -90, 7-74/ Ptol. Geog. 5-2/ Plin. N. H. 5-30/ Strab. 13-625〜/ Ath. 12-515d/ Xen. Cyr. 6-2/ Liv. 38-39/ Mela 1-13/ Varro Rust. 3-17/ Diod. 4-31, 7-11, 9-31, 14-19〜, 17-21/ Polyb. 5-57/ etc.

リュンケウス Lynkeus, Λυγκεύς, Lynceus, （仏）Lyncée, （伊）（西）Linceo, （露）Линкей

ギリシア神話伝説中の男性名。

❶アイギュプトス*の50人の息子の1人。ダナオス*の長女ヒュペルムネーストラー*（ヒュペルメーストラー*）の夫。新婚初夜に妻と交わろうとしなかったので、兄弟の中で彼だけが妻の手で殺されずに済んだ。ダナオスのあとを継いでアルゴス*の11代目の王となり、その子孫にペルセウス*やヘーラクレース*といった英雄 heros が現われた。

Apollod. 2-1-5, -2-1/ Pind. Nem. 10-6/ Aesch. P. V. 865〜/ Ov. Her. 14/ Paus. 2-16, -19, -20, -21, -25/ Hyg. Fab. 168, 170, 273/ etc.

❷メッセーネー*王アパレウス Aphareus とその異父妹アレーネー Arene の子。イーダース*の双生弟で、ともにカリュドーン*の猪狩りやアルゴナウタイ*（アルゴナウテースたち*）の冒険に参加、アパレーティダイ Aphareţidai, Ἀφαρητίδαι（アパレウスの子ら）と呼ばれた。万物を透視する千里眼の持ち主であったが、ディオスクーロイ*との争いでカストール*に殺された。

彼の名は眼光鋭い大山猫 lynks に由来しており、のちにリュンケウスは何でも見透かしてしまう具眼者の代名詞として用いられるようになった。

⇒巻末系図018

Pind. Nem. 10-61〜/ Ap. Rhod. 1-53〜/ Apollod. 1-8-2, -9-16, 3-10-3, -11-2/ Hyg. Fab. 14, 80/ Tzetz. Lycoph. 553/ Joh. Chrys./ etc.

リリュバイオン Lilybaion, Λιλύβαιον, (Lilybē, Λιλύβη), (ラ) **リリュバエウム** Lilybaeum, (仏) Lilybée (独) Lilybäum, (西) Lilibea

(現・マルサーラ Marsala) シケリアー*（現・シチリア）島西端の港湾都市。古くからカルターゴー*の居留地が設けられていたが、前398年以降、本格的な交易市として発展。同島におけるカルターゴーの重要な拠点として栄えた。シュラークーサイ*の僭主ディオニューシオス1世*（前368）やエーペイロス*王ピュッロス*（前276）の攻撃をしりぞけ、その堅固な要塞のゆえ9年間に及ぶローマ*の攻囲に耐えたが、前241年第1次ポエニー戦争*（前264頃〜前241）の終結とともに陥落し、ローマの属領となった。

その後も繁栄を続け、直交する道路網をもつ街並みは、前75年ここを訪れたキケロー*をして「最も壮麗な都市」と賛嘆せしめたほどであった。後193年には植民市（コローニア*）に昇格。ローマとアーフリカ*をつなぐ中継地として永く重視されたものの、365年の震災やヴァンダル*族の侵略（440〜477）によって、にわかに衰頽した（827年にイスラーム教徒のアラブ軍に占領される）。この町にはクーマエ*の女予言者シビュッラ*が葬られた墓窟があり、そこに湧く泉の水を飲んだ者は未来を占う能力に恵まれると信じられていた。モザイク装飾の施されたヘレニズム・ローマ時代の家屋などが発掘されている。

Polyb. 1-41〜59/ Diod. 5-9, 11-86, 22-10, 23-1, 24-1, 36-5, -6/ Cic. Verr. 2-5-5/ Strab. 6-266, -277/ Liv. 21-49〜, 25-31/ Mela 2-7/ Plin. N. H. 3-8/ Ptol. Geog. 3-4, 8-9/ Procop. Vand. 1-8, 2-5/ Dionys. Per./ It. Ant./ Steph. Byz./ etc.

リリュバエウム Lilybaeum
⇒リリュバイオン

リンゴネース族 Lingones, (ギ) Lingones, Λίγγονες, Lingōnes, Λίγγωνες, (英) Lingonians, (仏) Lingons, Lingoniens, (独) Lingonen, (伊) Lingoni, (露) Лингоны

ガッリア*に居住していたケルト*系の部族。かつては精強を誇った大族で、前4世紀にはその1支脈がボイイー*族とともに内ガッリア*へ南進し、ラウェンナ*（現・ラヴェンナ）周辺に移住している。早くからユーリウス・カエサル*に恭順の意を表し、親ローマの旗幟を明らかにしていた。カエサルのガッリア遠征（前58〜前51）後は、ローマに服属し、北をトレーウェリー*族、南をセークァニー*族に接する地域に暮らした。その名は、今日のフランス北東部の町ラングル Langres（かつての彼らの首邑アンデマトゥンヌム Andematunnum）に残っている。

Caes. B. Gall. 1-26, -40, 4-10, 6-44, 7-9, -63, -66, 8-11/ Plin. N. H. 4-17/ Tac. Hist. 1-53〜, 4-55/ Liv. 5-35/ Polyb. 2-17/ Ptol. Geog. 2-8, -19/ Luc. 1-397/ Strab. 4-186/ Dio Cass. 40-38/ Plut. Caes. 26/ etc.

リンドゥム Lindum, Lindum Colonia, Colonia Domitiana Lindensium, (ギ) Lindon, Λίνδον

(現・リンカーン Lincoln) ブリタンニア*（ブリテン）の町。リンドゥムの名は、「沼沢地」を意味するケルト*系の言語に由来する。ラタエ Ratae（現・レスター Leicester）を首邑とする先住民コリエルタウウィー Corieltauvi の領土だったが、後48年以降ローマ軍の要塞が築かれ、交通の要衝として重視された。ローマの自治都市（ムーニキピウム*）、次いで植民市（コローニア*）（後90頃）として栄え、帝国の軍団が駐留、現在も市壁の北門（英）Newport Arch やフォルム*をはじめとする数多くの遺跡が見られる。4世紀にはキリスト教の司教座が置かれた。
⇒エブラークム、ロンディニウム

C. I. L. 13-6679/ Ptol. Geog. 2-3/ Baeda Hist. Eccl. 2-16/ It. Ant./ etc.

リンドス Lindos, Λίνδος, Lindus, (伊)(西) Lindo

(現・Líndhos) ロドス*島東岸の都市。伝承上の建祖リンドスは、太陽神ヘーリオス*の子ケルカポス Kerkaphos（ロドス王）の息子。異説では、ヘーラクレース*の息子トレーポレモス*が部下とともに移住して来て、この町を建設した

系図 410　リュンケウス❶

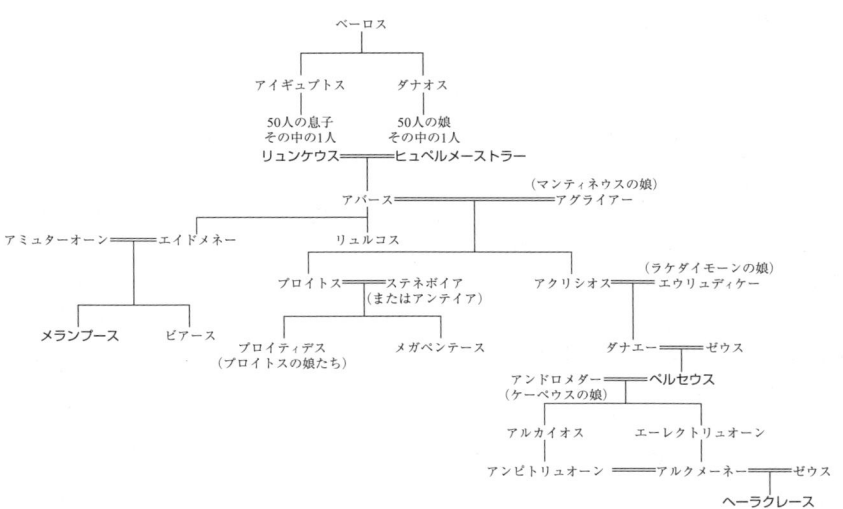

という。標高116mの岩山上のアクロポリス*にダナオス*の娘たち（ダナイデス*）が創建したと伝える名高いアテーナー*の神殿（前10世紀頃〜）があり、この神殿およびプロピュライア*（前門）の遺構が発掘されている（現存するのは、前4世紀からヘレニズム時代にかけてのドーリス*式建築）。ドーリス人*の町として栄え、前7世紀初頭には西方のゲラー*（シチリア島南岸の町）やレーギオン*（イタリア半島南端の町）、また小アジアのパセーリス*（リュキアー*東岸の町）などに植民団を派遣、リンドス市民は優れた船乗りとして地中海沿岸に名を馳せた。次いで、前600年前後には「謎かけ」で知られるギリシア七賢人*の1人クレオブーロス❶*が、40年にわたり僭主として町を統治。その墓と称するものが今なお伝存する。ペロポンネーソス戦争*（前431〜前404）ではアテーナイ*に叛いてスパルター*に内通し、防衛上近くの2市と統合し、新都ロドスをつくった（前408）。その後もリンドスは宗教上の要地とされ、危難に際しては女神アテーナーの奇跡の顕現が3度も起こったという。ストアー*学派の哲学者パナイティオス*や、ロドスの巨像（コロッソス*）を建てた彫刻家カレース*らの出身地でもある。

⇒イアーリューソス、カメイロス

Hom. Il. 2-656/ Herodot. 1-144, 2-182, 7-153/ Pind. Ol. 7-74/ Thuc. 8-44/ Strab. 14-655/ Paus. 10-24/ Diod. 4-58, 5-55, -57〜58, 13-75/ Ptol. Geog. 5-2/ Anth. Pal. 7-618/ Ath. 8-360, 12-543, 15-687/ Plin. N. H. 33-55-155/ Hyg. Fab. 221/ etc.

隣保同盟 アンピクテュオニアー*, Amphictyonia, Ἀμφικτυονία, Amphictyonia（アンピクティオニアー*, Amphiktionia, Ἀμφικτιονία, Amphictionia），（英）Amphictyonic League, Amphictyony，（仏）Amphictyonie（Confédération amphictionique），（独）Amphiktyonie，（伊）Anfizionia，（西）（葡）Anfictionía，（葡）Anfictiônia，（露）Амфиктиония，（現ギリシア語）Amfiktionía

ギリシアにおいて聖地を中心とする周辺諸都市国家（ポリス）の宗教連合。ある神殿とその祭儀を守り維持するために、聖域近辺の諸部族が結成した同盟で、最も重要なものはデルポイ*のアポッローン*神殿を統轄する隣保同盟（英）Delphic Amphictyony である。原語は「周辺に住む人々 amphiktiones, ἀμφικτύονες」から出ているが、伝承上の創始者はデウカリオーン*の子アンピクテュオーン Amphiktyon とされ、古王アクリシオス*が同盟の諸制度を組織したという。デルポイの隣保同盟は、イオーニアー*人、ドーリス*人、テッサリアー*人、ポーキス*人などギリシアの12の主要部族から構成され、年に2回（春と晩秋）、共通の聖地たるデルポイのアポッローン社とテルモピュライ*近くのデーメーテール*社で、交互に会議が開かれた。会議は神殿の莫大な財産の管理やピューティア競技祭*の実施・運営、同盟部族の除名あるいは加入を議し、また神託所の独立を守るために3回にわたる神聖戦争*の宣戦布告を行なった。戦争の結果、デルポイを除くポーキス人は隣保同盟への参加を禁止された（前346）が、ブレンノス*（ブレンヌス❷*）率いるケルト人*のデルポイ襲撃（前279／278）後、再び会議に列席することを認められた（前277）。隣保同盟はペライ*の僭主イアーソーン*やマケドニアー*王ピリッポス2世*など強国の君主によって政治的に利用され、そのギリシア制覇計画のための手段とされた。ローマ帝政期にも、アウグストゥス*やハドリアーヌス*らの庇護を受けて、デルポイの隣保同盟は存続した。

Herodot. 2-180, 5-62, 7-200, -213, -228/ Polyb. 4-25, 39-1/ Paus. 4-5, 10-2-1, -4, -8-1〜5/ Strab. 8-374, 9-420/ Tac. Ann. 4-14/ Aeschin. 2-115/ Suda/ etc.

ルーカ Luca,（ギ）Lūka, Λοῦκα,（仏）Lucques（現・ルッカ Lucca）リグリア*南部の都市。古くからアウセル Auser（現・Serchio）川沿いにあるリグリア人の町だったが、前6〜前5世紀にはエトルーリア*系の都市と化していた。前218年、トレビア*河畔の戦いでハンニバル❶*に惨敗したローマの執政官（コーンスル*）ティベリウス・センプローニウス・ロングス Tiberius Sempronius Longus は、この町に退避した。前180年にローマのラテン植民市となり、のち自治都市（ムーニキピウム*）に昇格（前90）。イタリアと内ガッリア*属州との境界に位置し、前56年4月、カエサル*がポンペイユス*とクラッスス*をここに招いて三巨頭会談を行なった際には、2百名にものぼる元老院議員が大挙ローマから押し寄せたことで有名（ルーカの会談）。アウグストゥス*はルーカをイタリアの第7地区に併合し、エトルーリア内の植民市（コローニア*）とした。

ローマ時代のフォルム*や円形闘技場（アンピテアートルム*）、野外劇場（テアートルム*）などの遺構が確認されている。

Strab. 5-217/ Liv. 21-59, 41-13/ Vell. Pat. 1-15/ Suet. Iul. 24/ Plut. Caes. 21, Crass. 14, Pomp. 51/ Cic. Fam. 1-9, 13-13/ Frontin. Str. 3-2/ Plin. N. H. 3-5/ App. B. Civ. 2-17/ Ptol. Geog. 3-1/ It. Ant./ etc.

ルカ Lucas
⇒ルーカース

ルカオニア Lycaonia
⇒リューカオニアー

ルーカース Lukas, Λουκᾶς, Lucas（ラテン語ルーカーヌス Lucanus またはルーキウス Lucius の略称）。（英）Luke,（仏）Luc,（独）Lukas,（伊）（ルーマニア語）Luca,（現ギリシア語）Lukás,（ヘブライ語）Lūqā, Lūqās,（西）（葡）（蘭）Lucas,（露）（ベラルーシ語）（ブルガリア語）（マケドニア語）（ウクライナ語）Лука,（カタルーニャ語）Lluc,（ピエモンテ語）Luch,（ポーランド語）Łukasz,（ハンガリー語）Lukács,（トルコ

語) Luka, (漢) 路加, (和) ルカ

(後1世紀) アンティオケイア❶*に生まれたギリシア人の医師。キリスト教の共観福音書・第3福音書と『使徒言行録 (ギ) Πράξεις τῶν Ἀποστόλων, (ラ) Actus Apostolorum』の筆者に擬せられる (両書とも他の「新約聖書」正典 Kanōn 中の文書と同じくギリシア語で執筆)。パウロス*(パウロ) に伴って伝道に従事し、ローマにも滞在、伝承ではその後ギリシア、イタリア、ガッリア*、ダルマティア*、マケドニアー*などで宣教し、独身のまま84歳でボィオーティアー*にて没したとも、アンドレアース Andreas (ペトロス*の兄弟) とともに磔刑に処されたともいう。彼の名が冠せられる福音書 (80年代成立) は、祭司としてのクリストス*を強調しているため、生贄の代表たる雄牛がルーカースの象徴として表わされる。彼は画家だったとも伝えられ、その筆になると称するイエースース*の母マリアー*の肖像画が各地に残っている (ローマのサンタ・マリーア・マッジョーレ教会の『聖母像』はじめ約六百点に達するが全て贋作)。彼の聖遺物も、コーンスタンティーノポリス* (現・イスタンブル) とパタウィウム* (現・パドヴァ) が各々その本物を所有していると主張。ルーカースは医者、画家、肉屋などの守護聖人とされている。

⇒マッタイオス、マールコス、イオーアンネース❷

Nov. Test. Luc., Col. 4-14, Philem. 24, Ⅱ Timoth. 4-11/ Euseb. Hist. Eccl. 1〜3/ Epiphanius/ Joh. Chrys./ Irenaeus/ Hieron./ etc.

ルーカーニー Lucani, (ギ) レウカーノイ Leukanoi Λευκανοί, (英) Lucanians, (仏) Lucaniens, (独) Lukanier, Lukaner, (露) Луканы

ルーカーニア*の住民。

ルーカーニア Lucania, (ギ) Leukāniā, Λευκανία, (仏) Lucanie, (独) Lukanien, (露) Лукания

(現・Basilicata) イタリア南部の地方。カンパーニア*の南方、アープーリア*の西方に当たり、かつてギリシア人からオイノートリアー* (ただしこれはブルッティウム*も含む) と呼ばれた地域。前700年頃から沿岸各地にギリシア人植民市が建設されたが、前5世紀中葉以来オスキー*語を話すルーカーニー*人 (サベッリー*系) によって大半が征服された (前390頃までに)。なかばギリシア化されたルーカーニー人は、前4世紀後半にタラース* (タレントゥム*) と幾度か交戦し、ローマと同盟を締結 (前326)、しかるにエーペイロス*王ピュッロス*に加担した (前281) ため、王の撤退後ローマに征服された (前276)。のちハンニバル❶*に味方してローマに反抗 (前216)、さらに同盟市戦争* (前91〜前88) に加わって再度ローマに敗れ、滅亡に至った。アウグストゥス*により、ルーカーニアはブルッティウムと合併してイタリアの第3地区を形成した。主要都市は、ヘーラクレーア❶*、メタポントゥム*、パエストゥム*、トゥーリイー*など。

第2次ポエニー戦争* (前218〜前201) 時の劫掠およびスッラ*の虐殺によって甚しく荒廃し、以来近代に至るまで長く旱魃とマラリアに悩まされる後進地域と化した。ルーカーニアはまた、退位後のマクシミアーヌス*帝の隠棲地であり、西ローマ皇帝セウェールス3世*の出身地でもある。

⇒エレアー、シュバリス

Strab. 5-252〜, 6-254/ Diod. 14-91〜, 16-5, -62〜, 20-104/ Polyaenus 2-10/ Plin. N. H. 3-5-71/ Liv. 8-17, -27, 9-20, 10-11, 22-61, 24-20, 25-1/ Zonar. 8-3〜/ App. B. Civ. 1-90〜/ Just. 12-2, 23-1/ Plut. Pyrrh. 13, 17/ Mela. 2-4/ Ptol. Geog. 3-1/ Hor. Sat. 2-3/ Scylax/ etc.

ルーカーヌス、マールクス・アンナエウス Marcus Annaeus Lucanus, (ギ) Mārkos Annaios Lūkānos, Μᾶρκος Ἀνναῖος Λουκανός, (英) Lucan, (仏) Lucain, (伊)(西) Marco Anneo Lucano, (露) Марк Анней Лукан

(後39年11月3日〜65年4月30日) ローマ帝政期の詩人。修辞学者セネカ❶*の孫。哲学者セネカ❷*の弟アンナエウス・メラ*の息子 (⇒本文図221)。属州ヒスパーニア・バエディカ*の都コルドゥバ* (現・コルドバ) に生まれ、生後間もなく一家ともにローマへ移住し (後40)、詩人ペルシウス*と同じくストアー*派の哲学者コルヌートゥス*に学んだ。若年より俊秀の誉れ高く、アテーナイ*留学中にネロー*帝によってローマへ呼び戻され、法定年令よりも早く財務官クァエストル*および鳥卜官アウグル*に任ぜられる。21歳の時、ネロー競技祭 Neronia (ネローニア) でネロー賛歌によって優勝し (60)、皇帝取り巻きの文人サークルに属して数々の詩作品を著わすが、やがて文才ゆえに帝の嫉みを買い、一切の文筆活動を禁じられるに至った。ルーカーヌス自身も夙慧の才を恃んで慢心の振舞いに及び、ある時など公衆便所内で音高らかに放屁して、「そは地下の雷鳴の如く轟けり」とネローの詩の一節を引用しては憂さ晴らしをしたという。65年、C. ピーソー*の陰謀の旗手となってネロー暗殺を企てたものの、密告によって捕縛されると、処刑を逃れるべく仲間を裏切り、実母アキーリア Acilia の名まで共犯者の中に挙げて哀願。だがひとたび死刑を宣告されるや、悠然と食事を摂ったあと腕の血管を切り開かせ、血を流して死んでいく兵士の苦闘を詠った詩を吟じつつ息を引き取っていったと伝えられる (満25歳)。

唯一残っている作品は、カエサル*とポンペイユス*間の内戦を扱った叙事詩『内乱記 De Bello Civili』(現存10巻) —— 通称の『パルサーリア Pharsalia』は、第9巻985行の詩句から誤って伝えられた題名 —— で、著者の死によって未完に終わった。ストアー思想に基づき修辞的技巧を凝らした、ラテン文学「白銀時代」を代表する史的叙事詩とされ、ために「歴史にして詩にあらず」(ペトローニウス*) とか、「作者は詩人というよりも修辞学者である」(クィンティリアーヌス*) などと評されている。中世ヨーロッパにおいても広く愛読され、近世フランスやイギリスの劇作家、詩人たちにも影響を与えた。

⇒シーリウス・イータリクス、スターティウス、マールティアーリス

Tac. Ann. 15-49, -56〜, -70〜71, 16-17, Dial. 20-5/ Suet. Poet. Lucan. Pers./ Mart. 1-61, 7-21〜23, 10-64, 14-194/ Juv. 7-79〜/ Stat. Silv. 2-7/ Sid. Apoll. 10-239, 23-165/ Dio Cass. 62-29/ Vacca/ Hieron. Chron./ etc.

ルーキアーノス Lukianos, Λουκιανός ὁ Σαμοσατεύς, Lucianus Samosatensis, (英) Lucian of Samosata, (独) Lukian von Samosata, (仏) Lucien de Samosate, (伊) Luciano di Samosata, (西) Luciano de Samosata, (葡) Luciano de Samósata, (露) Лукиан из Самосаты, (サモサタ*の)

(後120／125頃〜190／195頃) ローマ帝政期のギリシアの諷刺作家、弁論家。コンマーゲーネー*のサモサタ*出身。アラム語を話すシュリアー*系の生まれで、幼時より母方の伯父の下で石工の見習いをしたのち、夢に「教養の女神 Paideia, Παιδεία」を見て学問に転じ、イオーニアー*でギリシア語と文学を習得、弁論家として名を成した。ギリシア、イタリア、ガッリア*などローマ帝国各地を旅行して回り、42歳の頃からアテーナイ*に居を定めて、講演や教授や文筆の仕事に従った。老年になってマールクス・アウレーリウス*帝によりエジプトの官吏に任命され、のち痛風を病んで死亡。しかし彼を無神論者と断じた後世のキリスト教徒たちに従えば、狂犬の群れに喰い千切られて死んだという。ルーキアノスは対話篇または書簡の形式を用いた新しい諷刺文学を開拓、機智と諧謔に富んだ流暢典雅なギリシア語で、宗教・政治・学問など社会のあらゆる分野における愚行や偽善を批判し、人間の虚栄や欺瞞、物慾、迷信などを戯画的に暴露した。現存する82篇のうち真作は71篇といわれ、代表的な作品の多くは40歳代から晩年にかけてのものだと考えられている。『神々の対話 Theōn Dialogoi』『遊女の対話 Hetairikoi Dialogoi』『死者の対話 Nekrikoi Dialogoi』『悲劇役者ゼウス Zeus Tragoidos』などの喜劇的対話篇や、哲学者を辛辣に諷刺した『命の競売 Biōn prasis』『漁師 Halieus』『嘘好き Philopseudēs』『ペレグリーノス*の昇天について Peri tēs Peregrīnū teleutēs』『偽予言者アレクサンドロス* Aleksandros ē pseudomantis』などの諸作品のほか、友愛を説いた『トクサリス Toksaris』、人間嫌いの『ティーモーン*』、また『メニッポス*』『カローン*』『空飛ぶメニッポス Īkaromenippos』が名高い。特に荒唐無稽な旅行記や冒険譚のパロディー『本当の話 Alēthē diēgēmata』は、ラブレー、シラノ・ド・ベルジュラック、スウィフトら近世ヨーロッパの奇想天外な空想旅行談の源となった。読者を楽しませる彼の作品は、9世紀以降ビザンティンで愛読され、15世紀には西ヨーロッパに紹介されてエラスムスら多数の模倣者を出し、後代の文学に大きな影響を与えた。またその厖大な作中には、美青年を奪い合う哲学者と娼婦や、水夫らの巨根を吸茎 fellatio(フェッラーティオー)することを好む男、運動選手のように頭髪を短く刈った同性愛の女、男色と女色の優劣論、富者の食卓にありつく"食客 parasitos, παράσιτος"(パラシートス)の寄食法といった風俗描写が満載されており、さらにまた占星術や降霊術(招魂術)など各種呪法(オカルト)が流行し、いかさま奇蹟を行なう予言者や「終末は近い」と説く新興宗教のはびこる世相が反映されていて大変興味深い(⇒ペレグリーノス、パープラゴニアーのアレクサンドロス)。

⇒アルキプローン、デーモーナクス

Lucian. Dial. D., Dial. Mort., Iupp. Trag., Tox., Demon., Alex./ Hieron. De Vir. Ill. 77/ Euseb. Hist. Eccl. 8-13, 9-6/ Sozom. Hist. Eccl. 3-5/ Socrates Hist. Eccl. 2-10/ Theodoret./ Rufinus/ Suda/ etc.

ルーキアーノス(アンティオケイア❶*の) Lukianos, Λουκιανός, Lucianus, (英) Lucian of Antioch, (仏) Lucien d'Antioche, (独) Lukian von Antiochia, (伊) Luciano di Antiochia, (西) Luciano de Antioquía

(後240頃〜後312年1月7日) キリスト教の神学者。アンティオケイア❶*に聖書解釈学校を開き、アレイオス*(アリウス*)やニーコメーデイア*のエウセビオス*らの師となる。彼の改訂したギリシア語版聖書は、シュリアー*(シリア)、小アジアなど地中海東部において長い間標準的な本文(テクスト)とされた(⇒ヒエローニュムス)。ディオクレーティアーヌス*帝の迫害が始まる(303)と、ニーコメーデイアで逮捕・投獄され、あくまでも国家宗教への供儀を拒んだため、拷問のうえ斬殺された。キリスト教伝説では、海で溺殺された彼の遺体は海豚(いるか)によって陸地へ運ばれたといい、殉教者として聖人の列に加えられている。サモサタ*のパウロス*の弟子だったともいう。他にもローマ帝政期に活動した同名の人物が幾人か知られている。

Euseb. Hist. Eccl. 8-13, 9-6/ Socrates Hist. Eccl. 2-10/ Theodoretus Hist. Eccl. 1-4〜/ Hieron. De Vir. Ill. 77/ Philostorgius/ Rufinus/ Phot. Bibl./ etc.

ルギイー(族) Lugii, またはリギイー Ligii, リュギイー Lygii, (ギ) Lūgioi, Λούγιοι, Lygioi, Λύγιοι, Lūioi, Λούιοι, (英) Lugians, Lygians, Ligians, (仏) Lugiens, Lygiens, (独) Lugier, Lygier, (伊) Lugi, (露) Лугии

ゲルマーニア*人のスエービー*系の大族。ドイツ東端部(現在のオーデル Oder 河流域)に多くの支族に分かれて居住。女装した神官が仕える双生神の聖林や、肌や楯を黒く塗り暗夜を択んで戦う無気味な軍隊の存在で知られた。後2世紀後半には、他のスエービー諸族やサルマタイ*系のイアージュゲース*族らとともに、マルコマンニー*戦争(後166〜後180)に加わり、ローマ領に乱入した。彼らルギイー族は、後の民族大移動期に活躍するヴァンダル*族(ウァンダリー*)と同一部族、ないしその分派と考えられる。

ついでながら、19世紀ポーランドの作家シェンキェ

ヴィッチの小説『クォー・ウァーディス Quo Vadis?』(1895-1896) の女主人公リュギア Lygia は、このリギイー（リュギー）族の首長の娘で、人質としてローマへ連れて来られ、将軍アウルス・プラウティウス*の家で養われていたという設定になっている。

Tac. Germ. 43, Ann. 12-29～30/ Strab. 7-290/ Ptol. Geog. 2-11/ Dio Cass. 67-5/ Zosimus/ etc.

ルーキウス・アエリウス・スティロー　L. Aelius Stilo Praeconinus

⇒スティロー・プラエコーニーヌス、ルーキウス・アエリウス

ルーキウス・ウェールス　Lucius Verus

⇒ウェールス、ルーキウス

ルーキウス・カエサル　Lucius Julius(Iulius) Caesar (Vipsanianus)，（ギ）Lūcios Kaisar, Λούκιος Καῖσαρ,（伊）Lucio Cesare,（西）Lucio César,（露）Луций Цезарь

（前17～後2年8月20日）ローマ帝政初期の功臣アグリッパ*と大ユーリア❺*（アウグストゥス*の娘）の次男。生後間もなく兄ガーイウス・カエサル*と一緒にアウグストゥスの養子に迎えられ（前11とも）、早くから過度の名誉を贈られたため、尊大な若者に成長。前2年に成年式を挙げた時には、アウグストゥス自ら執政官職に就いて彼をフォルム*で紹介し、5年先の執政官職など兄同様の異例の昇進が約束された。しかるに、その4年後ヒスパーニア*の軍事指揮に赴任する途上、マッシリア*（現・マルセイユ）で病を得て頓死。遺体は父アグリッパの眠るアウグストゥスの霊廟に埋葬された。彼の死と入れ替わりに、ティベリウス*（アウグストゥスの継子）が7年間の隠遁生活をやめてローマへ帰還していることから、その急逝はティベリウスの生母リーウィア❶*（⇒リーウィア・ドルーシッラ）による毒殺ではないかと疑われた。

⇒巻末系図 076～077, 086, 088

Suet. Aug. 26, 29, 64～65, Tib. 11, 15, 23, 70/ Tac. Ann. 1-3, -53, 3-23, 6-51/ Dio Cass. 54-18, 55-9～12/ etc.

ルーキッラ　Annia Aurelia Galeria Lucilla,（ギ）Lūkillā, Λουκίλλα,（仏）Lucille,（西）Lucila

（後148／149年3月7日～182／183）ローマ皇帝マールクス・アウレーリウス*と后ファウスティーナ❷*の次女（⇒巻末系図 102）。164年頃父と共治の L. ウェールス*帝に嫁ぎ、アウグスタ*の称号を贈られる。美貌と多情を母親から受けつぎ、夫と同様に放縦な生活を送り、169年には毒を盛って夫帝を殺害したという。同年、自らの意思に反して父マールクス帝の信任篤い元老院議員 Ti. クラウディウス・ポンペイヤーヌス*と再婚するが、引き続きアウグスタとしての待遇を受け、夫を蔑ろにして義理の息子をはじめとする数多くの恋人と密通を繰り返した。さらに弟コンモドゥス*の治世になると、皇后クリスピーナ*の方が上席を占めることに憤慨して、皇帝暗殺を目的とする陰謀を画策（182）。事破れてカプレアエ*（現・カープリ）島へ流され、次いで処刑された。

彼女の遺児 Ti. アウレーリウス・ポンペイヤーヌス* Claudius Aurelius Pompeianus（209の執政官）は、後年カラカッラ*帝に殺されている（212）。

Dio Cass. 70-1, 71-3, 72-4/ S. H. A. Marc. 7, 9, 20, Verus 2, 7, Comm. 4～5, 8/ Herodian. 1-8/ etc.

ルーキーナ　Lucina,（仏）Lucine

ローマの光明 lux の女神。出産および新生児を守護するユーノー*ないしディアーナ*の呼称。時にこの2女神はルーキーナエ Lucinae と複数形で呼ばれる。ギリシアのエイレイテュイア*に相当する。

⇒マートロナーリア

Varro Ling. 5-69/ Catull. 34/ Hor. Carm. Saec. 14/ Ov. Fast. 2-441～, 6-39/ Serv. ad Verg. Ecl. 4-63/ etc.

ルーキフェル　Lucifer,（独）Luzifer,（伊）Lucifero,（葡）Lúcifer,（露）Люцифер

暁の明星（金星）のラテン名。「光をもたらす者」の意。ギリシアのポースポロス*またはヘオースポロス*（エオースポロス*）に相当する。のちキリスト教徒はこの語を、神に反逆した堕天使＝悪魔（魔王）Saṭān にあてはめたが、それはヘブライ語聖典（俗称「旧約聖書」）中のバビュローン*王を指す「天から落ちた明けの明星」（『イザヤ書』14-12）を堕天使と同一視したためであり、ギリシア・ローマ古来の神話伝説とは関係がない。

Ov. Met. 11-271, -346/ Hyg. Poet. Astr. 2-42/ Verg. Aen. 2-801/ Cic. Nat. D. 2-20-53/ Plin. N. H. 2-6-36/ Serv. ad Verg. Aen. 4-130/ etc.

ルキヤ　Lycia

⇒リュキアー

ルーキーリウス　Gaius Lucilius,（ギ）Gāios Lūkīlios, Γάιος Λουκίλιος,（仏）Caius Lucilius,（伊）Gaio Lucilio,（西）Cayo Lucilio

（前180／168頃～前102頃）ローマ共和政期の諷刺詩人。カンパーニア*北部スエッサ・アウルンカ*の名門の生まれ。裕福な騎士身分に属し、大ポンペイユス*は彼の姪孫に当たる（⇒巻末系図 070）。ギリシアに遊学して最高の教養を身につけ、スキーピオー*家の文芸サークルに加わり、小スキーピオー*やラエリウス*らと親交を結んだ（学者は文芸サークルの存在に否定的だが）。エンニウス*始したサトゥラ satura（「寄せ集め」の意）を発展させ、の意味での諷刺詩 saturae の確立者となる。紋たる六脚律で『談論詩 Sermones』（30巻）を散逸）、誰憚ることなく時世を糾弾し、撃を行なったため、数多の敵を作ったが

はやされ、爾来、諷刺詩は唯一のローマ固有の文学ジャンルとしてホラーティウス*やユウェナーリス*、ペルシウス*ら後世の詩人たちに継承されていった。約1400行が現存し、政治・哲学・文学から男色・奢侈・美食に至る種々雑多な内容を扱っている。小スキーピオーに随伴してヒスパーニア*へ赴き、ヌマンティア*市の攻略に参加（前133）。その後政争に捲き込まれ、ネアーポリス*（現・ナーポリ）において世を去り、公費で盛大に葬られた（一説に46歳）。クィンティリアーヌス*やハドリアーヌス*は彼の作品を称讚したが、ホラーティウスは「片足で立ったまま、ほんのひと時に200行もの詩を、濁流のように書き流した」と言って、その無秩序と冗漫を批判している。

伝存断片の中には、「生理中の女との膣交は一物を血まみれに、下痢中の相手との肛交は糞まみれにする」といった露骨な性表現も、いくつか含まれている。また彼は同時代の有名人を片っ端から鋭く槍玉に挙げたため、後年ペルシウスによって「ルーキーリウスはローマの町を鞭打った」と評された。

Hor. Sat. 1-4, -10, 2-1/ Quint. Inst. 1-9, 10-1/ Cic. Fam. 12-16, De Or. 2-6, Fin. 1-3/ Juv. 1-20, -165/ Pers. 1-114, -128/ Plin. N. H. praef./ Vell. Pat. 2-9/ Auson. Epist. 15-9/ Hieron. Chron./ etc.

ルーキーリウス・ユーニオル（小ルーキーリウス）
C. Lucilius Junior,（ギ）Lukīlios, Λουκίλιος

（後1世紀）ローマ帝政期の詩人、文法学者。哲学者セネカ❷*の数歳年下の友人。カンパーニア*に生まれ、自己の才幹でエクィテース*騎士身分に上り、カリグラ*やクラウディウス*の血腥い治世を生き抜いて、マケドニア*やアーフリカ、シキリア*などの属州管理官プロークーラートル Procurator を歴任。裕福な快楽主義者で、エトナ火山をうたった詩『アエトナ* Aetna』（後65～後79年の間に成立）の作者と考えられる。哲学では特にエピクーロス*派に傾倒し、セネカの『道徳書簡』や『神慮について』『自然研究』は彼に宛てて記されている。

なお彼は、『ギリシア詞華集*』に120余篇のエピグラム（その大半が滑稽な諷刺詩）を寄せたルキーッリオス Lukillios（後1世紀）とは別人である。後者もセネカやルーカーヌス*、ペトローニウス*らと同時代人であり、ローマの諷刺詩人マールティアーリス*に影響を与えた点で注目される。

Sen. Ep. 19, 31, 45, 49, 53, 70, 79, Q. Nat. 4-praef./ Anth. Pal. 11-139, -184, -278/ etc.

ルーキッラ Lucilla

ルークスタ Lucusta

（家）Lucullus,（ギ）Lūkūllos,（独）Lukull, Lukullus,（伊）Lucullo,（西）Luculo,（葡）Lúculo,（露）Лукулл

ローマのプレーベース*（平民）系の名門リキニウス*氏の家系名。第2次ポエニー戦争*（前218～前201）の頃より興起し、共和政末期には東方遠征で大富豪となったL. リキニウス・ルークッルスを出した。

⇒巻末系図072

Liv. 30-39, Epit. 48/ Plut. Luc. 1/ Polyb. 35-3～4/ Cic. Acad. Pr. 2-45/ etc.

ルークッルス、マールクス・リキニウス Marcus Licinius Lucullus

⇒ウァッロー・ルークッルス、M. テレンティウス（L. ルークッルス*の弟）。

ルークッルス、ルーキウス・リキニウス Lucius Licinius Lucullus,（ギ）Lūkios Likinios Lūkūllos, Λούκιος Λικίνιος Λούκουλλος（伊）Lucio Licinio Lucullo,（西）Lucio Licinio Luculo,（葡）Lúcio Licínio Lúculo,（露）Луций Лициний Лукулл

（前117頃～前56）ローマの将軍。共和政末期の代表的富豪、美食家。ヒスパーニア*やルーシーターニア*の先住民を虐殺し不正に強奪した貪欲、残忍なルーキウス・ルークッルス L. Licinius Lucullus（前151の執政官コーンスル）の孫。メテッルス❸*ヌミディクスの甥に当たる（⇒巻末系図051、072）。汚職と窃盗の科で追放された父親と、淫乱の評判高い母カエキリア Caecilia Metella との間に、ルークッルス家*の長男として生まれる。将軍スッラ*の麾下ミトリダテース*戦争に参加し（前87）、艦隊編成や資金調達などに功を立て、誠実さと温和さのゆえにスッラの信任を確保、ポンペイユス*をとび越えて独裁官ディクタートル スッラの息子ファウストゥス・スッラ*の後見人に指名される（前78）。前74年、執政官として再びミトリダテース大王*と戦い（⇒P. ケテーグス、M. コッタ❷、フィンブリア）、次々と敵を打ち破り、アルメニアー*まで追撃（前69）、大王の女婿に当たるアルメニアー王ティグラーネース*の軍を首都ティグラーノケルタ*に破った。さらに進んでパルティアー*遠征をも企てるが、従軍していた義弟P. クローディウス*の煽動で兵士らの騒擾が起こり、またローマ中央政界でも、彼の成功や名声を嫉視する動きが高まって、前66年軍隊の指揮権は政敵ポンペイユスの手に移されてしまう（⇒グラブリオー❷、C. マーニーリウス）。ローマに帰還するが、「金を沢山手に入れるために、わざと戦争を長びかせた」といって攻撃され、凱旋式トリウンプス*の挙行を前63年まで阻まれる（⇒C. メンミウス❷）。以来政界から遠ざかり、余生を安逸と享楽のうちに過ごす。各地に庭園や別荘を造営し、カンパーニア*沿岸の別荘ウィッラ villa には、大きな地下道を掘って海から運河をひき、屋敷のまわりに海水をめぐらせて魚の群れを泳がせたり、海の中にも豪華な建物を造らせたりしたので、「ローマのクセルクセース❶*」などと呼ばれた（ミーセーヌム*岬

ヴィッチの小説『クォー・ウァーディス Quo Vadis?』(1895-1896) の女主人公リュギア Lygia は、このリギイー (リュギイー) 族の首長の娘で、人質としてローマへ連れて来られ、将軍アウルス・プラウティウス*の家で養われていたという設定になっている。
Tac. Germ. 43, Ann. 12-29～30/ Strab. 7-290/ Ptol. Geog. 2-11/ Dio Cass. 67-5/ Zosimus/ etc.

ルーキウス・アエリウス・スティロー　L. Aelius Stilo Praeconinus
⇒スティロー・プラエコーニーヌス、ルーキウス・アエリウス

ルーキウス・ウェールス　Lucius Verus
⇒ウェールス、ルーキウス

ルーキウス・カエサル　Lucius Julius(Iulius) Caesar (Vipsanianus)、(ギ) Lūcios Kaisar, Λούκιος Καῖσαρ, (伊) Lucio Cesare, (西) Lucio César, (露) Луций Цезарь
(前17～後2年8月20日) ローマ帝政初期の功臣アグリッパ*と大ユーリア❺*(アウグストゥス*の娘) の次男。生後間もなく兄ガーイウス・カエサル*と一緒にアウグストゥスの養子に迎えられ (前11とも)、早くから過度の名誉を贈られたため、尊大な若者に成長。前2年に成年式を挙げた時には、アウグストゥス自ら執政官職に就いて彼をフォルム*で紹介し、5年先の執政官職など兄同様の異例の昇進が約束された。しかるに、その4年後ヒスパニア*の軍事指揮に赴任する途上、マッシリア*(現・マルセイユ) で病を得て頓死。遺体は父アグリッパの眠るアウグストゥスの霊廟に埋葬された。彼の死と入れ替わりに、ティベリウス*(アウグストゥスの継子) が7年間の隠遁生活をやめてローマへ帰還していることから、その急逝はティベリウスの生母リーウィア❶*(⇒リーウィア・ドルーシッラ) による毒殺ではないかと疑われた。
⇒巻末系図 076～077, 086, 088
Suet. Aug. 26, 29, 64～65, Tib. 11, 15, 23, 70/ Tac. Ann. 1-3, -53, 3-23, 6-51/ Dio Cass. 54-18, 55-9～12/ etc.

ルーキッラ　Annia Aurelia Galeria Lucilla, (ギ) Lūkillā, Λουκίλλα, (仏) Lucille, (西) Lucila
(後148／149年3月7日～182／183) ローマ皇帝マールクス・アウレーリウス*と后ファウスティーナ❷*の次女 (⇒巻末系図 102)。164年頃父と共治の L. ウェールス*帝に嫁ぎ、アウグスタ*の称号を贈られる。美貌と多情を母親から受けつぎ、夫と同様に放縦な生活を送り、169年には毒を盛って夫帝を殺害したという。同年、自らの意思に反して父マールクス帝の信任篤い元老院議員 Ti. クラウディウス・ポンペイヤーヌス*と再婚するが、引き続きアウグスタとしての待遇を受け、夫を蔑ろにして義理の息子をはじめとする数多くの恋人と密通を繰り返した。さらに弟コンモドゥス*の治世になると、皇后クリスピーナ*の方が上席を占めることに慣慨して、皇帝暗殺を目的とする陰謀を画策 (182)。事破れてカプレアエ*(現・カープリ) 島へ流され、次いで処刑された。
　彼女の遺児 Ti. アウレーリウス・ポンペイヤーヌス* Claudius Aurelius Pompeianus (209 の執政官) は、後年カラカッラ*帝に殺されている (212)。
Dio Cass. 70-1, 71-3, 72-4/ S. H. A. Marc. 7, 9, 20, Verus 2, 7, Comm. 4～5, 8/ Herodian. 1-8/ etc.

ルーキーナ　Lucina, (仏) Lucine
ローマの光明 lux の女神。出産および新生児を守護するユーノー*ないしディアーナ*の呼称。時にこの2女神はルーキーナエ Lucinae と複数形で呼ばれる。ギリシアのエイレイテュイア*に相当する。
⇒マートロナーリア
Varro Ling. 5-69/ Catull. 34/ Hor. Carm. Saec. 14/ Ov. Fast. 2-441～, 6-39/ Serv. ad Verg. Ecl. 4-63/ etc.

ルーキフェル　Lucifer, (独) Luzifer, (伊) Lucifero, (葡) Lúcifer, (露) Люцифер
暁の明星 (金星) のラテン名。「光をもたらす者」の意。ギリシアのポースポロス*またはヘオースポロス*(エオースポロス*) に相当する。のちキリスト教徒はこの語を、神に反逆した堕天使＝悪魔 (魔王) Śaṭān にあてはめたが、それはヘブライ語聖典 (俗称「旧約聖書」) 中のバビュローン*王を指す「天から落ちた明けの明星」(『イザヤ書』14-12) を堕天使と同一視したためであり、ギリシア・ローマ古来の神話伝説とは関係がない。
Ov. Met. 11-271, -346/ Hyg. Poet. Astr. 2-42/ Verg. Aen. 2-801/ Cic. Nat. D. 2-20-53/ Plin. N. H. 2-6-36/ Serv. ad Verg. Aen. 4-130/ etc.

ルキヤ　Lycia
⇒リュキアー

ルーキーリウス　Gaius Lucilius, (ギ) Gāios Lūkīlios, Γάϊος Λουκίλιος, (仏) Caius Lucilius, (伊) Gaio Lucilio, (西) Cayo Lucilio
(前180／168頃～前102頃) ローマ共和政期の諷刺詩人。カンパーニア*北部スエッサ・アウルンカ*の名門の生まれ。裕福な騎士身分に属し、大ポンペイユス*は彼の姪孫に当たる (⇒巻末系図 070)。ギリシアに遊学して最高の教養を身につけ、スキーピオー*家の文芸サークルに加わり、小スキーピオー*やラエリウス*らと親交を結んだ (現代の学者は文芸サークルの存在に否定的だが)。エンニウス*の創始したサトゥラ satura (「寄せ集め」の意) を発展させて、真の意味での諷刺詩 saturae の確立者となる。叙事詩の詩形たる六脚律で『談論詩 Sermones』(30巻) を執筆 (大部分が散逸)、憚ることなく時世を糾弾し、あけすけに個人攻撃を行なったため、数多の敵を作ったが、ひろく世にもて

はやされ、爾来、諷刺詩は唯一のローマ固有の文学ジャンルとしてホラーティウス*やユウェナーリス*、ペルシウス*ら後世の詩人たちに継承されていった。約1400行が現存し、政治・哲学・文学から男色・奢侈・美食に至る種々雑多な内容を扱っている。小スキーピオーに随伴してヒスパニア*へ赴き、ヌマンティア*市の攻略に参加（前133）。その後政争に捲き込まれ、ネアーポリス*（現・ナーポリ）において世を去り、公費で盛大に葬られた（一説に46歳）。クィンティリアーヌス*やハドリアーヌス*は彼の作品を称讃したが、ホラーティウスは「片足で立ったまま、ほんのひと時に200行もの詩を、濁流のように書き流した」と言って、その無秩序と冗漫を批判している。

　伝存断片の中には、「生理中の女との膣交は一物を血まみれに、下痢中の相手との肛交は糞まみれにする」といった露骨な性表現も、いくつか含まれている。また彼は同時代の有名人を片っ端から鋭く槍玉に挙げたため、後年ペルシウスによって「ルーキーリウスはローマの町を鞭打った」と評された。

Hor. Sat. 1–4, -10, 2–1/ Quint. Inst. 1–9, 10–1/ Cic. Fam. 12–16, De Or. 2–6, Fin. 1–3/ Juv. 1–20, -165/ Pers. 1–114, -128/ Plin. N. H. praef./ Vell. Pat. 2–9/ Auson. Epist. 15–9/ Hieron. Chron./ etc.

ルーキーリウス・ユーニオル（小ルーキーリウス）
　　　C. Lucilius Junior,（ギ）Lukīlios, Λουκίλιος

（後1世紀）ローマ帝政期の詩人、文法学者。哲学者セネカ❷*の数歳年下の友人。カンパーニア*に生まれ、自己の才幹で騎士身分に上り、カリグラ*やクラウディウス*の血腥い治世を生き抜いて、マケドニア*やアーフリカ、シキリア*などの属州管理官 Procurator を歴任。裕福な快楽主義者で、エトナ火山をうたった詩『アエトナ* Aetna』（後65～後79年の間に成立）の作者と考えられる。哲学では特にエピクーロス*派に傾倒し、セネカの『道徳書簡』や『神慮について』『自然研究』は彼に宛てて記されている。

　なお彼は、『ギリシア詞華集*』に120余篇のエピグラム（その大半が滑稽な諷刺詩）を寄せたルキーリオス Lukillios（後1世紀）とは別人である。後者もセネカやルーカーヌス*、ペトローニウス*らと同時代人であり、ローマの諷刺詩人マールティアーリス*に影響を与えた点で注目される。

Sen. Ep. 19, 31, 45, 49, 53, 70, 79, Q. Nat. 4-praef./ Anth. Pal. 11–139, -184, -278/ etc.

ルーキルラ　Lucilla
⇒ルーキッラ

ルークスタ　Lucusta
⇒ロークスタ

ルークッルス（家）　Lucullus,（ギ）Lūkūllos, Λούκουλλος, Leukollos, Λεύκολλος,（独）Lukull, Lukullus,（伊）Lucullo,（西）Luculo,（葡）Lúculo,（露）Лукулл

ローマのプレーベース*（平民）系の名門リキニウス*氏の家系名。第2次ポエニー戦争*（前218～前201）の頃より興起し、共和政末期には東方遠征で大富豪となったL. リキニウス・ルークッルスを出した。

⇒巻末系図 072

Liv. 30–39, Epit. 48/ Plut. Luc. 1/ Polyb. 35–3～4/ Cic. Acad. Pr. 2–45/ etc.

ルークッルス、マールクス・リキニウス　Marcus Licinius Lucullus
⇒ウァッロー・ルークッルス、M. テレンティウス（L. ルークッルス*の弟）。

ルークッルス、ルーキウス・リキニウス　Lucius Licinius Lucullus,（ギ）Lūkios Likinios Lūkūllos, Λούκιος Λικίνιος Λούκουλλος（伊）Lucio Licinio Lucullo,（西）Lucio Licinio Luculo,（葡）Lúcio Licínio Lúculo,（露）Луций Лициний Лукулл

（前117頃～前56）ローマの将軍。共和政末期の代表的富豪、美食家。ヒスパニア*やルーシーターニア*の先住民を虐殺し不正に強奪した貪欲、残忍なルーキウス・ルークッルス L. Licinius Lucullus（前151の執政官）の孫。メテッルス❸*ヌミディクスの甥に当たる（⇒巻末系図 051, 072）。汚職と窃盗の科で追放された父親と、淫乱の評判高い母カエキリア Caecilia Metella との間に、ルークッルス家*の長男として生まれる。将軍スッラ*の麾下ミトリダテース*戦争に参加し（前87）、艦隊編成や資金調達などに功を立て、誠実さと温和さのゆえにスッラの信任を確保、ポンペイユス*をとび越えて独裁官スッラの息子ファウストゥス・スッラ*の後見人に指名される（前78）。前74年、執政官として再びミトリダテース大王*と戦い（⇒P. ケテーグス、M. コッタ❷、フィンブリア）、次々と敵を打ち破り、アルメニアー*まで追撃（前69）、大王の女婿に当たるアルメニアー王ティグラーネース*の軍を首都ティグラーノケルタ*に破った。さらに進んでパルティアー*遠征をも企てるが、従軍していた義弟 P. クローディウス*の煽動で兵士らの騒擾が起こり、またローマ中央政界でも、彼の成功や名声を嫉視する動きが高まって、前66年軍隊の指揮権は政敵ポンペイユスの手に移されてしまう（⇒グラブリオー❷、C. マーニーリウス）。ローマに帰還するが、「金を沢山手に入れるために、わざと戦争を長びかせた」といって攻撃され、凱旋式の挙行を前63年まで阻まれる（⇒C. メンミウス❷）。以来政界から遠ざかり、余生を安逸と享楽のうちに過ごす。各地に庭園や別荘を造営し、カンパーニア*沿岸の別荘 villa には、大きな地下道を掘って海から運河をひき、屋敷のまわりに海水をめぐらせて魚の群れを泳がせたり、海の中にも豪華な建物を造らせたりしたので、「ローマのクセルクセース❶*」などと呼ばれた（ミーセーヌム*岬

の別荘は、のちローマ帝室の所有に帰し、最後の西ローマ皇帝ロームルス・アウグストゥルス*の隠栖地となる）。あまりに裕福だったので、自分でもどれくらい資産をもっているのか見当がつかなかったという。「自分の目に触れるよりも、自分が知らずにいる物の方が多くないうちは、まだ金持ちとはいえない」とは彼の言である。屋敷の各広間には神々の名がつけられていた。ある日キケロー*とポンペイユスが「ルークッルスは1人の時には何を食べているのだろう」と思って、「今夜の食事に招待していただきたい」と唐突に申し入れたところ、彼は快く承諾、召使にただ「今日はアポッローン*の間で夕食をとる」とだけ伝えさせた。やって来たキケローたちは、用意された料理の贅沢さにびっくり仰天、というのもこの部屋で出される食事には通常、20万セーステルティウスもの費用がかけられるよう定められていたからである。じっさい彼は、客人のいない時にも珍味佳肴に舌鼓をうっていたという。ある日、1人で食事をしたとき、料理係がいつもより質素なメニューしか供さなかった。すると彼は「今日はルークッルスのもとでルークッルスさんが御馳走になっているのだ」と叱りつけた、等々奢りを極めた暮らしぶりを伝える逸話は枚挙にいとまがない。また彼はギリシア語・ラテン語をともによくし、籤引きによりギリシア語の散文でマルシー*戦争（前90〜前89）の歴史を著述した（散逸）。その宏大な書庫はすべての人に開放され、周囲の画廊や研究室には大勢のギリシア人学者がたむろしていた（⇒アルキアース、A. リキニウス）。

　富に恵まれたルークッルスも女房運には恵まれず、最初の妻クローディア*は放縦で悪辣、自分の兄弟のクローディウスと不倫の関係にあったという名うての淫婦だった。これを離別したのち、小カトー*の異父妹セルウィーリア*を娶ったが、これまた不身持ちで評判の悪妻となった。ただ先妻のように近親相姦の噂だけは立たなかったので、長い間我慢していたが、とうとうこれとも離婚。以後は美男の召使だけを寵愛していたが、その中の1人カッリステネース Callisthenes という解放奴隷が、主人の愛情を独占しようと強力な媚薬を盛り過ぎたせいで、この大富豪はついに発狂。禁治産者として、その厖大な財産の管理は弟のマールクス・ウァッロー*・ルークッルスの手に委ねられた。ポントス*のケラスース*（〈英〉cherry,〈仏〉cerise の語源）から桜桃を初めてイタリアへもたらした人としても知られる。セルウィーリアとの間に生まれた息子は、彼の死後、母方の伯父・小カトーのもとで育てられ、カエサル*暗殺後、ブルートゥス*に従ったため、ピリッポイ*の戦いで敗死した（前42、⇒巻末系図056）。

　今日も贅沢な御馳走などを、ルークッルスの名にちなんで、Lucullan, Lucullean, Lucullian, 等々と表現することがある。

Plut. Luc./ Dio Cass. 35-2〜, 36-29, 37-49/ App. Mith. 33, 51〜56, 71〜, Syr. 49/ Vell. Pat. 2-33〜, -40, -71/ Suet. Iul. 20/ Strab. 11-532, 12-546〜7/ Plin. N. H. 9-80, 14-17, 15-30, 18-7, 25-7, 28-14, 36-8/ Cic. Acad. 2-1, Off. 1-39, 2-16, Mur. 15, Leg. 3-13, Leg. Man. 2, 5, 8, 9, Fin. 3-2, Att. 2-24, 13-6/ Varro Rust. 3-4, -17/ Ath. 2-50, 6-274, 12-543/ Liv. Epit. 95, 98/ Val. Max. 4-7-4, 7-8-5/ Sall. H. 2, 4/ Florus 3-6/ etc.

ルグドゥーヌム　Lugdunum, Lugudunum,（ギ）Lūgdūnon, Λούγδουνον,（英）Lyons,（伊）Lione,（西）（仏）Lyon,（「ケルトの太陽神ルグス Lugus (Lugh, Lleu, Lugos) の丘」の意）正式名称・Colonia Copia Claudia Augusta Lugdunum

（現・リヨン Lyon,（アルピタン語）Liyon,（オック語）Lion）ガッリア・トラーンサルピーナ*（ガッリア・ルグドゥーネーンシス*）の都市。ロダヌス*（現・ローヌ）河とアラル Arar（現・ソーヌ Saône）河の合流点に位置し、前43年外ガッリアの総督ムナーティウス・プランクス*によりローマの植民市として建設され、アウグストゥス*治下に属州ガッリア*全体の首府に定められた。アグリッパ*が建設した街道の中心に当たり、交通の要衝として、たちまち大都市に発展、とりわけ後1〜2世紀に殷賑を極めた。大ドルースス*が奉献した「女神ローマとアウグストゥスの神殿」（前12、石柱2本のみ現存）は、ガッリアにおける皇帝礼拝の本拠地となり、毎年ここに64の部族国家の代表が集まって会議を開き、ローマの支配に対する恭順の意を表する慣例であった。アウグストゥスによって神殿や劇場、水道などの公共建造物が設けられたが、後59年火災で壊滅的打撃を被り、ネロー*帝が市を再建。これに応えてローマの大火（64）の折に、ルグドゥーヌム市民は莫大な義捐金を提供した。クラウディウス*帝ならびにカラカッラ*帝は、この町で誕生している。またカリグラ*帝がルグドゥーヌムで開いた弁論コンテストは有名で、敗者は鞭で打ちのめされたり、河に沈められたりといった苛酷な処罰を受けたという。西ヨーロッパ第1の都市として繁栄したルグドゥーヌムも、アルビーヌス*の乱で惨禍を被り（196〜197）、帝政後期にはガッリアの首府の座をアウグスタ・トレーウェロールム*（現・トリアー）に奪われた。円形闘技場*の一部や野外劇場 Théâtres Romains、音楽堂、4本の水道、フォルム*、幾宇かの神殿、モザイクで飾られた別荘 villa などローマ時代の遺跡が少なからず発掘されている。

　なお、ユダヤの領主ヘーローデース・アンティパース*が追放されたルグドゥーヌム Lugdunum Convenarum（現・Saint-Bernard-de-Comminge）はアクィーターニア*にある別の町である。他にもバターウィー*族の地 Lugdunum Batavorum（現・レイデン（ライデン）Leiden）や、ベルギウム*内の地 Lugdunum Clavatum（現・ラン、ラオン Laon）などに同名の町ルグドゥーヌムがあった。

Plin. N. H. 4-18-107/ Dio Cass. 46-50, 54-32, 75-6/ Tac. Ann. 3-41, 16-13, Hist. 1-51, 2-65, 4-85/ Juv. 1-44/ Suet. Calig. 20, Claud. 2/ Strab. 4-177, -190, -191〜/ Euseb. Hist. Eccl. 5-1/ S. H. A. Cl. 12, Firm. 13/ Sen. Ep. 91/ Herodian.

3-23/ Plin. Ep. 9-11/ Ptol. Geog. 2-8, -9, -10, 8-5/ Amm. Marc. 16-11/ etc.

ルクモー（ン）　Lucumo, Lucmo(n), Lucomo,（エトルーリア語）Lauchme,（ギ）Lūkūmōn, Λουκούμων,（仏）Lucumon,（伊）Lucumone

（エトルーリア*語で「主人」の意）⇒タルクィニウス・プリ（一）スクス

ル（一）クリーヌス湖　Lacus Lucrinus,（ギ）Lūkrīnos Lakkos, Λουκρῖνος Λάκκος, Lokrīnos Kolpos, Λοκρῖνος Κόλπος,（英）Lucrine Lake,（仏）Lac Lucrin

（現・Lago Lucrino, Lago di Lucrino, または Lago Maricello）カンパーニア*の沿岸近く、アウェルヌス湖*の南0.5マイルに位置した小さな湖。堤防でプテオリー*湾と隔てられていたが、湖水は塩分を含み、ローマの国有漁場（とりわけ牡蠣の養殖場）として名高かった。景勝の地だったので、キケロー*の別荘 villa アカデーミーア Academia はじめ、多くの裕福なローマ人の別荘が沿岸に建ち並んでいた。伝承によると、この湖水は冥界を流れるアケローン*河に通じていたという。現在、湖は1538年の大地震でできた、火山 Monte Nuovo の下に、その大半が埋没している。
Mela 2-4/ Cic. Att. 4-16/ Hor. Carm. 2-15-3/ Plin. N. H. 9-79-168/ Suet. Aug. 16/ Tac. Ann. 14-5/ Verg. G. 2-161〜/ Strab. 5-245/ Diod. 4-22/ Mart. 1-62/ etc.

ルークルルス　Lucullus

⇒ルークッルス

ルクレツィア　Lucrezia

⇒ルクレーティア（のイタリア語形）

ルクレツィオ　Lucrezio

⇒ルクレーティウス（のイタリア語形）

ル（一）クレーティア　Lucretia,（ギ）Lūkrētiā, Λουκρητία,（英）Lucrece,（仏）Lucrèce,（伊）Lucrezia,（西）Lucrecia,,（露）Лукреция

（前6世紀末）ローマのなかば伝説上の貞婦。王族 L. タルクィニウス・コッラーティーヌス*の美貌の妻。タルクィニウス・スペルブス*王の息子セクストゥス・タルクィニウス*に力づくで犯され、夫や父に復讐を求めつつ短剣で自害した（伝・前510）。この凌辱事件を契機に、L. ユーニウス・ブルートゥス*を主導者とする反王政蜂起が生じ、タルクィニウス王一家のローマ放逐、および共和政の樹立という結果がもたらされた —— この折ブルートゥスは真先に彼女の死体から短剣を引き抜き、空高くかざして、暴君一族の打倒を誓い、民衆を煽動して国王一家を追放したという ——。彼女はウィルギーニア*と並んで、古代ローマの悲劇的貞女の代表とされるが、両者ともその実在性は疑わしい。

　後世「ルクレーティアの凌辱」や「ルクレーティアの自刃」は西ヨーロッパ美術の主題として広く愛好され、彼女の名前は貞婦の鑑の代名詞のごとくに用いられるようになった。
⇒巻末系図050
Liv. 1-57〜59/ Dion. Hal. Ant. Rom. 4-15/ Ov. Fast. 2-725〜852/ Cic. Rep. 2-25, Fin. 2-20/ Val. Max. 6-1/ Plut. Public. 1, Mor. 250/ Petron. Sat. 9/ Mart. 11-104/ etc.

ル（一）クレーティウス　Titus Lucretius Carus,（ギ）Lūkrētios, Λουκρήτιος,（仏）Lucrèce,（独）Lukrez,（伊）Lucrezio,（西）Lucrecio,（葡）Lucrécio,（露）Лукреций

（前99／94〜前55／51）ローマ共和政末期の哲学的詩人。生涯に関しては不詳。一説にカンパーニア*地方の富裕な土地所有者で、ギリシアに遊学したといわれる。伝承によれば、情婦に飲まされた媚薬のために発狂し、狂気の発作の合間に書物を執筆したが、44歳で自殺 —— 縊死したとも、剣の上に身を投じて果てたともいう ——、未完の作を後日キケロー*が手を加えて公刊したことになっている。彼の作品としては、友人の C. メンミウス❷*（詩人カトゥッルス*の保護者）に献じた哲学的教訓詩『事物の本性について De Rerum Natura』（全6巻、7400余行）が唯一現存している。これは叙事詩の韻律たる六脚律（ヘクサメトロス）を用いて、自らの信奉するエピクーロス*の哲学を祖述したもので、宗教的迷蒙を打破し、人類を神々や死に対する恐怖から解き放つことを目的とした古今に比類のない哲学詩である。その思想はエピクーロスの依拠したデーモクリトス*やレウキッポス*の唯物的な原子論で貫かれており、あらゆる現象を自然の原因から説明しようと努め、「宇宙は無数の原子の偶然的会合から生じたもので、神々は存在するにせよ人間にはまったく関与しない。死は身体がそれを構成する原子に解体するだけの現象で、霊魂もまた物質的であり身体とともに消滅する」と主張した。彼はその近代的な科学精神のゆえのみならず、主題の雄大さ、考察の明晰さ、詩想の高邁さの点でも傑出しており、ラテン詩に新境地を拓き、ウェルギリウス*やオウィディウス*ら少なからぬ文人に感化を及ぼした。しかし、作品の性質上、大衆受けはせず、ラクタンティウス*他のキリスト教学者からは「不敬な無神論者」として弾劾され、中世ヨーロッパにおいてはまったく忘却されていた。がその後、ルネサンス期に再発見されて以来、ローマ思想の最高峰の1つとして極めて高い評価を受けるに至った。なお彼は当時のローマ人の常として男女両色の快楽を認めていたものの、特定の相手との恋愛に陥ることは戒め、欲望を覚える時には、少年であれ女であれ次々に交接して肉慾を満たすよう忠告、また妊娠を望む者には「獣と同じ体位で性交すれば、女の尻があがって精液が吸収されやすい」と推奨している。「逆境のうちにこそその人柄を知るべきである。なぜならその時にこそまことの声が胸の奥底から迸り、仮面ははがれ、真実だけが

あとに残るのだから」という彼の言葉は、しばしば引用される。
Cic. Q. Fr. 2-11/ Quint. Inst. 10-1, 12-11/ Stat. Silv. 2-7/ Gell. N. A. 1-21/ Ov. Am. 1-15/ Verg. G. 2-490〜/ Nep. Att. 12-4/ Vitr. De Arch. 9-3/ Vell. Pat. 2-36/ Sen. Tranq. 2, Ep. 95, 110/ Plin. Ep. 4-18/ Tac. Dial. 23/ Hieron. Chron./ etc.

ルーケリア　Luceria, (ギ) Lūkeriā, Λουκερία, (仏) Lucérie

(現・Lucera) イタリア半島東南部アープーリア*地方の都市。サムニウム*との境界近くの丘上に位置し、羊毛の産地として名高い。英雄ディオメーデース❷*の創建と伝え、彼はこの町にミネルウァ*＝アテーナー*の神殿を築き、トロイアー*からもたらされた女神像パッラディオン*（パッラディウム*）を内陣に安置したという。

　古くサムニーテース*（サムニウム人）の城砦があったが、第2次サムニウム戦争（前326〜前304）中にローマ軍に奪取されて、そのラテン植民市となった（前314）。以降アープーリアの主要都市であり続けたため、アウグストゥス*によってコローニア*植民市とされた。ミネルウァやアポッロー*の神殿、アンピテアートルム*円形闘技場などの遺跡が残っている。
Liv. 9-2, -12〜15, 10-35, -36/ Hor. Carm. 3-15/ Cic. Att. 7-12, 8-1, Fam. 15-15/ Luc. 2-473/ Plin. N. H. 3-11/ Strab. 6-264, -284/ Diod. 19-72/ Vell. Pat. 1-14/ Polyb. 3-88, -100/ Aur. Vict. De Vir. Ill. 30/ App. B. Civ. 2-38/ Caes. B. Civ. 1-24/ Ptol. Geog. 3-1/ Steph. Byz./ etc.

ルシアン　Lucian
⇒ルーキアーノス（の英語形）

ルーシーターニア（または、ルーシターニア）　Lusitania, (〈ギ〉リューシーターニアー Lysitania, Λυσιτανία, Lusitania, Λουσιτανία, Lysitanike, Λυσιτανική とも), (仏) Lucitanie, (独) Lusitanien, (葡) Lusitânia

(現・ポルトガル Portugal) イベーリアー*半島、ヒスパーニア*西部の地方。元来、ケルティベーリア*系の大族ルーシーターニー Lusitani, (ギ) Lūsītānoi 人の住地を指す。彼らは戦闘的な山岳民で略奪と待伏せに長け、1日1度の粗食に甘んじ、捕虜になった人間を使って内臓占いを行ない、その右手を切り取って神に捧げる習慣などで知られていた。罪人は断崖から突き落として処刑し、親殺しの場合は石打ち刑と定め、また病人は路傍へ置いて同病に罹ったことのある通行人から助言を得ることにしていたという。ローマの侵略に頑強に抵抗し、大勢が殺されたり奴隷に売られたりしたあげく、ウィリアートゥス*の下に結集して反乱を起こした（前150〜前138）が、ウィリアートゥスの横死後、D. ユーニウス・ブルートゥス❶*率いるローマ軍によって征服された（前137、⇒ガッラエキア）。ローマ帝政期には外ヒスパーニア*から独立した皇帝属州ルーシーターニアが設けられ（州都はエーメリタ・アウグスタ*）、ラテン化が進められた。トライヤーヌス*帝の治世に建設されたアルカンタラ Alcántara の石造橋は当時の優れた技術水準を示す遺構である。なお、はるか昔に海洋民族フェニキア*人が創建した西岸の港湾都市オリシーポー Olisipo (現・リズボーア Lisboa,〈英〉リスボン Lisbon) は、伝説ではオデュッセウス*（ウリクセース*）によって建設されたといい、またオリシーポー近辺タグス Tagus (現・〈葡〉テージョ Tejo,〈西〉タホ Tajo) 河口一帯に育つ雌馬は交尾せずに西風（ゼピュロス*）を受けただけで孕むとされている。他には、北東部の町サルマンティカ Salmantica (現・サラマンカ Salamanca) や、西南部の町エボラ（現・Évora）などが有名。ルーシーターニア沖には、ギリシア神話中ヘーラクレース*の功業で名高いゲーリュオーン*の島があったという。良馬や穀物、鉱物資源に富み、5世紀初頭のアラン*人やスエービー*族の侵入後は、港町ポルトゥス・カレー Portus Cale (ポルトゥカレー Portucale, 現・ポルト Pôrto) を中心に混血が進み、この町名がポルトガルの語源となった。

　ちなみに、ポルトガルの代表的詩人カモンイス Camões (1524頃〜1580) の代表作『ウス・ルジーアダス Os Lusíadas』(1572) は、酒神バッコス*の子孫を誇るルーシーターニア（ポルトガル）人の偉業を称えた国民的叙事詩として江湖に名高い。
⇒カンタブリア、アストゥリア
Plin. N. H. 4-21〜/ Strab. 3-151〜/ Mela 2-6, 3-1, -6/ Liv. 21-43, 27-20, 35-1, 37-46/ Cic. Brut. 23 (89)/ Ptol. Geog. 2-4, -5, 8-4/ Diod. 5-34, 31-42, 33-1〜/ App. Hisp./ It. Ant./ Steph. Byz./ etc.

ルシファー　Lucifer
⇒ルーキフェル

ルースティクス、クィ（ー）ントゥス・ユーニウス　Quintus Junius Arulenus Rusticus, (ギ) Rhūstikos, Ῥούστικος, (伊) Quinto Giunio Rustico, (西) Quinto Junio Rústico

(後35頃〜後94) ローマ帝政期の政治家、ストアー*派の思想家。トラセア・パエトゥス*の友人・弟子。後66年、トラセアがネロー*帝に処刑されんとした時、護民官トリブーヌス・プレービス*だった彼は拒否権を行使しようとしたが、トラセアから「それは私を救うこともできず、自らを破滅させるだけでしかない」と諭されて断念。ネローの死後、法務官プラエトル*(69)、執政官コーンスル*(92)職に就くものの、トラセアやヘルウィディウス・プリスクス*を称賛する本を公刊したため、ドミティアーヌス*帝に嫌悪され、やがてその名声を妬む皇帝によって処刑された。彼の刑死を機にドミティアーヌスは、すべての哲学者をイタリアから追放したという。

　同名の息子クィントゥス・ルースティクス Q. Junius Rusticus もストアー派哲学を奉ずる元老院議員で、マールクス・アウレーリウス*帝の信任を得、二度執政官職コーンスル*に就任 (133、162)、キリスト教の殉教者*イウースティーノス*（ユースティーヌス*）に死刑の宣告を下している (165頃)。

Tac. Ann. 16-26, Hist. 3-80, Agr. 2/ Suet. Dom. 10/ Dio Cass. 67-13, 71-35/ Plin. Ep. 1-5, -14, 3-11/ Plut. Mor. 522d/ Juv. 15-27/ S. H. A. Marc. 3/ Marc. Aurel. Meditatio. 1-15/ etc.

ルーセッラエ　Rusellae,（ギ）Rhūsellai, Ῥουσέλλαι,（仏）Ruselles,（伊）Roselle,（ウンブリア*語）Resala, Ῥέσαλα, Rhesala

（現・Roselle）エトルーリア*12市の1つ。ヴィッラノーヴァ Villanova 時代末期からローマ帝政後期まで永きにわたって人々が居住。前7世紀と前6世紀の城壁跡や、市の全盛期（前6～前4世紀）に輸入されたアッティカ*（アッティケー*）陶器などが多く発掘されている。ヘレニズム時代に市の人口は最大に達し、東南の丘に新市街が建設された。前294年ルーセッラエはローマに占領され、第2次ポエニー戦争*（前218～前201）の時にはスキーピオー*の艦隊に穀物と木材を提供した（前205）。
⇒エトルスキー、ウェトゥローニア
Plin. N. H. 3-5/ Liv. 10-4～, -37, 28-45/ Dion. Hal. 3-51/ Ptol. Geog. 3-1/ Steph. Byz./ etc.

ルターティウス・カトゥルス　Lutatius Catulus
⇒カトゥルス、（ルターティウス）

ルチアーノ　Luciano
⇒ルーキアーノス（のイタリア語形）

ルッケイユス、ルーキウス　Lucius Lucceius

（前1世紀中頃）ローマ共和政末期の弁論家・史家。キケロー*やポンペイユス*の友人。前67年の法務官（プラエトル*）を経て、前59年度の執政官（コーンスル*）職にカエサル*と組んで立候補し、莫大な資金を使って選挙人を買収。しかし閥族派（オプティマーテース*）側の巻き返しにあって落選し、執政官にはカエサルとビブルス*の2人が選ばれた。以来彼は政界から引退し、マリウス*以来の内乱時代（前90～前81）の歴史を執筆（亡失）。キケローはカティリーナ*の陰謀を鎮圧した自分の執政官当時（前63）の記述を書いてくれるよう彼に依頼したが、これは実現しなかった。カエサル対ポンペイユスの内戦が始まる（前49）と、ルッケイユスは後者の側に与したものの、パルサーロス*の敗戦（前48）後、カエサルに宥されてローマへ戻っている。

　なお同時代に、やはりキケローの友人で閥族派の元老院議員L.ルッケイユスや、ポンペイユスの支持者で虎鯔（ムーレーナ murena）の養殖池を最初に考案したC.ルッケイユス・ヒッルス Hirrus らがいる。
Cic. Att. 1-17, 2-1, 4-11, 5-20～21, 6-1, 7-3, 9-1, Fam. 5-12～14, Q. Fr. 2-6, 3-8, Cael. 51～/ Caes. B. Civ. 3-18/ Suet. Iul. 19/ Dio Cass. 36-41/ Plut. Pomp. 54/ Plin. N. H. 9-81-171/ Varro Rust. 3-17/ etc.

ルーディー　Ludi,（単）ルードゥス Ludus,（英）Game(s),（仏）Jeux,（独）Spiele,（伊）Giochi,（西）Juegos

ローマにおける公共の競技祭。キルクス*での戦車競走や舞台での演劇、各種体育競技などが開催された。最古の定期的競技会は大神ユーピテル*に捧げられたルーディー・ローマーニー*（またはルーディー・マグニー*）で、毎年9月に開かれた（15日間、のちには16日間）。その他、7月のアポッロー*祭（ルーディー・アポッリナーレース*）や、4月の大母神マグナ・マーテル*祭（ルーディー・メガレーンセース*）、花の女神フローラ*祭（ルーディー・フローラーレース L. Florales）、豊穣の女神ケレース*祭（ルーディー・ケレアーレース L. Cereales）などが有名。これら宗教的祝祭は、次第に盛大かつ長期間にわたって開かれるようになり、帝政初期には毎年4月から12月までの間に10回の公開競技会が催されていた（計76日間、のちには175日間に達する）。なお、ローマ人の熱狂した剣闘士試合は、ムーネラ munera（〈単〉ムーヌス munus）と呼ばれてルーディーとは区別された（⇒グラディアートル）。いずれも入場は無料で、元老院議員や騎士層、神官らには特別席が用意されていた。
Cic. Leg. 2-15, Q. Fr. 3-4, -8, Brut. 18, Mur. 19(40), Verr. 2-4-15/ Quint. Inst. 1-5/ Dion. Hal. Ant. Rom. 7/ Liv. 1-9, 30-39, 34-54/ Frontin. Aq. 97/ Festus/ etc.

ルーディー・アポッリナーレース　Ludi Apollinares,（英）Apollinarian Games,（仏）Jeux d'Apollon,（伊）Ludi Apollinari,（西）Juegos Apolíneos

ローマでアポッロー*神を称えて開かれた競技祭。第2次ポエニー戦争*（前218～前201）の危機に際して創設され（前212年7月13日）、次いで疫病の流行した前208年からは毎年7月5日に催すことが決定された。劇場における文学・音楽・舞踊などの公演が主で、やがて祭礼期間は8日間、さらに9日間へと延長された（7月5日～13日）が、キルクス*における見世物は1日だけであった。前44年以降は、カエサル*の勝利のための祝典競技に変貌した。
Liv. 25-12, 26-23, 27-23/ Cic. Phil. 2-13, Att. 2-19/ Dio Cass. 48-20, -33/ Macrob. Sat. 1-17/ etc.

ルーディー・サエクラーレース（世紀祭）　Ludi Saeculares,（英）Secular Games,（仏）Jeux Seculares,（独）Säkularfeier,（伊）Giochi Secolari,（西）Juegos Seculares

ローマでシビュッラ*の予言書にしたがって1世紀 saeculum 毎に開催された祭典。起源は不詳、カンプス・マールティウス*において行なわれた下界の神々ディース*とプローセルピナ*に対する供犠に始まるともいう（⇒ウァレリウス氏）。伝えるところでは、ローマ建国245年目に、共和政の開始と時を同じうして設けられたとされ（前509）、以後、前348年、同249、同149（146とも）年と続いたが、その次は内乱勃発のために催されず、前17年に至ってアウグストゥス*により再興。この時は5月末日から3日間にわたって犠牲式をはじめキルクス*や劇場でさ

まざまな競技や見世物が開かれ、詩人ホラーティウス*がアポッロー*とディアーナ*の2神に捧げる『世紀祭の讚歌 Carmen Saeculare』を発表している。別伝によると、第1次ポエニー戦争*中の前249年に建国500年を記念して競技祭が催され、以来1世紀ごとに祝われる国家行事になったとのことである。アウグストゥスがエトルーリア*の暦法に則って「世紀」を110年と定めたものの、やがてクラウディウス*帝は「世紀」を100年とする旧いしきたりを復活させて、ローマ建国800年目に当たる後47年にこの祝典を挙行、その際に追従屋のL. ウィテッリウス*（のちの皇帝ウィテッリウス*の父）が、クラウディウスの機嫌をとり結ぶべく「この後もたびたび世紀祭をお祝いなさいますように！（つまり"永遠にお健やかにあらせられますように！"との意）」と阿附めいた祝辞を述べた話は有名。以来、世紀祭は110年のものと100年のものとが並存し、前者に基づいてドミティアーヌス*は88年（6年早く）に、セプティミウス・セウェールス*は204年に開催。後者に基づいて、アントーニーヌス・ピウス*は148年に、ピリップス・アラブス*は248年（建国千年記念）に世紀祭を執り行なった。なお、男装の貴婦人を連れ歩いたせいでアウグストゥスから咎めを受けた俳優ステパニオー Stephanio は2度も世紀祭の舞台で演じ（前17と後47）、その後も長寿を保ったことで知られる。

Hor. Carm. 4-6, Carm. Saec./ Tac. Ann. 11-11/ Suet. Aug. 31, Claud. 21, Vit. 2, Dom. 4/ Plin. N. H. 7-48/ Dio Cass. 54-18, 60-29/ Val. Max. 2-4-5/ Censorinus D. N. 17/ Liv. Per. 49-6/ S. H. A. Gord. 33/ Zosimus 2-4/ Festus/ etc.

ルーディー・マグニー（または、マクシミー） Ludi Magni (Ludi Maximi)

別名・ローマ大祭（ルーディー・ローマーニー Ludi Romani）ローマにおいて毎年カピトーリウム*の最高神ユービテル* Jupiter Capitolinus に捧げられた競技祭。伝承によれば、古王タルクィニウス・プリスクス*の創設といわれ、前366年以降毎年9月に開催され、カピトーリウム神殿から大競走場キルクス・マクシムス*に向かう盛大な行列 pompa ののち、戦車競走 ludi circensis や軍隊の演習が繰り展げられた。当初は9月13日だけの祭典であったが、次第に延長されて半月間に及ぶ大祭となり（9月4日～19日）、前240年からは舞台演劇 ludi scaenici も追加された。また名門子弟らの披露する模擬戦トロイア競技 ludus Troiae（遠祖アエネーアース*が亡父アンキーセース*を記念して創始したと伝える由緒の古い騎馬試合）や、拳闘・レスリングなどの体育競技も行なわれた。

なお、ガッリア*人の撤退（前388）を記念してユービテルのために祝われたというルーディー・カピトーリーニ Ludi Capitolini （10月15日）は別の祭典である。

Liv. 1-35, 4-27, 5-19, 8-40, 22-9, 36-2, 39-22/ Tac. Ann. 11-11/ Verg. Aen. 5-553～/ Suet. Iul. 39, Aug. 23, 43, Tib. 6, Ner. 7, 11/ Dio Cass. 43-23/ Plut. Rom. 25/ Dion. Hal. Ant. Rom. 6-95, 7-21, -71/ Cic. Verr. 1-1, 2-52, 5-14, Phil. 2-4/ Liv. 6-42, 23-29, 24-43, 39-22, 44-9/ etc.

ルーディー・メガレーンセース（または、メガレーンシア） Ludi Megalenses (Ludi Megalensia, Megalesia), （仏）Jeux Megalenses, （西）Juegos Megalenses

ローマにおいて前204年以来、春に催された大母神マグナ・マーテル*の祭典。前191年からは毎年4月4日に女神のローマ招来を祝して行なわれ、やがて4月4日から10日までの期間に延長、その中の1日はキルクス*における戦車競技、それ以外の日々には喜劇など舞台での見世物が開かれた。その後、クラウディウス*帝（在位・後41～後54）の治世に、女神の愛人たる美少年アッティス*の崇拝も公式に導入され、彼女と共同の盛大な祭礼が毎年3月15日から28日までの間に繰り展げられ、とりわけ3月24日の「血の日」は、アッティスの去勢を記念して、男性信者たちによる自発的な性器切断の儀式が行なわれたことで名高い。「聖なる子」アッティスの死と再生を記念するこの祭礼は、キリスト教徒によって弾圧・禁止されてしまったが、復活祭や受胎告知の祝日（3月25日）などの名の下にキリスト教会にとりこまれた。

⇒キュベレー

Liv. 29-14, 34-54, 36-36/ Ov. Fast. 4-179～372/ Varr. Ling. 6-15/ Cic. Har. Resp. 11～/ Tac. Ann. 3-6/ Gell. N. A. 2-24, 18-2/ S. H. A. Caracall. 6/ etc.

ルティーリウス氏 Gens Rutilia 〔← Rutilius, （ギ）Rhotīlios, Ῥοτίλιος〕, Rutilii

ローマのプレーベース*（平民）系の氏族名。ルプス*（「狼」の意）、ルーフス*（「赤毛の」の意）、カルウス Calvus（「禿頭の」の意）などの諸家に分岐する。各項を参照。

ルティーリウス・ルーフス P. Rutilius Rufus

⇒ルーフス、プーブリウス・ルティーリウス

ルティーリウス・ルーフス、プーブリウス Publius Rutilius Rufus

⇒ルーフス、プーブリウス・ルティーリウス

ルティーリウス・ルプス、プーブリウス Publius Rutilius Lupus

⇒ルプス、プーブリウス・ルティーリウス

ルーディー・ローマーニー Ludi Romani

⇒ルーディー・マグニー

ルーテーティア Lutetia, または、ルーテーキア Lutecia, Lucotecia, （ギ）Lūkotekiā, Λουκοτεκία, Lūkotokiā, Λουκοτοκία, （仏）Lutèce, （伊）Lutezia, Parigi, （西）Lutecia, París, （葡）Lutécia, （露）Лютеция, （漢）巴里

(現・パリ Paris) 外ガッリア*のパリーシイー*族の首邑。セークァナ Sequana (現・セーヌ Seine) 河の今日シテ島 Île de la Cité と呼ばれる川中島に位置し、ルーテーティア・パリーシオールム L. Parisiorum (パリーシイー族のルーテーティア) とも称された。前 52 年、カエサル*の部将ラビエーヌス*の攻撃を受けて、ガッリア人は両岸に架けられた木橋を破壊し町を焼き払って抵抗を試みたが大敗し、ほぼ全滅した。帝政期に市域は南岸に広がり、ローマの属州ガッリア・ルグドゥーネーンシス*内に含まれた。ローマ風都市はゲルマーニア*人の侵入で破壊され (後 275 頃)、以来川中島のみが可住区域となり、この頃からパリーシイー Parisii の名で呼ばれるようになった。軍事基地として重視され、「背教者」ユーリアーヌス*は 360 年、この町で正帝(アウグストゥス*)に推戴されている。キリスト教伝説によれば、451 年のフン*族 (フンニー*) 来寇の折には、ゲノウェーウァ Genoveva (Genovefa, ジュヌヴィエーヴ Geneviève) なる女性の祈祷で町が救済されたという。493 年頃フランク*族のクロウィス*(クロドウェクス*)の掌中に落ちた。セーヌ左岸にローマ時代のフォルム*や円形闘技場(アンピテアートルム*) Arènes de Lutèce、小劇場、浴場施設(テルマエ*)(200 頃)、墓地などの遺構が確認されている。

Caes. B. Gall. 6-3, 7-57〜62/ Amm. Marc. 15-11, 17-2, -8, 20-4/ Ptol. Geog. 2-8/ Strab. 4-194/ Zosimus 3-9/ It. Ant./ etc.

ルトゥピアエ　Rutupiae, (ギ) Rhūtūpiai, Ῥουτούπιαι, (英) Rutupiæ

(現・ケント州のリッチバロー Richborough in Kent) ブリタンニア*東南部の港町。ローマ帝政期には牡蠣の産地として知られた。クラウディウス*帝の遠征の折に、ローマ軍の要砦が築かれ (後 43)、ブリタンニア島侵攻の基地となる。ドミティアーヌス*帝の治世に、ブリタンニア征服を記念して大理石の建造物が設けられ (85 頃)、以来大陸からの上陸地点として発展した。今日、ドーヴァー Dover (《ラ》ドゥブリス・ポルトゥス Dubris Portus) の北方に、城壁や濠などの遺跡 Richborough Roman Fort が発掘されている。

Luc. 6-67/ Juv. 4-141/ Ptol. Geog. 2-3/ Tab. Peut./ etc.

ルトゥリー (族)　Rutuli, (ギ) Rhūtūloi, Ῥούτουλοι, (英) Rutulians, (仏) Rutules, Rutuliens, (独) Rutuler, (西)(葡) Rútulos, (露) Ρутулы

ラティウム*の沿岸地方にアルデア*市を中心として居住していた古い部族。アエネーアース*(アイネイアース*) がイタリアへ来住した時、王トゥルヌス*に率いられて新来者と戦ったが敗れたと伝えられる。
⇒アボリーギネース、ラティーニー

Liv. 1-2, -56〜/ Ov. Fast. 4-883, Met. 14-455/ Verg. Aen. 7/ Plin. N. H. 3-5/ Dion. Hal. 1-43, 5-61/ Polyb. 3-22/ etc.

ルーナ　Luna, (仏) Lune, (葡) Lua, (露) Луна

ローマの月の女神。その崇拝はサビーニー*族の王ティトゥス・タティウス*王によりローマに移入されたと伝えられ (⇒ソール)、アウェンティーヌス*丘やカピトーリーヌス*丘、パラーティーヌス*丘などに神殿が建立された。しかしながら、早い時期からディアーナ*に同化・吸収されて独自の性格を失い、またギリシアのセレーネー*と同一視されたため、固有の神話をもたない。ルーナの形容詞形ルーナーリス lūnāris から「月の」を意味する語 lunar- が派生し、月光が人心に影響を及ぼすとの俗信から lūnāticus (発狂した、狂人。〈英〉 lunatic) なる語が生じた。月曜日 (仏) lundi, (伊) lunedì, (西) lunes の語源であり、また同じくルーナからフランス語の「眼鏡」や「望遠鏡」を意味するリュネット lunette という言葉が派生した。

Varro Ling. 5-74/ Augustin. De civ. D. 4-23/ Dion. Hal. Ant. Rom. 2-50/ Cic. Nat. D. 2-27/ Ov. Fast. 3-883〜884/ Tac. Ann. 15-41/ Hor. Carm. 4-6/ Liv. 40-2/ Hyg. Fab. praef./ Plaut. Bacch. 2/ etc.

ルーナ　Luna, (ギ) Lūna, Λοῦνα, Selēnēs polis, Σελήνης πόλις, (露) Луна

(現・Luni) エトルーリア*北端の港町 (⇒ウォラーテッラエ)。マークラ Macra (現・Magra) 河口の南側に位置し、かつてはリグリア*に属したが、アウグストゥス*の時代からエトルーリア北境の都市とされた。ルーナ港 Lunae Portus は早くから良港として知られ、前 205 年エンニウス*はここからサルディニア*へ向けて出航、ギリシア人はこの町を月の女神にちなんで「セレーネー*の港」と呼んでいた。前 177 年ローマの植民市(コロニア*)が建設され、南のピーサエ*(現・ピーサ) と領域争いをしたこともある (前 168) が、大都市には発展しなかった。近くで採れる良質の大理石 (現・カッラーラ Carrara) や葡萄酒、チーズなどで有名。また住民は生来、卜占術や予兆の解釈に優れた能力をもっていたという。列柱廊をそなえたフォルム*やカピトーリウム*神殿その他の遺跡が発掘されている。

Mela 2-4/ Plin. N. H. 3-5, 36-7, -29/ Liv. 39-21, 41-13, -19, 43-9, 45-13/ Mart. 13-30/ Suet. Ner. 50/ Sil. 8-482/ Ptol. Geog. 3-1/ Strab. 5-222/ It. Ant./ Steph. Byz./ etc.

ルビコー (ン)(川)　Rubico(n), (ギ) Rhūbikōn, Ῥουβίκων, (独) Rubikon, (西) Rubicón, (葡) Rubicão, (露) Рубикон, (現ギリシア語) Ruvikónas

(現・Rubicone; 上流は Urgòn, 下流は Fiumicino, または Pisciatello) アペニン山脈東麓に源を発し、アリーミヌム*(現・リーミニ) の西北 20 km の所でアドリア海に注ぐ小川。ローマ共和政時代にイタリア本土と属州ガッリア・キサルピーナ*(内ガッリア*) との境界をなしていた。前 49 年 1 月 10 日、カエサル*が逡巡の末、「賽は投げられた!」と叫んで軍隊を率いてこの川を渡り、ローマ目指して進撃した故事はあまりにも有名。その前夜、彼は自らの母親と交わる夢を見たといい、また渡河の際には途方もなく大きい美貌の男が忽然と現われ、喇叭(ラッパ)を吹きながら軍を先導し

たと伝えられている。ここにカエサル対ポンペイユス*＝元老院派の内乱の火蓋が切って落とされたわけで、以来重大な決心をすることを「ルビコーンを渡る」と言うようになった。

Suet. Iul. 31～32/ Plut. Caes. 20, 32, Pomp. 60/ App. B. Civ. 2-35, 3-61/ Luc. 1-213～/ Strab. 5-217/ Plin. N. H. 3-15/ etc.

ルピリウス、プーブリウス　Publius Rupilius, （ギ）Poplios Rhūpilios, Πόπλιος Ῥουπίλιος, （伊）（西）Publio Rupilio

(？～前123頃) ローマ共和政後期の政治家。プラエネステ*（現・パレストリーナ）の徴税請負人プーブリカーニー*の家柄出身でしかなかったが、スキーピオー・小アーフリカーヌス*（小スキーピオー*）の後援で前132年度の執政官に選出され、相役のP. ポピリウス・ラエナース❷*とともに、前年殺されたTi. グラックス❷*（グラックス兄弟*の兄の方）の余党を冷酷に処罰した。同年シキリア*（現・シチリア）島へ渡り、第1次奴隷戦争（前139～前132）を鎮圧、反乱軍の首領エウヌース*を捕らえて、凱旋式トリウンプス*を認められる。翌年シキリアの属州総督Proconsulプロコーンスルとなり、元老院から指名された10名の委員とともに、同島を厳格に統治した（前131）。前123年には、Ti. グラックス一派を不法かつ残忍に断罪した廉でC. グラックス*（Ti. の弟）から告発され、有罪宣告を受けた後まもなく没した。死因は弟ルーキウスL. Rupiliusが執政官に選ばれなかったことを嘆く失意と傷心のゆえであるという。

Vell. Pat. 2-7/ Cic. Amic. 11, 19～20, 27, Verr. 2-2-13, -15～16, -3-54, -4-50, Tusc. 4-17, Att. 13-32/ Liv. Epit. 59/ Val. Max. 2-7, 6-9, 9-12/ Diod. 34-/ etc.

ルーフィーヌス　Flavius Rufinus, （ギ）Phlābios Rhūphīnos, Φλάβιος Ῥουφῖνος, （仏）Rufin, （伊）（西）Flavio Rufino

(後335頃～395年11月27日) ローマ皇帝テオドシウス1世*の宮廷を支配したガッリア*出身の佞臣。狂信的なキリスト教徒キュネーギウスMaternus Cynegius（？～388、異教神殿の破壊で悪名高い貪婪なヒスパニア*系高官）の死後、陰険・奸悪な術策を弄して政敵を葬り権勢をふるった。392年執政官コーンスル*となり、近衛軍司令官の要職にあったタティアーヌスFlavius Eutolmius Tatianusとその長男プロクルスProculus（コーンスタンティーノポリス*首都長官）を陥れ、息子の斬首刑に父親を立ち会わせた後、これを追放した。次いで自ら近衛軍司令官職（392～395）に就くと、不法な収奪によって巨富を蓄え、キリスト教徒となってからは異教を苛酷に弾圧し、国民の怨嗟の的となる。テオドシウス帝の死（395年1月）後は遺子アルカディウス*帝の摂政として東ローマ帝国に君臨したが、それも束の間、娘を皇后にしようとする彼の企ては宦官エウトロピウス❷*によって出し抜かれ（395年4月）、間もなく将軍スティリコー*に煽動された軍隊の手で斬殺された。切り刻まれた死体は群衆に踏みにじられ、首は長槍の先に梟され、切断された右手はコーンスタンティーノポリス市街を運び廻られた。ルーフィーヌスは驕慢・強欲な姦臣であったばかりでなく、アルカディウスを暗殺して帝位を乗っ取ろうとし、ひそかにフン*族（フンニー*）やゴート*族（ゴトーネース*）に誘いかけて属州に侵入させた逆臣であったという。

なお、ヒエローニュムス*の親友で、エウセビオス*の『教会史』など多数のギリシア語神学書をラテン語に翻訳したキリスト教修道士アクィレイヤ*のルーフィーヌスTyrannius Rufinus（345頃～410頃）や、韻律に関する論考を書き残した文法学者のルーフィーヌス（5世紀）らはまったくの別人である。

Zosimus 4～5/ Sozom. 7-24～/ Claud. In Rufinum/ Theodoret. 5-17～/ Philostorgius 11-1～/ Cod. Theod./ Suda/ etc.

ルーフス　Rufus, （仏）Ruf(us), （伊）Ruffo, （西）Rufo

ローマ人の添え名、家名（コグノーメンcognomen）の一つ。「赤毛の」の意。
⇒ルーポス

ルーフス、ウェルギーニウス　L. Verginius Rufus
⇒ウェルギーニウス・ルーフス

ルーフス、クィ（ー）ントゥス・クルティウス　Quintus Curtius Rufus
⇒クルティウス・ルーフス、クィ（ー）ントゥス

ルーフス、プーブリウス・ルティーリウス　Publius Rutilius Rufus, （ギ）Rhūtilios Rhūphos, Ῥουτίλιος Ῥοῦφος, （伊）（西）Publio Rutilio Rufo, （露）Публий Рутилий Руф

(前158頃～前78以降) ローマの政治家、弁論家。哲学（ストアー*派）、法学、弁論術を学んだのち、スキーピオー・アエミリアーヌス*（小アーフリカーヌス*）に従ってヌマンティア*攻略に参加（前134～133）。法務官プラエトル*（前111）を経て前105年度の執政官コーンスル*となり、軍制の改革を推し進める──これはのちにマリウス*によって完成される──。またその間、メテッルス❸*の副官としてアーフリカ*へ渡り、ヌミディア*王ユグルタ❶*と戦った（前109～前108）。前94年にはアシア*総督Q. ムーキウス・スカエウォラ❷*とともに東方へ向かうが、性廉直であったため、騎士身分（エクィテース*）の徴税請負人プーブリカーニー*たちのあくどい搾取や高利貸しを禁圧し、彼らの憎悪の的となる。よってローマ帰還後、逆に強奪の廉で告訴され、何ら証拠がなかったにもかかわらず、騎士が多数を占める裁判で有罪宣告を受け、追放刑に処せられる（前92）。レスボス*島を経てスミュルナー*へ引退した彼は、名誉市民として歓迎され、やがてローマに内乱が生じてスッラ*から帰還を促されても、再び祖国へ戻ろうとはせず静かに余生を過ごした。同時代への鋭い批判を含む回想録や歴史書を著わし、これらはいずれも散

佚したが、サッルスティウス*やプルータルコス*ら後の史家にとって貴重な史料となった。

彼の姉妹ルティーリア Rutilia は、コッタ*家に嫁ぎ、息子ガーイウス・アウレーリウス・コッタ*（前75年の執政官）の追放に同行した（前91）ことで知られるローマ風賢母である。
⇒巻末系図055
Sen. Ben. 5-17, 6-37, Helv. 16/ Liv. Epit. 70/ Vell. Pat. 2-13/ Val. Max. 2-10/ Cic. Brut. 29～30, De Or. 2-69, Balb. 11/ Suet. Gram. 6/ Plut. Mar. 10/ Ov. Pont. 1-3/ etc.

ルプス、プーブリウス・ルティーリウス　Publius Rutilius Lupus, （ギ）Rhūtilios Lūpos, Ῥουτίλιος Λοῦπος, （伊）（西）Publio Rutilio Lupo, （露）Рутилий Луп

（後1世紀初頭）アウグストゥス*帝時代のローマの修辞学者。演説の形態に関する2巻の書 De Figuris Sententiarum et Elocutionis の著者。本書は前1世紀にアテーナイ*で活躍した修辞学者ゴルギアース Gorgias （キケロー*の師の1人）の著作のラテン語抄訳ないし要約書であると考えられ、今日失われた多くのギリシア人弁論家の作品からの引用が沢山あるため重んじられている。

同名の父 P. ルティーリウス・ルプス（前49の法務官）は、前49年の内乱勃発時に自軍の兵士に見棄てられ、ポンペイウス*のもとへ走ってカエサル*と対立した人物。さらにその父親と思われる同名の P. ルティーリウス・ルプス（前90の執政官）は、同盟市戦争*の折に副官 Legatus のマリウス*の助言も凶兆をも無視してマルシー*族を攻撃し、8千人の将兵とともに敗死した（前90）と伝えられる。
Quint. Inst. 3-1, 9-2/ App. B. Civ. 1-40, -43/ Caes. B. Civ. 1-24, 3-55/ Vell. Pat. 2-15～16/ Florus 3-18/ Liv. Epit. 73/ Cic. Att. 8-12, Fam. 1-1, Q. Fr. 2-1/ etc.

ルーフス、マールクス・カエリウス　Marcus Caelius Rufus
⇒カエリウス・ルーフス、マールクス

ルーフス、ルーキウス・ウァリウス　L. Varius Rufus
⇒ウァリウス・ルーフス

ルベッリウス・プラウトゥス　Gaius (Sergius?) Rubellius Plautus, （ギ）Gaios Rhūbellios Plautos, Γάϊος Ῥουβέλλιος Πλαῦτος, （伊）Gaio (Caio) Rubellio Plauto, （西）Cayo Rubelio Plauto

（後33～後62）C. ルベッリウス・ブランドゥス Rubellius Blandus（後18年の執政官）とユーリア❸*（小ドルースス*の娘）との間に産まれた子（⇒巻末系図078）。姉妹のルベッリア Rubellia は、ネルウァ*帝の母方のおじに嫁ぎ、オトー*帝の遠縁にも連なっている。プラウトゥス自身、母系を通じて、ティベリウス*帝の曾孫にしてクラウディウス*帝の姪孫に当たるため、ネロー*帝の猜疑心を刺激し、母后小アグリッピーナ*と結婚して不軌を図ろうとしたと讒言され（55、⇒ユーニア❸・シーラーナ、ドミティア）、5年後には属州アシア*へ隠退する。ところが、62年にネローの姦臣ティゲッリーヌス*の進言で刺客が送り込まれ、裸で体操していたところを暗殺された。その血統ゆえに、帝位を脅かすものとして葬られたのである。彼の妻アンティスティア Antistia Pollitta と彼女の父 L. アンティスティウス・ウェトゥス Antistius Vetus（55年の執政官）、外祖母セクスティア Sextia らも、65年にネローによって処刑されている。
⇒バレア・ソーラーヌス、スブラクェウム、巻末系図100
Tac. Ann. 13-19, 14-22, -57～59, 16-10/ Dio Cass. 62-14/ Juv. 8-39～/ etc.

ルペルカーリア（祭）　Lupercalia, （ギ）Lūperkalia, Λουπερκάλια, （仏）Lupercales, （独）Lupercalien, （伊）Lupercali, （西）（葡）Lupercales, （露）Луперкалии

狼から羊を守る神ルペルクス Lupercus（ファウヌス*の別称）の祭礼。ローマでは極めて古い時代より、毎年2月15日に、農業・牧畜の繁栄と人間の多産を祈って営まれていた。伝説では、アルカディアー*から移住したエウアンドロス*（エウアンデル*）がパーン＝ファウヌス神のために創始したという。儀式はパラーティーヌス*丘の西側斜面にあるルペルカル Lupercal の洞窟（ロームルス*とレムス*が雌狼に哺乳された場所とされ、青銅の雌狼像が据えられていた）で行なわれた。まず、山羊や犬を生贄として捧げたのち、祭司がルペルクス神官団（ルペルキー Luperci）の2人の若者の額に、犠牲の血を塗りつける。続いてルペルキーたちは、殺された山羊の皮で腰を蔽っただけの裸体で、山羊皮の鞭を手にして、パラーティーヌス丘をめぐる浄めのコースを駆けまわり、出会う人を鞭打つ。受胎を願う女たちは、彼らを待ちかまえて手や背を差し出し、打たれることを望む。この鞭打ちをフェブルア februa（浄化・贖罪）と呼び、この祭礼の行なわれる月はフェブルアーリウス Februarius（贖罪の月＝2月、〈英〉February）と呼ばれた。ルペルキーが裸で走りまわる習慣について、愉快な2通りの解釈が伝えられている。1つはプルータルコス*の主張するもので、彼はこの習慣を、ロームルスとレムスが見失った家畜を探すのに、着ていた物をすっかり脱ぎ捨てて駆けまわった故事に由来するのだといい、他方オウィディウス*は、女王オンパレー*の衣裳を纏って眠っていたヘーラクレース*を女だと思って犯そうとしたパーンが、大失敗にこりて、将来このような不運を避けるため、自分の神官たちにも祭礼の折には裸になるよう欲したのだ、と説明している。

前44年のルペルカーリア祭で、執政官のM. アントーニウス❸*がルペルキーの一員となって裸で走りまわり、演壇（ロートストラ*）に坐す独裁官ユーリウス・カエサル*のもとへ駆け寄って、その頭上に王冠をのせようとして民意を試みた出来事はよく知られている。後494年、教皇

ゲラーシウス1世 Gelasius I（在位・後492～496）によってルペルカーリア祭は廃止され、その代わりに「聖母お潔めの祝日」（2月2日）が設けられて今日に至っている。また聖ウァレンティーヌス Valentinus（英名、ヴァレンタイン）の祝日（2月14日）に、意中の人に愛の伝言を手渡す中世からの習慣は、旧くこのルペルカーリア祭に由来するとの説もある。
⇒リュカイオン
Dion. Hal. Ant. Rom. 1-80/ Ov. Fast. 2-19～36, -267～452/ Varro Ling. 5-3, 6-13/ Liv. 1-5/ Verg. Aen. 8-663/ Plut. Rom. 21, Caes. 61, Ant. 12/ Suet. Iul. 79, Aug. 31/ Cic. Phil. 2-34/ Serv. ad Verg. Aen. 8-343/ Val. Max. 2-2-9/ Festus/ etc.

ルーポス（エペソス*の）　Rhuphos, Ῥοῦφος, Rufus Ephesius,（英）Rufus of Ephesus,（仏）Rufus d'Éphèse,（独）Rufus von Ephesos,（伊）Rufo di Efeso,（西）Rufo de Éfeso

（後100頃活躍）ローマ帝政期のギリシア人医学者。おそらくアレクサンドレイア❶で学び、カーリアー*やコース*など各地を訪れ、生地エペソス*で医業に従事した（トライヤーヌス*帝の治下）。解剖学に優れ、眼球の構造や視神経の交叉を究明し、臨床面では問診と脈診を重視、外科手術の際に出血を止める方法を改良した。また、腎臓と膀胱の病気などの書物を著わして、発熱を自然治癒の働きの現われであると見なし、その論文中に精液が睾丸で作られて外に出る道すじを正しく記している。数多くの著書のうち、数篇のみ伝存、その影響は西方ヨーロッパよりも東方オリエント世界に著しかった（アラビア語訳でしか伝わらない作品もある）。ガレーノス*の先駆者として評価される。
　　主著：『痛風について』ラテン語訳表題は De Podagra、他。
⇒ソーラーノス、アスクレーピアデース❶、ケルスス
Gal. Comment. in Hippocr. Epid. 6, 12/ Tzetz. Chil. 6/ Suda/ etc.

レア・シルウィア、または、イーリア　R(h)ea Silvia (Sylvia),（仏）Rhéa Silvia,（伊）（西）Rea Silvia,（葡）Réia Sílvia,（露）Рея Сильвия, Ilia,（ギ）イーリアー Ilia, Ἰλία, レアー・シルーイアー Rheā Silūiā, Ῥέα Σιλουία,（仏）Ilie,（露）Илия

ローマ伝説中、建国の祖ロームルス*とレムス*の母。アルバ・ロンガ*王ヌミトル*の娘（一説にアエネーアース*の娘）。兄ヌミトルから王位を奪ったアムーリウス*は、王統を断つべく、ヌミトルの息子ラウスス Lausus を殺し、娘レア・シルウィアをウェスタ*の巫女（ウェスターリス*）にして結婚できないように計った。しかるに彼女は、軍神マールス*に犯されてみごもってしまったため幽閉され、双生兄弟ロームルスとレムスを出産したのち、処刑されたとも虐待を受けて死んだともいう。あるいは河中に投げ込まれたところ、ティベリーヌス*（ティベリス*（現・テーヴェレ）河神）またはアニオー*河神に妻として迎えられ、女神になったとも伝えられる。別伝では、成長した息子たちがアムーリウスを殺した時に救出されたということになっている。また彼女を犯したのはマールスではなく、武装したアムーリウスであったとする所伝もある。
⇒巻末系図049～050
Dion. Hal. Ant. Rom. 1-72～/ Varro Ling. 5-44/ Ov. Fast. 2-303, 3-20～, Amor. 3/ Liv. 1-3～/ Plut. Rom. 3/ Serv. ad Verg. Aen. 1-273, 6-777/ Cic. Div. Caec. 1-30/ etc.

レアーテ　Reate,（ギ）Rheate, Ῥεᾶτε

（現・Rieti,〈リエーティ方言〉Riete）イタリア中部のサビーニー*族の町。ローマの北東45マイル、ティベリス*河の支流ウェリーヌス Velinus（現・Velino）川沿いに位置し、伝説によればトロイアー戦争*以前に創建されたという。前290年クリウス・デンタートゥス*に征服されて以来ローマに属し、前268年に完全な市民権を得て、のちには自治都市（ムーニキピウム*）として繁栄した。碩学 M. テレンティウス・ウァッロー*や皇帝ウェスパシアーヌス*の生地。沃土に恵まれ、驢馬の産地としても知られる。石造の橋や門 Porta Romana の遺構が残る。
⇒クティリア
Varro Rust. 1-7/ Liv. 25-7, 26-11, 28-45/ Cic. Cat. 3-2, Nat. D. 2-2/ Ital. 8-519/ Serv. ad Verg. Aen. 7-712/ It. Ant./ etc.

レアルコス　Learkhos, Λέαρχος, Learchus,（仏）Léarque,（独）Learchos,（伊）（西）Learco, Леарх

ギリシア神話中の、オルコメノス*王アタマース*とイーノー*の子。メリケルテース*の兄。狂気した父により、鹿ないし獅子（ライオン）と間違えられて、矢で射殺されたとも、岩に頭を打ちつけられて殺されたともいう。
⇒巻末系図12
Apollod. Bibl. 1-9-1～2, 3-4-3/ Paus. 1-44-7, 9-34-7/ Ov. Met. 4-515/ Hyg. Fab. 1, 2, 4/ Tzetz. ad Lycoph. 21/ etc.

レアー（レイアー）　Rhea, Ῥέα, (Rheia, Ῥεία), レイエー Rheie, Ῥείη,（仏）Rhéa, Rhée, Rhéia,（伊）（西）Rea,（葡）Reía, Réia,（露）Рея,（現ギリシア語）Réa

ギリシア神話中、ウーラノス*（天空）とガイア*（大地）の娘。ティーターン*神族（ティーターニデス*）の1人。弟クロノス*の妻となり、ヘスティアー*、デーメーテール*、ヘーラー*、ハーデース*、ポセイドーン*、ゼウス*の母となる（⇒巻末系図002）。クロノスとともに世界を支配していたが、夫が生まれて来る子供たちをすべて呑みこんでしまうのを怒って、末子ゼウスを孕むと、父母の助言に従いクレーター*（クレーテー*）島でひそかに出産し、夫を騙（だま）して赤児の代わりに石を嚥（の）み下させた。一説には同様にポセイドーンの誕生に際しても、代用の仔馬を偽ってクロノ

スに与えて呑みこませたという。レアーは元来クレーター起源の古い大地の女神で、「神々の母」と呼ばれて各地で崇拝され、樫(オーク)を神木とし、鳩と蛇と獅子(ライオン)を聖獣としていた。ガイアや、プリュギアー*の大地母神キュベレー*、アグディスティス*、トラーキアー*(トラーケー*)のコテュットー*、またローマのオプス*などと混同ないし同一視され、のちには塔型の冠を戴き獅子のひく戦車に乗る姿(または玉座に坐り傍らに獅子を従える姿)で表現された。ディオニューソス*の祭儀とも関係づけられている。オルペウス教*の伝承によれば、彼女は息子のゼウスと互いに蛇に化して交わり娘ペルセポネー*を産んだという。
Hom. Il. 15-187/ Hes. Th. 453〜/ Apollod. 1-1/ Diod. 5-66〜/ Paus. 8-8/ Lucr. 2-629/ Verg. Aen. 9-83/ etc.

レアンデル Leander
⇒レアンドロス(のラテン語形)

レアンドロス Leandros, Λέανδρος, Leander, (仏) Léandre, (伊)(西) Leandro, (露) Леандер

ギリシア伝説中、女神官ヘーロー*との恋物語で名高いアビュードス*市の青年。2人は祭礼の折に相識り、愛し合うようになるが、ヘーローがヘッレースポントス*海峡を挟んだ対岸の町セーストス*のアプロディーテー*に仕える巫女であるため、レアンドロスは夜ごと彼女のかかげる灯火を頼りに海を泳ぎ渡って密会を重ねていた。しかし、ある嵐の夜、強風にあおられて明りが吹き消されたため、目標を失ったレアンドロスは溺死、翌朝岸辺に打ち上げられた死体を見たヘーローは、絶望のあまり塔から身を投げて愛人のあとを追った。民間伝承として古くから語り伝えられたこの悲恋譚は、カッリマコス*やオウィディウス*、ムーサイオス❷*らヘレニズム・ローマ時代の詩人たちによって歌われ、後世の文芸にも少なからぬ影響を及ぼした。ローマ時代にはセーストス市にはヘーローの塔とレアンドロスの墓が残っていたという。
Ov. Her. 18, 19/ Verg. G. 3-258〜/ Strab. 13-591/ Stat. Theb. 6-535/ Musaeus Hero et Leander/ Anth. Pal. 5-232/ etc.

レイアー Rheia
⇒レアー

レイトゥールギアー Leiturgia, Λειτουργία (レートゥールギアー Lētūrgiā, Λητουργία, Liturgia, Λιτουργία), (ラ) Liturgia, (英) Liturgy, (仏)(独) Liturgie, (伊) Liturgìa, (西)(葡) Liturgia, (露) Литургия

アテーナイ*民主政期の富裕市民による「公共奉仕」。各種祭礼における悲劇や喜劇の上演、合唱隊(コロス) khoros (〈ラ〉chorus)の編成訓練、ギュムナシオン*および運動競技選手の管理育成、軍船たる三段櫂船(トリエーレース*)の艤装と船長任務など多種あり、裕福な市民の中から毎年指名され、それぞれを負担した。ただし、アルコーン*職ならびに評議会(ブーレー*)職に在任中の者、およびハルモディオス*とアリストゲイトーン*の子孫は免除された。また1年に2回以上とか、2年連続しての負担義務もなく、奉仕の内容によっては年齢制限が設けられていた(たとえば、少年合唱隊の奉仕者は、男色問題を起こさぬよう40歳以上に限定)。レイトゥールギアーは市民にとって名誉であり、野心家が人望を集める恰好の手段ともなった。割り当てられた者が自分以上に金持ちと思われる人物を指名して、その人物が公共奉仕を引き受けない場合は、指名者と互いに財産を交換しなければならない財産交換(アンティドシス) antidosis という制度もあった。公共奉仕(レイトゥールギアー)は、三段櫂船の艤装を別として、メトイコイ*(在留外国人)も負担した。前4世紀に入ると公共奉仕を重圧と感じ、忌避する傾向も目立つようになり、雄弁家デーモステネース❷*の発議で、各市民はその財産額に応じて出費を課せられるべく義務づけられ(前340頃)、ついに前309年ポリスpolis民主政を象徴するこの制度は廃止され、以後復活することがなかった。こうした「公共奉仕」は、アテーナイ以外の諸ポリスでも行なわれていたことが知られている。

なおレイトゥールギアーなる語は、のちにユダヤ教などの祭司の「職務奉仕」や「儀式執行」から転じて、新興宗教たるキリスト教の礼拝式・典礼といった祭式行為を意味する言葉に用いられるようになり、今日に至っている(〈英〉Liturgy, 〈仏〉〈独〉Liturgie, 〈伊〉Liturgìa など)。
⇒キモーン、レプティネース❶
Isoc. 15/ Pl. Leg. 949a/ Arist. Ath. Pol. 27, 56, Pol. 5-8, Oec. 2(1352a)/ Xen. Ath. Pol. 1-13/ Dem. 20/ Lys. 21-3, 24-9/ Isae./ etc.

レウカス、または、レウカディアー Leukas, Λευκάς, Leucas; Leukadia, Λευκαδία, Leucadia, (仏) Leucade, Levkas, (独) Lefkas, (伊) Leucade, Santa Maura (旧称), (西) Levkes, Leucas, Leucade, (露) Лефкас

(現・Lefkádha, または Levkás)ギリシア北西部、イーオニアー海*の島。面積292k㎡。『オデュッセイア*』のイタケー*島(オデュッセウス*の故郷)に比定されたこともある。その名は西側の白い岩壁に由来する(「白い(レウコス) leukos」より)。古くは本土のアカルナーニアー*地方と陸続きであったが、コリントス*の僭主キュプセロス*(在位・前657頃〜前627)の時代に、その植民地とされ、半島の地峡部を掘鑿して本土と切り離されて島になった(前625頃)。島の南端にアポッローン* Apollon Leukates の神殿があり、毎年祭礼の折に、罪に問われた者1人を断崖から突き落とし、小舟で救い上げて境界の外に運び出す厄除けの習慣が続いていた。その際、犠牲者となった囚人(⇒パルマコス)の体には、生きた鳥と羽毛が結びつけられ、墜落する速度を和らげるように配慮がなされたという。またこの岬は、女流詩人サッポー*が美青年パオーン*に対する恋に破れて身を投げた場所として有名。別伝では、アッティケー*の英雄ケパロス*が美しい若者プテレラース Pterelas を恋するあまりここから投身して果てたのが最初だとされ、以来この白

い断崖は「恋人の跳び場」として知られるようになったという。ニーレウス*も失恋してこの岩から投身自殺をしたと伝えられ、さらにアポッローンに犯されそうになった青年レウカタース Leukatas がここで入水して果て、彼にちなんで岬はレウカタース岬（現・Akrí Dukáto）と呼ばれるようになったとも伝えられる。ハリカルナッソス*の女王アルテミシアー1世*も、ある若者への報いられぬ恋に悩んだ末に、この絶壁から身を投げたとされている。

ペルシア戦争*の際にレウカスはギリシア連合軍に参加（前480～前479）、ペロポンネーソス戦争*（前431～前404）では母市コリントスを支援しアテーナイ*に敵対した。ヘレニズム時代にはアカルナーニアー同盟に加わり（前250頃）、レウカス市がその首府となったが、前197年ローマ軍に攻囲された末、占領された。

のち島は再び干潟でギリシア本土とつながり、中世以降フランス人やイタリア人、トルコ人の支配を次々に受けた。今日もなお古代レウカス市の劇場（テアートロン*）やアクロポリス*の壁のほか、アポッローン神殿、各地の見張り塔の遺跡などが残っている。ちなみに、ラフカディオ・ハーン Lafcadio Hearn（小泉八雲）は、この地に生まれ、その名前ラフカディオは島のレフカダ Lefkáda 市をもじって付けられたという。

Strab. 10-451～/ Hom. Od. 24-11/ Thuc. 1-26～27, -30, 2-9, -80～, 3-81, -94, 4-8, 8-13/ Herodot. 8-45, 9-28, -31/ Xen. Hell. 6-2/ Verg. Aen. 3-271～/ Liv. 26-26, 33-17, 36-15, -26, 45-31/ Polyb. 5-5/ Cic. Tusc. 4-18/ Ov. Her. 15-165～/ Plin. N. H. 4-1-5/ Ptol. Geog. 3-13/ etc.

レウキッポス Leukippos, Λεύκιππος, Leucippus,（仏）Leucippe, Leucippos,（独）Leukippus,（伊）Leucippo,（西）Leucipo

ギリシア神話中のメッセーネー*王。テュンダレオース*やイーカリオス❷*の（異父）兄弟。2人の娘ヒーラエイラ Hilaeira とポイベー Phoibe は、レウキッピデス Leukippides（レウキッポスの娘たち）と呼ばれ、従兄弟のイーダース*とリュンケウス❷*とおのおの婚約していたが、ディオスクーロイ*（カストール*とポリュデウケース*）によって略奪された（⇒巻末系図018）。

この他、伝説上の同名の人物としては、女装してダプネー*に近寄り八つ裂きにされたレウキッポス（オイノマオス*の子）や、母親の同意を得て実の姉妹と交わり、父クサンティオス Ksanthios を殺したレウキッポス（ベッレロポーン*の子孫）、また女児として生まれたが男装して育てられ、のちレートー*に祈って性転換し本当の男となったクレーター*のレウキッポス（⇒イービス❷）などがよく知られている。

Apollod. 1-9-5, 3-10-3, -10-4, -11-2, 2-7-8/ Pind. Nem. 10-49～/ Ov. Met. 8-306, Fast. 5-699～/ Paus. 1-18, 2-5, 3-12, 4-2, 8-20/ Parth. Amat. Narr. 5, 15/ Hyg. Fab. 80/ Ant. Lib. Met. 17/ Tzetz. ad Lycoph. 511/ etc.

レウキッポス Leukippos, Λεύκιππος, Leucippus,（仏）Leucippe,（独）Leukipp,（伊）Leucippo,（西）Leucipo,（露）Левкипп

（前500／480頃～前420頃？）前440年～前430年頃に活躍したギリシアの哲学者。原子論の創始者として知られる。生地についてはアブデーラ*、ミーレートス*、エレアー*ほか諸説あり。エレアーへ赴いてパルメニデース*やゼーノーン*に学び（前450以後）、のちアブデーラに学校を開き、その地に没したらしい。万物の始源 arkhe（アルケー）を極微で不可分な「原子 atomon（アトモン）」と見なし、一切のものは――人間の魂でさえ――原子から構成されていると主張。彼の原子論は弟子のデーモクリトス*によってさらに発展・完成された。『大宇宙体系 Megas diakosmos, Μέγας διάκοσμος』『精神について Peri nū, Περὶ νοῦ（ヌース）』を書いたといわれる（いずれも散逸）が、これらの書名はデーモクリトスの著書目録中にも見出され、両者の所説を区別することは難しい。「理由なくして起こるものは何一つない。あらゆるものには理由があり、必然的に起こるのだ」という断片は真正のものと考えられている。のちに原子論者の説を採用したエピクーロス*は、レウキッポスは実在しなかったとして、自らの独創性の価値を高めようと試みたという。

Diog. Laert. 9-30～33, -46/ Arist. De An. 1-2/ Cic. Acad. 2-37, Nat. D. 1-24/ Plut. Mor. 883/ Simpl. in Phys./ Iambl. Vita Pyth. 104/ Tzetz. Chil. 2-930/ etc.

レウクトラ Leuktra, Λεῦκτρα, Leuctra,（仏）Leuctres,（伊）Leuttra,（露）Левктры

（現・Lévktra、または Léfktra）ギリシア中部ボイオーティアー*地方の集落。プラタイアイ*からテスピアイ*へ向かう途中にある。前371年夏（7月6日ないし8月5日）、名将エパメイノーンダース*率いるテーバイ❶*軍が、はるかに優勢なスパルター*軍を迎え撃ち、大勝をおさめた歴史的会戦が、この近くで行なわれた。一説ではスパルター側は王クレオンブロトス2世*以下4千人の犠牲者を出したのに対し、テーバイ側の戦死者は3百人に過ぎなかったという。この勝利によってテーバイはスパルターからギリシアの覇権を奪い、エパメイノーンダース考案の斜線陣なる新戦法の有効さと、愛人同士から編成される「神聖部隊」の無敵ぶりが証明された（⇒ペロピダース）。

⇒カイローネイア、マンティネイア

Xen. Hell. 6-4-4～/ Paus. 9-13～/ Plut. Pelop. 20～, Ages. 28/ Nep. Epam. 6, 8, Agesilaus 6, Pelopidas 2, 4/ Strab. 9-414/ Diod. 15-54/ etc.

レウケー Leuke, Λεύκη, Leuce,（仏）Leucé,（伊）（西）Leuce, Leuca

（「白い島」の意）ギリシア伝説中、黒海のイストロス*（ドーナウ）河口にあって、英雄アキッレウス*が死後、美女ヘレネー*や念友パトロクロス*、愛する青年アンティロコス*らとともに生活を営んでいるという島。

⇒エーリュシオン、マカローン・ネーソイ

レウコ・シュロイ（白シュリアー人）

Pind. Nem. 4-49/ Strab. 2-125, 7-306/ Paus. 3-19-11～/ Eur. Andr. 1262/ Ant. Lib. Met. 27/ Conon Narr. 18/ Mela 2-7/ Steph. Byz./ etc.

レウコ・シュロイ（白シュリアー人） Leukosyroi, Λευκόσυροι, Leucosyri, （英）White Syrians

カッパドキアー*人の別称。シュリアー*（シリア）人の一派だが、タウロス（現・トロス Toros）山脈以南のシュリアー人よりも肌が明るい色をしていたので、この名がある。メーディアー*王国、ペルシア帝国*に臣従したが、祭司王をはじめとする諸君侯が各地に割拠していた（⇒コマーナ❶）。割礼の風習をシュリアー人がエジプト人から学んだのに対して、彼らは黒海東岸のコルキス人*から教わったと伝えられるが、確証はない。
⇒シノーペー

Herodot. 1-6, -72, -76, 2-104, 3-90, 5-49, 7-72/ Plin. N. H. 6-3-9/ Strab. 12-544/ Curtius 6-4/ Nep. Datis 1/ Ptol. Geog. 5-6/ Eustath./ etc.

レウコテアー Leukothea, Λευκοθέα, Leucothea, （仏）Leucothée, （伊）Leucotea, （西）Leucótea

（「白い女神」の意）ギリシアの海の女神。アタマース*の妻イーノー*が海に身を投げたのちに変身した神格。彼女の息子メリケルテース*は同様に海神パライモーン*となり、イストミア競技祭*は彼を讃えてシーシュポス*により創始されたという。ともに船乗りの守護神で、レウコテアーは嵐に遭ったオデュッセウス*を助けて、パイアーケス*人の島へ漂着させた。ロドス島*では、彼女の前身は、6人の息子たちに犯されそうになって海に投身したハーリアー Halia（ないしヘーリアー Helia）だと伝えている。またローマにおいてレウコテアーは、出産と生育の女神マトゥータ*と、パライモーンは港と門の神ポルトゥーヌス*と同一視された。

Hom. Od. 5-333/ Hyg. Fab. 2, 125, 224/ Pind Ol. 2-31, Pyth. 11-2/ Ov. Met. 4-539～, Fast. 6-480/ Diod. 5-55/ Hes. Th. 976/ Apollod. 3-4-3/ etc.

レウコトエー Leukothoe, Λευκοθόη, Leucothoe, （仏）Leucothoé, （伊）Leucotoe, （西）Leucótoe

ギリシア神話中、バビュローニアー*王オルカモス Orkhamos（ベーロス*の7代目の裔）とエウリュノメー*の娘。太陽神ヘーリオス*（アポッローン*）が彼女の母親の姿で近づき、2人は相愛の仲となるが、これを知ったクリュティエー*（一説にレウコトエーの姉という）は嫉妬のあまり、父王に密告し、ためにレウコトエーは生き埋めの刑に処せられた。太陽神は彼女の生命を救えなかったものの、神食（アンブロシアー*）と神酒（ネクタル*）を土の上に注いで、その屍骸を馨しい乳香（かぐわ）の木に変えてやったという。

Ov. Met. 4-206～/ Hyg. Fab. 14, 125/ etc.

レウテュキデース Leutykhides, Λευτυχίδης, Leutychides
⇒レオーテュキダース

レオー1世 Leo I（Leo Magnus）, （ギ）Leōn, Λέων, （英）Leo I the Great, （仏）Léon I, （伊）Leone I, （西）León I, （葡）Leão I, （露）Лев I, （現ギリシア語）Léon A´

（後400頃～461年11月10日）ローマ司教（在任・440年9月29日～461年11月10日）。

のちにグレーゴリウス1世*と並んで「大教皇」と称せられた。有能な説教家で外交手腕に優れ、ローマ司教の他教会に対する首位権 principatus（プリーンキパートゥス）を主張、使徒ペトロス*（ペテロ）の後継者として「教皇 Papa（パーパ）」の称号を初めて用いた。西ローマ皇帝ウァレンティーニアーヌス3世*に勅令を出させて、西方諸属州に対するローマ司教の権威を獲得した（445年6月19日）が、東ローマ帝国では反撥を受け失敗、東方教会との疎隔をもたらした。またマーニー*教などの異教や異端説の禁圧に努め、カルケードーン*公会議に書簡を送ってキリスト単性論（⇒エウテュケース）を排斥した（451年10月）。しかるに、会議後間もなく教義上の論争が再燃し、単性派・両性派の対立抗争が激化した。フン*族（フンニー*）がイタリアに侵入し諸都市を劫掠した際には、敵王アッティラ*を説得して撤退させ、ローマの難を救った（452）と伝えられる。実際は、アッティラ軍に疫病が蔓延するなど不利な状況が重なり、莫大な貢納の約束とひきかえに、やむなく退却したに過ぎない。会見の折にアッティラが「余は人間なら征服することができる。しかしながら、獅子（レオー leo）は征服できない」と言って引き上げたという話が残されている。さらに3年後ヴァンダル*族（ウァンダリー*）がローマに迫った時にも、レオー1世は再び敵王ゲイセリークス*（ガイゼリヒ）の馬前に進み出て談判したものの、今回は市を略奪と暴力から救うことはできなかった。96篇の説教と143通の書簡が伝存する。強引な性格の持ち主で、宗教会議には自ら赴かず、使節に教書トムス Tomus を持たせて送り込み、「教書に対する一切の質問や討議は受けつけない」と指示したことで知られる。
⇒レオー（ン）

Gregorius Sermones, Epistulae/ Prosperus Epitoma Chronicon/ Zosimus/ etc.

レオーカレース Leokhares, Λεωχάρης, Leochares, （仏）Léocharès, （伊）Leocare, （西）（葡）Leocares, （露）Леохар

（前370頃～前320頃に活動）ギリシア古典後期の彫刻家。アテーナイ*出身。前350年頃、巨匠スコパース*らとともにハリカルナッソス*のマウソーレイオン*霊廟の装飾に参加し、西側面の浮彫彫刻を担当、女王アルテミシアー❷*（マウソーロス*王の寡婦）が死んだ後も放棄せずにこの記念碑的な大仕事を成し遂げた（主題は各壁とも「ギリシア

人とアマゾーン*女族の戦闘」。断片は大英博物館が所蔵）。彼の最も有名な作品は青銅製（ブロンズ）の「鷲にさらわれるガニュメーデース*」、およびいわゆる「ベルヴェデーレのアポッローン* Apollo Belvedere」像（前330頃）で、両者ともローマ時代の大理石模刻が残っている（ともにヴァティカーノ博物館）。その作風は写実的かつ優雅であり、「雷霆を投ずるゼウス* Zeus Brontaios」やクニドス*のデーメーテール*女神像、狩猟の女神アルテミス*像（仏）Diane de Versaille（前325頃）、競技勝利者像のほか、イソクラテース*やマケドニアー*王家の人々の肖像彫刻も制作した。
⇒ブリュアクシス、ティーモテオス❸、ポリュクレース
Plin. N. H. 34-19-50, -19-79, 36-4-30〜/ Vitr. De Arch. 2-8, 7-praef./ Paus. 1-1, -3, -24, 5-20/ Plut. Mor. 838d, Alex. 40/ Phot. Bibl./ etc.

レオーステネース　Leosthenes, Λεωσθένης,（仏）Léosthène,（伊）Leostene,（西）Leostenes,（露）Леосфен,（現ギリシア語）Leosthénis

（？〜前322）アテーナイ*の将軍（ストラテーゴス*）。マケドニアー*に長期間亡命していた同名の父レオーステネースの息子。父親とは対照的に反マケドニアーの姿勢をとり、傭兵隊長を務めた後、前324／323年にアテーナイの将軍職に選ばれると、8千人の傭兵ギリシア軍を率いてマケドニアーの摂政アンティパトロス*をラミアー*に包囲した（前323）。ところが、攻城戦の最中に敵軍の投げた石（一説では槍）に頭を撃たれ、3日後に息をひきとった。彼の遺骸は国葬の栄誉をもってアテーナイのケラメイコス*に埋葬され、弁論家ヒュペレイデース*による追悼演説が披露された。
Paus. 1-1, -25, -29, 3-6, 8-52/ Diod. 17〜18/ Strab. 9-433/ Just. 13-5/ Plut. Phoc. 23/ etc.

レオーテュキダース　Leotykhidas, Λεωτυχίδας, Leotychidas, または Latykhidas, Λατυχίδας, Latychidas,（アッティケー*方言）レオーテュキデース* Leotykhides, Λεωτυχίδης, Leotychides, またはレウテュキデース Leutykhides, Λευτυχίδης, Leutychides,（仏）Léotychide,（伊）Leotichide,（西）Leotíquidas

スパルター*のエウリュポンティダイ*王家の人名。巻末系図021を参照。

❶ 1世 L. I（在位・前625頃〜前600頃）アナクシラーオス*の子にして後継者。ヒッポクラティデース*の父。
Herodot. 8-131/ Paus. 3-7/ Plut. Lyc. 13, Mor. 224c/ etc.

❷ 2世 L. II（在位・前491頃〜前476）メナレース Menares の子。❶の玄孫に当たる。婚約者を再従兄弟のダーマラートス*（デーマラートス*）王に奪われて以来、王に対して敵意を抱くこと一通りではなく、アーギアダイ*家の併立王クレオメネース1世*（スパルター*は2王並立制）と共謀して、奸計をもってダーマラートスを放逐、代わって自らが王位に即いた。ペルシア戦争*中の前479年、ギリシア連合艦隊を率いてエーゲ海を東進し、イオーニアー*のミュカレー*へ上陸、プラタイアイ*でアカイメネース朝*ペルシア*軍が敗北したとの噂を流して味方の士気を昂め、ティグラーネース Tigranes 麾下のペルシア海軍を大破した（8月頃）。一説にこのミュカレーの戦いが行なわれたのは、プラタイアイの戦いが起きたのと同じ日のことであったという。次いで、ペルシア戦争中に敵側に荷担したテッサリアー*を膺懲するべく出征したが、その折にラーリーサ❶*のアレウアダイ*家から賄賂を受け取って、任務を完遂しなかったため、スパルターへ召還されて告発を受け追放刑に処された。屋敷は取り壊され、彼はテゲアー*へ亡命し、その地で没した（前469／468）。息子のゼウクシダーモス Zeuksidamos に先立たれていたので、王位は孫のアルキダーモス*（2世）が継承した。
Herodot. 6-65〜87, 8-131, 9-90〜92, -98〜, -114/ Diod. 11-34〜37, -48/ Paus. 3-4, -5, -7〜8/ Pl. Alc. 1-123e/ Plut. Mor. 224d, 859d/ Thuc. 1-89/ Polyaenus 1-33/ etc.

❸（前412頃〜？）スパルター王*アーギス2世*と妃ティーマイアー Timaia の子。しかし、実際はティーマイアーが夫の出征中に、美男のアテーナイ*人アルキビアデース*と密通して孕んだ子といわれ、王妃もそれを否認せず、表向きにはレオーテュキダースと名づけたけれど、内々では「アルキビアデース」とその子を呼んで憚らなかった。王も自分の胤ではないと明言、死に臨んでようやくこれを実子として認知した（前400頃）が、その後王位継承をめぐって、レオーテュキダースと叔父アゲーシラーオス2世*（アーギスの異母弟）との間に対立が生じた。結局、アゲーシラーオスを恋慕する名将リューサンドロス*が強引に横車を押したせいで、レオーテュキダースは王座から遠ざけられ、アゲーシラーオスが即位した。
Paus. 3-8/ Plut. Ages. 3, Alc. 23, Lys. 22, Mor. 467f/ Xen. Hell. 3-3-1〜4, Ages. 1/ Nep. Agesilaus/ Just. 5-2/ Ath. 12-535/ etc.

レオーテュキデース　Leotykhides, Λεωτυχίδης, Leotychides, または Latykhides, Λατυχίδης, Latychides

⇒レオーテュキダース（のアッティケー*方言形）

レオーニダース　Leonidas, Λεωνίδας（仏）Léonidas,（伊）Leonida,（西）（葡）Leónidas,（露）Леонид,（現ギリシア語）Leonídhas

スパルター*のアーギアダイ*家の王名（⇒巻末系図021〜022）。

❶（在位・前488／487頃〜前480年8月頃）アナクサンドリダース*王の子。異母兄クレオメネース1世*の一人娘ゴルゴー*を娶り、クレオメネース1世の狂死後位を継ぐ。前480年、アカイメネース朝*ペルシア*のクセルクセース1世*が大軍を率いてギリシアへ侵攻した時、スパルターの精鋭3百人の騎士を選んでテルモピュライ*の隘路へ出征。約5千（7千とも）のギリシア勢を指揮して、ペルシア

軍を2日間にわたり阻止したが、マーリス Malis 地方出身のエピアルテース❶*なる者が恩賞目当てに裏切り、敵方に間道を教えるに及んで、背後からも挟撃を受け軍は潰散した。しかるにレオーニダースは、「スパルターの王が討ち死にするならば、国土の蹂躙は免がれる」というデルポイ*の神託を奉じて踏み留まり、300 のスパルター人、700 のテスピアイ*人とともに玉砕、その遺体はクセルクセースの命令で首を斬られたうえ、磔にしてさらされた（彼の心臓は毛に覆われていたという伝説がのちに生じた）。この合戦を記念して後日、石造の獅子像（レオーン）が戦場跡に建てられ、敗死したギリシア兵のために詩人シモーニデース*作の墓碑銘などが築かれた。4年（40年とも）後には、レオーニダースの遺骨はスパルターに移されてアクロポリス*上に手厚く葬られ、以来彼を「武人の鑑」として称える競技祭（アゴーン*）が毎年開催されるようになった。

テルモピュライでペルシアの大軍と対峙したとき、クセルクセースから「武器を捨てよ」と降伏勧告されると、レオーニダースは「そちらから武器を奪いに来い」と答え、空を翳らせるほどおびただしい矢の猛攻を被ると、「こんな日陰で戦えるとはありがたい」と嘯（うそぶ）いたという。最期の言葉は、「この地で朝食を、冥界（ハーデース*）で夕食を」というものであった。レオーニダースはスパルターの武人らしく寡言を尚んで饒舌を嫌い、ある人がたいそう有益な事柄について時機を失して縷々述べ立てた折には、「あなたは必要なことを必要な時に言わないのですね」と一蹴したという。また 300 人のスパルター精鋭軍を率いてテルモピュライへ出陣する際にエポロイ*（監督官）から「その人数では少な過ぎるのではないか」と訊ねられた時には、すでに玉砕を覚悟していたので、「いや多過ぎるくらいだ」と答えたと伝えられる。

後世スパルターのアクロポリスから出土した大理石製の英雄像（前5世紀前半）には、「レオーニダース」の渾名がつけられ、また今も市内に残るヘレニズム時代の小神殿遺跡は「レオーニダースの墓 Kenotáfio Leonídha」の通称で親しまれている。

Herodot. 5-41, 7-204〜/ Paus. 3-4, -14, 10-20/ Diod. 11-3〜11/ Strab. 1-10, 9-429/ Plut. Lyc. 20, Mor. 225/ Strab. 1-10, 9-429/ Ael. V. H. 3-25/ Just. 2-11/ Polyaenus 1-32/ Cic. Tusc. 1-42/ Anth. Pal. 7-249/ Val. Max. 3-2/ etc.

❷2世　L. II（在位・前256／254頃〜前235）

クレオメネース2世*の孫。クレオーニュモス*の子。アクロタトス Akrotatos 王の戦死（前262頃）後、その遺腹の子アレウス2世*（在位・前262頃〜前254頃）の後見役をつとめたが、幼君が8歳で早世したので、高齢にしてようやく王位に即（つ）いた。それまで長い間セレウコス2世*に仕え、その副官の娘と結婚して2子を儲け、オリエント風の奢侈・尊大の風を身に付けていたという。のち僚王アーギス4世*（スパルターは2王並立制）の改革に反対したため、「彼が祖法を犯して外国女を娶ったせいで流星の凶兆が出現した」と訴えられ、難をのがれるべくアテーナー*神殿へ駆け込んだ。しかるに廃位されて、娘婿のクレオンブロトス2世*が王座に据えられた（前242頃）。2年後、反改革派により亡命先のテゲアー*から迎えられて復位すると、クレオンブロトスを追放し、アーギスを処刑、アーギスの寡婦アギアーティス Agiatis を息子クレオメネース3世*に無理矢理嫁がせた。

Plut. Agis, 3, 7, 10〜12, 16〜21, Cleom. 1〜3/ Paus. 3-6/ Polyb. 4-35/ etc.

レオーニダース（タラース*の）　Leonidas, Λεωνίδας, (Leonides, Λεωνίδης), (仏) Léonidas (de Tarente), (伊) Leonida, Leonide (di Taranto), (西) Leónidas (de Tarento), (露) Леонид (Тарентский), (現ギリシア語) Leonídhas (ho Tarantínos)

（前3世紀の人）ヘレニズム時代のエピグラム詩人。南イタリアのタラース（タレントゥム*）の出身。タレントゥム戦争（前282〜前272）によって祖国を失い、アテーナイ*、コース*、クレーター*（クレーテー*）など各地を流浪し、貧窮した生涯を送った。一説では、アレクサンドレイア❶*で没し、その地に葬られたという。サモス*のアスクレーピアデース❷*やポセイディッポス❷*らと異なり、恋愛や酒宴など享楽的生活を歌わず、貧しい人々の生活を主題とすることによってエピグラム詩に新境地を拓いた。慷慨の色を帯びた沈鬱な作品は、大半が悼詩や墓碑銘の類で占められ、修辞を凝らした技巧的なその詩風は、シードーン*のアンティパトロス*やウェルギリウス*、プロペルティウス*らギリシア・ローマの詩人に大きな影響を与えた。『ギリシア詞華集*』に収められた100余篇のほか、オクシュリュンコス*出土のパピューロスから断片がいくつか発見されている。

なお、しばしば彼と混同されるアレクサンドレイアのレオーニダースは、後1世紀後半ネロー*、ウェスパシアーヌス*、ドミティアーヌス*各帝の庇護を受けた占星術師上りのエピグラム詩人で、やはり40篇ほどの作品を『ギリシア詞華集』に寄せている。

他にもアレクサンドロス大王*の教師エーペイロス*のレオーニダース（前4世紀）や、オリュンピア競技祭*に4回連続優勝した陸上選手ロドス*のレオーニダース（前2世紀）らがいる。

⇒メレアグロス（ガダラの）、テオクリトス

Anth. Pal. 6-4, -226, -296, -300, -302, -334, -355, 7-472, -715, -736, 9-349, -355/ Paus./ Philostr. Gymn./ Plut./ etc.

レオー（ン）　Leo, (ギ) Leon, Λέων, (仏) Léon, (伊) Leone, (西) León, (葡) Leão, (露) Лев

東ローマ帝国の皇帝

❶1世　L. I　Flavius Valerius Leo Thrax（後401頃〜474年1月18日）（在位・457年2月7日〜474年1月18日）トラーキア*（トラーケー*）生まれの軍人で、マルキアーヌス*帝の死後、宮廷の実力者アスパル Flavius Ardaburius Aspar（アレイオス*（アリーウス*）派のアラン*人）によって皇帝に擁

立される（457年、即位時にコーンスターンティーノポリス*総主教から戴冠され、以来これがキリスト教世界の君主就任式の先例と見なされて、聖職者の権威拡大と政治介入という通弊を招くことになった）。傀儡帝たることに甘んぜず、イサウリア*人の軍隊を秘かに集めて実力を養い、471年アスパルとその息子たちを欺いて宮殿に招き、彼らを血祭りに上げた（よって帝は「肉屋 Makellēs, Μακέλλης」の異名をとる）。対外的には、ダーキア*に侵寇したフン*族（フンニー*）を撃退した（466～468）ものの、アーフリカ*のヴァンダル*王国に対する遠征は、指揮を委ねられたバシリスクス*（后ウェーリーナ Aelia Verina の兄弟）の無能と敵王ゲイセリークス*（ガイゼリヒ）の巧妙な戦術のせいで惨敗に終わった（467／468、ボナ Bona 岬の海戦）。西ローマ帝国に対しては、実力者リーキメル*の推戴した皇帝たちをことごとく認めず、東ローマの武将アンテミウス*（467）、次いで后ウェーリーナの親族ユーリウス・ネポース*（473）を西ローマ帝として送り込んだ。イサウリア人ゼーノーン*（ゼーノー*）を重用して（466）、自らの娘アリアドネー Ariadne（450頃～515）と結婚させ（467）、彼らの間に生まれたレオー2世*に正帝アウグストゥス*の称号を与えて後継者とした（473）後、苦痛を伴う長患いで死去、コーンスタンティーヌス*のマウソーレーウーム*霊廟に葬られた（70余歳）。無筆だが学問を重んじ、軍隊内のゴート*族勢力を駆逐するなど見るべき業績もあったので、「大帝 Magnus」と呼ばれることもある。
Zonar. 2-49～, 13-22/ Theophanes 95～/ Cedrenus 346～/ Malalas 14/ Nicephorus Cod. Iust./ Suda/ etc.

❷2世 L.Ⅱ（後467～474年11月10（17）日）（在位・473年11月18日～474年11月10（17）日）❶の外孫。父はイサウリア*の貴族ゼーノーン*（ゼーノー*）。幼くして祖父の共治帝に上げられ（473年11月）、翌474年には執政官コーンスル*とされ、同年はじめ祖父の崩御（1月18日）によって単独帝となるが、父ゼーノーンが共同統治者として支配した（2月3日～）。しかし、在位9ヵ月あまりで7歳にして病死。嫌疑が実父ゼーノーンにかけられ、太后ウェーリーナ Aelia Verina（レオー1世*の妻）の画策で、彼女の兄弟バシリスクス*が帝位を奪った（475年1月）。

Theophanes/ Cedrenus/ Evagrius/ Suda/ etc.

レオンティーニー Leontini
レオンティーノイ*のラテン名。同項参照。

レオンティーノイ Leontinoi, Λεοντῖνοι,（ラ）レオンティーニー* Leontini,（Leontion, Λεόντιον, Leontium）,（仏）Léontini,（Léontium）,（西）Leontino,（露）Леонтины, Лентини,（シチリア語）Lintini
（現・Lentini 近郊の Carlentini）シケリアー*（現・シチリア）島東部のギリシア人都市。ソフィスト*で弁論家のゴルギアース*の生地として名高い。神話伝説では、アイオロス*の子クスートス*が支配した町で、英雄ヘーラクレース*もここを訪れたという。歴史上は前729年、ナクソス❷*およびカルキス*からの移民が建設した植民市で、もとは食人族ライストリューゴーン*人の居住していた地だといわれる。近隣の先住民シケロイ*を駆逐し、果実・葡萄酒などの産物に恵まれて大いに繁栄。前7世紀末にはシケリアー最古の僭主政国家となった（前615または前609パナイティオス Panaitios の即位）。アポッローン*をとりわけ篤く崇拝し、その神獣獅子（〈ギ〉レオーン leon）が都市の象徴として貨幣に刻まれた。前494年頃ゲラー*の僭主ヒッポクラテース❷*に占領され、前476年以降は概ねシュラークーサイ*の支配下に入った（前466年以後、ペロポンネーソス戦争*期にかけての独立時代にはアテーナイ*と同盟関係にあった）。僭主ヒエローニュモス❷*は第2次ポエニー戦争*中の前215年、この町で暗殺された。翌年、町はローマ*軍に劫掠され、以来ローマ領に編入された（⇒マルケッルス❶）。

その後、奴隷戦争（前104～前101）やローマ人のあくどい収奪によって町は次第に荒廃に帰した。

先住民シケロイ人の居住跡をはじめ、城壁や市門、神殿、墓地など各時代の遺構が発掘されている。
⇒ヒエローン1世
Thuc. 3-86, 4-25, 5-4, 6-3～/ Herodot. 3-86, 6-50/ Polyb.

系図411 レオー（ン）〔東ローマ帝国トラーキア（レオー）朝〕

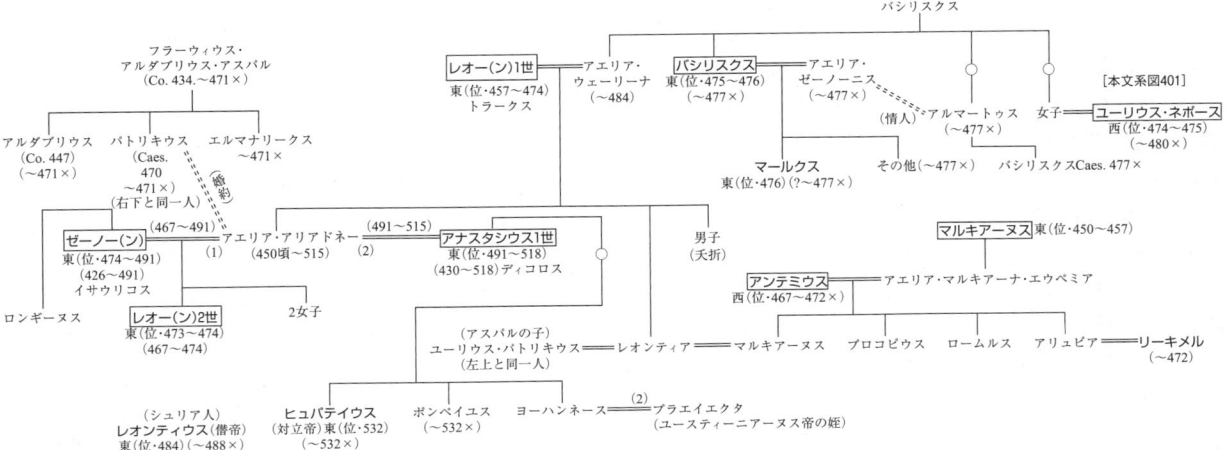

— 1365 —

7-6/ Cic. Verr. 2-2-66, -3-46, -49/ Liv. 24-7, -29〜/ Ptol. Geog. 3-4/ Strab. 6-272〜273/ Xen. Hell. 2-3/ Diod. 4-24, 5-8, 12-53〜, 13-89〜, 14-14〜, 16-16, -82, 19-110, 20-32, 22-8/ Mela 2-7/ Plin. N. H. 3-8/ Scylax/ etc.

レオンナトス Leonnatos, Λεοννάτος, Λεόννατος, Leonnatus, （仏）Léonnat, （伊）Leonnato, （西）Leonato, （露）Леоннат, （現ギリシア語）Leonnátos

（前358頃〜前322）マケドニアー*の貴族。王ピリッポス2世*（アレクサンドロス大王*の父）の母方の親戚。ヘタイロイ*の1人。アレクサンドロス大王の東征に従い、戦闘中に大王の命を救ったこともある有能な将軍。ペルシア帝国*を滅ぼすと、その富を略奪したマケドニアー諸将は競って奢侈に耽り始めたが、体育を好むレオンナトスは、練習場に用いる砂をわざわざエジプトから無数の駱駝に運ばせ、また長さ18 kmに及ぶ狩猟用の大網を部下に携帯させたという。大王の死（前323）後、プリュギアー*の太守（サトラペース）Satrapesとなり、他の遺将と同じく野心的に策動するも、ラミアー*の戦いでアンティパトロス*を救援しようとして敗れ、ギリシアの反乱軍に殺された。

Plut. Alex. 21, 40/ Arr. Anab. 2-12, 3-5, 4-21, -23〜, 6-9, -18〜, 7-5/ Curtius 3-12, 6-8, 8-14, 9-5, 10-7/ Diod. 16-94, 17-37, 18-3, -12〜/ Ael. V. H. 9-3/ Ath. 12-539/ etc.

レーギウム R(h)egium
⇒レーギオン

レーギオン Rhegion, 'Ρήγιον, （ラ）レーギウム Regium, Rhegium Iulium, （伊）Reggio, （西）Regio, Ríjoles, （露）Реджо, （シチリア語）Riggiu, （アラビア語）Rivàh

（現・レッジョ・ディ・カラーブリア Reggio di Calabria,〈カラーブリア方言〉Riggiu, Righi,〈レッジョ方言〉Rriggiu）イタリア半島南端、ブルッティウム*のギリシア人都市（長靴の爪先部）。シケリアー*（現・シチリア）島の町メッセーネー*（メッサーナ*）の海峡を隔てた対岸に位置する。前743年頃、エウボイア*島の都市国家カルキス*の植民市として建設され、次いでメッセーニアー*からの亡命者も移住に加わった。寡頭政の下、カローンダース*の法律を採用していたが、前494年頃、メッセーニアー系市民の領袖アナクシラース*（アナクシラーオス*）が僭主として君臨、前488年には対岸のメッセーネー（当時のザンクレー*）市を占領した。前433〜前415年の間、レーギオンはアテーナイ*と同盟関係にあったものの、ペロポンネーソス戦争*（前431〜前404）中にアテーナイがシケリアー遠征隊（⇒ニーキアース）を派遣した時には、中立を保ってアテーナイ軍が潰滅するに任せた（前415〜前413）。次いで、カルキス系諸市の強敵シュラークーサイ*の僭主ディオニューシオス1世*と戦い（前399〜前387）、敗れて占領・破壊された（前387／386）。しかし、ほどなく再建されて（前350頃）繁栄を取り戻し、前280年にエーペイロス*王ピュッロス*がイタリアへ来攻した折には、ローマの支援を仰ぎ、カンパーニア*の諸ラテン植民市から徴募された4千人の守備隊を受けいれた。翌年、守備隊が叛乱を起こし、男子市民を殲滅、ローマの執政官（コーンスル）ゲヌーキウス Genucius に降伏・処刑されるまで、市を占取し続けた（前279〜前270）。その後、レーギオン市は終始ローマに対する忠誠を保ち、帝政期にもギリシア語およびギリシア文化を維持する都市として、大いに賑わった。抒情詩人イービュコス*の生地として知られる。

なお、古代ギリシア・ローマ人の間では、レーギオン地域の蟬（せみ）は全く啼かないものと信じられており、かつてこの地を通りかかったヘーラクレース*が余りにも蟬の声がうるさいので、その声を封じて以来、このように声を立てなくなったのだと言い伝えられている。

今日もアゴラー*（現・Piazza Italia）やアポッローン*神殿、ローマ時代の浴場などの遺構を見ることができる。
⇒マーメルティーニー

Strab. 6-257〜/ Herodot. 6-23, 7-165, -170/ Thuc. 3-86〜, 4, 6, 7/ Diod. 4-22, -85, 11〜16/ Liv. 23-30, 36-42/ Paus. 4-23, 6-6/ Plin. N. H. 11-32/ Just. 4-1〜/ Polyb. 1-6〜/ App. Sam. 3-9/ Macrob./ etc.

レーギッルス湖 Lacus Regillus, （ギ）Rhēgíllē limnē, 'Ρηγίλλη λίμνη, （英）Lake Regillus, （仏）Lac Régille, （伊）Lago Regillo, （西）Lago Regilo

（現・Pantano Secco, もと Lago di Castiglione）イタリア中部、ラティウム*地方にあった湖。ガビイー*（現・Castiglione）南方の火口湖で、その水はローマの東でアニオー*川に注いでいたが、後17世紀に干拓され、現在は窪地となっている。前496年（ないし前499年、前494年とも）7月15日、この湖畔で独裁官（ディクタートル）アウルス・ポストゥミウス・アルビーヌス A. Postumius Albinus 率いるローマ軍が、タルクィニウス・スペルブス*王の復位を意図するラティーニー*人を撃破。その折カストル*とポッルクス*双生神（ディオスクーロイ*）が現われ、ローマ軍の先頭に立って闘い、味方を勝利に導いたのち、ローマのユートゥルナ*の泉で馬に水を飲ませ、戦勝をローマ人に報らせたという（⇒アヘーノバルブス家）。この出来事を記念して、フォルム*にカストルとポッルクスの神殿が創建され（前484）、双生神はローマの騎士身分（エクィテース*）の保護者として崇められた。
⇒マーミリウス（オクターウィウス）

Liv. 2-19, 3-20/ Plut. Coriol. 3/ Cic. Nat. D. 2-2, 3-5/ Dion. Hal. 6-3/ Val. Max. 1-8/ Aur. Vict. De Vir. Ill. 16/ Florus 1-11/ etc.

レーキュトス Lekythos, Λήκυθος, （〈ドーリス方言〉Lākythos, Λάκυθος）, Lecythus, （仏）Lécythe, （伊）（西）Lecito, （露）Лекиф

ギリシアの香油を入れる壺。縦長のほぼ円筒形で、把手は1つ、頸部が特に細くなっている。黒絵式・赤絵式の陶

画が描かれたほか、前6世紀から白地に線描単彩を施したレーキュトスが多くなり、葬礼の奉納物として墓前に供えられた。死者の姿や別離の場面が流麗に描かれており、すぐれた作例も多い。
⇒アンポラ（アンポレウス）
Ar. Av. 1588, Plut. 810, Eccl. 538, 996, 1032/ Pl. Chrm. 161e/ Arist. Eth. Nic. 4-2/ Hom. Od. 6-79/ etc.

レーギッルス湖 Lacus Regillus
⇒レーギッルス湖

レーギルス湖 Lacus Regillus
⇒レーギッルス湖

レークス、クィ（ー）ントゥス・マ（ー）ルキウス Quintus Marcius Rex（Q. Martius Rex）,（ギ）Kyintos Markios, Κυῖντος Μάρκιος,（伊）Quinto Marcio（Marzio）Re,（西）Quinto Marcio Rex
ローマの政治家。平民系の名族マルキウス氏*の出身。ローマの古王アンクス・マルキウス*の後裔を称する。
❶（前2世紀）前144年の法務官プラエトル*として、ローマで最初の大規模なアーチ構造を備えたマルキウス水道 Aqua Marcia を建築した（前144〜前143）。
⇒巻末系図064
Frontin. Aq. 12/ Plin. N. H. 36-24/ etc.
❷（前2世紀末）❶の子。前118年の執政官コーンスル*となり、南ガッリア*に植民市ナルボー*（現・ナルボンヌ）を建設、アルプス山麓でリグリア*人を破り、翌年凱旋式トリウンプス*を挙行した（前117）。執政官在任中に、将来を嘱望されていた息子を喪ったが、葬儀の日にも元老院*に登院して職責を果たしたという。姉妹マルキア Marcia はカエサル家*に嫁いで、かの独裁官ディクタートル*カエサル*の祖母となった。
⇒巻末系図064
Liv. Epit. 62/ Gell. 13-19/ Val. Max. 5-10/ Plin. N. H. 2-31/ Oros. 5-14/ Vell. Pat. 1-15/ etc.
❸（前111頃〜前62頃）❷の孫。前68年の執政官コーンスル*（相役のメテッルス❼*が年初に死亡したので、事実上の単独執政官）を経て、キリキア*の属州総督プロコーンスル Proconsul として赴任するが、義弟 P. クローディウス*（妻クローディア*の弟）の使嗾で、ポントス*大王ミトリダテース6世*と戦う L. ルークッルス*への加勢を拒んだ（前67）。翌年マーニーリウス*法に順ってポンペイユス*に指揮権を譲り渡し、ローマへ帰還（前66）、凱旋式トリウンプス*を認めてもらおうと期待して市外に空しく待機し続ける。前63年末にカティリーナ*の陰謀が発覚した折にも、まだ市外に滞留していたので、元老院によりカティリーナ軍の将 C. マーンリウス Manlius の動静を探るべく派遣された。その後ほどなく没したが、義弟クローディウスは期待していた遺産を相続できなかったという。
⇒巻末系図064, 066
Dio Cass. 35-4, -14〜15, -17, 36-26, -31/ Cic. Pis. 4, Att. 1-16/ Sall. Hist. 5, Cat. 30, 32〜34/ etc.

レクティステルニウム Lectisternium,（ギ）Strōmnai, Στρωμναί,（仏）Lectisterne,（伊）Lectisternio
「神々の饗宴」（《ラ》lectus 臥床、sterno おおうの合成語）。ギリシア起源のローマの宗教儀式。神々の像をレクトゥス臥床の上に置き、その前に飲食物を供するもので、前399年、悪疫流行の際にシビュッラ*の託宣集に従って行なわれたのが初例。その折には、アポッロー*とラートーナ*、ヘルクレース*とディアーナ、メルクリウス*とネプトゥーヌス*の神像が据えられ、7〜8日間にわたって祭礼が続けられた。ギリシアでは古くからテオクセニア*（ないしテオダイシア Theodaisia）と呼ばれる、神々を饗宴に招く類似の儀式が、各地で行なわれていた。
Liv. 5-13, 7-2, -27, 8-25, 27-4, 40-19/ Val. Max. 2-1/ Dion. Hal. Ant. Rom. 12-9/ Serv. ad Verg. Aen. 8-130, 10-76, 12-199/ Paus. 7-27/ Plut. Mor. 557/ S. H. A. Marc. 13/ Sid. Apoll. Epist. 4-15/ etc.

レーグルス、マールクス・アティーリウス Marcus Atilius Regulus,（ギ）Mārkos Atīlios Rhēgūlos, Μάρκος Ἀτίλιος Ῥήγουλος,（伊）Marco Atilio（Attilio）Regolo,（西）Marco Atilio Régulo,（葡）Marco Atílio Régulo,（露）Марк Атилий Регул
（?〜前249頃）ローマの将軍。前267年、執政官コーンスル*としてブルンディシウム*を占領し、凱旋式トリウンプス*を認められる。次いで第1次ポエニー戦争*中の前256年、L. マーンリウス・ウルソー Manlius Vulso Longus とともに、再度（補欠）執政官職に就き、エクノモス*沖の海戦でカルターゴー*艦隊を破り、ローマ史上第2回目の海戦勝利を得る（⇒ミューライ）。アーフリカ*へローマの将として初めて上陸し、ウルソーのイタリア帰還後、単独指揮官としてカルターゴーを攻撃。はじめは大いに敵軍を苦しめ、トゥーネース Tunes（現・テュニス Tunis）を占領し、カルターゴーからの和平提案にも苛酷な条件を出して拒んだが、翌前255年春、スパルター*人傭兵隊長クサンティッポス❸*の象軍により潰滅的打撃を被り、カルターゴーの捕虜となる。
5年間虜囚生活を続けたのち、カルターゴーがパノルモス*（現・パレルモ）の戦い（前251）に敗れたので（⇒メテッルス❶）、停戦交渉もしくは捕虜交換の目的で、カルターゴーの使節とともにローマへ送られる。交渉が決裂した場合には再び捕虜として戻らねばならなかったにもかかわらず、彼は元老院にカルターゴー側の提案を拒むよう勧告、ためにカルターゴーに帰ったのち殺されたという。伝承によれば、暗い地下牢に閉じこめられてから、突然日光の下にひき出され瞼を切り取られて何日も灼熱の太陽にさらされた後、内側に無数の大釘を打った樽の中で睡眠と飲食を断たれて悶死させられた。それを知ったレーグルスの寡婦マルキア Marcia は、ローマで捕虜になっていた身分の高いカルターゴー人たちを同じ方法で拷問にかけて惨殺したといわれる。しかし、これはローマにおけるカルターゴー人捕虜虐待行為を正当化するための作り話であろうと思われる。

レスボス（島）

Polyb. 1-26〜34/ Liv. Epit. 17〜18/ Aur. Vict. De Vir. Ill. 40/ Gell. 6-4/ Hor. Carm. 3-5/ Plin. N. H. 8-14/ Diod. 24-12./ Zonar. 8-7, -12〜/ Cic. Off. 3-26, Fin. 5-27, -29/ Sil. 6-299 〜/ Augustin. De Civ. D. 1-15/ etc.

レスボス（島）　Lesbos, Λέσβος,（ときに Lesbus）,（伊）Lesbo,（トルコ語）Midilli,（露）Лесбос

（現・Lésvos または Mitilíni）エーゲ海東北部、小アジア西岸ミューシアー*沖合いの大島（1633 km²）。温暖・肥沃で葡萄酒とオリーヴを産出する島として有名。伝説上の名祖はアイオロス*の孫レスボス（『イーリアス*』中のレスボス王マカル Makar またはマカレウス Makareus の女婿）。歴史的には前11世紀頃、ギリシア本土テッサリアー*地方からアイオリス人*が移住し、この島を占拠、交易にも従事して富を蓄え、ミュティレーネー*、メーテュムナー*、エレソス Eresos, アンティッサ Antissa, ピュッラー Pyrrha の5都市ペンタポリス Pentapolis が繁栄した。早くより豪奢華麗なリューディアー*文明を摂取し，なかばオリエント的な官能性溢れるアイオリス文化の中心地となる。特に音楽・詩歌の島として知られ、アリーオーン*やテルパンドロス*らの伶人を輩出、このことから神話中の楽聖オルペウス*の頭部と竪琴がレスボスに流れ着き、この地に葬られたという物語が生じた。最盛期は前7世紀末から前6世紀前半で、貴族政から僭主政に移行するこの頃にギリシア七賢人*の1人ピッタコス*や代表的抒情詩人アルカイオス*、サッポー*が登場した（当時ヨーロッパ最古の美女コンテストが行なわれていたことが、彼らの詩によって伝えられている）。前545年から前479年の間はアカイメネース朝*ペルシア*帝国に臣属し、次いでデーロス同盟*に加わったが、アテーナイ*の海上進出とともに漸時衰退。とはいえその後も同盟諸国中キオス*とレスボスのみはかろうじて独立を保ち、自らの艦隊を所有し続けた。前428年に起きたレスボスの乱とその経緯については、ミュティレーネーの項を参照。ペロポンネーソス戦争*（前431〜前404）の結果、アテーナイの支配から脱し得たのも束の間、島の大半は再びアテーナイの将トラシュブーロス❶*に征服された（前389頃）。前4世紀以降は哲学が栄え、テオプラストス*を出したほか、アリストテレース*やエピクーロス*らが来住・滞在した。全盛期を過ぎてからのレスボスは、柔弱・淫靡な風俗で名高くなり、「レスビアゼイン lesbiazein」といえば、「吸茎 fellatio すること」を意味するに至った（⇒シプノス、フェニキア）。なお女性間の同性愛を「レスボス風の愛（ラ）lesbianismus」と呼ぶようになったのは、さらに後代になってからのことである。前191年以来ローマの支配下に入り、名目上のレスボス同盟は存続したが、帝政期にはロンゴス*の小説『ダプニスとクロエー』の牧歌的舞台として美しく描かれる閑雅な島と化していた。ルーキアーノス*の『遊女の対話』には、レスボス出身のたいそう男っぽい同性愛の女性が登場し、彼女の「妻」と一緒に売春婦を買って遊ぶ場面が活写されている。

⇒テネドス、イッサ

Hom. Il. 24-544, Od. 3-169/ Herodot. 1-23〜24, -151, 3-39, 6-5〜, -28〜/ Strab. 13-616〜/ Plin. N. H. 5-39/ Mela 2-7/ Hor. Carm. 1-17/ Verg. G. 2-90/ Ov. Met. 11-55/ Diod. 3-55, 5-57, -81〜/ Thuc. 1-19, -116〜, 8-5, -22〜, -32〜, -100〜/ Xen. Hell. 4-8-28〜/ Arr. Anab. 3-2/ Curtius 4-5/ Alc. Frag./ Anac. Frag./ Lucian. Dial. Meret. 5/ Longus/ Ptol. Geog. 5-2/ Scylax/ Suda/ etc.

レーソス　Rhesos, ῾Ρῆσος, Rhesus,（仏）Rhésos, Rhésus,（伊）（西）（葡）Reso,（露）Рес,（現ギリシア語）Rísos

ギリシア神話中、トロイアー*王プリアモス*に味方したトラーキアー*（トラーケー*）の王。神託により、「レーソスの所有する純白の名馬がトロイアーの草を食み、スカマンドロス*河の水を飲むならば、決してトロイアーは陥落しない」と予言されていた。レーソスはトロイアー戦争*の10年目に来援するが、到着したその夜、ドローン*から情報を得た敵将オデュッセウス*とディオメーデース❷*が、レーソスの陣中に忍び込み、彼とその部下12人の寝首をかいて馬を奪い去った。悲劇詩人エウリーピデース*の名のもとに伝えられる作品『レーソス』（前4世紀前半の偽作とする説が有力）があり、それに従えば、レーソスは冥界に下らずトラーキアーの洞窟に神人 ἀνθρωποδαίμων として生きているという。

⇒ビーサルタイ

Hom. Il. 10-434〜/ Eur. Rhes./ Serv. ad Verg. Aen. 2-13/ Conon Narr. 4/ Apollod. 1-3, Epit. 4/ Hyg. Fab. 113/ Parth. Amat. Narr. 36/ Philostr. Her./ etc.

レーダー　Leda, Λήδα,（仏）Léda,（伊）Lèda,（露）Леда

ギリシア神話中、アイトーリアー*のプレウローン*王テスティオス Thestios の娘。アルタイアー*の姉妹。スパルター*王テュンダレオース*の妻で、ヘレネー*、ポリュデウケース*、カストール*、クリュタイムネーストラー*の母。白鳥に化したゼウス*と交わって1個（または2個）の卵を産み、そこから上記の4子が生まれたとされるが、そのうちカストールとクリュタイムネーストラーは同夜に交わったテュンダレオースの胤であったという。とはいえ、ホメーロス*は、カストールをもゼウスの子としており（⇒ディオスクーロイ）、その他ヘレネーだけをゼウスの胤とするなど諸説あって一定しない（⇒ネメシス）。ゼウスはレーダーと性交した時の姿を記念して天上に「白鳥座（ラ）Cygnus」を設けたといい、また古代以来、白鳥と交接するレーダーの像は美術作品の題材として大層愛好され

系図412　レーソス

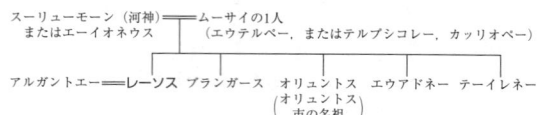

た。スパルター市内のある神殿には、レーダーの産んだと称する卵が、ローマ帝政期に至るまで保存されていたという。彼女の名は小アジアのリュキアー*（すなわち古クレーター*系）の言語で「婦人」を意味するラーダー lada に由来し、元来レーダーはギリシア先住民の崇拝した大地女神であったと推測されている（⇒レートー）。本文系図413参照。
Apollod. 1-7-10, -8-2, 3-10-5～7, -11-2/ Paus. 1-33-7, 3-13-8, -16-1/ Hyg. Fab. 77～79, 224, 240, 251/ Hom. Od. 11-298～/ Eur. I. A. 49～, Hel. 17～, 214, 257～, 1149, Or. 1387/ Strab. 10-461/ Serv. ad Verg. Aen. 8-130/ Schol. ad Ap. Rhod. 1-146/ etc.

レーテー Lethe, Λήθη, （仏）Léthé, （伊）Lète, （西）Leteo, Lete

冥界の河。「忘却」の意で、死者はこの水を飲んで過去の記憶をなくした、あるいは再びこの世に生まれ変わる折に飲んだともいう。エーリュシオン*の野またはタルタロス*の境を流れるとされ、ボイオーティアー*のトロポーニオス*の神託所やリビュエー*（リビュア*）、ヒスパーニア*にも同名の川ないし泉があった。ギリシア神話中、レーテーはエリス*女神の娘で、タナトス*（「死」）とヒュプノス*（「眠り」）の姉妹、カリテス*（「感謝」）の母とも伝えられる（感謝はすぐに忘れ去られることから）。
⇒アケローン、ステュクス、巻末系図001
Hes. Th. 227～/ Anth. Pal. 7-25/ Verg. Aen. 6-705～/ Pl. Resp. 10-621a/ Ov. Pont. 2-4, 4-1, Tr. 4-1, Met. 11-603/ Paus. 9-39-8/ Luc. 6-685/ Schol. ad Hom. Il. 14-276, Od. 11-51/ etc.

レートー Leto, Λητώ, （ドーリス方言）Lātō, Λατώ, （ラ）ラートーナ* Latona, （仏）Léto, Latone

ギリシア神話中、ティーターン*神族のコイオス*とポイベー*の娘。ゼウス*に愛されて偉大な双生神アポッローン*とアルテミス*の母となった（⇒巻末系図003）。小アジア系の先住民に崇拝された大地女神だったらしく、その名はリュキアー*（すなわち古クレーター*系）の言語で「婦人」を意味するラーダー lada に由来するという説が有力である（⇒レーダー）。レートーは極北の民ヒュペルボレオイ*人の国で生まれ、神々の中で最も柔和なことで知られ、ヘーラー*よりも前にゼウスの6番目の配偶者となった。しかし彼女が妊娠すると、嫉妬深いヘーラーは「太陽が照らすすべての国はレートーに出産の場所を与えてはならぬ」と厳命し、巨蛇ピュートーン*を送って彼女を苦しめた。地上をさまよった末にレートーは、当時まだ浮島だったデーロス*（⇒アステリアー）に辿り着き、ここで漸く2神を分娩。その間ポセイドーン*が海水で島をおおい陽光を遮ってヘーラーの呪いを避けたという。以来この島は4本の柱で海底にしっかりと繋ぎとめられ、その名もオルテュギアー❶*からデーロス（輝く島）に変わった。また、ヘーラーがお産の女神エイレイテュイア*を引き留めておいたために、陣痛は9日9夜も続いたが、大勢の女神たちが豪華な頸飾りを贈る約束で密かにエイレイテュイアを呼び寄せた

系図413　レーダー

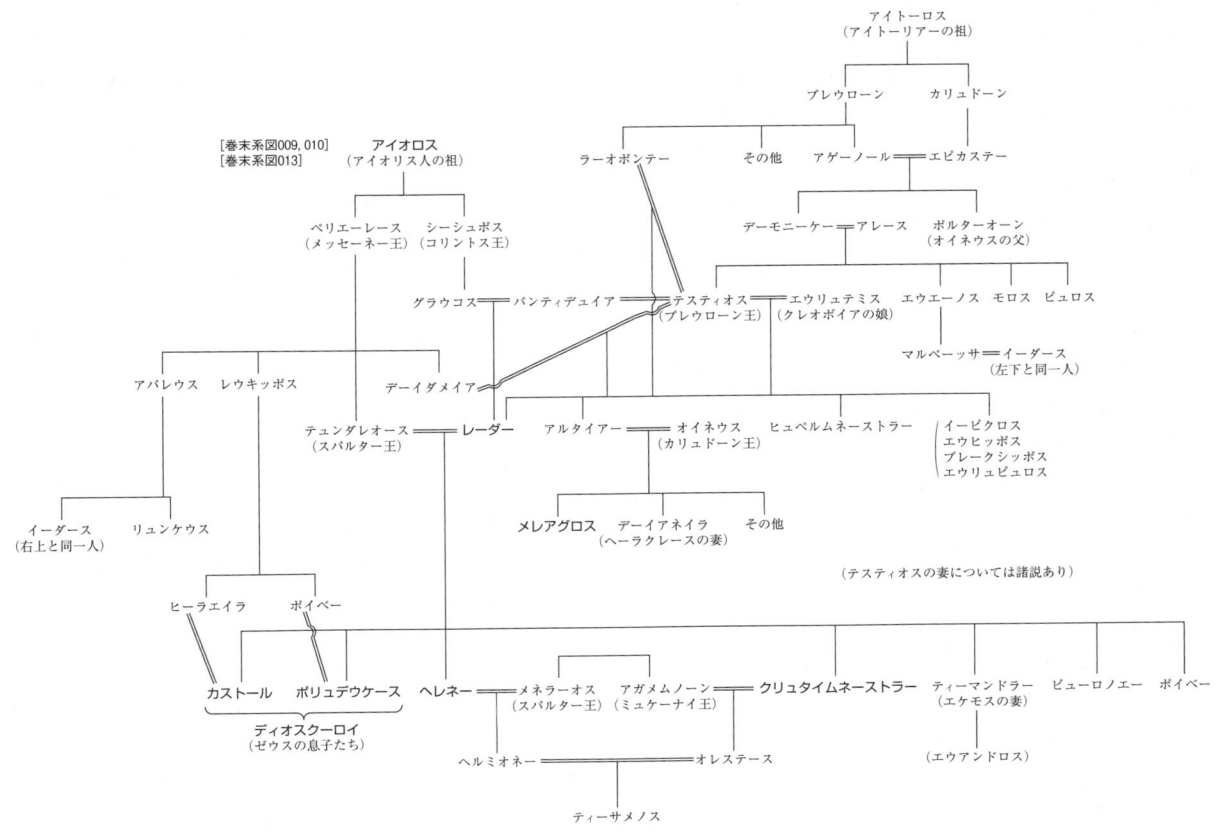

結果、ついにレートーは棕櫚と棗椰子の木にとりすがりながら子供を産むことができたという。次いで彼女は赤児たちをリュキアーへ連れて行き、クサントス*河で水浴させようとしたが、牛飼いどもに邪魔をされて難渋していたところ、狼lykosたちが彼らを追い払ってくれたので、この地方にリュキアーという名を与えた、あるいは、泉の水を飲もうとした時にリュキアーの牛飼いたちが悪態をつきながら水を濁らせたため、罰として彼らを蛙に変えてしまったと伝えられる。レートーは通常、2子とともにギリシア各地で崇拝を受け、また彫刻など美術作品においては単独で、あるいは子供たちとの群像の形で表現されている。
⇒ティテュオス、ニオベー

Hes. Th. 404〜/ Hymn. Hom. Ap. 62〜/ Apollod. 1-2-2, -4-1, 3-5-6, -10-4/ Callim. Del. 4/ Hom. Il. 5-447, 14-327/ Hyg. Fab. 9, 53, 55, 140/ Ov. Met. 6-313〜/ Ant. Lib. Met. 17, 20, 28, 35/ Strab. 14-639〜/ Libanius Narration./ etc.

レーナイア（祭）　Lenaia, Λήναια, Lenaea,（仏）Lénéennes,（独）Lenäen,（伊）Lenee,（西）Leneas

⇒ディオニューシア祭

レーヌス（河）　Rhenus,（ギ）Rhēnos, Ῥῆνος,（英）Rhine,（仏）Rhin,（独）Rhein,（伊）（葡）Reno,（西）Rin,（蘭）Rijn,（露）Рейн,（ロマンシュ語）Rain, Rein,（現ギリシア語）Rínos,（ケルト語 Renos「激流」の意）の音写

（現・ライン Rhein）ゲルマーニア*とガッリア*の境界を流れる大河。前55年カエサル*は、レーヌス河を渡って来た43万人のゲルマーニア人（⇒テンクテーリー、ウーシペテース）を大虐殺し、ローマ人として初めてこの河に橋を架け、ゲルマーニアに侵入した（前53年にも再度渡河）。その後、ゲルマーニア遠征を行なった大ドルースス*はレーヌスから北海へ通じるドルースス運河（ラ）Fossa Drusiana を開鑿（前12）、次いでコルブロー*がレーヌスからモ（ー）サ Mosa（現・〈蘭〉マース Maas,〈仏〉ムーズ Meuse）河へ繋がる運河を完成させた（後47）。帝政期を通じて、おおむねレーヌス河がローマ帝国の国境線をなすと見られており、前12年以来ここにローマ艦隊 Classis Germanica が配置されていた。フラーウィウス*朝以降、さらに東方奥地にダーヌビウス*（ドーナウ）河に達する長城リーメス・ゲルマーニクス*が築かれて、ローマの国境はいっそう拡張された（260年まで）。ゲルマーニア人はこの河に幼児を浸す習慣があり、無事に浮かんで泳げば母親の貞操が証明されるが、沈めば不義の子と見なされたという。

　主な支流としてモエヌス Moenus（現・マイン Main）、ルピア Lupia（現・リッペ Lippe）などが挙げられる。レーヌス河沿岸にはコローニア・アグリッピーナ*（現・ケルン）やモーゴンティアクム* Mogontiacum（現・マインツ）他の諸都市が建設された。

Caes. B. Gall. 4-10, -15〜, 6-9/ Plut. Caes. 22/ Ptol. Geog. 2-9/ Strab. 4-193/ Plin. N. H. 4-15/ Suet. Claud. 1/ Dio Cass. 54-32〜/ Tac. Ann. 2-6, 4-72, 11-20, 13-53, Hist. 5-19/ Serv. ad Verg. Aen. 8-727/ etc.

レバデイア　Lebadeia, Λεβάδεια (Lebadiā, Λεβαδία), Lebadia (Lebadea),（仏）Lébadée, Lébadie,（独）Levadia, Livadia,（伊）Levádeia, Livadeia,（露）Ливадия

（現・Livádhia）ボイオーティアー*北西部の都市。ヘリコーン*山の近くにあり、トロポーニオス*の託宣所で名高かった。かつて旱魃に悩んだボイオーティアー人が、デルポイ*の神託に従ってトロポーニオスの洞窟を発見し、以来この地に古代を通じて有数の託宣所が開かれたと伝えられる。町は何度か劫略を受けたが、ローマ帝政期にはギリシア中で最も繁栄した都市の1つに数えられていた。大プリーニウス*によれば、この市周辺には土竜が棲息しないという。また、トロポーニオスの託宣を受ける者は、この神託所の傍らにある2つの泉レーテー*（忘却）とムネーモシュネー*（記憶）の水を飲まなければならなかったとされている。今も中世にフランク*族によって築かれた城砦（後13〜14世紀）の最高部に「トロポーニオスの洞窟」を見ることができる。

Herodot. 8-134/ Xen. Mem. 3-5/ Paus. 9-39-1〜/ Cic. Div. 1-34/ Plin. N. H. 8-83/ Strab. 9-414/ Plut. Lys. 28, Mor. 411f/ etc.

レバノン山脈　Lebanon Mountains
⇒リバノス（山脈）

レピドゥス　Lepidus,（ギ）Lepidos, Λέπιδος
⇒マールクス・アエミリウス・レピドゥス❶（三頭政治家）

レピドゥス（家）　Lepidus,（ギ）Lepidos, Λέπιδος,（仏）Lépide,（伊）Lepido,（西）（葡）Lépido,（露）Лепид

アエミリウス*氏に属するローマの名家。古いパトリキイー*（貴族）の血脈で、とくに前3世紀初頭より興起し、アエミリウス街道❶*（ウィア・アエミリア*）を建設したマールクス・アエミリウス・レピドゥス M. Aemilius Lepidus（前179監察官、前187・前175執政官、前152没）をはじめとする逸材を出した。このマールクスは、若くしてマケドニアー*王ピリッポス5世*にローマの最後通告を伝える使節に加わり（前201〜前200）、エジプト王プトレマイオス5世*の後見役を務め、イタリア北方のリグリア*人を征討してムティナ*（現・モデナ）やパルマ*などの植民市を創設。フォルム*にバシリカ*・アエミリア Basilica Aemilia を造営し、元老院首席 Princeps Senatus の座にあって長きにわたりローマ政界に重きをなした人物である（⇒M. フルウィウス・ノービリオル）。その曾孫で、第2回三頭政治家レピドゥス*（⇒マールクス・アエミリウス・レピドゥス❶）の野心的な父マールクス・アエミリウス・

レピドゥス M. Aemilius Lepidus（前78執政官）は、巧みに閥族派[オプティマーテース]と民衆派[ポプラーレース]の争いに身を処し、政敵の財産没収に乗じて蓄財。前78年にはスッラ*体制に反対して挙兵したが、敗れてサルディニア*島へ逃亡、間もなく妻アップレイヤ Appuleia（サートゥルニーヌス*の娘）の不義を知って落胆のあまり息をひきとったと伝えられる（前77，⇒ Q. カトゥルス❷）。三頭政治家を経て、レピドゥス家はやがてローマ帝室の姻戚となり、大いに威を張るかに見えたものの、うち続く政争のため後1世紀末には断絶した（⇒巻末系図061，083）。
⇒アエミリア・レピダ、ルーキウス・アエミリウス・パウルス❸

Liv. 21～23, 31～43, Epit. 46～48/ Polyb. 16-34, 32-22/ Plut. Sul. 34, Pomp. 16/ Suet. Iul. 3, 5/ Plin. N. H. 7-36-122/ Just. 30-3/ Val. Max. 6-6/ etc.

レピドゥス、マールクス・アエミリウス　Marcus Aemilius Lepidus,（ギ）Mārkos Aimilios Lepidos, Μᾶρκος Αἰμίλιος Λέπιδος,（伊）Marco Emilio Lepido,（西）Marco Emilio Lépido

ローマの政治家（⇒巻末系図061，083）。

❶（前90頃～前13／前12初頭）三頭政治家 triumvir[トリウムウィル]（在任・前43～前36）。同名の父については、レピドゥス家*の項を参照。名門に生まれ、前49年の法務官[プラエトル]となり、同年勃発した内乱ではカエサル*を支持、非合法な手段でカエサルが独裁官[ディクタートル]になるのを援けた。翌前48年、内ヒスパーニア*総督、前46年には執政官[コーンスル]およびカエサルの騎兵総監（独裁官副官）Magister Equitum[マギステル・エクィトゥム]となる（前46～前44）。前44年3月14日の夜、レピドゥス邸での晩餐会の最中、談たまたま「どんな死に方が最もよいか」という話題に及んだ時、カエサルが「思いがけない死だ」と答えて、その翌日思いがけなく暗殺されたことは有名な話である。カエサル殺害の報に接したレピドゥスは、即刻軍団を率いて暗殺者らに復讐しようとしたが、アントーニウス*（マールクス・アントーニウス❸*）およびヒルティウス*に制せられる。アントーニウスを支持してその見返りに亡きカエサル後任の大神祇官長[ポンティフェクス・マクシムス]に選ばれ（前44～前13）、同年末ローマを発ち翌前43年の内ヒスパーニアならびに外ガッリア*州総督に着任。この地でアントーニウスと合流し、ボノーニア*（現・ボローニャ）の会談に加わって、アントーニウス、オクターウィアーヌス*（のちのアウグストゥス*）とともに、いわゆる第2回三頭政治*を組織（前43年11月）。恐怖政治を行なって政敵を粛清し、処罰者名簿[プロースクリープティオー] proscriptio には真っ先に実兄アエミリウス・パウルス❸*の名を掲げて、その生命と財産を奪おうと試みた。ヒスパーニアを地盤として掌握し、翌前42年には2度目の執政官職に就いてイタリアを管掌したが、終始他の2巨頭の力量に及ばず、ピリッピイ*の合戦（10月）後は、セクストゥス・ポンペイユス*（大ポンペイユス*の次男）の陰謀に加担したとして、一時その支配領域を剥奪されたこともある。ペルシア*（現・ペルージャ）の戦いでアウグストゥスを支援した（前41）ため、再び三頭政治に返り咲き、アーフリカ*とヌミディア*の統治権を獲得（前40）。しかるに、アウグストゥスから対セクストゥス・ポンペイユス戦に協力するよう呼び出された際、下位に甘んずるのを潔しとせずシキリア*（現・シチリア）の領有を主張してアウグストゥスと対立、軍隊に見棄てられて、政界から引退することを余儀なくされ、キルケイイー*（現・Circeo）に蟄居の身となる（前36）。失脚後も大神祇官長の肩書だけは認められたが、前30年に妻ユーニア Junia（カエサル暗殺者 M. ブルートゥス*の異父妹）と息子マールクス（⇒❷）がアウグストゥス殺害の陰謀を企てて告発された折には、ローマへ召喚されて不名誉な処遇を甘んじて受けねばならなかった。出自の良さとカエサルの恩顧によって高い地位に昇ったものの、強靭な精神と才幹を欠いていたと評される。また妻のユーニアは当時の貴婦人の例に洩れず、夫以外の男性との密会を楽しむ恋多き女であったという。

Caes. B. Civ. 2-21/ Hirt. B. Alex. 63～/ App. B. Civ. 2～3, 5/ Dio Cass. 41～54/ Vell. Pat. 2-63～67, -80/ Flor. 4-6～7/ Liv. Epit. 119～120, 129/ Suet. Iul. 82, 87, Aug. 8, 12～13, 16, 19, 27, 31, 54/ Plut. Pomp. 15～, Caes. 63, 67, Cic. 46, Ant. 6, 10, 14, 18～21, 30, 55, Brut. 19, 27/ Cic. Phil. 5-14, 13-4, Fam. 10/ Sen. Clem. 1-10/ Tac. Ann. 1-1～2, -9～10/ etc.

❷（？～前30）❶の嫡子。母ユーニア Junia はセルウィーリア*（小カトー*の異父姉）とその後夫 D. ユーニウス・シーラーヌス Junius Silanus（前62執政官）との間の娘（したがってカエサル*暗殺者 M. ブルートゥス*の異父妹。⇒巻末系図056）。「思慮深さよりも外見の佳さに恵まれた」軽薄な美青年で、前30年、オクターウィアーヌス*（のちのアウグストゥス*）がアクティオン*の海戦を終えてローマに帰還する折を狙って、その殺害計画をめぐらせたが、国事を任せられていたマエケーナース*にいち早く察知され捕われて処刑された。妻のセルウィーリア Servilia（もとアウグストゥスの婚約者）は悲報に接するや直ちに焼けた炭を嚥[の]みこんであとを追ったという（⇒アントーニア❹）。母ユーニアも事件に連座して逮捕されたが、誰も彼女のために保釈金を払ってやる者がなく、夫 M. レピドゥス❶*（もと三頭政治家）が隠棲地キルケイイー*（現・Circeo）から出て来て、妻のために愁訴嘆願に努めねばならなかった。

Vell. Pat. 2-88/ App. B. Civ. 4-50/ Dio Cass. 54-15/ Suet. Aug. 19/ Liv. Epit. 133/ Sen. Clem. 9, Brev. Vit. 1-9/ etc.

❸（？～後33）❶の兄 L. アエミリウス・パウルス❸*の孫（⇒巻末系図061）。後6年の執政官[コーンスル]。兄 L. アエミリウス・パウルス❹*のようにアウグストゥス*に謀叛を企てることなく、次の皇帝ティベリウス*治下の粛清の嵐の中をも生きながらえ、終りを完うした思慮深い名門貴族。娘のアエミリア・レピダ❸*は帝室の一員ドルースス*・カエサル（アウグストゥスの曾孫）と結婚するが、のちに夫を破滅に追いやった悪連女である。時にガルバ*帝の妻アエミリア・レピダ❹*や、カリグラ*帝の恋人だった青年 M. アエミリウス・レピドゥス❹*も、彼の子女の中に数えられる

(⇒巻末系図 078, 099, 061)。
Tac. Ann. 1-13, 3-35, -50, -72, 4-20, -56, 6-27/ Dio Cass. 55-25, 56-12/ Prop. 4-11, -63/ Vell. Pat. 2-114〜115/ etc.

❹（？〜後39）❸の兄 L. アエミリウス・パウルス❹*の息子。母はアウグストゥス*の孫娘・小ユーリア*（ユーリア❻*）。カリグラ*帝の従兄弟に当たる美貌の青年貴族。カリグラの同性の恋人たちの中でも最も寵愛深く、仕手・受け手両法の役割を演じて互いの肉体をむさぼり合ったという。法定年令より5年も早く高位の官職に就く特権を認められ、皇妹ドルーシッラ❶*と結婚させられたばかりか、帝位継承権まで約束される。またドルーシッラ以外のカリグラの姉妹たち皆とも、皇帝承認の下に情事に耽ったが、彼女たちは——ドルーシッラも含めて——実の兄カリグラとも肉体関係を結んでいたとされている。しかるに、ドルーシッラの死(38)の翌年、帝寵にわかに衰え、叛逆を企てたという罪状でレピドゥスは斬首され、皇妹たちは島流しにされた（⇒小アグリッピーナ、ユーリア❼、ガエトゥーリクス）。彼の死により名門アエミリウス・レピドゥス家はあとを絶った。
⇒巻末系図 085, 061
Dio Cass. 59-11, -22/ Suet. Calig. 24, 36/ Tac. Ann. 14-2/ Sen. Ep. 4-7/ Jaseph. J. A. 19-20/ etc.

レプキス　Lepcis
⇒レプティス

レプティス・パルウァ　Leptis Parva（小レプティス）
⇒レプティス（レプキス）❷

レプティス・マグナ　Leptis Magna（大レプティス）
⇒レプティス（レプキス）❶

レプティス（レプキス）　Leptis (Lepcis, Lectis), (ギ) Leptis, Λέπτις, (フェニキア*語) Lpqī

北アフリカ（アーフリカ*）沿岸にあった2つの港湾都市。旧くはレプキス、ローマ帝政後期よりレプティス。

❶レプティス・マグナ* L. Magna, (ギ) Leptis Megale, Λέπτις Μεγάλη, (現・Lebda)。大レプティス

オエア Oea（現・トリポリ）の東南東 120 km、地中海に臨む都市。別名ネアーポリス Neapolis（「新しい町」の意）トリポリターニア*の1つ。前7世紀末フェニキア*人の交易所 emporia として、シードーン*とテュロス*からの植民によって創建され、人口の多い繁栄した港町へと発展。やがてカルターゴー*の貢納市となり、1日につき1タラントンもの金の支払いを義務づけられたという。第2次ポエニー戦争*（前218〜前201）では宗主国カルターゴーの支援を拒み、前146年ローマによって自由市と宣言され、フェニキア人貴族の支配のもと、商業と後背地の農業（オリーヴ油、小麦など）を基盤に殷賑を極めた。アウグストゥス*の時にローマの属州アーフリカ❷*に編入され、トライヤーヌス*の治世に植民市（コロローニア*）の地位に昇格（後110頃）。こで生まれた皇帝セプティミウス・セウェールス*の眷顧を蒙るに及んで市の最盛期が訪れた。彼の在世中に、それまでの公共施設に加えて、新しいフォルム*、バシリカ*、凱旋門などが建設され、最新鋭の港も開発されて、美々しく飾られた列柱付きの大街路が整備された。帝政後期に新たな市壁が築かれ（後3世紀末〜4世紀初）、砂漠の遊牧民 Austuriani の来襲は撃退し得た（365）ものの、5世紀にヴァンダル*族に征服されて（455）以来、急速に衰退した。1920年からの発掘によって、セウェールス朝*の豪華な建築群のほか、アウグストゥスの神殿と劇場（テアートルム*）、ローマ世界でも最大規模を誇るハドリアーヌス*帝の浴場（テルマエ*）、パライストラー*、円形闘技場（アンピテアートルム*）、柱廊付きの市場（マケッルム）Macellum 等々の都市遺跡や、神格化された美青年アンティノウス*（ハドリアーヌスの愛人）をはじめとする優れた彫刻・浮彫類が数多く出土している。現在はリビアのホムス Khoms (Al-Khums) 近郊の遺跡として観光の中心地になっている。
⇒タムガディ、ハドルーメートゥム
Plin. N. H. 5-4-27/ Strab. 17-835/ Mela 1-7/ Sall. Jug. 19, 77〜79/ Amm. Marc. 28-6/ Sil. Pun. 3-257/ Procop. Vand. 2-21/ It. Ant./ Ptol. Geog. 1-8, -10, -15, 4-3, 8-14/ etc.

❷レプティス・パルウァ* L. Parva, L. Minor, (ギ) Leptis hē Mikra, Λέπτις ἡ Μικρά, (現・Lamta または Lemta 近くの遺跡)。小レプティス

ハドルーメートゥム*の南18マイルに位置するフェニキア*人植民市（前600頃〜）。❶と同じく第3次ポエニー戦争*（前149〜前146）後、ローマによって自由市と宣言される。カエサル*のアーフリカ*戦役では、タプソス*の戦い（前46年5月）の前に彼の軍事基地とされた。
⇒シュルティス湾
Mela 1-7/ Sall. Jug. 19-1/ Liv. 30-25, 34-62/ Caes. B. Civ. 2-38/ Hirt. B. Afr. 7, 9〜10, 61〜/ Ptol. Geog. 4-3/ Plin. N. H. 5-3-25/ It. Ant./ etc.

レプティネース　Leptines, Λεπτίνης, (仏) Leptinès, (伊) Leptine

ギリシア人の男性名。

❶（前370〜前350頃に活躍）アテーナイ*の政治家・弁論家。前356年頃、国庫歳入のために免税者をなくして、ハルモディオス*とアリストゲイトーン*の後裔以外は全員が公共奉仕（レイトゥールギアー*）を引き受けることを提案、雄弁家デーモステネース❷*の激しい反対があったにもかかわらず、彼の法案は通過した（前355）。
Dem. 20, 22-60/ Dio Chrys. 1-388/ Cic. Orat. 31/ Arist. Rh. 3(1411a)/ etc.

❷（前4世紀前半）シュラークーサイ*の僭主ディオニューシオス1世*の弟。兄により海軍提督としてカルターゴー*軍に対して派遣されるが、ヒミルコーン❷*のシケリアー*（現・シチリア）上陸を防ぎ得ず、マーゴーン❷*に敗北（前396）。のち兄王に無断で娘を嫁がせたため、女婿とともに追放されてトゥーリオイへ亡命した（前385頃）。やがて兄から召還されて、自らの姪に当たる兄王の娘と結

婚したものの、前375年頃、再び起きたカルターゴーとの戦争で討ち死にした（⇒巻末系図025）。
Diod. 14-48, -53〜55, -59, -60, -64, -72, -102, 15-7, -17/ Plut. Dion 9, 11, 28〜/ etc.

レーミー（族）　Remi (Rhemi), （ギ）Rhēmoi, 'Ρημοί, 'Ρῆμοι, （仏）Rèmes, （独）Remer, （西）Remos

ガッリア・ベルギカ*に居住していた部族。ネルウィイー*、スエッシオーネース*、トレーウェリー*など近隣の有力部族に圧迫され、前57年カエサル*に、ベルガエ*人が反ローマ連合を結成していることを内通、以後ハエドゥイー*族と並んでローマの保護下に勢力を拡大していった。その首邑ドゥーロコルトルム Durocortorum もまたレーミーと称され、今日なおランス Reims (Rheims) と呼ばれて彼らの名を伝えている。この町はローマの属州ガッリア・ベルギカの州都として繁栄、フランク*族の王クロウィス*（クロドウェクス*）1世がキリスト教の洗礼をこの地で受け（後496(498)）、その後フランク・フランス国王がここで塗油式（戴冠式）を挙げる伝統が形成されていった。今日も城門 Porte de Mars や、モザイク舗床、壁画などローマ時代の遺跡および建造物の一部を見ることができる。
⇒ガッリア、ノウィオドゥーヌム
Caes. B. Gall. 2-3〜12, 3-11, 5-3, -24, -53〜56, 6-4, -12, -44, 7-63, -90, 8-6, -11〜12/ Plin. N. H. 4-17/ Amm. Marc. 15-11, 16-2/ Ptol. Geog. 2-9/ Strab. 4-194/ Dio Cass. 39-1/ etc.

レムス　Remus, （ギ）Rhemos, 'Ρέμος, Rhōmos, 'Ρῶμος, （仏）Rémus, （伊）（西）（葡）Remo, （露）Рем, （現ギリシア語）Rémos

ロームルス*の双生兄弟。

レームノス　Lemnos, Λῆμνος, (Lemnus), （仏）Limnos (Lemnos), （伊）Lemno, （露）Лемнос

（現・Límnos）エーゲ海北部の島。477.6km²。インブロス*、テネドス*両島の西方に浮かび、小アジアとアトース*の中間に位置する。古来、鍛冶の神ヘーパイストス*の聖地とされる火山島で、天上からこの神が投げ落とされた時に、レームノス島に墜落したといい、地底に彼の仕事場があったと伝えられる。沃土に恵まれ早くから青銅器文明が開花し、トロイアー*との交流も見られた。神話では、女たちによる島の男皆殺し事件（⇒ヒュプシピュレー）と、イアーソーン*とアルゴナウテース*たち（アルゴナウタイ*）の滞在で知られる。またトロイアー遠征途上ピロクテーテース*がこの島に置き去りにされたことでも有名。ヘーロドトス*によると、上記アルゴナウタイの末裔は、アッティケー*から移住したペラスゴイ*人に放逐され（前1000頃）、次いでペラスゴイ人はアテーナイ*女との間に生まれた子供たちを1人残らず殺戮したので、以来残虐な行為を「レームノスの所業」と呼ぶギリシアの習わしが広まったという（異説あり）。前8世紀以降ギリシア化が進み、建築家ロイコス*やテオドーロス❶*の手で迷宮（ラビュリントス*）が造営され、その規模はエジプト、クレーター*（クレーテー*）のものに次ぐ3番目の巨大さであったと評される。僭主ポリュクラテース*の死（前522）後レームノスは、アカイメネース朝*ペルシア*に臣従し、次いでミルティアデース❶*に征服されてアテーナイ領となり（前500頃）、土地はアテーナイ市民に分配された（前450頃。⇒クレーロス）。その後、マケドニアー*諸王国の支配を経て、前197年ローマ人に解放されたものの、ほどなくローマの指示でアテーナイへの服属が決定された（前166）。

薬用のレームノス粘土の産地として名高く、この土は毎年女神官の指揮下に荷車1台分だけが掘り出され、アルテミス*の頭部を刻印してから販売されたので、「レームノスの封印土 Lemnia sphragis」（〈ラ〉terra sigillata）と呼ばれて、壊疽や月経過多、蛇咬をはじめとするあらゆる毒消しの治療に重宝がられた。この島では古典期に入ってからもなお、先住民の間で非ギリシア語のレームノス語が話されていたことが知られている。また考古学上の調査の結果、エトルーリア*文明の影響を示す墓石碑文（前6世紀）や、非ギリシア系のカベイロイ*神域などが出土している。
⇒サモトラーケー
Hom. Il. 1-593〜, Od. 8-283, -294, -301/ Herodot. 4-145, 5-26〜, 6-136〜/ Plin. N. H. 4-12, 35-14, 36-19/ Ap. Rhod. Argon. 1-608〜/ Nep. Miltiades/ Nic. Ther. 458/ Ov. Fast. 3-82/ Strab. 7-331, 10-457, 12-549/ Thuc. 1-115, 4-28, 7-57/ Xen. Hell. 4-8, 5-1/ Polyb. 30-20/ Ptol. Geog. 3-12, 8-12/ etc.

レムーリア（祭）　Lemuria
⇒レムレース

レムレース　Lemures, (〈単〉Lemur), （仏）Lémures, （独）Lemuren, （伊）Lèmures, Lemuri

ローマ人の信じた死者の霊。善き霊をラレース*、悪しき霊をラルウァエ*と呼んで区別することもあるが、ふつうレムレースはラルウァエと同一視されていた。毎年5月の9日・11日・13日のレムーリア*祭の折に生者の家を訪れるとされ、死霊の祟りを払うために、各家長は夜中に裸足で戸外に出、指を鳴らして亡霊を遠ざけ、3度手を洗ってから、黒い空豆を後方に投げつつ、先祖の霊を屋外へ導き出す呪文を9回繰り返す習慣があった。
⇒マーネース、ケール
Ov. Fast. 5-419〜/ Serv. ad Verg. Aen. 1-276, -292, 3-63/ Pers. 5-185/ Hor. Epist. 2-2-209/ Apul. De deo Soc./ Augustin. De civ. D. 9-11/ etc.

レルネー　Lerne, Λέρνη, Lerna, Λέρνα, （ラ）Lerna
Lerna,（英）（独）（伊）（西）Lerna,（仏）Lerne（現・Lérni）ペロポンネーソス*半島のアルゴリス*地方の沼沢地。アルゴス*市から南へ 7 kmほど離れた海に臨む地域で、神話中ヘーラクレース*に退治されたヒュドラー*の棲処として名高い。ダナオス*の娘たちが新婚初夜に夫たるアイギュプトス*の息子たちを殺害・斬首した地でもあり、一説にはペルセポネー*をさらったハーデース*はここから地底へ降り、またディオニューソス*も母セメレー*を迎えるため、この底無しの沼を通って冥界まで赴いたという。デーメーテール*女神の秘儀祭レルナイア Lernaia の中心地としても知られる。

なお、ディオニューソスが母を冥府から連れ戻そうと願っていた折、この地のプロシュムノス Prosymnos（またはポリュムノス Polymnos）という男が、「私と契りを交して下さるのなら、黄泉への路をお教えしましょう」と申し出て、「地下から戻って来た時に交そう」と神から約束を得たところ、ディオニューソスが帰って来るまでに男は死亡。そこで神は誓約を果たすべく無花果の木で男根形の棒をつくり、男の墓の傍でこれと交わったといい、以来ディオニューソスの祭礼には陽物 phallos 像が捧げられるようになったとの縁起譚が伝えられている。
⇒アミュモーネー
Paus. 2-24, -36〜37, 8-15/ Hes. Th. 314/ Strab. 8-368/ Plin. N. H. 4-5-17/ Ptol. Geog. 3-14/ Apollod. 2-1-5, -5-2/ Hyg. Fab. 30, 34, 151, 169/ Plut. Cleom. 15/ etc.

レレクス　Leleks, Λέλεξ, Lelex
⇒レレゲス（人）

レレゲス（人）　Leleges, Λέλεγες,（英）Lelegians,（仏）Lélèges,（独）Leleger,（伊）Lelegi,（西）Léleges,（露）Лелеги
先史時代に小アジアからエーゲ海諸島・ギリシア本土にかけて住んでいた先住民族。小アジアのカーリアー*人と同系統とされ、ギリシア人は彼らをペラスゴイ人*の 1 種と見なしていた。ホメーロス*ではトロイアー*側に立って闘う好戦的な種族として描かれ、後のギリシア著作家たちによれば、ラコーニアー*（スパルター*周辺）やメガラ*、ボイオーティアー*、アイトーリアー*、アカルナーニアー*、ロクリス*などギリシア各地の先住民がレレゲスと呼ばれている。古くはクレーター*（クレーテー*）王の宗主権下に服していたという記録もあり、考古学上も、ギリシア最古の農耕民族は小アジアより渡来したことが証明されている。神話上の名祖レレクス Leleks は、大地から生まれた初代ラコーニカー*（ラコーニアー）王で、その子孫が 13 代にわたってこの地を支配したという。
Hom. Il. 10-428, 21-86/ Herodot. 1-171/ Paus. 1-39-6, -42-7, -44-3, 3-1-1, -12-5, 4-1-1, -1-5, 5-36-1/ Strab. 7-321〜322, 13-611/ Ath. 6-271, 15-672/ Apollod. 3-10-3/ etc.

レントゥルス・ガエトゥーリクス　Cn. Cornelius Lentulus Gaetulicus
⇒ガエトゥーリクス、グナエウス・コルネーリウス・レントゥルス

レントゥルス、グナエウス　Gnaeus Cornelius Lentulus Augur,（ギ）Gnaios Kornēlios Lentlos, Γνάϊος Κορνήλιος Λέντλος,（仏）Cnaeus Cornelius Lentulus l'Augure,（伊）Gneo Cornelio Lentulo l'Augure,（西）Cneo Cornelio Léntulo Augur
（前 47 頃〜後 25）通称・アウグル*（鳥ト官）。ローマ帝政初期の政治家、将軍。最初は貧しかったが、アウグストゥス*からパトリキイー*（貴族）の家柄に相応しい財産を贈られ、前 14 年度の執政官職に就任。訥弁で愚昧だったが、極度に貪欲でもあったため、4 億セーステルティウスを超える巨富を蓄え、ローマ随一の大富豪となる。属州アシア*の総督を務め（前 3〜前 2）、またゲタエ*族と戦って凱旋式顕章を授与された。ところが、高齢に達してもなかなか死ななかったので、後 24 年、ティベリウス*帝に対する大逆罪 Majestas の廉で告発され、絶えず恐怖と心労で悩まされ続けた挙げ句、翌 25 年ティベリウスを唯一の遺産相続人に指名してから、ようやく死ぬことを許されたという。
Sen. Ben. 2-27/ Tac. Ann. 1-27, 2-32, 3-59, 4-29, -44/ Suet. Tib. 49/ Dio Cass. 54-12/ etc.

レントゥルス・クルース、ルーキウス・コルネーリウス　Lucius Cornelius Lentulus Crus,（伊）Lucio Cornelio Lentulo Crure,（西）Lucio Cornelio Léntulo Crus
（?〜前 48 年 9 月 29 日）ローマ共和政末期の政治家。カエサル*の政敵。法務官*（前 58）を経て前 49 年度の執政官*となる（相役は C. マルケッルス❷*）が、年初にカエサル対ポンペイユス*の内乱が勃発したため、国庫も放りっぱなし

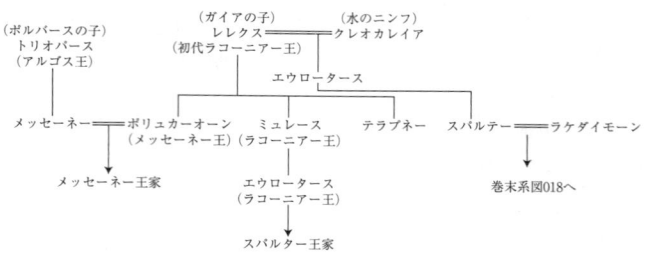

系図 414　レレゲス（人）

でポンペイユスとともにローマを去り、ギリシアへ向かう。パルサーロス*の戦いに敗れた後、エジプトへ逃げ、ポンペイユスが殺された翌日、プトレマイオス13世*の家臣に捕われ牢獄で殺された（前48）。贅沢で己惚れ屋、我儘な怠け者だったといい、カエサル派のバルブス*が和平交渉に来た時にも、強欲から過度の代償を求めたので協定は成立しなかったとされる。P. コルネーリウス・レントゥルス・スピンテール*の弟と考えられる。また、前199年度の執政官で第2次ポエニー戦争*（前218～前201）末期にヒスパーニア*で軍事活動をしたルーキウス・コルネーリウス・レントゥルス L. Cornelius Lentulus（？～前173）は、この兄弟の先祖に当たる。なお、さらにその兄のグナエウス Cn. Cornelius Lentulus（前201年の執政官）は「もしレントゥルスの貪欲さえ無ければ、カルターゴー*を滅ぼせたのに」と評された胴欲な人物として知られている（⇒下記系図415, 416）。

Caes. B. Civ. 1-1～, -14, 3-4, -96, -102, -104, B. Gall. 8-50/ Plut. Caes. 29～33, Pomp. 59, 73, 80/ Vell. Pat. 2-51/ Cic. Fam. 6-6, -21, 8-4, 16-11, Att. 8-9, -12, -15, Har. Resp. 17, Q. Fr. 1-2, Pis. 31/ Val. Max. 1-8/ Liv. 25-41, 26-1, 28-38, 29-11, 30-40～/ etc.

レントゥルス（家）
Lentulus,（ギ）Lentūlos, Λέντουλος, Lentlos, Λέντλος,（伊）Lentulo,（西）Léntulo,（露）Лентул

ローマのパトリキイー*（貴族）の名門コルネーリウス*氏に属する家柄。レントゥルスなる家名 cognomen は、キケロー*家の「エジプト豆 cicer」やカエピオー*家の「タマネギ caepa」などと同様に、「レンズ豆 lens」に由来している。レントゥルス家の一門は、古く前4世紀初頭のケルト*人襲来（⇒ブレンヌス）の頃から活躍し、さらにカウディーヌス Caudinus、ルプス Lupus、クローディアーヌス Clodianus、スピンテール*、スーラ*、クルース*、ガエトゥーリクス*、等々の副名 agnomen を帯びた家系に分岐した。

Cic. Fam. 3-7, Att. 1-19, Leg. Man. 19/ Plin. N. H. 18-3-10/ Liv. 8-22～, 9-4/ etc.

レントゥルス・スピンテール、プーブリウス・コルネーリウス
Publius Cornelius Lentulus Spinter,（ギ）Poplios Kornēlios Lentlos Spinthēr, Πόπλιος Κορνήλιος Λέντλος Σπινθήρ,（伊）Publio Cornelio Lentulo Spintere,（西）Publio Cornelio Léntulo Espínter,（露）Публий Корнелий Лентул Спинтер

（？～前48）ローマの政治家。前63年の高等造営官、前60年の法務官として豪勢な見世物を催し、内ヒスパーニア*の属州総督 Propraetor を務めた（前59～前58）後、前

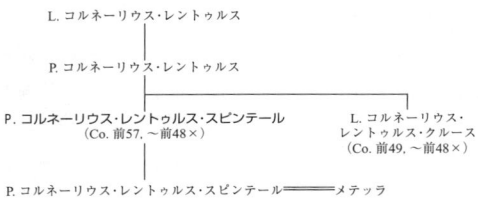

系図416　レントゥルス・スピンテール、プーブリウス・コルネーリウス

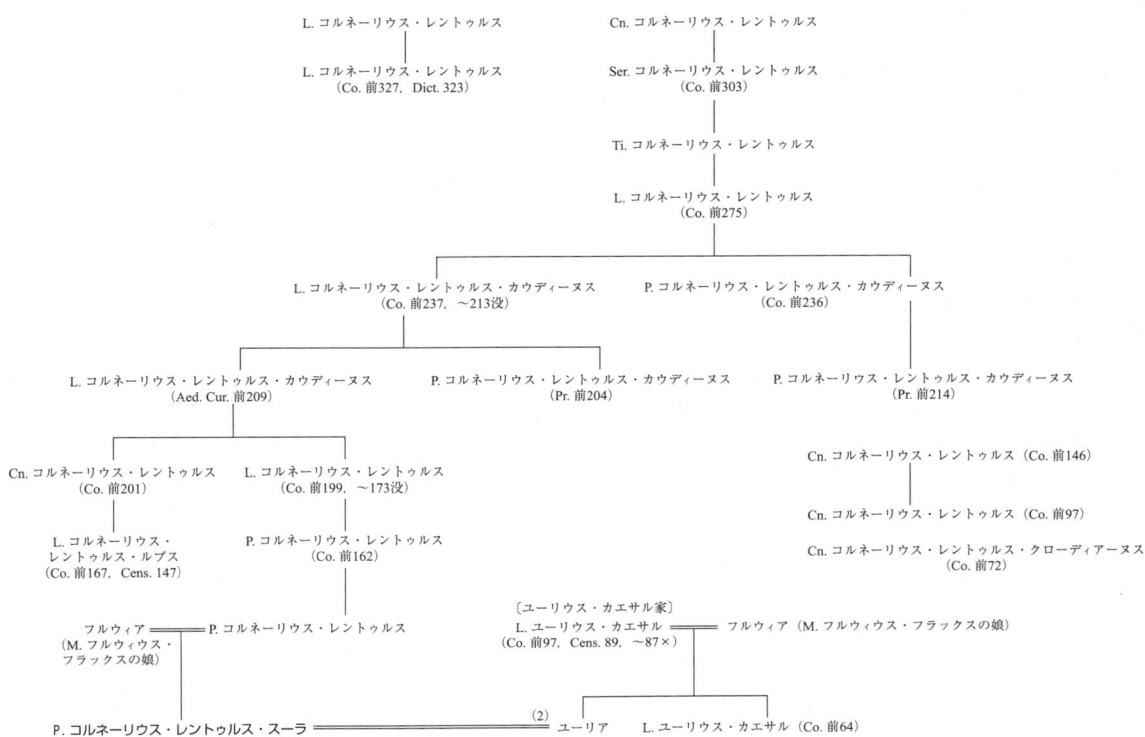

系図415　レントゥルス（家）

57年度の執政官(コーンスル)*職に就任。——相役はQ.メテッルス❿*・ネポースで、ネポースが俳優のパンピロス Pamphilos に生き写しだったのと同様、彼も俳優のスピンテールに瓜二つだった（彼の異名はこれに由来する）ので、この年ローマでは2人の贋執政官の舞台上演が同時に見られたという——。執政官在職中に、キケロー*の追放を解除し、また自己の野心からプトレマイオス12世*の復位運動を推進した。次いでキリキア*の属州総督(プロコーンスル) Proconsul となり（前56）、前53年任地を去る前に「最高司令官(インペラートル)」と歓呼され、帰国後凱旋式(トリウンプス)を挙げた（前51）。前49年に内乱が勃発するやポンペイユス*側につき、ピーケーヌム*の要塞都市アスクルム❷*を守備したが、カエサル*の快進撃を聞いて逃げ出し、自軍に見捨てられ、L.ドミティウス・アヘーノバルブス❸*が籠城するコルフィーニウム*へ避難。ここでカエサルに降参して宥されたにもかかわらず、ギリシアへ渡ってポンペイユスに合流した。パルサーロス*での敗北（前48）後、エジプトへ逃れんとしてカエサル軍に捕われ、処刑された。名門の血統たることを除けば凡庸な人物で、パルサーロスの決戦開始前から、もう勝利したつもりでカエサルの大神祇官(ポンティフェクス・マクシムス)長職の後任をめぐってアヘーノバルブスやメテッルス❺*らと争う有様だったという。

同名の息子プーブリウス P. Cornelius Lentulus Spinter （前74〜前42頃）は、父と同じくポンペイユス派に与したものの、カエサルに赦されて帰国し、カエサル暗殺（前44）後、再び反カエサルを公言してブルートゥス*やカッシウス*の味方についた。

Caes. B. Civ. 1-15〜16, -21〜23, 3-83, -102/ Plin. N. H, 7-12-54, 9-63-137/ Plut. Cic. 33, Caes. 42, 67, Pomp. 49, 67, 73/ Cic. Sest. 40, 69, Off. 2-16, Brut. 77, Att. 3-22, 6-1, 9-11〜, Fam. 1-1〜9, 12-14〜/ Val. Max. 9-14-4/ Sall. Cat. 47/ Dio Cass. 39-15〜/ App. B. Civ. 4-72/ etc.

レントゥルス・スーラ、プーブリウス・コルネーリウス Publius Cornelius Lentulus Sura, （ギ）Poplios Kornēlios Lentlos Sūras, Πόπλιος Κορνήλιος Λέντλος Σούρας, （伊）Publio Cornelio Lentulo Sura, （西）Publio Cornelio Léntulo Sura, （葡）Públio Cornélio Lêntulo Sura, （露）Публий Корнелий Лентул Сура

（?〜前63年12月5日）共和政末期ローマの政治家。カティリーナ*の陰謀の一味。法務官(プラエトル)*（前75）、執政官(コーンスル)*（前71）を歴任するが、放縦な生活に浸っていたため、不品行の廉で元老院から除名され（前70）、カティリーナの国家顛覆の密計に加担する。前63年、再び法務官に返り咲くと、占い師からシビュッラ*（シビュッレー*）の予言書に「3人のコルネーリウスがローマの独裁者になるであろう。その中の2人、キンナ*とスッラ*はすでにこれを果たし、今や第3のコルネーリウス（すなわちスーラ）に神々は支配権を授けようとされている」とあると鼓吹されて野心を逞しうする。カティリーナの退去後もローマに留まって陰謀の首魁となり暗躍。元老院議員全員と有力市民をことごとく殺し、ローマに火をかける計画を練った。しかし、ガッリア*を動揺させるべく味方につけたはずのアッロブロゲース*族に裏切られ、時の執政官キケロー*に通報される。すぐさま逮捕された彼は官職を辞任させられ、他の主謀者らとともにカピトーリーヌス*丘麓の獄内で絞殺され、遺骸は継子M.アントーニウス❸*の手で葬られた。若い頃から傲岸不遜で身持ちが悪く、スッラの下で財務官(クァエストル)*を務めていた時（前81）にも多額の公金を派手に浪費し、裁判の結果2票の差で無罪になると、「畜生！ 1票差でも無罪になれたのに、陪審員1人分余計に賄賂を贈り過ぎたわい」と口惜しがったという（前74）。

⇒ C. コルネーリウス・ケテーグス

Dio Cass. 37-30, 46-20/ Plut. Cic. 17〜22, Caes. 7〜8, Ant. 2, Cat. Min. 22/ Gell. 5-6/ Cic. Brut. 64, 66, Cat. 3-4〜7, 4-1, -6, Sull. 25, Verr. 2-1-14, Flac. 40, Phil. 2-7/ Sall. Cat. 32, 43, 47, 55/ etc.

ロイコス Rhoikos, Ῥοῖκος, Rhoecus, （仏）Rhœcos, （西）Reco

（前7世紀〜前6世紀）ギリシアの彫刻家、建築家。サモス*島の人。「彫塑芸術の発明者」と伝えられ、息子のテオドーロス❶*とともに初めて青銅鋳造(ブロンズ)の技術を実践し、またレームノス*島の迷宮（ラビュリントス*）や、サモスのヘーラー*大神殿を建設したという（前560年頃テオドーロスが完成させる）。また、2子テオドーロスとテーレクレース Telekles, Τηλεκλῆς は、エジプトに留学して先進技術をギリシアへもたらしたとされ、2人が別々の場所で半身ずつ造ったアポッローン*神像を後で組み合わせてみると、あたかも1人の名工の手になったかのごとくピタリと合体したという話が伝えられている。

⇒ エウパリーノス

Herodot. 3-60/ Paus. 8-14, 10-38/ Plin. N. H. 35-43, 36-19/ Diod. 1-98/ etc.

ロークサーナ Roxana

⇒ ロークサネー（のラテン語形）

ロークサネー Rhoksane, Ῥωξάνη, Roxana, （英）Roxane, Roxana, （仏）（独）Roxane, （伊）Rossana, Rossane, （西）Rosana, Roxana, （露）Роксана, （現ギリシア語）Roksáni, （ペルシア語）Rokhsāna, （バクトリア語）Roshanak, （パシュトー語）Roshāna, Rokhāna

（前345頃〜前311）「小さな星」の意。バクトリアー*の有

系図417 ロイコス

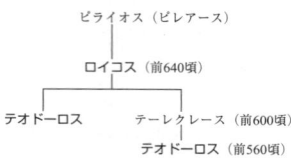

力豪族オクシュアルテース Oksyartes の娘。ダーレイオス3世*の后スタテイラ❶*を除けば、アジア第一の美女といわれる。前 327 年の早春にアレクサンドロス大王*がソグディアネー*の岩砦 Ariamazes (〈英〉Sogdian Rock) を攻略し、オクシュアルテースが降伏した時、彼女は宴席で踊って、その美しさを披露した。先住民王侯との宥和のため、大王はこれを正式に妃として迎える (前 327 年春)。前 323 年大王が死んだ時、ロークサネーは妊娠 6 ヵ月であった。産まれた児アレクサンドロス 4 世*は、ピリッポス 3 世*アッリダイオス (アレクサンドロス大王の庶兄) と並んでマケドニアー*の王位を認められ、母子はマケドニアー入りを果たす (前 320) が、翌年摂政のアンティパトロス*が没すると、エウリュディケ❷* (アッリダイオスの妃) の敵意を怖れエーペイロス*へオリュンピアス* (アレクサンドロス大王の母) を頼って亡命。前 317 年、オリュンピアスとともにマケドニアーへ帰還したものの、今度は王位を狙うカッサンドロス* (アンティパトロスの長男) に捕らわる (前 316 年春)。オリュンピアスが処刑されたのち、母子はアンピポリス*に幽閉され、やがてカッサンドロスの命令で毒殺された (前 311)。
　ロークサネー自身も権力欲の強い女性で、大王の死後、彼の正后だったスタテイラ❷* (バルシネー❷*) とその妹を、贋手紙でおびき寄せて惨殺したことは、よく知られている。
⇒巻末系図 027
Plut. Alex. 47, 77, De. Alex. fort. 2-6/ Arr. Anab. 4-18〜20, 7-27/ Curtius. 8-4, 10-6/ Diod. 18-3, -39, 19-11, -52, -105/ Just. 12-15, 13-2, 14-5〜, 15-2/ Paus. 1-6, 9-7/ Strab. 11-517/ etc.

ロークスタ　Locusta, または、**ルークスタ** Lucusta, 〈ギ〉Lūkūsta, Λουκοῦστα, 〈仏〉Locuste, 〈露〉Локуста

(?〜後 69 年 1 月) ガッリア*出身の女毒薬調剤師。54 年、小アグリッピーナ* (ネロー*帝の母) が夫帝クラウディウス*を暗殺した際、ロークスタに毒薬を整えさせ、試食係の宦官ハロートゥス Halotus の手を通じて食膳に盛らせた。その後、毒殺の罪で監禁されていたが、55 年ネロー帝によってブリタンニクス* (クラウディウス帝の実子) 殺害に起用され、皇帝の面前で猛毒を調合して帝の義弟ブリタンニクスを即死させることに成功。この手柄で過去の罪科はすべて赦され、以後帝室お抱えの毒殺係として重用され、莫大な報酬を得たばかりか、生徒をとって毒薬調合の教授も行なった。また晩年のネローは、彼女の調進した毒物を黄金の小函に容れて自決用に携帯していたという。68 年にネローが滅びたのち、彼女は新帝ガルバ*の命令で、ヘーリウス Helius はじめネローの時代に専横をきわめた悪評高い解放奴隷たちとともに処刑された。
Tac. Ann. 12-66, 13-15/ Suet. Ner. 33, 47/ Dio Cass. 60-34, 64-3/ Juv. 1-71/ etc.

ロークソラーノイ　Rhoksolanoi, Ῥωξολανοί, R(h)oxolani, 〈仏〉Roxolans, 〈独〉Roxolanen, 〈伊〉Roxolani, 〈西〉Roxolanos, 〈露〉Роксоланы, 〈現ギリシア語〉Roksolahí

サルマティアー*人 (サルマタイ*) の主要部族。同系のイアージュゲス*族とともに馬乳を飲み馬車生活を送る遊牧民として知られる。黒海北岸からイストロス* (現・ドーナウ) 河口へ進み、ポントス*大王ミトリダテース 6 世*軍に敗北した (前 100 頃) 後、アウグストゥス*やネロー*らに撃退されてローマ帝国の同盟部族となる。その後も属州モエシア*への侵入を繰り返し (⇒ハドリアーヌス)、コーンスタンティーヌス 1 世* (大帝) によって帝国領内への移住を認められた (後 334 頃)。
Plin. N. H. 4-12/ Tac. Hist. 1-79/ Strab. 2-214, 7-294, -306〜/ Dio Cass. 71-19/ Amm. Marc. 22-8/ Ptol. Geog. 3-5/ S. H. A. Hadr. 6, M. Ant. 22/ etc.

ロクリー・エピゼピュリイー　Locri Epizephyrii
⇒ロクロイ・エピゼピュリオイ、ロクリー

ロクリス　Lokris, Λοκρίς, Locris, 〈仏〉〈伊〉Locride, 〈西〉〈葡〉Lócrida, Lócride, 〈露〉Локрида

(現・Lokrídha) ギリシアの地方名。元来エウボイア*湾からコリントス*湾に至るギリシア中央部を占めていたが、ドーリス*、ポーキス*の勃興により東西に分かれた。東ロクリス Opūntioi Lokroí, Ὀπούντιοι Λοκροί, 〈ラ〉Locris Opuntia はボイオーティアー*とテッサリアー*の間に位置し、中心都市はオプース*。西ロクリス Ozolai Lokroí, Ὀζόλαι Λοκροί, 〈ラ〉Locris Ozolis はコリントス湾の北岸、ポーキスの西に続く地方で、中心都市はアンピッサ*。一説にケンタウロス*のネッソス*の屍体が放置されて異臭を放ったために、オゾリス Ozolis (「臭い、匂う」の意) の称が、西ロクリスに冠せられるようになったという。東ロクリスは前 683 年頃、イタリア南部に最初のギリシア植民都市ロクロイ* (⇒ロクリー) を建設、ペルシア戦争*にも全兵力を繰り出したが、その後振わなかった。伝承上の名祖ロクロス Lokros は、デウカリオーン*の子孫で、レレゲス*人の王であったとされる。英雄アキッレウス*の念友パトロクロス*や小アイアース*の出身地と伝えられ、歴史時代には住民はアイオリス*方言のギリシア語を話していた。
⇒ロクロイ、ナウパクトス、パトライ
Herodot. 7-132, -203, -207, 8-1, -31/ Thuc. 1-5. -103, -108, 2-9, 3-95/ Paus. 10-38/ Strab. 9-425〜/ Ptol. Geog. 3-14/ Plin. N. H. 4-7/ Xen. Hell. 4-2-17/ Apollod. 1-9-26, 2-8-2, Epit. 6-20/ etc.

ロクリス・オゾリス (西ロクリス)　Locris Ozolis
⇒ロクリス

ロクリー（または、ロクリー・エピゼピュリイー*）

Locri, （ギ）ロクロイ* Lokroi, Λοκροί,
（英）(Epizephyrian) Locri, （仏）Locres
(Epizéphyrienne), （伊）Locri Epizefiri, （西）
Locris Epizefiria

（現・Locri, Greco-Calabro, 旧称・Gerace Marina）イタリア最南部、ブルッティウム*（現・カラーブリア Calábria）のギリシア系植民市。レーギオン*の東北85kmに位置する。ギリシアの東ロクリス*のオプース*市によって前683年頃、建設された。立法家ザレウコス*の出身地として名高い。大プリーニウス*に従えば、ロクリーとクロトーン*の両市は疫病と地震に見舞われたことがないという。この町の沿革に関しては、ロクロイ・エピゼピュリオイ*の項を参照。

Liv. 28-6〜/ Plin. N. H. 2-98/ Strab. 6-259〜/ Thuc. 7-1/ Mela 2-4/ etc.

ロクロイ　Lokroi, Λοκροί, Locri（ときに Locrenses）,
（英）Locrians, （仏）Locres

ギリシア中央部ロクリス*地方の住民。『イーリアス*』にギリシア軍の武将として、この地の英雄アイアース❷*（小アイアース）およびパトロクロス*が登場する。歴史時代には東西に分かれ、東ロクロイ Opūntioi Lokroi（オプーンティオイ・ロクロイ、または Epiknēmidioi Lokroi（エピクネーミディオイ・ロクロイ））はオプース*市を主邑とし、前7世紀初頭にイタリア南部に植民都市ロクロイ（⇒ロクリー）を建設した。西ロクロイ Ozolai Lokroi（オゾライ・ロクロイ）（「臭いロクロイ」の意）はアンピッサ*市を主邑とするが、ペロポンネーソス戦争*以前にはほとんど登場せず、アイトーリアー*人やアカルナーニアー*人と同様、古くからの略奪の習慣を長く留めて開化が遅れていた。なおロクロイ人は、ローマ時代まで毎年2人の処女をトロイアー*の地へ送る習慣を続けており、彼女たちはトロイアー人に捕らえられれば殺されて遺骨を海にまき散らされるが、アテーナー*女神の聖域に無事かけ込めば許されたという。
⇒ロクロイ・エピゼピュリオイ

Hom. Il. 2-527, -535, 13-686, -712/ Herodot. 6-23, 7-132, -203, -207, 8-1, -32, 9-31/ Thuc. 1-5, -103, -108, -113, 3-89, -91, 4-96, 5-32, -64, 8-3, -43/ Strab. 9-425〜, 13-600/ Paus. 10-38/ Pind. Ol. 9-20/ Diod. 11-3, 12-42〜, -65, 14-8, 15-57, 16-24〜/ etc.

ロクロイ・エピゼピュリオイ　Lokroi Epizephyrioi,
Λοκροὶ Ἐπιζεφύριοι, 《ラ》ロクリー・
エピゼピュリイー* Locri Epizephyrii),
（英）Epizephyrian Locris, （仏）Locres
Epizéphyrienne, （伊）Locri Epizefiri, （西）
Locris Epizefiria

イタリア半島南部、マグナ・グラエキア*のギリシア人植民市ロクリー*（ロクロイ*）の住民。転じてこの都市そのものをも意味する。この町は前683年頃、東ロクリス*からの移民（主に逃亡奴隷、姦通者、盗賊たち）によって、ブルッティウム*のゼピュリオン Zephyrion（《ラ》ゼピュリウム Zephyrium）岬に建設され、数年後に12マイル北方の沿岸に移されたが、同じ市名を保持した。権門100家の支配する寡頭政治を布き、ギリシア世界最古の成文法（⇒ザレウコス）をもつ都市となる（前664）。前6世紀には南イタリア各地に植民市を設け、クロトーン*市と戦って勝利を収めるなど大いに威をふるった。前477／476年にレーギオン*の僭主レオプローン Leophron の攻撃を受けた時、市民たちは「勝利の暁には、アプロディーテー*の祭礼の折に必ず自分たちの娘を売春させます」と女神に誓願したという。アプロディーテーの誕生を主題にした浮彫で名高い大理石製「ルドヴィシ Ludovisi の玉座」（前470頃。現ローマ国立博物館）は、元来この町で造られたものだと推測されている。前5世紀後半、シュラークーサイ*と同盟を結びアテーナイ*侵略軍を撃破（前415〜前413）。しかし、その後シュラークーサイに服するようになり、僭主ディオニューシオス2世*が町の婦女子を集めて全裸にしこれらを相手に淫乱の限りを尽くした話は有名。ピュッロス*戦争（前281〜前270）の際に市民はローマ側についたかと思うとエーペイロス*王側につくといった具合に叛服常なく、第1次ポエニー戦争後はローマの版図に併呑された（前241）。第2次ポエニー戦争中、ハンニバル❶*に降伏、占領され（前216）、次いで再度大スキーピオー*に占領されて（前205）、次第に疲弊の色を濃くしていった。この市および住民は、祖国東ロクリスの英雄小アイアース*の生地ナーリュクス Naryks にちなんで、ナーリュキウス（ラ）Narycius（「ナーリュクスの」）と呼ばれることがある。廃墟からは、ドーリス*式やイオーニアー*式の神殿（後者はディオスクーロイ*のものと思われる）、市壁、野外劇場（テアートロン*）、墓地ならびにペルセポネー*の神域などが発掘されている。自ら「南イタリアのサッポー*」と誇称した女流詩人ノッシス*（前300頃活躍）や、ピュータゴラース*派の哲学者ティーマイオス❶*らは、この地の出身である。
⇒エウテューモス

Strab. 6-259〜/ Pind. Ol. 10-13〜, -98〜, 11-15, Pyth. 2-20/ Diod. 12-54, 13-3, 14-44, -100, -106〜, 22-8, 27-4/ Polyb. 12-5〜, -16/ Arist. Pol. 5-7/ Just. 20-2〜/ Liv. 22-61, 24-1, 27-25, 29-6〜/ Thuc. 3-86, -99, -103, -115, 4-1, -24, -25, 5-5, 6-44, 7-1, -4, -25, -35, 8-91/ Ath. 13-541c/ Ael. V. H. 9-8/ Anth. Pal. 7-718/ Paus. 3-19/ Verg. Aen. 3-399/ Steph. Byz./ etc.

ロースキウス（ロスキウス）・ガッルス、クィ（ー）ントゥス　Quintus Roscius Gallus, （ギ）
Rhoskios Gallos, Ῥώσκιος Γάλλος, （伊）Quinto
Roscio Gallo, （西）Quinto Roscio Galo

（前126頃〜前62）ローマの喜劇俳優。ラーヌウィウム*近くのソローニウム Solonium の出身。自由身分の生まれであったが、舞台で驚くべき人気を博し、ついにはスッラ*に寵愛されて騎士身分（エクィテース*）に列せられ、その

象徴たる黄金の指環を与えられた。容姿端麗だが斜視であったため、つねに仮面（マスク）をつけて舞台に立ち、その声調の素晴らしさで聴衆を魅了。年に50万セーステルティウスも稼ぎ、同時代の悲劇俳優クローディウス・アエソープス*と同じく莫大な財産を築いた。詩人Q. ルターティウス・カトゥルス*と親交があり、弁論家ホルテーンシウス*やキケロー*らは彼の演技に学んで身振りや口跡を磨いたという。前76年、ある奴隷の殺害に関してファンニウスC. Fannius Chaereaから訴えられた時には、キケローが弁護を引き受け、その折の演説文が現存している（『喜劇俳優ロースキウス弁護論 Pro Roscio Comoedo』）。ロースキウスの名は後世、優れた役者の典型例として使われるようになった。雄弁家L. クラッスス*の愛人。
⇒Q. ルターティウス・カトゥルス❶
Cic. Q. Rosc., Arch. 8, Div. 1-36, 2-31, De Or. 1-27～, -59, -60, 2-57, -59, 3-26, Leg. 1-4, Brut. 84, Nat. D. 1-28～/ Plut. Sull. 36, Cic. 5/ Plin. N. H. 7-39/ Macrob. Sat. 3-14/ Hor. Epist. 2-1/ Val. Max. 8-7/ etc.

ロースキウス（ロスキウス）、セクストゥス Sextus Roscius Amerinus,（ギ）Sekstos Rhōskios, Σέξτος Ῥώσκιος,（伊）（西）Sexto Roscio,（葡）Sexto Róscio

（前1世紀前半）ローマ共和政末期の人物。ウンブリア*の町アメリア*の出身。前81年、裕福な父親が殺された時、財産を狙う親族2人と結託したスッラ*の寵臣（解放奴隷）クリューソゴヌスL. Cornelius Chrysogonusによって、実父殺害の廉で告訴された。ローマの貴族らは独裁者（ディクタートル*）スッラの心証を害することを恐れて彼の弁護に立とうとはしなかったが、新進気鋭の雄弁家キケロー*（当時26歳）がその役割を引き受け、無罪判決を勝ちとった（前80）。その折の法廷弁論『アメリアのロースキウス弁護論 Pro S. Roscio Amerino』が伝存する。
Cic. Rosc. Am., Brut. 90, Off. 2-14, Orat. 30/ Plut. Cic. 3/ etc.

ローストラ Rostra,（仏）Rostres,（独）Rostren,（伊）Rostri,（西）Rostras,（露）Ростра

ローマのフォルム*にあった演壇。演説者はその上から聴衆に語りかけた。前338年、ラテン同盟*との戦いにおいて、アンティウム*で捕獲した敵船の青銅製の船嘴（ロストラ）rostra（〈単〉ロストルム rostrum）を戦利品としてローマに持ち帰り、それらを演壇の擁壁に飾ったことから、この名がある（⇒C. マエニウス）。もとはクーリア*（元老院議事堂）前の民会場（コミティウム）Comitiumに組み込まれていたが、のちカエサル*がフォルム・ローマーヌム*の西側中央に移築、大理石造りの堂々たる演説用基壇として再建した（前44年完成）。アウグストゥス*はこれをさらに立派な演壇に改築し（幅23.8m、奥行10.5m、高さ3m）、正面に従来からの船嘴を再度とりつけた（遺蹟が現存）。その他、フォルムの東側、カエサル神殿前にも前44年3月にアントーニウス*がカエサルの追悼演説をした演壇があり、のちアウグストゥスはアクティウム*（アクティオン*）の海戦（前31）で拿捕した船の舳先（ロストラ）でこれを装飾（前29）。また同フォルムのカストル*神殿の正面階段は3番目のローストラと呼ばれた。ちなみに、他の船にぶつけて沈めるための軍船の船嘴（ロストルム）（衝角）は、大プリーニウス*によれば、エトルーリア*人の発明であるという。なお、共和政末期の内乱の時代に、キケロー*ほか大勢の政治家の首がローストラに梟された話は有名。
⇒ベーマ
Liv. 8-14/ Varro Ling. 5-155/ Plin. N. H. 34-11/ Frontin. Aq. 129/ Dio Cass. 43-49, 56-34/ Suet. Iul. 6, Aug. 100/ Flor. 1-11/ Vell. Pat. 2-61/ Cic. Phil. 2-34, Att. 4-16(8)/ Plut. Cic. 48/ etc.

ロゼッタ石（英）Rosetta Stone,（仏）Pierre de Rosette,（独）Rosette-Stein, Stein von Rosette (Rosetta), Rosettastein,（伊）Stele di Rosetta,（西）Piedra de Rosetta
⇒ボルビティネー

ロゼッタ・ストーン（英）Rosetta Stone
⇒ボルビティネー

ロダヌス（河） Rhodanus,（ギ）Rhodanos, Ῥοδανός,（英）（独）Rhone,（独）Rotten,（伊）Rodano,（西）（葡）Ródano,（露）Рона,（オック語）Ròse,（フランコプロヴァンス語）Rôno,（ケルト語・Rodo, Rotoの音写）

（現・ローヌ Rhône）アルペース*（アルプス）山脈に源を発し、レーマンヌス Lemannus（現・レマン Léman）湖を通り、ガッリア・ナルボーネーンシス*を流れて、マッシリア*（現・マルセイユ）の西方で地中海に注ぐ大河（長813km）。早くにロドス*の植民市ロダ Rhoda（〈ギ〉ロデー Rhode, Ῥόδη）があったことから命名される。前6世紀以来、マッサリアー*（マッシリア）のギリシア人によって、北方への交通路として重視され、ローマ時代にもマリウス*が運河を開いて新しい海港を建造する（前104～前102）など、水運の発展が計られた。しかし後58年にポンペイウス・パウリーヌス Pompeius Paulinus（哲学者セネカ❷*の妻の兄弟）が立案した、この河の上流とモセッラ Mosella（現・モーゼル Moselle）河とを運河で結んで、ロダヌスとレーヌス*（ライン）の流れを1つに繋ぐ企画は、ガッリア・ベルギカ*総督の嫉妬によって挫折した。帝政後期にはここにローマ艦隊 Classis Fluminis Rhodaniが配された。
⇒アレラーテ、ルグドゥーヌム、ウィエンナ
Strab. 4-177～/ Plut. Mar. 15/ Plin. N. H. 3-4/ Tac. Ann. 13-53/ Mela 2-5, 3-3/ Caes. B. Gall. 1-1, 3-1/ etc.

ロッリア・パウリーナ Lollia Paulina,（ギ）Lolliā Paulīna, Λολλία Παυλῖνα,（西）Lolia Paulina

(?～後49) カリグラ*帝の皇后 (38～39)。強欲な祖父M. ロッリウス*（前21年の執政官コーンスル*）の遺産を相続した彼女は、ありふれた宴会でも総額4千万セーステルティウスもするエメラルドと真珠で覆われた華麗な衣裳をまとう大富豪となる。はじめ C. メンミウス❹*・レーグルスに嫁ぐが、美貌の噂を聞いたカリグラにより離婚を強要され、皇帝の3人目の妻に迎えられる (38)。ところがカリグラはすぐに飽きてしまい、「生涯どんな男とも寝てはならない」と命じて、彼女を宮殿から追い出してしまう (39)。次いで48年、クラウディウス*帝の皇后メッサーリーナ*が殺された後、彼女は次期皇后候補の1人に挙げられる (⇒カッリストゥス) も小アグリッピーナ*（ネロー*帝の母）に敗れ、翌年アグリッピーナの奸策で「魔術に耽った」罪に陥れられ、財産没収・追放のあげく首を刎ねられて果てた。ロッリアの歯は特殊な加工が施されていたので、首級が届けられた時、アグリッピーナは自らの手で口を開けてみて本人の首か否かを確かめたという。

⇒巻末系図 095

Suet. Calig. 25, Claud. 26/ Dio Cass. 59-12, -23, 60-32/ Tac. Ann. 12-1～2, -22/ Plin. N. H. 9-58 -117～/ etc.

ロッリウス、マールクス　Marcus Lollius,（ギ）Mārkos Lollios, Μᾶρκος Λόλλιος,（伊）Marco Lollio,（西）Marco Lolio

（前54頃～後2）初代ローマ皇帝アウグストゥス*の腹心。前25年属州となったガラティア*の初代総督を務め、執政官コーンスル*（前21）を経てマケドニア*へ赴任（前19頃～前18頃）。次いでガッリア*に派遣され、レーヌス*（現・ライン）河を渡っておし寄せて来たシガンブリー*やウーシペテース*、テンクテーリー*などのゲルマニア*人諸部族をひとまず撃退するが、続く戦闘で大敗を喫し軍団旗を奪い取られる (前16)。この敗北がローマに与えた衝撃は大きく、すぐさまアウグストゥス自らガッリアへ出向き、数年間この地に滞在して国境周辺問題に当たらねばならなかった (前16～前13)。その後もロッリウスは皇帝の信任を失わず、大ユーリア*（ユーリア❺*）の長男ガーイウス・カエサル*の補佐役に指名されて東方遠征に随行（前1～）、オリエント各地を収奪して莫大な富を築くかたわら、ガーイウスにその継父ティベリウス*（のち第2代皇帝）を讒謗して両者の離間を図ったという。「飽くなき蓄財を好み、この上ない悪徳に身を汚しながらも、それを隠蔽しようとしている男だ」と同時代の史家は評している。やがて、敵国パルティアー*王に通謀しているとの噂が広まり、彼の名はガーイウスの交友名簿から削除されてしまう。進退谷まったロッリウスは毒を仰いで己が命を断ち、人々はこぞってその死を喜んだと伝えられる。巨額の遺産は孫娘ロッリア・パウリーナ*が相続した。

⇒巻末系図 095

Suet. Aug. 23, Tib. 12～13/ Hor. Carm. 4-9-32～/ Vell. Pat. 2-97, -102/ Plin. N. H. 9-58-118/ Dio Cass. 54-6, -20/ Tac. Ann. 1-10, 3-48, 12-1/ Eutrop. 7-10/ etc.

ロデー　Rhode, Ῥόδη, または、**ロドス** Rhodos, Ῥόδος, Rhodus,（仏）Rhodé,（伊）Roda, Rodo,（西）Rode, Roda, Rodo,（露）Рода,（現ギリシア語）Ródhi

（「薔薇」の意）ギリシア神話中、太陽神ヘーリオス*の妻。ロドス*島の名祖。ポセイドーン*とアンピトリーテー*の娘（異説あり）。ヘーリオスと交わって7人の息子たちヘーリアダイ Heliadai, Ἡλιάδαι を産み、その子孫がロドス島を支配した。ロデーとロドスを別人とする説もあるが、両者は混同していて区別しがたい。

⇒本文系図 348

Apollod. 1-4/ Pind. Ol. 7-14～, Pyth. 8-24/ Ov. Met. 4-204/ Diod. 5-55/ Strab. 14-1-18/ etc.

ロドス　Rhodos, Ῥόδος, Rhodus (Rhodos),（英）（仏）Rhodes,（伊）Rodi,（西）Rodas,（葡）Rodes,（オスマン語）Rodos,（露）Родос,（現ギリシア語）Ródhos

（現・Ródhos）エーゲ海東南端、小アジア西南カーリアー*地方の対岸に位置する大島。面積1398 km²。歴史時代にはドーリス*系ギリシア人が占住し、オリエントとの海上交易で繁栄を続けた。リンドス*、カメイロス*、イアーリューソス*の3市が有力で、周辺の都市と連合してヘクサポリス*を成し、西方のシケリアー*（現・シチリア）島や南イタリア、小アジアのリュキアー*、キリキアー*にも植民を送り出していた。神話では太陽神ヘーリオス*の島として名高く、神が海中から浮かび上がらせたといわれ、テルキーネス*が住んでいたことから古名をテルキーニス Telkhinis, Τελχινίς とも呼ばれた。名祖はヘーリオスの妻となったニュンペー*（ニンフ*）のロデー*とも、島に咲き乱れる薔薇の花 rhodon に由来するともいう。先史時代から居住の痕跡が認められ、早くにエーゲ文明*が伝わり（前16世紀以前）、ミュケーナイ*文化の一中心地でもあった（前14世紀～）。前12世紀頃ドーリス人*が渡って来たとされ、ホメーロス*によれば、ヘーラクレース*の子トレーポレモス*に率いられたロドス軍がトロイアー戦争*に参加したことになっている―― 実際はドーリス人の植民は前10世紀末以後 ――。ドーリス人のもと、地中海全域にわたって活発に通商と植民活動を展開、ペルシア戦争*後デーロス同盟*に加入するが、次いでペロポンネーソス戦争*（前431～前404）が起きると、アテーナイ*から離反してスパルター*側に与し（前412）、ペロポンネーソス海軍の主要基地となった。前408年、古くからの3市リンドス、カメイロス、イアーリューソスは、防衛上の理由から統合して島の北端に新市ロドスを建設、ヒッポダモス*式の整然と計画された都市に集住 synoikismos して以来、東西貿易の中心としての重要度をますます高めた。前4世紀にはスパルター、アテーナイ、ハリカルナッソス*、ペルシア帝国*の支配を受けた後、アレクサンドロス大王*に征服される (前332)。ヘレニズム時代には有力な海軍を組織して独立を主張、諸王国の間に中立政策を守り、東地中海

の十字路上を占めるその立場を生かしながら繁栄の絶頂に達した。前305～前304年にはデーメートリオス❶*・ポリオルケーテースの長期の包囲に耐え、市民の勇気を称えてデーメートリオスが贈った攻城兵器を売却し、その代金で島の守護神ヘーリオスの巨大な青銅像を築造（⇒カレース）、この巨像コロッソス*は古代七不思議の1つに数えられた。国際的市場として富強を誇り、その貨幣は広く流通し、ローマと結んで一時期は小アジア本土のカーリアー、キリキアーの大部分を領有。ロドスの海事法はすべてのヘレニズム諸国の承認を受けてローマ法にも採用され、ビザンティン、ヴェネツィアを経て近代ヨーロッパにまで伝えられた。前2世紀中頃からデーロス*島の隆盛のため、次第に衰頹に傾いた（前167以降）が、永（なが）く文学・哲学・芸術の中心地として活況を呈し、ローマ帝政期にも上流子弟の留学地となり大いに賑わった。運動選手ディアゴラース❷*一族や哲学者パナイティオス*の出身地。またアポッローニオス❹*・ロディオス、プロートゲネース*、ポセイドーニオス*、天文学者ヒッパルコス❷*、彫刻家アポッローニオス❻*、アゲーサンドロス*一家、弁論学者アポッローニオス❷*・モローンらがここで活躍した。「美観と諸施設の整った点で他のどの都市をも凌駕する」と賞されたロドス市も、中世後期にキリスト教騎士団の要砦に転用されたせいで昔日の面影を失ってしまった。今日ではアポッローン*神殿やスタディオン*、ギュムナシオン*（体育場）などの遺跡が発掘されており、彫刻や墓碑類の出土品を考古学博物館で見ることができる。ロドス島はまた、太陽神ヘーリオスへの供犠祭 Helieia, Ἡλίεια や、アポッローンの愛人たる若者ポルバース Phorbas, Φόρβας が島から蛇を追い払った伝説、「ここがロドスだ、ここで跳べ」と幅跳び自慢をする男に論より証拠を求めたというアイソーポス*（イーソップ）寓話などで知られる。なおロドスにはローマ帝政期に至っても、男性市民が髭（びげ）を剃ってはならないと定めた法律が残っていたが、誰もこの法律を守らず、したがって何人（なんぴと）も処罰されることがなかったという。

Hom. Il. 2-654/ Herodot. 1-144, 2-178/ Pind. Ol. 7/ Diod. 4-58, 5-55～, 13-38, -45, 14-79, -97, 20-81～, -91～/ Strab. 14-652～/ Mela 2-7/ Plin. N. H. 5-36/ Ath. 10-444/ Thuc. 6-4, 7-57/ Paus. 6-7/ Xen. Hell. 4-8/ Arist. Pol. 5-3/ Nov. Test. Act. 21/ etc.

ロードス Rhodes
⇒ロドス*（の日本的誤記）

ロートパゴイ人 Lotophagoi, Λωτοφάγοι, Lotophagi,（〈単〉ロートパゴス Lotophagos, Λωτοφάγος, Lotophagus)「ロートスを食べる人々」の意。（英）Lotus-eaters,（仏）Lotophages,（独）Lotophagen,（伊）Lotofagi,（西）Lotófagos
ギリシア伝説中、リビュエー*（アフリカ大陸北岸）に住み、ロートス lotos（〈アラビア語〉Séedra、蓮・睡蓮の類）を食用とする民族。トロイアー*からの帰途、オデュッセウス*が彼らの国に上陸したところ、ロートスを食べた部下たちは故郷を忘れ、この地に永久に留まろうとしたので、彼らを無理やり船に引き戻して出帆せねばならなかったという。ロートスには記憶を喪失させる力があり、住民はその根を食べていたので飲料を全く必要としなかったという。のちにギルバ Girba（現・ジェルバ Djerba）島がロートパゴイ人の住地と見なされるようになった。
⇒ガラマンテス、ナサモーネス、ピュグマイオイ、プシュッロイ

Hom. Od. 9-82～/ Apollod. Epit. 7-3/ Hyg. Fab. 125/ Herodot. 4-177/ Strab. 17-829/ Plin. N. H. 5-4-28/ Mela 1-7/ Xen. An. 3-2-25/ Sil. 3-310/ Scylax/ etc.

ロドーピス Rhodopis, Ῥοδῶπις（または、ロドペー Rhodope, Ῥοδόπη),（伊）Rodopi, Rodope,（西）Ródope, Rodopis,（現ギリシア語）Rodhópis
（前7世紀末頃～前6世紀）エジプトのナウクラティス*で活躍した美貌の遊女（高級娼婦（ヘタイラー*））。ロドーピスというのは「薔薇（かんばせ）の顔の女」という意味の、いわば源氏名で、本名はドーリカ Dorikha, Δωρίχα。トラーケー*（トラーキアー*）の生まれで、サモス*島の人イアドモーン Iadmon, Ἴαδμων の奴隷であった（⇒アイソーポス）が、のちエジプトに連れて来られて遊女となり、地中海世界に広く艶名を謳われた。閨秀詩人サッポー*の兄弟カラクソス Kharaksos, Χάραξος も、彼女の色香に迷って莫大な財産を蕩尽し、一説には大金をもって彼女を身請けしたという（ためにサッポーは詩中で兄弟と遊女を非難している）。またある日、ロドーピスが入浴していると、1羽の鷲（わし）が飛んで来て履物の片方をつかみ去り、エジプト王プサンメーティコス❶*の膝に落とした。履物の優美さに感動した王は、その持ち主たる女を求めてエジプト全土をくまなく捜索させ、ついにロドーピスを見つけ出して自分の妻にした、という「最古のシンデレラ型物語」も伝えられている。さらに、彼女が売春により巨万の富を蓄えて、エジプト3大ピラミッドのうち最も小型だが最も多額の費用をかけた一基を造営した、という話も残っているが、第3ピラミッドが第4王朝ミュケリーノス Mykerinos, Μυκερῖνος（古エジプト名メン・カウ・ラー Men-Kau-Ra, Mn-K'w-Rʻ。在位・前2532～前2504頃）のもので、はるか後代の「遊女の墓」でないことは、史家ヘーロドトス*も指摘している通りである。

Herodot. 2-134～135/ Strab. 17-808/ Ath. 13-596/ Ael. V. H. 13-33/ Plin. N. H. 36-17/ Suda/ etc.

ロートマグス Rotomagus (Rothomagus、または、ロートマギー Rotomagi),（ギ）Rhatomagos, Ῥατόμαγος,（ケルト語）Ratumacos
（現・ルーアン Rouen）ガッリア*のセークァナ Sequana（現・セーヌ Seine）河口近くの町。カエサル*の遠征およびローマ帝政初期には、ウェリオカッセース Veliocasses 族の主邑であり、後3世紀末にはガッリア・ルグドゥーネーンシス*・セクンダ Gallia Lugdunensis Secunda の中心地となっ

た。
Amm. Marc. 15-11/ Ptol. Geog. 3-8/ Notitia Dignitatum/ It. Ant./ etc.

ロービーグス、または、ロービーゴー　Robigus, Robigo

ローマの麦の銹病の神。古王ヌマ*によって創始されたロービーガーリア Robigalia 祭（4月25日）では、ローマの北部5マイルの地にある聖森で赤犬と羊を捧げて、その霊を宥（なだ）める習慣であった。穀物を枯死から守るこの祭礼は、後世グレーゴリウス1世*（ローマ教皇・在任・後590～後604）によって「大祈願祭 Litaniae Maiores」に置き換えられてキリスト教化され、同日が福音書記者*マールコス*（マルコ）の祝日に重なるため、マールコスは農作物を銹病や荒天から守ってくれる聖人とも考えられるようになった。ロービーグスは男神、ロービーゴーは女神とする説もある。
Varro Ling. 6-16, Rust. 1-1～/ Ov. Fasti 4-901～/ Serv. ad Verg. G. 1-151/ Gell. 5-12/ Paul. Fest./ etc.

ローマ　Roma,（ギ）ローメー Rhome, Ῥώμη,（英）（仏）（蘭）Rome,（独）Rom,（露）Рим,（現ギリシア語）Rómi,（ナーポリ語）Romma,（エミリア・ロマーニャ語）Råmma,（アルバニア語）Romë,（ポーランド語）Rzym,（チェコ語）Řím,（アラビア語）（ペルシア語）Rūm,（漢）羅馬

イタリア*半島中部、ティベリス*（現・テーヴェレ）河畔にラテン人（ラティーニー*）によって建設された都市国家。王政、共和政を経て強盛に向かい、地中海世界全体を支配する大帝国へと発展した。伝説では、トロイアー*陥落後ラティウム*の地へ移住した英雄アエネーアース*（アイネイアース*）がローマ人の遠祖で、都市ローマはその子孫のロームルス*の手で前753年4月21日に創建されたことになっている（前751、前747、前728など諸説あり）。実際には前1000年頃から交通の要衝に当たるこの地に、インド・ヨーロッパ語族系の古代イタリア人 Italici が居住を始め、ラティーニーとサビーニー*がそれぞれ集落を形成、前7世紀末頃に統合されて小都市国家となり、当初は王政であったが、やがてエトルーリア*人の王を追って貴族（パトリキイー*）による共和政を樹立（伝・前509）、ラティウム諸市の盟主的立場に立って近隣諸部族を制圧し、次第にその地歩を強化していったものである（⇒十二表法）。

前4世紀の初頭にケルト*系ガッリア*人侵寇の危機を乗り切ったローマは、以来拡大の一途を辿り、サムニウム*戦争（前343～前290）、ラテン戦争（前340～前338）、ピュッロス*戦争（前281～前275）を勝ち抜き、マグナ・グラエキア*に至るイタリア半島全土を制圧（前272）、従来のエトルーリア文化に加えて、高度に洗練されたギリシア文化の影響も深く蒙るようになる。その間平民（プレーベース*）の勢力が伸張し、前3世紀の前半には身分闘争（前495～前287）も終わって、貴族（パトリキイー*）と平民との政治的平等も達成（前287）、ここにギリシア人史家ポリュビオス*も称賛した「元老院（セナートゥス*）」「民会（コミティア*）」「政務官（マギストラートゥス*）」の3本柱からなる共和政ローマの国制を確立したのである。

次いで前後3回にわたるポエニー戦争*（前264～前146）の結果、仇敵カルターゴー*を徹底的に破壊し、地中海西部の覇権を確立すると、ローマはシキリア*（現・シチリア）をはじめとする新たに獲得した海外領土を「属州 provincia」とし、総督を派遣して統治に当たらせた（⇒スキーピオー、カトー、ハンニバル）。さらにマケドニアー*戦争（前215～前148）、シュリアー*戦争（前192～前188）などを経て東部地中海をも制覇したが、属州から流入する莫大なる富とヘレニズム諸国の爛熟した芸術・学問に感化されて、ローマ人は急速に奢侈と淫逸の風に流れ、またギリシア風の少年愛と文芸愛好という新しい快楽に身を委ねるようになる。

被征服地の拡大にともなって、富裕者による奴隷制大土地所有 latifundium（ラーティフンディア*）の普及と中小農民の没落が進んだため、軍事力の低下などの弊害が増大し、グラックス*兄弟の改革運動（前133～前121）が試みられたものの、保守的な「権門貴族 nobiles（ノービレース*）」らの強い反対にあって頓挫。以後ローマは百年にわたる内憂外患こもごも来たる共和政末期の混乱の時代を迎える。政治家は閥族派（オプティマーテース*）と民衆派（ポプラーレース*）の2派に分かれて相争い、兵制改革を断行してゲルマーニア*人侵略者を撃破したマリウス*や、マリウス派を虐殺して反動的な恐怖政治をしいたスッラ*などの有能な武将が登場、他方シキリアの奴隷反乱（前135～前132、前104～前99）やユグルタ*戦争（前112～前105）、同盟市戦争（前91～前88）、ミトリダテース*戦争（前88～前63）、セルトーリウス*の乱（前80～前72）、剣闘士スパルタクス*の乱（前73～前71）、カティリーナ*の陰謀事件（前64～前63）が次々と勃発してローマを悩ませた。

前60年3人の実力者カエサル*、ポンペイユス*、クラッスス*は協約を結んで、いわゆる第1回三頭政治*を開始、なかでも民衆派のカエサルはガッリア遠征を果たして著しく台頭し、閥族派に寝返ったポンペイユスを討つべく内乱に突入（前49）、パルサーロス*の野で大勝を収めた（前48）が、唯一の実権者として独裁的傾向を強めたため、ブルートゥス*ら共和主義者に暗殺された（前44）。前43年、カエサルの部将アントーニウス*は、オクターウィアーヌス*（カエサルの養子）、レピドゥス*と盟約して第2回三頭政治を行ない（⇒キケロー）、ピリッポイ*においてカエサル暗殺者の大軍を殲滅させた（前42）が、その後エジプト女王クレオパトラー*への愛慾に溺れてローマの東方属州を彼女に贈与、ためにアクティオン*の海戦（前31）でアグリッパ*（オクターウィアーヌスの部将）に敗れ、翌前30年クレオパトラーともども自殺した。かくて全ローマ世界の主（あるじ）となったオクターウィアーヌスは、前27年アウグストゥス*の尊号を得て、事実上の帝政（＝元首政（プリーンキパートゥス）principatus）を樹立。以後200年にわたる「ローマの平和パクス・ローマーナ Pax Romana」の基礎を築いた。彼の治世には詩人

ウェルギリウス*、ホラーティウス*、オウィディウス*、史家リーウィウス*らが活躍してラテン文学の黄金時代を現出、また立派な公共建造物が築かれてローマ市の美化が図られた。

アウグストゥスからネロー*に至るユーリウス・クラウディウス朝（前27～後68）、そしてウェスパシアーヌス*からドミティアーヌス*に至るフラーウィウス朝（69～96）時代は、暴君や驕后も少なくなく、皇帝暗殺事件も頻発したが、官僚制による帝国支配は揺るがず、またセネカ*やタキトゥス*、マールティアーリス*、ユウェナーリス*、ペトローニウス*らの文人が輩出（ラテン文学の白銀時代）、贅の限りを尽くした美衣・美食を追究する享楽生活も極限に達した。続く「五賢帝時代」（96～180）はローマの全盛期とされ、はじめての属州出身の皇帝トライヤーヌス*は史上最大の版図を実現、ギリシア文化愛好家のハドリアーヌス*帝は内政の充実と国境の整備に努め、そのあとを継いだアントーニーヌス・ピウス*帝およびマールクス・アウレーリウス*帝の治世（アントーニーヌス朝）はのちに英国の史家 E. ギボンをして「人類史上もっとも幸福な時代」と絶賛せしめることとなる。帝国の各地に多数の都市が建設され、立派な道路網が四通八達して、ローマ文化が属州のすみずみにまで行きわたり、商業交易が大いに繁栄。地中海はまさしくローマ人の「我が海 mare nostrum」と化し、はるかインド・支那・北欧との貿易も盛んに行なわれた。

土木建築や法学が著しく発達したこの平和と繁栄の絶頂期にあって、すでに帝国凋落の予兆は諸方面に胚胎しつつあり、東方のパルティアー*や北方のゲルマーニア人の国境侵犯、疫病の蔓延による人口減少、奴隷制農場経営から小作人制（コローナートゥス colonatus）への移行、商品販路の行き詰まりなどの現象が明らかになりはじめた。アーフリカ*出身のセプティミウス・セウェールス*帝の諸改革や、その子カラカッラ*帝の属州全土の自由民にローマ市民権を賦与するアントーニーヌス勅令（212）にもかかわらず、ローマの頽勢はおおい難く、セウェールス朝*（193～235）の断絶後、異民族の侵入と内戦の相次ぐ3世紀の危機（いわゆる「軍人皇帝時代」、235～284）が到来。半世紀の間に数十人の皇帝が乱立し（うち正式の皇帝は26名）、住民は多額の税金と略奪に苦しんだ。その間アウレーリアーヌス*帝（在位・270～275）による唯一の太陽神 Sol Invictus 崇拝の導入や、首都ローマの城壁の造築も行なわれたが、わずか1名を除いてこの時期の皇帝はすべて非業の死を遂げ、帝国は混沌とした様相を呈した。

ようやく内乱を収拾したディオクレーティアーヌス*（在位・284～305）は、ローマを中央集権的な官僚制国家に変え、専制君主政 dominatus を開始、オリエント的な宮廷儀礼を採用し、属州の細分化・兵制の拡充整備を行なった。次いでコーンスタンティーヌス1世*が帝都をコーンスタンティーノポリス*に遷す（330）に及んで、ローマ市とその元老院は政治的意義を失ない、さらにキリスト教の国教化（391）によって古典古代的なあらゆるローマの伝統は断たれた。以来ローマ市は西ゴート*（410）およびヴァンダル*（455）の占領・劫略や、キリスト教徒による絶え間ない破壊と略奪の結果、見る影もなく荒廃し、一部のキリスト教関連施設に転用された例外を除いて、ことごとく無残な廃墟と化した。

古代ローマ時代の主要な建造物ならびに遺跡は以下の通りである ──（⇒巻末・ローマ市街図）。

(1) フォルム*（広場）

(a) フォルム・ローマーヌム* Forum Romanum（別名・大フォルム Forum Magnum、または中央広場）（現・Foro Romano）パラーティーヌス*丘とカピトーリーヌス*丘との間にあった沼沢地で、王政期に排水工事が行なわれ、石が敷きつめられて（前575頃）、ローマ人の市民生活の中心となった。民会の開かれた集会場コミティウム comitium や、元老院議事堂（クーリア*）、演壇（ロストラ*）、ウェスタ*、サートゥルヌス*、カストル*とポッルクス*などの諸神殿、いくつものバシリカ*や凱旋門、聖道（ウィア・サクラ*）、その他各種の記念建造物がおびただしく林立していた。現在も見るべき遺構が多い。

(b) フォルム・ユーリウム Forum Julium（現・Foro di Cesare）前51年ユーリウス・カエサルによって着工された広大なフォルムで、女神ウェヌス*・ゲネトリークス Genetrix の神殿も献堂された（前46）が、ついにフォルム全体は完成されなかった。

(c) フォルム・アウグスティー Forum Augusti（現・Foro di Augusto）アウグストゥスによって造営され（前42～前2）、ピリッポイの戦勝を記念して「復讐者マールス* Mars Ultor」の神殿が敷地内に建立された。

(d) フォルム・パーキス Forum Pacis（現・Foro di Vespasiano, Foro della Pace）ウェスパシアーヌス帝がフォルム・ローマーヌムの東北に造営し（後71～75）、平和の女神パークス*の神殿を設けたので、広場全体が平和の神殿と呼ばれた。

(e) フォルム・ネルウァエ Forum Nervae（現・Foro di Nerva）ドミティアーヌス帝が着工し、次のネルウァ帝が完成した（97）広場で、女神ミネルウァ*の神殿があった。

(f) フォルム・トライヤーニー* Forum Traiani（現・Foro di Traiano）トライヤーヌス帝が建築家アポッロドーロス❹*の設計で完成させた広場（112）。フォルム・ローマーヌムとカンプス・マールティウス*（マールスの野）を結びつける目的で造られた最も壮麗かつ広大なフォルム（幅185 m×奥行310 m）。バシリカ・ウルピア B. Ulpia やトライヤーヌス記念柱、ギリシア語本とラテン語本を蔵する2つの図書館も建設され、その奥にはトライヤーヌス神殿も築かれた。広場に隣接してトライヤーヌスの市場と呼ばれる一大商業センターも造られた。

これらの他、ティベリス河左岸には大フォルムよりも古くからあったと思われる家畜市場 Forum Boarium や、野菜市場 Forum Holitorium などの広場があった。

(2) 神殿 Templum

ローマには総計420以上の神殿があったと伝えられる。特に有名なものは──、カピトーリーヌス丘のユーピテ

ル*・オプティムス・マクシムス Optimus Maximus（至高至善のユーピテル）神殿（⇒カピトーリウム）。大フォルムにありローマの国庫が置かれていたサートゥルヌス神殿（前497創建）。同じくフォルムにあり貴族（パトリキイー）と平民（プレーベース）の和解を記念して建立されたコンコルディア*神殿（前367創建）。レーギッルス*湖畔の戦勝（前496）を記念して双生神ディオスクーリー*（ディオスクーロイ*）に捧げられたカストルとポッルクス神殿（前484創建）。ガッリア人の襲撃を知らせた女神ユーノー*に感謝して名将カミッルス*が奉献したカピトーリーヌス丘上のユーノー・モネータ J. Moneta 神殿（前344）。パラーティーヌス丘にアウグストゥスが建立したギリシア語図書館とラテン語図書館をもつ新しいアポッロー*神殿（前28奉献）。暗殺されたカエサルが火葬にされた場所に建てられたユーリウス神殿（前42～前29）。ハドリアーヌス帝によって造営された巨大なウェヌスとローマの神殿（後121～136）。アントーニーヌス・ピウス帝夫妻を祀るアントーニーヌスとファウスティーナ*神殿（141）。その他、ケレース*・リーベル*神殿（前496～前493）、ユーピテル・スタトル J. Stator 神殿（前298）、ウィクトーリア*神殿（前294）、アエスクラーピウス*神殿（前291）、ヤーヌス*神殿（前260）、マグナ・マーテル*神殿（前204～前191）、さらに円形プランのウェスタ神殿やパンテオン*（万神殿）など。

　(3) キルクス*（戦車競走場）

　古王タルクィニウス・プリスクス*によって建造されたと伝えられる大競走場キルクス・マクシムス（常設は前392年頃）の他に、監察官（ケーンソル*）C. フラーミニウス*がカンプス・マールティウス（現・Campo Marzio）の南側に築いたキルクス・フラーミニウス Circus Flaminius（前220）、ウァーティカーヌス*（現・Vaticano）丘にカリグラ*帝およびネロー帝が造営したキルクス Circus Gaii et Neronis、ウィア・アッピア*（アッピウス街道*）沿いにマクセンティウス*帝が建てたキルクス（後309、現・Circo di Massenzio）など。なお、キルクスに似ているが中央の「島 spina」（スピーナ）の部分を欠くギリシア式のスタディウム*（スタディオン*）では、カンプス・マールティウスに建造されたドミティアーヌス帝のスタディウム（現・ナヴォーナ広場 Piazza Navona）が名高い。詳しくはキルクスの項を参照。

　(4) 劇場*（テアートルム*）

　前145年までローマには完全な劇場はなく、その後もポンペイユスがカンプス・マールティウスに最初の石造劇場を建設する（前61～前55）までは、木造の非恒久施設としての劇場しかなかった。ポンペイユス劇場 Theatrum Pompeium Magnum は、大理石造りで1万7500の座席をもち（直径約140 m）、東隣に壮大な列柱回廊に囲まれた庭園（180 m×135 m）を備えていた。前44年カエサルが暗殺されたのは、このポンペイユス回廊で開かれた元老院集会においてであった（現・Palazzo Pio近くの遺跡）。前13年には、その東南に L. コルネーリウス・バルブス*が新しい劇場（1万1千5百人収容）を建造。他方カエサルはカピトーリーヌス丘麓にポンペイユス劇場を凌駕するべく大劇場を着工、この計画はアウグストゥス帝に引き継がれて前11年に完成し（奉献は前13）、帝の甥を記念してマルケッルス*劇場（現・Teatro di Marcello）と命名された（2万人収容）。

　なお、円形闘技場（アンピテアートルム*）も前1世紀頃から建造され、主に剣闘士試合（⇒グラディアートル）が開催されたが、ローマ市内で最も有名かつ巨大なものは、フラーウィウス円形闘技場、通称コロッセーウム*（現・Colosseo）である。

　(5) 公共浴場（テルマエ*）

　カンプス・マールティウスのアグリッパの浴場（前25）以来、帝政期には次々と立派な公共浴場が造営され、年を追うにしたがって豪華かつ巨大な施設となっていった。帝政後期のローマには大小900を越える公共浴場があったという。その代表的なものとしては、パンテオン北側のネロー帝の公共浴場（後62～64）、エースクィリーヌス*丘のネローの黄金宮殿 Domus Aurea（ドムス・アウレア）の敷地に建設されたティトゥス*帝の公共浴場（80）、その東隣に建築家アポッロドーロス❹の設計で築かれたトライヤーヌス帝の公共浴場（109）。市の東南にカラカッラ帝によって着工され（211／212）、エラガバルス*帝を経てアレクサンデル・セウェールス*帝の治下に完成したカラカッラ浴場（216竣工、現・Terme di Caracalla）。さらにそれらすべてを凌ぐ規模でウィーミナーリス*丘に造営されたディオクレーティアーヌス帝の公共浴場（298～306）などである。

　(6) 橋　Pons

　後3世紀末までにティベリス河にはおよそ10の橋が架けられたが、そのうち最古のものは古王アンクス・マルキウス*によって造られたと伝えられるスブリキウス橋*である。その他、ティベリス河中の島 Insula Tiberina に架けられたファブリキウス橋 Pons Fabricius（前62、現・Ponte Quattro Capi）や、その島と対岸とを結ぶケスティウス橋 Pons Cestius（前60、現・Ponte S. Bartolomeo）、前109年に監察官（ケーンソル*）M. アエミリウス・スカウルス❶*によって建造されたムルウィウス橋 Pons Mulvius（現・Ponte Molle、ミルヴィオ橋 Ponte Milvio）、ハドリアーヌス帝が自らの霊廟（マウソーレーウム*）に渡したアエリウス橋 Pons Aelius（後136、現・サンタンジェロ橋 Ponte Sant' Angelo）などが有名。

　(7) 凱旋門　Arcus Triumphalis

　数多く建てられた凱旋門のうち最もよく知られているのは、ユダヤ*人に対する戦勝（後70）を記念して大フォルムの南端ウェリア Velia の小丘に造られたティトゥスの凱旋門（後81年以後の完成、現・Arco di Tito）で、ローマ軍が七枝燭台 mᵉnôrāh（メノーラー）などの戦利品をイェルーサーレーム*（エルサレム）からもたらすありさまがアーチ内側に浮彫りで示されている。その他、大フォルムの北西端に対パルティアー戦を記念して建立されたセプティミウス・セウェールスの凱旋門（後195～後203、現・Arco di Settimio Severo）や、コロッセーウムの西南にムルウィウス橋の戦勝（312）を記念して建てられたコーンスタンティーヌスの凱旋門（315奉献、現・Arco di Constantino）がよく保存されている。

　(8) 霊廟（マウソーレーウム*）

カンプス・マールティウスの北方に造営されたアウグストゥスの霊廟(マウソーレーウム)（前28～前23）は、エトルーリア風の円筒型墳墓tumulusで、帝自身の他に妻リーウィア❶*や姉オクターウィア❶*、女婿アグリッパ以下ティベリウス*帝、クラウディウス*帝らユーリウス・クラウディウス朝の人々が埋葬された（五賢帝の初代ネルウァや、一説にはセプティミウス・セウェールス帝の后ユーリア・ドムナ*も一時ここに合祀されたという）。さらにハドリアーヌス帝は、ティベリス河対岸のドミティア*庭園に、同じくエトルーリア様式で一層大きな霊廟（高さ50 m）を建造（後135～139）、このハドリアーヌスのマウソーレーウム（現・サンタンジェロ城Castel Sant' Angelo）には、帝本人をはじめアントーニーヌス・ピウス、ルーキウス・ウェールス*、コンモドゥス*、そしてセプティミウス・セウェールス、ゲタ*、カラカッラら、セウェールス朝の人々に至る皇帝一族が埋葬された。

(9) 戦勝記念柱　Columna

トライヤーヌスのフォルム（フォルム・トライヤーニー）に、ダーキア*戦争勝利を記念して建立されたトライヤーヌス帝の記念柱（後113年落成、高さ38 m、現・Colonna di Traiano）は、アポッロドーロス❹の設計になり、帝のダーキア遠征の諸場面が螺旋状に連続浮彫りされており、基壇内に帝の遺骨が安置され、頂上には帝の立像が飾られていたという（現在はキリスト教徒によって使徒ペトロス*（ペトロ）像が据えられている）。これに倣ってカンプス・マールティウスに建立されたマールクス・アウレーリウス帝の記念柱（176～193、高さ42 m、現・Colonna di Marco Aurelio）は、帝の対ゲルマーニア戦勝利を記念したもので、同じく遠征の諸場面が螺旋状に連続浮彫りされており、頂上には帝の立像が飾られていたが、今日ではキリスト教の使徒パウロス*（パウロ）像と取り替えられている。

(10) その他の記念建造物

古王タルクィニウス・スペルブス*によって掘鑿が始められたと伝えるローマ最大の排水溝クロアーカ・マクシマ*（大下水溝）をはじめ、カピトーリーヌス丘麓にセルウィウス・トゥッリウス*王が築いたというトゥッリアーヌムTullianum牢獄――後世のカルケル・マーメルティーヌスCarcer Mamertinus。ローマに敗れたヌミディア*王ユグルタやガッリアの首長ウェルキンゲトリクス*らが凱旋式の後ここで処刑された――、アウグストゥスの治世に建立されたオクターウィアの列柱廊(ポルティクス) Porticus Octaviae（前23）や平和の女神パークスの祭壇アーラ・パーキス Ara Pacis（前13～前9）、その他共和政期から造営された十数本の水道施設（アクァエドゥクトゥス*）、アッピウス街道（ウィア・アッピア）、塩街道（ウィア・サラーリア*）に代表される道路網など、今なお往時の面影を偲ばせる遺構は少なくない。

ローマは古王セルウィウス・トゥッリウスによって4つの行政区regioに分けられ、城壁で囲まれたと伝えられるが、現存する「セルウィウスの壁」はガッリア人の侵入（前390頃）以後に修築されたものである。その後、人口が増大し、市街地が「ローマの七丘*」を越えてティベリス河対岸のヤーニクルム Janiculum（現・Gianicolo）丘にまで拡大したため、カエサルは古い城壁を取り壊して、市の境界線ポーメーリウム Pomerium (Pomoerium)を拡張。次いでアウグストゥスはローマを14の行政区に分割し、各区を管轄する政務官を抽籤で選出させた（前7）。ネロー帝治下の大火（後64）でローマ市の3分の2が灰燼に帰するまで、曲がりくねった狭い道と高層の共同住宅insula(イーンスラ)（6,7階建て）が密集する地域が多く、その後のネローの新都市ネローポリス Neropolis 計画も空しく、人口は増加の一途を辿り最大時には総数250万に到達、ローマは「全世界の汚水溜め」と評された。帝国の最盛期を経て、アウレーリアーヌス帝は異民族 barbari(バルバリー) の侵入に備えるべく、全長20 km以上に及ぶ堅固な城壁でローマ14区を囲繞（271～275）、その後マクセンティウス*帝は城壁を15 mの高さにまで強化した（309～312）。このアウレーリアーヌス城壁 Muri Aureliani（現・Mura Aureliane）とその各城門は、今日もかなりの部分が保存されている。

ローマのいくつもの地区のうち、最も有名なスブーラ*は、ウィーミナーリス丘とエースクィリーヌス丘の中間にあり、多くの店舗がひしめきあう売春地帯として知られていた。また、パラーティーヌス丘とティベリス河の間の地区ウェーラーブルム Velabrum には、肉屋・パン屋・占い師・舞踊家(ダンサー)らが蝟集。他方、エースクィリーヌス丘西南のカリーナエ Carinae（現・S. Pietro in Vincoli 周辺）は、ポンペイユス、キケロー*、アントーニウスらの邸宅がある繁華な地区であった。フォルムに近いトゥースクス Tuscus 街には男倡や床屋、浴場が多く、アルギーレートゥム*Argiletum 街には書籍商と代書人が店を並べ、アルゲンタリウス Argentarius 街には両替屋が、サンダリアーリウス Sandaliarius 街にはサンダル業者が、ウィトラーリウス Vitrarius 街にはガラス吹き職人が、という風に各業種別に特定の街区に集まって営業していた。

ローマ人は元来、質実剛健を尚ぶ農民兵士から成る市民集団で、男系氏族社会に典型的な家父長制度をとり、家父（パテル・ファミリアース*）paterfamilias は自らの妻子に対して絶対的な権利を所有、息子を奴隷に売ったり殺したりすることも自由に行なえ、姦通を働いた妻を処刑または売春窟送りとし、その情人を自ら凌辱ないし従僕に輪姦させたうえ性器切断することができた。宗教面ではエトルーリアの影響が強く、鳥卜官(アウグル)*や腸卜師(ハルスペクス)*の占術を重視、人身供犠も公式に行なわれ、またギリシアなど外国の諸神を積極的に受けいれたため神々の総数は無慮3万柱に達し、特に魔除けや豊穣を祈る男根崇拝的要素が顕著であった。婚姻関係は一夫一婦制を保ったが、男女両色ともに行なわれ、時代が降り女性の地位が向上するにつれて、既婚婦人(マートローナ)*matrona の情事や避妊・堕胎が盛行、離婚と再婚を頻繁に繰り返す例が多くなった。男性市民も妻帯を避けて、愛妾や娼婦、美少年や男倡、去勢奴隷を相手に放恣な性の快楽を追求。帝政期には春を鬻ぐ淫蕩な皇后のみならず、自ら化粧・女装して売春をする皇帝や逞しい青年の「花嫁」となって結婚式を挙げる皇帝も現われた。美容術や化粧法も発達し、男女とも様々な香料や染髪・脱毛剤、鬘(かつら)、白粉(おしろい)・

紅、各種クリームやパック類を用い、豪華な指環・頸飾り・腕輪などの宝石・装身具を身につけて、金糸銀糸の刺繍で装飾された高価な絹の衣裳を着用、ミルク風呂や香水風呂に入る者もいた。食卓は贅沢になる一方で、富裕者は孔雀の脳味噌や紅鶴(フラミンゴ)の舌、駱駝の踵(らくだ)、虎鱚(とらうつぼ) mūrēna の精子等々、山海の珍味を競って供し、凝った御馳走を何コースも次々と味わい続けるために吐瀉剤を使用。また養魚池に奴隷を投げ込んで魚の餌食にして楽しむ著名人もいた。庶民は無料でパンとキルクスでの戦車競走などの見世物に与り、特に剣闘士試合や猛獣狩り(ウェーナーティオー*)、模擬海戦(ナウマキア*)といった血腥(なまぐさ)い殺戮競技を愛好、あるいは官能的な所作で評判の物真似劇 mimus や無言劇(パントミームス) pantomimus にうち興じ、あるいは総合娯楽センターともいうべき諸設備の整った広大な公共浴場で時を過ごした。富豪たちは、彫像・絵画・モザイクなどの美術品で飾られ、中央暖房設備の施された壮麗な邸宅を構え、ティーブル*(現・ティーヴォリ)やカンパーニア他イタリア各地に瀟洒な別荘(ウィラ) villa を所有、衣裳係・化粧係・入浴係・食器係・毒味係等々、数えきれないほど大勢の奴隷 ── ある大金持は 2 万人の奴隷を擁していたという ── に傅(かしず)かれながら、歓楽の限りを尽くした生活を送った。しかし、こうした奢侈逸楽に流れる奔放な社会風潮は、ローマの平和と繁栄がもたらした成果であって、帝国の衰滅や頹廃とは何ら関係がない。ローマ帝国が滅亡したのは、主に官僚組織の肥大化と軍隊の傭兵化、身分・職業の固定化、キリスト教という単一イデオロギーの強制と、それに伴う文化破壊など諸因の結果であると言えよう。

⇒オースティア、トリブス

Liv./ Polyb./ Dio Cass./ Tac./ Suet./ S. H. A./ Cato/ Cic./ Caes./ Varro/ Plut./ Plin./ App./ Vell. Pat./ Flor./ Juv./ Mart./ Verg./ Hor./ Ov./ Frontin./ Strab./ Dion. Hal./ etc.

ローマ騎士 Equites
⇒エクィテース

『ローマ皇帝物語』(ないし『ローマ皇帝群像』)
　　　　　　　　　Historia Augusta,（英）Augustan History
⇒ヒストリア・アウグスタ

ローマ古王 Reges Romani,（英）Kings of Rome,（仏）Rois de Rome,（独）die altrömischen Könige,（伊）Re di Roma,（西）Reyes de Roma,（葡）Reis de Roma,（露）Древнеримские цари

伝承上、初期ローマを統治したとされる七王(前753～前510)。ロームルス*、ヌマ・ポンピリウス*、トゥッルス・ホスティーリウス*、アンクス・マルキウス*、L. タルクィニウス・プリ(ー)スクス*、セルウィウス・トゥッリウス*、L. タルクィニウス・スペルブス*の 7 人。各項を参照。

⇒巻末系図 050

ローマの七丘（ラ）Septem Montes Romae,（ギ）Ἑπτὰ Λόφοι τῆς Ῥώμης,（英）Seven Hills of Rome,（仏）Sept Collines de Rome,（独）Sieben Hügel Roms,（伊）Sette Colli di Roma,（西）Las Siete Colinas de Roma,（葡）Sete Colinas de Roma

ローマ市が建設された 7 つの丘。通例、以下の七丘をいう。

1. パラーティーヌス* Palatinus（現・パラティーノ Palatino）
2. カピトーリーヌス* Capitolinus（現・カピトリーノ Captolino, カンピドリオ Campidoglio）
3. クィリーナーリス* Quirinalis（現・クィリナーレ Quirinale）
4. カエリウス* Caelius（現・チェリオ Celio）
5. アウェンティーヌス* Aventinus（現・アヴェンティーノ Aventino）
6. エ(ー)スクィリーヌス* Esquilinus（現・エスクィリーノ Esquilino）
7. ウィーミナーリス* Viminalis（現・ヴィミナーレ Viminale）

伝承によれば、建祖ロームルス*はエトルーリア*人の宗教的風習に従って、牛に鋤をひかせて市の周囲を巡り、ポーメーリウム pomerium (pomoerium) という聖なる境界線を設けて市域の範囲を確定した。さらに彼はティベリス*河対岸のヤーニクルム Janiculum（現・ジャニコロ）の丘をも占領し、ローマの橋頭堡としたと伝えられる。実際には当初から上記の七丘がローマ市に包含されていたのではなく、前 7 世紀にエトルーリア人によって築かれた最古の城壁も、パラーティーヌス丘を中心にカエリウス丘、エ(ー)スクィリーヌス丘を含む狭い地域を囲むものでしかなかった。七丘がローマの市域内に含まれたのは、ケルト*系ガッリア*人の劫略後に、いわゆる「セルウィウス*の壁」が建造されてからのことであった（前378）。毎年 9 月（のち 12 月 11 日）にローマ市ではセプティモンティウム Septimontium と呼ばれる七丘祭の儀式が行なわれていた。

⇒ウァーティカーヌス

Varro Ling. 5-41, 6-24/ Plut. Rom. 9～, Mor. 280d/ Cic. Att. 6-5/ Verg. G. 2, Aen. 5-783/ Plin. N. H. 3-5/ Liv. 1/ Columella 2-10/ Suet. Dom. 4/ Festus/ Prop. 3-11/ etc.

ローマの祝祭 Feriae, Festivitates,（英）Festivals, Feasts,（仏）Fêtes, Festivals,（独）Feste, Festivals,（伊）Festival, Feste,（西）Fiestas, Festivales,（葡）Festivais, Festas,（露）Фестивали, Фестивалы

各種ルーディー*の項を参照。またローマ人の愛好した血腥(なまぐさ)い競技試合については、剣闘士(グラディアートル*)、模擬海戦(ナウマキア*)、野獣狩り(ウェーナーティオー*)を参照。戦車競走をはじめとするこれら各種の見世物は、円形競技場(キルクス*)や円形闘技場(アンピテアートルム*)などにおいて無料で公開された。何万という大群衆の出盛るこうした場所は、情事や売春の温床となり、また庶民が為政者を批判する絶好の機会をも提供していた。

⇒サートゥルナーリア、ルペルカーリア、マートロナーリア、ボナ・デア、バッカナーリア

ロームルス Romulus,（ギ）Rhōmylos, Ῥωμύλος,（伊）Romolo,（仏）Romule,（西）Rómulo,（葡）Rômulo,（露）Ромул,（現ギリシア語）Romílos
（伝・前770頃〜前716年7月7日）伝説上のローマの建設者、初代の王（在位・前753〜前716頃）。異伝は多いが、一般に軍神マールス*とレア・シルウィア*（アルバ・ロンガ*王ヌミトル*の娘）との子で、レムス*の双生兄弟とされる（⇒巻末系図049〜050）。ヌミトルの弟アムーリウス*は兄を廃位し、兄の娘レア・シルウィアをウェスターリス*（女神ウェスタ*の巫女）にして結婚できぬように計らった。ところが彼女がマールス神に犯されて双生児を出産したので、アムーリウスは召使いに命じて赤児をティベリス*（現・テーヴェレ）河へ棄てさせた。籠に入れられて河に流されたロームルスとレムスは、パラーティーヌス*の丘に漂着し、雌狼lupaに乳を含まされ、啄木鳥の運ぶ食物で養なわれた。次いで王の豚飼いファウストゥルス*に拾われて、その妻アッカ・ラーレンティア*に育てられる。長じてのち自らの素性を知った兄弟は、アムーリウスを殺し、祖父ヌミトルを復位させたのち、ティベリス河畔に新しい都市を創建する。その折ロームルスはパラーティーヌス丘に、レムスはアウェンティーヌス*丘に町を築こうとして対立。鳥占いの結果、ロームルスに12羽、レムスに6羽の兀鷹が現われたため、ロームルスの方が神々に是認されたと見なされた。しかし、レムスはこれに反対して、ロームルスのめぐらせた城壁と壕を嘲り、その壕を跳び越えたので殺害され、アウェンティーヌス丘に葬られた。かくて前753年4月21日（異説あり）に建設された新市は、ロームルスにちなんで「ローマ」と名づけられ、カピトーリウム*丘に神聖な避難所asylumが設けられて、各地から亡命者が流れ込んだ。しかるに女の数が少なかったので、ロームルスはコーンスス*神の祭礼競技を催し、見物に来たサビーニー*族の婦女らを略奪させた。その結果、サビーニーの王ティトゥス・タティウス*軍が攻め寄せた（⇒タルペイヤ）が、今はローマ人の妻となっていた女たちが仲裁に入り、和議が成立。ローマ人とサビーニー族は共同してローマ市を成し、ロームルスとタティウス王が2人で支配することとなる。タティウス亡き後、ロームルスは単独で統治し（前742頃〜）、元老院や民会・諸々の祭礼や神官職の設置、部族の区分、貴族と平民の身分制度など国制の基礎を築いたとされる。ウェイイー*はじめ近隣諸市と戦い、フィーデーナエ*を占領、戦勝記念柱（スポリア・オピーマ*）を手に持って徒歩で凱旋。やがて独裁に傾いたため、元老院議員らに暗殺され全身をバラバラに切り刻まれたとも（⇒ペイシストラトス❷）、カンプス・マールティウス*で閲兵中、突然の雷雨と晦冥に紛れて行方不明になったともいう。伝・54歳。人々は彼が昇天して神となったのだと信じて、クィリーヌス*の名で崇拝した。伝承によれば、フォルム・ローマーヌム*にあるラピス・ニゲル Lapis Niger（黒い石）の下に、ロームルスの墓があったとされている。なお、レムスは殺されずにロームルスと共同統治したとか、ローマはロームルスではなくレムスによって設立されたとする別伝もある。
⇒ユーリウス・プロクルス、ヘルシリア
Liv. 1-1〜/ Dion. Hal. 1-71〜/ Plut. Rom., Mor. 267c〜/ Cic. Div. 1-20(40), -48(107)〜, Rep. 2-4〜12/ Ov. Fast. 2-381〜, 3-11〜/ Serv. ad Verg. Aen. 1-273〜, 6-778, 8-635/ Varro Ling. 5-54/ Flor. 1-1/ Strab. 5-229〜/ Tac. Ann. 13-58/ Tzetz. ad Lycoph. 1232/ Plin. N. H. 15-20/ etc.

ロームルス・アウグストゥルス Romulus Augustulus,（ギ）Rhōmylos Augūstūlos, Ῥώμυλος Αὐγούστουλος,（仏）Romulus Augustule,（伊）Romolo Augustolo,（西）（葡）Rómulo Augústulo,（露）Ромул Август
（正しくはロームルス・アウグストゥス Flavius Romulus Augustus, 正式称号は、Dominus Noster Romulus Augustus Pius Felix Augustus）（後461頃〜511以降）西ローマ最後の皇帝（在位・475年10月31日〜476年9月4日）。幼少の傀儡帝のため「小アウグストゥス Augustulus（ギ）モーミューッロス Momyllos, Μωμύλλος」と呼ばれる。ユーリウス・ネポース*帝を放逐した父オレステース*により名目上の帝位に即けられるが、東ローマからは承認されず単なる僭称帝と見なされている。在位1年足らずで傭兵隊長オドアケル*に父や叔父を殺され、廃位に追いやられる。若年と美貌のゆえに助命され、カンパーニア*のネアーポリス*（現・ナーポリ）にあるルークッルス*荘に追放となるも、その後の消息は明らかではない。ダルマティア*ではなおも東ローマに支持されたユーリウス・ネポースが皇帝を称し続けたけれど、ロームルスの退位をもって史上、西ローマ帝国の滅亡と見なされている。ロームルス*が創始し、アウグストゥス*が帝政を始めたローマは、かくてロームルス・アウグストゥスをもって終焉を告げたのである。なお、この西ローマ最後の皇帝は、傭兵たちの間では「愚か者」を意味するラテン語ストゥルトゥス Stultus の異名で呼ばれていたという。
⇒巻末系図105
Evagrius 2-16/ Cassiod. Chronicon, Var./ Procop. Vand. 1-1, 2-6/ Theophanes/ Jordan./ etc.

ロルリア・パウリーナ Lollia Paulina
⇒ロッリア・パウリーナ

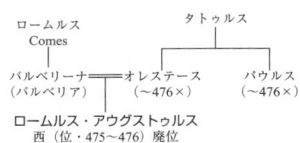

系図418 ロームルス・アウグストゥルス

ロルリウス　Lollius
⇒ロッリウス

ロンギーヌス、カッシウス　Cassius Longinus
⇒ロンギーノス、カッシオス
⇒カッシウス・ロンギーヌス

ロンギーノス、カッシオス　Dionysios Kassios Longinos, Διονύσιος Κάσσιος Λογγῖνος, Dionysius Cassius Longinus,（仏）Cassius Longin,（伊）Cassio Longino,（西）Casio Longino

（後213頃～273）ギリシア系の著述家・修辞学者・哲学者。シュリアー*（シリア）のエメサ*に生まれる。アンモーニオス・サッカース*やオーリゲネース*に学び、新プラトーン主義を奉じて、アテーナイ*で哲学・文学・修辞学を教える。ポルピュリオス*の師。博学をもって知られ、のちに「動く図書館、歩く博物館」また「批評家中の第一人者」と称された。パルミューラ*の女王ゼーノビア*に招かれて、ギリシア語教師および顧問役を務め、その宮廷で大きな勢力をふるった。ローマ皇帝アウレーリアーヌス*によってパルミューラが滅ぼされた時、住民の反乱を煽動したとして処刑された。その折、彼は哲学者らしく慫慂として死に就いたが、ゼーノビアは自分が助かりたいがために戦争の責任をロンギーノスはじめ側近の男たちに転嫁し、その結果大勢の無辜の犠牲者を出したという。

　ロンギーノスは、プラトーン*の『ティーマイオス』の注解 Περὶ ἀρχῶν, Peri arkhon など2、3の哲学的著作の他、ホメーロス*およびホメーロス問題を扱った作品、修辞学的作品など多くの著書を残したが、現今は断片が伝わるに過ぎない。なお、彼の名の下に伝えられていた『崇高について Περὶ ὕψους, Peri hypsūs』は、まったく別人の作であることが明らかにされている（偽ロンギーノス Pseudo-Longinos。おそらく後1世紀頃のユダヤ系の著者で、『創世記 Genesis』はじめ数多くの書物を引用し、当時流行の内容空虚な形式主義に対して、感情 pathos の高揚こそ文学の最も大切な要素であると説いている）。

⇒カエキリウス（カラクテーの）
S. H. A. Aurel. 30/ Plotinus Vita 14/ Eunap. V. S. 4 Porph./ Zosimus 1-56/ Porph. Plot./ Hieron./ Phot. Bibl./ Suda/ Pseudo-Longinus Subl./ etc.

ロンゴス　Longos, Λόγγος, Longus,（伊）（西）Longo

（後2世紀後半～3世紀初頭頃）ローマ帝政期のギリシアの小説家。レスボス*島を舞台にした牧歌的な恋愛物語『ダフニスとクロエー Ta Poimenika kata Daphnin kai Khloēn』4巻の著者。この作品は他のギリシア恋愛小説とはやや趣を異にし、男女の主人公が数奇な運命に翻弄された末に邂逅を果たすという冒険譚よりも、牧人として育てられた2人の棄て子が、田園風景の中で恋心を芽生えさせて行く過程に主眼を置いており、その特色たる美しい自然描写と豊かな抒情性のゆえに、ビザンティン時代以来多くの模倣者を輩出、近代ヨーロッパ文芸に至るまで大きな影響を及ぼした。ギリシアの恋物語としては当然のことながら、少年愛の誘惑も欠けてはおらず、性的表現が露骨であると古来評されてはいるものの、むしろ純真なエロティシズムと細やかな心理描写の点で傑作の誉れが高い。テオクリトス*らヘレニズム期以降の牧歌詩人に負うところも大きい。

⇒カリトーン、アキッレウス・タティオス、ヘーリオドーロス❷、エペソスのクセノポーン
Longus, Daphnis et Chloe

ロンゴバルディー　Longobardi,（ギ）Longobardoi, Λογγοβάρδοι,（Longobardai, Λογγοβάρδαι）
⇒ランゴバルディー

ロンディ（ー）ニウム　Londinium,（Lundinium）のちアウグスタ Augusta,（ギ）Londinion. Λονδίνιον,（仏）（西）Londres,（伊）Londra,（漢）倫敦

（現・ロンドン London）ブリタンニア*（ブリテン）のタメシス Tamesis（現・テムズ Thames）河沿いの都市。後43年、クラウディウス*麾下のローマ軍に占領され、ローマ都市として建設されて以来、交通網の中心となり、ブリタンニア島の交易都市としてめざましく発展する。61年、女王ボウディッカ*の乱で破壊されるが、すぐに再建されて経済上および軍事上の重要な拠点となり、やがてカムロドゥーヌム*（現・コルチェスター）にとってかわってブリタンニアの州都となった。80年頃、ローマ市以外では最大規模のバシリカ*（長さ500フィート）やフォルム*、円形競技場（アンピテアートルム*）が建造され、140年頃には市壁が築かれて、人口6万人を擁する帝国西方では第5位の都市に成長。2世紀末にはミトラース*神殿 Mithraeum も設けられ、のちキリスト教の司教座も置かれた。5世紀初頭にローマ軍団が撤退（410）して以来、サクソニー*族の侵入を受け荒廃に帰した。

　公共浴場（テルマエ*）や城砦の一部、またミトラース神殿内からは神々の大理石彫像などが発掘されている。

⇒エブラークム、リンドゥム
Tac. Ann. 14-33/ Amm. Marc. 20-1, 27-8, 28-3/ Ptol. Geog. 1-17, 2-3, 8-3/ Baeda Hist. Eccl. 2-3/ Galfridus Monemutensis H. R. B. 12-13/ etc.

ワ行

ワイン wine
⇒葡萄酒

ワッロー Varro
⇒ウァッロー、マールクス・テレンティウス

ワーティカーヌス Vaticanus
⇒ウァーティカーヌス

ワレリア Valeria
⇒ウァレリア

ワレリウス Valerius
⇒ウァレリウス

ワロー Varro
⇒ウァッロー、マールクス・テレンティウス

巻末付録

A. 巻末系図

I　ギリシア神話伝説
　　　　系図番号 001〜020
II　ギリシア主要諸家（ヘレニズム王家、アカイメネース朝ペルシア、ユダヤ、ヌミディア、カルターゴー等の系図）
　　　　系図番号 021〜048
III　ローマ主要諸家（ローマ神話伝説上の古王家、アルバ・ロンガ王家歴代、等）
　　　　系図番号 049〜075
IV　ローマ帝政期系図
　　　　系図番号 076〜107
V　パルティアー王家、アルメニアー王家、サーサーン朝ペルシア諸王
　　（含むパルティアー王家王統表、アルメニアー王家王統表、等）
　　　　系図番号 108〜114
VI　哲学諸派系統図
　　　　系図番号 115〜116
VII　ギリシア・ローマ神名対応表一覧（含むエトルーリア名・ゲルマン・ケルト名、等）
　　　　系図番号 117

B. 年　表

　ギリシア史
　ローマ史

C. 度量衡

D. 地　図

I　ギリシア世界
II　ギリシア全土
III　ギリシア中央部
IV　アテーナイ市街図
V　アレクサンドロスの東征行路
VI　イータリア全土
VII　ローマ市街図
VIII　ローマ市街中心部
IX　ローマ帝国版図（最大期）
X　小アジア
XI　ガッリア
XII　ヒスパーニア

巻末系図 001

[原初の神々の系図] (ガイア, ニュクス, ポントスの系図)

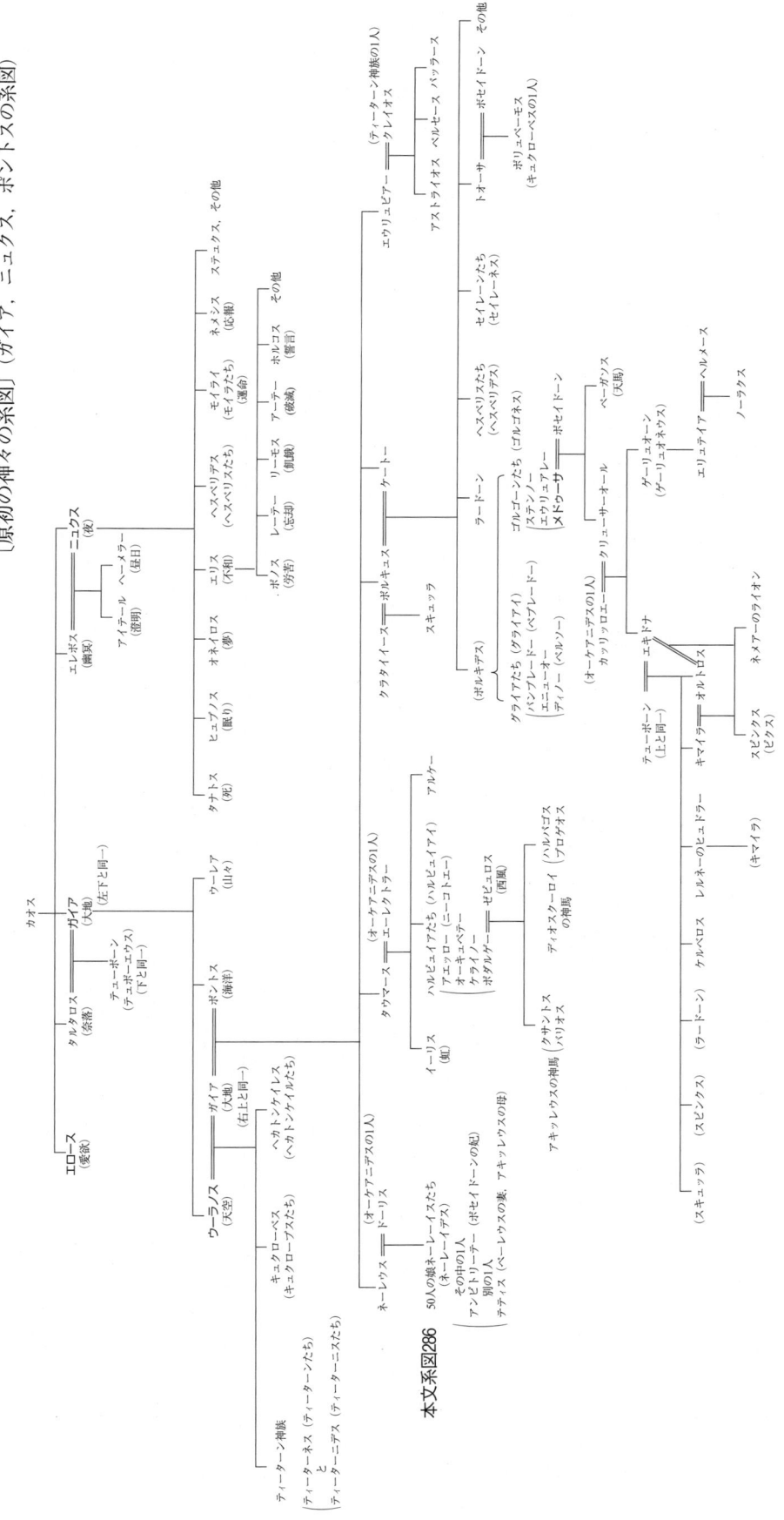

A. 巻末系図

巻末系図 002

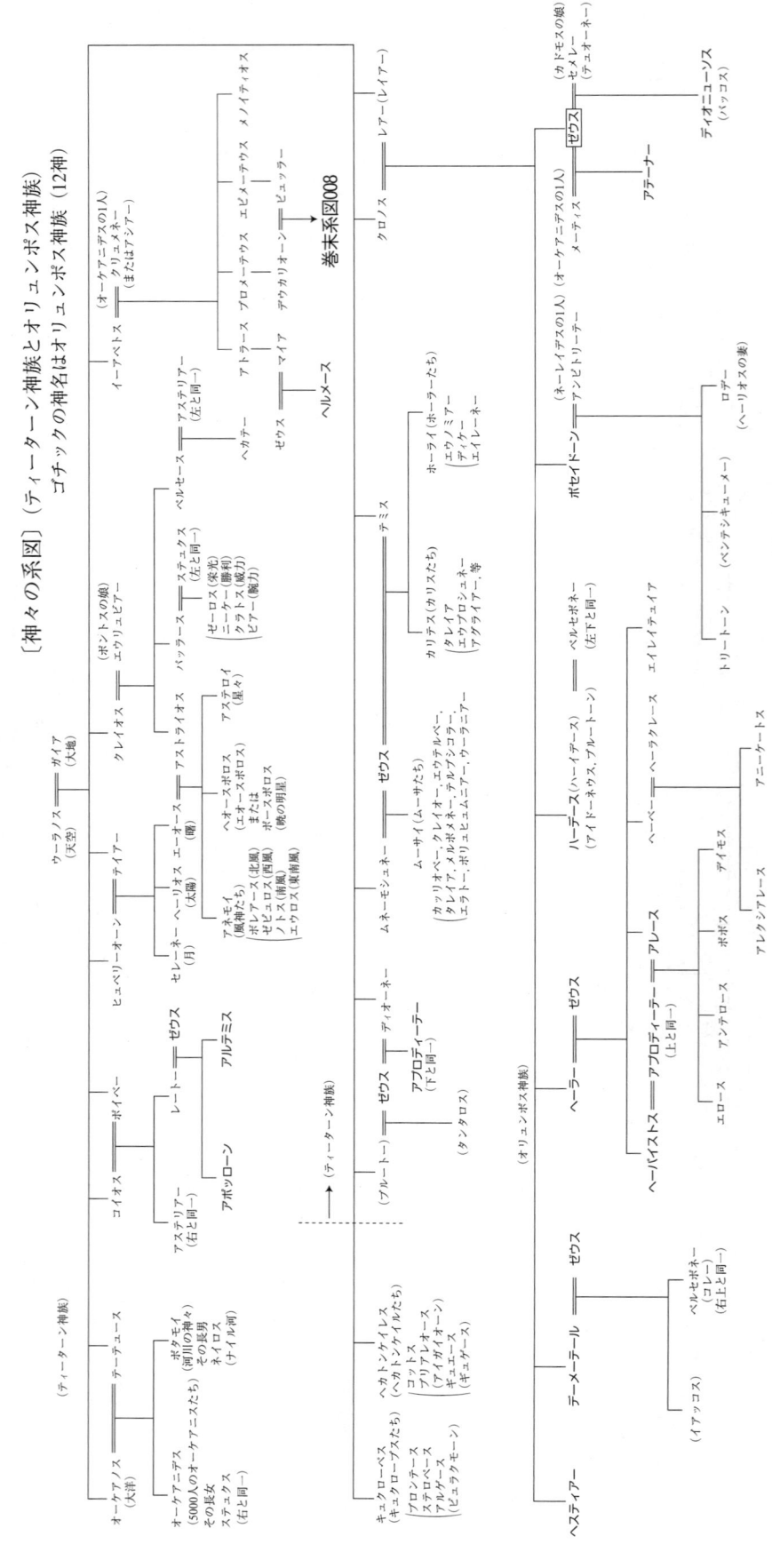

巻末系図 003

［アルゴス古王家・アルカディアー王家の系図］

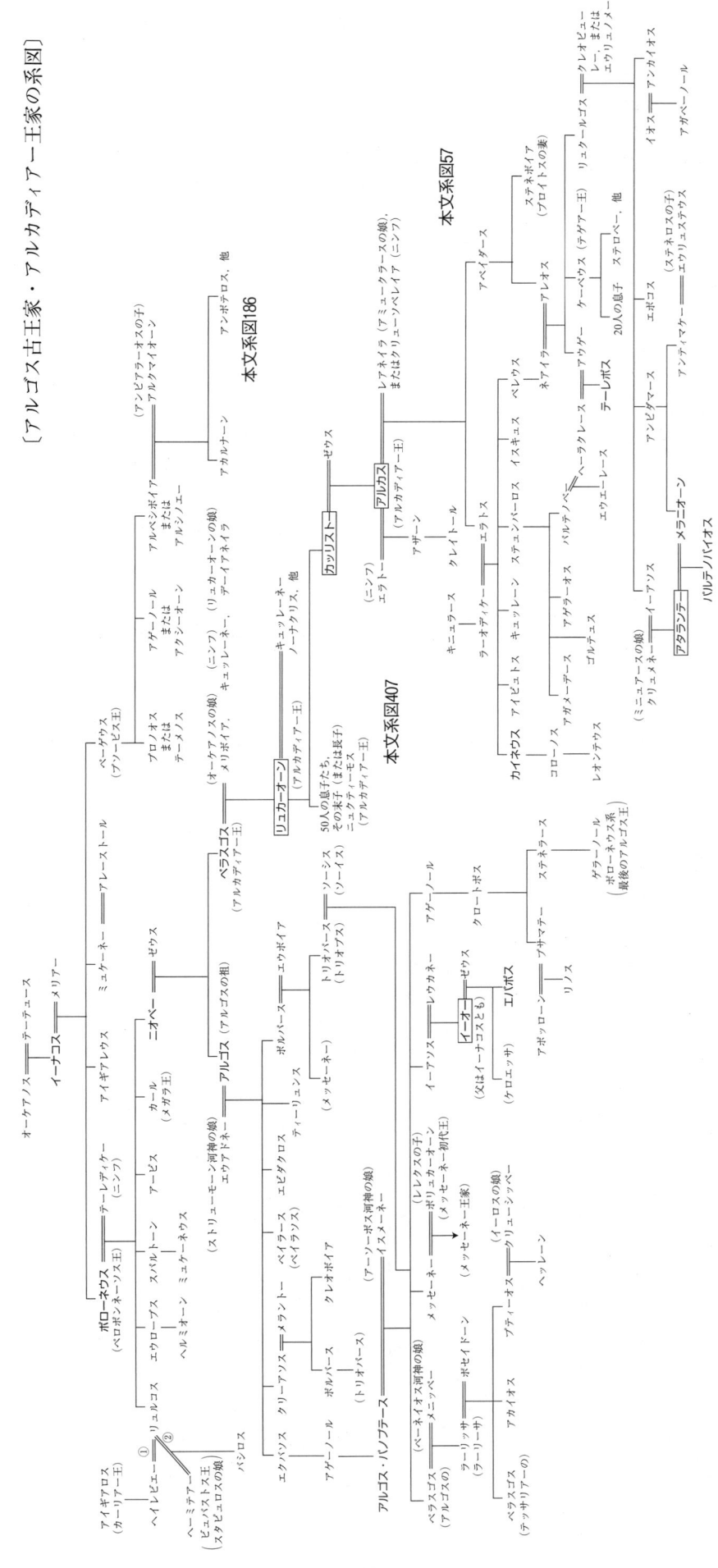

A．巻末系図

巻末系図 004

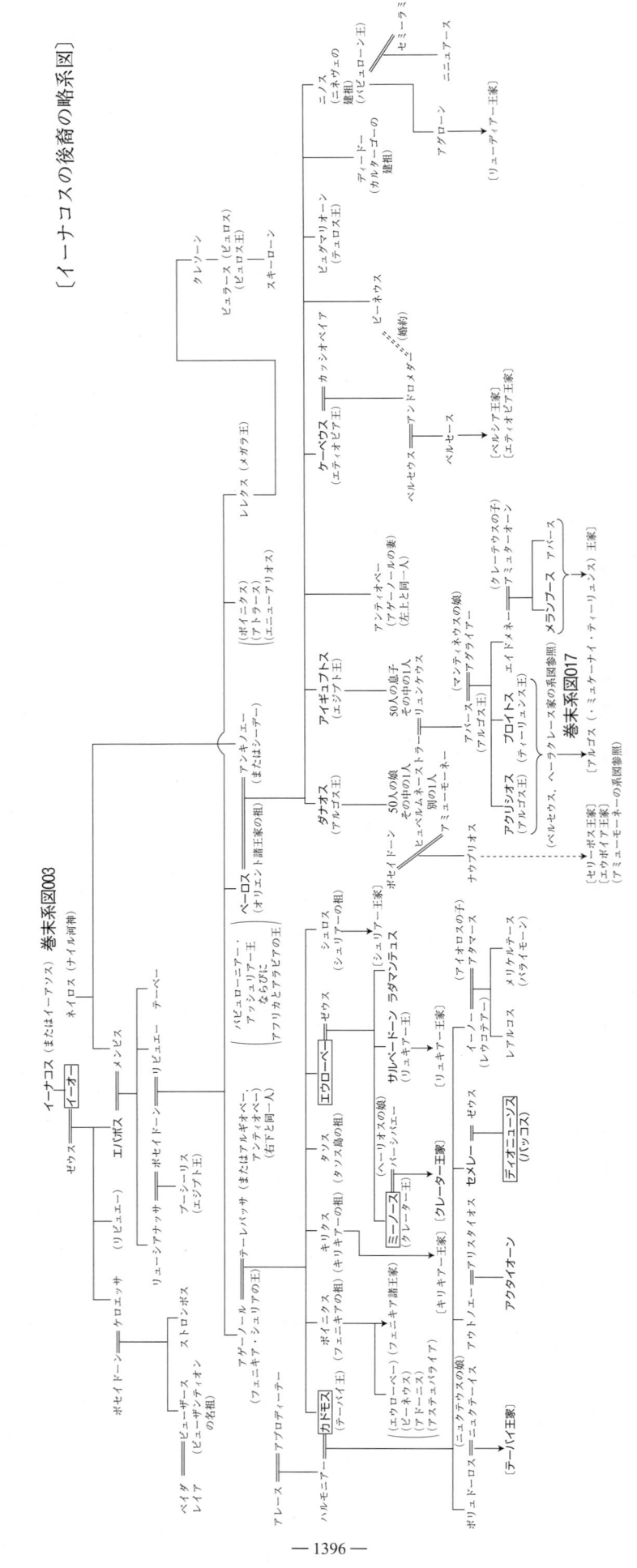

［イーナコスの後裔の略系図］

巻末系図 005

A．巻末系図

[クレーター王家関係系図]

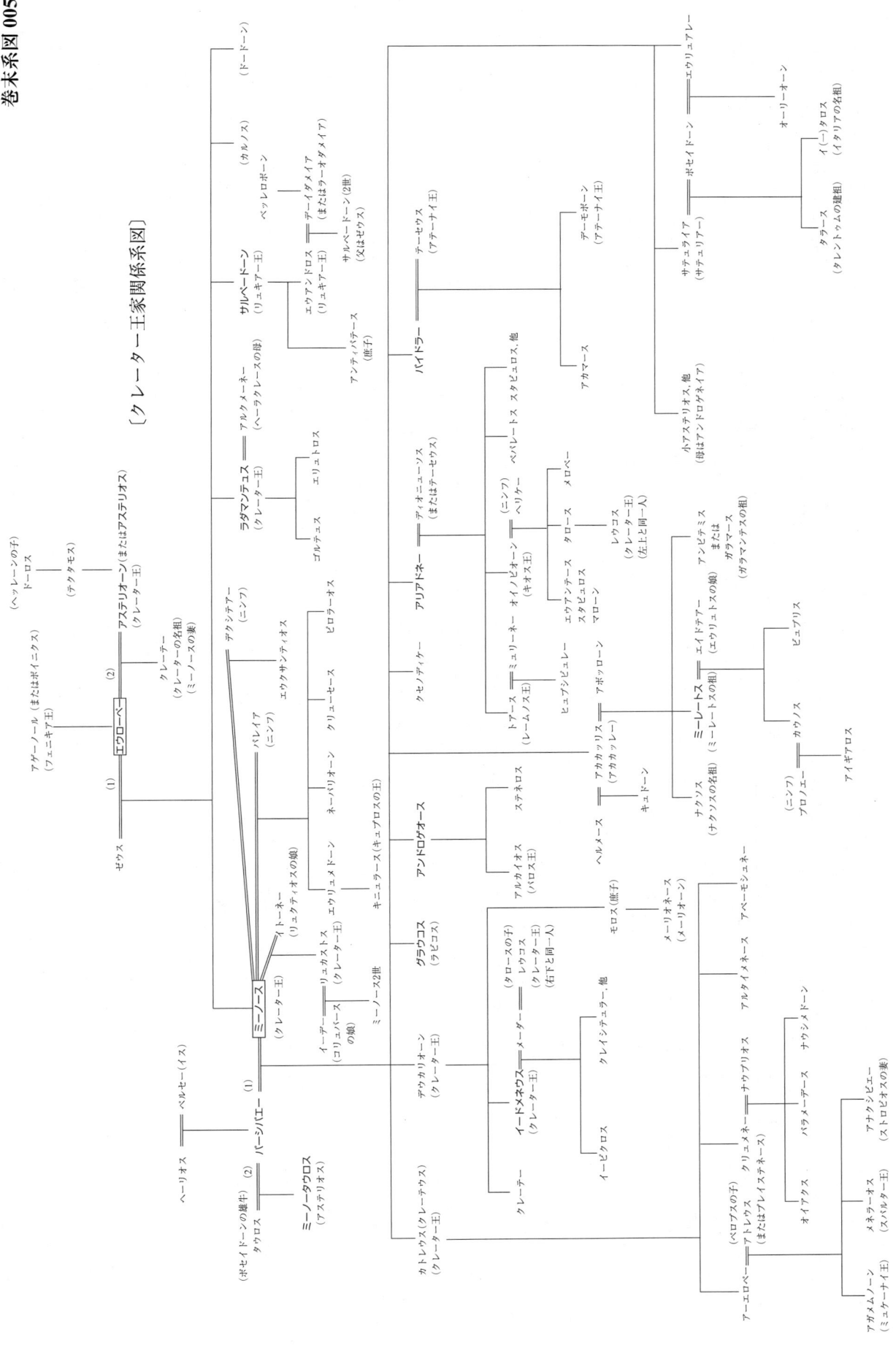

A．巻末系図

巻末系図006

[テーバイ王家の系図]（テーバイ攻めの七将、およびエピゴノイを含む）1, 2, 3……の数字はテーバイ王となった順序

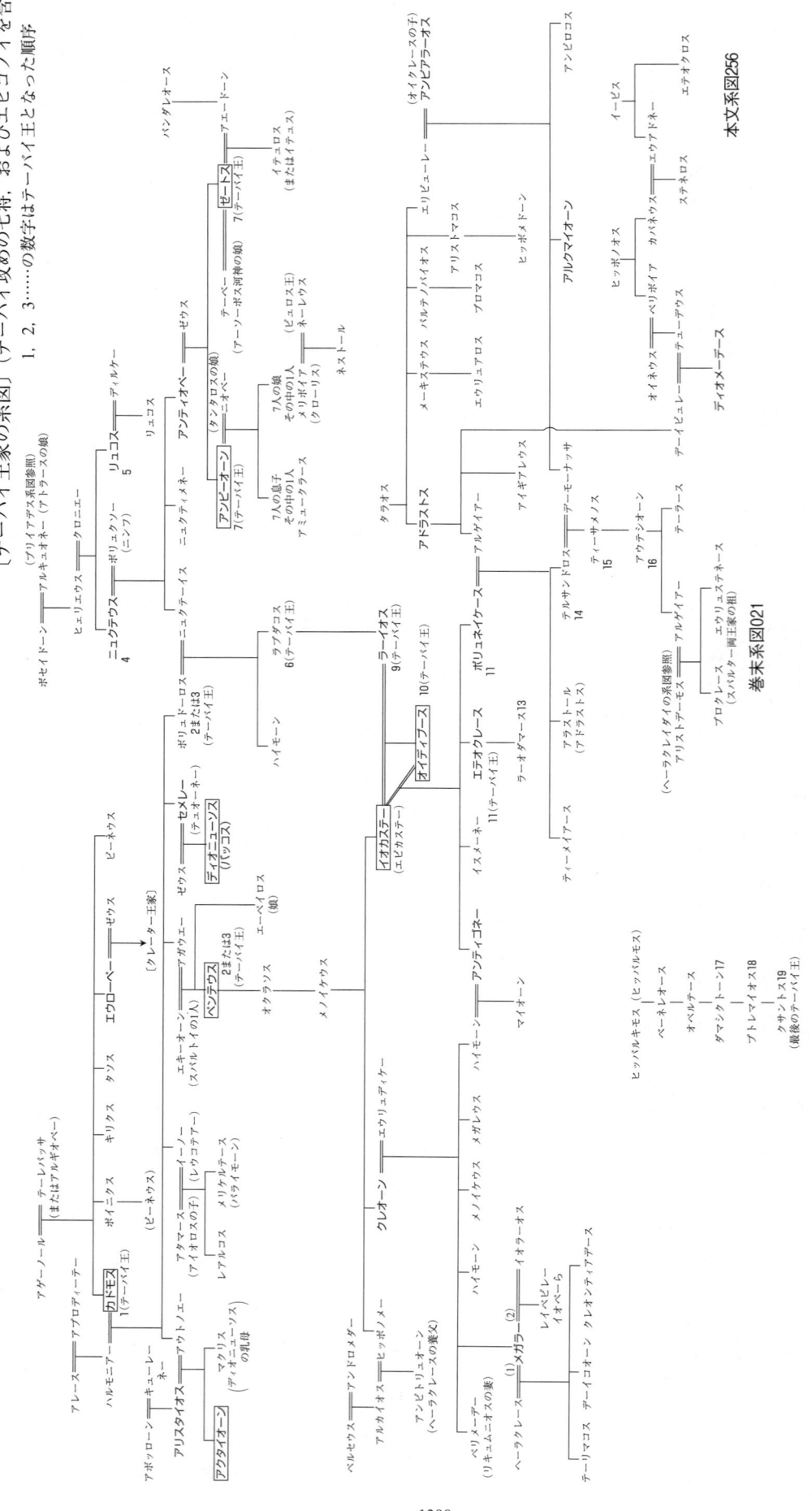

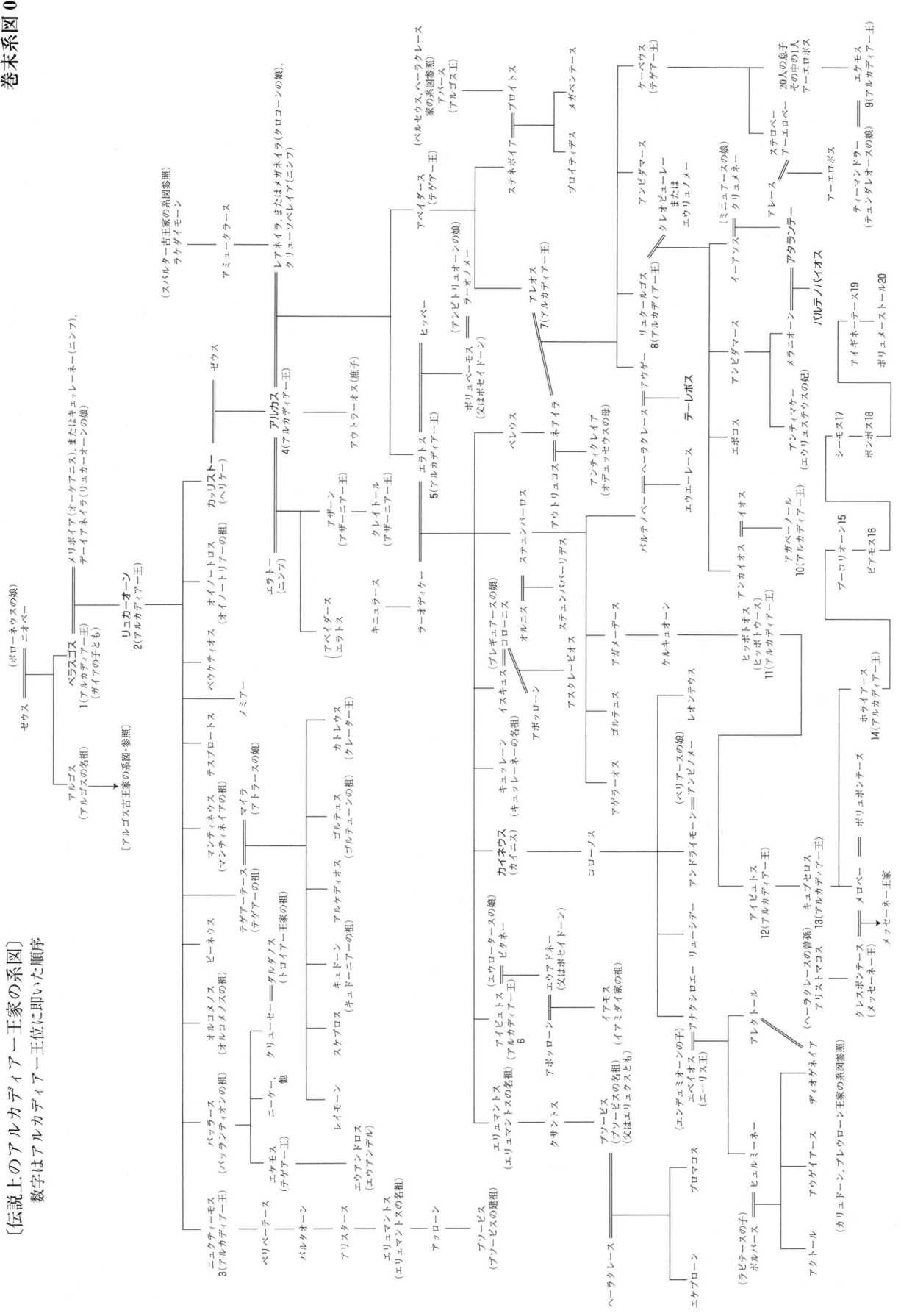

A．巻末系図

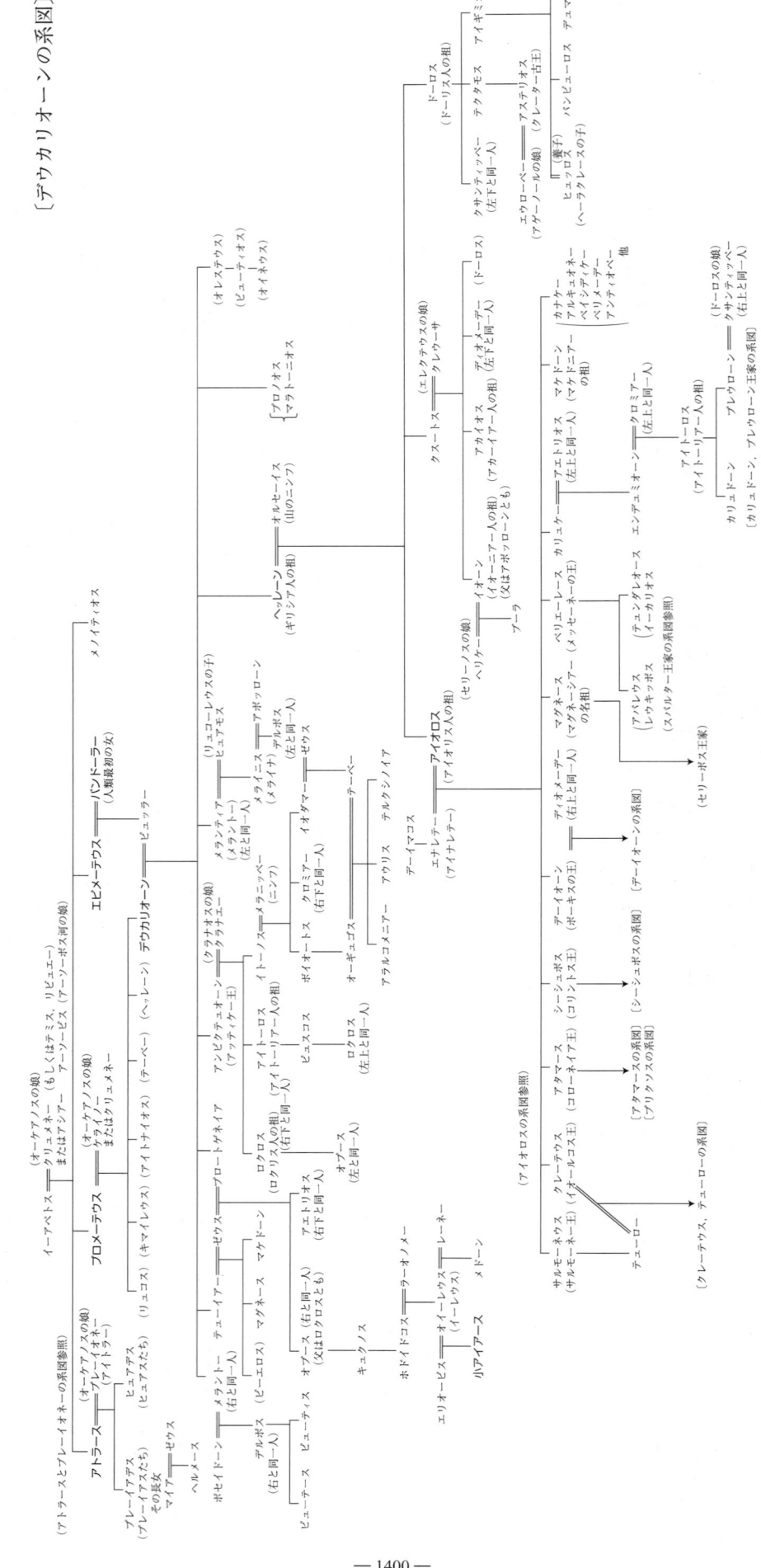

巻末系図 009

[アイオロスの子孫の系図]

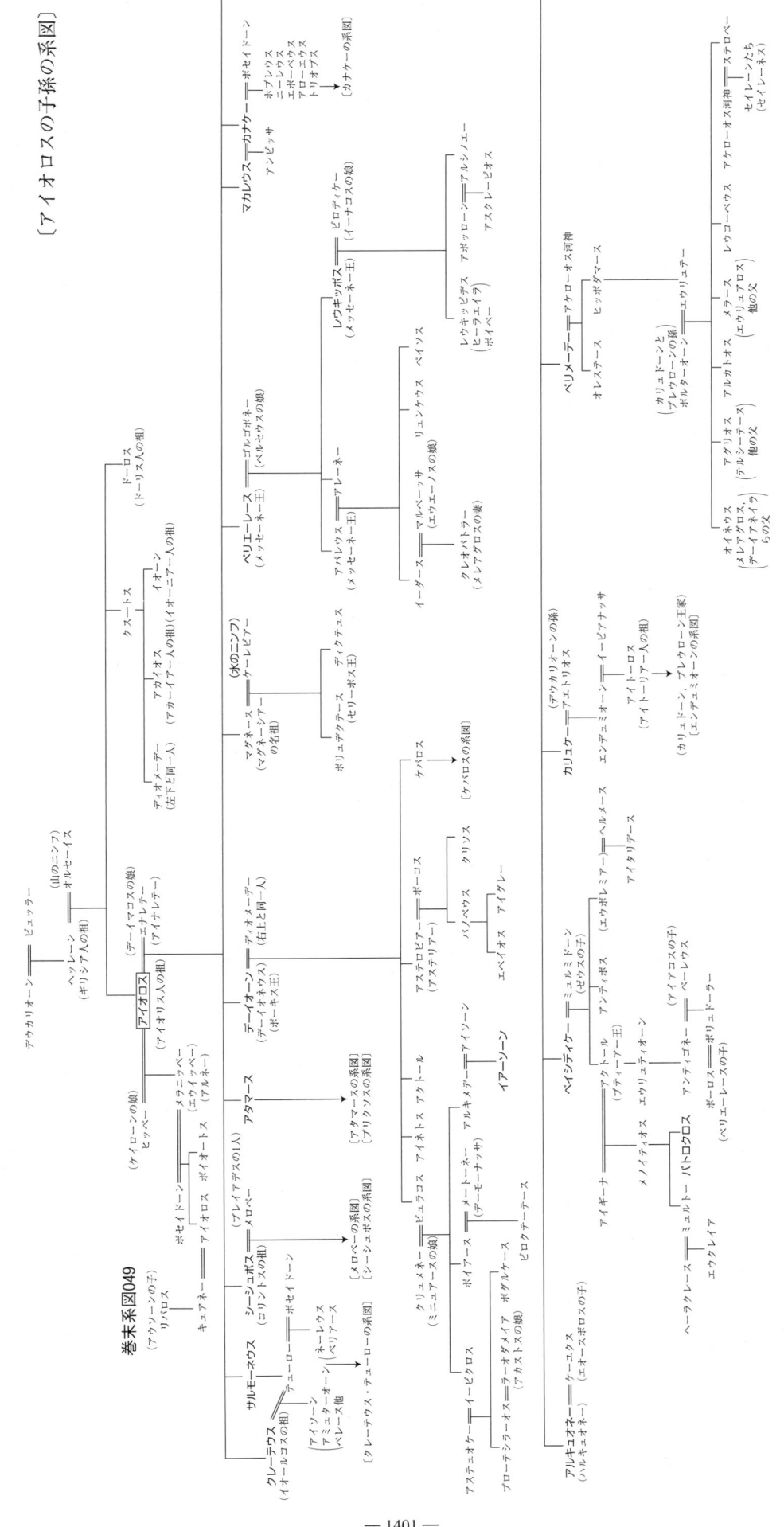

A．巻末系図

巻末系図 010

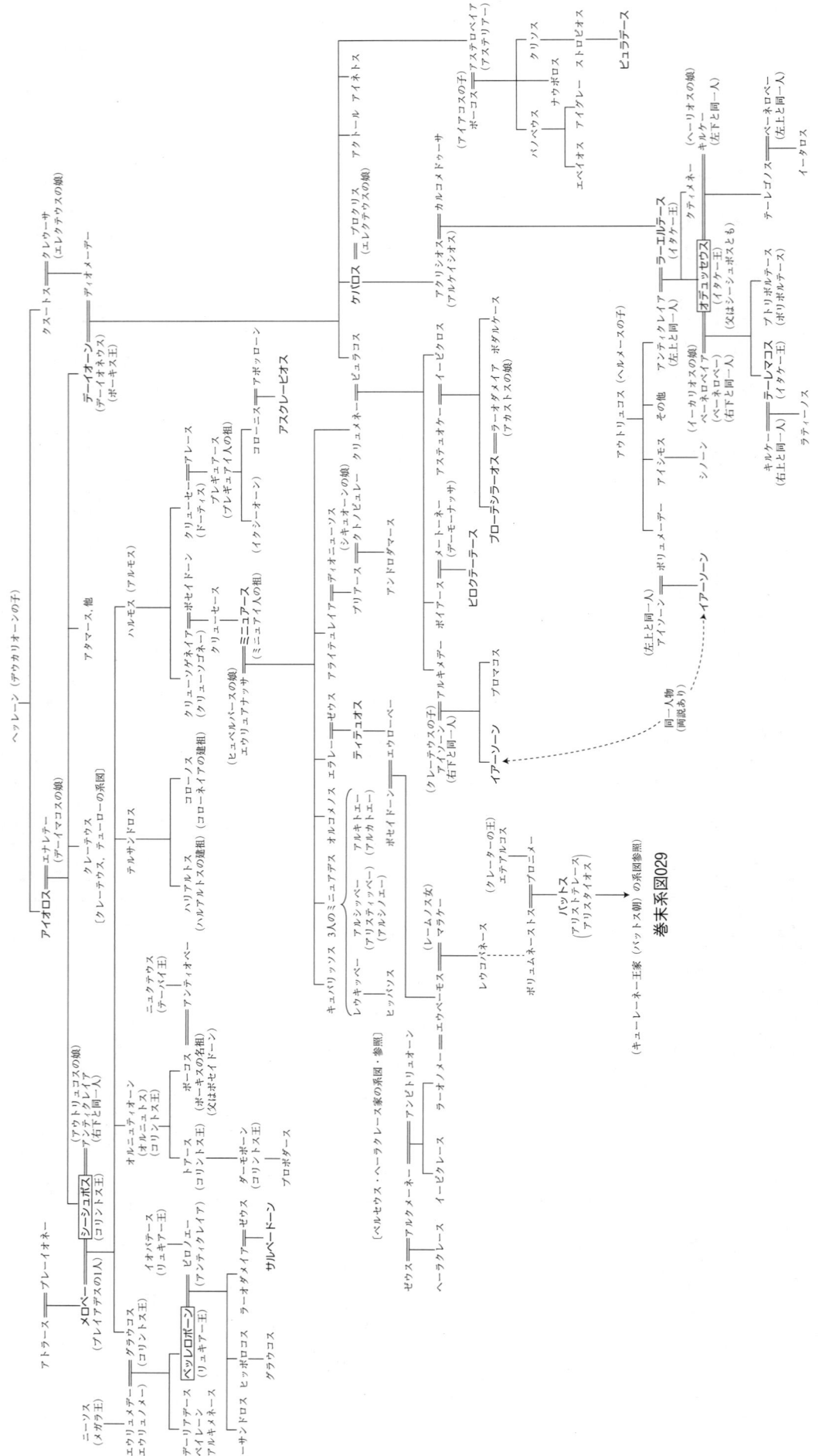

［シーシュポス，デーイオーン，ミニュアースの系図］

A．巻末系図

巻末系図 011

[クレーテウス、およびテューロの系図]

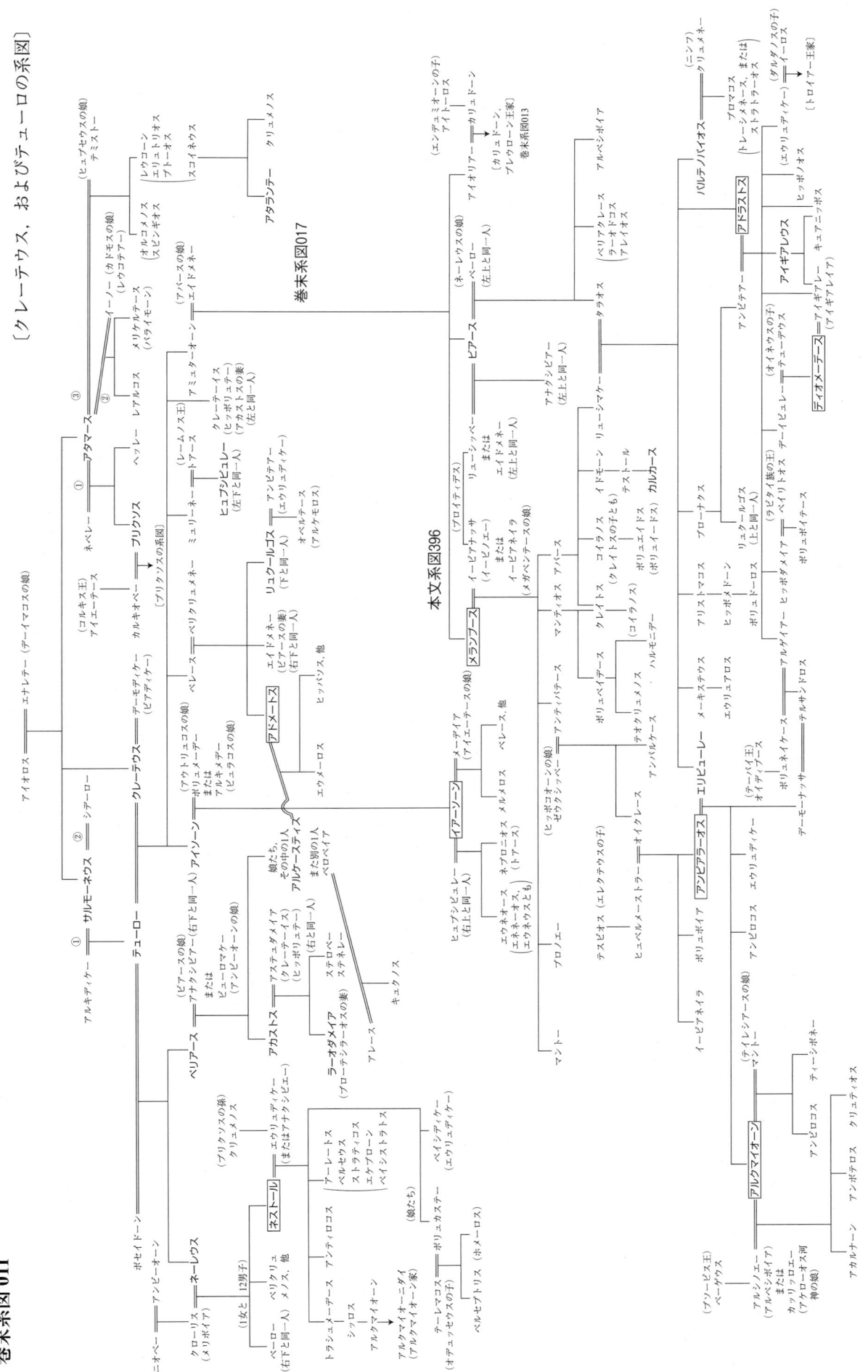

A. 巻末系図

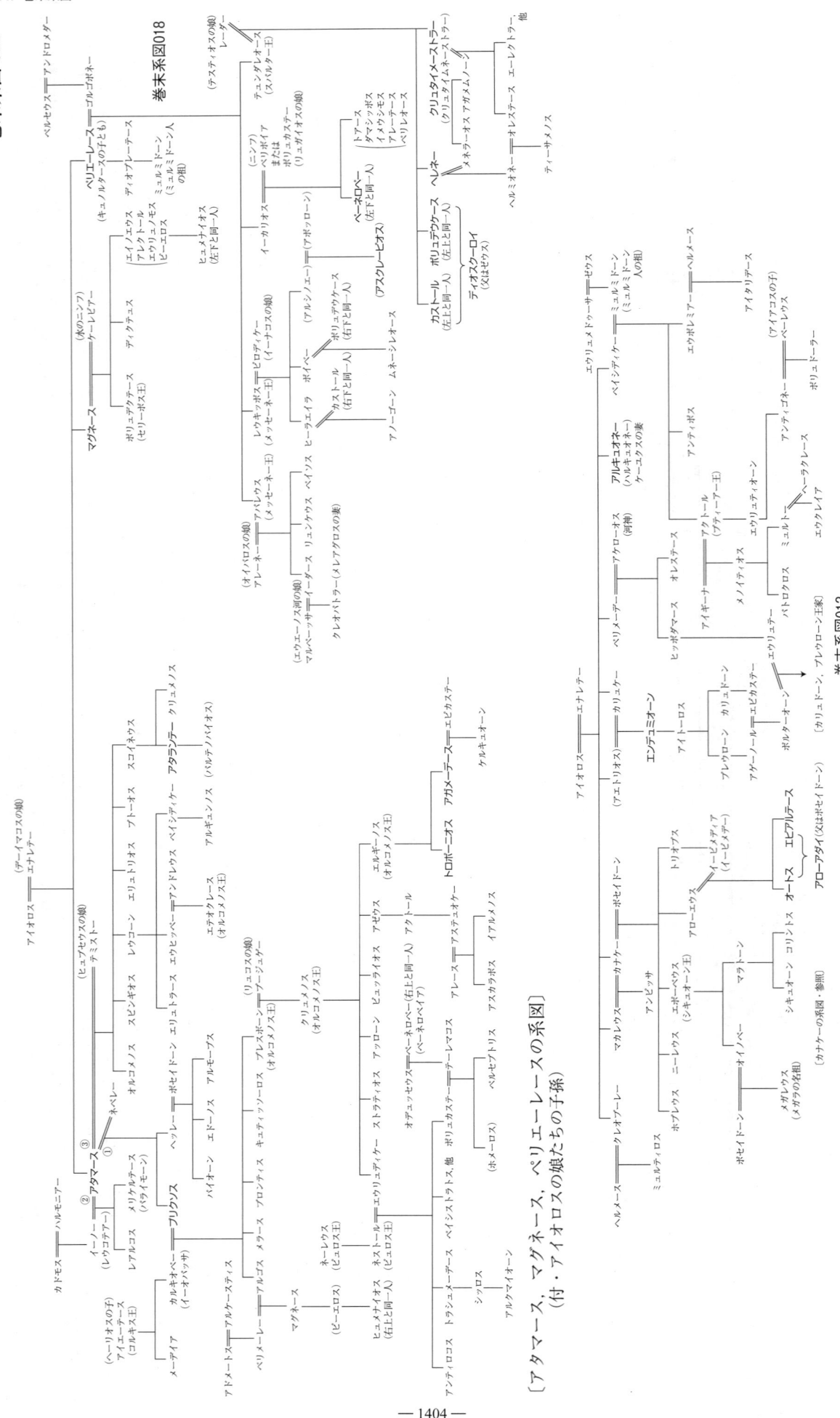

［アタマース、マグネース、ペリエーレースの系図］
（付・アイオロスの娘たちの子孫）

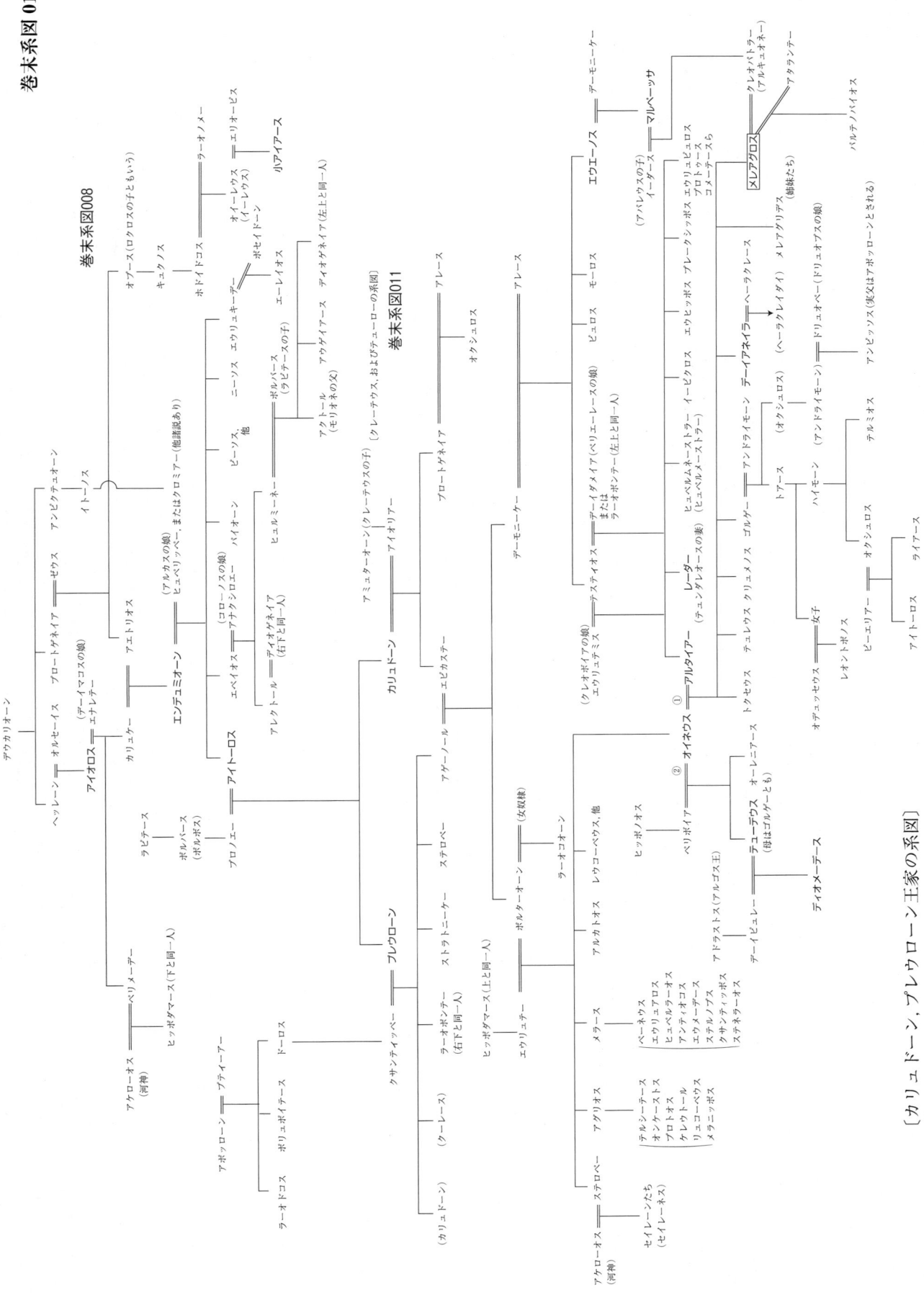

A．巻末系図

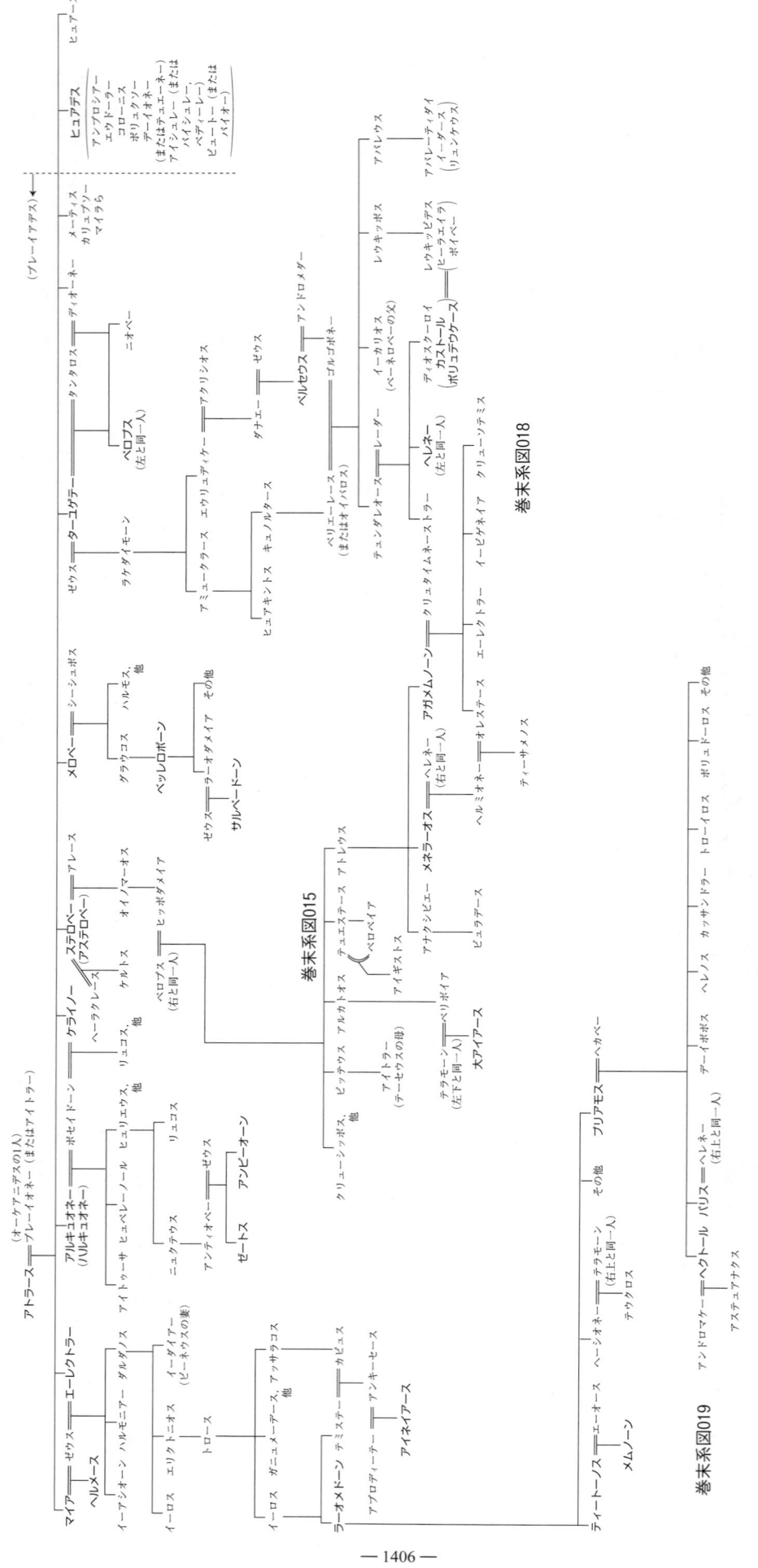

[アトラースとプレーイオネーの系図]

A. 巻末系図

巻末系図 015

[タンタロス、ペロプス、アトレウスの系図]

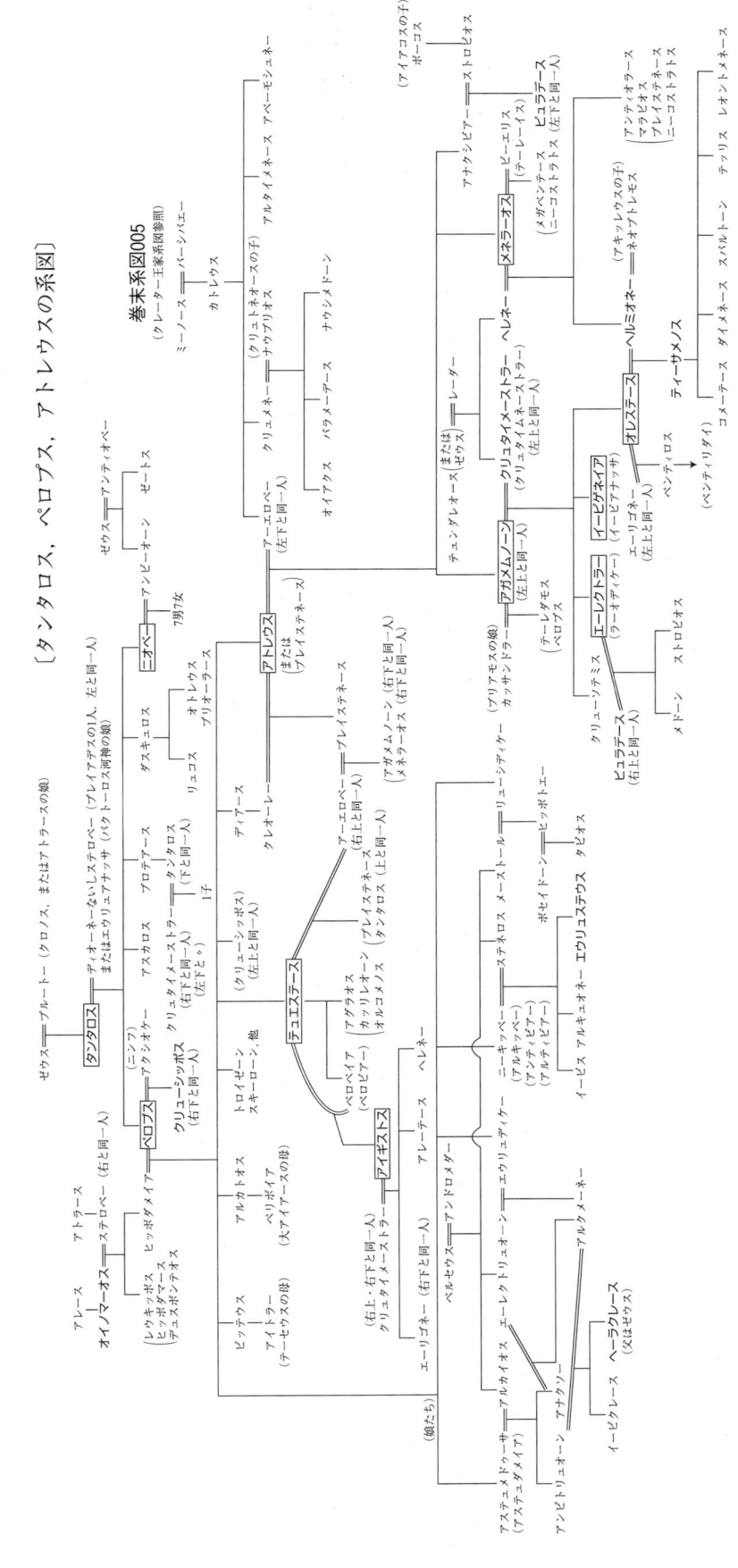

— 1407 —

A. 巻末系図

巻末系図 **016**

[アイアコス, ペーレウス, アキッレウス, 大アイアースの系図] (アイアキダイ一門)

巻末系図017

[ペルセウス、ヘーラクレース家の系図]

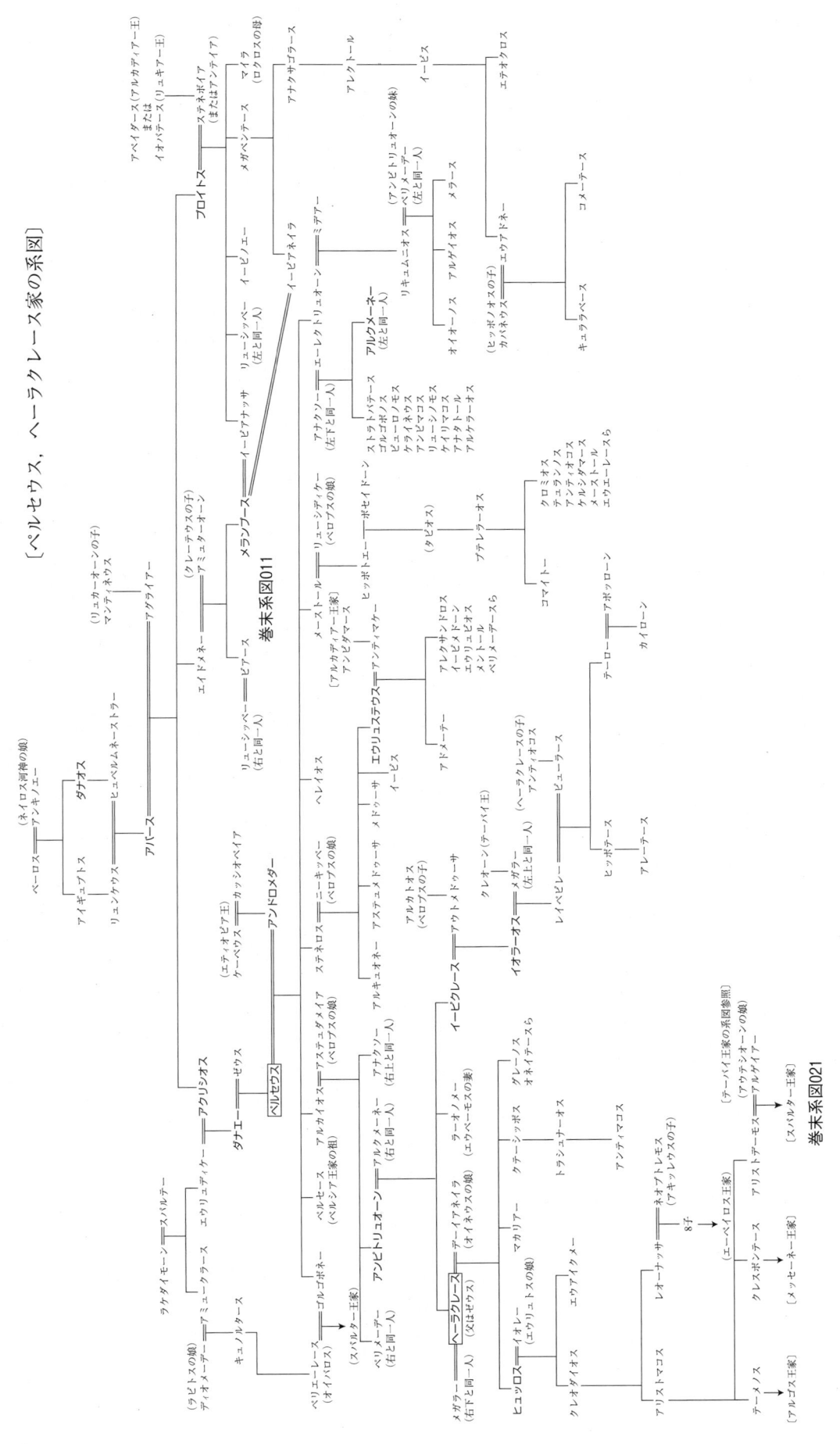

A．巻末系図

巻末系図 018

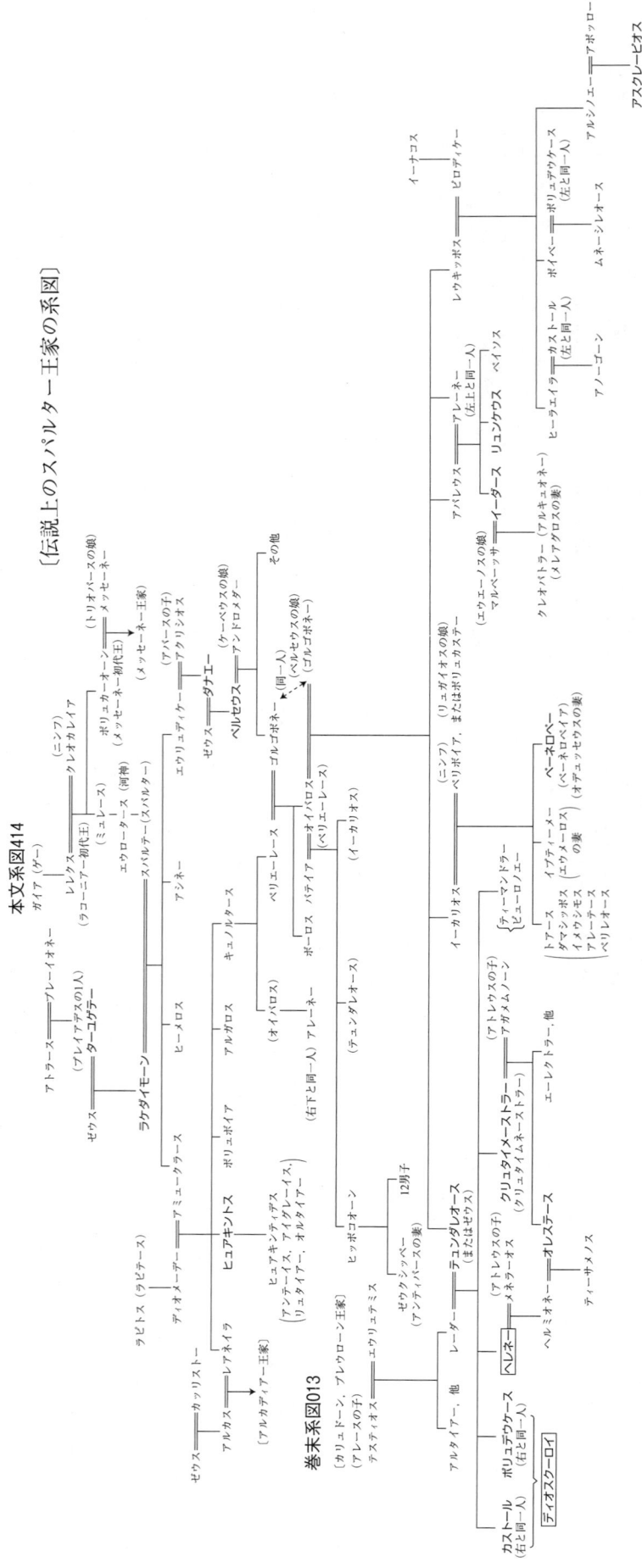

巻末系図019

A．巻末系図

[トロイアー王家の系図]

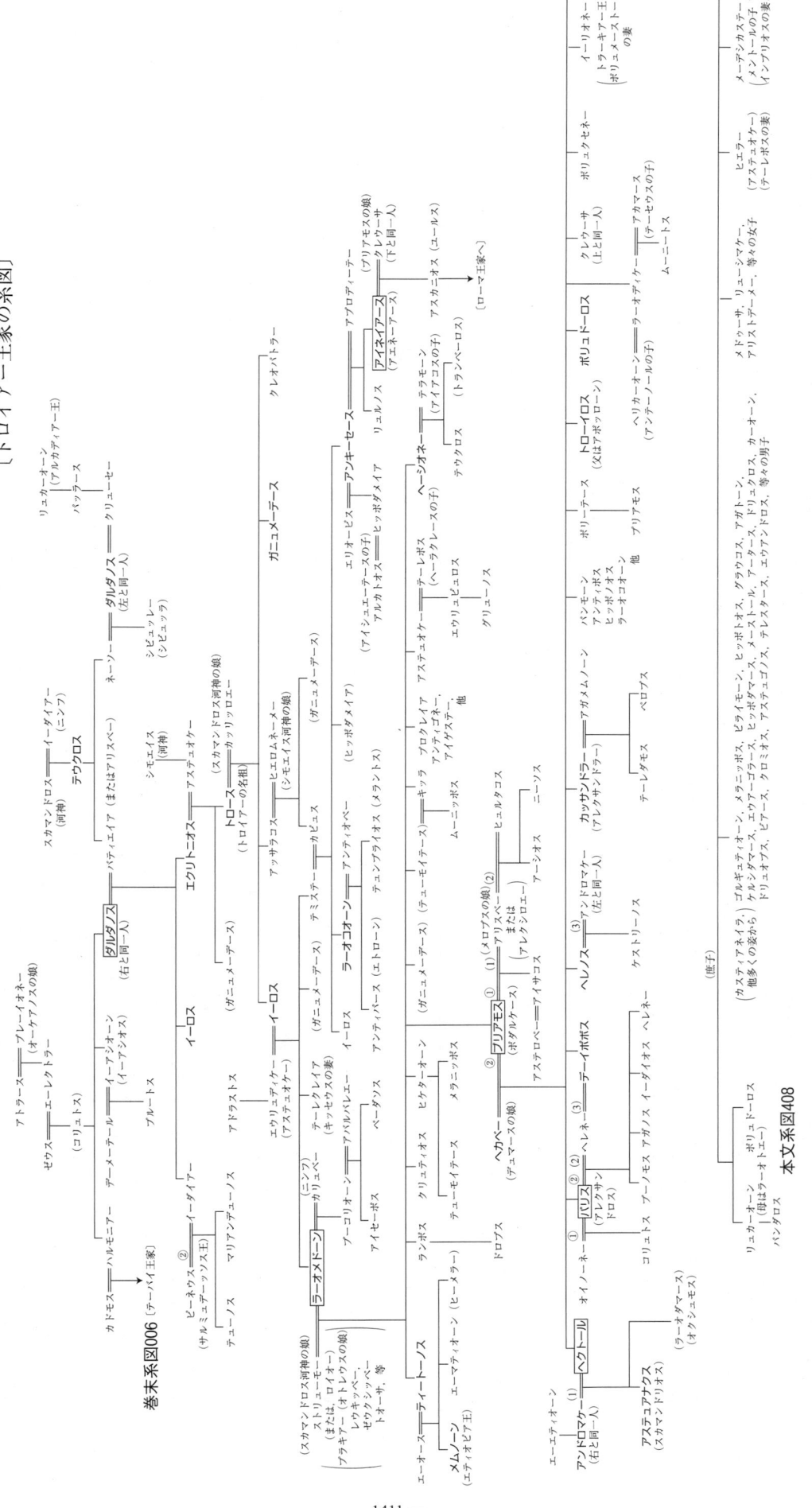

A. 巻末系図

巻末系図020

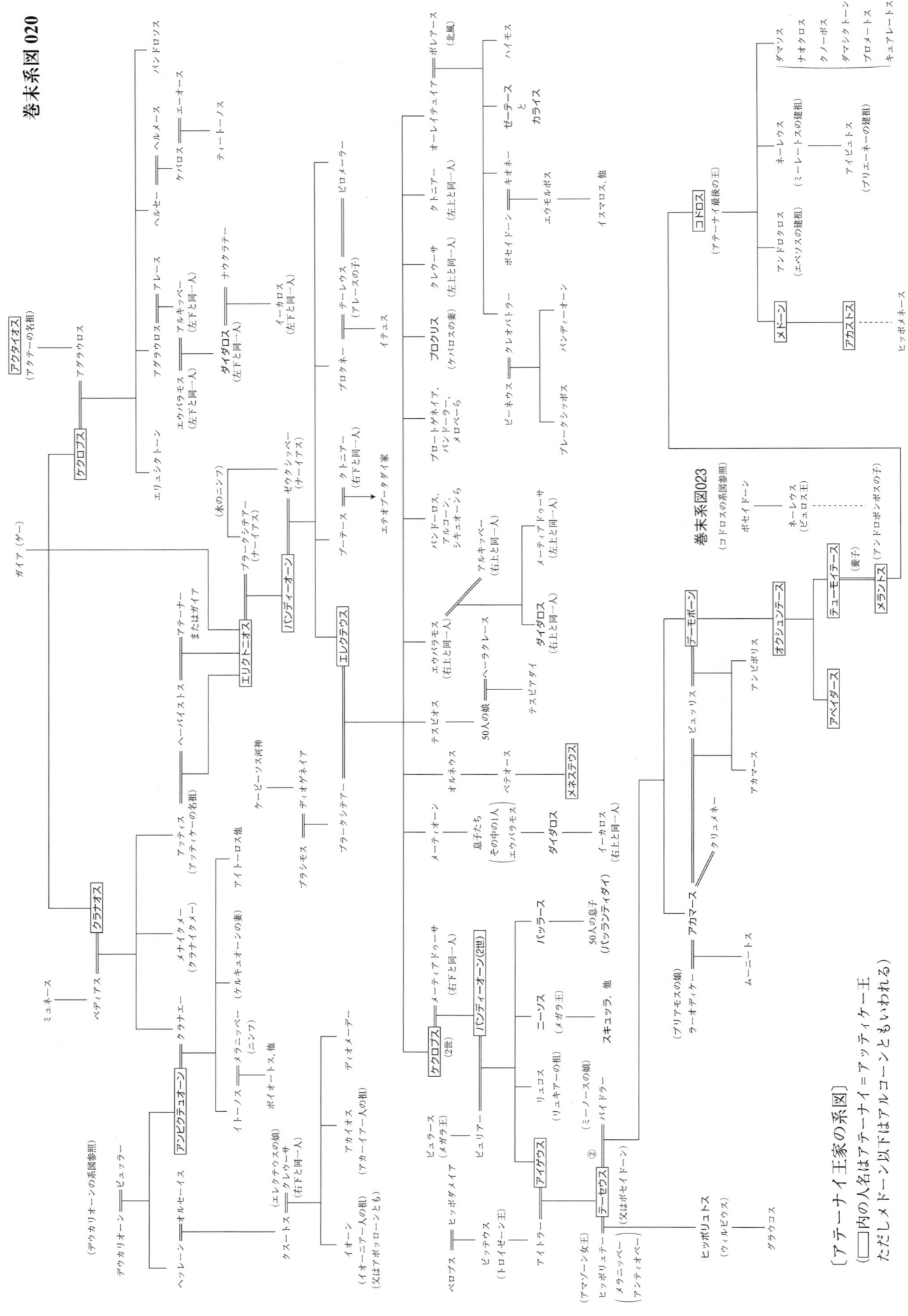

[アテーナイ王家の系図]
（□内の人名はアテーナイ＝アッティケー王
ただしメドーン以下はアルコーンともいわれる）

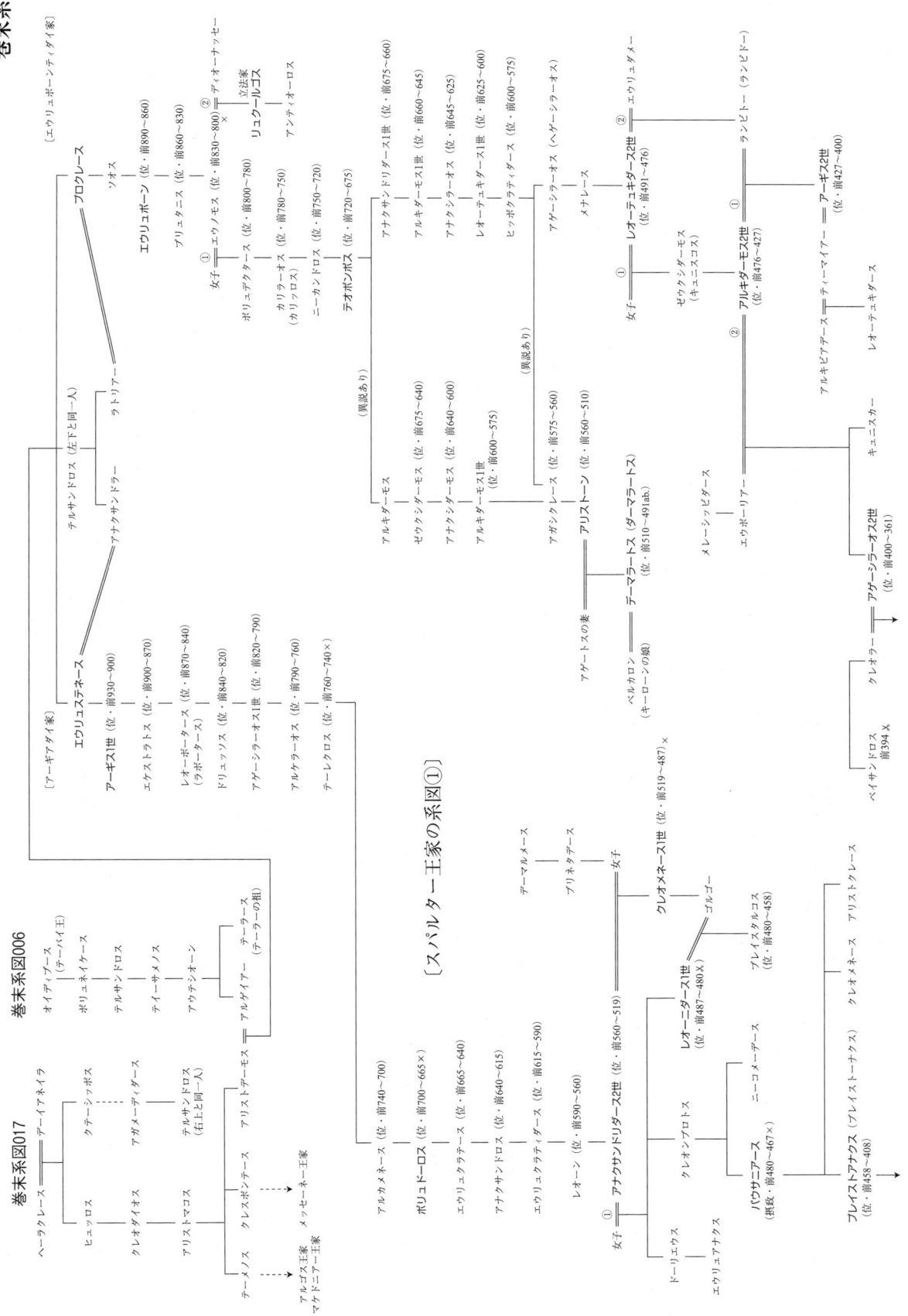

A．巻末系図

巻末系図 022

［スパルター王家の系図②］

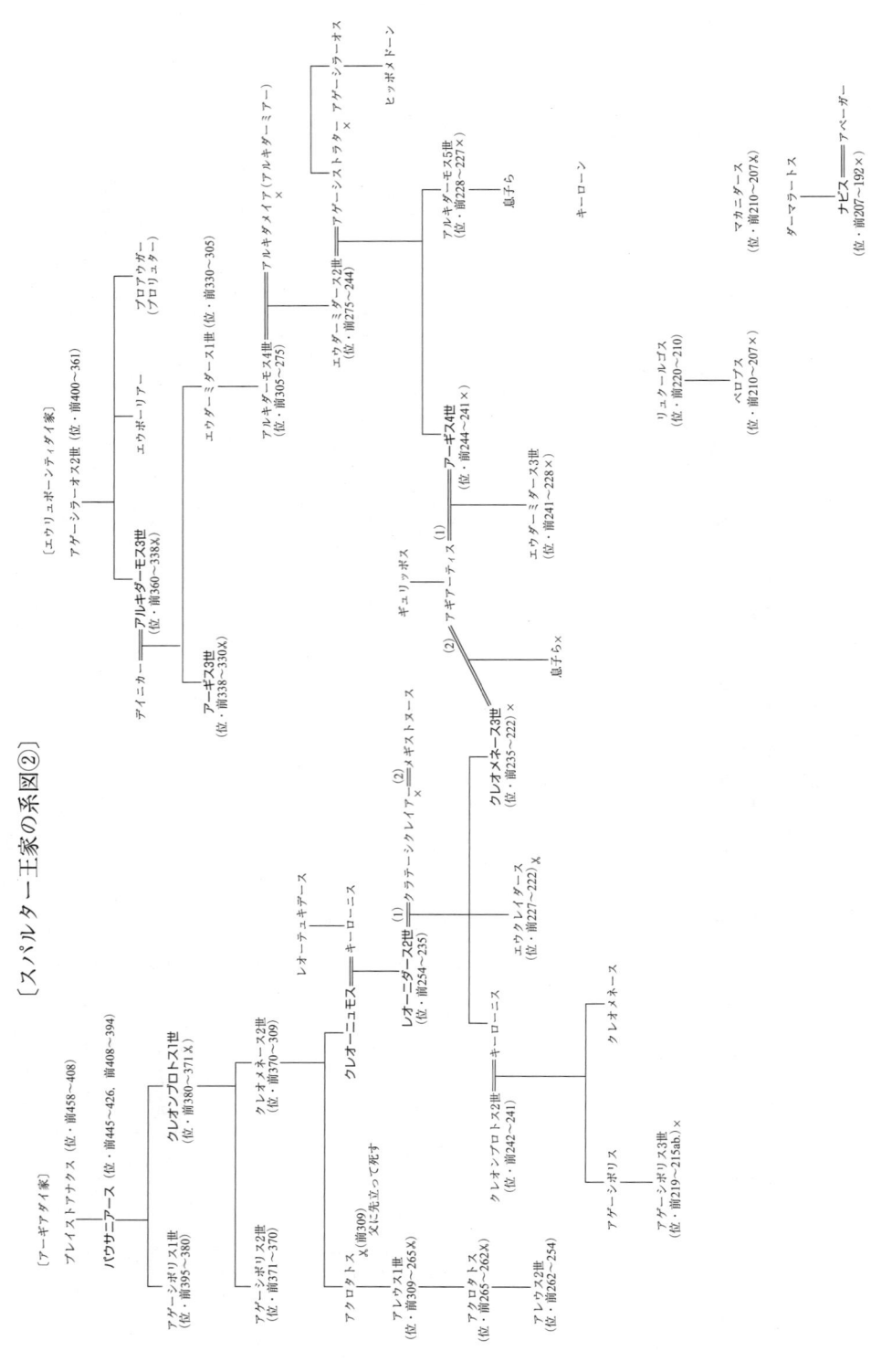

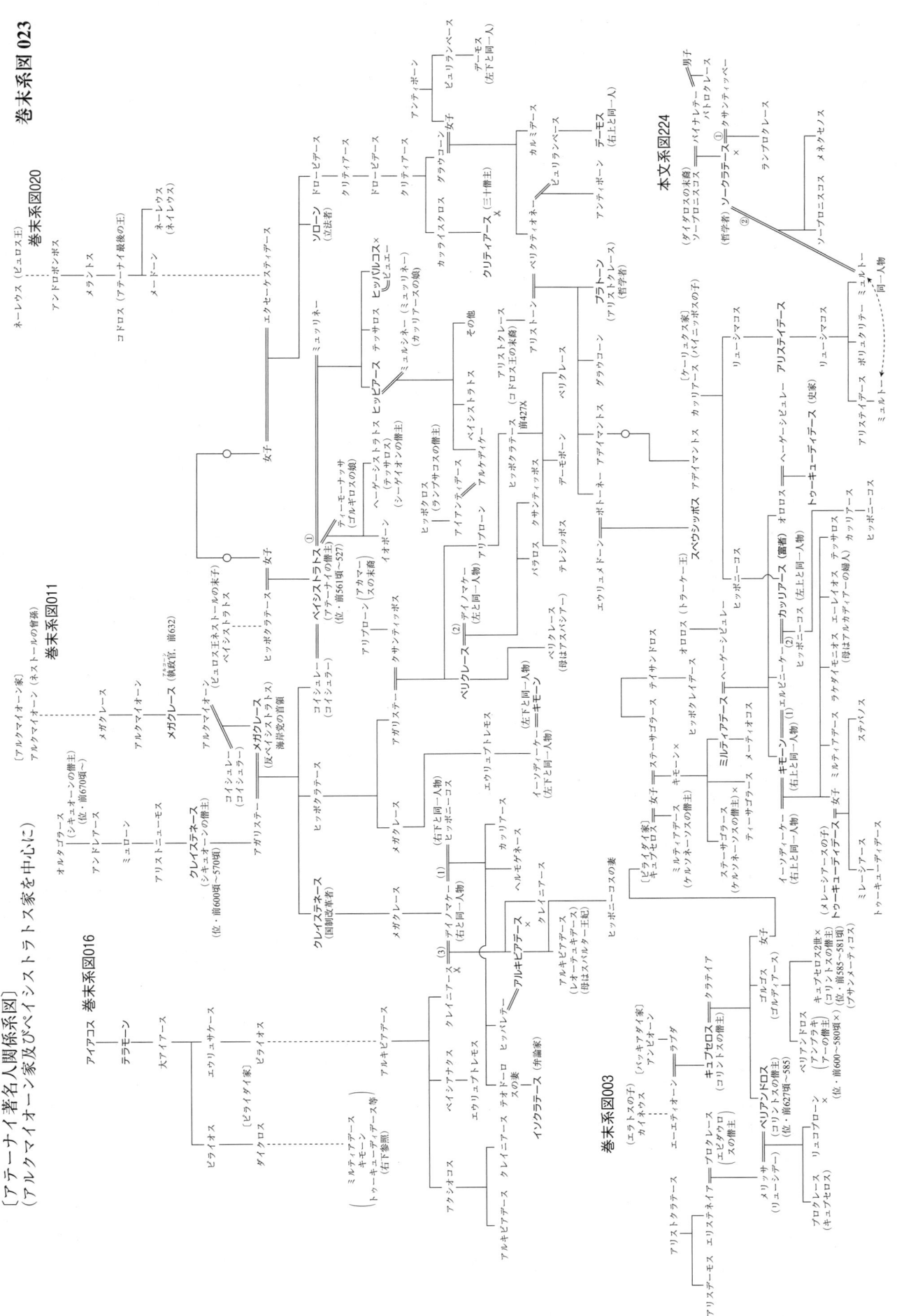

A．巻末系図

巻末系図 024

［リュ－ディアー王家，メ－ディアー王家，アカイメネ－ス朝ペルシア王家の系図］

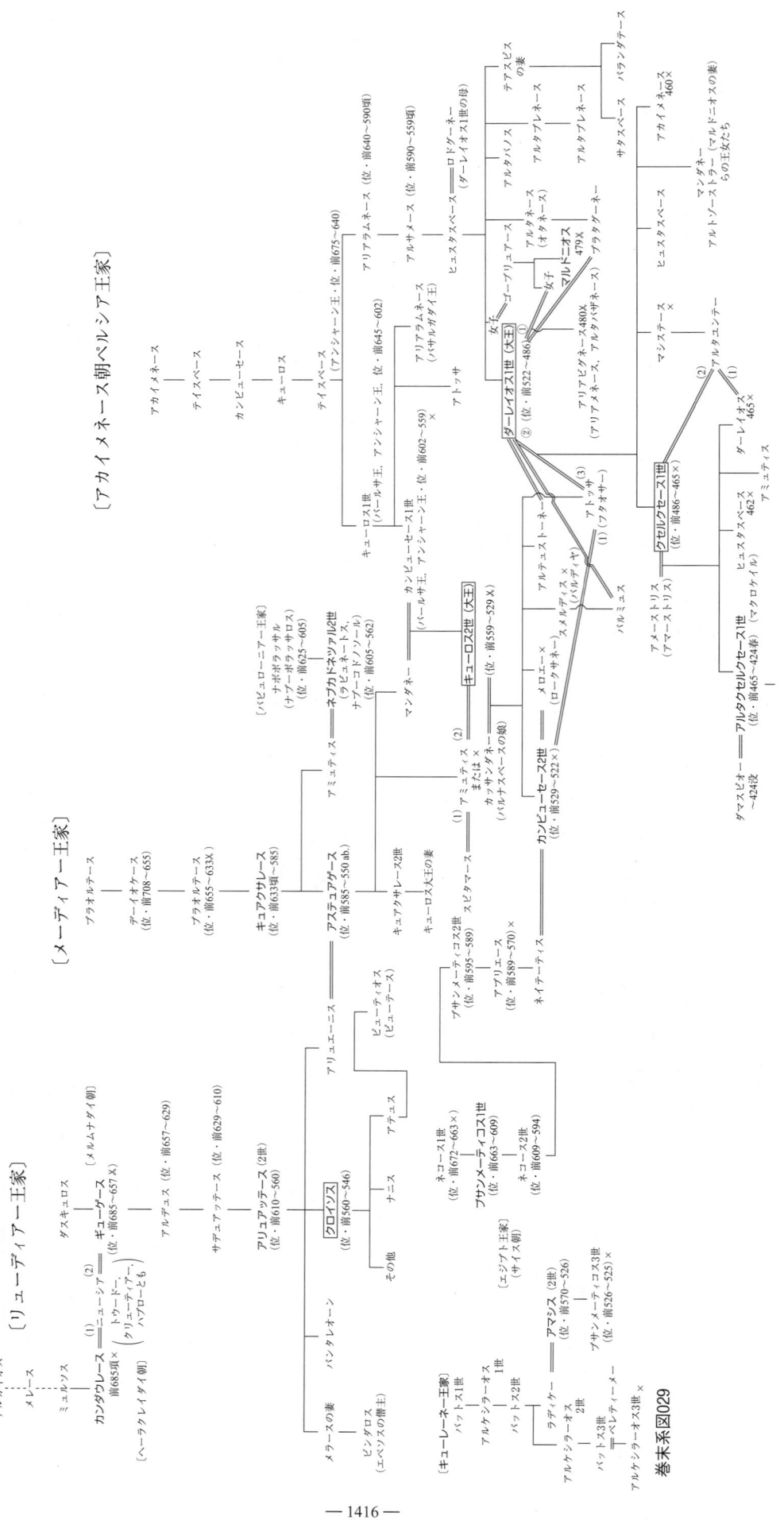

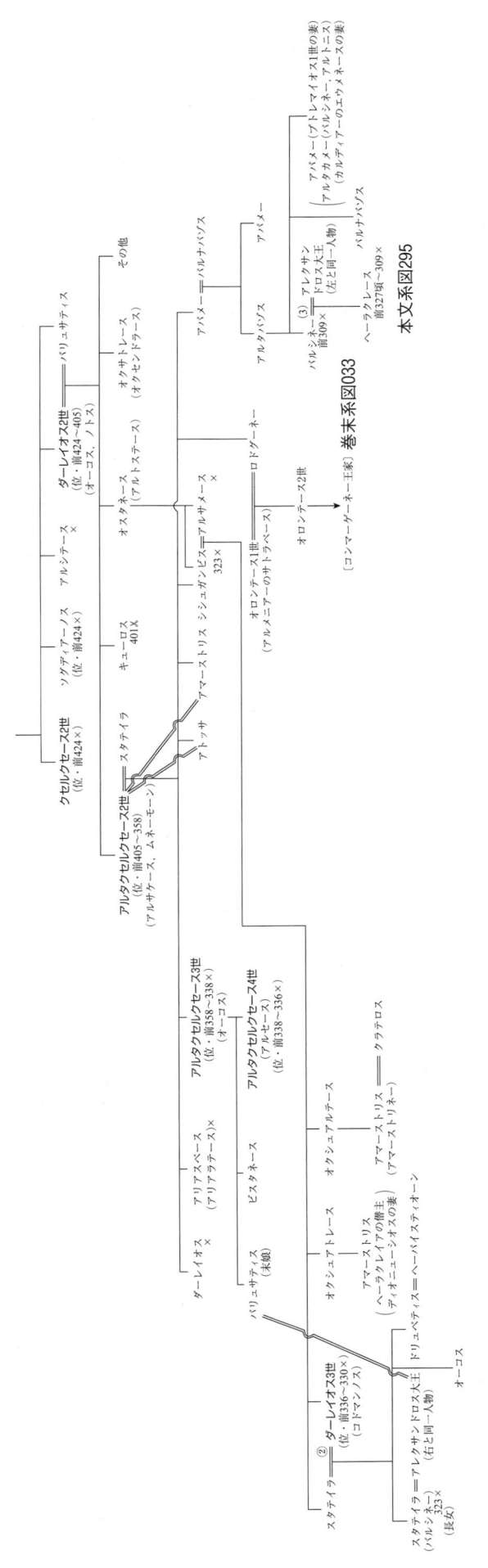

A．巻末系図

巻末系図 025

[シケリアーの僭主関係系図]

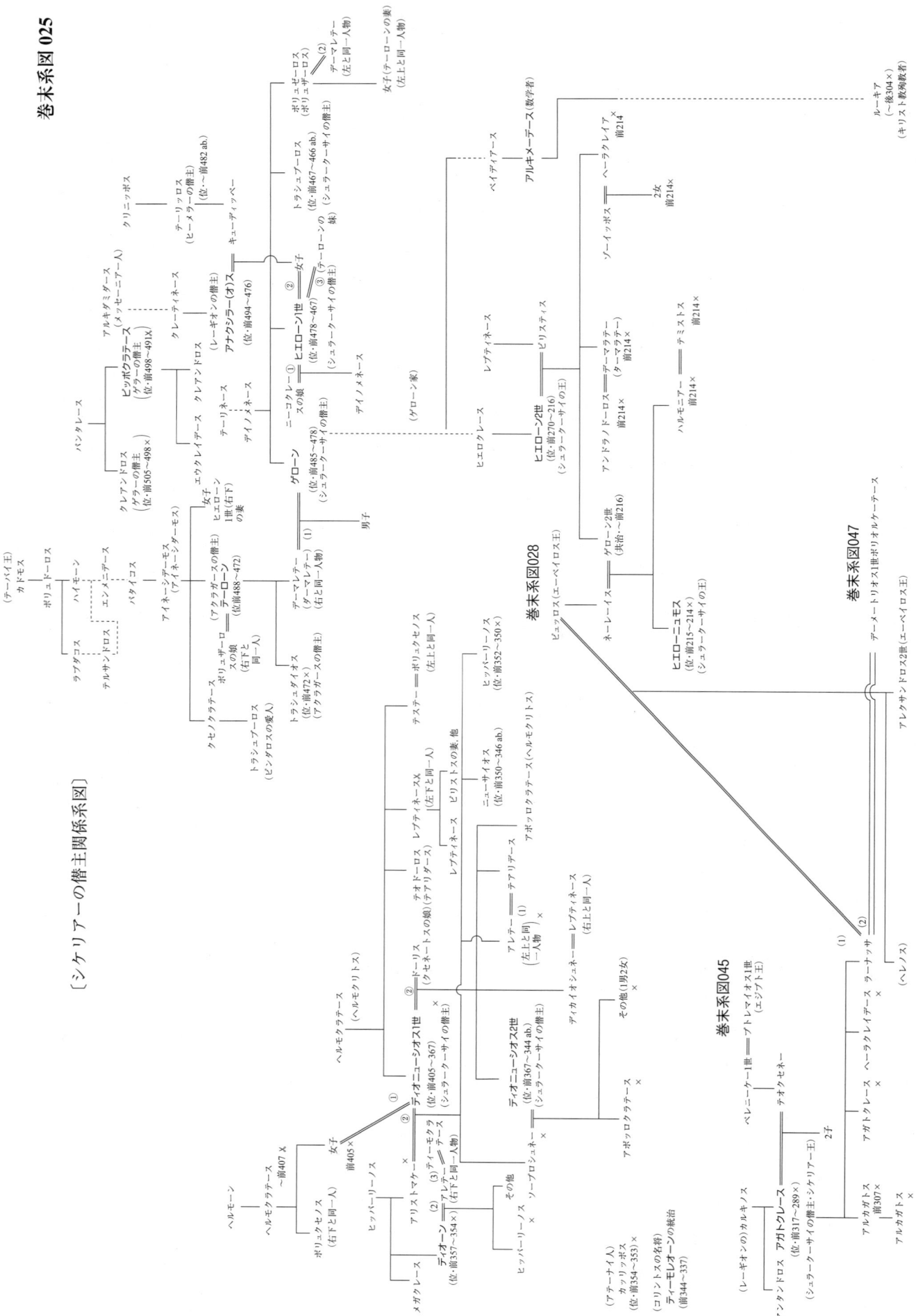

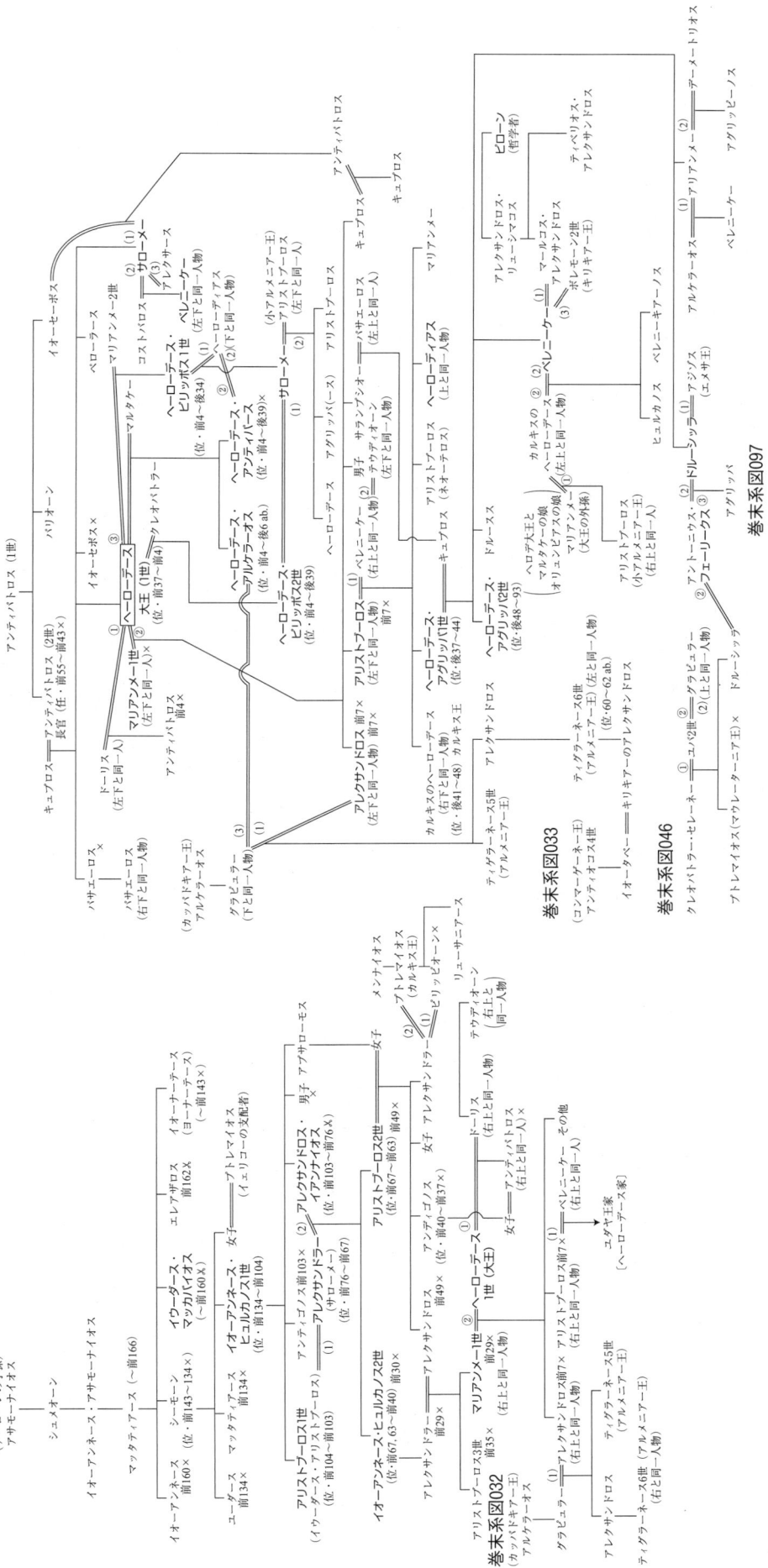

A．巻末系図

巻末系図 027

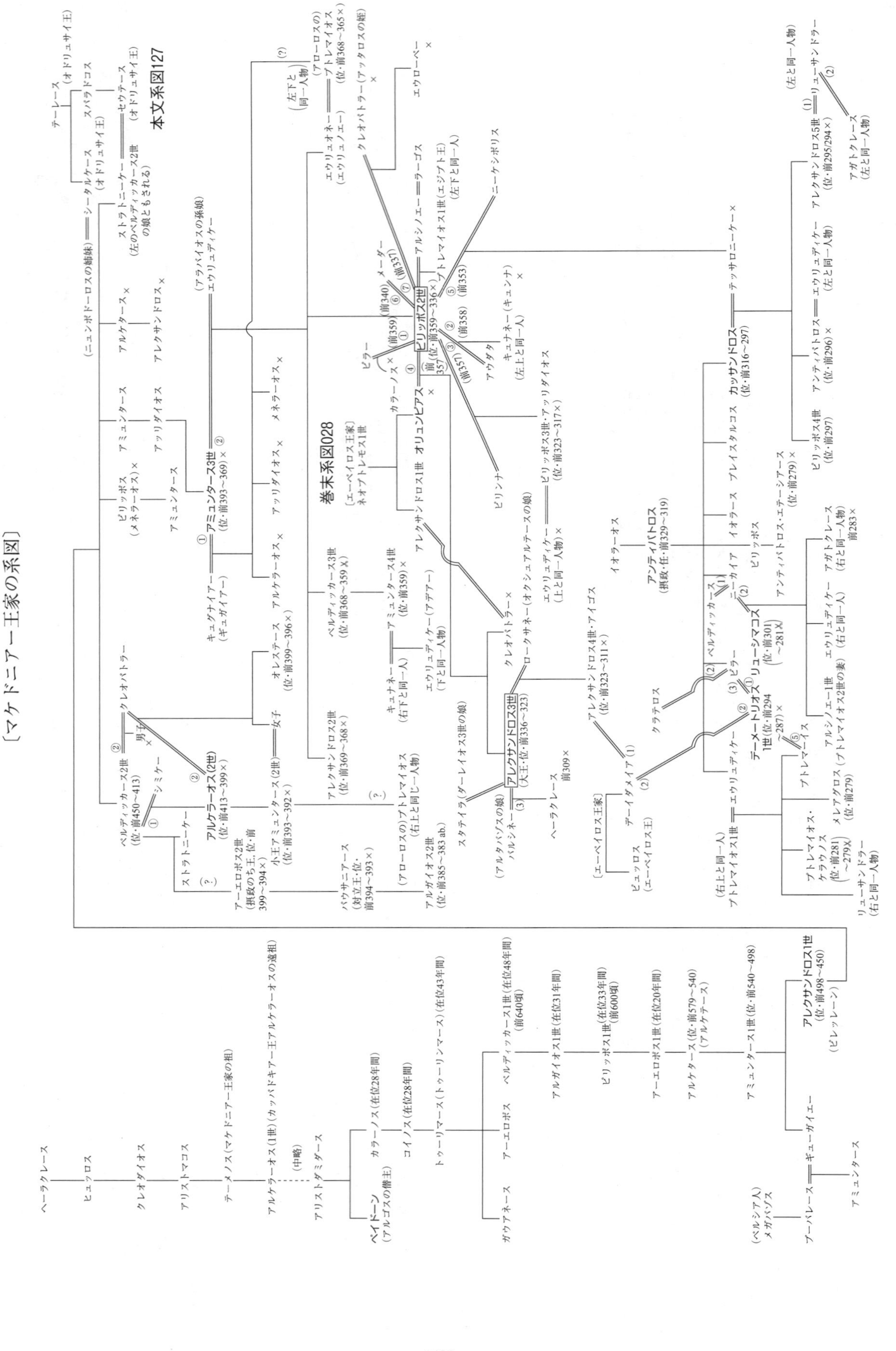

［マケドニアー王家の系図］

巻末系図 028

［エーペイロス王家の系図］

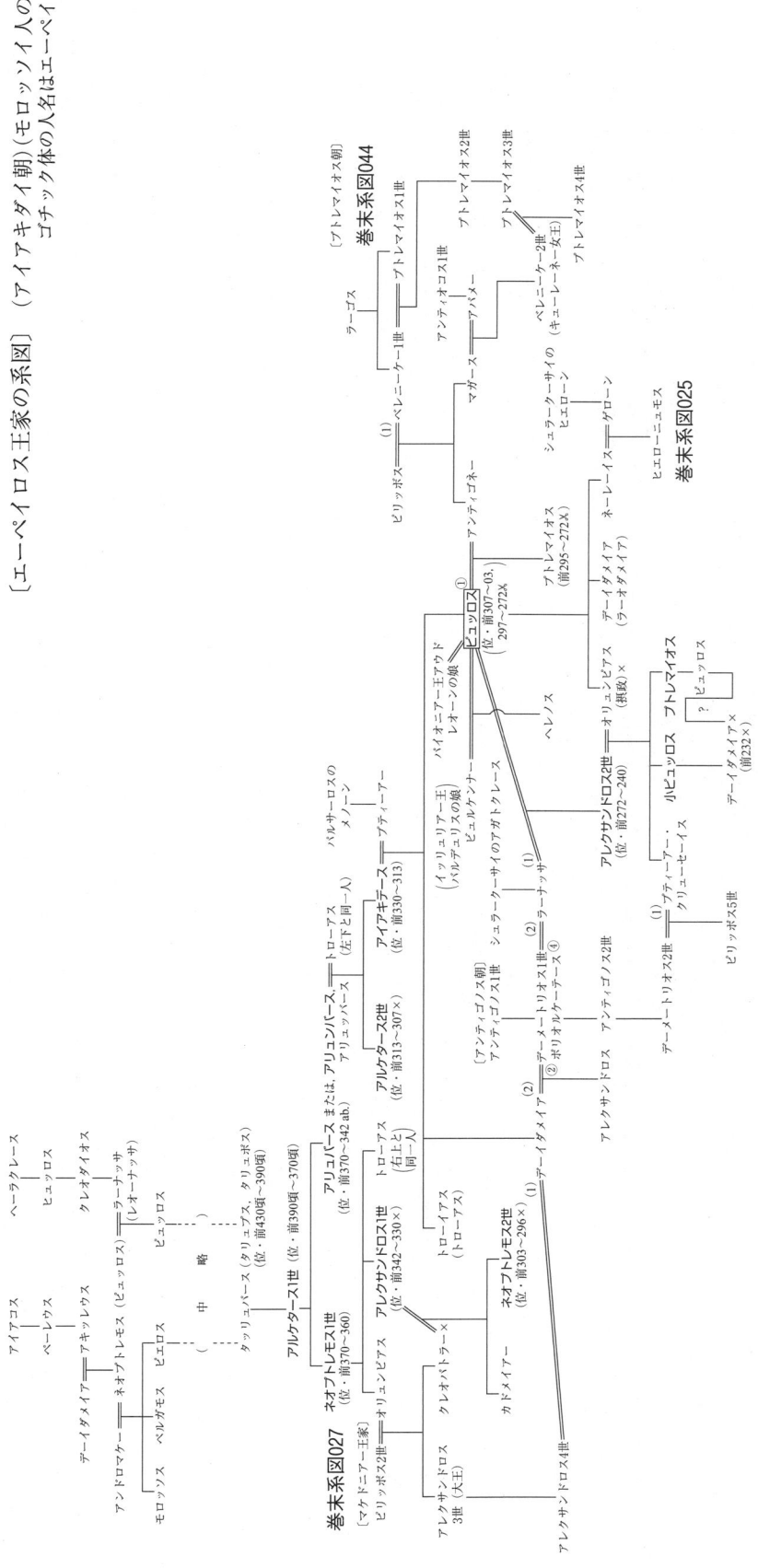

A．巻末系図

巻末系図 029

[キューレーネー王家の系図]
(バットス朝（バッティアダイ）)

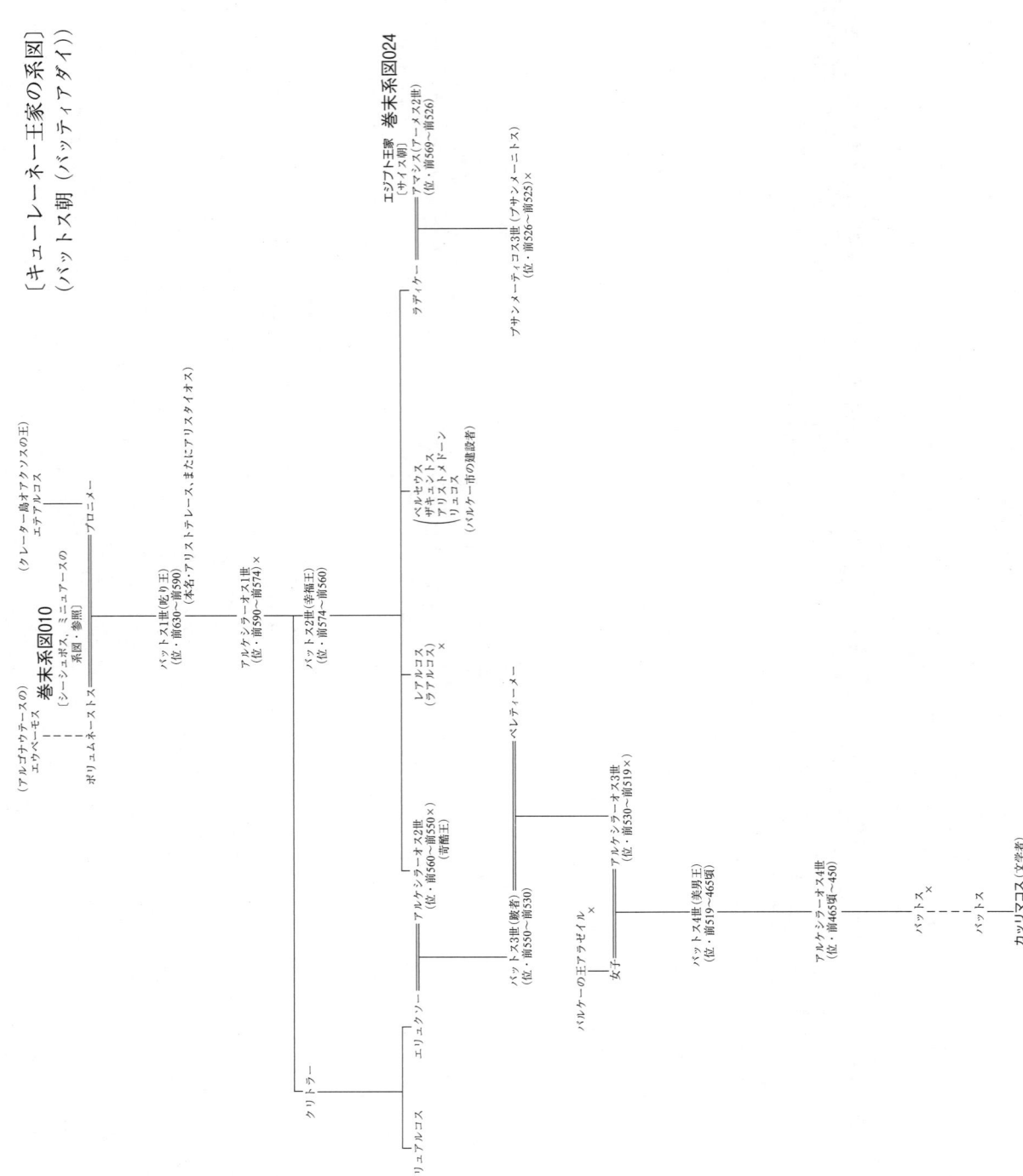

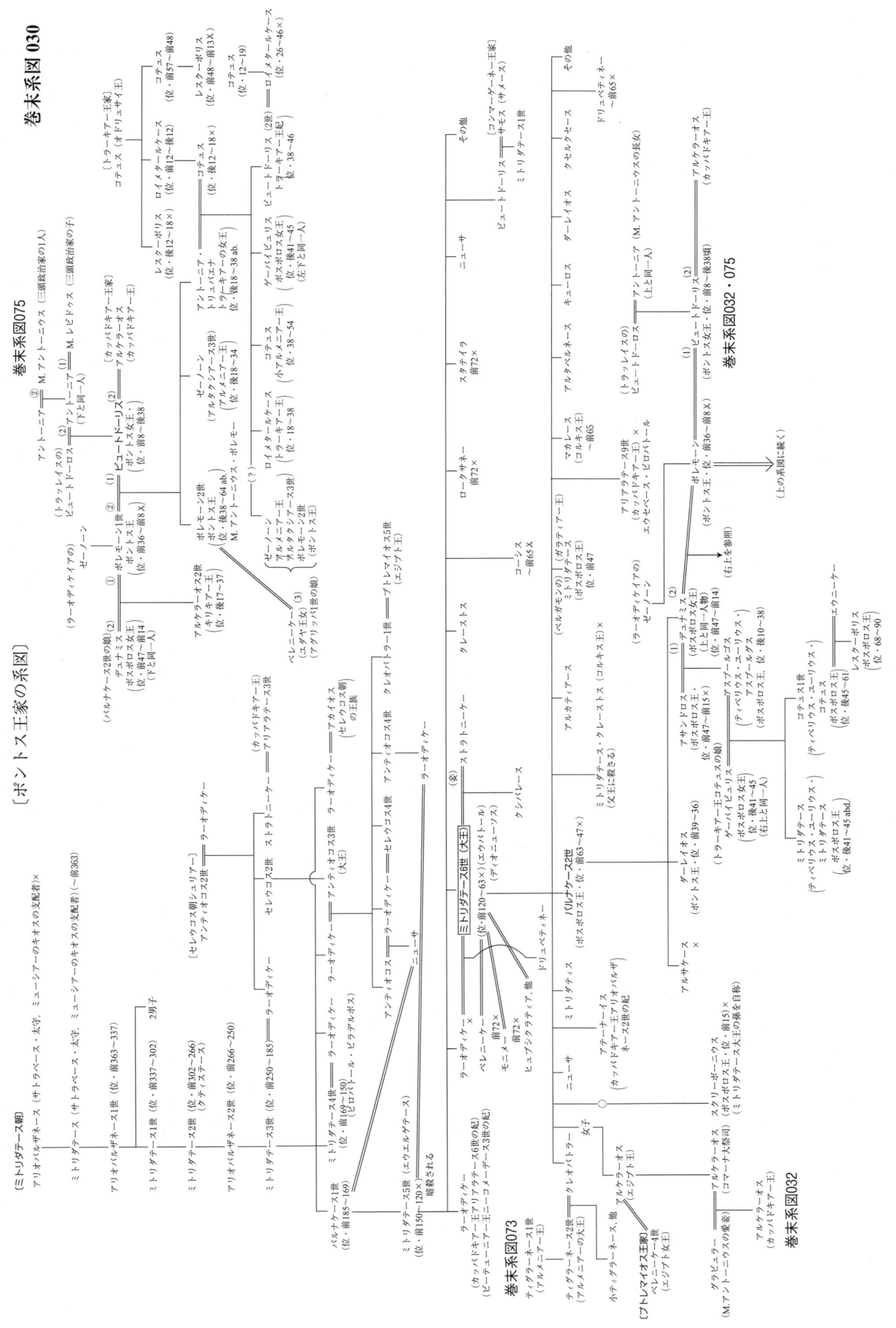

A．巻末系図

巻末系図 031

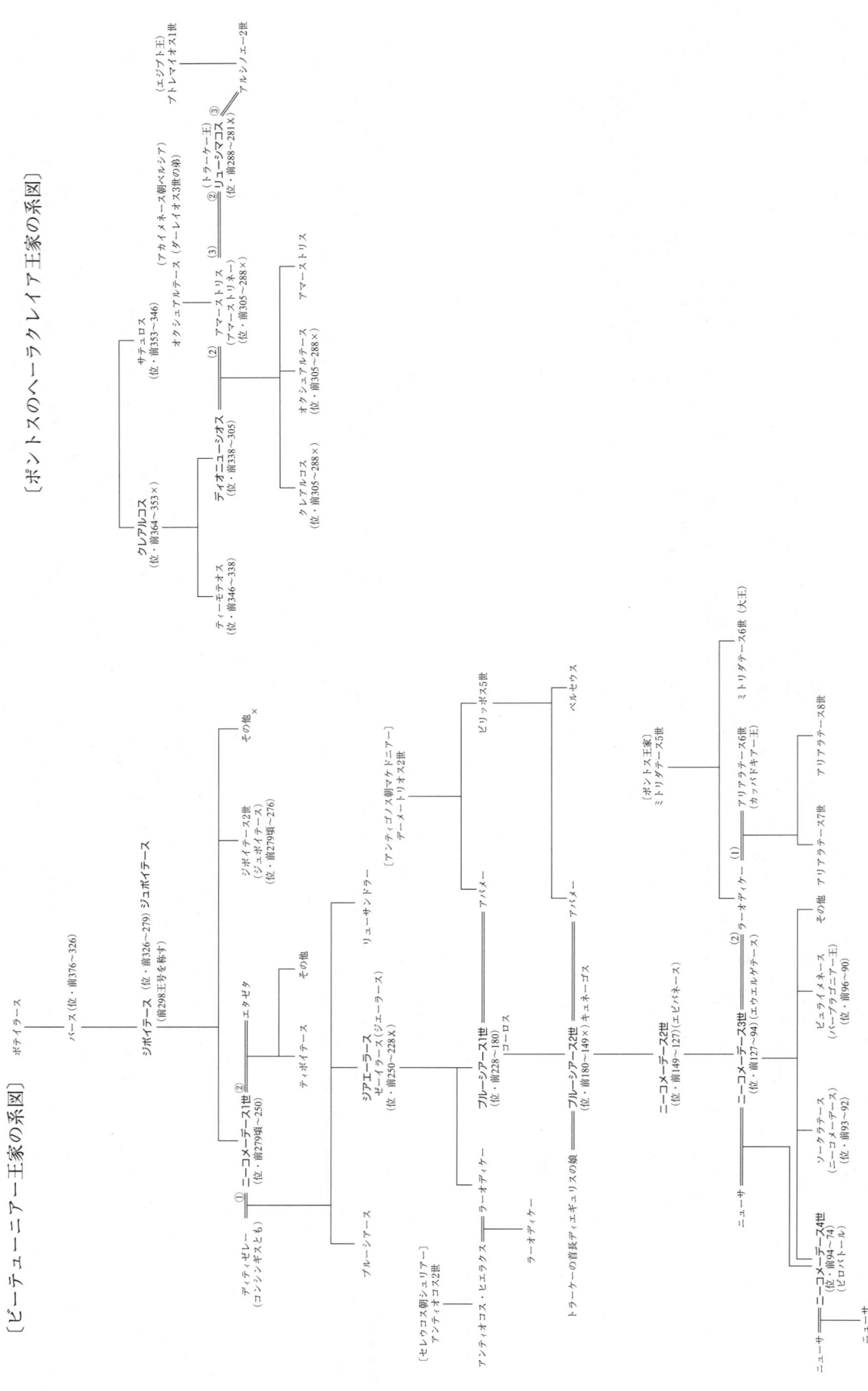

巻末系図 032

[カッパドキアー王家の系図]

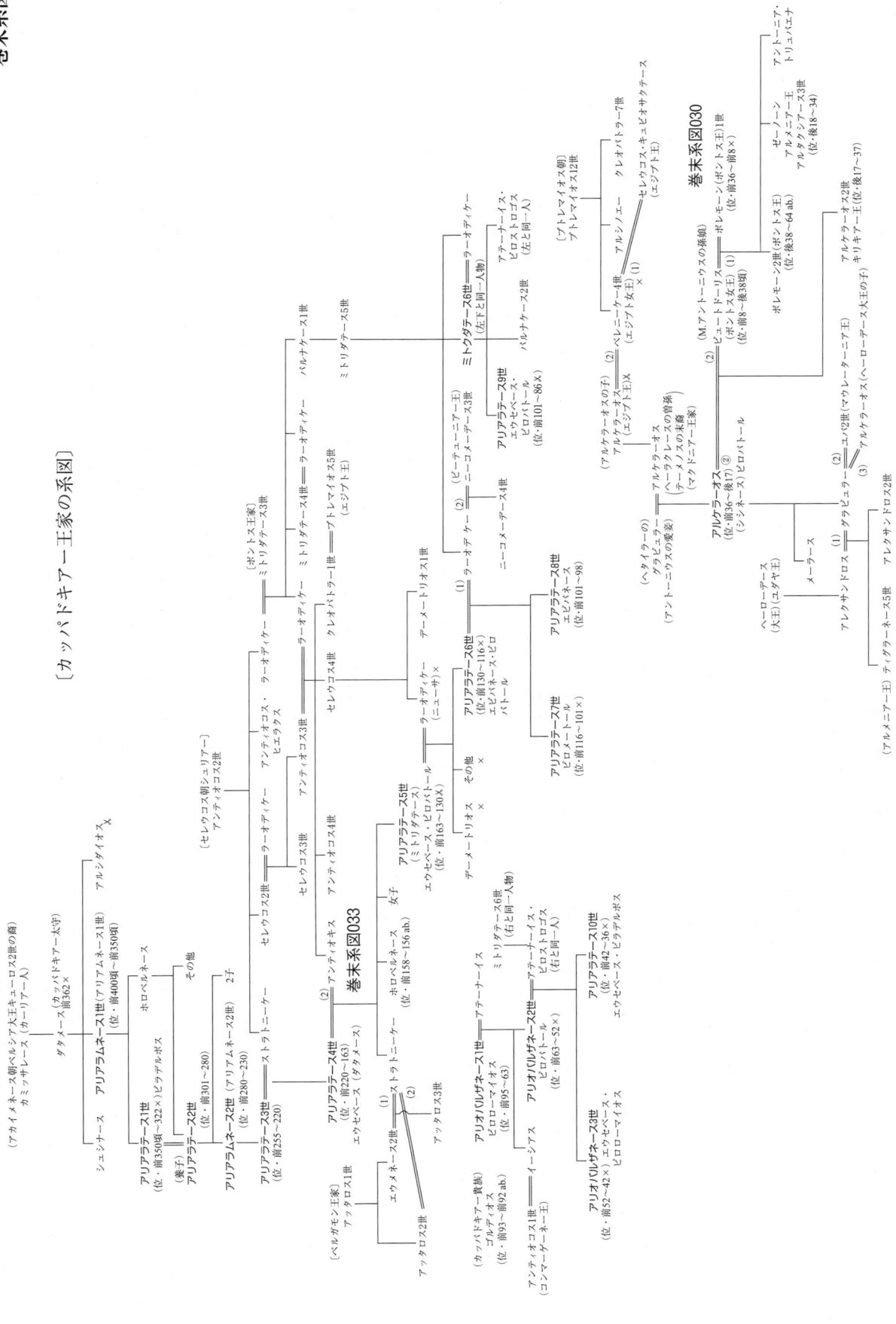

A．巻末系図

巻末系図 033

[コンマーゲネー王家の系図]
(ゴティク体はコンマーゲネー王)

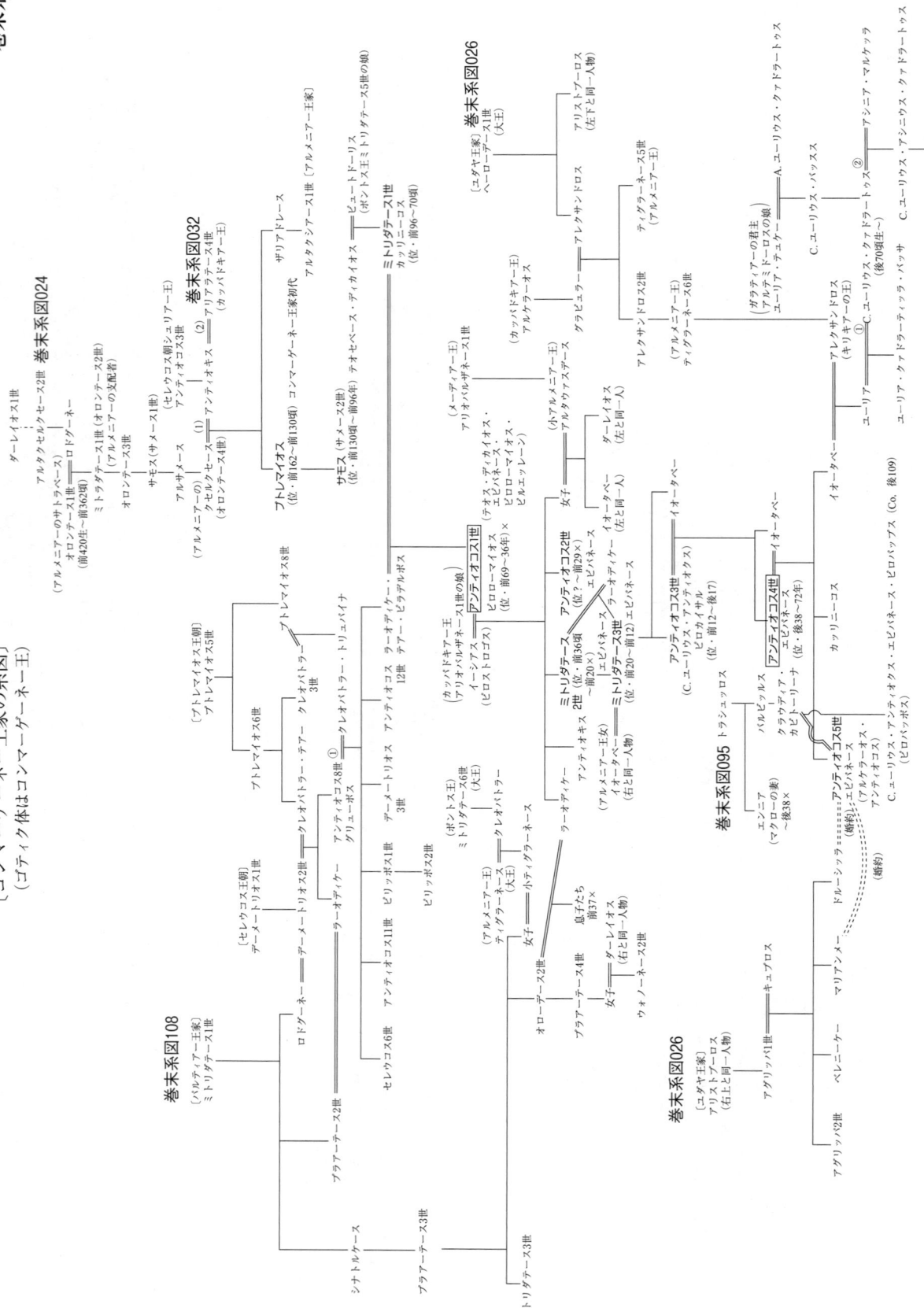

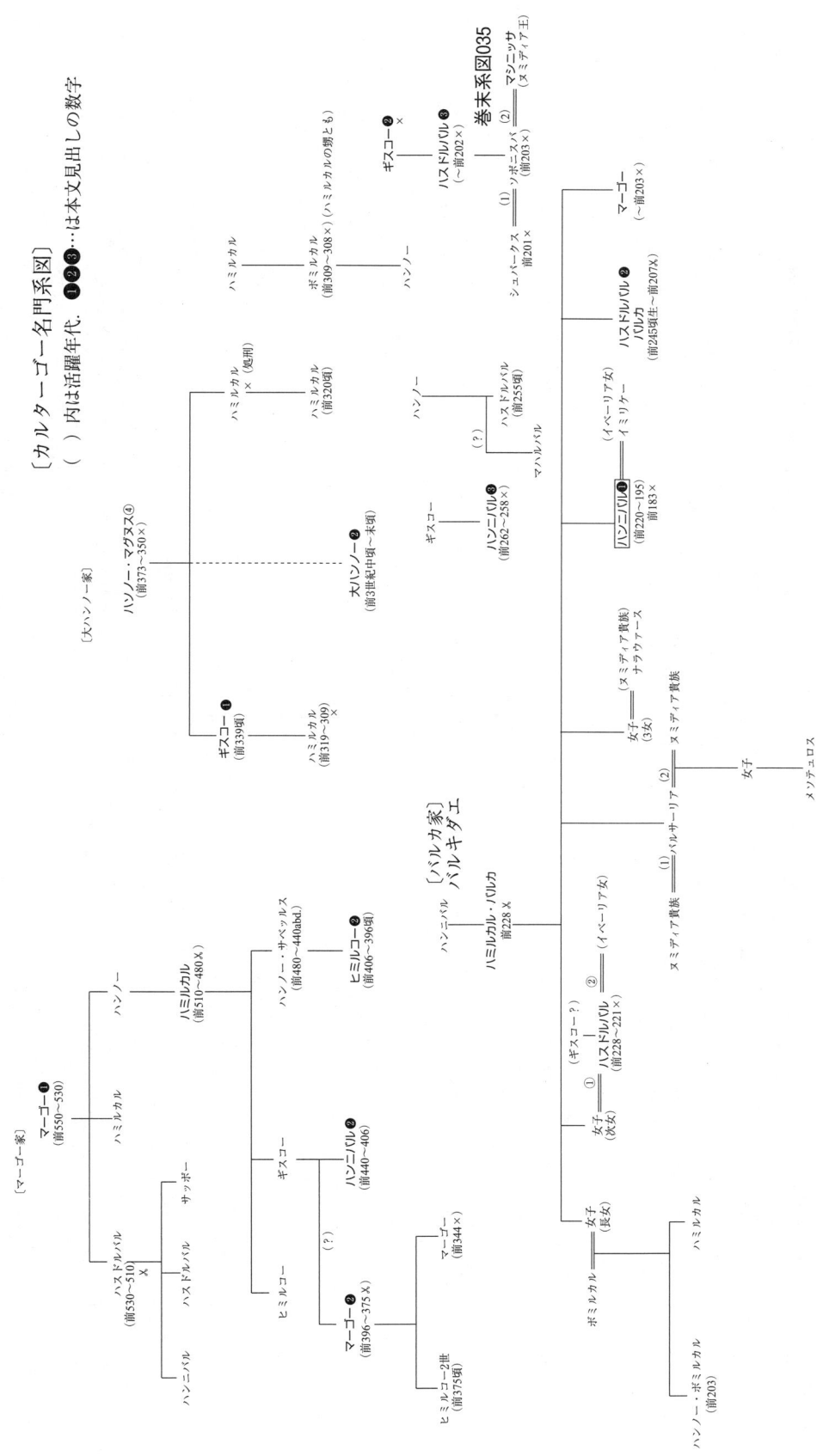

A．巻末系図

巻末系図 035

[ヌミディア王家の系図]

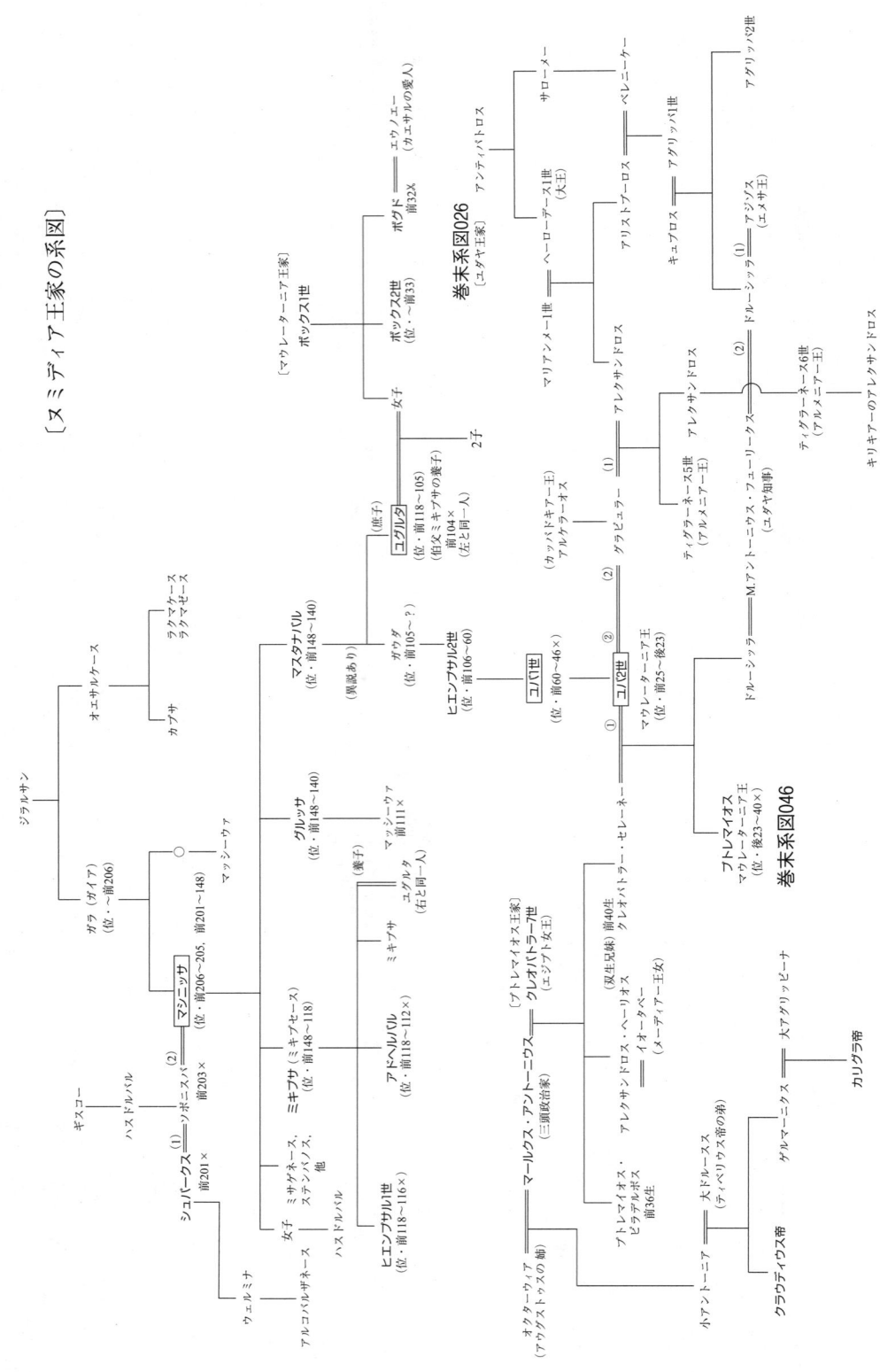

巻末系図 036

[バクトリアー王国王統系図]（異説多し）
（バクトリアネー（バクトラ），グレコ＝バクトリア王国）

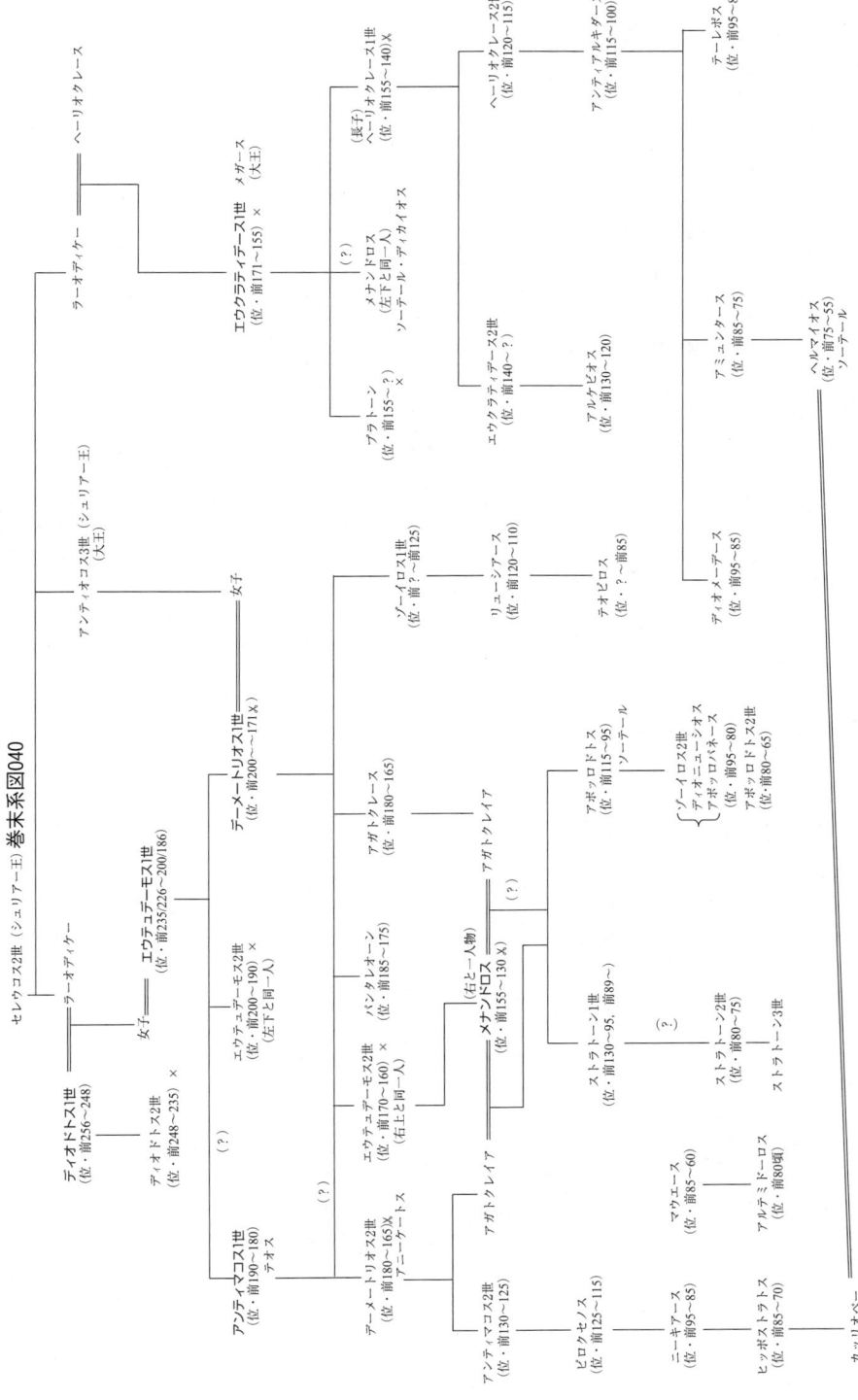

A．巻末系図

巻末系図 037

[アッタロス王朝系図]
(ペルガモン王国)

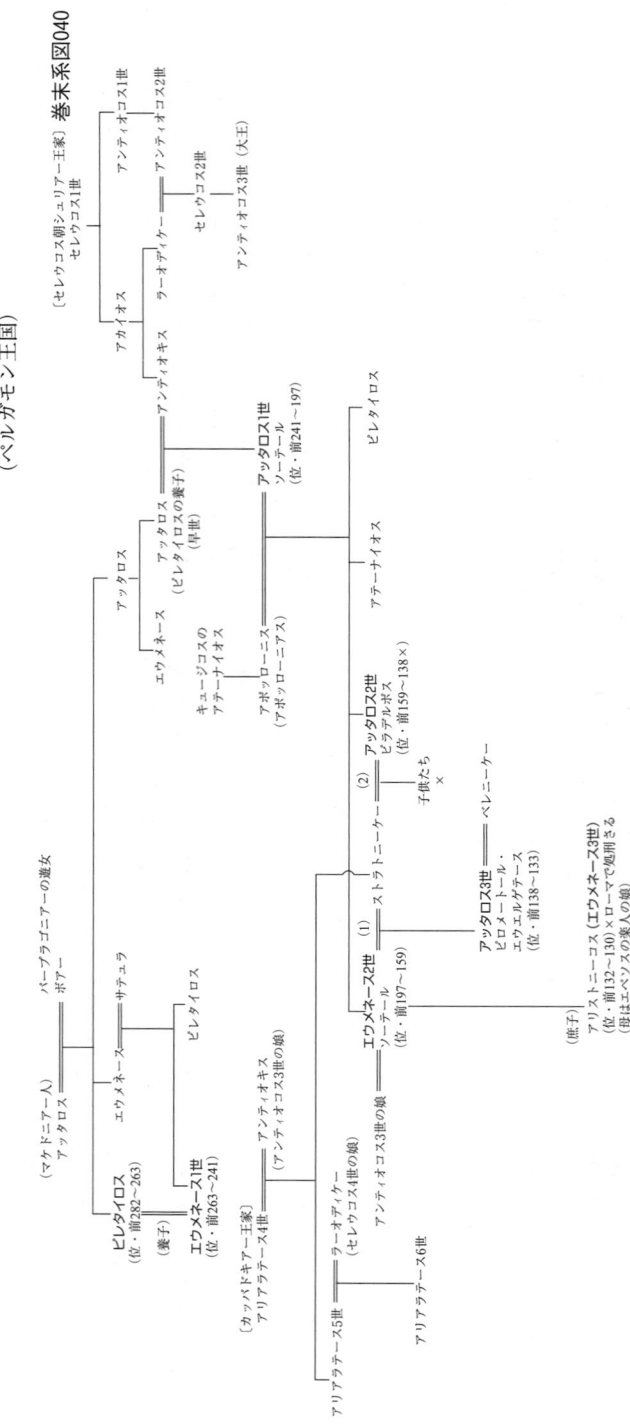

A．巻末系図

巻末系図 038

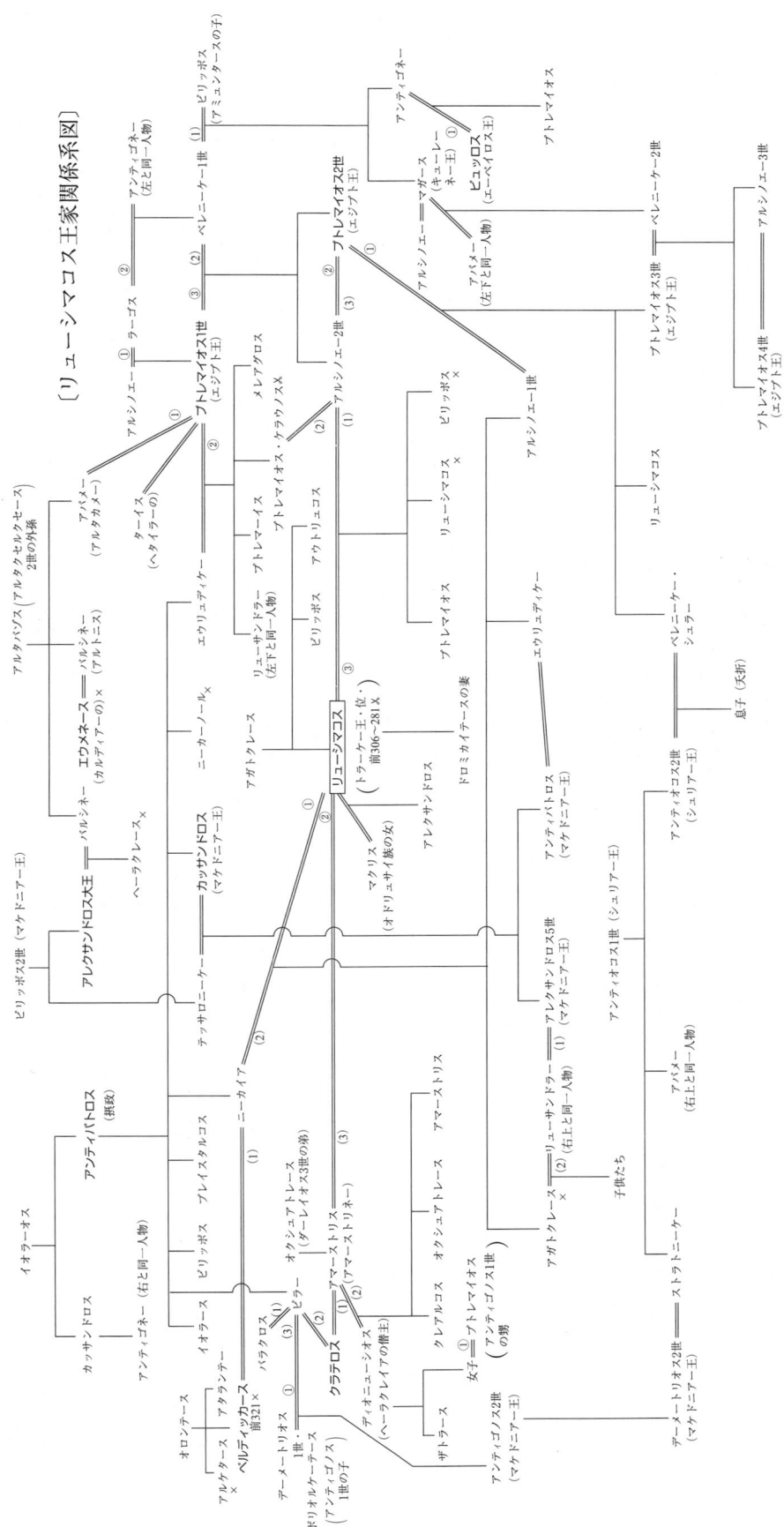

A. 巻末系図

巻末系図 039

[セレウコス朝シュリアー王家の系図]

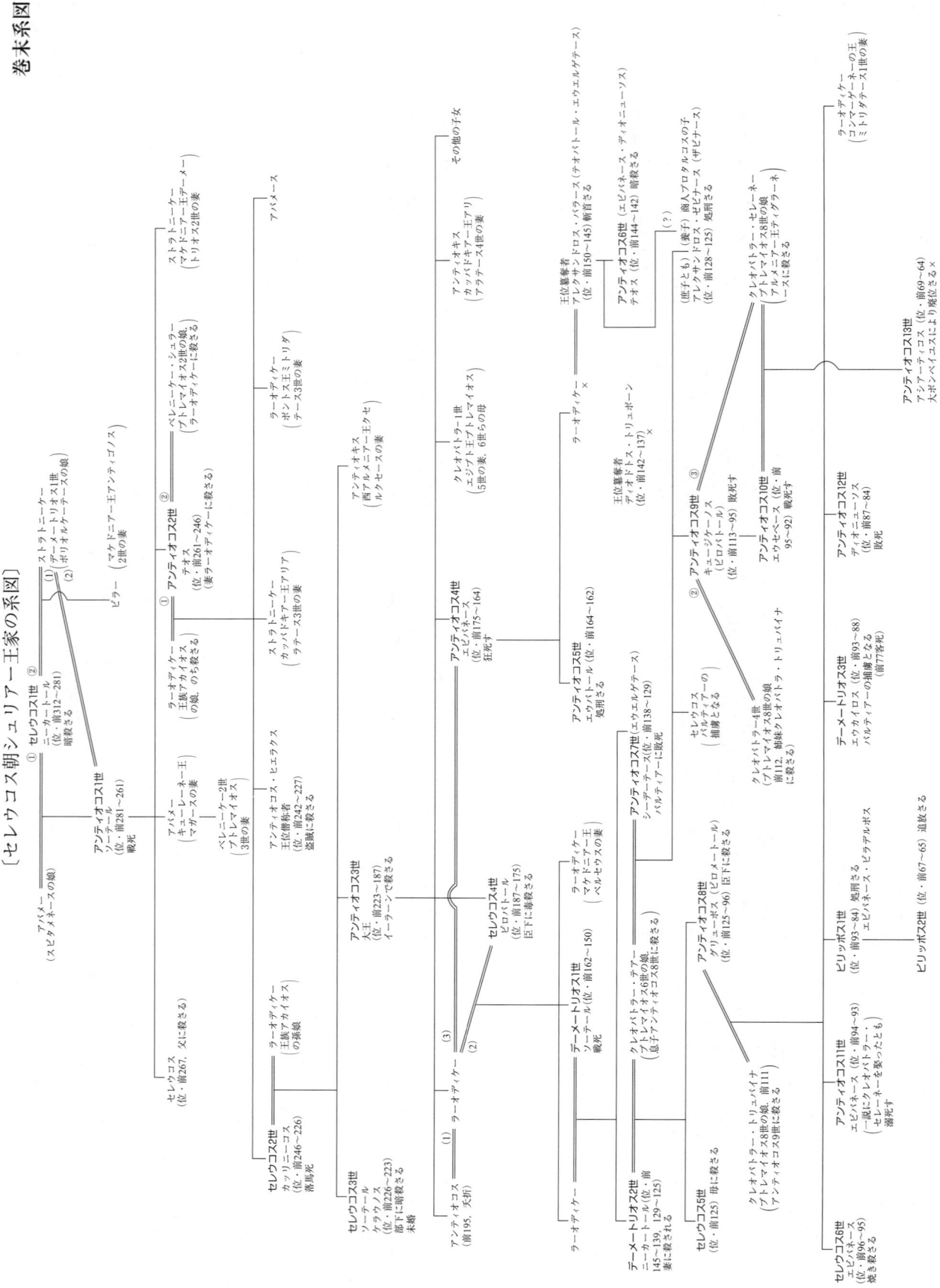

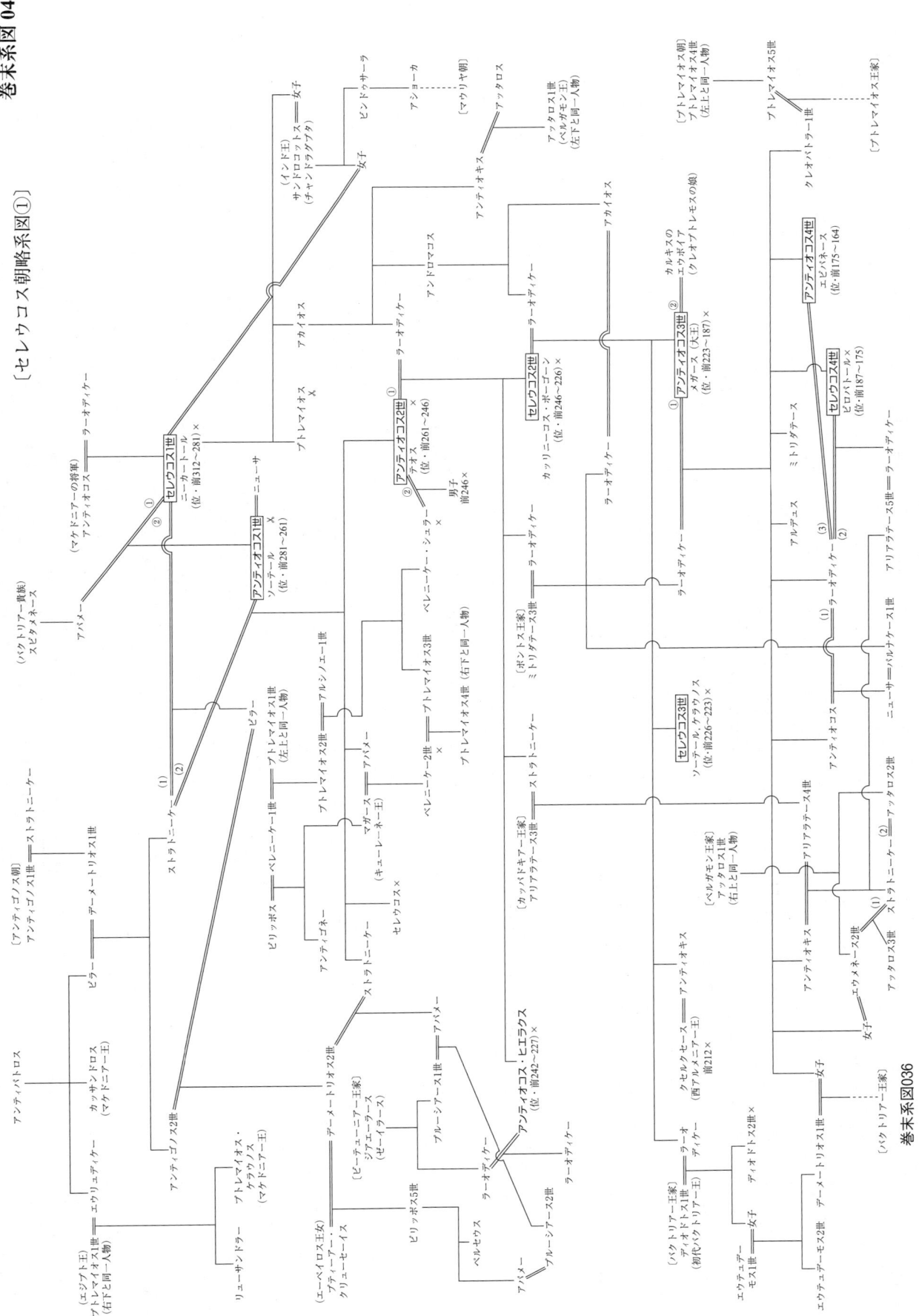

A．巻末系図

巻末系図041

[セレウコス朝略系図②]

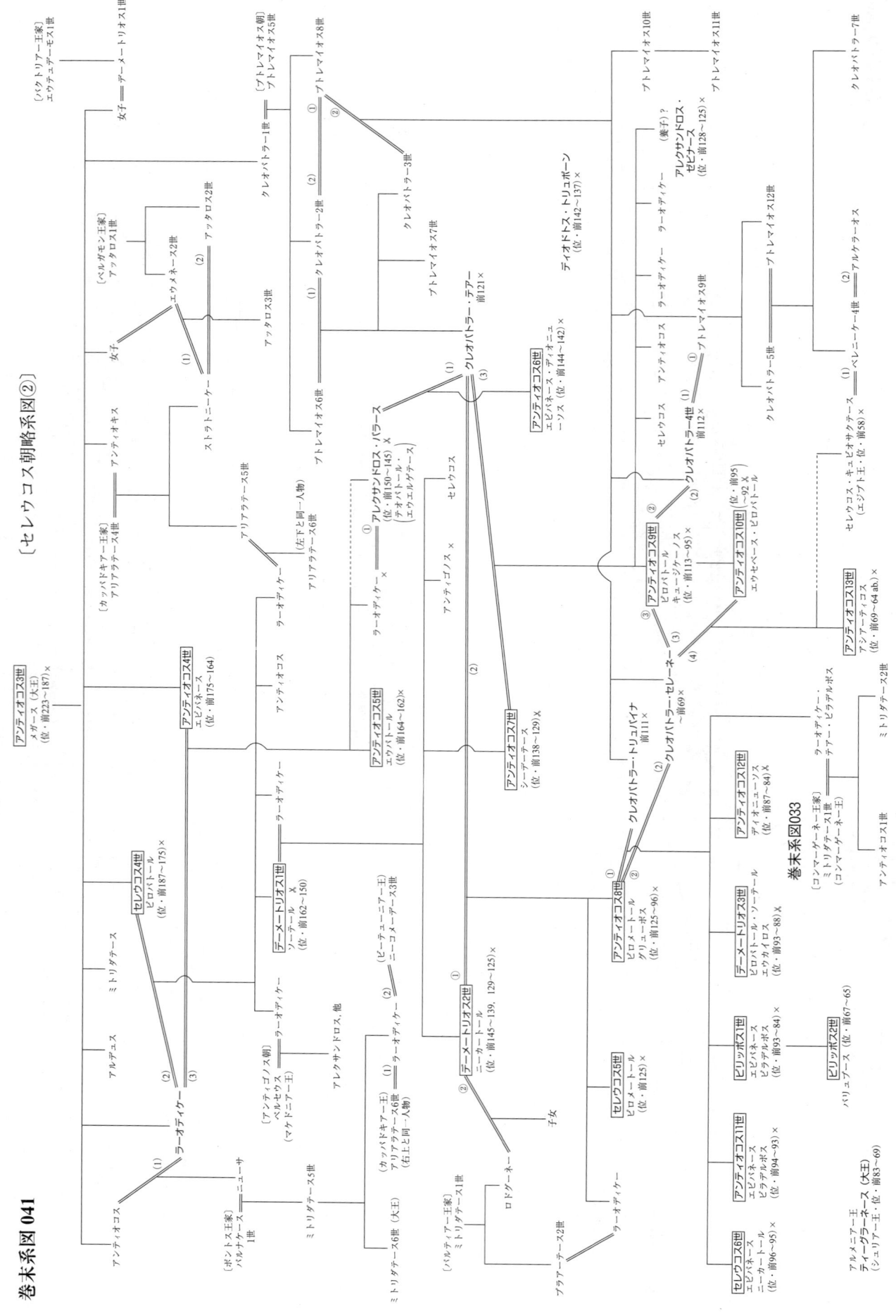

巻末系図 042

[セレウコス朝系図]

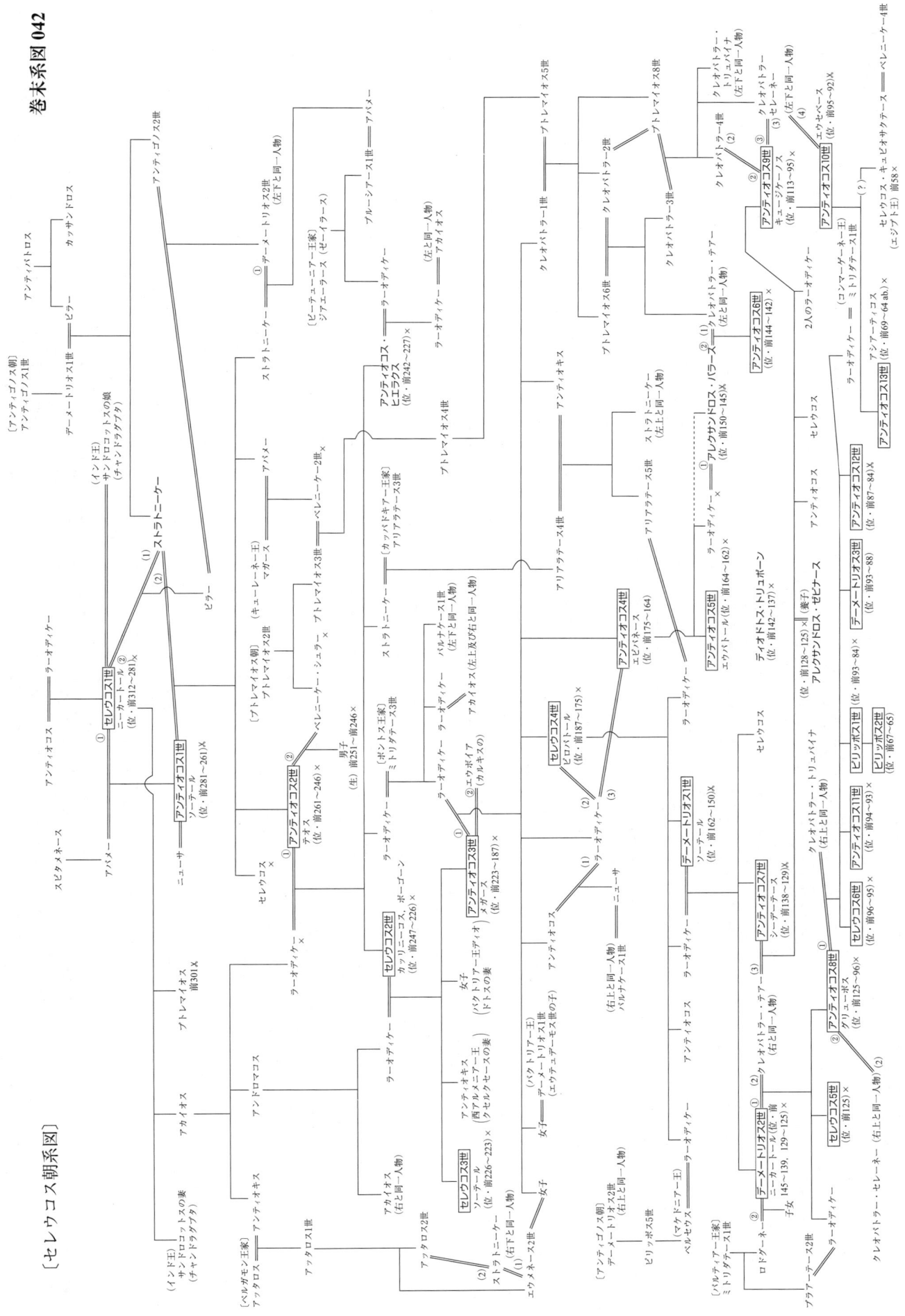

A．巻末系図

巻末系図 043

[プトレマイオス朝エジプト王家の系図]

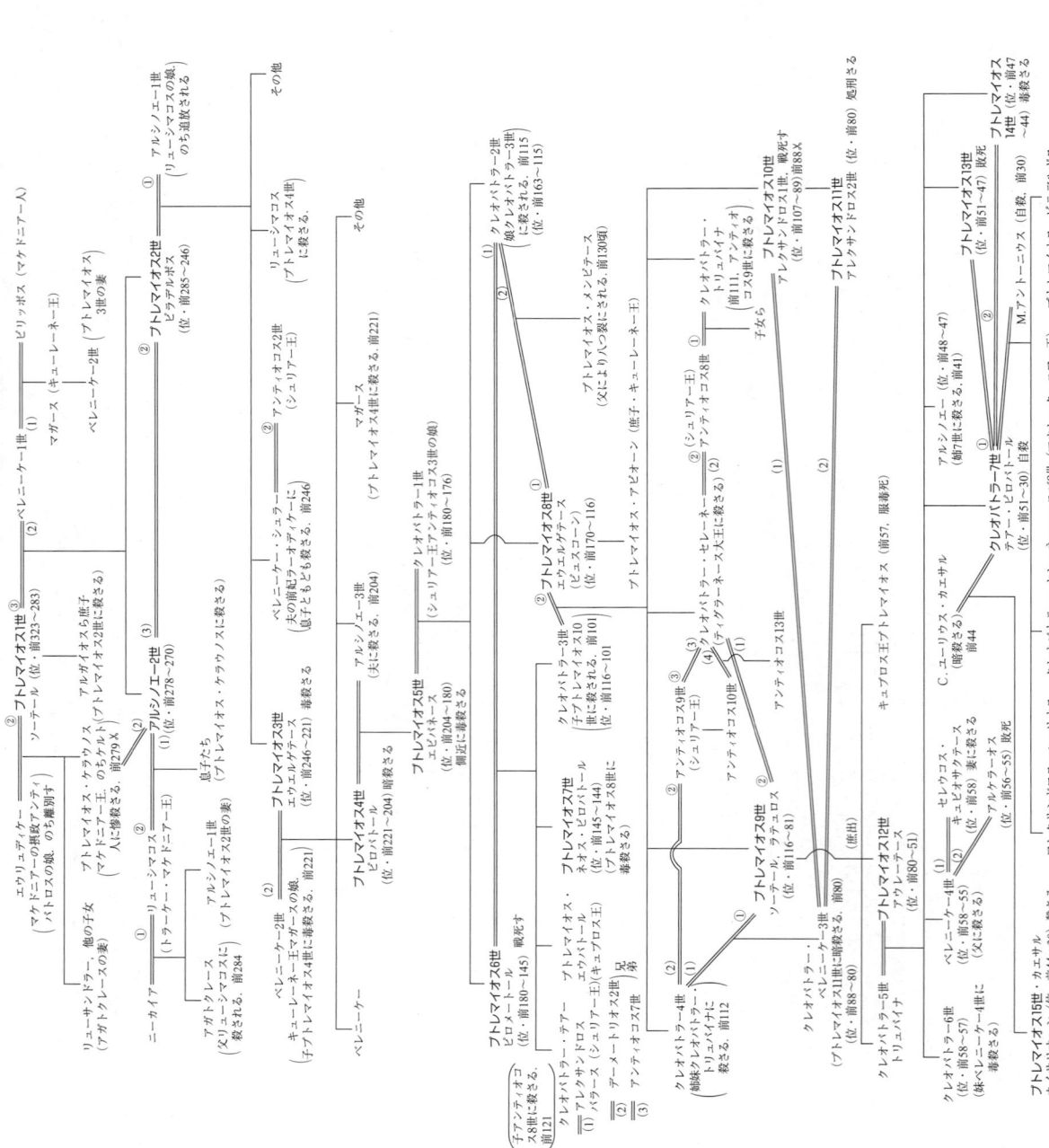

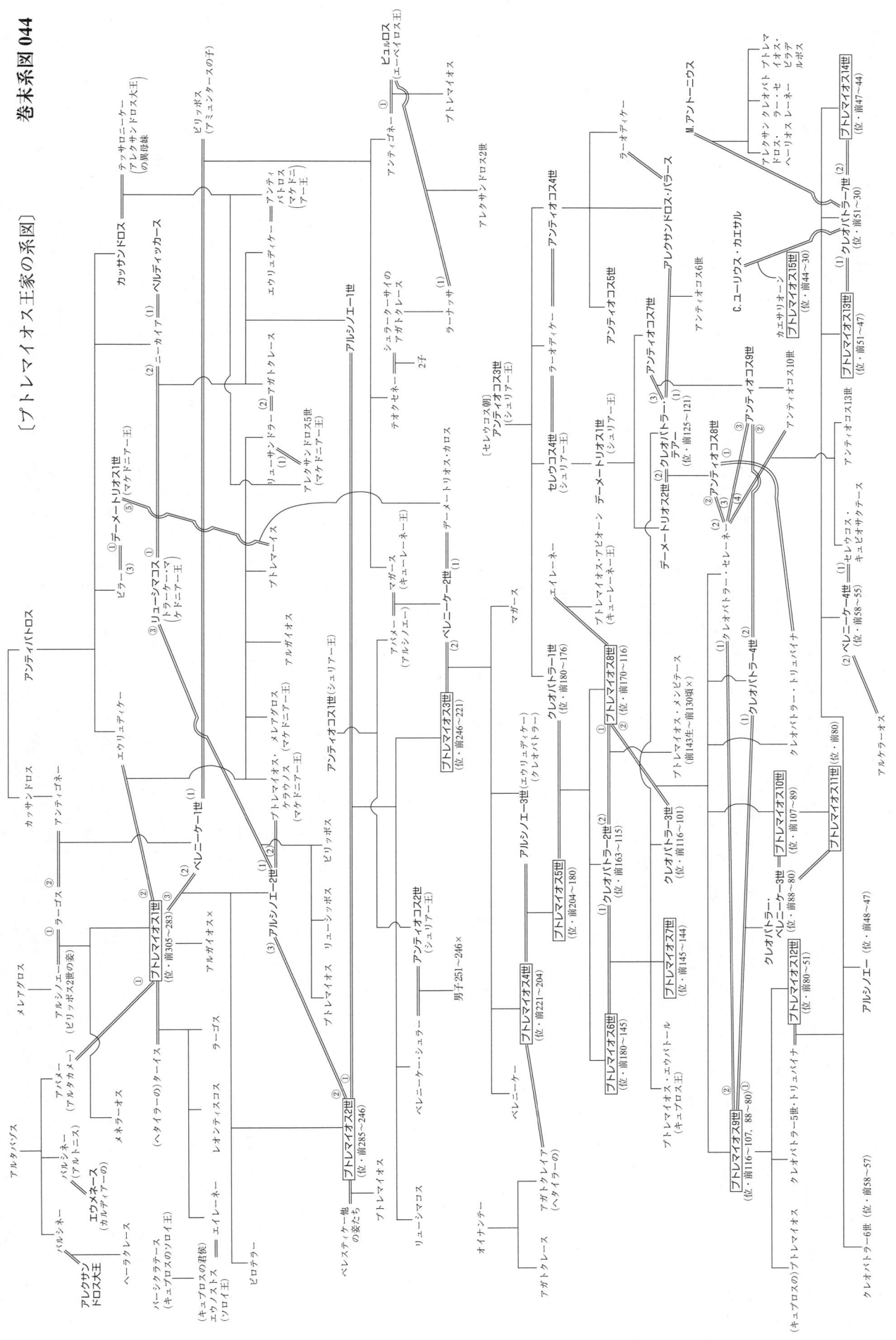
巻末系図 044 [プトレマイオス王家の系図]

A．巻末系図

巻末系図 045

[プトレマイオス朝系略系図①]

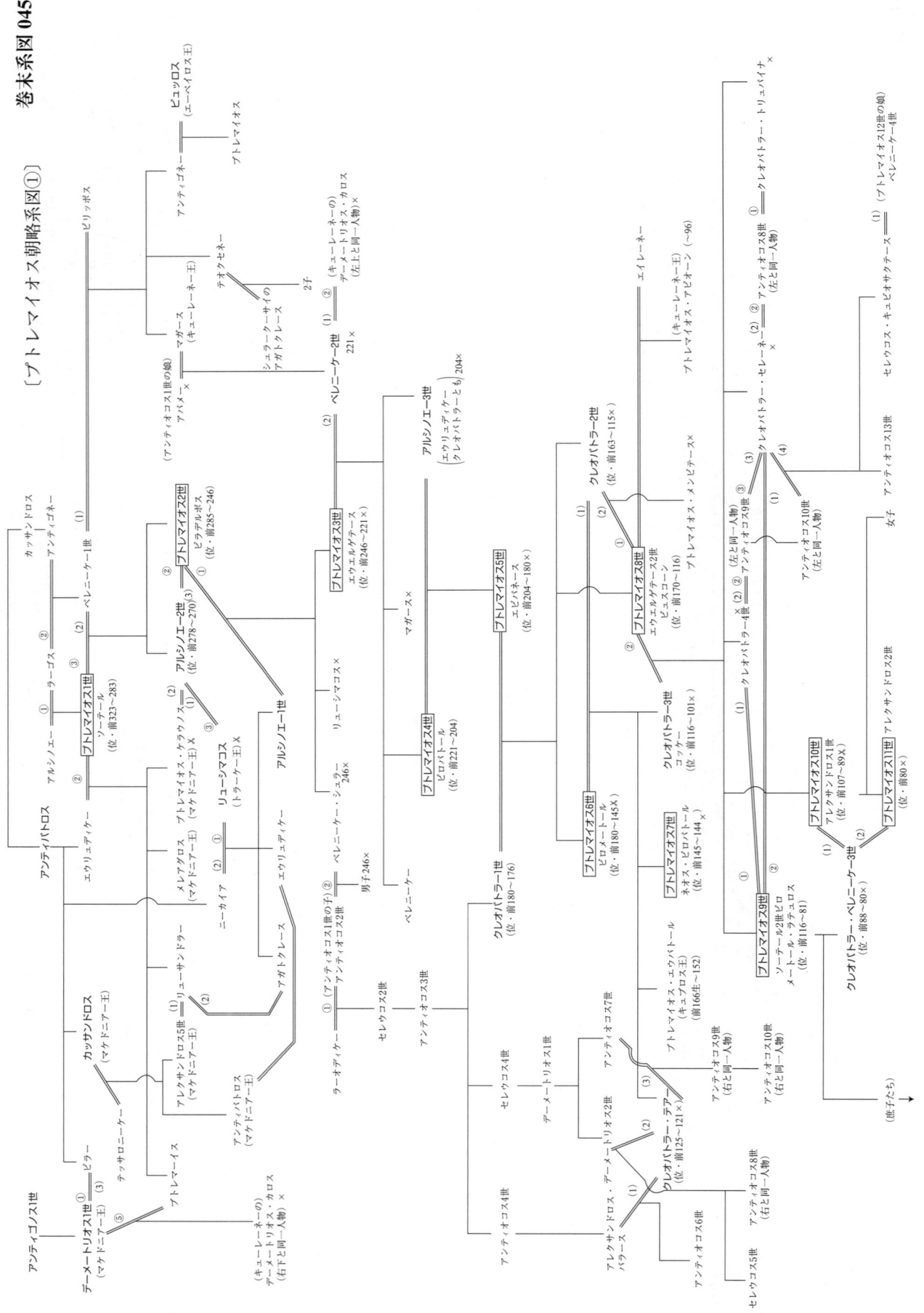

巻末系図 046

[プトレマイオス朝略系図②]

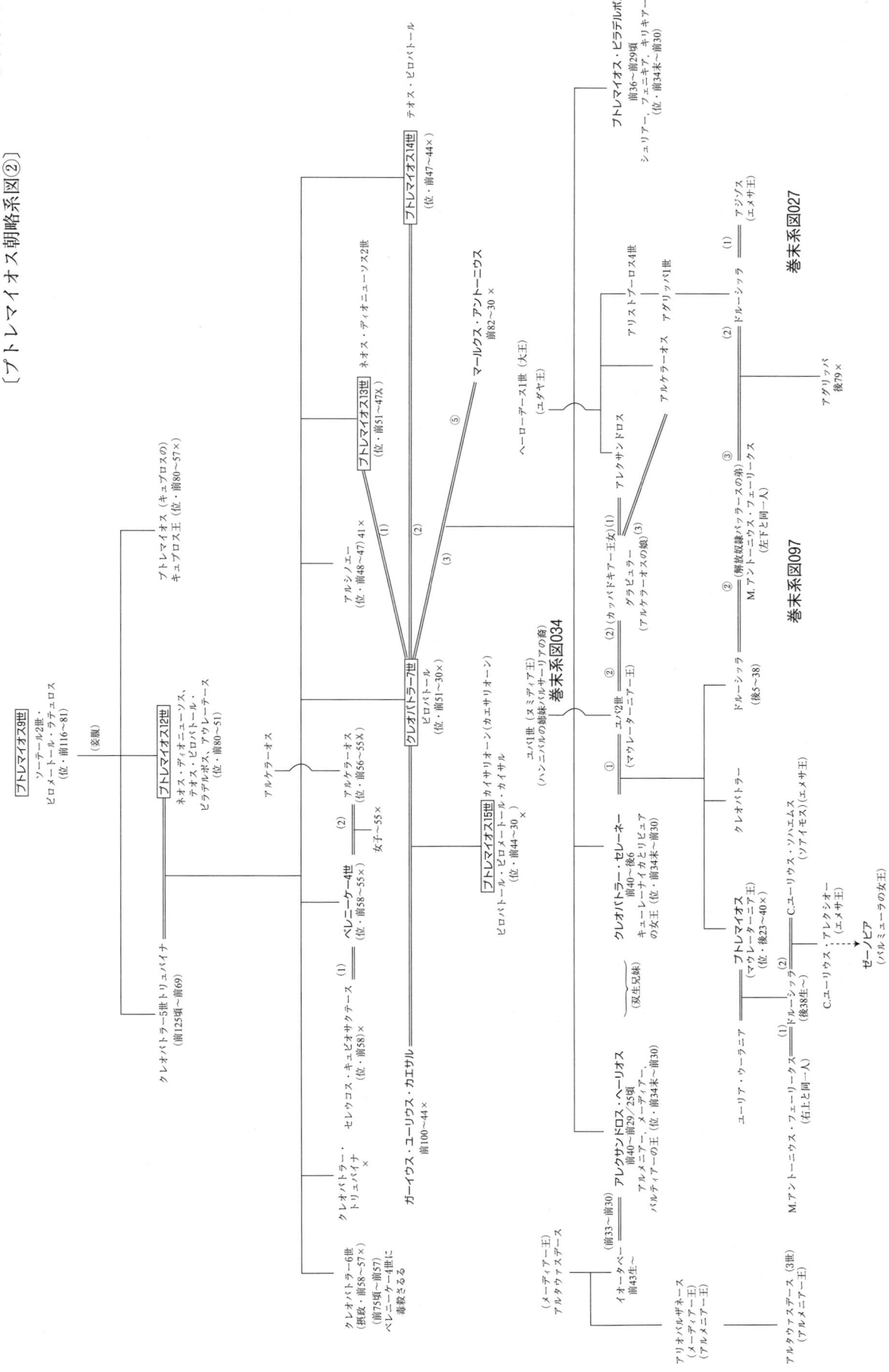

A．巻末系図

巻末系図 047

［アンティゴノス朝略系図］

A．巻末系図

巻末系図 048　〔アンティゴノス朝系図〕

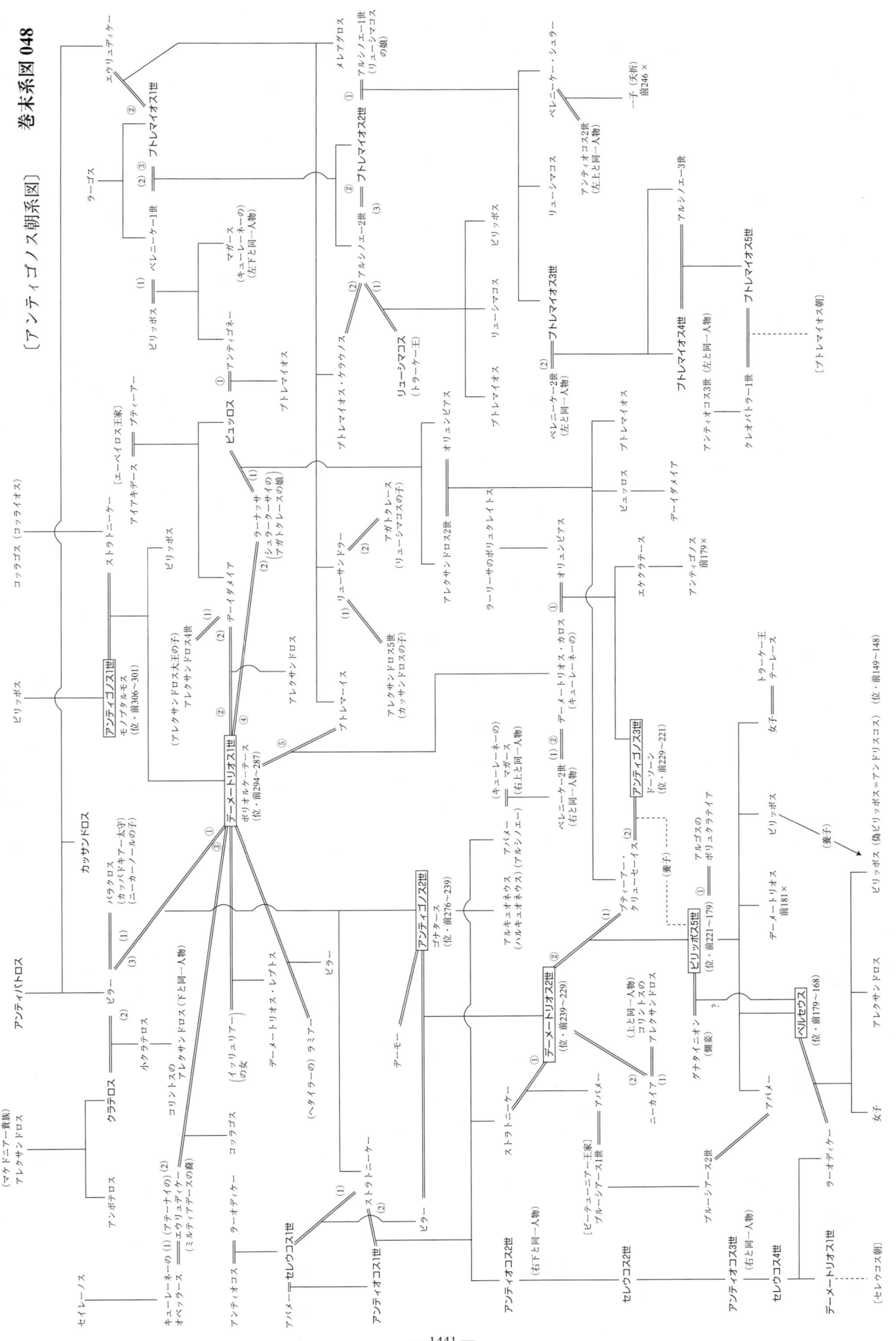

A. 巻末系図

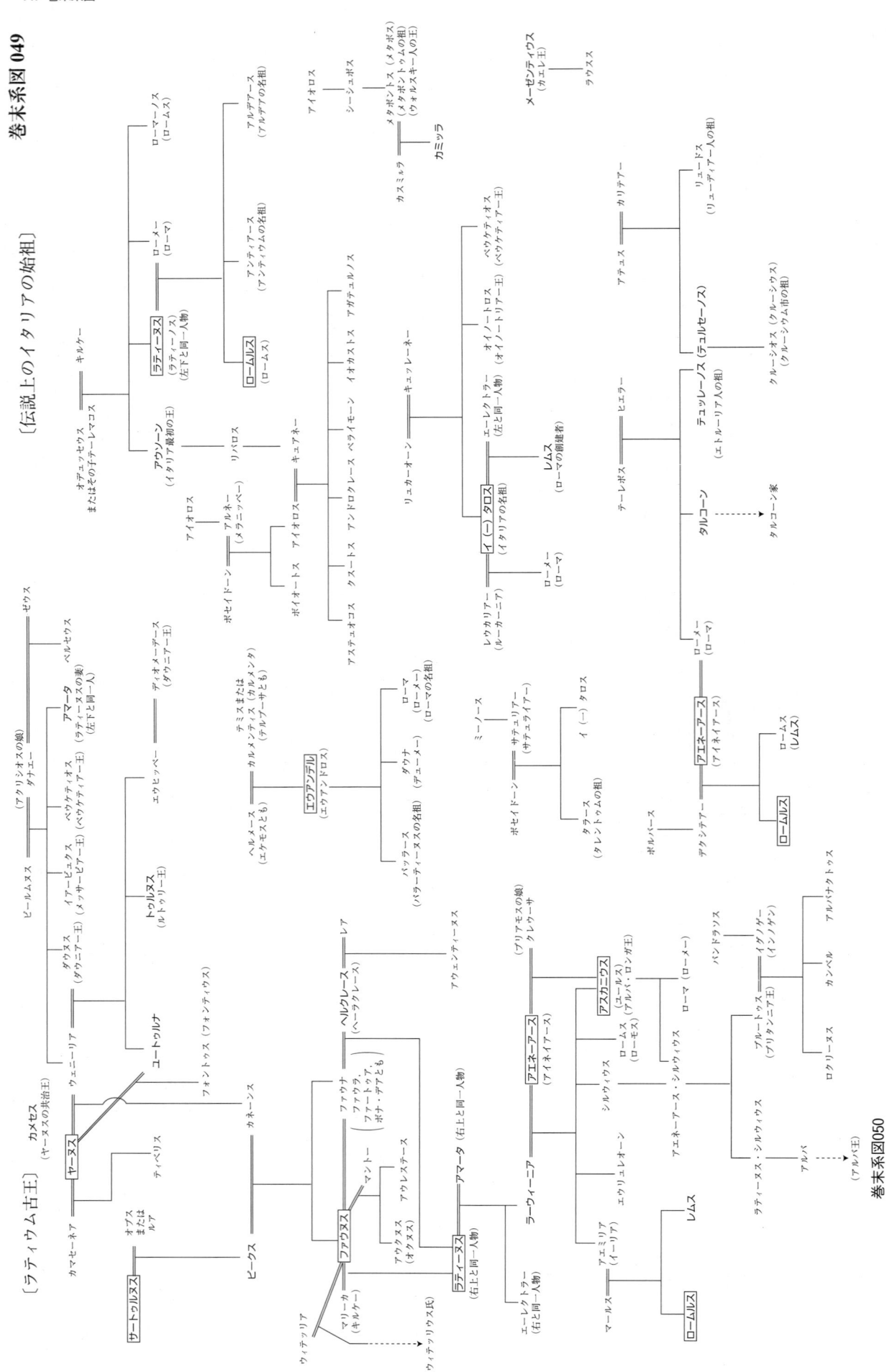

巻末系図 050

[古ローマ王家の系図] (アルバ・ロンガ王家～ローマ王家)
1. 2. 3. …… ローマ王位継承順序

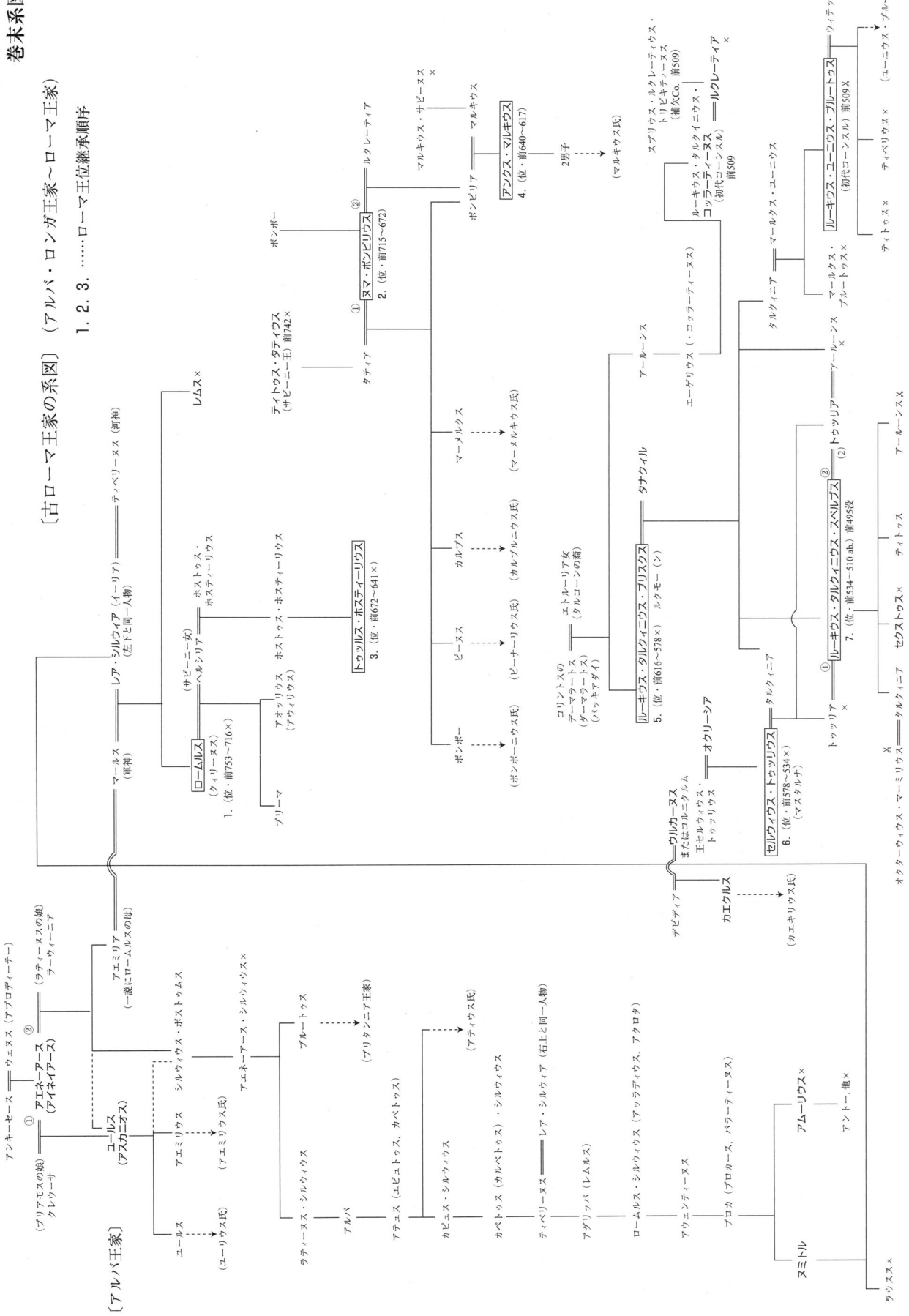

A. 巻末系図

巻末系図

巻末系図 051

[カエキリウス・メテッルス家系図]

巻末系図 052　　　　　　　　　　　[ムーキウス・スカエウォラ家]　　　　　　　　　　　　　　　　　　[リキニウス・クラッスス家系図]

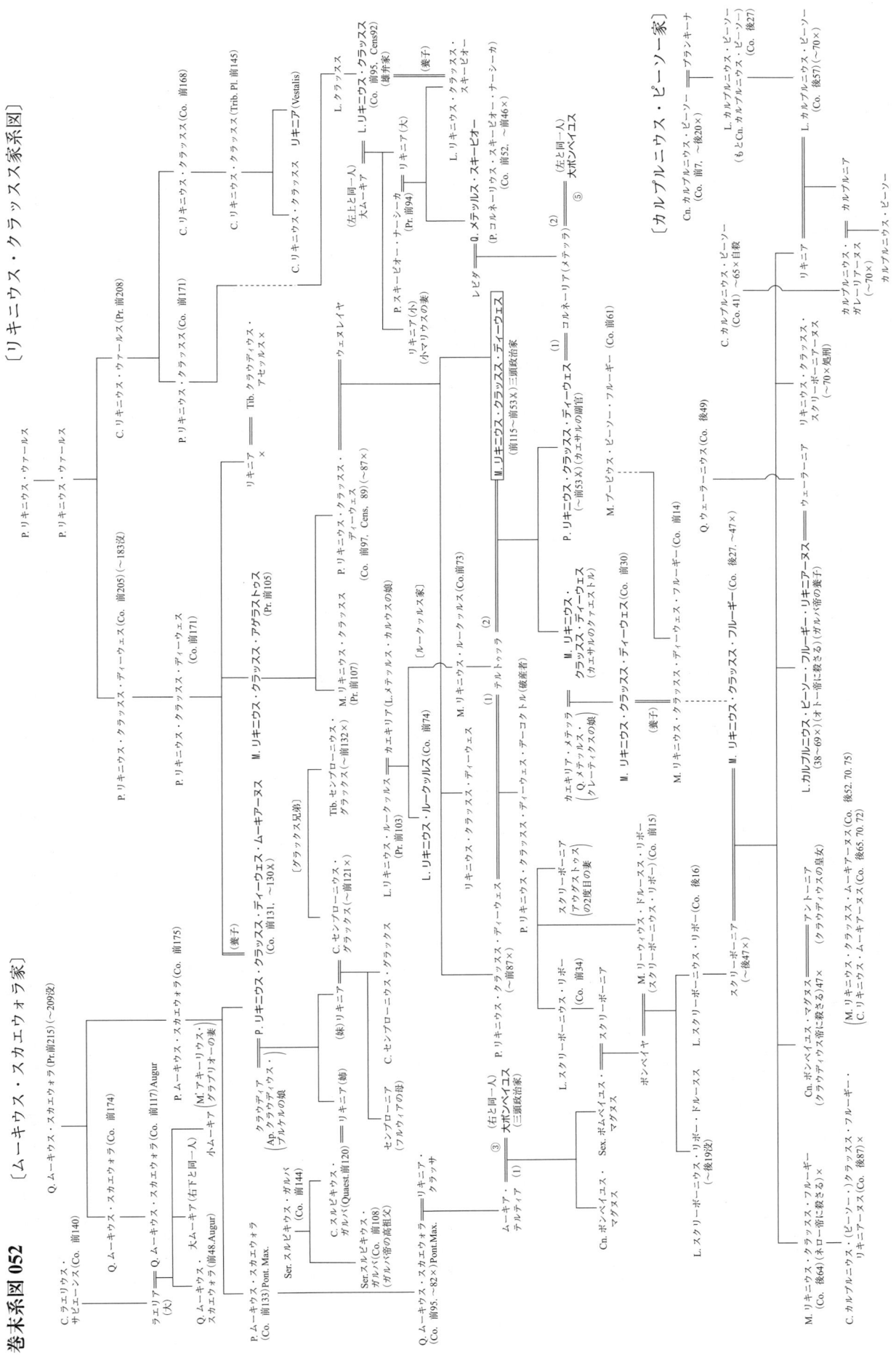

[カルプルニウス・ピーソー家]

A．巻末系図

巻末系図 053

[コルネーリウス・スキーピオー家系図]

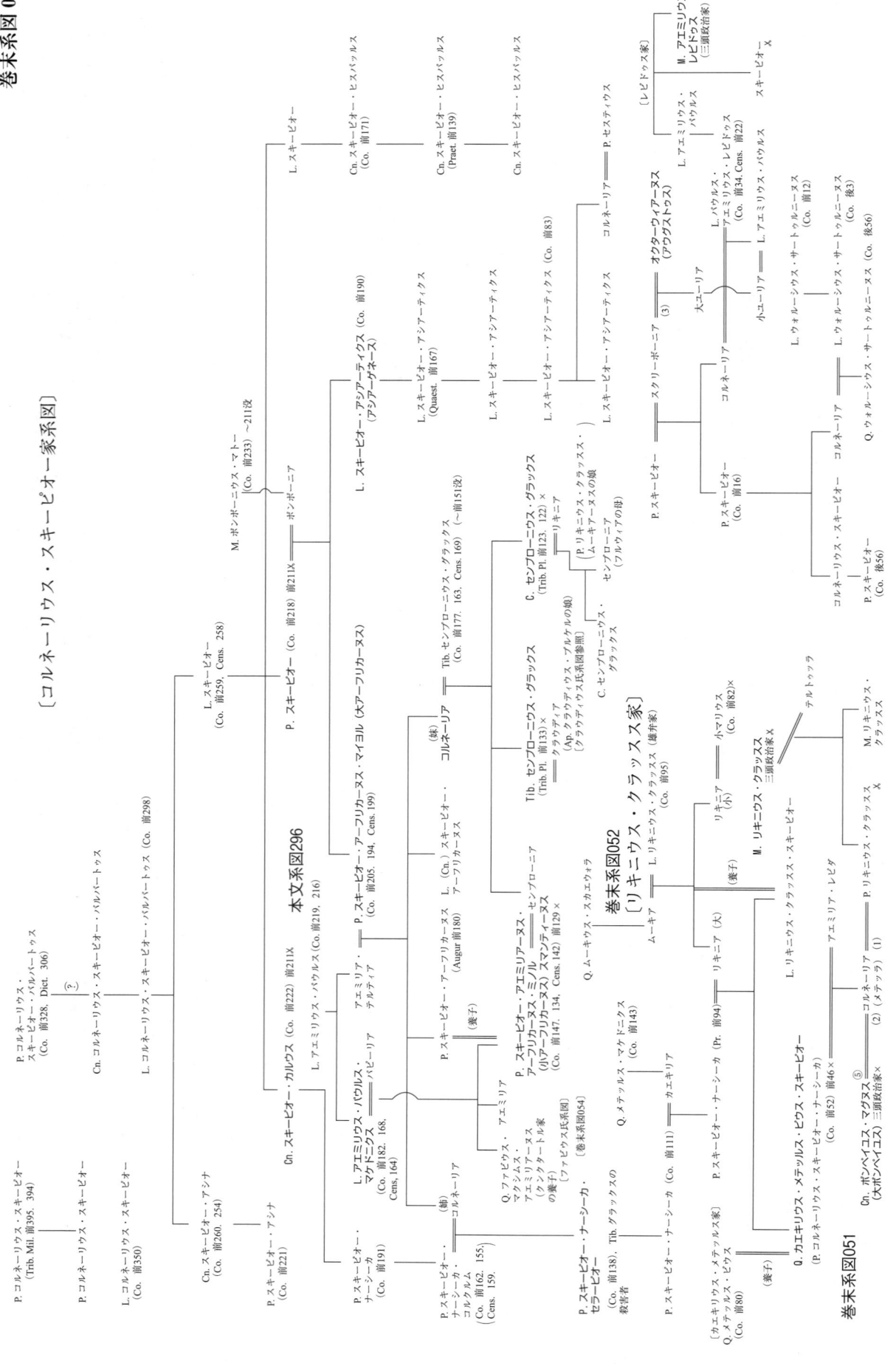

巻末系図 054

[ファビウス氏系図]

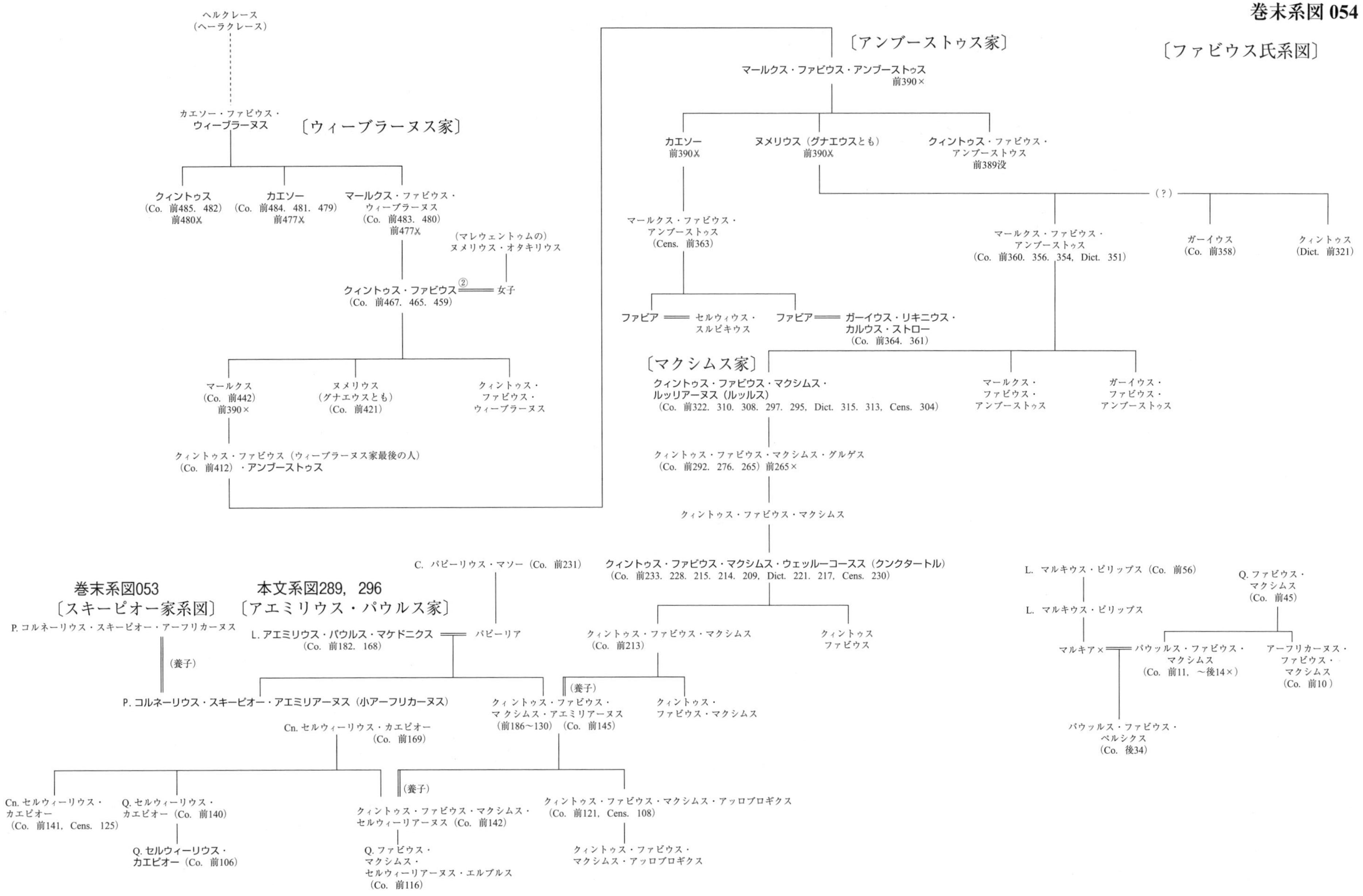

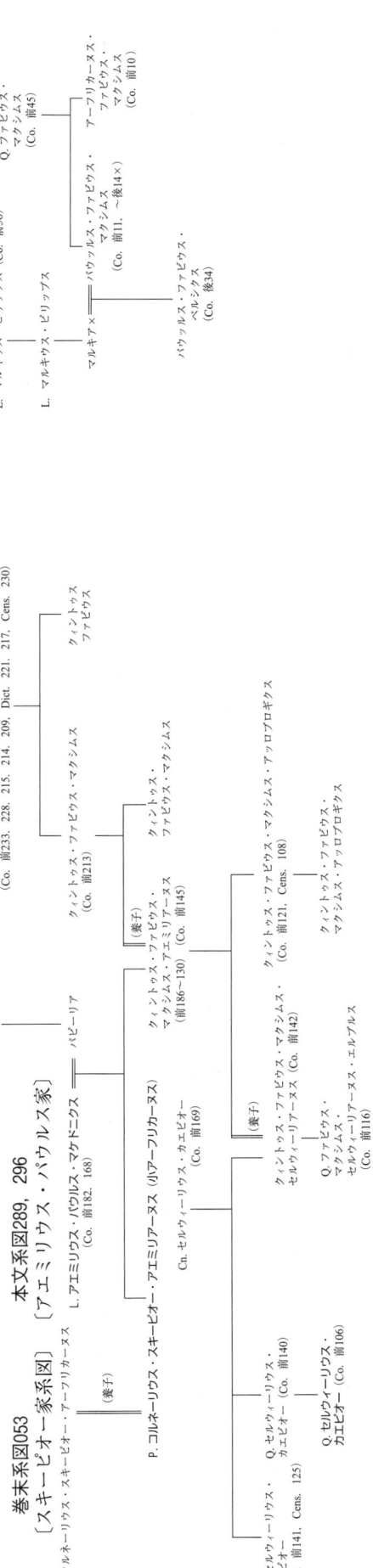

A．巻末系図

巻末系図 055 　　[ユーリウス・カエサル家系図]

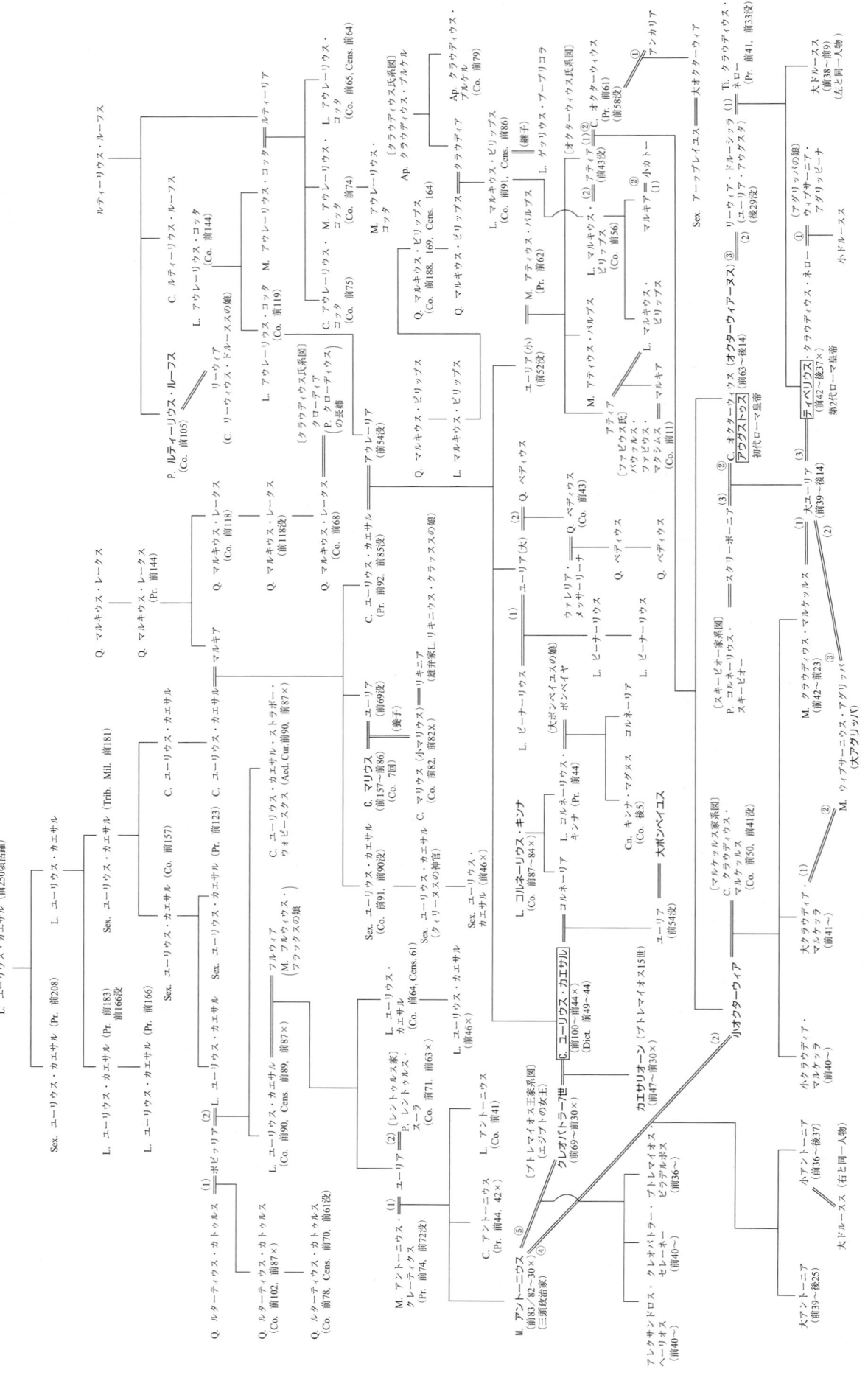

— 1448 —

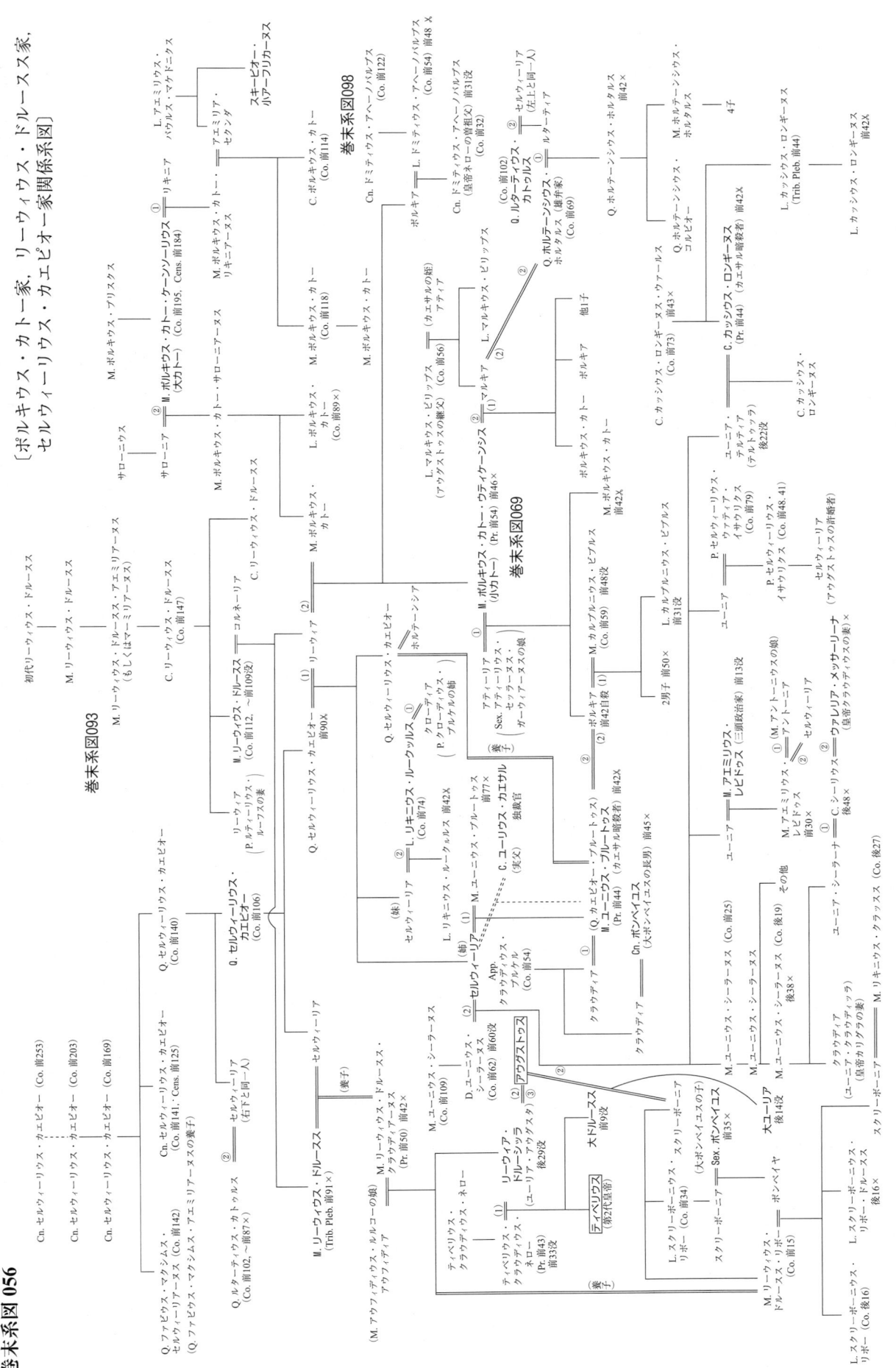

A．巻末系図

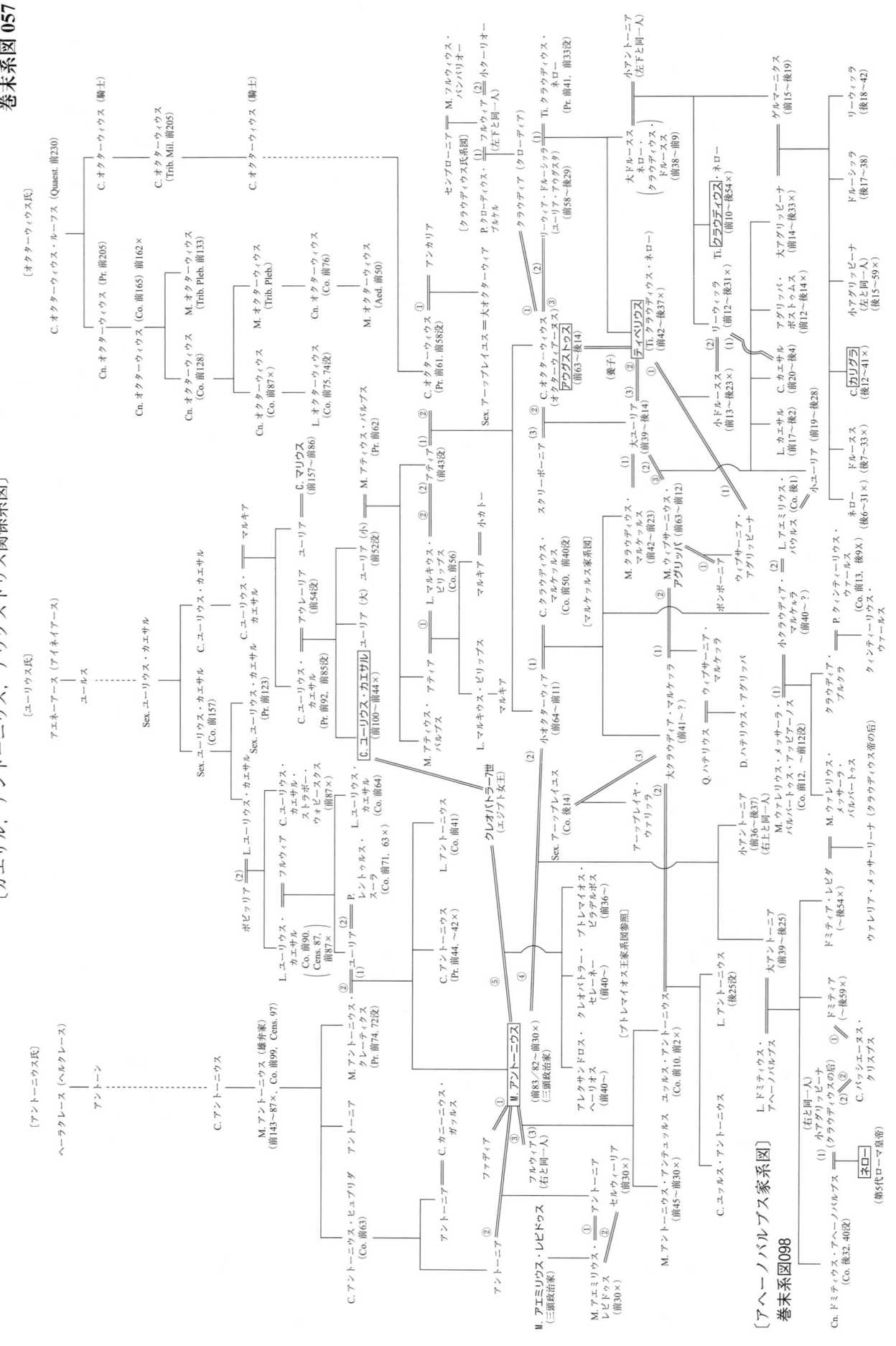

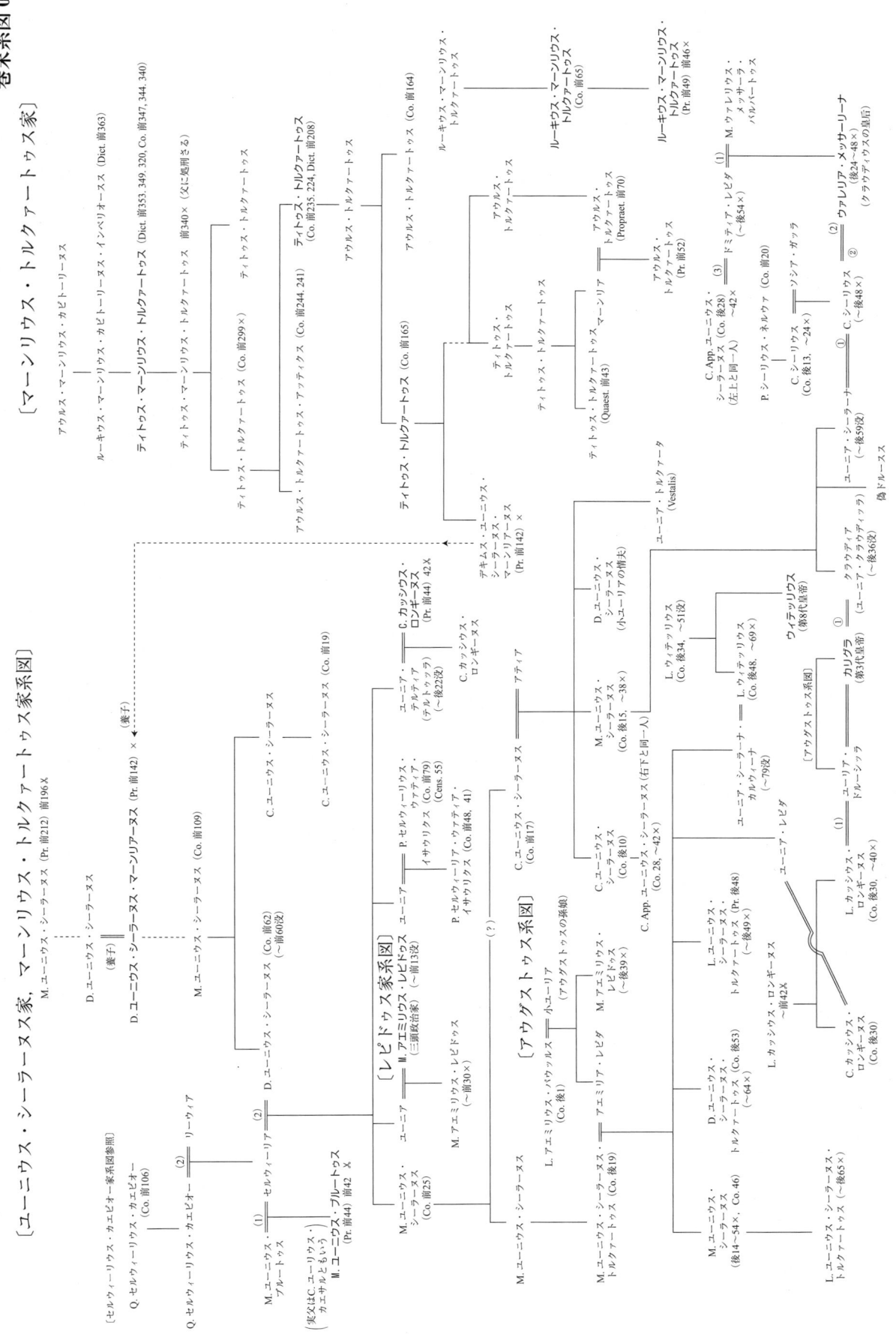

A. 巻末系図

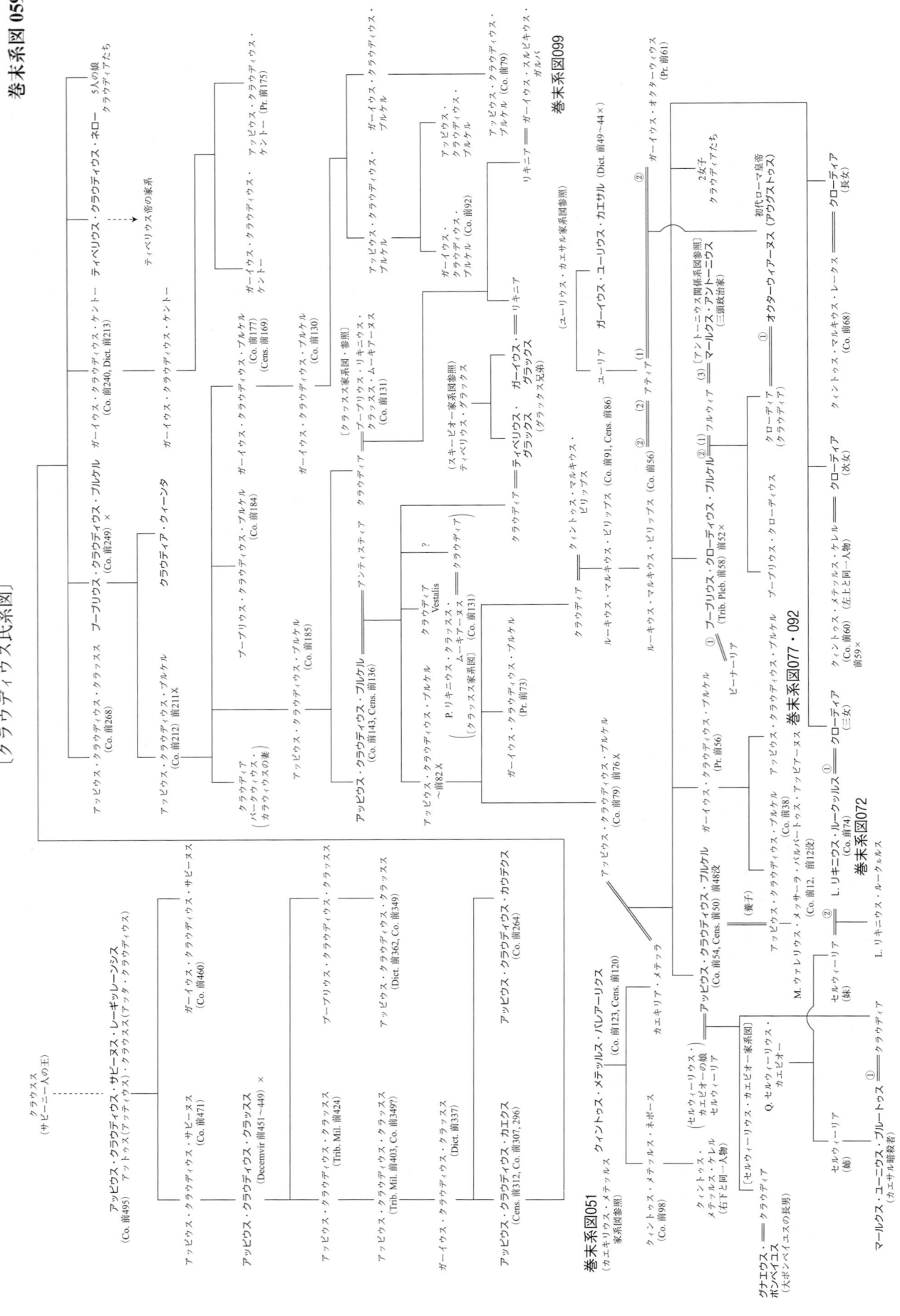

巻末系図 060

[ヴァレリウス・メッサーラ家系図]

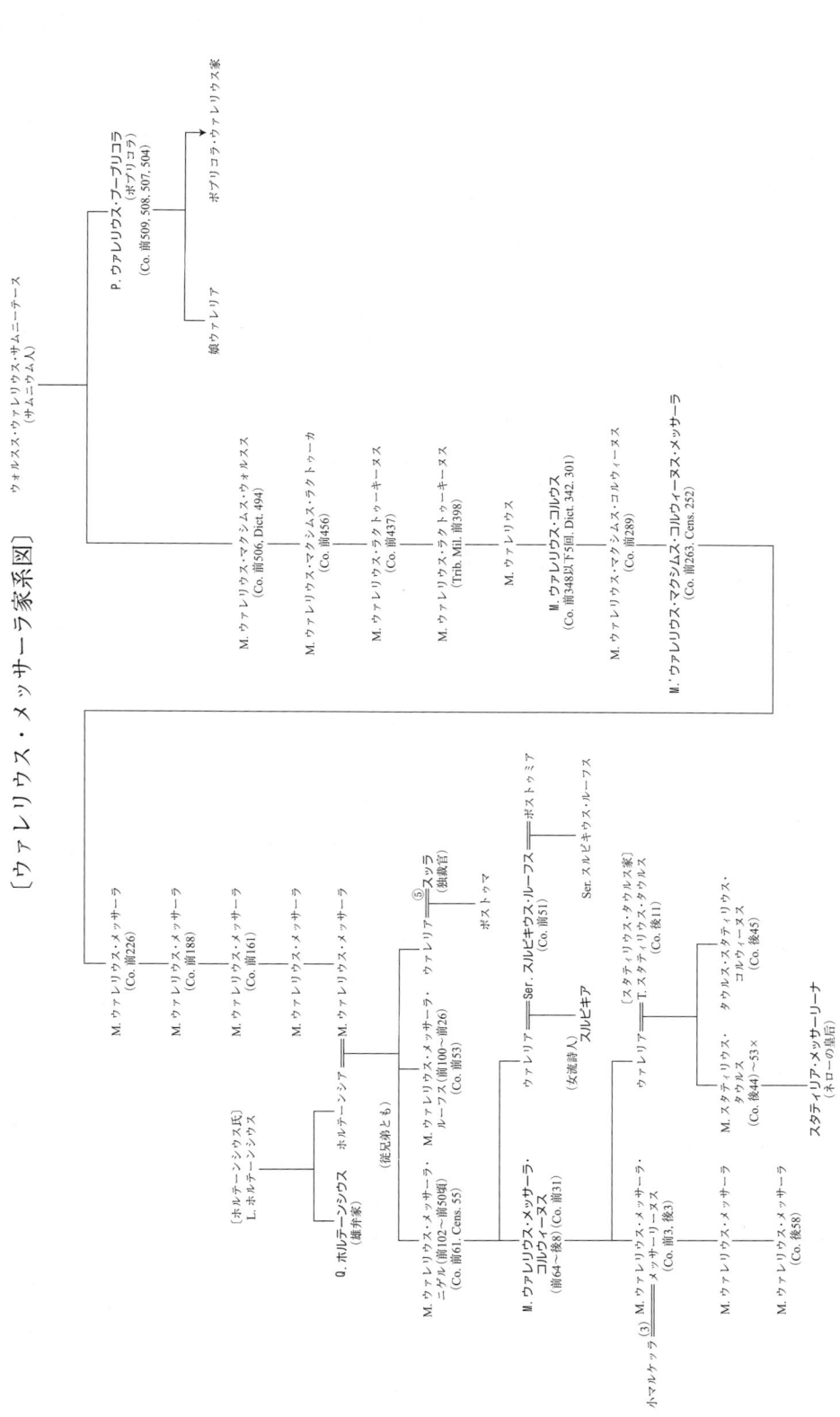

A．巻末系図

巻末系図 061

[アエミリウス・レピドゥス家系図]

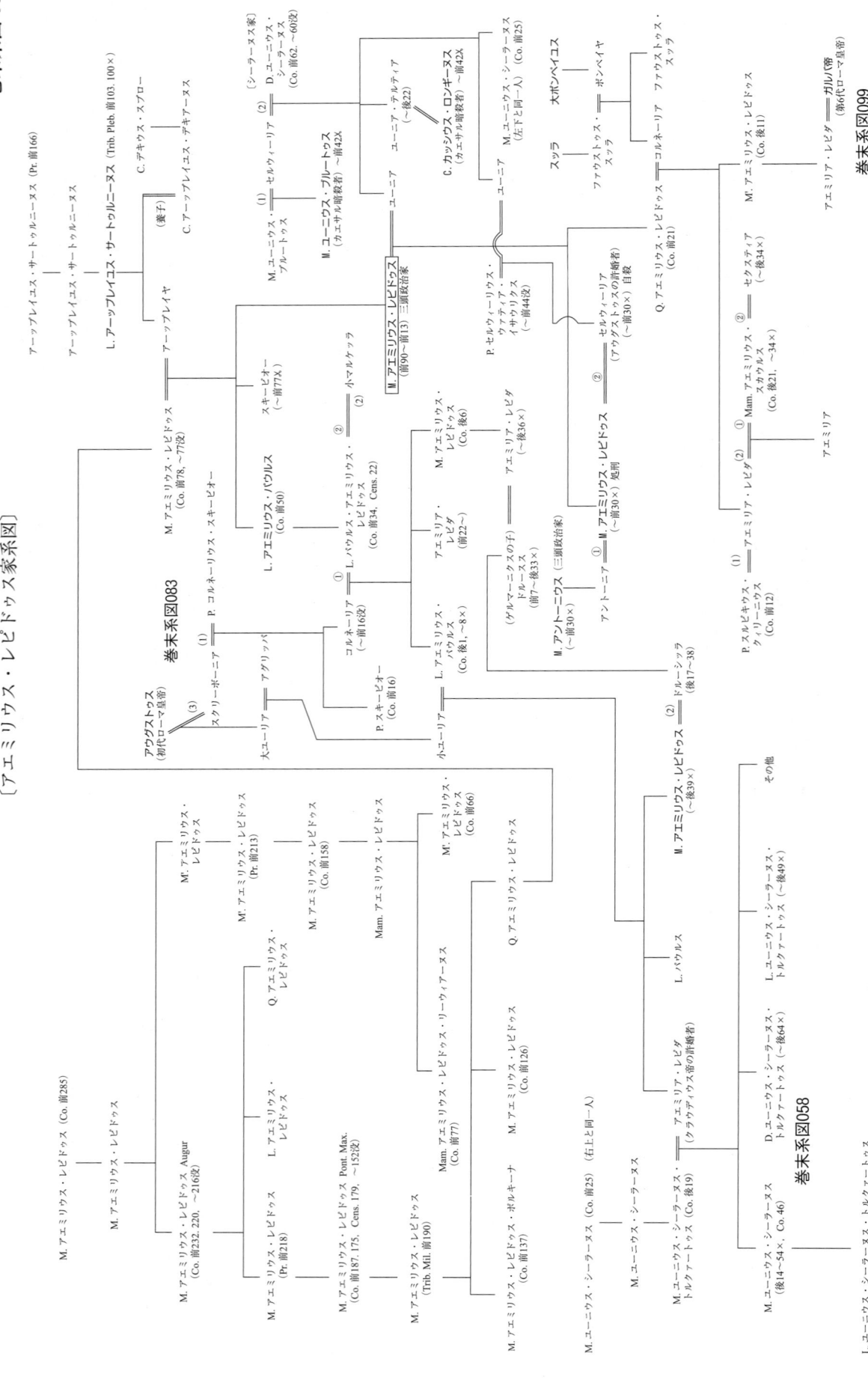

巻末系図 062

[ユーリウス・カエサル系図]

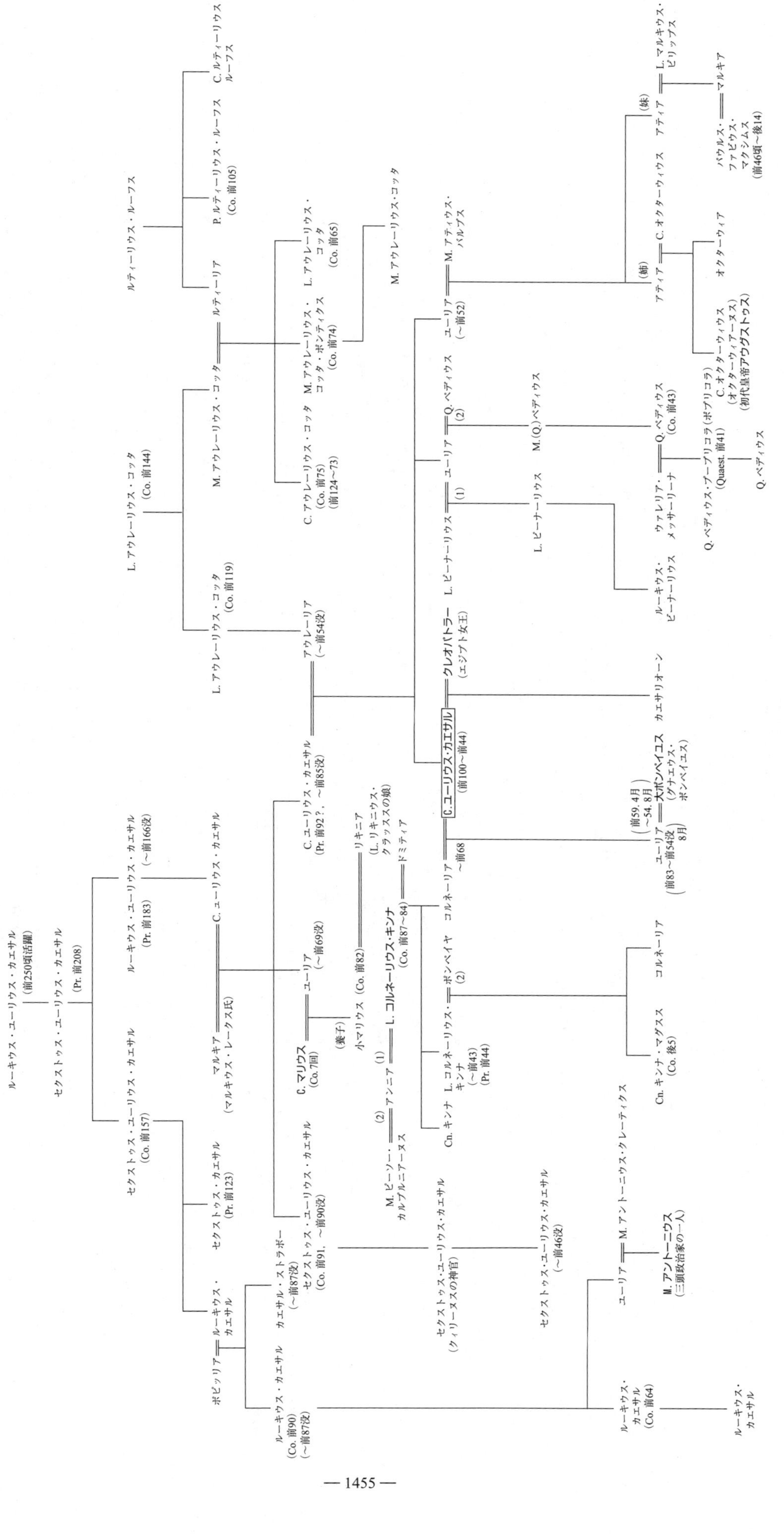

A．巻末系図

巻末系図 063

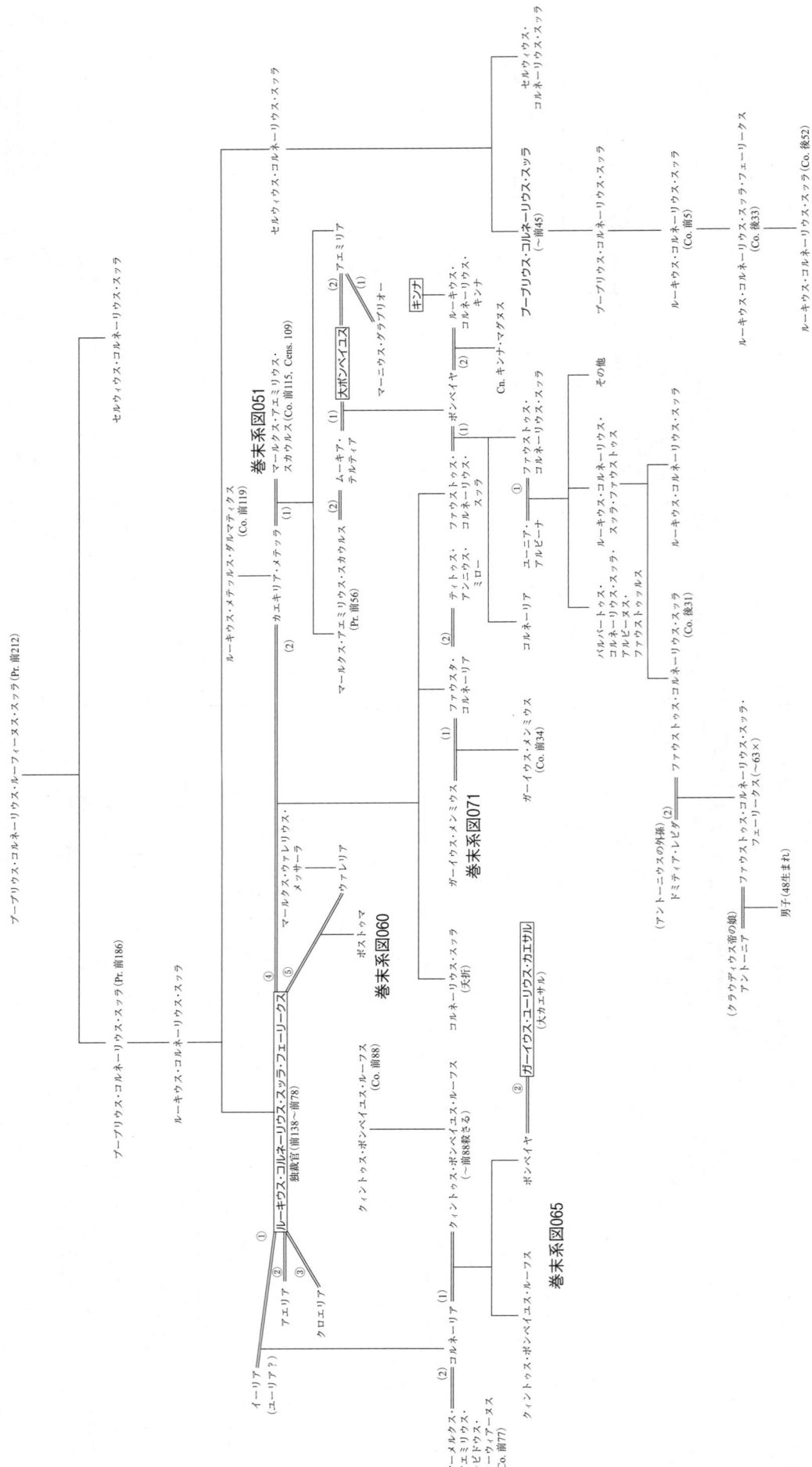

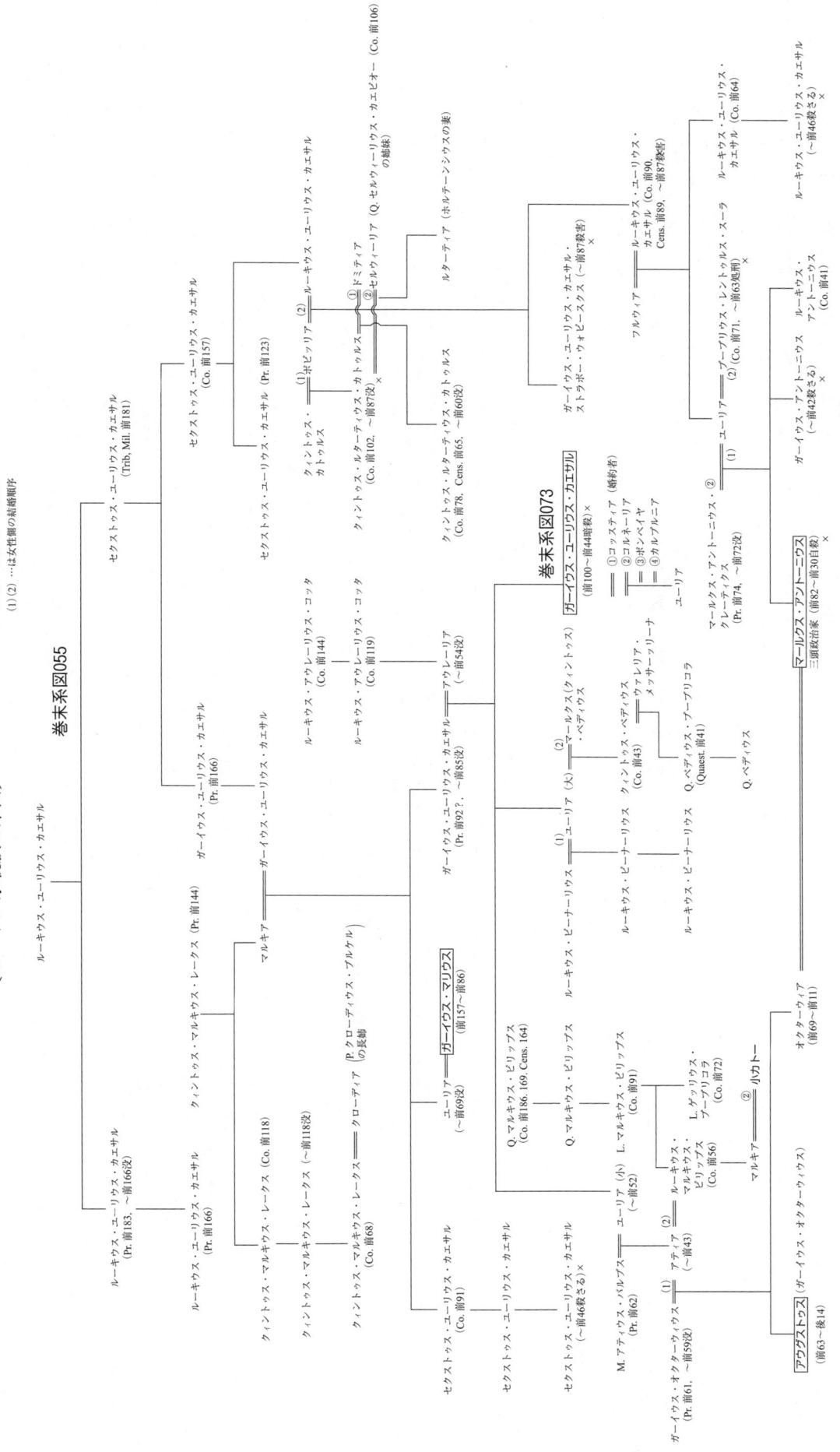

巻末系図064 [カエサル家親族の系図]

A．巻末系図

巻末系図 065

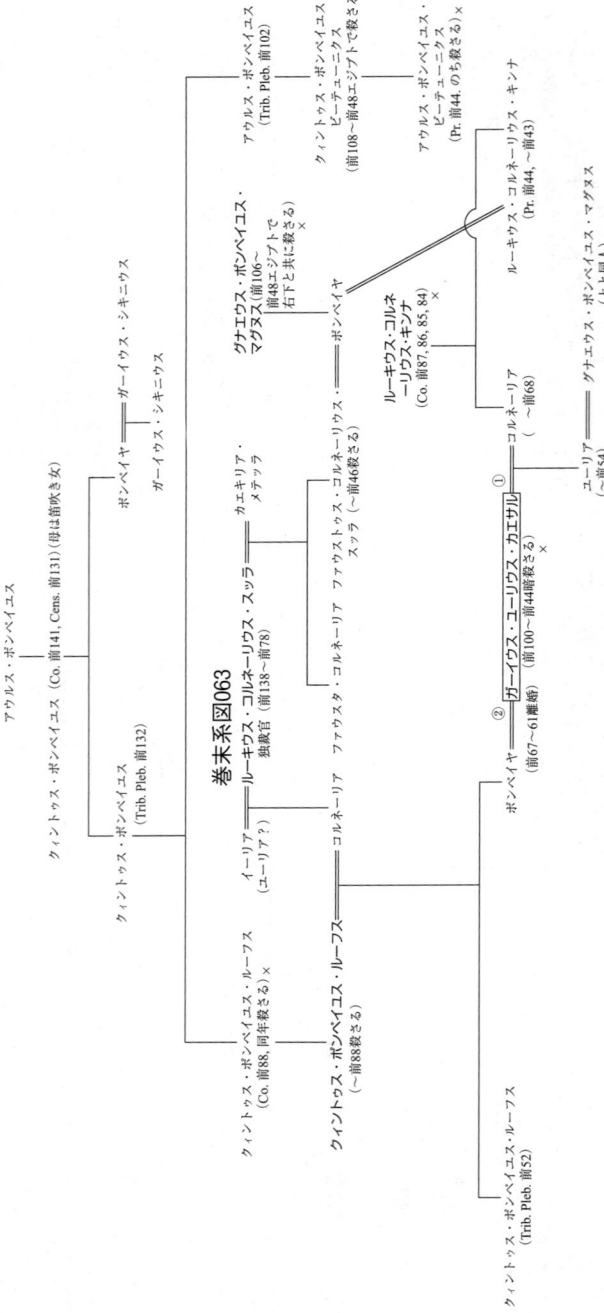

巻末系図 066

［クローディウス関係系図］

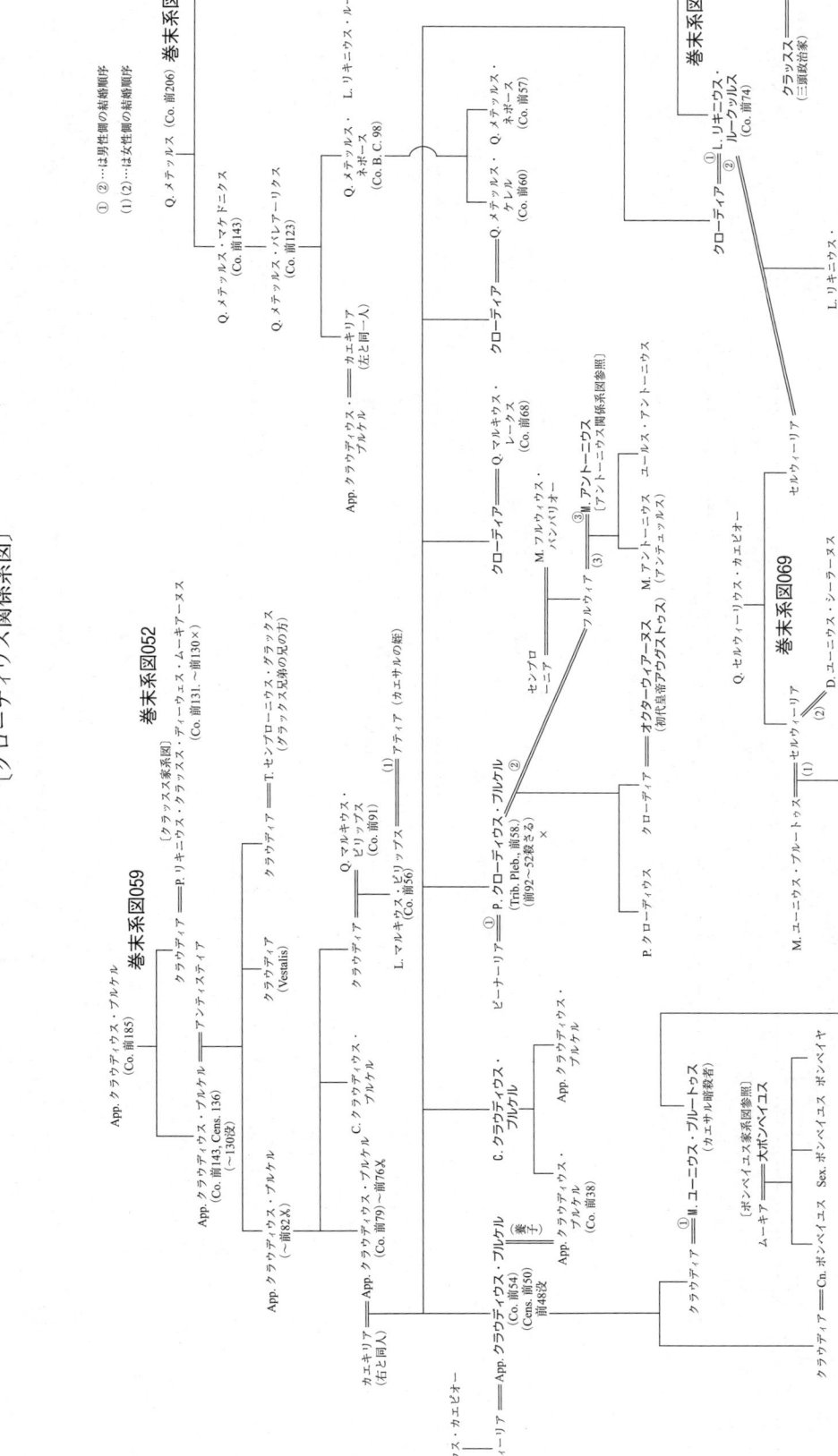

— 1459 —

A. 巻末系図

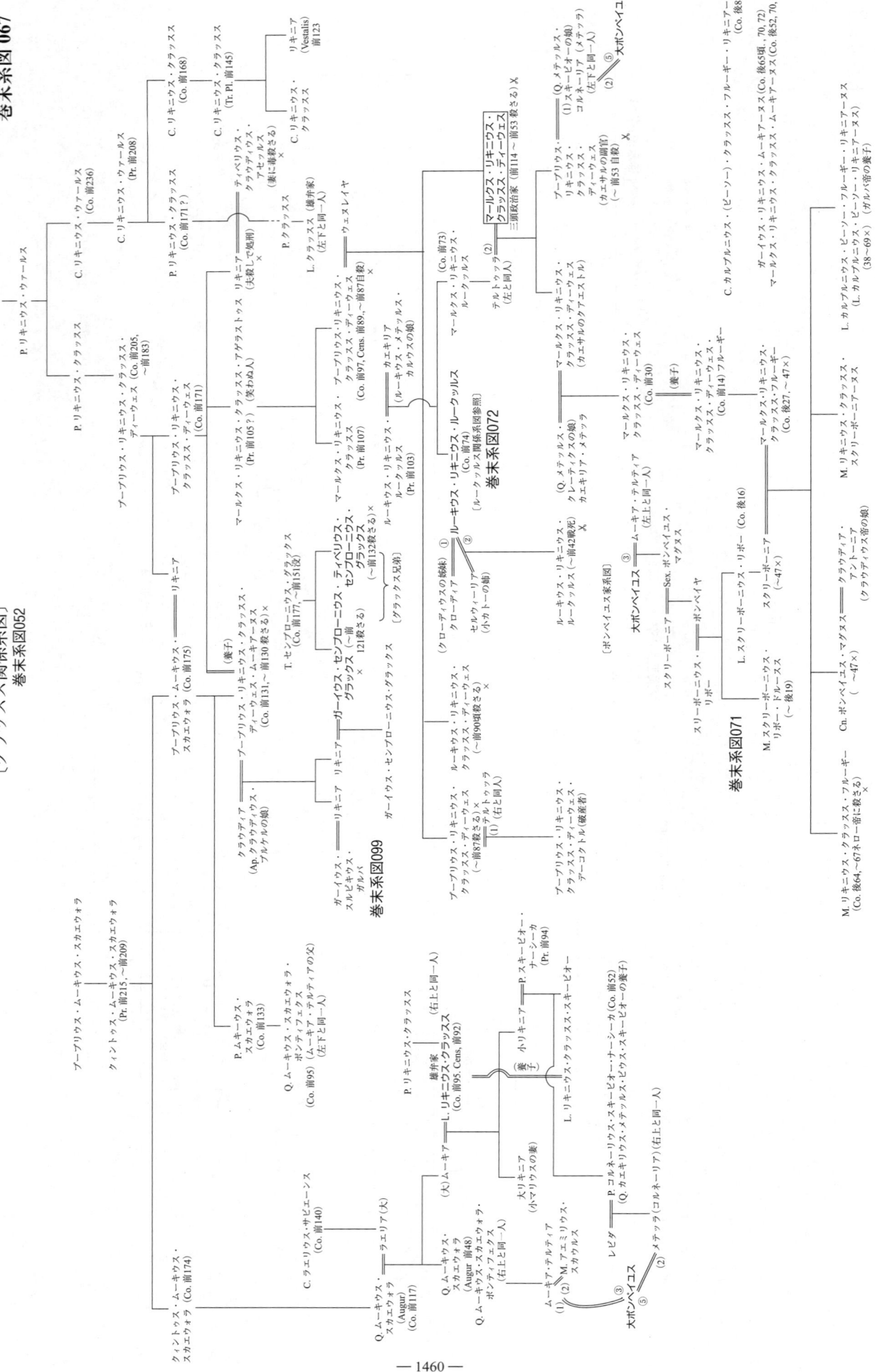

― 1460 ―

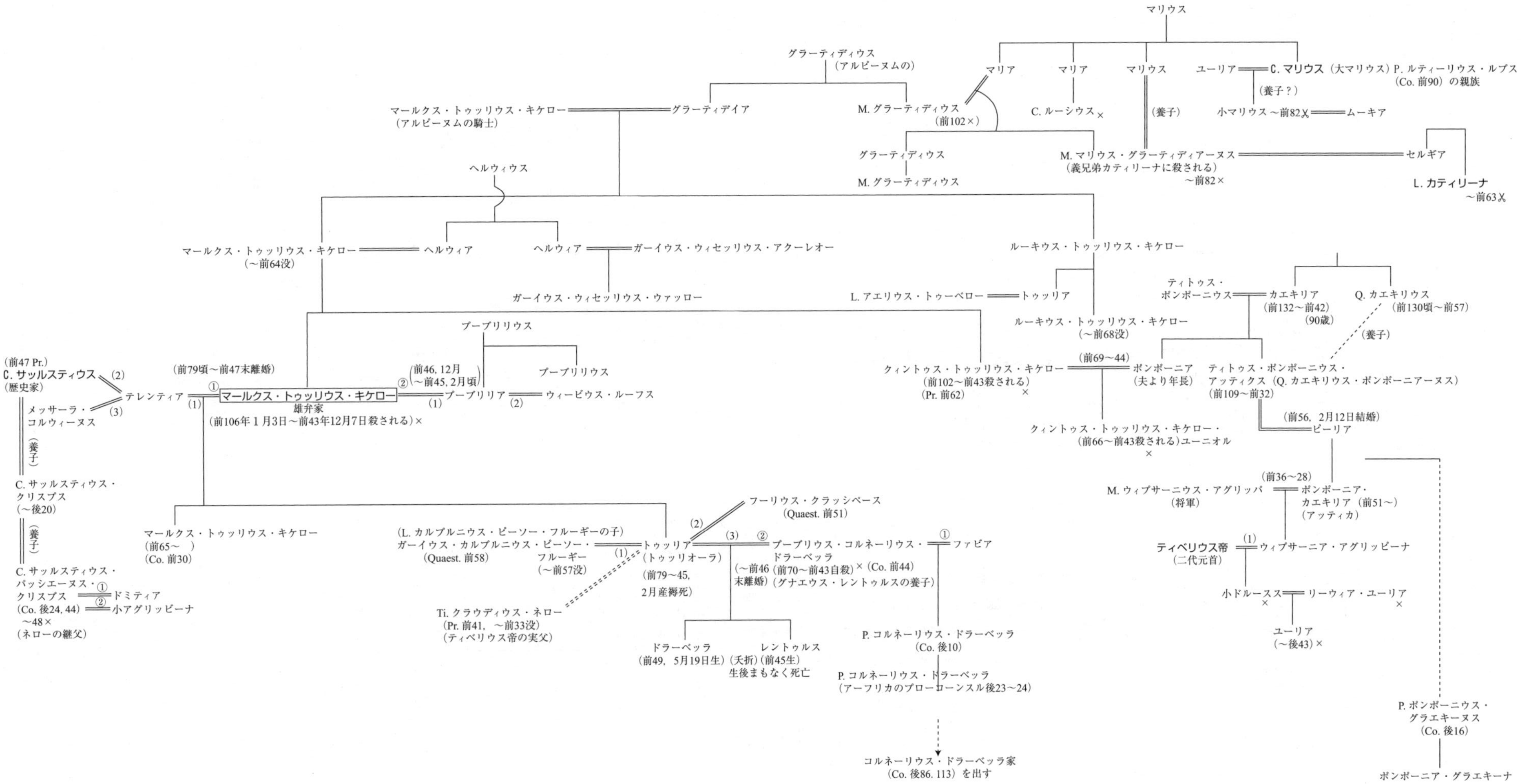

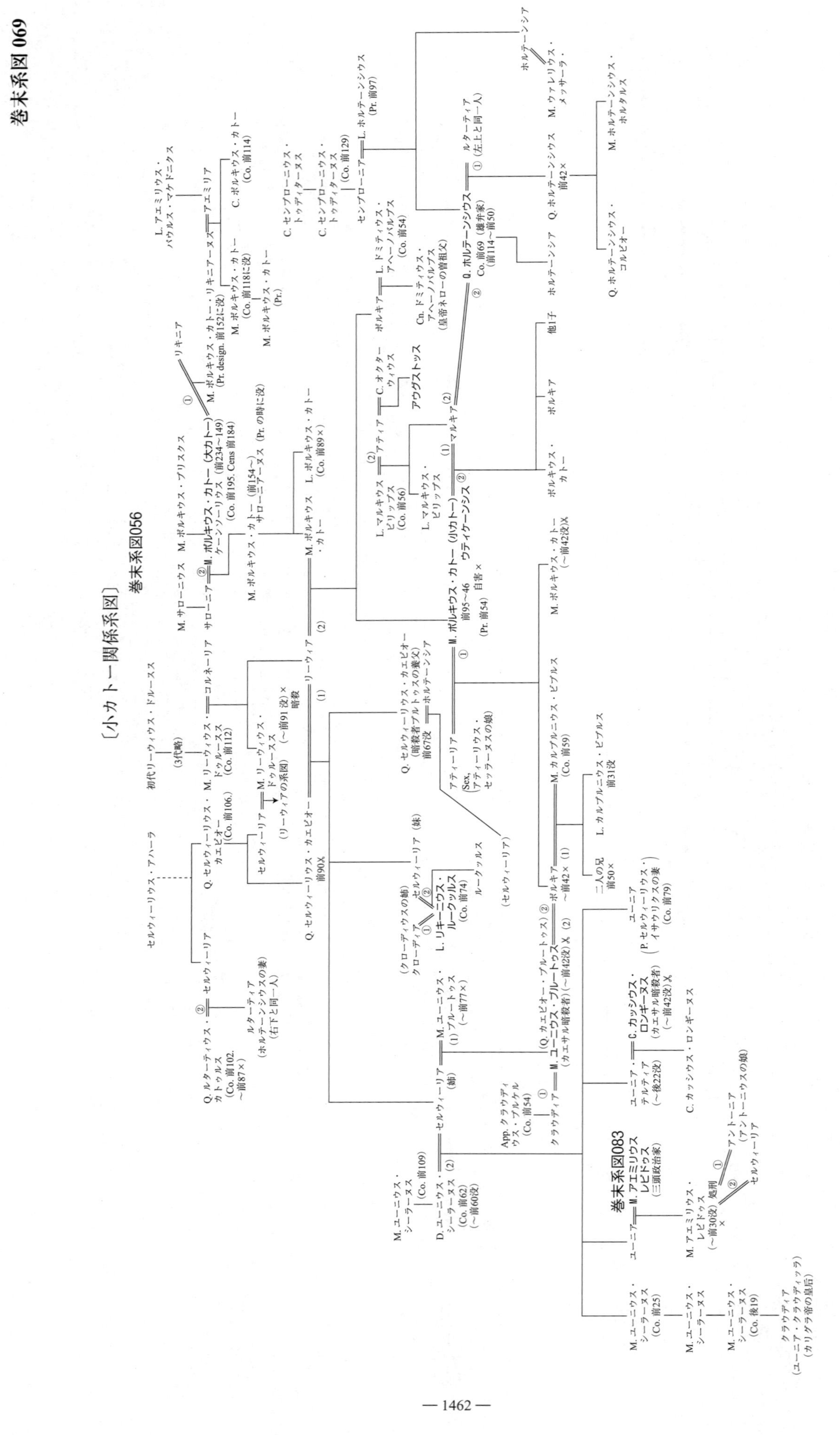

A．巻末系図

巻末系図 069

[小カトー関係系図]

巻末系図056

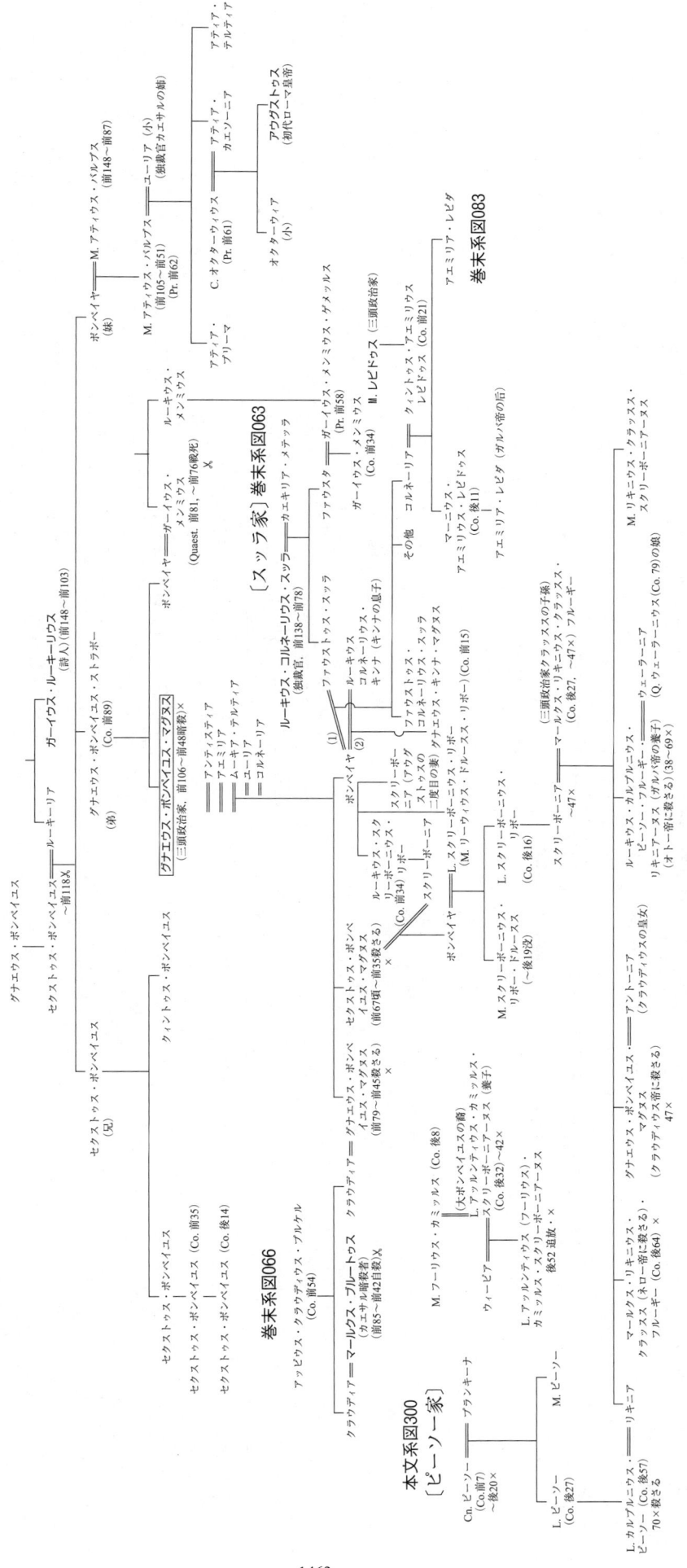

A．巻末系図

巻末系図071

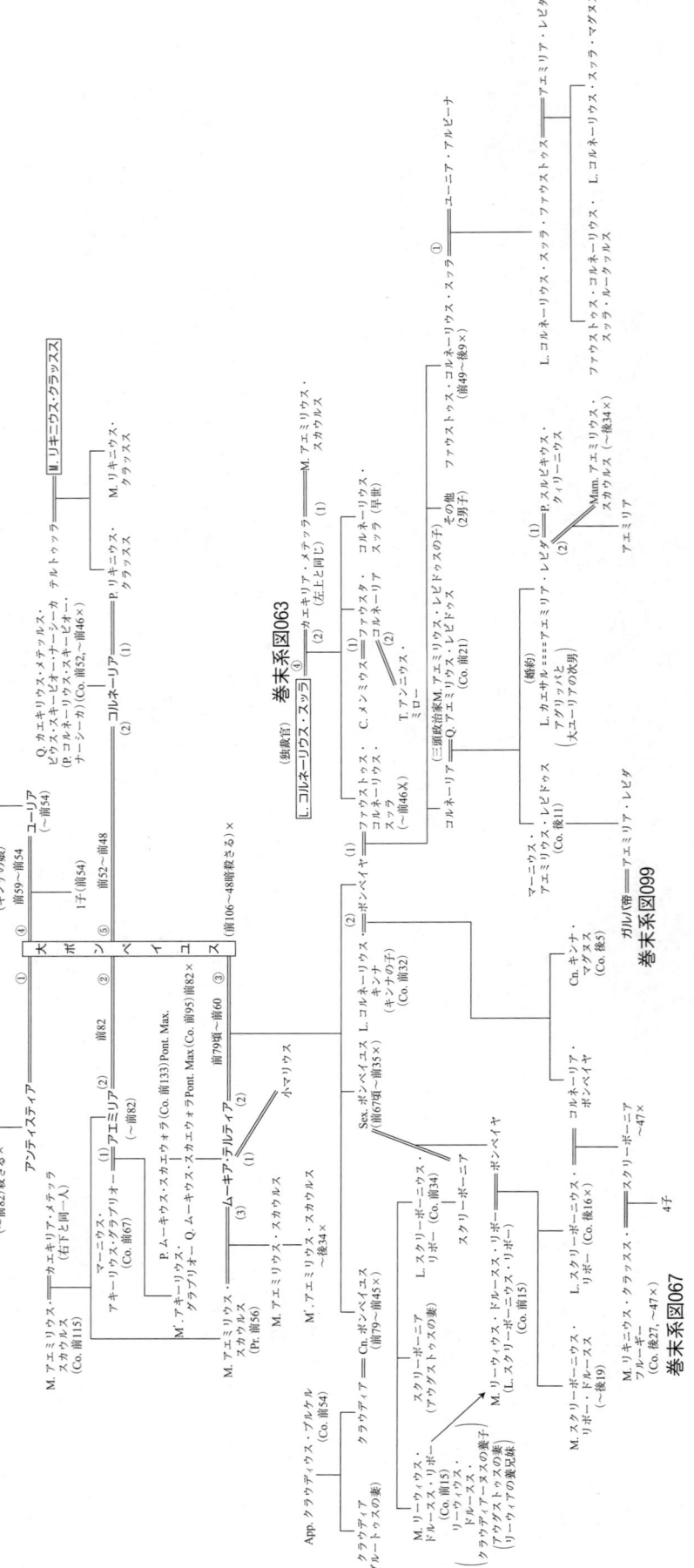

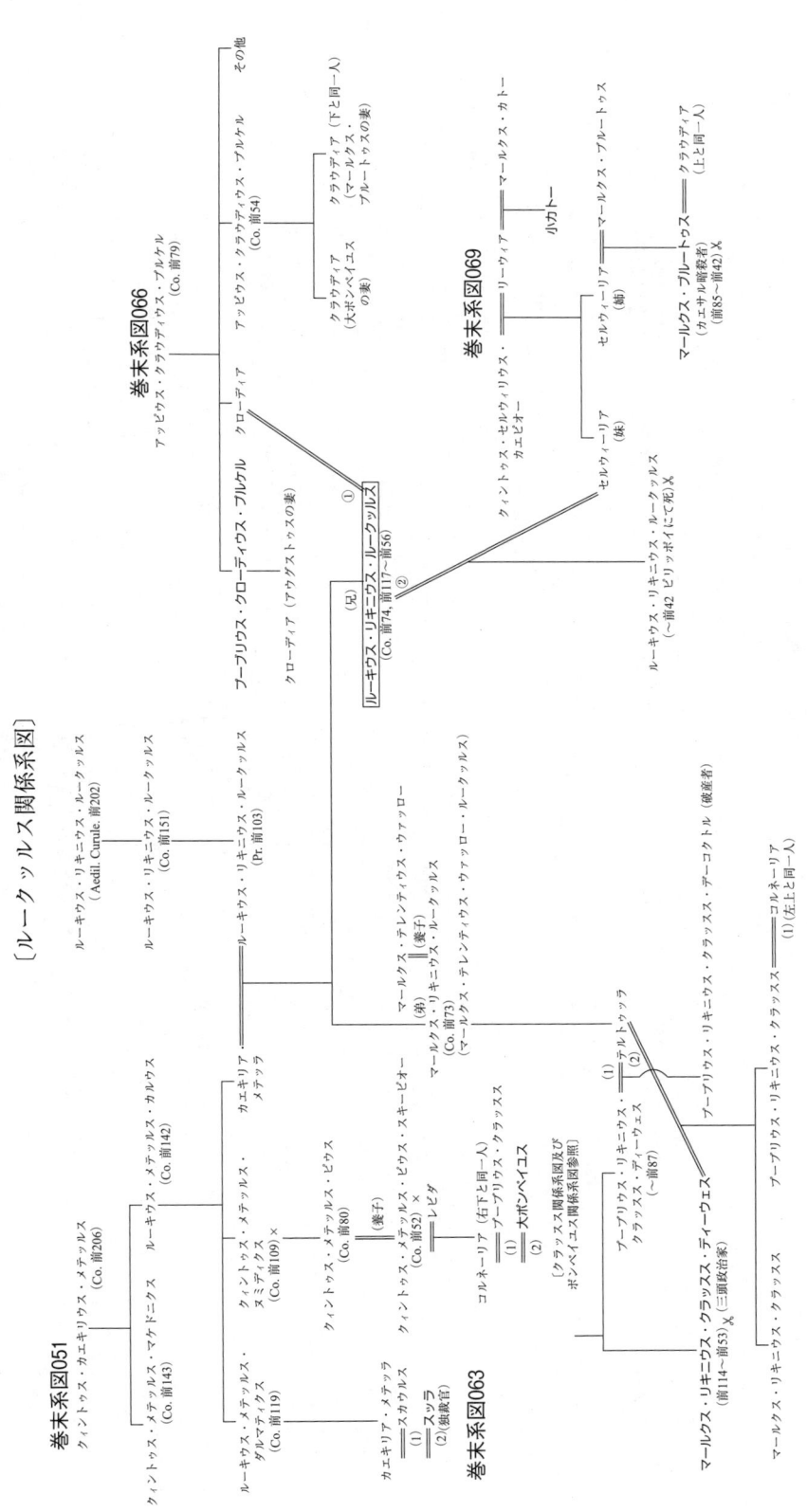

A．巻末系図

巻末系図 073

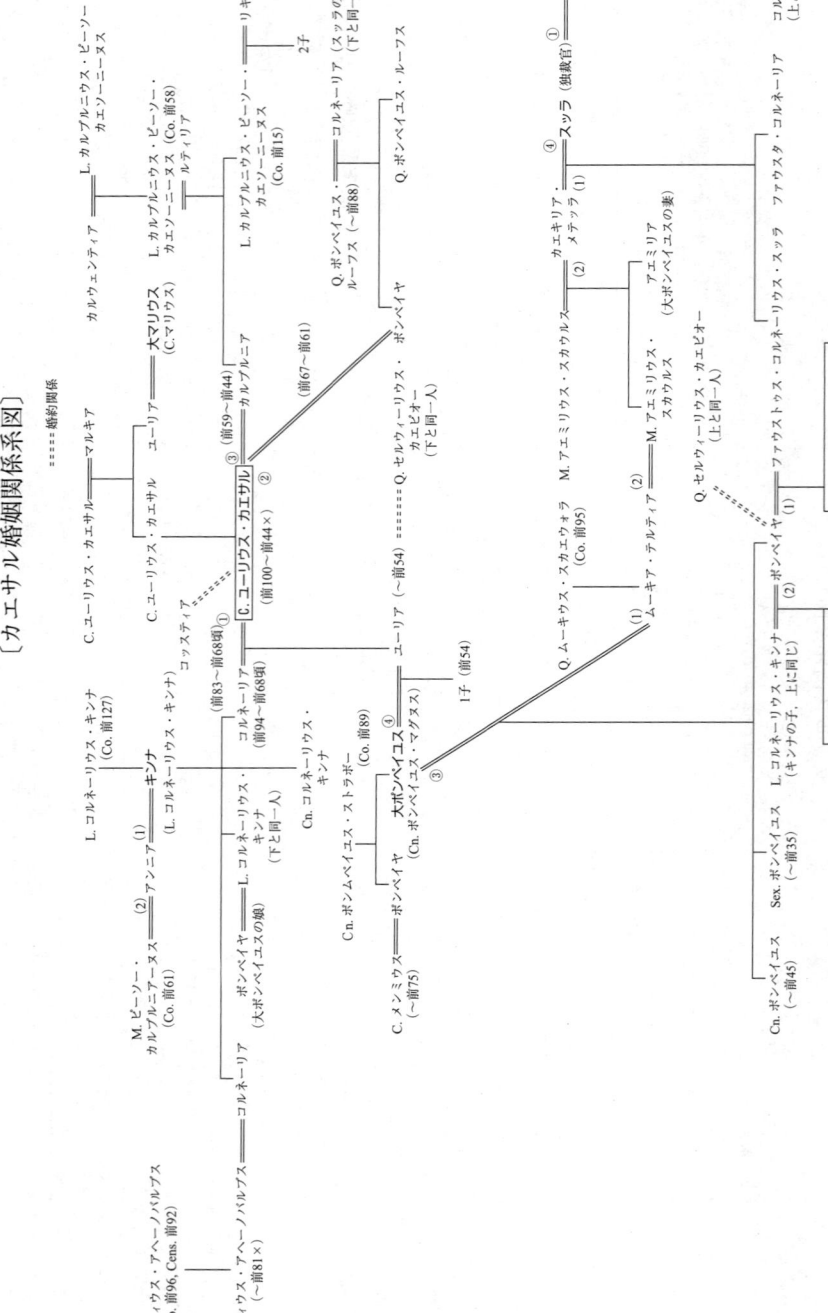

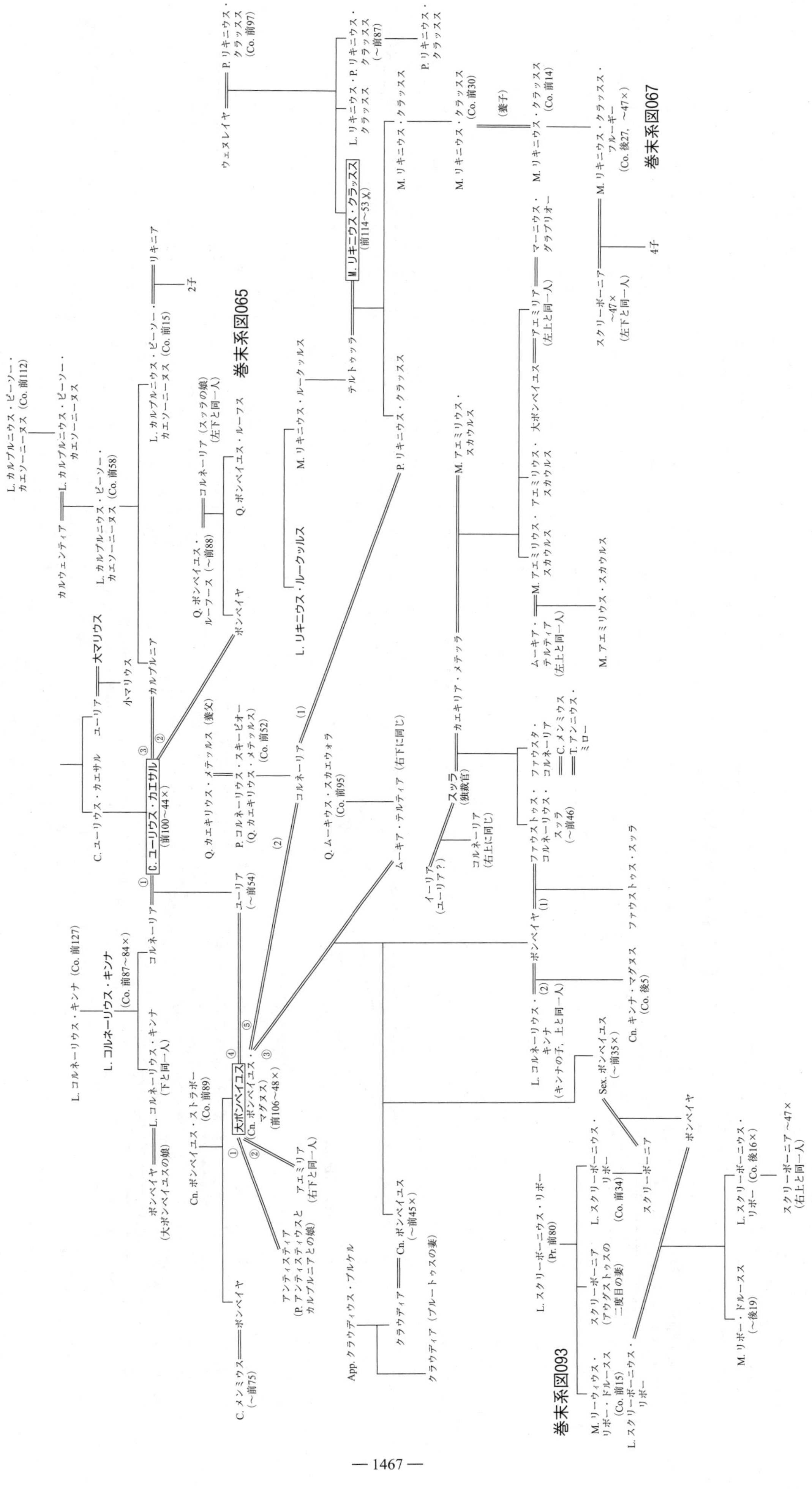

A. 巻末系図

巻末系図 075

[アントーニウス家系図]

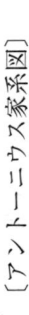

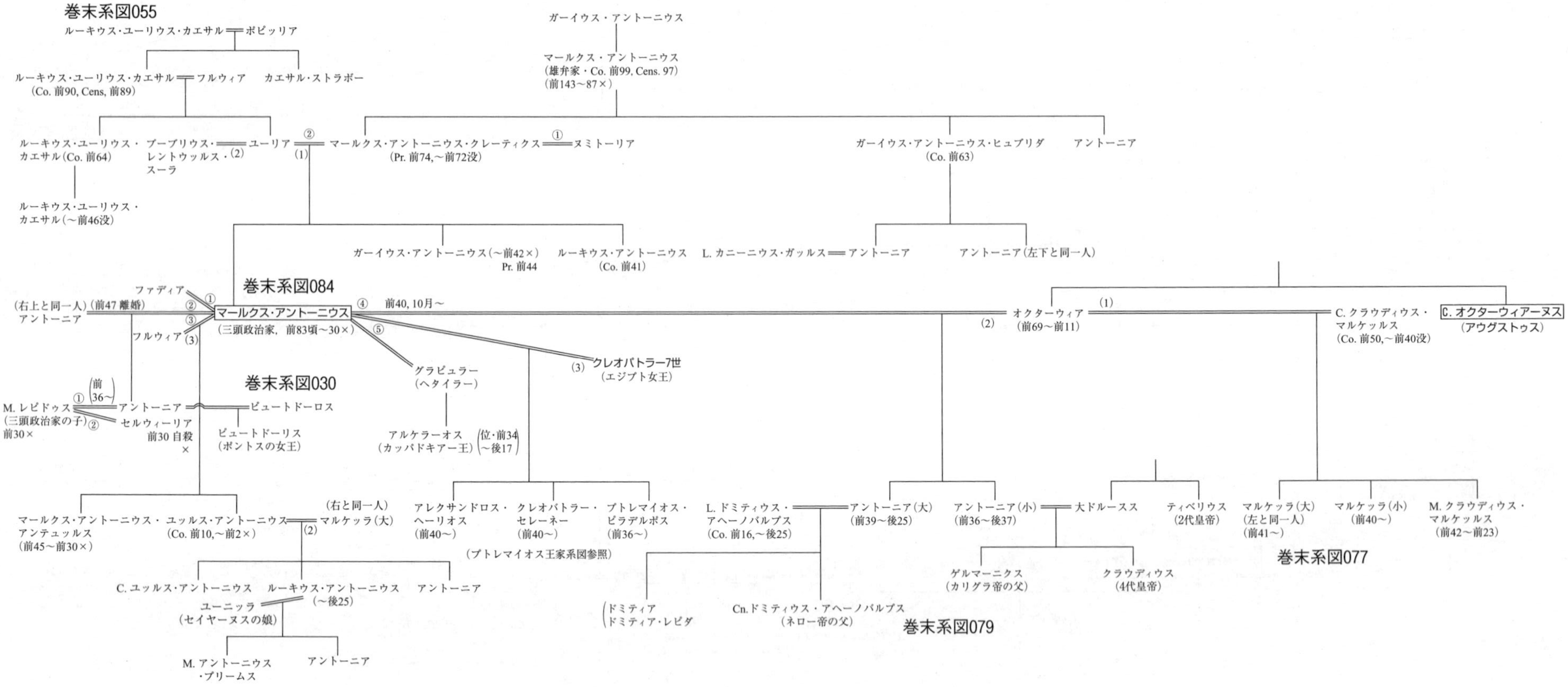

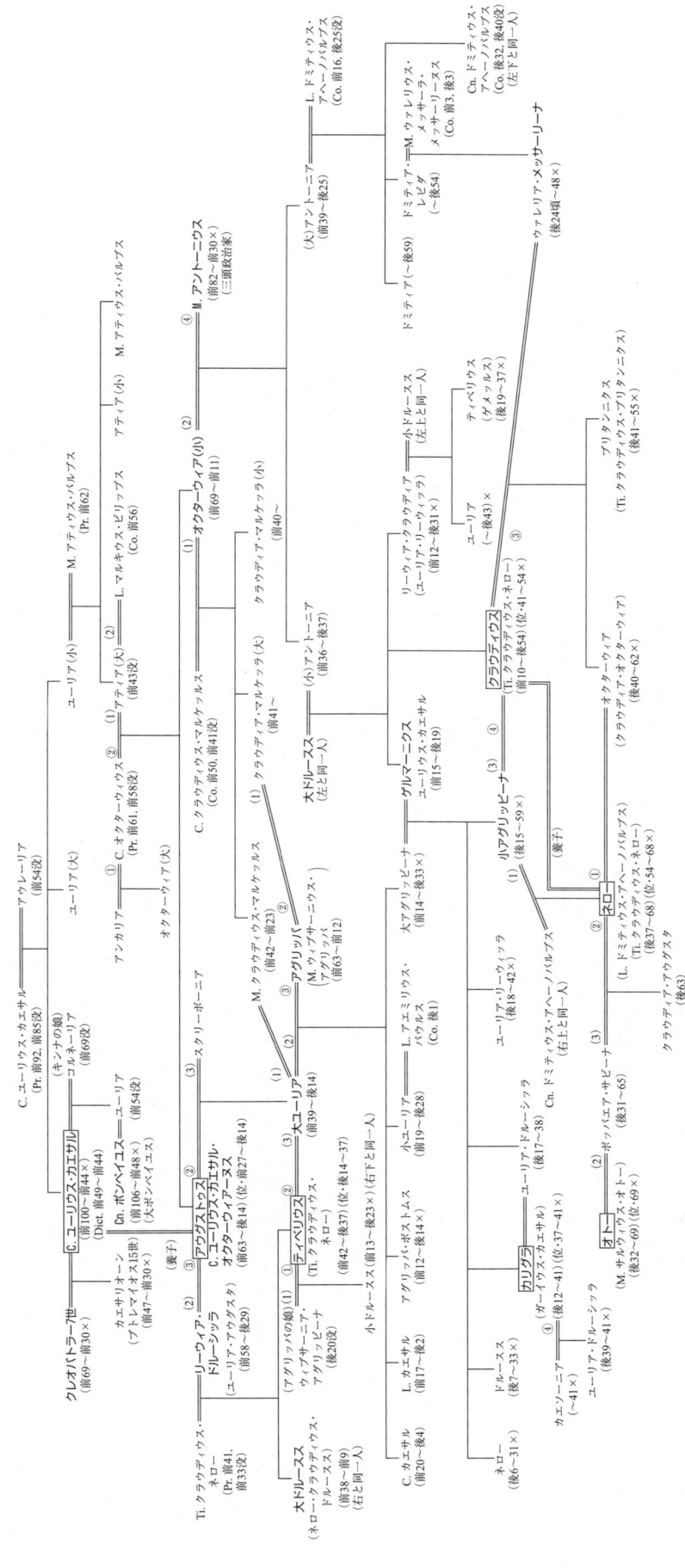

[ユーリウス・クラウディウス朝略系図]

A．巻末系図

巻末系図 077

[ユーリウス・クラウディウス氏系図①]

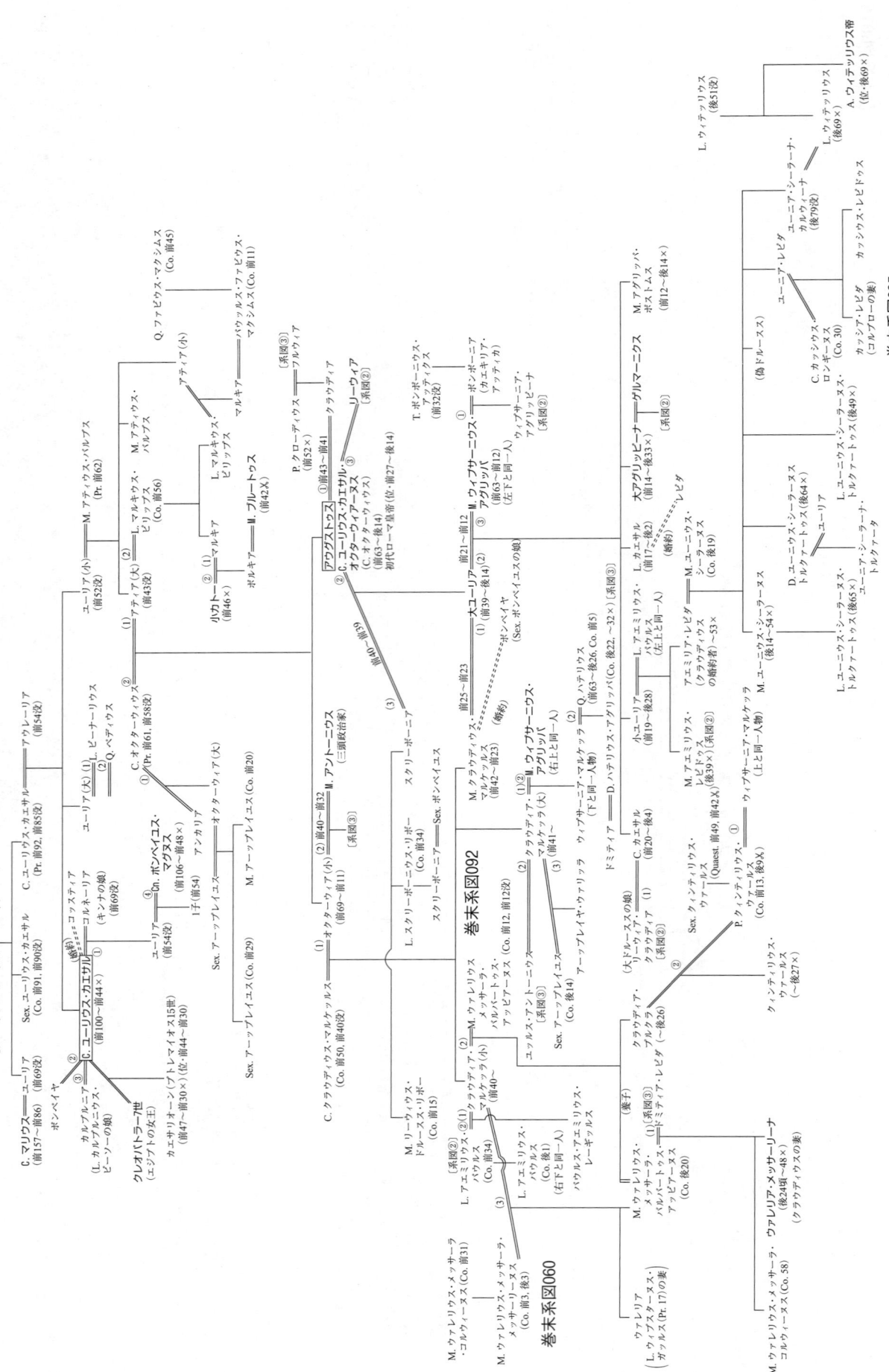

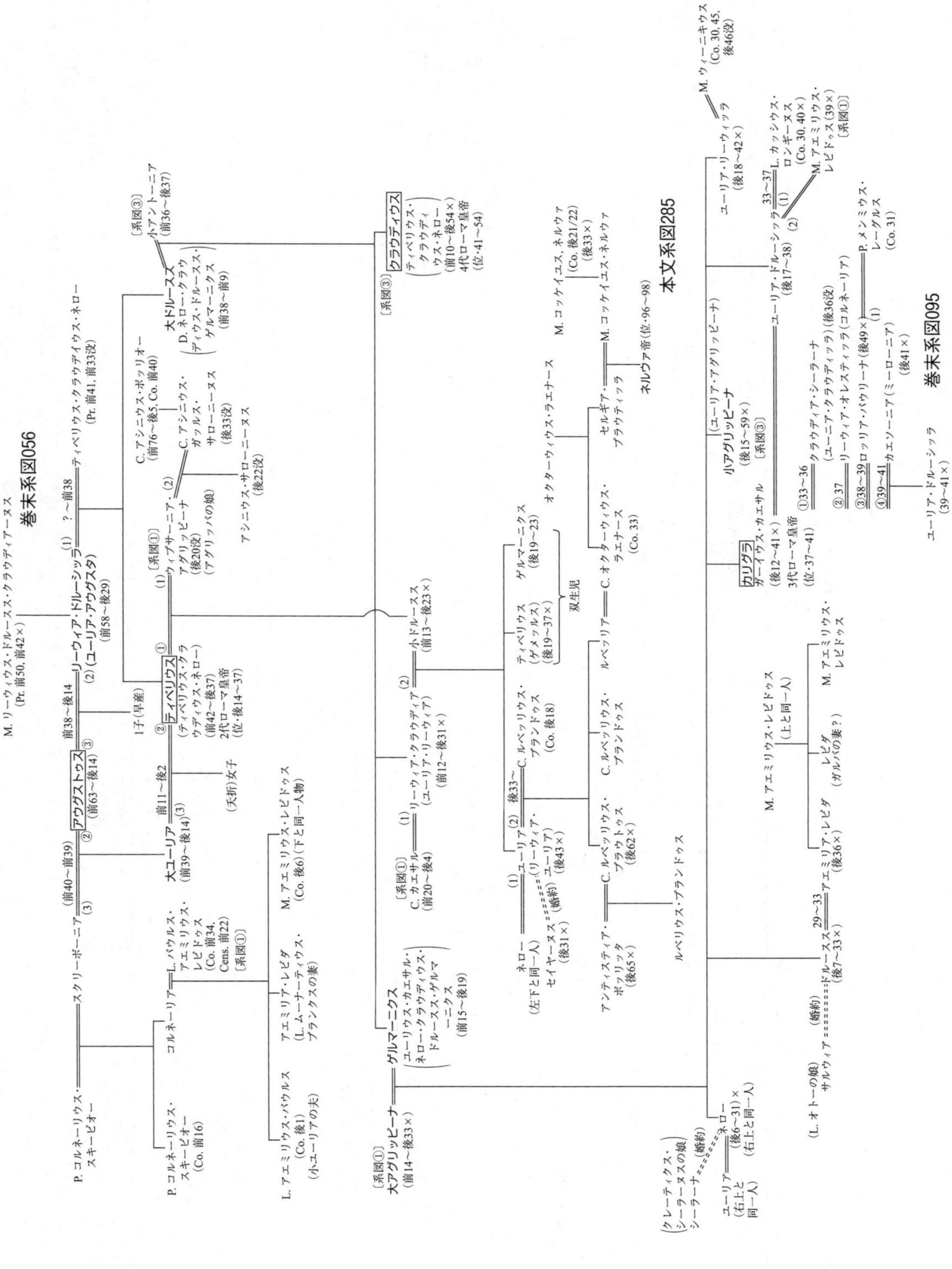

A．巻末系図

巻末系図 079

[ユーリウス・クラウディウス氏系図③]

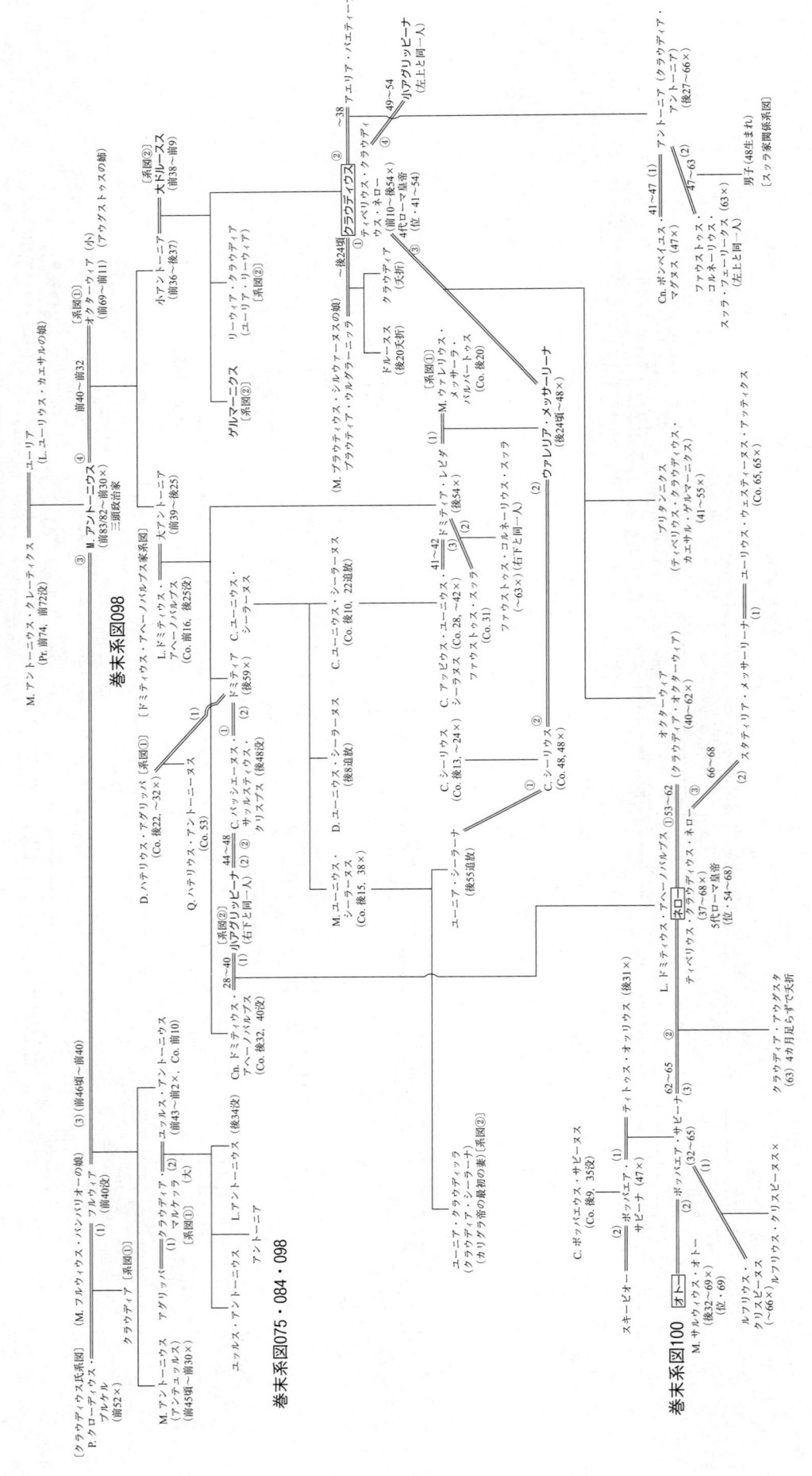

巻末系図 080

[ユーリウス・クラウディウス朝歴代略系図]

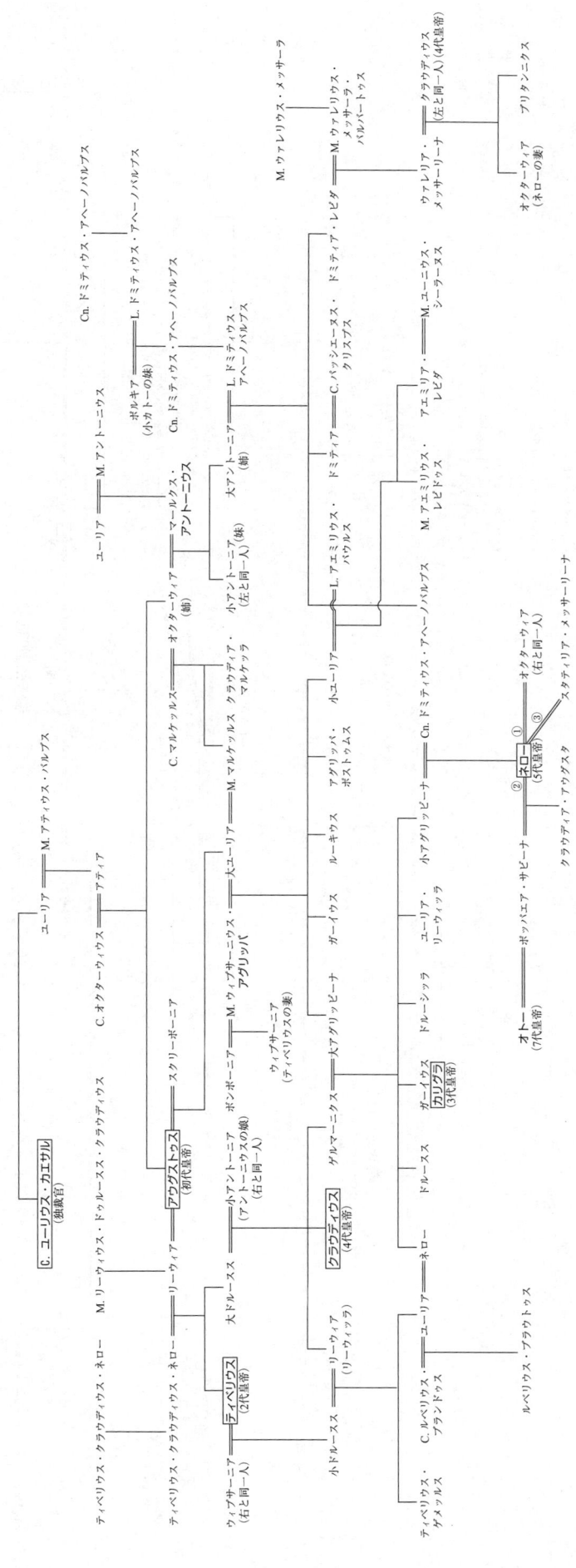

A. 巻末系図

巻末系図 081

[アウグストゥス関係系図]
巻末系図087

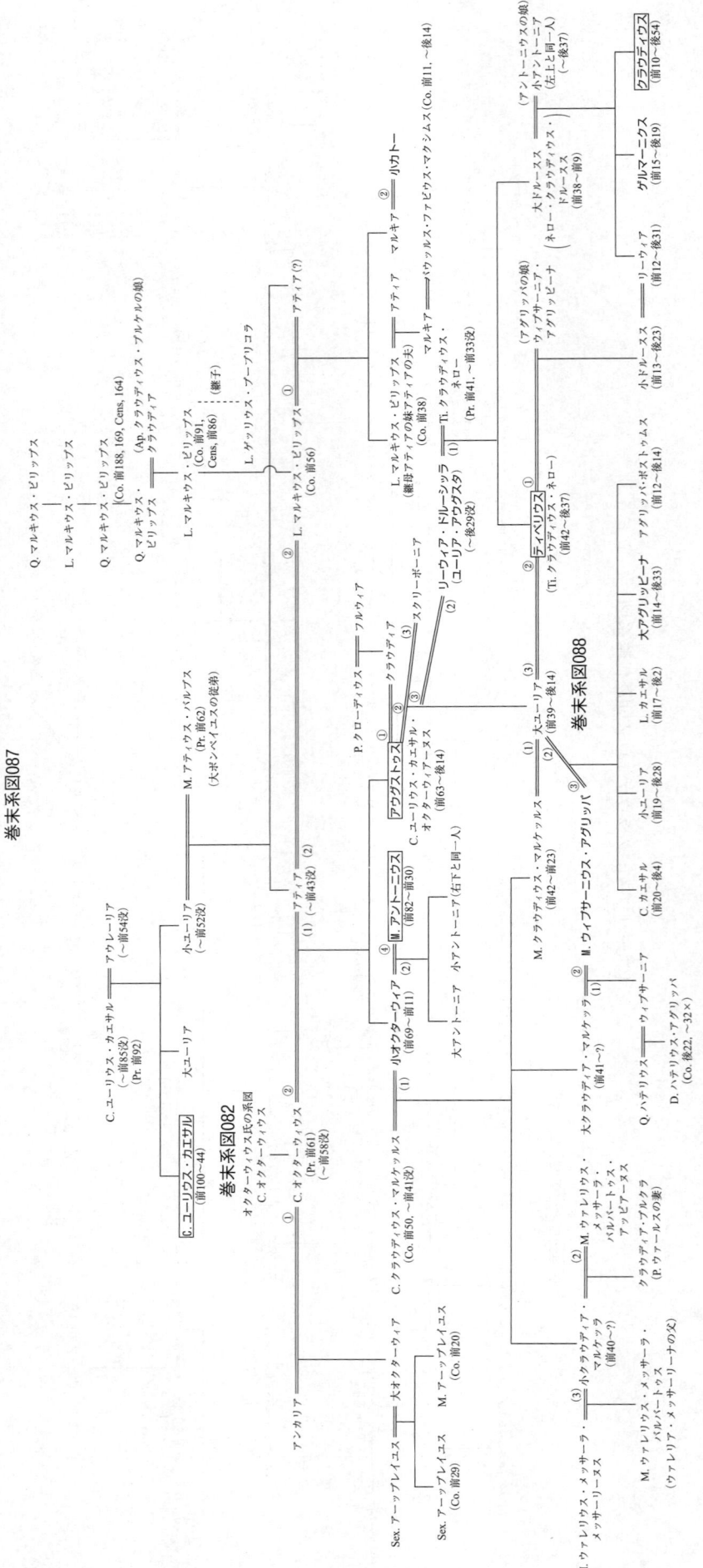

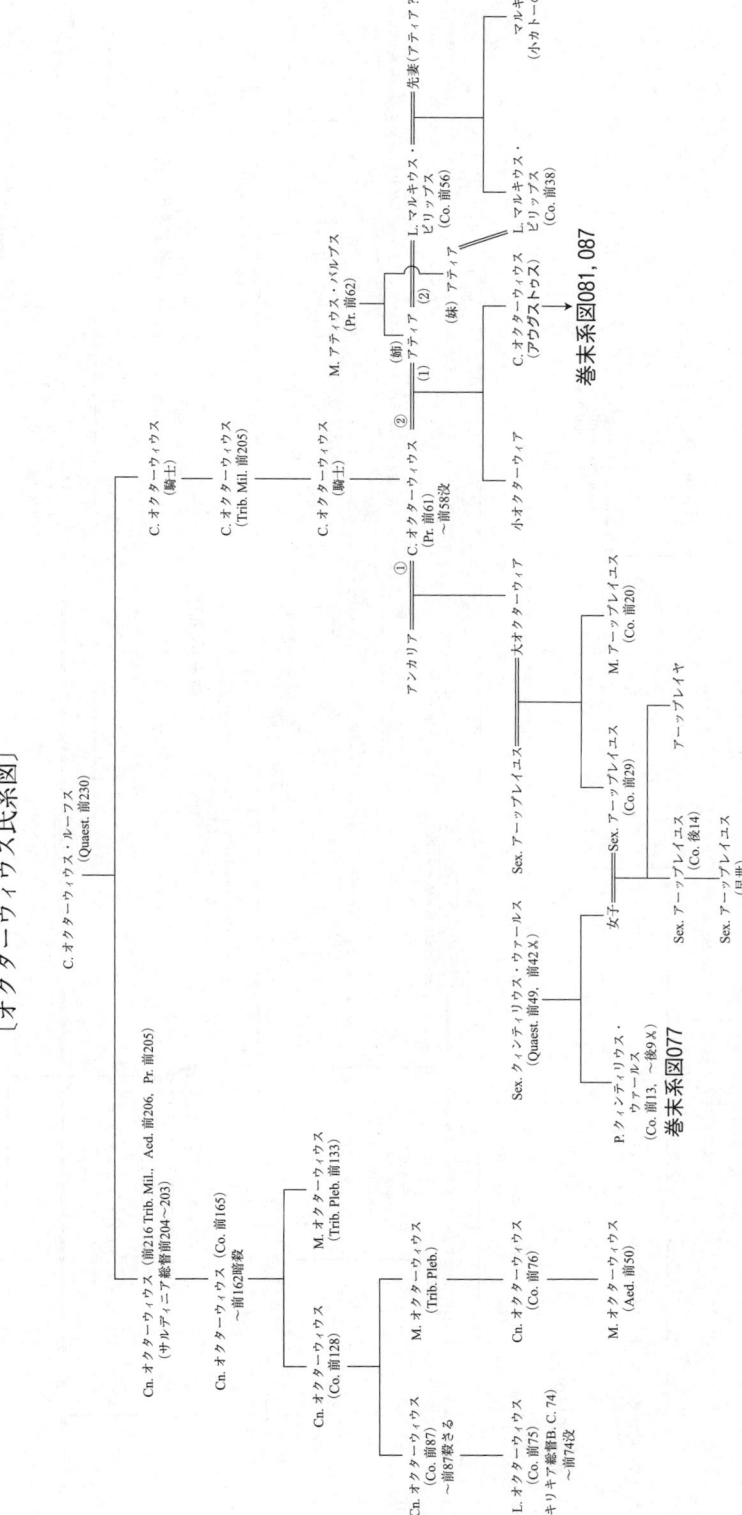

A．巻末系図

巻末系図 083

［レピドゥス家系図］

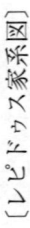

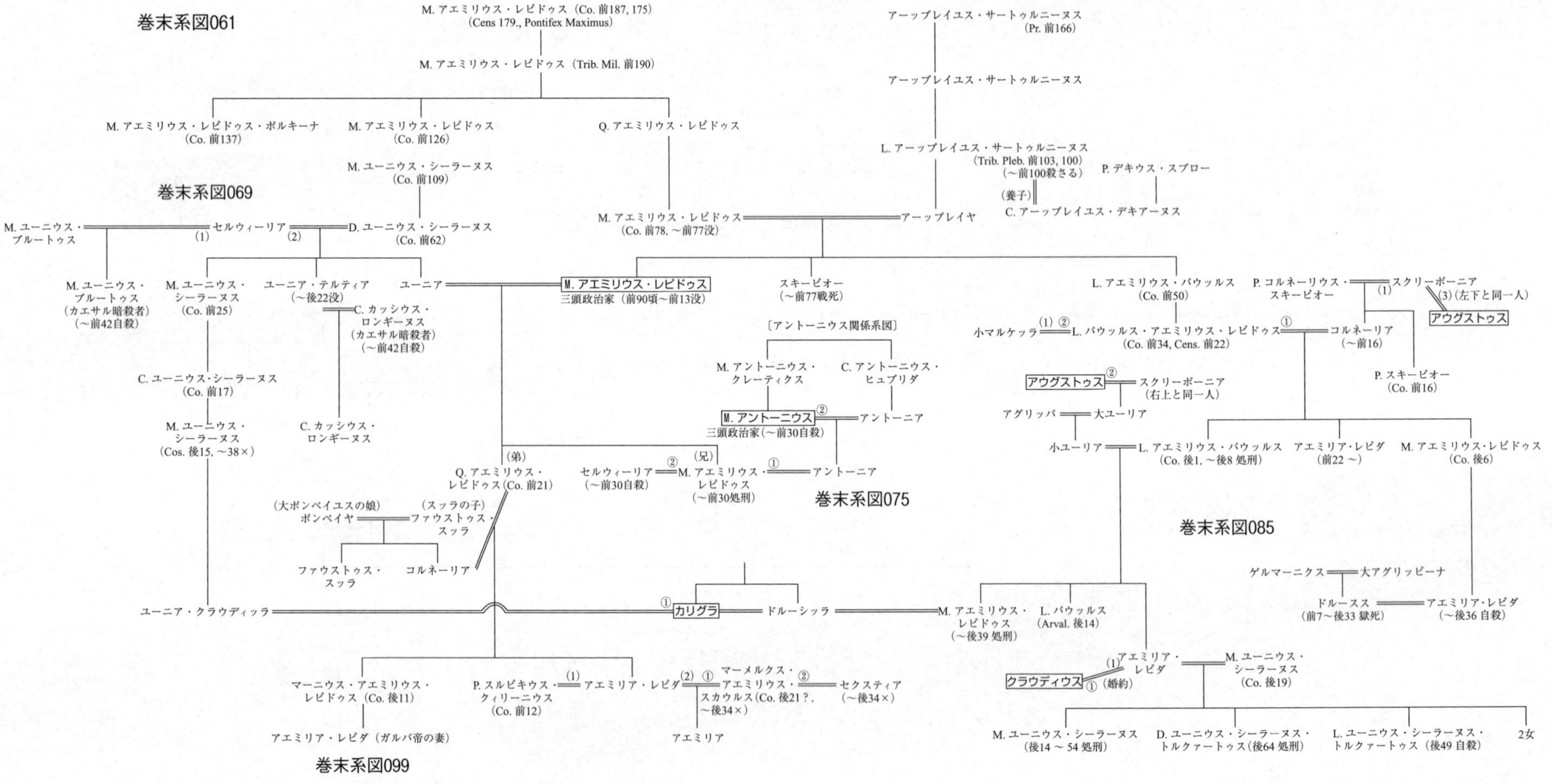

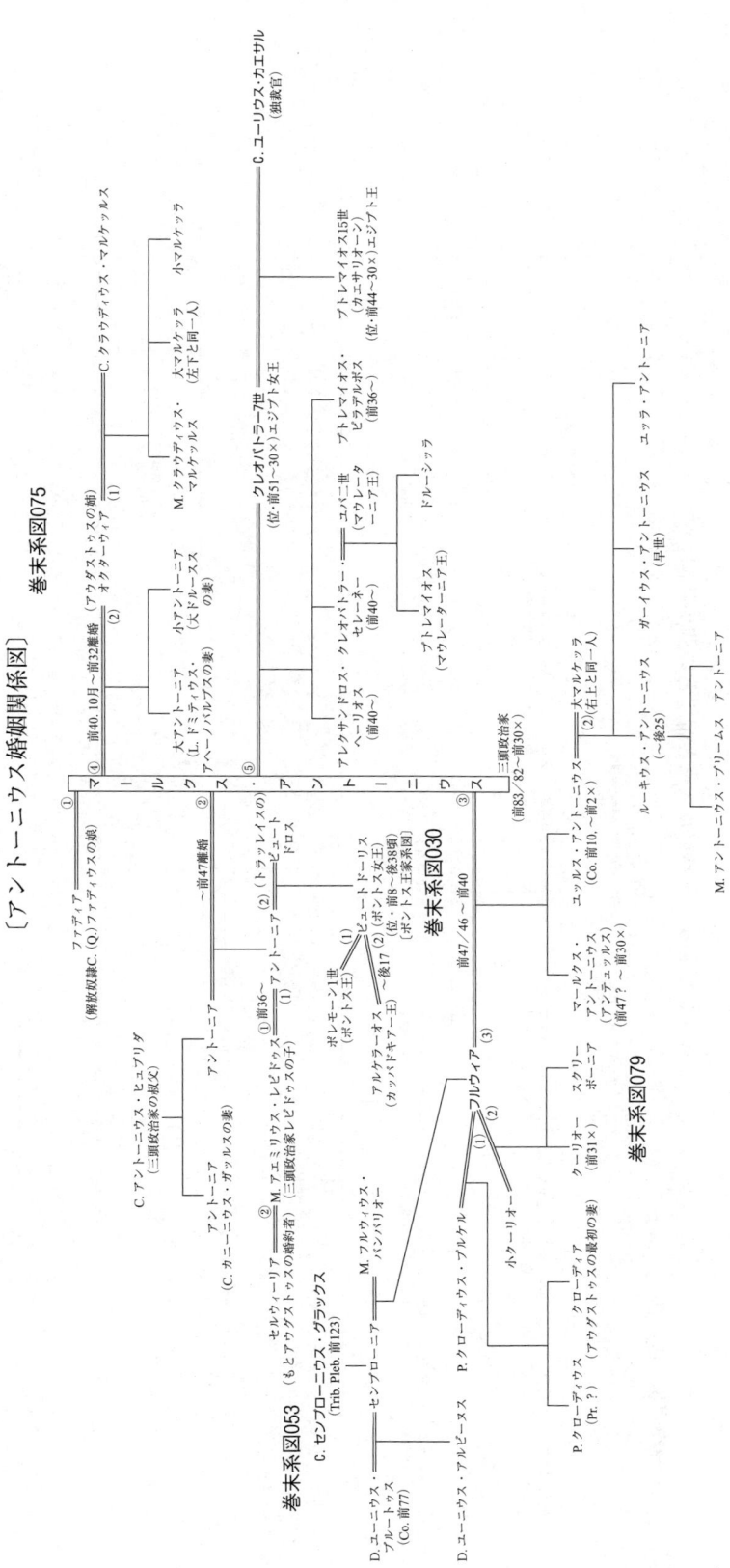

巻末系図084　[アントーニウス婚姻関係図]

A．巻末系図

巻末系図 085

[レピドゥス＝パウルス家と帝室との関係系図]

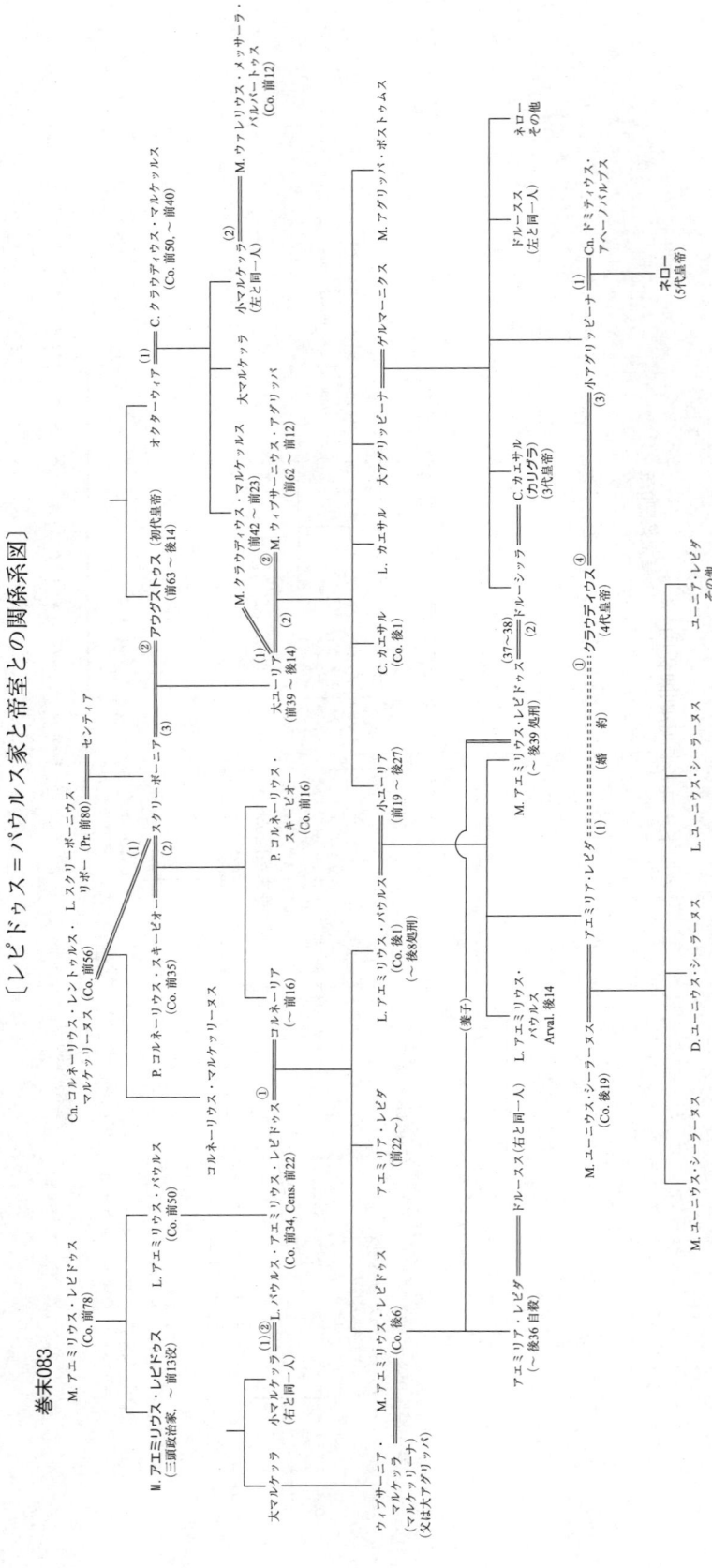

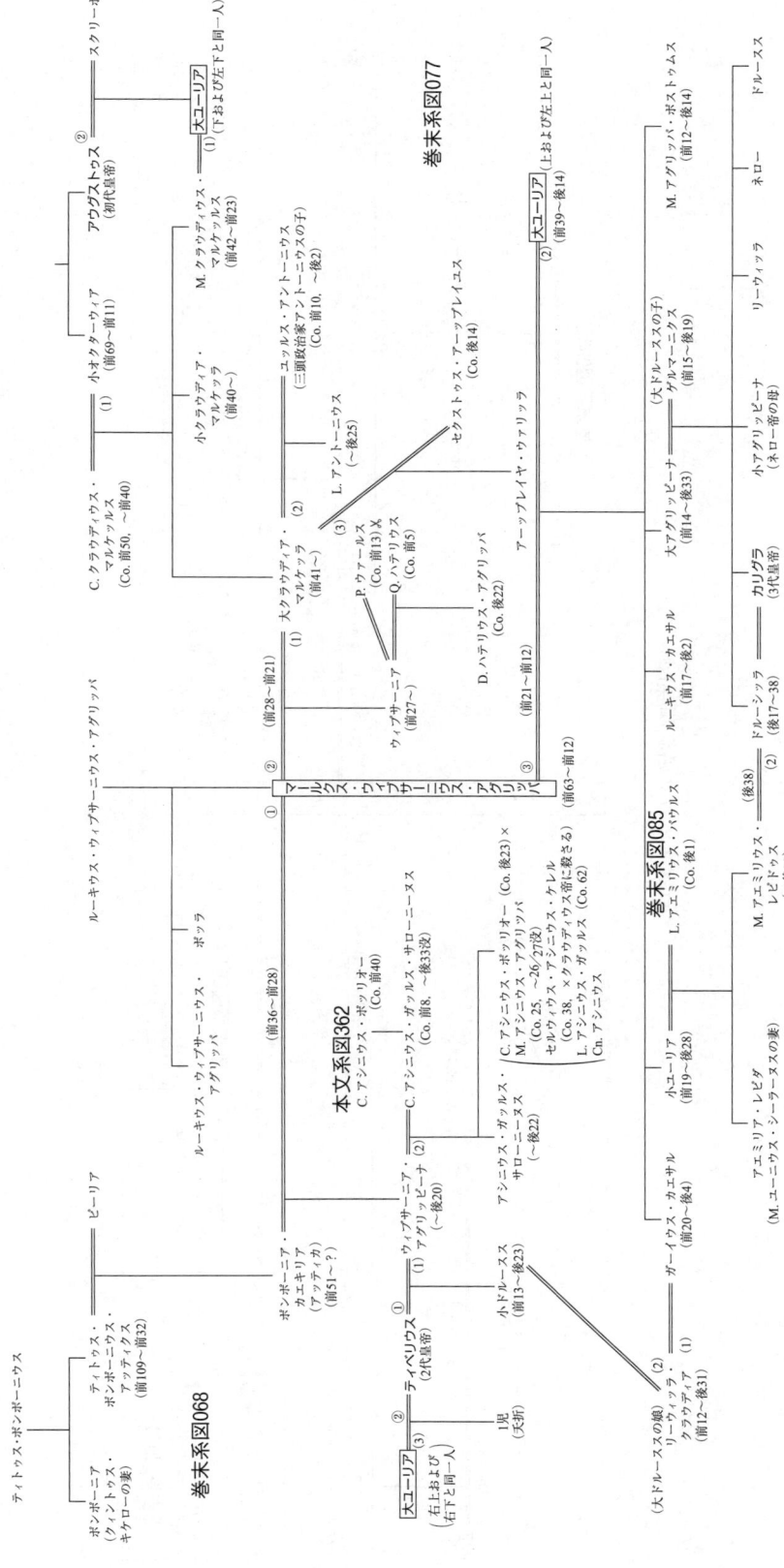

A. 巻末系図

巻末系図 087

[アウグストゥス婚姻関係図]

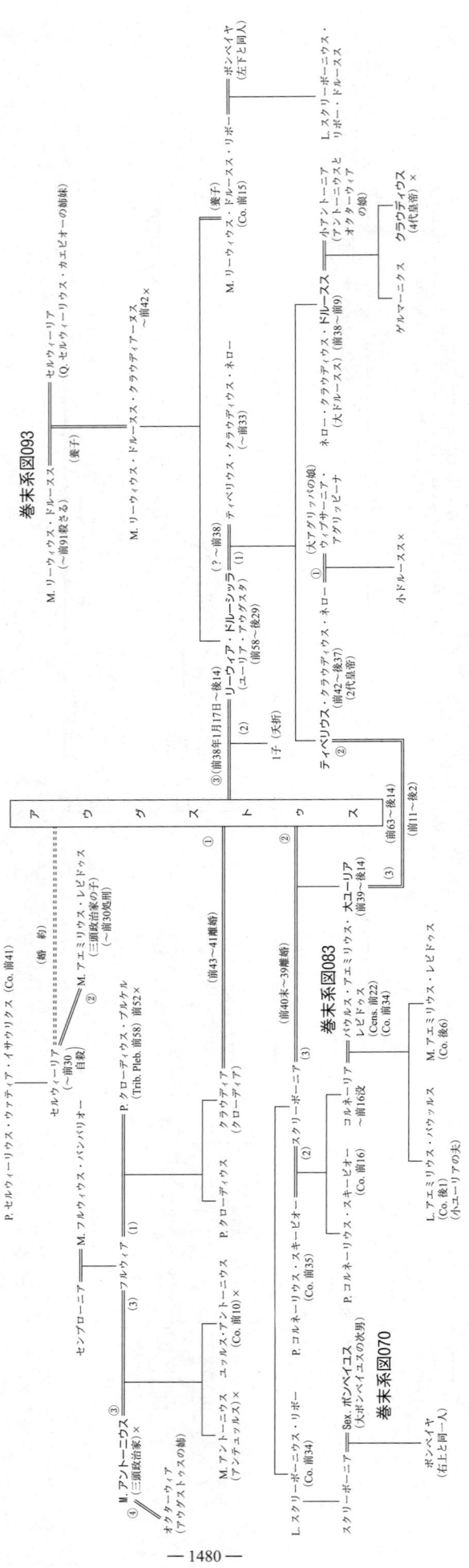

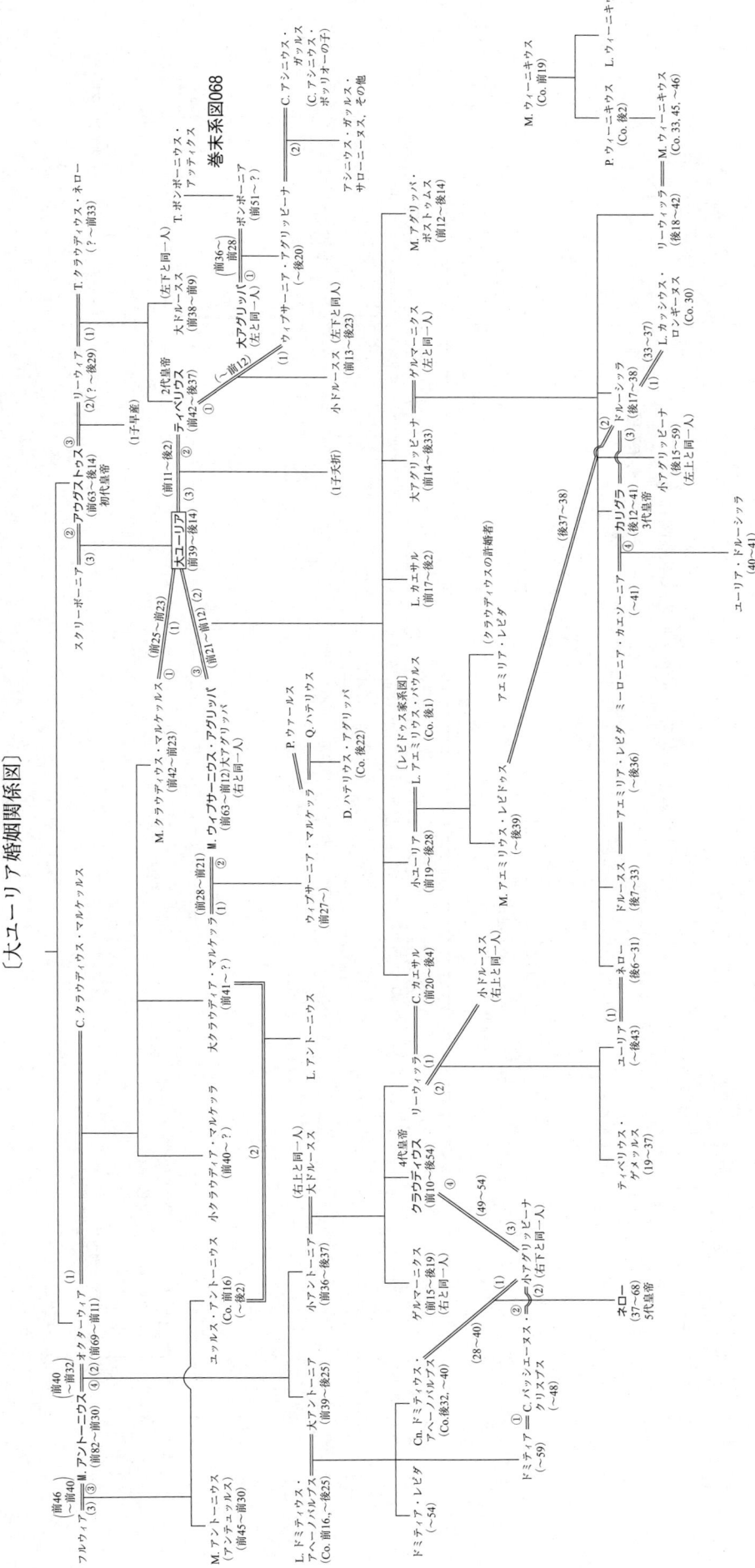

A．巻末系図

巻末系図089

［カエキリウス・メテッルス家略系図］

巻末系図051

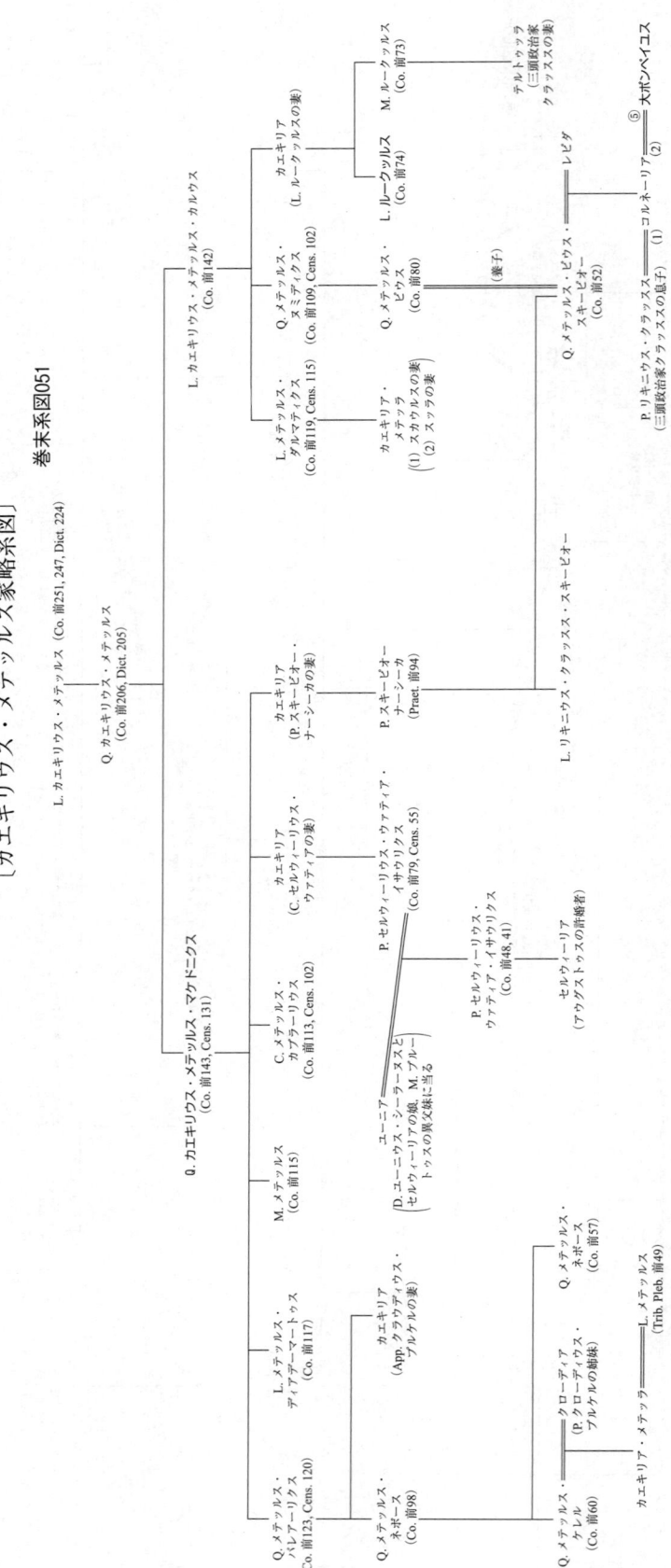

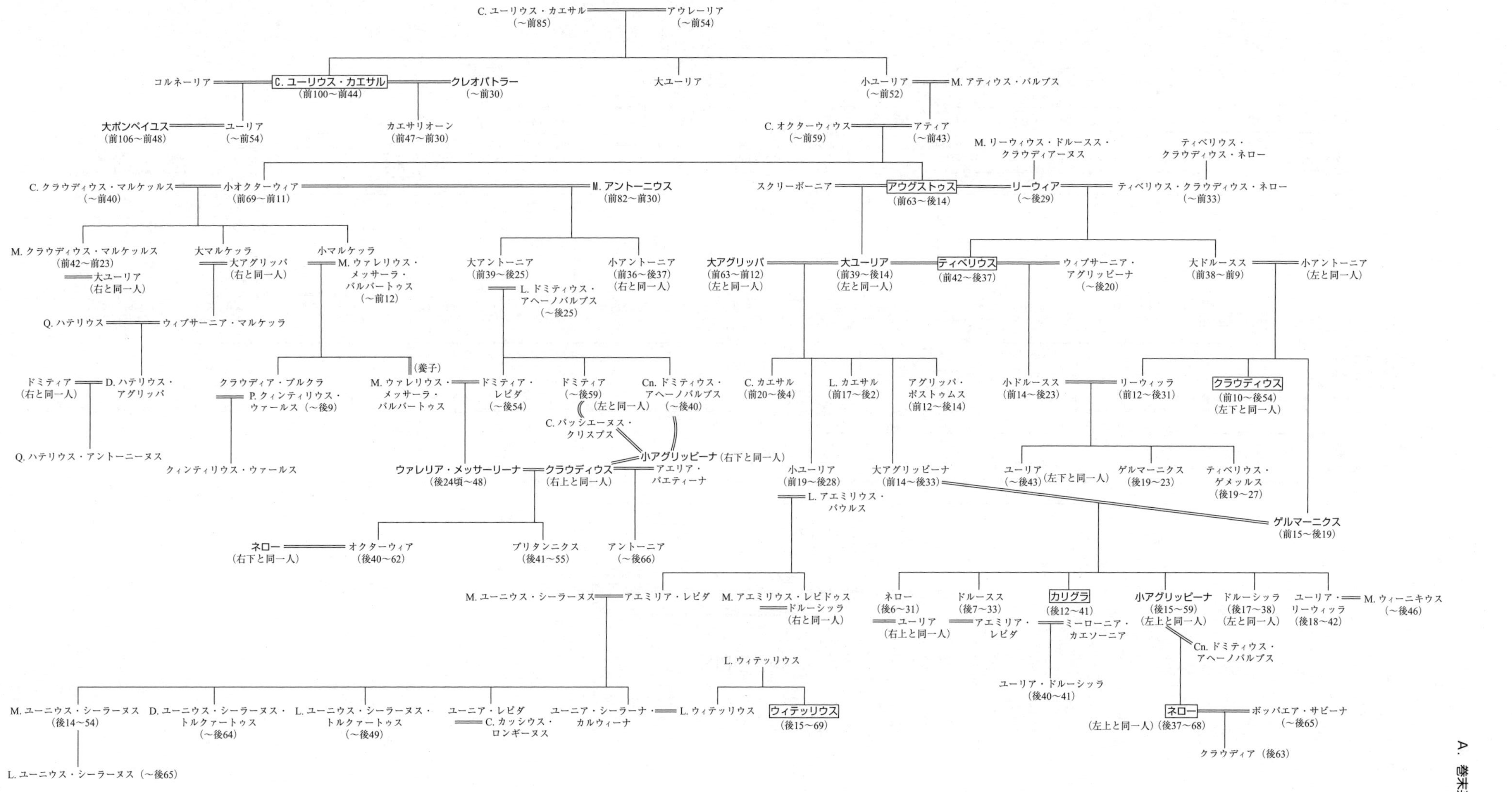

A．巻末系図

巻末系図 091

［ティベリウス関係系図］

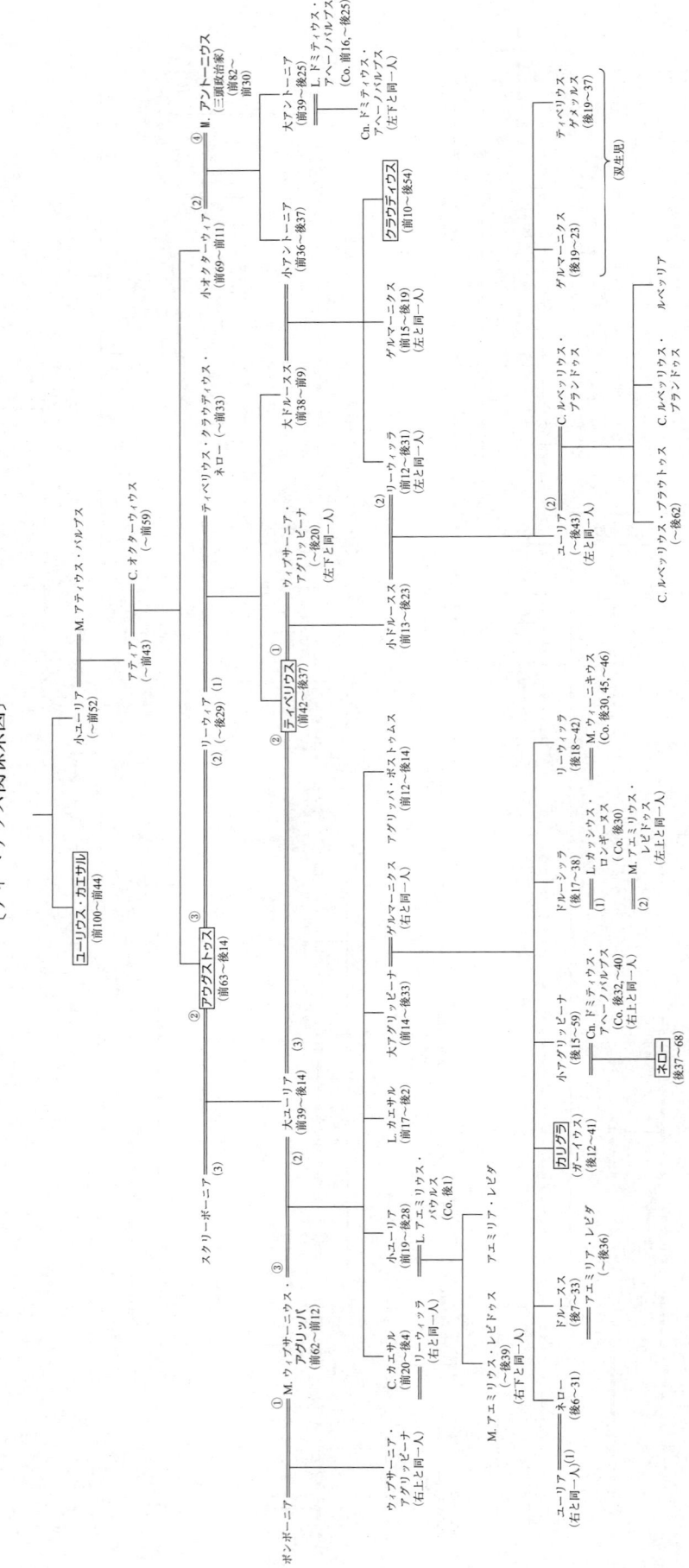

— 1484 —

巻末系図 092

[クラウディウス氏略系図]　巻末系図059

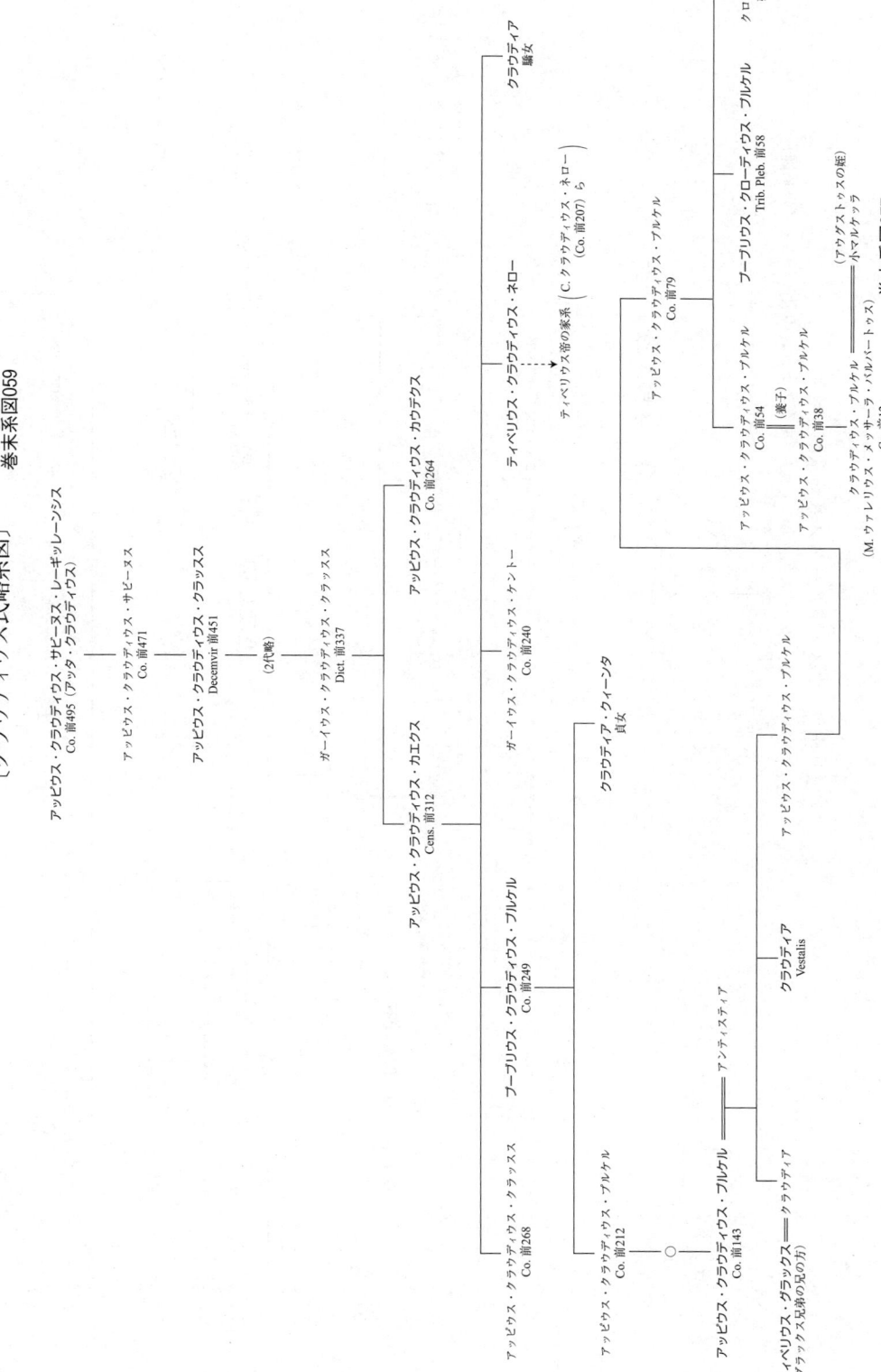

A．巻末系図

巻末系図 093

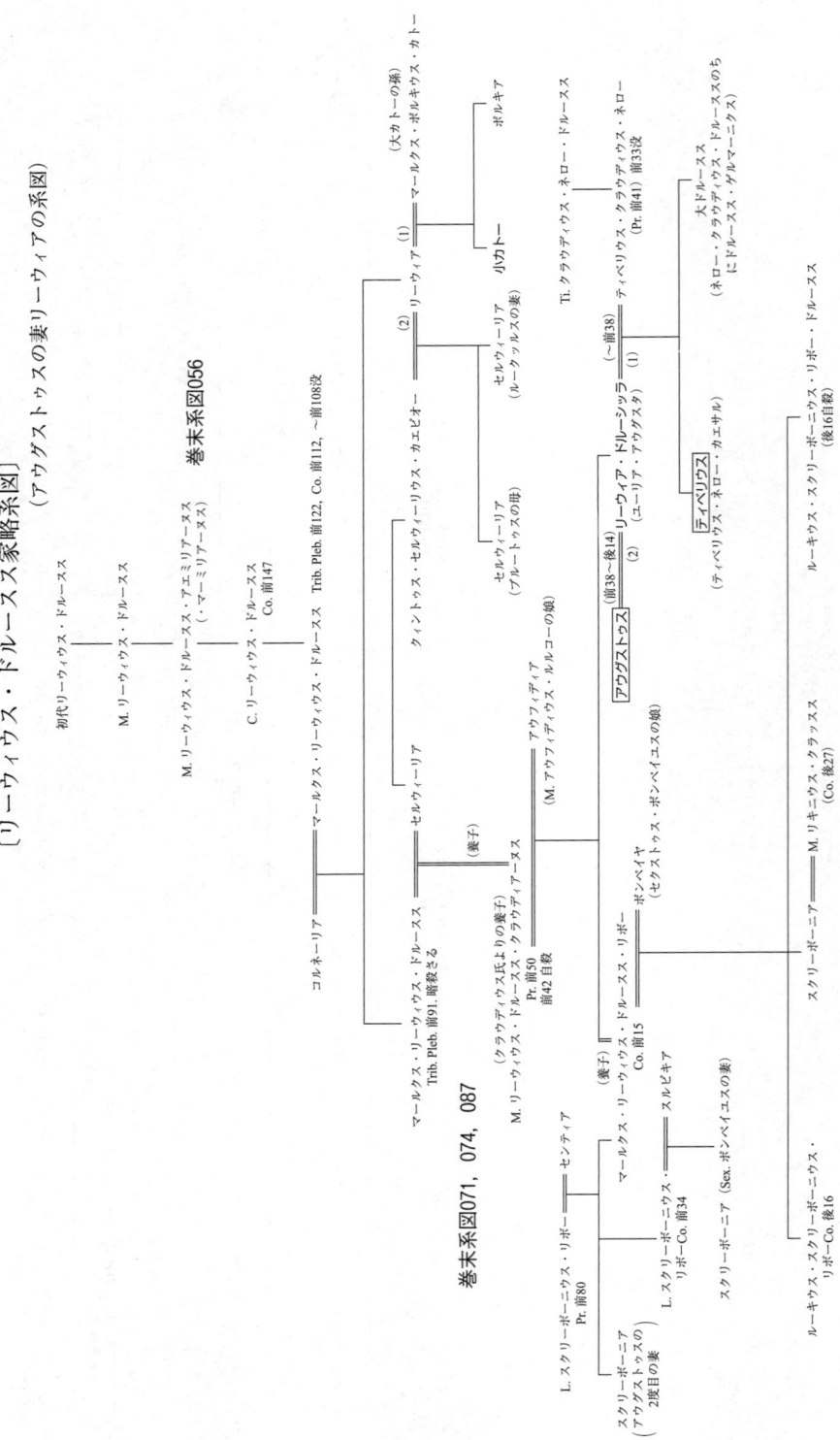

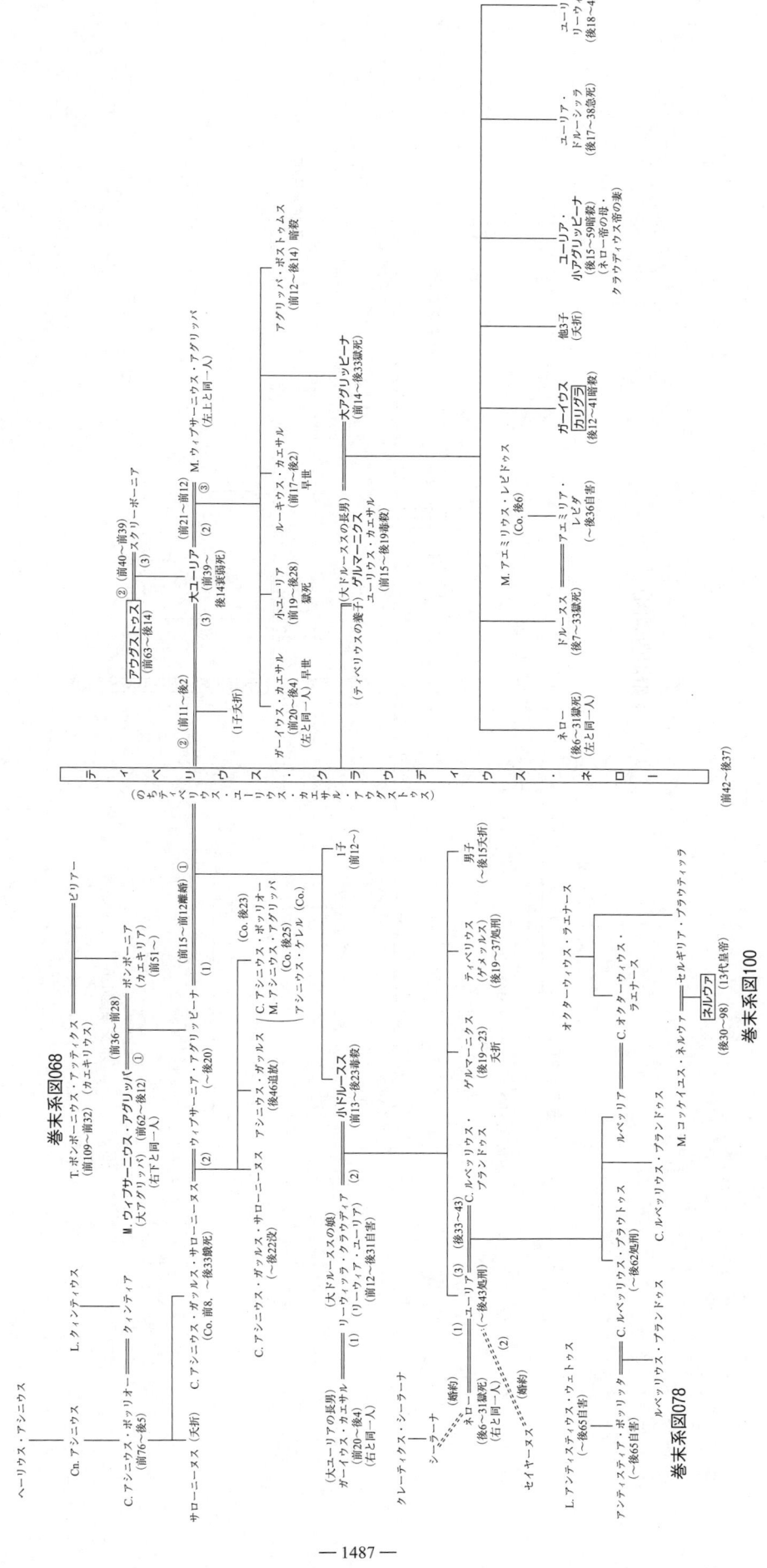

A．巻末系図

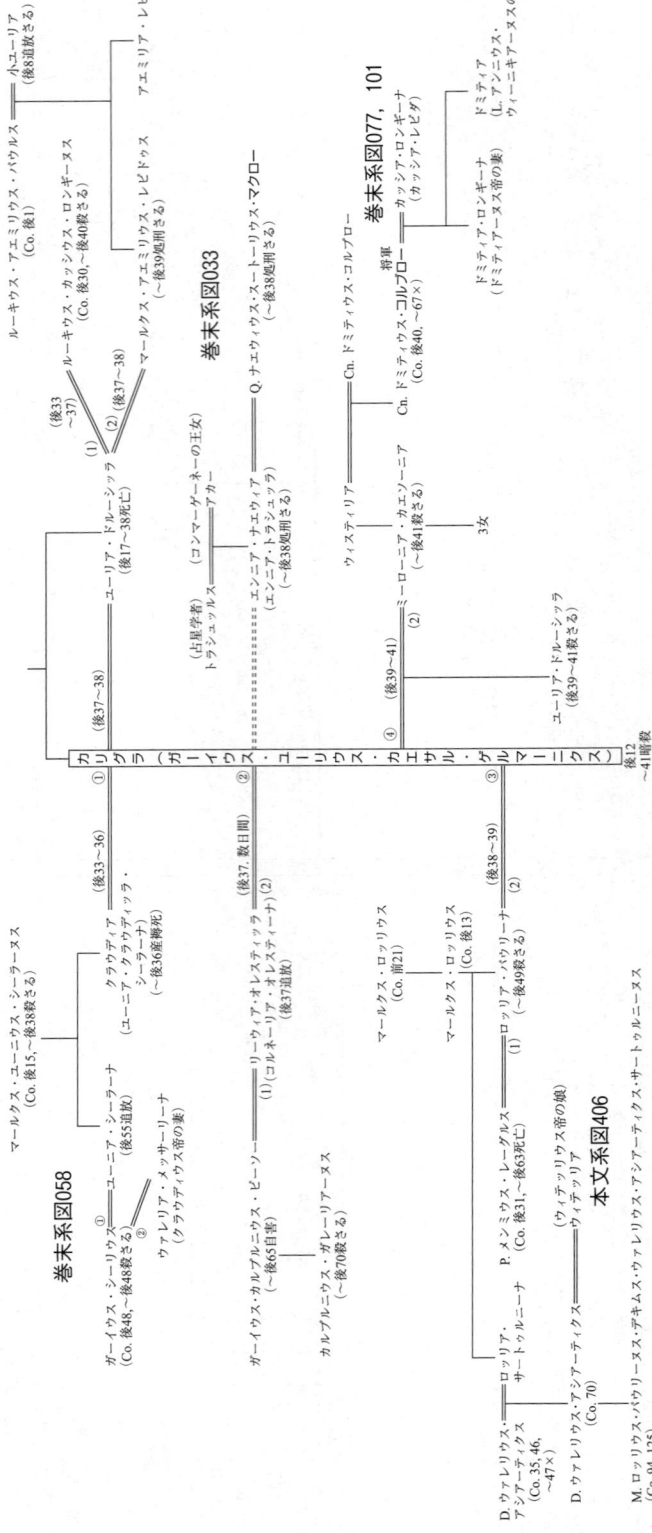

［カリグラ婚姻関係図］

巻末系図 096

[クラウディウス婚姻関係図]

A．巻末系図

巻末系図 097

［フェーリークス婚姻関係図］

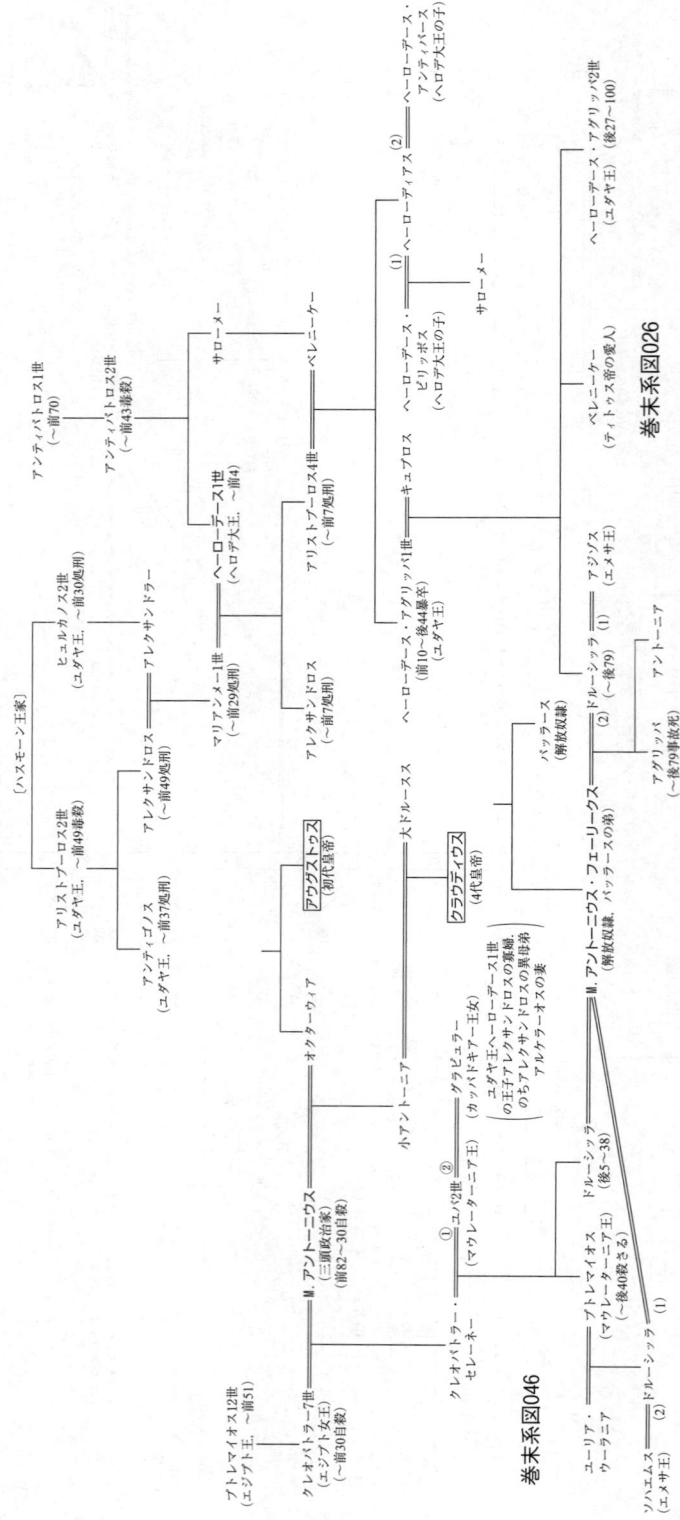

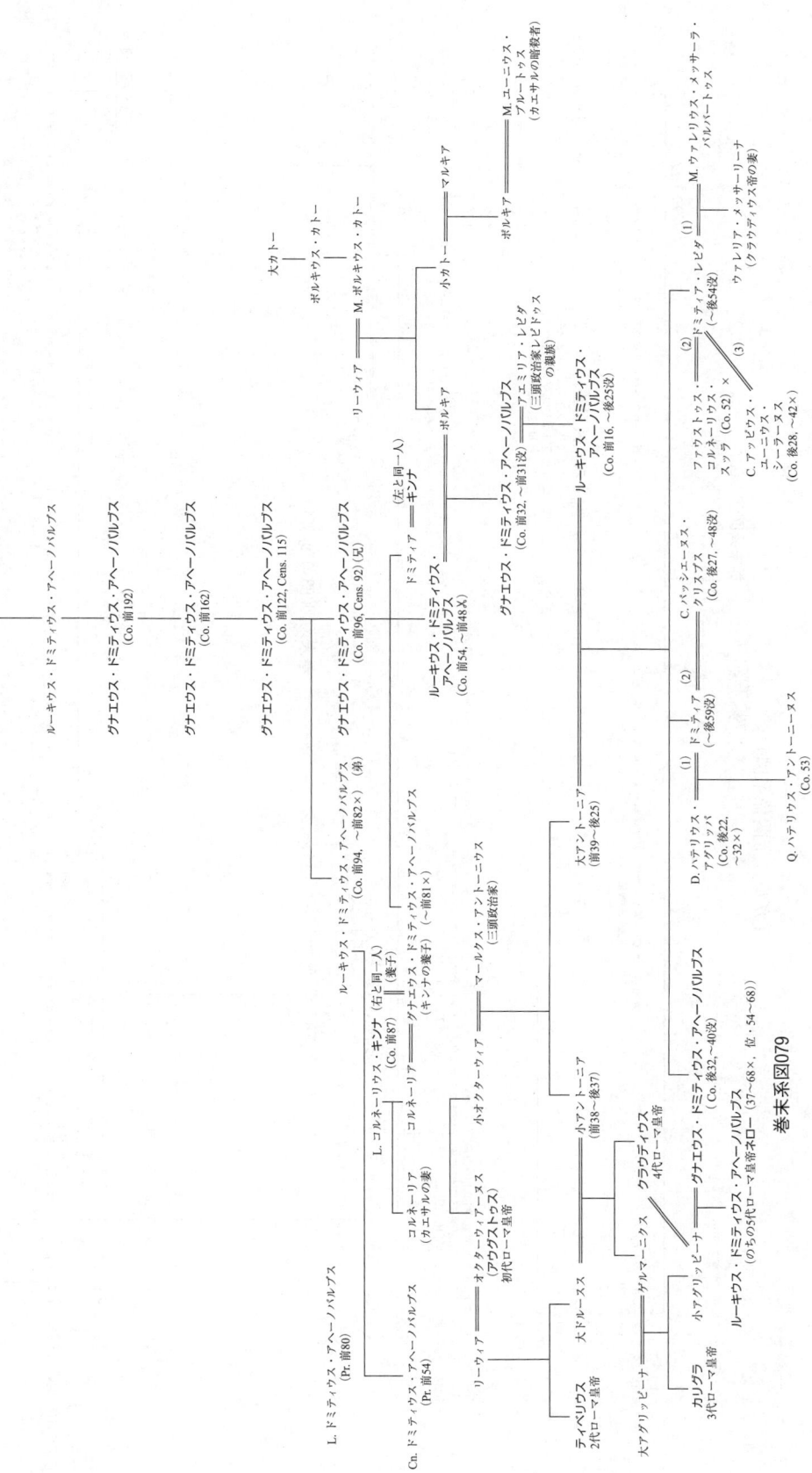

A．巻末系図

巻末系図 099

[ガルバ帝関係系図]

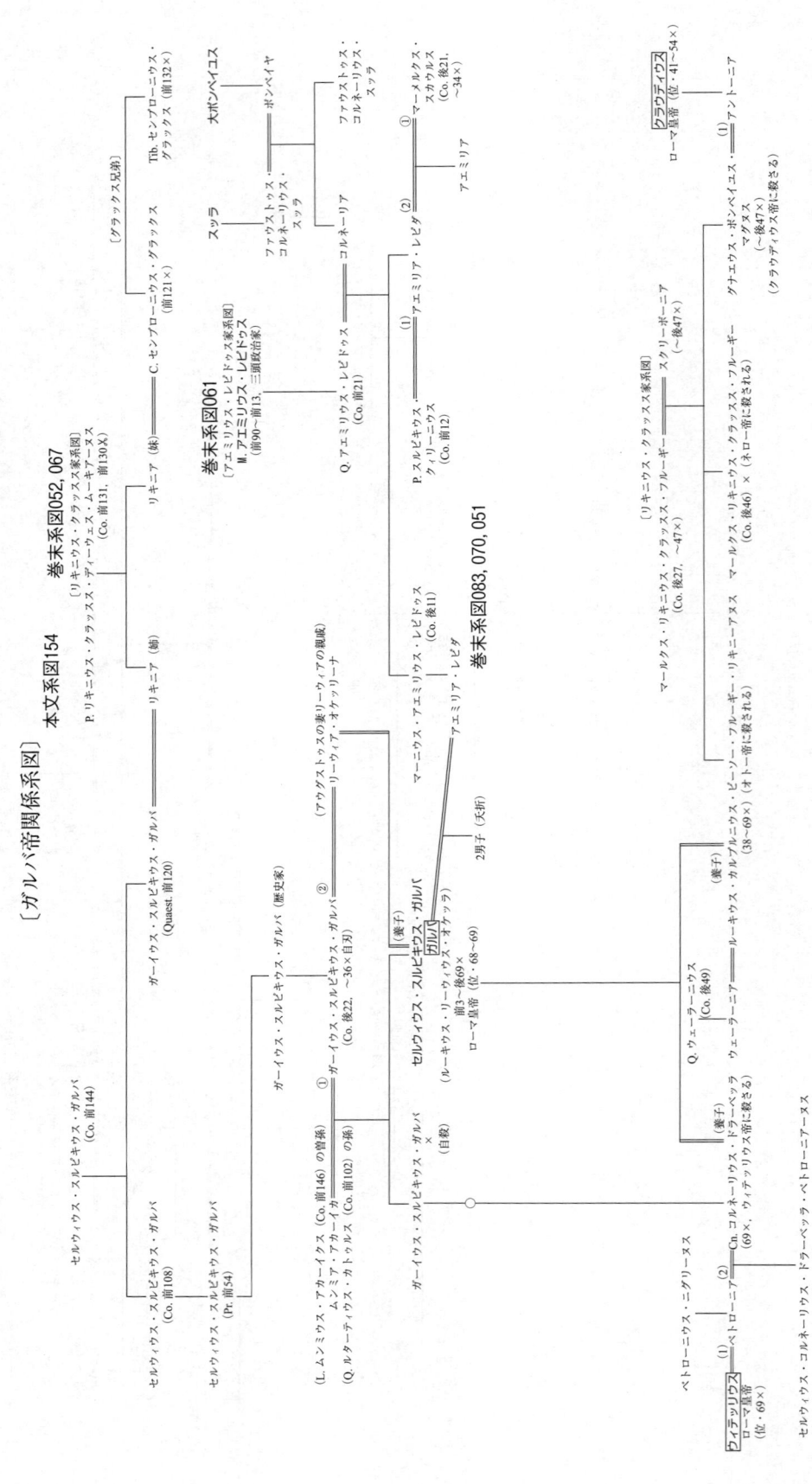

巻末系図 100

[オトー関係系図]
□内はローマ皇帝
本文系図126

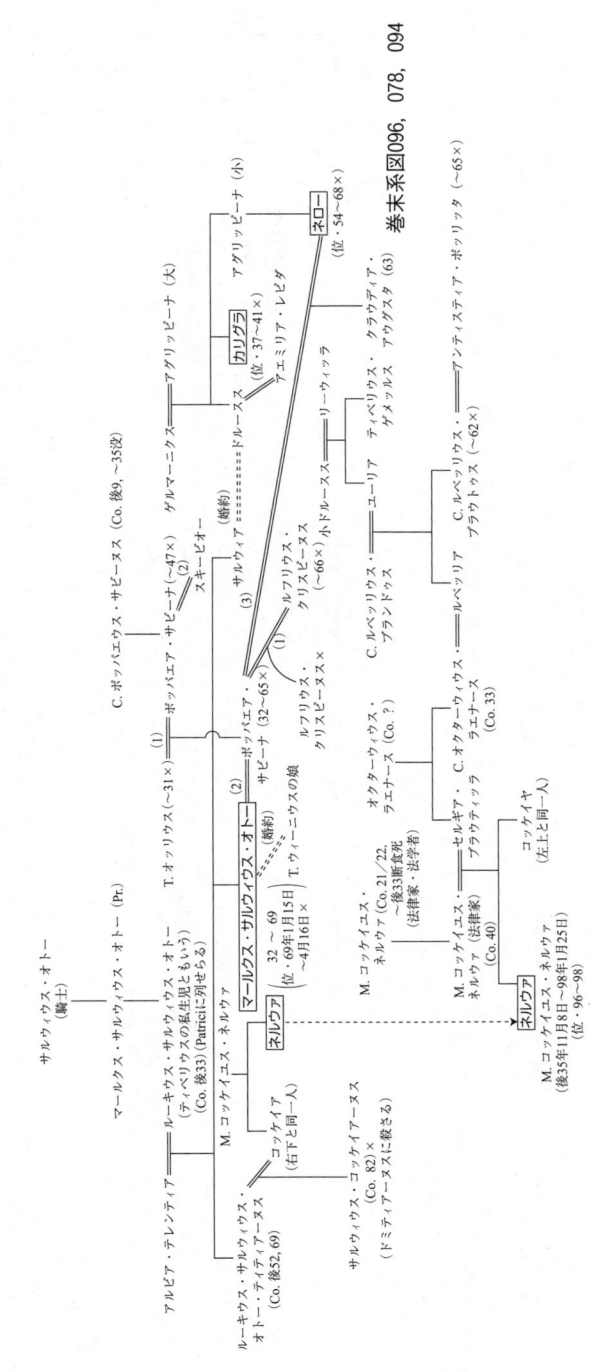

A．巻末系図

巻末系図101

［フラーウィウス朝系図］

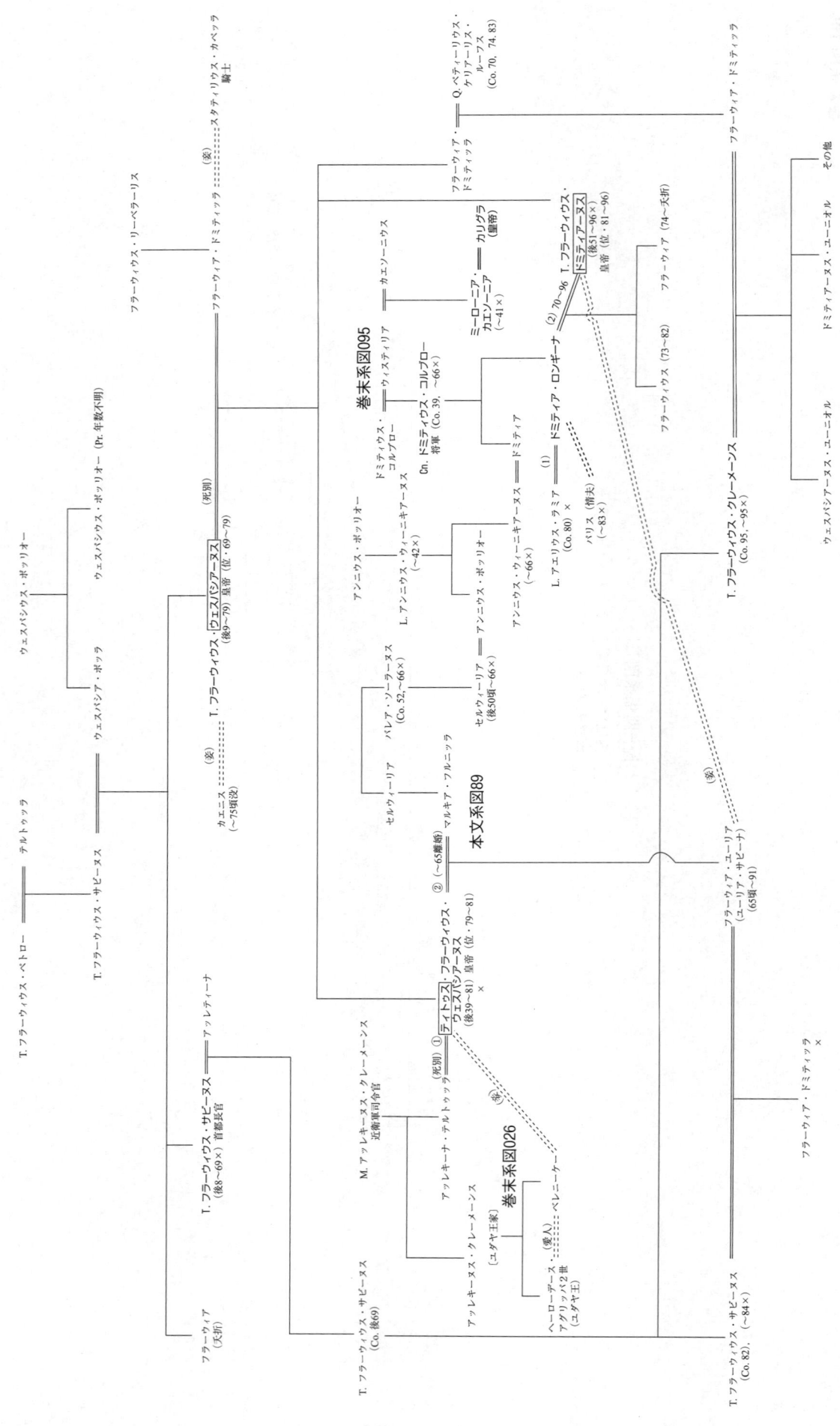

— 1494 —

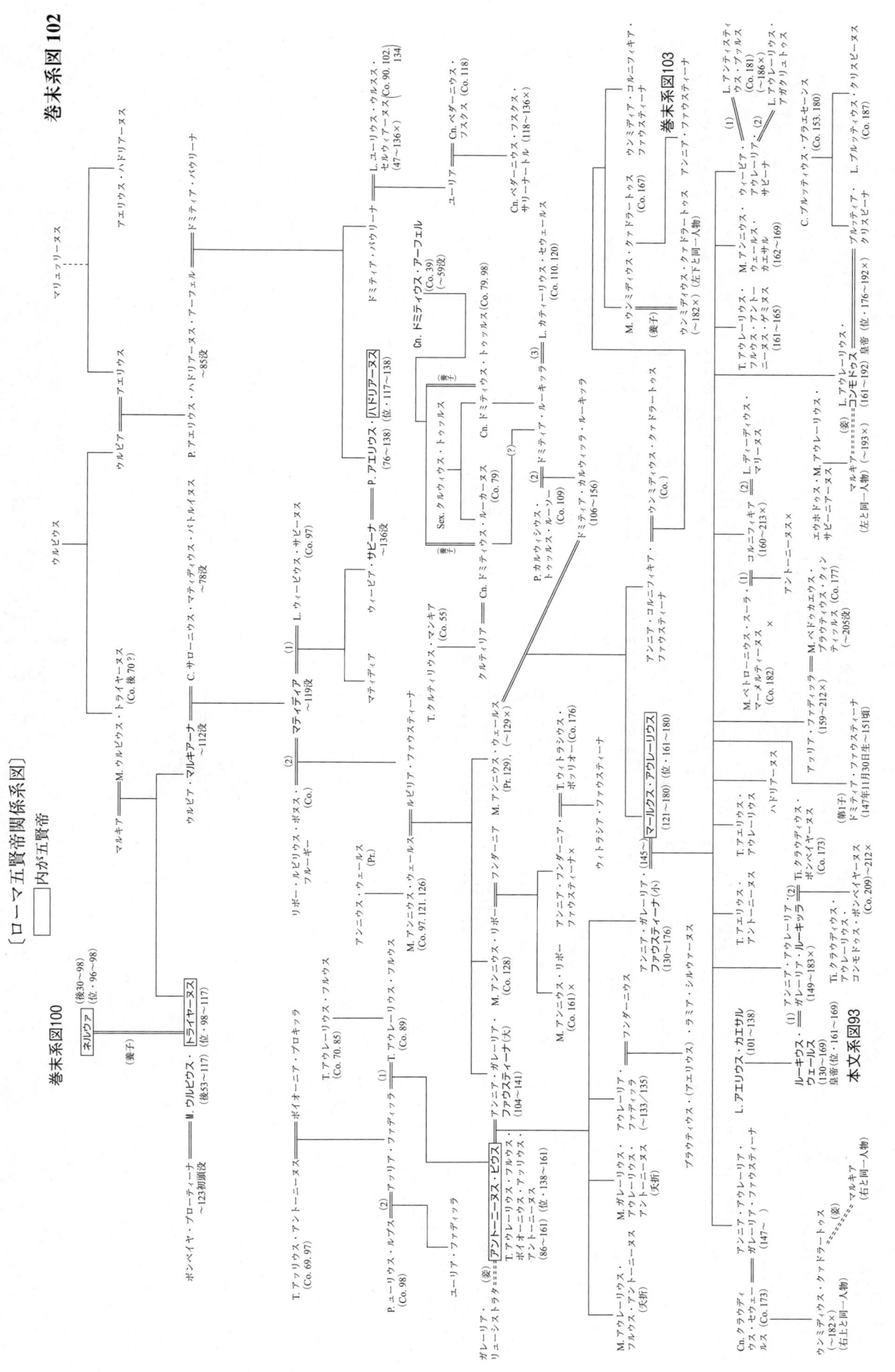

A．巻末系図

巻末系図 103

[セウェールス朝系図]

□内は皇帝

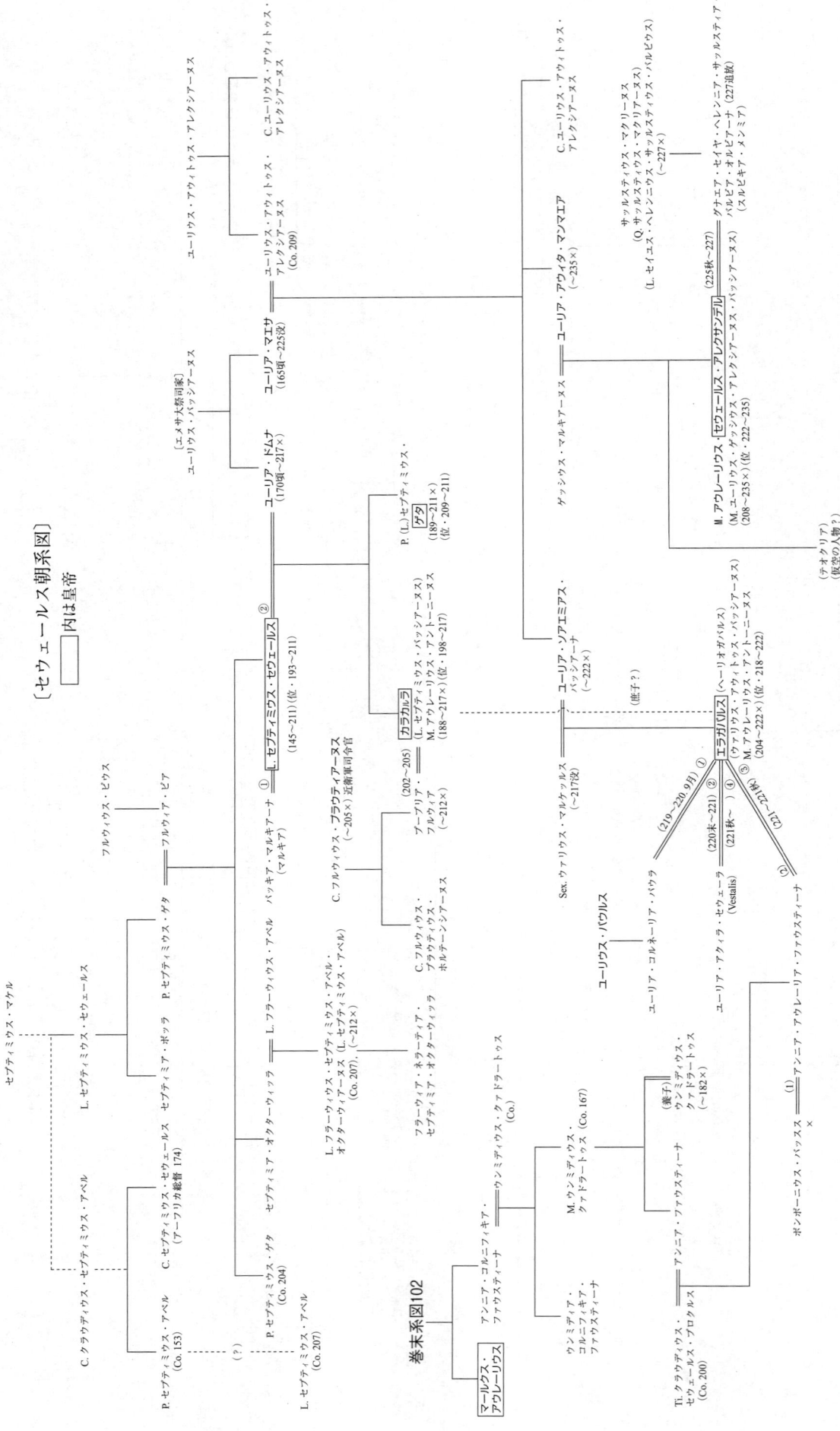

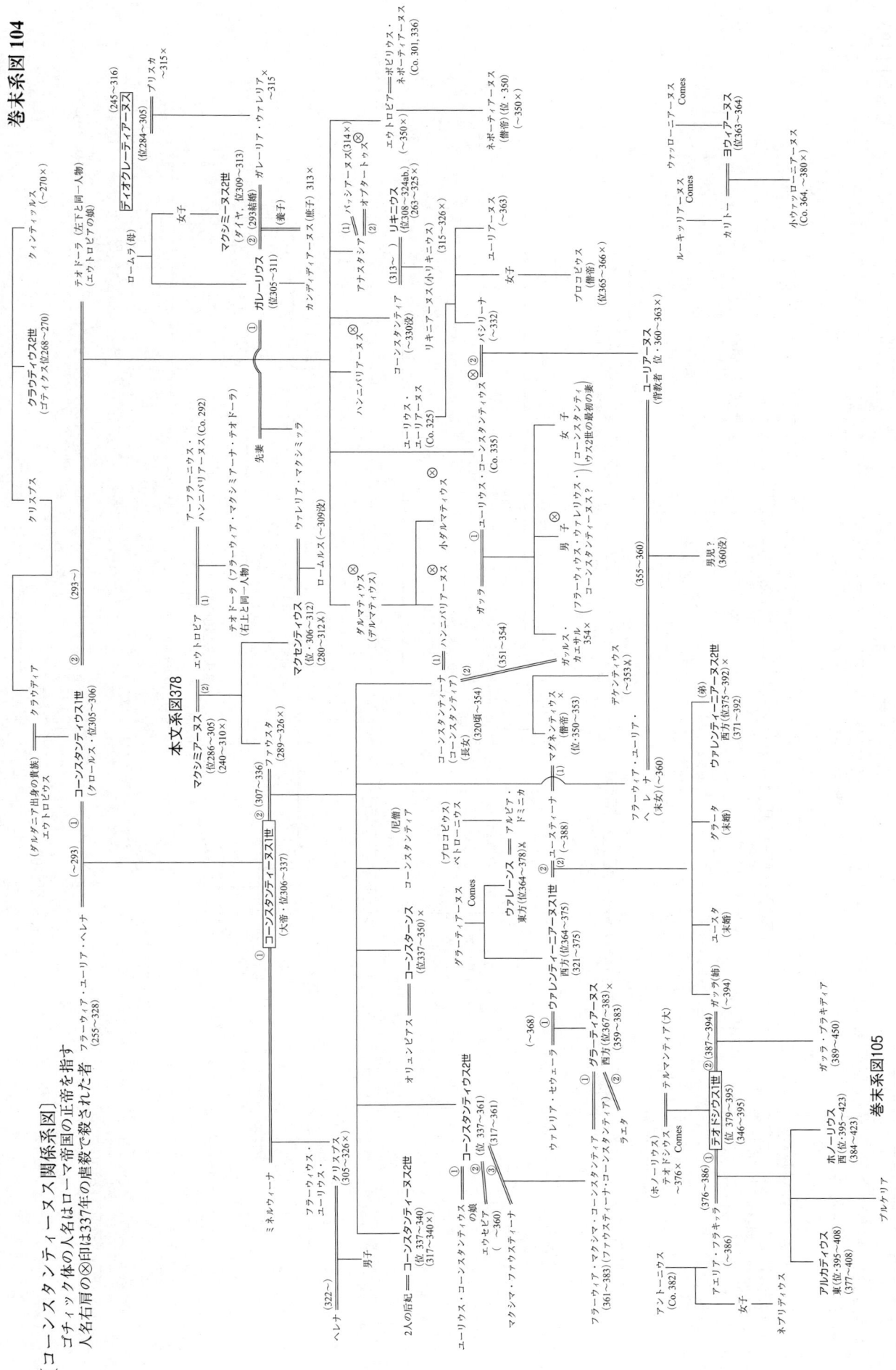

A. 巻末系図

巻末系図 105

[テオドシウス朝関係系図]

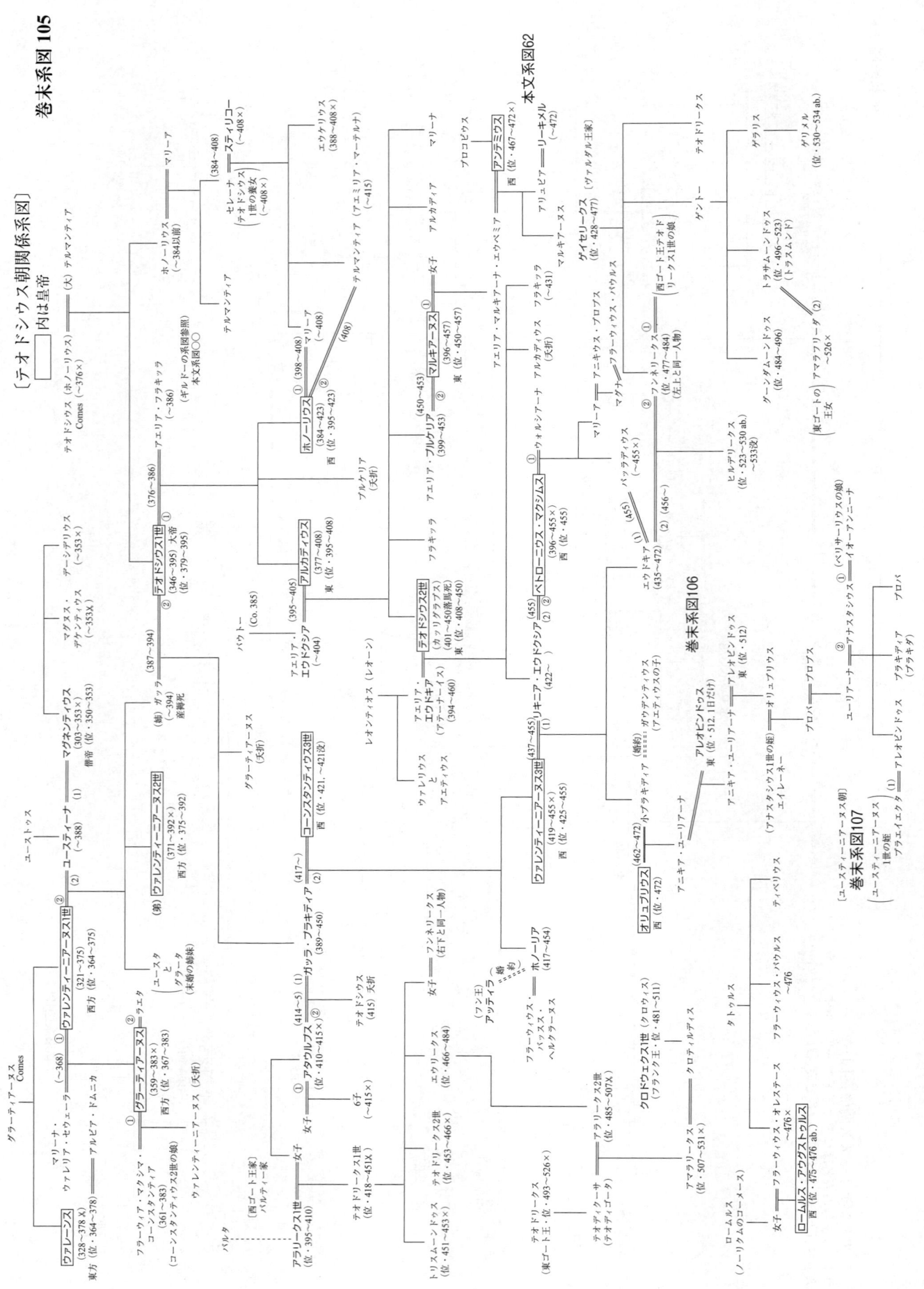

巻末系図 106

[アニキウス氏（帝政末期）関係系図]（但し諸説あり）

A．巻末系図

巻末系図 107

[東ローマ帝国（ユースティーニアーヌス朝）]

(Genealogical chart of the Eastern Roman Empire / Justinian dynasty — full-page family tree diagram)

巻末系図 108

[アルサケース朝パルティア─①]
（年代・血統ともに諸説あり）

巻末系図109

[アルサケース朝パルティアー②]

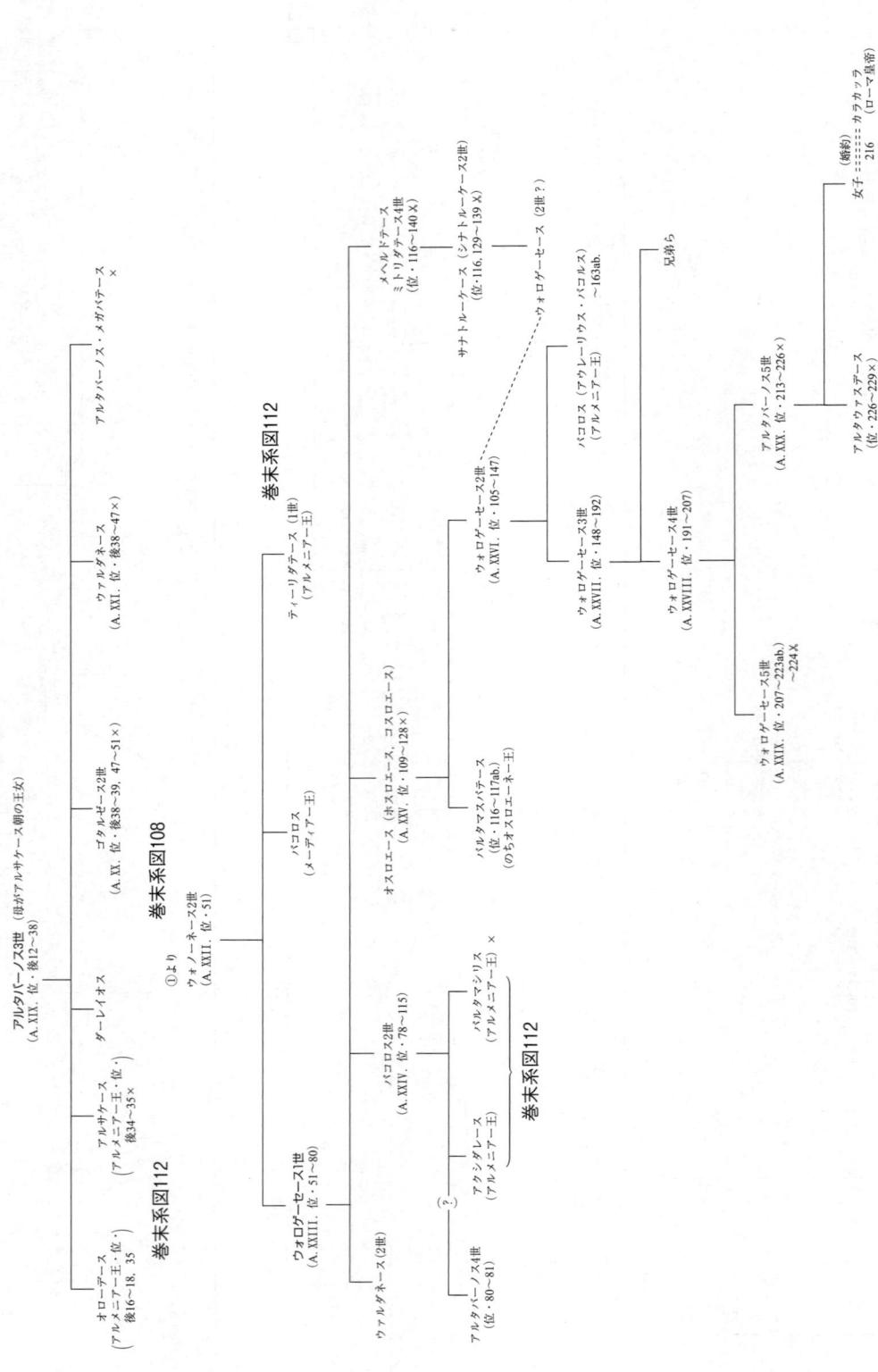

巻末系図 110

[パルティアー王統表]

前250頃～後226頃
（A.I 以下は本書ではアルサケース正系
として扱った30名）

アルサケース朝

アルサケース1世	A. I	位・前250頃～前248（戦死）
ティーリダテース1世	A. II	前248頃～前211（227）
アルタバーノス1世（アルサケース）	A. III	前211（208）頃～前191
プリアーパティオス	A. IV	前191頃～前176
プラアーテース1世	A. V	前176頃～前171
ミトリダテース1世	A. VI	前171頃～前138/137
プラアーテース2世	A. VII	前138/137～前129/128（戦死）
アルタバーノス2世	A. VIII	前128頃～前124/123（毒死）
ヒーメロス（プラアーテース2世の寵臣）		前129頃～前123
ミトリダテース2世	A. IX	前123頃～前88/87
ゴタルゼース1世	A. X	前91頃～前85/77
ムナスキレース	A. X	前87/86～前85/77
オローデース1世	A. XI	前80頃～前77/75
シナトルケース	A. XII	前76/75～前70/69
プラアーテース3世（テオス）	A. XII	前70/69～前58/57（息子らに暗殺さる）
オローデース2世	A. XIII	前57/56～前56（廃位）
ミトリダテース3世	A. XIII	前57/56～前55/54（廃されたのち殺さる）
オローデース2世（復位）	A. XIV	前55～前37/36（息子に抵抗されて戦死）
パコロス1世		前41頃～前38（戦死）
プラアーテース4世	A. XV	前38頃～前2（妻子に毒殺さる）

位・前31/30～前25

ティーリダテース2世		前2～後4（廃されたのち殺さる）
プラアーテース5世（プラアータケース）	A. XVI	後4～67頃（暗殺）
オローデース3世	A. XVII	後7/8～11/12（廃位：復位のちアルメニアー王、19頃殺さる）
ウォノーネース1世（ローマ指名）	A. XVIII	後12頃～38（廃位：復位のち重ねらる）
プラアーテース6世（ローマ指名）	A. XIX	後35（急死）
キンナムス		後37頃～36
アルタバーノス3世	A. XX	後38頃～39（追放）
ウァルダネース	A. XXI	後38/39～47/48（暗殺）
ゴタルゼース2世（復位）	A. XX	後47/48～51（病死ないし暗殺）
メヘルダテース（ローマ指名）		後49（両耳切断されて廃位）
ウォノーネース2世	A. XXII	後51頃
ウォロゲーセース1世	A. XXIII	後51/52～79/80
ウァルダネース2世	A. XXIV	後78/79～115/116
パコロス2世		後80頃～81
アルタバーノス4世	A. XXV	後109/110頃～128/129
オスロエース（コスロエース）		後116末～117（廃されたのちオスロエーネー王）
パルダマスパテース（ローマ指名）	A. XXVI	後105/106～147
ウォロゲーセース2世		後128/129頃～140頃
ミトリダテース4世	A. XXVII	後148/149～192
ウォロゲーセース3世	A. XXVIII	後191/192～207/208
ウォロゲーセース4世	A. XXIX	後207/208～222/223（廃されたのち224頃戦死）
ウォロゲーセース5世		後213/214～226/227（捕われたのち殺さる）
アルタバーノス5世	A. XXX	後226/227～228/229（捕われたのち処刑）

A. 巻末系図

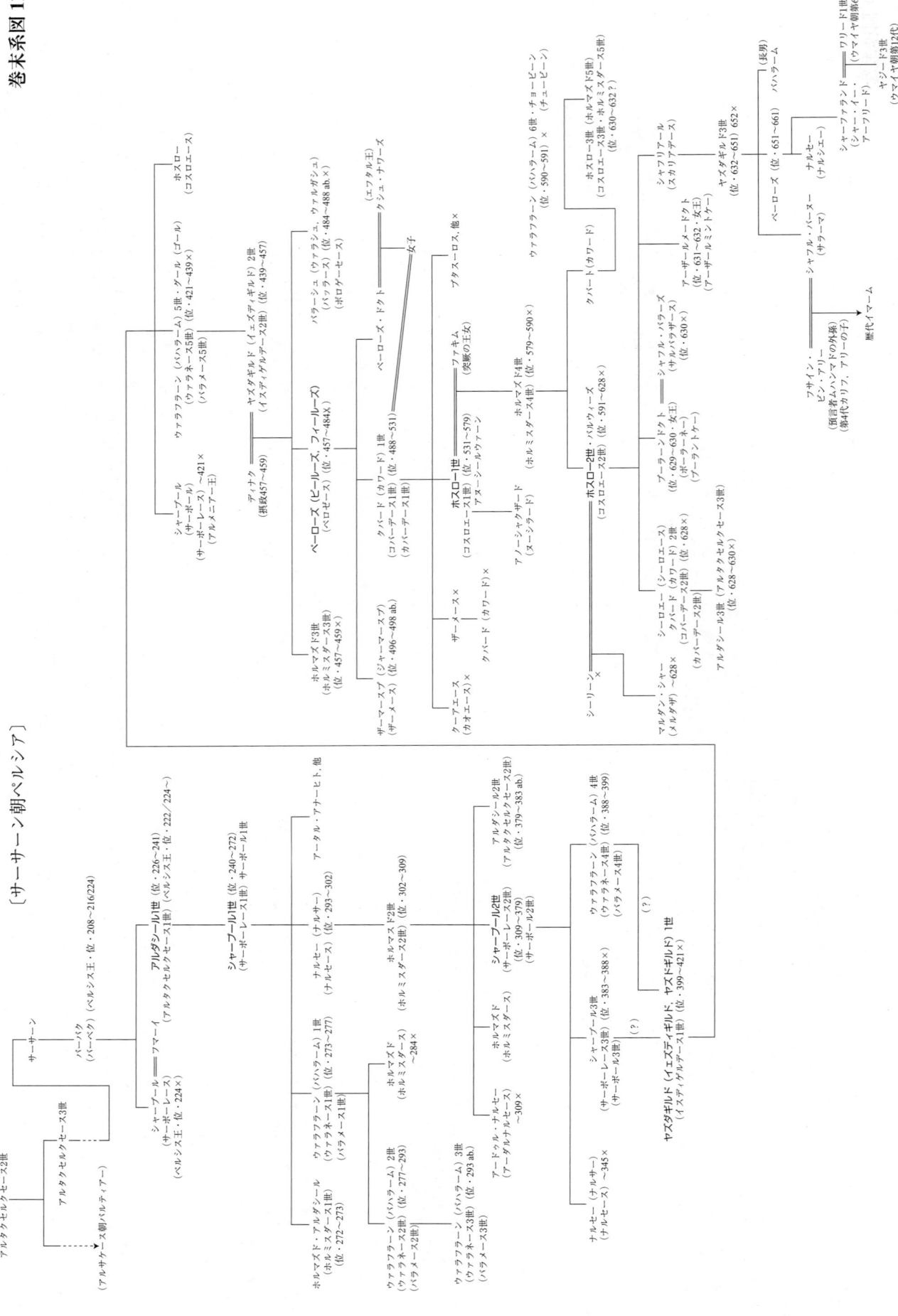

巻末系図 111

［サーサーン朝ペルシア］

巻末系図 112

[アルメニアー王家]
アルタクシアース（アルサケース）朝（伝・前149〜後428）

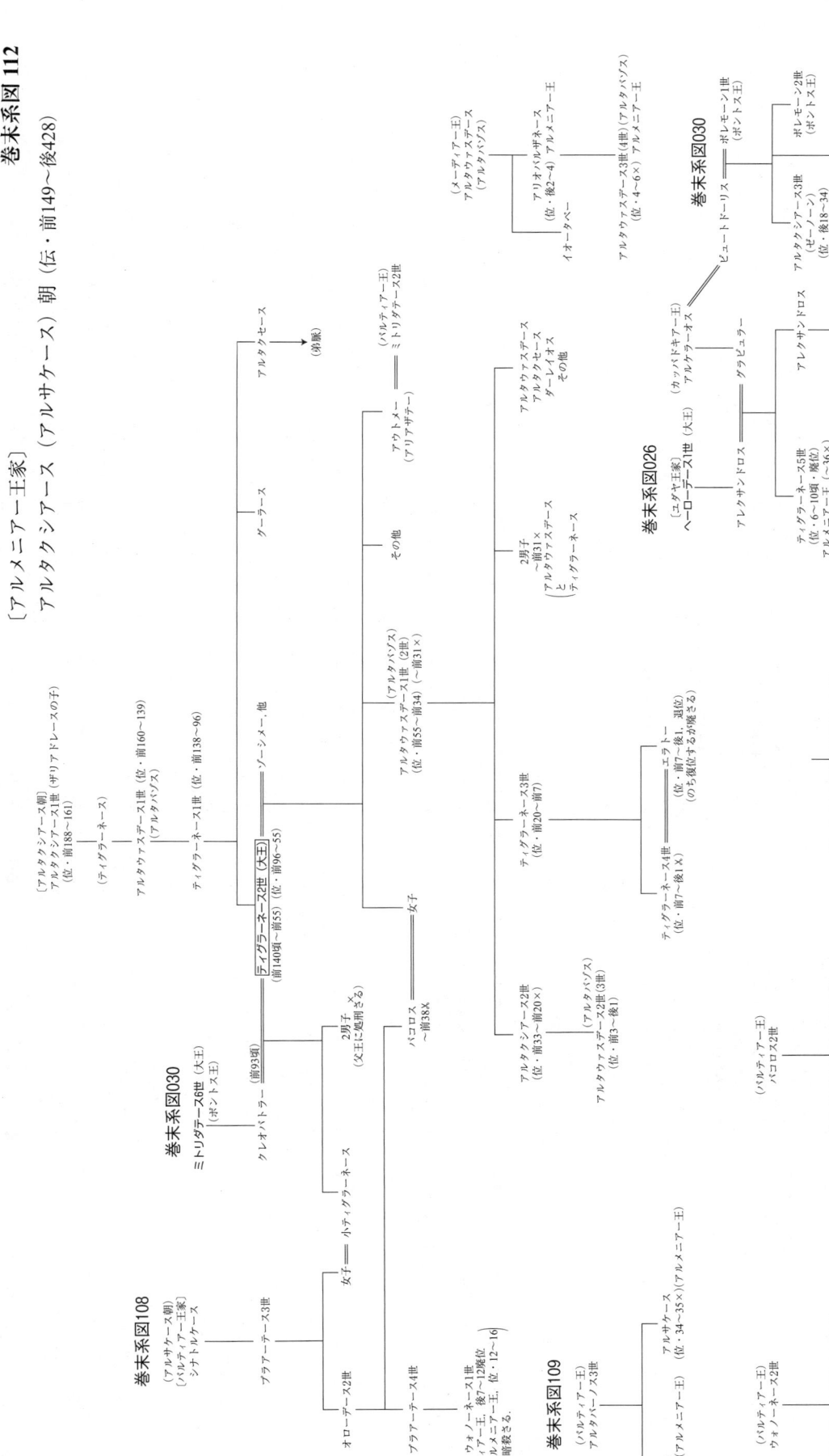

A．巻末系図

巻末系図 113

[アルメニアー王統表①]

アルタクシアース朝～アルサケース朝

	位
アルタクシアース1世	・前191/188～前161頃
アルタウァスデース（アルタバノス）1世	前160頃～前139頃
ティグラーネース1世（またはアルタクシアース、アルタクセセース）	前138頃～
ティグラーネース大王2世（時に1世）	前95～
アルタウァスデース1世（2世）	前56／55～
アルタクシアース2世	前56／55～（妻子と共に捕縛となり、前31殺さる）
ティグラーネース3世（ローマ指名）	前33～
ティグラーネース4世とエラトー	前20～（暗殺）
アルタウァスデース2世（ローマ指名）（メーディアー系）	前7～
アリオバルザネース（ローマ指名）（メーディアー系）	後1（4世の戦死でエラトーの復位）
アルタウァスデース3世（4世）（メーディアー系）	前3～
ティグラーネース5世（ローマ指名）（ユダヤ系）	後2～
エラトー（復位）	後3頃
［空位］	後4～
ウォノーネース1世（もとパルティアー王）	後6（暗殺ないし追放）
オローデース（パルティアーの王子）	後6（廃位されたる後、36に処刑）
アルタクシアース3世（ゼーノーン）（ローマ指名）	後10頃前後（？）（追放）
（ポントスの王子）	
アルサケース	後12頃～（追位、19頃暗殺さる）
オローデース（復位）	後16～
ミトリダテース（イベーリアー王パラスマネースの弟）	後18～
［空位］	後34頃
ラダミストス（イベーリアー王パラスマネースの子）	後34頃
ティーリダテース1世（パルティアー王ウォロゲーセース1世の弟）	後35
ティグラーネース6世（ローマ指名）（ユダヤ系）	後37（廃位・41、カリグラ帝に召喚され、幽閉ののち追放）
［空位］	後37～41
ティーリダテース1世（ローマ指名で復位）	後41～52（妻子と共に男ラダミストスによる占領）
サナトルーケース（パルティアー王オスロエースの甥）	後51～54廃位（58、父王に殺さる）
ティーリダテース	後54～58追放（ローマの侵略）
アクシダレース（パルティアー王パコロスの子）	後60頃～62廃位
メヘルダテース	後63～66
パルタマシリス（パルティアー王パコロスの子）	後66～80頃
	後80以後（116末、パルティアー王オスロエースの子パルタマスパテースに殺さる）
	？～後110（パルティアー王オスロエースにより廃位）
	後110～113（トライヤーヌスにより廃位）
	後112頃
	後113～114

巻末系図 114

[アルメニア王統表②]

[ローマ帝国の属州]	
ウォロゲーセース (ウォロガーセス)	後114～117 (トライヤーヌスの親征による)
アウグレーリウス・パコルス (パコロス)	後117～140／143
ソハエムス (ローマ指名) (シュリアーのエメサ系)	後160～163 (廃位、スタティウス・プリスクスの占領により) 後163～166 (追放、シュリアーに逃亡)
ティーリダテース	後175頃
ウォロゲーセース2世	後180頃～191頃
ティーリダテース (2世) (アルメニア王ウォロガーセースの子)	後213／217～222頃 (カラカッラに旦捕わされた後、復位)
アルサケース2世	後220頃
ティーリダテース (2世) (復位)	後222頃～252 (サーサーン朝ペルシアに廃さる)
ホルミスダース (シャープール1世の子、のちサーサーン朝ペルシア帝)	後252～?
コスロエース1世	後222～258頃 (サーサーン朝ペルシア側による暗殺)
アルタヴァスデース	後258～267 (サーサーン朝ペルシアによる擁立)
ティーリダテース (3世) (コスロエースの遺児)	後282～314頃 (家臣により暗殺) (また後287頃～336／337とも)、(後283～294、298～330とも)
コスロエース2世 (ティーリダテース3世の子)	後330頃～339頃
ティグラーネース7世 (コスロエース2世の子)	後339頃～350頃
アルサケース2世 (ティグラーネース7世の子)	後350頃～368頃

後387. サーサーン朝とローマとによる分割 (4分の3はペルシア領となる)
後428. サーサーン朝ペルシアによるアルサケース朝廃絶

[小アルメニア王統表]

(大ポンペイユス (ローマの将軍) による征服)	前63
デーイオタロス (ガラティアー王)	前52～前49 (パルナケース2世に侵略さる)
パルナケース2世 (ボスポロス王)	前49～前47 (カエサルに敗北す)
アリオバルザネース3世 (カッパドキアー王)	前47～前37頃 (カエサルから王位を授けらる)
ポレモーン1世 (ポントス王)	前37頃～前30 (アントーニウスから王位を授けらる)
アルケラオス (メーディアー王)	前30～ (アウグストゥスから王位を授けらる)
アルケラーオス (カッパドキアー王)	前20～? (アウグストゥスから王位を授けらる)
コテュス2世 (トラーキアーの領主) (ポントス王ポレモーン1世の外系)	後38～54 (カリグラから王位を授けらる)
アリストブーロス (カルキスエーローマーデースの子)	後54～72 (ネローから王位を授けらる)
(ウェスパシアーヌス帝により属州カッパドキアに併合さる.)	後72

A. 巻末系図

巻末系図 115

[ギリシア哲学学派系統図]

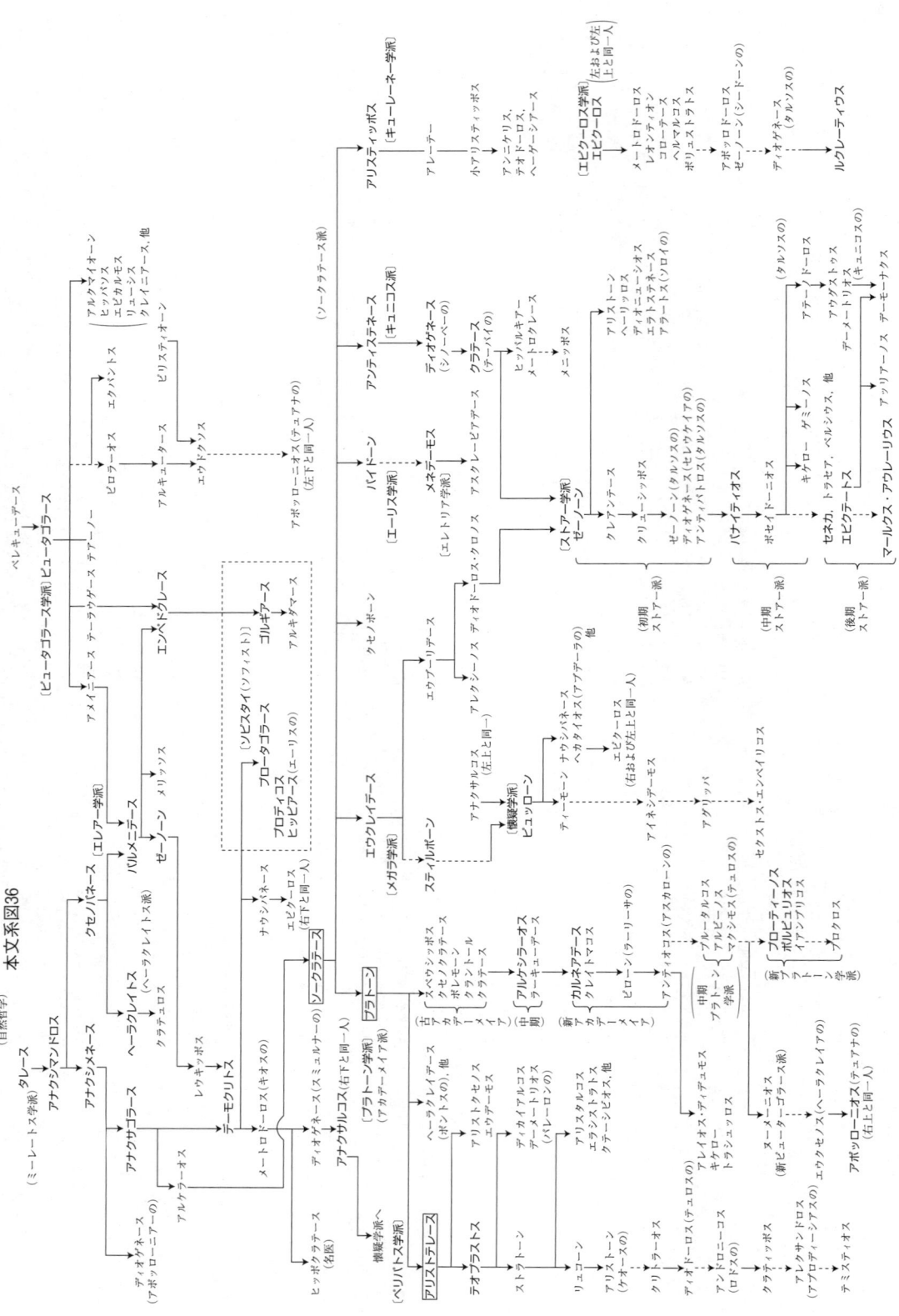

(注) [ ]のないのは親子関係

巻末系図 116

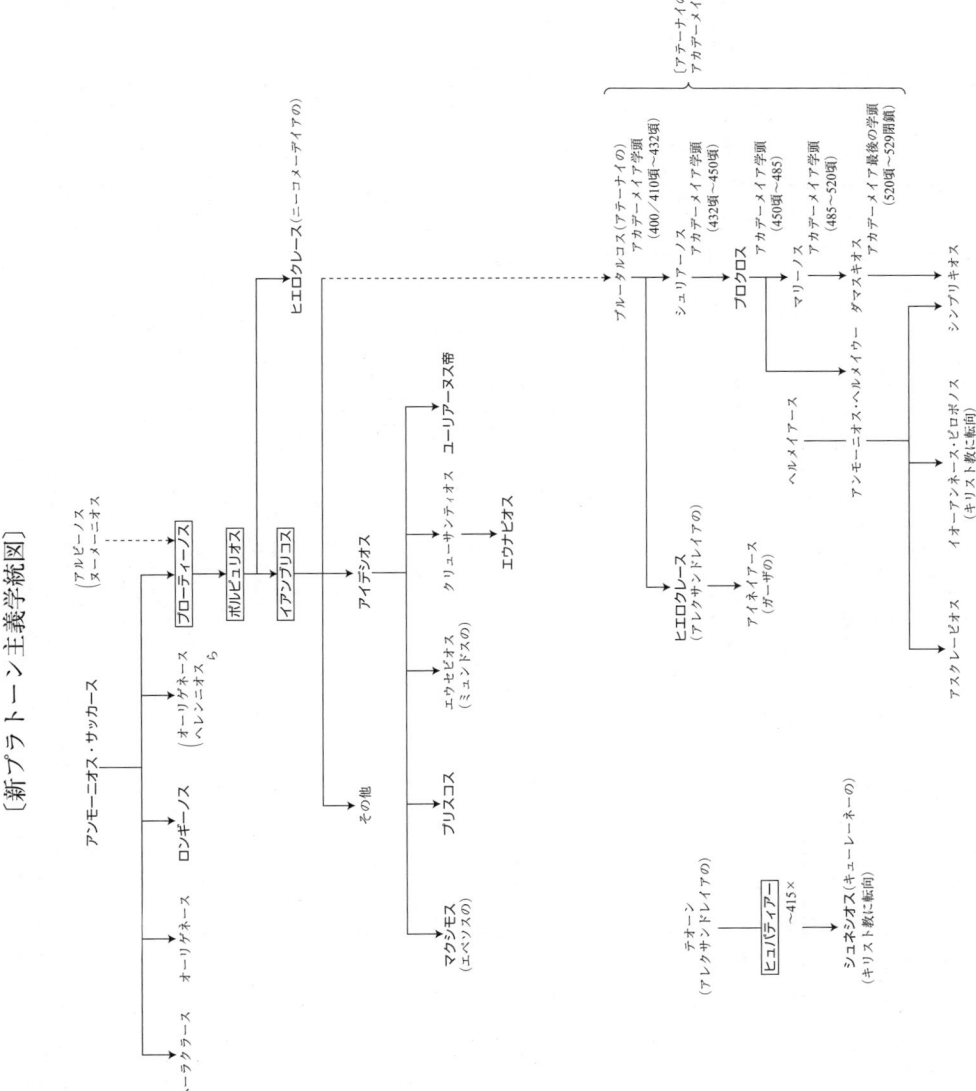

巻末系図 117

[ギリシア・ローマ神名対応表一覧]

[ギリシア]	[ローマ]	[エトルーリア]
ゼウス（エジプトのアンモーン、セラーピス（サラービス）、エティオピアのアッシビーユス、ゲルマーニアのアッシビーユス、ケルトのタラニス、ティーヴァ、ティーワ、その他各地の主神・天空神（雷神）と同一視される）	ユーピテル（ゲルマーニアのトール（ドナール）、ティーヴァ、エッシピテル、ケルトのタラニス（ターラン）、セム系のベール、マルドゥク、バアル）	（エトルーリア） エトルーリアのティン（ティニア）
ポセイドーン	ネプトゥーヌス（コーンススと同一視される）	エトルーリアのネトゥンス
ハーデース（プルートーン）	ディース・パテル（プルートー）（オルクスと同一視される）ケルトのケルヌーンノス、ゲルマーニアのエーリクケク、サビニーのソーラーヌス	エトルーリアのアイタ（レタ）、エイタ、フェブルクス
ヘーラー	ユーノー（フェニキアのタニト）	エトルーリアのウニ
デーメーテール エジプトのイーシス	ケレース	
ヘスティアー	ウェスタ	
アテーナー エジプトのネイト	ミネルウァ ケルトのベリサマ、プリギッド（ダヌ）、ノーリクム、ダルマティアのブラーノーート	エトルーリアのメンルファ（メンルファ）、メネルヴァ、メナルウァ
アポッローン（ポイボス）	アポッロー ケルトのベレーヌス（ベリーヌス）、ボルモー、サビニーのソーラーヌス	エトルーリアのアプ(ゥ)ル
アルテミス 時にヘカテーと同一視される、小アジアのマグナ・マーテル、クレーターのディクテュンナ、プリトマルティスとも、エジプトのバスト（パステト）さらにイーシスとも習合する	ディアーナ ケルトのアブノバ、アルドウィンナ	エトルーリアのアルトゥメ(ス)、アルトゥムス、アリティミ
アプロディーテー（セム系のイシュタル、アシタルト、ミュリッタ（ベリト）、タニト、アシェラ、アリラト、ペルシアのアナーヒター、ゲルマーニアのフリーヤー（フリッグ、フリーヤ）、エジプトのハトホル、等と同一視される）	ウェヌス	エトルーリアのトゥラン（「女主人」の意）

巻末系図 117（続き）

アレース
　ゲルマーニアのトール（ドナール）、ケルトのカムロス、
　らの軍神と同一視される

ヘーパイストス

ヘルメース
　エジプトのアヌービス、ミン、そしてトート（テフーティ）、
　ゲルマーニアのウォーダン（オーディン）

ディオニューソス（バックス）
　エジプトのオシーリス、
　プリュギアーのサバ(ー)ジオス

ペルセポネー（コレー）

ガイア（ゲー）

ウーラノス

クロノス
　（カルターゴーのモロクと同一視される）

レイアー（キュベレーと同一視される）

レートー

プト
　エジプトのプト（ウジャト、エジョ）

―――――――――――――――――

マールス（オスキーのマーメルス）
　ケルトのエースス（ヘースス）、またタウタターテース、レェレーヌス
　（カトゥリークス、ドゥナーテース、ベラトゥカドロス、カムルス、
　セゴモーン、ベラドン、コキディウス、コンディティス、
　ウルマーニアのティーウ、オルマーニアのティーン、オーダン）

ウルカーヌス（ムルキベル）
　（ウォルカーヌス）

メルクリウス
　ケルトのテウタテース、アルビオリークス、キットニークス、
　ウェッラウヌス、ゲルマーニアのウォーダン（オーディン）

リーベル（パテル）（バックス）

プローセルピナ（リーベラと同一視）

テッルース、テッラ・マーテル

カエルス（コエルス）（ウーラヌス）

サートゥルヌス
　（アーフリカのバアル、バビュローニアーのニニブ）

オプス（ルア）、マグナ・マーテル

ラートーナ

―――――――――――――――――

エトルーリアのマーリス、ララン

エトルーリアのウェルカンス（セトランス）

エトルーリアのトゥルムス

エトルーリアのフーフルンス
　フフルン(ス)、プフルンス

エトルーリアのペルシプネイ（ペルシプナイ）

エトルーリアのサトレス

A．巻末系図

巻末系図 117（続き）

	ソール（時にポエブスと同一視）ベルシアのミトラース	エトルーリアのウシル
	アウローラ、（マートゥータ）	エトルーリアのテサン
	ルーナ（時にディアーナと同一視）	
	トリウィア	
	ウィクトーリア	
	ネケッシタース	
	フォルトゥーナ	エトルーリアのノルティア
	オッカーシオー	
	コウェンタース	
	ユーノー・ルーキーナ、イーリーテュイア	エトルーリアのタルナ
	グラーディアエ（グラーティア）	
	ムーサエ（カメーナエと同一視される）	
	ホーライ	
	クピードー、アモル	
ヘーリオス エジプトのラー（レー） セム系（シュリアー）のバアル		
エーオース		
セレーネー （エジプトのネフプ、イーシスとも）		
ヘカテー		
ニーケー		
アナンケー（必然）		
テュケーまたはネメシス		
カイロス		
ヘーベー		
エイレイテュイア		
カリテス（カリス）		
ムーサイ		
ホーライ		
エロース		

巻末系図 117 (続き)

モイライ (モイラたち)	バルカエ (パルカたち)、(ファータ)
クロート、ラケシス、アトロポス	ノーナ、デキマ (デクマ)、モルタ
エリーニュエス (エウメニデス)	フーリアエ、ディーラエ
アスクレーピオス	アイスクラーピウス、(ウェイヨウィス、ウェーディウス)
ヒュギエイア	サルース
キュベレー (レアーと同一視される)	マグナ・マーテル (・イーダエア)、キュベレー (エトルーリアの
(コテュス、ヴェスタ、ベレキュンティアー、ディンデュメネー	ヴァクント？)
リューディアーのキュベベー)	エジプトのイーシスとも同一視される
パーン エジプトのミン	ファウヌス (シルウァーヌス)、イヌウス
	ケルトのスケルス、コキディウス
プリアーポス	プリアープス、ムートゥーヌス、トゥトゥーヌス
サテュロイ (サテュロスたち)	ファウニー (ファウヌスたち)
ボレアース (北風)	アクィロー (エトルーリアの
ゼピュロス (西風)	ファウォーニウス アンダス)
ノトス (南風)	アウステル
エウロス (東風)	ウルトゥルヌス
ヘスペロス	ウェスペル
ポースポロス、ヘオースポロス	ルーキフェル
クローリス	フローラ

A．巻末系図

巻末系図 117（続き）

ニュクス	ノクス	
タナトス（男性）	モルス（女性）、タナトゥス	エトルーリアのレイント（女性）、カルーン
ヒュプノス	ソムヌス	エトルーリアのアクルム
アケローン		
エリス	ディスコルディア	
ハルモニアーまたは、ホモノイア	コンコルディア	
ムネーモシュネー	モネータ	
エイレーネー（平和の女神）	パークス	
エニューオー（戦の女神）	ベッローナ（ネリオーと同一視される）（カッパドキアーのマーとも同一視される）	
ポロス	パウォル	
テュケー（アストライアー）、テミス	ユーストイティア	
ペーメー（噂の女神）	ファーマ	
リーモス（飢えの女神）	ファメース	
エルピス	スペース	
ピスティス	フィデース	
アンピトリーテー	サラーキア（ネプトゥーヌスの神妃）	
イーノー・レウコテアー	マートゥータ	
パライモーン	ポルトゥーヌス	
アタルガティス（デルケトー）	シュリア・デア（デア・シュリア）、のちマグナ・マーテルやカエレスティス（カルターゴーのタニト）と同一視される	
セメレー	ステイムラ（シミラ）（刺激の女神）	エトルーリアのセムラ
カローン		エトルーリアのカルーン
―	ヤーヌス	（エトルーリアのアニ？）
―	ウェルトムヌス（ウォルトムヌス）	エトルーリアのウォルトゥムナ（ウェルトネ）ウェルトナ、ウェルタ
ヒッポリュトス	ウィルビウス	エトルーリアのセルヴァーンス
―	シルウァーヌス	エトルーリアのケルン
ゲーリュオーン（ゲーリュオネウス）		

巻末系図 117（続き）

```
ヘーラクレース（ゲルマーニアのトール（ドナール）、     エトルーリアのヘラクレ、
               ケルトのオグミオス、                      ヘルクレ、ヘルクル
               エジプトのシュー（コンスー）、
               フェニキアのメルカルト
               その他諸神人と同一視される）
                                    ヘルクレース
                                    ゲルマーニアのトール（ドナール）
                                    ケルトのオグミオス、ボルモー、

オデュッセウス                       ウリクセース、ウリッセース       エトルーリアのナノス、ナヌス、ウトゥゼ

アイアコス                            アイアクス

アイアース                            アイアクス

アキッレウス（アキレウス）           アキッレース

ネオプトレモス（ピュッロス）         ネオプトレムス（ピュッロス）

ディオスクーロイ                     ディオスクーリー（ゲルマーニアの双生神
                                                      アルキーと同一視）       エトルーリアのプルトゥクス
   ┌ ポリュデウケース                ポッルクス
   └ カストール                      カストル

ヘレネー                              ヘレナ

ヘカベー                              ヘクバ

アイネイアース                       アエネーアース

アスカニオス                          ユールス（イウールス）、アスカニウス  エトルーリアのアトゥニス

アドーニス（シュメル、アッカドのドゥムジ、タンムーズ、
           エジプトのオシーリス、プリュギアーのアッティス、
           その他諸神人と同一視される）
                                    （カタミートゥス）

ガニュメーデース
```

年　表

ギリシア史

前 1184	(伝) トロイアーの陥落 (トロイアー戦争の終結)
前 814／813	(伝) カルターゴーの建国
前 776	第1回オリュンピア競技祭 (競技祭の記録が始まる)
前 775 頃	(伝) リュクールゴス、スパルターの国制を定める (実際は前 675 頃)
前 756 頃	ミーレートス、黒海方面に植民都市を建設
前 754 頃	(伝) スパルター、エポロス (監督官) を設ける
前 750 頃	イタリアのキューメー (クーマエ) 市建設
前 747 頃	コリントスのバッキアダイ一族、王政を廃止し寡頭制を布く (～前 657)
前 738 頃	プリュギアー王ミダース即位 (～前 696 頃)
前 735 頃	シチリア島のナクソス市建設 (シチリア最初のギリシア植民市)
前 734 頃	シュラークーサイ市建設
前 735 頃～前 715	第1次メッセーニアー戦争　スパルター、メッセーニアーを征服
前 720 頃	南イタリアに植民市シュバリス建設。コリントス、交易で栄え、隣国メガラを征服
前 717 頃	南イタリアに植民市レーギオン建設
前 710 頃	南イタリアに植民市クロトーン建設
前 708 頃	デーイオケース、メーディアー王国を興す (～前 550)。首都エクバタナ
前 706 頃	スパルター、南イタリアに植民市タラース (タレントゥム) を建設
前 704 頃	コリントスで三段櫂船、創建される
前 700 頃	エウボイア島でレーラントス戦争 (カルキスとエレトリアの争い)
	ホメーロスの英雄叙事詩成立
	詩人ヘーシオドス活躍
	アルカイック様式の彫刻の誕生 (～前 5 世紀初頭)
	アルクティーノス
	エウメーロス
	ヘーゲーシアースら初期叙事詩圏詩人
前 690 頃	キンメリオイ人の小アジア侵入
前 688 頃	シチリアに植民市ゲラー建設
前 685 頃	植民市カルケードーン建設
	リューディアー王ギューゲース即位 (～前 657 頃)、首都サルデイス、メムナルダイ朝の創建 (～前 546)
前 675 頃	スパルターでリュクールゴスの改革
	詩人テルパンドロス、タレータースの活躍
前 675 頃～前 655 頃	ペイドーンのアルゴス統治
前 669／668	ペイドーンがスパルターを破る (ヒュシアイの戦い)、オリュンピアーの支配権を獲得
前 660 頃	植民市ビューザンティオンの建設
	ギリシア最古の立法家ザレウコス、南イタリアで活躍
前 657	キュプセロス、コリントスに僭主制を樹立す。コリントスの海上勢力最盛期
前 657／656	キンメリオイ人、リューディアーの首都サルデイスを攻略す (前 644 頃)

前 656／654 頃	植民市アブデーラ、ランプサコスの建設
前 650 頃	第 2 次メッセーニアー戦争（～前 630 頃）、アリストメネースの活躍
	オルタゴラースがシキュオーンに、テアーゲネースがメガラに僭主制を樹立、ギリシア各地の僭主制時代（～前 500 頃）
	抒情詩人アルキロコス、テュルタイオスが活躍
前 638 頃	サモスの船長コライオスの航海、タルテーッソスに漂着
前 632 頃	キュローン、アテーナイで僭主制樹立に失敗
前 631／630 頃	植民市キューレーネーの建設
	「ホメーロス賛歌」の成立期
前 627 頃	ペリアンドロス、キュプセロスの跡を継いでコリントスの僭主となる
	詩人アリーオーン
前 625 頃	詩人ミムネルモスが活躍
	詩人セーモーニデースが活躍
	メーディアー王キュアクサレース即位（～前 585 頃）
前 621 頃	アテーナイ最古の成文法ドラコーンの法制定
前 612	アッシュリアー帝国の滅亡
	メーディアー王国、新バビュローニアー王国の興隆
前 610 頃	植民市ナウクラティスの建設
前 600 頃	ピッタコス、レスボス島ミュティレーネーの僭主となる
	抒情詩人アルクマーン、アルカイオス、サッポーら活躍
	レスボスの貴族追放（前 596 頃）
前 600 頃	シキュオーンの僭主クレイステネース（～前 570 頃）
	オリュンピアーにドーリス式のヘーラー神殿完成
	アテーナイ陶器に黒絵様式はじまる（～前 530 頃）
	寓話作家アイソーポス（イーソップ）の活動期
前 595 頃	エジプト王プサンメーティコス 2 世の即位（～前 589 頃）
前 594／593	アテーナイで筆頭アルコーン、ソローン（前 640 頃～前 560 頃）の改革
前 590 頃	第 1 次神聖戦争（前 595／590 頃～前 586 頃）
前 585	イオーニアー（ミーレートス）学派の自然哲学者タレース（前 625～前 546）、日蝕を予言（5 月 28 日の）
	イオーニアー（ミーレートス）学派の自然哲学者アナクシマンドロス（前 610 頃～前 547 頃）
前 585 頃	ペリアンドロス没、コリントスの僭主制崩壊
前 582	デルポイで四年毎のピューティア競技祭開始（前 586 とも）、コリントスのイストミア競技祭、全ギリシアの祭典となる
前 582 頃	植民市アクラガース（アグリゲントゥム）の建設
前 575 頃	メガクレースとアガリステーの結婚
	イオーニアー（ミーレートス）学派の自然哲学者アナクシメネース（前 585／584～前 525 頃）
前 573	ネメア競技祭、全ギリシアの祭典となる
前 570 頃～前 554 頃	アクラガースの僭主パラリス
前 570～前 526	アマシス王のエジプト統治、ナイル河デルタ地帯でギリシア人活躍
前 566 頃	アテーナイでパンアテーナイア祭の大祭が始まる
	ロドスの叙事詩人ペイサンドロス

B. 年表

	前 561	アテーナイでペイシストラトスの第1次僭主制（ペイシストラトス家の僭主制）（～前510）
	前 560	リューディアー王クロイソスの即位（リューディアー王国の最盛期）（～前546）
	前 560 頃	抒情詩人ステーシコロス（前610～前550頃）
	前 559 頃～前 556	大ミルティアデース、トラーキアー（トラーケ）に滞在
	前 559 頃～前 529 頃	アカイメネース朝ペルシア帝国の初代帝王キューロス2世の在位（前550頃メーディアー王国を滅ぼしアカイメネース朝ペルシア帝国成立、前546リューディアー王国を征服、前539バビュローンを無血占領す。～前330滅亡）
	前 557 頃	ペイシストラトスの第2次僭主制
	前 556～前 553	スパルターのキーローン、エポロス（監督官）に就任
	前 550 頃	イオーニアー（ミーレートス）学派の自然哲学者アナクシマンドロス、アナクシメネースら
		サモスの叙事詩人アシオス
		アッティケー黒絵式陶器画家エクセーキアースの活動期（～前530頃）
	前 550 頃	スパルターを盟主とするペロポンネーソス同盟の成立（～前366）
	前 550	キューロス、メーディアー王国を滅ぼして、ペルシア帝国を建設する
	前 548	デルポイのアポッローン神殿焼失
		散文作家カドモス
	前 546	サルデイス陥落（リューディアー王国滅亡）。小アジアのギリシア植民諸都市、ペルシア帝国に併呑
		ペイシストラトスの第3次僭主制（亡命先よりアテーナイへ帰国）
	前 545 頃	詩人ヒッポーナクス、テオグニス、イービュコスら活躍
	前 544	ポーカイア、南イタリアにエレアー市を建設
	前 539	キューロス大王によるバビュローン占領（～前330）（ペルシア時代）
	前 535	アラリアーの海戦
	前 534	テスピス、最初の悲劇を上演、悲劇競演のはじまり
	前 530 頃	アッティケー陶器、黒絵式から赤絵式に変わる
		ピュータゴラース、サモスからクロトーンへ移る
	前 529	アカイメネース朝ペルシア、カンビューセース2世即位（～前522）、エジプトへ遠征しオリエント世界を統一
	前 527	ヒッピアース、父ペイシストラトスの跡を継いでアテーナイの僭主となる
		哲学者ピュータゴラース（前590頃～前510頃）
		抒情詩人アナクレオーン（前570頃～前485頃）
		詩人・哲学者クセノパネース（前565頃～前475頃）
		悲劇詩人アイスキュロス（～前456）の誕生
	前 523	アテーナイのコイリロス、最初の悲劇を上演
	前 522	サモスの僭主ポリュクラテース、殺害される
	前 522／518 頃	詩人ピンダロス（～前440頃）の誕生
	前 521	アカイメネース朝ペルシア、ダーレイオス1世即位（～前486）
	前 514	アテーナイでヒッパルコス暗殺される（ハルモディオスとアリストゲイトーンによる「僭主殺害」）
	前 513	ダーレイオス1世のスキュティアー遠征、トラーキアーを併合しヨーロッパ本土へ進軍
	前 510	ヒッピアース、アテーナイから追放され、ペルシアへ亡命
		南イタリアのクロトーン市、シュバリス市を破壊
		赤絵式陶器画家エウプロニオス

前508／507	アテーナイでクレイステネースの改革。アテーナイ民主制の確立
前506	スパルター王クレオメネースのアテーナイ遠征失敗
前505頃	抒情詩人バッキュリデース（～前450頃）の誕生
前501頃	アテーナイの将軍（ストラテーゴス）職創設
前500頃	哲学者ヘーラクレイトス（**前540頃～前480頃**）
	歴史家ヘカタイオス（前550～前478頃）
	女流詩人コリンナ
	ピータゴラース派哲学者アルクマイオーン
前500～前493	イオーニアーのギリシア人諸市、ペルシアに反乱（イオーニアーの反乱）
	ペルシア戦争勃発
	ギリシア古典期に入る（～前338頃）
	抒情詩人シモーニデース（前557／556年頃～前468／467年頃）
	ピンダロス（**前522／518年～前442／438年**）
	悲劇詩人アイスキュロス（**前525／524～前456**）
	喜劇詩人エピカルモス（**前560／530頃～前460／440頃**）
	プラーティーナース、最初のサテュロス劇を上演
前499	アイスキュロス、最初の悲劇上演
前498	ピンダロスの最初の祝勝歌
前496／495	ソポクレース（～前405）誕生
前494	イオーニアー艦隊、ラデー島で敗北（ミーレートスの陥落と破壊、前493とも）
	アナクシラース、レーギオンの僭主となる（～前476）
	アルゴスの女流詩人テレーシッラの活躍
前493	テミストクレース、アテーナイの筆頭アルコーンとなる
	悲劇詩人プリューニコス、『ミーレートスの陥落』を上演して罰金刑に処せられる
	悲劇詩人エウリーピデース（前485／484頃～前407／406）の誕生
前492	ペルシア、トラーキアーを征服し、ギリシアに服属を要求（第一回ギリシア遠征）
	哲学者エンペドクレース（～前432頃）の誕生
前492／491	ペルシア軍、トラーケー、マケドニアーを征服
前491～前478	シュラークーサイの僭主ゲローン。
前490	ペルシア、アテーナイとエレトリア征伐の遠征。マラトーンの戦い（9月12日）
	アテーナイの将軍ミルティアデース、ペルシア軍を撃退する（第二回ギリシア遠征）
前488	テーローン、アクラガースの僭主（～前472）
前486	アカイメネース朝ペルシア、クセルクセース1世即位する（～前465）
前487	アテーナイの国制改革―アルコーンの抽籤選出制―陶片追放制の導入
前485	シチリア島ゲラーの僭主ゲローン、シュラークーサイ市を攻略し、その僭主となる（～前478）
前484	アイスキュロス、最初の勝利を得る
前483	ラウレイオンで銀鉱脈発見、テミストクレースがアテーナイ海岸の軍船建造を提案
前480	クセルクセース1世のギリシア親征（第三回ギリシア遠征）
	アルテミーシオンの戦い、テルモピュライの戦い（8月11日）（レオーニダース王率いるスパルター軍玉砕）（8月）、サラミースの戦い（9月）
	ゲローン、シチリアに侵攻したカルターゴー軍をヒーメラー沖で撃破（9月）
前479	8月　プラタイアイの戦い、ミュカレーの戦い
前478	スパルター、パウサニアース❶を召還、エーゲ海のギリシア諸市の主導権をアテーナイが掌握

B. 年表

	ピンダロス、シモーニデース、バッキュリデース、シチリアの僭主ヒエローン（在位、前478～前467／466）の宮廷に滞在
前477	デーロス同盟結成
前476／475	シチリアのアイトネー市の建設（カタネーの再建）
前476	アイスキュロス、ヒエローンの宮廷に赴く
前475頃	パルメニデース、画家ポリュグノートス活躍
前474	シュラークーサイのヒエローン1世、エトルーリア艦隊をキューメー沖で撃破
前472	アイスキュロスの悲劇『ペルシア人』
	テーローンの死。ヒエローン、アクラガースを併呑する。
前471	テミストクレース、陶片追放される（前473／472とも）
	エレアー派哲学者の始祖パルメニデース（前515／510年頃～前450年以降）
前469頃	哲学者ソークラテース（～前399）の誕生
前468	アテーナイの将軍キモーン、エウリュメドーンにペルシア軍を破る
	ソポクレースの最初の勝利
前468頃	詩人シモーニデース没
前467	アイスキュロス『テーバイ攻めの七将』
前467頃	キモーン、エウリュメドーン河の戦いに勝利。シュラークーサイのデイノメネース家の支配の終焉
前466	イオーニアー地方、ペルシア帝国から独立
	ヒエローンの死。シチリア僭主制の崩壊
前464	スパルターで大地震、第3次メッセーニアー戦争（前464～前455）
	クセルクセースの死去。アルタクセルクセース1世の登極（～前424）
前462～前458	アテーナイでエピアルテースとペリクレースの民主制改革
	アレイオスパゴス法廷の勢力、失墜する
前462	哲学者アナクサゴラース、アテーナイに来住
前461	キモーン、陶片追放される
前461～前429	ペリクレース時代 ── アテーナイの黄金時代 ──
	ギリシア古典文化の黄金時代
前458	アイスキュロスの「オレステイア」
前457	タナグラの戦いとオイノピュタの戦い、アテーナイ、ボイオーティアーに勢力確立
前456／455	アテーナイ、外港ペイライエウスとの間に長城を完成す
前456	アイギーナ、アテーナイに帰順、アテーナイのエジプト遠征
	悲劇詩人アイスキュロス、シチリアのゲラーにて没
前456頃	オリュンピアーのゼウス神殿
前454	デーロス同盟の金庫をアテーナイへ移す（アテーナイの帝国主義）
前450頃	詩人バッキュリデース没
前449	キモーン、キュプロス島サラミースでペルシア艦隊に勝利
前449頃～前448頃	第二次神聖戦争
前448	アテーナイとペルシアの講和（カッリアースの和約）
前447	パルテノーン神殿の造営はじまる（～前438）
	ペイディアース（前490頃～前430頃）
	イクティーノス（前480頃～前410頃）
前447／446	ボイオーティアーとメガラがアテーナイから離反（エウボイアの反乱）
前446頃	詩人ピンダロス没
前445	アテーナイとスパルター、30年間休戦の和約締結

前 444	アテーナイ、トゥーリオイに「全ギリシア」の植民市建設
	画家ポリュグノートス（前 475 頃～前 447 頃）
	彫刻家ペイディアース（前 500 頃～前 417 頃）
	ポリュクレイトス（前 452 頃～前 405 頃）
	ミュローン（前 480 頃～前 420 頃）
	歴史家ヘーロドトス（前 484 頃～前 425 頃）
	トゥーキューディデース（前 461 頃～前 400 頃）
	クセノポーン（前 431 頃～前 354 頃）
	弁論家リューシアース（前 445 頃～前 380 頃）
	イソクラテース（前 436 頃～前 338 頃）
	デーモステネース（前 384 頃～前 322）
	アンティポーン（前 480 頃～前 411）
前 441～前 439	サモスとビューザンティオンの反乱（サモス戦争）
前 440 頃	プロータゴラース、プロディコス、ヒッピアースらソフィストたちの活動期
前 438	ペイディアース（前 490 頃～前 430 頃）、女神アテーナー像をパルテノーン神殿に奉納す。
	パルテノーン神殿の完成
	エウリーピデース『アルケースティス』
前 436	プロピュライアの建造開始
前 432	エンペドクレース、ペイディアース没
前 431～前 404	**ペロポンネーソス戦争**
前 431～前 421	アルキダーモス戦争
	トゥーキューディデース（前 460 頃～前 400 頃）『歴史』の執筆開始
前 430～前 429	アテーナイに疫病大流行、ペリクレースの病死
前 428	アナクサゴラース没。エウリーピデースの『ヒッポリュトス』
前 427	ソフィストのゴルギアース、アテーナイを訪問。喜劇詩人アリストパネースの最初の作品、上演される
前 425	クレオーン率いるアテーナイ軍、スパクテーリアー島（ピュロス）でスパルター兵 120 人を捕虜にする
	アリストパネースの喜劇『アカルナイの人々』
前 425 頃	歴史家ヘーロドトス（前 486 頃～）没
前 424	アリストパネースの喜劇『騎士』
前 423	アリストパネースの喜劇『雲』
前 422	アンピポリスでのブラーシダースの勝利と戦死
前 421	ニーキアースの和約
前 420 頃	史家ヘッラーニーコス、デーモクラテス、ヒッポクラテースらの盛期
	ソポクレースの『オイディプース王』
前 418	スパルター対アルゴスの戦争（マンティネイアの戦い）、スパルターの勝利
前 416	アテーナイ、メーロス島攻略。悲劇詩人アガトーン、最初の勝利を得る
前 415～前 413	アテーナイによるシチリア（シケリアー）遠征
前 415	夏 アテーナイでヘルマイ像破壊事件。アルキビアデースの脱走
前 414	アリストパネースの『鳥』
前 413	シチリア遠征軍の全滅
前 413～前 404	デケレイア戦争
前 412	アテーナイ同盟諸都市の反乱
前 411	アテーナイで四百人政権（5 月）と五千人政権（9 月～）の寡頭制成立

B. 年表

	アンティポーンの死
	9月、キュノスセーマの海戦、アビュードスの海戦。アテーナイ軍の勝利。スパルター艦隊の破壊
前410	アルキビアデース、キュージコスでスパルター（とシュラークーサイ）艦隊を撃破（春）
	ソフィスト、エーリスのヒッピアースの盛期
前409	カルターゴー軍のシチリア侵攻、ハンニバル、セリーヌースとヒーメラーを攻略
前406	ノティオン沖でアテーナイ艦隊敗北
	アテーナイ、アルギヌーサイの戦いに勝利（8月）。悲劇詩人ソポクレース、エウリーピデース没。エレクテイオンの完成（前421〜）
前405	ハンニバル、アクラガースを奪取──ディオニューシオス一世、カルターゴー軍に講和を強要。アイゴスポタモイでアテーナイ艦隊壊滅（8月）
	デイオニューシオス1世、シュラークーサイの僭主に（〜前367）
前404	アテーナイ降伏（4月）、長城の破壊、追放者の帰還。三十人僭主制成立（5月）
	スパルター、ギリシアの覇権を握る
前403	アテーナイの三十人僭主制廃止、民主制の回復（9月）
前401	ペルシア帝国の小キューロスの反乱。クーナクサの戦い──小キューロスの敗死。ギリシア傭兵隊の退却（クセノポーンの活躍）（〜前400）
前400〜前394	スパルター、小アジアのギリシア諸都市に援軍を派遣して、ペルシアと戦う
前400頃	哲学者デーモクリトス、画家ゼウクシス活躍
前399	ソークラテースの刑死
前398〜前392	シュラークーサイのディオニューシオス1世対カルターゴーの戦争
前395〜前387／386	コリントス戦争
前394	アテーナイの将軍コノーン、クニドス沖でスパルター海軍を破る
	コローネイアの戦い（8月14日）
	アテーナイ、ペルシアの援助を得て長城を再建（〜前391）
前392	イソクラテース（前436〜前338）、アテーナイに弁論学の学校を開く
前391〜前387	シュラークーサイのデイオニューシオス1世、南イタリアを攻略
前389	キュプロスのサラミース王エウアーゴラース、アテーナイと結んでペルシアと戦う
前388頃	哲学者プラトーン（前429頃〜前347）の最初のシュラークーサイ訪問
	喜劇詩人アリストパネースの活動が止む
前386	プラトーンのアカデーメイア創設
	大王の和約（別名、アンタルキダースの和約）
前383〜前375頃	ディオニューシオス1世対カルターゴーの戦争
前382	スパルター軍、テーバイのカドメイアーを占領
前380	イソクラテース（前436〜前338）、『パネーギュリコス』を著わし、ギリシアの団結とペルシア討伐を説く
	アンティステネース、パイドーンらの活躍期
	アイスキネース（前390頃〜前314／322）
前379／378	ペロピダース、スパルター駐留軍を追い、テーバイを解放。民主制を樹立
前377	第二次アテーナイ海上同盟結成
前376	カブリアース率いるアテーナイ艦隊、ナクソス沖でスパルター艦隊を破る
前372頃	ペライの僭主イアーソーン、テッサリアーを統一
前371	アテーナイとスパルターの和約（7／8月）。レウクトラの戦い（テーバイの神聖部隊、スパルター軍を撃破）テーバイの将軍エパメイノーンダースの活躍。テーバイの覇権確立

前370	ペライの僭主イアーソーン、暗殺される。数学者クニドスのエウドクソス、この頃活躍
前370/369	テーバイ、第1回目のペロポンネーソス（ラコーニアーも含めて）侵攻、メッセーネー市建設。アルカディアー同盟の締
前369/368	メガロポリス（メガレー・ポリス）市建設。テーバイ、第2回目のペロポンネーソス侵攻
前367	アテーナイの将軍イーピクラテース、アンピポリス占領に失敗
前367/366	ディオニューシオス1世、没し、息子のディオニューシオス2世がシュラークーサイの僭主となる。叔父ディオーンの政権掌握。プラトーンの2度目のシュラークーサイ訪問 アリストテレース、アテーナイに来住
前366	エパメイノーンダース、ペロポンネーソス侵入
前364	キュノスケパライの戦い、テーバイの将ペロピダース戦死す
前362/361	プラトーン、3度目のシュラークーサイ訪問、政治改革の挫折（この頃『法律』を執筆）
前362	マンティネイアの戦い。テーバイの将エパメイノーンダース、勝利を得ながら戦死
前360/359	マケドニアーのピリッポス2世、ペルディッカース3世の跡を継いで即位
前360頃	中期喜劇の全盛期。作者アンティパネース、アナクサンドリデース、アレクシス、エウブーロスら 弁論家デーモステネース（前384〜前322） 哲学者シノーペーのディオゲネース（前412頃〜前323頃） ヘーラクレイデース（前388頃〜前310頃）
前357	ピリッポス2世、アンピポリスとピュドナを占領、アテーナイ対マケドニアーの戦争勃発（〜前346）
前357〜前355	同盟市戦争（アテーナイと同盟諸都市の戦争）
前356	アレクサンドロス大王の誕生（〜前323）
前356〜前346	第3次神聖戦争。ピリッポス、深くギリシアへ南進
前354	ディオーン、暗殺される
前353/352	カーリアーの太守マウソーロス、死去。マウソーレイオン（マウソーロス霊廟）の造営 彫刻家プラークシテレース（前385頃〜前320頃） スコパース（前400頃〜前340頃） リューシッポス（前380頃〜前318頃） 雄弁家デーモステネース、一連の『ピリッポス弾劾演説』（前352, 344, 341）を発表し、マケドニアー撃退を説く 弁論家アイスキネース（前390頃〜前330以降）
前347	哲学者プラトーン（前427〜）没す。スペウシッポス、後継者となる。アリストテレース、アテーナイからアッソスへ移る ディオニューシオス2世、シュラークーサイを回復
前346	ピロクラテースの和約 イソクラテース、演説『ピリッポス』を著わす
前344〜前343	ティーモレオーン、ディオニューシオス2世をシュラークーサイから追い、寡頭制をしく（〜前337）
前342	アリストテレース、アレクサンドロス（大王）の師傅になり、マケドニアーへ赴く（〜前340/339）
前341頃	ティーモレオーン、クリーミーソス川でカルターゴー軍に勝利。カルターゴーのシュラークーサイ遠征失敗
前340	ピリッポス2世、ペリントスとビューザンティオンを攻囲。（同年後期）アテーナイ、ピリッポス2世に宣戦布告
前339	第4次神聖戦争（6月〜前338）

B. 年表

前338	（8月2日）カイローネイアの戦い（テーバイとアテーナイの同盟軍、ピリッポスに敗北す）。弁論家イソクラテース没（前338頃）
前338／337	コリントス同盟（ヘッラス同盟）結成。ピリッポスが盟主
前336	ピリッポス2世の暗殺、アレクサンドロス3世（大王）即位（～前323）
前335	アレクサンドロス大王、テーバイ市を破壊
	アリストテレース、アテーナイのリュケイオンに学園を開く。ペリパトス（逍遙）学派
前334	アレクサンドロス大王率いるマケドニアー軍、アシアに侵略開始
	グラーニーコス河畔の戦い（5月）
	小アジア各地を征服し、ゴルディオンで越冬
前333	（11月）イッソスの戦い。ペルシアのダーレイオス3世を破る
前332	アレクサンドロス大王、テュロスをはじめとする全フェニキア占領、エジプトを征服（11月）
前331	アレクサンドロス、シーワのアンモーンの神託所参詣。ガウガメーラ（別名、アルベーラ）の戦い（10月1日）でダーレイオスを敗走させる
	バビュローン、スーサに入城。エジプトのアレクサンドレイア市を創建
前330	ペルセポリスに入城後、この都市に放火し炎上させる。ダーレイオス3世、殺害される。親衛隊長ピロータースの処刑とパルメニオーンの暗殺
前328	（黒の）親衛隊長クレイトス刺殺事件
前327	アレクサンドロスに対する「近習の陰謀」事件発覚。史家カッリステネースの刑死。
前326	アレクサンドロス大王、インドに侵入
	ヒュダスペース（ジェラム）河の戦い。パンジャーブ地方の王ポーロスを破る（5月）。
	ヒュパシス（ベアス）河畔でのアレクサンドロス軍の反乱
前325頃	画家アペッレース、彫刻家リューシッポス活躍
	航海家ピューテアース、ヨーロッパ西北部を探検し『航海記』を著わす
前325／324	アレクサンドロス大王、軍を返す
	ネアルコスのインド洋航海
前324	スーサに帰着。マケドニアー人とペルシア人との合同結婚式を挙げる（4月）
	ギリシア人亡命者の祖国復帰命令を出す。オーピスでマケドニアー軍の騒擾事件
	ハルパロス事件が起きる（ハルパロス、公金を横領しアテーナイへ亡命）
	ヘーパイスティオーン病死す（秋）
	イソクラテースの弟子リュクールゴス（？～前324）没
	弁論家デイナルコス（？～前290頃）
	歴史家エポロス（前305～前330）
	テオポンポス（前378～）
	懐疑主義哲学者ピュッローン（前360頃～前270頃）
前323	アレクサンドロス大王病死（6月）。大王の遺領をめぐり遺将たちの間で後継者（ディアドコイ）戦争はじまる
	哲学者シノーペーのディオゲネース没。エピクーロス、アテーナイに来住
	新喜劇の創始者ピレーモーン（前361～前262）
前323～前322	ラミアー戦争（ギリシア同盟軍の反マケドニアー戦争）
前322	アモルゴスの戦い（春）。クランノーンの戦い（9月5日）、アンティパトロス、アテーナイを撃破す。アテーナイ民主制の廃止、弁論家デーモステネース自殺
	アリストテレース（前384～）没す。テオプラストス（前372頃～前282頃）が2代目の学頭となる
	弁論家ヒュペレイデース（前389～前322）、死刑に処せられる

— 1524 —

前320	摂政ペルディッカース、部下セケウコスに暗殺される。トリパラデイソスの会議—帝国の再編成。アンティパトロス、摂政に就任す（〜前319）
前319	アンティパトロス没。アテーナイの反民主派ポーキオーン処刑される
前317	オリュンピアス、ピリッポス3世アッリダイオスを殺害。カッサンドロス、アテーナイの統治者にパレーロンのデーメートリオスを任ず（〜前307） シュラークーサイのアガトクレース、僭主となる（〜前305）
前316	エウメネースの敗死。カッサンドロス、オリュンピアスを処刑しロークサネーとアレクサンドロス4世を拘禁
前313	ストアー学派の祖ゼーノーン、アテーナイへ移住し、ストアー・ポイキレーで哲学を講じる
前312	ガーザの戦い。セレウコス1世の即位。セレウコス朝（〜前63）の開始
前311	カッサンドロス、アレクサンドロス4世とロークサネーを殺害
前310	アガトクレース、アーフリカに侵入し、カルターゴーと交戦（〜前306）
前306	デーメートリオス1世・ポリオルケーテース、キュプロスのサラミース沖でプトレマイオスに大勝。アンティゴノスとデーメートリオス父子、王号を称す エピクーロス派哲学の祖エピクーロス1（前342〜前271頃）、アテーナイに学園を開く
前305	カッサンドロス（〜前297）、セレウコス1世（〜前281）、リューシマコス（〜前281）、プトレマイオス（〜前283、プトレマイオス朝の創建）、おのおの王号を称する この頃、セレウコスの使節メガステネース、インド王チャンドラグプタの宮廷に滞在する
前305	アガトクレース、シチリアで王号を称す
前305〜前304	デーメートリオス・ポリオルケーテース、ロドスを攻囲するが放棄
前303頃	セレウコスの東方遠征軍、インダス河でマウリヤ朝の王チャンドラグプタと和約を結び撤退
前301	イプソスの戦い、アンティゴノス敗死（8月）
前300	セケウコス朝の首都アンティオケイアの建設 幾何学者エウクレイデース、医学者ヘーロピロスら活躍
前298	ピュッロス、エーペイロス王となる（〜前272）
前297	夏、カッサンドロス没す。神話の史的解釈者エウエーメロスの死
前294	デーメートリオス・ポリオルケーテース、マケドニアー王を自称
前290頃	新喜劇詩人メナンドロス（前343頃〜）没
前289	アガトクレース、没する。アガトクレースの傭兵隊マーメルティーニー、メッサーナを占領
前283	デーメートリオス・ポリオルケーテース、俘囚の身で死去 この前後に詩人ピーレータース、シミアース、史家ヘカタイオス、史家ディカイアルコス、新喜劇の作者ディーピロス、女流詩人ノッシスら活動
前283〜前246	プトレマイオス2世の治世。アレクサンドレイア市にムーセイオン、大図書館、天文台、動植物園を建設され賑わう 詩人カッリマコス（前310頃〜前240頃） テオクリトス（前3世紀前半） ロドスのアポッローニオス（前295頃〜前215頃） クテーシビオス（**前275〜前230頃活躍**） エラシストラトス（**前315頃〜前250／240頃**） アレクサンドレイア図書館初代館長ゼーノドトス（**前325頃〜前265／260頃**） 神官マネトーン（**前280頃**）

B. 年表

	リュコプローン（前 330／325 頃〜前 260 頃?）らプレイアデス詩人たち
前 282	ピレタイロス、セケウコス朝の宗主権下に独立し、アッタロス朝ペルガモン王国（〜前 133）の始祖となる
前 281	クールーペディオンの戦い、リューシマコス敗死
前 280	アンティオコス 1 世、セレウコス 1 世の跡を継いで即位
前 279	ケルト人（ガラティアー人）がマケドニアーとギリシアに侵入。プトレマイオス・ケラウノス敗死
前 277	アンティゴノス・ゴナタース、ガラティアー人を撃退しマケドニアーの王としての地位確立
前 274 頃〜前 271	第 1 次シリアー戦争—プトレマイオス 2 世対アンティオコス 1 世
前 272	エーペイロス王ピュッロス、アルゴスで戦死
前 271	哲学者エピクーロス没
前 270	ヒエローン 2 世（前 306 頃〜前 215 頃）、シュラークーサイ王になる
	ミーモス作家ヘーローンダース（前 260 頃）
	詩人アラートス（前 315 頃〜前 240 頃）
	中期アカデーメイア派の哲学者アルケシラーオス（前 316 頃〜前 241 頃）
	医学者ヘーロピロス（前 344 頃〜前 260 頃）、エジプトで活躍
	アレクサンドレイアでユダヤ教徒により「トーラー」のギリシア語訳「七十人訳聖書」完成
前 267〜前 261	クレモーニデース戦争（マケドニアーとアテーナイの戦争）
前 263	エウメネース 1 世、ピレタイロスの跡を継いでペルガモンの支配者となる。
	ストアー学派の祖キティオンのゼーノーン没す
前 261	アンティオコス 2 世、アンティオコス 1 世の跡を継いで即位
前 260〜前 253 頃	第 2 次シュリアー戦争、プトレマイオス 2 世対アンティオコス 2 世
前 255 頃	バクトリアー王国、ディオドトス 1 世の下にセレウコス朝から独立
前 253 頃〜前 249 頃	コリントスのアレクサンドロスの反乱
前 251	アラートス、僭主を倒しシキュオーンを解放
前 250／247	アルサケース 1 世の即位（〜前 215）。セレウコス朝から独立し、パルティアー王国（〜後 226）を建国
前 246	プトレマイオス 3 世、プトレマイオス 2 世の跡を継いで即位、エラトステネース活躍。
	セレウコス 2 世、アンティオコス 2 世の跡を継いで即位
前 246〜前 241	第 3 次シュリアー（ラーオディケー）戦争、プトレマイオス 3 世対セレウコス 2 世
前 244	スパルター王アーギス 4 世即位。社会改革を企てる
前 243	アカーイアー同盟のアラートス、コリントスを傘下に入れる
前 241	アーギス 4 世刑死。アッタロス 1 世、エウメネース 1 世の跡を継いで即位。セレウコス 2 世対アンティオコス・ヒエラクスの兄弟戦争
前 239	デーメートリオス 2 世、アンティゴノス・ゴナタースの跡を継いで即位
前 235	スパルター王クレオメネース 3 世即位。社会改革を試みる
	文献学者エラトステネース（前 275 頃〜）、アレクサンドレイア図書館長に就任
前 230	天文学者アリスタルコス没す
前 229	アンティゴノス 3 世ドーソーン、デーメートリオス 2 世の跡を継いで即位
	数学者・物理学者アルキメーデース（前 287 頃〜前 212）
前 226〜前 225	アンティオコス・ヒエラクスの殺害。セレウコス 3 世、セレウコス 2 世の跡を継いで即位
前 223	アンティオコス 3 世（大王、前 241 頃〜前 187）、セレウコス 3 世の跡を継いで即位

前222	夏、セッラシアーの戦い、クレオメネース3世敗北
前221	ピリッポス5世、アンティゴノス3世ドーソーンの跡を継いで即位。プトレマイオス4世、プトレマイオス3世の跡を継いで即位
前220～前217	同盟市戦争—ピリッポス5世の同盟対アイトーリアー同盟
前219～前217	第4次シュリアー戦争—プトレマイオス4世対アンティオコス3世
前217	ナウパクトスの和約。ラピアーの戦い（6月22日）
前215～前205	第1次マケドニアー戦争
前213	シキュオーンのアラートス没す
前207	マンティネイアの戦い　アカーイアー同盟の将軍ピロポイメーン、スパルターを破る
前205	ポイニーケーの和約
前204	プトレマイオス5世、プトレマイオス4世の跡を継いで即位
前202～前195	第5次シュリアー戦争—アンティオコス3世対プトレマイオス5世
前200～前197	第2次マケドニアー戦争
前197	キュノスケパライの戦い(6月)。エウメネース2世、アッタロス1世の跡を継いで即位
前192～前188	ローマ対アンティオコス3世のシュリアー戦争
前190	12月、マグネーシアーの戦い
前188	アパメイアの和約
前187	セレウコス4世、アンティオコス3世の跡を継いで即位
前182	ピロポイメーン没
前180	プトレマイオス6世、プトレマイオス5世の跡を継いで即位
前179	ペルセウス、ピリッポス5世の跡を継いで即位
前175	アンティオコス4世、セレウコス世の跡を継いで即位
前170～前168／167頃	第3次マケドニアー戦争
前170～前168	プトレマイオス8世、エジプト王を宣言。第6次シュリアー戦争 —— プトレマイオス6世と8世対アンティオコス4世
前168	ピュドナの戦い（6月）
前167～前164	ユダヤのマッカバイオスの反乱
前165／164	アンティオコス5世、アンティオコス4世の跡を継いで即位
前160	デーメートリオス1世、セレウコス朝の王としての地位確立
前159	アッタロス2世、エウメネース2世の跡を継いで即位
	中期アカデーメイア派哲学者カルネアデース（前214～前129）
	ストアー派の哲学者セレウケイアのディオゲネース（前230頃～前150頃）
	ペリパトス派の哲学者クリトラーオス（前200頃～前118頃）
前150	デーメートリオス1世、アレクサンドロス・バラースに敗死
前149～前148	マケドニアーでアンドリスコスの蜂起、マケドニアー、ローマの属州となる
前146	アカーイアー戦争、コリントスの破壊略奪
前145	アレクサンドロス・バラース、デーメートリオス2世に敗死。プトレマイオス6世没
前142	ディオドトス・トリュポーン、セレウコス朝の王位簒奪
前139	セレウコス朝のデーメートリオス2世、パルティアーで捕らえられる
	アッタロス3世、アッタロス2世の跡を継いで即位
前138	アンティオコス7世、ディオドトス・トリュポーンを廃位
前133	アッタロス3世没、ペルガモンをローマに遺贈
前133～前130	アリストニーコスの反乱
前125	アレクサンドロス・ザビナース、デーメートリオス2世を殺害
前123	アンティオコス8世、アレクサンドロス・ザビナースを廃位

B. 年表

前 116	プトレマイオス 8 世没、プトレマイオス 9 世対 10 世の内乱開始
前 114／113	アンティオコス 8 世対 9 世の内乱開始
前 100 頃	詩人メレアグロス活躍
	中期ストアー派哲学者ポセイドニオス（前 135 頃～前 51）
	エピクーロス派の哲学者ピロデーモス（前 110 頃～前 40／35 頃）
前 96	プトレマイオス・アピオーン、キューレーネーをローマに遺贈。アンティオコス 8 世の暗殺
前 95 頃	アンティオコス 9 世の殺害、セレウコス朝の後継者たちの内乱開始
前 88 頃	プトレマイオス 10 世没
前 88～前 85	第 1 次ミトリダテース戦争、スッラのギリシア遠征
前 83 頃	ティグラーネース 2 世（大王）、セレウコス朝の王位継承
前 83～前 81	第 2 次ミトリダテース戦争
前 81 頃	プトレマイオス 9 世没
前 80 頃	プトレマイオス 12 世没
前 74～前 63	第 3 次ミトリダテース戦争
前 74	ニーコメーデース 4 世、ビーテューニアー王国をローマに遺贈
前 64 頃	ポンペイユス、シュリアーをローマの属州とする
前 51	プトレマイオス 13 世とクレオパトラー 7 世、プトレマイオス 12 世の跡を継いで即位
前 48～前 47	アレクサンドレイア（アレクサンドリーア）戦争
前 47	プトレマイオス 13 世戦死
前 44	ユーリウス・カエサルの暗殺、プトレマイオス 14 世の殺害
前 31	アクティオン（アクティウム）の海戦
前 30	マールクス・アントーニウスとクレオパトラーの自殺、エジプト、ローマの領土となる

ローマ史

王政時代

前 753	（伝 4 月 21 日）ローマの建国（双生兄弟ロームルスとレムス伝説）
前 750	（伝 8 月 21 日）サビーニーの婦女掠奪事件
前 753～前 716	（伝）初代王ロームルス（当初 5 年間はクレース王ティトゥス・タティウスと共治）
前 715～前 672	（伝）ヌマ・ポンピリウス
前 672～前 641	（伝）トゥッルス・ホスティーリウス、クーリア・ホスティーリア建設（前 670 頃）
前 640～前 617	（伝）アンクス・マルキウス
前 616～前 578	（伝）タルクィニウス・プリスクス（エトルーリア系王朝）
前 578～前 534	（伝）セルウィウス・トゥッリウスローマ市の城壁を築く
前 534～前 510	（伝）タルクィニウス・スペルブス
	カピトーリーヌス丘にユーピテル神殿を建立、大下水道クロアーカ・マクシマの建設（伝承）
前 510	（伝）ルクレーティア事件、最後の王タルクィニウス・スペルブス追放される（エトルーリア王朝の終焉）
前 750 頃～前 500 頃	エトルーリア文化の隆盛、エトルーリア人によるラティウムの支配（～前 506 頃）、カエレ、タルクィニーイーの墳墓
前 6 世紀	ラピス・ニゲル碑文
前 509／507	ユーピテル・カピトーリーヌス神殿（カピトーリウムのユーピテル神殿）建立
	キルクス・マクシムス競技場（前 392 頃常設）

B. 年表

	前500／497	サートゥルヌス神殿建設

共和制ローマ時代　前509〜前48（イタリア半島への領土拡張）

	前509	共和制の樹立。2人の年次政務官制度。初代コーンスル（執政官）L. ブルートゥスとL. タルクィニウス・コッラーティーヌス（のちプーブリコラ）
	前508	エトルーリア系クルーシウムの王ポルセンナによるローマ占領（ホラーティウス・コクレス、ムーキウス・スカエウォラ、クロエリアらの伝説）カルターゴーと同盟締結
	前506	アリーキアの戦い。クーマエ（キューメー）の僭主アリストデーモス、エトルーリア人を破り、ラティウムから撃退する
	前504	サビーニー人アッティウス・クラウスス、ローマに移住
	前496頃	（伝7月15日）レーギッルス湖の戦い（ローマ、ラティウム同盟を破る）
	前495	タルクィニウス・スペルブス、クーマエにて没
	前494	聖山事件（平民の退去）、ローマの身分闘争の激化と護民官の創設（メネーニウス・アグリッパの説得伝説）
	前493	ラティウム同盟（カッシウス条約）、執政官スプリウス・カッシウスによる。以降ラティウム諸都市、次第にローマの傘下に入る
	前488頃	（伝）コリオラーヌスの死
	前485	スプリウス・カッシウス、処刑される（前486年、平民への土地分配を提案したため）
前483〜前480		カルターゴーによるシチリア侵攻
前550頃〜前450頃		カルターゴーのマーゴー家の活躍
前480頃		カルターゴーのハンノー、アフリカ大陸西海岸を周航（『航海記』を著わす）
前496〜前493		ケレース・リーベル・リーベラ神殿
	前484	カストルとポッルクス神殿建立（フォルム・ローマーヌムに）
	前477頃	ファビウス氏一族の戦死（クレメラ川の戦い、伝7月18日）、ウエイイーと戦って全滅
	前474	クーマエの海戦におけるヒエローン1世の勝利
	前458	ディクタートル（独裁官）のキンキンナートゥス、アエクィー軍を撃破
前451〜前450		ローマ最初の成文法「十二表法」の成立、十人委員会のアッピウス・クラウディウス失脚（ウェルギーニア伝説）
	前449	平民の市外退去　ホラーティウス＝ウァレリウス法の制定　護民官の権限強化と貴族の権利の制限
	前445	カヌレイユス法　貴族と平民との通婚、合法化される
	前439	執政官のマエリウス、僭主たらんとした廉で処刑される
	前433	アポッロー神殿の建設
	前431頃	アエクィー、ウォルスキーを撃破す
前423〜前420		サムニウム人によるカンパーニア占領
前406〜前396		エトルーリア人の都市ウェイイーを包囲
	前396	ウェイイーの占領（名将カミッルスによる）。エトルーリア人衰亡のはじまり
前390／387頃		ガッリア人によるローマ劫掠。アーッリア河畔における敗北
	前367	リキニウス＝セクスティウス法の成立（公有地占有の制限、執政官職の平民への開放）、コンコルディア神殿竣工
	前366	セクスティウス、最初の平民出身の執政官となる。以降、ノービレース（官職貴族）が出現、擡頭して行く
	前362頃	（伝）クルティウスの自己犠牲（「クルティウスの池」の由来）
前357〜前350頃		エトルーリア諸都市と戦い、大半を屈服させる（前353カエレを征服）

— 1529 —

B. 年表

前 351	平民出身の最初の監察官（ケーンソル）誕生
前 349	オースティア建設（伝説ではアンクス・マルキウス王時代）
前 348	ローマ、カルターゴーと第二条約を締結
前 343〜前 290	サムニウム戦争、ラティウム戦争、エトルーリア＝ウンブリア連合軍との戦い。中・南部イタリアを制圧
	サムニウム戦争（前 343〜前 290）
前 343〜前 341	第一次サムニウム戦争
前 341	執政官の 1 人は以降、平民出身と定められる
前 340〜前 338	ラティウム戦争（同盟市戦争）。ラティウム同盟の解消。アンティウム、ローマの植民市となる
前 338	ローストラ、フォルムに建設
前 337	ローマ、平民出身の法務官（プラエトル）登場
前 327〜前 304	第二次サムニウム戦争
前 321	カウディウム峠の隘路における屈辱的敗北
前 312	アッピウス街道およびアッピウス水道着工（監察官アッピウス・クラウディウスによる最初の軍用道路と水道の建設開始）
前 306	カルターゴーと第三条約を締結
前 298〜前 290	第三次サムニウム戦争。ローマ、中部イタリアを征服
前 298	ユーピテル・スタトル神殿の造営。
前 294	勝利の女神ウィクトーリア神殿の建造
前 287	ホルテーンシウス法の成立（平民最後の集団退去により）。平民会の決議が国法と認められる。身分闘争の終結
前 295	センティーヌムの戦い、サムニウム人などを破る
	カルターゴーを破り地中海東部ならびに西部へ拡大
前 281〜前 275	ピュッロス王との戦争。ヘーラクレイアの戦い（前 280）、アウスクルム／アスクルムの戦い（前 279）、ベネウェントゥムの戦い（前 275）
前 282〜前 272	タレントゥム戦争。タレントゥム（タラース）を占領（前 272）。ローマによるイタリア半島統一
前 264〜前 241	第 1 次ポエニー戦争、ローマは海軍国となり、シキリア（シチリア）を併合（前 241）（最初の属州）
前 260	ヤーヌス神殿の建設
	ミューラエの海戦でカルターゴーに勝利
前 256	エクノムス岬の海戦で執政官レーグルス、カルターゴー艦隊を破る。レーグルス初めてアーフリカ侵攻を敢行する（前 256）が、捕虜となる（前 255）
前 251	パノルムスの海戦
前 249	ドレパノンの海戦
前 241	アエガーテース諸島沖の海戦でカルターゴー艦隊を撃破
前 238	ローマ、カルターゴーの傭兵の反乱（前 241〜前 238）に乗じてサルディニア、コルシカを占領（前 238）（前 227 ローマの属州に編入）
	リーウィウス・アンドロニークス（前 284 頃〜前 204 頃）、最初のラテン語劇を上演（前 270 頃）
前 237〜前 235	カルターゴーの武将ハミルカル・バルカによるヒスパーニア征服。次いで女婿ハスドルバルが指揮、前 228 カルターゴ・ノウァ（カルタヘーナ）の建設
前 229〜前 228	第 1 次イッリュリクム（イッリュリアー）戦争。イッリュリアー女王テウタと戦う。ローマの東方侵略の端緒となる

— 1530 —

前 225	テラモーンの戦い（ケルト戦争）。ローマ、イタリアに侵入したケルト（ガッリア）人を撃破
前 224～前 218	ガッリア・キサルピーナを征服
前 219	第 2 次イッリュリクム（イッリュリアー）戦争。イッリュリアー沿岸地方を獲得
前 219	カルターゴーの名将ハンニバル（前 248～前 183／182）、サグントゥムを 8 ヶ月間攻囲ののち陥落させる
前 218～前 201	第 2 次ポエニー戦争（ハンニバル戦争）。ハンニバル、アルプスを越えてイタリアへ進撃。ティーキーヌス川の戦い（前 218 年 11 月）、トレビア川の戦い（前 218 年 12 月）。トラシメーヌス湖の戦い（前 217 年 6 月）、カンナエの戦い（前 216 年 8 月、ローマ軍の戦死者 7 万）。ローマの独裁官ファビウス・クンクタートルの持久戦略ハンニバル軍、カプアで越冬（前 216～前 215）
前 215	ノーラの戦い。ハンニバル、マケドニアー王ピリッポス 5 世及びシュラークーサイ王ヒエローニュモスと同盟を締結
前 214～前 210	シキリア（シチリア）戦争。ローマの将軍マルケッルス、シキリア各地に転戦、シュラークーサイを攻囲し占領（前 214～前 212）。アルキメーデースの横死（前 212）
	スキーピオー・大アーフリカーヌス（大スキーピオー、前 236～前 183）、ヒスパーニアのカルターゴー・ノウァを奪取し（前 209）、カルターゴー勢を駆逐する（前 210～前 206）
	メタウルスの戦い（前 202）、ハンニバルの弟ハスドルバルの敗死
前 203	ヌミディアの都キルタの陥落。ハンニバルのカルターゴー召還
	スキーピオー・大アーフリカーヌス（大スキーピオー）、ザマの決戦（前 202 年 10 月）、カルターゴーを決定的に撃破
	叙事詩人、劇作家ナエウィウス（前 270 頃～前 201 頃）の活動（前 235～）
	歴史家ファビウス・ピクトル（前 214 頃）
前 215～前 205	第 1 次マケドニアー戦争
前 200～前 197／196	第 2 次マケドニアー戦争。ローマの将軍フラーミニーヌス、キュノスケパライの戦いでマケドニアー王ピリッポス 5 世を破る（前 197 年 6 月）
前 197	ヒスパーニアに東西 2 属州を設ける
前 196	フラーミニーヌス、イストミア競技祭の席でギリシア諸都市の自由を宣言
	喜劇作家プラウトゥス（前 254 頃～前 184）の活動（前 205 頃～前 184）
	詩人エンニウス（前 239～前 169 頃）
	大地母神マグナ・マーテルの神殿建立（前 204～前 191）
前 189	ボノーニア、ラテン植民市となる
前 187	アエミリウス街道（ウィア・アエミリア）、建設される。ティベリス河畔にエンポーリウム、建設される（前 193）
前 192～前 188	シュリア戦争（アンティオコス戦争）
前 190 末	マグネーシアーの戦いでアンティオコス 3 世を破る
前 188	アパメイアの和約
	ギリシア文化の流入
前 184	大カトー（前 234～前 149）、監察官に就任、奢侈取り締まりを強化、ローマ最初のバシリカ建築、バシリカ・ポルキアを建設（前 184）
前 183／182	ハンニバル、ビーテューニアーにて毒を仰いで自殺
前 181／180	アクィレイヤ市創建
前 179	バシリカ・アエミリア、アエミリウス橋の建設
前 170	バシリカ・センプローニアの建設

B. 年表

前172～前167／166	第3次マケドニアー戦争（ペルセウス戦争）
	ローマの将軍アエミリウス・パウッルス、前168 ピュドナの戦いでマケドニアー王ペルセウスを破る（マケドニアー王国の滅亡）
前167	歴史家ポリュビオス（前203頃～前118頃）、ローマへ人質の1人として送られる
	ギリシア文化愛好家小スキーピオー（前185～前129）
	喜劇詩人テレンティウス（前195頃～前159）
	諷刺詩人ルーキーリウス（前180頃～前102頃）
前155	アテーナイからオーローポスの占領弁明の使節として哲学者らローマへ派遣さる。
前154～前139／138	ルーシーターニア戦争、ヒスパーニアで勃発（前147～前138 ウィリアートゥスの対ローマ解放運動。前138、ウィリアートゥス暗殺される）
前149～前148	第4次マケドニアー戦争（アンドリスコスの蜂起）
前149～前146	第3次ポエニー戦争、スキーピオー・小アーフリカーヌス（小スキーピオー）、カルターゴーを攻囲ののち徹底破壊す（前146 属州アーフリカの設立）
前148	属州マケドニアの設立
前146	ムンミウス、イストモスでアカーイアー同盟軍を破りコリントスを掠奪破壊。ギリシアの征服完了
前144	マルキウス水道、建設される（～前40）
前143～前133	ヌマンティア戦争（ケルティーベーリア人の反乱）、小スキーピオーにより鎮圧される。前133 ヒスパーニアのヌマンティアを包囲、破壊する。ヒスパーニアの征服完了
前139～前132	シキリアの奴隷の反乱（第一次）奴隷戦争。奴隷王エウヌースを捕らえ、反乱軍奴隷2万人の磔刑
前133	ペルガモン王国、アッタロス3世によりローマへ遺贈される（前132～前129 アリストニーコスの蜂起と鎮圧、前129 属州アシアの設置）

共和制崩壊 ── 内乱の時代（前133～前30）

前133～前121	グラックス兄弟の改革
前133	護民官ティベリウス・グラックスの改革、土地法案の成立。護民官に再度立候補して暗殺される
前123～前122	護民官ガーイウス・グラックスの改革、土地法・穀物法を制定、陪審裁判官を騎士身分に限る法案を成立させるが、閥族派の反対に遭い殺される
前114～前101	キンブリー族とテウトニー（テウトネース）族の侵入
前112～前105	アーフリカでユグルタ戦争。ヌミディアの王位継承問題が原因で勃発。ユグルタ、マウレーターニア王の裏切りでローマに引き渡される（前105）
前111	ローマで農地法公布される
前107	マリウス（前157～前86）の軍制改革
前105	10月6日　アラウシオーの戦い
前104～前99	シキリアで第二次奴隷戦争
前102	夏　アクァエ・セクスティアエの戦い（マリウス、テウトニー族を殲滅）
前101	7月30日　ウェルケッラエの戦い（マリウスら、キンブリー族を撃破）
前100	民衆派の護民官サートゥルニーヌス、法案を成立させるが、元老院閥族派に敗死す（12月）
前96	キューレーネー、ローマに遺贈される
前91	護民官ドルススス、全イタリア人へのローマ市民権を与える法案を提出するも暗殺される（イタリア同盟諸市の反乱勃発の原因）

前91～前88	イタリアで同盟市戦争（イタリア戦争・マルシー戦争）。共和国イタリアを建て、ローマと戦う。前89 全イタリア同盟諸市にローマ市民権を賦与
前88～前82	閥族派のスッラ（前138～前78）と民衆派のマリウスの抗争激化、残虐な内乱勃発
前88～前63	小アジアでミトリダテース戦争、ポントスの大王ミトリダテース6世（前132頃～前63）との戦争
前88～前85／84	第1次ミトリダテース戦争、スッラのギリシア遠征（前87～前86 アテーナイ包囲と占領・略奪）
前87	博学者ポセイドーニオス（前135頃～前51）、ロドス人弁護のためローマに赴く
前87～前84	民衆派の執政官キンナによるローマ占領、恐怖政治の時代
前83頃	アルメニアーの大王ティグラーネース2世、セレウコス朝の王位継承
前83～前82／81	第2次ミトリダテース戦争、ムーレーナの出征と敗北
前82～前79	独裁官スッラの支配、反対派を粛清、虐殺。元老院支配の復活と反動的諸立法。
前82～前72	セルトーリウスの反乱（マリウス派のセルトーリウス、ヒスパーニアで蜂起するが、のち暗殺される）
前78	公文書館（タブラーリウム）建設される。この頃、プラエネステのウェヌス神殿完成
前74頃	ニーコメーデース4世、ビーテューニアー王国をローマに遺贈
前74～前63	第3次ミトリダテース戦争。ルークッルス（前72～前69）、次いでポンペイユス（前65～前63）の出征。ミトリダテースの自殺（前63）
前73～前71	スパルタクスの反乱（第三次奴隷戦争）。剣闘士奴隷スパルタクスの蜂起、クラッススにより粉砕される
前70	ポンペイユスとクラッススとが一度目の執政官就任
前67～前62	ポンペイユス東方へ（海賊ならびにミトリダテースと対戦）。前67 ガビーニウス法により非常大権をもつ軍指揮官となり、3ヵ月で東地中海の海賊を討滅
前66	マーニーリウス法によりミトリダテース戦争およびオリエント全体の軍指揮権を獲得し、東方遠征へ。前64 ビーテューニアー、ポントス、シュリアー、属州となる
前64	ポンペイユス、セレウコス朝シュリアー王国を征服、ローマの属州シュリアとする（セレウコス朝の滅亡）
前63	イェルーサーレーム（エルサレム）の占領
	キケロー（前106～前43）が執政官に就任。カティリーナの陰謀を弾劾
	カティリーナの反乱（～前62年1月、敗死）鎮圧される
前60	ポンペイユス（前106～前48）、クラッスス（前114頃～前53）、カエサル（前100～前44）の結託と秘密協定、いわゆる「第一回三頭政治」の成立（～前53）
前59	カエサル、一度目の執政官就任
前58～前51	ガッリア戦争。カエサル、ガッリアを征服。ゲルマーニア（前55, 53）およびブリタンニア（前55, 54）へも遠征。前52（アレシアの決戦）ウェルキンゲトリクスの乱を平定
前56	ルーカの会談、三頭政治の更新
前55	ポンペイユスとクラッススとが二度目の執政官、就任
	ギリシア文化のローマ浸潤
前65頃	詩人パルテニオス、イタリアへ来住して、ローマでウェルギリウスらの教師となる
前60頃～前30頃	シチリア出身の史家ディオドーロス、『世界史』を著わす
	抒情詩人カトゥッルス（前84頃～前54頃）
	哲学者詩人ルクレーティウス（前94頃～前55頃）
	歴史家サッルスティウス（前86～前35）
	博学者ウァッロー（前116～前27）

B. 年表

	建築家ウィトルーウィウス（前50頃〜前26）
	歴史家ネポース（前99頃〜前25頃）
	ローマ最初の常設石造劇場・ポンペイユス劇場の建設（前55〜前52）。ユーリウスのバシリカ（前54献堂式）、カエサルのフォルム（フォルム・ユーリウム、前51献堂式）
前53	カッライの戦い、クラッススがパルティアーに敗れる（6月）。クローディウスとミローの対立が激化し、ローマの混乱続く（翌前52年1月、ミロー、クローディウスを殺す）
前52	ポンペイユス、単独執政官となる。次第にカエサルとの対立深まる
前51	カエサル『ガッリア戦記』公表
前50	ローマ元老院、カエサルを召還
前49	1月10日、カエサル、ルビコーン川を渡る、内乱の勃発（〜前45）。ポンペイユスと元老院派、イタリアから逃亡（3月17日）。カエサル、独裁官となる（12月）
	8月2日、ヒスパーニアのイレルダの戦い、ポンペイユス軍を破る
前48	8月9日、パルサーロスの戦い、ポンペイユス敗走し、亡命先アレクサンドレイアで殺される（9月）
前48(10月)〜前47(3月)	アレクサンドレイア（アレクサンドリーア）戦役。カエサル、クレオパトラー7世を再びエジプト女王とし、彼女との間に1子カエサリオーンを儲ける
前47	8月2日、ゼーラの戦い、パルナケース2世を敗死させる。アーフリカ戦役、はじまる（10月〜前46年4月）
前46	4月6日、タプソスの戦い。小カトー（前95〜前46）、北アフリカのウティカで自殺
	カエサル、ローマで大凱旋式（8月）。ヒスパーニア戦役（11月〜前45年3月）
前45	1月1日、ユーリウス暦（太陽暦）使用。3月17日 カエサル、ヒスパーニアのムンダの戦いに勝利、内乱の終結。ローマで凱旋式（10月）。カエサルの諸改革
前49〜前44	カエサル、独裁官に就任。前44 ユーリウス議事堂（前44〜前29奉献式）
前44	3月15日、カエサル暗殺される。養嗣子のオクターウィアーヌス、ローマに帰国し護民官となる
前44〜前43（4月）	ムティナの戦い。ペディウス法によりカエサル暗殺者ら断罪される
前43〜前36	**第二回三頭政治**。アントーニウス（前82頃〜前30）、オクターウィアーヌス（前63〜後14）、レピドゥス（前89頃〜前13）により組織される（「国家再建三人委員」前43年11月27日）
	政敵の粛正と恐怖政治。キケロー殺害される（12月7日）
前42	10月3日、10月23日、ピリッポイ（ピリッピー）の戦い、ブルートゥス（前85〜前42）とカッシウス（前85以前〜前42）敗死
前41	ペルシア（ペルージャ）の戦い（〜前40年3月）。アントーニウス、タルソスでクレオパトラーと会見、アレクサンドレイアへ赴く
前40	ブルンディシウムの協定（9月）。前39 ミーセーヌムの協定
前38	1月17日、オクターウィアーヌス、リーウィアと結婚（ユーリウス・クラウディウス朝の創設）
前37	タレントゥムの協定。三頭政治の更新。ヘーローデース1世（ヘロデ大王）ユダヤ王国を支配（〜前4）（ハスモーン朝の滅亡、ヘロデ朝の創始）
	ユーリウス（カエサル）神殿（前42〜前29奉献）
	アウグストゥスのロートスラ（前44）
	アウグストゥスのフォルム（前42〜前2完成）
	サッルスティウスの庭園（前40）
	アシニウス・ポッリオーによるローマ初の公共図書館（前39）
	ユーリウス水道（前38〜前33）

	アポッロー神殿（前36〜前28）
	アウグストゥスの家（ユーリアの家。前33頃）
前43〜前35	シキリア（シチリア）戦役
前37	秋　アントーニウスとクレオパトラー、アンティオケイアで正式に結婚
前36	ナウロクスの海戦（9月3日）、セクストゥス・ポンペイユスの敗北（翌前35、殺される）。レピドゥス、三頭政治より脱落
	アントーニウス、パルティアー遠征に失敗
前34	アントーニウス、アルメニアー遠征。アレクサンドレイアで凱旋式を挙行。東方帝国を宣言
前32	アントーニウス、正式に妻オクターウィア（オクターウィアーヌスの姉）を離縁。オクターウィアーヌス、クレオパトラーに対して宣戦布告
前31	9月2日、アクティオン（アクティウム）の戦い、アントーニウスとクレオパトラー軍、オクターウィアーヌスに敗北、アレクサンドレイアへ遁走
前30	8月3日、オクターウィアーヌスのアレクサンドレイア占領。マールクス・アントーニウスとクレオパトラーの自殺。カエサリオーンの処刑
	エジプト、ローマの領土となる（プトレマイオス朝の滅亡）

ユーリウス＝クラウディウス朝

前29	オクターウィアーヌス、ローマに帰還、凱旋式を挙行（8月13日〜15日）
	アウグストゥス凱旋門
前28	ヤーヌス神殿、閉鎖される
	アウグストゥス霊廟（マウソーレーウム）
前27	1月13日、オクターウィアーヌス、執政官代行命令権を得る
	1月16日、オクターウィアーヌス、アウグストゥスの尊称を得て事実上の初代皇帝となる、「元首政」の開始（在位・前27〜後14）
前27〜前25	アウグストゥス、ヒスパーニア遠征
前23	アウグストゥス、終身護民官職権を得る
前20	ローマとパルティアーとの和約
前17	アウグストゥス、外孫のガーイウス・カエサルとルーキウス・カエサルを養子とする。世紀祭を祝う
前12	アウグストゥス、大神祇官長となる。股肱の臣アグリッパの死
前12〜前9	大ドルーススのゲルマーニア遠征（エルベ河に至る辺境の地を平定）
	ティベリウスのパンノニア遠征（前13〜）（パンノニア戦争）。大ドルーススの死（前9）
前9〜前7	ティベリウスのゲルマーニア遠征
	アグリッパ（前63〜12）、パンテオンを建立す（前27〜前25）
前29	アウグストゥス凱旋門
前28	アウグストゥス霊廟（マウソーレーウム）
	アウグストゥスの平和の祭壇（アーラ・パーキス。前13年7月4日着工〜前9年1月30日奉献式）
	アグリッパ公共浴場（前25）
	オクターウィア柱廊（前23）
	パルティア凱旋門（前14）
	マルケッルス劇場（前13〜前11年5月7日奉献）
	アウグストゥスのオベリスク（前10）
	ガーイウス・ケスティウスのピラミッド形墓（前12頃）

B. 年表

ラテン文学の黄金時代 (前40頃～後10頃)

- 文藝の保護者マエケーナース（前70／64頃～前8）
- 詩人ウェルギリウス（前70～前19）
- 詩人ホラーティウス（前65～前8）
- 詩人ティブッルス（前60／48頃～後19）
- 詩人プロペルティウス（前50頃～後16頃）
- 詩人オウィディウス（前43～後17頃）（後8年トモイへ追放される）
- 歴史家リーウィウス（前59～後17）
- 史家ポンペイユス・トローグス（前1世紀末期）
- サビーヌス派法学者カピトー（前30頃～後22）とプロクルス派法学者ラベオー（前48頃～後18頃）の対立
- プーブリウス・シュルス（前1世紀）
- 教訓詩詩人マーニーリウス（後1世紀初頭）
- 歴史家ウェッレイユス・パテルクルス（前19頃～後31頃）
- ギリシアの地理学者ストラボーン（前64頃～後21頃）前29年にローマに定住
- ハリカルナッソスのディオニューシオス（?～前8頃）

前9	平和の祭壇（アーラ・パーキス）完成（1月30日奉献式）
前6	ティベリウス、ロドスへ隠棲（～後2）
前2	アウグストゥス、「祖国の父（国父）」の称号を得る（2月5日）。一人娘の大ユーリアを不品行のゆえに追放（～後14 流謫の地に死亡）
後2	養子ルーキウス・カエサルの死。ティベリウス、ローマに帰還
後4	養子ガーイウス・カエサルの死。6月26日、ティベリウス、アウグストゥスの養子となり、甥のゲルマーニクス（大ドルーススの長男）を養子に迎えさせられる
後4～後6	ティベリウスのゲルマーニア遠征
後6～後9	パンノニア・ダルマティア（イッリュリクム）の反乱。ティベリウス鎮圧
後7	アウグストゥス、孫のアグリッパ・ポストゥムスを追放す（～後14 流謫の地に死亡）
後8	アウグストゥス、孫娘の小ユーリアを不品行のゆえに追放す（～後28 流謫の地に死亡）
後9秋	テウトブルギウムの森の戦い、将軍ウァールスの惨敗、3個軍団殲滅される。以後ライン＝ドーナウ河がローマ北辺の国境線となる
後11	ライン河流域にリーメス（長城）を築く
後10	マエケーナース庭園
後14	8月19日、アウグストゥス死去。ティベリウス即位
後14～後37	ティベリウス帝の在位
後14～後16	ゲルマーニクス、ゲルマーニア遠征
後18～後19	ゲルマーニクスの東方遠征
後19	ゲルマーニクス、シュリアにて急死
後23	ティベリウスの実子・小ドルースス、権臣セイヤーヌスに毒殺される。セイヤーヌスの勢力、増大し、帝国の実権を掌握（～31 刑死）
後24	タクファリーナース、アーフリカで反乱を起こすが、敗死する
後27～	ティベリウス帝、カープリ（カプレアエ）に隠退す（～後37 死去まで）
後28	大アグリッピーナ（ゲルマーニクスの寡婦。～後33 獄中で餓死）とその長男ネロー（～後31 獄死）、反逆罪で追放される
後29	アウグスタ（女皇）リーウィア（アウグストゥスの寡婦・ティベリウスの母）の死亡
後30	大アグリッピーナとゲルマーニクスの次男ドルースス、地下牢に投獄される（～後33 獄中餓死）

後31	セイヤーヌスの失脚と処刑。マクローが新近衛軍司令官に
後33～後37	ティベリウス晩年の恐怖政治
後37	ティベリウス、ミーセーヌムで死去（3月16日）
後14	ティベリウス庭園
後21／23	近衛軍兵営
後37～後41	ガーイウス帝、通称「カリグラ」の在位
後37	カリグラ、養子のゲメルス（ティベリウス帝の孫）を殺す。カリグラ、大病を患う。以後、大勢の一流市民を殺害し財産没収
後38	カリグラ、近衛軍司令官マクローとその妻を処刑。最愛の妹ドルーシッラの死
後39	カリグラのガッリア遠征（自称「ゲルマーニア遠征」～後40）。カリグラの従兄弟レピドゥスとガエトゥーリクスの陰謀発覚；両人とも処刑され、カリグラの妹たち（小アグリッピーナとユーリア）連座して配流される
後40	カリグラ、マウレーターニア王プトレマイオスを殺す。マウレーターニアの反乱（～後42）
	アレクサンドレイアのピローン（前30頃～後45頃）、ユダヤ人使節としてローマに来訪
後41	カリグラ、暗殺される（1月24日）。妻カウソーニアや一人娘も殺される
後41～後54	クラウディウス帝の在位
	解放奴隷パッラース、ナルキッスらの重用
後38	クラウディウス水道
後42	スクリーボーニアーヌス、反乱を起こすが殺される
後43	アウルス・プラウティウス、ブリタンニアへ侵入。クラウディウスのブリタンニア親征（～後44）
後48	皇后メッサーリーナ（クラウディウスの妻）、重婚と謀反の廉で処刑される
後49	初頭クラウディウス、姪の小アグリッピーナと再婚。哲学者セネカ、ネロー（小アグリッピーナの息子）の師傅となる
後50	クラウディウス、継子ネローを養子とする
後53	ネロー、オクターウィア（クラウディウス帝とメッサーリーナの娘）と結婚
後54	クラウディウス、后の小アグリッピーナに毒殺される（10月13日）
後54～後68	ネロー帝の在位
後55	ネロー、義弟ブリタンニクス（クラウディウスの実子）を毒殺。将軍コルブローのアルメニアー・パルティアー遠征（～後63）
後59	ネロー、母后の小アグリッピーナを暗殺
後61	ブリタンニアで女王ボウディッカの反乱。スエートーニウス・パウリーヌスにより鎮圧される
後62	ネロー、后オクターウィアを姦通罪で処刑。美女ポッパエア・サビーナと再婚（～後65）
後62	近衛軍司令官ブルスの死（ネローによる毒殺説あり）。新近衛軍司令官職に寵臣ティゲッリーヌスが就く（～後68）
	ネローの公共浴場完成（後62／64）
後64	ローマの大火（7月18日より9日間にわたり続く）。第1回キリスト教徒迫害（～後67。伝・使徒ペトロスとパウロスの殉教）
後64～後68	ネロー、黄金宮殿（ドムス・アウレア）を造営（～後68）
後65	ピーソーの陰謀事件発覚。ピーソーら連累者の自殺・処刑。哲学者セネカ、詩人ルーカーヌスら陰謀加担容疑で帝から死を命じられ自決
	解放奴隷の子ニュンピディウスを近衛軍司令官に任命（～後68）

B. 年表

後66	ネロー、寵臣ペトローニウスらを処刑。コルブローに自殺を命じる。アルメニアー王ティーリダテースをローマで手ずから戴冠させる。ウィーニキアーヌスの陰謀
後66〜後68	ネローのギリシア巡遊（9月〜）。全ギリシアに自由を宣言。各地の競技祭で優勝す。少年妻スポルスと成婚（67）
後66〜後70	第1次ユダヤ戦争。将軍ウェスパシアーヌスを派遣
後68	1月下旬、ネロー、イタリアに帰還。3月、ウィンデクス、ガッリアで反乱を起こすもウェルギニウス・ルーフスに敗れて自害。4月、ガルバの謀反
	6月9日、ネロー逃避行ののち自殺
	ユーリウス・クラウディウス朝の断絶

ラテン文学の白銀時代

	大セネカ（前54頃〜後39頃）
	哲学者セネカ（前4頃〜後65）
	詩人ルーカーヌス（後39〜後65）
	作家ペトローニウス（？〜後66）
	著述家コルメッラ（後1世紀）、
	詩人パエドルス（後1世紀前半）
	詩人シーリウス・イタリクス（後25頃〜後101頃）
	詩人ペルシウス（後34〜後62）
	弁論家クィンティリアーヌス（後33頃〜後95頃）
	詩人スターティウス（後40頃〜後96頃）
	詩人マールティアーリス（後40頃〜後104頃）
	詩人ユウェナーリス（後65〜後113頃）
	大プリーニウス（後23頃〜後79）
	小プリーニウス（後61頃〜後113頃）
	歴史家タキトゥス（後56頃〜後119頃）
	歴史家スエートーニウス（後70頃〜後130頃）
	叙事詩人ウァレリウス・フラックス（後22頃〜後95頃）
	著述家ウァレリウス・マクシムス（後1世紀前半）
	歴史家フロールス（後1〜2世紀）
	作家アープレイユス（後123頃〜後170頃）
	著述家アウルス・ゲッリウス（後123頃〜後165頃）
	著述家フロンティーヌス（後30〜後104）
	史家クルティウス・ルーフス（後1世紀頃）

内乱とフラーウィウス朝（後68〜96）

後68〜後69	ガルバ帝の在位。10月ローマ入城
後69	四皇帝の年（四帝乱立の内乱）。ガルバ、オトー、ウィテッリウス、ウェスパシアーヌスが相次いで皇帝になる
	ウィテッリウス、ライン軍団に擁立される（1月2日）。ローマへ向かって進撃
	1月15日、ローマでガルバ帝、オトーに殺され、代わってオトーがローマ皇帝として即位
	4月14日、ベートリアクムの戦い。敗れたオトー帝自害（4月16日）
	4月19日、ウィテッリウス、元老院から正式に元首（皇帝）と認められる

	7月1日、ウェスパシアーヌス、エジプトの軍隊に推戴される。アレクサンドレイアで皇帝を宣言。フラーウィウス朝の創始（～後96）
	10月23／24日ウェスパシアーヌス軍、ベートリアクムの戦い（クレモーナの戦い）でウィテッリウス軍を破る
	12月30日ウィテッリウス帝、ローマで殺害される
後69～後79	ウェスパシアーヌス帝の在位
後70	ウェスパシアーヌス、ローマへ入城し正式に即位（10月）（元老院による承認は12月22日）
	9月26日、ウェスパシアーヌスの長男ティトゥスによるイェルーサーレーム（エルサレム）陥落
後71	ティトゥス、凱旋式を祝う（6月）
	カピトーリーヌスのユーピテル神殿、修築される（後70年6月～）
後70／72	フラーウィウス円形闘技場（通称「コロッセーウム」）着工（～後80竣工）
後71～後75	平和の神殿
後77～後83	アグリコラ（後40～後93）のブリタンニア・カレードニア征戦
後79	6月23日、ウェスパシアーヌス帝、死亡。ウェスパシアーヌス神殿
	ユダヤ人史家イオーセーポス（フラーウィウス・ヨセープス）（後37～後100頃）
後79～後81	ティトゥス帝の在位
後79	8月24日、ウェスウィウス火山大爆発。ポンペイー、ヘルクラーネウム。スタビアエが埋没。大プリーニウスの死
後80	ローマで伝染病と3日間の大火。フラーウィウス円形闘技場（通称「コロッセーウム」）の完成（後70／72～後80奉献式）
	ティトゥスの公共浴場の完成（後80）。ティトゥスの凱旋門（後81以降）
後81	9月13日。ティトゥス帝病死
後81～後96	ドミティアーヌス帝の在位
後83	カッティー族に対する遠征と凱旋。ライン＝ドーナウ河にリーメス（長城）の構築
後85～89	ダーキア人の帝国領内侵入
後86	ローマのカピトーリーヌス祭
後86頃～	ドミティアーヌス、「主にして神」と称して専制君主化
後88	僭帝アントーニウス・サートゥルニーヌスの反乱。「世紀の祭典」の挙行
後91	ドミティアーヌス騎馬像
後92	パラーティーヌス丘にドミティアーヌスの宮殿完成（後85～）
後94	キリスト教徒、ローマで迫害される（～後95）。
後95	ドミティアーヌス、エピクテートスらの哲学者をイタリアから追放。親族のクレーメーンスらを反逆罪で処刑
後96	9月18日、ドミティアーヌス、皇后ドミティアらに暗殺される
	フラーウィウス朝の断絶

五賢帝時代ならびにアントーニーヌス朝（後96～後180）

後96～後98	ネルウァ帝の在位（元老院の推挙により）。五賢帝時代の開始
後97	近衛軍の謀叛、起こる。10月末、トライヤーヌスを養子に迎える
後98	1月25日、ネルウァ帝死去し、養子のトライヤーヌスが登極
後98～後117	トライヤーヌス帝の在位。最初の属州（ヒスパーニア）出身のローマ皇帝
後101～後106	ダーキア戦争（第一次ダーキア戦役、後101～後102。第二次ダーキア戦役、後105～後107）

B. 年表

後 106	ナバタイアー王国を併合し属州アラビア・ペトラエアに編成
後 109	トライヤーヌス公共浴場の造営
後 112／113	トライヤーヌス広場（フォルム・トライヤーヌム）、建築家アポッロドーロスの設計により完成す（後 113～）
	トライヤーヌスの記念柱（後 113 頃）
後 113～後 117	パルティアー親征、ローマ帝国の最大版図。パルティアーの首都クテーシポーンを占領し（後 115）、アルメニア、メソポタミア、アッシュリアを征服、併合
後 115～	ユダヤ人の反乱、キューレーネーから各地に拡大
後 117	8月7日、ローマへの帰途、キリキアで病没す。ハドリアーヌスが登極
	ギリシアの著作家プルータルコス（後 45 頃～後 120 以降）
	地誌作家パウサニアース（後 2 世紀中頃）
	史家アッピアーノス（？～後 165 頃）
	史家アッリアーノス（後 96 頃～後 180 頃）
	ディオーン・クリューソストモス（後 40 頃～後 112 以降）
	懐疑主義哲学者セクストス・エンペイリコス（後 2 世紀）
後 117～後 138	ハドリアーヌス帝の在位
後 117	ハドリアーヌス、ユーフラテス河をパルティアーとの国境とする（属州アッシュリアとメソポタミア南部の放棄）。アルメニアーを藩属王国とする
後 118	ハドリアーヌス、ローマに入城。官僚君主制を開始。4 人の元執政官の陰謀を摘発し処罰す（四執政官事件）
	パンテオンの再建（後 118～後 120）、ウェヌスとローマ神殿（後 121）、ティーヴォリ（ティーブル）の別荘に着工（～後 133）
後 121～	ハドリアーヌス帝の属州巡幸。東西各地を視察
後 122～	ブリタンニア北境にハドリアーヌスの城壁を築造（～後 126 頃）
後 123	ハドリアーヌス帝、パルティアー王を謁見し、和約を締結
後 124～後 125	ハドリアーヌス帝、アテーナイを訪問
後 129	アテーナイにオリュンピエイオンを完成させる（～後 131／132）
	新アテーナイ市ハドリアーノポリスを建設。ハドリアーヌス記念門（～後 131／132）。ハドリアーヌス図書館（後 132）
後 130	寵童アンティノウスをエジプトで死亡させ、これを神格化し帝国各地で祀らせる。アンティノオポリスを創建。イェルーサーレームを植民市アエリア・カピトーリーナとして再建

第 2 次ユダヤ戦争（バル＝コクバの乱）（後 132～後 135）

後 135	ユダヤ人のディアスポラー（離散）はじまる。イェルーサーレーム（エルサレム）跡地にローマ植民市アエリア・カピトーリーナ建設再開
後 136	ハドリアーヌス、後継者としてルーキウス・アエリウスを養子に迎えるが、後 138 ルーキウス・アエリウス、結核にて病没（1 月 1 日）
後 138	ハドリアーヌス、アントーニーヌス・ピウスを養子に迎え共治皇帝とする（2 月 25 日）
後 139	ハドリアーヌス帝病死（7 月 10 日）、ハドリアーヌス霊廟の完成
	弁論家フロントー（後 100 頃～後 166 頃）
	ソフィスト文筆家ファウォーリーヌス（後 80 頃～後 150 頃）
	ギリシア系ストアー派哲学者エピクテートス（後 55～後 135 頃）
	医学者ガレーノス（129 後頃～後 200 頃）
	天文学者プトレマイオス（後 2 世紀中頃）

後138～後161	アントーニーヌス・ピウス帝の在位
後141	アントーニーヌスとファウスティーナ神殿
後142	ブリタンニア北境にアントーニーヌスの長城を築造
	アテーナイ人元老院議員ヘーローデース・アッティクス（後101～後177）
	アテーナイのオーデイオン（後161～後174）
後146	マールクス・アウレーリウス、共治皇帝となる（～後180）
後150	ゴート人の南下
後157～後158	ダーキア戦争
後159	ダーキアを3属州に分割
後160頃	ライン河のリーメスを東方へ拡張し防衛強化
後161	3月7日　アントーニーヌス・ピウス帝病没
後161～後180	マールクス・アウレーリウス帝の在位。後161～後169は、ルーキウス・ウェールスと共同統治（ローマ史上初の2人の皇帝）
後161～後169	共治帝ルーキウス・ウェールス（ルーキウス・アエリウスの子）、後169年1月病死
後162～後166	パルティアー戦争。ルーキウス・ウェールスの東方遠征。将軍アウィディウス・カッシウス、パルティアーの首都クテーシポーンを占領破壊（後165）
後166	10月12日、マールクス・アウレーリウスとルーキウス・ウェールス両帝の凱旋式、ローマで挙行
	コンモドゥス、副帝（カエサル）となる
	オリエントから帰還したローマ軍によって疫病＝天然痘が帝国領内各地で蔓延する（～後167以後）。イタリアの人口3分の1に激減（あるいは半減）
後166～後180	マルコマンニー戦争（ゲルマーニア戦争）。第1次マルコマンニー戦争（後166～後175）、第2次マルコマンニー戦争（後178～後180）
後167～	マルコマンニー族。クァディー族らの北イタリア侵入
後175	シュリア総督アウィディウス・カッシウス、オリエントで帝位を称する（4月）が、ほどなく部下に殺される（7月）
後176	マールクス・アウレーリウスとコンモドゥスの凱旋式ローマで挙行
後177	コンモドゥス、共治の皇帝となる（～後180）
後178～	マールクス・アウレーリウス、コンモドゥスと共にゲルマーニア諸族の平定へ向かう
	マールクス・アウレーリウスの記念柱（～後176）と凱旋門の建造
	マールクス・アウレーリウス帝の著書『自省録』完成（後174頃）
後180	マールクス・アウレーリウス帝、ウィーン（ウィンドボナ）にて病没す（3月17日）。五賢帝時代の終焉
	コンモドゥス帝、ゲルマーニア諸族と講和を結び、ローマへ帰還。凱旋式を挙げる（10月22日）
後177～後192	コンモドゥス帝の在位（単独統治・後180～後192）
	ペレンニス（後180～後185処刑）、クレアンデル（後185～後189処刑）ら寵臣たちを重用
後182	帝姉ルーキッラの陰謀事件。コンモドゥス、ルーキッラを島流しにしたのち処刑
	コンモドゥス帝、剣闘士として活躍
後192	コンモドゥス帝、嬖妾マルキアらの謀計により暗殺される（12月31日）
後193	ペルティナークス帝
	後193年1月1日即位するが、在位87日で近衛軍兵士により弑殺される（193年3月28日）
	ディーディウス・ユーリアーヌス帝

B. 年表

	帝位の「競売」で最高値をつけて登極する（後193年3月28日）が、在位66日間で廃位され殺される（後193年6月1日）
	僭帝ペスケンニウス・ニゲル
	僭帝クローディウス・アルビーヌス

セウェールス朝　（後193〜後235）

後193〜後211	セプティミウス・セウェールス帝
後193	4月9日、セプティミウス・セウェールス、ドーナウ河のパンノニア軍団に擁立されて即位。最初のアーフリカ人皇帝（非ヨーロッパ出身のローマ皇帝）。6月9日ローマ入城。近衛軍を巧妙に解雇し、イタリア以外の属州軍団兵で再編成
後193〜後197	2僭帝を倒して、長男カラカッラを副帝（カエサル）とする（後196）
後197	プラウテイアーヌス、近衛軍司令官となり、権勢を振るう
後197〜後199	パルティアー遠征
後197末	パルティアーの首都クテーシポーンを占領、掠奪
後198	カラカッラを共治帝（アウグストゥス）とする
後198／199	パルティアーと和約を結び、属州メソポタミアを獲得する
後199	エジプト親征（〜後200）
後203〜204	アーフリカ訪問
後203	セプティミウス・セウェールス凱旋門
後204	セウェールス帝、百年祭を祝う
後205	1月22日、近衛軍司令官プラウテイアーヌスを処刑。新たにパーピニアーヌスが近衛軍司令官職に就く
後208〜後211	ブリタンニア＝カレードニア親征
後209	セウェールス帝、次男ゲタを共治帝（アウグストゥス）とする。ローマ史上初の3人の皇帝
後211	2月4日、セウェールス帝、エブラークム（ヨーク）で病没
	カラカッラ、ゲタ兄弟、ローマへ帰って共治皇帝となる
後211〜後217	カラカッラ帝（後198〜父帝の共治皇帝として即位）。
後212	2月26日、カラカッラ帝、弟帝ゲタを誘殺して単独皇帝になる。ゲタの与党2万人を粛清す
	母后ユーリア・ドムナの勢力伸長
	アントーニーヌス勅令（カラカッラ帝の勅令）、帝国内の全自由民にローマ市民権を賦与
後206〜後216	カラカッラ公共浴場
後213〜後217	カラカッラ帝の属州巡幸
後215〜後217	カラカッラ帝のパルティアー親征
後215	アレクサンドレイアで一般市民の大虐殺
後217	4月8日、カラカッラ帝、カッライ近郊で排泄中、近衛軍司令官マクリーヌスに暗殺される
後217〜後218	マクリーヌス帝
後217	4月11日、カラカッラ暗殺の首謀者マクリーヌス、ローマ皇帝となる。騎士身分出身で初めてのローマ皇帝
	ユーリア・ドムナ、自ら食を断って餓死
	マクリーヌス、9歳の息子ディアドゥーメーニアーヌスを共治皇帝（アウグストゥス）にする

後 218	5月16日、シュリアのエメサの少年神官エラガバルス（ユーリア・ドムナの姉妹ユーリア・マエサの孫）、カラカッラ帝の落胤を称して軍団により擁立される（14歳）
後 218	6月18日、マクリーヌス、アンティオケイア郊外で敗北し、捕らえられたのち処刑される
後 218～222	エラガバルス帝、最初のオリエント人出身のローマ皇帝
	祖母ユーリア・マエサと母ユーリア・ソアエミアス、実権を掌握する
後 219 年夏	エラガバルス帝のローマ入城（7月頃）。太陽神崇拝を弘布し、オリエント的専制君主として君臨する
後 221	6月26日、エラガバルス帝、従弟のセウェールス・アレクサンデルを副帝（カエサル）として養子縁組する
後 222	3月11日、エラガバルス帝、母后と共に近衛軍により虐殺される（18歳）
後 222～後 235	セウェールス・アレクサンデル帝
後 222	3月12日、セウェールス・アレクサンデル（アレクサンデル・セウェールス）ローマ皇帝に即位する
	母后ユーリア・マンマエア、近衛軍司令官ウルピアーヌス、法学者パウルスらが実権を牛耳る
後 226	パルティア滅亡。サーサーン朝ペルシア建国
後 231 年春～後 233	ペルシア親征。メソポタミアを奪回して、ローマへ凱旋
後 233～後 235	ゲルマーニア親征。償金を支払って撤退させたため、臆病者と非難される
後 235	3月、トラーキア生まれの軍人マクシミアーヌスが軍隊により帝位に擁立され、マインツ付近でセウェールス・アレクサンデル帝を母后と一緒に殺害する
	セウェールス朝の断絶
	ギリシア史家ディオーン・カッシオス（後155頃～後229以降）
	史家ヘーローディアーノス（後170頃～後240頃）
	伝記作家ピロストラトス（後170頃～後250頃）
	ギリシア哲学者アプロディーシアスのアレクサンドロス（2～3世紀）
	伝記作家ディオゲネース・ラーエルティオス（3世紀初期）

侵略、簒奪、混乱の時代「軍人皇帝時代」（後235～後284）（3世紀の危機～イッリュリア出身の軍人皇帝たちによる国家再統一）

後 235～後 238	マクシミーヌス1世「トラークス」。一介の兵卒出身の最初のローマ皇帝。以降27名の皇帝が軍隊によって廃立される。238年4月半ば頃アクィレイヤで軍隊に殺される（異説では、5月10日）
後 238	ゴルディアーヌス1世ならびにゴルディアーヌス2世
	1月上旬、アーフリカで父子そろって皇帝に推戴され、ローマ元老院の承認を得る
	1月下旬、ヌミディア軍団に敗れ、ゴルディアーヌス2世は戦死し、父ゴルディアーヌス1世は縊死する（1月末。在位3週間／20日間）
後 238	バルビーヌス帝ならびにプピエーヌス帝
	2月上旬、元老院により2人そろって皇帝に指名される（異説では、4月16日）
	5月上旬、両帝が仲違いするうちに近衛軍によって2人とも惨殺される（異説では、7月9日）
後 238～後 244	ゴルディアーヌス3世。ゴルディアーヌス1世の外孫（娘の子）
	バルビーヌス帝ならびにプピエーヌス帝から副帝（カエサル）に指名されていた（13歳）が、両帝の横死にしたがい正帝に擁立される（後238年5月上旬）
後 242～後 244	ペルシア親征

後244	3月5日、岳父たる近衛軍司令官ティーメシウス病死。代わってピリップス・アラブスが近衛軍司令官に選ばれ摂政となる
	2月、ゴルディアーヌス3世、メソポタミアで軍部の裏切りによって殺される（異説では、3月3日）
後244〜後249	ピリップス1世「アラブス」
後244	2月、ゴルディアーヌス3世を倒して皇帝に即位し（異説では、3月3日）、ペルシアと和議を結んでローマへ帰還
	ドーナウ河方面へ遠征し（後245〜後247）、息子ピリップスを共治皇帝とする（後247）
後248	4月21日〜23日、ローマ建国千年祭（最後の世紀祭）
後249	6月9日、謀叛を起こした部将デキウスとマケドニアのベロエアで戦って敗死し、息子もローマで殺される（異説では、249年9月〜10月頃）
後249〜後251	デキウス帝
後249	6月6日、ピリップス・アラブス帝を敗死させて、軍隊に擁立される（異説では、後249年9月〜10月頃）。パンノニア出身の最初の皇帝
後250	デキウス帝によるキリスト教徒迫害。ローマ全市民にローマの神々に供犠を行うよう勅令を発す
後251	6月6日、ローマ帝国領内へ侵入したゴート族と戦い、敗死を遂げる（外敵との戦闘で死んだ最初のローマ皇帝）
後251〜後253	トレボーニアーヌス・ガッルス
後251	6月、軍隊によって擁立される。
	6月、ガッルス帝、毎年ゴート族に貢納金を支払う条件で撤退を約束させる
後252	ゴート族、協約を破ってローマ領内へ侵入
後253	8月頃、ローマ北部インテラムナでガッルス帝、息子とともに兵士らに殺される。皇帝を称するアエミリアーヌスに敗れる
後253	アエミリウス・アエミリアーヌス（後206頃〜後253年）
後253	8月頃、モエシア軍団に擁立されて即位し、元老院からも承認される
	10月、自軍の兵士によって殺される（在位88日間）
後253〜後260	ウァレリアーヌス（息子ガッリエーヌスと共同統治）
後253	10月、自ら皇帝を宣言してイタリアへ向かい、アエミリアーヌスの横死後ローマ元老院から認められる。長男ガッリエーヌスを共治皇帝に昇格させて（〜後268）西方皇帝とし、自らは東方皇帝となる
後257、後258	キリスト教会指導者に供犠を要求する勅令を発布
後259〜後260	東方親征
	軍隊に疫病が蔓延
後260	6月、ウァレリアーヌス帝、エデッサでサーサーン朝ペルシア王シャープール1世に敗北し捕らえられる。外敵の捕虜として拉致された最初のローマ皇帝
後250頃	マーニーの宣教。
後253〜後268	ガッリエーヌス
後253	10月、父帝の共治帝として即位
後260	6月〜、単独統治。軍制改革を行う
後268	9月頃、僭帝アウレオルスをミラーノに包囲中、殺害される

B. 年表

三十僭帝時代 （後260～後274）（帝国各地に対立皇帝が続出）

パルミューラ

後258～後267	オダエナートゥス、パルミューラを支配す。
後267	秋、殺害される。
	ウァバラートゥス
	ゼーノビア
	マクリアーヌス
	クィエートゥス
後260～後274	「ガッリア帝国」
	ポストゥムス帝
	ラエリアーヌス帝
	マリウス帝
	ウィクトーリーヌス帝
	テトリクス帝
後268～後270	クラウディウス2世「ゴティクス」
後268	9月頃、ガッリエーヌス帝を継いで軍隊に選ばれて即位
	イッリュリア人ローマ皇帝の始まり
後269	ゴート族を撃破して「ゴティクス」の称号で呼ばれる
	8月、疫病に罹って落命する
後270	クィンティルス帝
	8月、兄クラウディウス2世を継いで即位する。
	9月、元老院の追認を受けるが、ほどなくアクィレイヤで自殺
後270～後275	アウレーリアーヌス帝
後270	8月、クラウディウス2世帝の遺言で即位
	イッリュリア人の農民出身のローマ皇帝
後271頃～後276頃	アウレーリアーヌスの城壁建造（後271～後276／282）
後272～後273	パルミューラ王国へ遠征し、これを滅亡させる（ゼーノビアら捕虜となる）
後274	ガッリアの僭帝テトリクスを捕虜とし（カタラウヌムの戦い）、15年振りに帝国を再統一 ローマで凱旋式。太陽神神殿を建立
後275	9／10月、ペルシア親征へ向かう途上、ボスポロス海峡付近で暗殺される
後275～後276	タキトゥス帝
後275	11／12月、アウレーリアーヌス帝の横死後、ローマ皇帝として即位
後278	6月頃、小アジアでヘルリー族を破るが、7月にテュアナにて弑殺される（在位6ヵ月）
後276～後279	フローリアーヌス
後278	7月頃、タキトゥス帝を継いで即位するが、翌後279年9月タルソスにて自軍の兵士に殺される（在位88日間）
後276～後282	プロブス
後276	7月、東方軍団に擁立されて即位。イッリュリアの出身
後278～後280	ゲルマーニア、小アジア、エジプトなど各地に転戦して勝利を収める。僭帝サートゥルニーヌスの反乱を鎮圧す（後277～後278）
後281	ローマへ戻り凱旋式を挙げる。属州各地に葡萄栽培を奨励
後282	9月末、シルミウムで部下の兵士の裏切りで殺される
後282～後283	カールス
後282	9月頃、プロブス帝に叛いてラエティア軍団に擁立され即位
後283	8月、ペルシアへ親征するが、クテーシポーン近郊で雷に撃たれて急死（8月29日）

B. 年表

後283〜後284	カリーヌスならびにヌメリアーヌス
後283	8月末、父帝カールスの暴卒により即位する。カリーヌスは西方皇帝（〜後285）。ヌメリアーヌスは東方皇帝（〜後284）
	ヌメリアーヌス、ペルシア遠征を続行しクテーシポーンを陥れるが、翌284年11月帰国途上で暗殺される
後284	カリーヌス、ブリタンニアへ遠征し、弟帝を殺したディオクレーティアーヌスとモエシアで交戦するが、将校の裏切りで暗殺される（後285年夏）

ディオクレーティアーヌス帝と第一次四帝分割統治体制（後284〜後305）

後284	ディオクレーティアーヌス帝の即位。専制君主政（ドミナートゥス）が始まる
後286	ディオクレーティアーヌス帝、将軍マクシミアーヌスを西方の共治帝とす
後293	ディオクレーティアーヌス帝、四分統治（テトラルキア）開始
後298	ディオークレーティアーヌス公共浴場造営（〜後305／306）
後302	ディオクレーティアーヌス帝、マーニー教を禁止
後303	ディオクレーティアーヌス帝、キリスト教徒迫害を開始

西方	東方
正帝マクシミアーヌス（後285〜後305）後310自殺	正帝ディオクレーティアーヌス（後284〜後305）
副帝コーンスタンティウス1世（後293〜後305）	副帝ガレーリウス（後293〜後305）

第二次四帝分割統治体制（後305〜後306）

西方	東方
正帝コーンスタンティウス1世（後305〜後306）	正帝ガレーリウス（後305〜後311）
副帝セウェールス（後305〜後306）	副帝マクシミーヌス・ダイヤ（後305〜後308／310）

四帝分割統治体制の崩壊（後306〜後313）

西方	東方
正帝セウェールス（後306〜後307）イタリアでマクセンティウス帝位簒奪（306〜後312）	正帝ガレーリウス（後305〜後311）
副帝コーンスタンティーヌス1世（後306〜後308）	副帝マクシミーヌス・ダイヤ（後305〜後308／310）
引きつづき正帝（後308〜後337）	引きつづき正帝（後308／310〜後313）
アーフリカでドミティウス・アレクサンデル帝位簒奪（後308〜後309／311）	
コーンスタンティーヌス1世とリキニウスの共同統治（後313〜後324）	
コーンスタンティーヌス1世（後306〜後337）	リキニウス（後308〜後324 幽閉ののち処刑される）

後313	宗教寛容令（いわゆる「ミラーノ勅令」）
	マクセンティウスとコーンスタンティーヌスのバシリカ（後306〜後313以降）、コーンスタンティーヌスの凱旋門（後312〜後315奉献）、コーンスタンティーヌスの公共浴場（後315）、コーンスタンティーヌス騎馬像（後315）
	キリスト教護教家ラクタンティウス（後250頃〜後325頃）
	修道院の祖パコーミオス
	聖職者アレイオス

	コーンスタンティーヌス1世単独統治　帝国の再統一（後324〜後337）
後324	共治帝リキニウスを処刑してローマ帝国を再統一
後325	ニーカイアでキリスト教公会議開催される（アレイオス派を異端とし、アタナシオス派を正統とするニーカイア信条を採択。教義の統一を計る）
後326	コーンスタンティーヌス1世、長男で副帝のクリスプスを殺害
後330	5月、新首都コーンスタンティーノポリスへ遷都（開都式）
後337	5月コーンスタンティーヌス1世の死。帝国三分割、および帝室男性の殺戮
	コーンスタンティーヌス2世（後337〜後340 コーンスターンスに殺される）、コーンスターンス（後337〜後350 殺害される）、コーンスタンティウス2世（後337〜後361）
	教会史家カエサレイアのエウセビオス（後263頃〜後340頃）
	僭帝マグネンティウスの反乱（後350〜後353）
	コーンスタンティウス2世単独統治（後353〜後361）
	副帝ガッルス（後351〜後354 処刑される）
後355	僭帝シルウァーヌス（同年、暗殺される）
	ユーリアーヌス（後361〜後363、副帝ユーリアーヌス後355〜後361）非キリスト教に対する寛容令を出す。後363年6月　戦傷のため死没
	修辞学者リバニオス（後314〜後393）、アンティオケイアに活躍
	ヨウィアーヌス（後363〜後364 急死）サーサーン朝ペルシアとの和約締結
	ウァレンティーニアーヌス1世（西方後364〜後375） ｜ ウァレーンス（東方後364〜後378 ハドリアーノポリスで敗死）
後365	僭帝プロコピウスの乱（〜後366 処刑される）
	教父バシレイオス、ニュッサのグレーゴリオス、ナジアンゾスのグレーゴリオスら活動す
後369	ダーキアの放棄、後372 アーフリカの僭帝フィルムスの反乱（〜後375）
後375	民族大移動の開始（西ゴートのドーナウ渡河とローマ領内定住の許可要求）
後376	**渡河・移住にともないゲルマン民族の大移住が始まる**
後378	8月、ハドリアーノポリスの戦い
	グラーティアーヌス（後375〜後383 暗殺される） ｜ テオドシウス1世（後379〜後395）
	ウァレンティーニアーヌス2世（後375〜後392） ｜
後381	コーンスタンティーノポリス公会議、アレイオス派ら異端の放逐（カトリクス派キリスト教の国教化）
後382	元老院から勝利の女神ウィクトーリア祭壇、撤去される
	政治家シュンマクス（後340頃〜後402頃）
	マグヌス・マクシムスの帝位簒奪（後383〜後388 処刑）
後387	ウァレンティーニアーヌス2世の東方亡命
	ウァレンティーニアーヌス2世の支配（後388〜後392 殺害される）
	エウゲニウスの帝位簒奪（後392〜後394）宗教寛容令を出す（後392）
	テオドシウス1世単独統治（後394〜後395）帝国最後の統一
後390	テッサロニーケー虐殺事件
後391	異教（非キリスト教）禁止令（11月8日）
後393	最後のオリュンピア競技祭
	詩人アウソニウス（後310〜後400頃）

B. 年表

	詩人クラウディアーヌス（後370頃～後404頃）
	史家アンミアーヌス・マルケッリーヌス（後330頃～後395頃）
	文法家マクロビウス（後400年前後）
後395	1月、ローマ帝国の東西分割（テオドシウス1世の死による）
	ホノーリウス（後395～後423）　　アルカディウス（後395～後408）
	（スティリコーの後見：後395～後408）
後397	教父アンブロシウスの死（後340頃～、ミラーノ司教・後374～後397）
後400頃	文人マクロビウス
後404	ラウェンナへ遷都
後406頃	ヒエローニュムスによる「聖書」ラテン語訳
後407	僭帝コーンスタンティーヌス（～後411処刑）
	スティリコーの処刑（後408年8月）　テオドシウス2世（後408～後450）
	アッタルスの擁立（後409～後410西ゴートによる）
後410	ブリタンニアの放棄
	8月、西ゴート（アラリークス）によるローマ劫略
	ギリシア叙事詩人ノンノス（4～5世紀頃）
後410頃	詩人プルーデンティウス没（後348頃～）
	僭帝ヨウィーヌスの擁立（後411）
後411	カルターゴー公会議（ドナートゥス派を異端と弾劾す）
後413	ブルグント王国の成立（～後436／437、後443～473）帝都コーンスタンティーノポリスの新城壁、建造される（後413～後447）
後415	アレクサンドレイアの新プラトーン派女性哲学者ヒュパティアー虐殺される
後417	バガウダエの反乱、鎮圧される
	オロシウス『世界史』を執筆す（後417頃）
後418	西ゴート王国の成立
後420	ガッラ・プラキディア霊廟（～後425）（ラウェンナ）
	コーンスタンティウス3世（後421）
	僭帝ヨーハンネースの帝位簒奪（西後423～後425斬首）
	ウァレンティーニアーヌス3世（後425～後455暗殺）
後427～	アーフリカ総督ボニファーティウスの乱
後428	アルメニアーのアルサケース朝終焉
後429	ヴァンダル族のアーフリカ侵入
後430	アウグスティーヌス（後354～後430）の死（8月）
後431	エペソス公会議（ネストリオス派に異端宣言す）
後433	フン王アッティラの即位（～後453、単独支配後445～）
	テオドシウス法典の編纂（後429～後438）
後439	ヴァンダル族によるカルターゴー陥落（ヴァンダル独立王国の建設）
	西ゴート王国の正式承認（西ローマによる）
後442	ヴァンダル王国を承引（西ローマによる）
後449	エペソス公会議（「強盗会議」キリスト単性説の公認。ネストリオス派の追放）
	マルキアーヌス（後450～後457）
	新プラトーン派哲学者プロクロス（後410～後485）の活動

後451	カタラウヌムの戦い（6月20日）
	カルケードーン公会議
後452	アッティラ、イタリアへ侵入
後454	アエティウスの暗殺（ウァレンティーニアーヌス3世による）
	ペトローニウス・マクシムス（後455年3～5月殺害）
	アウィートゥス（後455～後456 西ゴートによる）
後455	6月、ヴァンダル族（ゲイセリークス）によるローマ劫略
	マイヨリアーヌス（後457～後461斬首、リーキメルによる擁立） / レオー1世（後457～後474 アスパルによる擁立）
	リービウス・セウェールス（後461～後465 リーキメルによる擁立）
後465	コーンスタンティーノポリスの大火
	詩人シドーニウス・アポッリナーリス（後430頃～後479頃）
	アンテミウス（後467～後472 レオー帝による擁立）
	後472年7月、リーキメルのローマ占領
	オリュブリウス（後472年4～11月）
	グリュケリウス（後473 ブルグントによる擁立）
	ユーリウス・ネポース（後473～後475廃位）東ローマに承認された最後の西ローマ皇帝 / レオー2世（後474）
	ゼーノー（後474～後491）
	ロームルス・アウグストゥルス（後475～後476 父オレステースによる擁立）
後476	**西ローマ帝国の滅亡。オドアケル、ロームルス・アウグストゥルスを廃位し、王を称する（～後493）**
	ゼーノー、ローマの単独皇帝。以降、東ローマ皇帝が唯一のローマ皇帝となる（～後1453）
後484	東西キリスト教会の分裂
	アナスタシウス（後491～後518）
後493	東ゴート王国の建設（～後555）
後486	フランク王国の建設（後481～後511 クロウィス1世の在位。メロヴィング朝）
	哲学者ボエーティウス（後480頃～後524頃）
	ユースティーヌス1世（後518～後527）
	ユースティーニアーヌス1世（後527～後565）
	歴史家プロコピオス（?～後565頃）
後528	「ローマ法大全」編纂開始
後529	アテーナイの学園閉鎖

度 量 衡

1. 長さの単位

《ギリシア》

ダクテュロス（daktylos）	1ダクテュロス	指一本の幅
コンデュロス（kondylos）	2ダクテュロス	指の中央部の骨の長さ
パラ（イ）ステー（pala(i)ste）	4ダクテュロス	手を握ったときの横幅
	＊ホメロスではドーロン（doron）	
ディカス（dichas）	8ダクテュロス	プースの半分
	＊または、ヘーミポディオン（hemipodion）	
リカス（lichas）	10ダクテュロス	親指の先から人差し指の先まで
スピタメー（spithame）	12ダクテュロス	親指の先から小指の先まで
プース（pus）	16ダクテュロス	（29.57cm）
ピュグメー（pygme）	18ダクテュロス	肘から指の付け根まで
ピュゴーン（pygon）	20ダクテュロス	肘から握りこぶしの先まで
ペーキュス（pechys）	24ダクテュロス	肘から指の先まで
ベーマ（bema）	2½プース	歩幅（73.93cm）
オルギュイア（orgyia）	6プース	（1.77m）
プレトロン（plethron）	100プース	（29.57m）
スタディオン（stadion）	600プース	（177.42m）
ヒッピコン（hippikon）	2,400プース	（709.68m）
パラサンゲース（parasanges）	18,000プース	（5.32km）

《ローマ》

ディギトゥス（digitus）	1ディギトゥス	指幅（1.85cm）
パルムス（palmus）	4ディギトゥス	掌の長さ（7.4cm）
ペース（pes）	16ディギトゥス	足の長さ（29.6cm）
パルミペース（palmipes）	20ディギトゥス	（37cm）
クビトゥス（cubitus）	24ディギトゥス	肘から指の先まで（44.4cm）
グラドゥス（gradus）	2ペース	ギリシアの「ベーマ」（歩幅）と同じ
パッスス（passus）	5ペース	足が地を離れ再びつくまでの長さ（148cm）
スタディウム（stadium）		ギリシアの「スタディオン」より。ただし180メートル強で，ややこちらが長い。

2. 面積の単位

《ギリシア》

プース（pus）	1プース平方	（874.38平方センチメートル）
アカイナ（akaina）	10プース平方	（8.74平方メートル）
プレトロン（plethron）	100プース平方	（874.38平方メートル）
ギュエース（gyes）	50プレトロン	（43,719平方メートル）

《ローマ》

ペース・クァドラートゥス（*pes quadratus*）	1 ペース平方	（85 平方センチメートル）
ユーゲルム（*iugerum*）		（およそ 2,500 平方メートル）

3. 容積の単位

《ギリシア》

（穀物量）

キュアトス（*kyathos*）	1/6 コテュレー	（45 ミリリットル）
オクシュバポン（*oxybaphon*）	1/4 コテュレー	（67.5 ミリリットル）
コテュレー（*kotyle*）		（270 ミリリットル）
クセステース（*xestes*）	2 コテュレー	（0.54 リットル）
コイニクス（*khoinix*）	4 コテュレー	（1.08 リットル）
ヘクテウス（*hekteus*）	32 コテュレー	（8.64 リットル）
メディムノス（*medimnos*）	192 コテュレー	（51.84 リットル）

（液体量）

コンケー（*konkhe*）	1/12 コテュレー	（22.5 ミリリットル）
キュアトス（*kyathos*）	1/6 コテュレー	（45 ミリリットル）
オクシュバポン（*oxybaphon*）	1/4 コテュレー	（67.5 ミリリットル）
コテュレー（*kotyle*）		（270 ミリリットル）
クセステース（*xestes*）	2 コテュレー	（0.54 リットル）
クース（*khous*）	12 コテュレー	（3.24 リットル）
アンポレウス（*amphoreus*）	72 コテュレー	（19.44 リットル）
メトレーテース（*metretes*）	144 コテュレー	（38.88 リットル）

《ローマ》

（穀物量）

キュアトゥス（*kyathus*）	1/12 セクスターリウス	（45 ミリリットル）
アケータブルム（*acetabulum*）	1/8 セクスターリウス	（67.5 ミリリットル）
ヘーミナ（*hemina*）	1/2 セクスターリウス	（＝ギリシア「コテュレー」）
セクスターリウス（*sextarius*）		（0.54 リットル）
セーモディウス（*semodius*）	8 セクスターリウス	（4.32 リットル）
モディウス（*modius*）	16 セクスターリウス	（8.64 リットル）

（液体量）

キュアトゥス（*kyathus*）	1/12 セクスターリウス	（45 ミリリットル）
アケータブルム（*acetabulum*）	1/8 セクスターリウス	（67.5 ミリリットル）
ヘーミナ（*hemina*）	1/2 セクスターリウス	（＝ギリシア「コテュレー」）
セクスターリウス（*sextarius*）		（0.54 リットル）
コンギウス（*congius*）	6 セクスターリウス	（3.24 リットル）
アンポラ（*amphora*）	48 セクスターリウス	（26 リットル）
クッレウス（*culleus*）	960 セクスターリウス	（518.4 リットル）

4. 重量の単位

《ギリシア》

クリーテー（*krithe*）	1/72 ドラクマ	（0.06 グラム）

C. 度量衡

カルクース（*khalkous*）	1/48 ドラクマ	（0.09 グラム）
ヘーミオーボロス（*hemiobolos*）	1/12 ドラクマ	（0.36 グラム）
オボロス（*obolos*）	1/6 ドラクマ	（0.72 グラム）
ドラクメー（*drakhma*）		（4.31 グラム）
ムナ（*mna*）	100 ドラクマ	（431 グラム）
タラントン（*talanton*）	6,000 ドラクマ	（25.86 キログラム）

《ローマ》

ウーンキア（*uncia*）	1/12 リーブラ	
セスクンキア（*sescuncia*）	3/24 リーブラ	
セクスタンス（*sextans*）	1/6 リーブラ	
クァドランス（*quadrans*）	1/4 リーブラ	
トリエンス（*triens*）	1/3 リーブラ	
クィンクンクス（*quincunx*）	5/12 リーブラ	
セーミス（*semis*）	1/2 リーブラ	
セプトゥンクス（*septunx*）	7/12 リーブラ	
ベース（*bes*）	2/3 リーブラ	
ドードランス（*dodrans*）	9/12 リーブラ	
デクスタンス（*dextans*）	5/6 リーブラ	
デウーンクス（*deunx*）	11/12 リーブラ	
リーブラ（アス、ポンドー）（*libra, as, pondo*）		（327.45 グラム）

注　数値にはすべて「約」が入る。

D. 地 図

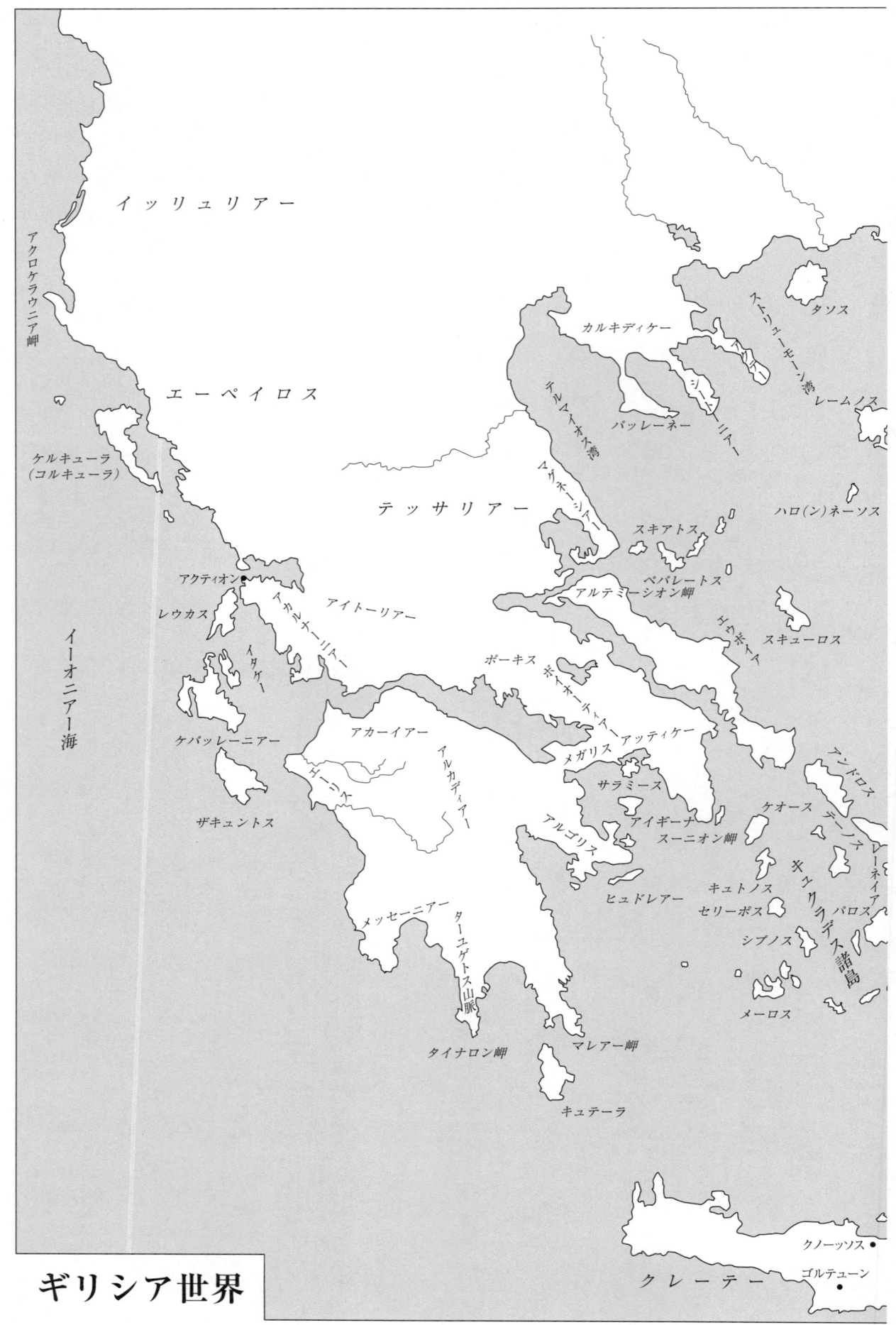

ギリシア世界

D. 地図

D. 地 図

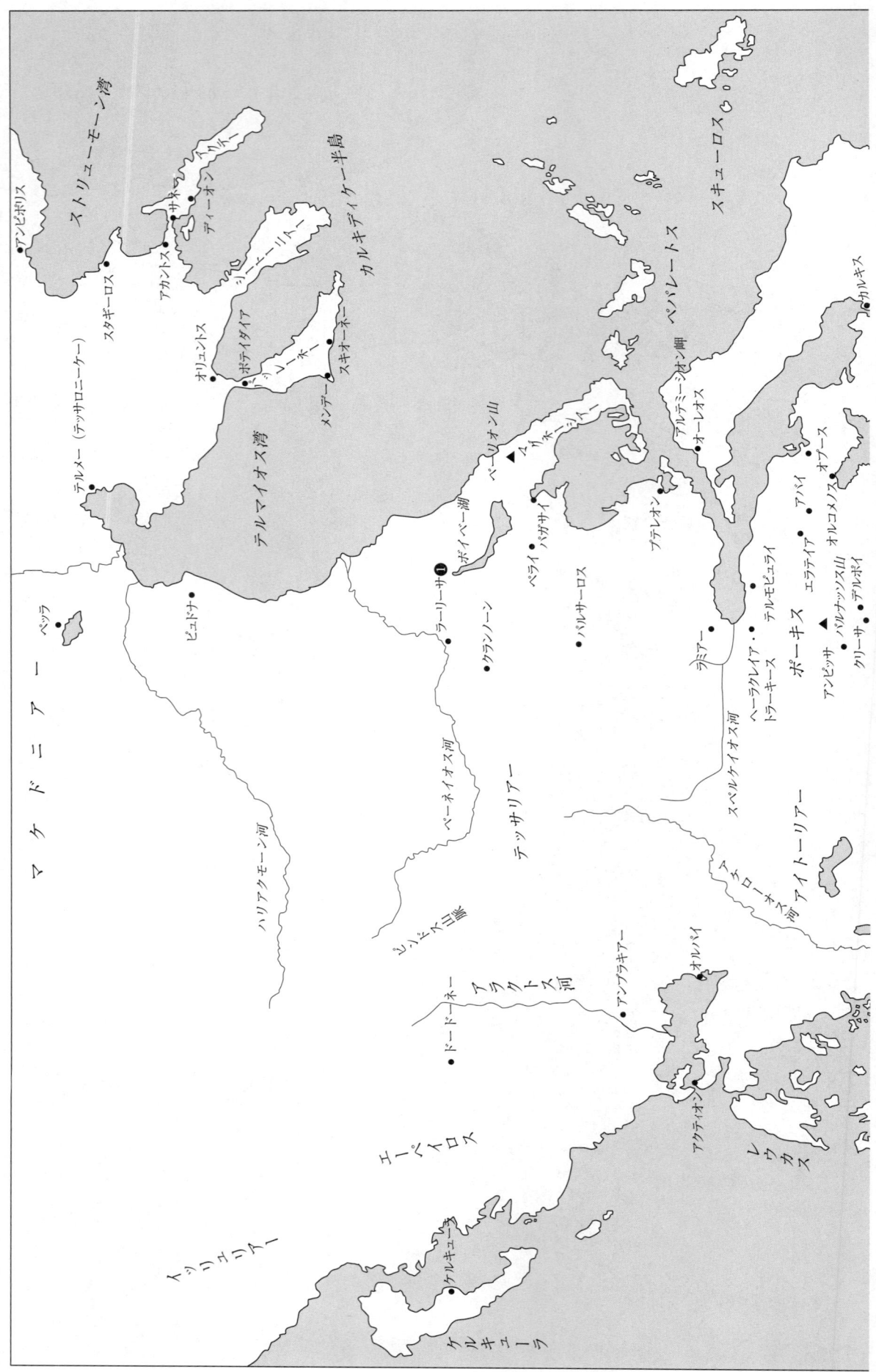

D. 地　図

ギリシア全土

D. 地 図

ギリシア中央部

D. 地 図

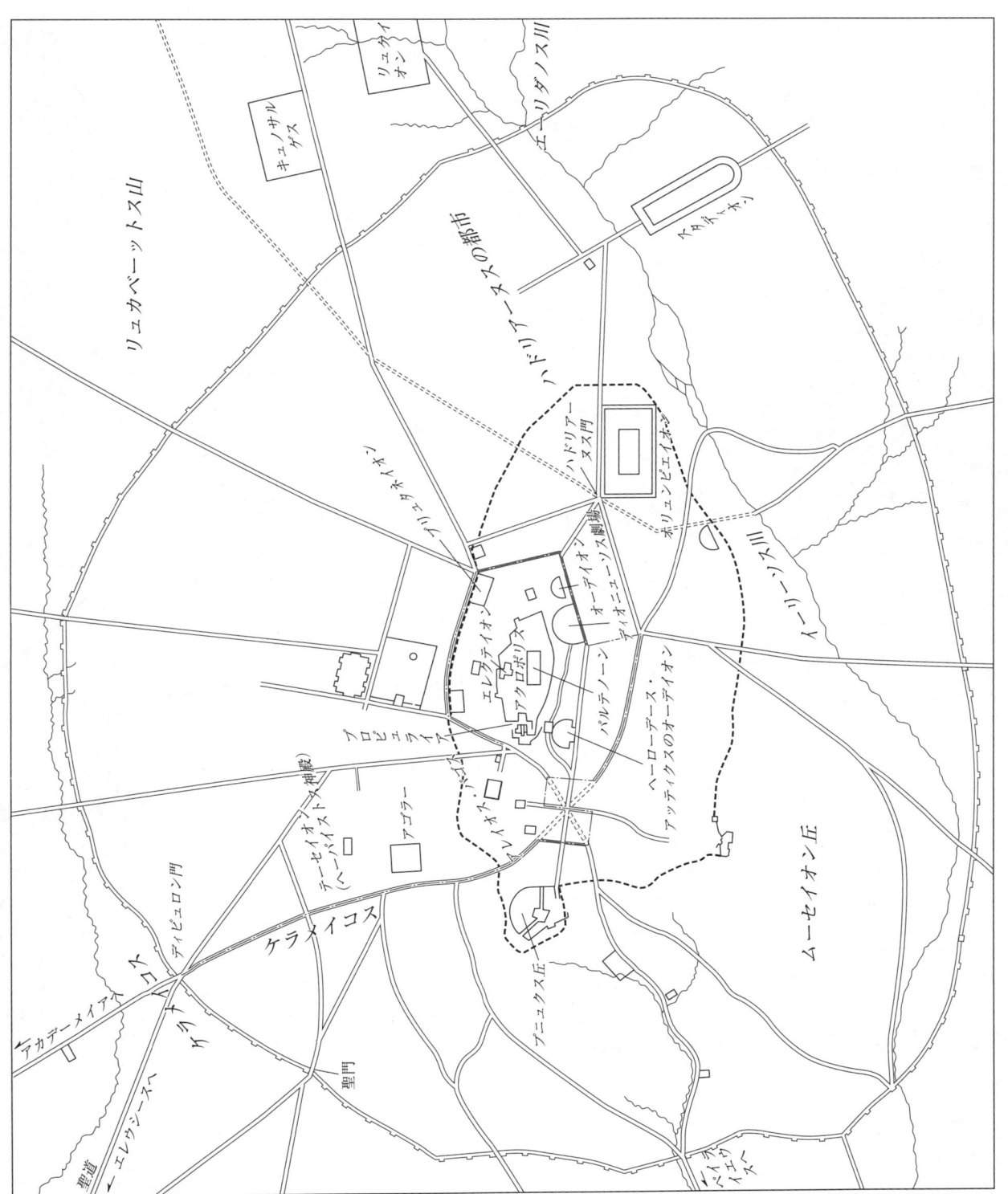

アテーナイ市街図

D. 地 図

D. 地図

D. 地 図

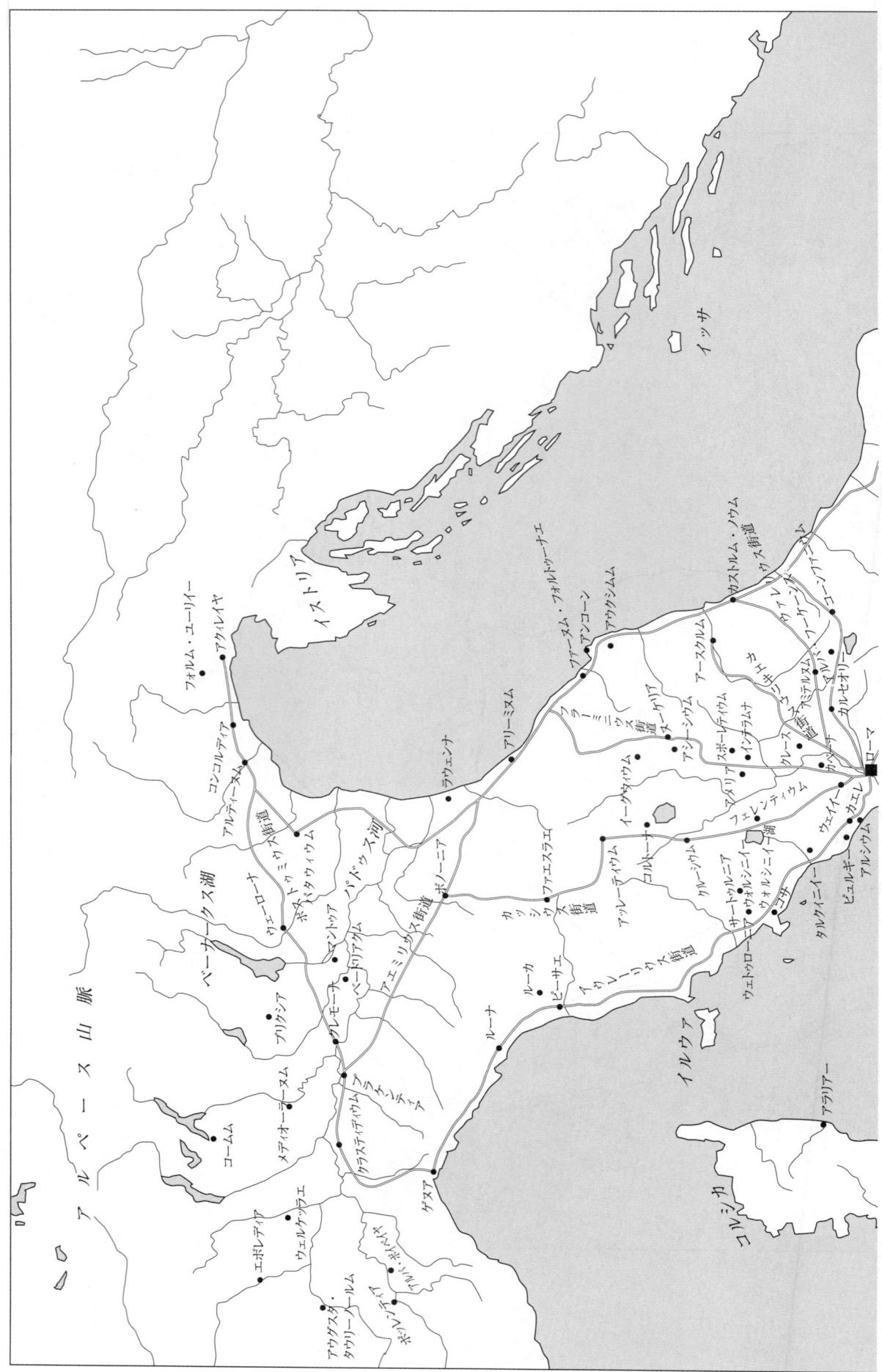

D. 地図

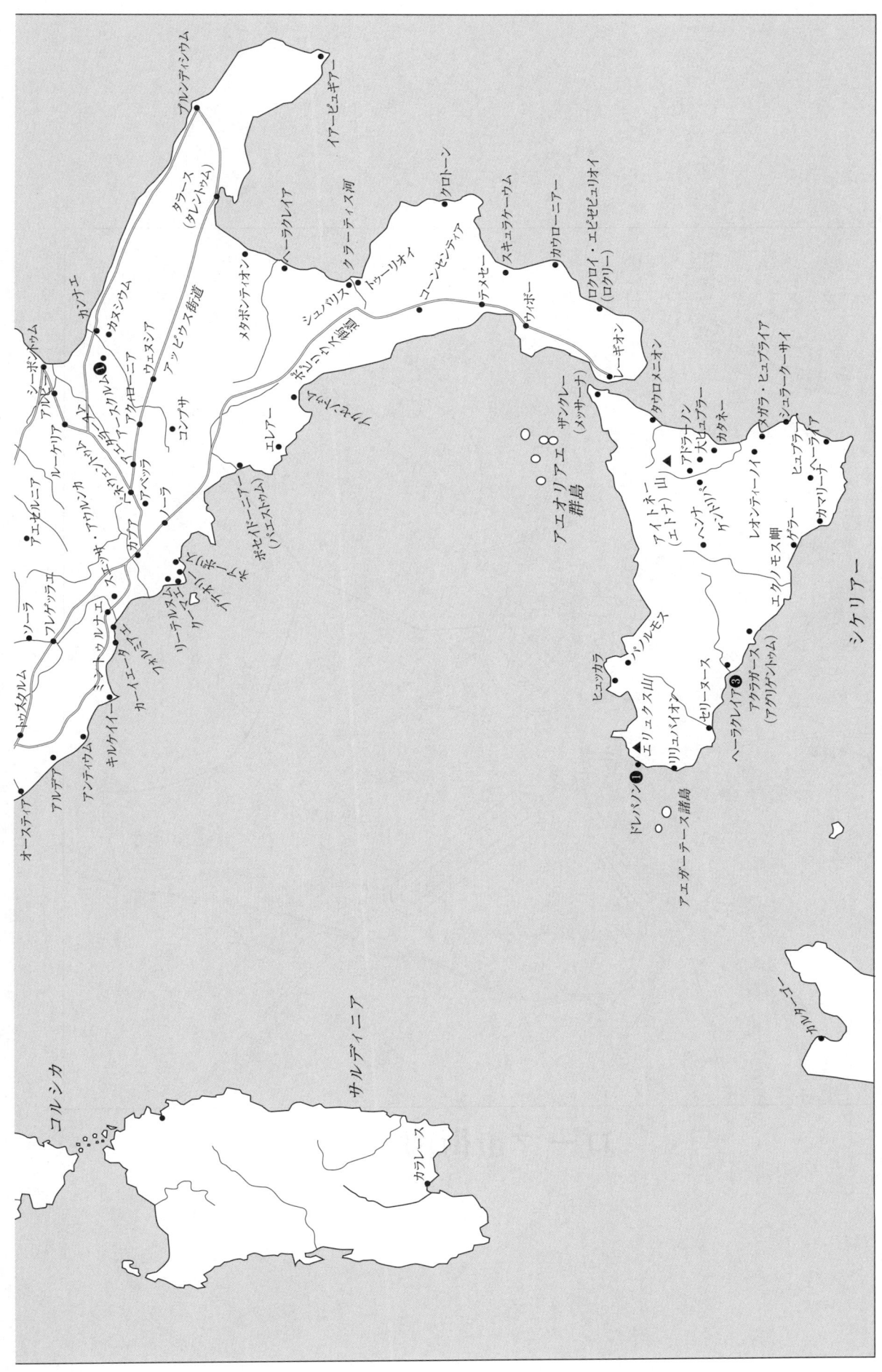

イタリア全土

D. 地　図

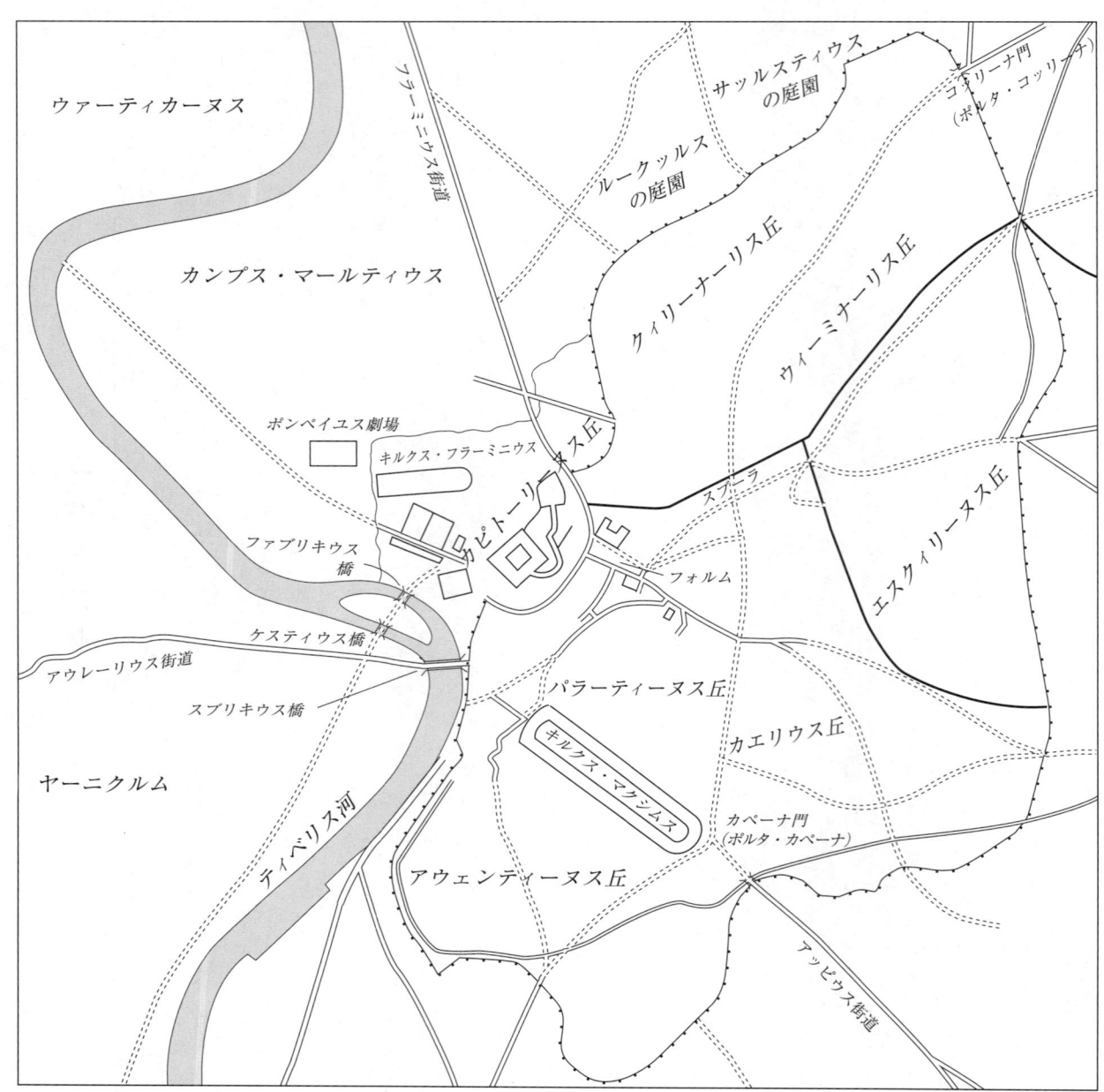

ローマ市街図

D. 地 図

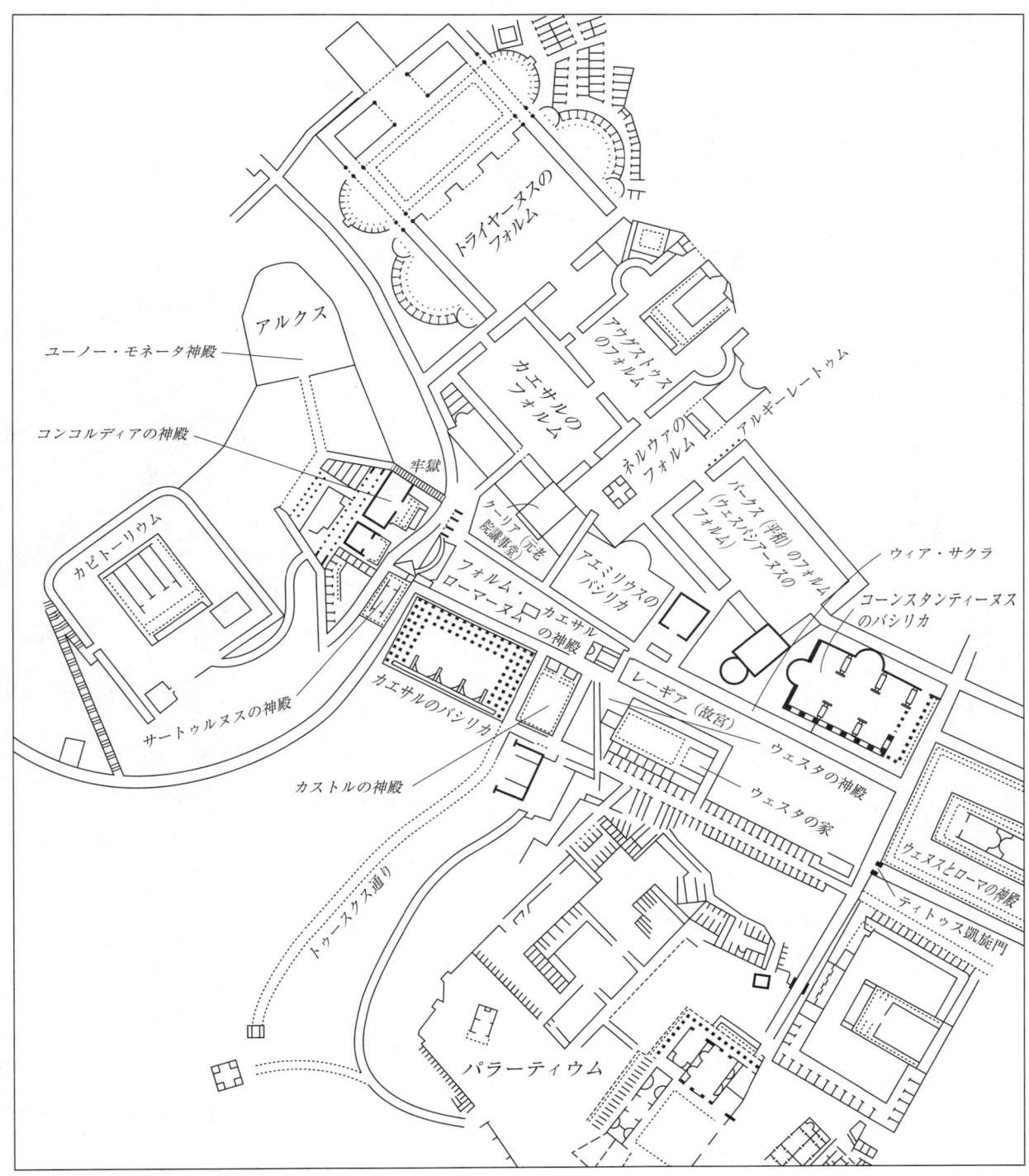

ローマ市街中心部

D. 地図

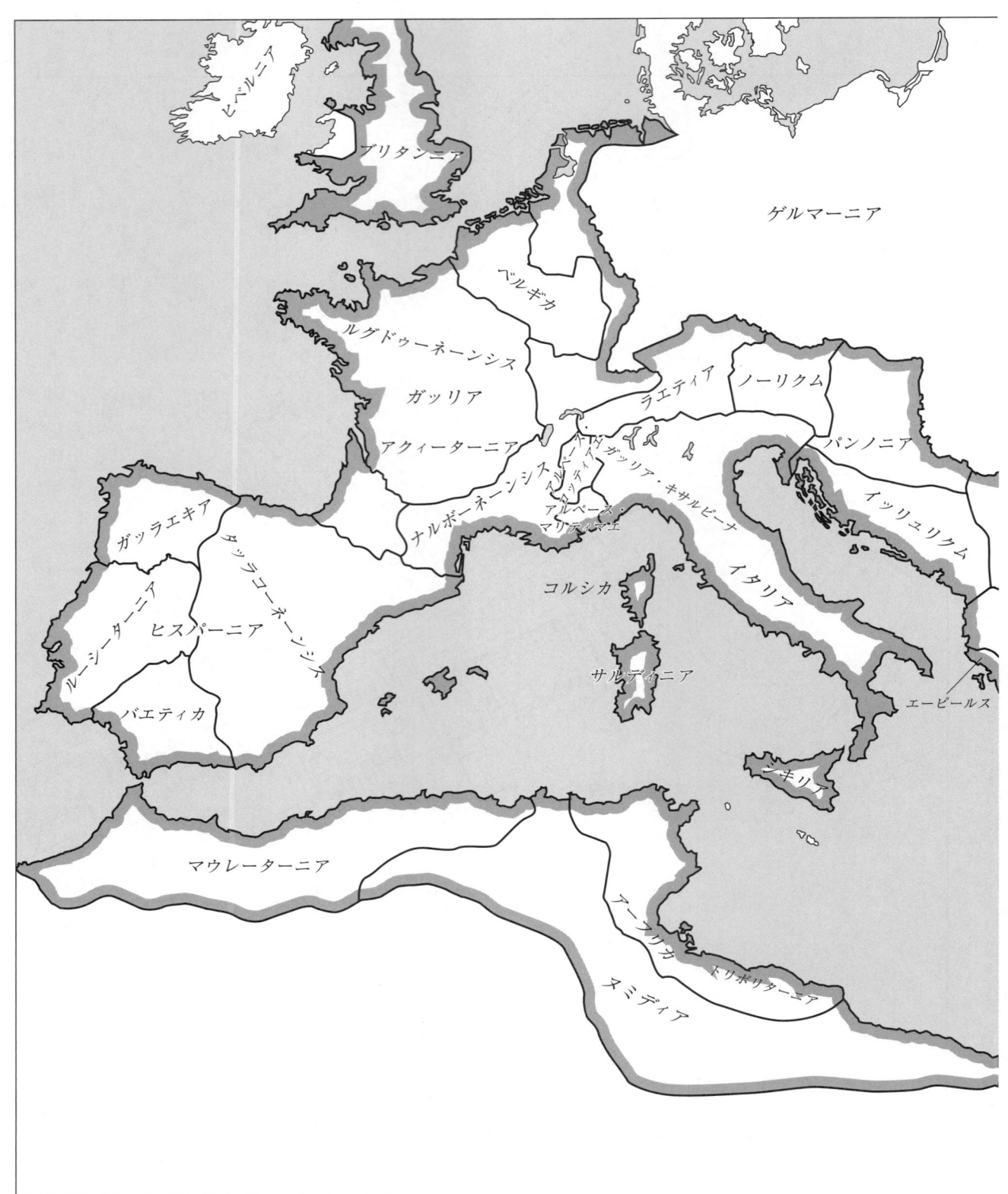

ローマ帝国版図

（最大期）

D. 地　図

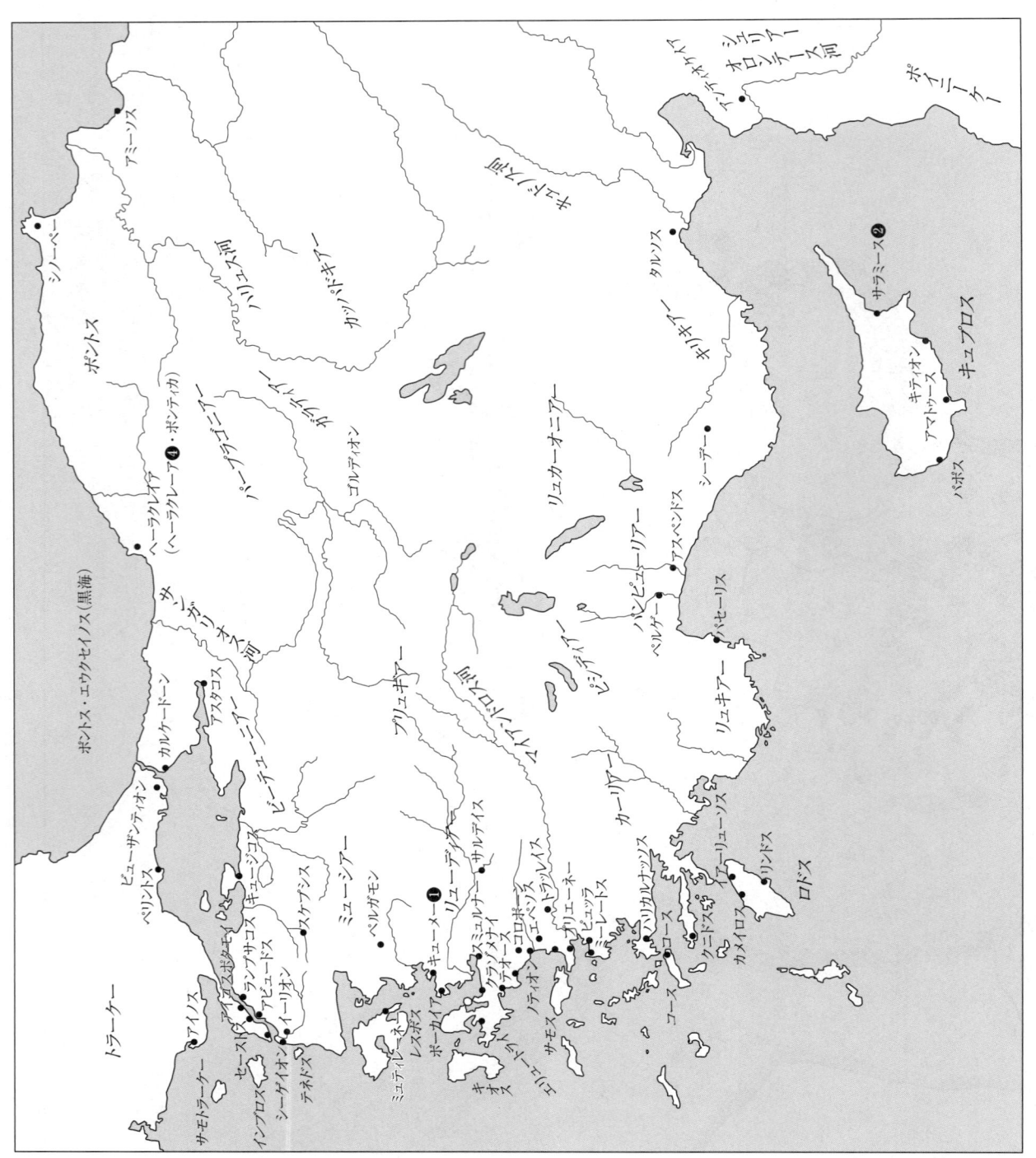

小アジア

D. 地図

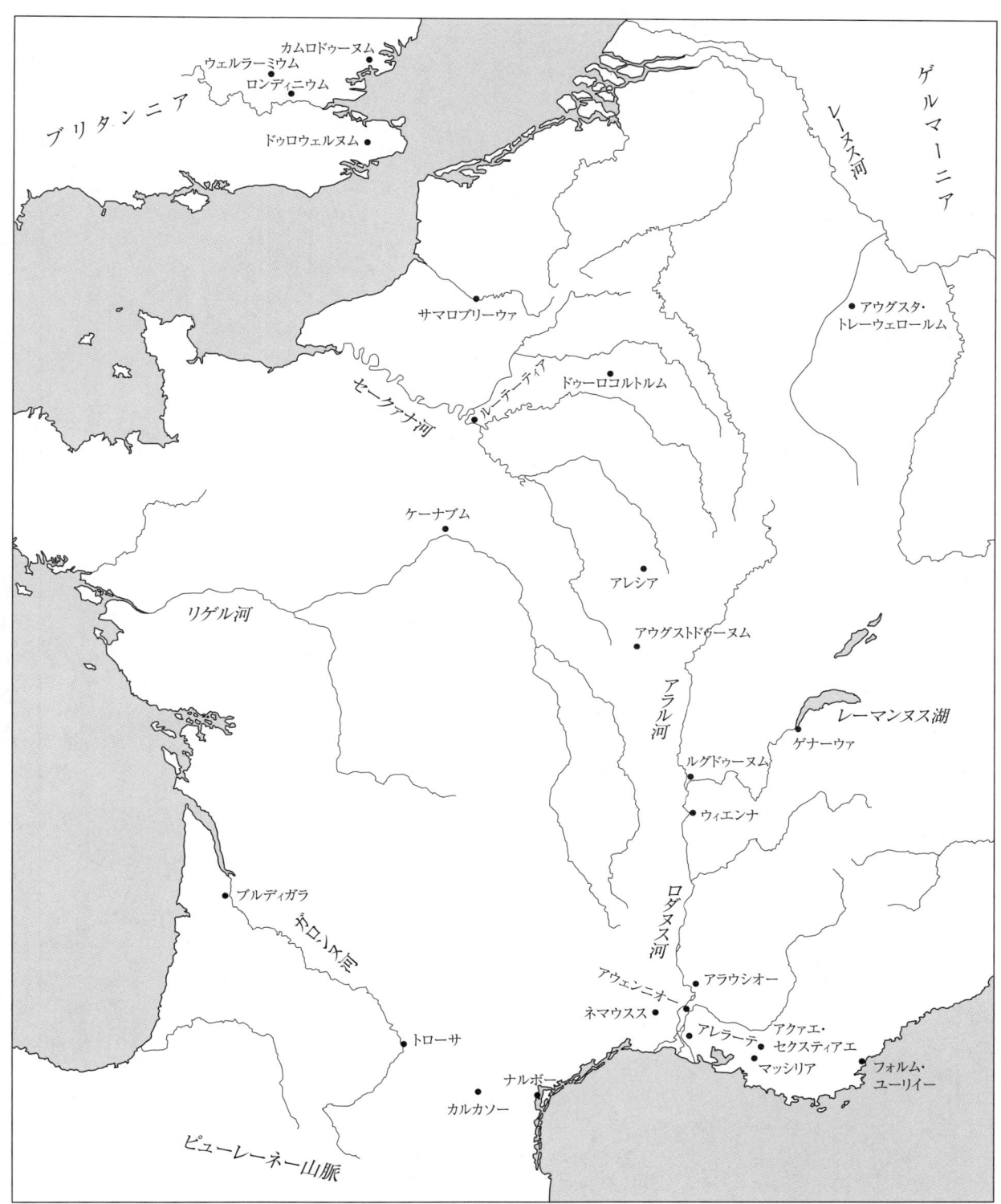

ガッリア

D. 地 図

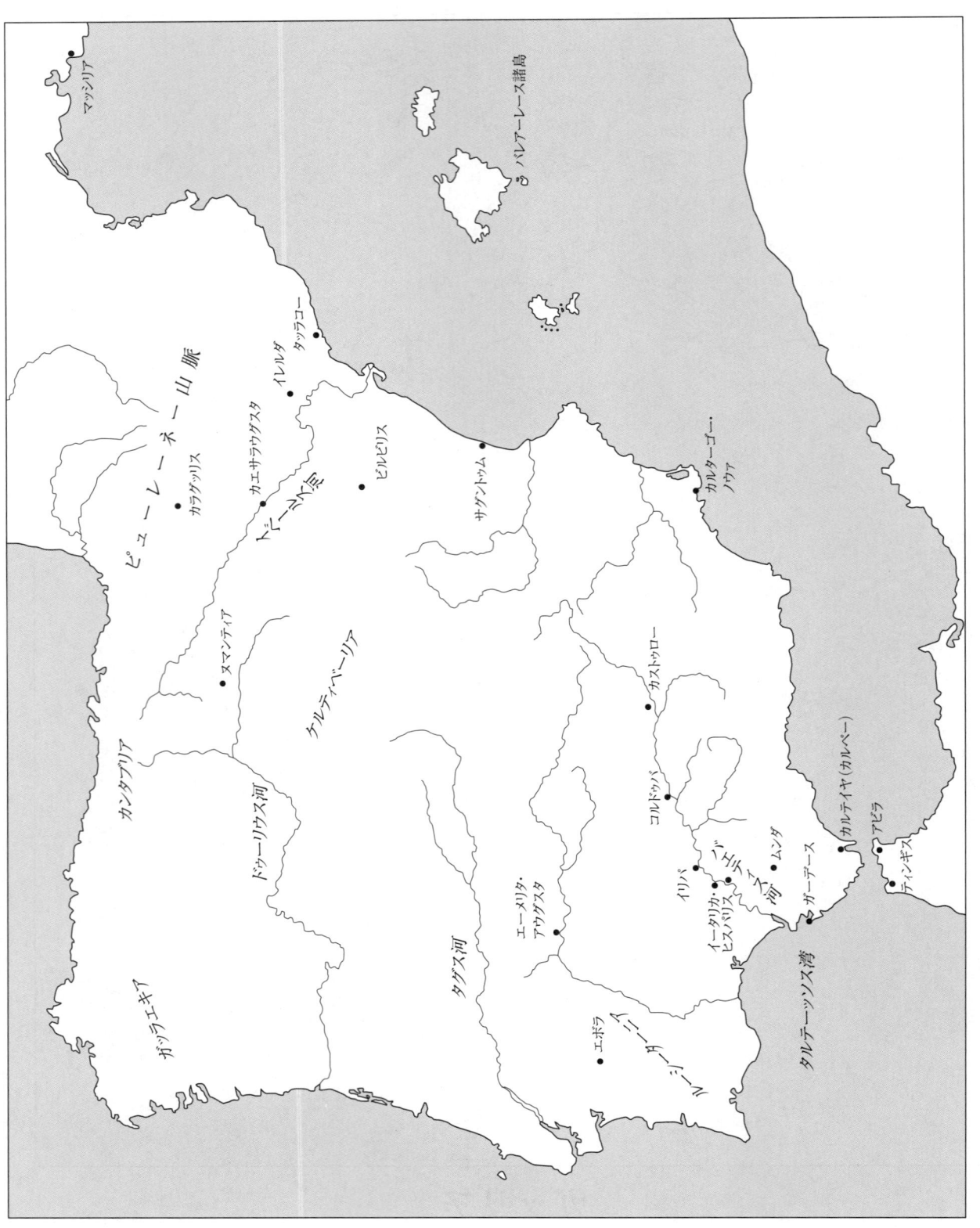

ヒスパーニア

索 引

和文索引

●ア行

アアローン 247
アイアイエー島 1, 339, 483-484
アイアキダイ 366, 882, 1291
アイアキデース 1, 155, 882, 985
アイアコス 1-2, 7, 68, 70, 616, 661, 675, 688, 819, 882, 919, 923, 993, 1082, 1143, 1317
アイアース❶（大アイアース）1, 2, 47, 145, 148, 357, 480, 499, 532, 616, 661, 703, 780, 791, 819, 832, 1095, 1251
アイアース❷（小アイアース）2, 348, 394, 440, 1377-1378
アイアートス 796
アイアンティデース 1072
アーイウス・ロクーティウス 2
アイエーテース 3, 6, 101, 148, 159, 232, 295, 309, 375, 483, 584, 839, 1058, 1132, 1134, 1267, 1273, 1282
アイオリアー 3, 27
アイオリス 3-5, 8, 16, 35, 143, 147, 240, 261, 476, 564, 607, 629, 680, 690, 796, 815, 848, 968, 1097, 1161, 1213, 1248, 1368
アイオロス❶（風の支配者）4-5, 27, 358
アイオロス❷（アイオリス人の始祖）3, 5, 72, 419, 438, 492, 524, 543, 557, 559, 621, 628, 743, 816, 861, 1058, 1104, 1213
アイオロス❸（❷の娘）5, 27, 743
アイガイ❶（ペロポンネーソス半島）5, 8, 512
アイガイ❷（エウボイア島）5, 8
アイガイ❸（小アジア）4-5
アイガイ❹（エデッサ❷）5, 321, 1101
アイガイオーン（エーゲ海）5, 8, 374, 1057, 1094
アイガイオーン（ブリアレオース）6
アイカテリネー 631
アイギアレー（アイギアレイア）（アドラストスの娘）6, 625, 758
アイギアレイア（シキュオーンの古称）34, 625
アイギアレイア（ディオメーデースの妻）670
アイギアレウス（アドラストスの子）6, 34, 88, 101, 326, 625, 670, 955
アイギアレウス（アプシュルトスの異名）6
アイギアレウス（シキュオーンの創建者）6
アイギアロ 34
アイギアロス 492
アイギオン 5, 35
アイギス 6, 117, 584, 689, 803, 917-918, 1273
アイギストス 6, 43, 89-90, 335, 342, 371, 522, 813, 818, 1155
アイギーナ❶島 7, 35, 97, 138, 465, 546, 616, 688, 810-811, 819, 821, 849, 863, 961, 993, 1010, 1051, 1060, 1083, 1090-1091, 1143, 1166, 1250
アイギーナ❷（❶の首府）7
アイギーナ（ニュンペー）7, 70, 628
アイギパーン 7, 948

アイギミオス 861, 985
アイギュプトス（エジプト）7, 318
アイギュプトス（ダナオスの双生兄弟）726
アイギロエッサ 4, 8
アイグレー 436
アイゲー 6
アイゲイダイ 1010
アイゲイラ 8
アイゲイロス 8
アイゲウス（アテーナイ王）6, 8, 14, 220, 794, 875, 917, 951, 1267, 1273, 1337
アイゲステー 8
アイゲステース 8, 317
アイゴス・ポタモイ 9, 85, 537, 578, 1158, 1341
アイゴーリオス 569
アイサコス 9, 934, 1056
アイシス 28
アイスキネース❶（弁論家、政治家）9, 77, 248, 775, 811, 1006, 1052, 1096
アイスキネース❷（哲学者）10, 69, 441
アイスキュロス 10, 36, 39, 46, 83, 243, 342, 426, 472, 499-500, 560, 572, 628, 634, 639, 663, 713, 726, 754, 799, 826, 905, 923, 959-960, 992, 1006, 1050, 1063, 1085, 1159, 1278
アイセルニアー 28
アイソーポス 11, 17, 615, 717, 802, 807, 905, 927
アイソーン 11, 232, 543, 816, 1085, 1121, 1267
アイタリアー 11, 261
アイタリデース 11, 984
アイティオピアー 12, 456, 860, 1075, 1283
アイティオプス 12
アイデシオス 13, 1211, 1302
アイデース（ハーデース）918
アイテール 13, 292, 343, 390, 520, 877, 1112
アイドゥーオイ 30
アイドース 764
アイトネー❶山（エトナ）13, 46, 88, 346, 392, 460, 469, 571, 721, 815, 932, 934, 990, 1057, 1111
アイトネー❷ 10, 14, 392, 959
アイドーネウス 14, 918
アイトラー（テーセウスの母）8, 14, 43, 100, 751, 794, 812, 981, 1267
アイトラー（パラントスの妻）933
アイトーリアー 14-15, 60, 187, 225, 557, 565, 662, 758, 830, 835, 838, 864, 868, 873, 893, 904, 920, 1072-1073, 1118-1119, 1237, 1282, 1339, 1374
アイトーリアー同盟 14, 45, 122, 225, 336, 515, 672, 805, 864, 893, 1165, 1324
アイトーロス 14-15, 438, 1073
アイネイアース❶（アイネアース、アイネーアース）（伝説の英雄）4, 9, 15-16, 39, 57, 63, 105, 115, 171, 175, 193, 223, 250, 261, 287, 354, 423, 504, 525, 533, 560, 566, 633, 735, 758-759, 768, 857, 859, 917-918, 1016, 1082, 1149, 1185, 1239-1240, 1244, 1262, 1286, 1303,

1308, 1318, 1382
アイネイアース❷・タクティコス 16, 466
アイネイアース❸（哲学者）16
アイネシデーモス（哲学者）16, 987
アイネーシデーモス（テーローンの父）829
アイノス 16
アイピュトス 473, 542, 1284
アイペイア 716
アイヤクス（アイアース）1
アイリアーノス 16, 524, 899, 1011, 1301
アイリアーノス（・タクティコス）17
アイリオス・アリステイデース 680
アイリオス・ニーコーン 453
アイリオス・ヘーローディアーノス 113
アウァーリクム 17, 977
アヴァール 280, 863, 1295
アウィアーヌス（アウィエーヌス）17, 927
アウィエーヌス（アウィエーニウス）17, 290, 755
アウィディウス・カッシウス 17, 164, 288, 703, 1012, 1028, 1206, 1230
アウィートゥス（西ローマ皇帝）18, 630, 787, 1204, 1332
アウィートゥス（ウィエンナの司教）630
アウェルヌス湖 18, 34, 633, 719, 919, 1352
アウェンティーヌス丘 18, 194, 289, 297, 320, 390, 395, 483, 506, 559, 569, 683, 745, 1013, 1172-1173, 1191, 1241, 1244, 1282, 1328, 1386-1387
アウェンニオー 404
アウクシムム 19
アウグスタ（市、尊称）19, 56, 268, 301-302, 330, 519, 597, 611, 692, 695, 892, 1012, 1065, 1137, 1145, 1167, 1175, 1228, 1265, 1301, 1303, 1305, 1327, 1330, 1349
アウグスタ・ウィンデリコールム 280, 1140, 1309
アウグスタ・スエッシオーヌム 650
アウグスタ・タウリーノールム 19, 331, 920
アウグスタ・トレーウェロールム 19, 24, 228, 271, 307, 402, 458, 511, 596, 599, 856, 1315, 1351
アウグスタ・プラエトーリア 20, 331
アウグスタ・ペルシア 1130
アウグスティーヌス 20, 27, 174, 229, 266, 363, 372, 394, 444, 511, 833, 837, 902, 958, 976, 999, 1009, 1011, 1113, 1222
アウグストゥス 21, 32, 54, 109, 114, 157, 264, 268, 349-352, 381, 383, 395, 401, 410, 500, 508-511, 515, 517, 521, 526, 535, 544-545, 548, 556, 563, 567-568, 570, 574-576, 578, 582-583, 587-588, 591-592, 594, 605, 608, 610, 613, 624, 631, 633, 639, 643, 646, 648, 652, 655, 660-661, 665, 667, 681, 683, 689-692, 695, 701, 707, 710, 714, 721-722, 725, 733, 735, 737, 752-753, 756, 759, 761, 763, 771-772, 777, 779, 781, 813, 815, 823, 827, 830, 836-837, 844, 846, 850-851, 853-855, 865, 869, 872-874, 879-881, 884-885, 888, 890-893, 898, 902, 904, 906, 912, 919-920, 922, 925, 927-

— 1573 —

和文索引

928, 931, 935, 937, 943, 950–951, 954, 962–967, 976–979, 982, 1001, 1003, 1013–1014, 1017, 1019, 1026–1027, 1029, 1032, 1037, 1042–1043, 1045–1047, 1049, 1053, 1055, 1064, 1067, 1069–1071, 1078–1079, 1084, 1086, 1101, 1105, 1108, 1128, 1130, 1139, 1142, 1152–1153, 1166, 1172, 1174, 1198, 1200, 1205, 1207, 1215, 1220, 1222, 1227, 1229, 1231–1233, 1235, 1240, 1250, 1254, 1256, 1261, 1265, 1286, 1299–1300, 1304, 1327
アウグストゥス月（8月） 1304
アウグストドゥーヌム 22, 30, 307, 405, 978, 1214
アウグストネメトゥム 48, 143, 563
アウグストリトゥム 48
アウクセンティウス 229
アウクソー 436, 1179
アウクヌス 1174, 1239
アウグル 23, 863, 1374
アウゲー 23, 182, 782, 825, 864
アウゲイアース（アウゲーアース） 23, 43, 177, 336, 364, 818–819, 884, 1117, 1119, 1290
アウスクルム 64
アウステル 23, 892
アウセル川 1346
アウソナ 23, 650
アウソニア 24, 26, 250–251, 354, 457, 720, 879, 893
アウソニウス 24, 48, 262, 511, 594, 643, 893, 902, 1068, 1109
アウソネース 24
アウソーン 24
アウテシオーン 765
アウトクトネス 24, 553
アウトクラトール 264
アウトノエー 24, 38, 50, 129, 256, 699, 1159
アウトメドゥーサ 257
アウトメドーン 24
アウトリクム 24, 446
アウトリュコス（盗賊） 24–25, 204, 460, 628, 632, 999, 1117, 1311
アウトリュコス❶ 25, 404, 1063
アウトリュコス❷ 25, 968
アウフィディウス, Cn. 284
アウフィディウス・バッスス 25, 1061
アウフィドゥス 601
アウラ 557
アウリス 25–26, 44, 257, 440, 1161
アウルス（ルーキウス・ウィテッリウスの兄） 276
アウルス・ガビーニウス 156, 216, 966, 1036
アウルス・ゲッリウス 1084
アウルス・コルネーリウス・コッスス 680
アウルス・テレンティウス・ウァッロー 827
アウルス・ヒルティウス 950
アウルス・プラウティウス（ローマの将軍） 430, 654, 1042, 1059, 1349
アウルス・プラウティウス（ネローに殺された若者） 1043
アウルス・ポストゥミウス・アルビーヌス 761, 1069, 1366

アウルス・マ（ー）ンリウス・トルクァートゥス 852
アウルンカ 23, 26, 650
アウルンキー族 24, 26, 250, 650, 879, 893, 1254
アウレオルス（僭帝） 405, 503
アウレーテース 1147
アウレートリス 1100
アウレーリア（ローマの婦人名） 26
アウレーリア（カエサルの生母） 27, 382, 575
アウレーリアーヌス帝 26, 183, 273, 332, 449, 490, 555, 577, 610, 640, 648, 695, 722–723, 798, 812, 944, 1047, 1167, 1083, 1209, 1287, 1383, 1385, 1388
アウレーリアーヌス城壁 26, 1385
アウレーリウス・コッタ, C. 27
アウレーリウス・ポンペイヤーヌス, Ti. 1349
アウレーリウス街道 27, 32, 165, 573, 1167
アウレーリウス記念柱 1230
アウレーリウス氏 26–27, 574
アウウルキー・ケノマーニー 556
アウロラ 27, 315
アエアクス 1
アエオリアエ群島 4–5, 27, 496
アエオルス 4
アエガーテース諸島 28, 413, 929
アエギュプトゥス 318, 1077
アエクィー族 28, 175, 291, 427, 442, 486, 678, 1138, 1167
アエクィマエリウム 1207
アエクラーヌム 28, 614
アエシス川 28, 60, 294, 706
アエスクラーピウス 66, 622, 1254
アエスティイー族 28
アエセルニア 28, 589, 614, 1162
アエソープス、クローディウス 29, 380, 743
アエッロー 942
アエーッロプース 942
アエディーリス 29, 61, 690
アエティウス 18, 29, 78, 272, 393, 400, 785, 906, 1065, 1174, 1204, 1284
アエドゥイー族 22, 30, 127, 143, 393, 835, 892, 978, 1127, 1160
アーエトス 30, 419, 1112
アエトナ山 13, 285
アエトリオス 438
アエードーン 30, 253, 691, 950
アエナーリア島 31, 255, 424, 976
アエネーアース 15, 18, 31, 59, 117, 121, 293, 504, 525, 533, 560, 566, 682, 735, 768, 774, 836, 875, 887, 935, 942, 1020, 1108, 1149, 1185, 1222, 1234, 1239–1240, 1244, 1262, 1286, 1303
アエミリア（アエミリウス・スカウルス❶の娘） 516
アエミリア（アエミリウス・パウッルス❶の三女） 31, 657
アエミリア（アエミリウス・パウッルス❷の姪） 31
アエミリア（ウェスタの巫女） 31, 1329
アエミリア（ウェスタの巫女長） 31
アエミリア（大ポンペイウスの妻） 380
アエミリア・テルティア 900
アエミリア・レピダ❶（レピドゥスの孫娘） 32

アエミリア・レピダ❷（アウグストゥスの曽孫） 32, 646, 902, 1297, 1300
アエミリア・レピダ❸（ドルースス❸の妻） 32, 683, 855, 1371
アエミリア・レピダ❹（ガルバの妻） 32, 448, 1371
アエミリアーヌス❶（小スキーピオー） 31, 657
アエミリアーヌス❷（マールクス・アエミリウス・アエミリアーヌス） 31, 268, 411
アエミリアーヌス（30 僭帝） 31
アエミリウス氏 32, 922
アエミリウス・スカウルス❶, M. 516, 1384
アエミリウス・スカウルス❷, M. 241, 743, 1254
アエミリウス・スカウルス❸, M. 1254
アエミリウス・パウッルス（パウルス）❶ 31, 456
アエミリウス・パウッルス（パウルス）❷ 31, 294, 410, 415–416, 901, 1133, 1215, 1274
アエミリウス・パウッルス（パウルス）❸ 1371
アエミリウス・マケル 348
アエミリウス・レピドゥス❶, M. 21, 32, 215–216, 487, 610, 1024, 1069, 1322, 1371, 1382
アエミリウス・レピドゥス❷, M. 215, 1371
アエミリウス・レピドゥス❸, M. 32, 1371
アエミリウス・レピドゥス❹, M. 56, 277, 387, 434, 854, 902, 1300, 1371–1372
アエミリウス街道❶（前 187 に建設） 32, 1370
アエミリウス街道❷（前 109 に建設） 27, 32
アエミリウス氏 31–32, 900, 1370
アエラーヌム 614
アエラーリウム（国庫） 33, 489, 610, 1019, 1046
アエリア・アウグスタ 251
アエリア・カピトーリーナ 921, 957, 1296
アエリア・パエティーナ 214, 868
アエリアーヌス 905
アエリウス・カエサル、ルーキウス 33, 207, 288, 921
アエリウス・ガッルス 123, 319, 456, 683
アエリウス・スパルティアーヌス 963
アエリウス・パエトゥス 33
アエリウス・ラミア 839
アエリウス・ランプリディウス 963
アエリウス橋 1384
アエリウス氏 33, 834
アーエロペー（クレーター王の娘） 34, 90, 418, 559, 812, 864, 1073
アーエロペー（ケーペウス❷の娘） 34
アーエロポス 1 世 1001
アーエロポス 2 世 119, 156
アーオニアー 34, 1160
アオルヌス湖（アオルノス湖） 18, 34, 329
アカーイアー❶（ペロポンネーソス半島北部） 5, 8, 34–35, 144, 512, 538, 543, 549, 582, 604, 637, 716, 764, 802, 857, 859, 864, 920, 1008, 1103, 1120, 1157, 1208, 121
アカーイアー❷（アカーイアー・プティーオーティス） 35, 1030
アカーイアー❸（ローマの属州） 15, 35–36, 144, 158, 505, 582, 681, 737, 891, 1215,

1259, 1287
アカーイアー同盟　5, 14, 34-35, 45, 122, 157, 205, 516, 562, 625, 672, 676, 791, 805, 920, 994, 1002, 1008, 1067, 1166, 1208, 1238, 1258, 1260-1261, 1266
アカイオイ（アカーイアー人）　35, 859, 1103, 1157, 1246
アカイオス（アカーイアー人の名祖）　35-36, 861, 969, 1120
アカイオス（シュリアーの王位僭称者）　36, 199
アカイオス（エレトリアの悲劇詩人）　36, 243
アカーイクス　1259
アカイメニダイ　36-37, 1132
アカイメネース（クセルクセース1世の弟）　256
アカイメネース朝　37
アガウエー　24, 38, 256, 699, 1159
アカカッリス　866, 1251
アカキオス　696
アカキオスの分裂　1296
アガシアース❶（彫刻家）　38
アガシアース❷（軍人）　38
アガシアース（メーノピロスの子）　38
アカストス　38, 159, 232, 671, 882, 1082, 1121, 1143, 1312
アガタ　393, 641
アガタルキデース　38, 173, 497, 1096
アガタルコス（画家）　39, 687
アガタルコス（アガタルキデースの別名）　38
アカーテース　15, 39
アカデーミーア　39
アカデーメイア　39-40, 83, 135, 154, 223, 298, 461, 472, 476, 493, 513, 516, 593, 679, 682, 697, 712, 742, 760, 1051, 1079, 1085, 1140, 1179, 1193, 1295, 1315, 1340
アカデーメイア派　16, 20, 40, 202, 206, 209, 325, 366, 520-521, 532, 540, 753, 835, 960, 987, 1010, 1067, 1115, 1274
アカデーモス　40
アガテュルソイ　40
アガテュルソス（名祖）　40
アガトクレイア（遊女）　40-41, 165, 1035, 1100, 1275
アガトクレース❶（シュラークーサイの僭主）　41, 316, 362, 402, 463, 774, 923, 928
アガトクレース❷（リューシマコスの子）　41, 165, 1039, 1341, 1343
アガトクレース❸（プトレマイオス4世の男娼）　40-41, 1034
アガトクレース❹（キュージコスの）　42
アガトクレース（リューシマコスの父）　1343
アガトクレース（エウテュデーモス❶の親族）　300
アガトクレース（マケドニアー人知事）　160
アガトダイモーン　42
アガトブーロス（哲学者）　1145
アガトーン　42, 138, 156, 311, 899, 1051
アガニッピデス（アガニッペーの別名）　42
アガニッペー　34, 42, 1125, 1255
アガペーノール　144, 927, 1312
アカマース　14, 42, 524, 716, 812, 896, 985, 1312

アガメーデース　43, 339, 822, 861
アガメムノーン　6, 25, 34-35, 43, 46, 89, 157, 173, 257, 261, 342, 371, 394, 522-523, 558, 625, 720, 737, 741, 780, 813, 818, 831, 859, 865, 882, 923, 925, 931, 994, 1019, 1044, 1059, 1073, 1095, 1110, 1139, 1148, 1246, 1254, 1276
アガリステー　491, 530, 1251, 1259
アカルナイ　44
アカルナーニアー　44, 51, 60, 187, 228, 838, 873, 1003, 1191, 1374
アカルナーン　44, 408
アカントス（スパルターの）　368
アカントス（アカンサス）（葉）　582
アギアース　645
アーギアダイ　45, 56, 58, 181, 297, 312, 537, 540, 825, 1073, 1185, 1363
アーキス（美青年）　431, 1186
アーキス河　46
アーギス❶1世　45
アーギス❷2世　45, 58, 147-148, 157, 313, 792, 844, 1238, 1341, 1363
アーギス❸3世　45, 208
アーギス❹4世　45, 147, 313, 332, 538, 540, 1261, 1364
アギアーティス　538, 1364
アキッラース（将軍）　535, 1037
アキッレウス（アキレウス、アキッレース）　10, 24, 35, 46, 82, 116, 212, 222, 261, 357, 440, 516, 522, 552, 562, 572, 626, 644, 654, 660-661, 664, 670, 689, 696, 698, 713, 758, 765, 770, 796-798, 819-820, 826, 830, 859-860, 878, 882, 884, 888, 923, 936, 942, 945, 985, 994, 1030-1031, 1047, 1056, 1059, 1095, 1098, 1100, 1110, 1124, 1128, 1139, 1158-1159, 1181, 1185, 1209, 1250, 1278, 1291, 1341, 1361
アキッレウス（去勢者）　841
アキッレウス（アキレウス）・タティオス　46
アギュッラ　389
アギュッリオス　42, 47, 407
アギュリオン　627, 753
アキーリア　1347
アキーリウス氏　515
アキーリウス, C.　489
アクァ・アッピア　503
アクァエ・アウレーリアエ　47
アクァエ・カリダエ（ブリタンニアの）　47
アクァエ・カリダエ（外ガッリアの）　47
アクァエ・カリダエ（アーフリカの）　47
アクァエ・カリダエ（マウレーターニアの）　47
アクァエ・グラーニー　47
アクァエ・スーリス　47, 411
アクァエ・セクスティアエ　47, 121, 404, 487, 607, 702, 781, 1226
アクァエ・セゲスターナエ　317
アクァエ・タウリー　571
アクァエ・マッティアカエ　47
アクァエドゥクトゥス　48, 678, 721, 771, 812, 1031, 1040, 1338, 1385
アクィーターニア　48, 53-54, 279, 291, 401, 404, 508, 681, 771, 785, 798, 860, 869, 885, 977, 1068, 1264
アクィーッリウス、マーニウス（父）　49, 63

アクィーッリウス、マーニウス（子）　49
アクィーヌム　49, 263, 873, 1293, 1318
アクィレイヤ　49, 78, 248, 298, 490, 594, 599, 912, 958, 1167, 1174, 1210-1211
アクィロー　1192
アクィンクム　49, 272, 728, 954
アクシウス（元老院議員）　509
アクシエロス　425
アクシオケー（ニュンペーの）　521
アクシオケルサー　425
アクシオケルソス　425
アクシオコス　69, 533
アクシオス河　372, 896
アクシオテアー（アカデーメイアに入門した女性）　40
アクシオテアー（サラミース❷王ニーコクレースの王妃）　673
アクーシラーオス　50
アクスーミス　12
ア（ー）クタ・セナートゥース　50
ア（ー）クタ・ディウルナ　50
アクタイオス（アクテー❷の名祖）　52, 553
アクタイオーン❶（ボイオーティアーの）　24, 50, 129, 173, 464, 1308
アクタイオーン❷（メリッソスの子）　50, 146, 914, 1090
アクテー❶（カルキディケー半島の岬）　51, 441, 962, 1090
アクテー❷（アッティケーの古名）　51, 553
アクテー（ネロー帝の愛妾）　500, 891
アクティオン　51, 109, 508, 535, 563, 624, 646, 652, 665, 684, 710, 752, 873, 979, 1026, 1037, 1055, 1064, 1335
アクティオンの海戦　21, 51, 55, 216, 1193, 1382
アグディスティス　77, 475, 1101, 1360
アクトリオーネ　1290
アクトリダイ　1290
アクトール　670, 1290
アグネス（殉教者）　642
アグノーストス・ゲー　797
アグノディケー　51
アグライアー　436, 1111
アグラウロス❶（アクタイオスの娘）　52, 553
アグラウロス❷（❶の娘）　52, 191, 553, 935, 1132
アクラガース　41, 52, 57, 345, 437, 444, 560, 569, 573, 627, 634, 669, 819, 829, 843, 898, 928, 932, 953, 959, 972, 980, 990, 1003, 1113-1114, 1126, 1245
アグリオス　347, 758, 820, 1287
アグリオペー　312, 730
アグリゲントゥム　52, 303, 990, 1113, 1126
アグリコラ、グナエウス・ユーリウス（ローマの政治家、将軍）　52, 328, 367, 439, 453, 722, 839, 1026, 1057, 1086, 1288
アグリコラ（タキトゥスの岳父）　289, 561
アクリシオス　53, 726, 778, 1076, 1133, 1324, 1346
アグリッパ、ヘーローデース❶1世　53-54, 100, 231, 254
アグリッパ、ヘーローデース❷2世　54, 100
アグリッパ（ドルーシッラ❷の子）　854
アグリッパ・ポストゥムス、マールクス・ウィ（ー）プサーニウス　22, 54-55, 545,

608, 772, 1017, 1300, 1327
アグリッパ、マールクス・ウィ（ー）プサーニウス（大アグリッパ） 21, 54, 278
アグリッパ・ユーリウス・カエサル 54
アグリッパース（哲学者） 16
アグリッパース1世 1153
アグリッピーナ❶（大アグリッピーナ） 55-56
アグリッピーナ❷（小アグリッピーナ） 56, 276, 282, 292, 890
アグリッピーナ❸（❶の異母姉） 56
アクロケラウニア 56
アクロコリントス 582, 1123
アクロタトス 56, 1364
アクロタトス、アレウス❶の子 181
アクロタトス、アレウス❶の父 181
アクロタトス（アレウス1世の息子） 533
アクロタトス（クレオメネース2世の長子） 538
アクロポリス 57, 61, 82-83, 180, 341, 531, 553, 560, 577-578, 580, 585-586, 616, 660, 671, 673, 677, 687, 700, 714, 716, 724, 733, 742, 753, 805, 828, 833, 860-861, 920, 932, 935, 939, 949, 951, 971, 981, 983, 1040, 1062, 1083, 1088-1089, 1102, 1123-1124, 1136, 1155, 1180, 1241, 1247-1248, 1250, 1256-1257, 1266, 1283-1284
ア（ー）クローン❶（カエニーナの王） 57, 680
ア（ー）クローン❷（ギリシア戦士） 57
ア（ー）クローン❸（医師） 57
アグローン 781
アークローン、ヘレニウス 57
アケー（アッケー） 59
アゲーサンドロス 57-58, 85, 1185, 1312, 1381
アゲーシストラター 45
アゲーシポリス❶1世 58, 540
アゲーシポリス❷2世 58, 538
アゲーシポリス❸3世 58, 540, 1339
アゲーシラーオス❶1世 58
アゲーシラーオス❷2世 44-45, 58, 147, 313, 323, 424, 494, 540, 593, 724, 767, 937, 941, 1088, 1342, 1363
アゲーシラーオス（アーギス❹の母方の叔父） 45
アケスタ（アケステー） 59
アケステース 8, 59
アゲディンクム 59
アゲートス（アリストーン❶の友人） 141, 802
アゲーノール（テュロスの王） 59, 314, 417, 480, 977, 1023, 1150, 1161
アゲーノール（アンテーノールの息子） 59
アケラオデース1世 157
アグラストゥス 509
アゲラ（ー）ダース 59, 158, 1089, 1183, 1250
アゲル・ガッリクス 60, 565, 1053
アケルバース 768
アケローオス（河神） 408, 588, 684, 746, 1091, 1119, 1282
アケローオス河 14-15, 60, 153, 796
アケローン（河神） 64
アケローン河 60, 187, 329, 573, 919, 1074, 1135, 1352

アゲンディクム 694
アゴラー 60-61, 83, 320, 561, 574, 582, 584, 616-617, 626, 630, 632, 663, 672, 680, 716, 724, 730, 747, 776, 792, 795, 828, 835, 843, 866, 904, 912, 920, 933, 944, 971, 983, 1040, 1057, 1063, 1072, 1088, 1091, 1114, 1128, 1138, 1159, 1213, 1239, 1252, 1266
アゴラクリトス 61, 145, 593, 1089, 1324
アゴラーノモス（アゴラーノモイ） 61
アコーリス 882
アゴーン 61, 482
アコンティオス 61, 409, 471
アサモーナイオス（ハスモーナイオス）家 61, 139, 199, 995
アサモーナイオス（祭司） 62
アザーン 532
アサンドロス（ボスポロス王） 62, 565, 940
アサンドロス（パルメニオーンの兄弟） 62
アシアー（オーケアノスの娘） 62, 87, 234, 353
アシアー❶（アジア大陸） 62
アシアー❷（小アジア） 62, 644
アシアー❸（ローマの属州アシア） 62
アシア（ローマの属州） 63, 506, 565, 590, 615, 619, 680, 941, 955
アシア・ミノル 644
アシアーティクス 275
ア（ー）シオス（叙事詩人） 63
ア（ー）シオス（ヘカベーの兄弟） 63
ア（ー）シオス（イードメネウスに討ち取られた） 63
アシーシウム 63, 1084
アジゾス（エメサ王） 854, 1003, 1024
アシニウス・ポッリオー 19, 112, 286, 411
アショーカ 624, 1208
アスカニオス（アスカニウス） 15, 32, 63, 175, 196, 423, 533, 1262, 1304
アスカラボス 63, 1263
アスカラボス（アケローン河神の子） 64, 1135
アスカラボス（トロイアー戦争に出陣した） 64
アスカローン 64, 202, 209, 390, 698, 1010, 1033
アスキュルトゥス 1107
アスクラー 64, 193, 793, 1125
ア（ー）スクルム❶（アープーリアの） 64, 791, 986
ア（ー）スクルム❷（ピーケーヌムの首都） 64, 290, 1376
アスクレー 64
アスクレーピアダイ家 495, 574, 971
アスクレーピアデース❶（医師） 25, 65, 1254
アスクレーピアデース❷（エピグラム詩人） 65, 615, 674, 1169, 1364
アスクレーピアデース❸（プレイウースの哲学者） 65, 513, 1276
アスクレーピアデース❹（文献学者） 65
アスクレーピアデース（ユーリアーヌス帝時代の哲学者） 65
アスクレーピアデース（ビーテューニアー史の著者） 65
アスクレーピアデース（メンデースの） 65
アスクレーピアデース（アレクサンドロス大王伝記の著者） 65

アスクレーピアデース（キュプロス史、フェニキア史の著者） 66
アスクレーピエイオン 574
アスクレーピオス 66, 114, 188, 326, 453, 500, 532, 552, 574, 593, 631, 650, 700, 709, 713, 776, 788-789, 818, 860, 864, 895, 948, 971, 975, 978, 981, 1006, 1022, 1074, 1110, 1128, 1170, 1207, 1273, 1284
アスコニウス・ペディアーヌス 912
アスタコス（ビーテュニアーの） 66, 874, 1260
アスタコス（アカルナーニアーの） 66
アスタコス湾 66
アスタルテー 64, 67, 105, 117, 330, 337, 464, 581, 631, 640, 947, 991, 996, 1023, 1297
アステュアゲース 67, 142, 457, 478, 909, 941, 1238, 1267
アステュアナクス 67, 222, 882, 1095
アステュオケー 858
アステュダマース（父） 67
アステュダマース（子） 67
アステュダメイア 38, 858, 1143
アステュノメー 522
アステュノモス（アステュノモイ） 68
アステュパライア 537
アステリアー（星の神） 68, 368, 572, 758, 828, 1094, 1134, 1162
アステリアー（プレイアデスの1人） 68
アステリアー（ディオメーデース❶の母） 68
アステリアー（ポーコスの妻） 68
アステリオス 314, 1245
アステリオーン（河神） 255
アステール❶（プラトーンの詩に登場する） 68, 1051
アステール❷（射手） 68, 227, 1273
アステロペー 1072
アストゥラ川（ラティウムの） 68
アストゥラ川（ヒスパーニアの） 68
アストゥラ（ラティウムの町） 68, 1317
アストゥリア（ヒスパーニアの地方） 68, 456
アストゥリア族 68
アストゥリカ 68
アストゥル 69
アストゥレース族 68, 456
アストモイ 455
アストライアー 69, 764, 1294
アストライオス 69, 314-315, 530, 698, 892, 917, 1092, 1100, 1134, 1168, 1192
アスドルーバース 532, 911
アスパシアー❶（ミーレートスの） 69, 512, 1125, 1139, 1157, 1252
アスパシアー❷（ポーカイアの） 69, 169
アスパシアー（女医） 999
アスパミトレース 170, 495
アスパル 696, 1228, 1364
アスプールゴス 62
アスペンドス 69, 313, 629, 845, 955
アスポデロス 1029
アセッリオー、センプローニウス 70, 707
アーソーピコス 323
アーソーポス（河神） 7, 225, 306, 313, 562, 616, 628, 632, 691, 800, 863, 895, 1091
アーソーポス川（シキュオーン） 70
アーソーポス川（ボイオーティアー） 70,

— 1576 —

727, 1048
アダー 172
アタウルプス（アタウルフス） 70, 74, 400, 404, 597, 1068, 1174, 1305
アタクス川 265, 869
アターナイオーン 1164
アタナシウス 1233, 1302
アタナシオス、アタナシオス派 71, 179, 218, 229, 270, 272, 299, 519, 541, 552, 595-596, 598-599, 709, 784, 870, 910, 999, 1007, 1233, 1302, 1335
アタマース 5, 72, 159, 256, 543, 593, 621, 628, 884, 930, 933, 1058, 1102, 1243, 1281, 1359, 1362
アタマース家 339
アタラリークス 397
アタランテー 72, 144, 172, 524, 791, 938, 974, 1085, 1100, 1279, 1338
アタルガティス 321, 640, 956
アタルネウス 74, 525, 1140, 1285
アタルバース 86
アッカ・ラーレンティア 73, 143, 742, 1013, 1325, 1387
アッカド 925
アッキウス 73, 1017, 1069
アッコー 59
アッサーオーン 869
アッシュリアー 74, 他
アッシュール 763
アッシュールバニパル 618
アッソス 61, 74, 135, 493, 529, 618, 788, 1140, 1246
アッタ 102
アッタ・クラウディウス 504
アッタリーア 75
アッタルス（西ローマ帝国の対立皇帝） 71, 74, 124, 597
アッタレイア（パンピューリアーの） 75, 955
アッタレイア（ガラティアーの） 75
アッタレイア（ミューシアーの） 75
アッタロス❶1世（ソーテール） 36, 75, 201, 206, 308, 565, 704, 783, 1002, 1066, 1213, 1315
アッタロス❷2世（ピラデルポス） 74-75, 110, 126, 308, 513, 672, 806, 998, 1066, 1123
アッタロス❸3世（ピロメートール） 63, 75-76, 98, 507, 1128
アッタロス（❶の父） 75
アッタロス（マケドニアーの貴族） 76
アッタロス（アレクサンドロス大王の影武者） 76
アッタロス朝 75-76, 308, 793, 1004, 1062
アッティアーヌス 920
アッティウス・トゥッルス（ないしトゥッリウス） 581
アッティカ 76, 1096, 1201, 1223
アッティクス 489, 815, 885
アッティケー 76, 他
アッティケー十大雄弁家 77, 83, 210, 213, 943
アッティケーの戦い 309
アッティス（キュベレーに愛された美青年） 77, 475, 518, 560, 611, 622, 1101, 1355
アッティス（古王クラナオスの娘） 76
アッティス（サッポーの女友達） 607

アッティラ 29, 49, 77, 171, 272, 372, 393, 556, 648, 784-785, 906, 1088, 1175, 1228, 1268, 1362
アットゥス（アッティウス）・クラウスス 504
アッピア街道 78
アッピアーノス（アッピアーヌス） 78
アッピア・レーギッラ 357
アッピウス・クラウディウス・カウデクス 959
アッピウス・クラウディウス・カエクス 78, 503-504, 890
アッピウス・クラウディウス・サビーヌス 504
アッピウス・クラウディウス・プルケル 848, 966
アッピウス・ユーニウス・シーラーヌス 427
アッピウス（アッピウス・クラウディウス・サビーヌス・レーギッレーンシスの息子） 504
アッピウス街道（ウィア・アッピア） 28, 78, 108, 284, 316, 391-392, 424, 457, 503, 526, 591, 677, 1019, 1026, 1053, 1087, 1109, 1162, 1179, 1197, 1235, 1253-1254, 1318, 1385
アッピウス水道（アクァ・アッピア） 48
アープレイヤ（サートゥルニーヌス、ルーキウス・アープレイユスの娘） 610
アープレイヤ（マールクス・アエミリウス・レピドゥス❶の母） 1371
アップレイヤ・ウァリッラ 1231
アーッペンニーヌス山脈 79
アッラキオーン 950, 961
アッラート 867
アッリア 79, 1061, 1131
アーッリア川 3, 79, 1015, 1076
アッリアーノス 79, 139, 496, 665, 874, 881, 935, 958, 1033, 1260
アッリウス・アペル 880
アッリダイオス 1137, 1187
アッリペー 841
アッルンティウス, L. 427
アッレクトゥス 429
アッレーティウム 80, 290, 321, 395, 587, 773, 1053
アッロブロギクス 1017
アッロブロゲース族 80, 107, 274, 555, 1017, 1376
アーテー 80
アティア（アウグストゥスの母） 1229, 1300
アティア（カエサルの姪） 21, 350
アティア（アウグストゥスの生母） 81, 128, 351
アディアベーネー 74, 81, 177
アティウス氏 81
アティス 978
アテイユス・カピトー 612, 1322
アティーリア 417
アティーリウス・レーグルス 714
アーデオダトゥス 20
アテシス河 289
アーテッラ 81, 424
アーテッラーナ 892
アーテッラーナエ 354
アーテッラーナ劇 81, 1017, 1202
アテーナー（アテーネー） 6, 40, 66, 82-84,

91, 97, 246, 367, 371, 524, 536-537, 553, 559, 576, 584, 593, 605, 621-622, 630, 668, 670, 688, 726-727, 743-744, 754, 759, 776, 779, 791, 801, 803, 812, 814, 822, 826, 849, 859, 872, 877, 898, 904, 916-918, 934-935, 939, 946, 948-949, 974, 981, 988, 1031, 1057, 1088-1089, 1093, 1103, 1110, 1112, 1114, 1133, 1138, 1180, 1234, 1244, 1247, 1250, 1273, 1285, 1289
アテーナー・ニーケー 57, 83
アテーナイ 82, 他
アテーナイア祭 949
アテーナイオス（『食卓の賢人たち』の著者） 38, 84, 496, 807, 863, 1011, 1169, 1193
アテーナイオス（攻城機械の書の著者） 84
アテーナイオス（医者） 84
アテーナイオス（アッタロス1世の息子） 84
アテーナイオス（キュージコス市民） 75
アテーナイオン（アテーナエウム） 82, 84
アテーナイオーン 1164
アテーナーイス 128
アテーナゴラース 974
アテーナデース 324
アテーニオーン 84, 617
アテーニス 459, 974
アテーノドーロス❶（ストア派哲学者） 21, 85, 735
アテーノドーロス❷（コルデューリオーンの渾名をもつストア派哲学者） 85
アテーノドーロス❸（音楽家） 85
アテーノドーロス❹（医師） 85
アテーノドーロス❺（アルカディアーの彫刻家） 85
アテーノドーロス❻（ロドスの彫刻家） 57, 85, 1312
アテーノドーロス（グレーゴリオス❸の兄弟） 541
アテュス 77
アテュス（アルバの古王） 81
アテュス（クロイソスの息子） 88
アテュス（ピューティオスの父） 987
アテュムニオス 398, 1245, 1251
アテルヌス河 118
アーテルヌム 269
アデルピウス 1083
アトゥアトゥカ 224, 654
アドゥアートゥキー族 488
アドゥーリス 12, 85
アトース山 51, 441, 592, 738, 770, 780, 927, 962, 1237, 1373
アトース岬 51, 495
アトッサ❶（キューロス❶大王の娘） 85, 126, 495, 738, 810, 1218
アトッサ❷（アルタクセルクセース2世の娘） 86, 116, 169, 778
アドーニス 77, 86, 105, 117, 338, 465, 530, 640, 757, 905-906, 924, 960, 976, 991, 1046, 1056, 1146, 1161, 1248, 1283
アドーニス川 991
アドヘルバル（ヌミディア王） 86, 484, 960, 1240, 1294
アドヘルバル（アタルバース）（カルターゴーの提督） 86
アドミニウス 498
アドメーテー 1118

和文索引

アドメートス　66, 86, 114, 155, 159, 343, 727, 1112, 1287
アトラース　62, 68, 87, 150, 234, 297, 341, 368, 524, 560, 628, 671, 732, 740, 758, 766, 803, 902, 981, 1072, 1085, 1100, 1118, 1120, 1140, 1203, 1284
アトラース山脈　87, 307, 387, 1099, 1206, 1273
アトラース（アトランティスの王）　88
アドラステイア　1287
アドラ（ー）ストス❶（アルゴス王）　6, 87-88, 180, 224, 320, 326, 336, 344, 530, 732, 758, 795, 886, 974
アドラ（ー）ストス❷（ゴルディアースの息子）　88
アドラストス（ペリパトス学派の哲学者）　88, 104
アトラティーヌス　707
アドラーノン　88
アドラミュティオン　74, 219
アドラミュテース　470
アトランティオス　1139
アトランティス　87-88, 293, 717, 774, 992, 1208
アトランテス　437
アドリア❶（パドゥス河口北方の町）　89
アドリア❷（ピーケーヌム地方の町）　89, 920
アドリア（アドリアース）海　28, 60, 89, 141, 240, 720, 754
ア（ー）トレイダイ　89
ア（ー）トレイデース　89
ア（ー）トレウス　6, 29, 34, 43, 89-90, 145, 521, 741, 812, 973, 1073, 1155, 1276
アトレバテース族　90, 411, 491, 602, 1127
アトロパテース（ペルディッカースの岳父）　90
ア（ー）トロパテーネ　90
アトロポス　91, 1287
アドーン　67
アーナイ　615
アナイーティス　38, 91, 161, 169, 179, 700, 938
アナカルシス　91, 481, 717, 1248
アナク（グレーゴリオス❹の父）　541
アナクサゴラース　39, 91, 157, 310, 506, 748, 809, 832, 1124, 1274
アナクサルコス　92, 101, 531, 986, 1274
アナクサレテー　92, 258
アナクサンドリデース❶（アナクサンドリダース2世）　92, 141, 485, 538, 540, 848, 1363
アナクサンドリデース❷（喜劇詩人）　93, 210
アナクシダーモス　147
アナクシビアー　38
アナクシマンドロス　93, 111, 493, 739, 945, 1093, 1252
アナクシメネース❶（ミーレートスの哲学者）　91, 93, 748, 945, 1252, 1281
アナクシメネース❷（ランプサコスの）　93, 707, 789, 1326
アナクシラーオス　1363
アナクシラース（レーギオンの僭主）　94, 623, 829, 959, 980, 1264, 1366
アナクシラース（中期喜劇詩人）　94
アナクトリアー　607

アナクトリオン　51
アナ（ー）グニア　94, 271, 1318
アナクレオーン　94, 101, 130, 143, 154, 174, 259, 327, 426, 520, 536, 615, 634, 662, 694, 783, 919, 970, 1011
アナザルバ　750
アナザルボス　385
アナース河　332
アナスタシウス1世　95, 284, 549, 579, 1058, 1295
アナデュオメネー　105
アナトリア　62
アナンケー　886, 1287
アニウス　95
アニオー川　28, 95, 213, 678, 683, 771, 773, 1366
アニオー河神　1359
アニオス　95, 221, 347
アニキウス氏　95, 363, 501, 1083, 1108, 1163, 1296
アニキウス・ガッルス, L.　96
アニキウス・ケレアーリス（ケリアーリス）　561
アニキウス酒　1032
アニーケートゥス（解放奴隷）　96
アニーケートゥス（海賊）　96
アニッペー　1029
アニュテー　339
アニュートス　96, 708
アヌ　550
アヌービス　97, 246, 1040
アネモイ　97
アバイ　97, 649
アバリア　7, 97, 1060
アバース（アクリシオスとプロイトスの父）　97
アバース（メタネイラの子）　64, 1263
アバース（メランプースの子）　255
アバース（リュンケウス❶の子）　1076
アパメー（アルタバゾス❷の娘）　170, 1033
アパメー（セレウコス❶1世の妻）　97, 198, 704
アパメイア❶（シュリアーの）　97, 234, 372, 880, 1149, 1233, 1313
アパメイア❷（プリュギアーの）　98, 199, 560
アパメイア（ビーテューニアーの）　98
アパメイア（メソポタミアーの）　98
アパメイア（エウプラーテースの）　98
アハーラ、ガーイウス・セルウィーリウス　98, 702
アバリス　98
アパレウス　249, 1344
アパレーティダイ　1344
アバンティアー　98
アバンティス島　98
アバンティダース（シキュオーンの僭主）　122
アバンテス（アバンテース）族　98, 306
アピオーン（文法学者の）　98, 220, 1009, 1098
アピオーン（キリスト教批判者の）　99
アピカータ（セイヤーヌス、ルーキウス・アエリウスの妻）　683
アピーキウス（トライヤーヌス帝に贈り物した人物）　99
アピーキウス、マールクス・ガーウィウス

99, 683
アピーキウス・カエリウス　99
アビシニア　12
アーピス（雄牛）　15, 99, 236, 302, 323, 699, 908, 1030, 1157, 1286
アーピス（ペロポンネーソス王）　99
アピドナイ　14, 99, 407, 751, 792, 1148
アビュードス❶（小アジアの）　100, 149, 172, 1246
アビュードス❷（エジプトの）　100, 318, 830, 1040
アビュレー　100, 450, 1120
アビラ　100
アビレーネー　100
アーフェル　100, 841, 1225
アブガロス5世　321, 636
アブガロス7世　355
アブガロス8世　355
アプシュルトス　3, 6, 101, 159, 839
アブデーラ❶（ギリシアの）　92, 101, 758
アブデーラ❷（ヒスパーニアの）　101
アブデーラ（ディオメーデース❶の姉妹）　101
アブデーロス　101, 361, 758, 1118
アブドゥル・ラフマーン　1113
アブドス　163
アフラ・マズダー　37, 715, 1241
アブラダータース　649
アーフラーニウス、ルーキウス❶　102
アーフラーニウス、ルーキウス❷　102, 262
アブラーハーム　320, 400, 686, 867, 947, 957
アープーリア　64, 102, 175, 284, 316, 420, 432, 440, 613-614, 720, 759, 1004, 1263-1264, 1300, 1347, 1353
アプリエース　102, 115, 457
アーフリカ❶　103, 444, 他
アーフリカ❷（属州）　103, 610, 767, 967, 1030, 1061, 1164
アーフリカ・ノウァ　608, 613
アーフリカ戦役　1166
アーフリカーヌス　658, 1186
アーフリカーヌス、ユーリウス　103
アプルナス　114
アープレイユス　103-104, 132, 444, 570, 613, 629, 920, 1029, 1219
アプロディーシア（祭礼）　927
アプロディーシアス（小アジア南西部の）　88, 104, 187, 434, 436, 1262
アプロディーシアス（アイオリス地方の）　104
アプロディーシアス（小アジア南部キリキアー地方の町）　104
アプロディーシアス（ガーデース近くの島）　104
アプロディーシアス（ペルシア湾の島）　104
アプロディーテー　104, 他
アプロディーテー・アスタルテー　983
アプロディーテー・ウーラニアー　105
アプロディーテー・パンデーモス　105
アプロディーテー・ポルネー　105
アプロディートス　117, 1139
アペーガー　867
アペッラ（カンパニアの）　106
アペッライ（アペッラ）　106, 320, 332, 672, 676, 1339
アペッリコーン　106

アペッレース　105-106, 186, 210, 329, 574, 626, 899, 1063, 1082, 1307
アペニン山脈　1356
アヘーノバルブス、ドミティウス❶　107
アヘーノバルブス、ドミティウス❷　107-108
アヘーノバルブス、ドミティウス❸　107-108
アヘーノバルブス、ドミティウス❹　108
アヘーノバルブス、ドミティウス❺　108
アヘーノバルブス、ドミティウス❻　108
アヘーノバルブス、ドミティウス❼　108
アヘーノバルブス、ドミティウス❽　109
アヘーノバルブス、ドミティウス（❶の同名の祖父）　107
アヘーノバルブス（アエーノバルブス）家　109
アペーマントス　776
アペーモシュネー　418
アベル、アッリウス　109, 442
アーペンニーヌス（山脈）　63, 250, 322, 348, 401, 611, 773, 857, 962, 1053, 1160, 1174, 1263
アポッリナーリス　630
アポッロー　109, 114, 601, 633, 714, 792, 931, 1030, 1197, 1354
アポッロドーロス❶（アテーナイの画家）　109, 687
アポッロドーロス❷（カリュストスの）　110, 827, 1128
アポッロドーロス❸（アテーナイの文献学者・史家）　65, 110, 130, 753
アポッロドーロス❹（ダマスコスの）　110, 730, 1383-1385
アポッロドーロス❺（ペルガモンの）　110, 788
アポッロドーロス❻（アテーナイの弁論家）　110
アポッロドーロス（アテーナイの彫刻家）　109, 645
アポッロドーロス（ゲラーの喜劇詩人）　110
アポッロドーロス（エピクーロス派の学頭）　110, 695
アポッロドーロス（アレクサンドロス大王の部将）　110
アポッロドーロス（アレクサンドレイア❶の）　110, 871
アポッロドーロス（アルテミタの）　110
アポッロドーロス（セレウケイアの）　110
アポッロドーロス（シケリアーの、前1世紀後半）　110
アポッロドーロス（ソークラテースの弟子）　709
アポッローニアー❶（アドリア海東岸の）　21, 85, 111, 252, 813
アポッローニアー❷（トラーケーの）　93, 111, 433
アポッローニアー❸（北アフリカの）　111, 478, 1159
アポッローニアー（マケドニアーの）　111
アポッローニアー（カルキディケーの）　111
アポッローニアー（ミューシアーの）　111
アポッローニアー（ビーテューニアーの）　111
アポッローニアー（パレスティナの）　111
アポッローニアー（シケリアーの）　111
アポッローニアー（クレーター島の）　111

アポッローニアー（アッソスの別名）　74
アポッローニアー（殉教者）　641
アポッローニオス❶・デュスコロス　111, 1152
アポッローニオス❷・モローン　111, 382, 461, 1381
アポッローニオス❸（ペルゲーの）　111, 970, 989, 1129, 1256
アポッローニオス❹・ロディオス　111, 159, 270, 334, 409, 670, 924, 1326, 1381
アポッローニオス❺（ソフィストと綽名された）　112
アポッローニオス❻（彫刻家）　112, 1381
アポッローニオス❼　399, 807, 812, 937, 957, 1007
アポッローニオス❼（テュアナの）　112, 188, 304
アポッローニオス❽（テュロス王）　113
アポッローニオス❾（驚異譚の編者）　113
アポッローニオス（テュロス出身のストアー派哲学者）　113
アポッローニオス（メガラ派の哲学者）　113
アポッローニオス（キティオン出身の医師）　113
アポッローニオス（ソータデースの子）　113
アポッローニオス（シュリアーの）　113
アポッローニオス（エジプトの占い師）　112
アポッローニオス・エイドグラポス（図書館長）　694
アポッローニオス・デュスコロス　113, 1058
アポッローニオス・マラコス　113
アポッローニオス・ミュース　113
アポッローニオス・モローン　113
アポッローニス　75
アポッローン　114, 他
アボーヌーテイコス　188
アボリーギネース　115, 1318
アボリーゲネース　118, 250
アマシス（2世）　102, 115, 457, 474, 863, 1028, 1162, 1182
アマーストリス❶（クセルクセース1世の妻）　115, 168, 1218
アマーストリス❷（アルタクセルクセース2世の娘）　86, 116, 169, 778
アマーストリス❸（オクシュアトレースの娘）　116, 165, 514, 756
アマーストリス（ダーレイオス2世の娘）　116
アマーストリス（都市）　116, 165
アマセイア　116, 674, 1196
アマセーヌス川　426
アマゾネス（アマゾーンの複数形）　116, 360, 377, 946, 1118, 1196, 1203
アマゾーン（アマーゾーン）　116, 118, 174, 203, 329, 542, 560-561, 620, 644, 670, 680, 726, 795, 819-820, 859, 939, 946, 968, 975, 1056-1057, 1091, 1093, 1098, 1103, 1114, 1118, 1159, 1196, 1203-1204, 1208, 1240
アマータ　117, 836, 1308, 1318
アマトゥース　86, 105, 117, 125, 465, 474, 982, 1139
アマドコス　689
アマラスンタ　785
アマリュッリス　782
アマルテイア（ニンフの）　6, 60, 117, 250,

588, 688, 803
アマルテイア（シビュッレーの異名）　117
アマルテイア（クレーターの王メリッセウスの娘）　117
アマルナ文書　1167
アマンティウス　95
アマンドゥス　905
アミーシア河　378, 781, 1065
アミーソス　117, 632, 815, 935, 1196, 1258
アミソーダレース　466
アミダ　229
アミテルヌム　118, 380, 608, 611, 613, 617
アミュークライ（ペロポンネーソス半島の）　44, 118, 314, 729, 981
アミュークライ（カンパニアの）　118
アミュークラース　118, 729, 981
アミュコス　118, 159, 751, 1031, 1111
アミューニアース　42
アミューモーネー（泉）　42, 118, 158, 160, 864
アミュルタイオス（エジプト第28王朝の）　119, 255, 319
アミュルタイオス（サイスの君侯）　119
アミュンタース❶1世　119
アミュンタース（2世）　119, 156
アミュンタース❷3世　119, 134-135, 156, 233, 312, 899, 1001, 1136
アミュンタース❸4世　119, 312, 1001, 1137
アミュンタース（マケドニアーの軍人貴族）　120
アミュンタース（ガラティアー王）　120, 431, 752
アミュントール（ボイオーティアの領主）　516, 523, 1161
アミルカース　928
アムーリウス　120, 880, 1013, 1359, 1387
アメイニアース　11, 868, 945
アメイノクレース　582, 623
アメイプシアース　121
アメノーピス　7
アメリア（アメリアー）　121, 267, 294, 1379
アメン　800
アメンホテプ3世　1278
アモル　121, 343, 498, 1029, 1334
アモルゴス島　121, 531, 699, 866, 1324
アモーレース　121
アライサ　929
アラウシオー　121, 388, 404, 487
アラクセース河（カスピ海に注ぐ）　121, 167, 350
アラクセース河（ペルシアの）　121
アラクセース河（ペーネイオス河の別名）　121
アラクトス　228
アラクネー　122
アラコーシアー　806
アラストール（ネーレウス王の子）　525
アラゼイル　916
アラートス（シキュオーンの）　35, 122, 147, 187, 205, 562, 625, 672, 1129
ア（ー）ラートス（ソロイ❶の）　17, 122, 197, 716, 756, 1101
アーラドス　122, 851
アラーニー人　79, 123, 163-164, 273, 620, 723, 777, 922, 1087, 1228, 1305
アーラ・パーキス　1385
アラバルケース・アレクサンドロス　1009

和文索引

アラバンダ　113, 434, 957
アラビアー（アラビア）　7, 123, 186, 661, 752, 758, 867, 957, 970, 1003, 1105, 1283, 1296, 1299
アラビアー❶（アラビア・ペトラエア）　123, 561, 842, 867
アラビアー❷（アラビア・デーセルタ）　123
アラビアー❸（アラビア・フェーリークス）　123, 409
アラビオー（マシニッサの子）　629
アラボス　398
アラマン　180
アラマンニー族　124, 143, 512, 549, 651, 655, 791, 1108, 1302, 1309
アラム（国王）　179
アラム人　640
アララト山　167
アラリアー　124, 389, 444, 585, 1164
アラリークス　70, 74, 124, 144, 340, 400, 577, 601, 667, 710, 785, 893, 1021, 1031, 1174-1175
アラル河　405, 1351
アラーロース（アリストパネースの子）　138
アラン人　174, 1087, 1168, 1210, 1305, 1353, 1364
アリアイオス　1278
アーリアース　79
アリアスペース　169
アリアドネー（ミーノース王の娘）　105, 125, 347, 349, 500, 561, 719, 740, 757, 794, 812, 831, 866, 993, 1110, 1245
アリアドネー（レオー1世の娘）　95, 696, 1365
アリアビグネース　126
アリアラテス❶1世　126
アリアラテス❷2世　126
アリアラテス❸3世　126, 201, 673
アリアラテス❹4世　126, 308, 940
アリアラテス❺5世　75, 126, 386, 806, 1313
アリアラテス❻6世　126-127, 874, 1243, 1313
アリアラテス❼7世　126-127
アリアラテス❽8世　127
アリアラテス❾9世　127
アリアラテス❿10世　127, 156
アリアラテス朝　386, 399
アリアラムネース1世　126
アリアラムネース2世　126
アリーウス派　127, 179, 519, 1174, 1226, 1296, 1233, 1302, 1364
アリオウィストゥス　30, 127, 651, 689, 835, 851, 1127, 1234
アリオバルザネース❶1世（ポントス王）　127
アリオバルザネース❷2世（ポントス王）　127, 1243
アリオバルザネース❶1世（カッパドキアー王）　127-128, 667
アリオバルザネース❷2世（カッパドキアー王）　128, 156, 357
アリオバルザネース❸3世（カッパドキアー王）　127-128, 751
アリオバルザネース（アルメニアー王）　128, 167, 375, 763
アリーオーン　128, 669, 719, 1272, 1368
アリーキア　68, 81, 128, 279, 318, 745, 836, 886, 975, 1317

アリスタイオス　24, 50, 114, 129, 244, 287, 312, 433, 477-478, 619, 916, 1082
アリスタゴラー（ヒュペレイデースの情婦だったヘタイラーの）　129
アリスタゴラー（コリントスのヘタイラー）　129
アリスタゴラース（ミーレートスの代理僭主）　129, 171, 343, 538, 584, 963, 1093
アリスタゴラース（キュージコスの）　129
アリスタゴラース（キューメー❶の）　129
アリスタゴラース（エジプトに関する著述を記した）　129
アリスタゴラース（年代不詳の喜劇詩人）　129
アリスタゴラース（アリスタルコス❷の子）　130
アリスタルコス❶（サモスの）　130, 615, 970
アリスタルコス❷（サモトラーケーの）　110, 130, 137-138, 230, 407, 513, 609, 616, 694, 756, 768, 815, 1098, 1177, 1288
アリスタルコス（❷の子）　130
アリスタルコス（テゲアーの）　130
アリスタルコス（医師）　130
アリステアース❶（プロコンネーソスの）　130, 141
アリステアース❷（『アリステアースの手紙』の著者とされる人物）　130
アリスティアース（プラーティーナースの息子）　1050
アリスティオーン　106
アリスティッポス（哲学者）　131, 325, 478, 709, 755, 787, 1052, 1307
アリスティッポス（小アリスティッポス）　131
アリスティッポス（メノーンの恋人）　1278
アリステイデース❶（政治家・将軍）　132, 709
アリステイデース❷（ミーレートスの）　132, 629
アリステイデース❸（テーバイ❶の）　132
アリステイデース❹（護教家）　132, 219
アリステイデース❺（アリスティデース・クィンティリアーヌス）　133
アリステイデース（アペッレースと同時代の画家）　132
アリステイデース（娼婦画家と綽名された画家）　132
アリステイデース、アイリオス　133
アリスティーデース・クィンティリアーヌス　133
アリストーン（ギリシア人）❶（スパルタ王）　92, 141, 334, 459, 472, 697, 802
アリストーン（ギリシア人）❷（反乱の指導者）　141
アリストーン（コリントスの）　141
アリストーン（アラビアー探検の）　141
アリストーン（哲学者）❶（キオスの）　141
アリストーン（哲学者）❷（ケオースの）　141, 520, 552
アリストーン（哲学者）（アレクサンドレイア❶の）　141
アリストーン（第2次ユダヤ戦争を記述した）　141
アリストクセノス　133
アリストクラテース　140, 473

アリストクレース（堅琴奏者）　205
アリストゲイトーン　83, 133, 212-213, 407, 561, 662, 816, 832, 1116, 1209, 1360
アリストス（アンティオコス❷の男色相手）　198
アリストデーメー　122
アリストデーモス❶（メッセーニアーの王）　134, 140
アリストデーモス❷（スパルター王家の祖）　134, 312, 542, 808, 1115
アリストデーモス❸（キューメー❷の僭主）　134, 498
アリストデーモス❹（クラティーノス❷の念者）　135, 328, 513
アリストデーモス❺（スパルター市民）アリストダーモス　135
アリストデーモス（コリントス王）　134
アリストデーモス（ソークラテースの弟子）　135
アリストデーモス（メガレーポリスの僭主）　135
アリストテレース　40, 68, 74, 94, 106, 133, 135, 141, 185, 187, 221, 234, 242, 300, 350, 406, 426, 441, 453, 493, 520, 529, 537, 554, 639, 663, 674, 679, 696, 710, 713, 760, 774, 783, 788, 803, 809, 815, 849, 870, 873, 900, 906, 924, 930, 932, 969, 982, 989, 999, 1009, 1052, 1061, 1067, 1081, 1096, 1115, 1140, 1142, 1158, 1163, 1165, 1169, 1191, 1208, 1226, 1230, 1272, 1285, 1340
アリストニーコス❶（エウメネース3世）　49, 126, 137, 508, 1128
アリストニーコス❷（メーテュムナーの独裁者）　137
アリストニーコス❸（文献学者）　137
アリストニーコス❹（宦官）　137, 1035
アリストニーコス（タラースの）　137
アリストニューモス　530
アリストパネース（喜劇詩人）　42, 44, 82-83, 121, 137-138, 220, 230, 307, 310, 404, 407, 512-513, 531, 533, 539, 571, 624, 643, 663, 708, 726, 748, 782, 794, 900, 992, 1004, 1052, 1063, 1071, 1323
アリストパネース（ビューザンティオンの）　130, 151, 138, 409, 694, 1177, 1275
アリストブーロス（ユダヤ王家）❶1世　139, 182, 187, 206
アリストブーロス（ユダヤ王家）❷2世　139, 182, 206, 209, 216, 652, 995, 1225
アリストブーロス（ユダヤ王家）❸3世　139, 182, 1152, 1225
アリストブーロス（ユダヤ王家）❹（❸の甥）　53, 139, 190, 209, 622, 1147, 1151-1152, 1225
アリストブーロス（❹の孫の小アルメニアー王）　139, 622
アリストブーロス（ギリシア系）❶（カッサンドレイアの）　139
アリストブーロス（ギリシア系）❷（アレクサンドレイア）　139
アリストポーン❶（アテーナイの政治家）　140
アリストポーン❷（タソス生まれの画家）　140
アリストポーン（喜劇詩人）　140
アリストマコス　134

— 1580 —

アリストメネース（メッセーニアーの英雄）　140, 744, 1326
アリストメネース（喜劇詩人）　140
アリスベー　9, 1056
アリプラデース　138
アリマスピー　141
アリマスポイ人　130, 141, 252, 260, 524, 660
アリーミヌス川　60, 141
アリーミヌム　32, 60, 141, 294, 694, 1053, 1174-1175, 1356
アリメントゥス、ルーキウス・キンキウス　142
アリュアッテース（2世）　67, 142, 468, 488, 500, 546, 562, 680, 845, 955, 1122, 1344
アリュエーニス　67
アリュッパース　882
アリュバース　1, 155, 187
アリュピア　212
アリュピウス　511
アル・ミーナー　640
アルウァーレース神官団　73, 142, 223, 742
アルウェルニー族　30, 107, 127, 143, 288, 563, 592, 689, 1303
アルカイアナクス家　1168
アルカイオス❶（ミュティレーネーの）　143, 607, 843, 1248, 1368
アルカイオス❷（アテーナイの）　143
アルカイオス❸（メッセーニアーの）　143
アルカイオス（ティーリュンス王）　226
アルカイオス（ステネロス❷の兄弟）　670
アルガイオス1世　1001
アルガイオス2世　119
アルカガトス（アガトクレース❶の子）　41
アルカガトス（アガトクレース❶の孫）　41
アルカス　144, 152, 407, 471, 671, 688, 744, 851, 927, 1120, 1203, 1238
アルカディアー　16, 34-35, 38, 42, 144, 160, 287, 366, 407, 525, 532, 538, 542, 558, 593, 604, 641, 670-671, 676, 688, 729, 731-732, 735, 744, 752, 791, 800, 803-804, 818, 821, 825, 827, 851, 877, 884, 906, 914, 916-918, 938, 947-948, 961-962, 974, 977, 1013, 1031, 1085, 1096, 1109, 1120, 1140, 1157, 1186, 1194, 1203, 1238, 1247, 1261, 1266, 1284
アルカディウス（東ローマ皇帝）　124, 144, 237, 302-303, 400, 485, 784, 803, 822, 1065, 1175, 1292, 1357
アルカディウス（エウドキア❶とパルリーヌスの子）　301
アルカトオス（アルカトゥース）　145, 257, 819, 1260
アルカメネース　61, 145, 896
アルガントーニオス　736
アルキアース❶（シュラークーサイの創建者）　50, 146, 638
アルキアース❷（テーバイ❶の僭主）　146
アルキアース（スパルター人）　146
アルキアース、アウルス・リキニウス　146
アルギオペー　999
アルキダマース　146
アルキダーミアー　45
アルキダーモス❶1世　147
アルキダーモス❷2世　44-45, 58, 147, 313, 332, 832, 1048, 1157, 1363
アルキダーモス❸3世　45, 147, 534, 732

アルキダーモス❹4世　147
アルキダーモス❺5世　147, 313
アルキダーモス（テオポンポスの嗣子）　147
アルキダーモス戦争　1157
アルギッパイオイ　260, 660
アルキッペー　52, 110, 191
アルキディー　621
アルギヌーサイ　147
アルギヌーサイの海戦　406, 672, 708, 818, 844, 1125, 1158
アルキノオス　148, 159, 358, 562, 864, 895
アルキビアデース　2, 39, 42, 69, 83, 96, 140, 148, 152, 307, 403, 470, 483, 520, 533, 537, 577, 672, 708, 776, 791-792, 819, 836, 844, 871, 941, 983, 985, 992, 1063, 1096, 1157, 1247, 1274, 1306, 1323, 1363
アルキビアデース（アルキビアデースの同名の息子）　149
アルキビアデース（クレイニアース❶の父）　532
アルキプローン　149, 1100
アルキメデー　524
アルキメーデース　111, 149, 334, 578, 627, 638, 960, 1163, 1232, 1256
アルキュオネー❶　5, 150, 559, 1290
アルキュオネー❷　150, 362, 1072
アルキュオネウス（ギガンテス）　460
アルキュオネウス（デルポイの美青年）　513, 1323
アルキュータース　150, 302, 732, 1008
アルギュンノス　44
アルギレオーニス（ブラーシダースの母親）　1048
アルギーレートゥム　151, 1385
アルキロコス❶（抒情詩人）　151, 481, 512, 699, 724, 770, 821, 947, 974, 1180, 1245, 1283
アルキロコス❷（建築家）　151
アルグス　158
アルクティーノス　152, 644-645
アルクトス　152
アルクマイオーン家（アルクマイオーニダイ、アルクメオーニダイ）　148, 152-153, 467, 479, 822, 889, 1259
アルクマイオーン（クロトーンの医師）　152
アルクマイオーン❶（アンピアラーオスの子）　44, 60, 153, 224, 227, 326, 336, 408, 758, 820, 1085
アルクマイオーン❷（アルクマイオーン家の先祖）　152-153, 549
アルクマーン　95, 128, 143, 154, 669, 677
アルクメオーン　1096
アルクメーネー　43, 154, 226, 256, 312, 342, 688, 800, 985, 1032, 1116, 1241, 1261, 1317
アルゲイアー（アドラ（ー）ストス❶の娘）　88
アルゲイアー（アリストデーモス❷の妻）　134
アルケイデース　1117
アルケオポーン　92
アルゲイポンテース　1140
アルケシラーオス（哲学者）　154, 513, 516, 521, 968
アルケシラーオス（喜劇詩人）　155
アルケシラーオス（彫刻家）　155
アルケシラーオス（バットス朝の）　155

アルゲース　374, 469
アルケースティス　87, 155, 310, 727, 1118
アルケタース（ディアドコイ）　155
アルケタース❶1世　155, 882
アルケタース❷2世　155
アルケタース（ロドスの）　1047
アルケビアデース　149
アルケモロス　156, 886, 990
アルケラーイス　399
アルケラーオス❶（マケドーニアー王）　134, 156
アルケラーオス❷（ミトリダテース王の部将）　156, 1242
アルケラーオス❸（❷の子）　156
アルケラーオス❹（❸の子）　156
アルケラーオス❺（カッパドキアー王）　127, 156, 386, 399, 515, 988, 930
アルケラーオス❻（ユダヤの支配者）　157, 515, 622, 1153
アルケラーオス❼（哲学者）　92, 157, 708
アルケラーオス（エジプト出身の詩人）　157
アルケラーオス（彫刻家）　157
アルゲンターリウス街　1385
アルゲントラートゥス　124, 851
アルゲンノス　25, 558
アルゴー号　157
アルゴス市　157
アルゴス❶（多眼の巨人）　158-159, 236, 316
アルゴス❷（アルゴー号の建造者）　157, 159, 232
アルゴス❸（オデュッセウスの犬）　159
アルゴス❹（アルゴスの命名者）　688, 778, 869, 1120
アルゴナウタイ　157, 159, 193
アルゴナウテース　159, 232, 305
アルコーニデース　538, 929
アルゴリス　160
アルコーン　79, 160, 180, 332, 366, 530, 577, 672, 717, 754, 774, 803, 843, 975, 1063, 1124, 1251, 1259, 1360
アルコンテス　160
アルサケース朝　160, 164, 317, 496, 937
アルサケース❶1世　160, 164, 752, 937
アルサケース❷2世　160-161, 704
アルサケース❸3世　161, 171
アルサケース❹4世　161
アルサケース❺5世　161
アルサケース❻6世　161-162, 200, 297, 496, 937, 1267
アルサケース❼7世　161-162, 200
アルサケース❽8世　161, 171
アルサケース❾9世　161, 372, 667, 806
アルサケース❿10世　161
アルサケース⓫11世　162
アルサケース⓬12世　162, 762
アルサケース⓭13世　162, 682
アルサケース⓮14世　162, 372, 509, 682, 777, 908, 1229, 1319
アルサケース⓯15世　162-163, 202, 777, 995
アルサケース⓰16世　162-163
アルサケース⓱17世　162-163, 372
アルサケース⓲18世　163
アルサケース⓳19世　162-163, 168, 276, 777, 1042
アルサケース⓴20世　163

和文索引

アルサケース㉑ 21 世　163
アルサケース㉒ 22 世　163
アルサケース㉓ 23 世　163, 168, 291, 763, 777
アルサケース㉔ 24 世　163
アルサケース㉕ 25 世　164, 1243
アルサケース㉖ 26 世　164, 291, 1243
アルサケース㉗ 27 世　164, 291, 1230
アルサケース㉘ 28 世　164, 291
アルサケース㉙ 29 世　164, 291
アルサケース㉚ 30 世　164, 170
アルサケース（アルサケース 19 世の子）163, 168
アルサメース　627, 739
アルサメース、アルタクセルクセース❷の子　169
アルシウム　27, 165
アルシノエー❶（プトレマイオス 1 世の母）165
アルシノエー❷ 1 世　165, 1034, 1146
アルシノエー❸ 2 世　41, 116, 165-166, 770, 1034, 1039, 1146, 1341, 1343
アルシノエー❹ 3 世　41-42, 165, 1034-1035
アルシノエー❺（エジプト女王）166
アルシノエー市❶（ネイロス河西岸）166
アルシノエー市❷（エジプト北東部）166
アルシノエー市❸（古名タウケイラ）166
アルシノエー市（アイトーリアーの）166
アルシノエー市（エジプトの）166
アルシノエー市（キュプロスの）166
アルシノエー市（キリキアーの）166
アルシノエー市（クレーターの）166
アルセース　908
アルタイアー　166, 346, 746, 992, 1282, 1368
アルタイメネース　418
アルタウァスデース❶ 1 世　167, 762
アルタウァスデース❷ 2 世　167
アルタウァスデース（メーディア王）　90, 128, 167
アルタウァスデース（アルサケース㉚の子）164
アルタカメー　170, 1033
アルタクサタ　167, 590, 777
アルタクシアース❶ 1 世　167
アルタクシアース❷ 2 世　168, 763
アルタクシアース❸ 3 世　168, 568
アルタクシアース朝　168, 179
アルタクセルクセース❶ 1 世　115, 168, 171, 495, 739, 804, 832, 935, 971, 1135
アルタクセルクセース❷ 2 世　69, 86, 91, 116, 127, 149, 168-170, 196, 251, 479, 494-496, 528, 551, 560, 578, 582, 619, 627, 665, 724, 767, 778, 909, 935, 941, 963, 1135, 1155, 1205, 1278
アルタクセルクセース❸ 3 世　169-170, 628, 851, 883, 908, 935, 1135, 1140, 1278, 1285
アルタクセルクセース❹ 4 世　169, 739, 908
アルタクセルクセース❺ 5 世　169, 1101
アルダシール❶ 1 世　90, 169, 496, 606, 635, 685
アルダシール❷ 2 世　635, 170
アルダシール❸ 3 世　170, 1192
アルタバゾス❶　170, 364, 1173
アルタバゾス❷　169-170, 436, 452, 936, 941, 1278, 1285

アルタバゾス❸　170
アルタパテース　479
アルタバ（ー）ノス❶（アカイメネース朝）170
アルタバ（ー）ノス❷（アカイメネース朝）170
アルタバ（ー）ノス❸（アカイメネース朝）171
アルタバ（ー）ノス❶ 1 世（パルティアーの）171
アルタバ（ー）ノス❷ 2 世（パルティアーの）171
アルタバ（ー）ノス❸ 3 世（パルティアーの）171
アルタバ（ー）ノス❹ 4 世（パルティアーの）171
アルタバ（ー）ノス❺ 5 世（パルティアーの）171
アルタブレネース　963
アルタペルネース❶　171, 1093
アルタペルネース❷　171, 725, 1130, 1251
アルタペルネース（ペルシア大王の使節）171
アルタユクテース　491
アルタユンテー　1218
アルデア街道　171, 426, 576, 590, 720, 726, 836, 1070, 1317, 1356
アルティーヌム　171
アルテミシアー❶ 1 世　172, 924, 933, 1154, 1361
アルテミシアー❷ 2 世　172, 933, 1204-1205, 1362
アルテミーシオン　172, 313, 495, 532, 552, 803, 824
アルテミス　44, 50, 66, 72, 91, 97, 114, 116, 172, 295, 329, 347, 362, 367-368, 406, 542, 551, 557, 561, 563, 565, 572, 579, 581, 593, 619, 663, 671, 676, 688, 706, 721, 729, 732, 734, 745, 768, 770, 775-776, 782, 787, 812, 818-819, 825, 828, 831, 841, 869, 878, 886, 920, 938, 975, 982, 1009, 1040, 1044, 1060, 1091, 1094, 1103, 1112, 1117, 1129, 1142, 1150, 1159, 1162, 1183, 1219, 1257, 1277, 1285, 1298, 1369
アルテミス・オルティアー　173
アルテミドーロス❶（地理学者）　38, 173, 329
アルテミドーロス❷（占術研究家）　173, 329
アルテミドーロス❸（修辞学者）173
アルテミドーロス（文献学者）173
アルテミドーロス（医学者）173
アルテメネース　126
アルテモーン（技師）174, 198
アルテモーン（アナクレオーンの詩に歌われた）174
アルテモーン（カッサンドレイアの）174
アルテモーン（ミーレートスの）174
アルテモーン（マグネーシアーの）174
アルテモーン（抒情詩人）174
アルテモーン（アンティオコス 2 世の替え玉）174
アルトバザネース　126
アルニアー　620
アルヌス河　250, 322, 962, 1086
アルネー　377
アルノビウス（修辞家）　174, 1315

アルノビウス（小アルノビウス）　174
アルバ・アエミリウス　283
アルパイオス　622
アルバケース　748
アルバーニアー　174, 232, 259
アルバーヌス湖　174-175
アルバーヌス山　128, 174-175, 745, 1299, 1318
アルバ・フーケーンス　28, 175, 269, 442, 1133
アルバ・ポンペイヤ　175
アルバ・ロンガ　15, 63, 121, 175, 281, 421, 423, 774, 833-834, 880, 1013, 1078, 1108, 1162, 1180, 1308, 1317-1318
アルバンデース　355
アルピー　102, 175, 759
アルビア・ドミニカ　270
アルビオーン（ブリタンニア）　175, 1059, 1332
アルビオーン（人）176
アルビス河　22, 108, 176, 378, 567, 605, 699, 855, 1139
アルビーヌス　1068
アルビーヌス、デキムス・クローディウス　176
アルビーヌスの乱　1351
アルピーヌム　176, 291, 461, 714, 1226
アルビノウァーヌス・ペドー　176
アルビーノス　880
アルビール　81
アルブラ　774
アルペイオス河　23, 60, 144, 177, 192, 335, 338, 364, 962, 1117, 1261, 1319
アルペシボイア　153, 1096, 1273
アルペース（山脈）　20, 177, 250, 401, 505, 565, 575, 607, 652, 667, 677, 694, 894, 920, 953, 1108, 1160, 1167, 1258, 1379
アルペース・コッティアエ　177, 575
アルペース・マリティマエ　177
アルベーラ　177, 185, 378
アルボガステース　178, 272, 298, 784
アルミニウス　22, 178, 268, 380, 398, 563, 568, 699, 724, 781, 1238, 1325
アルメニア　178, 454, 747
アルメニアー　178, 他
アルメニオス　179
アルメンターリウス　454
アルモー　1324
アルモリカ　179
アー（ッ）ルーネス❶　80, 426
アー（ッ）ルーネス❷　80, 833
アー（ッ）ルーネス❸　80, 1070
アー（ッ）ルーネス❹　80
アレイオス　20, 71, 74, 124, 179, 218, 229, 270, 299, 358, 444, 541, 552, 595-598, 630, 730, 784-785, 787, 797, 870, 903, 910, 958, 999, 1007, 1174, 1226, 1233, 1294, 1296, 1302, 1335, 1348, 1364
アレイオス・ディデュモス　180
アレイオス・パゴス　51, 83, 160, 180, 191, 324, 335, 371, 557, 717, 719, 788, 935, 1071
アレイオーン　88, 180, 804
アレウアース　181
アレウアダイ　181, 634, 796, 1010, 1324, 1363
アレウス❶ 1 世　56, 181, 533, 538, 545

— 1582 —

アレウス❷ 2 世　56, 181, 1364
アレオス　23, 181
アレキサンダー大王　182
アレキサンドリア（アレクサンドリア）　182
アレクサンデル　184
アレクサンデル・セウェールス　103, 170, 294, 332-333, 585-586, 687, 759, 823, 895, 902, 956, 1105, 1210, 1288, 1301-1303
アレクサンドラー❶（サローメー）　62, 139, 182, 187
アレクサンドラー❷（❶の孫）　139, 182, 1152, 1225
アレクサンドラー（カッサンドラー）　393
アレクサンドリーア　182
アレクサンドリーア戦役　1256
アレクサンドレイア❶　16, 21, 65, 71, 111, 165, 183, 216-217, 319, 383, 409, 501, 511, 513, 519, 531, 535, 537-538, 541, 544-545, 552, 564-565, 578, 607, 610, 616, 637, 662, 674, 690, 694-695, 700, 702, 705, 707, 710-712, 714, 728, 735, 750, 753, 755-756, 758, 768, 770, 782, 785, 788-789, 807, 816, 844, 863, 871, 873, 883, 891, 910-911, 916, 918-919, 938, 943, 948, 956-957, 960, 970, 972, 982, 989, 1000, 1003, 1008-1009, 1028, 1033-1040, 1072, 1079, 1081, 1087-1088, 1096, 1098, 1111, 1128, 1140, 1146-1147, 1152, 1154-1155, 1158, 1169, 1173, 1186, 1191, 1199-1200, 1206, 1234, 1237, 1256, 1286, 1304
アレクサンドレイア❷（イッソスの）　184
アレクサンドレイア❸（トローアスの）　184, 710
アレクサンドレイア・アラコーシアー　184
アレクサンドレイア・アレイアー（アリ（ー）アー）　184
アレクサンドレイア・エスカテー（最果ての）　184, 230
アレクサンドレイア（マルギアネーの）　184
アレクサンドレイア（バクトリアーの）　907
アレクサンドロス（パリスの別名）　184, 934
アレクサンドロス❶ 1 世（マケドニアー王）　185
アレクサンドロス❷ 2 世（マケドニアー王）　185, 312
アレクサンドロス❸ 3 世（大王）　36-37, 46, 62, 92-93, 106, 116, 119, 139, 157, 182, 185-186, 188, 204, 206, 230, 242, 252, 263, 308, 317-319, 326, 365, 378, 394, 406, 476, 506, 513-514, 516, 525, 527-528, 531-532, 534, 537, 554-555, 560, 565, 572, 574, 585-586, 592, 601, 613, 615-616, 618-619, 623, 626, 628-629, 631, 640, 644, 657, 659, 663-664, 672, 676, 680, 685, 689-690, 700, 703, 708, 710, 716, 718, 723, 729-730, 732, 735, 739, 745, 749, 753, 756, 758, 768, 770-771, 783, 789-790, 793, 796, 799-801, 805, 811, 813, 817, 830, 836, 842-843, 846, 851, 859, 870, 872-873, 881-883, 894-895, 907-910, 912, 925-928, 932-933, 935-937, 941, 944, 947-948, 953, 955, 958, 963, 983, 985-988, 991, 995, 1001-1003, 1006-1007, 1009-1010, 1023, 1027-1028, 1032-1033, 1036, 1039, 1048, 1055, 1057, 1062-1063, 1067, 1101-1102, 1110, 1113, 1128, 1131, 1136-1137, 1143, 1150-1151, 1167, 1183, 1194, 1196, 1199, 1216, 1229, 1241, 1243, 1247, 1252, 1261, 1272, 1278, 1285-1286, 1297, 1343, 1377
アレクサンドロス❹ 4 世（マケドニアー王）　186, 208, 365, 394, 1377
アレクサンドロス❺ 5 世（マケドニアー王）　186, 209, 1341
アレクサンドロス❶ 1 世（エーペイロスの）　187, 329, 365, 601
アレクサンドロス❷ 2 世（エーペイロスの）　187, 366
アレクサンドロス（アイトーリアーの）　187, 694, 1072-1073
アレクサンドロス（アプロディーシアスの）　104, 187, 710
アレクサンドロス（アリストブーロス 2 世の子）　182, 206, 1225
アレクサンドロス（アルケラーオス❻の兄）　157
アレクサンドロス（アレクサンドレイアの主教）　71, 179
アレクサンドロス（アンティゴノス❷の甥）　205
アレクサンドロス（キリキアーの小王）　927
アレクサンドロス（コリントスの）　514, 805, 306
アレクサンドロス（ソフィストの）　703
アレクサンドロス（トラッレイスの医師）　190
アレクサンドロス（ヌーメーニオスの子）　190
アレクサンドロス（パープラゴニアーの）　188
アレクサンドロス（ブレウローンの）　189
アレクサンドロス（ペライの）　134, 189, 472
アレクサンドロス（ヘーローデース 1 世の子）　139, 190, 209, 515
アレクサンドロス（ヘーロピロス派の医学者）　190
アレクサンドロス（ポリュドーロスの子）　233
アレクサンドロス（ポリュペルコーンの息子）　1187
アレクサンドロス（マリアンメー 1 世の子）　622, 1152
アレクサンドロス（マールクス・アウレーリウス帝の秘書官）　189
アレクサンドロス（ユダヤの王子）　190
アレクサンドロス・イアンナイオス　139, 182, 187, 191, 385, 391, 526, 560, 995, 1036
アレクサンドロス・ゼビナース　188, 200, 806
アレクサンドロス・バラース　75, 189, 200, 535, 749, 752, 806, 1035
アレクサンドロス・ヘーリオス　90, 167, 536
アレクサンドロス・ポリュイストール　189
アレクシカコス　1119
アレクシス（喜劇作家）　138, 190, 210, 1051, 1275
アレクシス（ウェルギリウスに愛された若者）　190, 286
アレクシス（史家）　190
アレクシス（著作家）　190
アレクシス（彫刻家）　190
アレクシダー　224
アレクシーノス　305
アーレークトー　190, 336, 374
アレクレーピオドトス　66
アレシア（アレシアー）　143, 190, 288, 331, 405, 446, 602
アレース　34, 52, 64, 105, 116, 180, 190, 367, 417, 559, 562, 628, 630, 670-671, 688, 758-759, 776, 824, 843, 895, 935, 939, 945, 975, 1058, 1074, 1103-1104, 1111-1112, 1123, 1159, 1235, 1277, 1282
アレーストール　158-159
アレタイオス　191
アレタース❶ 1 世　191, 867
アレタース❷ 2 世　191, 867
アレタース❸ 3 世　187, 191, 730, 867, 995
アレタース❹ 4 世　191, 867, 1153
アーレーテー　148
アレーティウム　1053
アレトゥーサ　177, 192, 353, 368, 638, 863
アレトリウム　192, 1017
アレーナ　973
アレーネー　249, 1344
アレマンニー　269, 286, 503, 596, 598, 1083
アレラーテ　27, 121, 192, 226, 404, 598-599, 630, 785, 999, 1011
アレリア　124
アローアダイ　114, 191-192, 258, 324, 356, 358, 736, 866
アロエー　920
アローエウス　192, 258, 419
アロペー　572
アロロス　1038
アンカイオス❶（リュクールゴス❸の子）　193, 1338
アンカイオス❷（ポセイドーンの子）　193, 615
アンカリア　351
アンキアレー　472
アンキーセース　15, 105, 193, 250, 337-338, 368, 423, 857, 859, 1222, 1311
アンギティア　1234
アンキューラ　194, 201, 246, 294, 431, 1233
アンキューラ碑文　194
アンキーレ　194
アンクス・マ（ー）ルキウス　73, 194, 285, 354, 679, 727, 734, 834, 1229, 1367, 1386
アーンクスル　291, 725, 1025
アングリー（族）　195, 540, 605, 837
アングリウァリイー　1065
アンクーロス　1241
アンケモルス　1234
アンコーナ　231, 487
アンコーン　19, 28, 64, 89, 110, 195, 694
アンシャーン　36
アンタイオス　195, 374, 779, 982
アンタルキダース　58, 195, 239, 329, 470, 506, 582, 615, 619, 778, 783, 799, 933, 1048, 1337
アンタルキダースの和約　168
アンテイア　196, 240, 669, 1076, 1103
アンティアース　196
アンテイアース　850

アンティウム 38, 196, 291, 434, 592, 890, 1207, 1379
アンティオキーア 639
アンティオキス 126
アンティオクス・ピロパップス 941
アンティオケイア❶ 189, 196, 199, 204, 229, 236, 269, 288, 306, 333, 373, 505, 535, 545, 568, 596-597, 630, 635, 638-640, 695, 702-703, 706, 729, 784, 787-788, 806, 873, 883, 903, 920, 958, 1003, 1041, 1106, 1149, 1214, 1222, 1256, 1301-1302, 1304, 1333
アンティオケイア❷（ピシディアー近くの） 197, 385, 431
アンティオケイア❸ 198, 321
アンティオケイア❹ 198, 875
アンティオケイア❺（マルギアネーの） 198
アンティオケイア（キリキアー地方の） 198
アンティオケイア（ペルシスの） 198
アンティオケイア（マイアンドロス河沿いの） 198
アンティオコス❶1世（セレウコス朝） 97-98, 184, 198, 308, 1312
アンティオコス❷2世（セレウコス朝） 174, 198-199, 201, 1312
アンティオコス❸3世（セレウコス朝） 15, 36, 98, 161, 167, 199, 294, 300, 306, 308, 416, 1313
アンティオコス❹4世（セレウコス朝） 168, 189, 199, 235, 327, 352, 525, 601, 704, 805-806, 854, 957, 1032, 1035, 1242-1243, 1310
アンティオコス❺5世（セレウコス朝） 200, 805, 854, 941
アンティオコス❻6世（セレウコス朝） 200, 535, 752
アンティオコス❼7世（セレウコス朝） 200-201, 535, 705, 752, 806, 995, 1032
アンティオコス❽8世（セレウコス朝） 200-201, 535, 703, 705, 806, 1002
アンティオコス❾9世（セレウコス朝） 200-201, 535, 703, 705, 851
アンティオコス❿10世（セレウコス朝） 535, 705, 1002, 1147
アンティオコス⓫11世（セレウコス朝） 201, 535, 1002
アンティオコス⓬12世（セレウコス朝） 201, 1002
アンティオコス⓭13世（セレウコス朝） 201, 535, 705, 762, 1003
アンティオコス⓮・ヒエラクス 75, 201, 673, 704, 1243, 1313
アンティオコス❶1世（コンマーゲーネー王） 162, 201-202
アンティオコス❷2世（コンマーゲーネー王） 202
アンティオコス❸3世（コンマーゲーネー王） 202
アンティオコス❹4世（コンマーゲーネー王） 139, 163, 202, 327
アンティオコス（アスカローンの） 16, 40, 180, 202, 265, 461
アンティオコス（アルキビアデースの部下） 149
アンティオコス（アンティオコス3世の長子） 775
アンティオコス（キリキアーの） 202

アンティオコス（シュラークーサイの） 202
アンティオコス（セレウコス1世の父） 196, 1312
アンティオコス（医師） 203
アンティオコス（占星学者） 203
アンティオコス（彫刻家） 203
アンティオコス（法学者） 203
アンティオペー❶（ヒッポリュテーの姉妹） 116, 203, 975
アンティオペー❷（ニュクテウスの娘） 203, 225, 464, 778, 877
アンティキュラ❶（ポーキス地方南岸） 203, 514, 856
アンティキュラ❷（テッサリアー南部） 203
アンティキュラ❸（西ロクリス） 204
アンティキュレウス 203
アンティクレイア 25, 172, 204, 357, 628, 864, 1311
アンティゴニアー 204
アンティゴネー❶（オイディプースの娘） 204, 238, 346, 539, 897, 1143, 1146, 1186
アンティゴネー❷（ベレニーケー1世の娘） 204, 986, 1314
アンティゴネーア 204
アンティゴネイア❶（シュリアーの） 204
アンティゴネイア❷（トローアスの） 204
アンティゴネイア（アルカディアーの） 204
アンティゴネイア（エーペイロスの） 204
アンティゴネイア（カルキディケーの） 204
アンティゴネイア（ビーテューニアーの） 204
アンティゴネイア（マケドニアーの） 204
アンティゴノス❶1世 106, 184, 204-206, 259, 308, 394, 514, 531, 534, 560, 672-673, 680, 703, 745, 756, 770, 783, 805, 807, 867, 870, 881, 958, 1004, 1033, 1137, 1187, 1242, 1267, 1343
アンティゴノス❷2世・ゴナタース 122, 187, 198, 205-206, 209, 514, 533, 545, 673, 697, 777, 805, 807, 874, 958, 960, 986, 997, 1034, 1039, 1129, 1276
アンティゴノス❸3世 122, 205, 538, 562, 807-808, 1002, 1008, 1034, 1238
アンティゴノス（アリストブーロス1世に殺害された） 206
アンティゴノス（アンティゴノス❸の甥） 206
アンティゴノス（カリュストスの著述家） 206
アンティゴノス（ユダヤの王） 206
アンティゴノス朝 75, 122, 204, 206, 394, 673, 745, 805, 843, 958, 988, 1002, 1133, 1216
アンティスティア 1199
アンティスティウス・ウェトゥス, L. 1358
アンティスティウス・ラベオー, M. 422
アンティステネース（アテーナイの） 69, 149, 206, 472, 709, 748, 1052
アンティステネース（ロドスの） 207
アンティッサ 821, 1368
アンティノウス（クラウディオポリスの） 207-208, 319, 421, 611, 735, 771, 822, 977, 1238
アンティノウス（ハドリアーヌスの愛した若者） 921
アンティノオス 207-208, 1109
アンティノオポリス 207-208, 319, 863, 921

アンティパテース 208, 1307
アンティパテル、ルーキウス・カエリウス 208
アンティパトロス❶ 394, 673, 745, 997, 1033, 1137, 1146, 1152, 1187, 1323
アンティパトロス❶（マケドニアーの摂政） 45, 116, 186, 204, 208-209, 242, 308, 365, 1363, 1377
アンティパトロス❷ 1002, 1152
アンティパトロス❷（マケドニアー王） 186, 209
アンティパトロス❸（マケドニアー王） 209
アンティパトロス❶（ユダヤの） 209
アンティパトロス❷（ユダヤの） 190, 209
アンティパトロス（キュレーネーの） 210
アンティパトロス（シードーンの） 209, 1364
アンティパトロス（タルソスの） 749, 924
アンティパトロス（テュロスの） 210
アンティパトロス（ヒエラーポリスの） 210
アンティパトロス・デルベーテース 752
アンティパネース 138, 210
アンティパネース（小アンティパネース） 210
アンティピロス❶（画家） 106, 210
アンティピロス❷（詩人） 210
アンティポーン❶（弁論家） 77, 210
アンティポーン❷（ソフィスト） 211, 500
アンティポーン❸（悲劇詩人） 211
アンティポーン（円の求積法の） 211
アンティポーン（プラトーンの異父弟） 211
アンティポーン（放火の廉で処刑された） 211
アンティポーン（四百人会の） 1088
アンティマコス❶1世 211, 300, 807
アンティマコス❷2世 211
アンティマコス（クラロスの） 211
アンティメニダース 143, 969
アンティリバノス山脈 211, 572, 1334
アンティレオーン 437, 969, 1263
アンティロコス 46, 212, 884, 1278
アンテウス 212, 774, 934, 1141
アンデース 286, 1239
アンテステーリア祭 212, 754
アンテステーリオーン 1247
アンテードーン 500
アンテーノール（トロイアーの） 59, 212, 285, 743, 774, 912, 934, 952, 1098, 1311
アンテーノール（アテーナイの） 212
アンデマトゥンヌム 1345
アンテミウス（西ローマ皇帝） 212, 363, 630, 685, 784, 1080, 1332, 1365
アンテミウス（アンテミウス帝の祖父） 145, 212
アンテミオス（建築家） 846
アンテムナイ（アンテムナエ） 213
アンテロース 105, 213, 1283
アンドキデース❶ 47, 77, 213, 404
アンドキデース❷ 214
アントーニア❶（大アントーニア） 108, 214
アントーニア❷（小アントーニア） 214, 855, 1328
アントーニア❸（クラウディウス帝の長女） 214, 666, 868, 1200
アントーニア❹（マールクス・アントーニウス❸の長女） 214, 988
アントーニア（マールクス・アントーニウス

❸の妻)　214, 847
アントーニア・トリュパエナ　576, 988
アントーニウス、ガーイウス❶　215
アントーニウス、ガーイウス❷　215-216, 462-463
アントーニウス、マールクス❶　215
アントーニウス、マールクス❷　215-216
アントーニウス、マールクス❸(大アントーニウス)　21, 51, 108, 127, 156, 202, 214-217, 350, 383, 385, 462-463, 1358, 1376, 1382
アントーニウス、マールクス❹　217
アントーニウス、ユッルス　217
アントーニウス、ルーキウス　21, 54, 217
アントーニウス・サートゥルニーヌス, L.　610
アントーニウス・プリームス　275, 282, 968, 1254
アントーニウス・ムーサ　65, 307, 1233
アントーニウス氏　214-215
アントーニオス　71, 217
アントーニーナ　785
アントーニーヌス勅令　218, 1383
アントーニーヌス帝の公式道路表　218
アントーニーヌスの城壁　218, 1059
アントーニーヌス・ピウス　27, 33, 218, 288, 404, 617, 885, 899, 921, 1011-1012, 1038, 1057, 1059, 1087, 1145, 1153, 1193, 1206, 1230, 1319, 1383
アントーニーヌス朝　33, 1383
アントーニーノス・リーベラーリス　219
アントーニーノポリス　735
アンドライモーン❶　219, 225, 347, 830
アンドライモーン❷　225, 851
アンドリスコス　75, 219, 1216, 1269
アンドレアース　238, 526, 636, 920, 1106, 1347
アントロギアー　481
アンドロギュノス　138, 220
アンドロクルス　220, 554, 958
アンドロクレース　98
アンドロクロス　220, 329, 615, 1116
アンドロゲオース　1, 220, 794, 1245
アンドロス　546, 607, 663
アンドロス島　221, 347, 468-469
アンドロティオーン　221
アンドロニーコス1世　974
アンドロニーコス(ロドスの)　136, 187, 221, 1340
アンドロパゴイ　1184
アントローポパゴイ　221
アンドロマケー　67, 222, 310, 315, 859, 882, 1095, 1128, 1139, 1149, 1291
アンドロマコス(タオロメニオンの僭主)　774, 776
アンドロマコス(ネローの侍医)　871
アンドロマコス(史家ティーマイオスの父)　721
アンドロメダ　222
アンドロメダー(ケーペウスの娘)　12, 37, 222, 241, 342, 398, 558, 669, 978, 1063, 1093, 1133
アンドロメダー(サッポーのライヴァル)　607
アンドローン　221
アントーン　215, 1000
アンナ❶(アンナ・ペレンナ)　223, 768, 1235
アンナ❷(聖母マリアの母)　223
アンナ(ディードーの姉妹)　769
アンナエウス・メラ　1347
アンニア　487
アンニウス・ポッリオー, C.　277, 652
アンニウス・ミロー, T.　573
アンニウス街道　1175
アンニウス氏　96
アンニケリス　131, 223, 1051, 1096
アンニバース　953
アンヌス・コーンフーシオーニス　1304
アンノーン　928, 954
アンバルウァーリア祭　142, 223
アンピアーニー(族)　223, 404, 1127, 1214
アンピアラーオス　44, 87, 153, 156, 159, 223, 227, 326, 336, 372, 650, 732, 771, 799, 814, 990, 992, 1237, 1280
アンピオリクス　224, 461, 602
アンピーオーン　30, 112, 203, 302, 464, 688, 691, 778, 799, 869, 877, 884, 888, 1307
アンピクテュオニアー　429, 649, 822, 824, 987, 1001, 1161, 1346
アンピクテュオーン　553, 1346
アンピダマース(カルキスの王)　1097
アンピダマース(アルカディアーの)　1279
アンピッサ(アンピッサの名祖)　225
アンピッサ市　225, 1377-1378
アンピッソス　225, 851
アンピテアートルム　225, 665, 728, 1040, 1384
アンピテアートロン　225
アンピ(ー)トリーテー　176, 226, 353, 616, 659, 799, 849, 888, 906, 1170, 1380
アンピトリュオーン　154, 226, 256, 339, 342, 557, 559, 669, 1032, 1116, 1260, 1308
アンピポリス　68, 110, 227, 256, 316, 364, 539, 551, 663, 707-708, 775, 819, 832, 1001-1002, 1047, 1125, 1157, 1273, 1377
アンピマロス　1333
アンピュクス　1289
アンピロコス(エピゴノイの一人)　153, 224, 227, 326, 336, 440, 955, 1129, 1171, 1289
アンピロコス(アルクマイオーン❶の子)　227
アンプサーガ(河)　484, 879
アンプサンクトゥス　228
アンブーストゥス(氏)　228, 1015-1016
アンブラキアー　134, 228, 329, 540, 873, 893, 1122, 1291
アンブラキアー湾　44, 51
アンブロシアー　117, 129, 228, 740, 812
アンブロシウス　20, 228, 298, 512, 643, 902, 958, 1009, 1068, 1237, 1294
アンブロシス　274
アンブローネース族　47
アンペロス　757, 894
アンポテロス　44, 153, 408
アンポラ　229
アンボレウス　204, 229
アンミアーヌス・マルケッリーヌス　123, 197, 229, 303, 577, 706, 1334
アンモーニウム　1334
アンモーニオス(アレクサンドロス・バラースの寵臣)　189

アンモーニオス(新プラトーン主義哲学者)　230
アンモーニオス(聖書の注釈家)　230
アンモーニオス(文献学者)　230
アンモーニオス・サッカース　230, 363, 957, 1081, 1388
アンモーニオン　98, 230, 458
アンモーン　222, 230, 318, 403, 477, 650, 689, 815, 838, 947, 998, 1010, 1334
アンラ・マンユ　715, 1241
イアクサルテース(河)　184, 230
イアコーボス❶(大ヤコブ)　53, 231, 238, 636
イアコーボス❷(小ヤコブ)　231, 636
イーアシオーン　231, 341, 735, 804, 1071
イアージュゲス(族)　231, 1377
イーアソス(アルカディアーの)　72
イーアソス(カーリアー沿岸の町)　572, 753
イアーソーン(テッサリアーの英雄)　3, 11, 38, 101, 112, 148, 157, 159, 174, 232, 242, 309, 499, 524, 533, 539, 543, 552, 582-584, 795-796, 816, 836, 947, 990, 1058, 1112, 1121, 1158, 1178, 1185, 1240, 1243, 1282, 1289
イアーソーン(ペライの)　119, 232, 1324, 1346
イアッコス　233, 757, 1247
イアドモーン　11
イアーピュギアー　233, 250, 432, 720, 1265
イアーピュクス　720
イアーピュゲス　233
イアーピュディアー　233, 834
イアーピュデス　233
イーアペトス　62, 87, 234, 328, 374, 524, 766, 802, 1085
イアミダイ　234
イアミダイ家　296
イアモス　234, 296
イアーリューソス(町の名)　234
イアーリューソス(名祖)　234
イアルダノス　373
イアルバース　387, 433, 768
イアルメノス　64
イアンテー　258
イアンブリコス(新プラトーン派哲学者)　13, 234, 443, 880
イアンブリコス(『バビューローン物語』の作者)　234
イアンブリコス(ユーリアーヌス帝の頃の新プラトーン派哲学者)　235
イアンブーロス　235
イアンベー　569
イウーエルニアー　979
イウースティーノス(護教論者)　235, 641, 1230, 1353
イウースティーノス(グノーシス主義者)　235
イウーダイアー　1296
イウーダース(イスカリオテの)　636
イウーダース(ユダ)　231
イウーダース・マッカバイオス　62, 191, 235, 340, 957, 995, 1040, 1297
イウーリス　552, 634, 914
イウールス　1304
イエースース　229, 238, 386, 518-519, 526, 561, 564, 820, 883, 911, 920, 998, 1106, 1153, 1191, 1217, 1220, 1225, 1230, 1234

和文索引

イエースース・クリストス　223, 636, 638, 788, 1224-1225
イェトゥル　254
イェフーダー　1296
イエリコー　236, 947
イェルーサーレーム　53-54, 139, 200, 206, 235-236, 238-239, 301, 385-386, 509, 519, 525, 551, 614, 636, 638-639, 666, 704, 709, 769, 772, 867, 903, 921, 957, 995, 1106-1107, 1113, 1123, 1145, 1199, 1233, 1296-1297
イエルネー　236, 979
イーオー　159, 236, 240, 246, 255, 260, 323, 688, 726, 983, 1168, 1299
イオーアンネー　237
イオーアンネース❶（洗礼者）　238, 518, 614, 622, 730, 772, 1153
イオーアンネース❷（福音書記者）　231, 238, 245, 329, 519, 636, 894, 920, 1181, 1224-1225
イオーアンネース・クリューソストモス　71, 138, 145, 237, 302, 394, 541, 788, 910, 1334
イオーアンネース・ヒュルカノス❶1世　62, 187, 235, 254, 341, 613
イオーアンネース・ヒュルカノス❷2世　191
イオーアンネース・マララース（歴史家）　237
イオカステー　204, 238, 248, 320, 324, 346, 539, 1185, 1307
イオーセープ　518
イオーセーポス（ユダヤ人歴史家）　38, 238, 275, 322, 625, 760, 995, 1123, 1151-1152, 1222
イオーセーポス（サローメー❶の夫）　622
イオータペー　90, 167
イオダマー　593
イオーティアー　42
イオーナータース　235
イオーニアー　239-240, 他
イオーニアー人（イオーネス）　240, 他
イーオニアー海　46, 56, 60, 177, 236, 240, 556, 562, 604, 906
イオバテース　116, 240, 669, 1076, 1103
イオペー　241, 385
イオボーン　241, 713
イオラーオス　145, 241, 257, 312, 472, 582, 619, 793, 1111, 1117
イオラース　242
イオールコス　11, 38, 86, 232, 242, 539, 543, 671, 795, 1143, 1213, 1243, 1267
イオルダネース　625, 790
イオレー　242, 258, 428, 746, 985, 1117, 1119
イオーン（イオーニアー人の名祖）　242
イオーン（キオスの）　36, 243
イオーン（詩人）　713
イーカリアー　793
イーカリオス❶　243, 335
イーカリオス❷　244, 357, 817, 1109, 1361
イーカリオン　244
イーカロス　244, 719, 1136
イーグウィウム　244, 294
イクシーオーン　244, 333, 571, 736, 768, 808, 990, 1074, 1091, 1112, 1320
イクティーノス　245, 406, 914, 939

イクテュオケンタウロス　245, 973
イクテュオパゴイ　38, 245, 555
イグナティオス　245
イクヌーッサ（島）　619
イクリスマ　48
イケーニー（族）　245, 289-290
イケルス　245, 277, 448
イケロス　360
イーコシオン　386
イーコニウム　246
イーコニオン　246, 1336
イーサー　1225
イーサイオス（十大雄弁家の）　77, 246, 248, 810, 1342
イーサイオス（シュリアーの弁論家）　246
イサウリアー　246, 431, 955
イーサエウス　246
イサゴラース　530-531, 538
イーサダース　246
イーサンドロス　1103
イーシス　67, 97, 104, 236, 246, 318, 323, 354, 526, 570, 587, 603, 612, 700, 706, 804, 813, 839, 943, 991, 1030, 1040, 1059, 1067, 1109, 1194, 1197, 1224, 1247
イシドールス　965, 1061
イシドーロス　1295
イシュタル　67, 105
イシュマーエール　123, 867
イスカ❶　247
イスカ❷　247
イスキュス　593
イスケポリス　145
イストミア競技祭　50, 247, 365-366, 532, 582, 628, 631, 776, 795, 930, 950, 1051, 1053, 1253, 1362
イストモス　35, 247, 470, 570, 581, 628, 1156, 1170
イストリア（アドリア海北東の半島）　248, 250, 505, 894, 1166, 1335
イストリアー（黒海沿岸の）　248
イストロス（河）　40, 101, 185, 231, 248, 337, 449, 662, 728, 1343, 1361
イースハーク　957
イスマロス　248
イスメーネー　204, 238, 248, 346
イスメノス河　224
イスラーエール（王国）　547, 640, 947, 957, 1296
イソクラテース　65, 67, 77, 146-147, 172, 221, 246, 296, 331, 407, 514, 529, 558, 583, 679, 707, 750, 774-775, 783, 789, 845, 993, 1029, 1081, 1236, 1363
イソップ　11
イーソップ　249
イーダー（山）❶　250
イーダー（山）❷　117, 250, 569, 688
イーダイアー　428, 780
イタカ　249
イタケー（島）　148, 208, 240, 249, 357, 438, 556, 825-826, 830, 895, 1285, 1311, 1360
イーダース　159, 249, 751, 1237, 1282, 1344
イ（ー）タリア　250, 595, 599, 617, 625, 627, 754, 914, 1077, 1118, 1169
イータリオータイ　251, 1212
イータリオーテース　251, 1212
イ（ー）タリカ❶　841, 647
イ（ー）タリカ❷　589, 835

イタリクス　178
イ（ー）タロス　250-251
イッサ（名祖）　251
イッサ（町）　251
イッサ（島）　251
イッセードネス　141, 222, 252, 260, 660
イッソス　184, 252, 480, 514, 618, 627, 664, 730, 739, 873, 944
イッソスの戦い　185, 474
イッリュリア　252
イッリュリアー　1, 26, 38, 49, 89, 96, 111, 233, 252-253, 286, 418, 502, 563, 591, 662, 720, 728, 737, 781, 805, 808, 813, 834, 870, 894, 896, 899-900, 914, 944, 954, 985, 1001, 1039, 1137, 1166, 1172, 1178, 1185, 1210, 1215, 1265, 1309, 1335
イッリュリクス・リーメス　253
イッリュリクム　22, 144, 248, 253, 588, 595, 599, 621, 685-686, 747, 767, 772, 854, 894, 922, 954, 1077, 1083, 1143, 1238, 1287, 1295, 1303
イッルス　696
イーデー❶山　114, 193, 419, 1149, 1247, 1139
イーデー❷山　408, 1245
イーデー（ニンフ）　250
イデュイア　353
イテュケー　292
イテュス　31, 146, 253, 824
イテュロス　30, 253
イードゥース　253, 679
イドゥーマイアー　157, 209, 253, 1105, 1152, 1296
イトゥーライアー　54, 100, 254, 991, 1124, 1154
イトーメー（市、山）　140, 254, 1266
イトーメー（ニンフ）　254
イードメネー　228
イードメネウス　63, 254, 761, 124
イドモーン　159, 255, 1280, 1289
イドリース　1141
イーナコス（河神、アルゴス王）　6, 157-158, 236, 255
イーナコス川　119, 160, 255, 1194
イーナリメー　255
イナロース　119, 255, 319
イーノー　24, 38, 72, 256, 358, 699, 757, 930, 981, 1058, 1159, 1220, 1261, 1281, 1359, 1362
イーピアナッサ　257
イーピクラテース　140, 256, 312, 359, 404, 436, 452, 576, 882, 1136
イーピクレース　23, 154, 226, 241, 256, 1116, 1290
イーピクロス　257, 524, 1082
イーピゲネイア　25, 44, 100, 173, 257, 310, 342, 371, 440, 522, 579, 720, 831, 1044, 1277
イーピス❶　92, 258
イーピス❷　258, 376
イーピトス（エウリュトスの子）　258, 364, 888, 1117
イーピトス（アルゴナウタイの冒険に参加した）　258
イーピトス（オリュンピア競技祭を再興した）　258
イーピメデイア　192, 258, 337

— 1586 —

イービュコス 95, 154, 258, 615, 849, 1366
イプソス 205, 259, 394, 704, 745, 805, 958, 985, 1073, 1343
イプソスの戦い 204
イベーリア 259
イベーリアー❶ 48, 259, 565
イベーリアー❷ 168, 178, 259, 378, 583
イベール 260
イベールス河 259-260, 292, 382, 658, 911, 953
イマーギネース 260
イマーゴー 260
イユールカイ 260
イユンクス 260, 318
イーリア 1200, 1359
『イーリアス』 46, 122, 130, 185, 562, 572, 581, 615, 644, 647, 671, 694, 716, 896, 982, 1059, 1326
イーリウム 261, 858
イーリオネー 1188
イーリオン 3, 212, 260-262, 626, 633, 645, 735, 858, 1193
イーリス(虹の女神) 116, 261, 341, 675, 698, 720, 942, 1112
イーリス(河) 118, 579
イーリーソス川 357, 664, 1247, 1340
イーリーテュイア 295, 1298
イリパ 261, 1217
イルウァ 261, 322, 1176
イルディコー 78
イーレーナエウス 295
イーレーネー 295
イレルゲーテース 262
イレルダ 102, 262, 383, 1106
イーロス❶ 262
イーロス❷ 262, 741, 861, 1314
インクブス 262
インゲヌウス 405
イーンスブリア 263
イーンスブレース(族) 262, 381, 556, 657, 680, 1050, 1053, 1232, 1268
インディア 263
インディアー 263
インテラムナ❶ 263
インテラムナ❷ 263
インテラムナ❸ 263
インド 263
インドス(河神) 264
インドス(インダス)河 161, 185, 263-264, 704
インブロス 264, 425, 1373
インペラートル 264, 605, 665
ウァスコニア 265
ウァスコネース(族) 265, 430
ウァダ・ウォラーテッラーナ 27
ウァッリア 71, 1332
ウァッロー、ガーイウス・テレンティウス 265
ウァッロー、マールクス・テレンティウス 265
ウァッロー・アタキーヌス、プーブリウス・テレンティウス 265, 270
ウァッロー・ルークッルス、マールクス・テレンティウス 266, 1351
ウァッローニアー 1304
ウァティア 702
ウァーティ(ー)カーヌス丘 266, 482, 1106

ウァティーニウス、プーブリウス(共和政末期の政治家) 266
ウァティーニウス、プーブリウス(ローマ軍勝利を第一に報らされた人物) 267
ウァディモー湖 267
ウァバッラートゥス 695
ウァヘムイブラー 883
ウァラネース 267
ウァラフラーン❶ 1世 267, 1222
ウァラフラーン❷ 2世 267
ウァラフラーン❸ 3世 267, 868
ウァラフラーン❹ 4世 267, 1292
ウァラフラーン❺ 5世 267, 1292
ウァリウス・マルケッルス 1301
ウァリウス・ルーフス、ルーキウス 267, 1179
ウァルカン 267
ウァルギウス, C. 110
ウァールス、プーブリウス・クィ(ー)ンティーリウス 22, 176, 268, 500, 568, 1231
ウァレシウス(オーリゲネースの弟子) 363
ウァレリア、ガレーリア 268
ウァレリア(プーブリコラの娘) 547, 1041
ウァレリア・メッサーリーナ 502
ウァレリアーヌス(ローマ皇帝) 31, 268, 355, 405, 502, 609, 623, 635, 641, 1083, 1172
ウァレリアーヌス(小ウァレリアーヌス) 269
ウァレリウス・アエディトゥウス 414
ウァレリウス・アシアーティクス 269, 277, 1171, 1265
ウァレリウス・アシアーティクス(70年の執政官) 269
ウァレリウス・コルウス 379, 427
ウァレリウス・ファルトー 413
ウァレリウス・プーブリコラ 576
ウァレリウス・フラックス 160, 269
ウァレリウス・マクシムス(歴史家) 270, 679
ウァレリウス・マクシムス(前307年の監察官) 269
ウァレリウス・メッサーラ 269, 605
ウァレリウス・ラエウィーヌス, P. 590
ウァレリウス街道 269, 589
ウァレリウス氏 269, 583, 1048
ウァレーンス(ローマ皇帝) 229, 270-271, 577, 600, 783, 910, 922, 1080, 1211, 1335
ウァレーンス(30僭帝) 270
ウァレーンス(大叔父) 270
ウァレーンスの送水路 48
ウァレンティア(内ヒスパーニアの) 271, 392, 606
ウァレンティア(ブルッティウムの) 271
ウァレンティア(ロダヌス河左岸の) 271
ウァレンティーニアーヌス1世 24, 270-272, 511, 783, 1214, 1284, 1294, 1335
ウァレンティーニアーヌス2世 178, 229, 272, 298, 511, 643, 784, 1214, 1284, 1294
ウァレンティーニアーヌス3世 29, 272-273, 301, 363, 400, 597, 1108, 1175, 1284, 1305, 1330, 1362
ウァレンティーヌス(殉教者) 642
ウァレンティーノス 911, 1230
ウーアレンティーノス 497
ウァンダリ(イ)ー 273, 550, 626, 639, 667,

779, 785, 904, 910, 946, 976, 1228, 1281
ヴァンダル 180, 550-551, 585, 619, 626, 639, 667, 731, 779, 785, 851, 893, 904, 910, 946, 964, 976, 1080, 1084, 1108, 1174-1175, 1204, 1228, 1235, 1295, 1319, 1365, 1383
ウァンダルス 273
ウィア・アウレーリア 574, 1167
ウィア・アエミリア 652, 943, 1174
ウィア・アッピア 503, 631, 725, 1071, 1109, 1162, 1179, 1197, 1235, 1253-1254
ウィア・エグナーティア 796, 1113
ウィア・サクラ 1383
ウィア・サラーリア 1020, 1385
ウィア・トライヤーナ 78, 1109
ウィア・フラーミニア 869
ウィア・ポストゥミア 1167
ウィア・ポピリア 1175
ウィエンナ 80, 157, 269, 272, 274, 401, 404, 630, 998
ウィークス・ブリタンニクス 686
ウィクトーリーナ 798, 1167
ウィクトーリーヌス 274, 798, 1167
ウィクトーリア 274, 285, 298, 517, 643, 872, 931, 1068, 1167, 1213
ウィクトル、アウレーリウス 274
ウィーケーティア 930
ウィスティリア 387, 701
ウィーストゥラ河 28, 577
ウィスルギス(河) 563, 781
ウィーターリアーヌス 95
ウィテッリア 275, 1013
ウィテッリウス(ローマ皇帝) 99, 271, 274-275, 282, 359, 379, 422, 545, 559, 612, 839, 891, 902, 998, 1019, 1047, 1062, 1105, 1107, 1254
ウィテッリウス, L. (ウィテッリウス帝の父) 274, 1355
ウィテッリウス, P. (L. ルーキウス・ウィテッリウスの父) 276
ウィテッリウス氏 275
ウィトラーリウス街 1385
ウィトルーウィア 1167
ウィトルーウィウス 39, 276, 351, 1014, 1183
ウィーニウス 245, 277, 448
ウィーニキアーヌス(陰謀家) 277, 647
ウィーニキアーヌス(コルブローの女婿) 277, 590
ウィーニキウス氏 277
ウィーヌム 1032
ウィービウス 1220
ウィ(ー)プサーニア・アグリッピーナ 55, 278, 411, 772, 854, 1300
ウィプサーニウス・アグリッパ 55
ウィーブラーヌス(氏) 1015
ウィベンナ 834
ウィーミナーリス丘 278, 678, 683, 834, 1386
ヴィラノヴァ 1174
ウィリアートゥス 271, 278, 388, 400, 447, 964, 1017, 1311, 1353
ウィリドマルス 680, 1232
ウィリーリス 1025
ウィルギ(ー)ニア 279, 792, 1352
ウィルギーニウス 279
ウィルトゥース 279, 1024, 1174

ウィルビウス 279, 745, 975
ウィロコニウム 279
ウィンケンティウス（殉教者） 642
ウィンデクス 279, 286, 448, 690, 891
ウィンデクスの乱 274, 458
ウィンデリキー族 279-280, 855
ウィンデリキア 279, 1309
ウィンドボナ 280, 401, 728, 1230
ウェイイー 174, 280, 321, 425-426, 544, 674, 680, 734, 856, 1015, 1019-1020, 1387
ウェクティス 282
ウェゲティウス 280
ウェスウィウス（山） 280, 457, 665, 677, 769, 790, 853-854, 915, 1061, 1129, 1197
ウェスタ 31, 51, 281, 500, 505, 509-510, 589, 601, 605, 646, 654, 679, 737, 771, 774, 827, 833, 839, 879, 891, 918-919, 962, 968, 1013, 1027, 1056, 1099, 1127, 1191, 1195, 1227, 1244
ウェスターリス 281, 285, 318, 428, 500, 505, 509, 589, 646, 737, 774, 827, 833, 839, 879, 891, 919, 1127, 1173, 1227, 1244, 1270, 1329, 1359, 1387
ウェスターレース 281, 510, 679, 1013, 1027, 1195
ウェースティーニー 962
ウェスパシアーヌス（ローマ皇帝） 54, 96, 202, 239, 264, 271, 275, 281, 385, 545, 561, 612-613, 616, 647-648, 651, 690, 722, 735, 750, 769, 807, 839, 841, 846, 891, 906, 915, 925, 941, 957, 965, 967, 1040, 1042, 1053, 1061-1062, 1106, 1127, 1162, 1222, 1254, 1256, 1359, 1383
ウェスパシアーヌス（クレーメーンス、フラーウィウスの息子） 545
ウェスペル 283
ウェソンティオー 127, 279, 286, 689, 851
ウェッティイー 1197
ウェットーネース 929
ウェッリウス・フラックス 40
ウェッリウス氏 1048
ウェッルーコーススス（ファビウス・マクシムス、クィ（ー）ントゥス❷） 1016
ウェッレイユス・パテルクルス 217, 278, 283, 1064, 1258
ウェッレース、ガーイウス 283, 393, 462, 515, 627, 629, 639, 1104, 1190, 1271
ウェッロカトゥス 445
ウェトゥリア（コリオラーヌスの妻） 581
ウェトゥリア（コリオラーヌスの母） 580
ウェトゥローニア 283, 321
ウェトラーニオー 597
ウェトローニウム 283
ウェーナーティオー 226, 284, 769, 1386
ウェヌシア 78, 102, 284, 759, 1179
ウェヌス 105, 284, 293, 489, 498, 510, 546, 574, 601, 921, 951, 957, 1024, 1124, 1179, 1197
ウェヌス・エリュキーナ 284
ウェヌスの宵宮 1086
ウェヌスティウス 445
ウェネティー❶（ガッリア北西部の） 179, 285
ウェネティー❷（内ガッリアの） 49, 89, 212, 285, 912, 1069
ウェネティア 171, 248, 250, 285-286, 289, 912
ウェーラーブルム 1385
ウェリア 339, 1384
ウェリオカッセース族 1381
ウェーリッシムス 1230
ウェリートラエ 352
ウェーリーナ（レオー1世の寡婦） 696
ウェーリーナ（レオー1世帝の皇后） 909
ウェリーヌス川 1359
ヴェルギナ 321
ウェルギニウス・ルーフス 279, 286
ウェルギリア（コリオラーヌスの妻） 581
ウェルギリアエ 1072
ウェルギリウス 15, 112, 266-267, 270, 286, 293, 345, 349, 351, 401, 409-410, 524, 545, 609, 647, 662, 701, 728, 768, 782, 836-838, 865, 881, 886, 893, 898, 903, 938, 942, 982, 1007, 1019, 1068, 1071, 1083-1084, 1170, 1172, 1179, 1207, 1233-1234, 1239, 1255, 1290, 1352, 1364, 1383
ウェルギリウス占い 1178
ウェルキンゲトリ（ー）クス 17, 30, 80, 143, 190, 223, 288, 383, 446, 556, 563, 602, 689, 847, 977-978, 1385
ウェルケッラエ 331, 413, 487
ウェールス帝 33, 171, 164, 288, 505, 1349
ウェルトゥムヌス 289, 1178
ウェルミナ 265
ウェルラーミウム 289
ウェルラミオー 289
ウェレダ 458, 1065
ウェーローナ 124, 226, 289, 556, 612, 785, 790, 1000, 1105, 1167, 1216, 1286
ウェンタ・イケーノールム 245, 290
ウェンタ・シルルム 290, 648
ウェンタ・ベルガールム 290
ウェンティー 97
ウェンティディウス、P. 290, 709, 1319
ウェンティーヌス丘 345
ヴォデナ 321
ウォノーネース1世 168, 763
ウォラーテッラエ 290, 321, 379, 1131
ウォルカエ 869, 885
ウォルシアーヌスC. 31, 411
ウォルシニイー族 17, 289-290, 321, 683, 1189, 1256
ウォルスキー（族） 26, 49, 176, 196, 250, 291, 354, 426-427, 580-581, 626, 690, 714, 725, 734, 1026, 1087, 1138, 1167
ウォルスス 269
ウォルトゥムナ 290
ウォルトゥムヌス河 1178, 1333
ウォルービリス 291, 1206, 1299
ウォルプタース 1029, 1334
ウォルマティア 1065
ウォルムニア（コリオラーヌスの妻） 581
ウォルムニア（コリオラーヌスの母） 580
ウォレッス 269
ウォレロー・プーブリリウス 1005
ウォロガエセース3世 1230
ウォロゲーセース❶1世 291, 763, 777
ウォロゲーセース❷2世 291, 1243
ウォロゲーセース❸3世 291
ウォロゲーセース❹4世 291
ウォロゲーセース❺5世 291, 777
ウォロゲーセースケルタ 163
ウーカレゴーン 678
ウグスタ・トレーウェロールム 404
ウグストゥス 1206, 1238
ウクセッロドゥーヌム 291
ウーシペテース 654, 855, 1380
ウースス 1221
ウーダイオス 677, 779
ウティカ 103, 292, 416, 588, 728, 817, 865, 1023, 1298
ウビイー（族） 56, 292, 398, 592
ウーラニアー 292, 993, 1255
ウーラノス 13, 105, 292, 297, 336, 353, 374, 460, 471, 530, 549-550, 562, 572, 623, 648, 744, 758, 766, 798, 802, 820, 857, 877, 895, 917, 949, 991, 1094, 1162, 1257, 1281, 1359
ウラルトゥ 178, 1062
ウルカ 280
ウルガータ 958
ウルカーティウス・ガッリカーヌス 963
ウルカーナル 293
ウルカーヌス 88, 293, 390, 573, 601, 833, 1045, 1054, 1203
ウリクセース 293, 357, 1223
ウルグラーニア 294
ウルグラーニッラ、プラウティア 293
ウル・サリム 957
ウルシーヌス 730
ウルソー、グナエウス・マ（ー）ンリウス 294, 1239, 1258
ウルトゥルヌス川 28
ウルピア・トライヤーナ 842
ウルピアーヌス 294, 375, 653, 685-686, 817, 902, 925, 1202, 1301, 1303
ウルビーヌム 271
ウールピラース 299
ウルミア 1266
ウンデキマーノールム 1162
ウンビリークス 495
ウンブリア 28, 63, 121, 141, 294-295, 322, 354, 520, 561, 606, 611, 694, 706, 773, 841, 857, 869, 879, 887, 962, 1014, 1016, 1043, 1053, 1084, 1130, 1259, 1263
ウンブリア人（ウンブリー） 291, 294-295, 587, 1308
エアリヌス 839
エイデュイア 295
エイドテアー 1082
エイラ山 140
エイラス 536
エイレイテュイア 154, 172, 295, 532, 688, 1112, 1287, 1298, 1349, 1369
エイレーナイオス（アレクサンドレイア❶の文法学者） 295
エイレーナイオス（テュロスの主教） 295
エイレーナイオス（ルグドゥーヌムの司教） 295
エイレーネー（平和の女神） 295, 558, 906, 1063, 1071, 1179
エイレーネー（タイスの娘） 718
エイレーネー（プトレマイオス1世の娘） 716
エイレーネー（プトレマイオス8世の側妃） 1037
エウア 952
エウアーゴラース❶1世 296, 424, 474, 495, 578, 617, 778

エウアーゴラース❷2世（小エウアーゴラース）　296
エウアドネー❶（カパネウスの妻）　296, 421, 670
エウアドネー❷（ポセイドーンの子）　234, 296
エウアトロス　1081
エウアンデル　73, 274, 296, 931, 1013, 1282
エウアンドロス　144, 296, 390, 451, 803, 821, 917, 1013, 1015, 1025, 1336
エウエスペリデス　1147
エウエーノス河（河神）　249, 438, 746, 1119, 1237
エウエーノール　916
エウエーメロス　297, 1264
エウエルゲティス　1146
エウエルトーン　1145
エウオニュメー　105
エウガンモーン　645
エウキダース　1090
エウクシーヌス　297
エウクシュンテトス　1085
エウクセノス海　297
エウクテーモーン　1274
エウクラティデイア　297
エウクラティデース❶1世　297, 300, 806-807
エウクラティデース❷2世　297
エウクレイダース　297, 313, 538
エウクレイデース❶（メガラの）　297, 305, 668, 709, 1051
エウクレイデース❷（アレクサンドレイア❶の）　25, 111, 149, 298, 302, 742, 916
エウゲニウス　124, 178, 298, 643, 784, 1175
エウゲニオス　803
エウケーノール　326
エウケリウス　668
エウスタキウス　641
エウストキウム　958
エウセビア　298, 596, 1302
エウセビウス（エウセビアの兄弟）　298
エウセビウス（エウセビアの父）　298
エウセビウス（宦官）　299, 596
エウセビオス　299, 625, 880, 903, 1222
エウセビオス❶（カイサレアの）　103, 299, 385, 641, 709-710, 787, 958, 1007, 1334, 1357
エウセビオス❷（ニーコメーデイアの）　299, 1007, 1348
エウセビオス❸（サモサタの）　299
エウセビオス（エメサの）　299
エウセビオス（ドリュライオンの）　299
エウダーミダース1世　147
エウダーミダース2世　45, 147
エウダーミダース3世　538
エウダーモス　1194
エウデームス　1338
エウデーモス　300
エウテュキアー　1024
エウテュキデース　131, 300
エウテュクス　482
エウテュケース　301, 1065, 1228, 1296
エウテュデーモス❶1世　211, 300, 752, 806
エウテュデーモス❷2世　211, 300, 520
エウテュデーモス（クレイニアースによって追放された）　300
エウテュデーモス（ペロポンネーソス戦争の将軍）　300
エウテューモス　300
エウテリウス　301
エウテルペー　301, 1255
エウドキア❶（テオドシウス2世の妻）　301, 784, 1065, 1330
エウドキア❷（❶の外孫）　301, 1330
エウドクシア❶（アルカディウスの妻）　302-303, 784
エウドクシア❷（エウドクシア、リキニア）　301-302
エウドクソス❶（クニドスの）　122, 302, 408, 999
エウドクソス❷（キュージコスの）　263, 302
エウトレーシス　302
エウトロピア❶（テオドーラの母）　303, 595, 1012, 1212
エウトロピア❷（❶の孫）　303, 885
エウトロピウス❶（歴史家）　303
エウトロピウス❷（侍従長）　302-303, 501, 1357
エウトロピオス　303
エウナピオス　303
エウヌース　303, 1357
エウネオース　831
エウノストス　716
エウノミア　1179
エウノミオス　1007
エウノモス　1119, 1339
エウパトリダイ　10, 77, 83, 304, 971
エウパトリデース　304
エウパリーノス　48, 304, 615
エウヒッペー　720, 759
エウプラーテース（河）　121, 161, 170, 179, 200, 304, 399, 509, 601, 614, 687, 703-704, 763, 835, 875-876, 883, 921, 925-926, 937, 944, 1168, 1262
エウプラーノール　304, 872
エウブーリデース（メガラ派）　298, 305, 753
エウブーリデース（小エウブーリデース、彫刻家）　305
エウブーリデース（大エウブーリデース、彫刻家）　305
エウプロシュネー　436
エウブーロス（喜劇詩人）　305
エウブーロス（デーモステネース❷と対立した政治家）　305
エウプロニオス　195, 305
エウプローン　625
エウペミア　1296
エウヘーメルス　297, 1264
エウペーモス　305, 915
エウボイア（島）　2, 5, 25, 98, 172, 221, 306, 342, 440
エウボイア（名祖）　199, 306
エウボイア湾　1377
エウボタース　1307
エウポーリアー　147
エウポリオーン（カルキスの）　10, 46, 197, 306, 441, 689, 1148, 1326
エウポリオーン（アテーナイの）　306
エウポリス　25, 307, 512, 577
エウポルボス（トロイアーの武将）　307
エウポルボス（ユバ2世の侍医）　307
エウポンポス　307, 626, 1343
エウマイオス　307, 358, 826
エウメーデース　862
エウメニウス　307
エウメニデス　308, 346, 593, 1189
エウメネース1世　75-76, 155, 198, 1004, 1032, 1128
エウメネース2世　75-76, 126, 137, 199, 513, 940, 956, 998, 1066, 1123, 1336
エウメネース3世　137
エウメネース（カルディアーの）　126, 170, 204, 308, 445, 514, 745, 882, 937
エウメネース❶1世　308
エウメネース❷2世　308
エウメネース❸3世　308
エウメーロス　309, 920
エウモルピダイ　309, 532
エウモルプス　222
エウモルポス　309, 341, 370, 460, 842, 999, 1118, 1255
エウライオス（河）　663
エウラーリア　332
エウリークス　630
エウリーピデース　36, 38, 42, 83, 91, 138, 156, 241-243, 309, 342, 350, 500, 513, 521, 533, 542, 616, 669, 713, 726-727, 754, 761, 775, 808, 813, 826, 836, 873, 896, 905, 913, 934, 975, 990, 1006, 1029, 1060, 1073, 1080-1082, 1101, 1103, 1115-1116, 1144, 1159, 1187, 1215, 1224, 1260, 1268, 1275, 1283
エウリーポス海峡　5, 25, 136, 306, 311, 343, 372, 440, 727
エウリュアナクス　848
エウリュアルス　875
エウリュアレー　584
エウリュアロス　326
エウリュオネー　312
エウリュガネイア　248
エウリュクレイア（オデュッセウスの乳母）　311
エウリュクレイア（ラーイオスの先妻）　311
エウリュサケース　2, 791
エウリュステウス　23, 81, 90, 116, 154, 241, 311, 559, 562, 669, 729, 758, 812, 975, 982, 985, 1114, 1116, 1224
エウリュステネース　45, 134, 312
エウリュテー　935
エウリュティオーン　562, 1091, 1117, 1143
エウリュディケ（オルペウスの妻）　312, 369
エウリュディケ（アイネイアースの妻）　312, 533
エウリュディケー❶（イッリュリアーの王女）　312, 1001, 1136
エウリュディケー❷（ピリッポス3世の妻）　120, 186, 312, 365, 1002, 1187, 1377
エウリュディケー❸（アンティパトロスの娘）　312, 807, 1033, 1039, 1146, 1341
エウリュディケー❹（ピリッポス2世の継室）　313, 534
エウリュディケ（アンティパトロス❷の妻）　313
エウリュディケー（オッペラースの妻）　362
エウリュトス　258, 757, 1091, 1117, 1119, 1290
エウリュノメー　313, 436, 688, 961, 1362
エウリュパエッサ　744
エウリュバトス　313, 1323

エウリュビアー　374, 530, 917, 1196
エウリュビアデース　313
エウリュピュロス　826, 849, 878, 1208
エウリュポーンティダイ　45, 58, 141, 146-147, 313, 789, 867, 1079
エウリュメドゥーサ　1250
エウリュメドーン河　69, 329, 313, 403, 467, 629, 1131
エウリュレオーン　1114
エウリュロコス　483
エウロス　314, 698
エウロータース（スパルター王家の祖）　314
エウロータース（河）　118, 300, 314, 471, 676, 1315-1316
エウローペー（アーゲーノールの嫁）　59, 305, 314, 417, 447, 479-480, 544, 586, 620, 640, 688, 724, 741, 946, 1023, 1161, 1245, 1288, 1299, 1305, 1317
エウローペー（クレオパトラー❶の娘）　534
エーエティオーン　222, 315, 473
エーオース　27, 69, 314-315, 362, 419, 557, 698, 706, 744, 770, 892, 905, 917, 927, 991, 1092-1093, 1100, 1112, 1122, 1168, 1192, 1278, 1280
エオースポロス　1092
エキーオーン　38, 677, 1159
エキドナ　40, 159, 315, 368, 374, 408, 466, 550, 566, 658-659, 670, 678, 736, 815, 988, 1117, 1189, 1319
エキーナデス　60, 675
エクィテース　30, 316, 612, 629, 668, 771, 837, 1009, 1041, 1043, 1046, 1060, 1131, 1172, 1201
エクセーキアース　214, 316
エクセーケスティデース　716
エクテース　624
エグナーティア　316
エグナーティウス, Cn.　316
エグナーティウス・ルーフス　610
エグナーティウス（エグナーティア）街道　227, 316, 321, 796, 1001, 1113
エクノモス　316
エクノモス沖の海戦　1367
エクバタナ　36, 161, 185, 316, 478, 495, 663, 747, 937, 944, 1046, 1110
エクパントス　302
エクレクトゥス　530, 1227-1228
エーゲ海　317, 546, 741, 808, 1102
エーゲ海文明　35, 317, 474, 761, 828, 1014, 1245, 1284
エゲスタ　41, 317, 337, 627, 700
エケトライオス　1224
エケナーイス　728
エケモス　818, 985, 1114
エーゲリア　194, 318, 428, 879
エーゲリウス　576
エーコー　260, 318, 569, 868, 949
エーサウ　253
エジプト　7, 74, 318, 525, 546, 598, 910, 1230
エシュムーン　443, 631
エ（ー）スクィリーヌス丘　287, 319, 605, 678, 797, 834, 931, 1172, 1221, 1207, 1244, 1335, 1386
エズラ　169
エソーニア　389
エチオピア　320

エックレーシアー　83, 106, 320, 355, 672, 1040
エッセダーリイー　511
エッセーノイ　625
エティオピア　71, 222, 318, 524, 558, 636, 678, 681, 698, 809, 859, 877, 881, 883, 905, 978, 1028, 1162, 1220, 1238, 1283
エテオクレース（テーバイ❶王）　204, 238, 320, 346, 539, 664, 799, 814, 1185
エテオクロス（テーバイ攻めの七将の一人）　320, 799
エテオブータダイ　1031, 1339
エデコー　358
エデッサ❶（メソポタミアーの）　320, 355, 399, 614, 635, 640, 883, 956
エデッサ❶の戦い　269
エデッサ❷（マケドニアーの）　5, 321, 956, 1101, 1149
エトナ　321
エドーネス族　969, 1338
エドム人　253, 947
エトル（ー）スキー　165, 291, 294, 321, 388, 733, 1013, 1130
エ（ー）トルーリア　321, 他
エトルーリア人　23, 80, 89, 244, 267, 321-322, 457, 498, 1317, 1382
エナレース　64
エナレテー　5
エナロス（レスボス島への最初の入植者）　513
エニペー　151
エニーペウス　816
エニューオー　191, 498, 1104
エノーク　1141
エノシクトーン　1170
エノートコイテス　263
エノルケース（テュエステースの子）　813
エパプロディートゥス（エパプロディートス、ネロー帝に仕えた解放奴隷）　322, 325
エパプロディートス（使徒パウロスを訪ねた信者）　322
エパポス　99, 236, 323, 398, 688, 1029, 1286
エパミーノーンダース　323
エパメイノーンダース　58, 140, 144, 147, 246, 254, 256, 323, 523, 540, 649, 757, 793, 800, 829, 932, 955, 983, 1001, 1008, 1092, 1155, 1161, 1238, 1261, 1266, 1342, 1361
エピアルテース❶（トラーキースの）　192, 324, 824, 1364
エピアルテース❷（アテーナイの）　180, 324
エピカステー　238, 324, 861
エピカリス　1279
エピカルモス　324, 959, 1151, 1274
エピカレース　214
エピクテートス　79, 322, 325, 672, 760, 811, 873, 956, 1145, 1231, 1256, 1273
エピクラテース（アテーナイの美青年）　811
エピクレース（テスピアイの）　1063
エピクーロス　25, 65, 131, 325, 564, 592, 615, 695, 702, 749-750, 808, 853, 897, 966, 987, 1007, 1067, 1179, 1181, 1275, 1350, 1352, 1361
エピクーロス派　155, 189, 1184, 1230, 1274, 1274, 1276
エピゴノイ　6, 153, 227, 320, 326, 421, 516, 670, 745, 758, 765, 779, 799, 801, 820,

939, 974, 1085, 1239
エピゴノス　42
エピステネース　326
エピゼピュリオイ　999
エピダウロス（市）　7, 66, 73, 160, 326, 565, 574, 615, 650, 743, 776, 981, 1076, 1079, 1121, 1183
エピダウロス（名祖）　326
エピダムノス　89, 252, 562, 813
エピタラミウム　327, 1221
エピタラミオン　327
エピディウス　286
エピパニア　317
エピパニオス　1291
エピパネース　327
エピポレー　932
エピメーテウス　62, 87, 234, 327, 780, 952, 1085
エピメニデース　328, 479, 481, 544
エピメネース　1143
エピュラー（クラ（ー）ンノーンの古名）　516
エピュラー（コリントスの旧名）　581
エーピールス　873, 1215
エブス　957
エブスス　946
エフタル　267, 579, 1150, 1292
エブラークム　328, 596, 598, 686, 1057, 1059
エブ（ー）ローネース族　224, 292, 328, 1127, 1274
エペイオス　15, 335, 344
エーペイロス　1, 60, 72, 89, 155, 186, 252, 329, 480, 533-534, 549, 562, 573, 590, 601, 639, 666, 673, 700, 721, 732-733, 781, 791, 795, 804-805, 829, 836, 838, 873, 882, 893, 901, 925, 953, 959, 985, 994, 1001, 1011, 1018, 1039, 1067, 1106, 1109, 1118, 1120, 1128, 1146, 1149, 1160, 1201, 1215, 1217, 1259, 1263, 1291, 1377
エペソス　10, 61, 63, 116, 220, 238-239, 294, 329, 542, 546, 564, 581, 591, 594, 615, 632, 636, 641, 662, 694, 704, 714, 770, 775, 783, 787, 805, 846, 883, 903, 916, 941, 974, 1009, 1036, 1096, 1107, 1116, 1213, 1219, 1224-1225, 1228, 1255, 1285
エペーベイオン　330
エペーベーウム　330
エペーボイ　84, 330, 332, 465, 676, 949
エペーボス　754, 1141
エポナ　190, 330
エポニーナ　331, 612
エポーペウス（シキュオーン王）　331
エポーペウス（レスボス王）　331
エボラ　331, 1353
エボラーコン　328
エボレディア　331
エボロイ　106, 528, 563, 672, 676, 774, 789, 1339
エペロス　45, 196, 305, 331, 476, 492, 753, 774, 1047
エーマティオーン　770, 1278
エメサ　238, 332-333, 695, 705, 715, 854, 925, 1024, 1123, 1301-1302, 1388
エーメリタ・アウグスタ　332, 964
エライアー　146

エライウース　812
エラーイス　347
エラウィスキー　49
エラウェル河　48
エーラーガバール　333
エラガバルス　27, 99, 244, 332-333, 640, 685, 687, 706, 711, 715, 745, 823, 865, 902, 956, 959, 1045, 1100, 1151, 1211, 1214, 1226, 1301-1303
エラシオイ　224
エラシストラトス　333, 552, 673-674, 789
エラスムス（殉教者）　642
エラテイア　649
エラトー　334, 851, 1255
エラトス　1312
エラトステネース　111, 138, 149, 165, 173, 334, 478, 674, 694, 755, 760, 930, 970, 982, 1193, 1256, 1342
エラレー　768
エリクトニオス❶（アテーナイ古王）　334, 1111
エリクトニオス❷（ダルダノスの子）　262, 334, 861
エリコ　236
エーリゴネー❶（イーカリオスの娘）　243, 335
エーリゴネー❷（アイギストスの娘）　335
エリシャ　614
エ（ー）リス　30, 80, 191, 335, 797, 859, 877, 934, 1144
エーリス学派　1276
エーリス族　335
エーリダヌス　336
エーリダノス河　159, 336, 905, 920, 1118
エリッサ　768
エリーニュエス　11, 153, 190, 292, 308, 336, 371, 374, 550, 562, 593, 858, 942, 950, 1056, 1148, 1189, 1259
エリーニュス　81, 335, 950, 1056
エリピューレー　88, 153, 224, 227, 336, 820
エリュクシス　1005
エリュクス（山）　193, 337
エリュクス（町）　337-338
エリュクス（名祖）　105, 337, 339, 684
エリュクソー　915
エーリュシオン　46, 194, 337, 353, 369, 418, 766, 1268, 1277, 1317, 1369
エリュシクトーン　258, 337, 553
エリュテイア島　412, 562, 1118
エリュトライ（半島）　239, 338, 506, 632
エリュトラー海　62, 85, 166, 263, 338, 729, 797, 970
エリュトラース　338
エリュトロス　338
エリュマーイス　161, 199-200
エリュマントス（山）　144, 338, 1194
エリュマントス（町）　338
エリュマントス（名祖、アルカスの子）　338
エリュマントス（アポッローンの子）　338
エリュマントス（川）　177, 338
エリュモイ　317, 337-338, 625, 627
エリュモス　338
エリュルス　1025
エーリンナ　339
エルギノス　43, 257, 339, 525, 861, 1117
エルサレム　339, 1113, 1123, 1145
エルピス　679
エルピニーケー　403, 467, 1182, 1251
エルペーノール　339
エルボー島　119
エレアー　339, 493, 583, 696, 753, 945, 1212
エレアー学派　1273, 1281
エーレイアー　339
エーレイオス　336
エレウシース（アッティケーの）　10, 148, 233, 309-310, 340, 403, 568, 572, 757, 791, 802, 804, 809, 812, 850, 921, 993, 1005, 1078, 1083, 1118, 1135, 1230, 1247, 1255, 1263, 1339
エレウシース（アレクサンドレイア❶近郊の）　409
エレウシース平野　76
エレウシース湾　340
エレウシーノス　340
エレウタリオーン　884, 1338
エレウテライ　1250
エレウテリア　615
エレウテロポリス　340
エレクテイオン　57, 83, 146, 151, 341, 409, 437, 553, 951, 1031
エレクテウス　83, 309, 334, 341, 440, 492, 793, 795, 951, 981, 1031, 1078, 1192
エーレクトラー❶（オーケアノスの娘）　261, 341, 353, 720, 942
エーレクトラー❷（プレイアデースの1人）　231, 341, 587, 688, 735, 918, 945, 1072
エーレクトラー❸（アガメムノーンの娘）　342, 371, 522, 994
エーレクトリデス群島　336
エーレクトリュオーン　154, 226, 342, 669, 1032, 1241
エレゲイア　1236
エレゲイオン　1245
エレソス　607, 788, 1248, 1368
エレトリア　31, 65, 129, 306, 342, 513, 531, 537, 725, 976, 1000, 1006, 1130, 1273, 1285
エレトリア学派　1276
エレパンティス　997
エレパンティネー　1154
エレペーノール　98
エレボス　13, 343, 390, 455, 877, 990, 1099, 1112
エロース（愛の神）　40, 105, 121, 343, 370, 390, 615, 618, 724, 729, 752, 793, 815, 877, 887, 905, 971, 980, 1029, 1047, 1138, 1161, 1194, 1268, 1288
エロース（アウレーリアーヌスの秘書官）　26
エローティア　343
エンケラドス　14, 460
エンコルピウス　1107
エンデーイス　1
エンデュミオーン　14-15, 344, 438, 706, 866, 896, 990, 1114, 1319
エンナ　303
エンニア　434, 1215
エンニウス　19, 297, 345, 432, 435, 503, 555, 668, 779, 827, 893, 906, 1017, 1166, 1349, 1356
エンネアクルーノス　408
エンプーサ　112, 345, 1323
エンペドクレース　14, 52, 57, 345, 493, 583, 627, 899, 945, 999, 1281

エンポリアイ　964
オイアクス　865
オイアグロス　369, 1333
オイオクロス　64
オイオバゾス　988
オイカリアー　1118
オイタ　1114
オイテー（山）　14, 203, 241, 346, 842, 849, 851, 861, 1011, 1114, 1248
オイディプース　204, 238, 248, 320, 324, 336, 346, 464, 521, 539, 593, 664, 678, 765, 779, 795, 799, 801, 818, 822, 897, 973, 1161, 1185, 1187, 1285, 1307
オイナンテー　40
オイニアダイの合戦　1
オイネウス　166, 219, 346, 499, 746, 758, 814, 820, 830, 1282
オイノー　347
オイノアンダ　749
オイノエー　982
オイノス　1032
オイノートリアー　250, 347, 1347
オイノトロポイ　95, 347
オイノーネー　1, 7, 934
オイノピオーン　347, 362, 1285
オイノピデース　347, 459
オイノマーオス　68, 191, 348, 364, 671, 729, 962, 973, 1156, 1237, 1249
オイバロス　817
オイーレウス　2, 348
オウァーティオー　348, 848
オウィディウス　112, 176, 266, 348, 409, 413, 510, 554, 569, 659, 682, 771, 839, 905, 978, 982, 994, 1000, 1007, 1017, 1077, 1084-1085, 1216, 1264, 1352, 1383
オエア　612, 851, 1372
オエタ　346
オーギュギアー　1160
オーギュギエー　438
オーギュゴス　26, 350, 780, 799, 1160
オーキュペテー　942
オクーウィアーヌス　624
オクシュアトレース　116
オクシュアルテース　708, 1377
オクシュリュンコス　61, 350, 512, 609, 789, 990
オクシュロス　335, 928
オークソス（河）　297, 350, 703, 708, 807, 907, 1229
オークソス湖　230, 350
オクターウィア❶（小オクターウィア）　81, 214, 216-217, 287, 350-351, 535, 1198, 1231, 1233
オクターウィア❷（クラウディア）　51, 96, 276, 351, 502, 646, 764, 890, 1030, 1171, 1265
オクターウィア（セクストゥス・アーッブレイユスの妻）　351
オクターウィアーヌス　51, 81, 85, 110, 180, 216, 264, 286, 319, 351, 356, 396, 500, 508-509, 535-536, 545, 548, 563, 588, 646, 652, 660, 665, 701, 707, 710, 737, 752, 777, 779, 815, 836, 855, 865, 872-873, 880, 885, 891, 902, 935, 943, 950, 954, 979, 1001, 1003, 1026, 1037, 1055, 1064, 1069, 1071, 1105, 1130, 1166, 1171, 1174, 1193, 1200, 1207, 1220, 1229,

1232, 1240, 1249, 1256, 1261, 1371, 1382
オクターウィアーヌス、ガーイウス・ユーリウス・カエサル 351
オクターウィウス（オクターウィアヌスの前名） 351
オクターウィウス（グナエウス） 351
オクターウィウス・マーミリウス 734
オクターウィウス氏 350-352
オクターウィウス柱廊 351
オクノス 352, 736
オクリーシア 352, 833
オクレーシア 352
オーケアニス 353, 813, 878, 889, 1135, 374
オーケアニデス 353, 551, 581, 798, 878, 887, 919, 981, 1132
オーケアノス 353, 523-524, 560, 562-563, 584, 622, 670, 705, 720, 732, 740, 758, 765-766, 798, 813, 863, 872, 881, 889, 982, 1072, 1093, 1099, 1112, 1118, 1123, 1132-1134, 1203, 1208, 1268
オーケアノス（神） 13, 60, 62, 70, 152, 261, 295, 353
オシーリス 97, 99-100, 246, 318, 354, 420, 699, 757, 800, 815, 943, 991, 1029, 1040, 1056, 1067, 1194, 1285
オスキー（族） 28, 81, 291, 294, 345, 354
オスタネース 627
オースティア 194, 354, 592, 612, 647, 773, 842, 903, 948, 1178, 1191, 1229, 1309, 1317
オースティアー 354
オストラキスモス 355, 531, 639, 970
オストーリウス・スカプラ 430
オスロエース 355, 1243
オスロエーネー 164, 321, 355, 686
オソラーピス 699
オ（ー）ダエナートゥス 355, 623, 695, 944
オタネース 115
オッサ（神） 356
オッサ山 193, 306, 356, 630, 795, 830, 861, 1109, 1320
オッピアニクス 525
オッピアーノス（『漁業の書』の著者） 356
オッピアーノス（『狩りの書』の著者） 356
オッピウス、ガーイウス❶ 356
オッピウス、ガーイウス❷ 356, 943
オッピドゥム・ウビオールム 592
オッロエーネー 321
オーデイオン 83, 356, 721, 783, 998
オーデーウム 356
オデーッソス 1262
『オデュッセイア』 122, 130, 138, 159, 261, 270, 562, 645, 684, 694, 826, 859, 895, 1006, 1326
オデュッセウス 1-2, 4, 18, 24, 46, 67, 82, 148, 159, 204, 249, 258, 293, 307, 311, 357, 438, 483, 557, 563, 583, 587, 628, 632, 645, 659, 684, 759, 779, 825-826, 833, 849, 859, 862, 864, 882, 884, 895, 918, 931, 949, 1005-1006, 1045, 1095, 1109, 1140, 1148, 1170, 1182, 1187, 1223, 1240, 1277, 1285, 1311, 1368
オーデル河 273
オトー、マールクス・サルウィウス（ローマ皇帝） 359
オトー、ルーキウス・ロ（ー）スキウス（政治家） 360

オドアケル 358, 372, 696, 785, 1268, 1309, 1387
オドシウス1世 1294
オートス 64, 192, 358, 866
オドーリークス1世 551
オドリュサイ（族） 359, 629, 689, 843
オトリュス 765
オトレーレー 975, 1159
オナタース 961
オネイロス 360, 877
オネーシクリトス 360
オノケンタウロス 973
オノバース 115
オノマクリトス 360, 1317
オノマルコス 225, 361, 525, 849, 1001, 1165
オバデヤ 614
オピオゲネイス 1029
オピーオーン 313
オピコイ 354
オピス 1238
オピーミウス（酒） 1032
オピーミウス、L. 361, 450
オプス 354, 361, 475, 1360
オプース 2, 348, 361, 923, 1003, 1377-1378
オプティマーテース 107, 266, 361, 624, 667, 682, 853, 857, 968, 1176, 1382
オペッラース 41, 362, 771, 1208
オペルテース 88, 156, 224, 886, 990, 1338
オボダース1世 191, 867
オボダース2世 867
オボダース3世 191, 867
オムリ 613
オーラークルム 650
オリエーンス 746
オーリーオーン 150, 347, 362, 593, 727, 1072, 1285
オーリゲネー 497
オーリゲネース（ギリシア教父） 363
オーリゲネース（新プラトーン主義哲学者） 363
オリシーポー 1353
オリーバシウス 370
オリーバシオス 1128
オリュ（ー）ブリウス（帝） 96, 212, 363, 1083, 1330, 1332
オリュブリウス氏 96
オリュントス 58, 326, 364, 406, 861, 1001
オリュンピアー 234, 296, 335, 364, 402, 547, 550, 583, 592, 664, 703, 731, 754, 872, 891, 896, 899, 971, 973, 992, 1009, 1047, 1052, 1089-1090, 1112, 1117, 1141, 1147, 1156, 1179, 1287
オリュンピアー（神話） 962
オリュンピア競技祭 23, 45, 58-59, 147, 156, 241, 301, 335, 364, 480, 532, 537, 549, 664, 687, 689, 710, 723, 729, 742, 744, 774, 804, 829, 836, 846, 871, 889, 941, 950, 959, 961-962, 987, 992, 1003, 1075, 1147, 1208, 1253, 1317
オリュンピアス❶（アレクサンドロス大王の母） 1, 76, 185-187, 208, 242, 312, 329, 365, 394, 1377
オリュンピアス❷（ピュッロスの娘） 366, 673, 805
オリュンピアス（ラーリーサの） 807
オリュンピアス暦年（期） 366, 664, 774,

886, 949, 987
オリュンピウス 1175
オリュンピオス 1124
オリュンピオドーロス（新プラトーン主義哲学者） 366
オリュンピオドーロス（カルネアデースの弟子） 366
オリュンピオドーロス（ペリパトス学派の哲学者） 366
オリュンピオドーロス（ヘレニズム期アテーナイの指導者） 366
オリュンピオドーロス（歴史家） 366, 710
オリュンポス（マルシュアースの弟子） 366
オリュンポス山（ギリシア第一の高山） 82, 87, 105, 114, 172, 190, 419, 460, 550, 553, 562, 601, 688, 699, 736, 765, 795, 802, 804, 814, 830, 859, 861, 872, 883, 887, 917, 935, 946, 956, 971, 980, 1029, 1031, 1040, 1057, 1093-1094, 1098-1099, 1109-1112, 1116, 1140, 1155, 1170, 1179, 1234, 1255, 1287
オリュンポス山（キュプロスの） 474
オリンピア 367
オリンピック 367, 784
オルカデース（諸島） 367
オルカデス 367
オルカモス 523
オルクス 367, 765, 918
オルコメノス❶（ボイオーティアーの） 367
オルコメノス❷（アルカディアーの） 144, 368
オルコメノス（アカーイアー・プティーオーティスの） 368
オルコメノス（エウボイア島の） 368
オルシッポス 368
オルシネース 908
オルタゴラース 530, 625
オルタネース 1056
オルティアー 368
オルテュギアー❶（デーロス島の古名） 68, 368, 1369
オルテュギアー❷（シュラークーサイの） 192, 368, 638
オルテュギアー（アルテミス生誕の地とされる森） 368
オルドウィ（ー）ケース族 53, 430
オルトロス 315, 368, 562, 566, 677, 815, 1118
オルニス 671
オルパイ 228
オルビアー（サルディニア島東北部の） 369
オルビアー（パンピューリアーの） 369
オルビアー（ビーテューニアーの） 369
オルビアー（黒海北岸の） 369
オルビオポリス 369
オルビリウス 369, 1179
オルベー 703
オルペウス 159, 248, 284, 312, 329, 369-370, 406, 428, 530, 566, 684, 793, 842, 851, 913, 924, 950, 1031, 1097, 1135, 1190, 1240, 1255, 1333
オルペウス教 207, 233, 369-370, 390, 550, 584, 605, 757, 877, 1144, 1287
オレーアス 370
オレイアス 370, 878
オレイアデス 878
オーレイテュイア 428, 460, 1192

オレイバシオス 303, 370, 1128
オーレオス 436
オーレノス 347
オレスティッラ❶（アウレーリア）371, 411
オレステース（アガマムノーンの子）6, 10, 16, 44, 92, 114, 153, 180, 257, 310, 335-336, 342, 371, 486, 522, 579, 675, 764, 791, 808, 831, 859, 865, 882, 886, 994, 1139, 1148, 1248
オレステース（アルケラーオス❶の子）156
オレステース（ロームルス・アウグストゥルスの父）358, 372, 1047, 1387
オレスティッラ❷（リーウィア）371
オロイテース 1182
オロシウス 372, 848
オローデース❶1世 372, 161
オローデース❷2世 372, 509, 682, 777, 908, 1229
オローデース❸3世 372
オーローボス 224, 372, 407, 520, 727
オロロス 832, 1251
オロンテース（河）97, 196, 201, 204, 332, 372, 703
オロンテース（巨人）373
オロントバテース 172
オンネース 698, 876
オンパレー 258, 373, 841, 1358
オンパロス 433
オンビー 830

●カ行

ガイア 13, 60, 117, 129, 292, 308, 336, 353, 374, 390, 460, 530, 533, 544, 549, 555, 572, 688, 720, 736, 744, 758, 765-766, 768, 797-798, 802, 804, 814, 822, 877, 889, 917, 949, 982, 989, 991, 1057, 1094, 1099, 1112, 1118, 1162, 1189, 1195, 1257, 1289, 1359
ガーイア・カエキリア 380
ガーイウス 374, 1078
ガーイウス・アウフィディウス・ウィクトーリーヌス 25
ガーイウス・アウレーリウス・コッタ 1358
ガーイウス・アエミリウス 1254
ガーイウス・アントーニウス❷ 216
ガーイウス・ウェッレイユス（ウェッレイユス・パテルクルスの祖父）283
ガーイウス・オクターウィウス（軍団副官）352
ガーイウス・オクターウィウス・ルーフス（財務官）352
ガーイウス・オクターウィウス（アウグストゥスの父）21, 350-351
ガーイウス・カエサル 22, 55, 128, 167, 375, 772, 885, 902, 1049, 1327-1328, 1349, 1380
ガーイウス・カッシウス・ロンギーヌス❶ 383, 395
ガーイウス・カリグラ 854
ガーイウス・ガルバ 447
ガーイウス・カルプルニウス・ピーソー・リキニアーヌス 508
ガーイウス・クラウディウス・ネロー 1328
ガーイウス・クラウディウス・マルケッルス❶ 1231

ガーイウス・グラックス 450, 507, 856, 1049
ガーイウス・クルティウス 528
ガーイウス・コッタ 575
ガーイウス・シーリウス 1265
ガーイウス・セクスティウス・カルウィーヌス 607
ガーイウス・ドゥーイーリウス 1249
ガーイウス・ノルバーヌス 388
ガーイウス・パピーリウス・カルボー❶ 656
ガーイウス・フラーミニウス 953
ガーイウス・ポピリウス・ラエナース 1310
ガーイウス・マエケーナース・メリッスス 1207
ガーイウス・マリウス 1300
ガーイウス・マルキウス・ルティルス 1075
ガーイウス・マルケッルス❷ 1231
ガーイウス・ムーキウス・コルドゥス 652
ガーイウス・ムーキウス・スカエウォラ 1189
ガーイウス・メンミウス❷ 439, 1012
ガーイウス・ユーリウス・カエサル 382, 384
ガーイウス・リキニウス・クラッスス 1329
ガーイウス・ルーキーリウス 650, 656
ガーイウス・ルーシウス 1226
カーイエータ 375, 1055
カーイエータ湾 375, 1026
カイエーテー 375
カイキーノス 301
カイキリオス 375
カイクーボン 381
カイサリオーン 381
カイサレイア 363, 385, 541, 641, 709-710, 787, 846, 899, 903, 958, 1007, 1022, 1080
カイサレイア・ピリッペー 386
ガイトゥーリアー 387
ガイトゥーロイ 388
ガイナース 144
カイニス 376
カイネウス 144, 258, 376, 525, 594, 1312, 1320
カイレポーン 376
カイレーモーン（悲劇詩人）377
カイレーモーン（文献学者）377
カイロス 377
カイローネイア 83, 156, 248, 336, 377, 582, 649, 731, 742, 800-801, 811, 1001, 1048, 1066, 1160-1161, 1165, 1215
カイローネイアの戦い 9, 147, 185, 452, 1165
カウカソス（山脈）123, 174, 259, 377, 392, 541, 583, 621, 658, 1085, 1087, 1118, 1130, 1169
ガウガメーラ 178, 185, 378, 514, 739, 768, 944, 1101
カウキー（族）378, 589, 605
ガウダ 378
カウディウム 378, 527, 614, 1005, 1195
カウディーヌス 1375
カウデクス（家）504
ガウデース 378
ガウデンティウス 29
カウノス 378, 434, 991, 1082

ガウマータ（マゴス僧）458, 681, 738
ガウルス（山）379, 583, 614
カウローニアー 379
カウローン 379
カエカース 381
カエキーナ❶（アウルス）379
カエキーナ❷（❶の子）379
カエキーナ・アリエーヌス、アウルス 379
カエキーナ・セウェールス、アウルス 379
カエキーナ・パエトゥス 79, 846
カエキーナ家 290
カエキリア 380
カエキリア（音楽の守護聖女）380
カエキリア（富豪ルークッルスの母）1350
カエキリア（殉教者）641
カエキリア・アッティカ 380, 1201
カエキリア・メテッラ❶ 380
カエキリア・メテッラ❷ 380, 652, 665, 1012, 1270
カエキリア・メテッラ❸ 29, 380
カエキリア・メテッラ❹ 380
カエキリア・メテッラ（Q. カエキリウス・メテッルス❷の2人の娘）380
カエキリア・メテッラ（Q. カエキリウス・メテッルス・バレアーリクスの娘）380
カエキリウス、クィントゥス❶ 381
カエキリウス、クィントゥス❷ 381
カエキリウス・スターティウス 381, 1268
カエキリウス・メテッルス❷ 220, 1215
カエキリウス・メテッルス❻ 380
カエキリウス・メテッルス❾ 380
カエキリウス（喜劇詩人）827
カエキリウス街道 380
カエキリウス氏 380-381, 1268
カエクス（家）504
カエクブス 1032, 1087
カエクブム 381
カエクルス 293, 381
カエサラウグスタ 1068
カエサリオー 381
カエサリオーン 383, 535, 830, 1037, 1039
カエサル（ユーリウス家の家名）381-382
カエサル 21, 26, 107-108, 113, 127, 143, 166, 183, 190, 216, 247, 264, 285, 288, 351, 356, 396, 401, 412, 416, 462, 487-488, 505, 508-509, 511-512, 516-517, 548, 555, 563, 567-568, 570, 574-575, 578, 580, 582, 587-589, 592, 602, 604, 608-609, 624, 629, 632, 646, 650-651, 654, 666-667, 678-682, 689, 692, 694, 700-701, 707, 709, 725, 728, 751, 753, 771, 813, 815, 827, 829, 835, 846, 848, 851-854, 856-857, 859, 865, 872, 874, 880, 887-888, 891-892, 894, 901, 921-923, 936-937, 940, 942-943, 948, 950, 964-966, 968, 977-978, 982, 995-996, 1001, 1003, 1017, 1019, 1022, 1024, 1027, 1037, 1041, 1045-1047, 1055, 1059, 1067-1071, 1086, 1104-1105, 1127, 1130, 1137, 1166, 1170-1172, 1179, 1190, 1198-1200, 1219-1220, 1223, 1227, 1229, 1231-1233, 1253-1254, 1256, 1258, 1270-1271, 1286, 1290, 1298, 1320, 1354, 1356, 1370-1371, 1374, 1382
カエサル、ガーイウス・ユーリウス（シー

ザー）382-384
カエサル、セクストゥス・ユーリウス
カエサル、ルーキウス・ユーリウス❶ 384-385
カエサル、ルーキウス・ユーリウス❷ 385
カエサル、ルーキウス・ユーリウス❸ 385
カエサル・アウグスタ 382
カエサル・ストラボー・ウォピースクス、ガーイウス・ユーリウス 384, 414
カエサル家 384
カエサレーア❶（・パラエスティーナエ）53-54, 385-386, 1296
カエサレーア❷（・ピリッピー）385-386
カエサレーア❸（・マザカ）385-386, 399, 910
カエサレーア❹（・マウレーターニアエ）385-386, 1058, 1206
カエサレーア（ビーテューニアーの）385
カエサレーア（フェニキアの）385, 685
カエサーレーア・マウレーターニアエ 1299
カエサレイア →カエサレーア
カエサロドゥーヌム 386, 540, 1236
カエサロマグス 387, 1104
カエシウス・バッスス 588, 1131
カエセーナ 60
カエソー 486, 1014-1015
カエソーニア、ミーローニア 387, 435, 589, 854, 974, 1202
カエソーニーヌス 967
カエディキウス、M. 3
ガエトゥーリー（族）284, 387-388, 483
ガエトゥーリア 387
ガエトゥーリクス、グナエウス・コルネーリウス・レントゥルス 387
カエニス 282, 841
カエニーナ 57, 680
カエノポリス 167
カエピオー、クィ（ー）ントゥス・セルウィーリウス（リーウィウス・ドルースス❷を暗殺した）388
カエピオー、クィ（ー）ントゥス・セルウィーリウス（前106年執政官）388
カエピオー、クィ（ー）ントゥス・セルウィーリウス（前140年執政官）388
カエピオー家 388, 461, 1375
カエピウス 605, 798, 834
カエリウス・アウレーリアーヌス 715
カエリウス・ウィベンナ 388
カエリウス・サビーヌス 612
カエリウス・ルーフス、マールクス 389, 413, 505, 548
カエリウス丘 388, 446, 1043, 1386, 1244
カエルス 293
カエレ 165, 321, 389, 734, 996, 1262
カエレア、ガーイウス・カッシウス 389
カエレッリア 462
カオス 343, 370, 374, 390, 877
カーオネス族 329
カーカ 390
カークス 18, 293, 297, 390, 931, 1118
カーコス 390
ガーザ 16, 64, 191, 302, 340, 390, 602, 703, 710, 745, 805, 881-882, 1080
ガザカ 90
カシオペヤ 391
カシーヌム 49, 391, 1318

カシリーヌム 391, 424, 1318
カシリ（ー）ノン 391
カスカ 702
カスタリアー（ニュンペーの）391
カスタリアー（泉）391
カスタリオス 391
カスタリデス 391
カストゥロー 392
カストール（ディオスクーロイの1人）392
カストール（セプティミウス・セウェールスの侍従）392
カストール（ロドスの）392, 752
カストルム・ノウム 380
カスピオイ族 392
カスピ海 121, 377, 392, 995
カスペリア 1234
カスミッラ 426
カタクンバ 392, 591
カタコンベ 79, 392
カタネー 14, 392, 455, 571, 627, 669, 866, 959
ガダラ 65, 110, 393, 481, 674, 788, 790, 1007, 1276, 1283
カタラウニー族 393
カタラウヌム 26, 29, 78, 393, 785, 798, 906, 1088
カタリーナ 641
カッサンダネー 457
カッサンドラー 2, 114, 393, 522-523, 859, 934, 1056, 1095, 1149, 1312
カッサンドレイア 394, 1169
カッサンドロス 1, 155, 186, 204, 208-209, 227, 242, 297, 312, 365, 394, 563, 616, 704, 745, 789, 796, 800, 802, 805, 807, 809, 813, 871, 937, 988, 1002, 1073, 1165, 1187, 1343, 1377
カッシアーヌス、ヨーアンネース 394
カッシウェッラウヌス 395
カッシウス 395
カッシウス（エトルーリア人の詩人）395
カッシウス（スプリウス）395
カッシウス・アプローニアーヌス 759
カッシウス・カエレア 397
カッシウス・セウェールス 395, 701, 1320
カッシウス・パルメーンシス、ガーイウス 395, 857, 943
カッシウス・ロンギーヌス、ガーイウス❶（カエサル暗殺者）128, 396, 400, 587, 679
カッシウス・ロンギーヌス、ガーイウス❷ 397, 646
カッシウス・ロンギーヌス、ルーキウス❶ 397
カッシウス・ロンギーヌス、ルーキウス❷ 397
カッシウス街道 290, 395, 526, 674, 1053
カッシウス氏 395
カッシウス派 397
カッシオドールス 397, 785, 1305
カッシオペイア 222, 398, 480, 558, 1133, 1245, 1251
カッシテリデス（諸島）398
カッシボネー 826
カッティー（族）398, 564, 839, 855, 913, 1054, 1202, 1230, 1234
カッパドキア（一）13, 126-128, 156, 308, 386, 399, 514-515, 541, 545-546, 552, 578-579, 636, 644, 667, 673, 724-725, 751, 763, 806, 812, 874, 899, 910, 930, 935, 940, 952, 988, 1007, 1080, 1104, 1214, 1243, 1267, 1302, 1336, 1362
カッパドクス川 399
ガッラ・プラキディア（アタウルプスの寡婦）597
ガッラ（ユーリウス・コーンスタンティウスの先妻）597
カッライ 162, 396, 399, 430, 454, 682, 908, 937, 1199
カッライキアー 400
カッラエ 132, 508-509, 1229
ガッラエキー族 400
ガッラエキア 231, 400, 651, 787, 1068
ガッラエクス 1068
カッラティス 1114
ガッリー❶ 401
ガッリー❷ 401
ガッリア 401, 他
ガッリア・ウルテリオル 401
ガッリア・キサルピーナ 250, 262, 285, 289, 401, 509, 545, 555-556, 580, 648, 761, 857, 885, 912, 943, 950, 953, 1047, 1069-1070, 1108, 1160, 1174, 1217, 1226, 1256, 1268, 1308, 1310, 1356
ガッリア・キスパダーナ 250, 401, 920, 943, 1047
ガッリア・キテリオル 401
ガッリア・ケルティカ 401, 405
ガッリア・コマータ 401, 1077
ガッリア・トラーンサルピーナ 47, 121, 401, 404, 556, 869, 1258, 1351
ガッリア・トラーンスパダーナ 250, 401, 404, 556, 580, 912, 920, 1239, 1268
ガッリア・ナルボーネーンシス 80, 107, 192, 265, 269, 271, 274, 401, 404, 555, 722, 860, 869, 885, 1077, 1219, 1333, 1379
ガッリア・ベルギカ 224, 328, 401, 404, 650, 689, 722, 856, 886, 888, 892, 1127-1128, 1174, 1274, 1290, 1373
ガッリア・ルグドゥーネーンシス 22, 59, 179, 279, 401, 404, 556, 694, 891, 1356
ガッリア人 250, 401-402, 1382
カッリアース❶（喜劇詩人）402
カッリアース❷（予言者）402, 1251
カッリアース❸（政治家）132, 402, 467
カッリアース❹（歴史家）402
カッリアース❺（カルキスの僭主）25, 214, 403
カッリアース（プトレイマイオス朝の軍司令官）403
カッリアース（ミュティレーネーの文法学者）403
カッリアースとヒッポニーコス❶（カッリアース）403
カッリアースとヒッポニーコス❷（ヒッポニーコス）403
カッリアースとヒッポニーコス❸（カッリアース）403
カッリアースとヒッポニーコス❹（ヒッポニーコス）403
カッリアースとヒッポニーコス❺（カッリアース）404
ガッリア帝国 402, 404, 623, 798

カッリアデース　402
ガッリエーヌス　26, 31, 268, 356, 405, 502-503, 623, 685, 695, 1167, 1173, 1234
ガッリオー　405
カッリオペー　369, 405, 993, 1255
カッリクセノス　148
カッリクラティダース　147, 406
カッリクラテース❶（建築家）　406, 872, 939
カッリクラテース❷（政治家）　406
カッリクラテース（スパルターの）　406
カッリクラテース（プラタイアイの決戦の）　406
カッリクラテース（シュラークーサイの）　1323
カッリステー　818
カッリステネース（哲学者）　531
カッリステネース（富豪ルークッルスの解放奴隷）　1351
カッリストー　144, 172, 406, 688, 949, 1203, 1238, 1299, 1337
カッリストゥス　407, 502, 917
カッリストス　389, 407
カッリストラトス❶（詩人）　407
カッリストラトス❷（将軍）　47, 213, 407
カッリストラトス❸（文献学者）　407
カッリストラトス❹（イソクラテースの弟子）　407
カッリストラトス❺（ソフィスト）　407
カッリストラトス（彫刻家）　408
カッリストラトス（法律学者）　408
カ（ッ）リッポス　408
カッリッポス（天文学者）　408
カッリッポス（シュラークーサイ僭主となったアテーナイ人）　408
カッリッロエー❶（オーケアノスの娘）　408, 562
カッリッロエー❷（アケローオス河神の娘）　44, 60, 153, 408
カッリッロエー❸（スカマンドロス河神の娘）　262, 408, 861
カッリッロエー❹（カリュドーンの処女）　408
カッリッロエー（ディオメーデースを救出した）　408
カッリッロエー（ニュンペーの）　408
カッリッロエー（泉）　408
カッリニーコス　1119
カッリーノス　329, 408, 1245
カッリパテイラ　744
カッリポリス　565
カッリマコス❶（詩人）　65, 783, 122, 138, 334, 350, 409, 478, 782, 916, 1146, 1326
カッリマコス❷（彫刻家）　409, 582
カッリマコス❸（軍事長官）　409, 1251
カッリマコス（医学者）　409
ガッルス（家）　589
ガッルス（帝）　577, 790
ガッルス、アエリウス　409
ガッルス、ガーイウス・コルネーリウス　409
ガッルス、ガーイウス・スルピキウス　410
ガッルス、トレボーニアーヌス　411
ガッルス（コーンスタンティーナの後夫）　597
ガッルス（コーンスタンティウス2世の従弟）　596

ガッルス（ユーリウス・コーンスタンティウスの息子）　597
ガッルス・カエサル　410
ガッルス・サローニーヌス、ガーイウス・アシニウス　278, 410
ガッルス家　33
カッレウァ・アトレバートゥム　411, 602
ガッロイ　401, 581, 956
カティナ　392, 627
ガデイラ　89, 412, 562, 736, 964, 1120
カティリーナ、ルーキウス・セルギウス　18, 80, 215-216, 351, 371, 381-382, 411, 462, 509, 548, 554, 575, 588, 608, 629, 646, 666, 707, 827, 853, 963, 1013, 1050, 1064, 1099, 1106, 1227, 1258, 1271, 1299, 1376, 1382
カデシュ　332
ガーデース　17, 302, 412, 590, 817, 920, 929, 942, 965, 979, 1023, 1075, 1120
カトー、ガーイウス・ポルキウス　414
カトー、プーブリウス・ウァレリウス　415
カトー、マールクス・ポルキウス❶　345, 356, 372, 415-416
カトー、マールクス・ポルキウス❷　416
カトー、マールクス・ポルキウス（小カトーの子）　417
カトー、ルーキウス・ポルキウス　418
カトー家　415, 1188
カトゥウェッラウニー族　428
カードゥーケウス　1282
カトゥッルス　176, 289, 327, 389, 401, 409, 412, 439, 486, 548, 578, 588, 607, 648, 771, 798, 853, 938, 978, 1108, 1172, 1223, 1286
カドゥルキー　291
カトゥルス、ガーイウス・ルターティウス　413
カトゥルス、クィ（ー）ントゥス・ルターティウス❶　209, 413, 1010
カトゥルス、クィ（ー）ントゥス・ルターティウス❷　414, 422, 1010
カトゥルス家　414
カトーブレパース　415
カドミーロス　425
カドメイアー　187, 225, 417, 799
カドメーイス　1160
カドモス（テーバイ❶の創建者）　24, 38, 59, 231, 256, 314, 417, 480, 640, 677-678, 699, 724, 739, 799-800, 804, 829, 898, 945, 950, 1023, 1141, 1159, 1161, 1185, 1252, 1277
カドモス（ギリシア最古期の散文史家）　418
カトレウス　34, 418, 524, 812, 864, 931, 1276
カナアン　418, 613, 625, 631, 947, 957, 1023
カナケー　5, 331, 419
カナコス　626
カナタ　790
カナトス　1112
ガニュメーデース（絶世の美青年）　30, 250, 262, 315, 408, 419, 688, 713, 740, 858, 861, 883, 924, 1098, 1111, 1156, 1245, 1299, 1314
ガニュメーデース（宦官）　166
カヌシウム　64, 102, 175, 352, 420, 457, 759
カヌーシオン　420
カヌレイウス　420

カネーボロイ　420
カネーンス　1013
カノープス　420, 1237
カノーボス　183, 420, 1237
カハターン　124
カパネウス　66, 296, 326, 421, 670, 799, 814
カパルナウーム　421, 1220
ガビイー　421, 573, 733-734, 1317, 1366
カーピソドーロス　323
カビッローヌム　393
カピトー（ガーイウス・アテイユス、法学者）　422
カピトー（ガーイウス・アテイユス、護民官）　422
カピトー（カリグラ帝に息子とともに殺された）　422
カピトーリウム　30, 275, 280, 348, 414, 422-423, 505, 507, 573, 600-601, 605, 610, 633, 682, 734, 737, 823, 839, 847, 854, 869, 916, 1019, 1027, 1031, 1043, 1064, 1071, 1174, 1223, 1229, 1235, 1239, 1244, 1254, 1293, 1298
カピトーリーナ　941
カピトーリーヌス（丘）　33, 293, 422, 526, 559, 594, 605, 610, 633, 664, 725, 734, 1027, 1076, 1207, 1232, 1239, 1288, 1383, 1386
カピトーリーヌス祭　423
ガビーニウス、アウルス　423
カピュエー　424
カピュス❶　423
カピュス❷　423
カピュス❸　423
カビーリー　425
カプア　78, 378, 391, 423-424, 431, 457, 503, 506, 511, 526, 614, 650, 677, 745, 790, 865, 893, 953, 1048, 1069, 1175
カプリアース　424, 866
カプレアイ　424
カプレアエ　31, 274, 424, 434, 519, 667, 683-684, 772, 997, 1349
カベイリデス　425
カベイロイ　264, 425, 615, 723, 751, 1108, 1120, 1247
カペッリアーヌス　586
カペーナ門　318, 425, 1174, 1235
カペーレウス　864
カベルナウーム　1220
カマイレオーン　426
カマーウィー　1054, 1065
カマセーネー　774, 1292
カマリーナ　426, 560, 627, 639, 972, 980
カミーコス　573
カミサレース　724
カミセー　1292
カミッラ　80, 291, 426, 1263
カミッルス　3, 28, 171, 426, 594, 692, 761, 850, 932, 1076, 1331
カミッルス（ガッリアの首長）　1069
カミッルス❶（マールクス・フーリウス）　280, 426
カミッルス❷（ルーキウス・フーリウス、❶の子）　427, 583
カミッルス❸（ルーキウス・フーリウス、❶の孫）　427, 723
カミッルス❹（マールクス・フーリウス、執政官）　427

カミッルス❺（スクリーボーニアーヌス）　79, 277, 427, 502, 647
カムロス　428
カムロドゥーヌム　428, 498, 1059, 1163, 1388
カメイロス　428, 858, 1095, 1380
カメセス王　1292
カメーナエ　318, 428, 1255
ガメーリオーン　1112
カメリーヌム　428
ガーモロイ　638
カユストロス河（河神）　329, 698
ガラ　1218
カライス　159, 452, 675, 691, 942, 978, 1192
カライスとゼーテース（兄弟）　428
ガライステース　1035
カラウシウス　429, 1059
カラウレイア　429, 811, 860
カラカッラ　27, 112, 124, 164, 218, 291, 400, 429, 553-554, 579, 685-687, 706, 731, 777, 783, 823, 846, 902, 925, 932, 1022, 1042, 1045, 1151, 1214, 1301, 1303, 1351, 1383
カラカッラ浴場　1384
カラクソス　607, 1381
カラグッリス　265, 430, 490
カラクテー　77
カラタ（ー）クス　430, 445, 498, 648, 654
ガラティアー　120, 431, 554, 565, 721, 751, 849, 920, 976, 983, 1004, 1062, 1066, 1119, 1242, 1336
ガラティア（属州）　927, 1062
ガラテイア❶（ネーレウスの娘）　46, 431, 566
ガラテイア❷（女人像）　431, 927
カーラーティア（カンパーニア地方の）　431
カーラーティア（サムニウム地方の）　431
カーラーティーヌス、アウルス・アティーリウス　432
ガラテヤ　432
カラーノス（ギュムノソピスタイの）　476
カラーノス❶（マケドニアーの祖）　432, 1136, 1215
カラーノス❷（マケドニアーの）　432
カラーノス（アレクサンドロス大王の部将）　432
カラ（ー）ブリア　102, 233, 250, 254, 345, 432, 572, 732, 1071, 1264-1265
ガラマンテス（族）　432, 866, 943
カラミス　111, 433
カラモス　698, 894
カラリス　433
カラレース　433, 619
カーリア（ー）　63, 104, 112-113, 172, 187, 302, 344, 433, 452, 496, 536, 565, 572, 574, 594, 620, 660, 673, 724, 753, 767, 846, 866, 875, 924, 933, 956, 991, 1055, 1057, 1062, 1082, 1094-1095, 1114, 1142, 1154, 1171, 1203-1205, 1246, 1249, 1251-1252, 1262, 1274, 1289, 1319, 1337, 1344
カーリアー人　220, 239, 326, 329, 1374
カリオメール　564
カリグラ（帝）　14, 53, 55-56, 73, 183, 196, 202, 214, 247, 276, 371, 387, 389, 397, 407, 434, 500, 502, 511, 568, 576, 589, 646-647, 693, 722, 743, 764, 773, 807, 855, 878, 887, 890, 895, 902, 915, 931, 965, 974, 998, 1009, 1019, 1031, 1038, 1045, 1100, 1141, 1151, 1194, 1200, 1202, 1206, 1257, 1279, 1287, 1300, 1328, 1372, 1380
カリクレース　1143
カリクロー　779
カリシウス　435
カリス　510, 558, 779, 980, 990, 1179
カリテス　313, 367, 436, 510, 688, 779, 980, 990, 1111, 1369
カリデーモス　436
カリトーン（小説家）　104, 436, 494, 932
カリトーン（僭主パラリスを倒そうと試みた）　134
カリトーンとメラニッポス　436
カリーナエ　1385
カリーヌス　437, 442, 747, 869, 880, 886
カリュアー　928
カリュアイ　437-438
カリュアーティデース　437
カリュアーティデス　146, 341, 420, 437
カリュアンダ　660
カリュアドノス（河）　703
カリュケー（アエトリオスの妻）　438
カリュケー（キュクノス❷の母）　438
カリュストス　110, 306, 747, 999
カリュドーン　4, 14-15, 145, 166, 173, 193, 224, 346-347, 408, 438, 558, 746, 751, 758, 791, 795, 814, 817, 819-820, 830, 884, 1073, 1119, 1143, 1282, 1289
カリュプソー　87, 353, 358, 438, 1072
カリュブディス　159, 358, 374, 438, 659, 684
ガリライアー　54, 238-239, 439, 518, 561, 613, 772, 1106, 1152-1153, 1224
ガリライアー湖　393, 421
カリラーオス　151
ガリラヤ　439
ガリラヤ湖　386
ガリンティアス　295
カール　433, 1260
カルウィーヌス　841
カルウィーヌス、グナエウス・ドミティウス　439
カルウェナ　1220
カルウス、ガーイウス・リキニウス　413, 439, 1330
カルウス家　1355
ガルガクス　439
カルカース　67, 255, 257, 440, 859, 955, 1129, 1171, 1280, 1289
カルカソー　404, 630
ガルガーヌム　759
カルキオペー　3, 159, 1058
カルキス　25, 31, 54, 136, 234, 246, 254, 306, 537, 544, 615, 663, 770, 776, 861, 866, 877, 880, 893, 960, 976, 980, 1000, 1097, 1212, 1264, 1365-1366
カルキス（アイトーリアーの）　441
カルキス（エウボイアの）　403, 440-441, 498
カルキス（エーリスの）　441
カルキス王国（シュリアー北部の）　441
カルキディウス　441
カルキディケー（半島）　51, 135, 221, 306, 364, 440-441, 630, 663, 861, 962, 1000, 1048, 1130, 1173, 1191, 1285
カルキノス❶　441
カルキノス❷　441
カルケードーン　109, 149, 237, 299, 442-443, 493, 575, 747, 777, 787-788, 845, 976, 983, 1155, 1164, 1168, 1228, 1260, 1262, 1331, 1362
カールス　267, 437, 442, 869, 880
カルセオリー　269, 442
カルダイアー　74, 400, 443, 640, 705, 925-926, 1150, 1266
カルターゴー　15, 20, 28, 41, 52, 59, 70, 101, 103, 261, 265, 272-273, 291-292, 317, 337, 386, 413, 416, 424, 442-443, 456, 463, 477, 502-504, 506-507, 526-528, 532, 551, 555-556, 562, 566, 569, 585-587, 590, 592, 601, 610, 613, 619, 623, 627, 629, 637, 639, 641, 649, 655, 657-658, 682, 686, 700, 714, 721, 728, 733, 736, 754, 761, 768, 774, 776, 817, 820, 827, 829, 831, 838, 843, 848, 851, 853, 857, 874, 879, 886, 891-892, 900, 904, 911-912, 922, 925, 928-929, 932, 946, 953-954, 959-960, 964, 966, 976, 979-980, 986, 990, 1002, 1011, 1016, 1023, 1030-1031, 1048, 1053-1054, 1066, 1113, 1126, 1142, 1164, 1176, 1198, 1206, 1216-1219, 1222, 1226-1227, 1232, 1235, 1249, 1269, 1295, 1367, 1372, 1382
カルターゴー・ノウァ　271, 444, 657, 725, 911, 953, 964, 1310
カルターゴー傭兵の反乱　444
カルデア　443, 445-446
カルディアー　308, 445, 514, 745, 882, 937, 958, 1137, 1187
カルティ（ス）マンドゥア　430, 445
カルテイヤ　445, 736
カルナ　445-446
カルナボーン　850
カルナーン　153
カルヌーテース（族）　24, 446, 555, 852
カルヌートイ　446
カルヌントゥム　446, 454, 598, 686, 954, 1212, 1331
カルネーア　447
カルネアデース　40, 75, 126, 210, 298, 372, 416, 446, 478, 520, 532, 987, 1270, 1274
カルネイア（祭）　114, 447, 821
カルネイオス　1046
カルノス　447, 1046
ガルバ（家）　447
ガルバ、セルウィウス・スルピキウス　448, 508, 510, 968
ガルバ・マクシムス，P　447
カルパティア山脈　449
カルパテース　449
カルピー（族）　449, 1000
カルプス　449
カルプルニア　383, 449, 966
カルプルニア（カエサルの最後の妻）　449
カルプルニア（小プリーニウスの最後の妻）　449, 1061
カルプルニウス氏　449, 967, 1099
カルプルニウス・ガレーリアーヌス　965
カルプルニウス・シクルス、ティトウス　449
カルプルニウス・ピーソー，C.（ネローに対する陰謀で名高い）　450

カルプルニウス・ピーソー（三十僭帝の1人）　449
カルプルニウス・ピーソー・フルーギー・リキニアーヌス, L.　510
カルプルニウス・ピーソー・リキニアーヌス, L.　508
カルペー山　100, 446, 450, 1120
カルボー、ガーイウス・パピーリウス❶　450, 510
カルボー、ガーイウス・パピーリウス❷　450, 575
カルボー、グナエウス・パピーリウス（前113年執政官）　450, 487
カルボー、グナエウス・パピーリウス（前85、前84、前82年執政官）　450
カルボー（家）　450, 926
カルポス　698, 894
カルマーノール　999
カルミオン　536
カルミデース　450, 520, 708, 930, 1050, 1089
ガルムナ（河）　48, 860, 977, 1068
カルメーロス　1040
カルメンタ　296, 428, 451, 803, 821
カルモス　971
カレー　436
カレー・アクテー　375
ガレオス　452
ガレオータイ　452
カレース❶（将軍）　452, 690, 775
カレース❷（彫刻家）　300, 452, 592, 1346
カレース（ミュティレーネー出身の史家）　453
カレース市　452
ガレステース（美少年）　1033
カレードニア　53, 328, 439, 453, 596, 598, 661, 686, 921, 961, 1057, 1145
カレードニアー　453
カレーヌス　681
ガレーヌス　1301
ガレーノス　191, 334, 453, 609, 625, 871, 972, 1359
ガレーリウス（帝）　268, 446, 454, 598, 635, 648, 685, 797, 747, 868, 954, 1210, 1212, 1330
カロス　1152
カロース　1136
カローン（ステュクスの渡し守）　454
カローン（ランプサコスの）　455, 1326
カローン・ネーソイ　825
カローンダース　392, 455, 1366
ガンゲース河　186, 263, 455, 705, 806, 907, 978, 1275
ガンジス　455
カンダウレース　373, 455, 470, 1154
カンダケー　12, 456
カンタ（ー）ブリー族　456
カンタブリア　456
カンタブリア海　456
カンタロス　1090
カンティウム　837
カンディディアーヌス　268, 1331
カンナイ　456
カンナエ　175, 265, 456, 549, 601, 657, 834, 853, 900, 904, 953, 1016, 1217, 1229
カンナエの戦い　31, 284, 352, 420, 424, 1263

ガンニュス　333, 1301
カンネー　457
カンパスペー　137
カンパーニア　31, 78, 81, 106, 250, 281, 322, 351, 354, 424, 457, 608, 613-614, 629, 631, 647, 650, 657, 665, 667, 677, 684, 734, 772, 815, 857, 865, 879-880, 887, 892-893, 895, 902, 976, 1004, 1019, 1026, 1031-1032, 1081, 1105, 1110, 1129, 1197, 1212, 1223, 1229, 1240, 1253, 1300, 1317, 1347
カンピー・カタラウニイー　393
カンビューセース❶ 1世　457, 478
カンビューセース❷ 2世　37, 86, 103, 115, 457, 681, 738, 1028
カンプス・マールティウス　219, 226, 246, 269, 458, 665, 692, 743, 764, 847, 884, 906, 951, 1025, 1053, 1104, 1205, 1235, 1300, 1354, 1383-1384, 1387
カンブレース　373
カンマ　431
キーウィタース・ケノマーノールム　556
キーウィーリス、ユーリウス　458, 561, 612, 1058, 1065
キオス　239, 459, 500, 574, 707, 754, 758, 783, 789, 799, 831, 835, 972, 974, 983, 994, 1011, 1032, 1147, 1177, 1205, 1242, 1285, 1368
キオス島　300, 338, 347-348, 458
キオーニデース　459, 663
キオネー❶　24, 459, 718, 999
キオネー❷　309, 460
キオマラ　431
ギガース　460, 610, 766
ギガンテス　6, 292, 324, 374, 460, 610, 689, 736, 765, 803, 814, 917, 1031, 1057
ギガントマキアー　6, 82, 324, 460, 757, 765, 803, 822, 875, 917, 1094, 1140, 1287
キケロー、マールクス・トゥッリウス❶（雄弁家）　16, 20-21, 29, 68, 85, 113, 123, 150, 176, 202, 215-216, 249, 266, 270, 283, 379, 384, 389, 411-412, 461-463, 490, 503, 505, 508, 510, 512, 516-518, 525-526, 529, 548, 554, 564, 571, 575, 588, 594, 608, 627, 629, 636, 645, 647, 652-653, 656, 665-666, 668, 681, 684, 695, 701, 707, 751-752, 760, 779, 796, 809, 811, 815, 826-827, 833, 835, 846, 852-853, 857, 872, 885, 893, 895, 897, 921, 924, 931, 942, 958, 966, 968, 987, 1003, 1010-1011, 1022, 1026, 1031, 1050, 1064, 1067, 1070, 1087, 1096, 1104, 1169, 1172, 1190, 1197, 1201, 1215, 1220, 1222, 1227, 1233, 1244, 1253, 1258, 1264, 1272, 1304, 1311, 1315, 1376, 1379
キケロー、マールクス・トゥッリウス❷（❶の子）　463
キケロー、クィ（ー）ントゥス・トゥッリウス（マールクス・キケロー❶の甥）　461
キケロー、クィ（ー）ントゥス・トゥッリウス（マールクス・キケロー❶の弟）　461
キケロー（家）　461, 1375
キコネス族　358
キコーン族　248
ギスコー（ン）❶　463, 928
ギスコー（ン）❷　445, 463, 714, 912

ギスコー（ン）（ハミルカルの子）　463
キスピウス　319
キタイローン山　34, 50, 76, 145, 203, 225, 339, 346, 463-464, 718, 793, 1048, 1117, 1161
キッセウス（トラーケー王）　464
キッセウス（メランプースの子）　464
キッラ　4, 940, 1056
キッラー　649
キティオン　464, 467, 475, 513, 529, 672, 697
キティオンの戦い　296
キトーン　465
ギートーン　1107
キナイドポリス　434
キニュラース　465, 486, 927, 982, 991, 1248, 1312
キニュリダイ家　465
キーネアース　16, 466, 503
キマイラ（怪獣）　240, 315, 368, 466, 566, 678, 815, 989, 1093, 1103, 1338
キマイラ（シケリアーの王女）　728
キモーン（政治家）　2, 40, 83, 168, 230, 313, 324, 355, 464, 467, 483, 546, 660, 672, 713, 791, 795, 804, 832, 924, 1077, 1124, 1131, 1182, 1251, 1337
キモーン（クレオーナイの）　467
キモーンとペーロー　467
キュアクサレース　67, 468
ギュアース　1094
キュアニッポス　6, 860, 955
キューアネアイ　642
キュアレートス　1057
ギュアロス　468, 646
ギュエース　1094
キュクノス❶（リグリア人の王）　468, 905
キュクノス❷（ポセイドーンの子）　438, 468, 859
キュクノス❸（アレースの子）　191, 468, 559
キュクノス❹（アポッローンの子）　469
キュクノス❺（ポセイドーンとスカマンドロディケーの子）　469, 798
キュクラデス諸島　6, 35, 121, 221, 343, 468-469
キュクレウス　499, 819
キュ（ー）クロープス　14, 46, 114, 204, 292, 310, 469, 627, 765-766, 777-778, 1005, 1110, 1120, 1187
キュクローペス　222, 297, 358, 374, 550, 580, 671, 765-766, 778, 895, 919, 1094, 1110, 1186, 1246
キュケオーン　1247
ギュゲース（ヘカトンケイルの）　374
ギュ－ゲース　142, 455, 470, 488, 594, 977, 1094, 1154, 1344
ギュ－ゲース湖　142
キュージコス　42, 75, 149, 159, 201, 302, 408, 470, 559, 844, 1007, 1142, 1246, 1252
キュッラバロス（コメーテースの情夫）　759
キュレーネー（ニュンペー）　471
キュレーネー❶　144, 471, 1203
キュレーネー❷　471
キュレーン　471
キュッロス　787
ギュティオン　471
キュティッソーロス　72

キューディッペー❶ 471
キューディッペー❷ 61, 471
キュテーラ島 105, 493, 1316
キュテレイア 105
キュドーニアー 542
キュドノス（河神） 472
キュドノス（河） 471, 479
キュナイゲイロス 10, 472
キュナネー 312
キュニコス（犬儒）派 513, 521, 537, 554, 562, 668, 697, 707, 1145, 1273, 1276, 1283
キュニス 58
キュニスカー 147
キュネーギウス 1357
キュネーギールス 472
キュネーシオイ 472
キュノケパロイ（族） 12, 263, 472, 1061
キュノサルゲス 141, 206, 472, 476, 1111
キュノス・ケパライ 472, 796, 1002, 1010, 1053, 1155, 1216
キュノス・セーマ 473, 844
キュノスーラ 152
キュノルタース（ヒュアキントスの兄） 981
キュパリッソス 114, 203, 473, 729
キューピッド 473
キュプセロス（アルカディアー王） 473, 542, 582, 734, 914, 1121, 1251, 1284, 1360
キュプセロス❶（コリントスの僭主） 228, 473
キュプセロス❷ 2世 474, 1122
キュプセロス家 473
キュプリアーヌス（カルターゴーの司教） 474
キュプリアーノス（アンティオケイア❶の主教） 474
キュプリス 475
キュプルス 474, 1077
キュプロス（島） 52, 105, 366, 416, 464-465, 474, 529, 534, 548, 578, 615, 617, 644, 673, 678, 697, 716-717, 778, 780, 805-806, 811-812, 820, 842, 844, 857, 898, 927, 982, 1029, 1032-1033, 1035-1037, 1039, 1070, 1139, 1145, 1177, 1234, 1246, 1248
キュベレー 22, 30, 67, 77, 91, 231, 250, 330, 361, 374, 401, 475, 501, 518, 533, 544, 576, 581, 585, 611, 615, 619, 640, 721, 723, 755, 757, 804, 956, 974, 1034, 1062, 1099, 1101, 1213, 1224, 1234, 1240, 1247, 1360
ギュムナシウム 475, 839
ギュムナシオン 40, 52, 84, 114, 213, 475, 574, 617, 619, 626, 632, 672-673, 680, 688, 705, 783, 818, 846, 870, 885, 930, 957, 1036, 1040, 1057, 1074, 1105, 1340, 1360
ギュムネーシアイ諸島 946
ギュムノソピスタイ 112, 360, 432, 476, 723, 986
ギュムノパイディアイ（祭） 476, 493, 740, 818
キューメー❶（アイオリスの） 3-4, 16, 116, 331, 476, 498, 629, 631, 680, 968, 1006, 1057, 1097, 1240
キューメー❷（クーマエ） 117, 134, 476, 498, 632, 639, 734, 880, 929, 959, 1031, 1212, 1240, 1253, 1264
キューメー（アマゾーンの1人） 476
キューメー（エウボイアの都市） 476
キューモポレイア 1057
キュララベース 955, 1077
キュリア 485
キューリアデース 635
ギュリッポス 477, 871, 1142
キュリッロス 788, 883, 910, 989
キュルノス（島） 477
キュルノス（名祖） 477
キュルノス（詩人テオグニスの鍾愛した美青年） 477
キューレーナイアー 477
キューレーナイカ 37, 103, 111, 166, 477, 544, 587, 637, 771, 837, 857, 910, 936, 1037, 1040, 1077, 1147, 1159, 1334
キューレーネー 103, 111, 115, 131, 306, 334, 362, 409, 446, 477, 533, 615, 637, 641, 645, 673, 697, 738, 756, 758, 787, 807, 818, 848, 911, 915-916, 936, 960, 1004, 1010, 1033-1035, 1037, 1039, 1051, 1096, 1145-1147, 1154, 1208, 1243
キューレーネー（ニュンペー） 114, 129
キューレーネー（名祖） 172
キューレーネー学派 223
キューロス1世 36, 457
キューロス❶2世（大王） 36, 67, 85, 230, 304, 317, 457, 478, 546, 555, 681, 762, 909, 936, 955, 1132, 1219, 1267, 1344
キューロス❷（小キューロス） 69, 168, 251, 479, 496, 665, 909, 935
キューロン 152, 479, 742, 1259-1260
キュンティアー 173
ギュンデース河 478
キュントス山 173, 828
キリキア（一） 59, 122, 200, 202, 246, 252, 471, 479-480, 513, 516, 521, 535, 552, 581, 596, 601, 618, 620, 629, 638, 703, 705, 716, 724, 735, 750, 762-763, 788, 812, 821, 873, 903, 927, 955, 994, 997, 1003-1004, 1006, 1073, 1080, 1093, 1147, 1193-1194, 1289
キリキア（属州） 735
キリクス 59, 479-480, 620, 1161
ギリシア 480, 904, 1197
ギリシアの競技祭 482
『ギリシア詞華集』 65, 143, 209-210, 339, 387, 481, 521, 918, 1007
ギリシア七賢人 50, 91, 481, 485, 536, 538, 677, 711, 716, 739, 822, 955, 969, 1057, 1121-1122, 1248, 1316
キルクス 220, 266, 272, 284, 482, 600, 682, 725, 797, 884, 973, 1031, 1163, 1235, 1268, 1354, 1384
キルクス・フラーミニウス 1023, 1384
キルクス・マクシムス（大競技場） 482-483, 569, 594, 722, 734, 847, 865, 931, 1086, 1282, 1384
キルケー 1, 3, 24, 159, 262, 339, 358, 483-484, 500, 645, 659, 684, 779, 825-826, 833, 961, 1013, 1078, 1094, 1132, 1178, 1234, 1254, 1267, 1318
キルケーイー 1, 291, 483-484, 1197, 1371
キルタ 484, 629, 714, 880, 1294
キルデリークス 549
ギルドー 485, 501
ギルバ島 1381
キーローニス（クレオーニュモスの妻） 533
キーローニス（レオーニダース2世の娘） 540
キーローン 471, 481, 538, 677, 1088, 1248
キンキウス・アリメントゥス, L. 489
キンキンナートゥス 98, 486, 761, 1207, 1239
キンキンナートゥス家 490
キンクトゥス・ガビーヌス 421
キンナ、ガーイウス・ヘルウィウス 486
キンナ、ルーキウス・コルネーリウス❶ 108, 352, 382, 450, 487, 1226
キンナ、ルーキウス・コルネーリウス❷ 486-487, 1198
キンナ・マグヌス、グナエウス・コルネーリウス 486
キンナ（家） 589
キンブリー（族） 49, 121, 388, 413, 450, 487, 565, 652, 667, 702, 781, 874, 966, 1128, 1174, 1226, 1234, 1254
キンベル、ルーキウス・テッリウス 488
キンメリアー 951, 1168
キンメリオイ 142, 330, 408, 470, 487-488, 586, 632, 644, 1062, 1168, 1240
クァエストル（財務官） 488, 1021
クァ（ー）ディー族 232, 272, 442, 489, 651, 1230, 1234
クァドラートゥス 1227
クァドリガーリウス、クィ（ー）ントゥス・クラウディウス 489
クィエートゥス 355
クイクル 1326
クィリーテース 489, 542
クィリーナーリス（丘） 458, 489-490, 542, 608, 618, 622, 834, 1079, 1086, 1201, 1386
クィリーニウス 32
クィリーヌス 489-490, 617, 1054, 1078, 1132, 1235, 1387
クィ（ー）ンクァートルース 1244
クィ（ー）ンティッルス 490
クィ（ー）ンティリアーヌス 490
クィン（ク）ティウス氏 175
クィンクティウス・フラーミニーヌス 343
クィ（ー）ン（ク）ティーリウス（氏） 490, 1015, 1015
クィンティッルス（クラウディウス2世の弟） 503
クィンティリア 439
クィンティリアーヌス 77, 100, 267, 430, 548, 915, 930, 964, 1061, 1236
クィンティーリウス・ウァールス, P. 178, 555, 1217
クィ（ー）ントゥス・カエキリウス・メテルス・クレーティクス 1271
クィ（ー）ントゥス・カエキリウス・メテルス・ケレル 1271
クィ（ー）ントゥス・カエキリウス・メテルス・ヌミディクス 1270
クィ（ー）ントゥス・カエキリウス・メテルス・ネポース 1272
クィ（ー）ントゥス・カエキリウス・メテルス・ピウス 1270
クィ（ー）ントゥス・カエキリウス・メテルス・ピウス・スキーピオー 658,

1270
クィ（ー）ントゥス・カエキリウス・メテッルス・マケドニクス　1269
クィントゥス・カッシウス・ロンギーヌス　396
クィントゥス・キケロー　461
クィントゥス・ファビウス・マクシムス❷　953
クィ（ー）ントゥス・ファビウス・マクシムス❸・アッロブロギクス　656
クィントゥス・フルウィウス・フラックス（前179年の執政官）　1049
クィントゥス・ポンペイユス　1198
クィントゥス・ポンポーニウス　1202
クィントゥス・ラビエーヌス　604
クィントゥス・ラベオー　1322
クィントゥス・ルースティクス　1353
クィントゥス（アエミリウス・パウッルス❶の女婿）　904
クィントゥス（クィーントゥス・カエキリウス・メテッルス・ケレルの父）　1271
クィントゥス（クィーントゥス・カエキリウス・メテッルス・ヌミディクスの息子）　1270
クィントゥス（クィーントゥス・カエキリウス・メテッルス・マケドニクスの長男）　1269
クィントゥス（スミュルナの）　572
クィントゥス（ファビウス・ウィーブラーヌス❷の孫）　1015
クィントゥス（マールクス・ファビウス・アンブーストゥスの息子）　1014
クィントゥス（マールクス・フルウィウス・フラックスの息子）　1049
クサンティッペー（ソークラテースの妻）　300, 491, 709
クサンティッポス❶（政治家）　94, 491, 1124
クサンティッポス❷（❶の孫）　69, 491, 1125
クサンティッポス❸（スパルターの傭兵隊長）　491, 1367
クサントス❶（抒情詩人）　491
クサントス❷（歴史家）　491
クサントス（ボイオーティアー王）　577
クサントス（アキッレウスの馬）　46, 492, 942
クサントス（ヘクトールの馬）　492
クサントス河❶（スカマンドロス河）　492, 654
クサントス河❷（リュキアーの）　492, 942, 1338
クシフィリノス　759
クシャーン　635
クストス　36, 242, 341, 492, 533, 553, 861, 1104, 1365
クセナルコス　674
クセニアデース　749
クセノクラテース（哲学者）　40, 135, 442, 493, 516, 697, 1063, 1140, 1165, 1193
クセノクラテース（医師）　493
クセノクリテー　135
クセノクリトス　740
クセノクレース　441
クセノダーモス　493
クセノパネース　93, 339, 493, 594, 945, 1116
クセノピロス　133
クセノポーン❶（軍人、歴史家）　36, 38, 58, 79, 83, 211, 251, 326, 330, 404, 478, 494, 528, 533, 551, 649, 689, 697, 708, 771, 780, 819, 832, 846, 959, 983, 1052, 1081, 1128, 1142, 1278, 1329
クセノポーン❷（エペソスの）　494
クセノポーン（彫刻家）　494
クセノポーン（コースの医学者）　494
クセノポーン（地理学者）　494
クセノポーン（クラウディウス帝の侍医）　574
クセルクセース❶1世　37, 51, 86, 115, 126, 168, 170-171, 324, 360, 495, 560, 564, 569, 584, 606, 615-616, 633, 690, 700, 738, 762, 768, 796, 799, 802-803, 824, 860-861, 866, 898, 928, 933, 947, 1102, 1135, 1142, 1150, 1237, 1243, 1279, 1350
クセルクセース❷2世　168, 495, 739
クセンティウス　269
クテアトス　1290
クティリア　495
クティリア湖　282, 495
クテーシアース　263, 495, 497, 524, 547, 747, 753, 982, 1028
クテーシビオス　496, 674, 1009, 1158, 1256
クテーシポーン　17, 162-164, 170, 442, 496, 606, 638, 686, 702, 763, 777, 842, 883, 937, 1262, 1302
クテーシュッラ　61
クトニアー　341
クトニオス　677
グナエウス・アウフィディウス　25
グナエウス・オクターウィウス（前165年の執政官）　352
グナエウス・オクターウィウス（前205年の法務官）　351-352
グナエウス・オクターウィウス（前87年の執政官）　352
グナエウス・カルプルニウス・ピーソー　568
グナエウス・キンナ・マグヌス　1198
グナエウス・ゲッリウス　554
グナエウス・コルネーリウス・スキーピオー・カルウス　658
グナエウス・コルネーリウス・ドラーベッラ　283
グナエウス・ドミティウス・アヘーノバルブス❺　890
グナエウス・フラーウィウス　503
グナエウス・ポンペイユス・マグヌス❶　383
グナエウス・ポンペイユス・マグヌス❷　1199
グナエウス・レントゥールス・アウグル　388
クーナクサ　168, 479, 494-496, 528, 551, 767
クーナクサの戦い　251, 1278
グナタイナ　770
グナタイニオン　1133
クニドス　27, 333, 433, 495-496, 512, 565, 574, 578, 710, 789, 941, 948, 1032, 1047, 1062, 1088, 1095
クニドスの海戦　168
グノーシス　295, 321, 363, 444, 545, 591, 635, 716, 802, 880, 911, 984, 1141, 1230
グノーシス主義（派）　497, 1181
クノー（ッ）ソス　16, 254, 497, 543, 766, 821, 896, 1245, 1320
クノベ（ッ）リーヌス　395, 428, 430, 497
クノーポス　338
クピードー　121, 343, 498, 1029
クーマエ　15, 18, 31, 106, 109, 322, 379, 424, 440, 457, 476, 498, 614, 632, 639, 650, 667, 719, 734, 895, 1024, 1116, 1212, 1240, 1253, 1264, 1333
クマルビ　550
グラー（島）　579
グライア　481, 727
グライアイ　498, 555, 584, 1133, 1189
グライケー　481
グラウキア、ガーイウス・セルウィーリウス　499, 610
グラウキアース　525, 985
グラウケー❶（ネーレーイデスの1人）　499
グラウケー❷（キュクレウスの娘）　499, 616, 819
グラウケー❸（クレオーン❶の娘）　232, 499, 533, 539
グラウコス❶（神話、シーシュポスの娘）　499 628, 1103, 1284
グラウコス❷（神話、❶の曾孫）　499, 759, 1103, 1284
グラウコス❸（神話、ミーノースの子）　66, 499, 620, 1181
グラウコス❹（神話、海神）　500, 659, 889
グラウコス❶（技術者）　500
グラウコス❷（著述家）　500
グラウコーン（クレモーニデースの弟）　545
クラウスス（サビーニー族の王族）　504
クラウディア（カラタークスの娘）　430
クラウディア（クラウディウス・プルケル❶の妹）　500, 505
クラウディア（クラウディウス・プルケル❷の娘）　500
クラウディア（クラウディウス・プルケル❸の娘）　1070
クラウディア（クローディウス・プルケルの娘）　500
クラウディア（スターティウスの妻）　664
クラウディア（プラウティア・ウルグラーニッラの娘）　293
クラウディア（マールクス・アントーニウス❸の継娘）　21, 701
クラウディア・アウグスタ　500, 1171
クラウディア・アクテー　500
クラウディア・オクターウィア　500
クラウディア・クィーンタ　500-501
クラウディア・シーラーナ　500
クラウディア・プルクラ　55, 101, 500
クラウディアーヌス　501, 630, 1162
クラウディウス　501, 他
クラウディウス1世　500-501, 504, 510-511, 528, 570, 574-576, 589, 592, 602, 631, 635, 646-647, 666, 683, 693, 729, 834, 840, 855, 865, 868-869, 890, 902, 917, 941, 968, 973, 1009, 1015, 1024, 1027, 1030, 1042, 1060
クラウディウス2世・ゴティクス　26, 405, 449, 490, 502, 577, 595, 642, 863, 1108, 1172
クラウディウス・アセッルス　1329
クラウディウス、アッタ　503
クラウディウス・カウデクス、アッピウス　503

クラウディウス・カエクス、アッピウス 48, 466, 501, 503
クラウディウス・カエサル・ブリタンニクス、ティベリウス 503
クラウディウス・クラッスス、アッピウス 503
クラウディウス・サビーヌス・レーギッレーンシス、アッピウス 504
クラウディウス・ドルススス・ネロー 504
クラウディウス・ネロー、ガーイウス 504
クラウディウス・ネロー、ティベリウス 504
クラウディオス・プトレマイオス 1033
クラウディウス・プルケル❶、プーブリウス 23, 500-501, 504
クラウディウス・プルケル❷、アッピウス 500, 505, 507
クラウディウス・プルケル❸、アッピウス 389, 505, 548
クラウディウス・プルケル❹、プ（ー）ブリウス 505
クラウディウス・ポンペイヤーヌス、ティベリウス 425, 505, 1349
クラウディウス・マルケッルス、マールクス 350, 627, 639
クラウディオポリス 207, 817
クラウディッラ 647
グラウピウス山 439, 453
グラエキア 480
グラエキア・マグナ 506
クラス 632
クラ（ー）ゾメナイ 91, 101, 174, 239, 445, 506, 974, 1142
クラタイアース 134
クラタイイース 659
グラックス（家） 507
グラックス兄弟 70, 450, 505, 507, 585, 589, 654, 656-658, 707, 1049, 1068, 1269, 1318, 1382
グラックス、ガーイウス・センプローニウス 316, 361, 506, 1310, 1330, 1357
グラックス、ティベリウス・センプローニウス❶ 507
グラックス、ティベリウス・センプローニウス❷ 507, 1310-1311, 1357
グラックス、ティベリウス・センプローニウス❸ 507
クラーッシクス 612
クラッスス（家） 504, 507-508, 1254, 1329
クラッスス、マールクス・リキニウス❶ 383, 400, 412, 414, 422, 462, 508-509, 1329
クラッスス、マールクス・リキニウス❷ 380, 509
クラッスス、マールクス・リキニウス❸ 48, 509
クラッスス、マールクス・リキニウス❹ 509
クラッスス、マールクス・リキニウス❺、フルーギー 510
クラッスス、ルーキウス・リキニウス 450, 510
クラッスス・ディーウェス、プーブリウス・リキニウス❶、ムーキアーヌス 508
クラッスス・ディーウェス、プーブリウス・リキニウス❷ 508
クラッスス・ディーウェス、プーブリウス・リキニウス❸ 508
クラッスス・フルーギー・リキニアーヌス、ガーイウス・カルプルニウス 508
グラッティウス（グラーティウス） 510
クラテイア 938
グラーティアエ（グラーティアたち） 436, 510
グラディアートル 511, 677, 843
グラディアートーレース 511
グラーティアーヌス（帝） 24, 124, 178, 229, 271-272, 511, 595, 599, 643, 783, 922, 1195, 1211, 1284, 1294
グラディーウス 1235
グラディエイター 512
クラーティス（河） 5, 512, 637
クラティッポス❶（歴史家） 350, 512
クラティッポス❷（哲学者） 221, 512
グラーティディアーヌス（マールクス・マンリウス） 512
クラティーノス❶ 402, 512, 537
クラティーノス❷ 135, 328, 512
クラテーシクレイアー 538
クラテース❶（喜劇詩人） 513
クラテース❷（アテーナイの哲学者） 40, 155, 513, 1193
クラテース❸（キュニコス派の哲学者） 513, 668, 697, 749, 960, 969, 1273
クラテース❹（文献学者） 130, 189, 513, 756, 924
クラテース（トラッレイスの） 514
クラテュロス 514
クラーテール（港） 812
クラテロス 116, 208, 308, 514, 516, 531, 745, 756, 882, 997, 1110, 1137, 1324
クラトス 670, 872, 917
クーラートル 514
クラナオス 76, 553
グラーニーコス（河） 185, 250, 514, 531, 1243
グラーニーコス河畔の合戦 1278
クラニス（川） 526
クラーネー 446
グラピュラー❶（遊女） 156, 515
グラピュラー❷（❶の孫娘） 157, 190, 515, 1299
グラブリオー、マーニウス・アキーリウス❶ 415, 515, 656, 1050, 1054
グラブリオー、マーニウス・アキーリウス❷ 515, 1242
グラブリオー、マーニウス・アキーリウス❸ 516, 545
クラロー 80
クラロス 114, 150, 211, 516, 594, 650, 871, 1289
クラーロス 516
クラントール❶（ペーレウスの従者） 516
クラントール❷（哲学者） 154, 513, 516, 716
クラ（ー）ンノーン（クラーノーン） 516, 993, 1324
クーリア（元老院議事堂） 517, 579, 692, 849, 1379, 1383
クーリア・コルネーリア 666
クーリアーティー 517, 1180
クーリアーティウス 517, 1180
クーリアーリス 517
クーリアーレース 517, 791
リキニウス❸ 508

クリウス・デンタートゥス 486, 517, 591, 1359
クリエーンス 517, 923, 1075
クリエンテース 362, 1075
クリーオー 517, 661
クーリオー、ガーイウス・スクリーボーニウス❶（大クーリオー） 217, 517
クーリオー、ガーイウス・スクリーボーニウス❷（小クーリオー） 217, 225, 517
クリーオボリウム 518
クリーオボリオン 518
クリーサ 530
クリーサとキッラー 518
クリーステネース 518
クリストス 287, 598, 605, 686, 903, 911, 998, 1106, 1145, 1153, 1220, 1234, 1237, 1284
クリ（ー）ストス、イエースース 518
クリストポルス 642
クリストポロス 472
クリ（ー）スピーナ 425, 519, 602
クリスプス（コーンスタンティーヌス1世の異母兄） 599
クリスプス（コーンスタンティーヌス1世の長男） 598
クリスプス（ファウスタの継子） 1012
クリーッサ 225, 649, 716
クリティアース（三十人僭主の） 300, 451, 519, 537, 623, 818, 1050
クリティアース（同名の祖父） 95, 520
クリティオス 212
クリテーイス 1177
クリートゥムヌス川 520, 1259
クリートゥムヌス（川神） 520
クリトブーロス（クリトーンの息子） 520, 533
クリートマクス 520
クリトラーオス 372, 520
クリトーン（ソークラテースの親友） 520, 533
クリトーン（新ピュータゴラース派の） 520
クリトーン（新喜劇人の） 520
クリーナゴラース 521
クリーニースス 9
グリフィン 521
グリフォン 521
クリーミーソス 776
グリュケラー 668, 899, 941, 1275
グリュケリウス 521, 1303
グリュコーン（医者） 950
グリュコーン（彫刻家） 521, 1119
クリューサ 522
クリューサーオール 408, 562
クリューサピウス 301, 784, 1065
クリューサンティオス 13
クリューシッポス（ペロプスの王子） 325, 521-522, 672, 695, 716, 749, 1129, 1307
クリューシッポス（アートレウスの異母兄弟） 90
クリューシッポス（ゼウスの愛人） 689
クリューシッポス（ヒッポダメイア❶の継子） 145, 973
クリューシッポス（ソロイの、ストアー学派の哲学者） 521
クリューセー❶（トロイアーの） 522
クリューセー❷（レームノス島近くの島） 522, 1006

クリューセー❸（黄金半島）522, 565
クリューセー（ニュンペーの）1006
クリューセーイス 440, 522-523, 831, 860
クリューセース 442, 522, 831
クリューソゴヌス 1379
クリューソストモス、イオーアンネース 522
クリューソテミス 999
クリューソポリス 442
クリュタイムネーストラー 43, 89, 257, 335, 342, 371, 394, 522, 741, 750, 817, 865, 1139, 1148, 1254, 1368
グリュッロス 494, 523
クリュティエー（オーケアノスの娘）353, 523, 1123, 1161, 1362
クリュティエー（アミュントールの妾）523
グリューネイア 4
グリュピオス 779
グリュ（ー）プス 141, 252, 523
クリュプテイアー 524, 1092
クリュメネー❶（オーケアノスの娘）87, 234, 353, 524, 1085
クリュメネー❷（ヘーリオスの妻）524, 905
クリュメネー❸（ミニュアースの娘）72, 524
クリュメネー❹（カトレウスの娘）418, 524, 864, 931
クリュメネー❺（ヘレネーの侍女）524
クリュメネー（アタランテーの母親）524
クリュメノス❶（ハーデース）524
クリュメノス❷（カイネウスの子）525, 877
クリュメノス❸（オルコメノスの王）339, 525
クルエンティウス・ハビトゥス、アウルス 525
クルキフィ（ー）クシオー 525
クルーシウム 80, 290, 321, 526, 547, 652, 694, 734, 843, 1014, 1130, 1189, 1325
クルース 1375
クルスス・ホノールム 527, 570, 1209
クルソル、ルーキウス・パピーリウス 527
クルソル、ルーキウス・パピーリウス（息子の）527
グルッサ 527, 1218, 1220, 1240
クルティウス・ルーフス、クィ（ー）ントゥス 528
クルティウスの池 528
クレアイネトス 810
クレアルコス❶（スパルターの）528
クレアルコス❷（ヘーラクレイア❹の僭主）529, 756, 1114
クレアルコス❸（アリストテレースの弟子）529
クレアルコス（アッティケーの中期喜劇詩人）529
クレアルコス（アテーナイの政治家）529
クレアンテース 74, 130, 521, 529, 672, 697, 710
クレアンデル 529, 602
クレアンドリダース 477
クレアンドロス 560, 972
クレイオス 530, 993, 1255
クレイオス 69, 374, 530, 766, 917, 1134
クレーイス 607
クレイステネース❶（シキュオーンの僭主）518, 530, 625, 816, 1090, 1251, 1259
クレイステネース❷（アテーナイの政治家）152, 355, 530, 532, 538, 717, 1124, 1259
クレイタルコス❶（エレトリアの僭主）531
クレイタルコス❷（アレクサンドレイアの歴史家）531
クレイトー 88, 310
クレイトス❶（「黒の」）531
クレイトス❷（「白の」）515, 531
クレイトール（アルカディアー北部の町）532
クレイトール 532
クレイトマコス（哲学者）447, 532, 1010
クレイトマコス（テーバイ❶の運動選手）532
クレイニアース❶（アテーナイの富裕な市民）532
クレイニアース❷（ピュータゴラス派の哲学者）533
クレイニアース（アルキビアデースの兄弟）494, 533
クレイニアース（アルキビアデースの父）148
クレイニアース（アルキビアデースの従弟）520
クレイニアース（アクシオコスの子）533
クレイニアース（シュキュオーンのアラートスの父）122, 300
クレウーサ❶（プリアモスの娘）15, 533, 1095
クレウーサ❷（クレオーン❶の娘）499, 533, 539, 1267
クレウーサ❸（エレクテウスの娘）36, 242, 492, 533, 861
クレウーサ（ナーイアスの）533
クレオー 1033
クレオストラトス 513
クレオードーラー 940
クレオーナイ 886
クレオニーケー 898
クレオーニュモス（スパルターの王位要求者）56, 147, 533, 540, 912, 1364
クレオーニュモス（アテーナイの煽動政治家）533
クレオーニュモス（スパルターの若者）534
クレオパトラー❶ 1世 76, 199, 365, 534, 1001, 1035
クレオパトラー❷ 2世 187, 534-535, 806, 1035, 1137
クレオパトラー❸ 3世 188, 302, 534-535, 1035-1036
クレオパトラー❹・テアー 189, 200-201, 534, 704, 806, 1035
クレオパトラー❺ 4世 535, 1036
クレオパトラー❻・セレーネー 201, 687, 535-536, 705, 762, 1036, 1038, 1147, 1299
クレオパトラー❼・ベレニーケー 535, 1036, 1146
クレオパトラー❽ 7世 21, 54, 166, 182-183, 216, 351, 383, 410, 535, 695, 830, 979, 1029, 1036-1039, 1064, 1055, 1079, 1173, 1193, 1200, 1264, 1299
クレオパトラー（アルタイアーの妻）1282
クレオパトラー（イェルーサーレームの）1154
クレオパトラー（ピリッポスの娘）1001
クレオパトラー（ボレアースの娘）978
クレオパトラー（ミトリダテース 6 世の娘）762
クレオパトラー（ピーネウスの妻）428
クレオパトラー（ペルディッカース 2 世の妃）156
クレオパトラー・トリュパイナ 535
クレオパトリス 166
クレオビス 471, 536
クレオビスとビトーン 536, 546
クレオーピューロス 536
クレオブーリーネー 536
クレオブーレー 810
クレオブーロス❶（七賢人の 1 人）536, 1346
クレオブーロス❷（美少年）94, 536
クレオポーン（煽動政治家）537, 1052
クレオポーン（悲劇詩人）537
クレオマコス❶（抒情詩人）537
クレオマコス❷（パルサーロスの勇者）440, 537, 936
クレオマコス（悲劇詩人）537
クレオメーデース（運動選手）537
クレオメーデース（アテーナイの将軍）537
クレオメーデース（天文学者の）537
クレオメネース❶（ナウクラティスの）537
クレオメネース❷（彫刻家）537
クレオメネース（キュニコス（犬儒）派の哲学者）537
クレオメネース（パウサニアース❷の叔父）898
クレオメネース（詩人）537
クレオメネース❶ 1 世（スパルター王）45, 93, 129, 530-531, 538, 584, 802, 825, 848, 1032, 1073, 1363
クレオメネース❷ 2 世（スパルター王）58, 135, 181, 533, 538, 1364
クレオメネース❸ 3 世（スパルター王）41, 45, 58, 122, 147, 205, 297, 313, 332, 538, 562, 808, 867, 994, 1008, 1034, 1261, 1364
クレオレー 1073
クレオーン（アテーナイの政治家）42, 83, 138, 148, 227, 310
クレオーン（シキリアの第一次奴隷戦争における指導者）303
クレオーン❶（コリントス王）232, 499, 533, 539, 1267
クレオーン❷（テーバイの摂政、王）204, 226, 238, 257, 339, 346, 539, 897, 1117, 1260, 1277
クレオンブロトス❶（アナクサンドリダース 2 世の子）540, 898
クレオンブロトス❷ 1 世 58, 323, 538, 540
クレオンブロトス❸ 2 世 45, 58, 540, 1361, 1364
グレーゴリウス 1 世 20, 195, 229, 540, 837, 958, 1362, 1382
グレーゴリウス 7 世 607
グレーゴリウス 13 世 1304
グレーゴリウス（カエサロドゥーヌムの司教）540
グレーゴリウス暦 1304
グレーゴリオス❶（ナジアンゾスの）71, 299, 399, 541, 709, 910, 958
グレーゴリオス❷（ニュッサの）399, 541, 910
グレーゴリオス❸（タウマトゥールゴス）541

グレーゴリオス❹（アルメニアーの） 541, 778
グレーゴリオス（❶の父） 541
クレシダ 522
クレ（ー）シラース 542, 1183
クレース 489, 542, 611, 725, 879
クーレース 542, 544, 688, 985, 1282
クレースケーンス 235
クーレーテス 117, 250, 425, 544, 581, 608, 723
クーレーテース 544
クレスポンテース 473, 542, 808, 1115, 1266, 1284
クレータ 543, 629, 1077
クレーター（島） 542-544, 他
クレータ（ローマの属州） 586
クレーテー（島） 542-544, 他
クレーティクス 1271
クレーテーイス 38, 1177
クレーテウス 5, 11, 242, 543, 816, 831, 1112, 1279
クレーニーデス 1001
クレマスティ 234
クレムーティウス・コルドゥス 1320
クレーメース 544
クレメラ（川） 280, 544, 1015
クレメラの戦い 79
クレーメーンス❶（ローマの） 544
クレーメーンス❷（アレクサンドレイアの） 363, 519, 544, 911
クレーメーンス（偽皇孫） 54, 545, 608
クレーメーンス、フラーウィウス 545
クレモーナ 286, 545, 920, 943, 978, 1047, 1050, 1062, 1105, 1167, 1239
クレモーニデース 205, 545, 697, 1034
クレールーキアー 546
クレルモン 630
クレーロス 546, 690
クロアーカ・マクシマ 546, 734, 1385
クロアントゥス 525
クロイソス 11, 88, 97, 142, 224, 313, 329, 457, 546, 619, 717, 739, 787, 838, 907, 935, 955, 969, 977, 987, 992, 1154, 1248, 1252, 1344
クロイリア 547
クロウィス（1世） 124, 547, 785, 892, 1054, 1356, 1373
クロエリア 380
クロクス 547
クロコス 547
クーロス 516, 547, 866
クローディア（カエキリウス・メテルス❾の妻） 380
クローディア（メテルス・ケレルの妻） 413
クローディア（マールクス・カエリウス・ルーフスの愛人） 389
クローディア（富豪ルークッルスの妻） 1351
クローディア（フルウィア❷の娘） 1064
クローディア（ルークッルスの先妻） 701
クローディアス 548
クローディアーヌス 1375
クローディウス・アエソープス 1379
クローディウス・アルビーヌス 548, 686
クローディウス・プルケル、プ（ー）ブリウス 128, 216, 383, 416, 423, 439, 462, 500, 505, 517-518, 547-548, 608, 1350, 1367
クローディウス・マケル 1107
クロティルディス（クロドウェクス1世の妻） 549
クロトー 549
クロートー 548, 1287
クロドウェクス1世 549, 650, 655, 1054
クロトーナ 549
クロトーン 34, 152, 379, 402, 424, 549, 587, 637, 687, 732, 754, 810, 819, 929, 983, 1008, 1049, 1185, 1212, 1253, 1263, 1305, 1314
クロナース 549
クロノス 105, 117, 292, 297, 336-337, 354, 374, 460, 469, 544, 549, 551, 610, 623, 648, 688, 740, 761, 766, 798, 804, 815, 820, 822, 857, 876, 918, 949, 991, 1099, 1112, 1150, 1208, 1268, 1281, 1359
クローバース 638
クローピュロス 1096
クロミュオーン 550
クローリス 698, 869, 888, 1085, 1289
クロンミュオーン 315, 550, 794
クンクタートル（ファビウス・マクシムス、クィ（ー）ントゥス❷） 1016
グンディカリウス 1065
グンドバドゥス 521, 1332
ゲー 550, 822
ゲイセリークス 301, 363, 422, 452, 550, 785, 893, 910, 1031, 1108, 1204, 1228, 1330, 1365
ケイリソポス（スパルターの武将） 326, 551
ケイリソポス（彫刻家） 551
ケイロクラテース 770
ケイローン 38, 46, 50, 66, 129, 232, 550-551, 571, 757, 797, 931, 1085, 1098, 1124, 1161, 1194
ケオース（島） 61, 243, 333, 469, 520, 552, 634, 819, 914, 1081
ゲオールギウス 552, 641
ゲオールギオス（カッパドキアーの） 552
ゲオールギオス（半アレイオス派の主教） 552
ケクロピアー 553
ケクロプス（アッティケーの最初の王） 51-52, 76, 83, 334, 492, 553, 935, 948, 1078, 1132
ケクロプス2世 341, 951
ケクロプス（エリクトニオスの曾孫） 553
ゲーシラーオス2世 147
ケスティウス橋 1384
ケストロス河 1129
ゲーソリアクム 1174
ゲタ 429, 553, 686, 706
ゲタイ 349, 554, 839, 850, 984, 1343
ゲタエ 554, 1374
ケーダリオーン 362
ゲッリウス（アウルス・ゲッリウス） 220, 554, 1011, 1024
ケテーグス、ガーイウス・コルネーリウス 554
ケテーグス、プーブリウス・コルネーリウス 555
ケテーグス、マールクス・コルネーリウス 555
ケテーグス（家） 554, 589

ケートー 374, 498, 555, 584, 1099, 1189, 1196, 1319
ゲドローシア 555
ゲドローシアー 186, 555
ケーナイ 1248
ゲナーウァ 80, 404, 555
ケーナブム 24, 405, 446, 555-556
ゲーナブム 555
ゲニウス 556, 1298
ゲヌア 27, 32, 556, 1167
ゲヌーキウス 1366
ゲネーウァ 555
ゲノウェーウァ 1356
ケノマーニー族 289, 556
ケーファー 1106
ケパッレーニアー島 215, 240, 249, 556-557, 604
ケパロス（ケパッレーニアーの名祖） 557
ケパロス（アウローラによって誘拐された） 27
ケパロス（アッティケーの英雄） 1360
ケパロス（プロクリスの夫） 226, 314, 1078
ケパロス（ライラプスの飼い主） 1308
ケパロス（リューシアースの父） 1342
ケパロス（妻殺しの） 180
ケーピー（ッ）ソス（川）❶（アッティケーの） 40, 76, 82, 558, 947
ケーピー（ッ）ソス（川）❷（ボイオーティアーの） 367, 377, 391, 558, 578, 849, 1161, 1165, 1279
ケーピーソス（河神） 255, 558
ケーピーソス川（アルゴリス地方の） 558
ケーピーソドトス（将軍、弁論家） 558
ケーピーソドトス（彫刻家） 557
ケーピーソドトス（プラークシテレースの息子） 558
ゲーピダエ 1065
ケーペウス❶（エティオピアの） 222, 241, 398, 558, 978, 1133
ケーペウス❷（アルカディアーの） 34, 181, 558, 671, 1338
ケベース（ソークラテースの弟子） 559, 633
ケベース（ウェルギリウスが愛した少年） 286
ケベース（キュージコスの） 559
ケベルカラー 882
ケベンナ 401
ゲミヌス 702
ゲミーノス 559
ケメネルム 870
ゲモーニアエ 55, 275, 388, 559, 612, 684, 772
ケーユクス❶（トラーキースの） 559, 842, 1119
ケーユクス❷（ヘオースポロスの子） 150, 559, 718, 1092, 1290
ゲラー 10, 52, 110, 426, 559, 569, 627, 639, 829, 866, 899, 959, 972, 980, 1142, 1160, 1346
ケライナイ 98, 560
ゲライナイ 987
ケライノー❶（ハルピュイアイの1人） 560, 942
ケライノー❷（アトラースの娘） 560, 1072
ケライノー❸（ダナオスの娘の1人） 560
ケライノー❹（デルポスの母） 560
ケライノー（アマゾーン女人族の） 560

ケライノー（リュコスとニュクテウスの母）560
ケライノス（ケライノー❸の子）560
ゲラサ　560, 790, 873
ゲラース（川）559
ケラスース　561, 632, 1196
ケラソス　1351
ゲラーノール　727
ケラミークス　561
ケラメイコス　83, 221, 531, 561, 697, 1363
ケリアーリス（ケレアーリス）、ペティー（ッ）リウス　561
ケリドーン　31
ゲーリュオネウス　1118
ゲーリュオーン　174, 176, 220, 368, 390, 408, 412, 438, 561, 566, 604, 659, 736, 884, 902, 912, 1118, 1120, 1332, 1353
ケーリュクス家　309
ケーリュケス　791
ケリュネイア　732, 992, 1117
ケーリントゥス　681
ケール　562, 877
ケルカボス　1345
ケルキダース　562
ケルキュオーン　43, 572
ケルキューラ　41, 56, 89, 111, 142, 146, 240, 252, 452, 533, 562, 582, 639, 804, 808, 813, 826, 832, 895, 906, 914, 1121, 1260
ケルキューラース　607
ゲルゲサ　561
ゲルゴウィア　143, 563
ゲルゴウィアの戦い　288
ケルコープス　373, 563, 976, 1119
ゲルーシアー　106, 332, 563, 676, 692, 1071, 1339
ケルシクラテース　146
ケルシブローン　330
ケ（ー）ルスキー（族）178, 563, 568, 781, 855, 1065
ケルスス（ローマの著述家）564, 590
ケルスス（アシア総督）564
ケルスス、プーブリウス・ユウェンティウス　564
ケルソス（プラトーン主義哲学者）363, 564
ケルソス（エピクーロス派の）564
ケルソネーソス❶半島　205, 436, 445, 473, 564, 1279, 1343
ケルソネーソス❷（タウリケーの）565, 951, 1168
ケルソネーソス（ヘーラクレイア❹の植民市）565
ケルソネースス・キンブリカ　605
ケルソネースス・タウリカ　564
ケルソネーソス・タウリケー　564, 721
ケルソプレプテース　436
ケルタイ　565
ケルタエ　401, 565-567, 791
ケルティネー　566
ケルティベーリー人　487
ケルティベーリア　69, 507, 566, 587, 604, 702, 725, 869, 879, 964, 1269, 1353
ケルティベーリアー　259, 382, 566, 690
ケルト　14, 49, 75, 195, 286, 505, 511, 545, 554, 556, 565, 567, 580, 607, 614, 661-662, 671, 689, 694, 721-722, 791, 822, 852, 856, 860, 869, 874, 885, 894, 896, 911, 918, 920, 943, 954, 961, 964, 983,

1004, 1015, 1039, 1047, 1050, 1057, 1059, 1066, 1068, 1076, 1119, 1127, 1160, 1174, 1211, 1215
ケルト・リグリア族　1332
ケルトイ　565
ケルトス　566
ケルト人　14, 259, 383, 431, 526, 659, 737, 824, 882, 1166, 1170, 1332
ケルベロス（冥界の番犬）60, 64, 315, 368, 566, 700, 719, 815, 919, 1091, 1118
ケルベロス（クレーターの盗賊）569
ゲルマーニー　393, 567, 722, 785
ゲルマーニア　25-26, 28, 54-55, 178, 272, 383, 389, 511, 551, 563, 566-568, 577, 592, 595, 602, 605, 612, 620, 637, 650-651, 654, 659, 668, 685, 689, 698, 722, 724, 728, 747, 769, 772, 781, 784-785, 791-792, 797, 829, 839, 851, 855-856, 886-888, 894, 911, 913, 921-922, 964, 1032, 1041, 1045, 1054, 1057-1058, 1061, 1065, 1077, 1083, 1088, 1127, 1139, 1143, 1167, 1170, 1202, 1226, 1231, 1234, 1236, 1238, 1274, 1284, 1336, 1370
ゲルマーニア・イーンフェリオル　401, 404, 568, 592
ゲルマーニア・スペリオル　401, 568, 689, 1127, 1288
ゲルマーニア人　124, 273, 299, 358, 398, 401, 487, 567, 783, 1325, 1382
ゲルマーニキア　1040
ゲルマーニクス（ローマの将軍）55-56, 99, 123, 168, 176, 214, 380, 389, 434, 501, 563, 568, 647, 781, 800, 854-855, 890, 967, 1060, 1065, 1278, 1300-1301, 1328
ゲルマーニクス（ティベリウス・ゲメッルスの双生兄弟）773
ゲルマーヌス　394
ゲルマン人　567
ケレアーリア　569
ケレアーリス　561, 612
ケレオス❶（エレウシスの王）568, 804, 812, 850, 1005, 1263
ケレオス❷（クレーターの盗賊）569
ケレース　29, 132, 223, 361, 374, 395, 475, 569, 588, 601, 626, 742, 804, 1054, 1179
ケーレス　562
ケレル　207
ゲロー　1323
ケロエッサ　983
ケーローネーア　569
ゲローン（シュラークーサイの僭主）52, 324, 426, 560, 569, 581, 627, 639, 829, 845, 866, 928, 980, 1184, 1261
ゲローン（ネオプトレモス❷の家臣）882
ゲローン（ヒエローン❷の子）960
ゲロンティウス　599
ケンクレアイ（コリントスの外港）570
ケンクレアイ（アルゴリス地方の町）570
ケンクレアイ（トローアス地方の都市）570
ケンクレアース　570, 1091
ケーンソーリーヌス（文献学者）570, 1126, 1229
ケーンソーリーヌス（30僭帝の）570
ケーンソーリーヌス（マルキウス氏の）570
ケーンソル（監察官）570
ケンタウルス　570

ケンタウロイ　516, 552, 570, 795, 884, 914, 939, 1091, 1117, 1144, 1194, 1240, 1289
ケンタウロス　72, 129, 218, 232, 376, 516, 551-552, 571, 746, 757, 795, 884, 931, 1091, 1117, 1119, 1124, 1194, 1247
ケンタウロス・トリートーン　245
ケンタウロス族　38, 244, 1320
ゲンティオス　96, 252
ケントゥム・ケッラエ（ケントゥムケッラエ）571
ケントゥリパエ　571
ケントリパ　571, 627
コアスペース（河）663
コイオス　68, 374, 572, 766, 1018, 1134, 1162, 1369
コイリロス❶（アテーナイの悲劇詩人）572
コイリロス❷（サモスの叙事詩人）572, 615, 1154
コイリロス❸（イーアソスの叙事詩人）572
コイレ・シュリアー　191, 198, 254, 393, 572, 1276, 1334
コイレー・シュリエー　372
コイントス　572, 680
コエリウス・アンティパテル　573
コエレー・シュリア　234, 573
コエーンプティオー　1221
コーカサス　573
コーカロス　203, 573, 719, 1245
コーキュートス　60, 573, 1074
コクレ（ー）ス、ホラーティウス　573
ゴーゴン　573
コサ（エトルーリア地方の）27, 573, 1253
コサ（ルーカーニア地方の）574
コース（島）106, 172, 324, 333, 497, 574, 633, 680, 694, 782, 835, 857, 875, 933, 971, 999-1000, 1003, 1034, 1047, 1095, 1144, 1151, 1155, 1177, 1187, 1205
コストバロス　1147
コスマース　642
コスロエース　541, 574, 777, 1169
ゴタルゼース1世　161
コッカトリス　910
コッカドリーユ　910
コッサイオイ　1110
コッスス・コルネーリウス・レントゥルス（前1年の執政官）387
コッスス（家）589
コッスティア　382
コッスティアーヌス・カピトー　422
コッタ、ガーイウス・アウレーリウス　574
コッタ、マールクス・アウレーリウス　575
コッタ、ルーキウス・アウレーリウス　575
コッタ家　26, 382, 1358
コッティウス❶（ドンヌスの子）575, 690
コッティウス❷（❶の子）575
コッティウス王国　575, 690
コットス　374, 1094
コッラーティア　576, 1317
コッラーティーヌス、ルーキウス・タルクィニウス　576, 733, 1041
コッラーティーヌス街道　576
コッリーナ門　614, 1174, 1244
コッルートス　573
コッレウス　602
ゴティー　577
ゴディギスドゥス　550
コテュス❶（イーピクラテースの岳父）

和文索引

359, 436, 576
コテュス❷（ロイメタールケースの子）576
コテュス（❷の息子）576
コテュス（ボスポロス王）576
コテュッティア 576
コテュットー（コトュトー）475, 576, 1360
ゴート（族）180, 269-270, 405, 449, 503, 541, 577, 585, 598, 619, 660, 722-723, 783, 785, 790-791, 837, 846, 863, 868, 874, 894, 911, 922, 951, 983, 1000, 1087, 1128, 1175, 1210, 1305
ゴトーネース 503, 549, 577, 783, 785, 790, 863, 911, 922, 1087, 1175
コドロス 220, 338, 577, 594, 716, 783, 889, 975, 1050, 1057, 1177, 1252, 1260
コニーサロス 1056
コノーン❶（アテーナイの将軍）9, 147, 296, 406, 495, 578, 775, 778, 807
コノーン❷（サモスの天文学者）149, 578
コノーン❸（文献学者、神話作家）578
コノーン（ティーモテオスの息子）578
コーパイ 578
コーパイス湖 48, 367, 558, 578, 593, 821, 933, 1125
コバーデース❶1世 579, 1169
コバーデース❷2世 170, 579, 1169
コピア 836
コプトス 1194
コマイトー 472, 1032
コマーナ❶（カッパドキアーの）579
コマーナ❷（ポントスの）156, 237, 579, 1196
コマーナ・クリューセー 579
コミティア❶（クーリア会）579
コミティア❷（兵員会）579
コミティア❸（平民会）580
コミティア❹（区民会）580
コミティウム 1258
コームム 449, 580
コメーテース 670
ゴモッラ 625
コラ 291, 580
コーライオス 736
コラクス 712
コリエルタウウィー 1345
コリオラーヌス 291, 580, 1229
コリオリー 581
コーリュキアー 581
コーリュキオスの洞窟 581
コーリュキデス 581
コリトス 587
コリュドーン 287, 450, 782
コリュバース 231, 581
コリュバンテス 425, 475, 544, 581, 723, 738, 985
コリント 581
コリントス 8, 35, 57, 89, 105, 111, 122, 209, 232, 309, 346, 473, 499, 512, 514, 518, 533, 539-540, 544, 562-563, 570, 576, 581-582, 591-593, 597, 615, 623, 625-626, 628, 631, 638, 673, 676, 697, 721, 734, 742, 744-745, 749, 755, 770, 776, 793, 795, 800, 802-803, 805, 807, 813, 816, 828, 831, 845, 848, 864-865, 885, 889, 891, 903, 914, 933, 940, 973, 1001, 1008, 1024, 1050, 1053, 1057, 1075, 1088, 1090-1091, 1093, 1100, 1103, 1111, 1121, 1123-1125, 1156, 1159, 1170, 1179, 1186-1187, 1251, 1258, 1260, 1267, 1281, 1284-1285
コリントス（名祖）582
コリントス戦争 58, 83, 404, 480
コリントス湾 34, 60, 1377
コリンナ（女流詩人）582, 727, 1010, 1161
コリンナ（オウィディウスの情婦）349
コルウィーヌス（家）583
コルウス、マールクス・ウァレリウス 583
コルウス家 269
ゴルギアース（弁論家）42, 146, 206, 248, 346, 520, 583, 627, 711, 971-972, 1096, 1365
ゴルギアース（イービュコスが熱愛した）259
ゴルギアース（前1世紀の修辞学者）1358
コルキス 3, 112, 157, 159, 232, 259, 315, 377, 583, 606, 636, 796, 839, 846, 938, 978, 988-989, 1031, 1058, 1121, 1132, 1134, 1178, 1193, 1267, 1273, 1282
ゴルギダース 649
コルキュラ 584, 771, 865, 1121, 1200, 1260
コルクルム 658
ゴルゲー（アンドライモーン❶の妻）225
ゴルゲー（カリュドーン王オイネウスの娘）219
ゴルゴー（クレオメネース1世の娘）538, 584, 802, 1073, 1363
ゴルゴー（サッポーのライヴァル）607
ゴルゴス 228, 474
ゴルゴネイオン 584
ゴルゴネス 584
ゴルゴーネス 555
ゴルゴーン 6, 47, 66, 82, 222, 498, 555, 559, 563, 584, 593, 726, 910, 992, 1093, 1133, 1185, 1189, 1273
コルシカ島 124, 261, 322, 444, 447, 585, 592, 619, 693, 870, 1077, 1164, 1301
コルシス 585
ゴルディアース 88, 185, 585-586, 1062, 1240
ゴルディアーヌス❶1世 585, 706, 923, 1041
ゴルディアーヌス❷2世 502, 585-586, 706, 1041
ゴルディアーヌス❸3世 321, 586, 635, 942, 1000, 1041, 1081, 1151
ゴルディウム 586
ゴルディオス 585-586, 1240
ゴルディオン 185, 585-586, 1241
ゴルティス 586
ゴルテュー 314
ゴルテュス 586
ゴルテュナ 586
ゴルデューリオーン 85
ゴルテューン 543-544, 586-587, 740, 896
コルドゥス、アウルス・クレムーティウス 587
コルドゥバ 392, 405, 587, 692-693, 904, 964-965, 1113, 1258, 1279, 1347
コルトーナ 321, 587, 735, 843
コルニクルム 352
コルニフィキア 1137
コルニフィキウス❶、クィ（ー）ントゥス 588

コルニフィキウス❷、ルーキウス 588
コルヌー・コーピアエ 588
コルヌーコーピア 42, 330, 588, 594, 689, 813, 1071
コルヌートゥス 1131, 1347
コルヌートゥス、ルーキウス・アンナエウス 588
コルネーリア❶（大スキーピオーの次女）31, 506-507, 588, 656, 707, 900
コルネーリア❷（コルネーリウス・キンナ❶の娘）108, 382, 487, 589
コルネーリア❸（コルネーリウス・メテッルス❺・ピウス・スキーピオーの娘）508, 510, 589, 1199, 1270, 1311
コルネーリア❹（毒殺事件の首謀格の1人）589
コルネーリア（ウェスタの巫女長の）589
コルネーリア（コルネーリア❷の姉妹）589
コルネーリア（スクリーボーニアの娘）661, 1084
コルネーリア（独裁官スッラの娘）589
コルネーリウス・ガッルス、C. 286, 319, 409
コルネーリウス・キンナ❶、L. 589
コルネーリウス・ケルスス 65
コルネーリウス・サビーヌス 389
コルネーリウス・スキーピオー 31, 260
コルネーリウス・スキーピオー・アエミリアーヌス・アーフリカーヌス 31
コルネーリウス・スッラ、P. 629
コルネーリウス・タキトゥス 722
コルネーリウス・バルブス 412, 1384
コルネーリウス・メテッルス❺・ピウス・スキーピオー、Q. 589
コルネーリウス・レントゥルス、グナエウス 1375
コルネーリウス・レントゥルス、ルーキウス 1375
コルネーリウス・レントゥルス・ガエトゥーリクス 387
コルネーリウス・レントゥルス・スピンテール、P. 1375
コルネーリウス氏 554, 588-589, 658, 665, 922, 1375
コルビオー 1190
コルフィーニウム 28, 107-108, 269, 589, 682, 835, 905, 1162, 1376
コルブロー 163, 167, 277, 378, 387, 589, 777, 840, 891, 902, 1058, 1370
コルーペディオン 1344
コルムナ・マエニア 590
コルムナ・ロストラータ 590
コルメッラ 412, 590, 964, 1217, 1318
コルンカーニウス、ティベリウス 590
コルンバーリア 591
コルンバーリウム 591, 881
コレー 341, 547, 591, 804, 1135
コレーソス 408
コロイボス 366
コロッサイ 591
コロッセーウム 226, 282, 284, 591, 599, 769, 865, 1236, 1384
ゴロッセース 527
コロッソス 591, 1381
コローテース（哲学者）592, 1184, 1276, 1326
コローテース（彫刻家）592

コローニア・アグリッピーナ 275, 401, 405, 592, 648, 1054, 1370
コローニア・アグリッピネーンシス 292, 592
コローニア・ウィクトリーケーンシス・カムロドゥーヌム 428
コローニア・ウルピア・マルキアーナ・トライヤーナ 1228
コローニア・コンモディアーナ 602
コローニア・パトリキア 587
コローニア・ユーリア・カルターゴー 444
コローニス❶（ラピタイ族の王の娘） 66, 114, 173, 327, 593, 1074
コローニス❷（ポーキス領主の娘） 593
コローニス❸（コローニデス） 593
コローニス❹（ヒュアデス） 593
コローネー 593
コローネイア 58, 494, 532, 593, 821, 933, 1160-1161, 1165, 1260
コローネウス 593
コロ―ノス（アッティケーのデーモス） 72, 204, 346, 593, 713
コローノス（シーシュポスの孫） 593
コロポーン 106, 239, 254, 325, 440, 493, 516, 594, 680, 757, 783, 801, 871, 1140, 1171, 1177, 1187, 1239, 1245, 1289
ゴンギュラー（サッポーの女友達） 607
ゴンギュロス 1128
コンコルディア 427, 618, 906, 1331
コンコルディア（ローマの女神） 594
コンコルディア（・アウグスタ） 594
コーンスアーリア 594
コーンスス 361, 594, 884, 1387
コーンスターンス（コーンスタンティーヌス1世の子） 301, 594, 1012, 1214
コーンスターンス（コーンスタンティーヌス2世の末弟） 599
コーンスターンス（コーンスタンティーヌス3世の長男） 599
コーンスターンス（コーンスタンティウス2世の弟） 596
コーンスタンティア❶（コースタンティウス1世の娘） 180, 595, 598, 1331
コーンスタンティア❷（コースタンティウス2世の娘） 511, 595-596
コーンスタンティア❸（コーンスタンティーナ） 595, 597
コーンスタンティア（サラミース❷市の新名） 617
コーンスタンティアーナ 839
コーンスタンティウス1世・クロールス 303, 307, 328, 429, 454, 595, 597-598, 685, 737, 952, 1042, 1209
コーンスタンティウス2世 71, 229, 264, 298-299, 301, 410, 511, 552, 595-597, 599, 617, 635, 648, 803, 848, 999, 1012, 1020, 1214, 1225, 1236, 1335
コーンスタンティウス3世 71, 272, 400, 596, 599, 1175
コーンスタンティウス、ユーリウス 597
コーンスタンティーナ（コーンスタンティーヌス1世の娘） 410, 597, 952
コーンスタンティーナ（コーンスタンティウス2世の妹） 596
コーンスタンティーナ市 484
コーンスタンティーヌス1世（大帝） 20, 71, 96, 179, 299, 410, 503, 519, 526, 544, 570, 579, 594-597, 599-600, 604, 617, 632, 690, 710, 715, 737, 746, 784, 822, 838-839, 850, 857, 863, 870, 874, 885, 903, 909, 918, 922, 925, 952, 957, 962, 974, 983, 999, 1012, 1042-1043, 1045-1046, 1048, 1059, 1062, 1077, 1106, 1125, 1145, 1212, 1214, 1250, 1268, 1302, 1331, 1383
コーンスタンティーヌス2世 595-596, 599, 1012, 1331
コーンスタンティーヌス3世 597, 599
コーンスタンティーヌス12世・パラエオログス 599
コーンスタンティーヌス（朝） 599
コーンスタンティーヌスの凱旋門 599, 1384
コーンスタンティーノポリス 144, 541, 596, 598-600, 607, 609, 637, 663, 692, 696, 706, 709-710, 784-785, 797, 803, 822, 843, 846, 875, 883, 903, 910, 918, 922, 939, 952, 957-958, 974, 983, 1007, 1046, 1048, 1058, 1079-1080, 1089, 1102, 1106, 1125, 1168-1169, 1175, 1228, 1233, 1295, 1302, 1304-1305, 1383
コーンスル 160, 600, 1201, 1227
コーンスレース 600
コーンセンティア 125, 601
コーンセンテース・デイー 601
コーンセンテース・ディイー 601, 682
ゴンタリス 550
ゴンドパレース 264
コンバペウス（宦官） 1028
コンバボス 673
コーンファッレアーティオー 601, 1221
コンプサ 601
コンマーゲーネー 201, 568, 601, 614, 687, 941, 1243
コンミウス 90, 395, 411, 602
コンメンターリイー・セナートゥース 50
コンモディアーヌス 602
コンモドゥス（帝） 18, 27, 176, 425, 453, 475, 505, 511, 519, 529, 602, 686-687, 767, 783, 823, 868, 873, 906, 1013, 1063, 1137, 1151, 1184, 1211, 1227, 1230, 1234, 1241, 1309, 1319, 1349

●サ行

サイス 883, 1028
サウリオス 91
サウル 903
サウロマタイ 660
サウロマタエ 620
サオーテルス 529, 602
サカイ 604, 907
サカイア 604
サーカス 604
ザキュントス 240, 551, 604, 606, 675
サクサ、ルーキウス・デーキディウス 604
サクサ・ルブラ 598, 604
サクソニー（族） 1059, 1388
サクソネース（族） 195, 605
サクソン族 605
サクラ・ウィア 605, 1108
サクラーメントゥム 605
サクリポルトゥス 626
ザグレウス 233, 370, 605, 757
サグントゥム 605, 658, 953, 964
サグーントン 605
サーサーン（アルダシール❶の祖父） 169
サーサーン朝 26, 95, 162, 164, 169, 179, 197, 267, 270, 304, 317, 355, 400, 442, 496, 561, 586, 596, 598, 606, 614, 635, 638-640, 682, 685, 716, 735, 747, 763, 777, 784, 835, 868, 883, 925, 937, 1079-1080, 1084, 1130, 1132, 1169, 1216, 1221, 1229, 1292
サタスペース 606
サッシア 525
サッシナ 606
サッポー 3-4, 65, 95, 143, 154, 327, 339, 350, 426, 481, 606, 645, 717, 770, 843, 892, 905, 974, 1011, 1100, 1140, 1180, 1248, 1255, 1360, 1368
サ（ッ）リューイー 607
サ（ッ）リューエース 607
サ（ッ）ルーウィイー 607, 1049
サッルスティア・オルビアーナ 685, 1303
サッルスティウス・クリ（ー）スプス、ガーイウス❶（歴史家、政治家） 118, 274, 412, 489, 608, 629, 707, 827, 832, 880, 960, 1012, 1170, 1197, 1253, 1358
サッルスティウス・クリ（ー）スプス、ガーイウス❷（❶の姪孫） 608, 915
サッルスティウス（キュニコス（犬儒）派哲学者） 608
サッルスティウス（新プラトーン主義哲学者） 608
サデュアッテース 142
サテュロイ 263, 608, 649
サテュロス（半人半獣） 10, 119, 159, 187, 218, 571, 648, 673, 688, 710, 713, 753, 757, 777, 878, 913, 949, 1013, 1029, 1050, 1158, 1187, 1234
サテュロス❶（哲学者） 609
サテュロス❷（建築家） 609, 1204-1205
サテュロス❸（ボスポロス❷の王） 609
サテュロス1世 609
サテュロス2世 609
サテュロス（アリスタルコス❷の弟子） 609
サテュロス（クレアルコス❷の弟） 529
サテュロス（ヒッポクラテース派の医師） 609
サテュロス（拳闘競技優勝者） 645
サテュロス族 7
サートゥルナーリア 609-610, 1215, 1221
サートゥルニア 610
サートゥルニーヌス❶、プーブリウス・センプローニウス 609
サートゥルニーヌス❷、セクストゥス（ガーイウス）・ユーリウス 609, 1084
サートゥルニーヌス、アントーニウス 610
サートゥルニーヌス、サルーティウス 610
サートゥルニーヌス、センティウス 610
サートゥルニーヌス、ルーキウス・アープレイユス 610
サートゥルヌス 33, 361, 550, 594, 601, 605, 609-610, 961, 1250, 1317
サートゥルヌス神殿 1271
サバ 12, 456, 1283
サバイ 123
サバコース 883
サバージア 611
サバージオス（サバジオス） 611, 757, 1247
サーピス（川） 606, 611, 622

和文索引

サビーナ、ウィービア 611, 1081
サビーニー（族） 27-28, 250, 269, 281, 291, 503-504, 528, 542, 576, 594, 608, 611-613, 617, 622, 680, 682, 691, 702, 715, 725, 734, 737, 829, 834, 869, 879, 890, 905, 993, 1019-1020, 1042, 1104, 1107, 1132, 1223, 1229, 1235, 1292, 1299, 1382
サビーヌス 375, 611, 617, 622, 839
サビーヌス、ティトゥス・フラーウィウス（ローマの政治家） 545, 612
サビーヌス、ティトゥス・フラーウィウス（同名の孫） 612
サビーヌス、マ（ッ）スリウス 612
サビーヌス、ユーリウス 612
サビーヌス学派 422, 612, 1078
サーブス（サビーヌス） 612
サーブラタ 104, 612, 641, 851
サベッリー 457, 613-614, 665, 962, 1067, 1347
サーポーレース 635
ザマ 613, 657, 923, 953-954, 1164, 1218
ザマの会戦 352, 1310
サマラ川 223
サマリーア 613
サマレイ 53
サマレイア 157, 190, 235, 254, 613, 635, 881, 998, 1024, 1153, 1296-1297
サマロブリーウァ 223, 404, 1236
サミアー 615
サムソーン 390
サムニウム 102, 250, 294, 378, 503, 511, 527, 583, 601, 611, 613-614, 650, 665-666, 707, 714, 790, 829, 835, 879-880, 893, 905, 1004-1005, 1015-1016, 1018, 1024, 1075, 1109, 1129, 1162, 1195, 1197, 1217, 1353
サムニウム人 28, 78, 171, 424, 457
サムニウム戦争 28, 263, 431, 614, 829, 1382
サムニウム戦争（第2次） 1075
サムニウム戦争（第3次） 611
サムニーテース（族） 176, 250, 354, 511, 601, 614, 665, 707, 829, 1016, 1075, 1162, 1197
サメー（市） 556
サモサタ 601, 614, 687, 903, 1276, 1348
サモス（島） 7, 10, 39-40, 121, 239, 500, 525, 536, 546, 562, 572, 578, 582, 606, 615-616, 623, 632, 674, 699, 713, 736, 787, 810, 816, 836, 844, 916, 919, 976, 983-984, 992, 997, 1031, 1112, 1124, 1126, 1169, 1182, 1246, 1281
サモス（サモス島の首都） 615
サモス（サモス島の名祖） 615
サモス（第2代コンマーゲーネー王） 614
サモトラーケー（島） 110, 210, 231, 425, 513, 615, 723, 735, 756, 872, 1039, 1288
ザモルクシス 984
サラーキア（サラキア） 616
ザラスシュトラ 715
サラッシー（族） 331, 505, 1258
サラーピス 246, 616, 673, 1033, 1223, 1286
サラマンダー 616
サラマンドラ（一） 616, 1061
サラミース❶（アテーナイ西方の島） 2, 10, 170, 233, 310, 313, 340, 495, 552, 569, 616-617, 713, 716, 775, 780, 791, 799, 802-803, 819, 865-866, 886, 928-929, 933, 947, 980, 1048, 1102, 1131, 1237, 1260, 1284
サラミース❶の海戦 7, 126, 132, 172
サラミース❷（キュプロス島の都市） 168, 205, 296, 474, 615, 617, 673, 780, 844, 1070, 1145
サラーリウス街道（ウィア・サラーリア） 380, 617, 1308
サランボー 444
サリイー（族） 194, 549, 617, 879, 1054
サリウス 617
サリーナートル家 617, 856, 1328
サリューエース 1219
サルウィウス・コッケイヤーヌス 359
サルウィウス・ユーリアーヌス 617, 767, 1078, 1206
サルウィーナ 485
サルコパゴス 74, 506, 618, 631, 1247
サルゴン2世 178, 464, 474
サルシナ 1043
サルース 489, 618, 906, 981, 1015
サルダナパーロス 618, 735
サルーティウス、サートゥルニーヌス・セクンドゥス 618
サルディース 619
サルデイス 36-37, 88, 129, 142, 154, 308, 468, 478, 488, 495, 534, 546, 578, 619, 674, 738, 767, 778, 907, 963, 992, 998, 1142, 1182, 1186, 1344
サルディニア（島） 322, 345, 444, 474, 505-507, 551-552, 573, 585, 619, 652, 793, 853, 881, 954-955, 1023, 1026, 1077, 1119, 1164, 1171, 1295
サルデース 619
サルドー 619
サルドゥバ 382
サルドス 619
サルペードーン 499, 620, 727, 765, 858, 990, 1103, 1245, 1251-1252, 1312, 1317, 1337
サルマキス 434, 620, 863, 933, 1139
サルマタイ（サウロマタイ） 62, 259-260, 483, 598, 620-621, 659-660, 911, 921, 951, 1041, 1168, 1230, 1348
サルマタエ 620
サルマタエ人 442
サルマテア 621
サルマティア（一） 123, 231, 620-621, 660, 726, 797, 1184
サルマンティカ 690, 1353
サルミゼゲトゥーサ 722, 792, 842
サルミュデーッソス 159, 428, 977
ザルモクシス 843
サルモーネー 621
サルモーネウス 5, 72, 543, 621, 628, 736, 816
ザレウコス 455, 621, 1032, 1378
サロー（川） 1004
サローナ 411, 521, 621, 747, 1303
サローナエ 253, 621, 737, 1172
サローニアーヌス 416
サローニコス湾 7, 82, 550, 558, 570, 860, 947, 1260
サローニーナ 405
サローニーヌス 405, 1167
サローメー❶（アンティパトロス❹の娘） 64, 139, 157, 515, 622, 1147, 1152, 1225
サローメー❷（❶の甥の娘） 139, 238, 622, 772, 1151, 1154
サローン 860
サンガリオス河 431, 586, 622, 870, 1062, 1095, 1101
サンクス 489, 612, 622, 1019
サングス 622
サンクーニアートーン 1010
ザンクレー 94, 140, 623, 980, 1264, 1366
三十人僭主（アテーナイの） 25, 83, 96, 376, 451, 519, 537, 623, 708, 818, 844, 898, 1040, 1051, 1341-1342
三十人僭帝（ローマ帝国の） 405, 623, 968
三段櫂船 623, 883
サンダリアーリウス 1385
三頭政治 508, 623, 684, 1064
三頭政治（第1回） 508-509, 857
三頭政治（第2回） 847, 1069
サンドラコットス 624, 723
サンドロコットス 263, 624, 704, 1260
サンニュオーン 624
サンプシケラモス 201
ジーアエーラース 874, 1066
シェケム 881
シェメル 613
シェローモー 957, 1297
死海 253, 625, 947
シカーニー 625
シーカニアー 625
シ（ー）カノイ（人） 52, 338, 559, 625, 627, 857, 985
シカルバース 768
シガンブリー族 1380
シギスムーンドゥス 630
シキノス 831
シキュオーニアー 625
シキュオーン 6, 8, 34-35, 106, 122, 203, 247, 300, 307, 331, 485, 518, 530, 562, 582, 593, 625, 649, 672, 676, 710, 813, 816, 821, 848, 877, 885, 899, 976, 981, 1046, 1064, 1090, 1119, 1158, 1183, 1187, 1224, 1259
シキリア 59, 303, 503, 515, 518, 551, 588, 617, 626, 629, 639, 643, 646, 652, 656-657, 665, 669, 677, 785, 865, 894, 968, 1017, 1020, 1077, 1126, 1164, 1186, 1199, 1212, 1216, 1223, 1231, 1254, 1281, 1295, 1382
シキリア（ローマの属州） 571, 1281
シ（ー）グニア 626
シクリー（人） 626-627
シーゲイオン 143, 212, 452, 626, 798, 858, 969, 971, 1248
シーゲーウム 626
シケリアー 625-627, 他6
シケリオータイ 627
シケリデース 65
シケロイ（人） 250-251, 571, 625, 627, 638, 990, 1160, 1261
シコリス川 262
シーザー、ジュリアス 627
シシュガンビス 627, 664, 739, 1110
シーシュプス 628
シーシュペイオン 628
シーシュポス 5, 25, 70, 72, 204, 247, 357, 499, 581, 593, 621, 628, 727, 736, 768,

816, 831, 889, 930, 933, 990, 1072, 1091, 1103, 1263, 1268, 1281, 1284, 1311
シースターン　715
シーセンナ、ルーキウス・コルネーリウス　629
シーセンナ（家）　589
シーセンニア　1131
シータルケース　359, 629, 689, 843, 1136
七賢人　328
シチリア　1187
シッキウス・デンタートゥス　504
執政官　600
シッティウス、プーブリウス　629
シーデー（港湾都市）　200, 362, 629, 955, 1233
シーデー（タウロスの娘）　629
シーデー（ベーロの妻）　631
シデーロー　621, 816, 1121
シートーニアー岬　441, 630, 861
シードニウス・アポッリナーリス　18, 630, 787, 1055, 1065
シートーン　258, 376, 630, 985
シードーン（フェニキアの港湾都市）　59, 102, 122, 169, 209, 618, 630, 674, 697, 817, 851, 991, 1006, 1023, 1285, 1372
シードーン（ハムの子カナアンの長子）　631
シーナイ　123, 263, 631
シニウス・ポッリオー　1220
シニス　247, 631, 794
シヌエッサ　26, 631, 764, 868, 1254, 1317
シノーペー（黒海南岸の港湾都市）　116, 399, 513, 521, 561, 632, 640, 697, 700, 748, 753, 757, 770, 846, 927, 940, 1052, 1229, 1243, 1252, 1276
シノーペー（アーソーポスの娘）　632
シノーペー（シヌエッサの旧名）　631
シノーン　632
シビュッラ　18, 287, 383, 422, 455, 501, 505, 566, 569, 575, 632, 650, 734, 765, 792, 887, 1213, 1229, 1239, 1345, 1354, 1367
シビュッレー　15, 114, 117, 338, 498, 632, 906, 1239
シピュロス（山）　740, 841, 869, 950
至福者の島　633
シプノス　437, 469, 633, 822
シプロイテース　258, 376
ジポイテース　874, 977
シーマイター　782
シミアース（シンミアース）❶（テーバイ❶の）　559, 633
シミアース（シンミアース）❷（ロドスの）　633
シーミキダース　782
シーモス（ディオニューシオス王の家令）　131
シモーニデース　94, 154, 516, 552, 634, 639, 669, 775, 804, 824, 829, 898, 914, 959, 970, 1010, 1184, 1317, 1364
シーモーン（熱心党の）　231
シーモーン（キューレーネー人）　911
シーモーン（ヒュルカノス、イオーアンネース❶の父）　995
シーモーン（靴屋の）　635
シーモーン（使徒）　636
シーモーン・マゴス　497, 544, 635
シャープール 1 世　170, 267, 269, 355, 399, 405, 586, 606, 614, 735, 777, 868, 1192,
1221
シャープール 2 世　170, 596, 598, 638, 1192, 1292, 1304
シャープール 3 世　267, 1292
シャープール、アルダシール❶の兄　169
シャープール❶ 1 世　635
シャープール❷ 2 世　635
シャープール❸ 3 世　635
シャムシ・アダド 5 世　698
ジャラーリー暦　1304
シュカイオス　768
シュッライオス　191
シャルアプシ　700
シャンムラマト　698
シュアグリウス　549
十大雄弁家　9, 770, 993
十二使徒　519, 526
十二使徒（キリスト教の）　636
十二表法　420, 504, 636, 668, 792, 904, 919, 1022
十人委員　279
ジュート（ユート）　605
シュネシオス　637, 989
シュバークス　84, 637, 657, 714, 771, 879, 911–912, 1218–1219, 1310
シュバリス　34, 379, 402, 424, 512, 549, 594, 637, 819, 836, 860, 904, 1212, 1252–1253, 1263, 1323
シュバリス（河）　637
シュマイティス　46
シュマイトス（河）　990
シュメオーン 3 世　638
シュメオーン（「狂人」）　638
シュメオーン（セレウケイア＝クテーシポーン主教）　638
シュメオーン（原始教会の指導者）　638
シュメオーン（柱頭行者）　638
シュメル　925
シュラー　65
シュラークーサイ　10, 41, 52, 146, 149, 317, 322, 368, 392, 402, 426, 444, 477, 525, 560, 569, 571, 581–583, 623, 626–627, 638, 645, 679, 700, 710, 712, 721, 731, 744, 747, 754, 760, 776, 782, 810, 816, 843, 845, 866, 871, 877, 914, 922, 928, 948, 953, 959, 969, 972, 980, 986, 990, 996, 1000, 1004–1005, 1020, 1032, 1115, 1142, 1146, 1174, 1184, 1217, 1223, 1232, 1259, 1288, 1365–1366, 1378
シュラークーサエ　626, 638
シュリア（属州）　601, 614, 639–640, 687, 777, 944
シュリア・デア　640
シュリアー　638–640, 他
ジューリア　639
シュリアー戦争　1382
シュリアー・テアー　640
シュリアー・メソポタミアー　745
シュリアーノス　1079
シューリーマン　1246
シューリンクス　641, 728, 949, 1140, 1319
シュルテース　641
シュルティス　1029
シュルティス（湾）　641
シュルナー　1171
シュロス（アーゲーノールの息子）　640
シュロス（レウコ・シュロイの祖）　632
シューロス（島）　633, 1144
シュロソーン　1182
殉教者　545, 641
ジュンディー・シャープール　635
シュンプレーガデス（岩）　642
シュンポシオン　642, 662, 711
シュンマクス（政治家、元老院議員）　20, 24, 27, 274, 298, 511, 643, 1044, 1068, 1163, 1215
シュンマコス（文献学者）　643
シュンマクス（ボエーティウスの岳父）　1059
小アグリッピーナ　19, 51, 56, 96, 351, 359, 387, 407, 434, 448, 502, 568, 592, 631, 643, 646, 693, 839–840, 845, 868, 890, 895, 902, 915, 917, 934, 941, 1027, 1030, 1060, 1127, 1171, 1257, 1265, 1298, 1300, 1377, 1380
小アジア　62, 644
小アッシア　79, 1127
小アーフリカーヌス　657
小アリスティッポス　787
小アルメニアー　751, 846, 952, 1193
小アントーニア　53, 350, 434, 501, 568, 684, 841, 854, 1301
小オクターウィア　521
小カトー　85, 385, 548, 646, 701, 728, 829, 845, 856, 979, 1011, 1037, 1069–1070, 1106, 1188, 1227, 1258, 1271, 1298, 1327, 1351
小カドモス　418
小キューロス❷　494, 528, 551, 560, 739, 767, 771, 1157, 1341
小クィ（ー）ンクァートルース祭　1244
小クーリオー　385, 439, 517, 743, 1298
小クラティーノス　512
小クラテロス　514
小コルキス　940
小シュメオーン　638
小シュルティス　641, 881
小スキーピオー　31, 70, 505–508, 527, 653—655, 707, 827, 879, 906, 924, 964, 1017, 1045, 1226, 1259, 1270, 1294, 1349
小ダルマティウス　952
小ティグラーネース（ティグラーネース❶の末子）　762
小テュランニオーン　674
小トアース（双生児の）　990
小ドルースス　53, 99, 411, 652, 683, 772–773, 855, 890, 954, 1238, 1301, 1328, 1338
小パンアテーナイア祭　949
小ピュッロス　366
小プラキディア　363, 1330
小フラーミニウス街道　1053
小プリーニウス　79, 286, 490, 519, 571, 580, 630, 647, 651, 679, 694, 722, 874, 977, 1061, 1086, 1219, 1236
小ペリクレース　844, 1125
小ポリュクレイトス　327
小マティディア　1220
小マリウス❷　107, 450, 667, 960, 1300
小マルケッラ　350, 1232
小ミューシア　1247
小ユーリア❻　22, 32, 55, 349, 647, 759, 902
小リキニウス　595
小ルーキーリウス　693

小レプティス❷　641
叙事詩圏（叙事詩の環）　644, 669, 859, 1079
シーラーズ　1135
シーラーニオーン　645
シーラーヌス、ユーニウス　645
シーラーヌス❻　276, 351
シーラーヌス❻, L.　646
シーラーヌス❾　434
シーラーヌス家　397, 645-646, 1298
シラルス（河）　677
シリア　647
シーリア　1107
シーリウス・イ（一）タリクス　251, 647, 656-657, 881, 1236
シーリウス、ガーイウス　647
シーリウス、ガーイウス（父の）　647
シーリウス・ネルウァ, P.　647
シーリス山　440
シルウァーヌス　229, 473, 647-648, 734, 949, 1054, 1235
シルウィウス　63, 1304, 1308
シルウェステル（教皇）　595, 599
シルミウム　379, 490, 503, 511, 596, 648, 954, 1083, 1209, 1230
シルミオー　413, 648, 1108
シルレース（族）　648, 654, 1086
シーレーヌーサイ　684
シーレーネース　684
シーレーノス（セイレーノス）　571, 608, 648, 724, 757, 878, 949, 1056, 1194, 1234, 1240
シーレーン　649, 684
シレンティアーリウス　95
シーローン　286
シーワ　185
シーン（月神）　399, 631
新アーフリカ　880
新ウォルシニイー　290
シンギドゥーヌム　1287
シンゲリークス　71
神聖戦争　649, 822, 1346
神聖戦争❶第1次　649, 716
神聖戦争❷第2次　649, 849
神聖戦争❸第3次　649, 929, 1001
神聖部隊（ヒエロス・ロコス）　343, 377, 443, 649, 800, 954—955, 1161, 1361
神託　649
新バビュローニアー　640, 947, 1028, 1266, 1297
新パポス　928
シンプリキオス　710
スイオネース　650
スーイダース　663
スエーウィー　698, 1234
スエッサ・アウルンカ　24, 650, 1349
スエッサ・ポーメティア　650
スエッシオーネース（族）　650, 892, 1127, 1373
スエッスラ　424, 614, 650
スエートーウス　274
スエートーニウス　68, 303, 570, 611, 651, 854, 958, 963, 976, 1061, 1226
スエートーニウス・パウリーヌス　53, 852, 1163, 1206, 1288
スエートーニウス・ラエトゥス　651
スエービー（スエーウィー）（族）　124, 127, 292, 400, 489, 651, 698, 787, 829, 851, 855, 964, 1139, 1234, 1238, 1348
スカウルス、マーメルクス・アエミリウス　651
スカウルス、マールクス・アエミリウス　652
スカウルス、マールクス・アエミリウス❶（保守派の元老院議員）　380, 652, 856, 1099, 1270
スカウルス、マールクス・アエミリウス❷（❶の子）　191, 380, 652
スカウルス、マールクス・アエミリウス❸（❷の子）　652
スカウルス家　33
スカエウァ　1068
スカエウォラ、ガーイウス・ムーキウス　652
スカエウォラ、クィ（一）ントゥス・ケルウィーディウス　653
スカエウォラ、クィ（一）ントゥス・ムーキウス❶　653
スカエウォラ、クィ（一）ントゥス・ムーキウス❷　653
スカエウォラ、プーブリウス・ムーキウス　654
スカプラ、プーブリウス・オストーリウス　654
スカマンドリオス　63, 67, 1095
スカマンドロス河　250, 492, 626, 654, 780, 858, 861, 1368
スカマンドロディケー　469
スカンディアー　797
スガンブリー（シガンブリー）（族）　654, 829, 855
スキアーポデス　263, 655, 797, 1061
スキッルース　494
スキーピオー・アエミリアーヌス・(小)アーフリカーヌス、プーブリウス・コルネーリウス　655
スキーピオー・アシアーティクス（アシアーゲネース、アシアーゲヌスとも）、ルーキウス・コルネーリウス　656
スキーピオー・アーフリカーヌス・マイヨル（大アーフリカーヌス）、プーブリウス・コルネーリウス　656
スキーピオー・カルウス、グナエウス・コルネーリウス　657
スキーピオー（家）　589, 658
スキーピオー・大アーフリカーヌス　31, 251, 261, 356, 415, 444, 507, 515, 613, 637, 714, 900-901, 912, 953, 1016, 1049-1050, 1164, 1176, 1217-1218, 1271, 1310, 1333
スキーピオー・小アーフリカーヌス　31, 285, 506-507, 527, 589, 707, 932, 1017, 1045, 1226, 1294, 1357
スキーピオー・ナーシーカ　345, 507, 510, 654, 657-658
スキーピオー、プーブリウス・コルネーリウス　658
スキュタイ　40, 98, 259, 565, 604, 620, 658, 705, 721, 738, 777, 810, 983, 1168
スキュラ❶（海の怪物）　226, 297, 358, 438, 500, 659, 815, 1189
スキュラ❷（ニーソス❶の娘）　659, 875, 1261
スキューッリー族　358
スキュティア　394, 659, 1086

スキュティアー　29, 40, 91, 116, 123, 371, 378, 524, 552, 620, 636, 658-659, 690, 726, 728, 738, 757, 779, 850, 881, 907, 963, 982, 988, 994, 1032, 1088, 1106, 1119, 1154, 1168, 1184, 1203, 1235, 1251, 1275, 1302
スキュテース　40, 658
スキュトポリス　790
スキュラキウム　397
スキュラクス　264, 660
スキューロス島　24, 46, 660, 680, 765, 795, 1341
スキーローン　661
スクリーボーニア（アウグストゥスの妻）　21, 610, 660-661, 902, 1084, 1200, 1300
スクリーボーニア（大ポンペイユスの玄孫）　510, 968
スクリーボーニアーヌス　968
スクリーボーニウス氏　661
スクルム　461
スケイローン　661, 794, 1261
スケーニータイ　661
スケリアー　148, 864, 895
スケルディライダース　808
スコイネウス　72
スコーティー（スコッティー）（族）　596, 661, 979
スコトゥーサ　189
スコパース（彫刻家、建築家）　111, 193, 330, 634, 661, 776, 791, 980, 1062, 1069, 1128, 1204-1205, 1283, 1343, 1362
スコパース（傭兵隊長）　662
スコパース（家）　516, 662
スコリア　662
スコリオン　662, 821
スコルディスキー族　415, 662
スコルディスコイ　662
スーサ　36-37, 185, 403, 514, 538, 619, 628, 649, 662, 664, 703-704, 775, 810, 935, 937, 941, 963, 1028, 1110, 1278
スーサリオーン　663
スーダ　663
スタギーロス（スタゲイロス、スタギーラ、スタゲイラ）　135, 221, 663, 870, 1001
スタシクラテース　770
スタシーノス　644
スターティウス　47, 461, 647, 664, 801, 810, 881
スタディウム　664, 931, 1384
スタディオン　83, 366, 475, 619, 626, 664, 680, 729, 822, 824, 987, 1057, 1129, 1213, 1252, 1266
スタテイラ❶（ダーレイオス3世の后）　628, 664, 739, 937, 1377
スタテイラ❷（❶の長女）　935, 937, 1377
スタテイラ❸（アルタクセルクセース2世の后）　169, 935
スタティリア・メッサーリーナ　359, 665, 680, 891
スタティリウス・タウルス、ティトゥス　225, 665
スタビアエ　281, 665, 1061, 1197
スタピュロス　95, 335
スックバ　262
スッラ　23, 28, 63, 80, 83, 128, 156, 161, 221, 264, 377, 382, 412, 414, 461, 487, 508-509, 516-517, 526-527, 555, 575,

— 1608 —

592, 608-609, 614, 626, 629, 633, 650, 652-654, 665, 691-692, 701-702, 761, 792, 800, 815, 822, 848, 850, 874, 881, 893-894, 1004, 1009, 1012-1013, 1022, 1025, 1031, 1036, 1045, 1050, 1091, 1162, 1176, 1198, 1200-1201, 1220, 1226-1227, 1242, 1253-1254, 1270, 1286, 1350, 1357, 1378, 1382
スッラ、ファウストゥス・コルネーリウス❶（独裁官 L. スッラの子） 665
スッラ、ファウストゥス・コルネーリウス❷（クラウディウス帝の長女の後夫） 666
スッラ、プーブリウス・コルネーリウス 666
スッラ、ルーキウス・コルネーリウス 666
スッラ（家） 589
スッレトゥム 665
スッレントゥム 54, 424, 667, 684, 879
スティリコー 124, 144, 485, 501, 633, 667, 1042, 1175, 1357
スティルベー 1320
スティルボーン 65, 668, 697, 749, 753, 777, 986, 1276
スティロー・プラエコーニーヌス、ルーキウス・アエリウス 668
スティロー家 33
ステーサゴラース 1251
ステーシコロス 154, 258, 327, 469, 491, 669, 849, 980, 1098, 1148
ステーシラーオス 132, 803
ステネボイア 196, 669, 1076, 1093, 1103
ステネロス 669
ステネロス（アクトールの子） 670
ステネロス❶（ミュケーナイ王） 90, 226, 311, 342, 669
ステネロス❷（アンドロゲオースの子） 670
ステネロス❸（カパネウスの子） 326, 421, 670, 759
ステパニオー 1355
ステパヌス（解放奴隷） 841, 938
ステパノス（ネアイラの夫） 110
ステパノス（キリスト信者） 301, 903
ステュクス 18, 46, 64, 144, 242, 315, 353, 455, 532, 566, 573, 670, 872, 917, 919
ステュンパーリデス 348, 670-671, 1117
ステュンパーロス 1, 16, 38, 582, 670-671, 1117, 1312
ステュンパーロス（アルカスの孫） 671
ステュンパーロス湖 144, 671, 1117
ステルクルス 961
ステルケース 961
ステロペー（アステロペース）❶（プレイアデスの1人） 671
ステロペー（アステロペース）❷（ケーペウス❷の娘） 559, 671, 791
ステロペー（アカストスの娘） 671, 1143
ステロペー（セイレーネスの母） 671
ステロペース 374, 469
ステントール 671
ステ（ン）ノー 584
ストア 671
ストアー（学派） 61, 75, 83, 513, 520-521, 532, 545, 559, 588, 616, 626, 663, 671, 674, 689, 693-695, 697, 702, 710, 749, 752-753, 756, 760, 789, 807, 811, 824, 835, 845, 873, 912, 924, 956, 1009-1010, 1023, 1067, 1081, 1091, 1222, 1256

ストアー・ポイキレー 10, 409, 582, 672, 713, 924, 1182, 1240
ストバイオス 672, 960
ストベウス 672
ストボイ 672
ストラッティス（喜劇詩人） 521
ストラテーゴイ 672
ストラテーゴス 83, 639, 672, 713, 818, 832, 844, 871, 1124, 1165, 1191, 1251
ストラトス 44
ストラトニーケー❶（デーメートリオス1世の娘） 198, 333, 673, 704, 805, 997
ストラトニーケー❷（❶の娘） 673, 805
ストラトニーケー（アリアラテース3世の妻） 673
ストラトニーケー（アンティゴノス1世の妻） 673
ストラトニーケー（ミトリダテース6世の妻） 673
ストラトニーケイア 673, 1274
ストラトニーコス 629, 673
ストラトーン❶（哲学者） 130, 334, 496, 673, 1326, 1341
ストラトーン❷（詩人） 674
ストラトーン（アテーナイの詩人） 674
ストラトーン（エラシストラトスの愛弟子） 674
ストラトーン（シードーン王） 385
ストラボーン 38, 85, 116, 139, 173, 203, 331, 334, 409, 444, 625, 663, 674, 683, 800, 815, 859-860, 881, 897, 988, 1170, 1260, 1286
ストリーガ 445
ストリウム 674
ストーリウス・スカプラ 445
ストリクス 446
ストリドーン 958
ストリューモーン（河） 227, 663
ストリューモーン湾 441
ストロパデス群島 428, 560, 675, 942
ストロピオス 371, 675, 994
ストロンギュレー（島） 27
スーニウム 675
スーニオン岬 552, 675, 807, 1096, 1247, 1309
スパギアー 675
スパクテーリアー島 539, 675, 810, 997, 1266
スパーニア州 444
スパルタ 676
スパルター 676-677, 1088-1092, 他
スパルタクス 351, 457, 509, 526, 554, 677, 893, 1067, 1199
スパルタクスの乱 281, 1382
スパルテー 676, 1315
スパルトイ 38, 418, 677, 779, 897, 1277
スパルトコス 565
スパルトコス家 1168
スピタメネース 198, 704, 1101
スピトリダテース 58, 531
スピーナ 89
スピネース 432
スピンクス 315, 346, 368, 539, 677, 866, 897, 1277
スピンテール 1375
スプー（ッ）ラ 678
スブーラ 546, 1385

スプラケウム 678
スプリウス・タルペイユス 737
スプリウス・マエリウス 98
スプリウス・ラールティウス 573
スブリキウス橋 546, 573, 679, 774
スプリー（ン）ナ❶（卜腸師） 679
スプリー（ン）ナ❷（将軍） 679
スペウシッポス 40, 135, 493, 679, 755, 1115
スペース 679
スペルケイオス河 203
スペルモー 347
スペンディウス 445
スポディアース 147
スポラデス 537, 574, 660, 818, 920
スポラデス諸島 6, 121, 680, 875
スポリア・オピーマ 680, 1232, 1299, 1387
スポルス 322, 359, 680, 764, 878, 891, 1171
スポーレーティウム 520, 1053
スポーレートゥム 294
スミュルナ（ー）（イオーニアー地方の都市） 3-4, 63, 116, 133, 142, 218, 239, 329, 486, 506, 572, 594, 680, 707, 711, 770, 813, 847, 857, 956, 960, 1066, 1177, 1181, 1193, 1245, 1283
スミュルナー（アマゾーン女族） 680
ズミュルナ（ー） 680
スミーラクス（ニュンペーの） 547
スメルディエース 94, 1183
スメルディス 37, 86, 457, 681, 1216
スーラ 1375
スルピキア❶ 681
スルピキア❷ 681
スルピキアーヌス 767, 1137
スルピキウス・ガルバ, C. 1330
スルピキウス・セウェールス 681, 1237
スルピキウス・ルーフス、セルウィウス 681
スルピキウス・ルーフス、プーブリウス 682
スルピキウス（氏） 447, 681, 922
スルモー 348, 589, 682, 905
スーレーナース 162, 400, 508-509, 682, 908, 938
スーレーン（家） 682
スンマーヌス 601, 682
ゼアー 1090
世紀祭 276, 792
聖山（モーンス・サケル） 18, 504, 683, 850, 1075, 1276
聖ソピアー教会 1295
聖道 847
聖なる道 1247
聖フェーリークス 902
セイヤーヌス、ルーキウス・アエリウス 32-33, 55, 99, 214, 270, 276, 283, 290, 387, 434, 528, 594, 683, 772, 854-855, 890, 905, 917, 1045, 1171, 1202, 1214, 1287, 1301, 1328
セイユス・ストラボー 683
セイユス、グナエウス 684
ゼーイラース 874
セイリオス 362
セイレーネス 159, 667, 671, 684, 822, 939, 1189, 1282
セイレーノス 608, 648, 1240
セイレーン 60, 358, 369, 406, 649, 667, 671,

— 1609 —

684, 822, 880, 939, 1031, 1282
セウェーラ　272
セウェリアーヌス　685
セウェーリーヌス　358
セウェールス 2 世　454, 596, 685, 1212, 1331
セウェールス 3 世　685, 1332, 1347
セウェールス、アレクサンデル（セウェールス・アレクサンデル）　685
セウェールス、セプティミウス　686
セウェールス朝　686-687, 692, 1210, 1383, 1385
ゼウクシス　39, 156, 307, 687, 916, 1109, 1113, 1149
ゼウクシダーモス　147, 1363
ゼウクシッペー　951
ゼウグマ　687, 703
ゼウス　688, 他
ゼウス・アンモーン　185
セウテース（シータルケースの甥）　689
セウテース（トラーキアー王）　689
セウテース（マイサデースの子）　689
セウトポリス　843
ゼウノポセイドーン　1249
セークァナ（河）　401, 404-405, 446, 689, 1127, 1356, 1381
セークァニー（族）　127, 265, 689, 1345
セークァニア　689
セグーシオー　575, 690
セクスティウス・カルウィーヌス　1333
セクスティウス・ラテラーヌス　1331
セクストゥス・アープレイユス　1231
セクストゥス・ウァールス　268
セクストゥス・クローディウス　548
セクストゥス・タルクィニウス　421, 576, 734, 1352
セクストゥス・パピーニウス　176
セクストゥス・ポンペイユス　21, 27, 54, 216, 395, 463, 486, 509, 571, 588, 646, 652, 660, 865, 884, 935, 1198-1199, 1233, 1240, 1249, 1254, 1258, 1261, 1264, 1371
セクストゥス・ユーリウス・カエサル　384
セクストゥス・ロスキウス　121
セクストス・エンペイリコス　16, 567, 690, 987
セクートーレース　511
セゲスタ　9, 59, 317, 338
セゲステース　178
セゴウィア（ヒスパーニア・タッラコーネーンシスの）　690
セゴウィア（ヒスパーニア・バエティカの）　690
セゴウィアの水道橋　48
セーストス　9, 100, 452, 491, 565, 690, 1102, 1360
セソーストリス　166, 318, 583, 690, 1162
セッラ・クルーリス　283, 690, 893, 1054
セッラシアー　122, 205, 297, 538, 562, 808, 1008
セッロイ　838
セーティア（ー）　270, 690, 1032
ゼデキヤ　957
ゼテース　159, 675, 691, 942, 978, 1192
セート　815
ゼートス　30, 112, 203, 253, 302, 464, 688, 691, 778, 799, 877, 1307
セナートゥス（元老院）　691-692, 1319

セナートル　692
セナートーレース　692
セネカ❶（大セネカ）　405, 692, 1347
セネカ❷（小セネカ、哲学者）　51, 56, 351, 405, 597, 590, 692-693, 743, 807, 813, 890, 896, 903, 965, 976, 1017, 1030, 1252, 1268, 1279, 1350, 1383
セネキオー、ヘレンニウス　694
ゼーノー　246, 694-696, 883
ゼーノドトス　42, 112, 138, 187, 329, 694, 1000, 1177, 1326, 1340
ゼーノドーロス　592
セ（ー）ノネ（ー）ス族　28, 59-60, 694, 854, 962, 1076
ゼーノビア（ー）　26, 183, 319, 332, 356, 503, 623, 639, 695, 771, 812, 903, 944, 1167, 1388
ゼーノーン❶（シードーンの）　695
ゼーノーン❷（タルソスの）　522, 695, 749
ゼーノーン❸（ロドスの）　695
ゼーノーン（東ローマ皇帝）　95, 358, 363, 551, 785, 910
ゼーノーン（エレアーの）　339, 402, 583, 696, 753, 1361
ゼーノーン（ストアー派の祖）　122, 141, 205, 305, 464, 513, 529, 545, 672, 697, 753, 756, 1023, 1126
ゼーノーン（医学者）　695
ゼーノーン（彫刻家）　696
セバステー　613
セバステイア　1262
セバスティアーヌス　641, 1174, 1305
ゼピュリオン岬　1378
ゼピュロス　46, 97, 105, 314-315, 473, 698, 892, 942, 980, 1011, 1029, 1192
セプティミア　875
セプティミウス・セウェールス　16, 103, 164, 176, 252, 328, 429, 545, 553, 579, 602, 639, 687, 706, 731, 750, 759, 767, 823, 868, 873, 875, 880, 902, 925, 931, 961, 974, 983, 1007, 1019, 1022, 1042, 1045, 1059, 1137, 1227, 1262, 1278, 1301, 1372, 1383
セプティミウス・セウェールスの凱旋門　1384
セプティミオス　672
セプティモンティウム　1386
セミーラミス　64, 74, 263, 640, 698, 700, 715, 812, 876, 907, 926
セムナイ　336
セムノ（ー）ネース（族）　124, 651, 698, 1325
セメレー　38, 50, 256, 605, 688, 699, 757, 800, 1159
ゼメロー　699
セーモー・サンクス　622
セーモーニデース　121, 699
ゼラ（ゼーラー、ゼラー）　383, 700, 940, 1196
ゼラの戦い　62, 439
セラーピオー（コルクルムの子）　658
セラーピス　99, 173, 183, 319, 354, 587, 612, 673, 686, 699, 788, 807, 1031, 1034, 1059, 1223, 1286
セーリケー　706
セリーヌース　317, 463, 627, 700, 842, 953, 1112-1113, 1261

セリーヌーンティオス　731, 982
セリーポス（セリポス）島　469, 633, 700, 726, 761, 803, 1133, 1185
セーレ（ー）ス　631, 705
セルウィアーヌス　33
セルウィウス（文法学者）　701
セルウィウス・ガルバ（カエサルの副官）　447
セルウィウス・ガルバ（執政官）　447
セルウィウス・クローディウス　668
セルウィウス・トゥッリウス　19, 278, 293, 316, 352, 388, 422, 579-580, 727, 734, 745, 833, 849, 1020, 1025, 1325, 1385-1386
セルウィウス・ファビウス・ピクトル　1016
セルウィウス・フルウィウス・ノービリオル　892
セルウィウスの壁　1385-1386
セルウィーリア（アンニウス・ポッリオーの妻）　277
セルウィーリア（イサウリクスの娘）　701
セルウィーリア（小カトーの異父姉）　417, 646, 701
セルウィーリア（ソーラーヌス、バレアの娘）　714
セルウィーリア（ドルースス、マールクス・リーウィウス❷の妻）　856
セルウィーリア（富豪ルークッルスの妻）　1327, 1351
セルウィーリア（マールクス・アエミリウス・レピドゥス❷の妻）　1371
セルウィーリア（M. ブルートゥス❷の母）　1327, 1371
セルウィーリア・ナーイス　108
セルウィーリアーヌス　1017
セルウィーリウス・ウァティア・イサウリクス、プ（ー）ブリウス　701
セルウィーリウス・カエピオー　702
セルウィーリウス・カエピオー（同名のカエピオーの父）　278
セルウィーリウス（氏）　388, 701-702, 922
セルウィーリウス氏
セルギウス　1210
セルディカ　454
セルトーリウス、クィ（ー）ントゥス　102, 195, 265, 271, 331, 430, 458, 487, 606, 677, 779, 942, 964, 1004, 1138, 1270
セルトーリウス（ローマの将軍）　566
セルトーリウスの乱　1382
セレウクス　1222
セレウケイア（ベーロスの）　703
セレウケイア❶（ティグリス河畔の）　17, 110, 161, 186, 442, 496, 702, 749, 763, 926, 1164
セレウケイア❷・ピーエリアー　373, 703
セレウケイア❸（キリキアー地方の）　479, 703
セレウコス❶ 1 世　36, 41, 76, 97, 114, 122, 165, 196-198, 204-205, 259, 263, 394, 624, 640, 673, 687, 702-703, 705, 729, 745, 805, 926, 997, 1004, 1039, 1062, 1137, 1149, 1260, 1267, 1312-1313, 1341, 1343
セレウコス❷ 2 世　36, 126, 161, 198-199, 201, 673, 704, 752, 1034, 1243, 1313, 1364
セレウコス❸ 3 世　199, 704

セレウコス❹4世　199, 704, 805, 1123, 1133, 1313
セレウコス❺5世　200, 535, 704
セレウコス❻6世　201, 705
セレウコス❼・キュビオサクテース　705, 1147
セレウコス（アレクサンドレイア❶の）　705
セレウコス（アンティオコス9世の兄）　705
セレウコス（カルダイアーの）　702
セレウコス（詩人）　705
セレウコス（セレウケイア❶の）　130
セレウコス（タルソスの）　705
セレウコス（天文学者の）　705
セレウコス（ボスポロス王）　705
セレウコス朝　97, 196, 198, 235, 308, 317, 352, 355, 515, 525-526, 534-535, 560, 565, 572, 601, 619, 629, 631, 640, 663, 673, 687, 703, 705, 708, 730, 735, 745, 749, 752, 762, 783, 805-806, 817, 824, 835, 846, 851, 867, 874-875, 881, 907, 925, 927, 936-937, 947, 955-957, 991, 995, 1002, 1004, 1023, 1032, 1034-1036, 1040, 1130, 1208, 1216, 1229, 1242, 1297, 1313
セレーナ（セレーネー）　706
セレーナ（スティリコーの妻）　501, 667
セレーヌス・サンモーニクス　706
セレーヌス（数学者）　706
セレーヌス（セレーヌス・サンモーニクスの息子）　706
セレーヌス（ラテン抒情詩人）　706
セレーネー　172, 174, 188, 315, 344, 706, 744, 766, 866, 949, 991, 1094, 1122, 1179, 1255, 1356
ゼーロス　670, 872, 917
セン・ウスレト（セヌセルト）3世　690
センティーヌム　294, 614, 706, 790, 1016
センティウス・サートゥルニーヌス, C.　610
セントール　707
センプローニア❶（センプローニウス・グラックス❷の娘）　507, 656, 707
センプローニア❷（ユーニウス・ブルートゥス❷の妻）　707, 1069
センプローニウス・グラックス, C.　508
センプローニウス・グラックス❷, Ti.　589
センプローニウス・グラックス❸, Ti.　508
センプローニウス氏　507, 707, 834
ソアエミア（ス）、ユーリア　707
ゾーイロス　93, 707
属州　555, 561, 577, 790
ソグディアーナ　350, 708
ソグディアネー　185, 230, 300, 478, 514, 531, 604, 708, 768, 1055, 1377
ソグディアーノス　495, 739
ソグドイ　708
ソークラテース（哲人）　10-11, 69, 83, 92, 96, 131-133, 138, 148, 157, 206, 297, 300, 310, 376, 451, 491, 494, 559, 583, 633, 635, 649, 672, 695-696, 707-708, 711-712, 720, 731, 742, 749, 752, 787, 789, 809, 811, 819, 828, 845, 897, 899, 930, 945, 971, 1008, 1051, 1081, 1116, 1125, 1173, 1212, 1236, 1342
ソークラテース（教会史家）　398
ソークラテース（ニーコメーデース❹の兄弟）　874
ソークラテース・スコラスティコス　709,

787
ソシア・ガッラ（シーリウス、ガーイウス（父の）の妻）　647
ソーシアース　923
ソシウス、ガーイウス　709
ソシウス・セネキオー　1066
ソーシゲネース（天文学者・数学者）　187, 710, 1304
ソーシゲネース（ペリパトス学派の）　710
ソーシテオス　710, 1072
ソーシパネース　1072
ソーシビオス　40, 42, 1034
ゾーシモス　366, 710
ソーストラトス❶（建築家）　710, 948
ソーストラトス❷（アレクサンドロス大王の小姓）　710, 1143
ソーストラトス❸（パンクラティオン選手）　710
ソーストラトス（アイギーナの）　710
ソーストラトス（外科医）　710
ソーストラトス（ヘーラクレースの愛人）　710
ソーゾメノス　366, 398, 709-710, 787
ソータデース（諷刺詩人）　73, 113, 187, 711
ソータデース（中期喜劇詩人）　711
ゾーティクス　711
ゾーティコス　711
ソーテール　1119
ソドマ　625
ゾーナラース　759
ソパクス　195
ソピスタイ　711, 973
ソピステース　711
ゾーピュロス（アカイメネース朝の）　606, 712
ゾーピュロス（医学者）　712
ゾーピュロス（人相学者）　712
ソーピロス（ソポクレースの父）　713
ソフィスト　16, 83, 131, 138, 202, 300, 303, 500, 519-520, 552, 583, 673, 680, 696, 703, 707, 731, 744, 760, 775, 777, 783, 791, 819, 845, 875, 899, 943, 971-973, 992, 1007, 1011, 1033, 1052, 1063, 1080-1081, 1123, 1193, 1211, 1236
ソープローン　712, 1151
ソープロシュネー　755
ソープロニスコス　708
ソポクレース　36, 83, 240-241, 243, 310, 342, 350, 500, 533, 593, 628, 713, 726, 742, 746, 781, 813, 817, 826, 836, 842, 850, 860, 864, 869, 896-897, 932, 934, 976, 978, 1006, 1078, 1119, 1125, 1278, 1283
ソポニスバ　484, 637, 714, 912, 1218
ソーラ　714
ソーラクテ　714
ソーラーヌス神殿　714
ソーラーヌス、バレア　714
ソーラーノス　329, 714
ソーリーヌス　715, 741
ソール（太陽神）　27, 640, 715, 1122, 1215, 1241
ソール・インウィクトゥス　640, 715
ソムヌス　714, 990
ソリーヌス　741, 1061
ソリュムス（アエネーアースの部下）　682
ソリュモイ　1103

ゾロアスター　37, 163, 170, 267, 601, 606, 635, 738, 763, 907, 938, 1169, 1216, 1221, 1241, 1292
ゾーロアストレース　715, 907
ゾロアスター教　267
ソロイ❶（キリキアーの）　122, 227, 296, 479, 516, 521, 716, 756, 1004
ソロイ❷（キュプロス島の）　43, 529, 716-717
ソローニウム　1378
ソロモーン　12, 547, 909, 944, 1283, 1297
ソローン　11, 57, 77, 83, 88, 91, 304, 328, 481, 518-519, 543, 546, 577, 616, 636, 644, 711, 716, 739, 782, 793, 843, 873, 914, 977, 1050, 1063, 1071, 1088, 1154, 1177, 1245, 1259

●タ行

大アグリッピーナ　55, 434, 500, 568, 683, 772, 854-855, 967, 1055, 1300-1301
大アッリア　79, 846
大アーフリカーヌス　588, 657, 857
大アルメニア　167
大アントーニア　350
大カトー　515, 608, 656-658, 662, 833, 879, 885, 893, 909, 929, 964, 1050, 1054
大キューロス　681
大シュルティス　641, 866, 1147
ターイス　716, 718, 1100, 1033, 1135, 1316
大スキーピオー　356, 507, 515, 527, 588, 613, 655-657, 714, 761, 865, 879, 900-901, 911-912, 953-954, 964, 1016, 1049, 1066, 1164, 1176, 1201, 1217-1218
ダイダラ　464, 718
ダイダリオーン　459, 718, 999, 1092
ダイダロス（甥殺しの）　180
ダイダロス（名工）　43, 244, 573, 719, 740, 795, 909, 1136, 1203, 1245, 1320
タイタン　719
大ドルースス　501, 567-568, 772, 854, 913, 1058, 1065, 1288, 1301, 1327-1328, 1370
タイナロン　18, 128, 305, 452, 551, 719, 732, 919, 1118
大パンアテーナイア　945
タイファリー　722
大プリーニウス　12, 25, 173, 576, 580, 585, 590, 601, 609, 625, 665, 681, 706, 710, 715, 790, 982, 1024, 1029, 1139, 1170, 1202, 1217, 1223, 1250, 1254, 1260, 1289
大マルケッラ　55, 350, 1201
大ミューシア　1247
ダイモニオン　720
ダイモーン　556, 708, 720, 810, 820
大ユーリア❺　22, 772, 902
ダーイロコス　959
ダーウィード　957, 995, 1297
タウケイラ　477
ダウニアー　175, 720
ダウニイー　720
ダウニオス　720
ダウヌス　720, 726, 759
ダウノス　720
タウマース　261, 341, 374, 720, 942, 1195
タウリー　721
タウリケー　257, 371, 565, 579, 720, 831, 886, 951, 994, 1044, 1094, 1134, 1277

和文索引

タウリスコス　112
タウロイ　257, 565, 720-721
タウロス山脈　75, 95, 201, 237, 246, 399, 471, 479, 601, 629, 812, 912, 955, 1012, 1336
タウロステネース　403
タウロボリウム　475, 721
タウロボリオン　518, 721
タウロメニウム　721
タウロメニオン　14, 627, 721, 774, 776, 866, 959
タガステー　20, 976
ダーキー　721
ダーキア　163, 219-220, 253, 273, 449, 511, 554, 577, 621, 662, 721, 792, 837, 839, 842, 873, 920, 996, 1077, 1137, 1160, 1287, 1330, 1385
タキタ　1324
タキトゥス　28, 53, 56, 263, 274, 286, 448, 490, 528, 561, 567, 608, 648, 651, 722-723, 832, 839, 911, 915, 1024, 1057, 1061, 1127, 1170-1171, 1293, 1383
タキトゥス、マールクス・クラウディウス　263, 722, 812, 1083, 1086
タクシラ　723
タクシレース　723
タグス（河）　566, 1353
タクティクス　16
ダクテュロイ　425, 723, 985
ダクテュロスたち　250, 364, 723
タクファリーナース　723
タゲース　724
タコース（テオース）　424, 724, 883
ターゴス　181, 796
ダーゴーン　390, 947
タソス（島）　151, 396, 670, 724, 742, 829, 900, 947, 950, 1001, 1032, 1096, 1182
ダタメース　724
タッラキーナ（エ）　78, 448, 484, 592, 725, 1025, 1317
タッラコー　262, 271, 415, 725, 964, 998, 1086
タッラコーネーンシス　1004
タッリュパース　155
タッロー　1179
タティアーヌス　1357
タティアーノス　235
タティウス、ティトゥス　528, 725
ダーティス　306, 725, 828, 947, 1130, 1251
ダド・ニラーリ3世　698
タドミル　944
タナイス（河）　62, 620-621, 659, 726, 951, 1305
タナイス（市）　726, 1203
タナイス（リューシッペーの息子）　726
ダナイス　726
ダナイデス　560, 726-727, 736, 794
ダナエー　53, 171, 634, 688, 700, 720, 726, 761, 1077, 1133, 1185, 1241
ダナオイ　727
ダナオス　7, 53, 119, 157, 536, 560, 726, 864, 992, 1103, 1344
タナクィル　352, 380, 727, 734, 833, 1325
タ（ー）ナグラ　207, 363, 403, 582, 727, 849, 1095, 1160
タナグラー（アイオロスの娘）　727
タナトス　87, 155, 562, 620, 628, 727, 736, 877, 990, 1290, 1369
ダーニエール　638
タニト　443, 768
タヌトアメン　883
ダーヌビウス（河）　110, 124, 266, 279-280, 446, 517, 567, 640, 648, 727, 791-792, 856, 894, 1160, 1234
ダビデ　1297
タプサコス　479
タプスス　728
タプソス　102-103, 292, 379, 383, 385, 417, 608, 629, 666, 728, 846, 1023, 1106, 1320, 1372
ダプナイ　1131
ダプニス　287, 669, 728, 738, 782, 949, 1141
ダプネー（アンティオケイア南郊）　65, 197, 410, 729
ダプネー（乙女）　114, 728-729, 830, 863, 1109, 1319
タープロバネー（島）　263, 729, 1023
タペニシ　908
タポス　1032
ダーマゲートス　140, 485
ダマシストラトス　789
ダマシップス　1068
ダマース　41
ダマスキオス　1079
ダマスコス　191-192, 386, 572, 639-640, 729, 790, 806, 867, 874, 903, 937, 944, 1001-1002, 1167
ダマスス1世　730, 958, 1044
ダマステース　1078
ダマスピオー　168
ダーマラートス　867, 1363
ダマルコス　1336
ダミアーノス　642
ダミッポス　361
タミュラース　730
タミュリス　334, 730, 980, 993, 999, 1255, 1333
タムガディ（タムガディス）　730, 842, 880, 1326
タメシス（河）　90, 395, 602, 1388
ダーモクレース　731
ダーモポーン　731
ダモーン　133, 731
ダーモーン　731
ダーモーンとピンティアース　731
ターユゲテー　731-732, 1072, 1315
ターユゲトゥス　732
ターユゲトス（ターユゲトン）山脈　732, 1266, 1315-1316, 1339
タラオス　87, 732
タラキーナ　732
タラクシッポス　499
タラコー　732
タラコーネーンシス　732
タラース　133, 147, 151, 533, 549, 592, 637, 732, 782, 810, 932, 984, 986, 1008, 1092, 1113, 1116, 1212, 1259, 1263, 1265, 1347
タラッシウス　993
タラッシオー　993
タリーア　738
タルクィニア（セルウィウス・トゥッリウスの妻）　834
タルクィニア（ルーキウス・ユーニウス・ブルートゥスの母）　1070

タルクィニイー　321, 389, 679, 724, 727, 733-735, 914, 1019
タルクィニウス、セクストゥス　733
タルクィニウス、ルーキウス❶プリ（ー）スクス　80, 321, 352, 380, 422, 483, 511, 526, 546, 576, 690-691, 727, 734, 802, 833, 848, 863, 1014, 1070, 1384, 1386
タルクィニウス、ルーキウス❷スペルブス　80, 128, 135, 213, 321, 421-422, 526, 547, 576, 626, 633, 648, 734, 833-834, 836, 1041, 1070, 1189, 1223, 1299, 1366, 1385-1386
タルクィニウス・コッラーティーヌス, L.　600, 1352
タルゲーリアー　1100
タルゲーリア祭　114, 734, 943
タルコーン　390, 724, 733, 735
タルシシ　736
タルソス　85, 216, 471, 479, 521-522, 535, 705, 716, 735, 749, 753, 808, 903, 924, 1086, 1093, 1142, 1210
ダルダニアー　735, 858
ダルダノイ　205, 805
ダルダノス　172, 193, 231, 262, 334, 341, 587, 604, 616, 632, 667, 688, 735, 780, 858, 918, 978, 1072, 1102
タルタロス　13, 193, 234, 244, 315, 352, 374, 390, 460, 549-550, 628, 688, 736, 740, 765-766, 768, 814, 919, 990, 1074, 1094, 1369
タルーティウス　73
ダルディス　173
タルテーッソス　89, 412, 446, 460, 710, 736, 964, 1023, 1118, 1164
タルテュビアダイ　737
タルテュビオス　737
タルペイヤ　422, 682, 725, 737, 847, 1239, 1292
タルペイユス氏　737
ダルマティアー　89, 253, 251, 502, 521, 621, 737, 747, 759, 772, 837, 948, 954, 958, 1043, 1077, 1172, 1264, 1270, 1303, 1335, 1387
ダルマティウス❶（コーンスタンティウス1世の子）　737, 952, 1145
ダルマティウス❷（❶の子）　737
タレイア（ヘーパイストスの娘）　934
タレイア（ムーサイの1人）　436, 581, 738, 1255
ダーレイオス❶1世　37, 86, 126, 129, 166, 171, 201, 263-264, 495, 525, 554, 601, 606, 659-660, 662, 681, 708, 712, 715-716, 725, 738, 802, 810, 843, 876, 909, 941, 947, 963, 971, 983, 987, 1093, 1116, 1130, 1135, 1147, 1168, 1182, 1217, 1237, 1242, 1251
ダーレイオス❷2世　116, 168, 479, 495, 528, 739, 766, 809, 909, 935, 1135
ダーレイオス❸3世　37, 170, 185, 252, 378, 514, 627, 664, 730, 739, 908, 935-937, 944, 1006, 1101, 1110, 1135, 1197, 1243, 1278
ダーレイオス（アルタクセルクセース❷の子）　69, 169, 778
ダーレイオス（クセルクセース1世の子）　168, 170, 1218
タレース　93, 142, 239, 481, 739, 750, 783,

945, 973, 976, 1252
ダレース　740, 762
タレータース　366, 587, 677, 740, 1187
タレートン（山）　732
タレントゥム　78, 250, 345, 432, 506, 508, 512, 533, 549, 592, 732, 887, 906, 1016, 1018, 1023, 1113, 1116, 1212, 1259, 1263, 1265, 1298, 1328
タロース（タロス）❶（クレーターの巨人）　159, 314, 562, 740
タロース（タロス）❷（ダイダロスの甥）　719, 740, 1136-1317
タロース（タロス）❸（クレーターの美少年）　740
タンタロス❶（ゼウスの子）　262, 419, 680, 732, 736, 740-741, 758, 768, 841, 869, 925, 950, 990, 1072, 1155, 1213
タンタロス❷（テュエステースの子）　523, 1073
タンムーズ　86
地中海　741
チャンドラグプタ　624, 1260
テアー　189
テアイテートス（数学者）　787
テアイテートス（立法家）　742
テアイテートス（ロドスの）　742
テアーゲネース❶（メガラの僭主）　479, 742, 1260
テアーゲネース❷（レーギオンの）　742
テアーゲネース❸（タソスの）　301, 724, 742, 1317
テアーゲネース（テーバイ❶軍の将）　742
テアーゲネース（歴史家）　742
デア・ディーア　142, 223, 742
テアートルム　622, 742, 1384
テアートロン　196, 208, 626, 630-631, 671, 673, 677, 680, 716, 721, 724, 742, 772, 783, 817, 836, 846, 944, 986, 1001, 1040, 1057
テアーノー❶（キッセウスの娘）　212, 464, 743
テアーノー❷（メタポントスの妻）　743
テアーノー（ピュータゴラース学派の）　984
テイアー（ウーラノスの娘）　315, 374, 706, 744, 766, 991, 1122
テイアー（オーケアノスの娘）　563
ティーア　744
ディーア　244, 1091
ディーアー　866
ディアゴラース❶（メーロスの）　744, 976, 1284
ディアゴラース❷（ロドスの）　234, 744, 848, 1147, 1381
テイアース　86, 1248
ディアデーマートゥス　1269
ディアドゥーメニアーヌス（ディアドゥーメヌス）　745, 1214
ディアドコイ　155, 204, 259, 326, 394, 613, 644, 672, 703, 745, 881-882, 958, 1033, 1039, 1187, 1216
ディアドコス　745
ディ（ー）アーナ　172, 601, 702, 706, 745, 834, 885-886, 975, 1162, 1298, 1349, 1356
デーイアネイラ　60, 166, 242, 346, 746, 884, 985, 1114, 1117, 1119
ディアマスティゴーシス　368

ディアーリス　1299
ディー・コーンセンテース（デイー・コーンセンテース）　746
ディー・イーンフェリー　1222
ディーウィティアークス　835
ディーウェス　765
ディーウォドゥール　271
ディウス・フィデウス　622
ディオイケーシス　746
ディオエケーシス　63, 568, 640, 746, 880, 894, 954
ディオグニス　807
ディオクレース❶（メガラの）　746, 1260
ディオクレース❷（シュラークーサイの）　747
ディオクレース（運動選手）　747, 1008
ディオクレース（カリュストスの）　747, 999
ディオクレース（御者）　482
ディオクレース（史家）　747
ディオクレース（小テュランニオーン）　815
ディオクレース（数学者）　747
ディオクレーティアーヌス　27, 109, 183, 208, 253, 268-269, 401, 437, 446, 454, 517, 519, 568, 595, 598, 621, 640-641, 689, 709, 737, 746-747, 777, 784, 823, 838, 848, 851, 868, 874, 880, 894, 911, 923, 927, 944, 946, 954, 957, 964, 1043, 1062, 1075, 1077, 1141, 1196, 1206, 1209, 1241, 1268, 1304, 1383-1384
デーイオケース　317, 747, 1046, 1266
ディオゲネース❶（アポッローニアーの）　748
ディオゲネース❷（シノーペーの）　93, 207, 360, 472, 513, 521, 562, 632, 697, 748, 1052, 1307
ディオゲネース❸（セレウケイア❶の）　110, 209, 372, 446, 520, 702, 749, 924
ディオゲネース❹（タルソスの）　749
ディオゲネース（オイノアンダの）　749
ディオゲネース（エピクーロス派の）　702
ディオゲネース（文献学者）　749
ディオゲネース（旅行家）　881
ディオゲネース・ラーエルティオス　750, 1011
ディオスクーリアス　584
ディオスクーリー　109, 750, 833, 1108, 1384
ディオスクーリデース❶（ペダーニオス）　750
ディオスクーリデース❷（エピグラム詩人）　750
ディオスクーリデース❸（歴史家）　750
ディオスクーリデース（アレクサンドレイア❶の）　750
ディオスクーロイ　14, 100, 118, 159, 249, 392, 425, 489, 516, 522, 532, 552, 688, 750, 792, 795, 817-818, 863, 886, 942, 1073, 1108, 1148, 1162, 1182, 1184, 1240, 1276, 1282, 1297, 1325, 1344
ディオスコリデース　751
ディオスポリス　800
ディオスポントゥス　1196
テイオダマース　993
デーイオタロス 1 世　120, 431, 751, 940, 1242
デーイオタロス 2 世　752
ディオティーマー　752
ディオティームス　207

ディオドトス❶ 1 世　752, 907
ディオドトス❷ 2 世　161, 300, 752, 907
ディオドトス（アテーナイの政治家）　539, 752
ディオドトス（ストアー派の）　752
ディオドトス・トリュポーン　97, 200, 235, 535, 752, 806, 1126
ディオードーロス（アレクサンドレイア❶の）　753
ディオードーロス（シケリアーの）　38, 235, 331, 366, 403, 496, 627, 753, 767, 774, 836, 958, 1056, 1093, 1260
ディオードーロス（新喜劇詩人）　753
ディオードーロス（タルソスの）　753
ディオードーロス（テュロスの）　753
ディオードーロス（ビライニスの情夫）　997
ディオードーロス（旅行家・地誌学者）　753
ディオードーロス・クロノス　697, 753, 1010
ディオニューシア❶（大ディオニューシア祭）　753, 793
ディオニューシア❷（小ディオニューシア祭）　44, 753
ディオニューシア❸（レーナイア祭）　753
ディオニューシア❹（アンテステーリア祭）　754
ディオニューシア❺（オ（ー）スコポリア祭）　754
ディオニューシア（女ダンサー）　1190
ディオニューシア（祭）　11, 138, 310, 402, 459, 513, 608, 663, 713, 753
ディオニューシアデース　1072
ディオニューシオス❶ 1 世　11, 88-89, 131, 155, 211, 251, 305, 393, 525, 549, 560, 623, 639, 721, 731, 754, 760, 816, 866, 877, 948, 969, 980, 996, 1000, 1005, 1051, 1068, 1142, 1217, 1264, 1366, 1372
ディオニューシオス❷ 2 世　10, 131, 151, 441, 639, 731, 744, 749, 754-755, 760, 776, 816, 877, 1000, 1032, 1051, 1115
ディオニューシオス（イオーニアー艦隊の指揮官）　1164
ディオニューシオス（エパメイノーンダースの音楽の師）　757
ディオニューシオス（画家）　757
ディオニューシオス（辞書編纂者）　757
ディオニューシウス（殉教者）　642
ディオニューシオス（スキュティアー出身の）　757
ディオニューシオス（トリポリス❷の僭主）　851
ディオニューシオス（中期喜劇詩人）　757
ディオニューシオス（彫刻家）　757
ディオニューシオス（ハリカルナッソスの）　366, 375, 669, 756, 863, 933, 1016, 1102
ディオニューシオス（ヘーラクレイア❹の）　116, 697, 756
ディオニューシオス（ヘーラクレイア❹の僭主）　756
ディオニューシオス（・ホ・カルクース）　757
ディオニューシオス（ミーレートスの）　757
ディオニューシオス（ローマ帝政期の詩人）　757
ディオニューシオス・アッティコス　110
ディオニューシオス・スキュトブラキオン　757
ディオニューシオス・トラークス　113, 130,

668, 755-756, 815
ディオニューシオス・"ペリエーゲーテース" 17, 755
ディオニューシオス・ホ・アレイオパギーテース 757
ディオニューソス 38, 72, 86, 105, 115-116, 125, 221, 233, 243, 256, 329, 347, 354, 365, 367, 369-370, 500, 524, 529, 552, 561, 569, 571, 588, 593, 605, 608, 611, 630, 648, 663, 677, 688, 699, 713, 732, 742, 746, 753, 755, 757-758, 778, 783, 795, 798-800, 822, 828, 831, 842, 849, 866, 870-871, 878, 894, 913, 925, 928, 940, 949-951, 981, 993, 1005, 1031-1032, 1034, 1040, 1056, 1077, 1110, 1139, 1141-1142, 1159, 1161-1162, 1179, 1194, 1234-1235, 1240, 1244, 1247, 1272-1273, 1280, 1338
ディオニューソドーロス 300
デーイオネー 1251
ディオーネー（ウーラノスあるいはオーケアノスの娘） 105, 353, 374, 688, 758, 766, 838
ディオーネー（タンタロスの妻） 758, 1072
デーイオネウス 244
ディオパントス 758
ディオプトラ 1158
ディオメーデース❶（ビストネス人の王） 68, 101, 191, 684, 758, 1118
ディオメーデース❷（アイトーリアーの英雄） 6, 42, 82, 88-89, 157, 175, 191, 217, 284, 326, 347, 499, 670, 720, 758-759, 814, 859, 862, 895, 918, 931, 951, 1006, 1071, 1109, 1209, 1368
ディオメーデース（文法家） 435
ディオメーデース群島 759, 1300
ディオメドーン 696
ディオーレース 24
ディーオン 156
ディオーン（シュラークーサイの） 679, 755, 760, 969, 1000, 1051, 1259
ディオーン（都市） 790
ディオーン・カッシオス 102, 359, 759, 1070, 1151, 1163
ディオーン・クリューソストモス 735, 759-760, 842, 1011, 1256
ディオーン・コッケイアーノス 760
ディカイアルケイア 615, 1031, 1212
ディカイアルコス 760, 1264
ティーキーヌス（川） 262, 657-658, 761, 857, 953
ティーキーヌム 358, 372, 761, 855, 885, 920, 1163
ディクタートル（独裁官） 761, 1229, 1319
ディクテー（山） 117, 688, 761, 942, 1060
ディクテュス（クレーターの） 761
ディクテュス（ポリュデクテースの兄弟） 726, 740, 1133, 1185
ディクテュンナ 1060
ティグラーネース❶2世 161-162, 167-168, 178, 191, 197, 201, 386, 535, 640, 687, 703, 716, 730, 735, 762-763, 772, 875, 1002, 1126, 1242-1243, 1350
ティグラーネース❷3世 168, 762
ティグラーネース❸4世 763
ティグラーネース❹5世 763
ティグラーネース❺6世 590, 763, 777

ティグラーネース（ペルシア海軍の指揮官） 1363
ティグラーノケルタ 386, 590, 762-763
ティグリス（河） 74, 178, 304, 454, 496, 686, 702, 704, 749, 763, 875-876, 925-926, 937, 1130, 1252, 1262, 1304
ティグリス（小ピュッロスの恋人） 366
ティグレース（川） 942
ディケー 69, 81, 689, 763, 1179, 1294
ティゲッリーヌス 632, 680, 764, 807, 846, 887, 890, 1107, 1358
ディコロス 95
ティーサメノス❶（オレステースの子） 764, 808, 1139
ティーサメノス❷（テーバイ❶の王） 765, 818
テイシアース 712
ティーシポネー 336, 374, 464
ディスコルディア 335
ディース（・パテル） 367, 683, 765, 918, 1071, 1222, 1354
ティスベー 994
テイスペース 36
ティーターニス 765
ティーターニデス 374, 744, 765, 798, 802, 1162
ティーターネス 766
ティーターノマキアー 87, 234, 353, 460, 550, 670, 765-766, 798, 872, 919, 1057, 1085, 1094
デーイダメイア（オリュンピアス❷の孫娘） 366
デーイダメイア（ネオプトレモスの母） 882, 1149, 1341
デーイダメイア（ピュッロスの姉） 985
デーイダメイア（ペイリトオスの妻） 765
デーイダメイア（ベッレロポーンの娘） 765
ティーターン（神族） 69, 87, 117, 234, 292, 315, 327, 353, 370, 374, 460, 530, 549-550, 572, 605, 610, 670, 688, 736, 744, 765-766, 798, 802, 814, 872, 917, 919, 991, 1057, 1085, 1094, 1122, 1134, 1162, 1170, 1359
ティッサペルネース 149, 479, 494, 528, 551, 739, 766, 771, 940, 1249
ティティアーヌス・サルウィウス・オトー 359
ディーディウス・ユーリアーヌス 505, 617, 686, 767, 1137, 1151, 1228, 1268
ティティエース 849
ティティーニウス 102, 1017
ティテュオス 114, 374, 736, 768
ディデュマ 97, 114, 239, 412, 768, 821, 1055, 1252
ディデュモス（音楽研究家） 768
ディデュモス（文献学者） 768, 180
ディデュモス（文法学者） 98, 112, 768, 1116
ディードー 15, 59, 223, 287, 349, 387, 443, 768, 891, 983
ティトゥス（タルクィニウス・スペルブスの子） 1070
ティトゥス（帝） 54, 57, 239, 264, 281-282, 551, 591, 769, 823, 839, 841, 865, 957, 1061, 1227, 1236, 1301, 1384
ティトゥス（ドミティアーヌス帝の兄） 840
ティトゥス（ルーキウス・ユーニウス・ブルートゥスの息子） 1070

ティトゥス・アウフィディウス（医師） 25, 65
ティトゥス・アウフィディウス（法律家） 25
ティトゥス・アンニウス 1253
ティトゥス・オッリウス 1171
ティトゥス・クィンクティウス・フラーミニーヌス 1316
ティトゥス・クィ（ー）ンティウス・アッタ 1017
ティトゥス・タティウス 269, 293, 489, 542, 682, 715, 737, 1356, 1387
ティトゥス・ディーディウス 702
ティトゥス・フラーミニーヌス 895
ティトゥス・ヘルミーニウス 573
ティトゥス・ラビエーヌス❶ 1319
ティートーノス 228, 769, 1246, 1278, 1314
ティーナイ 631
デイナルコス 77, 770
ティニア（川） 520
ティニア（ユーピテルのエトルリア名） 724
デイノー 498
デイノカレース 770
デイノクラテース（建築家） 183, 330, 592, 770, 1110
デイノクラテース（メッセーニアーの将） 1008
デイノマケー 148, 533
デイノメネース 569, 959
デイノーン 531
ティバットー 906
ディー・バレンテース 1222
ティーピュス 193
デーイピュレー 88, 758, 814
デーイピュロス 1185
ディピュロン（門） 561
ディーピロス 632, 770, 1043
ティブッルス 349, 413, 681, 771, 887, 1084, 1264
ティーブル 95, 413, 421, 637, 650, 695, 700, 771, 830, 921, 1179, 1293, 1317, 1386
ティーブルトゥス 771
ティーブルヌス 771
ティブローン❶（スパルターの将軍） 771
ティブローン❷（スパルターの傭兵隊長） 771, 941
ティベリアス 772
ティベリアーヌス 285
ティベリウス（帝） 22, 25, 32, 53-56, 157, 163, 264, 278, 375, 425, 500-501, 504, 526, 528, 545, 559, 561, 564, 567-568, 587, 594, 608, 612, 619, 647, 652, 655, 683, 700, 705, 723, 728, 737, 763, 772-773, 777, 788, 833, 844, 852, 854-855, 887, 890-891, 904, 906, 912, 916-917, 930-931, 938, 954, 966-967, 997-998, 1019-1020, 1024, 1030, 1032, 1041-1043, 1055, 1127, 1201, 1214, 1222, 1238, 1264, 1283, 1297, 1300, 1327-1328, 1349
ティベリウス（ブルートゥスの息子） 1070
ティベリウス・アッティクス 1153
ティベリウス・アレクサンデル 1009
ティベリウス・クラウディウス・ドナートゥス 838
ティベリウス・クラウディウス・ネロー 283, 855, 890, 1327
ティベリウス・ゲメッルス 434, 773, 855,

— 1614 —

1328
ティベリウス・センプローニウス・グラックス❷（グラックス兄弟の父）506-507, 566, 657, 707
ティベリウス・センプローニウス・グラックス❸（❷の子）415, 450, 505-507, 589, 656, 658, 1049
ティベリウス・センプローニウス・ロングス 658, 1346
ティベリウス・プラウティウス・アエリアーヌス 1043
ティベリス（河）15, 66, 79, 95, 165, 266, 322, 352, 354, 501, 506-507, 514, 520, 526, 535, 542, 544, 546-547, 559, 573, 602, 604, 617, 654, 679, 682, 684, 773-774, 833, 865, 921, 1013, 1018, 1020, 1022, 1024-1025, 1041, 1050, 1108, 1130, 1189, 1191, 1195, 1198, 1205, 1212, 1227, 1233, 1235, 1282, 1292, 1382, 1387
ティベリーヌス 774, 1292, 1359
デーイポボス 212, 774, 859, 934, 1095, 1149, 1277
デーイポンテース 7, 327, 808
ティーマイアー 45, 148, 1363
ティーマイオス❶（ロクロイの）774, 1378
ティーマイオス❷（タウロメニオンの）249, 366, 721, 753, 774, 1186
ティーマイオス（ソフィストの）775
ティーマゴラース 1283
ディー・マーネース 1222
ティーマルコス（アテーナイの政治家）9, 190, 775, 1187
ティーマルコス（ケーピーソドトスの兄弟）558
ティーマルコス（バビュローンの太守）199, 775, 806
ティーマルコス（ミーレートスの僭主）198, 775
ティーマンドラー（カルメンタのギリシア名）451
ティーマンドラー（テュンダレオースの娘）818
ティーマンドラー（ラーイスの母）149, 985
ティーメーシテウス 586
ティムガード 775
ディムノス 873, 1101
ディモイテース 938
ティーモクレイダース 300
ティーモクレオーン 775
デイモス 191
ティーモテオス❶（ミーレートスの）156, 775
ティーモテオス❷（アテーナイの）140, 452, 578, 775
ティーモテオス❸（彫刻家）327, 776, 1204
ティーモテオス（クレアルコス❷の子）756
ティーモテオス（神官）1223
ティーモパネース 582, 776
ティーモレオーン 41, 52, 426, 463, 560, 582, 639, 721, 755, 774, 776, 928, 976, 1217, 1261
ティーモーン❶（人間嫌いの）148, 776
ティーモーン❷（プリーウースの）207, 776, 987
ディユマ 650
ディーラエ 287, 1056
ティーリウス・ルーフス 1270

ティーリダテース❶1世（アルメニアー王）163-164, 167-168, 763, 777, 891, 1031
ティーリダテース❷2世（アルメニアー王）162, 777
ティーリダテース❸3世（アルメニアー王）163, 541, 777, 868
ティーリダテース❶1世（パルティアー王）590, 752, 777
ティーリダテース❷2世（パルティアー王）777
ティーリダテース❸3世（パルティアー王）777
ティーリバゾス 86, 116, 578, 778
ティーリュンス（アルゴス❹の息子）778
ティーリュンス（市）160, 226, 258, 311, 669, 778, 1076, 1103, 1116, 1133, 1241, 1246
ディルケー 60, 112, 203, 225, 284, 778, 800
ティーレシアース 778
テイレシアース 82, 154, 258, 326, 346, 358, 376, 471, 516, 677, 778, 821, 868, 933, 1159, 1239, 1277, 1289
ティレニア海 322
ティーロー 462
ティーロー、マールクス・トゥッリウス 779
ティンギー（ティンゲー、ティンギス）195, 779
ティンゲー 195
ティンゲンテラ 1279
ディンデュメーネー 1101
ディンデュモン 1101
デウカリオーン（プロメーテウスの子）241, 255, 350, 361, 524, 735, 780, 803, 823, 905, 940, 989, 1031, 1085, 1103-1104, 1160, 1337
デウカリオーン（ミーノースの子）254, 1245
テウクリダイ 296
テウクロス❶（スカマンドロスの子）735, 780
テウクロス❷（テラモーンの子）2, 92, 296, 616-617, 780, 791, 819
テウタ 252, 591, 781, 808
テウタメース 955
テウディオーン 1147
テウトニー 781, 1128, 1174
テウトネース（族）47, 124, 487, 655, 667, 702, 781, 1128, 1226
テウトブルギウム（テウトブルグム）176, 178, 268, 398, 563, 567, 781, 1238
テウトラース（河）637
テウトラース（ミュシアー王）23, 781, 826
テウトラーニアー 782
テウメッサ 1308
テオクセニア 1367
テオクセネー 41, 1146
テオクセノス 1010
テオグニス 477, 782, 914, 1246, 1260
テオクリトス（解放奴隷）783
テオクリトス（カッリマコスの愛人）783
テオクリトス（詩人）65, 213, 287, 327, 409, 450, 574, 638, 712, 728, 782, 960, 1000, 1288, 1388
テオース（都市）94, 101, 239, 367, 406, 739, 783, 1142
テオース（島）85, 106, 1093

テオダトゥス 95
テオデクタース 930
テオデクテース 136, 172, 783
テオデミール 785
テオドシウス❶1世 124, 144, 178, 183, 229, 251, 267, 272, 298, 365, 400, 511, 519, 541, 550, 600, 635, 643, 650, 667, 783, 788, 797, 803, 822, 848, 903, 1124, 1175, 1211, 1233, 1334, 1357
テオドシウス❷2世 145, 301-302, 366, 400, 600, 710-711, 784, 883, 1065, 1174, 1228, 1292, 1305, 1330
テオドシウス（❶の父）783
テオドトス 1342
テオドーラ（コーンスタンティウス1世の妻）303, 595-597, 737, 952
テオドーラ（ユースティーニアーヌス1世の皇后）784
テオドーラー 784
テオドリークス❶大王 358, 397, 511, 577, 696, 761, 785, 931, 1042, 1163, 1268, 1296, 1309
テオドリークス❷1世 29, 393, 785, 906
テオドリークス❸2世 18, 785, 1204
テオドールス 270
テオドーレートス 398, 787
テオドーロス❶（芸術家）330, 615, 787, 1373, 1376
テオドーロス❷（数学者）742, 787
テオドーロス❸（無神論者）131, 787, 960, 1096
テオドーロス❹（修辞学者）110, 393, 788
テオドーロス❺（神学者）788, 883, 1334
テオドーロス（医師）788
テオドーロス（イソクラテースの父）248, 403
テオドーロス（牧人）632
テオドーロス（マールクス・アントーニウス❹の密告者）217
テオドーロス（ロイコスの子）1376
テオパネー 962
テオパネース 942
テオピロス（アレクサンドレイア❶の）183, 237, 302, 637, 788, 918, 1256
テオピロス（アンティオケイア❶の）788
テオピロス（中期喜劇詩人）788
テオプラストス❶（哲学者）106, 133, 135, 154, 221, 300, 493, 673, 760, 770, 788, 801, 810, 815, 836, 873, 1061, 1272, 1274-1275, 1340, 1368
テオプラストス❷（テュランニオーンの本名）789, 815
テオポンポス❶（スパルター王）147, 332, 789, 1185
テオポンポス❷（歴史家）94, 172, 331, 459, 789, 832, 1101
テオポンポス❸（喜劇詩人）789, 1337
テオポンポス（アルテミドーロス❸の父）173
テオメドーン 302
テオーン（アレクサンドレイア❶の学者）98
テオーン（ヒュパティアーの父）989
デカイネオス 996
デカポリス 393, 560, 613, 790, 998
デキウス（帝）268-269, 319, 368, 411, 449, 502, 541, 570, 577, 648, 790, 797, 903

和文索引

デキウス（ピリップス帝の部将）　1000
デキウス・ムース、プーブリウス❶（ローマの将軍）　790
デキウス・ムース、プーブリウス❷（❶の子）　790
デキウス・ムース、プーブリウス❸（❷の子）　791
デキディウス・サクサ　1319
デキムス（ティトゥス・マ（ー）ンリウス・トルクァートゥス❸の子）　853
デキムス（マールクス・ブルートゥスの父）　511
デキムス・クローディウス・アルビーヌス　923
デキムス・シーラーヌス　647
デキムス・ブルートゥス（マールクス・ブルートゥスの兄弟）　511
デキムス・ブルートゥス❶（ガッラエクス）　73
デキムス・ブルートゥス❷（❶の子）　383, 707
デキムス・ユーニウス・シーラーヌス　701
テギュライ　1155
テギュリオス　309
デクサメノス　1117
デクシッポス　303, 791
テクトサゲス　194
デクマ　936
デクマーテース・アグリー　124, 791
テクメーッサ　791
テクラ（パウロスの女弟子）　703
デクリオー　517, 791
デクリオーネース　791
テゲアー　23, 45, 92, 130, 144, 181, 193, 371, 374, 407, 437, 486, 540, 549, 551, 558–559, 661, 671, 791, 825, 898, 927, 985, 1114, 1238, 1261, 1363–1364
テゲアーテース　791
デケバルス　163, 722, 792, 842
デケバロス　792
デケムウィリー❶（法典編纂十人委員）　792
デケムウィリー❷（国有地分配十人委員）　792
デケムウィリー❸（陪審法廷十人委員）　792
デケムウィリー❹（祭事執行十人委員）　792
デケレイア　45, 99, 148, 792, 1157, 1309
デケロス　40, 792
デケンティウス　1214
テスティオス　166, 817, 1368
テストール　255, 440
テスピアイ　64, 343, 472, 513, 793, 824, 1047, 1063, 1160, 1364
テスピアデス　793
テスピオス　241, 782, 793, 1117
テスピス　441, 572, 793, 1063, 1116
テスプロートイ族　329
テスプロートス　90
デスポイナ　180, 731, 804
テスモポリア　793, 804, 850
テーセイオン　1111, 1182
テーセウス　8, 14, 42, 76, 83, 98, 100, 116, 125, 176, 203, 226, 346, 521, 524, 539, 550, 577, 593, 631, 645, 660–661, 716, 719, 746, 751, 754, 757, 765, 792, 794, 812, 819, 821, 831, 859, 866, 896, 914, 917–918, 947, 949–950, 975, 981, 985, 994, 1005, 1067, 1071, 1078, 1091, 1114,

1148, 1196, 1240, 1245, 1267, 1282, 1341
テッサリアー　3–4, 35, 61, 181, 232, 366, 480, 516, 520, 537, 559, 565, 570–571, 583, 609, 621, 634, 649, 660, 662, 696, 729, 765, 780, 795, 800, 811, 816, 824, 830, 842, 849, 851, 861, 870, 897, 914, 936, 972–973, 1002, 1006, 1008, 1010–1011, 1027, 1030–1031, 1048, 1076, 1082, 1091, 1102–1104, 1108, 1112, 1118, 1120–1121, 1124, 1143, 1155, 1165, 1185, 1208, 1213, 1215, 1243–1244, 1246, 1248, 1250, 1281, 1289, 1320, 1368
テッサリオーティス　796
テッサロス（ヒッパルコスの末弟）　945
テッサロス（ヘーラクレースの子）　181
テッサロニーカ　796
テッサロニーケー（カッサンドロスの妻）　186, 209, 394, 796, 1002
テッサロニーケー（都市）　227, 316, 394, 784, 796, 824, 1003, 1102, 1149, 1305
テッタリアー　795
デッポイ　860
テッラ　374
テッラ・インコ（ー）グニタ　797, 1335
テッラ・シギッラータ　797
テッルース　374, 569, 797
テッルーモー　797
デッロイ（湖）　934
テティス　46, 254, 335, 353, 552, 660, 670, 797–798, 803, 888, 934, 1057, 1085, 1094, 1124, 1166, 1278, 1290
テーテュース　9, 60, 62, 70, 152, 295, 353, 374, 523–524, 622, 670, 720, 758, 766, 798, 981, 1112, 1132, 1257, 1268
デートリオス1世　617
テトリクス　26, 798, 1167
テトリクス2世　798
テーナー　190, 1260
テネース　469, 798
テネドス（島）　4, 184, 459, 469, 632, 798, 930, 1006, 1311, 1373
テーノス島　429, 799
テーバイ（テーベー）❶（ギリシアの）　3, 57, 59, 153, 185, 190, 211, 224, 226, 323, 346, 394, 417, 464, 513, 516, 520–521, 525, 532, 539–540, 549–550, 557–559, 579, 582, 593, 631, 633, 645, 649–650, 670, 676–678, 691, 699, 742, 747, 757–758, 765, 778–779, 782, 793, 795, 799–801, 804, 807, 811, 813–814, 820, 829, 844, 869, 873, 877, 886, 897, 913, 932–933, 939, 945, 951, 955, 974, 990, 1001, 1008, 1010, 1048, 1057, 1063, 1071, 1077, 1085, 1092, 1116, 1155, 1160, 1182, 1185, 1208, 1215, 1238–1239, 1246, 1260, 1266, 1289
テーバイ（テーベー）❷（エジプトの）　100, 230, 318, 366, 483, 592, 800, 830, 838, 903, 908, 1034–1035, 1037, 1040, 1124, 1187, 1206, 1278, 1286
テーバイ攻めの七将　87, 156, 326, 421, 582, 670, 779, 799, 801, 938, 974, 1161, 1185, 1277
テーバイ伝説　800
『テーバイ物語』（テーバイス）　211, 645, 664, 799, 801, 810

1342, 1368
テーベー（ゼートスの妻）　225, 691, 800
デーマーデース　801
デーマラートス（ギリシア貴族）　802
デーマラートス（スパルター王）　141, 483, 538, 584, 734, 802
デーマレテー　829
デーミウールゴイ　802
デーミウールゴス　774, 802, 810
テミス　114, 295–296, 451, 688–689, 764, 766, 780, 797, 802, 822, 859, 989, 1085, 1099, 1162, 1179, 1287
テミスティオス　144, 803
テミストー　72, 452, 1177
テミストクレース　83, 132, 168, 313, 355, 467, 495, 616, 634, 775, 803, 947, 1090, 1281, 1309
テミストゲネス　494
テミソーン（アンティオコス❷の愛人）　198, 200
テミソーン（キュプロスの）　199
テミソーン（ラーオディケイアの）　65
テームノス　4
テメセー　301
デーメーテール　11, 63–64, 180, 231, 233, 246, 367, 374, 475, 532, 550, 569, 588, 591, 626, 684, 688, 755, 766, 793, 797, 804–805, 812, 824, 850, 861, 919–920, 950–951, 961, 999, 1005, 1062, 1071, 1094, 1099, 1120, 1135, 1160, 1170, 1178–1179, 1247, 1255, 1260, 1359
デーメートリア（祭）　805
デーメートリアス（町）　242
デーメートリアス（プロバの孫娘）　1083
デーメートリオス❶1世（アンティゴノス朝）　147, 186–187, 205–206, 209, 247, 312, 394, 514, 563, 615, 668, 673, 703, 745, 770, 800, 805, 807, 809–810, 881, 958, 985, 997, 1033, 1073, 1083, 1146, 1187, 1341, 1343, 1381
デーメートリオス❷2世（アンティゴノス朝）　187, 205, 366, 673, 805, 1002, 1073
デーメートリオス❶1世（セレウコス朝）　189, 199–200, 220, 259, 704, 775, 805, 1323
デーメートリオス❷2世（セレウコス朝）　161, 188–189, 200, 534–535, 704, 752, 806
デーメートリオス❸3世（セレウコス朝）　161, 187, 201, 806, 1002
デーメートリオス❶1世（バクトリアー王）　211, 297, 300, 806–807
デーメートリオス❷2世（バクトリアー王）　807, 1275
デーメートリオス（アレクサンドレイア主教）　363
デーメートリオス（医者）　808
デーメートリオス（キュニコス派の）　807, 811, 846, 1011, 1146
デーメートリオス（キューレーネーの）　205, 807
デーメートリオス（古喜劇詩人）　808
デーメートリオス（彫刻家）　808
デーメートリオス（パレーロンの）　11, 129, 298, 394, 493, 788–789, 807, 947, 1009, 1256, 1275
デーメートリオス（パレーロンのデーメート

リオスの孫) 129
デーメートリオス (パロスの) 808
デーメートリオス (ピリッポス❺の子) 1002, 1133
デーメートリオス (文献学者) 808
デーメートリオス (文法学者) 808
デーメートリオス (ラコーニアーの) 808
テーメノス 156-157, 327, 432, 542, 808, 1090, 1115
デーモカレース 809-811
デーモクリトス 39, 92, 101, 325, 334, 533, 744, 809, 960, 971, 986, 1080, 1115-1116, 1125, 1273, 1286, 1352, 1361
デーモクレース❶ (アテーナイの若者) 810
デーモクレース❷ (弁論家) 810
デーモケーデース 549, 810
デーモゴルゴーン 810
デーモステネース❶ (アテーナイの将軍) 228, 477, 675, 747, 810, 871
デーモステネース❷ (雄弁家) 9, 76-77, 83, 110, 185, 221, 246, 248, 305, 429, 461-462, 466, 520, 531, 561, 756, 770, 775, 801, 809-810, 941, 993, 1001, 1003, 1006, 1067, 1077, 1096, 1100, 1165, 1307, 1324, 1360
デーモステネース (❷の父) 810
デーモディケー 543
デーモドコス 358
デーモーナクス 811, 915, 1153
デーモピロス 331
デーモポーン❶ (テーセウスの子) 14, 42, 716, 795, 812, 896, 918, 985, 1114
デーモポーン❷ (ケレオス❶の子) 569, 804, 812, 850, 1263
デーモポーン❸ (エライウース王) 812
デーモレオーン (ケンタウロスの) 516
テュアナ 112, 188, 399, 723, 807, 812, 937, 957
テュイアス 913
テュイアデス 913
テュエステース 6, 34, 43, 89-90, 145, 267, 348, 521, 741, 812, 973, 1073, 1155
テュオーネー 699
テュケー 42, 197, 353, 813, 1025, 1071
テュコーン 1056
テュスドルス 813, 923
デュスノミアー 81
デューッラキウム 813
デューッラキオン 95, 252, 316, 361, 383, 813
テュッレーニア 813
テュッレーニアー 68, 159, 321-322, 339, 457, 813, 1317-1318
テュッレーノイ 321
テュッレーノス (テュルセーノス) 322, 735, 813, 836
テューデウス 88, 224, 248, 326, 347, 758, 799, 814
デュナミス 62
テュニス 443, 445
テュポーエウス 814, 821
テューポース 814
テューポーン (河) 373
テューポーン (プトレマイオス❹の異称) 1034
テューポーン (ホーロスの叔父) 1194
テューポーン (竜) 7, 14, 315, 318, 354,
368, 373-374, 466, 550, 566, 581, 659, 678, 703, 736, 814-815, 821, 885, 976, 988, 1040, 1117, 1140, 1287, 1319
デュマース 63, 985, 1095
デュマーネス 985
デュムノス (将校) 1007
テューモイテース 577, 812
テュランニオー 1258
テュランニオーン (小) 815
テュランニオーン (大) 118, 756, 815
テュランノス (僭主) 816
テュルソス 913
テュルタイオス 677, 782, 816
テュルノス 836
テューロー 11, 543, 621, 628, 816, 888, 1112, 1121
テュロス 59, 64, 102, 185, 294, 464, 525, 630, 674, 753, 768, 806, 817, 837, 851, 922, 964, 983, 991, 1023, 1040, 1191, 1211, 1283, 1372
テュンダリダイ 750, 818
テュンダレオース 66, 89, 244, 522, 750, 817, 886, 1109, 1148, 1276, 1361, 1368
テラ 818
テーラー (島) 89, 111, 306, 447, 469, 478, 680, 818, 848, 915, 1243
テーラシア (パウリーヌスの妻) 902
テーラース (ティーサメノス❷の孫) 818
テラプナイ (テラプネー) 314, 818, 1148, 1277
テラメネース 84, 210, 520, 623, 818, 1088
テラモーン 1-2, 159, 499, 616-617, 780, 791, 819, 1118, 1143, 1166, 1282, 1314
デーリア (アルテミスの異称) 173
デーリア (祭) 114, 819, 828
デーリア (娼婦) 771
テーリアカ 453
デーリオン 148, 403, 708, 793, 799, 810, 819
テーリダテース 69, 169
テーリッロス 94, 829, 980
テーリトゥークメース 766
テーリュス 637, 819
テルキーニス 1380
テルキーネス 234, 425, 723, 820, 1196, 1380
テルゲステ 49, 248
デルケトー 640, 698
テルサンドロス 320, 326, 336, 765, 771, 820, 826
テルシッポス 1090
テルシーテース 572, 820
テルース 820
デルダース 119, 134
テルトゥッラ 509
テルトゥッリアーヌス 444, 474, 820, 1230, 1291
テルパンドロス 549, 662, 677, 821, 1177, 1368
デルピーニア (祭) 821
デルピーニオン 406
デルピュネー❶ (蛇の怪物) 114, 418, 821
デルピュネー❷ (竜女) 821, 989
テルプーサ 296, 451, 779, 821
テルプシコラー 1255
テルプシコレー 822, 993, 1255
デルポイ 9, 61, 97, 114, 242, 374, 391, 500, 513, 518, 530, 537-538, 546, 550, 557, 560, 565, 577, 581, 583, 600, 605, 632-633, 638, 649-650, 664, 708, 716, 729, 740, 757, 768, 779, 787, 795, 800, 803, 816, 821-823, 826, 830, 861, 866, 882, 898-899, 915-916, 929, 933, 940, 952, 971, 977, 983, 985, 987, 989, 999, 1001, 1008, 1010, 1016, 1048, 1055, 1063, 1067, 1070, 1073-1074, 1076, 1085, 1090, 1099, 1114-1115, 1140, 1159, 1161, 1165, 1182, 1185, 1193, 1239, 1250-1251, 1289, 1346
デルポス 391, 560, 581, 822-823
テルマイ (・ヒーメライアイ) 41, 980
テルマイオス湾 441
テルマエ 18, 47-48, 291, 622, 648, 660, 688, 723, 725, 772, 779, 823, 839, 1384
デルマティクス 1270
テルマンティア 668, 1175
テルミッソス 452
テルミヌス 823, 1292
テルメー 796, 824, 988, 1273
テルモードーン河 117
テルモピュライ 135, 172, 199, 324, 415, 476-447, 495, 515, 540, 584, 634, 656, 793, 824, 842, 870, 929, 1054, 1073, 1076, 1363
テーレウス 191, 253, 824, 951
テレオーン 1031
テーレクレース 1376
テーレクロス 118, 825
テーレゴノス 251, 358, 483, 645, 825-826, 833, 1045, 1223
テレシクレース 151
テレシッポス 1125
テレシッラ 582, 825
テーレース 629, 843
テレステーリオン 1247
テレスポロス 1343
テーレトゥーサ 258
テーレパッサ 417
テーレピュロス 1307
テーレポス (アルキアースの愛人) 146
テーレポス (ケオースの) 473
テーレポス (ヘーラクレースの子) 23, 182, 782, 791, 814, 820, 825, 864, 878, 938-939, 985, 1208, 1247, 1312
テーレマコス (オデュッセウスの息子) 208, 307, 357, 483, 826, 864, 884, 931, 1089, 1109, 1285
テーレマコス (修道士) 787
テレンス 826
テレンティア❶ (キケローの妻) 462-463, 548, 608, 815, 826, 833, 846
テレンティア❷ (マエケーナースの妻) 827, 1207, 1258, 1327
テレンティアーヌス・マウルス 706
テレンティウス 57, 102, 110, 381, 656, 770, 827, 838, 901, 1017, 1084, 1275, 1311
テレンティウス・ウァッロー, C. 456
テレンティウス・ウァッロー, M. 668, 737, 1359
テレンティウス氏 826
テレンティウス・ルーカーヌス 827
テーロス 339
デーロス (島) 68, 95, 114, 240, 368, 469,

500, 632, 680, 709, 713, 726, 819, 828, 866, 881, 992, 1059, 1124, 1369
デーロス同盟　16, 83, 100-101, 132, 221, 506, 525, 538-539, 546, 552, 565, 574, 615-616, 724, 783, 799, 828, 861, 866, 912, 933, 947, 1124, 1126, 1157, 1248, 1284-1285, 1368, 1380
テーローン　52, 94, 483, 569, 634, 829, 843, 898, 928, 932, 959, 972, 980, 1010, 1114, 1184, 1245
テンクテーリー族とウーシ（ー）ペテース族　654, 829, 1380
デンタートゥス、マーニウス・クリウス　829
デンタートゥス、ルーキウス・シッキウス（またはシキニウス）　830
テンテュラ　830
デンテル家　381
テンペー　114, 356, 516, 795, 830, 987, 1108, 1213
トアース❶（カリュドーンの王）　219, 225, 830
トアース❷（レームノス島の王）　831, 989
トアース❸（タウリケーの王）　371, 831
トアース（イーカリオスの子）　831
トアース（シーシュポスの孫）　831
トゥイスコー　567
ドゥイーリウス、ガーイウス　252, 590, 831
トゥーキューディデース❶（アテーナイの政治家）　832, 1124
トゥーキューディデース❷（歴史家）　2, 83, 202, 210, 467, 494, 512, 539, 583, 608, 623, 627, 759, 789, 791, 811, 832, 1080, 1101, 1142, 1154, 1186
ドゥーサレース　867
トゥースカーナ　321
トゥースクス街　1385
トゥ（ー）スクルム　415, 590, 734, 825, 833, 847, 1064, 1223, 1317-1318
トゥスネルダ　178
トゥッガ　485
トゥッキア　833
トゥッキウス　833
トゥッリア❶（セルウィウス・トゥッリウスの娘）　80, 734, 833-834
トゥッリア❷（キケローの娘）　68, 462, 516, 827, 833, 846, 968
トゥッリアーヌム牢獄　1385
トゥッリウス、セルウィウス　833
トゥッリウス（氏）　175, 461, 833
トゥッルス・ホスティーリウス　175, 194, 490, 517, 576, 702, 834, 1132, 1180, 1229, 1303, 1386
トゥディターヌス❶, P. センプローニウス　834
トゥディターヌス❷, C. センプローニウス　707, 834
トゥディターヌス（❷の子）　707
トゥートメース3世　241
トゥートモーシス　1167
トゥニカ　465, 511
トゥニカーティー　511
トゥーネース　484, 1367
トゥーベロー（家）　33, 834
ドゥムノリクスとディーウィアークス　835, 1127
同盟市戦争　28, 64, 102, 221, 284, 384, 510, 592, 629, 667, 682, 702, 835, 856, 893, 905, 1013, 1045, 1086, 1162, 1270, 1272, 1347, 1382
ドゥーラ・エウローポス　269, 304, 835
トゥーリイー　677, 836, 1347
トゥーリウス（河）　566, 879
トゥーリオイ　148, 190, 300, 512, 637, 757, 832, 836, 973, 1018, 1067, 1071, 1080, 1125, 1154, 1192, 1342, 1372
トゥーリキオン　557
ドゥーリス❶（サモスの）　836
ドゥーリス❷（アッティケーの）　836
トゥルヌス　15, 63, 80, 117, 171, 297, 354, 720, 726, 759, 836, 875, 917, 1234, 1262, 1297, 1308, 1318, 1356
ドゥルノウァーリア　411, 837
トゥルボー　837
トゥーレー　837, 987
ドゥロウェルヌム　411, 837
ドゥーロコルトルム　401, 404, 549, 892, 1373
トゥロニー族　386
トオーサ　1186
トオーン　1287
トガ　322, 348, 488, 556, 692, 837, 848, 1017, 1332
トカラ（族）　604, 907, 1275
トカロイ　161
トーキアー　644
トゴドゥームヌス　430
ドーシテオス　38
ドーソーン　122
トート　1141-1142
ドードーナー　97, 157, 329, 374, 408, 650, 689, 758, 838, 986, 1102, 1120
ドードーネー　838
ドナートゥス　20, 103, 444, 550, 595, 598, 838, 1059, 1174-1175
ドナートゥス、アエリウス　838
トーマース　264, 321, 636
トミー　839
トミス（トモイ）　349, 839
ドミティア　108, 839-840, 895, 915, 934
ドミティア・デキディアーナ　53
ドミティア・パウリーナ　920
ドミティア・レピダ　108, 214, 647, 840, 890
ドミティア・ロンギーナ　19, 589, 769, 839-841
ドミティアーヌス（帝）　53, 231, 246, 264, 422, 508, 516, 526, 544-545, 564, 568, 570, 589, 591, 610, 612, 636, 641, 651, 664, 681, 694, 722, 760, 769, 791-792, 830, 839-841, 873, 887, 919-920, 931, 934, 938, 951, 1086-1087, 1236, 1287, 1293, 1301, 1383
ドミティアーヌス（フラーウィウス・クレーメーンスの子）　545
ドミティウス　51
ドミティウス・アーフェル　404, 490
ドミティウス・アヘーノバルブス❶, グナエウス　80, 107, 143
ドミティウス・アヘーノバルブス❷, グナエウス（❶の子）　107, 510
ドミティウス・アヘーノバルブス❸, ルーキウス　107, 505, 589, 1376
ドミティウス・アヘーノバルブス❹, グナエウス（❸の子）　108, 439
ドミティウス・アヘーノバルブス❺, グナエウス（❹の孫）　56, 108, 214, 1214
ドミティウス・アヘーノバルブス❻, グナエウス（❷の子）　108, 589
ドミティウス・アヘーノバルブス❼, ルーキウス（❹の子）　214
ドミティウス・アヘーノバルブス❽, ルーキウス（のちのネロー帝）　109
ドミティウス・アレクサンデル　1212
ドミティウス・マルスス　176
ドミティウス氏　109, 841, 891
ドミティッラ、フラーウィア　840-841
トミュリス　230, 478, 1219
トモイ　101, 1252
トモーロス　373, 619, 841, 998, 1241
トライヤーヌス、マールクス・ウルピウス（帝）　32, 57, 110, 164, 231, 251, 264, 319, 501, 508, 511, 516, 544, 568, 571, 585, 611, 630, 651, 690, 703, 714, 722, 731, 760, 790, 792, 823, 837, 841, 846, 867, 873, 887, 920, 923, 926, 931, 942, 954, 964, 977, 982, 998, 1026-1027, 1061, 1064, 1066, 1081, 1086, 1109, 1167, 1193, 1196, 1220, 1228, 1230-1231, 1262, 1284, 1293, 1383-1385
トライヤーヌス街道　420, 1109
トライヤーノポリス　842
ドラウスス　854
トラーキア　253, 502, 511, 564, 576, 598, 677, 696, 738, 790, 847, 904, 911, 921-922, 966, 1077, 1210, 1228
トラーキアー　316, 359, 364, 565, 577, 611, 629, 662, 670-671, 689, 721, 730, 743, 757-758, 812, 824, 839, 858-859, 862, 866, 870, 896, 925, 943, 951, 958, 962, 977, 983, 1062, 1082, 1093-1096, 1102, 1105, 1118, 1120, 1125-1126, 1130, 1136, 1157, 1159, 1168, 1185, 1188, 1192, 1203, 1215, 1237, 1246, 1248, 1251, 1255, 1287
トラーキース（トラーキーン）　559, 746, 842
トラーケー　11, 16, 40, 65, 68, 98, 101, 111, 116, 185, 190, 227, 251, 294, 309, 369, 508, 514, 528, 537, 539, 554, 564-565, 576, 609, 611, 616, 630, 684, 690, 699, 711, 724, 738, 745, 748, 756, 759, 775, 783, 809, 812, 831-832, 842, 865, 896-897, 911, 913, 942, 950, 963, 969, 972, 976, 984-985, 988-989, 996, 999, 1001, 1031, 1034, 1047, 1076, 1080, 1085, 1089, 1093-1094, 1096, 1120, 1125, 1130, 1136, 1159, 1188, 1192, 1210, 1215, 1237, 1246, 1248, 1251, 1255, 1287, 1343
トラーケース　511, 843
トラゲラポス　970
ドラコーン（アテーナイの立法家）　77, 83, 304, 717, 843
ドラコーン（河）　372
ドラコーン（文法学者）　843
トラシメーヌス（湖）　587, 843, 953, 1016, 1053, 1130
トラシュダイオス（アクラガースの）　52, 829, 843
トラシュダイオス（エーリスの）　844

トラシュダイオス（キュプロスの） 296, 844
トラシュッロス❶（アテーナイの） 844
トラシュッロス❷（占星術師） 844, 895, 941, 1214, 1222
トラシュブーロス❶ 844
トラシュブーロス❷（シュラークーサイの） 569, 639, 845, 959
トラシュブーロス❸（ミーレートスの） 845, 1121, 1252
トラシュブーロス（アルキビアデースの告発者） 845
トラシュブーロス（テーローンの甥） 829
トラシュマコス 845
トラシュメーデース 327
トラセア・パエトゥス 79, 714, 807, 845, 891, 912, 1127, 1131, 1353
トラセア・プリ（ー）スクス 846
トラッペース 694
トラッリース 846
トラッレイス 112, 215, 385, 514, 846, 988
トラッレウス 846
トラッレース 846
トラペズース 251, 494, 561, 632, 846, 1196
ドラーベッラ（家） 589
ドラーベッラ, Cn. コルネーリウス 382
ドラーベッラ、プーブリウス・コルネーリウス 214, 380, 396, 488, 505, 681, 684, 694, 846, 857, 1314
ドランギアネー 715, 806
トリウムウィリー 624, 847
トリウムウィル 847
トリウンプス（凱旋式） 348, 701, 847, 1005
ドーリエウス❶（スパルターの） 93, 848, 1114
ドーリエウス❷（ロドスの） 744, 848
トリエーレース 623
トリオパース 496, 1265
トリオピオン岬 497
トリオプス 258, 337
ドーリカ 1381
ドーリス（オーケアノスの娘） 353, 887–889
ドーリス（人） 3, 7, 35, 240, 543, 577, 582, 676, 848–849, 861, 864, 1316, 1380
ドーリス（地方） 7, 52, 57, 77, 83, 331, 339, 365, 497, 553, 563, 574, 580, 582, 586, 591, 625, 638, 669, 716, 727, 751, 765, 782, 795, 822, 848–849, 859, 896, 904, 912, 914, 932–933, 939–940, 980, 983, 985, 990, 996, 1011, 1050, 1083, 1111, 1129, 1157, 1159, 1215, 1246, 1315
ドーリス（ディオニューシオス❷の母） 755
トリスムーンドゥス 787
トリートゲネイア 82, 917
トリートーニス（湖） 82, 849, 917
トリートーン（海神） 226, 305, 560, 659, 727, 849, 865, 884, 889, 917–918, 1170, 1240
トリートーン（湖） 499
トリーナキエー 358, 626, 849, 1123
トリーナクリア 849, 1123
トリーナクリアー 625–626
トリノウァンテース族 428
トリパラデイソス 745
トリピオドーロス 573
トリピューリアー 335
トリプス 849–850
トリプトレモス 144, 309, 340, 374, 403, 569, 735, 793, 804, 812, 850, 919–920
トリブーヌス 850
トリボキー（トリボケース）、ネメーテース、ウァンギオネース 851, 886
トリボーニアーヌス 1295
トリポリス❶（アーフリカの） 612, 851
トリポリス❷（フェニキアの） 122, 851
トリポリターナ 851
トリポリターニア 1372
トリマルキオー 1107
トリメルス 759, 1300
ドリュアス 878, 928, 1235
ドリュアース 1338
ドリュアスたち（ドリュアデス） 851, 878, 928, 1235
ドリュイダイ 852
ドリュオー 1154
ドリュオプス 852
ドリュオペ❶（ドリュオペス族の王女） 219, 225, 851, 928
ドリュオペ❷（ニュンペー） 852, 863
ドリュオペス 851, 993
ドリュペティス 664
ドリュポルス 852, 891
ドリュポロス 852
トリュポーン 617
トリレーミス 623
ドルイダエ 852
ドルイデース 109, 446, 566, 852, 902, 1059, 1288
トルクァートゥス（家） 1239
トルクァートゥス、アウルス・マ（ー）ンリウス 852
トルクァートゥス、ティトゥス・マ（ー）ンリウス❶（❶の子） 853
トルクァートゥス、ティトゥス・マ（ー）ンリウス❶（将軍） 853
トルクァートゥス、ティトゥス・マ（ー）ンリウス❷（❶の曾孫） 853
トルクァートゥス、ティトゥス・マ（ー）ンリウス❸（❷の孫） 852–853
トルクァートゥス、ルーキウス・マ（ー）ンリウス❶（政治家） 853
トルクァートゥス、ルーキウス・マ（ー）ンリウス❷（❶の子） 853
ドルーシッラ❶、ユーリア（ゲルマーニクスの娘） 214, 397, 434, 854, 1372
ドルーシッラ❷（ユダヤの王女） 854, 1024, 1147
ドルーシッラ❸、リーウィア 854
ドルーシッラ❹、ユーリア（カリグラ帝の娘） 387, 389, 435, 854
ドルーシッラ（ユバ2世の娘） 536, 1024
ドルースス（家） 853–854, 1328
ドルースス、ネロー・クラウディウス（大ドルースス） 176, 214, 279, 378, 398, 855
ドルースス、マールクス・リーウィウス❶（政治家） 856, 1327
ドルースス、マールクス・リーウィウス❷（❶の子） 856, 1327
ドルースス・カエサル❶、ユーリウス（小ドルースス） 278, 683, 854
ドルースス・カエサル❷、ユーリウス（ゲルマーニクスの子） 32, 55, 397, 568, 855
ドルースス・カエサル❸、クラウディウス 293, 683, 855
ドルーソス 854
トルムヌス（ラールス・トルムニウス） 680, 856, 1325
トレーウェリー（トレーウィリー） 19, 856, 888, 1345, 1373
ドレパナ 857
ドレパヌム 413, 857
ドレパネー 857
ドレパノン❶（シケリアーの） 15, 86, 193, 504, 857
ドレパノン❷（ビーテューニアーの） 857
ドレパノン❸（岬） 292, 857
トレビア（川） 32, 658, 857, 953, 1047, 1346
トレビア（町） 857, 1217
トレベッリウス・ポッリオー 963
トレボーニアーヌス・ガッルス 1130
トレボーニウス、ガーイウス 847, 857
トレーポレモス 620, 858, 1148, 1345, 1380
トレミー 858
トローアス 2, 4, 74, 106, 184, 261, 436, 570, 618, 626, 654, 667, 710, 735, 780, 798, 831, 858, 1153, 1247, 1285
トロイ 858
トロ（ー）イア 858
トロイアー 2, 15, 35, 42, 44, 67, 105, 114, 191, 193, 222, 260–261, 287, 317, 423, 502, 515, 522–524, 533, 572, 600, 616, 620, 622, 632, 644, 654, 669–670, 673, 688, 723, 727, 735, 740, 743, 758, 765, 768–769, 774, 780, 797–798, 800, 818–820, 826, 830, 857–862, 864, 875, 878, 882, 884, 889, 896, 912, 918, 923, 927, 931, 934, 952, 982, 1006, 1056, 1059, 1062, 1082, 1095, 1098, 1102–1103, 1108–1109, 1139, 1144, 1149, 1159, 1161, 1170, 1177, 1182, 1188, 1207–1208, 1216, 1244, 1246, 1286, 1314
トロイアー戦争 1–2, 15, 43, 46, 89, 105, 114, 152, 191, 212, 254, 261, 293, 357, 440, 499, 522, 557, 570, 572–573, 583, 615–616, 620, 632–633, 644, 654, 660, 670–671, 703, 716, 729, 737, 740, 753, 758, 761, 770, 774, 779–780, 791, 795, 797–798, 803, 812–814, 819–820, 826, 830, 849, 858–860, 862, 878, 884, 918, 927, 931, 934, 948, 950–952, 955, 962, 984–985, 990, 1006, 1010, 1031, 1056, 1062, 1079, 1082, 1111, 1129, 1148, 1157, 1170, 1177, 1181, 1188, 1208, 1250, 1276, 1285, 1368
トロイエ 626
トロイエー 357
トロイゼーン 8, 14, 160, 429, 565, 637, 645, 776, 794, 811, 859, 896, 933, 973, 975
トロイラス 522
トローイロス 46, 522, 860, 1095, 1181
トローグス、ポンペイウス 860
トローグロデュタイ（族） 12, 38, 85, 432, 860
トローグロデュテース 860
トローサ 272, 388, 404, 577, 597, 642, 737, 785, 860, 952, 1062
トロース 193, 262, 334, 408, 419, 735, 858, 861
ドーロス（ヘッレーンの子） 15, 492, 848–849, 861, 1104
ドーロテア 642
トローネー（都市） 861

和文索引

トローネー（プローテウスの妻）　861
ドロペス（族）　516, 660
トロポーニオス　43, 339, 650, 822, 861, 1161, 1369-1370
ドローン　759, 862, 1368
トーン　453
ドンヌス　575

● ナ行

ナーイアス　60, 116, 533, 728, 863, 878, 951, 1182
ナーイアデス　192, 312, 648, 863, 878
ナーイオス　838
ナイスス　503, 596, 598
ナイソポリス　863
ナイッスス（ナイスス）　863
ナイッソス　863
ナウィウス、アットゥス（アッティウス、アッキウス）　863
ナウクラティス　7, 84, 115, 208, 210, 319, 537, 615, 863, 912, 994, 1033, 1184, 1252, 1381
ナウシカア　864
ナウシカアー　148, 358, 864, 895
ナウシトオス　895
ナウシパネース　987
ナウテース　152
ナウパクトス　134, 204, 367, 864, 896, 1266
ナウプリアー　160, 778, 864
ナウプリオス❶（ポセイドーンの子）　864
ナウプリオス❷（❶の5代目の子孫）　6, 254, 523, 864, 931, 1109
ナウマキア　48, 226, 502, 865, 1386
ナウマキアー　865
ナウロクス　54, 865, 1249, 1279
ナウロクスの海戦　21
ナウロコイ　865
ナウロコス　865
ナエウィウス　292, 865, 1017, 1098, 1166
ナーガセーナ　1275
ナグシェ・ロスタム　738
ナクソス❶（エーゲ海の島）　125, 151, 500, 546, 627, 646, 699, 757, 795, 828-829, 866, 1031
ナクソス（ナクソス島の名祖）　866
ナクソス❷（シケリアー島の植民市）　392, 721, 866, 959, 1365
ナサモーネス　220, 866, 1029
ナサモーン　866
ナザレト　518
ナジアンゾス　541, 910, 958
ナジアンゾスのグレーゴリオス❶　541, 607
ナタナエール　636
ナナ　77
ナパイアー　867, 878
ナパイアイ　867, 878
ナパタ　12, 456
ナバタイアー　123, 192, 730, 867, 1105, 1167
ナバタイオイ　123, 187, 254, 867, 995, 1105, 1153, 1167
ナバタエア　842, 867
ナビス　58, 313, 867, 1008, 1053, 1092, 1316, 1339
ナボナッサル　1151
ナボナディオス　876

ナボニードス　478
ナボポーラサロス　883
ナボポラッサル　468, 1266
ナーリュクス　1378
ナール川　263, 773, 869
ナルキッソス（解放奴隷）　276, 282, 407, 631, 647, 868, 917, 1027, 1265
ナルキッソス（闘技士）　1227
ナルキッソス　318, 558, 868, 949
ナルセース（ペルシア王）　267, 454, 777, 868, 1192, 1295
ナルセース（宦官）　868
ナルニア　294, 869, 887, 1053
ナ（ー）ルボー　71, 107, 401, 404, 442, 785, 869, 885, 1219, 1367
ナルボー・マールティウス　869
ナ（ー）ルボーナ　869
ナンダ　624
ナンノー　1246
ニオビデス　869
ニオベー❶（タンタロスの娘）　114, 173, 225, 741, 869, 884, 1281
ニオベー❷（ポローネウスの娘）　159, 688, 869, 1120, 1194
ニーカイア（僭主アレクサンドロスの寡婦）　306, 514, 805
ニーカイア（ニュンペーの）　870
ニーカイア（リューシマコスの妻）　165, 870
ニーカエア　870
ニーカイア❶（リグリア地方の港湾都市）　870, 1219
ニーカイア❷（ビーテューニアーの都市）　204, 759, 870, 872, 938, 970, 977
ニーカイア（アレクサンドロス大王が創建した都市）　870
ニーカイア（ロクリスの都市）　870
ニーカーノール（アリストテレースの従弟）　870, 1165
ニーカーノール（パルメニオーンの息子）　871
ニーカーノール（文法学者）　871
ニーカレテー（娼婦）　668
ニーカンデル　871
ニーカンドロス　122, 219, 516, 594, 871, 930, 1216
ニーカンドロス（教訓叙事詩人とは別人）　871
ニーキアース❶（アテーナイの政治家・将軍）　871
ニーキアース❷（アテーナイの画家）　872
ニーキアース（インド＝バクトリアーの王）　872
ニーキアース（ニーカイア❷の）　872
ニーキアース（医師）　782
ニーキアースの和約　1157
ニーキッペー（ペロプスの娘）　669
ニーケー　82, 274, 615, 670, 689, 870, 872, 917
ニーケーア　870
ニーケシポリス　796
ニーコクレース（サラミース❷王）　296, 673
ニーコクレース（シキュオーンの僭主）　122
ニーコクレース（パポスの君主）　1033
ニーコクレオーン（キュプロスの僭主）　92
ニーコストラテー　451
ニーコテレイア　140
ニーコトエー　942

ニーコドーロス　744
ニーコポリス（エジプトの）　873
ニーコポリス（ポントスの）　873
ニーコポリス（モエシアの）　873
ニーコマコス❶（アリストテレースの子）　136, 873
ニーコマコス❷（新喜劇作家）　873
ニーコマコス❸（ゲラサの）　873
ニーコマコス（アリストテレースの父）　135
ニーコマコス（ピロクセノス❷の師匠）　1006
ニーコマコス（マケドニアーの青年）　873
ニーコマコス（画家）　873
ニーコマコス（将校デュムノスが愛する若者）　1007
ニーコマコス（悲劇詩人）　873
ニーコメーデース❶1世　431, 874, 977, 1047, 1066
ニーコメーデース❷2世　75, 874, 977, 1066
ニーコメーデース❸3世　126, 874, 1190, 1313
ニーコメーデース❹4世　49, 382, 442, 874, 977, 1022, 1242, 1286
ニーコメーデース（アリストメネースの父）　140
ニーコメーデース（ビーテューニアー王）　517
ニーコメーデイア　66, 79, 598-599, 747, 870, 873-874, 880, 977, 1007, 1021, 1066, 1145, 1315, 1331
ニーコラーオス❶（ダマスコスの）　331, 730, 874
ニーコラーオス❷（ミュラの）　875
ニーコラーオス（医師の）　875
ニーコラーオス（ソフィストの）　875
ニーサ　875
ニーサイア　1260
ニーシャープール　635
西ゴート　29, 48, 68, 70, 124, 143, 271-273, 549, 551, 577, 597, 601, 630, 651, 676, 725, 785, 791, 860, 869, 875, 885, 893, 906, 964-965, 1021, 1042, 1083, 1113, 1303, 1332, 1383
ニーシューロス　875
西ロクリス　864, 1165
ニースス　875
ニーソス❶（メガラ王）　659, 875
ニーソス❷（トロイアーの武将）　875
ニーレウス（トロイアー戦争に参加した武将）　826, 878, 1361
ニーレウス（美青年）　878
ニギディウス・フィグルス　872
ニゲル、ペスケンニウス　872
ニゲル家　381
ニシビス　454, 640, 875, 883, 1192
ニトークリス　876
ニトークリス❶　876
ニトークリス❷　318, 876
ニニュアース　698, 876
ニネヴェ　74, 618, 876
ニノス（ニーノス）　876
ニノス（アッシュリアー王）　715, 907
ニノス（セミーラミスの夫王）　994
ニューサ（山）　757, 950, 981, 1135
ニューサイオス　877
ニュクス　13, 292, 335, 343, 360, 370, 390, 455, 562, 727, 876, 886, 990, 1099, 1112,

— 1620 —

1287, 1289
ニュクテーイス　877, 1185
ニュクティメネー　331, 877
ニュクティーモス　144, 1337
ニュクテウス　203, 331, 560, 877, 1074, 1185, 1322
ニュッサ　541, 910
ニュッサのグレーゴリオス❷　541
ニュンパイ　878
ニュンパイオン　878
ニュンピディア　878
ニュンピディウス　680, 878
ニュンペー　353, 370, 500, 521, 533, 547, 570, 581, 608, 620, 630, 632, 641, 648, 659, 688, 720, 728, 730, 757-758, 774, 779-780, 782, 803, 821, 841, 851-852, 863, 867-868, 870, 878-879, 888, 895, 906, 919, 927-928, 934-935, 940, 946, 949, 994, 999, 1006, 1030, 1056, 1085, 1118, 1123, 1133, 1139, 1141, 1170, 1186, 1194, 1203, 1235, 1254-1255, 1292-1293, 1297
ニンフ　895, 951, 1118, 1123, 1133, 1139, 1141, 1170, 1182, 1186, 1194, 1203, 1235, 1254-1255, 1292-1293, 1297
ヌーケリア（カンパーニア地方の）　81, 629, 879, 1053
ヌーケリア（ウンブリア地方の）　879
ヌーバイ　12
ヌービアー　319, 738, 1075, 1283
ヌーメーニオス　190, 880
ヌーメン　720
ヌマ　32, 194, 219, 281, 318, 428, 617, 823, 834, 853, 1019, 1023, 1085, 1201, 1229, 1292, 1304, 1334
ヌマ・ポンピリウス　542, 879, 1386
ヌマンティア　70, 506, 566, 656, 879, 964, 1017, 1045, 1186, 1294, 1350, 1357
ヌミーキウス　223
ヌミディア　20, 86, 103, 174, 195, 265, 378, 387, 427, 484, 518, 527, 550, 586, 608, 613, 629, 637, 651-652, 655, 657, 666, 714, 723, 730, 771, 842, 851, 879, 911-912, 960, 976, 1030, 1087, 1106, 1119, 1164, 1171, 1176, 1206, 1218-1220, 1226, 1240, 1294, 1298, 1326
ヌミトル　121, 880, 1013, 1359, 1387
ヌメリアーヌス　109, 437, 442, 747, 869, 880, 886, 963
ヌメリウス・スッフキウス　1045
ヌルシア　391, 611, 702
ネアーポリス　31, 281, 286, 372, 378-379, 424, 457, 498, 563, 647, 664, 684, 725, 879-880, 891, 893, 895, 904, 938-939, 976, 1031, 1129, 1197, 1212, 1350, 1372, 1387
ネアイラ（アレオスの妻）　181
ネアイラ（アポッロドーロス❻が弾劾した）　110
ネアルコス（アレクサンドロス大王の部将）　186, 360, 881, 937
ネアルコス（エレアーの僭主）　696
ネイーテーティス　103, 457
ネイロス（ナイル）（河）　246, 420, 830, 863, 881, 944, 1029, 1082, 1131, 1191, 1237, 1283, 1286
ネオカイサレイア　541, 910

ネオクレース　803
ネオダーモーデース　1092
ネオブーレー　151
ネオプトレモス（ピュロス）　24, 67, 140, 155, 222, 329, 371, 765, 822, 826, 859, 881-882, 985, 1006, 1057, 1128, 1139, 1149, 1161, 1181, 1291, 1341
ネオプトレモス❶1世　155, 187, 365, 882, 1001, 1291
ネオプトレモス❷2世　187, 882, 986
ネオプトレモス❸（アレクサンドロス大王の武将）　308, 882
ネオプトレモス（文法学者）　882
ネオーン　1008
ネオンテイコス　4
ネカウス　883
ネカオー（ス）　883
ネクィーヌム　869
ネクタネボス❶1世　302, 724, 830, 882, 1285
ネクタネボス❷2世　169, 424, 724, 883, 1285
ネクタル　117, 129, 228, 523, 740, 883
ネクロポリス　944
ネケッシタース　1287
ネコー　883
ネコース1世　883, 1028
ネコース2世　883, 1023, 1028
ネーシオーテース　212
ネストリウス　883
ネストリオス　295, 301, 329, 784, 787-788, 883, 1065
ネストリオス派　1168
ネストール　152-153, 210, 212, 249, 525, 826, 859, 884, 888, 997, 1088-1089, 1091, 1208, 1263, 1265
ネダー（ニンフ）　254
ネダー（川）　961
ネッソス　242, 746, 884, 1119, 1377
ネバーヨート　867
ネブカドネザル　876
ネブカドネツァル　142, 443
ネプテュス　97
ネプトゥーナーリア　884
ネプトゥーヌス　594, 601, 610, 616, 657, 884, 935, 1170, 1200
ネペリテース1世　119
ネペリテース2世　882
ネペレー❶（アタマースの妻）　72, 256, 884, 1058
ネペレー❷（ヘーラーの似姿）　884
ネポース、コルネーリウス　149, 413, 725, 740, 761, 884, 1034, 1201
ネポース（クィントゥスの異名）　1271
ネポーティアーヌス　303, 885
ネマウッス　48, 100, 218, 226, 404, 869, 885, 1081
ネマウスム　885
ネメーテース　886
ネメア　482, 742, 1011
ネメアー　88, 160, 315, 368, 885-886, 990, 1097, 1117
ネメアー（川）　885
ネメア競技祭　88, 156, 365-366, 885-886, 950, 1253
ネメシアーヌス　449, 886
ネメシス（義憤の女神）　61, 81, 353, 680,

689, 813, 868, 877, 886, 1148
ネメシス（娼婦）　771
ネモレーンシス湖　128, 886
ネーリーテース（ネーレイテース）　887, 889, 1170
ネーレーイス　524, 878, 884, 889, 1170
ネーレーイデス　1, 46, 222, 226, 353, 398, 431, 499, 797, 878, 888-889, 1082, 1170
ネーレウス（ピュロス王）　24, 374, 431, 524-525, 543, 557, 621, 797, 816, 869, 884, 887-889, 955, 1082, 1118-1119, 1121, 1186, 1195, 1280-1281, 1290
ネーレウス（イオーニアー12市の建設者）　889
ネーレウス（去勢者）　841
ネーレウス（テオプラストスの弟子）　106
ネーレウス（ペリアースの双生兄弟）　997
ネーレウスコドロス　1252
ネリオー　1104, 1235
ネルウァ、マールクス・コッケイユス　286, 508, 564, 679, 760, 839, 841, 869, 878, 887, 938, 1045, 1086, 1226
ネルウィイー（族）　888, 1127, 1373
ネルトゥス　195
ネロー、ガーイウス・クラウディウス　889
ネロー・カエサル　855, 890
ネロー・クラウディウス・ドルースス　1288
ネロー（帝）　35, 51, 55, 57, 96, 108-109, 183, 196, 214, 239, 247, 265, 279, 319, 322, 351, 365, 475, 500, 502, 510-511, 519, 526, 545, 561, 568, 575, 585, 588-590, 592, 608, 612, 619, 632, 635-636, 641, 646-647, 654, 665-666, 678-681, 683, 690, 693, 714, 722, 743, 750, 762-764, 769, 777, 807, 822-823, 839-841, 844-845, 852, 855, 860, 868, 871, 878-879, 881, 887, 890, 895, 902-903, 915, 917, 931-932, 934, 941, 965, 968, 984, 996, 998, 1022, 1027, 1030-1032, 1041, 1043, 1060-1061, 1106-1107, 1127, 1163, 1171, 1183, 1194, 1207, 1219, 1222, 1254, 1256-1257, 1265, 1279, 1287, 1298, 1301, 1328, 1377, 1383
ネロー、ティベリウス・クラウディウス　891
ネロー（ゲルマーニクスの長男）　568
ネロー（家）　504, 890
ネローニア　890
ネローネイア　167
ネローポリス　1385
ノア　631, 780
ノウィウス　81, 892, 1202
ノウィオドゥーヌム（ガッリア・ベルギカの町）　892
ノウィオドゥーヌム（アエドゥイー族の町）　892
ノウィオドゥーヌム（ビトゥリゲース族の町）　892
ノウィオマグス　411
ノウェンポプラーナ　48
ノウム・コームム　580, 1060-1061, 1233
ノクス　876
ノッシス　339, 892, 1378
ノティオン　845
ノトス　23, 97, 315, 698, 892, 1192
ノーナ　936
ノーナクリス　670

ノービリオル、マールクス・フルウィウス 892
ノービリオル（家） 892
ノービレース 575, 893, 922, 1075
ノマディアー 879
ノマデス 880
ノーメントゥム 611, 1236
ノーラ 22, 24, 106, 287, 351, 650, 681, 835, 893, 902, 1163
ノーリキー 894
ノーリクム 22, 49, 179, 253, 358, 446, 487, 772, 894, 954, 1077, 1309
ノーレイヤ 894
ノ（ー）ルバーヌス、ガーイウス 894
ノルティア 291
ノルバーヌス 450
ノンノス 894

● ハ行

バアル 332, 610, 613, 631, 880, 944, 947, 953-954, 1124, 1150, 1297
バアル・ハンモン 443
バアルベク 895, 1126
バイア 794
バーイアエ 18, 56, 171, 498, 548, 895, 902, 921, 1233, 1240
バーイアエ湾 434, 895
バイアーケス 148, 232, 292, 358, 562, 864, 895, 1362
バイアーン 114, 493, 709, 895, 1010
バイエーオーン 895, 919
バイエルン 1139
バイオス 895
バイオニアー 896, 1001
バイオーニオス（彫刻家） 364, 872, 896, 1285
バイオーニオス（建築家の） 896
バイオネス 896
バイオーン 896
ハイク 179
バイストス 543, 586, 896
バイストン 903
バイティス（帝） 736
ハーイデース 918
バイトガブラー 341
バイドラー 42, 795, 812, 859, 896, 975, 1245
バイドロス❶（ソークラテースの友人） 708, 897, 1051
バイドロス❷（エピクロース派の哲学者） 897
バイドーン 65, 336, 559, 709, 897, 1276
バイナレテー 708
バイニッポス 403
バイノーン 688-689, 905, 1085
ハイモス（トラーケー王） 897
ハイモス山 129, 897
ハイモーニアー 897
ハイモーン（クレオーン❷の子） 204, 897
ハイモーン（カドモスの孫） 898
ハイモーン（ペラスゴスの子） 897
ハイレ・セラシエ1世 12
バウィウスとマエウィウス 898
バウキス 339
パウ（ッ）ルス、アエミリウス 900
パウ（ッ）ルス、ルーキウス・アエミリウス ❶（前219年の執政官） 900, 1328
パウ（ッ）ルス、ルーキウス・アエミリウス ❷（❶の子） 900
パウ（ッ）ルス、ルーキウス・アエミリウス ❸（前78年の執政官） 901
パウ（ッ）ルス、ルーキウス・アエミリウス ❹（❸の孫） 902
パウサニアース❶（スパルター王家、レオーニダース1世の甥） 898
パウサニアース❷（スパルター王家、❶の孫） 898
パウサニアース❶（アテーナイ市民） 899
パウサニアース❷（ピリッポス2世の暗殺者） 134, 899
パウサニアース❸（地誌学者） 219, 324, 899, 1213
パウサニアース（医師） 899
パウサニアース（アゲドニアーの対立王） 119, 899
パウサニアース（アーエロポスの子） 156
パウサニアース（アイリアーノスの教師） 899
パウサニアース（ピリッポス2世の男寵） 899
パウサニアース（プレイスタルコス❶の従兄） 1073
パウシアース 307, 899
パウシリス 119
パウソーン 899
パウッルス家 33
バウトー 302
バウボー 233, 569
パウラ 958
パウリー 56, 96, 902, 1031
パウリーナ（プラエテクスタートゥスの妻） 1044
パウリーナ（小セネカの妻） 693
パウリーヌス、ガーイウス・スエートーニウス 902
パウリーヌス（ノーラの） 893, 902
パウリーヌス（美貌の青年） 784
パウルス、ユーリウス 294, 686, 902
パウルス・ディアーコヌス 1022
パウロイ 902
パウロス（使徒） 20, 54, 180, 184, 197, 246, 474, 703, 903, 1106, 1129, 1226, 1233, 1336, 1385
パウロス（サモサタの） 1348
パウロス（コーンスタンティーノポリスの） 903
パウロス（サモサタの） 695, 903
パウロス（テーベ❷の） 903
パエオニア 896
パエストゥム 637, 642, 903, 1347
パエダ 591
バエティカ、ヒスパーニア 904
バエティス（河） 251, 261, 392, 587, 711, 904, 965
ハエドゥイー族 689, 1160, 1373
パエトゥーサ 1123
パエトゥス、セクストゥス・アエリウス 590, 904, 1061
パエドルス II, 904
パエトーン（ヘーリオスの子） 12, 315, 336, 468, 524, 905, 920, 924, 1112, 1122, 1162, 1285, 1334
パエトーン（ケパロスとエーオースの子） 105
バエビウス・イタリクス 647
パエリ（ー）グニー（族） 589, 682, 905
パエンナー 436
パオーン 607, 905, 1360
バガウダエ 29, 905, 1209
パガサイ 242, 1112, 1213
バキス 906
バークウィウス 73, 345, 656, 906, 1016-1017, 1071
バークス 295, 618, 906, 1383
バクソイ 906
バクソス 906, 949
バクトラ❶（バクトリアーの都市） 715, 907
バクトラ❷（バクトリア） 907, 1229
バクトラ（川） 907
バクトリア（ー） 34, 160-161, 164, 170, 211, 263, 297, 300, 350, 514, 529, 552, 604, 698, 703-705, 708, 739, 752, 806, 872, 876, 907, 936, 1006, 1110, 1143, 1218, 1221, 1229, 1275, 1376
バクトリアネー（バクトリア） 478, 531, 604, 907, 1101, 1110
バクトーロス（河） 47, 546, 619, 841, 907, 1241
ハグノーン 227, 819
ハゲラーダース 1183, 1250
バゴーアース❶（アルタクセルクセース3世の寵臣） 169, 739, 908
バゴーアース❷（美貌の宦官） 186, 908
バゴーアース（半陰陽の哲学者） 908
バゴーオス 908
パコーミオス 908
パゴス丘 680
パコ（ー）ロス❶ 1世 167, 908
パコ（ー）ロス❷ 2世 171, 908
パコロス（アルサケース23世の兄弟） 163
パサエーロス 206, 1152
パサルガダイ 36-37, 139, 476, 909, 1135
パサルガダイの戦い 478
パーシオーン 110
パーシクラテース 716
パーシス（河） 392, 584
パーシテアー 436
パーシパエー 3, 125, 220, 284, 418, 448, 483, 499, 719, 729, 896, 909, 1078, 1132, 1245
バシリカ 266, 291, 545, 563, 582, 599, 605, 612, 622, 630, 725, 772, 779, 792, 817, 861, 864, 903, 909, 991, 1001, 1014, 1026-1027, 1059, 1129, 1383
バシリス 144
バシリスクス 246, 696, 909-910, 1061, 1365
バシリスコス 909-910, 1335
バシリーデース 910
バシリーナ 597
バジルコック 910
バシレイオス 71, 299, 386, 399, 541, 908, 910, 1007, 1334
バシレイデース 497, 910, 1230
バスタルナイ 911
バスタルナエ 509, 911
バスティス 1040
ハスドルバル❶（ハミルカル・バルカの女婿） 260, 443-444, 911, 929, 953
ハスドルバル❷（ハミルカル・バルカの

子）260, 658, 889-890, 911, 929, 953, 1217, 1263, 1328
ハスドルバル❸（ギスコー❷の子）463, 637, 658, 714, 912
ハスドルバル❹（第3次ポエニー戦争時のカルターゴー将軍）527, 912
ハスドルバル❺（哲学者）912
ハスモーン 62, 806, 867, 995, 1040, 1152
ハスモーン家 957
ハスモーン朝 62, 182, 187, 199, 206, 209, 235-236, 254, 385, 526, 709, 947, 1225, 1296-1297
パセーリス 466, 520, 783, 912, 1338, 1346
パセアース（シキュオーンの僭主）122
バターウィー（族）398, 458, 913, 1143
バタウィウム 212, 647, 845, 912, 1104, 1329, 1347
ハダド 730
パタラ 1338
パータリプトラ 624, 1260
バッカイ 38, 757, 913
バッカーナーリア祭 913
バッキアダイ（バッキダイ）50, 134, 146, 582, 734, 802, 913, 1008
バッキアダイ家 309, 473
バッキス 914
バッキュリデース（抒情詩人）154, 350, 547, 552, 634, 662, 794, 914, 959, 1010
バッキュリデース（祖父の）914
バックス 588, 913, 1124, 1210, 1229
バッケー 757, 913, 1338
バッコス 310, 529, 608, 699, 757, 866, 913, 940, 1159, 1336
バーッサイ 914, 961
パッシエーヌス・クリ（ー）スプス, C. サッルスティウス 56, 608, 915
バッスス, カエシウス 915
バッスス, サレイユス 915
バッスス家 381
ハッティ 678
バッティアダイ❶バットス1世 478, 915
バッティアダイ❷アルケシラーオス1世 915
バッティアダイ❸バットス2世 915
バッティアダイ❹アルケシラーオス2世 915
バッティアダイ❺バットス3世 915, 1145
バッティアダイ❻アルケシラーオス3世 915
バッティアダイ❼バットス4世 916
バッティアダイ❽アルケシラーオス4世 916
バッティアダイ家 409, 478
バットス →バッティアダイ
バットス朝 916, 1145
パッポス 111, 916
パッラース❶（ティターン神族の）706, 872, 917, 1134
パッラース❷（巨人族の）82, 917
パッラース❸（パンディーオーンの子）794, 917-918
パッラース❹（パラーティーヌス丘の名祖）297, 917
パッラース（解放奴隷）276
パッラース（リュカーオーンの子）917
パッラース（小アグリッピーナの情夫）502
パッラシオス 305, 329, 687, 916, 1247, 1283
パッラス（アテーナーの呼称）82, 917
パッラス（トリートーンの娘）849, 918
パッラダース 918
パッラディウム 281, 918, 1244, 1269
パッラディオン 15, 82, 98, 212, 262, 341, 357, 735, 759, 812, 859, 917-918, 1149, 1244, 1269
ハッラン 74
パッランテーウム 296
パッランティオン 296, 917, 931
パッランティダイ 917
パッレース 1056
パッレーネー半島 364, 460, 1173, 1285
パッレーネー岬 441
バティエイア 780
バティス 391
ハーデース 14, 64, 66, 337, 339, 353, 367, 369, 524, 550, 562, 593, 628, 633, 684, 688, 700, 736, 757, 765-766, 795, 804, 895, 918, 1071, 1091, 1094, 1118, 1133, 1135, 1170, 1359
バテュッルス 919, 1207, 1320
バテュッロス❶（サモスの美少年）94, 919, 1183
バテュッロス❷（バテュッルス）919
パテル・ファミリアース 919, 922, 1385
パテルクルス 1126
パトー 379
パドゥス（河）20, 79, 89, 212, 250, 336, 401, 545, 761, 835, 853, 857, 920, 1047-1048, 1053, 1160, 1167, 1239, 1256, 1268, 1308, 1333
ハトホル 323, 631, 830
パトモス島 238, 680, 920
パトライ 44, 636, 850, 864, 920, 1106
ハ（ー）ドリア 920
パトリア・ポテスタース 919, 922
ハドリアーヌス（帝）14, 28, 33, 35, 79, 83-84, 89, 110, 207-208, 211, 218, 251, 470, 490, 508, 557, 561, 564, 582, 592, 602, 611, 617, 641, 651, 686, 700, 703, 714, 735, 757, 768, 771-772, 800, 822, 830, 837, 846, 863, 895, 920-922, 925, 931, 942, 951, 956-957, 963, 968, 977, 1011-1012, 1027, 1030-1031, 1038, 1045, 1067, 1075, 1081, 1086-1087, 1129, 1153, 1193, 1202, 1205, 1220, 1230, 1233, 1238, 1256, 1278, 1293, 1296, 1383
ハドリアーヌスの城壁 921, 1059
ハドリアーヌスの霊廟 1385
ハドリアーノポリス 270, 577, 921-922
ハドリアーノポリスの戦い 1331
パトリキイー 215, 281, 304, 504, 554, 579-580, 636, 646, 652, 658, 665-666, 681, 702, 707, 890, 893, 922-923, 926, 1005, 1053-1054, 1075, 1078, 1167, 1189, 1195, 1207, 1229, 1239, 1254, 1276, 1298, 1303, 1331
パトリキウス 20, 29, 922, 1303
ハドルーメートゥム 176, 728, 922, 1372
ハドルーメートス 922
ハドルーメントゥム 528, 617
パトレウス 920
パトロクロス（パトロクレース）10, 46, 101, 212, 261, 307, 361, 499, 620, 626, 859, 881, 923, 994, 1030, 1095, 1250, 1377-1378
パトローヌス 1075, 1080
パトローヌスとクリエンテース 923
パナイティオス 110, 210, 493, 656, 672, 749, 834, 924, 1346, 1381
パナイノス 672, 924, 1240
パナケイア 981
パ（ー）ニアース（クラウディウス・プルケル❸の解放奴隷）505
パニオーニオス 1142
パーニスコス（パーンの子供）949
パニュア（ッ）シス 211, 924, 1154
パーネー 949
パネース 877, 1028
パノクレース 924
パノプテース 158
パーノポリス 894
パノルモス 925, 929, 985, 1023, 1269
パノルモスの戦い 1367
パーパク、アルダシール❶の父 169
バハラーム 267
パピア 761
バーピアニッラ 630
パーピウス 1253
パーピニアーヌス 294, 375, 429, 653, 902, 925
パーピニアーヌス（法学者）686
パピーリア 901
パピーリウス・カルボー 283, 361
パピーリウス氏 450, 926
バビュローニア（ー）11, 37, 64, 67, 74, 86, 443, 478, 524-525, 546, 631, 678, 700, 702-703, 738, 748-749, 777, 806, 809, 817, 876, 880, 883, 925-926, 957, 970, 984, 995, 1023, 1034, 1150, 1169, 1222, 1274
バビュローン（バビュローニアーの首都）36, 42, 185, 304, 443, 478-479, 495, 528, 604, 663-664, 682, 698, 702, 712, 749, 770, 775, 806, 876, 925-926, 935, 941, 957, 994, 1009, 1110, 1150, 1262, 1349
バビュローン（ベーロスの息子）926
バプタイ 576
パープラゴニア 927
パープラゴニアー 116, 308, 431, 576, 670, 724, 803, 874, 927, 938, 976, 1004, 1062
バブリアース 927
バブリオス 11, 17, 927
ハブローン 50, 1090
パポス 105, 474, 1033
パポス（市）465, 927
パポス（ニュンペーの）465, 927
パポス（パポス市の名祖）927, 982
ハマドリュアス（樹木のニュンペー）851, 878, 928
ハマドリュアス（オクシュロスの姉妹）928
ハマドリュアデス 878, 928
ハミルカル（カルターゴーの王）41, 94, 556, 569, 829, 857, 885, 928, 932, 953-954, 980, 1176, 1217
ハミルカル（ギスコー❶の兄）463, 928
ハミルカル（ギスコー❶の子）316, 463
ハミルカル（アガトクレース❶戦の将軍）928
ハミルカル（ティーモレオーンに敗れた将軍）928

和文索引

ハミルカル（農事作家） 928
ハミルカル・バルカ 337, 412-413, 443, 445, 463, 725, 911, 928, 953-954, 964, 1217
ハミルカル・ロダヌス 928
ハム 631
パユッロス❶（運動選手） 929
パユッロス❷（将軍） 929, 1165
パライオポリス 221, 880
パライコス（ポーキスの将軍） 147
パライコス（オノマルコスの子） 929
ハライサ（アライサ） 929
パライシムーンドゥー 729
パライスティーネー 947
パライストラー 84, 114, 213, 330, 475, 671, 822, 885, 930, 1001, 1057, 1114, 1129, 1141, 1197, 1372
ハライソス 1019
パライパトス 136, 930
パライモーン 72, 256, 799, 930, 1191, 1281, 1362
パラエストラ 823, 930, 1129
パラエモーン、クィ（ー）ントゥス・レンミウス 930
パラクロス 997
パラーティウム 54, 545, 840, 930, 982, 1024, 1049
パラーティーヌス（丘） 109, 274, 390, 423, 462, 475, 483, 508, 510, 605, 633, 725, 917, 931, 946, 1013, 1020, 1027, 1101, 1190, 1213, 1358, 1383, 1386-1387
パラメーデース 357, 523-524, 583, 864, 931
パラメーデース（ナウプリオス❷の子） 6
パラリス 437, 669, 932, 1126
パラロス 69, 491, 1125
パランクス 17, 66, 932, 1136, 1216
パラントス 732, 932
ハーリアー 1362
ハリアルトス 72, 821, 933, 1161, 1342
バーリウム 875
バリオス 46, 698, 942
バリオン 882, 1145
ハリカルナッソス（ハリカルナーソス） 433, 574, 620, 661, 669, 756, 776, 846, 849, 860, 863, 912, 924, 933, 988, 1009, 1016, 1028, 1062, 1095-1096, 1114, 1139, 1154, 1204-1205, 1249, 1362
パリーキー 933
パリーコイ 14, 933
パリサイ人 995
パリーシイー族 1356
パリス（トロイアーの王子） 2, 9, 46, 105, 114, 184, 212, 304, 335, 393, 524, 583, 644, 723, 729, 774, 859, 889, 918, 934, 1006, 1056, 1082, 1095, 1139, 1148, 1276, 1286, 1293
パリス（無言劇役者） 743, 839-840, 934
ハリッロティオス 180, 191, 935
パリヌールス 935
パリヌーロス 935
パリボトラ 455, 624
パリュサティス❶（アルタクセルクセース1世の娘） 168, 479, 665, 739, 767, 935
パリュサティス❷（アルタクセルクセース3世の娘） 664, 935
ハリュス（河） 118, 142, 399, 431, 468, 546, 632, 739, 935, 1062, 1262, 1267, 1344
バルカ 936
バルカイオイ 936
バルカエ 936, 1287
バルキノー 71, 260, 725, 929, 964
バルケー 477, 915-916, 936, 1040, 1145
バル・コクバ 921, 957
バルーチスターン 555
バルサーリアー 936
バルサーロス 102, 128, 232, 265, 379, 383, 396, 416, 439, 461-462, 472, 512, 537, 589, 666, 681, 751, 835, 846, 853, 872, 936, 996, 1030, 1070, 1173, 1232, 1354, 1376, 1382
バルサーロスの戦い 107-108, 216, 1106, 1172, 1200, 1270, 1320, 1375
バルシネー❶（アルタバゾス❷の娘） 170, 186, 394, 936, 1278, 1285
バルシネー❷（ダーレイオス3世の娘） 186, 665, 937
バルシネー（エウメネースの妻） 937
ハルシュタット 566, 860
ハルスピケース 937
ハルスペクス 679, 937
バルスマシュ 36
バルダイ 852
バルタウァ 937
バルタマスパテース 164, 842
バルティー 636
バルティーニー 1172
バルデーサネース 321
パルティア 937
パルティアー 22, 110, 127, 160-161, 164, 167-168, 171, 179, 197, 200, 216, 291, 304, 341, 355, 372, 383, 396, 400, 430, 496, 508-509, 535, 541, 575, 590, 604, 606, 624, 639, 663, 667, 682, 685-687, 702, 704-705, 745, 752, 762-763, 772, 777, 806, 835, 842, 873, 875, 907-908, 920, 925-926, 937, 944, 979, 995, 1002, 1042, 1181, 1193, 1198, 1214, 1216, 1221, 1229, 1243, 1249, 1262, 1267, 1383
パルティアー戦争 17, 1230
パルテニウス 840, 938
パルテニオス❶（詩人） 938
パルテニオス❷（パルテニウス、侍従） 938
パルテニオス❶（アルカディアーの山） 938
パルテニオス❷（パープラゴニアーの河） 938
パルテニオン（山） 825, 938
パルテノーン神殿 57, 82-83, 245, 341, 406, 914, 939, 949, 1089, 1091, 1124, 1159
パルテノパイオス 67, 326, 799, 826, 938, 1085, 1279
パルテノペー
パルテノペー（パルテノペイア） 684, 880, 939, 1212
バルドイ 852
バルトロマイオス 20, 526, 642, 636
バルナケース❶1世 126, 308, 632, 940, 1243
バルナケース❷2世 62, 383, 439, 565, 700, 940, 951, 1168
バルナケイア 1147
バルナーソス（パルナッソス） 940
パルナッソス（ポセイドーンの子） 940
パルナッソス山 14, 25, 391, 558, 581, 718, 780, 822, 849, 940, 987, 989, 1076, 1125, 1165
バルナバース 636, 1233
バルナバゾス 149, 170, 739, 882, 940, 1142
バルネース 792
バルノイ 160, 164, 937
ハルパゴス（アステュアゲースの廷臣） 67, 492, 941-942, 963, 1238
ハルパゴス（ペルシア軍の大将） 941
バルバラ 641
ハルパリュケー 877
ハルパリュケー（クリュメノス❷の娘） 525
ハルパロス 770-771, 801, 811, 941, 993, 1339
バルビーヌス（帝） 586, 942-943, 1041
バルビッルス 844, 941, 1222
ハルピュース（川） 942
ハルピュイア 942, 978, 1192
ハルピュイアイ 46, 159, 261, 341, 374, 428, 560, 562, 675, 698, 720, 815, 942, 950, 978
ハルピンナ 348
バルブス、ルーキウス・コルネーリウス 356, 432, 942
バルブス（家） 589
バールベク 943
ハルポクラテース 700, 943
ハルポクラティオーン（文献学者） 943
ハルポクラティオーン（プラトーン派哲学者） 943
ハルポクラティオーン（メンデースの） 943
ハルポクラティオーン（弁論学者） 943
パルマ 395, 943, 1370
ハルマゲドーン 883
パルマコス 734, 943
パルミューラ 26, 319, 355, 503, 623, 639-640, 695, 771, 812, 867, 903, 944, 1083, 1150, 1167, 1388
パルミューラー 944
パルメーンシス家 395
パルメニオーン 76, 185, 317, 378, 514, 730, 871, 944, 1003, 1007
パルメニデース 298, 339, 345, 493, 696, 945, 1212, 1281, 1361
ハルモディオス（アテーナイ市民） 83, 133, 212-213, 407, 420, 561, 662, 816, 832, 1116, 1209, 1360
ハルモディオス（美青年） 970
ハルモディオスとアリストゲイトーン 945
ハルモトエー 950
ハルモニアー（女神） 24, 38, 44, 116, 231, 256, 336, 408, 418, 699, 804, 820, 929, 945-946
ハルモニアー（ニュンペー） 946
ハルモニアー（カドモスの妻） 105, 191
パレー（市） 556
バレア・ソーラーヌス 277
バレアーリクス 1269
バレアーレース（バリアーレース）諸島 444, 562, 946, 1217, 1269
パレース 946
パレスティナ 12, 62, 64, 162, 198, 200, 236, 241, 253, 318, 340, 385, 390, 393, 421, 439, 478, 534, 541, 558, 560, 613, 625, 640, 705, 710, 724, 772, 790, 867, 881, 883, 908, 910, 925, 947, 957, 998, 1033-1034, 1039, 1080, 1113, 1131, 1145, 1159,

— 1624 —

1191, 1199, 1283, 1296
パレストラ 947
ハレタース 947
パレールム 947
パレーロス 947
パレーロン 76, 221, 558, 754, 788-789, 807, 947, 1009, 1090, 1256-1257
パレンターリア 947, 1222
パロクテーテース 759
パロス島（キュクラデス諸島中の） 151, 183, 251, 319, 661, 670, 710, 724, 808, 886, 947-948, 1009, 1033-1034, 1047, 1082, 1118, 1159, 1251
パロス（島の首都） 948
パロス島（ダルマティアー沖の） 948
パロス島（アレクサンドレイア沖合いの） 948
『パロス島年代記』 948
パローディアー 1096
ハロートゥス 1377
パロパミソス山脈 185
ハロンネーソス 1096
パーン 7, 46, 144, 260, 296, 318, 407, 547, 552, 569, 581, 641, 648, 706, 728, 757, 766, 791, 815, 821, 841, 852, 860, 906, 938, 940, 948, 989-990, 1013, 1056, 1109, 1141, 1241, 1285, 1358
パン・ヘッレーニオス 7
パンアテーナイア祭 25, 82-83, 220, 229, 334, 357, 420, 664, 795, 939, 949, 970, 1083
パンイオーニア祭 239, 950, 1246
パンカイア 297
パンガイオイ 1001
パンガイオン山 227, 724, 843, 950, 1001, 1089
パンカステー 106
パンカロス 1116
パンクラティオン 25, 247, 365, 710, 742, 744, 822, 950, 961, 1063
バーンサ 21, 1003, 1256
バーンサ、ガーイウス・ウィービウス 950
バーンサ（執政官） 1069
パンジャーブ 1194
パンダーテーリア 55, 351, 841, 1300-1301
パンタイノス 545
パンタグノートス 1182
パンタソス 360
パンダレオース（パンダレオス） 30-31, 942, 950
パンタレオーン 300
パンダロス 951
パンテアー（女神） 854
パンディーオーン❶（エリクトニオスの子） 341, 951, 1322
パンディーオーン❷（❶の曾孫） 8, 824, 875, 951, 1008, 1077
パンティカパイオン 565, 726, 951, 1168, 1203, 1252
パンテウス 538
パンテオン 55, 103, 921, 951, 1384
パンテーラ 518
パントイデース 952
パントオス（または、パントゥース） 307, 952
パンドーラー 328, 679, 780, 952, 1085, 1098, 1110

パンドーロス 440
パンドロソス 52, 553
ハンニバ（ッ）リアーヌス❶（コーンスタンティウス1世の子） 952
ハンニバ（ッ）リアーヌス❷（コーンスタンティーヌス1世の甥） 753, 952
ハンニバル❶（カルターゴの名将） 167, 177, 199, 265, 391-392, 456, 501, 507, 526, 545, 549, 555-556, 566, 587, 601, 606, 613-614, 629, 647, 650, 657-658, 682, 690, 725, 733, 761, 834, 836, 843, 853, 857, 874, 879, 881, 889-890, 893, 900-901, 904, 911, 923, 929, 953-954, 964, 1002-1003, 1016, 1031, 1047-1048, 1053-1054, 1066-1067, 1113, 1162, 1164, 1213, 1216-1218, 1229, 1232, 1234, 1240, 1263
ハンニバル❶戦争 1164, 1268-1269
ハンニバル❷（カルターゴー王） 928, 953, 979-980
ハンニバル❸（ギスコーの子） 953, 1249
ハンノー❶（アフリカ大陸の航海者） 954, 979
ハンノー❷（大ハンノー） 445, 954
ハンノー❸（至上権を求めた野心家） 954
ハンノー❹（カルターゴーの元首） 463, 954
ハンノー家 443
バンノス 239
パンノニア 33, 49, 78, 253, 270, 280, 372, 446, 489, 503, 511, 568, 577, 662, 686, 721, 737, 767, 772, 785, 790, 837, 854, 894, 911, 920, 954, 996, 1042-1043, 1062, 1077, 1087, 1209, 1230, 1236, 1264, 1287, 1304, 1331
パンノニアー 954
バンバリオー 1064
バンビュケー 956
パンピューリア 955, 966, 1077
パンピューリアー 69, 75, 111, 200, 204, 313, 479, 629, 845, 848, 881, 912, 955, 962, 1129, 1337
パンピューリオイ 985
パンピューロス 985
パンピロス 299, 307, 626, 899
パンプレードー 498
ハンムラビ 925
パンメネース 955, 1001, 1261
ビアー 670, 872, 917
ビアース（予言者メランプースの兄弟） 955
ビアース（七賢人の1人） 481, 955
ビアディケー（クレーテウスの妻） 543
ピエタース 467, 515
ピエタース・ユーリア 1178
ヒエラ 522
ヒエラー 826, 878
ヒエラクス 1035
ヒエラーポリス❶（シュリアー北東部の） 67, 640, 956
ヒエラーポリス❷（大プリュギアー地方の） 325, 591, 636, 956
ピーエリアー 369, 956, 1140, 1255, 1257
ピーエリス 956
ピーエリデス 956, 1255
ピーエロス 956, 973
ヒエローニュムス 20, 229, 372, 694, 730, 820, 838, 902, 908, 958, 1024, 1113, 1315, 1357

ヒエローニュモス❶（歴史家） 445, 958
ヒエローニュモス❷（シュラクーサイの王） 639, 959-960, 1365
ヒエローニュモス❸（ヒエローニュムス） 959
ヒエローニュモス（ペリパトス（逍遙）学派の哲学者） 959
ヒエロカエサレーア 579
ヒエロクレース❶（ストアー派哲学者） 956
ヒエロクレース❷（エラガバルスの寵臣） 711, 956
ヒエロクレース❸（政治家、新プラトーン主義者） 957, 1007
ヒエロクレース❹（『摂理について』の著者） 16, 957
ヒエロクレース（ヒエローン❷の父） 959
ヒエロクレース（弁論家） 957
ヒエロクレース（歴史家） 957
ピエロス 222
ヒエロソリュマ 957, 1297
ヒエロドゥーロイ 1100
ヒエロパンテース 309, 1247
ヒエローン❶1世 10, 94, 322, 324, 392, 424, 493, 560, 569, 634, 639, 843, 845, 866, 914, 959, 1010, 1184
ヒエローン❷2世 149, 503, 627, 639, 721, 774, 782, 959, 1223
ヒエンプサル❶1世 960
ヒエンプサル❷2世 960
ビオーン❶（牧歌詩人） 680, 782, 960, 1288
ビオーン❷（哲学者） 149, 369, 960, 1101
ビオーン（プロコンネーソスの） 960
ビオーン（数学者） 960
ビオーン（悲劇詩人） 961
ピガレイア（または、ピガリアー） 313, 914, 961
ピガロス 961
ピクス 677
ピークス 879, 961, 1013, 1178
ピクソーダロス 172
ピクターウィー 961, 999
ピクティー（族） 453, 596, 661, 961
ピクトネース 961
ピグミー 982
ヒケタース 639
ピーケーニー 961-962
ピーケーヌム 19, 64, 89, 102, 195, 250, 290, 428, 565, 611, 614, 920, 961, 1021, 1032, 1053, 1198
ピーケンテース 962, 1021
ピーサ 335, 348, 364, 962, 1156, 1249
ピサウルム 73
ピーサエ 27, 32, 735, 962, 1356
ピーサーティス 335, 962
ピーサルタイ 962
ピーサルティアー 962
ピーサルテース 962
ピーサンデル 1088
ピシディア 246, 962
ピシディアー 246, 431, 962, 1062
ピシディアー（山） 313
ヒスティアイオス 129, 171, 525, 941, 963, 1251
ピスティス 1019
ビストネス 101, 758
ヒストリア 1166
『ヒストリア・アウグスタ』 623, 963, 1172

ピストーリアエ 412, 963
ピストーリウム 963
ヒスパーニア 963-964, 他
ヒスパーニア戦役 1166
ヒスパーニア・ウルテリオル 251, 331, 904, 929, 964-965, 1077
ヒスパーニア・キテリオル 262, 382, 964, 1077
ヒスパーニア・タッラコーネーンシス 68, 262, 265, 279, 292, 392, 448, 456, 606, 647, 690, 725, 891, 964
ヒスパーニア・バエティカ 101, 251, 445, 587, 690, 694, 904, 964-965, 1219
ヒスパリス 261, 332, 587, 964, 1258
ヒスパル 964
ピーシストラトゥス 1088
ビーストゥーン 738
ピーソー、ガーイウス・カルプルニウス 588, 965
ピーソー・カエソーニーヌス、ルーキウス・カルプルニウス❶（前112年の執政官） 966
ピーソー・カエソーニーヌス、ルーキウス・カルプルニウス❷（❶の孫） 383, 966
ピーソー・カエソーニーヌス、ルーキウス・カルプルニウス❸（❷の子） 966
ピーソー、グナエウス・カルプルニウス 967
ピーソー・フルーギー、ルーキウス・カルプルニウス 303, 968
ピーソー・フルーギー・リキニアーヌス、L. 448
ピーソー・リキニアーヌス、ルーキウス・カルプルニウス 359, 968
ピーソー家 449, 461, 967
ピーソス 962
ピ（ー）タネー 4, 25, 154, 296, 968, 1057
ヒッタイト 550, 717
ピッタコス（七賢人の1人） 4, 481, 969, 1144, 1248, 1368
ピッタコス（エードーネス人の王） 969
ピッタコス（ミュティレーネーの僭主） 143
ピッテウス 8, 14, 794, 859
ヒッパソス 969
ヒッパーリーノス（シュラークーサイの僭主） 437, 877, 969
ヒッパーリーノス（ディオーンの息子） 760, 969
ヒッパーリーノス（ディオーンの父） 969
ヒッパーリーノス（若者） 969
ヒッパルキアー 788, 969, 1273
ヒッパルコス❶（ペイシストラトスの息子） 40, 94, 360, 420, 634, 970-971, 1316
ヒッパルコス❷（天文学者） 123, 130, 870, 970, 1038, 1256, 1381
ヒッパルコス（新喜劇詩人） 970
ヒッパレクトリュオーン 970
ヒッパレテー 148, 403
ヒッパロス 263, 970
ヒッピアース❶（アテーナイの僭主） 94, 970-971
ヒッピアース❷（ソフィスト） 404, 711, 971, 1236
ヒッピアース（幾何学者） 971
ヒッピアース（ヘーゲーシストラトスの異母兄弟） 626
ヒッピオス 1170

ヒッペー 5
ヒッポー 551, 976, 1023, 1113
ヒッポー・レーギウス 20, 651, 880, 976, 1030
ヒッポカンポス 245, 888, 971
ヒッポクラテース❶（コースの医学者） 65, 153, 173, 334, 453, 574, 609, 809, 971
ヒッポクラテース❷（ゲラーの僭主） 426, 459, 560, 639, 866, 972, 1365
ヒッポクラテース❸（キオスの数学者） 972-973
ヒッポクラテース（小ペリクレースの従兄弟） 1125
ヒッポクラテース（僭主テーローンの親族） 972
ヒッポクラテース（ネストールの苗裔） 1088
ヒッポクラテース（ペリクレースの外祖父） 972
ヒッポクラティデース 1363
ヒッポグリュプス 524
ヒッポクレイデース 530, 1184, 1251
ヒッポクレーネー 973, 1093, 1125, 1255
ヒッポクレーネーの泉 1161
ヒッポケンタウロス 973
ヒッポコオーン 817
ヒッポス 790
ヒッポダミーア 973
ヒッポダメイア❶（オイノマーオスの娘） 44, 90, 145, 348, 521, 812, 973, 1156, 1185, 1249
ヒッポダメイア❷（ペイリトオスの妻） 795, 973, 1091
ヒッポダメイア❸（ブリーセーイス） 973, 1059
ヒッポダモス 364, 619, 836, 973, 1057, 1091, 1252, 1380
ヒッポタレース 1342
ヒッポテース 4, 447
ヒッポトオーン 572
ヒッポドロモス 208, 483, 648, 797, 973, 1048
ヒッポーナクス 329, 770, 918, 974, 976, 1180
ヒッポニーコス 148, 1142
ヒッポノオス 347, 1103
ヒッポマネス 260, 387, 435, 499, 974
ヒッポメドーン 326, 799, 974, 1185
ヒッポメネース（メガレウスの子） 974
ヒッポメネース（コドロスの子孫） 975
ヒッポリュテー 38, 116, 203, 795, 975, 1118, 1159
ヒッポリュトゥス 642
ヒッポリュトス（パイドラーの継子） 795, 859, 896, 975
ヒッポリュトス（コメーテースの情夫） 759
ヒッポリュトス（シキュオーンの王） 976
ヒッポリュトス（テーセウスの子） 128
ヒッポロコス 1307
ヒッポーン（折衷主義哲学者） 976
ヒッポーン（メッセーネーの僭主） 976
ビーディアース 1089
ビテークー（ッ）サイ（島） 31, 563, 959, 976
ビテュウッサイ 946
ピテュス 949
ビーテューニア 63, 413, 651, 759-760, 950,

957, 976, 1061, 1077, 1107, 1286
ビーテューニアー 60, 65-66, 201, 442, 517, 575, 597, 622, 644, 845, 857, 870, 874, 922, 927, 938, 940, 953, 970, 976, 994, 1047, 1054, 1062-1063, 1065, 1111, 1114, 1133, 1140, 1145, 1155, 1190, 1196, 1242, 1246, 1260, 1286
ビーテューニア＝ポントゥス 1196
ビトーン（アルゴスの兄弟） 471
ビトーン（ヘレニズム時代の著述家） 977
ビトーンとクレオビス 977
ビトゥイートゥス 107
ビトゥリゲース❶・クービー 977
ビトゥリゲース❷・ウィウィスキー 977, 1068
ビトゥリ（ー）ゲース族 17, 446, 977
ヒドリエウス 172
ビテューノス 976
ビーナーリウス 1105
ビバークルス、マールクス・フーリウス 978
ビブラクテ 22, 30, 978, 1127
ビブルス、マールクス・カルプルニウス 383, 417, 439, 580, 978
ビブルス家 449
ビブロス 991
ヒベルニア 236, 661, 715, 961, 979, 1023, 1057, 1059, 1288
ピーネウス❶（サルミュデーッソスの王） 159, 642, 977
ピーネウス❷（ケーペウス❶の兄弟） 222, 558, 978, 1150
ヒミルケー 392
ヒミルコー 979
ヒミルコーン❶（航海者） 979
ヒミルコーン❷（カルターゴーの将軍） 721, 754, 979, 1217, 1264, 1372
ヒミルコーン（第3次ポエニー戦争に活躍した） 980
ヒーメラー（シケリアーの都市） 569, 627, 669, 829, 928, 932, 953, 980, 1217, 1264
ヒーメラー（川） 980
ヒーメラーの海戦 52, 444, 463
ヒーメロス（「恋心」の擬人神） 980
ヒーメロス（アルサケース❼の寵臣） 161
ヒーメロス（ラケダイモーンの子） 314
ヒーメロス（河） 314
ヒュアス 981
ヒュアース 1072
ヒュアキントス 114, 118, 530, 698, 730, 980
ヒュアデス 87, 593, 757, 981, 1072
ピュアネプシア（ピュアノプシア）祭 981
ピュエー 1088
ヒュギーヌス（ローマ帝政期の学者） 982
ヒュギーヌス（神話作家） 219, 982
ヒュギーヌス・グローマティクス 982
ヒュギエイア 66, 618, 776, 981
ヒュクソス 318, 1131
ピュグマイオイ（族） 982, 1335
ピュグマイオス 982
ピュグマリオーン 431, 465, 768, 927, 982, 1029
ビューザーケーナ 923
ビューザース 983
ビューザンティウム 873, 983
ビューザンティオン 149, 316, 442, 528,

565, 591, 598, 600, 686, 690, 694, 835, 874, 898, 922, 963, 974, 983, 1009, 1072, 1102, 1106, 1168, 1210, 1260, 1262
ピュスキダース 361
ヒュスタスペース（ダーレイオス❶の父） 738
ピュータゴラース❶（哲学者、数学者、宗教家） 12, 32, 40, 98, 112, 114, 151-152, 180, 234, 302, 307, 345, 348, 370, 520, 533, 549, 559, 562, 587, 615, 633, 679, 711, 731-732, 736, 742, 744, 752, 774, 787, 809, 819, 872-873, 879-880, 945, 952, 957, 969, 973, 983, 1007-1008, 1051, 1082, 1098, 1116, 1142, 1144, 1163, 1191, 1212, 1253, 1263, 1342
ピュータゴラース❷（ネローの解放奴隷） 891, 984
ピュータゴラース❸（彫刻家） 433, 615, 984
ピュータゴラース（弟子の） 984
ピュータゴラース教団（派） 533, 983, 1274
ヒュダスペース（河） 168, 186, 715, 723, 984, 1028, 1194
ヒュッカラ 985, 1307
ヒュッカレー 625
ピュッラー 780, 803, 1368
ピュッリケー 985
ピュッリコス 985
ピュッリス 43, 812, 985
ヒュッレイス 985
ヒュッロス 242, 312, 669, 858, 861, 985, 1114, 1119
ピュッロス（ネオプトレモス） 985
ピュッロス（エーペイロス王） 533, 639, 700, 733, 893, 925, 959, 985
ピュッロス戦争 102, 444, 1263, 1265, 1378, 1382
ピュッローン 16, 40, 92, 155, 298, 325, 777, 986, 1003, 1033, 1093
ピューテアース 176, 367, 781, 837, 987, 1059
ピューティア 482, 742, 1011
ピューティアー 146, 391, 822, 987, 1117
ピューティア競技祭 114, 136, 365-366, 530, 532, 729, 821-822, 914, 916, 929, 959, 987, 989, 1346
ピューティアス 135
ピューティアース 731
ピューティオス 987-988
ピューティオニーケー 941
ピューテオス 609, 988, 1204
ピューテース 987
ピュートー 987, 989
ピュートクレース 326
ピュートドーリス 62, 215, 584, 846, 988, 1193
ピュートドーロス 846, 988
ピュドナ 35, 365, 394, 410, 655, 796, 843, 901, 932, 988, 1001, 1017, 1215-1216
ピュドナの戦い 206, 227, 267, 406, 416
ピュートマンドロス 95
ヒュドラー 241, 315, 441, 746, 815, 988, 1006, 1117, 1194, 1374
ヒュドルーッサ 552
ピュートーン 114, 374, 576, 803, 821-823, 830, 984, 987, 989, 1369
ヒュパシス河 186, 263

ヒュパティアー 788, 989
ヒュパティアー 637, 709
ヒュパティウス 298
ヒュパニス河 369, 1184
ヒュプシピュレー 88, 156, 159, 310, 831, 989, 1182
ヒュプノス 343-344, 620, 714, 727, 877, 990, 1290, 1369
ヒュブラー❶（大ヒュブラー） 990
ヒュブラー❷（小ヒュブラー） 990
ヒュブラー❸・ヘーライアー 990
ヒュブリス 949, 990
ビュブリス 378, 991
ビュブロス 86, 323, 465, 663, 991, 1009, 1023
ヒュブローン 1261
ヒュペーリーオーン 315, 374, 706, 744, 766, 991, 1122
ヒュペルボレ（イ）オイ 992
ヒュペルボレオイ 98, 114, 130, 141, 452, 524, 547, 660, 797, 1093, 1099, 1117
ヒュペルボロス 138, 307, 355, 531, 992, 1052
ヒュペルムネーストラー（ダナオスの娘） 726-727, 992, 1344
ヒュペルムネーストラー（アンピアラーオスの母） 992
ヒュペルメーストラー 53, 992
ヒュペレーシアー 8
ヒュペレイエー 895
ヒュペレイデース 77, 129, 248, 801, 811, 993, 1006, 1063, 1324, 1363
ヒューメーットス（山） 76, 83, 993
ヒュメナイオス 292, 327, 406, 530, 730, 993, 1100, 1140
ヒュメーン 993
ピューライ 996
ピュライメネース 927
ピュラケー 1082
ピュラコス 257, 524, 1280
ヒュラース 159, 429, 559, 782, 852, 863, 993, 1084, 1118, 1187
ピュラース 951
ピュラデース 16, 134, 257, 342, 371, 675, 831, 994
ピューラムス 994
ピューラモス 703
ピューラモスとティスベー 994
ピューラルコス 45, 994
ヒュリエウス 43, 150, 362
ピューリオス 469
ピュリプレゲトーン 573, 995
ヒュルカニアー 116, 160-161, 163-164, 392, 739, 995, 1228, 1267
ヒュルカニアー海 995
ヒュルカノス、イオーアンネース❶1世 995
ヒュルカノス、イオーアンネース❷2世 139, 182, 206, 209, 423, 652, 908, 995, 1152, 1225
ピュルギー 389, 995
ピュルゴイ 995
ピュルゴテレース 186
ビュルサの丘 443
ピューレー 76, 672, 996
ピューレーナエイー・モンテース 996
ピューレーナエウス・モーンス 996

ピューレーネー（山脈） 48, 143, 401, 566, 728, 953, 996, 1111, 1118
ピューレーネー（ピューレーネー山脈の名祖） 996
ピューレウス 818
ピューレビスタース（ボイレビスタース、ボエレビスタース） 996
ピュロス（市）（メッセーニアーの） 997
ピュロス（レレクスの孫） 997
ピュロス（岬） 675
ピューロノエー 818
ピューロマケー 38
ピラー（アンティパトロス❶の娘） 514, 673
ピラー（セレウコス1世の娘） 122, 673, 997
ピラー（ピリッポス2世の妻） 997
ピライオス 791
ピライダイ 791, 1251
ピライダイ家 362
ピライニス 997
ピーラエア 1090
ヒーラエイラ 1361
ピーラエウス 1090
ピーラエエウス 1090
ピラエニス 997
ピラグリオス 1006
ピラデルペイア 998
ピラデルペイア❶（パレスティナの） 560, 790, 998
ピラデルペイア❷（リューディアーの） 75, 998
ピラデルペイア（エジプトの） 998
ピーラートゥス、ポンティウス 254, 998, 1153
ヒラリウス 999, 1237
ピランモーン 165, 460, 730, 999
ピリコス 1072
ピリスティオーン 302, 999
ピリストス❶（歴史家） 1000
ピリストス❷（美少年） 1000
ピリータース 633, 694, 782, 1000, 1140
ピリッピー 1000
ピリッピデース 1090
ピリッブス 1172
ピリッブス・アラブス 449, 586, 790, 1000-1001, 1167
ピリッポイ 395-396, 624, 684, 752, 901, 950, 979, 1000, 1070, 1188, 1190, 1297
ピリッポイの戦い 21, 216, 268, 417, 463, 1179, 1264, 1319, 1351, 1382-1383
ピリッポス❶1世（マケドニアーの） 806, 1001
ピリッポス❷2世（マケドニアーの） 9, 68, 76, 94, 106, 119, 120, 134-135, 186, 208, 312, 365, 525, 531, 534, 554, 565, 582, 649, 660, 663, 703, 707, 749, 789, 796, 800-801, 809, 811, 843, 849, 861, 864, 883, 896, 899, 929, 932, 936, 941, 944, 950, 955, 983, 997, 1001-1002, 1006, 1027, 1032-1033, 1048, 1096, 1100, 1112-1113, 1126, 1140, 1165, 1181, 1187, 1215, 1273, 1278, 1291, 1377
ピリッポス❸3世（マケドニアーの） 1002
ピリッポス❹4世（マケドニアーの） 186, 209, 796, 1002
ピリッポス❺5世（マケドニアーの） 75, 100, 122, 143, 199, 205, 265, 472, 557, 805, 807-808, 835, 911, 953, 1002, 1035,

1053, 1066, 1133, 1208, 1216, 1370
ピリッポス❶1世（セレウコス朝末期の） 201, 1002
ピリッポス❷2世（セレウコス朝末期の） 201, 1002
ピリッポス❶（アレクサンドロス大王の侍医） 1003
ピリッポス❷（数学者、天文学者） 1003
ピリッポス（アリストパネースの父） 138
ピリッポス（詩人） 1003
ピリッポス（メガロポリスの） 1003
ピリッポス（ユダヤの君主） 1003
ピリッポス（使徒） 456, 526, 636, 956
ピリッポポリス（ピリッポス2世創建の都市） 790, 1001, 1167
ピリッポポリス（ダマスコス南方の都市） 1001
ビーリトゥス 1091
ピリーノス（アクラガース出身の） 1003
ピリーノス（徒競走選手） 1003
ピリーノス（弁論家） 1003
ビリュラー 551
ピリンナ（テッサリアーの） 1002
ビルキース 12, 1283
ヒールピーニー族 28, 228, 250, 432, 614, 1004, 1109
ピールムヌス 720
ヒルティウス、アウルス 21, 356, 384, 827, 943, 1003, 1069, 1256, 1371
ヒルデリークス 301
ヒルピー 714
ヒルピーニー 601
ビルビリス 1004, 1236
ピレタイロス（アッタロス朝創建者） 76, 308, 1004, 1128, 1344
ピレタイロス（中期喜劇作家） 1004
ピレータース 1140
ピレーモーン（喜劇詩人） 716, 770, 1004, 1043, 1275
ピレーモーン（息子の喜劇詩人） 1005
ピレーモーン（文献学者） 1005
ピレーモーン（文法学者） 1005
ピレーモーンとバウキス 1005
ピロー、クィ（ー）ントゥス・プーブリリウス 1005
ピロクセノス❶（ディーテュランボス詩人） 1005
ピロクセノス❷（画家） 1006
ピロクセノス（医師の） 1006
ピロクセノス（インド・バクトリアーの王） 1006
ピロクセノス（キリキアーの太守） 1006
ピロクセノス（レウカスの） 1005
ピロクテーテース 440, 522, 740, 859, 934, 1006, 1119, 1149, 1170, 1208, 1281, 1373
ピロクラテース 1006, 1096
ピロクレース 67
ピロコロス 221
ピロコンモドゥス 1227
ピロストラトス（ソフィスト、修辞学者） 113, 303, 1007, 1301
ピロストラトス（同名の甥で養子） 1007
ピロストラトス（同名のその孫） 1007
ピロストルギオス 366, 1007
ピロータース 185, 514, 531, 944, 1007
ピロッツス 869
ピロデーモス 393, 966, 1007

ピロノメー 469
ピロパッポス 202
ピロポイメーン 35, 406, 868, 1007, 1208, 1238, 1261
ピロメーラー 824, 951, 1008, 1077
ピロメーロス 231, 361, 1008, 1165
ピロラーオス❶（哲学者） 348, 633, 809, 1008
ピロラーオス❷（立法家） 747, 799, 1008
ピロロギア 1235
ピロログス 1201
ピローン（アレクサンドレイア❶の） 229, 1008
ピローン（エレウシースの） 1009
ピローン（ビューザンティオンの） 330, 496, 591, 1009
ピローン（ビュブロスの） 1009
ピローン（ユダヤ使節団の論客） 98
ピローン（ラーリーサの） 40, 202, 1010
ピンダー（ル） 1010
ピンダロス（抒情詩人） 52, 130, 137, 154, 159, 185, 230, 327, 350, 426, 472, 561, 582, 634, 639, 662, 669, 694, 744, 800, 813, 829, 843, 849, 914, 916, 959, 1010, 1033, 1077, 1161, 1180, 1316
ピンダロス（解放奴隷） 396
ピンティアース（アクラガースの僭主） 316, 560
ピンティアース（都市） 316
ピンドス（川） 1011
ピンドス（山脈） 1011
ピンドス（町） 1011
ピンネース 781, 808
ピンノイ 1025
ファイユーム 166
ファウェンティア 450
ファウォーニウス 698, 1011
ファウォーニウス・エウロギウス 1011
ファウォーリーヌス 554, 760, 1011, 1067
ファウスタ（クリスプスの継母） 519
ファウスタ（コーンスタンティーヌス1世の妻） 303, 307, 597-599
ファウスタ（スッラの娘） 380
ファウスタ（マクセンティウスの妹） 598
ファウスタ・コルネーリア 665, 1012, 1286
ファウスティーナ、アンニア・ガレーリア❶（大ファウスティーナ） 219, 1012, 1230
ファウスティーナ、アンニア・ガレーリア❷（小ファウスティーナ） 17, 288-289, 602, 1012, 1230, 1349
ファウスティーナ（コーンスタンティウス2世の妻） 595-596
ファウスティーヌス 1013
ファウストゥス・スッラ❶ 1198
ファウストゥス・スッラ❷ 764
ファウストゥルス 73, 1013, 1387
ファウナ 1013, 1173, 1203
ファウニー 1013
ファウヌス 262, 609, 648, 650, 879, 949, 961, 1013, 1197, 1318, 1358
ファウラ 73, 1173
ファエスラエ 321, 1013
ファスキヌス 281, 848, 1013
ファスケース 281, 283, 1014, 1332
ファスタ 608
ファセーリス 1014
ファータ 936

ファーヌム・ウォルトゥムナエ 1014
ファーヌム・フェーローニアエ 1014
ファーヌム・フォルトゥーナエ 294, 1014
ファビア（カティリーナと密通したウェスターリス） 412
ファビア（テレンティア❶の異父姉妹） 827
ファビア（ドラーベッラ、プーブリウス・コルネーリウスの妻） 846
ファビア（マールクス・ファビウス・アンブーストゥスの娘） 1015
ファビア（リキニウス❶の妻） 1330
ファビア（ルーキウス・ウェールスの姉） 289
ファビウス・アンブーストゥス、マールクス 1014
ファビウス・ウァレーンス 94, 274-275, 379
ファビウス・ウィーブラーヌス❶、カエソー 1015
ファビウス・ウィーブラーヌス❷、クィ（ー）ントゥス 1015
ファビウス・グルゲス 285
ファビウス・ピクトル、ガーイウス 618, 1015
ファビウス・ピクトル、クィ（ー）ントゥス 489, 1016
ファビウス・マクシムス・アッロブロギクス 80
ファビウス・マクシムス、クィ（ー）ントゥス❶（ルッリアーヌス） 432, 527, 587, 589, 1016
ファビウス・マクシムス、クィ（ー）ントゥス❷（❶の曾孫） 175, 415, 601, 657, 900, 1016
ファビウス・マクシムス、クィ（ー）ントゥス❸（アエミリアーヌス） 278, 1017
ファビウス・マクシムス、クィ（ー）ントゥス❹（パウッルス） 1017, 1227
ファビウス・マクシムス・セルウィーリアーヌス 388
ファビウス（氏） 79, 228, 461, 544, 922, 1014-1015
ファブラ 73
ファーブラ❶（アーテッラーナ劇） 1017
ファーブラ❷・クレピダータ 1017
ファーブラ❸・パッリアータ 102, 1017
ファーブラ❹・プラエテクスタ 693, 1017
ファーブラ❺・トガータ 102, 1017
ファ（ー）ブリキウス、ルーキウス 1017
ファ（ー）ブリキウス・ルスキヌス、ガーイウス 1018
ファ（ー）ブリキウス氏 1017
ファブリキウス・ルスキーヌス 830
ファブリキウス橋 1384
ファーマ 374, 1018, 1111
ファラオ 1285-1286
ファラオ・ケプレーン 678
ファリスキー（族） 354, 425, 1018-1019
ファレリイー（エトルーリア同盟都市） 426, 510, 1018, 1022, 1244
ファレリイー・ノウィー 1019
ファレルヌス 424, 691, 1032, 1336
ファレルヌス（カンパーニアの地名） 1019
ファレルヌス（農民） 1019
ファンニア 1127
ファンニウス・カエピオー 1258
フィーデーナ 1020

フィーデーナエ　544, 611, 856, 1020, 1298, 1317, 1387
フィールムム　1021
フィスクス　33, 1019
フィデース　1019
フィディウス　1019
フィルミクス・マーテルヌス、ユーリウス　1020
フィルムス　485
フィンブリア、ガーイウス・フラーウィウス　1021, 1042, 1050, 1242
フェーキアーリス　1022
フェーキアーレース　1022
フェーティアーリス　1022
フェーティアーレース　1022
フェーリーキタース　1024
フェーリークス、アントーニウス（クラウディウス）　1024
フェーリークス（御者）　483
フェーリークス（ユダヤの属州管理官）　239, 854, 918
フェーリークス・ユーリア　1126
フェーローニア　425, 1025
フェ（ー）ストゥス、セクストゥス・ポンペイユス　1022
フェ（ー）ストゥス、ボルキウス　1022
フェスケンニア　1022
フェスケンニウム　1022
フェストゥス（解放奴隷）　1022
フェストゥス（元老院議員）　1022
フェストゥス（歴史家）　1022
フェニキア　1023, 他
フェネステラ　1024
フェブルウス　765
フェルシナ　1174
フェレンティーヌム❶（エトルーリアの）　1024
フェレンティーヌム❷（ラティウムの）　1024
フェンニー（族）　1025
フォルキュス　1025
フォルス・フォルトゥーナ　1025
フォルトゥーナ　489, 650, 813, 834, 886, 1014, 1025, 1045
フォルトゥーナ・ウィリーリス　1191
フォルトゥーナータエ・イーンスラエ　1026
フォルトゥーナートールム・イーンスラエ　1026
フォルミアエ　375, 462, 1026, 1032, 1087, 1223, 1308, 1317
フォルム　22, 33, 50, 61, 225, 291, 542, 546, 559, 561, 573, 590, 594, 601, 610, 612, 622, 658, 679, 686, 690, 707, 725, 731, 733, 751, 772-773, 833-834, 840, 842, 847, 869, 901, 904, 906, 909, 976, 1012, 1026, 1030, 1040, 1045, 1049, 1059, 1108, 1129, 1200, 1207, 1235, 1250, 1253-1254, 1258, 1292, 1379, 1383
フォルム・アウグスティー　1383
フォルム・アリエーニー　1026
フォルム・ウルビウム　1026
フォルム・コルネーリウム　1026
フォルム・トライヤーニー　1026, 1383
フォルム・ネルウァエ　1383
フォルム・パーキス　1383
フォルム・ユーリイー　53, 404, 410, 1026
フォルム・ユーリウム　1383

フォルム・ローマーヌム　151, 281, 423, 517, 528, 546, 590, 599, 605, 636, 692, 734, 847, 909, 931, 936, 1026, 1195, 1207, 1250, 1379, 1383
フォーンス　1292
フォンテイユス・カピトー　271
フォンテイユス氏　833
フォントゥス　1292
フーキヌス（湖）　175, 502, 865, 1027, 1234
ブークシテレース　661
ブーケパラース（ブーケパロス）　185, 1027-1028
ブーケパレー（ブーケパラ、ブーケパリアー）　186, 1027-1028
ブーケパロス　1028
ブーコロイ　1028, 1238
プサマテー　1, 1166, 1333
プサンメーティコス❶　1381
プサンメーティコス❶1世　12, 319, 470, 863, 883, 1028, 1131
プサンメーティコス❷2世　102, 1028
プサンメーティコス❸3世　457, 1028
プサンメーティコス5世　119
プシューケー（魂の擬人神）　1028, 1334
プシューケー（マルパダテースの妻）　417
プシューコポンポス　1141
プシュッタレイア　132
プシュッリー　1029
プシュッロイ　641, 866, 1029
ブーシーリス（神話）　1029
ブーシーリス（都市）　1029
フスクス　33, 921
プソービス　338, 1096
ブター（ス）　318, 1030, 1286
プータダイ　1031
プタハ　1030
プッラ　1013, 1030
プッラ・レーギア　880, 1030
フッリー人　320
ブツルス　56, 404, 666, 693, 764, 890, 1030
フッロー　1012
ブーテース❶（ボレアースの子）　593, 1031
ブーテース❷（パンディーオーンの子）　1031
ブーテース❸（アルゴー号の乗組員）　684, 1031
プティーアー（テッサリアの町）　35, 46, 187, 205, 366, 673, 882, 923, 936, 1030-1031, 1104, 1120, 1143, 1161, 1250
プティーアー（ピリッポス❺の母）　1002
プティーオス　1030, 1120
プティーオーティス　480, 796, 842, 936, 1030-1031, 1103, 1250, 1323-1324
プテオリー　18, 31, 498, 615, 779, 895, 902, 921, 1031, 1081, 1212, 1322
プテオリー湾　1352
ブーディッカ　1031
プテレオーン　1078
プテレラーオス　154, 226, 342, 1031
プテレラース　557, 1078, 1360
プデンティッラ　104
プトリポルトス　864
プトレマイオス❶1世　116, 165, 170, 186, 204, 298, 312, 319, 362, 394, 514, 534, 537, 572, 615, 617, 668, 673, 699, 703, 716, 718, 745, 753, 771, 789, 805, 807, 809, 872, 937, 986, 1001, 1033,

1038-1040, 1137, 1146, 1208, 1223, 1256, 1286, 1315, 1343
プトレマイオス❷2世　112, 122, 130, 165-166, 187, 198, 308, 312, 409, 545, 574, 674, 694, 704, 707, 711, 752, 770, 777, 782, 807, 948, 998, 1000, 1004, 1033-1034, 1039-1040, 1072, 1096, 1146, 1148, 1208, 1222, 1275
プトレマイオス❸3世　85, 165, 199, 334, 491, 538, 703-704, 750, 1034, 1040, 1146-1147, 1162, 1208, 1304, 1313
プトレマイオス❹4世　40-41, 165, 199, 538, 609, 1034-1035, 1146, 1208
プトレマイオス❺5世　137, 165, 199, 327, 534, 662, 1002, 1035, 1370
プトレマイオス❻6世　38, 130, 139, 199, 308, 534, 704, 806, 1035
プトレマイオス❼7世　534, 1035
プトレマイオス❽8世　39, 130, 166, 188, 200, 302, 534-535, 589, 806, 1035-1037, 1256
プトレマイオス❾9世　187, 534-535, 806, 1036-1037, 1146
プトレマイオス❿10世　534, 1036
プトレマイオス⓫11世　1036
プトレマイオス⓬12世　156, 166, 216, 423, 535, 1036-1037, 1147, 1321, 1376
プトレマイオス⓭13世　166, 535, 936, 1036-1037, 1173, 1375
プトレマイオス⓮14世　535, 1037
プトレマイオス⓯15世　217, 381, 383, 535, 1037, 1039
プトレマイオス⓰　1036
プトレマイオス⓰・アピオーン　477-478, 1037
プトレマイオス⓱（キュプロスの）　1037
プトレマイオス⓲（マウレーターニア王）　291, 386, 434, 1037
プトレマイオス⓳（＝プトレマイオス・ケラウノス）　1034
プトレマイオス（アロ―ロスの）　1038
プトレマイオス（アスカローンの）　1033
プトレマイオス（アルシノエー2世の子）　1039
プトレマイオス（アンティゴノス1世の甥）　1033
プトレマイオス（シーモーンの女婿）　995
プトレマイオス（神官）　1033
プトレマイオス（哲学者）　1033
プトレマイオス（文献学者）　1033
プトレマイオス（ペルディッカース❸3世の義兄）　1136
プトレマイオス・クラウディオス（天文学者、地理学者、数学者）　130, 916, 970, 1038
プトレマイオス・ケラウノス（マケードーニア王）　41, 165, 198, 205, 209, 312, 704, 745, 1038-1039, 1076, 1146
プトレマイオス朝　99, 111, 165, 319, 572, 574, 617, 695, 705, 710, 745, 750, 800, 818, 830, 873, 907, 936, 947, 955, 957, 1033-1034, 1037, 1039, 1128, 1205, 1216, 1285-1286, 1297, 1304, 1316
プトレマーイス（デーメートリオス1世❶の妻）　312, 807
プトレマーイス・エウエルゲティス　166
プトレマーイス❶（フェニキアの）　59, 1039

プトレマーイス❷（ナイル河中流域の）　477, 637, 936, 1040
プトレマーイス❸（キューレーナイカの）　166, 1040, 1159
プトレマーイス（紅海西岸の）　1040
プトレマーイス（モイリス湖近くの）　1040
プニュクス　83, 320, 794, 1040
プニュータゴラース　296
ブーバスティス（神話）　1040
ブーバスティス（都市）　1040
ブーバロス　459, 974
プピエーヌス・マクシムス　586, 943, 1041
プーブリウス（スキーピオー兄弟の）　725
プーブリウス（プーブリウス・リキニウス・クラッスス・ディーウェス❷の孫）　508
プーブリウス（プーブリウス・リキニウス・クラッスス・ディーウェス❷の子）　508
プーブリウス（マールクス・リキニウス・クラッスス❶の兄）　509
プーブリウス（リキニウス・クラッスス❸, P.）　509
プーブリウス（大アーフリカーヌスの子）　657
プーブリウス・ウィーニキウス　278
プーブリウス・カーニディウス・クラッスス　508
プーブリウス・クラウディウス・プルケル　857
プーブリウス・クローディウス　1064
プーブリウス・コルネーリウス・スキーピオー　657, 761, 911
プーブリウス・コルネーリウス・スッラ　666
プーブリウス・コルネーリウス・スッラ（同名の祖父）　666
プーブリウス・コルネーリウス・ルーフィーヌス　666
プーブリウス・スキーピオー・ナーシーカ　658
プーブリウス・プラウティウス・ヒュプサエウス　1043
プーブリウス・ポピリウス・ラエナース　1310
プーブリウス・ホラーティウス　573
プーブリカ　1329
プーブリカーニー　1041, 1077
プーブリカーヌス　1041
プーブリコラ、プーブリウス・ウァレリウス　269, 547, 1041
プーブリリア　462
プーブリリウス・シュルス　1041, 1222, 1322
ブーボーナ　331
プューレー　1042
プラアスパ　167
プラアーテース❶1世　161, 1042
プラアーテース❷2世　1042
プラアーテース❸3世　762, 1042
プラアーテース❹4世　167, 777, 995, 1042
プラアーテース❺5世　1042
プラアーテース❻6世　1042
プライアム　1042
フラーウィア　614
フラーウィア・ドミティッラ　545, 613
フラーウィア・ネアーポリス　235
フラーウィア・ユーリア・ヘレナ　1042, 1146, 1301

フラーウィアーヌス（シュンマクスの女婿）　643
フラーウィアヌス・ウァレリウス・コーンスタンティーヌス　597
フラーウィウス・ウォピースクス　963
フラーウィウス・クレーメーンス　544, 840-841, 1042
フラーウィウス・サビーヌス　275, 281
フラーウィウス・テオドシウス　485
フラーウィウス氏　489, 612, 840, 1042
フラーウィウス朝　281, 1383
フラーウス　563, 1131
プラウティア・ウルグラーニッラ　855, 1042
プラウティアーヌス　429, 686, 1042, 1214, 1301
プラウティウス、アウルス　282, 1042
プラウティウス・シルウァーヌス、マールクス　293, 1043
プラウティウス・ラテラーヌス　388, 1043
プラウティウス氏　1043
プラウティッラ　429, 1042
プラウトゥス（喜劇詩人）　102, 226, 266, 381, 606, 668, 770, 827, 1005, 1017, 1043, 1169, 1275
プラウトゥス、ガーイウス・ルベッリウス　1044
プラウローン　173, 257, 371, 1044
プラエウァリターナ　737
プラエキア　555
プラエスス　264
プラエテクスタートゥス　643, 730, 1044, 1215
プラエトーリアーニー　1045
プラエトル（法務官）　672, 1045
プラエネステ　16, 95, 293, 486, 650, 667, 771, 825, 1025, 1045, 1049, 1226-1227, 1317, 1357
プラエネストゥス　1045
プラエフェクトゥス❶（騎兵長官）　1046
プラエフェクトゥス❷（近衛軍司令官）　1046
プラエフェクトゥス❸（首都長官）　1046
プラエフェクトゥス❹（消防隊長官）　1046
プラエフェクトゥス❺（食官長）　1046
プラエフェクトゥス❻（国庫管理長官）　33, 1046
プラエフェクトゥス❼（エジプト領事）　1046
プラオルテース（メーディアー王家）　468, 747, 1046
プラオルテース（メーディアー王家の末裔を称する）　1046
プラキディア　272
プラークシアース　433
プラークシッラ　582, 1046
プラークシテアー　951
プラークシテレース　105, 304, 330, 364, 497, 557, 793, 872, 1046, 1063, 1141, 1343
プラークシラ　582
プラケンティア　18, 32, 372, 545, 857, 920, 1047, 1050, 1167, 1174
プラシオス　642, 1029
プラーシダース　227, 539, 861, 1047, 1157, 1260, 1285
プラスタグス　1163
プラタイア　1048

プラタイアイ　10, 170, 464, 495, 718, 778, 799, 810, 822, 848, 898, 974, 1048, 1090, 1131, 1160-1161, 1165, 1224, 1246, 1323
プラタイアイの戦い　132, 135, 185, 1260
フラックス、クィ（ー）ントゥス・フルウィウス　1048
フラックス、クィ（ー）ントゥス・ホラーティウス　1049
フラックス、マールクス・ウェッリウス　1049
フラックス、マールクス・フルウィウス　1049
フラックス、ルーキウス・ウァレリウス❶　1050
フラックス、ルーキウス・ウァレリウス❷　1050
フラックス家　269
プラーティーナース　572, 742, 1050
プラトーノポリス　1081
プラトーン（哲学者）　20, 40, 42, 68, 83, 88, 114, 131, 133, 135, 138, 149, 151, 187, 202, 207, 211, 220, 223, 230, 234, 248, 292, 298, 300, 302, 370, 404, 451, 470, 493-494, 497, 514, 516, 520, 529, 533, 540-541, 554, 558, 564, 577, 583, 592, 632, 642, 645, 649, 668, 679, 703, 707, 709, 711-712, 742, 748, 752, 754-755, 760, 774-776, 783, 787-788, 802, 809, 820, 844-845, 880, 897, 899, 924, 943, 945, 970-971, 980, 989, 992-993, 999, 1003, 1008-1009, 1050, 1053, 1066, 1079, 1081, 1115-1116, 1124, 1140, 1159, 1163, 1212, 1215, 1226, 1230, 1245, 1261, 1278, 1286, 1342
プラトーン（エウクラティデース❶の子）　297
プラトーン（喜劇作家）　1052
プラーナーシア　54
プラヌーデース　11
フラミニア　962
フラーミニウス, C.　458, 482, 1053, 1384
フラーミニウス, T.　471
フラーミニウス街道（ウィア・フラーミニア）　32, 244, 263, 395, 604, 879, 1014, 1019, 1053
フラーミニーヌス、ティトゥス・クィ（ー）ンクティウス　247, 306, 472, 582, 1053
フラーミニーヌス家　490
フラーミニカ・ディアーリス（フラーメンの妻）　1054
フラーメン・ポルトゥーナーリス　119
フーリウス・クラッシペース　833
フランキー（族）　20, 639, 856, 913, 1054, 1065, 1214, 1284, 1302
ブランキダイ　768, 1055
プランキーナ　967, 1055
フランク（族）　29, 178, 269, 404, 549, 593, 598, 605, 639, 648, 650, 725, 856, 892, 894, 913, 964, 1065, 1083, 1214, 1284
プランクス、ルーキウス・ム（ー）ナーティウス　108, 1055
プランクタイ　642
ブランコス　1055
プリアーブス　1056
プリアーポス　105, 191, 757, 771, 852, 885, 1056, 1099, 1141, 1221, 1326
フリアエ　336, 1056

プリアモス　9, 15, 100, 204, 261, 393, 522, 533, 622, 689, 770, 774, 826, 858-860, 882, 931, 934, 952, 1056, 1095, 1098, 1148-1149, 1159, 1181, 1185, 1188, 1278, 1311-1312, 1314, 1337, 1368
プリアレオース　374, 1057, 1094, 1123, 1196
プリーウース　776, 1050
プリエーネー　61, 239, 955, 968, 988, 1057
プリガンティア（ケルト人の女神）　1057
プリガンティア（ブリタンニアの）　1057
プリガンテ（ー）ス（族）　328, 430, 445, 561, 921, 1057
プリクシア　556
プリクソス　3, 72, 159, 256, 525, 543, 584, 884, 1058, 1102
プリコーニス　476
フリジア（フリギア）　1058
フリーシイー（族）　378, 589, 1058
プリースカ　268
プリ（ー）スキアーヌス　386, 755, 838, 1058, 1237
プリ（ー）スクス（ウェーリーナの情夫）　910
プリ（ー）スクス（ピリップス帝の弟）　1000
プリスコス　13, 1211, 1302
プリーセーイス　46, 973, 1059
プリーセウス　1059
プリーセース　1059
プリゾー　1059
プリタンニア　1057-1060, 他
プリタンニア・イーンフェリオル　1059
プリタンニア・スペリオル　1059
プリタンニクス　502, 868, 890
フリティゲルン　270, 577
プリーニア　1061
プリーニウス❶大プリーニウス　281, 655, 1060-1061
プリーニウス❷小プリーニウス　304, 1061
プリトマルティス　97, 172, 1060
プリトマルトゥス　1232
プリーミゲニア　1025
プリームス、マールクス・アントーニウス　1061
プリュアクシス　1062, 1204
プリュギア　1062
プリュギアー　1062, 他
プリュゴス　1062
プリューセーイス　522
プリュタニス　1063
プリュタネイス　1063, 1072
プリューニコス❶（悲劇詩人）　441, 1063
プリューニコス❷（喜劇詩人）　1063
プリューニコス❸（文法学者、ソフィスト）　1063
プリューニコス❹（将軍）　1063
プリューネー　493, 497, 993, 1047, 1063, 1100, 1307
プリュノーン　969
プリュリス　251
フリン（または、フリネ）　1064
フルウィア❶（キケローに密告した女）　412, 1064
フルウィア❷（アントーニウスの妻）　216-217, 351, 518, 548, 707, 1064
フルウィウス・ノービリオル　14, 228, 284, 345

フルウィウス・フラックス　289, 361, 506, 931, 1333
フルウィウス氏　833, 892, 1048, 1064
プルーウィウス　1064
フルーギー　967
ブルクテリー（族）　679, 1054, 1065
ブルークテロイ　1065
フルクラエ・カウディーナエ　378
ブルグンディー　404, 785
ブルグンディーイ　1065, 1305
ブルグンディオーネース（族）　549, 1065
ブルグント　521, 1332
ブールグーンドイ　1065
ブールディガラ　1068
ブルグント（族）　29, 180, 549, 630, 1083, 1305
プルケリア　301, 1065, 1228
プルケル（家）　504
フルゲンティウス（『神話集』の著者）　219
フルゲンティウス（ルスペの司教）　219
プルーサ　65, 760, 977, 1066
プルーシアース❶1世　953, 977, 1054, 1066
プルーシアース❷2世　874, 940, 977, 1066, 1133
プルータルコス（著述家、伝記作家）　45, 85, 122, 377, 496, 531, 535, 589, 592, 639, 760, 836, 845, 878, 885, 906, 925, 958, 973, 994, 1011, 1030, 1053, 1066, 1103, 1139, 1161, 1170, 1358
プルータルコス（アカデーメイアの）　1079
プルータルコス（エレトリア市の僭主）　531
ブルッティー（族）　41, 250, 549, 601, 1067
ブルーッティオイ　1067
ブルッティア　1068
ブルッティィー　1018
ブルッティウム　250-251, 301, 347, 354, 379, 432, 512, 549, 613, 830, 834, 929, 953, 1016, 1049, 1067, 1314, 1366
ブルッティウス・プラエセーンス　519
ブルディガラ（ブルデガラ）　24, 48, 401, 902, 977, 1068
プルーテウス　1071
プルーデンティウス　382, 430, 679, 1068
プルートー　610, 740, 918
ブルートゥス（家）　1068
ブルートゥス、デキムス・ユーニウス❶（ガッラエクス）　1068
ブルートゥス、デキムス・ユーニウス❷（❶の子）　1069
ブルートゥス、デキムス・ユーニウス❸（❷の子）　1069
ブルートゥス、マールクス・ユーニウス❶（前83年護民官）　1069
ブルートゥス、マールクス・ユーニウス❷（カエサル暗殺の首謀者）　21, 98, 108, 173, 215-216, 267, 587, 679, 1070, 1382
ブルートゥス、ルーキウス・ユーニウス　1070
ブルートス　1068
ブルートス　231, 295, 558, 588, 804, 1071
プルートーン　367, 524, 765, 918, 956, 1071, 1118
プルーメンティオス　71
ブルンディシウム　21, 78, 111, 216, 287, 432, 667, 733, 813, 906, 1071, 1367
ブルンドゥシウム　1071
ブーレー　83, 639, 692, 1063, 1071

プレ（ー）イアス　1072
プレ（ー）イアデス　68, 87, 150, 187, 341, 362, 560, 671, 732, 735, 758, 1072, 1203, 1284, 1340
プレ（ー）イアデス詩人　710, 1072
プレイウース　65
プレーイオネー　150, 341, 353, 560, 671, 732, 981, 1072, 1203
プレイスタルコス❶（スパルター王）　1073
プレイスタルコス❷（アンティパトロスの子）　1073
プレイステネース　34, 43, 326, 418, 1073
プレイステネース（ケイリソポスの部下）　551
プレイストアナクス　898, 1073
プレイストーナクス　1073
プレウローン（アイトーリアー地方の）　1073
プレウローン（名祖）　1073
プレギュアイ　1074
プレギュアース　191, 244, 593, 877, 999, 1074
プレグライ　460, 1031
プレゲトーン（または、ピュリプレゲトーン）　1074
プレゴーン　846, 1075
プレーシッロオス　1154
プレーダ　78
プレタンニアー　1059
プレタンニアー　1059
プレタンノス　566
プレッターニアー　1059
プレッティオイ　1067
フレトゥム・ガーディーターヌム　1075, 1120
フレトゥム・ヘルクレウム　1075
ブーレビスタ（ース）　996
プレーベース（プレービス、プレープス、平民）　504, 507, 515, 574, 580, 636, 645, 661, 681, 707, 826, 834, 892-893, 922-923, 926, 967, 1005, 1041-1042, 1045, 1054, 1064, 1068, 1071, 1075, 1099, 1107, 1188-1190, 1198, 1201, 1207, 1223, 1229, 1231, 1258, 1268, 1276, 1286, 1298, 1331
プレミュイー　1075
プレミュエス　1075
プレミュエース（族）　12, 1061, 1075
フレンターニー（族）　905, 1075
ブレンテシオン　1071
ブレンテーシオン　1071
ブレンヌス❶（セノネース族の）　79, 289, 426, 1015, 1076
ブレンヌス❷（ケルト人の首長）　14, 431, 822, 1076, 1346
プレ（ン）ミュアエ　1075
プロイティデス　1077
プロイトス　53, 196, 203, 240, 532, 669, 757, 778, 955, 1076, 1133, 1280
プロウィンキア　1077, 1164
プロカ　446
プロクセノイ　1077
プロクセノス　1077
プロクネー　146, 824, 951, 1008, 1077
プロクリス　172, 314, 524, 557, 1077, 1245, 1308
プロクルス、センプローニウス（リキニウス）

1078
プロクルス、ユーリウス　1078
プロクルス学派　422, 1078, 1322
プロクルス（タティアーヌスの子）　1357
プロクルーステース　794, 1078
プロクレイア　469
プロクレイデース　970
プロクレイユス　410, 1079
プロクレース　134, 312, 1079, 1121
プロクレース家　313
プロクロス❶（文献学者）　1079
プロクロス❷（新プラトーン主義哲学者）　40, 1079
プロクロス（コーンスタンティーノポリス総主教の）　1079
プロゲオス　942
プロコピウス　212, 1079
プロコピウスの乱　270
プロコピオス（歴史家）　385, 420, 1040, 1080
プロコピオス（キリスト教修辞学者）　1080
プロコンネーソス　130, 960, 1085
プロシュムノス　1374
プロスタテース　1077, 1080, 1272
プローセルピナ（または、プロセルピナ）　765, 1080, 1135, 1222, 1354
プロータゴラース　101, 310, 404, 711, 787, 971, 1080, 1273
プロタルコス　188
プロテアース　173, 741
プローテアース　1032
プローティウス・トゥッカ　267
プロディコス　42, 248, 310, 404, 552, 711, 819, 1081, 1117
プローティーナ、ポンペイヤ　611, 842, 1081, 1220, 1228
プローティーヌス　1081
プローティーノス　20, 187, 230, 234, 303, 405, 880, 1079, 1081, 1191, 1226
プローテウス　129, 318, 690, 861, 948, 1029, 1082, 1148, 1326
プロ―テシラーオス　39, 1082, 1095, 1312
プロートゲネース　107, 234, 379, 1082, 1381
プロートゲネイア　361
プロ―ナクス　156
プロニメー　915
プロ―ヌバ　1083, 1298
プロバ（女流詩人）　1083
プロバ（ペトローニウス・プロブスの未亡人）　1083
プロピュライア　57, 83, 981, 1083, 1257, 1346
プロブス、マールクス・ウァレリウス　442, 556, 609, 648, 911, 1032, 1054, 1083-1084, 1209
プロペルティウス　63, 287, 349, 409, 413, 661, 771, 895, 1000, 1007, 1084, 1207, 1233, 1259, 1364
プロポイティデス　117
プロポンティス（海）　6, 63, 66, 470, 514, 532, 842, 874, 976, 1066, 1084, 1102, 1126, 1168, 1246
プロマコス❶（パルテノパイオスの子）　326, 1085
プロマコス❷（クレーター島の若者）　1085
プロメーテウス　62, 82, 87, 234, 284, 315, 328, 377, 524, 552, 765-766, 780, 802, 905, 952, 1085, 1104, 1118, 1268
フローラ　489, 743, 1011, 1054, 1085
フローリアーヌス　263, 723, 1083, 1086
フロールス　285, 1086, 1319
フローレンティア　963, 1013, 1086
フローロス　533
フロンティーヌス、セクストゥス・ユーリウス　247, 561, 648, 887, 1061, 1086
フロンテース　374, 469
フロントー、マールクス・コルネーリウス　25, 78, 103, 484, 554, 1011, 1087, 1230
フン（族）　29, 123, 286, 366, 556, 567, 577, 620, 648, 755, 784-785, 863, 906, 912, 922, 955, 1087, 1065, 1168, 1175, 1228, 1268, 1295
フンディー　381, 1087, 1317
フンニー（族）　78, 273, 567, 577, 620, 648, 755, 784, 863, 906, 922, 1065, 1087, 1175, 1228, 1268, 1305
フンネリークス　16, 301, 551, 1330
ペイサンドロス❶（叙事詩人）　1088
ペイサンドロス❷（政治家）　149, 210, 1052, 1088
ペイサンドロス（叙事詩人）　1088
ペイサンドロス（提督）　1088
ペイシストラティダイ　119, 357, 360, 532, 1088, 1251
ペイシストラトス❶（アテーナイの僭主）　57, 77, 83, 152, 403, 481, 577, 626, 716, 753, 816, 945, 949, 970-971, 1088
ペイシストラトス❷（オルコメノス王）　1089
ペイシストラトス（ペイシストラトス❶の先祖と称される）　1089
ペイシストラトス（家）　530, 532
ペイシロドス　1147
ペイディアース（彫刻家）　59, 61, 82-83, 117, 145, 364, 433, 475, 542, 592-593, 600, 668, 689, 731, 872, 886, 896, 916, 924, 939, 949, 1047, 1062, 1080, 1089, 1125, 1183, 1247, 1250, 1324
ペイディアース（アルキメーデースの父）　149
ペイディッピデース　938, 949, 1090
ペイトー　436
ペイトラーオス　134, 189
ペイドーン　7, 157, 816, 962, 1090
ペイライエウス　7, 76, 83, 406, 623, 682, 697, 803, 871, 947, 973, 1009, 1090, 1100, 1158-1159, 1165, 1233, 1257, 1275, 1339, 1341-1342
ペイラエウス　1090
ペイラース　670
ペイリトゥース　1091
ペイリトオス　14, 244, 376, 571, 593, 765, 795, 973, 994, 1091, 1224, 1282, 1320
ペイレーネー　60, 570, 582, 973, 1091, 1093, 1181
ヘイロータイ　147, 332, 467, 524, 676, 867, 898, 1048, 1092, 1238, 1266
ヘイロータイの乱　254
ヘイローテース　1092
ベウキーニー（族）　911, 1092
ベウキーノイ　1092
ベウケ（島）　911
ベウケティアー　720
ベウケティオス　720
ヘオースポロス　559, 718, 1092, 1168, 1349
ペーガスス　1093
ペーガソス　297, 315, 466, 735, 973-974, 1091, 1093, 1103, 1273
ヘカタイオス　263, 354, 562, 753, 964
ヘカタイオス❶（ミーレートスの歴史家）　418, 660, 757, 982, 1093, 1252
ヘカタイオス❷（アブデーラの）　783, 1093
ヘカテー　18, 68, 172, 345, 370, 443, 572, 659, 673, 706, 712, 766, 983, 1094, 1132, 1134, 1159, 1162, 1222
ヘカトムノース朝　433, 1205, 1249
ヘカトンケイル　292, 765-766, 1057, 1094
ヘカトンケイレス　374, 550, 765-766, 1057, 1123, 1196
ヘカトンピュロス　161, 937
ヘカトンベー　114, 949, 1094, 1112
ヘカベー　9, 63, 212, 310, 393, 464, 473, 533, 622, 774, 859-860, 934, 1056, 1094-1095, 1148-1149, 1312
ヘカレー　1005
ペーギアー　338
ヘーギアース　645, 1089
ヘクサポリス（ドーリスの）　234, 428, 496, 574, 848, 933, 1095, 1380
ヘクトール（トロイアーの）　15, 46, 67, 222, 261, 562, 572, 859, 862, 882, 923, 934, 952, 1056, 1082, 1095, 1149, 1159
ヘクトール（パルメニオーンの末子）　944
ヘクバ　1094, 1096
ペーゲウス　44, 153, 338
ヘーゲーシアース❶（弁論家、歴史家）　39, 1096, 1150, 1213
ヘーゲーシアース❷（哲学者）　131, 1096
ヘーゲーシストラトス　626
ヘーゲーシッポス（弁論家、政治家）　675, 1096
ヘーゲーシッポス（エピグラム詩人）　1096
ヘーゲーシッポス（キリスト教に転向したユダヤ人教会史家）　1096
ヘーゲーシッポス（新喜劇詩人）　1096
ヘーゲーシヌース　446
ヘーゲーシピュレー　832, 1251
ヘーゲモネー　436
ヘーゲーモーン　900, 1096
ヘーシオドス　50, 64, 112, 130, 138, 159, 287, 367, 370, 390, 426, 476, 480, 513, 559, 622, 662, 669, 694, 706, 720, 917, 924, 987, 1071, 1094, 1097, 1116, 1161, 1177, 1179, 1208, 1255, 1281
ヘーシオネー　212, 780, 819, 858, 1314
ヘーシュキオス　571, 663, 1010, 1098
ペスケンニウス・ニゲル　49, 176, 252, 686, 983
ベスティア、ルーキウス・カルプルニウス　1099
ベスティア家　449
ヘスティアー　281, 367, 688, 766, 918, 1056, 1063, 1099, 1359
ベースティアーリイー　284, 511
ヘスペリエー　9
ヘスペリス　877, 1029, 1099-1100, 1118
ヘスペリデ　315
ヘスペリデス　87, 335, 353, 468, 477, 584, 770, 803, 889, 1029, 1085, 1099-1100, 1112, 1118, 1147, 1189, 1278, 1319

ヘスペロス　87, 993, 1092, 1099-1100
ペソス　896
ヘタイラー　40, 69, 84, 129, 210, 365, 582, 642, 805, 1033, 1063, 1100, 1135, 1272
ヘタイライ　607, 1101
ヘタイロイ　531, 1007, 1033, 1100, 1137, 1216, 1343, 1366
ペーダサ　433
ベータニアー　1225
ペダーニウス・セクンドゥス　397, 526, 1101
ペッシヌース　431, 475, 501, 1101, 1203, 1213
ベーッソス　185, 739, 1101
ペッラ　122, 135, 156, 185, 310, 316, 321, 394, 790, 796, 956, 1101, 1149, 1169, 1215, 1273, 1343
ヘッラス　185, 480, 582, 832, 835, 1001, 1102-1103
ヘッラーニーコス（ミュティレーネーの）　864, 1102
ヘッラーニーコス（ミーレートスの）　1102
ヘッラーニーコス（シュラークーサイの）　1102
ヘッラーニーコス（文献学者）　1102
ヘッラーノクラテース　156
ヘッラーノディカイ　365
ヘッラノクラテース（マケドニアー王アルケラーオスを弑逆した）　134
ヘッレー　72, 256, 884, 1058, 1102
ヘッレースポントス　4, 9, 100, 159, 170, 196, 307, 515, 519, 528, 564, 611, 626, 642, 654, 690, 704, 735, 798, 803, 858, 940, 1029, 1056, 1058, 1085, 1102, 1145, 1168, 1210
ヘッレーネス　480, 780, 1103-1104
ヘッレーン　3, 5, 240, 492, 533, 553, 780, 848-849, 861, 1031, 1103
ベッレロポーン　82, 116, 240, 466, 499, 620, 628, 669, 759, 765, 974, 1093, 1103, 1181, 1312
ベッレロポンテース　1103
ペッローナ　579, 603, 847, 1023, 1104, 1235
ベッロウァキー（族）　602, 1069, 1104, 1127
ペティーリウス・ケリアーリス　328, 458
ペティーリウス・ルーフス　561
ペディアーヌス、クィ（ー）ントゥス・アスコーニウス　1104
ペディウス、クィ（ー）ントゥス　1105
ペディウス法　108
ヘーデュロス　1169
ヘードネー　1029, 1334
ペトラー（ヨルダン南部の）　123, 640, 867, 1105
ペトラー（ウンブリア地方の）　1105
ペトラー（シケリアーの）　1105
ペトラー（トラーケーの）　1105
ペトラー（ピーエリアーの）　1105
ペトラー（マケドニアーの）　1105
ベートリアクム　271, 379, 1062, 1105, 1167
ベートリアクムの戦い　359
ベードリアクム　1105
ベードリアコン　1105
ペトレイユス、マールクス　102, 262, 1106
ベートレヘム　958
ペトローニアーヌス　1107
ペトローニウス、C.　12, 319, 409, 456

ペトローニウス、プーブリウス　1107
ペトローニウス・アルビテル　1106-1107
ペトローニウス・トゥルピリアーヌス　1107
ペトローニウス・プロブス　1083, 1107
ペトローニウス・マクシムス　18, 96, 272, 301, 1107-1108, 1330
ペトローニウス氏　96, 1107
ペトロス　53, 197, 226, 231, 238, 241, 266, 386, 421, 519, 526, 544, 630, 635-636, 903, 933, 1106, 1234, 1362
ペトロス城塞　1204
ベーナークス　556
ベーナークス（湖）　556, 648, 1108
ペナーテース　281, 425, 556, 1108, 1325
ペニアー　752
ペーネイオス（河）　23, 121, 335-336, 516, 729, 795, 830, 1108, 1324
ペーネイオス（河神）　478
ベネウェントゥム　28, 78, 175, 369, 378, 420, 614, 759, 829, 986, 1048, 1109, 1162
ペネスタイ　3
ベネディクトゥス　678
ペーネロペ　204
ペーネロペー　208, 244, 251, 258, 307, 349, 357, 825-826, 831, 949, 1110, 1140, 1311
ペーネロペイア　357, 864
ヘーパイスティオーン❶（アレクサンドロス大王の部将）　1110
ヘーパイスティオーン❷（文法学者）　1110
ヘーパイストス　6, 12, 14, 27, 46, 82, 105, 293, 318, 367, 550, 561, 654, 670, 688, 740, 795, 797, 822, 934, 946, 952, 1030, 1110, 1112, 1117, 1178, 1286, 1289, 1373
ベヒストゥーン　525, 738
ヘプタスタディオン　948
ヘブライ　640
ベブリュキアー　976
ベブリュクス　1111
ベブリュ（ー）ケス（人）❶（小アジアの）　118, 159, 456, 751, 976, 1111, 1326
ベブリュ（ー）ケス（人）❷（ピューレーネーの）　1111
ヘブロス（河）　16, 369, 1001
ヘーベー　241, 419, 688, 883, 1111-1112, 1119, 1293
ヘーミテアー　798
ペーメ　1018, 1111
ヘーメラー　13, 105, 343, 877, 1112
ヘーラー　4, 30, 72, 152, 190, 295, 353, 367, 544, 549-550, 559, 562, 571, 605, 615, 659, 671, 673, 678, 688, 699, 718, 742, 757-758, 766, 768, 774, 779, 787, 797-798, 815-816, 819, 821, 838, 859, 884, 897, 904, 919, 934, 973, 975, 977, 981-982, 988, 990, 1006, 1047, 1049, 1056-1057, 1077, 1094, 1099, 1102, 1110-1112, 1116, 1121, 1148, 1161, 1179, 1182-1183, 1298, 1359, 1369
ペライ　86, 119, 181, 189, 232, 583, 796, 816, 936, 1112, 1155, 1185, 1213
ヘーライア　1112
ヘーライオン　158, 1112
ペラギア　1113, 1174
ペラギウス（キリスト教修道士、神学者）　20, 174, 372, 394, 444, 958, 1113
ペラギウス1世（ローマ司教）　1113

ペラギウス2世（ローマ司教）　540, 1113
ペラギウス（アンティオケイア❶の）　1113
ペラギウス（美少年）　1113
ペラギウス派　1113, 1175
ヘーラクリアーヌス　1083
ヘーラクリーウス　272
ヘーラクレーア　→ヘーラクレイア
ヘーラクレーア・アド・ラトゥム　1114
ヘーラクレーア・トラーキーニア　1114
ヘーラクレーア・ペリントゥス　1114
ヘーラクレーア・ポンティカ　1114
ヘーラクレーア・ミーノーア　1113
ヘーラクレーア・リュンケースティス　1113
ヘーラクレイア❶（ルーカーニアの）　146, 466, 687, 732, 918, 969, 986, 1113, 1259
ヘーラクレイア❷・リュンクー　316, 1113
ヘーラクレイア❸・ミーノーア　700, 719, 848, 1113
ヘーラクレイア❹・ポンティカ　407, 426, 529, 565, 575, 756, 927, 1100, 1114-1115, 1196, 1260, 1278
ヘーラクレイア❺・ヘー・プロス（ヒュポ）・ラトモー　687, 1114, 1319
ヘーラクレイア❻・トラーキース　842, 1114
ヘーラクレイア❼・ペリントス　1114, 1126
ヘーラクレイア（イストロス河下流右岸の）　1114
ヘーラクレイア（オロンテース河口南方の）　1114
ヘーラクレイア（パルティアーの町）　1114
ヘーラクレイア（3市、エジプトの）　1114
ヘーラクレース　2, 18, 23, 25, 40, 60, 64, 82, 86-87, 101, 114, 116, 154, 159, 191, 195, 222, 226, 241-242, 256, 311, 318, 346, 353, 364, 368, 390, 460, 521, 529, 536, 539, 542, 549, 552, 557, 559, 562-563, 566, 571, 574, 579, 588, 602, 604, 619-620, 625, 638, 658-659, 664, 669-671, 679, 688, 690, 710, 719, 723-724, 727, 729, 732-733, 735-736, 742, 746, 758, 764-765, 770, 778, 782, 793, 795, 799, 803, 808, 812, 814, 817, 819-820, 824-825, 842, 848, 852, 858-859, 861, 863-864, 878, 883-886, 888-889, 895, 902, 914, 917, 919, 924, 934, 937-939, 964, 972, 975, 982, 985, 988, 992-993, 996, 1006, 1015, 1029, 1044, 1056, 1081, 1085, 1088, 1090-1091, 1098-1099, 1111-1114, 1116, 1120, 1126, 1129, 1133, 1136, 1138, 1140, 1149, 1157-1158, 1161, 1173, 1181, 1187, 1194, 1196-1197, 1206, 1209, 1215, 1224, 1245, 1247, 1250, 1255, 1260-1261, 1278, 1290
ヘーラクレースの十二功業　311, 1117
ヘーラクレースの柱　100, 741, 1057, 1120
ヘーラクレース（アレクサンドロス大王の子）　170, 186, 394
ヘーラクレース・モノイコス　1288
ヘーラクレイオス　1141
ヘーラクレイダイ　157, 327, 455, 542, 577, 625, 764-765, 796, 808, 848, 859, 861, 864, 914, 981, 1090, 1114, 1157, 1215, 1246, 1265
ヘーラクレイデース❶（シュラークーサイの）　760, 1115
ヘーラクレイデース❷（ポントスの）　211,

302, 756, 1115
ヘーラクレイデース（キューメーの）1116
ヘーラクレイトス 329, 514, 636, 697, 945, 969, 1116
ヘーラクレイトス派 1116
ヘーラクレオーン 200
ペラゴニア 1113
ペラスギアー 1120
ペラスゴイ 76, 240, 250, 264, 313, 389, 425, 471, 616, 660, 727, 794-795, 838, 851, 869, 1120, 1129, 1157, 1243, 1246, 1320, 1374
ペラスゴス 144, 727, 869, 897, 1120, 1324, 1337
ペリアース 11, 38, 73, 232, 242, 257, 428, 499, 543, 621, 816, 888, 997, 1085, 1121, 1267
ヘーリアデス 905, 1285
ペリアンドロス❶（コリントスの僭主）128, 142, 247, 474, 486, 562, 1121, 1248, 1251
ペリアンドロス❷（アンブラキアーの僭主）134, 1122
ヘーリウス・アシニウス 1220
ヘーリウーポリス 1123
ペリエーレース 962
ペリオイコイ 332, 676, 1122, 1315
ヘーリオガバルス 1214
ヘーリオクレース 297
ヘーリオス 114, 117, 309, 315, 318, 353, 523-524, 591, 626, 706, 715, 766, 804, 849, 887, 905, 909, 950, 991, 998, 1057, 1094, 1118, 1122-1124, 1132, 1134, 1162, 1179, 1241, 1245, 1267, 1279, 1285, 1380
ヘーリオドールス 17
ヘーリオドーロス❶（セウコス4世の寵臣）704, 1123
ヘーリオドーロス❷（物語作家）1123
ヘーリオドーロス（外科医）1123
ヘーリオドーロス（文法学者）1123
ヘーリオドーロス（歴史家）1123
ヘリオトロープ 523
ヘーリオポリス❶（シュリアーの）254, 1123
ヘーリオポリス❷（エジプトの）318, 1124, 1142, 1162, 1222
ペーリオン（山）38, 157, 193, 232, 242, 306, 356, 552, 570, 795, 1124, 1144, 1320
ヘリカーオーン 1312
ペリグーネー 631
ペリクリュメノス 889
ペリクレース
ペリクレース❶（アテーナイの政治家）57, 69, 83, 91, 147-148, 152, 174, 324, 467, 491, 512, 525, 531, 533, 538, 542, 546, 615, 632, 649, 672, 675, 696, 713, 731, 757, 776, 832, 836, 871, 939, 972, 976, 981, 1073, 1080, 1083, 1089, 1091, 1100, 1124, 1139, 1157, 1251-1252, 1257, 1259-1260, 1281, 1323
ペリクレース❷（❶の子）69, 1125
ペリクレース（リュキアーの支配者）1125
ヘリケー 34, 152
ヘリコーニアデス 1125
ヘリコーン（山）34, 42, 64, 193, 464, 593, 793, 821, 956, 973, 1010, 1093, 1097, 1125, 1161, 1255, 1370

ベリサーリウス 444, 785, 868, 1080, 1295, 1309
ペリシテ人 390, 1296
ヘーリッソス 1126
ペリッコス 932, 1126
ペリトゥース 1091
ペリトオス 1091
ペリパトス（逍遙）学派 512, 520, 532, 609, 710
ペリボイア 347, 814, 819, 1187, 1285
ベーリュートス 53-54, 541, 851, 991, 1023, 1084, 1124, 1126, 1314
ペリントス 331, 615, 1126
ヘルウィウス・キンナ 413, 1137
ヘルウィディウス・プリ（ー）スクス 694, 846, 1061, 1127, 1219, 1353
ヘルウェーティア 689, 1127, 1309
ヘルウェーティイー（族）555, 835, 966, 978, 1127, 1160
ベルガエ（人）47, 90, 223, 245, 289-290, 401, 428, 602, 650, 1104, 1127, 1274, 1373
ペルガモス（ペルガモン市の名祖、アンドロマケーの子）222, 882, 1128
ペルガモン 57, 63, 66, 75-76, 198, 308, 453, 507-508, 511-513, 535, 565, 609, 611, 615, 619, 644, 658, 672, 680, 704-705, 771, 783, 793, 802, 806, 826, 846, 874, 882, 924, 937, 940, 955-956, 998, 1002, 1004, 1022, 1032, 1062, 1066, 1123, 1126, 1128, 1213, 1246, 1256, 1336
ベルギウム 1065, 1127
ベルグーサ湖 1160
ヘルクラーネウム 281, 665, 966, 1007, 1118, 1129, 1184, 1197
ヘルクレース 73, 429, 503, 567, 622, 771, 893, 1075, 1116, 1120, 1129, 1173, 1197, 1209
ヘルクレース・モノエクス 1289
ベルゲー 75, 111, 912, 955, 989, 1129
ベルゴムム 556
ペルサイオス 697, 697, 1129
ペルシア（ペルシア人の国土）1130, 他
ペルシア（現・ベルージャ）21, 54, 216-217, 411, 891, 1371
ペルシア戦争 10, 83, 185, 313, 467, 480, 532, 543, 546, 552, 556, 562, 565, 572, 574, 581-582, 600, 615-616, 619, 623, 627, 631, 634, 663, 675-676, 690, 700, 724, 727, 775, 778, 783, 793, 796, 799, 803, 817, 828, 832, 861, 864, 866, 872, 912, 929, 933, 947, 962-963, 1010, 1048, 1055, 1073, 1080, 1090, 1103, 1130, 1154, 1165, 1173, 1238, 1246, 1252, 1284
ペルシア帝国 37, 263, 506, 555, 615, 619, 690, 708, 739, 783, 802, 898, 941, 971, 1028, 1046, 1057, 1247-1248
ペルシア湾 304
ペルシウス 79, 290, 588, 846, 915, 930, 1131, 1347, 1350
ペールーシオン 319, 1028, 1131
ペルシス 36-37, 169, 457, 606, 909, 1135
ペルシリア 490, 1132
ペルセー 52, 553, 557, 706, 1132
ペルセー（イス）3, 353, 483, 909, 1094, 1132, 1134
ベルセイダイ 778, 1133

ペルセウス（ゴルゴーン退治の英雄）37, 53, 82, 87, 222, 226, 498, 558, 584, 669, 688, 700, 726, 735, 761, 778, 978, 992, 1032, 1077, 1093, 1116, 1132, 1140, 1185, 1241, 1250, 1269, 1273
ペルセウス（マケドニアー王）31, 75, 206, 219, 253, 308, 351-352, 662, 834, 901, 911, 933, 988, 1017, 1066, 1274
ペルセウス（デーメートリオスの孫）807
ペルセース❶（ティターン神族）917, 1134
ペルセース❷（ペルシアの名祖）222, 558, 1132-1133
ペルセース（ヘーシオドスの弟）1097
ペルセプトリス 864
ペルセポネー（デーメーテールの娘）63-64, 86, 233, 369, 569, 591, 605, 611, 628, 670, 684, 688, 731, 794-795, 804, 850, 919, 961, 1010, 1029, 1071, 1080, 1091, 1094, 1120, 1135, 1155, 1159-1160, 1170, 1179, 1247, 1334
ペルセポネー（アイドーネウスの娘）14
ペルセポリス 36-37, 169, 185, 495, 663, 718, 738-739, 909, 1135
ペルタスタイ 1092, 1136
ペルタステース 256
ペルディクス 719, 740
ペルディッカース❶1世 432, 1001, 1136, 1215
ペルディッカース❷2世 156, 359, 629, 689, 796, 972, 1136
ペルディッカース❸3世 119, 312, 407, 1001, 1136
ペルティナ（ー）クス（ローマ皇帝）175-176, 505, 686, 767, 1045, 1137, 1333
ペルティナークス・カエサル 1137
ヘルドニウス 1223
ヘルニーキー 250
ヘルニーキー（族）94, 192, 250, 1017, 1024, 1138, 1318
ヘルビタ 929
ヘルピュッリス 136, 873
ヘルブータ 638
ヘルベルナ❶（執政官）49, 137, 508, 1138
ヘルベルナ❷（❶の孫）487, 702, 1138
ヘルマイ 213, 520, 970, 1120, 1138, 1141
ヘルマヌービス 97
ヘルマプロディートス 105, 620, 1056, 1075, 1139, 1141, 1183
ヘルマルコス 1184, 1274
ヘルミオネー 222, 371, 524, 764, 882, 1139, 1148, 1316
ヘルミッポス（喜劇作家）1139
ヘルミッポス（スミュルナーの）1139
ヘルミッポス（文献学者）1139
ヘルムーポリス 1143
ヘルムンドゥリー（族）651, 1139
ヘルメイアース（セレウコス朝の宰相）199
ヘルメイアース（アッソスの僭主）135
ヘルメーシアナクス 924, 1000, 1140
ヘルメース 11, 24, 97, 101, 105, 114, 144, 367, 547, 557, 608, 628, 648, 671, 688, 726-728, 744, 751, 780, 803-804, 815, 821, 843, 852, 905, 916, 919-920, 934, 948, 952, 984, 993, 1005, 1047, 1056, 1058, 1072, 1082, 1095, 1109, 1118, 1132-1133, 1138-1142, 1155, 1178, 1203, 1249, 1282

ヘルメース・トリスメギストス　550, 1141
ヘルメース文書　1141
ヘルメース＝メルクリウス神殿　1124
ヘルメーッソス　42
ヘルメーティカ　1141
ヘルモーン（山）　631
ヘルモカレース　61
ヘルモクラテース　700, 899, 1141
ヘルモゲネース❶（建築家）　276, 1142
ヘルモゲネース❷（修辞学者）　77, 1142
ヘルモゲネース（カッリアース❺の異母兄弟）　1142
ヘルモゲネース（ソークラテースの弟子）　403
ヘルモゲネース（魔術師）　231
ヘルモス（河）　4, 239, 619, 680, 907, 1344
ヘルモティーモス❶（哲学者、予言者）　12, 984, 1142
ヘルモティーモス❷（宦官長）　1142
ヘルモドーロス　636, 1116
ヘルモポリス　208, 318, 582, 1142
ヘルモラーオス　710, 1143
ヘルリー（族）　357, 405, 676, 791, 1143
ペーレウス　1, 38, 46, 73, 159, 232, 335, 499, 552, 559, 616, 719, 797, 819, 882, 923, 934, 936, 1030, 1111, 1118, 1124, 1143, 1158, 1161, 1166, 1250, 1282, 1290
ペレース　86, 1112
ペレキューデース❶（シューロスの哲学者）　418, 1144
ペレキューデース❷（散文史家）　1144
ペレキューデース（スパルター人に殺された賢者）　1145
ペレグリーノス・プローテウス　554, 1145, 1348
ペレティーメー　916, 1145
ヘレナ❶（コーンスタンティーヌス1世の母）　596-599, 857, 957, 1145
ヘレナ❷（背教者ユーリアーヌス帝の妻）　298, 1146, 1302
ベレニーケ　1147
ベレニーケ❶1世（エジプト王家）　165, 313, 477, 807, 986, 1033-1034, 1039, 1146, 1159, 1208
ベレニーケ❷2世（エジプト王家）　40, 42, 165, 409, 807, 1034, 1146, 1208
ベレニーケ❸・シュラー（エジプト王家）　165, 198, 704, 1034, 1146, 1312
ベレニーケ❹3世（エジプト王家）　1146
ベレニーケ❺4世（エジプト王家）　156, 705, 1036, 1147
ベレニーケ❻（ユダヤ王室、ヘーローデース1世の姪）　139, 1147
ベレニーケ❼（ユダヤ王室、❻の孫娘）　54, 379, 769, 854, 1009, 1147, 1194
ベレニーケ❽（ディアゴラースの娘）　1147
ベレニーケ❾（ミトリダテース6世の妃）　1147
ベレニーケ（モアッタロス3世の妃）　1147
ベレニーケ（市）❶（キュレーナイカ地方の）　166, 1147
ベレニーケ（市）❷（エジプト東岸の）　1148
ヘレネー（トロイア戦争の原因となった）　14, 42, 44, 46, 89, 105, 212, 310, 393, 522, 524, 549, 573, 583, 669, 688, 750, 774, 792, 795, 802, 812, 817, 826, 830, 858-859, 878, 882, 886, 889, 918, 934, 948, 1006, 1056, 1082, 1091, 1139, 1148, 1177, 1181, 1276, 1286, 1289, 1368
ヘレネー（テーセウスに誘拐された）　40, 100
ヘレノス　393, 473, 759, 774, 859, 882, 1006, 1095, 1149
ヘレノポリス　857
ヘレンニウス　790
ベレンニス　529, 602
ヘーロー　100, 406, 690, 1102, 1255, 1360
ベーロー（ネーレウスの娘）　955
ベーロー（ビアースの妻）　888
ベロイア　956, 1149
ベロエー　699
ベーローズ　579, 1150, 1192
ベーローソス　1150
ヘーローダース　1151
ヘーローディアス　192, 238, 622, 1147, 1151, 1153-1154, 1294
ヘーローディアーノス、アイリオス　444, 963, 1151
ヘーローデース❶1世（ヘロデ大王）　53, 64, 139, 182, 190, 206, 209, 236, 254, 268, 385, 515, 536, 613, 622, 631, 709, 763, 874, 927, 957, 991, 995, 1033, 1040, 1105, 1147, 1151-1154, 1225, 1296
ヘーローデース❷（アルケラーオス❻）　1153
ヘーローデース❸（アグリッパ（ース）・ヘーローデース）　238, 1153
ヘーローデース・アグリッパ（ース）1世　231, 254, 636, 854, 1009, 1106, 1147, 1151
ヘーローデース・アグリッパ（ース）2世　1022, 1147
ヘーローデース・アッティクス　83, 133, 184, 247, 357, 554, 585, 664, 899, 920, 1011, 1091, 1153, 1193, 1224, 1230
ヘーローデース・アルケラーオス　157, 1153
ヘーローデース・アンティパース　53, 157, 191, 421, 622, 772, 1151-1154
ヘーローデース・ピリッポス❶1世　254, 622, 1151, 1154, 1225
ヘーローデース・ピリッポス❷2世　53, 386, 421, 622, 1154
ヘーローデース・ボエートス　622
ヘーローデース（オダエナートゥスの先妻腹の嫡男）　695
ヘーローデース王家　1154
ベーロス　7, 59, 558, 689, 726, 768, 876, 926, 983, 1149-1150, 1323
ヘーロストラトス　329, 770, 1150
ヘーロディケー　473
ヘロディコス　972
ヘロデース・アンティパース　622
ヘロデ大王　1147
ヘーロドトス　12, 40, 60, 62, 137, 263, 354, 492, 546, 572, 583, 620, 659-660, 690, 713, 726, 728, 747, 789, 832, 836, 838, 866, 876, 881, 916, 924, 926, 933, 938, 982, 996, 1028, 1040, 1082, 1093, 1101-1102, 1125, 1138, 1145, 1154, 1184, 1219, 1235, 1251

ベロニーケ　1225
ペロピアー　6, 90, 813, 1155
ペロピダイ　1156
ペロピダース　146, 189, 323, 472, 649, 800, 1001, 1155, 1161
ヘーロピレー　632
ヘーロピロス　51, 333, 574, 750, 1003, 1155, 1256
ペロプス（タンタロスの子）　1, 90, 98, 145, 157, 225, 262, 336, 348, 364, 419, 521, 661, 669, 671, 732, 740, 758, 764, 812, 859, 867, 918, 962, 973, 1073, 1149, 1155-1156, 1170, 1208, 1213, 1249, 1260, 1307
ペロプス（スパルター王）　1339
ペロペイア　1155
ペロポンネーソス　1156, 他
ペロポンネーソス戦争　9, 16, 44-45, 52, 83, 96, 137, 147-148, 479-480, 506, 520, 528, 536-538, 556, 560, 563, 574, 578, 582-583, 604, 615, 623, 629, 663, 675-676, 690, 700, 708, 713, 724, 727, 739, 744, 766, 792-793, 799, 810, 813, 816, 818-819, 828-829, 832, 842-844, 849, 860-861, 864-866, 871, 914, 920, 940, 947-948, 950, 969, 985, 997, 1040, 1047-1048, 1051, 1063, 1083, 1089, 1091, 1115, 1125, 1136, 1139, 1142, 1154, 1157, 1165, 1215, 1238, 1252, 1260, 1265-1266, 1272, 1284-1285, 1306, 1323, 1341
ペロポンネーソス同盟　1157
ペローラース　1152
ベロールス　865
ペローロン（岬）　684
ヘーローン　674, 1009, 1158, 1256
ヘーローンダース　409, 712, 1151
ペンタートロン　1158
ペンタポリス　111, 166, 477, 637, 771, 936, 1040, 1095, 1158
ベンディース　843, 1159
ベンティリダイ　1248
ペンティロス　335, 1248
ペンテウス　24, 38, 418, 464, 677, 757, 877, 913, 1159, 1185, 1322
ペンテシキューメー　309
ペンテシレイア　116, 820, 859, 975, 1159, 1208
ペンテリコーン山　76, 83, 558, 939, 993, 1083, 1159
ペントリー　1162
ヘンナ　627, 1135, 1160
ボアディケーア　1163
ポイアース（ピロクテーテースの父）　1006
ボイイー族　107, 280, 401, 556, 996, 1047, 1050, 1160, 1234, 1256, 1308, 1345
ボイオス　219
ボイオータルケース　377
ボイオーティアー　1160, 他
ボイオートス　5, 743, 1160
ポイニクス❶（フェニキアの名祖）　59, 977, 1023, 1161
ポイニクス❷（アミュントールの子）　46, 516, 523, 882, 1161
ポイニクス（不死鳥）　1161
ポイニーケー　59, 817, 834, 1023, 1161, 1216

ポイネー　1333
ポイベー（ティーターン女神の1人）　68, 172, 374, 572, 766, 803, 822, 1162, 1361, 1369
ポイベー（ポリュデウケースの妻）　1162
ポイベー（ヘーリアダイの1人）　1162
ポイヘームム　1160
ポイボス　114, 715, 905, 1122
ボウィアーヌム　589, 614, 1162
ボウィッラエ　1162, 1253, 1317
ボーヴェー　1104
ボウディッカ　245, 428, 561, 902, 1059, 1163, 1288
ボウディッカの乱　289, 1388
ボエーティウス　27, 266, 397, 761, 785, 1059, 1163, 1191, 1236, 1239
ボエートス（カルケドーンの彫刻家）　300, 1164
ボエートス（カルターゴーの彫刻家）　1164
ボエートス（ストアー学派）　1164
ボエートス（ペリパトス派学頭）　1164
ボエニー　613, 656, 686, 996, 1164
ボエニー戦争　52, 70, 444, 526, 566, 574, 579, 658, 879, 1003, 1023, 1077, 1164, 1216, 1382
ボエニー戦争（第1次）　503-504, 571, 585, 619, 623, 627, 679, 756, 831, 857, 865, 892, 925, 929, 935, 953-954, 959, 980, 1071
ボエニー戦争（第2次）　501, 507, 526, 545, 549, 555-556, 601, 606-607, 613, 627, 637, 645, 647, 650, 657-658, 661, 682, 725, 733, 761, 765, 834, 836, 843, 853, 857, 879, 881, 889-890, 893, 900, 904, 912, 923, 946, 953-954, 964, 967, 990, 1013, 1016, 1031, 1047-1048, 1054, 1067
ボエニー戦争（第3次）　527, 655, 728, 912, 966, 980, 1030
ボエニクス（不死鳥）　1161
ボーカイア　69, 89, 118, 339, 401, 585, 736, 964, 1164, 1219, 1326
ボーカース（帝）　951
ボーキオーン　9, 84, 403, 452, 672, 801, 983, 1165
ボーキス　97, 147, 203, 225, 361, 371, 417, 518, 558, 593, 649, 675, 768, 822, 849, 929, 940, 994, 1001-1002, 1008, 1164-1166
ボグス　1166
ボグド　1166, 1171, 1206
ボーゴーン　860
ボーコス（ボーキスの名祖）　1, 68, 203, 819, 1143, 1165-1166
ホシウス　587
ホスティア　1084
ホスティウス（叙事詩人）　1166
ホスティウス（アウグストゥス時代の富豪）　1166
ホスティーリア　965
ホスティーリアーヌス　411, 790
ホスティーリウス　1132
ポストゥミア　682
ポストゥミウス・アルビーヌス　1160
ポストゥミウス・トゥーベルトゥス、アウルス　1167
ポストゥミウス街道（ウィア・ポストゥミア）　32, 49, 171, 289, 1167

ポストゥムス　20, 54, 274, 402, 405, 503, 623, 798, 1167, 1226-1227, 1310
ボストラ　123, 1167
ボスポロス❶海峡（トラーキアーの）　442, 871, 983, 1102, 1168
ボスポロス❷海峡（キンメリアーの）　488, 565, 951, 1168, 1203
ボスポロス王国　951, 1203
ボースポロス　1168, 1349
ホスロー❶（コスロエース）1世・アヌーシルウァーン　579, 606, 1169, 1192
ホスロー❷2世・パルウィーズ　579, 1169, 1292
ホスロー❸3世　1169
ポセイディオン　640
ポセイディッポス❶（喜劇詩人）　1169
ポセイディッポス❷（エピグラム詩人）　65, 674, 1169, 1364
ポセイドーニアー　339, 637, 642, 859, 904
ポセイドーニオス　38, 85, 97, 461, 559, 672, 674, 753, 789, 1039, 1169, 1381
ポセイドーン　1170, 他
ポダルゲー　698, 942
ポダレイリオス　66, 188, 440, 1006, 1170, 1208
ボックス❶1世　302, 1166, 1171
ボックス❷2世　386, 629, 1166, 1171
ボックス　605
ポッパエア・サビーナ　19, 51, 56, 239, 351, 359, 680, 764, 845, 852, 878, 890, 1171
ポッパエウス・サビーヌス　1171
ポッリオー、ウェーディウス　1172
ポッリオー、ガーイウス・アシニウス　1172
ポッリオー、トレベッリウス　1172
ポッルクス　392, 750, 931, 1297
ポッレンティア　124
ポーティオス　38, 1007, 1079
ポティダイア　1173
ポテイダイア　148, 170, 364, 394, 402, 582, 708, 832, 1001, 1169, 1173, 1191
ポティーヌス　1173
ポテイノス　535, 1037, 1173
ポトス　980
ボナ（岬）　910
ボナ・デア　26, 361, 517, 548, 1173, 1198, 1203
ボニファーキウス　1174
ボニファーティウス（西ローマ帝国の将軍）　20, 29, 400, 1174
ボニファーティウス1世　1174
ボニファーティウス4世　951
ボニファーティウス（宣教し殺された）　1174
ホノース　279, 489, 1024, 1174
ボノーニア　21, 216, 950, 1050, 1053, 1105, 1160, 1174, 1202, 1371
ホノーラートゥス　999
ホノーリア　272, 400, 597, 1175
ホノーリウス　71, 74, 124, 144, 366, 400, 501, 511, 596, 599, 667, 784, 787, 1059, 1068, 1175, 1305
ホノル　1174
ポピッリア　414
ポピリウス・ラエナース❷　879, 1099, 1357
ポピリウス街道（ウィア・ポピリア）　171, 601, 1175, 1310

ポピリウス氏　1310
ポプラーレース（民衆派）　362, 608, 682, 894, 1176, 1382
ポプリコラース　1041
ホプリータイ　676
ホプリーテース　932, 1136, 1176
ポプローニア　290, 1176
ポプローニウム　1176
ホプロマキー　511
ボボス　191
ボミルカース　1176
ボミルカル❶（カルターゴの将軍）　1176
ボミルカル❷（ユグルタの側近）　1176, 1220, 1294
ポーメーリウム　1385-1386
ホメーリダイ　459, 536, 1177-1178
ホメーロス　3, 46, 98, 112, 116, 122, 130, 136-138, 186, 211, 230, 239-240, 260, 287, 350, 357, 370, 426, 459, 480, 500, 513, 530, 536, 543, 557, 562, 570-572, 594, 607, 616, 619-620, 622, 625-626, 631, 644, 647, 662, 669, 672, 680, 690, 694, 707, 720, 726-727, 730, 740, 742, 750, 761, 768, 774, 778, 800-802, 813, 816, 820, 826, 858-859, 864, 871, 877-878, 881, 918, 924, 942, 948, 950, 970, 987, 990, 997, 1005, 1011, 1029, 1033, 1057, 1062, 1080, 1082, 1089, 1094-1095, 1102, 1116, 1120, 1140, 1165, 1177-1178, 1245-1246, 1274-1275, 1283, 1285
ホメーロス（ビューザンティオンの）　1072
ホメーロス讃歌集　1156, 1177-1178, 1305
ホメーロス占い　1178
ポーモーナ　289, 961, 1054, 1178
ボラ　248, 410, 1178
ホーラー　105, 802, 1179
ホーライ　129, 295, 436, 688, 763, 802, 1112, 1179
ホラーティー　1180
ホラーティウス（詩人）　57, 151, 267, 284, 287, 349, 369, 395, 413, 555, 573, 607-608, 662, 771, 827, 898, 915, 960, 966, 978, 1007, 1068, 1071, 1084, 1131, 1172, 1178-1179, 1207, 1255, 1264, 1288, 1350, 1383
ホラーティウス・コクレス　547, 679, 1189
ホラーティウス（氏）　922, 1048
ホラーティウス兄弟　1180
ポリアス　1180
ポリオルケーテース　1083, 1187
ポリーテース　1057, 1317
ポリュームニアー　1255
ポリュアイノス（文筆家、修辞家）　731, 796, 1180
ポリュアイノス（ランプサコスの）　1181
ポリュイーデス　1181, 1280
ポリュエイデス（予言者）　326, 499-500, 1181, 1280
ポリュエイデス（軍事技師）　1181
ポリュカルポス　245, 295, 641, 680, 1181
ポリュクセネー　46, 882, 1095, 1181
ポリュクソー（トレーポレモスの妻）　858, 1148, 1181
ポリュクソー（アンティオペー❷の母）　1182
ポリュクソー（女神官）　1182

ポリュクソー（ダナオスの妻） 1182
ポリュクソー（ニュクテウスの妻） 1182
ポリュグノートス（古典期を代表する画家） 39, 83, 140, 407, 672, 713, 724, 864, 899, 924, 1083, 1182, 1240
ポリュクラテース（サモスの僭主） 48, 94, 115, 258, 304
ポリュクラテース（レームノスの僭主） 1373
ポリュクレース 1183
ポリュクレイア 796
ポリュグノートス（赤絵式陶器の画家） 1182
ポリュクレイトス（彫刻家） 59, 85, 117, 158, 330, 542, 1112, 1183, 1250, 1343
ポリュクレイトス（ラーリーサの） 1183
ポリュクレイトス（解放奴隷の） 1183
ポリュザーロス 959
ポリュステネース（河） 369, 577, 658, 760, 831, 960, 1183
ポリュストラトス 1129, 1184
ポリュスペルコーン 186, 1187
ポリュゼーロス 829, 1184
ポリュダマース 952, 1095
ポリュデウケース❶（ディオスクーロイの1人） 40, 118, 159, 392, 522, 634, 750, 792, 795, 817-818, 1141, 1148, 1162, 1184
ポリュデウケース❷（ナウクラティスの学者） 1184
ポリュデウケース（クラウディウスの奴隷） 1184
ポリュデクタース 1339
ポリュデクテース 726, 761, 1184
ポリュテクノス 30
ポリュドーロス❶（プリアモスの子） 1095, 1185, 1188, 1337
ポリュドーロス❷（テーバイ❶王） 57, 85, 1159, 1185, 1312, 1322
ポリュドーロス❸（ヒッポメドーンの息子） 326, 974, 1185
ポリュネイケース 88, 204, 224, 238, 320, 326, 336, 346, 539, 664, 799, 814, 820, 826, 1185
ポリュパゴス 222
ポリュビウス 868
ポリュビオス 35, 70, 122, 331, 366, 406, 527, 656, 674, 695, 753, 756, 759, 774, 806, 808, 868, 897, 994, 1016-1017, 1080, 1169, 1186, 1261, 1310, 1329, 1382
ポリュヒュムニアー 1186, 1255
ポリュプローン 189, 233, 1185
ポリュペイデース 1280
ポリュペーモス 46, 358, 431, 566, 994, 1005, 1186
ポリュペーモーン 1078
ポリュペルコーン 208, 308, 394, 532, 745, 937, 1187
ポリュボーテース 875
ポリュポイテース 1091
ポリュボス（コリントスあるいはシキュオーンの王） 87, 346, 1187, 1285
ポリュボス（エジプトのテーバイ❷王） 1187
ポリュボス（コースの） 1187
ポリュポンテース 542, 1284
ポリュムネーストス 915, 1187

ポリュムノス 757
ポリュメーストール 1095, 1185, 1188
ポルキア 107, 417, 979, 1070, 1188
ポルキウス・カトー, M. 515, 1327
ポルキウス・フェストゥス 54
ポルキウス・リキニウス 414
ポルキウス氏 415, 833, 1188
ポルギオス 1076
ポルキュス 315, 354, 374, 498, 555, 584, 659, 684, 766, 1099, 1186, 1188, 1195, 1319
ポルクス 1366
ポルス 572
ポルセナ 1189
ポルセンナ 291, 526, 547, 569, 573, 652, 734, 1041, 1189, 1320, 1325
ホルタルス 1190
ホルテーンシア 1190
ホルテーンシウス、クィ（ー）ントゥス❶（政治家） 1189
ホルテーンシウス、クィ（ー）ントゥス❷（大雄弁家） 283, 834, 1190, 1227
ホルテーンシウス氏 1190
ポルティクス 671
ポルトゥーナーリア 1191
ポルトゥーヌス 1191, 1362
ポルトゥス・カレー 1353
ポルネー 1100
ポルバース 66
ポルビティネー 1191
ポルピュリオス 20, 52, 234, 303, 441, 443, 880, 957, 1082, 1191, 1215, 1226, 1388
ポルピュリオーン 460
ポルミオーン 110, 1191
ホ（ー）ルミスダース❶1世 267, 1192
ホ（ー）ルミスダース❷2世 635, 868, 1192
ホ（ー）ルミスダース❸3世 1150, 1192
ホ（ー）ルミスダース❹4世 1192
ホ（ー）ルミスダース❺5世 1192
ボールモス 994
ボレアース 97, 314-315, 428, 593, 691, 698, 892, 897, 949, 978, 980, 1031, 1192, 1261
ホレブ山 631
ポレーモーン1世、ポントス王 168
ポレマルコス 1342
ポレモス 990
ポレモーン❶（アテーナイの哲学者） 1193
ポレモーン❷（＝ポレモーン1世） 1193
ポレモーン❸（＝ポレモーン2世） 1193
ポレモーン❹（ソフィスト、弁論家） 133, 218, 1011, 1193
ポレモーン❺（地誌学者） 1193
ポレモーン❶1世 40, 62, 493, 513, 516, 584, 697, 726, 988, 1193
ポレモーン❷2世 96, 988, 1193
ボロエー 1194
ボロゲーセース 1150
ホーロス 246, 354, 700, 943, 1194
ボロス 752, 1194, 1268
ポーロス 76, 139, 186, 723, 870, 985, 1027, 1194
ボローネウス 158, 370, 869, 1112, 1157, 1194, 1260
ホロベルネース 126, 806
ポーンス・スブリキウス 194, 573
ポンティア（島） 55-56, 890, 1300
ポンティアーヌス 104

ポンティウス・テレシーヌス 1195
ポンティウス・ピーラートゥス 276, 519, 1195
ポンティウス・ヘ（ー）レンニウス、ガーウィウス（ガーイウス） 1195
ポンティフィケース 679
ポンティフェクス（祭司） 1195, 1244
ポンティフェクス・マクシムス 1195
ポントゥス 399, 584, 1061, 1195
ポントゥス・ガラティクス 1196
ポントゥス・ポレモーニアクス 1196
ポントス（海神） 13, 374, 1195
ポントス（黒海沿岸地方） 1196, 他
ポントス・エウクセイノス（黒海） 976, 1196
ポンプティーヌム 78, 691, 1197
ポンペイイー 225, 247, 343, 281, 665, 729, 731, 855, 879, 913, 1006, 1118, 1129, 1172, 1197
ポンペーイウーポリス 716
ポンペイヤーヌス・クィンティアーヌス（クラウディウス・ポンペイヤーヌスの甥） 505
ポンペイヤ（カエサルの妻） 548
ポンペイヤ❶（ポンペイユス・ルーフス❷の娘） 26, 382, 1173, 1198, 1200
ポンペイヤ❷（大ポンペイユスの娘） 486-487, 666, 1198-1199, 1254
ポンペイヤ❸（セクストゥス・ポンペイユス・マグヌスの娘） 1198, 1233
ポンペイユス氏 1198
ポンペイユス・ストラボー、グナエウス 64, 175, 290, 418, 580, 1198, 1200
ポンペイユス・トローグス 1198, 1295
ポンペイユス・マグヌス、グナエウス❶（大ポンペイユス） 264-265, 356, 414, 416, 423, 462, 505, 509, 512, 515-518, 536, 560, 565, 580, 584, 587-589, 600, 608, 613, 624, 639-640, 652, 666, 677, 682, 692, 702-703, 705, 728-730, 735, 743, 751, 790, 813, 815, 835, 846, 848, 850-853, 870, 872, 880, 901-902, 927, 936, 942, 947-948, 957, 960, 965-966, 977, 979, 991, 1012, 1037, 1043, 1055, 1058, 1070-1071, 1105-1106, 1166, 1169, 1171, 1178, 1198-1199, 1206, 1227, 1231-1233, 1241, 1253, 1258, 1262, 1270-1272, 1286, 1296-1298, 1350, 1374, 1382
ポンペイユス・マグヌス、グナエウス❷（❶の長男） 383, 505, 1200
ポンペイユス・マグヌス、グナエウス❸（❶の子孫） 214, 510, 1200
ポンペイユス・パウリーヌス 1379
ポンペイユス・マグヌス、セクストゥス 383, 1200
ポンペイユス・マケル 1216
ポンペイユス・ルーフス、クィ（ー）ントゥス❶（Q. ポンペイユスの孫） 1198, 1200
ポンペイユス・ルーフス、クィ（ー）ントゥス❷（❶の子） 1200
ポンペイユス・ルーフス、クィ（ー）ントゥス❸（❷の子） 1201
ポンペイユス劇場 1384
ポンペーロー（ナ） 265
ポンポーニア❶（ポンポーニウス・アッティ

クスの妹) 461, 1201
ポンポーニア❷(❶の姪) 55, 278, 381, 1201
ポンポーニア❸(大スキーピオーの母) 1201
ポンポーニア・グラエキーナ 1043
ポンポーニウス、セクストゥス 1202
ポンポーニウス・アッティクス、ティトゥス 55, 380, 461, 1201
ポンポーニウス・セクンドゥス、プーブリウス 846, 1202
ポンポーニウス・ボノーニエーンシス、ルーキウス 1202
ポンポーニウス・メラ 444, 621

● マ行

マー 579, 1104
マイア 144, 688, 1072, 1140, 1203
マイアンドロス河 63, 70, 98, 239, 433, 560, 591, 615, 698, 846, 1057, 1203, 1213, 1235, 1252, 1313, 1344
マイオーティス湖 231, 488, 726, 1168, 1203
マイオニアー人 1344
マイオーン 897
マイサデース 689
マイナス 757, 913, 949, 1204
マイナデス 608, 913, 949, 1204
マイナロス 72, 949
マイノーン 41
マイヨリアーヌス 630, 685, 1204, 1332
マイヨルカ 946
マイラ 407
マウソーレイオン 172, 609, 661, 933, 988, 1009, 1062, 1204-1205, 1249, 1320, 1362
マウソーレーウム 22, 489, 771, 797, 1204, 1233, 1384
マウソーロス 172, 221, 302, 433, 459, 574, 609, 776, 835, 846, 912, 933, 988, 1062, 1114, 1204-1205, 1249
マウリー(人) 291, 610, 723, 1205
マウリキウス 1169
マウリーターニア 1206
マウリティウス 1206
マウリヤ 624
マウルーシアー 1206
マウルーシオイ 880
マウレーターニア 31, 102-103, 195, 219, 291, 302, 386-387, 485, 502, 536, 629, 643, 702, 723, 779, 837, 879, 902, 1024, 1037, 1058, 1077, 1119, 1166, 1171, 1206, 1209, 1214, 1279, 1298-1299
マウレーターニア・カエサリエーンシス 1206
マウレーターニア・ティンギター 1206
マエオーティス 1203
マエオーニウス 356
マエキアーヌス 1206
マエケーナース、ガーイウス 21, 55, 80, 286, 319, 322, 608, 661, 827, 833, 919, 931, 1079, 1084, 1087, 1179, 1207, 1255, 1258, 1320, 1371
マエサ 333
マエニアーナ 1207
マエニアーヌム 1207
マエニウス、ガーイウス 128, 196, 427, 1207

マエニウスの柱 1207
マエニウス氏 1207
マー=エニューオー 579
マエリウス、スプリウス 1207
マカーオーン 66, 1006, 1159, 1170, 1207
マガース 362, 673, 788, 807, 1004, 1034, 1146, 1208
マガダ 624
マカニダース 867, 1008, 1208, 1339
マカリアー 1114
マカリオス、エジプトの 363
マカル 1272
マカレウス 5, 251, 419, 1272
マカローン・ネーソイ 1208
マカローン・ネーソス 1208
マギー 1209
マギストラートゥス 352, 514, 527, 605, 690, 692, 834, 837, 1209, 1331-1332
マクシマ・セークァノールム 689
マクシミッラ 1291
マクシミアーヌス 20, 269, 303, 429, 454, 595, 598, 648, 685, 747, 906, 1012, 1145, 1206, 1209, 1212, 1268, 1347
マクシミアーヌス(2世)・ダイヤ 268, 446, 454, 598, 641, 908, 1210, 1331
マクシミーヌス・トラークス 585, 686, 1041, 1210
マクシムス、マグヌス 1211
マクシムス(氏) 1015
マクシモス(エペソスの) 13, 1211, 1302
マクシモス(テュロス) 1211
マクセンティウス 303, 454, 596, 598, 604, 641, 685, 690, 909, 1012, 1209-1210, 1212, 1331, 1385
マグダラ 1225
マグナ・グラエキア 109, 250-251, 457, 481, 637, 732, 754, 1113, 1212, 1253, 1263, 1322, 1378, 1382
マグナ・マーテル 361, 475, 518, 931, 1212, 1355
マグヌス・マクシムス 178, 272, 512, 784, 1059, 1284, 1294
マグネーシアー❶(1)(マイアンドロス河畔の) 1213
マグネーシアー❶(2)(シピュロス山麓の) 1213
マグネーシアー❷(テッサリアー東部の) 242, 796, 1006, 1213, 1281
マグネンティウス 595-596, 648, 885, 1214
マクラ 1012
マークラ河 1356
マクリアーヌス 356
マクリス 24
マクリーヌス 164, 333, 386, 430, 745, 777, 925, 1214, 1301
マクリネー(バシレイオスの姉) 910
マクリュエス 866
マクロー、クィ(ー)ントゥス・ナエウィウス・スートーリウス 175, 434, 652, 684, 773, 1214
マクロビウス 17, 554, 609, 656, 701, 715, 1044, 1215
マケドニア(一) 1215, 他
マケドニア(属州) 563, 646, 665, 721, 796, 843, 853, 856, 1126, 1269
マケドニアー戦争 1216, 1382
マケドニクス 1269

マケドーン 1215
マケル 1216
マケル、アエミリウス 1216
マゴイ 37, 112, 579, 938, 986, 1216, 1238, 1292
マゴス 681, 716, 738, 986
マコラーバ 123
マーゴー(ン)❶(マーゴー家の初祖) 928, 1217
マーゴー(ン)❷(ディオニューシオス1世とたたかったカルターゴー将軍) 1217, 1372
マーゴー(ン)❸(ハミルカル・バルカの子) 507, 555, 658, 912, 929, 1217, 1333
マーゴー(ン)❹(『農事誌』の著者) 928, 1217
マーゴー(ン)❺(カルターゴーの将軍) 1217
マーゴー家 443
マサエシューリー 879, 1218
マサダ 625, 957
マシスティオス 1218
マシステース 115, 1217
マシニッサ 292, 378, 387, 484, 527, 613, 637, 655, 714, 851, 879, 912, 1218-1220, 1240, 1294
マスケゼール 485
マズーシアー(岬) 812
マズーシオス 812
マズダク(教) 579
マスタナバル 378, 527, 960, 1218, 1240, 1294
マスタルナ 834
マストゥーシオス 812
マスピオイ 37
マスリウス・サビーヌス 397
マダウルス 1218
マダウロス 20, 104, 1218
マッカバイオイ 62
マッカバイオス 62, 199, 867
マッサ、バエビウス 1219
マッサゲタイ(族) 123, 222, 552, 604, 866, 1203, 1219
マッサリアー 176, 401, 606, 781, 821, 837, 870, 943, 979, 987, 1023, 1059, 1164, 1219, 1288, 1332, 1379
マッシーウァ❶(マシニッサ王の甥) 1220
マッシーウァ❷(グルッサの子) 527, 1176, 1220
マッシニッサ 1218
マッシューリー 637, 879, 1218
マッシリア 17, 47, 53, 107, 192, 217, 394, 404, 552, 573, 607, 666, 857, 869, 1011, 1026, 1069, 1219, 1225, 1253, 1332, 1349, 1379
マッタイオス 421, 636, 1152, 1220
マッタエウス 1220
マッタティアース 235
マッティアース 636
マッロス 130, 227, 513, 756, 924, 1289
マッローニア 82
マッールウィウム 1234
マッールビウム 1234
マティウス 356, 1220
マティディア 611, 1220
マティディウス 1228
マーテル・マートゥー 1220

マトー　445
マートゥータ　1220
マートラーリア　1221
マートリモーニウム　919, 1221
マートローナ（既婚婦人）　1221
マートロナ川　1127
マートローナーリア祭　1221, 1298
マーニー　20, 267, 444, 497, 526, 606, 635, 708, 716, 747, 1175, 1221, 1230
マーニア　1325
マーニウス（マーニウス・アキーリウス・グラブリオー❶の子）　515
マーニウス（マーニウス・アキーリウス・グラブリオー❷の子）　516
マーニウス・アエミリウス・レピドゥス　32
マーニウス・グラブリオー　936
マーニウス・クリウス・デンタートゥス　611, 1018
マーニウス・マーニーリウス　1222
マーニーリウス、ガーイウス　1222
マーニーリウス・アンティオクス　1222
マーニーリウス法　462, 1367
マネース　408
マネトーン　7, 318, 1124, 1222
マーミリウス、オクターウィウス　1223
マーミリウス・リーメタースヌス、ガーイウス　1223
マーミリウス氏　833, 1223
マーミリウス法　1223, 1286
マームッラ　276, 413, 1026, 1223
マーメルクス・アエミリウス・スカウルス　277, 652
マーメルティーニー　354, 560, 613, 959, 1223, 1235, 1264
マラカンダ　531, 708
マラトゥス　771
マラトーン　10, 154, 171, 634, 725, 738, 794, 803, 924, 938, 947, 949, 971, 1005, 1048, 1090-1091, 1111, 1131, 1176, 1223, 1247, 1251, 1259
マラトーンの戦い　132, 403, 472
マラピオイ　37
マリアー❶（イエースースの母）　223, 229, 238, 329, 518, 541, 636, 820, 833, 1224, 1347
マリアー❷（マグダラの）　519, 1225
マリーア　1224
マリーア（スティリコーの娘）　667, 1175
マリアムネー　1225
マリアンデューノイ　118, 255, 994, 1114
マリアンメー❶1世　53, 139, 182, 190, 622, 995, 1152, 1225
マリアンメー❷2世　1154, 1225
マリーカ　1254, 1318
マリウス、ガーイウス❶（共和政後期の将軍）　1226
マリウス、ガーイウス❷（小マリウス）　1226
マリウス、キンナ　702
マリウス・ウィクトーリーヌス　1225
マリウス・グラーティディアーヌス　412, 414, 1227
マリウス・プリ（ー）スクス　722, 1061
マリウス・マクシムス　651, 963, 1226
マリコス（マルコス）1世　867
マリコス（マルコス）2世　867

マーリス　324, 1364
マルウェントゥム　1109
マルガリータ（殉教者）　642
マルキア❶（M.レーグッルスの妻）
マルキア❷（小カトーの後妻）　417, 1188, 1190
マルキア❸（❷の姪）　1017
マルキア❹（ティトゥスの後妻）　1301
マルキア（アウルス・クレムーティウス・コルドゥスの娘）　587
マルキア（カエサルの祖母）　1367
マルキア（コンモドゥスの愛妾）　94, 530, 602, 767, 868
マルキア（マールクス・アティーリウス・レーグルスの妻）　1367
マルキア（リキニア❷の同僚のウェスターリス）　1329
マ（ー）ルキア・フルニッラ　714
マルキアーナ、ウルピア　1228
マルキアーナ（殉教者）　386
マルキアーヌス（東ローマ皇帝）　1065
マルキアーヌス（レオー1世の女婿）　696
マルキアーヌス（老将）　1065
マルギアネー　478, 1228
マルキアーノス　173, 1228
マルキアーノポリス　1228
マ（ー）ルキウス　1229
マ（ー）ルキウス・バレア・ソーラーヌス　714
マ（ー）ルキウス・ピリップス家　1229
マ（ー）ルキウス・ルティルス、ガーイウス　1229
マ（ー）ルキウス氏　1229
マルキウス　1229
マルキウス・サビーヌス　194
マルキウス・ピリップス　21, 510
マルキウス・レークス　1229
マルキウス兄弟　1229
マルキウス氏　194, 570, 1227, 1229, 1367
マルキオーン　497, 787, 1229
マルキオーン派　1181, 1230
マルーキーニー（族）　905, 1220, 1235
マルグス（河）　437, 863
マールクス・アウレーリウス　17, 27, 101, 188, 218, 232, 280, 288, 325, 446, 453, 470, 489, 505, 519, 564, 602, 653, 672, 686, 703, 706, 759, 851, 899, 977, 1012, 1023, 1028, 1063, 1087, 1137, 1142, 1152-1153, 1180-1181, 1202, 1206, 1212, 1230, 1234, 1349
マールクス・アエミリウス・レピドゥス　900
マールクス・アグリッパ　1249
マールクス・アティウス・バルブス　81
マールクス・アントーニウス❶（雄弁家）　49, 215
マールクス・アントーニウス❷・クレーティクス（❶の子）　215, 1300
マールクス・アントーニウス❸（大アントーニウス）　515, 709, 931, 943, 1064, 1300, 1371
マールクス・アントーニウス❹（❸の子）　217, 1064
マールクス・アントーニウス・ポレモー　1193
マールクス・ウァレリウス・メッサー（ッ）ラ・コルウィーヌス　1263

マールクス・ウァレリウス・メッサーッラ（同名の父親）　1264
マールクス・ウァレリウス・メッサーッラ（同名の従弟）　1264
マールクス・ウィーニキウス（30年と45年の執政官）　277-278, 283
マールクス・ウィーニキウス（前19年の補欠執政官）　277
マールクス・ウィプサーニウス・アグリッパ　21
マールクス・オクターウィウス（グラックス❸の改革に反対した）　352
マールクス・オクターウィウス（前50年の造営官）　352
マールクス・オストーリウス・スカプラ　654
マールクス・カエキリウス・メテッルス　1271
マールクス・キケロー❶ →キケロー、マールクス・トゥッリウス❶
マールクス・キケロー❷ →キケロー、マールクス・トゥッリウス❷
マールクス・クラウディウス・マルケッルス❶ →マルケッルス、マールクス・クラウディウス❶
マールクス・クラウディウス・マルケッルス❷ →マルケッルス、マールクス・クラウディウス❷
マールクス・クラウディウス・マルケッルス❸ →マルケッルス、マールクス・クラウディウス❸
マールクス・クルティウス　528
マールクス・クローディウス・アエソープス　29
マールクス・コッタ　574-575
マールクス・ファウォーニウス　1011
マールクス・ファビウス・アンブーストゥス →ファビウス・アンブーストゥス、マールクス
マールクス・プラウティウス・シルウァーヌス　1043
マールクス・ブルートゥス →ブルートゥス、マールクス
マールクス・フルウィウス・ノービリオル　892
マールクス・フルウィウス・フラックス　656, 1049
マールクス・ペトレイユス　215
マールクス・ペルペルナ　1138
マールクス・ポピリウス（前359年の執政官）　1310
マールクス・ポピリウス・ラエナース（前173年の執政官）　1310
マールクス・メッサーッラ・メッサーッリーヌス　1264
マールクス・ユーリウス・アグリッパ　53-54
マールクス・ユーニウス・シーラーヌス　701
マールクス・ユーニウス・ブルートゥス❷　383
マールクス・リーウィウス・ドルースス　854
マールクス・ルークッルス　1286
マルケッラ❶（大マルケッラ）　217, 1231
マルケッラ❷（小マルケッラ）　1231
マルケッリーヌス　1303

マルケッルス 743, 1231, 1255
マルケッルス、ガーイウス・クラウディウス❶（名総督の子）1231
マルケッルス、ガーイウス・クラウディウス❷（❶の従兄弟）1232
マルケッルス、マールクス・クラウディウス❶（共和政期の名将）1232
マルケッルス、マールクス・クラウディウス❷（前51年の執政官）1233
マルケッルス、マールクス・クラウディウス❸（クラウディウス・マルケッルス❶の子）1233
マルケッルス家 504, 1231
マルケッルス劇場 1384
マルケッロス（アタナシオスの友人）1233
マルケッロス（医師）1233
マールコス 519, 1147, 1233, 1382
マルコマニー 1234
マルコマンニー（族）178, 232, 253, 280, 405, 489, 505, 602, 651, 781, 855, 1047, 1230, 1234, 1238
マルコマンニー戦争 289, 446, 453, 1234, 1348
マルシー 629, 866, 1029, 1138, 1235
マルシー❶（ラティウムの部族）835, 905, 1027, 1220, 1234
マルシー❷（ゲルマーニアの部族）1234
マルシー戦争 1234, 1270, 1351
マルシュアース（河）82, 98, 114, 366, 390, 465, 560, 1203, 1234-1235, 1241, 1250
マールス（ローマの軍神）142, 190, 567, 601, 613, 617, 648, 951, 961, 1025, 1054, 1069, 1071, 1086, 1104, 1221, 1223, 1235
マールス・ウルトル 1235
マルタ 1225
マルタケー 157
マールティアーヌス・カペッラ（著述家）266, 1235
マールティアーヌス（格闘士）878
マールティアーリス 33, 176, 413, 489-490, 608, 647, 681, 964, 1004, 1086, 1236, 1255, 1350, 1383
マルティーナ 967
マールティーヌス（トゥールの）681, 999, 1236
マルテュロポリス 763
マルドニオス 170-171, 495, 799, 848, 898, 1048, 1130, 1237, 1246
マルパダテース 417
マルペーッサ 114, 249, 1237, 1282
マルボドゥウス 699
マルヤム 1225
マレアー岬 358
マレウェントゥム 1109
マレオーティス（湖）1237
マレシャ 340
マレース 24
マローネイア 248, 459, 711, 969, 1273
マロボドゥウス 178, 446, 651, 781, 1139, 1234, 1238, 1325
マンダネー 457, 478, 1238
マンテイア（一）649
マンティコ（一）ラ 1061, 1238
マンティコーラース 1238
マンティネイア 144, 204, 323, 368, 523, 744, 752, 800, 915, 1008, 1109, 1157, 1208, 1238

マンティネイアの戦い 45, 157, 494
マントー 153, 227, 326, 352, 594, 779, 1239, 1289
マントゥア 286, 410, 735, 920, 1167, 1239
マンドゥービイー族 190, 1239
マンヌス 567
マンリウス・ウルソー（前474年の執政官）294
マンリウス・ウルソー・ロングス, L.（前256、前250年の執政官）294
マンリウス・カピトーリーヌス、マールクス 427, 853, 1239, 1288
マンリウス・トルクァートゥス❶ 412, 575
マンリウス・トルクァートゥス❸ 646
マ（ー）ンリウス（氏）922, 1239
ミキプサ 86, 527, 960, 1218, 1240, 1294
ミコーン 672, 924, 1182, 1240
ミスゴラース 190
ミスメー 63
ミーセーヌス（カンパーニアの港町）96, 281, 433, 773, 837, 1031, 1061, 1240, 1308
ミーセーヌム岬 31, 216, 1350
ミーセーノス 1240
ミーセーノン 1240
ミタア 1240
ミダース 77, 194, 488, 536, 585, 648, 907, 949, 1062, 1131, 1173, 1177, 1240
ミタンニ 320
ミデアー 1133, 1241
ミデイア 1241
ミティア・ロンギーナ 935
ミテュレーネー 1248
ミトラース 38, 49, 169, 544, 593, 601, 603, 675, 721, 777, 835, 938, 1059, 1213, 1241, 1247, 1302
ミトラダテース 1196
ミトリダテース❶ 6世（大王）・エウパトール・ディオニューソス（ポントス王）83, 116, 126-128, 156, 162, 231, 565, 584, 632, 673, 702, 762, 874, 927, 940, 951, 1032, 1147, 1196, 1242, 1313
ミトリダテース❷ 1世ポントス王 1242
ミトリダテース❸ 2世（ポントス王）127, 1243
ミトリダテース❹ 3世（ポントス王）127, 201, 1243, 1313
ミトリダテース❺ 4世（ポントス王）1243
ミトリダテース❻ 5世（ポントス王）1243
ミトリダテース❶ 1世（パルティアー王）1243
ミトリダテース❷ 2世（パルティアー王）1243
ミトリダテース❸ 3世（パルティアー王）1243
ミトリダテース❹ 4世（パルティアー王）1243
ミトリダテース1世（コンマーゲーネー王）201, 1243
ミトリダテース2世（コンマーゲーネー王）202, 1243
ミトリダテース3世（コンマーゲーネー王）202
ミトリダテース（ミトリダテース6世の子）62
ミトリダテース（アリアラテース❺の実名）126

ミトリダテース（アルメニアー王）1243
ミトリダテース（宦官）1243
ミトリダテース（ダーレイオス3世の女婿）1243
ミトリダテース（ペルシア帝国の高官）1243
ミトリダテース（ボスポロス王）1243
ミトリダテース（メーディアー・アトロパテーネーの王）1243
ミトリダテース戦争 49, 63, 104, 431, 459, 462, 1242, 1248, 1258, 1382
ミトレース 1241
ミニューアース 367, 408, 524, 757, 768, 783, 1243-1244
ミニュアイ（族）240, 579, 783, 1243-1244
ミニュアデス 1244
ミヌキア 1244
ミヌキウス・フェーリークス 1244
ミヌキウス氏 1244
ミネルウァ 47, 82, 601, 854, 949, 1104, 1235, 1244, 1298-1299
ミネルウァ・カプタ 1244
ミネルウィーナ 519
ミーノーア（ヘーラクレイア❸）700
ミノーアー（メガラの小島）871
ミーノース（クレーター王）1, 97, 125, 145, 220, 244, 314, 418-419, 497, 499-500, 543-544, 552, 557, 573, 620, 659, 670, 688, 719, 741, 761, 794, 818, 850, 866, 875, 896, 909, 919, 948, 1060, 1078, 1082, 1113, 1118, 1133, 1244-1245, 1251, 1276, 1317, 1320
ミーノース2世（大王ミーノースの孫）620, 1245
ミーノータウロス 8, 125, 220, 719, 794, 909, 947, 950, 1245, 1320
ミノルカ 946
ミームス 1151
ミムネルモス 594, 680, 782, 1245
ミーモス 1151
ミュイア 706
ミュウース 239
ミュカレー 495, 615, 950, 1048, 1057, 1124, 1131, 1246, 1252, 1363
ミュカレーの戦い 491
ミュグドニアー 74, 875
ミュケーナイ 3, 35, 43, 57, 82-83, 89-90, 160, 311, 317-318, 518, 522-523, 543, 557, 562, 574, 579, 581, 676, 678, 726, 764, 778, 791, 793, 795, 799-800, 812, 822, 848, 858-859, 866, 927, 976, 985, 997, 1032, 1112, 1115-1117, 1241, 1244, 1246, 1380
ミュケリーノス 1381
ミュコーン 467
ミュコノス島 2
ミューシア 1246
ミューシアー 23, 63, 74, 100, 133, 159, 366, 470, 514, 626, 673, 780, 782, 793, 820, 825, 852, 858, 878, 976, 994, 1062, 1066, 1118, 1128, 1140, 1145, 1187, 1242, 1246, 1249, 1326, 1344, 1368
ミュース 1247
ミュスケッロス 146, 549
ミュステーリア 188, 497, 611, 615, 677, 721, 850, 1247
ミュステーリオン 1247

ミューソス 433
ミュソーン 481, 547, 1248
ミュッラー 465, 1248
ミュティレーネ 1259
ミュティレーネー 4, 49, 55, 135, 143, 147, 325, 406, 512, 521, 538, 607, 626, 752, 905, 942, 969, 1102, 1248, 1272, 1274, 1368
ミュネース 1059
ミューライ 252, 590, 831, 865, 954, 1249, 1264, 1279
ミューラエ 54
ミューラサ 1249
ミュラ 875, 1338
ミュリアンドロス 184
ミュリーナー 4
ミュリーネー 831
ミュルシロス 143
ミュルティス 582, 1010
ミュルティロス 348, 882, 1139, 1156, 1249
ミュルトー (アリステイデース❶の孫娘) 132
ミュルトー (ソークラテースの妻) 709
ミュルミドーン 1, 7, 10, 46, 1059, 1100, 1143, 1249
ミュルミドネス 7, 1249
ミュルメークス 82, 1250
ミュルラー 86
ミュローン 59, 530, 542, 984, 1183, 1250, 1307-1308, 1317
ミーラニオーン 1279
ミーリアーリウム・アウレウム 1250
ミルティアデース❶ (アテナイの政治家) 1251, 1373
ミルティアデース❷ (ケルソネーソスの僭主) 445, 1251
ミルトー 69
ミルミッローネース 511
ミーレーシオス 832
ミーレートス (名祖) 1251
ミーレートス (市) 69, 93, 100, 111, 118, 239, 329, 459, 525, 538, 546, 565, 584, 615, 620, 632, 637, 644, 739, 757, 768, 775, 782, 839, 845, 863, 889, 901, 945, 951, 963, 973, 991, 1055, 1057, 1063, 1100, 1114, 1121, 1203, 1245, 1251-1252
ミーレートポリス 369
ミロー (コルネーリア・ファウスタの夫) 1012
ミロー、ティトゥス・アンニウス (共和政末期の政治家) 1253
ミ (ー) ローン 549, 984, 1253
ミーン 1194
ミンキウス 1239
ミンター 919
ミントゥルナエ 26, 99, 631, 1081, 1226, 1253, 1317
ムーキア 652, 1198-1200, 1254, 1271-1272, 1311
ムーキアーヌス、ガーイウス・リキニウス 965, 1062, 1254
ムーキウス・スカエウォラ, Q.❶ 461, 510, 515, 1311 →スカエウォラ、クィ (ー) ントゥス・ムーキウス❶
ムーキウス・スカエウォラ, Q.❷ 284, 510, 1357 →スカエウォラ、クィ (ー) ントゥス・ムーキウス❷
ムーキウス氏 1254
ムーサ 42, 114, 530, 730, 738, 822, 893, 956, 973, 993, 1011, 1044, 1093, 1097, 1125, 1154, 1179, 1186, 1234, 1255-1257, 1282
ムーサ (アルサケース15世の妃) 162
ムーサ (アントーニウス) 1254
ムーサイ 34, 292, 301, 334, 369, 391, 406, 428, 436, 530, 581, 684, 688, 730, 738, 793, 822, 825, 940, 956, 962, 973, 993, 1011, 1044, 1091, 1093, 1097, 1111, 1125, 1154, 1179, 1186, 1255-1257, 1282
ムーサイオス❶ (伝説上の詩人) 309, 370, 1255
ムーサイオス❷ (叙事詩人、文法学者) 1255
ムーサイオス (男色家詩人) 1255
ムースーロス 1098
ムーセイオン 136, 183, 319, 1256, 1340
ムーソーニウス・ルーフス、ガーイウス 325, 760, 1256
ムータ 1324
ムットー 768
ムティナ 21, 216-217, 290, 646, 682, 701, 950, 1003, 1069, 1256, 1370
ムティナの戦い 1256
ムートゥーヌス・トゥートゥーヌス 1056
ム (ー) ナーティウス・プランクス 375, 1026, 1201, 1351
ムーニキアー 1257
ムーニキピウム 606, 1256
ムーニコス 1257
ムーニッポス 1056
ムーニートス 43, 1312
ムーニュキアー 1090, 1257
ムネーサルコス 310, 403
ムネーシクレース 1083, 1257
ムネーシプトレモス 705
ムネーシマケー 1117
ムネーステール 743, 1257
ムネーステウス 1286
ムネーストラー 337
ムネーモシュネー 374, 688, 766, 1257
ムリエプリス 1025
ムーリオス 884
ムルウィウス (橋) 598, 652, 1212, 1384
ムルウィウス橋の戦い 1384
ムルカ (河) 879
ムルキベル 293
ムルサ 648, 1214
ムーレーナ、リキニウス❶、ルーキウス 667, 1242, 1257
ムーレーナ、リキニウス❷ (❶の子) 1242, 1258
ムーレーナ、リキニウス❸ (❷の子) 369, 827, 1079, 1207, 1258
ムーレーナ (家) 1257
ムンダ 383, 587, 846, 965, 1258, 1320
ム (ー) ンドゥス 97, 1258
ムンミア・アカーイカ 1259
ムンミウス 35, 132, 1258
メイラニオーン 1279
メウァニア 1053
メーウァーニア 294, 1259
メガイラ 336, 374
メガクレース❶ (前632年の執政官) 1259
メガクレース❷ (❶の孫) 530, 1259
メガクレース❸ (❷の孫) 152, 1259
メガクレース❹ (ピュッロスの部下) 1259
メガクレース (建築家) 1259
メガクレース (著名人士に関する書物を記した) 1259
メガステネース 263, 624, 729, 753, 982, 1260
メガパテース 58
メガビュゾス 256, 687
メガビュゾスの乱 168
メガペンテース 1077, 1133
メガラ 24, 66, 76, 287, 305, 442, 513, 616, 659, 661, 663, 668, 697, 700, 716, 742, 746, 753, 777, 782, 819, 844, 849, 871, 875, 951, 980, 983, 986, 997, 1010, 1047, 1051, 1088, 1157, 1260-1261, 1342, 1374
メガラ・ヒュブライア 324, 452, 627, 700, 990, 1260-1261
メガラー (ヘーラクレースの妻) 241, 258, 539, 1260
メガラー (イオラーオスの妻) 241
メガリス 550, 1260-1261
メガレー・ヘッラス 1212
メガレー・ポリス 800, 1003, 1261
メガレー・メーテール 1212
メガレー (ン) シア 1213
メガレウス 145, 974, 1260, 1277
メガレーポリス 144, 1192
メガロス 1260
メガロポリス (アルカディアーの) 56, 368, 538, 557, 562, 731, 800, 1003, 1008, 1186, 1192, 1261
メガロポリス (アプロディーシアスの別称) 1262
メガロポリス (ポントスの) 1262
メガロン 1246
メーキステウス 326, 799
メギステース 94
メギド (丘) 883
メクネス 291
メサーンブリエー 1262
メーストール 1032
メーストラー 376
メーゼンティウス 57
メセーンブリアー 1262
メセンティオス 1262
メ (ー) ゼンティウス 1262
メソポタミア 586, 685-686, 1077
メソポタミアー 17, 74, 123, 164, 185, 251, 304, 320, 355, 378, 443, 528, 579, 635-636, 640, 674, 705, 753, 762-763, 777, 842, 846, 868, 875, 910, 925-926, 944, 947, 991, 1081, 1087, 1262
メタウルス 953, 1014, 1263
メタウルス (河) 889-890, 911, 1328
メタネイラ 64, 569, 812, 850, 1263
メタブス 426
メタボス 1263
メタポンティウム 884
メタポンティオン 34, 130, 437, 518, 743, 969, 984, 1263
メタポントゥム 130, 1347
メタポントス 5, 743, 1263
メタルメー 465
メーダー 254
メッサーナ 498, 503, 601, 615, 623, 659, 721, 1223, 1264, 1266

メッサ（ー）ピアー　720, 1264
メッサーピイー（族）　432, 732, 1071, 1265
メッサーピオイ　1265
メッサポス　1265
メッサー（ッ）ラ❶、マーニウス・ウァレリウス　1263
メッサー（ッ）ラ❷、マールクス・ウァレリウス　349, 771, 1263
メッサー（ッ）ラ❸、ルーキウス・ウァレリウス　1264
メッサーラ家　269, 583
メッサーリーナ、ウァレリア　1265
メッサーリーナ、スタティリア　1265
メッサーリーナ（クラウディウス帝の后）　890, 1060
メーデーア　1267
メーデイア　3, 8, 11, 38, 101, 112, 148, 159, 232, 254, 295, 309-310, 349, 499, 533, 539, 562, 582, 584, 740, 794-796, 839, 981, 1094, 1121, 1134, 1178, 1267, 1273
メーディアー　36-37, 67, 74, 90, 161, 178, 317, 430, 457, 468, 546, 658, 681, 725, 739, 747, 762, 909, 938, 941, 995, 1132, 1216, 1242-1243, 1266, 1273, 1292, 1344
メーディアー・アトロパテーネー　90
メーディアー戦争　1131
メーティオケー　593
メーディオス　242
メーティオーン　8, 951
メーティス　82, 353, 550, 688, 766, 1072, 1268
メッシーナ海峡　438, 503
メッセーニアー　134, 140, 143-144, 147, 153, 254, 335, 546, 675-676, 732, 744, 789, 800, 816, 825, 864, 896, 932, 997, 1008, 1047, 1092, 1122, 1157, 1185, 1208, 1247, 1265, 1316, 1366
メッセーニアー戦争　1176
メッセーネー（市）　66, 94, 242, 254, 392, 536, 542, 577, 623, 627, 688, 731, 751, 760, 808, 815, 825, 848, 888, 959, 976, 985, 1115, 1119, 1223, 1264-1266, 1284, 1366
メッセーネー（トリオパースの娘）　1265
メッセンティウス　1262
メッティウス・カールス　694
メッティウス・クルティウス　528
メットゥス（ないし、メッティウス）・フーフェティウス　834
メディオーラーニウム　1268
メディオーラーヌム　20, 228, 262, 271-272, 286, 511, 521, 553, 595, 598, 643, 767, 784, 912, 1068, 1175, 1209, 1211, 1268, 1294, 1331
メテッラ　1268
メテッルス❶、ルーキウス・カエキリウス　1269
メテッルス❷・マケドニクス　701, 1258, 1269
メテッルス❸・ヌミディクス　380, 418, 610, 668, 1270, 1350, 1357
メテッルス❹・ピウス　450, 894, 1270
メテッルス❺・スキーピオー　139, 416, 439, 508, 629, 728, 1199, 1270, 1376
メテッルス❻、クィーントゥス・カエキリウス（クレーティクス）　497, 544, 1271
メテッルス❼、ルーキウス・カエキリウス（❻の弟）　1271
メテッルス❽、マールクス・カエキリウス　1271
メテッルス❾、クィーントゥス・カエキリウス（ケレル）　102, 547, 1254, 1271, 1321
メテッルス❿、クィーントゥス・カエキリウス（ネポース）　1272, 1376
メテッルス（家）　380-381, 1268
メテッルス回廊　1269
メーテュムナー　4, 74, 128, 137, 406, 1368
メーテュムネー（レスボス島の）　1272
メーテュムネー（クレーターの）　1272
メーデンティウス　1262
メトイコイ　1077, 1080, 1091, 1272, 1360
メドゥーサ　6, 66, 82, 87, 222, 390, 498, 584, 641, 701, 726, 761, 910, 978, 1077, 1093, 1187, 1273, 1334
メトエキー　1272
メトゲーノス　768
メードス　3, 8, 1267, 1273
メトーネー（マケドニアーの）　68, 988, 1001, 1047
メトーネー（アルゴリスの）　1273
メトーネー（テッサリアーの）　1273
メトーネー（マグネーシアーの）　1273
メトーネー（マケドニアーの）　1273
メトーネー（メッセーニアーの）　1273
メトペー　1117
メートロクレース　537, 1273, 1276
メートロドーロス❶（キオス島の）　1273
メートロドーロス❷（ランプサコスの）　325, 1274, 1326
メートロドーロス❸（アテーナイの）　1274
メートロドーロス（コースの）　1274
メートロドーロス（ミューシアーの）　1274
メートロドーロス（ランプサコスの）　1274
メートロビオス（美男俳優の）　666
メトーン　408, 1274
メドーン　577
メトローン　1007
メナイクモス　298
メーナース　1240
メナピイー（族）　429, 602, 1127, 1274
メナレース　1363
メナンドロス（喜劇作家）　102, 110, 138, 149, 190, 311, 350, 381, 552, 558, 770, 789, 807, 827, 1004, 1043, 1274
メナンドロス（ミリンダ）　211, 1275
メナンドロス2世　1275
メナンドロス（エペソス出身の史家）　1275
メナンドロス（シケリアー遠征したアテーナイ人）　1275
メナンドロス（マケドニアーの）　1275
メナンドロス（ラーオディケイア出身の修辞学者）　1275
メニッペー（オーリーオーンの娘）　593
メニッポス　112, 266, 393, 693, 1125, 1283, 1348
メネーニウス・アグリッパ　1276
メネクレース　113, 957
メーネース　318, 1286
メネステウス　256, 795, 812, 1341
メネストラトス　793
メネストラトス（クレオストラトスの念者）　513
メネデーモス❶　65, 1276, 1340
メネデーモス❷　1276
メネラーオス　34, 43, 67, 89, 212, 307, 419, 524, 774, 813, 817-818, 826, 859, 882, 934, 948, 952, 1056, 1073, 1082, 1089, 1139, 1181, 1187, 1208, 1265, 1276, 1286
メネラーオス（アレクサンドレイア❶の）　1277
メネリク　456
メネルウァ　1244
メノーン（テッサリアーの）　1278
メノーン（アルカイオス❶に詩を捧げられた）　143
メノーン（アリストテレースの弟子）　1278
メノイケウス　539, 779, 1277
メノイテース　562
メノイティオス　234, 923
メピーティス　228
メヘルダーテース　397
メヘルダテース　163
メムノニア　663
メムノニデス　1278
メムノーン（エティオピア王）　315, 859, 1278
メムノーン（ロドスの）　1278
メムノーン（トロイアー伝説に登場する）　12, 100
メムノーン（ヘーラクレイア❹の）　1278
メラ、ポンポーニウス　1279
メラ、ルーキウス（マールクス）・アンナエウス　1279
メラース❶河（シケリアーの）　1279
メラース❷河（ボイオーティアーの）　1279
メラース❸河（トラーキアーの）　1279
メラース河（カッパドキアーの）　1279
メラース河（キリキアーの）　1279
メラース河（パンピューリアーの）　1279
メラニオーン　73, 939, 1100, 1279, 1338
メラニッペー　5, 743
メラニッポス　→カリトーンとメラニッポス
メラニッポス（アクラガースの僭主パラリスを倒そうと試みた）　134
メラニッポス（アルカイオス❶に詩を捧げられた）　143
メラニッポス（テーセウスの子）　631
メランクロス　143, 969
メラントー　823
メラントス　577
メランプース（予言能力を得た）　203, 224, 257, 315, 440, 464, 499, 532, 732, 754, 955, 1077, 1098, 1181, 1279
メランプース（ヘレニズム時代の著述家）　1280
メランポディダイ　1279
メリアイ　878
メリアス　766, 878, 1194
メリアデス　374, 1281
メリケルテース　72, 247, 256, 500, 628, 799, 930, 1261, 1281, 1359, 1362
メリタ　1281
メリッサ　1121
メリッセウス　117
メリッソス（サモスの哲学者）　1281
メリッソス（アクタイオーン❷の父）　146
メリッソス（ハブローンの子）　50
メリテー　1281
メリテーネー　399
メリトス　1283
メリボイア　869, 1281

メルカルト　412, 443, 817
メルクリアーレース　1282
メルクリウス　97, 567, 592, 601, 1024, 1140, 1203, 1235, 1281
メルタース　1090
メルブム　1268
メルポメネー　1255, 1282
メルムナダイ（朝）　142, 470, 546, 1344
メルメロス　1268
メレアグリデス　1282
メレアグロス（カリュドーンの王子）　65, 111, 143, 159, 166, 191, 209, 312, 346, 393, 481, 746, 892, 939, 1039, 1276, 1282
メレアグロス（ガダラの）　674, 1283
メレーシアース　42, 832
メレーシゲネース　1177
メレース（河）　213, 680, 1283
メレース（河神）　1177
メレートス　96, 708
メーリオネース　254
メロエー（エティオピアの古都）　12, 247, 456-457, 1283
メロエー（カンビューセースの姉妹、妻）　1283
メーロス（島）　46, 105, 148, 469, 546, 633, 669, 689, 744, 848, 1283
メーロス（名祖）　86
メロパウデース❶（将軍）　1284
メロパウデース❷（キリスト教徒詩人）　1284
メロプス　9, 950, 1056
メロペー❶（アトラースの娘）　499, 628, 1072, 1284
メロペー❷（キュプセロスの娘）　473, 542, 1284
メロペー❸（ポリュボスの妃）　1187, 1285
メロペー❹（オイノピオーンの娘）　347, 362, 1285
メロペー（パエトーンの姉妹）　1285
メーン　197
メーンス　1244
メンダイ　1285
メンテー　919
メンデー　896, 1285
メンデース　943, 1033, 1285
メントール❶（イタケーの賢人）　1285
メントール❷（銀細工師、彫刻家）　1285
メントール❸（傭兵隊長）　169-170, 436, 936, 1140, 1278, 1285
メンピス　99, 119, 218, 230, 318, 323, 350, 699, 1023, 1030, 1035, 1040, 1124, 1142, 1191, 1286
メンピテース（クレオパトラー❷2世の子）　534
メンピテース（プトレマイオス❽の子）　1035
メンフィス　1286
メンミウス、ガーイウス❶（民衆派の政治家）　499, 610, 1286
メンミウス、ガーイウス❷（ファウスタ・コルネーリアの夫）　107, 413, 1286, 1352
メンミウス、ガーイウス❸（31年の補欠執政官）　1287
メンミウス氏　1286
モアブ　947
モイラ　87, 562, 802, 813, 877, 1287
モイライ　91, 548, 550, 562, 688, 802, 813, 936, 1179, 1282, 1287, 1315
モイロー　339
モイロス　731, 982
モーウセース　1296
モエシア　22, 29, 31, 253, 379, 405, 411, 517, 577, 596, 620, 721, 737, 790, 792, 863, 873, 921, 954, 1000, 1077, 1137, 1171, 1174, 1246, 1287, 1377
モエヌス　1065, 1370
モ（ー）ゴンティアクム　401, 610, 686, 851, 1167, 1210, 1288, 1370
モ（ー）サ河　224, 328, 1370
モーシェー（モーセ）　166, 613
モスコス（牧歌詩人）　130, 782, 960, 1288
モスコス（弁論家）　1288
モーセース　519, 558
モセッラ（河）　856, 1379
モナ　53, 902, 1288
モニカ　20, 354
モニメー　1147
モノイコス　1219, 1288
モノケロース　263, 1289
モノマコイ　511
モプスーエスティアー　703, 788, 883
モプソス❶（ラピタイ族の予言者）　159, 1289, 1320
モプソス❷（テーバイ❶の予言者）　227, 440, 594, 955, 1129, 1239, 1289
モーモス　877, 1289
モリオニダイ　23, 257, 671, 1290
モリオネ　884, 1290
モリオネー　1290
モリオネス　1290
モリニー（族）　1290
モリヤ　957
モルス　727, 1290
モルタ　936
モルダークス　1286
モルペウス　360, 990, 1290
モルモー　1323
モレアス　1156
モロク　947
モロッシアー　1291
モロッソイ（族）　14, 329, 882, 1291
モロッソス（アンドロマケーの子）　222
モロッソス（モロッソイ人の祖）　882, 1291
モローン　199
モーンス・サケル　1276
モンターヌス　1291
モンターノス　497, 820, 1291

● ヤ行

ヤウォレーヌス　617
ヤーコープ　947, 1296
ヤズダギルド❶1世　145, 267, 1292
ヤズダギルド❷2世　1150, 1192, 1292
ヤズダギルド❸3世　606, 1292
ヤーニクルム（丘）　194, 486, 734, 1189, 1271, 1292, 1385, 1386
ヤーヌアーリウス　1292
ヤーヌス　445-446, 490, 610, 618, 774, 832, 853, 879, 1013, 1292
ヤハウェ　611, 947
ヤフェト　234
ヤペテ　179
ヤンブリクス　234
ユウェナーリア　890
ユウェナーリス　49, 483, 830, 840, 919, 935, 1173, 1236, 1293, 1350, 1383
ユウェンタース　1111, 1293
ユウェンティウス氏　833
ユガーリス　1298
ユークリッド　298
ユグルタ　86, 361, 378, 484, 608, 652, 666, 847, 851, 879, 960, 1099, 1171, 1176, 1218, 1220, 1223, 1226, 1240, 1270, 1286, 1294, 1330, 1385
ユグルタ戦争　415, 1171, 1382
ユースティティア　764, 1294
ユースティーナ　229, 272, 1214, 1294
ユースティーニアーヌス1世　40, 247, 653, 692, 706, 784-785, 824, 846, 863, 868, 1079-1080, 1124, 1291, 1294, 1296, 1340
ユースティーニアーヌス2世　1295
ユースティーヌス（ラテン史家）　235, 472, 625, 1295
ユースティーヌス1世　95, 1295
ユースティーヌス2世　1296
ユダ（王国）　947
ユダ（使徒）　519
ユダエア　1077, 1296
ユーダース・マッカバエウス　235
ユダ＝タダイ　636
ユダヤ　62, 157, 238, 253, 341, 439, 518, 525, 613, 619, 625, 631, 702, 705, 709, 806, 842, 867, 908, 921, 957, 995, 998, 1022-1024, 1077, 1105, 1107, 1154, 1224, 1296
ユダヤ人　254, 478
ユダ王国　1028
ユッピテル　1299
ユッルス・アントーニウス　217, 1064, 1231
ユートゥルナ　720, 836, 1292, 1297, 1324
ユートゥルナの泉　1366
ユーニア❶・テルティア（テルトゥッラ）　396, 701, 1297
ユーニア❷・シーラーナ・カルウィーナ　276, 646, 1297
ユーニア❸・シーラーナ　647, 1298
ユーニア（マールクス・アエミリウス・レピドゥス❶の妻）　1371
ユーニア（マールクス・アエミリウス・レピドゥス❷の母）　1371
ユーニア・トルクァータ　646
ユーニア・レピダ　397, 646, 1298
ユーニウス・シーラーヌス❶、デキムス・マ（ー）ンリアーヌス　646
ユーニウス・シーラーヌス❷、マールクス　646
ユーニウス・シーラーヌス❸、マールクス・トルクァートゥス　32, 646
ユーニウス・シーラーヌス❹、マールクス　646
ユーニウス・シーラーヌス❺、デキムス・トルクァートゥス　646
ユーニウス・シーラーヌス❻、ルーキウス・トルクァートゥス　646
ユーニウス・シーラーヌス❼、ルーキウス・トルクァートゥス　646
ユーニウス・シーラーヌス❽、ガーイウス　646
ユーニウス・シーラーヌス❾、マールクス　646

ユーニウス・シーラーヌス❿、ガーイウス・アッピウス　646-647
ユーニウス　→ブルートゥス、デキムス・ユーニウス
ユーニウス　→ブルートゥス、マールクス・ユーニウス
ユーニウス　→ブルートゥス、ルーキウス・ユーニウス
ユーニウス・ブラエスス　275
ユーニウス氏　683, 1068, 1297-1298
ユーノー　319, 556, 601, 610, 912, 1083, 1086, 1112, 1221, 1235, 1239, 1244, 1288, 1298-1299, 1349
ユーノー・ナターリス　1298
ユーノー・モネータ　1239, 1298
ユーノー・ルーキーナ　295, 1221
ユーノー・レーギーナ　1269
ユバ❶1世　103, 518, 629, 880, 960, 1106, 1298
ユバ❷2世　291, 307, 386, 515, 536, 728, 880, 1024, 1038, 1206, 1255, 1299
ユーピテル　30, 109, 114, 230, 422-423, 593, 600-601, 605, 610, 612, 622, 633, 657, 680-681, 688, 690, 724-725, 730, 734, 747, 772, 823, 833-834, 847, 854, 879, 931, 957, 1013-1014, 1017, 1019, 1025, 1027, 1030, 1044, 1054, 1064, 1086, 1197, 1221, 1229, 1232, 1235, 1244, 1292, 1298-1299, 1355
ユーピテル・ウィクトル　1299
ユーピテル・オプティムス・マクシムス　1299, 1383
ユーピテル・カピトーリーヌス　1299
ユーピテル・スタトル　1299
ユーピテル・フェレトリウス　1299
ユーラン半島　487
ユーリア❶（ガーイウス・マリウスの妻）　382, 1300
ユーリア❷（ルーキウス・ユーリウス・カエサル❷の姉妹）　216, 385, 1300
ユーリア❸（ユーリウス・カエサルの姉）　81, 1105, 1300
ユーリア❹（ユーリウス・カエサルの娘）　383, 487, 511, 589, 624, 1199, 1300
ユーリア❺（大ユーリア、アウグストゥスの娘）　54-55, 217, 278, 375, 661, 1300, 1349
ユーリア❻（小ユーリア、❺の娘）　759, 1300, 1372
ユーリア❼・リーウィッラ　56, 278, 387, 434, 693, 764, 1265, 1300, 1327
ユーリア❽（小ドルーススの娘）　683, 855, 890, 1265, 1301, 1328, 1358
ユーリア❾・フラーウィア　612, 839, 1227, 1301
ユーリア❿・リーウィア　1300-1301
ユーリア（マールクス・ウィーニキウスの妻）　278
ユーリア・アウグスタ　1327
ユーリア・アグリッピーナ　56
ユーリア・コルネーリア・パウラ　903
ユーリア・ソアエミアス　333, 1301-1303
ユーリア・ドムナ　16, 332, 429, 553, 640, 685-687, 750, 925, 1007, 1301-1302
ユーリア・プロキッラ　53
ユーリア・マエサ　685, 1301-1303
ユーリア・マ（ン）マエア　294, 332-333, 685, 1288, 1301-1303
ユーリア・ユウェナーリス・ホノーリス・エト・ウィルトゥーティス・キルタ　484
ユーリア・リーウィア　1301
ユーリア・ローマラ　965
ユーリアーヌス（ローマ皇帝）　13, 71, 99, 124, 229, 234, 298, 301, 303, 340, 370, 410, 541, 552, 593, 597, 618, 635, 703, 729, 803, 822, 875, 910, 1080, 1146, 1211, 1226, 1236, 1241, 1302, 1304, 1334, 1356
ユーリアーヌス（『カルダイアーの神託』の編者）　443
ユーリアーヌス（コーンスタンティーヌス3世の次男）　599
ユーリアーヌス（コーンスタンティウス2世の従弟ガッルスの弟）　596
ユーリウス1世　1233
ユーリウス（殉教者）　247
ユーリウス・アウィトゥス　1302
ユーリウス・アグリコラ　1059
ユーリウス・カエサル　173, 381, 517, 527, 535, 580, 612, 627, 651, 710, 761, 895, 909, 978, 1026-1027, 1037, 1054, 1195, 1226, 1270, 1304, 1358　→カエサル、ガーイウス・ユーリウス
ユーリウス・カエサル、ルーキウス　→カエサル、ユーリウス・ルーキウス
ユーリウス・カピトーリーヌス　963
ユーリウス・キーウィリス　378, 398, 913
ユーリウス・クラウディウス朝　612, 645, 967, 1383, 1385
ユーリウス・グラエキーヌス, L.　53
ユーリウス・コーンスタンティウス　410, 596, 1145, 1302
ユーリウス・サビーヌス　331
ユーリウス・セウェールス　921
ユーリウス・ネポース　372, 521, 1303, 1365, 1387
ユーリウス・フロンティーヌス　1059
ユーリウス（氏）　175, 285, 381, 568, 922, 1163, 1300, 1303-1304
ユーリウス暦　710, 728, 1304
ユーリオポリス　735
ユールス❶（アスカニオス）　1304
ユールス❷（❶の子）　1304
ヨアキム　223
ヨウィアーヌス　271, 618, 635, 1080, 1304
ヨウィウス　1209
ヨウィーヌス　71, 1305
ヨクターン　124
ヨシア　883, 1297
ヨーセーブス　1123, 1152, 1222
ヨセフス　238
ヨナターン　1024
ヨーハーナーン　1233
ヨーハンネース（簒奪帝）　29, 272, 400, 1174, 1305
ヨーハンネース（エウドクシア❶の情夫）　302
ヨーハンネース・クリューソストモス　237, 1305
ヨルダーネース　1305
ヨルダン河　386, 613

●ラ行

ラ・テーヌ　566, 860
ラー　1162
ラー・メス2世　332
ラーイオス（オイディプースの父）　225, 238, 311, 346, 521, 539, 678, 822, 973, 1307, 1322
ラーイオス（クレーターの盗賊）　569
ラーイス（高級娼婦）　131, 493, 582, 985, 1100, 1307
ラーイス（ティーマンドラーの娘）　1307
ライストリューゴネス　208, 222, 358, 1307
ライストリューゴーン　627, 1026, 1240, 1323, 1365
ライラプス　226, 314, 557, 1078, 1308
ラーウィニア　15, 117, 223, 1308, 1318
ラーウィニウム　15, 63, 171, 281, 576, 1108, 1308-1309, 1317, 1319
ラウェルナ　1308
ラウェンナ　60, 272, 358, 400, 521, 630, 668, 685, 785, 920, 948, 1175, 1204, 1238, 1303, 1308, 1330, 1345
ラウスス　880, 1359
ラウレイオン（山）　76, 83, 675, 803, 871, 1157, 1309
ラウレンティウス（殉教者）　641
ラウレントゥム　189, 682, 725, 1190, 1309, 1317
ラエタ　1083
ラエティー　855, 1309
ラエティア（アルプス山脈とドーナウ河の間の山岳地帯）　22, 268, 279, 442, 580, 772, 894, 1019, 1032, 1055, 1077, 1084, 1309, 1331, 1336
ラエティア・セクンダ　1309
ラエティア・プリーマ　1309
ラエトゥス　530, 602, 1227
ラエナース、（ガーイウス・）ポピ（ッ）リウス❶　199, 1310
ラエナース、（プーブリウス・）ポピ（ッ）リウス❷　1310
ラエリア　1311
ラエリアーヌス　1310
ラエリウス、ガーイウス❶（大ラエリウス）　1310
ラエリウス、ガーイウス❷（❶の子）　656, 924, 1311
ラエリウス氏　1310
ラーエルテース　204, 307, 357, 750, 1311
ラーエルティウス氏　750
ラーオコオーン　57, 85, 1185, 1311
ラーオダマース　320
ラーオダメイア❶（アカストスの娘）　1082, 1312
ラーオダメイア❷（ベッレロポーンの娘）　620, 1103, 1312
ラーオディケー❶（プリアモスの娘）　1312
ラーオディケー❷（アガメムノーンの娘）　1312
ラーオディケー❸（アガペーノールの娘）　1312
ラーオディケー❶（セレウコス1世の母）　1312
ラーオディケー❷（シュリアーの王妃）　1312
ラーオディケー❸（ミトリダテース6世の姉

妹、妻) 1313
ラーオディケー❹(セレウコス4世の王女) 1313
ラーオディケー❺(ミトリダテース6世の姉妹) 874, 1313
ラーオディケー(アレクサンドロス・バラースの妻) 189
ラーオディケー(アンティオコス3世の妻) 199, 1313
ラーオディケー(アンティオコス3世の娘) 1313
ラーオディケー(アンティオコス4世の娘) 1313
ラーオディケー(キュプロス王キニュラースの娘) 1312
ラーオディケー(セレウコス2世の妻) 1313
ラーオディケー(ミトリダテース1世の妻) 201
ラーオディケイア❶(大プリュギアー地方の) 591, 1313
ラーオディケイア❷(シュリアーの) 1313
ラーオディケイア❸(ベーリュートス) 1314
ラーオトエー 1185, 1337
ラーオメドーン 8, 114, 204, 262, 769, 819, 858, 1056, 1098, 1118-1119, 1170, 1314
ラキオス 1289
ラキーニウム 549, 1314
ラキーニオン 1314
ラーギダイ(家) 1033, 1039, 1314
ラーキューデース 1315
ラクタンティウス 174, 297, 519, 1162, 1315, 1352
ラケーデース 1090
ラケシス 1287, 1315
ラケダイモーン 612, 634, 676, 732, 932, 1115, 1315
ラケダイモーン(名祖) 1315
ラケダイモニオス 467
ラコー 245, 277, 448
ラーゴス(プトレマイオス1世の父) 165, 1033, 1039, 1146, 1314-1316
ラーゴス(プトレマイオス1世の子) 718, 1316
ラーゴス朝 1039, 1316
ラコーニア 1316
ラコーニアー 314, 437, 471, 544, 699, 719, 750, 808, 851, 928, 1092, 1122, 1148, 1157, 1243, 1248, 1266, 1284, 1315-1316, 1374
ラコーニカー 118, 676, 732, 818, 1266, 1284, 1316
ラコーニケー 1148, 1157, 1316
ラコーン 914
ラザーロス 465, 519
ラーソス 360, 1010, 1316
ラタエ 1345
ラダガイスス 668
ラーダース(アカーイアーの運動選手) 1317
ラーダース(ラコーニアーの運動選手) 1317
ラダマンテュス 1, 154, 314, 337-338, 347, 586, 620, 740, 850, 919, 1082, 1245, 1251, 1317
ラデー 239, 459, 615, 783, 1057, 1164

ラーティウス 143
ラティーニー 28, 196, 250, 580, 592, 611, 734, 761, 790, 834, 836, 853, 1018, 1119, 1223, 1317-1318, 1382
ラーティフンディア 103, 626, 1061, 1317-1318, 1382
ラティーヌス 15, 117, 836, 961, 1045, 1254, 1308-1309, 1318
ラティーヌス街道(ウィア・ラティーナ) 49, 391, 1053, 1318
ラティーノス 483
ラティウム 175, 194, 250, 287, 322, 457, 576, 580, 592, 610-611, 614, 626, 631, 650, 678, 690, 714, 725-726, 733-734, 771, 773, 790, 833-834, 836, 857, 873, 886, 890, 961, 975, 1013, 1020, 1024-1026, 1032, 1045-1046, 1087, 1138, 1162, 1180, 1197, 1253, 1292-1293, 1297, 1304, 1309, 1317-1318, 1382
ラティウム戦争 427
ラティウム同盟 128, 171, 175, 427, 771, 1045, 1308, 1317-1318
ラディネー 669
ラテュロス 1146
ラテラーヌス家 388
『ラテン詞華集』 1319
ラテン戦争 1382
ラートーナ 1319, 1369
ラトモス(山) 344, 1114, 1319
ラトーン 1165, 1268
ラードーン(竜) 315, 1319
ラードーン(川) 144, 177, 335, 532, 641, 1117, 1319
ラーナッサ 187, 986
ラニケー 531
ラーヌウィウム 218, 602, 668, 1253, 1317, 1319
ラパナ 790
ラビーリウス、ガーイウス❶(元老院議員) 1321, 1330
ラビーリウス、ガーイウス❷(大金融業者) 1036, 1321
ラビーリウス、ガーイウス(叙事詩人) 1321
ラビーロス2世 867
ラピアー 199, 1034
ラビエーヌス、クィ(ー)ントゥス 1319
ラビエーヌス、ティトゥス❶(ローマの武将) 1320-1321
ラビエーヌス、ティトゥス❷(弁論家、歴史家) 1320
ラピタイ(族) 244, 376, 516, 571, 593, 795, 861, 884, 914, 939, 994, 1091, 1144, 1240, 1247, 1289, 1320
ラピテース 1320
ラビュネートス 876
ラビュリントス(迷宮) 125, 166, 244, 719, 787, 795, 1203, 1245, 1320
ラビリンス 1322
ラブダキダイ家 1322
ラブダコス 677, 757, 951, 1185, 1307, 1322
ラフマト山 169
ラブラウンダ 1249
ラブルドゥム 48
ラベオー、マールクス・アンティスティウス 1322
ラベリウス、デキムス 1322

ラーマコス 148, 1323
ラミア(ラミアー)(女の妖怪) 1323
ラミア(アエリウス・ラミア、L.) 510
ラミアー(ラミア)(遊女) 1323
ラミアー(パレーロンのデーメートリオスの愛人) 1323
ラミアー(シュリアー王デーメートリオス1世の愛人) 1323
ラミアー(テッサリアーの町) 1323
ラミアー戦争 121, 208, 1165, 1187, 1366
ラムヌース 61, 210, 886, 1324
ラムネース 849
ラーメス(ラームセース)2世 8, 332, 691
ラメッセース 8
ラモス 1307
ララ 1324-1325
ラーリーサ❶(テッサリアー、ペーネイオス河右岸の) 936, 1108, 1324
ラーリーサ❷(テッサリアー、プティーオーティス地方の) 1324
ラーリーサ(アルゴス市のアクロポリス) 1324
ラーリーサ(クレーター島の) 1324
ラーリーサ(シュリアーの) 1324
ラーリーサ(小アジアの) 1324
ラーリーサ(テッサリアーのオッサ山中の) 1324
ラーリーサ(ペロポンネーソスの) 1324
ラーリウス(湖) 580
ラーリッサ 4, 1030, 1324
ラール 1325
ラルヴァエ 1325, 1373
ラールンダ 1324-1325
ラレース 142, 556, 1030, 1108, 1282, 1324-1325, 1373
ラーレンターリア 73, 1325
ランゴバルディー(族) 49, 280, 432, 540, 651, 699, 761, 912, 1325
ランゴバルド 180
ラーンス 655
ランバエシス 730, 842, 1326
ランピス 1158
ランピトー 45
ランピドー 147
ランプサケー 1326
ランプサコス 92, 325, 455, 592, 673, 707, 789, 1056, 1102, 1246, 1274, 1276, 1326
ランプシニトス 318, 1154, 1326
ランプロス 258
ランペティエー 1123
ランポス 315
リアーノス 1326
リーウィア❶・ドルーシッラ 19, 21, 54-55, 214, 294, 349, 375, 434, 486, 587, 591, 594, 661, 772, 827, 854-855, 890-891, 931, 967, 1017, 1030, 1032, 1043, 1055, 1172, 1198, 1233, 1327-1329, 1349
リーウィア❷(リーウィウス・ドルースス❶の娘) 416, 1327
リーウィア❸(リーウィッラ・クラウディア) 1327
リーウィア❹(ユーリア・リーウィッラ) 1327
リーウィア・オケッリーナ 448
リーウィア・オレスティッラ 965
リーウィア(リーウィッラ)・ユーリア 214, 375, 652, 773, 854-855, 1301, 1328, 1338

和文索引

リーウィウス・アンドロニークス　46, 428, 824, 1017, 1328
リーウィウス・サリーナートル、マールクス　1328
リーウィウス、ティトゥス（歴史家）　270, 303, 401, 489, 502, 527, 756, 759, 854, 856, 912, 968, 1016, 1086, 1329
リーウィウス・ドルースス　→ドルースス、マールクス・リーウィウス
リーウィウス氏　853, 1327-1328
リーウィッラ❶・クラウディア　652, 683, 1301, 1329
リーウィッラ❷、ユーリア　1329
リカース　1119
リキニア❶（クラッススの大叔母）　1329
リキニア❷（ガーイウス・リキニウス・クラッススの娘）　31, 215, 510, 1227, 1329
リキニア❸（リキニウス・クラッスス・ムーキアーヌスの娘）　1330
リキニア（スルピキウス・ガルバの妻）　1330
リキニア・エウドクシア　272, 551, 1108, 1330
リキニアーヌス　1331
リキニウス❶（ガーイウス・リキニウス・カウルス）　1014, 1330-1331
リキニウス❷（ガーイウス・リキニウス・マケル）　439, 1330
リキニウス❸（ガーイウス・リキニウス・マケル・カウルス）　1330
リキニウス・クラッスス　→クラッスス、リキニウス
リキニウス＝セクスティウス法　427, 594, 600, 1045, 1075, 1330-1331
リキニウス（ローマ皇帝）　442, 454, 595, 598, 685, 922, 1330-1331
リキニウス（小）　1331
リキニウス（帝）
リキニウス氏　379, 507, 1254, 1257, 1329, 1350
リギュス　176, 1332
リギュスティアデース　1246
リキュムニオス　858
リーキメル　18, 212, 358, 363, 685, 1042, 1204, 1303, 1332, 1365
リグドス　258
リークトル　847, 1014, 1045, 1332
リグリア　79, 175, 177, 250, 468, 505, 556, 565, 575, 585, 607, 619, 690, 870, 900, 905, 962, 1047-1048, 1053, 1118, 1256, 1288, 1310, 1332-1333, 1346, 1356
リグリア人　250, 259, 410, 1288, 1332-1333, 1367, 1370
リグリーヌス　1179
リゲル（河）　48, 386, 401, 405, 446, 555
リコメーレース　178
リタイ　81
リーテルヌム　657, 1333
リーニュス　374
リヌス　430
リノス（樂人）　292, 370, 406, 822, 842, 1255
リノス（ヘーラクレースの教師）　1333
リーバイオス　524
リバニオス　197, 237, 788, 910, 1211, 1302, 1333
リバノス（山脈）　572, 631, 851, 1023, 1334
リパラー市　27

リパラー島　5, 27
リパラデイノス　208
リビア　318, 1334
リビティーナ　1334
リビュア　255, 883, 1334-1335
リビュア・マレオーティス　1334
リビュエー　7, 59, 62, 103, 116, 159, 179, 305, 432, 619, 632, 641, 650, 655, 674, 727, 741, 759, 787, 838, 848-849, 866, 910, 915, 917, 936, 1029, 1150, 1289, 1334-1335, 1381
リビュエー（名祖）　1335
リブルニア　1335
リーベラ　1335
リーベラーリタース・ユーリア　331
リーベリウス　320, 730, 1044, 1335
リーベル（・パテル）　233, 612, 757, 1013, 1019, 1235, 1336
リーベルタース　1025, 1335
リボー　289, 661
リボー家　1328
リボーン　364
リーメス　568, 841, 921
リーメス・ゲルマーニクス（軍事境界線）　124, 401, 791, 839, 1336, 1370
リモーヌム　48, 1068
リュカーオーン❶（アルカディアーの古王）　961, 1336-1337
リュカーオーン❷（プリアモスの子）　1337
リュカーオニア　1336
リュカーオニアー　246, 431, 962, 1062, 1336
リュカーオニアー人　1336
リュカイオン（山）　1336-1337
リュカバース　978
リュカベートス　1337
リュカンベース　151
リュキア　63, 1077, 1337
リュキア・パンピューリア　1337
リュキアー　114, 204, 240, 375, 466, 492, 499, 520, 536, 620, 669, 727, 749, 759, 783, 820, 875, 881, 912, 942, 950, 955, 962, 1062, 1076, 1079, 1103, 1337, 1369
リュキアー海　313
リュキスカ　1265
リュキスクス　1179
リュキダース　782
リュクセース　1154
リュグダームス　771
リュグダミス　172, 866, 924, 933, 1154
リュグドゥス　683, 1338
リュグドス　1338
リュクールゴス❶（トラーケーの王）　1338
リュクールゴス❷（ネメアーの王）　66, 156, 1338
リュクールゴス❸（アルカディアーの王）　181, 193, 1338
リュクールゴス❶（スパルターの立法家）　45, 58, 538, 563, 593, 676, 740, 757, 1079, 1339
リュクールゴス❷（スパルターの王）　58, 147, 1339
リュクールゴス❸（アテーナイの政治家）　77, 248, 1339
リュケーウム　1340
リュケイオン　40, 83, 133, 136, 141, 187, 300, 472, 476, 512, 520, 674, 788, 1340-1341

リュコス（アテーナイ王パンディーオーン❷の子）　1337, 1340
リュコス（アルカイオス❶に詩を捧げられた）　143
リュコス（テーバイ❶の摂政）　1307, 1322, 1340
リュコス（テーバイ❶の摂政リュコスの孫）　1340
リュコス（トラシュブーロス❶の父）　844
リュコス（ネメアー王リュクールゴスの別名）　1338
リュコス（マリアンデューノイ人の王）　118, 1340
リュコス（川）　591, 1313
リュコスーラ　731
リュコテルセース　38
リュコプローン（エウボイアのカルキスの詩人、文法家）　189, 394, 441, 694, 1072, 1121, 1340
リュコプローン（コリントスの僭主ペリアンドロスの子　1341
リュコプローン（ペライの僭主）　1341
リュコポリス　1081
リュコメーデース　46, 660, 765, 795, 798, 882, 1341
リュコーリス　410
リュコルタース　406, 1186
リュコーン　520, 674, 708, 959, 1340-1341
リューサニアース　1050
リューサンデル　1341
リューサンドラー　41, 186, 312, 1039, 1341
リューサンドロス　7, 9, 45, 58, 149, 230, 406, 477, 479, 572, 578, 615-616, 623, 713, 724, 838, 895, 898, 933, 940, 983, 1091, 1157, 1284, 1341, 1363
リューサンドロス（同名の将軍の子孫）　45
リューシーターニアー　1353
リューシアース（弁論家）　246, 709, 819, 836, 1272, 1342
リューシアース（セレウコス朝の将軍）　200
リューシアナッサ　1029
リューシクレース　69
リューシス❶（ソークラテースの弟子）　1342
リューシス❷（ピュタゴラス派哲学者）　323, 1342
リューシス（劇詩人）　1342
リューシストラータ　219
リューシストラトス　1343
リューシッペー（アマゾーン族の女王）　726
リューシッポス　186, 300, 307, 377, 407, 452, 521, 592, 626, 645, 661, 733, 793, 822, 1119, 1128, 1343
リューシマケイア　205, 1343
リューシマコス　41, 76, 116, 165, 184, 204-205, 208-209, 259, 329, 394, 406, 445, 514, 594, 680, 704, 745, 783, 788, 805, 809, 843, 870, 1004, 1034, 1039, 1114, 1128, 1341, 1343
リューディア　1344
リューディアー　37, 62-63, 67, 77, 142, 239, 322, 329, 373, 455, 468, 470, 478, 488, 491, 500, 506, 531, 546, 562, 586, 594, 611, 619, 644, 680, 717, 739-740, 757, 813, 816, 822, 838, 841, 845-846, 869, 899, 907, 913, 927, 935, 955, 969, 977,

— 1646 —

987, 992, 998, 1057, 1062, 1075, 1096, 1119, 1122, 1150, 1164, 1203, 1205, 1213, 1246, 1249, 1252, 1344, 1368
リューディアダース　1261
リュードス　433, 1344
リュンケウス❶（アイギュプトスの子）　7, 53, 726-727, 992, 1076, 1344
リュンケウス❷（アパレウスの子）　159, 249, 751, 1282, 1344
リュンコス　850
リーリス（河）　263, 714, 1254
リリュバイオン　684, 700, 857, 1031, 1345
リリュバエウム　413
リンゴネース（族）　612, 1345
リンドゥム　1163, 1345
リンドス（市）　210, 428, 452, 536, 592, 716, 744, 820, 858, 1345, 1380
リンドス（名祖）　1345
隣保同盟　225, 429, 649, 822, 1346
ルア　610
ルーアース　78
ルカ　1347
ルーカ　107, 383, 509, 624, 1346
ルーカース　301, 1346
ルーカーニー　1347
ルーカーニア　102, 250, 339, 347, 354, 457, 507, 512, 549, 573, 613-614, 677, 685, 732, 829, 835-836, 904, 935, 1004, 1018, 1049, 1067, 1113, 1210, 1263, 1347
ルーカーヌス、マールクス・アンナエウス　587-588, 647, 693, 891, 936, 964, 1086, 1131, 1236, 1347
ルーキア　641
ルキアース　1270
ルーキアーノス（諷刺作家、弁論家）　149, 482, 519, 564, 614, 673, 706, 811, 903, 994, 997, 1100, 1276, 1348
ルーキアーノス（アンティオケイア❶の神学者）　179, 1348
ルギイー族　273, 1348
ルーキーナ　319, 1298, 1349
ルーキーリウス（諷刺詩人）　278, 435, 668, 1131, 1180, 1310, 1349
ルーキーリウス・ユーニオル（詩人、文法学者）　1350
ルーキウス・ウェールス　218, 453, 1012, 1087, 1153, 1227, 1230　→ウェールス、ルーキウス（以下、同様に参照のこと）
ルーキウス・カエサル　22, 32, 55, 375, 772, 885, 1049, 1300, 1327, 1349
ルーキオス　920
ルーキッラ　425, 505, 602, 1349
ルキーッリオス　1350
ルーキフェル　1168, 1349
ルクィニウス・プリスクス　633
ルークッルス　111, 118, 146, 201, 269, 386, 489, 555, 561, 632, 701, 773, 833, 875, 899, 1012, 1032, 1147, 1199, 1222, 1240, 1242, 1258, 1271
ルークッルス、ルーキウス・リキニウス（富豪）　505, 509, 515, 547-548, 575, 1350, 1367, 1387
ルークッルス（富豪ルークッルスの祖父）　1350
ルークッルス（家）　1350
ルグドゥーヌム（属州ガッリアの首府）　176, 274, 295, 401, 405, 429, 501, 512, 630, 1055, 1151, 1214, 1351
ルグドゥーヌム（アクィーターニアの）　1351
ルグドゥーヌム（バターウィー族の）　1351
ルグドゥーヌム（ベルギウム内の）　1351
ルクマーン　11
ルクモー（ン）　80, 727, 734, 1352
ルクリーヌス湖　18
ル（ー）クリーヌス湖　1352
ル（ー）クレーティア　576, 733-734, 1041, 1070, 1352
ル（ー）クレーティウス　287, 1084, 1170, 1220, 1286, 1352
ルクレーティウス（ルクレーティアの父）　1041
ルーケティア　1298
ルーケリア　102, 918, 1353
ルーケレース　849
ルーシーターニー（族）　383
ルーシーターニア　278, 331-332, 400, 508, 698, 702, 964, 968, 1068, 1171, 1258, 1353
ルスキウス　827
ルスティキアーナ　1163
ルースティクス、クィ（ー）ントゥス・ユーニウス　1353
ルーセッラエ　1354
ルターティウス・カトゥルス, C.　414
ルターティウス・カトゥルス, Q.　1379
ルッケイウス・ヒッルス　1354
ルッケイウス、ルーキウス（弁論家、歴史家）　1354
ルッケイウス、ルーキウス（キケローの友人）　1354
ルーテーティア　59, 370, 405, 1302, 1355
ルーテーティア・パリーシオールム　1356
ルーディー（ローマの祝祭）　284, 1354, 1386
ルーディー・アポッリナーレース　109, 792, 1229, 1354
ルーディー・カピトリーニー　1355
ルーディー・ケレアーレース　1354
ルーディー・サエクラーレース　792, 1000, 1354
ルーディー・フローラーレース　1354
ルーディー・マグニー　30, 734, 1299, 1355
ルーディー・メガレーンセース　30, 1354-1355
ルーディー・ローマーニー　1354
ルディアエ　345
ルーティーヌス　1056
ルティーリア　1358
ルティリウス・ルプス　583
ルティーリウス氏　1355
ルテミス　1281
ルトゥピアエ　1356
ルトゥリー（族）　15, 171, 576, 735, 836, 875, 1262, 1318, 1356
ルーナ（月の女神）　1356
ルーナ（エトルーリアの町）　1356
ルピア（河）　654, 1065, 1370
ルービキーナ　1296
ルビコー（ン）（川）　28, 142, 250, 383, 1172, 1356
ルピリウス、プーブリウス　303, 1357
ルピリウス（プーブリウス・ルピリウスの弟）　1357
ルーフィーヌス（ガッリア出身の佞臣）　144, 303, 501, 667, 958, 1357
ルーフィーヌス（キリスト教修道士）　1357
ルーフィーヌス（文法学者）　1357
ルーフス　681, 707, 1357
ルーフス、プーブリウス・ルティーリウス　1357
ルーフス家　381, 1355
ルプス、プーブリウス・ルティーリウス（修辞学者）　1358
ルプス、プーブリウス・ルティーリウス（同名の祖父）　1358
ルプス、プーブリウス・ルティーリウス（同名の父）　1358
ルプス家　1355
ルフリウス・クリスピーヌス　1171
ルブレースス　869
ルベッリア　1358
ルベッリウス・プラウトゥス　678, 714, 764, 839, 855, 1358
ルペルカーリア祭　216, 297, 383, 1013, 1015, 1336, 1358
ルペルカル　931
ルペルクス　1358
ルーポス　1359
レア・シルウィア　18, 774, 880, 1235, 1359, 1387
レアー　67, 354, 361, 374, 475, 544, 549, 551, 576, 581, 640, 688, 723, 757, 761, 766, 798, 804, 918, 949, 1060, 1099, 1112, 1213, 1359
レアイナ　945
レアーテ　265, 281-282, 495, 611, 617, 769, 1359
レアルコス　72, 1281, 1359
レアンドロス　100, 690, 1102, 1255, 1360
レイアー　1213
レイトゥールギアー　83, 743, 1360, 1372
レイリオペー　868
レヴィ人　1234
レウカス　172, 240, 249, 252, 557, 607, 905-906, 944, 1005, 1360
レウカタース（岬）　1361
レウカディアー　827, 905, 997
レウカーノイ　1347
レウキッピデス　1361
レウキッポス（哲学者）　66, 524, 748, 809, 1162, 1213, 1352, 1361
レウキッポス（オイノマーオスの子）　729
レウキッポス（性転換をした）　258, 376
レウキッポス（ディオスクーロイの叔父）　751
レウキッポス（メッセーネー王）　1361
レウキンメー　562
レウクトラ　58, 196, 323, 540, 649, 676, 791, 800, 1155, 1161, 1238, 1261, 1361
レウクトラの戦い　140, 144, 147, 335
レウケー（オーケアニデスの1人）　919
レウケー（島）　2, 46, 212, 257, 337, 923, 1148, 1361
レウコ・シュロイ　632, 640, 1362
レウココマース　1085
レウコス、タロースの子　254
レウコテアー　72, 256, 358, 1220, 1362
レウコトエー　523, 1123, 1362
レウコプリュス　798
レオーカレース　109, 419, 1062, 1183, 1204-1205, 1362

— 1647 —

レオーケーデース　1090
レオーステネース（アテーナイの将軍）　1323, 1363
レオーステネース（同名の父）　1363
レオーテュキダース❶ 1 世　802, 1363
レオーテュキダース❷ 2 世　147, 313, 1363
レオーテュキダース❸（アーギス 2 世の子）　45, 58, 1342, 1363
レオーニダイオン　364
レオーニダース❶ 1 世　45, 324, 495, 540, 898, 1073, 1363
レオーニダース❷ 2 世　45, 181, 297, 538, 540, 1364
レオーニダース（タラースの）　782, 1364
レオーニダース（アレクサンドレイアの）　1364
レオーニダース（ゴルゴーの夫）　538
レオー（ン）❶ 1 世　78, 212, 246, 521, 540, 685, 696, 909, 1303, 1332, 1362, 1364
レオー（ン）❷ 2 世　696, 910, 1365
レオーン（ディオニューシオス❶寵愛の少年）　755
レオプローン　1378
レオメネース 3 世　42
レオンティーニー　1365
レオンティーノイ　41, 392, 583, 627, 866, 959, 1365
レオンティウス（僭帝）　696, 910
レオンティオス　301
レオンティオン　326, 1140
レオンティスコス（ターイスの息子）　718
レオンティダース　146
レオンテウス　376
レオントケンタウロス　973
レオンナトス　1366
レカイオン　570, 582
レーギウム　549, 1212, 1300, 1366
レーギオン　41, 94, 124, 258, 455, 500, 537, 549, 623, 742, 754-755, 829, 959, 980, 984, 1212, 1264, 1300, 1346, 1366, 1378
レーギッリー　504
レーギッルス（湖）　109, 751, 761, 1223, 1318, 1366
レーギッルス湖畔の戦い　1297, 1384
レーギッルム　504
レーキュトス　1366
レークス、クィ（ー）ントゥス・マ（ー）ルキウス❶（マールキウス水道の建設者）　1367
レークス、クィ（ー）ントゥス・マ（ー）ルキウス❷（❶の子）　1367
レークス、クィ（ー）ントゥス・マ（ー）ルキウス❸（❷の孫）　1367
レクティステルニウム　1367
レケース　570, 1091
レーグルス、マールクス・アティーリウス　1367
レスクーポリス　576
レスケース　644
レスボス（島）　4, 8, 95, 369, 512-513, 521, 538, 574, 607, 626, 644, 680, 690, 754, 758, 788, 799, 821, 858, 865, 877, 905, 969, 1032, 1100, 1102, 1248, 1255, 1368
レスボスの乱　1368
レーソス　301, 310, 406, 530, 759, 822, 843, 859, 862, 962, 1368
レーダー　166, 522, 688, 750, 776, 817, 886, 992, 1073, 1148, 1299, 1368
レタース 3 世　201
レーテー　1369
レーティアーリイー　511
レートー　68, 114, 172, 544, 572, 688, 741, 766, 768, 828, 869, 956, 989, 992, 1055, 1162, 1319, 1369
レーナイア（祭）　42, 305, 753, 1370
レーナイエウス　608
レーヌ　651
レーヌス（河）　279, 328, 511, 567-568, 589, 592, 654, 781, 791, 829, 851, 855-856, 913, 1054, 1058, 1065, 1088, 1160, 1234, 1274, 1288, 1370
レバデイア　43, 650, 861, 1161, 1257, 1370
レピダ　1271
レピドゥス、マールクス・アエミリウス❶（三頭政治家）　610, 901, 1371
レピドゥス、マールクス・アエミリウス❷（❶の子）　1371
レピドゥス、マールクス・アエミリウス❸（アエミリウス・パウルス❸の孫）　1371
レピドゥス、マールクス・アエミリウス❹（アエミリウス・パウルス❹の子）　1372
レピドゥス家　33, 1370-1371
レフカンディ　306
レプティス❶・マグナ　588, 612, 641, 686, 731, 851, 1042, 1372
レプティス❷・パルウァ　1372
レプティネース❶（政治家、弁論家）　1372
レプティネース❷（ディオニューシオス 1 世の弟）　1372
レベドス　239
レーマンヌス（湖）　555, 1127, 1379
レーミー（族）　446, 892, 1127, 1373
レーミギウス　549, 655
レムス　19, 73, 121, 421, 423, 880, 931, 1013, 1015, 1235, 1308, 1359, 1373, 1387
レームノス（島）　82, 125, 145, 159, 362, 425, 522, 546, 759, 787, 797, 831, 971, 989-990, 1006-1007, 1089, 1110, 1159, 1182, 1243, 1320, 1373, 1376
レムーリア　1222
レムレース　1222, 1373
レーラントス平原　306, 343, 440
レルネー　7, 119, 158, 160, 236, 241, 315, 441, 719, 815, 974, 988, 999, 1117, 1374
レレクス　818, 997, 1374
レレゲス（人）　4, 74, 193, 239, 615, 818, 997, 1185, 1374, 1377
レロス　1145
レントゥルス、グナエウス　1374
レントゥルス・クルース、ルーキウス・コルネーリウス　1374
レントゥルス・スーラ、プーブリウス・コルネーリウス　1376
レントゥルス・スピンテール、プーブリウス・コルネーリウス（子）　1376
レントゥルス・スピンテール、プーブリウス・コルネーリウス（父）　1375
レントゥルス（家）　387, 461, 589, 847, 1375
レンミウス・パラエモーン　490
ロイオー　95
ロイコス　615, 1373, 1376
ロイソス　115
ロイメタールケース　576
ロエトゥス　1234
ロークサネー（オクシュアルテースの娘）　186, 227, 394, 664, 708, 937, 1137, 1147, 1376
ロークサネー（カンビューセース❷の妻）　458
ロークスタ　1377
ロークソラーノイ（族）　231, 620, 921, 1377
ロクリー　549, 621, 774, 1377-1378
ロクリー・エピゼピュリイー　1378
ロクリス　2, 204, 300, 348, 476, 740, 824, 923, 1008, 1098, 1323, 1374, 1378
ロクリス・オゾリス　225
ロクロイ　2, 361, 669, 755, 774, 845, 999, 1185, 1378
ロクロイ・エピゼピュリオイ　549, 621, 774, 1378
ロクロス　361, 1377
ロースキウス（ロスキウス）、セクストゥス　1379
ロースキウス（ロスキウス）・ガッルス、クィ（ー）ントゥス　1378
ロストラ　196, 590, 1207, 1250, 1335, 1379, 1383
ロストルム　623, 1379
ロゼッタ・ストーン　1035, 1379
ロダ　1379
ロダヌス（河）　80, 107, 121, 143, 176, 259, 271, 274, 401, 555, 607, 885, 1379
ロッソイ族　329
ロットイ　1291
ロッリア　423
ロッリア・パウリーナ　387, 407, 1287, 1379-1380
ロッリウス、マールクス　1380
ロデー　1380
ローティス　852, 1056
ロート　400, 947
ロドグーネー　161, 806
ロドス（島）　27, 57, 378, 512, 536, 550, 559, 565, 591, 615, 629, 633, 668, 670, 680-681, 716, 742, 744-745, 749, 752, 756, 770, 772, 775, 788, 805, 815, 820, 828, 835, 844, 848, 858, 865, 894, 924, 932-933, 936, 959-960, 970, 973, 983, 1009-1010, 1032, 1047, 1082, 1088, 1095, 1119, 1123, 1140, 1147-1148, 1158, 1169-1170, 1181, 1184-1185, 1205, 1232, 1246, 1248, 1256, 1285, 1337, 1380
ロドス（名祖）　105
ロートパゴイ　358, 641, 866, 1335, 1381
ロドーピス　607, 863, 1100, 1381
ロドペー　897
ロートマグス　1381
ロドーン（プトレマイオス❻の傅育係）　1037
ロービーガーリア祭　1382
ロービーグス　1382
ロピス（少年）　933
ロピス（川）　933
ロボーン　128
ローマ　690, 874, 912, 925, 986, 1242-1243, 1249, 1382
ローマ（アエネーアースの孫娘）　1020
ローマ七丘　18, 278, 319, 388, 423, 489, 931, 1385-1386

ローマの祝祭　1386
ロームルス　15, 23, 57, 73, 121, 316, 421, 423, 490, 517, 528, 579, 594, 611, 680, 682, 691, 725, 737, 774, 847, 849, 879-880, 922, 931, 946, 993, 1013, 1015, 1067, 1078, 1086, 1132, 1221, 1229, 1235, 1258, 1292, 1299, 1308, 1359, 1373, 1382, 1386-1387
ロームルス・アウグストゥルス　358, 372, 881, 1047, 1387
ロリウム　218
ロンギーヌス（ゼーノーン帝の兄弟）　95
ロンギーヌス家　395
ロンギーノス、カッシオス　230, 375, 695, 944, 1191, 1388
ロングス　707
ロンゴス　318, 1388
ロンディ（ー）ニウム　289, 428, 1059, 1388

欧文索引

本索引はギリシア語・ラテン語の見出し項目をアルファベット順に並べている。
「神」は神話関係、「人」は歴史上の人物、「地」は地名であることを示す。

● A

Abai 97
Abantes 98
Abaris 98
Abdera 101
Abderos 101
Abella 106
Aborigines 115
Abydos 100
Abyle 100
Accius 73
Acesta 59
Achaemenid Persia 37
Achaia 35
Acroceraunia 56
Acron (Acro), Helenius 57
Acta Diurna 50
Acta Senatus 50
Adherbal 86
Admetos 86
Adonis 86
Adranon 88
Adrastos 87
Adria 89
Adriaticum, Mare 89
Adulis 85
Aec(u)lanum 28
Aedilis 29
Aedon 30
Aedui 30
Aegates Insulae 28
Aegean civilization 317
Aelia 33
Aelia Eudocia 301
Aelia Eudoxia 302
Aelia Pulcheria 1065
Aelius Caesar 33
Aelius Donatus 838
Aemilia 31-32
Aemilia Lepida 31
Aemilianus 31
Aemilius Macer 1216
Aemilius Papinianus 925
Aemilius Paul(l)us 900
Aenaria 31
Aeneas 31
Aeoliae Insulae 27
Aequi 28

Aerarium 33
Aerope 34
Aesernia 28
Aesopus 29
Aestii 28
Aetius 29
Aetos 30
Afer 100
Afranius 102
Africa 103
Africanus 103
Agamedes 43
Agamemnon 43
Aganippe 42
Agasias 38
Agatharkhides 38
Agatharkhos 39
Agathodaimon 42
Agathokleia 40
Agathokles 41
Agathon 42
Agathyrsoi 40
Agaue 38
Ageladas 59
Agenor 59
Ager Gallicus 60
Agesandros 57
Agesilaos 58
Agesipolis 58
Agiadai 45
Agis 45
Aglauros 52
Agon 482
Agora 60
Agorakritos 61
Agoranomos 61
Agricola 52
Agrippa Menenius Lanatus 1276
Agrippa, Marcus Vipsanius 54
Agrippa, Postumus 54
Agrippa(s) 53
Agrippina 55
Agrippina Minor 643
Agyrrhios 47
Ahenobarbus 107, 109
Aiaie 1
Aiakides 1
Aiakos 1
Aias 1

Aidesius 13
Aidoneus 14
Aietes 3
Aigaion 5
Aigaion Pelagos 317
Aigai 5
Aigeira 8
Aigestes 8
Aigeus 8
Aigiale 6
Aigialeus 6
Aigina 7
Aigipan 7
Aigiroessa 8
Aigis 6
Aigisthos 6
Aigos potamoi 9
Aigyptos 7
Ailianos 16
Ailianos (Taktikos) 17
Ailios Aristeides 133
Ailios Herodianos 1151
Aineias 15
Ainesidemos 16
Ainos 16
Aioleis 3
Aiolia 3
Aiolis 4
Aiolos 4
Aisakos 9
Aiskhines 9
Aiskhylos 10
Aison 11
Aisopos 11
Aithalia 11
Aithalides 11
Aither 13
Aithiopia 12
Aithra 14
Aitne 13
Aitolia 14
Aitolos 15
Aius Locutius 2
Akademeia 39
Akademos 40
Akamas 42
Akarnan 44
Akarnania 44
Akastos 38

Ake (Akke)　59
Akhaia　34
Akhaimenes　37
Akhaimenidai　36
Akhaioi　35
Akhaios　36
Akharnai　44
Akhates　39
Akheloos　60
Akheron　60
Akhilleus　46
Akhil(l)eus Tatios　46
Akis　46
Akontios　61
Akragas　52
Akrisios　53
Akron　57
Akropolis　57
Akrotatos　56
Akte　51
Aktion　51
Alalia　124
Alamanni　124
Alani　123
Alaricus　124
Alba Fucens　175
Alba Longa　175
Alba Pompeia　175
Albania　174
Albanus Lacus　174
Albanus Mons　175
Albinovanus　176
Albinus　176
Albion　175
Albis　176
Albius Tibullus　771
Aleksandra　182
Aleksandreia　182
Aleksandros　184
Aleksis　190
Alekto　190
Aleos　181
Alesia　190
Aletrium　192
Aleuadai　181
Alimentus　142
Alkaios　143
Alkamenes　145
Alkathoos　145
Alkestis　155
Alketas　155
Alkibiades　148
Alkidamas　146
Alkinoos　148
Alkiphron　149
Alkmaion　152-153

Alkmaionidai　152
Alkman　154
Alkmene　154
Alkyone　150
Allia　79
Allobroges　80
Aloadai　192
Alpes　177
Alpheios　177
Alsium　165
Althaia　166
Altinum　171
Alyattes　142
Amaltheia　117
Amaseia　116
Amasis　115
Amastris　115
Amata　117
Amathus　117
Amazon　116
Ambarvalia　223
Ambiani　223
Ambiorix et Catuvolcus　224
Ambrakia　228
Ambrosia　228
Ambrosius Mediolanensis　228
Ambrosius (Aurelius) Theodosius
　　Macrobius　1215
Ameipsias　121
Ameria　121
Amisos　117
Amiternum　118
Ammianus Marcellinus　229
Ammon　230
Ammonios　230
Ammonios Sakkas　230
Amor　121
Amorgos　121
Amphiaraos　223
Amphiktyonia　1346
Amphilokhos　227
Amphion　225
Amphipolis　227
Amphissa　225
Amphissos　225
Amphitheatrum　225
Amphitrite　226
Amphitryon　226
Amphoreus　229
Ampsanctus　228
Amsanctus　228
Amulius　120
Amyklai　118
Amykos　118
Amymone　118
Amyntas　119

Amyrtaios　119
Anagnia　94
Anaitis　91
Anakharsis　91
Anakreon　94
Anaksagoras　91
Anaksandrides　92
Anaksarete　92
Anaksarkhos　92
Anaksilas　94
Anaksimandros　93
Anastasius I　95
Ancile　194
Ancus Marcius　194
Ancyranum, Monumentum　194
Andokides　213
Andraimon　219
Andriskos　219
Androclus　220
Androgeos　220
Androgynos　220
Androklos　220
Andromakhe　222
Andromeda　222
Andronikos　221
Andros　221
Androtion　221
Anemoi　97
Angli　195
Anicetus　96
Anicia　95
Anio　95
Anios　95
Ankaios　193
Ankhises　193
Ankon　195
Ankyra　194
Anna　223
Anna Perenna　223
Annia Aurelia Galeria Lucilla　1349
Annia Galeria Faustina　1012
Annikeris　223
Antaios　195
Antalkidas　195
Anteia　196
Antemnae　213
Antenor　212
Anteros　213
Anthemius　212
Anthologia Latina　1319
Anthropophagoi　221
Antigoneia　204
Antigone　204
Antigonidai　206
Antigonos　204
Antikleia　204

Antikyra   203
Antilibanos   211
Antilokhos   212
Antimakhos   211
Antino(o)polis   208
Antinoos   208
Antinous   207
Antiokheia   196
Antiokhos   198
Antiope   203
Antipater   208
Antipatros   208
Antiphanes   210
Antiphates   208
Antiphilos   210
Antiphon   210
Antisthenes   206
Antium   196
Antonia   214
Antoninos Liberalis   219
Antoninus Pius   218
Antonios   217
Antonius   215, 217
Antonius Musa   1254
Antonius   215
Anubis   97
Anytos   96
Aonia   34
Apameia   97
Apellai   106
Apelles   106
Apellikon   106
Aphaia   97
Aphrodisias   104
Aphrodite   104
Apicius   99
Apion   98
Apis   99
Apollo   109
Apollodoros   109
Apollon   114
Apollonia   111
Apollonios   111
Apollonios Dyskolos   113
Apollonios Molon   113
Apostoli   636
Appenninu   79
Appia   78
Appianos   78
Appius Claudius Caecus   503
Appius Claudius Caudex   503
Appius Claudius Crassus Inregillensis Sabinus   503
Appius Claudius Sabinus Regillensis   504
Apries   102

Apuleius   104
Apulia   102
Aquae Sulis   47
Aquaeductus   48
Aquileia   49
Aquinius   49
Aquinum   49
Aquitania   48
Arabia   123
Arados   122
Arakhne   122
Arakses   121
Aratos   122
Aratos   122
Arausio   121
Arbela   177
Arbogastes   178
Arcadius   144
Archias, Aulus Licinius   146
Ardashir   169
Ardea   171
Areion   180
Areios   179
Areios Didymos   180
Areios Pagos   180
Arelate   192
Ares   190
Aretaios   191
Aretas   191
Arethusa   192
Areus   181
Argiletum   151
Arginusai   147
Argo   157
Argolis   160
Argonautai   159
Argos   157-158
Ariabignes   126
Ariadne   125
Ariarathes   126
Aricia   128
Arimaspoi   141
Ariminum   141
Ariobarzanes   127
Arion   128
Ariovistus   127
Aristagoras   129
Aristaios   129
Aristarkhos   130
Aristeas   130
Aristeides   132-133
Aristippos   131
Aristobulos   139
Aristodamos   135
Aristodemos   134
Aristogeiton   133, 945

Aristoksenos   133
Aristomenes   140
Ariston   141
Aristonikos   137
Aristophanes   137-138
Aristophon   140
Aristoteles   135
Arkadia   144
Arkas   144
Arkesilaos   154-155
Arkhelaos   156
Arkhemoros   156
Arkhias   146
Arkhidamos   146
Arkhilokhos   151
Arkhimedes   149
Arkhon   160
Arkhytas   150
Arktinos   152
Arktos   152
Armenia   178
Arminius   178
Armorica   179
Arnobius   174
Arpi   175
Arpinum   176
Arretium   80
Arria   79
Arrianos   79
Arrius Aper   109
A(r)runs   80
Arsakes   160
Arsakidai   164
Arsinoe   165-166
Artabanos   170
Artabazos   170
Artaksata   167
Artakserkses   168
Artaksias   167
Artaphernes   171
Artavasdes   167
Artemidoros   173
Artemis   172
Artemisia   172
Artemision   172
Artemon   174
Arvales   142
Arverni   143
Asamonaios   61
Asandros   62
Asculum   64
Asellio   70
Asia   62-63
Asia he mikra   644
Asios   63
Asisium   63

Askalabos 63
Askalaphos 64
Askalon 64
Askanios 63
Asklepiades 65
Asklepios 66
Askra 64
Asopos 70
Aspasia 69
Aspendos 69
Asphaltitis limne 625
Assos 74
Assyria 74
Astakos 66
Astarte 67
Aster 68
Asteria 68
Asterope 671
Asteropes 671
Astraia 69
Astraios 69
Astura 68
Astures 68
Asturia 68
Astyages 67
Astyanaks 67
Astydamas 67
Astynomos 68
Atalante 72
Ataulphus 70
Ate 80
Atella 81
Atellanae Fabulae 81
Athamas 72
Athanasios 71
Athena 82
Athenai 82
Athenaioi kai hoi ksymmakhoi 828
Athenaion 84
Athenaios 84
Athenion 84
Athenodoros 85
Atia 81
Atlantis 88
Atlas 87
Atossa 85
Atrebates 90
Atreides 89
Atreus 90
Atropatene 90
Atropos 91
Atta Claudius (Claudius, Atta) 503
Attaleia 75
Attalidai 76
Attalos 75-76
Attalus 74

Attike 76
Attila 77
Attis 77
Attius (Accius) Navius 863
Attus Navius 863
Aufidius Bassus 25
Auge 23
Augeias 23
Augur 23
Augusta Praetoria Salassorum 20
Augusta Treverorum 19
Augusta 19
Augustinus 20
Augustodunum 22
Augustus 21
Aulis 25
Aulus Atilius Calatinus 432
Aulus Caecina Severus 379
Aulus Cluentius Habitus 525
Aulus Cornelius Celsus 564
Aulus Cremutius Cordus 587
Aulus Gabinius 423
Aulus Gellius 554
Aulus Hirtius 1003
Aulus Licinius Caecina Alienus 379
Aulus Manlius Torquatus 852
Aulus (Aules) Persius Flaccus 1131
Aulus Plautius 1042
Aulus Postumius Tubertus 1167
Aulus Vitellius 274
Aurelia 26-27
Aurelianus 26
Aurelius Augustinus 20
Aurelius Zoticus Avitus 711
Aurora 27
Aurunci 26
Ausona 23
Ausonia 24
Ausonius 24
Auster 23
Autokhthones 24
Autolykos 24-25
Automedon 24
Autonoe 24
Autricum 24
Auximum 19
Avaricum 17
Aventinus 18
Avernus 18
Avien(i)us 17
Avienus 17
Avitus 18

● B

Baalbek 895, 943

Babrios 927
Babylon 926
Babylonia 925
Bacchanalia 913
Baebius Massa 1219
Bagaudae (Bacaudae) 905
Bagoas 908
Baiae 895
Bakis 906
Bakkhai 913
Bakkhiadai 913
Bakkhylides 914
Baktra 907
Baktria 907
Baleares (Baliares) Insulae 946
Barke 936
Barsine 936
Basileides 910
Basileios 910
Basilica 909
Basiliskos 910
Bassai 914
Bastarnae 911
Batavi 913
Bathyllos 919
Bathyllus 919
Battiadai 915-916
Battos・神 916
Battos・人 916
Baukis 1005
Bauli 902
Bebrykes 1111
Bedriacum 1105
Belgae 1127
Bella Punica 1164
Bellerophon 1103
Bellona 1104
Bellovaci 1104
Bellum Punicum 1164
Bellum Sociale 835
Belos 1149
Bendis 1159
Beneventum 1109
Berenike 1146
Beroia 1149
Berosos 1150
Berytos 1126
Bessos 1101
Betriacum 1105
Bias・神 955
Bias・人 955
Bibracte 978
Bilbilis 1004
Bion 960
Bisaltai 962
Bithynia 976

Biton　977
Bituriges　977
Blemyes　1075
Bobellae　1162
Bocchus　1171
Boerebistas　996
Boethius　1163
Boethos　1164
Boetius　1163
Bogud　1166
Bogus　1166
Boii　1160
Boiotia　1160
Boirebistas　996
Bolbitine　1191
Bomilcar　1176
Bona Dea　1173
Bonifacius　1174
Bonifatius　1174
Bononia　1174
Boreas　1192
Borysthenes　1183
Bostra　1167
Boudicca　1031, 1163
Bovianum　1162
Bovilla　1162
Bovillae　1162
Brankhidai　1055
Brasidas　1047
Brauron　1044
Brennus　1076
Briareos　1057
Brigantes　1057
Briseis　1059
Britannia　1059
Britomartis　1060
Brizo　1059
Bructeri　1065
Brundisium　1071
Brundusium　1071
Brutti　1067
Bruttium　1067
Brutus　1068
Bryaksis　1062
Brygos　1062
Bubastis　1040
Bukephalas　1027
Bukephale　1028
Bukoloi　1028
Bule　1071
Bulla　1030
Bulla Regia　1030
Burdigala (Burdegala)　1068
Burgundii　1065
Burgundiones　1065
Burgundoi　1065

Busiris　1029
Butes　1031
Byblis　991
Byblos　991
Byrebistas　996
Byzantion　983
Byzantium　983

● C

Cacus　390
Caecilia　380
Caecilia Metella　380
Caecilius Statius　381
Caecina　379
Caecubum　381
Caere　389
Caesa　381
Caesar　381
Caesar, Julius　627
Caesar Augusta　382
Caesarea Mauretaniae　386
Caesarea Palaestinae　385
Caesarea Philippi　386
Caesarea　385
Caesario(n)　381
Caesarodunum　386
Caesius Bassus　915
Caieta　375
Calabria　432
Calagurris　430
Calatia　431
Calcidius　441
Caledonia　453
Cales　452
Calgacus　439
Caligula　434
Calleva Atrebatum　411
Calpurnia　449
Camenae　428
Camerinum　428
Camilla　426
Camillus　426
Campania　457
Campus Martius　458
Camulodunum　428
Cannae　456
Cantabri　456
Cantabria　456
Canusium　420
Capena　425
Capitolium　422
Capreae　424
Capua　424
Caracalla　429
Carales　433

Caratacus　430
Carbo　450
Cardea　445
Carmenta　451
Carna　446
Carnuntum　446
Carnutes　446
Carpi　449
Carseoli　442
Carteia　445
Carthago　443
Carthago Nova　444
Carti(s)mandua　445
Casilinum　391
Casinum　391
Cassius　17
Cassivellaunus　395
Castulo　392
Catacumba　392
Catalaunum　393
Cato　415
Catoblepas　415
Catulus　414
Caucasus　573
Caudium　378
Celsus, Aulus Cornelius　564
Celsus Titus Aufidius Hoenius Severianus,
　　　Publius Iuventius　564
Celtae　565
Celtiberia　566
Cenabum　555
Cenomani　556
Censor　570
Censorinus　570
Centaur　707
Centum Cellae　571
Ceres　569
Cerialis (Cerealis) Caesius Rufus, Quintus
　　　Petil(l)ius　561
Cethegus　554
Cethegus, Gaius Cornelius　554
Cethegus, Marcus Cornelius　555
Cethegus, Publius Cornelius　555
Chaeronea (Cherronea)　569
Chatti　398
Chauci　378
Chersonesus Taurica　564
Cherusci　563
Chlodovechus I　549
Cicero　461
Cimbri　487
Circeii　484
Circus　482, 604
Circus Maximus　483
Cirta　484
Claudia　500

— 1654 —

Claudia Acte 51
Claudia Quinta 501
Claudianus 501
Claudius 501, 548
Claudius Caecus, Appius 503
Claudius Caesar Britannicus, Tiberius 503
Claudius Caudex, Appius 503
Claudius Claudianus 501
Claudius Crassus Inregillensis Sabinus, Appius 503
Claudius Drusus Nero 504
Claudius Marcellus 506
Claudius Nero, Gaius 504
Claudius Nero, Tiberius 504
Claudius Pompejanus, Tiberius 505
Claudius Pulcher 504
Claudius Sabinus Regillensis, Appius 504
Claudius Silvanus 648
Claudius Tiberius Epaphroditus 322
Claudius I 501
Claudius II Gothicus 502
Clazomenai 506
Cleander, Marcus Aurelius 529
Clemens 544
Clemens, (Titus) Flavius 545
Clemens Alexandrinus 544
Cliens 517
Clisthenes 518
Clithomachus 520
Clitumnus 520
Cloaca Maxima 546
Clodia 547
Clodius (Claudius) Aesopus 29
Clodius Albinus 548
Clodius (Claudius) Pulcher, Publius 548
Cloelia 547
Clovis 547
Cluentius Habitus, Aulus 525
Clusium 526
Cn. Cornelius Lentulus Gaetulicus 387
Cn. (T.) Pompeius Trogus 1198
Cnaeus Cornelius Scipio Calvus 657
Coele Syria 573
Coelius Antipater, L. 573
Collatia 576
Collatinus, Lucius Tarquinius 576
Colonia 592
Colonia Agrippina 592
Colosseum 591
Columbarium 590–591
Columella 590
Columella, Lucius Iunius Moderatus 590
Columna Rostrata 590
Comitia 579

Commagene 580
Commius 580, 602
Commodianus 580, 602
Commodus 580
Commodus Antoninus, Marcus (Lucius) Aurelius 602
Compsa 601
Comum 580
Concordia・神 594
Concordia・地 594
Confarreatio 601
Consentes Dei (Dii, Di) 601
Consentia 601
Constans, Flavius Iulius 594
Constantia 595
Constantina, Flavia Iulia 597
Constantinopolis 600
Constantinus I (Magnus) 597
Constantinus II 599
Constantinus III 599
Constantius, Flavius Iulius 597
Constantius I・Chlorus, Marcus/Gaius Flavius Valerius 595
Constantius II, Flavius Iulius 596
Constantius III (Flavius) 596
Constitutio Antoniniana 218
Consul 600
Consus 594
Cora 580
Corbulo, Gnaeus Domitius 589
Corcyra 584
Corduba 587
Cordus, Aulus Cremutius 587
Corfinicius, Quintus 588
Corfinium 589
Corinth 581
Coriolanus, Gnaeus (Gaius) Marcius 580
Cornelia 588
Cornelia Fausta 1012
Cornelius Nepos 884
Cornificius 588
Cornificius, Lucius 588
Cornucopia 588
Cornutus, Lucius Annaeus 588
Corsica 585
Cortona 587
Coruncanius, Tiberius 590
Corvinus 583
Corvus, Marcus Valerius (Maximus) 583
Cosa 573
Cotta 574
Cotta, Gaius Aurelius 574
Cotta, Lucius Aurelius 575
Cotta "Ponticus", Marcus Aurelius 575
Cottii Regnum 575
Cottius, Marcus Julius 575

Crassus 507
Crassus, Lucius Licinius 510
Crassus Dives, Marcus Licinius 509
Crassus Dives, Publius Licinius 508
Crassus Frugi Licinianus, Gaius Calpurnius 508
Cremera 544
Cremona 545
Creta 543
Crispina, Bruttia 519
Crommyon 550
Crucifixio 525
Cumae 498
Cunobe(l)linus 497
Cupido 498
Curator 514
Cures 542
Curia 517
Curiales 517
Curiatius 517
Curio, Gaius Scribonius 517
Curius Dentatus, M'. 517
Cursor, Lucius Papirius 527
Cursus honorum 527
Curtius Rufus, Quintus 528
Cutilia 495
Cyrenaica 477

● D

Dacia 721
Daidala 718
Daidalion 718
Daidalos 719
Daimon 720
Daimonion 720
Daktylos 723
Dalmatia 737
Dalmatius 737
Damaskos 729
Damasus (I) 730
Damokles 731
Damon 731
Damophon 731
Danae 726
Danaides 726
Danais 726
Danaos 726
Danubius 727
Danuvius 727
Daphne 728–729
Daphnis 728
Dardanos 735
Dareios 738
Dares 740
Datames 724

Datis 725
Daunus 720
Dea Dia 742
Decebalus 792
Decemviri 792
Decimus Clodius Albinus 176
Decimus Junius Brutus 1068
Decimus Junius Juvenalis 1293
Decimus Laberius 1322
Decimus Magnus Ausonius 24
Decius Caelius Calvinus Balbinus 942
Decumates Agri 791
Decurio 791
Deianeira 746
Deinarkhos 770
Deinochares 770
Deinokrates 770
Deidameia 765
Deiokes 747
Deiotaros 751
Deiphobos 774
Deka Rhetores 77
Dekapolis 790
Dekeleia 792
Dekelos 792
Deksippos 791
Delia 819
Delion 819
Delos 828
Delphinia 821
Delphos 823
Delphyne 821
Demades 801
Demaratos 802
Demeter 804
Demetria 805
Demetrios 805–807
Demiurgos 802
Demogorgon 810
Demokedes 810
Demokhares 809
Demokles 810
Demokritos 809
Demonaks 811
Demopho(o)n 811
Demosthenes 810
Deukalion 780
Deus 688
Diadokhoi 745
Diadumenianus 745
Diadumenus 745
Diagoras 744
Diana 745
Dictator 761
Dido 768
Didyma 768

Didymos 768
Dii (Dei) Consentes 746
Dikaiarkhos 760
Dike 763
Dikte 761
Diktys 761
Diodoros 753
Diodoros ho Sikeliotes 753
Diodoros Kronos 753
Diodotos 752
Diodotos Tryphon 752
Dioecesis 746
Diogenes 748
Diogenes Laertios 750
Diokles 746
Diomedeae Insulae 759
Diomedes 758–759
Dion Kassios 759
Dion Khrysostomos 760
Dione 758
Dionysia 753
Dionysios 754, 756
Dionysios Halikarnasseus 756
Dionysios ho Khalkus 757
Dionysios Kassios Longinos 1388
Dionysios Periegetes 755
Dionysios Thraks 755–756
Dionysos 757
Diophantos 758
Dioskorides 751
Dioskurides 750
Dioskuroi 750
Diotima 752
Diphilos 770
Dirke 778
Dis (Pater) 765
Dodone 838
Dolon 862
Domitia 839
Domitia Lepida 840
Domitia Longina 840
Domitius Ahenobarbus 107
Domitius Ulpianus 294
Donatus (Magnus) 838
Dorieis 848
Dorieus 848
Doris 849
Doros 861
Doryphorus 852
Drakon 843
Drepanon 857
Druides 852
Drusilla 853
Drusus 854
Drusus Julius Caesar 854
Dryas 851

Dryope 851
Dumnorix et Diviciacus 835
Dura Europos 835
Duris 836
Durnovaria 837
Durovernum 837
Dyrrhakhion 813

● E

Ebora 331
Eburacum 328
Eburones 328
Edessa 320
Eetion 315
Egeria 318
Egesta 317
Eidyia 295
Eileithyia 295
Eirenaios 295
Eirene 295
Ekbatana 316
Ekhidna 315
Ekho 318
Ekklesia 320
Eknomos 316
Eksekias 316
Elagabalus 333
Elea 339
Eleia 339
Elektra 341
Elektryon 342
Eleusis 340
Eleutheropolis 340
Elis 335
Elpenor 339
Elymoi 338
Elysion 337
Emerita Augusta 332
Emesa 332
Empedokles 345
Empusa 345
Endymion 344
Eos 315
Epameinondas 323
Epaphos 323
Epeiros 329
Ephebeion 330
Epheboi 330
Ephesos 329
Ep(h)ialtes 324
Ephialtes 324
Ephoros 331
Epidauros 326
Epigonoi 326
Epikaste 324

Epikharmos 324
Epikos Kyklos 644
Epiktetos 325
Epikuros 325
Epimenides 328
Epimetheus 327
Epiphanes 327
Episthenes 326
Epithalamion 327
Epona 330
Eponina 331
Epopeus 331
Eporedia 331
Equites 316
Erasistratos 333
Erato 334
Eratosthenes 334
Erebos 343
Erekhtheion 341
Erekhtheus 341
Eretria 342
Erginos 339
Eridanos 336
Erigone 335
Erikhthonios 334
Erinna 339
Erinyes 336
Eriphyle 336
Eris 335
Eros 343
Eryks 337
Erymanthos 338
Erysikhthon 337
Erythra thalatta 338
Erythrai 337
Esquilinus 319
Eteokles 320
Etruria 321
Etrusci 321
Euadne 296
Euagoras 295
Euandros 296
Euboia 306
Eubulides 305
Eubulos 305
Eudemos 300
Eudocia 301
Eudoksos 302
Eudoxia 302
Euemeros 297
Eugenius 298
Eukleidas 297
Eukleides 297
Eukratides 297
Euksenos 297
Eumaios 307

Eumelos 309
Eumenes 308
Eumenides 308
Eumenius 307
Eumolpidai 309
Eumolpos 309
Eunapios 303
Eunus 303
Eupalinos 304
Eupatridai 304
Euphemos 305
Euphorbos 307
Euphorion 306
Euphranor 304
Euphrates 304
Euphronios 305
Eupolis 307
Eupompos 307
Euripides 309
Europe 314
Euros 314
Eurotas 314
Eurybatos 313
Eurybiades 313
Eurydike 312
Eurykleia 311
Eurymedon 313
Eurynome 313
Eurypontidai 313
Eurysthenes 312
Eurystheus 311
Eusebia 298
Eusebios 299
Eusebius 299
Eusebius Sophronius Hieronymus 958
Euterpe 301
Eutherius 301
Euthydemos 300
Euthymos 300
Eutresis 302
Eutropia 303
Eutropius 303
Eutykhides 300
Expedition of The Ten Thousands 251

● F

Fabia 1014
Fabius Valens 270
Fabius Vibulanus 1015
Fabula 1017
Faesulae 1013
Falerii 1018
Falernus Ager 1019
Falisci 1018
Faltonia Betitia Proba 1083

Fama 1018
Fanum Fortunae 1014
Fasces 1014
Fascinus 1013
Faunus 1013
Faustulus 1013
Faustus Cornelius Sulla 665
Favonius 1011
Favorinus 1011
Feciales 1022
Felicitas 1024
Fenestella 1024
Fenni 1025
Ferentinu 1024
Feriae 1386
Feronia 1025
Fescennia 1022
Fescennium 1022
Festivitates 1386
Fetiales 1022
Fidenae 1020
Fides Publica 1019
Fidius 1019
Firmum Picenum 1021
Fiscus 1019
Flaccus 1048
Flamen 1054
Flavia Aurelia Eusebia 298
Flavia Domitilla 841
Flavia Iulia Constantina 597
Flavia Iustina August 1294
Flavia Julia 1042
Flavia Maxim(ian)a Fausta 1012
Flavius, Aetius 29
Flavius (Anicius) Justinus, Iustinus 1295
Flavius Anicius Olybrius 363
Flavius Anicius Petronius Maximus 1108
Flavius Arbogastes 178
Flavius Arcadius 144
Flavius Avianus 17
Flavius Basiliscu 909
Flavius Claudius (Iulius) Constantius
　　Gallus Caesar 410
Flavius Claudius Jovianus 1304
Flavius Claudius Julianus 1302
Flavius Clemens 1042
Flavius Eugenius 298
Flavius Glycerius 521
Flavius Gratianus 511
Flavius Honorius 1175
Flavius Iulius Constans 594
Flavius Iulius Constantius 597
Flavius Iulius Popilius Virius Nepotianus
　　Constantinus 885
Flavius Julius Nepos 1303
Flavius Julius Valens 270

Flavius Magnus Aurelius Cassiodorus Senator　397
Flavius Magnus Clemens Maximus　1211
Flavius Magnus Magnentius　1214
Flavius Merobaudes　1284
Flavius Orestes　372
Flavius Petrus Sabbatius Anicianus Justinianus　1294
Flavius Placidius Valentinianus III　272
Flavius Ricimer　1332
Flavius Rufinus　1357
Flavius Sosipater Charisius　435
Flavius Stilicho　667
Flavius Valentinianus I　271
Flavius Valentinianus II　272
Flavius Valerius Marcianus　1228
Flavius Valerius Severus (II)　685
Flora　1085
Florentia　1086
Foedus Latinum　1317
Fors Fortuna　1025
Fortuna　1025
Fortunatae Insulae　1026
Fortunatorum Insulae　633, 1026
Forum　1026
Forum Iulii　1026
Forum Romanum　1026
Forum Traiani (Forum Trajani)　1026
Franci　1054
Fratres Arvales　142
Frentani　1075
Fretum Gaditanum　1075
Frisii　1058
Fucinus, Lacus　1027
Fulvia　1064
Fundi　1087
Furiae　1056

● G

Gabii　421
Gadara　393
Gades　412
Gaetuli　388
Gaetulia　387
Gaia　374
Gaius　374
Gaius (Lucius?) Aelius Gallus　409
Gaius Antonius　215
Gaius Asinius Gallus Saloninus　410
Gaius Asinius Pollio　1172
Gaius Ateius Capito　422
Gaius Aurelius Cotta　574
Gaius Aurelius Valerius Diocletianus　747
Gaius Avidius Cassius　17

Gaius Calpurnius Crassus Frugi Licinianus　508
Gaius Calpurnius Piso　965
Gaius Canuleius　420
Gaius Cassius Chaerea　389
Gaius Cassius Longinus　396
Gaius Cassius Severus Parmensis　395
Gaius Cilnius Maecenas　1207
Gaius Claudius Marcellus　1231
Gaius Claudius Nero　504, 889
Gaius Cornelius Cethegus　554
Gaius Cornelius Gallus　409
Gaius (Cornelius) Verres　283
Gaius Duil(l)ius (Duel(l)ius) Nepos　831
Gaius Fabius Pictor　1015
Gaius Fabricius Luscinus　1018
Gaius Flaminius Nepos　1053
Gaius Flavius Fimbria　1021
Gaius Fulvius Plautianus　1042
Gaius Galerius Valerius Maximianus　454
Gaius Galerius Valerius Maxminus (II) Daia　1210
Gaius Helvidius Priscus　1127
Gaius Helvius Cinna　486
Gaius Julius Caesar　375, 382
Gaius Julius Caesar Octavianus　351
Gaius Julius Caesar Strabo Vopiscus　384
Gaius Julius Callistus　407
Gaius Julius Civilis　458
Gaius Julius Hyginus　982
Gaius Julius Phaedrus (Phaeder)　904
Gaius Julius Solinus　715
Gaius Julius Vindex　279
Gaius Laelius　1310
Gaius Licinius Macer Calvus　439
Gaius Licinius Mucianus　1254
Gaius Lucilius　1349
Gaius Lutatius Catulus　413
Gaius Maenius　1207
Gaius Mamilius Limetanus　1223
Gaius Manilius　1222
Gaius Marius　1226
Gaius Marius Victorinus Afer　1225
Gaius Memmius　1286
Gaius Messius Quintus Traianus Decius　790
Gaius Mucius Scaevola　652
Gaius Musonius Rufus　1256
Gaius (Junius) Norbanus Balbus (Bulbus)　894
Gaius Nymphidius Sabinus　878
Gaius Octavius　351
Gaius Ofonius Tigellinus　764
Gaius Oppius　356
Gaius Papirius Carbo　450
Gaius Pescennius Niger Justus　872

Gaius Pius Esuvius Tetricus　798
Gaius Porcius Cato　414
Gaius Proculeius Varro Murena　1079
Gaius Rabirius　1321
Gaius (Sergius?) Rubellius Plautus　1358
Gaius Sallustius Crispus　607
Gaius Sallustius Crispus Passienus　915
Gaius Scribonius Curio　517
Gaius Sempronius Gracchus　506
Gaius Servilius (Structus) Ahala　98
Gaius Servilius Glaucia　499
Gaius Silius　647
Gaius Sosius　709
Gaius Suetonius Paulinus (Paullinus)　902
Gaius Suetonius Tranquillus　651
Gaius Sulpicius Gallus　410
Gaius Terentius Varro　265
Gaius Trebonius　857
Gaius Valerius Catullus　412
Gaius Valerius Flaccus Setinus Balbus　269
Gaius Velleius Paterculus　283
Gaius Vibius Pansa Caetronianus　950
Gaius Vibius Trebonianus Gallus　411
Galateia　431
Galatia　431
Galba　447
Galeos　452
Galeria Valeria　268
Galilaia　439
Galla Placidia　400
Gallaecia　400
Galli　401-402
Gallia　401
Gallia Belgica　404
Gallia Lugdunensis　404
Gallia Narbonensis　404
Gallicum Imperium　404
Ganges　455
Ganymedes　419
Garamantes　432
Gauda　378
Gaugamela　378
Gavius (Gaius) Pontius Herennius　1195
Gaza　390
Ge　550
Gedrosia　555
Geisericus　550
Gellius, Aulus　554
Gelon　569
Geminos　559
Gemoniae (scalae)　559
Genava　555
Genius　556
Gens Aelia　33

Gens Aemilia　32
Gens Anicia　95
Gens Antonia　215
Gens Aurelia　27
Gens Caecilia　381
Gens Calpurnia　449
Gens Cassia　395
Gens Claudia　504
Gens Cornelia　589
Gens Domitia　841
Gens Fabia　1015
Gens Fabricia　1017
Gens Flavia　1042
Gens Fulvia　1064
Gens Hortensia　1190
Gens Julia　1303
Gens Junia　1298
Gens Livia　1328
Gens Manlia　1239
Gens Marcia　1229
Gens Mucia　1254
Gens Octavia　352
Gens Papiria　926
Gens Porcia　1188
Gens Rutilia　1355
Gens Scribonia　661
Gens Sempronia　707
Gens Servilia　702
Gens Sulpicia　681
Gens Valeria　269
Gens Vinicia　277
Gens Vitellia　275
Genua　556
Georgios　552
Gerasa　560
Gergovia　563
Germani　567
Germania　567
Germania Superior　573
Germanicus Iulius Caesar　568
Gerusia　563
Geryon　561
Geta, Publius (Lucius) Septimius　553
Getai　554
Gigantes　460
Gigantomakhia　460
Gigas　460
Gildo　485
Giskon　463
Glabrio, Manius Acilius　515
Gladiator　511−512
Glaphyra　515
Glauke　499
Glaukos・神　499
Glaukos・人　500
Glycerius, Flavius　521

Glykon　521
Gnaeus Calpurnius Piso　967
Gnaeus Cornelius Cinna Magnus　486
Gnaeus Cornelius Lentulus Augur　1374
Gnaeus Domitius Afer　100
Gnaeus Domitius Calvinus　439
Gnaeus Domitius Corbulo　589
Gnaeus Julius Agricola　52
Gnaeus Manlius Vulso　294
Gnaeus (Gaius) Marcius Coriolanus　580
Gnaeus Naevius　865
Gnaeus Octavius　351
Gnaeus Papirius Carbo　450
Gnaeus Pompeius (Pompejus) Magnus　1199
Gnaeus Pompeius Strabo　1198
Gnaeus Sejus　684
Gnosis　497
Gordianus, Marcus Antonius　585
Gordias　585
Gordion　586
Gordios　586
Gorgias　583
Gorgo　584
Gorgon　573, 584
Gortis　586
Gortyn　586
Gortyna　586
Got(h)ones　577
Gracchi　507
Gracchus　507
Gracchus, Gaius Sempronius　506
Gracchus, Tiberius Sempronius　507
Graecia Magna　506
Graiai　498
Granikos　514
Gratiae　510
Gratianus, Flavius　511
Gratidianus, M. Marius　512
Grattius (Gratius) Faliscus　510
Gregorios　541
Gregorius I　540
Griffin　521
Griffon　521
Gryllos　523
Gryps　523
Gulussa　527
Gyaros　468
Gyges　470
Gylippos　477
gymnasion　475
Gymnopaidiai　476
Gymnosophistai　476
Gytheion　471

● H

Hades　918
Hadria　920
Hadrianopolis　922
Hadrumetum　922
Haimon　897
Haimos　897
Halaisa　929
Haliartos　933
Halikarnas(s)os　933
Halirrhothios　935
Halys　935
Hamadryas　928
Hamilcar　928
Hamilcar Barca　928
Hannibal　952−953
Hannibalianus (Hanniballianus)　952
Hanno　954
Haretas　947
Harmodios　945
Harmonia　945
Harpagos　941
Harpalos　941
Harpokrates　943
Harpokration　943
Harpyia　942
Haruspex　937
Hasdrubal　911
Hebe　1111
Hecuba　1096
Hegemon　1096
Hegesias　1096
Hegesippos　1096
Heilotai　1092
Hekabe　1094
Hekataios　1093
Hekate　1094
Hekatombe　1094
Hekatonkheir　1094
Heksapolis　1095
Hektor　1095
Helena　1145
Helene　1148
Helenius Acron (Acro)　57
Helenos　1149
Helikon　1125
Heliodoros　1123
Heliopolis　1123
Helios　1122
Hellanikos　1102
Hellas　1102
Helle　1102
Hellen　1103
Hellenes　1103
Hellespontos　1102

Helvetii 1127
Hemera 1112
Henna 1160
Heosphoros 1092
Hephaistion 1110
Hephaistos 1110
Hera 1112
Herakleia 1113
Herakleidai 1114
Herakleides 1115
Herakleioi Stelai 1120
Herakleitos 1116
Herakles 1116
Herculaneum 1129
Herennios Philon 1009
Herennius Senecio 694
Herillos 1126
Hermai 1138
Hermaphroditos 1139
Hermeias 1140
Hermes 1140
Hermes Trismegistos 1141
Hermesianaks 1140
Hermetica 1141
Hermione 1139
Hermippos 1139
Hermogenes 1142
Hermokrates 1141
Hermolaos 1143
Hermopolis 1142
Hermotimos 1142
Hermunduli 1139
Hermunduri 1139
Hernici 1138
Herodes 1152
Herodes Agrippa(s) 53
Herodes Atticus 1153
Herodianos 1151
Herodias 1151
Hero(n)das 1151
Herophilos 1155
Herostratos 1150
Herse 1132
Hersilia 1132
Heruli 1143
Hesiodos 1097
Hesperides 1099
Hesperos 1100
Hestia 1099
Hesykhios 1098
Hetaira 1100
Hetairoi 1100
Hibernia 979
Hiempsal 960
Hierapolis 956
Hierokles 956

Hieron 959
Hieronymos 958
Hieros Lokhos 649
Hieros Polemos 649
Hierosolyma 957
Hilarius Pictaviensis 999
Himera 980
Himeros 980
Himilkon 979
Hippalektryon 970
Hippalos 970
Hipparinos 969
Hipparkhia 969
Hipparkhos 970
Hippasos 969
Hippias 971
Hippo Regius 976
Hippodameia 973
Hippodamos 973
Hippodromos 973
Hippokampos 971
Hippokentauros 973
Hippokrates 971
Hippokrene 973
Hippolyte 975
Hippolytos 975
Hippomanes 974
Hippomedon 974
Hippomenes・神 974
Hippomenes・人 975
Hippon 976
Hipponaks 974
Hirpini 1004
Hispalis 964
Hispania 963
Hispania Baetica 904
Hispania Citerior 292
Hispania Ulterior 711
Histiaios 963
Historia Augusta 963
Hoi hepta epi Thebas 799
Hoi hepta sophoi 481
Homeridai 1177
Homeros 1177
Homeru Hymnoi 1178
Honor 1174
Honos 1174
Hoplites 1176
Horai 1179
Horatius Cocles, P. 573
Hormisdas 1192
Horos 1194
Hostius 1166
Hunni (Chunni) 1087
Hyades 981
Hyakinthos 980

Hybla 990
Hybris 990
Hydaspes 984
Hydra 988
Hygieia 981
Hykkara 985
Hylas 993
Hyllos 985
Hymen 993
Hymenaios 993
Hymettos 993
Hypatia 989
Hyperbolos 992
Hyperbore(i)oi 992
Hypereides 993
Hyperion 991
Hypermnestra 992
Hypnos 990
Hypsipyle 989
Hyrkania 995

● I

Iakkhos 233
Iakobos 231
Iaksartes 230
Ialysos 234
Iamblikhos 234
Iambulos 235
Iamidai 234
Iapetos 234
Iapydia 233
Iapygia 233
Iasion 231
Iason 232
Iazyges 231
Iberia 259
Iberus 260
Ibykos 258
Icelus 245
Iceni 245
Iconium 246
Idas 249
Ida 250
Idmon 255
Idomeneus 254
Idumaia 253
Idus 253
Ierikho 236
Ierne 236
Iesus Khristos 518
Ignatios 245
Iguvium 244
Ikarios 243
Ikaros 244
Ikhthyokentauros 245

Ikhthyophagoi 245
Iksion 244
Iktinos 245
Ilerda 262
Ilias 260
Ilion 261
Ilipa 261
Illyria 252
Illyricum 253
Ilos 262
Ilva 261
Imago 260
Imbros 264
Imperator 264
Inakhos 255
Inarime 255
Inaros 255
Incubus 262
India 263
Indos 264
Ino 256
Insubres 262
Interamna 263
Io 236
Ioannes 237
Ioannes Cassianus 394
Ioannes ho Khrysostomos 237
Ioannes Hyrkanos 995
Ioannes Khrysostomos 522
Ioannes Stobaios 672
Iobates 240
Iohannes 1305
Iokaste 238
Iolaos 241
Iolas 242
Iole 242
Iolkos 242
Iones 240
Ionia 240
Ionia 239
Ion 242
Iope 241
Iophon 241
Iosephos 238
Iphigeneia 257
Iphikles 256
Iphiklos 257
Iphikrates 256
Iphimedeia 258
Iphis 258
Iphitos 258
Ipsos 259
Iris 261
Isadas 246
Isaios 246
Isauria 246

Isca 247
Isis 246
Ismaros 248
Ismene 248
Isokrates 248
Issa 251
Issedones 252
Issos 252
Isthmia 247
Isthmos 247
Istria 248
Italia 250
Italica 251
Italiotes 251
Italos 251
Ithake 249
Ithome 254
Itinerarium Provinciarum Antonini Augusti 218
Ituraia 254
Itylos 253
Itys 253
Iuba 1298
Iudaea 1296
Iudas Makkabaios 235
Iugurtha 1294
Iulia 1300
Iulia Avita Mamaea 1303
Iulia Domna 1301
Iulia Maesa 1302
Iulianus 1302
Iulius Firmicus Maternus 1020
Iullus Antonius 217
Iulus 1304
Iunia 1297
Iustinos 235
Iustitia 1294
Iuturna 1297
Iuventas 1293
Iynks 260
Iyrkai 260

● J

Janus 1292
Jerome 958
Johannes 1305
Johannes Chrysostomus 1305
Jovinus 1305
Juba 1298
Judaea 1296
Jugurtha 1294
Julia 639, 1300
Julia Avita Mam(m)aea 1303
Julia Domna 1301
Julia Maesa 1302

Julia Soaemia(s) Bassiana 707
Julia Soaemias 1301
Julius Caesar 627
Julius Paulus Prudentissimus 902
Julius Proculus 1078
Julius Sabinus 612
Julius Valerius Majorianus 1204
Julus 1304
Junia 1297
Junius Silanus 645
Jupiter 1299
Juppiter 1299
Justa Grata Honoria 1175
Justina 1294
Justitia 1294
Juturna 1297
Juventas 1293

● K

Kabeirides 425
Kabeiroi 425
Kadmos 417
Kaineus 376
Kairos 377
Kalais 428
Kalamis 433
Kalanos 432
Kalaureia 429
Kalendarium Iulianum 1304
Kalkhas 440
Kallias 402-403
Kallikrates 406
Kallikratidas 406
Kallimakhos 409
Kallinos 408
Kalliope 405
Kal(l)ippos 408
Kallirrhoe 408
Kallisthenes 406
Kallisto 406
Kallistratos 407
Kalpe 450
Kalydon 438
Kalyke 438
Kalypso 438
Kamarina 426
Kambyses 457
Kameiros 428
Kanake 419
Kandake 456
Kandaules 455
Kanephoroi 420
Kanobos 420
Kapaneus 421
Kapharnaum 421

欧文索引

Kappadokia 399	Khares 452	Kleombrotos 537, 540
Kapys 423	Kharidemos 436	Kleomedes 537
Kardia 445	Kharites 436	Kleomenes 537
Karia 433	Khariton 436	Kleon 538
Karkinos 441	Kharmides 450	Kleonymos 533
Karneades 446	Kharondas 455	Kleopatra 534
Karneia 447	Kharon 454	Kleophon 537
Karrhai 399	Kharybdis 438	Kleros 546
Karyai 437	Kheirisophos 551	Klerukhia 546
Karyatides 437	Kheiron 551	Klio 517
Kaspion pelagos 392	Khersonesos 564	Klonas 549
Kassandra 393	Khilon 485	Klotho 548
Kassandros 394	Khimaira 466	Klymene 524
Kassiopeia 398	Khione 459	Klymenos 524
Kassiterides 398	Khionides 459	Klytaimnestra 522
Kastalia 391	Khios 458	Klytie 523
Kastor 392	Khiton 465	Knidos 496
Katane 392	Khoirilos 572	Knos(s)os 497
Katreus 418	Khosrau 1169	Kobades 579
Kaukasos 377	Khosroes 574, 1169	Kodros 577
Kaulonia 379	Khremonides 545	Koile Syria 572
Kaunos 378	Khristos, Iesus 518	Koinon ton Aitolon 14
Kebes 559	Khryse 522	Koinon ton Akhaion 35
Kekrops 553	Khryseis 522	Kointos Smyrnaios 572
Kelainai 560	Khrysippos 521	Koios 572
Kelaino 560	Khrysomallon Deras 488	Kokalos 573
Keleos 568	Khrysostomos 522	Kokytos 573
Kelsos 564	Khrysostomos, Ioannes 522	Kolkhis 583
Kenkhreai 570	Kilikia 479	Kolonos 593
Kentauros 570	Kiliks 480	Kolophon 594
Kentoripa 571	Kimmerioi 488	Kolossai 591
Keos 552	Kimon 467	Kolossos 591
Kephallenia 556-557	Kineas 466	Kolotes 592
Kephalos 557	Kinyras 465	Komana 579
Kepheus 558	Kirke 483	Kommagene 601
Kephisodotos 557	Kirrha 518	Konon 578
Kephis(s)os 558	Kisseus 464	Kopais limne 578
Ker 562	Kithairon 463	Kore 591
Kerameikos 561	Kition 464	Korinna 582
Kerasus 561	Klaros 516	Korinthos 581
Kerberos 566	Klaudios Ailianos 16	Koroneia 593
Kerkidas 562	Klaudios Galenos 453	Koronis 593
Kerkops 563	Klaudios Ptolemaios 1038	Korybantes 581
Kerkyra 562	Kleanthes 529	Korykion antron 581
Keto 555	Klearkhos 528	Korykios 581
Keyks 559	Kleinias 532	Kos 574
Khabrias 424	Kleio 530	Kotys 576
Khairemon 377	Kleisthenes 530	Kotyt(t)o 576
Khairephon 376	Kleitarkhos 531	Krannon 516
Khaironeia 377	Kleitomakhos 532	Kranon 516
Khaldaia 443	Kleitor 532	Krantor 516
Khalkedon 442	Kleitos 531	Krateros 514
Khalkidike 441	Kleobis 536, 977	Krates 513
Khalkis 440	Kleobis kai Biton 536	Krathis 512
Khamaileon 426	Kleobulos 536	Kratinos 512
Khaos 390	Kleomakhos 537	Kratippos 512

— 1662 —

Kratylos 514
Kreios 530
Kreon 539
Kreophylos 536
Kresilas 542
Kresphontes 542
Kreta 543
Krete 543
Kretheus 543
Kreusa 533
Krinagoras 521
Kriobolion 518
Krisa 518
Kritias 519
Kritolaos 520
Kriton 520
Kroisos 546
Krokos 547
Krommyon 550
Kromyon 550
Kronos 549
Kroton 549
Krypteia 524
Ksanthippe 491
Ksanthippos 491
Ksanthos 491
Ksenodamos 493
Ksenokrates 493
Ksenophanes 493
Ksenophon 494
Kserkses 495
Ksuthos 492
Ktesias 495
Ktesibios 496
Ktesiphon 496
Kunaksa 496
Kures 542
Kuretes 544
Kuros 547
Kyaksares 468
Kybele 475
Kydippe 471
Kydnos 471
Kyklades 469
Kyklops 469
Kyknos 468
Kyllene 471
Kylon 479
Kyme 476
Kynaigeiros 472
Kynesioi 472
Kynokephaloi 472
Kynosarges 472
Kynoskephalai 472
Kyparissos 473
Kypros 474

Kypselos 473
Kyrene 477
Kyrnos 477
Kythera 471
Kyzikos 470

● L

L. Annaeus (P. Annius) Florus 1086
L. Annaeus Seneca 694
L. Annius Vinicianus 277
L. Coelius Antipater 573
L. Cornelius Scipio Asiaticus (Asiagenes, Asiagenus) 656
Labdakos 1322
Labyrinthos 1320
Lacus Avernus 18
Lacus Benacus 1108
Lacus Curtius 528
Lacus Lucrinus 1352
Lacus Nemorensis 886
Lacus Regillus 1366
Ladas 1317
Ladon 1319
Laertes 1311
Lagidai 1314, 1316
Lagos 1315
Lailaps 1308
Laios 1307
Lais 1307
Laistrygones 1307
Lakedaimon 1315
Lakhesis 1315
Lakinion 1314
Lakonia 1316
Lakonika 1316
Lakonike 1316
Lakydes 1315
Lamakhos 1323
Lambaesis 1326
Lamia・神 1323
Lamia・人 1323
Lamia・地 1323
Lampsakos 1326
Langobardi 1325
Lanuvium 1319
Laodameia 1312
Laodikeia 1313
Laodike 1312
Laokoon 1311
Laomedon 1314
Lapithai 1320
Lar 1325
Lara 1324
Larentalia 1325
Lares 1325

Larisa 1324
Lars Porsenna 1189
Lars Tolumnius 856
Larunda 1325
Lasos 1316
Latifundia 1318
Latini 1318
Latinus 1318
Latium 1317
Latmos 1319
Latona 1319
Laureion 1309
Laurentum 1309
Laverna 1308
Lavinia 1308
Lavinium 1308
Leandros 1360
Learkhos 1359
Lebadeia 1370
Lectisternium 1367
Leda 1368
Leges Duodecim Tabularum 636
Leges Liciniae−Sextiae 1331
Leiturgia 1360
Lekythos 1366
Leleges 1374
Lemnos 1373
Lemures 1373
Lenaia 1370
Lentulus 1375
Leo 1364
Leo I 1362
Leokhares 1362
Leonidas 1363
Leonnatos 1366
Leontinoi 1365
Leosthenes 1363
Leotykhidas 1363
Lepidus 1370
Leptines 1372
Leptis 1372
Lerne 1374
Lesbos 1368
Lethe 1369
Leto 1369
Leukas 1360
Leuke 1361
Leukippos 1361
Leukosyroi 1362
Leukothea 1362
Leuktra 1361
Libanios 1333
Libanos 1334
Liber 1336
Liberius 1335
Libertas 1335

Libitina 1334
Liburnia 1335
Libya 1334
Libye 1335
Licinia 1329
Licinia Eudoxia 1330
Licinius 1330
Licinius Murena 1257
Lictor 1332
Ligures 1333
Liguria 1332
Lilybaion 1345
Limes Germanicus 1336
Lindos 1345
Lindum 1345
Lingones 1345
Linos 1333
Liternum 1333
Livia 1327
Livia Drusilla 1327
Livia Julia 1328
Locri 1378
Locusta 1377
Lokris 1377
Lokroi 1378
Lokroi Epizephyrioi 1378
Lollia Paulina 1379
Londinium 1388
Longos 1388
Lotophagoi 1381
Luca 1346
Lucani 1347
Lucania 1347
Luceria 1353
Lucifer 1349
Lucina 1349
Lucius Accius 73
Lucius Aelius Caesar 33
Lucius Aelius Seianus (Sejanus) 683
Lucius Aelius Stilo Praeconinus 668
Lucius Aemilius Paul(l)us 900
Lucius Afranius 102
Lucius (Marcus) Annaeus Mela (Mella) 1279
Lucius Antonius 217
Lucius Appuleius Saturninus 610
Lucius Apuleius (Appuleius) Madaurensis 104
Lucius Aurelius Cotta 575
Lucius Aurelius Verus 288
Lucius Caecilius 1315
Lucius Caecilius Metellus 1269, 1271
Lucius Caelius (Coelius) Antipater 208
Lucius Calpurnius Bestia 1099
Lucius Calpurnius Piso Caesoninus 965
Lucius Calpurnius Piso Frugi 968

Lucius Calpurnius Piso Frugi Licinianus 968
Lucius Cassius Longinus 397
Lucius Cincius Alimentus 142
Lucius Cornelius Balbus 942
Lucius Cornelius Cinna 486
Lucius Cornelius Lentulus Crus 1374
Lucius Cornelius Sisenna 629
Lucius Cornelius Sulla 666
Lucius Cornificius 588
Lucius Decidius Saxa 604
Lucius Domitius Aurelianus 26
Lucius Fabricius 1017
Lucius Iunius Moderatus Columella 590
Lucius Julius Caesar 384, 1349
Lucius Junius Annaeus Gallio 405
Lucius Junius Brutus 1070
Lucius Licinius Crassus 510
Lucius Licinius Lucullus 1350
Lucius Livius Andronicus 1328
Lucius Lucceius 1354
Lucius Manlius Torquatus 853
Lucius Mummius Achaicus 1258
Lucius Octavius Cornelius Publius Salvius Julianus Aemilianus 617
Lucius Opimius 361
Lucius Orbilius Pupillus 369
Lucius Papirius Cursor 527
Lucius Pedanius Secundus 1101
Lucius Pomponius Bononiensis 1202
Lucius Porcius Cato 418
Lucius Quinctius Cincinnatus 486
Lucius Roscius Otho 360
Lucius Septimius Severus, Pertinax 686
Lucius Sergius Catilina 411
Lucius Siccius (Sicinius) Dentatus 830
Lucius Tarquinius Collatinus 576
Lucius Tillius Cimber 488
Lucius Valerius Flaccus 1050
Lucius Varius Rufus 267
Lucius Verginius Rufus 286
Lucius Vibullius Hipparchus Tiberius Claudius Atticus Herodes 1153
Lucius Vitellius 276
Lucius Volusius Maecianus 1206
Lucretia 1352
Lucullus 1350
Lucumo 1352
Ludi 1354
Ludi Apollinares 1354
Ludi Magni 1355
Ludi Megalenses 1355
Ludi Saeculares 1354
Lugdunum 1351
Lugii 1348
Lukas 1346

Lukianos 1348
Luna 1356
Lupercalia 1358
Lusitania 1353
Lutetia 1355
Lydia 1344
Lygdus 1338
Lykabettos 1337
Lykaion 1336
Lykaonia 1336
Lykaon 1337
Lykeion 1340
Lykia 1337
Lykomedes 1341
Lykophron 1340
Lykos 1340
Lykurgos 1338
Lynkeus 1344
Lysandra 1341
Lysandros 1341
Lysias 1342
Lysimakhos 1343
Lysis 1342
Lyssippos 1343

● M

M'. Curius Dentatus 517
Macer 1216
Madaurus 1218
Magas 1208
Magi 1209
Magistratus 1209
Magna Mater 1212
Magnesia 1213
Magoi 1216
Magon 1217
Maia 1203
Maiandros 1203
Mainades 1204
Makaron Nesoi 1208
Makaron Nesos 573
Makhanidas 1208
Makhaon 1207
Mam. Aemilius Scaurus 651
Mamertini 1223
Mandane 1238
Mandubii 1239
Manethon 1222
Mani 1221
Manius Aquillius 49
Manius Curius Dentatus 829
Manteia 649
Mantikhoras 1238
Mantineia 1238
Manto 1239

Mantua 1239
Marathon 1223
Marcella 1231
Marcellus 1231
Marcia Aurelia Ceionia Demetrias 1227
Marcius Sabinus 1229
Marcoman(n)i 1234
Marcus Aemilius Lepidus 1371
Marcus Aemilius Scaurus 652
Marcus Annaeus Lucanus 1347
Marcus Annius Florianus 1086
Marcus Antistius Labeo 1322
Marcus Antonius 215
Marcus Antonius (Claudius) Felix 1024
Marcus Antonius Gordianus 585
Marcus Antonius Pallas 917
Marcus Antonius Primus 1061
Marcus Atilius Regulus 1367
Marcus Aurelius Antoninus 1230
Marcus Aurelius Carinus 437
Marcus Aurelius Claudius Quintillus Augustus 490
Marcus Aurelius Cleander 529
Marcus (Lucius) Aurelius Commodus Antoninus 602
Marcus Aurelius Cotta "Ponticus" 575
Marcus Aurelius Numerius(?) Carus 442
Marcus Aurelius Numerius Numerianus 880
Marcus Aurelius Olympius Nemesianus 886
Marcus Aurelius Probus 1083
(Marcus) Aurelius Prudentius Clemens 1068
Marcus Aurelius Severus Alexander 685
Marcus Aurelius Valerius Mausaeus Carausius 429
Marcus Aurelius Valerius Maxmianus 1209
Marcus Caecilius Metellus, 1271
Marcus Caelius Rufu 389
Marcus Calpurnius Bibulus 978
Marcus Cassianus Latinius Postumus 1167
Marcus Claudius Marcellus 1232
Marcus Claudius Tacitus 722
Marcus Clodius Pupienus Maximus 1041
Marcus Cocceius Nerva 887
Marcus Cornelius Cethegus 555
Marcus Cornelius Fronto 1087
Marcus Didius Commodus Severus Julianus 767
Marcus Fabius Ambustus 1014
Marcus Fabius Quintilianus 490
Marcus/Gaius Flavius Valerius Constantius

I · Chlorus 595
Marcus Fulvius Flaccus 1049
Marcus Fulvius Nobilior 892
Marcus Furius Bibaculus 978
Marcus Gavius Apicius 99
Marcus Julius Cottius 575
Marcus Julius Verus Philippus Augustus "Arabs" 1000
Marcus Junianius (Junianus) Justinus 1295
Marcus Junius Brutus 1069
Marcus Licinius Crassus Dives 509
Marcus Livius Drusus 856
Marcus Livius Salinator 1328
Marcus Lollius 1380
Marcus Maecilius Flavius Eparchius Avitus 18
Marcus Manilius 1222
Marcus Manlius Capitolinus 1239
Marcus Minucius Felix 1244
Marcus Opellius (Severus) Macrinus 1214
Marcus Pacuvius 906
Marcus Petreius 1106
Marcus Piav(v)onius Victorinus 274
Marcus Plautius Silvanus 1043
Marcus Porcius Cato 415
Marcus Salvius Otho 359
Marcus Terentius Varro Lucullus 266
Marcus Terentius Varro Reatinus 265
Marcus Tullius Cicero 461
Marcus Tullius Tiro 779
Marcus Ulpius Trajanus 841
Marcus Valerius (Maximus) Corvus 583
Marcus Valerius Martialis 1236
Marcus Valerius Probus 1084
Marcus Verrius Flaccus 1049
Marcus Vipsanius Agrippa 54
Marcus Vipsanius Agrippa Postumus 54
Marcus Vitruvius(?) Mamurra 1223
Marcus Vitruvius Pollio 276
Mardonios 1237
Mare Adriaticum 89
Mare Nostrum 741
Mareotis 1237
Margiane 1228
Maria 1224
Mariamme 1225
Markellos 1233
Markos 1233
Marmaron tes Paru 948
Maroboduus 1238
Marpessa 1237
Ma(r)rucini 1220
Mars 1235
Marsyas 1234

Martianus Minneus Felix Capella 1235
Martys 641
Masinissa 1218
Masistes 1217
Massalia 1219
Massilia 1219
Massiva 1220
Mas(s)urius Sabinus 612
Mastanabal 1218
Maththaios 1220
Matrimonium 1221
Matronalia 1221
Matuta 1220
Mauri 1205
Maurus (Marius) Servius Honoratus 701
Mausoleion 1204
Mausolos 1205
Maximinus (I) Thrax 1210
Medeia 1267
Media 1266
Mediolanum 1268
Medos 1273
Medusa 1273
Megalopolis 1261
Megara 1260
Megara Hyblaia 1261
Megaris 1261
Megasthenes 1260
Melampus 1279
Melanippos 436
Melas 1279
Meleagros 1282
Meles 1283
Meliades 1281
Meliboia 1281
Melikertes 1281
Melissos 1281
Melita 1281
Melos 1283
Melpomene 1282
Memnon 1278
Memphis 1286
Menandros 1274
Menapii 1274
Mende 1285
Mendes 1285
Menedemus 1276
Menelaos 1276
Menerva 1244
Menoikeus 1277
Menon 1278
Mercurius 1281
Meroe 1283
Merope 1284
Mesembria 1262
Mespotamia 1262

Messal(l)a 1263
Messana 623, 1264
Messapia 1264
Messapii 1265
Messene 1266
Messenia 1265
Metaneira 1263
Metapontion 1263
Metaurus 1263
Metella 1268
Metellus 1268
Methone 1273
Methymna 1272
Metis 1268
Metoikoi 1272
Meton 1274
Metrodoros 1273
Mevania 1259
Mezentius 1262
Micipsa 1240
Midas 1240
Midea 1241
Mideia 1241
Mikon 1240
Miletos 1251-1252
Miliarium Aureum 1250
Milliarium Aureum 1250
Milon 1253
Milonia Caesonia 387
Mimnermos 1245
Minerva 1244
Minos 1244
Minotauros 1245
Minturnae 1253
Minucia 1244
Minyas 1244
Misenos 1240
Misenum 1240
Mithras 1241
Mithres 1241
Mithridates 1242
Mnemosyne 1257
Mnesikles 1257
Mnester 1257
Moesia 1287
Mogontiacum 1288
Moirai 1287
Molione 1290
Molossoi 1291
Momos 1289
Mona 1288
Monoikos 1288
Monokeros 1289
Mons Caelius 388
Mons (Collis) Capitolinus 422
Mons Gaurus 379

Mons Sacer 683
Montanos 1291
Monumentum Ancyranum 194
Morini 1290
Morpheus 1290
Mors 1290
Moskhos 1288
Mucia Tertia 1254
Munatia Plancina 1055
Munda 1258
Mundus 1258
Municipium 1256
Munykhia 1257
Murena 1257
Musai 1255
Museion 1256
Mutina 1256
Mykale 1246
Mykenai 1246
Mylai 1249
Mylasa 1249
Myrmidon 1249
Myron 1250
Myrrha 1248
Myrtilos 1249
Mys 1247
Mysia 1246
Myson 1248
Mysteria 1247
Mytilene 1248

● N

Nabataia 867
Nabataioi 867
Nabis 867
Naïas 863
Naïs(s)us 863
Naksos 866
Napaia 867
Narbo 869
Narbona 869
Narkissos 868
Narnia 869
Narses 868
Nasamones 866
Naukratis 863
Naulochus 865
Naumachia 865
Naupaktos 864
Nauplios 864
Nausikaa 864
Neapolis 880
Nearkhos 881
Neilos 881
Nekhos 883

Nektanebos 882
Nektar 883
Neleus 888
Nemausus 885
Nemea 885-886
Nemesis 886
Nem(e)tes 886
Neoptolemos 881-882
Nephele 884
Neptunus 884
Nereïdes 888
Nereus 889
Nerites 887
Nero 890
Nero Claudius Caesar Augustus Germanicus 890
Nero Claudius Drusus 855
Nero Julius Caesar (Germanicus) 890
Nervii 888
Nessos 884
Nestor 884
Nestorios 883
Nikaia 870
Nikandros 871
Nikanor 870
Nike 872
Nikias 871
Nikolaos 874
Nikomakhos 873
Nikomedeia 873
Nikomedes 874
Nikopolis 873
Ninos 876
Niobe 869
Nireus 878
Nisibis 875
Nisos 875
Nisyros 875
Nitokris 876
Nobiles 893
Nola 893
Nonnos 894
Noricum 894
Notos 892
Noviodunum 892
Nuceria Alfaterna 879
Numa Pompilius 879
Numantia 879
Numenios 880
Numidia 879
Numitor 880
Nyks 876
Nykteus 877
Nyktimene 877
Nymphai 878
Nymphe 878

Nysaios 877

●O

Ocrades 367
Ocrisia 352
Octavia 350
Odeion 356
Odoacer 358
Odrysai 359
Odysseia 357
Odysseus 357
Ogygos 350
Oidipus 346
Oileus 348
Oineus 346
Oinomaos 348
Oinopides 347
Oinopion 347
oinos 1032
Oinotria 347
Oinotropoi 347
Oite 346
Okeanides 353
Okeanos 353
Oknos 352
Oksos 350
Oksyrhynkhos 350
Olbia 369
Olympia 364
Olympiakoi Agones 364
Olympias・人 365
Olympias 366
Olympiodoros 366
Olympos 366
Olynthos 364
Omphale 373
Oneiros 360
Onesikritos 360
Onomakritos 360
Onomarkhos 361
Ophellas 362
Oppianos 356
Ops 361
Optimates 361
Opus 361
Oraculum 650
Orcus 367
Oreias 370
Oreibasios 370
Orestes 371
Orestilla 371
Origenes 363
Orion 362
Orkhomenos 367
Orodes 372

Orontes 372
Oropos 372
Orpheus 369
Orphikos 370
Orphismos 370
Orsippos 368
Orthia 368
Orthros 368
Ortygia 368
Osci 354
Osiris 354
Osr(h)oene 355
Ossa 356
Ostia 354
Ostrakismos 355
Otos 358
Ovatio 348

●P

P. Horatius Cocles 573
P. Sempronius Asellio 70
Padus 920
Paeligni 905
Paestum 903
Paian 895
Paieon 895
Paionia 896
Paionios 896
Pakhomios 908
Pakoros 908
Paksos 906
Paktolos 907
Palaestra 947
Palaimon 930
Palaiphatos 930
Palaistra 930
Palamedes 931
Palatinus 931
Palatium 930
Pales 946
Palestina 947
Palikoi 933
Palinurus 935
Palladas 918
Palladion 918
Pallas 917
Palmyra 944
Pammenes 955
Pamphylia 955
Pan 948
Panainos 924
Panaitios 924
Panathenaia 949
Pandareos 950
Pandion 951

Pandora 952
Pangaion 950
Panionia 950
Pankration 950
Pannonia 954
Panormos 925
Pantheon 951
Panthoos 952
Pantikapaion 951
Panyas(s)is 924
Paphlagonia 927
Paphos・人 927
Paphos・地 927
Pappos 916
Parcae 936
Parentalia 947
Paris・神 934
Paris・人 934
Parma 943
Parmenides 945
Parmenion 944
Parnasos 940
Parnassos 940
Paros 947
Parrhasios 916
Parthenios・人 938
Parthenios・地 938
Parthenius 938
Parthenon 939
Parthenopaios 938
Parthenope 939
Parthenopeia 939
Parthia 937
Parysatis 935
Pasargadai 909
Pasiphae 909
Patavium 912
Pater familias 919
Patmos 920
Patrai 920
Patria Potestas 922
Patricii 922
Patrokles 923
Patroklos 923
Patronus et Clientes 923
Paulos 903
Paulos ho Samosateus 903
Paulus Orosius 372
Pausanias 898-899
Pausias 899
Pauson 899
Pax 906
Pegasos 1093
Peiraieus 1090
Peirene 1091
Peirithoos 1091

Peisandros 1088
Peisistratidai 1088
Peisistratos 1088
Pelagius 1113
Pelasgoi 1120
Pelasgos 1120
Peleus 1143
Pelias 1121
Pelion 1124
Pella 1101
Pelopidas 1155
Peloponnesiakos polemos 1157
Pelops 1155
Pelusion 1131
Penates 1108
Pentapolis 1158
Pentathlon 1158
Pentelikon 1159
Penthesileia 1159
Pentheus 1159
Perdikkas 1136-1137
Pergamon 1128
Perge 1129
Periandoros 1121
Perikles 1124
Perillos 1126
Perinthos 1126
Perioikoi 1122
Pero 467
Peroz 1150
Perperna 1138
Persaios 1129
Perse(is) 1132
Persephone 1135
Persepolis 1135
Perses 1134
Perseus 1133
Persia 1130
Persikoi polemoi 1130
Perusia 1130
Pessinus 1101
Petra 1105
Peucini 1092
Phaëthon 905
Phaiakes 895
Phaidon 897
Phaidra 896
Phaidros 897
Phaistos 896
Phalanks 932
Phalanthos 932
Phalaris 932
Phaleron 947
Phanokles 924
Phaon 905
Pharmakos 943

Pharnabazos 940
Pharnakes 940
Pharos 948
Pharsalos 936
Phaselis 912, 1014
Phayllos 929
Pheidias 1089
Pheidippides 1090
Pheidon 1090
Pheme 1111
Pheme thebais 800
Pherai 1112
Pherekydes 1144
Pheretime 1145
Phigaleia 961
Phiks 677
Phila 997
Philadelpheia 998
Philainis 997
Philammon 999
Philemon 1004-1005
Philetairos 1004
Philinos 1003
Philippi 1000
Philippoi 1000
Philippos 1001-1003
Philistion 999
Philistos 999
Philitas 1000
Philodemos 1007
Philogelos 1006
Philokrates 1006
Philoksenos 1005
Philoktetes 1006
Philolaos 1008
Philomela 1008
Philomelos 1008
Philon 1008-1009
Philon (ho Larisaios) 1010
Philopoimen 1007
Philostorgios 1007
Philostratos 1007
Philotas 1007
Phineus 977
Phintias 731
Phlabios Iosepos 238
Phlegethon 1074
Phlegon 1075
Phlegyas 1074
Phoibe 1162
Phoinike 1023
Phoiniks 1161
Phokaia 1164
Phokion 1165
Phokis 1165
Phokos 1166

Pholos 1194
Phorcys 1025
Phorkys 1188
Phormion 1191
Phoroneus 1194
Phosphoros 1168
Phraates 1042
Phraortes 1046
Phriksos 1058
Phrygia 1058, 1062
Phryne 1063-1064
Phrynikhos 1063
Phtha(s) 1030
Phthia 1030
Phthiotis 1030
Phylarkhos 994
Phyle 996, 1042
Phyllis 985, 1042
Picenum 961
Picti 961
Picus 961
Pieria 956
Pindar 1010
Pindaros 1010
Pindos 1011
Pisa 962
Pisae 962
Pisidia 962
Piso 967
Pistoriae 963
Pitane 968
Pithekus(s)ai 976
Pittakos 969
Placentia 1047
Plataiai 1048
Platon 1050
Platon (Komikos) 1052
Plautia Urgulanilla 293, 1042
Plebes 1075
Plebis (Plebs) 1075
Pleiades 1072
Pleistarkhos 1073
Pleisthenes 1073
Pleistoanaks 1073
Pleuron 1073
Plinius 1060
Plotinos 1081
Plutarkhos 1066
Pluton 1071
Plutos 1071
Pluvius 1064
Pnyks 1040
Pnyx 1040
Podaleirios 1170
Pola 1178
Polemon 1193

Polyainos 1180
Polybios 1186
Polybos 1187
Polydektes 1184
Polydeukes 1184
Polydoros 1185
Polygnotos 1182
Polyhymnia 1186
Polykarpos 1181
Polykleitos 1183
Polykles 1183
Polykrates 1182
Polyksene 1181
Polykso 1181
Polymestor 1188
Polymnestos 1187
Polyneikes 1185
Polyperkhon 1187
Polyphemos 1186
Polystratos 1184
Polyzelos 1184
Pomona 1178
Pompeia 1198
Pompeia Plotina Claudia Phoebe Piso 1081
Pompeii 1197
Pompeius 1198
Pompeius Magnus 720
Pompeius Trogus 860
Pompejus 1198
Pomponia 1201
Pomponius Mela 1279
Pons Sublicius 679
Pontifex 1195
Pontius Meropius Anicius Paulinus 902
Pontius Pilatus 998
Pontos・神 1195
Pontos・地 1196
Pontos Eukseinos 1196
Pontos Euxenos 574
Popil(l)ius Laenas 1310
Poplikolas 1041
Poppaea Sabina 1171
Populares 1176
Populonia 1176
Porcia 1188
Porcius Festus 1022
Poros 1194
Porphyrios 1191
Porsena 1189
Porsina 1189
Portunus 1191
Poseidon 1170
Poseidonia 859
Poseidonios 1169
Postumius Rufius Festus Avien(i)us 17

Poteidaia 1173
Potheinos 1173
Potidaia 1173
Praefectus 1046
Praeneste 1045
Praetor 1045
Praetoriani 1045
Praksilla 1046
Praksiteles 1046
Pratinas 1050
Priam 1042
Priamos 1056
Priapos 1056
Priene 1057
Priscianus Caesariensis 1058
Priscus Attalus 74
Procopius 1079
Procopius Anthemius 212
Prodikos 1081
Proitos 1076
Prokles 1079
Proklos 1079
Prokne 1077
Prokopios 1080
Prokris 1077
Prokrustes 1078
Proksenos 1077
Promakhos 1085
Prometheus 1085
Pronuba 1083
Propontis 1084
Propylaia 1083
Proserpina 1080
Prostates 1080
Protagoras 1080
Protesilaos 1082
Proteus 1082
Protogenes 1082
Provincia 1077
Prusias 1065
Prytaneis 1063
Psammetikhos 1028
Pseudo-Lucianos 482
Pseudo-Plutarchos 466
Psykhe 1028
Psylloi 1029
Pterelaos 1031
Ptolemaioi 1039
Ptolemaios 1033
Ptolemaios Keraunos 1039
Ptolemais 1039
Ptolemy 858
Publicani 1041
Publilius Syrus 1041
Publius Aelius Hadrianus 920
Publius Calvisius Sabinus Pomponius

Secundus 1202
Publius Clodius (Claudius) Pulcher 548
Publius Clodius Thrasea Paetus 845
Publius Cornelius Cethegus 555
Publius Cornelius Dolabella 846
Publius Cornelius Lentulus Spinter 1375
Publius Cornelius Lentulus Sura 1376
Publius Cornelius Scipio 658
Publius Cornelius Scipio Aeilianus Africanus Minor Numantinus 655
Publius Cornelius Scipio Africanus Major 656
Publius Cornelius Sulla 666
Publius Decius Mus 790
Publius Flavius Vegetius Renatus 280
Publius Helvius Pertinax 1137
Publius Iuventius Celsus Titus Aufidius Hoenius Severianus 564
Publius Licinius Crassus Dives 508
Publius Licinius Egnatius Gallienus 405
Publius Licinius Valerianus 268
Publius Mucius Scaevola 654
Publius Nigidius Figulus 872
Publius Ostorius Scapula 654
Publius Ovidius Naso 348
Publius Papinius Statius 664
Publius Petronius 1107
Publius Quintilius Varus 268
Publius Rupilius 1357
Publius Rutilius Lupus 1358
Publius Rutilius Rufus 1357
Publius (Lucius) Septimius Geta 553
Publius (Lucius) Septimius Odaenathus 355
Publius Servilius Vatia Isauricus 701
Publius Sittius 629
Publius Sulpicius Rufus 682
Publius Terentius Afer 827
Publius Terentius Varro Atacinus 265
Publius Valerius Cato 415
Publius Valerius Publicola 1041
Publius Vatinius 266
Publius Vedius Pollio 1172
Publius Ventidius Bassus 290
Publius Vergilius Maro 286
Puteoli 1031
Pyanepsia 981
Pyanopsia 981
Pydna 988
Pygmaioi 982
Pygmalion 982
Pylades 994
Pylos 996
Pyramos 994
Pyrene 996
Pyrgi 995

— 1669 —

欧文索引

Pyriphlegethon　995
Pyrrhon　986
Pyrrhos・神　985
Pyrrhos・人　985
Pythagoras　983
Pytheas　987
Pytheos　988
Pythia　987
Pythios　987
Pythodoris　988
Python　989

● Q

Q. Caecilius Metellus Nepos　1272
Quadi　489
Quaestor　488
Quintus Aurelius Symmachus　643
Quintus Caecilius　381
Quintus Caecilius Metellus Celer　1271
Quintus Caecilius Metellus Macedonicus　1269
Quintus Caecilius Metellus Numidicus　1270
Quintus Caecilius Metellus Pius　1270
Quintus Caecilius Metellus Pius Scipio　1270
Quintus Cervidius Scaevola　653
Quintus Claudius Quadrigarius　489
Quintus Corfinicius　588
Quintus Curtius Rufus　528
Quintus Ennius　345
Quintus Fabius Maximus　1016
Quintus Fabius Pictor　1016
Quintus Fulvius Flaccus　1048
Quintus Horatius Flaccus　1179
Quintus Hortensius　1189
Quintus Junius Arulenus Rusticus　1353
Quintus Labienus　1319
Quintus Lutatius Catulus　413
Quintus Marcius Rex　1367
Quintus Marcius Turbo　837
Quintus Mucius Scaevola　653
Quintus Naevius Cordus Sutorius Macro　1214
Quintus Novius　892
Quintus Pedius　1105
Quintus Petil(l)ius Cerialis (Cerealis) Caesius Rufus　561
Quintus Publilius (Poblilius, Poplilius) Philo　1005
Quintus Remmius Palaemon　930
Quintus Roscius Gallus　1378
Quintus Septimius Florens Tertullianus　820
Quintus Serenus Sammonicus　706

Quintus Sertorius　702
Quintus Servilius Caepio　388
Quintus Tullius Cicero　461
Quirinalis (Collis)　489
Quirinus　490
Quirites　489

● R

Ravenna　1308
Reate　1359
Reges Romani　1386
Remi　1373
Remus　1373
Rhadamanthys　1317
R(h)aetia　1309
Rhamnus　1324
Rhampsinitos　1326
Rhea　1359
R(h)ea Silvia　1359
Rhegion　1366
Rhenus　1370
Rhesos　1368
Rhianos　1326
Rhodanus　1379
Rhode　1380
Rhodopis　1381
Rhodos　1380
Rhoikos　1376
Rhoksane　1376
Rhoksolanoi　1377
Rhuphos　1359
Robigus　1382
Roma　1382
Romulus　1387
Romulus Augustulus　1387
Rostra　1379
Rotomagus　1381
Rubico(n)　1356
Rufus　1357
Rusellae　1354
Rutuli　1356
Rutupiae　1356

● S

Sabazios　611
Sabelli　613
Sabini　611
Sabinus, Mas(s)urius　612
Sabinus, Titus Flavius　612
Sabrata　612
Sabratha　612
Sabus　612
Sacra Via　605
Sacramentum　605

Saguntum　605
Sakai　604
Salacia　616
Salamander　616
Salamandra　616
Salamanes Hermeias Sozomenos　710
Salamis　616
Saleius Bassus　915
Salii　617
Salinator　617
Sallustius Crispus, Gaius　607
Sal(l)uvii　607
Sal(l)yes　607
Sal(l)yi　607
Salmakis　620
Salmoneus　621
Salome　622
Salonae (Salona)　621
Salus　618
Salutius, Saturninus Secundus　618
Salvius　617
Salvius Julianus Aemilianus, Lucius Octavius Cornelius Publius　617
Samareia　613
Samnium　614
Samos　615
Samosata　614
Samothrake　615
Sancus　622
Sandrokottos　624
Sangarios　622
Sangus　622
Sannyrion　624
Sappho　606
Sarapis　616
Sardanapalos　618
Sardeis　619
Sardinia　619
Sarkophagos　618
Sarmatai　620
Sarmatia　621
Sarpedo　620
Sasanidai　606
Sassina　606
Sataspes　606
Saturnalia　609
Saturninus　609
Saturninus Secundus, Salutius　610
Saturnus　610
Satyroi　608
Satyros・神　608
Satyros・人　609
Sauromatai　620
Saxa, Lucius Decidius　604
Saxa Rubra　604
Saxones　605

Scipio 658
Scipio Nasica 658
Scordisci 662
Scoti 661
Scotti 661
Scribonia 660
Segovia 690
Segusio 690
Seiren 684
Seirenes 684
Sekstos Empeirikos 690
Selene 706
Seleukeia 702
Seleukidai 705
Seleukos 703, 705
Selinus 700
Sella Curulis 690
Semele 699
Semiramis 698
Semnones 698
Semo Sancus 622
Semonides 699
Sempronia 707
Sempronius (Licinius) Proculus 1078
Senator 692
Senatores 692
Senatus 691
Seneca 692
Senones 694
Sentinum 706
Septem Montes Romae 1386
Septimia Zenobia 695
Sequani 689
Serapis 699
Seres 705
Seriphos 700
Servilia 701
Servilius Barea Soranus 714
Servilius Caepio 702
Servius Sulpicius Galba 448
Servius Sulpicius Lemonia Rufus 681
Servius Tullius 833, 837
Sesostris 690
Sestos 690
Setia 690
Seuthes 689
Severus 687
Severus III, Flavius Libius (Livius) 685
Sextus Aelius Paetus Catus 904
Sextus (Lucius) Afranius Burr(h)us 1030
Sextus Aurelius Propertius 1084
Sextus Aurelius Victor 274
Sextus Julius Africanus 103
Sextus Julius Caesar 384
Sextus Julius Frontinus 1086
Sextus Pompeius Festus 1022

Sextus Pomponius 1202
Sextus Roscius Amerinus 1379
Sextus Tarquinius 733
Shapur 635
Sibylla 632
Sibylle 632
Sicilia 626
Siculi 626
Side 629
Sidon 630
Sidonius Apollinaris 630
Sigambri 654
Sigeion 626
Signia 626
Sikanoi 625
Sikelia 626
Sikeloi 627
Sikyon 625
Silanion 645
Silanus 645
Silanus, Junius 645
Silenos 648
Silius, Gaius 647
Silius Italicus, Tiberius Catius Asconius 647
Silures 648
Silvanus 647
Silvanus, Claudius 648
Simias (Simmias) 633
Simon Magos 635
Simonides 634
Sinai 631
Sinis 631
Sinon 632
Sinope 632
Sinuessa 631
Siphnos 633
Siren 649
Sirmio 648
Sirmium 648
Sisygambis 627
Sisyphos 628
Sitalkes 629
Sithon 630
Sittius, Publius 629
Skamandros 654
Skeiron 661
Skenitai 661
Skholia 662
Skiapodes 655
Skolion 662
Skopas 661
Skylaks 660
Skylla 659
Skyros 660
Skythai 658

Skythia 659
Smerdis 681
Smyrna 680
Sogdiana 708
Sogdiane 708
Sokrates 708
Sokrates Skholastikos 709
Sol 715
Sol Invictus 715
Soloi 716
Solon 716
Somnus 714
Sophistai 711
Sophokles 713
Sophonisba 714
Sophron 712
Sora 714
Soracte 714
Soranos 714
Sosigenes 710
Sositheos 710
Sostratos 710
Sotades 711
Sparta 676
Spartacus 677
Spartoi 677
Spes 679
Speusippos 679
Sphacteria 678
Sphagia 675
Sphakteria 675
Sphinks 677
Sphinx 678
spolia opima 680
Sporades 680
Sporus 680
Spurin(n)a 679
Spurius Cassius Vecellinus 395
Spurius Maelius 1207
Stabiae 665
Stadion 664
Stageira 663
Stageiros 663
Stagira 663
Stagiros 663
Stateira 664
Statilia Messalina 1265
Stentor 671
Sterope 671
Steropes 671
Stesikhoros 669
Stheneboia 669
Sthenelos 669
Stilpon 668
Stoa 671
Stoa Poikile 672

Stobeus 672
Strabon 674
Strategos 672
Straton 673
Stratonike 673
Stratonikos 673
Strophades 675
Strophios 675
Styks 670
Stymphalides 670
Stymphalos 671
Sublaqueum 678
Subur(r)a 678
Suda 663
Suebi 651
Suebiae gens 651
Suessa Aurunca 650
Suessiones 650
Suessula 650
Suevi 651
Sugambri 654
Suiones 650
Sulla 665, 682
Sulla (Sylla) 665
Sulpicia 681
Summanus 682
Sunion 675
Surenas 682
Surrentum 667
Susa 662
Susarion 663
Sutrium 674
Sybaris 637
Symeon 638
Symmachus, Quintus Aurelius 643
Symplegades 642
Symposion 642
Synesios 637
Syphax 637
Syrakusai 638
Syria 639, 647
Syria Dea 640
Syrinks 641
Syrtis 641

● T

Tacfarinas 723
Tages 724
Tainaron 719
Takhos 724
Taksiles 723
Talaos 732
Talos 740
Talthybios 737
Tanagra 727

Tanais 726
Tanaquil 727
Tantalos 740
Taprobane 729
Taras 732
Tarkhon 735
Tarpeia 737
Tarquinii 733
Tarracina 732
Tarracina(e) 725
Tarraco 725, 732
Tarraconensis 732
Tarsos 735
Tartaros 736
Tartessos 736
Taurike 720
Taurobolion 721
Tauroi 721
Tauromenion 721
Taygete 731
Taygeton 732
Taygetos 732
Teiresias 778
Tekmessa 791
Telamon 819
Telegonos 825
Teleklos 825
Telemakhos 826
Telephos 825
Telesilla 825
Telkhines 820
Tellus 797, 820, 824
Telphusa 821
Telys 819
Temenos 808
Tempe 830
Tencteri 829
Tenedos 798
Tenes 798
Tenos 799
Tentyra 830
Teos 724, 783
Terence 826
Terentia 826
Tereus 824
Terminus 823
Terpandros 821
Terpsikhore 822
Terra 818, 824
Terra Incognita 797
Terra Sigillata 797
Tethys 798
Teukros 780
Teuta 781
Teuthras 781
Teutoburgium 781

Teutoburgum 781
Teutones 781
Teutoni 781
Tevere 801
Thaïs 718
Thaleia 738
Thales 739
Thaletas 740
Thamugadi 730
Thamyris 730
Thanatos 727
Thapsos 728
Thargelia 734
Thascius Caecilius Cyprianus 474
Thasos 724
Thaumas 720
Theagenes 742
Theaitetos 742
Theano 743-744
Theatron 742
Thebai 799-800
Thebaïs 799, 801
Thebe 799-801
Theia 744
Themis 802
Themistios 803
Themistokles 803
Theodektes 783
Theodora 784
Theodoretos 787
Theodoricus 785
Theodoros 787
Theodosius 783
Theognis 782
Theokritos 782
Theophilos 788
Theophrastos 788
Theopompos 789
Thera 818
Theramenes 818
Therapnai 818
Thermae 823
Therme 824
Thermopylai 824
Theron 829
Thersandros 820
Thersites 820
Theseus 794
Thesmophoria 793
Thespiai 793
Thespis 793
Thessalia 795
Thessalonike 796
Thetis 797
Thettalonike 796
Thibron 771

Thisbe 994
Thoas 830
Thrake 842
Thrakia 842
Thrasybulos 844
Thrasydaios 843
Thrasyllos 844
Thrasymakhos 845
Thrinakie 849
Thucydides 832
Thukydides 832
Thule 837
Thurioi 836
Thyestes 812
Thysdrus 813
Tiberias 772
Tiberinus 774
Tiberis 773
Tiberius Catius Asconius Silius Italicus 647
Tiberius Claudius Balbillus 941
Tiberius Claudius Caesar Britannicus 503, 1060
Tiberius Claudius Narcissus 868
Tiberius Claudius Nero 504, 772, 891
Tiberius Claudius Pompejanus 505
Tiberius Coruncanius 590
Tiberius Julius Caesar Nero Gemellus 773
Tiberius Sempronius Gracchus 507
Tibur 771
Ticinus 761
Tigranes 762
Tigranokerta 763
Tigris 763
Timaios 774
Timarkhos 775
Timgad 775
Timokreon 775
Timoleon 776
Timon 776
Timotheos 775
Tinge 779
Tingi 779
Tingis 779
Tiribazos 778
Tiridates 777
Tiryns 778
Tisamenos 764
Tissaphernes 766
Titan 719, 766
Titanis 765
Titanomakhia 765
Tithonos 769
Titus Annius Papianus Milo 1253
Titus Calpurnius Siculus 449

(Titus) Flavius Clemens 545
Titus Flavius Domitianus 839
Titus Flavius Sabinus 612
Titus Flavius (Sabinus) Vespasianus 281, 769
Titus Labienus 1320
Titus Livius Patavinus 1329
Titus Lucretius Carus 1352
Titus Maccius Plautus 1043
Titus Manlius Torquatus 853
Titus Pomponius Atticus 1201
Titus Quinctius Flamininus 1053
Titus Statilius aurus 665
Titus Tatius 725
Titus Vinius 277
Tityos 768
Tlepolemos 858
Tmolos 841
Toga 837
Tolosa 860
Tolumnus 856
Tomis 839
Tomoi 839
Torone 861
Trakhin 842
Trakhis 842
Tralleis 846
Trallis 846
Trapezus 846
Trasimenus 843
Trebellius Pollio 1172
Trebia 857
Treveri 856
Treviri 856
Triakonta tyrannoi 623
Triboc(c)i (Triboces) Tribokoi 851
Tribunus 850
Tribunus plebis 580
Tribus 849
Trieres 623
Tripolis 851
Triptolemos 850
Triremis 623
Triton 849
Triumphus 847
Triumviratus 623
Triumviri 847
Troas 858
Troglodytai 860
Troia 858
Troilos 860
Troizen 859
Trophonios 861
Tros 861
Troy 858
Tryphon 617

Tubero 834
Tuccia 833
Tuditanus 834
Tullia 833, 837
Tullus Hostilius 834, 837
Turnus 836
Tusculum 833
Tyana 812
Tydeus 814
Tykhe 813
Tyndareos 817
Typhoeus 814
Typhon 814
Tyranni triginta 623
Tyrannion 815
Tyrannos 816
Tyro 816
Tyros 817
Tyrrhenia 779, 813
Tyrrhenos 813
Tyrtaios 816

● U

Ubii 292
Ulixes 293
Ulpia, Marciana 1228
Ulpianus 294
Umbri 295
Umbria 294
Urania 292
Uranos 292
Urgulanilla 293
Usipetes 829
Utica 292
Uxellodunum 291

● V

Vadimonis Lacus 267
Valens 270
Valentia 271
Valentinianus I 271
Valentinianus II 272
Valentinianus III 272
Valeria 268
Valeria Messalina 1265
Valerianus 268
Valerius 269
Valerius Asiaticus 269
Valerius Maximus 270
Vallum Antonini 218
Vallum Hadriani 921
Vandali(i) 273
Varahran 267
Varius 267

Varro 265-266
Varus 268
Vascones 265
Vaticanus 266
Vatinius 266
Vegetius 280
Veii 280
Velleius 283
Venatio 284
Venetia 285
Veneti 285
Venta Belgarum 290
Ventidius 290
Venus 284
Venusia 284
Vercingetorix 288
Vergilius 286
Verginius 286
Verona 289
Verres 283
Vertumnus 289
Verulamium 289
Verus 288
Vespasianus 281
Vesper 283
Vesta 281
Vestalis 281
Vettius (Viventius) Agorius Praetextatus 1044
Vetulonia 283
Via Aemilia 32
Via Aemilia Scauri 32
Via Appia 78

Via Aurelia 27
Via Caecilia 380
Via Cassia 395
Via Flaminia 1053
Via Latina 1318
Via Salaria 617
Via Valeria 269
Vibia Sabina 611
Victor 274
Victoria 274
Victorinus 274
Vienna 274
Viminalis 278
Vindelici 280
Vindelicia 279
Vindex 279
Vindobona 280
Vinicianus 277
Vinius 277
vinum 1032
Vipsania Agrippina 278
Virbius 279
Virginia 279
Viriatus 278
Viroconium 279
Virtus 279
Vitellius 274, 276
Vitruvius 276
Volaterrae 290
Vologeses 291
Volsci 291
Volsinii 290
Volubilis 291

Volumnia 291
Vulcanus 293
Vulso 294

● Y

Yazdagird 1292

● Z

Zagreus 605
Zakynthos 604
Zaleukos 621
Zama 613
Zankle 623
Zela 700
Zeno 694
Zenodotos 694
Zenon 695
Zenon ho Eleates 696
Zenon ho Kitieus 697
Zephyros 698
Zetes 428, 691
Zethos 691
Zeugma 687
Zeuksis 687
Zeus 688
Zmyrna 680
Zoilos 707
Zopyros 712
Zoroastres 715
Zosimos 710

あとがき

　今を去る20年近く前、日本人の手によって編纂された『西洋古典学事典』が未だ一冊も刊行されていないことを残念に思っていたところ、有能な編集者寺嶋誠氏（当時東京書籍編集長）から依頼を受けて執筆しはじめたのが本事典の原型である。

　当初は、"Everyman's Classical Dictionary" by John Warrington に少し補足した程度の簡略な書物を想定していたが、寺嶋氏の「単独執筆による本邦初の決定版を」という要望に応じて、典拠や諸国語表記、興味深い史譚・挿話の類を加えることとなり、予想外の時日を要してしまう結果となった。

　手書き原稿を活字化する作業が進んでいた折しも東京書籍が教養書の類は一切刊行しないという方針転換を明確にした為、急遽中務哲郎教授の御高配により京都大学学術出版会から上梓して頂くこととなった。その後は同出版会編集員であると同時にギリシア哲学の専門家でもある國方栄二氏の献身的な御協力と熱意と共同作業のお陰でようやく出版に漕ぎ着けることが出来た。とりわけ、こよなく煩雑な索引の作製や系図の照合、巻末資料の校正などに労を惜しまずお骨折り頂いた國方氏、ならびに和田利博、大草輝正、藤田大雪の諸氏に心から御礼を申し上げたい。本書の執筆にあたり京都大学の中務教授は終始ご鞭撻とご助言を与えられたうえに、入手困難な書籍をお貸し下さるなどあらゆる便宜をはかって下さった。ここに記して深甚なる感謝の意を表したい。

　巧遅は拙速に若かずとは申せ、紙数の都合や編者の不才から繁簡よろしきを得なかった点は慚愧に堪えない。加えて最終段階に至って母親が入院・他界したため、校正に十分な時間を割くことが出来なかった。忽忙のうちに本にしたのは時期尚早であったかとの憾みなしとしない。委曲を尽くせず、不備が多いことは誰よりも編者たる私自身が承知している。大方の御寛恕を請う次第である。読者諸賢の御示教を得て、さらに前進をはかりたいと念じている。

　今まで古代ギリシア・ローマ世界に無関心だった方々が、本書を通じて一人でも西洋古典に興味を懐いて下さるならば、編者として望外の喜びである。

平成22年3月　　　　　　　　　　　　　　　　　　　　　　　　　　　　松原國師

松原國師（まつばら　くにのり）

西洋古典学研究者。
昭和27年（1952年）京都市生まれ。
東京大学大学院修士課程修了。
専攻　西洋古典学、比較神話学、美術史学。
主な翻訳書として、『古代ギリシア・ローマの都市』（国文社）、『図解 古代ローマ』（東京書籍）、『図解 古代ギリシア』（東京書籍）、『図解 古代エジプト』（東京書籍）などがある。

西洋古典学事典	ⓒ Kuninori Matsubara 2010

2010年6月10日　初版第一刷発行
2015年4月30日　初版第三刷発行

著　者　　松　原　國　師
発行人　　檜　山　爲次郎
発行所　　京都大学学術出版会
　　　　　京都市左京区吉田近衛町69番地
　　　　　京都大学吉田南構内（〒606-8315）
　　　　　電　話　(075) 761-6182
　　　　　FAX　(075) 761-6190
　　　　　URL　http://www.kyoto-up.or.jp
　　　　　振　替　01000-8-64677

ISBN 978-4-87698-925-6
Printed in Japan

印刷・製本　㈱クイックス
定価はカバーに表示してあります

本書のコピー、スキャン、デジタル化等の無断複製は著作権法上での例外を除き禁じられています。本書を代行業者等の第三者に依頼してスキャンやデジタル化することは、たとえ個人や家庭内での利用でも著作権法違反です。